武乡文化集成·卷三

陈建祖 主编

武乡现当代文化集萃

高沐鸿小说诗歌选 高沐鸿 著

冈夫诗歌选 冈夫 著

张万一剧作选 张万一 著

WUXIANG WENHUA JICHENG
WUXIANG XIANDANGDAI
WENHUA JICUI

中国文史出版社

《武乡文化集成》编委会

总　序

甲辰之岁，万象更新。武乡热土上，乘新时代之春风，政治、经济、文化一体推进，正所谓政通人和，百业俱兴。

自古以来，莫不盛世修书，藉以兴文化俗。今有《武乡文化集成》之问世，摘精选要，撷英荟萃，乃国内县域文化系统整理出版之巨创，亦寻祖根，追文脉，固根基，增强文化自信之壮举，可庆可贺也！

文化之兴，缘于地理；或曰据于地理，乃出人文。

太行逶迤，上党巍巍，雄视华北，俯控中原，自古乃兵家必争之地。元人熊戴歌咏曰：“天下多名山，太行居第一。泽潞伯仲间，上党天下脊。屹立界中原，形势控南北。”武乡踞上党北缘，乃千年名邦，抗战圣地。其东有板山竦立，如长城蜿蜒；其中有漳河流金，泽润乡里；其西则俯视晋中，藏风聚气。此土此境，古有商周遗物，有石勒要寨，有寺院林立，绵绵不绝，而民风俭啬，勤于耕读，崇尚勇武，远近闻名。清代乾隆《武乡县志》“风俗篇”云：“武乡之为县，在万山中，金玉珠贝无所产，商贾舟车不至，民安于畎亩、诵读，无逐末游食、猎取富贵之人。”“其民质而不菅，其俗俭而不猥。”此乃武乡传统文化之概要，民风之底色，文化渊源之所自。追溯千余年传统文化，不亦绵长醇厚乎！

帝制灭而共和兴，社稷衰而危亡存，仁人志士，前赴后继，奋起斗争。武乡籍共产党人、革命先驱李逸三、史怀璧、武三友等，建立中共武乡县委员会，组织“五抗”，风起云涌，艰险曲折，板山漳河间，闪耀赤色曙光。全面抗战始，抗日烽火燃烧在太行山上，八路军总部、中共中央北方局、一二九师师部开进武乡，先后驻武乡王家峪、砖壁诸地，朱德、彭德怀、左权、刘伯承、邓小平、杨尚昆等在此指挥抗战，武乡乃成太行根

地之重镇。长乐村战斗，歼寇两千；百团大战，威震敌胆。柳沟设兵工厂，肇始军火生产，装备抗日武装；抗大、鲁艺，学校遍及山乡僻壤，培植红色基因。武乡儿女，慷慨参军，牺牲何止千万；家乡父老，纳鞋交粮，自愿支援前线；太行奶娘，忘我取义，哺育革命后代。仰望太行之巅，遍布民族脊梁；回首抗战圣地，鲜血浸染。《少年先锋》，如诗华章；抗战篇章，辉煌绚烂。此乃武乡近世文化之鲜明本色。回首武乡之红色文化，不亦感人至深乎！

斗转星移，国运昌隆；改革开放，其命维新。武乡大地，文脉绵延，异彩纷呈。其初有高沐鸿之《太行吟》，冈夫之《故城谣》，张万一之剧作《小二黑结婚》，歌咏烽火岁月，隽永悠长；继之有寓真之《行道集》，赓续家国情怀，书写不尽之乡愁。抗战文化则梳理备至，书写将军之百战智勇，战士之慷慨赴死，军火之急急生产，民众之纷纷支前，友邦之慷慨资助，红色文化，洋洋大观。作者群起，深研备至，提炼太行精神，表彰抗战英模，可歌可泣，化育万民，进而为新时代不忘初心、继续前进之强大动能。回首七十年文化景象，不亦壮观乎！

武乡文化，厚重绵长，总而成之，采而辑之，舍我其谁！县委县政府下决心，定大计，集贤能，编方案，以规范性、系统性、权威性为基准，博采旁搜，摘取英华，卷次三分。首卷为历史文化，通览千载；继之以红色文化，特色引领；卷三是现当代文化，文苑集萃，遂成20册，汇千万字，煌煌然为武乡文化史上之空前巨著。武乡文脉，一以贯穿，高如板山，长若漳河，实乃空前之壮举，既为资政要览，亦成万民寻根溯源、永久承传之宝典，具彰往而昭今之效，其价值、意义不言而喻，无庸赘述焉。是为序。

中共武乡县委员会

武乡县人民政府

2024年6月

凡　例

一、本丛书以马克思列宁主义、毛泽东思想、邓小平理论、“三个代表”重要思想、科学发展观、习近平新时代中国特色社会主义思想为指导，选取武乡文化精华，编纂而成。

二、本丛书以基础性、系统性、权威性为基本编纂标准。

三、本丛书以武乡籍贯的作者为主要选取对象，以描写或记述当今武乡地域范围内的文化为内容选取标准。

四、本丛书选取的著作体裁不限，主要选取学术著作和文学作品。为了全面记述武乡的历史文化，特别组织作者新撰了武乡历史文化的通览性著作。

五、本丛书按照历史通览、文化特色、时代新篇为基本分卷依据，分武乡历史文化通览、武乡红色文化撷英、武乡现当代文化集萃3卷，共33种著作，编为20册。

六、本丛书为集成性著作，尊重原著内容的完整性，一般不作增删；为保持观点正确、内容准确、体例统一所做的修订，均经作者完成，并经专家予以审定。

七、本丛书对每一部入选著作的内容及其作者均予简介，以便阅读和使用。

八、本丛书根据各书特点而区别整理方式，涉及古文、文献等，予以标点，并适当注释；涉及文化遗产等内容，则以图文结合的方式予以记述。

目　录

高沐鸿小说诗歌选

高沐鸿　著

冈夫诗歌选

冈　夫　著

张万一剧作选

张万一　著

高沐鸿小说诗歌选

高沐鸿　著

【作者简介】

高沐鸿（1900—1980），山西省武乡县人。笔名成钧、笔未朽等。1919年五四运动时，在太原师范组织共进社，创办《共鸣》刊物，宣传马列主义。之后，在太原、北京、上海等地从事进步文学活动，是“狂飙社”主要成员。抗战时期，任《黄河日报》社长兼总编辑、晋冀鲁豫边区参议员、太行文联主任等职务。新中国成立后，历任山西省文联主席、山西省委宣传部副部长、政协山西省副主席等职务。著有小说《红日》《少年先锋》《天河》《美满家庭》《赵书记成长》，诗歌集《十二月之歌》《太行吟》等。1992年，北岳文艺出版社出版《高沐鸿诗文集》。

【内容简介】

本集收录高沐鸿所作小说《少年先锋》，诗歌《太行吟》《故乡三部曲》。《少年先锋》是作者较早创作的小说，1931年由北京震东印书馆出版。作者说：“这本书是在真人真事的基础上写成的。我有个老乡叫李逸三，他的年龄比我小几岁，北伐时期，他就在太原国民师范上学，后来参加了北伐军。1927年12月广州起义失败后，李逸三回到自己的家乡，在共产党的领导下，组织起了青少年，进行革命斗争。我写的《少年先锋》基本上就是这一史实的忠实记载。”小说的主人公无名字，只称是“我们的战士”。全书20章，分逃出广州、彷徨上海、回到故乡三部分。具体描写主人公在1920年代“现代中国革命的新思潮和历史的旧思潮被卷入了一个纷扰的漩涡，开始决斗和交旋的时节”（作者语），因起义失败，负伤痊愈，回到阔别的家乡后，与其父亲产生冲突，在时代的大背景下，“也足见大浪翻天的一斑”。其语言大量夹杂“狂飙突进”的诗语，兼及戏剧模式，其用词体现出民国时期文学表现的特别方式，亦兼用方言俗语，有特殊的认识价值。此次整理，一律保持原貌。

作者诗歌选自其《回春室诗钞》（山西人民出版社1980年版）。《太行吟》是高沐鸿在新中国成立后的新作，其内容却是写着抗战时期的大事。作者在《回春室诗钞》的自序中说到，《太行吟》等诗，“写出了八年抗战的总体战，写出了它的概然的风貌”，“写的别具一种陈年老酒似的浓郁的气味”。《故乡三部曲》分《小小的王朝》《抗日烽火》《崭新天地》，写武乡抗战前后社会的变化和武乡人民摆脱旧社会的桎梏，走上民族独立、自身解放的大道。作者称：“三部综合在一起，不过反映一点时代的变迁而已。”

少年先锋

第一章

从一次生命的卖掉里，他又收回这条已经被死神刻记了“仍予放行”的戳印的残余的生命了——他的生命，是屡次和死神睹了面的，而死神才终于是板起了严厉的酷白面孔，对他说出那样一成不变的“这里还没有你的位置”的话。跟着，死神便撑起了它的残酷的右手，将那个赤红的烧燃着的铁的戳记，烙在了他的枯瘦的脊背上，于是紧接着又叱斥一声“去吧”！便将他推入他所凄迷懵懂从来不知道包含着甚么真的意义的地方了——

这里是他的人间。

这里是有意义的，对于他，因为他自己给予了这里以意义。他的历史，是曾经而且正在扑翻滚倒在这里：皮肉和这里的地面磨擦地流出了殷红的鲜血；骨头是索索地打着地面发出了没奈何的声响，而心却用嘴唇和这里的冰冷的灰土石块，亲热的、妒忌的蘸着热血亲吻。是呵，他的意志，已经专诚于他的对这里的牺牲；他的牺牲，也已经单纯地变作了他的快乐的意志了。这自然也可以叫作最高尚的快感，虽然是从凄迷惘然和懵懂的心的瘦瘠之下生出来的——而其实，是已经透过了这层凄艳的生的可怕的薄膜，而转落于一种可怕的紧张的鼓动的快活里了。——这是放荡的快活——是呵，少年革命党的他，自命是这样一个乐观于生存的人呵。

他在苦痛的挣扎和激抗之后，正如从爬倒的地下，又奋勇地爬将起来一样。他看着这里的地面上由他的心中和身体上分裂出的血迹，他两手如两张放满了力量的弓，紧紧地弯圆地岔在他的腰下。他不禁便摇动他的发如飞蓬的头脑，神志坚强地向地面笑了。他几乎是嘲骂！嘲笑！嘲笑他的对手，终于没有力量把他扳倒！

于是他又豪迈地放开他的阔大的脚步，向着他的意志所趋的方向去了。

这个英雄的少年，是无名的，可惜的。但在他自己的心里，却也许高傲地以为他的肩膀上，正挑着一个未名的时代呢——是的，他是专门卖命给时代的。

是的，他是专门卖命的，对于自己的意志和理想，和从那些个偶像们的口里吐出来的科律，他的确是一个忠实的人，对于一切呵，他不知道世间有甚么虚伪，和假的叫卖，和假的面具，如有之时，那只是他的忠实的心在幼稚年龄里，所碰到的老时代里全副假装吧，而这个，是他已经对它愤怒地高呼了革命了。——这正是他现在的生活的意义。而他并不曾稍微亵渎的敢于把这样老时代的秽物，从他的嫩白的心里迁移来加到新时代的头上。

“这是如何不敬呵”！他自己想，如果他一时犯了这个迁移的罪恶的念头的时候。他是个傻子么？他是一个很大的忠实者！与其说他对于他的生活和幻想的一切不怕不忠实，毋宁说他是对于一切怕太忠实了吧。他呵，他卖命，卖命！他已经以生命去证实他的忠实，去殉他的所仰望的光去了……

死神几次接待他，都因了他的勇敢。然而死神说：“这傻角呵，你又来了吗！”它似乎讥笑他不应该有这样频繁的亵渎的举动。神是聪明的！知道一切比一个傻的勇士知道的多些而且真切。神好像可怜他被骗了。因为当他每次走来死神的面前报到时，神都正在听着他所敬奉的理想，和他所敬奉的人们在另一个世界上的欢宴里高声大笑呢。然而他是终于盲于耳目的：他看不见而且不听见这些！于是他作了顽强的死的闯入者。他不觉得他的卖命是对死递给了猥亵和冒渎。他高傲，尊严，欢乐，孤寂，兴奋——他不独不怜悯自己，他还尊敬自己的行径的！

当他从地面上爬起——每一次爬起来时，他都想："再来一次！我便试到头这死的代价！"他傲然不顾一切地又冲入他的所谓奋斗的生活里去了。

在五日前，他是从他和他的同志们的暴动之下逃出来的。他现在是住着一所洋人开设的医院。这不须说，他是逃避到这块天外的安土上来，逃避他的强敌对于一个已死的敌手的攻击呵。

但是这些，他完全不知道。他躺着在一块木板上。他不知道自己是置身在那里呢。因为他是刚才第一次酥醒过来的，他的耳中好像还喊着一种可怕的口号，而可怕的他的手，战栗着，还好像紧紧地握着一管铁枪，刹那间，他便见他面前的敌人出现了。他于是放枪——轰！轰！——他于是又昏晕过去了。

那一次的暴动，没有死灭了他。但在他不以为喜悦，也不为憾恨。他是视生命为一种冷然的东西，借之以达到他的一种幻想的。有如他视生命为一种进程，自己规矩的走上这进程去。到这进程应坍塌的时候，便坍塌了吧。他想，那是自然的规律。所以他是不爱视生命的。他完全好像没有生命那回事！他完全只认得有一个存在的自己，而自己又变成了一个工具，对于他的幻想的建筑的。

他二次醒来的时候，天是正在夜里了——这便是死神刚又把他送到人间的时候。他在那块木板的床上打了一个翻身，他的意志清明了些。他吐出——"呵，这是世界？……"的话来。

他的手颤动着，心颤动着，全肉颤动着。他觉得一种过度的疲劳在袭击他了，他细微地呼着游丝似的一间一断的气，眼睛只一度睁开看了一下他的这面前重来的人间，便又闭上去了。他还没有完全节制地使舒服进入他的心里的力量。因为虽然没有十分的记忆来苦恼他，可是他的肉体上的剧创，也够使他难支了。

他闭上了眼睛，想作出呼呼的鼾声来以促进他的安睡。但是他失败了。他的血肉跳动的很厉害！他简直又像置身在战场中了。不是他个体外的敌人来搏击他，而是他自身的血肉在他自身上作出横冲直闯的战斗来——他不支了。

他的心肺热的如蒸在一种沸水里。在他的心的周围，便是血的潮流，轰鸣地激荡着。那些血，又如不羁的野马，放开了铁蹄，不知要狂奔到那里去。他的一身，简直是被蹂躏践踏得将快破烂了。他的皮肉，他觉得已经不是一种韧厚的东西，而是膜薄地透现了裂痕和缺口，将为它们的敌人——血的奔流和野马所攻破的了——他几乎，他想，便要完全流血的了吧——全心身去演血的悲剧！

他不绝地在木板上翻滚着。夜深了，没有人来理会他。而且，意外的悲剧，正演着在他暴动过的五日后的大都会里。连医生和看护妇，都在震栗于生命的摇颤之下，收摄了嘴唇和耳朵在偶谈着窃听着这枪炮之下的生命们的苦痛的喊声呢。所以，他是等于被遗弃了，被遗弃于这样热闹的，噪动的，恐怖的局面之下——

他一个人寂寞于他的夜里。

不管外面是如何喊动吧，枯守他的是一个夜——一个无声的夜。

但是，他的夜仅只在他自己，已经变成了一个残酷的轰闹的夜了。这原因是他承受不了他的创伤的复活——他已经尝着生的苦痛，是较死的安闲可憎到万倍了——那正是死神推转他回到人间去的残酷难言的意义的证明——

他在冷寂的夜里，翻滚到热烈的夜里。但是这热烈仍然是等于冷酷的。他的头脑，已经抵抗不住他所受的痛苦了。他只是喊叫——但没有声音能透出这里冷酷的世界——没有人会听到他的这苦的叫声呵！

他的两手乱抓着——他躺在床上么？他想他是躺着在和死神见面时留难的惨楚的过渡的桥梁上——他躺着在正在这一条生死之交的桥梁上。他面对着天——虽然仅只天花板上一个露天的孔子透出了夜明，但他是把这一点暗空的微明当作全天的——他愤恨而又忍耐。他手抓着，抓着，想一下抓得天的一角，跟着撕碎了它，以消除他一刻的苦痛。他不能不将眼睁得在暗夜里发出光来了——那是白光火光——惨白的火光！他的全身几乎没有一刻不颤栗着，灼痛流熔在这颤栗的里面。

他的心跳了——跳得像个空虚的球囊，突突的向上跃。这使他觉得了从未曾有过的恐惶。“心将亡失了么？”他破碎纷乱的集箭射着似的脑筋里这样想像。于是他用手按在他这样跳的心上，紧吃地抚摩；从他的有知觉里，一直抚摩到恐怖的昏晕过去。

他不会喊一声“天呀！我所担受的是怎样的创痛呢！”的话，当他的心，震动于他的创伤的威严的时候。因为这些时候，完全被创痛占领去了，使他无半点暇闲思想到别的东西。他忍耐，努力地忍耐，但他是失败了——他昏然罔觉地又死似的昏晕过去——连苦痛也不知道了——

这便是他觉醒以来的终夜的生的活相！

最后，他又醒来了——死神不会永留他，因了他的永久不可赖的痛苦的债——他醒来，神志是较可支持他的创痛的攻袭了。他开始想平安地再转一下他的身了——他转了。他所受的翻转的刺痛，是只是使他的脑筋受到了如针刺似的刺入了全针所生的刺痛那般样。他以为幸快的多了，康健恢复的不少了。

他的手足已经都能自在的活动的了，不如刚才似的只能将两手乱抓，全身震颤地浸在苦痛的恐怖下，现在他的下肢，稍微能悠然适意的转动了。

他想，“我是又复活了。死赠予我以几次复活呢？”他于是合上了眼睛，又回想到他以往的历史的故事上去——那是九死里的一生，一生而又九死的。“唉唉，生命这东西是这样难于爽快地一掷了去的!”他在半丝不断的残喘里叹息了。

他到底复元的多了。他的思想有了连续，他又敢于不怕地运动他的思想了。那便是说他来运用他的思想时，现在已经没有甚么激厉的不可抗的肉体创痛来刺痛他打断他的了。

天是午夜了。一切静寂。虽然一种恐怖的严肃的杀伐的空气里，仍然不时好像有了一种低抑的哭叫，来打破了嘿默，但在他的奇痛极苦的心的担受之后，总没有可以摇动他的那种沸乱了。所以，外面的世界，正如只是外面的世界。而他的心，是安心浮在一种平静的波面上了。

他想起他的暴动来，他想起砰砰的放枪的时间来，他想起那个炮火冲天的敌我战斗的局面来；他想起那是个夜！——只是一件事他想不起来了：他不知道他如何躺身在这里。“奇怪!”他想了：“我莫非死过了么?”

真的，谁知道他怎么来躺身在这医院中的木板上呢？但是他死过了一次是真实的。

孤寂的夜！他的思想都沉入过去的回忆里。他的康健的恢复，是使他这样敢于顽强地自负的了。他至于兴奋地又想到了生和死——但这个不过是他一时引以为笑乐的问题罢！

“它——死神！多么喜欢开玩笑的死神!”他意识到他是又曾经死过一次的了，“怎地又放我归来呢?”他笑，残酷的笑，“你以为我是不必再作甚么的了吧？可是我——我仍然是一个固执的叛徒的我吧！……”他的眼睛逼视了黑暗的屋空，好像死神正站立在他的头上，萎缩的弓着身子，听受他的指斥。“看我的驱干！看我的心！看我的血！你虽然不收容我，可是我的力量不会因你的拒绝而怯懦了多少。我便一百次跳不进你的门，我也是二百次要跳进你的门呵！……我已经又想望我的生命的抛掷的地方了。我何愁发见不了这么一个痛快的场面呢？我是甘心于生，又甘心于死的。所以你会失败的，无论用了甚么无理蔑视的态度对待我……我不能，我不能见到你时，你是多么渴望地吃我的肉！待等我见到你了，你却又假惺惺地作出那种妇人女子的态度，不吃我，赶我出门。你慈悲做甚？你以为我的苦难，还不丰满，还不够你的嘲笑了么？可是我却不怯于你的嘲笑呵。因为我的身子，活了一日是有一日的工作的……是了，我们现在又分离了——我们不仅分离过这样一次。而现在，我是又走向你所预料的一种程途上去了。但我说那是你的预料！因之我虽走上你预料的路，我却是泰然怡然如履我的预料的坦平的大道。这是我的预料！你的预料放在你的真实的想像的眼睛上，而我的预料却正也放在我的真实的眼睛上。但是我的眼睛不是想像而是定律。所以我将是胜利者。我们的预料不会相碰，所以你到头来都不会相信我的预料是真实的。你是可耻的人，你自己快活在你的预料之中吧！我也将终于不睬你的预料而快活了下去我的预料呢……是呵，今天又分手了，再见！再见！……”他连讥带笑地向空中笑骂出了这样的想像，他的爽快真是终夜以来所未曾享到的爽快了。他少少被这种爽快疲劳了些，他不再想像了。他闭上了眼睛。

突然他又好像被甚么思想的刺激刺中了的一样，他的眼睛又大睁起来。他重复向着黑的夜空，逼视了几眼后，才渐渐地又像是慢的云移动的样子，把眼帘垂下去了。

这是他的最后的妄想：“我的思想是忠实的！我的感情是忠实的！我的时代是忠实的——我的忠实是忠实的！”于是他又好像正是刚才爬倒在这里的地面上，皮肉磨擦的流出了鲜红的血，骨头在石子和沙尘上摩肩地发出索索的响声，而他却用了心的嘴唇，在吃紧地蘸着自己的心身上迸烈出来的血，和大地面热烈地接吻呢。他大大的快乐。没有泪流在他的脸上，有之，那便叫作快乐的泪。他是从地面上跃身起来的了，他又傲然地叉了双手在他的腰下，对他的敌人似的供他卧倒的地面发出狂笑，“看我个站立起来的人！”这是嘲骂，嘲笑，可怕的嘲骂和嘲笑！于是他想到他的阔大的脚步，又将放踪于他的意志所向的快乐的路里了。他怡然酣然地睡着了。

第二章

半夜的沉酣的睡眠！天将要亮了，为了革命而牺牲了的他，而又终于不便被牺牲永远拉去了的他，第二次觉醒来了！这不是生命的觉醒！这是康健恢复的觉醒。生命的觉醒的时期的苦痛，是在他的前半夜里已经忍受过了。

他清醒在一个曙色方辉的时节。

然而他的从来倔强的心愿里，并没有在这个昏夜方终清晨来临的良时里，萌了所谓一般高明人的忏悔的动念。他是快乐快活，真的舒然的快活。然而并不是忏悔后的快乐。他乃是觉得又具有一个将快恢复常态的健康的自己，又将可能的在他的意志之下，豪壮地发着钢铁的厉声般地一掷之于他的沙场了。理想作成了他的沙场。他的断头台上，是那样发着奇异可爱的光呵！在他的眼里看见。

他醒来了。他看见屋中从外面映衬进来的灰淡的微明的曙色，他高兴的发狂。他只是不能起立！他努力地用着他的两手衬托起他的病躯，离开那块木板床有一寸多高，他向曙色点头输出了敬意了。他崩然地卧倒。他是如何欢悦于他的今晨的康健的恢复呢！他疑惑他不久便也有清晨的曙色那般康健的了。

他的心，又簌簌的跳。这是快活的跳。于是快乐的想念，连三接二地来包围了他。他最不能忘情的是今次同志们的暴动。他想：“我今次的死是值得的！”但是他又复活了。他自然也高兴他的复活，可以再来几次值得的死的。他的眼睛直瞪着，不停地快愉地转换。他的心已沉入这一次暴动已逝的影片里了。于是在他的眼前，憧憬地出现了幅幅惊人的战迹。

那时，他秘密地和他的几个同志，都是少壮的青年人，寄迹在这个大都会的旅馆里。这个大都会，是现在中国唯一不二的革命运动的策源地。

正如他心目中所想望的火与战争与反抗，都曾从这个地方发始过，而且始终是以这地方作核心或作后盾的。他的千里长征，倦游归来——也可以说是惧怕一时的失败摇动了大体的话。归来的时候，这地方便居留了他的秘密的足迹。他们的同志，正是想侵据了这块险阻的地盘作他们的行动的靠山呢。自然这次的暴动是他们计划中的事了。他狡然思逞的雄心里，自然也想到而且希望有这样一件事。

那是时机紧急了的一夜。他的同志中的领袖，已经发出了紧急行动的密令来。他们的信仰，是领袖的意志，便是众人的意志的。而且领袖们的才能，他们颇有几分相信像神鬼那般威严。所以在他也次第地从最高层以至次高层以至中层下层最下层传来而得到了紧急行动令时，他的手中便立地握着一管铁枪了。他如同握着一个理想的命运！时代的命运！他想："从我的手中，建设出新的时代来吧！"于是他欢呼着跑上他所被指派的地方了。

他的少年青年的同志们，和他同赴这次的斗争去的，真的算不少。粗疏些说，那简直可以说是一排少年军。他们的生命是有力量的，手腕是钢硬的，所以被他们的领袖选中了。而领袖们是被他们尊敬地安置在一种观望或者监视的地位上，以白眼来看他们的成败了。他们实在需要这种人物！同他来一起去的，有不少的他的得心知意的朋友。他们在狂奔着走上他们的战地时，简直个个都是哭的都笑了呢。他们狂乐狂呼；以为这一夜的搏斗，差不多是光明来临的最后的时候了。

他跑上他们的一个目的地来了。那是这个大都会里的公安局——他们的党徒，缺乏的是枪械，所以他们的领袖，要将他们的生命，来换取这公安局中的炮火，而他们也自豪："领袖们的意思是好的。我们不缺乏的是力。因为我们的万人一心的铁的理想便是力！而且又加以钢铁的纪律！我们缺乏的是枪械。"是的，他们不缺乏生蛮的力，缺乏的是几件铁与火。

夜是沉沉的，如没有知觉的一条死鬼。但在这般热烈的革命的青年少年脑中，却鼓动着不可向尔的火。而森严而肃杀的空气，却只有死神一个人预先觉到。万籁无声少年革命党们铁蹄，踏入他们的光明的路上了。

一九二八年之春，中国的一个大都市里发生了暴动。这便是这般卖命的可爱的青年人干出来的呵——

那时，他这个今晨卧倒在病床上的战士，已经扑向公安局的门前了。他们一总有二三十个人，都是最纠纠的少年志士。他们的手中的枪都已指向公安局大门，却先向空中放了几声空响。空响之后，他们打破了这扇铁门，冲入里面去了。他们是一群虎狼，中途没有半只绵羊敢来阻碍他的行路。他们呼啃着，鸣着枪，枪响纷乱地像是落来了暴风雨似的。他们一往前进去。

他们完全得了胜利。因为这里简直是几所空屋了。所有的局里的兵士，都早已闻风逃走。他们尽数括取了公安局的枪械。

他们凯歌着走出来。从公安局的大门里，要向兵工厂的路上走去。那里有他们的最大的目的和最大的胜利与成功呢！他们想完全致了敌人的死命，所以扼喉似的，抓心似的，夺最要的山头似的，他们要登上厂最后的一个最高的山峰去了。

他们风卷般行，风吼般呼叫；势将风卷落叶般的顷刻夺下敌人最后的要塞了。

兵工场的高墙的巍巍的影，已经从夜的辉光里递给了他们默首的敬意。他们看见了场中的一个耸然高起的尖塔时，他们放枪了。

但是敌人的炮火，已经飞来了他们的枪口上了。敌人竟比他们先放了一着。那大概是公安局的逃人，已向这里报警过了吧！

炮火如红蛇，赤练，火球，飞星般地从兵工厂的高墙头的四围激射将来。少年的革命党们躲身在四方的暗陬里。他，这今晨的复活的志士，获得了一个小土埠，藏了身。

这便将试战士们的身手了。他，是曾经过战事的他，不惧怕这星星点点的野火！他爬伏在那个小土埠的背面，开枪对他的敌人轰击了。他不绝的实弹，不绝扳机，镇静和久长的锻炼，使他的击射发生意外的效力。他从他的眼中，看见了火条。从自己的手下飞将了过去。那边墙顶上，便烘然地灼了火，继之便听见轰然的坍塌声。他料想，在他的手法下，敌人是已经废掉五七条命了。他于是发狂在一种无名的欢乐里，连镇静也少少忘去些了。但是他并没有忘记放枪。因为他没有忘记了——不能忘记了他的废掉敌人生命的狂喜呵——他放枪，放出的砰砰的响声，虽然是被全个阵地的轰然砰然的众多的火炮的声音压沉些了，然而这低声如幽咽的枪鸣，仍然可以听出不绝地发生在他的手下。他知道他的生命的力量，是快完全地放进这一管手握着的铁枪里面了——他是如何欢喜于这样一掷！他如何能钻人枪管里，变作了一粒火弹，去一直冲入敌人的肺腑？他想，那是如何绝无仅有的希过的快感呵！——他幻想了，他幻想到这些无名的高尚的快感去了。虽然他的手头仍然放着枪，那只是铁板的平日练习来的机械的作用了。他再没有杀敌的心，他只在自己的幻想里陶醉了——莫名的这种诱人的陶醉！

这便是理想的信仰的结了晶的陶醉！他是忠诚于他的意志，所以理想的信仰从他的阵地里，不仅把他拔出了恐怖之外，而且拔出了杀敌的严肃的决心之外了。

他幻想而又幻想。

幻想飞到了他的天国，他的地狱——他的天国化了的地狱。一切世界，都变成了黄金色的了。而且他们的党政已经推行，民众欢歌着；而自己也栩栩然是一位新时代的开创者，站立在被欢歌的中心了。“——梦么？”他想“不是梦！”……

突然，在他的手下，撇出了那支杀敌致果的过了长久的一阵的枪枝，他的身躯随着枪枝倒下了。这不是他的快感麻醉了他；不幸的，不幸的，他才是中了敌人的弹丸了。

——他的战争影片，演到了这里，便截然停止了。他虽快乐，但也惘然。从这个曙色的清晨里，他再看不见他战事的下节了。他无心地撑出了他的右手，在他的头额上抹了一抹。呵，那是血！还未干透的斑斑的鲜血！他从血的湿的摸擦里，自己也知道了自己是中伤了。那个战事所以无下文的原故，他也恍然忆得一些。

“这是伤痕！这是伤痕！”他的心颇不自在的悠然地想着。于是他的手又摸上额际，转向了鬓间。他发现了，他的伤痕是在鬓间开一口，鼻梁顶角正在两眼之交的中间又开一口的。他想这枪弹飞来的不差！差些儿不要命，没有经过正脑；差些儿不致盲瞎了，没有射入眼壳。

“我是如何会跑入到这里来的呢？这里又是什么地方”？这样的问题接着在他的脑中回转了。他仍然没有十分的悲哀，只是凄楚于莫名其妙的一段无文的自身的史纪罢了。

但他也想到这是当他中弹倒地后，他的同志们把他送来这里的，他也想像这里好像是个安全的地方。但是同志们呢？事业呢？外面的形式怎么了呢？他一切不知道。他苦闷，苦闷。不可抗的他的心又转入外面的搜求里去。

最后，他又想到自己的伤痕，不能不说是沉重的。那么几日之内，才可以走出这病卧的时间呢？他不禁又在孤寂的心里发生烦躁。

他想马上看到和他的事业同在的外面的世界。他一刻都不能忍耐了。

清晨于是去了。

第三章

战士的创伤，随着时日的逝去，渐渐痊愈了。他在这里的医院里，已经又住了五日。外面的世界，隔绝的使他苦闷。但是他因了这个苦闷的隔绝，他的创伤得以较为安静地痊合起来了。

那是昨日的午后，他的同志初次一次来探视他。当他看到那位青年朋友的镇静而又忧伤的面庞时，他是如何欢乐的鼓动呢？他几乎不顾及他的朋友的内函的悲剧的心情，而自己独沉在一种好像从乌云重重里，望见日出的那般蓦地来袭的鼓动的快乐了。当他一手把着他的同志的臂，两眼圆睁睁地放出欢乐的射光时，他开口一句便说：

"我的心真快乐的生了翅膀了——"

他的同志于是坐在身旁，他们说着几日来这个恐惶的大都会里的现象。虽然在他的朋友的嘴中不时不免有悲剧的口吻出现，而他却越听越兴奋，不管是杀头也好，流血也好，焚烧也好，他都当作一幕一幕动人的好玩的喜剧听下去了。

"呵，事情失败了——"他的朋友开口一句的叹喟。

"甚么是失败呢？——他好像在他们的历史里，永不会听到这失败二字。而且他是太快乐了。他初遇到了他的同志，又在想到了他的病体复元以后，和同志们如何地再接再厉地干他们的所谓建设与破坏的工作呢。他几乎蔑视他的朋友的口吻与神气。"甚么是失败呢，朋友？"

他的朋友颇现出忧伤的和不耐烦的神气来。"你的创伤好些吗？"他显然想用另外的话，除去了他心里的忧思。

创伤的战士在想了"这个怯夫！"但他是认这个朋友平日是还颇有几分勇敢的。他于是很不高兴的问他说："你是否被火炮吓掉了灵魂呢？"

"至少，我没有受到你样的枪伤。"朋友笑了。

"那末，你为甚么不能拿快乐的面孔给我看呢？"他两眼如球的逼视着他的同志。

"那我不高兴，这时。"

他真不高兴了，对于他的同志的垂头丧气。"你不高兴？"他自语似地摆着头儿向着天，他至于忘却他仍还是一个躺着在床上的病人。他兴奋的厉害，在一种蔑视暴动后寂寞的心情里。

“到底始终怎回事？”他不禁又问了。

他的朋友开始给他叙述一周以来的这个大都市里被他们闹动了以后的故事。他的语调是忧伤的，但渐渐说来，便也沉在一种热烈的狂暴的神色里了。

“我们那日夜作战失败了之后，这里的局面便变动了……当你受伤倒下时，是我正在凭着一座墙头放枪的时候。我一眼瞥见了你——或者我那时还不知道是你，但我知道总是我们亲爱的同志了——我便挟着我的枪，从我的阵地一直狂奔向那个受伤倒地的，在黑夜的红火光中，像是一块黑影从高处坠下的样子的同志面前去。敌人的炮火，在我的头上飞舞，差不多就好像从天空乱掷下火弹一样，我是从这些火弹之下狂奔乱窜着呵。我已经不十分害怕我的头上，中了那无目的一粒流弹，因为我是专心到我的眼中的受伤倒地的同志身上去了。我狂奔，狂奔。待我奔到了我的眼光注射的地方时，那里是一个不小的高高的土埠，你便在那个土埠的脚底倒下了，‘是你，是你，我的亲爱的同志！’我那时好像对着你的已死的英魂祷告着祝颂着。你的手中还紧紧地像握着甚么东西似的，其实你的枪管已经抛落在离你五步之外了。你的头发飞着，狂风跳戏在它们的中间；你的眼目是闭上了，翕合如一道线。你的嘴中流着几条带红的血痕，那是不知道从心上流将来，还是从肉体上流将来的。你两臂开展着，两足开岔着愤怒而激扬地仰面躺倒在地下。你好像还在愤怒？是不是朋友？但是你也许不知道那些了。或者你快乐也未可知。你的面容，也不时泛出了惨笑，也有时变作了轻视的微笑，和悦的，安心的，我知道你是还有一线生命，系在你的激痛的心头呢？你虽然昏迷，但是你的生命表示着反抗。你的生命表示着反抗！或者和死神已经见面了，但死神未必敢收留你！虽然它会讥笑你，无宁说是它是将无可奈何的怯弱，在变作解嘲的讥笑了呢。你的面容惨白，苍白，灰白，渐渐又像这点仅有的白，也快消逝了。我想‘死神真来接待你了么？’我们同志的生命，是永不被死神乐意的招待的，它愿意使我们历尽人生的痛苦。它不能宽恕地急速地收拾了我们生活的幕。‘死神不会接待他！’我想着，你的脸上又泛出殷红的血来了。本来你的脸上便已是血迹糊涂的了，而这时不知道又是从那里的创口里流来了一股一股的鲜血。我惊疑，我想发见你的受创的所在。我的眼睛直盯在你的血糊涂的脑袋上。呵，呵！我发见了你的致命的伤痕！那是一粒可杀的敌人的子弹，从你的左鬓穿入透过了鼻梁上两眼中间的隙地而飞出了呀。几乎伤了眼目！但是你的气息越来越游丝似的细小了。我想：‘一个人已经快死了！一个亲爱的同志！’我不禁蓦地对仇敌又发生极度的恨视。他们虽然没有击伤了你的眼睛，可是人既快消亡了，还要那眼睛做甚？这是等于仇敌已经射瞎了眼睛呀！全生命都被抓去了！全生命都被射瞎了。我不禁愤怒！不禁愤怒！我的心几乎气炸了，我狠毒地扳开我的枪机，无目的又向敌人击射了一阵。我以为我的愤恨是能给我取偿十倍于你的创伤的代价于敌人呵！我借此求安心静气！我的心是在觉得我们的世界，正在被敌人将快攻夺下了的时间！我们的亲爱的同志，一位呵，呵！是已经受了敌人的攻取，卧倒在地下了！我们亲爱的同志！我想！我的同志真将死亡了么？便在我眼前的倒卧的你，真将逝去了么？可恶的，可恶的敌弹呵！我忘了你了，我的两眼激射向敌人的炮火打来的方向。我搜求敌人，我放枪，我放枪。我占据了你的阵地，我代替了你的职务，我放枪，我放枪给我的同志和我们的理想，我们的时代和事业复仇了。我想一日吞噬了全世界，不管它是甚么人住，在里面的！因为我已经发疯了，我的心已经受到极重的创伤了！我知道我们的同志都是十有九碰到死的！我知道我们死才是不值，换不来我们的世界！便如你已经倒亡在我的身旁，而我们的战事，失败且又将归于我们了。敌人的炮火真厉害，我看见我们的同志们在炮火中乱窜了。有警了么？失败的警钟已经响了么？看！看！乱窜的少年革命党！乱窜的少年革命党！……我们失败过多少次数呢？今不又已到了失败的日子了么！不是我们的领袖的计划是铁般坚，星般致密，‘明晨太阳来’般的有望么？——呵，呵！我们的理想不欺骗我们！我们的力量不欺骗我们！我们的领袖们不欺骗我们！一切都是真实的！理想和力量，力量和领袖们！一切都是真实的！……失败么？失败算甚么？我们的死人埋没不尽这个老时代的朽骨么？我们将拿自己的血，全染了这个老奴的污面，使他失措了，逃亡了，或者倒毙了——这岂是个梦么？梦么？我相信，我相信，我自己相信！相信自己吧，相信我们自己吧，我们自己的理想力量和领袖们。……我胡乱地想着，我的心由纷乱而最后镇定了。但是天呀，天已曙明，敌人的炮火也已稀疏了，我的眼中像影片似的看见了地下倒亡的死尸们。那是我们的同志，天！唉唉，事情已经失败了。我们同志们的阵地一方面，已经没有炮火射向对方了。来的是稀疏的从对方飞来的火粒。我知道了，知道了，这是——！我不忍再说这两个字'失败'！呵呵，已经失败了，我知道了。我于是也反转头儿想要逃走了。'逃走是失败后的上策。'领袖们说：'留得不死的生命再去死。'我尊信这句唯物的有至理的话。虽然我的愤恨，失望，一切不安宁的心思，想羁留了我的脚步，和强敌拚命，拚命到底，废了命罢事。但是我尊视纪律的领袖们的赠言，我将全躯保还回来了。我要逃，我才想起了在我的身旁倒亡的你，是呵，逃，都逃，无论生死者，我将你挟起在肩下了……天还未大明。一个同志逃过我的身旁。我呼唤他来。他两眼注视了我一阵，又扳起他顺序的逃走的脚步，顺序地溜向他逃走的路上了。我非常愤恨这个王八旦；我们也有这样同志的，羞党辱友的东西！我喊着嗓子，向他叫骂。但是他跑了。——我一个扛不得你，'无已，则废我们的两条命。'我想，我是不能再延迟了。敌人已经快拢将来。'逃吧'，我自己想，'撇了你'。最幸是一位我们的好的同志也跑将来了。我们才两个抬着你，逃跳到这个所在——你现在得以安生的地方……"

他的朋友，一气将他的被创以后一直顶到他住入医院里的事情，向他诉说完了。他听得始而高兴，继而想像，终于像木头人儿呆住了。他想像，"有这么一回事！"他良久才呼了一口气，从床上转动了一下身子，睁视着他的朋友紧张的面容说，“呵……呵……”

“你知道你所从来了，在这几日的中间呵。”他的朋友轻轻地向他笑着说。

“是的。但是以后呢?”他不想再谈及他的受创里的情形。他好像不在意甚么似的，却是心中钻来了一股预觉的悲凉向下面问。

他的朋友刚才的一往诉说战迹里的情形的勇气和鼓动，也似已经逝去了。他显出岑寂的枯凉的面态，再没有力量向下叙述。他不敢启一下嘴唇。眼睛向空中瞅望着。虽然床上的人已经催促他“再说几次”了。

室中沉默了一阵。

第四章

“再说！——现在呢?我们的同志呢?领袖们的计划呢?——外面的空气怎样了呢?……”病的战士沉默中又焦灼起来了。他不知道这下面的情形，外面的情形，今天明天的应有的情形。他苦闷了，惊疑了。

“我们须要走！——一走了之!”他的朋友突然从忧虑的面孔上，显出一幅坚决的神气来，这样截决的说了。

“怎样?——走么?”他惊动着。

“走——一走了之!”同志坚决的再说。

“我不能——”他苦恼沉重的。

“你?自然也要你走。”他的朋友想了想。

“我不能——”他似乎发气，带了愤怒。

“你的创口已合了——明日或者后日……”

“明日?后日?我?——?”

“事情已经须由我们自己决定了。这里已经没有再代我们决定的人。不比前日——”

“然而——”他忧疑。少觉悲恸。

“明后日我同你一行。”

“我似乎不需要如此了吧。我的病——”他苦闷。

“病好了。”

“再病一次！加病一次！我需要——”他诅咒。

“你勿烦恼！”

“死了倒干净！”他凄然自笑。

“死神不收容你。”

“一切无望了么？”他冰凉的希望。

“不是那般说。现在是少为岑寂一些罢了。”

“领袖们呢？”

“我们怎能知道？大概早已逃出这里了。”

“同志们呢？”

“看见的也少了。”

“对方呢？”

“搜捕着呢。”

“有的被网住了的么？”

“难免——只这六七日间，杀人已经上万了。”

“我们的同志，那有这样多？”

“哈，谁管是同志不同志？枪头无眼睛！”

“敌人的枪头，也向自己的群里对射么？”

“不，是无辜的民众。”

“呵呀——”他突然转入轰动的狂乐里面了。

“风声顶坏的呢！街巷里的血，污积的成了小河了——”

“呵！——”他狂喜的叹息。

“沿门搜捕！男女老少不论！”

“这里?”他略惊地问。

“还好。洋人的医院!”

“医院的人，都鬼头鬼脑的日夜不宁呢。”

“虽然是铜墙铁壁，但是外面的喊杀之声，冤号之声也透隙而来。”

“我作梦!”他仍然高兴。

“听说便是十三四岁的女孩子，也杀够二百四五十名了——都说是我们的同志!”

“那配?她们!无识的女孩子们!”

“那配?我们——纯洁的女孩子呀!”

“你还可惜她们?”他高兴的逼笑。

“我的心如此。”

“你喜欢恋爱，自由。”

“不是恋爱。是人道。”

“——这是他们自己拆自己的台!”

“然而——”

“我这时倒高兴了。他们有这样高妙手腕!”

“你太现实!”

“我们的理想不如此么?”

“人道!人道!”

“杀人，放火，令名在他们的头上光耀了。”

“火烧了通街，房屋坍塌焚毁的几于无几了。”

“我们重新建设的时节。我高兴。”

“你——我们须要预备走了。”

“再不能停留了么?一时半刻?”

“明天，后天。”

“我又高兴了，自从听了你说到敌人焚杀的手段。”

“莫谈这些了。我们走。”

“你真心怯！”

“不是，我是颤！”

“怯不是颤？”

“颤不是怯！”

“你的好心肠呵！”

“这几日心难过，好像心害了疟疾。从来没有过的。”

“我们需要看事业，不需要看人情！连我们的感情都焚毁了吧！”

“你在发疯病。”

“我不病——你是害心病。”

“事业也得离开这里了。——好像领袖们遗弃了我们。”

“那是不会。即使——我们不遗弃时代。”

“倒毙的是我们的命。”

“成就的是我们的世界。”

“我似乎真像病了。”

“真的，你说的竟是全盘不健康的思想。”

“我怀疑。”

“你怀疑了时代，怀疑了理想和领袖们又和自己。”

“我全盘怀疑。”

“那便完了。真可惜！”

“眼见的民众的血白流了许多，同志们的头颅都丢了，世界还是世界！”——

“应有的这时代的——现像。”

“而领袖们——”

“即便——不管他们好了。我们还有自己。”

“自己倒下了。”

“是你！怯夫！”

“你也倒在床上！”

“我的心不曾倒在床上。”

“正是，还不知道逃出逃不得出这里呢。军警林立！”

“也如见阵似的。”

“好了，我也要奋勇了。这是最后一次！”

“这不是最后一次！这可以说是最前一次！”

“是的。”

“呵——明日？后日？”

“明后日。”

“我？”

“你我，再和一二位同志。”

“病是不要紧的吧。包裹起来也看不出什么的。”

“那是。”

“我们的时代都在前方呢，朋友。不要忧伤。”

“我听你的话。”

“我们便将看见我们的所谓光明了。那时——”

“那时便好了。只要快来。”

“也许我们将看不到。遗给后人也好。”

“后人？”

“干这种公德事，是我们的拿手戏！是我们的生命！”

“呵——？”

“我们不需要在死的面前战栗了，因为我们认清了我们死的价值！”

“那是。”

“我们是一个时代的创造者！多么伟大的荣名呵！伟大的！”

“伟大的！”

“出了这里，我想我们的领袖们一定在海上等候我们了。一定的！”

“哼！”

“他们较我们有策划。他们的眼睛常是注在事实上面的。”

“是！”

“所以有人呼他们为残酷了。说他们卖掉了多少青年的命。”

“不错！”

“然而事实需要！非要如此不成！”

“是？”

“不是他们爱废我们的生命！而是看我们的生命不如事业大些高贵些罢了！”

“一点不错！”

“必须如此！不然我们的事业何从建筑起，除了我们的血和脑瓜！”

“是的呵！血和脑瓜！”

“事业是比生命要紧的。因了事业是全世界人类的生命的再生！”

“呵——？”

“全后代生命的再生。”

“呵——？”

“我们的领袖们的眼光注视在此！这是真实的不错的！不欺骗的！”

“不欺骗的？”

“注视在此！”

“注视在此！”

“领袖们的眼光！”

“领袖们的眼光！”

“我的眼光！”

“也是？——我的眼光！”

“你也要有这样的眼光！”

“我也要!”

“不错的！他们在海上等待我们呢。”

“是的，海上!”

……

他们的谈话，几乎入了梦的形式了。非常的简单，却又非常的锐利而含蓄。床上的病的战士的心，由床上飞向海上了。在他的旁面的同志的心，听得也飞去了——但它是飞往了地狱。他不如病的战士具有光明勇敢坚强的理想。他是时代的信仰者，但堕落而为怀疑者了。

他们的谈话，使床上的战士忘了创痛，而飞心在幻的乐园。他一时如想到了他的病，那便是他想立地爬起赶紧跑出海外去的。在这里虽然不是怕卖掉了甚么一生半命，但是他知道这里，是不需要再有什么动作的了。这里的大都会，已经遭了一次千古未有的洗劫。

“朋友，明日，后日。”他的同志站立起来，从他的身旁，向他告别了。

“好，我预备。明后日。”

“让你的病预备吧。我祝福你呵!”他的同志似乎逗笑他了，但脸上仍然发着惨白的容色。

“我的病不能如我的心较有力些。待我想走时，我的病大概就好了。”因似乎十分自信的说。

他的朋友走了。

他抹一把他的鬓间的疤痕，那创口已凝结而痊合了。在他的手上，再找不见一点血。他想了：“又来了，我的生命”。

他的生命什么时候都是想高飞的。因为他的理想是那么高大，他的功程是那样长远，他的已经潜在意识里的毒狠又是那样凶煞。他想，“还我一次生命，作我一次工作。”他的工作，报仇，革命，建设。但报仇的意念，已经不为他所自知了。甚么是仇恨？他也不知道，他只觉得他的面前，老久站立着那样一位阴森森的石人似的刺眼的对象，好像是他的仇敌似的，的确是他的仇敌似的，他不能不咬着牙关，对它饱施以老拳了。然而他没有获得胜利。几次他的生命都几乎为了夺击这个眼前恶魔似的仇敌的对象而废掉了，然而当他死而复苏的时节，他的心身上的创痛还在激厉地发抖着，他便又看到这位顽强的敌对的魔，在他面前耸立着了。他几乎要愤怒死！他竟至愤怒地转变了巧诈的轻笑，向他的仇敌假意温款的说："再见呵！再见呵！我们又遇面了。"他的思想是说我们终有不再见面的时候，那时它的巍影，在他的枪口下逝灭了。革命呢？建设呢？这都是连带地走来的问题。然而他现在是把这两个美的口号挂在那个复仇的幕前了，他不是作伪。他已经忘掉了这由来了。当他的领袖或者同志们高呼着革命时，他便也高呼革命；当他们高呼建设或者破坏的建设时，他便也应声高呼："破坏破坏！建设建设！"这已经成了积久的习惯，他似乎以革命和破坏便是他的复仇的正好工具似的——但不久他也忘却了——他反而只信仰了那些生铁的口号。这是有意义的么？有！他相信其有。因为到底那个复仇的潜念，已经和革命呀破坏的双身结合而为一个糊涂朦胧样的东西了！这便是革命！这东西！这便是破坏！这东西！这便是快意的复仇呀，这东西！他完全了解了，了解了！一种活的生硬的观念嵌入了他的心下！不拔了。这时代的意识呵！时代的意识呵！虽然他是曾读过几句革命的书籍的，然而那只是附会在他的兴趣之下的几句浅薄的卖唱者的口声似的东西罢了，然而他益发高兴了，自信了。"你看！书本上也正如此说！"他每次读过了得心如意的革命的现代的字典时，他都不禁如此狂喜的喊叫了。他有时还强迫他的同志们都拢来击节欢赏这奇书的一页呵！

他便是现代中国的唯一不二的牺牲的青年的代表人物！他有这样志操！他有这样行为呵！

他想了："创口也特别愈合的快！"他的手慢慢地抚摸在鬓间和鼻梁上两眼中间的创口上。他抚摸着，抚摸着，往来地抚摸，不已地抚摸。他是多少自得于心呵！

他的眼睛望着空中，笑着。医生的手腕，使他佩服了。但他移来这佩服去佩服了他的理想中的时代的命运，他想："你，时代是走幸运的！你是将完成的！死已经又将我推来送给你了。"他想像他的不死，是专为了给他的心中新的时代牺牲的——去工作的。所以，他想："这时代有最高的幸运！有力量又收容了我！"他佩服他的时代的高大的威严比一切高大多了。他的病不是医生治好的，是时代治好的。他想。

他想，几次医生的来诊视，都现出把恐慌藏匿了的脸貌。那不是证明他的病常在一种危险状况里面么？洋人似乎也憎厌他的这次妄动，不十分欢意地看视他。——"中国的革命，就只有中国的青年们高兴的呵，其余则几乎都发出诅咒！"他想着，"但是洋人还怕丢了命！这几日的外面的乱砍乱杀，使他们的脸上，也撕褪了讥讪的笑，拱出恐怖的惧色来了呢。他们也怕被兵匪杀了么？"他想着这是对的。外面的光景的确是可怕的太好玩的了。于是他连想到了外面……医院……枪伤……逃亡。他颇生气他几日来的住医院：不能同乎一般普通人被医士和看护亲热的看视。但他想："这不是我没有掏出钱来——我的朋友的确是早已交付的了——而是我革命……"对的，他想到了他们的革命，是第一头先碰上帝国主义的壁的。他好像眼前便住在帝国主义的铁囚牢中。这使他太难为了！"逃！逃！逃！"他的心高叫着，他肯定了明日后日的逃走的决心了。

"没有帝国主义，也没有军阀——便也没有我们革命党"！他们的领袖们在秘密时代训练过他的几句明言至理：这时恍然又浮现出他心头来了。

"革命！革命！打倒帝国主义！"他狂叫着。

其实这里的医生看护们，与其说是厌憎他们像想中的"这青年也是里面的一员"人的暴动，毋宁说是厌憎这几日来的中国的新军阀的大屠杀吧。他们的屠杀比较了青年的暴动，老实点说，成绩是二比一，至少是加倍的！至少是加倍的！洋人们的久惯的假慈悲的心，倒是遇了这些杀人如开盛宴的新中国的大时代里的现象不能不点首叹赏，继之以心悚意颤呢。而对我们的战士，革命党们，虽然从理论上的习惯，他们是必然反对的，但这不过是一种卑劣的理论的习惯心理罢了。他们不能指斥出革命党们的可以和军阀相比肩的罪名。虽然他们也需要指出，但指出时他们是用了可耻的巧诈的。又虽然革命党们未必没有什么罪大恶极。

我们的战士，病院中的少年革命者，是太过敏其神经了呵。

第五章

医院中的幽居的生活完结了，他开始他的另一段生活。这生活叫作逃亡。虽然他是已经逃亡过的，可是这次的逃亡他是单身了。过去的逃亡，在他还以为是热闹的活剧。因为那是一次许多同志相随着成群地而且手中各自把着一管铁枪的逃亡呵！那时他们还能御敌，攻敌……乘机图大规模的举动。名之曰逃亡，不过是倦归老巢的别名罢了。那正是一九二七之秋天吧。他们从中国的中部，逃归到中国的大南部来。同时代的人们，都着眼于他们的狡计呢。果然，在他们屈伏于这南部的大都会后，不久便嚷着一种可怕的将来的大恐怖的预言了。而今便发生了这次的暴动。不幸，他们又失败了。于是我们的病的战士，又须在作伪的逃亡之后，再试他的真的逃亡了。

他的朋友，便是那个看病来的人，已经不幸的在看他之后仅只一二日的期待之中，被所谓搜杀暴动的叛徒的义军搜捕去了。也许在他的逃亡之后的一刻，这朋友便拷死在牢里或者磔尸在街市上了。他不能知道这些可怜的消息。这几日的搜捕更吃紧了。因为好像当事者风闻了这些不要命的叛徒们，又将在灰烬将熄以后，重来一次报复的举动。所以搜捕匪党的军警，这一二日的日夜间，简直是真沿门过户的稽查，不肯放松一些了。而那个战士的朋友，便被牺牲于这个再起的紧急的凶浪里。

我们的战士呢？他不能不逃。这些外来血腥的恶味，已由医院中人，无意地频频吐在他的鼻中。他于是听见了杀喊再起的声音。“逃!”他决定了。他的康健也已使他有敌于这样决定的力量。

一个夜中，他逃了。

他蹩脚地在这大都会的大街上跑。

他看见了街面上严肃的空气，和沉着面孔的天的空虚。一种大的空气，虽然紧紧地压罩了全个街市，但因为是单一而纯粹的，所以终不免呈出那种空虚的样子。他的胆子呢？虽是平素久已涵着在一种强硬的反抗的支持之下，不怯惧这样想到的局面了，但这时也因了一种仍是平素涵养来的机警的报告，便使那胆子的直立傲然的态度，终不禁少少地藏头缩尾了些。加之这里的空气，是在日夜的杀戮里，他那能保持得他的心的安静的平衡呢？他开始惧怯了。他像一只小鼠似的缩了身，向着暗陬里无人的空处跑去。他逃了，他逃了!

沿街沿巷的出入岔口，都有荷着枪的兵士巡哨。他几乎不知道甚么地方是他的可能的藏身之所了。他的脚步扑翔着，心乱跳着，眼睛里发出惊惶无措的火来。

一个夜几乎被他乱窜完了。他从几次几乎被觉察和盘问脱了的局面下逃了出来。他是机警的，到底是机警的，因为早受了这样训练。

当他逃出了他以为是他的危险的界限之外时，他看了一下夜色，吐了一口舒松的气，他放慢了些脚步前行了。

一个夜是这般的难过渡到天明。

他在路中。行着，行着，他行着。

那个被他逃出了的大都会的雄影，不已地在他的脑中来回着。他想：“你个大敌人，我又战胜了。”他又想到那只是一座空虚的城，除了恐怖，残杀，不安，死亡，哭泣，和号叫之外。“是的，”他自说了，“那里简直没有一只鸡犬在睡安生的觉。”他一想到他的对方的乱砍乱杀着无辜的人们时，他便笑喜的愉悦的无限了。“快倒了，我的亲爱的敌手。”他讥笑着。

那些男女老幼全城沸乱在一种生命不保朝夕的形势下的影片，便活活的也浮现上他的脑际。“刚才我是已经见到这些情景的外幕了。”他说，他想到了刚才的逃命的时节。但他是不再以为这些敌手惨暴的举动，是足惊心悚目的了。他只是脱出了刚才的生命之网便完事，他不可怜民众的惨死！如其在他的口头上出现着可怜的言语时，那只是欺骗人的一种口号罢了！比如过了些时，他也许对了他想招致的同志或者民众们这样喊道：“看那一次的惨杀呵！军阀的罪恶不已如火的暴露了么？可怜的人们呵！来，来，来，莫再束手待毙了呵！”即使这时他的泪珠都流了下来，你也要知道那不是为了哀怜民众和人们的。因为他的心不幸的已经忘却了他们自己事业以外的一切东西了。他只看见了他的革命事业！即便是革命在他的面前已失了意义，他也不知道而且不求知道了。他只指着那末一件愤恨装满了的东西说，那便是革命，至其流波和飞火所及，或者生出大罪恶来，他也不会顾及的。于是他说：“好了，好了，敌手快倒了！死几个也好。多多也，少少也——越多越好！”他几乎不作如是想了。民众的生命的血，革命的根基的土！打这样的比喻，倒是知道他们内行的教训的精神的呢！死吧！民众们！虽然可惜，可是革命将借了你们的光了。他们是如此看重革命的事实！这正是现代中国的唯一不二的革命青年们的脑瓜子里面的正经的包含物。——思想——他们是得之于传授呵——呵，传授！

逃亡的志士，落脚到一个乡村里。但搜捕的巨掌，——搜捕的凶神，也随他追来了这里。在暴动过的大都会的周围，四面数十里内，都星布着盘查暴徒的军队。幸好他是由夜里逃来的，所以当时没有被了捕获。但空气仍是吃紧的。

他逃往一家农民家里。天已亮了，外面已经消灭了夜给予他的黑影。他不得不另求一种藏身的所在了。——他站立在一个门户的前面。

“砰，砰。”他打上了那只门的门环。

清晨将放起曙亮，他已经看见白日的世界，蒙着黑纱的脸出现。

“砰！砰！砰！”

“谁?”一个门里的声音问。

“我！请开——”

“你是谁?”——

门开了，走出了五十余岁的一位老妇。她瞥眼看见了这位蓬头污面的青年，不禁稍稍惊异了。

“你是谁?”她问。

“请进去再说。”他一步便跳入了门内。

老女人跟着他走，脸上颇有一点不高兴的颜色。她的嘴唇扇动着，像是要说出甚么——

“请——关了门!”

他自己说着，不待得主人的同意，便将门“嚓”的一声关上了。

“你是什么人?”老女人有点怒气地问。她实在有点镇静不住他的惊异了。

“我——? 里面还有屋子么?”他不及回答她的话，便直奔进里面的一个内室里去了。

老女人打颤地跟着他走进来。

他的眼睛上显然的一种惊惶无措的光，给老女人增加了疑问。她虽然不会认他是一个贼，却知道他是一个逃亡者了。

“你坐!”他反请她坐下。

“你从都会里来的么”? 她若有线索地问。

“是的。”但他惊惶了，“不是。”

“是的吧——”她微微觉察似的笑了。

“你——你?”他断续地似说似问。

“我们听见大都会里闹了大乱子了……”

“是的，我逃难出来的。”

“年青人们闹的乱子呢。”

“也许是的。”

“听说杀了好多人呢……”

“是的。”

“军队又搜查他们——我这里也不安生。”

“他们来过你这里么?”

“要来的，每日要来的。五六日来都是如此的。”

“呵?我可以在你这里躲藏一时么?”

“那可怕——”

“我的身后追着人呢。”

“呵!”

“我不能在白天里行动。”

“是的!是的!”

“借住一个白日。明日我……”

“但是……?”

“和他们遇面时，我便没头了。”

“是的，可怕的!”

“他们只要我们的脑袋!”

“因为你们是革命党呵!”

“唉!唉!”

“革命党始终是和军阀作对头的!”

“军阀的军队!恶人的军队!”

“还有卖国压民的话头!”

“是的。他们卖国压民!”

“你们也胆大!年青人们。”

“可不是!”

“很小的年纪，脸面都白白的。”

“唉！”

“你遇到他们么？”

“还没有。但是要来了，他们。”

“每日要来。”

“他们追在我的背后，我觉得。”

“但是这里——可怜的孩子！”

“你老菩萨……”

“我有甚么法子？”

“我躲藏一时。”

“躲藏不了呢？”

“躲藏一时。”

“唉！唉！唉！”

“保护我！”

“保护你！”

“这一间屋子便安静。”

“这一间？呵！”

“我钻入那里？”

“床上？”

“床上么？”

“你上床，我用被头盖了你。你装病。”

“病？病！”

“我说，你是我的外甥子。”

“外甥子？”

“不要说话，我听见你是北方口音。”

“是的，是的。”

“他们来了我支吾。”

“行么？”

“凭天地吧。”

“你老菩萨，累了你！”

“我破命——轻轻的年纪的孩子！”

“唉！”

“轻轻的年纪的孩子们都是如此。”

“是这个年头！”

“我听说革命党都是小孩子。”

“你是菩萨。老母亲的话！”

“都撇下了母亲！——都好像没有母亲！”

“母亲！母亲！……”

“你们的母亲不挂虑你们！——她们让你们干这没脑袋的事！”

“没脑袋！时代！”

“可怜的孩子们！孩子！”

“孩子！”

“你，可怜的孩子！”

“我可怜的孩子！”

“革命要革成甚么样子呢！都把孩子们杀尽了！”

“对的，死尽时便好了。”

“好了？好了？……”

“时代如此！”

“甚么时代呢？母亲们的心扎痛死了！”

“扎痛死？”

“你没有母亲？”

“有的。”

“是呀，你的母亲你想想！”

“我不能想了。不想了。”

“好孩子！你上床去吧，我得去外面看去了。”

“就说没有人。”

“自然，我这里那有人！”

“一天！”

“如果过得这一天——你安心上床去吧。”

……

他跳上床去了。他将被头蒙了全身，连脸面都蒙住了。老妇人给他将被头又整理了一下，便向他嘱咐了一声“安心些”走出去了。

他在床上作着无名字的将来的可怕的梦。

第六章

时间如比削去两足似的，在他的心上停着不动。他的心血潮涌着，却并不能推进时间的走动。那时间好像个血人似的在他的心血中伫立着了。

他听见户外的风声是紧吃吃的。空气里有着喊杀的声音。树木都摇头怒发地摆着——这里现出一幅的恐怖图像。

他想：“最后了！最后了！”

他不禁地心也冰了一下。紧接又吁出一口低沉冤愤的叹息。“倒是这老妇人是个人物，虽然是旧时代的。”他这样恍悟地想了。这是他的第一次最聪明。他的平日几乎不认识有所谓好的仁爱的高尚的行为，站立在时间之外。他误认了新时代，他截断了时间和时代，他名那铺在他的脚下和卧在他的背后的时代为旧时代；老朽的腐败的，可憎的，他名那站在他的前面，和将出现到他的前面的时间为新时代。新鲜的，可爱的，全美的。他几乎这样唯物地断截了自然的悠久的生命——时间，他不曾信服甚么，在他的身后和脚下了，他蔑视着这面存在的东西。这个自他受创而至于想到革命加入革命的时间，已经成了不换的铁板的习惯心理了。“老妇人。”他想“菩萨似的。”他破坏了他的从来的心上的思想的公律，这样开始赞叹了。他几乎掉下泪来。“菩萨，菩萨。”他的心跳叫着。

但是他现在不能滞留在这种爱心的觉醒的长久的局面下。如果幸而再有安静保护他，使他能再长久地把这种爱的永久的出乎时间之外的人类的本态的高尚的行为，再服膺地思想几下，他也许认识了人生的深奥的底里，和革命的最高的意义呢。而且，他也许认识了当他面前被他崇拜的革命和时代，是有甚么不及和过火的缺陷呢。但他没有这个幸运，时代给了他盲目，敌人给了他盲目，口号似的简单的革命学理，和铁条似的死板的革命纪律，给了他盲目！他终于盲目了，盲目了，虽然有半度的觉醒，但终于没有觉醒到澈底——实在说是刚觉醒到了一个芽儿，便被他的心一切的他所认为有价值的思想蓦地把这个觉醒吞没了。他一时便又转入他的固定的盲目里，他的永久的定命似的命运里了。这个可怜的不幸之人。

“菩萨”之声消失了。他听见他的敌人的攻袭。

“砰！砰！”门声。

“谁?”菩萨似的声。

“我们。有没有暴徒在你这里?”

“那里会有什么暴徒。”

“开门，我们要搜查!”

“乒”的一声门开了。

听见“嗒嗒”的皮靴声，“索索”的枪械声……

他睡在床上的心乱跳了，如小锤般突突地跳跃。他想，“完了，最后了!”他的心火暴烈了。

他强制地把心镇定了一下。把被头又好好地蒙好了脸，呼吸到不敢声张地等待着。他的心慴慴地跳，两股在被头里打着战。“嗒嗒”的靴声，索索的枪声，咤叱的人声……

“无人么？”

“有我的外甥子病了。”

“哼，有人！在那里？”

“里面。”

他听见一种恐怖的扑杀，向他的空中袭来了。那似乎急风，暴风，怒马！

“来！这不是人？”一个凶恶的声音。

嗒嗒的一群皮靴声跟着跑来了。

“谁!?”众多的凶问，逼问。

“我的外甥子。病了。”镇静菩萨声。

“甚时候来的？”

“早日来的。”

“你知道这几日暴徒们都从都市里逃出来了么？他们乔装着农人，跑向农户家隐藏呢！”

“是的，我听说有过很怕的暴动。”

“是的，暴徒们的暴动！可不敢隐匿他们，连累了你自己！”

“我知道。”

“打开被头看！”一声很怕的疑问声。

于是他的头上的被头，被人揭开了．他合着两眼，苍白着面孔，用了一条黑巾紧抹上了他两须和额前。他呻吟着，气咻咻地，一副真的病人的面容。

“这就是你的外甥子么？”

“是的。”菩萨的声音里颇有点惊慄。

“好了。这孩子病的重。我们走吧。”一个声音向它的同伙说了。

“走，以后留心，遇到了奇怪的人要报告。”一个声音又向老妇人嘱咐了——已经是亲和的声音。

“是的，我们是怕这些乱党的。”

嗒嗒，索索，——哄然然一阵引去了。

听见砰的一声闭门声。老妇人走进她的内室来了。他笑着欢愉的面庞，真像个老大年纪的太阳。

“你会假装！呵，我的好孩子，你从那里把我的黑头巾，扎裹在你的头角上了呢？好，好，他们走了，你不用担心了。”

他蓦地从床上跳起，掀翻了被头，跳下床去，握着老菩萨的手点头，欢迎说：“我可又要活了！”他几乎跪在她的脚下，以表示他的无限的感荷。“都是你老人家的福德！”

他的心又飞落在饱满的快感里了。除了欢乐地感荷老妇人的保护的仁慈，最大的，他是以为他的生命又收回来了。但他不是爱惜生存，他是爱惜和生存连带的他革命的事业呢。这是他的久久的老脾气。他如此说：“我又将能贡献我的生命在革命的战场里了。”这是旁人不容易知道的他的内在的心情。连当他面的这个老妇人，也以为他会这样激动的感激她，真是一个心儿嫩笋笋的小孩子呢，她倒想到了每一个母亲，都是有着这样几个好的可爱的喜欢玩闹的孩子呢。

黑头巾仍然包裹在他的头面上。

“这是我当那些恶兽们跑进来的时节，突然想到的事。”他一边用手拆卸他头面上的巾布，一边欢笑自得地说。“我想起了我的头上的创口。”他把巾布取了下来，指着他的左鬓间和鼻梁上面，两眼中间的两处创口，给那个老女人说：“你看看，这不是我的枪伤？”他已经不再隐讳这些了。老女人惊忙又惊喜地眼睛中簌簌地流下泪来。“我一想，如果让他们发见了这伤口，事情便会完了。于是我惊忙到失措。我的手脚都在被头里大大的打颤起来了。我的右手突然在我的腰下，触着了一条薄薄的布，天喜，天喜，我便用来赶紧扎裹在我的伤口上了。”他喜笑地哈哈高噪。

“真是天幸，我早先还没看出你这伤口呢。”老人眼泪徬徨地欢笑着。“但是这怎了呢？你真的上阵了么？你们年轻人，这般不要命么？你的伤口这般大，这般可怕么？”老女人不禁在欢快中惊伤起来了。

“不要紧呵，已经痊愈了。子弹从我的左鬓透出了两眼中间。”他傲岸而豪迈地陈述着。

“险些儿不打瞎了眼睛！”老女人注视他的两眼，颤声地说。

“是，只是分厘罢了。然而我不害怕。”

“呵，真胆子大！”

“青年人的心是铁的！”

“真个呵，年纪轻轻的人……”

“我们都是不怕要命的人，年青的人们。”

“但是，你们的母亲，要看见了你们受了这样的枪伤才要痛掉心把子呢！”

“我们的母亲不会看到我们的。”

“因为你们已经都把你们的母亲丢弃了吧！?”

老菩萨的脸上，忽地现出一种惨伤的失望的苍白神气来了。他的嘴颤抖着，如两片干瘪的瘦叶。他再不能说话了。

“不是我们丢弃了母亲。这个时代使我们丢弃的。时代丢弃了我们和我们的母亲，和我们的全般民众”。他兴奋起来了，他对了一个无识无知的母亲，大谈起革命的妙道。“我们能不走上革命的路子么？我们革，革，革，革它个老时代到底，要割下的罪恶的头来，归还我们的母亲去。便说：‘你们的孩子们，已经将仇人的头颅取来了。今天，好当母亲的面前，数一数他们使我们父母妻子离散的罪恶。’是的，我们年青人没有了可保守的生命，没有了可保守的身家，没有了可保守的母亲，我们怎能不革命！我们便发疯也不发疯，我现在已经成为一个铁的心肠的人了；我已经不再纪念我的母亲了，虽然她是会自我走后便终日哭泣不止的。我们的同志，我的同志们，青年人，都是年纪轻轻，便都如我一个样，不再纪念我们的母亲。我们闯上了战争之门，闯进了死神之庭，我们想把自己的头脑，换得那恶魔的心肝吃呢！我们再不回顾，再不伤心，只是我们铁的心肠，火的光明，引着我们向前走了。离弃了母亲也好，离散了妻子也好，我们将走到的，是一座巍巍耸立的天国。那里有光明，有火，有热，有希望，有快活，……我们将在那里停住足了。即使我们的母亲远远地向着我哭泣，招手，我们也不能回来了。我们已经成了这样一块铁，径直的拉向前方去的。过些时，等我们的天国的福音已经传遍世界时，我们的天国已经扩张到满了世间，那便是我回来探视我们母亲的时间了。我们便说：'我们的仇人已尽死在我们的手下。母亲！现在在你的面前。母亲！现在在你的面前，除了那具老时代的死尸，再看呵，又有这样新的光明的世界出现了！我们便是如此，我们的理想如此，我们的领袖的教训如此，我们的时代的怀胎如此，我们的眼中物如此。我们的一切如此，老时代是要死去了，凭了我们的意志！……'老菩萨！你惊了么？"

他一径得意的发表完他的生命上的重大意义了。这个不识不知的乡下老村妪，何从而摸索他的意义的边岸呢？她只是惊忙地说"呵……呵……呵……"

"你惊动了么？"他接着又说："我们的时代，飞在你老人家的头上呢。"他笑了。"你虽然不识不知，可是你的孩子们要给你把这个东西捉下来了。"

老菩萨无法子了解他的话。

"我我很机警，我也很聪明。母亲！"他若有所见地自语说。"我将要使我的思想不落空！使我的生命长久继续下去，虽然不必卑劣地去保守它。我是已经学得聪明智慧的很了。比如我能防御我的面前的敌人的来袭，我能走我的脚步，在秘密的安静之上。谁说是白白牺牲的呢？我的所在，都是秘密的安静的地方。因为我的聪明，可以保护我的脚步。我有很大的聪明，认识了时代，认识了时代上的领袖，认识了革命的至理，我不怕我的周围有什么敌人了。我的周围并没有什么欺骗，我所知道的。我的周围站立着我的忠实的同伴，忠实的领袖们，忠实的理想和忠实的新时代的神——我是被包围在一种忠实的很大的未曾有的快乐和希望里了。我不怕甚么，因为没有可怕的。母亲！你放心吧，安心吧，安心乐意等待我吧，我不会死，而且不会自死，不会无价值的死呢！……”他显然是被立在他的面前的老女菩萨，引动了久蛰在心下的他的母亲的想念了。他用了温慰的口吻，向他的不知道在几千里外的母亲说明地安慰着。最后他又说了：“这时代，这时节只需要我们向前跳，向前跳，只要我们有两条腿，我们是需要跳向前去，抱上那个将生的太阳呵……”

他如梦如醉地将话说了时，便低下头沉在一种深邃的想像里了。

老女菩萨的思想，也被他引入到一种不可捉摸的寥远的渺茫的境地里。她想他是疯了呢。

第七章

红花满地，绿草如茵，郁茂的夏天，已经由时代的战士——少年先锋的流亡里，悄悄地出现着，而进到一种极盛的时期了。

我们的时代的战士，已经逃出他的禁牢似的危险的界域，而蹩足搭上了一只不知名的海轮，而渡海越洋地逃归中国的中部一个最大的海上来了。这里停留了他的如蓬转的足踪。

在海上，他没有遇到他理想中的人物，他没有遇到他的理想的欢喜。但是平静以及平静，总算在很诚意地祝福他了。海风和海浪，虽然是日夜在号啕地打动他的耳膜，但他知道它们是在他的逃亡之后，故意地向他噪聒着，以提起他的已往的回忆，而作一番恐吓的逗笑罢了。他平静平静，不为这些可笑的魔鬼们所扰。只是一种无名的雾似的寂寞，渐渐地却来笼罩了他的心了。他在这里少少地觉到了一种忘去的隐痛的复来，但以他的坚强的忍耐的力量，终于把这个从暗中向壮勇的时代的战士偷袭来的怯夫征服下去了。他不甘寂寞，虽然平静对他是有好的意义和礼貌的，然而寂寞这小鬼，也特别地聪明伶俐！它竟化装了自己，混入平静的和平的群里，如排着队伍似的向战士袭来了，战士！战士！可怜的战士——可怜的少年先锋——他被平静包围了时，同时也被寂寞包围了。他不禁终于坠入寂寞的想忆里。

“战士们呢？”他想，“战士们呢”？

他想到他的同伴们不知道都逃到那里去了。或者那一隅的暴动，和暴动后的敌人们对他们的捕杀的暴动，已经使他的同志们，不知其数的生命都沉入死亡之海了。

“死是甚么？算什么！”他不禁地又在沉酣的想忆里狞笑了。

“领袖们呢？”他又想“他们是在海上的。但现在的海上，却找不见他们的足迹了。难得他们自有他们的落足之处！”

他又在怀疑了——这是第一次对于他的领袖们不敬。他在海上没有碰见了他们，他的心寂寞地变叛着了。他想，他们有他们的落足之处呢。

是的呵，他们——领袖们因了自己的生命的宝贵，唯物地再计较一下。他们的一个头颅便等于一个新时代呢！伤亡么！伤亡别的多少头颅都是值得的，但伤亡领袖的头颅那便是如同扳翻了自己的整个理想和时代了呵！这是最大的愚蠢！实际呢，一个时代是他们向导的，开发的，策计的，夺回的，如果死了他们，那是正如同不要了革命。青年少年的革命党们，都相信有这样大道理在的。赔偿么？青年人的头颅，是给时代赔偿的；但领袖们的头颅，则只是生产的东西，不是交换的货物了呵！——时代给予了青年们这个固定的意识。

“所以领袖们不在海上了。”我们的孤身落魄在大海的只艘上的战士，又这样很原恕的想了。“这是对的！”呵呵，这是对的！

真的，领袖们已经不知道跑向何处去了。其实不是远飏外国，即是寄身国内的租界。这是个不难的想像。这些安全的天国的天国，正都可叫作革命的策源地呢。

领袖们在那里？也许正在又向着他们——小战士们高呼了吧：“来！来！来！革命！革命！革命！我们是在干秘密工作呵！”我们的海上的战士，好像在睡眼朦胧中又看见他的坚苦的卓绝的领袖们向他招手了。他的眼睛也几乎一下从这里遥遥地望穿了外国和国内的外国呵。

他的怀疑完全冰释了。

他觉得，海上虽然有点单凉，可是他的想像的热火，却已又在他眼前和心上高高地炽燃起来了，他欢呼：“火！火！火！”

便在这样理想的复活中，热望的再生中，他从海上归来到这里的海口上的都会来了。

这里停留了他如蓬转的足踪。

他是理想的复活者！简直可以说是理想的不死者：他是再仆再起的时代的战士！他是一员时代的最勇敢的战争的猛士——，少年先锋。

他的心，完全又沉浸在一种激烈的猛厉的一往前进的精神里了。

在险隘的都市里面，他游走着，他似乎找不到他的一个熟识的同志。“这世界奇怪！”他有些不相信他眼前的冷冷落落的世界了。“明白的我心如火！为甚么这里却冷冰冰呢？——难道全世界全中国，都已这般冻僵了么！”他惊异这些了。“我们的理想，还没有烧红了这个世界么？我们的行动的震动，还没有摇撼起这里的岑寂么？”他心中的火随着烧燃起来，那如怒的火呵。“寂息！寂灭！死亡！作梦！恐惶！睡觉！”他叹息这世界的奇观了。他最后以为人们都是在恐怖里睡了觉。“真的，人都在恐怖里睡了觉么？”他便高兴起来了。“真的，我们的力量是有力了，生效了，人都在睡了觉！……我们的火，火火！……人都在不敢向迩了，睡了觉，恐怖的呵！……”他以为他们的理想和他们的行动已经战胜了战胜了这个全世界了。“人都在死亡，逃亡，恐惶，屏息，顺承，忍受，降伏，低首屈心里睡着了，睡着了；我们的世界！……”他终于把这个世界的岑寂苦闷，认作了他的理想征服下的一种获物了。他于是才不觉到是荒凉而觉到是快活了。他的心包含了他的理想，在亲密地热烈地舞蹈。……

“胜利！胜利！”他高呼了，他的心高呼了。

实在呢，这个世界不在一个平静中，是实的；而且说，在一种征服中，也是实的。不过被征服的和征服的，正和他的想像中打了一个反面罢了。他以为他们征服了世界，而其实际则是世界已经服了他们。他的幻想，不过一种神经被多次刺激之后，受了很大的重伤，而在这些重伤上，又经他无识地不觉地哀心地习惯地蒙昧地加之以一层很重的理想的追述的热望，于是便把真实变作乌有，乌有穿了美丽的假衣幻作真实了。——他过度地狂欢在他的发疯里，他迷失了。理想的热望，使他害了热病，他以热病的眼光，来看他眼前的世界！总有一时他的热病好了些时，他要觉到这个世界是真实悲凉的。——他的热是热的可怕呵，全个他，几乎只剩有一个热了。

反面的世界！反面世界！衬映着他的热的心的是反面的酷冷世界！……

他游走，游走，心下想碰到一个相识。结果——他碰到一个老友了。这使他落脚到一个小屋。

“你从那里来？”他的朋友问。

“我从来处来。”他答。

“听说你……”朋友的话不好说。

“我来了。”他漫然答复。

“听说你是死过了！”他的朋友惊讶疑问的说。

“我？死过了么？”

“听说南方的暴动你牺牲了。”

“我——还在你的面前呵！”他发笑地说。

“怎——你加入没有？”

“我自然加入。”

“那是微幸了，邀幸运之福。”

“但我有的是记号！”他说着，指示了他的前额和鬓角。

“唷！”朋友惊怕。

“这不过个人对时代尽力的一点标志罢了。”他欢笑着。

“你真是战士，忠实的！”朋友的赞美和叹息。

“我没有这样自负心，我只是看我们的理想如一块硬石。”他解释的说。

“是的。你的心多坚实！对于理想，你是那般虔诚而把实。”朋友更解释似地赞美。

“是的，外面的局面如何了呢？没有被我们的行动惊动了么，没有朝不保夕的恐怖的心么？”

“有的……”朋友怀疑着，不自觉地睒着眼。

“有的……？”他也怀疑了，他看见朋友的怀疑的脸色。

“你在此要长留么？”朋友问。

“我想是可以的。”他不决断。

“可是这里好像没有甚么事情可作了。……”朋友忽然颓然地说。

“怎地？”

“便是这回事：没有甚么可作罢了。”

“怎地？我的同志们呢？在这里的我找不到了么。”他惊问。

“也许找到的。”

“那么——”

“可是终于没有什么事可作了。”朋友似乎叹息。

“你简直等于胡说！”他有些愤愤于朋友的马虎的声色和不摸头尾的语意了。

“我？不胡说！外面的局面在那里呀！”朋友睁着眼说。

“怎了呢？”他紧接着问。

“外面的局势，你从街面上还看不出？杀人是杀了，流血是流了，剩余是一个死的静寂。有人在这静寂里咳嗽一声，脑袋便随声儿堕地了。是这般在恶作剧的！……同志们的踪迹大都聚藏于一种黑暗和秘密里面了。一切活动，都削了足，如跛子似的；爬向沟梁山壑的阴密处躲起身来了。敌人的枪械，常临在我们的头上当我们绅士似地假装在街面上悠优的游走时。一不小心，头儿便碰到於枪儿上了。而且——唉唉，领袖们，领袖们！……”

“领袖们呢？”他接着问。

“领袖们都鬼也似的，从不见在白日里出现了。我们老死找不见他们！”朋友叹息且叹息。

“呵……？”他舒一口气。

“在敌人呢？擒贼先擒王。好像也注意了他们的行踪。租界上的洋兵警，好像也被串通了——其实我们知道他们完全是一回事，一家人似的——他们都帮同了他们在搜查我们的‘上头’了。租界的中国兵竟也林立直来！又有印度的黑大汉！这怎使我们领袖不惊心呢？——呵呵，租界住不得了！我们找不见我们的领袖们了。……听说他们已经完全跑走到外国！这个好！他们得逃脱了！我们的事业终幸可不倒！但是我们是逃不了的！我该逃往那里去呢？外国么？我们有这样的资格么？我们有这样的金钱么？我们还从来不认识半条海道吗？……罢罢，罢，我们待着死好了。只有领袖们安全，时代是会继续产生出我们小的同志的！不愁他们没有人用！我也这样常常想过。我的心是能自己安然下来了。而且我还望着来日！不过消沉闷的恐怖的寂寞的日子，可真有些难过，我住在这里，这海口的大都市上，竟如一只锁着脚的多脚的死螃蟹，被人掷在一条热闹的街心外的角落，自己着急着一种死的寂寞，而又常听到耳旁的噪吵的他人的笑乐。想转一下身吧，又恐怕一不小心，滚入了街心里，被人们的大脚踏杀。而不转动呢，心里又怪痒痒地那般寂寞着——就死挺挺的躺在那里？这是什么生活！我实在不耐烦了！但是又走向那里去呢？真的是‘四海之内皆兄弟也’的现在的我们的贵国，那里不是悬着千金的重赏，要换得我们这些小小的革命党的脑袋子呢？呵呵，我们太被人看重了。我其实便没有这样自己看重过。我们的领袖们虽然说我们是重要的时代的牺牲者，可我也只是感到一种牺牲在他们说是重要的罢了。我们有甚么重要？不然他们也该提携了我们，同渡重洋了……”朋友的话说来领袖们的身上了，他不免有点懊恼。

“你不要懊恼！”他开始慰藉而且教训似地对他的朋友说领袖们是不欺我们的。实在是，一个时代的作成，非有两样的人物不算话。一样自然是我们这样困苦坚忍的战士，一样便是那忠诚策计的先觉们。他们作了我们的领袖，如同把我们的战斗的力量，和他们的锋利战略合在一起了，这是个合一的必须合一的最大的力量——旧时代的推翻，新时代的建筑的大力量！我们需要有这样两等人物！必须有这两样人物！他们不欺骗我们，他们是在看清事实，看重事实的。他们忍痛离了我们，他们是不得不忍痛离开了我们的！他们渡洋，洋外面有我们的革命之根据地了——我们的火将从外洋流向国内来。我们等待着吧，等待着吧，他们是忠实的，伟大的，予我们以持久的战斗的力量的，终久保护我们的。他们呼我们为重要，那是真实的。我们是重要的！因为我们是时代的战士们！但我们也呼他们为为重要更重要！他们是重要更重要！因为他们是时代的创造者们，领导者们啊！我们两方要合一起来，虽要在颠沛流离之际，你总须要向好的一方面想我们的时代和理想不会欺骗我呵！朋友，你大可以宽心安心了吧……”他畅旺地呼着他的战士的豪气，向他的面前垂头丧气的朋友劝说起来了。他原来有这样大的雄力。

朋友默然了。

沉默锁了他们一时的嘴。

过了一阵，他的朋友向他说道：

“你的话是不错的。”

朋友宛然地笑了。他的心似乎已由一种紧张而进到一种畅然的舒服。

“我的话是不错的。”他自得地也笑了：“老实的不错呵!”

“但是——”朋友又提起一种心事来，“但是外面总是难干的了。你一切要留心。”

“当然要留心，”他笑了。“外面是到底如何?”

“外面紧吃吃的罢了。”朋友皱眉说。

“甚么时候不紧吃呢。我们过的就是紧吃的生活中的日子呵!”他笑着漫然不经意地说。

“内地许更较这里闹动些。听说许多朋友归到内地去都被捕杀了呢。”朋友似乎害怕着甚么似的。

“我不希望归到内地去——”他截然答覆了。

他别了他的朋友走了。

第八章

在他的现在的逃亡的时日里，他委实找不见些甚么。他的心是虽素养的变成铁了，然而也终不禁为一种冷冷的、真实的寂寞打软了一些。当他由这海口上的都会，又转徙了一步进到国内的一座名城里时，他的心几乎不全软下来了，然而他到底是战士！理想的热火，终竟吞灭了他的脆弱的小已的感情！他在几次心灵的颠簸之下，他都用前途的理想，把他的难为的激动的悲哀之心战胜了。他走上一个新的过程。

他的心是在一个过程上，悲哀向着理想袭击，理想又战胜了他；而悲哀又来，而理想又向它奋击了。终于，他是战士！他的心终幸而落于他想的平静上来了。

他走过南方的寥阔的极边，他走过海上的宽大的中腹，他走过海口的一大都会，他是只仅捧着他的一颗强健的革命之心回来了。

他想在这个内地的名城里，南国的秀土里，修养他一下暂息的心火。

这里，长江是长长拖着像一条大带似的，蜿蜒地从这座名城的脚下流向东面上。“海！洋！长江！”他想这些东西，是他自来在诗文中如何渴念过的呀。现在是一切在他的目中，正在他的目中了。他抚抱了这些伟大的自然的物质。是的，他还是一位文士呢！但自他从军以来，这生活便隔绝了。“枪管是比毛笔有力的！而且可爱的！”他常是这样的说。他所以呼海洋和大江为伟大的自然的物质的原因，他正是从事革命以来，新得的理论：一切，唯物的！是，唯物的！唯物的！而况海洋江水真的就是物？不过如果在他的革命之前，他一定要用他的文人的口吻，呼这些为灵的灵的什么灵的东西了——“伟大的灵的自然的母亲呀——长带呵——怀抱呵！”他一定会这样说。现在，他目睹着，心抱着这些伟大的自然的精灵们。他虽然硬心地认它们为物质，但这些物质，也终于在他的心上，给显示出活灵的跳动来把欢乐浓灌了他的心了呵！是的，这些物质显了心灵般的能力，来祝贺地给他的心以欢乐了。谁不说是这是物质呵？但甚么又是心灵？什么又是不同于心灵的物质？世界只有一个意志的，一个实在，一个生存，物与心，只一体的粗浅的两样现象，被人们的粗浅的眼睛看作两歧罢了。其实呢，并没有甚么两歧，而只是一体的，常人的眼睛，认有心的那么一方面，于是便也误认有物的那末一方面呵。盲夫笑瞎汉，一样阻于字面之隔呵！这在我们的时代的战士的面前的大江大洋，它们不是物质，也不是心灵。它们是正同乎我们人类的。我们人类是心呢物呢？糊涂的矫正论，正同于糊涂的原本论一样呵。我们人类也不是物质，也不是心！是这么一件东西！是这么一件东西！一切都是这样一件东西！这样一件东西！连了海洋江河以及一切呵！都是心，心，心，物，物，物，合一的，合体的一个东西莫有区别呵，我们难找得唯东唯西的理论的理论。我们暂且还不知一切叫作甚么的。我们呼之为这么一件东西罢了。活动是它的生命呵！……

当战士的眼前，也被物质的大江朦胧起了一种欢乐的大雾时，他的过去的文思又回来了。他新生他的心，但他不知道。他对这名城旁的名河发出渴慕的疑问：

“何等伟大的东西呵?!”

欢乐在他的心下鼓动着，那是艺术的欢乐。但悲凉也在他的心下鼓动着，那是如烟灭云消的过去的革命的如梦的残影。他不禁诗意葱茏，要随口唱出他的心事来了。

无了的流亡的途程，在这里给了他以不可抗的寂寞。

他走上大江的一条边岸旁的高埠，他直立着像一个夜中的鬼的游影，他向他的脚下滚滚的江流高唱了：

滚滚的我心将付东流?

残灭的梦影，你呀去休!

随我来者我遥远的花似的理想，

你可是接待我归还我们的天都?

昨日个我的少年已葬身于坟墓，

红颜黑发都消磨于人生的初步——

我心呀，在我的幼少时节，你嫩娇的面貌呢，

是他个顽石的人儿们已摧毁你了，

我尊严的家声和恋爱的朝露?

他唱着，泪儿在激愤中来临了。是他的心上正幻出一幕幼年时代的家乡里的惨剧呢。

我的面孔是天生得白：

父亲呀：轻薄可天生在白脸上?

你以铁条火炼烙印我的一心时，

你说了：“这可弃的东西呀，天生的败亡!”

是我便走出了你的家门——你的墓门，

我徘徊在一条彷徨无路的路上，
我想摘一枝抚爱的花叶——心的花叶，
补贴了我的创痛——我逃入天乡。
那边家门上已贴了白纸——母亲的心已死亡！
可怜她呀，没有个收容她爱子的权利的主张！
是我远远望——我远远看见了我的亲心，
一双的：一个男的是铁硬，一个女的是泥软般样。
时代的战鼓已经咚咚怒响，
少年的人儿莫再须彷徨。
我冲上我整个的生命的争夺的战场去吧——
我需要一次更大的创伤！
但是我的脚儿被羁留了，
那边来了一个仙子似的女郎。
她问我患得是什么当代的疾疫，
她是否有药膏医愈我——贴在我的伤痂上？
我说了：我失了母亲，失了全心的安卧的床，
我于今飘零在这苍天的荒莽的路上。
天已经没有一条路子指示给我了——
因为我的母亲的死呀，正和天死了一般样。
是她便皱了一下眉头说：
“你原来是个小孩子的心伤！
我有的是青年人的相对的恋情呀——
可还没有那拄着拐杖老母亲的心肠。”
是她便飘然去了，如引去了一阵花香，
我的心儿呀蓦然惊异着一个刚才的过往。——
是一个无名的可爱，钻在那个过往里面，

它甜甜的系走了我的心——它包含着辉煌。
是她呀，这恋情的被诱动的初阳，
又创伤了我了，在我的创伤之上。
我为她怎不能再举一步彷徨的脚步呵！
我钉死在它的羡慕里——这彷徨已不动的路上！
我想了："我可不能满如了这心头的眷望？
我的恋情，也已自这般地绚烂开花，有如朝阳！
我将去捧送给她我全心的初生的珍贵的赠礼，
以求她的抚抱了，和美满的娇笑的交往！
是我便走上了她的花印的足踪上，
我追捕一个女儿，如追捕着上帝的心香；
我追捕一个女儿，如追捕全生的理想。
我追捕到一家繁华的酒肆上。
那里的少爷公子们花花地在如花乱放，
女郎们都被拥抱于绮罗的膝旁。
金钱声响动着如击着夸尊的大鼓，
酒气如凶烟，扑乱人头鬼面上。
见我的女郎——我一眼瞥见，
她也在被拥抱于一个狡巧的少年儿郎，
她和他嘴对嘴儿笑噪着像蜂蜜吻着花香；
她们是在一种溶流里再溶流着了，狂醉的，
她们溶流在一种快活的忘却一切的滑剧上。"
我瞥眼看见，我惊心想到：这可耻的劣活相！
这可耻劣物，劣物呵——她，也在这般诞妄？
我的愤怒充满了我的忧豫的胸膛，但我的心说，
"我是爱她的呀——我终于爱她这般仙子模样！"

她是真可爱的，她有那样一双迷人的眼睛——
她又像有，我像看见了，那么一副怜人的好心肠！
我不禁压熄了我的心头的愤火之光，
我轻轻慢步儿走上她的身旁。
她身旁正溢着青春的芳气呵，
我说："我的爱人——"我已被芳香熏倒跪地上。
可是抚抱她的那位恶汉便怒鸣了。
他如雷吼："咄！这小子何来跪如狂？
莫非你也贪这里花香——想摘我心上的心，
我胸膛中的胸膛——胸膛中抚抱着的这朵花儿样？
这是我强前一步了——我摘了人间第一朵花香
你失败的人儿，归还吧，你祷告的单身的路上！"
我被一种嘲笑刺痛了——刺痛在刺痛之上，
我如虎欲一口扑吃了这当前的一口肉粮，
我可又镇静着转了眼儿向我的爱人儿瞅望：
她可是那般欢然地还在自在悠扬；
她只说，"你去吧，可怜的人儿，我已有主了——
你可惜错过了那时的机会——相遇的路上！"
她说着她便跳起和她的伙伴抚抱如狂，
流落得我的一心，如一个无用的箭头，
被大力透射到遥荒的遥荒——遥荒呵！
我睁眼再看我的人儿，从这角遥荒的所在，
我已失掉了眼前的斑斑人样：
酒散了，宴终了，欢乐的神儿们已去了，
我只获得我一身一心的凄凉。
是她未必无意于我的——我有的少年俊爽，

是她未必无意于我的——我有的爱的满藏。
她个浮游的人呵——轻浮的心肠：
可不是为一个钟情，便不敢再试钟情样？
可是她的钟情的呢，不是鬼？碰鬼！一个魍魉！
他只有官儿的臭气，钱儿的骨头，夸张——
她碰鬼还自高兴着如一个天人一样！
这可怜世界呀——这样可怜的女郎！
我和金钱作对头，行么？行么？
我和官人少爷作对头，我个贫伧？
我失败了吧，天赐的，天赐的！
我失败了——这世界原来这般样。
我愤恨地回归人间的路上——
我认识了人间一切的鬼模样！
我抛掉了我的家门吧——亲爱吧，
我抛掉了我的心伴吧——恋爱吧，
我一掷乾坤如一只不值半文的破鞋一样！
我打翻这个污烂的世界吧！
我们人类需要它可有苦头尽尝?!
我们人类的快乐呢，快乐呢？
我的眼睛，这可怕的它，还迷梦的不知向往！
他一气痛快地唱出他的幼年的生命上的创痛来了。
再唱，再唱出他的革命。
他唱了。

第九章

是战鼓声声已响？革命的战鼓已响？
我们的时代已到了，我们的心儿不再彷徨！
我钻入革命里吧，我钻入暴动里吧；
我的主，革命呵，你将给我以全副的武装！
是我的仇恨，与失望，与创伤，
都凭你的大手呵，为我报复，为我回转，为我补网！
我不踢翻它个老时代呀，我还作甚么想望！
我的主，革命呵，你给我们的全副的武装，
你的全心的忠实，全忠实的热烈的理想，
给我吧，我的主，我需要走上你的火烧的路上！
我的主，革命呵，火弹爆烈着，在我的心上，
焚烧吧了——我与世界！我的主，一切俱焚于同坑！
同坑里葬送它这个老朽的废物吧——连我，
连我，连我也去赔偿它那顽强不化的生命的老账！
这一笔冤抑的无头之债呵，无尾之债呵，
我不来算，也终于要有人来算了——
谁耐烦它拖延，它把我们活活地熬煎肺肠！
我便先不耐忍它的这单刀片斧的零割了呀，
我誓愿一头扑身入了它焰焰的凶狠的火上，
我将以浓红的焦黑的我心上流滴的血，
扑熄了它个漫漫长夜里的吃人的凶星之光；
我的主，革命呵！给予我以全力吧，全力吧，
我的手已愤恨得把不得一管暴动的铁枪放！

视眼前，听耳旁，我已经晓得了，新时代的开创。

我已经看见了那东方的曙色，呵，曙色呵——

我已经看见了那个新生的胎儿在腹中动漾。

天光呵，人心之光呵，将来了，将来了，我新生了梦想。

他唱完他的加入革命之前的火样震动的心情了。他续唱，唱他的加入革命后的生命。

他唱了：

战士已奋身加入了战场，

敌人的头颅呵，战士的肝肠；

我欲摘颗颗的血淋漓的仇首呵——

何处是那颗最大的合一的仇首模样？

我知道了，我奋战吧，我要杀的是一个有名的大王，

全整的一个老时代的顽抗的凶身和凶的心肠。

我捉不住这猾贼的致命处呵——

我也枉开了这新时代的广大的战场；

我的仇人没有单身独影呵，它：

不是恋爱呀，也不是亲子间的误伤；

我所革的是全时代的旧命，

我所求的是全人类新生的太阳；

看我吧，我是如何兴奋，而忘却感伤，

我是如何轰动而拼命如狂？

我将有我的理想回来了——

自从我的百次激战的战场。……

我已经割去了我的三大指头，

我已经轰焦了我的半头发黄，

我已经拼命作过多次抗斗了，

敌人的强胆，也已颓亡；
我可将进而取拾我的全部理想了呀——
那在那前面隐现着的明亮的天光！
我转斗过千里，革命正如朝日的绚红模模，
一朝的小挫，使我逃亡——
逃亡算甚么，逃亡不灰心气肠，
我们的大计较，尚在领袖们的袖内安藏，
我们的时代终将为我们建立希望，
自我们的枪头下呵，领袖们的袖藏！
我走过了三千里的长途，
由汉由浔而庾岭而珠江岸旁，
而南粤的一个大埠羁留了我的飞扬；
在那里我们有大大的希求：火，火，火！
我们将用火烧翻了反动的全盘面场；
于是呵：火，火，火！起了，顶天高般风狂！
我在那里也作了一员凶猛的火将；
“暴风雨来了。”惊死了全世的假英雄们——
他们些个反动的有名的巨匪，巨大的圣王！
我们杀死了可杀的丑贼们——
我的左鬓上便也来得了一粒报偿！
是报偿，报偿！敌人偿我以他的敌势凶张；
我身在死寂的医国里听到“大事已败”的哀响；

我们的同志们死的死，逃亡的逃亡，
领袖们的飞脚又也已远飏；
我没想我个残病的身躯，也许远飏能远飏——

我今已逃出了那里的杀人的囚场；
是敌人比我们得了时代的弱点——时代的保障。

我们的革命之心，终还在被反革命者敌抗，
于是我们的暗中的大军呵，散了，逃了——
我不想是他们逃散了，——我想是他们匿藏，修养，
而蹩脚的我，便单身孤浮于海上；
在海上我作着海上的梦想，
大海呵，何能一次来狂涨？
给我狂涨一次，吞平了这个老世界吧。
他几乎杀了我战士的和新时代的生命之光，
我可逃——我不是怕我的一命废了呀——
我将爱我所爱的生命再次来和凶敌对抗！
过大海，渡大洋，我走上了海之旁，
海之旁有我的故友彷徨；
我问他为什么不抛出勇敢？
他却都说领袖们都已远飏！
我说，“领袖们不会欺骗我们——
我们都是同等的被压迫于一个魔王！
即使是——唉，我们被了人的欺骗，
然而还有呀，面前的不欺骗的理想！
我们作人，作战士，贵在有把持自己的定力，
莫把几次小跌伤便当作魂飞魄扬！”
是我的话儿说服了他，他的垂首又高扬，
可他说，“全局已经冷僵了，你看看去四围场。”

我便离开了海口，又来到这内地上。

长江上的大波才向我眼泪彷徨；

我问你呀，“江呀长江！这内地的天色久是这等荒凉？

我却怎地会盲了我的眼睛，

以为我们的理想之火，犹复点点在内地上？

呀呵，这些凄凉的杀人的屠场！……

呀呵，这是些凄凉的杀人的屠场？

我们的小同志的活命都已枪伤？

我们的大同志的足踪都已远飏？

是这般荒凉更凄寂的荒凉，

我的一心呀，也难摸个主张！……”

他的唱声渐趋然悲凉了，但他依然不自信他目前的光景，便是他的理想的完全破灭。他是真的战士！他终究出他的强毅的力量，坚定的意志，向着他的火明的理想的新时代之光鞠躬了，他温温地唱出舍弃之歌：

但是荒凉呀，凄凉，我将不再信你的巧舌中的烂唱，

在我的身前也不过只是躺卧着一条模糊的假影——

我何须便伤心呀，我何须便不再相信我的始终的主张！

他的歌唱完了。

他对着长江极力地笑了一面，他走下那个高埠来了。他仍然保持了他的平静刚强的心肠。

我们的时代的战士，其所以成为战士的原因，在他的歌中，已经明白地宣露出来。原来，他幼年时曾经过家庭的惨变和恋爱的失败呢，这成了现代中国的黑发的青年参加革命唯一的一条大原则。我们只需要在自己的几个热心于革命的年青朋友的口中一访问，这同一的原因便百口一词给你诉说出来了。呵，还就是一千九百二十年代里的中国的革命和暴动的心理背景。老人们只揪着一张八字胡子的扁嘴，狠毒地骂青年们发了狂。可是

发狂里狂的病菌，却一点不为他注意或顾视。于是年青人们的脑袋，都抛掷在轰轰的炮火里，正如多少不值钱的烂瓜败果时，老人们便龇着嘴说："活该！活该！不要命的东西！发狂的东西！"于是而那些还暂且没有去了脑袋子的青年战士们的同情者的青年战士，在战场旁边听到了这些对于死的同志和在生的伙伴们的无情的讥诮，便也更愤然地，若火上加了油汁，更对于平日心上仇视的老时代作出更仇视的报复的行动来了。于是而青年死了，老人们不安了，民众们鼎沸了，完全的表现出一个恐怕的革命的时代来。这便是近年中国的革命，再起再仆，敌我两方决死久战的社会幕背景呵。

我们的流亡的战士，也曾在他的歌中唱出他的革命是对全个的老时代下攻击了，他姑恕了他的顽固的家庭，原谅了他的浅薄的爱人，而把一切罪过，都推置在"旧时代"一人的肩上。他的眼光是较真确的了，他的感情是宽大的了。不过他那能久长保持他的这诗中的纯厚的感情呢！时代不肯使他保持得住这点珍异的东西！而且他也还没有这个力量。当他在高唱时，那是艺术的高尚的威灵，把他从堕落里救出来了，他所以有圣洁的光明的口吻。而实际这艺术的威严与灵征一度过去了时，他的心便又必然地归返他的实际世界来了。在这里，他也许迷失了，或者误认了他的仇敌。时代么？个人么？没有人物，时代在那里呢？于是他的毒狠，便不禁有时要向他四周的生存着的人物放放了。比如那次南中国的暴动！在那时的他的心情，谁看不出正像是一只疯兽呢？他竟意思间在说，"民众越死的多，敌人越败的快呵！"他几乎祷祝敌人多次杀砍些民众的无辜的脑袋了，他是竟令人这样害怕的；所以他的歌唱里的精神，终竟是诗的精神罢了。诗飞了，他的高尚的精神也飞了。也许刚剩余给他的，只是一副野兽的皮囊了呢。然而他为甚么变作野兽了呢？他发狂了么？是的！他发狂的原因，请向老人们问呵！

他的父亲是一个半耕半读的老时代里安分守己的乐贫谈道的人物。他所以自幼便被这老先生恶视了的原因，只这一点便表示出一切来了：他的面孔生的轻薄！老人家正视这副白白的活泼的轻薄的面孔，为永于被弃绝于五千年来系统相传的圣人之道的门呢。他所以被逐出老时代的尊严的门来。

他无归落望着沉沉的天。幼嫩的心肝是如比百把刀子里着刺痛在了。他抖抖地打战着，他望不见他的路途。他转眼回看着那扇怔着大眼珠的被逐离开的大门，想见了他的母亲。但是，他的母亲！母亲在旧时代里又算得什么人物呢！她不是完全一个顺受一切，忍受一切，被恶毒的恶魔，完全拿沙灰迷瞎了一双眼睛，自己永久不能而且又不想望了望自己半条路走的可怜的绵羊么？母亲又算得一个什么人物呢！她忍受一切，节制一切，甚至于连自己的母爱，都不敢用出，呈露出在一种凶眉恶目的圣人之道之徒之前了。她抹死了自己的心，痛快地把自己完全的一掷在丈夫的铁轭下。她死了，死了，早就死了，五千年之中，早就死了呵！我们追悼她么！我们这些失恃的孩子们——母亲死了！母亲死了！——旧时代是没有母亲的呀！没有一个母亲的呀！……

我们的幼小流离的孩子——今日的时代的战士——他想到他衡母亲死在给他的父亲的唱随下了。他可怜真的这样聪明地看得透澈！

他于是逃了，带着他的完全失了怙恃的破伤惨痛的心。——他半途碰见了恋爱。

恋爱也被他发见被夺去于势力和权富时，他才完全地认清了旧时代的面具，他又被赶出来了，从男女相悦的场面里。

他于是在完全地走投无路的时节，他听见革命的战鼓响了——他大踏步地跑去加入了革命！

于是——他现在成了时代的战士了！

第十章

他游走在长江之畔。

他的心从过往悲哀的温软的回思里，犹自硬笋似的努力地拔出悲壮的调子来，犹自野火似的大样的放起雄壮的火焰来，而最后他又以百分的努力，把自己的心终沉落似的安放在一种理想的有望的快乐的火热上了。他到底不屈不挠！他到底回归于时代的战争里了。他想着他的时代！他想着一切，都将在他的手下破碎了和成功了。

“去一条生命算什么！且看我的收回的代价呵！”

他把他又推入狂热的革命的心情里了。他想，“马上去革命！再革命！”他想，“我赤手空拳么？我赤手空拳么！我有力量，徒手的杀敌的力量呵！”

“你死寂的恐怖的内地，山河，待我，待我！”他吼了他如一条怒狮踯躅在长江之畔。

他快乐地想像，“敌人虽强悍，网罗致密，又奈何我这个聪明的战斗之士呵！”他想到这内地的包围在他的四周的敌人无如何他。他们是傻子，盲了眼睛的。自己是聪明的善于在秘暗中活跃的人物。他想了即便不在这秘暗的不被人睬及的局面里作出什么来，可是他的敌人终于不会看到他对他作出什么来了。而况他还有热念的活跃的想在这人鬼不觉的场地里作什么的冀望，“干！干！有时机便再干一下。”他的心鼓动了。

他游行在长江之畔，如一个不被人看见的猛兽，吃人的东西！他接着想到一次战斗的胜利了。

那是正值所谓他的革命的极盛时期吧！在他们四面的敌人，直被他们革命的锋利的军队打得起而再仆，仆而再起了。那些老时代的尾巴上寄存的莽汉们，也虔敬猛勇地在保持着全心的力量，来和新时代的革命的战士们决最后之一斗，他们想用他们的忠诚的祷告和慷慨的生命的捐舍，来保护并防守好像奄奄落日似的旧时代的末日的命运。他们虽被新时代的战士们的矫健的勇敢和新奇的战术所战败了，然而他们强顽的抵抗，因承受了来的五千年的老时代的大惠的不忍遗忘和不忍割舍，也鼓动了，增加了不少巨大的蛮力。他们抵抗而且抵抗，顽强而又顽强。他们倒下了，又起来了；起来了，又倒下了。然而终于挣扎着最后的奋抗与回击。而新的战士们呢，都虔奉着新时代的理想，如面睹着新的光明慈惠大力勇敢的上帝似地，中心充满着撼动一切的激流的战火，而加之以又都聪明地透眼地看穿了老时代的一架朽骨，不知道在那朽骨之下面压迫死多少人数的生命了的，因之激起来的如海涌山摇的无限的震怒的仇视与愤嫉。这两面的激力，激动着新的战士们的心，如铁鼓似地响亮起来了。他们有摇撼一切的力，震动一切的力，征服一切的力，破坏一切的力，打倒一切的力，建树一切的力。所以，这新旧两时代的战斗的场合，是不可名的激烈的暴动的苦斗的场合呵。这新旧两时代的勇士的相扑，真可谓铁与火碰上了铁与火！他们都卖命地视生命如几块顽石，慷慨地悲壮的，如抛掷石头似的把自己的生命抛掷在碰头声响的敌人的凶刃上了。“索索刺刺”，生命破碎了。而生命没有一条自己会爱惜。于是两场的苦斗与激战，继续地百次千次演现出来了，这自然也是人类的一个最大的悲剧！人类的命运上不可免的一个悲剧！但是演剧的人物，却都已完全忘却这剧的真面，而将悲剧认作喜剧了呢！人生也需要有此狂激，有此狂激！让风狂完全迷失了革命时代的人物眼睛吧！那是时代给予了的，人生给予了的。谁，即使是一个懦夫，也要攘臂而起了。我们不能下一个半个尖诮刻薄的字眼，加之于他们的疯狂的病态上。原来人生这出悲剧，也终究要这样悲壮地大演一下，才够自己舒心，睹着畅意呵！我们都在演这悲壮剧，都在是悲壮剧中有数的人物！人生这宝贝，是喜欢和我们开这玩笑呵！我们干！干！只睁明白了自己的眼睛莫被鬼迷了，干吧，我们且回敬人生以它的意料中或竟出了它的意料的一次人活剧！——演悲剧！演悲剧！乃是革命时代的一个最高的有名的意义呵！——时代的战士们于是演起来了，继续不已演起来了。胜利归于那一方面呢？自然我们的新时代的战士们的初次露现的锋铦，是要比较那已经老于战斗的倦意了的老战士们为锐利了。所以胜利初次归到了他们——新时代的战士们。老战士们的顽强的苦斗，终于被他们奋击不已的奋击征服了。

时代走上了一个新的时日。太阳的光，也现出像用血刚洗濯了一次后的净洁了的鲜红的面貌来。时代——革命的朝日的时代在现了。

我们的战士呢？他正在战场中饮着敌血狂舞高歌呢！他的足板都因了跋涉山水，追风逐敌，磨擦地流露出殷殷的血流来了。他坐在沙场上，风在他的头顶上飞过时，他的乱发便随着四面飘扬！这样的故时代的战士，才令人敬爱死呢！他把一支铁管枪，闭着眼睛，疲倦的像个在梦中的僧人似的。他的眼睛一次从疲倦里恢复转来，再大睁睁看向手中把握着的铁枪时他呼它为爱人了，“爱人！爱人！你是我的！”这表现革命时代的革命青年对于革命狂热的爱好，和他的心底下秘藏着的多时不见了的幼年的恋爱的回想。他自从失了女子们恋爱时，他呼铁枪为爱人了。更进的说，使他忆起更伤心地，他自从失了母亲的怀抱时，他投入革命的怀抱了。但这个他不会想到，因为他久不敢想了，而且又革命地不去想了。他现在完全成了个革命的人物！革命之外，可以说没有一切东西看上他的眼睛里了。他正在把着铁枪，望着天空高歌呢！

“革命已经胜利了！革命终竟胜利了！”他的心下是如何鼓动着一种无限的壮烈的快感呢？是在他的战迹中，他曾从昏夜中扑过几次绝敌。他打不下几重险要的他们认为是他们和敌人的生命火拼的系着最后的胜败山头，从自己伏身在大风烈烈星光灿灿的严夜下的污水泊里。那时，他的英勇，真如一只野兽呢！“不杀敌何以对革命，何以对我心！”他这样心里在高呼着策励自己了。终于赖了他的新时代产生出来的未曾露面过的大勇敢，征服了他所愿征服的了。

他杀敌，如刈着蔬菜。他的心，他的脚步，一往前追前进了。

他捕杀了多少旧时代的魔鬼的代表。

“砍了去!!”他吼了，群声应了。

这走了恶运的寄生于旧时代的尾巴上的人物，便被拖下杀场去了。

天上的星光是灿烂的。

“杀！用刀杀！省得一粒子弹!”

“擦”的一声，这些人物的脖项上中了刀伤了。

“杀！用力些!! 起劲些!!”

“擦擦”的几声，乱落在这些不幸者的生命的头上了。人死了。敌人死了。旧时代跑了……

旧时代跑了么？

在新战士们的胜利的心境里是如此的：死了，跑了。

他也起劲运动起一把砍刀，砍在了旧时代的背上。当那些不幸者的生命在他的刀砍之下呻吟出最后的哀声时，他说：“好了，旧时代倒了!”他仍将这些人物代表旧的时代。

杀人者胜利地离开被杀者的身旁了。真的，他们所谓旧时代的死尸，都安静地平和地伏罪地躺在地下了。他们虽然曾有过惊骇了新的战士们的激烈地抵抗，可是现在已消灭过去了。他们再不能作一声响，蠕一下动了。他们是这般安适地被旧时代的上帝引渡到天国里了。——他们忘去了他们的敌人，虽然他们的敌人，是不只用仇视杀了他们，而且还加了嘲笑。

战利的新战士引归去了。

他呢？这个无名的代表的战士呢？他落足在同志们的后面。他忘心于他的刚才快意的举动。

“哼……哼……”如蝇鸣——死者的复苏声。

“怎了？——快来看!”他在同志们的后面转头来又向着死尸的地方叫。

“怎了呢，大惊小怪的!”同志们的蔑叱。

“死人活了，旧时代活了，不死的敌人活了……”他惊忙而奇异地一连欢叫。

杀人者又群来包围了不死的可死的死尸了。

群声：“那个？”

“看呀！那一个？”

“这一个！眼还活睁睁的呢！”

“来！我来！给他几下！”我们的代表的新战士欢呼了。他撑起了在星夜中透出惨白凶亮的光的砍刀，从空一直劈下，狠狠地照着那个呻吟着的睁眼躺在地下不动的死尸的后颈又砍了几下。于是不十分鲜红的血，又从死尸的项上流了出来，而那个刚才瞪着眼睛现在却已漫漫地闭上去了的头颅，便从死尸的项上，告别了主人似的滚下来了。它跳而且跳地跳了几下，在一角战士们群群注目的小窳地里站住了。它已经没有了愤恨，只是优柔地好像发出一面惨淡的笑。

战士们高呼了：“好，好，好！”

“好极！”代表的战士简截的说。

“去了吧！大概莫有敢再复活的人了！”一个慷慨胜利的声音。

真的，那还有敢再复活的人呢？死者呢？

代表的战士也畅意足心地踏着同志齐整的有韵的步调走去了……

这是革命的完全胜利时节！——

这是革命的完全胜利时节：

那时，革命的首都，所有前半月内四方包围着的反倒的空气，已经都被革命的大量扫荡去了。天空暗明无云，现出一个整个的新生世界。

战士们都高呼胜利了——

革命万岁！革命党万岁！革命成功万岁！

这些声音几乎震得人们耳朵聋了。

在长江之畔，他想着这些盛隆的往迹不禁使他心醉了。他悠悠梦般地在脸上发出亲和可爱的胜利的笑。

可是过去了，过去了。这些东西才都如朝日下的露珠，朝日一过便都消灭了。他欢欣底心不禁透上一点幽凉来。

当敌人们再次再次地扑来了反攻时，革命的力量终于不支了。因为他们所有的力量才一半是生长在空气中的。他们的领袖们又都不肯计较及这些，而只是夸妄在一种自己荣名的已成就里，将成就里，如沉在一种大的欢喜的甜梦里，忘记了他们的小同志们的头颅曾经为了成就这点初成的革命的伟业——或者说他们的这点荣名吧，已经抛掉多少了；他们而且不知道这般可怜的不幸的新时代的战士们，还要为了他们——领袖们——的粗忽或者轻薄，或者无人道，或者无人心，要在将来更丢掉多少生命呢——他们完全忘掉这些！不知道这些！可诅咒的时代的前驱的大人物！而他们——战士们——又何有自己生长力量，预备力量，蓄养力量，料及非以更大深更厚的力量，不能抵抗一切明暗之敌，以固稳他们初生的如日的革命始基的眼光呢？他们完全是孩子！他们完全是傻孩子！只是听一声号令，便如风转舵儿地向抛掷自己生命的沙场去，是他们唯一的忠厚的能力！除此，他们便只有兴奋盲了双眼的无名字的快乐了。他们那有计较，对于自己，对于革命呢！然而领袖竟又还那般贪荣慕富的不如他们！于是反动的力量再次再次扑将来时，他们变成了走头无路的逃亡者了。于是而革命倒亡！

革命倒亡了，一千九百二十七年之春。

革命党逃亡了。我们的战士也逃亡了。

但在失败之后，我们的领袖的心却从名利里醒来了，因为他们的面前，已经没有了名和利。于是他们想着，他们对他们的小同志们喊道：

“我们的革命没有失败呵，——失败算甚么——失败是成功之母呵！——我们革命者谁还会怕失败么！——我们的退却，是我们的唯一的策略呵——我们在逃亡里将作我们更惊人的举动！——来吧，逃吧，我们的亲爱的同志们！——”

这热活的真是号呼，感动一切被压迫的被创伤了的青年人了。他们都应声呼呼：

“革命万岁！革命党万岁！革命是永不死的！”

他们于是从中国的中部，千里迢迢地逃向南中国的极边去了。

我们的时代的战士——代表的人物——也正是此中热活的一个。

于是而他们在那里作出了暴动；而他们死的死了，逃的逃了——而他也是逃亡的一个。

于而是他逃到中部的中国的一海口上。在那里他听说领袖们都飞逃到外国了。

而今他踯躅在长江之畔，只身的。

全国的局面，已都沉在一个新来的又是新来的沉闷和恐怖里了。无地不搜寻他们同志们的足迹，无地不悬赏求得他们的头袋。这是真实的一个荒乱年头呵！凄凉日子呵！反动的胜利之后，正义的生命乱被摧毁的时间呵！

然而他不必便感伤这些！他虽然想得到，见得到！可是他的强硬的革命的心，仍能支持他的前进的决死的精神呵！

他在长江之畔游行着，这些过去的烟云，从他的心上泛起，而又平静地下落下去了。

他仍然一个有力的时代的战士。

第十一章

他寄足在这古大的名城里了，这里有他的故知，在埋头隐迹地为了糊口，干着他们的敌人手下剩着下来的只够糊半只嘴的小差事——这是说他们吃着敌人的饭，坐着敌国的小交椅。——这里有他们的敌人新建筑的王侯的高高的宝位，和旧时代的回光返照的一口大的嘘气；天空是如比清晨的太阳刚出了山似的，静沉的光明的落在一种朝望里了。然而在他们看来，这真是死人般的一种屈死时的一个回头的睁了一下的望眼罢了。他们不羡慕这些光明，而且还蔑视它，而况，他们又知道在这朝日似的微光的普照下，又有所谓他们的从暗中的活动，而被敌人惊省了的杀气在鼓动着。而敌人，也真的虽然在自己天下已经初定的时节，有着安美的梦呀，然而这梦中是如何可怕地不安的又听见了那种反叛者的终久不肯低首下心地被征伏了，而蛰伏于暗陬里的蠢蠢思动的报复的凶狼的举动呢？这也是真的！这里的空气，便是这般吃紧呵！不过可不竟如我们的战士的想像——天下无疑的是他的敌人的天下了呵！——他想像在这种严密阴密的空气里，正是他们同志的战力，将征伏了他们敌人的时候了；而其实宁可以说是敌人正将从这种局面下，可能的杀捕着他们的同志较多些了。这是真实的！时代正利于他的敌人呢！这时间里的空气正利于他的敌人呢！时代的战士——少年先锋，真像作着梦！虽然因了他是英雄和勇士，然也因了他是傻子与盲人呵！所以，在这种敌我暗地相递出猛烈凶野的扑杀时，新时代的战士是悲壮，而且豪快地在一种蒙昧中战争地生活下去了，他有希望，他有梦想，他有勇敢，他有不死的杀敌致果的心！

在古城中，他如个兔子乱跳在暗里的无人的旷地。也可说那好像逃脱的一只大胆的耗子！他不惧什么家猫和猎犬，来扑吞上他的颈项了，他跳跃而且跳跃，踯躅而且踯躅。在这里，他的敌人占据的名城都市里，他又像鬼一般出现在夜中了。

夜夜的都市上，花插着他的足踪。他笑傲，他笑傲着，脸上有花的笑涡。天——星光——电灯，都照耀出他的一副笑傲悠扬的面孔来了。他笑傲而且笑傲，有如说（敌人是如何蠢笨的眼睛呵，怎不看见我这一只大的毒蛇，在这全市上盘绕！）他笑傲而且笑傲，脸上的笑的恶光，几乎使天光星色电灯都害怕地发笑了。

他的足奔着奔着，他的足似两弓飞渡天海的半月。他的手扬着扬着；他的手像两条便要激射出的箭杆。喜悦腾溢了他沸动腾溢了他。他好像驰逐在一个宽敞的无人的大梦场里了。他一个，独霸的王呵！

当他的这种高超的游戏在少少减煞了一点兴趣时，——因为他的两脚都疲倦于奔驰了——他遇到他的一位旧友。原来他的朋友，也可以说是满天下的。因为他出身自北方，而又从军在国之中部流亡过大南方了呵。他的足踪所至，革命的潮都如江涌；而少年的青年的革命同志，又都如是蚁聚如蜂集。于是志同而道合，友谊便如江潮之溶流，自然的合一的速急地建筑起来了。而在北方，他少小的少年时代，又已结识了几个时代的思潮的开展和接受的最初的老友。他今夜所遇的，便是从此道来而好像少为因时代之沉落而自己也完全无主的沉落了的一个曾先知先觉过的老朋友。他一眼瞥见他，他们都互相欢呼了：

（呵，朋友！朋友！）

他们都赶紧跑快了一步，把四只手握成两条线，而摆动地抖搜起它们来了。他们的眼光都如寒星似地散射着，而慢慢地发出火热来，而慢慢地停注住了。两条身子直立着，射出两个直直的耸影。

“你从那里来？”朋友良久后，转动着笑乐的眼睛问。但这种眼光里也明白藏得一种快将露出来的世事的感伤，和时间上的久久别离的痛惜。

“我从来处来。”他微微苦笑了，逗戏似的；但接着他说了，严重的秘密的“我逃亡——！”他显然也觉着老友的脸上，表现出异常的为他所不意料及一种惊异和忧伤来，他不禁蓦然也被这些打动地反应出自己的，不由自主的情绪来了。他说了半句话，便遏咽住。

“走！到我处，细谈！”他的朋友，烦乱似的，害怕什么似的，紧拉着他的手走向他的旅寓去了。这明白，他的心情里，有一种紧张的东西。他们的话，不是可以在市面上谈得的，他拉断了他们的机密，使时代的战士，向街心走上了他的门户了。这他是见到市面上是如何禁止着偶语者的，那战胜了旧时代和未来时代的人物正在把枪口常常对着在匪议者的胸口上呢。但我们的新时代的战士不知道这些，不相信这些！幸亏了他的老友！

他们坐落在一个破落的小室。他的朋友的近来的落拓的生涯，都从这里表现得出。这是大都市里面每日三角半小洋租金的一个房间，而他的朋友住在着。一些破乱的文书似的纸墨，乱堆着在三只短腿子的小圆面桌下。油墨的刺人的腻味，从桌底下发出来，充满了室；刺入了主客的鼻孔里。主人是习以为常了；而风尘中久长领略着新鲜的天风，飘来的空气的时代的战士这人物，却有些不习惯了，难受的皱起了双眉。他觉激他朋友的好意，惊异朋友惧恐的态度，却又从这里感伤朋友的落魄的生涯了。

“近来，你为何？”他惊伤的疑问。

“不说这些！先谈你的！——我不过作着一个小官罢了！”他的朋友似乎生气而又激动的把屋中一角的灰土荡满了的久闲着无人睬及的小圆凳子递给了他一把，让他坐下，自己也坐下了另一把，这样的说。

他惊怔而且感伤了。这是他的感伤的正式一次。但这不是为了自己，可以说是为了同情的。他感伤老友的坏生涯。

“怎地你这般颓丧呢!?”他激动地开始向他的老友问。

“你怎了？——说你的吧!”朋友反激动地回问。

石油灯是不亮不明地发着破灭的光，立在圆小的桌面上。——这是这位朋友自备来的，旅馆不备客人的火食。

“我是——我是从海上来罢了!”他便不大高兴地回说。

“听说你流落到南方了，我狠记念你的行踪。一连老朋友们都不知道你的所在了——”又听说——朋友忽然嘿默住了，他的嘴唇颤抖着，脸上幕出惊伤的灰色。

“当然，你们是听说我死去了。”他才转来调笑似的口吻说。

“是的！人都以为你火葬了，在南方的敌人的反动下。”朋友感伤着。

“那我可又归来到你们的面前了。——一切都要归来我们的面前呢!”

他的热烈的理想又欢喜地来袭了他。

“可是我们的事好像已经完了。——我落魂到为敌人做了三十元一月的雇用小书记!”朋友激厉的感伤的说。

“嗅！原来你的生活如此糟！我们的革命的战场中的青年战士，都一月有百十块洋钱使用呢!”他想起他经济生活的不感困难来，反映地太感惜自己的老友的物质困厄的今日了。原来呵，时代的战士们不缺乏所谓经济的丰足。他们的领袖都很聪明的慈爱的知道一个革命者，都必然需要一种经济的安定和满足；而于是战士们的腰包，终于不比无产者了；而甚至比得上了一个中产的小富豪。“这是至理！革命不能无饭吃!”战士们唱着歌，以为他们的领袖是实属通人情而达人道，他们已经不肯自己抖动自己的一下皮包想想那包中的金物，实在不止是够一口饭吃了；那是够一百个贫民吃着过三十日的！但他们迷忘了，也可说是高兴的醉忘了，也可说虚伪使他们作出抹煞的伪供来，故意地忘去了。而不知，不知呀，这些丰厚的金钱，正将去换取了他们的头脑！这是领袖们的猾计么？时代的歧路上岔出来的险象么？谁相信呢！

“糟！糟！糟糕！糟糕!”朋友二连叠声的叫着了。“但是你，且说你的。”他催动远违的战士了。

这便听到了我们战士的连珠炮响的革命生活的演词和笑傲。他一直将他和他的这位老友从北方分离之后，如何在中国的中部加入了革命军队，又如何革命胜利了，革命不幸一时又隐没了，又如何放迹于国南，最南方的一角，从千里迢迢的越赣越湘越大庾的大举长征的途中走到了；又如何暴动的狂欢，暴动后的一时寂寥，自己的头上中了敌弹的医治的速效，又如何终于在那里站足不住，而便逃亡，第二次的逃亡（第一次的逃亡还可以说作战事的退却的策略的）；又如何渡过海上，上了海口入了内地来到此间的一往无阻的奔逃——又如何自己不以为是奔逃，理想的时代正在向着他热烈的号召：诸如此类的往事他一一痛快淋漓地向朋友诉告了。他又沉于一种回望和前望的欢动里。

“你看我的生涯不寂寞吧!”他在历史的欢诉后，这样哭向他的老友问了。

“好的，英雄一个!”老朋友也便举起大姆指夸赞的热活的说。他高兴了，高唱了。他几乎不愉快死！他又已得了一个同情者了！而又是老友的击赏!

“然而你呢”？他于是又回转来问他的朋友。

“唉唉！我不过为人家作奴隶罢了。”朋友感伤而叹息。

“何以要如此?”他不懂。

“何以要如此？你不懂么?”朋友睁圆了眼睛，忽然像愤气的样子，怪他的无识的漫问。“你不懂么？自从革命的高潮倒下了时，谁个革命的真正者不都落了水呢？是的，朋友，在你走向南方后，我便也骑墙在革命的壁上了。我自然没有你的勇敢，和你的稚气的盲力量。我不信仰什么，但我总也高兴什么了。我高兴革命，不管他是甚么革命。于是我便也跳入革命之场上，我也从事过革命的工作了，我也尝试过工作的辛艰了。然而霹雳一声，正在我们的心火的高炽时，暴风雨，反动的暴风雨来了。失败之袭来有如梦！我们失败了，失败了——但我以为不是外面的失败，而是内心的一部的失败。看！外面呢，我现在还可以作敌人手下的小官僚！而只是心的一部，终于好像受了枪伤似的不敢再想了，我的革命之心几于动摇！现在，我是蹩脚在一条歧路上了——其实，还不如说作无路的好！我简直无路可走了，于是我作了官！我没有生活了；我没有生活了！我活着不过为了死——待死之来呵！……”

朋友真的感伤的厉害了。几乎从他的枯瘦的两眼下流出泪来。他停顿了一下又说：

“时局已经僵仆了！僵仆了！我们的时代呢？飞了？我不再想这些好了。但是，朋友，”他忽然转过话头来向强硬的面前的战士说，“你可不必太放肆！小孩子的行动，终于是自己吃亏罢了！你要睁眼看这里的杀气，敌人对我们的杀气！你要相信这时代的没落自身不保的险难的自己！你要相信这局面，当前的可怕的局面呵！你要相信我！青年的血，固然是要直前射出去的呵。青年人的头颅，也固然不必像什么金宝来保守，但是你要知道你生命的价钱！这价钱现在已经低落了，低落了，而甚至于消亡了消亡了——生命不值半个铜板了！你相信么，孩子？少年的好友？——"

朋友的话说完了。他怔着一对疑问的眼睛，看着战士的死板的不被激动的面貌。

"你的话说完了？这长洋洋的不起劲的话！"他先锋战士，显然对他的老友递出蔑视了。

"好！你干你的去！可要我们再见么？何时？何时？"朋友的神经刺伤了。清泪掬在他的心上。

"我不愿意你发牢骚！你消沉地像个鬼似的，甚么事还有望呢?!"他安慰似地教训着朋友了。

"好！我也消沉！时代也消沉？只是你，少年的朋友你不消沉！好！你不消沉，干去么！好！时代将收葬你的！"朋友送葬似的发出丧音。

他笑了，"你真好笑哪！你将死了！"

"我自然快死。可怕你的理想，还飞落我死之前！"朋友露着鬼似的白牙齿这般惨意的紧逼的说。

"不谈这些好了。"他说，"我也知道自己警备！感谢你的厚意。"于是他们分手了。

第十二章

在这里的名城下，他又住了三日了。他找不见什么，如他的理想中的暗火，如他的理想中的同志们秘密的活动，他于是真的有些厌倦了。他心上难止住了悲啼，难止住往事的勾引的回想。他忆起他的老友的规净的话来，也几乎心儿上冲出泪来了。他于是已经变作了一个悲壮剧演完时的寂寞的如死尽了自己的理想，和理想中的伙伴的人物的主角。回想他过去的悲壮的行动，和今来的寂寞的无聊，真不禁伤情的感动地流下泪来。他变成一个怀旧思新的人物。他从此不只有从前那样热火的，烈烈的，如焚的，纯净心肠了；他已经有了悲哀，已经是悲哀扰动着理想的怀望的快乐，而要变作一个两截的合一的悲壮慷慨的忽欢忽悲的人物呵。他可怜的时代的战士，已经被时代倒亡后剩给他的悲哀浸化了。他初次见到了凄凉，会到了没落的一切的闪闪的可怜的断影。

他唱了，而又唱了，歌子是从心中水漾地推来，无头无尾的激翻着。可怜的时代的战士呵，他的歌尽送给时代的悲哀去了。虽然也间杂着有些前望的火星斑斑点点的理想之欢幕的痕迹。

他于是在这个名城里，发动了北归的乡思了。他不害怕甚么：这里杀头那里可不杀头?!“北方的故乡可不杀头!”他不做如是想。只是一种无处着落的心情，有些使他不耐忍受了。或者北方的老家乡，将有什么一块安静的寸土，可以安放他一时的颓伤的心？他是如是在想了。其实他也知道他的父亲——即使是母亲，都没有这个可怜的想望被按放的地方。母亲呀！她是丈夫底的！即使上帝今朝把她送给战士的儿子了，而她可又有什么眼睛，可以看出战士儿子的中了的时代的大创伤呢？她不过只于能老鸦似的，咕咕哝哝地对着自己的孩子，哼出几句的哺乳似催眠似的歌话来罢了；她又如何能不如正在梦中，对于儿子的这种好像终于已经睡好了、吃饱了之后而发出来的无端的哀号加以警异呢？这将使一个整个的母亲之心无所用其宽大的无边的爱力！这将惊死了整个旧时代的母亲之心！这将惊异了乡村下全数的父老！他们不知道，是的，他们不知道新时代上的战士的青年们，心儿上到底受了什么惊扰！他们虽然便全盘仁爱慈和地，都姗姗地来挤着那发卷鬖鬖的头儿诊视这战士的疾苦，宽恕了他的已往的出乎他们意外的莽卤的大胆的无识的动作，但他们是没于一只高明的眼睛能看透战士的创痕所在了。他于是想："那里又怎样可以医愈了我的创痛和寂寥？我还是不归去的好！"但这个不归去的心，终该把他归落到何处呢?！"这家乡不必去"的念头一决定，他的心儿便又失落无踪了。他的心儿飘飘高高地无际的飘往高吊！这不是家乡有勾引它的爱力，实在是家乡之外也没有什么勾引他的爱力的地方了。他早已无路可走，除了那理想中的在望的一条；而今则是连这条可怜的在望的唯一的理想中的引线都已不知被什么可恶的魔鬼割断了。他真的走头无路了。（虽然他会不十分倾向于这个可怕的荒渺。）（他还有点心火么？他说，有，有，有。）（但是面前他实在没有）。

他动了乡思，他实在动了乡思了。

在这里的名城里，他不愿踯躅在它的街头巷口，而又将自己的脚步引向长江的岸旁了。他对长江好比有了一点念旧的感情似的。

他走上长江之岸了，他几乎不又歌唱出了的哀调！这条长长不断的江河呀，在它中腰的地方是如何存伫了他的盛宴似的旧梦，而东向进一步，则越汉而浔，在他的两股际，又是如何伫存了他的逃亡的形影！……他一一凭吊过了。他站在一个码头上，两只眼睛注瞬着长江滚滚的大波不动了。他的心已经安落在无名字的回想里面不动着。

他想："在这里可有我的心事的一个知音么？长江，长江，我的良朋！我可将共你以终古了！"

他有些十分觉得心情的单调。

是一股风刮来的吧，他的又一个北方的故知，飞现在他的面前了。这像是忽地从天外坠下来的。

"希望！"他惊异的心叫了。他看见三年不见风貌依然的朋友，一个少年。

"吓！你在这里！"少年的故友惊动了。

"我们都在这里！你从那里来？"他是惊喜地笑了。

“我么？——你呢——三年不见了！”少年的朋友叹息，惊喜，微笑。

“真的是他乡遇故知！”他咏吟似的欢说了。

“走！过江去，到我的船上谈。”少年故知，又拉着他的手催行了。

“怎，你在船上？”——他且走且惊的问着。

“是的，那边有我的船，过去再说。”少年朋友拉着他的手走了。

于是在他的少年朋友的船上，发出一阵亲密的说笑。这里面有秘密，有欢笑，有泪迹，有暴跳。

“你怎样在这里的船上呢？”他向他的朋友开始问了。

“我便给你先说这个。”少年说着叹气了，“自从你离了北方之后，我们的消息是相通的。你参加了革命了，我也参加革命了。伤意的，我们都碰了壁！听说你流落到南方的极边上了，我也因了在故乡被攻击，不能安足，跑来了这里。这里那有我们这些小革命同志啖饭的寸地？酒肉都被大人物们抛掷给他们的猎狗了，活活饿鼓了成千万的革命失业的青年的肚皮，我自然正是这里面的一个，听差半年，一无所得。自己的燥火，也凉了半截下来；连一张好骂人的嘴，终于也锁起来了。最后，——唉！谁能不吃饭而生存呢？我们都是失了学而从事革命的；革命场中，没有我们的饭吃，天可还能从白地下给我们捧出一碗饭来？于是，最后便只有当兵了！看我这丘八的衣服。”少年的朋友兴奋地给他指示了：他身上正穿着一身兵士的灰色衣服。“这是革命的服装！这是武装同志的服装！我说，最后，我说我武装了吧！武装去找饭吃！不武装，党部是已经快撤消的没有了。我是个没靠山的，无后台老板的小党员，可从那里去找饭吃？于是在人家也不管是招兵买马，也不管选材练力，也不管是救党护国，也不管是雄已制敌的一所招考学习的军官速成队里，我报上名了。幸好，真是天不绝我，我居然考中了，我今日便是已经训练了一个半月的工夫；迫于前敌的战事的急需，而被拨充来要上前线去了的。呵！我已经正式的成为一个战士；有饭吃的战士！他岂不为我庆贺？”少年的喜笑怒骂的诉说，使他听怔了。

“都加入了革命！”他狡狯的闪出一面笑。

“是的！都加入了革命了。我们的少年的朋友们。”少年叹息似的，“但我是知道你的：你不是我们的同志。倒可以说是我们的敌人呢！”少年笑了，停止了一下，他真好像不大自然了，听他的激越的，苦闷的语调：“时代是如何混乱呢？我们的朋友，却不一定都是同志了。我们踯跃在革命的一点上，革命却又变化的不是一点了！可怜我们自己瞎了眼睛！”少年苦笑着，“但是你的生活我都完全谅解，知道。只是你从何处来呢？”

他笑了一面，便彻头彻尾地，又把他的漂流的，逃亡的历史，对少年诉说了一下。

“是的。”少年苦笑着，“我知道你是受了苦了。不过我真不知道我们都为什么要承受这苦，忍受这苦，而又各自承受忍受自己不同心的而却又同是一样激于革命的苦?！唉，唉，我们真是糊涂而且倒霉到万分了——我们几乎不作了敌人，几乎不作了敌人看待！几乎不自相踏践在自己朋友的背上！”少年激动苦楚地说着。

“然而，你们还是旧时代！”他笑了，含着一点讥讽。

“是的！我们是旧时代的。”少年也笑着，含一点讥讽，“不过以我看来，都还怕同是一些被人利用了去铺作人家权利的战场上的不值钱的污尸呢！——我们正共着同一的命运！虽然路子算岔歧了。”少年的话是不弱地，“你说呢，我们的路子可真的岔歧么？我们不都是想走上一条革命之路么？然而这条路，是已经被领袖们相争地塞死了。我们只作了无谓的，不通的，两条路上，而终于是一条虚妄的，被欺的死路上的被牺牲者罢了。你以为我的话不正说透了一个真相吗？”

“你胡说！”他笑着，而又是生气着，“只你走得正是死的错路——天下只有唯物者的革命啊！”他指斥似的说。

“好了。这些不谈好了。我是不在走路的。你呢？在你的脚下，还有很长的途程么？”少年镇静而冷然地说：

“自然有的。”他也冷然。

“这只需要我们从后看我们的悲运罢了!”少年说。

“我们没有悲运。只是你有的。你原来便如在旧时代的脚下寄生。”他铁板的硬答复。

“不说这些好了。好朋友!”少年笑着,“只是你需要我告诉你些故乡的消息么?”他另提出了一个题目。

“那好的,我愿听。”他漫然,而实际是动心的说。

“我以为你一颗流浪的心儿,也流浪够了;天下现在又是这般狭!你还是归去老家休息一时的好!”少年似劝地说,“故乡的朋友,老朋友们都在打听你的消息呢!”

“他们都好么?”

“好的。只是都如我一般,显点消沉罢了。”

“我的家庭呢?”

“也好。父母妻子都安全。”

“妻子?噢,我有个妻子的。”他突然想着这是他的父亲在他的幼年时节如例强迫着给他订婚了来的。又是如何因为他每日的轻薄挑浮,不肯爱自己的妻子,而只是爱在外面胡游胡逛,而便终于因为他的这轻薄之行不改——其实那里是轻薄呢?不过小孩子般的心,爱自由活泼罢了。——而被逐出家门的那些故事,又都层层浮上他的心来了。他脸上颇呈出一股怔怔的神色。

“你连你的妻子都忘了?”少年惊疑地问着。

“你以为人都得挂念着他的妻子么?”他生气的,斩决的,反对这句无理的呆话。

“是的。他不是你的爱人!”少年下气的叹息了。

“我们的故乡还依然没有改变了一点形迹的吧!”他问,漫然的。

“是的。死沉沉的。”

“你便在今夜出发吗?”他又转向朋友的事业方面来。

“今夜，十二点。”朋友的回答。

“你们的革命也起劲呢！老时代的尾巴的挣扎!”他讪笑着。

“我不代表任何时代！我只代表我一个人！一张嘴，空的！——我还不能不要饭吃！吃狗食，吃猫食，终等于一个讨吃罢了！我不计较什么名号。因为我也再不相信什么名号了，我不再相信——呵！我只相信我自己这条白生着的，无用的，生命！可我不便愿意轻意把它一掷了。今日之去，原来我们是在后方作宣传工作的——你是真的前敌的战士吧，朋友?”少年忽然笑着问。

“我自然是的。前敌工作有趣的多。朋友，即便你是我的敌人，我也要劝你担任前敌的工作呢！朋友，你去尝尝那有趣的——”他也笑了。

“我们再见吧。我们开拔的时间快到了。”

“好。”

他被他的少年朋友又送过江来了。他进入那座仇人的城，他的朋友拥护的城。那少年转头过江去了。

他洗去了不少的寂寞，从这次虽然是不投机的谈话里。但他的归心，也有些更甚的冲动起来了。因为又遇到一个故乡的朋友。

第十三章

他很感动于一种怀旧的欢喜，这简直如像在他的心上突来了一位新异的客人，而也可以说来了一位久别乍见的故旧的好友了。这真是个奇异！他是新时代的战士，全心粒，全感情，全想望，全力量，都是供奉于他的久久信任的理想的时代了；他没有一次回头来纪念这些旧物一下。而今突然地从他的心上涌现了这位不速之客，真是他的生命又一面在开拓了呵！然而也许这是他生命的倒退！可是什么又进步与倒退呢！不过——他也不过是个人！人不过便是一团火扑扑的感情！他的心，被这件火扑扑的东西，推向这眼前的方面来了。这是个自然！没有什么好坏的！当他的心再次被那火扑扑的东西推向另一方面在望的方面时，他便又会奋发前进了。那也是自然！前的叫作怀恋故旧！后的叫作前进革命！但是他们的价值又有什么高与下呢？一个感情的转移，转移，推动，推动罢了！享一点安乐原是人生的最后目的！当你前进时，你是愿在第一点，前进程中一点，休息一下，快乐一下呵！谁也不来反对他的怀旧！虽然他是过些时反会反对自己的了。

怀旧！这位奇异的故旧的客，跑上他的心来了。他施施然若有不能不留恋这个似的，暂且消去了他的前往革命和卖命的想念和这生涯不已的向慕。

他住在名城里，也如他的那个为敌人作雇佣小书记的朋友一般住在了一家最穷酸的小旅馆里。他在一个白日里，当他住足了五日，而大动着怀乡之念时，他给他的一位北方的，仍羁留于北方的一个诗人老友写信了。他想向他诉说些衷情，因了他是一位诗人，时代的诗人，而又超乎一切新旧，居乎一切新旧之间的诗人。他对他写信，也因了他是一位诗人。便自己也不自已地模仿起他的诗情来，给他写诗样的信。虽然他好像平素是已经久久不致力文学了，而又在他的革命极盛的时期还给这位诗人去过这样的信：“你不是说你有长剑么！那末，朋友，也来冲上我们的红的战场来吧！”他似乎那时还讪讥这诗人和诗的无聊与说空话。可是现在他的心又不同了。他不自主地掀动于一种诗情的涌袭，而又被那个他的诗人朋友的从遥遥的远地里似乎来的声容笑貌闪熠地动着他的心；他终难不来模仿他一下诗人的情调，他自己便也唱将起来了。而况他自己也是个爱诗的人！人都是诗的人呵！他将他的诗，诉说着他想对于那个诗人朋友所说的话，写在——唱着写在纸上了。他有心这样地寄给他的朋友看去：

诗人，我的好友，故友和故游，

我将挂着一颗久久埋死的心呀向你求诉：
是时代给了我长远的漂流，
漂流里我将枪弹轰着诗愁；
两三载足踪遍中土，国之全土，
全国土上都踏下了我的足汗和踵血交流。
我走上了一个时代的朝阳的高顶面，
我睁眼望见了呀东方辉发的天都。
是我有心儿强，力儿便富。
我虽不识光明呵，光明却在我的盲目的面前游走。
我奋勇走过万层的崎岖的河山，
如捉着一个美人——将去捉获我的理想的在容否。
是时代给了我的败兴和垂头？——
我姑不算计呀，我怎样的困难地出来奔走？
我是如何惊诧我的狂妄呢，一真不敌百伪！
当我的一朝看见了时，革命盛开的花的凋芜！
我漂流于危困和疾苦，和奋斗，和前进的前途，

我走过了山涯，水角，海上，洋滨，和内地的大都；
我永远抱着了一颗铁硬箭急的革命心球，
我未曾垂眼颓丧地看它一下当道的发狂的狼虎。

“当道的狼虎，可怕的当前面的狼虎！”
人们说：“这些野兽的爪牙呀，正在凶张着向我们吞吐。”
可我便不眯那天上的，天上的风云已在横流——

我那怕这一条铁火之命葬送于凶残者之口——

我走上了长江之畔，如在蜿蜒的神女的大抱中散游，
我也把不禁的诗情，迭声呼唱给滚滚的东流。
我的诗声里笨拙地满贮了我未尽的汗流呀，
你诗人，你可也将骂我声“庸妄的粗豪的吼兽”？
大天下，已尽地全付于寂寥，与偷生的恐怖？
为甚么我们的故友呀，都投降，都逃死，都软膝跪仇？
支撑在仇敌的黄唇下的一口小黄米的干饭呵，
可饱得他们的故常的悠久的理想的大肚？
我便自己不觉凉荒了呀，
在我的眼前是什么鬼戏呢？和丑斗？
他们说：“天下已经死了！天上呀也已经死了！
这羞人的漫语呀，也来向我频频点头！”
我终且捉不住我自己顽强的一心了，
因了这个漫语是如萤飞，如鬼叫，如铁蹄的兽吼。
“我真的没有眼睛了么？我真的在不知中已失败了么”？
我怎能相信呢？又怎能不两端地凝忧！
悲壮的剧在演中时我是快乐全快乐的直往前走；
悲壮的剧闭幕时我今才少带出了悲壮的神情和怀愁！
我高唱着一曲悲壮后的悲壮的旧忧与新愁；
旧忧是也欢乐的呀，新愁更带出了理想的追慕。
豪声与壮色是如何打不动一个死寂的江流！
江流呀，大城呀，天下的人们都向我的歌掩耳遁走。
我歌！我歌！我歌中是贮藏了什么毒药与炸火呵？
他们怕？——我歌！我歌！我歌又是，是如何一条大悲的河流！
大悲的河流！大白的诗流！纯粹的！纯单的纯洁的！……
呵呵！我一心，我歌呵！是如何悲呼着一怀壮大的蹈舞！

是我歌，我歌呵它呼出人间死里的复苏；
它呼出，我歌呵，它呼出人心的已死不可再救！
她呼出，我歌呀！我心之也将死灭随了东流，
她呼出如何可伤的一颗满带了血泪的心珠？
我听闻，我听闻我歌，我自心血泪交流！
大时代的华餐的梦，我啐声“你去吧，去休！”
我于今也将寄身在不及见你的美丽的途中了……
因为我呵，也才是这样不济的个疲败时不忠之徒，
人都无力量了——我那里去取那独生的大力？
我那去找一颗硬心儿，向我心儿求说？
我跟着死鬼长逝去了吧——我随在他们背后。
因了我，我呵，已经哭盲了眼睛而无路可走！
我这样消亡了自己，遗弃了理想的天都，
我求安于一个死的，死的万死的鬼友。
鬼友门上，我将要忘了我要忘却的铁火的已往呀，
无论它们是在我心如何深刻，如何倔强，如何顽固！
唉，往前歌，我歌尽了我当日的淹没的肺腑；
今日呵，我又来歌我的不死的不死的心火血流。
我怅望江山已不似当年的盛开的花都。
我个革命之魂，鬼也似的在暗影中如水渡流；
如水渡流呵，我渡流了如水逝的痛惜的光阴，
我落花般心坎上已落满了理想的苞蕾根株。
我高飞高飞呵，高可能高飞到青天之外幕？
我们是折翅者，如伤鸟，要随落日遥空而渺无；
我回头望江山，面前已不见什么火吞与水吐。
死沉沉的世面上呀火已熄灭，水也停流！

除过他恐怖的，恐怖的敌人的凶焰外呀，
这人间还有甚么，几条死尸，活尸，人呵，在走？
我怅望脚下的无限的荒芜——荒芜！荒芜！荒芜！
我的足踪可能要放在那一点荒芜的白土的上头？
我无路可走呵，我无地可归，我无心可捉呀，
我个穷漂流的革命者，日落时的贫酸的小友！——
小同志呵，小朋友！大人物呵，大人先生们都已安休！？
何尝见你们的战火呀？何处是你们的暗斗？
但即便死尽了你们的活心呢，活心呢？死心？
我又何能放弃了我的永久的理想，理想的永久？
我将奋斗仍奋斗，血流便再血流！
我将那西落的日，拖向东升路！
可是为什么我的——心这般酸愁呵？
我已经是在说谎——我已经死卧在墓头？
我为什么愿从长江岸头睁眼望故土？
故土的寂凉呵，还不是一角死安心的灰土？
从那里又可与什么人物将向我真诚地开一笑面呵，
他说是，你这个可怜的战士呀，且饮我一杯接风的酒？
我归去，我去休，我还不是多睹笑骂与罪尤？
乡党父老们，何乏几个利爪锐牙的旧时代的伧徒呀，
当我的足踪发现于杨柳影下时，向我扑来而奔走？
我又何须饱吃这些不死的老人物的秽嘲呢？
如荣归的将相，把讥笑对我换去了卑屈的赞口！
是我早听见了一种蚊的噪叫，虱的动蠕，
它们视我如一具死尸，污烂的血肉招来聚谋。
它们呵，视我一口不值的饭而又乐求；

我的一心上，将聚汇了那如箭集的众秽之口！
更有那小巧的青年腐儒，青年活死如豆腐，
他们的眼睛还须陀螺儿转在我头的上头。
他们暗暗地说，“那是何等值钱的一个宝贝呀！换他头——千金一头颅！我们原是仇雠！”
便也许我这头颅，我这颗久摇未动的头颅呀，
终归被我的仇家，心快的拿去当作了最后报酬。
我何须瞻望故土！而想念故土！而不伤心于故土？
我岂将便愿把头儿一掷，掷于那不值的小仇户？
我将甘死呵，我亦当慷慨奋掷于时代的仇雠，
我共旧时代一齐沉落呵，也值得个我的我的报酬！
我不能，我不能，我不能了，白死羞胜似偷生羞！
我将再度了呀，我的大光在望的生命的长流！
可是呀为什么我眼前没有路可走？
为什么白云只飞在那故乡的天渡？
它可是指示给我的归宿么？
我的心呢，你却何为终于盲然而无定筹？
我不能，我又不能不求你引导我了，白云呵，
无论你引我去到长梦里睡休！
白云呵，你永久停在我故土的上天头？
我的心儿不走，不走呀在听你——我不能迟留！
我的心动着了，痛着了，它无路在要求路走，
它实在不支这长刻的徘徊徬徨的苦受了呀！
它需要一个主使——一条必走的路！
是了，那是必走的路，必走的路，故土，故土！
我随你去吧，白云，我的救主之救主！

我将在故土中，会见我的故旧的交游。
他诗人，他时代的圣知者，我的老朋友！……
你诗人，我的好友，故友和故游。
我愿问你一声呀，我的诗句是血肉还是泥湫？
今朝我向你的门前搬弄了大斧，
你个有情的，有道的，人呀，你同情？还否定我诉？
我看见了两三故友，都徘徊于长江岸头；
我们的足踪呀，却何以不羁带了些你的诗愁？
你为甚么，无消息，给予我呵，时代的狮吼？
我归去，我便要归去了，因了我又想见你，故友呀，
归去时节我可能一听你久别的哀喉？
……

他的诗信豪壮地唱完了，写完了。他掷笔又痛快吼了几句！他轰然倒下了，在床上的灰尘里。

他预算把这信马上递出，他以为他是一个诗人了。真实的，谁不是诗人呢？诗人原来是个“人”罢了。不是人的才不是诗呢！我的战士，自然还是热情的，多情的，一情的人物呢！虽然他的聪明却在事实上有些缺乏而招失败了。但这可以说是因了他的青年，而虽然他的情绪，有时竟走了反人道的路不常的残狠的路，那也不过一种少年的感情，受了坏影响，受了坏压迫，受了坏教训而致激变的原故！他本身没有罪恶，本心没有罪恶！在他的诗里，虽然粗糙，我们可看得出那盛满了多少可爱勇壮的热血呢！谁都会姑恕他的错误！虽然他的错误是只能送了自己的死命的！可怜的少年！可怜的少年战士呵！……

他的心真有些感动于他的诗了。他不复能在这间破污的小旅馆里安身一刻。他匆促收拾起了他的诗信，写了个很大的筒子的信封，把诗装了进去。他一头把这信插在衣兜里，一头便锁了门跑出街上来了。

这是个热闹的白日，市面的人都很吵闹呢。他奔驰在人丛中，如没有心肠再看一眼红尘世界似的无心于一切的人，他一径前奔到一个收信箱前面了。他飕的一声把信掷入信柜，正如他办完了一件大事似的。放脱了一件心事，他返头回来。

他走回他的旅馆。无声音的世界，又包围了他，他预备他明日的行程，因为他的归心已定，随着了那封诗信。

第十四章

半月之后，他真的归到他的故乡去了，我们的时代战士。

他如一只久游的飞雁！从南又北来了。他抛弃了他的南方的羁留，和理想的足迹，他要暂且归来作一番休养之计。然而他的心上，虽然是诗情在时总会怆然失望的；但当这平静的实际的心情来临时，他总便又放起了他无际的革命的大火了。他的理智使然么？不！不！还是感情的爆炸呢！不过在诗里的感情，总多是感伤的，在实际上的憾情总多是铁硬生风的钢犀的悲壮的罢了。他仍然怀着半颗得时便干一下的革命的心归来了，虽然已经有半颗送给了死的伤心。

他抛开南方，归来北方；抛别熟游的南士，归来故识的旧土了。在北方的一个小城市的旁边的一个小村落内，安静地藏起他的足迹来。

可是，安静呵何尝赐福于他呢？便是他归来这样个寂寞的小小村落，在归路的末端，还是有不少的追逐的笑骂，奔驰在他的身后呢。还是他的诗中说的明白。而他归来到乡村后的三日，曾给他们相距已经不远的那位诗人——北国的诗人又一封信。他的信还是诗的。把它插在下面：

归来了乡里，

乡里中不遇故知；

乡里中呵，我遇到狗叫与鸡啼，

鸡啼也说，“何来这无聊没落的逃难郎儿！”

父老的门上都像铁锁紧锁起，
可是为了闭户把我来躲避？
我踏上满乡的树影中呵，
我望见家家的门户白静着如丧考妣。

我是个呵逃难的人儿？
故乡的知交，熟识也不熟识欤？
不熟识我个故知？——
我个陌生归乡的人儿！

徘徊望天上星儿，
星儿是，眼中泪如夜雨！
你个呵，千日隔别的天地呵，
也知否我走过了千程万里？

我走过了千程万里，
我归来我的故地——
故地仍故地呵！
故她的人儿可对我无语。

对我有语呵！
那是笑嘲声起！
从东家的墙头上，
飞来西家门口的蜚刺！

夜半我走起，
走到夜半里；
犬吠里夹着人的笑耻！
——我个笑耻的东西！

大时代与小乡愚，
理想乐与实际痴，
战士与穷途，
穷途与死！

老友呀老友，
我归来，——你，归来欤？
我心只你知！
莫使这心儿在无知中瘦死！

这几段小诗，也表现了他的不小的归来的难为的心事。那真的是如何颇伤心的事：他由万里外归来从夜中归了家，从家中望着夜，孤独的不会被一个人睬及和顾虑。他的归乡的心情儿，本来已经是脆弱的了；已经是把革命的火把暂息的了；他那能再受得住这些鸟气！他几乎不哭出声来，在他的孤穷无依的心里。

他的父亲呢？真的，母亲永远是丈夫的妻子！她虽然眼泪已经流下了两颊，那样自然地动心地悲吊她的孩子的久别，和久别后的吃苦的身子，和一朝又从久别里相遇面了母子们悲喜交集的心绪；再和那不幸的前途，不知他的丈夫将如何对待他的孩子，又将否收容他的孩子；而又，孩子呢，野马似的习性已成就了，今日归来呢，明日又不知跑向何处去。凡此，她都一时潮涌似地想及到了，她是如何难为而悲梗，刺情而郁气？但是，只有她的一双眼睛，可以任她的自由，诉她的心事，而流去那无尽无限的不干的泪雨；而一只手呢，两只手呢，即是半只手，她又如何能自由拿起来，过去帮忙她的孩子一下呢？虽然这帮忙，是什九也帮忙到自己；或者还可以说帮忙丈夫与家庭呢。她不能，她不能，她不能干她的心目中所认为是善的安心的每一件事。虽然她便只干她一次！她不能！——呵，一次！她只有流泪了！她是被封给丈夫的奴隶了。时代使她还离弃了孩子唉孩子！孩子也被时代使着离弃了母亲，送给了恶魔去！

当他在这三日的家中住下时，她——母亲的望眼，只从偷地里觑过他几次。那好像说，“儿呵你去吧，你归来做什么呢？”的话，是如何无声而玲琅地响在他——儿子的耳中，冷然抖擞在他——儿子的心头呢！她和他，母亲和孩子，在他们当着她的丈夫，他的父亲，的面前局面里，她如有话说，那是只说一两声，“孩子，你饿了么，吃些什么好呢？”和“你的衣服上的尘垢太积厚了，趁时脱下来我给你洗洗！”等的扬长随意的表面的无深沉的内容的冷淡的言语。而他呢，如有回答，也不过“好吧我吃你们吃的东西！”和“洗洗便洗洗也好”等罢了。他或者再问她的母亲时，那便是，“天气好么，外面，母亲？”“我恨今天的天气”等的冷的无义意的言语。他们不能谈一点心事，机密一点的心绪，亲爱和伤心的一次言语。即便在他的父，她的夫，离开了他们的面前时，和闷静的母子相守的偷来的夜里，他们也不能谈相互的衷心低话。“那可是将被听去了反来吵闹呢！”他们都有这样不说出的心事。苦哉！他们母子！也是母子！那个“人”，便是丈夫和父亲呢？

父亲呢？当他的脚一落进他的门限上，那副腐儒的老朽的严厉的板脸，便苍白冷酷地挂起来了。他忘了他的家里，三年久别，万里归来的儿子，对父亲没有敢说一句闲话！肯说一句话！那是父亲的那副大好的面孔，又从幼年的梦中把他惊醒了。但他到底是战场中跑出来了的人儿了。——年青长大的革命的暴徒了。他虽然不爱见他父亲的面貌，可他不会再怕他什么了。他不向他行礼，他不向他问候，时而递出了欢喜的笑貌，虽然是他总尽礼如仪的对他开玩笑似地也板着面孔向他作一个一个长揖了。他以无聊的敌对，看待这老的人物！而父亲可也还支持得过去年代的铁铮铮的风貌；连初次一瞥眼间看到了久游归来的无道理的劣子时，也还不去正眼视一下，即在那儿子对着他作揖问讯时，他也未从锁闭了似的扁嘴中哼出一个热字。他游走着，看着他眼里好像便看不见似的儿子的已在室中的影子，他的心儿不知道转动着什么仇视，与卑视的大事。当他不愿再游走了时，他便冬的一声坐在他的家传的方腿正背的太师椅上了。他的眼朦胧着，头摆动着悠悠其表，熊熊其里的在心中不知道想着什么事了。他是个中年以上的绅士的样子。这是第一夜里他们父子相见面后的情事。

而三日之中呢？父亲不说话，永于不说话了。连儿子的母亲自己的妻子，也嘿然不交一语了。有时谈及时，那便是生气。嘲鸡骂狗地简直言外有意。所以母亲这回是更其难为居间者了。而家中的小孩子们和真的鸡犬们便多了事。

父亲简直是一位大皇帝呢！他冷然地一摆起昏君的样子，全家便都噤声在一个战栗中了。这便是老时代的家庭的精髓的影子。

然而，这位霸王似的父亲，也终于看到他儿子的长大成人了，和野性劣根更随时具进的不可挽救了。他虽然不高兴他这久去归来的儿子，可是他也不再想欺虐他，更甚的欺虐他了。他平衡地和他儿子在这些日子殴着气。——他只希望他——儿子——再去，速去！离开了他的面前，家里。

他的儿子的妻子呢？好的一个悲剧！她只是仍供着她的丈夫的枕，仍侍着他翁姑的晨夕，在一切悲剧的哑唱中，她更其哑唱地下去了。她只欢喜而又悲哀：她面前有了一个丈夫，和将来或者也要有一个儿子。她不管人家一切事，她不大高兴去计较身外的事。因为她还是个孩子。即便对于自己和丈夫的事，她也没有十分时常念及的呢。于是她有时便忘却了这些事。她还是个孩子！孩子！虽然她的丈夫，不知道是在一年前吧，还曾从漂远的外方里，专给她来了一信好笑好气的信，那上面几点要紧处竟有："……我不爱你！我再不爱你了——我原来便没有爱过你……都是父母们糊涂多事……此后我将找得我心爱的人儿……你愿去，便离开我家去，我承认你，而且盼望你，我以百分的热忱保证这回事……你将得到幸福了。……"等等的言语。而还在信的末页的后面，又加了几句"…果你不去，那也好。我现在信仰杂交的道理；我在外面你可不必管了。我还承认你在家乡自由和你的心爱的人儿发生"等赘语。又当这些话被他的父亲几次看不懂而求告了多少乡村的饱学博学们才解释来她们的意义，一个"杂交"两字，又费了多少学究们的心才猜测出那不是说的一回好事时，于是如何地合家庭合乡党中都大大的噪动了。呀！那笑嘲，可怕的大大的笑骂，都集矢于一个远方不知流落在何处的人儿，好像说"反了！反了！人世上才有这般混帐东西！"这声浪简直震动了一个很久的时间还未引去。而她呢，却从这热闹中被嘲笑了从嘲笑中又被怜悯了而终于得了多少人的安慰和抚问，和怂恿的反抗的口语："你莫要理他！等他归来时，我们帮你家告发他！世间还有这样东西！他这不安分的不法无天的人，他还在外边作乱呢！你告发了他，不怕他不死：——你要他这样人作丈夫干什么呢！——你可是还有好的丈夫呢！谁家不要年青的女子！你愁猪头寻不下庙门么？——他到说要和你离异呢！看他怎离异！不要脸的东西！还说……唉唉，无羞耻的东西！你缺少他么？有这回事！——他要变好了时，还是你的丈夫呢，跑不了的。"而于是，这些话也便打进了她的心里如何地在激动了她的心意。这是过往曾有这样的事！但今朝她已经忘却了。她一见了丈夫的面，那过往的冤烟怨雨早已飞消净尽了——而况乡党里的人，也早已不再把这事谈笑在嘴头上了呢！她还是小孩子！她还是小孩子；她不再纪念那些可笑的事了。当她的丈夫如在她的抱中时——她可不知道他是不安于这里的。或者明日便要离开的——她也不问及他前次恶作剧的剧影，还犹否存在他的心里——她是个小小的妻子，少少的妻子，而被封于旧时代的。她不知这些事。

而他呢，归来的战士呢？他有心事朝理一切么？他没有这样心事！他只是对了母亲怀着欲诉不能诉出的言语；对了父亲如对敌般，无意中布出冷眼的敌势：如说“我可不再怕你了”！但除此也便再无言语。对了那位可怜的蠢妻子呢，他心里说，“让他蠢去吧！我没有工夫朝理那回事。”于是他和她也不来一言半语——于是他，归来的战士，便这样死而不死的寄生于家庭里了。

只有孩子们，小弟弟，小妹妹们的跟前，注留了他些凄凉的笑语，那在他和他们她们逗戏于鸡群狗伴的中间时。

外面呢？乡党之间呢，沸乱了，沸乱了，一种久蛰了的前次的对战士的嘲笑，又嘲笑地沸乱起来了。乡人蚂蚁似的都把尖嘴儿，向着他的家门嘲笑，那如说：“那个无理的无耻的人也归来了！他曾教导他的妻子偷过汉的！他曾是自晓为什么新人物——还说是战士呢；而今可落魄地归来了——他可没有带回来了银元宝！——还几乎不把脑袋子飘了呢；——看他还说什么欺天压地的话不……”这金琅玉碎的社会的遗老的教训，真要多过似夏天的雷雨了。从乡党中发出，随风飘到战士的耳中，也真如一场来袭的小的暴风雨呢——

他在家乡受到了这样滋味，社会的！

第十五章

一九二十年代里，是现代中国革命的新思潮和历史的旧思潮被卷入了一个纷扰的漩涡，开始决斗和交旋的时节。惟其是开始的决斗和交旋，所以也便特别的勇猛和激烈。双方新旧的人物，都卖出强悍的攻击，各自抖搜着所有历史上传来的和理想上寻求来的不同而又相同的充分的初试的铦利的心力，开第一次的战局。他们没有一方预见到自己的将来的失败而消亡了一点兴奋的大力；他们都在预期的必胜之中，觉得一种敌忾愤懑快欲；他们都被这种愤懑和快欲兴奋着鼓动着，漂没在一种眼前的激战里了。他们，谁让敌松一步呢？谁肯放松自己的钢固的信仰一下呢？他们觉得自己的信仰，或其为历史和传统的，理想和革命的，都在自己的脑中生硬地扎下大根了。这条根株需要保守，如保守着自己的头颅和生命，必不能让敌人拔出了去！拔出了去，那是等于废了一个整整的时代呢，整整的时代呢！那是如同自己依为靠山，奉为天国一座广大的安乐之邦全盘坍场了，倒下了！这是如何不寻常的全生命打生死的交关的一件大事！谁，有谁肯对此大事，而懈力灰心，不长进地放松一步呢？“来了，来了，生命的交关来了；生命的争夺来了；生命的战斗来了！来了，新旧的战争！卖力吧，我们的勇士!”他们都各自鼓舞自己的队中的战士。他们要连心和头面，代一掷敌人的面前去。他们说，“请换取我们的时代!”他们是这样勇往呵！他们是自己的时代的战士。两个时代，新和旧的，已经被这两样大的相反抗的思潮。全局闹动了！没有一个现代中国的国民，不受了这相抗的两思潮的潮动和波及。他们不归杨则归墨，不东去便西往的都飘流在自己的阵地里了。这个一九二十年代的中国，可怕地起了这般天汹地涌的恶斗剧。

在这里，我们的战士，和他的家庭，他的父亲，他的乡党，都是思潮下的被动的东西呵，他们没有逃开，不能逃开，不可逃开，不愿逃开地都被卷入涡漩里面了。他们作了战士，相反相抗的各成己志的战士，虽然只是那末一点点的微动的一波阿，然而也足见大浪翻天的一斑了。

他们演着决斗的悲剧。

在战士的家乡，今天演着这悲剧！呵，看呵！

第一幕

（父亲忧郁而苦愤地散步在他的屋中。儿子和母亲都默然的坐着。儿子的妻子在灶头。儿子的妹弟们，都游戏在屋角。这里是一个乡村的绅士的家庭。)

父亲：（开始问儿子，气愤地。）你为甚么又回到我家来呢？你不是很有点能力，足以保持你狂游远荡的生活吗！

儿子：（嘿然地）我有！

父亲：你有！然则为什么又归来呢？你知道一个有心劲的人，是懂的羞的吗！

儿子：（急愤地突然大睁了眼。）羞耻？什么是羞耻！？

父亲：羞耻是自己硬硬地走了，又软软地回来了。（他狡巧阴险的笑。）

儿子：我归来看我的母亲。与你——（他强硬。）

父亲：与我无事？你知道你没有母亲吗！那是我的妻子！父在不由子！圣人说，女子：夫在从夫，夫死从子！你知道我犹还未死！（他蔑视的笑。）

母亲：谁用你们谈这个！（她伤心而下气，犹有勉强的微笑。）

儿子：母亲，天给我有份的！

父亲：（抗答）天给你没份的，如果有我在时。——

儿子：我便回来，由我自己！（他的语塞了。）

父亲：是的！（他笑了。）我知道由你自己！

（沉默。）

母亲：唉唉！——（她无聊而且无法的叹了一口长气。）

（孩子们噪着。）

父亲：吵什么！（叱骂孩子们）给滚出去！

（孩子们出去了。）（一阵静默。）

父亲：阿！（他仰头高笑。）我知道由人家自己！（少停）革命！？革命党！？为什么不革到底！？为甚么落魄的归来呢？！为什么？……我这所老旧的家门，也值得一个大有志气的青年人，叛离了父亲的人，再来照顾吗！我何等走运！我还能又看得见了自己的儿子！（他高声讥诮的自语。）

儿子：（他听得不耐烦了。他生气。）我不是你的儿子！

父亲：是的，（强硬的生气，针锋的对答。）你不是我的儿子！

母亲：唉唉，不知道你们的嘴中，要说什么昧天无良的话头来！真是，唉，阿弥陀佛！（她祷告似的望着空际。）

（沉静，死的沉静。）

儿子：你以为我的归来是羞耻？

父亲：不错的！

儿子：那是说我已经没有自求生存的能力？

父亲：谁知道！

儿子：我有，我什么都还有呢。

父亲：可不是什么都有！一身扛着一张嘴又回来了。

儿子：我不是吃你的饭！

父亲：（惊喜）你的饭？天的饭？

儿子：人的饭！人类的饭！世间的饭！

父亲：（蔑笑）我不懂！

儿子：自然你不懂！

母亲：又论什么谁的和谁的呢？都吃上点，活过几天便罢了。（她忧伤，痛念，不懂他们的议论的源渊。）

父亲：（兴奋地）你们共产党就是这般讲究的吧！（他显然又连想起一种心事来了。）衣饭是相共的，天下是相共的！而且——（他遏住了口气。）唉，老婆又是相共的！没有人伦与法纪的东西！（他兴奋的唾骂了。）

儿子：甚么是老婆都相共的?!（他蓦然脸红。知道他的父亲讥讪的是他的什么一件事，发凶的问。）

（紧吃的一个默然。全屋都像死过去了。）

儿子：我们的理想，自然是衣饭是大家的！天下是大家的！没有什么贫富和皇帝与奴隶！谁在我的面前自称他是富翁吗？自称是皇恩天赐的老遗民么？羞呵，我不懂这回事！……我们青年自然有青年的胆子！

父亲：（得着语锋了）真的你有好胆子，孩子，你这无法无天，无良心无礼义的东西！你叛离你的父亲，丢开你母亲！你轻浮跳达地走上什么革命的战场去！你们想用你们禽兽似的心力，和魍魉的巧计，和野蛮的四肢，和盲眼的脑子，来打翻了五千年来相传的我的圣贤之道的礼义之邦的大国宝的根基！你们狠！也特毒狠！你们想，必然想了，如此的吧，一定成功的！殊不知这五千年来的相传的圣贤的东西，正自有它五千年来长久的坚固的根基！你们想一手轻轻拔掉它行么？而况我们这些过来的老人物，（他摸着他的短黑胡子）你们虽然骂我们是老朽了，废货了，然而我们这等人物呀，我们何忍白眼看着我们的几千年的老文化，被你们践踏破坏了去呢？我们要保守，保守国家之粹！传统来的古国的粹！我们都蒙着眼睛，严密的敬肃的看守着我们的大宝呢！看强盗是那个?！那个又是强盗敢来窥伺我们的大宝一下?！我们的生命的大宝呀，圣贤的大道的大宝呀，看谁来，那个大盗敢来破坏它？打碎它?！……我们正也和你们似的，备战地在手中把着一支杀人不眨眼的铁枪呢！我们等待着，等待着，敌人之来！我们的眼睛中，也冒出野性的火光呢！……孩子，你以为天地君亲师，已经快在你的面前发抖求降了吗！早的呢，早的呢，天地不会这样一时变色的！圣人之道是永久的！圣贤的道统是永久的！皇帝？真龙天子不过待时出现罢了！……天下自然有贫富贵贱！不是无长幼尊卑的禽兽。而且天下的饭还没有到了大家吃的大同时代呢！——那是孔圣人在几千年前，也只空作过一场梦想的！……我便在你的眼前自称是一个旧时代的老遗民！便虽然我不是富翁，我也自称是富翁一下，你可能把我怎么？……（他盛气地如滚滚江河的长泻一般，一直带讥连笑地，慷慨激昂地责问并演说下来了，他几乎不断了口气！）

儿子：你的废话真多！我不懂！（他蔑视他，生气）

母亲：不知你们要谈到多少长远呢！翻棺倒墓地连死骨都暴现出来了。（她烦脑，苦闷。走了出外去。）（屋中只余父子，子妻三人。子妻死死地在灶头烧着饭。）

父亲：（胜利似的。）你也不懂！自然，小小的孩子！

儿子：你也不懂！（他针锋相对地答。）

父亲：我不懂你说的狗屁！

儿子：你说的也是狗屁！

父亲：（怒了）反了！（大声叫。扑过儿子的面前，欲打。）（灶头的子妻喊叫。）

子妻：母亲！母亲！……

（母亲入。）

母亲：怎了呢！？（见父子状，惊向前拉父亲坐落炕头的一角。）谁用你们自相揪打？有本领向别人使去。（她喘气。）（子妻害怕地走出去了。儿子蹲在地下小凳上不动。）

父亲：这还了得，他骂我！（向母亲眼睁的发火。热泪从眼眶中流出。）唉唉，（他哭了。）时代至今日，产生了……这样……逆子！（他咽声哭。）

母亲：（伤心地）不理他好了！一个逆子谁叫他是你我生的？（她亦惘然地下泪！悲哀不知道从那里来，还是为了什么的。）

儿子：（忽然立起，愤怒地）我责问你！（向他的父亲）你霸占了我的母亲，使她不能亲爱我；你们的圣人之道，使我的母亲死了；于是使她一颗母爱的心，不能在她的久别的创伤的儿子面前，诉说一次爽快痛心的密话；而甚至使她的眼泪，不能向着她的爱子的路上洒落；而至于变形了，才在你这恶魔的丈夫的面前，成为了服从的安慰，你们不觉得这一种虚伪和压迫，是最大的耻辱吗！是最大的难忍受吗！我便耻辱的汗下了，难受的屈背了！（大叫）我要夺回我的母亲！救起你们丈夫与妻子来！……

（室中全被他高叫，奋喊轰动了。子妻走入，眼怔怔望着她的丈夫！）

儿子：（向自己的妻）你也是虚伪的，在压迫中生活的不自觉的不幸人！（他咽声住。）

父亲：（大怒了。从儿子谈说母亲的话上，震怒地听到了他对自己妻子的话，他寻见一条更利的机锋了。）看你对你自己的妻子说话吧！无耻的人，你曾记得你对她作过什么么?！（大声的讥笑与责斥。）

（母亲和子妻战慄着。）

儿子：我对他作过什么！（蛮强的责问。）

父亲：忘了么！善忘的孩子？你教她离开你，而且你怎样公开地说——（他终于咽住，说不出来。）

儿子：你以为我教他卖淫了么？公开的，我首先承认教他卖淫了么？是的，我教他自由杂交！我承认她。

父亲：是的，我的好孩子！（大笑。愤怒气懑的眼泪簌簌的大颗的下落。）

母亲：这是什么话！……（她亦震动了。被了大的感痛似的。）（儿妻木立，呆然，像一个鬼。变一个鬼影出现。）

儿子：那叫爱的自由！我信仰杂交论！

父亲：自由？杂交？是什么东西?！（他向空中望着，也似祈祷，也似问答。他的心上，袭来一个大大的完全的破灭的感痛的愤狂。）

他狂了。甚么狗子这样咬嚼！（他抓起了一只破碗，掷向儿子方面去。）反了！（他叫，倒地下。）

（空中破碗的碎裂声，人声的叫噪声混合着起了一个大混乱。）——

（幕闭。鸡叫，狗咬。孩子哭。）

第十六章

第二幕

第一场：

父亲的卧室。

父亲：（病了。生气地郁抑地卧在床上。母亲在旁边煎着药）打发他快些走！滚出去！离开我的家！（声低渐渐趋于无声。）

母亲：大概不打发他，他也待不住了。（颇亮响地。感伤着。）

父亲：唉唉！天数已经定了！大劫已经来了！……

母亲：（煎着药从灶头取出，放在丈夫的床头）都在难逃的坏运中。你吃点吧。

父亲：我想我是无望了。还要活命干什么呢！

母亲：你会为一个孩子，生生死的气吗？（她安慰他。）

父亲：你不知道。这不只这个！

母亲：莫非还会天翻地覆了么！

父亲：正是天翻地覆！（他动情着。）

母亲：那末，我们女人也有望了！（她笑。）

父亲：（怒的）正是，人家说什么男女平等。而且你不看见你孩子对他的妻子说过甚么么！

母亲：（正色）那不过是些狗屁的废话！

父亲：废话？废话的时代也许快来了。

母亲：他已经预备走了。他本来没有带回什么来，他仍光身走去好了。

父亲：他当然不会有什么带回来的！人家是四海漂流的战士呢！

母亲：唉唉，不用给一点盘费么！（哀怜地。）

父亲：他自己没有盘费么！（气怒而且讥讪。）

母亲：他那有！两条净手罢了。

父亲：新时代的人，还向旧时代的人打饥荒么！（他叹息。）

母亲：总是你的儿子！

父亲：“总是你的儿子？”总是我的儿子么？

母亲：总是我们的儿子。（泪下。）

父亲：我们的儿子？！（泪下。）我没有福享受这样的儿子！（他静静地啜泣着。）

母亲：从前的误会，都如昨日死！

父亲：我可能？我可能了！他可能么？（他混乱着。）

母亲：天杀的他不听我的话！

父亲：只是不必想望这个罢了。我个垂死的人已经不想望了。（他失望地的微笑。）

母亲：你怎？你的病复重了，转来重了！你的脸很苍白！你要吃药！（他走出门前喊儿妻。）来！

父亲：（怔怔地望着屋空。眼光失望的射着）天！……

（幕下。）

第二场：

儿子的卧室。

儿子：你还是离开我家吧！

妻子：莫见得你在我便走！（她慰笑着。）

儿子：自由恋爱！

妻子：活人的妻子再嫁人么?!

儿子：在这里你并没有什么幸福！

妻子：我不知道什么是幸福！

儿子：什么是幸福么？男贪女爱的。

妻子：我不想。

儿子：你不想！你不懂么！

妻子：我不懂！

儿子：莫见得一个老大的人儿不懂！（他和她开玩笑。）

妻子：有你就够了。（羞喜的。）

儿子：我不是你的。

妻子：我可是你的！

儿子：要得互相是你我的！

妻子：可是人家你不肯，我有什么法子！

儿子：不是我不肯！

妻子：难道我不肯？

儿子：是我的心不肯！

妻子：是你的心！（她叹息泪下。）

儿子：不是不肯，是不能！

妻子：怎不能？

儿子：天生的不能！

妻子：天就没给我生的不能！

儿子：这也是的。也许你——

妻子：我正爱着你。

儿子：我不爱你！

妻子：无良心罢了。

儿子：良心倒教我如此。没良心我不会如此。——你还是离开我吧！

妻子：我不！我不！（撒娇，也悲啼。）

（母亲入。）

母亲：老是叫不应？

儿子：干甚！

母亲：（向儿妻）给你翁煎药去！他的病加重了。

儿子：（忧愁）他还生我的气？

母亲：可不！

儿子：唉！

（儿妻走出去。）

母亲：（坐在儿子的身旁叹）唉！

（沉默。）

儿子：这可是家败人亡！

母亲：真的是家败人亡！

儿子：我要走了。

母亲：明日？

儿子：今日。

母亲：唉！……（她从腰中掏出五元银洋来）给你……盘费……盘费……（她哭。）

儿子：不！我自己能活！你不要哭！放心！……

母亲：（哽咽）这是母亲的！……

儿子：是母亲的我便拿上。（他从母亲手中接洋过去了。）

母亲：（哭，啜啜地）明日吧！……今日？……今日不……

儿子：今日便走。早走早痛快。我的父亲也会早好些。

母亲：你们简直成了仇家了！

儿子：我父亲不放松我！

母亲：他已经对你好些了，他哭呢！

儿子：唉！为了我哭？

母亲：是的。他说他没有孩子！

儿子：那是对的！

母亲：他是伤心你呢！

儿子：我知道了。我祝福他吧！愿我的父亲的病早愈了起来——但是我要走了。

母亲：为什么不再少留？

儿子：无事可作呀！（他垂头叹息。）

母亲：你的妻子呢？

儿子：（兴奋）让人家走好了。不要老死难为我。

母亲：你的意思——？

儿子：我的心决定了。

母亲：唉唉！（怆然的不答）事情便有点怪——

儿子：我没有孩子也不要紧！

母亲：放屁！（生气了。）

儿子：（笑）你不要生气。——给我告父亲说吧，我马下就要走了。

母亲：往那里去？

儿子：先去县城。

母亲：好！（她走出去了。）

（弟妹二孩子进来。小学生模样的。）

弟弟：哥哥走了么？

妹妹：（同声）哥哥走了么？

儿子：我去县城玩一玩。

弟弟：不远。十数里。不像你从前的万里长游。

妹妹：不要走了好吧！

儿子：不走了。我要和你们在一起玩呢。你们出外面去吧。

（孩子们走了。）

（儿妻入。）

儿子：父亲的病重么？

妻子：都是你！可不是重！

儿子：都是我闹的乱子。

妻子：一家不安！

儿子：连了你？

妻子：自然连了我！

儿子：我马上走了，你要听我的话。

妻子：你不要瞎说了。走便走，我作一百年活寡妇，省得人家笑耻呢。（他虽然玩笑似的，但很窘苦。）

（儿子出门，叫。）

儿子：母亲！

（母亲走来，入室。）

母亲：便走了么？

儿子：是的。（他从自己屋中，搜寻出一条破烂的手杖，拄着。向着母亲鞠了一躬）告父亲说吧，我到县城中玩去了。也许再不——（他走出门外去了。）

母亲：再不——？（她望着儿子的影，咽着声的半句。）

妻子：再不回来？（妻子第一次大胆子想望的喊叫。）

（幕落。）

第十七章

第三幕

第一场：

田间，路上。

一老农：事情就是难说呢！那位奇人今天要走了。

青年农：我看他本来没有光荣住在这里的！

老　农：你还会相面。（开笑。）

青　农：不相面，相他的心！他的良心太黑了！

老　农：是的！吵爹骂娘！离妻撇子！简直翻天倒地！

青　农：坏东西！

老　农：坏东西！

（他们怡怡然在田中耕地。）

青　农：（望日仰头）天下是太平的，都给他这一样的人闹乱了。

老　农：可不是！我们活了七八十岁，都还没有过过这样年头呢！君不君，臣不臣，父不父，子不子的！

（他们谈笑着，太阳悠悠从天上由西东渡。）

合　说：我们倒要看看他呢！他要走了。有脸！怎样走出来！

第二场：

（换景。村间门上。老人多数蹲着，抽烟。）

老农一：真是笑话呢！（抽旱烟）谁家有这样孩子！

老翁二：我们没福。享受不得这样好孩子。（抽烟）人家的门户高，书香人家！（都蔑笑。）

老翁三：哈哈！（打噎。）

老媪一：哈哈！（揩鼻涕。）

老翁一：我们的年头，已经被灰兵捣乱好了；还不够，又添了一杆毛后生！

老翁二：可不是天就不厌乱！末节年头，什么坏现象也来了！

老媪一：都是年头的不好！年青人念上了几句书就坐不在家里老想瞎往外面跑了！

老翁三：外面可不去找卖脑袋！做父母的，真是不能再让孩子往外跑了。

老妪一：也许是我们做父母的不是！（他忧疑。）

老翁一：（怒）难道他的写信教他的妻子偷汉子，也是我们老人家教给他的么！

老翁二三：天呀！可是？——（他们呼天叹气。）

老媪一：天呀！这是什么话呢！

（沉默一阵。）

老翁一：他回来了。没有一次出过门。我们只听见他们在家里吵吵闹闹的。——今天他要走了！

老翁二三：是的！今天听说他要走了。——我们倒要看看他是什么东西呢！

老　媪：他还不是一个人！

老翁一：人？他还是个人么！莫见的世上有过这样的人！——我们倒是活得还少呢！

老翁二：开天辟地，我们也没有听说过！

老翁三：无人伦、无王法的东西！

老　媪：事情就是难说呢！他骂爹娘，丢妻子的！

老翁一：我们今天才得见见这个怪人呢！

老翁二三：等着吧。过一回，他便出来了。

第三场：

（村间的高低的土壁上，妇人孩子们爬着许多人。乱吵，嘻笑。）

年青的女子：人家快来了呀！（抱着孩子笑。）

女子二：快来了。谁知道人家是丑还是俊呢？

（他想望的说。）

女子三：管人家丑好！人家又不作你的男子！（嘲笑）——人家便不要女子！连老婆都要休了。

女子四：横竖不是三头六臂；不会吃人的！（生气之语。）

女子五：谁说人家会吃人！还恐怕是个俊后生呢！（嬉笑。）

女子四：你有什么心事？你想人家会看上你？（生气。）

女子五：放屁！放屁！放屁！

女子三：人家的老婆，也是俊俏呢——不过他却说！

女子一二：真的是！（同笑。）他教她偷汉子！

（群声和笑，小孩哭。）

女子一：（抚慰孩子）小东西快别闹，——我们看热闹呢！

女子二：（抚慰着孩子）唉！真好笑死呢！……偷汉子！那倒——人家快来了。

女子三：看吧！人家快来了。——管保中你们的意呢！

女子们：放屁！——倒是中你的意！——看吧！就来了。我们等了好一阵。看人是多么多着来了呢！黑头蚂蚁似的——（狗群在壁下的路上，乱跑乱叫。鸡飞在墙头上，呱呱的啼。）

第四场：

（村中路上直达田间外路。）

（青年的归来的战士走出家门。路上突沸腾。）

壁上女子们：来了，来了！看人家的样子！（都匿笑。小样的。）

女子一：好样子！斯文的多呢！（笑着。）

另　女：俏皮的多呢！年青！（笑着。）

（大家眼睛集注战士。）

又另女：看人家穿得什么衣服！

再另女：洋鬼子！洋鬼子般的！

女子们：洋鬼子……洋鬼子！

（人渐渐吵动了。鸡叫。狗跟着战士后面，咬。）

（路上的农家们前的老头们，都站立起来，看着走过去的战士。）

老翁一：呵……

老翁二：呵……

老翁三：呵呵……

老媪一：唉！唉！唉……

（战士走过去了，不作一声。静静的抬头走去。老农们的笑骂的勇气，好像都被鬼吃了。他们只留着些屏息的惊异。只有他们眼睛能辉辉地望着，心和嘴都已不能说话了！社会便是这般赖皮样子！

一然而无人气的狗美，却在老跟着战士乱咬！她们得意的给了战士不小一个窘，然而也只是老跟着在后面吠，不肯向前去。战士一回头，狗子便退后乱跑了。直等他又不去注意她们时，她们才又来跑上吠——鸡啼在墙头，壁上，一种悲哀的无依的叫语——）

（战士走过去了。）

老翁一：这东西！（后追的斥骂。）

老翁二：这东西！（后追的斥骂。）

老翁三：还高傲呢。（蔑视——也有害怕心。）

老　媪：好硬头皮孩子！（赞叹怜伤。）

（他们静默如遇了丧事。）

壁上的女子：走了！

另一女子：走了——那个酸子。

又另一女子：不理人的样子。

再另一女子：偏不说他要休妻——女子们谁敢和他配对子？

女子们：谁敢和他配对子！——六害婚呢！

（他们从墙头下走下来。）（隐。闻声。）

女子们：大摆大摇的样子！……他的老婆才碰了鬼呢！……可怜的女孩子……他又丢下她走了……

街头老翁一：走过去了。我们走了这个败家子，村中也干净些了。（他们，举步要归家去。）

老翁二：就是，总算抛出一堆狗粪去了吧！

他　们：唉唉！（大家的叹息。）

（田路上，远远的战士走着，现一影子。）

老翁三：（指着他的远影）那是，他已经走远了。

老　媪：（睁眼望。）我看不见。（苦。）

（远处。）

老　农：（停耕，注望。）来了。（招呼他的伙伴。）

青　农：来了，这天杀——？（他也突停耕注望。）

（青年战士走过田畔的路上。他唱。）

战　士：（唱）“……起来——被压迫的奴隶们！……起来……”

青　农：（惊异。）他还唱呢！

老　农：听！

战　士：（唱）“起来！我们同阶级的农工朋友们！地主——”

青　农：他还说农人呢！（惊异。）

老　农：听！——

战　士："地主与佃户，狼牙与狗肉！"（唱停）（他望着田中人和青青苗子，随口又唱）"青青的苗子，珠珠的汗露！"

（农人静听。）

战　士：昨日个我还乡路，
今日个我去乡路，
同是路，同一条死路——
也等你的被压迫者的死路！
是死路何并无生路？——
我身儿跳往战中路！
——是死路，可还你一条生路！

（他微笑着，怜惜的好像对农人们打了个招呼，便扬长放步前进了。他从这个生他育他的故旧的老乡村消失了。他再不回头，再不回来。）

老　农：（惊异着。忧伤的疑问的）他唱的是什么话呵？

青　农：（照样）他唱的是什么一个歌子？

（幕落。）

第四幕

（路上。青年战士独行着唱）

我如梦，走出了故乡土，
这路上，我一人行，寂寂如无！
你的刚才的沸腾的吵嘴呢？
你去了，你去了，如打落水流！
如打落水流，又如杯酒告空无，
杯酒中，你昏沉的人物儿也已去休？

带嘲笑，你们归卧于你们死人的大墓中吧——为我纪念呀——我个莽孩儿归来又走。

但我的壮志与恨仇，岂止你们不懂，你们怀忧；

大天下又何少这般蠢物呀，对了我笑道，“下流下流！”

我为人间作出了疾困的不绝的抗斗，

我为人间去出人间，又向人间归留。

乃，你人间呀，才把我的热血视作尿水不如。

——你们的眼睛与嘴，对我递出了詈笑如像复仇。

我，我，我不能怀仇又念仇，乃来把你们当仇雠；

在清白的心里，没有火焚时，我还认你们是同流。

你，你，你们同我一道的被压迫者走。

你们想，想，你们的劫难呢？冤抑呢？可不也正同我般难吞难吐？

是我的家庭呵，不给呀我的居留；

是我的父母呵都快死朽；

是我的妻子呢，弟妹呢？

他们个已在劫中的将在劫中的，都也罢休！

罢休吧，我不能伸出了我的双手，

说一声“救你们呀！”我高声喊救；

救她们，我可没有那样伟力？——

我的伟力呢，它才不被原恕于你们乡党和我的父母！

是墙头上都聚满了你们的嘲笑的等候，

有妇人有孩子，有老翁老媪和诙谐者流。

当我的足步刚出现在你们的惊惶的眼中时，

嘲笑呢，诙谐呢？你们才以无声的蔑视，送我行途；

无声的蔑视呀，胜似有声的毒骂，为更毒荼。

我心儿如火焚，火焚了我心，我几乎不对你们——
对你们递出了相当的或更大的复仇：
我也想怒目蓦然的向你们几声毒骂，
便说呀，你们呀死骨头们，犹向活尸笑牙露？
笑露牙，可知否，可知否，可知否自己的狗生命徘徊墓头？
徘徊墓头，埋死墓头，死鬼不知自伤，还伤行人路。
行人呀，他为了你们，是为了你们呵！
他几次卖头儿，卖头儿，走上卖头路！
今朝呀，他取得了一颗完头颅，旧头颅！
归来了，归来了，归来犹招你们的大恨仇！
大恨仇，大恨仇，他不管你们将他生煎活煮！
是一个战士头，便当剥食在为人们战斗后！
是一国坏人儿，正是他呀，给你们打敌攻仇！
是我的故土，是我的故土！是我的故土！
我三载出去，三载归来，三载中我们结深仇？
为甚么你们除外吝啬了一星点的优游的慰抚，
还反面将来了更大的荼毒，对我再走呀更大的复仇！
你们可正是死鬼不知死鬼愁，反把活人当仇雠！
活人呢，今朝走出了故土——你们的相共的墓头，
他便不再回来了，安心吧，你们，你们的今朝的心忧！
可也该，不吝呀，一些——对于这将永别的壮士的子的，
游子的，今朝的，故乡的孩子的，父老应递出的薄酬！
你们连这些薄酬都吝惜了么？你们？你们？
你的换来了的才是呀，复仇，复仇，与毒荼！毒荼！
你们的心，够使我这还未死去的战士享用了——
我便“谢谢你们的大惠吧——离开了你们的乡土！”

我实有必要吐出这更毒的更怨的更恨的火流，如火流，

水流，猛烈地一般泼浇上你们的头脑。

可我是沉默着去了——我忘去了一切仇雠——我蔑视了一切仇雠——我便放松一切仇雠。

我离开了街巷走上了田头，

田头有二三耕夫；

我对他们开笑口，

唱出了一支革命的大吼。

他们初笑蔑而终怔住，

不懂我的歌是哭是诉。

我也不能再同他们开笑语了——

因为我要走上我的大的前途。

我于今已走上了大前途，

大前途，你把我何处停留？

在南方我想北方——

归北方来，故乡中呵，我又得了什么报酬？

不是巧语妇人口，

便是狠毒父老口。

我那能再拯救他们——

从我的心被他们刺创之后？

又那能自己安慰一钟头？

父和母？可安慰我一钟？

这卑卑世界呀，

终卑卑，放不下我的呵满心奇忧；

我归来我本是找甜头，

虽甜头不遇，可使反遇大苦头？

我战士的壮勇呀，多日的历史的，
还几乎不被气僵了，也同卧身墓头！
我战士的精神呢，大力呢？
你们，你们，你们为你们复生呀，强壮呀，
我今朝已逃出我死人的故土！我将走上去，走上去——
那从前，未来的，火样的革命之路，
我革命的路上，已开着我的理想的花羞。
我理想的花羞，向我笑语，
归来呀壮士，你又归来我的心头！
“我便归来你心头”，我说，“你美人！你”，
理想的革命的美的娇侯！
我归来我要再向前进了，同你前走！
是，唉唉唉，我的悲壮之怀已消失了么？
在南方，我犹狂叫乱吼！
虽从敌人的刀山枪林底呵，
我犹能，犹能挣扎出反抗的高喉。
这时代，这世界，它们沉沉的死物，可能把我死休？
这今日我不再怀忧——我壮志消退了壮忧。
我壮志上更加上壮志，
我要一直向前途急走！我不再如在南方悲唱了——
正因了我又受了一番刺伤，
又睹面了一番仇雠！
这仇雠，这创伤——创上加创，
我反来醒觉了我复仇的定筹；
我的心已再醒觉，力已再觉醒，
我不复怀愁——

我将更猛烈地来一次革命的戏手！
我将使我的一切新旧的敌人呵，
他们都惨心在今次的大战的下头！
这天色，你阴晦，昏头？
你阴晦便阴晦，昏头便昏头！
可我不再感伤你了——
我已新开了壮士的壮游。
这世界你沉闷昏头？
你沉闷便沉闷，昏头便昏头！
可我不再感伤你了，
我已勾销了那笔旧愁！
今日呀，今日呀，我今走上我的前途，
在前途遇见了我的故友。
我的故友是我的理想——
我的故友也是一诗友。
走县城，那个小世界，
那个小世界里共我的诗友来游。
我的诗友呀，他故旧的好友！
我将在彼等待他了——
拉他走向我们的理想的前路。

（闭幕。）

第十八章

时代的战士，北归后的落没的心情，反从家庭乡党中的老旧，卑屈，渺小而又荒古的人物的给出的刺激下，转变而为新生的，恢复的，悍勇的近乎快乐的革命直往的心情了。他又眼见了他的理想，他的理想的时代和世界。他只是想再在不远的路上，见一些他的故日的诗友，诉述一次久别的情怀，他便迈步再走上他的目的地去了。他的目的是革命的：自然天下都是革命的地方，都有革命的地方，无论乎南方和北方。他的心，是在北方秘密稳藏起来干几天革命也可；便不然，再走到南方去，也还得革命。他没有决定了在什么地方，把他的足根寄下，但他的革命之心，可是又再生地决定了。他不怀疑，他不迟疑！他的忧伤的心情，总算减退了不少了。

他的心情朝日似的，照定着他，引着他走上前路——革命的路。于是他在唱完心曲时，他一前往进地走入他的县城里了。这里是他的诗人的老家所在的地方，这里还有其他的不少的他的朋友。

他想："我是又已经跳入一个地方来了——我是已经又跳入我的生命里来了。"他喜欢的要叫。

这正如一个将死去的野兽，又醒转来了。在他悲郁唱他的死的诗时，他的诗中含了不少仁心爱意；可是一当他醒转了强硬的革命之心时因为他的理想上原来害着大病症，他便跟从了他的理想，执行着他的理想，强硬的不合理地，被刺伤而反动地，怔忡着不再知道从那些诗中的仁心爱意里回想一下，而径直走上错路，作出许多无谓的不好看的行为，说出许多不好听刺耳无理的话来了——这是他的两重人格。然而有谁知道他这两重人格呢？人都只看见他瞎说乱道地大谈革命，而嘴中露出了野兽般的牙齿时，便呼他为恶魔了。而便是他的朋友，也斥他为痴为狂。而假使一听他悲唱时的诗句呢？人都又不禁为这伤心的革命青年，流下同情的泪来呢？人们不知道这个时代是如何致来的！他们不知道这时代如何造就了青年！他们又不知道青年人都是本质很仁慈的，而仁慈中正是盛满了纯洁的热血；而又这热血在被了社会的极度创伤时，它才又自然地顺势地反抗来而转变着作一种可怕的野兽吼了。而这种正在危险的关头的青年心，又被那只懂得三言五语的理想和革命的内容的野心者！想借了他人的头颅成就自己的功勋的野心者——从自己都不愿下三分研究而求得一个实在的真实的，随随便便糊涂在一己的名利欲下面而唱出来的革命的调子里所引去了。他们正碰到了援手！他们不知道自己的热血，该流到何处才好！于是有人指示给他们说："那是你的热血的流处了，正是！"而他们便如获珍宝似的，求仁而得仁似的把自己的热血流向人们指示给他们的地方去了——他们没有计较！没有计较，不计较自己的血有何价值，不计较他人的言语是否可靠。因为，因为这世间没有一条路给他们去了呢！他们苦了，他们无路可走了，他们求路要走了，于是他们走上卖命之路！你能怨得他们么？对这般可怜的盲目的孩子！而于是，他们在自己"已经走上的路"上，或者已经在"他们的路"上，碰头流血到几次时，他们还不悔悟，而且又更近热狂的说："看我们的路是多少广大而正直呵！我们正走着快乐的！我们便牺牲也快活！你怯胆倒退的人们呀，走来！也敢走来么！这是唯一的生路呵！虽然我们死了，我们的时代得救了……"这便已不可救药！但怎么他们会永久是这样反来地叫？唉，唉，时代总给予了他们以太大的刺伤了——而他们的聪明，孩子的聪明也有限！于是而他们死，领袖一度登上政治的高台，而终于被倒下来；时代仍在遥遥的黑暗里哀叫，而旧时代的人物，便乘时得以对了自己的叛离的孩子们发笑。我为战士呢，便是这样的其中的一位决死奋斗，奋斗到底，到底不懈的战士呵！他现在又醒来了。这正是他的再次搏战的时节。他醒来，正如又在从前的华梦中似的，他热狂，几乎不知道了一切。而他的行为，便也如说着"看我们的路上是如何广大而正真的呢！我们便牺牲也快活！……"般全部疯狂不自觉起来了。他们笑，不笑自己的愚傻，而笑所有世间上的人们愚傻。可是世间不能尽是他们的！虽然在他们的背后，尽是层层立着的他们的老时代的仇敌；可是在他们的左右，也不少精明而有眼睛的同是志于革命而热于理想的人物。然而他们一切漠视了，抹煞了，他们认人为一切仇敌！连同志与同情与同热血的立在他们的旁面的人物，他们也卑视，唾骂，甚至加以攻击。于是而他们独行独步！于是而他们独倒独亡！于是而他们更在失败失败之后，向天下大众复仇的喊：“你们一切敌人呵！”这是如何造就的坏的褊狭的观念，促狭的心理呢！时代！时代！五千年来的旧时代的大反动！一朝半日的新时代大欣慕！领袖！领袖！唯物的理论！唯我的理论！唯一的理论！唯领袖们的理论！我们的战士的行为呢？时代的行为，领袖的领袖的，唯物的，唯我的唯一的行为罢了！他于是乎出轨，一出了人心的轨！而它们说，“甚么是心呢？那里又有心呢！”……

我们的战士醒来了。危险的他！从他的纯真的热血之外，看他的偏激的过火的心火，他已把一切真理，都压到他的专制的被欺而自尊的心理下了。

他在县城将找不出他的一个真的知己，虽然叙旧情而又表哀情对他的，不乏许多朋友。

他步步走入他的县城中，这是他的故乡的县城。他幼小时曾在这里读过书的。自然他南去之后，乡人们已将他加入共产革命军的事，传成了可怕的故事，满满地满满地装在这全县城的耳朵里了。但他的这次的归来，还没有被人知道。可是他的三年之别的面容，仍然不能太变了些，使人晤面都看他不出。所以他今朝之来县城，他预料一定要有一番动人的光景出现了。

他放松了远行的脚步——他已经走进了他的家村和这里的城池相距着那条路——他慢慢地而又高傲冷肃地走入城中。

他静静地走着，起开是如入了死神的领域。

然而，渐渐惊异的声息便从街头的两壁，始低悄而终轰然地向他的身上扑来了。

那是些商人小伙计辈的打招呼。

“你回来了么？什么时候回来的？”

惊喜的叫。恚恨未现向尖儿的叫。

“你回来了么？我们便不知道！”

惊异的叫。少少带出了蔑恨的根儿的。

“是，是。我回来了。”

他的赶不及的随便的回答。

他少少敛去了一点冷傲，在这些人们的虚伪的礼貌和问候的面前。

“呀，你回来了吗？”

有的声音从小铺面的铺板上跳了出来。

“我吗？回来了。”

他笑答——不得不笑。

“呵，辛苦了！请来喝杯茶！”

虚伪的含笑的寒暄。

“不！我要去，找朋友的。”

他说笑着，走着。

“你来给我们谈谈呢，你先生的足迹遍天下了——谈谈南方的一切。”

这里便不少的含点恶意呵！

“再谈。今天赶不及了。”

他会意，但无法。也还含笑。

“你倒是经过大事的人呢！——我们听听你的故事，好么？”

这是恶骂的先锋的机语。

“再谈——”

他笑着，而憎恨着走远了。怒着，而且。

“再见！再见！要来谈谈呀——”

街人的远叫。开笑的。毒意的……

他走远了。他走远了。这里的街人呢：

“那是个谁？”

“那是——他是个奇怪的人！”

“便是三年前走出，加入了什么共产党的么！”

“可不是！”

“呵！他！”

“便是他呀！”

“他还能归来吗？！”

“他归来了！”

“他的家——那里是他的家？”

“可不是！他，那里是他的家！”

“他不是有家的人？但听说——”

“逐出。他来了是真的。”

“他真是革命党？”

“还说？他是共产党呢！”

“呵？呵！……”

“他可是没有卖了头！”

“早一点！也迟一点罢？”

“这些人还有好处！？”

“这里还有他的朋友吗？”

“可还不是那几个人吗！”这里指定了他们全城中的安天乐命的老人物们所平日憎厌的，正好像这战士般毒狂勇敢的三五个青年人物。

“是的呀！他们是一路货！”

“这可不知道他又归来作什么呢。”

“他不过落魄归来罢了！有什么出息！——可不看见他一身破旧的烂洋服？”

“可是这里也许又要出岔了。归来的他，再加上固有的一路人物，可不是野兽合了群么？”

“真的！——呵，可怕的！”

“也许又造反了！”

“等待着吧。”

他们看着战士走远去了，不见了。他们停止了咕哝的谈闹。

战士没入一个小巷里了，他将去找到他的朋友。身后的嘲笑，他一笑置之了。

第十九章

这里是可以叫作一个奇迹。跟着一九二十年的现代中国的新潮的汹涌，而这里，位置在广漠的中国的内部的一个偏僻的县城，有奇异的新潮的簇新的怒花开放。然而，只因这些怒花，是更大的，更好看的，更光明的，更勇敢的，更深邃的，更永久一致的，所以竟好像埋没起来一般，被世间的全盲，或者缺乏光明的眼睛看作没有了，看作没有那回事的了，看作真的并无一朵的花儿开放的样子。它们说：“黑暗，黑暗，那里有好花在开放呢?”而不知道那些经寒耐炎的新生的怒花们，正在睁着大的，不被看见的眼睛，向他们滴泪呢。这真是个奇异！全国中的英雄之士，文明之域，还不见有什么的更大更美的香花开现，而又把一些的珍贵的花，使开现于一角暗陬的僻地，好像旷野似的，这偏僻的小的地方，乃接受了新的光明，新的生命的吩咐，而降生而出面在这里了。这焉能不是个奇迹！这焉能不予众人以惊异，当他们的眼睛在一朝发见了时?然而它们是如何难于发现一次呵，因了这些奇花的更奇更好而好像看不起他们的样子?这里是可叫作一个奇迹了。

这里一条的夏天时期涨发来像黄河般污黄的汹涌的河水被人叫作漳河。在这漳河之滨，新的一九二十年代的思潮产生了；或者只是补助地产生了一群理想的青年。他们都具有火的热情，水的智慧，铁的力量，炎炎的铮铮的溶溶的生长起他们的新的时代的生命来了。这是奇异，他们都因为了内心的太的纯白，理想的太的燃烧，生命的太的纠葛，而不能像我们的战士似的，一往无前的直上他的革命和卖头的路。他们徘徊着，因了更多的烦恼。他们说，“生命不只是一场政治的革命的。”他们虽然便也侧身革命场中，但有的更聪明更忠实的心，却几乎当革命作玩玩了。他们徘徊在歧路上，我们可以这样说，他们不能前进追求光明，因为他们的眼中，差不多是消失了光明那回事了。他们在摸索着生命上的更大的烦恼，和不了的追寻，无论这些是光明或是黑暗。简截说，他们是青年的生命的骄子，而由于自己的心的过于敏锐，把生命的黑暗完全或者几乎看穿了；也好像把生命的迟钝的，慢步的，骗人的，幕面的一点小小的快乐磨消了，被他们磨消了。他们只余有一星半点小小的不死的欲望，而借此在漫漫的长夜中苦斗着，他们向前去，自谓是向前去的！然而那些卖瓜卖菜似的叫卖革命，又那能满足了他们欲望的无底的大壑呢！他们侧身在这里，当作玩笑了。他们于是疲倦，消失，颓废下去。他们把一九二十年代的初生的新潮似的自己的新的生命送给这些东西了。他们的力量几乎失却了。然而真实不是失却，而是转放在无已的，无已的，不解的，不解的，更高大的，更高大的生命的整个的追求上了。是的，他们进入超时代的革命前面的问题里。他们的生命的全部动摇了。于是他们动摇了。不安，不安，无事可作在手下。因为在手下的尽是无聊赖，无意义，无生命的事和东西。他们一消沉了。于是他们的生命之力，在不能实现在实际上时而使转向而实现于空想中了。他们群群地都变作理想的渴慕的文学者。在他们之中，于是而诗人，而小说家，而歌剧家，而一切的艺术的天才的手，都春笋似的长生和表现出来了。他们互相赠答，互相赞美，互相期望，互安相慰，互相扶持着说：“我们互相走向在这空的，无物的，无聊赖的，无生命的东西的所在的方向去吧！这真的聊胜于无！”于是他们的力量，尽数一时开作艺术之花了。而被埋没着，在这个现代中国的一个广漠偏僻的角落里，不被世人的眼睛看见。即使是实际的革命的艺术之花呵！即使是伟大的艺术之花呵！它们被埋了，在这条枯黄的大水——漳河之畔。河水的古代的衣裳，倒是象征这般艺术人的被埋没的心情呢——他们和水，和秋，完全变成了一个褐色，暗暗无光的。而艺术之花呢，将凋谢了么？将死灭了么？那是随生命以常盛的呵，当然不求什么眼睛看见；当然不怕什么眼睛看不见而便凋灭。而革命的他们本来的心力之花呢，将开放在何时呢？那是时代过去，时代再来的话了。因为他们小视这眼前的当代！因为他们的生命，完全观赏在理想的时代上去了。他们将为那时代牺牲，将为那时代的战士。而他们的心，原本含着大力的，今朝不过潜伏在一种不得已的局面之下，而把力测尽从口唇间歌唱出去罢了。这不能使他们终于安着，他们都几于是隐名埋姓的了。在漳河之畔，有着这样的不被瞧见的奇迹。

什么是花呢？什么是火呢？什么又是水和云呢？一切一切，我们的时代的战士的故乡的漳滨的朋友们，都给表现出来了。他们的身世，颇属可怜！他们有的曾经放迹于千万里外，有的还在放迹于千万里外，有的沉酒，有的湎色，有的死歌，有的活叹呢。但有的也已经跳上新的更新的未来的真的新时代的预备战斗上了。这里是一个纷纭的奇观！还有的羁留在老时代的尾巴上，而却生来是熊熊的一泼的革命的火的呢。虽然他们是有他们的这样的参差，然而他们是相共一条火的前进的理想前进了。

在反面也有他们的不少的敌，不小的敌，认不得他们的真相，而又拚命攻击着他们的影子的——那便又是旧时代的生物：小绅士和老绅士们。

我们的时代的战士，在这里便将遇见新的和旧的，友的和敌的全部人物了。他作了更广大的旅行，心的的。虽然他的脚步不出数里之外。

而更奇的，是我们的战士，不止反对他的敌人，而更反对他的这一般英豪的故友们。而故友们呢！请看，他们对他是如何的怜惜，虽然他们正在不暇怜惜自己的时候。

这里将开所谓大的生命的剧之多幕了。

我们的战士，去找寻他的朋友们。

这是一所颇为荒凉而凄寂的不小的场所，这荒凉凄寂，正象征这住在其中的人物的心和生活，情调和艺术。他们的天才，造出了此种映现于他们的心外的东西，景致。这便是不能逃的一个心物的无间隔的例。他们，便是所谓被无名字的神，羁留着在这条枯黄的干辙的漳水之滨，用以表现神的人的水的静美与神秘与埋没的勇敢的意思。他们便是现代中国的一个偏乡偏壤中的不喊出声音来的文学者们。他们幽闭在这个小的场所里了，这场所里，时时发出他们不绝的嘘息。这嘘息，好像是一种隐逸的疲倦了的兽的喘息和未发的雷音似的。

他踏着阔大的脚步，眼睁睁地看了几下这久别的故地上的建筑物，包藏了他的久的别思和友情，和将重新遇面的朋友的建筑物。他颇觉到一种细腻的幽凉和将抬起头来的友爱的快乐——将露面的快活——他迈然地走进去了。

寂寞的一所大院落！空静而无形影的！这里叫作现代中国的势利和威权协合而畸形生出来的从大都会的肥体的政治上分枝出来到小县城的政治的尾巴。最小的滑稽的尾巴，这里是党人所在！党人？正是我们时代的战士的反对党人。然而也正是他的朋友们，来代替了这反对的位置。这是说，他的故乡的在这里生存的老朋友，都在这里坐着他的反对的交椅。好便是这样奇形怪状！现代的中国，便是这样奇形怪状的呵！然而我们战士的朋友们，岂真是已经昏迷如此，坐了他的战士朋友尚认为羞耻的几把交椅么？他们岂真的已经穷困到连半口黄小米饭都找不来，而至于吃着敌人的饭了么？不然，不然，大不然呵！他们在游戏！他们是在游戏！他们因为大无事可作了，于是不免把不成事的事件，也放手中来玩玩。他们的心，是如何好笑好气，而又令识者可怜呢。他们差不多都是想将乾坤一掷了去，以少泄泄自己的半生的潦倒的心气的人物！他们差不多都是未名的天才，和未成的大歌曲家，艺术的大样的鼓力在胸中翻转着呢。他们无地可用他们的力，因了现代中国的破产的局面！破产的一切！尤其是破产的新的艺术的教育，科学的教育。或者也可以说他们已经生存在时代之前面了。时代未来：没有艺术，没有科学，没有教育，而他们的壮大的才力，是非借这些东西不能少少发抒的呵！而时代还未曾，还未能给予他们！而时代令他们自己创造了；而他们才没有十分坚忍的耐力——他们是年青的孩子们呵！——而他们于是徘徊苦闷在这个一面创造、一面痛感着创造中招来的一般反抗创造的老旧魔忧刺痛了。于是他们忧郁。然而他们终不肯止于郁！徘徊彷徨呵，所加于他们的诱惑，终是一时的呵！于是他们奋斗，苦地奋斗！然而他们太没有安慰了，没有奋斗的酬赏了！于是他们再忧郁徘徊彷徨！然而他们不肯——于是他们在彷徨徘徊里，把无意义的事也放入手下当作玩子干起来了。他们还未能自己创造出一个整的时代。而他们被这个时代太诱迷了。他们便作了解解闷儿似的当代的中国的革命人物！然而他们又多少不起劲！人家革命党轰轰烈烈地，不知要卖几颗头脑，去寻得领袖，和名利的权威呢——官，金钱！金钱，官！人家都如驱利市的喊着进去了——而他们才是静悄悄地只在革命党员的名册的字缝里，添了几下黑纹白道的自己的姓名；而在实际呢，便死板板地躺着，躺下去了。也如姓名般躺死在那小册子中呵！他们真也可以说是为得只在找饭去吃！——真是最大的欺骗者！欺骗一般人物，连自己的苦痛，也想骗过去了，呵呵，这般新时代的永久追求，旧时代中永久没落的两端不并立的人物！他们是在这里的党部里作着革命的人物！他们也煞太苦心了呵！有谁知道他们？有谁知道现代中国是这样纷纭而扰乱的秘密？秘密？这一个名词，便完全含尽了现代中国政治意味，无论其大都大市，穷乡偏壤呵。这是现在的中国！这里，代表了现代的一部的中国！

寂寂的一个院落！

我们的战士，想：“这是走到了什么地方呢！？”他不禁从荒凉的气味里感到些可笑的滋味了。

“有人么？”他叫。他不大舒服。

“谁？”对面一个屋子中说。

“我！——你没有见过的。”他笑说。

“你是谁？”一个声音，从门里跟着一个人出来了。那是他的朋友梅横枝先生，梅先生好像是刚从被窝里跑出来的，睡眼朦胧的样子。他还好像生气他的客人不该惊了他的觉。但他一见是我们的战士，他便惊喜而诧异的笑了。

“你？来了？——我们还枉跑了去接了你一趟的！”梅先生吊着诙谐的调门说。

“可不是我来了。”战士说，随着，跟定横枝走进了那所房屋：“你们怎？还去接我！”他们都坐定了。

“可不是去接你！”横枝笑着，“我和齐川白跑了一趟呢。”

（这里面隐隐有一段故事。）

“他那里走了，齐川？”战士急问。

“先喝茶，”横枝慌忙的在收拾茶杯，给他斟水，“喝了再说。”

“好！”他暂且休息着他离家后的行途上的疲劳，要预备作一次长谈了。

第二十章

“到底你回来了。”横枝仍然不舍诙谐的语声说，“我们还以为又是空言呢！”“怎的？”战士怀疑着，“又是什么空言？”

“你好好坐着听我告诉你。”横枝要长谈了。

以下是他们的一段不短的谈话：

“我们早听说你要回来了。那是省内朋友对我们说，你有信回来如此说的。那是那位诗人说的。他说你在江南待不住了，有点苦闷的样子，你要回来。”他忽然皱起脸皮嘻笑的插说：“可是那里不苦闷呢，我们的所在，便是这样子！”他指着他的身围一切凄寂的现像说，“可是你回来便回来吧，朋友见见面也高兴！可是我们等久了，并不见你的形影！我们正怀疑你又是去了那里呢！”他又笑着说，“你原来是跑惯了的，跑滑了腿的人。”他暂顿一下，可不是又在那里作乱起来了吧？我们都胡猜你。而前不几多日，正在我们想望着你的当儿，省内的诗人们朋友却又来信了，说你又有信说不日归里——也许现在已经在乡门上了——他叫我们去找你一下。他说——他忽然截止。

“他说什么呢？”战士关切的问。

他说——还不是年头儿不稳当！他说你要小心——幸亏这里家乡，尽多自己人！不怕什么的。”横枝继续说了。

“噢噢！”战士叹息，“也有这等事！”他想着什么似的。

“原来，你不知道这里的形势——我和齐川一接到了诗人的信，便跑到了你的家门上找你去。可是在半途上，便据人们说，你已经走出来了——可不知你正是向这里来的。”横枝感慨的说。

“是的。”战士笑着，“我已经从你们的想望中飞来了，如了你们的想望。”

“是的，如了我们的想望。”横枝微叹着，“可是你的行迹，也真的太漂泊了。家里也不能停留得几日？”

“你知道我的家庭。”战士不高兴地忆起来说，“我已经不再有家庭了。”

“也好。谁都没有家庭的，我们的朋友们。”横枝忽然记念起什么似的，“可是诗人朋友说，你又不可在这系久住。”

“那是什么道理？”战士微惊的问。

“那便是这道理！你知道的。”横枝笑。

“哈哈——”战士也笑了。

“他说要回避些。自己要精明些——省垣方近的空气正紧着。”横枝屏息着。

“莫有杀人吧！”战士且笑且气的高声的说。

“正是，已经捉得不少的去了。”横枝镇静的屏息的说。

“是的。也会有的。——不过我想都见见朋友们。”战士也镇静了一下说。

“是的。他们便不久都快回来了，连诗人也不久。”横枝告诉他。

“可是我的生活，你们都知道么？”战士突然兴奋起来，感慨似的，像要在老友面前发发牢骚了。

“我们想得到。”横枝慨然。

“想得到！”战士沉声复说。

“革命的。”横枝解释。

“革命的。自然是革命的！”战士复述着：“唉唉，朋友？几乎不得和你们再见面了呢！”他感慨而猛壮的笑着。

“怎！有这事？”横枝大惊异的问。

“这便是我们别后的我的全部历史了。”战士指着他的左鬓和额角下的枪伤已愈的疤痕给横枝说。

“呵！……”横枝叹息，“听说你的生活，是全过着在这等下面呢！”

“是的。”战士也叹息。

他们亲密的层层的相诉别后的各人的生活了。战士的一切过去，都从他的嘴中咤叱出来，连这次归家后的情景，也全部托出来了。他的朋友梅先生呢，那只看他这三字“梅横枝”的自己给自己冠起来的绰号——生命的写照——便也足见他的无聊潦倒，而又从无聊潦倒中如何挣扎出来的诙谐生涯了。他动心情地为了战士吐露出一部的隐衷。

“呵——”梅先生叹息，“谁的生涯都不见的好过！”

“那不然！”战士奋然说，“所需要站立起来了。”他想他的朋友，至少要改过他的生涯在明日，后日，甚至于再过些日子了。但终不能长此倒霉下去。

“你的生命是有力量！”梅先生叹息，“不过我们这里的朋友，却都喜欢我这等生涯呵。”

你们的生涯是老朽的！不客气——”他笑了，“——你们是反革命的。”他又笑了，“然而你们又玩皮，坐着了革命的宝座。”

“真的。革命的宝座！”梅先生也笑了。

“你们真辱没了革命！”他学作诙谐的说。

“我们真辱没了革命。至少我自己！”梅先生也诙谐而却慷慨地说。

“他们呢？”他问。他问别的朋友们的生涯，又向屋中看了一下，觉得还没有人来，太的显着一股沉静了。

“他们？快有人来了。他们的倒霉不下于我。”梅先生双关的答着。

“你这里真沉静！”战士皱了眉，沉郁的说。

“可不是。墓冢似的！”梅先生叹息。

“可怎样去革命呢？赞向鬼墓里革去么？”战士又惋惜而不禁地微露蔑视。

“我们不过死鬼作乐罢了。大家朋友在一团，热热活活，便够了。管它娘的鸟事！——我们玩玩罢了。”梅先生仍然诙谐。但也道出实情来。

“你们便不嫌寂寞么？”战士。

“寂寞便怎地？人生就是寂寞！”梅说。

“墓冢！墓冢！”战士叹息，慷慨。

“你的生活可不寂寞！”梅反问。

“自然的。那是如火的！”他自赞。

“火也于今熄了！”梅先生微露嘲笑。

“熄了？再起来时才怕呢，才大呢！”他蔑傲的驳。

“才大呢！才怕呢！”梅的复嘲。

“等着吧朋友，你们也要走上来的呢。”战士固定的说。“你的路？”梅问。

“我们的。”战士固执的口吻。

“呵——那也好。”梅反然决定的说。

“他们不来了么？”战士想着另一个朋友。

“便快来了。”梅先生感慨着。

时间已到了一日的午后．太阳高高地挂在空中，射出黄白的光线，从空中穿进战士和梅横枝相谈的屋子里。那一股凄悲的慷慨沉郁的气，是满布在这里的人物的心了。一种渴望焦死了他——战士——一种无名的等候焦死了他。他好像在等候着他的朋友，但也像在等候着他的理想——那个又是久久不见面了的理想的时代的革命之火呀。

梅横枝也似乎已经忘去了他的面前的朋友，而将自己全部的思想，又放在自己的潦倒的生涯中去了。他搔首，在地下打着回旋：不知道有多少苦困驾临到他的心上。他也默然，战士也默然，空气死在这个默然中了。

门响，有人来了。那是这里沉默的救星。那是战士的朋友齐川。

他进来他们所在的屋中。他看见了我们的战士。这个久别乍逢的局面里生出来的火热的友情，便又炽燃起来，烧透这里的沉闷的空气。

“哈哈！你也会自己走来！”来的人大笑的快活的说，走去把握了战士的手。

“我自然不劳你们多望。”战士紧把着齐川的手，在祝福了。“你一向可好！”

“我们都好！”齐川欢欣着，“你的来出乎我们意料之外。”

“我已经听横枝说过了。你们是去接过我一次的。但是友情比飞乌更灵——我已经从你们意外飞来了。”战士巧妙地说着。

“好好！”齐川笑着，“你还有你文学的词藻。”

“我？——粗莽的一位战士罢了——我的生涯也已给横枝诉说了不少。他自会告诉你——我不过一个战场上的危险人物罢了。”和自己的朋友笑着，打着官话。

“危险大物？真的！不只是在战场上。连一次的晤面上都不脱是危险的人物呢！——我的危险的弟弟！”齐川也打着官话，笑了。他抱抚上战士的身子，吃紧的摆摇。

“你们不要闹了。”横枝插声说，“我们吃酒吧。”

“吃酒？”战士问，“那很好。我正跑得疲倦地要死呢——又等待得要死！——等待你呀，朋友！”他向着齐川说。

“劳动你了！”齐川感谢。

梅横枝先生，已经不知道从那里取着酒来了。他们吃酒高笑。

“这是冷酒！”战士吃了一口说，微惊的样子。

“是的！我们通常都是如此吃！”梅横枝笑了。

“这比得你战场中的生活么！连这个也不忍受！”齐川嘲弄我们的战士了。

“好好！冷便冷也好！”战士赞叹。

他们吃酒了。冷酒热心，和久别乍逢，这使他们的心儿沸动起来了。而又加之以各自走上了时代，走出了时代，青青年纪的人儿，满尝了生的苦闷与幻的甜想的历史，这那能不使酒涌上心头，歌唱出口外呢！饮酒必歌，狂歌必酒，这成了他们的生命上的唯一的协和之律。他们的音乐的天赋，又逼着他们不得不从歌唱中去求他们生命的出路了。这里有他们的几节短歌。

齐川把着酒唱道，“听我唱”：

“今朝有酒呀，有我的故友；

有我的诗吟呀，——生命的寻求。”

梅横枝：“我和你！”唱：

“有你的寻求呀，有我的寻求：

也有他的寻求呀！生命的寻求。”

战士：“我也和来。”唱：

“有你们的寻求呀，有我们的寻求，

我们的寻求呢？革命么？颓废与酒？”

齐川不高兴：“听我，朋友。”

“是革命么？是卖头？

是买卖么？是复仇？”

他们争论起一种东西来了。在酒中吒出了他们的肺腑。朋友都袒胸相见，坦锋相见。

战士气昂。听我唱：

“是革命呀是卖头！

无论它买卖呢和复仇，

我们正自有一付心肝呀，

铁血的要付与东流！”

横枝唱：

“要付与东流，便付与东流——

东流中可无人呵，向你

凭吊一声‘高价的头颅！’”

战士唱：

“什么高价呢，低价呢，人头！一颗人头值得这般保留！

你们都彷徨于歧路上啊——

解嘲地嘲人以‘要报酬！’”

齐川唱：

“要报酬！要报酬！莫把头颅当瓜割，当菜收！

也有头儿一掷时——

时呀时呀，那东升的红日上升天头！”

战士更奋然：

“你不肯丢头，又想红日升天头？

你们的梦想呀，也煞比鬼都虚无！”

梅横枝唱：

“我们便爱鬼虚无——

自己死，自己死也甘心头！

莫如你，我的好朋友——

我看见你被骗了——被骗子拉上了手！”

战士：“你胡说！”唱：

“我的心是在我心头！

我心头相共红日而东走西流！

我心头没有一个鬼喝我呀——

像你们的酒与色——色与酒！”

齐川：“唉，朋友。”唱：

“说起色与酒，且把革命的战歌罢休！——

我们都爱色与酒——胜似你的冤枉的奔流！”

横枝唱：

“什么是什么！什么是什么？

什么又是什么？——狗屁的歌唱停止了吧！

莫为了自己生涯强别人生涯——

莫丧失了朋友的交情，为了几句淡话。

今天下，自是今天下，谁有眼谁都看得着。

我们且饮酒不说话，且饮酒！不许说话！

让战士自己踏上战场，我们归向墓中去吧！”

他的唱，使他们都一齐笑了。齐川便说，“战士，你可不要多心我们酒中的话。我们都是发狂呢。自然我们也要马下便一步跳往革命的路上的。可是你不看——”他指画了他身旁的周围一下，那里有一派派的革命的标语，“这便叫作革命？”他生气而感伤的又说，“可是我知道你是什么人物——我们再谈吧。我们今天吃了酒，要出外玩玩去——你也看看这久久别离的故乡的天地！我们生活的意义与形式，你都可以从这里找得出来。走！走！我们总有时要踏着你曾踏过的火路上去了呢。是不是？”

战士笑了。“走，去玩一下。”

横梅枝先生，收拾了一下房屋中的杯盏，闭上了房门，唱着一门这里的民间新兴的“小亲哈”的调子，大家相跟着走出来了。

这里是战士的久别之地。故乡的文物之区。这里有诗人，有少女。便如梅横枝和齐川，都正是以诗人的资格拥少女于怀中的呢。他们患得而患失，而又得不了，而又得了又失了的呢——这里有恋爱——但没有革命——但有的末发的大的真正的革命的调子。

这个畸形的奇异的乡邦呵！

太行吟

序　诗

抗日的片片断断，
　都还发着火焰；
　　有几句散轶的诗歌，
　　　让我来朗诵一遍。

章节早已打乱，
　字句也很不全；
　　对于伟大的史迹，
　　　只好像管中窥天！

鬼子进了娘子关

看看鬼子进了娘子关，
黄尘高飞直冲天！
蒋军阎吏夹着尾巴逃，
撇下了表里好河山！

八路军来在晋东南，
抗日登上了太行山！
太行山高高摩天，
我们依山靠水和鬼子周旋。

蒋军阎吏给我们一个背，
两腿直奔向南推。
他们如此抗战还卖嘴，
吹甚么“前线第一”的牛皮！

他们：潮水般推呀推呀向南推，
只恨爷娘少生了几只腿；
只恨屁股后边没有个遮盖，
好来把流弹给堵回！

他们：背朝北而面朝南，
狂奔骇逃来“抗战”！
如此抗战方向不换，
脊梁上累满了穿心弹！

他们：跌倒爬起互相搀，
两眼直望黄河彼岸；
栽倒的死尸嘴吻地，
仍旧脚朝北而头朝南！

曾见到他们个军代表，

指挥撤退如山倒。
满身哆嗦口舌结，
脸儿黄黄发苦笑：

“事到今天算完蛋，
果然日本是条真好汉！
抗战抗战伤脑筋，
逃难逃难且过关——
两条腿跑得我直发酸！

事到今天该怎么办？
只有让好汉去对好汉！
只有让你们八路去跟鬼子干。
咱承认自己是稀松蛋——
请呀，在我们后面打个掩……”

他话没说完便一溜风，
再不回头打个问讯。
且不管脚下狂尘滚滚，
他驱着羊群似的直南奔！

一奔再奔不见影，
他心里可在笑出声；
我们心里也笑出声——
两种笑声大不同。

他笑道：
“大傻瓜才去把命卖，
跟鬼子摔跤让八路来！
让你们单人匹马去找死，
给我们的统治作挡箭牌！

好笑你红军闷葫芦，
历年争取抗日自由；
今天给你抗日自由，
给老子前线把血流！”

我们笑道：
“我们真个要自由，
希望你统治者松松手。
今天你倒松了把手，
敌后河山送‘对手’①。

‘政权本是个刀把子’，
这句话吓死过阎老西；
‘人民就是一只虎’，
这年头气毁了蒋该死！”

政权真是人民刀把子，
地盘就是抗日根据地。
你们不愿让与也得让与，

① 对手：系蒋军对八路军之称。

鬼子想抢夺也抢夺不去！

求得自由于虎狼口里，
保卫河山在魔鬼刀底；
我们抿着嘴儿笑嘻嘻：
“以为这就是十年战争的利息”[①]。

我们大队上了太行山，
峰峰巅巅作开关：
开开门儿截敌尾，
守住门儿来动员。

我们如风驰呀如电掣，
在这块地盘上把人民组织：
妇女儿童放哨在路口，
老头子荷锄在山头鹄立。

我们整顿刀矛和弹石，
在这块地盘上把战争组织：
长长的矛头挑出了红缨，
石头也吼出轰天的霹雳！[②]

太行山脉绵绵长，
跨过北太行是南太行。

---

① 十年战争：指第二次国内战争。
② 石头：在此指石雷。

我们山南山北来游击，
上山下山把敌抗。

我们一旦带队下山冈，
东闯西荡无人挡！
自从逃走了蒋阎军，
这片国土呀，何等空荡！

鬼子还停留在点线上，
蒋阎军已逃过黄河旁。
遥望几百里不见只马腿，
令人感到自由而且宽畅！

祖国的土地喷幽香，
这股幽香令人怀想！
祖国的土地发哀愁，
这派哀愁引人泪流！

五千年祖业传子孙，
不肖的蒋阎不成人：
内战把同胞如瓜砍，
媚外把国土轻轻送人！

太行太岳脉相连，
王屋中条成一片。
自从有了自由权，

我们便把救国大担来独捐!

接 防

太行山上辟战场,
人民自己把将军当。
一领军衣披上身,
百里州县接防忙。

将军跨马势将飞,
一个乡绅来扯他的腿,
他说:“你想过过官瘾呀,
这可怕不是个好机会!

人家都拔起两腿往回返,
你偏一闯一闯向外蹿;
人家都在抛印又丢官,
你偏要去把印把子揽!”

他公然认为抗日是坐官,
也如说“逃奔”就是“抗战”。
他好像一箭射穿了个啥,
来得那末讽刺而且撒欢!

他平日爱发表啥“共妻论”,
骂起“共产共妻”狞笑吟吟;

他不睬马列主义道德亮晶晶，
任意在那上面踏满兽蹄印！

将军的马儿向北驰，
他追来又向他打谜语：
“一个人要有主意，有决力！
不能在自己心上把墙骑！”

将军深知他揣着啥个鬼，
他唾弃他这篇鬼咒语：
“滚吧，快去抱着你的老婆子，
等待和日本来共妻。”

放开辔头将军向前驱，
投入了无边的大地！
祖国的怀抱如此丰腴，
有如自身的血液和肉体！

长长的溪水在流逝，
高山蜿蜒而肃立。
山水都点着头儿向他笑：
“你是属于我们的——
同样，我们也属于你！”

“亲爱的母亲啊，土地！”将军说，
“假定你永远被军阀割据，

人民哪能拭尽痛苦的眼泪？
假定你一旦又被鬼子霸去，
人民哪能不举起抵抗的火炬？

解放是你衷心的欢喜，
战斗是人民肩上的天职。
有情的眷属将永远不分离，
让风吹雨打拆散不了我和你！”

腌臜的歌赞

北望敌尘如炊烟，
南望马尾早不见！
鬼子嚎嚎着由远而近，
蒋阎军狂逃由近而远。

青山顶放弃了“最前线”①，
峡石口留下了空营盘。
怕死的货色逃奔后方，
让国土裸出敌人面前！

让国土自作前线，
让国土孤军深悬；
让国土自身奋战。
这就是说：让鬼子开入无人之境，

① 最前线：实际是一条距敌很远的战线。

他们也没啥喜欢和不喜欢！

叛徒们这样背弃了祖国，
好像还不算怎么腌臜；
他们夹着尾巴逃跑着，
倒唱出“胜利”的歌赞。

他们高声唱，大声喊：
“这就叫有名的一字长蛇阵：
打开布袋口让敌人来钻。”
他们高声唱，大声喊：
“这就叫有名的一脚踢三面：
鬼子你来！八路你抗！老百姓你试试看！”

所谓“老百姓你试试看”，
就是说：“看你还敢如同造我的反来造反？”
简单讲，也就是：“看你还敢不敢捣乱！”
这也就是说：“活该你今天受点磨难，
试试看吧：还是日本待你的手宽？
还是我们待你的手宽？”

缙绅先生们

打着马儿入山城，
街头零落少行人。
我军有如行深谷，

只听马蹄有回声。

闻道城中多缙绅。
今日何处去安身？
生死诚然是大事，
应知抗日正图存。

自古人各有其志，
不必衣冠尽可耻；
也许敌忾同仇日，
正是见危授命时？

蓦见角落影毵毵，
自道诸绅迎县官。
踟蹰不前如问号，
倒又别有姿态像蛇蟠！

有的忽地吐舌来吻你，
有的盘上你的身子来嬲缠，
有的装穷和叫苦，
眼泪涔涔拭不干。

有的更讲爱国心肠平日抱，
试图献身作英豪！
真个也说："千古疾风识劲草，
难得报效在今朝！"

个个长吁又短叹，
包裹不住野心瓣。
仿佛把你一口吞不下，
只好细细来嚼烂！

问到老百姓疾苦，
他们个个来摇头。
仿佛说：“你问的是这个哪！
我可不摸来由！”

问到老百姓动静，
他们个个噤不出声。
仿佛有点儿苦闷，
扼死了嗓子轧碎了心！

然后忽然转来一副笑脸说：
“这年头诚如公言：必须发动群众！
诚然，诚然，众人是圣人……
打日本缺不得钱，更缺不得血肉做的人！

自古以来打仗是杀人损命；
我们虽有良谋也得有千手百脚来供调动；
如此说来，我们出几个钱也不算甚……
诚如公言：大家要来牺牲……

——然而老百姓哪……”

他们最后打了个咯腾。
宛然的叹息，深长的意味，
伴来是再不出声。

千古人民一片心

亮不过日月，敞不过青穹。
千古人民一片心！
听说来了抗日军，
他们成群打伙儿向城里奔。

“这可是千古难逢！”
“这可算见了亲人！”
哑子高兴得说了话，
树叶子快活得腾了空。

人群奔来如水流，
每一支流水有浪头。
群众自有他带头人，
师旅团营天生就！

霎眼扎起破絮襟，
勒紧腰带箍头巾。
大伙儿把锄头扛上身，
蓦地组成一支子弟兵。

有人爱把这地盘丢，
你丢了我们来接收。
接手的今天是老百姓，
撒手的由来是独夫！

北望战火已透红，
分针秒针扎扎动。
抗日军撤出北门外，
要打个头阵把鬼子冲！

“九路围攻”

漳河结了三尺冰，
黄土大道冻如砧。
远听嚎嚎近橐橐，
来了鬼子九路兵！

树头上鸟儿飞个净，
四野寂寥断行人。
鬼子扑过沁武线，
直扑榆辽捣腹心。

有名叫作：“九路围攻”，
东西南北齐头并进。
初生的犊儿不畏虎，
初来的鬼子赛野熊！

中国被视如真空，
中国人被视如无人！
满肚皮装来野蛮性，
打算把你一口吞！

打算丝毫不赔血本，
长驱无阻的来通行。
凭他帝国主义本钱大，
一心要赚这最高利润！

有名叫作九头蛇，
东西南北找孔入。
初生的犊儿不畏虎，
初来的鬼子太生野。

野兽见血眼睛红，
帝国主义发血昏。
小小日本这匹豺狼，
倒具有庞大的疯狂性！

帝国主义那套性能，
原就是血养着大炮一尊。
你叫他不吃人肉、喝人血，
又何以维持他的生存？

神话鬼话他编个尽，

好歹要唱出吃人经。
为了吃人也讲番道理，
豺狼自然扮作美人。

正像一口可口的肥肉，
中国在他梦里早熟透；
作为近邻的鬼眼睛，
早把你蓝图也盗走！

远来好像游山玩景，
杀一阵来烧一通；
杀人放火倒赛过游玩，
帝国主义有这等特性！

远来好像游山玩水，
见人就杀，见物就摧毁；
杀人放火倒赛过游玩，
帝国主义有这点怪癖！

闻道九头蛇窜入境，
同志们打好包裹挺起身。
这一趟要跟鬼子干一干，
泄泄他的蠢牛劲！

转　移

羊肠小道落月明，
依稀头上几颗星。
游击战争如夜火，
照彻东去一道红。

绕罢丛山出涧水，
奔驰上下如腾空。
石头尖尖作跳板，
溪水弯弯领路人。

汗雨挥落土地润，
枪膛饥渴辘辘鸣；
脚下何处踏不得，
人在前驱马在奔。

浩浩乡土大无边，
绕过山坳又一天：
别有星来别有水，
别有天地在人间。

别有村落垂入地，
别有灯火悬半天；
夜路条条如姊妹，

土著向导迷双眼！

熟手摸不见一个边，
熟脚踅不出这个园。
问道前途有无出口，
大家都说："试试看！"

好笑鬼子发了痴，
远攻山地来找死。
该不知：我们明眼走来还不辨路，
你瞎眼撞来是碰死壁？

管叫你：有路进来无路出，
人马堆成一骨朵；
走投无路唤奈何，
人嘶马叫如煮粥！

管叫你：还未打仗早被拖，
腿青脚肿行不得；
不被拖死也气死，
转弯抹角打陀螺！

绕道讲堂出洪水，
越过蟠龙到里庄；
黎明安下了火围场，
要把鬼子猎一场！

战　场

高高山下汹汹的水，
山水相距三千尺。
从山望水如深渊，
从水望山如天日。

高山圈成一个环，
光头秃耳如鼎缘。
山头张开大炮嘴，
势如临空飞下大铁拳！

鼎缘无口上堵天，
煮在鼎底有沸水。
河水狂吞发怒吼，
只见来头不见尾！

山在半天锁石闸，
水流山底激飞泉；
风随山势打回转，
水和风鸣成呜咽。

沙窝一漫无行路，
圜石绊脚拔不出！
有名战场里庄滩，

单等鬼子来钻入！

我军跃进打回旋，
鬼子跟来如被牵。
有名叫作运动战，
牵来牛羊入栅栏！

山后村落如繁星，
个个村中拥满了兵。
游击队配合正规部队，
千手百脚一巨人。

漫山遍野背凹里藏，
伏地卧坡如草莽；
大风吹来影不动，
倒好像一觉酣甜入梦乡！

蟠龙来敌似飞蝗；
大有窜敌像道肠；
武乡城关大道上，
摆满了高头大马、小东洋。

橐橐皮鞋噱噱叫，
晃晃的钢盔和马刀。
生番走来像散步，
心头堆满杀人笑！

四来的鬼子如虹桥，
条条桥上苍烟冒；
人在心底马在脚，
个个帝国主义气焰高！

红陀儿大旗前面飘，
生番走来呼呼笑：
“好一个，大大的中国，
任我们自由骑步来逍遥！”

围歼大战爆发前，
空气紧张箭在弦！
煮锅沸水蒙个盖，
腾腾蒸气暗喧阗。

静如死，藏动机；
风吹草木如长唳；
明枪看不见冷枪在，
冷枪倒把明枪盯个死！

看看初入瓮中来，
蟠龙来敌几千百。
打个哈哈喘口气，
伸长鳖颈把头抬。

看看再入瓮中来，

大有来敌拖长尾。
兜着布袋口倒口袋，
高坡闪下一古堆。

看看最后入瓮来，
城关来敌气势败。
策马摇鞭走长路，
忽逢山峦如堵砦。

忽逢山峦堵了口，
千万鬼子大声吼。
守口如瓶山默默，
叫破天地有何补！

鬼子正嚎嚎，
天空火鸭叫。
啪啪火舌飞天下，
洋鬼洋马遍地倒！

大炮为帅枪为兵，
一声令下万枝鸣；
环山到处翻火浪，
瓮里弹雨落如阵——
顷刻之间一锅钢水在沸腾！

我军接着遍山来，

天降神旅早安排：
伏地草莽抬了头，
呼呼漫成一片海！

一片人海从天降，
草莽本是刀和枪！
石头缝里长出手！
环山布下铁罗网！

我军接着下山腰，
近处打枪好把准瞄。
扑下山腰白刃交，
看你鬼子哪里逃！

山下石翻水浪搅——
石头发怒直竖高！
水浪激起冲天柱，
一翅膀刮了鬼子个倒！

敌军头上压天火，
敌军脚下滚狂河。
石头绊脚削马腿，
一波涌起又一波！

有名叫作浊漳河，
怒来好像鬼神哭！

况值今朝歼鬼子，
百年敌忾难放过！

山水石头都成了火，
火山，火水，火石壁！
火天，火地，一火海——
火把战场染通赤！

山水石头合了流，
共奉炮火为宗主。
山水石火漫无辨，
火海里大叫："报血仇！"

山说："鬼子你试试看，
我可不是一块顽石蛋！"
水说："鬼子你试试看，
别把老子当作清凉玩！"

圜石跳踯鬼子倒，
一把推你到河里泡！
河底埋尸如暗礁，
河面浮尸如凫鸟。

山上火流不断头，
山下水流长缭绕。
人礁人鸟凫来去，

唬破了鬼子囟门卯。

大战方酣天摇地抖，
人各在肚皮里转念头：
鬼子嚎嚎着："这倒怪！
"不信中国有这一手！"

中国兵哗然大欢呼：
"鬼子威风抖了个够；
三拳两脚戳穿了你，
原来是一只纸老虎！

把你当作一只虎，
说你噬人如搏兔；
把你当作一只狼，
说你长条直胃肠；

把你当作一只象，
说你惯唬鼬鼠称大王——
今朝钻进'支那'火药箱，
轰你个头破鼻子伤！"

中国人哪怕肝火旺，
百年来沉冤憋得慌！
百年来沉冤无处伸，
今天要跟海盗干一场！

想想近百年来奴隶主：
碧眼、卷发、短个头；
碧眼卷发不可忍，
短个头儿更五毒！

只道中国如睡狮；
只道中国是一张古朽皮；
只道中国人是虮虱，
只供你手扪和指盖挤！

只道这条懒虫沉如死，
便鞭打箠敲也唤不起；
只道见个洋鬼就打颤，
我民族惯会叩头作揖！

我们也知道我同胞：
久在刀下胆气飘[①]？
连你自己也难捉摸：
经得起帝国主义的洋枪炮？

谁知我民族变了样：
二十年代诞生了共产党！
毛泽东给人民把路指，
一个个挺身上战场！

① 胆气飘：俗指一时胆怯。

今天凶手在现场，
我们腰杆儿直竖胸脯扬；
扬起胸脯打东洋，
以一当百不可挡！

以一当百气势雄，
中国兵有那股沉冤劲！
不报血仇枉为人——
血仇的来潮多凶猛！

中国兵打得眼睛红，
使不尽气力、用不尽精神；
不知气力哪里来，
不知精神更有何用！

为的是：今天打的是第一阵，
今天要打出一个黎明；
为的是：今天打的是百年冤，
狭路相逢诚难忍！

狭路相逢怎放松，
况此盘山助了阵？
无怪人人双手变钢铁，
个个骨头铮铮鸣！

打呀打得气呼呼，

打呀打得血冲头；
打呀要打尽心头火，
飘来股清风掠心湖。

勇敢有如狮子舞，
智慧给它来带头：
同一百年大沉冤，
变作能文又能武。

山向下倾险如栽，
水向下倾去无碍；
雄师千万枪下倾，
弹头指得石花开!.

看看无地找出口，
鬼子逞凶冲山头。
爬上来的多，滚下去的少，
大半被刺死在山腰！

山腰有咱七支队，
小彭、小马，黑小妹……
老柳带着枝“拐把儿腿”，
站在个圪嘴儿上来指挥。

老柳说声东，
排枪指向东；

老柳说声西，
排枪指向西。
短刀不到长矛到，
白刃戳死矮狗子！

老柳带我们上战场，
从容部署不慌张；
他手上脚上长茧皮，
堵得住枪弹和刺伤！

他站在山头把街骂：
“好笑鬼子你个战略家！
哪里没你条路好走，
钻进里庄滩卖脑瓜？”

小彭说：“里庄滩，东洋鬼，
这里叫你吃一嘴！”
小马说：“吃不了，兜着走，
管叫你这趟不空回！”

黑小妹那边打旗语：
指说鬼子返身去。
武乡城关大道上，
丢盔撇甲聚如蚁。

迤逦逃去东洋鬼，

山腰肉搏失了对。
我军吹起转移号，
雄师直指沁武西。

祭　扫

这场大战打了半日，
杀死鬼子几千几？
有个数目字咱不提，
留给鬼子自己算去。

雄师方就沁武道，
鬼子回头把战场扫。
咱不扫，让他扫。

走来扫墓的有多少？
七零八落掉头来，
搬不动成滩成河鬼尸岛！

他数了死尸三千三；
数了活尸二千二。
缺手缺脚的知他活和死？

“不管你死活休呻吟！”
鬼子砌尸成高冢。
一把火烧了个干干净！

一把火烧得臭气熏。
“不管死活休呻吟——
送你们都回东瀛渡新春！”

马刀皮鞋焦如煤，
割几颗鬼头装篋内；
写个灵牌儿寄回去，
好慰借你爹妈和姊妹！

侵略战争几人回！
可怜你，往日帝国主义武士道。
今日之下的刀头鬼，
你丧身异国为了谁？

余 波

打急的狗子要跳墙，
赶急的兔子把人伤。
鬼子回到武乡县，
沿途放火发癫狂。

石拐站刀劈高脚户，
东河口枪杀魏小摊；
寺背后藏着一群庄稼汉，
活活烧死在麦糠窑里边！

只知里庄滩赔了本，
要来沿途赚一赚。
不知这笔账还是赔，
赊时容易偿时难！

我们回师沁武线，
刀锋直指山外天。
捉住鬼子尾巴向外推，
一推推出你山那边！

王屋中条好春光，
汾河岸上有酒香。
你要想去尽管去，
八路军并不把你挡。

你来时九头去三头，
谁还好意思把你留！
反正阿哥阿弟到处有，
你要会面不发愁。

中条阿弟将献你一锤！
汾河阿哥将给你一把钳！
让你九头来呀断头去，
光着个杆儿回太原！

战役罢休我回师，

堂堂大道上满载笑语。
这里国土复了原貌，
自由，干净而又宁谧。

一幅形势图

今天造出幅形势图：
敌进、蒋退、我坚留。
三条线标出三个箭头，
微妙的斗争在敌后。

敌军不时往里闯，
蒋阎早退过黄河旁。
太行、太岳、各个战场，
只有我军集结在山冈。

说来形势如磨儿转，
如捉迷藏、如闪电。
我抓敌的背，敌抢我的面，
我是明来敌是暗——
蒋阎军远远站在一旁看！

我同敌人绕着个圆，
圆圈之内空一片！
敌人抓不着半个八路把战功显，
泄了气儿羞了脸——

只好放他娘一道烟！

圆圈之外蒋军翘起一双腿，
哈哈笑破他娘的嘴：
“八路军从来就善打旋！”
他好像从哪里得来番苦经验。

如此玄玄三箭头：
一个箭头窜来发空吼；
一个箭头紧咬着敌人不放口；
一个箭头却远停黄河彼岸点着头。

这就叫抗日战争第一关，
顽军跟我们打的麻烦。
我同鬼子缠线蛋，
一里一外磨儿玩，
蒋军却站在一旁看！

这就叫抗日战争第一年，
鬼子给我们打的寒暄。
他来中国无对手，
本来单找八路会会面——
可知会面要掏出大价钱！

这就叫抗日战争第一环，
我们打的是游击战和运动战。

这里打来那里转，
打了一天又一天——
建立了抗日天下一片山！

我们高踞在山巅

根据地纷然摆棋盘，
局部分散整相连：
我们脉络相通有山水，
我们血肉相亲更有群众亿万千！

左抱右拥两遮掩，
山西河北通呼唤。
敌人虽有海样口，
吞不了此起彼伏万架山！

敌人踞平原，
我们高踞在山巅。
敌人占点线，
我们远远把点线围个圈。

山巅扎下大本营，
山腰山脚打脚根。
荡出平原成百里，
有时不见个鬼子影。

有时一条分水线上相厮混，
你来我往如走亲。

这条路——好像不分个软和硬！
这条路——到底欺软怕硬爱流动。
霎眼西来霎眼东，
长时距我远，短时距我近。

我们只要摸清鬼子性，
荡来荡去别消停。
荡来荡去只见月夜明！

只要天昏夜沉沉，
鬼子宿了眼，正在做噩梦——
我们便荡来荡去不见个鬼影！

鬼子远来做“客人”，
已经吃过了我们的大头钉！
这就诞生了鬼子第二天性。

惊弓之鸟怕见蛇，
一黑就把头来裹。
觳觫打战只怕八路来了无处躲！

他们浩然长叹在堡中：
“大大的中国是片海，这里原来有英雄！

讨不了便宜倒折了兵！”

“九路围攻”掉了魂，不信谁是个木头人！
谁还打肿脸颊充胖子，
一定要会会八路军？

只要摸摸脑囟门，
鬼子知道：不露头儿叫“安生”，
倒在堡内为“正经”！

给　食

羊儿在吃草，
牛儿在倒嚼。
太行山上青青草，
牛羊吃得腆了腰。

牛羊吃的是山边草，
八路军不把群众扰！
荒山一片好长麦苗，
自己动手足温饱。

一片荒山好长苗，
山坳里撒把菜籽收成高：
山药碗来大、萝卜粗可抱，
圆的长的满筐儿够你瞧！

况值敌人来囤粮，
剥下老百姓的皮肉填满仓，
我们不断打垮敌据点，
运回满驮子米谷和高粱！

敌人只把谷子高粱喂牲口，
我们倒拿来糊自己的口。
我们也将原粮还原户，
送它回到老百姓的瘪肚头。

敌占区百姓嗷嗷待哺，
我们能不吃厌山药吞萝卜？
三日一小宴、五日一大宴，
那只有啃人骨头的狼虎！

“运输队”

小彭带队去夜游，
出没敌占区如猫捕鼠；
枪不响来马不叫，
牵来“运输队”满山头。

敌人运输队才叫好：
老百姓赶着驴驮儿在前哨；
鬼子摇摇摆摆作后卫，
隔着个三里五村断了梢。

这个西歪东又倒，
那个走着路儿困大觉。
可知他们白日忙够了，
鸡飞狗跳早醉饱！

武工队走来截前哨，
他们还合着眼皮不知道。
驴儿顺势走，老百姓暗暗笑：
“咱就到根据地走一遭！”

“中国粮食还是中国人吃了好，
难道鬼子饿着肚皮还不倒？”
驴儿顺势走，老百姓暗暗笑。
只见条黑煞煞的影子说：“到了！”

枪不响，马不叫。
小彭说着捧腹笑：
“老乡老乡辛苦了，可别走掉别走掉！
人喝杯水儿，驴儿也好吃把草！”

打“死雕”

马将军出马打“死雕”，
“死雕”洋洋发癞笑：
“有枪你射不穿我癞肚皮，
我凭着住了一个铁脑包！”

话声未落乒吧响，
飞弹从集堡上窗。
幸未撕破癞笑嘴，
倒将鬼眼穿一双！

原来将军打的是死碉堡，
这冤家早被我截去四肢只留头。
我军对敌占点线有对策，
有名叫作“变蛙为蝌蚪”。

可笑这死堡壳硬肉倒软，
恰如一种甲骨动物嵌在甲里边；
打着甲盖叮当响，
打破甲盖肉一蜷。

打穿甲盖不容易，
掀了甲盖再不难。
一粒子弹穿心过，
“死雕”吐出血一摊！

将军任务是掀盖子，
“轰隆”一声天上飞。
将军把它叫作坐飞机，
敌人把它叫作平地一声雷。

敌人只怕这一声雷；

做梦也梦不到要坐飞机；
旦夕坐了飞机完了蛋，
撇下了娇妻弱子徒伤悲。

有时将军也诱这肉蜷伸壳外，
声东击西把疑阵摆；
空壳儿予以一旦毁，
那肉蜷还在路上逍遥而徘徊。

有时诱敌出壳来，
敌人紧追着将军屁股把劲卖；
不知出了壳子就赔本，
半路上便断了气儿把跤栽。

一条线儿断难系，
堡内敌人探头探脑不敢远离；
将军炮火恰如香饵，
逗得他鼻里甜蜜蜜。

敌人也试想啄咱一嘴，
追上将军拔他根毛儿也好吹；
拔根汗毛也好当作大旗摇，
就说：“八路今天可背晦！”

就说：“八路今天打了败仗哩，
丢盔撇甲一大堆！

气喘败坏不像个人倒像鬼——
看他今后还敢不敢露头尾？”

或则佯作把咱追，
送将军一程也好把鬼子威风撒一回。
叫咱也说：“敌人不是不能打，
乃是沉着气儿佯装瞌睡——
看不起八路这两条穷腿！”

话倒说得比唱得还好！
将军可不把这大话来轻饶！
一旦时辰到了麻籽爆，
脑包飞天，逍遥路上也难逃！

大出击

持久战打到一盆火，
敌我形势“犬牙相错”。
我军乘虚攻弱大出击，
鬼子损兵折将唤奈何。

我军四出如星现——
鬼子只见：天空炬火连一片；
我军到处去漫游——
鬼子谣传：八路大军来了，不留头！

打响了前线点线摧，
我军流动飘忽如飞；
敌人顾此失彼奔两头，
这头不着，那头又见鬼！

他想：为啥大地一漫如水淹，
八路风卷落叶直向前？
这不就是天变一眨眼，
轮到他打起铺盖卷？

他想：为啥中国军遍地来，
一块安身之地不给他安排？
早知今日呀何必当初，
哪如早点夹着尾巴滚蛋开？

只见：汾河怒浪声呜咽，
两岸人枪拉长练。
渡河不用搭木桥，
人桥一直逼太原！

只见：南鸦阵阵向北归，
噪噪报道："八路来哩，
凤凰山下如雾霰，
牧马河边吸干了水！"

只见：昔阳和辽山路窄，

民兵拥拥自天来。
千万只手拔得铁轨去，
回头还高唱："看你火车开不开？"

只见：太行如河开了闸；
太岳下垂如幕纱；
王屋中条齐动弹——
合拢包抄了鬼子天下！

鬼子炸了毛，到处嚎嚎叫。
条条缰绳牵鼻下，
被我牵去来回倒。——
他杀猪也似直着脖子叫！

牵来东头吃几炮，
牵来西头吃几刀，
牵到南头早断了腿，
牵回北头早折了腰！

满天响起连珠炮，
乌烟瘴气浑身绕；
这头浇不熄，那头又发焦，
熊熊火焰直扑眉梢！

倒好像天空一旦陨星火，
颠扑天地复山河，

火雹如雨纷纷飞，
何处藏来何处躲！

鬼子发了狂，
长长拖尸秧。
尸秧长长拖不动，
拖来拖去心冰凉！

鬼子脉全僵！
不死不活拖长秧。
拖来拖去算他娘！
一截一截摔路上。

那管断秧甩路上，
鬼酋只顾自己抱头鼠窜滚他娘！
回头的次数少，
奔窜得路儿长！

截截断秧被寸割，
跳儿蹦儿似蛤蟆；
跳来蹦去白挣扎，
水底地缝钻不下。

南瓜九月黄，
鬼子拖尸秧。
南瓜蔓儿九月萎，

鬼子有头没了尾！

有名叫作“十日大出击”，
鬼子渡过十日如周岁；
我军来去飘忽如飞，
从此鬼子那得安睡！

古荒时代称“蒙昧”：
洪水横流泛滥大地。
想想这场战役倒煞像，
只是泛滥的是火不是水！

鬼子来中国享太平，
不打算投入大火坑。
他原欺这里是支真空管，
哪知一火烧得遍地红！

算算这笔账才心疼：
毁了碉堡折了兵！
自从里庄滩大战后，
这次可又大赔血本！

早说血债血来还，
他塞着耳朵不去管；
不知中国路上何止一个平型关，
山山水水都要你过关！

过　渡

水有源头树有根，
我们生息在此土，富有繁殖的机能：
人山孵人海，老百姓孵大兵！

人民早见识了这条野熊！
头不破，血不流，嘴巴不哼哼，
平平安安它怎肯滚！

谁不情愿加入子弟兵？
谁不情愿发出怒吼声？
谁情愿让它好欺负呀来逞凶？

这就叫抗战三年过渡中，
敌军势力逐步降，
我军势力逐步升。

鬼子远来带着百万兵，
一来二去摔了本。
心里懊恼这趟旅行！

一来二去如缩影：
肥顿顿的矮躯忽瘦损。
怕不再来几趟摔干净！

今朝已摔个不差甚。
不寻条别的出路把啥等？
难道只好老在堡里做噩梦？

它早该看见这里不是路，
夹着尾巴滚蛋走。
老早哪，他就该相中了两广和两湖。

那里正好拣个软的来欺负。
这里日日矢头抵矢头，
好一个相持不下，旷日持久！

这就叫敌后相持阶段似露头，
敌人只得松了把手。
抽兵调将蟹蟹蝎蝎向南流。

南方久已无战事，
看来早似进入相持。
假使北方不代南方来受敌，
蒋该死哪得一朝一夕来安居？

今朝不是鬼子爱松手，
留点情面给敌后。
奈何它知道八路不好办，
不如回头去打死狗！

蒋介石，这条死狗，
我们抗战你袖手！
我们抗战你观战，
而今吃吃这一手！

鬼子向南流

鬼子向南流，
几天一回头？
南去一条扬长路，
大敌终归在身后。

南去战场好开辟，
一往长驱几千里；
一戳一个大窟窿，
蒋介石送出见面礼！

蒋军睹面就狂逃，
撇下土地好求饶：
“请看在这片土面上，
别逼着猢狲上树梢！

你要搞，回头搞！
英雄要和好汉来较！
八路才是你的真敌人，
你又不是不知道！

停停脚步别再把我搞！
你不知咱这三角里边有妙道？
够朋友的请拉拉手，
是好汉的你回头瞧！

北线给你摆下马后炮，
你却跑来南线逞逍遥。
即使你打倒猢狲推倒树，
又哪里显得你英雄名望高？

你找错了对象枉把气力抛！
抱着个娘子叫姥姥，
抱着棵枯树当逃贼，
抓不着鸡儿抓了把鸡毛！

名城大都我已撒手，
三峡之内扎陪都。
为了怕死我巧立名目，
把放弃国土叫作‘焦土’。

既然我早全部调军入川陕，
进入不毛之地来抗战；
遑论我誓把‘剿共’来替抗日，
这乃是有口难宣的巧机关？

你也就该把神圣责任来共担，

也就该得过且过且作算。
难道你有眼不见背后虎——
‘共匪’早在华北势弥漫?”

一席话说得鬼子心头软,
这场说服力当然不等闲!
况他俩心心相印已有年,
早日的协定墨迹尚未干?

今朝不过在旧约上加道印,
重重签押好保证!
一张卖身契,早画过几次字,
鬼子这番也不过来对质。

只要老蒋在这上面亲手签个字,
表明他犹如《何梅协定》时。
那就有他总比没有他强,
正合呼儿唤孙把他来居奇。

新的协定签过了字,
鬼子老蒋相笑语。
鬼子说:“我来就是这么回事!”
蒋说:“你请回去呀,请回去!”

鬼子回了头

鬼子回了头，
长蛇向北流。
敌后只有拉锯战，
那有相持来过渡？

鬼子回了头，
长蛇向北流。
五月来了“大扫荡”，
种下新仇盖旧仇！

烧光、杀光，又抢光，
“三光政策”日加强。
帝国主义虎狼腹，
装满一个血海洋。

只说拿着死人唬活人，
屠鸡杀狗不留根。
不知你出手凶来我还手重，
回头路上我把你等！

郭将军气势如长虹，
李家坪上伏奇兵。
鬼子东来回西去，

徜徉唱着“胜利行”。

烧罢的房子烟在冲，
牵来的牛羊合成群。
遍地找不见我主力，
故把这当作胜利品。

一只苍蝇飞天空[①]，
满地皮鞋橐橐鸣。
爬山越岭行不得，
团团伙伙打圈儿蹲。

蓦地一尊野炮响，
坪上弹雨如飞蝗。
炮弹不偏又不倚，
打倒了一面膏药幌。

鬼兵无帅发了慌，
四处逃奔如中狂。
坪上坪下伏死尸，
遥遥的路上走落荒。

遥遥四面打暗枪，
鬼子晕眩如落网。
奇兵突出穿心腹，

① 苍蝇：指敌机。

歼灭鬼子在半山冈。

胜利方在掌握中，
鬼子四处来了援兵。
解不了围他不回头，
这来正好找我主力军。

疙瘩滩扑来野兽群，
宋家庄饿鬼也向南冲。
小钢炮响得有如鞭炮，
他朝天乱放他娘那“不心疼”①！

敌弹飞落李家坪，
郭将军指挥正从容。
不幸一颗流弹飞脚下，
将军在战场上成了仁！

呜呼将军成了仁，
弹片满身铁司令！
躯壳虽死心犹高呼：
“消灭帝国主义鬼子军！”

四路掀起我伏兵，
路路和鬼子兵对了个准！
迎头痛击日正午，

---

① 不心疼：百姓指鬼子经常乱放枪炮。

打得鬼子零零落落向西行。

将军成仁在山头，
战场殒身万古不朽。
李家坪上的纪念塔，
招来了人民眼泪长时流。

生　长

山沟里流出一道水，
司令同老柳来盥洗。
老柳照了照自己的脸，
觉得站在司令身边他不配。

老柳堵不住小鬼的嘴，
他声声叫他柳政委；
小鬼的眼睛陀螺螺转，
老柳的头儿摆来去。

战争炉火里炼就了人，
小鬼已生长为成人。
随军半载他把县委当，
学得一手叮令当啷好本领！

这手本领出自老柳，
老柳的作风，有名叫作："干呀，甭发愁！"

这条杠杆多么强大而有力——
它便是指导方针、理论源流。

小鬼却在这上面加一手：
“打开局面要大刀阔斧！
打开局面要放手，
缩手缩脚是自加束缚！”

老柳自觉肚子空，
小鬼倒觉得满腾腾。
老柳口里没啥道理摆，
小鬼倒有时爱泡一阵。

个个人儿面不同，
青出于蓝比蓝青。
战场上正需要冲锋陷阵——
我们只有祝福孩子快成人。

令人难忘是马将军：
昨天的小马，今天的副司令。
他颏下穿过了一颗流弹，
打落了门牙，打塌了牙龈。

封口难吃酒和肉，
缝颏竟难高呼故友！
面前飞出两道光——

一双眼闪闪如银流。

白庄滩下堵去路，
摆下了雷阵打埋伏：
为让鬼子汽车队陷入网，
他如捉鸡一般四面来兜。

前后左右枪并头，
指定一条道儿让鬼子走。
鬼子汽车队逼入了雷阵，
轰天霹雳翻了个筋斗。

看他清瘦如一本草，
骨力挺劲势如刀。
三年学得好战术，
难禁心眼里欢喜向外飘。

界 限

减租减息闹哄哄，
小彭留主本县党政。
一条界线他划得清，
永不把仇人当亲人。

先生们说他放了天火，
烟火高腾满县红；

老百姓叫他“好猎手”，
打虎打到虎窝中！

蝗　旱

愈来愈扭紧了螺旋钉，
内奸外敌两支撑；
飞蝗扑过太行山，
助纣为虐逞顽凶。

自古太行如封山，
飞蝗不越山右天；
飞蝗只在山左转，
山右天空蓝一片。

今朝飞蝗过了山，
山前山后如雾漫。
不见蓝天见蝗天，
不见庄稼见蝗滩。

柿子树上落飞蝗，
汹涌枝头如怒浪；
飞蝗一旦起飞去，
树枝摇折树身光。

青苗地里落飞蝗，

唼喋之声一片响。
绿野霎眼成赤野，
老百姓口粮做了蝗粮！

人把飞蝗看成“神”，
不敢动手把它扪一扪。
我们唤醒了“人”的意志，
遍地组织起剿蝗军。

不料旱魃又来侵，
七月无雨天地一片红！
脚底草鞋如熨斗，
头上草帽可蒸云。

大地一片如烘火，
天空到处不遮阴；
此乡彼县赤地千里，
秋无收来夏无种！

人民苦旱要祈神，
我们说，不如开渠、引河和打井。
也如组织了剿蝗军，
千万群众马上生产救灾一条心！

我军实行精兵简政，
战士的生活低于群众：

每日吃不到一斤米；
穿着领破棉袄好过夏——
穿着领单衣好过冬！

荷起锄头把地垦，
开荒开到石田中；
掘深三尺不见土，
卵石震得血手疼。

拿把小锄来挖菜，
辛、苦、甜、涩辨得开；
榆叶儿成了好下饭，
焦米锅巴号“优待”；

一朝大家来会餐，
饱饱吞他顿小米饭；
饿了肚皮，空口再把饭来谈，
津津有味如捧碗——
有名这叫：“精神会餐！”

可赞肚皮没足劲。
三顿并一顿倒也成！
我们竟创造了千古奇迹，
灭绝了蝗虫的子子孙孙！

敌人笑我们遭了凶，

旱魃、飞蝗来“收人”。[①]
他笑得未免有点过早，
不知天灾终被我战胜！

敌人笑我们遭了凶，
他支使特务投毒来造“人瘟”。
他笑得也未免有点过早，
不知投毒者将把毒自吞！

笑吧，笑吧，尽管让他笑——
谁笑的最后，谁笑的最好。
我们根据地坚如磐石，
打得败这番天灾和鬼闹。

敌伪合了流

一时又展开幅形势图，
三个矢头改了道路：
一个矢头停留在点线；
一个矢头把点线紧堵；

第三个矢头回了头，
忽然从黄河彼岸向北溜；
它溜近敌我的分水线，
耸耸肩膀和鬼子搭了手。

① 收人：俗称天灾之下，死人众多。

广大乡村在我手，
点线伶仃如断路，
乡村誓把城市吞——
奸狗朝后，把我咬一口！

敌伪蒋顽合了流——
不合流，他们可不都势如骑虎？
鬼子既然进不得呀退不得，
蒋顽也早知单身不是我对手！

这一来，他们算有了办法，
天生的孪子：脚两双来手四把。
他们道：有了这七手和八脚，
就好一笔勾销“共匪”天下！

武安城门上插出双旗，
跟膏药并飘着有“青天白日”。
安阳更干脆把“青白”收起，
插起了二皇军那面灰色帜。

反正也不必由“皇家”来发饷，
有的是老百姓来做干粮！
从古剥人皮、抽人筋的惯匪，
今天都欢然聚会一堂。

如此这般敌伪合了流，

黄河水位陡涨，遍地泛流！
我军被逼来两面作战，
战场在身前，也在身后。

弹冠相庆的人们

敌伪合了流，
黄水漫下游。
缙绅先生弹冠笑：
“可算熬到了这日头！”

想想昨日鬼子还发凶：
先生们为保脑壳煞费心！
留把长须着领长袍，
个个装作凿髦或废人；

忽然又感到：“这还不稳；
最稳莫如装扮个老百姓！”
于是撕下长袍换短褂，
头上紧紧还缠了条白毛巾；

他们仔细探讨了鬼子心，
“扫荡”一来捉的是壮丁；
“扫荡”一来杀的是武装干部“公家人”，
不杀二毛和老百姓！

自古智谋数先生们高，
啥活儿他们没一套！
“逃难”“躲反”也有了发明——
你看他撅着胡子葫芦笑！

改穿换戴心里有了种，
一切要和胡须穿戴来相称。
长须蓄就心两条，
两只脚忽然西来忽然东。

东边有个东政府，
抗日民主值得奉迎；
西边有个西政府，
堂哉皇哉二皇军！

两头儿叩首折不了躬，
两头儿讨好号“中庸”：
“中庸”道上自古有出口，
就看将来谁站得稳不稳！

不怕头儿双着地：
碰得破头皮，碰不破肚皮。
他们肚子里藏了万卷书——
竟如百万雄兵：闯得来呀闯得去！

城关某绅处废墟，

不把火烧怨鬼子。
三次“扫荡”过去后，
他笑道：“明年将生几个鬼婴儿？”

他平日惯将“共妻”来讽刺，
曾在人面前几度不三又不四；
今朝仍把鬼子放火归天命，
倒念念不忘好玩的鬼婴儿！

白家窑有个著名瘾君子，
他左眼不瞧东、右眼不瞧西。
可叹他：自种萝卜自尝菜，
有的是《高山流水》曲一支！

鬼子来请他坐官去，
牵来匹洋马，拿来条绳子。
说是：“愿去你就骑上马，
不去，巴各亚鲁拿绳捆起！”

他一言不发心打噎，
他也不用绳捆，也不要马骑；
绳子沾身是不智，
骑上洋马怎标高志？

中庸之道不偏不倚，
他乖乖的跟在马后扬长而去。

跟在马屁股后面扬长去：
这便叫：处士尊严，委曲求全——
似愿意也不愿意！

云簇有位七十翁，
大骂孙媳："败坏门风！"
孙媳进了妇救会，
他瞅着她背影咬牙根：

"大扫裤腿就是'匪人'[①]，
你打着对灯笼沿街哄！
你投了八路忘了根本——
再闹离婚我去请皇军！"

几日之间：西去一条月明路，
缙绅先生影儿稠。
一进"新城"撕短褂[②]，
穿起长袍会亲友！

不打算左亲右亲俱封侯，
分庭抗礼有"咱西政府"；
不打算棺材瓤子齐腾达，
芝麻官真出了三升三斗。

---

① 匪人：同匪妇。
② 新城：指敌伪政府所在地。

宛然一家子系故旧，
支撑起“皇”家天下，道寡称孤；
只要有点铜臭和墨点臭，
便都是个中人，乱不了家谱！

西着绮罗东绽补，
瓜清水白不一流。
倒好像淘沙滤金分得开，
一坨坨灿明，一坨坨黑乌。

这条界线何等清楚，
一斧砍断分两头！
你走你的路，我走我的路，
莫把仇雠认朋友！

他们长叹：“时机时机何渺渺！
笼中鸟何日飞高高？”
回头望望东山头上青青草，
“那批人马还没饿瘪，只有饱！

八路倒只见扩大没缩小，
他们哪怕飞蝗和旱涝！
我们也只有两头应付东西跑，
免得人家把汉奸头来钊。

这件体己事儿要小心搞，

免得人家把汉奸头来钊。
今夜见过太君讨罢好，
再讨点主意记牢牢——
好回去等它天变有一朝！

时辰不到麻籽不爆，
今朝过去有明朝。
明朝呀又是番啥天地？
难道‘蒋皇新约’还没订好？”

敌伪合了流，
黄水漫下游。
缙绅先生弹冠笑：
“可算熬到了这日头！”

请看今朝西去一条扬长路，
先生们大摇大摆如洪流！
昨日短褂换长袍，
一概衣冠复了旧！

真个是：分庭抗礼又高一等，
棺材瓤子正好封侯。
原来那三斗三升芝麻官，
倒出在“东亚新秩序”这上头！

宛然一家子是故旧，

发扬这“皇”家天下道寡称孤；
只要是错点不了那家谱，
便保证富贵书香两不断头。

西着绮罗东布衫，
瓜清水白两不相羼。
倒好像淘沙滤金早分开，
让你自乌来让我自灿。

阶级界限如劈斧，
一斧砍断分两头。
你走你的路，我走我的路，
谁肯把仇人当朋友？

路有辙呀车有轮，
历史带来一项宿命：
没落的阶级投外族，
倒好像他们祖辈是情人！

知疼知痒

我们养精蓄锐在山中，
冬去春来好播种。
一旦解放了生产力，
它是何等如风驰来如电奔！

有名叫作“组织起来顶机器用”，
互助组、变工队满天星。
自古只有各人自扫门前雪，
那见张三李四变做一家人？

自古只见官家来催粮，
那见政府叫人深耕细作把地养？
今天这件事儿倒稀罕！
谁不笑破嘴片喜在肠！

政府关心老百姓闹庄稼，
派来骡马把犁拉；
派来干部问疾苦；
贷来款子救咱家。

他知疼知痒知冷热，
仿佛又无所不知是个行家。
怎不叫人心里把头点，
他说个啥来咱就干啥？

农会给了咱农民发言权，
今天说话沾了弦！
过去说话不顶个屁——
今天只见专员、县长把头点！

发扬民主组织了参议会，

代表来自“三三制”。
是人民的就都有一份，
谁有啥意见尽管提！

农民说：“再大不过咱有势，
看来真个人民掌了印把子。
天下大事都叫咱管，
在家养种，开会把法律制！”

当然坐着说话不腰疼，
人民可是非说不能行。
千年哑巴做够了啊，
今天怎不打破葫芦倒个干净？

脱胎换骨

为了跟人民更靠紧，
党中央发动整顿“三风”。
大家都脱胎换骨问自己：
“是否愿全心全意为人民？”

在人民面前大家都猛醒：
原来人民是个君，自己是个臣；
人民是父母，自己是儿女身——
忠孝二字在这里才贯通！

才知道："三个臭皮匠，顶个诸葛亮！"
群众不夸口，道理出手创；
才知道主观狭隘真愚蠢，
一切要以群众作张本！

并非读书君子偏高明——
倒反糊涂加单纯！
杀不了猪，挦不了毛，
只会念几句书本本。

闭起眼来空念经，
看来架势倒吓人。
拨开眼睛让你看，
认不得"实际"二字黑还红！

才知道：什么叫作"从实际出发"，
不懂实际才叫大傻瓜！
进门来拉了条高粱秆，
横儿竖儿入不了家！

眼看书呆发了痴，
灶头上笑死老婆子！
她叫他：头儿先进尾儿随，
再别横七竖八摆架势！

打倒山头平了山，

局部要向整体看；
小道理要服从大道理，
个人莫向组织讨价钱！

那许你宗我又派，
一条革命道上三门五户开！
党是严整巨大一完体，
并非何人家私任安排。

看看共产党早熟透，
敌人吓得吐舌头。
他先是笑来后发慌：
“他们哪来这一手！

见腐就割，见病就疗，
自我批评自开刀！
真个不怕割掉好肉——
这样对手怎么得了！”

党内思想一澄清，
群众觉悟突高腾！
中国有了共产党，
如同父母来再生！

王大姐

黑小妹变成个王大姐，
惯将领大棉袄将身子裹。
一年四季她荡在外，
亲姊热妹数她多。

山坡上弯弯一道虹，
姊妹们出发把粮送；
河水里盈盈一面笑，
姊妹们把战士的血衣净。

山雀儿唱在深山林，
姊妹们开荒唱出村。
远远有人把歌声和——
王大姐走来一阵风。

姊妹们相见一骨朵儿亲，
知冷知热打问讯。
举手来个见面礼，
问道：“大姐带来个甚？”

王大姐说出件好消息：
“日本鬼子快投降哩！
八月八号那一天，

苏军解放了东北!”

王大姐又说出件大喜事:
“英雄出了个郭兰子!
劳动生产做模范,
要同她前线丈夫来比齐!”

只听掌声像一阵雨:
“谁能把苏联老大哥来忘记!”
又听掌声象一阵雨:
“谁能让英雄只出个郭兰子!”

日本鬼子投了降

日本鬼子投了降,
三分天下一分收了场。
三支箭头重打转,
三支势力在消长。

一支箭头如龟紧缩头,
钻在堡内倒象只丧家狗!
却也如丧考妣哀默默,
悼念巴格亚鲁啥亡国愁!

当初战胜期三月,
不打算八年到头野心未遂老家垮。

直说中国是块到口肉，
谁知骨鲠在喉吞不下！

一个箭头紧嵌着龟子头，
今天要剁下龟头祭血仇。
好好出来投降把械缴，
不投降、缴械休想逃走！

中国兵不杀降俘虏，
中国人只打蛮性的狼狗！
白旗竖起你开了城，
这就算是你个了手！

第三支箭头急着向龟头打招呼，
他分明要来替鬼子作替手：
“你哪，给我办好交代就一溜，
让我好来把共产党堵！”

敌退，我进，蒋抄我后，
霎眼天下逆水横流！
蒋该死穿上日本盔甲，
当作第二鬼子来扬威耀武。

这其间早有个美帝国主义，
一把紧抓着蒋逆叫“干儿”。
他正是日本鬼子还了魂，

特来引渡逆军进攻解放区。

战马抄漳源

想想昨日战马抄漳源，
降军孤悬落日天。
垂死大和魂犹挣扎，
刀锋不折旗不卷；

不见蒋面不缴械，
不闻美机不开城；
城墙攻破我军入，
刺刀肉搏犹顽凶！

我军勇士战城关，
投入生力源源不断。
顽敌与我如“拔河”，
两端平平相牵挽。

勇士战死在城中，
躺入担架如入梦！
担架返回晨曦路，
嫣然含笑何等甘心！

嫣然含笑如花开，
净鲜鲜面皮无挂碍；

瞑目不睁思过半，
朗然胸头一片海。

捐躯报国愿已完，
留得身后等闲看！
一丝不挂归去了，
带入墓里却重如山！

战场不见悲和苦，
只见秋风如怒吼！
顽敌负隅犹未下，
太阳已过北山头。

不拔漳源势无退，
不歼残敌誓不走！
死者卧地相枕藉，
生者向前犹如虎！

攻　塔

打罢沁县打武乡，
段村鬼子闻风远飏。
只留一撮活尸僵塔上，
倒打算和这著名古塔共存亡。

炸不得塔呀开不得枪，

机枪射不入塔上窗。
炸了高塔呀灭了古迹；
不打鬼子又留祸殃！

英雄事业出在节骨眼：
便见有人身抱炸药近塔边，
身后机枪来掩护，
两手如猱攀上天！

高塔攀上十三层，
鬼子只顾高来不顾深；
只说是：叫咱三日三晚攻不下，
不打算一声霹雳，天空落下尸一群。

斩掉猪鼻子

黄河水涨河堤倾，
美记飞机转天空。
蒋美张口来吞解放区，
那料伸进猪鼻着了疼！

平汉线上第一阵，
黄水几吞逃将军！
倒戈发难有部属，
偃旗息鼓卷刀刃！

风陵渡口偷徘徊，
两叩河东门不开。
运垣管钥几易手，
仍旧吃进吐出来。

早在蒋逆北上忙，
阎逆伺隙窥上党。
老爷山前作战场，
十万顽伪葬个光！

凶焰不打势不煞！
战不制胜威不张！
不断虎爪虎扑朔！
不斩猪鼻猪癫狂！

须知二鬼子无本钱，
只凭兵马作抵垫！
我军既定战略屹不动：
要把敌有生力量来全歼。

故乡三部曲

第一部　小小的王朝

假如你走出深深的西山山口，
你便会看见一条黄水漫漫东流；
假如你登上盘盘的东山山腰，
你便会遇到不少“黑奴”哀哀叫号；
假如你走南走北跑一遭，
你便会望见北岭的东峰西峰，
南岭的上司下司两两对照。
这便是东西相距远如秦越，
而南北近在咫尺的长蛇形的故乡，
一个七十年前的小小的封建王朝。
这个王朝的大殿修得叫好，
堂堂正正的门儿就有三道：
大门上树着一面歌功颂德的石碑，
二门旁还安着两个耳门作为过道，
三门里外分为花厅和正堂，

这就装点出它的雄姿伟貌。

这样的雄姿伟貌，
不容你大胆去偷眼细瞧。
因为东西廊庑还驻满四班十房，
他们睁着几十只鬼眼盯你的梢；
而且鼓楼下边还蹲着一座等待把你投入的阴森森的铁牢。

当土皇帝——县太爷升堂的一早，
他带来了文篆武弁人马一哨。
县太爷“正襟危坐”在大堂的中心，
两旁边侍立着连声吆喝的红黑二帽。
一支等身铁棍锁着一条山东大汉，
他可不是“大刀会”的英勇的伙伴？
但见他被审定毕便冲出衙门冲上街头，
一片哗啦啦的铁锁铁棍的响声，
还发出当年抗击西洋鬼子的威严。

一件盗案牵连了一窝人，
男的投牢，女的投了井。
当案犯一次、二次、三次被审讯，
一杖下去便打得血肉横飞，
被杖者猛然死去再不呻吟。

一个女人家被掌了嘴，
两颊上的伤疤永不再褪。

可怜她从小小的年纪起，
便带着这项耻辱活了一生一世。

更可怜是这皇城的东门口，
每日的来人三三五五；
其中最苦的是东山脚下的佃农，
还有那从煤窑洞里爬出来的“黑奴”。
他们为了申冤诉苦来打官司，
个个都把血汗钱满了兜肚。
不料个个的官司都打输了，血汗钱也荡尽了，
才知道这道皇城的东门好进难出！
他们来时愁眉苦脸，
但还抱着一点幻想：“试试去祷地求天。”
当他们向衙门中使尽了那笔钱，
连饭铺里的烧饼、小菜、汤水的账也在欠，
他们还以为天爷爷、地奶奶一定会睁开眼，
看看他们的疾苦呀，理理他们的沉冤。
衙门中再度使尽了卖房卖地的钱，
饭铺里谁还准你仍把饱肚来填？
冤枉是永久石沉大海去了，
祈祷只博得神灵的默默无言。
这时他们才死了那条心——
丢掉了那点幻想啊，
转身怒火中烧，大骂一声：“黑地昏天？”……

哎哎，城外进来的就是这般受苦受难的人，

城里却住满了摇头摆脑的大人先生；
大腹便便的富商大贾招摇过市，
贪狼一般讼棍却袒着一只臂膀当道横行。

还有一些不三不四的“闲人”，
站在街头长吁短叹着：“好一个苦乐不均！”
实则他们是在志得意满地欣赏这出出活剧，
同时也在欣赏自己的悠闲日子过得多么称心。

这些人物都在刀劈着老百姓的四肢当柴烧，
再把老百姓的血肉汤煮，油煎，炒炒，爆爆。
以此作为他们下酒的肴菜啊，
实行着自斟自酌，风流自豪。
他们也以此宴请宾客通情修好，
甚至作为婚丧大事的必备的礼貌。
请问他们：“这项血肉的用途有多少？”
他们愕然回答：“你竟不知道何处离得了？”
再请问他们：“这项血肉还要多少？”
他们一定欢笑着说：“越多越好！”

大人先生们讲仁道义，交官结府，
说道：“黑奴！我为你们求情道苦。”
富商大贾们行好积德，放债押租，
说道：“黑奴！你要找点钱花，何患走投无路。”
讼棍们把你的腰包一掳而去，不管你的有无。
代书的笔下，一纸讼词，值你肥猪三头；

还有那些不三不四的人等，
哪个不分一杯残汤剩羹在手？
——他们自己虽然弱小啊，
却也拿你们来消遣，拿你们来消受。

请看，这些人物谁没两只生财的妙手？
他们只怨老百姓送来的血肉不够，不够。
对于佃农“黑奴”，他们更加要求：
“今日欠的明天要补，上代欠的，你们下代也要补！”

既然这王朝的大小臣僚都大贵大富，
又何须再问那个土皇帝的有无？
因为在这长蛇形的四境之内啊，
一切民脂民膏首先归入他个人的私库。

既然这王朝的人物有如此风光，
且来看看它的市面何等排场：
街道两旁栉比排列着钱庄当铺，
更有那京广杂货等店满目琳琅。

支支水烟袋吸得呼噜呼噜，
大掌柜们坐在高高的柜头。
只只算盘子打得乒儿乒乓，
小伙计们蹲在大掌柜脚下。

从东关迤逦而来的人穿着长袍，

从西关奔波而至的人披着短褂。
他们都是王朝的忠实奴才——班房头目，
法定的衣冠永不变化。

北关送来了新鲜的韭菜豆芽，
南关送来了青翠的西瓜黄瓜。
开始上市的一切瓜果蔬菜，
首先甜了那富商大贾的嘴牙，
然后才去调剂大人先生的肠胃，
振奋流氓的精神，加强讼棍的体魄，
以及也叫那些长袍短裤之辈的儿孙们，
沾沾嘴，尝尝味道，评个“好呀，坏呀”。……

看罢了这王朝首都的城关，
再来看看这王朝四境的乡村。
从来受苦受难的人多住在这儿，
自然，它也住着地主豪绅。

东乡的地主豪绅，
统治着黑洞洞的煤井。
这煤井去年着了火，烧红了井口，
今年淹了水，注满了井坑。

黑洞洞的井口朝天张开，
它吞噬了“黑奴”的祖孙三代。
使这儿几乎成为一片真空——

幸好还有外地的难民批批逃来。

东山的高呀高冲天，
煤井的深呀深入地；
东山的高呀你不算高，
以深比高呀煤井不差你分毫？

自来辗转在我的脑中，
就是这东山之下的黑洞洞的煤井。
上面山巍巍，下面井悬悬；
上面高山压，下面深井陷！
这里的人民呀，可如何渡过他们的日月？！
如何渡过他们的流年？！
从来受苦受难的人多住在乡村，
东山下“黑奴”之外还有广大的人民。
既然“黑奴”兄弟们被乌云笼罩了生生世世，
他们又怎能拨云雾而见青天，即使是见一颗明星？

从来多灾多难的人多住在乡村，
它并不放过南岭和北岭。
东西峰的豪绅霉烂了几十仓谷米，
却饿死了他们的四邻成千个人。
上下司的地主“欣欣向荣”，
他们长长地放出一条“子母钱”的缰绳。
这就使得千家万户都拴在这条缰绳上，
活着成为他们可以贩卖的奴隶，

死后成为他们仍可出卖的“死魂灵”。

西山口那条黄水漫漫东流，
那里也不缺啊豪绅地主。
他们在那里征人，征税，征租，
独霸着一方，
甚至向这一方之外挑起战争，借以开疆扩土。

我再无须浪费笔墨来描绘这些故事，
因为这类故事是人所共知。
它存在于封建王朝的每朝每代，每时每地，
已经成为一项刻板的东西。

然而这些乡村中的豪绅地主，
其行状还有值得去大书特书。
好像这些四乡八镇的枭雄人物，
便是这个王朝的中流砥柱。

这王朝的皇城也四门大开，
迎接着他们骑马坐轿涌进城来。
他们有的圆滚滚的身腰，肥墩墩的脑袋，
有的硕大的四肢，庞然的身材。
前者煞像阿弥陀佛坐在莲花台上，
后者煞像哼哈二将站在殿门之外。

他们风尘仆仆涌进城来，

下马下轿后仍然气急败坏。
二者都穿着过时的绫罗衣裤，
在太阳下发出闪闪刺目的光彩。

这些人来自远隔百里的东陲西鄙，
入城后还各自说着本乡本土的方言土语。
但他们早已远婚近娶，交流血统，结成了一家人，
一见面便亲热地呼兄道弟。

他们入城后便被迎进钱庄当行，
原来他们就是这庄行的财东和董事长。
这些人稍为歇脚后便马上进了衙门，
当然衙门中除开他们应当去晋谒的“父母”①，
还有恭候着他们的左亲右戚、知情人等。

这些由四乡八镇来的地主豪绅，
他们的气派竟比城里的大人先生还威风。
因为他们不但肢体莽壮，有点野兽气味，
而且腰包里更挟着一项由地租和高利贷
得来的雄厚的资本。

真的这些由四乡八镇而来的枭雄人物，
便是这个王朝的柱石。
所谓城里的“儒学之士”的先生们，
不过是他们执笔的学究，代言清客；

① 父母：当时呼县官为父母官。

而庄行中挺腰腆肚的大二掌柜，
也只是代他们磕打算盘的手指，
和钻营生财之道的脑壳。

那些流氓地痞等一批人马，
更是他们的鹰犬爪牙；
代他们捕捉鸟雀一般去捕捉弱小的老百姓，
并为之把这些猎物挦毛剥皮做成汤菜，
以此供奉他们的口舌。

当这些豪绅地主在皇城内，
摆够了威风，享受够了酒肉，
玩得腻了，够了，便走上回头路。
当他们离城回到了乡村，
便好像另开了一番眼界，
平添了一点聪明。

他们好像更加懂得了一点生财的学问，
于是剥削得老百姓们更惨更狠；
而他们的门楣也就更加光彩四射，
他们的气派也就更加威风凛凛。

一旦遇点庆婚，贺寿，吊丧的节日等等，
他们便惊动远乡近镇；
酒池肉林，大摆宴席，
呼吆喝二，广会宾朋。

届时还必然拉来一台好戏，
三日五晌，唱着个“加官进福”，昼夜不停——
直闹得一个鸡笼大的村庄，人山人海，水泄不通。

在此白热的时节，
也许还要为他们的小儿子
举行补贺小学毕业的典礼，
大红喜报贴满门庭；
三眼铁炮连珠响，
继之以千穗火鞭，天地炮仗乒乓轰冬；
直闹得飞烟走火烧红了他们铁叶的大门；
——乌烟瘴气，天昏地暗，再不见个澄清。

乡村，便是这样的乡村！
它与城市有什么不同？
这里有吃人的狼虎，
那里有吃人的妖精。

二者结成了三面网：政治网、经济网、婚姻网，
组成了一个联盟和死党。
哪有个城乡的大小官儿不由他们来稳坐？
哪有个城乡的钱庄当行不由他们来开张？

这个联盟水乳交融，
这三面网交错纵横。
他们一家人独占独霸，

这王朝便成了他们的统一天下。

只见城里先生们的口中喷出了酒臭，
乡里地主们的手上沾满了血腥。
请问，天上的红日何时出来？
地下的老百姓何时翻身？

我每次走过这王朝的乡村，
我的呼吸便有点窒息，
我的心脏便有点停止跳动。
我一旦走进这王朝的城关，
我的心潮便如泉涌，
我的怒火便呼的高燃。

我长久寄住在这个王朝的首都，
可是我从来不和这里的人打个招呼；
我一贯笔直地走过它的大街，
昂首阔步，从来不回头，根本不回头。

只有那座阴森森的铁牢，
还向我招手，邀我去参观。
因为那里十年之久还关着三个义和团。
这些英雄们曾火烧上下司村的天主堂，
还砍了几个二鬼子的脑袋挂上高竿。

谁敢说义和团的故事不会再演？

东山下的佃农“黑奴”首先怒火冲天！
只等待一声霹雷从晴空响起，
这一带茫茫大地便会充满烽烟……

第二部　抗日烽火

日本鬼子闯进了山海关，
蒋介石还在讲“中日亲善”；
日本鬼子闯过了芦沟桥，
蒋介石的军队南奔而西逃！

侵略者的凶焰好像一股恶风，
不抵抗主义者正像风卷的残云。
眼看中国将成为日寇的殖民地，
天啊，何处会飞来一个大救星？

日本鬼子扑进了娘子关，
阎锡山吓得发了瘫。
他们的人马喊了一声跑，
他却又跑得比兔子还欢。

他还把逃跑叫作“蒙难”，
向蒋家王朝大要其饷款。
他发了好大一笔国难财，
然后安然渡过黄河，看风向，还准备到西安。

东方红，太阳升，
中国出了个毛泽东。
他领导共产党，领导八路军，
领导中国人民打日本——
他是我们的大救星！

八路军上了太行山，
高举起抗日民主大纛一面。
他藐视侵略者“三月亡华”的好梦，
也唾弃汉奸之流“抗战必亡”的妄谈。

他大刀阔斧开辟太行山，
使之成为铜墙铁壁的抗日第一关。
让你个鬼子四路来进攻，
管叫你处处碰壁，路路卷摊还。

什么是“创造世界历史的动力？
人民，只有人民！”
“革命战争是群众战争：
只有动员群众，才能进行战争；
只有依靠群众，才能赢得战争。”
毛主席的教导多么精深！

自从来了八路军，
太行人民大翻身。
钟当当，鼓咚咚，

万人大会，花开也似的红彤彤。

人类历史反了正：
人民群众登了台，巍巍台上坐；
恶霸地主垮了台，哼哼台下蹲。
台上的人儿扬眉吐气把理讲，
台下的人儿闷声不响，偷眼一瞥，把台上人恨。

抗日民主本来事一宗，
减租减息稍稍放松束缚农民的缰绳。
好让他们打倒地头蛇，组成游击队，
捉汉奸，打日本，策应咱们的正规军。

有些地主“并不开明”①，
征他一点军粮，便大伤了他们的心。
他们出涕抹泪，来要挟，来撒谎：
“我家的粮食，还不够我家吃用。”

然而，只要你找到他们暗藏的粮仓，
三百石，五百石，何患无陈粮？
为了抗战，你便取他个十之一二又有何妨？
可是他们便大哭大叫，和你“大闹饥荒”②。

农民把地主看作是一群蝗虫，

① 开明：当时有所谓开明地主之说。
② 闹饥荒：即闹事的俗语。

指着他们的鼻头说："我们种下的粮食，
都被你们这飞来的蝗群吃个干净！"
你们不见土拨鼠的地窖里还有存粮三斗五斗？
你们的存粮可不是堆积如山，有旧有新？"

听说邻县有了"二皇军"，
地主先生们笑盈盈。
他们准备把藏粮送给二鬼子吃，
也好出出一口冤气，抗抗共产党和八路军。

鬼子第一次逞狂凶，
大张旗鼓，九路来进攻。
一个小县城落下了成百颗炸弹，
一条大路上人踩马踏，火烧民房，
飞起了滚滚的烟尘。

不怕你鬼子逞疯狂，
人民战争，麻雀战术，让你尝一尝。
东头叫你捉迷藏，西头对你放冷枪，
好叫你鬼子胆颤心惊失了主张。

大战发生在长乐滩，
朱总司令亲手指挥这场歼灭战。
我军踞高山，鬼子散满滩，
滩下葫芦咀，进去容易出去难。
瓮中捉鳖呀，一举歼灭了他二千三！

鬼子卷了摊！鬼子卷了摊！
他们嗒然如丧考妣一般地，
载着“大和勇士”的尸体往回返；
却还命令他的残兵败卒啊，
扛起一面“此战大捷”的膏药旗儿，
在前边走得蹒蹒跚跚。

毛主席写出了《论持久战》，
无产阶级军事学出新篇。
这一部经典著作，
粉碎了无知的“速胜论”狂言。

这一部经典著作，
遥遥地说明了战争的进展。
它把抗日战略分为三阶段，
何等高瞻远瞩的科学预言！

它教育人民戒骄戒躁，
准备力量，战胜于明天；
它教育人民调查研究，
知己知彼，渡过困难的今天。

子洪口飞起了鬼子的鹫鹰①，
地动山摇吹起了一股大暴风。
两沁之交，草木都低了头，

① 鹫鹰：喻敌机。

漳水左岸，鸟兽都吓掉了魂。

鬼子的铁骑追风而行，
长驱直入到上党的中心。
眨眼间他占领了一片土地，
造成了敌我之间犬牙相错的阵形。

何止是敌我之间犬牙相错的阵形，
你可知蒋、阎、敌、伪初步合流已经形成？
一片弹丸地：南有中央军，
西有阎匪军，北有伪军和鬼子军。
他们拥拥挤挤，臂膀相参头相碰，
咳嗽唾痰都听得清。

他们合了流，亲如一家人——
不是毗邻而是主仆和弟兄。
你莫怪他们过去曾经动刀动枪来厮杀，
且看他们今天鸡犬相闻，相安无事而互不相侵！
他们的一个共同敌人便是我们共产党，
他们的枪口所向一致指着我们八路军。

沁水山头大雨倾盆，
我军一支小队进驻此山中。
也怪我们一个不留心，
遭到了蒋阎敌伪的合击，
损失了一班英勇的新军。

胜勿骄，败勿馁，
度过今天有明天。
整顿“三风”来学习，
提高思想水平，团结起来，
克服困难，向前再向前！

“创造世界历史的动力，
是人民，只有人民。”
克敌制胜的动力，
是人民，只有人民。

中国共产党是人民的核心，
马克思列宁主义是人民的心声。
在学习中成长，在失败中求成，
人民更进一步自己解放了自己，
更进一步挣断了一切束缚自身的缰绳！

一个“疯子”，当着地主的面撒了一泼尿[①]，
大声说：“我看今天谁敢来咬了我的屌?!”
他的话，引得会场上的人哈哈大笑——
却不管地主心中的怒火卷着黑烟直往外冒。

一个干部前面走，一条美人蛇随后跟。
“人不亲土亲，都是同乡同里人，
俺孩他爹的性命呀，可全凭，全凭……”

① 疯子：老乡称呼胆大、有趣、不拘小节的人。

“全凭个甚！你算算你家逼债，逼死了几条命？”

“我们都要剥一层皮，剥了别人剥自己。”
“我们的老茧不但生在手脚上，而且长在脑子里。”
整风会上意见相互提：“封建脑瓜，自私自利。”
“这堆子垃圾可要不得，这堆子肮脏东西可害大事！”

人民群众更新又更新，
精神面貌镜子一般明。
斗争了地主，参加了战争，
坦坦然作了社会的主人公！
纷纷然扫掉自己身上的污染和灰尘——
他们就快成为政治上思想上的巨人！

“齐心大生产吆嗨，
努力大练兵吆嗨；
除奸斗霸不留情吆嗨，
千手万脚一条心吆嗨。”
民歌小调唱不尽。

“看我们路不拾遗吆嗨，
看我们夜不闭户吆嗨，
看我们在衣不足、食不足的条件下吆嗨，
发展壮大，等待着大反攻来时大进军吆嗨。”
一片歌声四处闻。

可是道高一尺，魔高一丈，
根据地的大人先生们也发了狂：
“且莫笑我们有国难奔，有家难投，
皇军可不是我们的太上皇？”
他们胸中自有这个主张！

这班先生们也像一群蝗虫，
展翅飞到了关河的西滨。
他们在端村驻了足，扎了营，
拥戴着一个大汉奸主儿，作为他们的首领。

侵略者的到来，倒增长了他们升官发财的好运，
大人先生们个个都有官封。
只要是张、王、李、赵这“三纲”中的“四姓”[①]，
来者不拒，未来者还要去请。

不去请行不行？行，行，行。
你不看蚂蚁过道一般，所有的先生们，
蠕蠕然前前后后，
都自主自动地向这儿投奔？
亏他们几天前还向抗日政府声明：“咱可是中国人。”

汉奸们个个都有福享，
首先是附近的人民遭了殃。
皇军来闹了个鸡犬不留，

① 三纲：即这个地区的地主们结成的政治纲、经济纲、婚姻纲。

汉奸却又掘地三尺找钱粮，填饱了他们狗肚肠！

为了补救他们精神上的饥荒，
抢尽，杀绝，烧干，实行着所谓“三光”。
他们还不惜奸污自己的姐妹，
辱骂自己的爹娘——
说他们都是“通匪”的共产党。

黄岩洞发生了惊心战，
鬼子的来势狠而贪。
好像他为了捣毁我们的军火库，
便不怕这条鸟飞不过的蜀道难。

鏖战进行了三天三晚，
打断了鬼子的手脚，
打不退鬼子的凶顽。
大和魂，武士道，法西斯帝国主义，
使他们战尸累累，把黄岩洞堆了个满！

战争胶着在黄岩洞山冈，
我军的团政委不幸中弹身亡。
他生前曾高唱：“我的家乡在松花江上，
那儿盛产着大豆高粱……”
而今他这个东北流亡的学生，
英雄的名字却刻在太行山上。

困难压不倒真正的英雄，
八路军的词汇里不见“困难”这字形。
他们从小米加步枪起，
发展到机枪重炮几十万大军。

人民才是真正的英雄，
八路军的力量来自人民。
他们汲取人民这无尽的乳汁而生长壮大，
却也兼那运输大队长蒋介石建了点奇功。

我们一位分区司令员将军，
敌弹穿过嘴巴，留下了重重的伤痕。
他便葫芦着这张干枣似的嘴巴，
大声叱咤着风云，把鬼子三次撵出太行山西东。

我们的大区司令员将军，
运筹帷幄，决胜疆场，一目失了明。
在他看来，鬼子并不高明：
因为他们正在向人民进攻，
却不知道人民不可战胜。

鬼子却玩它的鬼聪明，
“大皇军”卵翼着“二皇军”。
“以华制华”果然有点成功，
哈巴狗子们大抖其威风。

哈巴狗子们好像一窝螫人的黄蜂，
我们有必要捅捅这窝可恨的蜂群。
过路去，过路去，捅它个鸡飞而狗叫，
好给这些“二鬼子”一点小小的教训。

过路难，过路难，
敌伪堡垒沿途有个满。
你要过这道关，他偏不让过这道关；
可是过不得这道关啊，今天的夜袭可怎么办？

今夜是要去捉汉奸，歼凶顽，
过了路，直扑关河滩。
“二皇军”老窝里走一遭，
好打它一个稀巴烂。

我军胸中抱胜算：
过路难可以比登天还难？
我们只要请人民群众做向导，
哪怕还过不去这道关？

打进缭绕关河的伪军老窝，
上下磨房院里齐声叹蹉跎。
战前他们的人是先生大人，国民党员，
战后他们的人又是皇军的准少佐，准大佐。

上磨房院里的先生们，太好了；

口头上从来爱摆点孔孟之道。
逢人讲几句四书五经，
他们便乐得眉开眼笑。

下磨房院里的主儿们，也不孬：
从来是黄粱美梦占满了头脑。
“只要是个官儿呀，就好，就好，
咱可不论它的大小。”

他们两家同敌伪合了流，
同呼吸呀共摄收。
他们早就吸干了老乡们红喷喷的鲜血，
甜蜜蜜的嫩乳。今夜可不妙呀，
使他们有点失了神，就怕把命来丢！

我军打破了敌伪的老巢，
惹出了鬼子司令的烦恼。
为了报复，他调来一支生力军，
直入我根据地的蟠龙道。

这一条依山傍水的蟠龙道，
控制着太行山一翼的山腰。
有道是“一夫当关，万夫莫敌”，
蟠龙道就是这般惊人的险要。

我军围困蟠龙道日夜不休，

蟠龙镇上却每日挂出“通匪”的头颅。
高燃的战火，赤红的天，
两军相持几月又几年？

白天的蟠龙像一池死水，
夜晚的蟠龙像一片火海。
四面山头上我军树起了枪林，
孤立的敌巢里鬼子塞满了鹿砦。

鬼子胆敢窜入我腹心，
我就把鬼子投入大火坑。
铜墙铁壁弹雨飞腾，
打得个鬼子鼻青脸又肿。

然而打断了鬼子的手脚，
打不退鬼子的凶顽。
大和魂、武士道，法西斯军国主义，
跌倒爬起来，仍然自称好汉。

我军是人山人海做堡垒，
敌人把枪子、炮弹当飞灰。
两军相持的夜夜天天，
又是几月和几年？

好像两个摔跤者互搡互推，
敌我两军互扭着双臂，互络着双腿。

你卡我的腰肢，我捶你的脊背，
头碰头呀嘴咬嘴。

两军相持自有个进退，
弱者变强，强者变羸。
时间是一个有经验的老人，
它眼见两者的强弱换了地位。

太行山高高的上摩天，
太行山脚下流着两条水。
清漳明如镜，浊漳浑如泥，
清水在东浊在西。
清水之中我们军民磨刀枪，
浊水西畔鬼子、汉奸“庆圣战”，摆宴席——
却不知他们贺者在门，吊者在闾。

我军磨刀枪，
鬼子梦黄粱。
时间老人跑得快，
早过了严冬飞白雪，
迎来了鸟语和花香。
春风吹，春风扬，
这正是东风压倒西风的好时光！

为了扩大人民的武装，
父母送儿子，

妻子送情郎，
千万个小伙子参军上战场。
锣鼓打得噔唧咚喔响，
看看高头大马背上骑着多少英勇的好儿郎！

哪有一只打不死的豺狼？
哪有一个推不倒的强梁？
正义的力量日趋强大，
反动的力量日趋衰亡……

遥遥的好消息频频传来，
欧洲的战场上此胜彼败。
墨索里尼早已奄奄一息，
希特勒也快吞不下他的酒菜。

法西斯自谓天之骄子，
二十世纪是他们的世纪。
希特勒墨索里尼相互祝酒：
“方今天下的英雄，唯吾与尔！”

岂知道斯大林城下战机一转，
法西斯军队回头猛窜？
自来是兵败如山倒，
哪有个逃走的败兵不作鸟兽散？
哪有个逃跑的败兵不被全歼？

被歼的被歼，作鸟兽散的作鸟兽散，
“不可战胜”的法西斯大军玩儿个完！
法西斯的赌注输了个干！
墨索里尼听说谢世去了，
希特勒再也吞不下他丰盛的晚餐。
遥遥的喜讯频频传来，
那个人的心花儿不怒开！
我军乘胜去攻取沁县，
敌伪逃走的比飞鸟还快。

我军收复了端村镇，
正值大雨又下个倾盆。
这场喜雨洗尽了敌伪的污秽，
把中国的土地还给中国人民。

鬼子草了鸡！鬼子草了鸡！
天皇发了怔，
首相搔耳抓腮没了主意。
关东军死灰不可复燃，
满洲国活剧也已唱完。
整个日本帝国屁股下，坐着一座大火山！

时间老人跑来高声唱：
“八月八日鬼子投了降！
组织胜利军，
收复失地忙，

大家动手好好干一场！”

“三月亡华”真成了梦想，
东方的法西斯也身亡。
它来时活像一只吃人的狼犬，
去时怎么落得落汤鸡这般模样？！

他本以为中国是一块好吃的肥肉，
是一碗好喝的羹汤。他说道：
“谁不知道东亚病夫个个都软弱无刚？”
却不料八年战争，打出了一个强大无畏的共产党！
打出了一个不可战胜的新中国——
一个就将走向繁荣昌盛的社会主义大道的邻邦！

第三部　崭新天地

日本鬼子刚投降，
蒋家军批批下山忙。
“下山干什么”？“摘桃子！”
好把抗战胜利的果实，
从共产党手中抢一抢。

坐山观虎斗已成既往，
蒋介石下令：“今天是要去和共产党较量，
我们并不是外战的懦夫，内战的勇士，
安内然后攘外呀，

从来是我的既定的主张。”

他命令鬼子反对八路军去“受降”，
只准迎接他的特使把“受降”训词去宣扬。
这训词说：“唯有接受我蒋军来受降，
这才是中日两国之间从来的
以及今后的友谊天大的保障。”
鬼子军自然服从了他这番训词，
让他收缴了武器去扩大他反人民的武装。

于是数百万蒋家军向解放区猛闯，
不宣而战地扩大着内战的战场。
他背弃了各民主党派共商国事的协议，
无耻地仍坚持他“一党治国”的主张。

岂知八百万军队几年间便玩了个光，
蒋介石落了个逃之夭夭的下场？
我军打下南京、收复上海，统一了中国，
中国的历史将写出崭新的篇章！

中国人民站起来了：
中国人民打下了天下，
解放了千载黑暗的故土，
建立了一片光明的新疆。
他们取得了政权，
昂昂然作出了国家主人公的榜样！

太行山下人民喜洋洋，
打跑了鬼子，打赢了老蒋。
自己当了家，满身劲儿长。
掌握了大权，
指挥着一方。
他们踏着国家统一的步伐，
要把家乡建设得蒸蒸日上。

二十年来时间不算太长，
漳河两岸却变了新样。
那条黄水不再横冲直撞，
乖乖地听任公社社员调遣。

我的家门在故县城，
此地的河山古称奇雄。
夏日的关河滔滔东奔去，
高涨时竟穿过南城出东城。

大雨过后你登上南城，
便看见关河水在你脚下奔腾。
虽然它凶猛得令人有点害怕，
却也凶猛得令人有点爱敬——
爱敬它的气势有如长虹，
爱敬它有如长江大河的化身！

三百年前它气势汹汹，

洪波百丈吞没了南城顶。
鞞神山下它壁立起来，
据说堵了它的路的是二条神龙。

为什么神龙要堵河水的路？
据说那时魏侍郎正“凫水”在下游。
假使神龙放河水东奔而去，
哎哟，冲走了贵人，那不定遭天诛？

三百年后河南岸还摆满石人石马，
石马还势若奔驰，石人还手持斧钺。
看罢吴阁老坟茔上这片景象，
谁不想到吴大人当年的权势赫赫！

据说吴阁老当年做官在京都，
阁老的母亲在相府安度春秋。
老太婆吃厌了山珍海味，
想吃点家乡“假豆腐”，
千里传送，七日七夜，
驿途中竟喘死了三匹名马——
乌骓、赤兔和的卢。
河北岸还有一位程尚书，
十代相传的府第高过城上的鼓楼，
楼头横挂着二面金字匾额，
上书八个大字：“皇恩浩荡——世泽长流”。

鞞山据说是石勒的王宫，
这点儿古史咱且不论。
昨儿呀，土地还家，河水一声怒吼，
早已平吞了王宫，吓走了神龙，
把这些劳什子：石人石马，金字匾额，
一股脑儿葬送在东流的漩涡之中！

然而鞞山还屹立而高耸，
依然是太行山一个好弟兄。
它那高踞千丈的峰顶让你一登临，
方圆数百里的山川便都落在你的眼中。

今天的南门滩已不见关河影，
更不见片片茅草和灌木林。
它变成一摊清水的稻田，
试种的苗秧长得郁郁葱葱。
再不必回顾已往的见闻，
更无须见剩址残迹而动心。
应该庆贺焕然一新的故乡，
它的面貌将绘入地方的史乘。

跟着关河水顺流而东，
有的是新鲜的故事和新人。
小韩庄清脆的黄瓜长三尺，
波涛似的麦浪在翻腾。

马家店依山来造林，
山脚下驱沙垫土把庄稼试种。
几年间此山已成为花果山，
此滩已成为米粮囤。

玉口山路本细如羊肠，
今天却堂堂大道让你展望。
你要找那个望不见的路尾呀，
遥遥的东山脚下走一场。

东山脚下有丰富的铁矿，
炼钢铁的煤线煤层更宽广。
柳沟的旧洞旁边开新井，
机械化把“黑奴”变成个白面郎。

看到了“黑奴”变成个白面郎，
我心中的欢喜跃跃纸上。
让我挥动笔尖，随之以大声歌唱：
“这真是千古以来开始出现的一道曙光！
这真是我们人民群众大翻身的典型榜样！”
有了它，我再无须过细地描龙绣凤一般，
来描写我的花团锦簇的故乡。

奇闻伟绩写不遍，唱不完。
我只觉得置身幸福中，
陶然醉，醉陶然。

荒疏、粗陋、挂一漏万岂能免？
停笔歉然——又坦然：
鞞山高耸漳河流不断，
自有后来人千万、笔万千、来增删，来补全，
淋漓挥洒，七彩长虹灿远天。

冈夫诗歌选

冈夫　著

【作者简介】

冈夫（1907—1998），山西省武乡县人。本名王玉堂，笔名冈夫、宇堂。1926 年，毕业于山西外国文言学校，1932 年加入“左联”，1933 年在监狱中加入中国共产党。全面抗战开始后，在太行根据地工作，曾任中共武乡县临时工委书记，中华全国文艺界抗敌协会晋东南分会理事，前方《鲁艺校刊》编委会主任等职务。1949 年后，历任山西省文协主任，中国文联联络部、学习部主任，山西省文联、省作家协会副主席等职务。1992 年被授予“人民作家”荣誉称号。著有长篇小说《草岚子监狱》，诗集《战斗与歌唱》《枫林晚唱》《冈夫诗选》等。

【内容简介】

《冈夫诗歌选》选自《冈夫诗选》（山西人民出版社 1985 年版），共 9 首诗歌，均与武乡相关，作于抗战和解放战争期间，有《晋东南备战小曲》《送到前线去》《故城谣》《七月——第一次反“扫荡”》《漳河吟》等。《“皇军”到来的时候》是一首长诗，写于 1939 年，据作者自己说，是“从一个侧面暴露了敌人的欺诈、残忍和无耻”。《漳河吟》作于 1945 年，分三节，歌颂故乡的母亲河——漳河。其开首两句是：“在我的山脚下，跳跃着我喧哗的、淘气的漳河！”展现出对漳河的饱满情感。《胜利凯歌》作于 1946 年，从胜利者的角度歌颂抗日战争的伟大胜利，第一句是：“我要好好地长舒一口气，在我们的太行山上，吁——！”见出对胜利来之不易的又惊又喜的心境。《故城翻身谣》作于 1947 年，是描写武乡农民彻底翻身前后的史诗，句式短促，末尾的四句很是典型：“前人种树后人歇荫凉，手执钢枪上战场。泉水黄，涅水黄，骑着白马下山岗！”

晋东南备战小曲

山绕水呀水绕山，
山山水水围绕着晋东南，
锦绣繁华潞安府，
武乡沁县是米粮川。
我们在这里扎下抗日根据地，
党政军民干得欢，
敌人要来来正好，
放开口袋让他钻，
响堂铺，
李庄滩，
钻进牛角他才知道，
进来容易出去难。

摩拳擦掌，
专等鬼子落网！

一九三八年底

送到前线去

少花一分钱，
送到前线去；

少吃一碗饭，
送到前线去；
后方微小的牺牲，
前方伟大的胜利。

多做一双鞋，
送到前线去；
多做一双袜，
送到前线去；
后方微小的工作，
前方巨大的胜利。

一九三九年春，沁县

故城谣

杏花残，
桃花放，
故城人民不会忘：
齐齐整整十字街，
烧成四条黑格廊[①]。
鬼子鬼子你莫狂，
有朝一日和你算总账！

一九三九年

① 黑格廊：方言，意谓只留有残垣断壁的空黑的街巷。

七　月

——第一次反“扫荡”

卷起裤角，
打着赤脚，
我们奔跑在
七月的大雨里。

奔跑在
七月以后的
连绵不断的阴雨里。

敌人啊，
你没有法子把我们
从祖国的土地上赶走！

正像这脚下的泥泞一样，
我的肉体同灵魂，
和祖国的土地
黏合在一起。
我爱这些泥泞
因为它是我的祖国的！

我爱这浇头的大雨，
因为它是从

祖国的天空，
倾泻下来！

一千次摔跤，
我们也畅快，
我们正像祖国土地的
一根根劲草；
随着爆发的哄笑声，
这劲草，
一根一根地站了起来。

沁河的水，
浩淼地奔流着，
深深没到我们脖颈；
我们手牵手，排成一长队，
斜斜地渡过去——
它把我们身上的泥巴
一股脑儿冲洗得干干净净了。

雨落着——雨停了，
我们歇下——我们又前进，
雨水湿透的衣衫；
我们身上的暖气
把它焐干。

山窝是我们的宿营地，

马铃薯是我们的美餐，
青草作我们的垫褥，
树枝作我们的帐篷。

多少天来，
我们第一次
找到一间避雨的茅屋。
五十个人，
蹲在席子大一片地上，
恰像栽绒毯子的
一撮一撮的毛一样，
背靠背，膝挨膝，
——好，我们团结得更紧了！

漆黑的夜，
伸手不见掌，
我们继续在山谷里前进，
淙淙的流水声，
作我们的向导。

而这样的一天，
终于挨到了。
我们再一次擦好
我们日夜不离身的枪；
子弹推上膛，
准备射击！

有过一些日子，
敌人在我们背后，
现在，
我们在敌人背后！

敌人啊，
你不会从我们祖国的土地上
逃掉！

你不会爱这糟心的阴雨！
你不会爱这暴涨的大河！
你摔不脱
拴在你脚上一样的
铅块似的泥泞！
一幅巨大的粘蝇纸，
粘住了你们！
你们这些莽撞的家伙，
命定地
做了莽撞的牺牲品！

……我愉快地卧倒在
祖国土地的泥泞里；
向着歪歪倒倒的敌人，
稳稳地瞄准。

……我的眼睛发亮了。

我偶尔微微地抬起头：
祖国的天空，
又一次挂起了
七月天
灿烂的虹！

一九三九年

“皇军”到来的时候

这不是诗歌，
而是事实，
赤裸裸，
没有掩饰——
像夜一样黑，
像光一样白。
谁从这些哭笑不得的
材料里，
得到痛恨？
得到眼泪？
得到漠不关心？
那都是，
　　自己的事！
这里，
　　只有真实！
赤裸裸，

没有掩饰——
像夜一样黑,
像光一样白!

强盗,
闯来了!
挂着,
中国军队的番号。
人民已来不及逃跑。
不打枪,
又从蜿蜒的山路,
许多面孔,
很厮熟,
　　经常来往本地,
　　收瓜子,
　　卖布匹,
　　老照顾——
谁也没防住!
赶到觉察有些不对,
下意识地抽回了腿,
拳头,
已经打上了脊背——
"走!
快给'皇军'担水"。

乡村,

恐怖与混乱——
“皇军”抓鸡；
“皇军”找蛋；
“皇军”宰牛；
“皇军”拿门窗烧饭！

喂，老乡！
就俯些儿吧！
不要呀，
叽哩咕噜埋怨。
你总该知道：
眼前，
命比鸡蛋还脆，
命又比牛还值钱。

宣抚班，
却才“和善”：
“我们来到这里，
帮着‘汪主席’的
军队；
只打党军！
只打共匪！
不扰民；
不烧杀……”

别的“皇军”，

证明他的话，
一点也不差！
他们，
早在“自己”的家里，
开箱掘柜！
从金银首饰，
到烂铁废铜，
一无遗弃！
“该死的支那人，
空室清野，
把东西藏到哪儿去了？”
墙上，
东敲西敲；
墙内有洞……
洞中有粮……
粮好喂马！
马好驮粮！
砖墁地；
　　没问题，
底下更有宝藏！
一掘再掘，
真像地心有吸力一样！
“拿水来！”
照着水的缝，
往深，再往深——
哈哈，

“土中生万物，
地内有黄金！”
……

现在，
白天的一天，
满意，妥当！
发愁的，
只留下了晚上……

月亮吐出冷的光辉；
烟霭
　　是她无穷的叹气，
罩笼着空间和大地！
沟渠阴冷，
窑洞潮湿，
孩子嚷着饥饿；
母亲们，
嗄声叹气
爱抚又责备；
歇斯特里地
陷入了昏迷！
丰富的筵席，
好吃的酒饭，
却设在
她们不敢回去的家里！

但是，
听啊——

姑姑……姨姨！……
快回来吧！
鬼子们走了，
糟蹋得不成样了啊！
娘啊！……
姐姐！……
我们耐不住了！……
当然，
这样的杰作，
引起来的，
不是一阵小的哗笑！……

“不分老幼，
不分美丑，
十人一排，
五人一组，
大脚一组，
小脚一组，
今夜晚，
庆祝‘皇军’，
来个裸体跳舞”。

哈哈哈哈哈！

啜泣……
狞笑……
夜的音乐呵！……

抽扭……
踢打……
夜的跳舞啊……

酒瓶，
飞……
酒杯，
掷碎……
罐头裂开嘴……
桌椅翻了腿……
汽灯，
瞪着那犯人似的眼睛，
在证明，
又像在否认——
像嫉视，
又像在回避——
这荒淫绝伦的戏！……
　　就这样，
　　“皇军”得意地，
酣然入睡……

但愿不要梦着，

炸弹啊……
……

凭着雪亮的
明晃晃的刺刀——
凭着花花绿绿
　　四分钱一尺洋布的广告——
凭着恐吓信——
逼着一些人回来，
改善“民众”的“民生”？
所以在今天，
白胡须的老汉，
　　都有些不大自然，
嘴里给塞了一支纸烟；
还有他天真烂漫的孙子，
吃着不花钱的糖果，
倒是喜欢！

“主席”，
摇铃开会，
他的嘴，
像一架机器——
“皇军”来到这里，
是给我们来剿匪；
建立“东亚和平”，
建立“东亚新秩序”；

不扰民，
不烧杀；
老百姓，
一点不准害怕！
“皇军”同我们，
以后要长住；
大家是一家！
“皇军”很欢迎，
你们有什么话，
自由说什么话！

从人丛的背后，
咕噜出一个声诉！——
“皇军”……杀……杀……
杀了他的老爹！

“混蛋！”
“皇军”的脸，
皮鞋发了霉似的
难看！
“杀死他？
一定是因为
他做八路军的侦探！”
不过——
——皮鞋好像
慢慢地擦过——

无论如何，
“皇军”不杀人！
更不愿意
“误杀”老头子一个！
“去！——
五斗大米，
一块毛毯，
让他装裹！
只是以后，
不准你跟上
八路军胡干！”

这鼓舞了
别人的歆羡
　和大胆；
一个老汉，
说他的儿媳，
被“皇军”轮奸！

“八格亚鲁”！
你敢瞎说，
你敢瞎骂？
奸淫你们中国人的，
是你们中国人。
你说，你看，
不就是他来吗？

拉出去！
把他那件犯罪的家伙，
割下！

在被欺骗的惊异中，
意见的流，
汇成一条小小的河——
“不要烧房；
不要杀人和奸淫；
青苗地里不要放马；
修路要作价！”

答复——
“路，
是给你们自己修；
要钱，
是无理的要求！
别的，
‘皇军’完全采纳民意！”

于是——
广场上，
镜头，
迅速的拍下，
“皇军”的宣抚——
“新占匪区人民防共自治大会”，

“胜利”地闭幕……

这样，
“皇军胜利”了！
他在没有几户居民的
城的五里的周围，
威严地统治着，
好像一切世界的主人！
他施行着铁血的王道，
他经营着战争的乐土。
在火的废墟上，
妓馆开张了；
烟馆开张了；
赌馆开张了；
唱馆开张了；
“新民会”也开张了。
城，
在尚未被它的强盗主人，
再一次抛丢到灰烬，
它就在这样地“繁荣”！
流氓——无赖——
　　赌博汉——酒鬼——
是它显赫的公民！
浪人们，
饿肚皮的人们，
踯躅在城外的河边，

清洗着那一车车拉回来的
　血淋淋的人头，
赚钱，
把干瘪的肚皮喂饱；
头枕着
　血淋淋污染的青草，
　　一倒……

一九三九年

【附记】 此稿约于一九三九年春夏间在沁县时所作。不记得由哪一位同志带到四川在《新蜀报》发表了。一九八五年承屈毓秀同志影印回来见赠。现将其看不清的字补上，又在个别处做了点删削。全诗只从一个侧面暴露了敌人的欺诈、残忍与无耻，而未显示出人民的力量，是它最大的缺点。但它也是敌人的罪恶的部分实录，故存之。

一九八六年二月十六日　冈夫记于太原

好像他完全忘了呀

——山西武乡县下北漳故事

他天天挑着粪筐儿歌唱，
好像他完全忘了呀，
敌人杀过他的独生子！
他挑着粪筐儿到处歌唱，

好像他完全忘了呀，
敌人杀过他的独生子！

他沿路儿拾粪沿路儿歌唱，
好像他从来就没有过呀，
他那心肝儿的独生子！
他一路儿拾粪一路儿歌唱，
好像他从来就没有过呀，
他那命根儿的独生子！

他的歌声涨满了这绿油油的山谷，
但他好像完全忘了呀，
他那年轻的壮健的独生子！
他的歌声盖过了这河槽里哗哗的流水，
但他好像完全忘了呀，
他那活泼的呱呱叫的独生子！

他唱的是“正月里迎春花人人所爱”，
他好像是完全忘了呀，
他那人人所爱的迎春花似的独生子！
他唱的是“二月里长庚花芽芽嫩黄”，
他好像是完全忘了呀，
他那芽芽嫩黄的长庚花似的独生子！

他唱得有的人们心酸落泪，
但他还是不停不住地唱啊，
好像他完全忘了他那独生子！

他唱得有的人们开他玩笑，
但他还是不停不住地唱啊，
好像他完全忘了他那独生子！

有时候他唱得病倒了在床上，
但他好像从来不曾想过呀，
哪会关心着他生病的独生子！
他病好了起来又挑着粪筐儿歌唱，
好像他从来就没有病过啊，
他也从来就没有过一个独生子！

谁晓得他的歌儿几时唱完啊？
为了呀（好像他完全忘了的啊），
敌人杀过他的独生子！
谁将让他把他的歌儿唱完呀？
为了呀（好像他完全忘了的啊），
敌人偿还他的独生子！

一九四〇年五月十三日

漳河吟

一

在我的山脚下，
跳跃着我的喧哗的、淘气的漳河。

野性的朋友啊，你可是我们新时代的河——

我们可不能像旧日人们那样放任你，
漂去我们的土地、树木、牲口啊！

我们筑了堤坝训练你，开了河渠引导你，
我们彼此这样的相好啊：
你安安详详流过我们的田垄和街道，
给我们长出双倍的麦子、稻子，
你也推动我们的水磨隆隆，纺织机轧轧，
你还给我们农村的暗夜，
带来稀有的都市的光明——电灯；
而我们的女人们，
在你绸缎似的柔波上，涮菜、洗衣裳。

喧哗的朋友啊，你日夜不停地聒噪些什么？
你高贵的性格我逐渐地认识了：
——向前流着，向前流着，这就是我生命的秘密。

二

河啊，给我们乖乖地浇灌更多的田吧！
我们给了你铺得平稳、熨帖的河床。
你不要谢谢我们吗？
我们还要在你湿润的滩上，
盘出齐齐整整花格子图案似的土地，
那不是把你更装饰得美妙了吗？
我们在你的岸边栽满了花树，
好让它们的绿叶遮阴着你，

让它们在你的明镜里照出它们摇曳的轻盈的影子，
那不使你更加愉快的吗？
在人民的劳动和创造力面前，
河啊，更展示你建设的姿容和力量吧！

三

我要学习我的山的坚定，
又要学习我的河的曲折——曲折而向前。
笔直的道路世界上没有，而停留就是死亡。

河啊，你使出排山倒海的力量和迂回曲折的顽强，
开拓出你的道路。
没有什么能阻止我们——流到海里去啊！

约一九四五年

胜利凯歌

一

我要好好地长舒一口气，在我们的太行山上。
吁——！

恭喜啊，我的兄弟姐妹、诸姑伯叔、亲戚和朋友！
　　我的日夜为祖国绞着脑汁的工作同志，
　　我的用最后一滴血保卫了人民的武装弟兄！
恭喜啊，我们胜利了！解放了！

恭喜啊，中国和世界！

我们的力气没有白费，血汗没有白流！
我们非赢到手不可的东西，
我们终于赢到手了！

我是这个战争与解放的参加者，
我是这个人民英勇斗争的见证人。
哪一块土地或者岩石染过我们同志的鲜血，
　　我是记得的！
哪一个山头或者路口我们和敌人遭遇、迂回、相持……
　　我是记得的！
哪一片河滩或者村落我们歼灭过敌人，
　　我是记得的！
每一条河流潺潺不断地讲说着英雄故事，
每一座山峰笔直的耸立着人民战争的纪念碑。

二

我们的敌人，不是一个容易斗的家伙啊！
他用钢枪钢炮武装到全体，
而我们那时，多的是一些红缨子枪。

敌人，占领了我们的繁华城市和交通要道，
我们，住在贫穷、残破的农村。

敌人搜刮上中国人民的血汗钱，

收买了中国的人渣子——汉奸狗腿，
而我们那时，还没有聚集起自己的力量。

但我们并没有被他压倒，
我们很快地站立起来了。

开初，我们有了土枪土炮，
以后，我们夺来了钢枪钢炮；
开初，我们靠山和敌人打，
以后，我们到处找敌人打；
开初，敌人在炮楼里笑，
以后，敌人在炮楼里哭。
我们起先收复了村镇，
然后我们控制了铁路公路。
最后，我们解放了城市。

我是这个战争与胜利的参加者，见证人！
我同我的民兵小伙子们一同上火线。
他们漫山遍野，
同战马一起飞跑，同炮火一起喊叫，
战士和人民在一道战壕里碰头了，前进了；
步枪手榴弹和镬头铁锹碰撞了；
地道挖成了，炸药爆炸了，轰隆，碉堡摧掉了……
我的年轻的姑娘们在泥水里跳着赤脚送来面条烙饼了；
我的战士只抢了一碗稀饭一口气喝下去又去开火了；
好不容易才能把一个挂了重彩的战士从火线上拉到担架上啊，

我的老头子们颠扬颠扬送他们到看护站了……
在敌人的密集的机关枪弹雨中，
滑轮子的云梯“呼”地一下竖起了。
第一个勇士踏着云梯的尖顶随了竖起的云梯飞上城墙了；
他的刺刀插进敌人的胸膛了，他中了枪弹跌倒了；
但无数的勇士已经上了城，敌人举起手来了；
吓疯的敌人跳城、投坑、钻地道了；
通天的火把，人民涌进城来搜索了；
轰隆隆，炮弹揭去最后一个碉堡的顶子了；
所有的手榴弹都扔进去，敌人不响了。
战争结束了。
人民唱起了震天动地的凯歌，
人民地动山摇地唱起了凯歌。

三

我们的困难，还不只是面前站着一个敌人。
我们还有一个令人苦恼的蹩脚的伙伴。
我们的国家啊，只有一条腿是坚强的，
另一条腿，却是非常之脆弱；
当我们举起有力的前腿向前跑步时，
另一条腿却只想下跪；我们不得不费力拖它起来；
它时常打我们的麻烦，而我们又不能割掉它。
它时常搭在敌人的钓钩上，我们又得警惕着给他摘开来，
它走起路来完全不行，可是和前腿碰起来却蛮有劲。

在那些困难的日子里，

我们忙着和敌人在前面作战，
令人苦恼的伙伴却来抄我们的后路；
人民在这一处开一个祝捷大会时，
他却从另一处给我们送来一个同样大的惨案。

灾荒年头我们正吃糠、吃树叶、吃野菜、吃麻渣时，
他却贿买和指使着流氓、地痞、恶棍，
　　给我们井里、南瓜里下毒药，用石头在黑夜里打我们。

我们可是丝毫没有用卑鄙手段对付卑鄙手段啊，
我们甚至于踢开正常的法律的围墙，
用我们至仁至义的真理和磨破了的唇舌说服和教育他了，
人民赦免了他，并给他以援助。

而胜利到来了，这令人苦恼的伙伴却空前有劲起来了；
他使出他全部后腿的力量向着解放区踢来。
自然，把敌人的硬腿都碰断了的解放区的铁壁，
　　能让一只蹩脚踢倒吗？
我的年轻小伙子，眼里冒出了火星；
我的温柔而泼辣的姑娘媳妇们，骂开街了；
我的老头子老妈妈们也磨咬起牙龈来；
我的从胜利前线回来的战士，焦躁起来了。
他们一口气就能吞下一座城，
只等一句命令，他们就会扑向前去。
可是我们的人民领袖，是站在全民族的高峰上指挥着，
他知道怎样才于全民族有利，怎样就有害。

为着不流同胞的血，他命令我们忍痛撤退了，
我们一再撤退了！——又撤退了！这里，我们再不能撤退了！
我们坚决地不开第一枪，但是坚决地给第一枪以回答，
好让对方清醒一下头脑，知道我们决不是懦怯汉，
而是真正铁打的英雄！
我们在战壕里喊话：
不但战士听出了战士的心事，并且同乡认出了同乡的口音。
他们单个儿、结伙儿地跑过来了；
人民中的英雄高高举起义旗了，
　　领导着整个儿的队伍回到人民方面，和我们携起手来；
　　看呀，人民怎样地欢迎他们呀！……
而比一切慰劳品更珍贵的，是亲人们的骨肉团聚；
我的老妈妈老头子牵着儿子的手高兴地流泪；
我的温柔体贴的姑娘媳妇们，一霎时羞怯得不会说话了；
我的差一点开了火互相射击的亲兄弟们感慨地谈叙起家常来了；
在他们长久的别离和担心中，他们的侄儿男女可爱地长大了！……
雪片一样的贺信、宣言、文告，飞来飞去着……
狠狠地碰痛了后腿的令人苦恼的伙伴还想来试一次，
可是全国人民雷也似的吼着："反对内战！"
　　枪杆子也压不下去了；
国际朋友们也出来说话了——
我们胜利了！

我是这个自卫与争取和平的参加者，目击者和见证人。
我歌唱我们人民的力量！我歌唱我们的解放区！

我唱啊——

　　太行山高大，滏阳河长，

　　我们解放了的人民和他们一个样！

我唱啊——

我们快乐而自由，坚强而有力！

谁还想不承认我们的存在，

那是徒然碰个头破血流的。

四

现在，我的年轻小伙子、姑娘们、老伯伯老叔叔们呀，

认识我们的力量吧！

双手紧握着我们血汗换来的果实吧！

紧紧地保护着我们的和平与胜利，

就像一手端着碗一手捏着筷子一样，

一件也不可以让夺去，

一时也不可以粗心大意！

紧紧地和那个人民的党，人民的军队，

　　那一位最好的人民领袖，靠拢吧：

这就是帮助我们翻身的共产党、八路军，

这就是领导我们赢得胜利的毛泽东同志！

这是我们的脊梁骨，

这是我们的眼睛！

没有他们，我们的力量就是涣散的，盲目的。

愿把我这粗夯的歌，传遍山里，传遍山外。

一九四六年

故城翻身谣

一

曲盘盘的山，
平坦坦的川，
劳动人民祖辈流血汗，
开辟下千顷好庄田。
西枕白马山，南沟村里出清泉，
脚登大南河，一道流水曲弯弯。
城川千顷好庄田，
南沟地主占去一大半，
中小地主一小半，
留给农民脚面大的一片片。
地主地，平展展，
农民地，山梁梁，沟湾湾；
故城一道街，家家种租田。
地主收，佃户“受”，
两头儿埋怨不得够。
夏收麦子秋收豆，
牛车骡车一拉溜。
簸箕簸，扇车扇，
金黄谷子上大碾。
农民扇下吃粗糠，
细米担进福民当的仓。
福民当，害民苦；

出帖子，收地租，
信账月利三分五，
小东小西押当头，大短大欠送官府。
官府拜地主，地主接官员，
福民当传票居当间。
东家太太来看戏，
街上人们尽回避。
轿车拉进场当中，
丫鬟搀扶入卷棚。
东家品茶把扇摇，
农民不敢把眼瞟，
戏场以内鸦雀无声静悄悄。
东家的差役穿绸缎，
农民穿得破破烂；
农民住的窑泼绽，
地主住的砖包院。
南沟财主辈辈传，
故城佃户辈辈干。
佃户瘦成干骨架，
财主竖起高旗杆；
佃户躺上挺人板，
财主挂起金字匾。
斧柄烂，锄柄烂，
千年的生活没改变。

一声忽雷满天响，

中国人民把日抗。
大水刮去了旧衣裳，
谁也露出了活长相。
地主一个一个往下躺，
最后死心塌地把汉奸当。
一九四〇年敌人占武乡，
劳动人民齐武装。
南沟村大地主，
做了敌人伪县长。
狼靠狈，狈靠狼，
糟蹋人民害家乡。
拆上民房盖炮楼，
“新交新交”认爹娘。
五猫六狗一拉溜，
游击队追在他屁股后。
吹胡瞪眼没办法，
只怕送他回“老家”去。
青烁烁桃树鲜丹丹桃，
吃桃人把桃树也砍倒了。
干噌噌树枝火里烧，
种桃人怒火一阵赶一阵高。

二

八月里葡萄绿里红，
八路军解放了段村城。
伪县长跳臀露胯逃太原，

阎锡山把他编成“剿共军”!

解放后的段村闹哄哄,
反奸清算大翻身。
火苗到处点出去,
早轰动了故城人。

农会主席赵金水,
一瘸一拐半条腿。
抗战在外六七年,
山东战役荣退回。
这时心里作估计:
日本小鬼完了蛋,
八路军胜利到处传。
阎锡山跑来抢果实,
败仗吃在磨盘山。
蒋介石跑来抢果实,
败仗吃在平汉线。
沁县南沟白晋线,
瓮里捉鳖不消几天。
千年痛苦八年罪,
这身不翻待何年!

召集同志把会开,
“咱们翻身莫等待!
趁热打铁是正经,

咱和地主搞清债。
收回土地咱自种，
拔除一辈子大灾害。
群众早已眼盼穿，
只等动手干起来！”

积极分子齐响应，
马上说了马上动。
李狗小，李黍金，
男人里活动不消停。
程秀英，武梅英，
妇女当中有威信。

拥军模范李馥兰，
各种工作在头前。
妇女队里任班长，
又是秘密公安员。
对待穷苦人赛姐妹，
对待地主铁脸面。

饧粘芝麻麻粘饧，
干部领头群众跟，
千年冤苦无处诉，
今天会合了知心人。

冤有头，债有主，

本村一样来诉苦。
擦干眼泪讲清理：
土地归农民，
原物还原主。

拉牲口，灌米粮，
米麦烂在地主仓；
地主粮食仓中烂，
不给农民救灾荒。

寻银洋，问元宝，
地主总说无法找；
暗窑暗洞刨掘开，
元宝穿了绿皮袄。

文书契约不拿来，
农民再难手高抬；
“我看你是山坡里谷，
割不出来打出来！”

高山上面圪烂松，
千年睁着绿眼睛；
只见过穷人给富人打，
哪见过富人怕穷人?!

随手动，随手分，

敌人来了难保存；
银洋换成冀南票，
粮食分给赤贫人。

人是铁，饭是钢，
黍金瘦脸发了光；
流流扔掉叫化板，
“八路军世道没这行！”

梅英分了件蓝布衫，
馥兰给她来打扮：
“人是衣架马是鞍架，
瞧俺梅英多好看！”

“青青麦子六月黄，
狗小哥为甚地里忙？”
“今年麦收我自己吃，
往年我愁交租粮。”

一日三餐喂老牛，
对着老牛喜泪流：
“老牛我喂了你半辈子，
今天才算喂我的牛。”
夜无夜，明无明，
民兵守在故城坪。
旧城根下挖掩护，

封锁消息断行人。
有人想往西边跑，
哪个大爷给你出路条？
故城坪上西边外，
汉奸尾巴还在绕。

桃发毛毛杏发酸，
麦子将熟闹翻天。
四十天推翻了几千年，
新麦子近在嘴边边；
地主的土地一扫平，
一直追他到老根。

莠子草，害青苗，
青苗长起它心恼。
情知把你扳不倒，
也得绊你跌一跤。

运动刚罢喜在心，
民兵岗哨撤回村。
特务看见是空子，
忙给还乡团献殷勤，
搭夜包围了邵渠村。

包围事情见得惯，
李馥兰心中不慌乱。

有的同志丢了草帽，
馥兰拾起一面笑，
“公家东西多可惜！”
随手往自己草帽上套。

还乡团捉住李馥兰，
三番五次来审讯。
馥兰不吐半句真，
大骂逆贼就了刑。

灯影里纺，火影里织，
提起馥兰人人想哭。

地里锄，田里挽，
想起馥兰泪不干。

过灯节，扭秧歌，
儿童拍手笑呵呵。
唱起李馥兰，
小眼儿泪簌簌。

民兵小伙把枪擦，
谈起还乡团咬钢牙。
“拚出俺家庭赌出我的头，
要给馥兰报冤仇。”
宽布机，织手巾，

机上坐着程秀英。
三板一声唱，
两眼泪淋淋。

一条手巾织得宽，
上织上女英雄李馥兰。
“世界上共产党不只她一个，
眼看你狗汉奸很快就呜儿完。”

三

故城群众把血债清，
处死特务李如林；
土地改革再深入，
检讨经验换脑筋。

“翻身果实来得不容易，
邵渠事件痛在心。”

“铲除封建须彻底，
封建就是汉奸的根。”

“果实要好好来保卫，
付出的代价真不轻。”

“不消灭了反动顽固军，
汉奸还是有处去投奔。”

“不彻底打垮蒋介石，
哪里都有汉奸这号人。”

打虎莫如父子兵，
金水送子参了军；

支援前线靠得翻彻身，
黍金领导大胆又细心；

军民衣食须保证，
秀英生产纺织勤；

狗小组起互助组，
抗旱抢种带全村；

还有优待军属事，
大家交托给俊梅英；

翻身人民一条心，
爱国战线上抢着来立功。

前人种树后人歇荫凉，
手执钢枪上战场。
泉水绿，涅水黄，
骑着白马下山岗。

原载一九四七年《文艺杂志》第三卷第六期

张万一剧作选

张万一　著

【作者简介】

张万一（1917—1994），山西省武乡县蟠龙镇人。武乡秧歌剧重要传人，山西省政府表彰的“人民艺术家”。1937年4月，参加牺盟会，投入抗日救亡运动，编写了《宛平事件》《教子参军》等剧。之后任决死队第一纵队第二总队特务队分队长、决死队武乡游击队队长、武乡县商联会主席等职务，编写了《重婚案》《左权将军》等大型秧歌剧。1942年，调武乡光明剧团任编导，编写《义务看护队》《组织起来》等秧歌剧及根据《小二黑结婚》等改编的秧歌剧。1949年，随团进入太原工作，先后任山西省文联联络部部长、实验剧院副院长、山西省剧协主席、山西省文化厅戏剧工作研究室主任、中国戏剧家协会山西分会副主席等职务。此期创作了《结婚》《漳河湾》《哑姑泉》等剧本50余种。2007年，山西人民出版社出版了《张万一剧文集》(3卷本)。

【内容简介】

此选本选自《张万一剧文集》，收集其《老八路》《义务看护队》《哑姑泉》《小二黑结婚》《王贵与李香香》等5种剧作。《老八路》是八场剧，为纪念朱德总司令百年诞辰而作，歌颂了抗战时期朱德总司令与武乡人民的鱼水情谊。《义务看护队》创作于1943年冬至1944年春，经集体讨论，由张万一执笔创作，为三场剧，歌颂了抗战时期武乡泉河村妇女自觉组织起来，看护八路军伤病员的感人事迹。《小二黑结婚》，1943年根据赵树理同名小说改编，为八场剧，记录太行山根据地农民小二黑与小芹自由恋爱的故事。1962年后，多次改编完善，成为山西歌剧、秧歌剧的保留剧目。《王贵与李香香》，1946年，由张万一据李季同名长诗改编，为九场剧，记录第二次国内革命战争时期，陕北青年农民王贵与李香香在革命斗争中，二人爱情所经历的悲欢离合。《哑姑泉》是1959年国庆10周年献礼节目，为三场剧，取材于山西解州盐池古老的民间故事。歌颂当地名为甜姑的姑娘为了周边百姓能吃上甘泉水，盗取妖魔刺牛怪的宝针，挖掘出甘泉，自己甘愿变聋变哑的感人故事。为读者了解各剧编演情况，此次出版保留了原剧末的“附记”。

老八路

（与张晓亚合作）

时　间　1938年初春至1941年春。

地　点　太行山区的壁峪寨。

人　物　总司令——八路军朱德总司令。

宋淑贞——八路军驻壁峪寨工作员。

小　刘——总司令的随员。

卫生员——总司令部卫生员。

刘玉柱——壁峪寨青抗先民兵队长。

马二英——刘玉柱的妻子，后为民兵骨干。

刘　母——刘玉柱的母亲，农妇。

孟二虎——壁峪寨青抗先民兵副队长。

宋辅仁——壁峪寨村长，原国民党军官。

吕艾翠——宋辅仁的妻子。

程玉如——宋辅仁的儿媳妇，寡妇。

吕文德——吕艾翠的胞弟，原国民党军官，后投敌。

民兵们——壁峪寨民兵数人。

群　众——壁峪寨男女老少群众。

八路军——八路军战士数人。

晋绥军——吕文德带回乡的晋绥军士兵二人。

第一场

［炮声隆隆，飞机轰鸣，滚滚浓烟，笼罩山河，天昏地暗，日色无光。

［壁峪寨群众扶老携幼，四处奔逃。

［浓烟渐散，现出壁峪寨郊野的小东山山头，一片荒凉景象。

［枪声不绝于耳。刘玉柱、马二英扶受伤的刘母上。

刘玉柱　（唱）疯狂的敌寇进村庄，
壁峪寨百姓遭了殃。
老母亲中弹鲜血淌，
这该到何处去躲藏？

马二英　（唱）能逃条活命算万幸，
老母亲忍痛咬牙根。
逃过这荒山和野岭，
咱且到后山靠友投亲。

刘玉柱　二英，这里隐蔽，先扶母亲到这里歇歇再说。

［夫妻俩扶刘母到隐蔽处。

刘　母　（口干舌燥地）二英！我渴，水！

马二英　玉柱！娘要喝水！

刘玉柱　（四下望望）这荒无人烟的山头上，到哪里去找水呀？

马二英　去找口山泉也好！

刘玉柱　（看看母亲）唉！
（唱）受伤人唇焦舌又烂，
这荒山野岭无人烟。
崎岖的山路悬崖畔，

叫我到何处找山泉？

［刘母叫渴，夫妻俩急得团团转。

［几个八路军战士伏身上场。后跟小刘前导，总司令风尘仆仆地随上。

总司令 （唱）抗日北上，

挥师登太行。

举目望，峰峦莽苍苍，

果然是千山万壑铜壁铁墙。

山高视野广，

沟深易隐藏，

在这里建立根据地，

发动群众，战斗岁月长。

小　刘 （发现隐蔽处有人。）什么人？出来！

刘玉柱 （一愣）啊？娘的！跑也是死，拼也是死，这一百多斤老子不要啦！（夺过母亲的棍子，照小刘打去。）

小　刘 （躲过）啊？老乡，你这是……

［二人一个打，一个躲闪………

总司令 （喝止）住手！你是什么人？

马二英 （急奔过护住）是俺男人！

刘玉柱 你们开枪吧，老子早不想活啦！

刘　母 （闻声跌跌撞撞地扑上）玉柱……（昏倒在地。）

总司令 老嫂子受伤了？（急呼）卫生员！卫生员！（卫生员应声上）给老大娘包扎伤口！

刘　母 （昏沉中呻吟）渴死我啦……

总司令 小刘，水！

［小刘递过行军水壶。总司令亲自给刘母喂水。刘玉柱夫妇呆

视着。

（伴唱）

好似一场梦，是假还是真？

自古哪有好心的兵？

泪眼蒙眬看不透，

壶中水，水中情！

马二英 （上前接水壶）老总，我来喂！

刘玉柱 （激动地）老总，你的水救了我娘的命，将来定要报答！（欲跪谢。）

总司令 （急扶）报答不报答以后再说。这里尚不安全，快扶你娘到隐蔽处。

［总司令、小刘、卫生员帮刘玉柱、马二英扶刘母下。

［传来吆喝声："站住！站住！"随着吆喝声，孟二虎、程玉如跑上。

程玉如 二虎哥你快走，不要管我啦！

（唱）吕文德带兵追得紧，

他心狠手辣气势凶。

任打任杀我一人顶，

你不要为我受欺凌！

孟二虎 玉如，快跑！

［吕文德指挥两个兵追上。

吕文德 孟二虎！你好大的胆子，竟敢拐带良家妇女，该当何罪？

孟二虎 日本人大炮把你家房子炸塌啦，玉如压在里头，你们一家躲的躲，藏的藏，扔下一个寡妇不管，你们是人不是？

吕文德 你敢强词夺理，老子崩了你！

程玉如 （扑上护住）要崩，崩了我！要不是二虎从塌房底下把我救出来，压不死也闷死啦，你们在那里干什么？

吕文德　啊？你身为村长儿媳妇，跟个长工拉拉扯扯，早就该死！

程玉如　你把我打死吧！

吕文德　闪开！（持枪冲向孟二虎。）

［总司令、小刘、刘玉柱急上。

总司令　把枪收起来！身为军人，不去打鬼子，对老百姓耍什么威风？

吕文德　哟，出来个管闲事的！哼哼，我这枪可不长眼，碰上谁算谁！

总司令　你是哪一部分的？

吕文德　你管得着！

刘玉柱　他在晋绥军里当连长，不敢打日本，从前线跑回来的。他是壁峪寨村长宋辅仁的小舅子，在村公所管些事。

总司令　国家养兵千日，用兵一时，身为军官，在国难当头之际，临阵脱逃，你知道该受什么惩处吗？

吕文德　好大口气，你是什么官衔？敢来多管闲事？

总司令　抗日军人对抗日逃兵就可以管！

吕文德　（恼羞成怒）你……

小　刘　（举枪）你老实点！

吕文德　（胆怯）算你们厉害！（回头对孟二虎、程玉如）我跟你们没完！

［吕文德悻悻下，二士兵随下。

总司令　（对孟二虎）你是……

孟二虎　我叫孟二虎，是宋村长家的长工；她叫程玉如，宋村长家儿媳妇，寡妇。

刘玉柱　（埋怨地）二虎！你拉着人家寡妇跑来跑去的……

孟二虎　我是从塌房子里把她救出来的！

刘玉柱　救人是应该，可人家是宋家少奶奶，你领着人家跑，那算个甚？

孟二虎　（无言以对）这……

程玉如　（不禁失声哭泣）呜……（跪下。）

［卫生员、马二英搀扶包扎好的刘母上。

刘　母　谢谢老总！（跪）

总司令　（急扶）老嫂子不要这样，八路军、老百姓，咱是一家人嘛。

马二英　八路军？

刘玉柱　（悄悄拉小刘）这位长官怎么称呼？

小　刘　就称呼他老八路。

刘玉柱　老八路……

［幕徐徐闭。

第二场

［被日军洗劫后的壁峪寨，村长宋辅仁家的大门前，断垣残壁上写着“八路军与华北人民共存亡”等标语。

［八路军战士和群众说笑着过场。

［孟二虎挟着行李自宋辅仁大门上。

孟二虎　（回头看看）哼！

（唱）孟二虎走出宋家院，

再不把他家饭碗端。

壁峪寨如今天地变，

青年都参加青抗先。

［孟二虎欲走，程玉如追上。

程玉如　二虎哥！

孟二虎　（回头）玉如！

程玉如　（解开手中包裹，露出新鞋）二虎哥！

（唱）油灯下做了双鞋千针万线，

二虎哥穿上它涉水爬山。
你今日离宋家参加抗战，
咱二人再相逢何月何年？
程玉如我好比失群的孤雁，
我只能夜伴孤灯把岁月挨延！
二虎哥你不必将我挂念——
只盼你救我出深渊！

孟二虎 （唱）痴情话藏在心窝窝，
把你的春心牢关锁。
只要把钥匙交给我，
我定要救你出网罗。

［二人正在缠缠绵绵，刘玉柱上。

刘玉柱 二虎！宋家的长工辞退啦？

孟二虎 玉柱哥，我辞啦。

刘玉柱 好！青抗先里又添了一员虎将。（见他手中鞋）这是……

孟二虎 是玉如给我……

刘玉柱 （接过鞋，淡淡地）宋家少奶奶，二虎离开宋家门，就不是宋家人啦，这份情，他领不起！（把鞋还给她。）……

孟二虎 （欲分辩）玉柱哥……

刘玉柱 二虎！你跟人家村长家小寡妇拉拉扯扯，叫人看见，这给青抗先留个什么印象？走吧！（推孟二虎下。）

程玉如 （如雷轰顶）啊！
（唱）并蒂花忽遭严霜降，
打得我程玉如透心凉！
我一点痴心遭讪谤，
难道说寡妇家就该终身恓惶！

［程玉如木然。吕艾翠上。

吕艾翠　你不去碾米，在大门口站什么？（夺过她手中的鞋）好你个不知羞耻的东西，偷偷摸摸养野汉子！（乱打乱拧。）

［程玉如并不躲闪，任其责打。

［宋辅仁闻声急上。

宋辅仁　干什么！当街上打媳妇，就不怕旁人看见笑话？

吕艾翠　（余怒未息）我打死你个丧门神！你一进门就把俺孩子克死。他就是成了鬼，你也得守他一辈子，想再嫁人，痴心妄想！

宋辅仁　玉如！你男人虽然死了，你还是宋家的媳妇，莫被人耻笑，干活去吧！

［程玉如下。

吕艾翠　（轻声地）他爹！自从八路军住下，穷庄户们闹闹腾腾的，连小长工孟二虎也不把咱放在眼里啦！

宋辅仁　你以后少给我在外头招风惹事！

吕艾翠　你对我厉害啥？

宋辅仁　你滚回去，让我一个人静静！

吕艾翠　你要早定主意，等他们闹腾开了，你想躲上走也走不了啦！（下）

宋辅仁　（心烦意乱地）唉！

（唱）戎马生涯三十年，
行伍事令人生厌烦。
解甲归乡里，
寓乐于田园，
再不问桃源外时过境迁。
东洋人又把战火点，
铁蹄踏在吾门前。
共产党举大旗北上抗战，

八路军登太行气壮河山。
多少年与他们兵戎相见，
这一回面对面于心不安。

［吕文德气冲冲地上。

吕文德　简直岂有此理！

宋辅仁　怎么啦？

吕文德　你那个当了兵的本家侄女宋淑贞，派回壁峪寨当了工作员。她纠结刘玉柱、孟二虎成立什么青抗先、自卫队，要占用你村公所的房子，真是欺人太甚！

宋辅仁　占用房子我知道，大敌当前，一切为了抗日，叫他们占吧。

吕文德　姐夫，你怎么聪明一世，糊涂一时？八路军这是在发动群众！

宋辅仁　抗日必须发动群众，这是共产党的政策。

吕文德　哎呀，好我糊涂的大村长哩！

（唱）八路军趁风把火烧，
穷庄户坐轿尿得高。
嘴上唱的是抗日调，
他一旦过河便拆桥。
你的家财厚，
你的名望高，
他们要登天，
把梯子搭在你的腰。
等着人家烧旺了火，
自己在锅里受煎熬。

宋辅仁　一切听天由命吧！

吕文德　事到如今，岂能坐以待毙。依我说，到县城去避避，即使日军占领县城，也不缺你个县长当当。

宋辅仁　胡说八道！你……

［吕艾翠急上。

吕艾翠　有啥话不能回家说，高喉咙大嗓门，怕人家听不见？

吕文德　姐姐你放心吧，姐夫在为共产党做宣传，人家欢迎还来不及呢。想是怕共了他的产，要了他的命，留条后路！

宋辅仁　你再胡说，看我揍你！

吕艾翠　自家亲戚，你疯啦！

［脚步声传来，宋淑贞、刘玉柱、孟二虎上。

三　人　村长！我们决定了几件事，来和你商量。

吕文德　（对宋淑贞）怎么？当了八路军，连叔叔也叫不来啦？

刘玉柱　一边儿待着，我们这是尊重的称呼！

宋辅仁　有何事，请讲。

宋淑贞　第一，村里成立了青抗先、自卫队，要从村公所匀出两间房子做队部。

宋辅仁　当然，当然。

宋淑贞　第二，为了打日本，请把吕文德从军队带回来的枪支弹药，交青抗先、自卫队统一使用。

吕文德　要缴我的枪？（蛮横地）你们敢！（拔出手枪威吓。）

孟二虎　（亦拉动枪栓）姓吕的，我手里也不是烧火棍，你就不怕走了火？

宋辅仁　（吆喝）文德！

吕艾翠　（央告地）二虎！

［一青抗先队员上。

一队员　工作员，老八路来啦。

［总司令、小刘上。

刘玉柱　老八路！

总司令　这是怎么回事？火药味儿还挺浓的！

刘玉柱　把枪放下！老八路，你是来……

总司令　听说宋村长棋下得好，特来以棋会友。

刘玉柱　以棋会友？

宋辅仁　以棋会友？

总司令　怎么，不欢迎？

吕文德　你干脆说兴师问罪好啦！

宋辅仁　（怒喝）滚回去！

［吕艾翠强拉吕文德下。

刘玉柱　老八路，你了解他是什么人吗？

总司令　（意味深长地）还不都是炎黄子孙？

宋淑贞　（理会地）咱们先走吧。

刘玉柱　老八路，你……

总司令　你们先忙，我要和宋先生下盘棋。

［宋淑贞示意，刘玉柱、孟二虎不甚理解地下。

［静场。

［宋辅仁想说什么，无从开口。

总司令　看样子，宋先生兴致不高？

宋辅仁　老八路，你没搞清楚吧？

总司令　怎么？

宋辅仁　（唱）阁下你是八路军，
敝人本是有罪人。
咱二人若以朋友论，
惭愧得宋某无地容身。

总司令　宋先生是恨八路军，还是怕八路军？

宋辅仁　八路军英勇抗战，拯斯民于水火，扶大厦之将倾，钦佩之至，何恨之有？

总司令　那么是怕喽？

宋辅仁　怕也未必，只是内疚难解啊！阁下能见到朱德将军吗？

总司令　有啥事？

宋辅仁　代辅仁表白心思。

总司令　请讲。

宋辅仁　（唱）多少年与贵军南征北战，
洗不净身上的血迹斑斑。
虽然说噩梦醒迷途知返，
大罪孽已铸成难以容宽！
任谴责任惩处心无遗憾，
求贵军高抬贵手，宋某宁死，决不当汉奸！

总司令　哈哈哈哈！宋先生快人快语，令人钦佩。不过你想得不全面。
（唱）八路军顾大局团结抗战，
与同胞共患难捐弃前嫌。
抗日任务重，
御敌征程远，
干戈化玉帛，
兄弟肩并肩，
团结一致齐抗战，
中华民族磐石坚。
我党诚心天可鉴，
以棋会友非戏言。

宋先生，壁峪寨成立抗日政府，我们还希望你担任村长。

宋辅仁　受此殊荣，惭愧，惭愧！

总司令　抗日村长，吃苦受罪的差事，宋先生多加操劳了。今日还是以棋会友。

宋辅仁　辅仁棋艺低劣，愿向阁下请教。请！

总司令请！

［二人摆开棋局。

［幕闭。

第三场

［四周一片漆黑，万籁俱寂。

［黑暗中显出两颗脑袋，他们是吕文德、吕艾翠。

吕文德　姐姐，我埋枪的事，千万不要告诉姐夫，他已经被赤化了。

吕艾翠　文德，八路军不害咱，你何必……

吕文德　你懂个啥！兵不厌诈，这是暂时利用！

吕艾翠　我总担心……唉！

（唱）我心情忐忑头发炸，

这件事他们定追查。

你私埋枪支事情大，

到头来自家害自家。

吕文德　（唱）泥腿子往咱头上爬，

天底下有咱没有他。

他仗凭靠山势力大，

八路军终究要开拔。

别看他暂时胡叱咤，

倒要看，壁峪寨终究归谁家！

吕艾翠　刘玉柱、孟二虎再加上个宋淑贞，他们可不好惹啊！

吕文德　刘玉柱和宋淑贞勾勾搭搭的事，你还没有听说？你去告诉马二英，叫她把刘玉柱看管住些嘛！

（唱）我见他二人手拉手，
深夜在野外胡窜游。
衣裳穿新人思旧，
他二人勾勾搭搭有来头。

吕艾翠　说他们勾搭，我又没见，也说不出口！

吕文德　一个八竿子也探不见的本家侄女，有什么说不出口？（对她耳语。）

［灯光渐暗，周围一片漆黑。

［灯光渐亮后，在刘玉柱家大门口，夜深人静。

［马二英追刘玉柱自大门出来。

马二英　天这般时候了，你还到那里干甚？

刘玉柱　我有事，不用你管！

马二英　有事还不能给我说说？

刘玉柱　你少来打听！（匆匆而去。）

马二英　你……

（唱）玉柱他近日来心情变样，
给他说话他跌凉腔。
动不动火气冒三丈，
他黑更半夜到何方？

［马二英四下张望。吕艾翠上。

吕艾翠　玉柱家！你没见俺淑贞？

马二英　（冷淡地）找你宋家侄女，到俺刘家干甚？走错门儿了吧！

吕艾翠　有人见她过这边来啦。

马二英　没见！

吕艾翠　唉！他们瞎鬼混，老人操碎心，一个黄花闺女，闹得风言风语……（走。）

马二英　你说什么？

吕艾翠　我是说我瞎操心！

马二英　你是说玉柱和淑贞……我不相信！

吕艾翠　我也不相信。可是伢村里人们说长道短的，无风不起浪，咱也不能不操点心啊！

（唱）死水不动活水流，
不是冤家不聚头。
玉柱和淑贞感情厚，
三年前，一对鸳鸯河里游。
淑贞爹脾气太执拗，
偏不让他们结鸾俦。
淑贞她赌气离家走，
这一晃就是三春秋。
常言说，衣裳穿新人思旧，
有人见，他们野外胡转悠。
不管那事情有没有，
哪有个老鼠不偷油。
你劝说玉柱丢开手，
我劝说淑贞收一收。
咱一床棉被遮尽丑，
省得呀旁人嚼舌头。

［马二英默默思索，吕艾翠离去。

马二英　我去找他们！（忽见有人过来，机警地躲在暗处。）……

［刘玉柱、宋淑贞密谈着上。

宋淑贞　（轻声地）玉柱！党内的事情，你要严守秘密，包括大娘和二英嫂。

刘玉柱　哎。你刚才讲得真好，我听了觉得心明眼亮。你进步真快……

宋淑贞　还不是参加八路军后受的教育。

刘玉柱　你见过朱总司令吗?

宋淑贞　见过。

刘玉柱　咱没那福分,他老人家那么大的官。

宋淑贞　你会见到的。

刘玉柱　他在哪儿?

宋淑贞　走遍太行山上。

（唱）哪里杨柳翠,
哪里花儿红。
哪里青山映绿水,
哪里有春风。
哪里穷人苦,
哪里敌人凶。
哪里人民盼解放,
哪里就有总司令。

刘玉柱　我入党的事他能知道吗?

宋淑贞　会知道的!

刘玉柱　（激动地）啊!

（唱）玉柱庄稼汉,
家穷受熬煎,
青藤生在悬崖畔,
取蔓好上攀。
站着七尺男子汉,
横尸做鬼也心甘。
只要总司令一声令,
我敢踏虎穴闯龙潭!

宋淑贞　（与他握手）从此，我们是同志了！

刘玉柱　同志？

［马二英从暗处闯了出来。

马二英　你们……

宋淑贞　是二英嫂，吓我一跳！

马二英　为人不做亏心事，半夜叫门心不惊，你怕什么？

宋淑贞　（惘然）二英嫂，你？

马二英　宋工作员，我要离婚！

宋淑贞　离婚？真能说笑话。

马二英　瘸腿驴不拦好马的路！

刘玉柱　你胡扯什么？

马二英　你心里明白！

刘玉柱　你吃上火药啦？

马二英　你吃上毒药啦！

（唱）我叫你抽空修院墙，
　　　你口口声声公事忙。
　　　半夜到野外去游荡，
　　　倒不怕受风着了凉！

宋淑贞　二英嫂！

马二英　哼！

（唱）我烧香插在牛粪上，
　　　拜菩萨招来黄鼠狼！

刘玉柱　你再敢胡说八道，我揍你！

马二英　你揍吧！

（唱）知道你早就手痒痒，
　　　想推倒旧房盖新房！

刘玉柱　你……（扑上要打。）

宋淑贞　（喝止）玉柱！

刘玉柱　（只得缩手）嘿！

宋淑贞　（背唱）

嫂子她信口说胡话，
在玉茭地里找麦茬。
把我的怨气且按下——
我还得心平气和规劝于她。

二英嫂！

谁不知你夫妻和睦融洽，
壁峪寨头一户模范人家。
玉柱他生产好身强力大，
嫂子你会经营治家有法。
新开展工作难度大，
二英嫂就该体谅他。
气头上说两句纠缠话——
也不过豆荚地里种南瓜——缠来缠去都是庄稼！

马二英　（唱）南瓜叶子南瓜藤，
遮得住阳光挡不住风。
自古道无风不起浪，
走过路总要留脚踪！

宋淑贞　二英嫂，此话从何说起？

马二英　亲戚邻居是戥秤！

刘玉柱　（气极）马二英！你敢污蔑工作员？（一掌打去。）

宋淑贞　（急拦）玉柱同志！

马二英　（叫喊）刘玉柱打人啦！

［刘母闻声急上。

刘　母　玉柱！你这是怎么啦！

马二英　你儿子打人！（转对刘玉柱）你！

（唱）自从嫁到刘家门，

累死累活操碎心。

我为你家里忙碌碌，

我为你地里汗淋淋。

你身着棉衣我挨冻，

你吃粮我把糠菜吞。

受来受去有了报应——

（扑向刘玉柱）你打，你打！

打死我你好花轿再娶新人！

刘玉柱　你敢再胡扯！（扑上欲打。）

刘　母　（急拖住）你打死我！

刘玉柱　娘！她污蔑工作员，打是轻的！

马二英　你枪崩了我！

刘玉柱　你以为我不敢？（勒住她胳膊。）

宋淑贞　（正颜厉色地）刘玉柱同志！（刘玉柱放手）二英嫂正在火头上，难免说两句气话，以后慢慢再谈。（走向刘母）大娘！给你家添麻烦啦，真对不起！

［怏怏而下。

刘玉柱　（怒不可遏）你给我滚！

马二英　滚就滚！（头也不回地下。）

刘　母　玉柱你！（追上两步）二英！

［切光。幕闭。

第四场

［八路军总部住的小院里。

［总司令在石座上翻看军事地图。院门口小刘在站岗。

［山坡上传来战士们的生产歌声：

三月春风遍天涯，
桃杏开罢开山花。
劈开沉睡沃土，
撒进精良种籽，
种罢五谷种南瓜。
……

总司令　（为歌声所吸引）好哇！

（唱）根据地新局面日益开展，
军和民齐奋战烈火燎原。
把日寇围困在沿线据点，
日骚扰夜袭击捷报频传。
半年来赴各地巡视察看，
跨漳河越太行马不离鞍。
昨日回驻地天已晚，
在途中偶然感风寒。
心想随战士去生产，
小刘在门外防守严。
我扬长出门去观看——

小　刘　（陡地立正敬礼）老总，你想突围？

总司令　（唱）冲不出小刘这道封锁圈！

小　刘　你到哪里去？

总司令　我随便转转。

小　刘　不行！你的任务是吃药、睡觉。

总司令　我……上趟厕所。

小　刘　我陪着你去。

总司令　我又不是坐禁闭，上厕所还要跟着？算啦！我不去啦！（赌气一坐。）

小　刘　你跟我发什么火？你指挥全国战局，半年来东奔西跑，昨日刚回来，军事会议又开了半夜。你是病号，彭总、刘司令员、邓政委和总部首长们散会后再三嘱咐，要照护好你的身体。为此，党支部连夜做出决定，今天不让你去参加劳动。你的身体好坏，不是你个人问题，这是关系三军将士、千万人民的大事。跟上你，我也不能去劳动，你有火，我还有气呢！（赌气往门边一蹲。）

总司令　哈哈！（赔笑地）小刘同志，对不起，敬礼！咱们是同病相怜，搞点统一战线吧？

小　刘　统一战线？

总司令　咱们一块儿到山上，同志们刨荒种地，咱们站在旁边给同志们鼓鼓劲儿。

小　刘　老总，这个办法你已经用过一次了，这次不灵啦。请回去服药、休息。

总司令　哼！我就不信堂堂八路军总司令连这点自由也没有！（抓把镢头要走。）

小　刘　朱德同志！请你遵守支部会议决定！

总司令　好！我不去了！（无奈何地走向住室）不过，有情况要叫我。（下。）

小　刘　是！（站岗下。）

［刘母忧心忡忡地上。

刘　母　（唱）腿跑断，嘴磨破，

儿子和媳妇闹不合。

没办法来找老八路，

请他去帮我把家和。

这件事牵扯工作员，

真叫我，瞒不得来说不得！

刘同志，老八路在家吗？

小　刘　大娘，你有事？

刘　母　有点事。

小　刘　好，有事对我说，保证如实反映。

［小刘掏笔记本、铅笔要记。

刘　母　俺小子和媳妇闹不和……

小　刘　（泄气地）嗨！我当是什么大事！大娘，你去找工作员，找村长，都能解决问题。

刘　母　他们听老八路的话！（坐在一边。）

小　刘　大娘，老八路有病，在休息。

刘　母　啊？什么病？

［总司令自小屋上。

总司令　（接话）头疼脑热，没啥大病。

小　刘　老总，你……嘿！

总司令　我都听见了，小刘，你刚才不让我出去是对的，可把老大娘拒之门外，就不对了！

小　刘　（不服地）可是你昨晚刚回来！

刘　母　你昨晚刚回来，我今天就来打搅你！

总司令　老嫂子！你的伤全好啦？

刘　母　托你的福，全好啦。

总司令　家里有什么困难？

刘　母　唉！一言难尽啊！

（唱）不愁房顶破，

不愁米下锅，

只愁儿子媳妇闹不和，

心里受折磨！

（擦泪）……

总司令　老嫂子，不要难过，说说根由。

［刘母向总司令轻声诉说。

［伴唱声起：

谁家出了事，

谁家作了难，

都把咱们老八路当成父母官。

说说心里话，

吐吐肺腑言，

听听群众家务事，

知苦又知甜。

总司令　老嫂子，这桩事我帮你解决。

刘　母　这就靠给你啦。

总司令　你放心，我包下啦！

刘　母　这可麻烦你啦！（下。）

小　刘　老总，你指挥全国战场，有病都不肯休息，真要去管这些小事？

总司令　我们不能辜负群众的信任，事虽小，但一粒沙子可见大千世界啊！

［宋淑贞内唱：

一夜谣言到处传——

总司令　哟！正想找她，她倒来啦！

［宋淑贞背着挎包，无精打采地上。

宋淑贞　（唱）我满腹委屈对谁言？
吃苦受累不足患，
最难忍受此不白冤！

总司令　哟！霜打了似的怎么啦？

宋淑贞　老总！你还是调我回部队吧！

总司令　组织上给你的任务是什么？

宋淑贞　进一步发动群众，巩固抗日根据地。

总司令　你完成得怎么样？

宋淑贞　我没法干啦！

总司令　说说看。

宋淑贞　参军前我确实和刘玉柱相爱过，可那是过去的事了。老总，你相信不相信我？

总司令　我相信怎样，不相信又怎样？

宋淑贞　相信就调我归队，不相信，就关我的禁闭，审查！

总司令　我相信你，群众中七言八语怎么办？

宋淑贞　我没有干什么越轨之事！

总司令　临阵退却，就有变相承认的嫌疑，听到一些风吹草动，就甩手不干了？你就这样离开壁峪寨吗？要认真思考啊我的同志。你现在是八路军战士，共产党员，不是洋学生，更不是娇小姐，遇事不假思索，只流鼻涕眼泪行吗？

宋淑贞　我受不了那些捕风捉影的谣言！

总司令　是啊，一个年轻姑娘，真够难为你的。可你不是一般姑娘，是八路军战士啊！

（唱）捕得什么风，捉得什么影？
咱可得心明眼亮神志清。

是灯影、月影、太阳影？
是东风、南风、西北风？
晕头转向不清醒，
会随着风向坠泥坑。
只要你根子扎得正，
怕什么东西南北风！

宋淑贞　老总，我听懂你的话啦！

［刘玉柱、孟二虎上。

刘玉柱　老八路，我们工作没做好，给部队添了麻烦！

孟二虎　等查清那背后造谣的，决不轻饶！

宋淑贞　这事也怨我沉不住气啊！

（唱）壁峪寨工作刚开始，
有风吹草动不稀奇。
我更应严于律己求实际，
用行动去解开群众的猜疑。

（对刘玉柱、孟二虎）我们走吧！（向总司令敬礼下。）

［刘玉柱、孟二虎随下。

总司令　玉柱同志！（刘玉柱返回）交给你一项任务。

刘玉柱　坚决完成！

总司令　好！今日傍晚，咱俩人一起去完成这项任务。

刘玉柱　什么任务？

总司令　听我给你交代。

［总司令轻声给刘玉柱交代任务。刘玉柱听着听着皱起了眉头。

［灯光渐暗，幕闭。

第五场

［天色傍晚，落日红霞掩映。

［马二英娘家的院子内外。

［马二英在纳鞋底。一阵风吹来。

马二英　（唱）门前吹过阵阵风，

吹乱了思绪吹碎了心。

我只说，八路军来了苦难尽，

谁曾想，半路杀出个程咬金！

一棵杨树一滩草，

马二英也知八路军好。

猫头鹰落在梧桐树，

宋家女不配当八路。

想一回往事怨一回命，

骂一回玉柱没良心！

我诚心待你三春雨，

换来你数九百丈冰！

［马二英继续纳鞋底。

［总司令、刘玉柱上。

总司令　你快点走哇！

刘玉柱　老八路！这项任务不好完成啊！

总司令　怎么？还没临阵就想退却？

刘玉柱　她是个胡搅蛮缠！

总司令　（唱）两口子关系出问题，

脱砖坯先得和稀泥。

眼前先摆点高姿态，

谁是谁非慢慢提。

［总司令示意刘玉柱主动打招呼。

刘玉柱　（踯躅不前）哎！（马二英扭头便走）你别走哇！

马二英　你叫谁？

刘玉柱　叫你呀！

马二英　我叫马二英，不叫“哎”！

刘玉柱　（唱）我是来给你讲道理，

不是来跟你磨嘴皮。

帮助教育是重视你，

你不要狗肉不上席！

总司令　（提示）玉柱！

马二英　哟！老八路来了？

（唱）你莫听玉柱胡编排，

我身正不怕影子歪。

只要我手中真理在，

什么话都敢说出来！

刘玉柱　那你就信口造谣？

马二英　谣是我造的？村里有人说的！

刘玉柱　有人说的你就说？跟好人，学好人，跟上巫婆跳假神！

马二英　就算我跟上巫婆跳假神，你就该打人？

刘玉柱　你污蔑好人！

马二英　你打的是坏人？

总司令　不要争吵了，那是一笔缠不清的账！用你们当地的话说：将话赶话，没有好话，不是三犁，就是两耙。轻者吵嘴，重者打架！夫妻嘛，一个锅里搅稀稠，一个炕上枕枕头。谁家锅勺不磕碰，两口子不记隔夜仇嘛！

刘玉柱
马二英　（各自背转身去）唔！

（合唱）老八路一席实在话，
说得我铁树开了花。

　　　马二英
想起来　　　信口胡话，
　　　刘玉柱

她　　认错
　不说　　话定不饶她！
他　　赔情

［总司令见二人心有所动，示意刘玉柱上去赔个话，鞠个躬，刘玉柱不肯，扭向一边；又示意马二英主动开口说话，马二英不肯，扭向一边。

总司令　哈哈哈哈！

（唱）夫妻们虽然各西东，
貌似无情却有情。
你们想说私房话，
真话语不让六耳听。
好！我暂时避避！（假意要走。）

二　人　（同时去拦）老八路！（目光碰在一起，各自离开，别过头去。）

总司令　玉柱！勇敢些嘛！

刘玉柱　（鼓足勇气，机械地）哎！我说你呀！直筒子心眼，听信谣言，信口胡扯，污蔑工作员，你要承认错误！

总司令　咳！你做点自我批评嘛！

刘玉柱　当然，我也有责任，怨我平时对你帮助教育不够。你的这种错误是影响团结，破坏抗战的行为……

总司令　（啼笑皆非）刘玉柱啊刘玉柱！

马二英　（针锋相对）就你好！

（唱）一开口像开斗争会，

把错误尽往别人身上推。

“教育不够”就你对，

“破坏抗战”，我是卖国贼？

刘玉柱　你说这事怨谁？

马二英　你说怨谁？

刘玉柱　老八路，看她毫无接受批评的意思！

马二英　老八路，看他毫无改正错误的意思！

总司令　（对马二英）这事不能怨你！

刘玉柱　（不服）老八路！

总司令　（对刘玉柱）也不能怨你！

二　人　依你说怨谁？

总司令　这我就得各打四十大板了！

总司令　（唱）夫妻间吵几句言轻语重，

每句话很难用斗量秤称。

我有点老体会供你们采用，

是则是非则非总能分清。

遇大事要头脑清醒，

遇小事可装哑作聋。

纵然是有分歧互相顶碰，

你各自多做点自我批评。

你不该信流言捕风捉影，

你不该动肝火乱耍威风。

你两块石头硬碰硬，

乒乒乓乓冒火星。

争长论短是老毛病，
互谅互让是真感情。
只要你双方都主动，
能知错改错方显真英雄。

二　人　（互相埋怨）你呀！
（唱）老八路给咱搭起桥，
咱再莫互相咬住不肯饶。
把恩人请到家里去，
咱心平气和慢慢聊。

［二人请总司令进屋，天渐昏黑，灯点上了，明亮的纸窗上现出三人促膝谈心的身影。

［伴唱声起：
谁家有了事，
谁家作了难，
都把咱老八路请到家里边。
说说心里话，
吐吐肺腑言，
听听群众家务事，
知苦又知甜。

［宋淑贞、小刘上，看看纸窗上的身影，相视而笑，欣慰地退下。

［幕徐徐闭。

第六场

［壁峪寨村外的小东山上，花草满山。

［孟二虎持锄头上。

孟二虎　（唱）一道道山梁一道道沟，
沟里的溪水自在流。
锄罢田回家晌午多，
家里头冷灶又冷锅。
男儿过了二十五，
衣衫破了无人补。
宋家的寡妇人性好，
只恨她婆婆实在刁！
天河隔在两岸上，
就差喜鹊儿搭座桥。
胡思乱想扰心肠，
就好像瓜秧缠豆秧！

［孟二虎无精打采地修理锄头。

［程玉如挎个筐篮上。

程玉如　［舒展地。

（唱）在宋家如同坐牢监，
出门来眼阔天地宽。
自二虎离开宋家院，
墙高户紧见面难。
我踩住梯子偷偷瞭，
二虎到东山锄田苗。
婆婆到娘家探外婆，
我假托拣柴上山坡。

（见孟二虎，调皮地）咳哼！

孟二虎　啊？你怎么跑到山上来啦？

程玉如　谁叫你老躲着不去看我？

孟二虎　（唱）不是我二虎故意躲，
寡妇的门前是非多。
你家的婆婆看得紧，
你挨打受骂我心疼。

程玉如　（唱）为自由豁出一条命，
敢行船不怕浪头风。

孟二虎　（唱）只要你不怕浪头风，
二虎我伴你度终生。

程玉如　（激动地，唱）
高高的树上结红果，
这句话等了你两年多。

孟二虎　（唱）你心我心都一样，
光棍不比寡妇强。

程玉如　（唱）找队长给我报个名，
我也要背枪当民兵。

二　人　（唱）咱背起榴弹挎起枪，
咱站岗放哨断跟上。
人都说打虎亲兄弟，
夫妻兵上阵更坚强。

［二人陶醉在对未来的憧憬中。

［刘玉柱和几个民兵背枪荷锄上。

刘玉柱　（见状不悦）二虎！

孟二虎　到！（急和程玉如离开。）

刘玉柱　同志们对你有意见，可你——

民兵们　（跌凉腔）“光棍生得单寒，见了女人就馋！”“英雄难过美人关！”“嘻嘻……”

孟二虎　（鼓足勇气）玉柱哥，程玉如要报名参加民兵！

刘玉柱　玉如，你要参加民兵是你的志愿，你公公、你婆婆愿不愿意？这要三通！

孟二虎　她敢跟她公公、婆婆据理力争！

刘玉柱　二虎！（拉他到一边）敌人造谣说共产党共产共妻，你真要共呀宋家的寡妇？你就不顾给民兵抹黑？（示意民兵走开。）

孟二虎　（一愣）抹黑？我死也不能给民兵抹黑！（对程玉如鞠躬）我对不起你！

［跑下。

程玉如　［跌坐在石头上。

（唱）一盆凉水当头浇，

眼发黑头发晕心似火烧！

我只说黑夜尽红日高照，

谁料想美满婚姻顺水漂。

恨只恨玉如我命不好，

就好像秋霜打蓬蒿。

我哪里申诉哪里告？

望地地厚望天天高。

河里的石头崖畔的草，

我哪里还有路一条？

［程玉如木然呆立。总司令拿一把手锄上。

总司令　（打量）唔，你不是宋家的媳妇吗？

程玉如　（扑跪地上）老八路！你救救我！

总司令　（急搀扶）快起来，你有啥事？

程玉如　你告诉我，谁能做了民兵队长的主？

总司令　我能做点主，看你要干什么？

程玉如　我要当民兵，我要嫁人！

总司令　你要嫁人？

程玉如　老八路！（潸然泪下。）

（唱）人都说黄连苦苦味难禁，
程玉如比黄连更苦十分！
十五岁嫁宋家一年未尽，
我丈夫突然间暴病丧身！
婆婆她为发泄丧子之恨，
骂我是丧门神克死男人。
朝间打午间骂我能容忍，
她要我守灵牌度过终身！
五年来折磨全受尽，
我满腹冤苦无处伸。
小长工二虎好人性，
苦命人可怜苦命人。
老八路请你告诉我——
我能不能改嫁二虎同当民兵跳出宋家火坑？

总司令　现在是抗日民主政府，男女婚姻自主，参加民兵自愿。你丈夫去世，你提出和孟二虎结婚，是合法的，我支持。你愿参加民兵，你就去报名。

程玉如　不会给民兵抹黑吗？

总司令　按共产党政策办事，怎么会抹黑呢？

程玉如　你能作了民兵队长的主吗？

总司令　我可以向他提个建议。

程玉如　（深深一躬）谢谢老八路！看，宋工作员来啦，你先给她说说，我去去就来！

［匆匆跑下。

［马二英和宋淑贞边谈边上。

总司令　你们谈什么这么亲热?

马二英　我给宋工作员做检讨，你做主，叫宋工作员打我这张贱嘴巴!

总司令　这个主我不敢做，打人犯错误!

马二英　这是我自愿。

宋淑贞　把这个自愿留着打日本吧。

总司令　（赞许地）好!

［程玉如拉孟二虎上。刘玉柱追上。

刘玉柱　二虎!你们……

程玉如　（拉孟二虎并肩向总司令鞠躬）老八路，二虎他无爹无娘，我们结婚，请你当主婚人!

总司令　好的。

刘玉柱　这合适吗?

总司令　他们的结合是合法的，我们应该支持!

刘玉柱　啊……

［定格造型。

［伴唱声起：

清清的泉水绕山流，
如今的婚姻讲自由。
根据地变化翻天地，
妇女的苦难熬到头。

［灯渐暗，幕闭。

第七场

［壁峪寨村公所大门前。

［孟二虎、马二英推搡着吕艾翠上。

［宋淑贞、宋辅仁、刘玉柱由村公所出来。

宋辅仁　怎么回事？

马二英　村长，工作员！

（唱）村上的谣言她传送，

破坏了军民鱼水情！

孟二虎　（唱）她兄弟前天投了敌，

她不认账还装懵懂！

吕艾翠　（急辩解）胡说八道是我的错，文德投敌，我确实不知道！

孟二虎　（唱）你花言巧语把谁哄，

分明是姐弟暗勾通。

吕艾翠　我冤枉啊！

宋辅仁　（气极）你……（照脸一巴掌。）

（唱）宋家的亲属出败类，

气得我火冒眼发黑。

如不能依法来惩治，

宋辅仁何颜对乡里！

二虎！把她捆送县上治罪！

孟二虎　是！（抖开绳子要捆。）

宋淑贞　二虎！传播谣言她昨天已经坦白了！

（唱）散布谣言挑事端，

只要交代不隐瞒。

知错改错重归善，
党的政策讲从宽。
吕文德投敌把国叛，
他姐姐不应受株连。

宋辅仁　淑贞，乡亲们！
（唱）家教不严是我之过，
在乡亲面前难开脱。
我不能错上再加错——
二虎！把绳子给我！
我不能为她背黑锅！

［宋辅仁欲捆吕艾翠。

宋淑贞　慢！这不是家庭私事，你是一村之长啊！
（唱）当干部对事要全面，
凭感情要把事搞偏。
念她能认错又初犯，
叫她去当众辟谣言。

马二英　便宜她！我去找老八路！（要走。）

［总司令从一个不引人注目的地方上。

总司令　你们的话，我都听见了，是应注意政策。我们要严惩的，是那些死心塌地的汉奸卖国贼。吕艾翠能坦白认错，是个说服教育问题，这是党的政策。

宋辅仁　（感慨地）真是春风浩荡能容物啊！

总司令　宋先生大义灭亲，心情是可以理解的，可是，还缺点儿东西。

宋辅仁　请不吝赐教。

总司令　对共产党政策的理解、信任。

宋辅仁　（由衷地）辅仁领教！

［小刘上，将一封情报交给总司令。

总司令　（阅情报）淑贞同志，太行周围敌人大量增兵，看来，又有一场残酷的反“扫荡”战斗！

宋淑贞　刘玉柱、孟二虎！集合民兵，做好战斗准备！

刘玉柱
孟二虎　是！民兵集合！

［灯暗。传来民兵集合声。

［枪炮声由远而近，由稀疏而激烈。夹杂着地雷爆炸声……民兵战歌声：

太行山，高又高，
百万民兵逞英豪。
一群庄稼汉，举起枪和刀，
英勇杀敌立功劳。
根据地，牢又牢，
抗日烈火卷地烧。
我是林中虎，我是浪里蛟，
看你豺狼哪里逃！

［灯暗。

第八场

［枪炮声渐隐。接着是一阵祝捷的锣鼓声与欢呼声。

［灯光渐亮。在壁峪寨村公所大门前。祝捷锣鼓自村公所传出来。人们欢欣鼓舞地自四面八方上。

［吕艾翠、程玉如各背两支步枪上。

刘　母　哟！你婆媳们都参加民兵啦？

吕艾翠　咱没那资格！我们是给民兵送枪来的。

群　众　（高兴地喊）孟队长！有人送枪来啦！

［锣鼓声止。宋辅仁、孟二虎、马二英和几个民兵自村公所上。

宋辅仁　（见枪）终于找到啦？

吕艾翠　找到啦。文德那个坏小子把枪埋到祖坟里啦！

孟二虎　（接过枪一一审视）好枪！

吕艾翠　孟队长，这枪能给我留下一支吗？

孟二虎　你也要参加民兵？

吕艾翠　不！（拉过来程玉如）

（唱）留支枪交给玉如扛，

就算是武装当嫁妆。

我把她当成亲女养，

愿你们好事早成双。

过门后莫把老人忘，

抽空子回家探爹娘。

马二英　二虎，玉如！还不快谢谢爹、娘！

二　人　（羞涩地携手鞠躬）谢谢爹、娘！

宋辅仁　（衷心地）二虎，玉如，要谢，首先该去感谢老八路，要不是老八路亲自到家里对我们耐心开导，我们这思想……唉！说来惭愧哪！

程玉如　二虎！我们感谢老八路去，还要请他当主婚人哪！

孟二虎　走！我们感谢老八路去！

马二英　感谢老八路我也去！

众　人　我们都应该感谢老八路啊！

程玉如
孟二虎　（唱，马二英加入唱，群众伴唱）

老八路住进壁峪寨，
如一夜春风百花开。
溪边的杨柳枝枝青，
崖畔的山桃簇簇红。
五月的和风伏天的雨，
老八路恩情没法儿比。
九月里三秋庆年丰，
碾好了小米报恩情。
待到来年正月正，
我给你挂盏爱民灯。
编几段秧歌沿村唱，
唱唱咱军民鱼水情。

［刘玉柱急上。

刘玉柱　你们到哪里去？

众　人　我们去感谢老八路！

刘玉柱　同志们！刚才宋工作员告诉我一个消息！

众　人　告诉你什么消息？

刘玉柱　咱们的朱总司令要单骑过黄河赴洛阳跟国民党谈判去了！

众　人　啊？单骑过黄河赴洛阳去跟国民党谈判？

宋辅仁　哎呀！不可，不可！老夫在国民党内混事多年，深历那当面握手，背后踢脚的鬼蜮勾当，总司令万万去不得！

孟二虎　那我们都去劝说总司令不可到洛阳去冒险！

众　人　快去，快去！

宋辅仁　朱总司令现在在哪里？

刘玉柱　朱总司令就和我们在一起！

众　人　朱总司令就和我们在一起？

刘玉柱　老八路就是我们的朱总司令！

众　人　（惊讶地）老八路就是朱总司令？

一民兵　刚才我还见老八路在小河边和几个娃娃浇灌他亲手栽下的红星杨！

刘玉柱　要称朱总司令！

宋辅仁　我们快去劝说朱总司令去！

众　人　快走，快走！（齐下。）

［暗转。伴唱声起。

［壁峪寨村外的小溪旁。红星杨挺拔茁壮，嫩叶初吐。

［伴唱声中，朱总司令在浇灌红星杨。

［伴唱：

泉水清清泉水长，
清泉浇灌红星杨。
精培植啊催成长，
早日长成栋和梁。
泉水清清泉水长，
临别再浇红星杨。
战火中迎着硝烟长，
前人种树，后人乘凉。

总司令　（握别浇树儿童，遥望山村，深情地）

告别了，太行山！告别了，太行人民！

（信口吟咏）

群峰壁立太行头，
天险黄河一望收。
两岸烽烟红似火，
此行当可慰同仇。

（唱）一株株翠柳柳丝长，

一簇簇山花漫坡香。
三年来朝夕相依傍，
乡亲们情谊暖心房。
细针密线缝军装，
精筛细簸送军粮。
衣食丰足打胜仗，
太行是我军好后方。
土沃树干壮，
鱼水情深长。
有你们，何愁艰苦把敌抗，
有你们，何愁日寇不灭亡；
有你们，何愁国家不兴旺，
有你们，何愁中华不富强！
血汗乳汁把战士哺养，
不是爹娘胜似爹娘！

［小刘全副武装上。

小　刘　老总！马已备好，该出发啦！

总司令　马上出发！（走了两步，回首行军礼）太行人民，再见了！（别意依依地下。）

［少顷，人们蜂拥而上。

众　人　（呼唤着）总司令，总司令！（四下寻觅。）

［宋淑贞闻声而上。

宋淑贞　朱总司令已经出发了！

众　人　（顿足悔恨地）我们来迟了！我们来迟了！

［隐隐传来马蹄声，人们都翘首寻声遥望着。

马二英　（情不自禁地放声高呼）朱总司令！

众　人　（情不自禁地放声高呼）朱总司令！

［太行山千山万壑传来“朱总司令！总司令……”的回声。

［歌声徐徐再起：

哪里杨柳翠，

哪里花儿红，

哪里青山映绿水，

哪里有春风。

哪里穷人苦，

哪里敌人凶，

哪里人民盼解放，

就有总司令！

［灯光渐收，歌声缭绕……

［幕徐徐闭。

——剧终

【附记】本剧为纪念朱总司令百年诞辰而作；为庆祝八路军太行纪念馆建成而修改；1989 年 5 月再度修改。

义务看护队

时　间　抗日战争年代。

地　点　武乡县泉河村。

人　物　胡春花——三十岁。泉河村妇救会秘书。

贵　兰——二十岁。妇救会组长。

高引弟——二十多岁。妇救会组长。

留　春——二十多岁。妇救会组长。

凤　梅——二十五岁。妇救会组长。

专　才——十八岁。进步妇女。

杨改香——二十多岁。转变妇女。

郭大婶——五十多岁。老积极。

王跟弟——三十岁。爱翻闲话，落后。

郝满元——五十多岁。农民。

妇女甲、乙……

张所长——三十岁。太行三分医院某所所长。

看护员——二十余岁。

彩号甲——三十岁。和气，爱说话。

彩号乙——二十余岁。直爽，性鲁莽。

彩号丙——二十余岁。头部受重伤。

彩号们。

第一场

［夏天。傍晚到深夜。

［郝满元、贵兰家院子里。院落整洁，绿树荫浓，门楼花墙，朴实无华，是个典型的武乡山村农家小院。

［音乐声中贵兰上，打扫院子。

贵　兰　（扫毕，四下看看，满意地）

（唱）水洒匀，地扫净，

窗纸糊得一崭新。

石榴树花开红似火，

晚霞光照它分外红。

天朗气清人高兴，

迎接咱抗日救国劳苦功高的八路军。

［郝满元高兴地上。

郝满元　媳妇！医院不占咱这房子啦，春花已经同意了！

贵　兰　爹！你找春花去来？

郝满元　她是妇救秘书，不找她找谁？

贵　兰　（不满地）又是谁给你出的主意？

郝满元　嘻！跟弟说，春花对你好，只要春花说一声不要号咱的房子，医院准听春花的。

贵　兰　爹！你怎么爱听跟弟的话呢？

郝满元　人家可是好心好意啊！

贵　兰　不是人家好心好意，是投了你的老毛病啦！

郝满元　（一愣）啊？

贵　兰　（诚恳地）爹！

（唱）你以前表现不大好，
怕住军队把炕来刨。
民革室开会做检讨，
说起来令人脸发烧。
今天你又听跟弟话，
老毛病上又长新苗！

郝满元　（唱）我只说跟弟心肠好，
谁防她心里有花招！
我错了我去做检讨——

贵　兰　爹！你去喊一声改香、跟弟，叫她们快来打扫，军队就要来了。

郝满元　哎。（出门向侧首）嗨！改香、跟弟！你们不来打扫，还在哪里磨蹭个甚哩！

［改香、跟弟应声："这不就来啦！"上。

杨改香　（唱）满元老汉连声唤。

王跟弟　（唱）叫得人心里好麻烦！

杨改香　（唱）自从参加了妇救会，

王跟弟　（唱）开会上课没个完！

杨改香　（唱）贵兰她年轻真能干，

王跟弟　（把嘴一撇，从鼻子里）哼！
（唱）她人小鬼大更难缠！
改香你是个实心眼，
看不清人家鬼算盘。
三分院来把房子号，
听说是要住伤病员。
肮脏邋遢又传染，
贵兰她不便明阻拦。

推出她公公打“前站”，
到春花面前使巧言。
说什么咱村有个老习惯，
娶媳妇新房住百天。
春花对满元把头点，
贵兰是春花培养的心尖尖。

杨改香　（有点不相信地）
（唱）春花的工作人称模范，
她不会心口不一般！

王跟弟　谁还哄你！
（唱）若不信你就等着看，
说假话把我舌根剜！

杨改香　（将信将疑）怪不得贵兰刚过门，春花就提拔她当组长，原来她们……

王跟弟　傻改香！往后呀，得多安个心眼儿！（拉改香一旁耳语。）

［贵兰从屋里上。

贵　兰　（打趣地）看把耳朵咬破了！

王跟弟　（急转换态度）组长，你叫我们……

贵　兰　部队就要来啦！
（唱）为了把房子打扫好，
春花曾开会作号召。
三分院今日就要到，
你们却一旁自逍遥！
你们到各组瞭一瞭，
人家打扫得水平高。
咱们组如果落了后，

到人前脸上烧不烧？

杨改香　（把嘴一撇）哼！

（唱）进步话一套又一套，

舌根不软脸不烧！

贵　兰　改香！你说这话是甚意思哩？

杨改香　你心里清楚，我心里明白，说出来倒显得没有意思！

王跟弟　算了！以后都互相照看着些就是了！

贵　兰　有甚意见，还是当面提出来好，省得心里有疙瘩。

杨改香　提就提，见了春花也敢当面提！

贵　兰　提吧！

［郝满元上。

郝满元　媳妇！春花她们来啦！

［胡春花、高引弟、凤梅与妇女们上。

胡春花　你们先来啦？（四下看看）

（唱）这院子扫得多干净——

花墙上盆盆花香气袭人。

人常说红花还要绿叶相衬，

我把它比作咱抗日军民。

贵兰她一处处作风先进，

泉河村妇救会也觉光荣。

杨改香　（冷冷地）哼！

（唱）人都称胡秘书作风模范，

一碗水你可要双手平端！

对会员就应该平等相看，

为什么你总是偏向贵兰？

凤　梅　啊？（沉不住气了）杨改香！你说的什么话？优点就是优点，缺点就是缺点。有好说成赖，就把良心坏！春花也表扬过你杨改香有甚说甚、心直口快；春花也批评过我凤梅说话随便，言多语失；表扬过高引弟忠诚老实，埋头苦干；也批评过王跟弟当面不明说，背后翻闲话……咱们这些妇救会员，像留春精明强悍，贵兰的年轻活泼。是优点，春花表扬；是缺点，春花批评。偏过哪个，向过哪个，今天你改香得说清楚！

杨改香　说清就说清！为什么别人家的房子都得腾出来给医院住，贵兰家的新房就说什么不满月呀，过百天呀！哪来这些臭规矩？要是日本人来"扫荡"啦，你就等住他说俺这是新房，未过百天，不许进去？

凤　梅　这话是谁说的？

高引弟　春花！你答应贵兰啦？

胡春花　我？（看看郝满元。）

郝满元　嗨！这是个误会！都怨我啊！

（唱）以前我表现不大好，
怕住军队把炕来刨。
民革室曾经作检讨，
大家批评我脸发烧。
这一回听说住病号，
我又找春花瞎唠叨。
这件事贵兰刚知道，
批评我思想又动摇！
八路军把咱家乡保，
抗日救国立功劳。
我吃了果子忘了树，
枉来这世上活一遭！

（惭愧地垂下头去。）……

胡春花　大叔！

（唱）从前你思想有毛病，
拥军的思想没打通。
今天能说出真心话，
妇救会人人都欢迎。
发现了错误就改正，
这是咱共产党的好作风。

凤　梅　改香！

（唱）你这人有个老毛病，
人家扬土你当成风！

王跟弟　（急掩饰地）算啦！

（唱）道听途说不足信，
以后听话要听清。

杨改香　（不满地对王跟弟）你！

（唱）东葫芦瞎往西蔓拧，
还怪人听话没听清！

王跟弟　（拉改香至一旁）你不看阵势！

（唱）老满元检讨不管用，
他不是真心来拥军；
他有心不听媳妇话，
怕媳妇当下犯脸红！

高引弟　（听见了）你呀！真是绌鼻子骡卖了个驴价钱，贱就贱在这张嘴上了！

凤　梅　叫我看呀，她不是绌鼻子骡，倒是歪嘴和尚，什么经叫她一念，都得念歪了！

［引得大家一阵哗笑。

［张所长和看护员上。

张所长　嗬！好热闹！

胡春花　张所长，前方消息怎么样？

张所长　前方消息好极啦！

（唱）队伍在红都打胜仗，

炸毁了敌人碉堡墙。

小鬼子结束了“伙食账”，

缴获了大炮机关枪。

打红都是场攻坚仗，

我们的战士多负伤。

多少人需要住院疗养，

因此上离开梨树庄。

来到了泉河细打量，

已腾出许多干净房。

这一下我可把宽心放——

我代表医务所的医生看护伤员病员感谢泉河老乡。

胡春花　所长尽说客气话！

［留春、专才跑上。

专　才　秘书！咱们一百多名彩号，从红都那里转送下来，前一站民夫准备不及，彩号还在路上放着哩！

留　春　现在正是锄苗子、割麦子的时候，临时到地里找人也来不及了！

专　才　眼看天也黑了！

留　春　太阳又落了云，怕要下雨！

胡春花　（毅然地）把泉河的妇救会员集合起来，扎绑担架，拿上灯笼火把，我们接彩号去！

王跟弟　（着急了）妇女们能抬动了？

凤　梅　（讽刺地）叫几个人把你抬上？

王跟弟　我给你们打灯笼吧！

张所长　这可叫同志们受罪啦！

胡春花　所长！

（唱）自家人莫要把客气话来讲，
老百姓爱护军队理所应当。
咱队伍在红都打了胜仗，
炸炮台杀鬼子身受重伤。
妇女们虽不能火线打仗，
也应当转运伤员巩固后方。
留春专才去扎担架，
再叫贵兰杨改香！
灯笼火把全带上，
今夜晚天黑坡陡无月光。

［留春、专才、贵兰、杨改香应声齐下。

胡春花　（唱）年轻人都去抬担架，
老年人留下熬米汤。
各屋里油灯都备上。
莫要等临时受张忙！

张所长　（唱）胡同志你真算话，
自己动手推动大家。
医务所人员正缺乏，
离开老乡毫无办法。

胡春花　张所长！

（唱）客气话留待他日讲。

今日咱共同想办法。
看太阳已到西山下，
召集来妇女快出发！

［胡春花吹起哨子。

［妇女闻声跑上，自然列队。

专　才　报告！我们组准备现成！

贵　兰　我们组准备停当！

凤　梅　各组都集合齐啦！

胡春花　马上出发！

［郭大婶边叫边跑上。

郭大婶　春花，春花！接彩号我也要去！

张所长　啊？你年纪大啦，黑天半夜的……

郭大婶　我还不到六十岁！

胡春花　（劝阻地）黑天半夜，山坡小道，深一脚浅一脚，你还是不去吧！

［妇女们嘻嘻哈哈，七言八语："看你那两只脚，扭扭捏捏的！""扭倒了还得往回抬你哩！""大风把你刮到沟里，你就成了伤兵啦！""你那眼能看清路？"……

郭大婶　你们不要小看人，我跟你们比比，看谁腿脚硬梆！

胡春花　大婶！你在家熬米汤也一样！

郭大婶　我非去不可！（从改香手里夺得一副担架跑下。）

［妇女们喊着追下。

张所长　（感慨地）真是个好老太太！

王跟弟　春花！我请个假，俺汉子担煤回来，还没人做饭哩！（放下灯笼下。）

胡春花　（追上）跟弟！

张所长　她有具体困难，我们去吧！

胡春花　（对看护员）同志！你还有什么困难？

看护员　这个新房很好，住重彩号，看老乡有没有意见？

张所长　听说这家老乡有个忌讳？

郝满元　（从屋里出来）什么忌讳？抗战时期，不拥军就是最大的忌讳！马上腾！［远处电光、沉雷。

胡春花　天要下雨，我们快走！

［胡春花、张所长急下。

妇女甲　在家熬米汤的麻利些！

［电闪、雷鸣。

［暗转。

［雷电停。漆黑的夜晚，村外照射来一片红光，传来妇女们的呼应声：

“脚下有泥，小心路滑！”“哎！”

“悠悠儿往右转！”“哎！”

“脚下泥坑，步步小心！”“哎！”

妇女甲　灯笼火把都回来了！准备端米汤！

［灯笼火把光中，一副一副担架从大门外走过。看护员招呼张所长、胡春花抬着的彩号丙进院来。贵兰举灯笼前导。

郝满元　抬进屋里吧！

张所长　先叫他在院里凉快凉快！（放下）看护员，这位同志要专人护理！彩号丙（突然从担架上扑起来）快快快！敌人又打机枪哩！告诉小炮班把鬼子机枪打掉！

胡春花　（急扶住）同志！这里是后方，没有敌人！

彩号丙　三班的党员！上刺刀，冲啊！杀……

［妇女们吓得退缩。

妇女甲　所长！这个同志疯啦？

张所长　不疯！他头部中伤，神经错乱！

妇女甲　先喂他吃两个鸡蛋，喝碗米汤！

彩号丙　（又突然冲起来）我们要给排长报仇！搞不掉这个乌龟壳老子不下火线！冲啊！（要冲。）

［走进院来的杨改香、王跟弟吓得叫了一声，急躲开。

［胡春花急扶他躺下。

张所长　看护员！给注射一针，镇静一下！

看护员　是！（打起帘子）抬进屋里吧！

［胡春花、贵兰抬彩号乙进屋。

郭大婶　（关心地）这个同志不要紧吧？

张所长　能治好的。

郭大婶　狼吃的日本鬼子真赖！

［留春跑上。

留　春　所长！

（唱）姓宋的同志伤口疼，

豆大的汗珠流不停！

凤　梅　（叫着上）所长！

（唱）苏同志叫把所长请，

他担心伤口要化脓！

张所长　看护员！咱们分头去看看！

看护员　（愁上眉梢）所长！咱医务所彩病号已经二百人了，就咱所长、医生、看护员三个人，不要说长着两只手，就是七手八脚也够呛啊！（下。）

胡春花　医务所大部队怎么还不来？

张所长　（苦笑）医务所大部队？哪有大部队啊！

（唱）医务所眼前遇困难，

对你也不必来隐瞒。
满打满算只有人三个，
所长、医生、看护员。
多打胜仗真兴奋，
下来伤员真作难！
打报告向上级把人要——
嗨！没门儿！
如今是到处打仗到处胜利到处医院住满伤员！

［凤梅催张所长下。

胡春花　（喃喃自语）二百个伤病员，就所长、医生、看护员三个人……

高引弟　（跑上）所长！……腿上挂彩的那个同志，要求给他洗洗伤，换换药。

胡春花　引弟！所长、医生、看护员都已经忙得脚不落地啦！咱们妇救会得给同志们想想办法呀！

妇女甲　（跑上）秘书！那个彩号要上茅房！没个男人背他……

胡春花　我去背！（要走）

高引弟　春花！我去背他上茅房，你给咱想办法吧！

胡春花　你叫妇救会员们来一下，咱们大家想办法。

［高引弟应声，与妇女甲下。

胡春花　想个办法，想个什么办法呢？（漫步到大门口，沉吟着。）

（唱）更深夜静灯光闪，
人来人往不停闲。
泉河村伤员全住满，
忍着伤痛无怨言。
医务所只有人三位——
怎么能招呼了百名伤员？

眼见得同志们遇到困难，
妇救会怎么能袖手旁观！
军民们七年来坚持抗战，
军爱民民拥军鱼水一般。
为救民子弟兵不避艰险，
铁蹄下解救了生命万千。
李庄滩关家垴浴血奋战，
只杀得小鬼子人仰马翻。
至如今大反攻正在实现，
歼敌人拔据点必然增加伤员。
把他们伤病治好重返前线，
一个个就如同猛虎归山。
八路军抖虎威鬼子丧胆，
猛冲杀歼敌寇收复河山。
倘若是老躺在山村医院，
就会把治疗日期无限拖延。
妇救会应挑起看护的重担，
组织成看护队洗伤换药灌水喂饭看护我们的伤员。

［胡春花计算着，贵兰、凤梅、高引弟、专才等上。

妇女们　春花！想出来办法啦？

胡春花　我想，把咱妇救会员都动员起来，组织起来，当看护员。

妇女们　咱能当得了吗？

胡春花　当不了咱就学。从明天起，不，从现在起，就请所长、医生、看护员教咱们怎么样洗伤换药、打针治病，至于灌水喂饭、接屎接尿、背着扶着上茅房，那是谁也能干得了的，只要不嫌脏，不怕累……

高引弟　脏和累倒不在乎，就是大家还有点封建，男女有别，看见彩号那赤身裸体的……

妇女们　大家就害羞！

胡春花　姐妹们！如果赤身裸体躺在炕上害病的、带彩的是我们的叔父、父亲、哥哥、弟弟，难道我们也一见就羞吗？

妇女们　是啊！

胡春花　他们就是我们的哥哥、弟弟！

（唱）妇救会我们都是骨干，
遇什么困难要冲在前。
不会的工作要耐心学，
当一名合格的看护员。
凭着为国为民忠心一片——
定能够学好本领救死扶伤看护我们的伤员！

［幕闭。

第二场

［半个月后。晴朗的夏日傍晚。

［郝满元的院子里——景同一场。

［彩号乙扶拐杖上。

彩号乙　（不高兴地）看护员！看护员！

看护员　（应声急上）老苏，有事吗？

彩号乙　我要求出院！

看护员　（笑着）就这样拄着拐儿出院？老实讲，你有啥意见？

彩号乙　我有意见！

（唱）我这人生来秉性犟，

气不顺一头撞南墙。
那么多妇女你不派，
偏给我派个杨改香！
整天跟着个王跟弟，
扯闲话像拉南瓜秧。
叫她换药她嫌呛，
叫她洗伤她嫌脏。
一转个眼岔人不见，
等回来总得半前晌！
请你来给我当看护，
杨改香叫人气得慌！

看护员　（唱）所里伤员不断增加，
我这个看护活忙煞。
妇女们组成看护队，
多亏了秘书胡春花。
纵然个别人表现差，
老苏你还得将就她。

彩号乙　（唱）这种人实在不像话，
我不能这样将就她。
你若是不听我意见，
我亲自去找胡春花。

［彩号乙要走，已站在旁边的张所长拦住。

张所长　同志！
（唱）这不怨改香不热心，
谁家没有些忙事情？
一天价从早忙到晚，

晚上又值班到清晨。
纵然有照顾不到处，
得容忍时且容忍。
看人家春花多负责，
不顾雨来不怕风。
柳树堙离此七八里，
那真是戴月披星星。
她管的病房多干净，
没有邪味没有苍蝇。
若非妇救会当看护，
医务所啥也搞不成。

彩号乙　这我知道。可是，你看那个改香，那个跟弟，药呛人哩，掂个尿盆儿，能伸出丈把远！

张所长　尿盆那东西，本来就不香嘛！她伸多远，你看那么仔细干什么？

彩号乙　我看不惯！

看护员　人多了，还没有个别落后的？

张所长　咱开个支部会吧，看护员，通知党员能参加的都参加！（下。）

看护员　老苏，你能参加吗？

彩号乙　我爬着也要去参加！

［二人相随下。

［旁边转过来贵兰，她到大门口，向侧首招手。随着，胡春花上。

胡春花　贵兰，有啥事儿？

贵　兰　刚才，老苏给咱们提了不少意见。

胡春花　贵兰，你去通知，咱们开个会吧！

贵　兰　该开个会啦！（下。）

胡春花　天期长了，不注意要出问题啦！

（唱）一张桌子亮晶晶，
三天不抹荡灰尘。
看护队长期不整顿，
都怪我工作太粗心。
妇救会交给我重要责任，
团结好妇女们诚心拥军。
只顾我每日里东跑西奔，
忽视了妇女们一人一心，
倘若是军民关系出了毛病，
春花啊！你辜负了支部的重托党的恩情！

［贵兰领妇女们上，王跟弟尾随在后面。

妇女们　开会哩，秘书？

胡春花　咱开个会检讨检讨这半个月来的看护工作。

贵　兰　杨改香不知哪儿去了！

留　春　杨改香？成天老不在，我看不批评批评就不行！

凤　梅　那天叫她给彩号捏饺子，她说不会；叫她烙个饼，她说干不了！

专　才　她还给彩号同志使态度。

凤　梅　要不认真地批评批评，耽误工作，得罪同志，妇救会跟上她还得受连累！

留　春　一滴煤油坏了满锅汤！

贵　兰　改香不在，咱先说别的事吧。

胡春花　十多天来，医务所彩病号增加到了二百几，医生护理员还是他们三个人。部队都在整风，往这里抽调人非常困难，咱们这个义务看护队得做长期打算。

王跟弟　（沉不住气了）那家里事就不用干了？

妇女们　这伤病员就扔下不用管了？

凤　梅　知道你也不热心了，掂上个尿盆子，离上丈把远！

留　春　假干净，尿刷锅！

专　才　脱下裤子就抹锅！

［妇女们一阵讥笑。

［杨改香上，闻声缩了回去。

胡春花　大家不要说笑了，家务事也很重要。咱们这么多人在这里，没个组织分工，忙的人团团转，闲的人一旁站。我的意见，咱们组织一下分分工。张所长说一天有八个人就够了。

高引弟　俺那个小组正好八个人。

留　春　俺那个小组七个人，得加一个。

凤　梅　俺那个小组也是七个，也得加一个。

贵　兰　俺那个小组倒是八个人，谁知道人家改香算不算？

专　才　四八三十二，四天轮一次，还差三个人。

郭大婶　（站出来）我也报个名，把俺闺女也填上，她已经十三岁啦。

高引弟　还差一个。

郝满元　（从屋里出来）把我加上吧。老伴去世了，我这个男救会顶上。

王跟弟　吃喝哩？

妇女们　吃喝还是自己带嘛！

王跟弟　我当是公家管哩！

郭大婶　给我说说都干些甚？

凤　梅　我编了个歌：掂送尿盆扫家地，舀来热水把脸洗。灌汤灌水喂东西，洗伤换药要合时。保证屋里没蝇子，到茅房时背着去。清洁卫生要讲究，衣裳被单袜子绷带洗净晒干补如贴。

杨改香　（从后面冲出来）哟哟哟！巧嘴八哥还得叫唤半前晌哩！

妇女们　你到哪里干甚去来？

杨改香　呀呀呀！一说话就把人凶住，连茅房也不要去？

凤　梅　去茅房就用了半前晌？

留　春　知道你也不热心啦！

杨改香　说我不热心，我就不接受！

妇女甲　不接受到民革室开她的斗争会！

杨改香　开就开，吓唬哪个胆小的哩！

凤　梅　你就是胆有斗来大，叫你缩成个小芝麻！

杨改香　经过个大大大！

妇女们　见过个怕怕怕！

王跟弟　把改香还要吃了哩！

妇女们　你不服气？

王跟弟　你们厉害！（走向一边。）

胡春花　大家不要乱说，咱慢慢儿来！

杨改香　（生气地）秘书！我请个假，去住娘家呀。

胡春花　娘家有甚事哩？

杨改香　哎，秘书呀！

（唱）三月三等到六月八，
还没住过一天娘家。
俺爹和俺娘年纪大，
整天价把人结记煞。
这两天常常打哈嚏，
耳热眼跳沾“圪杂”。
今天去把俺爹娘看，
暂时请假到八月八。

凤　梅　（唱）娘家本来没事情，
你一溜鬼话欺哄人。
谁不好耳热眼皮跳？

谁不好哈气打嚏喷？
老老实实当看护，
想要请假万不能！

杨改香　（唱）请假我把秘书问，
这事干你淡事情。
你们都是一把子，
仗凭人多欺负人！

［双方生气地顶在一起。

胡春花　（从中分开）慢慢说嘛！
（唱）叫改香你莫巧辩，
对同志应该吐实言。
你心里到底有啥话，
老老实实摆到人前。

杨改香　（唱）叫秘书，仔细听。
改香我心里有隐情。
一天价东跑又西奔，
贴上米面误上工。
不管天阴和下雨，
不分黑夜和天明。
看护本是医院事，
你偏要多管闲事情。
洗洗涮涮倒没甚，
还得擦屎接尿送尿盆。
赤身裸体真难看，
药水呛得脑袋疼。
我再把秘书一声叫，

当看护咱可不能行！

留　春　（唱）抹药水，你嫌呛，

掂尿盆，你嫌脏，

想一想，八路军山南又海北，

为什么，千里迢迢到太行？

拼上命红都打鬼子，

为保护咱们受了伤。

不要说侍候几个月，

就时间再长也应当。

你这种思想不像样，

真把妇救会脸丢光！

杨改香　（唱）我一人做事一人当，

谁也不指望沾谁光！

贵　兰　（唱）妇救会招牌你挂上，

说什么做事一人当。

咱好比大家同做一锅饭，

油盐酱醋喷喷香。

倘若一时不注意，

一滴煤油要坏满锅汤！

专　才　（唱）自己错了不反省，

还跟别人瞪眼睛。

做下什么光彩事，

仰着脑袋不脸红！

妇女们　（唱）军民关系遭破坏，

不能当成小事情。

她若是知错不认错，

就集合大家来斗争！

杨改香 （唱）你们要斗争就斗争，

改香不是个软黄蒸。

俺爹俺娘生养我，

也不曾这样来奉承！

［妇女怒不可遏地扑向改香，改香胆怯后退。

胡春花 （拦住妇女们）同志们！（对改香）

（唱）叫改香，莫嘴犟，

要懂得同志热心肠。

你家的爹娘我见过，

都忠厚老实又善良。

他们若见你不像样，

拿起笤帚打你脊梁。

当爹娘把儿女养，

恩情山高河水长。

八路军对咱恩情重，

提起来胜过亲爹娘。

你想想，你爹把你嫁鹅头，

整天价，挨打受气真恓惶。

干活儿跟条牛一样，

吃饭是清水寡菜汤。

脸上面黄肌又瘦，

身上青伤加红伤。

自从来了八路军，

才救你离开红眼狼。

如今的生活变了样，

两口子有事好商量。
政治上，得解放，
经济大权共同掌。
一家人过得多美满，
倒忘了沾的谁的光。
刚刚侍候了半个月，
你又嫌劳累又嫌脏。
想一想，他们是为谁挂彩，
他们是为了谁受伤？

杨改香　（唱）他帮我改香得解放，
我给他支差送军粮。
半斤八两账抵账，
这一桩恩情已补偿。
又熬了半月不算数，
说什么今后日子长。
整天价挖屎又弄尿，
烧罢开水滚米汤。
被褥一天晒几遍，
还得背着上茅房。
坐在床前不敢离，
瞌睡打盹闷得慌。
抬脚刚刚出门去，
大呼小叫喊改香。
成天价受得不成罪，
还得从家里带干粮！

凤　梅　（唱）想当年，你家穷，

想带个窝窝也不能。
吃了上顿没下顿，
吃了一升量一升。
自从来了八路军，
减租减息翻了身。
如今过上好光景，
好了疮疤忘了疼。
你真是，口渴得眼看难活命，
喝罢水忘了掏井人！

妇女们　（唱）你真是，知恩不报无义人，
无义人你没良心！

杨改香　（唱）你们又是骂，又是训，
欺负我改香老实人！

妇女们　（唱）瞪着眼不把错误认，
难道说你是老实人？

［妇女们逼问，杨改香语塞。

胡春花　（唱）同志们不要乱批评——
叫改香你也莫怨气横生。
哪个人也不是甘心落后，
主要是她的思想没有打通。
八路军对咱们恩情太重，
老百姓一辈子也报不清。
这恩德将传到千秋万代，
春风吹细雨淋叶绿花红。
无剥削无压迫人人平等，
多劳动多打粮人寿年丰。

千宗好万宗好记住根本，

八路军保卫咱穷人翻身。

这道理你明白故作懵懂，

对事实强词夺理卖傻装疯！

（说得杨改香低下头去。）

图安闲躲自在厌恶劳动，

勤劳人为什么要当懒虫？

只要你把这些错误改正。

从今后诚心拥军耐心看护争取光荣！

杨改香　（不好意思地）秘书！

（唱）你的话我懂得完全赞成，

你算是猜透我心里事情。

这两天我没有耳热眼跳，

主要是想到娘家躲上几天安生！

刚才事都怪我理短嘴硬，

说假话充硬汉不觉脸红。

从今后下决心把错误改正，

我定要好好拥军耐心看护接受大家的批评！

［妇女们兴奋地把杨改香围拢起来，把王跟弟孤零零地撇在一边。

王跟弟　（心里难过地）唉！

（唱）见改香反省后眼笑眉开，

羞得我王跟弟不敢把头抬！

心里话我想跟秘书言讲——

（吞吞吐吐地）秘书……

胡春花　跟弟！有什么话你就说吧！

妇女们　说吧，怕甚哩，人家改香没有说了？

杨改香　咱这人有啥说啥！

王跟弟　（唱）对大家我实在难把口开。

这两天对伤员冷水慢待，

有了事我总想偷偷躲开。

掂尿盆洗绷带嫌脏嫌臭，

全不想他们挂彩为着谁来！

我不愿向你们进步人学习，

要奸巧偷懒堕自作精乖。

说我是假干净一点不错，

这阵儿想起来太不应该。

杨改香检讨罢心情愉快，

谁知道她犯错误我是祸胎！

我今天向大家提出保证，

我决心知过必改错了咱重来。

胡春花　（激动地）跟弟！

（唱）一席话对春花启发不小，

把咱们看护队觉悟提高。

同志间有意见提出要早，

经批评妇救会团结得更牢。

妇女们　（对杨改香、王跟弟）同志！

方才间怨我们态度生硬，

难听话伤害了同志感情。

人年轻性子急说话太铳，

我们都真心诚意自我批评。

杨改香　瞧你们说的！

（唱）你们都帮我改毛病，

有钱难买这真感情。

今后对我有意见，

直截了当来批评。

我向你们作保证，

决不生气犯脸红。

（转向胡春花）秘书！

（唱）你一片诚心将我劝，

我好比拨云见晴天。

今后你多多帮助我，

我把你的好心好意好言好语永记心间。

胡春花　同志们！

（唱）咱们拥军责任重，

全靠咱团结来完成。

有啥事大家来商议，

保持咱同志真感情。

在家里好好闹养种，

建立起模范新家庭。

四天一轮当看护，

要给咱妇救会争取光荣。

［胡春花和改香握手，杨改香感动得失声痛哭，突然扭头跑下。

妇女们　（莫名其妙）改香！改香！

胡春花　她心里难过！

［张所长上。

张所长　春花同志！今天是抗战七周年纪念日，伤员们建议，开个军民联欢会。同志们，你们说好不好？

妇女们　（欢腾雀跃）好好好！（鼓掌）

胡春花　你去找找改香，准备节目！

妇女们　改香呢？

贵　兰　改香！改香！

［没有回音。

［幕闭。

第三场

［抗战七周年纪念日傍晚。

［郝满元家院子里（同第一场）。鲜花更艳，瓜蔓渐长。空中似有联欢会会标与灯笼，因天已黄昏看不甚清。

［场上寂静无人。彩号乙上。

彩号乙　（面带愧意地四下看看）改香同志！

（唱）支部会受批评心明眼亮，
悔不该发脾气训斥改香。
去找她认个错求她原谅——

［彩号乙信步找寻，恰与上场的杨改香相遇。二人都尴尬地笑笑，又不知如何开口。

杨改香　苏同志！你要开水？（转身要走。）

彩号乙　改香同志！我不要开水。

杨改香　我给你掂尿盆儿去！

彩号乙　不用啦！我已经能自己上茅房啦。我是说，我以前态度不好，训过你……

杨改香　苏同志！

（唱）我错了你训我骂我也是应当。

彩号乙　不，训人骂人是错误的！

（唱）苏志民自幼儿秉性鲁莽，
肚子里有直肠没有回肠。
妇女们侍候我亲人一样，
我却要耍态度训你改香！
张所长帮助我心明眼亮，
鱼水情万不可错把人伤！
鞠一躬请改香将我原谅，
从今后再犯错误，你敲我的脊梁！

［妇女们和彩号们都蹑手蹑脚地轻轻围拢了来。他们看见彩号乙与杨改香的尴尬相，不禁捂嘴暗笑。

杨改香　都怪我服务态度不好哇！
（唱）杨改香心眼小思想落后，
搬口舌翻闲话东扯西诌！
同志们为我们浴血战斗，
我不愿当看护光想自由。
胡秘书解劝我我心难受，
苏同志万不要再记前仇。
鞠一躬请批评不要迁就，
从今后再犯错误你弹我绷头！

［杨改香怪相引得大家一阵哗笑。

［顿时舞台灯光大亮。一对纱灯，上书拥军爱民字样。中间一条横幅上书军民联欢会。

［妇女们和彩号们互致敬意。

（同唱）
军队人民在一起，骨肉不分离，
你要爱护我呀，我要爱护你。

妇女们　（唱）侍候亲人当看护，态度要诚恳，洗伤换药喂茶饭，更比兄妹亲。

彩号们　（唱）养好伤病返前线，冲锋又陷阵，

消灭敌人打胜仗，报答众乡亲。

军　民　（唱）拥军爱民好传统，永远要发扬。

军民团结钢一样，天下无阻挡。

彩号甲　欢迎改香、贵兰来段文社火好不好？

众　人　（齐声）好！（鼓掌。）

［杨改香、贵兰各拿一把扇子出场，按文社火的步法翩翩起舞。

二　人　（唱）花扇子一开上下翻，

拥军的歌儿信口编。

拙嘴笨舌唱不好，

献给咱军民来联欢。

［她们载歌载舞。

这是谁家大小姐？

巧手儿做的好军鞋。

实纳帮啊千层底，

咱军队穿上去杀敌。

这是谁家老大娘？

细心儿碾的好军粮。

待到来年三八节，

大红匾挂在你门上。

［她们穿花过场。

花扇子一展红盈盈，

一双蝴蝶穿花心。

今天来参加联欢会，

小曲儿献给八路军。

杨改香　（抢）欢迎五班长讲个故事好不好？

妇女们　好！（鼓掌）

彩号甲　（挠着头）讲个什么呀？

贵　兰　（当“啦啦队”）五班长呀！

妇女们　（响应）快快来呀！

贵　兰　干什么呀？

妇女们　讲故事呀！

贵　兰　五班长在哪里呀？

妇女们　（向彩号甲一指）噢！

彩号甲　（故意高声地）啊哼！

（念）天上数星星，
地上数英雄。
英雄有多少，
谁也数不清！

上得场来四句顺口溜道罢，引出来一段英雄故事。这位英雄不是别人，他是我们的排长王凤才。王凤才，是晋冀鲁豫边区一等杀敌英雄。他的个儿比我高一点儿，圆圆的脸，他是河北省人……

凤　梅　五班长，你讲故事吧，管他河南、河北的人呢！

彩号甲　说书上得场来，先有几句闲言道罢，才能书归正传，讲一位一等杀敌英雄不把人名关口、家乡居住交代清楚行吗？

妇女们　捷径些儿！

彩号甲　捷径些儿？我就说他接受了命令，来到炮台根儿，怎么样？

妇女们　好好好！

彩号甲　天黑得很，伸手不见摸拳头……

凤　梅　不对不对！是看不见拳头！（闭上眼摸自己的拳头）这不摸不着？

［妇女们哗笑。

彩号甲　（一本正经）他一手提着三八式，一手握着手榴弹，能顾得上摸拳头吗？

贵　兰　对对对，快讲吧！

彩号甲　我们排长，带领我们一排人，悄悄儿地摸到了炮台根儿啦。三班长，小低个儿，很勇敢，第一个从梯子上往上爬，被敌人发觉了，“叭”的一枪！

妇女们　怎么啦？

彩号甲　牺牲啦！

妇女们　（难过地）唉！

彩号甲　这时候！我们排长悄悄地传下命令：“同志们！跟我来！”说罢，他把手榴弹握得紧紧的，顺着梯子往上爬。“叭”！

妇女们　啊？排长他？

彩号甲　（指左肩）子弹从这里打进去，从这里（指左肩后）出来啦！（悠悠地往下倒。）

贵　兰　（急扑上扶住）排长！

彩号甲　嗨！我不是排长，我挂彩在腿上，我们排长挂彩在肩上。

妇女们　挂了彩排长他？

彩号甲　我们大家很快把我们排长扶了下来。但是，我们排长坚决不下火线，他从别人手里夺过来一把大铡刀，他不顾敌人机枪扫射，不顾自己的伤口流血，脸上神色不变！

凤　梅　不像不像！伸手摸不见拳头，还能看得出脸上神色不变？

彩号甲　哎！英雄向来就不变色，我跟我们排长打仗，不是三次两次，都有成百八十次啦，他从来就没有变过色，这一回还能变了神色？

贵　兰　（拉凤梅）不要打岔，叫五班长快讲！

彩号甲　你看他，不顾敌人的机枪扫射，不顾自己的伤口流血，顺着梯子，爬将上去，一个鹞子翻身，站稳了脚跟，举起大铡刀，只听得

“咔嚓咔嚓咔嚓”，一口气砍开三道铁丝网！随着，我们给敌人送上去一包高级“点心”……

凤　梅　还给敌人送点心？

彩号丙　是炸药！

彩号甲　只听得“轰隆”一声！

妇女们　怎么啦？

彩号甲　太君们骑着乌龟壳，统统地上西天去了！

［妇女们拍手称快。

［郭大婶、郝满元和妇女们提筐篮上。

郭大婶　张所长！各户送来些东西，向咱同志们慰问！（递礼物。）

张所长　老麻烦你们，如何过意得去？

郭大婶　张所长！

（唱）这是咱乡亲们真心一点，
送给咱同志们下饭助餐。
同志们逞威风鬼子丧胆，
真不愧中华民族优秀儿男。
小山村住下这英雄好汉，
乡亲们来照顾理所当然。

张所长　（感激地）我代表全所的医护人员、伤病员们向乡亲们感谢啦！

妇女们　张所长！

（唱）一家人咱不说两家之话，
薄礼物表示咱军民一家。
同志们杀敌人功劳甚大，
老百姓才能够各安生涯。
前后方团结紧生产战斗，
咱本是一根蔓上两朵红花。

张所长 说得好哇！

（唱）听大家说罢我真兴奋，

道出咱军民团结的精神。

这力量如钢铁千锤百炼，

能战胜任何困难任何敌人。

只盼得大反攻早日胜利，

到那时军队人民欢聚一起大家共庆升平。

［看护员跑上。

看护员 所长！分院送来一件礼物。（递。）

彩号们 打开看看！

张所长 （打开来）是一面锦旗！

［人们把锦旗撑开来，上写“泉河村妇救会”，中写“拥军模范”，下写“太行三分医院赠”。

［欢快的音乐声起，妇女们把胡春花簇拥起来。

妇女们 （唱）胡秘书你是咱拥军的头名，

领导咱妇女们争得了光荣。

哪个人有错误耐心说服，

你诚心帮助我们把思想打通。

（以下是妇女们分唱、轮唱、合唱）

钦佩你自己动手推动大家以身作则的好作风，

赞成你领导我们教育我们搞好家庭当好看护，

真心诚意拥军。

（妇女们唱“当好看护……”张所长等加入合唱：“坚决保国爱民。”

［锦旗在明亮的灯光下闪闪发亮。

［幕徐徐闭。

——剧终

【附记】 本剧本创作于1943年冬至1944年春，集体讨论，张万一执笔，由武乡光明剧团首排首演，演出效果甚佳。本剧与《改变旧作风》同时上演，受到太行军区首长的表扬，太行文联赠予“突飞猛进”的锦匾以示鼓励。剧本发表于《太行文艺》。1985年，武乡人民为纪念抗日战争胜利四十周年，曾将剧本加以修改后，由武乡戏校排练上演，作为纪念活动之一。

小二黑结婚

（根据赵树理同名小说改编）

时　间　20世纪40年代初期。

地　点　太行山刘家郊村。

人　物　小二黑——青年民兵队长。

小　芹——农村先进女青年。

旦　嫂——中年妇女，思想先进。

刘修德——二黑父亲，看风水卜卦的。

三仙姑——四十五岁，小芹的母亲，爱装神弄鬼。

大　黑——二黑的哥哥。

金　旺、金旺妻——混进村干部中的坏人。

铁嘴老三——以说媒为生。

区长、村长、小武、农村青年、民兵、群众。

第一场

［初夏。

［刘家郊村外。一条条山梁，一层层梯田。山清水秀，景色如画。远处是巍巍太行山。

［一棵核桃树下，几块光滑的石头，显然是人们乘凉休息的地方。

[山雀儿、草虫儿啾啾唧唧。

[小芹挽着菜筐子从山坡上转过来。

小　芹　（唱）手挽筐筐过山冈——

漫山坡野花开风送清香。

刘家郊好景色山清水亮，

于小芹身在家心在前方。

小二黑去参战白晋线上，

穿枪林冒弹雨饱受风霜。

一月来不见他书信来往，

想打听羞答答不敢到前庄。

我每日上山坡翘首瞭望，

从从山从从岭小路像羊肠。

高山头白云彩随风飘荡，

天边上山雀儿展翅飞翔。

小芹我恨不得长上翅膀，

一展翅飞在了二黑身旁。

我给他带去了乡亲希望，

我给他带去了姑娘心肠。

问问他，衣衫扯破鞋子磨穿可用我小芹补上。

看看他——

步枪扛肩上，刺刀闪银光，

子弹腰中系，榴弹挂身旁。

结结实实英雄样，

英勇杀敌保家乡。

[她四顾无人，从菜筐里拿出一个小包袱，解开，里边包着一个已做好了的挎包。她看着，笑了，坐在核桃树下，专心致意地缝

上最后几针。

[金旺从小芹背后蹑手蹑脚地走了过来。正要上前去捂小芹的眼，忽然发现有人过来了，急缩了回去。

[旦嫂挽着菜筐从山坳里转了过来。

旦　嫂　（唱）过山坳，绕山梁，
汗流满面菜满筐。
站在山坡抬头望，
树荫下坐着一姑娘。
（细看）是小芹啊！
一条辫子拖背上，
穿针引线巧手忙。
生成的一副好模样，
盖了刘家郊前后庄。
人前说话憨憨笑，
小心眼儿可顶要强。
做军鞋，受了奖，
邻家有事肯帮忙。
年轻人哪个不眼气，
谁不说是十里八村头一个好姑娘！

[她正要上前和小芹搭话，见她专心地缝挎包，心里明白，悄悄地站在她背后。

[小芹没有发现旦嫂，她把缝好的挎包挎在身上，左看右看，不禁笑了。

小　芹　（唱）系上皮带挎上枪，
小小挎包带身旁。
行军参战不分离，

二黑哥！

就像小芹陪伴着你到了前方。

［旦嫂在身后“扑哧”一笑。小芹一惊，急将挎包藏在身后，回头见是旦嫂，红着脸把挎包递给她。

旦　嫂　（接过来，连声夸赞地）啧啧！

（唱）这挎包缝得多漂亮，

眼气死那些拙婆娘。

谁家的小伙子有福气，

把姑娘心意挎身旁。

小　芹　（唱）自己的心意自己绣，

何必让他人挎身旁。

旦　嫂　（故意逗她）喂！放牛的，种地的，砍柴的，挽菜的，你们都听着！人家小芹这个挎包，是自己绣自己挎，可不是绣给小二……

小　芹　（着急地扑上捂她的嘴）旦嫂！

（唱）诚实人面前不道谎，

这件事万不可到处张扬！

常担心我的娘从中阻挡，

提防金旺弟兄奸猾心肠。

二黑他刚选上青年队长，

莫使他好名誉嫩苗遭霜。

等我跟二黑他商量停当，

到那时少不了请你帮忙。

旦　嫂　（扑哧笑了）

（唱）小姑娘，傻心肠，

一句话吓得发了慌！

小　芹　（好像生气了）你不是好人！

旦　嫂　（唱）好坏不在嘴头上，

以后相处日月长。

用我帮忙我乐意，

说话跑腿有何妨。

盼你们自由结婚做个榜样，

让那些封建规矩滚他娘！

［二人拿起筐筐要走。

小　芹　（留恋地向山口张望，按捺不住的惊喜）旦嫂！他回来啦！

旦　嫂　（故意眯起眼来吃力地看）他是个谁呀？

小　芹　还看不出二黑来！

旦　嫂　还是你眼尖！

小　芹　你真坏！

旦　嫂　（逗她）哈！

（唱）手把门框盼情郎，

眼睛尖尖耳朵长。

隔山隔岭百里远，

也会有红线牵心肠。

［小芹轻轻拉旦嫂隐在树后。

［小二黑红光满面，生气勃勃，全副武装上。

小二黑　（望着久别的家乡，舒口气）啊！

（唱）刘家郊，青山绿水好地方，

八路军来了人人喜洋洋。

鬼子来“扫荡”，烧杀又掠抢，

多少人家遭灾殃！

仇恨烧在心头上，

我挎起榴弹背起枪。

不让爹娘再受害，

不让乡亲再逃荒！

[小二黑正要向村里走去，旦嫂拦住去路。小芹从树后踟蹰地上。

旦　嫂　（吆喝）嗄！

（唱）眼睛长在顶门上，

看不见有人在路旁！

[小二黑、小芹见面，互致微笑。旦嫂故意一言不发地站在那里，闹得二人更加尴尬。

[树头上的山雀儿，草丛里的蝈蝈儿竞赛地叫……

旦　嫂　（看了一阵，不觉好笑起来）咦！

（唱）刚刚一月没见面，

见了就这样不自然。

抿着嘴儿笑，偷着眼儿看，

汗手儿揉皱了花布衫。

像一双泥胎庙前站，

又好像吃了哑巴丸！

[逗得二人更尴尬起来。

旦　嫂　（要离开。故作突然发现）咦！

（唱）看这双蚂蚱草里蹿，

追来赶去真喜欢。

二黑小芹快来看，

哪个属女哪个属男？

[旦嫂乘他们看的当儿，轻轻将二人推在一起，提起菜筐微笑着下。

[小二黑、小芹见她去了，二人就自然得多了。

小　芹　（帮二黑把背包放下）参战一月多，家里人可惦记你啦！

小二黑　（微笑地看着她）回来了，这可放心啦！

小　芹　（含羞地）

（唱）自从你到前方参战走后，
家里人都把你挂在心头。
明知你拼性命跟鬼子战斗，
想到了危险事热汗直流！
你光荣小芹我也不落后，
做军鞋送军粮走在前头。
听说你成了神枪手，
胜利消息驱散心里愁。
有心托人将你问候，
谁叫你连封信也不往回邮！

小二黑　（唱）唯恐落在旁人手，
几次写好不敢邮。
叫金旺弟兄看见了，
谁知他出啥坏念头！

（掏出两封信给小芹）给！你该相信了吧？

小　芹　（接过信）谁不相信来！（吃力地看）写这生字，下决心不让人看！

小二黑　（掏出识字课本）看！我给你把教师都请回来啦。

小　芹　（接过，喜欢地）你真是……（从筐子里拿出挎包）给！

小二黑　（接过挎包挎在身上，欣赏一番。兴奋地拿出奖旗，把写着“神枪手”的奖旗抖开）看！

小　芹　（亦兴奋地）奖旗？（扑上去，把玩着）啊！

（唱）漂白的边儿红缎底，
金黄的字儿多整齐。

刘家郊青年有多少，
就是你二黑一杆旗。
有多少话儿埋心底，
脸红含羞不敢提。
你若看小芹称心意，
愿和你永远在一起。

小二黑　（喜极，唱）
刘家郊，前后庄，
一条山沟十里长。
年轻女子有多少，
你是头一个好姑娘。
想起你打仗有力量，
想起你行军不觉路长。
山坡上说出心底话，

二　人　（欣喜地同唱）
愿咱俩永远成一双。
两相亲两相爱心花怒放，
共产党带来了美丽春光。
青松叶不落，野花满坡香，天高地广。
咱双双携手向前进，何惧那山高水深道路长！

[金旺突然从树后蹿出来。

金　旺　（大喝一声）不要动！
（唱）大路口上男女调情，
拉拉扯扯什么作风！
提拔你二黑当干部，
金旺我责任可不轻。

你年纪轻轻学腐化，
听听你们那好名声！
从今后倘若不改正，
莫怪我金旺不留情！

小二黑　（气极，但克制着）哼！
（唱）我们行得端，走得正，
一步踏下两脚踪。
把自己屁股擦干净，
少管他人的正事情！

［拉着小芹走去。

金　旺　（追上两步）你们！（看着他们的背影）唉！
（唱）一朵牡丹耀眼红，
圪针栅了个没缝缝。
左摘右采不到手，
一针扎得人骨头疼。
（转愤恨地）小芹啊，小芹！
我这样人物你不爱，
偏偏爱二黑愣头青！
不怕你猴儿不上杆，
只用我铜锣当当当当多筛几声！

［金旺一回头，金旺妻满脸醋意地站在那里，一眼瞪得金旺节节后退。二人同下。

［幕闭。

第二场

[仲夏。

[三仙姑家。桌上设有神坛，摆有供器等。

[三仙姑要出门下神，她收拾什物后，对镜梳妆打扮。

三仙姑　（从镜里看到自己日渐衰老的容颜，不禁一声长叹）唉！

（念）年似流水月如飞，
朝去暮来紧相催。
半世风流一场梦，
春残花谢心灰灰！

（唱）春天去夏天来从秋到冬，
三十年不觉得过了青春！
青丝发只脱得遮不住头顶，
桃花面一条条满是皱纹！
当年的老相好再不见来往，
年轻人到俺家围着个小芹。
小芹像冬天一盆火，
我成了雪地一块冰！
她好比春光照桃李，
我好比秋风吹梧桐。
树上的仙桃惹人眼，
谁还理树下老蔓菁！
满腹心思我无处诉，
憋着气神前唱几声。
今日庄里有神事，

我按住心火喊小芹。

（到门口喊）小芹！小芹哎！

小　芹　（应声，上）娘！你要走啦？

三仙姑　今天有神事你不知道？

小　芹　知道。

三仙姑　知道还往外头跑？手里拿的什么？

小　芹　识字课本。

三仙姑　谁给你的？

小　芹　谁……

三仙姑　不说我也知道！（乘机发泄。）

（唱）闺女孩儿家不务正，

你扔下针凿学诗文。

撅着个屁股到处跑，

招风惹草真不放心。

跟谁好点儿谁高兴，

得罪下一个一个仇人。

天长日久照顾不到，

迟早你是个惹祸根！

［发泄罢了，背起捎马儿走出门去。

小　芹　（送出门去，返回来，叹口气）唉！

（唱）小二黑参战回来得下重病，

一月多不见他到我家中。

我夜里睡不稳常做噩梦，

白日里心懒散倦意蒙眬。

早有心到前庄把他探望，

他爹娘问下话来我怎样应承？

我不敢打听又想打听，
嫌怕脸红她偏脸红！
昨日旦嫂带来口信，
说二黑病已好了八九分，
只盼他灾退病痊愈，
省得我醒不得睡不成。

［小芹坐在桌旁，心不在焉地翻看识字本。

［金旺摇着扇子上。

金　旺　（唱）没事干闲坐好愁闷，
打听得三仙姑去下神。
一月多瞅了个好机会。
打打扮扮去探小芹。
湿破窗纸我偷眼看，
她坐在桌旁读书文。
颦眉显出十分俏，
微笑两腮挂红晕。
春风吹开海棠花，
看得我金旺丢了魂。
我轻手轻脚把门进，
（轻薄地闪在小芹身旁）小芹！
小心眼痴呆呆想念何人？
独自在家心愁闷，
我来给你解闷散散心。

小　芹　（压住厌恶心情，想推脱走开）唔，金旺哥，我该碾面去啦！（托起簸箕要走。）

金　旺　（拦住门口）咦！你倒机灵！好不容易才瞅了这么个好空子……

小　芹　（板起脸来）金旺哥！以后说话要规矩些，你已经是娶过老婆的大汉啦！

金　旺　（装模作样地）唉！再不要说娶老婆啦，人家娶老婆娶的是心里有，我娶老婆娶的是见面愁。我要娶上你这么个九天仙女，情愿趴在地上给你当板凳，撅起尾巴给你打苍蝇！（趁势动手动脚。）

小　芹　（甩开）这是干什么？

金　旺　（撇撇嘴）咦！装什么假正经，小二黑一来你就软啦！有便宜大家都占些没事，要正经，除非你锅底没黑。（涎着脸）小芹！你怎么看起二黑，看不起我来呀？

（唱）古佛大殿不把神敬，
灶王前许愿求安宁。
金旺我是个大干部，
二黑只是个小民兵。
搞恋爱我是痴情种，
二黑只懂得瞎黄风。
小芹妹妹你年纪小，
恋爱这行不如我通。
人生能有几日小，
花开能有几日红。
过了黄河没渡口，
过了年轻没年轻。
风流时光谁都过，
再不要扭扭捏捏装你那假正经！

［金旺把扇子扔在桌上，去拉小芹。

小　芹　（气极，大喊）金旺！

［小二黑突然出现在门口。

小二黑　（怒视金旺）这是干什么？

金　旺　（一惊，回头见小二黑站在门口。做贼心虚，强作镇静，冷笑地）哼！有意思！

（唱）我不过跟你开个玩笑，

直着嗓子放的什么刁！

（怒视小二黑）

摆出那威风给谁看，

哪个敢动动金旺一根毛！

（怒冲冲地夺门而出，回头）咱们走着瞧！（狼狈地蹿去。）

小　芹　（扑向门口）呸！

（唱）只见过脚上穿套鞋，

没见过脸上贴桦皮！

披着张人皮沿街走，

早看透你是个啥东西！

小二黑　（唱）你爹在世是一只虎，

你兄弟一双大赖皮。

钻空子当了村干部，

还想往穷人头上骑！

小　芹　（不愿让小二黑过分激动，心疼地制止他）算啦！

（唱）生病人怕的是心烦乱，

你看你汗珠儿挂在两鬓边。

［小芹扶小二黑坐下，递手巾让他擦汗。

小二黑　（唱）自那日山坡相会被撞见，

村里人风言风语到处传！

小　芹　（唱）只要咱自由结婚两情愿，

传不传与他旁人何相干！

小二黑　（唱）自由结婚两情愿，
你不要想得太简单。
千年脚踪踩成路，
老规矩轻易难推翻。

小　芹　（唱）只要你我意志坚，
哪怕面前万重山。
终身大事非小可，
小芹我不做无舵船！

小二黑　说得对！
（唱）只要你意志坚，
哪怕面前万重山。
终身大事非小可，
咱们不做无舵船。

小　芹　（满怀喜悦地唱出来一支民歌。）
（唱）俊鸟儿离不开深山林，
除开你二黑俺不嫁人。

小二黑　（用山歌回答。）
（唱）蓝蓝的天上一朵云，
除开你小芹俺不结婚。

小　芹　（唱）七月的花儿八月的霜，
须提防睡多噩梦长。

小二黑　（唱）喜鹊儿落在槐树柯，
你唱句歌儿我垒新窝。

小　芹　（唱）两张嘴唱的一支歌，
两个人伙着心一颗。

小二黑　（唱）八月的庄稼满山黄，

大红喜帖儿送后庄。

［小二黑情意绵绵地与小芹握手告别。小芹给他把头巾摆正，扣子扣好。

小二黑别去，小芹送到门口。

小　芹　（看着他背影，情不自禁地）

（唱）河里的石头井里的水，

心里头爱谁只爱谁。

［早已上场的三仙姑，醋意地看了这送别场面。这时才走出来。

三仙姑　你心里爱谁？

小　芹　你管我爱谁！

三仙姑　我知道你！

小　芹　你知道就好！（要走。）

三仙姑　（发现桌上的扇子）回来！这是谁的扇子？

小　芹　金旺的。

三仙姑　他来咱家干什么？

小　芹　你去问问他！

三仙姑　（心里明白）唉！

（唱）人常说女大不中留，

留来留去结冤仇。

趁早儿把你嫁出去，

也省得招风惹草担忧愁！

小　芹　（正合心意）娘！

（唱）倘若有媒人到门口，

我要同意你便点头。

［金旺妻突然闯进来。

金旺妻　小芹！到妇救会开会！

小　芹　开什么会？

金旺妻　去了就知道啦！（走去。）

三仙姑　（见气势不对）小芹！你得罪她来？

小　芹　我得罪她干什么？

三仙姑　看她那气势不对！

小　芹　我没办错事，怕她怎么！（走去。）

三仙姑　这闺女真是留不得啦！

（唱）我抬脚刚刚走出门，
小芹她闯祸惹下人。
不免去找她三表叔，
叫他给小芹说门亲。
趁早儿把她嫁出去，
有人来坐坐也放心。

［三仙姑带上门，走去。

［幕闭。

第三场

［刘修德（二孔明）家大门。树荫下，有石桌石礅。

［刘修德提着竹篮，垂头丧气地从地里回来。

刘修德　唉！

（唱）人走倒运，逆水行舟，
干什么什么不顺头。
抬腿出门就择黄道，
门槛子绊住就栽跟斗！

今日前晌去补种，

大黑嘟嘟哝哝不罢休。

“不宜栽种”成了话柄，

哪能知我今年倒运遇“罗睺”！

［刘修德坐在树荫下叹气。

［刘妻由大门出来。

刘　妻　老汉！补种完啦？

刘修德　（没好气）你问这干什么？

刘　妻　看你那吃山神爷眉眼，噘得那嘴，能拴二十四只骆驼！（相跟着回来的大黑、小二黑）大黑，补种完啦？

大　黑　完？可早哩！

（唱）人家赶墒咱不种地，

在家看皇历择吉期。

别人家地里苗出齐，

咱却是一片白地皮！

见苗苗才有三分收，

捉不住苗儿干着急。

交公粮，出租米，

全家人要张嘴吃东西。

到秋后粮食打不下，

缝住嘴准备饿肚皮！

［大黑把镢头往地上扔，狠狠地瞪了刘修德一眼，气愤地进了院里。

刘修德　（恼羞成怒）你？你等等！（抓起镢头要打大黑。）

小二黑　（把镢头夺在手）自己办错不让人说？（赌气进了院里。）

刘修德　你弟兄们想坑死老子！（想追打二黑。）

刘　妻　（拦住）干什么？如今还兴打人哩？

（唱）自己做错不承认，

还要打人抖威风！

刘修德　（唱）神仙还有一打盹，

这卦不灵下卦灵。

刘　妻　（唱）你的八卦卜不准，

不如我老婆算得灵。

刘修德　（唱）妇道人家瞎逞能，

在圣人门前卖五经！

刘　妻　（故意气他）

（唱）算得比你强，算得比你准，

你若不信好好儿听。

夏天热，冬天冷，

黑夜不像白天明。

天上无云下不来雨，

地下有老鼠定有窟窿。

吃饱饭，肚子不饿，

往西走，你的脊背总朝东。

刘修德　呸！今早晨出门不吉利！

［刘修德要走，碰旦嫂上。

旦　嫂　大叔！我找你有些事。

刘修德　没工夫！（气呼呼地向村里走去。）

刘　妻　我气他个老东西来，跟上他误了闹养种，你还不知道？

旦　嫂　连小孩子见了都要问一声：宜不宜栽种？

刘　妻　唉！（拉她坐下）旦孩家，你是个身忙人，无事不好来呀？

旦　嫂　有件事，大婶，你猜猜吧。

刘　妻　找老汉算卦、择天期来？

旦　嫂　我才不信他那鬼八卦哩！

刘　妻　是找我老婆给你纺棉花来？

旦　嫂　还没猜对。

刘　妻　那是……

旦　嫂　你往二黑身上想。

刘　妻　唔，给二黑提亲来？

旦　嫂　这一拳可打准啦。

刘　妻　这可得谢谢你。谁家闺女，多大岁数啦？

旦　嫂　（念）叫声修德婶，
保险称你心。
此女生得俊，
今年十八春。
能说又会道，
伶俐又聪明。
针线样样会，
种地件件通。
不是我夸奖，
大婶呀！
（唱）满树花开一朵红。
跟二黑从小在一起，
自由恋爱有感情。
前后庄相隔半里路，
于福家闺女叫小芹。

刘　妻　（唱）那闺女俊俏好人品，
十里八村难找寻。

就是有一点不满意，

不想和三仙姑来攀亲！

旦　嫂　那有什么！

（唱）树好树坏采它一枝花，

娶她闺女不娶她的家。

不愁亲戚难来往，

单怕小两口没缘法。

刘　妻　可也是呀。二黑在家，你进去问他愿意不愿意？

旦　嫂　（一笑）保险一说就准。（进院里。）

刘　妻　这老东西到哪里去了？（叫喊）二黑他爹！

刘修德　（在内）听着啦！（笑嘻嘻地拉着难民小女上）呵呵呵呵！

（唱）人有一忧，必有一喜，

命运变化真出奇，

一斗米买了个童养媳，

到哪里再找这便宜？

刘　妻　（迎上报喜）老汉，喜事临门！

刘修德　是呀，喜事临门！

刘　妻　这下，咱二黑可有了媳妇啦。

刘修德　是呀，咱二黑可有了媳妇啦。

刘　妻　你怎么知道的？

刘修德　你怎么知道的？

刘　妻　你说的是什么？

刘修德　你说的是什么？

刘　妻　我说的是旦家来给咱二黑说个媳妇。

刘修德　（一愣）媳妇？谁家闺女？

刘　妻　就是于福家那个小芹。

刘修德　（决然地）不行！

刘　妻　那样个好闺女为啥不行？

刘修德　那天丙辰已经说过了，我算来算去，他二人八字不合，命相不对，不能成婚！

刘　妻　偏你有说的！

（唱）今天也算，明天也算，只算得家穷度日难。

两孩子一对光棍汉，

抱孙子等到哪一年？

刘修德　（唱）莫生气，莫埋怨，

爹娘疼儿都一般。

咱有了一个算一个，

月老送来了好姻缘！

（指小女）你看这闺女多好看？

刘　妻　（一愣）啊？哪来这个小闺女？

刘修德　她是彰德府逃来的难民，她爹养活不了。我花了一斗米收养下，叫给咱二黑做童养媳。

刘　妻　这么点儿个小闺女……

刘修德　小怕啥，见苗三分收，她能一天一天往大长呀！今年十二岁啦，是属猴的，咱二黑是属鼠的，申子辰会水局，和二黑是天乙上等婚。（得意地）这闺女命相好。你看，五官亮堂堂的，两眉分清，必定聪明，颧骨不高，不克男人。好小闺女，可有福气哩！哈……

刘　妻　二黑不愿，看你怎么办！

刘修德　这可不能光由他！

刘　妻　我看你是寻找啰唆！

刘修德　你倒说得翻天呀！给我叫他出来！

刘　妻　（无奈地）二黑——二黑——

［大黑应声由大门出来。

大　黑　二黑正和旦嫂谈……叫他干什么？

刘　妻　你爹给二黑买回来个童养媳！

大　黑　童养媳？

刘　妻　你看。

大　黑　就是个这？（看看父亲，看看小女，又好气，又好笑）古懂事都叫你干啦！二黑，快出来看看，有了好事情啦！

［小二黑高兴地从大门出来。

小二黑　什么事？

大　黑　大喜事！（进院。）

［刘修德示意刘妻说，刘妻赌气不说。

刘修德　（只好自己说）二黑！爹给你收下个童养媳！

小二黑　（一愣）童养媳？我不要！

刘修德　（说服地）二黑！

（唱）自古道女大当嫁男大当娶，

当爹娘为儿费尽心机。

怨的是咱家穷早娶不起，

这叫你弟兄们多受委屈。

这闺女眉清目秀多有福气，

她和你命相对八字相宜。

女在南男在北相逢一起，

是前生注定的一对好夫妻。

小二黑　我的婚姻不用你操心啦！

刘修德　我不操心，叫谁操心？

小二黑　我已经有了对象啦！

刘修德　你说的是小芹？

小二黑　是小芹！

刘修德　二黑！你别糊涂呀孩！

（唱）人生大事是婚姻，

含含糊糊可不成。

小芹命是炉中火，

二黑你命是海中金。

五行相克火克金，

命相不对难成亲。

小二黑　（不耐烦地）总是你那一套！

刘修德　你不懂事呀，孩！

（唱）小芹是十月犯月生，

八字里犯的扫帚星。

她娘家根子又不正，

三仙姑是个老妖精。

瘸草鸡下的是歪蛋。

娶上这媳妇败门风。

小二黑　（唱）你想按八字命相且由你，

我不管命相相宜不相宜。

只要我二人都同意，

谁也拆不散我好夫妻。

童养媳法令不允许，

她懂得什么叫夫妻。

依我说趁早退回去，

省得你将来后悔迟！

刘修德　（唱）老子的主意比铁硬，

想要我退亲万不能。

小二黑　（唱）退与不退随你便，
说到天塌我也不依从。
刘修德　（唱）我好心好意为了你，
你恶言恶语把我坑！
小二黑　（唱）你狠心拆散好夫妻，
难道还叫我领你情？
刘修德　（唱）婚姻大事由不了你！
小二黑　（唱）法令条条定得清。
刘修德　（唱）趁早给老子滚出去！
小二黑　（唱）滚出去，想包办婚姻万不能！
刘修德　（气极）看你越活越愣怔，我非揍死你不可！（脱下鞋子要打。）
［刘妻急拦住。
小二黑　你要干什么？我再说一遍，这闺女想买你买，反正我不要！
刘修德　不能由你！
小二黑　不要！（走去。）
刘　妻　我就知道人家不要！
刘修德　少来多嘴！
旦　嫂　（站在门口看了半天，这才过来）大叔！
（唱）童养媳二黑他坚决不认，
他要和于小芹自由结婚。
至如今世道变人心大变，
你老看旧皇历害己害人。
刘修德　（撒火）我早知道你们是一个鼻孔出气，把我二黑勾引坏还来挑事！
旦　嫂　（忍受不下）老汉！胡子那么长啦，说话可得像人话啊！
（唱）事情做坏有教训，

疮疤没掉你忘了疼。
“不宜栽种” 你误了养种，
又来耽搁这好婚姻。

刘修德　旦家！打人休打脸，骂人休揭短！我宜栽种不宜栽种，关你什么事？

旦　嫂　许你做，不许我说？

刘修德　不许你说！

旦　嫂　不宜栽种！

刘修德　你再说！

旦　嫂　不宜栽种！

刘修德　你能说，说吧！

旦　嫂　（故意放长音）不——宜——栽——种！

刘修德　不嫌嘴困，说上三天两后晌！（拉小女）走！（进了院里。）

刘　妻　（指着他）
（唱）看你懂个香臭不懂！
人家好意来提亲，
你却像疯狗乱咬人。
恶言恶语没分寸，
真是个丧门吊客神！

旦　嫂　大婶啊！
（唱）这亲事你可要拿定主见，
千万不要顺水推船。
听上大叔把事做坏，
你想前容易后悔难。

[旦嫂辞别刘妻，下。

[刘妻叹口气，送下。

第四场

［刘家郊大庙院里有大殿、厢房。厢房挂有“村公所办公室”牌子。一棵松树下，摆着青石桌凳。侧首是山门。

［金旺开罢斗争会，摇着扇子气昂昂地上。

金　旺　哼！小二黑，叫你小子试试！

（唱）开天辟地怪事情，

打柴汉竟敢不敬山神！

小芹敢给我钉子碰，

小二黑敢给我抖威风。

惹恼瘟神叫你得场病，

惹恼阎王叫你活不成。

不怕你二人心肠硬，

抵不住金旺办法狠！

武委会斗争小二黑，

妇救会斗争于小芹。

女的是勾引干部不受训，

男的是假装生病搞女人。

叫你俩今天认一认，

看一看马王爷几只眼睛！

（向山门外吆喝）把小二黑绑进来！

［民兵们无奈地把小二黑推进院来。

小二黑　（气冲冲地）哼！

（唱）你能捆，你能绑，

拴不住我的铁心肠。

不怕你暗把毒箭放，
更不怕明枪把人伤！
任凭你设下天罗网，
你山高不能遮太阳。
如今有了共产党，
政府法令到山庄。
有理走遍天下讲，
敢走路何惧吃人狼！

金　旺　（唱）小小老鼠敢发狂，
竟对狸猫耍花枪。
自从你参战得了奖，
说话不知音多长。
不听指挥抗命令，
你的气焰太嚣张！
今天犯在我的手，
给你点厉害尝一尝！

（走向办公室）村长！村长！村长不在，先把他押起来！

［村长由山门外匆匆上。

村　长　不要押！

金　旺　村长！你回来得正好，把案子处理一下！

村　长　政府保障人权，为什么随便捆人？

金　旺　政府保障好人，不保障这种坏人！

村　长　先把绳子解开再说！

民兵们　是！（给小二黑解开绳子。）

金　旺　你们为什么解开？

民兵们　（揶揄地）武委会主任，再给你捆起来？

金　旺　滚蛋！

［民兵们暗笑着下。

村　长　你们说吧！

金　旺　村长！你看小二黑，刘家郊还能装下他这尊神像装不下？

（唱）武委会集训干部责任大，

小二黑借故不参加。

偷偷跟小芹胡勾搭，

民兵才开会斗争他！

小二黑　（唱）集训干部我请病假，

跟小芹恋爱不犯法。

一天开两个斗争会，

我问你们是干什么？

［传来金旺妻与小芹的争吵声：

——当了妇救会主任就不说理，想斗争人就斗争人？

——斗争了你啦，你敢把我怎么样？

——找村长评评这个理！

——走，我不怕你！

［二人吵吵闹闹，拉拉扯扯地走了进来！

村　长　这是吵什么？

金旺妻　村长！我先说！

小　芹　村长！我先说！

村　长　别吵！只要有理，不在乎先言后讲。

金旺妻　你说吧！

小　芹　你说吧！

金旺妻　我说就我说！村长，我们妇救会的名誉，就让小芹一个人败坏尽啦！

（唱）她每天站在大门上，
勾引得青年学流氓。
将二黑窝在她小房，
不叫来受训搞武装！

小　芹　（唱）真金佛不怕火烧像，
黄豆面撒脸上成不了疮。
当主任也得把理讲，
你不能血口喷人把我伤！

村长！捉贼要赃，捉奸要双！她当了个妇救主任就不说理啦，随便想斗争人就斗争人哩？

金旺妻　斗争你？谁叫你勾引二黑不去受训？

小　芹　你凭啥说我勾引他？

金旺妻　你不勾引他，他为什么不去？

小二黑　我在家生病，村上人谁不知道？

金旺妻　我没跟你说！

村　长　小二黑不去受训，你们就斗争小芹？

金　旺　这不是小芹拉的后腿？

村　长　你怎么知道的？

金旺妻　他二人成天起来在一处偷偷摸摸，拉拉扯扯，能办出什么好事来？

金　旺　这还不是事实？

村　长　你们算了吧！

（唱）谁正办，谁胡闹，
群众眼光看得高。
谁不夸二黑工作好，
谁不说小芹多勤劳。
二黑生病都知道，

半月多发冷又发烧。
二黑小芹感情好，
谈恋爱犯的什么律条？

金 旺 村长！你讲的这个理？

金旺妻 你就不要包庇他们！

小 芹 你说村长怎么包庇我们？

小二黑 我们谈恋爱难道犯法？

金 旺 不犯法？你犯的是重婚罪！

金旺妻 对呀！你家里有个童养媳，你一个人能搞两个老婆？

金 旺 你说呀！

小二黑 童养媳，我根本就不要！

金 旺 说得倒好听！

村 长 算了，算了！

（唱）咱边区公布了婚姻法令，
当干部一定要模范执行。
童养媳小二黑就没承认，
应帮助他二人自由结婚。

（对金旺夫妻）我们当干部，应该好好宣传《婚姻法》，学习《婚姻法》，执行《婚姻法》。谁要干涉婚姻自由，破坏婚姻法令，就要积极和他斗争！

小 芹 村长！她随便往人脸上抹黑，无故斗争人，你就不处理？

金 旺 哎呀！你倒有了理啦！

村 长 别吵啦！小芹、二黑，你们先回去。今天这事，我跟区上商量商量再做处理。

小二黑 那，我们就回去了。（与小芹下。）

金旺妻 村长！你怎么把他们放走啦？

村　长　别再说啦！你们今天这两个斗争会都是胡闹！以后别这样借故报复，应该好好团结，把工作搞好。有啥问题，商量商量再去办。像今天这问题，为啥就不让我知道？

金　旺　你？这不是行政上的事！以后，我们武委会和妇救会的事，就不用村长你来管！走！

［金旺夫妻怒冲冲地下。

村　长　这些干部真成问题！

（唱）夫妻兄弟尽胡闹，
欺压得群众受不了。
我要给区上打报告，
请上级来调查刘家郊。

［村长下。

［幕闭。

第五场

［三仙姑家里。（同第二场）

［三仙姑气呼呼地回得家来。

三仙姑　唉！

（唱）小芹她真是难教训，
跟上她出丑又丢人。
妇救会开她斗争会，
难听的话儿到处闻。
说她不听劝她不改，
决心和二黑要结婚。
小芹虽是我亲生女，

张嘴顶得我伤透心。
我心里喜欢小二黑，
小二黑偏偏爱小芹！
她二人真要结了婚，
从今后，想说句笑话也不能。

（想）这……唔，是了！

（唱）吴家庄财主想娶小，
铁嘴老三来提亲。
我这里插出招兵旗——

［铁嘴老三好像应声而至。

铁　嘴　（捧着彩礼上。）

（唱）我这里来了吃粮人。

［铁嘴老三进门，三仙姑热情招呼。

三仙姑　（顺口念出来两句《开花调》词）

门搭搭开花扑来来，
啥风儿刮张你来来？

铁　嘴　（笑着以《开花调》词相奉还。）

柿子树，软枣根，
三仙姑抓住我的心。

［二人一阵嬉笑。

三仙姑　快坐下吧。

铁　嘴　三仙姑老是老啦，还和年轻时一样风流。

三仙姑　脸面老，晒干枣，皮皮圪皱心可好。

你倒嫌我老哩？尿上泡尿照照你那眉眼，还和当年一样哩？

铁　嘴　当年也是山丹丹，如今成了光杆杆！

［二人又一阵嬉笑。

三仙姑　事情办得怎么样了？

铁　嘴　吴家慷慨又大方，处处听从丈母娘。

（把彩礼、表礼摊开）你瞧！

（念）看彩礼，冀南票，三千整，

哗啦啦不带潮星星。

看首饰，金簪发，银压鬓，

珍珠玛瑙亮晶晶。

看衣服，苏州缎，杭州锦，

巧手刺绣夺天工。

看颜色，鹅黄鸭绿鸡冠紫，

鹭白鸦青鹤顶红。

点一点，验一验，

量一量，称一称。

哪一件，不称心，

咱去找，吴先生。

山沟里，买不下，

走太原，上北京。

要钻石，要琥珀，

要月亮，要星星。

只要你张嘴下道令，

只要咱小芹说一声。

吴家有的是金银窖，

老三有的是大神通。

五湖四海都跑遍，

地上没有咱上月宫。

三仙姑　（一边收拾）不用验，不用挑，靠你办事错不了。

铁　嘴　嗨！当面点点，当场验验，哪件不好，当下换换。

三仙姑　事情办得真称心，总是咱这老交情。哎？真的，吴先生今年多大啦？

铁　嘴　顶多也就是个四十五几岁吧。

三仙姑　（一愣）呀！那不和我同岁啦？

铁　嘴　同岁怕啥？宁嫁八十老汉，还不嫁秋瓜小蛋哩。

三仙姑　（懒意）可是小芹……

铁　嘴　（急说服地）

（念）纵然年岁都一样，
他能不叫你丈母娘？
说句话，像皇上，
金口玉言硬邦邦。
说住的，高楼房，大厅房，
砖墁地，粉壁墙，
碧纱窗，玻璃窗，
一尘不染亮堂堂。
说穿的，冬穿皮袄暖洞洞，
夏穿轻纱凉又凉；
绫罗绸缎任你选，
挂满橱柜装满箱。
说吃的，猪肉白面不香亮，
山珍海味任你尝；
猴头木耳金针菜，
海参鲍鱼燕窝汤。
使唤的，坐在大厅哼一声，
丫鬟使女列两行。

要不是你嫌肚子饿，
真是连嘴也不用张。

三仙姑　不用说了，不用说了。你这铁嘴老三真没叫错！那咱们就一言为定。

铁　嘴　（几乎同时）一言为定。

［三仙姑拿纸烟招待铁嘴老三。

［小芹来到门口。

小　芹　（隔窗窥见他们行动，又看见桌上的彩礼、表礼，已明白了。故意唱起了《反对买卖婚姻歌》。）

诸位同胞和姐妹，
买卖婚姻要反对。
拥护政府新法令，
谁破坏咱就反对谁！

铁　嘴　这是谁在唱歌？

三仙姑　还听不出小芹来！

小　芹　（接着唱）

第一反对家长坏，
贪图银钱把闺女卖。
儿女受罪他花钱，
想一想应该不应该！

铁　嘴　小芹回来，你可得好好说说她。

三仙姑　我是说一不二！

小　芹　（接着唱）

第二反对坏媒人，
专门包办说婚姻。
为吃人家一顿饭，

花言巧语欺骗人。

［歌声中，三仙姑和铁嘴老三不自然地交换眼神。

［小芹唱着进门。

三仙姑　谁教你唱这个歌来？

小　芹　《反对买卖婚姻歌》谁不会唱！

铁　嘴　就单拣得唱个这歌子？

小　芹　不唱这唱什么？

三仙姑　我来教你唱一个。（唱旧《开花调》。）

三八式步枪带盖盖，

嫁给呀吴先生当太太。

铁　嘴　呀！真是悦耳中听！

三仙姑　小芹，你看，你表叔给你说媒来啦，把你许给人家吴家庄吴先生啦。人家是家财万贯，骡马成群，还当过阎督军的旅长，有钱有势，嫁给人家，好活一辈子。（把表礼抖开）看人家这表礼，花朵朵的多好呀！

小　芹　（怒）娘！你跟谁商议来？

三仙姑　你爹由我做主，只要你愿意就行。

小　芹　我不愿意！

铁　嘴　小芹！要听你娘的话，彩礼都收下啦，还能不嫁人家？

小　芹　谁收人家彩礼，谁跟人家去！（把彩礼扔在地上。）

三仙姑　呀呀呀，你可翻天呀！

铁　嘴　小闺女家真不懂事！

小　芹　臭嘴媒人，滚出去！

铁　嘴　好，好，好！不要动火，咱是买卖不成仁义在。我走！

三仙姑　你不要走！（转对小芹）你个小妖婆呀！

（唱）见过多少木圪墩，

没见过你这愣蔓菁！
吴家本是大财主，
难道是把你送火坑？

小　芹　（唱）婚姻法令有规定，
当爹娘不能强主婚。
是女儿终身事，
又不是大街卖烧饼！

三仙姑　（唱）你曾经亲口对我讲，
媒人来了就给定亲。

小　芹　（唱）旦嫂说媒好几次，
你为何拒绝刘家亲？

三仙姑　（唱）你想和二黑去结婚，
为娘我嫌他……嫌他家里穷！

小　芹　（唱）你爱的吴家大财主，
我偏爱男人称我心。

三仙姑　（唱）这件事情由不了你！

小　芹　（唱）也由小芹八九分。

三仙姑　（唱）你当下给我滚出去！

小　芹　（唱）离开你我也要活人。

三仙姑　（唱）小妖婆厉害真嘴硬，
气得我怒火烧在心。
恨不得一棍打死你！

[三仙姑抓棍向小芹打去。

[铁嘴老三装模作样地拉架。

小　芹　[一把将棍子接住……
（唱）打死我也不能答应吴家亲！

［小芹将棍子一送，三仙姑摔倒在地。她哆哆嗦嗦颤抖起来。

铁　嘴　哎呀！神家又来啦！

三仙姑　唔唔唔唔，佛佛佛佛！

铁　嘴　（把红绫条给她披在头上，跪地叩头。）

老人家！有甚事你吩咐吧！

［小芹赌气扭在一边不理睬。

三仙姑　［眼睛翻翻，浑身颤颤，哼哼唧唧地下起神来，

（唱《下神歌》）

吾神赴罢瑶池会，
驾定祥云回仙宫。
心血来潮掐指算，
有人欺负我马童。

铁　嘴　她娘给小芹找下个婆家，小芹不听话，还跟她娘顶嘴！

三仙姑　（唱）吾神坛前掐指算，
小芹命该配吴先生。
前世姻缘天注定，
不顺天意活不成！

铁　嘴　（扶神捉马地）哎呀！小芹不愿意，该怎办哩？

三仙姑　（唱）不尊天意不认命，
就必须对她下绝情。
吾神赐下棍一根，
马上把小芹打一顿！

铁　嘴　小芹，神叫打你哩！

小　芹　跟你这个装神弄鬼的当家人能说出个什么道理来！（夺门而去。）

铁　嘴　小芹！（追下。）

三仙姑　（长叹一声）唉！

［幕闭。

第六场

［当天夜晚。

［去刘家郊前庄的路上。路旁是槐树场。

［小芹急急忙忙地上。

小　芹　（唱）满天星星没月亮，

心急意乱到前庄。

望见了二黑家不敢前往，

我徘徊犹豫在槐树场。

［小芹听得人声，急闪在槐树后面。

［小二黑匆匆上。

小二黑　（唱）前庄人们纷纷讲，

小芹被卖到吴家庄。

好好的婚姻被拆散，

气得我怒火烧胸膛！

小　芹　（认出来是二黑）二黑？

小二黑　（回头）小芹？

小　芹　（扑在他怀里）二黑哥！（啜泣。）

［同时，金旺尾随上，窃听后，轻轻退下。

小二黑　（抚着她）不要哭！

小　芹　二黑哥呀！

（唱）刘家郊前后庄天高地广，

花间蝴蝶林中小鸟都能自由成双。

为什么人的婚姻横遭阻挡，

为什么你有那样亲爹我有那样亲娘？
咱好比并蒂花长在路上，
人摧残马蹄踏天又降严霜！
刚闪过一皮鞭又遭一棒，
咱婚姻到了来落个什么下场！

小二黑　（唱）不学那柳絮儿随风飘荡，
要学那松柏树矗立山冈。
任你把眼泪都流尽，
哭不软他们铁心肠。
有胆量连夜到区上，
求区长给咱帮帮忙。

小　芹　（唱）莫说相随到区上，
就到边区有何妨！

二　人　（同唱）太行高千仞，东海深万丈。
竖架上天梯，安条驾海梁。
只要咱意志钢一样，
何惧它山高水深路途长！

［小二黑携小芹要走。金旺带领民兵拦住去路。

金　旺　（大喝一声）拿双！

小二黑　拿？没有犯法！

金　旺　我就看你犯法不犯法！为你们操了好几天心了！

小二黑　说到哪里就到哪里，到边区政府也不能把人怎样！

金　旺　哼哼！你小子不要嘴硬！
（唱）你个小小毛猴头，
老佛爷手里翻筋斗！
翻上十万八千个，

难逃出金旺我的手！

小二黑　（唱）是狼你把我咬几口，

没工夫跟你磨舌头！

想惩想告且由你，

区里县里我跟你走！

金　旺　走？便宜你！（喝令民兵）捆起来！

民兵们　（互相看看）捆？

金　旺　拿来！（夺过绳子，把二黑捆上。）

小　芹　你为什么不讲理？

金　旺　讲理？也跑不了你！捉奸要双，这是你自己说的，捆起来！

民兵们　（递绳子）你捆吧！

金　旺　拿来！（夺过绳子把小芹捆上。）

［刘修德上。

刘修德　（见状，着急）二黑？（回头求情。）

金旺！念他年幼无知，大人莫怪小人之罪，你饶了他吧！

（唱）你恩典恩典高高手，

咱两家素日无冤仇。

不看僧面看佛面，

全为着我这干老头！

［刘修德跪地求情。

金　旺　（唱）刘修德不用把我求，

瞪大眼看看羞不羞？

你今天叩上一百个头，

这件事轻易不罢休！

刘修德　你饶过他，我给你好好管教管教！

金　旺　你管教？我也管教不了，送区上再说！

小二黑　爹！你不要怕他！到哪里也不犯法！

金　旺　好！要硬你硬到底！

（唱）你小鬼敢告阎王状，
不服输是你没受伤。
好骡马打得由人骑，
铁脑袋碰不过盒子枪！

刘修德　（吓坏了）金旺！

（唱）有事咱在家里讲，
任打任罚我承当。
只要把事情完结了，
我变卖家业来抵偿。

金　旺　（把刘修德推倒）这是公事，带着走！

民兵们　带到村公所？

金　旺　还到村公所干什么？上回不是村长放了的？送到区武委会，按军法从事！

［金旺逼民兵们带小二黑、小芹下。

刘修德　二黑！你算把老子害死呀！

（唱）老子说话你不听话，
闯下大祸犯了军法，
金旺在村上谁不怕，
你有啥本领惹人家！

大　黑　（提灯笼上）爹回去吧！

刘修德　（悲叹地）命运啊，命运！

［大黑扶刘修德下。

［幕闭。

第七场

［紧接前场。

［刘修德家里。一盏油灯在桌子上摇晃。

［刘妻心神不安地由里屋上。

刘　妻　（唱）收下个童养媳找下麻烦，

父子们常吵闹不得安然。

和小芹结亲事两厢情愿，

死老头偏偏要从中阻拦！

（听得外边人声争吵，急到门口张望。）

沿村狗咬人声乱，

听得我老婆心胆寒！

老汉和孩子都不在，

莫非是闯下什么祸端？

［大黑搀刘修德上。

刘修德　（已被命运压得抬不起头来）唉！

（唱）骡马走膘颜色暗，

人走厄运背流年！

车走陡坡中轴断，

船行大海被浪打翻！

刘　妻　（惊问）老汉！出了什么事啦？

刘修德　（摇头叹息）唉！命运，命运！

刘　妻　大黑！出什么事啦？

大　黑　二黑叫金旺送到区上去啦。

刘　妻　啊！为了什么？

大 黑 欺负人还管为什么?

刘 妻 (气得抓住刘修德)他欺负人,你嘴里塞上棉花啦!你手里端上豆腐啦?

刘修德 你算了吧!我躲事还躲不脱,你还叫我惹事啊?唉!我就知道这两天要出事啦。我今年是罗睺星照运,谨防披麻戴孝的人冲了运气。前天清早上地,在岭上碰见一个骑驴媳妇,头戴麻冠,身穿重孝,吓得我战战兢兢,满头大汗,躲也无处躲,藏也无处藏!(对刘妻)你昨黑夜不是梦见庙上唱戏吗?夜里梦唱戏,丢财又惹事!今天早上,一个老鸦飞在房顶上,大叫三声!鸦叫三声,少吉多凶!因此,我今天连大门也不敢出,谁知躲也躲不过!(感叹地)女怕计都,男怕罗睺,不遭天祸,便耽地忧。我算了一辈子卦,还算不出自家的个吉凶祸福来!

(唱)流年运气早安排,
任你躲也躲不开。
你在家里闭门坐,
难防祸从天上来!

刘 妻 (唱)都怨你把事做坏,
收下那么个小女孩。
逼得咱二黑常在外,
你是头一个惹祸胎!
我孩子若要有好歹,
咱两人仇恨解不开!

刘修德 (退缩地)好好好!我谁也不敢和你们生气。(好像念什么口诀)罗睺照运,时时谨慎,凡事忍耐,老天照应!(东找西寻)大黑!我的算卦钱怎么不见了?

大 黑 我放起来啦。

刘修德　给我取出来。

大　黑　又是这一套。

刘　妻　（病急乱求医）你拿出来叫他算算！

［大黑拿出钱来，不满地扔在桌上。

［刘修德虔诚地擦了手，叫大黑摇卦钱，自己细心地批卦。

刘修德　（看罢卦象，面如土色）呀！了不得呀了不得！丑土的父母，动出午火的官鬼，火旺于夏，恐后有些危险呀！

（唱）看罢卦象好惊慌，
凶多吉少起祸殃。
人家派他当青年队长，
我几次劝他不要当。
小杂种硬充人物头，
背起大枪得意扬扬。
闹得如今犯了军法，
谁能救他免祸殃？

刘　妻　（更吓坏了）天爷爷啊！

（唱）小爹爹大胆把祸闯，
急死你爹吓死你娘。
半辈子养儿吃尽苦，
这可落了个啥下场？

大　黑　瞎惊慌呀！

（唱）没有偷盗没有抢，
没有持刀把人伤。
自由恋爱不犯法，
他能遭下啥祸殃？
既然二黑送到区上，

我也敢去见见区长。
事情还没见长和短，
大呼小叫瞎惊慌！

刘修德　（拉住他，谆谆嘱咐）大黑！
（唱）自古道见官如见虎，
言多语失要提防！

大　黑　知道啦！（下。）

刘修德　（无限苦楚地）唉！
（唱）进庙里我不敢欺神蔑像，
少吃穿也不断绕庙烧香。
人打我人骂我低头忍让，
为什么我该遭这场祸殃？

［这时，三仙姑的哭叫声由远而近。

刘　妻　（静听）老汉！谁家哭哩？

刘修德　（一惊）不要管他，半夜动哭声，更是不祥之兆！

［三仙姑哭叫着闯进门来。

三仙姑　（一把拉住刘修德）刘修德！你二黑把俺闺女勾引到哪里啦？你还我闺女来！

刘　妻　好啊！（扑上去一把抓住三仙姑）你来得正好，省得我去找你！你母女二人把俺孩勾引坏，你还有脸来找我！

三仙姑　是俺到你家勾引来？

刘　妻　他怎么不去别人家？不要脸！

三仙姑　你不要脸！

［二人对骂，扑到一起，互相抓闹。

刘修德　（从中拉开）不要乱！不要乱！君子动口不动手啊！

刘　妻　（唱）前庄后庄听一听，

听听你家那好门风。
整天家——
又装鬼，又弄神，
哼哼唧唧欺哄人。
你脸上搽的红胭脂，
你老汉戴上绿头巾。
不要脸，不正经。
勾搭老汉晃后生。
谁把俺二黑勾引坏？
就是你这个害人精！

三仙姑　（唱）不讲理，毒婆娘，
脸皮儿厚的赛城墙！
是你儿自己跑到俺家去，
老娘我不曾到前庄。
俺闺女，已订婚，
你儿安下歪心肠。
明勾搭，暗引诱，
把俺孩诓到槐树场。
拐骗妇女犯何罪？
论理就该坐班房。
你养下什么好儿子，
挺什么狗脸骂老娘！

刘　妻　（唱）人活脸，树活皮，
不顾廉耻活甚时！
自古道，牛生犊子会吃草，
猪下娃子会滚泥。

你天生是个死烂货，
闺女也不是好东西。
瘸草鸡下的歪鸡蛋，
老狐狸下小狐狸。
做下什么体面事，
半夜找到我家里。
连个羞耻也不顾，
就留下一张厚脸皮！

三仙姑　（唱）徐彦昭斩了亲生子，
骂人先该骂自己。
人常说，老鼠养儿会打洞，
苍蝇养儿会下蛆。
你养的儿子不成器，
拈花惹草啥东西！
访一访，问一问，
谁不夸俺的好闺女。
又聪明，又伶俐，
好劳动，好针凿。
生生叫你儿勾引坏，
你倒转，恶言恶语把人欺。
是谁下的歪蛋蛋，
就是你这个瘸草鸡！

刘　妻　（唱）老妖精，嘴头硬，
没理你还抢三分。
不把我儿子找回来！——你个母妖精！哎……

三仙姑　（与之对骂）你个老乞婆！哎……

［二人扑在一起。刘修德从中劝架。

刘　妻　（唱）今天你难出老娘们！

三仙姑　（唱）老乞婆，嘴头硬，

骂得老娘骨头疼。

不把我闺女还给我！——你个老乞婆！哎！

刘　妻　（与之对骂）你个母妖精！哎！……

三仙姑　（唱）老娘就死在你家中！

刘　妻　（唱）想死想活随你便，

你那命不值半文钱！

今天我若饶了你！你个母妖精！

三仙姑　你个老乞婆！

刘　妻　（唱）除非你插翅飞上天！

［刘妻不要命了，扑上将三仙姑推倒在地。三仙姑吃了亏，坐在地上打呵欠打战，装起神来。刘妻抓起根棍子照三仙姑劈头打将下去。刘修德急拦住。三仙姑吓得大叫一声，夺门跑了出去。刘妻抡起棍子还要追，被刘修德夺去棍子。

刘修德　（把棍子扔在一旁）滚回去！

（唱）一案官司还没有完，

你再闯祸叫谁承担？

我这里躲都躲不过，

你还给老子添麻烦！

［刘修德逼着刘妻同下。

［幕闭。

第八场

［前场次日。

［刘家峧区政府院内。

［金旺心神不安地在踱步。

金　旺　（叹口气）唉！

（唱）实想对二黑下毒手，

看来这风势不对头。

他们的问题不处理，

我金旺反被软拘留！

（见小武从办公室出来，拦住）同志！区长呢？

小　武　（对由山门外进来的村长和旦嫂）村长！区长请刘家峧群众代表。

村　长　（指旦嫂）她就是，名叫采莲。

［小武领旦嫂入室。金旺把村长拉住。

金　旺　村长！你进去问问区长，小二黑、小芹犯法不处理，反把我金旺软禁起来。张飞拿住严老将，杀不杀来放不放，这是干什么？

（唱）我做了工作又挨揍，

有功不奖反记仇。

这才是，老牛力尽刀尖死，

陪伴君王不到头！

村　长　（淡淡地）哼哼！

（唱）你这脑筋玲珑剔透，

我心也有个小九九。

共产党办事求实际，

不在谁嘴上抹猪油。

［村长进入室内。

金　旺　（更急了）哎呀！

（唱）画虎不成反类狗，

害人不着自己吃苦头！

光棍不吃眼前亏，

倒不如溜出去避避风头！

［金旺正想溜走，小武从室内上。

小　武　金旺！不要走，区长叫你听候处理！

金　旺　啊？唔……（强作镇静地掏出纸烟）同志！抽支烟吧。

小　武　不会！

［区长、村长、小二黑、小芹、旦嫂由室内出来。

区　长　金旺！刘家郊开了群众大会，这是群众检举你犯法的材料，你自己看看！（递材料。）

金　旺　（接看，吃惊地）哎呀，区长！

（唱）我秉公办事倒了灶，

落了个破鼓乱人敲！

山村野民难管教，

你若软来他更刁。

得罪一人一道沟，

为下一人一座桥。

如今原告成被告，

金旺落了个什么下梢！

［区长向旦嫂示意。

旦　嫂　（唱）谁是原告谁被告？

谁是野民谁放刁？

任你金旺舌头巧，

灵芝说不成臭蓬蒿！
任意派粮，任意罚款，
拿回家去，装了腰包；
强占民田，强奸妇女，
逼死人命，自在逍遥；
勾结土匪，引路绑票，
讲价赎人，两面三刀！
小芹二黑，自由恋爱，
从中干涉，凭着哪条？
你算什么村干部？
乌鸦霸占凤凰巢！

（回头对区长）区长！

若再让他们当干部，
乡亲邻舍活不了！
请区长给群众来做主，
不准他们犯了国法自在逍遥！

区　长　金旺，你还有什么说的？

金　旺　区长！

（唱）我有错误，你多关照，
大恩大德，地厚天高，
飞禽也懂，衔环之报，
金旺我今天叩头求饶！

（跪了下去，叩头。）

区　长　（怒喝）起来！（对小武）把他看起来，押送县政府处理！

［小武押金旺下。

［旦嫂、小二黑、小芹激动地扑向区长。

三　人　区长！

（唱）头上的恶霸被打倒，

村里的群众情绪高。

只要咱穷人不受虐待，

我们保证，抗日工作、减租减息、

生产救灾各项工作轰动刘家郊。

［刘修德突然闯了进来。

刘修德　（指着小二黑鼻子叫骂起来）闯祸的东西！人家放了你还不滚回去！把老子吓死啦！不要脸！

区　长　干什么？村公所是你骂人的地方？

刘修德　（退缩）不敢，不敢！

村　长　这就是小二黑他爹。

区　长　你就是刘修德？

刘修德　是！

区　长　你给二黑收了个童养媳？

刘修德　是。

区　长　今年多大啦。

刘修德　十二啦，属猴的。

区　长　边区颁布了《婚姻法》，你知道不知道？

刘修德　听说过，不过……

区　长　把人家退回娘家去，小二黑已经和小芹订婚了。

刘修德　她只一个爹，不知逃到哪里去了，退也没处退。区长恩典恩典就过去了。

区　长　凡是不合法的婚姻，只要一方不愿意就得退。

刘修德　俺这是两家同意。

区　长　二黑！你愿意不愿意？

小二黑　我不愿意。

刘修德　（脾气又上来了）由你啦？

区　长　给他订婚，不由他难道由你？老汉！如今是婚姻自主，由不得你啦。你家养的那个小姑娘，要真的没有娘家，就算成你的闺女好啦。

刘修德　那也可以。不过，还得请区长恩典恩典，他可不能和于福家闺女订婚。

区　长　为什么？

刘修德　命相不对。这是一辈子的事。（回头对小二黑）你不要糊涂呀，孩？

区　长　你说这八卦命相真有灵验？

刘修德　圣人留《易经》，相传到如今。万般皆由命，半点不由人。

区　长　听说你算小二黑卦犯凶相，必有灾星？

刘修德　卦里是有凶相。

区　长　好，我成全你卦象。（故作震怒地）来！把刘二黑押起来送进监狱！

小　武　（全理会）是！

刘修德　不不不！卦象不灵，卦象不灵！

区　长　老汉！

（唱）你强把二人扭一起，
到了来总是两张皮。
男见女，扭南撂北，
女见男，你东我西。
今天吵，明天闹，
吵吵闹闹哭哭啼啼。
同室生活同床睡，

一个锅里搅稠稀。
见面没有句甜蜜话，
你说说这算什么夫妻？

刘修德　（还想说什么）区长！

区　长　（制止了他）老汉！

（唱）我见你八卦迷了窍，
才诚心诚意解劝你。
孩子们结婚两情愿，
你愿不愿意都没关系。
包办婚姻法令不允许，
再莫让八字命相把心迷。

［这时，三仙姑闯了进来，后面跟了一伙大人和孩子们。

三仙姑　区长老爷，你可要给我做主呀！

（唱）见区长，忙叩头，
闺女气得我泪长流。
抓屎弄尿作务大，
倒跟爹娘结下冤仇。

区　长　什么事？

小　武　这就是小芹家娘。

区　长　你就是小芹家娘？不要装神弄鬼，我什么都清楚，起来！（打量她）你今年多大岁数啦？

三仙姑　四十五啦。

区　长　你自己看看你打扮得像个人不像？

［三仙姑看，羞。

［看热闹的人叽叽喳喳、嘻嘻哈哈地笑了起来。

小　武　有什么好笑的，到外边去！（自己也禁不住笑了。）

区　长　你会下神是不是？

三仙姑　……

区　长　你给小芹找了个婆家？

三仙姑　找了个。

区　长　使了人家多少钱？

三仙姑　三千五。

区　长　还有什么？

三仙姑　衣裳、布匹、首饰……

区　长　闺女愿意不愿意？

三仙姑　不知道。

区　长　你亲自问问她！

［三仙姑向小芹走了半步，小芹扭脸。

［看热闹的人叽叽喳喳地议论开了：

——看，四十五啦，打扮得像个妖精！

——看那花缎衫子。

——看脸上那粉搽得有寸把厚。

——闺女不如娘会打扮。

小　武　（故意大声）有什么好笑的？人家还不是一个鼻子两眼睛？

［众人更加哄笑起来。

三仙姑　（羞得汗流满面）羞煞人呀……

（唱）半辈子我不曾脸红害羞，

这一回羞得我热汗直流。

对着区长对着二黑对着我闺女，

羞得我不敢回话也不敢抬头。

掏出来小镜子偷偷观看——

［看热闹的人们更吵吵开了：

——看，照镜子打扮哩。

——来村公所还打扮？

——三仙姑不打扮，还算什么三仙姑？

[又是嬉笑声，嘈杂声……

三仙姑　（急忙把镜子装起来，顺手把首饰拔下几件揣在怀里）唉！

（唱）我打扮得三分像人七分倒像个马猴！

人过了四十五儿成女就，

还卖什么老俏卖什么风流！

头又昏心又跳眼花缭乱，

想逃走，望天天又高，望地地又厚，

哪里有个地缝儿，我钻在里头！

区　长　你不问？我替你问。小芹！你娘给你找的那个婆家，你愿意和人家结婚不愿意？

小　芹　不愿意，我知道人家是谁！

区　长　（对三仙姑）你听见了吗？

三仙姑　听见了。

区　长　小芹和小二黑要结婚，你还有什么意见？

三仙姑　我听区长的话。

区　长　回去把吴家的彩礼退了，这种买卖婚姻是违法的。

三仙姑　是。

区　长　既然双方都同意了，我就向你们两家道喜啦！（对小二黑、小芹）你们准备结婚吧！

[小二黑、小芹在众人簇拥中下。

刘修德　（捏算日期）今日是……

村　长　不用算啦，丁日丁卯………

旦　嫂　今日就好。

区　长　（笑着）你们两位神仙，也该转变转变啦。你们的儿女都是好青年，不要再抱着那装神弄鬼、阴阳八卦的老一套，让孩子们人前难为情了。

刘修德
三仙姑　（唯唯听命）我们听区长的话吧。

区　长　好。村长，编两句喜歌念念！

村　长　好。（略加思索）

（念）不行聘，不纳财，
不必骑马把轿抬。
今日红花胸前戴，
他日红花百年开！
请新郎、新娘就位！

［奏乐。小二黑、小芹带红花就位。

村　长　（唱礼）向毛主席行礼！向区长行礼！向双方家长行礼！两亲家互相道喜啦！

三仙姑　（不好意思地）道喜啦，亲家，亲家母！（拜。）

刘修德
刘　妻　（亦不好意思地）大家都喜！大家都喜！亲家母喜！（又拜又揖。）

［引得众人哄堂大笑。

小二黑
小　芹　（同唱。群众伴唱）

踏碎千年老规矩，
婚姻大事靠自己。
拥护政府新法令，
感谢共产党，
感谢八路军，

感谢领袖毛主席！

[鼓乐喧天，人声鼎沸。

[幕徐徐闭。

——剧终

【附记】本剧本改编于1943年秋，由武乡光明剧团首排首演，演出效果很好，演出场次亦多。1962年根据武乡光明剧团改本与襄垣农村剧团改本再次加工改编，由襄垣秧歌剧团、武乡秧歌剧团先后排练演出，很受当地群众欢迎，成为襄武秧歌剧种长期保留节目。据说，各团均演出千场。1963年剧本曾作山西省文化局戏剧工作研究室和中国戏剧家协会山西分会推荐剧目印行，并选入上述两单位编印的《山西革命根据地剧本选》。剧本原稿赠八路军太行纪念馆。

王贵与李香香

（根据李季同名长诗改编）

时　间　第二次国内革命战争年代。

地　点　陕北一个叫死羊湾的地方。

人　物　王麻子——老农民。

王　贵——王麻子的儿子。

李德瑞——老农民。

李香香——李德瑞的女儿。

刘二妈——中年农妇。

牛四娃——青年农民。

马　孩——壮年农民。

二　妮——年轻女子。

死羊湾群众。

队　长——红军游击队队长。

游击队队员们。

崔二爷——恶霸地主。

大　秃——崔家收租用人。

二　狗——崔家的狗腿子。

媒　婆——实际是个女流氓。

崔家的打手们。

连　长——白军的连长。

白军士兵们。

第一场

［秋末。

［村头上。黄沙漠漠，一片荒年景象。一棵缺皮少枝叶的榆树，在萧飒的秋风中摇曳、呜咽……

［老鸦叫着掠空而过。

［一阵锣声由远而近。

［幕启。

［二狗敲锣上。

二　狗　（敲锣呼喝）佃户们听着：崔二爷亲自下乡来催租讨债，抗租抗债不交，你们小心着！

［在破锣声、呼喝声中，打手开道，丫鬟掇茶盘、水烟袋，抬一把狗皮交椅上。崔二爷大摇大摆地随上。

崔二爷　（悠闲地奸笑地）嘿嘿嘿嘿！

（唱）百灵子雀雀百灵子蛋，

崔二爷我家住死羊湾。

这地方，真正好，

穷人多，富人少，

吃酒肉穿绸缎我自在逍遥。

一眼望不尽老黄沙，

没一块土地不属咱家。

从岭上，到岭下，

从河坪，到山凹，

全凭着收租放债我发了家。

风吹大树呼啦啦响，

崔二爷我有钱又当保长。

钱满柜，粮满囤，

骡成群，马成群，

死羊湾我是个小朝廷。

［人们将交椅放稳，崔二爷抖袍落座。丫鬟们递茶递烟，二狗急擦火点火绵纸，忙个不停。

崔二爷　（喷出口烟雾）大秃呢？

二　狗　（急喊）大秃！大秃！二爷叫你呢！

［大秃应声急上。

大　秃　（小心地）二爷叫我？

崔二爷　王麻子家的租子收起了没有？

大　秃　回禀二爷，那租子实在难收啊！

崔二爷　怎么？

大　秃　（加倍小心地）二爷！

（唱）今年的庄稼没有收，

庄户人家皱眉头。

田里的野菜全挖尽，

村边的树皮也不留。

我软话说，硬话诈，

瓮子里刮，罐子里搜，

空空荡荡一无所有。

今年这租子实在难收！

崔二爷　（大怒）混蛋！任何荒年大旱，租子不能缺短！荞麦皮里榨油，榨个无中生有。看见他们皱眉头，你就叫喊实难收。像你这种稀松蛋，还能给我把大事办？嗯？嗯？嗯？（气汹汹地把大秃逼到墙角才罢）哼！稀松蛋！

二　狗　（狐假虎威）哼！稀松蛋！

崔二爷　叫王麻子来！

大　秃　（小心地）是！（大声吆喝）王麻子！二爷叫你！

崔二爷　二狗！皮鞭、柳棍伺候！

二　狗　是！皮鞭柳棍伺候！

打手们　（耀武扬威地）皮鞭柳棍伺候！

［王麻子在内唱：

瞎子摸黑路难上难。

［大秃推王麻子上。打手们挥舞柳棍逞威。

崔二爷　（揶揄地）王麻子，今年光景过得不错吧？

王麻子　二爷！别拿我开心啦！

（唱）家贫寒偏又遭荒年！

四月里无雨五月旱，

老黄风刮过六月天。

求神祈雨许心愿，

感不动头上杀人的天。

田地里寸草颗粮不得见，

荒郊外树叶枯黄野草干。

今年的租子交不上，

求二爷高手开恩到来年！

崔二爷　你说得倒轻松！

（唱）你祖辈租种崔家田，

你交租上利理当然。

你软磨硬顶把人骗，

你装穷叫苦哭皇天。
说什么今年交不上，
说什么开恩到来年。
今天若逼不出租和利，
崔二爷爬在你面前！

［崔二爷装腔作势地要爬。

王麻子　（浑身颤抖地跪倒在地，哀求地）二爷啊！

（唱）欠租债我怎敢软磨硬顶，
我只求崔二爷高手开恩。
说假话骗他人行为不正，
穷苦人凭的是天地良心。
只要你给穷人留条活命，
到来年打下粮送租上门。
四十年我为你血汗流尽，
难道说求不下你这点人情？

崔二爷　你胡说！

（唱）这交租上利硬碰硬，
讲人情不值半分文。
今天你胆敢抗到底，
我倒要数数你肋骨有几根！

（喝令）给我打！

二　狗　（喝令）来呀！给我打！

［打手们乱棍齐下。

王麻子　哎呀！（倒在地上滚了几滚，陡地挣扎起来，反抗地）王麻子短下你租子，没有短下你命！我当牛当马侍候了你一辈子，今天你下这样毒手！你，你，你，纵然把我家地铲平，也找不出半升粮食；

你纵然把我肚皮划开，也找不出一颗小米！租子利钱没有，就这一条命啦！

崔二爷　（更怒）你要拿命顶？二狗！打！

［二狗和打手们皮鞭柳棍齐下。

王麻子　（高呼）救命哪！

［王贵跑上，护住王麻子。刘二妈、二妮、牛四娃、马孩、李德瑞、李香香等齐上。

李德瑞　（急上前求情）二爷！老麻子年纪大了，身子又有病，二爷饶了他吧！

众　人　（求情）二爷饶了他吧！

崔二爷　李德瑞！三张纸糊了个驴头，你好大的面子！你是替人求情，还是替人交租还债？

李德瑞　我欠二爷的租子利钱，还得二爷宽限！

崔二爷　这样说来，王麻子抗租抗债没抗住，你要跳出来跟二爷抗一抗？

李德瑞　求二爷宽限！

崔二爷　混账！你既然想试试二爷的皮鞭柳棍，（大喝）二狗！教训教训他！

二　狗　（大声答应）是！（对打手们）打！

［二狗和打手们举起皮鞭、柳棍。

李香香　爹！（扑出来护住李德瑞。）

崔二爷　（上下打量）啊？哪里飞来的百灵鸟？

二　狗　李德瑞的女儿李香香！

崔二爷　（贪婪地盯着）呵！

（唱）三十里黄土二十里沙，

白蒿遍地蒺藜爬。

忽然间一阵香风过，

现出来一枝牡丹花。

（对李德瑞）老叔啊！

欠一点租利不算啥，

手头缺钱到账房拿。

只用你老人家一句话，

八抬大轿娶香香到我家。

（涎着脸馋笑着）嘻嘻嘻嘻！

李德瑞　（护住李香香）二爷不要取笑了！

崔二爷　好好好！以后再说。（回身怒对王麻子）你到底交租不交？

王麻子　交得有，交不得无啊！

崔二爷　给我打！

王　贵　（扑上护住）我爹这么大年纪了，怎么经得起你们这样毒打？

崔二爷　（怒）哪里蹦出来个狗娃子？

二　狗　他是王麻子的儿子——王贵。

崔二爷　好，大秃！

大　秃　（趋前）在！

崔二爷　把他（指王贵）拉回去，以人顶租！

［大秃、二狗指挥打手们把王贵抓着要下。

王　贵　（挣扎着回头）爹！

王麻子　贵儿！（爬上去拖住）你们不能呀！

崔二爷　滚！（朝王麻子当胸一脚踢去。）……

［王麻子倒地，王贵被拉下。崔二爷扬长而去。打手、丫鬟们跟下。

牛四娃　看！王老伯他……

李德瑞　（摸摸王麻子口，摆手示意放倒）他咽气啦！

众　人　（扑跪在地）王大伯！

［秋风阵阵，黄沙漠漠。

刘二妈　他王大伯呀！

（唱，众人啜泣伴唱）

适才间声朗朗转眼把气断，

撇下儿子像孤雁落在沙滩！

父子俩就这样任人糟践，

财主们长的是虎狼心肝！

破窑洞烂柴扉风中震颤，

眼看得一家人断了炊烟。

扑地风卷黄沙天昏地暗，

是何人拨乌云现出晴天？

［悲愤的人们抚着尸体仰问上苍。

［幕徐徐闭。

第二场

［冬天。风雪迷漫。

［李德瑞家屋子、院子内外。篱笆外是通向村里的大道。

［糊漏锅张师傅喊着上。

张师傅　（腋下挟一把长柄钳子，喊着）糊漏锅来哟！

（唱）走乡串户揽生活，

钉缸钉盆带补锅。

镰刀菜刀砍柴斧，

我能打能修也能磨。

配钥匙，修铁锁，

活计做好花钱不多。

一声吆喝村前过——

（高声吆喝）糊漏锅来哟！

［王贵喊着追上。

王　贵　糊漏锅师傅！

（唱）师傅你少等我有话说。

张师傅　小羊工，糊漏锅吗？

王　贵　我无家无地，无锅无灶哇！

张师傅　你修羊铲吗？

王　贵　羊铲羊工用，坏了主人修！

张师傅　那是要钉盆、钉缸、开镰、钢（读去声，作动词用）刀、搭攫、挽襻、捻椎子、修剪子、补漏锅、钉圪巴、修锁子、配钥匙？

王　贵　不是，不是，不是！全不是！

张师傅　那你要我做什么活计？

王　贵　（四下看看）我拣了些驴蹄铁、马掌铁、勺子把儿钉圪节，请师傅给我打一样东西。（说时把麻袋片裹着的废铁递过。）

张师傅　你要打什么家具？

王　贵　打……（四下看看）打把攮子！

张师傅　打攮子？

王　贵　（急掩其口）别高声！这事不许对别人讲！

张师傅　唔？给你做活儿还得保密？你要攮子干什么用啊？

王　贵　师傅！

（唱）这水冻草枯上山冈，

山冈上到处有野狼。

那血口獠牙三角眼，

带一把攮子好提防。

张师傅　哈哈哈哈！小羊工！

（唱）真人面前把假话讲，

你别跟师傅捉迷藏。

你爹妈因租子交不上，
被地主踢死真冤枉。
这世道有理无处讲，
打一把攮子……

王　贵　嘘！不要瞎说！

张师傅　好好好，不要瞎说！

（唱）打一把攮子防野狼。

王　贵　对对对，防野狼！

张师傅　小羊工！（轻声地）后天晚上，你到张家旮旯去找张师傅。

王　贵　到张家旯旮去找张师傅？

张师傅　记着，回头见！（转身吆喝）糊漏锅来哟！（下。）

［二狗追上。

二　狗　王贵！跟你说话的那是谁？

王　贵　糊漏锅师傅。

二　狗　他对你说什么来？

王　贵　他问我补锅不补锅。我说，我的锅要是破了，有我干儿子管着哩。

二　狗　谁是你的干儿子？

王　贵　二掌柜，你能是我的干儿子？

二　狗　呸，呸！你小子变着法子骂人！（看看天气）刮了一阵丝丝风，下了三片毛毛雪，你就把羊给圈啦。你不给二爷好好放羊，看我不报告二爷，剥你的皮！（用围脖围好耳朵，瑟缩着走去。）

王　贵　呸！癞皮狗！（一阵风袭来）啊！

（唱）老天爷降下来鹅毛雪片，
北风刮得人刺骨之寒。
肚中空我不能吃顿饱饭，
衣单薄怎熬过漫长冬天。
背上的血痕无法数，

肚里的苦水倒不完。
到崔家已经一年满，
还不清租子和利钱。
爹爹坟头风雨打，
王贵心上钢刀剜。
杀父的冤仇儿要报，
恨不得杵烂崔家的天！

［李德瑞自外上。

李德瑞　王贵！你放羊刚回来？

王　贵　李叔叔，刚圈了羊。

李德瑞　（拉住王贵，上下打量）唉！
（唱）一把拉住娃娃手，
两眼不住泪交流。
看娃娃面黄肌又瘦，
他不喂草料光使牛。
牛驴拉磨绕磨道，
苦日子何日是尽头？

王　贵　（唱）他不喂草料叫拉磨，
姓崔的是个大恶魔！
大年初一饺子下满锅，
王贵我还啃糠窝窝。
身上衣单鞋子破，
天不明赶羊上山坡。
他不给干粮我挨饿，
手疼脚裂步难挪。
想拣把柴火烤烤火，
他连盒“取灯”也不给我。

李德瑞　（唱）真是小哑巴吃苦瓜，
满肚苦不能叫声妈。
老汉我今年五十八，
家里只有个女娃娃。
穷苦人遇见穷苦人，
我的家就算你的家。

王　贵　（感激涕零地）大叔！
（唱）没家的人儿找到了家，
你是王贵的亲爸爸。

［王贵跪了下去，李德瑞急扶起。

李德瑞　外边冷啊，孩子，到屋里烤烤火！

［李德瑞开门，拉王贵进屋里烤火。

［李香香托着簸箕从外边上。

李香香　（唱）冒风踏雪碾粗糠，
头晕身沉打战心里发慌。
脱毛毛山雀儿断了翅膀，
没有吃没有穿怎能飞翔！
地里受家里熬牛马一样，
十八年随爹爹苦度时光。

［李香香进屋放下簸箕，拍打去身上的积雪。

李德瑞　孩子！（指指王贵。）

李香香　爹！（看见了王贵。）

［王贵与李香香羞涩地互视，良久。

李德瑞　（对王贵）孩子！
（唱）女儿名叫李香香，
没有兄弟死了娘。

李香香　（羞涩地）爹！人家认识！

李德瑞　认识？认识好哇！

（唱）王贵比你大一岁，

他是哥哥你是妹妹。

（转对二人）

没爹没娘孤零零，

从今后咱就成了一家人。

李香香　（对王贵）王贵哥！

（唱）风雨山坡难停站，

回咱家来避避风寒。

王　贵　（对李香香唱）

羊肚子手巾包冰糖，

虽然是人穷好心肠。

王　贵　（唱）一个妹妹一个爸爸，

李香香　（唱）一个哥哥一个爸爸，

王　贵　（唱）没家的人儿找到了家。

三　人　（唱）没家的人儿找到了家。

［李德瑞情不自禁地把两个孩子拉到身边。

［幕徐徐闭。

第三场

［春天。风和日丽，柳绿桃红。

［村外井台附近。桃柳映衬，春意盎然。

［李香香担水桶自内上。

李香香　（唱）太阳落山红艳艳，

香香担水来到井边。

［用井绳拴好水桶，打水。

井里打水绳绳儿短，
香香弯腰喘气难。

［想着心思。

刮罢了北风刮东风，
春风吹得桃花儿红。
地头上沙柳绿榛榛，
王贵是个好后生。
身高五尺浑身都是劲，
庄稼地里能顶两个人。
交好的心思两人都有，
谁也害羞难开口。

［山坡上传来羊群的咩咩叫声，王贵赶羊的鞭子声、山歌声。

王　贵　（在后面吆喝羊群）得儿！嘘！

（唱）山丹丹开花红姣姣，
香香的人材长得好。
一对大眼水汪汪，
就好像露水珠儿草上淌。

［李香香闻声，轻轻地隐在桃花树后。

［王贵手持羊铲、羊鞭转下山坡。

王　贵　（吆喝着羊群）得儿——

（唱）玉米开花半中腰，
我早把香香看中了。
小曲儿好唱口难开，
樱桃儿好吃树难栽。
王贵我赶羊下山坡——

李香香　［倏地从桃树后闪了出来……

（唱）香香在井台畔等哥哥！

王　贵　（唱）放羊一天不瞌睡，
合不上眼睛想妹妹。

李香香　（唱）山丹丹，背凹凹开，
有哪些心事慢慢儿来。

王　贵　（唱）大路畔上灵芝草，
谁也没有妹妹好。

李香香　（唱）马里头挑马不一般高，
人里头挑人数哥哥好。

王　贵　（唱）樱桃桃小口玉米牙，
巧嘴嘴说些哄人的话。
嫁上个有钱的花钱常不断，
跟上个庄稼汉一生受熬煎。

李香香　（唱）烟锅锅点灯半炕炕明，
酒盅盅量米不嫌哥哥穷。
妹妹生来就爱庄稼汉，
实心实意赛过银钱。

王　贵　（唱）红瓤瓤西瓜绿皮皮包，
妹妹的话儿我忘不了。

李香香　（唱）心里的话儿乱如麻，
定个时候说说知心话。

王　贵　（唱）天黑夜静人睡下，
到妹妹房里把话拉。

李香香　（唱）满天星星没有月亮，
你小心踏在，哥哥呀，狗身上。

［李香香羞涩地躲在井台畔。

［王贵追上还想说些什么，听到羊群叫声，急返向羊群，亮着嗓子吆喝着羊，打着响鞭下。

［李香香目送着王贵良久……

李香香 （唱）王贵哥哥驱羊群，

像天神驾起一朵云。

送走了哥哥回头看，

崔二爷来到井台边。

一颗脑袋像个山药蛋，

两只鼠眼笑得人好厌烦！

（气上心来）哼！

香香我生就怪秉性，

心眼里恨透老财东。

穷人家饥一顿饱一顿，

打下粮租债还不清。

他把王贵当牲口用，

天不明忙到夜更深。

碰见他就有三分灾，

早些躲开这“黑煞神”！

［李香香急忙打水。

［崔二爷摇摇摆摆地上。

崔二爷 （唱）黑缎子马褂黑缎子鞋，

凹凹里来了我崔二爷。

我当是谁，原来是香香！（蹑手蹑脚闪在李香香身后，嬉皮笑脸地）香香！

（唱）你拔不动我来帮你，

小心磨破葱疙瘩玉疙爪爪嫩手皮。

［崔二爷贪馋地动手动脚。

李香香　（挥开他，正色地）崔二爷！你也是通文读书之人，这动手动脚的，成何体统！

崔二爷　（垂涎三尺）嘻嘻！

（唱）小姣姣你不要恼，

二爷早把你看中了。

细条条拉面肉臊臊，

我的心在你身上操。

（又伸手抓抓闹闹。）

［李香香躲开，急去打水。

崔二爷　（死皮赖脸地）嘻嘻！

（念）你嫁给二爷多方便，

我家里有粮又有钱。

想吃龙心有钱能下海，

想吃星星有钱能上天。

［李香香气极。操起扁担，挑起水桶就走。

崔二爷　［贼心不死，扑上拖住扁担。

（唱）崔二爷抓住挑水担，

口袋里掏出两块钱。

这两块白洋光闪闪，

拿回去买件新衣穿。

［李香香狠狠将钱打落在地，将水桶在崔二爷腿上碰了一下，趁机急下。

［崔二爷被泼了两脚水，一松手，见李香香已趁机而去，正待追去。见牛四娃和马孩站在一旁冷笑。

崔二爷　（大怒）你们站在那里看什么？

牛四娃　我们看……

马　孩　（捅他一下）我们什么也没看见！

崔二爷　（发泄）滚蛋！

［牛四娃、马孩暗笑着下。

崔二爷　（恼羞成怒）哼！

（唱）死丫头你真不识好，

惹恼二爷你受不了。

井绳断了桶掉井里头，

我看你在我手里怎脱逃！

（拣起来掉在地上的洋钱，吹了吹。）

（唱）放着白面吃窝窝，

看上王贵看不上我。

王贵年轻子儿没一个，

二爷虽老可银钱多！

［把两块银洋互相敲得叮叮作响。

口袋里银洋叮当响，

仓房里粮食斗难量。

王贵敢跟我来较量，

回去叫小子遭点殃！

［崔二爷愤愤地下。

［牛四娃、马孩轻轻走将出来。

牛四娃　（朝着崔二爷的背影）呸！牲口！

（唱）老叫驴还想吃嫩草，

伸着狗爪子到处搔！

有朝一日时候到，

看老子把你狗牙敲！

马　孩　（制止）你小声点儿吧！

（唱）脚踩着崔家黄沙坂，

头顶着崔家一层天。

他叫你活你死不了，

他叫你死可不费难！

牛四娃　哼！

（唱）咱不能伸长脖子任人砍，

得想法把他虎牙扳。

马孩哥你真死心眼，

没看电光雷声要变天？

马　孩　天再变，还能把崔二爷的天变成你牛四娃的天？

牛四娃　能，当然能！

马　孩　谁能惹得起人家？

牛四娃　你惹不起，我惹不起，可是有人能惹得起他！

马　孩　谁？谁能惹得起人家？

牛四娃　谁？（四下侦视，神秘地）共产党！

马　孩　（一惊）共产党？

牛四娃　共产党！共产党能惹得起他！

马　孩　你入了共产党啦？

牛四娃　现在还没有。

马　孩　谁给你说的？

牛四娃　王贵给我说的。

马　孩　共产党到底是干什么的？

牛四娃　闹革命，救咱穷苦人。

马　孩　王贵是怎么给你说的？

［牛四娃示意马孩，二人警惕地四下侦视一周。天色渐渐暗了

下来。

牛四娃　（唱）共产党为咱穷人打算，

专帮助穷人把身翻。

白天里还是庄稼汉，

到夜里背枪打营盘。

打开寨子分粮食，

土地牛羊都分完。

哪村有了共产党，

哪村穷人有吃穿。

马　孩　王贵见过共产党吗？

牛四娃　见过。

马　孩　共产党是啥样样啊？

牛四娃　（唱）少先队，赤卫军，

尽是十八九小后生。

婆姨们走路一阵风，

长头发剪成短缨缨。

久旱逢雨庄稼发青，

共产党是咱大救星。

甚时候来了共产党，

咱们就能过好光景。

马　孩　共产党怎么不来咱这里？

牛四娃　一定要来的，游击队住的地方就离咱这里不远。

马　孩　怪不得崔二爷催着给他修寨子哪！

牛四娃　他也有害怕的时候！

马　孩　叫王贵快点给游击队送个信，趁寨子还没有修好来打死羊湾！

牛四娃　我这人你还不知，“上轿等不得穿红鞋，过年等不得贴灶爷！”我说过了，可是王贵说，闹革命不能只等游击队，要靠咱穷人齐心合力，组织起来！

马　孩　组织起来？

牛四娃　组织赤卫军！

马　孩　那就快组织吧！

（唱）紫红犍牛自带耧，
闹革命思想人人有。
摸不清根子怎动手，
叫王贵给咱领个头。

牛四娃　叫你当赤卫队你敢不敢干？

马　孩　你呢？

牛四娃　我当然敢！

马　孩　那我也敢。

牛四娃　敢干？就叫王贵给咱报个名。

马　孩　（忽然听到声响）有人！

牛四娃　嘘！（静听）藏起来！

［牛四娃、马孩隐蔽。

［王贵拿着羊铲上场。李香香送上。

李香香　王贵哥！把你的攮子带上！

王　贵　（接过，轻声地）你回去吧！

李香香　（唱）王贵哥哥你终日忙，
吃两顿糠皮寡菜汤。
夜里去开会闹革命，
白天到山坡去放羊。
闹三天五夜说不上，
闹革命今后日子长。

若忍饥受饿太劳累，

担心你生病卧在床！

王　贵　不怕。

［牛四娃、马孩轻手轻脚地探头张望。

牛四娃　（故意一声咳嗽）咳！

王　贵　（一惊，举羊铲）谁？

牛四娃　本人牛四娃！

马　孩　还有老马！

王　贵　吓我一跳！

李香香　我以为碰上狗腿啦！

牛四娃　（踢个飞脚）牛四娃长的是周周正正的人腿！

马　孩　王贵，香香说得对，你得注意身体！

王　贵　马孩哥你放心吧！

（唱）我身子劳累精神爽，

闹革命力气难估量。

王贵我年轻精力旺，

刻骨的仇恨烧胸膛。

别人仇恨像黄河水，

我的仇恨像大海洋！

年迈的爹爹遭残死，

把我的家产一扫光。

拴住我给他当牛马，

如今他又要抢香香。

逼着我去把梁山上，

决不让恶霸欺善良。

我已经参加赤卫队，

决心跟老狗干一场!

牛四娃　我也参加赤卫队!

马　孩　要我不要?

王　贵　当然要!今晚开会,我就给你们报上名,你们要保密。都回去吧!

三　人　你路上要小心!

王　贵　各自小心!(走去。)

马　孩　(赞叹地)啊!

(唱)直挺挺杨树枝叶青,

劲煞煞一个好后生。

只盼游击队早来到,

活捉崔二爷用枪崩!

[村里传来吆喝声:"那是谁在井台边?"牛四娃、马孩示意李香香隐蔽起来,二人迎了上去。

[二狗喝得醉醺醺地东摇西摆上。

二　狗　大,大黑天啦,你们两人还在村边上干,干什么?

马　孩　这不下地刚回来吗?

二　狗　叫你们给二爷修寨子,你们磨洋工;不叫你们晚上乱跑,你们偏要乱跑!要是在村边碰上共产党,把你们抓去当兵,当兵!看你们还敢不敢乱跑!

牛四娃　啊?村边上有共产党?快跑!(拉马孩跑去。)

二　狗　都给我站住!二爷叫你们连夜去修寨子!听见了没有?嘿!都吓跑啦?跑不了!(忽然想起两句戏文)"任你跑上灵霄殿,老子我追你上九天!"

[“叭,打,锵!”头重脚轻,摔倒在地,爬起来,追下。

[暗影闪出来李香香。

李香香　连夜修寨子?哼!

（唱）你想跟穷人来作对，
看你还能抖几天威！
任你把诡计全用上，
一双手难堵黄河水！

［李香香朝村里走去。

［幕闭。

第四场

［初夏。绿树荫浓。

［崔二爷家大院。摆有桌案、椅子……

［桌案两侧，站着横眉竖眼的打手；桌案后面，站着提茶饮水的丫鬟。

［崔二爷像热锅上蚂蚁坐立不安。

崔二爷　（暴跳而惊悸地）唉！
（唱）四面八方闹革命，
闹得我一夜几心惊！
明里查，暗里问，
王贵这小子有活动，
气得我两眼冒火星！

［二狗匆匆上。

二　狗　二爷！我把王贵叫来啦！

崔二爷　村民还没召集起来？

二　狗　大秃正在挨户催促。

崔二爷　（喝令）给我鸣锣聚众！

二　狗　（向侧首吆喝）鸣锣聚众！

［破锣声、吆喝声、人们的嘈杂声。

崔二爷　今天我要杀一儆百！

（唱）老祖压不住神仙洞，

癞蛤蟆也要成了精！

老虎嘴边把牙碰，

太岁头上把土动，

认一认马王爷几只眼睛！

［人们被驱赶进崔家后院。

［崔二爷对二狗示意。二狗下。少顷，和大秃将王贵推了进来。

二　狗　（诈唬地）村民们听着！

（念）王贵这小子不酌量，

他竟敢勾搭共产党！

男女老少你们都来看，

看一看闹革命啥下场！

［二狗把皮鞭躬身交给崔二爷。

崔二爷　（挥舞皮鞭）听着！

（唱）死羊湾江山如铁桶，

谁敢捣乱法不容！

你癞蛤蟆想吃天鹅肉，

穷鬼还想办怪事情。

尿泡尿照照你的影，

穷眉酸眼能成了精？

谁见过五黄六月飘雪片？

谁见过日出西山落在东？

王　贵　（冷冷一笑）哼！

（唱）世上的事情料不定，
三十年河西到河东。
大海底变成黄沙岭，
放牛娃也曾坐朝廷。
梁山泊英雄大聚义，
李闯王领兵进北京。
天下的穷人齐了心，
吹口气就能定乾坤！

崔二爷　（按着怒火，现出狡诈的和颜悦色）王贵！
（唱）说什么吹气定乾坤，
人脑袋称称有几斤？
你比古论今说胡话，
生一阵灵火头发昏。
共产党山南又海北，
怎么能跟你一条心？
二爷我是你老东家，
咱知根知底自家人。
你不该过河便拆桥，
翅膀硬了你忘了恩。
人常说浪子回头金不换，
放下屠刀立地成神。
一失足变成千古恨，
怎对起邻舍众乡亲？

［众人议论，一片嗡嗡声。

二　狗　（吆喝）肃静！肃静！

王　贵　（不禁大笑）哈哈！

（唱）糠糊菜吃得肚皮胀，

又掇来半碗寡米汤！

［逗得人们一阵哂笑、议论……

二　狗　（用皮鞭在桌上一击）肃静！

［崔二爷被这“啪”的一声吓了一跳，回头白了二狗一眼。

［人们静了下来。

王　贵　（唱）我爹是怎样把命丧？

我为啥给你去放羊？

我赚的工钱何处去？

我放的肥羊肉谁尝？

我为啥瘦得皮包骨？

我为啥身上条条伤？

分明是一只吃人虎，

翻穿上皮袄假装羊！

［群众中明显地骚动……

［二狗又想举皮鞭击桌子，看看崔二爷，举着的手没敢下来。

崔二爷　（夺过皮鞭一击）反了你啦！

（唱）乡亲父老们擦亮眼，

这正是共产党做宣传。

（转身指着王贵）你说！

死羊湾谁是共产党？

你到底跟谁暗勾连？

说了实话事儿好办，

不实说想活难上难！

［崔二爷挥鞭打向王贵。

［王贵夺过皮鞭扔在地上。

［二狗和打手们凶狠狠地扑上抓住王贵……

王　贵　（摔开他们）

（唱）三句话露出凶恶相，

果然一只血口獠牙红眼狼！

王贵我年轻心眼亮，

自己的事情有主张。

闹革命成功翻翻身，

不闹革命也活不长。

五尺身躯交给共产党，

要翻天覆地干一场！

要杀要剐随你的便，

用不着黑脸红脸两道腔！

你那鬼算盘打不响，

早看透你那黑心肠！

崔二爷　（大喝）来呀！

二　狗　（应声）二爷吩咐！

崔二爷　把小子捆起来，吊在大树上，狠狠地打，打！

［二狗、打手们把王贵捆起拉下。

［群众骚乱。李香香突然倒在地上。

李瑞德　（惊呼）香香！香香！

众　人　（惊呼）香香！香香！

王　贵　（回头呼叫）香香！

崔二爷　快把他吊起来！

［王贵被推下。

崔二爷　香香？（对李德瑞）还不扶回抢救！

［李德瑞扶起李香香下。

［群众混乱地散去。

二　狗　（高喊）不准散会！不准走！

［在呼喝、吵闹、混乱中二道幕闭。

［二道幕前。天色黑将下来。

李香香　（在后面唱）

王贵哥吊在槐树下——

（满头大汗，急步跑上）

香香我心上如刀扎！

只觉得浑身火辣辣，

打王贵如同打自家！

他的命就在皮鞭下，

我逃出会场想办法！

（搜肠刮肚，无计可施，气得哭了起来。）

王贵哥呀！

王大爷死在了皮鞭之下，

大雪天爹把你领到我家。

称哥哥叫妹妹何等融洽，

就好比一根蔓上两个苦瓜。

多少次说出来知心情话，

只盼着有一天披红簪花。

你为了闹革命生死不怕，

香香我常等你月落天涯。

至如今你遭难正需相救，

香香我干着急束手无法！

［李香香正自着急，李德瑞上。

李德瑞　香香！王贵叫他们吊在槐树上，皮鞭、柳棍乱打，他能活过今晚上吗？

李香香　（扑在他怀里）爹！你救救他吧！

李德瑞　（焦急地）叫我怎么救他呢？（突然想到）香香，王贵就没有给你说过晚上到哪儿去开会？

李香香　爹！闹革命是要保守秘密的！

李德瑞　你好好想想，他连个去哪里也没有说过？

李香香　（忽然想到）张家旮旯！

李德瑞　（惊喜地）张家旮旯？好哇！

（唱）他既到张家旮旯去开会，

游击队定会有消息。

李香香　（抖擞精神）爹爹！

（唱）不管天黑夜晚送信去，

女儿我跋山涉水展翅飞！

李德瑞　把你的攮子带上。（递过。）

［李香香接过攮子，飞奔而去。

［李德瑞警惕地返回。

［幕闭。

第五场

［接前场。

［仍在崔家后院。（景同前场）

［廊檐上新吊了一盏“满堂红”灯，照得满院通明。

［崔二爷悠闲地上。两个丫头托着水烟袋、茶盘随上。

崔二爷　（志得意满地）

（唱）打罢了王贵过足了瘾，

心里头觉得长精神。
大小老婆有四五个，
歪瓜裂枣都不称心！
香香的人材长得俊，
天仙女比她差几分。
肥羊肉反被狗咀啃，
她跟着王贵甘受贫。

［打个呵欠。丫头递烟茶，用手挥退丫头。

要吊死王贵在今晚，
香香就成了我的人。
越想越甜赛过砂糖，
朦胧眼升上半天云！

［崔二爷再打个呵欠，仰坐在交椅上蒙眬入睡。大秃送水上，见崔二爷入睡，不敢惊动。二狗持皮鞭自后院上。大秃示意噤声。二狗打个呵欠轻轻下。大秃轻手轻脚地给崔二爷将茶水续上，把茶壶放下，正要走。

崔二爷　（梦呓）香香，香香……

［大秃愣，四下搜寻，不禁哑然失笑。

崔二爷　（发呓症地拉住大秃不放）香香……

大　秃　（挣扎、提醒）二爷，是我，大秃！

崔二爷　（清醒过来，顺手打了大秃一记耳光）混蛋，滚！

大　秃　我来送水！（捂着脸溜下。）

崔二爷　（泄气地）嗨！

（唱）方才在椅上睡蒙眬，
香香她对我笑盈盈。
我开口叫她她不应，

小脸羞得像月季红。

美滋滋正做香甜梦，

大秃这个混蛋！

冲撞了我的美事情！

［突然“啪”的一声枪响。

崔二爷　（一惊）啊？（又是一声）啊？大秃！二狗！

［大秃、二狗自两方上，撞个满怀。

大　秃　（爬起来，同时）二爷，二爷！

二　狗　（爬起来，同时）二爷，二爷！

［枪声不断。

崔二爷　（吓得结结巴巴地）

（念）寨子外面枪声响，

关好大门快上房。

哪边来了哪边打，

每人赏你们十块现大洋！

［二狗推着惊呆了的大秃，喊着：“快快快上房！”跑下。大秃跟下。

［外面枪声大作，火光冲天，喊杀连天。

崔二爷　（吓得团团转）这，这……

（念）人声呐喊枪声响，

升天入地哪里藏？

看来今夜不得了，

倒不如溜出地道跑他娘！

［崔二爷仓皇地溜下。二狗奔上。

二　狗　二爷！他们人多得很呢！二爷！

［二狗不见崔二爷，正在迟疑。大秃慌慌张张跑上。

大　秃　二狗！我看见二爷和太太们溜出地道去了！

二　狗　啊？溜啦？

大　秃　庄户人和游击队一条心，一听枪响，里应外合！

［外面枪声、喊杀连天。

二　狗　快上房！快上房！

大　秃　顶不住！你不见？

（念）长枪短枪红缨枪，

菜刀鸟枪打狗棒。

人又精神马又壮，

咱……咱也不如溜出狗道跑他娘！（二人自狗道溜下。）

［枪声渐停，嘈杂声渐近。

［李香香引游击队上，搜索。

［李香香扑进后院。张队长上。

队员甲　（搜索出来）报告！都跑光啦！

队　长　赶快救人！

［他们扑进后院，扶王贵上。

［牛四娃、马孩、李德瑞等相继上。

［人们把王贵搀坐在交椅上。王贵已昏迷不醒。

众　人　（呼唤着）王贵！王贵！

［队长递过一杯开水，李香香接过，拔下来头上簪子，轻轻拨开王贵的嘴唇，徐徐灌了下去。

李香香　（呼唤）王贵哥呀！

（唱）身上伤口中血衣衫扯烂，

头不抬眼不睁气息奄奄！

怨妹妹体无力脚步迟慢，

累得哥哥毒刑下难以挨延！

王贵哥你莫走快回来吧——

看一看同志们都在你的身边。

众　人　王贵！

李香香　王贵哥！

王　贵　（轻轻地一声呻吟，睁开眼来）队长！香香！爹！同志们……（欲挣扎起来）谢谢同志们救命！

队　长　（安慰地）王贵同志！

（唱）香香她星夜去送信，

同志们气得咬牙根。

一人有难大家救，

革命同志心连心。

乡亲们！同志们！把王贵同志扶进屋里去休息！

［李香香、李德瑞和两个队员扶王贵下，乡亲们送汤、送水慰问游击队。

刘二妈　（喜不自禁地）队长！同志们！你们辛苦啦！

二　妮　（招呼着）先喝点汤水！

［递递送送，推推让让，喜喜欢欢。

队　长　乡亲们！请不用麻烦啦！姓崔的霸占了咱们的土地，抢夺了咱们的粮食，剥削上我们的血汗，修起来他高楼大厦，今天，物归原主，土地还家！把他的仓库打开，先把粮食分给大家救燃眉之急！

众　人　（欣喜若狂，欢呼）红军万岁！

［霎时天光大亮。

众　人　（唱）白生生蔓菁一条根，

游击队庄户人一条心。

里应外合赶走了害人精，

死羊湾变成活羊湾，

穷苦人们要翻身！

［众人欢唱着拥下。

［二道幕闭。

［传来砸开仓库声，分粮声，欢笑声。

［分得粮食的群众，欢唱着过场。

众　人　（唱）死羊湾天大明，
来了咱救命星。
家家有了土地种，
粮食分在咱手中。
红旗插在半天空，
随风摆，全村都照红。
家家门上挂红灯，
人人脸上笑盈盈。
感谢咱们游击队，
帮助咱们翻了身！

［人们欢腾雀跃。同下。

第六场

［夏天。

［王贵与李香香结婚的洞房内外。

［人们在帮着布置洞房。队长里里外外地张罗着。

［刘二妈、二妮帮助王贵穿上新衣。

刘二妈　（满心喜悦地）
（唱）吃一嘴黄连吃一嘴糖，
受罢了苦难娶新娘。

自由结婚新时样，
要手拉手儿进洞房。

二　妮　（给王贵缀着什么。）
（唱）唐僧取经遇了七十二次难，
你二人折磨数不完。
千难万难心不变，
患难的夫妻更香甜。

［牛四娃搬着两把椅子上。

牛四娃　（大喊大叫）让让，让让！

二　妮　（假嗔地）就你嗓门儿大！

马　孩　（取笑地）妮子！
（唱）四娃子生来秉性憨，
嗓门子大了肚量宽。
你要找上他做女婿，
一辈子福气享不完。

［引得人们哄笑。

二　妮　（羞红着脸捶他）死马孩！死马孩！

［外边人们喊："新人来啦！新人来啦！"众人簇拥着王贵下。

［后面人声嘈杂，笑语喧哗。

［队长陪着李德瑞进洞房来。李德瑞四下看看，满意地笑着。

队　长　大叔！
（唱）革命的亲事简单办，
有不到之处请包涵。

李德瑞　（唱）像这样欢天喜地把亲事办，
李德瑞真好像做梦一般。

［众人兴高采烈地簇拥着王贵、李香香进入洞房。牛四娃排好

位置。

牛四娃　大家静一静！按照队长的安排，酒来！

［两个青年男女掇两托盘酒杯上。

青年们　让路，让路，酒到！

牛四娃　（先递给队长、李德瑞各一杯，再递给王贵、李香香各一杯，然后对众人）每人一怀，都动手吧！（众人依次掇酒毕）队长讲话！

队　长　都举起杯来！

（念）欢天喜地一杯酒，

相亲相爱到白头。

干杯！

［众人正要干杯。

牛四娃　少等，少等！（对王贵与李香香）你们两人还有个非常重要的过场哩！你们先喝点酒！（然后接过他们的酒杯来交杯换盏）请吧！

二　人　（站起来）请！

（唱）不闹革命穷人翻不了身，

不闹革命我俩结不了婚。

革命救了我们俩——

［二人互视，碰杯，与众人碰杯。

众　人　［喜笑颜开地与新人碰杯，互相碰杯致贺。

（唱）革命救了咱庄户人。

张队长　（唱）一杆红旗要大家扛，

红旗倒了大家都遭殃。

众　人　（唱）闹革命是咱自己的事，

自己的事情自己担当。

［众人相互碰杯，一饮而尽，欢腾。一游击队送一封双鸡毛信上。

队　员　队长！鸡毛信！（递过。）

［张队长接过拆看——

众　人　（轻声议论）鸡毛信，双鸡毛的！

张队长　（看罢信）游击队集合！

［游击队迅速地集合下，群众相送出门。王贵亦跟着出门。

张队长　（回头拦住）没有你们的事。明天一早到原地集合！（下。）

［传来队伍集合声，群众欢迎声……

［王贵转身看着李香香。

［李香香有点羞涩地走向王贵。

［二人轻轻地携起手来。

李香香　（唱）又想哭来又想笑，
心里像乱丝千万条。
半夜就等公鸡叫，
这日子把人盼死了！

王　贵　（唱）又想哭来又想笑，
心里像春风吹柳条。
清晨就盼着红日落，
这日子把人盼死了！

王　贵　（唱）太阳出山光万道，
照亮了革命路一条。

李香香　（酌酒两杯，托了起来。）
（唱）妹妹敬哥哥一杯酒，
我祝你骏马不怕路途遥。

［二人碰杯互饮，依偎在一起，相携着走到门外。

李香香　（仰望夜空，抒情地）
（唱）抬起头望夜空星星闪烁，
微风动送花香日暖风和。

多少年人都骂狠心的王母，
给牛郎和织女划下银河。
多亏得喜鹊儿助人为乐，
夫妻们七月七鹊桥欢歌。
天上事空荡荡谁曾见过？
不过是有情人信口传说。
明早晨哥哥到原地集合，
妹妹我送你到村前小河。

王　贵　（唱）小河里水清清绕村流过，
两岸上黄胶泥又黏又多。
挖块泥捏成了咱们两个，
捏一个你来捏一个我。

李香香　（唱）携手儿走路并肩儿坐，
两颗心捏成心一颗。

王　贵　（唱）把两人握在一起再重捏。

李香香　（唱）再捏一个你来再捏一个我。

王　贵　（唱）哥哥身上有妹妹。

李香香　（唱）妹妹身上有哥哥。

二　人　（亲密地依偎着）
（唱）多少天两心相爱难以道破，
今夜晚填平了王母的银河！

［李香香轻轻伏在王贵怀里。
［灯光徐暗，星星在眨眼。
［幕徐徐闭。

第七场

［死羊湾村边。

（二道幕前）

［牛四娃匆匆上。

牛四娃　（唱）大红晴天霹雳闪，
鸡毛信消息到处传！
崔二爷带着顽固队，
悄密密回到死羊湾！

（急喊）二妈！二妈！

［刘二妈应声急上。二妮随上。

刘二妈　出什么事啦？

牛四娃　崔二爷带着白匪军回村子里来啦！

二　妮　咱们游击队呢？

牛四娃　前好几天就奉了上级命令打游击去了。前天，王贵还捎来个口信，叫咱都提高警惕。都怨我，麻痹大意，没给大家说！你们赶快走吧！我得去敲锣去！（急下。）

二　妮　（惊慌地）二妈，怎么办呀？

刘二妈　通知各家赶快逃！

［李德瑞、李香香上。

李德瑞　她二妈！出什么事啦？

刘二妈　大叔，香香！白军要来了，快逃吧！

［刘二妈喊叫着："白军来啦！"跑下。

李香香　爹！怎么办？

李德瑞　收拾收拾逃命吧。（下。）

李香香　爹！（随下。）

［急促的锣声、喊声："白军来啦！快逃吧！"一片嘈杂声，呼叫声……

［枪声、白军吆喝声："站住！不准动！"枪声数响，突然沉默。

［二道幕启。

［死羊湾一个打粮食场上。

［群众被白军用枪逼在一个角落。

［崔二爷扬扬自得地上。

崔二爷 （奸笑着）哈哈哈哈！乡亲们都好吧？（回头对白军连长使个眼色。）

连 长 （呲牙咧嘴像个凶神）啊？

［二人恶魔似地狂笑起来。

［一阵恐怖的寂静。

崔二爷 咱长话短说，你们谁家有人随了红军，谁家分了我的土地、粮食、牛、羊，都趁早退出来！我崔某人向来宽宏大量，大人不记小人之过。

连 长 听见了没有？

［仍是沉默。

［突然，远处传来两声枪响。群众一阵骚乱。白军在弹压。

连 长 什么人打枪？

［二狗扶一受伤白军上。

二 狗 报告！牛四娃这小子打倒了一个弟兄，夺了一条枪，跳出围子墙跑了！

连 长 笨蛋！加强警戒！

崔二爷 （走向人群）我的话你们听清了没有？你们聋啦，哑啦？混蛋！

（唱）沙疙瘩打不成清水潭，

穷骨头还想把外财贪！

阎王爷叫你们当穷汉，
粗手笨脚还想把身翻！
仗着红军老子势力大，
屎扒牛还妄想爬泰山。
睁开你们眼睛看一看，
想发我崔家财是枉然！

连　长　你们的红军老子靠不住了！是谁顺了红军，赶快招认；谁分了崔家的东西，赶快退还！（无人答应）给我打！打！打！

［白军皮鞋、枪托，二狗皮鞭、柳棍乱踢乱打。群众咬牙忍受着。

崔二爷　（奸笑着）嗬嗬嗬嗬！

（唱）前朝古代也有人造反，
这些个事情不稀罕！
米脂县有个李自成，
几十万人马闹翻天。
打到北京城转了转，
到了来败在商洛山。
自古来妖魔常作乱，
抵不住王法大无边。
如今的天下谁来管？
死羊湾还是崔家天！

（忽然发现）啊？香香！你也来啦？

李德瑞　（护住她）她已经有主啦。

崔二爷　王贵？跟着红军走了的王贵？

连　长　红军家属，抓起来！

［几个白军应声扑上要抓。

崔二爷　慢！连长……（对他耳语。）

连　长　前方需要民夫，把这老头子拉去支差，走！

李德瑞　支差？得几天？

连　长　死不了就回来啦！

李德瑞　（一愣，回头）香香！

李香香　（扑上去）爹！

崔二爷　（嬉皮笑脸地拦住）嘻嘻！你我成亲的时候，老岳父回来主办喜事，嗯？

李香香　哼！（厌恶地走入人群。）

连　长　（指挥白军）去！押着这伙穷鬼，把崔老爷家的东西，一件件都追回来！

［白军应声，吆喝着、推搡着、鞭打着群众下。

崔二爷　叫弟兄们把香香“保护”起来。

连　长　给崔老爷把美人儿“保护”起来！（对一白军）设下双岗，日夜提防，看住别让跑了！

崔二爷　（对连长）你看长得怎么样？

连　长　（伸出拇指）果然仙女下凡！

（唱）美人是仙女从天降，
老兄是人间多情郎。
这辈子交了桃花运，
上辈子烧了头炉香。
她若不从亲咱就抢，
老弟枪杆子帮你忙。
单等得洞房花烛夜，
洞房门口有我来站岗。

崔二爷　（唱）咱既不逼，也不抢，
我叫她情愿入洞房。

美事儿美在两相好，

人常说强扭的瓜不香。

［二人下流地嘻嘻大笑。

［二道幕闭。

第八场

［死羊湾村外。

（二道幕前）

［刘二妈、二妮提菜篮子上。

刘二妈 （唱）西北风吹得菜叶黄，

眼看得天要降寒霜。

二 妮 （唱）这年成不好草不长。

顽固军抢走救命粮！

二 人 （唱）每日到山坡翘首望，

也不知游击队在何方？

二 妮 （突然发现有人）啊！什么人？

［牛四娃从荆棘丛中钻出来。

牛四娃 二妮，是我。二妈！

二 妮 你不是夺了一支枪吗？枪呢？

牛四娃 枪在。（从荆棘丛中拿了出来）找不见游击队，一支枪管什么用？香香没有出来挖菜？

刘二妈 唉！香香病啦！

二 妮 爹叫抓走啦，王贵没信息，那个坏蛋又纠缠，门口还有个白狗子在站岗，她能不病吗？

牛四娃 二妈去劝劝香香，叫她不要太伤心，要爱护身子，等游击队回来，我们还要革命，还要翻身！我找游击队去！

二　妮　你到哪里去找？

牛四娃　慢慢访问，准能找得到！

（唱）哪里有村必有树，

哪里有水必有鱼。

哪里有咱穷百姓，

定有游击队好消息。

［牛四娃下。

刘二妈　（回头一望）白狗子？走！

［二人扬长挖菜下。

［二道幕启。

［李德瑞家小院。

（同第二场）

［李香香形容憔悴地从屋里上。

李香香　（到篱笆墙边张望）唉！

（唱）寒露过黄叶落西风更紧，

望长空浮云飘孤雁哀鸣。

老爹爹去支差杳无音信，

王贵哥打游击浪迹萍踪。

姓崔的是禽兽鬼心安定，

香香我只落得身入樊笼！

我有心出去把游击队找寻——

［一个带枪的白军从短墙外走了过来，他挟着枪，嘴里哼着小调：

俺到你家你不在，

你汉子生得脾气坏。

我去问他借个锅盖，

他就敲了我两烟袋！

［白军哼哼着过去了。

李香香　（唱）白狗子看住门寸步难行！
　　　　　　困难时偏偏又身染疾病，
　　　　　　眼看得香香我九死一生！

［崔二爷摇摇摆摆地走进院来。

崔二爷　（和颜悦色讨好地）香香！
　　　　（唱）九月里寒风阵阵紧，
　　　　　　吹透了衣衫吹病了人。
　　　　　　该换季时节要换季，
　　　　　　你受寒叫我好担心。
　　　　　　只要你答应成亲事，
　　　　　　穿绫罗绸缎一崭新。
　　　　　　过去的事儿全不咎，
　　　　　　亲热热咱是一家人。

［李香香恨恨地转身要走。

崔二爷　（拦住，央求地）香香啊！
　　　　（唱）我已把心肝五脏都掏尽，
　　　　　　是铁石也该软三分。
　　　　　　今天你若是不答应——

［李香香冷眼正视着他。

崔二爷　（死皮地）嘻嘻！
　　　　（唱）我来个童子拜观音！

［崔二爷死皮赖脸地合掌跪了下去。

［刘二妈上。

刘二妈　（挖苦地）二爷！跪到狗屎上啦！

崔二爷　（急跳起来，左看右看，意识到受了挖苦，恼羞成怒）混蛋！谁说我跪来？哈巴狗才给人下跪！

［两个丫头小心翼翼地托茶水、烟袋赶来，递给崔二爷。

崔二爷　滚蛋！（一抖衣襟，下。）

［丫头们只得跟下。

李香香　（悲泣）二妈！

刘二妈　（劝慰地）香香！

（唱）你爹爹去支差不见回转，

姓崔的安下了禽兽心肝。

施诡计诱导你心情改变，

香香你主意硬不上他钓竿！

咬紧牙慢慢熬终久有盼，

要熬到乌云散重见晴天。

穷人家骨头硬决不服软，

游击队打回来大报仇冤！

［刘二妈听得有人来了，急住口。

［二狗背米口袋上。

二　狗　（放下口袋，对刘二妈威吓地）你到这里来干什么？

刘二妈　一个人生病啦，左邻右舍的，还不许来看看病人？

二　狗　看看病人？你是来破坏二爷的亲事！

刘二妈　说话的时候，嘴上要留点儿德行，胡说八道，小心舌根上长疔疮！（下。）

二　狗　（谩骂）老乞婆！（回头死皮笑脸地对李香香）香香！这是二爷送来的黄米。做人，要懂得看风驶船，执迷不悟，迟早总是要吃亏的呀！

（唱）胳膊硬，大腿硬，

大腿比胳膊硬得凶。

鸡蛋硬，石头硬，

可不敢随便打输赢。
迟答应不如早答应；
惹恼二爷可了不成！
鞭子打，绳子捆，
一天三次下绝情。
死不能死，活不能活，
还得跟人家过光景。
胳膊拧不过大腿去，
早点答应才是正经。

李香香　（忍无可忍）呸！
要死要活一条命，
胳膊拧断不喊疼！
回去见了姓崔的，
问问他祖上啥德行！

［李香香转身进屋。

［二狗正待发作，媒婆背着白面口袋上。她示意二狗离开。二狗会意下。

媒　婆　（唱）我来给香香送白面，
巧言劝得她心动弹。
牙齿硬，舌头软，
牙齿磨不过舌头尖。
女人家能有多少硬主见，
不信她是观音菩萨坐蒲团！
（进到屋里，对香香和颜悦色，巧嘴八哥地）香香！
小香香你听我劝，
把我的好话记心间。

王贵他跟着游击队，
谁知他何年能回还。
出门子人们心常变，
早把你扔在脑后边。
再说他是个穷光蛋，
浑身抖不出一文钱。
你要是嫁给崔二爷，
这吃喝穿戴不作难。
香油白面任你拣，
绫罗绸缎由你穿。
住的是高楼和暖阁，
用的是使女和丫鬟。
二爷把你当作宝贝蛋，
为啥要跟着王贵受艰难？

李香香　（气极）呸！
（唱）贱婆姨你不要脸，
吃喝穿戴挂嘴边！
你既然看见崔家好，
爬地上拜他活祖先！

媒　婆　（被骂得恼羞成怒）你……
（唱）小妖婆你真可恨，
好话不听还骂人。
回去禀报崔二爷，
抬上花轿来抢亲！
［用手指指向李香香脸颊。

李香香　（一把抓住她的手腕）

（唱）你真是崔家一条狗，

专门跟穷人做对头！

（将她的手腕使劲地一拧。）

媒　婆　（支持不住了）哎哟，哎哟，哎哟哟！小奶奶把骨头拧断了！

李香香　（唱）爱抢爱骗随你便，

命抵命啊仇报仇！

［李香香顺手把媒婆推出门外，把面袋扔将出去。

［媒婆被摔倒在地，爬起来接住面袋，鼠窜而去。

［一阵秋风吹来，落叶飘零。

李香香　（仰望长空，遥视远方，悲凉地）

（唱）一阵阵风吹过落叶飘飘！

遥望见寨子外白沙黄蒿。

沙梁上现出来蜿蜒小道，

不见亲人面路远山高！

手把着榆树摇几摇，

你给我搭座顺心儿桥。

抬头望见雁飞南，

香香的苦楚说不完。

人常说大雁能带信，

托你给亲人把信传。

你走时枝上花正艳，

叶落了不见你回还。

想你想得吃不下饭，

心火上来把嘴燎烂。

一夜想你合不上眼，

炕围子画上你眉眼。

叫声哥哥你救救我，
来迟了妹妹活命难！
马镫儿高来扯手短，
魂灵儿飞在你身边。

［刘二妈上。

刘二妈　（叹息地）唉！
（唱）隔院墙望见了消瘦的身影，
香香她想亲人泪眼朦胧。
（走近她，亲切地安慰）香香！
有病人切不可过于悲痛，
为亲人万不要枉自轻生。
（扶她进屋里，拿起来镜子。）
对镜子照一照你的面影，
伤心过度你已经变了形容！
你若是过早把身体折损，
怎么能熬过黑夜熬到天明！

李香香　二妈！
（唱）熬过苦就是甜我也知道，
姓崔的死纠缠用尽花招。
（拿出一个包袱皮解开来，取出一双鞋）二妈！
在病中做了一双鞋二妈收好，
查访着游击队给他把鞋捎。
我死后你叫他给我把仇报，
也不必对坟头痛哭号啕。
把我的冤苦事告诉他知道，
不打垮顽固军仇恨难消！

姓崔的来抢亲我决不哀告，
我已经暗藏下锋利的尖刀。
仇人死我亦死冤冤相报，
为穷人除了这恶霸土豪。

刘二妈　你要珍重！

李香香　（点头）二妈！

［传来鼓乐声。

［幕闭。

第九场

［二道幕前。

［崔二爷焦急地等候着，心神不定地踱来踱去。两个丫头托茶盘、水烟袋，跟在身后小心翼翼地服侍。

崔二爷　哼！

（唱）我好心使尽她硬别扭，
她敬酒不吃吃罚酒。
没有钱，忍得饥，
捆住手，挨得揍，
女人家天生贱骨头！

［二狗兴奋地跑上。

二　狗　二爷！亲，抢来啦！

崔二爷　没有伤着碰着吧？

二　狗　没有。弟兄们拉着，媒婆儿护着，还有我保镖，这么轻轻往轿里一塞……二爷，你就等着成亲吧！

崔二爷　大秃！

大　秃　（应声急上）二爷！

崔二爷　大厅摆下酒筵，请连长和各排长都来赴宴。

大　秃　是！（匆匆下。）

崔二爷　二狗！告诉账房，弟兄们每个犒赏一块现大洋，半斤老白干！

二　狗　是！（匆匆下。）

崔二爷　（得意地大笑）哈哈哈哈！

（唱）崔二爷我喜洋洋，

花轿子抬来小香香。

换新帽，着新装，

胡楂楂剥了个板儿光，

单等着点起花烛做新郎。

［崔二爷得意地下。丫头随下。

［一阵鼓乐声，喧嚷声……

［二道幕启。崔二爷洞房。

［在刺耳的鼓音声中，李香香披头散发地被白军和媒婆推进了洞房。他们把李香香安坐在椅子上，给她披上红喜衣，按住不敢撒手。

李香香　（猛地站起来，扔掉喜衣）你们放开我！

［鼓乐声顿止。

［白军们撒开手防范着。

媒　婆　想开一点吧，要脾气也不顶事啦！

［李香香赌气昂然端坐……

［崔二爷和连长已经喝得东倒西歪，但手里还拿着酒壶酒杯上。

连　长　你老兄交桃花运啦！祝贺你今晚做新郎，干杯！

［二人碰杯、嬉笑、狂饮。

［传来猜拳、喧闹声。

崔二爷　（狂笑）哈哈哈哈！

（唱）今天我来添新房，

全靠弟兄们帮大忙。

时间紧，准备差，

薄酒蔬菜不像样，

我感谢大家来赏光。

连　长　（轻佻地对李香香）今晚是你们洞房花烛的好日子，我给你们道喜啦！

干杯！（递过一杯酒。）

［李香香把酒杯打掉……

连　长　啊？给脸不要脸！

崔二爷　（急赔情）连长！哈哈哈哈！

（唱）女人家没见过大场面，

竟敢给连长找难堪。

不识敬，不听劝，

你请她干杯她捣乱，

真是狗肉不上条盘！

连　长　好啦，好啦！你们洞房花烛，老子打麻将去了！（一溜歪斜地下。）

崔二爷　（躬身相送）请多担待！请多担待！（回头示意媒婆、白军走开。）

［白军下。媒婆醋意地缓缓下。

崔二爷　（见人都去了，走近李香香）嘻嘻！

（唱）咱二人姻缘天配就，

今夜晚独占凤凰俦。

我的天，我的地，

鱼儿在我水上游，

怎能逃脱我的钓鱼钩？

［崔二爷拉李香香。

李香香　（摔开，厉声责问）你说！你们抓我爹去支差，为什么还不放回来？

崔二爷　回来？他，他……

李香香　你们在哪里把我爹害死啦？

崔二爷　他没有死，反倒把押送他的两个弟兄勾搭上投奔游击队去了！

李香香　鬼话！

崔二爷　哎呀，皇天后土，我要骗你，叫我不得好死！（拉拉扯扯）香香！你把人想死了！

李香香　（一把拉住他）姓崔的！今晚……

崔二爷　（死皮笑脸）洞房花烛……

［崔二爷话音未落，李香香抽出一把明晃晃的攮子，猛朝他胸膛刺去。

崔二爷　啊？（急偏身躲闪，被刺在肩上大叫一声）哎呀！（急捂肩头。）

［李香香扑上，左刺右刺，崔二爷左躲右躲。李香香上刺下刺，崔二爷上格下格，一场白刃扑搏……

崔二爷　（惊呼）救人哪！（夺门而去。）

［突然两声枪响。

二　狗　（在后惊呼）游击队来了！

［李香香持攮子追崔二爷下。

［枪声大作，喊杀连天。

［幕闭。

第十场

［二道幕前。

［在炽烈的枪声中游击队冲过场。一些白军俘虏被押下来。王贵头缠绷带上，迎面碰上张队长。

王　贵　报告！白军连长在炮楼上负隅顽抗！

张队长　叫他坐土飞机！

［张队长和王贵冲下。

［轰然一声巨响。

［二道幕启。硝烟弥漫。

［残敌与游击队格斗、格斗……

［崔二爷仓皇逃上，李香香紧追不放。二人再交手。崔二爷胆裂魂飞地死命反扑，李香香正体力不支，王贵突然冲上。

王　贵　（一个扫堂腿，将崔二爷扫倒在地，用枪刺逼住他）哪里跑？

崔二爷　啊？王贵？

［李香香顺手一攮子，刺入崔二爷胸膛……

崔二爷　（一声惨叫）哎呀！（倒地毙命。）

［王贵与李香香扑在一起。

［李德瑞、刘二妈、牛四娃等上，欣喜、欢笑、揩泪、问候……

李香香　（扑向张队长，欣喜得热泪盈眶）张队长！同志们！

（唱）危难中听得枪声响，

红军胜过了亲爹娘。

张队长　（领唱。众人伴唱）

一杆红旗要大家扛，

红旗倒了大家遭殃，

千人万人扛红旗，

红旗万代扬！

［歌唱、欢腾……

［幕徐徐闭。

——剧终

【附记】本剧本改编于1946年冬，由高介云编曲，太行剧团首排首演。后太行各县剧团均演出此剧，甚得群众好评。剧本由当时太行新华书店出版发行。解放初期，北京宝文堂书店曾连同曲谱印单行本。1981年秋，应武乡秧歌剧团要求，重新加工修改，由李秉衡以武乡秧歌与太行民歌作基调编曲，由武乡秧歌剧团排练演出。后参加了晋东南地区的戏剧调演，获得好评，成为武乡秧歌剧团保留剧目之一，演出至今。此作改稿赠八路军太行纪念馆。

哑姑泉

（与张沛同志合作）

这是一个流传在解州盐池一带的民间传说。至今，那里还留存着哑姑泉遗址。

时　间　古代。

地　点　解州盐池与中条山一带。

人　物　甜　姑——一位能歌善舞的年轻女子。

艾　林——一位侠肝义胆的英武男子。

甜　父——甜姑的父亲。

姑娘们——春姑、夏姑、秋姑、冬姑……

盐民们——杨生、柳生、榆生、槐生……

农夫们——蒋大爷、沈大爷、韩大爷……

农妇们——沈大娘、韩大娘……

白胡老头——一位神灵化身的老者。

侍　婆——一位当年被刺牛怪摄入妖魔洞的女子。

花　仙——甲、乙、丙、丁。

刺牛怪

独角牛

小　怪——甲、乙、丙、丁。

序幕

［星夜。

［背水的人们拖着沉重的脚步，艰难地行走在悬崖峭壁上。

［幕后领唱、合唱。领唱者似甜姑。

星夜跋涉背水难，
担惊历险不计年。
万民疾苦几时尽？
环池何日有甘泉！

［突然，狂风大作。霎时，天昏地暗，星月无光。

［背水的人们被风刮得东倒西歪。他们拼尽全力挣扎着。忽然，一个巨大的恶魔身影——刺牛怪，掠岭而过。一位老人——甜父，被狂风吹得摇摇晃晃，终因年老力衰，难以支撑，眼看要倒向悬崖。一位英武的青年——艾林，见甜父倒向悬崖，便奋不顾身地跳上去抢救甜父。甜父得救，众人惊恐地望着悬崖。

［风渐渐平息。

［灯暗。

第一场

［初夏。清晨。

［甜姑家院子内外。一棵皂角树下两间茅屋。檐前有一盆鲜花，红花盛开。侧首，芦苇丛中一座古老的祭台，台上石花斑驳。

［远处，是雪海般的解州盐池与绵亘起伏的中条山。

［姑娘们由村里出来，走向村头，不安地遥望着远方。

姑娘们　（唱）东山红日映盐田，
　　　　　　淡淡烟雾罩山川。
　　　　　　父兄星夜上山背甜水，
　　　　　　背回甜水好晒盐。
　　　　　　往返百里多艰险，
　　　　　　更有牛角黑风旋。
　　　　　　桑叶满枝无心采，
　　　　　　只盼父兄早回还。

［一阵歌声传来。

甜　姑　（在内，唱）
　　　　　　南风吹过中条山——
（提采桑篮子上，见姑娘们心神不安，即热情地安慰她们）……
　　　　　　千山万壑开笑颜。
　　　　　　满地盐卤宝光现，
　　　　　　遍野桑枝绿艳艳。
　　　　　　桑叶肥，卤水满，
　　　　　　父兄晒盐咱养蚕。
　　　　　　辛勤日子辛勤过，
　　　　　　辛勤人家免饥寒。

姑娘们　（为之鼓舞，唱）
　　　　　　桑叶肥，卤水满，
　　　　　　父兄晒盐咱养蚕。
　　　　　　辛勤日子辛勤过，
　　　　　　辛勤人家免饥寒。
甜姑姐！天已这般时候啦，背甜水的人们怎么还不回来？

夏　姑　可别碰上牛角黑风啊！

［姑娘们忐忑不安地向中条山张望。

甜　姑　（唱）家家户户望穿眼，

盼望亲人多平安。

星夜背水百里路，

晒盐苦熬一整天。

黑风凶煞何日尽？

盐民苦难几时完？

天不做好事人遭难，

为什么，百里环池无甘泉？

姑娘们　（唱）为什么，为什么？

百里盐池无甘泉？

［钟声响了。在祭祀音乐声中，盐民们、农民们捧着香烛、祭品走向祭坛，虔诚祝告，献歌献舞。

甜　姑　（唱，姑娘们伴舞）

柳絮舞雪片，

榆荚洒金钱，

年年今日，焚香祈甘泉。

抬头问苍天，

苍天空悠悠，

盐民苦难，何日是尽头？

举首问白云，

白云头上过，

年年祝告，为何苦更多？

对面问青山，

峰峦莽苍苍，

百里环池，甘泉何处藏？

苍天不开言，
白云自悠闲，
青山挺挺立，
空谷回声传。
盐民疾苦几时尽？
百里环池，何日有甘泉？

［小姑娘扑向沈大爷。

小姑娘　爷爷，你不是说咱们环池有过甘泉吗？

沈大爷　（意味深长地）有过。多少年前，这里有过！那清清泉水通着黄河。泉水入盐池，晒出露盐山样多！那时咱环池真是处处歌声载道，家家光景安乐。不料，好景不长，中条山来了一个妖魔！一阵狂风卷过，环池泉眼就被妖魔封锁！

（唱）多少代来多少年，
环池再也无甘泉。
盐民历尽背水苦，
黑风凶煞逼人间！

沈大娘　老天爷！你保佑那些背甜水的受苦人们吧！保佑他们平平安安回来吧！（跪了下去。）

［突然，中条山狂风大作，当下黄尘滚滚，日色无光。

姑娘们　（唱）霎时天昏又地暗，
黄尘滚滚不见山。
背水途中无处避，
叩求苍天保平安。

［人声喊嚷，钟声当当。

［背甜水的盐民们被刮得踉踉跄跄地奔上。家里人们接着。

沈大爷　（领着大家走向祭坛祝告。领唱，群众齐唱）

是神风你走升天路，

是仙风求你入洞府。

我与你春秋两祭祀，

我与你早晚香一炉。

［跪了下去。众人随着跪下。

甜　姑　（四下察看不见甜父，即向背水的盐民讯问）我爹呢？

盐民甲　哎呀！谢天谢地，若非艾林相救，早掉下悬崖，哪有老伯命在！

甜　姑　（一惊）啊？

盐民甲　（一指）那不是都回来啦！

甜　姑　爹！（扑了过去。）

众　人　（向盐民甲）艾林？哪个艾林？

盐民甲　就是在池神庙前拳击强徒，搭救盐民的那位艾林。

众　人　（用敬佩的眼光望去）是他？

［艾林身背弓箭，扶搀甜父上。

［甜姑将甜父扶坐在凳子上。

甜　父　（筋疲力尽地）水，甜水！

众　人　甜水……（将各人的坛坛罐罐提起来倒水）甜水！

甜　父　啊？甜水……

众　人　都洒光啦！

沈大娘　（失声叫苦）天哪！没有甜水，不能煮饭；没有甜水，不能晒盐！为了背些甜水，人们年年月月耽多少惊，吃多少苦！可是甜水……（抱起一个空罐子，仰望长空。）

［盐民乙气喘吁吁地跑上。

盐民乙　完啦！完啦！

众　人　什么完啦？

盐民乙　盐畦被刮得一扫土平，多少天来晒的盐全完啦！

妇女们　老天爷！这可叫盐民怎么活呀！

甜　父　（仰望长空）苍天啊！

（唱）日月星辰悬天上，

却怎么放纵妖风逞猖狂！

盐民血汗随风散，

盐民尸骨抛路旁。

虔诚祝告多少代，

甜水不见苦水更长。

苍天何时睁睁眼，

拯救小民免灾殃！

众　人　（唱）祈求苍天开泉眼，

拯救小民免灾殃！

［老人们又跪了下来。

甜　姑　（愤然地搀起父亲）求救不得救，年年添苦愁！

艾　林　（搀起沈大爷）辈辈走老路，何日是尽头？

沈大爷　老天降灾，人奈天何！

甜　姑　既然知道环池有甘泉，就该动手去挖！

盐民甲　漫漫环池百余里，该到哪里去挖？

艾　林　劈开环池千顷土，就地挖它百尺深！

韩大爷　那得多少年哪？

艾　林　与其让后代继承苦难，不如让后代继承挖泉，终有一天会大功告成！

（唱）滴水能穿石，

铁杵能磨针。

千村成一体，

万民同一心。

世代相继挖甜水，
终有一天啊！
甘泉会造福我环池人。

［青年盐民们跃跃欲试。

沈大爷　甘泉既为妖魔封锁，此乃天意，逆天行事，如何使得！

韩大爷　倘若万民动土挖泉，触怒天神，岂不给环池招来更大灾祸？

艾　林　后羿敢射日，禹王能锁蛟，为人秉正气，妖邪望风逃！

韩大爷　（急制止）住口！今乃春祭吉辰，在这神圣祭坛面前，竟敢讲出这些亵渎天地神灵的话来，真乃不知天高地厚！

艾　林　天高地厚？天高有黑风，地厚无甘泉！

韩大爷　啊？你……

甜　父　（和解地）世代挖泉，非同小可，还是从长计议吧！

韩大爷　（不满地）哼！（挥散青年们）去！（扬长而去。）

沈大爷　还是从长计议吧！（下。）

［年轻人尚恋恋不舍，被各家人们督率而下。

艾　林　（感叹地）恨我，单丝不成线，孤树不成林！

甜　姑　缫丝丝成线，植树树成荫。

艾　林　（为之一震，回头）纵有缫丝志，恐无养蚕人！

甜　姑　练就鼓琴艺，何患无知音！

艾　林　啊？（一喜）你是？

甜　父　这就是小女甜姑。（对甜姑）这就是在悬崖上搭救你爹的艾林，还不快快拜谢！

甜　姑　（拜谢、答礼。重唱）
艾　林

（唱）早已闻名，不曾相见，

你的名/歌声到处传！

（互视、含羞。各自扭过脸去。）

我见他/她目光闪闪红了脸，

低头含羞不敢多言。

怪不得人们将他/她夸赞，

果然是英雄男子/女子正少年！

甜　姑　（又与艾林目光相遇，含羞无措地）谢谢！

艾　林　（亦含羞无措地）已经谢过了！

甜　父　（已看出他们互有相爱之意，欣喜地）哈哈哈哈……

［甜姑、艾林更羞红了脸，各自别过脸去。

甜　父　（走近甜姑，轻声地）甜姑！

（唱）艾林英名环池传，

除暴安良好心田。

冒险救父恩非浅，

俊杰英豪正少年。

人常说，有缘千里来相会，

莫非这是前世缘！

但不知可称儿的心愿？

甜　姑　（正中下怀，两颊绯红，唱）

有爹做主我不敢多言。

［甜姑跑向屋里。

［艾林告辞。甜父拦住。

甜　父　女儿，摆酒！

甜　姑　哎！（掇酒盘上，拂拭桌凳，摆酒，斟酒。）

甜　父　（递酒，唱）

　　　　意诚吃水心也甜。

　　［二人略一谦让，正欲举杯。

　　［白胡老头手提采药花篮，扶杖飘然而至。

白胡老头　主人纳福！

甜　父　老人家好！请来吃杯水酒！

　　［白胡老头也不谦让，居中坐下，向甜父、艾林略一举杯，即一饮而尽。

白胡老头　（连连称赞）好酒！好酒！（照样称赞着连饮三杯。）

　　［甜父、艾林和站在花盆架旁的甜姑，一直惊异地审视着这位怪异老人。

白胡老头　（似有醉意，摸摸胡子，赞不绝口地）好酒！好酒哇！哈哈哈哈……

　　（唱）三杯美酒落了肚，

　　　　谢谢主人好招呼。

　　　　有缘千里来相会，

　　　　休笑老汉太轻浮。

艾　林　还不曾问老人家家住哪里？高名上姓？

白胡老头　（笑）嘿嘿嘿嘿！

　　（唱）家在梅花岭下住，

　　　　我爹姓胡我姓胡。

　　　　忘了当年真名讳，

　　　　人家叫我老糊涂！

　　（大笑）啊？哈哈哈哈……

甜　父
艾　林　（亦随着大笑）哈哈哈哈哈……

甜　姑　（轻轻地拉甜父到一旁）爹！自称年老糊涂者，正是聪明绝世人。

白胡老头　（一震，看看甜姑，对甜父）你好伶俐的姑娘啊！她叫……

甜　父　她叫甜姑。

白胡老头　甜姑？好名字啊！

（唱）名叫甜姑心不苦，
正是俊女出茅庐。
你有这样好女儿，
果算得掌上一颗明珠。

甜　父　老人家过奖啦！

白胡老头　（笑着走向花盆，看着鲜花。）

（唱）长出这样奇花异草，
栽花的人儿手艺高。
朵朵红花点头笑。
阵阵清香随风飘。

［白胡老头把玩着，嗅着，突然，采下来一朵放入篮内。

甜　姑　（心爱地，心疼地）啊？

白胡老头　（好像毫不在意地）真是好花呀！（提起花篮，又要去采。）

甜　姑　（求援）爹！

甜　父　（劝阻）老人家！这花是甜姑心爱的东西，你采她一朵，就像摘她的心肝一样！

白胡老头　唔！

（唱）怪不得这样鲜艳这样好，
原来是少女心血浇。
（把玩着采下来的花朵。）
这不是寻常花和草，
是纯洁、美丽一支灵苗。

（回身，向甜姑）姑娘！我想采它来合药，它的苦水能医治人间疾病，你可愿意把你心肝一样的花儿施舍吗？

甜　姑　它能给人治病？

白胡老头　你用心血培植出来，自然不是寻常花草。

甜　姑　（扑向花前，心爱地，唱）

你只是寻常花和草，
老人家把你比灵苗。
香花再不为蝴蝶笑，
苦水给人把病疗。
但愿人间苦难少，
你情愿粉身碎骨受煎熬。

白胡老头　（连声称赞）好姑娘，好姑娘！（复诵她的话）但愿人间苦难少，情愿粉身碎骨受煎熬！好心肠，好话呀！（忽然又回身对甜姑）姑娘！

合药济世人，还得要你一样东西。

甜　姑　老人家还要什么东西？

白胡老头　还要你一绺青丝！

甜　姑
甜　父　一绺青丝？

艾　林　一绺青丝？

［甜姑将头发捋在手里，心爱不舍地。

［静场。

［白胡老头殷殷相待，甜父、艾林面面相觑。

甜　姑　（沉思片刻，唱）

一绺青丝打的什么紧，
奉送老伯济世人。

青丝若能治人病，

何必头上堆乌云！

（拿起来剪刀，剪下来一绺，双手捧赠白胡老头。

白胡老头　（接住青丝之后，大笑）哈哈……

艾　林　（受感动地）甜姑！

甜　父　（将女儿拉在自己身边，唱）

爹爹有块心头病，

只养你孤花一朵无弟兄。

常担心一旦爹去世，

为人处世儿怎担承！

你懂得人生何为贵，

你懂得舍己救众生。

今天去了爹的心头病，

我养的女儿成了人！

白胡老头　不错！你女儿已经长成人啦！（走向甜姑）姑娘！你既然慷慨赠送鲜花、青丝，我老汉也有礼奉还！

甜　姑　不敢收礼！

白胡老头　我的礼物是句空话，要把空话变实在，还得你们自己动手。

甜　父　老人家！有何贵言，请讲！

白胡老头　挖甘泉不用等后代，眼下即可动手！

甜　父　（惊喜地）甘泉在哪里？

白胡老头　被刺牛怪封锁。

艾　林　如何打开封锁？

白胡老头　盗来他的“乾坤金针”！

甜　父　金针藏在何处？

白胡老头　他的洞里。

甜　姑　洞在哪里？

白胡老头　往南不通，转弯向东，抬头观看，雾锁云封！

甜　父　你说的是黑风洞？

白胡老头　不错。

甜　父　不知金针如何才能到手？（改了称呼）求老仙翁指点。

白胡老头　你有这样天真无邪的女儿，何愁金针不能到手！

甜　父　要我女儿去盗？

白胡老头　男子盗它不来。

甜　父　（迟疑地）这……

甜　姑　女儿情愿前往！

艾　林　艾林也愿同去，洞里洞外有个接应。

白胡老头　（看看甜姑、艾林，点点头）洞里洞外，正需要一员勇士接应。

（念）又用智，又用胆，
胆要放大心放宽。
莫惊师，莫动众，
人去多了倒麻烦。

（走了几步，又回头来。）
四月初八，月落西山，
错过吉辰，盗宝更难。
牢牢谨记！

甜　姑　盗回金针以后呢？

白胡老头　以后？你看我人老糊涂，以后的事就记不清楚啦。那边有个婆子，问她去吧！（飘然而去。）

三　人　（回头望去，不见什么婆子，再回头来，白胡老头已不见了，不禁惊奇起来）啊？

甜　姑　（思索地，兴奋地）爹爹！这分明是点化女儿，在今日晚间，摸进黑风洞，盗金针挖甘泉，这可是天大的喜事啊！

（唱）百里盐池宝光灿烂，

没有甜水受尽艰难！

为背甜水登山履险，

想不到挖泉事就在眼前！

甜　父　（犹豫地）不！

甜　姑　（不解地）爹爹？

甜　父　哎！甜姑！艾林！你们不知道那黑风洞的艰险哪！

（谈虎色变地）那黑风洞啊！

（念）涧深不见底，

山高不见顶。

洞在半山腰，

上下无路通。

臂下无双翅，

好梦做不成！

（唱）往上看，吓破勇士胆，

往下看，英雄心胆寒。

臂下无翅，脚下无路，

盗金针要比登天难！

艾　林　只要找到蚕丝，搓成百丈丝绦，即使悬崖陡壁，亦可攀缘上下。

甜　父　万丈悬崖，非同小可！

甜　姑　爹爹！

（唱）女儿生来身轻如燕，

抓住游丝打秋千。

越过岭，爬过山，

我看那悬崖如平川。

甜　父　百丈丝绦从何而来？

艾　林　不难！

（唱）环池盐民千千万，

谁家女子不养蚕。

听说盗针挖泉水，

百丈丝绦有何难！

甜　父　你们既然有志为环池造福，我也不应阻拦。眼看红日西坠，即刻准备登程。你二人速速改换行装，我去告知众家父老，叫他们子女准备丝绦！

（向村里走去。）

［甜姑、艾林各去改换行装。

［钟声响了，青年男女手拿蚕丝从四面八方蜂拥而至。

众　人　（起舞，合唱）

众人垒墙墙不倒，

众人拾柴火焰高。

一家拿出丝一绺，

齐心合力搓丝绦。

搓丝绦，搓丝绦，

高山石洞取珍宝。

颗颗诚心点点汗，

搓成的丝绦牢又牢！

［甜姑、艾林改装登场。人们把丝绦帮他们装束在身上。

［一双少年男女托酒盘上。沈大爷、沈大娘颤巍巍地随上。他们走向甜姑、艾林。

沈大爷
沈大娘　（托起酒杯，唱）

做过多少甘泉梦，
梦里欢笑醒来空。
你们盗针进山洞，
立志以人力夺天工。
盗金针担子千斤重，
一杯水酒羽毛轻。
愿你们旗开得胜，
愿你们马到成功。
愿环池早日甘泉涌，
儿孙们千秋万代传美名！

[沈大爷、沈大娘敬酒送行。

甜　姑
艾　林　（接杯，唱）

谢美酒，谢叮咛，
万民心愿力无穷。
踏破中条取珍宝，
看来日，手捧清泉洗愁容。

[二人举杯敬天敬地，答谢众乡亲。

众　人　（唱）愿你们旗开得胜，
愿你们马到成功。
愿环池早日甘泉涌，
人们将千秋万代传美名！

[送行舞起。

[灯徐徐暗。

第二场

［四月初八夜晚。

［刺牛怪的洞里。这里正是金针洞。山岩形成自然洞穴，岩浆垂下天然璎珞。两侧条通往洞口与后洞。

［狰狞的刺牛头下设有老怪宝座。洞里磷光闪闪，阴森恐怖。

［侍婆执拂尘上。打扫宝座后，将灯点上。叹口气。

侍　婆　（向各洞口下拜后）唉！

［独角牛上。巡视后，召唤小怪们上，一阵狂舞，庆贺自己的节日。然后向后洞跪请。

［刺牛怪上。

刺牛怪　（念）风卷盐池百尺浪，

雾锁中条十二峰。

一声怒吼山河动，

万民祭奠，谁敢不虔诚！

［小怪们向刺牛怪施礼，分立两侧。

［侍婆转过来。

侍　婆　（跪拜）侍婆与祖师爷贺节！

刺牛怪　罢了！今乃四月初八，洞门可曾打开？

独角牛　洞门早已打开。启禀祖师爷！我见那环池百里，到处是香烟缭绕，供品祭祀。眼看时辰已到，请祖师爷出洞，去受香烟祭品！

刺牛怪　（狂妄地大笑）哈哈哈哈！只要有镇山之宝“乾坤金针”在手，莫说环池万民年年四月初八要香表供祭，就是这中条山各路大仙，也不敢不来朝贺！来呀！（小怪们应声）你等随我出洞！（下。小怪随下。）

独角牛　（对留下的两个小怪）你们在洞内守候，要好好看守金针。金针倘被盐民盗去，挖出甘泉，不但你我性命难保，就是祖师爷也要化阵云烟而亡！尔等可曾记下？

二小怪　小的记下！

［独角牛下。

二小怪　（想去喝酒）侍婆！你在此替我们守候，我们少时就来。（走入后洞。）

侍　婆　（看他们去后，走向洞口，遥望洞外，默默无语，半晌，不禁泪下）唉！

（念）天已黄昏后，
胧月挂山头，
遥望茫茫夜，
更添思乡愁！

（唱）朦胧月色淡淡云，
山高月小暗沉沉。
年年今日望乡里，
泪珠纵横湿衣襟！
那一日，胡家仙翁对我讲，
要想出头看金针。
一日几回偷偷看，
清晨看到天黄昏。
闪闪金光依然在，
为什么？出头的日子无信音？

［突然，一支箭射将进来。

［侍婆一惊，即擦去眼泪，躲往暗处。

［少顷。甜姑手挽丝绦闪进洞来。她蹑手蹑脚地、警惕地审视洞

里的一切。阴森恐怖气氛使她毛骨悚然。

［侍婆发现有人，即机警地站在暗处，细心地窥视。

［甜姑在黑暗阴森的洞里到处侦视，也不见金针下落。她摸向宝座，指向刺牛头，突然发出来叮叮咚咚的声响。甜姑似有所悟，再加以试探，也只依旧如此，不见新的变化，不禁一阵徘徊。

［侍婆已经看出她行动蹊跷，轻轻闪在甜姑身后。甜姑察觉背后有人，猛一回头，正与侍婆目光相遇，不禁一惊，几乎叫出声来。二人各怀戒备地互视良久。

侍　婆　（威胁地，唱）

哪座山上一妖姑？

竟敢大胆闯入洞府！

甜　姑　我？（稍一迟疑，猛然想起白胡老头的话来，即刻镇静地。）

（唱）家在梅花岭下住，

我爹姓胡我姓胡！

侍　婆　（半信半疑）是胡家仙姑？

甜　姑　（抢上一步）胡家仙姑拜见！（拜。）

［侍婆正欲回礼，忽又怀疑地倒退回来。甜姑见侍婆非怪非人的神态，亦迟疑地倒退回来。双方又互相疑忌地互相打量。

甜　姑
侍　婆　（重唱）

看她衣饰像是怪，（甜姑）

口称梅岭胡家女，（侍婆）

言谈举止又像人。（重唱）

　怪　　　不凶狠？（甜姑）
是　　为何
　狐　　　到此地？（侍婆）

　　为何　妖群？（甜姑）
是人　入
　　怎能　洞门？（侍婆）

稳稳心，细盘问，（重）

　　　怪　　　（甜姑）
看她是　还是人！
　　　狐　　　（侍婆）

　怪　防她将我害，（甜姑）
是　我
　狐　禀报祖师母，（侍婆）

　　我乘机探金针？（甜姑）
是人
　　她莫非盗金针？（侍婆）

侍　婆　（试探地）既是胡家仙姑到来，侍婆与你通报！（要走。）

甜　姑　（急拦住）不用你通报，少时我自己进去！

侍　婆　（故作大怒）哇！（逼近甜姑）分明是人间女子前来盗宝，还敢胡支乱对，再要撒谎，叫你立地身亡！（指着洞外，唱）

上有悬崖高万仞，
下有山涧万丈深。
胆大包天闯进洞，
不顾生死你有野心！

甜　姑　（唱）山高难挡英雄路，
涧深不拦有志人。
有何珍宝怕人盗？
难道你洞里有金针？

侍　婆　（听到金针二字，不禁一震）啊？金针？

［侍婆正要答话，忽然听得小怪从后洞出来，急将甜姑藏在暗处。若无其事地向洞口瞭望。

［二小怪执刀上。

小怪甲　侍婆！什么时分？

侍　婆　亥时未刻。

小怪乙　（忽然嗅到什么气息）啊？

小怪甲　刚才有谁来过？

侍　婆　明明是我在此看守金针，有谁来过？

小怪乙　巡查一番！

［二小怪四下搜索。

侍　婆　（眼看搜到甜姑，不禁一惊）啊？

［二小怪回身逼视侍婆……

侍　婆　（灵机一动）啊！好香的酒味啊！

二小怪　酒？

侍　婆　（轻声地）狐家仙翁给祖师爷送来一坛梅花仙酒，藏在珠帘洞内，你们可不敢喝呀！

二小怪　梅花仙酒？（馋涎欲滴。挤眉弄眼地下。）

［侍婆捏着一把汗看着小怪们走去，吁出一口气，正欲去拉甜姑。小怪甲突然返了回来。

小怪甲　侍婆！你要好好看守金针！

侍　婆　侍婆知道，不必担心！

［小怪甲下。侍婆神情紧张地看着小怪甲去远了，这才转回身来。

甜　姑　（从黑暗处闪了出来，感激地、轻声地）妈妈！

侍　婆　（急制止）大胆！

（唱）黑风洞内阴森森，

白骨堆山血淋淋。

年幼女子有多大胆，

竟敢进洞把死寻！

若不对我讲实话，

今晚你难出山洞门。

甜　姑　（镇静地继续探问）妈妈！

（唱）我看你，心地善良不像怪，

非怪为何入怪群？

你可曾到过环池去？

你可曾见过养蚕人？

侍　婆　（听到“环池”“养蚕人”，不禁心里一酸，忆起往事，潸然泪下）唉！

（唱）我环池生，环池长，

养蚕晒盐十余春。

刺牛黑风腾空起，

将我卷入半天云。

自被摄入妖魔洞，

如入苦海万丈深。

折磨受了四十载，

只落得，怪非怪来人非人！

甜　姑　妈妈！难道你就这样在黑风洞里苦熬终身不成？

侍　婆　（神秘地）姑娘啊！

（唱）金针挖开甘泉水，

妖魔遁迹化云烟。

环池万民开颜笑，

我才有幸返人间。

甜　姑　（兴奋异常）妈妈！既然想回环池，就该帮助于我！

侍　婆　你果真是来盗取金针？

甜　姑　（下拜）望求妈妈多多指引。

侍　婆　（警惕地四下看看）姑娘啊！

（唱）盗针要冒生命险，

金针挖泉更艰难。

甜　姑　（唱）管什么险，怕什么难，

一人坎坷万民安。

侍　婆　（唱）挖泉一百天，百天不能断，

针挑硬土三尺三。

甜　姑　（唱）百天就百天，不断就不断，

三尺硬土算得什么难！

侍　婆　（唱）百日百夜不能合眼，

能把你心血都熬干。

甜　姑　（唱）千日万日有何惧，

沸腾的心血熬不干。

人常说，精卫填过海，

愚公移过山，

环池姑娘千千万。

一人一针挖出泉。

侍　婆　（唱）姑娘且莫逞大志，

我的话儿未说完。

（念）老怪心毒辣，

金针有魔法！

甜　姑　有何魔法，快请妈妈道破！

侍　婆　（念）挖到百日午时正，

一股浊气冲天空。

谁若动手挖泉眼，

他就要昏天倒地，双目失明，

声嘶力竭，哑了喉咙！

甜　姑　（一怔）什么？你说什么？

侍　婆　谁若动手挖泉眼，他就要瞎了眼睛，哑了喉咙！

甜　姑　啊？

侍　婆　千人挖，千人哑，百人挖，百人瞎。到那时，环池纵然有了甘泉，也难免遍地闻哭声！

甜　姑　啊？（思索着）千人挖泉……

侍　婆　千人哑！

甜　姑　百人挖泉……

侍　婆　百人瞎！

甜　姑　十人挖泉……

侍　婆　十人哑，十人瞎！

甜　姑　妈妈！倘若是一人挖泉……

侍　婆　这一人挖泉吗……一人哑，一人瞎！

甜　姑　这……

侍　婆　姑娘！你才十几岁，年纪轻轻，我怎忍心让你：

（念）蜡炬油干成灰烬，
春蚕丝尽变成蛹！
青春美丽付流水，
孤独清冷苦一生！

甜　姑　我……

侍　婆　孩子！

（唱）多少代来多少年，
没人敢打这算盘。
盐民该受背水苦，
环池注定无甘泉！

甜　姑　（毅然决然地）不！

（念）土里无人下种籽，

哪能长出鲜花来！
妈妈呀！（激昂地，唱）
有用十八寿不短，
无用百岁也徒然！
我情愿，蜡炬油干成灰烬，
留得光明在人间；
我情愿，春蚕丝尽变老蛹，
留得丝绸与人穿！

侍　婆　（为之鼓舞，感动地）物华天宝，人杰地灵，金针落到你的手里，何愁挖不出清泉，救不得众生啊！

甜　姑　（急切地）妈妈！金针藏在何处？

侍　婆　（向刺牛头一指，念）
狰狞刺牛头，
张开血盆口。
一股火焰过，
金针藏里头。

甜　姑　如何打开？望求妈妈指点。

侍　婆　（念）手对刺牛眼，
脚踩牛蹄边，
跺三脚，打三拳，
牛口张开喷火焰，
金针自把金光闪。

甜　姑　好！烦劳妈妈巡风。

侍　婆　迅速行动！

［甜姑依侍婆指点，跺三脚，打三拳。

［牛口张开了，喷出一股火焰，牛口内放出闪闪金光。

甜　姑　（忽然想起）妈妈！金针到手之后，跟我一同回环池去吧！

侍　婆　甘泉流出日，是我归家时！

甜　姑　妈妈！

侍　婆　还有！池畔皂角树，东南走七步，拨开芦苇丛，便是泉眼处，牢牢谨记！

甜　姑　（倒身下拜）妈妈！

侍　婆　不必多言，快快取宝！

［甜姑纵身跳入牛口。牛口自动闭合。侍婆在四下巡视。只听得一阵狂风怒吼。

侍　婆　啊？老怪回洞来了！这……

［侍婆欲扑向牛头，举手跺脚。刺牛怪已扑进洞来。

侍　婆　（跪在刺牛怪面前）筵席齐备，请祖师爷入席！

刺牛怪　筵席设在哪里？

侍　婆　筵设珠帘洞。

刺牛怪　（大怒）为何不设在金针洞？

侍　婆　祖师母吩咐，筵设珠帘洞，与祖师爷增福增寿。（急闪身入后洞。）

刺牛怪　（大笑）哈哈哈哈！……（突然嗅到了什么）啊？

独角牛　（看看刺牛口）有人盗宝！

刺牛怪　（大吼）哞！（急上去跺三脚，打三拳。）

［牛口张开，甜姑手捧金针盒踊身跃出。顿时，金针洞灯光暗淡，只有金针在闪闪发光。

刺牛怪　（气得怪叫）抓……

［甜姑被小怪包围起来。由于金针在手，小怪们又不敢接近。甜姑在洞里左躲右闪地周旋。老怪、小怪不离前后。

［独角牛布置小怪四面埋伏。

［甜姑几次冲到洞口，都被老怪、小怪挡回。眼看甜姑被越围越

紧，万分危急之际，白胡老头的幻影出现在空中。他将摘得甜姑的四朵鲜花祭在空中。光闪闪的鲜花落处，变成四个美丽的姑娘——花仙。

［花仙们起舞，迷惑着妖怪，掩护着甜姑。妖怪们被满洞“甜姑”迷得眼花缭乱，东碰西撞。

［甜姑在花仙掩护下，乘机奔出妖洞。

［刺牛怪大怒，正要去追，被花仙堵住洞口。老怪东抓西摸，花仙左闪右挪，最后集中起来。刺牛怪猛扑上去，将花仙一抓，花仙倏然不见，抓到的只是四朵鲜花。刺牛怪气得将鲜花撕得粉碎。

刺牛怪　（喝令小怪）追！

小怪们　（应声）啊！

［刺牛怪奔在前头，小怪们跟在后面，刚至洞口，从洞外飞来一支箭，不偏不倚，正中刺牛怪前胸。刺牛怪向后便倒，小怪们急忙扶住。

刺牛怪　（无力地叫着）哞……哞……

［灯光骤暗。

第三场

［傍晚前后，天朗气清。甜姑家院子内外。（景同第一场）

［鸟儿放开了歌喉，花儿吐出了芳香，环池百里，到处是歌声荡漾。

［环池人们随歌声陆续上。

姑娘们　（载歌载舞）

蓝蓝的天上白云朵朵，

盐池平静无风波。

环池今天把节过，

处处管弦处处歌。

甜　父　（对此情景，真是心旷神怡）唱吧！唱吧！这样大喜的日子，怎么能不唱呢？

众　人　（更加兴高采烈地舞着，唱着）

千家万户同庆贺，

盗来金针打退妖魔。

今夜子时要挖泉，

万民欢唱幸福歌。

［甜姑由茅屋内走出来，向众人招呼。众人爱戴地将她父女二人围拢起来。

沈大爷　（羡慕地对甜父，唱）

你有这样好女儿，

老来生活有着落。

背靠盐池宝无尽，

门前甘泉荡清波。

房前宅后种桑树，

养蚕缫丝织绫罗。

闲来父女皂角树下坐，

爹弹琵琶女儿唱歌。

众　人　（唱）爹弹琵琶女儿唱歌，

这样的歌儿美得多。

只唱得枝头花朵朵，

只唱得黄莺树梢落。

人都把姑娘比花朵，

花比上甜姑无颜色。
人都说黄莺歌喉好，
见了甜姑它不敢歌。

（人们把甜姑和艾林围在了一起。）

甜家的妹妹艾家的哥，
为盗金针受尽奔波。
甘泉为环池带来幸福，
祝你们二人幸福多。
百里环池歌声荡漾，
处处都是鸟语花香。
今夜子时要挖甘泉，
人心像俊鸟高飞翔。

（人们满怀敬意地对甜父。）

谁像你，有福气，
生下这样好姑娘。
像你这养女胜养男，
千家万户齐颂扬。

［众人告辞退去。

甜　父　（送走众人，返回来，兴奋异常）甜姑！艾林！家里有酒，喝它几杯！

（欣喜地进茅屋。）

［艾林情意绵绵地招呼甜姑进屋。

［天色傍晚，霞光灿烂。

甜　姑　（见他们进了屋里，站在门口迟疑了一阵，听到屋里的欢笑声，又轻轻地退了回来。对着美丽的景色，听着亲人的欢笑，心里千头万绪，唱）

亲人们个个春风满面，
杯盘响人欢笑震我心弦。
爹想着，他弹琵琶我唱歌，
欢欢乐乐度晚年。
艾林他，含笑不语传心意，
向往着一段好姻缘。
哪知道挖泉百日后，
我将变成哑子，变成瞎子！
我要把青春化甘泉！

（念）甜姑心中事，
亲人尚不知。
不言瞒不得，
欲言又迟疑！

（徘徊在桑树荫下，沉思着难言的心思，凝望着环池的景色，唱）
日落西山霞光灿烂，
映红了盐池中条山。
山水相映景色如画，
皂角树下茅屋两间。
春花秋月寒复暖，
在这里长了十八年。

（回忆地）
母亲早死靠爹抚养，
无兄无弟家境贫寒。
自从甜姑懂了人事，
爹上盐池我养蚕。
渴饮过盐池苦涩的水，

饿了把树叶当饭餐。
风风雨雨朝到晚，
忙忙碌碌一年又一年。
甜姑我长到十八岁，
爹爹他须发苍苍腰腿弯。
檐前的鸽子梁头的燕，
养育之恩懂得报还。
爹爹养我十八载，
我应尽孝在床前。
檐前的鸽子梁头燕，
双双打食把泥衔。
我既和艾林两相爱，
酸甜苦辣要分担。
眼看得——
挖甘泉要瞎双眼，
甜姑我从此成废残！
爹得给女儿煮茶饭，
丈夫给妻子洗衣衫……
今天我不把话说破，
面对着亲人我怎好隐瞒？
倘若我把话说破，
唯恐怕亲人来阻拦！
爹疼爱女儿心肠软，
艾林他难免心不安！
环池姑娘千千万，
谁不愿舍身挖甘泉！……

我左思右想无主见，

犹豫不决我好作难！

［甜姑犹豫地走向茅屋。刚到门口，又站住了，轻轻退回，徘徊，踌躇。

［天色已晚，月色当空。

［艾林由茅屋内出来。

艾　林　（轻轻地走近甜姑，察觉她似有什么心思）

（唱）风轻云淡天晴朗，

明月如水浸山庄。

天开美景使人醉，

你为何独自在彷徨？

甜　姑　（不自然地摇摇头）没有什么！

艾　林　紧锁双眉，在想什么？

甜　姑　我在想……（指着道旁的桑树，寓意地，唱）

大门外边一株桑，

绿叶零落无花香。

春日桃李盛开放，

桑树被摘得净净光。

游春人儿门前过，

只看桃李不看桑。

倘若甜姑变桑树，

也会被遗忘在道旁。

艾　林　（唱）桑树摘得净净光，

人们却穿上新衣裳。

桃李早随春风去，

衣衫却抵住那秋风凉。

来年游春门前过，
看见罗衣想起桑。
倘若甜姑变桑树，
我变成甜姑专种桑。

甜　姑　（唱）地上的笸箩桌上的盘，
笸箩盘里养春蚕。
蚕不与蝴蝶争春色，
宁愿将心血化丝绵。
千丝万缕自作茧，
丝尽变蛹始心甘。
倘若甜姑变老蛹，
我问你可会心不安？

艾　林　（唱）春蚕变蛹丝还在，
满腹锦绣留在人间。
倘若甜姑变老蛹，
我把老蛹供在玉盘。

甜　姑　（唱）新穿的布衣胜绸缎，
新栽的花草香三天。
天长日久心生厌，
唯恐怕老蛹脏了玉盘。

艾　林　（唱）面对盐池千顷浪，
手指中条万里山。
明月鲜花作证见，
喜新厌旧才惹人嫌！

甜　姑　（唱）明月鲜花作证见，
月有缺来花有残。

月缺被人施冷眼，
花残被人遗道边。

艾　林　（唱）花儿谢了来年放，
月儿缺了下月圆。
看见残花施冷眼，
这样人无颜将花攀！

甜　姑　（唱）不说春花与秋月，
不说桑树不说蚕。
蓬头粗衣盐民家女，
怎能引起你的喜欢？

艾　林　（唱）清脆的歌喉迷人的眼，
疼人疾苦好心田。

甜　姑　（唱）倘若我哑了喉咙瞎了眼……

艾　林　（突然一愣，有些不高兴地）甜姑！
（唱）你怎么信口出戏言！（闷闷地走向一边。）

甜　姑　（唱）我转弯兜圈将他点，
他却当我是出戏言！
狠狠心我把话说破——
（走向艾林，严肃而温柔地）艾林！你不要生气！

艾　林　（缓和地）甜姑！咱冲破艰险，盗来金针，今夜子时，就要挖泉，环池男女老少，哪个不是欢天喜地，把你夸了又夸，赞了又赞，可你，却说出这些不吉利的话来！

甜　姑　不！艾林！我是想说……

艾　林　你想说什么？

甜　姑　挖泉百日之后，正当午时，泉眼挑破，有一股……

艾　林　有一股清泉涌出，咱环池人就有了万代幸福……

甜 姑 不！还有……

艾 林 还有什么？

甜 姑 （又不想扫他的兴）啊！

（唱）话到口边不敢言，

他满腔热情迎喜事，

我何必与他添愁烦！

［甜姑正欲给艾林解释，甜父一阵爽朗的笑声传来。二人略略离开，甜父随声走出。

甜 父 （抱着琵琶，兴致勃勃地）哈哈哈哈！千年的心愿盼到啦！子时就要挖泉，你们看！咱环池今夜熏风拂面，皓月当空，到处是欢欣鼓舞。甜姑！爹弹琵琶，来！咱们唱啊！

甜 姑 爹爹……（不安地，唱）

甜 父 （察觉女儿似有心思，敛起笑容）甜姑，你？

甜 姑 （掩饰地）爹爹！

甜 父 （有所误解）甜姑，这挖甘泉需要夜以继日，一针一针地挑够三尺深。（亲切地勉励）孩子！可不能见难而退啊！

甜 姑 爹爹！那黑风洞百般艰险，女儿都不曾知难而退，这百日百夜挖泉，又有何难！只要挖出甘泉，为环池人们造福，女儿粉身碎骨也心甘情愿！

甜 父 是啊！挖出甘泉，就给咱环池万民造下万代幸福。可是你在想什么？

甜 姑 我在想……泉眼挖到三尺深，挖到一百天的正午时刻，一针挑破泉眼，甘泉流出的时候，我的眼睛……

艾 林 你的眼睛就越发美丽啦！

甜 姑 我的喉咙……

甜 父 你的喉咙？喉咙便怎么样？

甜　姑　就……

艾　林　就怎么样？

甜　姑　（乐观地）就越发响亮了！

甜　父　对呀！唱出的歌儿，就更加动听啦！来来来！唱！

艾　林　甜姑！唱吧！

甜　姑　（充满对生活的无限热爱）爹爹！艾林！子时就要挖泉，我们应该尽情地唱！

（唱）

桃李花儿开，
桃李花儿开，
桃李花开，环池幸福来！
桃李花儿鲜，
桃李花儿鲜，
桃李花儿鲜，环池有甘泉！
桃李花儿香，
桃李花儿香，
风吹桃李，花开满山冈。
无人撒下鲜花种，
哪有鲜花吐芬芳。
无人为众献心血，
哪有人间幸福的歌儿唱！

［盐民们、姑娘们都从四面八方走拢了来。

甜　父　来！大家一起唱吧！

甜　姑　（唱）月白风清天晴朗，
百里盐池闪银光。
环池万民同歌舞，

只盼泉水万年长！

众　人　（唱）歌声飘飘随风荡漾，

飞过高山飘过江。

唱得天下灾难少，

唱得人间无忧伤。

（男女青年翩翩起舞，混声合唱）

月白风清天晴朗，

百里盐池闪银光。

环池万民同歌舞，

只盼泉水万年长。

［星月皎洁，熏风拂面。音乐嘹亮，舞态翩翩。

［人们簇拥着甜姑，高举红灯，向皂角树下芦苇丛中走去。

［灯光渐暗。

［幕徐徐闭。

第四场

［挖泉的最后一日。从清晨至正午。

［在盐池畔，地点同第一场，但时隔已久。

（幕前合唱）

四月里艳阳天，

歌声遍人间。

甜姑挖泉，春风把喜讯传。

五月里五端阳，

金针闪金光。

甜姑挖泉，百花送清香。

六月里六月六，
金针光悠悠，
甜姑挖泉，百鸟歌枝头。

七月里七月七，
月淡星星稀。
甜姑挖泉，清露沾罗衣。

［幕启。天色黎明。

［皂角树下芦苇丛中，甜姑半跪着在挖泉。甜父、沈大爷等打着红灯在陪护着她。夜色隐退，东山上现出霞光。沈大爷等吹灭了红灯。

［甜姑站起来舒展舒展身体。

众　人　（看着挖好的泉眼，敬佩地，唱）
一针一针挑呀，
一针一针地剜，
百日挖泉多艰难。
膝跪破，手磨烂，
眼熬红，喉咙唱干！

甜　姑　（唱）莫道挖泉百日苦，
且看环池万家甜。

［春姑领着疏浚渠道的姑娘们，艾林领着疏浚渠道的盐民们上。

姑娘们　甜姑姐！
（唱）百日工程满，
幸福在眼前。

喜看午时，泉水灌桑田。

盐民们　（唱）开渠整百日，

渠道如网织。

单等午时，泉水灌盐池。

姑娘们　甜姑姐！你看咱环池今天有多么美丽啊！

甜　姑　是啊！

（唱）雪白的盐池似银海，

青翠的山林似绿毡。

今日挖出甘泉水，

围绕盐池似玉环。

风景唯有咱环池好，

人神到此皆留恋。

就是嫦娥过此地，

也愿随人间不羡仙。

春　姑　甜姑姐！你的歌声，比咱环池的风景还美哪！

姑娘们　（唱）歌喉婉转似莺燕，

悠扬动听盖世间。

唱歌晒盐盐更白，

唱歌背水水更甜。

唱得盐民苦变笑，

忧消愁散心里甜。

青山点头白云笑，

笑看今日出甘泉。

春　姑　（兴奋地）甜姑姐！百日以来，我们多少次要替你挖泉，你总是不让，今日百日已满，我们渠道已经疏浚完毕，这可该让我们挖几针啦！

姑娘们　（把甜姑包围起来）哪怕让我们挖上一针……一针！

甜　姑　（念）我挖三尺土，

你开百日渠，

辛劳同一样，

何必苦争持！

姑娘们　（恳切地，唱）

亲手栽花花更艳，

亲手种瓜瓜更甜。

谁不愿亲手造幸福，

姐妹们的心情你该了然。

艾　林　（轻声地相劝）甜姑！挖泉已满百日，午时就要出泉，谁不是心花怒放，谁不愿亲手挖泉？你又何必苦苦阻挡，惹得大家不快呀！

甜　姑　艾林，你！

甜　父　甜姑！亲手创造幸福，这是万民心愿，姐妹们诚心相求，你就该让大家挖上几针才对呀！

甜　姑　啊？

姑娘们　甜姑姐！（殷殷期待。）

甜　姑　（背唱）亲人们苦苦将我劝，

甜姑的隐情怎实言！

倘若让她们来替换，

一跟着十，百跟着千，

争先恐后要挖泉。

只怕挖到午时正，

泉水涌，歌声断，

盲姑哑姑遍环池，

姑娘们遭摧残！

［甜姑正自踌躇，姑娘们却在一旁交头接耳，最后，把春姑推了出来。

春　姑　（走向甜姑，假意噘起嘴来）甜姑姐！

（唱）姐妹们气得红了脸，

瞪眼努嘴把你嫌！

（乘甜姑劝慰姑娘们的机会。）

乘不防将金针夺在手！

［姑娘们见金针到手，得意地大笑。

［春姑扑向泉眼，伏身便挖。

甜　姑　（厉声喝住）住手！

［姑娘们和盐民们不禁一愣。

甜　姑　（转而温和、亲切地）春姑啊！

（唱）要紧的话儿你未听完！

四月八，那一天，

甜姑盗针进洞间，

善良的侍婆对我讲，

百日挖泉要一人担。

金针不倒手，挖泉人不换，

倒手换人金针失灵验，

环池从此无甘泉！

［众人松了一口气，姑娘们都愧悔地走近甜姑。

春　姑　（认错地）甜姑姐！（交还金针。）

［甜姑接过金针，劝慰春姑。

［这时，突然牛角黑风刮起，霎时天昏地暗。

［刺牛怪率领小怪，小怪们挥舞黑风旗穿场而过。盐民们奋力保

护甜姑，保护金针。

［突然，天空中传来刺牛怪的声音。

刺牛怪　（声）哼哼……

（念）盗针挖泉自逞能，

不知眼前有灾星。

再敢动手挖一寸，

叫你瞎眼哑喉咙！

众　人　（闻声一惊）啊？甜姑！你听！

［刺牛怪的声音在继续着。

甜　父　（急切地）甜姑！到底是怎么回事？

众　人　（急切地）甜姑！

甜　姑　（避开正面回答）爹爹！艾林！乡亲们哪！

（激昂地，唱）

刺牛怪，心毒狠，

散出妖言乱人心！

怕什么眼瞎喉咙哑，

怕什么眼前灾星临，

只要我环池花似锦，

愿将一身化甘霖。

纵然有灾星压头上，

吓不住，甜姑一颗火热的心！

叫爹爹！叫艾林！

再叫环池众乡亲！

一人祸福何足虑，

众人祸福重千斤。

倘若中了妖魔计，

错过正午吉时辰。
百日之功成泡影，
岂不是，反将灾祸留儿孙！
艾林！
我问你，环池渠道修完竣？

艾　林　（唱）渠道修完竣。

甜　姑　（唱）爹爹啊！
莫忘了，日影杆下看吉辰！

甜　父　（唱）莫忘了看吉辰。

甜　姑　（唱）乡亲们！姐妹们！
润好歌喉舒广袖，
准备着，高歌狂舞传佳音。
（扑向泉眼处。）
挖一寸啊深一寸，
乡亲们的希望近一寸。

众　人　（为之鼓舞，唱）
乡亲们的希望近一寸。

甜　姑　（唱）挑一分啊，深一分，
乡亲们的幸福近一分。

众　人　（唱）乡亲们的幸福近一分。

甜　姑　（唱）眼看午时就要到，
甜姑我一针紧一针，
甜姑挖泉百日整，
泉眼足有三尺深！

甜　父　午时已到！

甜　姑　（唱）时当正午，猛力一针挑啊！

［金针猛挑，甘泉涌出，妖风隐退，顿时天朗气清，彩云飘飘。人们都在兴奋地狂呼。

众　人　甘泉！甘泉！（扑向流泉。）

（唱）清凌凌的泉水往上涌！

甘泉！甘泉！

汩汩飞浪喷珠玉，

湛湛清波映碧天，

注入万顷盐畦去，

盐民们，一扫愁容变笑颜。

愿甘泉涓涓流不断，

幸福的歌儿永远唱不完。

甜　姑　（唱）啊……啊！

［人们正在甜姑的歌唱声中兴高采烈地高歌狂舞，甜姑那清脆嘹亮的歌声突然中断。她哑了，众人诧异地看着甜姑。

［一阵优美的音乐声起，好像甜姑的歌声仍然萦绕在天空。

［甜姑在音乐声中安详地走向亲人们。她看看父亲，看看艾林，看看众人，好像在说：爹爹！让我看看你！艾林！让我再看看你！乡亲们！让我再看看你们！走向渠边掬起清清的泉水送到口边，正欲举目看看美丽的环池，但，她身子微微一摇，安详地闭上了眼睛。

［姑娘们急上前扶住。

众　人　甜姑！甜姑！

春　姑　甜姑姐！（向众人）她……她的喉咙哑啦！

夏　姑　甜姑姐！（向众人）她的眼睛……

众　人　啊？（震惊地）

甜　父　（多日疑惑，突然省悟）甜姑！那侍婆曾经对你说过，泉眼挖开，甘泉涌出，你的眼睛要被冲瞎，喉咙要被冲哑吗？

［甜姑点点头。

艾　林　（激动地）甜姑！

甜　父　（百感交集）好孩子！

众　人　甜姑！

（唱）你为环池解苦难，

你为众人挖甘泉。

舍却自身无价宝，

换来环池万家甜！

艾　林　（走向甜姑，爱恋地，唱）

你心灵泽惠胜过那甘泉水，

你品德崇高高过那中条山。

说什么，只看桃李不看桑，

说什么，春蚕变蛹惹人嫌。

桃李虽美怎比你心灵美，

蚕吐锦丝怎比你挖甘泉。

你比那天上所有的仙女都美丽，

你比那地上所有的花儿都鲜艳。

哑了喉咙瞎了眼，

为人造福心无残。

面对盐池千顷浪，

手指中条万里山。

誓与甜姑永相伴，

燕侣莺俦偕百年！

［甜姑受到艾林和乡亲们的安慰，脸上现出圣洁的微笑。

［忽然一阵爽朗的笑声传来。

[众人举头望去，只见白胡老头手捧一顶光彩夺目的珠冠站在高处，侍婆走在前面。

[白胡老头向众人慈祥地点头微笑。

[人们都肃然起敬。

侍　婆　（轻步走向甜姑）甜姑！

白胡老头　（向甜父、艾林及盐民们点头致意后，念）

一绺青丝变珠冠，
环池万民尽开颜。
人间美德遍传颂，
百世流芳哑姑泉！

[白胡老头把珠冠给甜姑戴在头上。

[少顷，甜姑身子微微颤动，眼睛渐渐复明了。

[甜姑万分激动地看看盐池，再看看亲人们。

众　人　（欣喜若狂地）甜姑！甜姑！

[甜姑感激地向白胡老头下拜，白胡老头搀扶。

[姑娘们、盐民们热情洋溢地围着甜姑翩翩起舞。

众　人　（载歌载舞）

一绺青丝变珠冠，
环池万民尽开颜。
人间美德遍传颂，
百世流芳哑姑泉！

[百花齐放，彩云飘飘，歌声在花间回旋，声入云端。

[幕徐徐闭。

——剧终

【附记】此剧为1959年国庆十周年献礼节目，由张沛、张文秀、李秉衡作曲，山西省歌舞剧团以歌舞剧形式首排首演，并带剧本出省巡回演出。剧本初稿由《山西文化》发表，改稿1961年由山西人民出版社出版，后由中央音乐出版社出版文字乐谱本。中国戏剧家协会主席田汉看了山西省歌舞剧团的演出后，曾题诗鼓励。

图书在版编目(CIP)数据

高沐鸿小说诗歌选 / 高沐鸿著. 冈夫诗歌选 / 冈夫著. 张万一剧作选 / 张万一著. — 北京：中国文史出版社，2024.7

（武乡现当代文化集萃）

ISBN 978-7-5205-4702-4

Ⅰ. ①高… ②冈… ③张… Ⅱ. ①高… ②冈… ③张… Ⅲ. ①诗集 - 中国 - 当代②小说集 - 中国 - 当代③剧本 - 作品集 - 中国 - 当代 Ⅳ. ①I217.1

中国国家版本馆CIP数据核字(2024)第102757号

出 品 人：彭远国
责任编辑：秦千里

出版发行：中国文史出版社
社　　址：北京市海淀区西八里庄路69号院　邮编：100142
电　　话：010-81136606　81136602　81136603（发行部）
传　　真：010-81136655
印　　装：山西人民印刷有限责任公司
经　　销：全国新华书店
开　　本：16开
印　　张：247.25
字　　数：3500千字
版　　次：2024年7月　第1版
印　　次：2024年7月　第1次印刷
定　　价：1000.00元（全七册）

WUXIANG WENHUA JICHENG
WUXIANG XIANDANGDAI
WENHUA JICUI

武乡文化集成·卷三

陈建祖 主编

武乡现当代文化集萃

行道集 寓真 著
阳光下的蜀葵 蒋殊 著
重回1937 蒋殊 著

中国文史出版社

总　序

甲辰之岁，万象更新。武乡热土上，乘新时代之春风，政治、经济、文化一体推进，正所谓政通人和，百业俱兴。

自古以来，莫不盛世修书，藉以兴文化俗。今有《武乡文化集成》之问世，摘精选要，撷英荟萃，乃国内县域文化系统整理出版之巨创，亦寻祖根，追文脉，固根基，增强文化自信之壮举，可庆可贺也！

文化之兴，缘于地理；或曰据于地理，乃出人文。

太行逶迤，上党巍巍，雄视华北，俯控中原，自古乃兵家必争之地。元人熊戴歌咏曰："天下多名山，太行居第一。泽潞伯仲间，上党天下脊。屹立界中原，形势控南北。"武乡踞上党北缘，乃千年名邦，抗战圣地。其东有板山竦立，如长城蜿蜒；其中有漳河流金，泽润乡里；其西则俯视晋中，藏风聚气。此土此境，古有商周遗物，有石勒要寨，有寺院林立，绵绵不绝，而民风俭啬，勤于耕读，崇尚勇武，远近闻名。清代乾隆《武乡县志》"风俗篇"云："武乡之为县，在万山中，金玉珠贝无所产，商贾舟车不至，民安于畎亩、诵读，无逐末游食、猎取富贵之人。""其民质而不菅，其俗俭而不猥。"此乃武乡传统文化之概要，民风之底色，文化渊源之所自。追溯千余年传统文化，不亦绵长醇厚乎！

帝制灭而共和兴，社稷衰而危亡存，仁人志士，前赴后继，奋起斗争。武乡籍共产党人、革命先驱李逸三、史怀璧、武三友等，建立中共武乡县委员会，组织"五抗"，风起云涌，艰险曲折，板山漳河间，闪耀赤色曙光。全面抗战始，抗日烽火燃烧在太行山上，八路军总部、中共中央北方局、一二九师师部开进武乡，先后驻武乡王家峪、砖壁诸地，朱德、彭德怀、左权、刘伯承、邓小平、杨尚昆等在此指挥抗战，武乡乃成太行根据

地之重镇。长乐村战斗，歼寇两千；百团大战，威震敌胆。柳沟设兵工厂，肇始军火生产，装备抗日武装；抗大、鲁艺，学校遍及山乡僻壤，培植红色基因。武乡儿女，慷慨参军，牺牲何止千万；家乡父老，纳鞋交粮，自愿支援前线；太行奶娘，忘我取义，哺育革命后代。仰望太行之巅，遍布民族脊梁；回首抗战圣地，鲜血浸染。《少年先锋》，如诗华章；抗战篇章，辉煌绚烂。此乃武乡近世文化之鲜明本色。回首武乡之红色文化，不亦感人至深乎！

斗转星移，国运昌隆；改革开放，其命维新。武乡大地，文脉绵延，异彩纷呈。其初有高沐鸿之《太行吟》，冈夫之《故城谣》，张万一之剧作《小二黑结婚》，歌咏烽火岁月，隽永悠长；继之有寓真之《行道集》，赓续家国情怀，书写不尽之乡愁。抗战文化则梳理备至，书写将军之百战智勇，战士之慷慨赴死，军火之急急生产，民众之纷纷支前，友邦之慷慨资助，红色文化，洋洋大观。作者群起，深研备至，提炼太行精神，表彰抗战英模，可歌可泣，化育万民，进而为新时代不忘初心、继续前进之强大动能。回首七十年文化景象，不亦壮观乎！

武乡文化，厚重绵长，总而成之，采而辑之，舍我其谁！县委县政府下决心，定大计，集贤能，编方案，以规范性、系统性、权威性为基准，博采旁搜，摘取英华，卷次三分。首卷为历史文化，通览千载；继之以红色文化，特色引领；卷三是现当代文化，文苑集萃，遂成20册，汇千万字，煌煌然为武乡文化史上之空前巨著。武乡文脉，一以贯穿，高如板山，长若漳河，实乃空前之壮举，既为资政要览，亦成万民寻根溯源、永久承传之宝典，具彰往而昭今之效，其价值、意义不言而喻，无庸赘述焉。是为序。

中共武乡县委员会

武乡县人民政府

2024年6月

凡　例

一、本丛书以马克思列宁主义、毛泽东思想、邓小平理论、“三个代表”重要思想、科学发展观、习近平新时代中国特色社会主义思想为指导，选取武乡文化精华，编纂而成。

二、本丛书以基础性、系统性、权威性为基本编纂标准。

三、本丛书以武乡籍贯的作者为主要选取对象，以描写或记述当今武乡地域范围内的文化为内容选取标准。

四、本丛书选取的著作体裁不限，主要选取学术著作和文学作品。为了全面记述武乡的历史文化，特别组织作者新撰了武乡历史文化的通览性著作。

五、本丛书按照历史通览、文化特色、时代新篇为基本分卷依据，分武乡历史文化通览、武乡红色文化撷英、武乡现当代文化集萃3卷，共33种著作，编为20册。

六、本丛书为集成性著作，尊重原著内容的完整性，一般不作增删；为保持观点正确、内容准确、体例统一所做的修订，均经作者完成，并经专家予以审定。

七、本丛书对每一部入选著作的内容及其作者均予简介，以便阅读和使用。

八、本丛书根据各书特点而区别整理方式，涉及古文、文献等，予以标点，并适当注释；涉及文化遗产等内容，则以图文结合的方式予以记述。

目　录

行　道　集

寓　真　著

阳光下的蜀葵

蒋　殊　著

重回1937

蒋　殊　著

行　道　集

寓　真　著

【作者简介】

寓真，本名李玉臻，山西省武乡县监漳镇行道岭村人。1942年生，1966年毕业于北京政法学院。起初分配海南岛昌江黎族苗族自治县工作，后调回山西。曾任晋东南地区中级人民法院副院长、院长，地委政法委书记，山西省政法委副书记，省高级法院院长，省人大常委会副主任，最高法院咨询委员会委员。长期从事政法工作，业余写作诗歌、散文等。中国作家协会会员，中华诗词学会顾问。著有《四季人生——寓真抒情诗选》《寓真词选——寓真新诗》《法治文化丛谈》等。

【内容简介】

《行道集》原是作者的一本散文集，三晋出版社2012年出版。这次修订，以涉及家乡的风情往事的叙写为主题，对所收文章做了调整增删，补录了部分诗歌作品。作者笔下的亲身经历和真切的感怀，无不流露着热爱故土、热爱人民的深挚情愫，对于读者了解一个时期的地方文化也会有所裨益。此外，我们在关注家乡的同时，亦将眼光移向异域一瞥，既可增加阅读趣味，也可扩展一些知见，因而在书中选留了几篇作者出国访问所写的散文。

行 道

我的故里，是武乡县一个山庄。村前是河沟，村后还是河沟，由西到东逶迤着一道梁。几十户人家，依着这道黄土的梁，碹筑窑洞而居。

传说，古时候这里是蛇的会聚地。人们看见过一次蛇的集体大迁徙的奇观，通过这道高高的梁，向西南方向的沟壑中运动，成群结队，络绎不绝，三天三夜才过完。从此，这道梁有了名称，叫作“蛇道岭”；离此六七华里的西南方的那道沟，是蛇队的归宿处，便叫“蛇道沟”。武乡一带口音，读“蛇”为“xiē”，两个村名经过若干年代的演变，不再用“蛇”打头，“蛇道岭”谐音更名为“行道岭”，“蛇道沟”谐音更名为“斜道沟”。虽然村名改了，蛇的记忆、蛇的影响并未消逝。

我小时候，村里常见到蛇。村里的人从来不打蛇。有一种农具叫木杈子，打小麦的时候用来杈麦秸的。小麦收割回来，连秆带穗铺在场上，牛拉石磙来碾，脱粒后，用杈子把麦秸挑到一边，堆成又高又圆的麦秸垛。杈子除了堆麦秸，另一个用场就是杈蛇。蛇常在屋檐下，因为麻雀钻在屋檐的洞穴处做窝，蛇是吃麻雀的。蛇也会爬到院子里，甚至进到家里。只要拿一把杈子，轻轻地把蛇挑起来，蛇爬在杈子上很乖，一动不动，等你把它挑到野外，放到沟渠里，它自有去处。人不伤蛇，蛇不伤人，这大概也是“行道”。

我喜爱我们的村名：行道岭。“道”的含义非常丰富，这是让我一生中都体味不尽的。

《诗经·大雅·緜》云：“行道兑矣！”意思是道路畅通啊！岭上那条蛇

队爬过的道，后来的确成了一条宽畅的大路。大路正在我家的窑洞顶上，小时候经常看见马拉的胶轮大车、牛拉的铁轮车从这里经过，现在则成了跑汽车的公路。

除了道路这个直接的意思，道的更深层的意思是天道、人道、道义。儒家经典《孝经》开宗明义，曰“立身行道”。

我们的村庄，世世代代耕读传家，正是以行道为本。

然而，天意难知。清光绪三年（1877），一个特大荒旱的逼命之年，我们的村庄遭遇了深重的灾难。

行道岭始初的年代无从确考。在一处老窑洞的墙壁中，曾经发现过一份明代嘉靖年的房屋契约。据说，最早居住于行道岭的人家，姓武，家有骏马，号称龙驹，明末乱世，遭了响马，武家从此下落不明。

史料记载，明崇祯十年（1637），北方大旱，赤地千里，汾河、漳河枯竭，民多饿死。李自成揭竿起义，正是在这场大饥荒前后。我猜想，村里先前的黎庶，即在那个荒乱年代遭到了毁灭。

家谱记述，李氏这一支乃于清朝初年，由附近村庄迁来，至今全村皆为李姓。可见是在明末荒乱之后，先祖徙卜，重新开拓了行道岭的家园。

清初开基的本宗先祖，讳魁，所生四子，除一子后裔于康熙六十年（1721）辗转迁居陕西西安，另辟李家寨之外，其余三子在本村繁衍生息，形成三门数十户人家。整整二百年间，这个家族相安无事，日出而作，日落而息，自给自足，生活是宁静安乐的。不料清朝光绪皇帝登基之后，州郡灾旱，百姓穷荒，大难遽然临头了。

自光绪二年（1876）起，晋冀鲁豫各省连续三年大旱，这一带饥饿而死者，史书记述为一千三百万口，实际恐不止此数。山西人口统计，灾前为一千六百万人，灾后降至一千万略多。光绪三年（1877）七月有御史上奏皇帝说：“山西一省，荒歉更甚于去年，人情汹汹，朝难谋夕，子女则鬻于路人，攘夺或施于里党，啼饥者远离数郡，求食者动聚千人，户少炊烟，农失恒业……”奏章虽也反映了灾情，却不过是堆砌文牍语言，实际情形则要悲惨得多了。民间流传歌谣说：“光绪三年人吃人，姥姥家锅里煮外甥。”母亲打发小儿到外祖母家讨点吃食，却反而被外祖母家把外甥煮着吃了，足见饥荒程度之惨厉。

我家祖上的土地，除了门前坡下的“大坪”“小坪”两块，其余大都在叫“獾沟”的地方，是从一片荒坡上，经过历代开垦，造出的二十亩梯田。虽然土壤瘠薄，靠着先世风来雨去，辛勤经营，正常年景下五谷丰登，尚能自给自足，年有小余，灾荒的袭击却是经受不起的。光绪三年，家中断粮，糠菜树皮吃尽。家用笸箩簸箕上，边沿编结有皮线，为充饥把皮线都拆下来煮吃了。

我的祖父生于光绪二年（1876），真是生不逢时，一出生便遇灾戾，曾祖父只好携妇挈幼，外出逃荒。远走一百多里，一路乞讨，到了辽州。一个叫拐儿的地方，即现在的左权县拐儿镇，那里有一富户，曾祖父便将妻儿卖给了人家。所谓卖者，不过是送纳，以使妻儿保存性命而已，并不是能换得多少钱来，即使换得钱来，又去何处买粮？曾祖父卖掉妻儿，仍然沿途讨要回返，未回到家中，饿死在村外的黄土坡下。

曾祖父一辈，兄弟六人，可见灾前的家庭尚为兴旺。大灾中竟致兄弟五人死于非命，仅长房师适公，有幸生存。女眷中除了卖到辽州的曾祖母，其余无一人幸免于难。

接着光绪四年（1878），仍是灾年，《武乡县志》记载说：“戊寅夏六月又旱，秋九月阴雨十余日，禾粟尽秕烂。”当时家中的小字辈，除了祖父在襁褓中随母卖到辽州之外，本来还有两个长他十来岁的男儿可能存活下来，却遭遇了野狼。这年深秋，全家唯一健在的长辈师适爷爷，冀望于颗粒收成，霪雨后打发两个小儿到地里收拾秕烂谷子，一群饿狼突然下山，猝不及防，二人惨死于狼爪。

大难过后，安葬死者。师适爷爷孤身一人，一次从自家院子里送出了十三口棺材。这位曾祖爷爷无愧为大丈夫呵，面对全家男女老少十三口人死于非命，他老人家心灵上是怎样一种悲戚的承载！

一个强者，在灾难面前会更强。灾难越重，会使人越加刚强，有似物理学上的反作用定理。每当回顾先人们所经历的艰难困苦，以及他们面对厄运的那种坚毅和勇悍，总会使人内心感慕，从而也会鼓起我们生活的勇气。

我的曾祖师适爷爷真的很强。他独自跑到辽州，打赢了一场官司，把我的祖父要回了身边。

他呈送给州衙的诉状，大意是说："光绪三年大灾荒之时，胞弟带着妻儿流浪辽州，为饥饿所迫，无奈之下将妻卖与当地财主，当时只是卖妻，并未卖子，因为婴儿尚在哺乳，不得不随母留下，而今灾荒已过，小儿长大，乞求知州大人体察亲缘之情，怜我衰年无嗣，将小儿判归老家切切。"

赢得这场官司并不容易，老人家大概不是跑了一回两回。祖父离开养育他的辽州家人，回到故里行道岭的时候，已经是一个十六岁的青年人了。人家养育了十五年，怎么肯轻易放他走人？但如果祖父不回来，师适爷爷无人养老送终，一个家庭从此便没有了子嗣。鉴于此情，辽州州署终于做出一个人道主义的判决。我的祖父能够在十六岁时回到家乡，接绍香烟，这个官司的胜利真不简单，不啻是法律的胜利，这是人道的胜利啊！

行道岭真有道。讲人道、靠人道，道的力量可以感动一切，道的力量必得最后胜利。

祖父回到家乡之后，开始在大灾留下的创伤上建立新的家业。他一生行道守道，勤劳俭朴，敦厚善良，直到七十八岁病逝前，还在田间劳作。我从小依偎在祖父身边，他的音容，他的人格，他的道行，深深铭刻在我的灵魂中。

村里的其他长辈们，都像我祖父一样淳朴。全村从来没有人赌博，没有人会打麻将，没有懒汉，没有小偷，从来没有发生过凶案，没有人进过监狱。也没有人酗酒，仅在操办婚丧大事时少饮数盅，无一大酒量者。

中国传统文化中有一种“天谴”意识。“盖灾异者，天地之戒也”。意思是说，人间胡作非为，伤天害理，就会导致灾祸发生，这是上天以降灾表示谴责、惩罚和警告。所以，古人在灾害发生之后，都要进行反思、检讨和整饬，肃正风气，恪敬事业。经历了光绪三年的大灾大难之后，行道岭的前辈们自然会加深对道的感悟，他们无论农耕，无论读书，更加勤奋踏实，也更加恪恭天地、孝敬祖宗。

本宗李氏的祖坟，在数里之外的南垴村。每到过年过节，全村到祖坟祭祀，多少年来香火不绝，直到“文革”之前，茔冢碑亭尚且保存完好。至于土地庙、奶奶庙、五道庙、佛爷庙、观音庙等神庙，规模虽小，神灵俱有。除了本村这些小庙，村里人们还去往邻村的大庙敬香。

近日，我的一位离休在武汉的叔父写了信来，回忆他小时候到邻村赶会的情况，信中写道：“吴村有奶奶庙，三月三赶会；灵水庙，天旱祈雨，秋季五谷丰登唱‘秋报戏’是常事。庙宇最大的是聚福寺，小时印象极深，庙会人山人海。庙内又大又怕，有天堂，有地狱，有各路神仙，阎王殿不让小孩们看，看了怕做噩梦。那里有人死后到了阴间受各样苦刑，割舌头，挖眼睛，剁手剁脚，这算小刑罚；还有剥皮抽筋，下油锅，喂狼虫虎豹。小孩们最怕吃蛆虫了，吃饭丢一粒米，死后下地狱要吃一个蛆，所以小孩们吃饭都不敢丢一粒米。”叔父在共产党的高干队伍里奉献几十年，到了耄耋之年，竟然对昔日庙会津津乐道，而且因旧庙被拆除而满怀遗憾。这使我想到，天堂地狱的事虽属迷信，而如果揭去这一层虚蒙的外衣，其内在的东西却也是行道。

抗日战争爆发后，八路军到武乡建立根据地，村里的年轻人相继参加共产党，投身于抗日救国事业。经过民主改革，反封建、破迷信，烧香敬神的风俗取消了。村里设立了一个公共活动场所，全称应为“民主革命活动室”，习惯简称“民革室”，大家到那里讲抗日、学文化、唱抗战歌曲。

好像全村一下子变了模样，男人支差送粮当民兵，女人纺花织布做军鞋，人人踊跃。经常有部队路过，我伯父当闾长，在我家院子里支大锅做饭，整连整营地接待。

有次村里来了两个八路，伯父正在招待他们用饭，突然又进来两个国民党部队的散兵。当年国民党部队也是抗战，伯父同样热情接待。但这国共两家说话之间，不知怎么突然翻脸，各自拔枪，怒目相对。伯父立即站到中间，劝解说道："老总们呀！咱行道岭是个抗战村，要打内战，请到其他地方，可不许在咱村里打呀！"虽三言两语，恰到分寸，遂使双方收枪罢武，相安无事。伯父见事沉着大方，不亢不卑，也显出了行道岭人的风度。

日本兵多次进村扫荡，曾经遭到民兵伏击。村里没有一个人在敌人面前屈服，更没有人当过汉奸。我家隔壁的爷爷，被日本人捅了八刀，已经奄奄一息，居然奇迹般地挺过来了，不愧是一条让人敬佩的硬汉！

我家那些年间，父亲参加抗日政权工作，母亲担任村里妇救会主任，村里虽有代耕的优抚，春种秋收仍须辛苦古稀之年的祖父。每当父亲回家，祖父满含忧虑，总是要问："甚时候能把日本人打走？"父亲好言安慰，总是回答："快了快了。"终于盼到这一天，传来日本投降的消息，大家好不振奋。但在一番欢庆之后，立即投入了"解放全中国"的参军支前工作，村里仍然未能轻松。

"土地法大纲"颁布，开始了土改运动。那年我已记事，看见大人们搬着步弓丈地，围着炕桌填写土地证，到打谷场上分领地主家的浮财，"胜利果实"让人喜上眉梢。开斗争会的风气兴起，却是喜中有忧的变故，斗地主不必说，不是地主的人也可能突然被弄成斗争对象，拉到民革室，众人围上去抽打一阵。看到人们手里挥动着军用的宽皮带，便知道是要打人了，小孩们既害怕，又好奇，躲在后面觑看。

本村唯一的一个地主，能看书，通医道，为人尚且和善。我父亲早年患疟疾，便是用他的方药治愈的，为表答谢，祖父请他到家里来吃过拉面。

斗争地主时，场地设在我家院子里，大约是因为我家位于村庄中间，院子也比较宽敞。我只记得打完以后，地主靠着墙脚喘气，脑门上隆起一个黑色的圆斑。过了一天，把地主拉到别的村庄去斗。傍晚时，听说在回来路上跳了沟，但没有死，抬到牛车上拉回家里。牛车从门口过，我跑出去看，人用被子捂着。翌日早上，听说地主半夜里死了。多年以后，听村里的老人提起此事，才说是一个从外村迁来的外姓干部，觊觎地主家的小妾，那天半夜从窗户钻入其屋内，递上一把剃头刀说："你还不死!"地主便用剃头刀割了脖子。

土地改革的同时，村里几个青年当兵南下了。已经参加革命的干部也都准备随军南下。父亲回来将这信息告给家人，让年迈的祖父沉默了好一阵。这年的八月十五晚上，月亮很大很圆，像村里唱戏时敲得大铜锣一样。祖父把炕桌搬到院子里，摆上梨果月饼，便要烧香磕头。母亲看见，上前阻拦，要将炕桌搬回。自从八路军来，多年不供香火，母亲早已形成反对封建迷信的信念，一辈子没有敬过神。祖父这天的行为，确实让人诧异，他心中自然是有忧虑的事情。看见母亲和祖父争执，我躲在一边，骇然不敢出声。祖父从来没有那样厉害过，他猛地把母亲推开，断然宣称："各行其是!"

"各行其是"这四个字，深深地印在我的脑子里。

司马迁说："子曰：'道不同不相为谋'，亦各从其志也。"直到我后来读到《史记·伯夷列传》中这句话的时候，倏然想起我的祖父。祖父的"各行其是"，意思即"各从其志"，即"各从其道"，他是按照他心中的"道"行事的，他在那个中秋节焚香敬月，寄托着他的忧思。也寄托着他的希望。

前辈们备尝艰勤，功业于世，算来我们一个小小村庄，20 世纪涌现出十多个师局级干部，荣辉故里，名闻遐迩。而当今世态多变，务农和读书都已失去了昔日风尚，青年人不安耕读，在纷纷涌向城市打工的潮流中，

岁月不淹，万事匆匆。祖父辈上的先人，都已归天；父亲辈上的老者，也已所剩无几。看见后辈们成长起来，让人又喜又忧。喜者，后浪推前浪，常令宇宙新；忧者，胜地不常，盛筵难再，行道能以持久乎？

不免惑于金钱利饵，违离道本，沾染鄙俗恶物，有的已经误涉盗伙，触犯刑律，如此种种，不能不令人“忧心悄悄”。

光绪三年大难以来，迄今已历经一百二十多年的岁月沧桑。驱逐了日寇侵扰以来，也已经越过了六十多个春秋。总体来看，这是一个安居乐业，人事兴昌的时代。然而，古人说“昌必有衰，兴则有废”，因为长期的安福，会使人骄奢淫逸，从而走向败落。回顾往事，乃是为了使人不忘前辙，醒悟天道，敬畏天命，恪慎克孝，恭肃圣贤，而避免“天谴”。惟有继承前辈的道范，惕厉奋志，始能行道不衰啊！

行道岭村的变迁

一、艰辛创业的自耕农

行道岭位于武乡县中南部檀山山脉，西倚上司佛爷顶，东眺监漳川，依山傍水，钟灵毓秀。民居坐北朝南，从正面远眺，整个村庄呈凤凰展翅状，地势高敞，山风清新，树木掩映，景致幽美。

行道岭有文字记载的历史，始于清朝顺治十年（1653）李氏定居。我们的先祖当初筚路蓝缕，始辟草莱，迄今三百七十年来，不断开垦兴造，始有今日之村庄。

土地是村庄的根本。有土地而有农业，有农业而有村庄。历经世代男耕女织，勤劳稼穑，行道岭已有耕地千亩，小农经济基本上能够自给自足，好的年景则可丰衣足食。但有村庄就会纳入官府的管理，有土地就有田赋的负担，有人口就要承担人丁的“丁银”。清顺治十三年（1656）规定，每五年做一次人丁编审，按人口缴纳人头税。康熙朝颁布“滋生人丁，永不加赋”的政策，鼓励人口发展。之后实行“摊丁入亩”，征收统一的地丁银。据史料记载，官府的地摊税银日益加重，到了清朝的中晚期，自耕农已不堪重负。

本村各户虽是同祖同源，但在发展中逐渐出现贫富化分化的现象。究其原因，有治家能力、子女多寡等差异，有势力强弱、赋役承受程度之不等，有天灾、疾病等不测祸端。个体家庭一旦遇到困难，在一个不合理的政治制度下，不可能得到社会救济，只有借债或卖地，于是就会很快沦为贫民。清朝民间高利贷较普遍，借债就要承受高利息剥削，就会越借越穷。如果因一时困难出卖土地，成为无地或少地人家，以后租种别人家地，或是给人当长工，就会受到越来越重的剥削。富裕人家、强势人家乘机兼并土地，较好的田地就会逐渐被其占有。尤其是由于赋税负担的沉重，一般的自耕农家无存粮，根本经受不起天灾的打击。清光绪三年遭遇特大灾荒之后，行道岭村出现明显的贫富分化。入民国后，已经形成地主、富农、中农、贫农等不同阶级。血缘牵系着同宗亲情，钱财造成了人间隔膜。

二、减租减息和土地改革

抗日战争爆发后，八路军进驻武乡，创建了抗日民主根据地。抗日根据地实行“有钱出钱，有力出力，钱多粮多的多出”的合理负担办法，并于 1942 年开展减租减息运动，行道岭村执行“二五”减租、分半减息和清债政策，凡是抗战前所欠的旧债都进行了清算，减为一分息，已还够本的旧债予以取消，贫苦农民的负担有所减轻。

1941 年、1942 年两年大旱，1943 年发生虫灾，整个太行区连续遭受自然灾害，加之日寇扫荡，疾病流行，人民生活非常艰难。遵照上级指示，行道岭村开展了生产自救运动，发动群众变工互助、抗旱灭蝗，并组织妇女参加生产，开展纺花织布运动。在驻村八路军的支持下成立了互助合作社，由独立营投资一百元，在大路边开饭店，并经营碾面、做挂面、纺织做毛巾，经销油盐酱醋等日用品。直到土地改革，独立营归队、撤走资金，互助合作社才告结束。

抗战胜利后，中共中央于 1946 年 5 月 4 日发出了《清算减租和土地问题的指示》，武乡县委在郝家庄召开三级干部会议传达《五四指示》，行道岭村参加革命工作的李玉田时任武乡县县长，在会议上讲话提出了开展土地改革运动的要求和方针政策。1946 年 6 月又在枣烟召开了土地改革会议，行道岭村贯彻会议精神，成立清算委员会，组织了以贫农为主、民兵为骨干的积极分子队伍，对地主、富农讲解土改政策，进行说理斗争，村农会并组织召集斗争会。经过清查登记，将地主的土地及粮食、浮财、耕畜等，向群众宣布数量及分配意见，并将衣物、被褥、农具、家具等集中到打谷场上，民主评定分配，当时民主气氛热烈，翻身群众心花怒放。经过土改，实现了耕者有其田，农户领到了土地证，全村农业生产和村民生活展现出一片欣欣向荣的气象。

三、农业合作化和人民公社

自 1950 年，上级号召开展了农业互助合作运动。先是成立互助组，村民之间三户五户自愿组合，结成了临时性、季节性互助组、变工队近十几个，以“组织起来，提高技术，发展生产，发家致富”为目标。互助组这种形式，出于自愿，牲畜农具互补余缺，并有利于解决军烈属代耕和无劳力户的春种秋收问题。到了 1952 年，在互助组的基础上成立农业生产合作社，叫初级社。初级社土地自愿入股，统一经营，耕畜、农具等主要生产资料亦都入社，集中使用。生产统一安排，年终根据粮食收入，除去种子、饲料及口粮外，按照入社土地、劳力投工、牲畜投工、农家肥投入等比例进行分配。是年夏，国家对粮食实行统购统销，动员农民踊跃交售“爱国粮”。合作社生产的粮食，除去规定口粮、饲料及种子外，剩余部分全部卖给国家。对未入社的农户，实行粮食未收获先估产，根据估产的总产量，除去规定口粮、饲料及种子外，剩余部分卖给国家。由于估产高于实际收入，因而未入社的农户出现了口粮不足的现象。随着农业合作化运动的深入，全村各户都加入了农业生产合作社。

赵树理的长篇小说《三里湾》，写的正是农村实行合作化时的故事。可知入社虽然是自愿原则，但当时是由入不入社来划分是先进还是落后，是走社会主义道路还是走资本主义道路，“入社光荣”，所以都入了社，而且到1956年全都转为高级农业合作社。高级社实行土地无偿入社，牲畜、农具、羊群、树木等生产资料作价入社，一切生产资料归为集体所有，社员由集体分派生产劳动，按投工多少分配收益。

“大跃进”的1958年，掀起大办人民公社的高潮。武乡全县确定为21个公社，行道岭、余盛庄属上司人民公社行道岭管理区，后改归监漳人民公社，称行道岭生产大队。生产大队实行生产资料集体所有，将社员的自留地、自留树、自留牲畜和羊也一并无偿收归集体。按照公社部署，当年的三件大事，一是大办农业，二是大炼钢铁，三是大办公共食堂。全村群众鼓足干劲，苦干实干，加之风调雨顺，农作物长势很好，但由于大炼钢铁、兴修水库，调出大批青壮劳力，村里只留下老弱病残，收秋时尽管老弱劳力和妇女儿童全上阵，庄稼还是不能完全收回，到处可见丢弃的粮食被早雪埋压，丰产不丰收，造成很大的令人惋惜的损失。

在大办公共食堂的统一指令下，行道岭大队开办了东庄、西庄、余盛庄三个食堂。全村社员将家里的余粮、锅碗全部交食堂管理，食堂设有司务长、炊事员、粮食库房、专业牲畜、固定碾磨等。公共食堂开灶初期，一周不吃重复饭，社员随意满吃大喝，不惜饭食浪费。翌年秋收后征购任务加大，口粮剧减，全年人均只有200多斤，食堂入不敷出。到了第三年，开始定人定量，成人每天吃粮四两八钱，小孩只供一两半，村民过着“低标准、瓜菜代”的生活。“大跃进”时期大队实行组织军事化、行动战斗化、生活集体化、吃饭食堂化，随后而来的却是三年的“暂时困难”，饥饿和浮肿病在村史上留下了一个特殊时期的记忆。

四、“四清”运动到十年动乱

进入“三年困难时期”之后，根据中央发出的彻底纠正“五风”（共产风、浮夸风、命令风、干部特殊化风、生产瞎指挥风）的指示，扭转了“大跃进”中的“一大二公”“一平二调”的政策错误。行道岭村于1961

年5月解散了集体食堂，退赔了仅存的社员部分平调物资，将部分土地、耕畜、羊群和树木下放给社员经营，允许社员保留住宅旁的零星植树，可以饲养小家畜，经营一些家庭副业，恢复了各家各户的独立生活。整顿以后，行道岭生产大队辖三个生产队，实行“三级所有，队为基础”，以生产队为核算单位，独立组织社员生产，独立完成粮食生产和征购任务。这是农村工作的一次重大的方针调整，当时显示了良好的效果。

从1964年至1966年上半年，农村全面开展“四清”运动。“四清”指“清账目、清仓库、清财务、清工分”，后期指“清政治、清经济、清组织、清思想”，又称“社教运动”。武乡县委派出“四清”工作队进驻行道岭村，组建贫下中农协会，发动贫下中农群众开展运动，村党支部成员和全体大小队干部，包括保管员、饲养员、放羊工都成了运动对象。“四清”工作队以清工分为主，清账、清库、清债，处理贪污、盗窃、投机倒把、多吃多占、铺张浪费等问题，整顿村党支部、管委会，调整大、小队干部，健全大队生产计划、劳动定额、财务管理、农具管理、耕畜管理、副业管理、社员三投、干部双定等制度。这些工作有的在当时具有一定的积极作用，但整个运动完全是“阶级斗争为纲”的那种极“左”的做法。在行道岭一个小村庄里，大搞揭盖子、放包袱、专题辩论，反复召开学习会、反省会、批斗会，村里受到审查和冲击的人竟多达20余人。原有管委会和党支部解散重组，村干部几乎全部打倒不用，甚至生产小队长也全部换人。一社员被戴上“坏分子”帽子受到管制，一女社员被指为“地主分子反攻倒算”遭到批斗，多人被列为重点审查监督对象，受到不公正的处分。“四清”运动中还把“四权”下放作为“农村资本主义势力”加以批判，将退赔给社员的牲口、羊群、树木等无代价收归集体，再次挫伤了农民的生产积极性。

紧接着“四清”运动，进入了十年动乱时期。“革命大批判”的浪潮波及乡村，极“左”路线愈加泛滥，粮食、集贸市场关闭，社员家庭副业受到极大限制，自留地减少到五厘，小块地当作“资本主义尾巴”割掉，甚至对社员饲养猪、鸡、兔的数目进行限定。从所遗留的生产和收益分配资料看，村民多年中处在一个较低的基本生活水平上。

五、土地确权和农田水利建设

在改革开放的新时期，行道岭大队全面推行以包干到户为主的家庭联产承包责任制，农村经济迅速提升，村民生活得到了尽善。1983 年，中央明确土地承包期可由短期转变为长期，行道岭村将农村土地承包期延长为 10 年。1993 年，根据中央关于延长土地承包期的政策规定，再次将二轮土地承包期延长为 30 年。继后按照关于土地承包经营权确权登记颁证工作的要求，通过调查核实、勘界测绘、审核确认，将农户承包土地面积、四至、空间位置地界图发榜公示，至 2019 年 10 月，全村 114 户土地承包户领到了《中华人民共和国农村土地承包经营权证》，总确权面积为 876. 49 亩，让农民群众的承包地有了“身份证”，现行的农村基本经营制度得到了巩固和完善。

在包产到户、土地确权的同时，集体经营时期开展的农田水利建设，也有了新的推进。行道岭耕地多为坡岭地，1956 年发展透河井灌溉，将河水引入井内，再用木轮水车抽水入渠进田，建成水浇菜园地 18 亩。1958 年沿河岸建水井、安装畜力水车，1973 年改为拦河蓄水、建电灌站抽水，河岸地近 70 亩得到了灌溉。在农业学大寨及后来的小流域治理中，种草栽树，修边打堰，整治沟壑，平田整地，先后修筑沟地石坝 5 条，开挖地边明渠 29 条，岭坡地打硬埂堰 108 条，基本保证了沟坝地遇大雨不塌不毁，坡岭地“边头不长草、田中肥不跑”。2013 年，行道岭开工建设引水上山灌溉工程、高灌节水园区工程，完成了 1000 立方米高位蓄水池等配套工程建设，通水后可实现 300 亩耕地喷灌。

行道岭村虽地上有河流，八水崖泉水长年不断，但水在沿沟，人在岭上，取水路远困难。村半腰处有井二眼，东边一眼记载为清道光十七年

（1837）建，西边一眼年代更早。井水原先很丰足，20 世纪 70 年代以后，水位下降，大旱时断水。东庄、西庄村民都下井上担水，大牲畜沿沟河中饮水。余盛庄更为困难，常年在河中挑水吃，后在河沟挖砌透河井一眼，吃上了较为干净的井水，但遇旱年河水断流或下暴雨涨河时，不得不去更远的八水崖取水。1984 年晋东南水利局为行道村解决人畜饮水困难，予以拨款支持，开始在八水崖修筑蓄水池。1994 年由省水利厅下达专款，完善了提水工程，由八水崖泉水起铺设管道，砌筑铺岭儿、六亩儿两个蓄水池，由管道送入各家各户。2011 年省水利厅再次立项，行道岭获得自来水改造工程款，整修了供水管网，村民自此用上了清洁自来水，告别了人拉肩挑的吃水历史。为解决水位下沉，供水不足的问题，2015 年省水利厅又为行道岭下达 40 万元款项，经勘测凿井，自 2018 年全村用上了深井提水。

六、村政制度和文化环境的更新

清朝实行里甲制度，行道岭村属长乐里管辖。本村设有甲长、催头、社首。民国 5 年（1916）推行“村本政治”，村中分邻、闾，五户一邻，五邻一闾。武乡设 3 个大区，84 个编村。行道岭村属第一区吴村编村管辖。编村设村长、副村长、村民会议，村公所是办理全村事务的总机关。当时兴办“六政”，即水利、蚕桑、种树、禁烟、剪发、天足，行道岭村照规定执行，所有男人剪了辫子，16 岁以下缠足女子全部解放。

随着抗日战争的爆发，中共领导的牺盟会深入乡村宣传发动，行道岭村党支部成立，至 1948 年本村已秘密发展党员 26 人。抗战期间，村级行政组织基本属于抗日民主政权。行道岭仍属吴村编村，设村长、副村长、财粮主任、武委主任、治安主任和妇救会主任。1939 年实行普选，按照“三三制”的建政原则，村级政权成为中共党员、先进分子、中间人士或其他人士各占三分之一联合组织。其主要任务是宣传抗战，开展防奸锄奸、生产自救、转移避难，推行减租减息和合理负担运动，为八路军筹集军粮军鞋等。在发展生产和支援抗战两个方面，村政权都表现了积极的担当。接着在解放战争时期，全村村民投入支前工作，筹集粮食、军鞋、米袋、担架，青壮年民兵参军参战、运送伤员。在上党战役，以及沁源、沁县、晋中战役的支前行列中，都有行道岭人的身影。自1947年村党支部由地下活动转为公开工作，村级政权明确置于党支部领导之下。

自1958年“大跃进”时期，人民公社实行了政社合一的体制，村政权的领导也是生产组织的领导，到“文革”成立行道岭村革命委员会，实行党、政、社三合一的一元化体制，这应该说是在村政建设上走了一段弯路。到1982年，在完善农业生产承包责任制同时，恢复生产大队管理委员会，撤销了革命委员会。1984年，大队管理委员会改为村民委员会，各生产队改为村民小组。村民委员会设主任、副主任及委员若干人。村民委员会按照法律要求，应当贯彻村民自治原则，对选民负责，民主决策，民主管理，民主监督，服务群众，维护治安，管理公共事务。1988年6月，行道岭村举行第一届村民委员会选举，每届任期三年，到届后重新选举，村政建设开始步入法治轨道。

在农村经济发展的同时，村民文化生活和村里的文化、卫生环境等公共设施建设，都呈现出新的景象。2000年前后，电视普遍进入农家，成为农村最有效的文化信息传播方式。2002年武乡县开始建设有线电视村村通工程，省财政厅还为行道岭通信建设下达专款，之后又经过闭路电视网络升级改造，实现了电视的高清晰度和多频道，不仅丰富了农村的文化生活，也由此而深刻改变着村民们的思想理念的精神风貌。山西省委组织部曾把行道岭村作为扶贫工作联系点，建蔬菜大棚的同时，并对村中道路铺了水泥路面。2014年以建设美丽乡村的项目，取得投资200万元，兴建舞台、安装太阳能路灯、砌筑道路排水渠、修筑护坡、道边栽树种花，全村通道实现了硬化、绿化、亮化。通过制定《行道岭村卫生公约》，形成按时打扫、定点堆存、定时清运、集中覆盖的卫生清洁制度，村民养成了良好卫生习惯，村容村貌焕然一新，树立了美丽乡村新形象。

七、人口变化，人才辈出

自清早期李氏定居行道岭、余盛庄，百余年间社会安定，田地不断开拓，人口自然繁衍，清光绪之前已有数十户人家。光绪三年（1877）发生有史以来最大的一次旱灾，连续两年大祲，村民四出逃荒，饿死者不计其数，人口骤减，至清朝末年有所复苏。民国以后，屡有旱灾，日本侵略期间尤其民生不安，人口出生率、成活率较低，人寿较短，人口增长缓慢。抗战胜利至新中国成立，村民生产条件、生活环境改善，卫生医疗逐渐进步，除1960年到1962年三年困难时期以外，大都年景较好，人家生活安定，人口增长率显著提高。20世纪70年代是全村家庭人口增长的高峰期，最多的家庭有10个孩子，生育三胎以上者较为普遍。

进入20世纪80年代，国家实行计划生育政策，出生受到限制，人口下降趋势明显，加之陆续有子女升学，外出参加工作，农村户转非农户迁往城镇，全村人口从1982年的343人，2010年下降到247人。2016年国家计划生育政策调整为“一对夫妇可以生育二孩”，人口略有回升。到2020年底，全村已有114户，人口达306人。

行道岭村在外人口，即原籍行道岭人，今在外工作或居住，已入他地户籍者，据2020年底不完全调查，有377人。其中一部分是抗日战争以来参加革命工作“南下北上”的老干部，据一个编纂地方志的人士说：沁县、襄垣、武乡这一带的自然村，就数行道村出去的干部最多。又有以前下乡来行道岭的干部玩笑说：你们村每年完成的征购粮食，只能够你们在外边的人吃半年。另一部分在外人员，是新中国成长起来的人才，大中专毕业生分配、参军复员和退伍安置、民办教师转正、父母退休接班，及其他渠道参加工作的人员。自1977年恢复高考以来，行道岭人在各种大中专学校学习的人计有33人。在外工作人员中，有的成为各级党政机关、企事业单位的领导；有的成为各行各业的先进人物、劳动模范；有的成为某一专业领域的业务技术骨干。经过几十年的繁衍生息，他们的子女，以至第三代、第四代散布四方，奋进在各种岗位上，也有的在国外留学或在世界各地定居生活。

行道岭人远走高飞，外出发展，也是我们值得自豪的事情。但村里学校撤销、人员外流，平时显得很冷清，不禁令人怀念当年烟村繁昌、邻里和乐的情景。村里的学校曾经是村庄的文化中心，以前每天听到孩子们的琅琅读书声，听到他们放学出来排着队的唱歌，村庄就显得朝气蓬勃，生机四溢。2007 年撤销了行道村小学校，颇令人遗憾，但看到外出升学的青少年不断增多，又足以使遗憾的心情得到弥补。行道岭之所以能够出一些人才，就是因为有良好的教育，自古以来保持着“耕读传家”的优良传统。只要我们不忘祖训，重视教育，行道岭这个名字就会永远魅力不减。

八、村史资料的发现和村志出版

上文所述内容，摘录自《行道岭村志》。

我们不能忘记祖国的历史，不能忘记民族的历史。同样的道理，我们每一个人也都应当了解自己家乡的历史。

一个村庄的文化，好比一条很细小的小溪。然而，伟大的民族文化长河，也是由无数细小的小溪流汇合而来的。

我在村里长大，从小接受了行道岭的村庄文化的滋育。后来虽然外出求学与工作，同家乡的联系并没有中断。自从我在晋东南地区工作，及至调到省城，历任村干部与我有了较多的往来。那时候下面财政无力投资乡村建设，大多情况是要设法争取上级机关的扶助。凡是村里各方面建设所需，我都尽力与相关部门协商给予解决。从晋东南地区水利局、电业局，到省财政厅、水利厅、交通厅、计委和地电公司，都先后对行道岭村的用水用电、学校建设、交通通信建设和养殖发展给予过支持。在省委组织部下村扶贫的前后，那几年中我多次回村，曾和汤涛部长及县委领导商谈行道村的建设和经济发展，感觉形势十分喜人，还带了法官诗文社和法治文化研究会的很多人莅临参观，确定为我们研究会的调研基地。又经一些文化界的朋友建议，我整修了故居，大门左右挂了“行道村舍”“中镇诗坛”两个牌子，便成了诗人们雅聚创作的处所。

2017 年 7 月，几位诗词家住在村里消夏之际，注意到我们东窑里一个古旧的木箱，都不知道箱内锁着什么，于是提议打开看看。锈锁砸开，竟然发现一箱子都是本村几十年来的村政和农业生产的历史资料，有些纸张受潮发霉，也有的被老鼠啮坏，但多数资料尚且完好。在村委会小楼没有修建之前，曾经多年利用我这故居闲置的窑屋办公，却因村干部几经更换，这些资料竟被人们遗忘了。大体翻阅了一下，其中有各个时期的文件和账目，包括土改后各户的土地分布、亩数和估产，农业合作化到人民公社时期各户的投入、收成、记工、分配所得口粮和瓜菜数目，这些历史已经鲜为人知。关于政治运动的情况，尤其是村里“四清”运动的全部资料都在。1974 年我在上大学期间，曾经派往四川峨眉县参加“四清”工作，前期扎根串联、发动贫下中农揭发问题，比较紧张，后期按照中央“二十三条”的精神，重点是教育干部、抓好生产，大小队干部都没有处分和撤换。行道岭村的“四清”居然批判和处理了那么多人，看了这些记录使我很感惊讶，这恐怕也是执行极“左”政策很典型的一例。发现这批资料的在场人之一、著名学者马斗全先生，以“行道岭村的珍贵史料”为题撰写了专文，曾在《社会科学报》发表。

发现村史资料之后，我和乡亲们商量编写村志的事，得到了大家的响应。2018 年村党支部和村委会商定，成立以李晋国为主编的村志编委会，聘我和李克平为顾问。晋国和各位编委经过两年多的刻苦努力完成了书稿，克平写序并扫描了历史资料。随后我又做了一番疏理修综，2001 年《行道岭村志》由山西人民出版社正式出版。浏览村志，有对先辈的回顾，有对现实的记录，有对未来的瞻望，家乡变迁的踪迹清晰地呈现在眼前，我为此并写了一首小诗志贺：

家乡行道岭，村史映辉荣。
耕读钟灵秀，泉崖毓彦英。
淳仁传祖德，康富乐民生。
时代沐甘雨，前程正远宏。

故乡的抗战文化

到我记事的时候，抗战告捷。村庄里一目了然的变化，出现在墙壁上，标语口号正在更新。“抗日”“锄奸”“救国”的标语，换成了“拥护土地法大纲”和“打倒蒋介石，解放全中国”。但有一条内容不变的标语，就是“实行民主”。

伯父是村里的文化人，墙头的大字标语都是他踩着梯子刷上去的。他把“实行民主”四个字，别出心裁地画成一把茶壶。繁体字“實”，上面宝盖头画成壶盖，“母”是壶的颈，“貝”是壶身，左侧“行”画成壶嘴，右侧“民”是壶把，下面把“主”字画成壶的底座。茶壶画在村中最显眼处，同时画在我家西房外墙上。伯父画壶时，我在旁边看着学画，那时不懂得民主的意思，只是觉得茶壶有趣。在我的记忆中，村庄文化像山里烂漫的野花丛，组字茶壶即其中的一朵鲜花。

抗战的烽火年月，我还在襁褓中。而从继后的种种文化现象中，依然足以领略抗战文化的遗风余采。地处太行山腹地的武乡县，作为抗日战争的前沿，八路军的重要根据地，文化面貌发生鲜明的转换。那场战争经了八年时间，而八年之间所形成的丰厚文化，却会影响及于几十年，以至永久。因为文化有着无形的魅力，它虽然依托于物质，又可以脱离物质的东西而存在，它可以融入血液和灵魂，而世代传衍。

我的父亲身世很苦，从小给人放牛，未曾上学。抗日战争开始，他已经 27 岁，从那时才边工作、边学习，他的进步完全得益于抗战文化的熏育。我一直没有机会在父亲生前听他讲讲抗战的全部经历，只是在平时的只言片语中略有所闻。抗战前期，父亲在郑峪、北漳当过协理，有次彭德怀到了北漳，父亲曾被叫去询问一宗民事。后来做了公安工作，受命在路边开饭铺作为隐蔽。徐向前率部队路过饭铺，向父亲了解周围村名，父亲给他指画武乡从西到东的主要村庄，将军惊讶道："武乡怎么这么长？"当时徐向前叫父亲跟他随军，父亲不便说明已是公安人员，只能婉言推谢。光复前夕，曾经配合侦查人员潜入东村，察看敌人工事，又被派往沁东区工作。抗战之后，进入太行干校学习，那是父亲生平第一次踏进学校的门槛。

父亲在太行干校学习时，我已知事，记得有本村炳和、永旺与他同行。炳和、永旺似在太行二中学习，后来都是党政机关的负责干部。武乡出来的老一辈干部中，许多人曾是太行二中、太行三中的学员。抗战期间，武乡还有五所抗日高小，大批青少年从这些学校中培养成材。战争环境中办学，艰苦备尝，学员们无不满怀报国壮志，沸腾着一腔热血。正是这批学员，成为抗战骨干和事业栋梁。

抗战学校既是培育人才的园圃，也是文化传播的阵地。学校里活跃着各种文化活动，写诗，编刊，编剧，演出，秧歌剧和说快板尤其活泼而快捷，对于国际国内动态、抗日战斗事迹，都能及时宣传。

除了抗战学校，武乡并专设妇女培训。有康克清、浦安修、卓琳诸位妇女领袖，号召妇女投身救国运动，并直接辅导妇女教育。整个抗战期间，妇救会工作十分出色，妇女不仅纺花织布、纳制军鞋，而且开荒种地、运送军粮，有的入伍参军，有的进入机关工作，显现了武乡妇女界的不同凡响的进步潮流。

母亲出生的蓝家垴村，村中大都是贫苦农家。从一个穷家嫁到另一个穷家，如果没有抗战文化的阳光照耀，母亲的一生大概会在绝对贫穷和愚昧中度过。抗战潮流中，她学了文化，走进光明境地，担任了本村妇女救国会主任。我还恍惚记着，母亲带我爬坡越岭，到外村参加会议的情形，大概是在新中国成立前后。随着家务负担的沉重，母亲从社会活动中退出，然提起当年，仍会浮现一种欣叹和眷念之情。直到晚年，她还常在寂寞的时候哼唱抗战民歌。

我听过许多抗战民歌，到底不知道武乡有多少这样的歌。源之于武乡和左权一带的民间传统小调，经过专业文艺工作者参与，使民歌艺术及其内容得到了提升和丰富。抗日根据地形成之际，鲁迅艺术学校、抗日军政大学、新华日报社等文化部门，相随进驻武乡，为这块古老的土地注入了新鲜的文化泉水。李伯钊、陈荒煤、徐懋庸等著名文化人士，一批专业文艺工作者，成为武乡抗战文化的中坚英彦。

1939 年冬，八路军总部驻于王家峪，朱德写了五言绝句《寄蜀中父老》："伫马太行侧，十月雪飞白。战士仍衣单，夜夜杀倭贼。"诗句奇崛、生动，给人以悲壮感，洵可千古传唱。这样的杰作，惟有身临太行前沿，感心动目，乃能铿然成韵。抗战的武乡，也是诗歌之乡。许多诗人在这里写下了国恨家仇的慷慨篇章。诗人高沐鸿和冈夫，身为武乡籍人士，他们的诗歌更富于乡土气息。

我小时跟母亲学唱的歌，有歌颂左权的一个小调，歌词后一段是："左权将军牺牲，为的是老百姓，咱们边区老百姓，要为他报仇恨。"左权时任八路军副总参谋长，于 1942 年反击日寇"五月扫荡"中牺牲。人民唱着小调怀念将军的同时，朱德总司令发表《悼左权同志》绝句："名将以身殉国

随着家务负担的沉重，母亲从社会活动中退出，然提起当年，仍会浮现一种欣叹和眷念之情。直到晚年，她还常在寂寞的时候哼唱抗战民歌。

家，愿拼热血卫吾华。太行浩气传千古，留得清漳吐血花。”这在诗歌史上，留下了民间歌曲与诗家创作相映生辉的一页。

武乡民间文化中，戏曲传统尤为深茂。武乡秧歌历史之久远，大概不逊于上党梆子、中路梆子等剧种。其演唱和音乐完美程度，无疑是经过了历代艺人磨砺和长期经验积累的。我小时村剧团常演《旋风案》，后来删除迷信情节更名为《红衣案》，戏中既唱秧歌，又唱上党梆子，我站在拉琴的伯父身后，他的椅子下放着两把胡琴，伴秧歌用“剧琴子”，伴大戏用板胡。“官唱梆子，民唱秧歌”，两种唱腔并用，称为“风搅雪”，这在地方戏曲中独具特色。

据说在抗战前，武乡已有七大戏班。抗战中组建“武乡县抗日光明剧团”，西武乡组建战斗剧团。抗战胜利后，光明剧团调往长治行署，其中演武乡秧歌的演员分化出来，和战斗剧团合并为大众剧团。战争年代里，演员们不但没有在炮火面前退却，反而受到爱国热情驱动，剧团愈加兴旺，四处巡回，演出频繁。尤见繁荣气象的，是各个村庄的农民剧团，几乎村村唱戏。区里县里组织会演评比，优胜者颁发锦旗和“鲁迅艺术奖”，增添了村剧团的腾腾热气。除了演传统古装戏外，编演了以抗战为主题的时装剧目，如《地雷大王王来法》《劳动英雄马来保》等。根据李季长诗改编的《王贵与李香香》，演出经久不衰，成为武乡秧歌的保留剧目。

我看村剧团演唱《王贵与李香香》，当然是在抗战之后，而这种演戏活动，实际是抗战文化的继续。不管是演员，还是观众，仍然保持着抗战时期的热情。大众剧团排演歌剧《刘胡兰》的时候，有天到禄村演出，村里人们闻风而动，我也跟着去看。到禄村的小路只有五里，但有一道大坡，叫白草凹坡。记得是晚秋时节，吃过夜饭，摸黑下坡，走得踉踉跄跄。到了戏场，已经开演，我钻在大人们的缝隙间往台上瞅，只能略知大意。回来的路上，虽已深夜，人们兴致勃勃，学着刘胡兰高唱：“数九那个寒天下大雪，天气那个虽冷我心里热。”那年我在大门外的坡下，垒有一个鸡窝，把邻家不要的公鸡收罗来玩耍。因为去禄村看戏，忘记了挡窝，夜里全给黄鼠狼吃掉。早晨起来看见一片鸡毛，难过很久，所以对那天黑夜看戏的事记忆很深。

小时候常听说演员郑桃英，名声如雷贯耳。襄垣县西营镇离我村二十里，是方圆出名的集镇。有次西营订了郑桃英的戏，因下雨涨水，演员过不了河，来了五个小伙争着背郑桃英过河，背过河后，郑桃英将擦脸手绢掉在地上，小伙子们捡起来留作纪念，五人争执不下，结果撕成五片，每人留了一片。这便是当年的追星族，由此而知，武乡秧歌曾经名重一时。

八路军总部与一二九师进驻武乡，根基日固，屡有胜仗。粉碎敌人九路围攻的长乐之战，主战场距我村不远，村里人们去里庄滩看过敌寇的战败惨状，多年后仍然津津乐道。嗣后在彭德怀指挥的百团大战中，最为激烈的一场战役发生在武乡关家垴。与其军事上的胜利相比，抗战文化的功绩也许更为重要。因为文化是精神的力量，抗战文化动员了群众，不仅保证了抗日军队的壮大和决胜，而且造就了尔后进军全国的丰厚条件。仅武乡一县，有近一万五千名青年参军，占到全县人口十分之一强，更有数万男女群众投入到支前行列。刘邓大军南下之时，武乡五千名干部随军远征，日后建功立业，足迹遍布南北。

抗战文化为何能以饱含威力，这是值得研究的，却也是非常明白的，那是因为它的旗帜是民族主义，是爱国主义，因为它的精神实质是人民民主。试想，如果不是给人民以充分的民主权利，怎么会喷发出那样巨大的热力，怎么会有那样绚丽多姿、遍布四野的群众性的文化花果？我还记得村里有“民校”，全称当是“民主革命学校”；有“民革室”，全称“民主革命活动室”，这都是抗战时期的产物。光明剧团编演过一出名为《改变旧作风》的戏，剧情以农村开展民主运动、促使干部作风改变为主题。此剧颇受欢迎，获得“突飞猛进”奖旗。作家赵树理曾任《新华日报》编辑，住在武乡北漳，从他写的《李有才板话》等篇小说中，亦可看到当年农村的民主气氛，政治生活是生动的，农民思想是活跃的。

自朱德、彭德怀以下，诸多党政军首长在武乡生活过，他们作风民主，平等待人，朴实可亲，与人民同甘共苦，给武乡干部和群众予以深深的感染。武乡多年中不称干部职衔，都是直呼名字，或叫“老李、老王”，这种习惯只是近几年才丢掉的，现在对领导人一律“尊重”起来，开口闭口把

“长”字挂在嘴上了。这虽然是一个称呼习惯的改变，却也让人感觉到似乎是官僚主义在滋生，抗战文化的精神是不是逐渐疏远了呢？

八路军总部进驻砖壁时，曾在土河村召开武乡士绅座谈会，表明实行民主、团结抗日的政策，动员各界有钱出钱、有粮出粮、有力出力，同赴国难。开明绅士响应召唤，对抗日救国和民主进步事业给予了真诚合作。大有村裴玉澍，是武乡财主四大家之首，土河座谈会之后，捐粮一千多石，因其多次慷慨捐献粮款，受到嘉奖，选为边区参议员。大活庄村杜青史，原在民国地方机关任职，抗战时弃官回家，在土河座谈会上带头表态，将家中钱粮大部捐出。然而，他们没有料想到，1946 年土改运动来势凶猛，竟然丧命于群众斗争中。魏名扬游击队是武乡抗战中一支著名武装，曾依赖裴玉澍为之提供资助，裴玉澍被打死出于意料之外，魏名扬每每说到此事都深感抱憾。大凡背弃了抗日文化，背弃了民主精神的做法，都会让人憾惜而痛心。我常常想到伯父画的“实行民主”茶壶，从那茶壶上认识和理解了抗战文化，以为它是前辈留下来的一份宝贵遗产，人民民主的光辉会闪烁不灭。

2005 年仲春时节，为纪念抗日战争胜利六十周年，我联系中国诗歌学会，组织一批诗人到武乡采风。县里安排一场以抗日民歌为主题的晚会，来自全国的诗人们都为之感动。到砖壁村采风时，村民载歌载舞，把我们带回了抗战的文化氛围中。其后在北京保利剧场举行诗歌朗诵音乐会，《武乡抗日民歌联唱》令全场鼎沸，掌声不息，在座武乡籍人士尤感自豪。

2011 年 8 月 19 日，我参加了县里举办的八路军文化节活动，那天的开幕式尽管雨下不停，演员和观众兴致不减，雨中的热烈场面尤其让人感奋难忘。晚间看实景剧演出，《在太行山上》的嘹亮歌声，冲破烟雨夜色，回响在山水间。我们在这歌声中，再次领略了抗战文化长盛不衰的生命力。

送别父辈

夏天了，我又想起故乡，枣树浓绿浓绿的。远远望去，青石板屋檐的窑洞，土坯垒的院墙，灰瓦盖的街门，都半掩在绿树丛中，村庄显得好可爱呢！

我家街门外，窄窄的路，刚能通过旧式的牛车。从前，到冬天就是用牛车给家里拉煤。路那边是沟。从路边下到沟底，一坡全是枣树。在我小时候，有株好大好大的枣树，正对着街门，吃饭时总在那树下蹲着靠着。自我外出求学，回乡渐少，不知哪年，大树衰朽了。按祖上的讲究，门上的老树是不能砍的，然而，我的伯父一辈子没有迷信过，他把它连根刨了。没过几年，伯父溘然长逝。因此，便有人提起不该刨倒老树的话。但伯父毕竟享年八十有七，也算寿比南山了。

伯父的身世，足够写一部长篇小说。年轻时，耕田栽果，赶马驮脚，挑货郎担，做木石匠，四处谋生，事事在行。家贫命苦，没有上过学堂；但他天资聪慧，勤奋自学，博闻强记，知识颇富。当过村学教师，还擅长戏曲音乐，挑头搞起了村剧团，自编自导。中年以后，才开始学医，没有投师，硬是靠自己苦读医书。他边攻医书，边给人看病，治好不少疑难杂症，于是闻名遐迩。村里死了匹马，他彻里彻外地解剖了一通，又研究起兽医来。及至战事结束，人民政府一成立，伯父就被聘去筹建县畜牧兽医院，成为武乡县畜牧兽医事业的创始人。生在穷乡僻壤，家境又很困顿，而能无师自通，具有相当才学，伯父也算个奇人了！

奇人并非都能造就出奇迹。为了县里的畜牧兽医事业，伯父真够呕心沥血的。从白手草创，到规模俨然，医徒满县，防疫救急，成绩卓荦，赢得了许多赞誉。当他还在踌躇满志的时候，却遇上不测风云，竟被无辜罢职。唐诗云：“报国行赴难，古来皆共然!”伯父不甘沉寂，年逾花甲，又回家兴办了一个乡村卫生所。因他的医术医德都有名气，小小卫生所颇有些年门庭若市。直至龄届耄耋，求医者仍然登门不绝；虽已步履艰难，仍要用驴车拉着出诊。然而，他为民除瘼的赤子之心，只有乡民们知晓；他救危扶困的宗宗事迹，只有在乡间传颂。而且，人亡情疏，乡民们也会逐渐淡忘的。他毕竟没有能够载入典册，没有那种可令宣传机器感兴趣的赫赫功名。

当然，更没有人了解他的孤寂和悲哀。他唯一的亲生女，不幸早年病故，续弦的伯母也在先谢世，只有孤身，形影相吊。我这个亲亲侄子，从小受伯父抚爱诲教，沐恩尤深，本应尽乌鸟之情，侍奉晚年；却因公职在身，未能陈情辞命。虽然偶尔回乡探望，也是来去匆匆，难得叙衷。一年仲夏，我带了小女回乡。伯父一见孙女，手颤颤地抚过来，一时情不自禁，竟至老泪纵横。我这时才倏然觉出老人的孤苦心境，禁不住阵阵酸楚，不忍离去。

若不是为着鞠躬尽瘁于医职，他又何必晚年回乡、办一个乡村医所呢?医所就办在自家院子里，住宅还是原先那孔窑洞，墙壁早已烟熏得乌黑。门的右边是土炕、火灶；门的左边有橱柜、方桌、罗圈椅，都是当年土改的果实，已经破损不堪。他创建了畜牧兽医院的家业，为筹办乡镇兽医分站，把工资都贴进去了；自己却毫无所求，原是赤手而去，依然空囊而归。微薄的退休金，又投进了乡村卫生所。他的全部积蓄，大概就是那个橱柜中的书籍吧！轻轻打开朽裂的橱门，精装、平装、线装的书，塞得满满的，一看便知大多是医书，《医宗金鉴》《景岳全书》《本草》《马经》，等等，还有好多本毛笔、钢笔写的笔记和验方汇集。伯父一翻动这些宝物，总是百般感触。他对我说：“原想著书，总是忙得顾不上，而今已经力不从心了。眼下的青年人，不大肯钻研学问，只想靠卖药赚钱。苦心经营的卫生所，也一天比一天萧条，觉得可惜，又无可奈何。”其言沉沉，其心恻恻。令我唏嘘，令我感慨，我亦疚愧：我能替他做些什么呢？能有什么去安慰老人的忧忧之心呢？

“元知造物心肠别，老却英雄似等闲”。他终于带着未竟的襟抱走了。他染病后，先在医院住了几天，除了打针，仍自己开处方服中药，后来自觉药物无效，便知大限已到，非要出院回家不可，谁也劝阻不下，便又回到了烟壁乌黑的窑中。炕头昏睡了一星期，我始终守在其侧，但他再也没有说什么，静静地眠着，默默地走了。

安葬伯父的时候，父亲回来了。对于操办丧事，我们后辈都不谙练，全靠父亲安排。伯父是父亲的唯一的胞兄，父亲是伯父的唯一的胞弟。父亲三岁时，祖母下世，常靠年长十岁的伯父照管。七八岁上，就跟着伯父下地耕作。十二三岁，流落外乡，到晋冀交界的山庄上给人放牛。一次突遇暴雨，牛群走散，冒雨追寻，风寒染病，后转为疟疾，病情日重，以致生命垂危。家中闻讯，伯父日夜兼程，赶到山庄，用毛驴把父亲驮了回来，多方调治，才转危为安。以后，父亲又浪迹晋中平原，给财主家当长工、打短工。到卢沟桥事变那年，受到抗日救亡宣传的启发，参加共产党，开始走上革命征程。半个世纪中，尽管奔趋不息，与伯父一直音问未断。尤其是相继遭到批斗，经过十年动乱，以至先后离休，相互愈加关切，往来愈加频繁。随着年寿已高，永诀在意料之中，但对于伯父的死，父亲仍很哀痛。入殓时，最后看了他的长兄一眼，不禁悲从中来，失声恸哭。

出殡那天，落着小雪。傍晚，宾客和帮忙的邻里各自离去，院子里顿感异常沉寂。父亲在雪地上站了很久，像在凝思，又像在寻觅什么。祖传故居，初碹于清乾隆年间，到我父辈，已传六代。窑垴高峻，遥望南山，虽然简朴，却很舒旷，凭垣纵目，足以骋怀。院中对称地长着两株梨树、两株柏树，是伯父回来后栽的，都有丈余高了，挂着雪花，显得清雅、静穆。只是正面的三孔窑洞，除了伯父临终所住的东窑外，中西两窗都已坍毁。尤其是正中的残壑，给整个院子带来一种萧疏凄凉的气氛。伯父和父亲为修复窑屋的事，几经筹划，未能实施。伯父既死，父亲不免睹物思人，满怀感伤，勾起修窑的心事，更不免百感丛生……

父亲上过抗日前线，做过地下工作，搞过锄奸斗争，在那些烽烟弥漫的岁月中，他几度出生入死，从来没有畏惧退缩。他天性刚勇倔强，耿直急烈，是非分明，宁折不弯，而组织观念很强，工作上服从组织调动，从来不讲任何条件。战争年代长期在公安局工作，曾有南下的准备，后来经过干部学校文化补习，工作在本地区长治、高平、晋城等地调动。先后转换过多个岗位，供职于农林、工矿、商业部门。在我过去的记忆中，父亲经常不按时下班回家，叫母亲在风雨黄昏中张望，叫我们在寒屋昏灯前悬念。他总是那么忙忙碌碌的，出差，下乡，身影匆匆而去，风尘满面归来，从来不知疲倦……

然而，他毕竟太疲倦了！劳累了一生，到了风烛残年，应该有个安逸的栖身之所了！他想回到生养过他的古老的窑屋里，他眷恋故乡啊！

他决定重修窑洞，就在伯父仙逝的翌年秋天动工了。这本来算不了什么大事，却因为全家已经外出有年，只能托付于人。而老辈人往往不了解现在世态的复杂，虽说是村干部和乡亲们肯帮忙，与包工者白纸黑字订了协议，但自己精力不济，无人督工，又怎能保证人家不偷减敷衍呢？施工一拖再拖，才算把窑面碹起来，谁知刚淋了一场雨，就又崩塌了。父亲非常生气。也许是为这件事郁结于心，他病了。医院检查，说是那种不治之症。我得悉后，浑身一颤，五脏全乱了。我不相信这是真的。上苍如此无情吗？父亲多年来奔波劳顿，住家总是租赁民房，全家拥挤在一个大房间里。搬过十来次家，全部家当一马车就拉了。近年间，人们总在激愤地议论，那些以权谋私的人违法营建私房，宽敞富丽，竞相攀比。但是，大家是否也了解另外一些廉洁正直、志虑忠纯的干部，他们依然过着清苦的生活呵！父亲没有任何奢求，他只想修复旧居、回乡安住，难道连这点愿望也不能实现吗？他一生吃了许多苦，上苍难道就不能给他一些稍享安乐、颐养天年的时间吗？

抱着对上苍的希望，我陪父亲到医院做放射治疗。痛苦中熬了三个月，病有转机。这使我抱着幻想，不以为真是那种病。不料半年之后，父亲又感不适，超声波查出癌肿转移到了肝脏。我一见检查结果，心里沉重得坠了铅。看着父亲脸上那一条条铭刻着千辛万苦的皱裥，我直想掉泪。我陡然想起：当年父亲用他一人工资支撑七口人生活，那是怎样一种艰难家境！尤其是每当开学时为我和弟妹们筹措学费，那是怎样一种窘况！我也想起：为了省钱，父亲借了平车，叫我和弟弟同他去矿上拉煤，他汗流浃背，爬过一坡又一坡，那一步步是多么艰难！还有，我上大学，父亲扛着行李送我，从炎热的骄阳下走来，在飞扬的尘埃中消失，总使我联想起朱自清的一篇名作，那难忘的背影，难忘的慈情！我又想到自己平日那些不尽孝道的地方，疚恨深深，而无可弥补，晚了，一切都晚了……

病情急遽恶化，注射了镇静剂，送回了老家。经过抢修，窑洞勉强能住了。他清醒过来，知道是回了家，也就明白自己不久于人世了。心里也许感到欣慰：总算回了故乡！他伸手摸摸凹凸不平的墙，略带愠色说："没修好哇！"是的，窑屋修得不好。然而，父亲啊，即使修得再好，还有什么意义呢？容你住的时间太有限了！留给你的时间已经不能用年、月、日计算，而只能用时、分、秒计算了呀！

父亲曾经对我谈起，他跟随过的和一起战斗过的那些大名鼎鼎的人物。他们死后，当然是要进八宝山、双塔寺的。父亲革命几十年，仍然保持着平民作风，他只是想要安详地在他从小睡过的土炕上长眠而去，他愿意这样。他嘱咐道：丧事从简。我们没有发讣告，组织部门只是到村里来宣读了悼词。我们兄妹和村里的邻居亲友，把父亲送到了村东的坟茔中。父亲的墓和伯父的墓并列着，他们将永久相伴，在那高高的丘坡上，头上是清风朗月，对面是彩云飘绕的青山。

治丧既毕，我和弟妹们都不能久留，各有生计，只好各奔东西。我们也许在重复着父辈的路。空荡荡的三孔窑洞，被锁上了。我走了好远，回头望去，只见一片浓绿浓绿的枣树。窑屋、院墙、街门，都半掩在树丛中。我蓦地想到，伯父当时刨去老树，是为了让更多的新树滋长繁衍吧。

安葬母亲

在省人民医院，我接了母亲病危的通知书，禁不住发颤，给家人打电话，号码都拨不对。那么多白大褂围着病床忙碌，我却木然在旁。不想看到母亲的痛苦，心里在默默祈祷。

终于盼来一点转机。全家人都来到医院，整夜守在病室，监测屏上频频变换的数字闪跳着刺目的红光。显示血压和心率的数字渐趋平稳，给我们带来了希望。母亲曾经熬过了无数的艰辛，她曾经非常顽强，我相信她的生命力，还会再一次闯过难关。母亲为全家操劳了一生，而我们还没有给她应有的报答，绝不能让她这就离去。

然而，医生似乎不理解我们的心情，总是做出冷酷的警示，甚至索性告知我们绝无再挽救的希望。于是，我妻、弟媳、妹妹她们都着急想送母亲回乡。按照风俗和母亲的意愿，应该在生前回到家乡。如果身亡外乡，按乡俗就不得进村。我此时心情充满矛盾。母亲一再说想回老家，对前辈的这种恋乡情结我能理解。但如果生命逝去，别的一切都毫无意义，风俗更何足道哉！毋宁坚持在医院挽救到最后一分钟。

我一直守在医院，日夜期待着。到了第四天的下午，昏迷中的母亲果然睁开眼看了我一瞥，一线希望又重新唤起。然而，谁知道这竟是最后的一瞥！又一天过去了，依然是昏迷着。在呼吸和心脏越来越微弱的危急之际，才不得不将母亲抬上了回乡的车中。

随车护送的医生和护士还在给继续输液，那只不过是为了将心脏停跳的时间推延到回乡之后。我坐在救护车的前座上，瞅着那弯弯的山道，凄凄的山头，幽幽的溪水，许多往事的影子就在那些山的皱褶和水的波纹间晃动。

接母亲来省城治病还不到两个月光景。也是这一条路，也是这一辆车，前后的心境却截然不同。来之时，母亲虽已偏瘫，而我信心十足，以为必能治好。一面悔恨自己往日探望母亲的时间太少，对老人家的健康关照有失，一面又想着尚有弥补的机会，让母亲看好病后留在身边，一定要好好地伺候几年。不知是母亲不愿意牵累于我呢，也不知是天意不肯给我一个弥补疚过的机会了呢？尽管并非不治之症，尽管请了名医，用了好药，病情却反复无常。原本顽强的生命说去就去，到这时竟然百计难挽，百身莫赎。高明的医生也无言以对。与其结论说是“老年脏器功能衰竭”，还不如说是天寿如此。总之是一个怆冷的结局摆在眼前，极不情愿接受而又无可奈何。这条回乡之路，数不清走过了多少次，惟有这一回愁云塞道，山水呜咽，最使人伤心。

从省城回到家乡，有三个小时的路程。进村时是下午四点钟，阳光斜照在我家高高的屋宇上。这院祖居虽然重新修过，但还是昔日的轮廓和当年的土石，新砌的砖瓦掩不住母亲以往深印的足迹。母亲此刻虽然已经闭目不启，但我相信她会知道自己回来家了。虽然回来得迟了，但毕竟是回来了。

村是个穷村，过去的家是个穷家，使母亲依恋难忘的也许正是那些在贫穷中挣扎的岁月。年轻时担当妇救会主任，组织制送军鞋、救护伤兵，却因父亲奔波在外，家务亦靠母亲操持。上有祖父年迈，下有幼儿待哺，白天下地耕作，夜里纺织缝补，母亲当年的辛酸劳苦真正是一般人难以忍受的。尤其是灾荒年头，每靠野菜和糠皮度日，米粮要先让给祖父和小儿，母亲自己常常忍饥挨饿。如今村里的老年人提起母亲的那段悲苦，仍不禁凄然落泪。及至我们兄妹们长大以后，母亲离开农村，又在城里为我们建起了一个安身之所，从而使我们兄妹五人先后读了小学中学，我和二弟还有幸大学毕业。知情人都说母亲是多年劳累留下了病根。我小时候就曾看见母亲由于严重营养不良而昏厥过，两只手抽搐得像鸡爪一样。到她最后病危惊厥时，我又不由得联想起早年那抽搐的情形，觉得老人家一生真是可怜。

母亲用血泪哺育了我们。看看我自己的一切，体魄、知识、事业与成就，无不深凝了母亲的酸苦。然而她又得到了什么报偿呢？当她衰弱而孤独的晚年，正需要得到温暖和安慰的时候，我却极少在身边。直到她病重以后，我才顿感悔愧，才接来身边治疗，但已经晚了。母亲享年 78 岁，虽已过古稀，但我以为她应该有更高的寿龄。我如果是在身边侍奉了几年，如果是早几年就为母亲的身体保养和病染预防尽到了努力，何至于如此抱愧！然而以前，总是忙于工作，为老人家想得很少，如今就不能不觉得太愧对慈亲，一种揪心的疚恨就不知该如何解脱。

母亲躺在自己的老家的床铺上，脉搏渐渐消逝之际，当即给她换上了寿衣。邻居给找来一扇木门扇，将母亲抬放到那扇门板上，她就算正式离别了人间。地下摆了个小木桌，用一只大碗做香炉，全家人烧了香痛哭起来。这屋子那么空荡而凄凉，作为灵堂简直是简陋得不能再简陋了。我脑子里倏然闪烁出母亲健康之时，全家人围坐欢愉的情景，似乎只在转眼之间就化为烟云。真叫人觉得人生真是可悲。按照乡村的习俗，大门左右各贴了一张白麻纸，算是对外的讣告。接下来便是考虑安葬的诸般事宜，最当紧的是制作棺木，请来了四名木匠赶制。幸好天气作美，大晴两日。做好棺材抬进室内时，正值傍晚，刚刚入殓就下起雨来。这天夜里风呼雨泣，野啸树鸣，似乎整个乡村田园都在为母亲啜泣。

村干部和家族长辈来对我说，村里办事有成规，不论谁家都是一样的做法，包括吃什么饭菜都有定例，不能超越。我们这个村子仍然贫穷，素有朴实节俭之风，迷信陋习遗留不多。母亲一生中从不供神拜佛，又是勤俭惯了的，按照村规从简办事，我想母亲有知也会同意。事前约请帮忙的人喝酒，全村家家来人，但会喝酒的却很少，一桌喝不了一瓶。但我还是挨个敬酒，让人家觉得我们在外为官的人待乡亲仍然如故，都才肯实实在在地帮忙。

出殡前夕，院子里搭起了灵棚，请了八音会来，习俗叫吹棚。乡村八音会按惯例是吹奏一些戏曲中的悲剧唱段，如《秦雪梅吊孝》之类。据说乡间还有许多风俗讲究，如念经、招魂等等，这在我们村里早已剪除了。我本不想让八音会吹打，以为在这最后的哀思时刻还是安静为好，但忽又想到母亲生前喜爱家乡的秧歌戏，就提出来让吹奏武乡秧歌。八音会吹奏到午夜才罢。

听天气预报，安葬这天有雨，最让人担心的是去坟地路滑难行。早晨起来一看，天空晴朗得蓝莹莹的，只有几丝淡淡的银云，大家顿感欣慰。移灵后就开始在灵棚祭奠。全村乡亲家家户户都来上香，虽然祭品简单，都是些普通的蒸煮菜蔬，但那种淳厚的乡亲情分还是足使我感动的。还有不少外地的亲朋好友闻讯而来，带来了花圈和挽幛。院内院外摆满了花圈，这种气氛在乡村中是罕见的，一个普通的妇道人家死后能有这样的尊荣大约也是不多的。然而这又有什么实际意义呢？即使母亲尚有余知，她也未必看重这些。她的平平凡凡的一生，只是做了自己认为应该做的一切，并不需要他人来歌功颂德。在灵棚前写挽联时，我就只写了两句平平淡淡的话语：“哭唤慈母音容仍在，幸回家乡心魂可安。”

亲朋祭奠完就到中午了，大家抓紧用过午餐就开始出殡。看着八个年轻人抬棺出了大门，我即刻意识到这是最后的送行了，母亲从此再也不会回家来了，我禁不住伤痛。这时就有两个人一左一右将我搀着，我边哭边往前挪步。出了村口停下来，人们招呼我在十字路口又烧了一次香，习俗叫“搭了邀灵”，我想那意思大约是阴界就在这里邀接。于是就不让再哭了，除了抬丧的人和要去坟地的儿女们以外，其他送葬的人都可以回去了。

到了坟地，是下午三时整。母亲与父亲合葬，还是原来的墓室，父亲生前就修好了的，我们就省了事。村里的坟工们很有经验，墓道虽有九尺多深，下葬还是很顺利。埋好墓土后，上面撒了五谷，丧事就全部结束了。离开墓地时，天空已经弥漫起乌云，晚风摇曳着柳枝、幼松和荒草。是我把母亲送到了这样一个荒冷的去处吗？我不禁怅然自问。

安葬的当天夜间下了雨，似乎真的有神灵感应。翌日仍是整日阴雨，村里人都说“雨洒墓，必定富”。然而，我想我不但没有资格再接受母亲的惠泽，倒是应该受到惩罚的。

秋雨绵绵，山村萧萧。思怀慈闱，只有不畏艰苦而奋志前行。

故居简史

追溯我行道岭村李氏宗系，以葬于南垴祖坟的良公为一世祖。始居本村者乃十一世祖魁公，传至十五世祖为“枝”字辈。我家祖上枝全公，生于清乾隆二十年（1755），卒于嘉庆十三年（1808）。入光绪朝，十七世高祖父守贞公传子六，讳师适、师玟、师浙、师澍、师江、师淮，正是家门兴旺之时。不料天灾突降，丁戊两年，竟致全家多人于饥饿中惨亡。排行四之澍公，后辈称呼四老爷爷，乃我曾祖父。四老爷爷在远出他乡逃荒中，无奈将四老奶奶卖与辽州拐儿镇某富户，尚在襁褓的我祖父便也一起舍予人家。长门曾祖父师适公，灾后访知我祖父讙公下落，屡奔辽州探看而恳求引归。至光绪十七年，经州尹判允，我祖父年届十六岁始回归故乡，家业遂有承嗣。

故乡自有故居。因有故居，乃为故乡。我家位于行道岭东庄的故居，十五世祖枝全公已在此居住，传至我辈至少已历七世。据此推断，原窑屋碹于清乾隆朝，或更早年间，迄今已有二百六十年以上的历史。

故居坐北朝南，正向。我幼年时，正面三孔窑洞。中间一孔为我父母亲所居，也是我和弟、妹出生之处。祖父住西窑，伯父住东窑。西窑年代最久，前半部渐而坍塌，后来做了磨坊。伯父常年在外，祖父住进东窑，我常陪伴祖父在东窑的土炕上过夜。冬日晚饭之后，祖父抱一捆柴草烧火，先往火塘里放少许豆秸，那种豆子的枯秆很好着火。引火用更易燃的空心麻子秆，俗称麻糠棒，就在油灯上即着。燃火后，祖父坐在火台边，一手把着烟袋抽烟，一手往火塘里添柴。那豆子秆在火里发出噼噼啪啪的声响，让人听得开心。燃一小时左右，火炕烧热，甚至有些发烫，我就钻被窝睡觉。祖父躺下后，开始讲故事。他的故事很多，除了杨家将、岳飞传，还有“五女兴唐”之类，讲到我睡着才罢休。

坐落在院子西边的瓦房，大房两间，小房一间。据说那一间小房，我父母初婚时做过新房。瓦房比不得冬暖夏凉的窑洞，缺乏煤炭取暖很难过冬，我的记忆中三间房子几乎成了堆放杂物的地方。据祖父说，瓦房原来不在西边，而是在西窑和中窑之间的位置，院子隔成东院和西院。一个寒冬的深夜，野狼闯了进来，当时家里养着一只小狗，狗年尚幼，斗不过恶狼。只听得小狗从东院叫到西院，又从西院叫到东院，家人惊起赶狼，狗已不幸被咬死。祖父说起往事，很为那只小狗伤心。

虽是农家小院，却也宽敞。我初记事时，见过伯父在院里支大锅做饭，招待过路的军队。母亲还担任着妇会主任，村里的青年妇女常来院里集中。窑屋墙前靠着几块大石板，不知是准备做什么用的，很适合用粉笔写字。

母亲那时学习就是在石板上写，我还记得写“中国共产党党章”那几个繁体字，最复杂的是“黨”字，我跟着母亲一笔一画写。后来伯父当了医生，院子南墙和东墙下栽种许多药材，夏秋季节蓊茸可观。母亲自己浆布、染布，拉一条绳子，布挂得很长，仿佛也是一种好看的风景。

农家的厕所，修在角落处，出于卫生起见而高过地面，因而称高角（古入声“角”，读疾叶切）。高角是露天的，可以接雨。人粪尿冲了雨水就是圊，圊肥是种庄稼的最佳肥料。往地里送粪，叫担圊。担圊的时候，需用一种叫曲勺的工具把圊肥舀到粪桶里。那种曲勺的柄是枣树杆做的，好几米长，如果高角不露天而有房顶，担圊肥就很不便了。故居的这种厕所，在院子东南角处，经常打扫得很干净，每年开春，或是担圊肥之后，还要撒上一些石灰。

厕所旁边是牛圈。一头黄牛是家里的宝贝。祖父劳累一天之后，傍晚必做的一件事，就是铡草、拌料，为牛备足昼夜食物。即使是风雪凛凛的严冬，他也照常半夜起来给牛添料。庄稼地里，有四种需用牛拉的农具，叫作犁、耧、耙、耢。耕地当然是牛的主要劳作，此外还拉磨，而它的一项最艰巨任务却是拉煤。拉煤是冬天的事情，一是冬天田里没事，二是拉煤路上要过河，没有河桥，必待冬天结冰之后方可通行。我村离煤窑很远，来去需两三天时间。拉煤车回村的时候，牛铃声似乎特别响亮，人们闻声出门，好像迎接远征军胜利归来。一天夜里，祖父梦见黄牛失足摔下深渊，一梦惊醒，听到外面有人喊叫，急忙披衣出门，果然是告知说拉煤车掉到河里了。原来是家里的牛被合伙的邻人用去拉煤，过河时，压破冰层陷下去了。祖父急匆匆连夜赶往出事处，虽然幸得脱险，回来牛就生病了，人也生病了。请了医生来给祖父治病，祖父说先治牛吧。祖父曾经是那样爱惜耕牛啊，遗憾的是，现在不但没有了牛，连牛圈也被拆除了。

朝南的院门，习惯叫街门。实际并没有什么街道，门外一条土路的宽度，恰好可容拉煤的铁轮牛车通过。路边长着一坡枣树。树丛而外，可以凝眺起伏的碧野和连绵的青山。若从远处回望，掩映中的农家院落清幽而美丽，绿葱葱的枣树丛恰如院落的天然衣裙。

我十二岁时外出上学，母亲也在那年离开家乡。不久祖父病逝，安葬了祖父之后，即 1954 年春天，我们全家告别了故居。时隔十余年，我大学毕业那年重返故乡时，中间窑屋的门面已经被雨水冲坏。祖上当初开凿窑洞时，选址极佳，窑顶之上是数米厚的坚实土崖，称为“阳塧”。土崖上砌了上下两层防水石板屋檐，称为“雨搭”。长期不住人，“雨搭”缺乏维护，窑洞便要发生问题。直到父亲 1983 年退休后，托人修缮，曾使故居一度恢复原貌。1987 年、1989 年伯父和父亲先后仙逝。之后因上面修建公路，路面高出“阳塧”，雨季时公路上洪水直下，窑洞再度冲毁。县交通局曾应允维修，但我工作匆冗不暇，故居便托付于村委会照料。经重新设计，将残破的窑面整体切下，碹成了上下两层八间新屋，并加修两间东房，村委会在此办公多年。

母亲于 1998 年 9 月病逝，从守孝到出殡，我留住故居十天，这也是在故居所举办的最后一件大事。村委会后来移往新的办公小楼，闲置的院子渐显衰颓，瓦房出现破漏，窑屋门窗多有坏损。我 2014 年回乡，商购邻居旧院改建为祠堂，接着安排了故居的整修。

时代在迅速变化中，城市的扩张，村庄的消亡，让人们深刻地见识了时势的无情。故乡有着怎样的未来，是我们无法想象的。故居还能够保留多久，也是我们无法预料的。与其预想未来，不如回首过去。仰慕前辈，尊重传统，恪守祖宗留给我们的一切，感受先贤的勤劳、智慧和文行忠信的良好教泽，这就是今日修复故居的意义所在。

伯父先前在院中栽种了两株柏树，后来失于管护，致树枯死。十多年前我从太原苗圃移回幼树补种，现在两树枝叶葱翠，长势茁壮，已经高过房脊。房屋经过修葺，更换门窗，粉刷墙壁，石砌甬道，院容一新，柏树也显得更加蓬勃可人了。我拟了一副怀旧的对联：“耕归静听树间雨，读罢闲观屋上云。”写着这副对联，就仿佛看到了朝耕暮诵的先人，他们也像高高的柏树一样依然葱翠着。

一朵白云似荷花

从前，俩人住店，各自夸说自家那里的山高。甲说：“俺家有个花儿垴，离天只有一圪脑。”乙说：“俺家有个佛爷顶，把天磨了个大窟窿。”花儿垴在武乡县东端，海拔两千米，那里是武乡、黎城、左权三县的交界处。佛爷顶在武乡县南端，海拔一千五百有余，正是武乡、沁县、襄垣三县的交界点。住在佛爷顶旁边村里的顽童，比赛谁尿尿时间长，绕着三县界山，边尿边走，转一圈尿完，玩笑说：“尿了三个县。”佛爷顶因古时有佛爷庙而得名，我的记忆中却已没有庙的踪影，只是保留着庙会的习惯。

佛爷顶东麓一片平坦的开阔地，名为圪老湾。圪老湾其实不是一个村庄，只是庙会、集市的场所。两排平房夹成长方大院，饭铺、烟酒铺、杂货铺、弹花铺、洋布铺、药铺、染坊，应有尽有。院外有古戏台，戏场前头是牲畜交易场，还有许多临时来卖谷物杂豆、瓜果花生、箩头扫帚的地摊，耍把戏的，打麻糖的，捏面人的，热闹非常。祖父领着我赶会，让我大开眼界。那是我七八岁的时候。前晌逛商铺，晌午在饭铺吃烧饼，后晌看戏。刹戏后，就近住到亲戚家。也看过夜戏，那时候没有电，戏台前头挂两个汽灯，白炽刺眼。其实我看不懂戏，看热闹而已，赶会的真正想法，是想住姐姐家。姐姐家在襄垣县的台上村，由圪老湾东行，“一去二三里”即到。

我们当下社会，交通便捷，往来频繁，县际乃至省际，地理距离、生活距离和人文距离，缩得越来越小了。早先则不同，即便村庄相邻，非属一县，则区别殊多，很少跨县结缡。从我家的武乡行道岭村，步行到襄垣台上村，别看只有八华里，传统习俗大不相同。第一是语音不同，武乡说“我”是“俺”，读音起头有一个舌根擦音“γ”，发音重浊；襄垣说“我”是“mei”，唇音，发音清薄。第二是饮食不同，行道岭早饭吃谷子面圪糍，粗糙耐实；台上村吃玉茭面圪糍，软糯好吃。第三是人情不同，行道岭人实在寡言；台上村人能说会道。我暗自推想，姐姐嫁到异县，一定会有许多隔膜之感。

姐姐是伯父的唯一亲生儿女，属蛇，1929 年生，长我十三岁，名叫玉荷，生日应该是阴历六月吧，因为六月是荷花绽放的季节。她的左眼是天生的白翳，好像一小片白荷花瓣把瞳仁遮了。也许是一只眼睛残疾的缘故，致使她在婚姻上没有更多的选择。1944 年出嫁，虚岁十六。那年还没有把小日本赶走，台上村来迎新娘，出了家门，下一道坡，下面是我家的果树地大坪，花轿和送客正在兴高采烈中，突然枪声传来，日本鬼子进村了！一阵惊惶，花轿藏到果子树下，众人急忙钻了地道。等到夜间鬼子离去，花轿才重新上路。

姐姐嫁去不久，姐夫当兵入伍，三年后挂彩回来，残了左手。他们生育一个女儿，唤名小英。姐姐带孩子、忙家务、做农活，事事不误。虽然一只眼睛失明，但对她做事毫无障碍，裁缝烹饪，做什么都有样子，靠的是心灵手巧。伯母早年去世，姐姐最亲密的人便是我母亲，每当回来娘家，帮我母亲浆布补衣，推碾推磨，忙个不停。婶婶和侄女俩拉家常，拉到半夜三更，比亲生母女还亲热。

我在本村上二年级那年，老师时而缺位。母亲对我说：“你姐姐捎话来，叫你去。”以前是祖父领我，这回叫我自己去，母亲不放心地问：“你寻得着？”我说：“那条路走过。”母亲说：“你不害怕？”我说：“路上没有狼。”母亲蒸了点心，给我挎上竹篮，欢天喜地上路了。小河潺潺东流，我逆着河流的方向，沿河岸西行。河边上杂草过膝，很多那种端午节包粽子的粽叶，还有艾草，香气扑鼻好闻。沿河的大杨树参天，树叶在风中拍打着，不时夹杂着鸟叫，那些声音都很谐美。有流水、杨树、鸟儿，一点儿都不寂寞。过了一个叫杨桃沟的村子以后，踩着河中的石板，涉到南岸，开始爬坡。直陡陡的坡，坡两边有梯田，也有羊群。上到坡顶，就看见台上村了，我禁不住兴奋地跑起来，直扑姐姐家，撞门而入。

姐姐住的院子不大，大门右手边并列两户，坐东朝西，住着姐夫的两个兄长。正面两孔窑洞，姐姐住右边一孔，左面那家男人叫拴牢。院子中间砌有花墙，其余则是鸡窝牛栏、柴房厨厦。拴牢做挂面，白花花的挂下一片，院子更挤得几无空间。

姐姐见我来，笑盈盈地放下针线，立刻给我做饭。她先捞一块南瓜说："今年天旱，台上的南瓜比咱家的甜。"我嚼着南瓜，她又提起圪垯："明天清早碾玉茭面，煮圪垯吃。"我喜爱吃哪几样，她记在心里。

村名台上，真的是一个高高的台子，视野广阔，山梁退到了很远的天边。大门外有一盘碾子，不远便是农田。早上姐姐端了半簸箕黄澄澄的玉茭，摊在碾盘上，我趴在碾杆上帮着推。转不了几圈，玉米碾成碎粉，一股子清香味。冉冉爬上来的太阳，正好照在碾子上。现在想起那情景，有一种说不出的温馨感。清晰记着，姐姐双手摇着纱箩筛面，齐齐的剪发头轻轻晃动，朝晖把她的双腮映得绯红。她脸盘圆润，微笑时有两个浅浅的酒窝，说话时眼睫毛忽闪忽闪的，虽然左眼白翳，却丝毫不影响她的美丽。

姐姐到地里收拾庄稼，叫我也去，她一边干活，一边问长问短，问我的学习，问祖父的身体，问母亲是不是纳鞋底熬夜了，问伯父和父亲何时回来，问村里的这个奶奶、那个婶婶，总之是关心不完的事情。七八天之后，母亲捎话说学校有老师了，要我回去。姐姐送我到下坡的地方，她站在坡上，看着我下到坡底，目送我走远，直到看不见影子了她才回去。一路上我也无心听鸟儿叫了，闷头跑回家，对母亲说："叫我姐姐回来住几天

朝晖把她的双腮映得绯红。她脸盘圆润，微笑时有两个浅浅的酒窝，说话时眼睫毛忽闪忽闪的，虽然左眼白翳，却丝毫不影响她的美丽。

吧!”母亲说：“她哪顾得上回来!”我说：“姐姐总是想咱家和咱村里的人。”母亲长叹了一声。

那年中秋节，我失足从窑洞顶上摔下来，昏迷中在炕上躺了两个月。苏醒过来，母亲说：“你姐姐来看你了。”我问：“没有住?”母亲说：“她忙。”我不再说什么，觉得眼睛里泪花打转。一天祖父赶会回来，晚饭时说："在圪老湾碰上拴牢，说起来玉荷人太良善，活得可怜，一天到晚忙死忙活，男人脾气鲁，动手打她，他家两个嫂嫂还从中挑拨，嫌玉荷不生男孩。"母亲说："当初不该嫁到台上，咱对那边情况摸不着，出嫁那天，让日本人扰乱了一下，就觉着怕不好。"祖父说："玉荷从小就性格和蔼，从不与人争长论短，这世道，越是心好反倒越受人欺。"我躺在炕上，听着祖父和母亲的对话，心里怨恨起伯父来，那个时代婚姻不能自主，姐姐的婚嫁都是伯父做的主，不知他怎么选的人家。

过年的时候，姐夫来拜年，那是礼节性的，姐姐没来。我本当去姐姐家拜年，身子没有恢复。到了夏天，姐姐才来，带着小英，进门叫我："去门前沟摘豆角。"村西叫门前沟的地方，有土改分配的土地。玉米地里间种，豆角挂得累累的，姐姐臂上挎着竹篓，不大工夫摘了半篓。她前头走，我拉小英跟着，爬上一条弯弯坡道。到了梁上一块庄稼地，角落上有一孤冢。姐姐对我说："你大娘埋在这里。"我很诧异，伯母怎么埋这么远，我还第一次知道。姐姐备着香火供品，摆到墓前，拉我叩拜，然后她放声哭起来。那天可能是七月初一，是个上坟的日子。我们当地习惯，重视清明节扫墓和十月初一送寒衣。七月初一上坟已不时兴，而且上坟不哭，像姐姐那样在坟里放声大哭的情况，我从没有见过。她哭得那样伤痛断肠，让我现在想起来心中还冷凄凄的。我带小英在荒坡上采摘野花，姐姐哭得不停。我倚在地堰上，一仰头，看见天空瓦蓝瓦蓝的，头顶上有一朵白云，雪白雪白，像一朵花。我看着看着，忽然想到姐姐的名字玉荷，于是觉得那朵白云，就是荷花。回头看姐姐一眼，仰头看天上一眼，越看越觉得白云里有个姐姐。我拉姐姐说："咱们回去。"姐姐不睬，满脸泪水。我又拉她说："姐姐你看看天上的云。"她头也不抬，但不再哭了。我们往家走，一路无话，我心里一直想着那朵云。

上四年级时，我转外地上学。随后祖父病逝，安葬事毕，母亲也辞离故里。1956 年家住长治市参府街，一天母亲和我借了小平车，到附近煤站买煤。一进煤站大门，看见拴牢，他来煤站做事了。异乡遇故人，母亲高兴地说："有空到家里来，很近。"母亲并托拴牢捎话，想叫姐姐来长治看看。放寒假前，我正期终考试，姐姐来了。母亲拉着她逛商店，看电影，备办年货。临走，母亲叮嘱再三，依依惜别。年后不久，拴牢带来不好的消息，说姐姐病了。母亲说："年前来的时候，看她精神还好，没多几天怎么就病了？"拴牢说："过年累的，老大老二家的碾磨还叫她推。玉荷人性好，有难处不说，到你们这里来高兴，回去难过，又累又气。"母亲说："我回去看看她。"母亲想回去看姐姐是真的，可是，父亲忙公务，我和弟弟正上学，进门都要张嘴吃饭，母亲哪能离开一步？转眼入夏，拴牢又来说："玉荷病重，男人用马驮着进城看病，路上马惊，从马鞍上摔下来，给缰绳挂住，拖了很远，看着叫人伤心，才 29 岁，伤成那样……"我对母亲说："我要回去看姐姐。"母亲说："暑假回去吧。"

我掐着日子，等候放假。一个星期天，我趴在炕沿上写作业，拴牢进来了。母亲搬了小凳让坐，他坐下半天才张嘴，听见他说："玉荷走了！"我脑子嗡地一下，怔在那儿，钢笔掉在地上，拴牢和母亲还说些什么，一句也没听见。我好像还没有悟过来怎么回事，也不知道一个同学是怎么把我扯到门外去的。同学使劲拉我，大声说："说好十点钟去老师家，你忘了？"我这才说："不去了。"同学说："你怎么了？"我不再说话，泪水扑簌簌涌了出来。我仰脸看天，瓦蓝瓦蓝的天空，飘着一朵雪白雪白的云。我透过泪水，看见姐姐在那朵云中。那云，飘移着，渐渐地散开，渐渐地消失了。一朵像荷花一样的白云，就那样走了，永远地走了。

同龄伙伴

铺岭那座两层小楼，算是我村的标志性建筑。位于村庄最高处，又傍在大路边，或许自古就是开饭铺，供来往行人打尖的地方，所以有了铺岭这个名称。

我小时读书，学校设在铺岭。那是一个四合院，两层楼立在正面，东西各三间厢房，大门左右有耳房。正院西侧，另有朝着大路的门面房。过去是财主家的私产，土改以后，归了村里公有。除学校占用外，后来开过供销社，安过加工粮食的机磨。因年久失修，濒临倒塌，前些年趁我清明节回村上坟时，村里递给我一个请求拨款复修的报告。乡亲说铺岭那地方关乎风水，不可坍毁，而且原来即学校所在，兴学建校，向财政要钱亦有正当理由。经过周旋，获得支持，将残破旧房推倒，原址上重新修了小楼。虽然只有两层，但立在至高处，墙后即深渊，从后面看去，犹似矗立在悬崖峭壁上，分外显赫。进村的时候，沿公路下来，很远就能看见这座小楼了。

小楼重修，已非昔时面貌；然而，我一到铺岭，总还会想起过去在那儿念书的情景。当年念书，是真正要大声念的，早晨到校，各人捧住各人的书，开始放声朗读，满教室哇啦哇啦，震耳欲聋。等到老师叫背书了，大家才静下来，把书本合上，一个接一个到老师跟前去背。老师手里拿着木条戒尺，谁要背错一句，伸出手来让打一板子，然后重背，背好了才能回家吃饭。谁家家长等不回孩子来，便知道是背不下书来，给先生扣了。我背书没有问题，小时记性好，背得流畅，不打咯噔，从来没有被扣过。

全村三四十个在校学生，四个年级，一个教室，一个老师。老师编过一首简单的歌，中午放学，集体唱着走出校门。歌词是："路上不玩耍，事故不发生。回家中孝父母，要把功课交代清：国文识字和常识，算术和作文。"从这歌中，便知道我们学习哪些功课了。

国文课除了背书，主要是认字和写字。村里人重视认字，日常生活中用到的字，像"犁耧耙耢，锹镢镰锄，筐箩簸箕"之类，有本叫"四言杂字"的书上都有。原来财主家的一套《康熙字典》，线装，大字本，搬到了学校，村里老人常去和老师拾翻字典。写仿，是请老师写好影格子之后，把影格子套在白麻纸下，用毛笔临写，这是一项绝对不能或缺的主课，每日必写，老师用红笔判，写得好的字画圈，写错的字打叉，写歪了的字从旁边划一红杠叫"扛圪槛"，互相比谁的红圈多，自然形成一种激励。我除在学校写仿，回家也写，祖父和伯父都会写影格子，写过《百家姓》，从"赵钱孙李，周吴郑王"，写到"司徒司空，百家姓终"。

凡在村里当老师，都有一手好字，遇上婚丧大事，楹联、幛子之类都须老师出场。老师如果书法不好，村民看不起，在村里便不会长久。数学在其次，"鸡兔算法"之类就算深题了。至于算地亩、算斤秤，村里自有人才，用不着老师。珠算最受青睐，先学加法"小九九"，然后学除法"九归"，村里比我年长的，和我同龄的，几乎无人不会打算盘。现在想来，珠算确实开发智力，把抽象的数学变成具象，易学，印象深刻，是高深数学之基础。据说现在的小学，逼着孩子们学什么"奥数"，似乎纯属害人，如果有教育家回头来提倡珠算，也许堪称为子孙造福了。

不擅长音乐、体育、美术，是当年乡村教师的缺陷。没有任何体育器材，老师只会领上一群学生跑步，早晨沿大路跑，那时候没有汽车，绝对不会发生沁源中学那种早操车祸。偶尔上美术、手工课，从自己家里找些材料，剪贴个图案，或是做个小玩意儿。基本不上音乐课，遇上外地工作人员回来，才请来学校教歌。如流行的抗美援朝歌曲，"雄赳赳，气昂昂，跨过鸭绿江”“天上出彩霞呀，地上开红花呀”，是从太原回来的人教会的。

乡村的传统音乐，则有八音会、戏曲、山歌之类；传统文艺杂要，有踩高跷、打霸王鞭、扭小花戏，等等。每年正月十五元宵节，是文化娱乐活跃的时机。记得有一年村里人心血来潮，从河上砍回一棵十几米高的杨树，竖在我家隔壁的大院里，用两个铁车轮做转轴，搭起一架胡秋千，玩了几个月才拆掉。这种胡秋千，上面可以挂几个单人秋千，下面横杆供地面上的人推动，小孩还能坐在横杆上，横杆一推，秋千飘荡，推力越大，转得越快，秋千上的人又快活又惊心。现代游乐园中那种“过山车”“海盗船”，人是被动的；而打胡秋千同样心惊魂荡，但须手把脚蹬，更有乐趣。可惜这种胡秋千似已失传，我后来再也没有看见过那样的娱乐。

我伯父懂音乐，教我们几个孩子拉胡琴，用的是工尺谱。村里一批人热衷唱戏，一到农闲，便开始排戏。每年正月，除了在本村演，还应邀到别村演，参加县里的会演。古装戏常演《旋风案》，说的是刘墉访山东，路遇杀夫奇案。还有《曹庄杀狗》《三娘教子》等戏，富有道德教化的深意。新编戏《王贵与李香香》，唱的是民歌调，《开花》曲调很动听、很抒情，饶有乡土情味。祖父演过戏，到我记事时，他已不再登台，会讲许多戏曲和小说故事。伯父编导、拉琴，偶尔也妆角色。戏台的上场口是鼓板、大小锣、镲和梆子，下场口是胡琴等，伯父是下场口的头领。开演前要“吵台”，上下场口有时合奏乐曲，《倒十番》《打连城》等曲子，热烈而欢快，鼓板点得越好，节奏越显得铿锵。村里只有两三个老人会点鼓板，惜已失传。村戏的那些乐曲，至今让我怀念，再也听不到演奏了。

伯父编过几个新内容的小戏，记忆犹新的是《一贯道》。当年会道门蔓延，政府予以严厉取缔。这出小戏很风趣，道徒烧香叩头、骑着扫帚上天，受到嘲笑。有天出村到杨桃沟演出，没想到这个村里真有一贯道，演出后，道徒受到教育，当天即自首，破获了一个暗藏的会道门。

我家大门上，挂过一块匾，镌刻着“进士”二字。土改那时，伯父取下来，把匾上文字刨光，做了厨用的案板。想来那个进士，必是捐纳的名分，应是高祖父纳粟取得的，因为祖上没有人读过私塾，谈不上参加科举。全村没有出过一个举人。然而，乡村的传统文化，颇有一些玄妙之处，长辈中真有文化人，即使没有进学堂读过书，切不可小看他们的文化，《三字经》《千字文》之类，以至《论语》《孟子》里话，饭场上随口能说几句。我最早记住的唐诗，是跟祖父、伯父学来的，他们没有正式上过学堂，谁知道他们从哪儿学的？夏天的傍晚，在大石板上乘凉，人们讲起中国历史来，有声有色，趣味横生。“文革”中，我有次回到村里，听人们闲谈，把中央的事情描绘得和戏曲里一样，谁是吕后，谁是萧何韩信，谁是周勃陈平，好像他们提前好几年把粉碎“四人帮”的事预知了，真合了那句古话：“欲知朝中事，山中问野人。”

少年时代在我们村里成长，既接受文化熏陶，又感觉快乐温馨。后来却出过一件令人不悦的事情。

我们经常一起学习、一起玩耍的，有十几个年龄不相上下的伙伴。论学习成绩，我算好学生，考试挂榜在头名。六一儿童节举行全区少先队代表大会，村里推选我参加，独自一人走到区政府驻地，领回了上级的奖状。淘气、违规，也是常事。有次因为玩得误了上课，被老师罚站，四合院每个角上站一人，一动不动地站一个钟点，老师说解禁时才能动弹。倒也不是因为罚站了而怨恨老师，学生对老师不满总会有很多理由。夏季的夜晚，月华满地，一群伙伴碰到一块，不知因何骂起老师来，七嘴八舌，乱吵一通。事后不知老师怎么知道了，并且让村干部插手，把玩耍当成了政治。伙伴中年龄较大的是水旺，水旺父亲在整党中劝退，与村干部似有意见，水旺被认定为小集团的头，我被当成水旺的同伙。村干部对我说：“你们搞小集团活动，签名盖章，攻守同盟，签名单你拿着，要交出来。”真是莫名其妙，哪有什么签名单？干部仪态严肃，语含威胁，我心想造上一个签名单，看你们要干什么？从本本上撕了一块白纸，写了十多个名字，用家里的印泥，在每个名字下都按了我自己的食指印，拿去上交了。自此，大家不再到一处玩耍，我更觉没趣，转到了外地上学。

自从外出求学，和村里伙伴疏远了，信息却时而听到。和我同年出生的，村里有三人：庆余、建中、德旺。最可悲的是德旺，早早走了。德旺人最老实，寡言少语，学习稍逊。他哥哥腿瘸，不便从事农业，到县政府食堂烧火做饭。大约是他哥在县里的关系，大同煤矿招工时，德旺招去下了井。1960 年 5 月，大同白洞煤矿发生特大瓦斯爆炸，死亡数百人，当时即已听到小道消息，据说国家主席刘少奇亲临大同，后来乃知到大同视察的是董必武副主席，因没有公开报道，下面相传，无不震惊。却万万想不到，这死者中便有我童年时的一个伙伴。

几个伙伴中，庆余最活泼、聪明、贪玩。他二叔是知识分子，工作在外，家中有很多线装书。庆余经常把古书拿出来，拆散，分给同学，翻过背面做作业，想起来真是可惜，糟蹋不少好书。他父亲善做生意，管理供销社，他后来也到供销社工作，大约是接班，会有作为。只是农村习惯早婚，多子，负担不轻。我有次回村，见庆余去乡供销社上班，骑着崭新的飞鸽自行车，兴致勃然。当时年方而立，正当神来气旺之日。但不几年后，听说他生病，死于肾炎。

建中不像庆余活泼，但有心机，学习好，善思考，有才干。有年中秋节，母亲在家里火上打月饼，我趁热取了，边吃边往学校走，上到坡顶，遇上建中，离学校大门还有三四十步，两人约定闭着眼睛走，看谁先摸到校门。我瞎着走到路边上，一脚踩空，掉下去了。半崖上有酸枣丛，再下去是一户人家的房坡，幸亏有酸枣丛垫了一下，如果直下去掉到房坡上，命恐难保。扎了一脸酸枣刺，并不算伤，撞得厉害是因为房坡上立着砖头烟囱，头触到烟囱上，当即昏迷，血流不止。但如果不是碰到烟囱上，再从房坡滚下地面，怕也没命了，碰到烟囱便是万幸。农村没有医院，恰好伯父从县里回来，他有一种止血的草，叫毛蜡烛，像柳絮一样，沾到伤口上。母亲背我回家，放在炕上，没有任何医疗办法，只能靠自己恢复，一躺两个多月。

我重伤在炕上，母亲难过，怪建中家的人不来探看。我掉下去那一刹那，似乎感觉建中碰了我一下，他也闭着眼走，无意碰到我身上也有可能，但我昏迷几天，事后确实想不清楚，自己瞎摸到边上踩空了，不能怪别人。后来见到建中，再没有提过此事。

我在长治上中学，听说建中进了武乡中学，欣慰中暗想，将来上大学时，或许我们有幸碰到一起呢。当我听说建中辍学回村，并且戴上“坏分子帽子”的时候，感到非常惊讶。一个青年学生，怎么成了坏分子呢？直到极“左”路线被纠正，“帽子”当然是随风吹去了，身心伤痕却已很深。建中像我们前辈一样，守着数亩田土，耕云播雨，安瓜种豆。我到省城工作以后，他来过几次，每有琐事托办。有次带来一些诗稿，我便知道他在农耕之余，仍有闲情雅趣。甚感惋惜的是，未能同他屈膝长谈，我有公务缠身，他也来去匆匆。那时总以为来日方长，等到退休以后，我便可以回村小住，少年伙伴重聚忆旧，也是人生快事。大概是 2003 年某日，我参加一个会议出来，他在宾馆门口等候，送我一份材料说：“现在的农村，越来越不是我们小时候那情况了，麻烦事太多，躲都躲不过。”我看了材料，事尚可办，随口答应。当时感觉他精神欠佳，叮嘱他保重身体，他只说“多年胃病，不很要紧”。孰料宾馆门口的见面，竟然成了永诀。后来得知，他实际上早已查出癌症，自知做手术代价不菲，无钱就医，又不肯求告于人，只是消极等待，直至最后不能进食，死在家中，让人闻之心悲。

建中的诗，多表现农家情趣，和我一样的陈旧笔法，当代报刊编辑多是新潮流者，恐口味不合。我曾把他的诗稿，交给一个杂志社的编辑，不料该刊停办，诗稿亦未退回。只记得其中一首写种瓜的诗，写了南瓜、北瓜、东瓜、西瓜，等等，然后说：“农家的理想挂在瓜秧上”“每个瓜儿都是在种瓜人的梦里长大的”“每个瓜瓤里都浮游着一个梦境”。建中最终是

我们那个时代的村庄的文化和教育，也都随之而消逝了。我想，这也许意味着一个时代的终结。只有铺岭上的两层小楼，依然凝结着往昔的记忆。

带着瓜儿的梦境走了。

这些年农村急速变化，吃穿住行显著改善。老年农民领到养老金，自度晚年，亦稍满足。但要说到文化，却是另一种情形。村里八音会解散了，秧歌戏没人演了，戏箱、行头道具、胡琴乐器，等等，毁弃殆尽。尤其让人困惑的是，村里学校没有了。之前修建学校、增添教学设施，我曾尽过微薄之办，好端端的教室、桌凳、教学器材，都已闲置。农民进城打工，孩子跟着进城，或是专送小孩进城上学，大人陪同做饭而进城租房。总之是农桑兴趣减退，农家纷纷离土，村里剩下老人留守。没有学校，便没有生气，便没有了传道授业的文化氛围。电视和网络文化覆盖了一切。金钱的需求超越了一切。城镇化的喧哗中，人们对先前农村的传统文化渐已陌生。

我不禁想问：村里还有人像建中那样写诗吗？我的三个同龄人都已辞世，似乎我们那个时代的村庄的文化和教育，也都随之而消逝了。我想，这也许意味着一个时代的终结。只有铺岭上的两层小楼，依然凝结着往昔的记忆。

令人欣慰的是，在报纸上看到政府正在倡导振兴乡村。这是像我这个年龄的人最关心的事情，甚至在睡梦中都会出现新时代新农村的憧憬。祝愿我的故里重新焕发生机，沐浴在明媚的春光里。

县城旧影

武乡的老县城，现在称故县，南临漳河，北倚鼙山。城池依山而建，左右山如两翼，古有凤凰城之称。日本侵华期间，遭敌寇疯狂摧残，先烧后炸，一座建筑古典、环境幽美的小城，几成废墟。

研究武乡历史文化的志宽先生，曾与我同访故县，指点讲述那里的古迹。县衙门原址，是一处平阔的场院，缓坡而上，穿过龙门，上面原有文庙、观音阁、尊经阁、凉河楼等建筑，最高处为北台顶。城墙由石头砌成，依山起伏，俨然一座古堡。据说后赵皇帝石勒，曾在这里筑寨练兵，可见历史久远。城东山麓的村庄，名东河沟，相传是石勒故里。

鉴于老县城严重破坏的状态，1947 年秋，党政机关迁往段村。地处老县城西十里，马牧河畔的段村，前清是武乡四大集镇之一，曾经沦为日军的据点。敌伪驻兵数年间，修筑了城墙城壕、碉堡炮台，1945 年 8 月，经过一场激战，歼敌八百余人，段村解放。党政机关进驻后，武乡有了一个新的县城。

敌人修筑的高墙坚堡，俱被拆除，政府住进了古庙玉贞观。从前有城墙城门，才叫城。现在县城的概念，已非古代之城，只要是县级机关所在地，便自然成为全县的经济文化中心。

但多年之中，人们习惯叫段村，而不说县城。1951 年 5 月，公审汉奸郝泉香，各村群众代表参加大会。母亲在家操持家务，不能分身，对我说："你跟上叔叔姑姑们去段村看看。"村里十多人同行，就我一个小孩，徒步三十华里，到了关河边。现在这条河，水少得可怜了，当年却是波涛滚滚。尽管河宽水急，涛声骇耳，大人们不想绕路走桥，挽起裤腿下了水。一位叔叔把我扛在肩上，一只手提着鞋，一只手抓着我，走到河中心，水深到股，浪头击人欲倒，女人们不时发出惊叫，大家互相搀扶着，强渡上岸。

汉奸郝泉香，武乡有名的大财主，沦陷期间，携械投敌，充任维持会长，日本投降后潜逃他乡，被追缉归案。那天的公审大会，据说有三万余人参加。我们站的位置，距离审判台很远，人影看不见，说话听不到，那时还没有麦克风。广场中间设了传话台，主席台说一句，传话台用喇叭筒向后传一句。"他说，他叫郝泉香……他说，他是武乡故城南沟村人……他说，他罪该万死……"我能听懂的话，大概只有三五句。大会时间很长，站得腿酸，不知道是怎样结束的，众人突然往河滩跑，我也夹在人群中，到了河滩，好奇心驱使，从大人们的胳膊底下窜到前头，看见了枪毙人的情景。公安局局长李中秘，是我村女婿，所以认识，他握着手枪，似在验尸。

这是新政府以来，武乡判处的第一例死刑，特别轰动。路上听大人说，旧的县衙门杀过人，犯人临死前，有一顿酒肉吃，一叫他到餐桌前，他便知道要杀头，饱餐过后，趁势把桌子一脚踢翻，吼骂几声，便去就戮。初听这故事，有点毛骨悚然，但那天看枪毙汉奸却没有害怕，懵懵懂懂看稀奇而已。

二次进段村，是1953年春节之后，伯父已在县兽医站工作，带我同往。一路走得很慢，每过村庄，伯父都被拦住，给人或给牲畜诊病。在小店村里吃午饭，到了关河，已近傍晚，从铁桥上走过时，伯父特意指给我看一通纪念碑，碑上所镌修桥的县长，即我村李玉田。夕阳斜照在石碑上，也照在河面上，水波中闪烁着灿灿的光影。

我住在伯父的单位，没事常往街上走，去广场看修大礼堂。那年代修一座礼堂，堪称大工程，我在村里已有所闻，屡屡看见下吴村拉木料的马车，从我家窑屋顶上经过，为修礼堂，把吴村的古庙聚福寺拆了。

广场非常空旷，除了古老的千佛塔，便是主体初竣的大礼堂，再无别的建筑。古塔历史不凡，修塔的阁和尚传说是神仙。日本人来轰炸时，佛塔无恙，反而落得机毁人亡。我听过这些故事渲染，到了古塔下便有一种神奇感。明知塔是十三层，偏要一层一层往上数，甚至数过有多少个铃铛。常常围着塔转圈，仰脸看那塔尖直刺苍穹，看那雁飞云移，看那塔铃摆动。风吹起来，塔铃叮叮作响，那种声音和骆驼走过的声音一样。当时货运还靠马拉驼载，段村街上常有驼队，骆驼到了广场，横七竖八，卧成一片。

当年春天的一件大事，是苏联斯大林逝世。我在兽医站看报，每日主要内容是报道斯大林病情，文中苏联人的名字长而难认，我没带课本，靠读报认生字。斯大林逝世后，伯父剪纸扎花，做了一个花圈。追悼会那天，我随大家进了礼堂，花圈摆满，人也站满，时间不长即散。那天大礼堂首次使用，使我记忆颇深。不久我便离开县城，外出求学，以后只有到假期，才回乡小住。从那时离开家乡，意味着我的童年结束，段村的礼堂、古塔、广场和骆驼，仿佛渐渐遥远，成了我童年的依稀梦影。

榆黄公路未修通之前，交通尤其不便。期假回来，从长治坐汽车到沁县，再步行四十华里，才到武乡。返长治时，早晨从段村出发，徒步过聂村，渡涅河。河面很宽，水却不深，有石头可踩，为不湿鞋，仍须脱鞋挽裤。涉过河是沁县松村，村口有饭店，饼子充早饭，中午赶到沁州城。若是等不到太原下来的客车，须在旅店过夜。纸窗油灯，土炕苇席，多人并卧的况味，让今人听来，不过是讲故事罢了。

上初中二年级的时候，全国开展整风和反右派斗争，暑假延得很长。住在县城，伯父单位写了大字报，让我签名，我问写的什么意思，回答者说“意思是听党的话”。拿大字报到政府去贴，知道副县长高进廷当了右派。我们去看的那个家，不知是高的办公室，还是宿舍，外面糊满大字报，里面墙上也画成一片。后来听说，高县长不久便离开了人世。他本是教师出身，风度儒雅，备受尊重，人们批判斗争他不过是迫于形势。

接着进入“大跃进”、大炼钢铁的运动。学校基本不上课，先是上山挖矿，后又下乡劳动。我在农村劳动时，目睹过敲锣打鼓，庆祝人民公社成立的场面。大队支部书记讲话说：“各家各户的粮食，全部交给食堂，颗粒不剩，今后都过共产主义，你留下粮食有什么用？公共食堂放开肚子吃，还用你回家偷吃吗？再说你怎偷吃，烟囱能不冒烟，锅锅碗碗碰磕能不响，偷吃能不让人知道吗？”真是讲得斩钉截铁，社员谁能不信，谁能不听？公共食堂一哄而起。

“一大二公”成为一个时代风气，浮夸风、共产风、强迫命令风，危害遍及各地，武乡也不例外。县里工作队下村指挥，推行密植，种谷的三足耧改成五足。村里我的一位本家爷爷，责骂工作队，反对五足耧，因此挨了批斗。瞎指挥和共产风造成减产和浪费，积存粮食吃空，公共食堂不得不解散。人民生活陷入极度困难的时期。

1961 年暑假，我回到村里，乡亲们度日艰难，生产显著凋敝。以往回村，邻里亲族都来招呼，那年却见家家口粮不足，都不愿意添口加碗。去到县城，伯父正在开会，文件带回家里，戴上老花眼镜，一字一句往本本上抄写。我取来看，是“农村工作六十条”，正是这个文件，规定“三级所有，队为基础”，纠正“一平二调”的极“左”政策。“大办公共食堂”“跑步进入共产主义”那些口号，从此被取消。

那次在县里住了些时日，看到旧街翻修，较前宽展，南面开一道新街，增添新的楼房，栽种绿化林木，面貌有所改观。街中有新华书店，虽店面不大，却不乏好书，我在店里买过诗集和小说。

伯父伯母租住段村村民的房子，位于正街西南。房前有一水池，池水碧绿，时而被风吹起闪亮的涟漪。据说是麻池，并不见有人沤麻。住在附近的媳妇们，常来水边洗衣，肥皂沫很快就会消散，池水依然清碧无碍。池边有大片的树林，参天的白杨树，枝叶茂密，浓荫遮天。正值炎夏，我在池边漫步，或是倚在树下，听鸟雀啁啾，感觉十分的清凉惬意。

一天晚间，我家里出来，正是皓月当空，水池中朦胧着晶波光气，媚景迷人。绕着池边走去，树林间的鸟儿都已睡去，一片静谧。我忽然想到，这不就是著名的唐诗“鸟宿池边树，僧敲月下门”的那种意境吗？我想，若要给这水池起个名字，恰好取用贾岛诗的前三个字，即“鸟宿池”。

人对于风景的感受，其实是因人而异、因时而异的。包括著名的诗词文章中，对于幽美景色的描写，无不出自作者的情趣。离开主观的欣赏情趣，绝对客观的美大抵并不存在。段村的人们对那个麻池司空见惯，也许不以为然，而对我来说，从那个月夜以后，“鸟宿池”便像我欣赏过的一幅名画一样，永久印在了我的记忆中。

我大学毕业时，远赴海南，听说伯父遭到造反派批斗。后期伯父问题澄清，要求退休，返归农村。这期间，我与武乡县城亦暌违多年。

直到十年动乱结束，我在晋东南地区工作时，始与县里的联系增多。县城也在这个时期变化出新的风貌。东声器材厂崛起了二十多栋楼房，气象大增。先已建成县医院和政府大楼，相继又有红旗商场、副食大楼和电

皓月当空，水池中朦胧着晶波光气，媚景迷人。绕着池边走去，树林间的鸟儿都已睡去，一片静谧。我忽然想到，这不就是著名的唐诗“鸟宿池边树，僧敲月下门”那种意境吗？

影院等建筑落成，日渐人气兴旺。

1983年6月，东声器材厂黄金失盗一案，在武乡开庭审理，我与中级法院审判庭人员到了县城。此案一时轰动，人们纷纷涌来旁听，大厅内外人头攒动。宣判后反响尚好，我们紧张的神经顿然轻松下来，饭后外出散步。这时，蓦然想起“鸟宿池”来，按我记忆的方位寻去，却已不见踪影。

经询问，方知工厂占据了那块地方，填了水池，砍了杨树，建了楼房，顿时使我惘然不悦。

不知是哪一年县城改建时，大礼堂也被拆掉了。改旧建新，本来无可非议，却因为大礼堂留着我少年记忆的影子，内心甚感惋惜。

据说修建礼堂时，不仅拆了吴村的聚福寺，而且砍伐了南神山的古树。聚福寺在康熙年间的县志上即有记载，应属明代以前所建。古人写诗曰："野寺临山径，秋初剑气冲""树密栖威凤，溪回立冥鸿"。可知这古寺原来之深秀与雄峻。当初为了新的建设，拆毁古迹，不独武乡如此，全国皆然。可叹的是，既然拆了明代古庙，伐了千年古柏，这礼堂便应该修成一座精心考究、长久保存的建筑。若是那样一座建筑物存在下来，也算是 20 世纪 50 年代的历史见证，何至于仅仅几十年就让它消失了呢。

近年间，武乡借助改革开放和旅游隆兴的时机，以重整旗鼓的气魄，将县城进行了大改造大扩建。八路军纪念馆、武乡电厂等项工程崛起，高速公路过境，标志着武乡县城迈入了新的规模。街道纵横，商贸繁盛，红楼绿树，霓虹喷泉，装饰一新，呈现出新兴城市的现代气息。红色旅游方兴未艾，开发鸿图频频展现，未来的武乡将会更加繁昌宏丽。

不过，人到老年，总会有一种难解的怀旧情结。我总也忘不了那个空旷的广场，广场上只有矗着的古塔横着的礼堂，空旷中足以杂卧许多骆驼。我也仍然忘不了那个"鸟宿池"，那池水，那杨树，那林鸟，还有那个朦胧的月夜。我以为，如果那样的风景保留下来，或许能给人一种更为亲切和自然的美感。

金秋乡思

这是我在北京政法学院上学时写的一篇作文。时在1962年秋天，“三年困难时期”接近尾声，形势好转，颇令人欣悦。

岁岁重阳，今又重阳。羁旅异乡的人，都会不禁记起“独在异乡为异客，每逢佳节倍思亲”这首脍炙人口的古诗，自然也会勾起一番思乡的心绪。

我打开楼窗。北京的秋天，是最爽人的。那高天，碧云，烟楼，青山，红叶，真是怡怀悦目。而我的目光却一掠而过，一直投向那遥远的天际，凝望着，遐想着，故乡那秋色秋情，那小山村醇厚的风味，那朦朦胧胧的孩童的梦。

……阳坡上，小河边，呈现出丰收的盛景，弥漫着秋熟的香气。火红的高粱，雪白的棉花。谷子垂着沉甸甸的狼尾穗，玉茭露出了黄灿灿的金珠粒。梨果压弯了树枝，瓜儿坠断了秧藤。

……收割开始了。镰刀闪动，唰唰风响。庄稼一片片倒下，小山一座座堆起。踏着黎明的熹微，披着良宵的月色，多少条好汉，多少条扁担，把那一座座小山挑起，又似燕群轻捷地打着翅儿，飞过山梁，飞回村庄。

……打谷场上，石碾疾转，风车飞旋。金黄的谷粒如流，五彩的豆颗四溅。看着这满目琳琅，倏然忆起一年汗雨，男男女女那心怀里溢满了蜂蜜般的甘甜，老老少少都不由得喜色飞上了眉梢。是谁家的孩子在尖声尖气地叫喊：“看这好大的南瓜呀！”又是哪位老大爷在情不自禁地感叹：“好一个丰收年啊!”

……地净场光了。搭戏台，唱秧歌，傍晚烧起熊熊的篝火，红光映照着一片欢笑。媳妇们端出了一锅喷香的新菜饭，汉子们捧起了一碗庆丰酒……

多么令人神往、令人心醉的情景啊！可惜，在记忆中都已是前些年的事了。近年来的天灾人祸，已使故乡失去了欢乐，失去了笑容。

前年秋天，收到村里来信说，春上旱得很厉害，种不下去。到六月初才下了一场雨。播种的时候，工作组下来瞎指挥，强迫命令搞密植，种下去捉不住苗。加上村里年轻人派工外出的多，劳力不足，锄不出来，草盛苗稀无奈何。到收割时节，谷子尽是毛毛狗，玉茭尽是瞎棒棒。乡亲在信上连声叹道：“没有指望了!”这年我没有回乡，瓜菜代，度荒年，那凄凉情形可想而知，哪还有闹娱乐的劲头？

去年，庄稼还有个样子。可是还没等到收割，玉米棒就给掰吃光了。公共食堂刚解散，粮食已吃空。夏收分得很少，吃不了几天。暑假回村时，正逢青黄不接，我也就成了不受欢迎的人。那时节，谁家添一张嘴，也实在不容易。亲戚邻里嘴上不说，心里都怕招待不起。我也知趣，只在村里住了一宿。记得那夜，没有星月，秋风吹着窑屋顶上的酸枣丛，飒然有声，小村格外冷清。村貌的破旧，乡邻的艰苦，深深地刺激着我的心。我暗恨自己枉然读书，却不能为父老乡亲分忧，不能为改变故园面貌尽力。翌晨，我心情沉重地离开村庄，回首凝望朝霞映着的劳动人影，却仿佛看到乡亲们饱经风霜的脸上，依然呈现着坚毅的神情。我想，经过了世世代代无数磨难的乡民，就像村前那条流淌的小河一样，总是要前进的，是什么也阻挡不住的。这样想着，我似乎感到了安慰。

今年秋天将怎样呢？来鸿报喜：苦斗的故乡，赢得了变化。贯彻了中央的“六十条”，反倒了五种歪风，乡亲们心里舒畅了。此刻，我真想回村去看看啊！那窑屋顶上该红透了的一坡酸枣，是不是又展现出了鲜艳的笑容呢？那田野上红似火焰的高粱，白似云朵的棉花，沉似秤锤的谷穗，饱似棒槌的玉茭，是不是又重现了记忆中的情景呢？同龄的伙伴们，是不是又要拉住我一块儿去闹红火呢？

远远凝望着西南天际，忽而好像在那云霞间找到了我的美丽的村庄。一个多么怡静的夜晚来临了！一堆堆篝火，一张张沉湎在幸福欢情中的面容。老支书正在给大家念着中央的公报：“去年比前年好一些，今年比去年更要好一些……我们的前途是光明的……经过一段时间的努力，就一定能使我国的社会主义建设，进入一个伟大的高涨时期。”一阵鼓掌，一阵欢呼。姑娘们唱起来了，跳起来了。她们穿起新颖的秋装，今天显得格外漂亮！小伙子们抑制不住一股狂热劲头，一起加入歌群舞队。大家跳得多么尽欢尽快，唱得多么清脆嘹亮！儿童们的尖喉咙，老年人的哑嗓子，也都来和声合唱。歌声像一股洪流，划破了大海一般宁静的秋空，回荡在旷远的山野上……

啊！我真想插翅飞回故乡，真想和乡亲们一起跳呀，唱呀，身心完全倾倒在那美丽的乡村秋色里，回到童年的梦幻中。

不禁又想起了那首古诗。“遥知兄弟登高处，遍插茱萸少一人”。我的故乡，已经没有了插茱萸的风俗，不如说是：遥知家乡丰收乐，遍起欢歌少一人。

暴雨过后

这是暑假回乡的一篇记事小文，写于 1963 年 7 月。那年，武乡全县大多乡村遭了洪灾。

暴雨，从昨日中午一直下到黄昏。路，漂得尽是渠渠沟沟。早晨上路，在泥泞中趔趄而行。

这条曲曲弯弯爬坡越岭的路，从小不知走了多少遍。坡上有几棵树，沟里长什么禾，都了如指掌。每到夏天，满沟满梁青纱帐密密匝匝，浓似油彩，看着何等喜人！然而，此时给洪水洗劫得一片凄惨景象。玉米高粱横七竖八地倒伏在泥中，谷黍瓜豆被埋没在淤泥下，石堰塌成壑，坪地陷了坑……

在京城听说家乡景况好转了，回到县城打问，方知并不尽然。尤其我的那个小村，干部没有换好，群众仍有怨声，生产一蹶不振，家家口粮告罄。我这次回村到谁家吃饭就是个问题，较亲近的几户叔伯都很寒酸。我边走边为此发愁。

后面有人走得很急。我闻声回头，见是一个四十多岁的中年人，身材不高，却很敦实，脚步急促而有力。肩膀上用绳子吊着几个铁犁铧，晃来晃去，时而碰撞得叮当作响。

那人几步就赶了上来，瞟了我一眼，随口问道："哪个村的?"我答："行道岭。你呢?""枣岭。都毁了，这一带都毁了……"

我先愣了一下，才意识到他说的是庄稼。可不，枣岭村是远近有名的模范大队，我一回到县城就听说了，还听说县里正开什么大会，枣岭的支书魏满堂做了典型介绍呢！这一场暴雨岂不是把个模范冲掉了?枣岭人怎不痛惜！可是，转而一想，我的那个村岂不是更糟糕?人家枣岭村，夏收人均分小麦一百八十斤。听说我那村还分不到二十斤。夏收不佳望秋收，而今遭此重灾，秋收又将落空，今后何以为计?我不觉叹了一口气。

听见我喟叹，那同路人反倒乐观起来，对我说："天无绝人之路。"我说："你们枣岭怕什么！谁不知道你们夏天小麦分得多，再说你们的支书有本事呀!"他接着我的话一本正经说道："其实，他也没甚本事。干部当好当不好，就看办事公不公。只要不自私，众人就跟你。众心齐，泰山移，生产不愁搞上去。”别看此人其貌不扬，说话挺在理。我那村子，就是因为干部多吃多占，群众心散了，能捞的捞，能偷的偷，地里谁也不下功，粮食仓里只好空。

碧翠密簇的枣树林，掩映着一院院窑屋，枣岭村到了。只见村口上一大堆人正朝路上张望。走近了，他们中间不知谁先喊了一声：“支书回来了！”人们立刻拥了过来，七嘴八舌地嚷嚷：“庄稼全完了，咋办呀？支书，你看下头坪里那块好玉茭一棵不剩了……”

我一阵愕然。看不出这个同路人竟然就是闻名全县的模范！他往路边一块石头上一蹲，掏出烟来，边点火边说道：“县里知道咱这儿遭灾了，搭夜结束了会就往回赶。大家不要惊慌，好好合计合计，想个补救办法。头伏荞麦二伏菜，当下种荞麦还不误节令，地一干就抓紧补种，能多撒一把菜籽就多撒一把。咱们谁也不能泄气！”几句话说得人情绪就变了，老年人紧皱的双眉也似乎舒展了。没抽几口烟，他就要去巡看灾情。回头看见我还站着，又招呼我进村歇歇再走。

我似乎被什么吸引着，径直寻到了魏满堂家里。他妻子把我让进屋里，忙用笤帚在炕上扫出一块来，让我坐，嘴里却叨叨着：“开会回来也不先来家看看。不管自己家里有事没事，成天价忙在外头，吃饭还得俺闺女端上碗到处寻他。家里事都是我的不说，还受他的气。同志，叫你评评这理，家里火上没烧的，我到大队提了一箩筐煤，叫他看见了，非让我倒回去不行，还当着众人面指责我一顿。你说我该不该受这份气？”

我看她那情态，并非真正是生气，大概是想在生人面前宣传宣传自己的男人，话语暗暗流露着一种得意。所以我不需要回答，只是微微地笑着。

临到我走出枣岭时，碰上魏支书从田里转回来了，糊着两手泥巴，挽着半脚裤腿。我将他重新打量了一番，忽然觉得在这个平常的农民身上，透出一股不平凡的神气。在这块土地上世代苦战而至今温饱难保的农民们，多么需要一些忘我奋斗的领头人！尤其是在这多灾的年头，那种克己奉公精神显得多么宝贵啊!

告别了枣岭村，我心事重重，向我的故里，那个很可爱却是正在困难中的村庄走去。看看路边的灾情，越看越觉得惨痛。这时，魏满堂的身影便又浮现在眼前，于是便想，我的那个村子会不会也出来一个魏满堂呢?行道岭村本来有着良好的传统，好的领头人一定会有的，是的，一定会有。这样想着，便有了信心，走路的脚步也越来轻快了。

远离家乡的那些岁月

上学梅辉坡

小时候在乡间说起长治，称为潞安府，说是一个很大的地方。昔时交通不便，村里很少有人进过城市，若有人从潞安府回来，人们围上去听他的见闻，那人便会有几分自豪。

1953年初春，我虚岁十二，伯父带我去长治，从那时离开了武乡故里。

伯父当年是武乡的名医，主持武乡畜牧兽医站工作，那次去长治是要参加专署的兽医培训。上路的时候，我很兴奋，却也懵懂，不知道要走多远。爬过一道道坡，翻过一座座梁，走过一个个村子，那些村庄的名字很有意思，叫什么“担杖沟”“箩箩洼”之类。走到晌午，脚腿酸软，兴奋劲儿早没了。记得是到了襄垣县下良村，在路边小饭铺打尖，坐下便不想起来。我问伯父：还有多远?伯父说：赶黑夜住到襄垣城，明天坐大车（马车）下长治。下良村前面是一道很长的坡，爬了一半就爬不动了，好远哪!

现在去长治很方便了，没有人会觉得有多遥远。但在当年，靠两条腿走路，我村到襄垣城要走六十里的山路，襄垣到长治要在马拉车上整整颠簸一天，村里人们的话就叫“出远门了”。

我上学到了长治市第一完小，即后来的梅辉坡小学。

父亲那时在长治专署文化补习学校培训。文补校所在地叫游岭上，我家就近租房住到参府街。我上学时，沿西大街，折进梅辉坡，坡上便是校门。

西大街两侧，虽然平房低矮，却是店铺相接，常有集市，颇多热闹情景。我肩挎书包，经常在那些零卖花生瓜子、肉丸小吃、日用杂品的小摊小贩中穿行而过。街上绝无汽车，自行车极少，骡马大车时而扬长驰过。遇上有结婚大礼登场时，四对高头大马在音乐声中阔步而来，新郎新娘和陪伴者一律戴了墨色眼镜，气派十足地高坐在马背上，看热闹的人摩肩接踵，站得一街两行，这大概是西大街上最好看的风景。

冬季则显得冷清。当年的寒冬，真正酷寒，上学的路上冰坚雪滑。

每天早晨，我和二弟先给家里抬水，然后才去上学。水管在街口处，平时锁着，井盖底下的龙头关着，若不关闭井下龙头，上面水管则会冻死，每日开关一次，甚是麻烦。我们提前摆上空桶排队，自来水公司的人迟迟不到。等来那人大驾，先打开井盖，拧开底下开关，然后用钥匙开启出水龙头的铁锁，排在最前的水桶主人，先交出二分钱一张的水票，于是乎，每日一度的供水节目，宣告正式开始。水桶排成长长一溜，心急只嫌水流慢。挨冻的双脚不停地跺地，水桶只能一挪一挪地前移。等到把两桶水抬回家里，往往误过了上课时间。慌慌张张赶到学校，老师已经进入教室，只好在门外高呼“报告”。如果到得太晚，“报告”亦不敢喊，须在外面冻着，候到下节课方可进门。这种挨冻的记忆，似乎有一些程门立雪的意味。

除西大街之外，还有一条上学通道。参府街直向南去，街名石桥南，东侧是陡高的土墙，土墙上有被人爬出来的坡道，坡顶即明代皇城。明朝开国皇帝朱元璋，将诸多皇子封为郡王，其二十一子封为沈简王，就藩潞州，递传九世。明朝灭亡，潞藩皇城成了废园，现在是太行太岳烈士陵园。

我所记忆的皇城，西北面城墙已经残破。从残墙越入园内，树木葱郁，杂草遍地。穿行林间小路，出皇城东门，紧邻着小学校门。只要天气晴好，我上学时总爱攀登城墙，穿越皇城。斜插过那一片茂草丛林的时候，蝴蝶在眉边翩跹，蚂蚱上裤脚蹦跳，鸟啭虫啼不绝于耳。这种情景，至今依然时而浮现于眼前。

我们一些同学，常到陵园玩耍，若是考试前到园子里复习，找一个幽静处背书，脑子记得又快又牢。梅辉坡小学有幸傍着一处绝佳风景，为我的读书年华增添了许多情趣。

校内环境亦佳，操场尤其舒畅。老师不仅注重教好主课，对于音乐、美术、体育都很尽心。校园里洋溢着做操的呼喊和歌唱声，显得生机勃然。那时流行小人书，班上同学即有小书箱，课后争看古今故事的连环画。学校的图书馆，自由活动时间可以借阅。管图书的魏老师，对我鼓励甚多，放假期间让我把一摞书带回家去，有《钢铁是怎样炼成的》和《青年近卫军》，还有《彷徨》，即鲁迅自己设计封面的那种民国版本。

学校有宿舍和食堂，我曾一度住校上灶，但为省钱，母亲还是要让我回家吃饭。参府街属回族聚居，民族习俗是务须尊重的。租赁住房时，房东问我们家是否吃肉，我们在农村时本来极少食肉，便向房东作了承诺。只有每年春节，母亲打发我到英雄街割肉少许，就近在同学家做熟，家里便不会有炒肉的气味。全家七口，靠父亲工资支撑，幸好物价平稳，粮油供应情况良好，虽然蔬食简素，尚无生活之忧。

我家租房那个院落，为二进大院，前院左侧另有偏院，房主和客户共住十多户人家。二进院内坐西朝东为五间，带有阁楼，阁楼下左侧过道通往后院，大约曾经是后花园，或是库房之类，仅有三间北房。我家租住后院三间房子中的两间，除了睡觉的大炕和做饭的火灶，几乎没有多余空间。因此我常常上到房东的阁楼上，楼板上面铺了草席，在那里看书和睡觉。从阁楼的窗户向远处探望，正对着上党门。我时而凝目眺看那高耸着的古

只要天气晴好，我上学时总爱攀登城墙，穿越皇城。斜插过那一片茂草丛林的时候，蝴蝶在眉边翩跹，蚂蚱上裤脚蹦跳，鸟啭虫啼不绝于耳。这种情景，至今依然时而浮现于眼前。

老的钟鼓楼，想象着上党古城的种种典故和传说。诸如唐明皇月夜吹笛的缥缈，潞简王制琴好乐的雅逸，陆登殒命抗金的忠烈，单雄信与秦琼的千秋节义，这些情味早已感染到我年少的心灵。一天我忽来兴致，想画钟鼓楼，伏在阁楼的窗口，一边遥望，一边描绘，画成一幅粗劣的写生，院里人们看了，还都啧啧称好。

这里说的，不过都是往事的一些回忆。今日之长治，已经发生了惊人的巨变。城市规模拓展，高楼如云，经济繁昌，商旅辐辏，晖光日新。然而，也不免让人稍有遗憾，上党古城的痕迹和那种古穆的韵味，总是愈来愈少了。

在艰苦岁月中磨砺

1956 年秋季，我从梅辉坡小学毕业后，考入长治二中。开学典礼会上，校长介绍二中校史和教学设施，说到图书馆藏书极富，唤起我对这所古老学校的兴趣和读书欲。那时学校富有师道尊严的传统，以及如切如磋的学习风气，而且德智体美全面发展的方针得以贯彻，校园生活活跃而有序。

青少年时代有一种如饥似渴的求知欲望，我在中学阶段阅读了大量的课外书籍。除了中外的文学名著，也浏览哲学、历史读物。我的学习和读书，深得班主任老师的器重与勉励。于各科老师处，我亦勤于问疑，相处亦师亦友。他们都是知识丰赡的读书人，热忱于传道授业，“汲汲以教人”。其中多名老师来自省外，有的长期单身生活，但他们对于教学却是尽心竭力的。我们中学教育的整体提升，与一批优秀人才的输入不无关系。

语文教研室主任陶讦老师，来自北京，精通古汉语。或受其影响，我对古典文学的学习兴致尤浓，除背诵唐诗宋词外，还把《古文观止》置于手边，熟读不少名篇。后来在 1978 年报考研究生时，文史专业规定考外语，或是考古汉语，可自选其一，我选了古汉语，成绩不错，这便是中学时候的基础。教语文课的陈封雄老师，出身文学世家，风襟儒雅。他曾嘱我读书宜博，以拓宽知识面，多次对我说到他的家族读书传统。他的祖父陈三立、父亲陈衡恪，尤其是他的叔父陈寅恪博览群书、学贯中西的治学经历，在我的心目中树起了一个让人肃然仰瞻、高骞莫及的形象。一次陈老师从北京回来，把他在西单旧书店买的一本《论衡》送我。我当时读这本书，实感深奥费解，而其中能择出一些精辟语句，亦曾颇受启迪。

长治二中有着幽美的校园，又有优秀的教师队伍，是一个难得的宜人读书学习、有益于韶华学子成长的环境。但是，我们在校那几年却也经历了许多的艰难。从初中二年级开始，上级派来“红旗班主任”，口号叫作“插红旗、拔白旗”，经常停课劳动，显著地体现着“教育与生产劳动相结合”。给了我们班上一块地，远在长治东门外，借小平车拉大粪，一天往地里送两回。可气的是天旱不雨，土地干瘪欲裂，风一吹尘土眯眼。记不得种了什么，大抵没有收成。种地不如当小工，跟着工程队揭瓦，成了我喜欢的活计。比如溜瓦，从下面把瓦扔上房顶，房坡上另一同学伸手准确地接住，如接不好，不是瓦破，便是人伤。跟着师傅学练飞瓦手艺，一个接一个越飞越快，越觉有趣。更有趣味的劳动，是众人打夯，领头者唱，随从者“咳呼儿咳吆”，随唱随编，唱词极尽诙谐。“大跃进”的1958年，全校卷入大炼钢铁。在老顶山上，用钢钎铁镐挖掘矿石，然后把石块扛到肩上，踩着崎岖小道往山下搬运。扛到山底，浑身汗水，矿石扔在平地，负责收矿的老师估摸分量，或六十斤，或七十斤，登记入册。稍一喘息，转身上山再扛，半天扛得三四回，衣服磨破，皮肤擦红，馒头烩菜来了，吃得挺香。除了挖矿炼铁，还有修铁路，修机场，下煤井，等等，不管路程多远，全是徒步跋涉，打起背包就出发。去往五阳煤矿挖煤多日，返校那天，遇上大雨，泥里水里奔波六个小时，回到学校时，衣服被褥全部淋湿。

临近初中毕业，即1959年春夏，虽仍有劳动，教学日趋紧张。经过一场政治运动，也是对学校校风的最好考验。长治二中不愧为一所有着深厚基础的老校，以师道为贵、以教学为先、以育人为本的优良传统，并没有被运动所冲垮。元气未伤，旗鼓重振，和学生一起劳动的老师们抖去尘土，重新走上讲台时，为人师表的儒雅风度丝毫未减，依然那样精神焕发，那样恪勤敬业。刻苦学习、发奋读书的同学依然会得到学校的器重。纪念五四青年节四十周年，学校报请共青团山西省委，给我颁发一枚“红旗读书奖章”。回思当年，让人感到十分惊异的是，耽误那么多课程，都要弥补回来，真不知道老师们使出了怎样的神机妙计。就我个人感觉，确实参加了太多的劳动，耽误了太多的课时，但功课似乎没有多少缺失。初中课程，最难学的是代数和几何，最好的方法是大量解题，数学老师整天伴随在我们身边。早晨六点早自习，晚上七点晚自习，老师到得早、走得晚，凡复杂难题都要反复讲解，每份作业都要仔细审改。毕业之前，长治市教育局组织初中生数学竞赛，我夺得全市榜首，无疑是老师精心教诲的结果。

经过中考，升入本校高中。进入高中学习，自然会萌生上大学的心愿。那时追求升学率之风尚未盛行，而高考成绩毕竟关乎学校声誉，老师自然会激励学子争考名牌大学，为母校争光。正当大家充满期待，努力学习，积极进取的时候，国家进入空前困难时期。饥饿的危急在突然间降临。“瓜菜代”“浮肿病”，成为一个时期的流行语。许多同学家在农村，家庭的困境，亲人的病患，使人无法安心学业。在校学生的粮食定量，略高于普通市民，但一再递减，伙食质量日渐下滑。粮食定量的饭票，自己掂量，没有一顿饭敢吃饱。早上稀粥，少量小米加玉米面糊糊，一上午四节课熬不下来，肚子已咕咕叫。中午窝头，馒头则是一半土豆粉，一周一次肉炒揪片，称为“改善”。晚上菜饭，稀汤寡水，几根面条能数得出来。语文老师画了一幅漫画，画中人胳肢窝下夹一大碗，急忙奔向饭堂，一副饥不择食的模样，画得滑稽可笑，却是真实的写照。

面对困难，学校领导忧心如焚，为渡过难关而想方设法。组织同学外出劳动，除上级下达任务，如“大办农业”下乡，及修建漳泽水库，此外都是真正意义上的勤工俭学，即要挣钱回来补贴师生生活。在操场东北角处，办了翻砂厂，一段时间让我负责此事，我便研究有关技术，编写一本《翻砂手册》。课余时间做工，每周开炉一次，偶有同学烫伤脚趾。虽然产品不精，坚持干了两年，亦获经济效益若干。翻砂厂停办，似乎与学校连续发生意外事故有关。炼铁炉所在位置，古时是神庙，学生伤亡事故发生后，周边居民风言风语，意谓炼铁鼓风机犯了神灵。三次事故，第一次是修漳泽水库湖心岛，遇雨塌方，同学被砸在土下；第二次是借了运输公司大卡车后边的那种拖车拉白菜，有同学被拖车撞压；第三次是临时以旧庙大殿做大教室，早自习时大梁突倾，屋顶坠下，有同学被埋瓦砾中。这是学校为那个困难的时代所付出的沉痛代价。

凡我这个年龄，所经历的中学时代，真正是一段不平凡的生涯。从“大跃进”到三年困难，在我们的成长中留下了深深浅浅的一连串年轮。虽然艰苦，还应当感谢当时的教学风尚，爱读书、学习好的学生曾经受到每个长者的关爱。那些年在我的成长中，曾经给予过亲切教诲和帮助的每位师长，都会让我常常想起，让我感动。我们曾经经历过那样一个重视读书的年代，那是我们的幸福。

1962 年高考，逢上国家教育整体大压缩，成为我国高考历史上招生指标最少的一年。按我的第一志愿，被录取到北京政法学院，决定我一生从事了政法工作。回想起来，少数幸运者能在那个年代升入大学，真的不容易，却没有任何理由值得自豪。试想，在我们身后，有多少老师，有多少同学，付出了多少的辛苦！几十年来，一提到长治二中，我的感情波澜就无法抑止，那是一种交织着快乐与辛酸的回忆，是一种由衷的感恩，更是一种令人心痛的刻骨铭心的眷怀！我当年还曾写了一首题为“高考”的五言小诗：

斯民同渡难，吾辈岂逃灾。
酷暑锄禾去，严寒储菜来。
九天裁学府，四海困英才。
逆境激豪志，昂胸赴擂台。

那些年在我的成长中，曾经给予过亲切教诲和帮助的每位师长，都会让我常常想起，让我感动。我们曾经经历过那样的一个重视读书的年代，那是我们的幸福。

赴京学政法

考大学之前的复习备考阶段，因为没有新的课程，我请了病假。大概是读课外书过多的原因，睡眠不好，医生说我神经衰弱。回到家里，和父亲偶尔说起升学，他随口说了一句“还是学政法好”，他在抗日根据地做过公安工作。报考的时候，果然被宣传栏里一张北京政法学院的告示所吸引，没有作更多的思考，第一志愿便这样确定了。

高考在 7 月 20 日进行，头天即考作文。两道作文题：“说不怕鬼”，“雨后”。我选作前一题，一看便明白文题的含义，我读过何其芳的《不怕鬼的故事》。写这篇论述文，我信笔发挥，记得引用了毛泽东的词句：“指点江山，激扬文字，粪土当年万户侯。”那时我很自信。一个月后，接到录取通知。

朝暾升起，火车开进了永定门站，专接新生的校车等候在站前。乘校车经过天安门，不禁心情感悦。进入校门，亦觉新鲜。行李放进宿舍，即刻出来观察环境，校园中花木蔚然，宿舍楼后面的操场却也宽阔，西边没有围墙，而是一溜浓郁的柳荫，隔开了校园外边的农田。

校门朝北。出大门往右，有一片树林，穿过树林便是通往北太平庄的大道。教学楼前面的东门，当时未开，草丛中淌着一条浅细的溪流，元代城墙遗址依稀可见。校园西面和南面的旷野，属东升公社的蔬菜田园，位于学院路的八大学院，均属五十年代新建，政法学院似乎是占地较小的一所。亦可知国家之于法学教育，当时并未予以应有之器重，瞻瞩甚浅。在采纳苏联经验的院校改革中，将几家高等学府的法学科系裁并而建立的这所政法学院，到我入学，院龄恰为十年。校园不如想象中那样宏阔典雅，看看课程安排并非“经简而直，传新而奇”那种理想的情况，这使我心情不悦，甚至懊悔没有报考别的学校。但想到它的其前身乃北大、清华、燕京、辅仁四校之法科，亦足以安慰。据介绍说学校有五个书库，藏书二十五万册之多，凭学生借书证一次借阅五本，并有三个阅览室可供随时阅读。我去了阅览室，果然室内敞亮安静，报刊资料颇丰。

领到教材，开始上课，大教室内五个班同堂。我坐了一个偏后的位，侧脸望着窗外的碧树和远处的秋野，心情安定下来。极力淡化对学院某些不满意的情绪，极力抑止对家乡和亲人的思念，极力忘却中学同学和那些过往的愉悦年华，理智告诉我，新的人生段落开始了。

过第一个星期日，我想应该出去看看北京。从学校步行到北太平庄，节省 4 分钱车票。然后挤 22 路车，直达六部口，前面便是天安门广场。边走边看，过金水桥，进了午门。参观故宫博物院，只是大略浏览，心想以后再来详观。出故宫后门，上了景山。极目四眺，晴烟袅袅，古都景色尽在眼底，许多历史故事和风云人物，不禁涌上心来。

在中学学习历史，或是阅读相关文学作品时，屡曾萌生进京一游之念。而当时交通和经济条件，不容许有此奢望。能够考上首都的学校，而且是在国民经济困难、教育压缩的情势下，无论进入哪一所大学，都是极幸运的事。这天伫立在景山峰顶，自感心胸豁然，足以让人生出许多的浮想。想到来京学习机遇之难得，想到父母的春晖恩德，想到先贤的遗范垂训，想到未来的社会担当，一种劳筋苦志、面壁读书的信念，在内中唤醒着。

那时的政法学院特别重视对学生进行掌握“刀把子”的使命教育，使我逐渐领悟了政法工作的重要性。我们学了政法专业，将来大多数就是要到法院和公安、检察机关工作，担当起打击犯罪、保护人民的神圣职责，这样一种观念逐渐深入到我的头脑中。

当初报考时，我虽然对政法工作怀有一种崇敬心理，但并不真正了解，多数同学大概也和我一样，初入政法学院的目标是很模糊的。但青年学生都很纯洁，由于学校重视人生观教育，重视人格修养和社会锻炼，从事法治工作的使命感在我们同学中间越来越加强化，这同时也就成了我们发愤努力、刻苦学习和积极改造思想的原动力。经过一段适应以后，对学校逐渐产生了感情。那时候的大操场很宽阔，课余时间我们经常在那儿活动。操场南边的游泳池，是我们师生共同劳动开挖修建成的。“小填池”是校园里一个美丽的人工小湖，湖边垂柳依依，蝶飞鸟鸣，是我们经常散步聊天的去处。

北京政法学院后来改建为中国政法大学，校址迁到昌平，原址成为研究生院。母校 50 华诞大庆之际，我写过一首七言律诗：

故园今在蓟门桥，学子风华一梦遥。
师友旧情常念念，人生激浪总滔滔。
献身法治终无悔，回首征途应自豪。
最喜后来多俊秀，昌平新校景妖娆。

在我多年从事政法工作的实践中，深深体会到，现实的司法环境还不理想，法治建设的道路并不是一帆风顺的。但不论在什么情况下，我都没有忘记青年时代在母校学习时就已立下的理想。

“四清”工作峨眉行

1964 年秋季开学，学校传达“农村开展社会主义教育运动”的精神，此次运动清政治、清思想、清经济、清组织，所以“社教”又称“四清”。当时说，这是一次比土地改革更为深刻的革命运动，土改解决农民与地主的矛盾，“四清”解决无产阶级与资产阶级的矛盾，理论似很高深。不久又来文件：《关于高校文科师生参加社教运动的通知》。9 月 27 日上午，乘车去人民大会堂，高教部长蒋南翔做动员报告。国庆节过后，不再上课，投入了参加“四清”的学习和准备。

出发的日子到了，这天是 10 月 22 日。早上八点集合，汽车把人和行李一起送往北京站。全校赴四川的师生，包一列专车，因包车不能按正常时刻过站，行驶三昼夜始抵达成都，正好让我们看足了沿途的风光。

成都小住两日，然后兵分两路，一部分往温江，一部分往峨眉。峨眉县属乐山地区，参加峨眉“四清”工作团的五个班，先到乐山培训。10 月 27 日乘车，离开成都罗家碾招待所，中午进入眉山县境。思濛江是岷江的一条支流，中午在江边的思濛古镇用餐，下午继续行进。到达乐山，摆渡船过岷江，登坡上到了凌云寺。我班同学的住宿，安排在藏经楼上。古刹已经成为乐山地委党校，既没有僧人，更没有经书可藏。我们在楼板上铺了稻草，打开行李，历时三周的战前训练就此开始。

训练内容，首先是两个基本文件，称为“前十条”和“后十条”。另一重要文件，即河北省一个大队的社教经验，称为“桃园经验”，原是王光美在河北省委会议上所作报告。花费时间最多的讨论，则是“怎样划分农村阶级”的问题，指导原则在毛泽东早年的一篇著作中。

11月20日培训结束，正式进村。峨眉县26个公社，进驻“四清”工作队6千人，谓之“歼灭战”。符汶公社大南大队，即在峨眉城南，工作队以夹江县干部为主，队长由该县书记担任。分配我到第四生产小队。贫下中农代表左福寿前来接头，吃饭定在他家。

照着桃园经验，访贫问苦，扎根串联。白天下田劳动，或是入户走访，晚上召集社员开会。左代表身材略矮，脸色黝黑，似是一副天生的吃苦耐劳的相貌。一家挤在低矮旧房中，除一床破旧薄被之外，别无他物。男人下田，女人带小儿，打猪草，喂两头小猪，显见生活贫苦。村中另一户姓尹的贫农，家境更为苦寒，走访时见他身瘦体弱，衣不蔽体，腿下夹着木炭小炉，瑟瑟发抖。我将一件棉衣送他，他立刻穿了出去，逢人便说工作队如何的好。女队长刘桂芳，副队长果进，他们是运动对象，虽然照常呼叫社员出工，而心存不安，见了我们神色惶惶。经过多日调查，队干部在粮食困难年头，私分过几箩稻谷，即本队最大经济问题。但我看过他们的家庭状况，其实也都是贫民。

扎根串联、调查干部问题，进行两月有余，转眼临近春节。接上级通知，除夕之前，返回乐山集中。分别在各公社工作的师生，重新聚首，在乐山地委招待所共度春节，举行了联欢晚会。

春节过后，传达中央新的文件，称为“二十三条”。按照新的精神，运动重点是“整党内走资本主义道路的当权派”，对基层干部则取“治病救人”方针，使其“洗手洗澡，轻装上阵”，生产丰收成为运动的标准。

正月初十，重回大南大队。虽然还要划分阶级成分，召开忆苦大会，进行阶级教育，让贫下中农“牢记阶级苦，不忘血泪仇”，但不再草木皆兵、斗争整人了，运动以来的惊骇气氛顿然消解。恰当春和景明，耕田、送肥、插秧、放水，田间一片繁忙。下田参加劳动，间歇说笑唱歌，黄昏评工记分，和社员们相处已很熟悉。队里养有春蚕，一次蚕儿断食，大家心急如焚，分头四出采撷。等到一篓篓嫩绿的桑叶送到蚕房，撒上蚕床，听着它们的嚗食声，分外悦耳。

那些日子感到心情愉悦，竟让人不思其归了。但到端午节，菜籽、豌豆收罢，中稻长势正旺之时，工作队接到了撤离的通知。我们召开社员大会，向大家告别，临上车时，队干部和社员都来送行，拉住手、牵着衣，恋恋不舍。

在峨眉县招待所开了总结大会，之后留出三天时间，师生同游峨眉山。游山毕，去往成都途中参观“收租院”，即大邑县安仁镇刘文彩庄园，当年作为阶级教育场所，曾经名闻国中。到成都后乘火车，经西安小憩，六月十五日晚间回到北京。自离京，仅差一周即满八个整月，回首乐山的岷江流水，不禁感叹“逝者如斯夫”！

回校不久，收到大南大队干部和社员的来信，满纸充溢着淳朴情热。记不起我是怎样写回信了，因为当时正在思想总结。峨眉“四清”在我的人生历程中留下了很深的印记。我感受了那里的村民的艰苦和淳朴，完全和我们家乡的父老乡亲一样，一个个善良而亲切的面容常常在不经意中浮现在我的眼前。我在思想总结中写道：在“四清”工作中，我真正看到了劳动人民和基层干部的优秀本质，要学习他们的高尚精神，自己也是出身于劳动人民，永远不能忘本。

恰当春和景明，耕田、送肥、插秧、放水，田间一片繁忙。下田参加劳动，间歇说笑唱歌，黄昏评工记分，和社员们相处已很熟悉……那些日子感到心情愉悦，竟让人不思其归了。

盲目的选择

恰好在我将要大学毕业那年，我们伟大的国家，爆发了震惊环球的“无产阶级文化大革命”。祸兮福之所倚，福兮祸之所伏。要不是恰好，哪能当上红卫兵，大串边，荣膺伟大领袖接见？那一阵子颇得意。得意扬扬闹了一年革命之后，大家开始闹着分配工作了。从实惠出发，早工作一日便能早领一日工资，当红卫兵闹革命没有工资领。

经过上访请愿，上面同意大学生毕业分配了，而且在校即可领工资，大家不免一阵子高兴。到分配方案下来，都才感到形势不妙。红卫兵变成了“臭老九”，分配方针是到基层去，到边疆去，岂不就是下放和流放吗？我们分配到广东的同学，开始觉得比新疆好，相比之下也还有些得意，但到了广州，省里还要往下放，一律到海南岛，到了海南岛又将如何呢？未来孰可知，茫茫不可期。

人生面临着许多的选择。报考大学时我的就缺乏深思熟虑的选择，走出校园，迈向社会，又是这次人生走向的选择，但这次的选择却不是任人自由的选择。人是社会的人，而社会如同一个巨大的网，网中的人总是从网眼中观察着更广阔的外界，渴望着网外的自由，却始终不能挣脱网的羁绊。

然而，我们这一代人年轻的时候，曾经是一个充满理想和激情的时代。何其芳的一首诗：“生活多么广阔，生活多么芬芳，凡有生活的地方就有快乐和宝藏。”我们真的以为生活是那么广阔，完全没有理会人间有网的存在。

那时候，我还爱读俄国诗人莱蒙托夫的诗集。在我的笔记本上记下了这些诗句：

用僵冷的文字难以表白出
心灵底格斗。
在人间还没有有力的声音
足以把幸福底愿望表达出来。
有一个东西永远地沸腾、成长
在我的心里。
希望与忧伤

在不停地困扰着这个心房。

当我于1968年初，持着北京政法学院革命委员会的派遣证到了广州，面临着二次分配选择的时刻，读着莱蒙托夫的诗句，感到了自己心灵的格斗，感到了希望与忧伤的困扰。直到那时，我才似乎感到了网的存在的和人的无奈，而充满在心中的激情却仍然没有完全冷却。

一些同学曾经反复申述不能去往海南岛的理由，指斥分配方案的不合理。在与分配当局对峙了半年多以后，中央下达了六七、六八两届毕业生到军队农场劳动锻炼的文件，当局向我们宣布：不愿去海南岛者可以去军队锻炼。到海南去还是到部队去？锻炼实际是劳动改造，到部队改造两年后还有一个分配的问题，再分配会理想吗？两年后还要你去海南岛又如之何？我的选择是：立即到岛上去。作诗云："远征当有男儿志，且把边疆作故乡。"事实证明这个选择还不错。几个去军队农场劳动的同学，两年之后仍然被派往海南了。

那次我们分配去海南岛的同学共二十七人，除了海口市一个不留，岛上其余各县都有名额，由自己选择。我选了昌江县，自己也不知因为什么。别的县都有两个以上名额，都有个伴，昌江独我一人。我那时对海南各县情况了解甚少，心想既然都在一个岛上，去哪个县的选择便无大意义。既然注定要做天涯游子，何须更多掂掇。万里悲秋常作客，过往的诗人们早已有过经历和感受，无非如此。

1968年8月25日，是我们渡海的日子。我仿佛抱着一点探险的胆气踏上了征程。早上从海珠广场附近的码头登船，驶出珠江口，换乘红卫五号轮，蔚蓝色的辽阔无边的海面在眼前敞开。我的心情倏然惬意起来。第一次看到大海，觉得它那蔚蓝色无比迷人。几个月来为分配去向的焦忧，在这大海的胸襟里顷刻烟消云散，一时甚至觉得能够来到这海上就是幸福。

航行到傍晚，海风猎猎，水面上跳起大浪。我稍感发晕，钻在舱里不再往甲板上跑。听说有两个女船客在石碌工作，我便找她们交谈。石碌是昌江的县府所在地，也是海南铁矿的所在地。她们是铁矿的技术员，因两派武斗，生产停顿，趁机会回了老家。武斗甫息，通知她们上班，我说了要去昌江县报到，她们甚觉惊讶，反问道："怎么往那儿分配？"把我也吓了一跳：昌江真的去不得吗？见我诚恳询问情况，她们对我关心起来，颇有"同是天涯沦落人，相逢何必曾相识"那种同情感。说到昌江县的确很苦，甚于矿山，但又说大陆来人已多，住久了会习惯。我预感到了即将降临的困难，同时也从她们的交谈中得到了一些宽慰。

五指山西麓有一条昌化江，辗转流入北部湾，昌江县由此而得名。古代的昌江是流放罪人的地方。到了昌江我才知道，南宋著名状元赵鼎被贬做昌化知事，最后就死在这里。

过去不少放到昌江做官的人都说："那种地方不去就罢了。"曾有命官到此一看，抛官弃印扭头回了家。赵鼎在昌江不食而死，诚然是对奸臣昏君的抗议，但我以为，也是在这个贫穷之地难以度日，无米无菜，所以只能饿死去了。

昌江，这样一个让当官都不来的地方，我居然来了。未到昌江之前，竟然一无所知，完全是盲目的选择。

茅屋生涯

一群分配到海南岛的大学生，乘船到达海口，一时不知何处落脚，坐公共汽车找到了海南区革委会。二三十人的行李，把革委会的门房堆得满满一地。原自以为是从首都来，又拿了广东省革委会的派遣证，一定会被当作宾客接待，结果碰了壁。一个穿军装的值班人说，区革委不予接待，须各自直接去所分配单位报到。连一口水也没有喝上，扛了行李各走各路了。

我的行李两件：一个放衣服和书的小木箱；一个铺盖卷，即用蓝塑料布包着一床被褥，外夹有洗脸盆。小木箱长两市尺，宽一尺半，刚上大学那年初冬，家里把棉衣放在小箱里邮寄到北京，为防邮寄中摔坏，在小箱的棱角处钉了铁皮。当年我拿包裹单，在新街口邮电所取了这个用铁皮块钉得很结实，因而更显得十分土气的小木箱，那时怎么会想到它要伴随我漂洋渡海呢？我扛着它走在海口的马路上，想起了给我钉木箱的父亲，给我做棉衣的母亲，他们含辛茹苦攻我上完了大学，我却远离他们，漂泊到了这个陌生的海岛上，更不知何时才能回到他们身边，禁不住一阵酸痛。看着路边高高的椰子树，看着路上走过的拖鞋短裤、皮肤黝黑的琼崖人，似乎到了异国，举目无亲的孤独感向我袭来。

找到汽车站，买好昌江的车票，就近在旅店住了一宿，次日一早排队上车。海口到昌江有两百多千米，一条沙石路。途中被纠察队拦住，我的小木箱也被打开，他们乱翻了一顿，大概是搜查有无武器和派性传单之类。箱底有旧书属“封资修”之列，幸亏没有被他们注意。儋州路边买吃午饭，下午四时到达昌江。

客车在一处高出公路的平地上停下来，我还不相信是到了目的地。乘客陆续下车，我才随后钻出车门，昌江县城随之出现在眼前。但见山野中稀稀落落散布着几片平房，其间夹杂着树木和榛丛，尽管我已有心理准备，仍然不能不为国中还有如此荒旷的县城而惊诧。我在停车场外的丁字路口彷徨片刻，北边是班车走过的那条沙石公路，南边显然是通向石碌铁矿，矿山抬眼可见。朝东一条铺了水泥的路，有挑着畚箕的黎族妇女三三两两赤脚行来。虽不通语言，不便问话，不难猜出水泥路即本县的主街了。我顺着这条昌江大道走去，果然见有县革委会和武装部的牌子。走到水泥路的尽头，有一百多米，便是我要报到的公安局了。

公安局机关没有大门，只在马路以北十多米处横着一排办公用的平房。地势南高北低，办公室后面的院子略有坡度，左右各有数间宿舍，坡下则上一些茅草房。武斗逃散的人员尚未归来，院子里杂物狼藉，异常寂寥。

那时全国公安机关都已军管，我出示派遣证，一个军人来接。他说有过通知，知道有学生要来，说着便把我领到了一间茅草房中。

茅屋用树枝和竹片搭架，泥巴涂抹的四壁疙疙瘩瘩极不平整，好像麻风患者的脸一样难看。屋顶覆盖的稻草，潮湿积久，散发着霉味。木条拼做的矮矮的小门，进出必须低头躬腰。屋内空空如也，唯有一张木板床靠在墙上。四面透风，屋脚浸雨，湿漉漉的地面显示不久前有过台风暴雨的侵袭。

我对着这个茅草房呆呆地看了很久，忽然感到诧异：台风怎么就没有把它刮倒呢？

军人取来一把笤帚，一块抹布。我一边清扫地面和床板，把行李放在床板上打开整理，脑子里还一边在想着对于茅屋的疑问。这时，我便逐渐地悟出了一个道理：风雨不能摧垮，正是因为茅屋低矮的缘故。而且，茅屋的好处还在于它没有砖木柱石，即使给风雨摧垮了，人在其内绝无生命危险。这么一想，我便觉得住茅屋心安理得了。我于是找了一些旧报纸和招贴画来，在泥巴墙上糊贴了一通，麻风脸稍加整容似乎好看了一些。然后要来一张小桌，一把竹椅，我的茅屋生涯从此开始了。

我的小茅屋对面，还有一个草棚，原来做食堂用。武斗时人员东逃西散，武斗结束后又大多下放五七干校，这里食堂不开饭了，我只能到县革委机关食堂就餐。草棚食堂到过春节的时候才又用过一回，那天大家挖来野菜，在草棚里煮了一大锅，全局人员和家属小孩一齐共进了忆苦餐。

我在县革委食堂搭伙，基本吃糙米咸菜，差不多也等于忆苦餐。昌江虽然有海，却吃不到鲜鱼，只有咸鱼干。当地黎族人不养猪，他们能上山打野猪吃。机关可就苦了，吃不到猪肉，过节时靠大陆远程运来的咸肉改善生活。蔬菜少见，较好的菜是炖南瓜。黎族村里腌了西瓜皮当菜吃，机关不吃西瓜皮，能吃到南瓜菜算是很大的进步了。

从史志资料得知，清朝名吏陶元淳做过昌化知事。他归纳“昌江六败”

即："岭出东门，莫启图书之府；江冲南阁，难寻润色之女；西侧水逆，一文不积；北风吹散，万瓦霄飞；城内土粗，无养苍生之谷；井中水厉，揭尽赤子之肠。"民谣也说："昌江天地远，稀饭照人脸，肚靠瓜皮填，穿衣用血染。"可见此地水土难养苍生，历来都是喝稀饭、吃瓜皮度日。

开始我吃不惯食堂，没几天就伤了火，满口腔发炎。昌江大街唯一的一家百货加副食商店，卖有玻璃瓶水果罐头，我买几罐来吃，然后又买了二斤白糖，盛在空罐头瓶中让冲水喝，不料竟遭遇了蚂蚁。黑蚂蚁成群结队，从茅屋外边侵犯进来，从潮湿的泥土地面爬上泥巴墙面，从泥巴墙面爬上铺着草席的床面，从铺着草席的床面爬上油漆剥落的桌面，从油漆剥落的桌面终于爬到了盛着白糖的罐头瓶中，形成了一条黑色的几何曲线，着实给我的小茅屋增添了一道生动的风景。到我发现时，糖瓶中已经滚满了蚂蚁，真是黑白分明。我拿了一把铁铲把糖瓶子掇到了屋外，蚂蚁队伍才随之撤退。

星期天无事，我去矿区寻访了船上邂逅的两位技术员。过了一座小桥，上了一段坡路，路旁有商店和邮局，坡头沟壑里还有不少住宅，若有一点小山城的味道。矿区职工很多来自大陆，尤其是从遥远的北方来到海南边塞这个荒凉小镇的人们，有幸相逢就是缘分，不论来自河南河北，还是山东山西，大家都以老乡相称。海南人称我们北方佬。结识的老乡渐渐多起来，而且，在我之后昌江陆续分配来不少院校学生，我的茅屋便有了新朋友光顾，我也就不觉得怎样孤寂了。

茅屋越是低矮，越不怕被台风吹倒，这是一条真理。如果将茅屋真理引申开来，人们在政治的台风面前会是同样的道理。推想开来，到了最基层、最偏僻、最角落的地方，得以安全度过动乱岁月，是一种幸运。

我在昌江县生活和工作六年有余，离开昌江多年以后，不免常常思念，茅屋的风景依然历历于眼前。

茅屋对面是一座高山，山色那样葱茏，白云时时缭绕。我于寂寞中眺

茅屋北侧，有一条碧绿的小溪流淌。溪边长着野石榴和木薯……夜静时分，听着小溪的淙淙水声，配上蛙声和草丛中的虫鸣，何等和谐而美妙！我每自以为，那正是古典音乐的滥觞。

望青山，每有“相看两不厌”之感。正是身临那样的境地，才会真的领悟了李太白独坐敬亭山的诗意。公安局的院子很大，周围只有一些间断的篱笆。空地上除了几株芭蕉，便是丛生的杂草，随便放上一个破缸，即男人们的解小便处。杂草相夹的小路上，会碰上褐色的长蛇横道而过。它们时而蜷曲着卧于道中，冷不丁令人毛骨悚然。晚间出来解手，必须持一根棍子打草惊蛇。茅屋北侧，有一条碧绿的小溪流淌。溪边长着野石榴和木薯，溪中有很多善于鼓叫的青蛙。夜静时分，听着小溪的淙淙水声，配上蛙声和草丛中的虫鸣，何等和谐而美妙！我每自以为，那正是古典音乐的滥觞。

日啖荔枝三百颗

党的“九大”召开之前，全国各地都有过一个专案调查的阶段。无论走到哪儿，火车上，旅店里，都可以看见背着绿色军用挎包的外调人员。那几年中，我是外调队伍中匆匆奔走的一员，跑遍了海南岛，跑遍了广东省。

五指山南麓的通什，是我常去的地方，那里是海南黎族苗族自治州的首府。

从昌江到通什，一条翻山越岭的公路，每次行程总得在颠簸的汽车上熬受一个整天。

我一大早起来，早点没地方吃，直奔汽车站。客车上已经坐满，似乎就等我一人了。我以为还不晚，边走边看了一下手表，车上的人不满地喊道：“车要开了，还看什么表！”发动机突突地响，我刚把脚踏上去就启动了。因为旅程艰巨，乘客的心情便要争分夺秒，包括途中临时停车，解手或吃饭，谁上车晚了几秒钟，满车的人都侧目而视。

这是一条砂石路。过了白沙县，进入琼中县，停车吃午饭时已经被颠得全身困乏。利用吃饭时间，松动松动腰腿，午后便进入了雄峨险峭的群山中。形似伸展的五根手指一般的高峰近在咫尺，汽车开始下行。通什在五指山下凹陷的深谷中，落差之大，当年应是公路之最了。车缓缓绕行过一个又一个拐弯的陡坡，令人头昏目眩，不敢顾盼。在我闭上眼睛那片刻，脑际蓦地跳出可怕的预感，车轮突然不听指挥，撞倒路边的护栏，汽车便像一块陨石般地掉进深渊中，似乎要惊出一头冷汗来。直到平安下到山底，才让人舒出一口长气：侥幸，通什到了！

通什是个漂亮的小镇，四面环山，植被葱茏。我每次到了这个山镇，总要在傍晚时分沿着崎岖山径攀行。山坡上建有军队的营房，也有黎胞的村寨和农田。登上高处俯瞰，散漫的房舍，简洁的小街，依山势而错落，随竹木而掩映。暮色中只是跳动着很少的几点灯火，小镇便显得出奇幽美。

阔别三十年，当我重返海南时，通什已经变成了一个旅游城市。那条盘旋公路经过拓修，没有了昔日的惊险。街道宽敞而现代化了，再不是昔日的深山小镇。把个新城看来看去，怎么也找不回过去那种自然、古朴和淑静的感觉了。

比之通什变化更大的是海口。荣登省会之后，海口日益繁华，然而让我眷怀的，仍然是当年海南行政区的那个首府。

昌江县虽属通什的民族自治州府辖下，遇到涉及面广的要案，则受海南行政区直接领导。我曾在海南区革委会保卫组，接受过一件敌特案的侦查任务。

海南区革委会的大院，花木葱郁，环境幽美。走出院门，便可沿着椰子树相夹的大道悠然散步。走到人民公园那儿，有几棵高大的凤凰树，开满了艳红的花。再往前去，进了店铺繁密的街市，水果摊十分诱人。我几次从博爱路，一直走到长堤，看那堤外的一片海水。

海口的骑楼古街，给我印象很深，那些历史的建筑耐人观看。著名的五层楼，当年是海口唯一的高楼，我在那楼上吃过几次水饺。在海南能吃到水饺的饭店，那时独此一家。先到卖票窗口，掏五两粮票，四角钱，换一个写有水饺五两的小纸片。大厅里几十张饭桌，始终顾客满满，瞅见哪个位子上的人快要吃完了，站在旁边候着。来吃水饺的大都是北方人，好像老乡在此聚会，听着语音都亲切，所以并不会因为等候而烦躁。有了座位，服务员过来取了小纸片，不一会儿刚出锅的饺子端上来了，那饺子特别好吃，总让人觉得没有吃饱。但在当年，一顿饭半斤粮四毛钱消费已属标准不低，不可更多奢侈，喝一碗煮饺子汤足可撑饱。

过去没有夜生活一说。海南那个炎热，进电影院如进蒸笼，吹风扇无济于事，放电影都在露天广场。如今要不是发明了空调，歌舞厅夜总会之类恐怕也不会潮水般地涌现出来。

区革委会的大院里晚上如果有电影，我从客房搬个小凳出来坐，那情景足够悠闲。如果没有电影，我便遛到街上去看夜市。街边尽是乘凉的人们，路灯下一伙伙光着膀子的男人，不是玩扑克就是下棋。水果摊的女主人，总是漫不经心地摇着团扇，橙子在夜灯下黄得发亮。只是没有荔枝。虽然正当季节，想吃鲜美的荔枝也很难如愿。

从昌江中学抽调出来的王老师，同我一起查案。那次调查对象在澄迈县的劳改农场，我们从海口坐班车到了澄迈县城，去往农场还需要步行十几里的土路。中午在县城买饭吃过，迈开腿脚上了路。乡间小路，左弯右拐，上坡下坡，每有岔路，边走边问。阴沉沉的天，风吹了几下，居然落起雨来。顶着雨走了一阵，衣裤湿了，小路成了泥泞。泥中跋涉了一阵，草鞋坏了，不能再走，只好停下来歇脚并修鞋。四面环看，起起伏伏都是农田，前不着村，后不着店。雨还在下，周围一个避雨处都没有。看见不远有两三棵树，枝叶苍翠，我们便去到那树底下蹲着。我的一只草鞋，后根处磨断了，稻草做的，挂了泥很容易坏。我用树枝把泥巴刮去，用擦汗的手绢将坏了的鞋绑到脚上，勉强还能支撑着走。我们正要起来赶路时，惊喜地发现，那树竟然是荔枝。

荔枝隔年大获一次，这年虽非大获，枝叶间稀稀落落也挂了不少的果串。沾满雨水的荔枝，更显得红紫如玉，让人馋涎欲滴。我们伸手摘来，抖抖雨水，剥开紫壳，一颗颗果肉都那么细嫩粉润。尝在口中，甜美的味道立刻沁透心肺，一时间全身都觉得滋润。我们边摘边吃，忘记了下雨，忘记了时间，不知道吃了多少颗。直到肚子饱了，俩人才相视而笑：赶路吧！

时已傍晚，雨犹未止，天色渐暗。摸着黑路寻到了目的地，已经晚上九点。劳改农场负责人在昏昏的烛光下看了介绍信，把我们领到一间客房中，从食堂弄来两碗冷米饭。湿衣服换下来，没有可以烘干的柴火，没有一个洗澡的地方。客房大概长期没有住人，阴冷而潮湿，一支蜡烛燃着如豆的黄光。

在这难堪中，我却回味起途中的荔枝来，而且想起了苏轼写下的名句："日啖荔枝三百颗，不辞长作岭南人！"

这诗好极了！我于是得到了安慰，忘却了一切辛苦。

押解犯人

1970年8月，海南行政区革委会编印一本小书，名曰《千万不要忘记阶级斗争》。前言中说："伟大领袖毛主席亲自批发的中央三个文件，动员广大人民，迅速掀起了打击现行反革命，反对贪污盗窃、投机倒把、铺张浪费的群众运动。"这就是"一打三反"运动。书中汇编了八十多个案例，为配合运动而做宣传之用。其中有我提供的一篇，题为《一个诈骗国家粮食九万余斤的犯罪集团》。

我们的人口众多的国家，解决粮食问题始终是第一大事。以食为天，以粮为纲，以农业为基础，这些口号曾经常常挂在嘴边。海南机关干部的粮食定量，每月二十八市斤。无论走到任何地方，买一碗饭吃必须拿出粮票来。所以，诈骗九万斤粮食的案子，当时非常惊人。而且在继续侦查中，此案实际诈骗数额增到了十几万斤之巨。

诈骗集团由一些社会流散人员纠合起来，他们通过涂改转粮卡片行骗，手段其实很简单。当时农民外出做工，须把家里粮食拿到粮站卖了，粮站开一个供粮转移卡片，异地粮站凭卡片供给等量的粮食。诈骗犯钻了这个空子，将转粮卡片上的数字，由几十斤涂改成几百上千斤。那时候骗子罕见，粮站人员并无警惕，涂改手段便容易得逞。他们从粮站骗购大米，到黑市上高价卖掉，从中渔利。雷州半岛和广西玉林一带，有大量农民流入海南岛打工，这些民工吃粮大多依赖于黑市。粮站平价大米每市斤一角二分，黑市上可卖到三角以上。诈骗集团转手间赢利盈万，这在二十世纪七十年代，无疑是一起屈指可数的大案了。

我从昌江发现线索，扩展到通什、崖县，自治州保卫组令三家同时查办。昌江看守所先押两个人犯，顺藤摸瓜，从三亚、屯昌、海口等地粮站搜得证据，发现主犯流窜在雷州半岛。

我身着绿色旧警服，背一个绿色旧挎包，手枪挎在裤带上。背包里有毛巾牙具，以及喝水和刷牙兼用的搪瓷缸子。重要的是，不可忘了往包里塞一副铜制手铐。先到海口车站，买了水陆联运票，翌晨四点动身去往港口。秀英港六点开船，两个多小时渡过琼州海峡。海安上岸，码头有班车坐至徐闻，徐闻换乘另车，海康打间吃饭。加之路况不良，车况亦差，到了湛江已经日薄西山。

湛江的海滨路风光清丽，赤坎的老街也饶有情趣。走过街道的拐角处，看见一家面食小店，店内颇雅静。我买好水饺的票，到二层楼上临窗的位置坐下来。水饺送来，要了醋和蒜瓣，边吃边看窗外的街景。连日旅途劳顿，一刻小憩真是难得。我感觉着毕竟是身在大陆了，饺子也比海口饭店做得地道，更接近家乡的风味了。其时我真想家。低头看看满衣风尘，孤独何堪。若是下了决心，跑到湛江火车站去，当夜可到柳州，一二日可达黄河边，可以看见太行山了。然而，公务在身，莫容胡思乱想，暗自感伤一回罢了。

从湛江坐汽车，一小时余，摆渡过鉴江，到了吴川。再向北行，便是电白和茂名。茂名市宽敞的新街，冷冷清清，商店售货员优哉游哉，微笑着招呼我这外地来客。我只随意看看，却无购物的心思。倒是吴川的集市令人流连，满街卖的是落花生。海南那年头不见此物，只有从大陆带过来。我在海康买过，花生米八毛钱一斤，吴川的花生米一斤才六毛钱，既肥硕，又便宜。虽然看得眼馋，却也顾不得购买了，因为要押解犯人。

诈骗粮食集团的首犯及三个同案犯，在当地公安人员帮助下拘留后，电话告知昌江，请派人来，却因台风警报，时间不容稍缓，我只好自己押解人犯过海了。取出背包里那副手铐，又向吴川保卫组借了一副。一副手铐拴两人也算稳妥，所行路途并不偏僻，我又有手枪在握，料他们不敢逃跑。我这样想着，毫不犹豫地押着四人出发了。

上了客运汽车，把四个人犯安顿在最后一排。到了湛江下车，先把他们送到湛江市看守所寄押，然后我才给自己找旅馆吃饭、住宿。夜间不敢睡实，凌晨四点便要行动。从旅馆步行去到看守所，所里给人犯吃了早饭，带出所来。穿过长长的街市，进到车站已经六点。检票员看过证明，免去排队，优先上车。仍然把人犯安排在客车的最后一排，我递给他们每人一支香烟。他们抽起烟来，似乎情绪不错，我自己也觉得轻松了一些。

车到徐闻，码头上人多杂乱，我很紧张，担心上下船不好看押。偏在这时，天气有变，我的眉头立刻紧锁起来。如果台风打来，船不能过海，那就麻烦大了。幸好船期不变，虽然风雨已来，仍然按时登船。一片风雨呼啸声中，旅客们争先恐后往船舱里挤。不过大家看见我押着犯人，还是给让开了路。船上一百多乘客，只有一层舱，硬木板排椅上座无虚席。我感觉当年的群众，大都支持公安工作，犯人放到旅客中间会很安全。不用我守着，我可以在船舱里和甲板上随便走走。

船顶着风雨开动了。海在风雨中摇，船在波涛中晃，人在船上站立不住，只能紧紧地扒在坐椅靠背上。我感觉着极度的疲倦，极想瞌睡，又睡不着，风雨声、波涛声和船的发动机声搅成一片。

过到海峡中段，风浪越来越大，船舱在不停颠簸。多数船客已经支持不住，你呕我吐，满地狼藉，舱里憋满了酸臭气。我扶着舱壁，走出臭气舱，想到甲板上去透一口新鲜空气。甲板上已有不少人，却被摇颠得东倒西歪，无法站稳。突然大浪扑来，船猛一倾，甲板几乎和海面放平。浪水哗地冲上来，几乎要把人刷下去，惊吓得人们只好钻回舱里。我向船长询问气象，风已达到七级。这么大的风还敢出海？答曰预告不准，冒险了。

冒险偏叫我逢上了。人在平常安闲的时候，会思虑重重，会有种种牵肠挂肚的事情。真正到了危急之时，思想反而简单，大无畏精神和豪情壮志会油然而生。我为风雨渡海的经历，填过一首《如梦令》：

望断红楼青厦，水淼浪高风大。铤险荡南溟，壮士心怀天下。天下，天下，远去更何牵挂！

客船在台风中强行，比正常航班多用了几十分钟时间，下午抵达海口，昌江的同事已来码头接应。上岸将四个人犯交给同事，我好像完成了一项壮举，那种兴奋心情真是不可言喻。

同事王明秀，临高人氏。他从农村抽调参加“四清”，转干调来昌江，成为我的茅屋邻居。两间小屋，只隔一层泥巴，彼此说话都能听见。他后期调回临高，做到本县工商局局长。2014 年我往临高参加诗词笔会，才有幸与老同事重逢，虽然都已迟暮，言笑犹如当初一般。说到那次在秀英港接我，明秀的记忆细节比我清晰。那天押着人犯，乘车到了儋县。将人犯寄押到县看守所后，我们俩入住那大旅店，对床长叙至夜半。据他的回忆，翌日下午才回到昌江。多少蓬莱旧事，回首处，已是烟霭纷纷。

中秋夜下飞来峡

海南黎族苗族自治州保卫组车主任和我两人，奉命赴大陆为一刑案调查取证。台风季节，广州的轮船不能正常启航，只好水陆连运。渡过琼州海峡，乘汽车经湛江、阳江，到达江门，换乘江船，沿南江进入广州。

到省革委会保卫组换了介绍信，我们开始按预拟的题目，寻访调查对象。先在广州市区跑来跑去，或乘公共汽车，或乘电车，有时也坐脚蹬的三轮车，两三天积下一叠报销票。

我们住在省公安厅招待所，那是一栋两层单面的老式楼。院子较阔，冲凉要下楼来走很远才有水房。那时出公差，绝不挑剔食宿条件，更没有娱乐活动可言。这天吃过晚饭，到大门外散步，正好有公共汽车停下，我不假思索就上了车。房间里很热，不能早睡，不妨出去看看夜市。不想走出两三站，上车的人拥挤起来。我的钱包装在裤子口袋里，用一条金属链拉在裤带上。上车时还很留心，一手护着钱包，拥挤中不知怎的失了手，突然发现钱包没有了，我惊慌地喊叫起来。正是文化广场站，人挤着上下，司机听我喊叫，立即关上车门，将车直接开到了市公安局。公共汽车停在公安局院子里，上来了两个警察。我说钱包里有二百多元，还有证件，非常着急。两个警察巡视了一圈，摇头说小偷已经溜了。我十分沮丧，丢魂失魄地回了招待所。

同事老车听我说丢了包，劈头盖脑就批评。他说丢了公安机关介绍信，属于政治问题。他立即打电话向机关报告，要求通报各地，以防被敌人利用。丢掉的钱，相当于我三四个月的工资，同事却无一安慰之语。他显得政治原则性很强，我内心虽然憎厌其冷酷，但明知自己错了，无言可辩，只是闷闷不乐。

远在昌江的领导很好，接到电话很快电汇钱来。广州调查完毕，去往粤北，我一路上仍是沉闷不语。

跋涉到韶关英德茶场，提审了两个服刑犯人。继续北行，只见山高谷深，河流湍急，道路幽狭，人烟稀少。或翻越于奇崖陡坡，或穿行于竹林茶园，从乌石、马坝，溯北江、武水而上，到了湘粤边境的田头、坪石小镇。夜宿村镇小店，吃饭只能随乡就俗，那是真正的粗茶淡饭，聊以充饥而已。粤北的乡间生活，似乎比昌江好不了多少，常常只有腌菜下饭。偶尔有幸，可以喝到新鲜的鱼汤，北江里有鱼可捞。我那时疲于奔波，没有写下日记，已经记不得逐日行程和见闻了。只有那些云山雨林和深潭湍涧，溪岸石径和山庄人家，给我留下了图画般的印象。

旅途间获得许多新异的感觉，使我把丢失钱包的不快，渐渐地消解了。我想起了刘禹锡，这位中唐诗豪，谪放之地正在粤北的连州。初因参与王叔文革新而谪连州，途中追贬朗州，召还长安后游玄都观，作诗讥忿当路，又出为连州刺史。他在答柳宗元的诗中写道："归目并随回雁尽，愁肠正遇断猿时。"我走在连山的幽僻小道上，亲身体味到了梦得的凄厉愁叠的诗境。

在乐昌与连州间奔走多日，返韶关，乘火车到了连江口。有一项调查任务需往清远，遂改乘江船，沿北江顺流而下。记得那个山村码头，是一处峥峥峭秀的山崖，人家住舍依岩而建。房屋绵延相接，屋前一条窄窄的石板小径，随河水的弯曲而延伸。这天查访事毕，时已将暮，过一饭铺，仅半间小房，站在铺外喝了两碗煮有咸萝卜干的米粥，算是晚饭。然后沿着弯曲的石板窄径，走到有青石台阶处，便从那儿下河。青石台阶很陡，暮色之中，我躬腰看住双脚，小心翼翼地一脚一脚踩完了那些石级，汽船已经在河面上泊着。

汽船上左右两排长椅，二三十个乘客。我跨进船舱，扫了一眼长椅，瞅空位坐下，骤然一声汽笛，船已摇动起来。两面山岗高耸，河谷悠长僻静，汽笛长鸣显得特别豪壮。两岸发出久久不息的回响，好像所有的山峰都在为客船送行。

顺流而下，水势奔涌，正是北江上的飞来峡，果然船疾如飞。江边上崖壁峻削，峰峦迤逦，此山有名大罗山。月亮照上来了，银光和白雾揉在一起，从水面到山头笼在一片朦胧之中。

偶闻身边客言，这日恰是八月十五中秋节，心底不禁一颤。抬头看看山头之上，那轮镶嵌在深蓝天幕上的明月，果然很圆很大。旅途这些日子，何月何日常常记不清楚，怎能想到我会在飞来峡中的客船上，度过一个佳节之夜呢？

昔年中秋在昌化海边，此日中秋又在北江水上。年年花月相似，岁岁

那个山村码头，是一处峥峥峭秀的山崖，人家住舍依岩而建。房屋绵延相接，屋前一条窄窄的石板小径，随河水的弯曲而延伸……走到有青石台阶处，便从那儿下河。

人事不同。清晖纵然能娱人，游子岂能憺忘归？

也许是那两碗萝卜干粥很不济事，肚子饿了，使我想起月饼的味道来。小时候家在太行农村，从村庄山头上升起的中秋月亮，那种光鲜和美丽，是别的地方所没有的。母亲在自家火上打出来的月饼，那种亲切和香味，也是别的地方所没有的。家里有木制的月饼托子，上面刻着图案，做好了夹有枣泥的面饼，拿木托子把图案印上去，再抹一层油，放到火鏊子上烤熟，便是庄户人家的笨月饼，而把城里买来月饼叫做细月饼。不论城里的细月饼如何精致，留在我记忆中的月饼味道，永远是母亲打制的笨月饼。许多年没有再尝过了，忽然想起那味道来，却又倏然化成了浓浓的乡愁。此时的心情，正如柳宗元诗中所写，“若为化作身千亿，散上峰头望故乡”。

然而，查案任务在身，同行者是一个只说工作、不言闲情的人，我也只好把自己的乡愁掩藏起来，全身心地投入工作了。当时作有一首《鹊踏枝》：

南粤暑残火气逼。月照衣尘，船下飞来急。挥别苍崖鸣汽笛，罗山梦雾无声息。北国月圆天如璧。寄意长风，遥念中秋夕。任务肩身当努力，汗零一路留豪迹。

病来不适海风寒

读鲍照诗《苦热行》，引我共鸣。“赤阪横西阻，火山赫南威。身热头且痛，鸟堕魂来归。”“含沙射流影，吹虫痛行晖。瘴气昼熏体，菵露夜霑衣。”赤阪火山，即炎热的山岭；含沙吹虫，即致人病痛的水中虫类；瘴气菵露，即有毒的山雾和草露。这些诗句的描写，略似我在昌江的境境。

我初到昌江时，不适应“火山赫南威”那种燥热潮蒸，腰肢风湿疼痛渐趋势严重。中医叫风痹，所谓“风寒湿三气杂至，合而为痹”。又有道是“血气不通，故阴邪留滞”。我以为就是潮蒸瘴气所至。服西药激素，打针封闭，不见显效，改为煎中药。中医用药无非通筋活络，疏血行气，处方少不了当归、杜仲、牛膝、天麻之类。常进县医院，医生已熟悉，取药很方便。汕头来的老中医，态度尤和蔼，处方与我商量，用药随时加减。问题是医院不管煎药，自己煎药甚觉麻烦。问同事借了小砂锅，在门外边用石头支锅，捡一把干树枝燃起火来。火苗时大时小，忽而汤溢了，忽而火灭了。逢上阴雨天气，柴湿难燃，拿一截竹筒吹火，越是着急越吹不着。工作在身，不遑吹火，又放弃了中药，代之以药酒。五加皮酒、当归酒、虎骨酒，商店都有。简单的办法，却是贴膏药，可缓解一时之痛。

风寒某日，贴了膏药，爬在床上。忽有同事来叫，为一起贪污案子，需到嫌疑人家里搜查。我挣着下床，腰疼立不起来。那家倒也不远，我两手卡住腰部，慢步走去。嫌疑人原是粮食局会计，贪污公款和粮票甚多。开门一看，地下放着三四笸箩鸡蛋。那时在昌江，肉蛋都稀缺，偶有乡下人来卖鸡蛋，一毛钱一个，机关食堂都很少吃到。我问那家婆姨："哪来这么多鸡蛋？"她说："自家喂鸡。"我说："喂这么多鸡，不是贪污公家的粮食，饲料哪来？"怒气上来，立刻直起腰来，疼痛好像顿时消失了。

法院恢复之前，县革委会保卫组成立了审判办公室，从预审、起诉到判决，一道程序。1973 年重新组建法院，审判办一部分转给法院，一部分变成公安预审。我在昌江的后两年，负责审判办公室，公务甚多，虽病痛在身，从未耽搁工作。但很孱弱，与同事下乡，半路遇上积水，水深至膝，同事说我腿疼不宜涉水，把我背了过去，想来我当年真是骨瘦如柴。

病痛折磨，回乡的思想日益迫切。旧国经年别，关河万里思。鸿雁不堪愁里听，云山况是客中过。每读古人诗句，心绪难以宁谧。

青春潇洒闯天南。涉碧川，渡金滩，古木荒荆，披斩上琼山。莫道边关崖岭峻，多意气，竟登攀。

病来何奈海风寒。月照帆，浪推船，云汉苍茫，梦里故乡还。纵有终身沧海愿，身困瘁，苦持坚。

这是我当时填写的一首《江城子》。

我提出调动工作的请求，恰逢军管会即将撤销。我与军管会同志共事数年，他们对我的情况都很理解，在他们撤离昌江之时，帮助我调回山西，其善意使用权我感激。昌江县革委会主任原是野战军高团长，其后是林祖基同志从广州调来，担任县委书记。前面已有商调函与晋东南革委会沟通，接下来便是要发送档案和最后办理调动手续。林书记虽然到任不久，对我亦颇关心。1974 年 4 月，一切终于办妥，我收拾行装，踏上了归途。

临行的前一天，我到处走看。县看守所有一片很宽阔的地方，我常去那儿，多次带犯人出监劳动。周围草密树杂，颇有一些别异风光。越过北边的一条河渠，还有我们干部参加劳动开垦出来的一片土地。我们在那块土地上埋下了胡椒种子，亲自护理着一棵棵小苗长大趴起，并且已经结出了累累果实。

公安局这个院子，也比我初来时变得可爱了。宿舍窗前那几棵凤凰花树，正在又一度绽放着艳艳的红花。院墙边上添植了许多小树，不觉得已经成了郁郁芊芊的一派景色了。我向这些熟悉的草木告别，它们也都似乎满含着依依惜别之情。

景物之外，更令人不舍的也许是那些可敬可爱的人们。老家在冀中的老县长，一直关心我，支持我北归，而他自己却把终身奉献给了海南，看他面容清癯，满脸皱褶，知他已历尽了酸苦，令人深深感慕。铁矿的杨矿长是山西五台人，我常到他家中做客，他资历很老，级别不低，生活却十分俭朴，到市场上购买农民的东西，总是要加倍付钱，完全像农民一样的憨厚。我的入党介绍人老李，是一个沉默寡言、埋头苦干的人，下班时间别人打扑克玩，他从不参加，经常看见他爬在办公室里加班，他身体壮实，劳动抢在前头，但工资低微，一家妻小挤在一处小房间里，生活十分艰辛。那一代人，就是这样鞠躬尽瘁，尽管经过了运动的七斗八斗，而他们对于事业的忠诚始终不移。那是真正令人永远敬重的一代人啊！

我到昌江，如果说那是在一个谬误的历史时期，由于谬误的政策所驱使，那么，几年之后有机遇回到家乡，也许算是合情合理的事情。然而，与那些在海南艰苦奋斗了许多年，还要继续坚持下去的那一代人相比，我倒觉得自己仿佛是一个火线上的怯懦的逃兵。

我离别昌江那天，早晨六时发车。我到了车站，班车旁边已经站满了前来送行的人们。我和同事和朋友们一一握手，激动得不能言语。车开动了，还是走在我初来时的那条砂石公路上。回首望着向我挥手道别的人们，盈眶泪水，终于涌流出来。

在长治的第二个十年

我从少小初到长治，以至读完高中，前后将近十年。然后，自 1974 年返回长治工作，到 1984 年底奉命调往省城，这是我在长治的第二个十年。前面十年，大体上属于那种天真无邪、轻松愉快的年华；而后面十年，则是我步入中年、人生负重的阶段。

从海南岛调回长治，批林批孔运动正在掀起，政治形势苍皇翻覆。我被安排到新组建的晋东南地区轻工业局，地址在东大街，四合小院，双层小楼，办公兼住宿，十分紧凑。单位人员不多，一个炊事员，一个小灶房，熙然有家庭氛围。每日晚饭后，同事相随到街头散步，街中并无车辆，亦少行人，走过水塔和师范学校门口，不远便是东城门。废城墙土墩仍在，并无任何建筑，田野开阔，可纵目远眺。捡块砖石坐下，在晚风的吹拂中闲聊，直到暮色降临，那是一种难得的闲安。

以后迁到南大街寺巷，机关购买一所大院，继而新建办公楼和宿舍。我妻带着两个幼女来到长治，安家在单位家属院中，一住多年。女儿到了上学年龄，就近于上南街入学。不论我以后调到地委机关，还是到中级人民法院工作，住家并没有“莺迁”。

以前的宿舍不需要装修吊顶，家具也是自做。买了木料，请南方匠人来家，管他吃住一个星期，再付少许工钱，饭桌、柜子、简易沙发即可做好，打磨上漆则要自己动手。如此住家虽然简陋，但生活方便，居住放心，绝对没有任何污染和辐射。宿舍外的附属设施，必不可缺者，大致有三项：一是煤仓，二是菜窖，三是鸡窝。每年须请大车司机帮助，到煤矿拉一卡车煤炭。煤拉回后，朋友邻居帮着卸车，堆到院内墙脚下，砖头围起来即煤仓。挖菜窖仍是自己动手，铁锹镐头之类的工具，家里备着。萝卜土豆三四分钱一斤，窖子下放上两麻袋，一冬天吃不完。搭鸡窝用的是工厂废料，养上两三只母鸡，天天有蛋可吃。那时工薪不高，却也足够用度。只是长期养成节俭的习惯，每花一分钱都精打细算。农民拉了烧土来卖，五毛钱一平车，却不肯买，偏要自己扛着镢头到野外去刨。家里有一个小小账本，油盐酱醋都要记录。花钱大项是自行车、缝纫机、收音机和手表，尤其自行车，有钱难买，需要找关系批条，或是等着单位分配。我的一辆“永久”加重车子，骑了十年，一直陪伴我离开长治。

一个地方住久了，既熟悉，又亲切。不知从何时起，街市渐渐热闹起来，街边出现各种蔬菜、熟食、土产的游商和地摊。星期日休息，我漫无目的地沿街走走，走到英雄街折回，一路会不断遇上熟人，随时停下来打打招呼、问问家常。那种亲熟融怡、随情适意的感觉，在当今的大都市中却是再也不会有了。

小时离家去长治，感觉走得很远，从几千里外的海南岛回到长治，却和回了家乡一样，已经不觉得长治和武乡还有多少距离。我调回长治，得到了当时地区革委会干部科赵凤鸣科长的大力帮助，赵科长就是我们武乡新庄村人。后来在地委大楼里，见到了魏庶民书记、人事局李文忠局长、妇联会宋荷香主任、财政局石增泉局长、办公厅张松仪主任，从武乡这块红色土地上走出来的许多优秀人才，分布在各个部门，随处可以听到熟悉的乡音。

1978 年首次招考研究生，我报名应试，初考入选后赴京复试。炎炎夏季，考场设在北京师范大学，过了笔试，去往法学研究所接受面试。导师谢铁光、刘海年、吴建璠三位，都是著名法律史专家，他们态度和谨，所问言近旨远，我的回答差可满意。考试结束，应试人员集体到毛主席纪念堂拜谒，随后各自离京。大约两周之后，收到我被录取的信息，法学所派人来长治调取档案。我在抉择关头，犹豫再三，最终放弃了深造的机会。放弃读研，或许是我的一次目光短浅的人生选择。然而，想想自大学毕远赴海南，飘萍多年才回到长治，实在是不想再离开家乡了。

其时正在恢复组建检察机关，地区检察分院提名调我，重归司法队伍，我自然同意。办理调动中，被组织人事部门截留，我亦表示服从。负责大中专毕业生分配，管理专业干部职称评定，是我在人事局担任科长的职责，不觉而为之付出了三年流光。接着逢上选拔知识干部的机遇，有幸从中级人民法院副院长、院长，任到政法委书记。年届不惑，写了一首《书怀》：

鼎新革故起雄风，不惑斯年有幸逢。
数载沉忧开锈鞘，满腔锐意试青锋。
受权莫可谋私利，执法惟当秉大公。
奄忽人生虽一瞬，报于民众是精忠。

强饮离前酒

1983 年夏季，中央部署声势浩大的严打斗争。仿佛于猛然之间，“雷声千嶂落，雨色万峰来”。这年 7 月，省高级法院王修珍庭长来长治通报消息，话语句句严峻。上有指示说，治安形势不好的原因固然很多，最主要是打击不力，“豆腐专政”，所以要全党动员搞严打，“三年为期，三个战役，从重从快，一网打尽”。

内部消息传来之时，北京正在召开政法会议，称为“临战前动员”。数日之后，接到省委开会通知。地县两级书记和公检法三长一同赴省，住进铁三局招待所。农历七月初二，三伏暑热，虽然吃住条件简陋，大家全不在乎，因为任务重大而急迫，心情骤然进入了紧张状态。动员大会在党校礼堂召开，与会六百余人。李立功书记主持大会，张健民同志传达邓小平谈话及中央会议精神。然后讨论、表态，研究本省作战方案，公检法并分别召开系统会议，再作具体安排。8 月 14 日散会，确定 20 日全省统一行动。有信息说，北京动作快速，“浮在面上的犯罪分子”已大批搜捕。

太原会后，晋东南地委领导分头下县督战，至行动毕，并同县委书记一起回来集中汇报。全地区首战结果，共抓九百余人，多数依法逮捕，余为收容审查。接下来是公检法三家联合办公、审批案件。短时间内，快速审理大批案件，这在司法史上亦属空前。布置严打任务同时，更有纪律严令。所规定“约法三章”为：一不准通风报信、徇私枉法，二不准麻木不仁、贻误战机，三不准抗拒中央命令。我深知自身有书生气，唯恐犯“麻木不仁”错误，时时提醒自己乃是新官上任，务必让老同志前面指挥。但在具体案件审批上，仍然不敢稍有疏忽，凡死刑案件，必一一听取审判人员汇报，详询证据，或亲阅案卷。凡有异议，不敢定夺，均提请地委集体研究。曾有多个案件，被省高级法院认为处刑偏轻而打了回来，然后由检察院制作抗诉书，法院重新判为死刑，这是严打中出现的特殊情形。

进入 9 月，外省外地纷纷传来宣判大会的消息，形势催迫，不得迟缓，晋东南全区审理的严重刑案中，省高院核准死刑五十余人，决定于 9 月 12、13 两日，分别在各县执行。地委领导分赴各县参加宣判，确定我和老书记王林堂一道，同往沁水、阳城。

沁水宣判大会在中学操场上举行，据称到会五万余人。全县二十一个公社中，县城周围五个公社群众进城，其他公社大队派出代表，机关、厂矿、学校全体参会。除调武警部队、政法干警执行公务之外，组织民兵 150 人维持秩序。法院宣判之前，县长、武装部长、共青团书记分别讲话，散发宣传品 18000 余份。宣判之后，县长一看出场人群拥挤，急中生智，下令把围墙推倒，否则可能发生踩踏事故。十部摩托车前面开道，后面十辆卡车上押着犯人。沁水县城沿着河边，一条长街，判处徒刑的犯人押回看守所，执行死刑的刑车直奔河滩。

当晚下雨，我们住宿于阳城。翌日上午，阳城召开宣判大会，天气尚好。会场在烈士陵园，刑场在南关河岸，一切程序同沁水相同。中午又降大雨。下午雨霁，准备折回沁水了解宣判后的社会反映。临近沁水县城时，沁河一条支流横在面前，因大雨冲坏桥梁，道路阻断。停在河边踌躇良久，司机说可开车下河，但见河水正涨，浊浪滚滚，下水委实冒险。年轻司机却有一股勇气，选一处缓坡，把车开到了河中。“北京吉普”颠簸着冲过波涛，加大油门，一鼓作气蹦上了对岸。

虽然过了河面，前头又遇塌方。正在犯愁，又见扆耀光专员乘车到此，他在高平县参加宣判会后，顺便去往沁水。县里得知我们阻在城外，派了民工下来修路，但坡道塌毁情形严重，非是短时间能以修通，我们只好掉转车头，返往长治。山道曲折，雨后愈加难行，天色忽已将暮，潇潇风雨又至。于是临时商定，当晚住宿于端氏公社。旅店窄狭，烛光昏暗，窗上雨声淅沥，那是一个冷瑟瑟的早秋之夜。

秋寒日深，冬天很快来临。第一战役抓捕人犯，大部还未消化，真是案积如山。我与同事商量，决定改变联合办公做法，恢复审判委员会制度，加班研究案件。那个冬季，我每天晚上都在十点以后回家。骑自行车从街上走过，灯影阑珊，寂静无声。经了一战震慑，酗酒吵闹、夜不归宿的人绝对没有了。一场雪下过，晚间骑车不便，只能徒步回家。寒气凛冽，皴面侵骨，却正是头脑最清醒的时刻。审过的案件不断在脑海中回放，严打工作的经验和教训，时时在我的心中做着总结。

经过疾风暴雨式的一场战役，简直达到了“路不拾遗，夜不闭户”的靖平社会。但威慑的效果，一时而已，并非长久之计。我做了一些调研，思想上酝酿着开展预防工作。全省部署严打第二战役之时，我在壶关主持召开晋东南综合治理会议，这在当时尚属全国首例。一次会议当然只是开端，后面许多事项尚在设想中。正值此时，上级决定调我到省政法委工作，壶关会议之后，便开始办理交接。

唐诗有云：“强饮离前酒，终伤别后神。”1985 年元旦之后，我与地委同志辞别，前往省城报到。送行午饭，饮了几杯烈酒。下午坐汽车上路，半醉半醒。偶尔翻翻装在身上的笔记，密密麻麻全是案件。那些案件无论是已判或未判，在我的心思中，都不能算作了结。上级信任固然不可辜负，长治的风土人情却教人依恋，正在进展的工作亦不忍放弃。车过分水岭的时候，看看寒山的松石，看看冰冻的河沟，想到桃红柳绿的春天即将到来，忽然又有一些离乡的感触。

芳菲故里泥土亲，锦绣省城别有春。
试倚凉风醒酒面，更将心血报斯民。

出访随笔

丝绸路上访名城

晚上从北京出发，飞行 6 小时，到达乌孜别克斯坦的首都塔什干。在机场等候取出行李，乘车到了下榻的宾馆，已是凌晨 3 点。简单洗漱一下，打开行李准备好翌日服装，抓紧休息了。

一觉醒来，明灿灿的阳光照射窗棂，窗外天空透亮，绿树婆娑。这是国家总统办公厅的宾馆，房舍掩映在园林之中。我们住的是一栋两层小楼，房间高敞质朴，没有任何华丽的装饰。木制的双扇内门很高、很古气，转轴吱然有声，我要踮起脚来才能触到上面的门插。走出楼外，全是高大的乔木，树种似与中国北方相同，有榆树、槐树和梧桐。鸟类在林间穿飞，时而发出动人的啁啾。

整个宾馆只住着我们这个访问团的 7 名成员，异常安静。餐厅里也只有为我们准备的一桌早餐。烤羊肉、土豆泥、酸奶等，伊斯兰民族风味，和新疆大致相同。专门贴在泥炉里烤熟的那种大饼，新疆叫馕，是这里每餐必具的主食。

上午 9 时出发，开始正式的公务访问。会谈，参观议会、最高法院、纪念馆，向纪念碑献花圈。午餐后继续活动，晚 7 时大使馆宴请。这一天很紧张，很拘谨，一切彬彬有礼。

正当夏季，气温很高，身着礼服，时而汗流浃背。尤其是站在阳光下那个感觉，似乎离火盆般的太阳很近，炎焰直射而来，空中没有任何尘氛的遮拦。但乌孜别克的夏季，也是干燥无雨的旱季，不会有闷热之感，只要避开阳光，站到树荫下就很凉爽。塔什干这个城市林木茂密，建筑物都散布在绿荫中。乘车在街道上行驶，两边都是碧绿的园林。行人很少，车辆亦稀，看不见商场林立的繁华，没有车水马龙的景象。这是一个安静美丽、空气清新的城市，让人觉得像在游逛一个大花园。从街面上看，你完全想不到它是一个拥有 220 万人口的都会。

当今世界，许多地方都在用生态环境破坏的代价来换取现代化。我们国内的一些城市，随着一座座高楼大厦的矗起，广阔的郊野和大片的树林逐渐消失。塔什干大概不会走这样的路，如果没有树林，这座城市就会被骄阳烤焦。

塔什干这个名字，意为石头城，有着两千年的悠久历史，曾经是古代丝绸之路上的一座著名商城。乌孜别克主人谈起他们的古都，总是流露出一种自豪之情，并且因为历史渊源和丝绸之路的缘故，他们也同时会流露着对中国的友好之意。但我们的车子在街市上跑来跑去，却看不到什么古迹的遗存。随后才了解到，1976 年的一次 7.5 级大地震，这里几乎变成一片废墟。当时苏联的各个共和国帮助重建塔什干，每个共和国建一个新区，从而形成了现在所看到的这个新城的轮廓。也许是只有到了博物馆里，才能寻觅到丝绸之路的古老的踪迹。

凡珍重自己的民族历史的国家，都会重视博物馆的建设。乌孜别克有许多博物馆，就连建筑规模不大的最高法院也专门开设有博物馆，收藏了不少文物。在一家历史博物馆中，我看到壁上画有丝绸之路的地图：在中国江南位置上画了一架纺车，标志丝绸出产地，在长安古城标示出是丝绸之路的出发点，西行路线一条是经新疆的疏勒直接到撒马尔罕，另一条是先到塔什干，再由塔什干到撒马尔罕。乌孜别克的第二大城市撒马尔罕，是当年丝绸古道上的一个重要商贸枢纽。翌日我们到了萨马尔罕游览时，导游指着脚下的一条小路告诉我们：这里就有古代丝绸之路的驼队留下的足迹。

在博物馆的陈列品中，我注意到了那些精美的景德镇瓷器。在艺术博物馆里，还悬挂着几帧国画，有清代禹之鼎和邹一桂等名家的作品。

我们在参观艺术博物馆这天，还去了塔什干最大的农贸市场。市场里集中交易蔬菜和干鲜果品，估计有上千个摊位，物品非常丰富。像桃杏李子之类，虽然我国北方都有，外形相似，尝一尝才知道乌孜别克的水果味道有一种格外的甘甜。大使馆的同志说，塔什干买西瓜不怕不甜，只怕是太甜得过分。浏览着琳琅繁盛的农产品市场，想到我国一些蔬果名称冠了一个“西”字或“胡”字，说明是从西域引入，同样，西亚的蔬果中也会有一些物种来自中国。这无疑也是丝绸之路对人类文明的一大贡献。

大使馆招待晚餐，安排在一家中餐馆里。餐馆主人是河北张家口人氏，他的营业红火，据说许多乌孜别克人喜欢中国饭菜。出席这天晚宴的乌方官员兴致很高，他们在致祝酒词中说到，中乌人民的友好往来可以追溯到两千年以前。正是丝绸之路这条古老的纽带，一直绵延到了今天。

丝绸之路成了晚餐的重要话题，这使我对异国的隔膜感顿时消除。忘记了一整天活动的紧张和礼仪的拘谨，感到了如在家中一样的轻松。

古客栈里的晚宴

飞机从里海上空越过，下午 4 时降落在海滨城市巴库。

在中学的地理课本上早就读到过巴库这个名字，知道它是里海的最大的港口，是一个著名的石油城。所以来到这里格外兴奋。我们的住处叫欧洲饭店，房间的小桌上摆上了欢迎花篮。放在花篮旁边的一本中阿两种文字的小册子，是为我们安排的访问日程表。小册子封面上还套彩印上了两国的国徽。

在宾馆休息片刻，乘车到海滨观光。巴库这座城市是沿着半月形海湾呈弧状展开的，据说有 46 个卫星城和居民点组成。楼房依山而建，鳞次栉比，绿树掩映，非常美丽。从宾馆到海滨要沿着坡道转几个弯子，白色的总统府大楼矗立在山坡上，特别耀眼。

海滨广场保留着过去举行盛大集会的主席台，台子上面的列宁塑像已经拆除，塑像的底座现在变成了一个旗杆座。广场上有草地、喷泉、苍茂的林木。这里既生长着松柏和槐树，也有亚热带的棕榈和橄榄。正当傍晚时分，妇女牵着小儿，青年挽着情侣，来这里休闲的市民很多，树林中茶座也都坐满。最热闹处似乎还是海边的长堤，那儿垂着不少钓竿，不时有大鱼上钩，不仅钓鱼者喜形于色，而且吸引着许多的旁观人。晚风从海面上吹来，给人一种异常清爽和惬意之感。

令人有所遗憾的是海水的污染，海面上显然不够清洁。码头上的轮船进出交错，桅旗如簇，吊车如林。里海储藏着丰富的石油，这使它总是繁忙不休。

阿塞拜疆大约是世界上最早开采石油的地方，世界上第一艘油轮是从里海开出去的。在 19 世纪末 20 世纪初，阿塞拜疆的石油产量曾居于世界第一位，据说在 1941 年希特勒庆祝自己生日那天，纳粹将军们所献的蛋糕上就有里海图形，希特勒将手中的切蛋糕刀直插在图中巴库的位置上。德国图谋夺取巴库油田，切断苏军石油供应，苏联则要拼死保住这一块能源基地，因而爆发了斯大林格勒大血战。虽然希特勒在斯大林格勒被击败，但他始终抱着占领巴库的欲望，所以没有下令对这座城池进行轰炸，使巴库至今保留了古老而美丽的容貌。对于二战中的这一场最著名的大血战，早年看电影就已经留下了深深的记忆，但要不是来到巴库，真的还不知道大血战与石油的关系。倚立在里海的堤墙边，回首纵览巴库市容，不禁使人顿生感慨。

傍晚 7 时，我们离开海滨去参加晚宴。沿着一条古老的迂回的石头路，钻进了一个不大的四合院里。据说这是昔日丝绸之路上的一个客栈。原来是靠着海边，由于里海干旱蒸发，海面退缩，古客栈就到了山坡上。现在陈列在这里的一些照片，向我们介绍了它的历史沧桑。四合院的四周是石头砌成的双层窑洞，半圆形的拱券和我国北方农村的窑洞相似，木制的门窗非常高大。院子中间有古井，现在装置成了向上喷水的小景观，左右各植有一株无花果树，把整个小院遮掩在了一片绿荫中。

这天的晚宴由阿塞拜疆的总检察长主持。小院三面围了餐桌，只空出一面可供歌舞表演。餐桌上面插了小型的两国国旗，摆上了鲜花和每个宾主的名签。总检察长对在座的宾主做了一一介绍，他的饱含激情的动人的致辞，表达了对中国朋友的最热烈的欢迎，同时也介绍了阿塞拜疆脱离苏联、推行改革以来的经济和民生的全面改善。举杯祝酒的同时，歌乐声响起，几个文艺家开始演出，节目大都是民族音乐。一个男歌手唱得很高亢、很响亮，有时像我国北方的地方戏曲唱腔，我听不懂演唱的内容，但从演唱人表情和腔调中可以感觉出一种极欢快而滑稽的情趣，餐桌上时而响起掌声。

一段演出之后，安静下来，于是又有人站起来祝酒，大家再次举杯，服务人员也随之走来换过菜盘，演唱又接着进行。一个漂亮的女演员，身着艳丽的长裙边唱边跳，并绕到餐桌后邀请宾客出来与她伴舞。阿塞拜疆的宴会就是这样的规矩，每致一回祝酒词，碰一次杯，就表演一段节目，上一道菜。这样轮番进行，晚宴持续了3个多小时。我国驻阿使馆的张国强大使和我们的祝铭山团长都先后致辞，对方讲话的还有外交部和其他司法机关的官员。宴会进行到高潮的时候，主人拉了来宾一同走出去与演员共舞，演员们弹唱的情趣更加高昂，始终洋溢着无比热烈的气氛。

阿塞拜疆独立以后，很重视与我国的邦交，双边贸易发展较快。在我们下榻的宾馆里可以看到，装修日用品大都来自中国。第一天这个欢迎晚宴，更使我们感到了浓浓的友好情味。

法律就像流动的水

访问以色列，飞机在特拉维夫降落。出机场后，乘车去往耶路撒冷。

自从上一个月，这里一家夜总会发生爆炸，造成重大伤亡，巴勒斯坦与以色列的冲突正在加剧，前几天以色列直升机刚刚袭击了伯利恒。我们来到这里，心理上难免有某些不安之感。但观察周围情形，却也看不出什么异常迹象。

汽车上了高速公路，两边是山地和田野。山头上横着大幅的标语牌，那内容也许与冲突有关。大片的果林和棉田碧绿相连，则能给人一种民生安定和生机盎然的感觉。收割过小麦的空阔的农田里，麦秆打成了一个个非常整齐的正立方体，农业显然是机械化的操作。

行车40多分钟就到耶路撒冷，住进了大卫王宾馆。迎接我们的晚宴，又设在了另一家叫五洲大酒店的高层楼上，站在酒店凉台上可以俯瞰耶路撒冷的夜景。城市建筑随山势而绵亘起伏，璀璨的灯火与清澈的星空相互映照，夜色中饱和着一种银色的幽美。

第二天的参观访问，安排了著名的希伯来大学和最高法院两处。希伯莱大学在城市的西郊，一路行去，只见石头砌成的古老的和新型的建筑重叠交错。那些富于艺术感的建筑物，和绿色丛丛的树木，和谐地构建了城市的整体的美丽。

以色列其实是位于沙漠地带边缘，水资源极其匮乏。犹太人正是在这样的条件下，显示了他们的不平凡的才智，滴灌节水技术在世界上独领风骚。沙漠在他们的手中变成了绿洲，树林和草地上到处都能看见滴灌的水管，经过处理的废水被用来灌溉。这项技术不仅为城市装扮了绿色，重要的是使以色列的农业得到了高度的发展，利用有限的水源和可耕地达到了粮食自给有余，许多瓜菜和水果还在欧美市场上十分走俏。我国和以色列在农业领域进行了许多合作，北京等地建立有中以示范农场。

当然我们不是来考察农业的，更使我们关注的是他们的法律制度。在希伯来大学，我们专门访问了法律系，同该系主任和教授举行了座谈，并同他们共进午餐。

这天下午，我们来到以色列最高法院，这里的建筑规模非常可观。图书馆在整个建筑中位置显要，上下三层各有不同的功能。第一层图书对外开放，可以供到此参讼的当事人阅读；第二层专为律师查阅法律资料使用；第三层对外封闭，专供法官阅览。顺着几十米长的书廊边走边看，书架上插满了法律书籍，据说有美国全部法律的汇编。审判庭的设计是最具匠心的，让人感觉既有传统的肃穆，又有现代气息。法官、书记官席的对面，两造位置呈弧形分列左右。两侧设有隔离间，一边用于在押的当事人出庭，一边用于新闻记者。后面的旁听区座位不多，简洁大方而又实用。审判庭外面的宽敞的长厅，全部用光洁素雅的石材装饰，参讼者到这里来都会有一种清明如水的感觉。整个建筑是一个环状，中间却形成了长方形的天井，这一构思正合了我国传统的外圆内方的理念。天井的地面上专门设造了一条清水长流不息的小渠，以此来象征法律的公正。

圣经上说，法官和正义就像长流的水。我们后来在以色列一个地方法院参观的时候，它的门壁上雕绘了绿色的流水图案，旁边就写着这句出自圣经的名言。我国自古就有“法平如水”的哲言，“法”字在汉字构造里属于会意字，三点水偏旁就含有如水之清、如水之平的意思。由此可见，世界各国的法律文化是相通互融的。在基督教国家，法治理念与宗教教义融合在一起，所以法律至上就更加成为神圣的信条。

参观后到了会议室，最高法院院长阿哈龙·巴拉克率了他的法官们来会谈，并对12名法官的学历和资历一一做了介绍。然后通过投影图示，具体讲述了其法院的设置和他们奉行的法治原则。

以色列最高法院虽然是一处新型的建筑，但它与整个城市非常和谐一致。据说在耶路撒冷修楼建房，都必须像老城的古建筑一样使用石头来砌墙，以保持这座城市的整体美感。耶路撒冷有一个委员会是专门负责城市发展计划的。这个委员会由来自不同国家的著名建筑师、城市规划师、历史学家和哲学家组成，作为一个国际咨询机构，对城市的重建、发展和传统保护都要予以讨论。当城墙以内的老城区不再能满足人们的居住时，他们的办法并不是将城墙拆掉，而是在城墙以外发展了若干聚居区，在城市的四邻建起了若干郊区。老城的古迹则受到了完好的保护。

这些年来，我们国内在房地产大开发中，不少古城古迹毁于一旦。那些财运亨通的开发商频繁地为他们的大厦而庆贺，而正是在这种欢庆声中，把历史学家和建筑专家们的呼吁和叹息完全地淹没了。诸如此类问题，也在某种意义上反映了法治与非法治的区别。法治其实并不只是一种制度，它首先是一种哲理，一种信仰，是文明社会的灵魂。我们的各个社会领域所殷殷渴望的，正是那一渠流淌着的清水。

墨西哥人的精神遗传

来到太阳金字塔，遇上了许多的小学生。我便随口问，今天是什么节日？主人告诉说，并不是什么节日，墨西哥的学校经常组织孩子们参观博物馆和古迹。博物馆每到星期日，都要免费开放，以此对人民进行爱国传统教育。

这使我联想起我过去上学时，也曾随集体去参观过一些纪念馆所。那些活动，确是在不知不觉中给心灵上留下了印记。我们现在的学校，由于升学率的压力，似乎对这种活动没有兴趣了。国家也在不断号召对青少年一代进行爱国主义教育，但这种号召，在商品和拜金的潮流面前，似乎显得有点苍白无力。

太阳金字塔在墨西哥城东北方约 40 千米处，那是古代印第安人祭祀太阳神的一个祭坛。附近还有祭祀月神的月亮金字塔。这些金字塔是用火山喷发留下的熔岩堆砌起来的，层层叠叠，数百台阶，高大而壮观。古代阿兹特克人以太阳神为最高的天神，国王年年要以最隆重的大礼进行祭拜。为了表示虔诚，每祭都要献上一个纯洁少女的心脏。据说，做这种献礼的女孩，从她一出生就被选上了，在金字塔边的专用室内哺育长大，不让其接触外界，不让有任何污染。养到 16 岁时，大祭那天在金字塔顶将少女的心脏剖出来，朝着太阳放到一个石制的祭器中，让鲜血顺着山坡上的石梯往下流，将鲜活而纯洁的少女的心献给太阳。先民们虽然虔诚至极，毕竟太残忍。残忍的祭奠当然早已经废止了，那种热烈的虔诚的精神却仍然在流传，在长久不息地流传。

当我们爬上太阳金字塔的顶层时，上面已经站满了男女孩子们。他们在老师的带领下，面向太阳，恭敬地朝前举着双手，让太阳的光热通过手心渗入，流至全身。我们和这些墨西哥的孩子们在一起照了相，他们是那样天真可爱，情感饱满。

使我对墨西哥的传统文化感受更深的，还是观看艺术剧院上演的民间舞蹈。帷幕一开启，身着艳丽的民间传统服饰的舞蹈演员们，立刻显示出了迷人的艺术魅力。即使是来自遥远的大洋彼岸，即使是语言不通，也无须译解，对这台活泼、热烈而优美的表演，立刻就能够让人理解和为之吸引。不论是表现宗教生活，还是表现男女爱情，不论是歌颂革命斗争，还是歌颂美丽家园，一幕幕都十分引人入胜。

据说，墨西哥的文化艺术，同样面临着外来的侵蚀和污染。美国是墨西哥的近邻，好莱坞电影和迪斯科流行乐的侵入和充斥电波，必定是势不可当。不仅如此，同其他发展中国家一样，墨西哥也正经受着多方面的考验。司法界人士总是反复地向我们介绍他们保护人权方面的法律，把保护法视为他们国家进步的重要标志。他们在民主和法治的建设上很有进步，但是，犯罪分子猖獗，警匪勾结贩毒，以及政府官员的腐败丑闻，仍然是墨西哥当前的极大困扰。墨西哥城的暴力事件与日俱增，中国驻墨大使一次正在饭店用餐时，楼下就发生了抢劫，歹徒闻知大使在上面，才没敢登楼。我们代表团这次在墨期间一切行止，都有警员跟随防卫。

在加快经济发展的同时，能不能保持自己的文化传统和民族性格，无疑是一个严肃的课题。

女舞蹈家阿玛丽雅·埃尔南德丝，为了挽救墨西哥传统艺术，做出了不懈奋斗。我们观看的那台出色的民间芭蕾，就是她的杰作。她把墨西哥乡村里的婚礼和丰收欢庆的音乐，把民族风情浓郁的歌谣和清脆活泼的民间木琴，搬上了现代舞台，赢得了观众由衷的喜爱。

表现革命战争，是墨西哥舞蹈家创作的主题之一。一出端着枪支的女战士组舞，不禁使我想起了我国的芭蕾舞剧《红色娘子军》，也使我想起了我们家乡的表现抗日战争的那些民间歌舞。观看一台民族舞蹈，让人深深地领悟了墨西哥人民和我国人民一样，保持着传统文化的不屈的性格。

感受澳洲的“丛林文化”

在澳大利亚，看了黄金海岸艺术中心演出的一台音乐器节目，名为“风暴”。帷幕拉开，天幕上悬垂着一些巨大的动物，蜘蛛、蜥蜴、蟒蛇、狐头蝙蝠等，浑然是澳洲的原始丛林状态。澳洲大陆的古老而神秘的丛林，伴随着各种丛林神话，在与恶劣的风暴的抗争中，显示着丛林生命的坚韧不屈。丛林是一个生命世界。

澳大利亚联邦政府成立之初，悉尼和墨尔本两大城市为争做首都而相持不下。最后决定选择了其间的一块平地兴建都城，这就是堪培拉。以明净的葛里芬湖为中心，显示政治清明和谐的一种城市设计，完全没有别的都市中那种大工业和商贸的繁闹情形。建筑整洁，林园环绕，广阔、宁静、淡雅。湖中喷起的水柱直射云霄。

议会大厦是首都的中轴建筑。大厦前厅中一幅覆盖整个墙壁的巨大织锦画，名之曰“丛林”。画面以淋漓斑斓的色彩，描绘了苍莽茂密的森林古树，描绘了澳洲大陆的原始风貌。壁画正中的下方，留有可以打开的门道。接待处主任约翰对我们说：“从此处走进议会，也就意味着进入了澳大利亚的丛林中。”

大厦外面的入口处，还有澳洲土著艺术家制作的彩图地板，图案绘出了各种动物，名之为“会合处”。议会怎么成了动物的会合处呢？约翰主任解释说：澳洲最早应该是它们的世界。

到处可以感觉到人们对动物的喜爱。澳大利亚联邦的国徽上，即有袋鼠和鸸鹋图像。国家机关大都树林掩映，其间常有袋鼠和考拉出没。

最高法院周围也是一片园林。当我绕着庄严的法庭，从静谧的林间穿行时，忽而想到：在如此和谐温静的环境中，必然有利于熏陶法官的良知，以至在审判中，便会给予更多的人文关怀和生命珍惜吧。

这里的法庭是既很庄严，又很实用开放。法官进入和离开法庭时，其他人都要起立。随后进入法庭者都要向法官鞠躬，在法庭上发言必须站着，显得彬彬有礼。控辩双方发言心平气和，注重说理。法院的前庭设有咖啡厅和小卖部，当事人不妨小憩片刻，有时还会举行音乐和艺术演出，而绝不会有聚众上访、告状人鸣冤叫屈的嘈杂现象。

午餐间，我们与新南威尔士州高级法院的法官们，谈起了死刑问题。

澳大利亚是世界上已经废除死刑的国家之一。他们了解中国现行刑法中关于死刑的规定，我们也介绍了国情和目前尚不能废除死刑的理由。但他们认为，判处重刑并不具有威慑与减少犯罪的作用，重刑的结果可能是一种反复无穷的恶性循环。仇仇相报、杀人偿命、以暴制暴，正如滥伐丛林、捕杀动物、破坏自然生态一样，如不能制止，将会愈演愈烈。人们对于地球是一个血肉相连的生命体，也许还远远没有认识。

说到这里，才让我想到了澳洲丛林文化的另一种意义，想到了议会大厦那幅丛林壁画的深刻的内涵。珍重历史，珍重自然，珍重生命的理念，深深渗透于其中。

这天下午在该州高等法院参观时，正在开庭审理一起抢劫案，据说在近年旅游发展和人众流动中，抢劫他人财物的刑事案件屡有发生。前不久，曾有三个中国留学生，绑架华人烧烤店老板勒索钱财，在他们与被绑架者的家人交接巨额钱款时，当场被捕。我问大法官布朗奇先生：这三个中国留学生会不会被判重刑？他摇头，然后微笑着说："对于青年人时长日久的监禁并非好事，他们会在里面学得更坏。"

布朗奇和他的夫人，在家中设晚宴招待我们，夫妇轮替下厨，各显烹饪手艺。家里没有用人，房间布置简洁。壁上挂了几幅小画，还有几样收藏的古董。倚墙悬着一面古代的铜锣，轻轻敲击，声音清宏。室外四围林木，葱郁幽美，阳台边上正在绽放着一丛不知名的鲜花。这天刚好下了小雨，园林中散发出鲜嫩湿润的清香，幽幽沁人心脾。在这样的清芬宁谧中，边用餐边交谈，真正感觉着一种心的交流。布朗奇是一个懂得真善美的法官。对这样的法官来说，法律也许只是等同于艺术。

雪夜到京都

出访日本，公事既毕，殷切的心愿是去看富士山。从东京乘坐旅行车，路过横滨港，在元町中华街午餐。到达富士山麓，已是下午五时，夕阳西下，晚霞横抹在积雪的山峰上。我们的车子从松林间穿过，山影、雪光、霞色在眼前跳动，心魂亦随之摇荡，沉浸于一片朦胧的美感中。下车伫望，暮色渐渐苍茫，霞光消退，云霭回绕。似将入睡的富士山，忽而显出了萧清而孤傲的神色，仿佛于人世已不屑一顾。这天是2005年12月22日，冬至节令。《吕氏春秋·有始》曰："冬至日行远道，周行四极，命曰玄明。"富士山从霞彩明媚中，骤然转入浑莽，也许只有在冬至这个特殊时刻才会有的，即所谓"命曰玄明"的景象吧。

夜晚住在富士山麓、河口湖边的一家温泉酒店。早晨醒来一看，黄灿灿的朝阳中，富士山的翠蓝的山体，雪白的山峰，又是另一种迷人的风情。几个游伴兴奋不已，在河口湖畔频频摄影，然后又驱车上到半山麓"一合目"处观赏山景。外事办的同志说，多次陪同各种访日团队来过富士山，大多是阴雨云雾天气，唯有这一次天公作美，让我们看到了这样美不胜收的佳景。

当我们沐浴着阳光离开富士山的时候，怎么也不会想到前面会被大雪封路。预定行程，将沿高速公路前往大阪，由大阪乘班机，经韩国回国。名古屋、京都两市，都是必经之路，忽然听到两地降了大雪，令人为之震惊。旅行车上安装着卫星定位仪，图示十分清楚，高速公路确已关闭。负责我们行程安排的中山由丽女士，不停地打电话询问天气和路况，心神惴惴不安。

车到滨松市，由丽女士带我们上酒店用餐，延搁至下午四时，高速公路终于可以进入了，但是仍有几十千米塞车。漫长的车流，我们的车子被夹在中间，停顿好久，再前移一段，然后又是停顿。卫星定位仪预示，塞车时间尚有九个小时，我们须在车上过夜。

公路靠近着太平洋岸边，从车窗瞭望，可以看见无涯的铁青色的汪洋。我觉得自己仿佛漂浮在大洋的波涛之上，而这浩渺的大洋，又似与富士山归于同样的景象。昨夜枕着雪山，今宵傍着海洋，这也许是生命中注定了的经历。时逢冬至，日行远道，我亦行远道，命运应在“玄明”二字上，塞车并不觉得烦苦，甚至是一种乐趣。

车流缓缓蠕动着，夜色中进入爱知县境内，看到了路边的残雪，空中也还时而飘着雪花。天气预报，翌日仍有降雪。我与同伴商定，此夜一定要到达京都，不然，如果夜间继续降雪，高速公路可能再度关闭。由丽女士却担心我们过于疲倦，且没有吃到晚饭，建议寻找旅馆住宿。正当此时，有了好的兆头，卫星定位仪显示的塞车时间，缩短为五个小时，可知路况正在好转。

行进越慢，反而显得时间过得很快。晚七点是国内新闻联播的时间，日本无此习惯，八点，九点，十点，时间如流。司机忽而打开了电视，为我们解乏和调节情绪。屏幕上出现的节目，偏偏与吃饭相关，似乎故意引发我们的饥饿感。想起国内公路上塞车时，往往争相超车，挤成一团，附近农民便乘机穿插其间，兜售面包和鸡蛋。日本的公路上秩序井然，绝不会有人上路小卖。三车道的高速公路，行车道排着两行车子，超车道却始终空着，如此长时间的塞车，没有一辆车抢道超车，没有一辆车喇叭呼鸣。面对这样的文明和秩序，只得心悦诚服，吃不到面包也自无怨言了。

旅行车上的电视，效果不佳，加之语言不通，画面看去似懂非懂。掉头一看，发现几个同伴早已呼噜入睡，只有坐在我前面一排的由丽女士没有瞌睡，我们便开始聊天。

中山由丽原是沁源县人氏，属晋东南地区，我们同乡。她来日本已有二十年之久，先是留学，读硕士，后被一家著名公司聘用就职，取得日本国籍。但她难以忘怀祖国，她的母亲至今住在太原，正准备春节回国探亲。她的儿子出生于日本，从小即讲日语，但这孩子仍以华裔为自豪，在学校对老师说：“老师知道吗？我是中国人呵！”很有一种少年国士的气度。

由于小泉首相参拜靖国神社，使中日国家关系降到低谷，日本民意调查也显示出对中国友好感的下降。但我们这次在琦玉县访问，得到知事和裁判长重视和热情接待，礼仪周到，交谈融洽，会见处悬挂了五星红旗。可见地方和民间的交往，并不会完全被小泉这种政要人物所左右。尤其是华侨和华裔，在反对参拜靖国神社问题上，都是站在。我国政府一边的。他们对我们国内的种种问题，亦似了如指掌，话语间不免流露着忧虑。但让我深深感到，他们对祖国的热爱是真挚的。我们此次旅日所遇到的华侨、华裔，包括台湾人士，无不满含热忱而溢于言表。中山由丽完全靠自己的才智和奋斗，在异国市场角逐中能以立足，想必是很不容易的事情，但她始终不忘家乡，她的成就和品质都令人钦佩。

我和由丽女士闲聊着，时间在不知不觉中向深夜零点逼近。车子在爱知大学旁边的一段公路上，停滞了整整一个小时。到名古屋还有八千米路程，卫星定位仪上用红色显示着，这是最后的一段堵塞区了。看到电视中播映东京市民们迎接圣诞节的热闹情景之时，我对由丽说道："你为了我们的旅行，不能和儿子一起欢度平安夜了，真是抱歉!"由丽答曰："已经给儿子预订了圣诞礼物。孩子们想要得到什么圣诞礼品，只要打一个电话，平安夜会有圣诞老人送上门来。"从她的话中，感觉到日本儿童是幸福的，并不像我们国内的孩子们承受着那样沉重的功课负担和升学的压力。

我们车上唯有的食品，只是一包栗子。除了聊天，看电视，便是靠剥吃栗子，略充饥腹。车流终于又前进了，终于走出最后的一段堵塞，通过了名古屋市区。从名古屋到京都，还有一百五十余千米，虽然限速，但不再死堵，目的地已经欣然可望。

直到此时，降雪的情景才看得明白。暴雪原来是降落于名古屋与京都之间，公路积雪刚刚清扫，扫雪车还见停在路旁。推到公路两侧的雪堆，好似高耸着连绵不绝的两列山脉一般。想到清扫者连夜工作的精神，不禁让人叹服。

雪景好看极了。我把两只眼睛贴在车窗上，紧紧盯着外边的景致。村镇民居的大屋顶上，尤其是那些小木屋上，白雪厚厚覆盖着，仿佛是童话里的那种世界。有些屋檐下垂着长长的冰喇叭，雪在白天显然已经融过，而剩余的屋顶积雪，仍有一尺余厚。经过山麓或崖岸时，最足以看清楚积雪之深，目测在一米左右。到了平旷的原野上，白茫茫如临极地，尤其在微茫夜色中，会给人以驰骋不尽的想象。颇有一种神秘之感的是那一片片闪着荧光的树林，雪裹的琼枝玉叶，加上远近灯火的照耀，每株林木都好似精心装饰的圣诞树。能够在圣诞节将临的这样一个夜晚旅行看雪，应该是我们的幸运吧。

凌晨2时30分，到达京都。停车处正好是一家报纸发行站，工作人员已在分发晨报。顺便买了一份报纸，头版显赫的标题便是雪情的报道。报道的各地积雪情况：福岛县只见町224厘米，岐阜县白川村241厘米，郡上市211厘米，新潟县津南町236厘米。这是近三十五年以来，日本最大的一次降雪。

莱茵河的话题：伟大的马克思

访问荷兰，在与我们友好的格罗宁根省法院，由大法官卫·道特梅尔陪同，进行业务交流，谈到了司法制度、审判方式，以及青少年犯罪问题，旁听开庭审判，并参观了海牙的国际法院。

此次出行，先是飞到法兰克福，然后乘坐汽车，沿着莱茵河北行，经过科隆，进入荷兰国境。莱茵河不仅以风光秀丽而遐迩闻名，而且，它在欧洲是一条具有不平凡的历史意义和文化传统的河流。行程的安排使我倍感兴奋。

法兰克福的早晨，灰色的天空不时地飘着细雨，让人明显地感觉到了初冬的寒意。司机小林开了一辆九座“奔驰”，驶出法兰克福不远，到了莱茵河畔。这条发源于阿尔卑斯山的大河，上游经过瑞士博登湖，然后折向北流，蜿蜒构成法国与德国的界河。到了中段，河床变窄，流速增加，幽深峡谷，壮美可观处甚多。我们正是行进在景色佳丽之处，雨霁云晴，温煦的阳光漫洒在河上。两岸坡地上绵连着望不到头的葡萄园，虽已过了收获季节，整齐的田畦仍如画图一般。如果逢上绿叶盖野，葡萄初挂的夏季，那种艳阳照耀下的景致该是多么迷人！

沿河的陡峭山岗上，可以看到多处古城堡遗址。登上古堡眺望，宛转北流的莱茵河碧波荡漾，时有轮船穿行其中。漫坡的葡萄园，临河的小村镇，与澄清纯蓝的天空交相辉映，仿佛是我曾经欣赏过的一帧油画，想不起是哪位画家的作品，倏尔间，我却想到了马克思。

在弗·梅林所著《马克思传》中，说到马克思早年所写的抨击莱茵省议会的文章时，有过这样一句耐人寻味的话："马克思在这篇文章的一处地方，谈到了他的故乡的温和宜人的气候，而这篇论议会的文章，至今还闪耀着莱茵河两岸满是葡萄园的丘陵上的夏阳的光辉。"

我对莱茵河的最初了解，便是来自关于马克思的书籍。在我酷爱读书的学生时代，马克思曾经是我最崇拜的伟人。他秉有多方面的天才，熟读莎士比亚、巴尔扎克诸多文学名著，能够背诵海涅和歌德的诗歌。他的经典的理论著作，运用了生动而优美的文学语言。

马克思的故乡在莱茵省的特利尔。流经特利尔的摩泽尔河，是莱茵河的一条支流。马克思在故乡读完中学，进入莱茵河畔的波恩大学，二十四岁时他已成为《莱茵报》的主编。之后经过巴黎和布鲁塞尔的数年流寓，又同恩格斯一起回到德国，创办著名的《新莱茵报》。马克思让这份报纸，日益炽烈地燃烧起了社会主义革命的火焰，因而他被控以"煽动叛乱"罪，在科伦陪审法庭出庭受审。由此可知，马克思的革命生涯，与莱茵河有着亲密的关系。今天我们走在河畔上，仿佛感觉到自己的足下，正在踩着伟人的隐约的足迹。

然而，当今的旅游，并没有把马克思的遗迹作为景点。导游乐于向游客介绍的，只是那些古老的城堡。顺着公路边石头铺砌的坡道攀行而上，穿过一道拱形的外城门，到了高耸的堡墙下。门口装有吊桥，很像中国古代城门的设置。里面有碉堡式的，或是尖塔顶教堂式的建筑，也有宫廷和住宅的平房。山头之堡，面积不会很大，现在都成为小型的博物馆了。昔日主人的堂皇冠盖、起居用品，以及卫士的盔甲武具，般般古物，陈列有序。可以想见当时葡萄园的庄园主们，俨然都是各自为政的诸侯。

行车至中午，抵达科布伦茨市，在中餐馆用饭后，略观市容。该市位于摩泽尔河汇入莱茵河的河口处，运河穿越市区，有似中国江南的小桥流水的风光。这里的一处著名古迹，即威廉一世骑着战马的雕像。雕像矗立在宏大的方形塔座上，威廉一世旁边倚着展翅的女神，总高三四十米，气势甚感威壮。

德国的历史上，曾经分据着许多的大小公国和诸侯。直到十九世纪后期，在普鲁士国王威廉一世的手上，始建了统一的德国意志帝国。这位帝王因而被尊为开基立国的显赫人物。我们在寒瑟的晚风中登上台阶，绕着雕像瞻仰。为何把帝王塑像与女神配在一起，使我不甚明白，亦不知是哪位雕塑家的杰作。

威廉一世继承王位之前，曾任莱茵兰省总督，驻节科布伦茨，他在这里大概颇得威望。但十九世纪是欧洲革命风起云涌的时代，德国皇帝却是充当了镇压革命的反动角色的。正是在这个时期中，马克思为了无产阶级的解放，于艰难困顿中，毫无动摇地担负起了普罗米修斯式的殉道者的事业。若与伟大的马克思相比，威廉一世也许是渺小的。莱茵河畔，难道不应该高耸着马克思的雕像吗？似乎令人费解，在当下缤纷喧闹的世界中，伟大的学说和真理却是进入了一个最寂寞的时期。

离开科布伦次，驱车去往科隆。科隆作为莱茵兰地区的历史文化和经济中心，也曾经是马克思从事革命活动的重要基地。他在这里受到审判的时候，当庭发表了一篇充满激情的辉煌演说，结果粉碎了检察官的指控，陪审团断然作出被告人无罪的宣告。当年的法庭大概已不复存在，科隆曾在第二次世界大战中遭受空袭。包括著名的科隆大教堂，也在空袭中受到破坏。

现在我们看到的大教堂，是一座双尖塔并立的哥特式建筑，大约为战后所复修。恰逢晚祷时分，大殿内数十排位置上人皆肃立。正在祭坛上诵经的神父，将双手朝上展开，如似飞升的姿势。教堂的钟声在空中回响着，暮色渐渐浓重。横跨在莱茵河上的多座大桥形态各异，灯火齐辉，与大教堂的岿然塔影，一起构成了科隆的画面。

我们回味着一天的旅程，度过了科隆之夜。翌日继续沿着河岸北行，属于荷兰国的鹿特丹，坐落在莱茵河入海的河口处。司机小林的家，便是住在这个滨海的城市里。他的母亲是一位著名作家，小林带我们登门拜访，聆听女作家讲述她的坎坷经历和写作生涯。说到她正在构思的一部新作，主题是要探讨科学技术发展能否改变人性，这样一个富有哲理和文化内涵的问题。于海外从事华文写作，是一种非常寂寞的事业，但她以悲悯人生、超越现实、虔诚信仰为精神家园，充满自信地坚守着。

听着女作家像小河流水一样的叙谈，对于人类的前景的想象引起了我的共鸣。社会的迅疾变化，其实算不上是什么新鲜的话题，但似乎是在此时此刻，我忽然有了一种清晰的巨变的感觉。现在的时代，毕竟不是马克思的那个时代了，然而我想，也许正是因为科技突飞猛进，人间陵谷更替，世事白云苍狗，时代才更需要马克思那样的天才，那样的伟人，更需要马克思那样深邃的哲学思考。

从小林家出来，我们在河边徘徊，风光清丽可人，让人有点不舍得离去。莱茵河下游流经荷兰境内的一段，在地图上标名为莱克河。这条河从鹿特丹市区穿过，舒缓地流动着。金黄的树叶飘落在河面上，却不会遮掩河水的清亮。河水恰似那伟大哲人的眼睛，它洞察了这世界的一切，似乎还在昭示着这世界的未来。

故里的思念

一、春光

春明粲矣行道岭，桃杏香兮大小坪。
艳色遥观不能近，只听花上闹蜂鸣。

每当思念故里，即刻浮上眼帘的，正是山庄的明媚照人的春光。我祖父爱种果木，在村里是很有名的。街门前坡下的两块肥沃的耕地，一名大坪，一名小坪。大坪除了播种少量蓖麻，基本是果园。小坪常种棉花，边堰亦植果树。桃、杏、梨、李、林檎、花红，各有数株，树冠相接，枝叶甚茂。春天到来的时候，果木萌芽、发枝、吐蕾、绽花，盎盎然感奋着人的神气，仿佛那生机是从我们自己的身体里往出喷发着。等到桃花红、梨花白，煦风轻拂，盈盈万朵，这便到了果园里一年中最美妙的时光。那种艳美，我们却是不能走近去观赏的，因为那也是蜜蜂采酿的良机，村庄里多家养蜂，一不小心会被蜂蜇。虽然我们把赏花的机会优先让给了蜜蜂，蜜蜂的嗡鸣却能使我们的春色更加趣味醇浓。

二、古槐

龙姿虎态盼西东，村落苍青掩映中。
春媚枝头登喜鹊，秋香场上戏儿童。

种树是中国农村中一个美好的传统。在太行山区的丘陵地带，只要站在高处一望，哪里有一片郁郁葱葱的绿色，哪里就是一个村庄。我的故里，有东庄、西庄之分，人家散落，都在林木掩映中。村庄中央的打谷场，地势高旷，挺着一棵古老的槐树，绿荫如盖。“老槐树场”便成为全村的一个活动中心。

每年正月初一，全村老少要集中到场上拜年。前人传有三条画轴，分别为本族三门先祖的画像，画像以下录有各代已逝先人的名讳，村里习惯称为“轴子”。“轴子”悬挂在正面，大家一起磕头敬拜。祭祖之后，再给在世的长辈拜年，各个小辈要分别向长辈叩头。习俗至今仍然保持着，也仍然在那个场上举行，似乎这其中也包含着对那棵魁伟的古槐的敬拜。十多年前因为修路，古槐的根系受到伤害，使它一度枯死，后来却又神奇地复活了，而今枝繁叶茂，愈显得葳蕤雄苍。古槐的生长年代没有确切的考究，大抵“先有槐树后有村”，它比村庄更加古老，因而让人敬畏，也让人为它而自豪。村庄的自尊，生活的自信，信念在每年一度的春节团拜中传递着。

打谷场上最欢乐的情景，当然是夏收、秋收的时节。牛拉石磙，人挥连枷，风车扇，木锨扬，农家一年辛苦的结果就在此时。满场欢声笑语，男男女女忙成一片，儿童们或帮忙、或戏闹，也都穿梭其间。

老槐树上的喜鹊，也爱喳喳地叫着凑热闹。我们俗语叫它“野鹊子”，这样叫觉得更亲切，它的家族住在这里年代很久了，自然成了村庄的朋友。我从小听惯了野鹊子的叫声。现在想来，它们叫得最好听的时候，是在春天的早晨。朝阳初升，感觉还有些寒冷的时刻，那种喳喳声在晨风吹拂中格外清脆，让人听着悦耳，听着心里高兴，心里仿佛就有一种希望冉冉升起。

三、年后

白馍吃尽吃黄蒸，初六家家忙备耕。
春鸟也知担粪苦，田间来作慰劳鸣。

春节来临之前，是农家最为忙碌的时候，比春种秋收还忙。忙什么？磨面碾米，忙着准备过年的吃喝。即使是贫下中农，再穷也要过年。过年的意义，除了穿新衣，就是吃好饭。缝衣纳鞋，那是女人的事，是在油灯下熬夜的事。奈何吃喝，却是要男女老少一齐上阵的。这时候的石磨和碾子，比人更忙，东家用罢西家用，磨盘和碌子一天到晚不停地旋转着，大概远远超过了地球自转的频率。

白馍的原料是小麦面粉，其中也掺和白玉米粉，以弥补小麦之不足。黄蒸用黍米面掺黄玉米粉做原料，包上豆沙。这边忙罢碾和磨，转身又忙灶和锅，哪家不得蒸几笼？白之如银，黄之如金，置于缸中，冻于户外，待于年后食用。

以往的生活习惯，早饭吃谷面圪坨。谷子不脱糠皮而磨制为面，如果让现代的营养学家来研究，或许最具营养。农家吃饭并不研究营养，所以吃谷面圪坨，第一是节约粮食，第二是吃了实受，下地干活半天不饿。但谷子面口感不佳，尤其陈年谷子，视为低等食品。过年就是过年，过年是不能吃圪坨的。豆芽菜、馏馍馍的幸福生活，至少要过了初五。准备充分的人家，能够幸福到十五元宵节以后。民谣曰："过大年，真高兴，又吃馍馍又不动。过了破五真倒运，又吃圪坨又担粪。"过去贫苦农民的这种自嘲话语，含着辛酸，却也幽默。

初六开始担圊送粪，准备春耕，这是自古以来的传统，体现着先民的勤劳精神，令人感念。谢灵运有诗云："池塘生春草，园柳变鸣禽。"春天的山野勃动着生机，鸟鸣随处可闻。禽类未必晓得人世的艰辛，它们的歌唱却是能够给人们带来一份快乐的感染。担粪的汉子从田里返回的时候，担子是空的，脚腿很轻快，随手捡个石子扔去逗逗树上的鸟儿，乐趣自在其中。

四、父老

下种归来星满天，犁锄放起挂牛鞭。
解将腰带打尘土，蹲坐门边抽旱烟。

村里人们习惯早起，东山上的朝霞还没有显露，屋顶上已经升起了炊烟。女人洒扫庭除，接着烧火煮饭。男人下井担水，担满水缸再牵牛下地。农家生活，每天都是这样子拉开序幕。土地是农家的生命，精耕细作是祖先的遗训，地头上有着做不完的农活，有着受不完的辛苦，也有着享不完的情趣。傍晚不到看不见的时分，手中的农具就不肯停下来，起早搭黑便是种庄稼的本分。

披星戴月从田里回来，犁锄归位，耕牛入圈。爱惜牲畜和农具是农夫的天性，先把它们安置妥当，然后才顾自身歇息。尤其是那耕牛，田里整日辛劳，回来须及时饮水喂食。家家有一口铡刀，大都在黄昏搬出来为牲口铡草。俗话说“马无夜草不肥”，牛也一样，夜半时还要添一次草料，这也需要傍晚时备好。一切做完，便可以解下腰带来，拍打身上的尘土了。腰带是一条长长的粗布，围身两圈有余，系上它护腰护腹，解下来舒筋松骨，用它浑身拍打一遍，外边尘土散去，内里骨血疏通，一天的劳作也就到此结束了。

旱烟是一种棕黄的烟丝，平时用草纸包着，放在靠近水缸处，以使保持湿度。抽旱烟用的烟袋，是一根八九寸长的细竹管，一头有包着金属的烟锅儿。村庄里把卷烟厂的香烟叫作“洋旱烟”，一嫌它价高买不起，二嫌它抽着没有劲。我们的父老经受着极度的劳累，习惯提着烟袋吸那种土旱烟，以此略解疲乏。蹲在门边，或是倚在炕头，点起煤油灯来，烟锅里按满烟丝，口衔烟嘴，把烟锅儿凑到灯头上，痛痛地吸上一口，那滋味，想必是无比舒畅的。

日往月来，社会变迁，父辈都已归天。他们的音容形象，包括铡草、喂牛、拍尘土、吸旱烟那些细节，无不一一铭刻在我的记忆中。那是一种平庸中的高伟，重负下的坚忍，艰苦中的坦然人生。

五、河边

捣衣声伴流水声，淑女味同春草馨。
落水不知衣裤湿，凝神只顾捉蜻蜓。

男耕女织，自古如然。妇女一般不下田地，在家任务两宗，一宗是烹饪，一宗是纺织。纺织机上的生活，并不比田地里轻松。母亲有纺花机，也有织布机，我小时候看那纺车嗡嗡地转着圈圈，梭子啪啪地穿来穿去，甚至有些好奇。织出来的布，还要浆和染，浆布似很麻烦，染布却很有趣，煮好染料，放入布块，捞出来便有了鲜艳的色彩，我在跟前帮着母亲，甘愿让手上染些颜色。母亲保存有衣服的纸样，做衣裳要比着纸样剪裁好，然后穿针引线。缝制新衣似乎很少，熬夜的生活都是缝补旧衣，全家大人小孩的衣裤都有补丁，“缝缝补补”是挂在嘴边的一个成语。

寒去暑来，更换夏衣，脱下来的棉袄棉裤，以及炕上的被褥的拆洗，成为家庭主妇一件季节性的要务。凡需洗涤的衣物，都要集中搬到河边，虽然任务并不轻松，姑嫂妯娌一起下河却是她们最感开心的事情。清澈的小河，水哗哗奔流，日光在水波上快活地跳跃，浣纱女的欢笑声、捣衣声便也融进了日光和水波中。人和大自然一起奔流，一起跳跃，这便是人世间最美好的光景。

那时候村庄里还没有使用肥皂，河边拔来一种草草揉碎，就可以洗涤污渍。在平阔的石头上用棒槌捣衣，效果绝不亚于现代的洗衣机。衣物在河水中漂洗干净，就近展晾在青绿的草地上，草地散发着嫩嫩的清芬。蚂蚱乱蹦，蝴蝶纷飞，蜻蜓忽而草上、忽而水上，似乎昆虫们也都喜欢热闹。我跟随母亲下河洗衣，因为追着捉蜻蜓玩耍，失足掉进河里，记得正是仲春季节，河水清凉清凉的。

分别几十年了，小河不知成了什么样子。现在这种奢侈的年头，大地的水位急遽下降，小河还能哗哗奔流吗？现在这种污染的世界，几乎没有什么干净的地方了，小河还能那么清澈吗？故乡的小河啊，多么令人怀念！

六、夏夜

夜色朦胧蝙蝠游，喷香瓜菜一锅稠。
吃完掷碗敞衣卧，仰面繁星寻斗牛。

在我们村里，说晚饭是“吃黑夜饭”。黑夜饭的原则，一条是须在天黑以后吃，天亮着还要做事，天黑事毕，端起碗来心里踏实；二条是黑夜不吃干饭，只喝稀饭。现代保健专家说晚饭宜少吃，减肥专家说晚饭宜不吃，村庄里没有那种专家，喝稀饭的习俗原是古人传下来的。有人认为旧社会喝稀饭是因为贫穷，我也这么想过，可能都是误解。我们的祖先其实很懂得保健，喝稀饭的风俗是健康而快活的。有的地方叫和子饭，我们村里叫菜汤，菜汤一词不能理解为偏正结构，不是“菜的汤”，而是“菜和汤”。菜汤锅里可以少量下米、煮面，而主要材料是菜类：南瓜、豆角、山药蛋。自家山地里种出来的瓜豆薯，其味之美可以概括为四个字：清香绵甜。

夏季天黑得慢，树影昏暗，蝙蝠出游。香气四溢的一锅菜汤，端到院子当中，全家人围锅而坐，舀饭先长辈、后小辈，轮到我时已经馋涎欲滴。最馋的倒还不是我，最馋的是狗，一顿饭从始到终狗都在人身边守着。狗吃山药蛋皮和南瓜皮，家人看到它两眼直勾勾的，不惜拿整块南瓜来喂它。天空的月亮和星星照耀着，吃饭用不着点灯。饭后消闲，仰面朝天，满天星斗的景象令人迷醉。老人指给小孩看哪是牛女、哪是北斗，有时还能随口读出优美的诗句来，儿童的幼稚心灵便给引进了幻想中。

而今我在城市里住了多年，只见烟尘雾霾遮住了青天，五光十色的华灯污染了天然的夜色，哪里还能看见星星？而且城镇化正在加速推进，如果村庄一旦被城镇吞没，将来想看繁星就只有到宇宙飞船上去了。因而我想，应该抓紧时间回故乡住些日子，为了喝菜汤，为了看星星。真想能够重新看看，记忆中的那个繁星灿烂的夏夜的天空。

七、秋农

薄田数亩在獾沟，祖父稀年耕未休。
山风吹帽凉如洗，阵阵香飘熟透秋。

农民在过去称为受苦人。村里人们经常说："咱是受苦人。"这话的语气并非自卑，更非是自沮自伤，其中含着两层意思：一是"咱还怕受苦？"坦然；二是"咱只会受苦？"傲然。我的祖父是一个不折不扣的受苦人，一辈子没有离开土地，一辈子和耕牛和锄头为伴。诞生于清朝光绪二年的立春日，"打春"成了他的名字，他的性格也真有似春天一般的开朗，在受苦中磨砺成了一个坚毅而慈祥的老人。他肚子里有很多戏文，也能吟诵一些古诗，尤其善于讲那些帝王将相、才子佳人的故事。我常常回想起祖父讲故事那种幽默和惬意神情，他的精神世界是很丰富的。

祖上留下十来亩土地，在一个叫獾沟的地方。地在南坡上，土壤瘠薄，更需要辛勤经营。我知事时，祖父虽已年过古稀，仍然风来雨去，勤于耕锄。我跟祖父到了地里，他指给我说："你奶奶病死那年，你爹四岁，只好带着他下地，犁地顾不上看他，在这里挖一个坑，放他在坑里。"我问："他不哭？"祖父一笑说："哭一阵就睡了。"

现在想起祖父那一笑，不知他是苦笑，还是幽默。我们的父老实在太辛苦了，但从来没有听过他们向谁诉苦。一次山风吹掉了祖父的草帽，他不去捡，却仰着头大声说道："老风刮得好吃劲！""吃劲"是故里土话，很舒服的意思，那是一种劳累之后的快慰吧。恰逢即将秋熟的时节，谷穗饱满，南瓜硕大，风中挟带着黍菽的清香。

八、卧羊

羊铃四野荡黄昏，酣卧大田如醉云。
犬吠狼惊逃遁去，长空寥廓雁声闻。

一次随祖父下地回来，半路遇到一只离群的羊，我捡一根树枝把它赶回，拴在院中玩耍。祖父说："有句谚语叫'拾猪不拾羊'。谁家喂的猪都一个模样，羊就不同，羊有其主，主识其羊。"果然，到傍晚时，西庄的牧羊主人找上门来，把羊牵走了。

家长为鞭策孩子学习，常说："不好好念书，长大了放羊！"话中对放羊含有贬义。因为没有土地才放羊，放羊人的家境比不上种田人。但小孩子不懂事，反而觉得放羊好玩。听见羊铃叮当，看见坡上的羊群像白云一样，让人喜欢。虽然爬山越岭，风吹雨淋，但在山坡上那样放声歌唱和吆喝，似乎又是很快乐的事情。

村里有两圈羊，西庄一圈，东庄一圈，东庄放羊的叔叔住在我家坡下的沟里。我下到沟里玩，看见他家门帘上挂了红布条，那是标明婴儿新生，不让外人入内，大人却要拉我进家。原来乡间的习俗，坐月子要喝儿童的尿，我懂得那意思，撒了半碗就往外跑。他家真是人丁兴旺，可知放羊的收入还是足以养家的。

每到秋季，山坡草旺，大概是放羊的最好季节，也是农家最需要的时候。秋收过后，准备播种冬小麦，麦地卧一夜羊，便是最佳施肥，家家争先向牧羊人预约。给我家地里卧羊时，我跟着大人去送夜饭，只见羊群卧了满地，四周拦了大网。两只看羊犬各守一方，似在竖着耳朵警戒，时而游走又如巡逻一般。我们从卧羊地返回时，半路听见了狗叫，叫声比平时猛烈得多，想必是有狼来。不知是不是狗叫惊扰了天空，也许只是巧合，空中传来了大雁的惊鸣。仰目眺去，长云散漫，雁阵南飞。在我的记忆中，仿佛那是第一次感觉到天空的无比高远和深沉。

九、饭场

五谷丰登瓜菜香，百家烹煮聚风光。
山村饭场括天下，人物是非评汉唐。

村里的饭场，一般说要具备三个条件：一有中心场所；二有中心人物，即是见多识广之人，或讲故事，或评时事，使人爱听；三有常客，喜好谈天说地的人每饭必到场。我家的大门口经常成为饭场，尤其夏季，大枣树下一片荫凉，伯父能讲历史，又通医术，人们常借吃饭时间来询问疑难。隔壁爷爷也是一个中心人物，四个儿子都在外地工作，他每次外出归来都有新闻可讲。他家院子宽敞，临街的大石板上宜于人们聚合，记得他从武汉回来，吃饭时就讲黄鹤楼。说到诸葛亮在黄鹤楼设坛祭风，地方戏也有那样唱的，童谣说："周瑜计，不成计，黄鹤楼杀了亲兄弟。"这与京剧《借东风》不同，算是乡间的一个版本。

出席饭场是男人，后面却有女人操心。农家锅灶上以杂粮为主，没有山珍海味，但既然聚在场上，谁家也不愿意让人笑话。家庭主妇想把粗粮做细做香，让男人端出去显显，饭场自然就发挥了促进烹调的作用。男人们其实并不在乎，他们的兴趣在评古论今，并不作烹饪比赛。有时还在饭场上摆开棋枰，只顾在楚河汉界上厮杀，饭碗冷在一边忘了吃，有的不防备就给狗占了便宜。

恪守先人遗训，我们村里从来不赌博不打麻将，玩象棋却成了风气，不乏下棋高手。大雨初霁，不能下地，正是饭场热闹的良机。邻家有个爷爷是棋迷，他从井上担水回来，路过饭场见人下棋，便站住观看，一担水压在肩膀上，左肩累了换到右肩上，右肩累了换到左肩上。家里等着用水，寻到饭场，他还站在那儿看棋，一担水还压在肩上，家人拉他，他还拗着，晃荡得两桶水洒出一半，这时他才仿佛醒来。

以前我只是觉得棋迷的情形好笑，现在想来，却顿生羡慕之心。庄户人家在农事之余，那种闲散生活，那种散淡情怀，真也难得，真也值得景怀。

十、老井

山园环抱苇花飘，水自甘甜人自骄。

莫羡新村连管道，犹怀古井感勤劳。

村里有两口老井。从我家下到老井担水，“一去二三里，烟村四五家”，一路陡坡而下，前一段小路弯，后一段石径斜。下到坡底，左右各有一井，山崖田地环抱，堰下一片芦苇。右边一井年代很早，据说曾有牲口掉入井中，后来废弃不用；左边一井，为道光二年开凿，石上刻字有记。担水用具叫担杖，两头各系铁链，可挂水桶，水桶称为筲。井水清纯甘美，源泉极旺，担杖钩住筲就能把水提上来，从来不用辘轳。我在中学和大学时期，放假回到村里都担过水，爬到半坡要停下来歇肩喘气，一担水来回需用四五十分钟。因其艰难，自会珍惜，日常洗漱尽量节省用水，真是一滴舍不得白费。

一向丰盈的井水，三十年前水位骤然下降，渐而枯干，而今双井全废。我来省城工作前后，屡有乡亲反映饮水困难问题，经我周旋，征得水利部门支持，建造了管道引水工程，从此告别了爬坡担水的历史。然而，面临着江河干涸，水资源匮乏，饮用水污染，生态日益恶化的境况，忧患感与日俱增，不能不引起人们对老井的眷念。过去的担水生涯诚然艰辛，老井的圮毁荒落却也睹之伤怀，先人的辛勤劳苦的精神尤其让人深深感念。

十一、祖坟

春营吉壤溯乾隆，耕读人家接素风。
翠柏亭亭寒不落，风霜历尽愈葱茏。

据家谱记载，我家的老坟始营于乾隆年间，古柏亭亭挺立，历经二百余年的风雨沧桑了。我小时候，伯父和父亲工作在外地，每年清明节和十月初一两度上坟，都是祖父带着我去。那些年禁了烧香，到坟上祭点心、泼汤、磕头之后，祖父给我指点茔冢，告知是哪位先人，顺便讲讲家史。

祖父逝世那年，我已外出上学，送葬毕就又离别了村庄。那时我就想，祖父年年带我上坟，他老人家也长眠地下了，今后谁来带我上坟呢，又有谁来给他上坟呢？禁不住地伤心。相隔多年，没有机会回村。尤其我远赴海南岛那几年，蛮风瘴雨中苦念家乡的时候，自然也会想到祖坟，每有抱愧之感。

自我调回到本省工作后，有了上坟的机会，并嘱托乡亲保护古树，为柏树加修了护栏，而今它更见蓊蔚茂美了。缅怀前人，不忘根本，借以鞭策自己，克笃前烈，克尽厥职，不坠家声，祖坟存在的意义当在于此。

十二、村戏

麻油灯火照台前，声声鼓板伴琴弦。
粉墨依然眉面熟，自家人演小姑贤。

一到冬闲，我伯父就挑头和大家排戏。元宵节前后正式登台。戏台虽简陋，幕布挂起来也还有样子。台前左右各吊一个大灯碗，麻油燃棉捻子，大概是一种几千年传统的照明方式。锣鼓响起，男女老少都来了，黑压压地站下一片。台上的角色化了装，却也都是本村邻里，粉墨掩不住熟面孔。戏的内容大多早已熟悉，看戏的人并不在意唱的是什么，也不在乎唱得好坏，自家人看自家人的装扮就有一种特殊的趣味，这比到京城里看京戏还要开心。尽管是寒冷的夜晚，鼓板越敲越亮，丝弦越拉越响，生旦净丑个个卖劲，台下的人们不看完了是不会散场的。

悠然南山，美哉诗篇

旅游中看到，各地都有歌咏名胜古迹的诗歌集子。这种书大多是平庸之作，几无阅读价值。《南山诗钞》的编者托我题写书名时，只因为是家乡的事，自然乐于为之，却并未阅读其中的内容。及至此书印出后，置于案头，不时翻翻，竟发现其中好诗连珠，惊赏之余，不免有一些感想。

山西武乡县的南山，与老县城隔河相望，当时古木葱茏，神庙庄严，正是“山不在高，有仙则名”。日本侵华战争中，古老的县城惨遭轰炸，南山神庙与诸多古迹也历经战乱和种种破坏，终于成为一片废墟。几年前，我曾上过南山，看着那些古迹遗址的残石瓦砾，不胜惋慨。虽然也看到新的寺庙正在修建，而当今的仿古建筑，了无昔时韵味。要想仰见前代古贤的风雅，要想重温历史文化的粲丽，大概也只有从遗留的诗文篇章中去浏览寻味了。

南山古有“二十四景”之说，诗集中收录了范士熊、魏守经两位文人分别所写《南山二十四咏》的五言诗。选几首如下：

一疋云中锦，被风吹下天。
是谁都剪碎，堆在乱峰巅。

云天之上仙女织成的一疋锦缎，被风儿轻轻地吹落下来，又不知谁人把它剪成碎块，堆在了一座座峰巅上，把那些山峰装扮得姹紫嫣红，多么美丽呵！这一景叫“南山堆屏”。

明月松间来，幽人池上卧。
双松映双池，一池月一个。

写“两池印月”，白描手法，不加雕饰，幽静恬淡，意境自见，有唐代王维遗韵。

春来鸟声繁，满山啼不住。
数声入林来，一声穿云去。

此景“云林听鸟”，妙在“一声穿云去”，让人如临其境，如闻其声。

落日远山明，近山俱欲黑。
惟余树杪红，点点胭脂色。

一幅“夕阳返照”的图画，远明、近黑、树梢红，层次分明。“点点胭脂色”，美得醉人。

石泉好烹茶，取水八角井。
暂依石阑杆，数尽游鱼影。

写“石井观鱼”，却从烹茶取水起笔，不是为观鱼而观鱼，而是为烹茶去打水的时候，却被井中的游鱼吸引住了，倚在石栏杆上数着游鱼，把打水的事忘在一边了，多么富有情趣呵！

南山山麓，弯曲迂回的河水奔流而去，“漳河回澜”便成了历代诗人吟咏不尽的一道景观。近年开发旅游，酝酿着要在河上建一座大桥，我读了诗抄，忽然觉得没有桥才更近古意，更有诗意。写观澜，写涉水，写因涨河阻行而隔河观山，这些诗篇风味无穷。经久流传的程康庄《背河》，是有声有色、情趣横生的好诗。

二八佳人阻碧流，书生暂作济人舟。
恰将桂手攀花手，依稀龙头对凤头。
一朵牡丹横背插，十分春色锦江游。
悠悠放在尘埃地，默默无言各自羞。

一个青年书生，背一个窈窕淑女过河，诗中先写手抓手、头碰头的情景，接着一个牡丹插背的比喻，真是妙不可言。“春色锦江”借杜甫诗意，美好的情态、愉悦的心情，油然而生。过河以后缓缓着地，默默无语，那种温婉、腼腆的情态，写得尤其逼真而细腻。

一些诗作吟咏的“南山锦浪”，是指秋日红叶，可见当年曾经满山丛林，秋光一派绚烂。有一首古风，是诗人因河涛阻隔、不得登山，在县城城头瞭望秋山而写下的“醉后狂歌”。由斑斓耀眼的紫树红叶引起诗人的想象，仿佛梦入天宫，红叶化成了三千仙童手擎红拂，而其中更有珊瑚屏风、玛瑙酒瓮、霓裳仙女，无比的华美而缥缈。

……青女怜我重整装，玉池照镜开容光。三千侍儿擎红拂，二八娇娥笑绮堂。珊瑚屏风霓为裳，玛瑙瓮贮紫云浆。风飘飘兮吹衣，逸兴飞兮不归。举杯酌酒将致辞，恍兮惚兮怨别离。猛然忽悟立城头，但见红叶山缥缈，如隔海上之仙洲。

此诗歌结尾写道：“极目望断成幻视，欲往从之水弥弥。酒后耳热狂舞起，安得并州剪，剪取漳涛水！”笔调酣畅洒脱，颇若李白的浪漫风致。

《南山诗钞》中，多数诗篇是吟风景、述古迹的，也有一些作品反映了古代的若干社会民情。如《祷南神山十五韵》，作者是沁州的僧人恒桥，诗中记叙了他来武乡祈雨的过程。当年旱象极为严重，农田不能种植，风尘四起，不见天日："拂地一声山木折，狂风满道怒尘埃。漠漠如荒村树隐，哪见菽粟和雨栽?"诗僧当年四月十四日来到武乡城内，二十三日请雨于焦龙庙，当日三更便有雨作，次日大雨连夜，"万里沛足蒙灵佑"，惊喜不已。古时武乡人民完全以农耕为生，靠天吃饭，每遇旱荒，县令都要亲率官民到神庙祈祷求雨。这年四十天中数次祈雨落空，就在"缙绅无策壮志灰"的时候，和尚求来了大雨，好像是干涸的车辙里的鱼霎时得到了西江大水而重生。诗中未免自我炫耀，但也是那个时代的一个现实的描绘。

"桑柘影斜春社散，家家扶得醉人归。"这是唐诗的名句，武乡也一直存在这种春社的习俗。谚云："清明前后，按瓜种豆。"每年清明节前，祭祀土神，以祈丰年，是一个寄托美意的传统。有游南山的诗中写道："适逢赛春社，巫觋纷祈祷。仕女杂沓来，锣鼓喧山捣……"可见当时的春社洋溢着热烈的欢乐气氛。

竹枝词是歌唱风土人情的一种民歌式的小诗，魏守经写的两首《南亭竹枝词》，一首写元宵夜里的"黄河灯"，一首写三月三日迎祭城隍爷，都是武乡的民间风俗：

上元芦席结神棚，烟火连宵气色增。
游遍黄河三百六，沿途五色纸糊灯。

鼓吹沿街聒耳频，纷纷仕女出重闉。
南山寺与城隍庙，旧例年年神请神。

《南山诗钞》中不少吟咏的内容，与两个历史人物相系。一个是后赵石勒皇帝，一个是高僧佛图澄。史书记载，石勒所居在武乡东河沟北原山下，因石勒少时在此每闻有鼙铎声，后人将北原山改名鼙山，武乡旧县城即建于鼙山之上。佛图澄从天竺来华，因寇乱洛阳，潜草野以观变，隐居武乡，曾在南山结筑茅蓬，讲经说法，后被石勒敬奉为大和尚。石勒凡征伐立国的大事，都要咨询于佛图澄。佛图澄列传见于《晋书》，《武乡县志》中的记载基本从《晋书》转录，其在武乡的行迹并未述及。时代悠远，史迹湮灭，古人遗留的诗歌作品，就成为填补历史空白的重要资料。

《武乡县志》记载有一方赵王古印，此印却不知佚落何处。李华炳所写《谒石勒祠》一诗云：

清明细雨洒崇台，拾级登临祭祀来。
石氏宗祠海神庙，僧捧赵印话兴衰。

李华炳是武乡西堡人，清末进士，曾任山西谘议局议员、长子县知县等，可见赵王印在清末或民国初时还保存在石勒祠中。

有两首值得研究的诗作，分别是北魏王文谟和唐代李宁所写。王文谟在北魏登国年间为官，与石勒在位的时间只有五十年之隔，所写《谒南山茅蓬寺》，可证佛图澄事迹。李宁是唐代乡县的县令，其墓葬发现于本县砖壁村，唐玄宗继大位前、封临淄王居潞州时曾游南山，李宁随游并写下了《奉和临淄王游南山》一诗，诗中亦有“今随殿下谒茅蓬”句。但这两首诗韵句不古，似有可疑处。

《晋书》记载，佛图澄腹旁有一小孔，平时用棉絮塞住，到了河边，他取开棉塞，把五脏六腑从腹孔中掏出来，在水中一一清洗，洗净后再放回腹中。传说佛图澄在漳河边上洗心的地方，那石头称为“净脏石”。清代杨德修有诗曰：

峻层磊落天工裁，回澜漳水过壁崖。

我劝游人且留步，亦学佛图净脏来。

洗心洗脏之说，有着很强的象征意义，实际成了人们崇尚清白廉正的一种信念。只要人们走进南山，想到佛图澄，就好像自己的心肝五脏得到了一次净化。明代侍郎魏云中《题南山寺》云：“到此心如洗，参禅兴转长。”四川人氏曾茂林，于清光绪二十年任武乡知县，离任时在诗中写道：“澄怀自觉清于水，并入漳江日夜流。”“从知政简刑方简，直到民安梦亦安。”武乡官宦的清廉和爱民，与自古以来的优秀风尚不无关系。

综上所述，读《南山诗钞》大略可有这样几点收获：一、感受幽美的山水风光；二、了解昔日的风俗民情；三、补充古代传说故事的史实；四、体会前辈乡贤的纯洁和高尚。

当然，最后还有收获第五点，即学习传统的诗歌艺术及前贤寄托于诗歌中的文化精神。武乡南山不仅是以山水和古迹取胜，最值得骄傲的是它所深蕴的文化传统、诗歌传统。看到魏亮生《读晴峰禅师诗集跋后二首》，便不能不令人内心震撼，其一首云：

大声疑卷怒涛来，逾我风头一卷开。
直使天惊真快事，能遭人忌是奇才。
异书读尽仇秦政，凡马搜空爱郭隗。
十二琼楼无所定，神仙何必住蓬莱。

此诗句句激越，喷吐而出，意蕴深远，胸怀宏大，整个是杜甫的气派。

悠然南山，曾经受到毁损的文化的物质载体，已经不可重生；美哉诗篇，则是前人遗留给我们的精神财富。只有很好地传承这份宝贵遗产，我们才能无愧于先贤，无愧于历史。

《南山诗钞》是乡贤刘成书、马生旺、王照骞共同编辑的，张松仪写了

传说佛图澄在漳河边上洗心的地方，那石头称为“净脏石”。清代杨德修有诗曰：“峻层磊落天工裁，回澜漳水过壁崖。我劝游人且留步，亦学佛图净脏来。”

序言，他们为发掘历史文化所作出的贡献，值得褒勉。美中不足的是校印有些粗疏，文字多处讹误，重梓时尚须认真订正。

程康庄其人其诗

前年冬令时，我到了镇江，慕名而上北固山。辛弃疾词中的北固楼，三国故事中的甘露寺，当然早已神往。而这次使我最感欣喜的，却是目睹了“天下第一江山”的著名石刻。六个苍古遒劲的大字，镌在山门廊壁上，“武乡程康庄”的落款清晰映目，我作为程康庄的同乡人，当时颇有些激动。

程康庄（1616—1679），别号昆仑，山西武乡人。明崇祯时拔贡，清顺治十七年补江苏镇江府通判，后调任安徽安庆府同知、陕西耀州知州，康熙十四年返乡赋闲，后病逝于故里。从他的经历上看，在镇江任上前后八个年头，大概是他一生中最卓越的时期，不仅政绩蜚声，而且以学识深湛、工于诗词古文而名噪一时。其时在扬州任推官的王士祯，与程康庄诗简酬唱，过从甚密，人称“上下江诗伯”。

《三国演义》甘露寺招亲一回中写道：“孙权送（刘备）出寺前，二人并立，观江山之景，玄德曰：‘此乃天下第一江山也！’至今甘露寺碑上云‘天下第一江山’。”另据记载，这六个字最初是南朝梁武帝御笔，后有宋代书法家重书，因年代淹久，风掣雨蚀，难免损没。到清康熙年间，经程康庄重新临写刻石，才使这千秋胜迹粲然至今。

程康庄的翰墨厚蕴，不仅有“天下第一江山”引人观赏，焦山碑林中还珍藏着程康庄的诗碑，行书颇见颜柳风骨。他的书法之好，还显现在他喜好搜求古人碑帖，尤其是苦心孤诣补刻《瘗鹤铭》一事，在当时儒林中已传为美谈。焦山《瘗鹤铭》是极其珍贵的古代文代遗产，历代称道为

“书家冠冕”“神仙之迹”。程康庄在镇江时，这一著名石刻已经汩没于江水中，“非穷冬水落，绝望不能至其地”。而且，镌石崩裂于潮汐，字迹毁损惨重。程康庄为挽救至宝而苦求拓本，依据初拓全本作了补刻，放置在海云堂两庑中，并写了《瘗鹤铭跋》一文记述其事。断定《瘗鹤铭》的作者为陶贞白，就是在程康庄这篇跋文中提出来的。跋文附记说：《瘗鹤铭》“原铭怪石峻鲁，大于半间屋，其阳砥平，四方如席，字累累成行，纵横正等。”他经过一年多时间的补刻，以十三块石，横亘五丈多的规模，置于堂中供众人观览。陈维崧评赞程康庄的跋文说：“事奇文更奇”，“风流文采，掩映一时，传之千古，当深人流想矣！”

程康庄的存世著作，有康熙年刻《程昆仑诗草》一卷，有民国时收入《山右丛书初编》的《自课堂集》。中华书局版《全清词》中收录程康庄词作四十四阕，大多采自《自课堂集》，也有的采自《瑶华集》。《自课堂集》由钱谦益、陈维崧二人选注，分为古文、诗余、诗三个部分，其中选词四十余阕，诗一百六十余首。兹摘录二三如次：

苍茫羁命达，世意碍芳兰。
侧目当年事，浮名此日寒。
风尘孤剑直，峤岭暮钟残。
为问朝中旧，苍生忆谢安。（《赴渔阳访胡詹事》）

窥红临镜想氤氲，绣幕春风绝不闻。
忍使夜深清兔魄，翻帘犹照石榴裙。（《挽内》）

秋风袅袅飘梧叶，博山炉内沉香热。绿绮手中弹，挥弦白雪寒。明珠声一串，变作英娥怨。风雨暗潇湘，哀音应指长。（《菩萨蛮·弹琴》）

程康庄善作古风，苍凉激越有古调情味。他年少时随其祖父程启南（晚明朝臣）在京读书，聪悟好学，已经崭露头角，诗作名动公卿间。但到清朝定鼎后被征用时，只补了一个镇江通判之职，一去数年，不能不使他怀往感旧，深为芳兰冷遇、浩心难酬而不平。“为问朝中事，苍生忆谢安。”以谢安自况，与“风尘孤剑直”相呼应，皆见其胸怀不凡。

《挽内》是一首怀念亡妻的绝句。诗人依稀怀想着昔日窥看佳人对镜梳妆的温馨，绣帘下春风般的音容却已经永逝不再。虽然没有直写“悲哀”二字，而那种悲苦悱恻之情已自然泻出。后两句是一个设问之语：清夜月辉还会透过窗纱来映照佳人的艳裙吗？“忍使”二字尤觉哀婉。

程康庄和王士祯青溪遗事词，当时以“辞旨凄丽”而闻名遐迩。《菩萨蛮·弹琴》是其中一阕。评论家说，此词以微思冷致的笔调画出了一幅弹琴图，“句意闲永，词家习气淘洗一净”。

除《自课堂集》选注者钱、陈两家外，清代文学名家还有王士禄、王士祯兄弟及方孝标等人，都对程康庄的诗词作了多处评点，每将程诗与盛唐诗人并论，称道“高古深厚，自是子美敌手”，“典雅新丽，太白佳句如此”。钱谦益品评程诗中一首古风时曾说：“辟景造意甚奇，滔滔漭漭有一泻千里之势，古人中唯太白堪与比似耳！”

程康庄所处的时代，正是由明入清的一个动荡时代。他读书京中，改朝换代的震撼不能不给他留下感情烙印。而他与故里武乡的乡村丝连未断，事职镇江期间又与社会下层接触较多，阅历与感思便是极为富有的。他写诗填词既重于真情实感的抒发，为文炼句又颇具才藻，既吸取了唐诗宋词的古法遗风，又经过了刻苦锤炼，因而形成了一家格调。山西在历史上的每个时代，都不乏卓越的诗人出现，程康庄应该是清初诗坛上的佼佼者，对他的艺术成就尚有待于深入研究。

诗魂与国魂的融会

逝者如斯夫，2005 年就要辞别而去，我们为纪念抗日战争胜利六十周年举行的各种活动也已完成了。然而，因纪念而重新唤起的悲壮历史的记忆，爱国怀抱的炽热，民族精神的激昂，难道也将会随之消逝吗？不会的。我们的民族之所以是一个伟大的民族，之所以历经重重苦难而永远昂然立于世界万族之林，就是因为有一种宝贵的民族精神。伟大的民族精神熏陶了一代又一代的仁人志士，也熏陶了一代又一代的诗人。中国是一个诗歌的国度，我们有一种用诗歌来表达爱国主义情怀的深厚传统。爱国主义是中国诗歌的灵魂。爱国爱民、忧国忧民的诗歌是中华民族的灵魂。因此，诗魂就是国魂，国魂就是诗魂。

这是我读了《拥抱太行》这本诗集所得到的感悟。

诗集第一部分：历史回望

诗人们专程深入到太行山腹地，亲身感受了当年铁血烽火锻造过、熏染过的山石的风概、土地的气息和人民的情操。雷抒雁在太行山里听到了石头的声音，“从长空驰过的雷霆/从峡谷流过的风/都是石头发出的声音”，这并不是幻觉，凝结在石头中的一段英雄历史深深地打动着诗人，融入诗人的心灵中，与诗人共生共存，“我的太行山/你巍峨在我的血液里/你屹立在我的骨头里”。一起去采风，一起走在太行山中的诗人们，又有哪一个不是这样被感动着被融冶着呢？所以才写出了这批有血有肉有灵有气的诗篇。

诗集第二部分：热土深情

这是现在工作在太行山的人们自己写作的乡土之歌。他们并不是专业诗人，有的可能是第一次写诗，但他们对太行山有着特殊的感情。八路军总部和朱德、彭德怀、刘伯承、邓小平等指挥运筹华北抗日战局的将帅们，都曾长期驻扎在武乡。武乡人民和八路军的鱼水情、血泪情、生死情，是抒写不尽的诗歌的永久的源泉。武乡的光荣的历史和生机蓬勃的现在，血染疆场的烈士和勤劳淳朴的乡亲，以及这里的山山水水，沟沟壑壑，有着发现不尽的意象，挖掘不尽的诗材。“啊/武乡/慈母般的缠绵/啊/武乡/严父般的伟岸”“踩着这一方热土/止不住一腔心血的沸腾/感情的潮水涨过河沟山川/随着起伏的丘峦翻滚”。这种真挚的感情就是诗，是用不着更多的雕琢的。

诗集第三部分：古韵新声

有歌颂英烈的，“英雄浴血高歌劲，壮士捐躯仗义行。”有回味往事的，“多少传奇成旧事，路边花开正缤纷。”有歌颂现实的，“阅尽沧桑惊巨变，板山崖上唱新歌。”有张扬精神的，“铁血余痕任磨洗，史诗不锈总辉煌。”旧体诗在写作艺术上很有难度，写好的并不多。其实太行老区有很多很好的民歌，情深意长，别有韵味，川流不息。如果把那些优美的民歌收进来，这本诗集还会大为增色。

中国诗歌学会组织诗人到太行山采风，我全程参加了。一到武乡那天晚上，观看了县文化馆自办的民歌、鼓书和秧歌演唱。这台晚会的浓郁的乡土情味，给诗人们留下了深刻印象。翌日在八路军总部旧址砖壁村，乡亲们又为我们唱起了抗战年代流行的小调。那些抗战民歌，是我小时候常听人们歌唱的，非常熟悉。我加入了乡亲们的歌唱，还接过二胡来伴奏，完全好像回到了曾在故乡度过的少年岁月。那样的亲切和感动，是我多年来从未感受过的。那首《逃难歌》，而今唱来仍让人掉泪。“家住武东县，四区胡峦岭，日本鬼子搅扰咱，不能回家中。”“男人担一担，女人提一篮，今日逃难往出走，甚时往回返？”“逃难上了路，娃娃抱在怀，哭了一声好凄惶，饿死俺的孩。”老歌使我想起了我的父母，想起了他们曾经讲过的诞生和抚育我的往事，于是我写了那首《我出生在一九四二年》。

以诗人们在太行采风和创作的作品为主题，很快编排了一场大型诗歌音乐晚会。这场名为“拥抱太行”的音乐会，在北京保利剧场举行的那天晚上，从始至终沉浸在热烈而动人的气氛中。著名朗诵家石维坚朗诵《我出生在一九四二年》那首诗，虽然是节选，却能通过他的富于感染力的声情语调，把历史的悲壮感传递给了全场的观众，在他沉重地为朗诵画上句号的刹那间，座席上掌声骤然而起。年过古稀的殷之光朗诵郭新民的《一棵树，高高站着》，那是一种整个身体和全部灵魂的彻底的投入，望着台上的这位朗诵家，我忽然觉得他就是那棵树，在他的头顶和身周正在澎湃着风云，正在冲荡着雷霆，正在凝聚着历史。我写了多年的诗歌，然而，是在这一天晚上，我才真正发现了诗歌的震撼力度和巨大能量。

曾经在太行山上驰骋战斗的许多老战士，出席了这场“拥抱太行”诗歌音乐晚会。中国作协书记金炳华和不少文艺界的著名人士，还有田成平、孙文盛、张维庆等几位部长到场观看，他们都对这台高雅的艺术一再表示赞赏。此后的几天中，我不断收到一些朋友为这场晚会发出由衷赞叹的短信。一个朋友告诉我说，在他忍不住热泪盈眶之时，发觉左右座位上的观众也都流泪了。有个女大学生发短信说：“这样的晚会为什么观众中多是老人？应该让青年人看呀，多么好的人生教育呵！”原商业部八十余龄的离休干部赵林田，特地写一了篇文章发表，文中说观看这场晚会“把我们老同志带回了六十年前抗日战争的烽火岁月，重新激起了无限豪情。抗战烽火熄灭了，抗战精神却永耀千秋”！

《拥抱太行》这部诗集，与那次音乐会采用了同样的名称。音乐会上只是朗诵了部分作品，诗集的内容当然是更加丰富了。从组织诗人们到太行山采风，到北京举行诗歌音乐晚会，再到诗集的出版，全过程是一次诗歌的活动，也是一次爱国主义的活动。可以说，这是一次少有的诗歌与爱国主义的完美的融合。正是因为这种完美的融合，才真正显示了诗歌的价值。什么是诗歌，应该怎样写作现代的诗歌，这是当下文学界争论不休的问题。而在我参加“拥抱太行”诗歌活动的过程中，忘却了所有的争论，张同吾先生为音乐会所写的解说词足以使人彻悟，使我共鸣。他这样写道：“这是多么美丽的和平之夜啊，灯光和星光一起，组成了绚烂的图案；诗歌和音乐一起谱写心灵之曲，这般澄明而邈远……诗歌是时代的号角，青铜剑一般锋利，玫瑰花一样明艳。昨天，我们用诗歌耕耘历史；今天，我们用诗歌呼唤良知，抚慰灵魂。”这些话不是在做论文，却洞幽烛微地道出了诗的本质。

在《拥抱太行》诗集出版的同时，音乐晚会的录像光盘也完成了制作，并在中央和山西电视台分别播放。我们常常听一些老同志的怨言：电视台反复播放那些非常低俗的节目，而一些艺术高雅、意义深刻的作品为什么反而会被拒之屏外呢？市场和金钱似乎正在以加速度把文学引向低俗的娱乐化和粗陋化。然而，从这次“拥抱太行”的诗歌活动中，已足可使我们获得了一种提示，增强了一种信心：喜欢高雅艺术的读者和观众仍然大有人在，爱国主义是一个永恒的诗的主题。

让诗魂和国魂更好地融会吧！不要理睬那种市场的喧嚣，那可能只是历史的一段暂时的扭曲。我想在这里提醒读者注意，《拥抱太行》诗集中有李松涛的一首诗：“心灵，是不能失守的要塞！”记住这句哲言，我们一定要坚守！

英雄壮歌唱太行

——序程高翔著《岁月作证》

又是岁末，北方的冬天干燥而寒冷。读完《岁月作证》书稿，一种亲切和温暖的感觉洋溢在心间。这是一部革命的史诗，一曲英雄的壮歌。八年抗日战争，悲壮惨烈，艰苦卓绝，同时也是中国历史上足以自豪的光荣篇章。为了保卫列祖列宗亿万斯年鞠育经营的神圣疆土，在太行山区，中国共产党领导的抗日军民同仇敌忾、浴血奋战，多少可歌可泣的英雄人物一时涌现在这块灵性的土地上。《岁月作证》的大多篇章，便是以一种回忆的笔调，追叙和缅怀这段历史，在此基础上，进一步发掘英雄人物对后世的深远影响。其事也真，其情也浓，其人也诚，其文也畅，所状、所写、所抒，无不满腔挚爱和敬仰，感人肺腑。

此书的作者程高翔同志，是我们武乡县人氏，做过多年的党史工作，工作的需要和自身的努力，使他有机会接触许多当年在太行山区战斗和生活的老将军、老英雄。他曾经会同省、县几位领导赴京邀请陈锡联老将军出席八路军太行纪念馆开馆仪式，1999 年 6 月陈锡联逝世后，他写了《念念不忘老区人民》一文，追叙将军驰骋疆场的光辉业绩。从奇袭阳明堡、反“九路围攻”到上党战役，陈锡联威慑敌胆，战绩卓著，扬名太行，富有浓郁的传奇色彩。历史是人民创造的，德才出众而在人民中富有感召力的人，无私奉献于祖国和民族的人，才是博得人民称颂的英雄。原广州军区副司令员欧致富，可谓是这样的一位英雄。在黄崖洞保卫战中，“不及 1500 人的总部特务团，在 26 岁的团长欧致富指挥下，舍生忘死，以守为攻，与数倍于我的强敌浴血奋战八昼夜，不仅胜利完成了保卫水腰兵工厂人员、机器安全转移的艰巨任务，而且毙敌1000余人，以六比一的辉煌战果‘开中日战况上敌我伤亡对此空前未有的纪录’”事迹见于高翔《虎踞黄崖》一文。

风尘三尺剑，社稷一戎衣。在高翔同志这部书稿里，参与开辟和创建太行革命根据地的李雪峰，决死队主要负责之一戎子和，以及陈再道、秦基伟等高级将领，也都是革命队伍里令敌人闻风丧胆，深受人民爱戴的英雄人物。革命英雄人物是和一定历史事件相联系的，但作为文艺作品，在英雄人物的表现上，不能是简单的历史翻版。也就是说，既应描绘出英雄所附丽着的特定时代政治、经济、文化、道德的色彩，更应写出真实人物独特的个性，现实中的真人都有各自的阅历、遭际、秉性和言容感情。《岁月作证》书中的人物形象的塑造较好地注意了这一点，《老英雄回乡记》里的战斗英雄钟明锋就是一例，作者引用著名作家丁玲的描述：战斗一发生，钟营长高喊：“钟明锋在这里!”民兵们“一听到钟明锋在，就觉得敌人一定会完蛋的”。再比如《忠勇双全的战士》，“在那里，马忠全看到一位光荣牺牲的昔阳新战士，在他的遗体上写着日文，经翻译后才知道那是敌人写得‘英勇善战’”。在这两则细节里，不管战斗英雄还是普通士兵，雄则雄矣，壮则壮矣，人物形象传神而生动，呼之欲出，令人动容。《边区参议员》忠实地记下了“晋冀鲁豫边区妇女界的一面旗帜”，即拥军模范胡春花的业绩：“遇到昏迷不醒的伤员，胡春花打破封建思想的束缚，帮助伤员端屎接尿，许多伤员感动得流下热泪。”“她把心操到了八路军身上，连过年都顾不上回家看看，直到听说四岁的独生女儿得了重病，她才匆匆赶回家里，可惜为时已晚，孩子已经永远地闭上了眼睛。”抛头颅洒热血的战斗并不排斥一种默默无闻的奉献，在英雄的丰碑上，像胡春花这样的模范人物的名字，都同样熠熠生辉。

高翔同志供职于长治市委宣传部，同时也是一名卓有成就的业余作者。

他几年来辛勤奔走，实地考察，现场采访，先后创作了电视剧《长乐之战》、电视专题片《太行之歌》、集《情系太行》等，很明显，《岁月作证》的立意和审美情感是在此基础之上的继续和再现。《孙谦为我改剧本》文中说到了他创作《长乐之战》时求教孙谦的经过："我翻了翻，只见他的'小意见'密密麻麻，竟有三十八处之多。""直到我把酒装进包里，他的脸色才阴转晴天，略带歉意地说，'你要有这个信心，等我去了武乡，你给我喝碗小米稀饭就行了。'"对于高翔的文学创作过程而言，像孙谦先生这样的导师风范，还有刘伯承元帅的夫人汪荣华写给他的"精神可嘉，劳苦功高"的鼓励，都是他不断进步的精神动力。

《岁月作证》这就书稿中，高翔同志将自己心仪的人格情操描绘在里面，无遮拦，不作假，笔下率性写来，使得革命英雄主义具有一种较强的时空穿透力和凝重的现实感。我自小生活在太行山区，对于太行山光荣的革命历史和当年英雄们的顶天立地的形象，自然有着一种由衷的敬仰情怀。感谢高翔同志，他的作品引起了我对过往岁月的回顾和发自内心的共鸣。

阮章竞的回忆录

抗日战争期间，八路军总部进驻武乡，我的故乡因而成为一个圣地，投身抗战的文学艺术家亦在此聚集。1939 年 11 月在武乡下北漳村举行晋东南文艺协会成立大会，翌年即在这个村庄开办了鲁迅艺术学院，相对延安的鲁艺而言，这里称为"前方鲁艺"。阮章竞当年正在武乡，他是文协的常务理事，曾在鲁艺任教。

2014 年夏，我在家乡见到了阮章竞的女儿援朝，她专程前来访问其父母的战斗故地，叙谈间赠我《异乡岁月——阮章竞回忆录》等几本书。我还在中学读书的时候就看过阮章竞写的《漳河水》，是很好读的一本抒事诗，记得诗中有情有景，民歌式的诗句很流畅。因为有早年对这位诗人的好的印象，得到他的回忆录倍感欣喜。

阮章竞是广东中山县人，24 岁就投身抗日斗争来到太行山。回忆录是他口述，由别人整理出版的，可知是他晚年对往事的追忆。他把战争年代的那些亲身经历，叙述得很真切，也很动人，使我好似跟着作者重新回到了那个境遇艰难却高扬着奋斗精神的年代，从太行山中，从漳河水边，在那些崎岖的山道上跋涉穿行着，领略了那种特殊环境下文艺工作的苦战的情趣。

据《武乡人物志》记载，阮章竞在武乡的时间为 1939 年秋至 1940 年年底，住下北漳、桥南。而从他的回忆录看来，战争时期的流动性很大，其实很难在一个地方留住较长时间。当年他的主要工作在太行山剧团，不同时间分别担任过该团的政治指导员、团长、艺术指导员，编写过多个剧本。实际上他带领的剧团在 1938 年就曾到武乡蟠龙、洪水等地演出。任教于前方鲁艺的几个月，是他在武乡相对稳定的一段时间，重回剧团后仍然流动而无所定居。在武乡工作时间更长的是他的夫人赵迪之。赵迪之先后任过区委书记、县委宣传部部长、县委书记。1942 年日寇“五月大扫荡”时，阮章竞患伤寒未愈，与敌人周旋中又中弹负伤，夫人闻讯把他接回武乡。敌人来武乡抢粮，赵迪之带领民兵抗击。阮章竞写道：

我妻子带的民兵和敌人遭遇……

到了晚上，我们进到一个山庄，山庄有几户人家，有羊圈、窑洞。我们待在羊圈和窑洞里。

这天夜里前半夜没有月光，情况仍很紧急……我妻子要去查哨，临走，她紧紧地抱了我一下，然后又给我一个吻。民兵挤在一块儿，天黑，没有人看见。不过，她这样做，我的心情是很沉重的，我知道她这是向我告别。当时她的意识中，也许预感到我们很难活到天明……

仅这么一段记录，当年的艰危与牺牲精神已跃然如见。

这本回忆录出版时，被出版社删去了一些段落，援朝将删节部分自印了一个小册子，名为《〈阮章竞回忆录〉参考数据》。她返京后写信来，并寄来《参考数据》的小册子。譬如，回忆录原稿写道太行山剧团排练的《上前线》一剧，演出中被某旅长下令停演，接着写有一段议论：

这次碰钉子，是我第一次接触我军的“首长制”原则。如果说这种情况在战争年代还情有可恕的话，解放以后四十年来的情况就实在太过分了。我们许多的领导，包括一些对文艺一窍不通，同时也不负有对文艺的领导责任的同志，凭自己的一知半解，一己之好恶，评判一部作品、一个作家的命运，不仅严重阻碍了文学艺术的繁荣，同时，也给许多作家和艺术家的人生增添了本来可以避免的坎坷和不幸。这个教训十分惨痛。

作家的文章中，叙事同时不免有些感言，古来如此。但有些编辑自作聪明，或是出于什么原因，总是爱做一些刀斧功夫，并不商得作者同意。等到印出来一看，改动过的地方每有语病，某些重要文字的删除甚至使作者痛心。凡书刊的出版编辑，务须训练一种严谨作风。如上面这一段话，显然是发自作者内心的感切之语，应当保留为宜，却给删掉了。

《上前线》是阮章竞在武乡的战斗生活体验中写出来的一个剧本，塑造了抗日战士的真实形象。

姜一同志谈“柳沟事件”

中共中央于1947年颁布《中国土地法大纲》，开展了轰轰烈烈的土地改革运动。武乡是革命老区，实际是从1946年中央发出“五四指示”，就已经开始土改。

土地改革是中国革命历史上的大事，也是法治史上的大事。我编辑的《山西法治史话》，收录了姜一同志关于武乡县贯彻“五四指示”，及发生“柳沟事件”的回忆文章。

抗日根据地实行了减租减息政策，到抗战胜利后，“双减”已不能满足农民群众对土地的要求，亟须实现“耕者有其田”。中共中央于1946年5月4日发出《关于清算减租及土地问题的指示》（简称“五四指示”），提出了解决解放区的土地问题的基本原则：“一条批准”“九条照顾”。“一条批准”，即批准农民已获得和正在获得的土地。“九条照顾”主要内容有：绝不可侵犯中农土地；对于抗日军人及抗日干部家属，原属于豪绅地主成分者，及对于开明绅士，在运动中谨慎处理，适当照顾；凡富农、地主所开设的商店、作坊、工厂、矿山不要侵犯，以免影响工商业的发展；除罪大恶极的汉奸及人民公敌为当地广大人民群众要求处死的，应当满足人民群众的要求，经过法庭审判正式判处死刑者外，一般应施行宽大政策，不要杀人，也不要多捉人；在解决土地问题后，凡由于自己勤勉节俭、善于经营因而发财致富者，均应保护其财产不受侵犯。

武乡于5月中旬在郝家庄召开了全县三级干部会议，县委书记姜一传达“五四指示”，号召放手发动群众，认真执行政策。县长武光清作了总结，副书记李务滋、副县长李玉田也在会上讲话，提出了区、村干部回去后如何开展工作的具体要求。会后，县委领导干部分头下乡，帮助开展工作。姜一下乡在七区的监漳村，宣传党的政策，采取诉贫苦、找穷根、倒苦水的方法，启发农民要翻身、求解放，“耕者有其田”的标语到处皆是。

型塘、北漳等村有少数荣退军人，抗战胜利后与地主的女儿、媳妇结婚，竟然丧失阶级立场，帮地主家转移财产，因而激怒了群众。群众自发组织起来追查被转移的地主财产，在追查中殴打了荣退军人。这些村的荣退军人不服，到处串联，把武乡、襄垣、黎城、左权4县的荣退军人集中到型塘村，冲击了区公所，并把在该村工作的区委干部王二孩捆起来。姜一得知消息后，立即从监漳村赶回县里，派县民政科长殷子谋前去解决问题。殷子谋走到里庄就碰上在那里集结的700多名荣退军人，不由分说把他围住推拉。里庄派人到县委报告，说根本不能解决问题，遂派副县长李玉田去里庄，把集结在那里的荣退军人带到柳沟村听取意见。他们一到柳沟村，就把李玉田围住并推倒在地，乱作一团。此事即风闻一时的“柳沟事件”。

柳沟兵工厂的陈教导员给县委打电话，要求县委书记马上来。姜一感到事情闹大了，立即电话报告地委，要求太行行署和军分区派人来解决问题。姜一放下电话就骑马到柳构村，只见荣退军人们还围着李玉田，躺在地上起不来。姜一严厉地说：“你们这样闹下去是不能解决问题的，请你们派代表出来谈！”他们当中有人说：“我们半天都没有吃饭，饿着肚子怎么谈?”姜一立即安排人替他们做饭，并要柳沟村和兵工厂为他们安排地方住下。太行专署和军分区来了两位科长，准备给他们做工作，100多名荣退军人就来围攻他俩，就像部队打仗那样分三个梯队，连推带拖地把他们弄走了。此情况打电话报告给区党委，区党委指示：要先做党员的工作，要以县委书记的身份号召共产党员站出来，党员站出来了，就好做工作了。姜一于是大声呼道：“是共产党员的请站出来！”当场就有300多人站了出来，仅武乡县的就有133人。然后分组召集党员开会，对他们说服教育，姜一说："群众打荣退军人固然有错，那么有的荣退军人替地主转移财产有没有错呢?"这时解放军十四团政委赶来了，决定召开群众大会。

群众大会会场上，左边是荣退军人，右边是干部、民兵，中间站着兵工厂的工人。会议由姜一书记主持，十四团政委在会上讲了话，主要是做荣退军人的工作，要求他们执行中央指示，服从地方党政领导。荣退军人中的党员代表发言，表态说自觉和农民兄弟站在一起斗争不法地主。区、村干部发言说，要照顾好荣退军人，少数人帮助地主家转移财物是错误的，但也不应该发生殴打荣退军人的事。接着，有五六名荣退军人上台揭发型塘村的少数退伍军人丧失阶级立场，和地主的女儿结婚后违犯纪律，破坏政策，替地主转移财产。还揭发说："上北漳村有一个退伍军人来历不明，一贯造谣惑众，这次就是他制造谣言，带头把大家煽动起来的。"荣退军人都明白了事情真相，要求揪出败坏他们名声的坏分子，交地方政府处理。最后，副县长李玉田作了总结发言，接受大家的意见，把揭发出来的阶级异己分子当场予以拘留。大会开得顺利，事件得以平息。

姜一是武乡李峪堖村人。抗日战争时期历任区委书记、县委副书记、书记。1947 年随刘邓大军南下。1949 年后，曾任黄冈地委书记、湖北省委书记处候补书记、书记。1977 年调陕西，1983 年回山西，任山西省人大常委会副主任。1987 年返湖北，1998 年逝世。

我在省委政法委工作期间，与姜一同志交往较多，他对武乡的建设和发展非常关心。我们交谈中总是要说到家乡的人，家乡的事，家乡的史，他保持着正直、忠实、坦诚的优良作风，令人钦佩。

赵树理笔下的武乡农村

赵树理的长篇小说《三里湾》，我是1956年暑假在新华书店看的。当年在长治念完高小，秋季要上初中，假期没有作业，闲空就去南街书店看书。那时家里生活不宽裕，没钱买书，书店开架，随便你看，一本长篇小说，连着看上几天也就看完了。

我是从农村长大的，看了《三里湾》的各式人物，从家长里短到互助合作的故事情节，以至那些屋里屋外、场上磨上的农村生活情景，确实就像我们自己家乡的事，所以看得很有兴致。

但我那时并不知道作家曾经在武乡体验生活。后来才了解，赵树理当年下乡，在武乡监漳、窑上沟住过。1951年国家在晋东南地区选了10个试办农业合作社的试点，其中有监漳的东社、西社。窑上沟的王锦云是有名的全国劳模，我还在老家村里念书时，学校就教唱赞扬王锦云的歌曲，他领导的农业社也是晋东南十个老社之一。

再看资料，越树理自述：1952年秋冬间，“我为着了解农业生产合作社，曾到山西平顺县川底村住了三个多月。”看来他的《三里湾》的素材，更多是取自平顺县郭玉恩的那个农业社。但小说中所写的地理环境，河滩、菜园、灌渠，富饶的农田，仿佛就是武乡监漳那里的河湾。

作家在监漳和窑上沟的时间，是1951年。这年4月初在监漳村协助办社，做过三次建社动员报告，多次和社里干部研究如何把社办好，并具体设计了按劳取酬的“记名工票”。接着到了窑上沟，参加春耕播种，和农民一起下地劳动。正是在武乡这段时间，赵树理“草拟了一个电影故事”：

《表明态度》。

《表明态度》实际也是一篇小说。故事梗概是：村里的武装主任王永富参加了互助组，但他家景好了，儿子娶了媳妇，又买下一头好牛，便觉得革命成了功，觉得这时候参加互助组、担任干部工作都成了累害，加上老婆拉后腿，他退出了互助组。但他儿子小春和儿媳腊梅思想进步，仍坚持在互助组，只好分家。永富在单干中感到孤独和惭愧，在大家帮助下还是回到了集体中。

不妨把这个故事和《三里湾》对照一下，某些相似处是显而易见的。王永富好像范登高，腊梅好像灵芝，永富老婆也好像天成老婆“能不够”。我们姑且做一个主观臆断：《表明态度》好比是作家在创作长篇之前的预习，那么，长篇《三里湾》可以说就是短篇《表明态度》的延展和深化。

赵树理说过，他的作品，他自己常常叫它是“问题小说”，因为他写小说都是下乡工作时碰到的问题，感到那个问题不解决会妨碍工作进展，应该把它提出来。可见这篇《表明态度》，正是作家在武乡农村中碰到的和思考的问题，是他在武乡农村体验生活的重要收获。而《三里湾》与《表明态度》的主题思想和人物故事构思又是一脉相承的，当然也就都与武乡这块饱蕴精神力量的土地有着深切的联系。我们在作家的书中，看到了合作化初期武乡农村的生产和生活现实，看到了正在发生着深刻变化的农民群众的思想风貌，尤其是看到了积极上进、富于理想的一代农村新青年朝气蓬勃的形象。

据韩福旺撰写的《赵树理在窑上沟》一文记述：老赵耕地、刨坑、下粪、点籽等活，样样在行，中午送饭和社员一起吃在地头，每逢休息下来，他不是讲故事，就是敲着镢把唱上党梆子。听到有人称赞他种地是个把式时，他微微一笑说：“我本来就是农民，农民怎能忘了种地？当了干部也得经常锻炼种地。万物土中生，谁离开土地也活不成！”

赵树理吃了武乡农家的炒面，还写了一首歌诀：“炒面炒面，老区特产。营养丰富，味美香甜。适于保存，吃时方便。支援前线，功劳不浅。现在吃它，忆苦思甜。”

序《冈夫自书诗词》

在我的少年时代，或者说是在我的文学爱好启蒙时，心目中有两位最使我敬慕的人物，一位是高沐鸿，一位是王玉堂。他们是从我们武乡县走出来的两位文学家。我为我们家乡出了两位现代文学大师而感到自豪。武乡地处太行山中段，过去似乎是一个比较闭塞的地方，然而却有着相当深厚的人文历史传统。中国现代史的大幕开启之初，先进的思想文化就在武乡得到了传播，一批先觉之士就从这里崛起，高沐鸿和王玉堂都是较早地出现在中国现代文学行列中的先驱者。

王玉堂笔名冈夫。五四运动期间，冈夫先生接受新文化的影响，积极投身于进步事业，并开始了他的诗歌创作生涯。当年曾经被反动政府逮捕入狱，经营救出狱后，他奔赴太行山抗日前线，从事抗战宣传动员、文化教育，以及创编抗战文艺期刊等工作，创作了大量的诗歌文学作品。1949年之后，系山西文协、文联领导成员。“文革”中遭受了诬陷和迫害，及至冤案平反，先后任山西省政协委员、人大常委、省文联副主席、省作协副主席，荣膺人民作家的称号。

冈夫先生直至1998年逝世之前，仍在坚持创作，手中的笔一直不肯放下。在他的九十一年生命中，计有七十年与诗歌为伴。阅读先生文集可知，诗歌作品占了其中的大部篇幅。《冈夫文集》正式出版数年之后，先生的爱子稚纯现在又从遗物中搜寻出一批毛笔书写的手稿，可谓是先生的书法作品，稚纯意欲整理出版《冈夫诗墨》一书。我初步浏览，感觉内容颇佳，又以为名之“冈夫自书诗词”似更适当。因为其中虽有一部分是写给有关方面的赠言题词等，主要部分还是诗词作品的自书稿。而且，出版这样一本书的价值，正是在于一位著名诗人将自己的诗词作品写成了书法。

我略加梳理，冈夫先生这批自书诗词，从战争年代留下的作品，直到他晚年的创作，跨越半个多世纪。诗人的漫长的一生，所经历所战斗的是在一个风云激荡、惊心动魄的年代，是那样一段宏壮而曲折的历史，他把自己的亲历见闻和深切感思都写在了诗里。其所遗留的手书诗稿，少数早期作品是后来作的回忆补书，较多的墨迹则是20世纪60年代到80年代的作品，这也正是我们所经历的时段，所以读起来感到特别亲切。比如1962年写下的两篇诗歌，一篇是收在《冈夫文集》中的《年景》，手书稿作《渔家傲》词；另一篇即《西北行·送同志》。“三年暂时困难”期间，我们的国家和人民经受了一次非常严峻的考验，1962年的农业丰收成为形势好转一个令人兴奋的征兆。诗人的《渔家傲》词写道：

> 连年苦歉遭荒旱，今年喜见庄稼窜，掐指时日暗盘算。回头看，郁郁葱葱金不换。谷穗垂垂高粱颤，棕缨玉米金牙灿，葵花向阳嘻嘻站。扯不断，豆角秧子南瓜蔓。

这首词溢满了由衷喜悦之情。“掐指时日暗盘算”一语似俗实妙，诗人在盘算什么？近算，收秋的日子快到了；远算，国家的困难时期将要过去，即将迎来一个真正的大好形势。上阕最后以“郁郁葱葱金不换”句，概括表现广大农村的美景，下阕则是具体形象的描写，全词一气呵成，词句流畅，画面生动，别有情趣。《西北行·送同志》一诗，同样洋溢着当年抗击困难的那种豪迈情怀，鼓励同志不畏“西北料峭多风寒”，而勇于“粮食战线抢闯关”。阅读这些作品，把我们引入了历史的回顾中。可以感觉到诗人始终在紧紧地跟随着历史的步伐，一颗诗心始终在与家国事业、与人民命运紧紧相系，一起搏动着。冈夫诗歌的可贵之处，正是在于贴近历史时代，贴近革命和建设的实践，因而格外使人有所感怀，有所启迪。

中国文学有“诗言志”的优秀传统，冈夫先生通过诗歌作品抒发胸臆，寄托理想，字句间处处流露着真情实感。他的诗风刚健高昂，始终饱含着一种前进的精神和革命的情操。当他在“文革”中被诬为“叛徒”，历尽折磨，而那场动乱尚未结束，不白之冤尚未平反的时候，他就借诗歌表达他的坚定信念，显示了乐观向上的情怀，而没有任何悲观怨语。《杂句三首·其一》写道：

大运随元化，砥砺奋忠精。
心宽天地阔，脚稳眼光明。
有志观山海，求梁向典经。
养颐备驱策，庶以答苍生！

这是写于1973年的一首五言律诗。诗人把遭受残酷打击的过程，反而当作了精忠人格的一次砥砺和考验。诗的结句写得非常精彩：“养颐备驱策，庶以答苍生！”在身陷困境、不得自由的情况下，思想中却在时时准备着有朝一日被解放以后，重新为人民驱使，鞠躬尽瘁以报答人民，这是何等高尚的精神境界！在1974年写给老友的一首答诗中他又写道：“生死固尝抛度外，毁誉谁肯置心间。犹思效命贾余勇，倘得天年敢自嫌！”这种不计荣辱、不失信仰的可贵精神，在我们今天看来尤其值得敬慕和弘扬。冈夫先生不愧是一位真正的革命者，也不愧是一位真正的诗人，是我们应当追随和学习的楷模。

自五四新文化运动以来，中国诗歌进入一个变革时期，而且迄今仍然处于变革过程中。新诗与古体诗词同时并存，文人的诗歌创作与民间歌谣相随杂出，正是这个变革时期的一种纷繁现象。冈夫先生是以写西化的新诗创作步入诗坛的，在革命斗争的烽火中逐渐吸取了民歌的形式，民族化、大众化成为他的新的创作风格。而到后期写了许多旧体诗，又足以显示他的古典文学的深厚修养。如 1961 年写的《遐想曲》，开篇句云：“久结仙缘想，一朝游兴发。腾身跨青鸾，遂作云中客。”然后写到了相遇牛郎织女的想象，结句说：“星际亦云乐，深爱在祖国。”这是一首古风，全诗用入声韵，长达三十二韵，写得饶有情趣，而且意境高远。这批手书诗稿中，除了绝句、律诗，还有一些格律不很严格的五七言诗，现在有人称之为新古体。先生站在时代变革的潮流中，尝试了各种不同体式的诗歌创作，这种积极探索的意义是值得肯定的。

我对于书法缺少研究，看了冈夫先生这些手稿，感到他很有书法底功，最可称道的是他书写随意，字体自然，而又能体现个性，点画都有筋骨。当代人的书法过于讲究形式，而且竞相追求师法，或尊二王，或学颜柳，结果是形似者多，很少能见到具备风神骨气的优秀作品。汉代著名书家蔡邕说过：“欲书，先散怀抱，任情恣性，然后书之。”冈夫先生不在书法家的行列，并没有专门创作书法作品，或是书写自己的诗词，或是应人所求而题写赠言，大都不在意章法，也不刻意考究笔法如何规范，然而，正因为他是“先散怀抱，任情恣性，然后书之”，所以他的这些墨迹颇有生动自然之趣。

冈夫先生离开我们已将近十年光阴，拜读遗墨，感怀殊多，难以一一尽言。稚纯嘱我为序，实不敢当。这里只是写了我的点滴学习心得，并借此寄托对于先生的深切怀念。

名以德广，功以苦成

——序王建华《清风往事》

家乡之情，人皆有之。我和乡友聚会，说起我们武乡县的田园父老和历史文化，自豪之感便会油然而生。武乡真正是一块人杰地灵的土地。且不说遥远的荣名，就说近百年来的革命与建设大业中，武乡涌现的杰出事迹和人物，亦已不可胜数。一部分人才，远走他乡，南征北战，建功立业，他们使武乡的荣耀播名于海内，不乏勋劳卓著者名垂史册。另一部分人才，守土有志，奉献在乡，带领家乡人民开拓奋进，在家乡的山山水水中留下了他们不可磨灭的身影和业绩，王建华就是其中优秀的代表人物之一。

建华出生在武乡农村，从小有过艰苦生活的体验，也接受了带有武乡传统色彩的良好家教，他的父亲忠实正直、克己奉公的优良品质，成为他做人从政的榜样。参加工作从服务员、通讯员做起，经过了扎扎实实的磨炼，又有部队战士的经历，可知他的人格修养有着坚实的基础。甫届而立之年，开始在乡镇担任领导职务，37 岁成为县领导班子中最年轻的成员。在每个工作岗位上他都扑下身子，真抓实干，攻坚克难，公而忘私，勤瘁忘身，以至积劳成疾，经常带病工作，表现了高尚的思想境界。数十年来多方面的业绩中，凝结着他的事业责任感和坚韧进取的精神，也凝结着他的领导能力、才华和丰富的工作经验。诸如武乡县城防洪改河、治坝建滩，武乡电厂的建设、太行龙洞的旅游开发等项工程，都是他殚精竭虑而成就的造福武乡人民的大事。年满六十从县政协主席职位上退出时，他在大会发言中深情地说道：为推动武乡经济社会发展做了我们应做的工作，心里感到非常欣慰和满足。

《清风往事》一书，是建华撰写的回忆录。从故里亲人、少年成长，到走向社会，从开拓事业、征服疾病，到光荣离职，六十年人生经历娓娓道来，多处的具体抒写令人为之感动。如写道“清苦的童年生活”，因粮食短缺，以杨叶、槐花、灰灰菜充饥的日子，会引起一种集体记忆和同龄人的共鸣；写道其父亲早年曾是一位优秀的人民教师，老一辈的那种品格和情操，放在今天的社会风气之下尤其感到可贵和可敬。建华任副县长期间，曾一度不得不辞职治病，但我以前并不知其病因，现在看了他的回忆录，才知道当时公务外出中过度劳累，病后仍焦虑公事、坚持工作，失于及时医治而成重症。经治疗康复后又投入繁忙工作，在为筹建武乡电厂的紧张奔波中，曾经三次犯病晕倒，但他边就医、边工作，时刻急公勤民，甘愿鞠躬尽瘁，这些事迹确很感人。回忆录后一章写到了妻贤子孝的美满家庭，未料贤妻突发意外，遽然病逝，建华此时的伤痛心情亦足引人同悲。总之，此书语言流畅，文风朴实，详略得体，纪事生动，充满了真情实感，读后不啻会有深刻的感受，令人难以忘怀。

我结识建华多年，起初因工作而有交往，后来我和在省城工作的其他乡友每次回到家乡，都得到他盛情款待和多方帮助，这种饶有乡情的友谊让人感到特别温馨。他在此书中有的地方说到了我，未免言过其实，使我甚感惭愧。尤其感到我为家乡人民所做的事情实在太少，建华对于武乡建设事业的深厚情怀，以及他那种不辞劳苦的敬业精神，值得我学习和敬重。他创办的《家乡之音》，我每收到一期必认真阅读，其乡土气息醇浓，让人感觉十分亲切。他主编的《武乡人物志》，三卷陆续出版，付出了许多心血，每卷成稿都送我先睹为快，我曾分别为之写序，感到这是以人物传记的方式，再现了武乡悠久的地方历史，特别是武乡现代革命史和当代发展史，意义极其重要，得到了普遍的赞扬，建华的这一贡献必将在我们武乡青史上永久流芳。

名以德广，功以苦成，建华正是由品德修养而得以立身，由艰苦奋斗而得以有成。古代哲人为我们留下了“三不朽”的训勉之语，即首先立德，其次立功，然后立言。建华这本回忆录，结合自身经历，具体而真切地写出了人生的经验和感悟，因而可以说是有着立言的含义。譬如，他担任县委办公室主任处理很多事务，而他的感想是：“做好小事的人才可以做成大事业。”当选副县长的时候，他想到的又是：不为人民办事将来就会“被人鄙视，落一身骂名”。他到上海挂职学习了三个月，得出一点深切感受是：“默默做事，不尚空谈。”他在排除万难、筹建武乡电厂的过程中，得出一条箴言是：“胜利永远属于敢拼敢冲的人们。”在本书的前言中，建华更为精练地归纳了五条体会：自强、平易、明辨、宽容、无畏。凡其书中写道的感想和体会，都不是凭空而来，都是他的切身所感，心底所悟，经验之谈，都会对他人有感染作用，有启迪意义。因而我相信，此书的问世，将会受到读者的欢迎。

序电视剧本《石勒》

石勒是中国历史上非常特殊的一个英雄人物。他从一个少数民族的奴隶，完全靠自身的雄健的气魄、超人的才干、坚忍的奋战，在一个大动荡大分裂时代脱颖而出，成为统一中国北方的一代英明的皇帝，成就了一番卓越的社稷大业。这样一个传奇式的人物，值得回顾，值得书写，值得通过再现历史人物，而让人更加深切地感受我们这个多民族的国家，曾经有过何等艰厄和何等悲壮的往事。

史称石勒字世龙，上党郡武乡县人。今武乡县故县村的东河沟，相传为石勒出生地。武乡有着久远的历史，汉为涅县，西晋泰始年间设为武乡县。从东汉到西晋，“五胡”即匈奴、鲜卑、羯、氐、羌几个民族大量内迁，武乡便有了羯人与汉族杂居的村落。石勒是羯人，其祖父、父亲相继是居住在武乡那一处的羯族部落的一个小帅。石勒在这个山明水秀的地方成长起来，留下了许多传说故事。至今应该说是武乡人最了解石勒的家世，也是武乡人最有兴趣谈论石勒、研究石勒。时值弘扬优秀传统文化的热潮方兴未艾，由武乡学者李驰骋先生撰写出一部四十五集的《石勒》电视剧本，正是文得其时，文得其人。这部大作既是当前文学剧本创作的一个可喜的收获，也是石勒研究以至晋代历史研究成果的一个重要体现。

一、还原历史故实与采撷民间传说相结合

作者阅读了大量的历史资料，笔下娴熟地勾画了西晋到“五胡乱华”这个大转折时期的历史，这个时期发生的主要政治事件都在剧本中得到了反映，而且紧紧抓住了频繁的政治斗争中的要害问题和关键情节，都能基本如实地表现出来。同时，作者把搜集到的民间传说穿插于剧中，不仅增强了剧情的故事性和趣味性，而且由于一些传说故事描写和点缀得体，更加增强了历史的真实感。写历史剧最大的忌讳是胡编乱造，违背史实，任意虚夸，歪曲历史。《石勒》整个剧情基本符合历史的真实，还原了那个时代的历史文化环境，这一点是最需要肯定的。

二、铺陈沧桑画面与塑造英雄形象相结合

历史学家曾说，在任何一个新政权中开国元勋往往是一代精华，靠才干取得尊荣；只有晋王朝的开国元勋，却是那个时代中最腐败的一群无耻之徒。因此，很快爆发了八王之乱，晋王朝只有很短的二十来年的统一时间，便把中国带入了大分裂时代。八王之乱即司马皇族互相杀戮，极其残忍，一片血腥。而朝廷的腐败和官僚的贪污横暴，更引起了四处叛乱，遍地流民，多国割据，战争频仍。这样一种混乱不堪历史画面，要用文笔和

剧本设计表达出来，实在是太难了。作者颇费苦心，通过连续多集的安排来描述这些纷繁复杂的故事，而最重要的任务却是如何从中凸显中心人物石勒的形象。通览全剧可知，作者对于石勒这个典型的刻画还是下足了功夫，从行状、语言到喜怒表情、细节和心理描写都突出表现了石勒的个性特征。铺陈沧桑变幻的历史画面，与塑造石勒的英武勇悍的形象，能够较好地结合起来，这是这部电视剧本的难能可贵之处。

三、众多出场人物与紧扣故事主线相结合

石勒被作为奴隶，从武乡捉去卖到山东茌平，他得机投奔汲桑的暴动集团，逐步拉起了自己的军队，成为刘渊的汉国的一支劲旅，四出征战，扫灭了西晋王朝的主力，致西晋灭亡，然后再灭前赵刘曜，终使后赵统一中国北方。这是全剧的主要的故事脉络。而这条主线，却是与晋王朝腐朽没落的过程交织在一起。从八王之乱的第一个亲王司马亮被杀，到第八个亲王司马越死，从晋惠帝司马衷被杀，到司马炽、司马邺二帝的苟延残喘，再到晋元帝司马睿的东晋朝廷局促一隅，这便是全剧的一个宏阔而庞杂的背景。所以，这部电视剧表演着两种场景，一种是石勒纵横攻略的场景，一种是朝中夺攘厮杀的场景，或是分别登场，或是相互交错，出场人物必然很多很多。既要铺排好纷乱的出场人物，又要把握好故事的主线，这正是写剧的难点所在。从这种难点的处理上来看，这部电视剧的架构虽然不是十分周当，总的来说还是体现了相当成熟的构思和写作技巧。

四、史鉴启迪意义与戏剧欣赏趣味相结合

西晋统治集团的荒淫腐败，以及专制政治下导致的士大夫只顾享乐而毫无家国责任感，这是一段颇有鉴戒意义的历史。这个王朝在已经丧失了存在能力的情况下，仍然延续到晋愍帝，并且继而产生了东晋政权，这其中一个重要原因，其实是当时汉族人的民族意识。汉族人尤其是汉族的知

识分子，不愿意臣服于胡人统治，只好把晋朝作为正统政权而维持着。石勒初时只知仇恨晋朝统治者而滥杀汉人，后期得到高人指导，开明政治意识提升，懂得安抚汉族百姓，重用汉族士人，促进各民族团结，并设立学校，培育人才，提倡儒家经学，这才使他的政权得以巩固和扩展。一个胡人当政而得到了汉人拥戴，这正是石勒这个人物对于后世的启迪意义。历史剧诚然不是为写历史而写历史，宗旨在于“以史为鉴”。但从另一方面说，历史剧也并非是历史教科书，它一定要有戏，有观赏性，有娱乐性，通俗地说就是要有看头。譬如石勒起事时“十八骑”结义，后来散而重逢，这故事就有戏。又如石勒和母亲、妻子的悲欢离合，石勒重返武乡故里寻访旧交，以及邀请故里乡亲到皇都欢聚，这些情节趣味横生，都有看头，能够引人入胜。

以上几点之外，我也想过这部电视剧本还有哪些不足之处，如何使之结构更紧凑一些，思想更深刻一些。纷纷拥拥的历史事件和人物，如果适当删繁就简，可以使创作的主题更集中更鲜明。在尊重历史真实的前提下，增多一些合理的想象、艺术的虚构，可以使剧情更丰富、更生动。当然更期望该剧能够引起影视艺术家们的重视，通过琢磨加工和润色，最终推出一部更臻完美的脚本。

还在十几年前，我曾经就石勒这个人物，同著名作家钟道新做过一次长谈。钟道新对这个题材很感兴趣，他认为完全可以成就一部精彩的电视剧，并立即开始阅览有关资料。不幸的是，他突然脑出血倒下了。我往钟府吊唁时，他的夫人悲惜地告诉我，道新这些日子正在构思石勒的电视剧，才开笔就匆匆走了。我为此极感痛心。当时我以为要写好石勒的电视剧，再没有比钟道新更合适的作家了。想不到有我们武乡人士李驰骋先生，现在终于完成了这部连续剧的文学剧本，这不能不令人格外兴奋。初步浏览过打印的一本厚厚的书稿，即兴写下了上面这些感想。一已浅衷，姑且为序。

序《晋东南记忆》

山西省的东南部，地势高峻，古称上党。秦统一六国，始行郡县制，上党郡即为三十六郡之一。秦汉以下建置历经沿革，至金元明清时期，逐渐稳定为“三州府、十六县”的区划，即为：潞州八县（长治、长子、襄垣、屯留、黎城、潞城、壶关、平顺），泽州五县（晋城、高平、阳城、陵川、沁水），沁州三县（沁县、武乡、沁源）。

在抗日战争的特别时期，晋东南一带分为太行区、太岳区，归属于晋察冀边区。1949 年始设长治专区，后更名为晋东南专区、晋东南地区。1985 年 5 月市管县改革中，撤销地区行政公署，所辖分属长治、晋城两市。从长治专署成立，至地区行署撤销，前后历时三十六年，其间亦曾有过行政管辖的变更，而总体领属基本保持着历史上的“三州府、十六县”区域。

晋东南地区如上述之范围，南北长约 240 千米，东西宽约 160 千米，面积约 23400 平方千米。东峙太行山，西接中条山，北有浊漳、清漳回绕，南有沁河、丹河贯流，冈峦起伏间屏藩着上党、泽州两块盆地，山川秀丽，田园肥美，物产繁衍，几千年来勤劳智慧的上党人民，在这块土地上创造了灿烂的文化。从上古的精卫填海、愚公移山、神农播谷等诸多神话和传说，到近时发现的沁水下川旧石器文化等多处古人类遗址，从遍布全区的古建筑群等文物遗存，到文华斑斓的历代名贤纂著墨迹，无不让我们深深感受着晋东南山河土地的古老与神奇，也让我们为她在华夏文明发祥史上的卓异地位而不禁满怀自豪。

晋东南关山雄险，自古为战略要地，称作“天下之肩脊，河朔之咽喉”，有“得上党者得天下”之说。古代的秦赵长平之战、梁晋潞州之战、周汉巴公原之战等著名战事，雄辩地证明：“上党，诚自古必争之地矣！”自1937年抗日战争之初，八路军总部进驻晋东南，这里遂成为晋冀鲁豫抗日根据地的腹地。朱德、彭德怀、刘伯承、邓小平等老一辈革命家运筹帷幄，指挥整个华北敌后抗战，太行、太岳广大军民与日本侵略者进行了不屈不挠的斗争，谱写了可歌可泣的英雄史篇。嗣后，著名的上党战役拉开了解放战争的序幕，老区人民踊跃参军参战，十五万青壮年走上前线，三万名老区干部南下北上，为新中国的建立作出了重大贡献。这一页鲜艳的现代战争史，不仅是“必争之地”上党关山的一次新的洗礼，同时也用生命和鲜血孕育了伟大的太行精神。

《晋东南记忆》一书，记录的是从长治专署、到晋东南地区行署建置期间的三十六年事略，而上文述及的历史文化背景，与后来诸事无不息息相关。晋东南人民从来不曾忘记历史，每一个前进步伐都在传统的光辉映照之中。三十六年虽然短暂，而在这个时期中，跨越了社会主义过渡、社会主义建设、“文革”动乱到拨乱反正、改革开放等重要历史阶段。从战后全面恢复工农业生产，到大力发展社会主义经济，从振兴文化教育、培育一代新人，到推进精神文明建设和社会的全面进步，全区人民在实践中探索，在曲折中前进，各项事业成就斐然，诸多业绩曾经享誉全国。如长治专区在全国率先试办初级农业合作社，晋城东四义卫生工作荣膺毛泽东主席题词称赞，陵川宁华堂创造了双羔羊奇迹，沁县财贸“三通”经验得到全国推广，高平米山保健站保健合同推动了全国农村合作医疗制度，壶关晋庄旱地谷子高产经验受到农业部重视，晋城“五小工业”引起全国关注，著名劳模申纪兰最早提出“男女同工同酬”，成为全国人大首届以来唯一的连任代表。这一重要历史阶段中的所有业绩，都充分显示了太行精神发扬光大的无穷力量。

回首往事，我们也不能不痛心地指出当年极“左”思潮的危害，特别是“文革”动乱期间，晋东南两派武斗的腥风血雨亦曾震惊全国，人民生命财产遭受了惨痛损失。“以史为镜，可以知兴替”，历史、现实、未来是相通的，历史是现实的过去，现实是历史的未来。晋东南地区各级党委、政府，以及各个部门、各行各业，三十多年来在政治、经济、文化、科技、教育等方面的成功经验值得我们认真总结，历史教训需要我们认真反思。

晋城市档案局充分挖掘馆藏档案的历史文化价值，编辑出版此书，具有重要的资政、存史作用。我认为这是一件对历史负责，为现实服务，替未来着想的实事、好事。我作为一个在太行山下土生土长的太行人民的儿子，又作为一个曾经在长治学习工作多年的晋东南老人，为这本书的出版，感到由衷的高兴。希望大家都来读一读《晋东南记忆》，从中汲取智慧、勇气与力量，这将会十分有利于我们今天和未来的事业。

行政建置随时代要求而变化，从古到今皆然。然而，无论区划如何改变，“晋东南地区”已经定型为一个历史性的称谓，一个具有丰富文化内涵的不可改变的永久性称谓。我们不必为越来越陈旧的档案而惋惜，如今跨入了全面建成小康社会的新时期，日历每天都在掀开新页。相信晋东南的儿女们，必将无愧于我们的雄秀河山，无愧于我们所眷恋的这块热土，必将在未来历史上不断书写出更加璀璨的新的篇章。

山川钟灵秀，发展靠人才

——《武乡人物志》序

美好的风土，可以聚集灵秀的精气，诞育优异的人才。这是中国传统的天人合一的一种哲学理念，其中是有着深邃的道理的。武乡县境横跨于太行、太岳两山之间，东西绵长达一百五十千米，在悠久的历史上形成了这样一个区划，也并非是偶然的。据说在清代以前，我们这块土地上河流交汇，草木茂盛，尤其是山区森林密布，浓荫蔽日，异常幽美深秀，至今在县境东端还能看到可爱迷人的板山风光。世世代代在这样氤氲宜人的环境中，摄取着沃土的供养，吸收了大自然的精华，这就必定会造就出乡人的聪明和才智，也必定有出类拔萃者诞育其中。清初傅山隐居武乡时，曾为南神山写过这样一副对联："读罢楞严，闻听鸟声啼茂竹；烧残麝脑，静观花影步苍苔。"正是设在茂林修竹、花香鸟语的南神山中的南麓书院，成长了不少的卓有业绩的名人。"孕奇钟秀异人出，词华哲将多精能。"如果把这句唐诗用到我们武乡，应该说是名副其实的。

人才为山川土地所孕育，山川土地因人才而增辉。许多地方都是因有名人而有名的。古人说：山不在高，有仙则名；水不在深，有龙则灵。早在一千七百年前就有石勒皇帝诞生于武乡，就有高僧佛图澄布道于武乡，既有龙，又有仙，山因之名，水因之灵，这是至今让我们为之骄傲的。前几年我去到江苏镇江，一登上北固山，看到那儿镌刻着"天下第一山"五个大字，后面落款是"武乡程康庄"，我当时就兴奋地向同游者讲述程康庄的文章身世，一种武乡人的荣耀感油然而生。当然，最使我们感到自豪的，还是现代的那次伟大的民族解放烽火中，武乡人民用生命和鲜血，赢得了永久的无上荣光。朱德总司令和八路军诸将帅"伫马太行侧"而威震天下，武乡山川土地的厚德成为抗战胜利的可靠根基。数万名武乡儿女投身革命战争，甚至血染山河，为国捐躯，那许多出生入死的英雄，可歌可泣的事迹，必当在历史上永远地光芒辉耀。

我们的家乡如此钟灵毓秀、人文荟萃，历史上文英武杰、乡贤名流犹似璀璨的繁星一般，编著人物志就成了一件极有意义的事情。这种意义并不只是为了彰显，也不是为了让乡人骄傲，其深刻的意义在于承前启后、继往开来。特别是应当让青年一代，让我们的后来人知晓乡土历史，了解先贤前辈，从而才能真正懂得家乡的含义。历史诚然是广大人民群众共同创造的，然而，历史的亮点又总是表现为杰出人物的活动，历史的传续往往直接表现为对杰出人物的思想和业绩的继承和发扬。各个时代、各个方面的杰出人物出现，既是山川土地的孕育，也是他们自己修身炼志的成果，他们必然具有卓越的思想，优秀的品质，高尚的德行，非凡的精神，这些正是值得后人学习和继承的。所有的热爱自己家乡的人们，都应当立志为家乡作出贡献。家乡的山川土地养育了我们，我们就不能忘本，就应当为家乡增光添彩。尤其是青少年一代应当树立高远的志向，应当将自己宝贵的年华去创造壮丽的业绩。因而就要向前人学习，向前辈中的杰出人物学习，首先是继承他们的品德和思想精华，进而才能继承他们的未竟事业，作出新的创造和新的伟业。

当今世界是一个扑朔迷离的世界，也是一个波潮冲荡的世界。种种的冲撞与较量，也包括地域之间的相互竞争，正在日趋激烈。发展快的地方将会在政治、经济、文化和生活水平等诸多方面愈来愈占据优势，发展迟滞的地方则将被后抛得愈来愈远。发展靠什么？最重要的是靠人才。我们需要有经济的、科技的、文学的、艺术的、政治的、法律的，总之是方方面面的人才。当今这个时代，可以说比历史上任何一个时代都更加紧迫地需要人才，渴望人才。任何地方，任何一个县份，如果没有成批的人才涌现，无疑是要落后的，要被时代抛弃的。我们武乡在历史上曾经人才济济，今天能不能再现辉煌呢？对这个问题的回答应当是肯定的。我们坚信，武乡的新的一代人才正在成长，正在崛起，正在迎接挑战，正在崭露头角，正在向着新的辉煌挺进。我们的武乡，是有着光荣历史的武乡，是从来不甘落后的武乡，是壮志坚定不移的武乡，是前途光明璀璨的武乡。

以上这几段话，写在《武乡人物志》一书即将付梓之际，既是我对家乡的祝愿，我想这也会是广大父老乡亲的共同的心愿。在此并怀着对家乡的深情，向大家推荐此书，并向编著者表示诚挚的敬意。

《武乡人物志·第二集》序

编撰人物志，是中华文化的一个优良传统。自古以来的史书，都把人物列传作为主要内容。任何一个时代、任何一个地方的人物的活动和业绩，必然是那个时代、那个地方的历史的重心。因此，人物志的编撰，无异于写史、写“通鉴”。重视地方人物志的编撰，乃是尊重历史、着眼未来、热爱乡土、利及后昆的一项有德有道、远见卓识之举。

由武乡县政协编著、政协主席王建华同志主编的《武乡人物志》出版后，受到广泛的好评。接着他们又进行续集的编写，几年中经过多方搜集，新获一大批武乡籍人物的资料，应当感谢编著者们的辛勤劳动！现在我们高兴地看到了这个即将付梓的续编本，其中收录的主要是当代人物，不少是后起之秀，同时对前集已收录的人物的新进步新成果也做了补充。这使我们进一步看到了我们武乡这块热土，真正是厚德载物，泽润世代，人才济济，一派后浪催前浪的喜人形势。

尽管编辑人员作出了极大的努力，但仍然不能说此书已尽善尽美。很可能还有不少应当编录的人物，尚未能征集到相关资料。征稿中较为注重县团级以上党政干部，或许对于各个领域中有著述、有专业造诣和成果的人士了解有欠，也难免有遗珠之憾。尤其是我们武乡籍人士遍布于全国各地，甚至远行境外国外者，由于居处分散、信息杳渺，要想罗括齐全、概无遗漏，恐怕是很难做到的。凡此不足，尚有待日后继续完善。

武乡籍人物如此众多而分散，四面八方皆有乡音，究其原因，使我们想到了全国解放之前那一次规模浩大的“南下”壮举。

抗日战争时期，武乡地处烽火前沿，是八路军总部驻地，太行革命老区的中枢。抗战胜利后，革命老区担负起了支援全国解放的任务。太行军民首先参加了著名的上党战役，嗣后，刘邓大军南渡黄河，向大别山挺进；同时，太行军民又参加了晋中战役和解放太原的激战。这个时期内四次扩兵，大批武乡青年加入解放军，历次大的军事行动，都有许多武乡籍的军人和地方人士随军征战，远离家乡。为配合刘邓大军南下，太行区抽调千余名干部和数万名民工随军作战，一直从大别山打到大西南。四川、重庆、云南、贵州等地，都留下了武乡儿女的足迹。全国解放前夕，遵照党中央的决定，太行区再次抽调大批干部南下，这批南下的武乡干部编入长江支队，远征福建。从 1944 年到 1949 年，武乡先后五批派出南下干部，此外还选调优秀人士调往本省太原和北京、天津，及支援其他新区。即使把参军和其他随军作战人员除外，仅经过中共武乡县委和时驻武乡的抗日军政大学、太行二中、三中向外调配输送的干部，就达六千余人。这无疑是武乡县史上最为光辉灿烂的一页。

在“南下”这个历史片段中，武乡人大显身手，为人民共和国立下了汗马功劳，也永远成为武乡的骄傲。1962 年在京召开有全国县委书记参加的中央扩大会议（七千人大会），出席会议的武乡籍的县委书记达七十余人，是全国唯一的“书记县”。“南下”是具有古老文化和革命传统的武乡第一次向全国辐射，自此形成了广泛对外联络的纽带，虽然第一代南征战士已经逐渐退出历史舞台，而他们的后代随之崛起，这种纽带将会永久地绵延。“南下”不仅考验和锻炼了武乡人民的优秀品格，而且为经过抗战峰烟洗礼的武乡人民进一步拓开了视野和胸襟，提升了思想和文化的整体素质，为武乡的新生和发展酿造了丰厚的底蕴，其深远影响，至今不但未曾稍有减色，而且还将日益发扬光大。

县政协对于“南下”历史的调查已经做了很大努力，但毕竟已时隔数十年，地域广阔，人事变迁，获取资料十分不易。由于对这一段重要历史的调查和整理不能尽如人意，也成为人物志编辑的一大困难，可能会有不少优秀的南征战士尚未能编入。人物志的编著和史料的发掘研究，并不是单纯的文字工作，它与政治、经济、文化事业的发展息息相关，也需要多方配合与支持。为此，各级党政领导和各界人士都应当更多地予以关注，对于包括“南下”在内的革命历史，展开更深入的调查和研究。应当把人物志编撰工作和历史资料的调查与抢救工作紧密结合起来，尤其亟须抢救那些可能人去楼空、今后将无法弥补的史料。

最后，衷心希望我们武乡在县史和人物研究上不断深化，不断有新的成果，从中学习更多的经验与启迪，获取更多的智慧与鼓舞力量，以有利于我们传承光荣的历史，努力打造美好的明天。

《武乡人物志·第三集》序

《武乡人物志》第三集，是对前两集的增补，尤其是着重收入了一批在武乡工作的科局干部。浏览书稿，感到本集有如下几个显著特点：其一，除补录了少数战争年代的老同志以外，绝大多数都是1949年以后参加新中国建设的一代人，而且还有许多改革开放以后参加工作的中青年干部，更加彰显了后起之秀。其二，集中有许多长期工作在基层的同志，看到他们的经历的叙述，让人联想到那种风来雨去、辛勤劬劳、与群众打成一片的朴实的公仆精神，这成为本集尤为闪亮的可贵之处。其三，长期坚持在本县工作的这批人物，他们直接献身于家乡的建设，直接服务于父老乡亲的福祉，他们的经历其实是反映了武乡的发展变化，他们见证了武乡的前进步伐，历史也应当铭记他们的足迹。

新中国成立六十多年来，武乡山川的面貌日新月异，武乡人民走过了曲折道路，进行了不息奋斗，保持了光荣传统。这是我们亲身经历的一个历史时期，许多人物、许多事件、许多情景，依然历历在目，记忆如新，感受至深。县境之内，虽然高陵深壑，而河流横贯，沃壤遍布，耕稼农事有着悠久的传统。犹记土地改革之后，翻身庄户丰衣足食，农村一片熙和风光。农业合作化兴起，土地收归集体，耕畜农具作价入社，集体劳动，按工计酬，初期亦得农民拥护。修渠引水，封山造林，架桥铺路，不乏新鲜气象。及至“大跃进”运动，共产风刮起，人民公社，集体食堂，一大二公，一平二调，不幸遭遇三年灾难，民生一度陷于困境。进入“阶级斗争为纲”的年代，无论“四清”还是“文革”，无论运动如何如火如荼，农民仍然年复一年承负着春种秋收的使命。直到改革开放，公社解散，土地下放，联产承包，农村经济得以迅速发展。接着便有市场经济大潮汹涌，情势逼人，青壮农民纷纷进城务工，城镇化将是又一场方兴未艾的运动。历来工作在基层的干部，既要紧跟大局，又要体察实际，既要逢迎领导，又要安抚群众，既要贯彻文件精神、听从上级命令，又要关切民间疾苦、心系万家哀乐，基层工作不亦难乎！他们经受了种种的运动考验，积累了丰富的工作经验，养成了坚定的群众观念，秉持着良好的思想作风，这样的基层干部，诚然是值得尊重，值得载入志书的。

我县虽有地下资源富藏，过去却无工业可言。八路军创办柳沟兵工厂，可谓是武乡工业之始。新中国成立以来，农机、采矿、冶铁、发电工业陆续振兴，食品、轻工、建材、化工各厂亦相继创建。经过几十年积功兴业，勤历不懈，而今大小工厂遍布城乡，工业并与商贸相互促进，繁荣竞发，全县经济发展踏上了现代化的征程。文化、教育、卫生、体育，以及科技、政法等等各项事业，也都相应得到良好的发展契机。百业繁昌之情形，正如春回大地，万物昭苏，满眼欣欣向荣的盛景。以前交通极不方便，全县八百多个村庄散布于山岭沟壑中，内外交流受阻；而今情况大变，道路四通八达，时见车水马龙，便利了行旅，带动了经济，尤其促使旅游服务亦成为新型产业。近年间八路军文化旅游的开发颇见成效，多处名胜古迹亦博得青睐，武乡声名鹊起，游客慕名而至，已成为锦上添花之盛事。县城甫迁段村之时，只有一塔一庙一条土马路，历年屡经改造扩修，已经俨然成为一座新兴的现代城市。当我们徜徉在宽阔的街道上，流盼红楼绿树、华灯喷泉之时，既会为所取得的成就而欣喜，也更应当想到其来之不易。各级党政干部及文化科技人员，多年来同全县人民一道勠力进取，功劳苦迹俱在其中。正是这一批各行各业的人才骨干，此次编入了本集志书中。在前两集的基础上，第三集突出了在武乡工作的基层和各界人士，《武乡人物志》便更臻完整，抑或可谓之曰“群贤毕至，长少咸集”矣！

县政协王建华等同志为编辑此书，经年操劳，及至三集结稿，其欣慰之情溢于言表。正值仲春时节，柳绿花红，煦风拂人，使我想起了故里的美好景致，面前恰又展着这部书稿，前情今事，尽涌心头，即兴写下了以上一些感言，且有小诗一首，并缀于后。

山川毓灵秀，福泽满春天。
人物志三集，辉光耀万年。
丹心凝热土，宏业继前贤。
后启英华笔，更书锦绣篇。

法治史话六则

石勒从滥杀到建立法制

石勒是一个乱世英雄。

纪登奎撰写的《毛泽东主席谈后赵石勒》一文，回忆说：1951 年春，纪登奎还在河南许昌工作期间，在火车上第一次向毛泽东主席汇报工作，之后十几年间，主席每次南下路过河南，都要单独与他约谈。

毛泽东问：你们武乡历史上有个人物叫石勒，你知道吗？纪登奎答：不很清楚。毛泽东说：你们武乡县，西晋时出了一个马上皇帝石勒，他是一位很有军事统率能力和政治远见卓识的少数民族政治家。石勒种过田，做过生意，还被人卖到山东做过奴隶，吃了许多苦，阅历多，很有本事，有军事才能。他让人给他读《汉书》，自诩说，要是和刘邦同时，当臣属之；若与刘秀并世，则要一较高低。他说，曹操、司马懿从孤儿寡妇手中取天下，不是大丈夫行事，不足取，他不会这样做的。他这个话像个男子汉，不过，此人不讲俘虏政策，这一点不好。

说石勒不讲俘虏政策，是批评他滥杀被征服的兵民。乱世英雄大都如此，有唐诗云："乱杀平人不怕天。"

石勒青少年时期受到的种种屈辱，也许在他心中留下了阴影。石勒成年后起兵反晋，残暴好杀的本色暴露无遗，《晋书》中石勒滥杀、坑杀、屠城的记录比比皆是。如，进军攻邺，石勒为前锋都督，击败司马腾军，长驱入邺城，遂害司马腾，杀万余人，掠妇女珍宝而去。又如，石勒与幽州刺史王浚一战，坑男女三千余口；歼灭晋朝将军梁巨之后，亦坑降卒万余。

石勒残暴行径的改变，始于结识高僧佛图澄。佛图澄依佛法度化石勒，使之一改杀人为快的野性。

在五胡乱华的动荡年代，来自天竺的高僧佛图澄，静观世变。石勒在葛陂屯兵，专行杀戮，被害的僧侣很多。佛图澄先是投奔石勒部下的大将郭黑略，每能预言战事的胜败，郭黑略依赖其为军师。石勒便召唤佛图澄，试验他的道术，经几次战争实践，应验了佛图澄的见识高深。石勒信服了佛图澄，每事必先问他然后而行，予赐号为大和尚。佛图澄不忘使命，不断找机会劝导石勒慈悲为怀，少行杀戮。

石勒使中国北方从战乱中得到统一，他把攻略地区的人口移居到襄国一带，鼓励耕织，颁布法令减轻赋税，使百姓安居乐业。后赵政权建立后，改革政制，修订法律，先后在经济、政治、文教、城建和民族宗教方面，颁布实施了许多得力措施。他颁发的法律，称为《辛亥制度》。石勒重视读书人，兴办学校，提倡佛教，发展文化事业，他的知识分子政策，很有高明之处。石勒在选拔官吏上发展了魏晋以来推行的“九品中正制”，论功封爵，举贤任能。一天夜里，石勒改穿便服，外出私访，检查城门守卫情况，他假装用金银绸缎行贿，让私放他出城，守城将士严厉拒贿，喝令要拘捕他，随从人员赶到才罢休。石勒次日即召见守卫官，给予擢升加封。

现有武乡人氏李东光著《石勒传》，写道：由于石勒韬略满腹，治国有方，威名远播，使后赵之地当时呈现出“邻敌威惧而称藩，绝域承风而纳贡”的太平盛况。

为政楷模魏云中

执法严明，治盗安民。魏云中（1581—1644），字定远，武乡县魏家窑村人。明万历二十九年（1601）进士。弱冠之年登第，旋任项城知县。当时项城盗贼扰民，商旅不行，云中刚一到任，先抓治安，出动兵马剿捕匪徒，将盗贼头子蔡项正法，百姓始得安居乐业。项城的第二大患是水患，因地势卑洼，每逢雨季河水泛滥成灾，严重影响了人民的生产生活。魏云中实地考察，浚河筑堤，排涝防洪，根治水患，农业发展，造福民生，赢得了士民一致称赞。

弹劾不法，无私无畏。魏云中在项城知县任上历时五年，经吏部考核，认为他“税显民安，政绩卓之”，遂提升为御史。御史有“主查纠内外百司之官邪”之职责，虽然当时明神宗长期怠政，朝中党争此起彼伏。每弹劾一事，往往彼此勾连，会陷入互斗的旋涡，但魏云中勇于弹劾有不法行为的高官大吏，疾恶如仇，毫无惧色。他任御史后的短短几个月中，相继弹劾了礼部侍郎史继偕、南京兵部尚书黄克缵、太仆少卿徐兆魁、诚意伯刘荩臣、文选郎中周应秋、吏部尚书赵焕等。其中影响很大的是韩敬科场案。韩敬参加会试，恰好与其有着师生之谊的汤宾尹担任考官，本来韩敬的卷子已被其他考官所弃，宾尹搜得之，强将其录为第一，榜发，士论大哗。这件事被御史孙居相率先揭发，但汤宾尹的党羽纷纷为之说情，关键时刻，魏云中站出来联合他人坚持弹劾，不屈不挠，最终使韩敬被贬。魏云中的御史生涯中，真正做到了“正己以率下，忠勤以事上，毋萎靡因循以纵奸，毋假公济私以害物”，充分显示了他是非分明、刚直不阿的优秀品格。

魏云中为政有胆有识，性格耿直，但在明末党争鼎沸，边患剧烈的大环境下，三起三落，仕途坎坷。他第一次辞官回乡，在武乡老家一住十年，埋头著书。直到明熹宗即位的天启初年，边境战事告急，魏云中重新起用，迁右佥都御史职，巡抚宁夏。他在宁夏发展屯田，保境安民，极尽努力。因被魏忠贤的阉党忌恨，再度解职回乡。阉党垮台后，魏云中又被崇祯帝重用，拜兵部右侍郎，总督宣化、大同、山西军务。但明朝末年政事反复无常，魏云中第三次被迫下野，晚年疴病缠身，于武乡故里辞世。虽然宦海浮沉，历尽艰难，最终清名传世。乾隆年撰《项城县志》称他“方正廉洁，为政不事烦苛”。逝世后，邑人建祠绘其像，堪称一代无私奉法的为政楷模。

清代文字狱——李抡元案

清乾隆四十三年（1778）四月初，山西省发生了一起轰动朝野的要案。

当时武乡县教谕王廷诏（掌管全县教学官员），发现了该县秀才李抡元于他父亲的墓碑文字中的一个问题：在其父李范的名讳上用了“皇考”二字。正处在文字禁网严密的情况下，这个发现如猎获珍奇，于是王廷诏便顺藤摸瓜，查清了撰写碑文的人是原灵石县训导（县儒学教官）辽州（今左权县）举人王尔扬，在碑上写字的人是武乡县举人赵扩。王廷诏认为李抡元在他父亲名字上冠以“皇考”二字是大逆不道，罪大恶极。所以迅速将此事向武乡知县王廷泰检举揭发。

王知县感到事态严重，便立即将李秀才“密拿监禁”。书写碑文的赵扩正在京城参加戊戌科礼部会试未归；碑文撰稿人王尔扬因为是辽州举人，不属武乡县管辖，所以只“密拿”了李抡元一人。同时以知县和教谕两人的名义，向山西巡抚巴延三写了呈禀。巴延三看了呈禀，认为武乡县抓了典型，他立即向乾隆皇帝写了奏折。奏折中表示，看了武乡县的呈禀后“不胜惊骇愤恨”，并召集臬司（按察司，掌管法治）、藩司（布政司，掌管民政）共同观看，一致认为李抡元身为秀才而“胆敢于考字上擅用‘皇’字”，“实属不法”。从而推想“难保其家不另有收藏不法字迹”。所以命按察使李承业“立即动身到武乡县秀才李抡元和举人赵扩家逐细搜查”。又命冀宁道（管辖太原、汾、潞、泽四府和辽、沁、平定三州）道台胡绍南，星夜赶赴辽州举人王尔扬家“严行搜查”，并着人将王尔扬、李抡元等押解来省，以便严厉审讯。至于赵扩，因在京城参加会试，遂即用山西巡抚衙门的名义“飞书咨顺天府查明”，如果赵扩尚在京城，便可“即解晋省，以凭质讯”。但又怕赵扩参加考试完毕动身离京，所以又“飞咨直隶（河北省）总督一体查拿”，同时令自京城至山西沿路地方官“加意拿缉”。又责令武乡知县选择精明强干的捕役，带上熟悉赵扩的乡村邻保前往直隶一带“沿途访拿，务期必获，以便严究”。

为了一个“皇”字，山西省下自县官、教谕、街坊捕役，上至道台、布政使、按察使、巡抚，以及省外的顺天府、直隶总督衙门和山西河北沿途各县一体动员。这样兴师动众，可见这个罪案是如何严重了。巴延三为了对皇帝认真负责，所以把李抡元父亲李范墓志铭的拓片，连同奏折一起“粘签恭呈御览”，“伏乞皇上睿鉴”。

迄至是年四月初八日，皇帝为此专门下了一道“通谕”（通报全国）：

举人王尔扬所拟李范墓志铭，于“考”字上擅用“皇”字，此系迂儒用古，并非叛逆。“皇考”之字见于《礼经》：“假哉皇考，绥予孝子。”后人往往用此典故作为孝子对死去的父亲的称谓。又《礼记·曲礼》：“父曰皇考。”屈原《离骚》及欧阳修《泷冈阡表》具曾用之。在臣子尊君敬上之义固应回避，但迂腐无知、泥于用古不得谓之叛逆。至于赵扩代为书写，厥咎更轻。若本科会试中式，亦不过于榜上扣除，今既未中取，下科仍可令其会试。朕理事，务得其平。此事竟可毋庸查办。

巴延三接到圣谕后，一方面将李抡元等“俱行释放”，另一方面将“圣谕”向山西全省“明白宣示”“俾晋省士民咸知我皇上大公至正，事期平允”。以便使全省士民“启发天良，相互征劝，不致拘泥经义，援引错误，以昭敬谨”。巴延三于四月十四日将处理的结果，向皇帝写了禀折。皇帝在此禀折后面朱批曰：“览彼既迂腐（指李抡元等），而汝（指巴延三）之不读书及幕宾（指下面办事官员）之不晓事又可知矣。”

乾隆皇帝在“朱批”中指责巴延三“不读书”，可是当时参与这个案件的还有按察使、布政使、道台，一直到武乡县知县，特别是发案者武乡县掌管全县教学的教谕竟不知“皇考”一词的本义为“大父”，这里的“皇”

字并非帝王之义，难道这些人都不读书吗？难道当时朝廷委派到山西的官员竟是如此“不读书，不晓事”的昏官劣吏吗？这些人“不读书”固然是一个原因，但这些官僚为了保住自己的乌纱帽、升官发财往上爬，对朝廷、皇帝尽量表示忠君敬上，所以抓住一个“皇”字大做文章，结果闹出这样一个大笑话来。

黄堂凹案的再审纠正

武乡县有一个叫黄堂凹的地方，四面环山，风景幽美，是一处有名的道场。这里历代相传的“道”，没有什么会道门的名称，老百姓直称为黄堂凹道，或者叫“善道”。他们与信奉老子天尊的道教没有任何关系。追溯其历史，其实是民间自发形成的一种“善人”的信仰。

这里其实是属于芝麻角村的一个小山凹。大约两百年前开始有人在此定居，一面开山种地，一面修行善道。其中有知识、有威望者，被尊为道首，并制订定清规戒律，归纳为“三归五戒”：归佛、归法、归身，戒杀生、戒偷盗、戒淫邪、戒食葱蒜、戒恶言恶语。相传从第二代张谦开始给人医伤治病，相延研究医书，采集药材，积累了医疗经验。由于他们行善，又有医术，而且他们的医方只是简单几种草药，甚至只在山上采摘即可，不花分文，因而受到群众喜爱，逐渐闻名四方。周边各地乡村都有人信奉“黄堂凹家”，遵守“五戒”，也就等于入道，成了“善人”。

黄堂凹的道首，称为“头道文”，次者即二师傅，称为“二道文”。20世纪60年代初，董林书成为第五代“头道文”。这时我国进入了“三年困难时期”，到处缺医少药。黄堂凹不知怎样突然出现了神奇的传说，都说那里什么疑难杂症都能治好，说黄堂凹的山草树根都是灵药，甚至说只要董大师抚摩一下病即见好，董林书传成了神仙。这神话传得很远，外省的人都不远千里慕名而至，黄堂凹里里外外住满了求医人众。那时武乡不通火车，长治汽车运输公司不断增加开往武乡的客运。后来引起了上级领导机关的重视，认为是封建迷信活动，责令武乡县委采取强行措施，才制止了事态继续发展。

不久，“四清”运动开始，工作队进入黄堂凹。这次运动中，以“千万不要忘记阶级斗争”为出发点，将黄堂凹道称为“大佛道”，定性为反革命组织，董林书作为反革命分子被批斗后逮捕。1966 年初，武乡县人民法院作出判决，判处董林书有期徒刑十年，没收其全部财产。所没收财产包括：窑 8 眼，房 15 间，土地 65 亩，山林 100 亩，粮食 7000 斤，耕畜 4 头，农具 100 余件。

判决后，不仅董林书不服，芝麻角村干部群众也对没收财产问题提起申诉。芝麻角当年是武乡县窑湾公社的一个大队，黄堂凹编为该大队的第五生产队。因此，芝麻角大队提出黄堂凹的山林土地和生产资料属大队集体所有。“文革”中把大队干部群众的申诉视为反革命翻案，批判该大队“党道合一”，追查中迫使 3 名大队干部外逃，未能逃走的 10 名大、小队干部都挨了整，撤销了芝麻角大队党支部书记霍如胜一切职务。

直到十年动乱结束后，武乡籍的老干部籍希俭恢复工作，任了晋中地委书记，他回家乡了解到此案是一冤案，将申诉材料带到太原，交给了当时山西省委书记王谦。王谦和省委副书记王庭栋作出批示，武乡县委组织了十三人的调查组，以县委书记孙文龙为组长，赴黄堂凹对此案重新调查。1979 年 11 月 23 日发出了为此案平反的调查报告。

原判认为，董林书“组织大佛道，长期从事反革命破坏活动”，“勒索民财”“误治致死 6 条人命”，经复查概无事实，均为强加之罪名。武乡县人民法院撤销原判，宣告董林书无罪。所没收财产，属集体的归还集体，属个人的归还本人。凡此案株连的芝麻角村干部和群众，一律予以平反，恢复名誉。

武乡黄金盗窃案侦破记

国营东声器材厂驻地在武乡，1982年该厂金库被盗，案发后上下震惊，列为公安部督办的要案。晋东南地区公安处、武乡县公安局迅速组成专案组，发动和依靠群众，采用多种侦查手段，经过7个月的艰苦奋战，于当年11月15日将全案破获，并一鼓作气、乘胜追击，挖出了与此案有直接联系的两个盗窃、走私、诈骗集团，共捕案犯25名，破获刑事案件39起，追回黄金1. 2339公斤，白银19. 576公斤，缴获子弹70发，银圆314枚，大烟土4. 05公斤，手表、怀表37块，及其他百余种物品，并有布票4700余尺、粮票5000余斤。此案的成功侦破，有力地打击了刑事犯罪，保障了人民群众安居乐业。

惊天案发。1982年4月13日上午9时许，国营东声器材厂临时保管唐某和总装车间调度齐某到稀贵金属库房取焊锡，出库锁门时，发现锁子能用手拉开，当即报告。厂领导和保卫科同志到库房查看，发现存放黄金、白银的铁皮柜上的锁子坏了，开柜后发现盛放金丝的木箱被撬。

武乡县公安局立即组织人员赶赴现场。当天下午，地区公安处副处长张世宏带领刑侦技术人员赶来，共同展开了侦破工作，并采取了四条措施：一、抽调地、县刑事侦查人员和该厂治安保卫干部共二十余人，成立了“四一三”专案组。二、适当公布案情，发动群众，做知情人工作。三、全面摸底调查，包括：进过金属库房，熟悉内情的人；平时表现不好，有偷盗行为的人；对锁子有研究的人；与走私人员有联系或参与走私的人。四、运用刑事侦查技术，分析指纹，鉴定铁锁，派人到北京公安部一二六所进行分析鉴定。

经过大量的群众工作和调查研究，却没有找到有价值的破案线索，侦查工作陷入困境。正在此时，武乡县城竟然盗窃案频频发生：同年6月23日晚，百货公司批发部仓库被盗；7月8日，城关供销社副食门市部烟酒被盗；9 月 6 日，城关供销社商场、县五金厂会计室电子计算机被盗；9 月 20 日，县招待所小卖部被盗，先后发生 10 多起案件，全城人心惶惶。专案组感到压力很大，少数同志甚至产生了畏难厌战情绪。

柳暗花明。地区公安处副处长赵龙吉专来武乡，与县局局长李全林、副局长张致祥共同研究，组织侦破人员进行战地整训，回顾前段工作，重新分析案情，一致认为要扩大视野，广辟线索来源，扩大侦查范围。一、内紧外松，添兵减灶，以守为攻的策略，麻痹犯罪分子，给他们造成错觉，引蛇出洞。二、建立特情，争取打入犯罪团伙内部。三、全盘考虑，并案侦查。

果然是特情发挥了作用，了解到武乡有三盗窃团伙，使侦查工作有了决定性的突破。侦查人员发现盗窃团伙中王克平拿着一台城关商场丢失的收录机，当即跟踪。经讯问，牵出了犯罪嫌疑人苗和平。有收录机赃在，他不得不交代了偷盗城关供销社的事实。再经审讯，苗和平终于供出了黄金案的一些情况。至此，专案组同志们脸上的阴云一扫而光。

据苗和平供，盗窃黄金可能有田春旺、王克平两人，田春旺已参军到了北京，王克平则矢口否认，而且暴跳如雷，大耍无赖，要挟侦查人员。王克平的父亲是县计委副主任，他似乎有恃无恐。地区公安处刑侦队史增吉富有经验，分析了王克平的心理状态，采取政策攻心，抓住其弱点，以柔克刚，经过两个多小时的短兵相接，王克平才被迫低头认罪，交代了他和田春旺合伙盗窃黄金、白银的经过。

案情大白。1982 年 3 月间，王克平与同伙田春旺密谋走私，但因没本钱，二人多次预谋偷盗东声厂黄金、白银。4 月 3 日夜，王、田二犯经过策划，随即戴上手套、铁棍、火柴等，翻墙潜入厂内，连撬两道门锁进入库房。王克平用火柴照明，田春旺用铁棍撬开放黄金、白银的铁皮柜上的锁，取了一个 50 厘米见方未拆封的木箱和一捆银扁棒，把铁皮柜门关好锁上，用扫帚扫掉地上的脚印出了库房，用原来锁子把两道门锁好，翻出围墙。

回到住处。二人连夜把木箱打开，取出银板放在王克平床铺褥子下边，把银扁棒用木板钉在其父办公桌子的底面。因为没有偷上黄金，二人约定二次作案。4 月 4 日晚上约 7 时许，王克平未等来田春旺，独自一人采取同样手段进入东声厂，盗走了金丝、金板。当夜王克平将盗窃黄金的情况告诉了田春旺，二犯进行了分赃。后来王、田将作案情况告诉了同伙史志红，让史志红借其兄史世雄在石家庄的关系设法推销赃物，三人座谈中感到事关重大，为对付公安人员，又预谋盗窃武器，以防一旦罪行败露后负隅顽抗。4 月 9 日夜，王、田、史三犯到县人民武装部临时军械库房偷盗枪支弹药，但撬门入库后，未发现枪支，只盗去步枪子弹一盒 750 发，手枪子弹一盒 70 发，教练弹 50 发及瞄准器两个。

乘胜追击。侦破战役进入决战关头，分三支力量乘胜追击：一、抓紧审讯，扩大战果；二、迅速赶赴外地缉捕罪犯；三、进行搜查，获取罪证。全体指战员个人精神振奋，斗志高昂，不顾疲劳投入了紧张战斗。搜查组在王克平未婚妻家里，追回了被盗的全部金板 1.2339 公斤。经对王克平、苗和平、史志红等住处搜查，又缴获了大批赃物。追捕组从北京抓回了田春旺，从石家庄抓回史志雄，其他案犯也先后抓获归案。逐一审讯，一举破获了县城及附近社队 1980 年以来未破的 20 多起盗窃案件，并破获了襄垣、沁县、长治发生的 9 起入宅盗窃案。

稍事休整后，由赵龙吉、李全林、张致祥带领侦破组的同志深夜出击，到 50 里外监漳公社境内的朱家庄对走私贩毒团伙进行围捕。犯罪分子十分狡猾，加之山大沟深，地形复杂，为防止暴露目标，侦查人员化装成收鸡、打猎人员尾随到一个山坡上，罪犯垂死挣扎，与侦查人员展开搏斗，地区刑侦队副队长韩成玉、侦查员赵文保、韦金楼等同志奋不顾身，最终制服了罪犯，将正在进行走私活动的朱兴旺等 9 名走私、诈骗、贩毒犯罪分子全部抓获归案，当场缴获大量赃物。

此次破案的成功，充分证明了这支专案侦破队伍英勇顽强，机智勇敢，经得起实战考验，侦破过程中涌现出许多可歌可泣的感人事迹。

一起涉外官司的曲折经历

1992年邓小平南方谈话之后，新一轮经济热潮在神州大地兴起，武乡老区面对新的机遇，积极兴办企业，用项目带动经济发展。曹村乡距武乡县城不足五千米，但产业结构单一，人民生活仍处于贫困之中。1993年春，该乡引进一外资项目：与美籍华人郭仲良联营办电缆模块厂，约定郭仲良以知识产权入股，曹村乡提供土地，负责工厂建设，并出资260万元给郭仲良采购设备。以曹村乡农工商公司的名义，在武乡宾馆同郭仲良鉴定了联营合同。

合同鉴定之后，曹村乡通过扶贫渠道，从省农发行和省农行贷款200万元，分四次将224万元汇到了上海郭仲良注册的凯牌公司账户，其中包括违规动用的84万元扶贫货款。按照合同，款到后郭仲良从国外订购的设备应当马上到货。但事与愿违，迟迟见不到设备，多次催要，对方以借口回避，224万元好比泥牛人入海。转眼到了1996年，省里对扶贫资金使用情况进行审计，认为问题严重，要求尽快查清项目的来龙去脉，将款限期追回。李国珍时任副县长，分管扶贫工作，县委命他赴上海处理此事。

初赴上海。原来所谓的凯牌公司，只是租房办公的一个小公司。李国珍到了上海的第四天，才见到郭仲良，他带着一种傲气说："你方原定260万元的投资，还差36万没有到账，所定设备在美国码头已压库好长时间，要加罚压库费，所引起的一切后果由你们承担!"这位看上去很不起眼的美籍华人，尽管汉语不流利，口气却非常强硬，讲话时不时向上耸耸肩膀，向下缩缩脑袋。会议室里充满了紧张气氛。国珍说："我方打到你们账户224万元是不是事实？两年时间，我们没有见到一个螺丝钉，郭先生你是否承认?"双方舌战，不欢而散。经多方查询，了解到郭仲良1950年出生于美国，1969年参加越南战争，之后来到上海。其注册凯牌公司主要经营服装和化工产品，管理不善，公司除了一个车间、80多台缝纫机外，还有一台宝马车，这些财产全部折合人民币还不到一百万元。他在经济开发区C34号地址上，正在建一座大楼，主体工程接近封顶。其资金来源，大概就是利用我国改革开放的机遇，假借联营办厂骗取资金。

鉴于这种情况，必须进入法律程序。县委杨志崇书记到太原向省高院汇报，在省高院派员指导下，于这年12月1日，曹村乡农工商综合服务公司向长治市中级人民法院送交了起诉书和有关证据。长治中院向郭仲良送达起诉书，通知了开庭时间和地点。凯牌公司派张国飞律师为其代理来长治出庭，达成了调解协议。调解书依法生效后，经长治市中院执行庭的几次催促，凯牌公司先期付款100万元。之后，余款执行超过时间，而对方没有任何动静，执行法官飞往上海，凯牌公司已人去楼空。

二赴上海。在郭仲良寻无踪迹，执行陷入停顿状态，李国珍二赴上海，找到律师张国飞。张国飞是一位七十多岁的老律师，原是重庆市北碚区法院院长，离休后办起了律师事务所，依法执业，为人正直。据张国飞说，郭仲良不敢见人，说明他处境困难，但他在上海建有大楼，资产处理不掉，肯定不会离开。于是，将此情向山西省高院院长汇报，请求支持。经研究认为，唯一的执行希望，是郭仲良在上海C34地块上的在建大楼，为此需要对郭仲良采取限制出境措施。限制外籍人员出境，这在我省还是第一次。经报公安厅、公安部、安全部，手续完善后，武乡县法院副院长宋林茂赴京办理“关于限制郭仲良出境裁定书”。此裁定一夜之间通知到了全国所有的机场和口岸。

郭仲良在上海东躲西藏一年多，终于露面了。1998年10月的一天，上海黄律师来电，郭仲良在重庆双流机场口被滞留。据郭仲良交代，原来并不知道公安部对他实行限制出境，他在上海出不去，就跑到北京，北京出不去，又跑到重庆。看来只要郭仲良不出境，执行余款就有希望。

三赴上海。1998年11月中旬，李国珍第三次到上海，临行时县委要求一定想方设法把事情了结以后再回来，他为此特意多带了一些衣服。

见到了郭仲良，国珍一腔怒火，说话的声音也特别洪亮：“郭仲良，你不守信用，我们多次来上海索要欠款，你面也不露，据说你还企图逃跑，中华人民共和国的法律是至高无上的，这个案子不了结，你休想回美国。”郭仲良说：“我现在已经走投无路了，这两年在上海的生活费都是向别人借的，所欠款项只有回到美国之后，卖掉房产才能偿还，请求你们山西高院解除对我的出境限制。”国珍说：“据我们所知你在上海还有一栋在建四层楼，你只要交出在漕河开发区租地建房手续做抵押，可以考虑你的要求。”经过长时间的谈判，郭仲良同意尽快给我们提供漕河经济开发区 C34 号所有租地建房手续，二个月内如果归还不了所有借款，我们将拍卖其所建大楼。双方就此签订了协议书，并在上海虹桥律师事务所进行了公证。于是向有关机关报告，同意解除对他的出境限制。

拍卖郭仲良的大楼。按照拍卖程序需要办理 28 种手续。由长治中院委托上海当地法院执行，上海方面的工作需要联第上海市外国人投资管委会、漕河经济开发区、上海市高院、上海市中院、徐汇区法院、电力公司、城建局、土地局、自来水公司等多家单位。上海市的办事效率虽高，但是费用较大，郭仲良连续 3 年中每年欠 24 万美元的租地费，拍卖后的款项恐怕连租金都不够。经过多次与开发区商量，他们很感动，降低了租地费。接下来委托有关单位对大楼进行了评估。这些前期工作做好，李国珍他们年底才返回。

四赴上海。春节刚过，宋林茂到上海办理拍卖。经上海市徐汇区法院审查后，介绍到华星拍卖行进入了拍卖程序。当时，上海市正处于金融风暴之中，房地产不景气，拍卖公告在上海《新民晚报》刊登一个多月无人问津。直到 1999 年 10 月，拍卖终于有了消息。南京仲祥律师事务所的律师出面，以超标价 280 万元购买了总面积 2000 平方米的在建大楼。但在拍卖资金的分配上，出现了新的难题。当时凯牌公司债务缠身，上海市第二中院受理青蒲县建筑公司处理凯牌公司拖欠工程款一案，徐汇区法院受理凯牌公司拖欠员工工资一案；漕河开发区诉凯牌公司拖欠租地费一案正在仲裁中，上海市社会劳动保障局对凯牌公司拖欠员工劳保费也正式立案。因此，上海市公安局派经侦大队将这笔款冻结了。

面临此种局面，山西高院派人赴沪协调，李国珍陪同前往。在上海市高级法院的支持下，公安局解冻了这笔款项。上海高院成立了以执行庭长刘玉好为首的协调小组，制订出各方都能接受的分配方案。但后面的难题是，青蒲县建筑公司分配的部分执行款解决不了民工工资，80 多名民工住在大楼里边不搬迁。执行又一度陷入困境。

在那段时间里，国珍和林茂两人只有成天守在徐汇区督促执行，开始人家还接待我们，中午给一份盒饭，后来就不当回事了，午饭也不给了。十多天时间里，只好每天吃两顿饭。为了这个案子，他们真是吃尽了苦头。青蒲县建筑公司主事人王罗平看到他们的窘相，也想法设法去做工作，并把他的夫人和秘书从台湾叫来协商。这两个台湾女人看上去文静贤淑，但很有主见，争取到她们的同情，终于就解决农民工问题达成一致意见，除掉了执行款的最后障碍。一场旷日持久的诉讼画上了句号，12 月 29 日，在新世纪即将到来的时候，成功的喜讯从上海飞回了武乡。

以上法治史话，古代三则，当代三则，选自笔者主编的《山西法治史话》第二、第三、第四、第五和第八辑。原文作者有著名学者张颔、武乡县人大原主任李国珍、山西高院法官魏建平及武乡县公安局等，为便于阅读起见，笔者作了删改。虽然只是几个小故事，却也值得一读，借以引起我们对于地方法治文化的关注和思考。

诗词选辑

回　乡

如酥春雨哺芬芳，三月田园冉冉香。
欲取一盅乡土去，长随游子润离肠。

落　花

落红拾起缀花环，柔指穿针斗巧妍。
豆蔻女孩何处去，桃花满地似从前。

忆　亲

养育吾身家境寒，与谁重叙旧人间。
严慈相继归天后，时对东风泣故关。

石勒寨

鼙山风雨聚英豪，问鼎中原战马嚣。
故里千秋猛气在，关河几度卷狂涛。

过南亭川

石勒当时天下枭，南亭川上马萧萧。
寻来故垒何处是，只见春风荡柳条。

太行龙洞

造山运动阅从头，奇丽雄浑洞底留。
地上千山总平淡，惊心动魄此中游。

板　山

太行千里叠峰峦，一睹雄奇在板山。
峭壁连天方雨霁，顿时挂出彩虹弯。

太行笔会记

太行漫春色，龙德在农田。
回望思名将，雅邀聚世贤。
挥毫浑气象，落笔满云烟。
故里问消息，山花欲斗妍。

携友人回乡

相携欣雅意，初夏正晴明。
绿树眉间爽，煦风胸次清。
虽高天下志，还察底层情。
村趣真难得，焉能忘此行。

故乡偶感

感感故人酒，殷殷梓里心。
松风弹古调，流火下遥岑。
父老鬓颜改，茅檐霜露侵。
荒茫旧井在，惟是此情深。

乡中小住

时逢新雨润，感切旧桑麻。
山杏合尝味，蜀葵欣绽花。
怡情携客座，小叙醉吾家。
几净夏阳媚，墨浓书字斜。

雨后别故里

阵雨惊花乱，芳畦积水清。
山云频解散，野霁乍空明。
挥别庭柯影，回听村籁声。
句留才几日，何忍又遐征。

怀　乡

老树春风叙旧缘，鸡声窑屋袅炊烟。
依山灵秀童蒙启，傍水清纯古朴传。
驼背如弓吾父辈，皱纹似壑有同年。
艰难岁月谁能忘，奋进源泉是故园。

中　年

人到中年常念旧，世经动乱倍思安。
故园古道遗鸿印，祖屋苍苔是泪斑。
父老精魂垂大野，圣贤哲理勒高山。
甘抛名利如尘土，却向诗文铸胆肝。

忆抗战

乾坤初定止干戈，国气堪教岁月磨。

辱我曾将人喂狗，屠城敢忘血成河。
太行峰岭遍旗帜，黄水波涛卷战歌。
不到家邦危难日，谁知华夏健儿多。

八路军总部旧址

将帅当时驻武乡，横戈跃马气巍昂。
山村景色俏红杏，战地情怀萦绿杨。
铁血余痕任磨洗，史诗不锈总辉煌，
为吾邦国金汤固，永此精神铸太行。

访　问

重踏家山访父老，叙怀往事恸肝肠。
英灵两万殉阵地，壮士五千征远方。
草木依然凝血泪，田园皆是故疆场。
老歌重唱犹激亢，更把雄心图富强。

缅　怀

关山晴翠意悠悠，犹记当年战寇仇。
似剑云峰英气在，如茵芳草血痕留。
蟠龙河畔寻残垒，长乐碑前正艳秋。
彩笔欲将干气象，经纶还为故园谋。

清明回乡

春山淡冶清明节，唤我归来故鸟啼。
红蕾初开风暖处，绿茵还待雨酥时。
山村鸡唱传新屋，原野牛铃伴古犁。

年少雄心飘四海，谁能到老不乡思。

读《家乡之音》

乡情乡事读来亲，故土故人牵我心。
驱寇雄风思往昔，富民大计话当今。
秋高古塔铃声远，春到关河云水深。
怀梦依依何寄托，佳音传递值千金。

故居迎宾

自从了却公家事，愈觉乡中草木亲。
将摘槐花香满手，迎前柏树翠沾身。
栏边听雨声依旧，野外来风味始新。
清夏故居多逸趣，适逢造访有嘉宾。

夏至乡中夜话

晴溪绿水锦波纹，相伴又回山里村。
雅客远来消夏暑，吟坛筑在旧家门。
依然亲故容颜是，倍感桑园土地温。
叙昔话今无睡意，上弦月照静黄昏。

板山初霁

云色山光雨后鲜，极佳之景一时缘。
惊悬图画苍茫际，观舞霓裳缥缈巅。
却对黄崖思烈士，还因白雾忆硝烟。
中原骨气峥嵘在，柱石人间薄昊天。

村郊散步

晚风吹拂出村郊，观稼犹思父辈劳。
少壮几时夸锦绣，流光何速叹飘萧。
携朋尚可登坡健，感事始能吟句豪。
但见禾肥霖雨足，油然佳兴荡心潮。

沁园春·故乡

壮哉武乡，声名其盛，英武之乡。忆石勒豪踪，鼙山胜迹；涅桥烟月，古塔沧桑。烽火太行，血花漳水，抗战史诗尤慨慷。诸将帅，倚黄崖勒马，海宇名扬。　　沟沟壑壑山庄，儿时梦，悠悠牵断肠。念泥土温馨，乡亲淳厚；杏桃春艳，黍菽秋香。雪美丰年，月圆良夜，村戏秧歌颂泰祥。斯盛世，愿勤劳致富，早达小康。

永遇乐·太行雪情

万仞之山，九州岛之脊，九天之柱。皎皎云中，皑皑月伴，嵬嵬雄姿矗。琼林如琢，玉峦如塑，似入仙妃瑶圃。欲寻觅，痴痴童梦，在那迷离之处。　　危岩深壑，奔河泻瀑，自古藏龙卧虎。驱倭精忠，衣单十月，夜夜鸣金鼓。继斯浩气，振兴乡里，甫待炫文耀武。踏晴雪，登高豪咏，群峰献舞

采桑子·漳河岸上行

沿江一路春馨袭，山里桃花，山外桃花，粉淡胭浓似绮霞。　　春光灵秀谁先占，山上人家，山下人家，渠水潺潺种豆麻。

菩萨蛮·听乡歌

秋香荡肺飘来梦，山泉击磬乡情动。昔唱此村谣，村娇编柳条。

脆甜山里味，悠婉回童岁。仍是昔时歌，依依红枣坡。

水调歌头·忆抗战乡贤

风雨黯乡井，豪杰起南亭。一鸣唤醒民众，驱寇举旗旌。浊漳河边芳草，应记当年县长，跃马濯鞭缨。战地易光景，青史载英名。　　皋狼地，山毓秀，水钟灵。一时荟萃，播向全国尽贤能。塔畔云流云聚，岭上花红花谢，嘉树惜凋零。荫蔚桑枌在，新植待春荣。

贺新郎·重踏儿时路

重踏儿时路。梦朦胧，牛蹄古辙，鹊窝云树。残壁颓垣吟读处，背熟诗文几句。学归晚，家中焦虑。堪道稚年多懵懂，岂曾知，慈母持家苦。日耕作，夜缝补。　　獾沟狐角贫山土。忍回眸，万斛膏血，一秋禾黍。避雨崖窑犁锄老，往事野风空诉。孰能忘，荒年瓜薯。苟且甘肥惟自恨，祖居闲，尽瘁恩亲去。新墓草，残香炷。

采桑子·甲午春日还乡

还乡又为春光醉，红杏山边，翠柳村前，雨霁桑园水彩鲜。　　行间不觉东风唤，眼乱杨绵，足挂榆钱，花瓣飞飞覆满肩。

江城子·故里看戏记

戏台新建庆开张，潞州梆，二黄腔。笙鼓飞扬，乐极小山庄。好戏连台名角唱，摇翠凤，舞红妆。　　重还社戏少年狂，讨零洋，打麻糖。老调同歌，王贵李香香。月挂树梢人不散，狗乱窜，偶汪汪。

临江仙·月夜思

月影西斜风夜起，徐徐散尽相思。遣闲唯有诵陶诗。故居仿佛是，情景久推移。　　古树苍然犹识我，当年晓鹊登枝。溪山助我发雄奇。碧云台榭老，秀野梦回迟。

西江月·述史

铁血江山染尽，共和中国新生。太行回荡旧歌声，犹记健儿驰骋。
明灭胸中火炬，死生脚下长征。山前飘雨洗碑铭，仿佛自由风景。

永遇乐·北固山观程昆仑题刻

旧苑荒台，不堪怀想，稼轩吟处。千载余情，一江涛浪，啸咤东流去。英雄淘尽，斜阳犹照，甘露寺中谁住？叹昆仑、当年勒石，苍遒笔气如虎。
词情奇傲，宦游偃蹇，万里家国空顾。献赋乾宫，衔杯穷巷，应恨青山路。清平天下，纷繁歌舞，谁念过时鼙鼓。纵留得、文章卷卷，世人解否？

永遇乐·太行秋吟

独立乾坤，仙霞仰藉，青鸟飞绝。天井关前，羊肠坂上，古道盘盘折。干戈盈史，诗文满壁，过往几多豪杰。正深秋，寻登胜迹，西风万里红叶。
山庄花鹊，小河翠柳，故里当时风物。谷熟仓丰，鸡栖豚栅，耕织农家乐。村姑秀美，田翁康寿，犹记儿童活泼。欲归去，邻家新酿，同杯邀月。

沁园春·改革颂

春到神州，湖山泼绿，泉瀑迸流。盼五千年史，将开新页；十三亿众，迎上潮头。福我民生，强吾国力，鼎革宏图赖运筹。东风里，听芳菲消息，紫燕来讴。　　未忘历史蒙羞，又甲午、烟涛旋两周。念民生疾苦，孰能安枕；政风流弊，焉不殷忧。严立新规，惟行民主，奋进何容浪遏舟。朝暾上，看如熙桑梓，乐事西畴。

歌行四首

秋风歌

秋风起，秋熟香飘山村里。
秋风吹，红枣打罢叶纷飞。
秋风吹过丘岭阳，一片镰声收割忙。
秋风吹过曲溪岸，洒落满溪秋收汗。
妇姑摘棉腰弯断，男人担谷肩磨烂。
儿童来送饭，堰上就风餐。
都说年成好，苦中有甘甜。
喷香新米粥，胜过酒肉筵。
野风气息格外鲜，岂似闹市充乌烟。
秋风凉，黍饱豆圆场上扬。
秋风紧，马急犁快如翻云。
掬把泥土如握金，乡情民情在我心。

送母回乡

慈母迈古稀，精力显衰微。
病痛宁自忍，不愿人难为。
调治尚未愈，执意故里归。
远道驱车送，山中密云随。
苍山不曾老，孰知老人悲。

本是农家妇，艰难生计维。
野田勤耕作，粗粝强为炊。
饥寒每暗泣，战乱更愁眉。
操劳身心悴，育儿血气亏。
满面皱如刻，一头白雪飞。
辛苦被人忘，迟钝遭人非。
子女媳孙众，侍奉能靠谁。
乡土老更恋，人事苦多违。
雨落黄昏泪，天布暮凉霏。
怅然此分手，车远还欲追。
顿感慈恩德，更比山高巍。
世道诚不古，空言报春晖。
涧水汩汩去，山烟阵阵垂。

暴雨途中

擦耳夏风啸，过眼午云稠。
预报雨将至，行急岂优柔。
云头涌万马，车猛胜骅骝。
都市乍时远，山峻路转幽。
逶迤子洪口，雨打骤来稠。
乱箭穿河面，白浪激潮头。
断崖狂飙啸，连壑墨云浮。
头顶霹坜下，脚前洪水流。
四山皆崩溃，万瀑泻难收。
巨石滚滚坠，道中堆陵丘。
仰见分水岭，险绝似天陬。

北川正上涨，吼吼吞高楼。
南川肆横溢，汹汹漫村洲。
停车茫茫顾，困我成楚囚。
感伤从中起，悲泪哽在喉。
慈母方病重，欲将名医投。
车接今在急，天竟情不留。
母爱无所报，人生更何求。
驱车克险阻，前行决不休。
愿能感天地，佑民病全瘳。

国难备忘录

站立太行之巅，眺望黄河滚滚。
感念曾经国难，犹闻父老愤愤。
狼烟四起山河碎，日月黯淡星辰陨。
侵略者自东洋来，烧杀抢掠何凶狠。
视我同胞如犬豕，血腥屠城何残忍。
六朝金粉南京城，一夜之间半灰烬。
尸骨相枕三十万，腥风血雨惨凛凛。
鬼子兵皆恶魔群，多少姊妹遭蹂躏。
不饶少妇有身孕，胎儿挑上刺刀刃。
最惨幼女十一龄，逼倒在地肌肤嫩。
兽性群奸残暴甚，哭天喊地至气尽。
肌骨碎裂殷红血，血流直向土底渗。
渗血国土深千尺，蒙辱国人怒火炽。
岁月风雨洗不净，罪恶昭彰在史册。
掘土重现万人坑，无数尸骨成堆积。

白骨暴露孰忍睹，霜雪凄凄鬼魂泣。
闻道尸坑寻处有，沦陷区内皆地狱。
虐待劳工大同矿，杀人换煤残酷极。
病弱不堪忍苦役，剥皮撕肉掷狗食。
剜眼睛，割耳鼻，火焚活埋酷刑辟。
成批射杀当活靶，屠人如同宰牲畜。
掠夺资源东归去，装载车船皆血肉。
坑坑遗骨相连绵，层层叠叠盈山谷。
中外人士参观过，愤怒捶胸且顿足。
尚有老工幸存者，非人遭遇现身说。
泣不成声伤心处，闻者不禁同声哭。
同胞痛皆如我痛，痛我民族遭荼毒。
昔人痛亦今人痛，九州山河俱凌辱。
日本人民亦反战，皆愿一衣带水和平处。
却有神社参拜者，侵略暴行何曾知悔悟。
军国主义教科书，美化战争更把青年误。
阴魂不散欲何如，丧心病狂极可恶。
人类举世善良者，宁将恶道轻饶恕。
公正国际法何在，斯民沉冤何以诉。
愤斥东京无公道，老泪纵横慰安妇。
可怜当时花季女，日寇掳掠随军去。
暗无天日囚笼里，野兽残虐当玩具。
芳枝柔弱遭凌践，伤病终身不能愈。
死者去也谁曾问，生者日月愈难度。
访见老妪皆已八十余，孤苦山西盂县住。
眼睛哭瞎仍有无穷泪，喉咙哽咽不成句。

我瞭望黄河滚滚，我豪唱高山之巅。
骄傲之民族精魂，永远之华夏屏藩。

忍尽辛酸苟延一口气，誓为历史留证据。

呼唤彼苍天，何不将侵略元凶，钉死历史耻辱柱。

呼唤斯世界，何不将战争罪魁，一举扑灭葬坟墓。

抗战胜利数十年，回望依然见硝烟。
太行家乡多烈士，英雄事迹壮史篇。
太行之伟哉是我父老，太行之高兮有我桑田。
敌寇猖狂几度大扫荡，三光政策百姓受熬煎。
军民奋戈战志坚，铜墙铁壁保家园。
而今寻来疆场在，丰碑矗立高云天。
春风绿草又芊芊，难掩当年血斑斑。
更忆烽火万千山，血战台儿庄与平型关。
淞沪将士皆豪杰，长沙会战雄风震海寰。
惊心动魄征滇缅，可歌可泣壮士洒忠肝。
顶天立地中国人，浩气如虹贯彻宇宙间。
谁人不知亡国痛，岂甘马关条约屈辱签。
民气即长城，国士无奴颜。
历史不可忘，家国自尊严。

新诗四首

我们家乡

家乡的春天
在杏林，在桃园
从轻轻摇晃的枝头
飘下满地的娇艳
情怀如绮的少女们

双腕玲珑，十指巧纤
穿针引线意绵绵
她们把将要离去的春天
一瓣一瓣地捡起来
缀成了世间最美丽的项链

家乡的夏天
钻在绿油油的青纱帐里
浓浓密密的碧绿
几乎没有透气的空隙
傍晚才能等到送爽的清风
让人们劳倦后卧石而憩
仰起脸和满天的繁星调笑
侧着耳听禾菽沙沙噪语
蛙鸣交响着清脆的拔节声
这是一支野味的夏日旋律

家乡的秋天
挑在后生们的肩膀上
节奏矫健的扁担的晃荡
胜似鹰飞雁翔
从山野挑上谷场，担进粮仓
走一路撒下一路清香
馋嘴的媳妇们耐不住了
恨不得把整个儿秋天抱进灶房
从农家的锅里煮出来

秋的味道真叫个醉人肝肠

家乡的冬天
盖上了厚厚的鹅绒被子
辛劳了一个春秋了
该让她睡个甜美安谧
洁白洁白的被面上
是谁，踩下几行歪斜的足迹
准少不了有黄鼠狼和狐狸
滑稽的家伙们并不可恨
倒是有了它们的骚扰
冬天才更觉有趣

父　辈

父辈前额的深深的皱纹
是一部厚厚的史书
那里写着的
不只是一个人几十年的历史
从中能读出很古老的
甚至是人类最原始的信息

父辈的结实的皮肤上的黑斑
是历史的锈迹
那种锈迹象征意志
只有在风雨中坚守才被氧化
那种黑色象征智慧

每个黑斑都是一个哲学的范畴

阅读故乡

蜿蜒的山路
是一部漫长了几千年
让人反复吟读的艰涩的诗集

我怀着感恩的心
向那棵依然碧绿着的老槐树膜拜
是灾难和硝烟铸就了他的诗魂

我怀着愧疚的心
为残破的窑洞和母亲的纺车祭奠
当年她纺出过绵延最长的诗行

春天的小草
曾经含着眼泪送我远行
桃杏花为我朗诵过最鲜艳的诗歌

秋天的诗页却凝成了一片白霜
树叶纷纷扑向大地的怀抱
递交生命的履历

我读着山路漫长的诗集
从春天走到秋天
也该着向故乡递交履历了

一帧很久以前拍摄的影像
已经发黄地十分陈旧
而在我的梦中反而更加清晰

一段早已淡忘的少年恋情
又伴随着村前的那条小河
重新在我的心中哗啦啦地流淌

原谅我以往的幼稚吧，故乡
我读了一生才读懂了你呵，这部诗集
原来是那样深沉、那样缠绵、那样悠长

我出生在一九四二年

那是一个酷冷酷冷的冬天
一个漆黑漆黑的夜
山下与山上一样的冷
白天与夜晚一样的黑
大地是一幅涂满了弹坑和血污的
黑色的画
山谷中沉积着被硝烟搅拌过的
黑色的雪
狂风在原野上奔突呼号
大气层在悲怆的雷鸣中颤抖
虎狼般凶残的侵略者
蹂躏着我们的家园
杀死善良的农夫

强奸娇弱的姐妹们
刺刀威逼着老人和儿童
抢走了仅有的食粮
和刚刚摘下的一包棉花
山庄里所有的树木
悲恨交加地抡起了手臂
反抗者的鲜血洒落在弯弯的山路上
我的倔强的父亲和温婉的母亲
从那条喋血的山路上走来
用他们的心唱着
一支动听的古老的山歌
为了一个新的生命的降生
为了证明生生不息杀戮不尽
这个生命的定律
为了宣告构筑血肉长城的
每一个村庄的坚贞不屈
于是从农家的窑屋中
爆出了一声婴啼
那是怎样的让人心痛
又怎样的让人兴奋的一声啼哭呵
一个幼弱的生命
降生在了铁蹄下

那一年的太行山腹地
席卷过鏖战的云烟
母亲用忧伤的眸子

环顾飘摇的四壁
哪能挂得住一个婴儿的摇篮呀
父亲用眼睛里迸射的火花
淬利了他那把钢刀
滚烫的岩浆般的国恨家仇
装进了一支粗笨的土枪的枪膛
他顾不得婴儿的号啕
转身奔上了战火熊熊的前沿
孩子别哭
哭声会招来东洋的狼狗
乡亲们躲难的窑洞就会暴露呀
弄死这小东西吧
怎么偏要在这年头生呀
母亲的心在流泪
母亲的心在流血
这年头难道要灭绝生命吗
咀嚼着野菜和难以下咽的糠皮
草木灰和茅厕边的硝土熬出来的食盐
一滴一滴的乳汁
是从骨髓中轧出来的呵
洪水般的蝗虫和饥荒没有能夺走
这襁褓中的小小生命
难道能让他扼杀在大扫荡的狂嚣中吗
黑森森的原野
遍体鳞伤的母亲匍匐在荆丛中
勇敢的生命的守护神呵

小儿的哭声是捂不住的
那种撕裂骨肉的凄厉
刻画在了每根骨骼成长的记录中
一个时代的创痛与悲愤啊
正是这样结构了生命中的
不可改变的基因

最酷冷最漆黑的时刻
那是黎明之前的最后的惊悸
胜利的曙光在我将满三岁的时候
像一道白晃晃的闪电传来
那是一个让战火烧红的峰岭
激动得泪飞成雨的时刻
让村庄里被炸弹击伤的老槐树
重发青枝绿叶的时刻
当我站在六十年之后的
新世纪视点上回眸历史
仍然能够感受到那一时刻的狂喜
那是忍受了屈辱和哀伤之后的胜利
是在撕破嗓门的婴儿的号啕中
赢得的最后的胜利呵
我踏着那条洒过前辈鲜血的山路
重新来寻找生命的起点
在将帅兵勇驻扎营寨的旧址
乡亲们唱起了昔日的歌
那些凝聚着血泪的苦难的歌

伴随着战马嘶鸣和蹄声的歌
挂了彩的父亲伤口淌血时
他没有呻吟只是歌唱
寒夜昏灯映照着织布机上的母亲时
她的歌融入了梭子的节拍
而今重新响起的激亢的旋律啊
让我找到了他们的魂
我崇拜那些往日的歌
我崇拜歌中壮丽的魂
我也崇拜我出生的那个年份呵
太行山悲壮的岩石上还遗留着
那个酷冷酷冷的冬天的痕迹
那个漆黑漆黑的夜的痕迹
深邃的刀痕镌刻着
那个苦难深重的
一九四二年

阳光下的蜀葵

蒋 殊 著

【作者简介】

蒋殊，山西省武乡县人，中国作家协会会员，中国冶金作协副主席，太原市作协副主席，山西太行干部学院兼职教师，《映像》杂志执行主编。著有《阳光下的蜀葵》《重回 1937》《再回 1949》《坚守 1921》《少年时遇见你》《红星杨》等文学作品 10 部。《寻找史铁生》等 12 篇散文入选多家出版社出版的《中国年度散文年选》；散文《无人拣拾的柴禾》等 10 篇散文入选初中、高中语文试卷；散文《故乡的秋夜》收入 2014 年苏教版高中语文读本。曾获“赵树理文学奖”、《小说选刊》年度大奖，连续三届获“长征文艺奖”。

【内容简介】

《阳光下的蜀葵》是作者第一部散文著作，2017 年由三晋出版社出版，以后多次再版。记述了处于上党盆地北端的家乡——红色革命老区武乡的山村生活，分“那些人”“那些事”“那些地”三部分，包括《我们在一起，多好》《小山的尘世》《浩荡的羊群》《花开成海》《老屋》《照片里的从前》《故乡的秋夜》《故乡转眼成他乡》《又见炊烟》等文章。作者以朴素而轻灵的笔触，记叙了太行山深处乡村的传统生活模式、生活状态，饱含了人性的善良和淳朴，是乡土文化的个人叙事，体现出作者浓厚的家乡情结，是作为现代社会需要观照和体味的“乡愁”。

序

杜学文

蒋殊出了一本散文集，名字就叫《阳光下的蜀葵》。蜀葵？这是什么花？为什么一个地处黄土高原的人要去写“蜀葵”？在网上搜索，看到了蜀葵的照片。原来这就是学名叫蜀葵的花？在我的故乡也总是林林总总地到处都有这样的花。她好像有点内敛、朴素，不那么张扬，却生长得到处都是。一丛一丛地，竟然很艳丽夺目，有些越看越迷人的感觉。原来，她的气质是属于那种有内涵的花。其原产地在四川，但生命力极强，在华东、华中、华北等地都有生长。其高可达丈许，花朵多为红色，人们常称之为“一丈红”。蒋殊说，在她的故乡，她奶奶的院子里，总是有一群又一群的蜀葵花，“不管高矮每一根都顺茎直直地骄傲地伸向天空。蜀葵花的每一个部位从来不会弯曲，低头，从来不管太阳身处何方，总是直射苍穹”——这，就是蜀葵。不过，作者并没有为我们描写蜀葵所隐喻的美好品格。如果这样的话，将会陷入为文的窠臼。蒋殊告诉我们的是，在自己一家人搬离乡下老家的小院后，这种生命力极强的蜀葵花却再也找不到了。于是，她企图在已经荒芜了的奶奶的院子里等待蜀葵花出现。当然这是不可能的。但这种无望的等待却使她悟出一个道理，那就是，离开人的蜀葵竟然不会再生长，是“因我们的离去而终结了绚丽的生命”。今天，“谁都不可能再回到那个小院。因此也就再不可能在我的小院看到蜀葵。阳光下一丛一丛的那些蜀葵永远从这片土地上消失了”。

作者的结论是令人伤感的。但她的感悟却是常人所没有的。在这里，蒋殊似乎为我们描绘出一种生命的状态。这就是，植物，包括像蜀葵这样的花，其存在是与人的生命体验一致的。如果有人的存在，即使这绚丽的蜀葵曾经是那样地不为人注目，却仍然有着强烈的生命力。而一旦人的生命消散离去，蜀葵的生命也将随之转移、消失。她为我们揭示的是一种天人一体的生命状态。这种生命存在，不仅仅是属于人的，也是属于大自然的。人与自然的相依才使生命呈现出多样多姿、斑斓纷呈的魅力。在这本散文集中，蒋殊总是不自觉地表达她的这种感悟。老家的小院荒芜了，因为我们离开了故乡。而自己曾经认识的树，都老了；房子，也老了。当作者把老院内那些散落的墙壁碎片一点点地拣起，并慢慢拼接时，阳光总会照亮那些几乎被丢弃的古老时光。她感慨："土地是有生命的，植物是有生命的。它们的生命，在于与人相依。若不是如此，老院那些树木，怎都不再结果？那些墙壁，怎会无视阳光的照射，一片片剥落？"还有村外的老井，曾经是怎样的给乡亲们带来了快乐、亲情、爱情和故乡的秩序、道德？可是，随着岁月的流逝，这曾经的老井已经没有了人文的意义，只是成为一处物理意义上的被人们废弃了的"井"。

作者曾经在黄土高原太行深处生活。这里，既是人类农耕文明的重要发祥地，也是中国乡村最后的根据地。数千年来，人们在这里寻找到了维系人类生命的各种农作物与果实，并仰观天象，俯察地理，感悟人的生命存在的自然法则，从而建立了一套关于天、地、人循环统一、相互作用的价值体系。大自然的存在自有其运行的规律，人的生命则是这自然的一分子。生命的意义不仅仅是存在，其价值还体现在对天、地的体察、感悟、融汇之中。如果人不能领会自然之道，其存在就会背道。人道与天道虽然各有其独立的运行特点，但最根本的是二者的一致性。大自然如果没有了人，其灵性、价值也就不再存在。如果人不能适应自然的运行规律，其存在将不能实现。因此，在中国传统文化中，不仅强调人对自然的理性认知，更强调人对自然的灵性体察。人的行为、内心世界应该是与自然的运行规律相一致，能够感悟到自然的生命要求的。如果二者分离，人只为人，天只是天，天人割裂，那么，自然的意义将不复存在，人的意义也将难以实现。这似乎在蜀葵的生命中得到了证明。蒋殊虽然为我们描写的是自己私人化的感悟，却通过这些细节达到了文化的内里，形象地表达了人的生命与自然的生命是多么神奇地统一，并为此而感慨万端。

与此相应的是，乡村的发展与变化。乡村的存在，本身即是自然与人的完美结合。大自然以乡村的形式让人身有所居，心有所依，使人能够在自然的呵护中找到自身，并确定自己存在的社会关系与生存价值。正是因为乡村的存在，才使我们走出了漫无目的的迁徙生活，找到能够定居的被我们称为故乡的所在。故乡，她并不仅仅是一个让我们可以安身的物质所在，同时也是我们的生命出现、成长、成熟的所在，是能够使我们的生命得以延续，种族能够繁衍的温柔之乡。在这样的生命历程中，我们用情感与智慧、劳动构建了属于自己的文化、价值观，形成了可以让我们世代相依的亲情，以及相互守望的生存法则。即使我们身处异地，漂泊他乡，也总是以最美好的想象来怀念自己的故乡，包括那里的土地、山水、庄稼、花草，以及孩子的嬉闹、飞鸟的啁啾。正是因为我们有自己的故乡，才能够在芸芸众生中知道自己是谁，从哪里来，到哪里去，才能形成我们带着深深故乡印痕的体质、性格、习惯，以及为人处事的准则。但是，乡村并不是恒定的。她是要变化的。战争使乡村毁弃，瘟疫使乡村消失，灾害使乡村不再；还有，随着社会生产力的发展，特别是交通与工商业的兴盛，使乡村成为都市；等等。总之，在人类的发展进程中，乡村总要发生或快或慢、这样那样的变化。而在乡村中存留的人文价值也将随着岁月的改变而改变。这种变化在现代化的进程中表现得更加突出剧烈。是坚守乡村固有的文化，还是积极适应现代化的时势，放弃自己的精神故乡，是现代化进程中人类必须面对的选择，也是人类精神、情感无可回避的困境。城市，改变了人的生产方式与生活方式，使人口的流动性增强，也使不同的文化能够更快地交流融合。但是，在这种改变与融合中，人们千百年来习惯的、固守的许多东西也将不再。怎样才能记住我们长长久久、缠缠绵绵的乡愁？怎样才能在这样的乡愁中重新确立自己的身份、价值，建构新的文化与精神世界？这并不是一种愉快的选择，更可能是一种痛苦的挑战。以乡村为代表的文化，特别是其中即使是在城市中仍然具有积极意义的东西如何能够承传下来？这是现代化进程中对人类的考验。但却是我们唯一的理性选择。

不过蒋殊并不准备回答这样的问题。蒋殊只是一个身处乡村与城市之间的思考者、体悟者。她从小在奶奶的村庄生活。17 岁时不自觉地来到了一个已经相当现代的城市，并在一家具有差不多百年历史的现代化企业工作。她的童年、情感、人格都与乡村密不可分。或者也可以说，是乡村塑造了她。乡村不仅有她的记忆，还存留着她人格形成过程中感受到的一切。乡村也存留着她即使是在城市也常常回想起来的亲人、乡邻等。而城市，这个被许多人向往，她这个具体的“这一个”却又感到非常陌生的地方，使她的情感分裂。幼年曾经两小无猜的伙伴，似乎被生活的磨炼而变得陌生起来，好像她们原来并没有那么纯洁美好的过去。而故乡，也在自己出走之后，变得面目全非。那些美好的东西全部储存在对儿时的回想之中，并不是眼前的现实。也许，对过去的怀念，也就是对现实的拒绝。蒋殊为我们勾画出一种清纯的、透明的，无疑也是被自己美化了的乡村世界。她描写乡间的景致、土地、河水；描写仍然在乡村坚守的带着她体温的老屋、院落、井台；描写那些曾经与她的童年一起走过的玉米、羊群、梨树，带我们体味乡村土地的气息、庄稼的味道、太阳的光泽。她也写了故乡人们之间的矛盾。但这种矛盾又是在亲情与乡村道德的制约中生成、消散的。总之，她似乎把一个没有现代感的故乡的生存状态为我们活色生香、柔肠万种地呈现出来。这样的乡村是真实的、鲜活的，充满人间气息的，当然也是让我们怀想的，思绪万千的。

身在城市与乡村之间，心在现代与传统当中。这可能正是中国当下大多数人的处境。既向往城市的繁华、发达、现代，又怀念乡村的单纯、俭朴、温馨。也许，前者更多的指的是物质的进步，而后者更多的指的是精神的寄托。要做到二者的有机统一，是人类的难题。尽管如此，并不是没有成功的范例。而我们在义无反顾地走向现代化的时刻，怎样才能留得住精神的根脉，记得住将逝的乡愁，找得准前行的方向，还需要艰苦的努力。当然，在《阳光下的蜀葵》中，并没有担负为我们找到出路的重任。蒋殊的描写是一种完全个人化的描写。她没有准备做一个指路者。甚至在她的笔下，也没有对喧闹的城市表达什么抵触的情绪，或者批判的意识。她只是从自己的曾经所见所感所悟中为我们描绘出过去的故乡。这是一个令人怀想的故乡，是一个天蓝水清、富有诗意的故乡，是一个无论身处何处都会让我们的内心温暖、纠结的地方。正因为此，当我们发现她今天的落寞、凋零时，才更加深切地感到我们的故乡——物质上的与精神上的——是多么值得让人依恋、回味，以至于重建。她曾经养育了一个人类历史上最具创造力的民族，曾经滋生出人类历史上最为辉煌的文明，也曾经塑造了我们的情感、人格、力量。当我们走向现代化时，她似乎被我们冷落了，甚至……抛弃了。我是多么不情愿地使用“抛弃”这样的字眼啊！但历史正是如此。我们所要知道的是，当我们的故乡被我们置于身后的时刻，故乡依然是故乡。就像当年我离开自己的山村时，我的奶奶一直站在村头最高的地方，双手搭在眼前，一直不回身地瞭望着自己远去的孩子。即使多少年过去了，她的身影依然似一座雕像，远远地、模糊地，却是那么执着地站在高处，为远去的人们祝福。她越来越依稀的目光竟然能够穿透时空，在我的身上投射出温暖与希望。我们不能没有自己的故乡，不能没有自己的来处。因为，那样的话，也就没有我们自己，更没有我们的未来。

这明媚又含泪的蜀葵（自序）

从来不曾想到，多年以后，我与蜀葵会这样紧密相连。

当初写下，是因内心喷溢的浓烈愧疚。一种花，却没有花的身份，更没有花的高贵。面对无视自己绽放的人，它们依然执着生长，执着散发独有的芳香。四季更迭，日月轮回，它们静守小院，默默迎来一个又一个新的生命，将一茬又一茬年迈者送往天堂。无论是否有人观赏，它们笑脸始终不变。多年以后在别处，看到被人呵护的蜀葵，我才想起当初院子里曾经花开花落的那些花之美。

《阳光下的蜀葵》出版后，引来人们好奇相问：蜀葵是谁？当终于见到蜀葵，瞬间恍然大悟：原来，原来它的名字叫蜀葵?!

多么动人的名字。蜀葵这个土生土长的中国花，而今遍布世界大小角落。只要有人居的地方，就有中国蜀葵。8世纪，蜀葵漂洋过海到了日本；15世纪远赴欧洲。蜀葵的容颜，很快颠覆了异国他乡的审美趣味，不仅成为大小花园的宠儿，同时迅速在宫廷画中占据了显赫地位。

“花如木槿花相似，叶比芙蓉叶一般。五尺栏杆遮不尽，尚留一半与人看。”这是明成化甲午年间，日本使者初见蜀葵时的讶异。蜀葵这朵端午花，历来就频频出现在古代名家的画笔下。齐白石、徐悲鸿两位大师不仅各自喜画蜀葵，还曾“双星合璧”，共绘蜀葵；黄宾虹、潘天寿、陈子庄、张大千等名家也各自挥墨，泼洒蜀葵美；连蒋介石，也在宋美龄画的蜀葵蕉叶图上欣然题字。莫奈、梵高等驰名世界的画家，更将蜀葵行云流水绕素笺，以至于今天梵高的墓碑旁，还有美丽的蜀葵花伴随。美国画家

Charles Courtney Curran 一幅 *Hollyhocks and sunlight*（阳光下的蜀葵）更是完美地呈现出蜀葵、阳光与女人的绝美韵味。

“能共牡丹争几许”的蜀葵，是被今天的人们忽视了。早年，陆游就写过：“翩翩蝴蝶成双过，两两蜀葵相背开。”岑参也呼唤人们：“请君有钱向酒家，君不见，蜀葵花。”

岑参觉得，蜀葵易逝。其实不然。蜀葵并非他笔下的“昨日一花开，今日一花开。今日花正好，昨日花已老”。我们熟知的鲜花中，蜀葵花期最长久。

很多人知道两汉时期一首歌《北方有佳人》。但有很多人不知道，这是专为汉武帝宠妃李夫人量身定做的；更不知道，有着倾国倾城之貌的李夫人即为蜀葵花神。

引得古往今来无数人倾心书写，蜀葵的惊艳之处却不仅仅在它的容颜。许多地方的餐桌上，已经悄然布下别样蜀葵宴。蜀葵花，蜀葵叶，蜀葵籽，一一诱惑着食客们的味蕾。蜀葵酒，醇香绵柔；蜀葵茶，清淡香幽。药蜀葵做原料的化妆品风靡市场，更是医生手中必不可少的宝藏。

《阳光下的蜀葵》走过七年，一路被有缘人呵护，爱戴。蜀葵花，也重新绽放在人们视野。陪伴《阳光下的蜀葵》成长七年，也是我重新认识蜀葵的七年。渐渐地我知道，之所以越来越喜欢蜀葵，为它代言，除了它沉静绚丽的容颜，除了它全身都是宝，更有它精神上的倔强与不离不弃。遇到过独守空门的蜀葵，碰到过寒风中挺立的蜀葵，见到过被孩童撕碎仍含笑的蜀葵，更时时想起童年身边那些一度被冷落的蜀葵。才知蜀葵坚强，坚韧，坚守，坚持；深知蜀葵低调，含蓄，温和，谦虚。

爱蜀葵的人眼里，蜀葵或许已经成为一种乡愁，一种怀念，一种向往，抑或一种希冀。蜀葵就是这样神奇，给人温暖，明媚；也让人忧伤，含泪。

荣幸，《阳光下的蜀葵》以全新的面貌出现在您面前，也希望蜀葵花可以长久进驻您心里。

那 些 人

不敢轻言的爱

一直认为，触及“母亲”这个词，需要勇气。

父亲，奶奶，姥姥，身边的亲人一个个在我笔下清晰过，唯有母亲例外，一直未敢触及。我不知道，自己的内心，对母亲是怎样的一种情结。对儿女最亲近的母亲，我却总也找不到那种可以恰当表达情感的方式。

嫁与父亲那天起，母亲就与吃苦结了缘。父亲在城市工作，家里的大事小情就一股脑交给母亲。于是，还不到 20 岁、长相极其美丽的母亲什么也不说，就开始与爷爷、叔叔们一道投身到修房建屋的工程当中。奶奶不劳动，姑姑和一个叔叔还未成年，这个轰轰烈烈的修房大工程，母亲、爷爷与一个刚刚成年的叔叔成了主要劳动力。母亲接受了姥姥极其严格的教育，不娇气，不霸道，不任性，只一味做活。一担一担黄土，母亲咬着牙跟着爷爷、叔叔往外挑。后来母亲回忆说，当时太吃力了，直把自己累到闭经都不懂得告诉奶奶一声，给父亲写信，也总是那句：“在家一切好。”

“一切好”的母亲深受比母亲小近一轮的姑姑依恋，后来的好多年，母亲穿什么，姑姑便闹着也要什么。于是每到年终写信，母亲总不忘提醒父亲：买裤子时要两条，鞋也一样，两双。

父亲每月有钱寄来，然而不是给母亲，是直接寄给爷爷。母亲说，在当年，父亲的 30 块钱工资要养活一家人，母亲因此都不会知道父亲寄回的确切数目，每次奶奶给几块母亲就装几块。后来长大了的我们不止一次问父亲，为什么不把工资寄给自己的老婆？而母亲，怎么可以放弃这样的权利呢？

父亲总是无奈地说，在他心里，父母就是一切，这是孝道。

母亲总是回答：听你爸的。

孝道面前，任何评判都是无力的。

我没有确切追问，母亲什么时候在家里有了经济大权，也就是父亲是从什么时候开始把钱寄给母亲的。只知道，两个叔叔办婚事，父亲替爷爷置办了婚礼；姑姑出嫁，父亲替奶奶置办了嫁妆；爷爷、奶奶和叔叔、姑姑成家前的所有花费，是父亲的钱；爷爷、奶奶去世，是父亲的钱……

对父亲的做法，我此生只能仰望。如果有来生，我也不能确定，自己的做法会不会赶上父亲。然而对母亲，我唯有敬仰。

母亲并非不与人起争执，然而母亲懂得宽容，愿意淡忘。曾经一个屋檐下那些面红耳赤的事，那些委屈怨恨的心结，都在她心里变成过眼云烟。母亲与婶婶们，早已不再提当初的往事，她们的谈话里，已然切换成姥姥、奶奶之类的话题。而我，那个曾替母亲鸣不平的我，见了叔叔、婶婶，却是忍不住的亲切。脑子里更时常跳出她们对我的好来：大雪天，二婶婶背着我回家，不断从一个个山坡上遍遍爬上、滑下；一个夜里，因母亲生了弟弟坐月子，大婶婶带着我这个没人想带的小累赘渡过很宽的河到邻村看电影。这个时候我才知道，亲人间，所谓的“仇恨”或许只是一种必不可少的生活调剂品。

前段时间回老家，母亲与以往一样交代该去走访的亲戚。从一个长辈家回来后，母亲才对我说，其实他已经很久不到家里来了，即便路过，也不会打一声招呼。起因简单得可笑，就因为一只鸡。更可气的是，他竟然还不让自己从外地回来的孩子们来看望父亲和母亲。

“怎么不早说？”我忍不住生气了，“这样的话我干吗要看他？”

“唉，咱不计较。”母亲叹口气，“看看他的身体，还能看他几年。”

母亲的话一下扎痛我的心。罢了，母亲，您的心，究竟有多大?!

母亲并非圣人，她也时时会因为一些事而埋怨父亲。可母亲的心是柔软的。那年，刚与父亲因家事争吵后不到一周，奶奶就病了。那时候，母亲与父亲已搬离奶奶的村子，她便让父亲把奶奶接到家里。一年多时间，连极度孝顺的父亲也常常忍不住对奶奶发脾气，只有母亲不。奶奶的病在腿上，生活完全不能自理，每天几次大小便让母亲极度劳累。然而母亲无怨无悔。也就是在这一年多时间，奶奶无数次自责得流泪，躺在炕上，一桩桩一件件数落着自己曾对母亲的不是。

奶奶甚至祈求上天：给我一个来生，让我好好弥补这个儿媳。

母亲听罢笑了：今生你先好起来吧。

母亲是美丽的，母亲是柔弱的，然而我极少见母亲流泪，也很少见母亲对生活抱怨。

山西乡村的女人，其实是很幸福的，然而母亲例外。例外的母亲，只因为有一个在城市工作的丈夫，家里有人挣工资，说起来是令人羡慕的事，然而对于母亲，却因此艰苦了三十多年。即便之后父亲早早退休回到家乡，地头的事也是一知半解，无法脱离母亲独自完成耕种收割。别的女人们只留心一天三顿饭与针线活，母亲却要独自干着一个家男人与女人共同的事。

此刻，身在城市的我极度回味乡村生活，然而真正的地头忙碌却无法承受，自小就躲着。现在想来，那时根本不用躲。因为母亲压根就没想过要我们几个孩子插手地里的活。至多在太忙的时候替母亲分担一篓玉米回家。想来，我们干一次活的态度母亲一定生气至极，那种拖沓和磨蹭至今想来连自己都不可饶恕。那时，从不曾在心里想过，母亲独自春种秋收的苦，也从来没有想过，在地里与男人一样劳作的母亲，还要与别的女人一样应付家里。我们放学回家，饭和别人家一样现成；早晨起床，衣服与别家孩子一般干净；冬天，有崭新干净的棉袄；夏天，是清凉嫩粉的衬衫。

直到现在，我才忍不住常常去想：那个时候，母亲哪里来的时间为我们缝制衣衫？那些春耕秋收的日子，男人们干完农活都累到饭来张口，母亲呢？

这些话，几次想问母亲，几次不忍。只是发自内心，一遍一遍锤击自己那颗心，那颗从未疼过母亲的心。

这些年，母亲早已不用劳作，也终于在我们的劝说下来到城市生活。然而母亲放在儿女身上的心，一刻也没有停止。哪件衣服肥了长了，母亲一针一线改过来；家里放不下的杂物，一股脑拉到母亲那里；想盖新棉花被了，母亲不出一周便给做好；去母亲家里吃饭，她总是推搡着连碗都不让洗。

有母亲，真好。母亲近在身边，更好。以前吃不上手工饺子，现在母亲隔三岔五便包了给我们。焖面、粽子、包子，母亲从不让我们断了顿。自母亲来城里后，再不去市面买馒头了，总是吃母亲手工蒸好的。女儿、女婿、孙子、外孙，谁爱吃面条，谁爱吃豆包，谁只吃素饺子，母亲一一记在心里，一一做好端上桌。

叔叔从老家带来的土鸡蛋，母亲一分两包，给我和妹妹；母亲费力种在露台上的黄瓜、西红柿，摘下来总是先给我们。我们拒绝不要时，母亲总是说，吃了一辈子自己种的，现在更喜欢吃市场买下的。

如今，我的女儿也长大了，然而我们之间，总是会免不了发生一些不愉快。缘由，自然是我要她那样，而她觉得应该这样。每每这时，也常常想母亲是如何做妈妈的，为什么我们从来找不到母亲的不好。想来想去，发现自成人后，母亲从来没有干涉过我们任何事。有时候，尽管我们做错了，母亲也只是自言着责备几句，从不以一个长辈的名义来教导，更谈不上训斥。再想想，我们也没有因为母亲的“放任”而让一些事一味错下去。

做母亲，是不是就该这样？尽管懂得这样做母亲的千般好，自己也还是做不了这样的母亲，总是忍不住以家长的名义，在女儿面前指手画脚。

回头，再安享母亲不言不语，默默送出的暖意。

几个月前突然发现，母亲一直穿着一件几年前买的棉大衣，这让我与妹妹很是惭愧。怎么就没留意呢？立即上街买了一件。母亲却不住埋怨：那件有什么不好？合身又暖和，花那冤枉钱做什么？母亲从来不会觉得，花一生心血抚养儿女成人，就是要让儿女孝顺自己。母亲，总是宁可看着我们用几千块钱买回一件衣服穿过几次扔在一边，也不愿多花一分钱为她购置一件她觉得多余的物件。

母亲，你的内心，到底广阔到怎样大的一番天地？

我们在一起，多好

从来没有那么害怕过面对父亲。因为，父亲在家里一直是一座山。可是如今，我是那么害怕面对他。

你看，父亲又坐在午后的阳光里，不言不语。我不过去，就那么远远地，观望父亲。父亲的脖子缩在衣领里，左手握着右手，低着头，不言不语。

那天，母亲对坐在沙发上缩着脖子看电视的父亲说："越来越驼背了，就不能把头仰起来，把背伸直？"父亲往后靠靠，脖子依旧伸在前面，只是笑。母亲有些恼："起来照照镜子去，瞧瞧你成什么样子了！"

是的，我不敢再翻看从前的照片，从前的照片里，父亲那么英俊硬朗，风度翩翩；我也不敢打开从前的画面，从前的画面里，父亲做事雷厉风行，果断威严。

时光啊，你不觉得剥夺得太多了吗？你看，你把父亲身上的美都掳去了。你不仅拿走了他的青春，又带走他的强健。现在，他的身上只剩下苍老和疾病。不用说母亲不能接受父亲现在的样子，就连我们，也总是一遍又一遍地回想从前。

黯然神伤之际，从前又总会一遍又一遍闯进脑海，不管想不想回忆。

小时候的父亲，总是站在山那边，在一年一度的秋收时节与我隔河相望。或许是提前半个多月，父亲就会寄信来，告诉我们归家的日子。现在想想，那些个秋天，等父亲来信或许是一年中最快乐的一件事。平时，父亲也常常来信。父亲的字极漂亮，在那个枯燥的岁月里，读父亲的信也是一种享受和娱乐。可秋天的这封信，里面却写着父亲归家的日期。七八十年代甚至九十年代，在省城工作的父亲于我们而言倍感遥远。现在看来短短不到200公里路程，那时候却是要坐着唯一的一班长途车摇摇晃晃走七八个小时。而且，父亲从住地到长途汽车站，需要倒乘三趟公交车，花费两个多小时；从长途车下来，再一路步行到家，也得近一个小时。那时候，父亲回一趟家，必须搭上整整一天时间。

然而，我们是多么盼望父亲回家。这个日子，一定被我死死地记在心里。那一天往往是星期天，这也是父亲刻意选的，为了自己能多休息一天，也为了我能去下车的站点接他。或许前一个晚上，我便开始各种幻想。当然，作为一个孩子，最大的幻想还是父亲每次回来带的那个浅绿色帆布大包。那里面，总是装着各种久违了的美味和几件新衣。次日一吃过午饭，我便更加坐不住了。尽管母亲一遍遍告诉我还早，我却总是控制不住自己。任谁来找，也不去玩，还骄傲地告诉伙伴们：我的爸爸要回来了。

我的爸爸要回来，对熟悉我的伙伴们来说，也是一件不小的事。因为或许次日，我除了吃着他们吃不到甚至见都没见过的小食品外，还会穿起一件时髦的新衣。反正小时候，我的东西总是最好的。清楚地记得，直到上初中，那个极大的绘着古典人物图的淡米色塑料文具盒一直是同学侧目的焦点。

这些，都要归功于我的父亲。

接父亲这天，于我而言总是格外漫长。然而我也有许多事情需要做，比如一定要洗个头发，换一身干净衣服，再剪剪我的指甲。父亲是一个极度爱干净的人，我不愿意一见面父亲就对我的卫生状况开始数落。这一切，磨磨蹭蹭，一上午时间也足够。中午饭后，我便盯着墙上的时钟坐卧不宁。等不到母亲的命令，便跑了。

从我家到父亲下车的地方，算不上有多远。然而不是坡就是岭，中间还隔着一条河。两条腿这样走过去，也得费好长时间。因为时间充足，我在路上不紧不慢。然而还是早早爬上那个山头，高高地坐在山顶。不知为什么，每一次我总是愿意远远地坐在这里，等父亲下车。或许，是这里地势高的缘故，我看着山下的浊漳河，看着河对岸的马路，以及马路边那个站点。每一辆路过的长途汽车，都能引起我足够的兴趣。有时车停，有时呼啸而过。若是车停了，再看下来的人。大多数时候，我一眼就可看出是不是父亲。

父亲的特征，实在是太明显了。他几乎长年穿着一件洗得发白的工装。配上他清清瘦瘦的身材，极其朴素，极其干净，又极其精神。父亲与爷爷一样，头发早早就开始花白。因此，我站在对面的山头，总是一眼就可认出父亲。

父亲也一样，下得车来，把浅绿色帆布包放在路边，便开始朝这边的山头张望。父女俩的眼神，总能在同一时间交汇。我们的手几乎在同一刻举起。与此同时，我便撒开双腿飞跑着下山，飞奔着过桥，飞到父亲身边。由于大部分时间与父亲是一年见一次面，因此一到父亲身边，我便立即按下那颗扑扑跳动的心，腼腆地站在那里。而含蓄的父亲，也总是开心一笑，摸摸我的头，提起手里的包拉着我回家。

说是接父亲，其实我还是帮不了父亲什么忙。东西多时，父亲就地找一根木棍挑着；少时，就双手提着。而我，只是陪在父亲身边。往往是过了桥，便消除了与父亲积攒了一年的距离。妈的事，弟弟的事，我的事，甚至奶奶、姑姑的事，在那些崎岖的小道上一一抢先道与父亲。

未进家门，父亲对离开一年的家，便已知悉八九分。

从小，父亲对我的管教就极其严厉，有时甚至很过分。他总是会看到别人家孩子的长处，又总是会看到我的短处。比如，总说我的字不好；比如，总嫌我的成绩不够优秀；比如，坚决不肯让我接过与他同室的同事递来的一个面包；又比如，一嗓子把我从邻居叔叔推着的平车上吼下来。父亲极度追求完美，极度要面子。

盛饭时，如果不小心把一根面条掉在灶台上，总得挨父亲一顿训。也因此，盼望父亲回家，又惧怕父亲回家。

小时候，父亲的形象如此高大。一本一本的书，惊奇地听着父亲用城里话一句一句念出来。尤其是到了省城，父亲用一辆自行车载着我，看各种电影，进各种商场，逛各个公园。大街小巷，我惊奇父亲为什么不会迷路。

7 岁那年，有邻居到省城，母亲便托他把我捎给父亲。这是我第一次离开母亲，一个人来到父亲身边。自然，父亲对我的到来充满惊喜与欢喜，宝贝似的抱着我在他住的单身楼道里走了一圈又一圈。那些天里，我与父亲形影不离。父亲知道我与他不像与母亲那般亲近，便变着花样哄我开心，不给我时间想母亲。父亲上班，我跟着他安静地坐在角落里吃东西，看小人书；下了班，跟着父亲去菜市场买菜。每次买菜，父亲总是让我在大门外看着自行车，他自己进去。有一次，我觉得他进去的时间很久了，还是不出来，便想着是不是找不到我了，还是不要我了？想着想着，便趴在自行车座位上伤心地哭起来。我的哭招来一群好心人，当然最终也招回父亲。他急得把手里的菜丢在地上，用尽各种办法安慰我。及至我安定下来，父亲才一边收菜一边笑我傻。他端着我的脸问：哪有爸爸不要自己孩子的？

最终，我吃着冰棍哼着歌跟父亲回家。此后再买菜，父亲却再也不留我独自在大门口。

那段时间，父亲极其忙碌，却快乐无比。

然而有一天，我坐在父亲屋里的小凳上，看着窗外，还是想起母亲。

正在身后给我包饺子的父亲发现后，赶紧举着两只沾满面的手跑过来。或许早已猜到我的心思，因此什么也不问，只紧紧把眼泪汪汪的我抱起来，说再住两日便跟邻居叔叔回家找妈妈。

我是家中的老大，又是女儿，父亲却最宠我，以至于我的姑姑因此而常常为弟弟抱不平。其实我知道，父亲宠我，并不是其他原因，而是我一直以来的爱学习。父亲宠孩子的理由只有一个，那就是要“爱学习”；父亲赞美孩子的条件也只有一个，那就是“学习好”。不管我们到了多大年龄，这都是父亲评判我们是不是好孩子的唯一标准。

我，算是一个爱学习的孩子，父亲也是一个喜欢爱学习孩子的父亲。可是，还未来得及走进高考考场的我却被父亲强硬地从校园拉出来，拉到工厂。当年，仅仅四十几岁的父亲突然宣布要“退休”，而不到 20 岁的我必须面对社会。

从来没有强迫过我的父亲，在简单地与我交代了情况后，就自作主张到学校替我办理了退学手续。突如其来的消息不仅让同学们措手不及，而且让喜爱我的班主任猝不及防。他甚至没有时间把我叫到办公室，只在走廊上匆匆问我：“是你愿意的？”

我记得当时回答他的只有眼泪。

这时，父亲已经背着我的铺盖行李出现了。班主任也不再说什么，轻轻叹口气转身离开。我的同学们，一双双目光从窗户、门缝透出来，有的羡慕，有的惋惜。我真的没有时间，更没有勇气走回教室，与他们一一告别。有些男生，我们还未曾说过一句话。

此后，好友不断有信来。而我，也只能通过她们的信件了解我的学校，继续我的学习梦。每当听到有同学考上大学的消息，我便要哭泣几天。那个时候，我一直无法接受父亲的安排，也不同意他关于“考上大学不一定能进好工厂”这样的理念。然而父亲是那样的固执和坚决，连母亲也是支持的。母亲的理由是：“你看看村里考上大学的孩子哪个能进了你爸的工厂？”

如果我当初有一丝自愿，绝对是母亲这个理由说服了我。然而，我心底那一丝大学情结却永远无法浇灭。我的大学梦，也只能用别的办法弥补，工作后再申请进学校，艰难而执着地一步步弥补完我的大学路。很快，我的学历一栏终于可以和别人一样写着“大学”两个字，然而父亲从高中校园拉我出来的那个场景，却总是我心底一份挥之不去的隐痛。

父亲不怪我对他的不理解，相反看到我进工厂后依旧像在学校一样常常书本不离手，甚至又走进学校，取得一份又一份他之前想都没想过的文凭，就越发喜欢他的大女儿，人前人后夸来夸去。

而我对父亲的依赖，却戛然结束在参加工作之后；彻底不再惧怕父亲，是成了家；而开始在父亲面前指手画脚，是当了母亲之后。

是我变了吗？细想想，其实是父亲慢慢老了。随着儿女的长大，父亲的思维慢慢滞后，父亲的想法开始落后，父亲的训斥也越来越无力直到完全收了口。

父亲一颗骄傲的心，终于在成长的孩子面前败下阵来。

遇到事，父亲开始征询我的意见；我说的话，父亲总会全盘接收。

最终，父亲将身上二十多年的城市味道洗得干干净净，沉下心来走向田间地头。此后的每一年，变成父亲来车站接我。母亲说，父亲就像儿时的我一样，总是早早便来到站台，抽着烟，向着车来的方向，焦急地等。

小时候空着手跟父亲回家，是因为我小，提不动重物。现在，依旧是空着手跟父亲回家。父亲总是边抢下我手上所有的东西边说：你哪有力气！

父亲有力气，也是我的欣慰。于是此后的许多年，我一直看着父亲使用他的力气。父亲种蔬菜，父亲挑水，父亲扛着谷子去碾房变成小米。就是来到城里，父亲也是绝对的劳力，无论是买一袋苹果，还是一袋大米，我总会先在窗外敲着玻璃喊：爸，快出来！

可是，可是有一天，父亲突然没力气了。没了青春的父亲，怎么可能连力气都失去？

突然间，我好怕。父亲，真的老了，而且病了。

从未尝过输液滋味的父亲第一次躺在病床上，再也无力反抗医生的任何一个动作。这个曾经鄙视各种弱小、讨厌进医院的男人，终于变成一个无比弱小的人。孩子们面前，父亲十分羞涩，无奈地接受着各种摆弄。

父亲，我们终于可以好好服侍你了。可是，我们并不开心。我宁愿，父亲依然像一棵强壮的大树，巍峨地站在面前，抢下我手里的哪怕是一箱牛奶，提着，大踏步向前走。

或许，我已经习惯了跟在父亲后头，看父亲雄壮有力的脚步。

由于脑梗，父亲的右臂右手不听使唤了，说话也不清晰了。每次见父亲，他总是呆呆地坐在沙发上，或者阳光里，左手握着右手，不言不语。看着父亲有些肿胀的右手，我总是忍不住生气，大声埋怨父亲为什么不好好锻炼，为什么右手总是动也不动。

而父亲，总是像孩子一样憨憨地笑着。有时，连笑也控制不住。而我，便会用力帮父亲按摩，父亲却不住口地叫喊疼，挣扎着阻止着我。

无奈，我只能软下来，给父亲讲道理，哄父亲听话，好好锻炼。甚至，像哄孩子一样，许诺他好了之后一起去买他爱吃的东西。

每次，坐在父亲面前这样絮絮叨叨一阵后，便有一种想哭的冲动。眼前这个孩子般的老人，还是我伟岸的父亲吗？还是那个说一不二的坚强汉子吗？我的面前，分明坐着一个孩子，一个还未长大的孩子。我必须用十二分的耐心，去给他讲一些连小孩子都很容易明白的道理。

而他，分明就是一个不听话的孩子。

医院那张病床上，父亲躺了将近一个月，我们也陪伴了他将近 30 天。

父亲病初愈那天，我拿出包里的本子和笔，让他用左手写几个字。我本来是想看看父亲的左手有没有受到影响，却决然想不到，他连想都不想，就写下七个令我吃惊的字：“我们在一起，多好。”

这是一句有些文绉绉的话，根本不是父亲的风格。父亲写完，若无其事放下笔，也不看我，就像只是随便写了一个“大”或“小”那么简单。

我不敢有惊奇的表现，也不敢问父亲写这句话的含义，也装得若无其事。脑子里却一遍遍猜想，父亲这句话，到底表达的是什么心思？

近一个月来，家人与他朝夕相处，尽心服侍着父亲的所有饮食起居。这句话，是父亲对这半个月来虽然生着病却其乐融融的美好感受，还是经过一场大病之后对生活的重新感悟？

我猜不出来，只能把这七个字认真合在本子里，给母亲看，给孩子看，给所有的家人看。

坐在阳光里的父亲终于看到我，努力起身。我赶忙跑过去。父亲用含混不清的话问我：“上班忙不忙？”“路上好不好走？”又急着敲窗户，告诉母亲我来了。

我挽起父亲的手，拉他在院子里散步。我边走边告诉父亲，上班有些忙，却很充实。我还告诉父亲，单位很好，越来越好，都是父亲当初的功劳。

听到这话，父亲突然哭了，就那样站在阳光里，像个孩子一样，不管不顾。

姥姥，您的眼泪呢

有几天，牙莫名疼痛，无法咬稍硬些的东西。看着脆生生的水果，一忍再忍。

就那一瞬间，突然想起姥姥。记事起，就没见过姥姥一颗牙。

打电话问母亲，说“很早了”。算算时间，当我七八岁的时候，姥姥也就50多岁吧？那么姥姥是什么时候开始用没了牙齿的嘴吃饭，又吃了多少年？

我没问过，也从没想过。

今天，我的牙痛。

牙痛让我想起姥姥。

与牙齿一样没见过也没听过的，还有姥姥的眼泪。姥姥的眼，静如止水。记忆中，姥姥甚至没有拉过我的手。

也因此，我极少想起姥姥。

也因此，姥姥的葬礼上，我竟哭不出来。

此情此景下，哭不出来的我有些恨自己，周围是那么多乡亲的眼睛，旁边是母亲、姨姨一声接一声的恸。在姥姥家住过整整两年、连养的小兔跑丢了都哭好几天的我，却一滴泪也流不出来。

对长眠地下永远无法再见的姥姥，怎么竟哭不出来？

将头深埋人群，我拼命回忆与姥姥在一起的点点滴滴，极力想找出哪怕一两处姥姥对我的“好”来，然而眼泪还是出不来。

所有的亲人都没看到我在姥姥葬礼上的表现，包括母亲。因此，这份自责，一直孤独地藏在我一个人的心底。

常常想起奶奶，就因为小时候奶奶有事无事常将我揽在怀里，从衣衫里摸一颗红枣给我。离家后的每一次探亲，奶奶都会眼泪汪汪告诉我她是多么想念我。我的眼泪，自会哗啦啦倾泻而下。

一直以为，这是亲人间表达爱的唯一方式。

也因此，一直无法接受没有眼泪的姥姥。小时候，我不知道这样的姥姥为什么却是令全村无比敬仰的女人，更是苦苦寻找又找不到爱她的方式。

到底，该怎样评价我的姥姥？

没见过姥爷，不记得舅舅。记事以来，那孔窑洞里就住着姥姥一个人。姥姥家最热闹的时候，是母亲和姨姨两家人到来。然而不管去多少人，姥姥的开场总是淡淡一笑：来了？

之后的时间姥姥与母亲、姨姨们聊些什么，我冥思苦想也记不起。总之，场面不是孩子们期待的温馨，不是姥姥拉过我的手问长问短，不是姥姥打开柜子给我找好吃的，不是姥姥把我抱在怀里……孩子的心，多么脆弱而可怕；孩子的评判标准，多么简单又苛刻。姥姥，就是在不经意间，轻轻将一颗脆弱的童心越推越远。

想知道姥爷一点信息，很难。用母亲的话就是姥姥从不让问。依稀听村人讲，姥爷家境富裕，后来的邻居街坊住的房子，还有房子周边土地上的梨树，都是姥爷家的。姥爷死于新中国成立之后，却不是因为土改。有村人说，是受了两位村民的陷害，诬陷他为“圣母教首领”。知情的村人现在讲，那时候，这个新名词许多人听都没听过。姥爷怎么就成了首领呢？说白了，完全是私人恩怨，而姥爷又恰恰是天主教徒。想想，在那个年代，在那样一个闭塞的山村，背着“圣母教首领”这样沉重的十字架悄然死去的姥爷，除了在人们心中留下恐慌，又能激起什么样的浪花呢？

和母亲算来算去，那时的姥姥刚刚三十出头，膝下两女一子，母亲没多少印象，最小的姨姨还未懂事。然而本该哭天抢地的姥姥，怎么竟没有一滴眼泪呢？

村人都这样说。姥姥不仅不哭，还推开门冲屋檐下沉默的舅舅脆生生喊一声：吃饭！硬生生堵回人们送到门边的怜悯。但我总是忍不住想，夜里搂着三个孩子寂然睡去的姥姥，内心真的就没有挣扎？抑或，那个晚上甚至此后的若干个晚上，姥姥能睡踏实吗？我不信。姥姥的泪和疼是沉默的，但一定是钻心的，刺骨的。

或许经历的苦难太多，母亲对于姥姥带着他们三个熬过的记忆也是支离破碎。

记忆里，姥姥永远一身黑衣，包了灰色头巾，裹了裤腿，一尘不染。姥姥干净，走路快，做事利落，从不与别的女人扎堆闲聊。有投缘的，也只是在路遇时聊几句，打个招呼。

姥姥的所有时间，都给了上帝。

姥姥是虔诚的天主教徒。我从未见过姥姥这样的教徒。

记忆里，姥姥总是握一串念珠坐在炕头默默诵读经文。与不识一字的奶奶不同，姥姥是识字的。小的时候，对繁体字颇感兴趣，于是常常拿了姥姥手边的经文问姥姥，姥姥都能一一读给我。那么复杂的字姥姥一下就能读出，是我对姥姥最大的佩服。

姥姥对教义的理解就是：行善、无私、大度、不计得失。一生当中，每个人或多或少总会有几个仇人。一生中没有仇人，从小到大，从乡村到城市，我几乎不知道谁会高尚到这般境界。我的姥姥，就是这样。她始终认为，没有什么行为是不可原谅的，没有谁是非要去仇恨的。农村人是非多，连母亲这样我一直认为很大气的人，也是有仇人的。姥姥家是一个大村，整个村庄的人，哪一个提到姥姥，都佩服得五体投地。那个时候只知道人们敬重姥姥，然而在红尘中纷纷扰扰经历无数事之后的今天，才一点点懂得这敬重的分量。

能控制自己的喜怒哀乐，能让自己游离于世俗之外的人，一定不是凡人。姥姥的身心，洁净得一尘不染。

随着一段一段文字的增加，越来越觉得姥姥是超凡脱俗之人。

失去姥爷后，年少的舅舅成了家里唯一的男人，成了支撑整个家活下去的脊梁。然而姥姥丝毫不迁就他。据母亲说，在随后的那个饥饿年代，饿急了的舅舅半夜偷回几穗玉米，被姥姥发现后硬是逼着给送回去。母亲说，已经是汉子的舅舅抱着玉米出门时，眼泪竟哗哗往下流。

每每听母亲讲起这事，我就忍不住想问问姥姥：您的心为何与众不同？

或许，随着舅舅的长大、成家，随着母亲、姨姨的出嫁，姥姥的担子会逐渐被天伦取代，失去姥爷的痛可以减轻些，淡化些。然而或许姥姥命该如此，或许是上帝要试试姥姥究竟有多坚强。

舅舅，那个家里唯一的男性，竟也未能多陪姥姥一程。七十年代初，于一个深夜抛下母亲，抛下年轻的妻子，抛下两个年幼的儿子，悄然离世。

全村人再也无法忍受沉默。他们从各条小道扬尘而来，沉甸甸挤满院子。姥姥的门关着，门里无声。舅母的门敞开着，两个儿子偎在身边，哭成一团。没有谁敢去敲姥姥的门，人们选择把同情和安慰一股脑给了舅母和两个孩子。

满院的哭泣，男人的，女人的，大人的，小孩的。

许久，门开了：一身黑衣的姥姥，在母亲和姨姨的陪伴下出现在人们面前。

有些人便忍不住要奔向姥姥。姥姥不动，苍白着一张脸携两个女儿向满院乡亲深深鞠下一躬，返身走向舅母。

众人迅速被一股力量推开。

“哭，管用吗？”姥姥走到舅母身边，声音平静得令人畏惧，“我能走过来，你就能挺过去！”

随后她拉起两个孩子，“走，吃饭！”

天大的事砸下来，日子也得继续过，饭也得吃。

或许，这就是姥姥的生存哲学？

晚年的姥姥，生活几乎是两点一线：教堂、炕头。村子里的人要见到姥姥，也只有在教堂和去教堂的路上。

刚入初中时，我到了姥姥家，一住就是两年。两年时间，和姥姥的交流也就是吃饭什么的。姥姥按时给我做好每餐饭，却不愿多问一句其他话题。姥姥不在屋里的时候，我就翻箱倒柜找一些吃的。父亲每次从城里给姥姥买回的点心，总是这样被我一点点吃掉。姥姥屋里的宝贝就是那个磨得斑斑点点却异常光亮的枣红柜子，姥姥也不上锁，我总能趁姥姥不注意时掀开柜面将里面的红枣、花生、核桃一一捏出来吃。东西从少到无，姥姥从来不问，更不向妈妈告状。

现在想来，这其实是姥姥有意对我的放纵。而我，竟以为姥姥没发现，不知道。

那时的乡村，一日三餐几乎没什么花样。然而每年的生日、“六一”，姥姥却总不忘为我改善一下伙食，再煮两个鸡蛋给我。

此刻突然想到这个问题，那么冰冷从不家长里短的姥姥，竟记得我的生日？记得孩子们要过的节日？

那么说，姥姥的内心，也存着我想要的？

我竟不知道。姥姥的爱，竟然在她离世的若干年后被我慢慢剥出。是姥姥的性格注定，还是我的愚笨所致？

记忆里，也问过姥姥没牙吃饭累不累。姥姥说当然累，还没什么味。我和姨姨家的小表姐听了还笑：都是吃进嘴里，怎么会没味？直到今天，我才体会到，食物嚼不碎，味从何来？

姥姥住的房子较偏僻，周围几乎没有邻居。天黑后，特别害怕一个人在屋里。可姥姥每日下午要去教堂，风雨无阻，总是天黑很久才能回来。有几次我和姥姥商量能不能不去教堂了，或者早点回来？姥姥问为什么？我说怕。姥姥问怕什么？我说天黑就怕。姥姥说天黑了房子就不是白天的房子了？家就不是白天的家了？有什么可怕？

我知道无法博得姥姥的同情，只好作罢。其实那个时候，姥姥的身体已经不好了。每个夜晚，我最大的祈盼就是竖起耳朵，希望早一点听到一种声音，那就是小路上姥姥拄着拐杖“咚咚”回家的声音。

现在想来，每每听到这个声音，我一直提着的心便哗地落地，随后涌上一阵暖流。

姥姥患有严重的气管炎，进门总是先长久咳嗽一阵，开始做饭。

后来的日子，我还是一如既往地怕天黑。然而每一次，我都在内心责问自己：房子还是白天的房子，怕什么？

不记得，那种令我害怕的东西，从什么时候开始慢慢消退。

就是这样每夜等姥姥的日子，也没有了。

姥姥病了。母亲也把家安到姥姥家的村子，我和姥姥，一起回到我的家。

病中的姥姥从不呻吟一声。无论谁来看望，从不轻易微笑的姥姥却总是绽出笑脸：“好好的啊，啥事也没有。”

“好好的”姥姥封闭了我的同情心。现在想来，如若姥姥肯像奶奶一样拉了我的手告诉我“很疼”，我也一样会陪着姥姥泪流满面。然而姥姥用惯用的平静独自应对着病痛，让我坚信姥姥真的不疼，我也从未想过姥姥是不是会疼。其实我内心还是坚信，于姥姥而言，没有什么是她战胜不了的。

一个周日的下午，母亲有事外出，嘱咐我一定不要出门，照顾姥姥上厕所。

我应了。

该死的是那时是正月天，村里天天有热闹。我守着姥姥，坐卧不宁。姥姥猜出我的心思，让我出去玩。开始我不好意思，可后来看姥姥坚持平淡地说着没事，就真的出门了。

热闹看够了，进门却被母亲一顿痛骂。原来我走后，姥姥硬爬着自己下床小便，却掉在地上起不来，直到母亲回来才把姥姥扶回去。

母亲骂我：“知不知道姥姥在地上坐了三个钟头？”姥姥却喘着气训母亲：“我让她出去的，怎倒要怪她？”

这就是姥姥，坚韧得似不食人间烟火。

现在，我在偶然被人赞扬时，竟发现很多光芒来自姥姥。

有一种爱，不是说出来的，不是赤裸裸做出来的，是用一种看似坚硬的方式，慢慢穿透进你内心，帮你成长。也许，多年以后才能读懂；也许，永远无法读懂。但爱，就在那里。

遗憾的是，姥姥的爱我懂得太晚。以致，我只有以这样的方式，在这样的夜里长久地遗憾，长久地怀念。

姥姥若活着，我一定会请大夫给她装满牙齿，让她尝出饭菜的味道；如果时光倒流，我一定会在每一个放学的傍晚等在教堂门口，搀着姥姥从凹凸不平的小路穿过漆黑的夜回家；如果时光可以重来，我一定，一定会懂事一些，帮姥姥洗一件衣服，熬一锅稀饭。

唯一让我安慰的是，姥姥去世之际的那个凌晨，光芒照亮她居住了多年的小院。而就在那个下午，母亲才在姥姥的再三坚持下把她送回家。光芒是村里三位早起的妇女亲眼所见。这一消息在次日散布全村。村里无人不信，他们都说，“是上帝派天使驾临，迎接高洁的姥姥荣升天国”。

我深信。

姥姥，我知道您从未怪过我。因为在您的心里，我是那么无知；又因为您的心，压根就不在我这样的俗人上面。然而此刻，我真的无比心痛。如果有来生，我一定，一定，会做得好一些，再好一些。

来生，还做我的奶奶

绝没想到，这个夜里，我会在灯下泪水长流，为奶奶。

奶奶，离开我已有二十年。

这期间，我一次都没有梦到她。可这个夜晚，奶奶清晰地回来了。

不自觉打开电脑，泪眼模糊写下两个字。

奶奶实在渺小，不只因为她只有不到 1.5 米的身高。懂事后，常盯着奶奶想一个问题：高大俊朗的爷爷为何娶了瘦弱矮小的奶奶？他们之间有爱情吗？那个年代的人，永远无法让人用肉眼从他们身上感受到爱。可惜爷爷早逝，这个问题在奶奶那里始终没问出口。细细想来，奶奶矮小，却从未有过自卑。一次她自豪地讲，那年日本鬼子打过来，爷爷一副挑筐里挑了一对儿女，走到半路看奶奶落后一大截，返身一把将奶奶夹在腋下，三步并作两步跑到隐蔽的地方。当时我们几个孙儿看着红了脸的奶奶笑成一团。现在想想，那不正是爷爷奶奶之间爱的写照？更何况，奶奶以五个健硕的儿女展示着她与爷爷之间无距离的爱。

爷爷脾气糟，却没见过他与奶奶争吵。多少年，他们坚持明确分工，爷爷下地，干体力活，奶奶做饭，拾掇孩子；爷爷做主盖房修葺的大事，奶奶操心鸡飞狗跳的小节；爷爷决定的事，奶奶绝不掺和；奶奶该管的，爷爷也绝不插手。他们各自将自己职责内的事经营得井井有条。想想，怎么能吵得起来？

奶奶是一个标准的文盲，一个字不识。小时候，无论我们在本子上写下怎样丑陋的字，都会得到奶奶高度的夸奖。母亲与婶婶们笑，“你又不认得，乱夸什么？”奶奶不管，依旧用她最热烈的语言让孙儿们把骄傲填满心。

从小到大，我都坚信奶奶疼我胜过别的弟妹，尽管旁人都说，奶奶精明，有时还小气。那时候，三个儿子与爷爷奶奶住在一个院子，没有院墙，四孔窑洞一览无遗。爸是老大，住最东头，挨着爷爷奶奶；二叔住爷爷奶奶西面；三叔住最西头。东西两头地方宽敞，爸和三叔各自利用优势在折回来的土堆上又打出一孔小窑洞。院子里种了许多树，有果树、梨树、桃树、杏树、葡萄树、枣树，奶奶的分配方法是：自家屋子直线出去，范围内的树便归各家所有。这样一来，因为不均衡，矛盾纷争总是免不了，可是奶奶却以自己惯有的沉默坚持不让步。现在想想挺佩服奶奶，爷爷是不管这些婆婆妈妈的，弱弱的奶奶不仅不给谁让步，还把院中间一棵大枣树、一棵苹果树及挨我家边上的一棵梨树做主留给她和爷爷。这三种树的品种都是院里唯一的，当然也成为我们最馋的。奶奶的声音很低，不会像泼妇般骂街，也不具备家长应有的威严，可我们就是不敢摘树上的果子。秋收了，只好眼巴巴看着奶奶用提篓一趟趟收回屋里。记得当时谁想吃一个梨，也得等到夜深人静爷爷奶奶睡熟后偷偷摘两个回去。我们每年只能从奶奶手里得到少量几个。其余的，奶奶都卖了。

爷爷的过早离去也没让奶奶在媳妇们面前软下来。

弱小的奶奶自有她的伟大之处。一年又一年，她不停歇地在那个院子里忙来忙去。一个院子三个媳妇，每家三个孩子，单单就伺候过的“月子”，奶奶也功劳无边。尤其是有一年，三个媳妇竟同时生了孩子。奶奶，也真正过起“东家进、西家出”的生活，这家刚擀完面条，那家就该换尿布；这家喂了奶，那家稀饭锅又开了。

那个小院，实在离不开奶奶。

随着孩子们的增多，奶奶的爱自然也有了彼此。

常常，奶奶会趁别的弟妹不在边上时，塞给我一块饼干、一把酸枣，还让我快些吃完。我得意地把这些一一告诉妈，妈就意味深长地笑笑。我宁愿相信奶奶亲我胜过他人。妈是很孝顺的，只有在与爸争吵时，才会将奶奶待她不好的话说出来。冷静的时候爸也证实，妈刚结婚那阵，奶奶确实待妈不好。

然而，我竟怪不起奶奶来。

是缘于骨子里那股汩汩流动的血液？抑或是因为奶奶常常搂了我说那句“俺孩真亲”的话？别人或许无法体验，奶奶看我时，眼睛里的慈祥、欣赏与关爱饱饱满满。即使不听话，奶奶也不会有丝毫责备；被爸妈打了、骂了，奶奶就用瘦弱的胳膊搂了我怪他们：这样好的孩子，怎舍得！

我不在乎奶奶疼我是否因为爸妈做得太好，只在乎奶奶的爱一滴滴淌进我心里。

终于大了，也有了分辨是非的能力。我相信奶奶不舍得给我吃水果的事实，也承认奶奶不止对我一个好。但这个时候，奶奶对我的疼越发真了。物是人非，爷爷去世，我家搬离奶奶的村子。三叔三婶先后病逝。这些意外结束了小院曾经的欢声笑语，留下老了的奶奶独自一人住在那孔暗淡的窑洞里，抚摩爷爷曾经留下的痕迹。

常回去看看奶奶，便成了父母每一年的主要事。衣服、食品、零花钱，一件件填充着奶奶寂寞的心。有时候，会碰到姑姑、婶婶。热闹一阵之后，院子又恢复了宁静。之后我多少次想，奶奶一个人的院子，安静到怎样的程度？奶奶一个人在屋里，一个人在院中，一个人坐在枣树下，一个人喂着一只鸡；一个人从天明到天黑，再从天黑到天明。更多时候，奶奶一定是一个人望着远处的小路。妈就说过，她与爸爸远远一出现，就被奶奶望到了。

岁月让奶奶不再担心爸爸的孝与妈妈的通情达理。奶奶用行动弥补着曾经的失误。一个满头银发的老人，把不安深埋心底，把爱写在近乎讨好的脸上，有什么理由不爱她？

上学，参加工作，离别成了我与奶奶之间最大的痛。一次次离别，一次次流泪。每一次，奶奶都把不舍写满脸。难得抽空回去看奶奶一趟，都是进门一行泪，出门一把泪。院子里少了人气，果子也结得少了。奶奶会拿出仅有的让我吃，给我拿。我推着不要，奶奶就哭着说，她牙都没了，留着何用？奶奶不再提“卖”这个字。该吃的吃了，奶奶就坐着，拉着我的手看，有时忽然就淌下泪来：“让奶奶好好看看，谁知道还有没有下回？”我只好陪奶奶落泪，我知道奶奶的泪里包含着太多感情。曾经年少无知的孙女忽然长大成人，却几年难见一面。

老公第一次以男朋友的身份回去看奶奶，奶奶拉着他默默地看，默默地流泪，默默地笑。看完了，哭完了，笑完了，悄悄对我说：是个好孩子。

每次离开，奶奶总要拄着一根木棍走二里多山路，把我送到村外。我走多久，奶奶就在原地站多久，直到再也看不到我。奶奶的回程，一定比来时更沉重。小小的奶奶，如何在风里悲伤转身？独自回到破败小院的奶奶，如何慢慢冷却我留下的体温？

这些影像在脑子里留存多久，心里就难过多久。

奶奶结束了一个人的生活，是在她生病后。那一年，奶奶的双腿突然疼起来，无法行走。爸妈把奶奶接过来住，给奶奶看病、照料奶奶起居。这样，每次一回家必能看到奶奶。奶奶躺在炕上，待我走时再不能送我。炕上的奶奶更加瘦弱，看到我，依旧流泪，更多时候是拉着我说腿疼。后来的几次，奶奶总对我说：太拖累你妈了。每天频繁扶奶奶起卧，妈的腰也不行了。我疼妈，更疼奶奶。我把奶奶的症状一一记录，回城询问大夫，再按大夫的吩咐，捎些药回去。如果是现在，我一定会把奶奶接来，然而那时，我无力。一个刚刚踏入陌生城市的孤独女孩，哪有能力为奶奶看病！与奶奶四目相对时，我能看出奶奶的泪里写着疼，写着对康复的渴望。我的泪里流着疼，流着无奈的痛。每一次拿回药，奶奶的脸上就会露出发自心底的笑意。我确信，奶奶笑多久，疼痛就减轻多久！

可奶奶的笑，没有维持多久。一个深夜，爸来电话：奶奶不在了。

抱着给奶奶新买的药，我捂在被窝里痛哭。

奶奶，那个曾经夸口“长大给您买一大缸糖吃”的孙女，连这个小小承诺都未能兑现。

奶奶葬礼前一天，我请假赶回。未进小院，忍了一路的眼泪终于哗然落在脚下的土里，为那个没有兑现的承诺，为永久失去的奶奶的眼泪和笑脸。

奶奶，相信有来生，好不好？来生，还做我的奶奶，好不好？

“爷爷，过来！”

“爷爷，过来！”

小时候，只要这一句，高大的爷爷便会放下手中正干的任何紧要事，快步走到我身边。

“开始”！我一边爬上他宽大的后背，一边“命令”。于是，爷爷便点起烟锅，开始那些已经讲烂的所谓“故事”。而我，尽管对每一个细节都倒背如流，还是听得津津有味，在爷爷背上笑得难以自制。

我爬在爷爷背上的画面，是一个院子的调和剂。

可惜，爷爷去世得太早了，这让仅仅与爷爷生活了 7 年的我实在想不出太多画面。

与爷爷有关的记忆总在夜里。放下饭碗的爷爷总是在炕上，靠着被子，燃着一锅烟。他的面前总会是我，追着他的烟锅捣乱。怕被我吹灭，爷爷便变着花样哄我。除了讲故事，还把吸到口里的烟变成一个又一个漂亮的“烟圈儿”。那些烟圈儿美丽地满屋飘飞，有时甚至吸引了地上正在吃饭闲聊的婶婶们。女人们在一起就是东家长西家短，但母亲与婶婶们却从不敢在严肃的爷爷面前说哪怕一丁点闲言碎语，只有我与爷爷欢闹时，她们才融进来说上三言五语。

可是我，竟然有打碎爷爷在儿媳面前威严的本事。比如一家人正在闲聊解闷的那个晚间。再热烈的聊天场面，也有停顿的时候。这个闲聊过程也是。不知道聊完哪个话题之后，在下一个话题还未接上之际，就那么很正常地出现一个停顿，一个仅仅三四秒钟的停顿。如果这三四秒钟什么事情也没发生，那么就是一个正常的停顿，不会让人产生任何记忆。然而这个三四秒钟却是那么不同寻常。那个无比短暂静寂的过程中，突然传来一声沉闷的响声。

那个声音就在我的身边，我马上知道是爷爷。

一家人瞬间有些尴尬，但却忍着急忙开始下一个话题。我却一阵大笑，像往常妈妈和婶婶们逗我那样逗大家：是谁放屁了？

“哈哈哈——”二婶率先忍不住笑出声来，尽管她的右脚挨了二叔狠狠的一下，还是未能控制得住。人们不是没有在公共场所听到过放屁，可是公公与儿媳妇们在一起，这个声音又恰恰在那么静寂的时候响起，确也是一件万般好笑的事。不过，我那时候真不懂，只知道平时如果不小心放个屁，大人们总要一遍遍逗着我问，尤其是爷爷，甚至举着烟锅敲着我的脑袋相逼：到底是谁放的？而我，每次都不肯承认，并且要赖到别人身上。今天，我才知道放屁不光是小孩子的专利，原来大人们也是要放的，而且是那么高大的爷爷。哈哈哈！我越想越觉得好玩，为什么不学着大人们的语气逗逗爷爷？

二婶还在笑，可她又不敢放开声来，于是哈哧哈哧憋得好像鼻涕都出来了一样。妈妈和三婶、姑姑她们也在，也都是一副想笑又不敢笑的难受样。看到此景，我乐坏了，跳起来冲着爷爷一遍遍问：是谁放的屁？

我确认，刚才那声响动就是从爷爷身体里发出的。可我生怕他们不知道，或者，怕他们冤枉是我。

“这孩子真傻，自己放了屁还好意思说！”果然，奶奶出来打圆场。说话的同时，还破天荒地从上了锁的柜子里给我抓出一把枣来。

奇怪的是，那是一次毫无意义的诱惑。炕上的我更加认真地为自己辩护：“不是我，真的不是我放的，是爷爷！”

“哈——哧哧哧——”这一次，无法忍住的是妈。她端着碗站起来就往外走，到门口又返身想把我抱走。

我一下子就躲上爷爷的后背，摸着他的胡子继续逼问：“爷爷，快说，是你放的屁！”

妈终于无法忍受扔下我跑了。隔着窗户，所有人都听到她在院子里放声大笑。

婶婶们也跌跌撞撞借故离开了。最后只剩下奶奶边笑边指着我骂：傻孩子呀傻孩子。

我的爷爷，从头到尾始终没有说一句话，只是红着脸拼命吸烟。

多少年来，这个画面总是温暖而有趣地和爷爷绑在一起，并深深存在我的脑海里。

我倒希望，对爷爷的记忆仅此一点，哪怕掺有那么多尴尬。然而不是。在爷爷逝去的若干年之后，当奶奶感觉自己已经过上好日子时，常常挂在嘴边的一句话就是：你爷爷要活到现在多好，就可以饱饱吃一顿饺子了。

饱饱吃一顿饺子，是爷爷一生最大的奢望。

“饺子还能吃饱人?!”奶奶说，这不仅仅是值得爷爷怀疑的一个问题，而是深信不可能实现的一件事。爷爷一生吃过的饺子，屈指可数。或者，只在每一个年？即使是一年之中的那一个年，那顿饺子也是不可以放开肚子吃的。奶奶尽可能在白面里多掺一些玉米面，尽可能在每张饺子皮里少包一些馅，可在一大家人面前，那饺子的数量还是极其有限。不等放开肚子，就见了盘底。饺子，对那时候的爷爷一家来说，仅仅是尝个新鲜而已，没有人敢想着当饭吃。

只是，爷爷无论如何也想不到，在他刚刚去世后，便实行了包产到户。地里长的庄稼，已经可以供一家人天天吃上饱饭了，即便是传说中的白面饺子，也不再遥不可及。

也难怪，奶奶每次吃饺子都止不住热泪长流。饺子让奶奶无法不想到爷爷，无法不想到爷爷到死也没有饱饱吃上一顿饺子。奶奶甚至非常自责，她说在爷爷病时为什么不借一些面回来给爷爷一个人包一顿饺子让他吃个够呢？

或许，谁都想不到爷爷会那么快逝去；谁都想不到饺子那么快会成为庄户人的家常便饭。现在想来，更多的还在于，那些猪肉白面太奢侈了，即使对一个重患者，也不舍得下那么大的本钱。

我不知道，爷爷临死之际，心里有没有惦记过饺子？爷爷的心里，有没有想过吃一顿饱饱的饺子之后再离开这个世界？爷爷想没想过，自己耕耘了六十年的土地，怎么竟收获不了一顿饺子？

想到这些，就忍不住想哭。有多少人，像我的爷爷这样，含恨而去。他们的遗憾，仅仅是没能放开肚子吃一顿饺子。

每每吃饺子时，我总是忍不住想起爷爷。我会想，填饱爷爷的肚子，需要多少个饺子？三十个肯定不够。五十个够吗？八十个够吗？就是给爷爷包出一百个放在面前，又能怎样？

一百个饺子，需要多少白面，多少猪肉？

元旦那天，在妈那里和了二斤白面，近三斤猪肉白菜馅，包出 100 个饺子。

爷爷，二斤白面，三斤肉馅，竟是您六十年劳作也挣不回的？竟是您离开这个世界也实现不了的一个愿望？

爷爷，您不知道的是，今天，您眼里高贵无比的饺子，与当初天天吃的玉米面窝窝头一样，在无比丰盛的餐桌上都改名叫主食。而主食，只是许多饭菜之后的一小点点缀。主食是不可以多吃的，吃多了会发胖，就是那时候爷爷您极其喜欢的胖，还会产生高血脂、高胆固醇，会影响身体健康。酒足饭饱之后，人们往往只是象征性地挑开一两个尝尝味道。而那些饺子馅，更是千姿百态，根本不再是爷爷您奢望的白菜和大葱。

可笑吧？爷爷，您万万想不到，饺子吃多了也是不好的，不利于身体健康。爷爷，您以前从来不舍得吃只用来卖钱的鸡蛋，科学说一天最多也只能吃一颗，而且，许多人还把蛋黄扔掉，只吃蛋白。爷爷，不仅仅是饺子和鸡蛋，还有你从来没有吃过也没有见过的山珍海味，都不能吃多。专家说，人要长期保持六七分饱，才会健康长寿。爷爷，您听了这话，是不是很想扇谁一巴掌？

印象里，爷爷在世时吃得最奢侈的一种食物叫“油茶”。每到冬天，奶奶就不知从哪里“变”出这种东西，说是让爷爷补身子的。每当奶奶煮好一碗端给爷爷时，旁边的我口水就流出来了，今天的人们不会想到那种极其诱人的香味。看到我的馋样，爷爷便把他的碗递过来，而奶奶却总是警告爷爷：这东西火大，孩子喝了不好！

偶尔，奶奶会在锅底给我留一点。可越是少，越是勾得我肚子里翻江倒海，最终竟也产生了一种刻骨铭心的想法，那就是“油茶这东西是吃不饱人的”。

几年前在超市偶然看到这种东西，毫不犹豫买下来。回家一煮，完全不是当初爷爷碗里那个味道。

是超市的不好吗？

没想到前几天，很意外地在妈那儿看到了。妈说是邻居送的。我翻出儿时的全部记忆，认真请教了妈，才知道这个东西是用羊或者牛的油与白面一起炒出来的。

“就是用肥肉炼出的油嘛。”妹妹在旁边一语点破。

妈说邻居专门强调过，这是自己炒的，用的油很少，就是怕喝了不健康。妈还说她还没喝，就等着我们来了都分一点。妹妹毫不犹豫就拒绝了。我却还被小时候的情愫牵动着，端起来仔细闻闻，确实是曾经那种香。可是再想想，这竟然是用肥肉炼出的油炒的，喝了会多么不健康呀？于是咬咬牙拒绝了，同时告诉妈也别喝了罢。

妈盯着那碗东西，一脸无奈。

爷爷，您听到了吗？曾经给您补身子的宝贝，今天看来竟也不是好东西。

还是，不说了罢。

今天，不过节，也不是谁的生日，只是一个平常再平常的日子，我学着包了饺子。捞出来，满满三大盘。我砸了蒜泥，兑了老陈醋，倒进小碟坐下来。

热气腾腾里，我看到爷爷就坐在角落里，吸着一锅烟，吐着烟圈儿。

“爷爷，过来！”爷爷看到饺子，欢喜地在鞋上磕掉烟灰，欢喜地坐过来。

一盘之后，爷爷说，太香了；又一盘之后，爷爷说，快饱了。我坚持让爷爷把最后一盘也吃完，看爷爷拍着鼓鼓的肚皮，打一个很响的饱嗝，满足地看着我：“原来，饺子是可以吃饱人的。”

爷爷，爷爷，饺子，不可多吃。

你的不舍里，一定有我

你绝想不到。这餐饭，我那不听话的眼泪竟忍不住流淌，为你。我不敢发出哪怕一丁点抽泣声，不敢惊动边吃饭边专注看视频的那个男人，只掩面假装咳嗽，跑进卫生间。

多年以前，你压根不会想到，会有这一幕。其实我也是。然而这些年，这泪竟常常无法克制，为你。不想说也不敢让人发现，是连自己都觉得尴尬。为你流泪，我竟怕人怀疑它的真实。甚至连我自己，都想不通竟是为什么？

你是我的婆婆，然而直到今天，我都不认为你是一个好婆婆。我们的相识自然与大多婆媳一样，因为同一个男人，之后很多年同处一个屋檐下。然而你毕竟只是我的婆婆。或许正如老话所说，婆婆与媳妇，永远走不到一条路上，因此你我之间，很快开始大多数婆婆与媳妇之间该有的纷争。那个多少年与你朝夕相处对你百依百顺的大男孩，突然成了另一个女人的男人；在你眼前，他从容地将一筷子碧绿夹入那个女人碗里，若无其事洗着那个女人的衬衣，哼着歌将那个撒娇的女人背上楼……这些"状况"，一次次重重击打着你的心。你亲亲的到现在还猛烈娇惯着的儿子，怎么可以为一个毫无血缘关系的女人做出这些？

我了解你那颗被打乱并揉碎的心。此后尽管我极度小心，还是免不了常常触动你内心的隐痛。于是，你的话里，时常含了针锋。你故意在我们闹别扭时站在儿子一边，你有意把我的种种"坏习惯"说给邻居听，你特意在孙女闹着要你抱的时候假装头痛……而我，也因为你的这些"不宽容"而故意将有些事做得很是差劲，比如当着外人的面不给你面子，比如假装生病不吃你做的饭，比如在你保护孩子时偏偏寸步不让。

我们的关系，一度冷如冰。

你最刺痛我的，是在我们最需要你的时候。你的孙女出生后，你却要放弃与我们一起生活。那段日子，我们要上班，很需要你给我们搭把手，照顾孩子。可你终归不愿意，连儿子的求助都不理会，洒脱地离开我们。无奈我们将女儿送到百里外的姥姥家。离开女儿的日子，你知道有多难过吗？吃不下饭，睡不好觉，担心孩子找妈妈。那种痛，我相信你绝没体验过；那种痛，我相信你善良一下就可避免。于是我与你的儿子发誓：不去看你。

可是没过几天，他便拉起我的手："再怎样，她都是我妈，我亲妈。"而我，也不得不因为这一句简单的话而妥协，主动去见你。看到你时，我一遍遍想，你只是我的婆婆；我见你，只为那个男人；我自己，还有一个亲亲的妈在疼着。许多事情，不必与你较真，大可这样不咸不淡，牵强打发完这段避不开的人生。

遇人问：怎么不让婆婆看孩子？我言如你所说：身体不好。我知道你身体不是很好，可并没有不好到不能帮我们带带孩子的地步。

我一次次想追着问：走了，你心安吗？或者，孙女送到乡下，你有内疚吗？这样的状况，注定我们的日子会磕磕绊绊，摇摆不定。

熬过三年，女儿回来。见面时，我很快看出你眼里流出的渴望和冲动，你的一言一行，分明就是想弥补三年的愧疚之情。我相信，那就是亲情。然而因为心存的一缕怨，因为一直认定你与孙女间并无感情，打心里不想让你得逞。我耿耿不能释怀，当初，是你轻易赋予我心痛。

然而或许是血缘，或许中间还横着一个无比孝顺的男人。孩子与你，一天比一天亲近，最终融合得难解难分。

罢了，还你的亲情吧，我不再抗争。过去的，毕竟过去了，你毕竟是那个男人的母亲，是孩子亲亲的奶奶。

我只想，由着他们对你好吧，我是不会对你掏出已经封闭起来的那颗心。

可你很快老了，病了。彼时，你无助地躺在床上，完全没了健康时的锋芒。你看每个人的眼里，满是善意、温柔和无助，包括我。霎时，我那一颗本就善良的心完全被你击溃。第一次，我拉起你的手。我从来不知道，你的手这样柔软，这样冰冷；从来不知道，你躺在床上也是柔柔弱弱，一个简单小女人。

那一刻起，你“可憎”的面孔被我彻底清空。你成了与我共度一生的那个男人的母亲，一个极度需要帮助和温暖的亲人。我知道，我必须抛却所有，给自己肩上压一份责任，让你少一分疼痛，多一分开心。

医院的日子里，我与我们共同在乎的那个男人，一左一右，把世间最暖的温情毫无保留给了你。之前你想不到，一直你也想不到，不离不弃伴你始终的，是这个常常不讨你好的小儿媳妇。

这怎么可能？你才知道，我之前好多话是真的；你也认识到，你之前做的许多事不合适。于是，你常常泪光盈盈，拉了我的手说许多客气的话，说一些谢谢和对不起。

尽管你躺在床上，我还是不习惯你这样对我。

“不如，还像以前一样悄悄丢我个白眼吧？”听到这话，你含泪苦笑。任由身边的病友一遍遍把我认成女儿，不去点破。

之后，你出院。再见左邻右舍，便把夸儿媳作为生命中一件最紧要的事。那段日子，每遇你的邻居亲朋，便被拉过去大力赞扬，直让我羞愧不安。我知道这些是我应该做的，然而在你心里，我毕竟是儿媳，我们之间又毕竟有过那么多抹不掉的不舒服。我的表现极度超出你的预料，你无计可施，只有用没完没了的夸奖来表达心中的无所适从。

我们的相处，自然无比和谐。我感觉到了，你变成一个开明而慈爱的婆婆，真正把我当成家庭的一员，来疼，来爱，来弥补曾经的过往。

我也习惯了，每天进门，家里有你。

如果永远这样，该多好，这毕竟是我最大的心愿，相信你也是。然而坚持了又一个让我刻骨铭心的三年，你再一次走了。

这一次，是永远。

我记得清楚，那一天，是中秋。第一时间听到这个消息，我的泪水哗然而下。就在前一天，你还说等过几天身体好点时给我烙一回饼吃，而我给你买回的月饼，还原封不动放在你手边。

这段日子，你是多么爱笑啊。看电视你笑，吃饭你笑；孙女回家，你更笑。一下班，你就在门里微笑：饭就好了。

可这笑声，一下就停了。我不带家门钥匙的习惯，一下就被打乱了。好久了我真的习惯了你来开门。我不是小孩子，然而还是忍受不了这样瞬间的阴阳两隔。不管怎样，这么多年在同一个屋檐下，我们已经成了亲亲的一家人，不是吗？你的偶尔不高兴与发火，我已经可以淡然接受。而我的一些不恰当言行，你也可以泰然看待。

我们的好日子刚刚开始，却不得不把你送走。家里，一下静了，静得可听到植物的落叶声。饭菜上桌，泪又出来洗面。我实在无法面对眼前那把椅子，那把本该你坐在上面的椅子。我无法接受它空在那里。我把它推进去，又拉出来；湿布子擦一遍，干布子再过一回。无论怎样，都是少了你。你的笑，你夹菜的模样，你怒时的神情，相继跳出来，在饭菜间穿来走去。

少一只碗，少一双筷子，少一个人……你让这个家提前进入冬天。

我们的关系虽然只是永远无法融为一体的婆婆与媳妇，然而我实实在在把你当作过我的母亲，也知道你真真正正给过我一个婆婆该有的爱。这个家，有我们共同的努力和付出，曾经的不快，都丢在心之外。

我知道，离开这个世界，你有诸多不舍，那里面，一定有我。

而我，何尝不是。

我们一起回乡下

想不到，七夕这根红线，牵起远在乡下的姑姑。

那刻，酒正酣，话正浓，本是陌生的我们，由于同乡而很快相知。隔桌，你举杯，我端酒，无意说到一个小村庄，竟然生活着我们各自的姑姑。

一句普通的“姑姑”，让那杯酒浓郁醇香。之后，那餐饭乡情弥漫，亲情扑面。我几次被“姑姑”搅乱心绪，我哽咽并哭泣的心没有被谁察觉，我澎湃而狂喜的心同样也没有被谁看穿。

“我们一起回乡下，看姑姑。”

有谁知道，这一句，生生拽疼我的心。我举杯，一饮而尽。觥筹交错间，我默默为姑姑喝下一杯再一杯，悄悄把姑姑默念一遍又一遍。我的心，早已奔到乡下，跑进姑姑居住的小院。

与多年前一样，姑姑就在那里，怀里抱着不到一岁的小孙女，剥玉米皮。看到我，姑姑呆了，像看一个莫名闯进院里的外星人。

“姑姑，认不得了？”一句话把姑姑惊醒，哗地从玉米堆里站起来。我知道姑姑的腿一直疼，我也知道姑姑刚才站起来的时候忘了疼。

“孩，你怎么……”我知道姑姑想说，怎么不给她打个电话就回来；我知道姑姑想说，家里根本就没准备什么；我知道姑姑想说，你怎么才回来看姑姑。

姑姑哭了。我泪双行。

不见姑姑，多久了？

姑姑的亲，超过叔叔、伯伯、姨姨、舅舅，这里面，有血缘因素，也有观念因素，然而不管怎样，姑姑的亲是真的亲。

想念姑姑，想念从前。

那时候，一个大院里，住着爷爷奶奶，叔叔婶婶，一群孩子，还有姑姑。那种天天在一起的生活，此生只有短暂的几年。现在想来，一晃而过的几年时光，总是逝去之后才倍加想念。

妯娌之间、婆媳之间、兄弟之间，甚至父子之间，总有处理不完的磕磕绊绊。姑姑，也是引起纷争的导火索，亲人们生气了便毫无创新地骂：嫁不出去的老姑娘！

多种原因，姑姑确实嫁得晚；好不容易嫁出去的姑姑竟然很快又离婚了。再嫁，又是若干年后。

那时候小，不懂姑姑，不懂她这样待在亲人身边也是一种痛苦。“嫁不出去”的姑姑日日贴在娘家，与我这个最大的侄辈，几乎日日在一起。因此我们除了亲密，还有打闹。没成为人妇的姑姑心思总像小姑娘，许多时候与我们这些小辈斤斤计较，尤其是侄辈中最大的我。常常，姑姑会在母亲跟前告我的“状”，在我认真写作业的时候挠我的胳肢窝，害我一遍遍在院里追着她打，惹奶奶一次次对着她“怒骂”。

也正因此，我与姑姑的关系才非同其他姑侄；也因此，姑姑终于嫁人后，我才会比其他弟妹们更想念姑姑。

然而嫁出去的姑姑与其他任何一个女人一样，成了别人的女人，成了别人的妈。姑姑的心，大部分时间放在她的男人身上，放在她自己的孩子身上。记得姑姑有了自己的女儿时，我除了特别高兴，竟然还有一份失落。这份藏在心里的失落不知道姑姑是否有所察觉，反正那一刻我与她眼神交会后，她放下怀里哭闹的孩子，紧紧搂了我。

我知道，我与姑姑，再回不到曾经的院子。

由于路途遥远，由于各自有了家，见姑姑的时间越来越少，相隔越来越久，尤其是奶奶去世后。记得奶奶出殡那天，我与姑姑在奶奶坟场跪着，相拥长泣，久久不肯起来。那刻的心情，姑姑懂，我懂。我们深知，这一别，见面不知何日；我们深知，心里各自的思念，说不上又会封存多久。

眼下的交通，见面并非难事。然而有些时候，却总是无法相见，或者，是人为选择了不见。

最近一次见姑姑，是三年前，然而为此，我们足足准备了一年。我得与妹妹筹划好，择出同一个合适的时间，我们还要先回老家，看完村里的亲戚，办完家里的事，接上父亲母亲。每每这个时候，剩下的时间就不多了。

匆忙上路，去看姑姑。

路不熟，数次走错。好不容易到了说定的那个岔口，姑姑却在两个小时前就等在那里，身上落满尘土。

这个路口到她的村庄，还有足足 5 里地。我们一个劲埋怨姑姑为什么要早早等在这里，却看到她脸上悄然流下的两行泪。姑姑说不出太多的话，只是拉着我，看着我们，流泪。

再也说不出话。

还没到大门，姑姑便大声喊。其实，早已站在门口的姑父与表妹已经看到我们，飞奔而来。

一群人，你看我，我看你，亲密的只是笑。邻里纷纷侧目。不等问，姑姑便大声告诉，“我哥嫂，还有侄女。”

我理解姑姑此刻在邻里面前的荣耀，我，又何尝不是。

进门，一桌丰盛的饭菜早已没了热气。看墙上，早已过了午饭时间。

姑姑顾不得说别的，只一遍遍说快坐下吃。

看着眼前的饭菜和酒水，我清楚地知道这不是姑姑她们的生活方式。这个院子和这个屋子，很少有客人让姑姑这样大张旗鼓。饭桌上挤满的这些丰盛，也绝不是仅仅在这个小村庄可以备齐的。尽管电话里说了好几遍，姑姑还是坚持以这样的方式来招待她朝思暮想的亲人。我知道唯有这样，我们走后她才可以少些遗憾。

姑姑一遍遍把她们很少吃的鱼肉夹在我们碗里，一次次把我夹给她的菜又夹回来。我知道我们只有“狼吞虎咽”把眼前这些吃下去，姑姑的一颗心才会快乐无比。

边吃，边叙。双方的近况在一餐饭间渐渐明朗，心里多年存下的疑虑和担忧，也在活生生的亲人面前没了影踪。

直到再也吃不下哪怕是一口。

姑姑一边埋怨我们吃得太少，一边把要帮忙收拾碗筷的我们用力推开，拉到院子里，告诉我们整整齐齐码在那里的玉米面、玉米糁等都是让我们带走的，都是前一天刚刚磨好的。还有，塑料袋里，严严实实包着两个洁白别致的坐垫，是姑姑用一片一片玉米叶子精心编织成的，只因多日前，我在一个电话里闲问过一句：姑姑，那个玉米叶坐垫，还会编吗？

日头一点点向西。姑姑一路小跑着，端出泡好的茶水和洗了好几遍的杯子。小院树下，清风习习，花香阵阵。这个时候，才有时间说说过去，说说曾经日日夜夜在一起的那些老去的时光。

多想，时间就停留在这一刻；多想，就这样与亲人相偎着看日出日落。

可是，可是该死的时间总是不等人。工作，生活，小家，责任，我们总是有更多的紧要事，胜过与亲人相聚。

姑姑知道再多的话都无法留住我们，只好一边帮我们往车上搬东西一边哭，此刻的泪水里已然没了惊喜和幸福，全是将要分别的忧郁。姑姑的哭终于引发了集体的眼泪，悲伤瞬间笼罩了小院。

回头，父亲站在人群外，像个孩子似的用袖子拭泪。

见面的痛苦，有时胜过不见。

离开姑姑，在忙碌里慢慢淡忘姑姑。

再次强烈地牵挂姑姑，是去年冬天。一个寒风刺骨的日子，姑父离开姑姑，到了另一个世界。接到电话后，我们立即聚齐，迅速收拾好一切，准备回去送姑父最后一程，看望姑姑。然而走的那天，一场大雪封了路。

父亲急得直哭，我们何尝不是，多方打问路况。然而姑姑急急打来电话："路上太滑，要是不想让姑姑担心，就千万听话别回来，姑姑好好的。"

没了姑父的姑姑，怎么可能“好好的”？

可是，除了思念，除了祝愿，愚笨的我还能做些什么呢？

感谢，2012年这个七夕，感谢这餐饭的筹划者，感谢老乡，感谢那一句无心的温暖之语。因为，给我个理由想念姑姑，何尝不是一种幸福？

有姑姑者，懂的。

一地落红

小兰是下院李奶奶的女儿，我叫她姑姑。

小兰姑姑大我十二岁。我出生的时候，她也还是个孩子。到我懂事些，依然习惯在院子里与我追逐打闹。

懵懵懂懂知道小兰姑姑与别的女孩不同，应该是七八岁的时候。七八岁其实什么也不懂，只是从大人们日日唠叨的支离破碎里，分得那么一星半点收进耳朵。

收进耳朵里的，自然会进了心里。此后再看小兰姑姑，便发现她与别的女孩有很大一处不同，那就是她的胸几乎与男人一样。可小兰姑姑是女孩，花衬衫，蓝裤子，齐肩短发。小兰姑姑皮肤黑黑的，长相一般，是一个普通又极普通的女孩。

八九岁的我，毕竟不知道小兰姑姑怎么了，也毕竟不会想到，有着与男人一样胸的小兰姑姑，会在今后走出怎样的人生之路。

夏日的午后，人们都窝在屋子里，睡觉的睡觉，聊天的聊天，打发着炎热难耐的时光。突然有一天，小兰的嫂嫂跑进来跟妈神秘地说：成忠在小兰屋里。

我不知道这话有什么特别含义，妈却腾地一下坐起来问：真的？

成忠是村里的光棍汉，因无父无母家里又穷，三十多岁的人了仍光棍一个。他在小兰姑姑屋里做什么？

“我悄悄趴在窗户上，看不清，不过成忠把小兰挤在炕角，小兰也一直在笑。”她给妈讲。

小兰姑姑笑，便是高兴。尽管常与她吵闹，却还是喜欢小兰姑姑高兴。

“唉，弄不成啊。”小兰嫂嫂最后这样说。

我突然意识到，成忠是在戏弄小兰吗？他也和村里其他男人一样，在耍笑小兰姑姑？之前有一天，几个婶婶从地里回来，边走边谈论，大意是收工后小兰姑姑被一帮男人堵在地里。据说男人们关注的不仅仅是小兰姑姑的胸，而是她的生理结构。地里的男人们，叫嚣着要帮小兰姑姑“通通”。

“不通”，是之前每每听大人们评价小兰姑姑的。我隐约觉得，这于小兰姑姑不是一个好评价。而今男人们要帮小兰姑姑“通通”，会不会小兰姑姑从此就和别的女孩一样了呢？

天黑了，小兰姑姑滚了满身泥土草屑回来。好事的嫂嫂围上去问，小兰姑姑眼里噙着泪，声音却并未恼，甩出一句“用你管”。

小兰姑姑闪身进屋换了一身衣服，出门在月光里洗头。

月光里的小兰姑姑与别的姑娘一样美妙，青春年少，风华正茂。正是找人家的好时候。

说起找人家，李奶奶便急得痛心疾首：上辈子造了啥孽，要给我这样一个女儿？

这样的女儿毕竟是女孩，女孩的心思，总是大同小异。

与小兰姑姑一样大甚至比她小的女孩，都有了人家，小兰姑姑这里，却毫无动静。

我慢慢知道，小兰姑姑与别的女孩一样，是实实在在的女人；但小兰姑姑又实实在在与别的女孩不同，她无论长到多大，生理结构始终与小女孩一样，不发育。

不发育的小兰姑姑，还能不能称为一个女人？

不管怎样，小兰姑姑一天天长大，李奶奶用一圈圈变白的头发来表达她的疼和气。

我却没看到小兰姑姑急。有时候，她也与别的女孩谈论男人。

有一段时间，我、小兰姑姑还有翠芬姑姑在一个屋里睡。一个晚上，似睡非睡间，翠芬姑姑爬起来，边下地边与小兰姑姑嘟囔：“这女人每个月的几天真麻烦。还是你好，省事。”

迷迷糊糊的小兰姑姑有些埋怨翠芬姑姑：“正做梦呢。”

“梦到什么？”

小兰姑姑却突然羞涩得好半天说不下去。翠芬姑姑却兴趣大增，非要追着问个究竟。

小兰姑姑停顿了好长一阵后支吾，“我梦到，梦到一个男人，还有他的，那个。”

“哈哈哈——”翠芬姑姑站在地上大笑。末了追问：“他，那个你没？”

我忘了小兰姑姑后面怎么答的，只记得她钻在被窝里咯咯咯笑。那个时候，我不仅是刚刚被她们的说话声从梦中吵醒，更因为年幼，不懂她们为何让这个梦如此充满神秘。

小兰姑姑笑了一阵，又突然像意识到什么似的，轻轻叫了我一声。我知道她在试探我是否醒来，我也知道她们谈的话题不想让我听到，因此我极力配合，一声不吭。

装着装着，却真睡了。

那几年，大人们把为小兰姑姑找人家当成大事来办。现在想来，那时候实在是听过太多男人们不愿意娶小兰姑姑的话，所以一听到要为小兰姑姑介绍男人，总在心里希望人家能看上小兰姑姑。

小兰姑姑，真的嫁不出去了？因为连光棍汉成忠都婉拒了。人人瞧不起的成忠，竟然不要小兰姑姑。

李奶奶一家，急了，四面撒网。

第一个与小兰姑姑谈成婚事的，是邻村一个叫“黑根”的男人，刚刚离婚，个矮，皮肤黑，眼睛小。我并没想过一个大姑娘竟然找了一个离婚男人，却为黑根能娶小兰姑姑而开心。

28岁的小兰姑姑，终于要嫁了，带着比别的女孩更多些的嫁妆。多出来的部分，竟然是经常找她别扭的嫂嫂送的。婚礼那天，小兰姑姑又哭又笑。

一大早，妈在小兰姑姑脸上涂满粉，拿一根白线一根根“绞”去她脸上生长了二十多年的汗毛。小兰姑姑的脸渐渐白皙起来，却疼得哗哗流泪。

几个曾经要好的姐妹带着孩子回来，围成一圈边帮忙，边打趣，边传授“新婚女儿经”。

小兰姑姑，美美地嫁了。

第三天，是回娘家的日子。一上午我便欢天喜地站在院子里，盼着小兰姑姑从对面坡上下来。然而当两个人影终于出现时，却是一前一后，隔着很长一段距离。走近，拉着一张脸的黑根看上去越发黑得吓人。他进门后一言不发，耷拉着脑袋坐在李奶奶家唯一的那把椅子上。李奶奶也不言语，只一个劲端水，上茶、倒酒。小兰姑姑却是一回来就躲到嫂嫂屋里，连吃饭也不肯出来。

在村里，新婚女婿总是让一帮小孩子从头看到尾。但面对黑根，我们沉闷无比。不得已，将视线转到小兰姑姑那里。

嫂嫂刚开口问了一句“行不行”，小兰的泪便汹涌而出。嫂嫂不再追问，好言安慰，话里话外都是让小兰姑姑忍让，想尽一切办法把日子维持下去。

“你总不能在父母跟前一辈子。”这是嫂嫂给小兰姑姑的话，也是无数人给小兰姑姑的话。小兰姑姑作为一个女人，必须找一个男人成家。

“我实在不想回。”小兰姑姑的语气近乎哀求，嫂嫂却立即捂了她的嘴。“说的傻话，这话可不能让人家黑根听到啊，结了婚，就得忍着，忍着。”

嫂嫂知道，小兰与黑根的磕碰绝对与她和丈夫不同。然而她必须这么劝。她不能像对待在夫家受了气的妹妹那样，告诉她一脚把男人踹下床；也不能指望小兰可以与别的姐妹一样，带着孩子住回娘家等男人来求。这个叫黑根的丑男人，连她这个泼辣的嫂嫂也得让三分。

那边，别别扭扭吃完饭的黑根起身，摆开要走的架势。李奶奶一边把黑根按回椅子上使眼色让老伴稳住，一边跑到隔壁找小兰。

不善言辞的李爷爷吭吭哧哧，说了半天表达出一个意思，那就是建议两人抱一个孩子回来养。李爷爷还告诉黑根，家里人也一直在托人帮他们打听。

"要孩子煮着吃吗？"黑根竟这样回。

"你这叫什么话！"李爷爷恼了。

"你和她过一晚试试！"黑根也恼了。

李爷爷不善言辞，却脾气火暴，听了这话"嗵"地跳下炕。我见过李爷爷打小兰，因此吓得转身跑到院子里。然而李爷爷却并没有对黑根怎么样，甚至没有说一句话，只是举起烟杆在脚底"邦邦邦"一阵乱磕。

黑根的脸一直朝墙扭着。那一刻连我这个孩子都看出他从内心散发出的骄傲。我竟有些佩服这个丑男人的自信和勇气。我想不通，这个离过婚的矮个子男人，怎么就知道李爷爷不会动他？

李奶奶已经拉着小兰从隔壁跑过来。小兰姑姑的脸上依然挂着泪，靠墙站在院中。哥哥嫂嫂也都出来，站在院中。

黑根不说话，起身出了门。嫂嫂赶紧跑进屋把炕上的篮子提出来塞到小兰手中，推她跟着黑根走。

小兰不肯。于是一家人一同出手，把小兰推出院子，推向大步流星的黑根。就这样，小兰姑姑拭着眼泪，跟在黑根身后上了对面那道坡。可是，看着看着，小兰姑姑却在半坡转身，往回折。

"回去！"

“跟上走!”

院子边上，一家人开始朝她吼。无奈之下，小兰姑姑又返身回去。可是走几步，又返回来。就这样，院子边上的亲人一遍遍吼，她在坡上一次次反复。直到最后终于还是被院子里这股强大的力量推得掉回头，走出我们的视线。

此后常常想到这一幕，唏嘘之际竟有些庆幸。庆幸自己当初年幼，不懂这一幕的背后。假若换了现在，我的心该有多痛？我会不会，冲出去把小兰姑姑拉回来？抑或，我干脆就不让小兰姑姑以这样的方式跟在黑根身后？而当初，李奶奶和李爷爷那样看着小兰姑姑，是什么样的心境？当小兰姑姑终于走出他们的视线，他们的内心是高兴，还是剜心般痛楚？

然而，跟着黑根走了的小兰姑姑，却在十天之后再一次回来。这一次，没有黑根，是她一个人。一回来，小兰姑姑就睡在炕上，哭。地上的李奶奶，骂一阵，哭一阵。李爷爷，还是一声不吭，只有烟锅在鞋底“邦邦邦”的声音。

家里想了许多办法，托人去跟黑根说，要他来把小兰姑姑接回去。可是一个月过去了，两个月过去了，黑同就是不来。

最终，李爷爷决定，保留最后一点尊严，打消让哥哥把小兰送回去的念头，同意他们离婚。

离婚回来那天，小兰姑姑快活得像小鸟，把整个院子打扫得干干净净。

然而小兰姑姑的开心只是暂时的。几天之后，嫂嫂便在院子里指桑骂槐，骂嫁不出去的小兰姑姑闲在家碍事。有时小兰姑姑便与嫂嫂吵，但哥哥却总是指责她：你看你离婚回来就不对，还和嫂嫂吵，就不能忍忍？李奶奶和李爷爷自然不能为小兰姑姑做主，每一次只能任小兰姑姑哭一场了事，甚至当着嫂嫂的面训斥小兰一顿。

最难受的，是过年。村里有讲究，那就是嫁出去的姑娘，大年三十是不能待在娘家的。每个年，也成了小兰姑姑的痛心事。除夕一早开始，小兰姑姑便与家里忙上忙下，收拾家，打扫，贴对联，挂灯笼，把晚上的家宴准备齐全。一到黄昏，当家家户户飘出肉香、饺子香，小兰姑姑就穿起衣服，用饭盒装起李奶奶事先煮好的饺子。差不多时间时，我妈便从忙碌里抽出身，跑到下院喊小兰姑姑。妈和奶奶他们总是把小兰姑姑的饺子放到一边，拉她到饭桌上。可每次小兰姑姑都死活不肯，坐进另一个无人的屋子独自吃年夜饺子。

独自在别人家屋里打开饭盒吃饺子的小兰姑姑，是什么样的心情？

于是两年多后，李奶奶给小兰姑姑找了第二个男人，在更远些的一个村。男人叫建忠，个子超过一米八，强壮，大眼，只是除了家里一贫如洗之外，更多的是脑子稍稍有些反应不过事来。

开始，建忠很好，一次竟然按小兰的要求，半夜里翻山越岭将一袋子白面扛到李奶奶家。建忠也不似黑根那般一声不吭，来了放下东西，不让坐就站着。等坐下来，便笑着低头喝水，问啥答啥。全家人都高兴，觉得小兰终于找了个可靠的人。

没曾想，建忠的妹妹不干。这位嫁在本村的妹妹隔三岔五去一趟哥哥家，横竖挑出一堆新嫂子的不是。据小兰说这位小姑子从未叫过她一声嫂子，话里话外都是对小兰的蔑视。

忍了几次后，小兰不想再忍下去了，就当着建忠的面回骂。未曾想这位妹妹可不是好惹的主，边在地上打滚号哭边把哥哥家的东西砸得乱七八糟。小兰本指望建忠能替她说句话，建忠却只是捂着脑袋坐在院中的石板上沉默。

如此，也就罢了。挨了骂的小姑子不解恨，一次竟趁小兰不在家，把一个在外游荡的流浪女人领到哥哥家。初次尝到女人滋味的建忠变了，再不对小兰姑姑百依百顺，还时时与那个女人厮混。

小兰姑姑的心流着血，逼着建忠改邪归正。然而本就有些不太明事理的建忠竟然在大中午，不顾小兰姑姑的挣扎哀求，把他两腿间粗大的东西插入小兰姑姑小女孩般的身体里，之后，看着一床血大笑。

小兰姑姑，就这样带着更加残缺的身躯，回了娘家。

一住，就是一生。

有一年，身体每况愈下的李爷爷把小兰的哥哥嫂嫂叫到跟前，求他们把做厨房的小屋子腾出来，给小兰住；还求他们同意，此后再不赶小兰走。

交换的条件，是他与李奶奶一生的积蓄。

小兰姑姑，终于结束了去别人家过年的日子，有了自己的家。年，或者不年，她都一个人待在小屋里，也不买煤炭，长年捡干柴烧炕做饭，种些蔬菜粮食维生。

李奶奶和李爷爷走后，哥哥嫂嫂也在别处建了新居。小兰姑姑便住回父母的老屋，独自守着小院。

拥有了一座院子的小兰姑姑，却没了可以说话的人。

随着年龄的增长，小兰姑姑不再像从前那般整洁和勤奋，也不再如从前那般羞涩自封。有人路过，她也大声吼上几句；有人来坐，她也嘻嘻哈哈陪她们把往事翻出来晒个不停。

无人居住的房屋慢慢坍塌了，无人行走的部位杂草丛生了。小兰姑姑的大部分时间，都是独自坐在清冷的院子里，看残枝败絮，一地落红。

小山的尘世

一直认为，小山来到这尘世，就是为了父母姐弟。

姐姐三岁时，有了小山；小山 3 岁时，有了弟弟。姐姐长得柳眉细眼，弟弟长得浓眉大眼，小山说不上像谁，不仅鼻梁低嘴巴小，重要的是一双眼睛小得有些睁不开。姐姐已经要上学时，小山还不能说清楚一句完整的一话；弟弟已经满院子跑时，小山走路还是东倒西歪。

于是父母说，小山笨，小山傻；于是，小山就这么傻傻笨笨摇摇晃晃生长着。父母告诉姐姐，小山注定不会有大出息，以后要好好照顾弟弟；父母又告诉弟弟，小山看上去有让人操不完的心，以后要好好照顾哥哥。于是，姐姐认真读书，弟弟认真学习，只有小山，磕磕碰碰好几年都还在纠缠几个简单的字。父母看了，敲一下他的头：笨啊！姐姐弟弟见了，向他吐吐舌头：傻啊！

小山不急，不恼，总是憨憨地笑。笑完之后，就跑到院子里，追着鸡玩，或者骑狗。妈见了就喊：长大放羊去吧！弟弟起哄：杀猪也好！

小山玩兴正浓，听不清也不想听他们说什么。小山知道自己笨，比不上弟弟更比不上姐姐。因此小山不愿意去想学习上的事，放羊也罢杀猪也罢，干这些又怎样？

有时候，小山就这样大义凛然地说出来。于是爸爸就过来狠拍他一巴掌：瞧你个没出息的！

没出息的小山一下就闭了嘴，乖乖听爸爸教训："就不能学学姐姐？你看，又考个第一！"

姐姐的试卷就在小山眼前。小山知道，那密集的红钩钩一直都让他心驰神往，可是，他就是做不来那些题，就是认不全那些字，更不用说用那些认不清的字来造句和写作文了。小山也曾努力过，可就像老师说的那样，他脑子笨，努力也是白搭。

小山无比佩服姐姐，他有时也盯着姐姐的脑袋，细细品味。还有弟弟，虽不及姐姐那么优秀，但也一直能跟得上老师的节奏。小山已经留了两级，再留一次，便和弟弟一样了，甚至，以后说不定就掉到弟弟后面。想到这些，他也特别难受，他甚至想告诉父母，能不能不让他上学了？能不能让他做点别的？比如，他就常常不怕苦累，在放假的时候一担一担跟着爸爸砍柴，背玉米。这些，弟弟就做不到，让他拎一点，也不停喊累。

小山真心觉得，干活比上学好。可是父母不信，谁也不信。爸以过来人的口气训斥："干一次你行，干两次你行，天天干呢？我就不信你还行！"

小山知道爸爸从小也不爱学习，可爸爸总是不能理解不爱学习的痛苦。

妈也跟着撂下狠话："你要天天干还觉得行，算我白活了。"

万万想不到的是，妈说完这话不久，竟得病了。其实小山知道妈一直病着，自从两个月前乡里来人在那个简易的小房子里给妈做了结扎之后，妈就一直出血，更不能下地劳动。也因此，妈揪心地担心三个年幼的孩子，更担心愚笨的小山。

担心着，担心着，妈就去了。

孩子们失去了妈，只知道哭，哭完该吃饭还吃，只是想起来又哭。爸呢？是吓死人的沉默，几天来不吃不喝，表情里全是无法用眼泪表述的悲恸。没人敢对他说话，包括安慰。仿佛一开口，他内心庞大的压抑就要像山洪般倾泻而下。

一直压着没在人前爆发，却最终在内心爆炸了。半年之后，爸丢下三个完全没有生活能力的孩子，带着一颗伤痕累累的心，随妈去了。

那一年，小山 12 岁。面对这个无人支撑的空家，姐姐哭得死去活来。弟弟更不必说，直到爸爸死去，都还熟睡在那僵硬的臂弯里。小山或许是真傻，真呆，只有他不哭。不哭的小山引得村人忧心忡忡：这个没心没肺的孩子，以后怎办？

总考第一的姐姐，自然也不可能再上学了。姐姐知道自己在家的分量，她努力以一副稚嫩的肩，摇摇晃晃挑起这个七零八落的家。

东家一口袋米，西家一担子谷，姐弟三个像三片随风飘飞的叶子，零零乱乱过了两年。

有一天，小山坚定地站在姐姐面前，告诉她自己要打工去。姐姐惊问：你傻乎乎的能干什么？

"搬砖和泥。"小山痛快地答。

小山不是胡说，小山是听在建筑工地打工的表哥说的。表哥告诉小山，像他这样什么都不会的，只能搬砖和泥。不过换句话说，搬一块砖就有一块砖的钱，只要肯吃苦，就能挣到钱。

表哥当时还说了很多，都是关于工地的。小山记不住太多，只记住搬砖和泥，只记住肯吃苦就有饭吃。虽然爸妈曾经不信，小山自己信。

临走时，小山还是没有哭，甚至开心地跟含着两汪泪的姐姐笑。

三个月过去了，小山第一次回家，掏出零零整整的一沓钱，给了姐姐。还说，再过一年，就可以还清爸爸在信用社的贷款。

姐姐愣愣地看着小山，看着眼前脏兮兮的一沓钱，不相信是傻乎乎的小山挣的。于是那个夜晚，姐姐在灯下拉着小山，细细问他是怎样挣来这些钱，又问小山累不累。小山还是那样开心地笑着，说每天除了吃饭睡觉，就拼命搬砖和泥，一下都不歇着。小山骄傲地告诉姐姐，别看自己小，挣的钱却不比别人少。尽管小山手上开着大大小小的口子，却不说一声疼。

那晚姐姐又哭了，哭得很凶。小山没有，还是笑。弟弟摸着从来没有见到过的一沓钱，也笑。

那个晚上，小山一下子伟大起来，伟大到让这个幽暗的屋子光芒四射。第二天，小山一一接受了亲朋好友的祝福和夸赞。最后，在一村人的刮目相看里，小山带着极大的满足走了。

带了极大满足的小山也便有了更大的动力。他第一次觉得自己成了男人，成了姐姐的肩膀。他知道只有一块一块搬砖，他们三个才能过上像别人家一样的好日子。

小山就用这种原始的努力和力气，干了一年，又一年。

小山有时想起妈妈当初说的话，也想起爸爸的训斥，但小山也知道爸妈都是为他好。小山也知道，如果爸妈活着，不可能让他出来搬砖，不可能对他手上一道又一道的口子视而不见。爸妈让他好好学习，就是不希望有一天干上搬砖和泥的活。可爸妈没想到，小山有一天会用搬砖和泥挣来的钱养家。小山有时也想，如果爸妈知道姐姐不读书了，心该有多痛？小山不爱学习，可小山喜欢看姐姐考 100 分，喜欢看姐姐作业本上一个又一个红红的对钩。小山没什么脑子，从不为自己辛苦干活委屈，只有想到姐姐不能念书，从此再也看不到本子上的红钩钩，才有些许伤心。

好想让姐姐上学，考上大学，到城市，不必像他这样只能搬砖和泥。小些时，小山就经常想着住在城市的姐姐。有时候搬砖累了，他也会坐下来歇一阵，他也会看看街上与姐姐差不多的那些姐姐。那件红裙子，那双高跟鞋，他想好好攒钱，买给姐姐。于是，小山残酷地克扣自己，只想攒钱。

同行人眼里，小山依然傻，依然笨。傻得不知道撒谎，笨得不知道作假。小山也瞧不起他们，是什么就是什么，为什么要把不是什么说成是什么？小山的目标只有一个，那就是好好搬砖，好好攒钱。

于是，他们抽烟，小山不抽；他们喝酒，小山不喝；他们跃跃欲试追女孩子，小山不追；他们买新衣，小山不买；他们喊累，小山不喊。

一块钱，一块钱，小山执着地攒。16 岁那年，小山还清了爸爸欠下的债。22 岁那年，小山和姐姐商量起盖房的事。

村里人很快知道了这件事。虽然人们都知道傻乎乎的小山靠搬砖和泥成了气候，但决然想不到小山会挣出盖房子的钱。那段日子，村里几乎所有家长都在指责自己的儿子，家家都在拿小山做范例。为什么，傻乎乎的小山会挣到钱？

大人们说得不对，不是小山能挣到钱，而是小山能攒下钱。

同龄的甚至更大的后生们听着家长的责骂，嘴上却倔强地嘲笑：穷酸相，过的那叫啥日子！

话虽这么说，想到盖房子，他们的心里也酸酸的。只是他们并不想把小山放在眼里。

一副穷酸相的小山在房子盖得差不多时，又去搬砖和泥。一边搬砖和泥，一边置办房子里需要的东西。

小山的房子敞亮亮展现在人们面前，让无数父亲、母亲羡慕至极，甚至捶胸顿足。一段时间，那些在外打工的后生都躲着不肯回村。他们无法交代，在钱方面，为什么挣不过一个搬砖和泥的傻小山。

房子已然很漂亮了。四眼窑洞，外墙用白灰刷得一尘不染，屋里地上，还铺了农村正时髦的瓷砖。

四眼窑洞不仅给小山争了光，还给姐姐争了气。终于有人家向姐姐说媒了。人们之前怕小山和弟弟是累赘的疑虑没有了。小山的四眼窑洞，一下子解决了他和弟弟的大问题。以小山目前的势头，今后不会比哪个差。甚至，有人产生了想法，愿意把女儿说给傻乎乎的小山。

可小山说，自己不急，让姐姐先嫁。

风风光光，姐姐很快嫁了人家。小山告诉姐姐，别人陪什么，他也要给姐姐陪什么。小山觉得，唯有这样，才能给未能走到城里的姐姐一点补偿。爸爸、妈妈欠下的，小山一定要想法补偿。

出嫁当天，姐姐哭着求小山："别再出去搬砖和泥了，你看谁家男孩子这么年轻就驼了背!"

小山赶紧挺挺腰，安慰姐姐："攒够两个人娶媳妇的钱，就回来。"

从小聪明伶俐的弟弟，却让小山极其担心。这个学习比小山好、长得比小山俊的男孩，却柔弱得一塌糊涂。不经意间，小山就看到他哭，不是想起爸爸，就是想起妈妈。弟弟虽然比自己学习好，可远比不上姐姐。小山明白，这样的成绩是考不上大学的。考不上大学，就得外出打工，或者种地。可弟弟一副柔软无力的样子，哪有力气？也因此，小山暗下决心，除了自己，还要帮弟弟攒够娶媳妇的钱。

这些压力，小山从来不觉得累，反倒让他异常兴奋。有时候，连小山自己也想不到，一个谁都看不上眼的傻孩子，一个曾经让父母极度担心的笨孩子，竟然有能力养活姐姐和弟弟。

小山的力量，就在这里。

再加上亮展展四眼窑洞作底，小山信心百倍。他掐着指头盘算，再干五年，就回来种地，娶老婆，生孩子。

城里，工头也注意到小山的朴素实在，除了搬砖和泥，有意让小山干一些有技术含量的事。见得多了，笨笨的小山也开了窍，再加上他勤奋不怕吃苦，一些活计也慢慢有了经验。这样一来，小山的工资也涨起来。当别人都去喝酒，他就独自待着开心盘算：这样干下去，或许用不了五年。

小山开始上脚手架。曾几何时，他在下面仰着头望着高高在上的这些“空中飞人”。那时候他都不懂他们在干些什么，只知道站得越高，看得越远。所以当他第一次“升空”，第一次看下面的人像蚂蚁一样搬砖和泥，一下便体验到上面的人为什么总要指手画脚这个道理。

小山，甚至开始喜欢上这份活计。第一次，他感受到人们常说的乐趣，而不仅仅只是想着攒钱。

一年过去了，小山果然拿回去更多的钱，依然交到姐姐手里。成了家的姐姐为小山另外开了户，存进去。姐姐还告诉他，等到了说好的那个数字，就回来。外面，毕竟不安全。

外面，确实不安全。

第二年半年头上，忽然就听说小山从高高的脚手架上掉下来，掉在一根钢筋上面。

听说了的亲戚们赶去城里，像无头的苍蝇一样为小山争取。工头说了太多小山的是与非。以前的工作，都是“是”；从脚手架上掉下来这件事，都是“非”。农村的亲戚们听得迷迷糊糊，懵懵懂懂，一致把目光投向懂行的表哥。表哥也是工头的下属，表哥还要在工地继续工作，表哥也尽了力，最终从工头手里拿回 7 万元人民币。

平生，这是这个家见过的最大一笔钱。表哥郑重地交给姐姐，姐姐谨慎地给了已经超过 20 岁的弟弟。

表哥拼尽全力，把小山的尸体运回姐姐面前。姐姐这时已有了孩子，抱着孩子的姐姐哭得呼天抢地：小山，你来世上，到底有没有为自己活过一天？

小山是听不到了，小山已经沉沉睡去。

人们都知道小山吃了太多苦，人们也知道小山受了太多的罪。

小山太累。

小山，真该好好地，好好地，睡一回。

我在不远处

那年回乡，就是为了舅舅家的琴琴。

走时母亲告诉我：你在不远处，悄悄看看，她是不是让人放心。

故乡的天，总是亮得很早。

匆匆饭毕，打发走纠缠着要退学去打工的大亮，给小亮的瓶子里灌满热水装进小书包，兄弟二人一前一后走了。小亮6岁不到，上学路上必须紧紧拉着哥哥衣角。大亮每次也都走得很慢，照顾着小亮。然而不开心时，他便故意放快脚步，害小亮在后面东倒西歪。

琴琴站在院边桃树下，望着两个弟弟渐渐走出她的视线。这天的阳光很好，她似乎有些开心。或许是因为，又一个暗夜过去了。

转身回屋，洗过碗，把一些剩饭渣兑了刷锅水，倒进鸡盆。打开鸡窝，六只鸡争先恐后叫着挤出来，顾不得在新鲜空气里打一声鸣，便冲向它们的早餐。尘土自然扬了琴琴一腿，她便像大娘一样骂：没出息的东西们！

进家，柜子桌子擦得光亮，匆匆洗把脸，梳一把头发。照镜子时，琴琴忍不住笑了一下。那酒窝，像极了妈妈。

回身拿起那件织了不到半尺的毛衣，出门，看大娘还在家里忙碌，大爷还未从地里回来，琴琴快走两步，顺小路爬上屋后的山坡。

草都青了，蜀葵开满坡，露水也差不多落完了。琴琴坐下来，太阳暖烘烘晒过来，小院尽收眼底，自家的鸡已经和大娘家的混在一起。那只没出息的黑公鸡又在满院追大娘家的红母鸡。大部分鸡都坡上坡下开始觅食，只有那只最瘦的花鸡还在盆里一粒粒捡拾着最后的残留。

昨晚，大娘拿过琴琴正织的毛衣说，手有些紧。琴琴觉得也是，因为针都有些拨不动了。她沿着昨天的痕迹一点点继续。新买的线，蓝得在阳光下闪眼。琴琴坚持没听大娘的话把爸爸的旧毛衣拆掉，而是给大亮买了新毛线。爸爸、妈妈的所有衣物，琴琴都叠得整整齐齐，放在妈妈当初陪嫁来的大红木箱里。

看来，爸爸、妈妈又一次钻进琴琴脆弱的心底，两行泪顺势滚落在青青的草叶上，露水一般晶亮。六个月，仅仅六个月前，爸爸还在；一年前，妈妈也在。然而今天，爸爸、妈妈却相聚到了另一个世界，把他们姐弟三人像飘飞的柳絮般丢在这个看不清未来的生活里。

“妈，是你叫的爸爸？”琴琴无数次在心底呐喊，有时候就忍不住说出来。两个弟弟在时，她不敢，只能在心里使劲，震到嗓子疼。妈走的时候，她哭了一天又一天，爸走的时候，她的眼里就没了太多泪。有时候她说想妈，有时候她又说恨妈。她说妈走后她天天祈祷，让妈在地下安心，让妈好好保佑爸，保佑爸爸坚强地把他们三个带大。然而妈还是把爸爸叫走了。还有爸爸，这个顶天立地的男人，竟然真的兑现了当初的诺言，跟他的女人走了。

“把我也带走——”

琴琴说妈走后第二天，爸爸就是这么喊的，跪在雪地里，喊得歇斯底里，喊得声泪俱下。然而当时大娘大爷都骂他，乡邻也骂他：“你走了，三个孩子怎办？”

于是爸爸又扑过来，把三个孩子搂在怀里，嘤嘤地哭，直到把满院人的心都哭碎。琴琴知道，爸爸、妈妈感情太好，爸爸实在舍不得妈妈，但爸爸一定更舍不下他们三个。

事实不是这样。那个凌晨，爸爸毫无征兆离去。

琴琴拿起毛衣，擦擦眼角。看得出，她努力不去想这一切。现在，她是姐姐，是这个家的老大，她必须承担起天一般的重任。这几天她一直纠结，大亮是继续上学，还是退学打工？打心底，她不想让大亮退学，虽然大亮的学习成绩比她差很多，她已经回家了，大亮怎么可以再退学？妈妈活着的时候，没事就跟大娘叨叨：我们琴琴呀，可不能像别人家的女孩一样早早退学回家；我们琴琴呀，手一定要养得白白的，嫩嫩的，像城里的女孩；我们琴琴呀，可不能早早结婚，一定得学出个样子来。

妈妈的姑姑在城里，她每去一次回来，便发一通感慨："不上学，真不行。"

如今，妈妈疼爱的琴琴就坐在山坡上，一双嫩嫩的手已显出粗糙。琴琴的成绩单，至今都整洁地压在书包里。那只书包，她会时不时拿出来翻翻。自从退学回家后，她便把墙上的奖状一张张揭下来，擦去尘土仔细叠好放起来。她知道，今后不可能再有新的了，这些旧的，必须存下来留个念想。

如今，墙上空空。大亮从未得过奖状，小亮还小。也因此大娘劝琴琴，让大亮退学打工去，念书不会有什么名堂。要不，地里指望亲戚们东一下西一下，收成不会好。没有来钱的路子，三个人怎么活？

箱子里，打发爸爸收下的礼钱越来越薄。琴琴知道，爸爸在信用社还有贷款。数目不算大，可是大爷告诉她，如果不能尽快还上，利滚利也会怕得惊人。

怎么办？真让大亮退学？琴琴喜欢极了学校，她非常愿意看到两个弟弟背着书包离开家，就像妈妈当初看着她背着书包离开家一样。她也非常愿意在晚上收拾好一切后辅导两个弟弟写作业。听着窗外偶过的风吹草动，在有些昏暗的灯光下一笔一画写字做题。闲时翻翻大亮的书，那些习题和课文总能让琴琴重回课堂。

"琴琴，该准备买谷籽了。犁完这两遍地，过两天我就出门。"正在沉思的琴琴被突如其来的声音吓了一跳。回头，原来是大爷牵着牛从地里回来吃早饭了。大爷说今天犁完自家地，明天给琴琴他们犁。

“大爷明天不用回来了，我给你送饭。”琴琴乖巧地说。

买谷籽要钱。钱，就这样一张张出去了。那天大娘告诉她，过几天有一个亲戚结婚。大娘还说，以后这些事得自己操心，红事白事，哪样都不能落下。看着琴琴为难的样子，大娘说，迎来送往就是人情，爸妈不在了，你们还是一个家，没人会因为你们是孩子给你们减免这份礼，也不能因为你们是孩子就不参与这些事。

“以后家里有事，都是需要用人的。”大娘这句话让琴琴懂了，人情就是这样积攒的。爸妈走后，琴琴和两个弟弟见了谁都觉得像亲人，哪个亲人送来的哪怕一句安慰都让他们觉得家还没散。

“大娘，以后不管谁家有事，一定记得提醒我。”那天，琴琴郑重叮嘱大娘。

花母鸡用最响亮的嗓门告诉山坡上的琴琴，它下蛋了。四只母鸡很争气，每天至少有两颗蛋。

听到花鸡叫，琴琴的脸就有些红。

她忘不了那个中午，一口气打了十颗鸡蛋炒了，黄灿灿端上桌。小亮惊了，大亮叫了。琴琴看到两个弟弟欢呼，成就感十足。以往，妈妈总在什么节日才舍得炒，每次，顶多四颗。两兄弟为此争抢挨打，总是常事。

琴琴觉得鸡蛋是自家的，又不用花钱买，怎么总不让他们吃个够？

没想到，大娘端着一碗面进来，“谁家鸡蛋有这么吃的？你家鸡一年下几颗蛋？这一盘，能卖多少钱！”

就是那一刻她才明白，鸡蛋是用来卖钱的。其实她也不是不知道，只是一瞬间脑袋突然就糊涂了，突然就没把鸡蛋和钱联系起来。那一餐或许成了永久纪念，两个弟弟吃了个够。此后，除了过生日和“六一”，琴琴再不轻易给大亮、小亮鸡蛋吃。而自己，是不过生日的。自己的生日，以前都是爸爸、妈妈给过，所以也就跟着他们一起走了。此后的每一颗鸡蛋，琴琴都像妈妈在世时一样埋进米缸，攒差不多时去卖。

花母鸡还在咯咯叫着，围着他们居住的小屋扑棱棱飞，墙皮被鸡扑得一片片往下掉。

她们住的屋子，爸爸没走的时候就有了翻修想法。可爸爸连一砖一瓦也没留下。今后，也成了琴琴的事。

“原来，哪里也得用钱。”那晚，琴琴就这么木木地说。她说想到过外出打工，可两个弟弟怎么办？家里的鸡、屋子、地，怎么办？懂事的大亮看出姐姐的心事，所以吵着要去打工。

大亮 13 岁了，可大亮还是个孩子。有天晚上，他们在大娘家就这个问题热烈地讨论了几个小时，那是大娘在建筑工地打工的儿子回来的时候，众人出主意，让大亮跟着这个哥哥去打工。不爱上学的大亮也满口同意，还拍着胸脯给琴琴保证他会挣钱回来。可大亮能干什么？哥哥说因为是童工，只能悄悄跟着工头，活嘛，自然会有的，搬砖和泥，学着干呗。琴琴一听就想哭，大亮还那么小，怎么可以去给人搬砖和泥？大亮却不在乎，说他有的是力气。哥哥能干的活，他也能干。

这件事，就差琴琴点头了。

许多时候，琴琴常常在暗夜里问爸爸，希望爸爸能托一个梦，告诉她一个不犯难的办法。

大娘明白她的心事，便时常提醒她两个小子正在一天天长大。琴琴也渐渐明白，大亮到二十几岁时要娶妻生子，小亮也会到镇上读初中高中。出去上学花钱多，娶妻生子更需要钱，需要房子。可是盖房子要多少钱？琴琴脑子里没有一点概念，只知道攒这笔钱会很遥远。遥远的事，却不能不想。

她便常常问大爷大娘，爸妈在世时，怎样挣钱？卖鸡蛋、卖粮食、挖药材、倒卖袜子，这些琴琴都有记忆。那时候，琴琴在爸爸背回的一麻袋袜子里挑挑拣拣。那时候，她一直以为一麻袋袜子是爸爸的，如今才知道爸爸只是背回了那些袜子，袜子，是别人的。

“如果大亮再闹，就由他打工去。”琴琴后来告诉大娘。

山坡上，琴琴就那样有一下没一下织着毛衣。突然，她笑了一下。我不知道，她是想到曾经的教室，还是挑起家的自豪？

琴琴身后，突然就站了一个人，手里抓着一把红的白的蜀葵花。突然想起，这就是大娘与我说到的木子。

琴琴看了一眼木子，不说话，绷了脸，低了头，任他把花摆在脚边。

木子家的两只羊就在身后吃草。

17 岁零两个月的琴琴一定知道，木子的花是专门给她采的，木子为她采花，是有用意的。村里不上学的女孩子们，大多数都在谈恋爱。像琴琴这样大的，好多都有了主。何况，大她五岁的木子对她早有意思。

大娘说，琴琴还没退学的时候，木子就总在路边等她，给她一把酸枣，几颗核桃。琴琴说不要时，木子就一直伸着手等她接。可琴琴几乎从来都不接这些东西。

以前，爸爸包括大爷大娘都表扬琴琴，说就是不能要木子的东西。他们还说木子有什么好，不爱读书就是大毛病，而琴琴的学习成绩却非常好。大人们眼里，琴琴的未来一定在城里。

然而爸妈走后，大娘却常常故意和她说起木子。大娘说木子其实不错，长得也好，除去不爱读书，并没其他坏毛病。看到木子依然像以前一样对琴琴，大娘就干脆挑明了说，早点与木子定下来也好，现在这样的情形，还指望找什么样的人？再说，让木子帮助挑起这个家，有什么不好？

琴琴说大娘这样说时她心里有些难受，但现实又让她把这事认真放在心上，因为从心里讲，她并不讨厌木子。以前不理他是因为他不上学，然而现在，他们都一样了，很多年甚至一辈子她可能都会留在这个村里。那么木子，难道不是最好的人？她有时甚至想，如果，如果她与木子恋爱，如果她与木子结婚，是不是也很好？木子忙时种地闲时外出打工，她做饭照顾家照顾两个弟弟，日子是不是可以过得和别人家一样好？

可是面对木子，琴琴却高兴不起来。

大娘在院子边上看到了，偷偷望一阵，回身叹一阵气。大娘说，琴琴心里隐藏着一个阴天。那天，琴琴在麦场上的厕所里无意听到一些话。当时，一干女人加上数不清的孩子在麦场家长里短，婆婆妈妈。琴琴正要出去时，一句话却惊了她的心。

“告诉你们谁都别给我找事啊，她是好姑娘没错，可是那两个‘累赘’怎么办？一下娶三个回来，换了你们干不干？”

琴琴听得真真的，说这话的正是木子妈。琴琴也真真地知道，木子妈说的好姑娘，一定是她；嘴里的两个“累赘”，也无疑是大亮小亮。

那段时间，大娘有事无事便怂恿几个女人给木子妈提提这事。

“那——倒也是。”停顿了一阵，一个女人如是说。

“可你们家木子还和以前一样啊。”另一个女人如是说。

没想到木子妈的口气极其强硬，“想娶，他就跟了她去，要回这个家，不能够！”

琴琴刚刚是和女人们打着招呼进到厕所来的，外面的女人们包括木子妈，都知道琴琴在里面，都知道琴琴能听到这些话。琴琴明白了，女人们一定是看到琴琴，才向木子妈提这事，而木子妈声音那么响亮，也是因为琴琴可以听到。

琴琴没法待在厕所里不出来。

看到她，刚才说话的女人们尴尬地和她打招呼。

只有木子妈，头也不抬。

琴琴回家和大娘哭，“她以前可是很喜欢跟我说话的呀。”

山坡上，两只羊在远处吃饱了草，有些无聊，慢慢靠近他们。木子捡一个石块，赶走羊。可走了的羊又返回，还几乎贴上琴琴后背。

琴琴把手里的毛衣一甩，愤愤站起来，离开。

山坡上，木子看着琴琴的背影，蹲下，又起来。

进门，琴琴呆呆站在那只大红木箱前。大娘在院子里喊太阳这么好，该把衣服拿出来晒晒了。可琴琴还是没打开箱子，她知道一翻就会翻出爸妈，只站在那里掉泪。大娘进屋，告诉她以后箱子里的事包括家里的事都是她的，她必须亲手把旧的翻过去，新的翻出来。

终于，琴琴一件件把箱子里的衣服拿出来晾在暖烘烘的太阳下。

“中午吃啥?”大娘过来摸摸琴琴妈的衣服，问。

“面条。”琴琴答。

很快，屋里有力的擀面声嗵嗵响起。

外面，天还是蓝天，太阳还是那么明艳。鸡们也卡着时间回来觅午饭，扑棱棱站在门口跃跃欲试，有胆大的还晃了进去。琴琴只能先从案板上腾出手，抓一把玉米洒出院子。此刻的她，又一门心思跌进柴米油盐里。

琴琴的更多心思，必须跌进柴米油盐里。

她不知道，我一直都在不远处。

我不知道，把这些告诉母亲，她是忧伤还是欣喜?

多年前那个小婴儿

那年，我上小学三年级。

一个下午，因学校要进行大扫除，我又像往常一样去就近的表姑家借工具。进院子，喊了几声无人，却看到屋门开着，玻璃内窗户上贴着一张婴儿的脸。

走进去。

除了趴在窗户台上一个一岁多的婴儿，再无人。婴儿是表姑家最小的女儿，哭得泪流满面。

表姑呢？还未来得及想，婴儿已冲着我过来。才知道，进来之前，她一直在哭。此刻看到我，便像看到救星，蹒跚着努力向我移过来，在还未完全挨到我身体时就直愣愣扑上来。

小婴儿的力度很猛，我不由得倒退一下，同时死死抱住她。她的脸也紧贴上来。瞬间，鼻涕口水裹了我满脸。连她胸前的衣服上，都完全被口水眼泪浸透了，硬邦邦湿漉漉的。我极力想把她推回炕里，她却死死贴着我，一只腿还迈出炕外边。

我知道她太寂寞了，如果不是我，换了别人她肯定也会这么做。在这个死一般寂静的午后，她一定极度渴望有一个人，把她带出这孤独的屋子。

可是，她的妈妈，我的表姑呢？

于是我对她说："妹妹乖乖坐炕上，姐姐去给你找妈妈。"

或许是怕我离开，或许是听到"妈妈"两个字，总之她一边用小手死死扯住我的衣服，一边哇地大哭起来，把我一颗也是幼小的心哭得软软的。于是赶紧从手边拿过一条毛巾，一边帮她擦掉那些鼻涕口水还有眼泪，一边哄她："姐姐不走，姐姐和你玩。"

可是，我还要回学校。我只是来找一把扫帚，或者簸箕。我怎么也想不到，表姑不在，我会遇到独自在家的小婴儿。

该怎么办？

婴儿又哭。或许，是饿了？我从桌上拿过一片干馍馍片，喂她。她边哭边吃，同时不忘死死拽着我。这情景让我措手不及又心急如焚。我不断望向门外，可连一个"鬼影子"也没有。

我抱着她挪回窗户台，把炕上一些破玩具放在她手边。我极力哄她，想伺机脱身。我天真地想，只要我跑出院子，离开她的视线，她便一定又会像我进来时那样，贴在玻璃上等妈妈。

而她的妈妈，也会在不久后回来。

趁她不注意，我一闪身下得炕来。

“哇——”她不仅瞬间大哭，还像刚进来那样猛地冲过来，看都不看脚下。眼看她一只脚就要踩到炕外，我赶紧冲过去把她接住。没想到，这一吓坏人的动作倒把她逗乐了，她竟流着鼻涕“咯咯咯”笑起来。

笑个屁！我不禁有些生气：“你这蠢孩子，看摔死你！”

我说得越是狠，她笑得越厉害，是婴孩特有的那种脆生生的笑，是能把人心融化的那种声音。我明白，她还仅仅是一个不会说话的婴儿，她还分不清说话和骂人的区别。她以为，我在逗她玩。

若在平时，我很想逗她玩，很想随着她的笑一起笑。可是，我有事，我得找把扫帚回学校。

不仅笑不出来，而且越发气恼。

蠢孩子！

我又骂了一句。不过这回我不再用劲，我不想配合她傻傻地乐，更不想让她那么开心。我生气，真的生气。我一直在心里埋怨表姑，我甚至后悔自己来她家借扫除的工具。学校、老师、同学，他们一定都在说我、找我，甚至骂我偷懒跑掉了。

可是，我真的是一个遵守纪律的好孩子，是一个在学校从未被批评过的好孩子。莫非，我的“英名”从此要毁在这个蠢孩子手里？

我得想办法脱身，表面却装得无比平静。

婴孩看我没了要走的意思，也放松下来，只轻轻抓着我，坐在炕边吃馍片，两只小脚还一晃一摆，打着节拍。

农村的炕，一边靠墙，一边靠窗台，一边连接着比炕沿低的灶台，一边便是悬空，用来上炕下地。看看表姑的灶台，乱七八糟放着各种铁锅铲子。火上还烧着一口锅，已经在微微冒着热气。

如果我走了，这个傻乎乎的婴儿走向灶台，或者像刚才一样把腿伸向炕外，会怎样？小时候，我可是被灶台上的稀饭烫伤过手。这个小婴儿如果掉在那口冒着热气的铁锅上，会怎样？

不管她的腿迈向哪里，都是一件十分可怕的事。

摊上她，我该怎样？

可是，我必须得回学校，必须得参加大扫除，必须得完成属于我的那一份任务。如果我不在，我们小组就缺了一个人，其余的人就会比别的人多干一些活，就会骂人。关键是，如果明天我告诉他们没回去的理由，他们一个个会不会笑死？就连老师，也一定会觉得我说的是鬼话。至少，他们会以为我故意找借口偷懒。

这个与我无多大关系的小婴孩，只会给我带来坏运气。

要怎样，他们才会信我？我就那样站在炕边，任小婴儿抓着，想着这些烦心事。

想来想去不得要领。最好的办法，是表姑回来。可是，可恨的表姑，在哪里？

暗暗发誓，以后再不来她家了。

以后的事，毕竟在以后。重要的，是眼下该怎么办。

我终于想到一个办法，于是抱着她上炕，把炕上所有的被子都拉出来高高地围成一个圈，然后把小婴儿放进去。我又把炕上炕下所有能搜罗出的玩具都扔进去，想着足够她把玩半个下午的时间。

那个时候，她的妈妈一定会回来。

刚把她放进我给她精心“设计”的“窝”内，她显得很兴奋，在里面又蹦又跳。趴下，再起来，与我“喵喵”地捉着迷藏。那些玩具堆在一起，也引起她足够多的注意，扔下这件抓起那样，玩得欢喜异常。

我一下子佩服起自己的聪明来，又恨这个办法来得太晚了些。

不管怎样，婴儿安顿好了。我一边应付她，一边慢慢移动脚步，出到院子里。

等我刚刚把扫帚拿在手里，婴儿又惊天动地哭起来。我狠狠心，决定不再返回。我的理由是，反正我进来时她是一个人，我走了，她不过还是和我进来前一样。

关我什么事?

拿着扫帚，头也不回朝着大门外走去。

“哇——咚——”我迅速判断出，后面那一声“咚”与铁锅有关。我想着火上那口冒着热气的铁锅，想着我像她一样大时被稀饭烫伤的手，扔下扫帚冲回屋里。

所幸，婴儿还好好地在炕上，只是已爬出被子围成的包围圈，正趴在炕沿上探出头边哭边看院外，眼泪鼻涕吧嗒吧嗒掉在地面。那些玩具，被她东一只西一只扔到不同的地方，有一只，便是砸在锅盖上。

祖宗！你要怎！

我一把将她推回炕中间，学着大人骂孩子的模样，暴怒着瞪她。同时手“啪啪啪”拍在炕沿上，震得疼痛异常。

“咯咯咯——”她竟然又没皮没脸地笑起来，笑声还震落一颗挂在眼边的泪水。

蠢蛋！傻蛋！

我骂，她笑，都是发自内心，真真地散开在这个屋里。

我知道，我走不了了。我没有勇气把这个婴儿独自扔在屋里。不管我来之前她是不是一个人在，反正我觉得扔下她就是我的错。

不由得，我哭了。不是为她，是为我不能回到学校，是悔我为什么要走进这个院子里来。

我真的无比委屈。我的委屈，都是眼前这个婴儿造成的。可是，我却不能求得她理解，不能对她发牢骚抱怨，甚至连发怒都那么无力。

只好哭。

想不到，她爬过来，伸出一只小手替我擦泪。

突然觉得有些丢人。我，一个大孩子，竟然在一个小婴儿面前哭。而这个婴儿，这一刻突然变得这么可爱令人怜悯。

我再次拿起毛巾，到盆里洗干净，认真帮她擦干净脸，还有手。我把干干净净的婴儿抱在怀里，走到院子里。

婴儿高兴极了，在我怀里欢喜得扭来扭去，一双小手紧紧搂住我的脖子，情景像极了一对亲姐妹。

那个下午，我就那样和她坐在阳光里，把院内的蜀葵花摘下来一片片撕开贴满她的脸，我的脸，听她咯咯笑着看鸡吃米，看猫睡觉，看喜鹊喳喳叫，看一只又一只小鸟落在院子里，扑棱棱乱跳。

不知不觉，天黑下来。表姑，终于喘着气出现在院子里。

不知为什么，我的眼泪，突然就从嘻嘻哈哈的脸上淌下来。

表姑着实吃惊我的存在，也说了她为什么没能及时回来。总之，她有些轻描淡写，告诉我婴儿其实被她这样扔惯了，自己在家也不会有事。不过表姑对耽误了我半下午的时间表达了歉意，更坐下来，细细帮我擦掉眼泪，把我拥在怀里。

表姑还说，她可以送我回家，或者奖励我一个好玩的东西。

而我，什么都不想要，只提出让她明天与我一起到学校。

婴儿看到妈妈，立即举着手要过去。一到妈妈怀里，她便紧紧搂了妈妈的脖子，时而又把自己的脸贴向妈妈的脸，把一颗小脑袋在妈妈的胸前滚来滚去。我再要抱回她，已是不可能的事。最可恨的是，她的眼神里，竟平淡如水，丝毫看不出她妈妈回来之前对我的那种依赖和柔情蜜意。

天哪，半个下午的感情，她是忘了吗？

这个熊孩子，竟然这样赤裸裸在我面前演绎过河拆桥的事。我由不得怒从心中起，恨不能一把将她抢过来，扔在院子里。

然而她在妈妈怀里。我只好从鼻子里哼了一声，狠狠瞪她一个白眼，还夸张地跺着脚表达着我的不顺意。而她，只是象征性地咧一下嘴，完全没有用“咯咯咯”的声音回应我此刻的满肚子怨气。

好吧，小婴儿。我狠狠发誓：“我一定会记住你！”

你的笑容

遇见你时，我们都已两相忘。

怔，喜。两双眼睛相互端详，上下扫量，仔仔细细。还是你灵动，在我依然发着呆时拉过我的手轻轻叫：姐。

我应着，拥过你。

一声姐，便牵出那些陈年旧事。

曾经，你是一个清灵灵的小姑娘。

你是家中老大，总是愿意转身叫我姐姐，有事无事跟在身后。我，也总是仗着大你几岁的优势，对本就唯命是从的你指东道西，甚至故意搞一些恶作剧。而你，因为小，因为盲目崇拜，依旧屁颠屁颠跟着我乐此不疲。其实我知道，我一直爱你。有时捉弄你，只是无聊而已。

小时候的冬天，总有很厚的雪。咯吱咯吱，踩出一地心事。大人们在雪里打牌下棋，谈论小麦，谈论雪化之后的农事。我和你，总是等不到雪化，不是你跑过来，就是我跑过去。我们还不会堆雪人，也没见过堆雪人，只是把雪归拢到一起，搓成雪球满院打鸡、打狗、打树上偶尔停下的鸟。或者，你打我，我打你。雪化的时候，其实最痛苦。大人们吼着不让出门，就怕满脚满腿沾了泥。我们小心翼翼，并排趴在我家的窗户台上，听雪水从屋檐上一滴滴落下。次日起床，你必第一个跑到我家，欢喜喊我，出门掰“喇叭”。我们管冻住的冰棱叫“喇叭”，或许因为它的形状，上粗，下细，模样像极了喇叭的缘故。屋檐下，甚至厕所的石檐下，总之一切有檐的地方，都结成一根一根冰清玉洁的“喇叭”。有时候，我们能掰回来一盆，在阳光下看它们慢慢融化。

想来，那时候的日子多好，我和你的关系多融洽。可是融洽着融洽着，我们就分开了。上学，工作，之后，就很难见你，直到再也见不到你。

我知道你与我一样，最初的几年，我们都在想着对方，盼着见面。然而时间久了，我们各自都有了新伙伴，残酷的时空，也慢慢拉开我们的距离。

慢慢，我们都忘记了彼此。然而我知道，联系我们的，毕竟还有一个村庄，一个童年。假若我想到那个村庄，想到那个童年，必然会第一个想起你。我知道，你也是。

又听到你的消息，竟然是三十年后。这个时候，连我们的孩子都过了童真的年纪。说起来，这本该是一条平常的信息。然而听到的那个下午，我还是惊诧不已。是你变了，还是他们故意要那样说你？

他们说，你早已不是一般女人，你在多年前扔下孩子，跑到城里，进入灯红酒绿区。你用你的美貌，赚得一笔又一笔“肮脏”的钱，拿回家，给父母修了新居。他们说，新居虽好，可是风水很差，最终竟然影响到母亲的身体。于是他们说，这是报应，是对你所从事职业的报应，也是对你赚了不干净钱的报应。

曾经清灵灵的小姑娘，是这样吗？

我也不知道想让你点头，还是摇头。

总之，这些话不是我想听到的。我期盼了多年，却听到这样的消息，这不是我的本意。然而，我又愿意深深地理解你。你走了这样的路，一定有你的理由。或许，是身边的诱惑太多；或许，是社会太过贫富悬殊；或许，是父母身陷贫困；或许，是看到弟弟妹妹们步履维艰地往前走。我不想把你列入坏女人行列，我甚至想把你的行为看作是挺身而出为家的付出。

我知道，即便面对面，你也不可能敞开心扉告诉我太多。不是因为我们太久没见已经陌生，而是因为你还没有洒脱到那样的地步。你做，你只是悄悄地做。你生怕，我听得一言半语，毁了当初清纯往事一幕幕。

我知道我不能向你提一个字，我只能装作一无所知。其实如果我们能坐下来，除了和你好好聊聊，宽慰一下你受伤的心，我甚至还想告诉你，这个年代，是笑贫不笑娼的年代。你念书少，你听说的肮脏事或许还不多，在你心里，一定也觉得自己做过的事不可饶恕。如果你知道一些更加肮脏的事，你就不会时时在众人面前低头走路。我们都知道不好，然而并非不可饶恕。既然收手了，就让它成为往事，如何？

尽管，我愿意向你说这些，但他们都说你的生活并不如意。这些，我都可以想得到。我可以想象到曾经有多少男人夸奖过你，有多少女人羡慕过你，然而当一切成为往事，你留下的只有指责和鄙视。当一个女人以这样柔弱却“羞耻”的方式挑起一个家，没人向你致敬，包括你的父母。

清灵灵的小姑娘，我怎么也想不到，有一天你会走在这条路上。你在华丽的霓虹灯下走过那么多次，最终还得回归家乡，回归与你有关的村庄。小山村的人们最纯朴，也最刁钻。他们会寻出一点一滴你的旧事，挂满村子的每一寸土地，晒来晾去。

别理他们，过好自己的日子，带好自己的孩子，让他们多读书，多懂道理。我能说的，只有这些。

想不到，我们竟会见面。阳光下，你生硬地笑着。我看得出来，你的笑容，已泛黄。

感谢你，还能叫我一声姐。

也因此，我发自内心，把一个久违的拥抱给你。

压住，那些旧事，不要再提。

浩荡的羊群

金树死了。

第一时间，我就在家乡的微信朋友圈听说了。

之前几十年，金树是村里唯一的羊倌，也是我接触过的唯一羊倌。因此，从少年起就离开那个小村庄的我，对许多人没了印象，唯金树钉子一样铭在脑子里。

我脑子里的放羊人，就是金树。以至于之后再见有人放羊，就觉得他的名字应该叫金树。

一想起他，就是一群羊，一阵清亮的歌，一声响亮的甩鞭。

小时候，村里唯一的羊圈就在我家院子下边，在进出院子唯一的一条路上。一早，羊们跟着金树出门，早过我们上学。到了黄昏，或许会赶上我放学，羊们便跟着金树与我挤在同一条回家路上。

金树的羊鞭，结结实实地抽在脚下的小道上，有时也抽在羊身上。姿态潇洒，响彻云霄。他是村里的光棍汉，无父母，有些邋遢，然而甩鞭一刻，出奇华丽，常引得小伙伴尤其是男孩子们驻足围观。他们有时会抢过金树手中的羊鞭，却怎么也甩不出一声清脆。

金树的羊，大约百十只，在那个小村子看上去浩浩荡荡，每天跟着金树挥鞭出行，扬鞭归来。

“啪——”一早一晚，我家院子总是伴着金树的鞭声，起床，收工。

金树是神奇的，然而金树是放羊人。在我的乡村，放羊人地位极其低下。谁家孩子不好好上学，父母总是说，长大放羊去。放羊去，总会把孩子幼小的心听得沉沉的。小村庄见识少，一提放羊，孩子们脑中就是金树。长大后，谁也不想变成金树。尽管，男孩子们依然会在与金树相遇的时候，呆呆地看他响亮甩鞭。甚至瞒着父母，偷偷跟着金树满山满岭去放羊。

不只是放羊，还有在他的歌声里啪啪甩着羊鞭。那声音脆若鞭炮，或许是吸引男孩子们的原因？金树放羊时，就甩开嗓子唱歌。或许，所有的羊倌都会唱歌？前一段我在宁夏与一位信天游演唱者聊天时，他说小时候满村跟着羊倌跑，就是为了听羊倌唱歌，跟着学歌。他多年以后成了信天游省级非遗传承人，依旧把一多半功劳归于早到了九泉之下的羊倌。

无人跟着金树学歌，因此多年以后我想除了我，没人会提起金树，甚至想起金树。

“烟锅锅点灯半炕炕明，酒盅盅量米不嫌你穷”，金树唱得最多的，就是这句。可是，没有一个女子对他唱出这一句。

那时候，村里有三个人地位低下，也是村里的三个光棍。两个据说是偷过村里的粮食。另一个便是金树。孩子们一懂事便得到灌输，长大一旦放了羊，就永世不得翻身。因此即使村里最丑、最老的姑娘，也不愿给做做新娘。

男孩们不做金树，女孩们不嫁金树。

金树不帅，金树也绝不丑。金树是正常男人的长相。

但谁都认为，金树就该独身。

果然，一直到死，金树都是独身。与做作伴的，只有不断变换的羊群。

可金树毕竟是男人，金树也年轻过。那些年，男人金树年轻骚动的眼神总是被女孩子的恶狠狠生生挡回。看到山坡上一群放牛的姑娘，他唱歌的嗓门无限拉高：你是我的小亲爱，把你（外）好脸儿扭过来；或者：想你想你真想你，三天吃不下一口米。

正盯了河滩里那个穿着亮展展裤子挑粪后生的姑娘们，冷不防被金树吓了一跳。扭头骂一句“不要脸”，赶着牛移向别处。

金树眼里，放牛的姑娘们都是天鹅。

天鹅碰不得。于是一个夏日午后，金树爬上村里一位没有生育能力的寡妇的炕。

寡妇的笑声在寂静的午后分外刺耳，几只羊笑着咩咩在窗外。之后金树还想推门进去时，邻村一位腿有残疾的庄稼汉把他挡在门外。寡妇，要去给死了老婆的他当三个孩子的后妈了。

金树在小道上，羊身上疯狂甩鞭。羊叫，人们暗暗笑：谁教你是放羊的。

小孩子就大声叫：谁教你是放羊的！

叫声混着甩鞭声，回荡在村中。

一群一群的羊老去，一群一群的羊新生，一群一群的羊跟了金树又离开金树。

此后多少年，无论在哪里看到羊，我都会想起曾经的那一群羊，以及羊身后的金树。有一年在一个村庄，看到正有人举刀要杀羊时，我竟忍不住叫出来：不！那一刻，我一定是想到金树，想到与我同行在小路上的那些羊。几年前再回家乡，我曾特意跑回早已坍塌的小院。进院之前，先看了那个羊圈，然而那个矮矮的小门早已被坍塌的土堵死。

羊的味道，金树的味道，早已遗散在陈年里。

还是在杀羊的那个村庄，我惊奇地见到放羊人，竟是一对夫妻。三个孩子都在城里工作，他们无事，便放着一群羊固守在村庄。那一刻竟有泪涌上。这个放羊的男人，竟然有妻子？放羊的男人，竟然也可以娶妻生子？

如果不是突然传来的死讯，我也不会想起金树。之前每一次想起金树，都是因为羊。

今天，我第一次以金树的名义想起金树。

村里人与我一样，突然都想起金树。

他是在死后第三天被人发现的。

三天的概念，是村人们梳理过羊群失了章法的日子推算的。几个村民回忆叠加在一起，结果是羊圈的门开了三天，羊群在羊圈门口徘徊散乱了三天。

第一天，有羊跑到一处地里吃玉米，被主人吼着羊骂着金树赶走。

第二天，有羊跑到一片菜地吃白菜，被正收菜的女主人一块石头扔跑，嘴里照样骂着金树。

那两天，好多人赶羊，骂金树。骂完，低头忙活各自的事。

第三天上，一只羊大胆跑进一户人家院子里，吃起那些茂密的青菜时，这家人才把几天来羊的异常放在心上。撵着吃菜的羊一路回到羊圈，一些徘徊的羊围拢过来，更多的羊围拢过来。吃菜的羊径直走到羊圈门口。他嘴里嘀咕着这金树怎回事呢，边朝羊圈里看。这一看不要紧，一群苍蝇轰然飞离，黑乎乎的羊圈门里，倒着一个人。

自然，这个人就是金树。

金树僵硬了，没人敢动他。叫来他邻村的姐姐，也不敢动他。只有那只刚吃过菜的羊低头嗅着金树的身体。撵它上来的人猛然明白，羊是去唤他的。

有人壮胆走近，发现他手里抓着羊圈的门锁，头弯在肚子上。

我是这之后才知道金树竟然有姐姐。

他的姐姐雇了人，把他裹进床单里抬回家。

金树就这样，以离开村人视线的方式，隆重进入村人的视野。

人们聚拢在他的院子里，聚拢在从来不去的羊圈旁，纷纷回忆最后一次与金树见面的日子，与他讲过的话语。人们互相猜测，他是早晨把羊放出羊圈死去的，还是黄昏带回羊时倒下的？人们互相打问，金树得了什么病？于是有人回忆出，他似乎经常头晕；有人想起，他好像有心梗；有人记得，他说过哪里供血不足；还有人隆重宣布，前一阵就发现他说话有气无力。

最可怕的一件事，是人们不记得多久没听到过他响亮的歌声与甩鞭声了。

一切都是未知。刚刚60岁的金树以不同凡响的死，引爆全村。村里的人们又通过各种渠道，把金树的死讯传递给在外的亲朋好友，十里八乡。

曾经在村庄生活过的人们，不管身处何方，在那一刻都停下手中的活计，想想金树的模样，叹叹金树的离奇死亡。甚至无关的人，也在听说着金树，从而打听着金树，继而慨叹着金树。

甚至，一位在县城工作的朋友知道我与金树同村时，平时很少联系的他专门发来信息：你们村那个放羊的那样死去了呀，听他亲戚说好可怜啊！

传递出金树好可怜的他的亲戚，也以亲戚的身份叹息着金树。

放羊人金树不会想到，他的死会引发这样高度的关注。

许多村子的人从四面八方赶来，去到他的家。甚至一些恰好从城里回乡的人，也要绕道去看看金树的家。

金树的家，突然就暴露在人们视野中。

没有门扇，窗户上没有玻璃，也没有纸，破烂地残留着一些多年前的布条，透着初秋的风。

屋里的墙是土坯加石头。有些石头缝与地上还长着草，地面甚至没有硬化，不太走动的地方土便是松的，似野外的田地。只有零乱堆放的锅、面盆、水桶、方便面袋、啤酒瓶、废纸箱与各种破旧口袋，证明这里曾有人烟。然而怎么看都更似一个垃圾场而不是住所。

一堆破烂中，最显眼的是一床比较新的大红色棉被。

想起许多扶贫队伍，进村时手里抱着的似乎就是这样的棉被。

一个窄窄的土台代替炕。

来的人个个看得落泪，叹说这就是金树住的屋子？这真是金树住的屋子？金树就住在这样的屋子里？

一个叫小蛋的孩子骄傲地出来做证：我知道！金树就住在这个屋子里！他的羊鞭就竖在门边。

随着他的手指看去，羊鞭的位置是空的。但是竟然，竟然还有孩子惦记着他的羊鞭，从而了解着他的生活。

人们流着泪转身，纷纷回家拎来大米、白面、白菜、土豆，以及锅碗瓢盆桌椅板凳，院子生起火，烟囱里冒出浓烈的烟。还有人拿来麻纸和糨糊，把金树家的窗户上整整齐齐糊了纸。人们忙着打扫屋子，打扫院子。还有一些人，找来锤子钉子，叮叮咚咚修起躺在院子里的门来。金树的院子，瞬间热闹起来。

金树的屋里屋外焕然一新，喜事般的隆重。

蜷缩在屋中最里边床单中的金树，也温暖地感受到，屋里没了风。

人们坐在金树整洁干净的屋中，支离破碎地回忆着他的一生。一边聊，一边干活，一边流泪，一边骂：这个该死的小气鬼呀！

金树并非一贫如洗，金树有够他活好的钱。放了一辈子羊的金树，没有父母供养，没有老婆，没有孩子，没有生过病，没有住过院。甚至亲朋村民家的红白喜事，也不会有金树参与。

即使天天住宾馆，也是富富有余。

可是，他哪里就知道会突然走了？他还准备着活个三十年二十年呢。

人们热烈地相互驳斥着对方，揣度着金树。

金树的钱，有人说 30 万，有人说至少 20 万。也有人担心别人欠金树的钱没还。有人马上反驳说，金树脑子精得很，他才不会轻易外借。

精得很且有钱的金树，即便是给将来着想，也犯不着过这样的日子啊。不解，叹气，可惜着那些被金树攒了一生的钱要白白给没有对他尽过赡养义务的人花去。

有人说，金树之前便放言：我的存单谁都不给，谁都不配。于是他一边生活在破烂里，一边将一张张存单藏进墙缝里。

有人痛心疾首：看看，由得了他？

谁说过，一个人在富裕当中死去，是一种屈辱。金树是吗？

金树不缺吃的，不缺钱。有人说他缺一盘炕，有人马上嘀咕没有女人要炕做什么？于是人们集体沉默。

有人便起身，转着想看看他存放的粮食与蔬菜。有人便拉过那个知道羊鞭放置处的小蛋：见过金树吃饭吗？

小蛋想了想：南瓜面条。

果然，屋里有敞着口的小半袋面粉与一筐红薯，屋外窗户台上一排南瓜。

金树想过吗？自己有一天会突然离世。

姐姐带着在远方打工的两个儿子，抱着一床被褥来了。她坐在屋里的凳子上哭过两声后，软软拉过身边一位女人的手：一直有病，哭也哭不动了。

女人提醒她：棺材得赶紧。

旁边一位村民从活计中抬起头来：先用我的吧，现成。

一天忙过，人们回家之前甚至安排好金树姐姐与两个儿子晚上的去处。人们尽可能将一切的一切安排妥当，不让金树委屈。

金树姐姐与两个儿子一一与众人挥别：我们晚些走。

之前的女人再次回头一笑：墙角缝隙翻仔细点啊。

金树姐姐明白后把她一推：他穷得哪里有钱。

“老汉呀——”

次日一早，人们被一声凄厉的哭声惊醒。腿快的迅速查看清楚，原来金树的姐姐已经花钱雇了一名“孝子”在院中“哭天抢地”。

一村人明白情况之后，再次悲从心来。家人们互相提醒着，先放放别的事，把金树好好打发走。

早饭过后，金树的院子再次热闹起来。风箱，大锅早已铺开。邻村的乐队也已经上门，拉开架式。姐姐坐屋里叮嘱着总管：咱排排场场的。

一声“啪”的甩鞭声，惊了一院人。抬眼，才发现是小蛋，正用找回的羊鞭在院中啪啪啪甩着，扬起一院尘土。

锅里是一只喷香的羊，招待热心的众乡亲。

乐队吹奏的是《真的好想你》，一声声赚取着村人的眼泪。

金树已躺进枣红色的棺材里，身上是从未穿过的新衣。有人看过棺材中的金树，说很体面。“安乐宫”三个字赫然在材头正顶，让人们对他的离去多了些安慰。无人管理的羊们散落在院子周遭，徘徊在棺材周围，望上去一片一片白。

孝子孝女叩谢及娘家人送别等种种环节，全部省略。

起棺——

与金树有关的最后一嗓子，从总管嘴里缥缈地喊出。

“老汉呀——”

那名始终尽心哀哭的“孝子”凄厉地跟上，声音钻心。60 岁的老汉金树，体面地在一片凄婉中上路。

身后，是全村并夹杂着邻村人盛大的送葬队伍。

以及，一群浩荡的羊群。

那 些 事

往事若莲

前几天接到一个电话，竟然是他。他说，若有时间，出来坐坐。

过了好久，我没有找出时间。

于是他又来电话，说人人都忙得焦头烂额，聊天，就等以后。

一颗心放回肚里，为了他依旧像少年时期的宽容，为了我悬着的那颗见面之后不知该从何说起的心。

如果说年少懵懂时隐约喜欢过一个人，或许只有他。

他大我两岁，高我两届。有时候，我们在上下学的路上遇见；有时候，我们在校园里碰面。每一次，他都是淡淡一笑，轻轻一句。久了，便读懂他的眼神和心思，品出他轻轻问候的背后含义。

可是，我们毕竟还只是少男少女。于是，都各自把一份纯纯的情愫悄藏心间。

很快，他初中毕业，并且执着地要当兵去。于是等候的那段日子，他与我在路上碰面的时候多起来，而每一次，也都和以往一样，淡淡问候几句。而我，也总是轻轻一回，从未曾流露一点心事。

有一天在商店买东西，突然听柜台里的漂亮女孩说起他，那一刻，她笑靥如花；又有一天，我听到村里工厂几个女孩谈到他，那一瞬，她们眼神里流露着温情脉脉。

再见他，发现他竟那么帅气。

现在想来，是女孩子有了心事。

然而，我还是没有流露出一毫一丝。反倒觉得自己像个丑小鸭，根本没有那些已经走上社会的女孩子那份霸气。

选择远离。

然而他说，独爱莲。

我不知道自己是不是莲。或者说，我还太小，并不懂莲。又也许，当时实在不懂，一个那么小的女孩子，该如何答复一个男孩子的心事，只能继续把他说的只言片语一一藏起。

秋来，夏去。

一个我即将要睡去的夜里。住在离我家不远的闺蜜突然急火火跑过来，在院门外大声喊我的名字，竖起耳朵，只听清一句："有人找你！"

妈疑疑惑惑，看着我出去。没想到一出院门，拐角处还站着另一个影子。闺蜜嬉皮笑脸，一摆手说不管了不管了啊，我要回去。

于是暗夜里，只剩下我和另一个影子。

另一个影子，竟是他。可我却怕得发抖。我觉得妈就要出来了，他也觉得我家有人要出来了，于是从身后拿出一样东西，快速塞进我怀里，边推我回去边说了一句："我明天要走，这个留给你。"

妈的声音已经在门里响起。我一边答应，一边跑回。边跑，边把来不及看清的东西塞进衣服里。

妈站在院子里问：这么晚，谁喊你？

我说了闺蜜的名字，又说有一点点事。

进家，我摸着衣服里的东西，不知道该如何处置，就那样裹在怀里伴着咚咚跳动的心睡了一夜。

次日，自然是破天荒，我第一个爬起。借着黎明的曙光，我终于看清，那是一件粉色秋衣。

可是，我的衣柜，并没有这样一件东西。我平静了一夜的心再次跳起，一边是他送来的小欣喜，一边却犯愁无比。

往哪里放，这件东西？

我的衣柜，也便是妈的衣柜。里面，就那么几样东西。妈细心洗、换、晾晒，常常翻来翻去。而我，又完全没有能力来买这样一件东西。

该上学了，我只好装进书包里。

又是一天开始，开始的一天已经成了昨夜他嘴里的“明天”。那么，这是他要离开的一天。他要当兵，要到部队。从此，或许几年，我都不会看到他的影子。

怎么办？该不该送他？

他用一件秋衣，搅乱我的心事。

我翻出一个没有用过的塑料皮笔记本，努力写上去一行字。现在也记不清，大意是我愿意把这个送给他，伴他军营几年。

可是后来，很遗憾没有送出去。我没有勇气。不知道该以怎样的姿态挤进人群，把本子交到他手里。我知道，送他的人都围在他身边，而他一定翘首期待我的出现。

直到走，我也没有勇气去，哪怕远远看他一眼。

后来，没送出的本子竟然让爸爸发现了，他大发雷霆，说我不务正事；那件秋衣，也终于没逃过妈妈的眼睛，她温言软语，问我出自哪里。

父母的发现，或许卸下我重重的心事。从此不必再提着一颗心，把它们藏来藏去。

日子，慢慢恢复到过去。

之后，他听说我到了他部队的那座城市，于是先后托人，探寻我的心事。而我，却早已熄灭了曾经的那团小火焰，回一句：不考虑。

他依然坚持。有一次，竟然开着部队的吉普，出现在我面前。

至今我都记得，在他的邀请下跟他走进军营，看身边那些绿色人流的光芒，军营男儿的雄健。那时候，他已是一名班长，新入伍的战士争先恐后，给我买来水果、罐头和那么多的花生瓜子糖。然后跑得远远的，起哄，唱歌。我也记得，自己高扬着头，骄傲地走在军营大院里。我更记得，始终陪在我身边的他，越发威武，浩气。

平生第一次，也或许是唯一一次，我走进部队；平生第一次，单独享受那么多来自异性的注目和窃窃私语。

可是，我还是告诉他，我们只是普通朋友，两人的关系，依然不考虑。为了让他死心，我甚至故意在那一天拉过隔壁房间的男孩，陪他一起吃饭，扯三扯四聊一些与他毫无关联的天。

他肯定看懂了。我记得，在黄昏，他开车沉沉离去。

其实连我自己也不明白，当时怎么有那么大的勇气拒绝这些？或许，是我的择偶标准发生了转变？也或许，曾经与他的懵懂感情只是一场少男少女的淡然心事？但我知道，于我而言，与他之间一直没有承诺更没有游戏，我感谢自己当初的果断，更感谢那个没有送出的本子。只是常常有一丝愧疚，那就是对不起他曾经的一份心意。

后来，他转业，留在这座城市。但我们已经没了联系。听说，他顺利成家，有了孩子；听说，他工作不错，单位效益景气。

多年以后，我们互相知道了对方电话及地址。

时过境迁，人生如烟。

能再见，说明谁的心里都没了前嫌，剩下的只是一份年少时代的纯美。

彼此的心事，都会真正淡下来，若莲。

花开成海

那个下午，雨后的阴天。

这样的天气，适合小醉，与一个人；适合读书，赖在床上；适合写字，无所谓有用；适合睡觉，做一个许久没做过的梦。

这样的天气，总会生发许多思绪：思念、忧伤、幻想，莫须有……总之，一些逝去的东西会随着阴郁的空气浸入无法安静的脑海。

无事。乱翻。一个塑料袋。

打开，久违的一堆信件。数数，87 封。

心潮涌动。

一个叫梅的女孩，有手机，有电话，然而坚持给我写信。每次，都要将信纸叠出一种别样精致。是我，渐渐懒散，常常不回，害她没了兴致。很想告诉她，每次读她的信，总像回到从前。

还有一位与我通信的，是位老者，远在马鞍山。我们在一次记者会上结识，多少年，他一直坚持给我来信，每次，只有短短数语，却充满关怀与暖意。也是我，少回或不回，发一个短信代替，让他渐趋失望。想来，愧对他。

后来，现在，都有一些通信的朋友，然而信件都变成电子的。读起来，总缺少一份感觉。

多久了，我没读过这样的纸质信件。

坐下来。

天，依然看不到一丝阳。

曾经的美好与烦恼，展开，在我面前。

打开一封，清秀的字迹：殊，好久没给你去信了，请原谅我……我坚持不翻到最后一页，坚持想出她的名字，是虹、是花、还是莲？一朵一朵，她们逐一在我面前绽放。曾经的校园，也在脑际清晰：嬉闹、挤食堂、抢跳绳，甚至逃课、老师的叫骂，一幕一幕，如此愉悦。

“殊，祝你爱情、事业双丰收！”结尾的时候，她们总会这么写。这，也是她们最诚挚的愿。如今，爱情、事业，算是丰收了吗？她们又如何呢？曾经的花事，记忆里只剩了模糊，清晰的依旧是少女的青涩。若不是这一封封亲切无比的来信，怎能忆起？曾经的亲密结伴，曾经共饮一杯水的寒窗岁月，都随时间流逝了。

“女儿，你一人在外，上下班骑车一定小心，妈很惦记你！妈告诉你的话，一定要记得。”

记不得，妈最后一封来信的日期；记不得，什么时候通信变成电话。妈当时告诉我什么话，不记得了。我知道那一定是母亲对女儿最贴心的嘱咐。这样的话语，读来是入骨的亲切。工作初期，妈的来信很频繁，字字都是惦念。直至有了自己的孩子，才懂得牵挂是一种痛。

阴天，是个伤感的天气。天阴了，人的心也跟着阴。然而这种阴又带着暖。一直，我喜欢这样的天气，或许，就因为它让我忆起曾经潮湿的美丽？

听不见狂吹的风沙里
在说什么古老的故事
那一年　那个三月
又一次
地老天荒

花　又开了　花开成海
海　又升起　让水淹没

你来了来了　一场生生世世的约会
我不再单独走过秋天
……

这是一封青涩男孩的来信，没有别的，只有三毛的诗。年轻的他，幻想将一份朦胧的含羞托付今世。

我不知男孩此刻身处何方，我知道男孩一定变成身负责任的男人。他的心里，是否记得当初的愿望？是否，在一个同样无事的下午忆起当初的花，当初的海？

那个时候，我们十几岁。读书的日子，一直名列前茅的他只会埋头习题。毕业前夕，我们在一条马路“偶遇”，他脸上挂满羞涩，朝我走近，再走近……那一次，我心里才隐约升起一种别样感觉。后来，我们分开，信便随之而来。他磕磕绊绊袒露着心里珍藏许久的秘密，承诺着属于男子汉的沉重责任。然而，由于时空，由于青涩，由于不懂爱情，我们最终停留在回味花开的路上。

一生中，会有无数友情，在不同的阶段暖你心灵；会有永恒的亲情，追随你或顺利或坎坷的今生；会有几段或近或远的感情，让你悲，让你喜，让你一旦忆起便生出深深浅浅的疼痛。

搬过几次家，丢了很多东西，然而这些信，一直珍存。

冰心说过：“爱在左，情在右，生命的两旁，随时播种，随时开花，将这一长径点缀得花香弥漫，使得穿花拂叶的行人，踏着荆棘，不觉痛苦；有泪可挥，不觉悲凉。”

一个下午，还有厚厚的一沓没读。我把时间消磨在字里行间，就是想感受前行路上的深情相随，就是要抚摩即便含泪也依然朗声大笑的日子。不舍得一下读完，原样包起来，期待再寻一个这样的日子，再听花开。

抬头，天竟有了晴意。阳光，羞涩地射透玻璃，照在我手边泛黄的信件上。字迹，越发温暖。

一字一字，让我想起那些花儿。她们都还好吗？这个下午，花，又开了。

花开，成海。

雪的记忆

一到雪天，心就忽地疼一下。

若干年前那个冬天，那个第一场大雪天，我做了新娘。

没有婚纱，没有婚车，没有伴娘伴郎。

雪，木棒，荒野，三轮蹦蹦车，父亲的泪……这就是我对婚礼的全部记忆。

整个冬天，不早不晚，那场雪，偏偏在我最担心的时候飘然落下。看到第一片雪花时，我在长途车上。那一刻我的心无限欢喜，我知道，这是人们期待的一场雪，是这个冬天的第一场雪。

邻座盯着窗外的麦苗说："这下不渴了。"

前座的扭过头来："再大些吧。"

随后，雪竟如他说的，逐渐大起来。由一片一片变成一串一串。看着飞舞的雪花，我竟一点没有与自己联系起来；我竟沉浸在邻座与前座的喜悦里。

"下雪了。"收到他的信息。

"嗯，美丽的。"我想。

"傻，一直下就麻烦了。"

啊！突然，我从飘舞里回过神来。窗外这美丽的，若一直舞下去，很可能会切断我的婚路。

那一瞬，我的心几乎跳出来。但转念一想，或许，再下一阵就没事了，还有两天时间呢。

就这样，我披着雪推开老家的门。

奶奶在门口迎头抱了我："孩儿，下雪了。"

父亲看着我，望着雪。

母亲拉我到院子里扫去身上的雪，她一直没说话，我知道，她一开口，就得提雪。

那个时候，雪在院子里已经铺了厚厚一层。我的婚礼在后天，亲戚们已经来了不少，他们在雪里忙碌着，继而又叹息着。

我还是一一与他们掌心相握，我还是做出欢喜的样子，期待着与他们一道分享很快到来的那个时刻。

院子里，一切按婚礼程序有序地杂乱着。

那夜临睡前，每个人都习惯地先到院子里看看天，尽管，不必抬头就能看到满天纷飞。

那个夜，每个人都想多说些什么，每个人都想避开雪。

每个人，只好不说话。

那样一个静夜，终于听到雪花飘落。是的，我清晰地听到，雪落在风箱上，落在窗棂上，落在父亲借回的锅碗瓢盆上，落在姨姨、姑姑们用了一个下午剪出的喜字上。雪，一片一片，落满我的院，落在一院杂乱上。

我听到奶奶的轻叹，听到母亲比平时急促的呼吸，听到姑姑一遍又一遍翻身。

实在困了，不想再缠在雪中，我要睡。

很快，被急促的砸门声惊醒，听得父亲从另一间屋子出来。

“是谁？”他问。

“我。”似乎熟悉，又听不出来。

门开了，院子里的门都开了。三个雪人径直走过我的屋子。天哪！是他！

我的新郎！陪伴他的，是他的师傅兼好友。

“雪太大了，我们来接你坐今晚火车赶回太原。”他喘着粗气，“说好的车都没法来了，司机们都不敢上路。”

我盯着他们手里的木棍，半天回不过神来。

母亲拉他们坐下，才听他们细细道来。原来，我走后，太原的雪就大了。原先租好的车一个接一个来电话，话不同，意思一样："这天气，说什么也不能跑长途了。"

那个时候家乡还没有高速，没有高速交警和路政全天为你清雪，没人帮你的出行想办法。

雪，不会因你的着急而放慢从天而降的速度。

"马上坐火车去把她接来，再晚了只能是两地婚礼了。"亲朋好友迅速达成一致。

火车站离我的家还有40里路，他们下车后找到一辆勇敢的三轮蹦蹦车，走到半路因为滑还下来推，不知谁说山里有狼，于是他们各自跑到雪里捡来几根木棍壮胆。

捧着刚开锅的水，他们忍着烫猛喝。

就这样走吗？

我是家里的老大，父母多希望，他们的第一个女儿能够非常风光地出嫁！那些现代的小车，一辆辆从省城来；那些枣红色的骏马，一匹匹从山路迎上。当现代的张扬与古典的羞涩在那条很宽很阔的大道上遭遇，父母就会在众目睽睽下将女儿骄傲地交到他们一齐看好的男孩手里。那个场面，父，母，所有亲朋，我，都在设计着，盼望着。

似乎，我听到一片羡慕与赞扬；似乎，我看到父母无比欣慰而自豪的笑容；似乎，我听到一连串鼓乐声豪放地响起；似乎，我看到送亲的人一个接一个从马背跃下，跨进小车里……

这些，真要被这无声的雪击碎吗？

父亲不忍，母亲不忍，奶奶不忍，所有的亲朋都不忍。

于是，一家人沉默着熬到天明。

他的神情，异常紧张。担心，父母不管一切，一定要车来；担心，亲朋不答应，提出额外要求；更担心，这个决心下不了无法在下个天亮前赶回去。

我知道，他的家里也如这边一般，有家人和朋友整夜无眠苦苦等待。这个时候，他们不再期待雪停，希望的，只是我顺利在婚礼前赶回。否则，就必须举办一场没有新郎新娘的婚礼。

我的父母，何尝不在考虑这些。

如果我走了，明天的婚礼还叫婚礼吗？一大摊子亲朋好友，谁为他们斟酒？那满村都能听到的喜乐，谁来和？那养了近一个冬天的枣红色的马，谁跃上它的背？所有的祝福，难道只送给没了新郎新娘的父母？那顿父母精心设置的喜宴，会有欢声笑语吗？

谁都不敢想这些。父母是从未有过的沉默。奶奶一个劲看天，一个劲喃喃，"或许，待会儿就不下了。"

我知道，即使雪不再下，车也不会上路。计划中的婚礼，注定要因雪而改变。

想到这里，我禁不住哭了，看到我哭，妹妹也偎过来一起流泪。奶奶急忙拥了我，说："咱们不走，不走。"

不走，这个婚礼就会如期举行吗？不走，就会开心吗？

父母，叔伯，家里的主要亲人早已聚在另一间屋，他们一定在走与不走之间徘徊。这边，姨姨、姑姑、婶婶们乱作一团，她们在我身边七嘴八舌，但所有人表达的都是一个意思：不能走。

这话让他和他的师傅们更加紧张。他不止一次悄悄让我求父母同意走，因为来时，他的家人无比担心，他们听说农村的风俗复杂，讲究颇多，一般人家，是不会轻易答应的。

期间，叔叔还忍不住抽空跑来安慰我，"别难过了，咱不走。"

他在身后悄悄拉我衣角。

他们的话，其实压根没装进我的脑子。想些什么，自己也不清楚。除了乱。

时间如门外的雪，步伐似乎越来越快。姑姑做好的早餐，他们三个谁都说不饿。

没人觉得饿。

没人，去瞅一眼那白生生的一大锅馒头。

那屋的门，关了近一个小时的那扇门，终于缓缓开了。

第一个，走出父亲。

站在我身边的他，愣了一下，快速迎上去，等待父亲开口。

一屋子人，瞬间安静下来，迎出去。所有人的目光，一齐扫向父亲。

那一刻，除了毫无脑子的雪，院子里的所有都凝固了。

“走吧。”父亲，只轻轻说出两个字。

他愣了，看看父亲，许久，才冲过去抱着那双瘦弱的肩低泣。

院里炸开锅，然而父母坚定地开始为我们准备要带走的衣物。

就那样，很匆忙地，我们在飘雪的小院举行了异常简洁且独特的“婚礼”。没有证婚人，没有鼓乐，没有鞭炮，甚至没来得及向在场的十几位亲友发一颗喜糖。

只有，我与他在厚厚的雪里为父母叩了两个深深的头，我清晰地看到，我的前方，母亲一串泪无声落下。

雪中那两个带泪的叩印，不知留了多久。

那刻，属于我的枣红色的马，还在它的马槽悠闲吃草。

父母、亲朋簇拥着把我们送出门，走过几条洁白的小路，上到那条连它都想不到要以这样的方式迎接我的大道。蹦蹦车就停在那里，司机已将窗玻璃上的雪花清扫干净。

不敢回头，不知道身后叠加着怎样一双双眼睛。走近车门，被谁拖上车。回头一瞬，终于未能忍住，窗玻璃外，是父亲带泪的一双眼，他用劲趴在玻璃上，无声地望着我。

雪，更猛了些。很快，车玻璃变得模糊。急了的父亲，抬起袖子就擦，一遍一遍，将我的心擦出血。

司机终于发动了车，跌跌撞撞，我们向前走。父亲，就那样跟一阵，擦一阵；擦一阵，跑一阵。

雪下得越猛，父亲就擦得越凶。父亲的脾气，终于暴露在雪中。

直到，大雪掩盖了那串心碎的脚印。

多年不见

对于羊，我有一种说不出的亲近感。

尽管，我们不做邻居多年了。

小时候，我家院子下边就是羊圈，就在进出院子唯一的一条路边，也是全村唯一的一个，无论出门还是回家，必先经过它。

那味道，着实不怎么样，然而知道它是羊的地盘，也便从未责怪过谁。白天的时候，羊圈空空，敞着门。所有的味道，都肆意地往外散发。而到了黄昏，或许会赶上我放学回家，羊们便在羊倌金树的带领下和我挤在同一条道上。

我不知道羊们进圈是不是和人回家一样充满期待和亲切。小时候问过奶奶：里面那么臭，它们不难受？

奶奶笑：那是它们的味道，怎会难受。

于是我常常站定，看它们进圈。

金树的羊鞭，响彻云霄。我很担心他会随意抽在羊身上。我知道羊不会生气，更不会像狗那样叫。甚至于牛，都有很大的脾气。一次放学路上，无聊至极的我跟在一头牛的身后，不停揪它尾巴，如此反复之后，牛终于怒了。真的，我从未见过牛发怒，我心中的牛一直是勤勤恳恳、埋头耕作的“老黄牛”形象，怎知它发起威来能把一个孩子吓死。那一次，牛忽然转身，两只后蹄一缩作跳起状，头一低，举着两只牛角冲过来。

“妈呀——”我响亮的惨叫引起放牛人注意。他一个箭步冲过来，把我推开，牛扑了空。然而它不甘心，竟又返回来，倒在地上的我哇哇大哭。又是放牛人，死命用手抓住牛的两只角。我就那么惊愕地看着他被牛角挑起，在半空大骂“畜生”，我边哭边担心这个畜生把放牛人甩出去，然而不知它最终是害怕了还是念及多年的主人恩情，轻轻把他放下。

此后，我再不敢轻易接近牛，更不敢招惹牛。

羊不会。羊完全没有脾气。羊的所有喜怒哀乐，都是一声“咩——”，因此与羊为邻那么多年，从不知道羊的悲喜。

羊会没有悲喜？

我不信。至少，人们在宰杀它时，它是痛苦的。那么多年我没见过杀羊，然而我知道，即使在那样的生死关头，它们也只是几声无力的“咩——”，或许，语调不同？遗憾我那时候并没有想过这个问题，更没有认真去听过，它们是不是在不同的情境下声音也是不同的？

可是，这不能怪我。杀羊，那么血腥的事，怎么可能让一个孩子在跟前呢？不用说于我而言是不敢也不忍的，即便是淘气的男孩子要近前，大人们也总是一把拖开。我于是常常想不通大人，一边无情地残害这些生命，一边却怕一个孩子的心灵为此留下阴影。

关在羊圈里的那些羊，有几十只吧。它们每天结伴出行，结伴归来。我没研究过是不是真有领头羊，只以为全是金树的功劳。

直到多年后创作《沁源 1942》时，我才知道，羊群中的头羊，是经过优胜劣汰取得的，也就是通过武力取胜的那一只。头羊，就是羊群中的英雄。而引诱一群羊离开，必得先搞定头羊。而这并非一件易事，一是要精准地找出头羊，二来还要想法让它主动跟着走。沁源围困战期间，有经验的民兵在解救一群被日军抢夺的羊群时，便是用撒了尿的柳叶诱出头羊，最终将全部羊群成功带出。

那时候，我实在太小了。那些羊用来出售还是做什么，那些羊的数量有没有增减，我一点不清楚。很长一段时间，我只羡慕他手中高高举起的羊鞭。

“啪——”那种声音，真是太清脆了，绝对可以划破长空。

羊身上总是很脏，无数次与它们擦肩而过，却从未尝试摸过它们，甚至每一次都掩着鼻子远远躲开，以示我比羊的高贵，对羊的不屑。

那些羊粪蛋儿，太多了。一路上，尽量躲着还是会踩在脚上。好在，我并不讨厌羊粪蛋儿，它们光滑的外表，甚至很可爱，很漂亮。大人们损一个人，时常会说“羊粪蛋儿，外面光”。我们都知道，那一定是骂这个人并不是真正的干净利索人，只是外表收拾得像模像样罢了。然而也恰恰可以说明，人是欣赏羊粪蛋儿的外貌的。

有时候，奶奶会拿一把扫帚，一个筐，一路拾拣那些羊粪。奶奶把满筐的羊粪放在院子里的时候，我会偶尔过去盯了看。说不上要看什么，大多时候，是琢磨它们为什么会那么圆，那么干燥光滑。我甚至想，羊们，不拉肚子吗？

这话也问过，奶奶、叔叔们便大笑。或许，他们也答不上来。他们每一天都有那么多事可做，谁会关注羊呢？

有时，我也拣一些羊粪，把它们埋在我喜欢的花盆里。还有时候，我把一些羊粪包在纸里，塞进同学的书包，等她大叫，我大笑。

那个羊圈，我曾试着想进去。羊圈的门，实在太矮，可作为一个孩子，我还是能轻易进去。每次总是刚迈进一条腿，便被那强烈的气味熏出来。即使白天，里面也是黑乎乎的。我只是想看看，里面到底是什么样子。只是想知道，羊的家是什么格局。

几次试验的结果是，里面铺满羊粪，气味呛鼻，仅仅是一个低矮的破窑洞，什么布置也没有。

我自然无比失望。

羊们一进圈，便睡觉吗？或者，它们也和人一样盼望或担心天明吗？

有一次，我看到一只羊，单独的一只，在我放学的路上徘徊，不停“咩咩”着。我知道它在找同伴，找金树。

怎么办？我唯一的想法是，不能把它丢下，得把它带回羊圈。可是，任怎么赶它，也不跟我走，我在前，在后，都不行。

爬到坡上拣了一根树枝，打它，也不走，只是“咩”。

我无计可施，只好蹲在路边陪它。我怕它走丢，我期待着金树赶着羊群归来。

它在地上心不在焉地啃几口草又咬断几株蜀葵后，抬起头张望一阵，叫几声。我一遍遍告诉它：跟我走吧，带你回家。我甚至破天荒用手摸了它的背。那是我第一次亲密接触一只羊，可它就是听不懂，感觉不到我的爱。

我才知道，与动物交流有多么困难。

叔叔从地里回来了，问我怎么不回家。我看着羊说等它。叔叔笑：等它干什么，到时候它就回去了。

我怎能放心？必须等。我甚至想去找金树，找那些羊，可我不知道它们在哪里，又不知道我走了之后这只羊会不会跑到别处找不到家。

我只好等。

“啪——”终于，我听到那声熟悉的甩鞭声，我听到其他羊一声接一声的“咩咩”声。那一声响，那些“咩咩”声，于那刻的我而言是从未有过的亲切。我想扑过去，然而我身边的羊比我更敏捷，丢开陪了它大半天的我，扭身朝那些声音欢喜地去了。

我不怪它，异常开心，一路跟着它跑过去告诉金树：“你的羊丢了一只，不知道吗？”

我还没说出“我一直在陪着它等你们”，金树已经轻描淡写回了我：“丢不了的。”

我真有些不高兴。我陪了好半天的羊，怎么会换不来一句夸奖？

第二天再见羊，我已经认不出是哪一只。它，或许更不记得昨天的事。

那一群羊，在我整个童年时隐时现，丰富着我单调的生活。

以致此后在哪里再看到羊，都会想起曾经的那一群羊，还有金树，那种直击人心的甩鞭声，以及院子下面的羊圈。

多年以后再回家乡，特意绕道回到曾经的小院。进院之前，先看了那个羊圈，然而羊圈的门已经被坍塌的土堵死，想进去，也不能了。羊的味道，自然也烟消云散。

我知道，自我走后，那些羊，还有它们的后代一定在这个羊圈里生活了好多年。然而，遗憾的是，我并不知道它们离开的日子，也不知道它们去了哪里，不知道它们中间有没有几只是幸运地老去。

不管多少年，我会时时想起我的家乡，想起我曾经出生的小院，以及小院周围的一切，比如羊和羊圈。

我也知道，尽管坍塌了，这个羊圈，还会与我同样坍塌的小院为邻。

那些羊呢？它们，大约是不可能有这些记忆的。

我记着它们，就够了。

老　屋

正是昔日百花盛开的时候，我回到久别的老屋。

然而，满院的荒草、满目的苍凉、满脸沧桑的夏奶奶映入我的眼帘却是始料未及。待我在曾经无数次拥我入眠的奶奶耳边大声报出我的小名时，一直漠然的她伸出几乎不敢触摸的五根枯柴似的指头来拉我提着沉甸甸箱子的手。同时，她那耕耘了近一个世纪的眼角悄悄淌出两颗涩泪，身边的拐杖清脆着地。瞬间，一群蚂蚁围攻起顺杖而落地的馒头屑来。

我才看到，夏奶奶手里，紧紧攥着半个吃剩的干馍。

奶奶一定想起我，想起那个和她的孙子宏一同长大、一同喊她奶奶的我。我暗自惊异她有如此出我意料的记忆时，奶奶已抓了我的手颤颤起身。

“变了，变了，变得奶奶不敢认了，变得更好看了!”奶奶嘴角无规律地抖动，“高兴啊，没想到，闺女还能跑这么老远回来看这个没用的奶奶——”

话没说完，泪就流了奶奶一脸，顺着条条皱纹，一滴滴滑在衣襟。我赶忙打住：“奶奶，今天高兴，不哭。”

“原本以为啊，奶奶这双老眼里早没了泪呢!”奶奶又笑了。

时间太久了吗？院里，夏爷爷亲手栽种的那棵参天古槐明明白白从中间生出一根粗粗枯枝，剥落的树皮与老屋翻卷的墙皮遥相对应，仿佛互诉衷肠，呈在我眼里却是那么可怕。风打树叶的嗖嗖声让我忽然有点冷。树干上长长短短的小刀痕清晰可见，只是蒙上一层隐隐的灰色，那么碍眼。

忍不住想伸手撕开这层被岁月强加的阻碍，撕出槐下一行行快乐的脚印，撕出曾经一串串开心的足迹，也撕出那棵雨天作伞、晴天抗阳的古槐下一串又一串往事……

宏早我两个月出生，是夏奶奶的心肝宝贝。我一落地，夏奶奶就抱着宏来看我。得知我是女孩时，她便戏称宏的“媳妇”降生了。整个童年，我都在“长大做宏的新娘子”中度过。宏这个小男子汉也以“大丈夫”自居，保护在我左右。

炎炎正午，宏拉着我满头大汗跑到槐下，一左一右缠着奶奶要吃的。夏奶奶放下专心纳着的鞋底，变戏法似的从那件斜襟褂里掏出两枚黄黄的大杏儿，放进两只伸开的小手。瞬间，酸酸甜甜一直从口中沁入心脾。古槐撑起的荫凉把耀眼的阳光挡在心外，人美得想睡去。

宏却并不罢休，悄悄将手伸向奶奶裤兜，一串钥匙就拿在手里。奶奶早发觉了，却不制止，只是嗔怪地在宏的屁股上拍一下：惯坏了！任由宏飞快地从她的宝贝柜子里掏出红红的枣儿，在那块干净的石头上，与我分享。

我们甜，奶奶更甜。

夏奶奶走路有一丝丝发瘸。每次，她踮着脚从树下回屋时，宏便与我扭动屁股一摇一摆跟在后面。祖孙三人滑稽的行为总把门里门外忙碌的叔叔婶婶们引过来，开心的笑声染遍小院。

儿时的美丽似乎没有太阳和月亮的区别。

透着星星的夜晚，我总也不急着睡觉，就那么和宏双双趴在夏奶奶炕头，看奶奶在小油灯下做鞋子、做棉袄。奶奶的炕头总有做不完的活，她一针一线专注着，专注的奶奶手下就一样样做出大大小小的衣裳，穿在全家人身上。或许天生是女孩的缘故，宏淘气地动针闹线，我却能专注地看夏奶奶的手带着线灵巧穿梭。

看奶奶做鞋子，也看奶奶眼中一上一下快乐跳动的淡淡灯苗。疲倦的时候，她会把针往鞋帮上一别，把花镜拉到鼻梁，装作生气的样子说：两个傻瓜，奶奶这张老脸有啥好看的？

宏就说：好看，好看，奶奶的皱纹像小河。

哎呀！灯怎也跑进奶奶眼里了？我总会这样担忧。

傻闺女，眼里有灯，心里才会明嘛！

我当然不懂奶奶的话，奶奶似乎也不会解释，只乘兴把做好的鞋子或衣服摊开来细细欣赏，口中不住念叨：

“兰儿的比去年又大了一些！”

“小成的，该再长一码啦！”

“宏儿的呢？”奶奶怜惜的眼睛转向宏儿，顺手挠到宏的脚心，“这双臭脚丫，又大了！”

宏儿的笑声便填满奶奶的小屋，那么清脆。

左右隔壁叔叔、婶婶的谈话声夹杂着叮叮咚咚的拾掇声隔墙传来，床头蛐蛐的叫声此起彼伏。皎洁的月光透过窗口洒向小屋，洒满奶奶幸福慈祥的脸庞。

小院，一派宜人的温暖。

……

都过去了吗？

眼下，石凳上，放着一只碗。碗里，不知放过什么饭，或许是稀饭，或许是面条，抑或是烧饼？不忍向奶奶求证多久没洗过。忍住那行泪，想起身帮她刷去残渣。奶奶用很大的力气来拦我，说不急不急，哪有一进门就干活的理？接着便瑟瑟着在被子下一阵乱摸。我急着问奶奶找什么，她却开心地举出一只苹果："还在还在！这是前天下院莲儿给的，奶奶牙都没了，哪咬得动这个？快，甜着呢！"

一阵风吹来，把久已不打扫的灰尘扬在空中，肆意落满古槐的每片叶子，还有那棵我爬过数不清次数的黄梨树。如今，稀稀落落的梨子又小又青，一半以上不知被虫子啃得面目全非。

古槐下一丛一丛的蜀葵，绕满奶奶坐了几十年的石凳。与古槐一道坚强地守候在老院，吸引着几只蝴蝶与蜜蜂，维护着院中的生气。

夏奶奶望着那些忙碌的蜜蜂喃喃：奶奶老了，收拾不动了……

我把焐热的苹果又悄悄塞回奶奶枕下。

夏奶奶，该有 80 了吧？

"85 啦，早该入土啦……"

我忙说这是奶奶的福气，不像我的奶奶，才活六十多岁。她却不住摇头：你奶奶有福啊，病的时候，你爸和你姑都在……

夏奶奶又沉默起来。

"旺叔呢？"我突然想起宏的父亲。

"都到城里了，给宏看孩子。"奶奶说，"收秋时回来住一阵。"

那么平常，这个空空的院落就剩了夏奶奶一个人？

奶奶又突然把手伸在被子下，很快摸出一张照片，一个胖乎乎的婴儿照。

“男孩子，叫宝儿。”夏奶奶眼里一下子闪出亮，“宏的儿子。”

我拿过照片，细细看宝儿。眉宇间，散发着少年宏的淘气。我明白，就是这个宝儿，不仅让宏无法常回奶奶身边，还把宏的父母一并带走。

带走的父母帮宏带宝儿，帮宏看摊子。奶奶说，宏与妻子在城里开着一个水果店，租着两间没有暖气的房子，忙得晕头转向。

宏呢？什么时候回来一趟？

“已经两年零三个月了。”奶奶记得异常清晰，“有了孩子，就没回来过。”

自从我的奶奶离开这个世界，我就几乎没有再回过这个院子。但我无论如何也不能想象，曾经生机勃勃的院子可以变得如此颓败，可以只剩下夏奶奶孤独守候。

带着家人在陌生的城市打拼，我能理解宏的处境。可宏的心里，是不是时时惦记奶奶？

夏奶奶翻过宝儿的照片，让我看后面。

那是一串号码，后面标着两个字：宏儿。

“可奶奶也没打过。就是打也得下院的莲儿帮忙，还有打过去宏儿还得停下来和我说话，打扰他们呢。”奶奶如是说。

我没法劝奶奶常常打个电话，没法劝奶奶叫回来哪怕一个人，陪她在这个寂寞的院子度过余生。

我该劝奶奶些什么呢？叫奶奶照顾好自己，按时吃饭，别吃剩饭，注意身体。

这些话语是多么苍白无力。我唯有默默抄下那串号码，希望有机会与少年伙伴聊聊久违的心里话。

我拿出手机问奶奶，要不要给宏打个电话，让他带孩子回来走一趟？

“不必不必，回来一趟费钱。”奶奶紧紧攥着宝儿的照片，“只是，不知道这孩子胖不胖。”

没有下句，奶奶的泪又要涌出。

转身。

乡村的风轻盈拍上我的脸，这本是一个美丽的好天气。

午后的阳光暖暖地照在这个破碎的小院，照在恹恹的古槐上，照在极力绽放的蜀葵上。奶奶疲惫倚树而坐，手中的拐杖光滑得发亮。院中的野草漫无目地生长着，直逼株株摇摇欲坠的小树。我仿佛置身于一个荒渺的自然界，而奶奶，就是这自然的主宰者吗？

这似乎是一幅充满诗意的画，然而抛开镜头进入奶奶，却是秋风扫落叶般痛楚。

站在奶奶身后，轻轻打开那个挽在脑后的发髻，长长的头发交织着黑与白的凌乱，脆弱的发丝经不住轻轻一理。抚摩着这头稀疏的乱发，看奶奶一双手上下摩挲那片翻剥开的老树皮。

一阵风，把我该离开的时间吹过来。

回头，夏奶奶吃力地拄着那只拐杖，定格在苍凉寂静的老屋前，颤颤的身影映着夕阳的余晖。刚梳起的一绺花发又悄然飘下，随风，向我作别。

那些粉红

对一个少年来说，每年只有到“六一”，才是崭新的开端。

我的所有“六一”都在乡村。那一天，不记得别的，只记得漫山遍野的粉红，刚刚绽放的蜀葵。

乡村的颜色丰富多彩，尤其是童年，我却独独记住粉红。粉红可以从一件衬衫开始，从一个小姑娘说起，比如我。一个节日对一个小姑娘来说，或许一件衣服是其中最值得记忆的元素。

或许一个月前，或许更早，妈妈便为我的“六一”做准备，首先做的，便是和伙伴们的妈妈打好招呼，谁去县城，一定捎一块做衬衫的粉红面料回来。

最隆重的一次“六一”，是各村的学生都要去乡里过。各家出的节目，最基础的是走“方块队”，就是每个村的学校挑出几十个学生，组成一个“方块队”，像部队那样到乡里接受各校领导的“检阅”。

“方块队”把我们练得精疲力竭却兴奋无比。出行那天，所有参加“方块队”的学生都得到家长们前所未有的“礼遇”，抖空了书的包里，满满塞了煮鸡蛋、蜂蜜水、饼干、糖块，或者一饭盒饺子。更奢侈的，是口袋里另外装了钱。西瓜，花生，瓜子，饭馆里的烤饼子，由着你做一次主，解一次馋。

穿着崭新的粉红衬衫，背着从未有过的“家私”，路上的小姑娘，春光又明媚。

春光明媚的小姑娘，点燃一大片青春少男的心。乡里学校大门外，桃花朵朵开。一些男孩的眼睛，挨个扫了一遍又一遍，眼花缭乱却心潮澎湃。当某个“方块”被点名进入学校时，等待的队伍里便响起阵阵起哄声。于是，“方队”里男孩们雄赳赳气昂昂，女孩子却巴不得把头埋在衬衫里。于是，领队的老师一边大声训斥起哄的男孩，一边命令队伍里的女孩抬起头来。女孩子们怕老师，更怕男孩子，脸上的表情越发娇怜无比。

于是，那个夏天，“粉红”心事铺满一地。

从乡里回来。男孩子们似乎还难以从激动中收回心来，很长一段时间便再也不是“六一”之前的矜持。他们的眼睛除了在女孩子粉红的衬衫上扫来扫去，还在教室里点来点去“捏合”出一对又一对。

“捏”给我的，还是之前他们早已捏过无数次的那个大眼睛男生。大部分时候，我总是极其不乐意。因为在班里，他并不是一个胆大的男生，还因为学习好家境好常常受其他男孩子欺负。现在想来，男人在女人心中的英雄情结天然有之。

我也知道，把我与他“捏合”在一起的理由，还在于校门口那张红榜。

从一年级开始，他总是第一名，我总是第三名。每个学期结束，校门口那个红色的榜单上，我与他之间总是隔着一个名字。这个顺序一直持续到四年级他离开村庄，跟着他的爸爸到了城里。

他第一名，我第三名；他的爸爸在城里，我的爸爸也是。所以，第二名的男生压根不会与我产生哪怕一丁点关联。看来，“门当户对”，在人们心里也是天然有之。

于是，我用隔三岔五与他的激烈争吵来表明我内心的抗议。尽管，每一次吵闹我都能明显感觉出他对我的谦让。但他的举动只会激发我更加强硬的态度，我一次又一次勇敢地用我的言行向同学们证明：我与他，没有一毛钱关系！

我们的争吵，戛然停止在某一天。因为，突然听说他要走了，要去往遥远的城里。瞬间，我的心里升起一种莫名的情愫，似乎觉得与他之间真的有一种说不出的亲密关系。

可是他要走了。全校甚至全村人都知道他要走了。

我突然很想看到他，然而看到他时却并不说话，只是低了头走过。

转折在之后的一天，他很意外地出现在我家院子，并不是找我，而是与我的弟弟亲密地在一起。那个下午，我很想与他说点什么，可是并不知道想与他说点什么，便只在杏树下磨蹭。

他与我的弟弟，倚在另一棵树下说话。

好长一阵，还仅仅只会传话的弟弟跑过来告诉我：姐姐，他说他以后会给你写信。

突然好高兴，或许，这就是这几天来一直想和他说的？偷偷看他一眼，他却迅速收回正看我的眼神。

很认真地想了想，告诉弟弟：你告诉他，我也会给他写信。

一份小小的承诺，就在两棵杏树间许下。

那个下午，我和他到底没说一句话。直到他两天后离开村子。

之后，杏黄了一树又一树，却没有信来。

毕竟幼小，毕竟懵懂，尽管也有酸涩的等待，日子却依然在蹦蹦跳跳中度过，那份酸酸甜甜的小心思，很快便让时间掩埋得不留分毫。

他不知道的是，他走后的第七年，我也来到这座城市。因此我早已知道，我与他在同一座城市。然而超过20年的时间里，我们从未谋面。

谁说，这个世界很小？

之后，只是每每想起家乡，想起乡村，想起童年，就会想起他：离开那个村庄之后，他在这座城市上了什么样的学校？做了什么样的工作？在什么时候娶了什么样的新娘？

不知道，他会不会知道我也来到这座城市；不知道，他是不是离我近在咫尺；不知道，如果有一天相遇，我们能不能认出彼此？

想起他时我也会很认真地想一个问题：是什么原因，让他忘记杏树下的承诺？或许，他并没有忘记，他已经写好，却发觉不会写地址；或许，他的信被家人发现并焚毁；当然，也有另一个或许，那就是他看到那么多漂亮的城市女孩而完全忘记我这个时时与他吵架的乡村小丫头。

每每想来，都是一场温情事。若是见面，很想问问他：是不是，还记得那个承诺？是不是，会与我一样偶尔想起那张红榜，那些无缘由的吵闹？

想来可笑。那时候每每看到高年级男生向女生传递小心事，便盼着自己快快长大，与他们诉说心事。

真正动了一个女孩子该有的心思，是初中之后。

现在想来，总有一些男孩子成熟得很早，并懂得用各种各样的办法去“诱惑”女孩子。我坚持认为，女孩子那颗纯洁而平静的心，都是被男孩子在突然之间搅出波澜的。比如那个突然停电的晚自习，我的课桌上就莫名多了一只用墨水瓶做的煤油灯。

四下里张望，无人。

心中生出一丝朦胧。那颗心，自然无法继续纯净。可想而知，那个晚自习，一个女孩的内心有多么不平静；眼前那盏普通的煤油灯，燃起她怎样复杂的内心。

晚自习出来，教室门口出现一双微笑的眼睛。

此后，他便常常等在教室门口，或者回家路上的拐角处，瞅准无人的空当在我手里塞一本他订阅的杂志；还会在赶集的混乱人群里准确找到我，给我口袋里放两张晚上的电影票。至今我都认为我们的关系极度纯洁，因为给我电影票时他总会顺带说一句：叫上小妮或红红去看。

小妮和红红都是我最要好的朋友。也因此，每次我都无理由拒绝他的电影票，也会很释然地和我的好朋友一起去看电影。

三年时间，他非常清楚我的每一次行踪，就像那个星期天，我和两个同学约好去县城，从家出来却发现时间晚了，要到坐车的地方靠步行完全没有可能。我已经记不清当初的细节，只记得众人纷纷给我出主意、想办法的关键时刻他出现了，并且骑着一辆我急需的自行车。看到我，只说了一句：快上来！就那样，一路再无一句话。他只是飞一般地猛冲，终于赶在车开之前把我送到车门口。而我，一跳下后座便紧急跑上即将要开的车，连个谢谢都没时间说。

至今我都难以解开那个谜。他与我并不在同一个村，那个早晨，他怎么会知道我要出行？又怎么知道我急于寻一个骑车人？

就这样，他总是恰到好处地默默做着一些我需要的事，而从不说出什么，直到我升入高中，他却落榜回到家。

事情往往就是这样，美好的事情总是不能延续。我常常想，如果我们一起升入高中，如果我们一起步入工作，如果我们到了可以表达爱意的年龄而仍能时时看到彼此。是不是，就可以延续这缘分？

我们，就这样再没了下文，由平静再归于平静。之后，他再没有在我面前出现过，甚至没有托人捎过一句话。

好在，因为年少，因为连两个人在一起单独说话的机会都没有过，那颗小小的心灵里只存有浓浓的温暖，淡淡的酸涩，而没有失却的心痛。

只是不知道，他是不是与我一样?

不管怎样，这些男孩子们都在我的生命中若隐若现过，让我若干年后的回忆也如此温情。也因此，对他们，我总是保留一颗好奇的心：我想知道他们之后遇到什么样的女孩子，我想知道他们当了爸爸是什么模样，我想知道他们会不会像我想起他们一样，偶尔想起我。

那一年，那一场雨

那一场雨，至今想来生疼，生疼。

多少年，一直喜欢雨，喜欢在小雨里不撑伞；喜欢暴雨时坐在车里疾驰。

我不知道，这些爱好是不是与那一场雨有关，是不是那一场雨让我重新认识了雨。然而我清楚地知道，那场雨之后，雨的形象深深印在我所有能记忆的细胞里。

多年之后我依旧庆幸，那场可怕的雨终于没让我失去什么，反而让我更加欢喜雨。

一个霹雳，雨就来了。我不记得之前是不是还有轻些的预兆，只记得那个霹雳，那个可以把高楼劈碎的霹雳。

吓傻了的，不只是我。幸运的，是我当时不是一个人，而是坐在教室里。与我一起被吓着的，还有政治老师和几十个孩子。然而不等我们回过神来，暴雨就来了，以至于我们连窗户都来不及关上。衣服、书本，瞬间湿了一大片，哭了一大片。

那个时候，我上小学五年级。可怕的是这个学校在离家三里之外的另一个村庄。

老师走下讲台把窗户一一关上，淡定着叫我们别看窗外，告诉我们再大的暴风雨也是暂时的，不去管它就会过去。我们的脸慢慢扭回讲台，心却不听话地留在窗外。

有同学在书包里摸雨衣，有同学开始挽裤腿。大部分，都在等这场雨结束。

而我不行。我不知道雨停了会到什么时候。我知道离放学时间不远了，书包里却没带任何雨具，也没一个同村伙伴。

老天，你叫一个孩子如何在一条山路上应付一场暴雨？

我在心里哭泣时，奇迹发生了：一个雨人闯进教室。

却是母亲。

一大早，母亲不是去姥姥家了吗？一定是刚刚从姥姥家返回，一定是母亲让同行的大娘先回家了，绕路来接我。

哗！我的眼泪终于欢喜地流下来，那么大声地在安静的教室喊了一声“妈——”

我的同学们实在太小了，他们扭身看我，他们噙着还未完全收回的泪放声大笑。我知道他们不懂，不懂我此刻复杂而欢喜的心情。

老师懂。他温和地起身问母亲：雨太大，能走吗？

能。母亲坚决地回答。

于是老师让我赶紧收拾东西，跟母亲回家。

母亲脱下身上的雨衣套在我身上，自己从包里翻出一张塑料布披上。老师看了，顺手抓起讲台边的草帽递给母亲。

一出门，便被强烈的雨呛住了。

雨把人都打回家了。路上，只我与母亲两个人。雨太大，一说话，就灌进嘴里。除了雨声，耳朵再听不到别的。因此我们都紧紧地闭了嘴，母亲紧紧拉着我，对付脚下的路。

出了村子，山路越发不好走。暴雨已经在本就狭窄的小路上冲开一条又一条口子。我的每一步，都完全要依靠母亲的力量。我不知道母亲怕不怕，我的心是镇静的。

一直不怕的我，终于开始怕了。经过了不知多长时间的步履艰难，终于快进我的村庄了。远远地，看到我的村庄凹进沟里。这一段长而陡的下坡，成了此刻最难行的路。坡的一边是墙，一边是不见底的深沟。坡的宽度只能容纳两人平行，除了淘气而不懂事的孩子，天气好时人们也都要分开一前一后行走，何况是暴雨天。

母亲站定了，拉我的手紧了许多。

我隐约知道母亲心里想什么，隐约感受到母亲内心的恐惧。

又一个意外，我们远远望到一个人，正要下坡。

"等等——"母亲用从未有过的嗓门大吼。三声过后，前面的人终于听到，回过头来。我跟着母亲跌跌撞撞"跑"着到了跟前，才看清是我们村的一位叔叔。

"真好。"母亲对着他，莫名喊出这一句。

"这，还好?"他显然懂了母亲的意思，然而不忘开句玩笑。

一抬腿，就迅速下滑。试了几次后，叔叔告诉我们，不能走好路，只能踩在冲开的"渠道"里一点点往下挪。于是，他在前面，我在中间，母亲在后面。母亲一只手抓着我，另一只手扶着墙。前面的叔叔斜着身子，一手紧拉我，一手伸在空中保持平衡，随时为摔倒做准备。

好长啊，这一段我平时只用几分钟便可冲下去的坡，现在却张着大口恐吓着我。一个不小心，叔叔会脚下一滑，我和母亲便摇晃得更严重，一大半，是被吓的。两三次，我经受不住，滑坐在地，小小身子几乎从叔叔腿间溜下去。

最可怕的一次，是前面的叔叔倒了，猝不及防的我和母亲自然跟着倒地，并被叔叔拖着滑行了一大段，最后是叔叔不顾一切终于抓住墙上一把草让我们停下来。

叔叔的脸白了，母亲头上的草帽掉下沟里，我哭了。然而叔叔和母亲都没注意到我脸上的泪水。那个时候，我们每个人都是一脸的水，没人分得清是什么。

爬起来，继续往下挪。叔叔甚至不敢再站着，几乎是半趴着靠着墙往前蹭。

“哎——”

“嗨——”

隐约，耳边传来人吼叫的声音。

三人同时抬头，清晰地，看到我们的村庄，与戴着各色雨具站在村边的人们。我不知道为什么我会再次流泪，反正那一刻我小小的内心第一次感觉到与村庄距离的遥远，以及内心对村庄的无比亲近。这种遥远与亲近，都是从未有过的，都是我人生中的第一次。

你看，村边站着我的伙伴，站着我的四奶奶，站着我曾经的老师，站着我的邻居王叔叔，还有许多平时并不来往的乡邻。他们每一个都探着身子，像亲人一样在大雨里为我们加油，替我们担心。

“看看，真是的。”母亲没再说下去，声音有了哽咽。叔叔依然不敢有一丝放松，带着我们走下最后一截坡。

终于，我们下来了。三人站定，回头，寻找走过的脚印，看坡中间“渠道”里洪水猛烈下冲。

一下子，就忘记是怎么下来的。心里很怕。叔叔不知想什么，竟然使劲跺起了脚，他似乎想把满脚的泥跺掉一些，泥却飞起来溅了满身。

叔叔却笑了。

终于可以喘口气，回应村边的人。吼着打完招呼，却发现了新问题。我们与村庄，只隔了一条小河。平时，这条小河只流着浅浅的河水，裸露着一块又一块石头。女人们在上面洗衣服，孩子们在深些的地方摸蝌蚪、小虾。今天，阵势大变。小河几乎涨成大河，又宽又急。我们才知道，村边的人为什么用那种声音冲我们急切地喊。

一步之遥，却进不了村。

毕竟在村边，我们不再害怕。叔叔到河边小心洗干净手，返回来干脆一屁股坐下来，望着眼前的急水憨笑。

我听到他长长出了一口气，我知道他带我们下这个坡费了多大力气。

村边的人们陆续走下来，站到河对面。有些男人，试着找些木材之类。然而一放到河里，便漂走了。

“不管事的。”这边的叔叔冲着他们喊。

然而那边的人们还在想着各种办法，他们甚至打起一块石头的主意。七八个人，终于将一块石头挪到水里，可那么沉重的一块石头，竟然也压不住水，慢慢随水滑到下游。

除非有一座桥。连我，都能想到这是唯一的办法。

然而不可能有一座桥。

雨，在两边人的挣扎过程中，渐渐小了，慢慢停了。

希望，也有了。

一直紧张地站着的母亲把身上的塑料片取下来，铺在地上，我们一起坐上去，等水落。

我怀疑这片塑料是否一直披在母亲身上，因为母亲的全身，无一处是干的，除了湿，便是泥。

天黑下来，我们听到有人喊家人吃饭的声音。

河对面听到的人们却没离开，就那么陪着我们隔河说话。

母亲喊：都回去吃饭吧！

对面问：你们都饿了吧？

有些人离开，有些人继续留下来。不一阵，离开的人竟陆续回来了，手上多了一些东西。

“起来，接着。”有人冲我们喊。

叔叔起身，他们便使劲往这边扔。但好几次，都扔到水里。我看到，那是一个个塑料袋，里面装着东西。

“啪！”终于，有一个扔到叔叔脚下。打开，是三个馒头，一些咸菜。

“吃吧。”叔叔把第一个塞到我手里。就那样，我们三个一只手抓着馒头，一只手抓起咸菜，吃得有滋有味。

叔叔一边吃，一边给我说起故事。叔叔的口才并不好，把一些我早听过无数遍的故事说得支离破碎，然而在那样一个情境下，那样一个依旧飘着雨丝的暗夜，我听得津津有味，笑得前仰后合。

水，便在这欢乐里一点点落下去。河那边几盏电光在水面射一阵，在我们身上晃一阵。

“落了！”不知过了多久，一个声音惊喜喊过来。

我们从暗夜的淤泥里站起来，伸个懒腰。对面已经有人扛来两根木板。河中间一块最大的石头露出头来，接了两块木板。

一座“桥”，就这样给我们三个架过来。依旧，叔叔在前，我在中间，母亲在后。一前一后两只手，对面一片人，温暖着我走在河上的一颗心。

“这场雨啊！”所有在河边站了那么久的村人，叹着这句话各自回家了。

家里，我与母亲一件件脱下身上看不清颜色的衣衫，泡在一大盆热水里，洗泥巴，讲雨里的每一步。

奶奶把两碗热气腾腾的红糖姜水放在桌上，抱着不懂事的弟弟坐在我们跟前。于是这个小屋里，讲一阵，笑一阵，暖一阵。

由此，喜欢上雨。

你所不知道的秋天

四叔走了，三叔的一条腿使不上劲了，四爷爷一只眼看不到外面的世界了。

我眼里，秋天就是这个样。

秋天，是农民用整整两个季节一草一木织出来的。农民的劳动成果在秋天，农村的苦难也在秋天。他们其实谈不上多么喜欢秋天，他们或许更加畏惧秋天。

那一年，四叔未满40岁。对他而言，那个秋天比往常的秋要更忙一些，更烦乱一些。四婶半年前刚刚因心脏病逝去，四叔最大的孩子还在只能提十几穗玉米的年岁。人人都知道四叔沉痛，可沉痛的四叔一样得迎接秋天。那十来亩地里，浸着四婶的汗水。之前那个春天，他们携手播下种子。而今种子结果，播种人却在另一个世界。四叔常常独自站在田里叹息："若不是这些孩子……"有些心思，四叔常常想到一半便中止，他知道全部想完的不堪，于是有时仅仅开个头，就赶紧转到孩子那里。庄稼地里弥漫着四婶的味道，因此这个秋天，四叔的收割比往常更加仔细。谁家都在昏天黑地，没有帮手，只能靠自己。那个秋天，四叔机械得像个木偶，回家，下地。高低不平的山路上，四叔来不及想象哪块地里的收成更好一些，来不及给路边邻人那句"你梁上那块谷子得赶紧了"回个话。他扎进玉米地里，一抬头已是日头偏西。他有时吃饭，有时忘记。他庆幸自己的胃竟这样争气，他真想让这个秋天再长一些，他很怕这个秋天不高兴忽然降一场雨。尽管大汗淋漓，四叔还是祈求阳光更强烈一些。

可就在一个晚秋，收割完最后一茬谷子回家的四叔，第二天再没醒来。怀里，他最疼爱的小三还在酣睡。四叔一定是累糊涂了，他只想着四婶，而忘了这些孩子。见到四婶或许让他久绷的神经能放松一些，然而他一定会遭到四婶的责骂。再也回不来的四叔，看着门前哭泣的三个孩子，会不会有些后悔？

也因此，四叔的孩子们备受亲戚疼惜。大雪纷飞的冬日，婶婶、大娘们可以护着三个孩子取暖，秋天呢？人人都有一个忙碌的秋天。孩子们的秋天，也早早来了。然而孩子毕竟令人心疼，于是伯伯、爷爷们的秋天更显忙碌。这个一把，那个一锄，七零八落的地头渐渐有了眉目。一捆又一捆的金黄堆在地头，便成了另一桩烦心。往家运，靠两只肩膀万万赶不上。村里个别人因此购得三轮蹦蹦车。一半辆车，一村人，吃紧程度可想而知。乡人们于是顾不得别的，开始拉了脸明抢。吵闹声于是充斥着地头田间，有人因此大打出手却无人觉得稀奇，端着一碗面条看着，一笑而过。四叔的孩子们是不懂也不会抢的，只能蹲在田间地头看人来人往。别人都忙，年过六旬的四爷爷终于坐不住了，扔下自家的打豆场加入抢车行列。四爷爷在半道拦下那辆蹦蹦车，不顾一切爬上去。车主笑说下面有人要和你过不去。果然，走下来遇了一家父子等在路边。他们拦下蹦蹦车和四爷爷，车主打哈哈说你们沟通好我去谁家。父子要拉四爷爷下来。四爷爷哀求说这车是给三个没爹妈孩子抢的，死死抓着车帮不下来。父子最终倒也无奈，四爷爷好言谢过，笑着催车主快走。然而车再起步时，不知哪个轮子竟不偏不倚压在一粒豆大石子上，当下便溅向四爷爷左眼。四爷爷只当是像往常进了沙子一样，捂着一只眼睛帮三个孩子将谷子拉回打谷场，没曾想一捂就是一个秋天。当他忙完自家一地又一地农事，得空去县城看眼睛时，被医生告知耽误了治疗期，从此只能一只眼看世界。

秋天的美，往往只在文人笔间；对于农者，秋天的美或许入冬以后才有空品味。这个冬天是否温暖，得看是否过了一个丰年，是否那满地的丰硕换到一个好价钱。究其如此，温暖，也仅仅只有一个冬天。

又见三叔，正是秋季。院子里，一大堆待剥皮的玉米，待打的谷子、黑豆铺在那里，角角落落，满是裹满泥的土豆、南瓜。一只狗与三叔、三婶一起挤在玉米堆里，还有他们刚刚懂事的孙子，不知道他一天能剥几穗玉米，只是这个秋天再不能沟上岭下渲染童年。村子里所有小孩，都要加入秋收大军，一个秋天打磨下来，再娇柔的孩子也会坚韧。因此，秋天的愁绪，少年时代便上心头。逃避乡村，更多的是逃避秋天。

三婶按着腰站起来，指挥着让孙子搬凳子。三叔想站起来，也吼着让孙子过来扶。小小孩儿一时立在院中不知往东还是西。我跑过去，三叔在我的搀扶下艰难站起，看我的眼里渗出泪：三叔，老了。

三婶洗了手回屋做饭。三叔坐下来细说腿伤因由：那一天，掰下的玉米在地里堆成山，头顶闪电又打雷，一地玉米再不能指望一挑一肩，只能上门请有三轮车的乡人帮忙运回。一家一家都在排队，半下午终于轮到三叔家。为了赶时间，车里自然是装了又装，直到再也找不出一丝缝隙。回程之路坎坎坷坷，每遇小坡，三叔只能拼力助推，只盼一车完毕再拉第二车，只盼天黑之前能将玉米顺利拉回。没想到第二车时，出事了。一个半缓坡，车突然打滑不前。车主喊：快推着！三叔便急了，用瘦弱的身躯死死顶上去。

“平生也没有用过那么大力气。”三叔回忆。然而尽管这样，三叔的力气还是没有抵得住三轮车和满车玉米。车侧翻，多半车玉米把三叔压在下面。

“要是当时卸点玉米就好了。”三叔至今懊悔不已。

三叔更为庆幸的，是“亏得人家没事”。三叔说的“人家”，是车主。三叔庆幸用自己伤残的腿换得车主平安。若是让车主受些牵连，自己此生不知会受多大煎熬。

说三叔伤残，是因为他今后再不能出大力，干重活。两个儿子打工在外，一家人本指望他干的农事，就此要改变。想着以后的生活，三叔常常在暗夜唏嘘不已。

故乡的土地上，一代又一代农者无怨无悔，挣扎在一个又一个悲喜交加的秋天里。秋依然是秋，那个冰冷的秋，高兴时还他们一个丰收，不高兴时罚他们颗粒无收。

也因此，乡亲们总是选择累倒在丰收里。

一生耕作在农田，却主宰不了天，主宰不了地，主宰不了那些收成摆上市场的价位。他们在可以有主宰权的有限空间里，把自己累得伤痕累累。

唯其如此，我才更加深沉地爱着那片土地，爱着，那片土地上的人和事。

少年糗事

一直，我都是一个安静的小孩。然而小孩，总有淘气的时候。

我的淘气，缘自孤独。

人一孤独，就要找事，何况是一个本就不该闲下的孩子。

夏日午后，大人们都睡了。妈也曾把我按在炕上，逼我睡。可我就是不想睡。

躺在炕上，自然是翻来覆去。终于，妈没熬得过我，沉沉睡去。

迅速爬起来，走到院里。可是，在这样一个炙热的午后，我能做些什么？

连鸡，连狗，也昏昏睡去。

整个村子，没有一丝响动。

一只母鸡的苦难

突然，我听到扑棱一声。扭头，一只鸡飞上窗台，正进入下蛋的窝。大中午的，它要下蛋？

蛋，是怎么下出来的？

这个问题，突然就冲进我脑子里。我常常从鸡窝里取鸡蛋，却从未见过鸡下蛋。从几个鸡窝取蛋，是因为鸡们并不听话，还有点喜新厌旧，总是对下蛋的地方换来变去。给它们做了窝，它们偏偏就要跑到别的地方，有时下到别人家的窝里，有时甚至下到半坡上的草里。我不知道鸡们是怎么想的，只能在听到它们跑回院子里咯咯叫着邀功时对一颗鸡蛋寻来找去。有时候，它们并不遵循这样的规律。比如有一段时间，妈对一只许久不下蛋的鸡产生了怀疑，嘱咐我没事就盯着它，看它是不是把蛋下在不该下到的地方。我对这个活倒十分感兴趣。耗时几天，终于跟着它到了屋顶上的一片荒草里。天哪，它不仅在十几分钟后下出一颗蛋，而且它的窝里还有十几颗蛋。

我把衣服脱下来，以无比骄傲的姿态抱着这些“战利品”回去，乐坏了妈，犒劳了鸡。

从此，我便很关注我家的所有母鸡。只要它们隔几天不在院里的窝中下蛋，便跟踪它们，把它们下在外面的蛋寻回来。

今天，正要下蛋的这只鸡便是那段时间在屋顶荒草中下蛋的鸡。自那次被缴获了它悄悄筑就的蛋窝之后，它又乖乖回来了。

现在，它要下蛋，在我家窗台上的蛋窝里。

悄悄地，我摸过去，蹲在窝下面。确认它没发现我后，偷偷站起来看。好在，它恰好头朝里，屁股朝外。哈哈，我心里一乐，我竟要看到鸡下蛋。这件趣事，一定是我的同学们想不到的，去了学校，一定给他们慢慢讲来。

狭窄的鸡窝里，鸡慢慢站起来。我又惊奇了：鸡下蛋，是站着？

顾不得多想，也不敢出一声大气，全神贯注盯着它的屁股不敢眨眼。心里却又忍不住想，那么大又那么硬的一颗鸡蛋，小小的鸡屁股怎么就下得出来？会不会流血？

突然，我看到，鸡蛋露出头，稍稍有些发黄。看得出，鸡很用力，半蹲着。慢慢地，露出来的鸡蛋越来越大。令我无比吃惊的是，出来的鸡蛋竟然是软的，外表是一层一触即破的薄膜，与我平时从鸡窝里取走的鸡蛋并不一样。

软蛋？我突然想起大人们常说的这个词。莫非，这只鸡今天不正常，要下一颗软蛋？

蠢！我不禁在心里骂它。一边骂，一边再看。随着鸡蛋露在外面的体积越来越大，鸡用的劲也越来越大。那一刻，我突然又有些同情它，甚至想帮帮它。鸡蛋是软的，它怎么竟也如此吃力？

可我仍不敢惊动它。妈说过，正下蛋的鸡，一旦受了惊，便会好久好久不下蛋。我爱吃鸡蛋，一定不能惊了它。

忍着，继续看。我甚至在心里想，即便鸡只是下了一颗软蛋，我也一定要好好欣赏它。我从来不知道，鸡下蛋会这么辛苦，我甚至在那个瞬间想到了女人生孩子。

加油！我在心里默默为它用力，它自己也是。

终于，鸡蛋软软落在了厚厚的草里。

神奇的是，落地后的软蛋，竟在我的注视下很快变硬，和我每次取回家时一模一样。

有些不敢相信自己的眼睛。鸡蛋，又硬了？那么每次取回家的鸡蛋，竟不是原有的模样？

或许连大人们，都不知道这些。

一颗心，就在窝前怦怦狂跳。多么神奇的一幕，竟然被我收在眼底。我甚至想，说出这些，没见过的人会信吗？

鸡也慢慢恢复了体力，转过身来，满足地卧在鸡蛋上面，小憩。

我又蹲下，悄悄撤离，回家抓了满满两大把玉米。

出来，鸡也抖抖翅膀，飞下来。同时，不忘向主人报喜。

“咯咯蛋——”

妈被吵醒，骂一句：大中午的乱叫！

我举着热乎乎的鸡蛋跑进屋告诉妈，它刚刚下了一颗蛋，先是软的，后来才变成硬的。

妈怔怔看着我：什么软的硬的？死鸡吵死人！

我极力想给妈描述清楚整个过程，可妈并不想听。

妈不知道，它看似只是下了一颗蛋，其实还经历了一场苦难。

一只死去的蜜蜂

有那么几年，姑父在我家院里养起蜜蜂。

这吓人的蜜蜂，从此天天在头顶飞来旋去。姑父安慰我们：不要怕，不惹它，它就不蜇人。

“说得轻巧，它又不是人！”我在心里暗暗反驳。

每天，远远躲着。然而慢慢发现，蜜蜂确实不蜇人。在院中，与我们和睦相处。

院子，也因为一群蜜蜂，更加生动。

蜜蜂果然不负“勤劳”美名，天亮便齐刷刷出门劳动，近黑才回来休息。尽管我们之间互不冒犯，但一想到它们身体里的刺，还是有些发怵，规矩地与它们保持着距离，不敢越雷池半步。

然而在一个黄昏，我无聊得抓耳挠腮。那个时刻，大人们都还在地里忙碌，院子里就我一个人。没有电视，没有任何娱乐，我只能转来转去。但几个圈子过后，还是等不回妈。

做点什么呢？

走到奶奶家门口，看到蜜蜂们正在归巢。一只一只，有序地排着队，飞回它们的窝。它们衔着花粉吗？我看不清，于是，靠它们越来越近，也还是看不清。第一次，我那么近距离看蜜蜂。每一只蜜蜂回来，对我都非常友好，它们不怪我站在它们家门口，甚至挡了它们的路，轻盈地从我眼前飞过。我就那么一个一个，盯着它们全部进了窝。

确实像姑父说的。想不到，带刺的蜜蜂如此友好。

院子里静得很，再也听不到蜜蜂的声音。连它们，也都回家了。我的孤单感，又一次重重袭上心头。这个院子里，竟然连蜜蜂都不再陪我。

或许，是觉得它们太友善；或许，是我的心理不平衡。我竟然决定，引它们出来，再飞一次。

可是，怎么让它们出来？

于是，我对着那个不到一寸大的蜂箱口，往里吹气。开始，我也不敢使劲，但试着吹了几次之后，里面毫无动静。

我不禁有些怒。这小小的蜜蜂，竟然也不理我？我加大力气，把深深呼进的气，统统吹进去。

一下，两下，三下，蜜蜂们还是不出来。

四下，五下，六下……我不信，它们能经得住这样的“狂风”。

终于，一只蜜蜂飞出来。

谁派你出来的？我边问它边想看看这是刚刚飞进去的哪一只。它却发着怒，直接飞到我脸上，狠狠蜇了一口。

然后，落地，一动不动。

突然想起大人们的话，蜇了人的蜜蜂，立即就会死去。

那么，它是死了吗？

刚刚反应过来的我愣愣看着脚下没了动静的蜜蜂，再加上脸上随之而来的强烈疼痛，站在蜂箱前哇哇大哭。

妈终于回来了，奶奶、叔叔们也回来了。不用开口，已经知道我怎么了。因为，我的脸上已经迅速肿起很夸张的一个红红大包。

大人们边哄我，边问我怎么惹了蜜蜂。我不敢说是我吹了它们，只是哭。妈进屋拿了蒜，以最快的速度切成片出来擦在我的大包上。奶奶把我拉在怀里，安慰我明天就会好。边说还边狠狠拍了一下蜂箱，嘴里说看它们以后还敢不敢蜇人！

我哭着拉回奶奶的手。生怕，一拍又拍出一只蜜蜂。

叔叔过来，狠狠踩了一下那只死去的蜜蜂：让你再蜇人！

我知道，奶奶和叔叔都在安慰我。可只有我知道，蜜蜂起初以沉默警告过我。是我的幼稚让它们忍无可忍，最终以生命向我鸣响警钟。忽然间，我开始同情那只死去的蜜蜂。如果不是我，它就会好好活着，好好采蜜。

蜜蜂的每一次蜇人，都要以生命作为代价。或许因此，它们轻易不蜇人。

我又哭了，很凶，为我的鲁莽举动，为那只死去的蜜蜂。

水边旧事

努力想，也想不出那条河的清晰模样。或者，那根本就称不上是一条河，只是一池水。

是啊，怎么会叫作一条河？我出生时的小村庄，并不缺水。但现在想来，勉强能叫得上河的，其实只是在一条沟渠中流淌的一条小溪，长年淌着涓涓细水，然而透过溪水看到的并不是洁净清澈的沙子、石子，而是杂草、泥土、石子，溪水最终也是散落得不知流向。小溪集聚的最大一处水源地仅仅2平方米那么大，半桶水那么深，其中蝌蚪、青蛙居多，偶尔可见小虾。

也因此，这条溪，除了给村子增加一些鲜活和灵动，其实是派不上大用场的。

不过平生第一次吃虾，后来知道叫虾米，就出自这条溪里。当时，一群男孩子从这条溪的集聚处捞上来半小盆小虾，找了大人不在的一家偷着炒了吃。那时男孩子一般不和女孩子玩，那个下午不知怎么回事，他们竟然叫来几个女孩子一起分享。当这东西第一次拿到我面前时，我不敢吃。可他们都说好吃。于是我最终未能抵得住诱惑，捏起一只放进牙间。没想到，放了咸盐的小虾吃起来味道竟然出奇地好，于是，那小半盆一瞬间被我们抢光。

小虾的回忆，从此与那条小溪联系在一起。

尽管溪里有虾，人们还是向往河。

在村里，习惯上被人们叫作河的，其实只是一池水。不知道多深，只记得男孩们常常在里面“狗刨”。问他们，只说“蹬不到底”。

蹬不到底的一池水，最热闹为夏天。

从晚春开始，便有女人忍不住，抱着积攒了一冬天的脏棉衣脏床单来到水边。村里人都把到这里洗衣叫作“下河”。一提“下河”，就知道是要到这池水边洗衣服。

这池水的面积大约有七八十平方米，三边都是土堰，只有一边摆着几块大大小小的石块。其中最大的一块已经磨得异常光滑，见证着这条河的历史，也见证着女人们洗衣的历史。大石板两边，还分布着两三块小石板。因此，每天女人们都争着第一个下河，这样便可以抢占到有利的大石板。

女人们下河，洗的是衣服，晒的是心情，晾的是家事琐事。艳阳高照的天气里，洗衣服的女人绝对不可能是一个两个。于是，随着第二个女人的到来，安静的水边便热闹起来。女人们先把一大盆衣服倒出来，有时除了端着一盆外，还用床单打着一大包；也有时，身边再带个孩子另外端一盆。女人们知道，下一次河，总是要费个半天甚至多半天，所以一定要搜罗到家里再也寻不到一件脏衣服为止。有时洗着洗着，一转眼看到身后的孩子，便吼过来强行将身上的衣服扒下来扔进水里，孩子挣扎无果后，只能穿着一条小裤衩羞答答蹲在草里，边玩泥土边等着衣服干。女人洗完衣服还不过瘾，又把草里的孩子拽过来，当着别的女人面把唯一的小裤衩除下，给孩子上上下下洗身子。孩子羞愧得哇哇大叫，却终究拗不过当妈的，最终耷拉着脑袋听之任之。

水池四周，一丛一丛分布着半人高的蜀葵，成了晾晒衣服的最佳场地。所以女人们不仅要抢占石板，还要抢占晾衣地，谁都愿意找最近最方便晒取的地方，于是嘴上不紧不慢说着话，手上却异常麻利。她们一般是先洗大件，洗厚料的，这样一边洗，一边晒。等到回家时，大部分已经干透，既轻便，回家也省得再晾晒。基于这些因素，女人们洗衣从来不磨蹭，何况，有的人洗着洗着，还惦记着地里干活将要结束的老公，马上要放学的孩子。无奈一次一家老小总是洗太多，再快也很费功夫。

即便如此，女人毕竟要展现女人们的风采。聚在一起，怎能甘于寂寞。一边刷刷地洗一边不住口闲聊。一件衣服从开始洗到晾晒，不知道融进几多家长里短。

洗衣服是沉闷的事，但是因为品种繁多的家长里短，女人们的手下由不得轻灵起来。

村庄不大，然而女人们事多，隔三岔五，免不了这个与那个翻脸，那个与这个起了争执。因此下河的人总是先要站在高处远远观望一阵，如果是第一个便什么也不说，如果看到河边有人，一定要站定认真看个仔细，到底是哪个在。否则一旦撞上不对脾性的，既尴尬又堵心。记得有一次我便遇了河边几乎打起架来的。当时有三个女人。可能是因为第三个眼神不太好，尽管在高处看了半天，也没看出其中一个是她的死敌。她一来，水边便有了趣味。原本聊得激烈的两个女人一下子冷下来，死敌更是住了嘴，再不言语。中间的便遭了罪，左一下右一下协调着气氛。三个人便这样有一言没一语地维持着气氛，手下的速度，却都加快了，每个人都巴不得快点洗完离开。尽管小心翼翼地维持着，还是出了问题。也不知当时是谁说错了话，反正先前下来的死敌哗地站起来，绕开中间的一步跨到第三个下来的跟前，一脚把盆里没洗的和正洗的衣服踢到水中。被踢的也不示弱，并不捡她的衣服，而是跑过去把对方的衣服也以同样的方式踢下水。一时间，花花绿绿的衣服漂满水面。中间的急得伸出胳膊在水面够了这件够那件，最终大部分还是漂到远处，够不回来。两个女人不管衣服，站在水边激烈争吵。中间的尴尬地站在中间，劝一阵为难一阵。

两人争吵的结束，缘于其中一家男人从地头回来路过。他站在对面的土堰上大骂：看看你们成什么样子，丢不丢人！不想洗就滚回去！

男人的女人不再吭声，另一个女人本想骂男人，却被他的气势压住了，也不吭声。

因为这起事件，女人们下河更加谨慎，非得看得清清楚楚方才安心下到水边。当然，若是遇上说得来的，早早便扯开嗓子喊。河边的，也边答应边把旁边占着小石板玩耍的孩子赶开，把石板刷干净，让随后下来的节省时间。谁都希望和说得来的一起洗衣，也因此投缘的常常相约，一起下河。

如果哪个女人远远地看到水边正洗着的是与她有矛盾的，便只能不情不愿返回，顺便在嘴里骂一句：要死！

“要死”的自然不知道挨了骂。不过，有时也会被恰好路经的第三者撞到点破，“要死”的便生出一丝得意，暗暗庆幸自己来早一步，不然，返回的就是自己。

女人们洗衣，聊事，自然顾不得抬头。往往就会被一些无聊的男人钻了空子。点一支烟，坐在对面土堰上，在女人们聊到关键时插一句“啊呀，我听到了！”往往把女人们吓个半死。于是反应快的捡起手边一个石块啪地扔过去。自然，扔不到男人身上，还会让男人更加得意。女人便联手开骂：你这死东西啥时候跑到这里！男人家不赶紧弄你的地来这里找死？

男人依然嘻嘻哈哈，还威胁女人们要把听到的事传播。女人们也知道他不会那样做，依然乐得大骂，直到男人乖乖讨饶，发誓自己不跟第三个人提起时方能罢休。

男人要走时，还不忘开女人们两句玩笑，再把手边一块石子扔到水里，溅女人一身一脸，在骂声里悻悻却快乐离去。

水边，男人们绝对是调味品。有些女人一旦聊得闷了，必要找个男人消遣。一个下午，正洗衣的一个女人尿急，甩干两手水扭身往后面的玉米地里跑，边跑边看四周是否有人。此时恰巧村里一个后生挑了水从对面坡上经过。女人边解开裤子蹲下边大声朝后生喊：“××，你可别回头看啊，要看了我不饶你。”压根就没看到女人的后生听到喊声下意识往这边一望，正巧看到玉米地里女人的半个白屁股。还很年轻的后生羞得挑着水跑起来。女人却不依不饶：“这后生，让你不要看你偏要看，没见过女人撒尿？”喊完，却又哈哈大笑。

水边洗衣的女人，便回身笑骂她“不要脸”。

“不要脸”的女人解了手，解了闷，也鲜活了水边的气氛。

有时，孩子们也是水边不可或缺的精灵。不上学的孩子，或正巧放假在家的孩子，有时被大人逼迫，有时是黏着大人，水边便常常能看到孩子们嬉戏的身影。孩子有大有小。小的只负责玩水，甚至还需要大人看管。大些的也不好好洗衣，只是间或被大人吼过来帮着晾晒一两件衣服，在回家的时候再帮着端一盆。

一次妈和姑姑下河洗衣服时，就带了我和四岁的弟弟。弟弟是小的，只玩。而我便行使大的权利，妈倒也不指望我洗衣，只让看着弟弟。

可看着看着，就出事了。弟弟玩着玩着，就玩到姑姑身后，还一把将姑姑推到河里。压根不会游泳的姑姑乱了，身子沉上沉下，一张嘴就喝水。妈急得站在水边喊，我也喊，水边另外的女人也在喊，只弟弟吓得大哭。我们一边喊，一边凭姑姑在水里沉浮。

好长一阵，终于喊过来从地里回家的一男一女。他们跑到水边，男的扔下肩上的东西，女的帮男人脱掉上衣，之后男的一头扎进水里。

不知道喝了多少水的姑姑被顺利救起。

姑姑趴在地上大口吐水，妈看着湿淋淋的男的说：衣服脱下来洗洗吧。他笑：洗了，我光着？

水边大笑，紧张气氛顿除。后来知道，之前姑姑与那女的不说话已久。

次日，缓过来的姑姑专门买了两瓶酒，上门致谢。姑姑与那个女的，也由此消了前嫌。

水边的故事，延续了一年又一年。

如今，一池水早已干涸。村里的孩子早已不知道当初这里有过那么深的一池水，有过那么多的好笑事。他们又找到别的玩耍地。而女人们，也都在自家院里接起自来水管，寂寞洗衣。

“下河”，已经成为一桩旧事，一段历史。

下辈子，让我做你妹妹

女孩子懂得臭美，必定与衣服有关。

人人都说做老大好，总有新衣穿。我就是这样的老大，所以从未捡过别人的旧衣。穿新衣是人们尤其是女孩子们最企盼的事，然而于我，却总有一桩心事压在心底，总被一种无法抹去的旧衣情结困扰，挥之不去。

印象中，穿新衣的骄傲屈指可数。上小学时，只在逢年过节才置办一套。于是夏天盼“六一”，冬天盼过年。一身新衣，初穿在身上总会很大，松松垮垮。鞋也是，爸爸从省城买回的凉鞋，不解鞋带就能把脚从前面脱出来。这样的新鞋新衣，总能让好心情大打折扣。那时候的妈妈们总是惦记着姐姐下面的妹妹，哥哥下边的弟弟，惦记着一件衣服可以穿两三年，所以宁肯多买上一二尺布，也要做得大些，再大些。

很大些的新衣便一年又一年困扰着我爱美的心绪。新衣吸引过来的那些目光，总是短暂无比。于是一天天盼它合身。然而等它终于可以完美地衬出我的身姿，新衣便成了旧衣。

上了初中，对美的追求自然上了一个层次。强烈要求下，衣服，也比小学合身了些，但特别合自己心意的，颠来倒去就那么一两件。有一年上课，眼睛总齐刷刷盯着讲台上的女英语老师。英语老师刚从学校毕业，瘦瘦的，高高的，看上去很顺眼，家境贫寒，衣服却很合身，只是少了些。后来，又来了一位英语老师，胖胖的，也不高，不过刚刚结婚，听说夫家也有条件。她总是穿一件短款上衣，配一条时下很流行的喇叭裤。胖胖的并不高的这位英语老师，便成了众多女生话里话外的谈资。尤其，是那样的喇叭裤，和略带了一点跟的皮鞋。尽管她的喇叭裤总是很长，裤边有时便拖了地，还是觉得无比美丽。

然而因为太小，大人绝对不允许我这样大的孩子穿喇叭裤，就连直筒的也不可以。所有的裤子，总是上肥下瘦，萝卜样露出一双大鞋遭人讨厌。

突然有一天，班里一位女生用一条喇叭裤打了我们的眼。那是一个新学期，开学第一天，恰好我们都站在教室外边。就在那一刻，她闪亮着从校门口进来，看上去婀娜多姿。哇！人群里不禁发出阵阵惊呼。终于发现之所以如此，引人注目，是因为她在一件紧身白色衬衫下，配了一条咖啡色的喇叭裤子。她当时的模样，像极了台上的英语老师。那一瞬，全班同学都齐刷刷盯了她。尽管女生们不肯承认，但一颗心早已被她无情掠了去。

后来知道，她的一身衣服，来自姐姐的旧衣。一身旧衣，竟也能穿出如此韵味？

有了她做榜样，有姐姐的女生们纷纷效仿起来。邻家好友有两个姐姐，且姐姐们都走上社会。走上社会的姐姐们，在我眼里都穿得光鲜无比。好友于是换着花样挑拣，从此穿着流行又美丽。衣服虽旧，但于我们而言，或者于她本身而言，却是第一次遇见，也自然便像新衣一样散发着光彩。

合身，时尚，且可以一身接一身换着穿，是多么奢侈又风光无限的一件事。那个时候，没人在乎你是不是穿了新衣。人们关注的，是你今天竟然又穿了与昨天不同的衣服。

那个年代，有那么多不一样的衣服，来源只能是姐姐。

姐姐呀，姐姐。那个时候，姐姐二字把我一颗心抓得疼痛无比。我多想，多想有一个姐姐，打开她的衣柜，翻拣她的旧衣！甚至在梦中，我也会梦到这样的场景，在穿衣镜前一身又一身试着姐姐或新或旧的衣服。

可是，我的姐姐，在哪里？

我没有姐姐，无论想什么办法，也弄不来一个姐姐。此生，这只能成为一件憾事。

然而我实在想穿“姐姐”的衣服。于是把眼睛瞄上妈妈，盯上妈妈的衣服鞋子。首先瞄上的，是妈妈的一双“高跟”鞋。说高跟，其实也就是带了约一两个厘米的高度而已，然而当时觉得已经很高了。一天趁妈妈不在家，我便偷偷穿起。然而毕竟是第一次，毕竟不是自己的鞋，一路上遮遮掩掩。走在校园里，我知道自己的样子有点怪，我希望别人看到我的鞋子，然而又害怕谁突然大叫一声：你穿了你妈妈的鞋子！我不记得后来是不是有同学发现了，是不是有同学欣赏了，总之就那样美滋滋过了一天。

有了第一次，便会有第二次。没隔几天，又偷偷穿了妈妈一条绿色什么呢的裤子。上身后才发现，腰好肥。然而我顾不得这些，用腰带使劲勒。裤腿也长，就拼命往上提。一大阵折腾之后，在别人眼里我终于穿了一条时髦的与平日与众不同的呢料裤子。那一天，我不上厕所，却频频在下课后走在教室与厕所之间。只是谁都不会想到，在我那被上衣遮盖得严严实实的可怜腰间，有着鼓鼓囊囊一大团折磨人的累赘。我春光明媚的笑脸背后，其实隐藏着一份别人无法知道的不如意。

旧衣心结，蔓延至今。在衣食无忧、人人都怕极了“撞衫”的今天，我的心还是载着满满当当难以扔掉的旧衣情结。买一件优质新衣，终究抵不上有人送一件“旧衣”欢喜。

然而这个年代，谁会送一件旧衣给你？

妹妹工作之后，心里多了一份欣喜。除了庆幸她的成长，还藏着一份小心计。那就是，今后可以常常拉开她的衣柜挑挑拣拣。淘一件旧衣，成了我去妹妹处的最大理由和心愿。每每问及，她总是轻描淡写：“哪有适合你的旧衣？再说，稀罕什么旧衣？”

她不懂。从小，她便穿我的旧衣。于她而言，一直委屈地穿别人的旧衣。果然，有一次与她谈起，她说早已穿够了姐姐的旧衣。

而我，却继续揣着一个旧衣梦，徘徊在她的衣柜前，心情舒畅地翻翻拣拣。尽管我知道，我们风格不同，喜好不同，身材也不尽相同，能互相穿的，少得可怜，然而偶然发现一件，总是欣喜地哀求着要过来，美美地享受几天。

一天，闺中好友试探着问我：“刚买了一条牛仔裤，有些瘦。你要不？”

随后特别加了一句："我就试了试，没穿。"

"要，不仅要这件，还想穿几天你那件印花小衫。"

她不知道，我早已盯上她的一件印花小衫。

"很旧了，你穿？"

于是，我告诉了她我的心思。一阵大笑后，她打开自己所有的衣柜，大方地让我随意翻，随意拣。

那个下午，在那堆半新不旧的衣服里，我收获了从未有过的欣喜。我知道，就是逛商场，也绝不会有这样的好心绪。

旧衣情结，在我心里持续蔓延，以至延伸到别人送的一切小物件，一条丝巾，一块手帕，一条链子。同事朋友出差，带回的一个小小的物件都会让我拿在手里翻来覆去反复比试。我知道这些大多只有纪念意义，然而尽管只是一个几块钱的小物件，也总是要想方设法用一用，试一试。

即便是现在，只要听到身边有人叫姐姐，谈姐姐，就勾起我一份难以平复的别样心绪。

如果有来生，我的愿望很多。之一，就是找个人，做我姐姐。

姐，下辈子，可否，让我做妹妹，穿你的旧衣？

有一种夜晚，叫温暖

好冷啊。握鼠标的手，冰凉得握一阵得靠捂在口袋里的左手暖一阵。电暖气烤在后背暖暖的，手还是冷。一天当中，忘记了多少次这样左手握右手。

每年送暖气之前，总得承受一段时间这样的阴冷。

今年尤甚。

一冷，就想温暖。

那种温暖的吃

不假思索闪现在脑中的温暖，是童年的夜里。

收回家的玉米，需要一粒粒搓下来，去磨面，然后才能被母亲的一双手变成各种样式的美味。那个时候，煮疙瘩是家乡较普通的一种早餐。金黄的玉米面，被母亲捏成简单的椭圆形长条，熟后，汤变成玉米糊，就着酸菜下肚。每每想来，都是一种无法抑制的享受，那种纯绿色天然，现在哪里寻去。然而当时我却一点不爱，常常在下早自习回家的路上就为此犯愁。一个早餐间，我用筷子在碗里扒来拨去，半天不动口。母亲火了，夺过我手中的碗一下子扔在院子里。鸡们疯抢，我哭着上学。

不爱吃，甚至不吃，却要帮母亲搓玉米。

这是件很枯燥的事，没人愿意做，我和弟弟也不例外。

母亲劳动一天，我们也上学一天，只有夜里是做活时间。于是怕夜，怕晚饭后的时光。

躲避没用，只能硬着头皮应付。一颗一颗，就那样磨蹭。看着母亲面前哗啦啦一大片，丝毫不曾有羞愧感，甚至，故意用慢动作气母亲，希望她从此不让我们做这份工。

今天想来，幼稚而极度不懂事。然而时光总是不能倒流，当你明白了的那天，总是无法回到从前。

只是现在无法想象，那时候若是被母亲逼着写作业、上小课、弹钢琴，会觉得哪样更幸福？

母亲不气，不停鼓励。

鼓励不断。20 世纪 80 年代初，还是以吃主食为主。父亲买回的糖果点心，母亲总是左藏右塞，我和弟弟东翻西找，也总不能完全寻出来。长大后我曾问母亲的藏匿之道，她笑而不答。

搓多少玉米两颗枣，搓多少玉米一把花生，母亲严格按比例给我与弟弟分配。因为公平，因绝对不徇私情，我与弟弟只能靠劳动来赚取更多的奖品。我们的手，不再一颗一颗，食物面前，也会一片一片。

母亲笑着看我们，丝毫不减慢手下的速度。弟弟紧盯着我面前的玉米，生怕超过他。

一个又一个秋夜、冬夜，因这样的活计而润了心田。守着一大摊黄灿灿的玉米粒，坐在炕上，吃着甘甜的枣，五香的花生，幸福，就一股股从心底往外溢。

开心的时候，母亲会把苹果也拿出来，放在火里烤，热乎乎的时候，我和弟弟围在被子里美美分享。冬夜的寒气，被严严关在门外。

高兴的时候，我会悄悄告诉母亲，哪天去谁家树上偷摘过果子，哪天悄悄摘村子里的樱桃正巧被村干部发现。弟弟于是骂我笨，他和同学偷过好多次就从未被发现。一阵大笑后，母亲总会叮嘱一句：偷人家东西吃不好，给人看见更不好！

我和弟弟相视一笑，给母亲表了决心。然而在吃面前，谁能忍得住！

只是，不再告诉母亲。

零食匮乏的年代，食物是不能像今天这样大方送人的，不能这样把一整个苹果削掉清脆的皮硬塞给人吃。小时候吃点稀罕东西，总得奶奶、叔叔、姑姑家全部奉上一份，包括饺子，包括焖面这样的主食。现在想来，当时母亲把吃零食的时间放在夜里，或许也是想为自己的孩子保留一份独享权吧。想来，那样的夜里，隔壁的叔叔、姑姑家，是否也重复着同样的画面？

这样想的时候，心里，越发暖了。

那种温暖的睡

睡吧。

看着母亲铺好的床，听着母亲这句话，就知道幸福时刻来临了。

小时候，在外疯跑一天，回来吃过饭就困了。几乎每个晚上都不知不觉趴在桌上睡过去。母亲还要洗碗，还要收拾好多琐碎，等一切拾掇完后，就过来催我们出门，把身上的尘土扫干净，再进屋洗脚。家里的床总是异常整洁，母亲叠的被子款式至今都学不会。小时候，也试着替母亲叠，可每次母亲都要返工。此后便不再尝试。成家后，铺在床上倒成了一种时尚方式，母亲看了，笑说这倒掩盖了我的笨。

不知为什么，小时候总不爱洗脚。迷迷糊糊被叫醒，于我来说很痛苦。母亲自然也不高兴，把我们推出漆黑的院子，拿扫帚啪啪从上到下又扫又拍，许多时候会不管不顾扫进我的脖子。我不敢喊被扎疼了，缩着脖子忍着。随后从门外被拖回，不情愿地端盆、打水、脱袜子……心里，却是盼着有朝一日可以不受母亲管制，倒头就睡。

每夜，总在这样的磨蹭和训斥中上床。

背着母亲把沾了一点点尘土的衣服放进洗衣盆那天，我知道自己长大了。离开家独自一人到城市，母亲开始一封信一封信叮嘱许多事，然而已经不再涉及清洁，涉及洗脚。

不受母亲管制，却习惯了收拾干净再睡。

开始想家，想母亲铺的床。

多少年来，回到母亲身边，对夜晚都有一种期待。忙完白天的吃喝，忙完迎来送往，夜里就安心等待母亲铺床。母亲很细心，知道哪个怕冷，哪个喜欢靠墙。被子，也是不一样的，母亲总把新的、暖的留给我们。母亲说，在城里生活久了的人们不再适应山里的风。家乡的夜晚极凉爽，即使是酷暑，也得盖棉被。冬夜，为避免猛然钻进被窝的冰冷，母亲会事先把灌了热水的玻璃瓶放进被子，一进被窝，脚便先暖了。

所有的话，就放到这一刻。

乡村的夜，静，且净。窗户，连星星的光芒都能透进来。躺下，母亲总像小时候一样帮我们掖紧被子。包在母亲营造的温暖里，真想夜一直漫长下去。

孩子们很快睡去。屋里的鼾声与屋外飞的爬的动物轻鸣混合成的夜，成了我与母亲的。

下院婶子前几天得了腿疼病，下不了床；上院王姨一贯愚笨的儿子在外打工竟然挣了钱，回家盖了房子；东坡上李叔的女儿又补习了一年，终于考上大学；西房张奶奶下午还来串门，晚上突然悄无声息走了……母亲一桩桩细数，一声声或叹气，或欣喜。宁静的夜里，这样的家长里短时而温暖，时而凄凉。

我总在母亲的讲述里慢慢睡去，醒来，再睡去……

不在家的日子里，乡间所有的故事便被母亲满满存在脑子里，等我回去时逐一串给我。故乡的记忆，也因为这样一段一段的聆听永不间断。

模糊中觉得，母亲轻轻爬起，替儿辈孙辈逐一盖好蹬掉的被子。

夜，越发静了，暖了……

那种温暖的琐碎

“呀，五点半了!”

母亲借着光穿好衣服，帮我掖紧被子，下地，轻轻开灯、捅火、添柴。约好似的，父亲从隔壁过来，边勺水洗脸边问：

“早饭吃什么?”

“煎饼。”

“大过节的吃啥煎饼，不是说炸油糕嘛，小小回到城里就吃不上了!”

“是小小想吃煎饼，夜里说好的。”

“她说了要吃吗?”

“你怎说话呢！我瞎说不成?”

“谁说你瞎说了。她说了就吃，多放点鸡蛋。”父亲想起什么又加一句，“走时再包点素饺子，蒸点豆包给她带上，这孩子太懒。”

“像你，脾气也大。”母亲适时插进一句挤对父亲的话。

“不是你生的？这么多年，我怎没看出你好脾气呢。”父亲边说边端起锅，让母亲把夹起的一块木柴填进去。

“对了，小小要的门帘做好没？”父亲突然问。

“哎呀！还差个边没缝上！”母亲猛然记起。

“瞧瞧你这丢三落四的记性，要不是我提醒又忘了！吃了早饭赶快弄！”父亲终于揪住母亲的失误，发号施令。

“哎呀，我记着呢！用你提醒！”母亲不甘示弱。

“你这人就这臭毛病，从来不承认自己有错。你说刚才不是我提醒你的？是你自己想起来的？”父亲据理力争。

“好了好了，声音小点，小小和孩子睡着呢！”母亲开始用我来堵父亲的嘴。

“我声音大总比你把这事忘了强！”

“行了是你对，是你对行了吧？”母亲把鸡蛋拿出来，父亲生气地接过，跟着往白面里打。

“日子真是快，”像以往一样，沉默一阵后，又是父亲忍不住打破僵局，“三天，一晃就过了。”

“知道快还不忍忍你的臭毛病，”母亲接上话，“话那么多，这样吵来吵去让孩子担心。”

“那你不能忍忍？也没少说一句。”父亲依然不示弱。

“我刚才不吭气了你又说啥，能憋死你？”母亲不客气。

“憋死我谁和你说话！”父亲的话让我差点笑出来，母亲也终于忍不住“扑哧”笑出声。或许是觉得没面子，把手上的蛋壳狠狠扔在地上。

记不清这样的日子重复了多久，每次回家，总会听无数次这样的争执。这就是父母流水般的日子。起初，我试着劝解，不成。有一段时间，我将母亲接来城里，希望她与父亲分开一段时间，两人都能静静心。两天后，母亲开始不安，下班回家就催促我：给你爸打个电话，看他吃的啥。听到父亲煮方便面，母亲便急了，夺过电话数落父亲的懒惰，自然两人又免不了争吵。待我接过电话，父亲又会向我“告状”：瞧你妈多麻烦，快让她多住两天吧，我一个人挺省心。对了，有空你带她去趟动物园，在家她总叨叨大象，听得我麻烦。

这就是父母的爱，默默藏在心里，暴露在琐碎的争执里，镶在每一天的言行里，嵌在慢慢流走的岁月里。所以当母亲小住几日坚决要求回去时，我没有强留。我能够想象出，见面后，父亲一定会说：这么几天你就回来？

母亲，自然也会答：这是我的家，要你管？

照片里的从前

能留住时光的，莫过于照片。

一翻老照片，就会牵出一段时光，几个故事，无数人。

很庆幸，父母虽是节俭之人，却肯花钱拍下一张又一张照片。小时候，家里墙上挂着一个又一个大大小小的玻璃相框，里面那些姿态各异的照片吸引着一个又一个来到家里的人。那个年代，那样一个小村庄，那样的照片数量绝无仅有。因此这些相框也成了我们家与别人家的大不同，甚至在一定程度上折射出主人家的见识和出众。

毕竟，父亲13岁便离开家乡，16岁便成了真正的“城里人”。母亲又是大家公认的“好看”，婚后又长年住在遥远的城市。父母的时尚，是不是很大一部分也体现在这些照片上？

墙上这些照片，大多是黑白的。偶有几张“彩色”的，也是后期制作时人工染上去的，比如很突兀的两片“红脸蛋”。尽管如此，也难抵挡在别人眼中的风情万种。人们面前的这些照片，展现着一片又一片外面的天，诉说着一桩又一桩乡人们无从体验的事，撩动着一拨又一拨乡邻的心。即便是我，也总是无事便趴在相框前，看上千遍万遍，从不厌倦。

其实到现在也弄不明白，一生极度节俭的父母，怎么舍得把那么多钱花在拍照上？

问过多次，父母也只是笑而不答。或许，他们只是喜欢；或许，他们也记不清当时的初衷。

或许是遗传基因，或许是天生就臭美，总之我从小就特别喜欢拍照，喜欢看照片。墙上的相框里，哪张照片在什么位置，哪张照片有什么故事，与父母一起拍过照的同事和朋友身在哪里，都深深印在脑子里。最有趣的，还是父亲与同事们那些集体照。面对照片上密密麻麻几十个人，也有足够的耐心一一解读。对那些年轻漂亮的女士们，更是趴在跟前一遍遍端详，把她们的名字死死刻在心上。

现在想来，在那个精神和文化生活极度匮乏的年代，这些照片，给了我多么大的乐趣和见识。

我最早的一张照片，是一岁半时在省城一家照相馆所拍。当时，穿着厚厚的棉衣，戴着镶了一圈雪白兔毛的帽子，一手扶着旁边的小桌子，一手拿着一本小书。照片里的我微皱眉头，眼神极端庄。这张照片后来被父亲洗了好几张，小的、放大的、黑白的、染了彩色的，姿态各异地存进相框里。

有了弟弟、妹妹后，母亲一直希望他们俩尤其是妹妹能拍一张与我一模一样的照片，怎奈两人都极不配合，最终出来的照片一个坐着脸上挂着一滴泪，一个与我穿着一模一样却板着一张脸骑在车子上。他们懂事后，常被父亲教训：还是姐姐有模样！

确实，我这个姐姐一直都比弟弟、妹妹爱照相。好在，运气也好。小时候，在那个拍照只能到县城照相馆的年代，照相是一种奢侈。偶尔，会有一位照相师走进村里。每遇到，母亲不管有多忙，都会把我推到镜头前。而我，总会以最美的姿势，认真地等摄影师说“看这里”，兴奋地期盼那个耀眼的闪光。

大概十岁的一天，家里突然来了一个背相机的人，竟然是母亲的亲戚，我高兴地看着他的相机笑个没完。那一刻，他按下快门，在那台相机里给我锁定第一张记忆。接下来的几天，他给村里人拍完收费照之后，就给我们拍免费照。院子里，杏树下，山坡上，定格了一张又一张笑脸。那一年，是我童年时拍得最多的一次室外照。正是母亲的这位亲戚，让我懂得除了端端正正坐着、站着，拍照还可以摆出各种各样的姿态。甚至，不一定非要看着镜头，不一定非要露出笑脸。

那一年，弟弟刚五岁，没有任何想法的他只喜欢跟在我身后。于是每张照片里，都是一个姐姐，一个弟弟。长大后，我们几乎没有合影。所有的姐弟情，全融合在那一年的那些照片里。

更让人开心的，是这些照片竟然也是在我的家里洗。一到晚上，拍照的亲戚就躲进小屋钻进一块黑布里，不让任何人打扰。第二天醒来，枕边便多了一摞照片。

那段日子，每每想来总是幸福得风生水起。

此后，我再没见过那个亲戚，也忘记了他的名字。但那些照片，还都在母亲的相框里。我常常想，那样一个用胶卷的时代，他竟然舍得为我们拍下那么多照片。

他离开村庄，相片却成了我生命中不可缺少的东西，甚至为此付出代价，也在所不惜。

初三毕业那年的五月，几十里外的一个邻县摄影师在一个阳光明媚的日子背着相机走进学校，让枯燥的复习生活瞬间焕出生机。小小的校园里，集体照、小团体照、单人照、双人照，一张又一张变来换去。同学们一个个从他镜头前走进去，再出来。无以计数的闪光灯下，半身的、全身的、站立的、坐着的、半倚的，有时，还互换一下衣服，再借一块大人的手表戴在腕上。那种纯真的美，在一台破旧的相机前飞扬得千娇百媚。

照片拍成什么样，好看不好看，闭没闭眼？在那个完全不懂数码叫什么的年代，全是空白的。也因此，拍完之后到看到照片之间一段时间，是最兴奋也是最煎熬的。谁都希望早日看到相片，然而拍完之后，胶卷便跟着相机一并走了。

“很快啊，不到二十天就送回来。”留下的，只有这句话。

天哪！“二十天”可以和“很快”画等号？一颗颗青春萌动的心，还是被相机带走了。

终于有一天，几个同学作出一个大胆决定：上门取照片！

怎么去？车是没有的，走路又太远，只能骑自行车。

可是我们都没有自行车。那时候爸爸不在家，我的家里也没有自行车。然而办法总会有。我和最要好的朋友红红同时盯上她姐夫的自行车。

小姨子向姐夫借，小小撒一个娇就成了。

给家里留下一个合理的谎言，狂喜着出门。这种兴奋不仅仅是因为要提前拿到照片，还有骑自行车。骑着车子去取照片，对那时候的我来说绝对没有比这更快乐的事。

四个同学，两人一辆，出发。

红红不会骑，于是我载她。好在一出门，都是柏油路，于是上坡也冲，下坡也飞，两辆车像极了两只快乐的小鸟，连天空也成了自己的。

到了最紧要的一个岔道，是个急弯，拐过去，顺着一条宽大的柏油路下去就能看到照片。然而这个弯真急，真急的弯给我这个毫无骑车上路经验的小丫头来了一个下马威。

弯拐得太大，我载着红红，直接骑进路边一米深的石渠里。

我记得我以最快的速度爬起来，第一件事就是问身后躺着的红红：怎样？她顿了顿也站起来，竟好好的。

多年以后常常想起这个细节，很骄傲年少的那一颗担当心。

把自行车扶起来，才看到车把歪了，链条也掉下来了。

“你的裤子!”红红说。低头一看，我的左大腿裤管一侧被擦开一条很长的口子，周围，也都是将破的模样。摸摸，腿很疼。

然而我什么都没说，爬出渠道，把红红拉上来，把自行车拖出来，学着大人的样子两条腿夹着前圈正车把，蹲在地上上链条。整个过程，另两位没有摔跤的同学看得呆呆的。

“走吧?”一切弄得差不多了，我拍着两只黑手说。

“还敢骑?”红红吃惊地看看我的裤子，再看看我。

“没事。”我的心里，一点不觉得怕，也没觉得穿一条破裤子去取照片有什么了不起。

一颗心，全在照片里。

多年以后，忘记了许多事，这一幕却深印心里。那几张照片，自然也珍贵无比。

一个下午，一个晚间，一个周末，甚至一个节日……我愿意将大把大把的好时光浪费在一本小小的相册里。

十几年前，便有同事说，不想拍照了，不如以前好看了。当时确有同感。然而之后发现，当时别别扭扭拍下的照片，后来再看依旧动人。才发现，照片其实是拍给以后看的，对于若干年之后而言，什么时候拍下的照片都会青春无比。

照片，是最好的时光存储器。

也因此时至今日，我依然热衷拍照片。我不能接受没有照片的旅行，不能承受缺少照片的光阴。那些或漂亮或难看的照片，记录下的其实是或精彩或困惑的过往；曾经在照片中出现过的那些人，拍照时发生的那些事，以及给我拍过照片的一双双眼睛，都是我生活里不可或缺的风景。

存记这些，唯有照片。一张张照片，也是组成我整个生活甚至生命过程的篇幅和印记。

当然，若干年后的照片，会令人感触无限。在前段时间给父亲洗好刚拍的一组照片上，就怎么也找不到曾经那个英俊男子的影子。

然而这就是人生。当你老到只能从镜子里看满脸沟壑时，难道不想从曾经的照片里寻回光芒万丈的过去？

精彩，或者不精彩，都是自己。

当我老去，我会一手读信，一手翻照片。在那棵枝繁叶茂的老树下，一行行，一张张翻出被埋藏的记忆，让所有的人在我的生命里重新鲜活，让所有的事带着我重回过去，再寻美丽。

总有一些事难以启齿

难以启齿，也得说。否则放在心里总觉得对不住谁。

对不住谁呢？老师，家长，乡邻？想想，又并不是啊。可是，多年以后，怎么还是会当个正经事儿一样时时想起？当年那颗幼小的心已经成熟无比，怎么还是时时被牵动记忆？

应该是小学二三年级的一个秋天。清楚地记得秋天，是因为与一树红枣有关。或许是因为心虚，那个下午的第二节课上得心烦意乱，一只手总在裤兜里磨蹭，脑子里总是被一个声音吓得一激灵一激灵。果然，下课铃声一响，他就冲进教室，一双本就很大的眼睛露出比平时更冷的凶色。

“你，你，你，你，还有你!”就那样当着老师的面，他的手准确地点在一些同学头上，其中，也包括我。那一刻，只觉得浑身灼热无比，脸更是无处安放。同学们的目光，齐刷刷扫过来。

没错，那一刻，我成了小偷。

同学们的眼睛更多地扫向我，是因为我一直是公认的好学生、乖孩子。可是，我和其他几位捣蛋的同学一样，瞬间成了小偷。

悄悄抬了一下头，就迎到老师火辣辣的目光。我知道，他心痛。按照惯例，他此刻最正常的做法就是用教鞭啪啪打在犯错误同学的手上，然而此刻他只用眼睛死死盯着我。他是不是突然意识到，他的教鞭还从未打在我的手上？

是不忍心，还是觉得连教鞭都无法解他心头之痛？我更相信，是后者多一些。

“老师，我不敢了。”我多想，用这句话抚慰老师那颗一贯疼我的心。可是，我张不开嘴，那双更凶的眼神还在教室门口，此刻整个教室都弥漫着凶光和不信任。我对不起的，或许还轮不到老师。

眼泪，已经不听话地流出来。是的，我后悔了，非常非常后悔。可是，该怨谁？是带头鼓动的他，还是肯定地说“庆邦不在”的她？抑或，该埋怨课间十分钟，还是那些离校门近在咫尺的一树红枣？

是啊，就是一个十分钟，我成了小偷。

这个课间，自然和往常一样跃动。我上了厕所，出来玩耍。供我们玩耍的场地，是村里的打谷场。这个谷场四周，长满枣树。这个季节，红红的枣极度诱人。可是，枣有专人看管，谁都不可以随便摘了吃。我们已经习惯了视之却不动心。可谁知道，那个课间有人出了主意，还有人肯定地说“庆邦不在”！总之，有人捡起了石块，红枣随之啪啪啪散了一地。

快！赶紧！同学们都在捡，我自然也忍不住弯了腰。然而就在刚刚捡拾的当儿，一声怒喝在身后响起。

跑！随着喊声，同学们嗖嗖地相继跑开。我记得，那天我与往常一样，跑在最后。我承认我的体育一直很差，跑步更是不行，比如有一次，幸免于难没有被邻家的狗咬住腿，是因为我跑在倒数第二。今天，倒数第一的胖女孩不在，倒霉的我必然成了倒数第一。那时，我穿了一件比红枣还红的上衣，跟着同学们拼命往学校跑，边跑边恨自己为什么要弯腰！

怒喝的人，就是庆邦，是负责村里所有果树的。印象中，从未见过庆邦笑。那时候就觉得，庆邦就该是管人的，管人的庆邦就不该笑。谁都知道，庆邦有一双无比凶狠的眼睛，被他盯着，就一定逃不过。

跑回学校的路上我一遍遍想，我的红色上衣一定被庆邦记在心里；然而我也一遍遍侥幸，那么多同学，庆邦不可能每一个都记得住。或者，凶恶的庆邦可以放过乖巧的我。

可是，可是那么多同学，庆邦真的全部记住了。

那一刻竟有些佩服庆邦。那么多移动着的孩子，他怎么能够记得准确无误？他竟然强过我的老师，因为老师常常把校园里打架的同学弄混，有谁就倒霉地会当了冤大头。又想，庆邦要是被拉出来背课文，是不是一定很厉害？

思维一闪念的游离，换来的也就是一瞬的轻松，最终还是得回到现实中来，回到一颗扑通乱跳的心上。其实那个时候一点不恨庆邦，他的形象高大无比。唯一想做的事，就是求得他的怜悯。

放过我们吧。

尽管，我知道众目睽睽下的我已经极度丢人了；尽管，我知道庆邦不是那种可以轻易饶过人的人。我能清楚地读懂那些有幸当时没在枣树下的同学们的心。此刻，他们那么自豪。看到我们战战兢兢地站着，他们的优越感显露无遗。有的同学，竟公然用铅笔敲起桌子，因为他知道，老师一定顾不得骂他，更不会拿起教鞭。

但是，谁了解一个孩子的内心？那种羞愧、悔恨与屈辱交相缠绕，折磨着一颗弱小的心灵。好想让庆邦说一句：“下次再这样，不饶你们！”如果这样，我会给他鞠躬。

可是他不。从始至终，他眼里的凶光都有增无减，不仅训斥我们，还训老师，更威胁我们要告诉家长，告诉村里所有人。

他是要置我们于死地吗？

我了解他的冷漠和不近人情。村里有一棵桃树，就在我家院子边上。每到收获季节，总是庆邦一个人挑着箩筐来，挑满箩筐离去。每一次，他总是冷漠地从满院人身边经过，冷漠地用一声“嗯”回复大人们“又收桃子吗”的问候。一帮孩子在他经过的院中盯着两只满满的筐，他却从不会看我们一眼。

懂事之后我也想过，庆邦原本或许不是冷漠之人，是因为庆邦管了这些果子，才变得如此不近人情。

我一只手仍然在裤兜里摸着仅有的两颗枣挣扎。我甚至非常恨这两颗枣。只有两颗啊，我就成了小偷。

什么办法都没有，命运就掌握在庆邦手里。我也知道，此后很长一段时期，我的名字会与“小偷”牵扯在一起。

谁都会“偷”，只是有的被抓住有的没有，但无论是没有被抓住的还是曾经被抓住而时过境迁的，都会把后来被抓的当作笑料。而后来的，也总是连说出一句“你也被抓过”的勇气也没有。

庆邦大肆指责恐吓一番后，留下“老师先严肃处理”这句话，带着我们捡回来的枣，走了。那一刻，我的裤兜里一无所有，仅有的两颗枣也跟着庆邦走了。

他会怎么处置那些枣？我无数次问自己这个问题；也一遍遍想，他每年从我家门前挑走的两箩筐桃子，是不是一个不剩都交到村里？而村里的果子，都换了什么？

我歪在课桌上哭着，一笔一画写下满满一页检查书。我记得那张稿纸几乎全被泪水浸得皱皱巴巴，我记得把它交出去时老师严厉的话语。说实话那个下午我甚至想到过死，然而同桌适时阻止了我，他轻轻地用胳膊肘碰碰我的头，悄悄说了一句“谁都偷过，没事的”。

他这句话让我脑子一下清醒起来，我在心里细细翻了一遍我的同学们。不错，每个人都有过“偷窃”的历史。我从桌子上翻过来带着泪眼感激地看了看他，卑微感大减。

尽管如此，此后很长一段时间我还是害怕看到枣，甚至枣树。多少次一看有红红的枣掉在脚边，也四下望望有没有庆邦。即使庆邦不在，也决不肯弯腰。我生怕一弯腰，庆邦就出来。

庆邦的威力，硬生生伴随了我好多年。

人人都怕庆邦，恨庆邦，可是人人又忍不住要做庆邦。若是看到有人在偷果子，准会扯开嗓子，生生把一村人喊出来。

甚至有一次，一个偷樱桃的孩子被一群孩子抓住，竟然在河边被打得满嘴流血。奇怪的是打完之后，那一群孩子竟相约偷樱桃去了。

跟着一道喊人的事，我也干过。现在想来，大多数人都不想眼睁睁看着别人占便宜，而希望或看到别人被抓甚至被处罚，收获的其实是一份难以言说的快感。

偷，在当时真的可以置一个人于死地。比如村里的单身汉金贵，就是因为从村里的库房偷出一袋白面，被肩上放了四袋白面压成虾米状示众，之后又被用绳子捆了三次批斗，直到卧在炕上再也起不来。

好在，那样的年代已过去。

现在，我们依然会有这样的行为，跑到乡间偷偷摘一些果子，或者把人家还未成熟的西红柿悄悄揣在兜里。

主人碰到，或碰不到，都不会把它当成一件惊天动地的大事。

如果庆邦还活着，相信他也会看着偷果子的人，笑笑吧。

丢失的伙伴

在一个少儿美术颁奖现场，看到一位妈妈举着手机叫她正在画画的儿子："抬起头来，妈妈给拍一张照片。"五六岁大的小男孩抬头的同时，顺势把身边与他一般大的一位男孩搂过来。那个男孩看到镜头以及镜头前的若干人，似乎有些羞涩，却也从背后伸手搂过这个男孩。两个男孩就这么并不好好看镜头，而是左一下右一下搂着笑着摇着摆着，让面前的大人把这些亲密而有趣味的镜头一张张定格在手机里。

之后的间隙，我一直注意两个男孩，他们总会冲破现场混乱的场面，始终在一起，始终那么打打闹闹，亲密无间地搂搂抱抱。

伙伴，我的脑海里立刻蹦出这个词。这个词在眼下陌生得有些让人热泪盈眶。我们，有多久没有伙伴了？我们曾经的小伙伴们，如今都到哪里去了？

第一次尝到失去伙伴的滋味，是我参加工作一年之后。当时，我还在失去校园的痛苦中挣扎。一个无事的下午，我把一些信件拿出来，挑出几封细细品味。这是一个在当时很要好的同学写来的，每封信的落款处，她必写“挚友”二字。如果我没有理解错，“挚友”一定就是很挚爱、很无间、很不容易被打散的朋友。读完她的所有来信，我情不自禁铺开信纸，一字一句，深情写下我对她长长久久的思念。按照往日的经验，回信很快会来。然而左等右等，等不到她的消息。我丝毫没有埋怨她没有及时给我回信，倒是非常担心她是不是有什么重要的事情耽搁了。我在内心一遍遍想，她会有什么事情？是地址变动了，还是心情不好了？

于是我在别的同学那里努力打听，也一遍遍让有可能见到她的人给她传话。就在打听的过程中，她的信来了。

怀着比往常更加惊喜、更加迫切的心情打开，却看到她通篇懒洋洋和轻描淡写的文字。信的内容是从未有过的短。她并没有解释为什么这么晚才回信，也并没有提到有别的同学告诉过她我一直在打听她的消息，更看不出其间有像往常那样亲密的让人感动的情愫。信的结尾，她不仅不再落“挚友”二字，甚至没有像往常每一封一样写一句“盼来信”。

通篇读下来，我找不到一丝曾经的旧情。捧着这封信，我还是不相信地反反复复读了一遍又一遍，企图从中寻到哪怕一丝甜蜜的牵挂，然而没有。

这是怎么了？

坐在床上，我哭了，第一次为一位渐行渐远的“挚友”落泪。我一遍遍想，是不是她诸事不顺，过得不好？与她青春期高傲的心相比，她受到现实打击了吗？这便是她不再与我亲近的理由吗？

多年建立的伙伴关系，竟然如此脆弱，如此不堪一击？

之后我一直想找到她，告诉她我们继续做伙伴，继续通过一封又一封的信件倾诉衷肠。可是，中断了的信件再也连接不上。

因为她，我之后对伙伴的感觉变得谨慎起来。然而，人的一生中，能有多少伙伴？

还有一个人，是我人生中的第一个伙伴。从小，我们生活在同一个村庄，在同一所学校上学，同一个教室上课。有事无事，我们都形影不离。然而小学四年级那年，她突然要离开我们的村庄，举家迁到遥远的城里去。分别时，我们哭成泪人。此后，她再没回过村庄。幸运的是，七年之后，我也来到她生活的城市。稳定下来之后，第一件事便是找她。几经周折，我通过母亲和村里人曲里拐弯的一些关系找到她的母亲，想不到当时她已经结婚了。她的母亲告诉我，一定告诉她，让我们尽快见面。于是又过了几个月，我终于在这个城市见到她。

见面，自然是与之前想象的一样欣喜。她依然美丽，一双大眼睛更加灵动。我不知道，那时候她竟然已经有了小宝宝，她嫁的人家，竟然还是这个省会城市最大报社的高层领导。

她开心地领着我去到她的家，看她的小婴儿，又跟着我回到我的宿舍。我们像小时候一样亲密，聊天，逛街，说各种事。她拿出她的裙子送我，说好了以后常来常往。

由于她有宝宝，也由于那时候的交通并不便利，我们此后的见面，并不多，只是时断时续。然而内心那种碰撞，一直在。

与她见面的两年后，我要结婚。我异常兴奋地跑到她家，告诉她让她到时候提前陪我回老家，当我的伴娘。当时她也是兴奋地一口应下来，还主动提出给我化妆。然而想不到的是，婚期临近，她却捎来消息：因孩子太小，不能陪我走这一趟。

我当时便生气了，不能去，当初为什么要答应我？作为儿时的亲密玩伴，在我结婚这样的大喜日子里，不应该牺牲一下孩子吗？我的一切的一切都按她说的准备好了，她却以一句“孩子太小”而轻描淡写地打发了我。

可以吗？自然，我极度不能理解，没回她的话，赌气独自回了老家。婚后，我自然也没有再上她的门，对她捎去的“礼钱”，我也没有回应。而她，也因为没能兑现承诺，不好意思再来找我。

之后听她的母亲对别人说起这事，说到她为此很是自责，说她猜想我一定不会再理她了，说她当时的婆家人不让她陪我回去，说她自己当时做不得主。总之，之后我算是听到了她关于这件事的一些回应。然而一切已经过去了。我尽管早已没了当初的气恼，一想起来也还是说不出的遗憾。我真心认为，是她不重视我们的友谊。

她不重视，她不在乎，我又何苦与她再续旧缘？抱着这么一股子倔强，事情一拖便是几年。后来，或许是渐渐成熟了些，或许是觉得当初自己也有些太过执拗，于是选择在一个正月初二主动去看她的母亲。然而当天她并没有在她的母亲家。回来，我又搬了家；再后来，她母亲的住地已被拆迁。我们，就这样一直身处同一个城市，一直无缘再次谋面。

现在，我因常常写一些文字，与她公公当初所在的报社有了联系。然而因为时间过了太久，并不知道她公公的名字，找她的事还是无法实现。

如果可以再次找到她，我愿意翻过之前所有的页码，重续伙伴缘。

然而人海茫茫，我与她，或许缘分再难续。

人生的每一个时段，都会结识一些新的朋友，也会延续一些传奇友谊。我相信友谊会时时更新，也相信友情一直会在我们前行的道路出现。然而我执着地认为，伙伴，一定是儿时的，一定是那些纯真年代结下的。

随着岁月的流逝，随着生活的变迁，那些曾经的伙伴，也被现实一对一对生生打断了，拆散了。有些是寻不到，有些是不愿续。

有时候，你千山万水获得一个儿时伙伴的电话，激动地打给他，激动地报出你的名字，电话那头却是："呵呵，这么长时间，有些记不清了。"或者一遍遍漠然问你："没听清啊，你到底是谁?"直把你打得热情全失，尴尬十足。

儿时的心，不同于长大的心。伙伴，必得两两相记。

一天，老家的高中同学辗转打来电话，语气里透露出很想聚聚的愿望。然而他也忍不住慨叹："聚不起来了！许多人都不愿意聚了!"

不愿意聚的，大多是觉得自己"过得不好"的人。他们不知道，"过得好"的这拨人，也时时被身边一些"过得好"的人折磨着，奋进着。

曾经的伙伴和同学，有多少如今还可以像当初在一个教室那样"门当户对"?

写这篇文字的间隙，我翻看微博，无意间发现一组图片，全部是两两相携的小伙伴，他们或搭背向前，或面面相对，或相互依偎，或静坐窗前。这一组经典的黑白图片，看得我泪眼蒙眬。我知道，若干年后，他们中间一定会有人回头，苦苦找寻当初与她依偎的那个伙伴。我不能告诉他们，将这种伙伴关系延续一生一世，只能说一句：珍惜眼下。

然而我知道，当初的伙伴关系有多浓，失去之后的找寻便有多痛。

曾经的伙伴，谁还记得谁?

那 片 地

阳光下的蜀葵

多年以后，我才知道这种花的名字叫蜀葵。

那一天，只一朵，绚烂地开在一个朋友的微博里。引起我注意的还有旁边特意标注的四个字：蜀葵，蜀葵。我不知道朋友为什么要重复强调这个名字，但我也是从那一刻起才知道这种花的名字竟然叫蜀葵。

这种花，是我家乡的花，是我小院的花，是我童年的花。然而，我忘记它太久了。若不是这条微博，我或许再不会想起这种花，永远不会知道它的名字，叫蜀葵。

或许从我有记忆开始，蜀葵花就烂漫地开满我的院落。我没有理会过它什么时候花开，什么时候花谢，只记得整个夏日直到秋它都存在。在我家乡那片土壤上，蜀葵似乎很容易生长，从来不需打理，永远无人理会，它却总是一年更比一年茂盛地漫满小院，甚至延伸至小院上下的田野边。

繁密地生长在我家小院周围的这些花，为什么叫蜀葵？查，蜀葵是多年生草本，花有紫、粉、红、白、黑等多色，花期为6月至8月，原产地为中国四川。

也因此，它叫蜀葵。那么它是怎样跋山涉水来到我的家乡，又是怎样适应了家乡这片与四川截然不同的土地？是我的先人，远赴四川把花籽带了回来？还是我的哪一位长辈，在别的村庄别的院落随意抓了一把花籽回来？总之那一天起，蜀葵就成了我家乡的花，成了我小院的花。我的记忆里，蜀葵自然生自然长，蜀葵花自然开自然谢，无人过问，无人关注。家乡的人不叫它蜀葵，按照音译下来，似乎是“崛起花”，这与百度里搜到的蜀葵别名都靠不上边，那么是家乡人自己命的名吗？是取它从华北这片乡村的土地上悄然崛起之意吗？

确实，这决意在我家乡扎了根的蜀葵，高的超过一人，低的也像五六岁孩童。然而不管高矮，每一根都顺茎直直骄傲地伸向天空。蜀葵花的每一个部位从来不会弯曲，低头，不管太阳身处何方，总是直射苍穹。

它的花开，也毫不吝啬，一根茎干上，密密麻麻挤满十几朵，每一朵花瓣都层层叠叠多达五六层，有的舒展自然向外张开，有的像鸡冠样浓密的卷曲。蜀葵花的颜色也有多种，红的似血，粉的像霞，白的如雪。想想，那样一个黄土地上的小山村，那样一个布满原始窑洞的院落，有一群蜀葵花多姿多彩地摇曳在每一个夏日的轻风里，是多么富有诗意又是多么美妙的一幅乡村田园图啊。

可是当初，我院子里的所有人，从来都不觉得它美。

或许是大人们从不赞扬，我看待它们也便如院边随意生长着的一丛杂草。多年以后想起，才知道美这种概念也是需要相互灌输的。如果当初有一个人，或者我的奶奶，或者我的母亲，或者我的邻人，指着这种花儿说：瞧，它多美！我或许一定会觉得它美妙无比。然而当初，院子里连好好去看它一眼的人都没有。

只有一次，一位外村的亲戚来看望婶婶，一进院便大叫：真好看呀，这些花！

婶婶不屑：可能长呢，你看哪儿都是！

或许，这便是蜀葵不受关注、不被重视的理由？

七八岁的时候，院子里突然多出一株花，母亲说它的名字叫月季。对于这株月季，母亲呵护得好精心，按时浇水，按时施肥。每天早晨开门后的第一件事，便是查看它是不是鲜活如昨。最多的时候，月季上开了五朵粉色花，母亲更是严格要求并严厉禁止动它们，包括那些淘气的堂弟堂妹。这样一来，我们这些孩子对这株月季更多了几分敬畏。月季，当时听来，是多么动听的一个名字。记得，我远方一个表舅家的院落里，就长着不少月季。月季，也是那一年第一次从他家院子里听到这个名字。当时，他的两个女儿每人从上面摘下一朵递到我手上，令我边欢喜边心疼。这么漂亮的花，怎么就轻易摘了下来？而表舅，竟不劝阻，更不训斥，并且还鼓励我：你自己也去摘一朵吧。母亲听到后立刻阻止了我。其实即便母亲不阻止，我也不舍得把手伸向月季，让那么美丽的花朵硬生生断送了生命。

也因此当我家院子里终于有了一株月季时，谁都会百般呵护。那一株月季花在我家院子里的地位，也就越来越高贵。上面盛开的月季花，在全院所有眼光的注视和呵护下也便高傲无比。外面有人来了，母亲也必然要带她们观赏这株月季，包括婶婶们也是，有事无事就过来认真瞅瞅或正绽放或已经凋零的月季。

那几年的夏天，那株月季成了院子里唯一令人赏心悦目的花卉。然而如果哪一次母亲忘了浇水，月季便蔫蔫地收了它的美丽，向所有人示威。

而那些漫在小院周边的蜀葵花，却无论旱涝，依然保持它的生机。突然想到，家里人不觉得蜀葵珍贵，是不是因为养护它不需要成本，或者根本就不需养护？

花与人一样，都若此。

不欣赏蜀葵，却不能遗忘蜀葵。蜀葵花瓣，被我们这些孩子一瓣瓣揪下来，再从比较厚的根部耐心揭开指甲长的口子，扒成两片互相嬉闹着贴在脸上和额头。常常是，满脸贴满蜀葵花瓣的孩子们欢叫着撒满院落。院子里，也扔满一瓣一瓣的花瓣。

蜀葵花还有一样让孩子们痴迷拿来玩耍的，是它没成熟的籽。我们早早把它剥开，取出里面像车轮一样白白的花籽，男孩子们在两个中间穿一根木棍或铁丝，做成“汽车”。女孩子们用木签穿成“糖葫芦”状，沿村叫卖打闹。

蜀葵花是摘不完的。我们频繁地摘，残害；它们执着地生长，盛开。

童年的夏天，我的眼里从未缺少过花，但大多是蜀葵花。

百度里说，蜀葵的花语是温和。我信。它温和地开，温和地谢，温和地忍受我们对它的蹂躏。只是至今才知道，蜀葵花曾经带给我们那么多快乐。蜀葵花，与我们今天娇贵地养在家里的各类花卉一样，也是花。

那么是不是只有等到不见蜀葵花，才会重新想念它？

不见蜀葵花，是我们搬离老家那个小院之后。

次年夏天，眼里突然没了蜀葵花。那个夏天，我们开始适应新环境，齐刷刷忘记了贴满我们脸庞的蜀葵花，直到它若干年后遥远地出现在一个朋友的微博里。

微博里那一株蜀葵，强烈地触动了我的内心，让我凶猛地开始怀念蜀葵，开始回老家寻找蜀葵花。曾经长满蜀葵花的小院，房屋坍塌得一败涂地，杂草丛生得无所顾忌。在这个七零八落的院子里，我寻到躲藏在角落里的那棵唯一的小苹果树，寻到婶婶家那棵大桃子树，寻到奶奶从不让我们动一下的那棵梨树，甚至寻到叔叔从别处刨回来艰难地扭扭歪歪生长的那棵桑树。然而我寻遍院子里每一个角落，寻遍院子周边的所有沟沟坎坎，却寻不到一株蜀葵。

这艳阳高照的夏日，曾经开满小院的蜀葵哪里去了？

我真的很无力了。我知道这无力里带着伤悲。我百思不得其解，那些极易生极易长的蜀葵花，怎么能够没了一丝踪影？

我不死心，回头问一直在本村居住的堂妹。她愕然看着我：那谁知道？寻它们干吗？

我知道，她离那个小院太近。她依旧与曾经的我一样，眼里根本没有蜀葵，甚至早已经忘记了蜀葵。我却执着得想哭，她只好不作声，默默陪着我。

于是我退到奶奶家那片总是长满黄花菜的地里坐了整整半个下午，还是等不到蜀葵花出现。

我无比失落，为了寻不到的蜀葵花，更为了对一些事物曾经的不珍惜。

我知道，家乡再不可能有蜀葵。

从来没有一种花让我如此怀念。我无数次想，却怎么也想不通为什么会再也寻不到蜀葵。蜀葵是一种花，它曾经茂盛生长的那片土地还在。可是，为什么再也不见蜀葵？

突然间，我被一个解释吓了一跳，那就是蜀葵当年生长在我家小院，初衷便是为愉悦人的。而今人去院空，蜀葵，也就再没了生长的兴趣和力量。

离开人的蜀葵，竟然会不再生长。这个道理，令我感动万分、感慨万千又极度难以接受。竟然，是我们的离开掐灭了蜀葵的繁殖？

那么灿烂地一年年开满院的蜀葵花，竟然因我们的离去而终结了绚丽的生命？

我不敢也不想相信，可事实就活生生放在那里。

谁都不可能再回到那个小院。因此，也就再不可能在我的小院看到蜀葵。阳光下一丛一丛的那些蜀葵，永远从这片土地上消失了。

那车轮一般的花籽，是沉睡了，还是随着曾经的那些男孩子们疯狂开到了远方？

我只承诺，若是将来有幸得一座小院，我养的第一种花，必定是蜀葵。而且我发誓，即便它依然发展到自然生自然长，我也必定会用对待花的态度，对待蜀葵。

故乡的秋夜

车子停在一片玉米地旁。

放眼望去，我认识的树，都老了；老了的房子，依旧在老地方。

村里的人抬起头来。我看了，想寻出一两个熟识，名字似乎已到嘴边，却又失了主语，才知道，二十年流蚀了我全部记忆。这些陌生人，一定是从前的小孩现在的成年人，是外村嫁过来的媳妇，是从前的孩子生育的孩子，是从前的熟人现在衰老了面孔的“陌生人”……

我不认识他们，他们或许更不熟悉我。时间让我们变了模样，让我们极力回忆却还是回不到从前。

有调皮的小孩喊：“去谁家？”

我回了。就有喊声跟过来：“可是小小？”

听到名字，挑谷子的女人在我身边歇下，盯了一阵，说：“比小时瘦了。”她的头巾上挂了一层薄薄的黄土，让我想伸手摸一摸。她似是谁的妈，可又忘了辈分，不敢妄称，就笑：“小时候胖。”

她又说：“城里人就是不一样，还能嫁一次。”她的话很清澈，是流出来的，我信了，笑了。

婶婶从玉米堆里抬起头来，愣了半天才跳过来夺下我手上的东西：“一个人？”

“孩子跟爸爸出门了。”

“你爸咳嗽轻些？”

“一直吃药。”

“你妈的腰呢？”

“保养着罢。”

婶婶丢下玉米，攥紧我的手，急切地开始了积攒多年的询问，直到远在城里的亲人在她脑中一一清晰，才满足地拍拍手，“晚上吃蒸饺！新磨的红面”！看我惊喜的表情，笑笑说，“没忘吧，小时候一闻到味儿，就骑在门槛上不走”。

往事，暖暖的。

我洗了手，被婶婶推开，“转转去”。

阳光洒满院，晒出阵阵泥土香，空气中弥漫着久违的粮食气息。谁家女人吆喝孩子的声音清晰入耳。偶然，传来一声狗叫、婴儿啼，温情弥漫在整个村庄。

出门，那个爱打闹爱逗小孩的旧邻叔叔迎面走来，满头白发，身后一个小孩追着他喊爷爷。我小心叫声“叔”，他眼神疑惑，浅浅作答。我没说我是谁，他未敢问我是谁。走出一大截后，才返身盯着婶婶家的院门恍然求证：可是小小？

表姐坐在我面前，诉说自小得病卧床却博览群书的儿子在一个夜里毫无征兆地离去。时间过去大半年了，她的泪水依旧肆意，有些便顺势裹进她的皱纹里。我惊叹她的苍老。高中时代，她拖着两条美丽的大辫子一路闪耀，她的恋爱故事轰动小镇，她出嫁当天嫩白的肌肤清亮动人。今天，她用粗糙的双手轮番擦着泪，与每一个农妇一般凄凉讲述。尽管还有一子一女，她依然执着惦记她的“二小”，那个无声逝去的她情愿付出一生再服侍二十年三十年的“二小”。

去表姑家的时候，她不在。家人说，她去城里帮儿子看孩子了。两年不见，照片上的她清晰地衰老着。眼神，神情，稀少的头发，都让我有些失落。记忆里，是她在小河边将一头秀发浸在水里；是她上气不接下气跑进院门骄傲地告诉闺蜜有个男生在后面拼命追；是她露着一口洁白整齐的牙齿，抱着几个月大的儿子咬着一只梨在树下爽朗大笑。

时间！一切的一切，全是时间的赐予。曾经的好东西，都让时间夺去了。它像个妖魔，悄然从每个人身边走过，粗暴地从上到下，从前到后，从内到外掠去人身上的一切，包括记忆。我们可以战胜任何坎坷，独无法战胜时间。它要无情流走，一秒钟都不肯停留。你试着哭，试着拉扯，试着哀求，都无用。

好在，故乡的夕阳也如此美好，黄昏极其富有诗意。打谷场上，晒太阳的老人换了一茬又一茬，不变的是嘴里的开心或烦恼。家长里短就在茶余饭后被他们一桩桩晒在太阳下，有人疼，有人喜，也有人冷眼无语。

东西南北上天入地扯累了，空气在瞬间便有些沉闷。这时对面梁上便会恰当地传过颤巍巍一声："吃——饭——"被喊的边起身边嘟囔，"破嗓子"，顺手拍拍前面的背："回，一会儿该喊了。"于是，担心被喊的便相继收起烟锅家什起身。那些已经没人喊的，心便沉沉地失落，心里咀嚼着曾经荡气回肠的那一嗓子，嘴里却倔强地嘲笑被喊的，"一辈子被管"！

我深信，这就是我的乡村，生我养我的乡村。我与故乡，依旧可以碰撞出那种一擦即燃的火花。味道，如此销魂。

"小小——"脆生生的呼喊响彻多半个村。

"叫你吃饭呢。"许多与我熟识起来的乡人热心提醒着。

回身，望到房檐上翘盼的婶婶，我知道，她的红面蒸饺，熟了。

三大盘原生态蒸饺冒着热气点燃着我升腾的食欲。城市的饭店，不管怎么吃，都不是眼下这般味道。我知道，除了婶婶的手艺，更多的缘于脚下这片黄土。

天，不觉间在我与婶婶边吃边唠中黑下来。这顿晚饭里，我与婶婶同样收获了大量信息。只是婶婶只能躺在被窝里慢慢消化，我却可以立即品味。于是，我起身下炕，换上婶婶的布鞋，出门。

一院的月光里，我隐约听到邻家电视剧里的打斗。

布鞋，松软的乡村黄土小道，星星月光……当我悄然绕过一个又一个屋檐，不会有人知道我心中的惬意。邻家门缝里，我清楚地看到鸡入窝后院中的安宁。即便那个白天不听话的孩子在挨打，哭声也是暖的。你看，泪还在，他就端起母亲盛的粥，笑着喝了。

谁的一声轻咳，像极了儿时的爷爷。我移开脚步，看他挑着一担谷物经过，听负重的呼吸随沉重却快乐的脚步一同归家。秋天，是乡村男人证明自己的最好季节。当他肩挑一担沉甸甸推开院门，他的妻子，早已迎在门边递上热毛巾，捧出晾到正好的茶水；他的儿女，也早已安静地等在桌边，给他敬上筷子，外带一壶烈白。

他的一声许可，孩子们会飞快地挑起一块炒得焦黄的鸡蛋塞进嘴里。哪个，一定会被噎着；哪个，一定会被呛着；还有哪个，一定会被母亲硬生生拍一巴掌。只有他，会在这吵闹嬉笑里乐呵呵醉去，专享他的夜。

我实在无法抑制内心的激动，实在无法拒绝这样的暖情。我的乡村，我的故土，多少年，多少次，我总会莫名被击中，莫名在这样的想象中澎湃万分。我深信，这就是最丰富的人生，最纯真的幸福。

我停停走走，走走停停。思绪，也在这越来越熟悉的情境中回到从前。文字，画面，在我脑中交相辉映，撤掉一幅，又换上一行。

那个夜啊。故乡的秋夜，如此真。

老院，一地碎片

我童年的院子，离村庄远而偏，即便站在院子最外边，也看不到村子里任何一户人家。

多年以后我还忍不住想，我那孤独而敏感的性格，是否与这个院子有关？

山区的窑洞，自是依山而建。院子里一排四眼窑洞，向阳。东西两侧又折回来，各打出一眼。因此我的院子像一把椅子，或者一个簸箕。如果上帝前来，一定能坐在上面或者用手把它抓起。

出院子，下约二十米长的缓坡，是一块地，一个羊圈。左手边往上，依次是梨树林、谷子地。右手边往下，有两处同方向的院子，格局与我家院子一样。尽管很近，但站在院子里谁都看不到另外两家，只在心里觉得是亲亲的邻居。对面，七八百米的空间外，是一道很陡的上坡，两边散落着一层层田地，硬生生堵了我们想望出山外的视线。

这，就是站在我的院子里可以看到的全部。哦，忘记了，还有一处看得真切又有趣的“景”，是左手边一处高地上的几座坟墓。每逢清明、十月初一，他们的家人便来哭一阵，纸钱烧一阵，站在风里聊一阵，然后将点心留下来喂乌鸦鸟雀。

这样一个听起来毫无生趣又土得掉渣的院子，却注定要影响我一生。这个院子里曾经的鲜活往事，或许只有我在时时回忆，只有我如此挥之不去。

院子里除了我家，还住着爷爷、奶奶和两个叔叔。四户人家的小院，生活得风生水起，从来不曾寂寞。

即便是爷爷在世时，奶奶也是这个院子里绝对的主人。奶奶异常弱小，从不下地劳动，但奶奶在院子里要做的事非常多。弟弟出生那年，奶奶竟同时收获了三个孙儿，每家一个。那一年，奶奶真正是东家进西家出。这家擀面杖放下出门，那家进门便端起面盆；这边还抱着大孙子让大儿媳吃饭，那边小儿媳已经喊话：“娘，尿布！”

奶奶一路小跑，也赶不上三家需求。何况，到了吃饭时间，还得给从地里回来的爷爷做饭。

那年我五岁，还不到上学年龄。下地的，做饭的，喂奶的，哇哇大哭的，独我清醒地无聊着。叔叔、婶婶们以前放在我身上的万千宠爱也因弟妹们的到来而远去了。无聊的时候，便跟在奶奶身后，这家进，那家出，学奶奶慌里慌张匆忙，也常因躲避不及突然转身的奶奶而几乎把她绊倒，把她手上端的稀饭洒得满地满身。

“你呀，真真是帮倒忙。”奶奶急得直训我。每每这时，婶婶们才能注意到我，“快上炕来，看弟弟会笑了”。

毛茸茸的小孩子实在惹人爱。或许我天生就爱小孩，不仅丝毫不妒忌他们拿走了我身上的宠爱，还深深爱着他们。只是婶婶们怕我太小不敢让我抱。后来弟弟、妹妹们渐渐大了些，我便在大人的监督下一个一个抱着玩。其实妈妈最希望我抱自己的亲弟弟，好让她酸困的胳膊歇一歇。可我却常常跑到两个婶婶家。因为，我的亲弟弟实在是太胖了，抱一会儿便很累。

大部分时候，我便盼着下院的宏来玩。宏是英大娘的儿子，与我同龄，常常在我家院子里玩得昏天黑地不回家。可有时候，宏的表现让我极其生气。有时候他就不想和我玩，而是一进门便坐在我家炕沿上，让英大娘站在他面前，他一层层撩起英大娘的衣服，在众目睽睽下吃奶。每每这时我便狠狠瞪他，骂他：“不知道臊!”可他看我一眼，又忍不住抱住奶。那么大的孩子，竟然和我的弟弟一样在吃奶，这种行为叫我恶心。

我发誓，不再和他玩。

更可气的还在后面。奶吃够了，他便抬起头死死盯着我家墙上挂着的一串托了花的干饼，“妈，我饿”。

真想一把将他拖下来扔出门，最好是扔到坡下的垃圾堆裹在里面。可我没有能力，只能更加凶狠地瞪他。他看我一眼，马上又盯了墙，嘴里依然说着饿。此刻英大娘的两只奶还在外面露着，我真想把他按在上面，用那两大团肉堵了他的臭嘴，让奶水呛了他的鼻子。然而我知道，英大娘其实几乎已经没奶水了，宏所谓的吃奶，其实是吸奶头玩。

可英大娘竟然不阻止他，有一搭没一搭与我妈聊天的当儿，也斜一眼墙上。

小混蛋！我无法抑制心底的愤怒。那些托了花烤干的漂亮饼子，可是妈抽出弟弟睡觉的时间给我做的，我一次只舍得掰不大的一块吃。

“叫你妈回家做!”终于，我忍不住朝他大吼。炕上的妈妈见状竟说我：

“这孩子怎说话？分点给宏吃。”

于是妈叫英大娘去拿。英大娘大概看我急了，边哄宏边对妈说“家里有”。

“家里没有——”那一次，我愤怒却开心地看着宏这么叫着，被英大娘拖回家。

小孩子不懂“仇”滋味。这种事常常发生，然而也抵挡不了我与宏的友谊。我家院子，他还是常常上来，玩得花样翻新，玩到背起书包上学，牵着小手回家。直到分清男女有别，直到碰面再也不说一句话。

当院子了无生趣之时，节就来了。

八月十五，十月初一，春节，是家乡亲戚必然要走动的三个大节。这时候，我跟着叔叔们一趟趟从院子里走出去，一拨又一拨的亲戚也从对面小道上走下来。客人们很少有突然出现在院子里的，因为总有谁在院子里走动，总有谁会时不时瞟一眼对面的小道。

一声“来人了”！四眼窑洞便有了响动，把床单拉平，把地面垃圾扫掉，把头发梳整齐，出门，将正好走进院子的客人让进主家，杂沓着跟进去。大人们手忙脚乱地让座、倒水，拉呱便开始了。每到此时，我大部分时间是靠在门扇上，看人。

一次，奶奶家来了一个叫“娥”的女孩。天哪，她有着我从来没有见过的光芒：细嫩洁白的皮肤，大大的眼睛，高挑的身段，还有对我们不屑一顾的眼神。这些，都令我无比着迷。好大一阵，我就那么专注地盯着她。而她，始终不发一言，也不坐，冷冷地靠在炕边。

多么高傲的一位公主，以至于她离开之后的很长日子，我都让妈妈把我的头发梳起来，扎上一块手绢。因为娥的马尾上，就扎着一块漂亮的花手绢。她让我第一次知道，手绢还可以扎在头发上。

至今我都忘不了娥。她的那张脸，那个骄傲的马尾，每隔几年甚至每年都会出现在我的脑海里，让我翻来覆去津津回味。

最可笑的一位客人，来自北京。来人是奶奶的哥哥，伴随他的，还有夫人和一位与我差不多大的男孩。他一来便迷上奶奶家炕上铺的草席子。院子里，只有奶奶的炕上还舍不得撤去磨得光亮而破旧的席子。原以为，北京来的客人会嫌弃；原以为，他们甚至怕磨了裤子而不想坐上去。哪曾想那个男孩不仅坐了上去，还一遍遍用手撑着席面滑来滑去。看得出，他第一次见这种东西；看得出，他开心得无与伦比。

这让站在门边的我几乎笑喷。我甚至有些瞧不起他：一个首都来的客人，怎么可以稀罕一张草席子？太没见识了。

我再无兴趣看他做那些可笑动作，跑到外面爬上一棵杏树无聊地摘杏吃。没想到他从窗户上看到了，马上下炕冲出来。在树下羡慕地望着我。

“他不会爬树。”突然，我脑子里肯定地闪过这一想法，给他扔下一枚杏。

“真好吃。”他很快吃完，又抬头看我。

“你上来。”我勾他。

他接近树，不知道该以怎样的姿势爬。

“抱住，爬上来。”

他抱住，可爬不上来。

于是我下去，给他示范正确姿势，并从下面推，助他一点点往上爬。爬两下，他便要歇一阵，仰头开心大笑一阵。

然而就在他马上要接近树杈时，妈喊我。也就那么一瞬间，我一松手，愚蠢的他便从树上跌下来。

刚刚还大笑的他，转瞬哇哇大哭。

他的家人，我的家人，自然一窝蜂从家里跑出来。这个小子很不争气，他的裤子竟然破了，他的手也擦掉一层皮，还有，他捂着屁股。

奶奶自然要责骂我，他的家人也用很不高兴的眼神看着我。然而是他自己愿意往上爬的呀。我不屑跟他们解释，盯着依旧在哭的他骂：胆小鬼！

妈妈的手“啪”地拍向我后背。可是，他竟然不哭了，有些不好意思地看着我，推开他妈妈一直搂着他的手。

大人们都叫他回，他却倔强地与我一起站在杏树下，把所有的泪硬生生咽回。

一个小男子汉。于是沉默好长一阵后，抱着树干，我笑了，他笑了。

宏、娥、北京男孩，他们的生活与小院无关，然而他们在无意间以自己的方式鲜活了小院，鲜活了我的记忆。他们之后的生命片段里，会有我吗？会有小院这个一闪而过的过客吗？或许，之后的他们从来不曾记起我，记起小院，然而我却因为小院，时时想到他们。

现在想来，很多愉快而温暖的事，似乎总与吃有关，八十年代前后，餐桌总是单调无比。平时，几乎都是粗杂粮。因此除了逢年过节，改善生活必得仰仗来个客人，或谁过生日。这时候，好吃的自然不能一家独享。包的饺子，做的拉面或者焖面、烙饼，总会事先多算出三份。于是，我便常常充当我家那个出去送吃食的人。一碗饺子，先去奶奶家倒下，再回来装满去二叔家，然后是三叔家。我家，也自然常常会有一些稀罕吃食送过来。

随同一碗热腾腾饺子出门的，还有一颗骄傲的心。

现在想来，这种礼尚往来，与那个年代有关，更多的是与温情有关。有了这种往来，亲情才不离不散。

一个屋檐下生活，不可能事事一帆风顺。我妈与两个婶婶，婶婶们与奶奶，总会起一些莫名纷争。记忆里，一院子四家人很少有全部和睦的，似乎总有闹矛盾的，拉开一副老死不相往来的架势。

然而这些纷争是不可能避免的。一桶水，一个孩子，一棵树，甚至一枚鸡蛋，一句话，都有可能成为引燃矛盾的导火线。

奶奶这个长辈，也不例外。爷爷非常男人，轻易不与儿媳们搭话，她们，也自然不敢轻易惹爷爷。奶奶就不同了，偶然的一个不公，或一句牢骚，也会与儿媳们惹出事端。

小院里纷争多，然而现在想来，起了纷争后，大人们还是要找到可以化解的那条“线”。小孩子，一些突发事，便常常充当那根恰如其分的“线”。

一个夏日中午，我家的一只鸡竟然把鸡蛋下到三婶家猪圈里。猪圈在下面，又有些高度，妈便回家拿了笊篱蹲在上面一处很窄的土沿上想“捞”上来。我先是站在后面看，后来看妈总是不能准确地够到鸡蛋，便爬到她的背上“指挥”。妈警告我松手走开，我就是不。没想到妈再探身向下时，我便顺势栽进猪圈里。

我妈一下子傻了，继而抓着笊篱带了哭腔喊：“快，掉猪圈里了！”猪是比较温顺的动物，被突然掉进去的我吓得挤在墙角恐惧地盯着我直哼哼。

然而猪圈里粪便稀而厚。也因此我并没有摔伤，却浑身裹了满满的猪粪。

率先听到响动的三婶从家里跑出来，冷静地打开猪圈门，进去把趴在猪粪里哭泣的我提出来。

用现在的话来说，那个情景很囧。

三婶，还有跑下来的妈妈站在猪圈口对着似哭非哭的我笑得喘不过气来。她们忘了，之前很久不说话。

妈回家把我里里外外洗干净，直到家里再也闻不到猪的味道。之后特意做了拉面，让我把第一碗给三婶送去。三婶边洗弄脏的鞋袜边指着我的脑门吓唬：“再淘还把你扔进去。”

小堂妹高兴地拉着很久没进她家的我不让走，三婶也拿出苹果让我与堂妹吃个够。

小院，就在这种“战事”与和平的交替中生机勃勃着。院子里的一草一木，一砖一瓦，也在日出日落中见证着这些喜怒哀乐，淡定地成长着。

算来，从爷爷带着儿子建好小院起，一家人住了整整三十年。随着奶奶的离世，最后居住在里面的三叔也撤离了。

时光，随之老去。

小院中的所有，与那些斑驳的墙皮一样，七零八落得不成样子。当时院里的人，最小的也当了爸。爷爷奶奶、三叔三婶，更是已经离开这个世界。现在每每回一趟老家，二叔总会热泪长流，叹如烟往事一幕幕。二婶也总是抢着把家乡的各种东西一袋一袋给我装上车。有事没事，他们总一遍遍给我妈打电话，说一些或模糊或清晰的往事，问一些他们不知道却特别想知道的近况。

那些曾经的温暖和纷争，对活着的人来说，已经成为一种奢侈。如果时光可以重来，或许每个人都想和睦共处。然而如果在岁月和纷争间做个选择，每个人宁可回到小院，重新活一回，哪怕吵闹，哪怕争斗。

一直相信，土地是有生命的，植物是有生命的。它们的生命，在于与人相依。若不是如此，老院那些树木，怎都不再结果？那些墙壁，怎会无视阳光的照射，一片片剥落？那一桩一件的旧事，又怎会沧桑成一地碎片，叫人不忍目睹？

然而不管怎样，我还是会时时想到我的小院，甚至，我一次次回到小院，把那些散落在地上的碎片一点点捡起，慢慢拼接。时光会看到我的耐心，每一次，都把阳光派来，轻盈地照射在我身上，照射着小院的每一处角落，照亮那些几乎被丢弃的古老时光。

从前，也便在阳光里一点点浮现。

时光边上的老井台

每次回村，都要绕道去看看村子下面那口老井。尽管，人们已经不吃井里的水多年了。

因为人不吃了，所以通往井台的路长满杂草。

因为人不吃了，所以井水满了。

这满满的井水，看着却让人有诸多不情愿。印象中，这口井，就不该有这么多水。这满满的开水，流失了从前的记忆。

除了满满的水，被荒草包围的老井还被翻修一新，全部用水泥抹过。就连井口，也缩小了许多，并砌起近一尺高的台沿。曾经四面墙中间突出的可以容半个屁股坐上去的坑坑洼洼石头沿，也被修磨得几近平整一并抹进水泥里。我知道，村里人在保护这口井，甚至在美化这口井，也有了意识保护人的安全。可是，却抹去曾经的诸多滋味。

曾经，这是多么风光的一口井。尽管，井里几乎无水。然而这口几乎无水的井，却供养着全村人。

听起来，似乎艰苦无比，然而没有。从来，我都没有觉得我们吃水有多么多么难，也没有觉得用水有多么多么不尽如人意。

我们，已经习惯了坐在井边，把水桶排成长长的队，等水，刮水。

刮水，是村里人特有的名词。其实周边村子，大都不像我们这般缺水。我也不知道为什么，这个身为乡政府所在地的村子，偏偏这样缺水。

知道刮锅底吗？就是用铲子，在已经见底的锅底部一铲一铲，细细刮下仅剩的残留米粒。刮水，就是这个道理。用一根长长的绳子，拴一个小小的铁皮桶，一点点吊下井底，一点点刮上来一口一口的水。

因为很少，只能用一口一口来形容。

刮水这个词，就该是这个来历吧？

刮满一大桶水，需要多久？只记得，有时倒进去几次，也看不到增长的水面。一遍，一遍，吊水人把铁皮小桶吊下去，把一星半点水吊上来。现在想想，怎么就不能等到多攒一些水，再把铁皮桶吊下去？或许在当时，刮水已经成了一种乐趣？

反正，坐在井台边，也无事。

井口是个长方形，大约一米五宽两米长。井台或许有三米见方，三面是墙，另一面留着宽大的进口，无门，也无顶棚，敞开在天空下面。所以，人们除了喝井水，还有雨水、雪水，以及不断刮进水里的尘土和沙子。这种现在看上去了不得的大事，一代又一代村里人却健康无事。

或许也是为了安全，大人们在井口上靠墙一侧横搭了一块一尺多宽、一尺多厚的条石，也算把井口弄小了一些，但三四个人同时栽进去，也绰绰有余。条石上布满匀称的花纹，是井台上最漂亮的石头。也有孩子们在等水时便一边一个坐在条石两边，盯着井里一滴滴流淌的水聊天。有调皮的，还踩在上面，摇摇晃晃从这边走到那边，别的孩子自然不劝，还给壮威。直到恰好进来一个大人，一嗓子吼下来，乖乖坐在旁边。

但是，村里人从来无人怕过有谁会掉进十几米深的井里。大人们也并没有过多地叮嘱过孩子，去井台要特别注意安全。

多少年，井台与人们，相安无事。

井口的墙，都由参差不齐的乱石垒就，只有门对面墙的中心位置，刻意嵌进去一块二尺长一尺宽的光滑石板，告诉人们建井时并不是随意。那块光光的石板上，刻着苍劲有力的“大跃进”三个字，落款日期是 1958 年。这三个字年少的我们看了无数又无数次，还是看不懂其中之意。当时只是研究，三个字很漂亮。一次妈也在，她骄傲地告诉我，字是我的二舅写的，当时他是老师。

井里，其实也在不断出水。但常年看上去无水，是因为出水的速度远远赶不上刮水的速度。每天只有清晨来到井台的人，才可以把大桶吊下去，提上来大半桶水。

老井，拼尽一夜之力积攒的一洼水，也就够三四个挑水人痛快一回。

我们这些孩子不想早起，自然从来赶不上看到井底有一池水。什么时候去井台，都是远远地便看到水桶已排在井台外面。

大人们要下地，要做饭，要忙各种各样的大事。井台上等水的人，大多成了小孩子。

“去刮水？”

“嗯。”

一放学，伙伴们总是呼朋引伴，欢叫着跑向井台。呼叫，是为了井台上不闷，然而各自也还是要存一个小心思，比如飞快地回家，飞快地拿起桶，飞快地跑向井边，飞快地把桶尽可能排在队伍前面。

坐下来，看后面的伙伴满头大汗飞快地跑来。

井底，并不是平的，靠门边一侧凹进去的一块洼地，对面墙上大约一米高的地方，有一个凿出来的石嘴，那里面，总是不紧不慢，一滴一滴往外滴水。坐在井台边的我常常极度担心，这水，会不会有一天就滴完了？然而一天天过去，滴水的速度却总是如此，不增不减。尽管如此，我的担心却一天也没有消除，我没问过别人的想法是不是也是如此。

还有一个让我们小孩子好奇的事，那就是井底四周的缝隙里，是不是也会往外渗水？否则仅靠那一个石嘴，一晚上怎能滴出几担水？

井底四周渗不渗水，谁也看不到。能看到的，只有那个石嘴。于是有一天，排在前面的孩子直接把一只桶吊在那只石嘴下面，绳的一端压在井口边。石嘴里的水，便一滴滴掉进桶里，开始脆生生的，后来便慢慢听不见。没了石嘴里的水，井底凹陷处的水会不会变多？我们就那样趴在井台边，屏住呼吸死死盯了凹陷处的水面。直到眼睛变得酸困，几个孩子同时发现，凹陷处的水面有了些许上升。大家欢呼着确信，井底确实有部位往外渗水。

我们这个试验后来得到大人们的一致嘲笑，他们说本来井底四周就会渗出比石嘴更多的水，还要试验？

然而我们依然骄傲。我们用自己的方式得出结论，除了那个石嘴，井底四周也在渗水。

要不，这么沉闷的等水时光，能做些什么？

大部分时间，我们都在说些与年龄无关的八卦事：谁家爹打了谁，谁的妈昨夜把谁的爸踢下炕，谁家女人与谁家女人因为什么事闹翻脸，哪个后生对哪个姑娘有意，都能在井台边探个底朝天。

在井台，打发时光最浪漫的事，还是坐在井外梨树下的阴凉里，打扑克牌，或找几个光滑的石块跳格子。常常，谁的水桶满了都不肯走。也曾为一张牌吵得面红耳赤，也曾因一件小事闹得几天互不理会，甚至把对方的名字加一句骂人话悄悄写在石头上面。然而，井台边，依然叽叽喳喳，活力无限。

排在井台边的长长水桶，并不是都有主人。有时，来人匆匆放下水桶，就下地了，或回家了。在的人便很规矩地依次把水桶往前移，即使无人，也绝不做插队的丢人事。约莫时间差不多时，那些空桶的主人再来刮水。有的一放，也就忘了，或者顾不上了，于是后面的人便先给自己的桶刮水，把没有主人的退后一位。有时刮到一半，人来了，于是前面的便停下来，让来的人先。来的人自然不好意思，双方推让一阵，便还是刚才刮的人继续。有时正好遇了关系好的在井台，也便义务替没有主人的空桶刮满水，放在一边。

如今，每每到医院把医疗本放在诊室门边，看着它们一本本排队，就必然想起老井，想起那些排队的水桶。然而，医院大多数排队的人，在往前移动自己的本子时，总是不肯顺手将后面的也挪动一下，总是害得每个排队的患者一遍遍站起身来，找到自己的本子往前推那么一下。更有不自觉的，还会趁人不注意悄悄给自己的本子插个队。

每到这个时候，越发怀念小时候的井台，越发怀念家乡。

曾经一眼望到头的深深井底，觉得很安全。反而面对现在这满满的水，看上去令人心悸。满满的井水里，再也看不到石嘴的井水里，谁知道隐藏了什么神秘的东西？坐在井边，突然明白了一个道理，一眼望到底的，才最安全。

大多数时候，井台边是安静的，纯净的，因为总是团坐着那么多孩子。

在孩子们上学时分，幽深的井台边也经常充斥着一些青年男女。有的真正在等水；有的陪着等水的等水；有的，纯粹是闲来无事。

草儿的故事，最先就发生在井台边。

草儿是一个有些智障，却漂亮的少女。

夏日傍晚，井台清幽幽的。与草儿一般大的女孩都穿了花衫，嘻嘻哈哈坐在井台边；和草儿一般大的后生，嬉皮笑脸挤在花衫里。花衫的水桶滴满水，后生便替花衫把滴满水的桶挑到家门口，花衫就从兜里抓出一把瓜子羞涩地放进后生的手。

一天，无人理会的草儿挑着水刚刚走出井台上了坡，无意间一回头突然就看到井台边一个等水的花衫往后生手里放瓜子，也正巧看到后生顺势抓了花衫的手。这一举动让草儿立时羞红脸，吓得挑了水跑，顾不得桶里的水东倒西歪溅出来打湿裤角。

草儿因此认为，黄昏的井台有些怕人，此后便选择在少人的午后。遇到烤人的夏日，连孩子们也不出来了，于是井台便常常成了草儿一个人的。然而有一天，草儿万万没想到，井台一角，梨树荫下，那块墙中间只能坐半个屁股的坑坑洼洼石沿上，竟有两个截然不同的身子扭在一起，几条胳膊几只手无规矩缠绕着。草儿真切地看清楚时，发现是两颗脑袋，而且是一男一女。

傻傻的草儿并没反应过来，怔怔盯着眼前的一幕不动。后来是男的先发现了她，两只手从花衫里抽出来。女的随后也发现了她，迅速掩住上衣，惊恐地扭过脸。待看清是草儿时，竟扑哧一声笑了，“我当是谁”！

草儿不仅没能吓住她，反而激得她松开掩上衣的手，把两团白白的东西露给毫无见识的草儿。草儿已经羞得无地自容，想挑着两只水桶跑开。可是腿竟不听使唤。女的索性走过来，用手点着她有些平平的胸说：“有男的摸过你没？”

草儿肩上的两只水桶终于齐刷刷掉在脚边，转身跑开。

之后就听说，草儿出事了。

从井台边跑开的草儿跑到一片一人多高的蜀葵里，躺下闭了眼，一边哭一边却不由自主一遍遍回想刚刚在井台边发生的事。她想不起刚才那女的是不是问她“有没有男的摸过你”，她也不知道为什么会让男的摸，又会摸哪里。

想着想着，草儿就在蜀葵里睡了。不知道过了多久，却被身上沉沉的东西给弄醒了。是谁？她想问时，被一个声音按住，“不要动，不要睁眼，俺就想摸摸你”。

草儿突然就想到井台边的男女。现在，一个男的就在耳边，说要摸自己。原来，也有男的要摸自己。草儿心里热热的，身子也热热的。她不再动，也不睁眼，甚至有些想让刚才那女的看到这场面。

看到她这样乖，男的不仅摸了她，还做了更深的事。做完后，男的夸了她，让她天天在草里等她。

和别人的身体尤其是一个男人亲密接触，对草儿来说是第一次；被人夸甚至是一个男人夸，更是第一次。从小便饱受欺凌的草儿，竟也有人疼，竟也有人摸。于是尽管下身有一些疼，还是忍住了，非常听话地静静配合着，始终不睁眼。

就是这样的午后，就是这片蜀葵里，不知道草儿等了这个男人多少次。人们知道的是，她终于等成大肚子。

大着肚子的草儿经过家人的几次暴打，逼出所有细节，也逼不出男人的名字。于是家人信了，不是草儿不说，是她真的不知道是谁。

无奈之下，家人用一头猪做交换，把草儿嫁给村里一个45岁的光棍汉。

生了孩子，草儿对光棍唯命是从，只提出一样，不再下井台。

男人答应了，不仅不让她下井台，也不让下地。草儿，只管伺候他吃饭和炕上的事。草儿的生活，也就圈在那个小院里。

结婚前哭了几天的草儿，也慢慢习惯了这种日子。

草儿不下井台，但草儿的故事却在井台流传了一年又一年。一代又一代人，都在井台边听烂了草儿的事。

如今，村里人早已吃上自来水。井台边没了人，草儿的故事，也就在这里戛然而止。草儿和孩子，也早已大模大样出现在人们面前，人们也不再研究，孩子到底长得像谁。

如今，这口聚了满满水的老井，也偶尔会来一两个农人，他们挑了水，不再吃，而是就近浇地，浇菜园。不必再用绳子，手拎着桶下去一歪，就是一满桶水。

等水的辛苦没了，等水的乐趣也跟着去了。

井台边，再没了孩子，也没了怀春的青年男女。

当然，也有农人把空桶放在井边，坐在阴凉里吸一袋烟，想一些与井台相关的过眼往事。但肯定，不会有人像我这样，也不挑水，专门想事。

看上去，老井绝对不会坍塌甚至掩埋，它会一代又一代，坚守在原地。只是如今的孩子们已经不再知道老井过去的故事，更不能理解，这口不起眼的老井曾带给他们的父母怎样的如烟往事。

人们维护了老井，用水泥把井抹得光滑平整，同时也掩盖了井台边旧有的痕迹往事，比如我们曾经歪七扭八涂在上面的字，比如“大跃进”和它背后的事，比如那块一尺厚带纹理的大条石。

人们不知，被抹住的这些，都充满故事，蕴含着历史。

饺子里那些事

与堂妹通话时，她身边的舅妈大声喊我的小名：“小小，回来过年吧！”

内心有些潮湿。她只是我童年时下院的一位邻居婶婶，偶尔回去，也是匆匆不见她。没想到时隔二十多年，竟还如此亲切，一句话牵起我思乡的心绪：回老家，过年。

零星几声鞭炮，炸醒星光依旧的乡村天空，梦中人由不得喃喃几句：哪个捣蛋的这么早！

我知道，这是淘气的孩子按捺不住新衣服里几挂鞭炮，偷偷出门了。村里的每个年，早起的往往是平时极度赖床的男孩子。

婶婶也急忙从热烘烘的被窝里爬起来，悄悄穿衣。随后，叔叔起来，出门准备柴火。随着火光，星星退去，一天就这样被点亮。

“早上吃什么？”窗外，叔叔和婶婶小声商量。

“先把肉拿出来，还有豆腐、豆芽、馍馍，早上简单些。记得再把饺子馅和鱼拿出来化上。”“不敢开鸡窝啊，一会儿把那只黄鸡杀了，中午咱好好吃。”

“黄鸡呀，那可肥了”。叔叔的语气继而变成幽幽的，“最后一颗蛋是3号下的。”

我赶忙起身出门，告诉叔叔婶婶千万别杀鸡。他们却异口同声，“大过年的哪能没有鸡？再说咱这土鸡城里哪有！”

我只好说更喜欢吃土鸡蛋，以后把黄鸡下的蛋攒起来，等我回来拿。

叔叔、婶婶终于不再坚持。一窝鸡随之抖动着羽毛散开在大年的院子里。它们不知道，日子又整整过去一年；它们也不抬头看天，自然没发现这日的天空与往日有了大不同。叔叔几乎是一路小跑给它们取来吃食，放进洁净如新的鸡盆里。

顺着叔叔的眼睛，我看到那只黄鸡，确实最肥。叔叔又回身抓出一把玉米，专门撒在黄鸡脚下。叔叔是感慨黄鸡不死吗？我不禁想笑。黄鸡如果是人，一定会感谢叔叔的不杀之恩。它不是人，自然不懂叔叔此刻的用心。叔叔这一把玉米，撒出的可是一个“年”的好心境啊。

看到玉米，一只白鸡和一只黑鸡扭身哗地冲过来，黄鸡只好挤在中间用最快的速度争抢，不想被噎得仰天一缩一梗。它只顾痛苦，断断想不到差点看不到这片天空。

鸡盆那里，两只鸡打起来了，不知是因为什么鸡毛蒜皮的琐事。婶婶一石子飞过去："吃饱了撑的！"两只鸡被打散了，众多的鸡都跟着散了，包括正噎着的黄鸡。

只剩下又被鸡食污得没了眉目的光光的鸡盆。

院子里又恢复了平静。

婶婶一刻也没有停下来，在屋里屋外摆弄各种吃食。这些东西，大多是婶婶的手工制作，在春节的阳光里晾晒着她的好心情。

村里的鞭炮也相继噼噼啪啪起来。年的味道，浓郁扑鼻。

"奶奶过年好！爷爷过年好！"

"姑姑过年好！"

早饭刚开始，本家小辈已迫不及待登门。屋子里立时鲜艳起来。孩子们也不看谁，一股脑挤过来惯性般地问候过，换回一个个红包，笑靥如花地跑开。

他们，不正是当年的我吗？接过长辈手中几张毛票，轻快一个正月天。

叔叔端起酒，泪眼汪汪看着我："孩子，以后过年，带你妈回来。"

叔叔一饮而尽，我一饮而尽。而婶婶，只管把菜堆在我面前的碗里，任它们满满溢出来，由着一大块红烧肉滚落在桌上。

我毫不犹豫，捡起来放进嘴里。

这分明是小时候的年。小时候的年，记忆里就是这般滚润香嫩的肉滋味。那时候，母亲一忙便是整个腊月，可忙来忙去，我的记忆却只有一种肉滋味。

一个肉滋味，需要忙碌一个腊月，一个冬天，甚至一整年。然而我坚信，那时候母亲们的快乐，以及所有大人及孩子们的快乐，就是一碗肉滋味。

用一个冬天酿出的肉滋味，有多香？

可如今，我们早已不再想闻哪怕一点点肉滋味。

好在，家乡还有。

说话间，又一拨奶奶、大娘、堂弟、堂妹带着孩子推门而入。屋子立时乱起来，完全听不清谁给谁拜年。好在孩子们拿过红包就散了，屋里立时清晰起来。

我这个归家之人，自然成了中心，所有的亲人都围在身边，问长，问短。

支离破碎，我们一点点扯。

越扯，越暖。

一枚小鞭带着很响的动静飞进来，吓坏了一屋子女人。反应过来时，大奶奶一声怒喝，把捣乱的孩子吓到树后，坏笑着朝屋里偷瞄。我知道，是他不认得我，故意以此吸引我的注意。

摆手，他却不进来，干脆跑开。

一只鸡叫。细看，是叔叔喂的小花狗在院中捣乱，它蹦跳着正追赶一只鸡，正是那只黄鸡。黄鸡跑得并不拼命，却要直着嗓子叫。

正在院子里归拢柴火的婶婶骂：再疯，还吃你！

这次是叔叔，一个石块远远把黄鸡带狗打发到坡下。

“卖——芝麻饧来——”离开家乡多久，就有多久没有听到这种声音。“芝麻饧”三个字让我嗵地跳下炕，跑到院子里。

面前，正是早已陌生却又异常熟悉的童年景象：一个半大小子，手提一只柳条篓。篓子里，是一多半排得整整齐齐的芝麻饧。

馋意涌上。小时候的年，我总是把那些皱巴巴的毛票紧紧塞进口袋深处，一路捂到村里的供销社，从柜台里由着性子买一衣袋糖果。再出来，跑村串巷，冒着一头又一头汗满村找那个提篓子的身影，把几根芝麻饧抓在手里。

一群女孩子，就着寒风，对望着把脆生生挂满芝麻的饧放进嘴时，不知道城里人管这种美味叫麻糖，她们只顾大嚼，大笑。谁家母亲怕孩子们吃了咳嗽，吼叫着拿回家到火上烤一烤，立时松软得拉出长长的甜甜的糯米丝。

而今，久违的芝麻饧就在眼前。我二话没说，抓了两大把在手里。回屋，一人一支。由着她们，或烤，或直接放进嘴里。

直到，叔叔把案板放在炕沿上；直到，饺子馅香盖过芝麻香。

“什么馅？”

“猪肉韭菜粉条鸡蛋！”

奶奶、大娘们立即咽下芝麻饧，挽袖子洗手。婶婶推也推不开，凭她们炕上炕下围着案板挤成一堆。一串一串的故事，也就顺势包进饺子里。

这样的场景，总与母亲有关，与温暖有关。小时候回家一看到偎着一屋子女人或针线，或家常，总是异常暖。也因此，每每回家，总希望除了母亲，还有奶奶、婶婶或者别的大娘、阿姨在座。反正，屋里只要坐满女人，就感觉是家，是温暖。

如今，我就挤在这热腾腾的圈子里，享受温暖的年。

叔叔插不上手，远远地看着我们，抽烟，笑。

饺子，就在欢声笑语里排满一篦子，又一篦子。

“奶奶，琴琴到家拜年了！”门口，一个男孩伸着头喊。细看，便是刚才用小鞭捣蛋的小淘气。大奶奶边应声边放下手里的饺子往外小跑，一边跑一边扭身叮嘱我，“小小，吃了饭到奶奶家啊”！

时间已近中午。大娘、堂妹们也就势起身，要回家做饭。走时，自然留下与大奶奶一样的叮咛。

吃过饺子，自然要一家家转转。还有，下院那个二十年不见，却依然亲切地喊出我小名的婶婶家。

那些过往

一到春天，人们就提梨花。许多人更是以梨花的名义，演绎出诸多与梨花有关的浪漫与节日。

我也曾多次随着城市人们的脚步走进梨花深处，用相机一张张记录下那些并不算太美的花朵；我也曾附庸风雅，跟着一拨又一拨的文学爱好者品味梨花，写下一行又一行关于梨花的词句。

如此还不够，我又一次次随着人们的脚步，遍访杏花，寻觅桃花。如此几年，终于发现，我镜头里的梨花或者杏花桃花，根本就不是我想象中的那些花。我如此追逐，只是以花的名义，去消耗一些时间，找寻一些曾经丢失的过去。

幡然醒悟：梨花，曾经不是雪一般开满整个村庄，开在我家门前？

我怎么，轻易就忘记了梨花的模样？我怎么能，跟着一群不曾见过梨花的人群，一遍又一遍寻访梨花，犹如初见般惊鸿向往？

突然觉得，很对不起童年，对不起生我养我的村庄，对不起一树一树的花开，甚至逝去的那些开满花的春光。

我生活的村庄，梨树遍地。一片一片的田地里，都是一株一株的梨树。以至于村子边上的人家院子也被梨树包围。

有梨树，便有每年一次的梨花开。只是，我忽略了当初的花开之魅；我甚至忘记了一树一树花开时的洁白盛典。

尽管，这种梨的品种粗笨，个大，皮粗，许多时候只能用来做罐头，但不管梨子是什么品种，梨花却是一样洁白、灿烂、绚丽。

那时候的春天，真的是“忽如一夜春风来，千树万树梨花开”。总是在一夜之间，打开家门便被如雪的视野迷住。

我为什么，没有细细品过梨花的模样？直到现在，我对梨花的概念也只是一树洁白而已，它的花瓣什么样，花开几时，我都一无所知。

花若有知，会不会怪我这个在梨树边长大的孩子？

那时候，村里的梨树，大多数不怎么修剪。也因此，梨子总是好好结一年，再休整一年。梨子结与不结，梨花总是应春而开。

也曾在无聊时，伙同一群小孩子把落下的一地花瓣收集起来，或夹在书本里，或放进书包里，甚至埋入土里。更多时候，是把它们从这边拣起，扔在那边。一双双幼小的手里，这些美丽仅仅是平凡的花瓣而已。而这种花瓣，总是满眼，俯拾皆是。

或许，这便是我从未重视过梨花的原因。离自己太近的东西，便不再是风景。

就像现在回家乡，总是很欢喜地带着相机跑向田间地头，跑向黄土地墙角根，跑向那些正在坍塌或已经坍塌了的破窑洞，甚至跑进漫天尘土里。乡人总是一遍遍好心却不屑地提醒：那些破东西拍它何用？他们心里，最美的景致总是遥不可及的大都市，总在那些高楼大厦、钢筋水泥、人流车流之间。

一阵春风，或者一场春雨，便是一场花瓣雨。如今想来，走在梨树下的画面，该美到怎样的极致？那才是真正“落英缤纷”的好景致。那个时候，为什么就没有一个小姑娘，坐在那样的缤纷里沉思，欢笑，或者哭泣？

那时候的树下，更多的是一群孩子，仰头眼巴巴盼花落，盼着把缥缈的花瓣变成嫩绿的果子。或许在孩子们心里，花开只是多余的一季。只有花落，才有果子。而果子，才是可以实实在在品味的东西。

现在想来，果实的到来也很快。也是一夜之间，嫩嫩的小果子便羞涩地从花开的位置冒出头。大人们近前查看，是为了检验秋日能否有一个好收成。孩子们近前，是盼着果实快快长大。而每年，总是不等果实长大，便偷偷摘下放进嘴里。又酸又涩的小果子瞬间被孩子们苦着脸吐在地上，却也总是乐此不疲。

唯其如此，谁会盼着花季更长一些？

谁会有心思去赏花，思花，恋花？

梨树边的大人们，或许也是。因为，我实在回忆不出村人欣赏和疼惜梨花的一点点踪迹和兴致。

那天问母亲：那时候村里梨花开，是不是非常好看？

“好看。”母亲回，“可谁看？”

突然想起小时候村里演电影《红楼梦》。到黛玉葬花一段，银幕下总是一阵阵骚动：“简直瞎扯，弄得跟死了人似的。”

不就是一些花落吗？犯得着如此伤心地哭泣？如果花落了都要哭，那么果子没了呢？庄稼收了呢？树木枯萎了呢？

农人不喜黛玉，大多从这里开始。

不必试图给他们讲解。风情，都是空虚到极致的人们想出来填补生活空白的东西。农人的生活，被实实在在的土地填得满满当当，哪有闲情务这种不切实际的虚？

不必笑话他们。或许，他们正坐在墙根下，一边吸烟一边笑话在梨树下故作姿态的你。

也因此，我总是不敢在他们跟前太放肆。

我只能坐回电脑前，一遍遍去回味梨树，模拟花开：一群小姑娘背着书包，从一树一树的梨花下经过，从一地一地的落花上踩过。她们嘴里，是与梨花完全无关的话题；她们眼里，洁白如雪的梨花总是与泥土一样平凡无味。

突然有些羡慕，唯有她们，才有绝对的资历不屑花开。倒是梨花，多想追逐小姑娘的脚步。于是一进课堂，老师便看到姑娘们头上顶着、鞋子上踩着的花瓣，或白，或粉。花香隐约回荡在教室，她们依旧视而不见。

那个时候，人们几乎不拍照片。可那个时候，也常常会有一些游走的摄影师扛着相机进村。为什么，他们从未选择在花开时节到来？

游走的村庄摄影师们，错过多少繁花场面？

现在，我一次一次挖空心思挤进梨花，接近桃花，穿梭往返于杏花间，一次再一次留住花开的姿态。我试图去解读花瓣，我甚至与城市长大的人们一样，单纯用“桃花红，杏花白”这类常识去区分春天里次第盛开的花瓣。

无奈，花易逝，遇一场雨或一阵风，便只剩落英。

春草萋萋绿渐浓，梨花落尽晚来风。

当春草由嫩绿变成深绿，当春草的长势越来越凶猛，花便落尽，果实便新生。

多想回到那些梨树下，等待一树一树花开；等待那些小姑娘，背着书包经过。这时候，我会大声叫住她们，拍下她们在梨花中或羞涩或躲避或灿烂的笑脸。我知道她们听不懂花易逝、纯真易流这些话，只想告诉她们好好保存这些照片，若干年后慢慢回味。

我还要告诉她们，好好读读这些花瓣之美。若干年后，她们一定会成为我。而我，多么不想让她们变成我。

故乡转眼成他乡

一个梦，把冬冬吓醒，再难入眠。

妈说冷，爸端着一碗小米稀饭说吃完买棉花去。

到底怎么了？

叫醒妻儿：今天我们回老家。

谁都惊，包括他自己。然而此刻只有回家，才能解了这个梦，才能放下悬着的一颗心。

四个小时车程，冬冬开得略有些疲倦，爹妈还是如期出现在眼前。

好好的。那两个圆圆的坟头，还像两年前一样安静在乡土里。变了的唯有周遭多出一些杂草，然而碧绿。

愣神的当儿，一位村人挑着谷子走进来：冬冬回来了？

回来了。冬冬一家赶紧让路。邻人也顾不得停歇，颤颤地一挑饱满谷穗擦身而过。冬冬从车里拿出铲子，三人边锄草，边与爹妈叨叨。别后的一切，冬冬一一说给爹妈听，包括工作，包括孩子学业，包括三口人跑了一趟深圳。坟边的土依旧厚实，温润，头顶是一如既往的暖阳。妈妈怎么会觉得冷？

或许，是想他们了？

冬冬承认，近年回来看望爹妈，越来越少了。由于信仰，家族没有祭坟的习惯，所以从来就没有清明上坟一事。以往每年至少回来一次，是因为家乡还有姑姑、表叔。回来，大都是看望活着的亲人。因为回来，所以总要去爹妈坟头收拾一下丛生的杂草，坐下来发一阵呆，看看来来往往的农人，和那些忙碌的土地。

随着姑姑与表叔的先后离去，冬冬似乎没了回来的理由。村子是这样的亲切，蕴含着儿时满满当当的记忆，还有爹妈在世的点滴时光。无奈的是，突然就没了归属感。乡人是友善的，每个见面的人，脸上都是亲切的笑，嘴里都是暖心的话，然而真真切切，内心就有了外乡人的感觉，挥之不去。

亲人。冬冬一瞬间涌上一种别样滋味，亲人就是家，家就是亲人。没了亲人，家就只剩了一个字，再没了屋檐下的随心，炕头上的暖意。

寻不回来了。

坐在秋风里，陪着爹妈。一上午的劳作，爹妈的坟头崭新如初。冬冬与以往每次一样用相机存下，以备离开后翻看。

接近正午的秋风很是温暖。周围，一家家地里不同程度忙乱着。有些近的就看到他们，远远吼过来：冬冬回来了？

回来了。一上午也说了不少话，大多是这一句。问的，答的都尽了义务。冬冬想起从前，姑姑活着的时候，一见面就是没完没了的家常，没头没尾的打问。外面说不够，拉回家继续说。表叔也是，虽然加了“表”字，骨子里却认定是亲亲的亲人，东拉西扯着永远断不开的话题。如果姑姑恰好不在，表叔便早早备下饭菜。即使遇了表叔不在家，冬冬也会主动坐在院子里等他。从地里回来的表叔看到冬冬，一定会埋怨：怎不早打个电话？什么菜也没准备。冬冬便答：就喝和子饭。

厨房，边唠家常边做饭，亲情很快在火里融化。

而此刻，于这个村，冬冬竟觉得一家三口像被风吹来的三片落叶。午饭时间到了，一个个农人都收拾工具往家走。冬冬其实挺想进村，寻一些如烟往事。然而此刻已是正午，家家都在做饭吃饭，自己像一个不速之客一般闯进去，会不会有些尴尬？不，他的这种身份，还不如一般不速之客。不相识的人进村，顶多被问一句：找谁的？干什么？随便走进正在吃饭的哪一家，主人要么自顾自吃着饭随便应付两句了事，要么递一碗过去问一声吃不，吃与不吃，都是轻描淡写的过眼烟云。他不同。走进谁家，都会热情地留他吃饭，或许还会隆重收拾起锅灶重来。然而他该走进谁家？谁家都是一样的乡亲，谁家也没到可以随意吃饭的地步。他甚至能够想到，进门的一瞬，对方一定会略显吃惊，一定会先在心里琢磨为什么他要走进这个门，一定会先客气一番然后让座倒水，继而疑惑地问他有没有吃饭，进而客气地要他留下。这期间，家中一定还有对他不熟悉甚至不认识的，他们会忍不住与谁窃窃私语。他知道，因他闯入营造出的气氛一定有些不随意，这种客气与热情背后一定充斥着无缘由的尴尬。等到他吃过离开，对方一家一定会就此展开一番议论，会有人同情他连吃饭地方都没了，会有人由此而翻出他们家好的坏的一些旧事随意晾晒，会有人猜想他还会不会再回来，甚至会有人闻讯上门来细问在此吃饭的因由。这些都是他可以想到的，却是最不愿引起的。

寻一个人家，坐下来吃一餐饭，聊聊往事，如此难。

冬冬此刻忽然怀念起死去的亲人来，爹妈，姑姑，表叔。想到这里，泪水就有些止不住，哗哗在秋风里淌，一滴滴流进新翻的坟头。邻人们远远走过，看不到冬冬的表情。有些人犹豫着停下来，但短暂一阵后还是离开了。或许有略熟识的会突然想到，冬冬回来，没地方吃饭了。然而他们想的一瞬，心中会升起另一个疑团，那就是冬冬没理由去到他的家，冬冬或许有更近的人家要去，他们，还是不要虚假客气了罢。

每个瞬间升起此想法的人，都被更合理的理由一一打消。冬冬与妻儿，也只能继续在坟头吹着秋风。其实收拾完，就可以离开了。然而冬冬心有不甘，这么大老远回来，就这样在坟头待一阵？不到别处转转？不到村里看看？然而这个尴尬时刻乱了他的心。

这也是回来之前没想到的。

村里有小饭店，然而他却不能进去。饭店是村里人开的，如果他带着妻儿进去，老板一定知道他没地方吃饭，也就一定不会收他的饭钱。而他，又没带一些可以与人家交换的礼品，如何凭空白白吃人家一餐饭？

“爸爸，饿了。”女儿喊。

他又何尝不是。正因为饿了，他才不能也不愿走进村子，不愿走进任何一个乡人家，甚至不能在乡间的小路上踩踩踏踏。

回吧。做这个决定时，他心底一阵酸。这个生他养他的自家乡村，竟没了自己哪怕一小席立足之地。

“呀，是冬冬吧？”小时候玩伴的父母拉着一平车玉米停下，“这是要走？”

“要走。”冬冬有许多话，但不忍耽误两位大汗淋漓的老人。走了几步的老人突然回头，“你们，还没吃饭吧？有地方吗？要不，到家里？”“不了。”冬冬脱口而出，“有地方。”

起身，回头。风中的乡村更加亲切，小河淌水，柳叶飞扬，高粱退去，玉米涌上，一大片一大片金黄碧绿清澈，被秋风搅拌成故土特有的芳香袭击着他咚咚跳动的心。分明，这是妈院子里的味道，是爹身上每夜睡前都扫不掉的味道。

然而风中的村庄又那样遥远。这些味道，和爹妈、姑姑、表叔一样，已经慢慢消失在他的视线和嗅觉里，被迫存进他的记忆。只留下思念，以无人能懂的速度疯长。

回城路上，这种微妙的痛楚始终击打着冬冬的心，像他这样飘向城市的村里人，是不是，注定会没了自己的乡村？回老家，会不会，成了一个尴尬而奢侈的梦？

婚　宴

一个多月前，母亲便说："你莲姐的儿子要结婚了，到时咱得回去。"

莲姐是我的堂姐，又与我家同在一个村子，来往一直很密切。因此我知道，这一趟老家，必须得回。

与往常一样，老公不放心我开车，也一道回来。

快进村时，迎面碰上十几辆迎亲车队。我们猜想，一定是从莲姐家出来的。果然，转过一个弯，便看到村口莲姐家热闹非凡。粉红的拱门下站满了喜洋洋的人群，鞭炮屑随处散落着，余味在空气中缭绕。下得车来，眼尖的人已经迎母亲而来。每每遇到人多时，我便仔细看，除了常见面的亲戚外，还有几个熟识的，有谁是以前见面打过招呼的。然而看了一圈，大多还是很陌生，于是直奔几个亲戚而去。

正说着话，一个高大帅气的男子一把搂过来："姐，终于又见到你了。"

我有些不敢确定，但还是脱口而出："勇勇？"

"姐呀姐，难得你还认得我。"果真，眼前这个风风火火的男子便是那个小我三岁、从小老淘气的小堂弟勇勇？

勇勇是莲姐的小弟弟。我能第一时间说出他的名字，与这个现场有关。

已经记不清，自从过了十几岁，与他是不是还见过面。

勇勇又把我拉到旁边："过来姐，给你介绍。"面前的三位女子，我一个也不认识。勇勇一一说来，一个是大嫂，一个是他媳妇，还有一个是另一个堂弟的妻子。

我努力记住她们的模样与她们的关系，很怕一转身再碰面后，我又认不出来。突然，一个白衣时尚女子挑起帘子从门里出来。

"霞霞——"我赶紧叫她。看到我，她也开心地跑过来。"我想你应该回来的。"她边搂着我边打问母亲，"婶婶呢?"

霞霞是莲姐的小妹妹。莲姐兄妹五个，除了每次回家必见莲姐，与我在同一座城市的霞霞算是我最熟的。然而我们熟并不因为我们处在同一座城市，更多的记忆是在小时候的村子里，小我一岁的霞霞与我常常形影不离。之后仅有的两三次见面，是在她结婚和孩子过生日这样的日子，也是乱糟糟的根本没机会聊几句天。

从小的友情，总归一直认真地放在那里。因此一见面，便是无距离。

就这样，所有的亲戚很快以这样的方式一个一个被拽到身边，圈子越来越大。到处是惊喜的声音，到处是亲切的呼唤，到处是真切的问候。常见的，不常见的，甚至多年没见过面的，都一一在此相认、相聚。淡忘许久的亲情，很快找了回来。

每当这个时候，总能感受到说不出的温暖。

婚礼、做寿、孩子满月等等节日，实在是主家给亲朋们搭建的一个聚会大平台。每每这个时候，久不见面的亲人们才有机会得以相聚。

莲姐终于看到我们。然而胸前戴着一朵红花的她实在太忙了，只在匆匆打过招呼后便离去了。我看到，她一路走过，根本看不到对面或两边与她打招呼的人。这一天她的脑子里缠绕的全是儿子儿媳，全是怎样走完该有的程序，再也容不下别的人与事。

至于莲姐的老公，我的堂姐夫，其实一直就站在我们前方不远处，背对着我们。几次想过去喊他，可他始终紧张地盯着周围的空气，根本没听到身后我们这些亲戚早已抱成一团。我不知道他的任务是什么，只知道叫他过来他也只是心不在焉地说几句应酬话。不叫也罢。

近12点时，霞霞过来叫：“咱进院子里吃饭吧？总管说先让亲戚们吃。”

答应了一声，回头看母亲与几个亲戚及村里的老姐妹聊兴正浓。于是说等等吧。不一阵，身后的鞭炮再一次震耳地响起，几个小伙子边往这边跑边喊：来了来了！

自然，是新娘子来了。

“快，咱看看去！”很少回村的霞霞对新娘子产生了莫大的兴趣。我也跟过去凑热闹。

车门打开，一袭粉红婚纱的新娘被新郎的嫂嫂搀出来，高高站在椅子上，扬手，前后左右散发糖果。大红的头纱遮着她的脸，脸庞若隐若现。

我努力往里，想看清莲姐的儿子、今天的新郎官长什么样。挤了几次，在人群空当里看清他穿一身浅灰西装，白白的，胖胖的，高高大大，很敦实的模样。我想不起最近见他是哪一年，他自然更没看到人群里我这个正在关注他的“表姨”。

他应该知道我，因为他熟悉同村的我的母亲、他的表姥姥，但也仅仅停留在可以分清我们之间关系这个层面。我关注他，是因为他是莲姐的儿子。我与他的关系，或许也就止于这个日子。从此他若生孩子或者办别的事，会不会再与我联系？

新娘子身材很瘦，就在他的背上，依然是若隐若现的一张脸。

小伙子们很卖力地起哄，围绕两位新人挤成一团。我很快被挤出来，听他们阵阵哄笑，却不知道里面在表演什么节目。就这么乱了好一阵后，新郎又被小伙子们簇拥推搡着背着新娘往坡上爬。

亲戚们远远看着这一幕，都有些心疼新郎。尤其是他的父亲、我的那位堂姐夫，忍不住朝儿子追去，但很快被人拦下来，停在原地怔怔地望。

依然是他的背影。之后一直到离开，我再没见过堂姐夫，即便是这样的背影。

很长一段坡，新郎爬得步履蹒跚。回来无期，进院吃饭吧。

想不到，院子里同样堆满人。摆着的十几张桌子上空空荡荡，人却已经坐了一大半。随后进来的人，也蜂拥着往里涌。孩子们叫唤着嬉笑着用手抓着筷子在打闹、敲击。霞霞与我绕了好几圈，堂妹也努力拉着我挤，远远看到三个位置，赶紧喊着母亲过去。等我坐了其中一个，另两个已迅速被挤占。我只好起身，把后来赶到的母亲安排坐下。这时，姑姑在另一张桌上急促地喊："快来这里!"然而待到我挤过去时，一个屁股已经先我而居。

"下一拨吧啊，下一拨再吃!"总管站在院子里大声朝涌进来的人流喊。

这个时候，我才发现脚有些累。看看时间，走走站站也有近三个小时了。我想找个凳子，没有；院里四五个屋子，都挤满人。

只能站着等。院子里，不时出现一两个熟识的脸，但因时间久了，也仅仅是远远打个招呼而已。有的，远远望一眼便低下头，连打个招呼的意思都没有。个别能走近的，话也是勉强的几句。我找不到可以说话的少时伙伴，或者，即便他们出现，也是已经无话了吧?

能说话的，也就是堂妹、婶婶这些亲近的亲戚了。

我知道，从前都不在了。

一同回来的老公更是愣愣而无聊地站在院子里。这个村子，尽管他来过无数次，这样的婚宴对他来说还是有些陌生。然而这么长时间了，看热闹的新鲜劲已过。我看到他转来转去，好不容易找出一个熟悉的亲戚来，用很不畅快的语言艰难地在那里聊天，打发时间。

抬头，看到几个人以及他们手里的红纸本，突然想到一个问题，于是快速跑到母亲跟前。一问，果然我们的礼钱都还装在母亲口袋里。跑到跟前，熟识的记账人逗母亲："是不是要吃饭了才想起付饭钱？"

母亲倒也幽默："是啊，从来不习惯欠账。"

看着我们的名字一一写在红纸上，母亲才放了心，又问我还有没有被遗忘的事。我说只要把礼钱上了，就不会有其他大事。

桌上，饭菜依旧没有上。时间却一分一秒过去。说实话，肚子很饿。远处有人打开一个大蒸笼盖，我看到里面如雪的馒头。我与身边的堂妹商量："我们能不能，拿一个碗只吃烩菜就馒头？"堂妹看看周围，也觉得吃饭无期，于是自告奋勇去拿碗。

我无比期待地看着她，心里想着烩菜就馒头的好滋味，尤其是想着烩菜里的五花肉、大块土豆、豆腐、粉条、白菜，一遍遍往下压着口水。终于，堂妹一手端着一个大碗过来了，到跟前，才发现碗里并不是烩菜，而是凉拌灌肠。

"他们不让盛热菜，非让等着坐桌呢。"堂妹一只碗给我，一只给老公，说你俩赶紧吃，我再去盛点稀饭。

我们看看手里的碗，同时吃了起来。虽然不是喜欢的烩菜，但能这样止止饿也不错。抬头，饭桌上的人们都在看我们，院里站着的人们也都在看我们。有亲戚便喊过来："凉哇哇的怎吃？等等坐下吃吧。"

说实话，这让我想起童年。放学回家，盛一碗饭，出到院子靠墙站着，听着大人们聊各种天。狗和鸡仰着脖子围在身边，等着偶尔给它们扬一筷子或不小心掉一点残渣在院子里。

看看，莲姐家院里没鸡，狗倒是有两条，钻在桌下憨憨仰着脸。

堂妹又端过来两大碗稀饭。看了一眼，里面红枣南瓜，确实不错。

吃的当儿，院子里桌上也开始上菜了。本来想着，等他们的热菜上了，我过去随便哪个盘子里夹两口吃。没想到，菜上得并不连续，早已饿急了的人们哪里给你这样的机会，好不容易端过来一盘不等放稳，一人一筷子便见了盘底。

中间跑过去与母亲说了两句话，有两个菜她便一口没吃上。旁边的姑姑急得直碰我：“一会儿再说！”

断了这个念头罢，不吃热菜了。继续回到墙根，站着继续馒头就灌肠。

“让盛烩菜了！”身边也在等座位的本家婶婶惊喜地推我。一看，远远地确实有人端出一碗烩菜。堂妹起身，一会儿就盛了一大碗过来。

正是我想吃的烩菜，然而馒头、凉灌肠又加大半碗稀饭，哪里还吃得下？

突然，一个声音喊过来：“明明不见了！”明明是堂妹带出来的亲戚的孩子，4 岁，出奇地淘气。刚刚我们吃馒头喝稀饭，他还与另一个小女孩在院子里嬉笑着追逐。

顺着刚刚那个声音，我们满院子望来望去，确实看不到那个调皮的孩子。瞬间，“明明”的声音在院子里此起彼伏，认识的，不认识的，都一起帮着喊，可是根本没有明明的身影。突然发现，与明明一起玩耍的那个小女孩独自蹲在一角，盯着一批蚂蚁转移馒头屑。

“明明呢？”她看看我，“那上边。”

堂妹一边顺着小女孩手指的方向跑一边说，“没事的，咱这里丢不了孩子。”

不放心，跟出去。远远地，看到一个小人儿被一个大人拽着，迎我们下来。“明明——”堂妹兴奋地喊。

明明还要扭身回去，被堂妹追上去一巴掌拍在屁股上，拖回到婚宴的院子里。

一干人喊着“明明”，争着把饭菜塞进他嘴里。

或许是看我们没吃好，或许是母亲的性格，她不想在饭桌上继续，起身过来，叫我们走。

与堂妹告别，离开。

身后，总管大吼：换一拨！都利索些换一拨吃啊！

想告诉莲姐一声我们要走了，也想告诉外村的几位亲戚我们要走了，但终归乱糟糟看不到他们的影踪。倒是在出来的路上，不断听到有人喊我的名字，细看，是刚刚吃完饭的外村亲戚，他们已经匆匆坐上自己带来的小工具车，往回返。

每个人手里，都提着一袋子或几袋子馒头。这是主家对上礼人的回馈。

“也不再坐坐这么早回?”我冲一位本家叔叔喊。

“待着也无事了。”坐在车尾的他向我扬手，“再说下午还得下地。”

突然明白，他们抢着坐在桌前赶着吃第一拨饭，更多的是为了早早离开，回去不误下午的农活。

身后似乎有人喊。扭头，是一个陌生男子。

我看得出来，他边跑着过来边冲我笑。我回笑，却认不出他。母亲赶紧说，他是华。看我还发愣，便说出他的小名。我突然想起，他与我差不多年龄，却不是同学，也并不熟识。然而他大方地过来与我讲话，说他在县城工作，还说之前在院子里其实找了我一中午，也没别的事，只是觉得再见无期就想见个面。

突然很想与他拥抱一下，但终归不是太熟，忍住了。

很认真记住他的名字，以及他的容貌，与他告别。

莲姐家的院里院外，依然乱糟糟的。有人找不到孩子了，有人正在找回家的同伴，有人忙着说再见。

我们也发动了车子。老公毕竟与这里的人不熟，偶尔在路边碰上一个熟识的，我刚“哎”了一声，他已呼啸而过。

路上，母亲遗憾地说：“谁也没有告诉，就走了。”

我赶紧安慰：“太乱了，等过段时间，咱专门回来住两天。”

此时才突然想起，我竟连新娘子的正脸也没看到。

被岁月掩盖的酒窝

一进母亲家的门，她说正好，你婶婶家的明子马上过来，你到大门口迎迎他。

明子比我小10多岁，是亲亲的堂弟。然而记不清多少年不见了。脑子里，却很清晰地浮现出他小时候的脸，肤白，圆脸，大眼，爱笑。他的小婴儿时代，常常在我怀里；及至长大些，又常常与我追逐在院子里。喜欢他，就是因为他的爱笑。

我一边出门，一边在心里算他的年龄，又想着与他最近一次相见时间。那一年，他似乎上初中。当放学回家的他看到我在座时，脸上立即挂满羞涩。还是小时候两个深深的酒窝，还是那张圆圆的脸。我笑着看他，期待他像小时候一样扑过来。他却远远地站着，不动，只低了头笑。婶婶看到了，吼他：也不和姐姐打个招呼？他抬起头，脸上笑盈盈的，脚步想移又停下了。

这个年龄的少年，我了解他的羞涩。于是从炕边起身，走到他面前。他几乎与我一般高，身上散发着男孩子的青春气息。我像小时候一样双手捧了他的脸，他竟一低头逃出我的手心，笑着跑开。

婶婶骂，真没出息！越大越没出息！

明子跑到院子里坐在角落里那块大石板上，偶尔偷偷朝屋里望一眼。我知道他在看我，却不揭穿他。每当我俩眼神相遇，他就一笑，眼神一闪。

直到中午整个饭间，他都是这样的表现。有些事，我问一句，他答一声，始终不肯主动说点什么。

我问：明子，记不记得小时候，你特别爱让姐姐抱？特别爱让姐姐在院子里追着你跑？

他看着我，犹豫着，最终摇摇头。然而他似乎对这样的画面很感兴趣，眼神亮亮地看着我，期待我说得详细一些。我看着他，故意不说，他便忍不住了："姐，那时候我重不重？"

哈哈！小时候的明子，胖的像小皮球，圆滚滚的可爱极了。也才十几岁的我每每抱他，都很吃力。然而我天生就爱小孩子，尤其爱胖小孩。所以一放学，进门扔下书包就转身出门跑去婶婶家。母亲在身后喊"马上吃饭了"也总是装没听到。一看到我，圆乎乎的明子也绽开笑脸从炕里往外爬，一边爬一边流口水。

把他抱在身上，任他兴奋地抓我脸，扯我的头发，口水流我一脸。我狠狠亲他。亲一下，他咯咯笑几声。婶婶笑：你妈做啥饭，肯定没顾上看吧？

婶婶了解我，在我俩的嬉笑里放心做饭，放心出门喂鸡，取柴火，甚至站在院子里与路过回家的农人聊天，再去每个屋子问问中午做什么稀罕吃的。婶婶擀好的面就在案板上，西红柿鸡蛋白菜调和在火上炖着，香味一股一股往人鼻子里钻。或许是这味道刺激了明子，害得他一个劲啃我的脸。我把他扔在炕上，瞬间一阵哇哇大哭。婶婶跑进来，看看情形，用右手食指点我脑门一下，灶台上继续忙去了。

像以往一样，哭一阵，我便开始心疼明子。于是又抱他起来，看他淌着鼻涕破涕为笑，紧紧抱了我的脖子，也不再啃我的脸，怕我再次扔他。

你这小小人儿，原来竟也懂得！我学着大人的语气一样骂他，他抱得我越发紧了。

窗外，叔叔扛着锄头进院了；在半坡与伙伴们玩耍的明子的哥哥也被婶婶骂着喊回来了。婶婶进屋边往外捞面，边与我说："就在婶婶家吃面吧。"我还没回话，母亲已经端着两碗焖面进来，一碗给我。婶婶笑："嫂，闺女给我养下了。"

母亲笑："就是呢。"

边说笑，我们边挤坐在婶婶家的炕沿边上吃，明子不时爬过来抓我的筷子。

叔叔嘴里的地头事，母亲与婶婶口里的流言家常，明子的哥哥与我大声争论两个同学打架的对与错，都伴着明子的咿咿呀呀在屋子里明快地流淌。

时急，时缓。

不知为什么，我异常欢喜这样的时刻。甚至一碗饭故意吃得很慢。看母亲吃完最后一口，我便抢下她的碗飞快跑回家再盛第二碗，就是怕她起身离开。

屋子里少一个人，就多一份冷清。

母亲追着我的后背喊：半碗多啊，不敢盛满！而我，又是故意盛满，还认真剥一瓣大蒜给她。母亲接过碗时说，你看我刚刚忘了剥蒜。婶婶直夸我懂事听话。我把脸伏在明子的肚皮上，在他咯咯咯的笑声里独自品尝母亲与婶婶看不懂的心事。

一餐饭的时光，还是短了些。叔叔下午要继续下地，所以要午睡；婶婶要做饭还要照看明子，腰总是累得直不起；母亲的下午时光，也总有做不完的琐事。而我与明子哥哥，也很快到了上学时间。

亲一口明子，在他爬在炕沿边哇哇叫着并用胖胖的小手试图往回“抓”我的不舍里出门。

一声汽车喇叭声鸣醒了我，才想着自己此刻是站在院子里等明子。母亲说明子这些年辗转了许多地方打工，最终落户在这座城市。多年不见，他要过来看看他的大爷、大娘。

大门外的马路上车来车往，人来人去。我盯着他们，尤其是模样看上去比我小十多岁的男士。想到这里时我有些怅然，我似乎不能接受称明子为男士。在我心里，他依旧是一个小孩子。可是算算年龄，他真的是一个名副其实的男子。

许多东西，当你意识到的时候，已经在不知不觉中失去。不敢想从前，可从前总是太美。不是叹年华流逝，而是去哪里都再看不到这样的画面。即使我慢慢变成一位老人，也想与当年的奶奶一样，坐在那样不断脱落着墙皮的慢时光里看护我的孙儿。

我不知道，叮咚流水般的过往在哪天失去。我常常想回到故乡，却又害怕看到我的村庄。那寂寥的院落，那听不到孩童欢笑的屋子，那大门紧锁的学校，总是让人的心一阵阵抽搐，一声声叹息。

罢了，不再想。

明子该到了。大门口的人出去又进来，但没有一张脸像明子。除了守门的大爷，就只剩一位蹲着抽烟的男子，他半张脸冲着我，半张脸隐在自己吐出的烟雾里。

一个女人在大门口伸头张望，望一阵后犹豫着走近那个蹲着的男子，说着什么，之后，女人又张望一阵离开。

后悔出来时忘记问母亲要明子的手机号，否则可以问问他走到哪里，是不是可以顺利找到这个小区？

门口的大爷出来，夸张地一按手中的遥控器，把横在大门口的栏杆升起。我知道他要回去吃饭了。他吃多久，这个杆就朝天竖多久。这个时间里，进出的车辆无须因为该不该交停车费与大爷交涉，甚至争执甚至大打出手。

无聊。目光不由移向蹲着抽烟的男子。他的脚边放着一个不大的布袋装着一些什么东西；一个类似牛奶样的箱子，也是粗粗糙糙。猜想他应该是到小区干活的，正在等他的同伴。他抽完烟，起身，像我一样焦急地张望，这期间我们几次不小心对视，又迅速闪离。之后他掏出电话，焦急地说着什么，之后点着头，放下，移到大门口，里外张望。

我想他的同伴就要来了。而我等的明子，还没有影子。看看时间，已经过去半个多小时。我也走到大门口，朝左右张望。男子在左边，我在右边。他门外望一阵，又回身看一阵。

余光里，发现他不时也朝我再看上一阵。

正午时分，门外往这边走的人很稀少了。我盯了每一个看，都不是我的堂弟明子。与他站这里也是尴尬。于是回到母亲家，问她要了明子电话。

边出门，边打。电话里，一个陌生的声音传来，我赶紧问你可是明子？我是大娘家的姐姐。他的声音不惊，不喜，只哦哦两声。我问你找到大爷家的小区吗？现在到了哪里？他说他此刻就在一个大门口，但是不知道是不是大娘家的小区。

快走几步转个弯，正前方就是大门口。依旧无别人，只有刚才那个男子，手里握着一只手机。

看来明子真是走错了地方。我又拨通他的电话。我看到，那个男子也接起手里正响起的电话，眼睛却愣愣地看着我来的方向。

心里一惊，他是明子?！转而一想，怎么会！明子虽然已经30多岁，至少是明媚的。眼前这个男子，看上去分明有40岁，很消瘦，肤色也是土地上劳作者那样的黝黑。

重要的是，他的脸上没有酒窝。

我不敢也不肯相信，眼前的男子会是明子。所以我连一声“喂”也不敢出口，我们就那样相互举着电话，不出声。我甚至希望明子是走错了小区，此刻或许在别的地方，也不愿意眼前这个人是我的堂弟明子。

离他越来越近了。我小心翼翼对着电话喂了一声。他没有作答，放下手机，轻轻朝我喊了一声：姐。

真真切切，他在盯着我叫姐。明子！你是明子?！我虽然极其疑惑，然而还是努力压下心头的百般不愿问候了他。他说刚才在这里，就觉得有点像我，疑惑的是我怎么戴了眼镜？

是呀，我怎么戴了眼镜？那时候在村里，眼睛明明近视了，明明配了眼镜，也不敢戴，怕人说笑是装“文化”。嗨，那时候的环境与往事，他未必知道，我也就闭口不提。

再看他时，他勉强笑了一下，才发现他的酒窝是被脸上的坎坷掩盖了。我想帮他拿东西，他不让，左手一只袋子右手一箱牛奶，快步低头走在我前面。

突然觉得他就是曾经的叔叔，然而又陌生得不敢接近。

可他就是明子，就是曾经啃我脸蛋，扯我头发，被我扔在炕上的婴儿；就是那年回到故乡，羞涩地从我眼前跑掉的那个少年。时时听母亲说，明子今年打工到了这里，几个月后又跑去那里。对于我们曾经的老家，也是偶尔他回一次，我回一回，谁也碰不到谁。

我的爷爷弟兄四个，四个爷爷的儿女近二十个。曾经在一个屋檐下嬉闹了多年的那些堂兄堂妹们，慢慢被岁月风化成一张张陌生的脸。每次遇到谁嫁娶，谁的孩子过生日，总需母亲给我详细解释一回。

我们曾经年少的脸，都给了谁？

上一次相见，他的脸上还有婴儿时期的影子，今天，曾经的模样已经完全不见。我更不可能，亲昵地把双手放在他的脸上，甚至拍一拍他的身体。

我们陌生得不知该如何开口，更不能叙一些少年时期的旧事。就这样他在前我在后，关键时刻给他指一下路。为打破僵局，我问他“你爸怎样，你妈如何？”他说自己常年打工在外，挣不下钱，回去的也少。不过又说，他们应该很好，要不地里的事情谁来弄？

有一搭没一搭之后，我们回到母亲家。一开门，母亲与父亲脸上的惊讶与我之前预想的没有两样。明子低低地叫了一声大爷、大娘，把手里的牛奶先递进屋去。

站在他身后，看着一个完全陌生的男人，出现在父母面前。

脑子里，还是疯狂地闪现着婶婶家炕上那个破涕为笑的小婴儿，一遍，再一遍。

漫山遍野寻姥姥

那次回乡，母亲执意要去寻姥姥的坟墓。那一年，是她离开生活了近70年的家乡之后的第三年。母亲在的时候，其实很少去看姥姥的坟墓。这是延续了姥姥的信仰所致，家里祭奠逝者的方式，不是扫墓。

母亲或许是老了，或许是觉得离开村庄不在姥姥身边了，也或许是近几年也开始祭坟扫墓了，她突然提出要利用剩下不到两个小时的时间去看姥姥。然而因为多年不去，母亲对姥姥坟地的具体位置，似乎也不清晰了。

去的时候，老邻居仙大娘主动要求与母亲一道前往，我自告奋勇，也跟着去了。于我而言，极想弥补姥姥去世时我流不出一滴眼泪的缺憾。

沿着我的乡村曾经常常走的一条路，我们一路向下，又爬上。途中，有了一些新院落，连母亲也不太清楚是谁家在住，仙大娘一路走，一路告诉母亲那些门里院外的情况。当初母亲未离开家乡时，仙大娘几乎每天都要下到母亲家，两人边说话边下跳棋，日子温暖得令人向往。母亲要往城市走时，最舍不下的也是仙大娘。之后母亲每每回乡，第一个通知和看望的，也必定是仙大娘。

一路走，两人一路说着里短家长。除了沿途的琐碎，还有一年当中家乡的逸闻趣事，要事大事，仙大娘都毫无保留给母亲细细回放。于是两人一阵叹，一阵又大笑。觉得累了，她们便停下来，在深秋荒凉的路边看一阵天，揉一揉腿，互相摸摸对方的衣服说说下次回来的时间。

更多的时候，我夹杂在她们的情绪里，忘了此行目的何为。

秋收之后的地头，一片凌乱。农人都待在家里，处理收回去的粮食。秋日的冷风过早吹向这片土地。尽管阳光很好，还是一天冷过一天。我们跟着母亲，母亲跟着她的记忆，一道坡一道坡爬，一道梁一道梁翻。路，越走越窄。母亲边走边嘀咕，以前还好走，现在许多地怎都没人种了？

“死的死，老的老，走的走。”仙大娘听了扔过这一句。母亲懂，我也懂。土地的主人，一辈辈更替，只到如今的一茬大多去了城里，扔下空空的土地。

没人种的地，自然也荒了；种地人走了，路也就少了。本就不好走的“路”上，全被杂草挤占。许多时候，我们就从没有路的半山坡爬上滑下。往往是好不容易翻过几块难走的地，母亲却一声呼：错了！

好在仙大娘人好，边笑边说错了重走，反正就是想在一起聊聊天，顺便遛遛腿。这话听得暖暖的，脚下的阻拦也变得坦坦的。

母亲于是不再内疚。一次次回头，重新探路。

我的身上，从裤腿以下都布满尘土，家乡特有的尘土和草屑。有些路一脚踩下去，鞋面的模样就再也看不清。

终于，听到母亲说：就是这儿！那时候我已经落后了一大截。听得终于到了，才急急跟着走。我急切地想知道，姥姥的坟墓，如今到底什么样？

一棵树，任性地高高出现在一块荒草丛生的地头，是柳树。记得姥姥出殡那天，舅舅的儿子手里就举着一根柳枝，插在姥姥坟头。近 30 年了，姥姥一定不是当初入土时的模样，柳枝也不再是当初的那根枝条。姥姥的身体灰飞烟灭只剩了尘埃，柳枝却繁茂地有了更加强大的生命。那么，一定是姥姥的生命和养分，一点一点浸润在那根孩童手腕粗的柳枝里。姥姥的血肉一点点消失，细嫩的柳枝却一天天粗壮，周身流着姥姥的血。因此面对这棵树，竟与见到姥姥一般亲近。感谢它，在无人照料的时间里一路成长；感谢它，不离不弃陪伴着孤独的姥姥走过几十年时光。

又一棵树，生长在离柳树二十米的地方。比柳树低，却更加繁茂，因为它是柏树。在北方这样的秋季，在别的树种的叶子经不住秋风轻吹逐渐枯黄逐渐飘落时，常青的柏树就显示出它强大的优势。此刻，它像一朵巨大的西蓝花，绽放在这个荒无人烟的野外，绽放在姥姥的头顶。而姥姥的坟，像一个普通土堆一样的坟，就在两棵树中间，静静地，维持着当初的姿势。坟前无碑，坟墓没有任何标记，我倒一瞬间佩服起母亲来，她一路跌跌撞撞，怎么就确定这里埋葬着她的母亲？

两棵树，在空旷荒凉的地头雄壮而鹤立。姥姥的每一次呼吸，都深深浅浅透出来，传递在两棵树的枝丫里。姥姥的一举一动，柳树和柏树都看在眼里。它们遵照当初亲人的嘱托，尽职尽责地守护着姥姥的身躯。而姥姥，也尽自己最大的力量，护佑着两棵树越来越盎然生机。

姥姥的坟头不远处，增加了一处新坟，看上面名字，母亲说是本家的舅舅、舅母。其实坟头看不出新旧，能识别的，是他的坟头竖着一块墓碑，碑很新，上面的日期也很新。

母亲嘴里叨叨着，他们的坟怎么也安在这里？母亲或许不愿意姥姥的地盘被人入侵？我倒觉得，本家舅舅、舅母的坟安放在这里，是让孤独的姥姥有了伴儿。因此我走近他们，在母亲和仙大娘细细的描述里慢慢寻回他们生前的样子，鞠一个躬，祝他们安息。

如今面对姥姥，我们都没了眼泪，包括母亲。尽管，母亲隔三岔五会提到姥姥，提到若是姥姥在世，一定会给姥姥的炕上铺满厚厚的新棉花褥子，一定会多给姥姥一点零花钱，一定不会在姥姥把好不容易攒下的几块钱塞在她手里时，就真的不再退回。

母亲和仙大娘弯下她们并不好使的腰，一根根拨去姥姥坟头的杂草。那个时刻，母亲与仙大娘停止说话。我知道，母亲心里，是在一遍遍告诉姥姥，她与儿孙们安好，她愿姥姥安好。

再提姥姥，我不再仅仅纠结当初送别姥姥时为什么流不出一滴眼泪。之后多少年我一直在品姥姥，回味姥姥。当坚强的姥姥慢慢在我心里清晰之后，我更心痛的是姥姥的牙齿。哦，不是姥姥的牙齿，是我从来没有见过姥姥的牙齿。我不止一次问母亲，姥姥到底是什么时候没了牙齿？母亲只说很早。早到什么时候？我不敢再问。我有记忆时，姥姥或许还不到50岁，可姥姥的嘴里确实没有牙齿，一颗也没有。以至于小时候，我以为姥姥就不应该有牙齿。

此后，我一天天长大，然而早习惯了姥姥的没牙齿。我从来没有想过，没牙齿的姥姥吃饭什么味？满嘴长着好好的牙齿，我决然想不到，没有牙齿，到底是什么味？

直到有一年，我的牙痛，在一次治疗后暂时不能咬东西。

一颗牙，我那一天便痛苦到没有吃好东西。

我才知道，牙齿，于一个人而言是多么可怕的事。

我的姥姥，她半生艰难，半生没牙齿。

我又问母亲，怎么当时也不安一副假牙？

哪儿有钱去安牙齿？母亲说，谁会想到花钱去安牙齿？

我不再追问。

因为懂得。

秋风里，我盯着两棵树中间那个坟墓，一遍遍纠结一副牙齿。

没有如果。

坟墓让母亲与仙大娘整理得干干净净。看看时间，母亲说走吧。

拍拍身上的土，却看到三人都扎了满身的“鬼圪针”。母亲与仙大娘顾不得自己，倒先后蹲下来，一齐帮我。

那一刻，心无比安稳。我站定不动，只暖暖看着两位都像母亲一样的老人，细细地一根根摘除我满身的“鬼圪针”。

想起从前，姥姥如此待母亲，待儿孙。

从前，姥姥走 16 华里山路奔波而来，给炕上“坐月子”的母亲放一篮鸡蛋，两袋红糖，再擀一顿面条后，冒雨匆匆返家；从前，姥姥把父亲从城里买给她的食品“藏”在柜子里，等我去“偷吃”而她装作看不见；从前，姥姥拄着拐杖，喘着气从外面匆匆赶回，只为不让年幼的我独自在暗夜里哭泣。

想起，泪流满面。

扭身看一眼姥姥的坟墓，正有风吹过。

安息，是我留给姥姥唯一的祝福。

离开多日后，却突然想起一件事，我的姥爷，也一定与姥姥葬在一起，在那个坟墓里。可是，我怎么就忘记了，也看一眼姥爷？我从来没有见过姥爷，我的心里竟也就没有安放着姥爷？

母亲呢？年少时就失去父亲的母亲呢？怎么跟我说起时总是“去看看你的姥姥”？

我想问问母亲，并且好好聊聊，关于我的姥爷。

以及，那些我未能谋面的其他亲人。

早晨的味道

记不清鸡鸣了几次之后，女人的手推过来，先是轻轻的，再后来就成了狠狠的，还夹杂着几声责怪。赖床的孩子们，一个个带着热乎乎的身子被揪出被窝，坐在炕头依旧哈欠连天。及至坐上很长一阵完全醒过来，才慌得快速找被埋在被子下卷在炕角的衣裤，穿着系错扣子的衣服下地，草草到早已为他们准备好的脸盆里应付一把，水珠都不擦便拎起书包跑出家门。

院子里，鸡们刚刚被放出来，正在用力抖动被挤压得有些不成形的羽毛。有一只估计也是在夜里被挤狠了，竟跑过来用力啄一下另一只的脑门。这只一下便怒了，反身回击。两只鸡就这样毫无征兆地在清晨的院子里打起架来。一些鸡躲得远远的，一副见怪不怪、事不关己的姿态；一些鸡却忍不住驻足观看，嗓子里还咯咯着，似乎在助威，更进一步点燃双方的怒火。正激烈时，女主人将几把玉米哗地撒在院子里，事不关己的鸡们早已看到，哗啦一下冲过来；驻足观看的鸡们也迅速扭身，加入抢玉米的行列；打架的两只鸡立时有了些尴尬，只是它们挺直的脖子、张开的鸡毛和发怒的鸡冠一时难以恢复原状，依旧直愣愣地对峙着。很快，其中一只忍受不了玉米的诱惑，抢先解除了武装，迫不及待地冲进那一堆鸡群里。另一只，终于也无法坚持，不情愿地松下来。很快，它便忘记刚才打架的事，竟然挤在与它对峙了许久的那只鸡旁边，温暖地吃起来。

狗早就睡醒了，或者整个晚上它都没有好好睡，然而它总是最清醒的。看到鸡们吃得津津有味，它扁扁的肚子也有些受不了了。然而它的早饭还要等至少一个时辰，要等到孩子们早自习回来，等到男主人从地头回来，等到女主人忙完早晨的杂事做好早饭，还要等到主人一家吃完饭，剩下的饭才能到了它的盆里。也因此，这个早晨，它极度清闲也极度无聊。于是忍不住要去挑逗一下那些吃得津津有味的鸡。它摇摆着踱到鸡们中间，把鸡们呱呱呱惊得四散开来。及至看清了是与它们朝夕相处的狗时，鸡们便不再害怕，继续把头伸向地上的玉米。可狗似乎对鸡们的不在意感到生气，竟猛地跳了一下，让鸡们大大后退一步。多年来它们虽然和睦相处，然而鸡们还是有些摸不清狗脾气，脑子里也会不由得浮现出狗与狗之间凶狠的打斗，更会想到曾经狗与一条狼之间血淋淋的你死我活。鸡们真的不敢再去啄地上的玉米，只呆呆地警惕地看着狗。这个时候，狗却突然感到自己的无趣。或许它已经意识到了，吓唬一群弱小的鸡，算什么本事？于是它害羞地一低头，夹着尾巴跑下坡，去找下院的狗玩去了。

院子下面的小路上，几个孩子飞快地跑着。到了一个路段，齐刷刷隔过一地玉米朝着对面喊：

“小兵，快走！”

“香香，要迟到了！”

“来了——”被喊到的孩子，往往也是披头散发，边系扣子边提鞋从玉米地边缘的小道上飞奔向喊他们的孩子。刚才喊过了的孩子们并不彻底停下来等，一直在用较慢的速度前行，后面的孩子便越发快速。期间有人发现鞋带还没系，有人也会把本就没拿稳的书包掉地上，然而他们总是低头迅速拾掇好这一切，很快追上前面的，于是一群更多的孩子便甩开双腿快速跑起来，嘻嘻哈哈跑向学校。

鸡们也吃饱了，三三两两相跟着散向院子外面的庄稼地，山坡上。没了孩子们和鸡狗的院子里，也没了那么多生气，却多了难得的清静。男主人天一亮便已经在地头劳作，整个院子里只剩下女主人。她将一锅凉水放在火上，将不必淘洗的黄灿灿的小米，以及前一日刚刚挑回家的南瓜、红薯洗干净，切成块放在锅边，又把二升不亚于小米颜色的新鲜玉米面倒在盆里，只等水开。

这个间隙，她拿出一把大扫帚，哗哗扫起院子。经过一夜的秋风，院子里的落叶及蜀葵花瓣又多了一层，有些已经枯死，有些还残留着些许生气。女人不会想到那么多，更不会怜惜哪一片花瓣叶子，她的手头还有大把的事情要做。仅仅眼下，她最要紧的是要在孩子们放学前，在男人带着一身被露水打湿的衣裤归家前，把热腾腾的饭菜端上桌，把热乎乎的水在脸盆里准备好。早晨走得急，孩子们根本没有好好洗脸。吃完早饭，她必要逼着孩子们一个个把脸洗干净，包括脖子。她想不通，孩子们为什么总是不爱洗脸，更不爱洗脖子，这件事情，她已经做了一年又一年。她没有别的办法，有充分的思想准备继续一年又一年再做下去，直到孩子们长大，直到孩子们也有了自己的孩子。

女主人想了这样想那样，手下的速度却丝毫没有慢下来。院子里那些树叶、鸡粪和杂物已经被她扫出院子，扫至院子外边的坡下面。她的鸡们有一些正散在半坡，认真地刨拣着什么东西。抬头，下院的烟囱正袅袅升着轻烟，与自家的遥遥响应。下院的女人正在磨台旁的铁丝上晾晒着被哪个孩子在夜里尿湿的床单，边晒边骂。

她笑着叫一声："早晨吃啥?"

对方扭头回："捞饭吧!"又说，"新米，你下来盛点先尝尝，就那个新品种!"

“昨天还说去磨坊呢，谷子都装起放好几天了。”答话中，她听到锅里水开的声音。于是一溜跑回灶台，将暖瓶灌满，又舀出一瓢滚烫的开水，然后把小米、南瓜、红薯通通煮进锅里。

开水很烫，她还是不敢太多耽搁，开始和玉米面。一股水倒进去，她的一只手也紧接着进去，几次被烫得甩来甩去。然而玉米面也让这滚烫的开水彻底浇出它独有的浓香。女人边和面，边深呼吸。

一阵风吹进院子，顺带吹回几只鸡。透过窗玻璃她看到，那只花鸡正在它自己的蛋窝下徘徊。算算，今天是它生蛋的日子，与它一起生蛋的还该有一只黄鸡和一只黑鸡。

锅里的问题解决了，不必看管，小火慢慢熬着。

女人出得门来，深吸一口外面的空气，这是与屋里灶台上截然不同的滋味。空气依然是清冷的，也是纯净的，带着山里的气息，带着地头的气息，带着露水的气息，更带着自家村庄的气息，一圈一圈散发在整个院子里，散发在屋檐下、墙角边。

对面山头上的地里，一位农者正往牛车上装掰了一早晨的玉米。牛仰了头“哞哞——”两声，不知道是叹一大早的辛苦人生，还是替主人庆贺丰收的喜悦。

女人走进院子里的菜畦，西红柿树的气味扑鼻而来。拣几个红透的摘下来，待中午放两颗新鲜鸡蛋进去，炸了酱拌面条吃。清晨的菜，她也不假思索便想好了，摘几根黄瓜，拍两瓣大蒜拌个凉菜；再摘两个小辣椒，采一根葱，把院子里裹着泥的土豆洗两个切丝，一小盆尖椒土豆丝瞬间便成了。

菜畦里一些豆角、茄子、青椒都该摘了，不过她早晨的时间已经没有了，留给上午吧。

土豆丝的香味出来的时候，她听到男人踩在屋顶的脚步声。这是自家男人特有的脚步声，稳中带了一丝急切，为她，为肚子，为家？她一直说不清，也猜不透。

暖水瓶、毛巾、香皂、脸盆统统摆在院子里，等待晨归的男人，为他洗尘。

站在院子里，远远望到通往村里那条小路上，一些孩子的身影忽隐忽现。

回屋，起锅。按人头一碗碗盛满上桌。

不一阵，院子里便热闹起来。归家的孩子还带回了狗。有孩子已经等不及，像早晨起床后一样应付着洗个手便冲进屋里，冲到餐桌边。男人也不生气，笑嘻嘻坐下来先吸一支烟，边吸边看孩子在眼前跑动边与女人聊聊地头的事。孩子们大多在桌前坐不住，他们甚至提起碗把稀饭和南瓜红薯倒回锅里只剩下“煮疙瘩”，再把一些拌黄瓜及土豆丝放进碗里。

“一会再喝汤！”边往院子里跑，边不忘向母亲解释一句。

狗早在院子里等不及了，见小主人们出来，摇着尾巴等在脚边。小主人也毫不吝啬，一扬手便丢出一个“煮疙瘩”，末了还偷偷回望一眼屋里。大多时候，女人和男人都看到了，并不吭气。

一些鸡们也闻着味道再次回到院子，围在小主人身边。为了与狗争得一星半点吃食，常常是满院鸡飞狗跳。

头顶，一架飞机隆隆着缓缓飞过。

孩子们抬头，猜：“是飞到国外的吧？”

另一个便嘲笑：“谁告你非得飞国外？飞海南岛也要飞机啊！”

前面的回：“倒像你很懂似的！”

另一个：“我长大肯定能坐飞机，你信不？”

前面的便哈哈大笑：“晚上梦还差不多！”

于是，你一言我一语吵得面红耳赤，直到女人再也忍不住出来吼停。

至此，这个清晨才彻底鲜活起来，这个院子也才迎来一天中最为生动、最为精彩的开篇。

早晨的味道，决定了一天的味道。早晨的味道不散，一天的味道便浓得化不开。

又见炊烟

还是那条路。

庄稼，树木，河水，山岭，原样静止在老地方。

远远望下去，叔叔家屋顶的炊烟，淡淡地，一隐一现。

恍若梦境。怦然心动。

极力按捺一颗心。

“吱——”随着曾经的木门声，一位乡邻从一道门里出来。她举起右手遮住直射而来的阳光，疑惑地看我。与她的一脸好奇一样，我也一片陌生，只能笑笑。那门，那院，都不是从前的模样。她也勉强挤出一丝笑容，眼神里的疑惑却执着不减。

她一定想知道我是谁，去往谁家。

我说了叔叔的名字。

她恍然：你是小小？从小总与青一起玩的小小！

感谢，还不知我回到村庄的叔叔，轻易用他一个名字，就把刚刚还无比陌生的我们拉回从前。原来，她竟是青的妈妈，她竟记得我是青的同学。于是，清脆喊她一句：姑姑。

想不出当初为什么喊她姑姑，只知道从小母亲就这么告诉。

她也答得爽快，问长问短。关注多的，自然是我的母亲，与我此刻热切地关注青一样。我们热烈地聊，时而欢喜时而慨叹，以至于我清晰地看到地上影子移动的距离。

我终于忍不住要去往叔叔家时，她才想起让我进屋坐坐。我说等下次，待青回来。她也不再坚持，只在身后喊：让你妈回来看看！

继续前行，没遇到人。心内有些庆幸，加快步伐。每次回来，我都会提前告诉家里的亲人，他们也一定会早早到村口迎我，一路走，一路提醒我迎面而来的乡邻是谁，好让我欢喜而迅速地除去与他们之间的陌生。

此次只身一人进村，是想给叔叔全家一个惊喜，却忘记会随时遇到无法开口称呼的乡人。

迎面，又一位牵着孩子的女人走过来。远远看，细细想，却实在找不出一丝旧时谁的模样。她还年轻，自然不会像上了年岁的人一样盯了我问长短，于是想就那样擦身而过好了。她也确实如此，迅速扫我两眼之后，继续给孩子讲着过几天就该跟姐姐一样去县城上学的话题。孩子时而很开心时而又说不乐意，她便在无奈之际偶尔瞟我一眼。擦身而过时，她身上竟散发出一股淡淡的小米香，让我有些想驻足。

哎——，你去谁家？

没想到，她的孩子回头问出这一句。除了我，再无旁人，我没有理由不停下来，并扭身冲他笑：你，是谁呢？

看到我问，他竟羞涩了。迅速藏在妈妈身后，低低地说：臭臭。

臭臭啊，为什么叫臭臭？虽然是无话找话，然而从小便喜欢小孩的我瞬间喜欢上调皮的他。

他嬉笑着不肯再说一句话，只把将我引回头作为乐趣与成就的得意挂在脸上。他的妈妈终于忍不住问：你去谁家？

我又说了叔叔的名字。她笑了：哦，他家小胖是我同学。

她口里的“他家小胖”，是叔叔的小儿子。说句实话，如果每次不是回到这个村子，不是走进叔叔家院子，在外面任何一个地方遇到，我恐怕都不会立即认出这个亲叔叔家的小胖。他多少年漂在不同的城市，让我们之间的见面少之又少。每每回乡，我总要很仔细地辨认并努力记下那些堂弟、堂妹的样子。爷爷弟兄四个，因此伯伯叔叔们多到八个，堂兄弟姐妹，便有近三十个。去年回乡，我与本村的堂妹走在回老屋的小路上，远远地一个放牛的年轻男子斜躺在坡上。堂妹看着他提醒我：不认识了吧？他是七婶婶家的蛋蛋。于是我冲他笑。看到堂妹，他迅速猜到我是哪一家的，却还是冲我喊出妹妹的名字。

堂妹提醒：是姐姐。

“是姐姐？”他有些不好意思，“像妹妹”。

想起这些，快乐便流淌在心底。

前一天刚下过雨，脚下的路却没了从前那般泥泞。村里的主要路段，都用一块块竖起的青砖呈“人”字形斜斜地铺了一层，虽有些浪费，却很艺术、很乡村，与身边挂了青砖面的窑洞，长了些许杂草的房顶，以及一双双沾满尘土的布鞋无比相宜。我欢喜地踩在上面一路走下去，脑子里跳出的却是从前小雨里裹满泥的一双双鞋子。

前方，有两家屋顶燃起炊烟。从那细细软软的形状看，与叔叔家一样，烧火的也成了羸弱老人。

想曾经，一家一家，一户一户，连绵的炊烟下，是激情燃烧的澎湃岁月。

又一个我似乎熟悉的老人从房檐后移出来，一篓子土豆在她手里沉重无比。前面坡上从前那棵大柳树在轻风里微扬，些许柳枝的影子便垂下来映在她脸上，忽明忽暗。她似乎有些哮喘，与我当年的姥姥一样，走走，就要停停。我欣喜，因为竟认出她，不是她没有变老，而是她变得比从前更老。现在想来，她是在不该老去的年龄，过早就成了一位老人。如今，她没胖没瘦，脸上轮廓依旧，只是深深浅浅又添了不少皱纹，腰身不再挺直。走近她，却突然想不起该如何称呼，记忆里她嫁的人家与母亲家是亲戚，因此该称“妗子”还是“表嫂”呢？这是两个辈分，所以不敢轻易开口。村里类似这样“乱了辈分”的人很多，一转身，一经年，就遗忘。于是只好什么也不叫，只用尴尬的笑脸报出我的名字。果然，她一听就笑了，还遗憾地说每次总是听说我匆匆回来过。上下打量了好一番后，她关切地问：是不是不想吃饭？是不是营养不良？怎么这么瘦？要吃胖胖的才好看啊！一边说一边将我垂在脸侧的长发别在耳后，说这样才利索……

我无法一一回她，也无法让她理解我为什么得意扬扬现在的瘦模样，为什么要把我的头发弄到让她觉得乱蓬蓬且参差不齐。岔开这些，我一一回答她关注的我父母的一些事，在那个房檐下那些随风扭动的柳枝里。这期间，我始终盯了她的脸，与她同样认真欣赏我脸部的每个细节一样。

之后的许多时日，我们都会在心里一遍遍再回味，之后各自在内心轻轻慨叹流走的细碎日子。

又一位老者挑了一担红薯从身边经过。她停止与我说话叫住他，认真告诉他我是谁。老者从挑担里艰难地扭头，只漠然地看我一眼，边说不记得了，边扭身继续沉重向前，把粗重的喘息留在我们耳朵里。

她不自然地笑笑，骂那个背影："人老了，傻了！"

叔叔家就在下一个坡的拐弯里。

小跑。

院里的小花狗已经发现了我，一骨碌从正打盹的时光中站起身来，炯炯扫向我的来路。

它一阵不同寻常的预报之后，屋顶的炊烟微微有了零乱。

一个熟悉的声音传来："谁？"

压住脚步。

我知道，几分钟之后，叔叔家的炊烟会浓情燃起。

无人拣拾的柴禾

一到秋天，一见落叶，柴禾就映现在脑子里。

柴禾点燃，引发轰然激情的火焰，让人在温暖中无限欢喜。火焰之上，满满一铁锅沸腾的小米粥。依次，煮入南瓜、红薯、豆角、面条，放了咸盐。起锅前再烹些葱蒜。

一锅和子饭，便洋溢在冬日的夜里。

吱呀一声，将漆黑与寒冷关在门外。一家几代围在柴禾营造的灶台边，就着明明灭灭的火焰，吃饭，闲话，间或孩子央大人说些故事。

柴禾像小山，整齐地码在不住人的窑洞里，有些就堆靠在院中墙边。小山般的柴禾安放在眼前，踏实了整个冬天。

秋叶落下，秋假来临。刚刚从学校里放出的孩子，进门扔下书包，便三个一群，两个一伙，一人一只柳条箩头撒丫跑进大大小小的树林里。一时间，满沟满岭撒满孩子。他们不再调皮，顾不得淘气，仔细拨开厚厚薄薄的枯叶，拨拉出一根根行走到生命极限的枯枝。秋日的假期，孩子们最累。要帮家里收秋，更要完成学校的任务——拣柴禾。学校会按年级大小，给每个学生进行分配，谁五斤，谁十斤，一杆秤公平地不偏不倚。冬日的教室只有极少的煤。要保暖，就得自己动手，依赖一摞摞柴禾熬过漫长冬季。

在拣柴禾问题上，孩子们从不偷懒应对。于是在没完成任务之前，连睡个懒觉也小心翼翼。大人们一掀被子，便打着哈欠乖乖坐起。箩头就等在门口。迅速拨几口饭，提起，一边出门一边呼唤心仪的伙伴。而被唤的人，也在慌乱地做着出门的准备。一阵风过后，两只箩头，两个或搭肩或牵手的伙伴，便直奔村中树林而去。

所有的树木，早已充满期待。那些枯枝，以一个夜晚的速度，早已一根，一根，等候在地。那些仍在成长期的幼年、青年，以及壮年枝丫，高高在树上，望着垂落的长辈。它们祈愿，陨落的亲人被一双双干练的小手拣回，存放，静待燃烧一刻，怒放成灰。

也因此，一直觉得拣柴禾的孩子，是在行使让树枝走向最后环节的神圣礼仪。

从发芽到参天，一些枝枝丫丫，总会生病，总会年华衰退。最终完成它成就了一棵树的使命之后，纵身一跃，以柴禾的形象，静美落地。

连续几天的不松懈，学校的柴禾小山一样坚守在各自的教室外边，井水不犯河水。

然而家庭的冬天，也需要柴禾。于是提起刚刚在学校倒空的篓头，再次跨过田野，跑向林间。

没了硬性任务，孩子们便有了些松懈。累坏了的他们让自己舒展在落叶里，望着高高在上的树枝。偶尔，一个枝丫就在此时高速坠落。孩子一个打滚，惊险闪过垂直而下的危险。树林都是被拣拾过好几天的。经历过一个夜，新落的枝条常常只能薄薄铺满篓头底。急了便爬树，把即将要落不落的枝条折下来。才到中年的它们早早结束了作为树枝的命运，被悄悄压在篓头底。

一帮被大人逼出家门牺牲了玩耍时间的小孩子们，总是期待更多的树枝死去。而每一根终老的枝条，被不同的篓头，提回不同的院落。

迎接冬天，迎接燃情时刻出现。

多年后的城市，偶尔会看到落地的枯枝。怦然心动之后，在缺一场华丽火焰的失落中悻悻离去。无人拣拾的枯枝，如同被黄灿灿倒掉的小米，是一场奢侈的浪费。

没有去到一个院子，没有经历一场燃烧，便失了枯枝存在的意义。

就如同这个秋季，我回到故乡，回到小时候一到秋天就漫山遍野寻找枯枝的村庄。路过从前校门外一排枣树时，横七竖八的枝丫落满地。

一股想拣的冲动莫名而来。可村人说，漫山遍野拣柴禾的岁月，早已成了过去。

国家给的煤多了。更重要的，是人少了。

那时候，每个门里都住满人，每个炕上都挤满大人孩子，每个院子都鸡鸣狗叫，人声吵闹。满村的人，满屋的嘴，要吃饭，要取暖，要集体度过漫长的冬季。一到冬天，每个或精致或粗陋的灶台上，都要热烈燃起跃动的火焰。

冬天的村庄，是用火焰燃烧起来的。火焰逼去严寒，让寒流在人与人之间温情脉脉。有火焰的冬天，不再冰冷不再漫长。即便哪个孩子赤条条跑进雪里，随后的火焰也很快会让他从头暖到脚，从前心暖到后背。因此，冬天的柴禾总是不够用。孩子们，便会在长长的秋季跑遍每一棵有树的角落，拣回每一根脱落的枝丫。

伴着第一场或大或小的雪，冬天追着柴禾来了。孩子们跪在窗台边，脸挤脸贴在玻璃上，看雪一层层落在堆起的柴禾上。有时候，他们的母亲会跑去雪中，匆匆抱一捆柴禾进屋。

融着雪的柴禾，在火里燃烧得更加欢快。

今天的村庄，从前的学校还在，只是没了念书的孩子。许多院落空空，一些有人的院落，也剩了老人在维持。老人们的冬天，单是脱了玉米粒的棒芯也烧不完。

曾经稀少的玉米棒芯，堆了满满半院，等待幻化成细细的炊烟。

拣柴禾的年代，一去不回。

柴禾少了，炊烟自然也细了，绵软了。做饭的时间到了，村庄才零零落落，慢悠悠燃起几缕炊烟。老人们常常做一锅饭，分几顿吃，因此他们的炊烟，往往是不等燃直，就又落下去。

无人拣拾的柴禾，寂寞成镜头里的风景。

柴禾，是不是比我们更想念从前？

来吧，打开我的栅栏门

来吧，打开那扇木栅门，走进我的院子。

我的院子，有一棵枣树，一棵苹果树，一棵葡萄树。爬树打枣是趣事，脆生生的枣不管落在谁头上，都不会抱怨。苹果树一定要修剪，否则，结出的果子又小又涩。还要定期喷打虫药，只有这样，在树下聊天谈笑，才不会有淘气的虫子落在肩头吓人一跳。一串串葡萄，一天天看着它们由绿变成深紫，挂一层浅浅的霜紫幽幽闪耀在阳光里。听说，葡萄籽是防衰老的最好东西，于是在一个清闲的时光坐在树下，一粒粒放进嘴里耐心嚼碎，慢慢咽下去。差点忘记，院子，一定要有一棵柳树。春天、夏天、秋天、冬天，不管是随风翻飞的柳叶，有些恼人的柳絮，还是挂满雪的柳枝，都会婀娜多姿，点缀在院子里。谁来了，可以借几条柳枝，编一顶帽子；或者，静下心来，笨拙地编一个并不漂亮的柳条筐，放在院里。

我的院子，要有无数花儿。当然，最打眼的，还是蜀葵。东方女孩、西域新娘、鲜花公主、白色绣球、黑色王子、春姑娘、童话、紫耳……它们一丛一丛，高傲在明媚的阳光里。我的院子，除了走路的小径，地面全是耀眼的黄土。我的花儿优雅地长在黄土里，等着我浇水，向着我开放，陪着我消磨在下午的悠闲时光里。

我的院子，有一畦菜。有西红柿、茄子、黄瓜、小辣椒；有几棵白菜，几行菠菜，几株南瓜。春天，我会亲手撒下花籽，给松软的土浇水。一场雨后，坐下来看它们羞涩地把头伸出来，从此成长在阳光里。我当然会一株株留下那些更加茁壮的小苗，定期帮它们拨去身边的杂草，定期给它们施肥浇水，看着它们结出果实，由小变大，由生变熟。晨起，采一把菠菜，回来切得碎碎的与鸡蛋合炒，再用切成小细丁的西红柿和黄瓜熬一碗汤，配几片淡淡的白菜叶，加一勺红红的小辣椒，坐在刚刚升起的阳光里喝下去，想来都是难以言喻的清爽。

我的院子，还有两只鸡。一只红色黑尾巴公鸡，一只纯白母鸡。不要闹钟，每天和公鸡一道起床，打开鸡窝让它们早早出来呼吸新鲜空气。要对母鸡足够好，这样在夏秋之季，它才肯每天生一颗粗笨的蛋。我会把菜畦围栏围得高高的，确保它们飞不进去。我准许它们偶然去哪盆花里捣乱一下，发泄一下其作为鸡偶生的小心计。白天，我会允许公鸡带着母鸡漫山遍野，只要求它们傍晚归来，歇息在我亲手为它们搭建的窝里。黎明听公鸡鸣，中午时分母鸡生完蛋向我讨玉米吃，有了鸡，院子才会充满生气。

我的院子，当然有一条狗，一条有一身咖色毛的狗。看我的时候，狗的眼睛无限清澈、真诚。我不会把它拴起来，我会让它尽情在院子里撒野，跟在我身边迎来送往；我也允许它在无聊时将公鸡逐上房檐。粮食成熟了，我会分一半出来给它。我知道，它会随时随刻守在院子里，守在我身边。夜里有它，我会睡得安稳无比。晨起出门，它会等在门口，跳起来给我一个拥抱。出门，不必上锁，只需告诉我的狗。我的树，我的花，我的菜，都一一交给我的狗。

当然，我的院子，必须允许有杂草存在。我的院子，一定有一眼破烂不堪堆满高粱秆没有门的窑洞。我的院子，还会有几个乱七八糟摆放的石凳，以及用玉米叶编织而成的草垫。我的院子，要在枣树和柳树之间吊一个秋千，我在上面晃，狗在下面盯着我脑袋傻傻地转来转去。秋千旁边，搭一顶防雨棚，里面设一个茶台，不喝别的，单喝普洱；再设一个书台，闲来看书写字。我的院子，不驱逐任何一只前来筑巢的鸟，当然，也不拒绝大鸟生下小鸟。

你一定听到蝉鸣了，那是我院子里流出的；你一定听到孩童啼哭，那是我的公鸡不小心抢走孩子手里的葱油饼；你一定听到狗叫，那不是生人闯入，是我外出归来它的撒欢声。

谁来了，可以选一棵树坐在下面谈笑，可以荡在秋千上午睡，可以在石凳上喝茶、煮酒，可以看我的狗在夕阳下啃骨头，可以随意摘一串葡萄，亲手从鸡窝里取回一只温热的蛋，坐在我破烂的窑洞前留一个影，割一茬韭菜带回家。

我会用一条一条原生的木头，组成一串栅栏做墙，也做门。栅栏门会很矮，不怕谁路过，看到我的花、我的树、我的菜，甚至，我因懒惰没有梳洗露在阳光下一张慵懒的脸。

我听到，春风正袭向我的院子。

我得起身，尽快找一个木匠，带着他的墨斗线，带着他的手工锯，来筑造我的院子。

免得，误了花期。

重回 1937

蒋　殊　著

【内容简介】

本书作者蒋殊，2018 年百花文艺出版社出版，2023 年山西经济出版社再版。

这是一部向抗战年代无名英雄致敬的书，是向最后一批抗战老兵献礼的书。作者书写的是小人物，蕴含的却是大历史，大情怀。全书突破了概念化写作，以柔软的凝视角度切入，在冷静而沉重的叙述中透着温度与光辉。描述的是历史苦难，更是民族精神，是全民族抗击外来侵略的正气歌！书中 13 位抗战老兵的讲述，不仅是苦难的往事，更是不朽的风骨！读者看到的是一个又一个像农者一样的老兵，脑中呈现的却是一个又一个战场，一座又一座丰碑！

作品于 2018 年初次出版后，2019 年进入全国农家书屋，截至 2022 年先后五次印刷。从 2018 年首次出版到 2023 年再版以来，由本书作者就书中老兵故事为主要内容的党性教育讲座已达百余场。

献给最后的抗战老兵（再版自序）

这本书要再版了，既开心，又难过。

2015年10月，初次走进这群老兵，他们是李月胜、魏太合、郭贵云、段廷荣、王生怀、郝照余、郝义成、王桃儿、李照贵、李发祥、魏志堂、赵松秀、郝生荣。当初答应他们，要把他们的故事写进书里，书出版后，要一一送到他们手里，让他们亲手从书中触摸到自己与英雄同样光辉的名字。

随后，我从当时唯一的百岁老兵李月胜入手，开始了争分夺秒的行走与书写。一本书，从采访、创作到出版，两年半的时间并不长，然而，书在2018年5月出版后，受访的13位老兵却只有6位亲手拿到我的书。犹记，最初民政局负责此项工作的刘晓维一句叹息："唉，这是一份一年比一年更短的名单了！"

过程中只有我知道，他们的生命不能以"年"去计，这是一份一天比一天更短的名单。

几年来，这些老兵始终伴随着我的工作与生活，更重要的是写作。随着本书进入全国农家书屋，以及讲座、党课、朗诵等多种形式的分享，书中的老兵得到广泛关注。

可是，老兵越来越老。时间进入到2021年时，仅剩下两位老兵坚强活着，一位叫郝照余，101岁；一位叫赵松秀，100岁。然而2022年春节，郝照余终究没能熬到第102个春天，在一个落雪的清晨悄然离去。最后一位老兵赵松秀，以一双模糊的双眼，清瘦的身躯，独自支撑着老兵最后的战场。

这本新书，首先献给他。并纪念逝去的所有老兵以及那些在战争中伤亡的百姓。当然，也要纪念逝去的那个年代！

书中所写的人与事，都发生在武乡。武乡，是一片古老的土地，早在新石器时代就有人类居住，已有7800多年历史；这也是一片苦难的土地，曾经血雨腥风、民不聊生、战火纷飞。这部书，记录的就是离我们最近的一场战争。

武乡，确实是崇武之地，尚武之乡，从汉代便有了传统。一代又一代武乡人，用手中的长矛大刀，击退了一次又一次进犯。

从字形上看，武，从止，从戈，止戈为武。我理解为，以正义的战争反对非正义的战争。

战争，必然会产生英雄。而我笔下所写的，却不是战场上获得功勋的英雄。然而他们与当年那些显赫的英雄一样，都是从敌人的炮火中走过来的，都是从层层叠叠青春的尸体里爬出来的。是无数个他们，用血肉之躯筑成钢铁般的长城，替今天的我们挡了枪，挡了炮，挡了烽火。他们每一个人，同样是应该永久铭刻在历史长河中的铁骨英雄。

他们唯一的幸运之处，是目睹了新中国的强大与繁荣。

我们唯一的幸运之处，是有幸与他们同行一程。

遥想当年，他们本可以像今天的我们一样，坐在温暖的阳光里，安然耕作在田间地头，悠然地享受儿女情长。然而国难当头，这些身无一技之长的农民，放下羊鞭，扔下锄头，走出地头，扛起简陋的枪支，成为冲锋陷阵的战士。这阵势让他们恐惧。然而，刀枪正指向他们，炮火正焚烧他们的家园。于是，抛下小家，保卫大家，便成为他们青春的唯一誓言。还有那些手无寸铁的百姓，放下一切，为前方的战士送上小米，送上布鞋，送上枪支弹药，送上火热的心，甚至牺牲生命，只为将侵略者早日逐出国门。

小人物，大历史。近代的中国，苦难深重。不想挨打，便得自卫，便要还击！没有枪，自己造；没有炮，把敌人的夺掉。抗战这些年，中国伤亡人数达 3500 万以上，约有 900 万人民死于战火，9500 万人民沦为难民。这些无名的死难者，都是普通的老百姓。中国，以如此伤痕累累的数字在一百多年来第一次取得反对外来侵略斗争的完全胜利。

含泪，为胜利鼓掌。

可是，血泪斑斑的数据，轮番的大屠杀，不能忘。

身上带着伤、心里带着痛的老兵回溯当初，黯然神伤：不想提，不想提了。可是，遗忘的代价太巨大。于是，这些深明大义的老人，擦掉眼泪，一点一滴，忍痛掘出这些关于战争的记忆碎片。他们口述的历史犹如一曲曲幸存者哀悼遇难者的挽歌，又似一纸纸控诉侵略者的罪状。作为记录者，我感受到的是苦痛、耻辱和愤恨，以及战争给他们心灵留下的巨大悲凉。

如今，他们默默无闻生活在这片生养自己的土地上，若不是我突如其来的到访，他们将永远把这些苦难的往事与不朽的风骨独自埋葬。

2017 年，武乡县民政局幸存的老八路名单为 24 名；2019 年，变为 11 名。

进入 2023 年，只剩最后一名。

他们离去的速度，太惊人。

他们，也足够顽强。一本书，经历了 3 位百岁老兵。老兵之幸！我之幸！读者之幸！

苦难不能回避，历史必须铭记。铭记，不仅仅只为告慰。而是，让我们避免成为他们。

每当我的脑海再次出现这些老兵满是皱纹的脸庞，他们口述的历史细节就像玻璃碎片一样在我眼睛里折射出民族苦难的光芒。感谢 13 位老兵，让我懂得写作的责任与使命；感谢家乡那片土地，让我明白文字工作者该有的承载与担当。

更促使我手中的笔，无论过去，现在，还是将来，都不能辜负这片土地的沉重，以及那些无辜的牺牲与不幸。历史不应该静悄悄被掩埋在时间的尘埃中，我们更不应该满足于在遗忘中麻木地快乐度日，而应该为那些被战争铁蹄践踏蹂躏的底层人民包扎情感的伤口，把民族的苦难记忆转化为制止罪恶、反对战争的生存智慧与精神力量。

从 2015 年开始采访，到 2023 年本书再版，恰是一个八年。

对中国人而言，八年是一个沉重的数字。假如岁月可以回流，我愿在那八年中，做一名奋起抗战的中国人！

让记忆，反对遗忘！

等不来的十年

2015 年深秋，落叶一路。

从武乡县城一路向东，向洪水镇韩青垴村行进。

之前与武乡县民政局沟通采访对象时，李月胜是负责人用笔画掉的一位老兵，缘由是他年龄太大，腿脚及语言沟通都不顺畅。透过那道黑色划痕，看到他的出生年份为 1915 年，时年整整 100 岁，也是那份名单中唯一一位百岁老人。

心内一紧。有些错过，会后悔一生。

当即决定，第一个走进李月胜老人家。

多年了，没领略过浊漳河两岸深秋的滋味。落叶、芦苇、庄稼，在秋风中交替呈现，竞相展现着秋之魅。顺着浊漳河水而下，在洪水镇一处岔道口作别浅浅的河流，自北而上。去往韩青垴村的路弯弯曲曲，但很顺畅干净。尽管是我的家乡，却是第一次走进这个区域——武乡县东部。秋日的乡村路上风景独好，饱满的果实已过了最轰轰烈烈的收割期，只有少量还待在地里，必是家里的主人因事忙碌拖延了带回它们的时间。只剩下秸秆的田地里，散发着淡淡的忧伤气息，满目尽是萧瑟之美。

我在久违里迫不及待，却也紧张心跳。抗战老兵，会以什么样面貌呈现？

院门开处，村支书在，李月胜的女儿在。

炕上，是一个像婴儿般纯净的老人！一顶黑色帽子歪戴在头上，嘴里不剩一颗牙，笑嘻嘻的。那一刻，突然想到我的姥姥。当年，我的姥姥就像他一样，嘴里没有一颗牙齿，笑起来像个婴儿。李月胜的皮肤同样与我的姥姥一样，白白的，很细腻，皱纹极少。看得出，他年轻时有一双好看的双眼皮。坐下来，有一股想亲近他的冲动。

岁月残酷，当月整整满一百周岁的老人听力有了严重障碍。但天真的笑容始终挂在脸上，两条腿伸直坐在炕上，两手放在大腿下，上身前后晃动着，嘴里时而还哼唱一些曲调，像被妈妈关在家的小孩无聊玩耍。

他的云淡风轻，瞬间击碎我一颗汹涌澎湃的心。

山河碎过，重整的疼痛也早已成为过往。每一天，风依然翻山越岭吹进太行山，再贴着浊漳河哗哗流动的水漂向远方。

百年历程，早让岁月抹平，顺着风，顺着水，灰飞烟灭。

突然觉得，还有什么不能化解？

或许是心情好起来吧，李月胜老人看着女儿，突然问："抽根烟吧？"

女儿努力转移："抽了又要头晕，你看人家这个女娃娃好看不？"

于一百岁的老人而言，我自然是一个女娃娃。于是我们聊天，很大声地，在他的左耳边。

李月胜老人于 1938 年 3 月参军。那时候，武乡黎城通往河北涉县的东阳关至响堂铺一带一场战斗正撼天动地地打响，八路军 129 师以 386 旅 771 团、772 团，385 旅 769 团三个团的兵力，伏击日军 108 师团辎重部队 180

辆由黎城开往河北涉县的汽车。

徐向前副师长对阵森木少佐。

那一场战斗，山谷雷动、硝烟弥漫；包围与突围较量，援救与打援争锋！最终以我方胜利宣告结束，缴获大批军用物资——迫击炮四门、歪把子轻机枪18挺、三八式步枪数百支、黄呢子大衣上百套等。万般可惜的是，由于当时没有驾驶员，180辆汽车在熊熊大火中成为一堆废品。日军400多名随车军人，除三十几人漏网外全部被歼。

战斗开始前，为与友军进行游击战术经验交流，朱德总司令还亲自邀请参加东路军将领会议的国民党友军将领亲临现场观战。由一二九师师长刘伯承、参谋处长李达陪同，曾万钟、李家钰、李默庵、陈长捷、乔茂才、朱怀冰、高桂滋、武士敏、赵寿山、杨觉天等友军高级将领，都在预定参观高地进行了现场观摩。这场历时两个小时激动人心的胜利大战，让国民党将领认识了游击战，坚定了两党合作抗战的信心。

当然，战斗震动最大的是日军108师团的“皇军长官”，他们对武乡这片土地与人民的攻势越发凶猛。

绵亘于太行、太岳两山之间的武乡县，再守不住一方静谧。山清水秀的上空瞬间被硝烟笼罩，勤劳朴实的百姓难回家门。

武乡地区的抗日烽火，全面点燃。

23岁的李月胜，正是风华正茂绝代好年华，从此穿起军装，一头扎进抗战队伍中。关家垴、中条山、围困蟠龙、解放段村、淮海战役……他至今可以历数。所有的惊心动魄，他说得云淡风轻。然而我听得急，问得细，他便淡淡一句：“打过七八十次战斗了，哪儿能记得清！”

70年的岁月，流走的不仅是时光。

翻开韩青垴村日历，战争年代一页页光彩照人。未穿军装之前，李月胜就是一名民兵，他们的队伍里，还出了个有名的“麻雀战能手”高贵堂。高贵堂与李月胜同村，年龄也不差几岁。1942年至1944年，日本人大规模

“清剿”武乡后，高贵堂作为编村武委会副主任，带领民兵利用当地沟壑纵横的有利地形，广泛开展麻雀战，与敌人进行了大小战斗 140 多次。那时候，太行山区的崇山峻岭间，到处都有高贵堂们的身影，他们经常利用熟悉的地形，翻山越岭，暗中袭击敌人，掩护百姓，有一次还虎口袭敌为八路军夺得 20 驮棉花。

时势造英雄。那个枪林弹雨的乱世，成千上万的群众和民兵，在这个太行山区的小县里，利用筑起的新工事——地沟、暗堡、冷枪洞，与攻进来的敌人进行了一轮又一轮激烈斗争；一批又一批百姓扔下锄头，举起刀，端起枪，冲锋陷阵。杀敌英雄郝狗小、少年英雄李爱民、孤胆英雄程坦、视死如归张瑞林、坚强如钢武三林、大胆杀敌郑孟孩、虎口救人任胖则等英雄人物名震太行，万世流芳。

太行山、浊漳河，都是武乡的守护神。那个年代，滔滔浊漳河水汹涌地怒吼，每到夏秋之季，更是洪水暴涨之时。这个时候，当地民兵就会充分利用家门前河水的优势对敌作战。当时，李月胜村子所在地有一个闻名当地的暴庆堂中队，1942 年 9 月的一个上午，他们忽然闻听，一股敌人从襄垣牛郎沟里出来，准备从北口渡过浊漳河，企图偷袭武乡西川、下北漳一带。

浊漳河怒了。

李月胜老人挥着手说，小日本要进犯我浊漳河水，还不是对手！

果然，当十几个鬼子被命令脱掉衣服，互相用绳子穿起来，头顶着衣服枪支下水渡至河中央时，河岸这边的暴庆堂中队已经精确瞄准。敌人进不能，退不得，挣扎着一串儿倒在水中。岸上的敌人想出手帮忙却不能，只好一边还击，一边逃窜。

在今天，这些成了故事的事件听起来妙趣横生，李月胜老人也说得咯咯直笑。然而当年的烽火岁月，他这个响当当的军人，浑身上下的弦可是绷得紧了又紧。

一入伍就被扔进枪林弹雨中。两年之后，李月胜已经成长为一名合格的八路军战士。他在部队是机枪手，最大的官做到排长，可他记不清是哪一年。不管怎么说，当年这个年轻的八路军战士领导着三四十名同样从各个村庄聚拢而来的年轻军人，淌泥水、钻沟壑，击退了一批又一批入侵的敌人。

1940 年深秋，著名的关家垴战役进行之时，李月胜跟着 769 团 1500 多人就集结在关家垴西北的洪水镇中村一带参战。他说，战争场面，就如人们在电影电视里看到的一样惨烈。只是作为战士，他们没时间犹豫，没时间迟疑，念头只有一个，就是冲！就是杀！就是打！前面的倒了，后面的补上；一批人倒下，又一批人冲上去。

怕是什么东西？死是什么概念？

走上战场，就时刻准备着牺牲。

769 团三连连长李长林、神炮手赵章成、三营营长马忠全、通信员何云志等英雄，以及二营八连连长王恒忠等烈士，在那场战争中都成了后人应该铭记的英雄。

李月胜老人起初说他在部队打了七八十次仗，其实是错误的。据记载，仅蟠龙一地的五个月当中，我军与日军的交战就达 89 次。

老人磕磕绊绊回忆，蟠龙围困战，历时 8 个月零 14 天，共歼敌 2100 多人，伪军逃跑、投诚者 240 多人。后来，被我军俘获的剿共军第一师副师长段炳昌在写给师长赵瑞的信中发出这样的哀鸣："原以为大军所至，'匪共'胆寒，民众依归，事实殊出意外，至今民众屡召不返，治安更风雨飘摇，前途困难重重……"最终，侵占武乡蟠龙达八个月之久的敌人在我广大军民的包围之下，被迫于 1944 年 8 月 28 日像过街老鼠一样偷偷溜出小镇，狼狈逃回段村，粉碎了当初想劫取柳沟丰富煤铁资源的野心。

在蟠龙镇召开的万人庆功祝捷大会，像文字一样铭刻在李月胜老人心中。

"人山人海，锣鼓喧天。"今天，老人只能一遍遍重复这一句，来抒发他记忆中的美好心情。769 团六连被选为“围困蟠龙模范连”；五连二排排长王凤才，14 团营长钟明锋、排长靳小瑞，关家垴民兵关二如，马家庄民兵指导员马应元，被选为太行区一等杀敌英雄；韩壁村农会主席韩国栋、树辛村李马保被选为模范抗日干部；窑上沟民兵“张家班”、秦家烟村李家两兄弟、“地雷大王”王来法、菜刀英雄李庆和、推鬼子落井的郝贵堂等被选为名震太行的抗战功臣。

被裹在人流里的李月胜忘记了负伤的疼痛，用声嘶力竭的欢呼庆贺着队伍的又一次成功。

曾经战场上杀气腾腾铁一般的军人，今天炕头上喜眉善目如孩童般的老人。再怎么联想，也难以叠合为一个人。

于是，总想和老人聊聊当兵时的心情，总觉得战争对于年轻的他们来说是件可怕的事情。

“怕也是个怕。”李月胜老人呵呵一笑，轻薄的身躯前后晃动着，“当兵还怕死？怕死不当兵。”

当兵就要受伤。李月胜老人解开身上的黑色夹袄，左胸是一片大大的疤痕，左乳头已经没有了。这一片伤，就是当年攻打蟠龙镇时留下的印痕。而他最重的一次受伤，是在解放战争中。1946 年的一天，趴在地上的他正全神扫射，却不料对面飞过来一颗子弹从右肩膀穿进，并无情地一路深入，直抵达他的右腰，深深卡在身体中。因为当时医疗条件有限，导致这颗子弹竟然在他的身体里住了整整 11 年。直到 1957 年，家里条件渐渐好了一些时，老人才去长治做了手术。

曾经一颗冰冷的子弹，最终带着老人的温度摆在和平年代的阳光里。我没有忍心问老人面对这样一颗子弹的心情，但可以想象他当时一定管不住平静了多年的一颗心。

100 岁的李月胜老了，早已不能自己行走。女儿说她在院子外面做饭时，父亲总想出去看她，看不到，就将脸贴在窗玻璃上努力张望。女儿怕父亲不小心摔下地，就时时举着一双沾满面粉的手一遍遍跑进来看他，像当年看护自己的孩子一样。

那年，女儿已经55岁，是丢下阳曲县自家的事情，专程回到韩青垴照顾父亲的。老了的父亲，只愿意生活在自己家乡的土地，坐在自己家的炕头。

李留萍，是李月胜唯一的儿女，也是他的养女。李留萍出生20多天就来到李月胜家。那一年，李月胜已经45岁。之前，李月胜的爱人生过几个孩子，但都在出生不久夭折了。李留萍来后的第三年，母亲又怀了最后一个孩子，没想到次年却因难产而死，大人孩子都没保住。李留萍说从此以后，父亲就又当爹又当妈，与这个唯一的女儿相依为命。就连女儿当初坐月子，都是当爹的伺候。无法想象，战场上拿惯了枪支、田地里握惯犁耙的男人，如何站在灶台前给女儿熬稀饭，做面条，给襁褓中的婴儿洗尿片，清理卫生？

“我爹可细心呢。”女儿说起父亲，泪光盈盈，“一生受了太多苦痛。”

脱离了子弹天天在身边飞的日子，回村后的李月胜当上村干部，负责组织与宣传工作。虽不必担惊受怕打仗了，可村里的事也不少，起早贪黑地，半夜三更背着幼小的女儿开会也是常有的事。

“种地好，就是辛苦；当兵也好，就是要命。”回望百年人生，李月胜脸上只剩不见风不见雨的笑容。

感谢生活，让李月胜老人满心满脸阳光明媚。

“你看天气多好，暖烘烘的。”他指着窗外的阳光说。我突然明白，只有经历过背着枪支怀揣地雷在雨水泥泞中浸泡的苦难，才会倍加珍惜与感恩生活中的每一份温暖与灿烂，哪怕只是一缕阳光。

尽管，他如今因前列腺问题经常尿不出来。女儿说用肉眼就能看到里面是肿的。老人还便秘。天天按摩，也成了女儿必做的大事之一。

纪念抗战胜利70周年时，李月胜老人被接去县里的光荣院，受到中央及省里民政部门领导的接见。回来后，老人高兴了许多天。

为啥高兴？他说见到老兵，见到首长；知道为啥被接见吗？他说给国家办过好事情，打过日本人呀！

老人家的内心，依旧是抑制不住的兴奋。

不禁有些疑惑，老兵李月胜，内心真的没有计较的事情吗？

果然，他收了笑容，盯了我问："为什么不让我去天安门广场？"

这突如其来的一问，让我措手不及。什么意思？老人是没有去过北京吗？问过女儿，果然是。可是，他为什么问的不是北京，而是天安门广场？

疑惑之际，女儿过来，挽着他的左胳膊，贴着他的左耳朵大声说："爹，好好再活十年，到时候，咱一定报个名，去一趟天安门广场。"

好不好？

老人点头，好！

看到此景，突然明白了。彼时，是 2015 年 10 月。刚刚过去的 9 月 3 日，一场"纪念抗战胜利 70 周年"大型阅兵式在天安门广场举行，参加阅兵的老兵方阵中，包括五位武乡籍抗战老兵。

那一天，曾经的抗日战士、今天的抗战老兵李月胜，一定早早坐在电视机前，全程观看了这场直播。他一定是看到老兵方阵出场了；他一定是得知家乡的老战友到现场了；他一定是激动万分、心潮澎湃了。他一定是觉得，自己也可以再一次穿起军装，再一次别起军功章啊；他一定是希望，也能再一次庄严地举起右手，向亿万电视观众敬下一个神圣的军礼啊！

可是，为什么不让他去天安门广场？

老人的眼里，含着淡淡的忧伤。于是急于找一个愉快的话题，让老人开心。然而仅仅一两分钟，老人再次停下来，再次盯了我问："为什么，不让我去天安门广场？"

我知道，他无数次问过女儿这个问题。然而这一天面对我这个从外面来的人时，他忍不住产生了新的希望。

没有别的答案，我只能学着他女儿回答他，“大爷，我们再活十年，等纪念抗战胜利 80 周年时，我们一起努力，带您去天安门广场！”

好！好！好！这一次，老人一迭声说了三个“好”！久违的笑容又回到脸上。

老人信了，所以笑了，我的内心却哭了。

我不知道，一个百岁老人，再活十年的可能性有多大？

果然，仅仅半年后的 2016 年 4 月，老兵李月胜便永远离开这个世界，随他一起离开的，还有一生中最后的遗憾。

永远的高地

李月胜老人的讲述里，断断续续描述了他参加过的关家垴之战。他眼见的，只是小小一角，关键词只有一个：惨烈！前所未有的惨烈！

那个大片大片倒下人的战场，到底是什么模样？

深秋的萧瑟里去这样的地方，心都带着凉意。沿着蜿蜒的山路，一路攀上。走走问问，终于上到关家垴这座高地。车子裹着尘土远远停在宽敞地带。人下车，沿一条极窄的乡间小道继续向前。越上越高。无处再高时，听到人语。地头收玉米的村民抬起头来，指指左手边：走下去就是。

一个高高的山冈，肃穆，静谧，风景秀丽。

一个孤独的山冈，有风声，有疼痛，有低语。

前行、向下、左拐，看到空中高高的纪念碑。一棵树，是它的伴侣。红砖砌的墙体，把旷野挡在外边。走近，一米多高的杂草随着脚步呼啦啦响起。忽然就不敢前行。长眠的英雄，有没有被这声音惊得睁开眼？

几块新旧不一的碑记与牺牲者名录，镶嵌在碑体下面。

风，呼呼吹向这个山岭起伏、沟壑纵横的高地。放眼四望，一片空寂。

犹记，采访92岁的抗战老兵魏太合时，他提到关家垴战役时的哀伤。他对这场战役最真切的印象，便是“满目的尸体”。他说那是1940年10月末，一个冷风冷雨的秋季。他在战斗结束后以386旅老二团后勤战士的身份去了战场。他的任务，是登记牺牲战友的身份与姓名。

硝烟散尽，高地归于宁静。然而满目依然温热的尸体告诉后来人，这里刚刚上演了飞机轰炸、炮击、机枪扫射、拼刺刀等多种作战手段汇集的大决战。鲜血，碎片，横七竖八，姿态各异。没有时间悲伤，没有空隙思索，后勤战士们将阵亡战友衣臂上一个个“八路牌牌”撕下来，郑重地握在手里。从此，他们的身份只剩下一个名字。然而，还有许多战士是不幸的，因为他们身上已经没有了完整的手臂，他们，被无情的炮弹击得支离破碎。

没有人知道，他们姓啥名谁。

他们离开这个世界的方式，令人心碎。

不亲历，永远想象不到战争的残酷。魏太合讲一句，唉几声。脸上的表情瞬间回到70多年前。听他讲述之前，我画面中出现的关家垴，是无数战士随着冲锋号奋勇向前的汹涌画面。他讲述之后，关家垴顷刻化为一片血海，一地血肉之躯。

1940年，那个秋风渐深的10月29日，日军36师团冈崎大队500余人在“扫荡”途中，误闯黄崖洞兵工厂。尽管日军不知道他们进去的是八路军重要的兵工厂，但我军得知情况后却惊诧万分，迅速调集大部队前往堵截。

双方谁都没想到，接下来将拉开一场惊心动魄又无比惨烈的战斗。

并未有所发现的日军从黄崖洞出来，准备取道武乡回沁县时，发现被团团包围。仓促之下，选择拐上山脊上的关家垴，并迅速占领了山顶高地。

抗日历史上这个重大的事件，因了这个拐弯，拉开帷幕。

这平凡的一个拐弯，拐得山摇地动，山崩地裂。

关家垴村，处在半山腰，村中散落着50来户人家，180多口人。500多日本人的进驻，迫使他们离开家园，逃进更深的山中。日军像主人一般，占领了他们选中的院落，并迅速构筑起工事。他们挖下一条又一条土沟，拆下老乡的门窗架在上面做掩护，还利用山顶上的坟包筑了机枪阵地。同时又派出100多人夺占了西南方向距关家垴约一里多地的柳树垴（顶部称凤垴顶），使得两处高地互为依托呼应，一开始就给八路军埋下攻克难题。

最先，是八路军769团1500多人集结在关家垴西北的洪水镇中村一带备战。形势危急，彭德怀副总司令也从13里地之外的八路军总部砖壁村赶来亲自指挥，就此拉开关家垴之战。

指挥所，是一处坟地。周围耸立着几棵大树，树叶被惊得哗哗作响，连尘埃都沉浸在肃穆里。

电视剧《亮剑》中，李云龙独立团围歼日军冈崎大队的李家坡之战，历史原型就是百团大战中的关家垴血战。

日军将关家垴称为文德高地。29日晚，彭德怀指挥129师主力10个团将冈崎大队包围，385旅和新10旅，386旅与决死一纵队38、25团，总部特务团，总部炮兵团山炮连，齐聚关家垴周围，在彭德怀、刘伯承、邓小平、陈赓四员大将的亲自指挥下，拟于30日凌晨四时发起总攻。

然而总攻前，冈崎大队突然抢占柳树垴，我军因疏于防范致使一个阵地失守，随后四次冲锋均被击退。日军以两处制高点互为犄角，固守待援。30日凌晨四时，我军按原计划向敌发起进攻，然而战斗一开始就不顺利。因为日军用机枪和掷弹筒封锁了仅有的一条通往高地不足一米宽的路，担任主攻的一个营仅剩80多人。此时敌机又来猛烈轰炸严重缺乏对空作战准备的我军阵地，一颗颗炸弹在密集的人群中爆炸，一批又一批战士倒在血泊里。陈赓预料到情况不妙，请求彭德怀停止围攻、撤出战斗。然而彭德怀决心不改："拼光了也要拿下关家垴。"

关家垴愤怒地呐喊着、嘶吼着、呜咽着，盼望着尽快冲出枪林弹雨。

下午四时，第二次总攻开始。在连续18次冲锋后攻占了日军第一道防线，然而代价惊人，有一个营仅存18人，团长谢家庆牺牲。特务团第11连164人仅剩15人；新10旅旅长范子侠负伤。此时刘伯承、邓小平再一次要求停止攻击，倔强的彭德怀却火冒三丈地说："拿不下关家垴，就撤掉129师的番号，杀头不论大小。"

10月31日拂晓，我军第三次总攻开始。这一次终于利用挖掘的暗道冲上山顶，把日军挤压到一个狭小地段。然而关键时刻却遭到凤垴顶日军猛烈的侧射火力。

直到下午四时，战斗还在僵持。

裹在尸体中无法得到救治的伤员，左转是血，右转还是血。只能看着被硝烟笼罩的天空，眼睁睁等待热血流尽。这些翻山越岭扛着枪一路战斗到此的小战士，一颗颗心在太行山深秋的冷风里一点点停止跳动。

此时，有消息传来，武乡、辽县约2500余日军已经出动，他们的目的，就是围歼129师主力。怀着一腔怒火要拿下这场战斗的彭德怀元帅也只好长叹一声，下达了命令：撤离。

先后参加过土地革命战争、抗日战争、解放战争和抗美援朝战争，身经百战、战功卓著的李德生将军，当时是129师385旅769团副团长。10月30日凌晨四时，他带领一个营的战士在陡峭的土坎上凿出一条小路，爬上高地，消灭了20多个敌人。然而也遭到日军来自天上地下的猛烈火攻。他们当时处在光秃秃的土坡上无处藏身，伤亡极其惨重。60年之后的2005年，90岁高龄的他提起当初，依旧泪流满面，恸哭不止，长久无法平复激动的心情，只能用"太悲壮"几个字沉痛讲述那个场景。

硝烟，慢慢散尽，向着死寂的四野。三天的电闪雷鸣，顷刻归于平静。然而关家垴不再是三天前的关家垴。关家垴这片高地，成了烈士的墓场，英雄的高地。魏太合看到的，就是这样的场景。

彭德怀在多年以后的自述中坦陈，关于这场战争，“我也有些蛮干地指挥……因部队太疲惫，使战斗力减弱了，使129师伤亡多了一些。这些后果的责任，是应当由我来负的”。他亲手写下“烈士之血，革命之花”八个大字，长久镶嵌在纪念碑上，以表内心深深的敬意。

李德生多年以后在接受武乡县八路军太行纪念馆第一代讲解员崔韶光采访时也大赞，彭老总不愧是老一辈无产阶级革命家，对关家垴之战多次做过检讨，后悔当时的指挥不当。

战役的前一年秋天，刘伯承、邓小平就曾到村子侦查过地形，并在村里住了三天。当时两位首长鼓舞人心的话语深刻地印在每一位村民心中。因此尽管这是一场前所未有的惨烈之战，这个小小的村庄却没有躲起来哭泣。以民兵关兴河为首的村民，从头至尾英勇参战。关兴河一年前就在一次反“扫荡”中亲手炸死10多个敌人，名字也上了太行小报，被冠以“猛张飞关兴河”以及“杀敌英雄”的光荣称号。以至于气急败坏的日本鬼子，把他的容貌画成画像以千元日币悬赏捉拿。抓不到关兴河，日本人便在关家垴战役中把他的父亲活活刺死。我走进关家垴村那天，恰好遇到关兴河的侄儿关红田。他说关兴河当时只匆匆把父亲埋在一处水渠边，战争结束后才回来重新埋葬了父亲。关兴河后来到榆次经纬厂当了书记，并从这个岗位离休。

那一年，村里还有一个13岁的少年热血沸腾，一次次要求参加民兵而不成，无奈之下偷偷蹲在民兵演练队伍旁边，一个人跪下、起来、瞄准、射击，用一支从窑洞里挖出来的破枪不停苦练一个军人应该具备的本领。这场战斗结束后，他主动跟着村里人，从沟里背回三个伤员。

关家垴战役之后的第三年，这个年仅15岁的少年终于如愿参加了民兵组织，成了这个村庄不得不提的一个人物——神枪武状元关二如。由于基本功扎实，成绩显著，18岁便加入中国共产党，19岁被评为武乡（东）县民兵杀敌英雄，20岁在太行区首届群英大会射击比赛中夺得状元，被评为太行腹地一等民兵杀敌英雄。李达司令员连连称赞：“十年后，关二如同志不知要指挥多少队伍呢!”

1943 年 7 月 18 日深夜开始的决战蟠龙战斗中，关二如发挥了不可小觑的作用。当时有 500 多个鬼子从洪水河滩下来。听到消息的关二如与中队长带领 10 多个民兵跑到山下的中村。关二如通过侦查看到，走在队伍最前头的是个骑洋马的指挥官。等对方走到距他 200 米左右时，只听“砰”的一声之后，洋马倒地而死，指挥官一头栽到地上爬起来就跑。769 团六连三排排长边喊“向二如学习”边带着队伍向前冲。随后他又带着队伍到蟠龙附近，将在河里洗澡的鬼子打得衣服都顾不上穿便逃走。8 月，他再一次在村边圪梁上打死两个日军。之后一次又一次，他带着民兵抢粮、护粮，营救被捕的村民，让敌人恨之入骨。敌人在又一次包围了关家垴村之后，将他的哥哥杀害。伤心欲绝的父亲甚至劝他：“孩子，家里就剩你一个了，长些心眼儿，不要干得太厉害。”关二如却说：“俺哥死了，更应该给他报仇!”

抗日战争胜利后，他带领全区 100 多名青年民兵参加了上党战役，先后任班长、排长、连指导员。然而在 1948 年 12 月 8 日参加淮海战役马围子口战斗时，他未能再一次突围，壮烈牺牲，年仅 21 岁。

他没有等到李达司令员说的“十年之后”。

今天，他的神枪手锦旗收藏在国家军事博物馆。枪与烈士证，被送回关家垴村。然而英雄的遗体，却永远留在异乡的土地。

就如关家垴纪念碑前，那一行行陌生的名字，刘成福、王金安、崔士俭、邱元英、袁青山、张金喜……这些烈士分别来自四川、安徽、河南、山东、陕西、河北、甘肃，以及山西武乡、大同、昔阳、长治、壶关、沁源、晋城、平定、陵川、屯留、襄垣、长子、祁县、榆次、和顺、高平、潞城、阳城、阳曲等地。正如魏太合说的，这些被留下来的名字，是不幸中的幸运者。还有无数烈士，走得无声无息。比如 1940 年 10 月 30 日深夜，被日军飞机炸得血肉横飞的那一大批战士。去哪里寻得他们的身份与名字?

走进关家垴村 72 岁的原乡干部关二川家，炕上竟然摊放着百团大战的书籍与杂志，以及一些手记，看得出，在我们进门时他刚刚从这些资料里起身。他说，当年关家垴战役结束后，其实是挖着七八十米长的壕沟，把烈士分上、中、下三层。“像埋萝卜一样，放一层埋一层土。”他这样形象地比喻。有幸留下“牌牌”的每个人，身边都插着牌子，清晰地记着名字籍贯。

埋葬的过程中，有一件流传下来的事，一听便要落泪。其中一个墓坑正在埋葬时，从远处跑来一位年轻的战士，他盯着坑道里看了好长一阵之后，突然“扑通”一声跪倒在正在埋葬的战士脚下，泪流满面。众人惊诧间，他开口了，请求大家将放在最下层的战士尸体移在最上层，“因为，他是我弟弟”。此刻大家才明白，这位战士来自安徽，亲亲的兄弟二人，一路跋山涉水从安徽来到山西，来到武乡，并肩战斗。尽管一次次受伤，但也一次次凯旋。然而关家垴战役结束之后，哥哥却满场找不到弟弟了。他在活着的战士中找，没有；在倒地的尸体中找，没有。最后他疯了一样在正埋葬的一个个墓坑中找。幸运的是，他最终在这个还没有埋起来的墓坑中看到刚刚被放在最下层的弟弟。众人合力将他的弟弟从最下层移在最上层。兄弟二人近在咫尺，可彼时，哥哥能做什么呢？他唯有伸出一双满是污垢的手，将弟弟一张满是血污的脸擦拭得尽量干净一点，将弟弟一身已经被鲜血浸染得看不出颜色的衣服尽量抚得平整一点。他能做的，只有以这样的方式让弟弟尽量体面地上路。他以自己的方式，用子弹在弟弟身体旁做下标识，之后默默给弟弟许下一个承诺：“我一定努力活着，努力战斗！如果我有幸活到这场战争结束，不管走到哪里，不管打到哪里，我一定再回到关家垴，把你带回家，带给爸爸妈妈……”

听到这个消息时，抗战整整结束 70 年了。今天不可能从任何文字资料中得知安徽两兄弟之后的情况，因为他们都是普通战士。然而采访时，我还是得到一个消息，关二川说，抗战结束后来过很多烈属，但是一拨拨来，一拨拨失望而去，只有两个烈士的遗体被带回，其中一位来自安徽。

说实话，这个消息让我欣慰，甚至惊喜。我宁愿相信，那位被亲人寻回的战士来自安徽。如果是这样，他的哥哥一定战斗到最后，一定活着回到关家垴，一定兑现了当初的承诺，将弟弟带回家。

战争远去，亲情永存。千里迢迢来到这里的烈士后人，就是想寻得详细、再详细一些，然而却要一次次失望。十几年前的一个清明节，河北沙河市一位 90 岁的老人来到关家垴纪念碑下。抗战爆发时，她亲手将自己的儿子靳振武送进八路军队伍中。然而抗日战争结束了，儿子没有消息；解放战争结束了，儿子没有消息；抗美援朝结束了，儿子还没有消息。妈妈从中年等到老年，走向暮年，把寻儿子当成一生最重要的事。是啊，哪怕只剩一把尸骨，他也希望能回到妈妈身边。老人有幸健康活到 90 岁，也有幸得到儿子确切消息，于是立即在家人的陪同下前来，带儿子回家。然而在关家垴高高的纪念碑下，陪同她的民政局负责同志却告诉她："老人家，这是不可能的事情了……"

老人惊了，老人愣了，老人怒了，为什么，为什么?!

关家垴，就是一处高地，一处旷野。抗战结束后，几乎没了人烟，但是有许多动物出没，用村人的话说，那些当时匆匆埋起来的墓坑后来"狼拖狗拽的，分不清谁是谁了"。无奈之下的村民，只好在多年以后重新挖了一个大坑，把当初有名字的、没名字的，做了标识了、没有标识的，全部埋在一起。

今天上到关家垴战役现场，平展展的，看到的只有高高的纪念碑。周围有树木，有荒草，有庄稼，然而谁都想不到，脚下的每一寸土地，都有无数烈士的英魂。

90 岁的河北老人听到这样的解释，在纪念碑下失声痛哭。哭过之后，深明大义的老人沉痛地留下一句话："还是，让他们在一起……"

老人知道，儿子生前，每天与战友整齐列队，一起出征，一起打仗。今天在异乡这片土地上，儿子虽然回不到家，但依然不孤独，他与他的战友，依然保持青春的面孔，依然是青春的激情，肩并肩，手牵手，整齐列队，在一起。

妈妈！
那一定是你
我听到了
那手工的绣花布鞋
踏在地上的声音
从襁褓时开始就听着
一直听到穿上了绿色的军装
当我在军营的梦乡中醒来
仿佛有你轻轻的脚步来到我床前
准备给我盖上裸露的手臂
……

妈妈
我多想对你说
我倒下的时候
我的枪刺
指向敌人阵地的那边
妈妈
我多想向你证明
我，作为一名军人
没有给你丢脸
……

妈妈

我不求再有什么额外的照料
一声“烈士”已经足够
我只求下个清明
我的妈妈
能够再来抚摩我的墓碑
……

这是一位网友为老山前线牺牲的英雄赵占英写下的，他的妈妈因没有路费，时隔 20 年才去到儿子墓前。而河北这位老人，更是等了 60 多年。

关家垴纪念碑下长长的烈士名单中，我一行行寻找着。终于，“靳振武”三个字出现在眼前。他 1924 年 3 月出生在河北沙河大油村乡大油村，1940 年 5 月参加八路军，是 129 师 385 旅 769 团三营十连七班的一名战士。牺牲时，年仅 16 周岁。

五个月当兵的历史，穿一双草鞋从河北走到山西。16 岁，还是一个孩子，然而 1940 年秋天的靳振武，已经以一个英雄的形象，高高矗立在关家垴这片高地。

还有多少战士，眼巴巴等待妈妈出现？还有多少母亲，一生寻儿杳无音信？想起关家垴村民说，日本阵亡士兵，全部被砍走一只右臂。后经过了解才知道这是日本的风俗，据说战死官兵的灵魂，可以通过一只手臂返回故里。

是呀，他们的故里，同样有等待的妈妈。

当年的日兵荻岛静夫在 1937 年 10 月 9 日的侵华战争日记中曾这样写道：

整个联队只剩下两三百人了，死者的遗骸散于泥泞的田野中。
看到身边所发生的一切，心中油然而生的只有等死的悲伤。

虽然自己在九日的上午还健康地活着，可是什么时候是我的死期呢？母亲啊，阿正、阿新啊，再见！

10月20日，他又记下：

昨晚，梦见故乡，还梦见唱了一场戏，真是太高兴了。

躲过一次又一次炮弹袭击，在战场上侥幸熬到1939年。他又在4月2日的日记中感慨：

今年不能赏花了。离开祖国这一年半枪林弹雨的生活，化零为整地算来三年时光就这么过去了。在我的一生中，二十九个春天已经飞逝而去。虽然不到半生，作为单身也比较悠闲。但是为前面的人生道路着想，也该成个家了。当我静下来的时候，特别想早一刻回到故乡去。可是这到底要等到什么时候呢？作为编入预备役人员的东京人来说，我对部队的生活已经感到厌倦了，只是我不会把这一想法经常挂在嘴上。

荻岛静夫，在中国这个战场上提心吊胆付出了三年“青春晚期”。很幸运，他在战争结束前平安返回故乡，回到母亲的怀抱，如愿看到他的弟弟阿正、阿新。然而有多少像他一样的士兵与军官，被匆匆火化、埋葬在中国这片遥远的土地上。

这就是战争带给普通百姓难以愈合的伤悲。

脚下这片土地，一寸一寸，尸骨遍地。你不知道，哪一脚便踩着一个战士的身体。想着想着，风便来了，呜呜咽咽。

英雄需要铭记。民国36年（1947）5月1日，在关家垴竖立的“殉国烈士碑记”，由晋冀鲁豫军区第三纵队修械所所长杨富荣以及指导员、工会主任及委员负责筹建。杨富荣原是太行三分区炸弹所的修械人员，该所于1939年秋在武乡县石板村筹建，之后因战争原因几经迁徙。1945年日本投降后，抽出30名修械人员组成随军修械所，杨富荣任所长，关金云任指导员，当时就暂住在关家垴村。日本人走后，由他们在这处高地上，率先竖起一座纪念碑。

1950年8月25日，关家垴村全体干部群众再竖烈士纪念碑。

今天看到的纪念碑，是进入21世纪之后再次新建的。

今天的关家垴战役现场，已经成为太行干部学院重要的教学基地，当年日军修筑的工事，已经在专家的指导下进行了恢复。看过之后才知，当年日军在仓促间构筑的防御工事多么科学，也就明白了当初在敌我战士数量如此悬殊的情况下，为什么三天三夜也没有打赢。

好在，英雄被一代代铭记。

有战士身体的滋养，关家垴纪念碑周围草木茂盛，庄稼饱满。

再一次离开此地，太阳即将下山。又一个夜，就要来临。除了虫鸣，除了偶尔的风吹草动，还有什么陪伴英魂？

好在，就如河北90岁的妈妈说的一样，地下的战士依然是庞大的队伍，依旧是青春的面孔。他们依然相偎相依，手拉手，肩并肩，整齐列队。他们以沉睡的方式行进了70多年，还将以年轻的面庞，热血的姿势，整齐划一的步伐，继续行进下去。

“妈妈属兔儿，爸爸属狗儿”

惨烈，不只发生在关家垴那样的战场。更多的牺牲，并没有硝烟。

沉静的死，更虐人心。

处于武乡县西北45千米处的南关村，几乎位于武乡县最西端。一辆辆货车从村子边上的208国道通过，打破了村庄从前的宁静。如果不是事先了解到那么多故事，这个村庄就与其他任何一个村庄一样，没人会联想到沉重。

抗战时期，南关是位于武乡、祁县、平遥三县交界处的一个大镇，是日军设在晋冀豫地区最大的兵站。1938年春，八路军进驻南关村，开设了地下工作联络站。次年春天，日军占领了南关一带，镇上最多时驻有日伪军400多人，还存放着大量弹药与其他军用物资。

较量的烽火，就此开启。

1943年5月11日拂晓，从沁县调来的50多名日本兵与伪军悄然包围了南关火车站与南关村。事件的缘起，是4月下旬八路军129师主力一部配合当地内线工作人员及南关村民兵，里应外合袭击了南关火车站。白晋铁路白圭至南关段自1939年10月13日竣工后，南关就成为日军侵略晋东南地区重要的军事物资转运基地。但仅仅第四天，129师386旅就攻入南关，烧毁了日军车站及敌军装万余套，毁掉电台两部，炸毁铁桥一座。11月5日，386旅772团郭国言部再次奇袭南关成功，炸毁汽车十余辆，歼敌100余人，缴获电线千余斤，摧毁铁桥一座，缴获大批棉衣及子弹。

我毁，敌修。一直持续到1943年。这年春节刚过，南关村地下党组织再一次把枪口对准南关火车站，不仅打死打伤车站值班的日伪军，还缴获了车站仓库的物资，捣毁了车站部分设施，再一次沉痛打击了敌人的嚣张气焰。

于是在这个5月11日清晨，日军集结力量，杀气腾腾带着仇恨而来。

一个罪恶的清晨。村民还未反应过来，便有青壮年360多人被捉拿，全部被带往南沟伪政府进行审问。在汉奸的指认下，在南关火车站工作的孙汉英、崔秉礼、孟立忠、孟贵元、崔旭生、唐详忠、李祥儿、李六儿、李尚齐、李尚连、郭留祥、姬景华、贾旭奴、郭振祥、郭珍祥、王留海、郭志川、郭二则、郭守师 19 人，被分别关押在日军南沟及分水岭的“洪部”，重点审讯。这些人当中，只有王留海是外村人。

重点审讯他们，是因为之前的几次袭击，已经让南关火车站站长左腾岛一起了疑心，猜测到内部一定有中共地下党组织存在。这次将人集中控制起来，便采取坐老虎凳、压木杠、烙铁烫、灌辣椒水等各种酷刑，对他们严刑拷打，企图打探到谁是地下党组织领导人。然而让他没想到的是，这些普通得不能再普通的工人，竟然誓死不吐一字。

无奈之下，在分水岭“洪部”关押的孟贵元、崔旭生、唐详忠、李尚齐、李尚连、郭振祥、郭珍祥、郭志川、姬景华、贾旭奴、王留海 11 人，于六月初十被押往分水岭村南的一个草场行刑。而关在南沟日军“洪部”的崔秉礼、孟立忠、李祥儿、李六儿、郭留祥、郭二则，则在六月十二被杀。

行刑的两天，听到消息的当地百姓全部出动。仅仅两个月时间啊，这些人已经面目全非，有的甚至连家属也认不出来。他们春天离开时穿在身上的棉衣棉裤早已破烂不堪，而且被血浸染得僵硬无比。17 位壮士，在夏日的阳光下步履艰难地行走在通往生命尽头的路上。

家乡熟悉的山水，草木，泥土，将以这样的方式最后告别。

两个月的酷刑，哪如一把砍刀来得痛快？汉子们齐齐挺直了腰身。他们知道不得不死，他们更骄傲再没有人因他们招供而死。他们笑着，互相用眼神对望着，无声抚慰着一颗颗凛然而坚定的心。

一声令下，17 把东洋刀，齐刷刷砍向英雄。瞬间，山河呜咽，草木同悲。上党大地哭声震天。不远处的南关火车站，一定也为失去这些亲密战友而万般伤悲。村里人说，之后去收尸时，许多人因面部变形严重而极难辨认。

17 位英雄先行离去了，26 岁的孙汉英却依旧被独自关押在沁县的一个木笼内，像动物一般供人观看。刚被抓不久，他的胳膊、腿便被打折，无法站立。日本人或许掌握了他在这些人中间的重要性，把他作为活标本，震慑同类。因为饥饿，孙汉英将身上的棉花一片片撕下来，一口口咽进肚子。整整六个月时间，他以这样毫无尊严的方式坚守着自己的信仰。

一直，坚守到农历十月。奄奄一息的生命，最终耗尽。

18 位英雄中，孟立忠与孟贵元是亲叔侄，李祥儿、李六儿及李尚齐、李尚连是两对亲弟兄。年龄最大的姬景华 37 岁，最小的崔旭生只有 21 岁。锦绣年华之际，他们用鲜血铸就了凛然，牵手献出了短暂的生命。

如此，日本人还不罢休。他们继续监视、跟踪英雄的家人。不久后又把孟贵元的妹妹孟贵莲抓到维持会，后经多方搭救终得逃脱，多年后成为国务院参事。

当时，日军重点审讯残害的 19 人，牺牲 18 人，唯一幸存的是郭守师。2017 年 3 月我前往南关村采访时，郭守师的爱人郭玉仙还在世，已经 94 岁。她说，爱人郭守师之前在村里教书，那天早晨在家里听到动静，就出去看看，没想到这一看就被“顺”了进去。被关押期间，他的下身溃烂。在村公所的舅舅便找到看守人员，希望与负责人说个情放他出去。几天后郭守师终于走出关押处，在村公所养好身体之后，答应留下给在这里工作的熟人帮几天忙。可就在他被放出的第二天，与他一起关押的人全部被杀。也因此，有人怀疑是他告的密，在多年后陆续遭受了不少质疑，甚至批斗。以至于郭玉仙老人在采访中说起时依然无法释怀，她一遍遍说：“俺老汉是个好人，根本就不是他告的密呀!”

临走时，老人眼里依然泪光盈盈，说她的老汉已经去世 23 年了，一生没过上舒坦日子。

当过南关村干部的 74 岁老人郭绪生证实，据老人们说，确实不应该是郭守师告的密，但因此受了些罪也是实情。

“有些事谁能说得清?”他轻轻叹口气，“当时最惨烈去世的烈士之一孙汉英，还被百姓怀疑是叛徒呢。”后来武乡第一位共产党员李逸三专门来过南关，为孙汉英洗冤。原来早在 1939 年，时任太岳军区敌工站站长的李逸三来到南关时，就成立了以孙汉英为首的地下工作队，队员包括崔秉礼、孟立忠、孟立信、孟景文、崔厚文、郭振祥等人。孙汉英生前是敌工站情报组组长，崔秉礼与孟立忠是副组长，其余全部是情报员。

最痛，不过英雄被冤吧。

当年倒下的 18 位烈士，大都未成家，因此如今没留下几个后代。郭绪生带我们找到唯一住在村里的烈士后代——74 岁的孟还元。他是孟立忠的四儿子。那天上午进门时已是十点半，孟还元夫妻俩才吃早饭。他坐在桌子边，爱人坐在地上灶台边。因没了牙齿，两人各自用手一块块揪着馒头，费劲地在嘴里嚼来嚼去。孟还元说父亲去世时他才八个月，两三岁时母亲又因病去世。跟着姥姥长大的他，脑子里其实是没有父母这个概念的。

因独特的家世，大哥孟参元于 1952 年报名参军，披戴红花在全村村民敲锣打鼓的欢送中走上抗美援朝战场，参加了上甘岭战役。在一次行军中被敌人追赶连续撤退 80 余里，因几乎不停歇地跑步急行造成吐血不止，导致无法继续作战，复员回到太原市消防队工作。身体却还是每况愈下，只好回到村中养病。然而因为身体毁损太严重，于 1976 年在病痛中去世，年仅 33 岁。

“他那时候冬天饿了就吃雪，胃口早就吃坏了，吃啥吐啥。”孟还元无奈地说。

对父母毫无记忆的孟还元，却清晰地告诉我：“妈妈属兔儿，爸爸属狗儿。”

口齿不清的老人像孩子一样说出“妈妈，爸爸”两个词时，内心听得一阵热，一阵酸。老人对爸爸、妈妈的呼喊，还停留在极其幼小的年代。也因此再次说到没见过爸爸、不记得妈妈时，他还是忍不住哭出声来。

按捺住复杂的心情，问他有没有爸爸、妈妈的照片？他说，俺妈有。顺着他的手指，在墙上相框里看到一位女子。

在场的人忍不住同时说："好漂亮的女子。"

再细看孟还元，眉宇间确实有母亲的英姿。

一张旧照，承载着老人对父母的全部想象与依赖。

父亲是烈士，作为儿子有待遇吗？他说："有，每月 130 元。"

出得院中，回头想给送别我们的这对夫妻拍张合影。孟还元很配合地站定，妻子却有些羞涩，被人推着往丈夫身边靠，却始终不肯挨在一起。

离开他的家，很想去看看当初烈士们工作过的南关火车站，可郭绪生说早已没了痕迹。

南关村边的 208 国道上，竖立着一座纪念碑，记录着英雄的名录，诉述着惨案的经过。路经的人偶尔会停下来，读一读铭刻的久远事迹。

攒一世深情凝望你

我的手机里，除了孟还元夫妇羞涩拘谨的合影，还有老兵李照贵夫妇。

他们在武乡西部的故城镇石仁底村。

我对故城的记忆，开始于少年时期的长途车上。那时候，从老家到省城太原，过了县城就是故城。去的时候走到这里，知道快出武乡了；回来的时候路经这里，知道离家不远了。

落脚故城这片土地，却已过去几十年。所以走进它时，记忆变得无比遥远。

那个下午，我独自驾车到故城镇，一路走，一路在脑子里极力把从前寻回。记忆总是拗不过努力，慢慢地，尤其是看到一些村庄的名字，不过也只有看到一些村庄的名字，冻结的记忆才一点点复苏，先是慢慢地，后来便争先恐后地探出头来，爬满我期待的心田。

到达故城镇，在两位年轻的民政人员陪同下，来到抗战老兵李照贵的家。

不管东部还是西部，武乡所有的村子几乎一个模式。门帘掀开，一位老人坐在炕头，黑呢料上衣，黑色帽子。问候，他不语，只拖着一双不太灵活的腿努力要下地，被我们拦回炕上。后来才知，他几乎没有听力。说话间，看到还有人站在地上，他又欲起身，招呼所有人全部坐下。

老人面部几乎没有表情，却能体会到他骨子里散出的真诚与热情。

李照贵老人的家，是太行山区农民特有的简陋，炕上铺一张硬塑料布，两床被褥自然卷向墙面，上面扔着两件衣服。床的一角，空食品袋、书本、纸箱随意放着，是日子一天天沉淀后的凌乱。墙皮是多年不刷被积尘浸透的旧，并不脏。墙上一本挂历，从上面写给退伍军人的慰问信看出，这是有关部门在这一年送来的。

外孙女抱着孩子站在地上，偶然一阵咿咿呀呀，却传不进老人的耳朵。太阳透过窗玻璃射进来，一半铺在炕上，一半映在墙上。祖孙四代在淡淡的光阴里其乐融融，温馨的气息弥漫在陈年窑洞里。

民政局的人说李照贵原名李照锁，其实是没有“金”字旁的简化“钅”，当初被人们看成“贵”，于是身份证上便成了今天的名字。2015 年，他 88 岁。李照贵 1944 年 8 月入伍，成为武乡独立营一名战士，参加过段村、安阳、汤阴、淮海战役等战斗。

用了最大的声音，他还是只能听清一两句。可记得曾经的战事？他说不记得了。外孙女叹：一年不如一年了。去年时，他还偶尔提起当年打仗呢。

70 多年以后，听力记忆力大不如从前的老人，为什么还要偶尔提起打仗？战争在他心中，到底是怎样的一番记忆？当年战场上动如脱兔的他，从一场又一场硝烟里穿过的他，到底对从前有着怎样的回望？可是，他不能说了，他听不到了，他不记得了。

是的，日子又过去 365 天。他残存的记忆，越来越无力抵抗岁月的冲击。

不提也罢。今天的明媚，足以抵挡一切。

说话间，一位阿姨走进来。看到我在李照贵耳边大声说话，边上炕边笑说："哪儿能听到？我与他说还不行呢。"

阿姨竟是李照贵的老伴？老兵李照贵竟有老伴？这个意识在脑子里闪出后，我有些责怪自己想法的不敬，然而确是我看到她后最真实的一闪念。一路探访了十几位老兵，无一例外都是独身。每一位老兵在对抗过长长的苦难之后，今天都要坐在阳光里对抗孤独。这些老兵大多生活在儿女家里，还有部分在县里的光荣院，还有的长年居住在省城老年公寓。老兵们虽然进入到不愁吃不缺穿的岁月，却也没有了倾诉与畅谈的欢乐。大部分人，更是连倾听的权利也失去了。

我接触过的老兵，不管生活条件好坏，唯一的困扰便是孤独。记得从曾经的八路军野战医院看护长王桃儿家离开时，90 岁的老人家拉着我的手久久不松开，并且努力地一个接一个寻找话题，甚至家中有几口人，孩子几岁，父母在哪里，身体好不好，都要一一问过，都要一一夸过。看着快速落山的夕阳，我几次试图不动声色，把我的手从她的手中抽出，可她总是用胜过我一筹的力量给我强烈的暗示：不要走！不要走！我可以清晰地听到她内心滚落出孤独的声音，就是想让我留下来，聊一聊，再聊一聊。

还记得，当我在县城大街一家超市门口把老兵郝生荣叫离时，身边的同伴认真叮嘱他："快些回来啊。"其实之前，我已经站在旁边观察过他们好大一阵。他们两个，并未有过多交流，只是盯着面前来来往往的人流车流出神。但是同伴希望他快些回来，他也在接受完我的采访之后不停脚地又回到同伴身边。看到他们又并排坐在一起继续无话陪伴时，我突然明白：他与同伴，只希望彼此感受到对方的存在。

有伴在身边，就好。

今天，老兵们丢了许多记忆，但他们每一个人总会努力地一点点挖掘。我们来来回回，在那些陈旧且不断颠倒的话题里反复纵横。我知道，他们并不是多么想回忆过去，只是想多个人说说话而已。更重要的，他们都想在若干年之后，再回想回想那些从身边离开的亲密战友。

李照贵老人无法沟通，我只好问可以找到一些从前的照片吗？阿姨急忙起身找钥匙，开炕上的箱子。李照贵看到了，问：找什么？阿姨并不答。只是边找边说：什么也找不到了。

什么也找不到的阿姨笑嘻嘻的，最后拿出一些勋章，还有纪念币，但大多是今年新得到的。至于老照片，她说哪里会有？从前，怎么会拍照？

是呀，从前怎么会拍照？对于这些普通战士，哪儿有时间和条件去拍照？

由于听不到我们说话，李照贵老人始终沉默着，脸上是不动声色的宁静。突然，他把老伴翻出的那枚纪念章拿起来，细细看了好久，轻轻戴在脖子上。老人一直无言，只低了头默默注视着他的纪念章。我想象不出，在失去声音的世界里，老人会想些什么。但我知道，此刻，他的思绪一定回到从前，在我想问的问题里。他无法与人沟通，却一定会在自己的世界里与自己对话。一定会将那些过去了的岁月，那些身边的人，那些经历的事，一天一天，一件一件，一个一个，翻出来，再放回去。

反反复复，打发着无聊，编织着属于他的忧伤与乐趣。

然而在看到阿姨的一瞬，我觉得李照贵老人是幸运的。儿女们下地劳作的时间里，老伴在他身边；漫长的静夜里，老伴在他身边。即便，他听不到对方的一声呼吸。

可是，有爱在身边，是多好的事。

80 岁的阿姨坐在炕上，坐在老伴身边。我突然想起，给两位拍张合影吧。阿姨抓抓头发，说怎么拍？我说两人挨着就行，随意拍一张。阿姨与老伴之间，至少有伸开一条腿的距离。我说阿姨您坐近点，太远了。没想到阿姨却很不好意思地笑起来，挠着头发，不肯挪一寸。于是我拉她，说太远拍出来不好看。没想到阿姨死活不肯，一边依旧挠头一边哎呀，说要那么近干吗？

阿姨的脸上，竟泛出红晕，然而还是不肯向老伴身边挪动，一张笑脸却忍不住不时望一眼那个始终沉默的老伴。我不知道阿姨流露的含义，然而李照贵老人却似乎明白了意思，看老伴一眼，微微一笑，向老伴身边慢慢挪过去。

此刻的阳光正好移了位置，照在阿姨脸上，红彤彤的。她扭头凝视着近在身边的老伴，只笑不言语。我惊讶那笑容里透出的羞涩与甜蜜，以及眼神里那藏也藏不住的深深情意。

马牧旧痕

日子里如果永远有阳光，暖烘烘地照在身上，该有多好。就如马牧村郝有江老人说到当年：只要不打仗，哪怕每天只喝一碗凉水，安静地晒个太阳，就满足了。

去马牧村那天，77 岁的郝有江正在一户村民家帮助修房子。一听到向他打听日本人入侵之事，便放下手头的活儿拿起铁锨带我们回到他的家。

老人住在一处新院子里，斜对面就是他的旧居，两棵粗壮的杨树继续挺拔在房屋几乎坍塌的院子里，在凋零中一如既往傲然着它们的雄姿。一路走来，村里零星散落着一些旧房子。

他说：都是过去的。

过去，村里有 500 多人，抗战期间减少了 269 人，超过当时全村人口的百分之四十七。

据民国 18 年（1929）版《武乡新志》卷四《古迹考》载："石勒牧马处，在县（故县）西二十五里马牧村之南滩，相传为石世龙牧马处，村以之得名，有碑碣可考。"通过此记载可以看出，马牧村因石勒在此牧马而得名。

抗日战争全面开始之后，这里便建立了党的组织。早在 1938 年 4 月，朱德总司令率八路军总部便驻扎到这里。彭德怀、左权、康克清等老一辈无产阶级革命家都曾在马牧村住过。郝有江说，那时候朱德主要住在寨上，马牧村是康克清住得多。正因为如此，马牧村的抗日干部非常多，并拒绝"维持"。日本人恼羞成怒，于 1940 年初最先烧了村干部郝二林、村支部书记郝春生和抗日村长周敬全等人家的房子。当时，村长周敬全的娘向敌人哀告，希望给家里留一点儿东西，但遭到对方毒打，并险些把她扔到火里。周敬全的弟媳因痫疾躺在床上，日本人便要把她进行火葬。她惊吓之际跑到院里，又被往回拉。危急之际，已经受伤的婆婆不顾安危，冲上去拉着媳妇又一番哀求，才得以逃过酷刑，被从院里扔到大门外，婆媳俩一瘸一拐含泪搀扶着离开。村里的火势越来越大。逃难在外的村民却只能远远望着，不敢回村抢救。

这一烧，全村 26 间楼房、250 间平房便化为灰烬。

火烧百姓的房子，已经成为日军的习惯性做法。侵华日军士兵荻岛静夫在 1938 年 4 月 25 日盐城白驹镇的日记里这样记录：

在刘庄看见几具敌人的尸体，路途中只要觉得有危险的房屋，就把它烧了再前进。燃烧的火焰令人害怕。

1943 年，因村里还是坚决不"维持"，日军便疯狂报复，进村开始大肆破坏，短短时间，全村 120 多户居民的 1200 多间房屋被拆光，仅剩村南关帝庙（村里称老爷庙）。风景秀丽的马牧村从此一片瓦砾，像从没人生活过的“无人区”。这还不算，他们不仅拆房子，还杀人。一次拆房间隙，村里的郝连冬老汉被伪军抓住问：“你说八路好还是皇军好？”他说：“这还不是明摆着？又拆房子又杀人，能说好？”伪军打了他一耳光后，他反问：“我说的是假的？”伪军得不到想要的回答，用劈柴棒把他一顿毒打，两三天后郝连冬死去。如此，日军还不甘心，又大肆抓捕抗日干部和群众。村长周敬全，农会主席郝更大，村武装主任郝性恬，郝复元、郝文广、郝效儒、郝宝珍……郝有江老人断断续续，数了不少死在敌人屠刀之下的名字。

郝有江出生在日军九路围攻的第二年。有记忆开始，便是逃难的日子，便是吃不饱穿不暖的日子。没了村，没了家，他跟着大人逃到榆社北白村一个山里，住在用石头垒起的“房子”里。就是这样一个极其隐蔽的地方，日本人也闻风找了去。他说有一天，他的二舅担着一担鸡蛋路过，因劳累在此歇息，没想到正遇到日本人。他闻讯躲到山上，但从石头缝里看到一担鸡蛋被担走，痛恨不已，心疼不已。有一顿，没一顿，他们一家在这个山里一住就是八年。听说战争胜利了，他们也没能回来，因为家里没有房子。直到土改才回到村子，分到一个院子。

老人透过窗玻璃指指不远处的旧居：就是那儿。

房子虽简陋，屋里虽一无所有，总算有了遮风挡雨的家，总算可以脱掉衣服安心睡到天明。

“有一个家，是天大的事。”至今从老人的语气里都可听出当年得到一个家之后的渴望与欢喜。

当年，由于马牧村处于县城到白晋线南沟火车站的交通要冲，并且还是八路军石壁根据地出入口，因此日本人早早便在村对面的山梁高处修筑起一个圆桶形碉堡。碉堡下有地洞，四周围着密密麻麻的铁丝网。站在碉堡处，对石壁根据地出入要道一览无余。八路军两次攻击，都没有成功。

直到 1943 年农历八月十七的夜里，决九团七连在当地民兵配合下，终于一举攻克了马牧寨敌据点，并生俘了伪军队长董丰年。村中老人激动地感谢着勇猛的战士们：“日本侵略者把俺马牧搞成个无人区，今天你们给来了个连锅端，俺这里几百亩秋禾总算从虎口里夺出来了。”

是呀，要收秋了，风里来雪里跑的村民们，终于可以把地里的庄稼收割回家了。

郝有江说，之后对汉奸董丰年执行了枪决，就在附近的青阳岭（音），村民们拍手称快。

出门，郝有江带我们去到马路边一个院子。他说这是新修过的，成了个人的房屋，以前八路军总司令部直属队组织部部长康克清就住在院子的东房。

要走时他说：看看老爷庙吧。老人说的就是当年唯一留下的那座关帝庙。站在庙前，他说当时日本人也尝试拆过这座庙，神奇的是当时站在上面拆房的一个日本兵突然就摔下来死了。老人说日本人很迷信，觉得有神灵在怪罪，就立即停止拆毁。老人边说边指了指右上方：狗日的就是从那个地方掉下来的。

关帝庙靠山，面向整个村子。今天，见证了村庄惨案的旧日关帝庙已经换了新颜。站在庙前，可以清晰地看到庙后面日军的炮台旧址。今天，一切都没了痕迹。可山梁还在，庙还在，村子还在，炮台以及经历的一切，也深深嵌在这片土地里。

那个随着牛羊奔跑的孩子

与郝有江一样在逃难中长大的，还有故县乡马家庄村 82 岁的赵炳旺。他比郝有江大五岁，因此对少年的记忆，更加刻骨铭心。

马家庄旧村，掩在新村上边的山坳里，仍然以当年的模样静止在原地。尽管杂草丛生，一片坍塌荒凉，但一些院落的格局仍透出当年的繁华。

20 世纪 80 年代，全村迁至下边临近省道的新村，新村包括离马家庄村一里地的窑科村。82 岁的赵炳旺就是原来的窑科村人。他说自己的二奶奶就是被日本人在院子里摔死的，当时就用席子卷了塞进一个破窑里算是埋葬。这时坐在炕上的另一位村民马国庆说，他的爷爷当时穿着一双新的羊毛袜子，鬼子（伪军）要他脱下来，他不舍得，便被打死了。

日军对待中国人的生命，像对待动植物一样随意。就如荻岛静夫在日记里写的，当时为了试验一批新发下来的军刀，他们便用抓来的俘虏做试验。喷涌而出的血，裹在寒光闪闪的军刀上，在阳光下发出红色的光。

赵炳旺说当时日本人在马家庄住了三天。即便之后离开，也是隔三岔五又前来“扫荡”。

记得当初逃难的情形吗？赵炳旺刚刚说了两句，就哽咽了，眼里噙着泪：不要说了！不要说了！

他强忍了半天，从衣兜里掏出一块小毛巾用力擦了擦眼睛，还是开了口。他说那时候每天用一根布袋背着炒好的一些面，跟着裹着小脚的娘漫无目的颠沛流离。他记得，冬天下坡就坐在地上往下滑。许多时候，跑着跑着就与大人失散了，爹也找不到，娘也看不到。不敢哭，只跟着人群，跟着牛马，在机枪扫射中拼命奔跑。他恐惧的心里只有一个念头：逃命！逃命！记得有一次，娘在半路实在跑不动了，就放开他，推他：快跑！一直跑！

一直跑到哪里？他说不知道，娘也不知道。那时候，他还只是一个六七岁的孩子。想跟着娘，想一直在娘身边，可娘狠劲推他、赶他、骂他。他只好哭着一边回头一边跑，直到再也看不到娘。

找不到爹娘怎么办？他说，哪儿有办法呢？

哪天该回家？他说哪里有家！

常常，跟着人们跑到一个陌生的村里，谁也不认识，找一个角落蹲下哭，想爹，想娘，肚子饿，口渴。极想家，又怕回家。

“唉，就不是人过的日子。”老人再一次哽咽了，“谁知道今天出去还能不能回来。”他的童年记忆中，整天就是东一个村、西一个村流浪。有一次与几家人跑到一座山里，连续三天三夜没有开锅，饿了就找些冷水拌几口炒面吃。抗战时期，他几乎是在别的村庄或者无人的大山里度过的。他说有些村是维持村，安全，就求着人家让他们住下。

“那时候能怎样？有亲戚的投奔亲戚，没亲戚的给人家说说好话求个落脚的地方。”可毕竟是别人的地方，毕竟谁家都在饿肚子。看着人家摘回一根黄瓜，真是想哪怕生吃一口也好。

老人再一次讲不下去了，长久无言，我却能听到他内心翻江倒海的痛。顿了好长一阵，他问：“你们是不是觉得我们从前吃糠咽菜可怜？”

我说，当然，太可怜了。

“能天天有糠吃，倒好了！”没想到，他要表述的是这一句。

老人想说，却几次欲言又止：不要说了，实在不想说了。

我听得如鲠在喉，心沉气闷。

可以想象，老人内心深处，还藏着太多太多不能触碰的痛与苦。想起进门时，他正与同村人开心地聊天。是我的闯入，让他的心情突然跌回尘封了 70 多年的从前。

“对不起，大爷。”

“不怪你，孩子。”

赵炳旺的记忆里，几乎没有家的概念。他从三岁开始逃难，一直到十岁。童年的生活里已经完全被慌乱的奔跑填满。时光虽然流逝过 70 多年，却难消他七年的苦难岁月。他清楚地记得，听说段村解放后，人们高兴得笑了哭，哭了笑。尽管回到家已只剩下一个空空的窑洞，还是觉得终于回到家了。他说，哪怕依然饿肚子，但总算可以安安稳稳坐下来，不必天天坐在大门口盯着高处的“红旗”，就怕倒下。

“活到这么大，哪儿有今天幸福？种地还给钱，真是在天堂活着呢。”

说到这里，他终于开心地大笑起来，嗓子里却含着没有咽下的眼泪。他说自己有四个儿子一个女儿，六个孙子两个孙女都是大学生，在太原、北京工作。孩子们对他非常好。

我要离开时，他突然说到安倍晋三，说他参拜靖国神社的事，说他还想给他的祖宗报仇？“他能报了？”问完这句话，老人又笑了，是不屑的笑。

我要走了。老人突然问我：你也说武乡话，哪个村的人？

告诉他时，他说：那咱们就是隔一条河。那年九路围攻，你们村上头就有部队。

“打得很凶！”炕上一直在倾听的马国庆也开了口，“河水都成了红色的。”

他在冬日的河谷逆风垂泪

赵炳旺与马国庄说的河水，就是浊漳河北源，发源于榆社县北部三县垴，从武乡的丰州镇下关、上司乡韩庄，一路流到故县乡的里庄、大有乡长乐、监漳镇之后，进入襄垣县境。

武乡的孩子们，几乎都接受过这条大河的洗礼。我出生的村庄，就是里庄南岸的窑头村。站在村子高处的庙上，就能清楚地看到里庄村，还有里庄滩。20 世纪七八十年代，浊漳河水仍像之前一样滔滔翻滚着，拍打着两岸，也滋养着两岸的人们。夏日如果不架一座独木桥，谁都去不了对岸。那时候，过桥是一件难事，木桥太窄，总是要边走边看脚下，总是要不小心看到桥下汹涌的河水，随后便是一阵眩晕，有人因此掉进河里也是时有的事。

2015 年秋天到里庄村时，正有风贴着浊漳河的水面飘过来，夹杂了初冬河流的寒意。

郭贵云就在河水流经的村边，坐在一堆刚收回的玉米里，认真地一穗穗剥着外皮。一身中国旧式陆军服装，一顶 20 世纪七八十年代的军帽，黝黑的脸，浑身散发着军人的气息。

他的面前，就是著名的里庄滩。深秋的河滩，风有些凉。因为他，因为这个地方，不得不提一场战争。他说，没有经历过，听说过。他又说，那是一场大胜利，也是一场大悲痛。

1938 年春天，太行山的春风里还夹着飕飕的寒意，刚刚解冻的浊漳河水把积压了一冬的情绪汹涌地迸发出来，欢快地开始了春的奔腾。就在这刚刚开始的春天里，就在所有植物所有土地准备蓄势待发的日子里，日军也在蓄谋一场大行动。他们把进驻太行山后连输几仗的恼怒积蓄起来，决定投入大的力量绝地反击。4 月 16 日，三万日军从同蒲路之洪洞、太谷、榆次，正太路之平定，平汉路之高邑、邢台，邯长大道上的涉县、长治，以及临屯公路上的屯留等地分九路，顺着浊漳河一路压向辽县（今左权）、榆社、武乡、襄垣，目标是摧毁八路军初创的太行抗日根据地。

那一年，郭贵云刚刚八岁，他所在的贾豁村就在里庄的北面。沿河而下的烽烟，熊熊烧到他的村子。他跟着爹娘，往深山里逃去。

自懂事起，每天一睁眼便是哭泣、尸体、鲜血、火光与枪炮。他幼小的心灵甚至认为，生活就是如此。

望着对面我的村庄，他说："幸亏当时没有你，那时候炮火真猛。"那一刻，他的眼神里充盈着羡慕。是呀，他扛起枪的年龄，才 15 岁。

15 岁，我还是一名在山中奔跑的快乐少年。

"有一个英雄，与你一样，参军时也是 15 岁。"望着里庄滩，我跟他说起在此地牺牲的一位英雄——叶成焕。

“不能比，不能比，”郭贵云连续说，“那怎能比？”

叶成焕来自河南的大别山，出生地是光山县（今属新县）一个山村，与郭贵云等大多数当年的战士一样，都是苦孩子。但他的家人省吃俭用，把叶成焕送入当地私塾念了一些书，使他成为家里“成”字辈中唯一一位读过书的人。

读过书的叶成焕 15 岁参加革命，次年（1930 年）参加鄂豫皖红军。没想到叶成焕是个军事奇才，小小年纪便屡建战功，很快担任师长、师政委等职，成为红四方面军的一位著名战将。1937 年，全面抗战爆发后，叶成焕由师政委改任八路军 129 师 386 旅 772 团团长。同年 9 月 30 日，受命率团随旅部向太行山地区挺进。

一路走，一路打。年轻的团长用战绩告诉 129 师，无论面临怎样的危机，他都能取胜。因此师长刘伯承只要听到前方指挥的是叶成焕，总会放下一颗提着的心。

多次负伤的叶成焕体质极其虚弱。平时他总是沉默地思考，将积蓄的神勇放在冲锋时刻。他领导的 772 团被誉为“攻如猛虎，守如泰山，百战百胜，七七二团”。初上太行山，在他的指挥下便接连打了长生口、七亘村、黄岩底等几个漂亮仗，英名传遍太行。

日军发起“九路围攻”时，叶成焕正患着肺病。听到陈赓旅长不让他参加战斗的消息时心急如焚，跑去请求：“二团（772 团俗称）还没有打过这样的大仗，还是让我指挥这一战吧！”

这一战，被叶成焕求到手。于 1938 年 4 月 16 日早七时沿浊漳河北岸由西往东寻找最佳作战点。找准时机后，部署一营、二营分别占领了里庄与型村两个村庄制高点。

早晨七时，日军 108 师团 25 旅团 117 联队三千余人耀武扬威地出现在浊漳河谷。他们叫嚣，他们歌唱，他们趾高气扬。只是他们不知，这里早已设下“口袋”，待“君”入瓮。

叶成焕带领的 772 团，与对面窑头村高地的 771 团遥相呼应，再加上 769 团的随后跟踪，使得日军辎重部队一进入目标区，便受到猛烈攻击。完全没有预料的敌人在“瓮中”一边挣扎，一边展开应对。从早七时持续到下午五时，尽管打得极其艰难，但因八路军提前周密的部署而大获全胜，彻底粉碎了日军“九路围攻”的阴谋，更击碎了日军“三个月灭亡中国”的妄想。

日军不服，派来援兵。叶成焕与其他指挥者一样，接到撤退命令。他像以往任何一次一样，留在最后一个排撤退。一边撤一边仍不忘观察增援的日军，为再次出击做着准备。

他举着望远镜，望着望着，便望上一处高坡。

枪声呼啸而来，日军援兵已到沟下。通信员急得大喊：高处危险，赶快下来！可叶成焕说高处看得清，再等一等。说话的当儿，一颗子弹“嗖”的一声从他衣袖穿过。

子弹天天在身边飞，他没有动。

英雄眼里，战场如平常。

子弹毕竟是子弹，一颗颗子弹，都长着眼睛。执着地要再“看一看”、再“等一等”的叶成焕，终于没有躲过精准冲他而来的第二颗子弹，头部被击中。他晃了两晃，终于未能站稳，带着望远镜里的局势与新的作战计划，倒在一棵小松树旁。

英雄倒在武乡的高地，浊漳河畔一片呜咽。

在他之前倒地不起的，还有他带领的二营五连指导员杜德镇，打光子弹拼刺刀，最终闯入敌群连刺多个鬼子后牺牲；三营十连指导员秦玉忠，在掷出 20 多颗手榴弹结果了 40 多个日军后身负七处重伤永久告别战场；团部 16 岁通信员邓丙彦，在连杀五个敌人后独自猛追一队日军，英勇献出生命；十连一个排的战士一个不剩……

团长叶成焕知道他的属下有牺牲，但不知道哪些爱将丢了命。因此在被特务连的战士们紧急抬着下山的路上，偶尔恢复神志时还不住口地问："哎，队伍，队伍呢？"

队伍呢？这是英雄最后的遗言，也是英雄最后的惦念。

英雄啊，为什么非要站在高高的坡上？

随后赶来的师长刘伯承及旅长陈赓，也必定悲恨交加。尽管，他们彻夜守候在叶成焕身边；尽管，他们带来师部最好的军医。然而，叶成焕终因伤势过重，流血过多，于两天后的4月18日凌晨咽下最后一口气。

太行山接下来一场又一场新的战斗中，再也没了他的名字。年仅24岁的年轻团长，在战场上已经厮杀了整整九年。或许，他真的累了，透支得太多了，真的该好好歇歇了。

彼时，他的老乡及战友李德生，仅仅是129师385旅769团一名连长。他们所在的乡相距不足十千米，他们同年来到太行山。只是，叶成焕没有李德生好运，李德生在起伏的风云中见证了亲手解放的家乡和祖国，活到96岁高龄。

安葬叶成焕前，有人注意到，英雄的脚上还穿着一双破旧的草鞋。长乐村的民兵董来旺赶忙找来一双布鞋，把老区的温暖穿在英雄脚上。

当天下午，朱德总司令也专程从八路军总部赶到榆社县郝壁村，参加了叶成焕追悼会。刘伯承师长致悼词并铲起第一锹黄土覆盖在灵柩上。随后，副师长徐向前、政委邓小平、旅长陈赓和干部战士代表依次铲土，共筑新坟送别英雄。

中华人民共和国成立后，叶成焕的遗体迁葬于河北省邯郸市晋冀鲁豫烈士陵园。

他脚上最后的那双草鞋，也辗转在1971年被武乡县委办公室副主任李彦南找到，陈列在武乡革命纪念馆，1988年3月送交八路军太行纪念馆。1999年5月，这双草鞋被鉴定为国家一级文物，永久陈列于八路军太行纪念馆抗战史馆第二展厅。

叶成焕，是里庄及长乐滩战斗中我军牺牲的最高将领。

老兵郭贵云，当然知道这位牺牲在家门口的前辈英雄。于是一提及便连声说：比不得，比不得。

20 世纪 90 年代初，一个剧组走进这里，拍摄《长乐之战》。当时与同学们一起做了群众演员的一名初中生现在已经人近中年。问起他当时的感受，他说一是蒙，二是累。当时，他根本不知道长乐之战是怎么回事，甚至不知道长乐在哪儿。他说好奇过后就是累。从早上八点到晚上八点，其间就吃了两个饼子，拍了仨镜头：第一个是冲，从地上扛起枪往坡上跑；第二个是呛，直到回到学校，烟雾还弥漫在整条街上；第三个是悼，是一个什么长牺牲了，让他们低下头默哀。

他说的悼一个牺牲的什么长，可是叶成焕？可惜，当时没有人告诉他。相信当年的孩子们若真听过叶成焕的故事，一定会真心哀伤。

其实早在 20 世纪 70 年代末的一个夏天，这里就迎来过一个庞大的剧组。身着八路军军装的演员们，在里庄滩演绎着一场又一场激烈的“战斗”。附近村庄的大人孩子，结伴站在河两岸嘻嘻哈哈一惊一乍地看着那些遥远的故事，有的小孩子还淘气地闯进画面。河这边有些小伙伴就忍不住，跃跃欲试要去渡河，有几个就沉浮于湍急的水中，被看到的大人们骂着救起。

里庄滩的“战斗”继续上演，“敌我双方”时而在岸上时而漂浮在齐胸的水中。孩子们边叫着过瘾，边焦急地打问这部剧登上荧幕的时间。

那时候的荧幕故事，大多是此类激烈的战争场面。最想看的是结尾，我军大胜，敌人尸首遍地，余下的俘虏举手投降；最想听的是冲锋号声，伴随着奋勇冲杀的战士们的喊声长久地激动人心。然而尽管这样，终归不解个中滋味，不去想这些“画面”就是曾经发生在家门口的事实。那些尸首当中，也有我们亲亲的先人。比如，我的曾祖父。

剧组再现当年，周边有大批百姓其实是翻江倒海地痛，比如郭贵云。那时他不到50岁，战争的伤痕还根植在心。那次在里庄滩大规模拍电影，他说看了，又说没看。

我知道，当年，他一定像孩子们一样兴冲冲赶来观看。然而那些“战士”，那些场面，那些硝烟，一定触碰了他心底埋也埋不住的沉重。

他，看不下去。

岁月流逝，伤痕抹不去。

说到战场，郭贵云毫不掩饰内心的真实。他坦言当年虽然过着天天逃难的日子，却并不想参军，就是怕死。可村干部天天跟着做工作，不厌其烦，有一天午饭时，他被村干部带到大队，吃了一顿饱饭。没想到从大队出来，村干部说：“公家饭也吃了，还是上战场吧？”

郭贵云讲到这里，停下来表情复杂地看着我：“你会笑话我吗？”

怎么会！怎么会？

他说，战争紧迫，甚至没时间告诉他怎么打枪，刚开始就是瞎打，甚至枪一响就发抖。扣动扳机时，他甚至把头扭向身后。

还有战士怕吗？他说当然有。胆大的不少，明明知道是死，还是要上。胆小的就听命令。有命令不能不上，因为战士不能退却。所以只能上，只能坚强。今天，85岁的郭贵云微笑着，像讲别人的故事一样讲着自己的当年。

他毫无掩饰的讲述，让人敬佩。他本该是一个只管种好地、放好羊的农家少年，可偏偏遇到战争。尽管一万个害怕，最终还是上了战场，从开枪都不敢睁眼的“胆小鬼”，硬是锤炼成一名合格的八路军战士。

我向他竖起大拇指。

然而，他的笑一闪即逝。他说那时候，总是饿着肚子，常常是阴冷的天下着雨，穿着单薄的衣服湿淋淋蹲在壕沟里。“实在是冷啊，冷得打寒战。瞌睡，却根本睡不着，不住地在墙根打转。”

他的神情，他的话，让我的一颗心阵阵发紧发疼。今天，给他们多少温暖，才可以把旧痕抚慰熨平？

日兵荻岛静夫也在侵华日记中写过这样的话：

半夜里，我们到达大行李部，大家都进了帐篷，睡在硬土上。

这是多么令人羡慕的事情啊，作为步兵是没有这种待遇的。

是呀，睡在硬土上，是一种奢侈。

恶劣与子弹是最好的老师，怕就得死。胆子，就是被枪炮声一点点训练出来的。之后，郭贵云随着 385 旅 769 这个猛虎团一路打壶关，打长治，打屯留，打到山东阳山，打过河南安阳，挺进大别山，也把自己结结实实地打成一名英勇的八路军战士。

如郭贵云自己所说，他比不了叶成焕。可是他与叶成焕一样，是同样厮杀在战场上保卫国土的战士。

他是幸运的，只有脚趾受过不算太重的伤，可以安然回到自己的村庄，可以继续站在浊漳河边，看云开雾散，春华秋实，看历尽沧桑的河水一年又一年不惊不乍，缓缓流淌。

2015 年，他作为武乡的五位老兵代表之一，去北京参加了“纪念抗日战争胜利 70 周年”阅兵活动。他说那是他平生第一次走进首都，终于看到电视里的天安门，看到国家领导人站在城楼上讲话。不过他说，天安门也没啥特别的，远远望去就跟家里的几眼窑洞一样。不过当他再次将手抬起庄严地敬着军礼时，内心还是骄傲不止澎湃不已。

是呀，他是永远的战士！

有首长在他耳边鼓励：再活十年，再来北京。

哈哈，85 了，够本了！他边说边动容地笑。

这个下午，他第一次爽朗地笑了。

他收拾的玉米，是女儿家刚刚收回来的。他的一个女儿，嫁到里庄村，并在路边开了小卖店。当年门前来来往往的军队，早已经换为一辆辆飞驰的汽车。

河上有了一座体面的桥，却没了曾经滔滔奔腾的浊漳河水。

一切恢复到村庄该有的宁静。

桃红柳绿了，芦苇碧了又黄了，庄稼熟了又收割了。浊漳河两岸的百姓一年年延续着春种夏收，年轻的人们，早已不知道战争的含义。然而战争结束之后好多年，每每行走在这片河滩，他的思绪总还是忍不住要跑回从前：战争，是不是有一天突然又会回来？甚至，他对哪里突然传出的鞭炮声也会一阵惊悸。当年那些被河水冲走的战友，灵魂可安好？

如今，河水浅得不像一条河，更不像太行山中的大河浊漳河。有时坐在河边他就想，也好，一切都流走吧。

孩子们没处狗刨了吧？这话突然让他想起一位战友，四川籍，水性很好。他说那位小战士当年特别想跳进浊漳河里好好畅游戏耍一番，可是没有时间。于是他们商量着战争结束后来一场大比拼。然而仗还在继续，四川战友却被一颗子弹送往另一个世界。

郭贵云忘不了他，是因为那个小战士有着他当初比不了的刚强，明知是死，可就是要用一腔热血顶上！他年轻而温热的尸体就在身边，可郭贵云却连难过都顾不上。

身边死的人太多，以至于郭贵云说他根本记不住谁是班长谁是排长，总是这个死了那个顶上。他只记得，那时他的团长是李德生。

现在，那些关于战争的电影电视，演的都与真的一样。每每遇到，他就换台。

不想看，不想看。

面对眼前萧瑟的河滩，他似跟我说，更像喃喃自语。早上精神焕发一起出发的战友，晚上有许多就回不来了。说到这里，他头一低，把余下的话哽在喉咙里。

长久沉默。

一阵寒风袭来，迎面，吹皱浅浅的浊漳河水。

他，起身，把一辆辆呼啸而过的车辆留在身后，长久地站立在风中的河谷前，垂泪。

曾祖父的墓碑

在郭贵云伤感的目送下，我穿过浊漳河，回到我出生的村庄——窑头村。只是，曾经的独木桥成了回忆。汹涌的河水越来越少了，昔日的桥面已经变成宽敞的马路。

回到生养我的村庄，是想看到一块墓碑。我也知道，不可能有这样一块墓碑。

写这本书的过程，也是不断让我深深自责的过程。生我养我的这片土地，我对它的了解竟然那么少。

直到今天，才知道，我的曾祖父，竟死于一碗和子饭。

乱刀扎遍周身。

我的情感往上，只能延伸到我爷爷那里。所以对于爷爷的父亲，我的曾祖父，未曾问过一丝一毫，更不知道在他身上还有如此血腥的不堪往事。

听母亲讲过曾祖母，因为她结婚后好多年与这个寡居的奶奶住在一起。那时候听母亲深情讲述我的曾祖母，与听别人家奶奶的故事一样，收不进心里。

我的小姑姑没有见过她的爷爷，即我的曾祖父。70 年后的今天，她把听来的故事讲给我。那个下午，她哭了，因为那是她的亲爷爷。提笔的这个晚上，我感觉到了疼痛，几次潮湿了双眼。才意识到，曾祖父的血液，通过爷爷，已经延续到我的身体里。

姑姑从她的父辈那里听说，日军扫荡那段日子，曾祖父一次次嘱咐他的二儿子，也就是我的爷爷：啥也不要顾及，保护好两个孩儿！他说的两个孩儿，其中之一就是我的父亲。那时候，日本人进村如家常便饭；那时候，父亲才不到两岁。他一次又一次，与我的大姑姑一边一个惊恐地坐进我爷爷的挑筐里，慌乱地从家中奔向大山中。

我一遍遍想，我的曾祖父，在嘱咐过儿子啥也不要顾及之后，为什么，还要回头喝那一碗和子饭？

那个午后，人们像往常一样跑向大山深处。可是半路上，曾祖父却改变了主意：你们先走，我回去把那碗和子饭喝了。

于是在杂沓的人群中，他勇士一般反其道，逆风而跑，逆流而奔。向着家，向着锅台，向着一碗和子饭，极速奔跑。

亲人们弃家而去。他无牵无挂，大刀阔斧，带着满身饥饿的力量，带着对小米的疼惜，向着家，冲刺。他一定是刚刚从地头回到家，跑出去又万般不舍那碗来不及端起的和子饭。也或许，隔三岔五地奔命，让他觉得依然可以侥幸一次。总之，那个时刻，一碗和子饭的诱惑胜过生命的威胁。

他如愿，赶在日本人之前，端起那碗和子饭。

多么喷香的一碗和子饭啊，就是他一路奔向的那个味道，就是老伴手里的味道，就是灶台温暖的味道，就是儿孙们簇拥的味道，更是饥肠辘辘胃里急需的味道。

可是，他以一饮而尽的姿势，被日本人堵在屋里。彼时，他或许更希望，喝到嘴里的，是一碗浓烈的酒。

肠胃的惬意，戛然而止。我的曾祖父，他不慌不忙，就在日本人面前，从容喝完那碗和子饭，如饮酒一般酣畅。之后，他摔碎那只给了他最后温暖的碗。

爷爷们发现他时，不沾一粒米的碎裂瓷片，躺在他腿边。曾祖父千疮百孔的身体，浸泡在自己的鲜血里。

就像一块好好的布，被一刀一刀划破。姑姑一手捂着胸口一手从脸到身体上下滑动，形容她的爷爷。

血，还在流，尽管已经染红了土地。

奔 60 岁的曾祖父，以鲜红的形象出现在家人面前。

哪里敢哭？姑姑讲到这里一边落泪一边大口喘气。她说那个连大气都不敢出的年代，哪里敢痛快地哭？她带着恨带着怒地大声叹息，像是将自己父亲当年堵在心里的山洪畅快打开，让委屈与遗恨决堤而出。

扔下挑担的爷爷与他的哥哥，迅速推开母亲，把他们的父亲裹进破席子，悄然抬进对面山坳里。曾祖父的女儿嫁到外边的村子，还有两个小儿子不在身边。几个小时的时间，家人完成了曾祖父从去世到出殡的所有仪式。他全部的孝子，就是我的两个爷爷。他们抬着这具沉重的躯体，一前一后，用沉默的眼泪，护佑着父亲的身体。

一个简易的坑，安放了他们的父亲。心头唯一释然的，或许是他们的父亲胃里毕竟还有一碗和子饭暖身。

回家的路，血迹斑斑，泪水涟涟。

姑姑说，曾祖父被抬走时，甚至没有洗把脸。

夜晚，一家人收起灶台边的碎片，铲除过血染的地面，围坐在屋里，胆战心惊地猜测着曾祖父的死。曾祖父的身上，从上到下布满刀眼儿。曾祖父走了，性格还在。他们知道，一定是暴脾气的曾祖父激烈地反击了日本人。那时候鬼子进村，无非是想寻找八路军，无非是让老百姓当带路人，无非是寻找粮食。曾祖父不仅没有做，或许早想当面发泄一下埋藏在心中的愤恨。也或许，他还大喝一声：即便死掉，也不能让亲手种下的粮食喂进狗嘴里！总之，曾祖父一定是气势如虹，气壮山河，慷慨激昂，句句刀箭般穿心。

刀，在鬼子手里。带刀的日本人，怎能容忍被一介草民如此辱骂、如此轻视。于是，钢刀，齐刷刷冲向他的肉体，速度比他奔向一碗和子饭快千百倍。曾祖父一定是边倒下边痛骂，钢刀才越来越愤怒，直到布满周身，直到他再也无法出声。

那个晚上，曾祖母一定哭着骂了曾祖父，骂他一如既往的倔强，骂他把性命丢在一碗和子饭上。然而这就是我的曾祖父，可以为一碗和子饭折腰，却不会为一条命向鬼子低头。

在我的家乡，一定有许许多多像我一样的后人，他们的先辈都以这样的方式壮烈地死在脚下的土地上。他们不是杀敌英雄，却死得荡气回肠，骨气长存。

我的曾祖母在爱人的鲜血阴影里独自生活了 20 多年后，于 1968 年的冬天去世。那一年，我爷爷已经 54 岁，即将到了他父亲当年去世的年龄。他们携儿带女，将父亲与母亲一起，重新安葬。

母亲记得清楚，那一天，是腊月初九。山里的寒风，彻骨地吹。

曾祖父，终于入了棺木，零乱的尸骨，被从未盖过的崭新棉被包裹，温暖地与老伴一起，庄重地在寒风里体面上路。

24 年后，他崭新的棺木后面，孝子贤孙排了长长的队伍。然而哭声最恸切的，还是我的爷爷，与他的哥哥。

我的两位爷爷，把他们的父亲埋入土里，又挖出来，再埋进去。在一次比一次隆重的仪式中，安抚着父亲身体的痛楚，告慰着父亲在饥饿中含恨离去的魂灵。

我小时候，常常缠着爷爷讲故事。爷爷七拼八凑的故事里，也夹带着不少关于日本人的事。爷爷说的总是，他挑着我的父亲与大姑，回头还要一把将矮小的奶奶夹在怀里；爷爷还说，那副挑担随时就在炕头边，一有消息便飞身下地，把睡眼蒙眬的孩子塞进挑筐里。爷爷的故事不仅没有伤悲，倒让我们这些幼小的孙辈越听越有趣。爷爷的故事里，唯独没有出现过曾祖父。现在想来，他当初间或紧锁的眉宇间，充满对父亲的遗恨与怀念，充满对孙儿的呵护与关爱。而来自他父亲的血腥往事，一生被死死压在心里。

今天，我听得惊恐万分，痛心疾首。因为那是 1944 年，再过一年，万恶的日本人就要耷拉着脑袋滚出这片土地。我的曾祖父，他的胃若可以忍一忍，他的倔强如果可以收一收，便能看到这新社会，便可以与我的曾祖母一起，在温暖的炕头上看儿孙满地。

一碗饭，一条命。这，或许就是曾祖父的命数。

遗憾我未能在曾祖母离去之前出生，否则也可以从她的影像里窥得一丝丝曾祖父的影子。努力想，模样却是我爷爷。或许，曾祖父的模样也真如我的爷爷。只知道，他膝下有五个孩子，四子一女。这本书初出版时，他最小的儿子、我的四爷爷还在世，已经 87 岁。可他还是于 2021 年 90 岁时去世，没有等到这本书第二次送到他手里。

我的四爷爷，长相也酷似我的亲爷爷。

回乡问过，我的曾祖父，名叫蒋存富。

他是我的曾祖父。

他不仅仅是我的曾祖父。

我在心中，为他竖起一块神圣的墓碑。

1941 年 4 月，张庄的夜

曾祖父没有墓碑，但张庄有。碑上，一个一个，刻着与我的曾祖父当年一样，惨烈死去的不穿军装的英雄。

窑头村三里地往上，就是张庄村。小学五年级时，我曾在这里读过一段时间的书。多年之后再进村，却完全不是当初的旧模样。

遥望一个院落，我曾经早晨提着一份午餐放进去，中午在那里热好吃完，下午再进去提着餐具离开。院子里住着我本村的一位邻居姑姑，她嫁到这里，那段时间便成为我在这个村的唯一亲人。早几年听说她去世了，院落也变了模样，但位置我清晰记着。

一位年轻女子出来，打断我的思绪。向她问起段景祥，她说不太清楚，不过说可以带我们去找村里的老人。一路走到村下面的戏台边时，才发现要找的人不在。一抬头，村顶上一位老人拄杖而过，她于是喊："哎——下来一下——"

老人站定："听不清呀——"

于是下面的人一边喊一边摆手。老人很快看懂了这些人的手势，返身下来。我们聊天的当儿，老人已经远远笑着出现了。此刻才看清，他手里的"拐杖"，竟是一把放羊铲。

他提起放羊铲说："就是借个力，还能打狗，挺好。"

说完，很爽朗地大笑。

老人叫杨九文，77 岁，身板很好，精神也好，唯听力不行。因此一开始，他便把"段景祥"错听为"杨锦祥"，由此倒引出另一段伤心往事。他说，杨锦祥是他三大爷的儿子，1917 年出生，是比他大很多岁的堂哥。杨锦祥小名来水，1933 年便加入中国共产党，之后秘密从事党的地下工作。1938 年任张庄村第一任支部书记，组建了村政权开始了对敌斗争，同年调七区工作。第二年任武乡游击队指导员，1940 年参加了百团大战。1942 年在武乡东皋坪一次反"扫荡"中牺牲，年仅 25 岁。杨九文从大人们那里得到的信息，是杨锦祥在一个狭窄的路段与敌人正面遭遇，当时只是受了重伤。跑离敌人的视线之后才觉得胃里特别烧，便到沟里喝了一通凉水。

"越发不行了，很快就死了。"杨九文至今说到他的这位大哥，还是黯然不已。更让老人难过的是，中华人民共和国成立后的 1953 年，村里对去世的烈士重新进行了安葬，并立了碑。然而面对本家兄弟齐刷刷的儿女，三大爷悲从心来，接受不了一个大家族中独独少了他最优秀的儿子，不久便生了病，两三年便去世了。

“还不到 60 岁，太早。”之前一直笑眯眯的杨九文沉着脸，眼睛看着天。

我们要找的段景祥，比杨锦祥晚四年出生。抗战全面爆发后，不满 20 岁的段景祥辞掉榆次纱厂的工作，回到老家张庄村。说到他的这一决定，不能不提一个人，这个人就是武乡党组织的主要创始人之一——赵向荣。赵向荣 1911 年出生于张庄大队的赵墁坡村，原名赵瑞璧。八岁进入张庄小学读书，13 岁时考入县立高小，毕业后成为一名小学教师。1933 年，赵瑞璧由武乡籍第一位共产党员李逸三介绍，加入中国共产党，同年 8 月中共武乡县工委成立时，被选为县委组织委员。然而很快，因为他们发动了以“抗租”“抗债”为中心的农民五抗运动，受到山西国民党当局的打击，党组织遭到破坏。1934 年秋，赵瑞璧徒步数百里到省城太原，找到党组织。之后重返武乡组建了新的县委，赵瑞璧任县委书记。两年后由于叛徒出卖，武乡地下组织第二次遭到破坏，赵瑞璧被捕入狱。在太原陆军监狱，赵瑞璧等 5 名共产党员受尽酷刑，并以“宣传赤化”为名被判七年有期徒刑。

1937 年初，在党组织营救下，赵瑞璧等一批“政治犯”被释放出狱，参加了牺盟会，并接受了“军政训练班”培训，结业后到交城县任山西牺牲救国同盟会交城分会特派员。临行前为了保护他，组织将他的名字改为赵向荣。在交城，他在多方考察的基础上吸收了 3 名共产党员，成立了交城县党支部，并担任支部书记。1938 年初，赵向荣再次调任清太县（清徐、太原部分地区）任工委书记，发展党员，建立党组织，并组建了抗日游击队，自己担任游击队教导员。

在抗日战争和解放战争中，赵向荣先后担任交城县牺盟会首席特派员，清太县抗日县长、县委书记，山西青年抗敌决死纵队一纵队政治主任、卫生处政治委员，中共归绥（今呼和浩特市）县委书记，始终处在抗日斗争最前沿，站在斗争的最前列，为中华民族的独立和解放作出了贡献。

榜样的力量是无穷的。赵向荣的行为，悄悄影响着一个人，这个人就是赵向荣的外甥段景祥。从榆次回到张庄后，他担任张庄编村青救会主席，组织地方武装，反击日军侵略。他白天组织村民耕种，夜里站岗巡逻。段景祥机灵能干，帮八路军搜集到不少情报，让日军恨之入骨。

抗战那些年，没有一个夜是安静的，没有一觉是安心的。承担着站岗巡逻工作的村民更是责任重大。1941 年农历四月十九日的夜，沐浴在春风里，却丝毫没有暖意。那一晚，附近五龙坪有庙会，村民晚上去看戏。段景祥待看戏的村民回到村之后，细细检查完毕，才回到家里。没想到刚刚睡了不久，就被一声异响惊醒。

今天，曾在张庄村当过村支书的 81 岁老人窦炳尧告诉我们，当年那个晚上敌人是冲着段景祥家的一支枪去的。其实，当时村里民兵队只有一支枪，之前本来在村里一个叫陈明道（音）的人家里。前一天，对方却突然给段景祥送了过来。伪军进入段景祥家里，自然看到那支枪。段景祥拔腿就跑，伪军便拼命追，一直追到寨沟，一块地一块地往下跳，最后到一个沟里终于被追上，伪军在他身上连扎七刀。

看着躺在地上一动不动的段景祥，伪军向日军汇报：一个土八路，死了！

多年以后段景祥回忆，他当时尽管疼痛到要昏迷，头脑还是清醒的。伪军的几刀，没有扎在他的要害部位，他当时便极力憋着一口气，等到敌人离开之后才昏迷过去。而之后从天而降下一场雨，雨水猛烈冲刷着英雄的身体。段景祥被唤醒，被寻找他的家人与村民发现。大家喜极而泣，但依旧不敢带他回村，就地在山上的窑洞里养伤 40 多天。

大难不死，更加坚定了段景祥的抗日决心与勇气。伤愈后，他在上级组织的指示下，离开村庄去到区上，加入了更加轰轰烈烈的抗日活动，而且一次次立下大功，赢得了“抗日英雄”美誉。

抗日战争胜利后，段景祥没有停下脚步，跟随大军南下，进入湖北洪湖，又在国民党的枪林弹雨里开辟革命根据地。几年艰苦卓绝的斗争之后，终于建立了红色政权。武乡人段景祥，出任了洪湖县第一任县长，后任湖北省委纪检处处长、化工部连云港、武汉、北京矿山规划设计院党委书记兼院长。

段景祥生活在遥远的南方，然而心中，时时闪现故乡的影子。即便是那个几乎丢掉性命的漆黑夜晚，也让他在一次次想念中疼痛不已。

离休之后，老人常常回到村庄，徘徊在那片土地上，聚拢在曾经的兄弟们中间。杨九文说，段景祥有一年回来还带了一本书，就是他本人一生的故事。那天，他满村帮我们找这本书，可惜找到两家都说不知扔哪里了。杨九文看着我们，极是遗憾。他不知道我们具体在做什么，但他觉得我们的工作很重要，就像之前问他愿不愿意带我们去找找别的老人时，他连连说：“那还能不去？误了啥也不能误了带你们。”

2005 年抗战胜利 60 周年之际，85 岁高龄的段景祥再次回到家乡，自费出资八千元，修建了村里的“抗日烈士纪念碑”，高高俯瞰着整个村庄。而他自己，也在去世后将骨灰安置回乡，与他的另外三个兄弟葬在一起。今天，弟兄四个坟墓就在纪念碑对面，一片正在生长的柏树环绕着，与曾经并肩战斗的英雄们相依相望。

抗战时期，张庄村活跃着一批优秀的共产党员：窦志仁，1939 年参加革命工作，同年入党，在县公安局地下办公室当秘书兼侦查员；窦志鸿（景方），1937 年加入共产党，同年参加武乡县牺盟会组织，1938 年任张庄编村村长；段德厚，共产党员，抗战时任张庄农救会主席；窦志全，游击队员。

也因此，他们的名字与面貌，早早出现在日本人的视线中。

就是段景祥被伤的 1941 年农历四月十九那夜，窦志仁受命与一名姓魏的八路军一起去五龙坪庙会，收集敌人近来的活动情况，直到后半夜才返回村里。按照预先约定，他直接到了窦福生家与窦志鸿、段德厚、窦志全一起分析当前形势。没想到汉奸告密，被鬼子堵在院中。情急之下，窦志仁越墙逃脱。其余人则被用绳子绑在一起，押到鬼子在段村的洪部地下水牢。一段时间的严刑拷打之后，未得到一丝信息。最后只有村民窦福生被放了回来，窦志鸿、段德厚、窦志全于5月6日被杀。那一年，窦志鸿与段德厚同为29岁，窦志全刚刚20岁。

当年成功逃脱的窦志仁于1942年任四区政府秘书等职，中华人民共和国成立后，先后任长治中级人民法院审判长、机关党委书记，太原市运输管理局工会主席，第一汽运公司党委书记兼经理等职。

窦炳尧说，那个晚上的事件过后，村里人抓出两个汉奸，一个是前一晚给段景祥送枪的陈明道；二是马书堂（音）。因为那晚敌人进窦福生家之前，有人清楚地听到先叫马书堂的名字，再加上他之前一贯的表现，所以确定是他把人带到窦福生家。之后，整个张庄区召开锄奸大会，周围几个村的民兵及村民聚集，要除掉这两个人。没想到陈明道从一户人家大门外的排水口钻进院子，爬上一棵花椒树后上房跑了；而马书堂在被打断几根肋骨之后，被本家人求情放过一条命。

被害的，害人的，一切都归了尘土。后人提起，却是泰山与鸿毛的区别。

六年生命之重托付给文字

采访过程中，我一直想找到一本与被采访者有关的书，然而一次次失望。就如张庄村的杨九文老人一样，他明明记得当年段景祥带回来过一本书，可就是没了踪影。

段景祥的书，只是没有找到。他的书却是真实存在的。可我接触的十几位老兵，却从来没有一点儿文字记载，哪怕只是一篇文章。

段廷荣，是个例外。

段廷荣把一生的文化，全部凝结在他 82 岁时由长治日报社印刷厂印制的一本书里。采访他那天，他的儿媳送我一本，书名是《军魂铸忠诚》。儿媳的意思，是怕老人年龄大了有些事表述不清楚，不如拿一本书看得准确。

之前接触的每位老兵，我无一例外都问过他们：有没有文字资料？所有的人都是摇头。而段廷荣，竟然在我没有准备的时候，送给我一本书。

书共 265 页，15 万字，30 个战斗故事。

段廷荣的青春岁月，就凝结在这本鲜红色封面的书里。

还是愿意听他讲述。于是在武乡县城他儿子的家里，我们从他当年上学的故事说开去。

“其实根本没怎么念书。”老人说，“只是一生都想念书。”

段廷荣是武乡县丰州镇雨沟村（原丰州镇松树庄行政村东垴村）人，离现在的县城只有 5 千米。因家贫，他 7 岁便在家拾柴烧火，并帮助父亲干地里的活。一直到 11 岁，才进入白芽村小学读书，然而也是半耕半读。那时候，抗日战争的烽火已经慢慢在武乡拉开帷幕，段廷荣同时还参加了学校的儿童团，站岗放哨，查路条捉汉奸。

段廷荣说不清为什么，反正从小就是想念书。于是 15 岁那年，他又考入武乡县抗日民校。尽管他意识到这样的环境不可能好好读书。但变化比他想象得更快，快到猝不及防。当年夏收，学校放假回家收麦。就在第二天，日军侵占了今天的县城，也就是离他们村 5 千米的段村镇。他记得清楚，那一天是 1940 年农历五月十九。家乡瞬间沦为敌占区，段廷荣从此与学校失去联系。

念书梦，就此断了。

或许是念的书太少了，段廷荣在此后的夜里，书本都不曾入梦。梦里，他总是挥着手榴弹。段廷荣对手榴弹有着别样的感情。在最风华正茂的岁月，手榴弹是他亲密的战友，陪伴他在六年时光里打跑一拨又一拨敌人，保护了自己的生命。他笑着回忆，当年打游击战时，一杆老枪顶多有三五颗子弹，还常有瞎火的。所以那时候才会有“每一颗子弹要消灭一个敌人”的努力。他喜欢手榴弹胜过子弹，是因为一颗手榴弹扔出去，可以消灭几个敌人。那时候，他们叫手榴弹是“捣蒜锤”。他骄傲地回忆，自己六年的战斗生涯里，扔出一个又一个“捣蒜锤”，捣向敌人一个个脑瓜子。他记得最痛快的一次手榴弹战斗，是在故城村。一个晚上，他们发现一些日军在烤火取暖，于是段廷荣所在的连共三个排从东、西、北三个方向同时往敌人的火里扔手榴弹。轰隆隆的爆炸声至今想来都痛快得不行。那一次，他们不仅炸死不少日军，还活捉了七八名俘虏。也因此，他在多年之后的睡梦中，还经常是举着刺刀与手榴弹同鬼子大力拼杀。每次总是随着手榴弹扔出去轰隆一响，俘虏就被他抓到，他便笑醒。尽管他描述醒来之后身上出汗又困乏，尽管他对手榴弹梦了又梦，我还是为他能从这样的梦中笑醒而高兴。因为他的许多战友，常常是在梦中被激烈的战斗惊醒而长久无法入眠。

与手榴弹相伴六年的段廷荣，当兵之路却并不容易。为了当兵，他两次找上部队的门。那时候，谁家都不希望自己的孩子去当兵，人们的说法就是“不能去当炮灰”。段廷荣却是对当兵情有独钟，倒不是他不怕打仗，而是他觉得与其坐着挨打，不如主动出击。当年，还未当兵的段廷荣，就实实在在挨过敌人两次打。那是 1942 年，他 17 岁，一次是要粮，一次是被抓去参加警备队。这些事件的发生更坚定了他参加抗日队伍的想法。他发誓要自己扛起枪，把敌人赶出家乡的土地。之后他一直打听，哪里可以参军。多方努力后，一位给牲口铲蹄钉掌名叫段木旺的本家答应带他去找部队。高兴极了的他骗母亲说要到姐姐家，在一个早饭后跟着段木旺到了涌泉乡的蚂蚁辿，找到县政府。他记得到的时候是一个晌午，政府的人给他喝了一碗高粱面汤。段廷荣小心而坚定地表述了自己想当兵的愿望，然而给他喝面汤的干部告诉他，现在精兵简政，不要人。那个时候，日军加紧了对中共抗日根据地的“扫荡”与“蚕食”，武乡这个抗日根据地的范围日渐缩小；再加上自然灾害频发，部队不得不精兵简政。这一消息让原本没准备再回家的段廷荣极度绝望。无奈之下，他又恳求对方能否给他找个做工的地方？他愿意在附近等待部队再次征兵。可对方说现在的农民都组织了变工队，这个忙实在是帮不上。段廷荣不死心，离开时还是诚恳地留下自己的愿望，“以后要兵时，一定告诉我一声”。

沮丧地回到家之后，段廷荣继续在儿童团站岗放哨。第二年，武工队一位深深了解他的叫侯红庆的同志告诉他，八路军要人了。于是他再次瞒着家人偷跑到根据地涌泉乡神前村。这一次，18 岁的段廷荣终于梦想成真，参加了武西县独立营。

热泪盈眶把来之不易的军装小心穿上身，段廷荣知道自己一身的智慧与力量有了用场。19 岁成为战斗组长，20 岁受到排里表扬奖励，21 岁加入中国共产党。

段廷荣最忘不了的日子，是抗日战争胜利前一天上午打的一仗。那不仅是武西县独立营的最后一次战斗，也是抗日战争中打的最后一仗。那天，他们独立营从白晋线上的游击现场被调回高仁村休息。这时，时任太行军区武乡独立营副营长的涂学忠给他们带来好消息，说主力部队已经包围了段村，他们也要马上出发，参加最后一场战斗。战士们听了非常激动，他们大多是本地人，能在熟悉的土地上参加早已向往的战斗，个个摩拳擦掌，脚底生风。当晚，他们从南村河边爬上王家垴，又到了胡兰沟顶上奉命隐蔽，等待冲锋令。那晚的心情，与以往的战斗完全不一样。段廷荣说他们无比轻松，知道日军已经成为“瓮中之鳖”。他们一边待命，一边绘声绘色地学着伪情报员们慌里慌张向日军汇报时的模样：

“长官快——快——，我村来了八路军！”

“有多少？”

“可多呢，住了满——满一村。”

战士们说一阵，笑一阵。

就这样待了一夜，等到太阳出来时，却收到让他们撤回白芽村吃饭的命令。战士们一边撤一边泄气，觉得地方小兵打不了大仗。回到村后，才发现正如日军中流传的一样，野战军满村。村民们也早已把埋藏的粮食挖出来，热气腾腾做好一锅一锅饭菜。段廷荣记得，他刚刚端起一碗汤面吃了两口，集结号就吹响了。听说日军从段村突围出来，想向沁县方向逃跑。于是他们受命跟着涂副营长一气跑上印圪咀，正赶上日军一个排跑来想夺取这处高地。早到一步的他们顾不得听命令，手榴弹、机枪、步枪齐发，迅速将没有反应过来的日军打得死的死跑的跑。这一战，他们收获了日军扔下的十七八箱“八八式”小炮弹，活捉了十几个俘虏兵，以及不少枪支弹药。午饭时分，他们肩扛手抬，带着这些战利品再次回到白芽村吃饭。让段廷荣至今都激动不已的是，那一仗，日军一枪也没来得及放，我军无一人伤亡。

休整一下午，他们在天黑时再次接到命令，那就是配合主力部队收拾松村的炮台。之后又一口气跑步 30 里到茅庄顶打敌人的援兵。段廷荣说，他们在山顶上守了一夜，没等来援兵，却等来解放段村的好消息。

那一仗，使武乡在八年之后恢复了明媚的天空。武东、武西再次合体，两个独立营也合编为“武乡县独立团”，后编为军区 44 团，开始了新的战斗。

战争年代，他还用他并不太宽厚的背，在纷飞的炮火中安置着一个个战友：在武乡一次战斗中，他把左眼负重伤的战友王锁成背往医院；“芹泉火车站战斗”中，又把战友李银虎的尸体背到一里地之外的地方安葬；在河南伏牛山一次野战中，又是他，把右臂负伤的战友刘首如背进医院。

也就是在伏牛山战斗中，段廷荣左眼负伤，地点是二郎坪。

之后段廷荣在 1949 年 4 月的渡江战役中再次负伤。当时，承担着押船任务的他在靠岸激战中身负重伤，倒在船上时全身竟有五六处流血。待他清醒之后，已经是第二天中午，正被医生绑在一张桌子上做手术。这一次，段廷荣又因保卫渡江有功，荣获营团奖励，被上级批准升任连指导员。然而这个时候的段廷荣，却已经左眼失明，胸腔骨损。只好带了“二等甲级伤残证”，退伍还乡。

段廷荣的热血报国岁月，就在穿起军装的六年之后结束了。

回顾那战火纷飞的六年，他说除了奋勇杀敌，骄傲的还有从未断过学习。尽管时间少，尽管条件恶劣，他却一刻也没有浪费偶得的学习机会。

退伍之后，刚刚 24 岁的段廷荣被村里选为扫盲义务教师。他知道自己文化水平不高，于是一边教一边学。25 岁开始，段廷荣就因优异的表现被选为松树庄行政村党支部书记。之后一路经历了乡党总支书记、人民公社工业部部长、“四清”工作队队长、党委组织与宣传委员等职务，受到县里、省里的多次表彰。

然而，段廷荣终究是受过重伤的老兵。1973 年因身体多处病发，申请离休回家，年仅 48 岁。

不能工作了，也或许是空闲时间多了，他的脑子又时时被拉回到那些战斗的时光里，手榴弹忍不住就会在眼前呼啸而过，他的伤口便跟着隐隐作痛。那生命中最重要的六年，抹不去擦不掉。同时段廷荣又有些害怕，随着时间的流逝，英雄岁月会被一代代模糊，不再清晰。由此，他郑重地拿起心爱的笔，一点一滴，重新回到那六年的时光里。

重提，其实是把自己再一次扔进那个残酷的炮火纷飞的岁月，燃烧一回。许多时候，重提比经历更加疼痛。于是段廷荣常常回忆一阵，写一阵，叹一阵，疼一阵。

是一直在写吗？老人说不是，也是断断续续，因为记忆，不知道哪一天会开启。比如有一篇文章，是他79岁那年看到麦收时，突然想起。儿媳说，多年来，老人不知道用了多少稿纸。写完了不自信，又专门请人帮助整理。

问他草稿可在？老人说早烧了，因为放着也没用。

看不到老人的草稿，然而他一笔一画重温战争年代的身影，总在眼前晃动。

段廷荣或许不知道，以他的初小文化水平写出一本书，是多么了不起的事情。

2015年，已经91岁的他依然坚持看书。他说不看书没事干啊。看书，也是想知道一些事。跟他走进卧室，眼睛所到之处有很多书，他的床上，随意扔着几本，分别是《山西老年》《家乡之音》，还有冰心的《繁星·春水》。

《军魂铸忠诚》一书的扉页，第一张照片异常醒目。80岁的段廷荣穿着军装，戴着勋章，紧挨时任总书记的胡锦涛而坐。他说那是令他难以忘怀的一天。

那一天是抗战胜利60周年前夕，2005年7月29日。

一张纪念证

与老兵段廷荣的“二等甲级伤残证”一样，郑峪村赵千驹的家里，至今还保存着一张“二等乙级民兵伤残抚恤证”。

正如前面说到的一样，有些牺牲，不在战场，不在硝烟中，却一样悲壮英勇。

郑峪、张庄，与我出生的窑头村，呈三角形的依存关系，村与村之间的距离都在 3 华里左右。村庄同样隐在山坳里。一路下去，可见高高低低几处坟墓。可我知道，曾经的烈士与英雄，已经没有了哪怕是一个墓堆。

今天的学校，校门紧锁，曾经的乒乓球案台闲置在那里。村里看不到一个孩子。当年赶集看戏的戏台，也不见了。变成居民的房子。

“知道赵千驹吗？”

“怎不知道？我们都见过他！”遇到的几个 60 岁左右的人异口同声。有热心村民便去寻找赵千驹在村里的儿子赵跃兴，不久便把他从一户人家里喊了出来。跟着往他家里走的路上，我们回到 1944 年 7 月。

那个夏天，回天无力的日本人在武乡发起最后的疯狂。武乡人民，也在越来越近的胜利气息中坚定地继续反击，维护着自己的家园。郑峪村活跃着一大批民兵，早在 1938 年日军对我军进行“九路围攻”之时，村里就有自卫队员帮助八路军抢占了有利地形，狠狠打击了敌人。而这一天，自卫队员赵千驹却在反“扫荡”中撞在日本人手里。那个时候，敌人疯狂地寻找着八路军，寻找着粮食。他们迫切希望，从每一名抓捕到的人嘴里探寻到哪怕一点儿信息。

赵千驹让他们如获至宝。一路押着，在临近中午时分走到近 7 千米外的赵墁坡村，到一家院子里找食物顺便休息，赵千驹则被关在村里的油坊。与敌人周旋了多年的赵千驹深知敌人的残暴。从落入敌人手里的一刻起，他就做好最坏的打算，或许会在这个庄稼落尽的日子里告别这片土地。

油坊屋子外面，站着两个人，一个肥短身材，满脸胡子，披一件黄色大衣；另一个则穿着伪军服，腰间还带着一把刀。赵千驹判断，应该一个是日军什么官，一个是汉奸。果然，两人一前一后进到他的屋子。日本人挥手，将守门的两个日本兵也叫了进来。

对方开口了：“你做什么工作，叫什么名字？”

赵千驹很干脆："我叫赵千驹，青救会的，工作就是打日本！"

赵千驹痛快的回答有些出乎日本人意料，也庆幸从这么痛快的人嘴里或许会有收获，于是继续追问村里的民兵在哪里，有没有粮食。说完还威胁他，如果不好好回答就要他的脑袋。

赵千驹依旧爽快："不知道。"

日本人有些怒，却不甘心，换了语气，让汉奸用好吃好喝许诺他，甚至还抛出给他一点儿权力等诱饵。至关重要的一点，就是说出这些，可以不杀他。

说，或者不说，就在他一念间；生，或者死，也掌握在他自己手里。

对方期待的眼神也齐刷刷投向他。他却冲着汉奸送上一句："你的话还不如放个狗屁！"

那一刻，他全身只剩下死的勇气。七年间，他见了太多的死。这其中，有八路军，有老百姓，还有亲人。一个又一个人，死在敌人的屠刀下，一汪一汪的血，在他眼前翻来涌去。

他听到内心撕裂的声音。他将这股劲积攒到骨头里，嘎嘣嘎嘣作响。日本人也听到了，不再期望什么，疯狂叫嚣着："八路！八路！"并指示手下的两个兵："割下他的鼻子、他的耳朵！"

赵千驹挺直腰身，视线望向院子外边。只是一名普通民兵的他，将自己站成英雄的形象，咬紧牙，任鬼子血淋淋地将他的鼻子与耳朵一一割下。

终于，钻心的疼让他再也挺不住了，倒在地上无法动弹。

从头至尾，赵千驹没有哼一声。一无所获的日本人恨极了这名中国民兵的行为，看他还没有死，便又拿来斧子威胁："再不说，砍断你的脚筋。"

已经这样了，还怕什么？热血，就是在最惨痛的时候激发的。疼到几近昏迷的赵千驹，满脸血污里一双眼睛发出吓死人的光芒，话语却更加激昂有力："休想！"

日本军官既羞辱又恐怖，大喊："快动手！"

利斧，高高举起。

那个午后，整个赵墁坡村，只有外村人赵千驹躺在油坊里。他的血从头流到脚，又从脚流向头。

血人赵千驹，在下午时分等回村里的人。

发现了他的人失声大喊。人们不知道，逃难的几个小时里，村里发生了什么样的事。

地上的血人，又是谁？

听到的村民跑到油坊，拨开血污，发现不是村里人。善良的村民流着泪，给赵千驹烧了水喂进嘴里。终于，坚强的汉子醒了过来，忍痛讲了他的经历。

“好好的一个后生呀！”赵墁坡村的人，忍不住为眼前这个外村小伙子痛惜。

赵跃兴说，村里人接到赵墁坡村的通知，跑去把赵千驹抬出来简单包扎了一下，四五天之后抬回村里。当时什么药也没有，就那样硬生生等着慢慢恢复。据当时抬他的人说，见到他时根本看不清模样，从头到脚全是血。

然而几个月后，坚强的赵千驹却挺了过来，可以拄着两根棍子出门了。日本人再没有来郑峪村，很快滚出了中国这片土地。上过完小的赵千驹此后到马家垴做了一段时间扫盲教员。因基本丧失了劳动能力，在地里一直看护牛羊。对于赵千驹的遭遇，县民政局也一直很照顾，后来修水库、修路，让他当事务长。

赵千驹婚后养育了七个儿女。二儿子赵跃兴说，由于父亲无法下地干活，全家加上奶奶一共十口人吃饭，从小家里日子就不好过。他 11 岁就放羊，放了五年。后来大了之后，就开始到处打短工。他记得小时候队里分粮食，他家总是因为交不够粮钱而不能按时分到应得的口粮。

虽说艰难，却平安地又走过 50 年。

1995 年 2 月 13 日，赵千驹给村里一户结婚的人家当总管后回到家里，突然肚子疼。夜里近十点，把他裹在被子里放在平车上，几个儿子轮流推着走了两小时到了县医院，叫起值班的医生。医生诊断为胃穿孔。次日早八点上了手术台。但 40 分钟后医生出来告诉家属，人怕是不行了。近一个小时后赵千驹被推出来，医生说没气了。

说到这里，赵跃兴叹了一口气。

赵千驹去世后，县民政局给了安葬费。英雄的一生，至此画上句号。

赵千驹的“民兵伤残抚恤证”上，伤残等级为“二等乙级”。伤残描述为：“右足趾全失去，兼有伤筋骨。”而他领取抚恤金的日子，也戛然停止在 1994 年底。

1995 年 4 月 18 日，民政局在抚恤证上写下“此证留作纪念”几个字。

赵跃兴的家里，放着一张母亲的大照片。问他为什么没有父亲的像？他说父亲就有一张照片，不过父亲在世的时候也总是觉得形象不好，就没有摆出来。

隆隆的机声嵌在受伤的脚中

一只“右足趾全失去”的脚，是什么样子？儿子赵跃兴只是一遍遍重复，父亲平时不仅行走不利索，关键是不能干重活。

是呀。如果活着，一只手，一只脚多么重要。

老兵王生怀，也是带着重伤过的手脚，走过 70 多年。

见他，是 2015 年深秋的事。当时听力极差表述能力极差的他记得二野，记得 15 军，记得昆明，记得朝鲜，记得北京，更记得头顶轰隆隆随炸弹飞过的飞机声。

我却只清晰记得他当时手里的少半块馒头。

进门时，他背朝我们，坐在锅台边，在吃小半块馒头。那是下午四点。看到有人来，他急于想放下，便探过身子要把馒头放在稍远一点儿的锅盖上。这样一个动作，他颇费了一些力气与时间。

他叫王生怀，见面时，即将满 90 周岁。

采访的十几位老兵中，他的当兵历史最长，从 1942 年到 1954 年，从 16 岁到 28 岁，把 12 年最青春的岁月交给部队。他回到家乡的那年，“土改”已经结束，中国第一个五年计划开始实施，农业合作社热潮正在掀起。12 年后回到家乡的王生怀，眼前的情景与当年的满目疮痍有了天壤之别。

敌人没了影踪，当年的小孩子长成大人，亲人们老了，家也变了。我不知道再次回到村庄的王生怀内心是怎样的感慨。

可是，他听力太差，几乎无法对话。

我们一声一声几乎是吼着，他终于听清来意，却说已经记不清当兵的历史了。然而后来核实，那天他讲的关键词都没有错。他的语言功能丧失不少，许多话语已经说不连贯。初聊一阵后，我已经决定放弃。然而接下来，他竟从偶然可以听清的几个问题开始，把话题断断续续接了下去。

王生怀生活的高仁村，在武乡县西部，故城镇东部。村子地势独特，东西有两道梁，南面有高仁垴，只有从西渠通往故城的一条大路，进可攻，退可守。在抗日战争时期，这里驻扎过 115 师徐海东、黄克诚的部队。那时候，总部就设在时任村党支部书记闫效修家，主要工作是筹集粮食、打造武器，以及宣传发动抗日。另外还有决死队、独立营、县政府、公安局长期在此驻扎。人们在这里边开荒种地，边寻机打击日本鬼子。独特的环境熏陶下，村里也培养出一批机智勇敢的民兵队伍，他们曾以十人特行队，顺利铲除了当地有名的日本走狗、大汉奸杨明德。

16 岁的王生怀穿起军装，带着高仁村民兵的精气神走向战场。

从此，他被迫看到大片大片的尸体。

真想端起手中的枪，把鬼子一个一个扫出家乡，扫出中国。可是，那时候的枪支，质量实在不好，武器上根本无法与日本人抗衡。王生怀说，枪本就少，用的还经常是别处淘汰下来的。地雷、手榴弹要多一些。与王生怀一样的中国军人，更多的靠一腔愤怒，靠着收复家园的决心与信心，让手中的武器变得威猛。愤怒与决心是出智慧的，数以万计的老百姓就这样，前赴后继放下锄头扛起并不先进的枪，一步步逼得敌人节节败退。

武乡的天空敞亮了，太行山里响起歌声。然而战斗的步伐，并没有停下来。

1947 年，21 岁的王生怀投身到第二次解放安阳的战役中，成为兵临安阳城下十万大军中的一员。从他零零碎碎的讲述中，我知道他起初是中原野战军第九纵队一名军人。那年五月，冰冷扼杀了正欲弥漫的春意，他年轻却已经历了五年厮杀的脸冷峻地裹在破烂的衣服里，听着随时传来的号令。那个时候，他的听力极棒，甚至可以听到身边战友血液流动的声音。周围的一切都浸在寒意里，身体、血、空气都寒光闪闪。

打着打着，子弹就擦过他的头部。他说这是他第一次受伤。他也从未奢望过不受伤。在心里，无数次祈求别过早负伤。因此多少年之后，他一次次感谢命运，觉得在尸首中蹚过十多年，活下来实在幸运。

王生怀跟着九纵的脚步，打进淮海战役。1949 年全军整编后，九纵成为第二野战军第四兵团 15 军，一路过长江，直下云南。

他清楚地记得，那个年是在昆明度过的。也记得当时的津贴是每月五毛钱，有时候两名战士分一元。香烟出奇的贵，买不起。

云南的风情，边陲的景致，全然没有感受到，全是炮火，全是硝烟。

王生怀所在的第 15 军，之后又挺进朝鲜。彼时，第五次战役正拉开帷幕。

头顶上的飞机好多啊，封锁着浩瀚的天空。王生怀第一次觉得浩瀚的天空竟然也会被管束。“连个麻雀也飞不过去。”他这样描述。

躲避，前进，在艰难中寻找着突破的一片空间。然而躲避着躲避着，头顶上还是落下了一颗沉重的炸弹。乘坐的汽车翻了，重重地砸在王生怀的身上。左手、左脚都受了重伤，当时便不能行走了。

热血变成鲜血。然而王生怀说，战场上受伤算什么？面对那么多死去的战友，受点伤又算什么？说着他弯腰想脱下袜子给我看看他的脚，他说骨头早已变形了，一直疼。费了好大劲，袜子终于脱了下来，我看到他整个脚，就如小时候写作文时比喻的“肿得像个馒头”。

第二野战军第四兵团 15 军，就是在上甘岭一战中打出了知名度。当时在火力劣势的情况下，15 军集中了全部人力物力支援上甘岭战斗。整个战役经历了阵地攻防战、坑道战、炮战，打得精彩纷呈，也成为 15 军战史上前所未有的战斗。志愿军战史上著名的特级战斗英雄黄继光，就是在反击 597. 9 高地战斗中牺牲的。

王生怀说，他没有打上甘岭战斗，但那是令他一生骄傲的一场战斗。

凯旋的 15 军，日后也被中央军委改编成我军空降兵唯一的一个军。

王生怀在朝鲜只有一年时间。按照他说的战争与所在部队，应该在 1951 年进入朝鲜，次年回来后直接到了北京，在空军做地勤工作，直到 1954 年退伍回家。那两年，是他一生中唯一的一段北京时光。他说抗战胜利 70 周年时组织老兵去北京，可他由于身体原因，未能参加。现在对北京的印象，是在电视里看到的。他说完全不是当年的北京了，换了模样。

他又说今天的生活多好啊，可惜年轻人都忘了从前。从前真是苦啊！我说那就好好活着，享受现在的好日子。可他叹息自己已经到了“今天不知道明天是不是还活着”的年龄，什么好东西都享受不动了，门也出不去了。

拿起手机，给他拍了一张照片。他笑了，说当年打仗时战场上也有拍照片的，就是这样忽明忽暗地闪。

半个下午时间，除了我们在屋里与他大声说话外，院子外静寂无声。

一间窑洞，就是他的全部。

较当年不同的是，窑洞是新的，宽敞的，洒进屋里的全是阳光。

要走了。院中一阵秋风吹来。一头驴的耳朵顺着风贴在脸上。院里堆了一些收回的谷子，告诉我们这里真正的主人正在庄稼地里忙碌。

天空很蓝。一架飞机从头顶飞过。回身，王生怀的脸映在窗玻璃上，笑里透出暖。飞机声，他已经听不到了。

返程的路上我在想，他是不是会继续吃那剩下的少半块馒头？聊天过程中，我不由得总去注意锅盖上那少半块馒头。我的内心，是觉得他不该在这个时间，只干吃少半块馒头。又想起他的话：今天的日子好多了。

现在想来，在我心里长久挂着的那少半块馒头，是不是该放下了？

就像那轰隆隆的飞机声，已经永久嵌在他受伤的脚中。

新兵血染老槐下

王生怀还隐约记得当年高仁村铲除大汉奸杨明德的事。他也愤愤地说，如果没有汉奸，许多牺牲就不会发生。

被汉奸出卖最悲壮的牺牲，当数上司乡冀家垴村。

我小时候，从我出生的窑头村到上司村姥姥家，一共 16 里地，步行两个小时。每每走到冀家垴村，便知过了一半路程。

一半路程的象征，便是那棵老槐树。它风雨无阻，矗立在冀家垴村边，以扭曲的身姿迎来送往。有时候，我们会靠着老槐歇歇脚，站在老槐下望望下面静谧的村庄。只是那时候不知道，老槐的心里，藏着血泪。

老槐对血的记忆，缘于一挺机枪。那些日子，老槐几乎天天听枪响，忽而远忽而近。可它不会想到，那一天，那一挺机枪，就盛气凌人地架在它的身边。老槐拔不动腿，吼不出声，只好玩命摇摆。

那是 1943 年农历五月二十五，正是麦黄季节。像之前每一天一样，太阳照常升起。

86 岁的冀家垴村民魏晋文记得清楚，他说：没错，太阳出山了。那一年，他 12 岁。那一天，他跟着家人刚刚从逃难的山里回到村里的花儿坡，但一阵激烈的枪声把他们又吓了出去。

枪声就在村上边，老槐下，两个院中。这是两户抗日堡垒户，一是魏海棠，一是杨天中。极端残酷的情况下，他们以崇高的思想觉悟舍生忘死，保护着八路军战士。一次又一次，八路军在他们的院子里商定完一件又一件大事，转移走一批又一批战士。然而这一次，风声告急。老槐下机枪瞄准，两座院子已经被包围。

前一天傍晚，还风平浪静。宁静的冀家垴村迎来一批特别的人。他们一个一个，从老槐下经过，走进两座院中，洗漱、吃饭。来人由八路军 769 团郭排长带领，是 20 名刚刚从河北涉县、武安等地招来的新兵。踏上异乡土地的第一夜，一颗颗年轻疲惫的心压抑着兴奋，也压抑着不安。他们认真整理好神圣的军装，抱枪入怀，以战士的姿态入梦。离别的、杀敌的、团圆的……真真切切、凌凌乱乱，他们做着一个又一个从百姓到战士的梦。

天明，他们第一眼看到这个异乡的新村。这是他们即将走上战场的新村，即将立下战功的新里程。

命令还未下达，枪声却响起。

小战士们下意识地抓起还未用过的枪。可是，一切都太晚了。日本人在汉奸魏黑山的带领下一早便赶来，把枪瞄向这些毫无准备的战士。

出逃的路上，布满枪口。老槐下的机枪，叫嚣着疯狂扫向这些稚嫩的身体。从傍晚到清晨，他们还没完全看清这个村庄的面容，便一个接一个带着满心遗恨，倒在血泊中。

远大的杀敌梦，止步于汉奸可耻的告密。

仅仅一上午光景，冀家垴换了天空。平静的空气中，汩汩流淌着鲜血的回声。这些战士，有的在院中，有的刚刚爬上茅厕的墙，有的止步于大门台阶，还有的倒在村中楸树圪洞。地点不同，姿态各异，然而那一颗颗年轻的心，多么想以飞翔的姿势，冲出这噩梦般的场景。作别父母，端起枪。他们渴望兑现承诺，战场立功。他们多么不愿意，这样不声不响丢了性命。

壮志未酬身先死，多少遗恨在心中。

魏晋文回忆，那个上午刚刚回到花儿坡的他们并不知道战斗是何原因，只在枪声里慌乱扭身，沿沟奔跑，跑下大河路，跑进邻村的寺前沟。他说，那些子弹突突突打在土里，像爆米花一样沸腾着翻滚。与他一起并肩逃跑的本村一位女子，子弹就在那一天擦脸而过。魏晋文说即便伤到哪里当时也顾不得疼顾不得怕，百姓们常常血淋淋地奔跑。他记得那时候带着三弟弟逃难，两人高的台子都想也不想就跳下去了，哪里会考虑会不会摔坏。

“好好的年龄就是顾着逃命了，要不就落得大字不识一个。”想起之前问他的名字是哪个字，他说不知道哪个晋。后来又告诉我们，“不过后来看电视时人们说了，我就是晋中的‘晋’，也是晋城的‘晋’”。

聊天过程中，才知道正在做饭的魏晋文老伴腿上也有伤，也是当时逃难中被日本人伤的。“我娘也是，腿上挂过彩。”魏晋文说，“那时候实在可怕，太可怕”。

魏晋文还清楚地记得，那次他们逃难到寺前沟时，之后还有两个穿八路军服装的人也逃了出来。其中一个腿上受了伤，被另一个扶着。

魏晋文他们是之后回到村里，才发现这场屠杀是针对一群还未来得及走上战场的新兵，老人说：“唉，年轻兵们可怜的，有些听说连军装还没有穿上。”

从逃难点陆续回到村的人们，一具一具，将战士的尸体集中。整整 19 具尸体，陈列在村中。老槐树高高在上，呜咽着左右摆动。

带领战士们进驻冀家垴的郭排长，算是有经验的人。当时，他随战士们从魏海棠家门口跑出，跳上邻家魏拴紧窑洞的房檐，保住性命。还有一名新兵，急中生智躲进魏海棠家的石仓内，幸运没有牺牲。他们俩，应该就是魏晋文说到的两个战士。

那位幸存的新兵没有想到，战争第一课，是让他亲手埋葬这些还未来得及携手上阵的新战友。

机枪扫射中，倒下的还有村民。魏磨锁、魏九锁、魏尔存三名老人送命，魏月胜、赵树珍、杨成兰等五人重伤，另四人轻伤。

村民将日本人扫射时的弹壳扫在一起，竟有两箩头之多。

抗日堡垒户魏海棠与杨天中两家，自然损失最为惨重。草房、窑洞全部被烧，甚至连给牲口吃的秆草也烧得一根不剩。而在灰烬深处，人们又扒出两具不忍入目的八路军战士尸体。

19 名战士，3 名村民，22 具尸体写在冀家垴村的历史中。村民回家，一张一张，揭下炕上的苇席，献给英雄。缺绳子，就找来捆麦子的高粱秆。村民尽最大努力，将烈士的尸体以最隆重的方式安葬，告慰他们远方的亲人。

抗战期间，冀家垴也是一片血染的天空。那年的二月初七深夜，30 岁的抗日村长徐永盛就因汉奸杨留中出卖，被日本人杀害。据老人们回忆，因得不到想要的信息，敌人残忍地把捅火的铁柱扎进他的腹部。自那时起，这一切就激起了村民杨天中心里的仇恨，村长倒了，抗日的决心不能倒。杨天中自幼家贫，从小给人佃耕，30 多岁才与寡居的姚爱香成婚。1937 年抗日战争拉开帷幕时，他有了长子；1939 年，生下次子。杨天中身强力壮，勤奋能干，农闲时跑扁担，农忙时种地。红红火火的小日子压不住他一颗对日本人愤怒的心。他曾远赴河北涉县索堡，以及黎城彭庄等地送过军粮，更多次为八路军引路，容战士在家中藏身。

一边生存一边帮助抗日，普通村民杨天中也熬到1944年农历九月。然而日本人又一次来到冀家垴。那时候，秋天的玉米刚刚收回院中。杨天中一家四口裹在百姓人流中，逃往一个水涮圪洞。整整两天，他们住在洞中。然而危险还在靠近，无奈之下继续转移。路经的逃难洞内都住满了人，他们只好一路向东南走。杨天中知道，禄村麻斜坳驻扎着区上的民兵抗日游击队，靠近那里，或者更安全。没想到的是，就在他们逃至姚家庄、马家垴一带时，突然遇到日本人。

杨天中，就在这时突然脑后中了一枪，倒地再也没有起来。

堡垒户杨天中，就这样在抗战即将结束时突然丧命。妻儿束手无策，最后在姚家庄与马家垴村民的帮助下，用一块破门板将杨天中抬回家。

解放的号角，很快吹响。冀家垴村的老槐摇摆一阵，呜咽一阵。

到1950年，当年牺牲的19名战士在此已经沉睡了七年。然而战友没有忘记他们。当时机智脱身的郭排长与另一名幸存者，幸运地看到中华人民共和国成立。他们惦着这里埋葬的战友，于是带领战士的亲人前来，九具战友的尸体跟着亲人回家。而剩下的十具尸体，或许是亲人也在战火中牺牲，或许是在战争中辗转失去了信息，就永远长眠在冀家垴这片土地上。

老槐依然在高处，遥遥守护着长眠战士的灵魂。

山交沟的1942

英魂，遍布武乡的每一寸土地。那八年，日军在中国大地上肆意践踏，拆散骨肉，打散亲情。武乡的老县城被一把火焚烧之后，日本人又像主人一般强行进驻段村，把武乡被迫分为武东、武西两个县。兄弟俩你看不到我，我望不到你，长达五年。

故城，当时便属武西县，该镇的山交沟村当时是武西的抗日游击根据地，临近白晋铁路。

2008 年 9 月，随着晋中市文物局工作人员在祁县刘家垴村发现白晋铁路遗址，这条十分重要、费尽周折、多方争夺、不断遭到破坏的山西较早期的窄轨铁路又出现在人们视野。这条线是阎锡山政府 1933 年制订的山西省十年建设计划的产物，是指从祁县东观白圭村到晋城的铁路线，是省城通往晋东南的主通道。然而，由于白晋线设计修建时处于最激烈的战争时期，这条本可以很早就造福于山西人民的重要铁路，却从来就没有全线修通过。这条于 1935 年动工开始修建的铁路，在完成了从东观到子洪口 15 千米长的一段后，侵华战争全面爆发。工程被迫于 1937 年秋天停工。1939 年 6 月，占领祁县来远镇的日军中村中队惊喜地发现了这条中断的线路，于是调集中国民工继续向前拓展，三年后修至临近长治市的北面郊区，被日军称为“东潞路”，并很快成为其运送物资、掠夺资源、调动兵力的主干线。从此，“白晋线”成了沿线八路军和各种地方抗日武装锲而不舍的打击目标。线上也有了一批批“铁道游击队”，他们的任务就是撬下钢轨，然后由壮小伙们扛着开始长途艰辛跋涉，从来远山沟里钻到榆社，再从榆社到武乡洪水，再翻山扛到黎城黄崖洞兵工厂。一根根被拆下的钢轨，变成枪。

白晋线上的日军，不仅会常常面临重修铁路的尴尬，还会时时受到各种打击。

今天，许多村里还流传着一些故事当笑话讲：晚上，八路军召集周边村民拆卸铁轨然后一路传送到通往黄崖洞方向的村庄；第二天，日本人再强迫村民们从别处运来铁轨，修复安装。周而复始，许多村民便天天走在运送铁轨的路上，身心疲惫。村干部考虑到这一点，便把村里的劳力进行轮班安排，这样才有了倒替休息的机会。

山交沟村是八路军和决死队四连、七连、九连，以及武西独立营驻扎的地方。这个村有一支出色的民兵队伍，始终配合决死队开展工作。1942年秋收后，南沟日军在狮则沟抢粮。这个消息传来后，决死队四连迅速集结山交沟、茅庄等村的民兵，在抢粮队返往南沟途中，在北涅水村南狮则沟门口阻击，只用两小时战斗，毙敌14名，生俘36名，20余辆牛车一百多袋粮食全部被夺回运往山交沟，藏在山交沟村东山头的清代文昌塔下。

发生了这样的事，人们知道敌人一定不会善罢甘休，于是白天生产，晚上外出躲避。20多天过去了，没有动静，不少人便回到家里睡觉。没有料到，在农历十月二十三这天来了报复的日军。那个黎明，驻扎在镇南沟据点的日军集结白晋铁路的兵力，星夜包围了山交沟。他们一来夺粮，二来寻找八路军与民兵。

山交沟村81岁的李景珍老人讲，八路军其实之前就转移了，粮食也带走了。那时候，他的父亲是民兵。因母亲早逝，父亲把他托付给村里一个老婆婆。凌晨时分，放哨的人就发现离村七八里外的狗叫声异常，感觉会有情况，当时便回到村里向民兵队长李行成汇报，还顺便拐进家中告诉父母。据说父母还怪他：不好好站岗回家来干吗？然而天刚麻麻亮他返回哨岗的路上，发现高处有个人影在晃动，一叫，对方一枪把他打死。父母的责怪，成了与他最后的对话。

枪声惊醒了村民。6岁的李景珍也被照看他的老婆婆一把拉起来拖着就往寨沟跑。但他们很快被对面坡上的日本人看到，于是朝着他们一顿扫射。他说跑的过程中老婆婆或许是近距离看到了敌人，于是迅速把他按倒在地上并护在身下。几乎是同时，一颗子弹呼啸着下来打在眼前的一块石头上，之后砰地蹦起来飞向后面一个妇女的身体。年幼的李景珍不知道发生了什么事，只看到一个人应声倒下。

找不到八路军又找不到粮食的日本人疯狂地把怒火撒向村民。民兵队长李行成及民兵李赖小也在突围中牺牲。抗日村长李秀华被敌人抓走，听说村长会一些武功，打伤了几个日军，因此被残忍地挖去眼睛，割掉舌头再用乱刀刺死。塔底洞口的 13 名群众被敌人杀死 12 个。据在县政府工作的老干部、山交沟村人李银尧回忆，有个不到 10 岁的女孩看到她妈妈被杀时，一口咬住敌人的手，之后被两个日军拉住两条腿生生拽死。那一次，李行成一家八口被杀七口，只有媳妇回娘家逃过一劫；李书林全家四口被杀三口；李银尧的六爷、九爷被杀；李藏英等六人被杀。山交沟村这次惨案共死亡 38 人，受伤 13 人，被抓走 60 多人，烧毁房屋 70 多间，抢走耕牛羊群 200 余头（只）。

当时，山交沟村 300 多户人家全部姓李，家家有人被杀，整个村庄阴云笼罩。

“日军占南沟，杀人如割草；血染山交岭，山交沟是铁证。如果你不信，山交沟去打问。”

事隔 70 多年之后，我以这样的方式打问到幸存的李景珍老人。多年之后，记忆虽然不再清晰，却依然深深存在他脑海里。他说第一次，日本人是骑“洋马”来的，那天他跟着母亲在村里一户人家玩，对闯入村中的陌生人丝毫没有害怕的概念，还在母亲的腿间一圈圈转着玩；第二次日本人进村，把妇女儿童集中在树下，不知道讲些什么，还给孩子们发些糖；第三次就是 1942 年农历十月二十三，让他一生难忘。

段村解放了，日本人灰溜溜撤了，中华人民共和国成立了。李景珍也熬过他苦难深重的童年。山河一地破碎，家园一片狼藉。好在，他可以不用逃了，他可以走进学校坐在教室里了。与许多因穷困上不起学的孩子相比，李景珍是幸运的。1950 年，14 岁的他从武乡第三高小毕业，正茫然不知做什么之际，校长给他写来一封信，告诉他国家正在征兵。李景珍说当时根本不知道是要去抗美援朝，就那么穿起军装，成为中国人民解放军铁道兵 8503 部队铁三师的一名战士。当时第一站到达太原，很快又去了北京丰台，一边训练一边负责后勤物资。不久他们接到任务，就是给朝鲜运送物资，一个班押运一辆车，送到新义州后即返回。1952 年结束给朝鲜的运送物资工作，回到北京军区后勤部营房，地点就在北京西四丰盛胡同 32 号；1957 年随部队到了福建漳平，修建鹰厦铁路；1959 年冬天又到了湖南，之后转至江西抚州，在森林里砍伐木材，搞建设；1960 年部队转至内蒙古乌兰浩特，给总后勤部生产粮食，开荒种大豆；1964 年 7 月，回到武乡。他说交档案时武装部领导当时也承诺给他找工作，不过回到村子正赶上搞社会主义教育运动，村干部便让他帮忙，从此便一直待在村里。

老人不紧不慢，一步一步细致严密地给我讲述着他的经历，没有一句重复的话，也几乎没有停顿下来想。

李景珍所在的铁道兵部队在抗美援朝期间立下汗马功劳，当时志愿军铁道兵积极抢修，抢建铁路、桥梁，使铁路运力比战争初期提高了 7.5 倍，保障了“钢铁运输线”的畅通无阻。前后共有 1136 名铁道兵官兵英勇牺牲，2881 名官兵负伤，涌现出杨连弟等一大批英模，1.21 万人立功。

美国空军发言人曾这样感慨：“在差不多一年的时间里，美国、南非、澳大利亚和其他盟国飞机一直在轰炸共产党的运输系统，但朝鲜仍有火车在行驶……坦率地讲，我们认为他们是世界上最坚强的建筑铁路的人。”

今天，我面前这位坚强的铁路人并没有诉说他们当年的艰辛与荣耀，只是简洁而清晰地告诉我他的经历。

“现在给待遇吧？”

“给，每月八九百。”老人说，“优抚待遇，一年下来有将近万把块。”

离开时，老人执意要起身相送。一直站在身边的孙子扶起爷爷，送我们到大门口。挥手间，军人风范犹在。

挂在塔尖的记忆

李景珍的身影，瞬间将我拉回到 2015 年 10 月，我在县城见到的另一位老人——88 岁的郝生荣身上。

郝生荣于 1944 年走进军营时，今天的县城段村还被日军占领着。那时候，段村还不是武乡县城，县城在今天的故县，当时叫南亭川，是 491 年由榆社县北的社城镇迁来的。然而 1938 年 4 月日军“九路围攻”时，一把火焚毁了这个有着 1457 年悠久历史的老县城。据老人们回忆，老县城属于“龙兴”之地，有东西南北大小河流汇集于此，也是后赵石勒皇帝的出生地。经一千多年发展，商铺林立，十分繁华。然而一把火之后，这里几乎被夷为平地。1940 年 6 月，日军又占领了距离故县仅 7 千米的段村镇。从此，武乡被迫以段村为界，分为武东、武西两个县。武乡县委、县政府搬入大有乡王庄沟。1945 年 8 月 26 日段村解放后，武东、武西于 9 月合体。县委、县政府又搬回故县寺背后，一边工作一边修复房屋。但因全部是残墙断壁，难以修复。1947 年 6 月，在晋冀鲁豫中央局召开的各县领导干部代表会上，武乡县参加会议的代表根据上级领导的意见，提请将武乡县委、县政府及所属机关迁至段村，定段村为县城。7 月，决定了县委、县政府与段村解放完小互换场所，地址在段村玉皇庙。1951 年 8 月，中央老区慰问团团长杨秀峰将旧县城南亭川改名为故县。

郝生荣的军营第一课，便是在当时的敌占区段村的枪林弹雨中度过。这个古城，残留着他别样的青春血泪。

见他那天，段村阳光灿烂，风和日丽。既有上班族匆忙的脚步，也有一排一排的老人靠在墙边暖阳里沐浴着晚年时光。县城的包容心总是很大，把都市与乡村的多元化潮流融合得行云流水。

如约去到郝生荣住的儿子家，却不见他。儿媳说，刚刚还在，怎一转身就不见了？

之前想着，一位如此高龄的老人家，一定在床上躺着。于是一伙人兴奋地出门寻找，竟没有。儿媳边自语奇怪，边问胡同里坐着的一圈老人，她们指着下面的马路说，转过去就看到了。

果然，就在我们来时经过的马路转角处，一家超市门口，郝生荣拄着棍子，与另一位同伴并排靠在墙边。同伴不时在他耳边说着话，他却似乎心不在焉，眼神更不时盯着远方，出神。

远方，他的目光尽头，一座塔尖，矗立在四射的光芒里。

当时不知道，那个塔尖，挂着他满满的记忆。

塔叫千佛塔，耸立在县城中心宝塔广场中央，镇定着一代又一代武乡人时而涌起的一颗颗或狂躁或不安的心。千佛塔原为古段村镇东门外净业庵遗留建筑，传说是当初的名和尚阎福江主持修建。被武乡人称为“阎师父”的阎和尚，俗名阎福江，字洪润，广平府飞翔县（今河北省肥乡县）烈马台村人。他32岁出家在五台山修炼，后外出云游到武乡，先住在长庆庙，后移居净业庵。据说他通天文，会医术，能随手折枝摘花草给人治病，深得乡民尊敬与崇拜。为修建这座千佛塔，他从清康熙三十八年（1699）开始，到康熙四十九年（1710），历时11年辛劳建成，为武乡留下一处重要的历史文物。

千佛塔为砖石结构，共13层，高31. 5米，塔体为锥形空心体砖石结构，八角攒尖顶；塔内层与层之间有木楼梯相通，每层皆放置有形态各异的佛像；八面砖墙之上，皆有各种佛经故事浮雕。因塔内佛像众多，故称为千佛塔。塔外以围檐做界，每层的八个塔角上均吊有风铃。当清风拂过，铃声叮当，悦耳动听。塔的顶部有金属、玻璃组成的插花朵叠的皇冠顶戴，顶高约两米，和整个建筑浑然一体。天气放晴时，顶戴金光四射，耀人眼目，颇为壮观。顶层正中垂头柱传说是老佛爷的铁胆铜心，有“摸一摸铁疙瘩，能活九十八”之说。千佛塔底层外部、北面塔壁中间雕刻有“清康熙四十九年建”字样。

登上千佛塔，武乡县城全景即可收入视野中。

然而1945年，这塔几乎被毁。1940年夏天，日本人在段村安下据点后，繁华古镇段村就成了阴森恐怖的人间地狱。城墙上修筑了密集的射击孔，四角碉堡高高耸起。日军不仅占领了段村镇，把千佛塔当成重要的工事建筑，在城外还设了多处外围炮楼，其中以王家垴碉堡尤甚。这处碉堡处在段村西北笔直如刀削的山上，拔地而起，耸立在高高的山峰之上。日军的一个加强连屯集在这里，居高临下，以凶猛的火力封锁着进入段村的我方部队。

古老的千佛塔，被困在古镇望眼欲穿，默默等待着亲人的到来。

旧时的千佛塔，充满着一个又一个神奇传说：有一年，一个小伙子登塔玩耍，不小心从第八层掉了下来。就在大家都觉得他必死无疑时，他却从地上站起来，拍拍身上的尘土无事人一般离开了。

对于千佛塔，郝生荣的记忆也总是停留在从前，对于眼前的县城也是。正是他风华正茂的那几年，这里却不是自己的，整整五年。那时候，郝生荣与战友们沟上岭下，雪里泥里，为的就是夺回属于自己的家园与土地。他叹，可惜咱的武器不好，有时已经瞄准了，枪却打不响，干着急。后来打了几次日本人，缴获了一批好枪，都是三八式，戴盖盖的。

好枪毕竟不多，却越缴越多；自己的武器虽然不好，却越磨越刚。随着战士们坚韧的脚步，一寸一寸收复着自己的土地，一步一步逼得敌人节节败退。

1945年8月25日晚上，战士们逼近段村，逼到千佛塔前。

坚固的古塔，成了敌人负隅顽抗的唯一筹码。

千佛塔内的40名日军岂肯善罢甘休。他们已然把这里当成自己的家，尽管他们在坚固的塔内，还是清晰地听到越来越密集的枪声，听到中国人民欢呼抗战胜利的声音，就要走到尽头的他们，开始了可怕的垂死挣扎。

外围的王家垴炮楼，正被769团二营一部发起攻击，新兵小王憋着一股气，一连投完放在箩筐里的手榴弹，看着敌人一个个被炸得血肉横飞。然而就在他乘胜再取弹药时，却被一颗流弹击中胸部。周围的战士清晰地听到，他18岁的热血汩汩流在绿草如茵的山坡上。

随后的呼啸排山倒海：13团一营奇袭城西主碉，决九团占领东村山，突击排一连二排在烽烟战火中搭梯登城。日军的抵抗也是前所未有的，我方云梯被打断，城下遇火力封锁，甚至凌空投下燃着火光的被褥……

天怒了。一场倾盆大雨，随着轰隆隆的巨雷于次日凌晨倾泻而下。雨水、血水、泪水、汗水、泥水，郝生荣说，这些通通都被扒开，只将敌人聚在视线里。

同仇敌忾下，青纱帐也甘愿做战士的掩护屏障。8月的高粱，高高挺着脊梁，像一个个无声的战士，收纳着积蓄力量的英雄儿郎。尽管伤亡不小，我方还是连续攻下王家垴碉堡，攻破南城墙地，冲到千佛塔下。

有一个事实，极其过瘾。那就是1938年春天日军到达武乡后，一架飞机曾飞过段村镇上空，投下八枚炸弹。七枚都爆炸了，其中一枚落在村里，将此处房子炸毁，房主人是一位叫葆朴的老人，他的头部也被炸伤。只有落在千佛塔塔座旁边的一枚没有爆炸。当鬼子的飞机随后向中央军行走的方向飞去时，不知什么原因突然掉了下来，落在离段村不远的东黄崖，连机带人烧毁了。人们都说，那枚投在千佛塔旁边的炸弹，是被阎和尚捻断了信子。阎和尚又怕飞机再伤害千佛塔，就登上塔顶，用一根牛皮鞭子对准飞机挥鞭一甩，把机头给打掉了，所以鬼子落了个机毁人亡的下场。

抗战的最后决战时刻，神奇的阎和尚，是否与战士们一起，凌空高高俯视着这血与火的战场，随时准备再次挥鞭护古塔？

塔里的日军借助地理优势，用轻重机枪疯狂扫射，让我军想要靠近塔的愿望一次次落空。

作为 769 团一名战士，郝生荣的记忆总是不由得停留在塔下。抬头，密集的战火迎头射来，眼睁睁看着几个攻塔的年轻战士倒在塔下。

万般无奈，八路军决死第九团请求，调重炮，轰击千佛塔，保证不用两响，就让塔内的敌人粉身碎骨。郝生荣承认，那个时候，杀红了眼的战士们都忘了塔，更忘记阎和尚当年倾尽全部精力的不易。是呀，血肉之躯都敢顶在枪口，哪里会考虑到一座无声的塔？

“那时候，我们也不知道塔的重要。”郝生荣说的是实话。这些被从田间地头直接拉上战场的人，哪里会知道一座塔对于后世的意义？他们心里想的，仅仅是夺回家园，赶走敌人；仅仅是可以重新回到自己的土地上，日出而作，日落而息。

这样平凡的日子，是那时的奢望与梦想。于是，郝生荣每每坐在街边，望着街上川流不息的车辆与人流，再一抬眼看到空中的塔尖，脑子里就会急速回荡起一些人，一些事，也总会不由自主地长叹一口气。有时候，与他在一起的同伴问他缘由，他也是轻轻一句：说出来，你也不会懂。

没上过战场的人，自然不懂他们多年掩着的心事。

诸多心事里，有一桩，他一提起就伤感无比：可惜了那些“响马”。

看我惊异的眼神，他说“响马”不是你理解的那个意思，是真正有本事的人，是八路军特务营的人。是的，“响马”一词，古指拦路抢劫的强盗，但也有人把“响马”作为英雄好汉的代名词。比如，唐代开国功臣、现在被当作门神供人膜拜的秦琼及瓦岗寨好汉就是“响马”出身。

郝生荣之前，我从未听说过将八路军战士称为“响马”。不过八路军 129 师的主要下辖部队除 385 旅、386 旅外，确实还有特务营、工兵营、骑兵营等多个留守部队。从他嘴里，我了解了当时被他们称为“响马”的这些好汉。郝生荣说，他们能从空中走，每人都配着手枪。我想，他说的从空中走便是所谓的“飞檐走壁”吧，他说就是。那些人抓住房上一根椽一晃就上去了，与《西游记》里的孙悟空一样。

可惜，我多方寻找资料，也没有看到有关特务营的资料。倒是看到一些文章，说的是红军特种部队特务营的事，说他们个个都身手不凡，以一当十，配备都是清一色的德国造短枪，行动时来无影、去无踪。红军时期特务营的主要工作就是深入敌占区取得情报和枪械、粮款，百十里路几袋烟时间准到，而且经常夜间作战。后来，中国人民解放军大将徐海东说：“你们特务营就像是豺，白天不请夜晚来。”这些琐碎的资料证实了郝生荣的说法，抗日战争时期的特务营，一定是原来这支特种部队的延续。

让郝生荣至今仍然叹息的是：“可多牺牲了那些好功夫的人了！”“应该咱死了把人家替下来，咱的命不值钱！”

郝生荣一次次说起特务营的人，也是因为那个塔尖。他说一看到天空，就想到那些“飞人”。那时候，作为普通一兵，他是多么仰慕那些神一样的人。战争中，一些不好克服的困难，往往特务营出面即可解决。比如当初打胡峦岭，一个炮楼，迟迟打不下来，因为炮楼里除了四五十个日本人还住着老百姓。日军的一挺重机枪就在百姓窑洞里安放着。几番攻击无果的情况下，最终请来能飞檐走壁的特务营。郝生荣说根本没看清他们怎么上的炮楼，反正最后在日军住的窑洞里成功安装了炸药，敌人全部死在被炸塌的窑洞里。

他说当时与千佛塔内的日军对峙时，脑海里就闪现出特务营。

英雄跃上千佛塔，是不是极具科幻性？

而千佛塔，在调动特务营之前突袭成功。

郝生荣说当时在无奈的情况下，“就打算把塔糟蹋了”。然而，让40名日军陪葬三百年的古塔，还是触动了军中高级将领的心。

日军或许也觉得，八路军不可能轻易炸毁古迹，于是蜷缩在塔中，侥幸寻找最后的生机与突破。

对于决九团调重炮的要求，时任太行军区司令员李达没有答应："千佛塔是文物古迹，各参战部队务必好生保护！"

军令如山。于是将千佛塔全面围困。郝生荣说整整五天，断了日军的吃喝。在敌人战斗力大大削弱的情况下，战士龚金来、张顺瞅准机会，冒死利用射击死角绕道冲进塔内，高举手榴弹，迫使躲在塔内的日军重机枪班全部投降。

那一幕，有资料这样描述：只见一个战士，瘦高个儿，腰里别着一枚手榴弹，东绕西转，躲过敌人的火力网，敏捷地贴近塔下，然后一个鹞子翻身，便跃上二层，又像猴儿一样爬上三层、四层，一直到达十三层……

这身影，岂不是郝生荣念念不忘的"响马"？

夺回千佛塔后，决九团又乘胜抢占了伪县公署，打击了龟缩在城东北角炮楼里的日本鬼子，粉碎了日军指导小队"武运长久"的妄想。

高高耸立的千佛塔，重新映射着太阳的光芒。这一战，被距八里地之外的当时太行文联主任、武乡本土作家高沐鸿全程目睹，他即兴写下诗篇《攻塔》：

撤围沁县打武乡，
段村敌胆闻风丧。
一撮活尸僵塔上，
想和那千佛古塔共存亡。
炸不得塔呀开不得枪，
下命令者是诸位首长。
炸了高塔呀灭古迹，
不打鬼子又留祸殃！
英勇战士显奇能，
攻进塔内迫使敌人交了枪。

阎和尚的笑脸，在阳光里若隐若现。

随着段村的解放，1945 年 9 月，五年前因日寇侵略而被迫分割为武东与武西的两姐妹，终于再次合体，相拥而泣。这座耸立着神奇千佛塔的古城，也在两年后成为武乡新的县城。

千佛塔，也除去束缚，含泪高高舒展在它深爱的土地上。

直到今天，直到永恒！

说起当兵，郝生荣自嘲有些稀里糊涂。他说自己 16 岁就结婚了，妻子与他同岁，可是他不知道，妻子竟然早就是共产党员。那时候妻子和同道者经常在深夜辗转各村开会。有一次让他也去，他就去了，也因此 17 岁就穿起军装。个子极其矮小的郝生荣说，他不怕打仗，因为喜欢枪。直到今天也非常想拥有一支枪。但他说，战场上确实有战士害怕，但是军令如山，让你在上面一块地打就不能到下面一块地。他亲眼见过一名在高处的战士因为对方火力太猛而害怕，跳了下来，当时就被他的上级枪毙了。

1945 年，郝生荣在屯留老爷山战斗中左腿受伤。他说现在里面还有子弹残留。当时没有条件做手术，后来想做时，医生说弹片已经卡在骨头里了，不好取。他说现在就是看天气，除天阴下雨发痒外，有时候会肿得很粗。复员回来后在村里当了 15 年队长。“当队长也受累呢，自己得领头干。”

2015 年抗战胜利 70 周年，他与其他四名武乡老兵去天安门广场参加了阅兵仪式。他说北京就去过这一回，非常高兴：“可好呢！看看北京那宽马路，国家领导人真是了不起！”

我要走了，郝生荣不忘之前马路边叮嘱他“快点回来”的同伴，也随我出来。他拄着棍子，拖着受伤的左腿，一路走一路要抢过我手里替他拿着的坐垫，直到我坚持把他送回依旧在等待他的同伴身边，他还是很抱歉：“不合适，叫你替我拿。”

扶他坐下，与他告别。

他目送我过马路，上车。

身后，他的目光重返塔尖。

我在对面，你却看不见

目光挂在塔尖的郝生荣也许不再记得，当年从部队因伤回乡时，与他一路同行走到最后的有一位同乡叫赵松秀。1945 年，两人同样带着八级伤残，回到家中。

赵松秀说，当年伤兵们作别部队，在左权县办完第二次手续回到武乡境内时，身边只剩下两个人。步行百千米一路回到家乡，赵松秀再也无法保持沉默。他主动开口，各怀心思的三人才有了交流。他说其中一个，就是与他同属蟠龙镇的龙湍村人郝生荣。

接受采访时，94 岁的赵松秀老人的听力也很差，但交流是没想到的顺畅。他几乎是一口气给我讲述了从当兵到退休的全部经历，很少有重复。

赵松秀老人所在的武乡县蟠龙镇大陌村，是一个抗日英雄村。1939 年 11 月底，抗大一分校留守大队从壶关县神郊村来到大陌村，驻扎在村西的刘新发家。今天，当时上课的二楼土墙上还可以清晰地看到当年学员留下的字迹：“团结紧张活泼，严肃我们作风。”“提高文化，学习技能，加强政治，掌握技术。”“培养技术人才，支援前线胜利！”“决心、耐心、细心，认真才能学得东西。”“克服小孩子气，贪玩要闹不务正干。”

那时候，大陌村的妇救会主任是史改转，抗大一分校的三位女学员就住在她家东窑。

那一年，赵松秀 18 岁，正是青春年少的壮小伙。不过那个时候，他只是一个有着五年放羊经历、大字不识一个的穷小子。他一定不会知道，生养自己的山村正悄悄发生着历史性转变。他说当年抗大学员训练的地方就在他家西面的场上，唱歌、喊口号的声音经常传进他的耳朵。然而他每天做的事依旧是带着一群羊，在村里的坡上岭下觅食，一直到 23 岁。

连羊都放不成，是因为日本人全面入侵。1940 年 5 月底，侵华日军占领武乡县段村镇后，于 1943 年 6 月派一股日伪军又驻扎到蟠龙镇，勾结当地的汉奸和伪军在各村烧杀抢掠。赵松秀家的西房，也被鬼子烧了。而史改转更是因了在这一年亲手掐死一个日本兵，成为太行山上响当当的传奇女英雄。

这些事，村里的赵松秀当然听说了。但 1944 年部队在村里扩军时，他却没有参加，就是因为对打仗的恐惧。然而八路军 129 师 769 团在次年再次扩军时，他没有再犹豫，放下镢头穿起军装。

赵松秀的镢头，一放就是几十年。他更加没有想到，来自镢头的恐惧不在地头，而在战场。

赵松秀与大多数老兵一样，战争的培训老师就是血淋淋的刀枪。他随着上党战役帷幕的拉开走上战场，攻克屯留、潞城，解放长子、壶关……一路打，一路看到敌人被俘。那几天，他记得吃了几顿煮小麦，铺盖卷也顾不得扛，跟着大部队走走停停，不分昼夜。

太阳落下去，又升上来；雨停了，太阳再出来。天空一直在变，战斗却不停止。

赵松秀说自己当初丝毫没有战斗经验，是所在连队的指导员一直照顾着他，一路让赵松秀紧紧跟随。

走着走着，赵松秀跟着队伍走进一个村，走进一条沟。

赵松秀说的是屯留县老爷山战斗。如果没有错，他当时处的位置应该是磨盘垴，一道东西长五千米的山梁。而他参加战斗的时间，应该是 1945 年 10 月 2 日至 6 日，这里是当年上党战役的主战场。

天快明时，口令起，攻击开始。敌人在上面，他们在下面，子弹在一片一片土地间飞来飞去。太行山的天空，下着瓢泼大雨，更飘着密集的弹雨。初次扛起枪的赵松秀，也在枪林中被迫积累起经验，克服恐惧，明白了一个战士的真正含义。

勇气之门一旦打开，便不会再关闭。我军密集的战火打退了敌人。又是一次胜利，他再次欣喜地看到俘虏们举起双手，把手里的枪一支支扔在脚下，四五十个失败的背影无奈地被押解着撤离。

赵松秀至今都觉得，自己是幸运的。刚上战场，就接连看到敌人如此近距离缴枪。他发自内心希望，跟着指导员，就这样一直战斗下去，看到更多的敌人在眼皮子底下投降。

然而这一仗之后，他却没了机会。俘虏的敌人被押走后，指导员指示他及另外两名战士，往前一百步，挖一条战壕，准备下一次战斗。三位战士的心情是欣喜的，脑子里不时闪烁着敌人被俘的场景，挖掘的进度非常快速。

挖着挖着，天亮了。

光明，在战争年代是一个很糟糕的东西。这一天，赵松秀便被光明所害。三位挖战壕的战士被上面的敌人发现，向他们开了枪。

这一次，是他倒在敌人眼皮子下面。

子弹深入肉体，疼痛一定撕扯着骨髓。没想到赵松秀说，根本不是那样的。鬼子的一枪，当时打在赵松秀的胳膊上，他并未觉得疼痛，他甚至不知道自己已经负了伤，不知道子弹已经进入自己的身体。他说“只以为被镢头捣了一下”，直到战友看到他流出的血。

关于刀枪的疼痛，赵松秀是第二位告诉我真实痛感的人。第一位是在山西做茶叶生意的一位福建朋友，2000 年初，他在太原街头肉身挡刀，成为一位受人尊敬的“见义勇为”英雄。记得那天为我描述利刃扎入身体时，只是瞬间冰凉的感觉，而不是人们通常说的痛感。因此当赵松秀老人向我描述子弹进入他的胳膊时，我信了他“被镢头捣了一下”的感受。我没有问他穿军装前在田间劳动是不是被镢头捣过，可我知道农民一定懂得被镢头捣一下的滋味。

“被镢头捣了一下”的赵松秀因此离开战场，在长治市郊区黄碾镇的安居村一处庙里治疗了两个多月。

胳膊伤了，不能再扛枪。于是出院之后，他与当地所有的受伤士兵一起，从黄碾，辗转潞城、黎城、河北涉县，往东北、再南拐，最后到达一个村子。在这里，阵容强大的伤兵让他震惊。那些天，他与陌生的战友一起，在各种伤，各种痛里聊经历的战事，聊各自的故乡与亲人。聊着聊着，从一个门里聊出一个颇具气势的人。经介绍，他们才知道面前这位便是当时华北晋冀鲁豫边区政府主席、后来成为北方大学主任的杨秀峰。杨秀峰看着受伤的战士，肯定他们受的苦，耐心给他们讲当前的形势。伤病虽然让他们上不了前线，但政府会给他们抚恤金，让他们放下思想顾虑，安心回家。

伤兵们含泪作别部队，告别战场，踏上回家的路。赵松秀记得一路上办了两次手续，一次在河北涉县，一次在山西左权。战争虽然纷乱，程序却规范。伤兵们带着军人的名分与伤残证明，踏上回家路。

开始的队伍很庞大，称得上浩浩荡荡，这些在战场上彼此不相识的人，结成特殊的战友群。然而他们毕竟是伤员，听着身后的枪声，想着渺茫的家乡，彼此并不多言语。

他们不知道，海拔 1226 米的老爷山顶主峰上，那座莲花舍利塔上弹痕累累，大大小小的弹洞留了百余个，记录着他们带伤离开后的惨烈与悲壮。

远远地，他们还会时不时驻足向着老爷山的方向遥望。想一想，与自己并肩过的战友是否安好是否可以继续扛枪。

伤兵们磕磕绊绊，一路走一路分别。有人打声招呼，有人只低了头，换一条路继续沉默行走。

庞大的队伍，渐渐零落。

赵松秀说，看着越来越小的队伍，他几次心生酸楚。这样的疼痛，甚至胜过他受伤的胳膊。走着走着，就散了。赵松秀向着家乡的方向，不停地在心里重复着这句话。

走到最后，除了同镇的郝生荣，还有一位是监漳镇下北漳村人，叫暴步云。郝生荣与暴步云的伤均在腿上，三人一路走，一路回顾着受伤时的情形。

时间流过 70 年，我感慨赵松秀老人强大的记忆。

巧的是，我恰恰在赵松秀之前见过郝生荣。一路从河北涉县同行回来的两位老兵在采访时身体同样健康，同样见证了纪念抗战胜利 70 年。不同的是，郝生荣到天安门广场参加了纪念抗战胜利 70 周年阅兵仪式，赵松秀未能同去。

而暴步云，早已不在武乡县民政部门健在老八路的名单中。赵松秀老人也并不知道这三个字如何写。我换用不同的字检索也没有找到这个老兵，然而有一天在一份资料中看到闻名上党的“暴庆堂”中队时，终于想到这个“暴”姓，也最终多方核实出“暴步云”这个英雄的名字。暴步云是武乡县监漳镇下北漳村人，村里的妇救会当时极其有名，涌现出了许多“娘叫儿，妻送郎”勇敢杀敌上战场的动人事迹。暴步云，就是在 1942 年被时任村妇救会主席的妻子王改花动员参加了八路军。待他三年后在老爷山战斗中光荣致残荣退返乡后，妻子又将大儿子暴中先送往部队，让儿子接过父亲手中的枪。暴步云一家成为两代革命军人之家，载入家族光荣史册。

赵松秀从未后悔走上战场，只遗憾自己真正的战场经历只有短短 20 多天。他记得在庄稼长到正熟的秋天穿起军装离开家，到过年就带伤回来了。

直到两年后，他受伤的胳膊才好转一些，开始了结婚生子的正常生活。

与从村里走出去的大多数老兵不同，受伤的赵松秀幸运地成了有文化的“公家人”，退休前几乎没有再接触过镢头。起初为了养家，赵松秀跑到本镇的柳沟煤矿做起矿工，一篓子150斤重的煤粉，他背了三年，由于表现出色被提拔，离开井下做起管理。聊天过程中，我一直观察这位老人，他的经历算不上太传奇，却也足够吸引人。从一名普通的井下工人，一路被领导看中，历经煤矿管理、建筑工程公司材料员、保管员、管理干部；工作地点经过武乡柳沟村、长治市、吕梁山区、太原、榆次。其间还在当时的华北干部学校（自述）脱产正规上了三年学，其中在石家庄一年，在北京二年。

他上学期间啃书的经历，更是连当时的校长都深深叹服。

从一个放羊娃到军人，最后从华北工程局管理岗位退休，不能不说赵松秀在事业上实现了令人难以置信的华丽转身。

我靠近他，拿出手机，打开自拍模式，“大爷，我们俩拍张照片吧”。

之前每个老兵，只要在镜头里看到自己，笑容就灿烂无比。然而诧异的是，我却没有看到赵松秀在镜头里绽放出哪怕一丝笑意。

我把相机又举近他一些，“大爷，笑一个吧”。

没想到他说：孩子，我看不到。

竟然，与我聊了一个上午的老兵，看不到眼前这个世界？

“我知道你在对面。”他平静地说。

我盯着眼前这位经历丰富的老兵，心潮涌动。院子外边阳光正好，英雄却看不到明媚的天空。

我知道，尽管只有短短20多天的战场经历，纷飞的战火与牺牲的战友却给了他钢铁般的意志。

从农民，回归到农民；从放羊娃，回归到普通农家老人。几乎处在黑暗世界里的赵松秀，曾经的历程却没有蒙上一丝尘埃，他缜密的思维就是最好的验证。

告别老兵，出得门来。安静的大陌村，只有庄稼与泥土的味道。曾经的烽火，已化作屋顶上的袅袅炊烟，传递的都是轻快的烟火气息。

远去的“瞎团长”

是的，视力不能说明一切。

比如，那个“瞎团长”。

2017 年 4 月 7 日，石北乡岭南村郝照余老人的家。一声“看看老八路”过后，屋里有女人回应：哦，在里面！

出来的是女儿。她跑向里屋迅速解开当锁用的一根细绳，推门而入。一位老人坐在炕上，将望向窗外的眼睛拉回门口。透过窗玻璃望出去，院子里在房顶上修房子的几名工人就在老人的视线里。

“怎么把老人锁在屋里?”

“唉，他总想出去。你们看看院子里乱七八糟的，不安全，也照顾不过来。”57 岁的女儿解释。

炕上便是郝照余老人，97 岁。

女儿说，父亲早晨刚刚吃了一碗方便面，两个荷包蛋。平常每顿都可以吃一大碗饭，身体挺好。喊老人坐到炕边，想与他聊聊从前。看到我的同行者举起相机时，正与我说话的他马上停下来，坐得端端正正，等待拍照。此刻我注意到，他右腮深深凹了进去。女儿拉起老人的手放到腮上，他立时明白，用手指点点，又把手指放进嘴里做了一个掏的动作，话语模糊不清：“子弹就是从这里进去，又从这里出来的。”

后来得知是陇海战役期间，激烈的烽火中，郝照余突然觉得“嘴里多了个东西”，吐出来一看，竟然是一粒裹着血肉的子弹。

“命大。要是稍错错位，就死了。”他有些庆幸地说。

子弹透过老人右腮，进入嘴里。深深的痕迹伴他走过70多年。

他的女儿说，老人不仅听力不好，脑子也时而清醒时而糊涂，一直说不清他所在的部队，却一遍遍自语：我是1942年当兵的，1946年回来的。随后又突然说，他属于14团。

抗战期间在武乡的14团，属129师385旅，之前是129师385旅独立团第二团；1942年4月，这个团编入太行军区第三军分区；1945年8月编入新组成的太行军区西进部队第三支队，同年9月改编为太行纵队第三支队独立团，10月再次编入新组建的晋冀鲁豫野战军第三纵队八旅22团；1948年5月又改称中原野战军第三纵队八旅22团；1949年3月1日改编为中国人民解放军第11军32师94团。这个团是385旅的老部队，战斗作风顽强，敢打硬仗，战斗力很强，是军、师的主力团。

那么，当年的郝照余老人，便是129师385旅14团一名战士。他的女儿这时插话，父亲之前说过，他在侦察班，后来又去过通信班，扛过大炮。他打过临汾，打过沁县，打过屯留老爷山，打过榆社桃阳，打过河南清化。至今还记得清化的竹子那么好，当时他们饿肚子，就吃嫩竹芽。

老人断断续续，可以记起一些人与事。突然间，他说到一个人：瞎团长。

14团，瞎团长，综合这些元素，可知他提的瞎团长是钟明锋。

钟明锋，土地革命战争时期参加过多次反围剿战斗。抗日战争中参加过百团大战，主要战斗为火烧阳明堡、平汉战役及反九路围攻。1942年，他兼任武工队队长，与14团、决九团、武西独立营等相继驻扎在武乡县涌泉乡的蚂蚁沺，带领30余人战斗在沁武边界，宣传群众，组织民兵，猎取情报，打击小股敌兵。当时，武工队配合当地民兵在东良红山伏击日军，打死了敌人的翻译官。解放战争中，钟明锋先后参加过四平战斗、锦州攻坚战、辽西会战、解放平津和海南岛战役配合战等较大战役，中华人民共和国成立初又参加抗美援朝战争。20 多年中，七次负伤，右眼致残……

“瞎团长有本事呢。”郝照余努力认真说清每一个字，“当时在义门丢了一门大炮，瞎团长又给找回来啦。”

武乡义门，八路军 14 团曾在这里驻扎四年之久。于 1943 年农历二月初二组织了义门反击战，当时钟明锋是 14 团三营营长。他以一个营的力量，攻打由武乡段村、沁县松村与榆社桃阳三面包围过来的日伪军。当时钟明锋带领的三营处在义门村一处高地，连续打退日伪军十多次进攻，后退于村后大圪梁上坚持战斗，直到第二天早上战斗结束，歼敌三百余人，三营仅阵亡一名战士。

钟明锋当时被更多的人称为“瞎营长”，在武乡妇孺皆知，百姓中传得非常神奇。中华人民共和国成立后，被称为“太行山上的李向阳”。

资料显示，钟明锋是 1944 年 11 月任 14 团团长的，“瞎团长”是指钟明锋吗？老人听清后想了想：呀，记不清是不是叫这个名字了。说完，再一次补充：瞎团长可厉害呢！

由营长升为团长，钟明锋在武乡屡立功勋。郝照余嘴里非常了不起的英雄，一定是钟明锋。

钟明锋在武乡战斗多年，1989 年因肠癌去世前四个月，还应武乡县红色文化研究专家王照骞的邀请，为漆树坡窑洞保卫战纪念碑落成写下“在漆树坡窑洞保卫战中英勇牺牲的革命烈士永垂不朽！”几个字，他称自己为“曾经在武乡战斗过的老战士”。

钟明锋不知道，时至今日，还有武乡老兵对他念念不忘。

女儿说，父亲的后脖子上还有一处枪伤。问他怎么回事，老人终是记不得了。从县民政局资料也知，郝照余的七级伤残是由于 1945 年 8 月在陇海战役所致。陇海战役是由晋冀鲁豫野战军司令员刘伯承、政治委员邓小平遵照中共中央军委指示，为策应山东、华中野战军作战和支援中原军区突围部队作战，而出击的一场战斗。怪不得郝照余在抗战题材的电视剧里一看到刘伯承、邓小平的形象就激动。他无数次对女儿说：刘邓大军，厉害！

郝照余也曾给孩子们说：当兵时候，吃了太多苦，真是苦坏了。

今天再问他，他却记不起太多，只记得有一次被抓到日本人的警备队，眼看着人家吃的白面馒头与小米干饭，他们只能吃一点儿水煮苦菜。

“唉，反正是很苦，很苦。”老人叹了一声。

沉默一阵后，他突然指指女儿：去，拿洋旱烟！女儿扭身拿来一包被他称为洋旱烟的香烟，给在场的男士抽。但听到对方不抽时老人却不干了：“不抽烟还行？准得抽呢！一棒棒也得抽一棒棒！”

女儿说，老人就是这样，特别热情，总怕招待不好客人。

我拿出手机，与老人拍一张自拍照。看到镜头里的自己，他咧嘴开心地笑了。

女儿说，父亲特别喜欢拍照。有一年从八路军太行纪念馆回来后，几次埋怨没有人给他拍一张照片。

其实来岭南村之前，我们先去到同一个乡的石北村。这里还生活着一位 94 岁的老兵郝义成。然而不巧的是，前一天，老人唯一的儿子骑着摩托车与大车相撞，当场身亡。他已经由儿子家被接到同村的女儿家，留下一个孙女照看他。屋里地上站了同村与本家的十几个人。94 岁的老人瘦瘦小小的，已经完全失去听力，坐在沙发里，一直开心地笑着，完全无视孙女止不住的眼泪。

村人说，老人还不知道儿子出事，就不告诉他了。有人接话，即便告诉他，他可能也不管这些了，多日不见儿女也不问了。旁边的人说，老人年轻时候就不怎么爱说话，说他识字，也会写。孙女说，爷爷伤在右手。一看，非常明显，右手指头几乎都伸不开。

从进门到出门，老人始终不说一句话，只一直笑着，看着眼前人。憨憨的老人，内心已无任何心事，回归一片纯净。打开县民政局的资料，却令我们大吃一惊：郝义成，1945 年 6 月入伍，八路军 129 师 769 团的战士。在解放沁县时，他英勇杀敌，缴获 12 支步枪，100 余发子弹。在随后召开的祁武庆功大会上，荣获“杀敌英雄”称号。1947 年 2 月复员，六级残疾军人。

一人缴获 12 支步枪，100 余发子弹，那驰骋在战场上的身影该是怎样的矫健勇猛？

再看老人，还是瘦瘦小小的，普通得不能再普通。

我本以为，对两位郝姓老兵的了解到此为止，然而没想到的是，之后听到的故事，越发令人惊讶。

本书初版出来后，我给郝照余送书，才听说他的又一段往事。原来，1920 年 9 月出生的郝照余是家中老三，上面还有两个哥哥。三个男孩，在乡村是让人羡慕的一件事，是可以让家族人丁兴旺的一件事。

然而，他们遇到不幸的年代。抗战在武乡刚一爆发，大哥郝申有便报名走进八路军队伍，一走再无消息。

父亲郝士英又与二儿子一道，负担起给八路军送军粮的任务。然而因为日军设立了许多据点，且防范森严，因此为了避开日军盘查点，郝士英父子送粮不仅需要在夜晚行动，而且要绕道榆社再转回武乡八路军驻地。一个冬日的夜里，父子俩背着粮经过一条河时，儿子不慎落水。情急之下父亲跟着跳了下去，然而没想到的是，河水冰冷且湍急，父子俩双双未能上岸。

大儿子没了音讯，二儿子意外丢了命，太行山中坚强的郝家母亲竟然没有被打倒，而是在 1942 年 5 月又亲手将 22 岁的三儿子郝照余送进八路军队伍，成为武乡独立营二连一名战士，后被编入 129 师 385 旅 14 团，从此驰骋在太行山中。

两年后的 1944 年，郝照余随部队在沁县取得一场胜利后，经武乡返回驻扎点。路经家门口，他顺道探望了别离两年的母亲，看到孤苦的母亲在风中衣着单薄，一阵心酸，随即脱下身上的夹袄穿在母亲身上。

不曾料到，这件普通的夹袄，却给母亲带来杀身之祸。那是郝照余离开的第二天，敌人进村扫荡。有百姓说，敌人是在抢夺郝照余母亲手里的织布线时，发现她套在衣服里面的夹袄。一件夹袄本是普通粗布，当时却是百姓省出来送给八路军战士穿的。这只有八路军战士才穿的夹袄，怎么穿在一位村中妇人身上？敌人当即判断，她与八路军有干系。问她，不答，便残忍地将她杀死。

彼时，郝照余刚刚回到驻地。惊闻消息的他在班长的陪伴下一路奔波赶回，却因怕惊扰敌人未敢进家门，只远远在村口给母亲深深磕下几个头。

战士郝照余一腔悲愤的泪水，洒向家门口。

“恨自己。”此后，这件夹袄成为郝照余一生的痛。

“要不是那件夹袄……”直到暮年，老人含混不清的话语里，依旧要一遍遍提及这件惨痛的往事。

直到 2014 年国庆前夕，一张“烈士证明书”被送到他的家中，那是中华人民共和国民政部发的，“郝申有同志在抗日战争中牺牲，被评定为烈士。特发此证，以资褒扬。”从烈士证上简单的几行信息得知，郝申有于 1915 年出生，时为武乡游击队一名战士，在 1937 年一次战斗中牺牲。

1937 年，那是抗战在武乡刚刚展开的时间，郝照余不会想到，他的大哥刚刚穿起军装不久，便光荣为国捐躯。

捧着国家给大哥颁发的“烈士证”，时年 94 岁的郝照余双泪长流。他不知道，大哥牺牲时年仅 22 岁，正是他穿起军装上战场的年龄。

好在，郝家老三郝照余没有让家人失望，一路南征北战，身体虽带了不少伤，却光荣而安然回到家中。

那一年，他才 26 岁，独自撑起那个几乎散了的家，一路负重前行，生命终止在 101 岁的春节。

寻找一个叫“留根”的人

真想把郝义成老人独自缴获的 100 发子弹发给漆树坡村的民兵。那样的话，窑洞中那些技艺高超的年轻人，就不会一个个倒在敌人的炮火之下。

那时候，民兵们因为打完仅有的几发子弹，只能眼睁睁看着敌人在对面花费两个多小时安装好一门庞大的山炮，对他们展开轰炸。

小小的漆树坡村，瞬间地动山摇。

山炮对面的逃难窑中，是十几位民兵，更多的是几十名手无寸铁的百姓。

从 2016 年到 2017 年，我多次寻找一个叫“留根”的老人。他是上司乡漆树坡人，可他总不在村里。有时候说在长治，有时候说在太原。

人们说不清他在哪里，却总会给我说一通与他有关的往事，让我越发迫切地想找到他。

1943 年 6 月 14 日，日军小林大队指挥剿共军第一师赵瑞、段炳昌部约三千兵力侵占了武东重镇蟠龙。从此以蟠武线为界，割断了武乡（东）县委与前方指挥部的联系。武乡（东）县委根据太行三地委、三专署的指示，结合斗争实际，将蟠龙公路以南地区划为路南区，在前方指挥部的基础上建立了路南办事处，李甫堂任主任，李尚春负责武装工作，姜一全面领导党的工作。这个路南办事处，就设在漆树坡村武云庆家。也因此，路南办事处驻地的高岭、漆树坡、上司一带便成为日军合击的目标。

漆树坡的抗日民兵队，早在 1942 年就成立了。几年来，他们常常吃住在一起，成立了“民兵家”，白天组织生产，夜里站岗放哨，彼此间亲如兄弟，扭成一股绳保卫着村里的父老乡亲。

1943年农历六月十三的晚上，漆树坡民兵便接到前方指挥部通知，告诉他们周围敌人据点增加了不少，很可能又要开始新一轮“扫荡”了。民兵指导员武志芳便安排村里的民兵，赶紧安排群众转移。半小时后，所有的民兵全部集中到王家顶，由民兵王清太、王海云放哨，其余就地休息。

次日鸡叫时分，四面敌人都出发了，都是朝漆树坡方向集中。姜一与李尚春迅速判断后，集合民兵马上行动。20多人分为两个班，拿着各自的武器准备从西南处向外线突围。

走在最前面的，是民兵王磨锁。然而当他们爬上一条岭时，才发现敌人迎面扑来。于是掉头跑回村边，之后往北，朝着上司村方向的沟里冲。然而上司村的岭上也早已有了敌人的布置，一通机枪扫射把他们打了回来。无奈之下一干人再折回村，短暂商量之后向东南方向的杨桃沟转移。可未走多远，发现东南面也有敌人包围上来。

整个漆树坡，陷入敌人的严密包围中。

两个民兵班只好分为两路，一路跟着武志芳，一路跟着姜一，往村东村西两个逃难窑洞方向撤。

武志芳带着王磨锁、武来庆及二孩儿等人，往桑树沟的西窑洞方向转移。姜一带着武全木等人向东面窑洞转移。

敌人的机枪紧接着就跟过来了，危急时刻，武志芳命令大家进洞。武志芳也在最后一个爬进去。

有敌人过来了，王磨锁与武志芳守在洞口，瞄准。一个、两个、三个，武志芳一个一个打倒敌人。王磨锁也是，毫不示弱。在两人的把守下，爬上梯子的敌人一个个应声倒地。

还是有敌人冒着危险沿着民兵们没来得及拉进洞的梯子，爬了上来。

然而只要一露头，便被打下去。敌人不敢再贸然进入，于是退下，改为烟熏。村里人后来说，其实放的是毒气，因为出来的人们脸都发黑，还吐黄水。不过由于洞里的人们用被子捂住嘴巴，没有人丧命。

又一招不成，敌人改为在窑顶挖气眼，洞里的人们很快听到挖掘声，随之气眼处由于震荡开始往下落土。洞内洞外，紧张的气氛空前无比。

姜一带领的武全木一班民兵，全然不知道这边发生的事。他因一边走一边拿望远镜侦查情况，便与民兵们走散了。而一队敌人就在不远处。无处躲闪之际，他两次躺进身边的沟中，用土及蒿草把自己掩盖起来，避过危险。当他们再次会合后，很快发现桑树沟窑洞被敌人包围了，他们心急如焚。一边派百姓去送信求助，一边想办法打击敌人。

窑洞上的敌人，还在坚持不懈地挖气眼，气眼像个“席子大的坑”，敌人一直向下挖。

声音越来越大，越来越近。洞里的人，也从起初的坚信敌人拿他们没办法，到忐忑不安。最后，他们终于恐慌起来，觉得保护了他们无数次的洞这一次恐怕是无法保证他们的安全了。

终于挖透了。

洞里的人没有惊讶，都在冷静地等待。

两个鬼子跳进来，被民兵早已准备好的一枚手榴弹炸得掉下崖去。百姓们又放心下来，他们庆幸，这么结实而安全的一个洞，怎么能轻易被破坏掉？洞的结构曲折回环，敌人怎么会轻易进来？

人们终于轻松下来，有了饥饿感，一家一家围拢在一起，嚼起干粮来。轻松而嘈杂的话语很快响起在沉闷的洞中。

洞里都是一家一家的人，包含民兵王磨锁一家。他的娘、妻子、儿子及弟弟都在。即便是一家人围坐在这样的洞里，王磨锁也与平时一样，顾不得与家人多说一个字。此时，他紧紧守在气眼口，盯着外面的一举一动。尽管他也在吃着干粮，却一看便知是心不在焉，细细的汗珠从头上流下来。只有娘与妻子看得出来，他的心理压力有多大。

所有的人，都把希望寄托在这几个民兵身上。这一刻，他们才实实在在地感觉到，身边有民兵是多么踏实的一件事。

然而没过多久，王磨锁发现，敌人竟然调来一门大炮！确实，随着一个一个敌人的倒下，日本人气急败坏又大惊失色。他们判断，洞里一定不是普通的百姓与民兵，这枪法，必定是有八路军。

于是撤掉上洞的梯子，调来大炮。

“干掉炮手!”武志芳果断命令。

正在安装大炮的炮手应声倒下。敌人紧急调整炮的位置。

子弹有限。很快，王磨锁发现子弹没有了。他想问武志芳借几颗，武志芳却也一粒不剩。

时间一分一秒过去，两个多小时的时间里，他们眼睁睁看着敌人的大炮安装成功。

“轰!”第一发炮弹惊心地响起，洞里只是震了一震。敌人便一发一发，直冲洞口而来。一直到第七发炮弹之后，洞口终于被炸开。隐藏在窑洞深处的人们，开始暴露了。人们惊恐地挤向两边。

打开的洞口让敌人惊喜万分。“轰——轰——轰——”敌人的劲头更足了，一声接一声，炮声响彻漆树坡，萦绕在周边的上司、铺上、高岭村的上空，百姓们不知道发生了什么事，但都知道发生了非常严重的事。

第12声炮声响起后，守在气眼处的王磨锁不幸被炸死。他的娘听说儿子牺牲后，不顾一切跑出来扑在儿子身上失声痛哭，然而此时又一发炮弹过来，娘也跟着他离开了。

气眼，被彻底炸开。

那个时候，王磨锁的妻子，生完孩子才刚刚第八天，极度虚弱的她又惊又怕，再加上强烈的烟雾，很快撒手人世。

民兵武来庆毫不畏惧地顶上王磨锁的位置。他脱掉衣服，端起刺刀，赤裸着上身与从气眼口跳进来的敌人展开搏斗。但终因寡不敌众，被逼到悬崖边上用石块砸死。

勇敢的民兵队长武志芳，也因受到炮轰及强大的烟雾熏呛，倒在岗位上。

窑洞口的搏斗也同时展开。二孩儿、武志法打死两个敌人，但一颗手榴弹却被敌人扔了进来。武志法被炸死，二孩儿被炸到道坑下面，被敌人误以为死亡。

他躺在那里，感受着身边的惨烈，感受着他的兄弟们被害，感受着那些百姓的惊恐却无力相救。

敌人走后，他爬出来，却像傻了一样，遇到赶来的武全木他们之后只有一句话："都死了！都死了！"再问时，只"哇"的一声大号起来。

在此后的50年，民兵二孩儿带着沉甸甸的痛与抹不掉的回忆，孤独地想念着那些年曾经并肩战斗过的兄弟。

一连串的炮击过后，十多个民兵中已经牺牲了四个，敌人又把四个民兵绑起来要带走。如此，鬼子仍不死心，因为他们也有十多人被打死，鬼子便把黑恶的手伸向手无寸铁的老弱妇孺们。他们爬进敞开的窑洞中，拖起人就往崖下摔。摔着摔着，到了王磨锁的弟弟王三磨跟前。那时候王三磨在学校读书，敌人看他的手上没有结茧，便怀疑他不是普通劳动人民，于是要把他带走。三磨说什么也不跟着去，被愤怒的敌人一枪打在脑袋上，三天后死去。年仅16岁。

被摔下崖的百姓，横七竖八长眠在脚下的泥土里。

担心敌人再来，村中老人建议将死难者就地掩埋。但一腔热血的民兵们坚决不同意，他们一定要为死去的兄弟举行追悼会，举行公葬！于是一个个被抬回村里。夜里，许多青年通宵未睡，轮流换班放哨，看护着这些英雄。

第二天，周围三个区的所有民兵赶来，在村里一个大槐树下召开追悼会。按传统习俗，干部们都穿起孝服。一排排棺材齐刷刷摆在眼前，村民哭声一片。那一天，在姜一的主持下，桑树沟被改名为"英雄沟"，16名青年当场报名参了军，誓死要从鬼子那里讨回这笔血债。

果然，夜里敌人再一次进了村，代理指导员武全木在追击敌人中受伤牺牲。

白天，被抓走的村财粮主任武书云，在南亭村受到日军的严刑拷打，逼问粮食埋在哪里。武书云一句话也不说。日军于是用黑布箍住他的双眼，用刺刀扎向他的身体。扎一刀，问一声；不说，再扎。英雄不知被扎了多少刀，直至倒在血泊中，也始终不发一言。那时候，村里驻着县委前方指挥部、县政府路南办事处、新八区区公所、三分区游击司令部，以及司令员郑国仲、769 团一营长李德生及部队，确实存有大量的粮食与物资，一旦说出来，会是多么大的损失。

一个普通民兵，竟有如此高的觉悟与骨气，让今天的人说起都激动不已。

武书云及武志法兄弟二人去世之后，家里只剩下武书云的妻子与公公，就是这一老一妇，硬是将两名烈士的五个 10 岁左右的孩子拉扯大。尤其值得称颂的是两位烈士的父亲武存林，性格刚强，气量过人，面对全村人的同情，他说出的话掷地有声：“小日本杀害了我的两个儿子，但我还有茂堂堂（当地方言：虎气而有前途）的一对孙子。再过 10 年，又是两个七尺大汉！”

当年窑洞战，死难的烈士们还留下一条“根”，便是我一直寻找的人——王留根。王留根是烈士王磨锁的儿子，窑洞保卫战那天，他来到这个世上刚刚第八天。

王留根是幸运的，提前八天来到这个世界，没有与母亲一起葬身炮火中。王留根也是不幸的，还不认识这个世界时就没有了爹娘。

这篇文章即将结束的时候，有了王留根的消息。于是放下未完的作品，与朋友驱车赶到襄垣，二女儿为他租的房子里。

74 岁的王留根出街上迎接了我们。他说，当年他的父母、奶奶、三叔通通死在洞中。他这一条王家的独根，从此被姑姑带在身边。他半个月大时，正遇姑姑出生不久的孩子去世，王留根便吃上姑姑的奶。

王留根，从此成为姑姑的孩子。

自他的父亲王磨锁、叔叔王三磨与奶奶、母亲死在洞内之后，大爷王碾锁也在第二年敌人的又一次扫荡中被打死。两年时间，他的爷爷王德祥连失三个儿子、一个儿媳及妻子五口人，在极度郁闷与痛苦中导致眼睛失明。王留根说，20 世纪 50 年代时，他的爷爷时常拄着一根棍子坐在大门口，大拇指关节紧顶着眉头，一言不发……

碾锁、磨锁、三磨，这三个名字里本带着图吉利好留存的寓意，却通通化为泡影。

跟着姑姑的王留根长大后受到县革委会主任的特殊照顾，进入柳沟铁厂工作，之后又与人对调进入长钢，成为一名钢铁工人，一直到退休。

想过父母的长相吗？

想不出来，他说。

1989 年 10 月 1 日，漆树坡窑洞战纪念碑落成。而他思念父母唯一的方法，就是回到村里，在窑洞保卫战纪念碑上，摸摸父亲的名字。

那些名字，那样的年龄，让人一阵阵心疼：

武志芳，一九三八年参加革命，中国共产党党员，村民兵指导员，牺牲时二十四岁。

武全木，一九三八年参加革命，中国共产党党员，村武委会副主任，牺牲时二十二岁。

武志法，一九三八年参加革命，中国共产党党员，村民兵排长，牺牲时二十一岁。

武书云，一九三八年参加革命，中国共产党党员，村财粮主任，牺牲时三十四岁。

武来庆，一九三八年参加革命，中国共产党党员，民兵，牺牲时二十四岁。

王磨锁，一九三八年参加革命，中国共产党党员，民兵，牺牲时二十三岁。

王三磨，一九四二年参加革命，牺牲时十六岁。

回望这片土地，在初春的风里一片萧瑟。炊烟升起，欢愉传来，却掩不住土地下暗流的阵阵涌动。

三进武乡的日本人

比我更执着地寻找王留根的，还有一位特殊的人，他叫相马一成，是一位日本人。

早在1996年夏天一个下午，武乡宾馆新任不久的经理武承周接到总台给他打来的电话，说有一位日本客人要入住。

武承周二话不说便回：不行！

第二次再打来，他还是不答应；第三次，依然不松口。电话挂断后，随同日本人的翻译撂下一句话：这是一位什么经理？岂有见钱不收的道理！说罢便来到武承周办公室。进门看到眼前头发已经花白的经理后，忍不住感叹：这么大年龄的一位经理啊，怪不得脾气这么怪！

武承周告诉他：面对日本人，我脾气就是这么怪！永远这么怪！我不仅恨日本这个国家，而且恨所有的日本人！

翻译笑了，坐下来：老武，我跟你说说这个日本人吧！

原来，前来的这位日本客人是位记者，名叫相马一成，年龄仅仅比武承周小一岁。他的岳父新保太作是当年的侵华日军。第一次来山西时，在神池县八角堡杀害了一家六口人。回到国内见到家人时，对之前这一行为有了悔意，并告诉了妻子。不久之后，日军因为前线兵源短缺，又将他们这种有丰富战场经验的老兵召回中国。没想到新保太作这一次再来，却没能顺利返回日本，而且就被打死在神池县八角堡。

消息传回国内，他的妻子只说了一句：也许，这就是所谓的报应……

他们的女儿长大成人后，母亲告诉女儿，以后不管嫁给一个什么样的男人，希望有条件出国时第一站一定要去中国，去中国第一站一定要去山西神池，去神池第一站一定要去八角堡。在那里除了追寻父亲的遗迹，还要找到当年被父亲杀害的一家人。如果他们有后代，一定要登门赔礼道歉并给予补偿。

这份心愿，最终延续到女婿相马一成身上。对于此事，他一直放在心里，并参加了中日友好协会。后来又把《朝日新闻》报的工作辞掉，专心于日军侵华的毒气调查。

1996 年，他如约履行岳母的心愿，第一次踏上中国的土地。

相马一成，正是从神池来到武乡的。

听到这里，武承周心头的怒气一下子消了，并对这位日本记者产生了好感，安顿他们住下来。晚饭时分，相马一成提出，要见见这位特别的经理。于是在餐桌上，两人第一次见面。

相马一成也非常想知道武承周之前拒绝他入住的原因。于是，武承周给他讲了自己的身世。

武承周的父亲名叫武三林，出生于 1916 年，1938 年加入中国共产党，同年 4 月担任枣烟村武委会主任兼治安主任。那时候，正好赶上日本侵略军对晋东南展开“九路围攻”。武三林便没日没夜地站岗、放哨、支前抗战、掩护群众干部转移，并跟随魏名扬游击队配合八路军战斗。他先后参与了攻打里庄滩、大有阻击战、峪口窑洞战等多次战斗，受到蟠龙四区武委会的表扬与游击队长魏名扬的奖励。

民兵武三林，经过几年的烽烟洗礼，成长为一名不穿军装的战士。他越战越有经验，也期待着早日把日本人赶出家门。1943 年农历六月二十一，武三林全家正在吃早饭时，驻村八路军 129 师 385 旅 769 团 12 连连长刘玉兴急急忙忙去到他家，告诉他有一支 200 多人的日伪军已经从蟠龙出发，正沿着李峪、长乐一路烧杀抢掠，很快就会来到枣烟村。武三林立即放下碗筷，跟着刘玉兴投入掩护全村百姓转移工作中。待把这一切安排妥当之后返回途中，却遭遇到敌人。除了他们二人之外，还有从别处抓到的民兵武金水、武文彪、武东生，羊工魏丑小、王金全，以及石科村年仅 14 岁的放羊娃黄小旦。敌人带着他们，向大活庄村进发。或许是从他们的行走姿势中发现了什么，行至本村古城垴时，敌人突然停下来，向刘玉兴与羊工魏丑小问话。刘玉兴是四川人，虽然几年前已经在枣烟村娶了媳妇，但毕竟不会讲当地话。他知道一开口，便要暴露自己的身份，于是不发一言。敌人又看了他的手，发现没有种地留下的结茧，手指上倒是有扣动扳机的痕迹。从魏丑小那里也没问出什么，鬼子举起刀先将这个放羊人砍死，并将他的头颅抛向空中。刘玉兴知道自己难逃此劫，也早已做好拼死准备，因此当一名鬼子端着刺刀向他逼近时，他猛扑向前，一口咬住了对方的耳朵，又用双手死死卡住敌人的脖子。这时，另一名鬼子朝刘玉兴连开两枪。

26 岁的四川人刘玉兴，倒在武乡这片叫枣烟的土地上。但他的双手，还是拼尽最后一丝力气，带走一名敌人。

剩下的六人，被敌人带到大活庄村，集中到一个大场院，排成队转圈。几圈之后，一名汉奸忽然用手指着武三林与武金水，让两人站出来，把他们单独带到一户人家的窑洞内。一名汉奸问武三林："你叫武三林，是枣烟村的武委会主任？游击队长魏名扬现在哪里？你们村驻有多少八路军？多少游击队？只要你如实讲出来，皇军一定会保证你的生命和你一家人的安全，并大大有赏。”武三林知道有人出卖了他，一声不吭。反复几遍之后，敌人动手了，先是打断他的腿和胳膊，再用水将昏死过去的他泼醒，继续拷打。看武三林坚持不说，凶狠的敌人便问一句，用刺刀在他身上深深捅一下。武三林血流如注，但始终坚如磐石，一言不发。看到再也没了希望，敌人便朝他心脏连刺两刀，断了他最后一口气。

那一年，武三林 27 岁。据后来为他清洗尸体的村人说，他的身上整整有 28 处刀口。

那一天，他的儿子武承周出生仅仅 21 天。

武三林牺牲的噩耗传来后，年过花甲的父亲失声痛哭。患有高血压的奶奶晕倒在地，抢救过来后成为半身不遂。妻子不吃不喝，三天后便断了奶水。未过满月的武承周从此只好用南瓜汤、小米粥代替了奶水。

武三林死后不到一周，在龙湍村的岳父也被日本人抓住，让他带路找百姓的逃难窑洞。岳父誓死不从，日本人便放出两条狼狗，将他活活撕咬致死。

一周之内连失两名至亲，武三林的妻子最终积郁成疾，导致肝硬化腹水，在武承周不满 8 岁时再也挺不下去，含恨离开了这个世界，年仅 33 岁。

从此，武承周成了没有父母的孩子，跟着年迈的爷爷及瘫痪的奶奶艰难成长。中华人民共和国成立后的 1952 年，省公安局到他家，告诉他们杀害武三林的汉奸是河北人向约奎，已经被抓到太原。但武三林年近八旬的父亲拒绝去参加公审大会，只是抱着年幼的孙子老泪横流。多年以后的 2009 年，66 岁的武承周才从本村一位 90 岁老人的嘴里，知道了当年出卖父亲的本村乡亲。然而他只能长长一声叹息。他心里清楚，父亲一定在当初就知道了这个人。

抗战那些年，枣烟村有 20 多位群众与干部牺牲，有 9 位被追认为烈士。

烈士后代武承周，之后却因家族出身为上中农这一成分问题，备受磨难。求学半途，奶奶、爷爷相继去世，跟着伯父艰难度日的他几次差点放弃学业。毕业后好不容易求得一份民办教师的工作，在“文革”中又受到诬陷几经批斗几乎想放弃生命。他引以为骄傲的父亲武三林，直到40年后的1983年，才得到盖有“中华人民共和国民政部”鲜红大印的革命烈士证明书。

武承周，如何能不恨发动了战争的日本人？相马一成细细听过这一段历史之后，起身不停给武承周鞠躬致歉。武承周也还他以礼：人不是你杀的，我不可能怪你。

相马一成转身告诉翻译，不找向导了，次日就请武承周一同到发生过窑洞保卫战的漆树坡村，看看当年受害的人们，看看当年战争留下的孤儿王留根。

在漆树坡，武承周把相马一成带到当年的民兵、之后参军走上战场的武来水家。武来水夫妇与武承周前一天的表现一样，责怪武承周为什么带来一位让他们无比痛恨的日本人。武承周像昨天的翻译一样，把相马一成的故事讲给二位听。了解到详情后，武来水夫妇也给相马一成回忆了曾经的战事，并带着他看望了当年发生战争的逃难窑洞。村里一些孩子听说来了日本人，跑来看。相马一成便分别给见到的孩子们送了书包及学习用品。

到了王留根生活的铺上村时，相马一成对烈士王磨锁后代产生了深深的同情。彼时，王留根的妻子生病躺在炕上，一眼窑洞非常破旧。武承周告诉他，这便是日本侵华的结果，中国大地上有许多烈士遗孤，都像王留根一样在跌跌撞撞中生存。

相马一成详细询问了王留根的生活后，拿出500元人民币表达了自己的心意，并送给他的三个女儿一人一份学习用品。

回国第二年，相马一成便整理出版了《从母与子的视角看放置的毒气弹》一书，将采访中了解到的日军侵华情况以及毒气使用情况做了呈现与说明。

武承周说，相马一成那一次来，还有一件大事值得一提，那就是他在八路军太行纪念馆第六展厅发现了陈列着的一枚未使用的毒气弹。从上面标示的等级说明上，他看出这枚毒气弹一旦爆炸之后的威力。于是赶紧告诉相关人员，立即处理。

1998 年，相马一成第二次来到中国，带着他《从母与子的视角看放置的毒气弹》一书，特意送给武承周，以及武来水。这一次，他又专程到长治看望了王留根。2011 年，相马一成在受邀去黑龙江参加“731 细菌战相关情况研讨会”的间隙，第三次来到武乡。这一次，他特意带着礼品想再看看王留根。遗憾的是，王留根的妻子已经去世，王留根也因在襄垣女儿家未能见面。他又特意去了八路军太行纪念馆，得知那枚危险的毒气弹早已做了处理时，很是高兴。

《从母与子的视角看放置的毒气弹》一书中，相马一成也比较详细地描写了他的岳父新保太作在中国战死的情况。他说，他的妻子出生于昭和十九年（1944）二月十二日，三个月后，父亲新保太作二度离开家，再次走上侵略中国的战场，辗转又到了神池县八角堡，驻扎下来。他所在的中队一共 17 人。次年，也就是 1945 年 2 月 18 日，中队有 12 名队员外出执勤，途中与兵力几倍于他们的中国军队遭遇，一番激烈的抵抗之后，队长以下 12 名队员全部被消灭。留在八角堡城内的 5 名士兵一边坚持，一边求救分遣队，但因为最近的也距离他们有 70 千米之遥，来不及救援。绝望之际，他们只好把文件及电台全部毁掉，在墙壁上写下“天皇万岁，再见”几个字后，于第二天黎明全部离开这个世界。

这些日本士兵，以死亡的形式掩埋了他们在中国大地上制造的斑斑血迹。

那一年，相马一成的岳父新保太作 36 岁，是一名兵长。他远在家乡的女儿刚刚一岁，也许刚学会叫爸爸，却与武承周以及王留根一样，一生的概念里没有了父亲的形象。

多年来，相马一成一直记得岳母的嘱托，期待早一日来到中国山西，看看岳父种下恶果也丢了命的地方，看看神池八角堡的一家人，替一生未能走进中国的岳母圆一个梦。无奈因为中日邦交没有正常化而未能实现。直到1996年，相马一成终于如愿，跟随慰灵旅游团来到中国，来到山西，走进神池八角堡。在这里他在行走中沉思，又在沉思中行走，完成了多年的一个梦想。

在八角堡，他替岳父偿还了欠下的心债。并以自己的方式，为他的岳父，以及与他岳父一起死去的亡灵做了祈祷，带他们魂归故里。

在中国山西的土地上，相马一成的心是沉重的。他的妻子，中国的武承周、王留根们，都在过早失去亲人的路上艰难前行。他们的人生，因为缺了亲情，注定是不完整的。尽管阳光同样普照下来，尽管岁月一天天过去，但他们心底的创伤，却很难抚平。

武承周与相马一成这种别样的情缘，就这样延续着，隐隐作痛。

回不去的胡家垴

像王留根这样的战争幸存者，很多。他们幸运，因为活了下来；他们不幸，因为之后漫长的岁月都要承受失去亲人的痛。

马庄村82岁的赵恩庆一提当年，便是一声长叹：“我一家都在胡家垴死的，当时如果我在的话……”至此老人哽咽着无法继续，擦了擦眼睛说，“一会儿再说”。

一旁的老伴接过话：“唉，一说就伤心。”

今天，胡家垴早已成了一片庄稼地。这个发生过大惨案的村庄，像从未在这个世界上出现一样。

也因此一路打问时，许多人并不知道这个村庄。胡家堖，成了从前的名字。

1938 年 4 月 17 日上午，刚刚结束了长乐急袭战的八路军几十名官兵抬着伤员来到这里，同时也与村里人分享胜利的喜悦。胡家堖是一个小村，仅有六户人家，都属一个家族。但那天来村里的人却特别多。长乐滩战斗失败后，日本人在返途中一路报复烧杀。马庄村地处马路边，因此村里许多人也选择躲到更加隐蔽一些的胡家堖村。

那一天，敌人在胡家堖的杀人地点就是赵恩庆的大姑家。从马庄村步行半小时就可到达胡家堖村。那一天，赵恩庆的爷爷、奶奶、大爷、父亲、二姑、哥哥、二姐，还没起名字的弟弟，都到了胡家堖，还有住在附近村庄的胡家堖其他几户人家的亲戚。全村人一边开心地聊着胜利的消息，一边忙着为八路军做饭，照顾伤员。据之后的幸存者胡国珍（小名胡二旺）说，那天小小的村庄里吃饭的人竟达到 150 多人。

没想到刚吃过饭还未来得及收拾饭碗，一架日军飞机贴地飞来，把胡家堖村侦查得清清楚楚。一看不好，八路军果断动员老百姓快速转移。一些外村的百姓也跟着八路军离开。当第一批腿脚利索的村民刚刚离开十几分钟后，日本鬼子便像发疯的狼一样闯进村。他们疯狂地寻找八路军不得，把仇恨通通撒在眼前的百姓身上。胡国珍后来回忆，日军先把包括 5 名八路军伤员在内的 18 个男人用铁丝从鼻子、耳朵、胳膊等部位一一穿起来，之后用机枪一通扫射。年仅 13 岁的胡国珍紧紧拉着父亲的手，恐惧之余，却机智地未中弹先倒下。扫射完的敌人却并不甘心，又在倒下的尸体上乱刺。胡国珍尽管在最底层，还是被在小腹部连捅七刀，大小肠瞬间流出体外。之后，一群禽兽又将胡国珍的奶奶、母亲、大娘、婶婶、嫂嫂、姐姐，以及年仅 9 岁的外村外甥女全部轮奸后杀害。

当时，胡国珍的母亲与婶婶正怀着身孕，日本人就用刺刀挑出婴儿，举在空中狂笑。之后竟然又把孩子的心肝挑出来，说要当作下酒菜。

赵恩庆老人愤恨而沉痛地说：真的，都是真的。

在场的幼儿，敌人也一个不放过，全部被赶进一眼窑洞，推倒在他们母亲流血的尸首上。孩子们伤心号哭之际，敌人竟将窑中的十几钵白酒浇在孩子们身上，点燃……

一个半小时，现场54口人（胡国珍全家便有22口）全部被杀。胡国珍的二大爷、二大娘及3岁的小堂弟，因事先躲进东窑的小里间，幸免于难。

日本人走后，从东窑出来的二大爷麻木地、机械地，一个个翻看着几小时前还又说又笑的亲人尸体。最后，他惊喜地看到胡国珍还有一口气，便将这个孩子抱起来，送往八路军野战医院。之后的两年时间，在上司乡蒋家庄名医蒋凤鸣的精心治疗下，顽强的胡国珍又下了地。

恢复了健康的胡国珍怀着一腔仇恨，带着满心血泪参加了民兵爆炸组，配合八路军打日本人，被边区评为“小英雄模范”，同年又参加了129师，后随军南下。1955年转入地方工作，曾任武汉江岸区委书记，1986年从武汉市计划委员会顾问岗位离休，1992年因肠梗阻去世，年仅67岁。

当年腹部的大伤痛，还是导致了他多年以后的死亡。

战火纷飞的年代，全家人在眼前被杀，一个13岁的孩子，独自疗伤两年，只有他自己懂得其中滋味。以至于多年以后他的儿女听说父亲的故事时，惊讶竟从未听他本人说起过。对于肚子上、腿上的伤疤，他只是轻描淡写地告诉孩子们：日本人扎的。此外不肯多说一个字。

如何开口？

离开家乡后，胡国珍多次回到胡家垴，祭奠亡灵。他去世后，女儿遵照他的遗嘱，在胡家垴给父母做了个衣冠冢，陪伴当年死去的亲人。

一家人，在旧土上终得团圆。

除了胡国珍，幸存下来的还有赵恩庆的二姑赵桃英，也即是胡国珍的姨姨。赵恩庆说他的二姑当时从死人堆里爬出来，鲜血顺腿哗哗流，却也顾不得疼，跌跌撞撞跑了出来。后来也得到蒋凤鸣的救治，活了下来。

赵恩庆当时刚刚 3 岁。他说，那段时间，因嫁至巩家垴的大姐坐月子，他跟着母亲去伺候。否则，他们那一天也一定会去胡家垴大姑家的。

没有忍心问老人回来看到家人全部遇害时母亲的表现，以及若干年中母亲巨大的心理余伤。他只说，后来母亲又与另一个男人一起生活，他也因此一天学都没有上。

赵恩庆眼里的无奈与屈怨，一直在闪烁。他说，之后村里人说，让日本人疯狂屠杀百姓的，还有一个原因，便是胡家垴村有那么多的酒与骡马。村子虽小，当年却养着 40 多头骡子。他说大姑家就有五六头，大姑父就是赶牲口的，在曹村乡深泽滩村开有酒坊，平时也雇用五六个人用骡子拉酒回来到各地卖。平时，他的家里总存有大量的酒。赵恩庆听老人们说，当时日本人到了胡家垴见到这些酒，当下就怀疑胡家垴是专门供养八路军的地方。

那些还没有卖出去的酒，成了杀死孩子们的凶器。

今天，胡家垴村早已没了人烟。当年惨案的院子前，生长着高粱玉米，地头只残存着当年大门上的石堰残件。

秋天的一张照片。繁密的高粱肆意地生长着，在那些苦难的人们身边。

“那天，他们把杀了的人都摞在一个屋子里。”马庄村 84 岁的陈书旺也记得胡家垴当年的事，他说，“女人们都给糟蹋了”。那几年马庄是维持村，他跟着家人一直住在村子附近一个圪梁上的十里坡，就在野地里挖的窑洞，直到段村解放才回来。

“整整逃了 8 年，一口破砂锅，吃糠吃菜，大便也拉不下来。”老人一直逃难到 10 岁，苦难裹满他的全部童年。他说年轻人哪里知道以前的苦，以前哪里能想到现在种地收的粮食可以全部都是自己的。

老人还记得，有一次他与村里的许多人从逃难洞里被日本人搜出来，男人在西，女人在东，押往一个院子里，当时就是要把他们“死啦死啦”，但一个叫三秃的警备队队长给说了情，把日本人带走了。他叹：警备队也有好人吧，那次就沾了人家光了。听人说，这个叫三秃的人，后来锄奸时被村民联名保下来，没有遭受惩罚，也是对他抗战期间善待百姓的报答。

离开马庄村时，一直坐在炕上的77岁米伏傲送我们出来。一边走一边告诉我们，他出生的第三天就被父亲挑在筐里逃难，因没有奶水，又上火，40天大的他左眼就坏了。

老人用幸存的一只好眼睛，一直送我们到下面的马路边，看着我们上车离去。

遗落在大别山的眼泪

三月二十日　雨

行军五里就到山西、河北交界地。这标志着过了关口，就要离开生我养我的山西了，所以总是左看右看，恋恋不舍，想把东阳关相貌永记心头。但重任在身，只得随大队人马继续前进。

像死里逃生的胡国珍一样，抗战胜利后，一批又一批北方军人，加入南下大军的行列。唐代，王维一句“西出阳关无故人”，让出使安西的好朋友元二悲壮了一千多年，且将永恒地悲壮下去。

山西省长治市的黎城县，有一个东阳关，是太行山的一处重要关口，东通河北省涉县、武安、邯郸，西通山西黎城、潞城、长治，历来为兵家必争之地。五代后唐清泰三年（936），卢龙节度使、北平王赵德钧就是将幽州（北京）兵从“吴儿谷（东阳关古名）趋潞洲”的。明代时设有巡司，为上党通往河北之要道。1938 年 3 月 30 日，八路军 129 师为打击日本侵略军从邯郸至长治的重要补给线，在徐向前副师长指挥下，以三个团的兵力于东阳关至涉县响堂铺之间设伏，打响了闻名的东阳关战斗，也称响堂铺战斗，激战两个小时，取得全面胜利。而之前的 2 月 15 日到 18 日，一支川军队伍，头戴斗笠，脚穿草鞋，携带极其简陋的装备，在李家钰将军的带领下，在东阳关奋力阻挡日军侵华，两千余名川军将士喋血战场，魂守异乡。

抗日的硝烟虽已散尽，但对于战士，东阳关无疑是一个沉重的泣血之地，更是迈出山西的最后界碑。

男儿也有泪。回望，刚刚落尽战火的家乡，炊烟环绕在一道道山梁上。父母、妻儿、乡亲虽满含创伤，却可以安然落座院中，重拾旧时光。久违的鸡鸣、狗吠声再次响起，烟火气重新弥漫在被鲜血一次次浸染过的土地上。

温暖的家乡啊，多想坐下来，炕上坐坐，地里遛遛。

可是，北方平静了，南方烽烟正盛。这些铁血男儿，必须再一次披起战袍，翻山、越岭，渡江南下。

文章开头的日记是 1949 年 3 月 19 日从长治出发的太岳区南下部队中一位战士记录的，在家与国之间，他无可商量地选择了后者，尽管几多不舍，几次落泪。

李发祥没有写日记，但与写日记的人一样，当年也是南下部队的一员。1947 年 8 月 27 日，他与战友们跟着刘伯承、邓小平，千里跃进，挺进大别山，揭开了我军由战略防御转为战略进攻的序幕。

过黄河，渡长江，都不是北方人的擅长，他们平生见过最大的河便是浊漳河，如今却要领略黄河、长江这样的惊涛巨浪。

“那时候没有桥啊！”李发祥至今说来声音颤抖。战士们就挤在一条条小木船上，在惊涛拍岸中到达遥远的彼岸。

何况，南方的艰苦甚至恐怖，不时在战士中间传播。本来抛妻别子就是一种痛苦，再加上要去往土匪成群的“不毛之地”，还要再次扛起刚刚放下的枪，心里难免会掀起一波又一波巨浪。

四月十九日　晴

召开大会，宣布××（区书）、××（区委）临阵逃跑的惊人消息……对他俩处分：开除党籍，开除革命队伍，追回所发的东西。

果然，一些队员挺不住了，有人冒险逃跑。又是那位南下福建的战士，记录下这一消息。李发祥说，这消息不算特别爆炸，每一拨南下干部里都会发生，还有人宁肯身子一跃献身江水，也不肯再向南一步。因为战士们得到了一些不好的消息，去南方等于送死。可李发祥说，他没有想过逃，更没有想过死。他心想，还有什么比天天在枪林弹雨里更不能忍受的？

步行、平板车、火车、运煤小火车、木船、轮渡，部队最后渡过淮河，跌跌撞撞进入陌生的大别山。李发祥很努力地回忆，也记不清具体的村庄名字，根据他模糊的描述，应该是湖北与安徽交界的地方，因为他记忆里存着黄冈、陇海线这些关键词。

大别山的土地是红色的，这里是革命军队的摇篮之一，大别山特殊的地理位置也使得它具有重要的战略价值。红军离开大别山根据地远征陕甘后，国民党军就来了，之后抗日战争爆发，日本鬼子接着又来了。

这是一片被血洗过的土地。日军占领之时，日本兵目中无人，狂妄至极。夏天只在腰间系一根带子，从裆部吊起一条白布便四处大摇大摆，在古老的文明之邦如入无人之境。他们赶走老百姓、抢光了粮食、牲口后，用钢丝绳系住民房后沿的房檩子，再用汽车在房前拉，将一栋栋民房瞬间夷为平地。

更令人发指的是，日本鬼子惨无人道地屠杀被俘的抗日游击队员：在寒冷的冬天，将因负伤落入敌手的 3 名游击队员严刑拷打，一无所得之后，在操场上放置了三口大水缸，缸内灌满了带冰碴的水，水缸周围架起柴火。3 名奄奄一息的游击队员，被残暴的日军投入水缸，点燃柴火。可怜我游击队员先是冻得半死，后被活活煮死。

大别山，曾经满目疮痍，到处残垣断壁，尸骨遍地。大别山的人民，曾“逃生无路，水草捞尽，草根掘尽，树皮剥尽，阖室自杀者，时有所闻；饿殍田野者，途中时见……大小村落，鸡犬无声，耕牛绝迹”。

也因此，中途有战士宁愿投河一死。

日本投降后，大别山人民刚刚迎来了阳光、鲜花、和平。然而，国民党撕毁停战协定，使得这里再次成为战场。

必须解放老区，还百姓真正的阳光。

可是，“可难呢!”李发祥几次从脑中搜索，也觉得只有这个最朴素的词最恰当。

就是一个“难”字，只有一个“难”字。

首先是入住的困难。山区村庄不比平原，一些村子实际只有一两户或两三户人家，连一个排都住不下。

而没饭吃，成了最大的事。

他们掏出北方通用的纸币，可当地百姓说，这钱不能花。大别山，通用的货币还是现洋，纸币现在没流通过来。

纸币不能花，战士们就得饿着。那时候，他们与后方的信息完全中断。手里有限的现洋很快花光后，成了身无分文的穷光蛋。

怎样活下去，成了部队最大的难题。

李发祥说，身在异乡，那种无吃无穿的苦，怎么也体会不到。是的，无论怎样努力，我也只是在心里放开最大的想象，向他当年的处境靠拢。我知道，理解是一回事，体验却完全是另一回事。

于是，几近绝望的这些战场上的铁汉子第一次因生存而放声哭泣。第一次，第一次啊，李发祥强调。他们相拥而泣，之后抱头痛哭，眼泪里含着对家乡的思念，对亲人的想念，对土地的渴望，更多的是因前途渺茫而带来的恐慌。他们的内心空空荡荡，许多人不相信，之后有一天会结束这样的生活，穿上一身暖衣，吃上一餐饱饭。

这种比战争还要残酷的现实，源自他们处在陌生的异乡，源自他们想回家，却无望。也因此，他们一度羡慕当初在江上的同伴，用纵身一跳了却此后无边的绝望。

绝望，却依旧要扛起枪。除了反围剿，大别山的土匪也很猖狂。走在路上，时时会遭遇冷枪。执行任务时领导会一路叮嘱：跟上！千万别掉队！李发祥说，如果落下三五个人，一定被土匪抓去。

作战不是最可怕的。有时候，饿、冷，才最消磨人的意志。李发祥说那时天天睁眼之后不是考虑今天吃啥，而是想今天能不能吃上点啥。战士们充饥，全靠当地百姓“施舍”，与叫花子没两样，饥几顿是常事，却不敢去想饱一餐。刚开始，当地百姓还不了解这些衣衫褴褛的战士，误认为他们也与在这片土地上把刀枪挥向百姓的匪徒一样，不用说主动与他们接触，总是千方百计躲着他们。

“就像我们当初见到日本人一样，逃难!”李发祥形容。

有一天战士们实在饿急了，摸黑跑到一个村子，但人还没进村，狗却叫上了。村人于是全部转移，还带走家里所有能吃能用的东西。

有人家把锅藏在河里，被战士兴奋地发现，却是空的。翻遍所有的地方，都一无所有。饿急了的战士们不灰心，使出当年打日本的坚韧，地毯式搜寻。后来在一处院落，有心细的战士对一处堆放着满满水稻秆的正面房子产生了怀疑，大家决定不惜力气去翻翻。当把所有的水稻秆都移走之后，竟然发现下面是一口棺材。

“一定有吃的!”李发祥说，当时很多战士这么想。因为这口棺材一定不是空的，也一定不是装死人的。

打不打开呢？水稻秆可以移开，但打开一口棺材就违反了纪律，于是向首长做了汇报。然而首长当即回复：不能打开！

李发祥说，战士只有服从命令。可是那个深夜，战士们被饥饿折磨得昏了头，首长不同意，他们便一次次与首长对抗，一次次向上请示。

到今天，他也记不清当时来回“较量”了几个回合，直记得到最后，首长看到深夜为一口饭而几乎耗尽所有力气的战士，再也不忍心拒绝，点头同意了。

棺材一打开，便引来阵阵欢呼。眼前，是满满一棺材的白豌豆。

谁说，炒菜需要调料呢？谁说，吃饭需要加盐呢？那个晚上，就是清水煮豌豆，战士们吃得异常香甜。

“一扫而光啊！”李发祥用了这个词。

“可是，你不会想到，不会吧？”李发祥突然收起笑容，喃喃地问我，“我说的是当时的心情”。

看得真切。他的眼神告诉我，一边是填饱肚子的愉悦，一边是强盗般的负罪感。他们事后能做的，只有把空棺材盖好，把水稻秆复位，把口袋里不被当地百姓认可的北方通用的纸币，悄悄放进去。而这笔账，也深深记在心里。

一寸一寸，我觉得自己正走近他的内心。尽管时隔近 70 年，旧伤依旧清晰可见。

这样下去，不是办法。李发祥感叹邓小平就是厉害，他与各级领导一边安慰战士，一边给群众做宣传，一边排除困难，终于打消了百姓初始的疑虑，把战士们妥善地安排到当地的村庄，分配到每一户农家。

战士们的劲，总算找到了使的地方。他们除了剿匪，把自己有限的力气毫不吝啬地给了百姓，挑水，砍柴，照料老人，看护孩子。李发祥说，每天不知道要喊多少次大爷、大娘。而百姓也惊奇地发现，这些兵与别的兵不一样，是一群保家卫国的好兵，是自己的队伍。有了这些部队，百姓的生活立即稳定下来，再也不担心外来骚扰。

渐渐地，百姓使唤战士与家里人一样了，吃饭也不再分彼此。再也不用担心饿肚子的战士们有了劲儿，开始给百姓宣传政策，希望把浪迹在山里做土匪的家人叫回来，耕地，过日子。解放军告诉百姓，如果消灭不了土匪，他们不会出山。谁都不愿家人被活活困死，加上一层一层深入人心的道理，当地百姓的眼睛终于明亮起来，一传十，十传百，先是一个一个，再是一批一批，那些无奈走上土匪路的村民，慢慢从山上下来，扛起锄头，坐上久违的炕头。

土匪的力量，就这样一点点被瓦解。

这期间为解决官兵们穿衣难的问题，解放军还多方做工作，动员当地一些富人先垫钱买下布与棉花，给部队官兵做了冬衣。当地裁缝也很尽心，一针一线给战士们做好每一件衣服。尽管如此，衣服还是不能统一。

李发祥清楚地记得一个夜里，战士们发现枕边多了一套衣服。次日一早天不亮便迫不及待换上，正接到紧急集合外出执行任务的命令。当战士们一个个跑出来站好队列时，所有人却忍不住抛开纪律哄堂大笑起来，因为这支部队看上去实在是太可笑了：战士身上的衣服，竟然由黑色、灰色、绿色、黄色等多种杂色组成，有的是解放军服装，还有的竟穿着敌人的衣服。李发祥说，如果不是纪律严明，步调一致，真像扮秧歌的队伍一样。

可是笑着笑着，战士们就哭了，身上这些衣服，都是老百姓东家一尺，西家一寸拼凑起来的。

两年多的时间，战士们硬是把日子熬成家乡的小米粥，不稀不稠，不烫不冰，恰到好处，香绵可口。

而人民解放军强渡长江的消息，也很快传来。李发祥说，那一天是1949年4月20日，他至死也不会忘记。

40天时间，大别山中的战士们竖起耳朵，聆听着渡江战役顺利结束，在大山里高举起欢呼的旗帜。

战士与当地百姓，已经完全融为一体。开始互相听不懂的方言，如今也可以顺利交流了。解放军吃什么，就给孩子们吃什么；百姓家做什么吃的，也首先想着这些战士。

在整个反围剿过程中，当地百姓也自愿参与，他们给部队供应粮食、柴草，还协助作战、当向导、送情报。尤其是在救护工作上更是尽了最大的力量。

就是军民鱼水情，李发祥用这一句话形容了当时的军民关系。

如鱼得水的日子，暖得没有知觉，但总是流动得很快。

山里宁静了。

北方的战士，该回家了！

都哭了。

“不是为了能回家，也不是不想回。”李发祥形容当时的心情，“说不清”。

战士们打点行装要离开时，所有村庄的百姓夹道相送。李发祥所在的村庄，距离解放军营部 30 里。百姓男女老少，也不说话，默默相送，默默落泪。有亲如母子泪，有恋人相思泪，有少年依恋大哥哥的泪，更多的是鱼儿离开水的泪……不同的心情，撕扯在这寂静的深山中。想唤，唤不出；想喊，怕撕裂。

后悔当初啊，初见时敌视战士们的仇恨时光；后悔当初啊，眼睁睁看着战士们饿肚子的时光；后悔当初啊，让战士们在寒风中穿着单衣穿越山林的时光。于是战士们走，他们也跟着走；战士们停下来，他们也齐刷刷停下来。说不完的嘱托，道不尽的想念，此生再也不可能有的再见。战士们一狠心，不再回头，噙泪大踏步朝前走，后面有些孩子包括大人终是忍不住，哭出声来。

瞬间，泪水翻飞，荡涤在大别山深处。

“我后来可想一个孩子呢，天天叫我叔叔，天天摸一遍我的枪。”李发祥沉默许久，“就是没法知道，他长大之后，如愿当了解放军没有?”

“可想知道呢!”说完这一句，他望着窗外，不再讲任何事。

随着这位老兵哽在内心的泪，我其实格外想亲近一个群体。在生命长河中，李发祥他们在大别山的几年时光，毕竟太过短暂，最终的他们，还是安然回到自己的家乡，睡在自家的炕头，又可以一年年享受小米粥的时光。

可是，当年一道南下的许多干部，大多数却再也未能回到家乡。当初他们为了南方城市的管理、群众的安抚、秩序的规范甚至经济的发展，甘愿抛妻别子，走进这个全新而陌生的“战场”。

尽管，为解决南下干部的后顾之忧，组织上特别对他们提出五点照顾：一是南下干部家属按军属待遇；二是家庭经济困难的给予补助；三是家中缺乏劳动力的，由区村给予代耕；四是南下干部家属在农村的，可以批准回去探亲；五是女干部不能跟队行军的暂不南下，等新区环境安定后，派专人来接。然而，对于1945年上党战役之后就已经过上安稳日子的太行山区干部而言，这条路无疑再次打乱了他们尘埃落定的生活，且风险重重。不用说自己性命不保，就连随军的家属，都完全有可能变成“烈属”!

南下！南下！纵有万般不舍，纵有千言万语，国家大局终归是第一位的。所以，人民解放军解放全国的滚滚洪流中，随处可见南下干部的身影。他们与一个城市、一个地区绑定，一寸土地一寸土地替当地人民收复家园，重整河山，在遥远的异乡土地上“献了青春献终身”。

巍巍太行山，只能遥望；静静浊漳河，只有遥想。纵使有过曾经金戈铁马的岁月，气吞山河的勇气，却蹚不开一条回家的路。多少次听说，一些南下干部年迈之后，常常睁眼便要打起铺盖“回家”。也有许多老人舟车劳顿，踏上回乡之路，然而不仅找不到当年的窑洞，还一遍遍遭遇“笑问客从何处来”的尴尬。

他们的家，已经安在南国；他们的后代，已经听不懂乡音。

家乡，倒成了他乡。当年风华正茂的他们，最终只能像一枚枚风中的落叶，飘零在异乡的土地上。

只留英魂望故乡。

雨倾盆，那个拄杖的身影……

与李发祥一样从大别山中摸爬滚打出来的，还有魏志堂。

2015 年见到魏志堂老人时，他刚刚在北京参加完“纪念抗战胜利 70 周年阅兵活动”不久。尽管已经过去了一个多月，他说到这一次去北京还是异常激动，根本没有想到会以老兵的身份参加大阅兵。他还告诉我，在北京期间，国家对他们这些老兵照顾得非常好，卫生、护理，还有专车，反正是说不清的高兴。

说着说着他却话锋一转：“就是觉得对不起牺牲的同志，心里非常难过，功劳都是大家的，只是有我的一小部分。”

老人的心绪，便顺着他的讲述回到从前。

“那个时候，根本不知道排长、连长、营长叫啥名字，更换太频繁了。一个班的人还行，可常常连熟悉的时间也没有。”想让魏志堂老人挖一些心灵深处的记忆，他却如是说。

魏志堂在武乡县城一个居民小区，与儿子同住。门开后，一个中年女子热情引我进入，倒茶，聊天。后来才知，她不是女儿，是儿媳。

老人眼下是安享晚年的生活，魏志堂是我采访到的十几位老兵中条件最好的两位之一，令我倍感欣慰。

魏志堂于 1945 年参军，1955 年退伍。从 23 岁到 33 岁，他把一生中最好的十年放在保家卫国上。他目前生活处境相对好一些，与当年退伍后直接被分配到县人民银行直到退休有关。

时间走到今天，魏志堂老人的一生可以分为均等的三段：战争、工作、退休，每一段都是20多年时光。1938年日本人在武乡县发起九路围攻时，他年仅16岁，却早已是一位合格的自卫队员。那时候，他晚上掩护群众逃难，白天搞生产。他说自卫队员的任务就是扰乱日本人，不让他们走进，不让他们拿走一粒粮食。他清楚地记得，他与村民们扛着土枪土炮，翻到上司村梁上的天主教堂，硬是把冲上来的敌人打回段村。说到这里时他哑声笑了：那时候连手榴弹都是柳沟村自己生产的，有的扔出去都不响。

敌人先进的武器可以打掉一个村庄，甚至一个县城，可是打不散人心！像魏志堂一样的百姓凭着自身的智慧，协助八路军一路打过上司，打到富庄，打进县城，举着从鬼子手里缴获的20挺机枪，红旗在高高的段村塔上迎风飞扬。

听说过消息树吗？魏志堂老人问。

课本里看到过。

他说，消息树倒了，就是麻烦来了。每次消息树一倒，他们就要掩护村民往深山里奔跑。可是，不可能每一次都是顺利的，应该是每一次都不是顺利的。

在消息树下从少年走向成人的魏志堂，哪怕吹来一阵风，都会让他胆战心惊。

看，消息树又摇晃了，却不是风。他真切地看到，倒了，先是邻村的，后就是他们村的。

快跑！

魏志堂老人像当年一样，急切地在我面前喊了一声“快跑”。我脑子里突然想到小时候，爷爷给我讲述当年他带着小个子奶奶，筐里挑着我大姑与我父亲往深山里快跑的故事。

爷爷、奶奶们的日子，就是随时准备快跑的日子。

魏志堂的父母，当年一定与我的爷爷、奶奶一样，随时扔下手头的活计、手中的饭碗，奔向大山里。

可是，他的母亲远没有我的奶奶幸运。魏志堂的母亲，就是在这样的逃跑途中，死在敌人残忍的屠刀下。

两个民兵儿子尽职地保卫着村庄，却没能保护好自己的母亲。

而让魏志堂到今天还急切地喊出“快跑”的那一天，消息树倒得更加悲壮、更加不同寻常。

敌人来的时候，民兵们正在开会。其中有他当民兵指导员的亲哥哥。当时哥哥一挥手，其他人先走，快走！哥哥把民兵花名册揣在身上安全的地方，最后一个撤离。然而，然而……无数次从敌人眼皮下成功隐藏起来的哥哥，这一天却落在敌人手里，在自己的村庄，在熟悉的小路上。敌人如获至宝，把他哥哥结结实实捆起来，准备着接下来的审问。哥哥不怕鬼子，却无比担心身上的花名册落在敌人手里。于是在路上，他瞅准时机，纵身跳进村中的水池里。

恼羞成怒的敌人急了，他们不知道，眼前这个水池其实并不太深，敌人担心这个“俘虏”潜水逃跑，举枪打死了哥哥。

魏志堂没有亲眼看到哥哥的死，印在他脑子里的，就是回村后水池里的一汪红。

那刺眼刺心的红，成了抹不掉的永恒。

魏志堂是带着满腔的红色仇恨，穿起军装的。之后，他随着八路军 129 师的步伐，一路征杀，开始了小米加步枪的日子。

魏志堂的记忆里，“成天在走路”。穿着用谷秆灰与槐花灰染色的军装，日日在走路，日日在战斗。

过年也不例外。

又一个年被战士们盼来了，原因是可以吃到肉馅饺子。魏志堂说当时以班为单位，自己包。可是有一个年，热气腾腾的饺子还没有出锅，战斗的号角却已经响起。锅里可是盼了一年的饺子啊，怎么舍得丢下？匆忙中，战士们把没怎么熟的饺子匆忙盛在各自的碗里，边列队跑边就着寒风吃进肚子里。

即使下一刻死去，味蕾的满足也十分诱人。

一年365天，从来就没有脱掉衣服睡过觉。每天，一百发子弹，一个米袋，一支步枪，还有手榴弹，60斤重的东西在身上背着。晚上也不敢解背包，就这样躺下，把枪夹在双腿间，手榴弹放在手边。

从春到冬，战士们终于打出太行山，准备挺进大别山。

1947年，魏志堂也加入解放战争的大军中。6月30日晚，黄河北岸一声号令，刘邓大军战船齐发，势如破竹，一举突破了国民党军队自以为可抵40万大军的“黄河防线”，揭开了人民解放军战略进攻的序幕。

序幕打开，通往大别山的路却困难重重。

遇到羊山集。

这里，保存着魏志堂大多数战争的记忆。

羊山集是山东金乡城西北30里处的一个大镇，背靠羊山，当时居民千余户。这里石砖房居多，东南两边地势低洼。羊山集得名镇北面一座东西长约两千米、高四百米的孤山，远远望去犹如一只卧着的绵羊。

1947年6月的最后一个晚上，突破黄河天险的刘邓大军遇到严阵以待的国民党部队，对方整编第70师一个半旅、第32师两个旅、第66师两个旅，分别抵六营集、独山集和羊山集，南向北摆成了一字长蛇阵，准备痛击渡河而来的解放大军。

可是，雨倾盆。

浪漫的雨季啊，偏偏出现在硝烟弥漫的烽火里。

年轻战士的血肉之躯，需要承载多少艰难和沉重？

连续的雨，连绵的雨，将双方军队困在泥泞里。许多时候，战士们只能躺在战壕中的泥水里，一动不动。

就是这个时刻，魏志堂见到了刘伯承。当日的情景，今天依然历历在目。他说，刘伯承拄着一根手杖，带着疼惜的目光出现在战壕里。泥泞中看不到他穿了什么样子的鞋，就那样挺立着给战士们鼓劲打气。那么大的首长近在眼前，浑身淌满泥水，炯炯有神的目光给了战士们坚定的信念。那一天，刘伯承还带来西瓜，他的手有力地挥在倾盆大雨里：吃过西瓜，我们打过羊山！挺进大别山去！

当时的魏志堂不知道，站在他们面前的刘伯承，带着一只伤眼，拖着一条伤腿。他炯炯有神的目光，不是出自他的眼球，而是发自他的内心。从 1913 年开始，年轻的刘伯承就转战巴蜀，10 余载岁月里五次绝处逢生，成为闻名的川中名将。后来，他毅然与旧军队决裂，加入中国共产党，跨出人生中重大抉择的一步。彼时，他挺立在连绵的雨里，谁知他 30 年前丰都之战失去一只眼，大足之战险丢一条腿？

今天，还有多少人有力气忆起 1947 年那个 7 月？又有多少人知道 1947 年那个 7 月？在羊山集，那么多战士泡在雨里，为脚下的土地展开一场又一场鏖战；有一位伤痕累累的将军，他 24 年前重伤过的右腿浸在雨水中依旧会痛。怒了的雨，急一阵，缓一阵，始终不停歇。交通、通信、吃饭都成了问题。

只有子弹在飞，一直在飞。

魏志堂说，他同一个班的战友，就是在这场战争中，就是在这样的雨里，被一颗子弹击中。“他紧紧与我挨着，就倒在我的胳膊上。”魏志堂说，“轻轻把他扶到一边，说不来啥心情”。冰冷的雨里，一切都是冰冷的，可他那刻分明感到一股热，从战友的身体里流出来，传遍他的周身。

雨水，瞬间变红。

这红色让他想起家乡，他的村庄，那个被哥哥染红的水池。

肩并肩的战友与当年的哥哥一样，成了另一个世界的人。

魏志堂至今想来心里酸酸的。战友来自河北武安，生前挨在他身边，死后贴在他身上。雨水里看不到眼泪，战场上不相信眼泪。他记得当时轻轻把战友推开，猛地端起枪。

一切都来不及，包括难过。

27 日，天气放晴。下午六时三十分，部队发起总攻。瞬间，野炮、山炮、迫击炮交织着怒吼着，火龙似的射向羊山主峰。

极度疲惫的羊山最后挺立起伤痕累累的身躯，怒吼着迎接了连续 28 天作战之后的胜利。刘邓大军以歼敌四个整编师共 6 万余人的战绩，收复了鲁西南地区，揭开了人民解放军战略进攻的序幕。

刘伯承兴奋之际，激情赋诗：

狼山战捷复羊山，炮火雷鸣烟雾间。
千万居民齐拍手，欣看子弟夺城关。

8 月，刘邓大军分三路挥师南下，开始了千里跃进大别山的壮举。中国革命这一“历史的转折点”，魏志堂至今说来总觉得能参与其中是幸运的。

魏志堂的伤，也是在这场战争中落下的。炮弹炸响，他的胳膊上、腿上、手上都挂了彩，被送到山东治疗。他庆幸自己比武安的战友幸运一万倍，尽管带着伤残八级的身体，却好好地活到今天。

当时经过短暂的治疗后，他很快回归部队，投入护送大军南下大别山的队伍中。

今天的魏志堂老人，还有少许弹片残存在胳膊里。他说天阴时会发痒，但不疼了，指头筋也不对。不过他说这是 70 年前从战场上携带到今天的印记，也让他时时铭记，那么多战友从他眼皮底下失去了生命，他需时时为他们送去另一个世界的祝愿。

儿媳妇说，老人是多年以后才走出战争的。之前从来不在他们面前提。

后来随着岁月的流逝，老人内心的伤痕或许慢慢减轻了一些，也或许是害怕后辈忘记？有时他会把孙辈们叫到身边，给他们讲曾经的这些故事。

魏志堂老人骄傲地说，现在他的二儿子是军人，在原南京军区；儿子的舅舅也是军人；一个孙子也是军人。他从来不后悔，自己走上战场。他一直倍感欣慰，用自己手中的枪为母亲与哥哥报了仇。

倒在他怀里的那位武安战友，也可以安息了。

时年 94 岁的魏志堂老人，努力回忆着往事。彼时的他，越来越感到孤独。他说当时他的村庄与他一起穿起军装的有 20 多人，现在却只剩下他自己。

时而开心，时而难过；不想回想，却时时要回想。

采访要结束的时候，魏志堂工作过的银行有关人员上门，给他送上一套“纪念抗战胜利 70 周年”纪念币。这个曾经近距离接触过刘伯承、给彭德怀站过岗的老人将纪念币捧在手里，开心而不安地说：“还给我送东西，又给我送东西？”

“平静”的上司

是的，超过 90 岁的老人是孤独的。他们的世界，封存着一段无人应和的历史。不想提，又期待人走近。

2015 年，上司村的赵贵和整整 90 岁了。他因感冒和气管炎躺在炕上。外面阳光很好，屋里暖烘烘的。这不，听说打问日本人入侵的事，他“呼”地坐起来：我当年就被他们捉到段村，扣了五天。

那时候，县城段村被日本人侵占。他与抗日村长赵永旺等三个人被抓去。当时他年龄最小，伪军把他叫到跟前，拿出指挥刀："不说实话就死啦死啦的。"他连连点头，可是在对方问他村长名字时，他机智地把"永旺"说成"永德"。当时他才是一个10多岁的孩子，对方自然也就比较相信他的话，在被扣五天未果后被放回家。

上司村没有发生过太惨烈的战争，却也被日本人顺带杀死十几个百姓。他一一回忆：三个村民因伪军吃了他们的羊，在与对方理论时被带到村里一个河堰附近，推至沟下杀害；赵玉龙（音）的父亲带着徒弟在关家垴做木匠活，日本人在一次酒后把他们杀害，同时被杀的还有赵书胜（音）的妻子与女儿，当时在关家垴住娘家；还有赵德芳的父亲、赵景方的哥哥等人，也是在逃难中被日本人打死的。

抗战期间，上司村与中国千千万万最平常的山村一样，没有发生惊天动地的惨案，却也有一个个百姓因此丢了命。这就是战争的正常状态。那时候，村里家家都备有逃难窑洞，"逃难窑洞已经成了家"。赵贵和老人说。那几年，他自己就经常打窑洞，百姓最大的事就是逃难。

说到这里，他的儿子说了几件老人们传下来当笑话讲的故事：一次听说日本人来了，赵砚田的娘一把提起炕上只有几个月大的孩子，一口气跑到3里地之外的邻村小店沟里，觉得稍安全一些时，才意识到孩子好长时间不声不响。低头一看，才发现她紧紧抓着的一直是孩子的双腿，孩子就那样头朝下被她提着跑了好几里地。三河的娘，一听说日本人来了提起孩子就跑，到了地方才发现手里根本没有孩子，而是一个枕头。然而已经晚了，回不去了。在外整整一天，她惦记了一天，哭了一天，觉得独自在家的孩子一定是没了。好在日本人走后回去一看，孩子还在，只是连哭的力气也没有了，抑或是压根就没有哭。

老人们常说，那个时候，气氛恐怖得无法形容，总之那是一个孩子不哭狗不叫的年代。所有的生灵都用沉默守护着随时可能丢掉的性命。

村人当笑话的故事，听得却句句血泪。

抗战胜利后，19 岁的赵贵和到了襄垣裕华军民联合工厂，正赶上扩军，他便穿起军装，进入第二野战军。之后一路过黄河，挺进大别山。他记得淮海战役时他们战斗了 40 多天，曾被毒气熏得又打喷嚏又流鼻涕。1949 年又随部队渡过长江，解放了南京；之后打到浙江金华，再步行到四川，当时一人得到一块现洋。让他印象最深的是打下开县时，才知道那里是当时野战军司令员刘伯承的故乡。

“那些欢迎的群众啊！”赵贵和到今天也无法形容当时沸腾的人群，“那花儿，撒得我们满身都是”。

在部队，赵贵和早早地加入中国共产党，一路做到连指导员。他说当时不怕打仗，或许是那种环境中已经不知道害怕了。当时不管大小职务，都有好几位后备人员。“一旦哪个牺牲，后备的就要顶上！”赵贵和说，“都是随时准备牺牲的”。

除了中过毒，他是幸运的，另外还因为在一个什么地方的楼顶睡觉伤了风，几个月无法行走。最危险的一次，是亲眼看到连长及指导员在屋子里被一枚迫击炮弹炸死。而他觉得脸上不对劲，手一摸才发现是炮弹碎片扎进皮肤。

赵贵和最终因为没有文化，选择离开部队。“其实当时不错，刘伯承让我留下学开坦克。”可是他看不懂那些书。“我就光听人家讲：上坡 45 度，斜度 25 度，水里一米。”对这些，他记得清清楚楚。说到这里他又笑着说：“一次我看到坦克里面，咦？还有一个暗道。原来开坦克的人遇到危险可以从这个通道溜掉。”

曾经的硝烟弥漫，被他讲得云淡风轻，也化解了我一路的沉重。

上司村大多数村民是天主教徒。因此抗战期间，村里许多人跟着教会，参加了抗战救援队，用实际行动进行抗日。然而他们也近距离见证了战争的惨烈，感受到战争的残酷。赵贵和的儿子说，听老人们讲，当时战争最激烈时，把救援队都打散了。村里一个叫赵中庆的找不到队伍后，独自从长治走了回来。“像叫花子一样，回来后他娘都不认识他了。”

赵贵和时而坐起身激情飞扬说一阵，时而又躺在身后的被子上平平喘。

我要走时他问：你专门来问这些？

我说是呀。

他疑惑：问这干吗？

我说记下来，让现在和以后的人们记住。

他“嗨”一声笑了：谁记这个！

七十年前的老班长

魏太合第一次受伤，就在离上司村不远的禄村梁上。

像以前每一个庆祝抗战胜利的活动一样，抗战胜利70周年，他依然是老兵中当之无愧的“领头羊”，各大媒体及活动中，他的出镜率最高。与他在山西省老年公寓同屋居住的同乡老兵郭贵云这样评价他：那口才可好呢，说起来呱呱的。

于是我便等到媒体热过去之后，在2016年夏天找到他。走进山西省老年公寓，才发现这里的布局是许多栋别墅式的楼。在院子里随意问一位乘凉的老者：知不知道一个叫魏太合的老兵？老人手一指：6号楼。

跨过小桥流水处，拐过一个爬满植物的回廊，在6号楼前碰到漂亮的管理员。可她说：魏爷爷出去了，不知道转悠到哪里，也没有手机。她为难地带着我，在院里问了几位老人，大家都说没有见到魏太合。

管理员只好说：你进他屋里坐吧，我找找去。

魏太合住在一层楼梯左侧的屋里，挂一个纱门帘，门大开。同屋的郭贵云回老家了。屋里干净整洁，两边墙上分别悬挂着毛主席、习总书记的大幅照片。环绕着两位领导人的，是魏太合的各种照片。靠窗户的一张床上支着白色弧形蚊帐，里面叠好的被子及枕头上分别盖着一条大红喜字枕巾。窗台上也立着许多他的各种照片及荣誉证书，一束百合花守护在一角。

小小的屋子里散发着家的温馨，也弥漫着军人井然有序的气息。

不到 10 分钟，外面一个声音喊进来：魏爷爷回来了！我赶紧出门，他却已经大步掀帘进来，把手中的手杖靠在门边。

问他从哪里回来的？他说在另一栋楼里打牌。

其实他未回来之前，管理员就跟我说，魏爷爷身体可好了，红光满面的，每天下午自己要把白酒温好，喝上几小杯。他也几乎不在屋里待着，总是在外面到处转。确实，眼前的魏太合，精神实在好。也许是受之前采访的 10 位抗战老兵影响，与他说话时，我声音很高。然而几句过后，我发现时年 92 岁的他不仅听力极好，而且说话像年轻人一样流畅，交流没有丝毫障碍。

于是，在门外几位老人的聊天背景里，我们轻轻走进他从前的世界。

魏太合老人开口就说，档案丢了，党籍也丢了！

在我惊讶的注视下，他娓娓道来。

1938 年 3 月，一支部队悄然进驻武乡县贾峪乡贾峪村，有 300 多人，分散在村里，包括他家院子。起先说是中央军，后来才知道是八路军，386 旅老二团。

那一年，魏太合 14 岁。天然对军人好奇的少年以好奇的眼光打量着眼前这群人，尤其是吃饭的时候。那样一个饥饿的年代，他很想知道这些战士吃什么。现在想来，他盯着战士们吃饭时的表情一定表现出强烈的饥饿感，于是有一天，其中一个战士开口了：“小孩儿，回去拿个碗来。”魏太合高兴极了，那名战士也给他拿来的碗里盛满饭。

此后，这名战士招呼魏太合跟着吃了好几天。可是没多久，部队却要撤走了，听说之后的魏太合很是失落，也很难过。看着他的神情，那名战士问他：当兵好不好？

好。

你想不想当？

要我？

想当，就要。

战士于是要求魏太合带他征求家人意见。没想到魏太合的母亲听到儿子想法后对战士说："我的儿子如果愿意去，就交给你了，以后该骂骂，该打打。"又回头叮嘱儿子："不管是见了钱，还是物品，千万不能往自己口袋里装。"就这样，年少的魏太合跟着这名战士出发了。也是离开家乡之后他才知道，这名时时招呼他、又带他走进八路军队伍中的战士是386旅的老二团供给处处长，湖北人。

眼前的魏太合老人，身高不到1．6米，很瘦。想来，当初缺吃少喝那个年代，14岁的少年一定更加弱小，所以路上走不动时，处长会把自己的马给他骑，晚上还常常喊他起来小便。此后他想，处长一定是担心他尿床。

然而处长跟他交代了一句话，"不管你今年多大，不管你跟我走多远，只要穿起这身军装，就必须以一名八路军战士的标准要求自己"。

魏太合死死记住这句话，一路跟着，今天的魏太合只记得去了安泽县，但当时八路军还没有进驻。

魏太合所在的供给处，就是后勤部门，然而让他没想到的是，他以一个后勤战士的身份，见证了什么叫战争的残酷与惨烈。那时候，日本人正在大规模展开扫荡，因此1940年已近腊月天了，战士的棉衣棉被还不敢到位，就怕敌人一扫荡全部烧光。

而他一生中铭记最深的，还是关家垴之战，那是1940年10月底。魏太合是战斗结束后去的战场，但他万万没想到，他一生中第一次面对尸体，竟是这样惨烈的方式。

“战斗结束了，您去做什么？”

“摘牌牌。”

“什么牌牌？”

“胳膊上写有‘八路’二字的牌牌。”

满目的尸体啊——一个挨一个，一个叠一个，一个摞一个。趴着的、仰着的、卧着的、抱成团的、嘴巴依旧处在喊叫状态的……那些阵亡的人，不是一个一个，而是一层一层，一堆一堆。魏太合处在大片死去的战友当中，一颗心淌着血，抽得一阵阵疼。他不敢看，却必须看。他的任务，是将每一位阵亡战士衣臂上写有“八路”二字的“牌牌”撕下来。

原来，战士手臂上那个普普通通的“八路”牌牌，其实是每一名战士的“身份证”。每一个后面，都写有战士的姓名、籍贯、出生年月、所在的连队。他们这些后勤战士，就是按照“牌牌”后面的档案，一个个整理好交至所在团部予以登记。

好端端的活人，转眼就剩了一个牌牌？魏太合握着一个个或完整，或残缺的牌牌，心碎不已。但摘着摘着，他突然意识到，死后胳膊上有“牌牌”可摘的战士，竟然是幸运的。因为，太多战士是不幸的，炮火无情，让他们以支离破碎的方式离开这个世界。

他们是谁？魏太合守着一片片无法拼凑完整的“牌牌”，大颗大颗落泪。

“我随时会死去，谁会知道我是谁？”魏太合像是跟我说，又似喃喃自语。

转眼到了 1942 年春节，部队又驻扎在武乡。正月十五那天，处长对他说：“出来也快 4 年了，现在离你家也就 20 里路，给你三天假，回去看看妈妈吧。”魏太合高兴极了，第二天一早便背起他的饭包包往家赶。然而当他按时在正月十八赶回驻地时，却发现“人去院空”，他的处长，他的战友，统统没了身影。

他抓住村人打问，只听说部队在前晚突然有了紧急任务，已经过了太岳区。

不满18岁的魏太合一下子晕了，他没有能力找到部队，只好哭着原路返回家里，将情况告知母亲。本就日日提心吊胆的母亲劝他，“不如，就不去了吧？”

可处长的话在耳边响起，不能啊，他已经是一名八路军战士，如何能就此不去？于是立即找到正在扩军招兵的385旅，报了名。

他清楚记得，1942年的农历二月二，他再一次成了一名军人。

这一次，他不再是供给处的后勤兵，成了真正的战士。6月，18岁的魏太合端起枪，参加了人生中第一次战斗，在武乡县监漳乡禄村的梁上。那一次，是769团进驻禄村，然而由于汉奸出卖，部队中午进驻晚上就被敌人包围。首长于是紧急下令撤离，留下一个班掩护。

巧的是，魏太合就是留下掩护的这个班中一员。

人生第一次，多想打赢！可是，太缺乏经验。战斗开始没多久，他就与另一名战友挂了彩，胳膊受伤。

“小魏，赶紧撤！”魏太合当时听着班长这声喊，与那名战友瞅准机会撤离现场的，他们连续翻下几块地头，躲在一个角落里。

大部队走了，村民也走了；没有鸡叫，没有狗吠。甚至，没有枪声，只有刺刀的声音，只有惨叫声。

时间好久啊。终于，所有的声音都停止了，一切又回归到山村特有的宁静。不，是刀枪的锋芒落幕后血腥徐徐散发，血液汩汩流淌的寂静。他听到有脚步声由近而远，他知道敌人走了，战斗结束了。

忍着痛，他翻上刚刚退出的战场，想看他的战友谁牺牲了，谁受伤了，谁还幸运活着。可是上到现场，他便几近昏厥，用家乡话一次次对我说：“孩子啊，一露头我就知道完了！”

不大的战场，齐刷刷躺着他的十几名战友，全部战死。那些尸体，并非像关家垴现场一样一摞一摞，而是一个一个，清晰可数。

班长呢？之前大声喊着让他撤离的班长呢？他疯了一样找他的班长，可是仅仅十几具尸体，竟然找不出他的班长。所有的人都是血肉模糊，面目全非。最后，他凭借熟悉的身形，“咚”地跪倒在班长面前，失声痛哭。

太下泪了！太下泪了！魏太合一边哭，一边数，一刀，一刀，班长身上，整整被扎下 27 刀！

“一刀足以致人死命啊孩子！”70 多年过去了，魏太合依然无法理解。他说，班长死前到底经过怎样的抵抗呢？他一定是抵抗一次，被扎一刀，最终扎出满身窟窿。

“班长是一名老班长，当时已经 30 多岁了，河北人。”魏太合多年无法释怀的是，“他的妈妈若是知道儿子那样死去，是怎样的心痛啊？”

魏太合经历战友死亡的痛，胜过他身上的伤。几年前，他住的老年公寓有一位同伴去世，大家劝他别去看，他在心里暗笑：我还怕死人？

战场上，魏太合一直说自己是幸运的。尽管从 1942 年到 1945 年 3 年间三次受伤，却终归活了下来。

魏太合最后一次受伤，到了 1944 年。正在东阳关整军的他们突然接到命令，到河南辉县。这次较量的是国民党。战斗中，子弹从他的锁骨穿过去，他此后一直庆幸敌人打偏了，放过他的咽喉。这次的伤是最重的一次，他在医院治疗了半年多。其间，医院从黎城迁回武乡。伤势日渐转好时，已经到了 1945 年。他不知道下一仗会打到哪里，便向医院请了 10 天假，想回家看看母亲。

而当他 10 天后回到医院时，却又有意外发生了。中午回去，下午就被找去谈话。告诉他部队要精兵简政了，关键是他的身体不适合继续行军打仗了，请他脱下军装，回到后方以别的方式继续支持新的战争。

“挺难过的，”他说，“一身旧军装，一支破枪，可是，舍不得。”然而知道自己的身体，只能回家。

就是这一次办退伍手续时，他才发现部队给他填写的入伍时间是1942年。明明是1938呀，那次不是因为找不到部队了吗？他之前不是已经入党了吗？

可是，修改档案不是儿戏。

他的四年军龄，就这样消失了，就像曾经带他出来的386旅老二团供给处的处长与战友，从他的生命中永远消失了。

首长考虑了他的实际情况，在给每个人3000斤安家小米中，额外多给了他2000斤。

魏太合就这样与四川、河南、陕西以及山西由南到北近四五百名伤残战士及老兵一起，从武乡办好手续，告别了部队。从此，他当兵的历史便定格在1945年。

他说，这就是命吧。战士，就要服从命令。

复员回来后，他还被抽调到县公安局，在威震太行的“抗日游击队长”魏名扬手下做事，任务是看押、陪同审讯犯人。他说当时叫魏名扬爷爷，有一天他告诉“魏爷爷”，家中妻儿无人照顾，自己要回去。魏名扬挽留不成，放魏太合离开他工作了两年的地方。

今天看来，这其实也是丢了一份好工作。魏太合却说，自己幸运，能好好地活到今天。

魏太合兄弟六人，他是老四。二哥也是14岁参军走的，起先在阎锡山部队，后来参加了共产党；三哥较他当兵晚，到了他走丢的八路军129师386旅老二团。现在二哥、三哥都不在世了。兄弟六人中，只剩下他与老六。

92岁的魏太合老人，依旧追求军人的气度。采访过程中，他本穿一件淡蓝色衬衫，戴一顶淡橘色运动休闲帽。当听到我要给他拍照时，麻利起身打开柜子，从一摞衣服里抽出一身旧军装，整整齐齐穿在身上，又将军帽戴好，并将所有的勋章、军功章，甚至一些大型会议代表证，全部别在胸前，之后端端正正坐在沙发上，对我说，“孩子，可以拍照了”。

一系列动作，一句话，让我肃然起敬：老兵魏太合，又回来了！

散不去的眼神

与魏太合一样，王桃儿的一生，也有一个挥之不去的梦。梦里，也有一个挥之不去的人。

“快进来！”

那一天，她透过窗玻璃看到院子里的我们，脆生生唤出来。

因腿脚不便，她的生活只能在床上，精神很好，嗓音很洪亮，只是肤色是少见太阳的白。笑脸却比阳光更灿烂，像久违的邻家奶奶见到小字辈，她把我拉到床前，亲切地先问我在哪里工作，再问一遍多大年龄，父母可好，几个孩子？

我的手，一直被她拉着。

她的手，柔柔软软的，却有一股特别的力量，无声却散发着强烈想要与人交流的欲望。

她的女儿刚刚从地头的劳动中赶回来：叫人家都坐下，慢慢聊。

确定可以好好坐下来，她才放心地放开我的手，却执着地把我拉到她身边。

她叫王桃儿，已经 90 周岁，肤白，发白，耳朵大大的，尤其是耳垂，她的长相就是民间流传有福气的那种。我进来之前她刚刚坐起来，头发稍稍凌乱一些，干净的大花被盖在腿上，黑白相间的毛衫却显得脸色更加白净，看上去精神焕发。

记忆力好吗？我问。她说好呀。

70 年前的事呢？

都在。

一下就拉了回去。

王桃儿最深刻的记忆，在她 15 岁那年。她说的 15 岁，其实是 14 周岁，天天绕在灶台边的时光，有一天突然不宁静了。她刚刚把豆子煮在锅里，突然被慌乱的父亲扯起，拽着奶奶与弟弟，跟着村人杂乱的脚步，向着大山深处，拼命跑。

逃难的光景就此开启。她在奔跑中懂得，原来苦难并不是贫穷与饥饿，温暖原来就是一个安稳的灶台。

逃着逃着，八路军就来了，进驻她所在的武乡县蟠龙镇，抗日军政大学也辗转到了她的村子尚元村。

“尚元村原叫皮烟村。”她说，“尚元是一个人”。

王桃儿说的尚元姓王，比她大 3 岁。王尚元不到 10 岁时父亲便去世，跟着 50 多岁的母亲靠给地主家放牛度日。但因不想忍受打骂，便跟着大人们去挑煤。1939 年冬天，17 岁的他主动找到武委会主任，要求参加自卫队，但因考虑其年龄小且家中有母亲，便让他送信。王尚元尽职尽责，曾一天跑过近百里山路去完成一项任务。两年后正式成为民兵，还入了党。

1943 年，日本人侵占蟠龙期间，到周围村庄疯狂“扫荡”。王尚元当时所在的区民兵队警戒组，承担着放哨任务，几乎天天吃住在山上。

一个深夜，日本人趁着夜色摸到他的村子。尚元发现的时候，距离已经很近。他如果鸣枪，乡亲们肯定能听到，但他觉得，拖儿带女的，转移时间根本来不及。情急之下，他朝着敌人的方向，扣动扳机。为了转移敌人的视线，他还一遍遍大喊：“同志们，打啊！”一时间，日本人误以为遭遇了八路军的伏击，竟愣在原地不知所措。直到王尚元一连打倒好几个日军，对方才回过神来。他们发现，山上原来只有一个人，一支枪。于是恼羞成怒，吼叫着冲上来。尚元丝毫没有畏惧。子弹打光之后，他又把仅有的一颗手榴弹投向敌群。最终，他在手无寸铁的情况下被敌人包围。然而英雄还不死心，他从地上一跃而起，抡着枪托扫向敌人。据说尚元本身个头高大，还有一些武功，因此一时间敌人竟无法近他身，任他的枪托重重地砸向一颗颗脑袋。最后，连手中最后一支没有子弹的枪也被他砸碎了，于是从敌人手中夺枪，夺刺刀，手指被割断也毫无知觉。就在他再次用断手夺枪之际，一把把钢刀争先恐后刺进他的胸腔。

第二天下午，村民在山沟里找到他：身上带着七八处刀口，肠子流在外面，一只手上连着两根断指，击坏的枪扔在不远的坡上……

被他用生命争取到逃命时间的乡亲，沉痛地举村悼念英雄。无以为报，只能把村名改为尚元村，以便一代一代，用一个村庄向英雄致敬。

尚元牺牲那年，王桃儿早已跟着部队离开村庄。1939 年抗日军政大学临时进驻时，有个叫王英（音）的教员就住进王桃儿家的小南房，“从东北来的，长得圆盘大脸，嫩汪汪的，可好看呢”。14 岁的王桃儿很羡慕这位其实也才 18 岁的“姐姐”，就主动天天跟着提水倒茶。那时候王桃儿特别爱说，所以王英闲下来的时候，就与她聊天，并且越来越喜欢这位妹妹。

部队不稳定，抗日军政大学也是。王英看上了王桃儿，琢磨着离开之时带走她。于是有一天，将此想法与王桃儿的父亲说了。哪承想，当即遭到反对。令父亲没有想到的是，王桃儿也有走的意愿，父亲听后竟然哭了。确实，对于幼年就失去母亲的王桃儿来说，父亲怎么可能轻易让她离开家？何况是如此动荡的一个年代。

此事再不敢跟父亲与奶奶提起。

然而令家人没有想到的是，部队离开后，王桃儿竟也没了踪影。

王桃儿说想不出父亲与奶奶发现后会哭成什么样子，担心到怎样的地步。但是担心着担心着，父亲就在一次逃难的路上被日本人打死了，父亲把所有的恨都死死握在拳头里，成为再也掰不开的遗憾。王桃儿也不记得后来听说父亲不在之后自己哭成什么样子，总之她稀里糊涂离开家之后就无比想念父亲，想念奶奶与弟弟，但是却找不到回家的路了，尽管她根本就没走出她所在的乡。

现在想来，王英虽是军政大学的教员，却也才是一个 18 岁的小姑娘，一心只想着抗日的她哪里能理解，一个父亲在一个早晨突然失去女儿的心痛？

王桃儿跟着王英，从蟠龙镇的西北走到东南，到了八路军总部所在的砖壁村。现在看来不是距离的距离，却让从未出过村的王桃儿感觉到了另一个遥远而陌生的天地。在这里，她与彭德怀、左权住在一个院子里，至今清晰地记着这些首长当年的模样，“彭德怀当时很年轻。左权也是，好像 37 岁，人不赖，长长的脸”。王桃儿说，两位首长并不常与她这样的“孩子”多说话。因别的战士有事，王桃儿给朱德端过一次水，后来就再也没有机会接触，不过却时时见面。

王桃儿记忆有错，那一年，左权将军应该是 34 岁，王桃儿记忆中的 37 岁，是将军去世的年龄。37 岁的年轻将军从家乡湖南一路抗日来到山西，在武乡这个抗战之都连续指挥了长乐之战、百团大战、黄崖洞保卫战等一系列著名的战役，令日寇闻风丧胆，最后却在十字岭突围战斗中，因掩护中共中央北方局和八路军总部等机关突围转移而血洒辽县（现左权县），成为抗战历史中中国共产党牺牲的最高级别的将领。作为与将军做过邻居的王桃儿，怎能不让 37 岁这个记忆储存一生？

左权的女儿左太北在武乡县土河村（八路军野战医院）出生时，王桃儿是一位 15 岁的大姐姐。她至今仍为左太北惋惜，说还不到一百天的小婴儿，就因距砖壁村正北 13 里处的关家垴之战，与父亲分别了，而且是永别。

王桃儿对砖壁村的感情很复杂。2009 年 5 月 2 日，已经 84 岁高龄的她在女儿的陪伴下，专门到砖壁村寻找旧日痕迹，一一打听从前的人。

可是，“都死了”。王桃儿长长叹息一声，“我怎么还活着？”

在砖壁村见到王桃儿的人不会理解，当这位满头白发的老人一次次用手抚摸那些墙壁上的砖瓦时，内心翻腾出多少记忆？她一定盼时光倒流，好好看看那些旧人；她更怕岁月回去，一颗子弹便打碎一村人的梦。

当初，王桃儿也几次与子弹擦肩而过，可她的生命或许不该终止在战争的硝烟中，有一次即便一颗子弹擦着脚面，还是过去了。“还有几次鬼子在后面也看到我跑，还是没打中。”王桃儿从不庆幸自己能活下来，只说死去的人太可惜。

当年跟着王英走后，王桃儿在抗日军政大学学习了一年，认识了不少字，告别了文盲队伍。在蟠龙镇，她跟着队伍辗转了砖壁、烟里、石门、石瓮等多个村子，后来又到了黎城县。之后从八路军野战政治部、中共中央北方局所在地烟里村离开时，也像王英当年一样，说服了一个姓韩的女孩子跟她去黎城，但到了黎城她才发现，那个女孩子不知何时没了踪影。

“肯定是半路找了本事大的人，嫁了。”王桃儿自语。

恶劣的环境让王桃儿迅速长大并成熟起来，成了野战医院一名看护人员。她的弟弟也很快从了军，成了 769 团三营的一名战士，还立了功。

从一名稚嫩的看护人员成长为看护长，王桃儿见证了太多的生死。但有一双眼神，70 多年来却一直压在她心头，无法散去。

八路军在蟠龙镇石门村清泉寺、南郊村南堂奶奶庙都设过野战医院，王桃儿随着医护人员在这些地方辗转、驻扎了很长时间，眼睁睁看着无数烈士的鲜血，将石门、南郊的土地浸润得一片殷红。

战争不停歇，伤员不停止。寺庙容不下，家家户户都成了医院。据说当年仅 80 多户人的南郊村，八路军伤病员最高时就达到两百多位。

时间奔流到 2013 年 1 月的一天，左权县农民高乃文整理荒坡时，意外地从桐峪镇莲花岩久已废弃的山洞中发现了一沓发黄的档案，满满 83 页记录的全部是 1939 年八路军医院 129 师伤员的牺牲证明书。其中有几个伤员的入院地方就是南郊，比如“师供给部合作管理排长张德朝”于“1939 年

8月15日于南郊村入院”；“顾正荣”于“1939年8月2日在武乡南郊村入院”。

无法治愈而牺牲的伤员尸体，就掩埋在村南的山坡上。

“天天夜里两点开始埋人。”那个山坡，埋藏着王桃儿长久的记忆，“没有一口棺材，外面竖一块砖，写上名字”。

一个生命尘埃般悄然入土，换作一块血迹斑斑的砖，成了战士“奢侈”的墓碑。

深夜，百姓入睡，不必担心他们看到那些频繁逝去的生命。百姓眼里，扛枪的战士就是金刚。金刚，怎可轻易消亡？战士们永不跌倒的形象，是年轻的男孩子走进抗日队伍，接过那些残留着前主人余温的枪继续冲锋陷阵的精神支柱。

王桃儿这个十几岁的小姑娘，在野战医院却常常被同样年轻的受伤战士称为“老王”。“老王”的职责是救死扶伤，是让受伤的战士们看到希望。

被打进战士们身体里的子弹，王桃儿一下就能给拔出来。“呀！他们疼的，可怜死了！”能不能活，其实都在于战士们的造化。由于医院条件有限，除了枪炮伤，许多伤员大多是被急性肠炎、痢疾、感冒等寻常疾病夺去生命的。

最多的时候，王桃儿这个看护长领导7名护理人员。这些女孩子除了白天不停歇地护理伤员，夜里还要轮番出去埋葬牺牲的英雄。尸体再多，也要赶在村人醒前回来。深夜，尸体，这些对女孩子来说绝对恐惧的东西，她却不记得当时胆怯过，倒是现在想一次怕一次。那时候不仅不怕，还在路上欢喜地偷摘生柿子充饥，有一次一口气竟吃下12个。

生柿子那么苦涩，王桃儿却坚持说当时就是又甜又脆，是现在变得苦涩了。

是的，王桃儿苦难的岁月中，如果永远有12个又甜又脆的生柿子存在回忆里，有什么不好？

鲜血淋漓，造就了王桃儿的功夫与胆量，更多的是让她懂得了肩上沉重的责任。她说伤员疼极了就骂护理人员，疼得越厉害，骂得越凶，有时候竟然打护理人员的脸。王桃儿庆幸的是，自己倒从来没有挨过伤员打，一下也没有。

“大娘，伤员不打您，是因为您当年很漂亮吧?”她说得高兴，我也逗她，她便痛快地笑，说哪里顾得上想原因。

从今天的王桃儿脸上完全可以看得出来，当年的她，一定是一个“嫩汪汪”的美丽女孩子。

嫩汪汪的女孩子们天天顽强地与鲜血及死亡搏斗，用一颗坚强的心等待枪声停止的那一天。

伤员中，有八路军，有国民党军，也有日本兵。王桃儿记得她救治过的最大的“官”来自东三省，“人家穿的衣服可好呢，领子里面还有一层”。而被俘的日本伤员都不会用筷子，她与护理人员就喂他们。“长得皮肤黄黄的，与我们一样，就是一句话也不说。”面对日本伤员，王桃儿矛盾重重，“恨死那些小鬼子，可是也得听命令好好给人家治”。

聊天过程中，王桃儿的右腿一直很厉害地抖动着。我帮她盖好被子，她说不怕不怕，老得一身毛病，却活得好好的。

好好的王桃儿以 90 岁的高龄，历数曾经一个个离她而去的战友，从容回望早已沉淀的血雨腥风。

“我们的兵都是好样的！都是!”当时满眼的伤兵，一个个都存进她的心里。

有一个入伍时间不长的年轻士兵，拖着被打烂的腿来到野战医院，“我就用小树枝给他一片片往下刮，他疼得大声号叫，却不骂我一句”。王桃儿直拍腿，“好伤心呀!”

就是这个来自武乡邻县襄垣的年轻战士，常常唤起王桃儿极力封存的记忆。他当时伤得很重，常常昏迷不醒。一旦醒来，总是先努力给她一个浅浅的笑容。一天下午，王桃儿走出院子接新伤员时，却听到他在身后喊“老王”，王桃儿很欣慰他终于醒了，扭身开心地答应一声后来到院中。然而待她快速处理完外面的伤员端了一杯水进屋时，受伤的襄垣战士却再也喊不出一声“老王”，喝不下一口水，成了当天夜里王桃儿埋葬的唯一一名烈士。

“怪了，那天明明可以不死人的。”王桃儿说此后多少年她都不敢想，回忆却要一遍遍蹦出来。最后的记忆，就是扭身的一瞬他喊她时的那双眼睛，“真真的！活灵灵的呀！”

也因此王桃儿总是在求证，“明明还能喊，怎么几分钟就没了命？”

也有个问题始终无法找到答案，“不知道他喊了我几声，也不知道他喊我做啥？”

那个深夜，王桃儿寸步不离那副担架，一路上努力跟着他的眼睛不停想象，他最后一声喊完“老王”，眼神是怎样的绝望？

她想弥补，再没机会。

那个夜里，她第一次有了恐惧感，也第一次感到钻心钻肺的疼痛。一转身，就觉得身后有一个声音在喊她，一遍一遍，直到再也喊不出声，只剩了眼神，在绝望中挣扎，哭泣。

王桃儿很善谈，此时却沉默了好长一阵，是这天下午房间里唯一的一次无声。

“不过他一直年轻着。”王桃儿似乎轻松起来。

邻县的战士一直年轻着，在她心里，梦里。

峪口的触目惊心

从王桃儿家出来一路向下，便又看到浊漳河。

与今天浊漳河水缓缓流淌的速度不同，抗战时期的河水，是汹涌的，带着不安，带着无奈，带着狂躁，带着愤怒。它拍打着两岸苦难深重的大地，也帮着掩埋一批批倒在这片土地上的人。

有时候，河水也会被一桩接一桩的惨案吓晕，便拼命奔跑。可是它逃不掉，那些汩汩流淌的血液，就是要紧紧跟着它，一路向下。河水一边奔跑，一边感受那些由不同的人身上淌下的血液，由温热，变得冰冷；由鲜红，终成无色。

河水裹挟着人的血液，从武乡县由西往东，嘶吼着奔腾。

峪口村就在浊漳河边，老人们说，那8年，河水哪有清凌凌的时候？

进村，一位60多岁的妇女从一个门里出来。说到抗战，她说她只知道村里有过杀人的事，也知道浊漳河被鲜血染红的事，却说不上具体是怎么回事，于是她把我们带到72岁的赵富田家。已是晚饭时分，独居的老人灶台上正熬着一锅小米稀饭，屋里因此热气腾腾。一只小狗跟进屋，用并不带恶意的叫声试探地问候着我们。本是寂静的院子，一下子生动起来。

老人执意要先给我们盛稀饭。我赶紧拉他坐下，告诉他我们来只是问一些事。一听说要讲过去，他很麻利地拿出一个塑料袋，里面有他父亲赵全忠的《党员自传》，上面记载的入党时间为民国21年，也就是1932年。他说父亲是武乡最早的共产党员之一，当时还担任锄奸队队长，魏名扬都是他父亲发展的。他还说，峪口当时是“党员窝”，甚至一个七人“反共团”中就潜伏着3名共产党员。他还骄傲地说到他的父亲有一次通过家里的暗洞成功营救了本村共产党员王马孩的事。

峪口村边，竖有一块“侵华日军峪口村大屠杀遇难村民纪念碑”，上面记载，抗战期间，峪口村共经历了20多次扫荡，其中大屠杀3次。赵富田听大人说峪口第一次屠杀是1938年春天，日军烧掉武乡老县城之后，一路杀到峪口，在十八亩塌杀掉20多人。他说那里上下两片地距离有七八尺高，这些人就站在地边。村里人听说之后，跑去看。其中有几个人的家属去说情，反而也被拉了进去，剩下的便不敢再上前。日本人扫射时，有两人机灵一些，一个叫吴海荣，一个叫巩福柱，未开枪前就装作中枪跳了下去。其余22人全部被杀，那些人分别是赵全金、王洋成、武先云、武天元、武栓牢、王狗臭、赵根林、赵全德、赵三孩、王寿孩、王看灯、王真印、巩书旺、赵志全、张双全、李金成、王林书、赵旺德等。

第二次屠杀，在五亩里。村民赵秃孩等6人惨遭杀害。

最严重的，是第三次。那是1941年3月8日，驻分水岭的小股日军勾结沁县、壶关过路之敌300余人，在大有镇扫荡后返回峪口进行了三天大清剿。除了本村一些村民，还将周边的却净、王海峪、石科、大有、麻池沟、长乐、型村、许家堖等村庄共103人抓回山岭口的场房院关起来。赵富田说当年杀人的院子就在他家旁边，是一个长方形的院落。10日晚上，日本鬼子将关押的人全部带到院子外边的地里，进行屠杀。过程中日军还残忍地进行比赛，看谁杀得多，杀得快，杀得有花样。当时，还有村民被扔进井里用石头砸死，也有的用开水浇死。却净村一位叫韩二旦的村民被用砍刀砍至脖子上仅连着一丝丝皮。峪口村王黑孩一家被杀了八口；躲在药王庙的妇女王认珍与另一位刚过门的青年妇女被村民发现时，全身一丝不挂，身中十几刀，血肉模糊，身首异处；苗四孩被四五个日军围在中间当活靶刺死；有的被头朝下活埋。过后有些尸体被家属认领回去，无人认领的尸体被村民就近推倒旁边的院墙掩埋起来。

那段时间，日本人还把屠刀指向一个人，那就是区干部魏书堂。抓不到他，就砍了他二叔的头，打死他 4 岁的女儿，刺死他的母亲，轮奸了他的妻子。更不忍看的，是一个从型村逃难过来的十七八岁的女孩，以及一个从马家沟过来走亲戚的老人，被日军捆在树上，用刺刀豁开胸膛，放出狼狗扯吃心肺致死。

抗战期间，日军在峪口村共杀害共产党员 12 名，群众 150 多名。其中峪口村村民 65 人。

触目惊心的数字，听得我内心一阵比一阵紧。我颤抖着手一一打出这些文字，不是故事，都是历史。走进峪口村，放眼四望，这就是小时候趴在婶婶背上渡河过来看一场电影的村庄吗？

夜色中，老人打着手电带我们出门去看村边的“侵华日军峪口村大屠杀遇难村民纪念碑”。一个个烈士，以这样的方式守护着村庄，依偎着村庄。

村里还有更老一些的人能说清这个事吗？赵富田说还真不行，即便有也因身体原因说不清了，而 60 岁以下的人，与其他任何一个村庄一样，总是一听到说这个事就摇头。

曾经的人走了，曾经的事远了，曾经便成为模糊的了。时代发生了翻天覆地的变化，新的天地掩盖了曾经的旧容。然而一旦翻出，一旦提及，却近在咫尺。

盛大的公祭

从峪口出来，跨过浊漳河，往南庄走。此刻是春风里，却萧瑟如冬。南方的朋友说，此景是苍凉之美。

翻上一道坡，带路的朋友说，差不多了。

终于看到一个小孩，摇下车窗玻璃问：这是什么村？

南庄。

完全是新村，不是想象中的模样。

“上面呢？”

“也是南庄。”

果然，上面才是南庄该有的模样。

由冬入春之际，村庄在安宁中透着小小的躁动。一位60岁左右的大嫂拿着一把大扫帚站在路边，笑着问我们从哪里来。说了来意，她扔下扫帚：走，我带你们去看悬窑。

悬窑竟然还在?！一路往上，一个荒弃的大院。她指着窑上一个小口：就是那里。问她悬窑入口在屋里吧？她说屋里没有，就在房子外面。之后又碰到一个邻人，才说不是这个院子，当初烧死人的悬窑在离这个院落很近的东面。大嫂即刻又带我们找主人，门锁着，她便站在门口朝下面的人吼：哎——快给喊一下留法嫂！

很快，留法嫂从下面的院子露出头来。我们下到她在的院子，证实了当年烧死人的就是她家的院。又问她的公公叫什么名字？她想了一下说想不起来了。当年烧人的事，她说她的男人能说清，于是掏出手机，问清男人的位置后，叫他：“快上来。”

手机扩音很大，男人在电话里回：“我也走不快啊，喘的。”

74岁的郭留法扛着一把镢头，提着一根细竹竿，气喘吁吁地出现在我们面前。远远地，起先带路的大嫂已经告诉他我们此行的目的，又替我们问：“你爹叫什么名字？”

他用竹竿在地上画：“郭万余。”

路过的村民都停下来，七嘴八舌开始叙述从老人们嘴里一次次听说的那起事件。

从郭留法的讲述中，知道当年烧死的还有他奶奶。那么爷爷是谁？他又在地上画：郭金成。郭金成也是被日本人打死的，不过不是那一次。

郭留法与胡家塧村的赵恩庆有着同样的命运，也是一名幸运儿。他能活到今天，是因为当时他还在母亲肚子里，而母亲因为怀着他，才住在山上的避难窑中而不是留在村里。

全民族抗战开始后，南庄因独特的地理位置，便有八路军驻了进来。村中 82 岁的郭保旺听力很差，可很清楚地告诉我们，他是 1935 年 2 月 16 日生，当了 8 年兵。村里那次大屠杀时，他 7 岁。他还清楚地记得，村里之前来过许多八路军，还开荒种土豆。他也近距离接触过这些战士，长得白白净净的，看到稀罕物件就问：这是什么东西？而且，还让他带着打狗、埋地雷。

有八路军住过的地方，一定是抗日村。也因为此，便成了日本人重点关注的地方。

1938 年，早该过了秋收季，南庄村的农民却还在折腾地头最后的收成，似乎忘记即将要进入冬天。风也紧得早了些，以至于一边干活一边总是要哆哆嗦嗦。

正如侵华日兵荻岛静夫记录下的庐山山麓一样：

在这片土地上，山间有星星点点的村庄，一面是旱田，稻谷被压弯了腰，金黄色的一片，没人来收割，只有被皇军践踏，成了战争的牺牲品。

一面面红旗，高高飘扬在村庄的开阔处，民兵日夜把守，村民随时察看。

收割、隐藏，维持逃难中艰苦的生存。然而一批一批无辜的百姓，还是要在行走中、奔跑中、躲避中丧命。

农历九月二十三下午，在深秋的地头做着收尾工作的南庄村民突然被一阵"快跑！日本人来了！"的喊声惊起。一时间，地头的，灶台边的，挑水路上的，都在同一时间扔下手头的活计，慌乱地呼儿唤女。喊话者喘着气说日本人是从古楼角圪梁上下来的，这可是村民们平素逃难的方向。无奈，村民们只能往东。可是东边，一出去便是开阔的监漳滩。滩里的庄稼大部分已经收割完毕，平坦坦的无处藏身。再说，滩外滔滔的浊漳河也是阻挡出逃的最大屏障。

只有村南山坡上事先挖好的一眼避难窑洞了。可对于村中拖家带口的那些人而言，他们根本没有时间逃过去。地头奔回来的，路上的，身强力壮年轻麻利的，先呼唤着爬上南山坡。剩下的人，一致想到郭金成家。郭金成家与众不同，他家的一眼窑洞深处，顶部还藏有一处悬窑。悬窑，高高悬在一孔普通的窑洞中。这眼悬窑在郭金成家已经有历史了，是他的先人当年防备土匪与强盗专门挖下的，里面留有专门的透气孔道。唯一不科学的，是悬窑只有一个进出口。前几次日本人"扫荡"时，郭金成家的人还有村中一些百姓也都在这里安然避过劫难。这一次，来不及逃走的老弱病残及妇女儿童，齐刷刷拥向郭家，生病的、年老的、喂奶的、年幼的，一个一个连推带举，近半村人都挤上悬窑。

郭留法说，悬窑中竖横共有四个小屋子。那天，他的奶奶、两个姑姑、两个叔叔还有他 8 岁的哥哥郭来法，都在里面。

郭保旺说，那天，他与母亲也想着要去悬窑里躲，可他的二大爷与姐姐过去问时，说人已经满了，进不去了。无奈之下，他跟着母亲往南跑到沟里。他说当时还有一个邻居带着儿子也是挤不进悬窑，但是没与他们一起跑，后来也被打死了。

那一次，确实是悬窑容纳人数最多的一次。以至于进去的人都说，郭家的先人真是大手笔，有远见。

见证了风云变幻，保护过无数人的悬窑，再一次张开宽阔的臂膀，将村中无法出逃的百姓纳入怀中。尽管拥挤又呼吸困难，村民们还是长长舒出一口气，庆幸自己被安全隔绝在危险之外。他们安了心，甚至淡然地三三两两开始耳语，谈着日本人走后要收的庄稼，聊着回去之后要做的饭菜，说着村里还要再打几处逃难窑洞，想着家里的孩子该不该参军……拥挤的悬窑里，一时在窃窃私语中变得其乐融融。

有声音传来，他们判定是日本人进了村，顿时静寂下来。高高处在南山坡上避难窑洞中的人们，可以通过悬崖上的透气孔清晰地看清村里的一举一动。他们看到，日本人在汉奸的带领下挨家挨户搜查，就是抓不到人。他们放下一颗心，知道家里的人成功进了郭家的悬窑。他们看到，气急败坏的日本人开始放火，南庄村瞬间掩映在火光中。日本人又把沿路从古楼角等村庄抓来的 20 多名群众赶到南庄的打谷场上，逼问、折磨，发泄着对这座空村的愤恨。

一户一户院子被点燃，从大门烧进窑洞，从炕下烧到炕上。所有能燃烧的东西，被褥、衣服、家具，全部融在火里。这火，自然也烧到郭金成家。外屋窑洞门上的草帘子，炕上的被褥，通通散发出浓烈的烟气，很快钻进悬窑。有人忍不住，传出咳嗽声。

单调的大火燃烧的噼里啪啦声，突然间有了人的声音。日本人欣喜若狂，循着声音发现了悬窑的秘密。

一切都是未知数。他们不知道悬窑里有多少人，藏着什么人，有什么机关暗道。于是授意汉奸喊话，却静寂无声。架起机枪，却因窑内有拐角，子弹无法伤及百姓。日本人便逼着汉奸上去抓人。然而汉奸明白，上去即送死。于是想出狠毒的一招：点燃辣椒秆，逼出窑中人。

果然，呛人的滚滚浓烟直上，扑向那些毫无抵抗力的百姓。

汉奸叫嚣着："受不了就下来，放你们一条生路！"然而倔强的百姓宁可一死，也不愿求得日本人的怜悯。搂抱着，挣扎着，哭喊着，直到变得无声。

日本人在惨叫声中大笑，却似乎没有过足毒辣的瘾。他们折身回到打谷场，将刚刚拷打过的外村百姓赶往郭福虎家，拿出刺刀，向着这些无辜者的血肉之躯展开刺杀。狂戾的笑声夹杂在声声惨叫里，传入南山坡上逃难的窑中。

火光燃尽，叫声停止。夜色掩盖了一切罪恶，村子归于寂静。

日本人带着满足撤离。南山坡上的百姓，急速下山，直奔郭金成家而去。那里有他们的亲人，有亲亲的乡邻。一进村，他们就觉出不祥。以往这个时间，悬窑中的百姓早已先他们一步迎候在村口。孩子们，也像往日一样撒在院中。

进院，眼前是熏得乌黑的窑洞，是心痛的鸦雀无声。他们叫喊着进得窑洞，只看到悬窑下厚厚的烟尘。

无声！无声！除了他们刚刚下山回村的人，无任何回音。

踢开灰烬，上到悬窑。他们摸到腿，摸到手，他们也拉到人。然而接出来的，不是一个一个，而是一具一具。

下午才说过话的人，几小时后变成痛苦扭曲的尸体。

整整46具，有老人，还有刚刚满月的婴儿。在不足百人的南庄村，整整半个村子人的性命就这么丢在了鬼子和汉奸手里。

怀着沉痛的心情，村民们一边流泪一边辨认。一共13口人的郭金林家，除他在太谷躲过劫难外，全部遇害；郭成丁，全家6口人4个没了命；郭彦堂全家3口无一幸存，包括刚刚满月的孩子……

半村尸体，平展展摆在郭金成家的院中。剩下的半村人，跪着、蹲着、坐着、呜咽着守护着各自的亲人。

郭福虎的院子里，是另一幅惨烈的画面：24具尸体，个个血肉模糊分不出面容，最多的一人身中十几刀。这些从外村被抓来的百姓，家里的亲人还不知道与他们已经成了隔世之人。

郭保旺说，他跟着娘在外住了一晚，第二天回村一看："呀，人不像人，村不像村……"

全村烧得不剩一衣一衫，甚至一草一木。70 具尸体，原封不动，面目全非躺在两户郭姓村民院中，再也不用躲避，再也不会害怕。

而屋里炕上，都是无法入眠的眼睛。瞬间消失的半村人，让剩下的人或许突然就没了面对死亡的恐惧。他们想得更多的，或许是死亡的方式。

这时旁边一个村民说，听说当年一次屠杀中一位村民无处逃脱时，突然看到院中的一口大铁锅，便躲了进去。敌人没有发现他，他却也在几天后死了。我问为什么？村民说：受了大惊吓。

不知道什么时候，郭保旺的家里聚集了许多人，他们都是南庄村的村民。炕上坐不下，他们就站在地上，静静地听，偶尔插一两句话，脸上都是悲伤的神情。他们每一个人，家里都有先人以这样的方式离开这个世界。就连一路陪同我们最爱笑的大嫂，也一脸肃穆。

郭留法一边听一边自言自语：再过两年来问，谁还能说清这些事？

天近黑。郭保旺坚持送我们出门，他一边与我们挥别一边说："记下来好！记下来好！"

村民们跟着我们，一路出到村边。大嫂的那把扫帚还扔在路边，我们向她表示感谢并致歉时，她笑："说哪里话，你们多好。"

上车了，他们挥手："再来！再来呀！"

村子对面的文昌阁，村子下面的旧戏楼，与今天的村民一样，终于有了安然生存的土壤。

驶离南庄，驶不出记忆。离开武乡，忘不掉这片洒满血泪的土地！

抗日战争，山交岭、苏峪、韩北、胡家垴、马牧、枣烟、枣林、东良、南沟、洪水……一批批民兵，地下党联络人，无辜百姓，壮烈牺牲。

他们不是军人，他们却是不穿军装的英雄；他们没有死在战场，却同样悲壮，他们不该被遗忘。

失声大哭！我的家乡，我脚下的土地，土地里埋葬的我的乡民。今天，还有没有谁，如期在一个盛大的日子，恭恭敬敬地追悼他们的亡灵？

夜里，突然进入一个梦：一双双手，把他们一个个聚拢，帮他们洗掉沾满血污的脸，给他们穿起一件件新衣，裹进一床床新被，一一装入棺木。

一个圆圆的坟头，一块墓碑。

一个又一个坟头，一块又一块墓碑。

有哀乐传来，萦绕着攒动的人群，回响在盛大的祭典上空。

图书在版编目(CIP)数据

行道集 / 寓真著. 阳光下的蜀葵 / 蒋殊著. 重回1937 / 蒋殊著. —北京：中国文史出版社，2024.7
（武乡现当代文化集萃）
ISBN 978-7-5205-4702-4

Ⅰ. ①行… ②阳… ③重… Ⅱ. ①寓… ②蒋… Ⅲ. ①散文集－中国－当代 Ⅳ. ①I267

中国国家版本馆CIP数据核字(2024)第102536号

出 品 人：彭远国
责任编辑：秦千里

出版发行：中国文史出版社
社　　址：北京市海淀区西八里庄路69号院　邮编：100142
电　　话：010-81136606　81136602　81136603（发行部）
传　　真：010-81136655
印　　装：山西人民印刷有限责任公司
经　　销：全国新华书店
开　　本：16开
印　　张：247.25
字　　数：3500千字
版　　次：2024年7月　第1版
印　　次：2024年7月　第1次印刷
定　　价：1000.00元（全七册）

WUXIANG WENHUA JICHENG
WUXIANG XIANDANGDAI
WENHUA JICUI

武乡文化集成·卷三

陈建祖 主编

武乡现当代文化集萃

黄土地上的童话（节选） 崔巍 著

水花崖 郝雪廷 著

深宅大院 郝雪廷 著

中国文史出版社

《武乡文化集成》编委会

总 序

甲辰之岁，万象更新。武乡热土上，乘新时代之春风，政治、经济、文化一体推进，正所谓政通人和，百业俱兴。

自古以来，莫不盛世修书，藉以兴文化俗。今有《武乡文化集成》之问世，摘精选要，撷英荟萃，乃国内县域文化系统整理出版之巨创，亦寻祖根，追文脉，固根基，增强文化自信之壮举，可庆可贺也！

文化之兴，缘于地理；或曰据于地理，乃出人文。

太行逶迤，上党巍巍，雄视华北，俯控中原，自古乃兵家必争之地。元人熊戴歌咏曰："天下多名山，太行居第一。泽潞伯仲间，上党天下脊。屹立界中原，形势控南北。"武乡踞上党北缘，乃千年名邦，抗战圣地。其东有板山竦立，如长城蜿蜒；其中有漳河流金，泽润乡里；其西则俯视晋中，藏风聚气。此土此境，古有商周遗物，有石勒要寨，有寺院林立，绵绵不绝，而民风俭啬，勤于耕读，崇尚勇武，远近闻名。清代乾隆《武乡县志》"风俗篇"云："武乡之为县，在万山中，金玉珠贝无所产，商贾舟车不至，民安于畎亩、诵读，无逐末游食、猎取富贵之人。""其民质而不訾，其俗俭而不猥。"此乃武乡传统文化之概要，民风之底色，文化渊源之所自。追溯千余年传统文化，不亦绵长醇厚乎！

帝制灭而共和兴，社稷衰而危亡存，仁人志士，前赴后继，奋起斗争。武乡籍共产党人、革命先驱李逸三、史怀璧、武三友等，建立中共武乡县委员会，组织"五抗"，风起云涌，艰险曲折，板山漳河间，闪耀赤色曙光。全面抗战始，抗日烽火燃烧在太行山上，八路军总部、中共中央北方局、一二九师师部开进武乡，先后驻武乡王家峪、砖壁诸地，朱德、彭德怀、左权、刘伯承、邓小平、杨尚昆等在此指挥抗战，武乡乃成太行根据

地之重镇。长乐村战斗，歼寇两千；百团大战，威震敌胆。柳沟设兵工厂，肇始军火生产，装备抗日武装；抗大、鲁艺，学校遍及山乡僻壤，培植红色基因。武乡儿女，慷慨参军，牺牲何止千万；家乡父老，纳鞋交粮，自愿支援前线；太行奶娘，忘我取义，哺育革命后代。仰望太行之巅，遍布民族脊梁；回首抗战圣地，鲜血浸染。《少年先锋》，如诗华章；抗战篇章，辉煌绚烂。此乃武乡近世文化之鲜明本色。回首武乡之红色文化，不亦感人至深乎！

斗转星移，国运昌隆；改革开放，其命维新。武乡大地，文脉绵延，异彩纷呈。其初有高沐鸿之《太行吟》，冈夫之《故城谣》，张万一之剧作《小二黑结婚》，歌咏烽火岁月，隽永悠长；继之有寓真之《行道集》，赓续家国情怀，书写不尽之乡愁。抗战文化则梳理备至，书写将军之百战智勇，战士之慷慨赴死，军火之急急生产，民众之纷纷支前，友邦之慷慨资助，红色文化，洋洋大观。作者群起，深研备至，提炼太行精神，表彰抗战英模，可歌可泣，化育万民，进而为新时代不忘初心、继续前进之强大动能。回首七十年文化景象，不亦壮观乎！

武乡文化，厚重绵长，总而成之，采而辑之，舍我其谁！县委县政府下决心，定大计，集贤能，编方案，以规范性、系统性、权威性为基准，博采旁搜，摘取英华，卷次三分。首卷为历史文化，通览千载；继之以红色文化，特色引领；卷三是现当代文化，文苑集萃，遂成20册，汇千万字，煌煌然为武乡文化史上之空前巨著。武乡文脉，一以贯穿，高如板山，长若漳河，实乃空前之壮举，既为资政要览，亦成万民寻根溯源、永久承传之宝典，具彰往而昭今之效，其价值、意义不言而喻，无庸赘述焉。是为序。

中共武乡县委员会

武乡县人民政府

2024年6月

凡　例

一、本丛书以马克思列宁主义、毛泽东思想、邓小平理论、“三个代表”重要思想、科学发展观、习近平新时代中国特色社会主义思想为指导，选取武乡文化精华，编纂而成。

二、本丛书以基础性、系统性、权威性为基本编纂标准。

三、本丛书以武乡籍贯的作者为主要选取对象，以描写或记述当今武乡地域范围内的文化为内容选取标准。

四、本丛书选取的著作体裁不限，主要选取学术著作和文学作品。为了全面记述武乡的历史文化，特别组织作者新撰了武乡历史文化的通览性著作。

五、本丛书按照历史通览、文化特色、时代新篇为基本分卷依据，分武乡历史文化通览、武乡红色文化撷英、武乡现当代文化集萃3卷，共33种著作，编为20册。

六、本丛书为集成性著作，尊重原著内容的完整性，一般不作增删；为保持观点正确、内容准确、体例统一所做的修订，均经作者完成，并经专家予以审定。

七、本丛书对每一部入选著作的内容及其作者均予简介，以便阅读和使用。

八、本丛书根据各书特点而区别整理方式，涉及古文、文献等，予以标点，并适当注释；涉及文化遗产等内容，则以图文结合的方式予以记述。

目　录

黄土地上的童话（节选）

崔　巍　著

水　花　崖

郝雪廷　著

深宅大院

郝雪廷　著

黄土地上的童话（节选）

——姐妹童年剪影

崔 巍 著

【作者简介】

崔巍，1945 年生，山西省武乡县人。1970 年毕业于山西大学中文系。中国作家协会会员，一级作家。曾任晋东南地区商业局干事、《上党文艺》编辑、晋城市文联主席。1973 年开始发表作品。有长篇小说《爱与恨》（合著）《野村》《魔国》，中篇小说集《土地悲歌》，中短篇小说集《女人的呼唤》《山里飘出一支歌》，报告文学集《太行人杰》《遍地英豪》，散文集《嘤鸣集》，电视连续剧剧本《本案之外》《沟里人》等。

【内容简介】

《黄土地上的童话》，是作者 20 世纪 80 年代初创作的中篇小说，副标题“姐妹童年剪影”。选自《崔巍文集》第四卷（百花文艺出版社 2003 年版）。小说以第一人称的视角，集中描写 20 世纪 30 年代到 40 年代一家四姐妹悲戚的童年生活，借以揭示男权社会背景下，女子从小即遭遇的苦难经历，可称典型环境下的典型人物。本次出版，节选了前三节内容。“银手镯”写大姐有一副银手镯，却不幸被铡刀切了双手。鲜血流淌的双手接续到断臂后，奶奶和妈妈以花椒水清洗伤口。此后，“熬花椒水”成为奶奶吓唬大姐、迫使她学会针线活的常用语，是大姐终生的痛苦记忆。“红樱桃”写二姐从小生性活泼，胆大包天，不招人喜欢，即打发她去伺候孤独年迈的姥姥。二姐在姥姥家，爬墙上树，吃着成熟的红樱桃，胆子越发大了起来。一天，日寇入侵村庄，乡亲们躲进田野的窑洞，二姐却在外游荡，捡了一块日军尸体上带链的手表，走进窑洞。乡亲们以为不祥物，生怕引来日军，逼迫妈妈将手表夺取，扔进沟壑，二姐在争执中被妈妈带铜顶针的手击打到昏厥，其眉心留下永远的伤痕。“长命锁”写三姐。她自出生起，就被家人认定是一条贱命，未得到一丝一毫的关爱，养成孤独的性情。后来，不幸丢失哥哥的长命锁，被大人呵护有加的哥哥受此惊吓，竟一病而亡，更坐实了三姐的“小催命鬼”的角色，越发不被家人乃至村民待见，度过孤苦无聊的童年。小说选材独特，语言简练冷峻，耐人寻味，是对重男轻女的旧社会的血泪斑斑的控诉。

银手镯

一九三二年春天，我那做了童养媳的大姐刚刚八岁多一点。

童养媳的去处，是奶奶潜心寻好的；童养媳的标志，是大姐的小手腕上箍上了一副由婆家送来的银手镯。银手镯暗淡了父亲做男子汉的自尊，也使母亲噙上了骨肉过早分离的泪花。奶奶却自认是做了一件功德无量的好事，说：“人家张油郎家日子肥富哩。人家又只有一个儿子，日后不用分家，还不是一辈子吃香喝辣吗?”

本是一顶双人红幔小轿就要把大姐抬走的，但父亲的叹息、母亲的泪水延宕了大姐的“吃香喝辣”——奶奶起先不依不饶的，后来也就大事清楚、小事糊涂，作让步了。也许，她是忆起她六岁上当童养媳的历史，动了恻隐之心?

奶奶既有当童养媳的经历，也就有当童养媳的经验和方寸。自从大姐手腕上戴起银手镯，她就格外“心疼”上了大姐，断不了经常耳提面命些如何当童养媳的要点。那要点也不外乎是什么“三从四德”之类的具体化。无奈，大姐无心听这些奶奶实践过的古训，她感兴趣的只是那箍上手腕的明晃晃的银手镯。

银手镯，那明明晃晃的稀罕物件儿，的确给大姐带来极大的欢乐。自从奶奶眯细眼睛，借门口的一缕儿阳光，把手镯仔细盯过，又用手指头弹弹，放在耳边细听了那“嗞嗞”的声响，亲手把它给大姐戴到手腕上后，大姐就老是把袖口挽得高高的：给奶奶往头上拔火罐，袖口高高；给奶奶晚上搔痒，袖口高高；烧火、拔野菜、喂鸡，也忘不了先挽袖口。甚至给奶奶往回提尿盆子时，天色黑黑，也是先挽袖口，故意让银手镯在尿盆沿儿碰出叮当的响亮。

更多的是学奶奶的样子：偷偷褪下银手镯，借那可意的阳光，细眯起眼睛盯看不已，末了，也要用手指弹弹，放在耳边听那“嗞嗞”的声响。

奶奶对大姐管束得严，常要唬着多皱的老脸，吆三喝四的。唯独看见大姐欣赏银手镯时，奶奶的脸就会绽成一朵老菊花，还要喜滋滋儿说：

“金贵哩，是真银货……”

大姐不懂真银货究竟怎个金贵法，她只高兴细手腕上多了这明晃晃的光圈。

可是，大姐手腕上的明晃晃，晃了也只有半个月，就有了血的迸溅，从而使她的一生都黯然无光……

那是农历三月初四的早晨。大姐给奶奶送过尿盆子，又让银手镯在尿盆沿上碰出叮当的响亮，然后就站在院中的小杏树下，把袖口挽得更高些，左盯右看那金贵的稀罕物件儿。

看着看着，就有一缕儿阳光绕上了院中那棵小杏树枝头。枝头的杏花刚绽开笑的艳唇，衔些青雾凝成的小露珠儿，闪些晶莹的红亮。

忽有一个男孩子从奶奶屋里蹿出来了，那是我的哥哥——奶奶的心肝，胸前佩戴一个长命银锁，也闪着铮铮的银亮。这银锁，是用奶奶一生的私房钱打就的，奶奶肯把一生积攒的私房钱打成银亮的佩戴，正昭示着这个孙孙在她心目中的金贵。这金贵，就不是大姐手腕上的金贵可以相比的了，虽然都是真银货。

哥哥比大姐小两岁，却和大姐个头差不多，壮得像头小牛犊儿。他常得着奶奶的偏食。刚才，奶奶又偷塞给他一个煮鸡蛋，让他躲出大门外吃去。可他飞出院子，看见大姐正欣赏着手腕上的“银亮”，就不走了，就生嫉妒了。

这也难怪。他不愿大姐也有那耀眼的“银亮”，曾不止一次闹着也要去当“童养媳”，好让他的手腕上也有“银亮”。奶奶自然难遂他这心愿，只是说：“男孩子家是该往回娶童养媳呢。”于是，他就常借小牛犊似的蛮劲来抢大姐的银手镯。奶奶还算公正，每次出现抢的争斗，奶奶总是护佑大姐，还要抬手吓唬哥哥说：“看我打屁股！”说是打，手却是高高举起，又轻轻落下，落成疼爱的抚弄，先抚那毛茸茸的小头，又抚那长命锁，然后就对大姐说：“你快躲回家！”

大姐习惯了躲，看见银手镯上多了一对不转的眼睛，急急褪下袖口，正要往家躲，早有一只小手攥定了她的手腕。大姐一声尖叫，呼奶奶出来主持公道，奶奶就应声：

“手镯是大妮儿的呀！你有长命锁……”哥哥只好松开了手，在小杏树下兜个圈儿，发狠地将树下放的铡刀摇得咣当响，眼睛却还是盯着大姐的手腕。看着看着，他突然想出个让大姐挽袖口的好主意，说：

“来，咱玩铡草吧！你把袖子挽起来。”

大姐褪下袖口，是为了防“抢”，现在既无“抢”的危险了，她也正愿让那“银亮”耀眼呢。她的两个手腕露出了“银亮”，蹲下身子学大人的样子往铡刀下抻谷草。

雪亮的铡刀被两只结实的小手撑起了，闪闪的寒光和手镯的银亮辉映在一起。大姐醉心着手腕上的“银亮”，另一对小眼睛也贪婪地勾着“银亮”。这时，父亲正在贫瘠的黄土地上、在叮当的耧铃声里撒播着一年的希望；这时，母亲正在东屋纺花，也正纺着一肚子烦恼，是烦恼几个月前又养下第三个没用的丫头；这时，奶奶正在屋里拔火罐子，也正思谋着怎样给大孙儿撮合回一个“童养媳”，好早点实现那四世同堂的夙愿。

大姐忘了抻草，从铡床缩回一只手盯看那“银亮”；另一对贪婪的小眼睛也忘了铡草，伸长脖子看那“银亮”。那银亮使掌刀的小手发痒，手就一松，松出一道耀眼的白光，就听“嚓啦”一声，那白光便和铡床上的银亮抱吻了。

随着一声撕心裂肺的惨叫，那白光和“银亮”幻成猩红的迸溅，嗡嗡的纺花声骤停，就又传来母亲惊悸的长呼：

“天呀……”

长呼声里，奶奶脑门子上的火罐子滚出老远，人也从炕上滚爬到门口，也发出一声惊悸的长呼：

“天呀……”

天是晴朗朗的天，温馨的风儿柔柔的；父亲正在叮当的牛铃声里，播着庄稼人的辛勤和汗水……

母亲是从窗口窥见如杏花纷落的血的迸溅的，长呼过“天呀”，她就晕倒在纺车前。奶奶则如一块滚动的黑磐石，滚爬到小杏树下，扑到铡床上，正好压到八岁的小人儿身上，犹如压倒一株柔草。她的脚边是一堆干谷草，枯黄的谷草溅满了生命的猩红；她的身下是汩汩的血的泉涌，正有一窝蚂蚁在血泊里急急地蠕动。

奶奶昏了头、花了眼，明明抓着的是大姐的一只断手上的手镯，呼叫的却是大孙儿的名字和不幸：“大小，大小，没了手可叫我怎给你找童养媳啊！”

母亲闻声，以为刚才看花了眼，这才趺趺撞撞闯出来。看见血手镯，就又天旋地转了。旋归旋，转是转，有一点却比奶奶清醒：知道挨铡的是大姐的手，早扑上去将压着大姐的奶奶推得打了个滚儿，然后手就去掀铡刀，想掀回一只好手来。

哪里可能呢？

大姐挨铡的是右手——手腕子已被铡刀下的白光齐齐铡断，只连着些没被铡断的韧的皮肉。母亲又是一声长呼：“天呀！”就又晕倒在铡床前，两只手却把大姐死死搂在怀里。

奶奶明白不是铡了戴长命锁的孙儿的手，也就清醒了。人一清醒，也想夺回一个好手。奶奶当下麻利起来，一把扯下胸前的黑围裙，对腕子进行包扎，可她自己的手腕子也断了似的，两手抖抖的，佝偻着的脊背也抖抖的……

黑围裙刚包上，立刻就被血浸湿一片。奶奶颇懂拔火罐一类的医道，香灰治伤口也是懂的。依昔日割破手指先撒香灰后包扎的娴熟，奶奶忙又松开围裙，扯开嗓子朝母亲直喊：

"香灰，香灰，快去抱香炉来！"

奶奶常烧香拜佛，香炉里的灰不少。可香灰全倒上手腕，转眼皆作了血的涓滴。母亲傻了眼，又觉天旋地转了。奶奶却早恢复了七十高龄的老成和镇定，急中生智，急救中发展了应急的医道，又喊：

"快去锅灶下掏草灰，快呀！"

母亲提来半箩头草灰。血涌灰掩，一时不见了红的涓滴，奶奶就将黑围裙包裹上去，又一把扯开裹腿布，一匝一匝缠绕上去，缠得大姐的小手腕足有小脚粗。

包扎完毕，大姐已昏过去了。小脸枯黄，两眼紧闭，眼角溅上血，欲滴不滴，鼻翼只有些喘喘的热气儿。

这时，小杏树上的花蕾正在柔媚的阳光中，悄悄张大着艳的笑唇……

大姐被抱回家后，日夜昏迷不醒，抿着嘴唇，抿着死的苍白，怎么喊她也不应声。但在昏迷中，却又常常含混不清地念叨：

"手镯儿，手镯儿……"

母亲得着这点儿窍，每当要喂她些汤水时，就不再唤她的名字，而是偎在她的耳边轻唤"手镯儿，手镯儿"，这时，大姐就会慢慢醒过来，吃喝点什么了。后来，母亲又得着新招儿，只要想让大姐醒过来，将那只曾沾过血的银手镯往大姐的那只好手边一塞，准灵。

垂死的梦魇中，银手镯也箍定了八岁的小人儿的灵魂。醒来时，就用那只好手紧紧抓牢那只已无所依存的银手镯，举在脸前盯看不已，有时还会让明晃晃的“银光”诱出些甜甜的笑容来。

可是，后来大姐却昏迷得越来越厉害，银手镯再也举不起、抓不牢，只是眼角时刻汪些盈盈的泪水。那泪水，常随微弱的鼻息在微微颤动，颤久了，竟又不颤了。枯黄的小脸儿，日渐憔悴了下去，俨然是一片枯黄的杏叶。

奶奶自大姐铡手后，就天天拔火罐，额头不知拔下多少火罐印儿。又天天跪拜菩萨，跪得两个膝盖都肿得走不成路了。

起先，奶奶还相信着香灰加草灰的回春效力，还迷信着菩萨会消灾驱难。后来，看看大姐连眼皮子也不睁了，这才着了急，说：“好歹已是做了童养媳的人，不能就这么让她走了呀！”

为此，一家人挑大灯头，在奶奶主持下不止商量过一次，要到三十里外的西营镇请医生治疗。可一听说治疗要花两石米，灯头就一夜比一夜挑小了。

有一夜，奶奶脑门上拔着火罐子，又让挑大了灯头，敦促父亲说：

“去，去找张油郎家去，人已是他家的人，该让他也破费些钱财哩。”

一家人如释重负。满身油渍的张油郎也果然和他的婆娘来看童养媳了。

但看得结果却叫一家人失望。张油郎只看了大姐一眼，就只顾吧嗒烟，不再说一句话。那婆娘倒是坐在大姐的枕边说了不少心疼话，但临走时却顺手摸走了大姐往昔戴在右手腕上的那只银手镯。也许，要是能把大姐好手上的手镯也脱去，也会脱走的。

奶奶气坏了。母亲伤心透了。听人说，盐水洗伤口灵，母亲就用盐水给大姐洗手腕。可那时一斤盐得几斗米换，洗过三五次，奶奶就说洗不起，母亲偷偷洗，奶奶干脆就将盐罐子端走了。也难怪，那年久旱不雨，春草久久不露地面，可奶奶还张罗着给大孙子定童养媳哩。奶奶一辈子穷怕了，能不考虑着天年之灾，和度日的艰难？

眼看大姐的小命是活不长了。奶奶已无心再拔火罐、跪拜菩萨；父亲已看好一棵小椿树，准备请人打口小棺材。只有母亲珠泪涟涟，一任泪水往大姐枯黄的小脸上滴，一天总要伸出手背几次去试大姐的鼻息，看看有无热气儿。

有一天，母亲刚又把手背伸到大姐的鼻翼下，忽见张油郎又来了。

奶奶黑封着脸，说："你是又来脱手镯吗？"张油郎讷讷连声，说："哪里，哪里，我是来给送治伤偏方的……听说用花椒水能洗好！"

张油郎临走时，丢下一包花椒，花椒里还埋个银手镯。手镯的银光使奶奶的眼睛发了亮，那包花椒使母亲的心发了颤。事后听人说，张油郎的高堂老母也整日吃斋念佛，讲究慈悲为怀，这才将张油郎催促来的。

当天，母亲就依嘱熬好一盆花椒水，待滚烫血红的花椒水能伸进指头去，奶奶和母亲就把大姐的右手腕浸进那冒热气儿的血红中。大姐先是恹恹儿连眼皮也不睁，任人摆布，顷刻间就发出细弱的锐叫，猛地打个滚儿，将枯黄的小脸也翻进冒热气儿的血红之中。那热的血红被掀翻，溅了奶奶一头一脸，溅了母亲一身。母亲软瘫在地，奶奶却边擦头脸边欣喜地说：

"还有劲头！命大着呢，再熬一盆来……"

连着洗了五日。起先，大姐总是发一声细弱的锐叫，打个滚儿就昏过去了。后来，细弱的锐叫就不是一声，而是一声接一声，挣扎反抗也猛烈起来。打滚不足，还睁大恐怖的眼睛，伸出左手拼命去护右手腕，护不成就去抓母亲的头脸，母亲虽然左躲右闪，脸上还是让抓了几道血印子。这惨烈的反抗，总是让母亲浑身直打哆嗦，两只大手也按不住一只小手。奶奶每回也累个上气不接下气，白发让汗水沾在火罐印子上。

后来，每次洗时奶奶就光动口不动手，由父亲和母亲来动手。因为大姐每洗一次，哭闹挣扎个半死，然后，就喊肚饿，吃东西也越来越多，从而哭闹挣扎起来也越有精神，奶奶已怯于对付这拼死的挣扎了。

大姐白日还是恹恹儿昏睡，一到黄昏，听见父亲下地回来的脚步声，就哭起来。她知道：受洗的劫难又到了。洗前，母亲就会说："你哭，就脱你的手镯。"大姐就乖乖儿不再哭，怕脱她的心爱的"银亮"，赶紧将左手插在脊背下。冒热气儿的血红端在枕边，她就忘了"银亮"的珍贵，小手早伸出，想推远那冒热气儿的盆子。这时，父亲早按定那小手，母亲便手抖抖地，将那一只裹着黑围裙和裹腿布的残手腕浸进滚热中。撕肝裂肺的号啕，常会将父母的心哭软，奶奶便在指手画脚时，又过来帮一手：捂小嘴。有时，甚至连鼻子也捂严了，有一次，差点儿没把大姐活活捂死……

张油郎后来又送过几包花椒。

大姐的残手不知在花椒水中浸过多少次，竟真的浸出了效果。肚饿越喊越勤，枯黄的小脸儿也逐渐有了血色，后来就又喊开了手腕儿发痒，再后来，就又在炕上躺不住，出院子里走动开了。

半年之后的一天，她竟独自偷偷解开围裙，试着要往手上戴那久违的银手镯。怎么也戴不上，她就独自将手腕上的缠绕解开了。

这下惊动了奶奶。

奶奶见状，先是骂她怎敢大胆解去黑围裙，就又急忙拖过她来细看那手腕。看着看着，笑眯了眼，拉着大姐走出大门让一村人看，说："这都是敬菩萨的好报应呀！"

人们围定了"好报应"！那报应是大姐的右手腕多了一个浑圆的、红蚯蚓似的肉手镯。肉手镯虽没银手镯的银亮，却更叫人觉得稀罕。它换回了大姐一条小命，也圈定了一个不可思议的奇迹。这奇迹，是用奶奶的黑围裙包住的，是裹脚布缠定的；是血红的花椒水浸泡出来的——也许，这断手再植的奇迹，只能发生在我的家乡那块黄土地上吧？

大姐有了肉手镯，奶奶就收去了那只银手镯。也难怪奶奶，因那肉手镯鼓起老高，银手镯就再戴不上了。

从此，大姐只好挽高一个袖口，右手则总是缩进袖筒里，是怕人看见，不，是她自己就不敢看。

八岁的小人儿已记不少事了。肉手镯会勾起她多少回忆啊！

大姐的手痊愈后，按说婆家早该打发一乘红幔小轿来把她抬回去“童养”起来。可是，婆家却久久无人来露面。据说，走乡吆喝，串户换油的张油郎总是远远就绕开我们村子。

奶奶着了急。不把大姐“童养”走，她就无法给大孙儿童养回个小媳妇呀！

无奈之下，奶奶只好频频托人捎话。捎话没回音，又只好打发父亲去走一趟，这才换得大姐的婆婆亲自来家走了一趟。

大姐怕见婆婆。婆婆生一张胖腚似的麻子脸，秕谷眼陷在胖腚里，目光尖得像锥子，样子怪吓人的。大姐怕见婆婆，还有一个原因：她听大人说，婆婆那次来看她，顺手从枕边摸走过银手镯。她以为婆婆这次又是来往走捋她的银手镯，所以，早早儿就躲起来了。

哪能躲得过？大姐到底还是被奶奶推搡到婆婆眼皮下。她怯怯儿不敢动，不敢在婆婆眼皮下抬眼皮，只是把两只小手藏在身后，缩在袖筒里。既怕捋走银手镯，又怕看见肉手镯。银手镯是她的心爱，肉手镯是她的痛苦呀！

婆婆没动银手镯，而是捉过那只有肉手镯的手，用锥子眼盯，用戴铜顶针儿的手摸。摸过红蚰蜒似的肉手镯，就又分开五指细揣细摸。揣着摸着就皱了眉头白了眼，嘴角咧成个歪口坛子，发一声惊呼：

“哎呀，这手……”

奶奶忙抢过来，捉住手问：

“怎啦？怎啦？”

“你看……”

奶奶细看之中惊呆了，也“呀”了一声，就脸儿灰灰，没敢再吱声，丢开大姐的手去拔火罐去了。一定头痛得厉害。

原来，大姐的手腕虽然有了肉手镯的奇迹，手指头却落下残疾：五根指头中有两根出了毛病。食指直着弯不得，中指弯着直不得。这残疾，因大人从前只注意她的手腕，又因她整日将小手缩在袖口里，竟没被发现。现在被大姐的婆婆指明了，看清了，这才使一家人又惊慌起来。

父亲叹息着有气无力下地了，母亲垂泪牵着大姐的残手出来了，奶奶则在拔火罐的同时，调动着智慧，强装着笑脸，和大姐的婆婆关起门来进行艰难而又严肃的谈判……

谈的结果，奶奶没肯露一点儿口风，而是当天晚上就让大姐和她睡在一起，挑大灯头，逼大姐学开了针线活。

从此，一个八岁的小人儿失去儿童的欢乐和自由，被奶奶“监禁”在东屋里，没明没黑地让针线穿绕上了。

大姐成了笼中小鸟，只能从门缝里去觅得一线天地，连片小杏树上的绿叶也看不全。大姐的心在蓝天下、阳光里，在小河畔的绿草里，在崖畔红丢丢的酸枣上，在燕子的呢喃声里。但这一切却只能靠眨巴眼睛或闭起眼睛去痴想缅怀了。她能看到的，只是奶奶额头的火罐紫印儿、苍白的头发、多皱的老脸、灰黄的眼珠子、缺齿的瘪嘴，——还有，奶奶为惩戒警示她专心针线活儿预备下的笤帚疙瘩。

更可怕的是针线活儿难为死了她的那只残手。发直的食指捏不紧针，捏针时，弯而不直的中指顶着手心。硬要捏，一根针就如一根椽子重；再捏下去，针又重似大梁，手心让顶抠得钻心疼。且重且疼，黄豆汗珠子就从额头鬓角脖后颈晶晶莹莹往下滚。滚湿领子，打湿袖口，前襟也会湿一大片。稍有怠慢，奶奶的笤帚疙瘩就会去亲热她的小脑袋，高高举起，换一声“砰”的脆响，留一个青紫疙瘩。火罐子在奶奶额头留纪念，笤帚疙瘩在大姐头上留教训。一老一小，白头黑头，都和青痕紫印有缘分，都是与日俱增。于是，奶奶的苦心、大姐的苦水就在一个炕头上日日交融循环了。

奶奶“监禁”厮守着大姐，却又从不看大姐一眼。但只要大姐稍有怠慢，奶奶就会发出警告，捏紧笤帚疙瘩，敲炕沿边一下。于是大姐的心便被奶奶捏紧，从而也捏紧那怎么也捏不紧的针，捏出一脑门黄豆汗珠子，捏得小脸儿枯黄起来。

针，终于能捏紧；线，终于能信手柔柔儿绕；奶奶的一块块破布上，终于能让大姐耕耘出一片片细密有致的针线天地来。奶奶暗将高兴抿紧在瘪嘴里，眉头却是皱着的，笤帚疙瘩也照样预备着，递过一只鞋帮子，只吐一个铁硬的字：“缝！”

大姐的针线活儿有长进了，竟能为奶奶纳出一对像模像样的鞋帮子了。人呢，却如泥塑木雕般，能从早到晚坐在炕头一动不动。已经不需要奶奶终日厮守，只要将笤帚疙瘩往跟前一放，就能镇住大姐枯黄的小脸、枯黄的心。

可是，当奶奶后来连笤帚疙瘩也放心撤去时，大姐独守炕头就难再低眉垂首、一动不动了。外面有鸡鸣犬吠，她直起耳根；外面有柔柔的风儿扑面，她枯黄的小脸有了酥痒；外面有沙沙的雨声，她的心有了滋润的渴念。终于有一天，小杏树上洒满明媚的阳光，又有了探头探脑的小青杏，她的眼睛就先拉开一道门，她的身子里就有了鲜活的流淌，她的心就在急跳中再难按捺，扔针抛线，乍撒着两只小手，连鞋也没顾上穿，就飞出了门。

大姐快活了半天，奶奶已拐着小脚，磕磕绊绊来追寻她了。

大姐唬得魂儿出窍，没命先跑回家去，钻在母亲怀里，像个黄嘴小鸟一样，哀哀鸣叫：“娘，我怕……”

母亲没能护佑成她。

奶奶回来后，先是气得浑身打哆嗦，后来就熬花椒水。熬好滚烫的花椒水，就喊“让她记下这一回”，强拖大姐到冒热气儿的血红前，抓起她的残手，露出那红蚯蚓似的肉手镯，强往血红里浸——奶奶老辣，奶奶有算计，奶奶记着当初花椒水里的惨烈，奶奶知道大姐最怕什么。

父亲苦苦求情，母亲替大姐给奶奶跪下一地的泪水。奶奶吐一声“娇子如杀子”，又吐一声“惜苗儿坏苗儿”，还是丢开供菩萨的慈悲，换一副铁石心肠，硬把大姐的小手浸进冒热气儿的血红中。

大姐晕过去了。没等手挨盆沿儿就晕过去了。也许一闻见花椒水味儿就晕过去了；也许一听说要用花椒水洗，就晕过去了。谁知道呢？

当夜，母亲搂着大姐，抚着肉手镯，泪水流了一枕头。流得不是泪水，是一盆子冒热气儿的花椒水。

奶奶一夜也没睡，跪在菩萨像前，边哭边说，眼里也淌了一夜花椒水。她的泣诉，除了让菩萨饶恕她的铁石心肠，也透露了那次和大姐的婆婆关门恳谈的内容：

“人家要退婚，要收回银手镯，说是不愿白养个日后不会拿针捏线的媳妇啊……”

奶奶还在菩萨像前，在缭绕的香烟里，总结了她做了七十年女人的经验和苦衷：

“活个女人，除了有生养本领，就看针线活儿高低呀！”

母亲听见这泣诉，第二天又主动把大姐送回奶奶炕头，还红着胡桃眼表示愧疚：“娘，你想得远！”

奶奶抬抬她的胡桃眼，低声说：

“我比你知道该怎心疼她……”

从此，大姐就不仅是笼中鸟，而是淹在花椒水中的小鸟了。只要奶奶的瘪嘴吐一点有关花椒的唾沫星儿，大姐就会让淹个半死。

花椒水却也泡出了大姐一手好针线活儿。终于，婆家同意用一顶红幔小轿往走抬大姐了。

婆婆事前是曾来验过大姐的好针线活儿的。赞叹之后是惊叹：

“怎就能调教出这本领？”

奶奶得意非凡，传授了奥秘：

“她不学就给她熬花椒水……”

奶奶万没想到这泄露会换得大姐日后的长久灾难。会让那婆婆如法炮制，也学会了熬那血红滚烫的花椒水。

大姐童养过去没出半年，就让麻脸婆婆用花椒水洗了三回肉手镯。张油郎家不仅压麻油、小磨香油，也压花椒油。他家有的是花椒。整日吃香喝辣的麻脸婆婆，也有的是熬花椒水的工夫。

至此，奶奶追悔莫及，每次大姐逃回来，她都抚着大姐的肉手镯，洒一串儿浑浊的老泪。但是，童养出去的闺女也是泼出去的水，末了，还得劝大姐回婆家。

大姐死活不回，奶奶就只好又狠起心肠，吓唬大姐：

“不回，我给你熬花椒水……”

大姐两头让花椒水泡来泡去，真不知打了多少回丧魂丢魄的哆嗦。

奶奶从此也如整日掉进花椒水中，不久就谢世了。

奶奶临咽气时，恰好大姐又让婆家的花椒水泡得逃回来。奶奶特意把大姐招到病榻前，抚着大姐的肉手镯，哽哽咽咽出许多疼爱追悔话，末了，却又说：

“熬吧，熬吧……”

大姐一听到“熬”字，还以为奶奶又让熬花椒水撵她回婆家，当下就吓得晕过去了。

事后才知，奶奶是人之将亡，其言也善，所说的“熬”，是让大姐好歹咬牙熬煎些年头，等生养出一大堆儿女，熬成婆婆就熬煎出来了。

大姐当年才十二岁。要熬到当婆婆的一天，花椒树真不知要在黄土地上花开花落多少回，又要结出多少花椒来。

红樱桃

二姐出生在农历正月十五夜里。落地时，清寒的夜空正好升起一轮亮莹莹的圆月，奶奶就且惊且喜说：

“贵相，女生十五主贵哩!”

奶奶在家里家外颇受敬重。这不仅因为她具有诸多的做女人德操，还因为她在笃信与供奉菩萨的同时，对阴阳风水、生辰八字一类也颇精通。所以，她对二姐的“主贵”之说，也就让二姐得着“恩宠”、备受高待了。

那“恩宠”，宠出了二姐的桀骜不驯；那高待，使她很快野成一匹没笼头的小驹子。

二姐好动。她跟母亲上地挖野菜，听见坟地里蝈蝈叫得欢，就欢欢儿奔坟地去了；又听见石鸡子飞出荆棘丛，她的两只小手乍撒开也变成了“翅膀”。母亲喊她，她不应，而是悄悄溜回来，将母亲挖的野菜偷匀进她的菜篮里许多，躲在附近。待母亲归来责问她，她却诡诡儿地眨眨眼：“我比你挖得不少呀!”母亲抬手想打她，可一想到那“主贵”之说，就又软软落下来。

二姐胆大。狐狸在村边的庄稼地里叼走奶奶一只心爱的芦花鸡，她竟敢独自追进深山野沟里，天黑不归。跟奶奶下河洗衣服，她竟敢独自跳进深潭，淹个两眼翻白，被人救上来，吐一摊黄水，就嘻嘻笑开了。为此，父亲要责打她，可一想奶奶那“主贵”之说，就又叹气作罢。

二姐嘴馋。别说成熟的红樱桃，就是小青杏、小毛桃、小绿枣，只要一从绿叶下冒出来，她总是要爬遍每家的树。有人寻上门来，兴师问罪，奶奶便回一句：“她是十五生的呀！”来人便怯怯儿退去了。

奶奶的“主贵”之说，使二姐得着许多儿童的快活。可她后来竟没规矩到偷上奶奶的菩萨小木像到外面玩，气得奶奶打转转，终于吐出一句：“十五生的也不一定主贵！”于是，她的无羁无绊、无忧无虑的快活也就到这里画了句号，从此掀开了灾难的一页。

她改不了好动、胆大、嘴馋、没规矩，就有许多的打骂责罚来改造她。皮肉之苦，绵绵不绝，身上的青痕紫印，常常是起了消、消了起，或者不消即起。大人下手也一次比一次狠起来。

起先，二姐还害怕，还哭喊，还告饶。后来，就成了吓出来的墙头麻雀儿，不害怕，不哭喊，不告饶——而是两眼一闭，任打任罚，事后呢，照样我行我素。为此，母亲不知抹过多少回无奈的泪，父亲不知摇头叹息过多少声，奶奶则愤愤跺脚说：

“当初就该在尿罐里溺死！”

一家人皆恶二姐，从而一村人也恶开二姐。就连本家族德高望重、颇读过些诗书的文魁爷爷也说：“难养也……是家族的不幸啊！”

不幸也好，难养也罢，却还得养下去，总不能这么生埋活葬吧。唯一的希望是早点把这难养的小人儿发落个出嫁处。可像大姐那般往出童养，已时过境迁，为抗日政府所不允，这就又叫大人们感慨生不逢时。文魁爷爷就曾愤愤说：“还是满人的清朝天下有规矩啊！”

好容易树叶儿又落了两次。亦即过了一九四二年灾荒年，二姐九岁那年，发落她的机会来了。

机会是舅舅去世后出现的。舅舅自日本人出现在太行山不久，就得神经病了。得病的起因要推溯到姥爷。闹义和团那阵，姥爷随人到上司村一带烧过洋人的教堂。义和团败北覆没后，姥爷闻说洋人要来杀头，就早早儿轻贱了他的一条命。姥姥抚孤守节中时时担心着洋人有朝一日来搞父债子偿，就时时向舅舅输灌洋人的可怕。所以，日本人一杀来，舅舅就认定他在劫难逃，东躲西藏，终致疯癫，步了姥爷的后尘。

舅舅一死，就只剩个病恹恹的姥姥，形单影只，无以度日。母亲为了一颗孝心，便决定派一个女孩子去晨昏侍奉姥姥。

那时，大姐早已童养出去，正在婆婆家的花椒水里熬煎着，三姐尚年幼，可堪此任的就只有二姐了。

二姐虽然在家常有受不尽的皮肉之苦，真要让离开，偏又热热恋着不去，说：

“怎就让我去呀！”

这倒让母亲作难了。说厌恶，不是时候；责罚，又怕她更犟着不去。于是，只好照实说：

“娘心疼你姥姥……”

见母亲情意眷眷，满眼汪泪，二姐便眨着黑麦芒似的长睫毛反问：

“姥姥心疼娘吗？”

“心疼哩，心疼哩……姥姥是娘的娘嘛，娘是姥姥的闺女嘛，天下哪有娘不心疼闺女的……”

母亲动情地只顾说下去，没想到九岁的小人儿的问话竟自有深意，只见二姐苦着脸，突然哽咽起来，说：

“娘，你怎不心疼我呀？”

母亲突然想起自奶奶撤回“主贵”之说，就再没心疼过二姐，先是一愣，就又无言可对，背转了身子，然后才转身抚定二姐那被打惯了的小脑袋，让二姐得着久违的温暖，让二姐偎在胸前，听见热的跳荡与搏动……

但二姐得着这温暖，就更不想去。后来，母亲针对她的嘴馋，说：

“你姥姥家有樱桃树……”

二姐受此诱惑，又知正是樱桃成熟季节，这才欣然答应：

“娘，我替你心疼姥姥去！”

当天后响，二姐就让母亲送到五里外的胡家庄替娘心疼姥姥去了。不，她是急着要去让樱桃甜她的嘴，才说那句让母亲心甜的话。她生怕这甜嘴的差事儿跑了，才有那样的伶俐。

二姐初去姥姥家，比她的命运正“主贵”时还要幸福得多。

每天，除了给姥姥烧火、点灯、洗碗、提送尿盆、捶背、捉虱子——然后就是到后院的那棵枝儿繁、叶儿茂、硕果累累的樱桃树下吃樱桃。

樱桃正醉红。二姐的小脸也让樱桃染红了。

万千樱桃正等着她一张小嘴儿随心所欲吃。樱桃甜得嘴角的窝窝儿直打漩儿，浑如嵌了两颗溜转的红樱桃。二姐每天变着花样吃：或一颗一颗往嘴里扔；或小半把樱桃同时塞进嘴里，塞鼓了腮帮子；或噙而不嚼，让熟透的樱桃慢慢化开；或嚼而不咽，细品个没完没了；有时，竟是咽而不嚼，让那嫩红的圆满溜滑进喉头。

可是，待最后一颗樱桃也让她的小眼眨巴下来，树下就只剩些红的回忆、绿的惆怅。

她是个野惯了的没笼头的驹子。她很快就发现这房舍破败、危墙耸立、空落寂寞，只有一个垂暮老人的院落不是她的洞天福地，而是一个鲜嫩活灵的小生命的囚牢。

是的，这院宅枯萎了姥姥的生命，也正枯萎着一株小小嫩草。院门时时紧闭，墙角到处是蛛网荒草。白日，尚有鸟雀飞临，阳光漫洒；一到太阳落山，这里就无异是古墓荒冢；夜里，就只有如豆灯光的胆怯了。

她怕黑夜。她盼白天。但盼来白天，也盼来痛苦。姥姥不让她外出，她偷溜出去过几回，姥姥就把大门用一把二斤重的老式铁锁锁得死死。

锁住人锁不住心。心就生恨，就觉姥姥一点也不值得心疼，而是心疼起自身的不幸。

姥姥没了她的心疼，咳嗽没人捶背，剔牙没人递草棒，尿盆子没人掂，火没人烧，灯没人点，就满院吆喝，挪着小脚满院寻找。老朽之身，两眼昏瞎，小人儿不需躲藏，只要悄没声儿隐在其身后就行。

于是，姥姥就放声悲恸，哭一生的凄苦，哭眼下的不幸，哭早年丧夫，哭老来失子……仿佛满世界的不幸都蕴积在她的肚子里，又骤然决堤。

二姐惧怕了这哭。这哭声也太瘆人。每当这时，二姐就会看见房梁上的灰尘串子唰唰震落，听见老鼠吱吱乱钻。耳朵嗡嗡响，后脊梁也有凉凉的恐怖流下来，想要逃开，脚又挪不动……

二姐生了逃回家的心。此念一生，如火如炽。要逃，九岁的小人儿自有其智慧，便一次次和姥姥斗智，先是偷了铁锁钥匙，就又攀树逾墙，后来竟在后院墙上掏了个洞——但失败的最终还是她，每次都是遭一顿毒打，又让母亲押送回来。

掏洞的逃法使母亲发了愁，料定二姐还会再掏洞而逃，母亲只好在姥姥家暂时住下，想思谋个杜绝再逃的法子。法子母亲没能想出来，姥姥却想出来了。

姥姥所以能想出，是姥姥毕竟老辣，而且比母亲绞的脑汁多。因为，姥姥更怕二姐的逃。二姐是她枯槁生命中的一片绿叶，是她风烛残年中一盏亮亮的小灯。姥姥大概还觉八十高龄也没活够，还想再给这个兵荒马乱的人世多留些苦水，多添些哭声。

姥姥的“老辣”是要给二姐裹脚，裹一个“三寸金莲”，看你再跑。

母亲起先不答应。一说裹脚，她就先自头皮发麻，浑身哆嗦，立脚不稳。这也难怪，她是在二姐这般年纪裹的脚，自知其中滋味，知道那是怎样个痛苦法。二姐毕竟是她生养的，她不愿二姐也吃这般苦——再说时代变了，抗日政府已不让裹脚呀。还有呢，日本人常来“扫荡”，让二姐拐两只小脚，说不定逃反慢了，会死在刺刀下……

可是，姥姥一哭诉，就哭软了她的孝心。母亲唯一担心的是怕抗日政府来过问，触着王法，后来问了抗日村长。村长颇含糊，说："按说……不允许，不过……为尽孝道——自家的孩子！自家看着办吧！"

于是，母亲得着"看着办"，就和姥姥齐心协力真给二姐裹开足了。

姥姥和母亲都想到二姐的桀骜不驯，生怕裹足时不顺当，事先好一阵密室策划。

姥姥是清朝同治末年裹的足，母亲是孙中山就任临时大总统的民国初年裹的足。都有这经历，也都有这经验，策划起来也就有借鉴、有发展，能做到滴水不漏。

姥姥说："我当初……由两个男人硬按着，还都出了汗，这回跟前没男人，得事先捆住她。"母亲说："我那时也是捆起来的……要捆，最好乘黑夜她睡着后，省得像我当年早早儿就哭闹起来。"姥姥说："要捆就捆个结实，要裹就裹个像样的小脚，到时你这当娘的可不敢手软——不要像我当年，一看你哭闹就手抖……"母亲的声音打着战，硬支撑着说："你放心，我好歹要心硬硬地动手！"

当天小半夜，月黑黑，星昏昏，突然，一盏昏灯亮起来，就又有了尖厉的"娘呀"哭喊声。声音很快让堵上，只剩下猛烈的小脚扑腾声。扑腾声里，两个大人影儿在晃动，还伴以低沉急切的对话：

"娘，你使劲摁着……"

"摁哪！"

"娘，拿裁好的生白布来……"

"摁哪！"

"娘，我手抖哩！"

"……别去想你是她的娘！"

灯影里现出一双反剪的小手；灯影里四只大手忙乱着；灯影里正有一

长绺儿生白布一匝一匝往两只小脚上缠绕着，缠绕着；灯影里又有了滴滴虚汗往下滚……

灵醒的狗，先是大声地吠叫，接着就复归平静。只有昏惨惨的灯影里，两只小脚还在无力扑腾……

裹过足，母亲第二天后晌要回家。

原以为二姐不能再逃了，大门也无须再上锁了。哪知母亲前脚刚走，二姐就一瘸一拐奔出大门。姥姥慌忙追赶出来，只看见个一瘸一拐的小背影。

二姐不敢顺大路走，择了一条荒野小径，想躲过母亲的拦截。跑出没多远，裹足布就脱开来，她干脆扯掉那一匝一匝的裹足布，赤着小脚狂奔起来。脚下有尖石，有野蒺藜，有荆棘，有葛藤，走着走着就栽倒在地。栽倒后就爬着走，爬破了膝头，又摇摇晃晃站起来，又栽倒……

当母亲走到山野一个岔路口时，看见前面横躺着个熟悉的小人儿，一个不敢认的小血人儿。两只小脚血肉模糊，昨晚刚裹紧的五个脚指头又乍撒开来，显示着不屈的可怜、顽强的殷红。小腿上划满血道道，脚板下是一个又一个野蒺藤……

“天呀……”

母亲急忙扑过去，将两只小脚紧紧地、紧紧地搂在怀里——直至天近傍晚，母亲才揩着泪水背起了二姐。她曾想把二姐重新背回姥姥家，但看看那两只小脚，又折转身子犹豫不决了。

“娘，咱回家……”

二姐的两只小脚在后背扑腾起来，母亲只好踏上回家的路……

二姐回家后，脚伤刚好不久，就遇上了日寇“扫荡”逃难。那次逃难，给她留下一个永久的纪念：左眉梢多了一块月牙形伤疤。伤疤红红的，像是爬定了一条钻眉心的小红虫子。亏是隐在黑黑的细眉下，要不，就会损害她的美丽了。

二姐的“月牙儿”是夜间在逃难洞口“升”起的。白日，日寇漫山遍野搜寻游击队，一村人皆东逃西散。母亲和父亲走散了，便带着三个孩子随一群人钻进了木瓜沟的逃难洞。

外面，枪声阵阵吓煞人；洞里，个挨个儿挤死人，热汗臭气也能呛死人。就这，人们宁愿把洞做个大棺材，在此同归于尽了，也没个胆大的敢往洞外瞅一眼。直至枪声渐隐，战事平息，夕阳已落山，一洞人也还如泥人木马一动不动。

只有二姐这个小人儿胆大，早耐不住这挤和呛，一心想溜出外面去。

她先是转着乌溜溜的眼睛向外瞅光明，瞅了一阵，就试着往外溜。母亲虽然早被憋闷得昏昏沉沉，但还不时摸摸几个孩子的鼻息。再摸时，发现少了一颗小脑袋，就知是少了二姐，忙轻唤一声：

“二妮儿!”

这时，二姐已在挨挨挤挤、昏昏沉沉的人缝里钻来钻去，钻到了洞口附近。听见母亲唤她，不能不答。本是想出去透口气儿，再到沟里去摘樱桃吃，却又不得不扯谎：

“娘，我想去撒尿哩!”

她以为：这理由最正当、最有说服力。平时，大人不是常说：活人不能让尿憋死吗？殊不知，这兵荒马乱年头，人人宁让尿憋死，也不敢见鬼子个影儿。

母亲真不知有多发急发气发恨。想骂，气噎得骂不出声；想打，已经够不着；便叹口气，任她九死一生去。

二姐以为得着了默然的恩准，小身影儿一闪，趁昏昏天色，乍撒着两只小手，眨眼就无影无踪，只留下一阵碎石沙沙的滚动声。这一来，一洞人皆从昏沉麻木中惊醒，开始惊惧不安。紧接着就是一阵嘁嘁喳喳的议论声：

“谁没憋着一泡尿!”

“是呀，整整钻了一天洞!”

“日本人大概还没走呀!”

“出去是找死哩!”

声音渐高，早有人发出嘘声。一阵沉默之后，还是有人忍不住胆怯的义愤。有说母亲无家教的，有说二姐会把鬼子招惹来的……越说越严重，越想越后怕。偏偏这时，德高望重的家族长辈文魁爷又火上浇油，为这件事做出点评式高论：

“……难养也，这是引狼入室啊!”

狼就十足地可憎可恨。人们自然会意这“狼”是指比狼还凶恶的鬼子，这“室”就是眼下藏身的洞——登时就有了咬牙切齿的诅咒和汹汹的追悔：“刚才就该把她掐死……”

母亲深知众怒难违，也自感罪孽深重，饮泣着说：“都怪我，都怪我，饶我这一回……”

“饶?说得倒是轻巧，一洞人的性命呢。”有人大声嚷起来。

“那叫怎办哩?”

似乎没人能说出“怎办”的高见，只是一片沮丧的唏嘘声。那唏嘘声，如山一般压迫着母亲，压出无限追悔。假如二姐被重生一回，一定会给溺死在尿罐子里。好在文魁爷又有新的点评，说：“这里离祖坟不远，祖宗兴许会庇荫!”一洞人才透过气儿来。

但是，二姐久去不归，很快又让一洞人不安起来。偏偏这时隐隐地传来一声零落的枪声，虽极远，人们却听来近似咫尺，一阵骚动。有人偷眼洞外，竟草木皆兵，说是已经看见不远处有鬼子的影子。其实，那不过是一株小朽树。到底又有人辨认出是树非人，这才又度过一场虚惊。

月上东山。

是十五的月亮，正安谧地亲吻着这片黄土地。有一缕柔和的光亮吻到了洞口，一洞人竟视光亮为莫测大祸，拼命往里挤，想把生命藏匿在窒息的黑暗里。文魁爷年岁大，经不住这挤，忙呻吟着说："别挤呀！"而他的老朽之身却始终没停止往里面蠕动。

突然，洞外传来沉重的皮靴踢踏声。那声响是冲洞口而来，而且越来越响，越来越近。皮靴似踩上了每个人的胸口，踩出了瑟缩的咕哝：

"躲过初一，躲不过十五……"

于是，那十五的月光就让一洞人视为死的光临。

一洞人在沉默中等死……

但是，伴着皮靴的沉重，来到洞口的却是二姐那瘦小的身影儿，正披一身柔柔的月光，朝洞口里嘻嘻儿巴望呢。一洞人皆松了口气。惊魂甫定，就有了轻蔑的怨愤：无非是怒目而视一类的表情和长吁短叹的责骂吧。但转眼间就又意识到不妙，又紧张得要命。谁能料定这小身影儿后面跟的不是端刺刀的鬼子呢？于是，小身影儿又如探向洞口的刺刀尖儿一样骇人。

小身影儿毕竟不是刺刀尖儿，很快就向人们报告了外面的太平：说是早用不着怕，也无须再这么钻洞。人们似信非信，皆朝二姐探头探脑。月亮渐升，光亮在洞口已是溶溶的一片。溶光里，正有一对无邪的星眼，闪烁着安然的嬉笑。人们顿时一哇声儿夸开二姐的好胆量，夸她带来了无恙的福音。文魁爷自然又要以德高望重的身份做一番点评：

"有志不在年高哇！虽是女流，好哇，好哇！了不得！古有梁红玉、花木兰……"

文魁爷这么一说，不少人已争着往洞口挤，争那洞外的新鲜和太平。

正挤着，文魁爷却发出老谋深算的质疑："哦，皮靴声，刚才那皮靴声呢？自古兵不厌诈啊！"

一洞人又争着往回挤。若要有诈，可别先"诈"到自己头上……

又是一场虚惊。二姐的小嘴里噙着樱桃。曾被裹过一次的小脚，此刻正套着一对鬼子的大皮靴，难怪刚才有那样宽松响亮的踢踏声。一洞人又争着往外挤。

要知道，樱桃引人流口水，皮靴更惹人眼热。

二姐得意非凡，突然又从手心里亮出一块亮莹莹的洋物件儿，说是和皮靴同样得之于一个摊手摊脚的死鬼子手腕，好玩着呢。

刹那间，一双双眼睛瞪得比那亮莹莹的洋物件儿还圆还大。众人盯看出稀罕，却也盯看出莫测的困惑。

文魁爷晃着苍白的脑袋，盯看得最仔细，连称“怪哉，怪哉”。是有点怪哉。瞧，里面有转动的细针，针头偏又是血红的，偏又有着“嚓嚓”的跳荡声，偏又得之于手腕——鬼子杀人放火，不都是用手吗？

文魁爷不敢再看，慌慌儿率先又钻洞。他一钻洞，人们也争相效法，认定正有凶险在即，眨眼间又钻回窒息的黑暗里。

二姐还在洞口托着那小物件儿借月光的莹亮赏玩，于是，黑暗处闪出聚拢的仇恨，俨然洞口正立着一个偌大的祸害，而那小物件儿比鬼子刺刀还可怕十分。

为了化险为夷，早有了鼎沸的议论。激烈者提议把二姐赶跑，平和者说把那小物件儿扔掉就行。深谙中庸的文魁爷来个折中，说：走远点再扔。诸多众议难落实，因为二姐已经喜爱上这奇异的莹亮与跳荡，听那赶跑和扔远之说，她感到了另外的可怕，竟要钻进洞里，到母亲身边寻求护佑去。

这就更激怒了一洞的人。激烈者更激烈，平和者难平和，中庸者难中庸。众口一词，恨不得用唾沫星子将二姐淹死在洞外。同时，早有人朝母亲咆哮上：

“你还不快动手，等甚？”

母亲忙疯疯儿抢到洞口。

“快动手呀！”一洞人催促道。

母亲定定神，才想出该怎个动手法：先是去抢夺那个小物件儿，无奈二姐拼命反抗，亦如反抗裹足那般勇烈。母亲发急发气发狠比刚才要厉害得多。刚才是担心二姐一人出洞九死一生，此刻则关乎的是一洞人的安危啊！

母亲恨不得照激烈者所说，一把将二姐推到洞下面的深沟大壑里去。于是，那只戴铜顶针的手，高高举起，兜头劈下来。

但听一声尖细的“哎呀”，小手软软松开了。早有眼疾手快者，急急窜出洞，捡起那晶莹的小物件儿，奋力挥臂朝深沟大壑一抛。

沟底久久才传回细微的金属脆响。

二姐晕过去了。

一洞人这才钻出来。瞪着染血小脸的是母亲发直的眼睛，围“着软瘫的、晕死的”是众多闪闪发亮的轻松。慢慢地，文魁爷的睡意首先浮上来，说是“还在这里过夜”。于是，众人也就认定还是睡这里比回家好；于是，窒息的黑暗里就有了一个息息相通的长梦。

母亲抖抖儿往洞里抱二姐，抱时，发现她的小手不知何时又攥得紧紧，好像又攥定了那危险的物件儿。母亲慌了神，急忙往开掰小手，掰得很艰难，费了好大劲才掰开。仔细辨认，这才发现是一把黄土，混一粒干羊粪蛋儿。黄土和干羊粪蛋儿没危险，母亲这才嘘了一口长气，但又摸见了二姐的小衣兜里压瘪的樱桃……

从此，二姐的左眉梢多了一块月牙形伤疤。伤疤究竟是铜顶针的铭记，还是那物件儿对二姐的留恋，谁也说不清。

一洞人能够记得的只是那个月夜化险为夷的庆幸。

多少年后，当人们终于增长了见识，明白了那晶莹的物件儿原来是块金贵的夜光表，不知有多少人借故去那深沟大壑游转过。

想是那晚的月牙形伤疤太铭心刻骨？二姐从十四岁上就义无反顾离家出走。多少年后，当她回到这块黄土地后，也曾特意去那深沟大壑徘徊过一次。她为什么要去？她去寻觅的又是什么？

肯定不是寻手表，因她手腕上就戴着一块亮莹莹的夜光表……

长命锁

三姐和二姐不同，一出世，就有两个不妙的诨号：一是“小催命鬼”，二是“贱胎”。

“小催命鬼”是母亲给起的。三姐生不逢时，正好出生在遭灾后的腊月天，还偏偏赶的是闰腊月。闰腊月也罢，出生那天偏偏正有催租逼债的闯进门，横眉竖眼，要端锅拆灶。当时父亲躲债去了，母亲便苦苦哀求，哀求总算生了点效，没有被端锅拆灶，但催租逼债的不解气，临走时朝母亲狠狠踹了一脚。母亲被踹倒在地就爬不起来了，跟着就肚疼，就难产。呼天抢地一天半夜，才好歹将三姐生下来。难产也罢，三姐落地还偏偏是个“背母生”——后背朝天，头脸朝下，而且脖上还缠绕着脐带子。按当地风俗，这“背母生”和“脐盘脖”，皆是“妨母”的征兆，母亲为生她，确也差点丢了命，所以，称她为“小催命鬼”也就是顺理成章的叫法。

“贱胎”是奶奶的叫法，那也是有来历的。

母亲怀着三姐时，奶奶因母亲已生过两胎闺女，男孩子却只生了一个，生怕再生个女的，更不成比例，便早早儿就请一卦相高明的瞎子打了一卦。问卦的结果是：“八成生男，还是个大富大贵的；若要生女，就是个贱胎。”母亲临产时，奶奶始终厮守不离，不知默念了多少遍“阿弥陀佛”。三姐一落地，奶奶看是“背母生”，而且不哭，先自慌了神。不管母亲的死活，就急急朝孩子的后背猛拍几巴掌。原本想拍出哭声也拍回一个大富大贵的孙孙，结果拍定的却是一个“妨母”的“贱胎”……本想顺手丢进尿罐子里溺死，又觉供着菩萨，吃斋念佛一辈子，这才发了慈悲为怀之心，把三姐抱回怀里来。

因为三姐是个“催命”的“贱胎”，母亲和奶奶便对三姐的命运达成了默契：“冻不死、饿不死就行。”

从此，三姐便在这“冻饿不死”的标准下往大长。

三姐刚一岁多一点，大人就塞给她一个小木碗，由她独自端着吃。饭稀了，汤汤水水流一胸脯，小手常被汤烫起燎泡；饭稠了，一群鸡会包前围后，伸长脖子肆无忌惮到小木碗里抢食吃。小木碗常被啄翻，三姐嘶声哭，大人顶多看一眼，骂几句，却不再重新盛饭。肚饥肚饱没人问，只要小木碗还是小木碗就放了心。

三姐的衣服，从没专门耗过一条线，皆是拾掇着大姐、二姐的穿。大姐穿破，二姐穿烂，三姐穿在身上就更且破且烂，缺领少袖，成了不成衣衫的衣衫。鞋也是这样，大姐穿烂鞋帮，二姐穿露鞋底，三姐穿时，穿和不穿几乎没什么两样，还不如光脚丫子利索。

三姐最大的不幸，其实还不在冻饿不死，而在没人理睬。

父亲忙于稼穑，偶有闲暇，粗糙的大手也是抚在唯一的儿子——哥哥身上。母亲更忙，要操持家务，要下地干活——好巴掌能捂几个洞？何况三姐还是“小催命鬼”。

至于奶奶，那是看三姐远没一只鸡值钱的。鸡下蛋后，奶奶的眼里总会闪出热热的光，撒些秕谷犒劳一番。可要看见三姐，脸就沉下来，头也仰得高起来。

由于没人理睬，三姐四岁了，还像个哑巴，甚至连“爹娘”的音儿也叫不准。不是嘴笨，而是没呼爹唤娘的机会。试着叫一声，也是棉花捶敲锣，没回音儿。于是，三姐的小嘴除了吃饭，就整日咕嘟着，咕嘟久了，嘴角竟弯出两道纹儿，也弯出了她一生的罕言寡语。

三姐的眼睛似乎也派不上用场。一对黑亮亮的大眼睛，由于整日没人理睬，成了沉寂的潭水，微波儿不泛，只会怯怯地、呆呆地偷瞅人。更多的时候是垂下双棱儿眼皮默默地低头抠手心，抠墙缝儿，抠院中那棵小杏树身上渗出的金红色的树油。抠腻了，就独自托个小下巴，呆呆瞅屋檐下的麻雀叽叽喳喳，瞅杏叶子在微风中絮语，瞅母鸡领一群小鸡咕咕儿在院中漫步，瞅杏树下的阴凉儿在阳光下无声无息地移动。

瞅累了，身子慢慢歪下去，闭上了眼，发出轻轻的鼾声，任蚂蚁在头上和脸上爬来爬去。

奶奶来树下做活或拔火罐时，常用捣蒜小脚踢醒她：

“起来……养活你做甚哩，省把米喂了鸡还能下个蛋呢。”

三姐生不出鸡蛋，她只能滚下一串儿苦涩的泪蛋蛋。

由于三姐的生命标准是“冻不死，饿不死”，没人保证过“病不死”，所以，生了病也没人管。

伤风感冒，村人一般不当病看待，三姐伤风感冒后，当然更不算病。清鼻涕拖多长也没人管，顶多说一声：“还不自家擦一擦！”三姐掂起袖口擦，大人就说：“去采苍耳叶子擦。”且粗且糙的苍耳叶子擦鼻涕，能擦出两眼生泪来，三姐却还是高兴地去了，因为大人总算理睬了她一回。

为了让大人疼爱一回，她竟自寻倒霉，专门让蝎子蜇了一回。

事情起因于哥哥先挨了一回蜇。

一个闷热的夏日黄昏，一家人吃过晚饭正在院中的小杏树下纳凉。哥哥伸手摸小杏树时，突然摸出一声凄惨的“哎呀”来。瞬息间，一家人慌作一团。奶奶忙把哥哥揽到怀里，连连追问：“怎啦，怎啦？”早有母亲燃起麻秆儿照到哥哥的手指上。借着亮光，父亲一烟锅子就准确地敲死了那只该死的蝎子，正要拉过哥哥的手来细看，母亲的泪水早滴在小手上……

奶奶跌足长呼“天爷”！远比蜇了她还痛苦。父亲则早抓过哥哥的手用嘴吸毒了。父亲吮过一口正要换气再吮，母亲早抢着吮上了。

哥哥还喊痛。奶奶就说：“快去捉只鸡，用鸡冠子血洗……”若在平时，拔一根鸡毛，奶奶也会心痛不已。

滴过鸡冠血，父亲又急急搭黑去外村找法师化“符水”。奶奶则去焚香祷告菩萨。母亲也有忙的，是烧火给哥哥煮鸡蛋。

一家人忙了小半夜。哥哥已安然入梦，奶奶、父亲、母亲还大睁着熬红的眼睛守候在枕边长吁短叹。三天之后，哥哥早没事，大人还不断问痛不痛。七天了，大人还要抓过哥哥的小手看……

三姐黑亮亮的小眼睛看这一切特别得敏锐。看见哥哥挨蜇后竟得着如此厚重长久的“恩宠”，竟生出奇怪的念头，也想让蝎子蜇一回，让大人也热热闹闹、正正经经理睬她一回。

为此，三姐每夜都偷偷摸小杏树，想摸见个蝎子，好让她也能尖声“哎呀”起来，可惜蝎子竟不给她个“哎呀”的机会。

小杏树没给她个挨蜇的机会，奶奶却给她创造了个机会。自从哥哥挨过蜇，奶奶就格外留神蝎子。一天夜晚，奶奶听见窗户上有沙沙声，就知是蝎子，急忙移灯去捉。奶奶捉蝎子颇有经验，先盛半碗水，端到窗台上，又捏双筷子去戳蝎子的背部。蝎子属“护背虫”，一戳背部就撩尾，弯个弧形，正好弯到筷子上。奶奶趁机将筷子一夹，然后一松，于是，蝎子就只好在水碗中“游泳”。

奶奶所以不弄死蝎子，另有算计。一是第二天看那泡在水碗里的蝎子背部起水泡不？若起泡，近日准定下大雨。二是测完气象再喂鸡。喂鸡是喂恋窝的鸡，恋窝鸡吃上蝎子，据说就又欢欢儿下蛋了。又据说谁若吃了这种有蝎子成分的第一个鸡蛋，就不会再挨蝎子蜇。显然，这个鸡蛋是要给哥哥吃的。

奶奶有着这等良苦用心，一夜没睡好。第二天早早儿就把水碗端到小杏树下。看过是否有水泡后，说是要下雨，然后就去寻那恋窝鸡。恋窝鸡不老实，害得奶奶满院撵。一群孙子则围着水碗看蝎子，边看边用小棍儿撩拨，三姐也在其间，却早早儿预备好一个手指头。

趁奶奶喊孙子们帮忙捉鸡，三姐毅然将手指头伸进水碗里，终于在猛缩手指头时，也凄惨地“哎呀”起来……

“哎呀”声谁都听见了，可竟没一个人来理睬她。母亲正在屋里烧水做饭，听见“哎呀”声，只是责骂了一句：“小催命鬼，叫唤甚哩!”奶奶正和孙儿们合力擒拿恋窝鸡，那“哎呀”声压根儿就没听见。父亲正急急荷锄上地，只是瞥了一眼就走了。无人理睬，三姐只好把手指头吮在嘴里“自救”。身子靠着小杏树，小杏树似也觉了痛，微微打着战。

三姐嘶声哭着，谁也不知她为啥哭，谁也不问她为啥哭。大家只是奇怪她为啥老把一根手指头吮在嘴里。

三姐从凄惨的疼痛中，似乎悟到了她不该是个女孩。

五岁之后，三姐逐渐活泼起来。这活泼是在同龄的孩子世界里得到的。每天一出院门，和孩子们混在一起，她就不再咕嘟小嘴、垂眼皮，而是兴高采烈玩着“过家家”。“过家家”时，三姐总是抢着要充当男角色，一充当男娃娃，她的黑亮亮的眼睛就流光溢彩，那咕嘟惯了的小嘴就成了笑咧的红石榴。

她充当“男娃娃”时，总是向充当“父母”的孩子不歇气儿呼爹唤娘。她好像要把从前的缺憾全呼唤完。也向“父母”撒娇，要求抚爱，学的全是哥哥的样子，声调、措辞、表情都一模一样。最有趣的是，她还“导演”过挨蝎子蜇一场戏。她扮“哥哥”，让扮“父母”和“奶奶”的孩子给她吮手，给她化“符水”、煮鸡蛋，问她“痛不痛”，让反复看她挨过蜇的小手……

可惜，“过家家”时，别的孩子也抢着争当“男娃娃”，免不了怄气，使“过家家”散伙。于是，三姐就独自“过家家”，撒尿和泥，捏一个爹，捏一个娘，再捏一个变为男孩的她。这虽然离生活真实更远了些，却得来一个随心所欲的自由。她一会儿托起当“爹娘”的大泥人儿，代“爹娘”给小泥人儿无限抚爱，一会儿又托起象征自己的小泥人儿向“爹娘”讨无限“理睬”。于是，哦哦吟吟的声调、柔声细语的倾吐全从一个小嗓子眼里流淌出来，让她在幸福中尽兴浸泡。

可惜，那“过家家”的逼真、捏泥人儿的自由很快就结束了，因为她不觉已长到六岁，小木碗早换成大碗。黑亮亮的眼睛似乎也看穿了“过家家”与捏泥人儿的虚幻。剪掉的小辫子后来又长起来，于是，小辫子又拴定了她做女孩的孤寂与不幸，美丽的做男孩梦，便彻底破碎了。

男孩梦虽然破碎了，但她很快又有了新的寄托，也是一个美丽的梦想——她盯上了哥哥脖子上的长命锁，长命锁又悬起她童年的斑斓——她的黑亮亮的小眼睛也渐渐地让长命锁勾定了。

勾定时，不免就有些思索，有些不太简单的领悟。她逐渐明白：哥哥脖子上的长命锁，不仅是个银灿灿的骄傲，更是沉甸甸的宠爱。她发现：奶奶一看见长命锁，一脸皱纹就会笑眯眯儿舒展开来；父亲一看见长命锁，忍不住要伸手摸一摸，一摸，疲惫的身子就会挺直，仿佛注入什么神奇的力量；母亲呢，一见长命锁，总会喃声说：“三个丫头，就你一个男娃娃……”眼神儿先是呈愧疚的暗淡，慢慢儿才会因长命锁的光亮明亮起来。

奶奶不隔三天就要替哥哥擦拭一次长命锁。擦时，三姐会站在一旁盯看，奶奶就会翻白眼，说：

“闪开！”

三姐不明白奶奶为啥这样恶声恶气。

但三姐还是忍不住要盯看，当然是背着奶奶，偷偷看。

起先，三姐对长命锁仅止于偷看、眼馋，后来就生出奢望，奢望能亲手摸一摸那银光灿烂。再后来，那奢望又升腾了，升腾成有朝一日能戴那么一会儿，让她的胸前闪一会儿银光灿烂。但奶奶的“闪开”却使那奢望与升腾，只能到梦中去追寻。

可是，山不转路转。到了三姐七岁那年，却意外地在现实中得着了那奢望与升腾，有了一回戴长命锁的福分。

福分是哥哥赐给的。哥哥病了，什么也不想吃，连荷包蛋拌疙瘩儿汤也不看一眼，只说想吃一种又大又圆的甜酸枣。可这种酸枣长在悬崖峭壁上，奶奶无奈，母亲也无奈，父亲又不在家。于是，三姐竟自告奋勇冒险去了。她经历了肉跳心惊。她划破了衣袖，小腿还擦伤了一片，但一衣兜儿大红玛瑙似的酸枣却摘了回来。

奶奶第一次给了她个笑脸儿。母亲第一次把她揽到怀里摸了她的小头脸。哥哥甜了嘴也热了心，看见三姐贪婪地盯看长命锁，又怯怯儿想摸，就让摸了一会儿。三姐摸出了甜醉也摸出了大胆，竟依依儿不丢手。看见奶奶和母亲都不在场，就又有了悄然的乞求，嗓音儿颤颤地说：

“哥，我想……”

黑亮亮的大眼睛昭示着没敢吐尽的心迹、热灼灼的急切，使哥哥无法做出冷漠的回绝。哥哥终于答应，只是反复悄声叮咛：千万别让任何人看见，千万别碰坏、弄丢……

三姐的小脑袋点得像小鸡啄米，后晌，就戴着长命锁放牛去了。

那天后晌，是三姐有生以来的幸福峰巅。她的小生命似乎与“贱胎”“小催命鬼”画出一道鸿沟，也有了金贵的价码。

斜斜的阳光下，她的胸前有一片银的光亮。那光亮，随着小身影儿扭动，折射到黑色的牛背上，不时又照定牛脖下的铃铛和那对弯弯的犄角。有一只牛虻子飞到长命锁上，也想沾些银的光亮，薄明的翅膀上就真有了更加透明的闪烁。

三姐就这么在山坡上伫立良久，然后才开始为牛割草。小镰在手中似乎捏不紧，也不敢弯腰——怕碰了长命锁。后来她就干脆丢开小镰，蹲身拔草。长命锁在胸前摇摆，欢乐也在心底因摇摆而荡漾。很快荡漾出一首儿歌：

小丫头，泪儿流，
脑后梳个小“髻髻”。
小丫头，皱眉头，
爹不看，娘不瞅。
……

那儿歌很凄苦。从前三姐光听别的孩子唱，她不唱。光是听就鼻子酸酸的，会淌下热热的酸涩来。此刻，那凄苦却让她唱得很甜很甜。

拔好一捆草，太阳斜铺到山头上。

趁夕阳衔山，尚有通红的光亮，她想好好儿将长命锁把玩一番。可是一伸手，糟糕，满手的绿草叶，染暗了银亮。她慌了神儿，忙用袖口擦，擦过再看，竟再看不见闪亮的银光。

她忘了那闪亮的消失主要是夕阳已溜坡。

她的黑亮亮的大眼睛顿时暗淡下来，竟忘记放牛的职责和已经是该归家的时候，就拔脚朝河边奔去，是想洗回闪闪的银亮来。

到了河边，三姐选个潭水深深的好去处，就有了一脸的兴奋，想眨眼就洗回那闪闪的银亮来。可是，刚一踏上潭边一块洗衣石，脚没站稳就惊出一只鼓肚儿蛤蟆。蛤蟆猝然跳出，吓得她身子往后一仰，小手朝前一扬一松，长命锁就“嗖”地飞出，落进潭水，溅起一圈圈涟漪，又在那涟漪中消失沉寂了。

三姐先是陷在蛤蟆的惊惧里，待跌个屁股蹲儿，这才跌回清醒，不禁“哇”声大哭起来。几声“哇”声过后，三组突然又陷入痴呆，盯看开涟漪荡漾处。那涟漪似微弱的银光闪烁，但转眼那微弱银光就化成平静的沉默。

平静的沉默很快又成了黑黑的墨染。这时，黑乎乎的天地向她压下来，牛似乎传来一声长长的“哞”声召唤，但她只是打了个冷战。

她不敢回家。她就这么痴呆地望定早成墨色的潭水，想等银光再次闪现。一旦闪现，她会拼命抓牢，为她抓回，不，是为哥哥抓回那个长命锁来。

她感激哥哥让她戴了一回长命锁。七岁的她，何曾享受过后晌这欢乐？她又惧怕着长命锁的失落，七岁的她，同样也没经历过这等巨大的惊惧和不安。这比挨蝎子蜇还可怕：那次只是手指疼，此刻，一颗小心灵正一阵比一阵猛然收缩。

心的收缩，又挤压出嘶声的哭、无尽的泪。泪水似乎也能汪出一个黑色的深潭，将她淹没。

……当三姐在嘶声恸哭时，家里也陷入惊惧不安。先是奶奶发现了哥哥的脖子上没了长命锁，开始呼天喊地。得知长命锁的去向，奶奶就跳脚把母亲责骂个狗血淋头。母亲也气得哭着咒骂开“小催命鬼”，单等着三姐回来，好恶恶惩罚。

可是，天色已大黑，该挨惩罚的小人儿还不露面。母亲和奶奶就又六神无主更慌了手脚。父亲不在家，奶奶便把大伯喊来。大伯跺足发一通火，便急悻悻抢出门。

结果，大伯寻回的也只是牛。

母亲无奈，只好亲自去山坡野岭乱找、乱吆喝：

“小催命鬼，你在哪里呀！”

奶奶后来也出马了：

“小贱胎，你在哪里呀！”

千山万壑应和着这不妙的两个诨号。

三姐肯定听见过这呼喊。但这呼喊更让她不敢回家了。

她只是盯看着深深的潭水，幻想着长命锁的失而复得。星星给她投下了希望。星光酷似长命锁的银光散乱。她用手拨动水面，星光就有了荡动的连接，连出了许多长命锁。她想抓捞，捞出一个就行，就可回答母亲和奶奶的吆喝，可以回家去。

可她一个也捞不着。

蛤蟆还在附近呱呱儿地叫。山峦深处，又传来隐隐的狼的嗥叫。浸着寒意的夜风也沿河谷嗖嗖袭来。一个小人儿置身在这空旷、无垠的黑暗中，将是怎样一种恐怖，怎样一种心境……

奶奶再无私房钱给哥哥打造一把长命锁了。哥哥也因受惊吓就恹恹儿病倒不起，后来竟真做了短命鬼。

这罪孽自然全归咎在三姐头上。

于是，一村人皆认定她是个十足的“贱胎”，一村人都觉得这个“小催命鬼”催去了哥哥的命。

前不久，三姐把她半辈子苦作苦熬积攒的私房打造了两把银灿灿的长命锁。一把是给她的孙儿的，另一把则由她亲自祭奠到哥哥那荒凉的坟头。她在跪下童年的罪孽时，也跪下了晚年寻求解脱的虔诚乞求：

“哥哥，我还你长命锁来了……”

水　花　崖

郝雪廷　著

【作者简介】

郝雪廷，山西省武乡县人，1958 年生。中国作家协会会员，山西省戏剧家协会会员，山西省中共党史人物研究会副会长，八路军太行纪念馆研究部原主任，山西大学马克思主义学院、山西财经大学马克思主义学院特聘教授，太行干部学院特聘专家，山西电视台“文化讲堂”特邀主讲人。先后出版纪实文学《八路军改编纪实》《追寻八路军总部》《游击队长魏名扬传奇》，长篇小说《太行山上》以及抗战史研究专著《八路军序列沿革研究》《抗战英魂录》《烽火留声——八路军将领故事集》等 30 余部。央视 20 集电视专题片《抗日中坚八路军》策划人之一；八一电影制片厂 6 集专题片《八路军与武乡》、山西电视台 8 集专题片《太行山上》撰稿人。多次接受中央电视台及有关省电视台的采访，曾获全国名人作品展示会银奖，山西省社会科学研究成果奖等。

【内容简介】

本书是以武乡建立党组织到抗日战争这段历史为大背景的长篇小说，以郭水瀛的传奇故事为主线，通过主人公曲折的爱情故事和坎坷的革命历程，艺术地再现了武乡的革命历史故事。故事讲述主人公郭水瀛爱上了一个童年即守寡的女子花花，被其父亲阻止。在经历千番曲折后，两人重燃爱情，却在打击日寇，掩护八路军伤员的战斗中双双壮烈牺牲。小说的创作以武乡党组织的革命前辈李逸三、武光汤、史怀壁、赵圭壁、魏名扬等人为生活原型，塑造了郭水瀛、李文楷、武文兴、武云壁、赵清风、卫大明等一大批艺术人物，是一部反映武乡共产党人组织广大民众投身大革命和抗日战争的洪流的全景式作品。

第一章

东漳镇上有一家财主，武乡四大家之首，东家名叫裴宝珊。

要说他的家业，原来其实也不算大，当他从父亲裴海奎手中接过这个摊子来时，也本是并不起眼的家当。充其量不过是武乡七十二家小财主之一。可是，到了裴宝珊手里，仅仅用了十多年时间，就突然大发，变成了武乡头号大财主。

你知道这裴宝珊是如何发家的？这个裴宝珊又有多大的能耐？其实，知情人都晓得，裴宝珊发迹，不过是靠的一个好管家——郭有才。这个郭有才虽然年轻，可天生聪慧，办事有头脑，他为裴家创办了商行，而且在县城乃至潞安、太原府都开了商号。

当地的小财主发迹，大多是靠放贷，裴家原来的财产也是这样得来的。裴大东家裴海奎去世后，裴宝珊还是继承着这种传统的经营方式来延续他的事业。郭有才当了管家后，对东家建议："在咱这个地方，放贷并不是个好事情。你想，借债的都是些穷人，他们是在没法活时才出来借账的。俗话说'借账如丢账'，你借给他，若还不了你，又该怎么办呢？对那些穷得叮当响的人，你就是把他送进大牢，也变不成钱呀。"

"那么你有什么好主意？"裴宝珊问。

“开商号，做买卖。”

“能行吗？小商小贩，赚不了大钱，规模大一点……咱们可是祖辈农耕，以地为生，从来没有经过商呀。我担心……”

“我做过商号，我看一定行。”

郭有才打小进了祁县渠家的商铺里当伙计，他勤学好问，几年后做了祁县城“万盛源”号的掌柜，生意做得风生水起，颇受东家赏识。谁知道有一年热天，进货途中忍不住火热的天气，下河游泳，游时痛快，回来却身体不适，就此得了大病，胸闷气憋，难以进食。东家把祁县的名医找遍了，也没能给他治好。眼看得骨瘦如柴，没法活了，东家只好派人送他回老家，也算是叶落归根吧。家里人打听到东山上奇崖头下的黄善堂有一道人，专门治疗疑难杂症，于是便抬着郭有才去了。道人把手在他胸前摸了一摸，说：“这后生是冷水呛肺。”这么一说，郭有才回想起果然是呀，自从那回大晌午河里游泳上来，就生了这怪病。于是，家人给道人祷告，说千万要救救他的命。

道人说：“其实这病不难治，只是时间久了，治疗也费点周折。”

说着他先开出一副草药。看方子也没有什么特别之处，不过是些荆芥、防风、木通、马蜂窝等，然后吩咐说，回家后要找一间严实的空屋，不能漏气，把这副草药熬好，再找百年陈秸在屋内点燃来烘烤，等病人在烘烤中浑身出了大汗的时候，用这熬好的药水在前心后背上不停冲洗，连做三天，必有效果。

家里人又问什么是百年陈秸？道人说，这百年陈秸较为难找，你可去寻年久失修的破房屋，将屋顶上摸泥用的烂高粱秸秆取来就行了。

说来也巧，在祁县花了几百大洋也没有治好的病，居然用这奇特的烘烤之法加几味草药就治好了，没想到咱武乡真的是有神仙。

郭有才病愈后再也不想去祁县，就来到裴家帮工。裴宝珊见他是个有头脑的后生，慢慢就用他做了管家。

在郭有才的鼓动下，裴家尝试着在东漳镇开办了一家“百利商行”。

东漳镇地处三县交界，来往商客很多，集市繁华，买卖兴隆。郭有才开了商行以后，便带着伙计东出太行山，到彰德府、郑州府去进货。这里的商号多是在武乡城进货，有少数店主跑到潞安府进货，而从河南上来的货当然也就更为显眼了。再加上商行收购当地土产及中草药，发往河南一带，这样两头获利，岂有不赚之理？一年下来，利润丰厚。

过年这一天，郭有才受到了东家特别的礼遇，被请到正堂上来喝酒。

请下人喝酒，这在裴家的规矩中是从来没有过的。何况在过年的时候，还把他请到正堂，郭有才受宠若惊，诚惶诚恐。

“有才，来，快坐下，快坐下。”郭有才一走进来，裴宝珊便放下手中的水烟袋，热情地招呼他。

“东家，你太客气了……”郭有才不知如何是好。

“这客气什么？今天是过年哩，我一个人喝酒也没啥意思，所以呀就叫你来，咱们喝几盅……来，来，来……过来坐下……”

这时郭有才方才看见炕桌上早已摆好了八个热气腾腾的好菜。

裴宝珊和郭有才盘腿对坐了，又叫他的太太：“美兰，过来倒酒……”

“东家你太抬举我了……哪里敢……”

“郭管家，不要客气了。来，干——”

就这样，郭有才和裴东家连干了三杯，裴宝珊说：“郭管家，你的主意果然好，百利商行一本万利，真是高见。今天叫你来，就是想和你商量一下，你看下一步咱该如何办？我想，再投一笔钱，在镇东头再开个店铺……”

“哦？”郭有才认真地想了一会儿，然后说，“不，我看不行。”

“怎么样？开始是你让我开商号，现在赚钱了，你却又……”

“东家，你知道我们开的店铺为什么赚钱吗？”

“咱这镇子繁华呀，来往商客多，特别下货，这买卖自然就红了……”

“不，其中原因，主要还是我们的货源远，这叫物以稀为贵。我们经营了别家店铺没有的品种，而且我们又把咱这当地的特产贩运到了远方，这样两头赚钱，生意当然也就能够兴旺起来。”

“一个铺子能兴旺，十个铺子也能兴旺。所以我想多开几个店，渐渐扩大经营，把别的铺子挤垮，来垄断整个东漳镇的贸易。”

“东家，其实不然。你想，这个镇子的客户总是有限的，你开的店铺多了，势必自相残杀。以我之见，不如先到县城开一家商号，进货的路子还可以再远一些，等店铺有所发展，然后我们再去潞安、太原……这样，咱这商号才能越办越大。”

裴宝珊听郭有才的话有道理，就依了他。

果然，裴家的商号渐渐打了出去，裴家在商界的威望也越来越高。特别是开在太原的“禄兴居”居然日进斗金，成了太原府的名店。

从此之后，郭有才享受了裴家最高级别的待遇，在家里是半个东家，出门在外就是东家，大小事情都能作了主。外出那个派头，骑高头大马，手端水烟袋，还要跟一名随从，十分神气。

郭有才在外也备受尊重，不仅在东漳镇，就是进了县城，人们也都不敢小看。裴东家还帮他娶了媳妇。郭有才身边只有一个独生儿子，这孩子出生时五行缺水，因此起名叫水瀛。有才的老婆就是在生水瀛时难产死的。他也再未续弦。如今水瀛渐渐长大了。裴宝珊也对水瀛非常照顾，他刚刚七岁的时候，就跟着自己的大儿子延寿一起上学读书。郭有才过意不去，裴宝珊说：“没有啥，反正延寿要读书，请一个先生来，教一个学生也是教，教两个学生也是教。再说，他还能和延寿做个伴。”

郭有才心想，水瀛能读些书，识几个字，又能和大少爷做伴，也是好事。接着东家的大小姐延萍也进了学堂，他们一起住在东院的私塾里。从《三字经》开始，《百家姓》《千字文》《诗经》《论语》以及算术等慢慢地学了起来……

裴宝珊还让水瀛和裴家的大少爷裴延寿结拜为干兄弟，并专门择了一个良辰吉日，给他们搞了一个结拜仪式。水瀛给裴宝珊夫妇叩了三个响头，从此就正式叫起了裴家夫妇干爹干娘。郭有才呢，不管东家待他多厚，是无论如何也不敢让大少爷裴延寿给他磕头的。

本来刚开始在私塾读书的只有裴家五个孩子，再加上水瀛，一共是四男两女。后来镇上几家富户的十来个孩子也来寄读，裴东家就专门给私塾也起了灶，让所有的孩子都吃住在这里，于是私塾里就热闹了起来。

这十来个孩子中间延寿年龄最大，十七岁，水瀛比他小一岁。再下来是裴家的大小姐延萍，又比水瀛小一岁。其他的孩子都在十岁上下，最大的也只有十三岁，他们可是什么也都不懂呀，只能是听从延寿和水瀛的指挥，他俩也就成了孩子王。水瀛和延寿从小结拜了朋友，当然是兄弟相称，延萍也管水瀛叫哥哥。不过，这个干哥哥，总归不是亲兄妹，水瀛对待延萍像亲妹妹一样，但延萍对待水瀛，可就又有了一些其他的情愫。她见水瀛个子高高的，脸儿白白的，那样子怎么看怎么好看，所以呀，从她的心底里偷偷地爱上了水瀛。

延寿考上了县立师范，准备到县城上学了。

临走的时候，裴宝珊对郭有才说："有才呀，我说你这个人真是的，你怎不让水瀛也考县城的学校呢?"

"嗨，不是我不让他去呀，不是正考试时水瀛生病吗?这大概就是命吧，他天生不该去城里念书。"

"你这是什么话，水瀛这孩子聪明伶俐，听先生说他成绩很好，特别是写得一手好文章，也该有个前程呀。"

"要说学习也还不赖，有没有这个命看下往年能不能考上吧。"

自打延寿走了以后，没有过多久，又出了一件事情。裴家私塾的先生来告假，说父亲病重，需要回家料理。先生的老父命在旦夕，是死是活，尚难判断，时间长短亦无定论。那位先生怕影响娃们的学业，他临走时让东家另聘先生，自己也就辞了职。

这可怎么办？当下急找先生又不是件容易的事。可是，这十几个学生娃，如果没有了先生，成天不就像分窝的蜜蜂——胡乱飞开了吗？这可不行。

于是，裴宝珊只好一面派人出去四下打听寻找先生，一面安排水瀛和延萍来照看这些学生娃娃，临时充任一段先生，以解燃眉之急。

这个办法延萍当然高兴了。能把水瀛拴住，和他在一起，一块儿当先生，每天在一起说说笑笑的。

"水瀛哥，从今天开始，咱们俩可都是先生了。不过，这课呀……主要还得你来上。"延萍说。

"那你呢？老爷可是吩咐的你呀。"

"我陪你说说话儿，国文课我比不了你，我可以……教一些算术课，行吗？"

"好，行，行，反正就是过渡几天，很快就会找来新先生的，只是……不知会找个什么样的先生呀。"

"我说呀，这个先生请不来才好呢。"

延萍话中有话，水瀛不敢接她这个话茬，只是一笑了之。

就这样，他们充当先生，孩子们可也学习得不错。

延萍常常在水瀛的身边，和他聊这聊那，还经常写些文章让水瀛帮她修改。水瀛也很认真，逐字逐句地给她看，既然是妹妹的文章，他也不客气，该圈的圈，该点的点，改完之后，还要和她探讨一番，给她讲怎么样才能把文章写好。

可是，他渐渐发现延萍的文章变了味。一开始只是写些景、物之类，后来就写开了情和爱，这分明是通过这些文章，向他表示什么。他心里思忖，要把握住，千万不能有任何非分之想，担心最后会有个不好的结局。他也就不敢和她探讨了，只是在文章中改动些错别字和不恰当的词汇。

延萍问他，“水瀛哥，我看你没有成心给我修改吧，做先生就要有个先生的样子，有什么意见你得给我指出来呀！以前的文章你还给我讲好在哪里，坏在哪里，可现在你怎么只是给我改个错别字，分明是胡乱支应呢……”

“不错，不错，写得不错，我当然也就不能修改了……”

“那你给俺说，这文章好在什么地方，总要写个批语吧……”

“嗯，言语有力，用词贴切，构思精巧……”

很明显，这是一种敷衍，延萍也看了出来。可是，她还在坚持着她的追求……

过了月把时间，终于找来了一位先生。

这位先生名叫武文兴，也是本县人。别看他刚刚二十来岁，却是在太原国民师范读书的高才生。在那里他读了许多进步书籍，后来又接触了进步人士，走在了革命的行列中。就在他快要毕业的时候，“九一八”事变爆发了。一夜之间，日本人强占了东三省，数十万东北军居然不放一枪一炮，拱手把个东北让给了日本人。国人为之愤怒，北平、天津等地的学生纷纷起来游行示威，反对日本帝国主义侵略，反对国民党政府不抵抗政策。太原的学生也积极响应，各大学校的学生纷纷走上街头。国民师范在太原是最活跃的，走在最前列，而武文兴则是这次学潮的主要领导人之一。

根据国民党中央命令，省党部派出军警来制止这次游行。可是学生群情激愤，哪里还能劝说得住？于是，省党部下令封闭各高校的大门，并利用谈判的形式，诱捕组织领导这次运动的首要分子。军警当场抓了一批学生，并对几十个参与组织的学生领袖下了通缉令。

根据组织决定，为了减少地下党组织的损失，要求这些活跃分子，疏散隐蔽。武文兴也只好逃离省城返回乡下老家。

武文兴是魏大明介绍来的。这个魏大明原来是裴家的长工，有一身好武艺，最擅长红拳、炮拳，同时宋刀、双拐、长枪、短剑、绳鞭……都非常娴熟。他在裴家住长工那几年都是热天上工，冬天开拳房，在东武乡一带许多村子都做过拳师，经他手教出的徒弟有二三百人，可以说他在东武乡是一呼百应的。魏大明在裴家还有一个大功劳。有一年秋天，来了一伙响马，在裴家大肆抢劫，正好魏大明在场，他让裴东家派家人在街上筛锣一叫喊，一下子来了门徒五六十人。在魏大明的带领下，把这伙劫匪打得落花流水。后来武乡有了地下党，魏大明也被吸收入了党。再后来党组织为了在警察局内安插一个“内线”，让魏大明通过裴东家的关系，成了警察局的一员，由于他武艺高强，而且精明能干，还当了队长。

裴家要找教书先生的消息，魏大明当然也早就知道。武文兴从省城回来以后，为了找个歇脚的地方来掩护，魏大明就想到让他去教书，一来可以挣点钱解决生活困难，二来在裴家教书，没有人敢来找麻烦。当然由他介绍，这事儿一说就准。武文兴来到裴家之后，很快就和延萍、水瀛熟悉了，常常给他们讲一些外面的事情，当然他们听起来也觉得非常新鲜。

延萍问：“武先生，省城的学校有女子吗?”

“哈哈……有呀，多着呢，民国都二十一年了，你们怎还不知道这个呀？省城还专门有所女子中学呢。去年秋天，我们上街游行，抗议政府的不抵抗政策，抗议日本帝国主义侵略东三省，女中的同学们和我们一道，好威风呀……”

“武先生，我也想到省城读书。你看行吗?”

“行，当然行。你的学习成绩这么好，要是报考呀，一定能考得上。水瀛也可以去读书呀，你也很有才华，我看你写的文章很有思想嘛。等省城学校招生时，你们一起去报考，一起去省城读书。”

“是呀，水瀛哥，咱们相跟着去省城读书多好呀。”

“去当然想去，出去见见世面，学点知识，总是好事呀……可谁知道有没有这个命，上回县里的师范招生，我正好病了……”

在武文兴的鼓动下，延萍真的想去省城读书，她三天两头地向武先生打听："省城的女中什么时候招生?"

没有等来省女校招生的消息，倒是县城要成立女校的消息传来了。这可是件好事。武文兴得知这个消息，把延萍叫过来说："延萍，你不是想到外面上学读书吗? 现在咱们县里也要成立女校了，马上开始招生，我看你可以先去报考县城的女校，过一段时间，有机会再考省城的女中。"

"好。我现在就回家和爹爹说去!"

延萍兴冲冲地跑回了家里，一进门就对她父亲说："爹，县城要成立女校了，准备招生呢，我要去报考!"

裴宝珊淡淡地说："一个女孩子家，考什么学校? 还是在咱们家的私塾念几天，能识几个字，就很不错了。女人，又不能做官!"

延萍知道她爹有点重男轻女，就把武先生讲给她的那些什么男女平等啦、社会发展啦等等内容，半生不熟地说了一通。

她爹还是不同意，于是，她只好搬救兵了，她娘最疼爱她，也很支持她。

"娘，那你就和爹说说嘛，我要去县城念书去!"

"女儿想上学也是好事，让她去考一考吧!"

"女孩子家，走了你能放心吗?"

"不就是去县城吗? 百十来里路程，怕啥哩。不是还有延寿在那里吗? 让他兄妹在一起，相互有个照应，有啥不好?"

"好，好，好，随你们办。想去，你就去吧。"

延萍一见父亲同意了，高兴地跑去对武先生说，父母同意她去报考了。水瀛在一边也没有说什么。延萍说："水瀛哥，你也去吧，咱们都去城里读书。"

"人家是女校招生。"

"女校，县城就没有男校吗? 女校招生，男校也要招生，你就不能去?

大哥上的那所学校你还不能去吗?”

“可人家刚刚招过生。”

武文兴说:“水瀛说的是，你先去报考女校。等师范招生时，让水瀛去考，我看准行。水瀛，凭你的学业，考个学校是没有问题的。”

“行。延萍你先去吧，我还是在这里，我看武先生的知识就最广博了，跟他在一起什么也能学会。武先生，你还能教我吗?”

“行，行，既然这样，也好，有你常和我在一起，我还不会感到孤单呢。要不然呀，刚刚从省城回来，在镇子上还住不习惯呢。”

延萍只好自己准备功课，遇到难点，她就去问武先生和水瀛。没几天，考期就到了。延萍去县城一考，果然就被录取了……

第二章

延寿与延萍先后去县城读书，水瀛的心里有一种失落感。人就是这样，当原来的生活规律突然被打破，就会感到不适。

其实他的学业本来是非常好的，在私塾里，先生常常夸奖他文章写得好，还将他写的文章作为范文，经常贴堂呢。延寿也很羡慕他，老是向他请教。他还经常给延寿改文章。经他一改，先生也是要在堂上表扬一番，说延寿的文章大有长进。每到这时，延寿还会在下面看着水瀛做一个小动作，因为那点长进，全是来自水瀛的功劳。不过，在水瀛的帮助下，延寿也真的很有长进，文章的确也是越做越漂亮了……

延萍就更不用说了，她对水瀛更是佩服得五体投地，那简直就是一种崇拜。

无论啥事，只要水瀛说话，延萍保准支持。延萍也经常拿着自己的文章让水瀛看。

“水瀛哥，你帮我看看这一篇写得怎么样？我可是老也写不好呀，水瀛哥，你可得帮我改一改！”

“好，好。”

“你得帮我好好改一改。先生老是夸奖你，我知道先生夸奖大哥的时候，也都是你帮了他。这一次你必须帮我，好让先生也夸我一次……”

水瀛笑笑说：“你呀，先生要夸奖谁，那是他的事，我能说了算？你个小东西，你以为我管着先生呀……”

其实，延萍是喜欢水瀛，有事没事，她都想找茬儿和他闲聊几句。也难怪，这水瀛不仅天生的好人才，而且又不是那种奶油小生，说话做事显得很有风骨。就是全镇上的后生又有哪个能比得上他？他们从小在一起玩耍，后来又在一起读书，水瀛又和她大哥延寿结拜为兄弟，他们就和一家人一样。小时候他们在一起玩，有时延寿欺负她，水瀛便出面保护她，她觉得水瀛比他亲哥哥还亲。就这样慢慢地长大了，延萍也就把水瀛看成自己心目中的白马王子，早就从心底里爱上了他。

当然，这个爱只在延萍的心中暗暗地藏着。

自从武文兴到来以后，由于他们年龄只差几岁，而且武文兴的思想相当活跃，不像以前的老先生那样死板，只照着课本教他们，而常常要讲一些发生在北平、上海、太原的事，有时还讲外国的东西，讲外国文学，讲辩证法，讲马克思……这一切对他们来说简直是太新鲜了。他们之间的话题更加多了，生活似乎也更加充实了。

文兴问他们，“你们喜欢文学吗？”

“喜欢，喜欢。”

“那你们都读过什么书呀？”

水瀛说：“我看过《五女兴唐传》《七侠五义》《大明英烈传》，还有……”

延萍说：“我可是什么书也没有读过呀，我不喜欢看那些打打杀杀的，可又没有自己想看的书。”

文兴叹一口气说：“咱们这山区呀，就是闭塞，根本接触不到新思想。有许多的中外文学名著，你们根本读不到呀。”

延萍急着说：“武先生你就给我们说说吧，别老吊胃口了。”

于是，文兴给他们谈起了托尔斯泰的《战争与和平》，谈起雨果的《悲惨世界》，谈起狄更斯的《荒凉山庄》，谈起小仲马的《茶花女》，谈起了莫泊桑的《一生》，谈起了易卜生的《娜拉》……谈到中国的文学，什么李清照、曹雪芹、鲁迅、郭沫若等。

这些都是中外的名著，文兴都能把这一个个精彩的故事简述下来，延萍和水瀛都听得入迷了。

每天夜里，水瀛和延萍都要让文兴给他们讲名著里的故事。武文兴当然也非常乐意，特别是常常讲一些思想激进的文学作品。慢慢地文兴将几本杂志送给他们："这些是我从省城带回来的，你们要是想看可以拿去看，这里都是反映新思想、新文化的，大多是我国现代文学中涌现出来的先进青年作家所创作，很值得一读。"

他们接过来，这是些《新青年》《向导》《小说月报》等。

这些杂志中新思想的渗透，更使延萍有了对爱情的追求。

可是，在水瀛的心里，压根儿也没有这样想过。虽然他们可以说是青梅竹马，两小无猜，从小到大没有离开过，一直长到现在，彼此之间也没有过什么顾忌。但水瀛心里非常清楚，她是武乡首富的千金小姐，是大家闺秀，而他呢？充其量也只是一介草民，能依在裴家这棵大树下乘凉的一介草民。他哪里有这个做乘龙快婿的资格？他们之间的距离太大了，他不敢想这个。

不过他还是担心要分手，因为他与裴家的少爷、小姐分手，就意味着会走在另外的天地里。

他的心中一直担心会有这么一天，可这一天终于来了。

俗话说没有不散的宴席。孩提时代的无拘无束，迟早会到一个尽头的。

他不可能和延寿、延萍他们在一起生活一辈子，尽管他和延寿是结拜兄弟，但在他们中间总有一堵无形的墙阻隔着……

可是，没有想到这一天来得如此之快，如此突然，他好像有些措手不及了……

延寿、延萍先后都去了县城读书，那也曾是他向往的地方呀。而他……好在有武先生与他在一起，武先生常常与他谈论一些国家大事，他也非常喜爱听这些抗日救国呀、穷人翻身呀、天下平等呀的道理。

武先生还说："日本帝国主义占领了东三省，我分析他们并不会就此罢休，还会侵略华北、华中……乃至全中国，中日之间迟早会有一场恶战。我们作为中华民族的热血男儿，为了我们的民族，为了我们的国家，要有牺牲自己的思想准备……"

水瀛听着武文兴慷慨激昂的言辞，心情也非常振奋。

"所以，我们今天不仅要学习文化，而且也要练武，练一个好身体，练一身好本领。"

"好，我早就想练武呢。以前在冬季我就也想去学打拳，可是我爹说武将安邦，文臣治国，闹武没啥出息，不愿让我使枪弄棒。"

"什么叫出息？能为国家出力，能为百姓出力，就叫有出息。听说过岳飞的故事吗？他在国破家亡的时刻，肩负起民族重任，千百年来成为有口皆碑的民族英雄……"

武先生的话，真的让水瀛的眼前豁然开朗，"好，我听你的话，从现在开始就一边学习文化，一边练武，先从骑马练起，冬季村里人们打拳，我也参加。什么时候有条件了，再练打枪"。

于是，郭水瀛开始在课余之时，以放马为名，去练习骑马。

东漳镇的村后有一眼水井。水瀛骑着马出去跑一趟，到草坡上一边放牧，一边看书，之后也来这井台上饮马。

村后的坡顶上，有一个小村庄，叫东漳寨，不过东漳的人都叫它寨上。寨上只有一二十户人家，不到百口人。这寨子四面是树林和崖头，只有一条弯弯曲曲的小路通下山来，这是寨上与外界联系的唯一通道。寨上的人们祖祖辈辈在这条路上行走。

水瀛自打出来练习骑马之后，当然也就和寨上的人见的面多了一些，渐渐地也都认识了。

就在这里，他发现了一位天天下寨来挑水的少妇。少妇长得楚楚动人，面皮虽说黑些，却黑得俏；个头虽然小些，也小得妙；看起来瘦些，但瘦得结实。她的脸上不知哪里总是有一股特别的爱人劲儿，头上梳的发鬏，显得那样恰如其分，留在鬓边的一缕黑发，总是在轻风的吹拂下一摇一摆。但是，在她的脸上也能明显看出，虽然正当姿色丰盈的青春年华，却因饱受了一种折磨，而失去了欢乐、失去了活泼，两只眼睛显得有些呆滞，带着一种凄冷的神情。

水瀛自从见了她，这个形象就再也消失不了，总认为这个女子便是他心中的偶像，尽管他一眼就看出她是一位已经有了主户的少妇了。在太行山一带，姑娘和媳妇有个明显的区别，那就是头上的发鬏，当女子还是姑娘的时候，都留着长长的辫子，等到结婚那一天，便将辫子散开重新进行梳妆。而这次梳妆却与以往的梳妆有所不同，不再梳成长长的辫子，而要将长长的头发盘起来，在脑后盘成一个发髻，这叫“上头”。这并不是一次简单的外形变化，而是人生的一个变革。女人一经过上头，就意味着从一个姑娘变成一个媳妇。

可是水瀛还是想和她套近乎，哪怕是说上一句话心里也感觉舒坦。这不是水瀛轻浮，想去拈花惹草，他的这种想法，是一种发自内心的欲望。

这就是爱吗？他说不清楚。

其实，爱本来就是说不清楚的。

是呀，他今年都十七了，到了成熟的年龄，他应该懂爱了，他应该有爱了。

可是，他怎么会一下子就爱上一位少妇呢？这个，他真的也说不明白。

少妇，一个有丈夫的女子，一个有主户的媳妇。你爱个什么劲呀……

可是，这个女人，已经走进了他的身边，更走进了他的心间……

他曾想过多少次，要把这个女子忘掉，从他的记忆中剔除出去，抛却这没有意义的思念，他要去浩如烟海的生活中去，寻觅适合自己爱的女子……可是他已经做不到了，这就是一见钟情。

爱呀，真是件不讲理的事情。

然而，她实在是安分守己，来到井上，根本不看水瀛一眼，只顾低着头打水，握绳的手微微有些颤抖，绳在手中显得更加柔软，那双灵巧的小手，在水瀛面前变得是那么笨拙，一把一把，随着她双手有规律的循环，小筲儿上来又下去，下去又上来，一下一下把提上来的水倒进大筲里。大筲里的水满了，她又用微颤的手，把提水的麻绳一圈一圈地盘好，然后，操起扁担轻轻地放在肩上，在扁担的一端尖上挑上小筲儿，另一端尖上挂起绳子，她躬下身吃力地钩起两大筲水来，转身走了。

无论工夫长短，她总是这样机械地、默默地干活，低着头，从来不敢顾盼一下左右，在她的脸上蒙着一层羞怯，蒙着一层逃逸，甚至有一种恐惧。

这一切水瀛看得十分真切。

他是个十七八岁的人了，见了待见的女子能不动心吗？

面对着她，他总是想多看几眼，他是个老实的年轻人，多看几眼心里也觉得高兴。

他想，这是谁家的媳妇？这么美丽，这么飘逸，这么讨人喜欢，这么让人动情？

每次见到她，他都是那样认真地看，而她总是那样低着头，默默地做着这个已经早已烂熟了的动作。不过，对于水瀛来说，这一个动作就是看上成千上万遍也不觉得厌烦。几次想上前和她说几句话，可他还没有那个勇气。

他渐渐感到在自己的心中，产生了一种不可言状的东西。

夜晚，他入睡的时候，这个少妇的影子不知怎么常常会出现在他的梦中，那一连串提水、担水的动作，和她那吃力的走动的样子，永远地镶嵌在他的脑海之中……

在梦里，他曾经鼓起勇气去说："我来帮你提水吧。"

好像是她只对他轻轻一笑，没有作答。够了，就这一笑，他已经觉得十分满足了。他走了过去，只见她抬抬头，用纤细的手指，捋一捋鬓边那一缕长长的黑发，微微一笑，把那条细细的绳子放在了他的手中。

水瀛从她手中接过绳子。就在这一刹那间，水瀛似乎感觉到，她那小手在他的手上轻轻地碰了一下。顿时，他浑身燥热起来。这十几年，他还没有挨过女人的肌肤呢，原来，女人的肌肤是这样细腻，这样光洁，这样美妙，这样诱人……

他的心醉了……

他不知哪来的那股劲，三下两下便将两筲水打得满满的。

这时，他却又后悔了，我怎么这么笨，为什么要提得这么快呀？你稍稍慢一点，也好多说几句话呀，把她的情况打听打听。可是这一切已经晚了，他不可能把这两筲水倒回水井里再重新来一次。这时，那女子还是没有说话，只是又对着他笑了笑，仍然是那个熟悉的动作，拿起扁担，一头挑上小筲，一头挂起绳子，然后，担起水走了……

他急呀，水瀛你真笨呀，怎么光顾打水，就不能和她说一句话吗？

就在这时，他抬头去看那女子，只看她走着走着，脚下一绊，一个踉跄向前倒去，水瀛着急着喊："嗨，小心——"

他要去扶她，猛地向前使劲一跑，脚下一滑，他一跤摔了出去，他浑身一震，醒了，原来是个梦。

水瀛轻轻地嘘了一口气。

他连她叫什么都不知道。他很遗憾。

井台边，他照旧是那样直勾勾地望着对方。

那少妇呢？她见这个青年每次都是那样望着她，她更是那么不自在，动作也仿佛更笨拙了，只是想早点离开这里，离开这个是非之地，离开这束怕人的目光。小脸儿只往胳肢窝里钻，哪里还敢说话？

水瀛这些天可是坠入了冥冥之中……

他的思绪陷进了一个爱的旋涡……

他在山上遛马、看书，可怎么也看不进去了，这心里头老是想着那个让他魂牵梦萦的女子……

“嗨——水瀛，马跑远啦……”

在另一道梁上放羊的四娃喊他。

这时他才看见马跑出老远，快到人家的庄稼地里了。

他急忙起身，趺趺撞撞地去撵那匹马。

他跑呀，跑呀，就在他爬上一块地堰的时候，伸手抓住堰上的毛草，本以为轻轻一跳就上去了，没有想到在抓的毛草中刚好有一株野酸枣，他使劲一把抓过去，被一根尖硬的刺，扎进了手心……

顿时，他感到刺骨的疼痛。

“嗨，你呀，你这心究竟在想什么？”他自己在谴责自己。“一个女子，把你弄得神魂颠倒。况且人家还是一个有主的女人，瞎想个什么劲呀……”

水瀛用另一只手扶住刺伤的手……

“哎呀，等会儿还得给马打水，这下可好，手也被扎上了刺，怎么去饮马呀？我怎么这么背时，真是晦气！”他心里这么想着，只好使劲地打那匹马，把憋在内心里一股气都出在那匹马身上。

……

水瀛懒洋洋地拉着马，来到了井台上……

这能有什么办法？马还是得饮水呢。他在井台边拴好绳子，用手试了试，看那只受伤的手能不能抓住井绳。可是，轻轻一抓，手心便生疼生疼。原来，那根长刺深深地扎进了手心的肉里。

没有办法，他只好把那井绳子缠在手腕上，向上拉一把，用另一只手扶一把，再缠在手腕上拉一把，再用另一只手扶一把……

就这样艰难地打水、饮马……

就在这时，那个少妇又来挑水了……

他看看她，又想着自己这个狼狈样子，心里嘀咕，“你就在那里看我的笑话吧，还不都是因为你呀……”

“你，那是怎么啦？”突然，一个怯生生的声音，终于发话了。

“哦？”

水瀛被这声音惊得一怔，差一点把手中的绳子掉在井里。

他抬起头来，这井台边只有他和她。

哦，水瀛猛然醒悟过来，是在和他说话。

水瀛红着脸，不好意思地说：“刚才在山上扎了根刺……”

“来，让俺看看……”

“这……”水瀛反倒不好意思了。

他把水提上来坐在一旁，然后才迟疑地将手伸过去。

那女子用她那只小手，颤动着拉住了水瀛的手，她将水瀛的手直拽到自家的脸前头，仔细地看了看，看不清，又用另一只手在嘴上蘸了一滴口水，然后在扎刺的红肿地方，轻轻地擦了一擦，才看清楚。

“哎哟，这刺扎得深着呢，来，俺给你挑挑吧。”

“这……”水瀛不知该说什么好。

那少妇从发髻上取下一根缝衣针来。两个尖尖的指甲紧紧掐住扎刺的地方，一手拿针在刺旁边轻轻地拨动……

此刻，水瀛被这少妇的援助感动，他的手哪里还能感到刺的疼痛，哪里还能感到对方在为他挑刺的疼痛？

少妇与他近在咫尺，从她那红扑扑的脸上散发出来那股淡淡的清香的脂粉味，飘进了他的鼻孔，飘进了他的心田……

他想起了先生曾给他们讲过一个“塞翁失马”的故事。

今天，水瀛扎了刺，他才体味到这个成语蕴藏的哲理，塞翁失马，安知非福？

刚才他还在那里埋怨自己的鲁莽，自己的不小心，自己的心不在焉……

可是现在，他一点也不埋怨自己了，他真感激那个刺呀，一个美丽的刺呀，一个动人心魄的刺呀……

他早想和她说句话，那可是“踏破铁鞋无觅处”呀，今天，因为这一根刺，只是“得来全不费工夫”。早知道这样，这刺该早扎呀……

正是那根刺，才把他与她的距离一下子拉近，给了他与她一次亲密接触的机会，创造了一个永远也忘不掉的瞬间……

“好了，总算挑出来了，这么长一根刺呀。”那少妇用针尖拨拉着刺在手心里动了几动，才放开了手，“你试一试，还疼吗？”

“嗯，不疼了，不疼了……”水瀛捻着自己的手心，感到无比舒畅……

“那就好。”

“谢谢你……”水瀛此时感到非常笨拙，他该说什么呢？

那少妇挑着水走了，水瀛还傻愣愣地站在那里……

其实，他倒还想像刚才那样，让自己手心里的刺，还深深陷在里边，这样好再让她拉着他的手，用她那根针在刺旁边轻轻地拨动，拨动，拨动着他的手，他的肉，如同拨动他的心弦，拨动他那充满激情的爱……

水瀛这心里头可是真的爱上了这个媳妇。

他一直想打听这个女子的情况，了解了解她的底细。

可是，去哪里才能打听清楚？他想呀，想呀，想到了寨上放羊的四娃。这一天，水瀛有意拉着马也来到四娃放羊的坡上。

这个四娃就是在东漳寨给魏财主家放羊，他当然对这个情况都了解。水瀛要向他了解，那真是找对了人。

水瀛自从出来练骑马以后，常常和四娃相遇，两个人早就熟悉了。

他把马放在坡上，自己来到一棵大树下。

“四娃，你来这树下凉凉儿坐一坐呀。”水瀛远远地喊着。

“到毬秋天了，谁还歇凉凉？”四娃远远地应道。

“过来吧，今儿个这老天爷还热着呢，晒得厉害。”

“好吧，过来就过来呗。”四娃答应道。

四娃举起羊铲，朝着一只乱跑的羊摔出一铲土，嘴里胡乱骂了一句，起身拄着羊铲走了过来，他答言道，“水瀛，在这坡上闲得无聊，咱们‘下三’吧。”

“下就下，我还怕你吗？”水瀛应道。

“下三”是当地民间的一种简易游艺娱乐形式，游艺者用小木棍在地上画里外三层方框，中间又分别用八条直线相互串联起来。这个图形就叫“三”，双方用两种不同的小东西来上面布子，如石头、树枝、草叶、土圪塔等都可以。对弈的双方无论哪一方先按横、竖或斜排成三子一行，就算赢一步，这样可以拿掉对方一个子，因此名曰“下三”。这样，最后，谁留的子多算谁赢。

两个人在树荫下坐下来，四娃用手拨拉开一块小小的平地，然后画起了“三”，又准备来了一堆小石子，还有老蒿棍，排开架势下了起来。

其实，水瀛哪里有心思“下三”？

他只是想利用这个机会向四娃打听那个少妇的情况。对弈开始，他的精力根本集中不在走“子”上，没有多长时间，他便输了。

四娃非常得意，他拍着手笑道，“水瀛，你真笨呀，对付不了几步就……”

说着他用手把放在“三”上的“子”收拾干净，“来，再来一盘……”

“再来就再来。”水瀛嘴上应酬，可心里一直在琢磨，如何开口打听这事呢？她可是个媳妇呀，本来就是想了解一下，人家还以为咱这心术不正。

“这回你先走吧。”四娃见水瀛一直怔着，推他一把，显得十分大度地说。

“好。”水瀛先下一子。

四娃紧接着下了一子……

一会儿水瀛又输了……

四娃又是一阵嘲笑。

这时，水瀛突然看见对面的坡上，那个少妇又下来担水了，他装作无意闲聊似的问道：“四娃，你们寨上那个天天下寨来担水的媳妇叫啥名字？一个媳妇家怎么天天下来担水呀？他家里就没有男人吗？”

四娃头也没有抬，一边下子，一边说：“你是说花花吧。”

“哦，她叫花花？”

“东漳寨除了她一个女人担水，还有哪个下寨来担水呢？”

“那为什么，她……”

“嗨。这是命呀。”四娃长叹了一口气，接着拉呱了起来。

这个少妇名叫花花，她的老家原是临近的辽县。她家里很穷，别看她爹虽然是个穷人，可是个败家子，什么事都干，在和人赌博的时候，又染上了烟瘾，奔金丹、吸洋烟，成天不办正经，因为吸大烟，把家里那些本来就很少可怜的财产卖了个精光。后来烟瘾又上来了，没有了钱，怎么办？他便又想到了她和她娘。为了自己吸大烟过瘾，先将她娘卖给别人做老婆，换点钱来买洋烟。没有多久，那几个钱花完了，又要卖她。就在她十二岁那年，十五贯钱就把她卖给了咱这东漳寨魏财主家老大魏树元。

从此，她成了魏家的童养媳。其实，这个魏财主在东漳寨算是头一家，可比起镇上的裴家来那可差远了，说起来也只是个小富户而已。那一年魏树元正好有病，她被卖过来以后，魏树元的母亲找个算命先生掐算了一下，先生说树元的命中遇了“官鬼”，需用红事相冲，这病才能好，于是，要马上给他们办喜事，想用婚姻的喜事来冲魏树元的灾病。谁知道喜事不仅没有能冲掉魏树元的灾病，恰恰相反，就在他们入洞房的当天夜里，丈夫魏树元就突然病情加重，折腾了大半夜，居然死了。

才进洞房，又入丧房。

花花的命就这么苦，白天还是贴满红双喜字，张灯结彩的热闹情景，可是刚刚到半夜，这屋里却又换成了一色的白，花花也穿起了“孝”……

丈夫一死，她可就难活了。

魏家又找来一个阴阳先生。那先生装腔作势地推算了一下，玩转一下“猫儿倒上树”，大拇指在另四个指头上转了几圈，偏偏说她是个铁扫帚命，而且这花花天生的一副克夫眉眼，面中带着“败”相，都是因为她，才把自己的丈夫败死。这下花花成了祸根，成了魏家的丧门星，更成了魏家的出气筒。

打那以后，花花在魏家受尽了折磨。

她开始给魏家担水。她才十二岁呀，十几口人的大人家，还有牲口，一天不知要用多少担水，从寨上下到东漳镇又是一道大坡，来回足有五里路。花花那一双小脚，不知在这条山道上走过了多少个循环往复。回到家里她还得刷锅洗碗，纺花织布，只要有一点点不如意，婆婆和小叔子魏林元就拳头棍棒打在了身上。

她的婆婆可真是厉害，在村里无论啥事都不吃亏，人们给她起个外号叫母老虎，不仅和外人横，就是对花花也总是咬牙切齿。一见花花有什么做得不如她的意，她就随手抓着啥用啥打，梳、笤帚、尺子、勺子、擀面杖，甚至还要用锥子、剪子等往她身上攮。在她的身上什么伤疤都有过，破处就没个数数。

她可是就这样苦苦地熬了五六年呀……

“哦，原来是这样……”

听了四娃这么一拉呱，水瀛这心里很不是滋味，好端端一个媳妇，竟然遭受着婆家这样虐待，这是什么世道？

这时，四娃看见水瀛怔呆呆的样子，便来取笑他，“怎么，水瀛你是不是看上人家花花了？你要是看上她，那也简单，花几个钱买过来，娶了她就是了。”

水瀛的脸涨得通红，“你瞎说。”

“你以为我看不出来呀，你对花花有那个意思……”

“我有啥意思，随便问问罢了……”

“说实话，水瀛，有就有吧，你要是能把她买过来，一来你也有了一个好媳妇，二来也算救花花出了苦海，这有什么不好呢？”

“我……”

“你别解释了，你就救救她吧。我在魏家放羊好几年了，这些情况我啥也知道。她在魏家那个苦呀，村里人谁不知道？她那婆婆，还有她的小叔子狠着呢。你要是能把她娶过来，这也算你是个救苦救难的观世音菩萨了。”

水瀛红着脸，低下了头。

是呀，四娃说得有道理，我要是真能把花花……

第三章

自打那以后，水瀛每天都是恍恍惚惚，像是丢了魂似的。他一直在想，这件事情该如何办呢？心里老是自个儿琢磨着，话也少了许多。

每到夜晚，他总是在那里望着天空的星星发呆，心里乱糟糟的，一直也理不出个头绪来。这该如何办呢？

时令已进入仲秋，夜已经很凉了。

一片片飘动的云层，在天上漫游着……

水瀛仰头望着天上的云层，他看呀看呀，那云层怎么就这样奇怪呀，好像就是专门在那里戏弄自己似的，飘来飘去，或厚或薄，或明或暗，变化多端，一会儿遮住这颗星，一会儿遮住那颗星……

搞得他这心里头更加乱了。他的心，也像这云层似的，飘飘忽忽，一会儿想出这个办法，一会儿否定了；一会儿又想出那个办法，一会儿自己又否定了……

嗨，难呀！

此刻，夜空里飘过一阵阵悠扬而豪放的歌声，那是在野地里看羊的羊户在唱《开花调》：

黄凌凌谷穗低了头，
想和你说话妹妹呀难开口。

天上云彩调过来，
三天两头妹妹呀照你来。

黄谷颗颗开花碾成米，
不想旁人妹妹呀光想你。

笤帚开花炕上放，
把心操在妹妹呀你身上。

山药蛋开花下了窖，
想你想的妹妹呀睡不着觉。

……

这飘忽而来的缠缠绵绵的《开花调》，更勾起了水瀛心里的思念，他陷进了一个难以自拔的旋涡中……

他的心事，被武文兴看了出来。这天晚上，水瀛又坐在院子里的石阶上，在那里对着星空发怔。他不知道该如何办才好，爱对他来说是第一次遇到。

武文兴来到他的身边，和他并肩坐了下来。

武文兴轻轻地问他："水瀛，天这么冷了，你还一个人在院子里坐什么？"

"没有啥，看看天。"

“不像吧，这几天你是不是有什么心事呀？”

“没有呀。”水瀛扭头看了看武先生，不好意思地回答。

“你心里有事，瞒不过我。”

“我……没有……”

“水瀛你看你，有什么你就说，我还可以帮助你呢。”

“武先生……”

“水瀛，你就别叫我先生了，我才大你三岁，就叫我文兴好了。我感到这样更亲切，以后咱们就像兄弟一样交处吧。”

“那……”

“就叫我文兴，这样才亲切。”

“好，文兴，我……”

“是不是爱上什么人了？”

“你怎么知道的？”水瀛感到很惊讶，这个文兴真是目光锐利，什么事情好像都瞒不过他的眼睛。

“我能猜出来。你给我说，有什么困难，我来帮助你。是谁？是延萍吗？她到县城读书了，你想她，对不对？”

“不是，真的不是。”水瀛一下子红了脸。

武文兴看着他那窘迫的样子，又问道：“那是……”

“她是个媳妇。”

“媳妇？”武文兴一听这话先是一怔，接着马上生气地说：“水瀛，你怎么会去爱一个媳妇？你怎么能去爱一个媳妇呢？这不是胡闹吗？”

他本来觉得水瀛正正派派的，可现在他怎么会去爱一个媳妇呢？那是有主的女人，是有伤风化的事，是有违道德的事。武文兴的脸上布了一层阴云，他怎么也没有想到是这样的。

水瀛见文兴误解了他，马上红着脸口吃地解释道：“文兴，你听我说。不是……她叫花花，虽然是个媳妇，可她的丈夫早已经死了……”

“哦，是个寡妇?”

“对。”于是，水瀛就把花花的苦难身世慢慢地说给了文兴。

接着，又说了他自从看见花花以后的那种感觉，他感到从心底里有一种深深的爱意。

“哦，是这样……如此说来，你应该爱她，应该给她爱。但是，你现在必须分清，在你的心中对这个女人究竟是爱还是怜悯?”

“我是真心爱上了她。可是，我该怎么对她说呀?而且她还有主……”

“你看你，大胆点嘛，现在都民国二十一年了，你怎么还像在清政府统治下生活似的?中山先生早就提倡民族、民权、民生，寡妇改嫁，那也是天经地义的事情。她是人，她有嫁人的权利，她有权改变自己的命运，有权追求美好的生活呀……”

“文兴，我怎么说呀，我还不知道她是什么样的想法……”

“水瀛，你要鼓起勇气，去认真对她说，你能知道她心里怎么想，唯一的办法就是你先把你的想法说给她，这样才可能得到交流。如果你不去捅破这层窗户纸，也许你和她的爱就会失之交臂的。爱是一种追求，一种奉献，同时也是一种欲望。你只有把你如何爱她表达出来，才能等待她的接受。现在社会正处于历史的变革中，而你要做的这件事情，不仅是你对一个寡妇的爱，对一个寡妇的追求，而且，也是在进行着一场促进我们这个古老山村向新文明迈进的革命，是在进行着向数千年封建传统的挑战。如果你所做的事胜利了，这将证明我们偏僻山村向新的文明迈出了一大步。”

文兴的话，他听起来太新鲜了，也太鼓舞人心了。他原来只想到自己去爱一个人，爱一个死了丈夫的寡妇，这仅仅是他个人的一种爱慕和追求，哪里想到这件事还将有如此重大的社会意义?推动山村向封建传统挑战，引导山村走向社会文明，这太让他兴奋了。

文兴的话不仅鼓动了他的追求，更坚定了他的信念。“是呀，我爱她，我就要告诉她，让她知道我爱她。只有这样才有可能得到她的爱。”

“水瀛，我这里正好有一本小说，就是写这个生活的，冲破黑暗的牢笼，追求幸福的生活。你拿去看吧。”

文兴给他拿出来，原来是一本柔石先生新出版的中篇小说《二月》。

水瀛对文兴是十分信任的，听文兴这么说，他马上对这部小说产生了浓厚的兴趣。

小说描写的是一位名叫萧涧秋的青年，离开学校在世途上漂泊，应校长陶慕侃之邀，来到江南小镇的芙蓉中学任教。在这里，他希望过清静的生活，然而他在这想象的世外桃源中见到的依然是凄凉、苦难和凡庸。他遇到了在革命战争中牺牲的老同学志豪的遗孀文嫂。文嫂拖儿带女，春寒断炊。萧涧秋雪中送炭，伸出援助之手，并将女孩采莲带到学校上学。此举引起好奇而古怪的街谈巷议。寡妇门前是非多，文嫂顿觉一阵冷风扑面而来。陶校长的妹妹陶岚是芙蓉镇的美女，说媒提亲的络绎不绝。她干脆贴出征婚榜，以苛刻荒唐的条件取笑求婚者。同校教师、富家之子钱正兴欲揭征婚榜时，萧涧秋抢先一步，揭榜撕榜，劝陶岚自爱。陶岚因此被点燃青春恋情，以火一般的热情向萧涧秋示爱。萧涧秋被陶岚的真情打动，找回了爱的勇气。于是，小镇上流言更盛：萧涧秋左手抱着小寡妇，右手又采芙蓉花。顽皮的儿童在坏人的纵容下，竟然也讽刺采莲找了个野爸爸。萧涧秋冷风中徘徊，痛苦难前。文嫂心如刀割，她不让采莲再去上学，更不愿让恩人背上黑锅，拒萧于门外。无奈小儿病重，文嫂几乎陷入了绝境。儿子一死，文嫂的希望破灭，产生了轻生的念头。面对绝望的文嫂，萧涧秋焦急无奈，他试图改变这一切，开始对孤儿寡妇进行援助，想使这个善良的人离开悲哀的境地，只有娶她为妻，把她从万般痛苦中拯救出来。陶岚闻讯，如雷击顶。两人忍痛牺牲，去救文嫂。哪知文嫂知道后，不愿夺人所爱，不愿被人耻笑，她以自己的死，保全恩人的幸福，解脱流言的毁损。文嫂的死，使萧涧秋陷入了自责与痛苦之中。面对小镇上的一片颂扬，他更觉得痛不堪言，无地自容。爱情纵然给他带来一些温暖，却无法充实他空虚的心怀。他不能在生活的浊浪中随波逐流，结果，他失败了……不得不离开这个地方，离开了这个小镇，去别处寻找春天……

水瀛看完这部小说，被小说中的人物深深地感动。

萧涧秋的失败，更鼓起了他的勇气，水瀛心中暗暗下了决心，他不仅要把自己对花花的爱说出来，而且还要去追求她对他的爱。他要用自己的爱，来挽救深陷于封建旋涡的女人。

水瀛骑着马来到了山坡上。

武文兴给他的提示，使他的心中产生了极大的震动。放马的时刻，他的心里一直想着文兴的话，一直想着萧涧秋的努力和失败，他希望自己的努力会改变萧涧秋所经历的结局。

是呀，我如果不把自己的想法说给她，她哪里会知道我在爱她呢，哪里会知道我想娶她呢？他下了决心，一定要把自己的想法告诉她，让她知道水瀛是爱她的。于是，便一眼眼地望着对面坡上的那条路，等待着她的出现……

这时，四娃也赶着羊群走了过来，四娃见他那傻呆呆的样子，一定是有了什么心事，于是便搭讪着问他，“水瀛，你在这里下这功，看毬甚哩？”

“没看甚呀。”

“没看甚，怎么我走过来，你也不打个招呼？眼长在头顶上了？还是叫九天仙女给勾了魂？”

“哈，兄弟，我早看见你了，就是专门不搭理你……”水瀛撒谎说。

四娃朝着他望的方向看了看，水瀛正在瞭望寨上下来的那条坡。“不像吧，倒又是在看俺寨上的花花吧？”

水瀛不好意思地低下了头。

四娃走过来在他的背上拍了一把，说：“水瀛，你也不用不好意思，怕啥哩，该说就得说。你要是想娶她，不给人家说，人家能猜透你的心事？……不要教别人抢走了你又后悔。我可以给你想个办法，你先看人家愿意不愿意。这可是个关键，人家要是不愿意，倒啥也不用说了。如果愿意，你再回去找你爹，找你的东家干爹，让他们出面，花几个钱就买回去了，怕他魏家敢说个不字？”

“可是，我怎么和人家说呀？”

“嗯……”四娃挠着头，在那里使劲地想，他也在为水瀛这事出力呀，一会儿，他突然说：“水瀛，有办法了。”

“什么好办法？”

“你就唱吧，唱《开花调》呀。一会儿她走下坡来了，你就给她唱，把你想的那些心事全唱给她呀，她一定会知道你是唱给她的。过几天呀，我瞅个空，悄悄地帮你问一问她。只要她有个回话，不就……”

就在他们说话的当儿，那匹马跑进了庄稼地里。水瀛忙跑过去把马拉出来。等他回头又去望对面山坡上的那条小路，就见花花下来了，她下来担水来了……

四娃便说：“水瀛，唱呀，你赶快唱呀。”

水瀛开始唱了起来。

《开花调》是太行山里青年男女传递情感的一种特殊的形式。他们要是相互间有了一点心事，就在野外我瞧着你，你望着我，你唱一句我唱一句来对歌，愿意就表达愿意，不愿意也可以直说出来，省得在一起时脸上不好看。

水瀛也就按四娃说的这个主意，他要给花花唱《开花调》，把自己的心事全都唱给她。

于是，一阵阵悠扬的《开花调》，顿时在山间里回荡开来……

黄凌凌谷穗低了头，
想和你说话妹妹呀难开口。

天上云彩调过来，
三天两头妹妹呀照你来。

山雀儿飞在圪针上，
把心操在妹妹呀你身上。

玉米开花半中腰，
我早把亲蛋妹妹呀看中了。

白天想你不敢说，
黑夜里想你妹妹呀枕头上哭。

想你想你实想你，
三天吃不下二合米。

山丹丹开花背洼洼红，
俺可是只爱妹妹呀你一个人。

葡萄树开花把大树树绕，
唱歌歌传信信妹妹呀你可听见了？

阳坡坡老蒿背坡坡艾，
哪一天才能得到妹妹呀你的爱……

花花站住了，她抬起头来，久久地望着对面那个唱《开花调》的青年。她认了出来，那是水瀛，那个她曾经抓过他的手，给他挑过刺的年轻人。

他这是唱给谁听的，是给俺唱的吗？好像是，一定是。

那句间真情，好温柔，好真切，好动人呀。可是她不能回歌呀，她没有那个权利，她不能在这山坡上给他回几句歌呀……

他……真的看上俺了？

花花怔住了。她怔了许久，才又慢慢地走了下来……

这一切她也隐隐感觉到了。她同水瀛在井台上碰面的时候，她感觉到了对方那火辣辣的目光，那种感觉……

其实，花花又何尝不想和水瀛接触呢？

水瀛不仅人长得帅气，他还有一副好心肠，能如果真能有这样一个丈夫，是她一生的幸运，是她前世修的福。

可是自己这命运，俺这苦命的人呀……

她清楚地记得，那一年，就在她的丈夫死后不久，一天，她正在炕上纺花，她的小叔子走了进来。

她的小叔子名叫魏林元，长得十分难看。小眼睛，朝天鼻，脸上有一大片黑痣，黑痣上还长着一撮长长的黑毛，特别是两颗门牙外凸，把那上嘴唇衬的老高，永远也合不上，看上去就像一个凶神。虽然是她的小叔子，可是比花花还大五岁。这天，他走进了花花的房里，见花花正在炕上纺花，就露出了一副邪淫样，凑过去拽她，吓得花花叫了起来，魏林元说："你叫什么？你嫁到魏家来，就是魏家的人了，我哥哥死了，你当然就得归我。今天你是从也得从，不从也得从。老子非要要了你这小娘儿不可。"

"叔叔，这不行呀……"

魏林元凶狠地说："有他娘的啥不行，你这个假装正经的骚货，难道你不是个女人吗？不是叫男人骑的女人吗？"

花花满脸泪水，面对这个凶神般的小叔子，她感到害怕，她更感到恶心，"俺求求你，不要糟蹋俺呀……"

魏林元的兽性已经发作起来，哪里还能听她的哀求？见她不从，更是来气，"娘的，你嫁到魏家来，但敢有违我魏老二？今天不让老子用的话，看我不撕扒了你!”说着就跳上炕去，一把将花花按倒，另一只手便伸出去撕她的衣裳。

花花万没有想到她的小叔子会这样来强暴她、污辱她。她本能地发出一声求救的尖叫：“啊——”这一声，就像杀猪一样地惨……

隔壁的婆婆听见惨叫声，以为出了什么事情，便走了过来。她走进屋，才看见原来是他家老二和花花在炕上滚打。

“怎么啦?”她娘见这情况，站在门口高叫着。

魏林元听见话声，一抬头，见他娘走进来了，冲了他的好事，又急又气，也只好放手，起身说：“这个不要脸的烂货，不守妇道，败坏门风，见我进来，就要拉我……”

婆婆听儿子这样说，也不问青红皂白，女人是祸水，这是她的道理。

再说就是林元有过，她也不会去说林元的毛病，她就剩这一个儿子了。于是，她随手抓起一把土布尺子，朝花花的背上劈去，嘴里恶狠狠骂道：“我把你个不要脸的东西，我叫你勾引男人，我叫你勾引男人……”

魏林元见他娘动了手，也想乘机出一出花花不听话、不服从的恶气，马上说：“这个东西，就该好好地打!”

说着，魏林元也伸手抓住花花的发鬏，大耳刮子朝她的脸上狠狠地打了过去……

魏林元母子二人还不善罢甘休，直打得手发了酸才算拉倒。可怜的童养媳，花花不只是身上疼啊……

她一个人在炕上躺了一天，自个儿摸一摸浑身上下，哪儿都疼，越想越心酸，不觉得又泪流满面。晌午了，家里人都吃饭，可她起不了床，连饭也没吃上，直到傍晚，她才勉强爬着下了炕。

她来到门口，手扶着门框，朝北望着，那是她的家，她家在北方……望着望着，心中涌上了无数思绪，这话向谁说?这话向谁诉?满肚子冤屈，去哪里倾吐?想来想去，她的泪水不住地涌了上来……

恨俺那老爹爹抽大烟，
把俺送进了阎王殿。

娶俺时俺才十二三呀，
过门就顶头牛来使唤。

小手手和面小刀刀切，
小眼眼流泪小手巾巾擦。

老爷儿下山日头儿落，
脚踩着门槛儿瞭娘家。

狠心的老爹只管把钱花，
哪知道闺女有多难活？

……

她轻轻地吟唱着这伤心的《开花调》，也算是吐一吐自家的心事……

从此以后，花花的日子可是一天更比一天苦了。她每天都要下寨去担水，晚上还得纺花织布，不得一霎霎空闲。干得慢一点，或有一点点不如意，婆婆和小叔子便使劲地打她，那可是受尽了蹂躏呀。

现在听到了水瀛的山歌，她知道，那是唱给她听的，可是知道又能怎么样呢？她是个寡妇，她没有给他对歌的权利……

他能救俺出苦海吗？她企盼着有这么一天。

可是，那只是企盼，她不敢这么想……

第四章

这是初秋时节，刚刚送走夏日的酷暑，没有春的干燥，没有夏的酷热，没有晚秋落叶的伤感，更没有冬的严寒。武文兴在上课之余，来到裴家的花园里散步，他走着、看着，看到满园的花花草草，有的已经长满青涩的果实，而也有晚开的花朵仍在争芳斗妍。想起了在省城的情景，不仅又忆起那如火如荼的生活……什么时候才能接到组织的通知？他真想马上返回太原。

越是心里乱，又越有乱事来烦。在墙外玩要的孩子们又念起了童谣："阎锡山真可笑，百姓跟上受煎熬。沁州扎下兵，常把牛车要。没住几个月，又往武乡调。调来武乡县，派米又派面。官兵大挥霍，农民遭了罪。白天当夫役，晚上把马喂。土地全荒芜，百姓苦难言。"

孩子们拍着手，一遍遍念着歌谣。武文兴这心里很不是滋味。自打中原大战失利，老庞的队伍退驻武乡，大几千人把个武乡糟害得不成样子。老百姓怎么这样的苦呀！又抢粮食又派钱，抓夫用差就更不用说了，那都是下窑人跌坏腿了——小事一桩。

"喂，先生，打听一下。"

武文兴回过头来，有位陌生人来到他的身边。

“什么事?”

“请问你是武文兴先生吗?”

望着这位陌生人，武文兴有点奇怪，怎么会有陌生人来找他，会有什么事呢?

“在下姓武，不知贵客何来?”

“素昧平生，恕我冒昧。”

虽然是一句简单的客套话，但这是组织给他约定的暗号，武文兴一听知道是自己人，马上热情地说，“走吧，到屋里歇息一下，喝点水。”

来人说：“不了，我还有要紧事，有人托我给你送一封信。”

“哦，莫不是省城来信了?难道真是我有所思，便有所至?”他接过信，心里一边暗暗想，一边和那送信人寒暄了几句，那人便匆匆走了。

武文兴迫不及待地打开了信。原来是县城的魏大明派人给他送来的，要他马上到县城一趟，说有要事相商。他们彼此相互知道对方是党员，但党内有规定，一般情况都是单线联系，不属于自己联系的范围，是不发生横向关系的。但武乡的党员人数少，党组织也还没有建立起来，有紧急的情况，也是可以联系的。于是，武文兴急忙向东家告了两天假，说要去县城办件急事。裴东家听说他有急事，还要让他骑马去呢。武文兴虽然感觉骑马可以尽快赶到县城，但是想了一下，又担心怕引人注意，也就谢了东家的好意，步行而去。

次日清晨天不明他就上了路。路边的庄稼墨绿茂盛，正在生长的季节，他从田间走过，闻到一阵清香，似乎还能听到庄稼拔节的声响。太行山的初秋是空明澄净的，常常是万里无云。天空的颜色由深至浅，原本看到头顶是一片深蓝，尽头却变成了白色，可无论如何也找不出变化的痕迹。像是一幅水墨画，向墨中一点一点地加水，直至没有墨的痕迹。武文兴却顾不得观赏丰收在望的景色，迈开大步，快速向县城走去。

走着走着太阳出山了。秋天的太阳是最美的。它不似春冬的冷漠、黯淡，又不比夏日的刺眼、耀人，它带给人们的是最舒适的温暖。可是因为他走得急，本来浑身就感觉燥热，太阳一出山，他更觉得浑身不自在了，特别是衬衣已经让汗水浸湿了贴在背上，额头也流下了热汗。这一路上，他心里在想，会有什么重大的事情呢？自打离开省城回到武乡来，他感觉很闭塞，什么也不知道，别说太原的事，就是县城的消息也听得很少。但是，为了严守纪律，他轻易不向人打听，不让人知道他对某种事有敏感的反应，只在他周围的人群里传播着进步思想。

天到小晌午时，他在路上遇到两个人，看着有点面熟，只见这俩人看上去已经精疲力竭，走路也像要摔倒似的。武文兴过去搭讪道："你们是……"

"我们是东漳镇上的呀，你是……裴家的先生吧。"

"是的，这是在啥地方来，怎么成这个样子了？"

"嗨，不用说了，夜来被三十九师兵痞子抓了差，他们在武乡弄了一大堆东西，让我们送到沁州，咱说不去吧，人家就是枪托子打，还说要枪毙俺们，没办法只好给人家去送。谁知道狗日的不是东西，我们担着上百斤重的东西送了六七十里，别说给点工钱吧，就是饭也不给吃一口。这不，从夜来清早在家吃了饭，到现在还没吃过东西呢……"那俩诉说着满肚子的怨气。

武文兴解释道："这三十九师可是把咱武乡人害苦了，不过总算熬到头了，最近听说三十九师要开拔了。"

"就是因为狗日的们准备开拔，这几天都把抢来的东西挪窝呢。"

武文兴摸一摸身上，还有点钱，于是拿出几毛钱递过去，"天也快晌午了，给你们这几毛钱，你们到前面的村子里买碗面吃吧，还有几十里路呢。"

"感谢先生了。"两个人一阵感激，并说回去后一定给他还钱。

武文兴说："看你们说的，就几毛钱，算我请你们吃了，咱们都是穷人，还这么讲究干啥。”

武文兴告别了两位又匆匆赶路，直到大中午，才来到县城。几十里的路程，走得他又饥又渴，想找个饭馆吃点饭，可是又想尽快知道究竟是啥重要的事情，于是径直走到了警察局。在省城上学几年，他的风度、他的举止很有派头，来到警察局，人们也不会怀疑他，听说要找魏队长，有人给他指点，送他到魏队长的住处。

魏大明见他到来，知道还没有吃饭，便说：“事情再急，也得先吃饭，走，我带你去吃饭，吃完饭咱们再谈。”

拗不过魏大明的劝说，只好先去吃饭。可他心里一直在想着，究竟是啥事呀？饭馆里人多眼杂，他不能打听。只好胡乱吃了几口，说：“行了，吃好了，咱们走吧。”

来到街上，魏大明说：“后晌，我陪你到南神山转一转，那里景色很美，局里的事我已经安排好了，今天约你来，就是想陪你去游玩一下开开心。”

武文兴有点莫名其妙，组织上通知他来，总不会是觉得他山里待久了让出来散散心吧，但看看魏大明的脸色，他也不便多问，于是只好耐着性子听他的安排。

一会儿他又叫来了武云璧与他们一同游玩。这个武云璧他也认识，与他都在太原上学，只是比他高两届，他家的条件很不错，在县城里很有名。

三人一起来到了南神山。南神山，在城东南仅几里路。相传早在晋朝，西域名僧佛图澄从天竺国来到东土，见这里灵气十足，在此建了道场，居茅棚，面石壁，良行善举，普渡众生。后来佛图澄做了石勒的谋士，辅助武乡出生的羯族领袖石勒建立了后赵王朝。这里浓荫遮天，鸟语花香，凭山势之险，揽漳水之秀，风光独特。山上有南屏堆锦，北阁观澜，双松拂云，两池映月等二十四景。不过他们来这里并不是真的要浏览胜景，而只是以浏览美景为名，找这僻静之处商谈大事而已。

魏大明说："现在咱武乡的党员只有几人，而且有的在太原坚持斗争，有的去了北平，还有李文楷、赵清风去太原寻找党组织，县里只有我们三人了。昨天我打听到一件事，由于事关重大，急需要找你们来商量对策。"

武文兴和武云璧都着急地问："究竟是什么事呀？"

魏大明这才从头至尾认真地谈了起来。

蒋、冯、阎中原大战，阎锡山和冯玉祥战败，山西的形势一落千丈。为了保全山西，阎锡山只好通电下野，但蒋介石还是不依，一面指使何应钦、孔祥熙连续给阎老西发电报，说"百川公不出洋，无以谈善后"；另一方面派飞机轰炸太原，以施加军事压力，他想乘机霸占山西。山西经济由此而引发危机，大量的军费支出，出现了寅吃卯粮的困境。晋钞大量贬值，致使人心慌乱，再加上西北军倒戈，晋军被东北军收编，山西民众苦不堪言，反阎之声迭起。阎锡山不得不离开山西，谎称绕道苏联转赴日本，而实际上则潜逃到大连隐居。晋军被张学良缩编，山西一下子进驻了许多客军。这客军进驻山西后，对地方进行盘剥，百姓不堪重负。阎锡山当然对此并不甘心。他得知山西近况，从大连悄然返回山西老家五台县河边村，暗中操纵他的山西帮。晋绥军政一直处于瘫痪状态，他又派出各方面人才四下活动，到处宣扬山西非阎不可收拾。这样，蒋介石才又不得不重新启用阎锡山，让他出任太原绥靖公署主任。阎老汉从河边返回太原以后，便向蒋提出一个重要条件，那就是要驻扎在山西的客军全部撤走，他要重新整编晋军。

当时，驻在武乡一带的军队，是原西北军部属庞炳勋的三十九师。本来中原大战冯阎失败后，冯玉祥的西北军纷纷倒戈投向蒋介石。庞炳勋倒戈未成，只好率部北渡黄河，经新乡进入山西，最后到达沁州。庞炳勋的部队衣食无着，陷入困境，只得靠晋军将领徐永昌接济勉强维持。后来蒋军副总司令张学良派富占魁到山西沁州点编开拔，根据中央意见，庞炳勋与阎锡山协议，庞要求山西财政付给他二十万元开拔费，立马启程，开赴河北河间县驻防。由于阎锡山离开山西这么长时间，山西经济混乱不堪，晋钞大幅度贬值，近乎成一张废纸，客军当然是不会要晋钞的，都提出要光洋。为尽快让客军调离山西，阎下令由各地自筹开拔费用。

按照上级指令，武乡县要支付开拔费二十万元，于是，县长张祚民便派下税赋来。谁知这个县长趁火打劫，他向百姓摊派税赋四十万元，一下子翻了一番。今天，魏大明就是请武文兴和武云璧来一起商量对策，看如何解决张祚民的盘剥行为。

武云璧分析道："按说，我们尽快上缴了税赋，让庞炳勋的部队早一天离开武乡，这对武乡百姓来说并非坏事，这么长时间，庞的部队没有少盘剥武乡百姓呀。"

魏大明说："是呀，尽快请庞的部队离开这是好事，可是这贪官县长利用这一机会，一下子就要贪图这么多的钱财，武乡百姓哪里能负担得起？"

"不行，我们得想办法，坚决反对贪官县长搜刮民财的行为。"武文兴坚定地说，"绝不能让他得逞。"

魏大明说："是呀，我也这么想，可是如何才能既送走庞的部队，又阻止贪官搜刮民财的行径？李文楷去省城找组织去了，赵清风也不在家，我又想不出个好办法来，不得已才请二位来商量。"

武云璧说："我们发动学生起来游行，把张祚民搜刮民财的行为宣传出来，让广大百姓都知道，顶住这次税赋。"

武文兴摇摇头道："简单地顶税赋，不是万全之策。阎锡山与驻军已经订了合约，不支付开拔费，驻军肯定不会离开。我们把税赋抗了，这给了庞炳勋留住武乡的借口，虽然我们斗争表面上胜利了，事实上加重了百姓的负担，这等于给武乡百姓多了一重天。我们要达到顶住张祚民的搜刮，又要让庞的部队尽快离开，这才是最好的结果。"

魏大明赞同地说道："是呀，文兴说得对，可是，怎么才能达到这样的结果呢？"

武云璧也说："文兴说得有理，可是我们该怎么做呢？"

武文兴解释道："我想一要公布张祚民的丑恶事实，发动广大百姓都来反对他；二要让大家知道上缴这次税赋，送走庞的部队对百姓的好处。"

"你有什么具体办法就说出来吧，我们听你的。"

武文兴说："我们应该采取几个手段，多管齐下。"

"哦，你说吧，怎么个多管齐下？"魏大明已经迫不及待，他不想听理论和分析，就想知道怎么做，以尽快去搞他个轰轰烈烈。

武文兴不慌不忙地说道："要解决好这件事，既维护百姓的利益，又抵制贪官，这是很不容易的，只靠咱仨是不行的，还必须发动社会各界的力量。"

"你说发动谁，咱就发动谁。"魏大明的态度是非常积极的。

"云璧，我看你今晚就动手，写一篇文章，要把张祚民这次借收开拔费鱼肉百姓的丑恶事实写清楚，当然对他以往的种种行为都可以揭露，最好给他总结十大罪状，一定要写得有理有据。把你在《民报》发表文章的那个水平拿出来！"

武云璧说："这没有问题，他的那些罪状我已经搜集了不少。"

"光写出来不行，还得油印千把份，然后派人贴遍武乡的各个地方，特别是县城，最好县政府的院子里也贴他十来张。"

"这个好说，我手下有几个绝对可靠的弟兄，让他们在城里贴，给张祚民的办公室也能贴进去。"魏大明说。

"只是这印刷费用……"

武云璧说："这不用担心，我还能出得起，好歹我家还有几百亩地呢，不愁这点小事的。"

"那就好。老魏你不是在裴家住了多年吗？裴延寿现在在县城读书，他的思想比较激进。他在家的时候我常常和他交谈，而且我还听说，他在学生中的威信很高。你去和他联系一下，让他组织学生上街游行。学生上街，肯定这狗县长不甘心，会让警察局出来阻挡。你要在警察中间活动，让他们只出来做做样子，千万不能伤害学生。同时，你手下的门徒不是有好几百人吗？你想办法把他们聚集起来，这些人大多武功高强，一方面可以保护游行队伍，另一方面可以壮大游行人群。”

“好，按你这安排，我们就赶快行动！”魏大明已经心急如火了。

“你别着急呀。”武文兴看看魏大明迫不及待的样子，“光靠这些活动还不行，我想还得利用一帮实力派来出面。裴宝珊是乡绅中最有资本的人，威望最高，这次税赋一定给他分配的不少，要发动大家起来抗税，有他来带头，一定能成功，我明天就赶回东漳镇，做他的工作，只要他站出来，让他号召所有士绅，我们一定能取得胜利！”

“文兴兄的安排果然周密，现在时候也不早了，咱们回城里吧，今天晚上你就住我家里，咱们一起起草文章，争取明天清早县城大街小巷贴满传单，让狗县长张祚民不能安宁。”

这天晚上，武云璧与武文兴几乎一宿未眠，他们奋笔疾书，把县长张祚民的所有罪状都揭露出来，什么包揽词讼、开设官店、私开税种以及借娶老婆而大肆收礼等，特别是把这次借征收开拔费而一下子加收了二十万元，给武乡老百姓增加了沉重负担的丑行揭露了个一清二楚。

果然第二天一大早，武乡城的大街小巷贴满了传单，整个县城立刻轰动起来了……

武文兴又匆忙返回东漳镇，以销假为名，来见东家裴宝珊。

东家见他进来，说：“你怎么这么着急就回来了？”

武文兴说：“我担心孩子们没有人管，怕影响他们的学习，办完事就赶快回来了。”

东家让文兴坐下，并叫丫鬟过来给他倒了一杯茶。武文兴乘喝茶的机会便和东家聊了起来，“裴东家，我在县城听说县政府在征收什么开拔费？”

“是呀。”这个情况裴宝珊当然非常清楚，他是武乡头号大户，当然也是最大的税户。县里一下子给他派了三万元，而且还很急，说是必须马上缴，谁要抗拒不缴，影响了庞师的开拔，就是杀头之罪。他正发愁这事呢，在几天内急筹这么多现大洋，哪里能拿出来呢？于是，只得找到县征稽科的王科长，又是送礼，又是请客，才算答应给他减免两千元。所以武文兴一提起这事，东家的脸一下子拉了老长。

“不过，我想这开拔费还是缴了的好，不然三十九师赖着不走。他们军纪混乱，胡作非为，勒索民财，真是怨声载道，武乡百姓已经不堪重负了，现在好不容易经阎主任与中央商谈好，把驻在山西的军队送走，这难道不是件好事吗？”

“好事是好事，可这笔款数额太大了！”

武文兴见挑明问题的时机已到，马上说：“东家，我还听说其实这个数额是张县长故意加大的。省里与三十九师谈判的开拔费是四十万元，沁州、武乡各二十万元，张县长硬是说四十万元都由武乡出，这个张县长也太手狠了，一次居然就想贪污二十万元。”

“会有这事？”裴宝珊有点惊愕。

“是呀，本来我也不知道，你想张县长要这样贪污，他会让人知道吗？可是要想人不知，除非己莫为，张县长本来想利用这个机会捞一大笔，却有人知道了这丑事，夜黑来有人印成传单，城里的大街小巷贴得到处都是。”

裴宝珊一听气不打一处来，把手里的水烟袋“咚”的一声放在桌子上，“真是岂有此理！”

“是呀，关于三十九师开拔费的征稽，我认为是应该的。现在，这支部队在咱县那就是百姓多一重天呀，让他们调走，这是好事。可这张县长乘机钻空，浑水摸鱼，我们不能让他得逞。东家，你是武乡第一大乡绅，你在万民之中说句话地动山摇，我想现在只有你出面，揭开这个底子，给公众一个实信，让所有被征户全按半数缴纳，这不就好了吗？”

“好主意！文兴，你这个消息可靠吧？”

“绝对可靠。”

“好，你这主意好，我马上召集商会全员议事。”

“东家，我认为由你出面，这事一定能顺利解决，首先斗争县长，反对他鱼肉乡民的行径，但是也不能因为斗争而影响了三十九师开拔，我想你出面组织乡绅进行募捐，大家按自己的能力来认捐一部分，余下部分全县按人头收取，我看是完全可以尽快筹集起来的。”

县长张祚民是怎么也没有想到这事会被人捅出去的。以往他用这手段不知搞了多少次，政府的征稽科里全是他的亲信，而且每次收回来的钱财，他总要给他们分一点，他们一定不会泄露秘密。这回的情况，可能是在太原入了共产党的那些学生娃娃在太原听到情况，回来活动的。看来不给他们点厉害是不行了。于是，他马上叫警察局全体出动，搜查共产党。

武乡城的气氛立刻紧张起来。可是警察们出去什么也没有搜查到。县立师范的学生又出来游行了，他们打着标语，喊着口号，来到了县政府的门前。到了小晌午时分，游行的人群越来越多，把个县政府围得水泄不通。原来魏大明通知他闹拳房培养的门徒都涌到了县城。

大家高喊着要县长出来给百姓解释清楚。

本来，前晌看一群学生娃在瞎吼叫，张县长还准备着出来讲几句，让他们赶快回校上课，也叫警察局派人来吓唬吓唬，抓几个带头的学生，这叫杀鸡给猴看。他在那里绞尽脑汁，想怎么能把这事顶过去，这可是二十万元呀，这笔油水要是捞到手，他的腰包一下子能鼓多少？谁知道到了小晌午，这闹事的人越来越多，而且大多是村里的青壮年，这下他的底气有些不足了。这可怎么办？看来事情越闹越大，只好让警察保护着征稽科的人出来说谎。

游行的人们在高喊着：“征稽科，滚回去！狗县长，快出来！”

张祚民见这事情真的没有办法收场了。原来他干什么都可以胡作非为，谁知道这一段从太原跑回来几个后生，他也隐约听说是共产党，在省城遭到通缉逃了回来，阎老汉还下令让他继续缉拿呢，他想几个乳臭未干的毛后生能起了什么大事，原本没当回事，哪里想到竟然搅的他乱了阵脚，不仅把二十万元给搅黄了，就怕这县长也没法子做了……

庞炳勋部的贺旅长知道了张祚民利用给他们收钱而从中渔利，也带了十多个卫兵冲进政府，找张祚民算账。贺旅长拍着桌子骂道："他娘的，你这狗官，敢在老子身上擦油，这开拔费三天缴来咱们了事，不然老子非在这政府门前毙了你个狗东西不行。"

张祚民看群情激愤，特别是贺旅长把二八盒子都拖了出来，弄不好真的二拇指头一勾，崩了他可就没命了。他真的没有办法收拾场面了，现在外面人山人海，想逃也逃不走呢。正好东乡出了一件命案，他借口要去验尸，告诉大家说："现在是人命关天，我先去处理一下案子，回来就给大家答复。"

总算离开了衙门，他哪里还有心思去验尸，赶快绕道襄垣坐上汽车偷跑了。

裴宝珊依照武文兴的意图，来到县城。在他的号召下，召集全县乡绅议事，裴宝珊把县长张祚民鱼肉乡民的情况，以及庞炳勋军队在武乡的恶行，都讲了清楚，让大家以百姓为重，慷慨解囊，捐献钱粮，让庞军顺利离武。

这时，大财主赵恒昌说话了："真没想到这张县长会乘机嫁祸于人，胆敢这样鱼肉百姓。咱武乡百姓团结起来赶跑狗日的是大快人心。裴东家讲得非常有道理。既然裴东家号召我们来捐款，以保三十九师顺利离开武乡，我赵某人是积极响应，我来带头捐献一百元。"

听说赵恒昌捐一百元，不知谁在下面说："谁不知道你赵东家在武乡是数一数二的大户，光在城里开官店就有十几个商号，你要捐一百元，那我们就只能捐三两串铜钱了……"

裴宝珊也很生气，“赵东家，你响应我裴宝珊的呼吁，能主动认捐，这我非常感激，但凭你的实力，如果捐一百元，照这样的数额，我想三十九师恐怕明年的现在也离不开武乡……”

赵恒昌其实对裴宝珊出面来反对县长张祚民，并带头搞什么募捐从内心非常反对，因为张祚民给全县摊派，这杂税都是通过官店代征，而总共十四家官店，赵恒昌就主持着九家，虽然县长给赵恒昌下的任务也是三万元，但通过他的官店来征收，不仅他这三万元都由老百姓负担了，他还能利用这个机会赚几万元。这下让人们闹了一场，县长张祚民也跑了，裴宝珊又出面募捐，他不捐一点吧又感觉说不过去，于是便主动认捐了，谁知道别人还是不买他的账，他只好苦笑了一下说：“裴东家，我赵某是心有余而力不足呀，我这家产看起来是大一点，可是这几年乱纷纷的，生意不好做，再说你知道这蛇大窟窿粗，每天的开销太大，我真的是没有多少钱呀……”

“赵东家，你也太哭穷了吧。”

“是呀，赵东家要是不认捐一个大头，我们可不能答应呀……”大家七嘴八舌地说开了。

赵恒昌眼看着矛头都要指向他了，于是赶紧把话口引开，以避锋芒，“裴东家，既然你号召捐献，我看这个头应该你来带呀。”

裴宝珊说：“我裴某人既然说了，我会带头认捐，为了让三十九师尽快离开武乡，我捐献一万大洋。”

裴先生的慷慨让众位乡绅赞叹不已，场子里立刻轰动起来。有人高声地说：“看人家裴东家，多么慷慨大方，一下子捐一万大洋，可你赵东家实力比裴东家还强，你却捐一百元，这是不是个笑话呀？”

魏大明是裴宝珊请来维持秩序的，见此情景，站起来调侃地说：“大概赵东家是赞成让三十九师在武乡住下去，如果是这样的话，也好说，三十九师的代表就在这里，一会儿我和他协商一下，干脆把师部扎在赵家府上，让赵家管起来就最好了……”

“对，魏队长说得对！”

赵恒昌一看惹出了大乱子，真要把师部扎在他家，他能养得起吗？他只好哭丧着脸加捐，五千元，人们不行，七千元，人们还不行，八千元，人们还不行，最后咬着牙也说出了一万元，才算了事。

接着大小财主纷纷报数，大小商号也都表示愿意义捐，一天之内，捐款就达到二十万元。

这次斗争胜利了。

但是，轰轰烈烈的斗争形势，引起了省里的重视，特别是张祚民逃回省城后，到他的靠山面前告状。原来他的靠山是国民党省党部书记长武誓彭。武誓彭向山西反动当局作了密报，把武乡县划为山西省“四大赤县”之一。

第五章

抗税斗争胜利以后，裴宝珊对武文兴大加赞许，他跷着大拇指说："武先生，你真是有思想，有头脑，年轻有为，老夫佩服！"

武文兴谦虚地说："裴东家过奖了，文兴不过一点激情而已，其实我倒是非常赞赏裴东家的品德和威望，您一呼百应，才使得咱既达到送走客军的目的，又阻止了张祚民的盘剥行为。当然，贴遍全县的那许多传单，确实也起到了很大的作用，它让广大百姓都知道了张祚民的种种罪状，群情激愤。"

"哈哈哈，你知道以前打仗擂战鼓吗？就是激起士兵的战斗勇气，这宣传、标语、口号也是这个道理。"

"是呀，本来我们几个青年早有打算，想办个杂志，名字都想好了，叫《奋起》，经常不断地写点文章登出来，揭露那些贪官污吏的行为，号召百姓站起来反对官僚的压榨……"

"这是好事呀，这样肯定百姓会避免一点盘剥。"

"可是……"

"有什么困难？"

"可是这经费……"

“这能用了几个钱？这样吧，我给你一百元，你们去办吧，以后不够的话还可以找我。”裴东家热心地说。

武文兴没有想到裴东家如此慷慨捐助他们的事业，他不知该说什么好。这时裴宝珊说：“武先生，其实帮了我的大忙，如果没有你的主意，可能我就得出三万元，在你的帮助下，我自愿认捐一万元，对我来说节省下两万元呢。所以说，我给你们资助，我感觉值。”

武文兴把这个消息告诉了魏大明，由武云璧等几个人很快组织起了编辑部，开始编印《奋起》。

俗话说立冬不使牛。天到立冬，太行山的天气越来越冷了，地也上冻了，牛也不耕地了，也就要回到圈里。大头儿已经安排长工往回担水，牛马是不到井台上去饮水了，因为直接从井上打起来的水太凉，直接让牲口喝，不好。

所以，水瀛出去骑马时，喂马的就要吩咐不让他到井上饮马。眼看着来井台上的机会不多了，水瀛心里一直想，这回一定要下决心，找个空空与她啦呱上几句，无论她愿意不愿意，咱这心里总能落个实，不然可就再没机会了。

太行山的冬天，西北风呼呼地刮，凛冽的寒风使人有一种刺骨的冷，来到井台上打水时，手一握住沾着水的筲梁，似乎便会冻在筲梁上，一撒手还会听见“嘶”的一声响。

花花又下井台上担水来了。

她还是那样低着头，细小的手指颤颤巍巍，寒风中她更显得那样胆怯。

她握着绳子，两手冻得发紫，不听使唤，可是她仍然顽强地拉着绳子。

他想去帮她打一下水，可又不敢，只是自己谴责自己，水瀛呀水瀛，你算什么男子汉？这么长时间来，连句话也不敢说，更不用说……

在家里想得好好的，办这事情好像是个笊篱，上面尽是眼眼，可是来到她的身边，你就成勺子了，一个眼儿也没有。

花花已经把筲和绳子又挑在了扁担尖上。

水瀛这一下可急了，他本来早想和她说几句话，哪怕是一句也成，可是从夏到秋，现在已经进入了寒冷的冬季，他这几句话还一直没有说出来。他感到十分窘迫。

就在他踌躇之际，花花仓促却又深情地看了他一眼，便低着头，挑起水走了。只见她一步一颤地向上山的小路走去，水瀛实在忍不住了，他想喊，可是没有那个勇气，不喊吧，失去这个机会，恐怕再也没有了，那将是永远的遗憾，因为父亲已经告给他，天冷了不让他出来骑马了。

水瀛两眼直勾勾地望着花花，不知该说什么好。

你怎么就这样无能呢？难道……难道你就不能去把自己的心事说给她吗？你呀，你呀，你这个水瀛，简直是一个懦夫……

你为什么不问问她，那天唱的那山歌她听到没有？有什么想法没有……

可是，她已经走远……眼瞅着这最后的机会也就这样过去了……他只有直愣愣地望着她那远去的背影，心里在恨自己：怎么这样没有一点男子汉的气魄。不行，如果今天不说给她，还要等到何时？过了这个村可就没有这个店了，难道还要等到明年吗？

水瀛狠了狠心，今天非要跟过去给她说不可。他刚要走过去，只见花花身子一倾，倒了下去……

夜黑来天下了一层薄薄的“地油”，地上结下了一层薄冰。花花一双小脚，平时走路都很艰难，踩在薄冰上，双脚更是不听使唤。她滑到了，一筲水浇在身上，浑身湿了个透。

此刻，水瀛再也不能顾及什么礼俗了，他马上跑过去，一把将花花扶了起来，“花花，我对不起你，都是因为我，害得你弄成这个样子，你，你快回去吧，换件衣服，不然会生病的。”

此时花花满脸不知是井水还是泪水，一肚子委屈不知该如何倾诉，她浑身颤抖着说："不，我……还得挑水。"

花花噙着两眼的泪水，又颤抖地捡起了扁担和筲，向井台走去。

水瀛不解地看看她，有些无奈，也就不再说什么了。他一把抢过去扁担和筲，自顾自跑到井台上去打水。

花花也不再说什么……

他不知哪来的那么大劲，来到井边，几下子将水筲打满。

然后，又毫不犹豫地挑起了水，他要给她送上坡去。

花花推托了一会儿，无奈盛情难却，更何况她自己也早已冻得难以坚持了，哪里还能再把水挑回去呢?

她只好默认了。

"花花你太任性了，这么冷的天，你就不怕病了吗?"

一边走，水瀛一边关心地问。

"我不挑回去不行呀。"

水瀛知道触到了她的伤痛之处，也就不好再追问下去。

"嗨……"水瀛长长地出了一口气。

他又不知该说什么，他想要说的那些话，到了嘴边又全然忘掉了。

花花的衣服已经冻成一块冰，走起路来"呲啦、呲啦"地响。

水瀛有些心疼，他关切地问："花花，你冷吗?"

"冷，不过，俺能坚持回去。"

水瀛低着头挑着将水送到了坡顶。

花花说："谢谢你了，这是平路，我可以担了。"

"还是我来吧。"

水瀛还要给她送一程，可是花花说：

"不行，叫家里人看见，俺就连今夜也活不过了。"

水瀛一听这些话，心里像割了一刀似的难过。

他知道她的家是一个暴虐的家，为了不给她增加痛苦，只得把筲放下，然后把扁担让给了她。

眼看花花挑起了水，又要走了，这时水瀛才愣过神来，一线的机会了，难道还要错过吗？不，他横下一条心说：“花花……”

“嗯？……”花花扭回了头。

“四娃没有给你说过吗？”

“什么？”

“我托他说的事情呀。”

“说了……”花花低下了头。

“那你怎就不给我个回话？”

“我怕……我怕事情办不成，叫家里人知道了，这可就……”

花花又哭了，她哭得那样痛苦，那样伤心。

“好，你别哭了，你放心吧，只要你答应，我会想办法的。”

水瀛望着花花久久不想离去……

不管怎么说，今天，水瀛的内心里感到十分舒坦。

多少天来他一直想办的事情，今天终于做出来了。

他幸运他为花花做了一件好事，多亏了天下“地油”，当然他并不希望这无情的老天给她带来如此的窘迫和痛苦。

回到家他笑逐颜开，就连父亲也没见他这么高兴过。

这天夜里，他又一次失眠了。

不过这是兴奋的失眠，是激动的失眠。

爱，是一个相当复杂的事情，在一个人的心目中，一旦确立了这个“爱”以后，那是不会轻易可以消除掉的。不论你如何去打消它，它都是会牢固地留在心底。水瀛自打对花花产生了爱慕之情，花花在他的心中就永远也忘不掉了。

现在他的心里想什么？他也不知道，他也说不清楚。也许想得很多很多，也许什么也没有想。是呀，那一种兴奋，那一种激动，他的爱，早已在心灵深处爆发，他终于得到了那一句盼望已久的她发自内心的回话。此刻，将所有的言语都转化成了这一夜难以入眠的辗转反侧。

这些天黑夜，水瀛一直都是去拳房学拳的，这也是武文兴的安排。武乡，武乡，尚武之乡。武乡农村每到冬天都有学拳的习惯，这已经有千余年的历史了。在清末民初闹武术有两大名人，一是马八解，一是霍焕。马八解学的是响马套路，以绳鞭最为见长，传说曾有一位山东响马落难被他救了，马八解侍候这个落难响马三年，这人每天都口授武艺让他练习，这落难响马临终时，将自己三元真气传与他，他也就成了响当当的武林高手。而霍焕的武艺则是家传，主打长拳、曦阳掌。他还有一大绝技是推拿，跌打损伤，手到病除。这二位武师下河北走山东，可是江湖中人，武艺超群。马八解因死得早，其武艺失传，而霍焕带了两位徒弟，一是魏大明，二是霍梦龄。魏大明与霍梦龄师兄弟多年在东乡坐拳房，培养下无数门徒。自打魏大明进了警察局后，也就没有工夫来坐拳房了。现在东乡各拳房的大师傅就是霍梦龄。

其实，魏大明接触进步思想以后，他就开始在拳房里教武术的同时，以讲江湖义气的道理把共产主义的思想也灌输给徒弟们。学拳的人大多是穷苦人，所以什么抗捐、抗债、抗粮的活动也慢慢就发动起来。魏大明曾多次和师兄霍梦龄叨唠，也想让他加入党组织，但霍梦龄从小入了黄善堂道，不愿再走其他门派，不过他非常有正义感，魏大明的作为，他也非常支持。因为黄善堂道也是讲究只做好事，不做坏事，魏大明所传授的思想都是为老百姓的，他当然是支持的。这样，虽然霍梦龄不是共产党员，但也一直在做着共产主义的宣传。

武文兴发现水瀛对进步思想很感兴趣，常常给他推荐一些进步书籍，也常常给他讲外面的斗争形势。冬天东漳镇上拳房开练后，武文兴也让水瀛到拳房里学拳。

打拳本来是件很累的事，每天黑夜都要学到深夜，回来倒在床上很快就入睡了，可是今天水瀛翻来覆去烙烙饼，怎么也睡不着，文兴就知道他一定有心事，便伸手推一推他，“哎，水瀛，你怎么不睡呢?”

“我睡不着。”

“有什么事呀?”

“文兴，今天、今天我终于问她了。”

“哦，你问花花了?”

“对，我问过她了……”

文兴一下子翻身坐了起来，“她怎么说?”

“她喜欢我，她愿意跟我……”

“哎呀，这是好事。”文兴也高兴地在水瀛的背上拍了一把，说：“水瀛，在爱的道路上，你总算是迈开了步子。快，你快给我说一说。”

接着，水瀛把今天的事情，一五一十地说给了他。

武文兴听了水瀛的叙述以后，高兴地说：“好，这下好了，只是花花为这一句话付出的可太大了，天这么冷，搞不好，她回去要生病的。我看你要趁热打铁，赶快把事情办妥，免得时间长了节外生枝。”

果然不出所料，这件事情不几天就出了变故。

水瀛可怜花花，这两天上了冻，山路滑，水瀛便到这里来，给她往寨上去送水，没几天，两人也交处的十分要好了。

本来水瀛从头就看上了花花，可花花呢?一来她是个寡妇，身边没有个男人，生活孤单，她早想有个男人来做她的“挡风墙”；二来这半年多时间里，她也早看出水瀛是个老实人，这样两人就相好上了。

谁知道他们的事情叫花花的小叔子魏林元知道了。

这天，花花挑水进门刚放下筲，还没来得及放扁担，倒叫魏林元一把抢了过去，他二话不说劈头就打了去，将她头上打了寸把长的一道大口子，鲜血直冒，把个发髻都染红了。家里其他人找来龙骨刮了帮她止血。可是魏林元并没有可怜她，直到打得发困才算拉倒。嘴里还在不住地骂：“日你娘呀，好你个不守妇道的野东西，在老子面前装正经，不来侍候老子，原来你却还敢去外面勾搭野男人，丢人败兴，伤风败俗，不活脸的东西，不正经的浪货，养你在家是干什么的？还不如打死了喂狗呢。”

那家伙也真狠，打了一顿还不消气，拿了一条绳子就要往死勒花花，要不是邻家拉开，真的要闯下人命。

这一夜，花花不知是如何熬过来的，身上的伤痛就像剜心似的，她紧紧咬着牙关，不敢呻吟。其实她心上的伤远远比身上的伤更痛……

在她还不知道丈夫是如何体贴女人的时候，丈夫就离开了人世。而从这一天起，狠心的婆婆就告给她，这辈子必须为她的男人保贞节，以守妇道，这就是给她拴了条锁链。她那个乱伦的小叔子魏林元却要来强暴她，她以死相拼，才保住了自家的贞操。可是，就在她遇上水瀛以后，不知怎么，心中总是有些乱，这个青春年少的男子勾起了她心中的爱火。尽管那么长时间来，她连一句话都没敢和他说，可她心里清楚，在这个后生面前，自家确实有些忍受不住了。特别是当他将倒在冰地里的她扶起，当他担着水帮她送回寨上，她简直不能自制，她多么想一头扑在他的怀里，去享受一下丈夫的温暖，去体验一下异性的深情。可是理智阻止了她，她还得那样面无表情地走开。为了水瀛，她受尽了折磨，他知道这都是因为他的吗？再说这又能怨水瀛吗？不，这一切，她都能咽下，只是她与水瀛相好的事让家人知道了，以后可就……

第二天，她还得去担水。这天她再也不敢让水瀛送了，只是在井台上将昨天的情况给他哭诉了一顿，并把自己久积心头的话终于告诉了他。

水瀛听了以后说：“花花，你不要急，我这就回家，求俺爹把你买回去，咱们成亲吧！”

于是，水瀛急忙回家找他爹商量。

他满以为这件事比较简单，他爹会痛快地答应下来。谁知道就在这几天，早已有人传话给他爹，说水瀛在外边不办正事，却和寨上一个小寡妇私通，人家这个小寡妇的小叔子还要来找他算账。

你看这事火人不火人？你水瀛还是个“人芽芽”，就这样不学好，要去搞什么寡妇？你想找个媳妇，这倒也是正常的事，咱三媒六证为你找就是，何必去偷鸡摸狗，走那个邪门歪道呀？

水瀛一进门，和他爹搭话说：“爹，我回来了。”

“你还回来干什么？你就在外面疯吧，就在外面丢人现眼吧，还回来干什么？屁大的人，倒去搞什么大买卖了？”

“爹，你看你，我疯啥了？我搞啥大买卖了？”水瀛见他爹这样说，倒弄得有些摸不着头脑。

“你办的事情，你还不知道？”

“爹，你听到什么话了？”

“什么话？你还不知道你干甚了吗？好事不出门，坏事传煞人。你说你办下什么好事了，还能没有人知道……”

本来，水瀛回来想和他爹说一说这个事情，反而让爹克了一顿。这可怎么办？事已至此，他还得说呀，如果不说不是更弄不清？

水瀛见父亲不吭气，又过去慢慢地给他爹解释说：“爹，你不要急，其实我也没有办啥见不得人的事，我回来就是想和你说说这件事，东漳寨上有个媳妇，当童养媳时就死了丈夫，人挺好，生活可苦哩，我想把她娶回来。”

“吭，好你个水瀛，你人小本事大，这么大点一个人，倒学会出去拈花惹草了……自古道，父母主婚，谁像你这样自家出去胡作非为，你说你像什么话？告诉你，趁早收起这个心！”

第六章

这下郭水瀛可傻了，他原以为只怕和寨上的魏财主家商量不妥，哪里想到他的父亲会不同意？

水瀛在他爹那里吃了败仗，心里也就没有了招，这可怎么办？只得又返回私塾里和武先生商量。

武文兴一听到这个消息，马上说："这可是典型的封建主义思想，看来生活中处处需要斗争呀。在你爹的头脑里，婚姻还必须是父母媒妁，你自己来找媳妇，那可就是不成体统。所以，他就不答应这件事情。"

水瀛急得抓耳挠腮，请求文兴的帮助，"文兴，你说，你说这事该如何办呀？你总得给我想个办法呀。"

"你让我好好想想，这事儿着不得急……"

是呀，这么大的事情，武文兴也确实需要认真地思考一下。这个封建礼教在中国统治太久了，两三千年历史，要想一下子扫清这个障碍，谈何容易？

"可是……"

"你还记得我让你看的《二月》吗？萧涧秋的努力是失败了，其实那也是小说作者柔石先生的经历。萧涧秋的失败，不会阻挡我们和封建思想的斗争，迟早我们会胜利的……”

“迟早要胜利，这听起来太遥远。文兴，花花现在就一直在魏家受苦，她那个小叔子魏林元是个凶手，这样下去，怕是不仅救不出她来，反而因为我送了她的命呀！”

文兴见水瀛非常着急，也只好先来安慰他：“这个情况我是知道的，你的心情我完全理解。但是咱们还是要想个比较妥善的办法才能达到目的。嗯，我看有两种方式，首先，你去找裴东家，他是你的干爹，去请求他帮助，让他来说服你爹，这样效果可能会好一些。如果能说通了，这个事情不就解决了吗？……”

“我爹那性格，就像一头犟牛，我知道，轻易不会转弯的……”

水瀛低下了头，他对说服他爹的事不抱太大的希望。

武文兴背着手，在地下转了几个圈子，思考了一会又说，“如果说服不了你爹的话，那就只有另一个办法。”

“还有什么好办法？”水瀛总是想找一个最便捷的办法。

“这个办法最好。”

“你快说呀，我都急死了。”

“三十六计，走为上……”

“走？你是说走？怎么个走法……”

“对，走。找一个合适机会，带着花花一齐走。一齐远走高飞，到一个新的地方去，在新的环境里，寻找新的生活。听说陕北有个刘志丹，组织了红军，是专门为穷人打天下的，你带花花去那里参加红军……”

水瀛陷入了深思之中……

武文兴说：“不过我想，如果有可能说服你爹，还是这样好些。咱们还都在自己的家乡闹革命……”

又是一个失眠的夜晚。

水瀛一直在想，如何才能让干爹来说服他爹呢？

想呀想呀，想了许久，他还是不知该如何开口。

难呀，他是东家，又是他干爹，是东漳镇最有声望的人，也是最威严的人，平时哪里有人敢去找东家说话呀……能不能请得动？他心里没有底。不过，这是他唯一的办法了，请动请不动，他还是准备去试一试。

第二天，水瀛吃了早饭，洗了脸，把他那偏风头梳得光光的，要见东家，仪表可得整洁些呀。刚刚准备好，却有人来叫他。

“水瀛，快点，东家叫你去哩。”

“哦。”他正要找东家，东家偏偏又要找他，“什么事情呀？”

来人说：“我哪里知道呀，东家吩咐的，我照办就是了，还知道人家什么事……”

水瀛还想问一句，那人说：“快点去吧，东家在上房里等着呢。”

水瀛不敢怠慢，放下梳子，赶紧就往外走，急急忙忙来到了老爷的上房里。

进门见老爷在那里吸水烟，水瀛恭恭敬敬地说：“干爹，你叫我？”

“是呀。水瀛你来了？”

“嗯。有啥事情干爹？”

“是这么回事，延寿和延萍的学校就要放假了，传回话来说后天回来，所以呀，明天准备派马车去接他们俩，我说让你跟着车去一趟，帮他们搬一下东西。一会儿你去武先生那里问一下，看他过年还准不准备回家？如果在咱这里，那你们一齐过年就是了。如果要回家，就让他准备一下，过来领了今年的工钱，明天让马车送他回家。”

“嗯，好。我这就去。”

水瀛这么说着，却低下头磨蹭着，心里还在盘算如何张口请他干爹来为他说这个事情。

东家老爷看出他有什么话要说，便问：“水瀛，你还有什么事？”

“干爹……我，我想……”

“想什么？有啥事就说嘛。”

“有件事，我想请你给俺爹说说。”

“什么事呀？”

“是这样的。”水瀛便把他和花花的事，一五一十地说给了东家。“干爹，这个事情前天我和爹说了，可是他不同意，你看花花人那么好，现在又那么苦，我还是想把她娶过来。”

裴宝珊听了以后，并没有明确表示支持他，却教训地说：“哎呀，水瀛，按说你的婚事，不用说你爹，就是干爹我也应该管呀。可是，自古婚姻是由父母做主，你哪里听说过自己私订终身？况且你这凭长相凭才干，又读书又有文化，你应该首先考虑自己的前途，刚说让你明年去上学，还指望你有个前程，你却偏偏去找一个寡妇，这让我怎么说呀？”

“干爹，花花可是……”

“水瀛，别说了。你先去办事情吧，从县城回来再说。”

水瀛也没有了办法，只好心灰灰地走了出来……

他来到私塾，先把东家的意思传给武文兴。

正好前两天文兴的家里给他传来话说，县上警察局派人到他家去调查，千万不让他回家过年，怕出了事。文兴就说，“延寿、延萍他们就要回来了，我也好长时间没有见他们了，在村里待久了，消息闭塞，憋闷得很，我想和他们在一起多谈一谈，就不准备回家，在这里过年多快乐呀。”

第二天，水瀛乘着马车来到县城……

在县城回来的路上，延萍看出水瀛一脸的不高兴，她心里就一直嘀咕，不知他怎么了？于是便问他：“水瀛哥，你怎么了？我看见你不高兴。”

“没有怎么呀。”

“那……你怎么不高兴呀？”

“我高兴，我高兴。”

“不，我看出来了，你有心事。有什么你就说嘛。”

“没有，真的没有……”

“水瀛哥，我们都好长时间没有见面了，难道你不愿意见我们了吗?”

“哪里，哪里，我早就盼你们回来呢。”

这时，延寿也凑过来说：“水瀛，不是妹妹说你，真的，我也看你一脸愁云，有什么事你就说呀，我来帮你解决。”

水瀛低下个头，不吭气。

延寿看出他总是有什么难言的事，心想回去慢慢地了解，也就不再提了，只是延萍还在那里着急。

现在，她见武文兴和延寿他们一直在那里谈论什么游行呀，示威呀，斗争呀，唠叨个没完，她这心里好烦。

于是，她就打断他们的话，向武文兴打听道，“文兴，水瀛哥这两天怎么了?他为什么这样忧伤?你看他一声话也不说。”

“嗨，说起来话长呀。”

“什么事呀，昨天我就看出来了，你快说嘛。”

文兴看看在一边闷葫芦似的水瀛，给他们介绍说，“他呀，现在遇到大困难了。”

延萍马上问：“什么大困难，你倒是快点说呀，把人都急死了。”

延寿也说：“究竟发生了什么事情?”

文兴就把水瀛和花花之间的爱情、他爹如何不同意等，一字一板地介绍给他们，说完后，又说：“延寿、延萍，这件事你们可得帮一帮他。”

延寿说：“原来是这样呀，我去找干爹，不行的话，让我爹和娘都去和他说，我就不信他这个榆木疙瘩能不开窍。”

延寿一边说，一边急着就要走。

文兴说：“那你也不能这样急呀，我们还是先商量个办法，看采取什么方式去说，才能奏效。”

延萍却在一边说：“我说呀，这个事情郭大叔就应该不同意。”

“哦？”几个人的目光都集中在了延萍身上。

延萍说：“你们说，水瀛你眉秃了？眼瞎了？还是有什么毛病？一个好端端的后生，一个漂漂亮亮的后生，你现在该追求上进去读书，可却要去……咱又不是找不下媳妇，为什么非要去找一个寡妇呢？”

文兴马上说：“延萍，你这就不对了，这是爱，这是男女之间一种特殊的情感，他爱她，她也爱他，这叫两相情愿，你懂不懂？”

“一个空想的爱，一个不切合实际的爱，那算什么爱呀？”

延萍也是个大姑娘了，她怎么能不懂爱？她之所以说这样的话，有她的原因。因为她早已经偷偷地爱上了水瀛，她当然不希望水瀛去和那个寡妇结合。这次回来过寒假，她心里还在想，她要把自己的想法告给她的母亲，让她母亲出面和有才大叔谈一谈，还是让水瀛也去考学校，他们要一起去县城、省城读书。然后，她和他能够走在一起。谁知道刚刚离开半年，就发生了这样的事情，她能不着急吗？

文兴说：“你说得不对，这不是不能结合的爱，而是有人不让结合的爱。这是封建势力的影响，民国过了二十多年了，这种封建思想还不能改变，真是可悲呀。”

“是呀，我们应该帮助他。促成这个事情，让他们都得到真正的爱。这不仅是他本人的胜利，也是我们战胜传统、战胜封建的具体体现。”延寿也说。

延萍见他们几个说在了一起，也就不吭气了。

她的内心在说：“我才不希望你们努力成功呢。”

水瀛听到他们说的许多新名词，内心感到了这种追求的另一个含义，心里的欲望更热烈地燃烧起来。他说：“你们帮一帮我吧。”

延寿说：“水瀛，振作起来，我就不信，我们追求爱情、追求生活，为什么就达不到自己的目的。现在主要的绊脚石不就是我干爹一个人吗？”

“可是，就这一个人，已经够了，他像一只拦路虎，这是个难以攻破的堡垒呀。”文兴说。

延寿说：“这件事情由我来努力吧。”

于是，延寿开始游说起来。

延寿还是很有信心，一直在院子里穿梭，在他父母和干爹之间做了大量工作。

可是，这个郭有才真的太顽固了，有多少人给他讲利害，他居然不屑一顾，延寿所做的这一切也都是徒劳无功。

水瀛多么希望有一个好消息，他等呀，等呀，可是终究还是没有结果……

这一段，他抽空去后山的井台上，见了花花一面，把情况说了一下，花花也没有办法，怎么办？两人又不敢在这里多待，只怕被她那小叔子看见，又让花花受苦，便约定正月十五黑夜见面……

这些天来，水瀛心里很难活。延萍不支持他爱花花，他只能与延寿说，可是延寿跑了许多次也没结果。水瀛心里一直念叨，难道萧涧秋的失败还要在我身上重演吗？文兴说过，他娶花花，不仅仅是自己追求爱情，也是挑战封建思想呀，他一定要达到这个目的。

转眼到了正月十五。

太行山区的元宵节，可算是一年最红火的节日了，而东漳镇则更为特别。

这一天，按照老规矩，东漳镇上都要举行传统的三官庙会，要说这有多少年的传统，谁也说不上来，反正从爷爷的爷爷的爷爷那里就是这样了，估摸也有上千年的风俗了。人们从正月初五就开始做准备，排练文武社火、小花戏，制作烟火、龙灯……接近十二三，年轻人又开始扮门楼、搭戏台，门楼要在东漳寨的三官庙，东漳镇东西共三处，而戏台则在镇南北搭两处，看红火的人多，两台戏亦是满场子人。

从正月十三开始，镇上就热闹起来了，特别是到元宵节那天的后晌，周围二三十来里路之内的村子里的人，便都聚到镇上来看热闹。

到太阳落山的时候，请神活动就要开始了。

东漳镇镇长、镇副带领本镇二十四闾闾长以及镇上的众位乡绅，在香首、村警的陪伴下来到东漳寨三官庙前，开始祭神。此时，三官庙前早已摆下三十二祭之席的大贡品，镇上的头头脑脑和各大乡绅们，按照职位、名望先后排列起来。在香首的安排下，他们净手焚香，在神灵前三叩九拜。这时，庙前响起三七二十一声铁铳炮，炮声未落，庙前早已跪下了无数的善男信女。此时，由乡绅裴宝珊读起请神牒文……

只听他一字一顿，声音拖得长长的，生怕天神听不清似的。等他读完请神牒文，香首开始喊："请神——"

善男信女们久久地跪在那里，天官、地官、水官三官大帝的神仙牌位被请到香案上。

接着，又是四十八声迎神炮。此刻，就开始起会了。

这就是太行山里最著名的请神会。据说，北至榆次，南到潞安，上百个镇，这是第一家的请神会，规模最大。

走在最前面的，二十一名炮手，他们用铁炮打开神道，紧接着是武社火。武社火的锣鼓敲得震天响，后面跟着几十位赤条条的武士，尽管天气十分寒冷，他们依旧赤着上身，浑身还像在冒气似的，他们中有白胡子老头，有三四十年纪的青壮，也有十来岁的小孩，虽然年龄参差，但这可都是当地的国术精英，一个个精神抖擞，十分威武。这便是护神的队伍。在此之后，便是村上的头头脑脑和乡绅们，簇拥着三官大帝的神灵牌位。后来跟着是文社火，清一色的十几岁少年，穿着戏装，手摇花扇。他们在动听的音乐声中跳着舞，唱着各种各样的古曲词牌，什么《打樱桃》呀、《摘花椒》呀，边唱边舞……再后面，便是由几百号村民组成的灯笼会。这会上的灯笼，则又是一番风景，这中间有象征威武的龙虎狮凤灯，有预示丰收的玉米南瓜灯，有祈神保佑的菩萨灯，有希望吉利的金鱼灯……这就是请神的队伍。还有一道风景是，在这长长的请神队伍两侧，由一百名青壮后生组成的“火流星”队，只见他们长长地排成两行，甩开火流星，左右如风摆荷花，上下似金龙翻腾，在夜幕下流星翻滚，穿梭在下山的路上，煞是好看。这两队火流星，是专门为请神队伍开道的，因为街面上人山人海，你拥我挤，若没有这火流星来打开神路，请神队伍是很难走过去的。

而在镇子的东头，早已有另外一批队伍在等待着尊神到来。

据说三官大帝最喜好红火。他们中一位爱打秋千，一位爱游黄河阵，另一位则爱看焰火。因此，太行山一带在元宵节就特地为尊神做好准备，让他们在正月里快快乐乐地玩个够，好保佑百姓一年风调雨顺，万事如意。

也正因为如此，这里留下了打秋千、游黄河阵和放焰火的传统风俗。

当长长的请神队伍把三官神位请到村里来后，等候在村口的另一班人马，马上就开始了给神灵表演。有扛桩、高台、赶旱船，顶灯、压纲、走乱团，竹马、龙灯、狮子舞，秧歌、花戏、双擢官。此外，还有高跷、小花戏等艺术班子和倒骑毛驴、二鬼扳跌等民间杂耍……这一天，不仅镇上的各式各样的艺术要和盘端出，而且周围各村的各类班子也都要前来助兴。

东漳镇沸腾了，各种各样的演出全部一字儿摆在了镇上的街头，看热闹的人群拥来挤去，直把那些买圪蹦儿、芝麻饧、糖葫芦的挤在边上。他们又想做点小生意，可又怕误了看红火，叫卖吧，鞭炮声、锣鼓声、音乐声等早已响彻云霄，小孩子们哪里还能听得见；看红火吧，还有货占着手，真是没办法，只好远远地踮起脚看。

这一夜，东漳镇就是这样热闹，几乎要闹个通宵。

当地有个习惯，这一天不分穷富，不分贵贱，不分大小，就是犯人也会高高兴兴地出来游玩。花花就是在这个“特赦”令下，来到了镇上看红火的。

其实，她哪里有心看红火呢？她是要乘此机会见水瀛一面，这是他和她的约定，这也是她唯一的机会。

这一夜，对水瀛来说也是非常重要。

前两天他们约好，今儿个要见面，他知道花花一定会来的。但是，他又不敢到路口去等，他担心让别人看见了，一旦再传到她那个杀人不眨眼的小叔子魏林元耳朵里，花花不知又要吃多少苦头。他只好藏在人群里，两眼却一直望着寨上下来的人群，在里面寻找。

好多的人呀，水瀛在人群中挤呀挤呀，跷得脚尖都酸了，望得眼都困了，可是人山人海，不知她在什么地方？

难道她没有来吗？难道那个没有人性的小叔子魏林元看管着她，竟然连这一天也要管制住她吗？

花花早早地收拾停当，她把脸洗了又洗，头梳了又梳，虽然没有什么好衣服，可她还是挑了一件自己最满意的换上。

一路上，她想，水瀛能在井台旁等她多好，可又一想，她又不希望他在那里，那样寨上的人们都会看见的，不更是找麻烦？过了这一时，怕难过以后的一世呀。可是，如果他不等她，到了会上，人山人海，又怎么个找法？

果然，她来到镇上，一街两行满是人，哪里还能找到水瀛？

她在人群里走着，早已身不由己，随着拥挤的人流，游来晃去，看红火吗，一是她长得小，扭过来调过去，只能看一群人头，哪里能看清楚街上耍什么？再说，她早已想好，今夜务必见上水瀛一面，哪里还有心思看红火。

今夜的月亮特别明，也许是老天有眼吧，还是月老瞅着她俩有情特意为他俩牵线了？就这样挤来挤去，挤呀挤呀，突然有人踩了她的脚，她本能地叫了一声，可是一抬头，正是水瀛挤在对面。她不知该如何办了，心中的酸甜苦辣一下子都涌上心口，只觉得眼前发黑，什么也看不清了。她伸手拽了一下水瀛，就晕得软了下去。水瀛一看赶紧将她抱住，抱得紧紧的，好在这人群里乱混混的，谁也顾不得去看别人。

好大一会儿，花花才睁开眼，泪珠儿早已挂满了腮。水瀛哥呀，你让俺找得好苦，你怎么不到井台边接俺呀，害得俺今黑来差点儿找不见你……

水瀛在她耳边说："我可早早地就来等你了。又不敢到井台那里，怕寨上的人们见了。"

花花找水瀛找得心急，这时猛地看见他，千言万语一起涌上心头，她恨恨地捏住水瀛胳膊上的一块肉，想用这个动作把她的百感交集一下子发泄出来……

水瀛理解她，他轻轻说："别这样，有话咱们到外边说。"

俩人紧紧地拉着手，挤呀挤呀，总算从那人群中挤了出来。

他们悄悄地来到村边上一块野地里，这里堆着一堆玉米秆，他和她钻到了玉米秆中，紧紧地抱在一起，两个人滚成一团……

那震天的铁炮声、锣鼓声似乎已经很遥远了，只有月亮在静静地瞅着他俩。

花花把头一直往水瀛的怀里扎，多少天来，她早已想象着有这么一天。常常在梦里，她挨着水瀛的胸膛，听他的呼吸，闻他的汗味，体验他那雄猛的男子汉的魄力……可是，那毕竟是在梦里呀，今天黑夜，终于有了这个机会，她是再也不肯离开了。你说俺疯就疯，你说俺浪就浪，反正俺要在你这身上享受……

水瀛当然也早就企盼着这一刻了……现在，花花终于投进了他的怀中，他紧紧地抱着她，生怕丢了似的。

过了许久，花花含着泪花说："水瀛，你要是愿意娶俺，可是得早点想办法呀。"

水瀛说："不是我不想，俺爹他死活不同意呀。"

接着，他把这些天来他如何活动，延寿他们如何帮忙，都说给花花。

花花的泪又一下子奔涌而出，她愁苦地望着水瀛，“难道咱们就真的这样命苦吗？”

水瀛安慰道：“你放心，我再回去和爹商量商量，我还要作最后的努力。”

“水瀛，如果你爹他还是不同意呢？”

“我已经想好，他要再不同意，我就引你走，一定让你离开那个魔窟。”

“好，那咱们就走。你说到哪里就到哪里，就是讨吃要饭，俺也跟着你。”

“别这么说，花花，我还盼着咱们好好地活呢……”

“那就好，咱们……好好地活……”

花花轻轻地闭上了眼。她在想什么呢？她相信水瀛会为他的话负责的，他诚实，这一点她是知道的，她和他接触这么些天来，她了解了他。

水瀛抬头望着圆圆的月亮，轻轻地说：“花花，不是说月亮就是牵红线的老人吗？他一定看见了，看见咱俩了，他会来给咱们牵红线的……”

“水瀛，俺冷……”

“还是让我抱着你吧……”

花花早已想让他抱了，水瀛这么一说，花花便又倒在了他的身上。

水瀛把嘴唇贴在她的嘴边，那火辣辣的一吻，花花感到浑身有一股暖流在窜动，她一下子紧紧搂住水瀛的脖子，两人狂吻起来……

青春的躁动，异性的诱惑，陷入爱河的一对情侣，再也不能自制。

花花把嘴移到水瀛的耳畔，用微弱的声音说：“水瀛，你就不想……”

他知道花花说的是什么意思，此刻他又该如何办呢？面对着他相爱已久的情人，他想……他早已想与她……可是如今，他不能娶她……

“水瀛……”花花在痛苦中呻吟……

不，他要娶她，无论如何，他都要把她娶过来，哪怕是死，也要死到一起……

想到这里，水瀛对她说，“想……我早想了……”

“那就来吧，俺这就是你的了……”花花倒在了草丛中，她等待着，等待着水瀛的攻击。她要把自己的一切，全部交给水瀛……

第七章

眼看就要开学了，延寿的活动还是没有结果，他在院子里跑来跑去，一直为水瀛的事情奔波。

一开始，他直接去找他的干爹郭有才，给他说了许多道理。郭有才说："你别管这事。"延寿死缠硬磨一直说呀、说呀，最后郭有才说："你不用说了，这婚姻是大人们的事，你们孩子们别来掺和。"

看来他还是说不动这个老顽固。延寿又去找他爹和娘，开始他爹娘也说婚姻要父母做主才是，不让他们这些孩子插嘴，后来见他说得可怜，也答应出面说一说，可还是无济于事。这可怎么办？延寿想去找大太太，可是一想，怕自己不好说，也就没有找她。谁知道延寿这样跑，大太太已经隐隐听到了这件事。

大太太名叫来弟，是裴家老大裴玉琳的妻子，这裴玉琳死得过早，连孩子也没有留下，只撇下一个孤零零寡妇，这些年与郭有才有点私情，她私下里对郭有才与水瀛都很好。这几天她隐约听到了水瀛的事，为了打听清楚索性将延寿叫来仔细盘问。

延寿就把水瀛和花花的事，仔仔细细地说给了大伯母，并把他干爹如何不同意的事也讲了出来。

大太太听了，心里有说不出的难受。嗨，这个有才呀，他为什么这样固执？她要为水瀛说话，一刻也不能等，马上来到了有才的屋里。

郭有才一见大太太走了进来，不由地怔住了。他搞不清这是为什么，今天大太太突然会出现在他的屋里。

自打他们之间有了私情，俩人就有了一个秘密的约定，为掩人耳目，不让人说三道四，大太太是不来有才屋里的，总是在夜深人静的时候，有才到大太太的屋里。今天，大太太怎么找上门来了？

郭有才有点摸不着头脑，“大太太……”

他又朝门外张望了许多，确信没有别人看见，才小声说，“来弟，你这是……”

“俺有事找你。”大太太气呼呼地说。

“什么事？晚上咱们再说还不行吗？”

“不行，就要现在说。”

郭有才见她一肚子气，也不知道气从何来，只好应酬着说：“好、好、好，就现在说。你坐下，慢慢地说。”

“有才，俺听说水瀛找了个媳妇？”

“没有呀，你在哪里听说的？”

“你这还瞒着俺？”

“哪里能瞒你呢？前两天我还和你说呢，想让镇上的张媒婆帮着说媒呢。夜来张媒婆已经有回话了，她说羊峪村有个姑娘，人样儿不赖，家里父母都愿意，我看也可以给水瀛订下来。我正想和你说，把水瀛的庚帖送去。”

“你别给俺打掩护了，俺都听说了。”

“听说什么呀？”

“水瀛和东漳寨上一个叫花花的寡妇好上了，可有这事？”大太太见有才还在遮掩，便直截了当地说。

“……”郭有才低着头没有吭气。

“你怎么不说话？你不同意。是吗？”

“人们瞎说哩，再说水瀛能娶一个……”他想说“能娶一个寡妇吗？”可是话到嘴边，突然觉得又怕大太太听了刺耳，也就没有说出来。

“有才呀，你不用对俺隐瞒了，俺都打听过了。延寿把事情都给俺说了，寨上那个花花虽然是个寡妇，可是她不仅人才好，人品更好，而且就在娶她那天丈夫就去世了，还是个干净的身子……”

“来弟，这事你就别掺和了。”

“怎么，俺为啥不能掺和？这些年来，你不让俺名正言顺来做你的妻子，可俺也还是像亲娘一样对待水瀛，给他缝补，给他置办衣物，俺哪一点做得不对？孩子现在找个对象，你却又出来制止他，你还像个爹吗？”

是呀，这话一点也不假。自从大太太和他有才好上以后，可是没有少关心他们父子俩，虽然有才一直说不能娶她，她还是诚心和他交处，主动地担负起了一个当老婆、当母亲的责任。他们父子的衣裳、鞋袜，全是由她给置办的。平时洗洗涮涮、缝缝补补，哪一点也没有少。一个富贵人家的太太，能为他办这些事情，可真是不容易，尤其是她对水瀛这孩子更是费尽了心。你想，她与水瀛已经有了养育之恩，现在她能不出来关心吗？

“他想娶媳妇，我不正在给他找吗？”

“你以为娶媳妇是买牲口？随便找一个就行吗？”

“那可不是，古来都是父母主婚。”

“可现在民国了……”

“民国，儿女也要父母来管教的。”

“你真顽固，你说孩子找得好好的，他们相亲相爱，这多好。”

“那哪里行？这个还能由他吗？”

“有才呀，你就松松手，给孩子行个方便吧，水瀛这些天愁得都病恹恹的了。”

“不管怎么说他们是不行的。水瀛属龙，那女人是个属兔的，古人说：兔儿见龙泪交流，合婚不幸皱眉头；一双男女犯争斗，若如黄连夕梦愁。这可是大命不合的六害婚。不能只凭他们一点点激情，弄得影响一辈子生活。”

“哪有那么多的讲究。你和你家水瀛他娘的婚姻当时不是‘蛇盘兔’的大富大贵好婚，结果怎么样？连二年也没有过下来，她就早早地离开了人世。我看那些东西都是骗人的瞎话。”

“那也不能给他娶一个寡妇。自古道好男不从二主，好女不嫁二夫。再说得天花乱坠，她也是水性杨花，绝不是个好东西。”

“什么？你就这么看不起寡妇？”

郭有才一听，知道说漏了嘴，马上要解释，大太太便抢白过来，“怪不得你不愿娶俺，原来你打心眼里就是看不起寡妇。寡妇怎么啦？哪个女人愿意当寡妇？那是老天爷惹的祸呀。寡妇也是人，她也想让自家过得好一点，能逃脱孤独、苦闷，能有一个心疼她的人来终身陪伴她，能有一个温暖的家……”

说着，大太太已经满脸泪水，她又想起了自家的苦楚。

郭有才一见这样子，怕外面有人听见，赶紧说：“来弟，你别哭了，让别人听见可怎么好呀。快别哭了……”

“怕什么？听见就听见。俺对你一片真心，说到天外头，别人管不了。你可倒好，那么狠心，把俺逼得打胎、绝经……俺命不好，没有遇着个好人，这一切，俺都依了你……可是，今天，水瀛也走到了这一步上，你又是……”

这时，水瀛回家来，正准备再和他爹商量商量，他总想再有一次机会，来做最后的争取，或许有个偶然的收获。来到门口，听见大太太在那里一边哭一边说，他仔细一听，也正在说他这事情。

本来，他小的时候，大太太就对他很好。在他的心中，大太太就像他的亲娘一样，逢年过节，还要给他置办新衣裳。后来大了一些，懂了点事，他渐渐感觉到大太太和他爹的关系有点特殊，他多么希望这位好心的大太太，能来做他的母亲呀。可是，他只能这样想，他不能去说这事呀，那也不是他一个当儿子的能办的事。现在他听到大太太在给他说情，也不好进去，只好在门外站住了脚。

大太太痛心地说："有才，在咱们身上，俺没有强求过你，你说啥是啥，俺都依你，俺不给你增加思想负担。可是你要知道，你已经毁灭了俺对你的爱，毁灭了俺对你的真情，把俺对你的一片真心抛却了去……俺曾经对你说，让你带俺走，娶了俺，哪怕是讨吃要饭，沿街乞讨，俺也愿意和你在一起，咱们去过一个有自己家庭的生活。可是，你就是不同意，甚至把俺的孩子也给……这一切俺都依了你。可现在，你却忍心又要毁掉水瀛的幸福，你为什么这样狠心，你好好想想呀！"

是呀，在郭有才和水瀛父子之间发生的这一切，是那样惊人的相似。

天哪，历史居然也能重演一幕，而且在一家两代人身上。可是，郭有才的态度，又是那样坚决，他永远也不能容忍水瀛娶一个寡妇。

大太太这样声声滴血地劝说，他却固执地回答："来弟，你别说了，水瀛的事怎么能和咱们之间的事挂起钩来呢？你消消气。媳妇么，我给他找就是。这个你用不着担心，我已经托媒给他去找了。"

听到这里，水瀛感到劝说自己的父亲已经彻底没有指望了……

再说郭有才担心水瀛出事，他要赶快给水瀛找个媳妇，只要给他娶回来，那就没事了，女人就是一个"拴马桩"。

郭有才支走大太太，便急忙来到张媒婆家追问情况，看看对方见了庚帖如何。

张媒婆说："恭喜你呀，郭大管家。多亏老身这张嘴，把嘴皮都磨薄了，给他家云山雾罩地说呀，说得对方都听迷糊了。对方同意不用说，俺还特意找了一个先生合了一下婚，正好咱水瀛属龙，那姑娘属鸡，这可是龙加鸡，‘龙凤配’呀，难找的大富大贵的上等婚。郭大管家，这桩婚事你可不能少了老身这跑腿钱呀。”

“那当然，那当然。”

郭有才说着先拿出五块银圆来，“呶，先给你这五块钱，事成之后，还当重谢！你就再给咱跑一跑，我想尽快给他们办了事情。”

张媒婆一把抓过钱去，笑嘻嘻地说：“这事得看给谁办，给你郭大管家办，那还敢怠慢吗？你放心，老身就是跑断这两条腿，也得给你办齐了。”

“这就好，这就好。”郭有才听了这话，总算是把心落到肚里，他寒暄了几句，急忙回去准备起婚事来。

水瀛彻底绝望了……爱一个人好难，爱的征途上，谁知会遇上什么样的困难？无论什么困难都可能将一对并蒂的花打得残破……

于是他急忙跑来与文兴商量。

“文兴，事情越来越糟了，你可要给我出个主意呀。”

“怎么？还是没有进展？”

武文兴见他这个神情，就知道总是一个不好的结局。

水瀛长长地叹了一口气，“嗨，别说是进展吧，还——”

文兴等待他细说，可是，水瀛也不吭气，一头栽到炕上索性痛哭起来。

“究竟是怎么回事呀……水瀛，你得告诉我才行。”

待水瀛哭了许久，才爬起来讲述了这些天发生的事情，以及他听到的大太太和他爹的对话。看来他爹是铁了心，无论再做什么努力，他爹是永远也不会答应他的请求了。

“水瀛，你别急，咱们再想办法。”

“还能有什么办法呀？”

“怎么，遇到一点困难，你就准备就此放弃吗？放弃自己的追求吗？放弃花花对你的一片真情吗？水瀛呀，你也太脆弱了，你看看你还像一个男子汉吗?”

武文兴见水瀛泄了气，便采取这个激将之法来鼓励他。

郭水瀛听文兴这么说，心里也在想，是呀，我真的能就此放弃吗？放弃花花对我的一片真情吗？特别是在元宵节的夜里，他们曾经相依相伴，在那片野地里卿卿我我，花花把她用自家生命保全下来的贞操，全部奉献给了你。她对你寄予了多少大的希望呀！她给了你爱，给了你贞操，把自家的终身全部托付给了你。可是，你倒好，现在，你遇到困难了，就灰心丧气，想退却下来吗？想抛下她不管了吗……

不行，要是那样，我水瀛成什么人了？“文兴，事到如今，我真的一点办法也没有了呀。你说，你说我该怎么办呀……”

水瀛又一次认真地向文兴请求帮助，他只能把最后的一线希望寄托在文兴身上了。

他相信文兴，他有知识、有头脑、有水平，又见过大世面，他相信他，一定能够想出一个好办法的。

武文兴提醒他：“水瀛，你还记得前几天我和你商量的办法吗?”

“什么办法?”

“第一是说服你爹；第二是……”

“第二是……”水瀛想起来了，“你曾经告给我的第二个办法是，三十六计——走为上策……你的意思是让我走?”

“对。本来，我也不想让你走呀……可是，事到如今，你不走，你和花花的爱可能就要到尽头了……”

“好，走就走。不过文兴你说，我走以后，花花可怎么办呀?”

“水瀛，你这是怎么了？你要走，就是找一个合适机会，带着花花一起走。一起远走高飞，到一个新的地方去，在新的环境里，去寻找新的生活……如果不是带上花花一起走，那你出走还有意义吗?”

“可是，我想了……我还是不能带她走呀。”

“哦？为什么？”文兴听了这话，真有点糊涂了，明明你要和花花相好的，你们就是为了到一起生活、相爱，你才要离开这个地方，可是说了半天，你又要一个人走，真是莫名其妙，“水瀛，我让你走，就是让你带她一起走，让你们到一个新的地方去，到一个新的环境里，那里没有一个熟人，没有任何干扰；那里再不受她小叔子林元的气，也不受你爹的阻挡。你们一起生活，一起恩恩爱爱，去过自己的夫妻生活……那是多么好呀。可是，你却既要走，又要抛下花花，这算是个啥事儿，你是怎么想的呀……”

水瀛深沉地说：“文兴，你说的也许有道理，可是，我想过了，我带她一起走，前途难以预料，外面的世界将是什么样子，我不知道。你想，我是一个男子汉，一个男子汉呀！既然要带她走，我得对她负责，我得给她一个温馨的生活，给她一个温馨的家，可是，我有这个把握吗？……”

“你说的这是什么道理？”

“可是，我这样带她走出去，到处漂泊，白日无食，夜晚无宿，我算什么丈夫？与其让她跟我去沿街乞讨，还不如……”

“还不如让花花在魏家继续受苦，继续受魏林元的打骂，是不是？水瀛呀水瀛，你是怎么想的，我真不知该如何说你呀……”

面对水瀛的态度，武文兴也一时无策了，原来他以为水瀛是个新潮青年，他具有反封建的思想意识，他能够战胜传统观念，可是，他偏偏又走进一个生活的怪圈之中……

“水瀛，你有两只手，花花也非常能吃苦，外面的世界那么大，你们走出去难道还能找不到一个生活的归宿吗？”

“可是，我不敢带着她去试验呀。社会这么黑暗，万一生活不下去，我如何能对得起把身心都交给我的花花呢？”

“自古道，树挪地儿死，人挪地儿活。好端端两个大活人，我就不信，你们走出去会是一个走投无路的结局。”

“可是，我得考虑这个问题。”

水瀛想得太多了，是呀，他是一个男子汉，在花花眼里，他就是她的救世主。如果他带着她走出去，不能给她幸福，反而连累她，这不是才出虎口又入狼窝吗？要是那样，又何苦这样冒失地出走呢？

此时，武文兴低着头，想呀想呀，他又想出一个办法，“水瀛，我再给你提示一个办法，你看怎么样？”

“什么办法？”

“我可以给你介绍一个朋友，你到他那里去……”

“他可以保证我的生活吗？”水瀛着急地问。

“起码，可以帮你介绍一些打工的地方。”

原来，文兴经常给水瀛讲一些进步思想，他也很能接受，后来又给他看过一些进步书刊，水瀛对共产党有了一定的认识。文兴曾经想发展他参加共产党。可是，这些工作，他还没有做完，水瀛的事情就发展到这个地步，现在要让水瀛出走，他想把他介绍到长治共产党内一个朋友那里，一方面可以继续培养、发展这个对象，另一方面也能在生活上帮一帮他，也算是一个两全其美的办法。

可水瀛还是不敢相信，这不能给他一个稳定的生活环境。

共产党的主张是好的，他们所办的许多事情也是好的，这一点，他从接触武文兴那天起，就渐渐有了认识。如果要在东漳镇，这样住下去，他也愿意参加这个组织，可是，要是去一个陌生的地方参加了共产党，政府今天抓明天捕，那不更是无以立足？他又如何能和花花稳稳当当地生存下去呢？如果不能给她一个稳定的生活，那带她出走不是就没有意义了吗？

思考一夜，还是没有寻找到一个好的方案。

谁知道第二天就又发生了一件意想不到的事。自打上次斗争赶跑县长张祚民后，阎锡山把武乡列为山西“四大赤县”之一，新派来一个县长叫范任明。这个县长一上任，担心自己重蹈张祚民的覆辙，就开始做防范共产党的准备，他要做到“防患于未然”，与其说让共产党把他像张祚民一样赶跑，还不如先下手为强，把武乡的共产党统统抓捕，这样不就天下太平了？他这个县长也就江山稳固了。范县长了解到带头闹事的就是武文兴，于是就把武文兴列为抓捕的重点。为了保密，范县长事先没有向任何人透露，这天夜里，他搞了个突然袭击，让警察局全体出动来抓共产党。

夜幕降临的时候，一群警察包围了裴家的私塾。由于裴家的声望，警察也不敢轻易来抓人，所以来东漳镇抓武文兴是由范县长亲自率领的。警察包围起私塾后，范县长来面见裴宝珊。

“裴某不知范县长深夜来访，有失远迎，失敬失敬。”裴宝珊见范县长深夜到来，自知不是什么好事，但也只好寒暄应对。

范县长也倒开门见山，“裴先生，本来不该深夜打扰，无奈重任在肩，不得已而为之。接到省府通缉，共产党要犯武文兴在贵府上藏匿，当然不知者不怪罪。我相信裴先生一定不了解武文兴身份，他在太原多次参与领导暴动，是省府通缉的要犯。范某今天就是奉令缉拿武文兴，还望裴大人谅解冒昧冲撞。”

范县长把这个责任推到了省府，表示自己也是服从上级指令，很是无奈。

裴宝珊听到是共产党要犯，也没有办法阻挡，只好陪着范县长来到武文兴的住处。一群警察马上冲进去进行搜查。武文兴还没有睡觉，他正和延寿、水瀛等人一起说话，一见此情景便知出了事，但他镇定自若，站起身来，用目光示意延寿他们，要冷静对待。这时警察们又翻箱子，又翻被子，在搜查罪证。只点着一盏油灯的屋子并看不很清楚，警察们翻来拣去，突然从被子里掉出一本书来。先被站在地上的裴宝珊看见了，他马上意识到，这可能是一本赤化思想的书籍，他上前一步将那书踩在脚下，他的长衫子将书遮得严严实实。

警察们翻了许久什么也没有找到，只是说要抓武文兴送省里复命。

武文兴被抓走，水瀛更是没有了办法。原来遇上难事还可以问问文兴，文兴能出许多主意，可是现在该问谁呢？

可是眼看爹要给他定亲了，再不决定真的没有机会了。现在想按照文兴的安排去找他的朋友，也没办法去找了。

想来想去，突然想起前几天在拳房里听人说过，上西山能够挣到钱。可这西山，我还不知是个什么样子，现在走投无路了，何不上西山去闯一闯？只要能挣到些钱，找一个可以安身的地方，便立马回来接花花。我们去那里开始新的生活……

水瀛自打做出这个决定以后，他这心里头也算是一块石头落了地。

可是就在这天晚上，他爹叫他回去一趟。

他心里想，老爹叫我什么事呢？难道是他想通了？同意我和花花的婚事了？不可能，他这个老顽固，裴东家、大太太劝说，他都不接受，难道还会自己醒悟吗？他否定了自己的想法。

水瀛不情愿地回到家里，他爹就要他准备去羊峪村相亲，“水瀛，这几天不要瞎跑了，我在羊峪村给你订了一门亲事。你这就要成亲了，再不能让人们有甚不好听的风言风语了。一旦让人家听说了还好吗？”

水瀛低着头不吭气。

“你听见了吗？你也老大不小了，又识字，有文化，懂事理，这人在世上，不能让坏了名声。这几天我给你准备一下，再过四天正月二十八，是个吉日，由张媒婆带你，到羊峪村去相亲。”

这事情真的越来越凑的紧了，原来他爹为了阻挡他与花花相爱，也加快了步子。这不，马上就要让他相亲去。水瀛心里当然不同意，可是一想，他不能这样说，如果他直说不愿意，又怕他爹把他关起来可怎么办？反正我已经准备要走了，等到正月二十八，看谁跟人家去相亲？他低着个头，随便地“哼”了一声，算是答应下来，也就走了。

第二天，水瀛来到后山根的井台边，他要见花花一面，把自己的想法说给她。

他等呀、等呀，终于等到花花下寨来担水了。

他急忙过去说："花花，可是弄坏了，我爹要给我找媳妇了。"

"啊？那你……"花花不知该说什么好。

水瀛见花花脸色都白了，知道她听了这个消息心里非常难过，马上解释说："花花，你别急，无论我爹怎样，就是给我找下天仙女，我也不会答应的。我倒想好了，这辈子是非你莫娶。"

"你说得倒好听，你爹已经给你找上了，你还能怎么办呀？"

"你别担心，他找上他去要，反正我不要。"

尽管水瀛说的这话，听起来主意很硬，可是，花花还是担心，这婚姻大事，父母作了主，你还能有什么办法？

她不放心地问："水瀛，你能顶得住吗？"

"我准备明天就走。我走了，看他还给谁定亲？"

"走？上哪儿去？"花花怔了一下，两眼直愣愣地望着水瀛。

"上西山。人们都说西山能挣到钱，我已经打定主意，去那里闯荡挣钱。"

"那……俺跟你一块儿走。"

"不，你不能走。"

"怎么，你还是不愿要俺？怕连累你吗？"

"花花，看你说到哪里去了。我是想，我这一去，还不知西山是个什么样子，这心里还没谱。如果出去困难重重，生活不了如何办？我一个人倒好说，带了你……我不能带着你去讨吃要饭。"

"那怕啥？只要你带着俺，就是要饭，俺也心甘。"

"花花，你听我说……"

"不，要走，带俺一起走，要死要活，咱们在一起。"

"花花，你不要感情用事，我说了，我是非你不娶的。"

"那你这撂下俺……教俺怎么活呀？"

花花说着已经是满脸的泪水。在这世上，水瀛可是她唯一的亲人了。现在她的心已经全部交给了他，可是他又要走，这一去又不知何年何月才能回来，怎能教她不伤心呢？

水瀛见她泪人儿似的，心里也十分难过，可是事到如今，他也只好这样了。他过去帮她擦拭了一下流在两腮上的泪水，安慰道："花花，你再在家里苦熬上些天吧，我这一个人出去，好歹没有啥拖累，就是吃多大苦，我也一定要想法子挣些钱，找个安身的地方。到那时……"

"水瀛哥，那你要让俺等到何年何月呀……"

水瀛左右顾盼了一下，看看周围没有人，他才悄悄说："就半年多时间，今年的八月十五黑夜，我回来引你。到那时，咱们一起远走高飞……"

花花点点头，"那你……什么时候走呀？"

"明早儿就走。"

第八章

花花回到家里，心里说不出是高兴，还是难过……

她高兴的是水瀛为了她的爱终于迈出了步子，他要上西山，要去赚钱，要变着法子解救她出苦海。她终于能有这样一个知冷知热的人儿来心疼她了，这难道能不让她高兴吗？她活了这么大，还没有遇到过这样的人呀。从小就记得她爹抽大烟，哪里顾上照看她，只管自己卖家产换烟土，后来家产变卖光了，又将她娘也卖了，之后又轮上了她。她被卖到东漳寨当童养媳以后，魏家一直歧视她，不把她当人，特别是就在她结婚那天，丈夫病死在炕上，这一切罪过都归结在了她的身上，她便成了魏家的出气筒，想骂就骂，想打就打。谁把她当人呀……然而，她更觉得难过。这个水瀛呀，你说你要走，你就带着俺一起走多好，俺不怕吃苦，俺不怕受罪。哪怕是跟上你去讨吃要饭，俺也不怨你。这都是俺心甘情愿，只要能跟上你走，离开这个狼窝似的家，俺这心里头就高兴呀。可是，现在你要走了，却又要一个人走，你为什么不带着俺？抛下俺，还得在魏家受苦受罪受熬煎，你就不心疼吗？你怎么忍心撂下俺呢？……

花花想呀想呀，她也说不清楚，这个事儿究竟是如何才好，跟着走好，还是等到八月十五再走好？想着想着，倒想通了，虽然多吃几天苦，可是以后会甜的。管它呢，这下她总算是有了盼头。水瀛是个有骨气的后生，等他出去挣上了钱，找下了一个安身之地，一定会回来将她带了去。到那时候，他们恩恩爱爱，男耕女织，享受这小家庭的快乐。凭他俩这勤劳，小日子一定会过好的……

吃过晚饭，她照例还是在灶台前洗锅刷碗，这已经是雷打不动的规矩了。

这天晚上，小叔子魏林元刚刚放下碗，婆婆就说："林元，今黑儿你早点睡吧，可不能再出去赌钱。"

"哦，我不出去。"魏林元应了一声回自己屋睡去了……

婆婆又扭头对花花说："你明天五更早点起，鸡叫头遍就起来给林元做饭，他要到河北武安去贩棉花，敢叫耽误了，看我不打掉你的手。"

花花一听这个消息，心里倒暗暗地高兴，明天五更林元这个坏东西走了，她也好放心地去送一送水瀛哥，他明天就要上西山了，好在路上说几句话儿。

于是，她马上点头说："知道了，俺早点起就是了，保证误不了。"

婆婆安排了明天长工们的事，也去休息了。

花花一个人在厨房忙了好大一会儿，才收拾完，将火封好，见家里人都睡了，她悄悄地把些长工吃的干粮，拿了一点揣在大襟底下，回到自家屋里。她又翻开板箱，这里面还有她那个死鬼丈夫魏树元与她成亲时置办下的几件新衣服，他可一下也没有穿就到阴曹地府了。她取出来量了量，尺寸也差不多，水瀛穿上也还该合适。她找一块包袱皮来，将衣服和干粮紧紧地裹在一起。

这一夜，她翻来覆去睡不着，这心里乱糟糟的，也不知想些什么。直到后半夜才朦朦胧胧地入睡……她终于盼到了八月十五，那天天擦黑儿，月儿圆圆的，村里传来一阵阵响鞭声，水瀛在村口等着她。她悄悄地走出了村，在羊肠小路上，她跟着他走呀、走呀，一路上水瀛告给他，他在西山挣下了钱，还买了一眼窑洞。他们可以有自己的家了，村里的人谁也不知道。她兴奋地听着水瀛设想着他们将来的小生活，竟忘了脚下坑坑洼洼的路，突然脚下一块石头绊了一跤，她向前一倒……

这时，打鸣的公鸡叫了，惊醒了花花的美梦。

花花还想在梦中多多地享受一下，那梦中情景是多么诱人呀！可是一听鸡叫，知道很快就到五更了，她翻身赶紧从炕上爬起来，下地给林元做饭去。要是人家林元起来饭还不现成，她又要挨打了。

等到伺候林元吃了饭，送走他，天还不明。

花花坐在微亮的素油灯下，对着一块破镜子梳洗打扮起来。虽然是给水瀛送行，她这心里非常难过，真的没有心思打扮呀，可是她还是要硬撑起来，让水瀛哥出去好好地挣钱，不要分心。同时，她也要给水瀛哥心中留下一个好的印象。

等到东方闪亮，她估计水瀛也快出来了，便小心翼翼地将准备好的衣服、干粮放在了水筲里面，担起扁担又去担水……

她一边往下走，一边朝井台上看，只见那井台边隐约有个人影，一定是水瀛。他已经来了，他已经等她好久了，俺可要快一点，再迟了又怕有人来担水，就连个知心话也不能说了，花花加快了脚步。

"花花……"

"水瀛哥……"

两个人的眼里同时流出了热泪……

水瀛急忙走了过去，花花更是不顾一切地扔掉了扁担，扑在了水瀛的身上……

"水瀛哥，你……要不，还是带着俺，咱们一起走吧。"

水瀛抚摩着花花的头，把嘴靠在了她的耳边说："看你，不是已经说好了吗？我出去挣上钱，保证回来接你。记住八月十五那一天，千万牢记，傍黑儿你到村口，我带着你走……"

“好……我记住了……”花花咬着嘴唇抽泣着说。

“花花，我走了，你可要自己保重呀，学得精明一点，能多吃点苦，也不要让人家林元打你，哥这心里可是放不下你呀……”

“好，好，俺记住你的话……”花花说着，她低下身子从水筲中取出那个小包袱，“水瀛哥，你把这带上，里面有几件衣裳。还有些干粮，你走的饿了可以吃一点充饥。衣裳是俺那个死鬼树元留下的，不过他都没有穿过，从来没有着过身。是娶俺时新做的……我看你穿也合适，你拿上替换着穿……”

“花花，你真是……你拿了人家这东西，回去怎么交代呀，万一让你婆婆知道了，不是又要挨打吗？”

“别说了，俺是给你偷的，她不会发现，就是发现了挨打，俺也情愿……水瀛哥，你就拿着吧……”

“好，好，”水瀛见花花一片真情，她都给他准备了这些礼物，可他又有什么东西送给她呢？……突然想起身上还有个传世的宝物，便从身上拿出来，“花花，这个戒指是我娘给我留下的。娘在我出生时就死了，小时候爹把它给我带在身上，今日，我把它送给你。以后你在想我的时候，就看看这个，这就是咱们的定情之物。”

“这是咱们的定情物吗？”

“对，对，是定情物。”

花花伸出了手，她要让水瀛亲自给她戴在手指上。

许久，水瀛说：“花花，天要亮了，我得赶快走，再迟了怕有人知道。”

“好，你走吧，俺送你几步……”

花花一边走一边把一些知心的话儿吩咐着水瀛……

水瀛点点头，“花花你放心吧，我不会有啥的……你回去吧，不就是半年吗？记住八月十五，千万要记住月儿圆了的时候……”

“水瀛……你就……”

“你……还有……”

“水瀛……”

花花吞吞吐吐地，水瀛也不知她想说什么，“花花，你回去吧。我会自己照顾自己的，你不要担心。”

“你呀……你就要走了，这一去就是七八个月，你就不想……”

水瀛站住了，他情切切、意绵绵地望着花花……

顿时，一股激情涌了上来。花花此时更是什么也不顾了，她又一下子抱住水瀛，“水瀛，我想……你就再和俺好一次吧……”

“这，荒天野地的……”

“呶，前边那地里有个避雨窑，咱们到那里……”

于是，他们两人就在这破土窑里又做了一次爱的交欢……

水瀛带上花花送给他的衣裳、干粮上路了……

花花痴痴地望着他，泪水像断线的珠子从脸上往下滚，她紧紧地紧紧地拉着水瀛的手，久久地不愿放开……

这离别的苦呀，水瀛今天第一次尝到。人间为什么要有离别呢？

他和花花在土窑子里那和着泪水的温情，是酸是甜，是苦是辣？他说不上来，他有一种从天上掉到地狱的感觉，他有一种牵肠挂肚的感觉。爱，就像一只五味瓶，此时此刻打翻了，全部滋味交杂在一起……

花花那挂满泪珠的粉腮，在他的脸上擦来擦去；花花那颤颤抖抖的双手，拖着他的臂膀难分难舍。她的嘴唇哆嗦着，想说的话一直也说不出来……

许久，还是水瀛说：“花花，回吧，太阳快出山了，出来动弹的人也多了，别让人看见，你快回去吧。擦擦泪，别叫风吹坏了……一定要记住月圆的时候呀……”

花花还是不住地哭，泪水模糊了她的视线……

然后她点了点头，紧紧地咬住下唇，不让自家再哭出声来。

水瀛沿着那羊肠路走呀走呀，他一步一滴泪，一步一回头……

走呀，走呀，他走出远远的，回头看见那崖畔上，只有一个小红点了……那是花花，她还在那里瞭着他……

水瀛这心里说不出的难过。花花呀花花，你为什么要修到那样一个人家？你要不是个寡妇多好，那样我爹也就不会阻止咱俩的事情，哪里还用有这样的痛苦经历？人生的命运，人生的酸甜苦辣，一生下来，就注定了，有多少的幸福可以享受，有多大磨难需要经历，都是写在了自家的衣胞上的……

……

他就这样恍恍惚惚地走着，恍恍惚惚地想着。

一个人低下个头只顾走路，生怕碰上熟人，知道了他的动向，那可就不好办了。他不敢歇脚，一直走呀走呀，眼瞧着天不早了，他走出了五六十里路程，走得疲乏了。看看来到了长乐店，这里是个大镇，东山上的人们进城，大多在这里打尖歇脚。天也晌午了，才觉得这肚子里有些饥饿，多亏了花花给他打点下这干粮，要不身上一点钱也没有，又如何到得了西山？吃几口干粮，进这店里问人家讨口汤喝，也就过去了。

水瀛走进一家饭铺子里。过往客人在这里吃饭的不少，有吃面的，有喝汤的，还有些人在那里猜拳行令喝酒，一股酒香扑鼻而来……

水瀛看着人家排排场场吃饭、喝酒，肚子里好像更饿了。他进了厨房里，厨师、小二都忙碌着，他请求道："老板，我有干粮，能给我口汤喝吗？"

老板抬起头看看他，客气地说："行，行，喝口汤还有啥不行呢？出门在外不容易。不过，你还得稍等一等，现在锅里正煮着面条呢。等一会儿给你把干粮也烧一烧。天凉，可别把肚子给吃坏了。"

"好，好，谢谢老板了。"水瀛感激地点点头。

小二端菜、上饭，忙得不可开交。水瀛站在那里也觉得没有意思，见那里放着一摞用过的盘碗，他便挽了挽袖子帮助人家洗了起来。

老板一见水瀛帮他干活，急忙说：“后生，快不用麻烦你了，等会儿让小二洗吧。”

“老板不用客气，反正我也是闲着，洗一洗还能累着？”水瀛一边说，一边动手洗。

老板见这后生勤快，也就没有再说什么。一会儿，水瀛就把盘碗洗刷得干干净净。

这时，面也煮好了，小二给客人端了出去。老板问厨师：“锅里还有面吗？给这个后生盛上一碗面。”

水瀛一听要给他上面，他哪里能吃得起面呀，身上一文钱没有，便急忙说：“老板，不用了，我有干粮，喝口汤就行了……”

“出了门子不容易，不好好吃口饭要上火的，你就吃碗面吧。”

“我……”水瀛很难过，“不，不，我没有钱呀……”

老板笑一笑说：“没事，你吃吧，算我请客了。”

水瀛推辞了一会儿，才不好意思地端起碗来……

“后生，你这是到哪里去呀？”老板一边忙着手里的事，一边和他聊。

“进城。”

“跑亲戚？还是……”

“嗯，都不是……”

“那你是……”

“出远门儿的，我想上西山，挣钱去……”

“哦，就你一人去吗？人家上西山，可都是相跟三五个结伴而去的呀，你这一个人，可不容易呀……”

他们就这样叨唠着。这时，有一个老汉叫喊道：“老板，算账。”

老板过去和他说了两句，看他们之间熟悉的样子，就知道是这里的老主顾了。

那个老汉刚要走，老板却又喊他一声："张师傅，你再等一等，把这后生捎两步脚。他也要进城哩。哎，你可不能要钱呀……"

"看你说哪里去了。你老板让我捎脚，我还能要钱？放心吧。"

原来这个老汉是个赶马车的。他等水瀛吃完饭，一起来到车跟前，这位张师傅也很随和、热情，他给水瀛把自己坐的那张老羊皮挪了一半儿过来，拍了一把说："来，后生，坐在这儿。"

水瀛坐了上去。张师傅也跃了一下身，坐在上面，一边摇着鞭子，一边吆喝一声牲口，就上路了……

今天算是遇上了好人，虽说给人家饭馆里洗了洗盘碗，可这老板多好呀，不仅白给他吃了饭，还帮他找了顺道的车，而且这位车老板也是这样好，待人热情着呢……

这时张师傅和他搭讪道："后生，你这是要去哪里呀？"

"进城。"

"去做什么事呀？"

"其实也是过路。老师傅，我想……我想上西山。"

"哦？要去那里挣钱吗？"

"嗯。"

"就你一个人？"

"嗯。"

"上西山可是要三五个人结伴去呀。你知道西山在哪里不知道？"

"不知道，反正一直往西走呗。"

"后生呀，你想得太天真了……你以为西山这钱好挣吗？"

"怎么，张师傅……你……"

"嗨，我年轻时候在那里住了十来年呢。"

"那……"

"这西山，其实就是吕梁山，那个地方呀……"张师傅长长地叹了一口气，“那地方比咱这里还要穷，去那里挣钱不容易呀。”

“张师傅，这么说去那里也挣不到钱？”

“不是挣不到，是不容易呀。当然，要想挣钱，倒也有办法。西山有些地儿煤窑特别多，你要是去下坑刨煤、拉驮，肯定能挣到钱，工钱当日红，当天发当天的。只是……”

“只是什么？”

“后生，你还小，还没有成家吧？”

“没哩。”

“那我劝你还是别去干那个。”

马车行驶在一片坑坑洼洼的路中，看似有点走不动了，张师傅一手拉起溜缰，一手高举鞭子，嘴里吆喝着，“吁——驾……”顺手一鞭子抽在前骡身上，前骡四脚一用力，车跃过了一块绊在轮下的石头，又走顺了……

张师傅又接着说起来，“下煤窑，那可是两片石板夹一条命呀，在上面是阳界，一下坑就是阴界，下了坑就是下了地狱，说不定哪一天就会去见阎王。西山的哪一个坑口，一年还不死个百二八十条命呢。你年纪轻轻，不值得去那里卖命。”

“哦？”听了这位师傅的话，水瀛的心像浇了一盆凉水，一下子从头凉到了脚。

原来他一直听人们说上西山去挣钱，以为那里的钱好挣，谁知道是这样？要真像张师傅说的，一旦卖了命，挣这钱还有什么用？把自己小命赔进去，还如何回来接花花呀？……

“后生，我给你指个路儿，你要想挣些钱，我看你还不如就到祁县、太谷呢，那都是富裕地方，找个打零工比较容易。”

张师傅拉起了他的经历，年轻时在外面跑的地儿不少，他这赶车的手艺就是在太谷给人家拉车闸学会的……

天快黑了，车子晃悠着来到了县城。

张师傅说："后生，到县城了。你今晚儿有住的地儿吗?"

"有，谢谢张师傅。"水瀛下了车。

本来他想去见见延寿，到他那儿住一宿，明天再赶路。可是他又担心，怕他爹找来了，那样可就麻烦了。住店吧，又没有钱，嗨，怎么办呀。他只好找到一家饭铺的堆炭房子里凑合了一夜……

第二天一大早起来，郭有才就忙着打点定亲的彩礼，一件一件地叠好，放进了"拾落"里去，外面又用一床大红缎被面扎成一朵红花，摆放在上面，又用红头绳绑好。这里有他多少年积攒的物品，也有最近购置的新货，有精制的国货，也有灵巧的洋货，大到布匹刺绣，小到梳篦头绳，花花样样，应有尽有，也真够排场的了。是呀，凭他在裴家的身份，他必须做得排场点。

一切准备停当，太阳已经一竿高了。他见水瀛还没有回来，心想可能是年轻人贪玩，昨晚睡得迟了，就派人叫他，好让他早点回来准备准备，待会儿张媒婆就要带他去羊峪村的韩三孩家定亲。

郭有才打发人去叫水瀛回来，一会儿，小使唤的跑来回话说，水瀛不在那里。

莫不是水瀛跟着镇上的后生们去玩了？到哪个地方去摸棋、打牌，或者是跌"猴"、赌钱去了？玩得天不早了，在别人家随便歇息了？这倒也可能。他又赶快派人，去那些与他年龄相仿的、常在一起玩耍的孩子们家里寻找。

"你们快去找找看，别耽误了大事。"

眼看着吃罢清早饭了，派出好多人满镇子打听，还是没有个音信。郭有才有点火了，真是的，昨天吩咐得好好的，今儿有事，可就是不听话，瞎跑什么呀？马上又吩咐让人再出去寻找。

这时，张媒婆已经来了，"郭大管家，准备好了吗？让四个汉子抬着彩礼前头走，俺和水瀛在后面跟着。这定亲的事，还是排场点好。”

“嗨，还说呢，本来‘拾落’我都收拾好了，人也准备好了，可现在水瀛也找不见了，人还不知道在哪里，可怎么去定亲?”

“什么，水瀛不知道哪里去了?”

“是呀……”

“那可怎么办呀?”

“这不是正在找吗?”

“要是找不见，那可怎么办呀?”

郭有才听她说出这样不中听的话，没好气地白了她一眼，只顾自己去忙了。

裴东家听说水瀛不见了，也着了急，这是怎么了?祸不单行呀，前几天刚刚县里把先生武文兴抓走，私塾里也乱糟糟的没有人管了，正发愁这一帮孩子让谁来管，这下倒好，水瀛也不知道去了啥地方。他赶紧走过来说：“有才，这是怎么回事呀?赶快让家人都出去找。”

夫人美兰马上安排，打发家里上上下下的丫鬟、使女、家人、长工都忙活着出去寻找……

一大帮子人满镇子找，不用说各家各户，就是茅厕里、牛圈里，还有村边的麦糠窑子里也找遍了，把个东漳镇翻了个底朝天，哪里有水瀛的影子?直到大晌午，各路人马陆陆续续回来，都是那一句话：“没有找到。”

这婚今儿肯定是订不成了，张媒婆在裴家大院急得团团转，挣不上说媒的钱不说，韩家那边又怎么交代?这媒婆说话不算数，日后还如何吃这嘴皮子饭?她随屁股跟着郭有才说：“郭大管家，咱这事情可是万事俱备了，你这‘东风’却刮不起来了，你看这事该怎么办呀?”

郭有才无可奈何地说：“怎么办?你说怎么办?人找不见，我能怎么办?难道能让我与你去?又不是给我找媳妇。唱戏总得唱戏的上场，不能让看客上台吧。你去给人家韩家一个回话，咱们过几天再说，另择吉日吧。”

张媒婆干着急，也没有别的办法，只好扭头去了。一边往羊峪村走，一边盘算着这鬼话该如何编。

水瀛找不见了，郭有才可真急坏了。有人说：“哎呀，会不会是带着那个寡妇私奔了呢？”

“是呀，这倒有可能。年轻人，为了这事，啥也能办出来。”郭有才一下子怔住了。因为这事，水瀛和他说了多少回，东家也和他说，太太也和他说，特别是过年那两天，大少爷延寿回来，一天到晚在院子里来回跑这事，最后惊动了大太太也来给水瀛说情……可是，他想来想去，这事不成，好端端个后生，凭什么要说一个寡妇呢？他满以为只要硬着阻拦，水瀛也就死心了。可是，谁知世上这男女之事，真是没法说呀，水瀛大概真的就铁了心？非要去找那个寡妇，要是他们也在野地里做起了那勾当，这事就难说了。男人呀，最怕的就是挨了女人的身子，只要上了那个钩，别说是钱、心……就是命也会拿出来……

“不行，得先去寨上打听打听。”

可是又不想让别人去打听，怕张扬出去不好听。郭有才火急地就往寨上走，要去落个实信。刚刚转到山后，便看见一个媳妇正下寨来担水。哎呀，那不是个花花吗？他虽然不认识，可早听说寨上就这一个女子担水呀。这还好，花花在家哩，水瀛总算没有带着这个花花私奔。

可是他又到哪里去了呢？这也用不着上寨去了，郭有才一边往回去返，一边想。会不会是因为不愿意和羊峪村的那个闺女定亲，跑到了县城，去延寿那里去搬救兵？或者想跑出去躲几天，专门耽误这定亲的黄道吉日？……

郭有才急火火地回到家里，马上叫长工小三过来吩咐说：“你骑上匹马，赶紧进城跑一趟，找到大少爷的学校，看看水瀛在不在。”

第二天黑夜，小三才返了回来。连马也顾不得去槽上拴，便跑进了郭有才的住处。

郭有才见小三回来了，马上就问："怎么样，水瀛在那里吗？"

"没有呀，大少爷说，水瀛根本就没有去过他那里。听说水瀛不见了，大少爷也很着急，这可怎么办呀……"

这时，东家裴宝珊也来了，"小三，有没有水瀛的消息？"

"水瀛没有去过大少爷那里呀。"

郭有才说："他身上分文钱没有，他能到哪里去？怎么吃住呀？"

这时，小三又说："我返回来的路上，在长乐店上一家饭馆子里喝了口水，顺便向老板打问了一下……"

"怎么，有消息吗？"裴宝珊急着问道。

"老爷，是有个消息。我一边喝水，一边打听，看有没有一个后生路过，我又把水瀛的模样给人家说一下。店老板回忆说，照这样子，前天是有个后生在他馆子里吃干粮，问他找汤喝。他说后生人很勤快，帮助人家洗刷盘碗，老板就给他吃了一碗面，还帮助他找了个顺车，到了县城……"

"坐的是谁的车子？"

"听说是城里的张师傅。又说正好张师傅在路上拉炭，我又快马追上问，直追到城边上才追上他。等问他一打听，老张师傅说，水瀛在车上和张师傅叨念，说是要上西山……"

"什么？水瀛上了西山？"

这时，大太太听见小三回来了，也急忙赶来打听水瀛的情况，她人还在门外，听到这个消息，就着急地说："西山是个啥地方？他去了能行吗？要是去下煤窑，这可是……"

裴宝珊也着了急，"是呀，去西山下煤窑，那可是两石板夹一条命，不是个好事。咱这里有不少人去干这活，有几个回来了？"

大太太这下也不怕什么口舌不口舌了，一个尽儿数落开了有才："有才，你看你这是干的个啥事情？你说你是为他呢，还是害他呢？好端端把个孩子逼得上了西山，你养活不了他，还有老爷管呢。他和延寿就像亲兄弟一样……”

裴宝珊也说：“是呀，水瀛是个好孩子，这事呀，我看有才你……”

大太太急着连珠炮地说：“他要找媳妇，你非要阻拦，一个正月有多少人说你，就是说不通。就说俺和美兰、延寿这脸面小，老爷的话你总该听吧，你该给老爷个脸面吧？可你还是不依，现在闹成这个样子，看你怎么办呀？水瀛真要是有个三长两短，你能对得起他死去的娘吗？”

郭有才在那里一言不发，黑着个脸，没有办法。他心里一直在想，水瀛呀水瀛，你爹这可也是为你好，你爹还能害你吗？你想找媳妇，咱给你三媒六聘找个好女子，可你非要一个小寡妇，叫我这当爹的脸往哪里搁呀？我这里还紧着给你找，心想让你回心转意，哪想到你能这样做呀……

这时，裴宝珊说：“我看这事情马虎不得。有才，你马上准备一下，去找他吧，就是跑遍西山的所有煤窑，也千万要把他寻回来。大嫂你也别急了。美兰，你去给有才取些钱来，让他赶紧走。”

第九章

家人进来报说，魏拳师来了。魏大明已经到警察局当了巡警队队长，可是他在东漳镇坐拳房很长时间，大家都还是习惯叫他魏拳师。

“哦，大明来了？快让他进来。”裴宝珊说。

“裴东家，多日未见，别来无恙？”

“大明，你来了，快请坐。你这到官场混了，也学了点文绉绉的话呀，哈哈……”裴东家笑了笑说，“春儿，倒茶。”

丫鬟春儿端着条盘进来放下茶杯，给老爷与魏大明倒了茶，退了下去。

这时，裴东家说：“大明，我知道你公务很忙的，这回来，一定有什么要紧事吧？”

“是呀，裴东家一下就猜准了，我可是无事不登三宝殿。府上的那个先生武文兴，当初是我介绍来的，他在府上怎么样呀？”

“武先生确实很不错，不仅书教得好，孩子们也很喜欢他。只是县长说他是共产党要犯，前几天将他抓走了，还说是省府有通缉令的……我正准备去找你想办法救他出来，无奈家里又出了一点事，才拖延了……”

“东家，我正是为这事儿来的。”

“哦，你有什么办法可以救武先生吗？”

魏大明得知武文兴被抓，很着急，正好李文楷从太原回来，就商量营救的办法。

几天前，李文楷从太原回来，一听说武文兴被抓了，急忙设法了解情况。

这个李文楷，是本县西乡人，爷爷曾经中过秀才，父亲是清末的童生。由于家境不错，从小一直读书，后来考取了太原国民师范。入学后接触了不少新思想，看到社会的黑暗与腐败，便一心想救国，听说南方有共产党，便和同学们商量，想到南方找共产党。老乡和同学帮他凑了一百元，跑到南方，考上了黄埔军校汉口分校。

当时正是国共合作时期，在汉口分校，他开始与共产党员接触，思想逐步成熟。夏斗寅叛变后，军校学生编为中央独立师，李文楷随军与夏斗寅的叛军激战，一直打下了广州。就在广州暴动前夕，他加入了中国共产党，并参加了广州起义。在起义的一次巷战中，头部不幸中弹。负伤后，他与部队失去了联系，只好一面治伤，一面寻找组织。历经千辛万苦，终于在上海找到组织，后又被派往洪湖苏区，担任了红军干部。不久在赴上海开会途中，由于叛徒出卖被警方拘捕判刑，好在次年武汉遭了特大水灾，国民政府发了“疏通监狱令”，被提前释放。重新获得自由后，李文楷到处寻找组织毫无结果，只好回到老家来。回到武乡后，他立即与一些进步青年组织了“反贪污”“反重税”“抗债”等许多的活动。前一段他只身前往太原寻找组织，请示成立中共武乡县委的组织机构。

他从太原回来后，听到了武文兴被抓的消息，立即找到魏大明。魏大明在武文兴被抓以后，已经暗地里活动，原来是有人告密了上次反对县长张祚民的行动是武文兴指挥的，新调来的范县长为了稳定自己的官位，来了个先下手为强，假称省里下令，私下抓了武文兴。可是，在他手上没有搞到任何的证据，实在没有办法公开处理。

李文楷得知这一消息，马上说：“大明，我看文兴的事还需要请裴宝珊出面来解决。第一，文兴是在他家被抓走的，出于人道，他应该帮这个忙；第二，文兴是你推荐到他府上教书的，你去求他，他一定会答应；第三，他是武乡第一大乡绅，他出面说话，县长不能不给面子。另外，过几天我们利用集日，组织部分人员在大街上煽动，一定会有看热闹的人围过来。我们趁机围到县衙门口，声讨他们随意抓人的行为。声势造大了，县长自然会害怕。趁着县长骑虎难下的机会，文兴一定会救出来的。”

魏大明按李文楷的思路求裴东家帮忙，“裴东家，武先生的性格豪爽，他不过是看不惯那些贪官污吏，并不是共产党。要救武先生还需你老人家出面。”

“我本想去找范县长，只是那天他抓人时说武先生是省府通缉的共产党要犯，在太原多次参与和领导暴动。如果这是真的话，怕我去找也没用，反而落个我与共产党勾结的口舌。”

“裴东家，这你放心，我在警察局这份差事都是老爷给找的，我还能骗东家吗？这个范县长可是奸诈狡猾，上次县里搞反贪官县长张祚民时，你是知道的，武先生在中间出了点主意。这个范县长上任后，有人对他说武先生是主谋，于是他就假借省府通缉的名义抓走了武先生。我刚才已经对你说了，他根本不是共产党，只是为伸张正义。”

“原来是这样？”

“是呀，现在范县长找不到武先生任何证据，杀没法杀，放没法放，正发愁没办法处理呢。你要是去找范县长，给他个台阶，让他就坡下驴，武先生马上就会放出来的，县长还得感激你呢。”

“好，那我马上就动身。”

第二天裴宝珊来到县城，城里正是集日，街上的人特别多，他无心逛街，径直向衙门走来，谁知道衙门口已经围了许多人，在高声叫喊着：

“凭什么无端抓人？”

“要求范县长出来答复！”

“强烈要求释放武文兴!”

……

这时，衙门里出来一位中年人，他是县里的梁司法助理，他站在门口干咳了两声说：“各位请安静，办理案子这是政府的事，县衙抓人都是有依据的，现在武乡共产党很多，严重影响了治安……”

“屁话，有什么证据说武文兴是共产党?”

“官府贪污受贿，为什么不抓?”

“让范县长出来答复我们!”

“今天不放人，我们绝不答应!”

……

梁助理见人们闹得凶，便让警察过来驱赶。警察已听了魏大明吩咐，只是做做样子，哪里能驱散了人群?

魏大明在人群中发现了裴宝珊，便挤过来在他耳边小声说：“裴东家，现在正到了火候，你进去吧，一定能救出武先生的。”

“好，那我进去了。”

裴宝珊拨开人群，走进衙门。

县长看这架势，真的没有了办法。没想到抓了一个武文兴，倒是抓下害了，又没搜出证据来，有点弄巧成拙。见裴东家来了，像是找到了救命稻草，他苦笑着说：“裴先生可算来了，你看这事多难办，省里让抓人，可是百姓反对。听了省里的命令，惹下了县里的百姓。”

“范县长，无论省里县里，抓人不是靠一句话，应该靠国家法度。这武先生在敝舍住了好久，我从来没有发现他什么违法之事，说人家是共产党，总得有证据吧……再说，范县长初来武乡，每天衙门口闹糟糟的，传到省里也不是好事。”裴宝珊说道。

“那是，那是。裴先生说得有道理，我现在也想了，身为武乡父母官，宁愿得罪上司，也不能惹下武乡百姓。”

听着范县长的态度软下来了，裴宝珊马上趁机说："范县长，武先生在敝舍教书很长时间，我看他不是坏人，要不怎么会有这么多人支持他呢？所以我希望范县长给宝珊一个面子，我来做个保人，请高抬贵手，就把武先生放了吧。"

"裴先生，你说……这放……我也不能当下就放，这样我的面子怎么能……"

"范县长的意思是……"

"明天，明天我让人送他回府上，继续教书。可这门外的人群……"

"好，既然范县长给了宝珊面子，我也豁出我的这张脸，去求他们，让他们解散了……"

在裴宝珊的调和下，衙门口的人群终于渐渐散去了。范县长经这样闹了一回，也感觉到了百姓声势的厉害，加上有裴东家作保，第二天，武文兴就回到了东漳镇。

再说郭水瀛，在县城一家饭铺子的煤炭房子里凑合了一宿，第二天天不明就早早动身。听那赶车的张师傅话，改变了原来的想法，要到祁县、太谷去打零工。他边走边打听路径，又担心爹追了来，一路上心烦意乱，就这么走呀走呀，又饥又饿……

在太岳山脉的北端，武乡、祁县交界的地方，有一条长近百里的大峡谷，东南起于武乡权店，西北止于祁县子洪口。这条长长的峡谷，是太岳山和太行山余脉的交叉地带，在这里，两大山脉紧紧地挤在一起，形成一条狭长的大峡谷，北接晋中平原，南达上党盆地。此谷最宽处不过百步，最窄处仅有数丈。这里人迹稀少，烟火全无，树木丛生，崇山峻岭，野兽出没，确是一个险要之地。这里关隘奇绝，道路崎岖，易守难攻，自古以来，被视为军事要塞，故有上党锁钥之称。相传早在宋靖康年间，金兵进犯中原，大元帅粘罕率部南侵，行到此地，惊恐万状：若有伏兵，金军休矣！探知无人守关，仰天感叹："关险如此，使得我过，南朝可谓无人矣！"于是，粘罕大喜过望，率兵直下。此失，造成宋廷迁都临安的遗恨。

郭水瀛有些害怕。眼看日头偏西了，肚子饿得厉害，掏出花花送给他的干粮来，送到嘴边上，却又舍不得吃，她从家里偷这点干粮，不知又要遭怎样的毒打呀。花花身上的伤疤，又在他的眼前晃动起来。他不忍心吃，又把干粮装进了口袋里。他一手按着干粮，一手按着肚子。走呀走呀，好不容易见到一个仅有几户人家的小村子，走进去向人家要了碗水喝，肚子好像又饱了，继续向前走。实在饿得支持不住了，才拿出干粮来掰一小块，放进嘴里嚼着。这样，走到第三天，穿过这条上百里长的峡谷，终于走出子洪口。

汾河冲击的大平原，从太原府通到平阳府，平展展地铺在水瀛的脸前头。以前只是听说过平原，根本无法想象平原是这么辽阔，一望无际。来到平原的边上，回头望望连绵起伏的高山，再看看面前一马平川，环境的差异，确实使他有些惊叹。

他来到一个镇上，在街上寻觅、打听，看谁家用工。肚子里"咕咕"地叫着，几天来除了第一天在长乐店吃了一顿饱饭，全是用花花给他带的这些干粮充饥的。现在干粮没有了，他该怎么办呢？

他只好到饭店给人家洗盘碗，勉强吃点剩饭来充饥了。原以为到西山钱就那么好挣，现在刚到太谷，就没了活路。此时此刻，他暗暗庆幸没有带着花花跑，这步棋是走对了。要是带着她跑出来，落到如今这个地步，那该是多么难过呀。

水瀛在一家小饭店给人家洗盘碗，勉强吃点剩饭，这么挨了两三天。老板见他挺勤快，人长得也精干，详细地打听了他家里的情况，看他也不是个无赖泼皮，就收留了他，让他在店里当小二，只是工钱太少。管他呢，先有个落脚的地方再说。无论如何这家老板总是帮了他的忙，在他最困难的时候收留了他。他开始给客人上菜、送酒、端饭，还要扫地、洗盘碗、抹桌子。他手脚麻利，住下一段时间来，老板也很满意。

老板对他说：“你干得不赖，下个月给你加点工钱。”

谁知道还没有等到下月，水瀛生病了。一天晚上，水瀛突然肚子疼得厉害，头上直冒白毛汗，在炕上直打滚……

老板见这情景着了慌，要是有个三长两短，这不摊上事儿了吗？可是找医生水瀛又没钱，自己又不想给他付。这可怎么办？

老板想呀想呀，终于想出了一个金蝉脱壳的计策来。城里有个姓武的大夫是个神医，这大夫也是武乡人，来太谷城快三十年了。传说他来太谷时才二十来岁，也像水瀛一样。他说他有一手高超的医术，可是没人相信，他也就贫困潦倒，流浪街头。也是该这神医出世，有一天他在街上行走，碰见一家发丧，抬着棺材从街上走过。后生只见街心滴了一溜的血迹，就蹲下细看，不看则已，一看这人没死。怎么会埋掉一个活人呢？他初来乍到，不敢冒昧说话，便向身边的老者打听，这死者莫不是打架斗殴而亡，怎会有这么多的血迹流出来？那老者告给他，非也，这丧主是太谷城里有名的富贵人家，死者是个年轻的太太，因难产而死，所以棺材里还有败血流出来。这一下，更证实了他的判断，武大夫马上跑上前去拦住了送葬的队伍，“诸位请留步，小人有话要说。”

送葬的人以为这个人穷得疯了，居然来拦路要钱，便拨拉开他，武大夫说：“你们听我说呀，棺材里可是个活人呢……”

死者的丈夫也急忙走了过来说：“这位先生如何这等说话？你可要为你的话负责。我家夫人难产断了气已经多半天，我为备办她的丧事，赶缝衣物，打点厚葬，如何能说是个活人？”

武大夫非常肯定地说：“我敢保证你家夫人能活过来。”

“此话当真？”

“我出门在外，哪里敢说假话？”

“那好，如果能救我夫人一命，我把街上三间门脸儿连房产带货物送给你，算我的酬金，让你在此行医。如若不能复活，可就别怪我……”

“官人尽管放心，立马开棺，便能见效。”

于是，当街开棺，街上的人围得水泄不通，都来看这个千古奇事。武大夫命人将棺打开，又将棺中人上衣解开，取出一根三寸长的三棱银针，在这妇人的胸口深深地一针扎下去……

这一针可是扎得又深又狠。

也是该这武大夫露脸，一针下去，奇迹出现了。只见那妇人面部轻轻抽动一下，接着浑身一颤，慢慢地胸口起伏，她真的醒了过来。死者的丈夫见此情景，当众跪在武大夫的面前，谢他救命之恩。

武大夫说：“你快快起来，现在还不是说话的时候，我为男人，不好动手。如果方便你快去叫接生婆，你的夫人就要生了，但已经赶不上回府，必须就近找个屋子……”

于是赶紧忙活，一会儿，在接生婆的帮助下，果然这妇人在棺中生下一名男婴……

这时，看热闹的人们已经将武大夫团团围住，都问这位先生，如何能有此神道？莫不是神仙下凡了？

武大夫这时才说：“此病名叫‘小儿抓心’。患者不过百万人中有其一，甚是稀少，所以医者大多不知，神医扁鹊曾有记载。这位夫人所患便是此病，由于胎位不顺，小儿不能顺利生产，在腹中将衣胞登破。须知衣胞一破，小儿便要呼吸，可此时尚在腹中，哪里能呼吸？憋闷之中，便伸手将娘的心抓住，使母亲窒息而假死。这病实是难识，就会将这假死之人当真死埋葬，白白送掉两条性命。多亏遇上我，细看这血迹乃活人之血，才敢截街拦棺。这一针扎下去，扎得又深又狠，均是非常之针法。由于时久，小儿在腹中也已经窒息，只有使用狠针突然刺激，扎在小儿之手上使其松手，同时这针还要点在母亲的心上，使母亲在小儿松手之时，经这一刺，心脏突然跳动起来。这种针法是最难掌握了，扎得不够难见其效，扎得过深则坏了母亲的心脏，母子只能保其一。则为医道所失也。”

他宣讲得高深莫测，听的人们如坠云雾之中，都说，这简直就是神仙了。武大夫当街开棺，救下两条性命。武乡的武神医，名声一下子在太谷城传了开来。

那位妇人的丈夫，是太谷城有名的财主，他也不食言。为感谢武大夫的救命之恩，不仅将街上三间门面双手奉送于武大夫，而且又赠送他五十两白银作本钱。于是武神医在太谷城里开起了“妙手堂”诊所。这个武大夫，可真是个救死扶伤的好医生。他给人看病从来不论多少，除了药钱，治病的钱都是看着给。许多没有钱的穷人，他还贴上自家的药给人治病。正因为他一心为人，在太谷城留下一个好名声，“妙手堂”成了县城最红的地方，前来治病的人也越来越多，生意越来越红……

老板想到武大夫平时救死扶伤，与人为善，许多穷人去看病，他都不要钱白给他们看。今天这个郭水瀛是他老乡，他也肯定会照顾。于是，他叫人将郭水瀛抬到了武大夫的“妙手堂”。

果然，武大夫不说二话就接诊了。经过诊断，水瀛乃是急性盲肠炎。马上给他用药。为了让水瀛尽快恢复，还给他用了价钱昂贵的西药，病情迅速好转。这几天，武大夫有空时，就和水瀛叨唠武乡的事情，也知道了他的困难。

水瀛说：“武大夫，你救了我，可是我也没有钱，你要是相信我的话，现在我的病也好了，让我去打工赚上钱，就来还你。”

武大夫笑了笑说：“水瀛，看你说到哪里去了，医生本来就是救死扶伤的，好多穷人我都不要他们的钱，何况咱们是老乡，就不要提钱的事情了。你要想出去找个工做，也可以去了，你就去吧。现在太谷川的小麦已经发黄，正到收割季节，不缺个打工的地方，以后有啥事情还可以来找我。”

第十章

俗话说杏黄一天，麦黄一晌，这麦子成熟起来好快呀。

一场热风过来，轻风在麦穗穗上抹过去，那小麦就像水波一样，一浪接一浪地往过涌。两眼望去，麦浪此起彼伏，煞是好看。今年这平原的夏田，可是一个大好的收成呀！

郭水瀛站在城边上对着那麦田看了好一会儿，心里又想起花花来。她现在又去担水了吗？天这么热，她一定汗流浃背了……

按武大夫的指点，水瀛来到城里的用工场。打工的人，都在这里等待，用工的主户，也都来这里挑选，这已是多年形成的规矩了。太谷川是个富有的地方，每年从麦收开始的农忙时节，都会有许多人来这里打零工。先是当麦客赶麦场，后是当锄工锄谷，一直到收秋不缺个干的，一天能挣三四百钱，做上几个月也能装十几块现洋回家。他想在这里赚了钱，把花花接过来安家立业，买间草屋几斗粮，和花花节俭着过生活，男耕女织，生下小孩子满院跑，那该有多好呀！他脸上透过一丝笑意，劲儿也增了许多……

水瀛一边盘算着，一边等待着找零工的主户。来用工场找零工的顾主不少，水瀛刚刚来到这里不大一会，就有个人来到水瀛的面前，“喂，是做生活的吗？”

“对，对，是做生活的。”水瀛见问他，赶紧答应道。

“哪儿来的？”

“武乡。”

“好好好，武乡客，跟我干吧。”用工的连连点头，看来对水瀛还比较满意。

水瀛也不问个价钱，就要跟着顾主走。顾主带着他一边走，一边却和他说：“是头一次来吧？”

水瀛小声地回答：“是刚刚来的，以前没有来过。”

那个人笑着说：“我一看就知道你是初来乍到，什么规矩都不懂，这打工，可是要搞工价的呀。你为什么不开口问问我，就跟我走呀？”

“谢谢你的指点，我真不懂这行款。”

“跟着我，倒没有啥事的。俺东家人好，不会赖你的，要是遇上个……怕你要白干一个月呢。你愿意打月工还是愿意打日工？”

水瀛感谢用工主户的提醒。他又不懂这里打零工的规矩，总知道打月工长久些。他只听人们说打日工是一天一算账，遇个天阴下雨，东家就不给开钱了，那就得吃老本，虽然一天赚得多些，却不如月工稳当。

想到这里，他说：“我还是打月工吧。”

“好，那就先试三天，让东家看看你干得怎么样，之后再给你定工钱。”

郭水瀛跟着来到一个姓范的财主家。这个财主在太谷城算不上大户，却比武乡的大财主还富，常年用十来个长工，从春起到秋收，还要根据情况用几十个短工。范东家已经年过花甲，足下无子，到了四十多岁才养下一个闺女，今年十六岁。这闺女长得人才不算好看，但范东家就这一个心肝宝贝，待她如掌上明珠。范东家一辈子烧香念佛，行善积德，待人如亲，从不和人计较。能来这家干活，也算是走了好运。

一大早，东家安排长工、短工吃过早饭，准备今天开镰。领工的带着十几个麦客一起上地，这些人中有后生、有壮年，大概都是些弄庄稼的好手。水瀛有些担心，他生怕上了地一比，拉了下来，给他定的工钱少了，那就算倒了号，赚不下钱，怎么回家见花花……

郭水瀛低着头走路，心里正嘀咕着，身旁一个四十来岁的人和他搭话道："嗨，后生，你从哪儿来的呀？"

"武乡。"

"我刚才听你说话，口音就像了，咱是老乡，武乡啥地方？"那人更加仔细地盘问起来。

"东漳镇上。"

"嘀，巧了，咱们还是紧邻家哩。我是羊峪村的，只差十来里路。没想到在这里遇上了老乡。"那人看看水瀛，便和他闲聊起来。

水瀛心里想，他爹给他在羊峪村找了个媳妇，他不正在躲这事吗？一旦人家说起这事来可怎么办呀？这要传回去，不是让家里知道我的去向了？

郭水瀛自己担心，真所谓做贼心虚。原来，这人已经离开家好几年了，一直在这里打工，压根儿就不知道这么回事，他说了许多话，也没有扯到这上面，水瀛也就放了心。

那人见他有心事，便说："后生，你放心吧，咱武乡人在太谷吃香着哩。用工场上一见武乡客，不说二话，带你就走。咱武乡人动弹行呀，营生干得也好。怕啥哩，咱凭自己一双手，到哪里还怕没口饭吃？上地不要紧张，撑住气稳稳地开镰，一会儿就会撇开他们的。"

听了这话，水瀛心里才稍稍踏实了些，"就是，怕啥哩，他们是人，咱也是人，我手不笨，脚不迟，能差他们多少。"

这平川地方，地块儿真大，站在地这头，麦地一眼望不到那头，麦客们来到这里，在地头一字儿排开。

领工的喊了一声开镰，便站在地头上看着。一霎时，麦客们便闯进了麦浪里。只听见"刷刷刷"的声音，麦客们躬下身子割了起来。一个个拉开弓字步，割一镰上一步，身后留下了一个个麦卷儿。

水瀛可是用尽了吃奶的力气，气也顾不上换，只顾低着头，撅起个屁股使劲割。他拉开了弓字步，扯展镰刀，伸手一大把，伸手一大把，三下一卷手，一个麦卷儿扔在身后。回手的时候，又把一撮麦秆“腰儿”挂在左手的大拇指上，这是从他爹那儿学来的绝招儿，叫作随手带“腰儿”，割起来的麦子，反手一卷便捆住了，不用像他们割一会儿，再返回来捆一会儿那样麻烦。弄庄稼的人并不是所有人都会随手带“腰儿”这一招的。

不知过了多少时间，水瀛觉得腰实在酸困了，他用长袖在脸上擦了一把汗，站起腰看身边一个人没有，以为都在前面走的看不见了。仔细一瞧，身旁还没有割过的麦卷儿，全直竖竖地长着麦子。回头一瞧，没想到他们却还差那么老远，割了这一趟，他超出了他们一半。

水瀛长出了一口气，悬着的一颗心才算放了下来。他高兴极了。一高兴，劲儿又上来了，展了展腰，身子也舒坦了。他又低下头，箭一般地滚进麦浪里。

动了两天，水瀛的把式出了名。到第三天，范东家竟然上了地，身边跟着一个随从，一手举着一把洋伞，一手给他端着水烟袋。东家在麦地中间转了转，站了站，下来看了好久，水瀛只是瞥了一眼，不敢多看，他怕东家说他奸猾。

等水瀛割到地头，范东家已经站到那里了。他朝东家憨憨地笑笑，准备扭头割着往回返，范东家朝他摆手。那个随从便朝他喊，“喂，武乡客，东家叫你说话哩。”

水瀛低着头走过去。

“后生，你割得太快了，稍慢些吧，那样太累呀。”

“嘿嘿，没啥。”水瀛红着脸说，“力是外财，使了再来，年轻人累不着。杏黄一天，麦黄一晌，得赶紧割哩……这伏天不牢靠，一旦下起冰雹来，可就要受损失了。这可是虎口夺食呀……东家你歇着，我割去。”

水瀛站在地边上数数麦垅，给没上来的人留下垅数，又朝那边割去……

水瀛自打到范财主家打零工以后，才真觉得有了信心。这位东家财主人性好，对人善，对他更不错。要是能在人家家里住上几个月，等到他阴历八月十几往武乡返的时候，也许真能攒下几个钱。那样的话，他和花花的生活真的就有了希望……

天黑了，割了一天麦子的麦客们，都涌在院子里吸着烟锅子。年轻些的，一吃过饭便又活灵了起来，都在那里谈论着各种各样的话题，家乡、风俗、传说、故事、笑话……海阔天空，什么都谈，而谈论更多的主题则是女人，只有谈论女人才能使男人开心。而每到这时，那些年纪大点的，劳累一天，已经觉得浑身酸软，累得难受。他们听上一会儿，笑一笑，也就顾不得插科打诨，与年轻人谈论什么笑料了，只顾蒙头吸烟，待过足了烟瘾，好去困觉。

说笑话的那青年，当然总是要拿出几个荤段子来取笑，他肚子里的东西真多，说几夜硬是不重样，每次都把人们逗得前仰后合，一天的疲惫在这笑声中早已消失得无影无踪了。

这时，小头儿过来朝着人堆里喊：“武乡客郭水瀛，东家叫你哩。”

小头儿是当地对二管家的一种称呼。人们叫大管家为大头儿，二管家为小头儿。水瀛听见小头儿叫他，估摸这是三天试用工期完了，东家准备给他定工钱数数哩。他也急着想知道东家能给他开多少工钱，便急忙跟着小头儿进了后院。

天黑晕晕地，他跟着小头儿拐弯抹角钻了几道门，进了东家住的中院里。白天他一直上地，再说就是在家里他也不会进人家东家的院子里呀。他也弄不清走到了哪里，只觉得这院子和他干爹家的院子差不多大。

水瀛看不清院落里的铺排，只瞧见是砖楼三合院，正面起有一丈多高的台阶，院里全是大方砖墁着，十分气派。不过，在太谷城里这气派的房子太多了，光中国四大家之一孔祥熙孔家，就占多半个县城，哪里还能分清什么大小财主呀。

进了院以后，小头儿准备往西楼底引他，只听范东家在正厅房里喊："喂，把他引到正厅里来吧。"

水瀛被引进了正厅房。按说，人家这正厅房里一般可不叫外人进去的，接待客人都是西楼底的小客厅，何况他一个打零工的下人。今日也不知东家怎地高兴了，竟然将这一个打零工的下人也叫在了正厅房。屋里灯火通明，范东家正在那里吸烟，老长的烟袋伸出来，他的闺女范灵芝拿着火媒在一旁给他点烟。夫人在旁边坐着，手里摇个蒲扇。东家见他进来，指了指放着大红绒垫的太师椅，"你坐吧。"

他有些胆怯，这东家可是太高抬他了，哪有下人在东家面前就坐的？他还是站在那里，两只手不由自主在来回搓动着，低下个头，"不用坐了，东家，你有什么事情就吩咐吧，我站一会儿就行。"

"没事，你就坐下吧，闲聊两句。"

水瀛又怕东家说他狗肉不上条盘，人家让你坐，你偏要站着，也就不敢违命，只是点了点头，轻轻地用屁股尖尖坐在椅边边上。

水瀛的心里好像有人在敲拨浪鼓，乱糟糟的，怎么用个短工，东家还会这样重视？他抬起头来，灵芝正在那里一个劲儿盯着瞧他。他浑身不自在起来，以为自己哪里不对，赶紧搜寻，可是也没发现什么，莫非脸上有什么？他下意识地擦拭了一把，好像也不是，他实在弄不清是什么原因，手足无措地不知如何是好。

"水瀛，你是武乡来的？"东家吐了口烟问他。

"嗯，武乡的。"

"来太谷多久了？"

"三个多月。"

"家里都有什么人呀？"

"娘早不在了，就有老爹。"

“弟兄几个？”

“就我一个，连个姐妹也没有。”

“有没有媳妇呀？”

“没哩，还没说媳妇哩。”

“今年多大了？”

“虚岁十八了，属龙的。”

“该说媳妇了呀。”

“该是该了……可是……”

水瀛不敢说那些情况，他怕传到羊峪村那个老乡耳朵里，万一传了回去不好办，只是随便应酬着，“嗨，没个合适的。”

“你们武乡生活苦吧？”

“嗯，贫穷，生活苦呢。”

“你看太谷好不好？”

“太谷好，比俺武乡富裕多了。”

范东家又装了一锅烟，让女儿给他点着，朝坐在一旁的太太瞥了一眼，又朝灵芝瞅一眼，他们不知在交换着什么意见。

过了好大一会儿，东家又说：“愿不愿意到太谷来生活？”

水瀛客气地笑笑，“愿是愿意，只怕是俺没那个福分。”

“哈哈哈哈——”东家笑了，“这后生还挺会说话。好，好，愿意在就行，那你以后就在我家住着吧。这个工钱嘛……以前的规矩是日工四百钱，月工比这低五十个钱，这是太谷城用工的老官价，不过我看你干活很可以，就破一次例吧，你虽说是月工，我也按日工的工钱给你，给你四百钱，你看行不行？”

“谢谢东家，东家太对水瀛高抬了。”

水瀛真感激东家对他的照顾，急忙站起来行礼。

“坐下，坐下。”东家朝他点点头，“这不算高抬。你们挣钱是靠自己劳动，你干得好，自然要多给你一点。”

“那是，那是。”水瀛不知该如何应对了。

“一月下来，你如果干得好，我还可以再给你加些。”

东家说话很随和。又聊了一会儿，水瀛实在觉得拘束，再加上天气热，坐在那里，一头一头地出汗。灵芝送给他一条洋布毛巾，“给，你擦一擦汗吧。”

水瀛有些心慌意乱，叫人家小姐给他递毛巾，这多不好意思，他只说“不用了，不用了，东家要是没有啥事，我就……”

水瀛说要回去歇息，东家和太太、灵芝都送出来。

小头儿照样在前面引路，送他回去。出了大门，小头儿说：“咱这东家人性好，对你更好。”

这一点，水瀛心里已经感觉到了。他干活更起劲儿，一点点也不偷懒，他怕对不起东家的好意。果然一月下来，三四得了十二贯钱，三块现大洋赚到了。除了工钱，小头儿还又拿着一块钱送给他说：“水瀛，这是东家奖给你的。你要是愿意，就继续在这里住着。这里事情多着呢，你就好好地干吧。”

水瀛当然高兴，到哪里去找这样的好东家？给的钱也不少，东家又待他好，他马上满口答应，就在范家住了下来。

却说郭有才只以为水瀛去了西山，于是骑着马跑到了吕梁山，从孝义开始、汾阳、文水、交城、娄烦直到岚县，跑了十来个县上百个煤窑，可是根本没有水瀛的踪影。莫不是刚刚几天就出了事？当爹的心也不知要往啥地方想。他担心水瀛出事，每到一个煤窑，都要暗地里打听一下，最近窑上出过事没有，可是，仍然没有消息。这一跑就是两个多月，他心灰意懒，也只好怏怏不快地返回东漳镇来。

一路上，郭有才想呀想呀，这个水瀛究竟到哪里去了呢？他这究竟为的是个啥呀？怎么好端端就要离家出走呢？嗨，我这算是办了件啥事情呀……

郭有才开始自责起来。按说，我这可也是为你好呀，你想找媳妇，我马上就让媒人去说媒给你找，庚帖都送去了，还是个大富大贵的上等好婚，古人说龙加鸡，这叫龙凤配：黄龙白凤更相投，过门发达好来由，儿女成才子孙壮，福寿长绵永不休。这样的好亲事，你就是不从。却谁知道你好端端一个后生，为什么偏偏要去爱一个寡妇呢？我只说给你找个好女人，你就会回心转意，要早知道是这个样子，我也就不这样去管你这事了。你说我这一辈子算是弄了个啥事情？搞了一辈子事业，那是为人作嫁，给东家干的，轮到自己家里，啥也没有攒下，老婆早早死了，留下一个孩子，本来是和我相依为命，可现在只因为婚事又离家出走，不知去向。水瀛呀水瀛，为了你，我可是没有少受苦受罪呀，多少次有人帮忙，要给我续弦，可是，我心里总怕孩子受苦，人常说“有了后娘就有了后爹”，我怕续弦后再生个一男半女，后娘待不住你水瀛，我对不起你死去的娘。就是大太太对我那样的好，我也不敢和她成婚……

水瀛呀，爹为你吃尽了苦，受尽了罪。可是，你为什么就不理解呀？你这样管你走了，叫我怎么活呀？他就这样一边走一边想，一边想一边走，忧忧郁郁地返了回来。

裴宝珊得知有才回来了，马上就来打听情况。可是，没有水瀛一点消息。裴宝珊也想责备有才几句，见他这难过样子，好像一下子老了许多，也不好再说什么。

郭有才饭也不想吃，水也不想喝，一头倒下睡了……

其实哪里能睡得着呀，他病了。心情沉重，再加上两个月的劳累，特别是回来时在路上树荫下打了个盹，着了风寒，能不病吗？……

这下可把大太太给急坏了。本来她见有才回来，又没有水瀛消息，也想怪有才不通情理，导致了这样的事情发生。可现在说这已经晚了，水瀛走了，有才病了，再说也只能火上浇油，这不是要有才的命吗？

大太太怕有才有个三长两短，不是更没了办法？只好一边给他送水送饭，熬汤煎药，一边还得给他说宽心的话儿。就这样，有才的病还是不见好。

裴宝珊也很着急。越是急，越有事。就在这时，裴家的几个铺子里又都出了问题，这要在过去，那些问题让郭有才亲自去跑一遭，就什么都处理好了。可是现在有才病了，这件事情又该如何办呢？你看这真是……

他只得去床边慢慢地和有才商量。有才勉强着爬起身来，一边给老爷让座，一边说："有烦老爷亲临，有才病体难支，实在惭愧呀！"

"看你说的，吃了五谷杂粮，谁能不生病？慢慢养着就是了，明天我让小三到城里给你请个好大夫来。"

"药也吃了好几付，只是不见效呀。"

"别着急，别着急。"

"老爷，是不是这两天有什么事呀？"

"事是有些，可是你放心养着吧……别急，等你好了再说，等你好了再说。"

"老爷，有什么事你就说吧，这商场如战场，商机不等人呀，如果有问题，咱们得赶紧找对策才是，该办的就要赶紧办呀。"

裴宝珊这才慢慢地把各处的情况说给有才，有才当然对各处的情况也都了如指掌，一件一件地做了分析，并仔细地解释该如何处理。

这时，大太太将煎好的汤药端了进来。见裴宝珊在坐着，她有点不好意思，可是碰都碰上了，她也不能返回去，只好这样硬着头皮走进来。她放下熬好的药说："嗨，有才这一个人孤孤单单地，实在是困难呀。水瀛一走，他更难了，心上也难，身上也难。你看，这有个灾灾病病，连个倒水端汤的人也没有。嗨，难呀……"

"是呀，嫂子，多亏你能帮助他。"裴宝珊说。

有才说："这些天，多亏大太太帮忙呀。"

"咱这命苦呀，这也是惺惺惜惺惺吧。这药都快凉了，你就先喝药吧。有啥事情，喝了药再说。"大太太又给他倒了一碗白开水放在跟前，好让他喝了药漱口，本来还想在跟前照看，只是裴宝珊在旁边，有些碍手，转身就走了……

这些情景裴宝珊看在眼里。待有才吃完药，他们又说了些话儿，东家就告辞了。

这天晚上，裴宝珊把白天看到的情景和夫人美兰说了。美兰说："他们俩那可是真心的好呀。前段嫂子病了，有才打里照外，跑来跑去，照看她。现在又轮上嫂子来照看有才了。"

"美兰呀，我看有才这病可是不轻呀。"

"嗨，人心都是肉长的。早年妻子去世，撩下个刚刚出世的孩子，到现在自家年龄大了，反而孩子又离家出走。这水瀛去了，无影无踪，身边没有个亲人，你想他还能挺得住吗？"

"那……这可怎么办呀……"

"是呀，这有才要是再有个三长两短……"

"那可不行，一来他对咱裴家贡献最大，二来咱们现在还要用他，这三吗……这多少年的交情，咱也不能放手不管呀。"

"老爷说得对。"

"我明天就让小三去县城，请最好的大夫来。"

"老爷，光请大夫恐怕不顶事呀，有才他主要是心病。心病还得心病医哩。"

"你的意思是……"

"老爷，俺可是妇道人家，不知想得对不对。"

"你就说呀……"

美兰爬起身来，用那光胳膊支在枕头上，与老爷脸对着脸，和他商量。

“依俺说，现在水瀛没有下落，有才成了孤身一人，不如让大太太和有才碰在一起，一来能在生活上照顾他，二来相互说个话儿解解闷，或许会好一些。再说，如果水瀛真的就是再不回来，他们都才四十来岁年纪，也许还能有个一男半女，不照样还是人家？”

“这个想法倒是……就怕裴家族人……”

“裴家族人能说什么？只要你同意，裴家哪个敢说个闲话？再说，现在民国提倡民权哩，改嫁的事也多了，还怕啥哩？”

裴宝珊不说话了，他认真地思考起来……

第十一章

自打水瀛走了，花花似乎挨打也少了些。倒不是婆婆和小叔子魏林元对她慈善了，只是这水瀛一走，对花花来说，少了些那种招蜂引蝶的闲话。再说花花也觉得有了盼头，做起事来格外小心，凡是大小事情，她都低头忍受着，期盼着，只待着水瀛回来接她。

她一天天地等呀等呀，她盘算着，半年哪，更详细些说那是一百七十一天。

她在门后面的墙上，悄悄地划下了记号，过一天划一道，过一天划一道。每天一有空都要去那里数一数……

她每天还是照常担水、洗碗、纺线……

下寨的路上，她总是要把眼睛朝着那水瀛走时的路长久地张望。

其实，她心中也非常清楚，他不会出现。早着呢，他刚刚走了二十来天，还不到时候，可她还是要固执地去看。还不知道他现在找没找下营干，他在外头是个啥样子呢？她心里怎么觉得好像有二十年似的呀……

她还是要张望，固执地张望。

那一天，他走的时候，她只顾哭了，只顾爱了……可是还有好多的话，怎么就没有给她说呢？她远远地望着那个避雨的土窑子。在那里，他曾经又一次给了她人类最温馨的爱，虽然是那样仓促，那样潦草，担惊受怕……可是，她还是得到了满足，一种生理上的满足，更多的是一种心理上的满足。可是，那许多的话，却没有来得及说给他……

她后悔，她自责……

她想起了老年人曾说给她，真正相爱的人会心心相印的，神灵能为他们传递情感，她便把她心中的久久想说而没有说出来的话，用《开花调》轻轻地唱出来，化成一种寄托，想让它远远地飘在水瀛的耳畔……

哥哥你走西山，小妹妹泪涟涟，
朝着那西山望呀望，只盼着见哥哥的面。

哥哥你走西山，小妹妹泪涟涟，
妹妹有几句知心话，你可能听得见？

吃饭你要吃饱饭，不要凑合了算，
饿坏了身子骨，谁来把你照看？

干活你匀着点干，不要猛动弹，
累坏了身子骨，谁来给你送茶饭？

交友你莫交女，只能去交男，
恋上了野花草，可就把妹妹忘一边。

哥哥你走西山，小妹妹泪涟涟，
梦里头瞧见你，你是我心肝。

哥哥你走西山，小妹妹泪涟涟，
整天翘首往西看，只盼着哥哥你早回还。

每天，花花在下寨的路上，她都要轻轻地吟唱这几句词儿，她相信，神灵会将她的心意传到西山的。夜里，当劳累了一天的她一个人睡下，她总在盼望着，梦中能见到他，哪怕是在梦中说些知心的话儿，也是一种幸福呀。可是，她越这么想，又越是梦不到呀，她真是命苦，怎么老也见不到他呢？

嗨，难呀，难……

寂寞的夜，寂寞的人儿，寂寞的等待……

等呀、盼呀。她就这样一天天熬着。有些天，她觉得身体有些异样，先是不想吃饭，浑身没有精神。不想吃饭，家里没有人管她，你爱吃不吃，不吃才好呢，正好能省些米面，在这个家里谁会心疼她呢？浑身没有精神，这对她来说可是件难事，她还得去担水，照样三顿饭的锅碗还得她去洗涮呀。

她得硬挣扎起来，去担水，去洗涮锅碗，去纺花织布，少干一样也不行。嗨，有什么办法，谁叫她的命苦呀。她还是与世无争，在默默地干着这几件永远也干不完的事情。

又过了几天，她更感觉不适了，心里乱糟糟的，老觉得恶心想吐，难道是得了什么病了吗？什么东西也不想吃，这可怎么办？水瀛走了没有多久，要是她就得了病，还有谁管她呀，怕是连水瀛的面也见不着了……

担水的路上，她心烦意乱地想呀想呀，嗨，俺这命怎么这样的苦呀，刚刚有了些盼头，偏偏又得了这莫名其妙的什么病。好几天不想吃饭了，身体软得不想动弹，担着水上到半坡，便走不动了，浑身直打战。

她想办法找了个能放下两只筲的地方，轻轻放下来休息休息。长长地嘘了口气，一抬头看见对面地堰上有颗杏树，那杏子结了指头肚肚大。小时候大人曾吩咐说吃毛杏子、毛桃子要肿嘴的，孩子们也都不敢去吃了。可是今天，她好像是想吃那个东西呀，去摘一个试试。她爬坡爬坎走了过去，摘了一个，放到嘴里尝了尝，果然觉得好吃。又摘一个吃，真的好吃。于是，她摘了许多吃起来……

吃着吃着，突然想到这不对呀，不想动弹，想吃酸……难道……哎呀，这可怎么办？她不是病了，而是发孩子哩……

花花的心一下子乱了。她听人说过，女人发孩子就是这个样子，不想动弹，想吃酸。她这是在发孩子，这可叫怎么办呀，她是个寡妇，水瀛又不在身边，她怎么也不能……可是，她的身上有一个小生命在生长了……水瀛临走的时候，给他放下一件礼物，他娘给他留下的戒指，她一直带在身上。他知道他还留下一件更重的礼物吗？他给她种下了一颗爱的种子。

是喜是忧，她没有办法说。这个孩子将带给她什么命运？她说不清。现在她究竟该如何办呢？这个孩子是不是来得有点太早了呀。

花花掐指算了算，到八月十五，该有六个月。谁知道她六个月的身孕，又会是个什么样子呢？如果胎儿发育得慢一点，或许也还能遮掩过去，如果孩子长得大一点，没办法遮掩，这就看肚皮松紧，怀手好坏呀。看她的命相如何吧，一旦让那个狠心的魏林元看出来，那还不要了她的命？

花花自知自家身子不挂利，更担心那个狠心的林元打坏她。这可是水瀛留给她的，那是他爱她的宝贝珠子呀。为了孩子，她可是小心谨慎，对家里人的话都像圣旨一样，打下了牙往肚子里咽。管他哩，吃亏也有了数数，等到中秋节黑夜月儿圆了，水瀛哥就会接她走，找个地方过生活，穷也过个有笑声的穷日子。

花花活了这么大，也算是个嫁了人的人了，可是，她还没有舒舒服服挨着男人睡过觉呢。时刻听着男人的心跳声，时刻闻着刺鼻的汗味儿、烟味儿，时刻贴着男人坚实的胸脯，时刻靠着男人健壮的身体。这一切，她没有经过，却一直在想象着。那时的心里是个啥滋味，再也不会心惊肉跳，再也不会遭家里人的打骂。

花花常常一个人扳着指头数日头，盯着门后的道道去数呀数呀，这日子可过得真慢呀，太阳老是在半天上，西山都等得困了，它也不下去。

嗨！白天她还得忍受着痛苦，坚持着给家里担水，还是那样一天五担，低着头，忍受着一切煎熬。只有夜晚一个人躺在自家的破被窝里，摸着越来越大的肚子，她流泪、高兴，高兴、流泪，腹中的胎儿开始蛹动了，她像是得到一种安慰，还是一种刺激？她不知该如何办，无论如何不能委屈孩子，她平平地放开身子，任它舒坦地动，她暗暗地笑了。一会儿又暗暗地哭了……

水瀛呀，你还不知道，你已经有儿子了，是儿子，一定是儿子，他动的那劲儿和他爹一样有力，是个小子呀，一定是个漂亮的小子呀……

她开始寻找一些布头，在夜深人静的时候，悄悄地为他未来的孩子做起小衣裳来，裹腰子、透顶帽、落肚子……细针密线地缝，严严实实地藏，生怕让人看见，要是有人知道了，她可就没法子活了……熬吧，总是有盼头的。她常到门后数数画的那些道道，尽管日子过得太慢，可总还是在增呀，熬过一天是一天……

水瀛并不知道花花发孩子的事。他一直想着他们的约定，想着赚点钱回家带着花花出走。水瀛人勤快，地里的活儿干得很好，回来也不闲着，抽空就担水、劈柴、和煤，啥都抢着干。再说人家还常常额外给他奖赏，他心想，咱多动一点也没有什么，总得对得起东家的奖赏。

羊峪村的那位老乡见他这样卖力，曾私下悄悄地说：“水瀛，你怎么这样卖力？你个打零工的，那么卖力干啥哩，差不多点就行了，你就干得再起劲，人家还能把你弄成招女婿？别白费那个力了。”

水瀛笑一笑，没有说什么。水瀛哪里还想给东家当招女婿？他只是觉得，这东家人好，给的他工钱也不少，人心换人心，八两换半斤，咱这出来不就是为了挣几个钱吗？既然人家能多给工钱，咱还不能多给人家干些活吗？

范东家对他好，范太太和灵芝对他更好。水瀛也就越干越有劲，东家越看越顺眼，尤其是灵芝见水瀛动弹得累了，还常常给他舀洗脸水、端饭，把个水瀛高兴得合不拢嘴。天气长了，水瀛也觉得住惯了，不再那样拘束。

和他在一起打工的还有一个太谷东山上的人，叫原成均。成均比水瀛大几岁，两个人常在一起。听说他曾在太谷有名的铭贤中学读书，后来因为父母早早地去世了，家里生活有了困难，没办法才辍学来打工。也许是因为两个人都念过书吧，也很能说得来，常常是别人说荤段子时，他俩在一起谈点文学。成均的话中有许多与武文兴的观点相一致，这令水瀛很敬佩，他感觉成均就像武文兴一样，可以做他的老师。有一天晚上，他们又在一起闲聊，成均突然问水瀛："你听说过共产党吗？"

"听说过。"

"那你对共产党有什么看法？"

"我感觉共产党那些道理很实在，好像都是为咱们穷人的。"

"你听说过红军吗？"

"红军？没有听说过。"

"这红军呀，就是共产党组织的军队。听说陕北有个大共产党叫刘志丹，这人是黄埔军校毕业的，可有水平呢。他在陕北组织了一支红军，打土豪斗地主，专门为穷人出气。现在整个陕北都成了红军的天下，咱们要不去陕北参加红军吧。"

"人家会要咱们吗？"

成均起身到门外看了看，回身对水瀛说："要，肯定要哩，就看你想不想去呢。"

"我当然想去呀，正发愁没有个地方去呢。"

"不瞒你说，我家里父母都没有了，因为打发父母借下了债，真没办法生活，来这里打工，原来就是想挣几个盘缠，然后去陕北参加红军。这几天听人说红军派人暗地里来这里招兵。我想正好，省得去了陕北还怕找不到红军呢。”

“这是真的?”

“是呀，这人是我的一个远房亲戚，前年跟着晋西游击队去了陕北。”

“那红军要不要女兵呀?”

“要吧，部队上也需要女兵，搞医务、搞后勤……你查访这个干什么?你又不是女的。”

“成均呀，不瞒你说，我在家里有个相好的，我们想结婚，可是我爹死活不同意。我原来想带她一起出来，又怕没办法生活，就一个人先出来挣点钱，然后再带她走。如果红军要女兵，我就回去带她来，咱们一块儿参加红军。”

“这样的话，我给你具体打听一下。”

眼看七月要尽了，马上就到八月，他掐指算了一下，来到范家也有三个月时间了。夜里，水瀛悄悄地把自己的钱包抖开数了数，连工钱带奖赏，一共已有十八块现洋了。是呀，他给范家干得虽然卖力，可是自己也不吃亏，人家给他的不少呀。要不是得那场盲肠炎，还在那个饭店里当小二，说不定连三块大洋也挣不下，因祸得福了。

成均已经打听到了确切消息，那位招兵的人已经答应，可以让他们俩一起来参加红军。水瀛这心里越是一天等不得一天，一直想着他的那个约定，八月十五——中秋节。

他想，临回家走时，还得到“妙手堂”去，看看曾经救过他命的武大夫，顺便把他欠人家看病钱给人家还了，然后他就可以回武乡了。

仰天看看那一钩弯月，尽管现在细如游丝，但他心中十分清楚，那弯弯的弦，很快就会绷直，而且渐渐地盈满，那个月圆之夜，就要来临了。他准备和东家道别一声。还有几天，他就要返回武乡，只等到中秋节那天黑夜，回到东漳寨去接花花。

他的老爹呢？自打他走了以后，会是什么样子呀，他寻找过他吗？这样长时间见不到他，他一定会很难过的呀，要是回到东漳镇，可该回家看看他老人家呀。这要一回家去，又会是什么样子？老爹要是还坚持他那个想法，还是那个顽固的态度，不让去找花花怎么办？还是跑吗？万一老爹把他扣在家里，不让出来又怎么办？这里可还约定要一起去陕北参加红军呢……

他离开家的时间太久了，家里成了什么情况，他已经什么也不知道了……

是该先回去看望一下父亲，还是先接花花……

就在这时，小头儿来了，“水瀛，我有件事和你商量。”

水瀛见是小头儿，急忙应酬着，“你看咱这是下人住的地方，太糟糕，没有你一个好坐的地方，怕脏了你的衣服。”

“客气什么，我不也是个下人吗？”

小头儿随便坐了下来，从腰里取出自家的烟袋，一边抽一边唠叨着些家长里短。

水瀛说：“小头儿，你有啥吩咐，你就说吧。”

小头儿绕着弯子慢慢地说：“水瀛呀，你可是个好后生，又能动弹又精干，东家常常夸奖你哩。”

“咱年轻哩，动弹动弹没有啥。”

“东家对你可是很好的呀。”

“是的，这我知道。”

“你说东家好不好？”

“东家好呀，可是个大好人哩。对我水瀛那是没有说的，不仅在生活上照顾我，给的工钱也不少，我水瀛这辈子忘不了他老人家。”

“太太和灵芝呢？”

“都好，灵芝小姐把我当哥哥看待……”

“你真这么想的?”

“是呀，咱这还能说假话?”

“好，”小头儿在水瀛的肩膀上拍了一把，“这就好，算你小子有福分，水瀛，今天我可是给你送喜来了。”

水瀛淡淡地笑了笑，“小头儿你取笑了，我能有什么喜事呀，大不过东家发善心能再给我几个赏钱……”

“几个钱？水瀛这可是笔大钱呀，数不清的大钱呀!”

“能有什么大钱?”

“这比大钱还要重要呀，这是件大喜事呀!”

“能有什么喜事?”

小头儿故意不说，又点了锅子烟，深吸几口，才靠近水瀛，把嘴对在他的耳朵边，神秘地说，“水瀛，东家想招你做东床驸马呢。”

“啊！啥?”

水瀛怔了一下，好像自己没听清似的，以为小头儿是在说笑话。

小头儿在水瀛的背上拍了一把，“我说是大喜事嘛，看你高兴成个啥，招你做驸马呢。这么些天，情况你也知道啦，咱这东家，人好心好啥都好，可就是膝下无子。年轻时候夫人一直不开怀，有人劝他再娶一个二房，他怕夫人心里中病，就是不娶，直到晚年才得了这个女儿，这可是掌上明珠呀。他早想招个上门女婿，来顶范家门，可是一直没有个合适人选。打你来范家开始，东家就有了想法。这些天东家一直在注意你，见你人好又能干，东家还试了试你的文化，觉得你最合适。夫人也看起你来了。那灵芝呢？当然也愿意……”

“不，不行……”水瀛一听，不知该怎样回答，他结巴着……

“这是多好的机遇呀，别人还求之不得呢，有啥不行哩。正好你家里也挂利，就你和老父亲两人。你要同意，就是把你老父亲接到太谷来，这么大家产还怕多他一个人？这真是吉星高照哩。”

“小头儿，这可是……”

“哈哈，看你，”小头儿笑了笑，“这真是打上灯笼也难找的好事，你还……你一答应，明天就不用在这里动弹了，就立马进厅院里做东家，这有多好。这里里外外的家业，那可就是你的了呀！”

“实在是不行，你听我说……”

“难道你还有什么……”

“实话对你说，我已有了老婆，就是没钱娶。这不，赚上点钱就回去娶呢！”

水瀛觉得不说实在是不行了，只好全盘端了出来。

小头儿一听这话，马上也怔住了，“那你刚来的时候，东家问你，你不是说没有找下吗？”

“是这么说的，那是有些难言之隐，我不想说出来，怕引起麻烦。”

“嗨，水瀛呀，要我说，你在家里找的怎也比不上东家这条件。反正也没有娶，还不如就在这里娶了灵芝小姐，那有多好呀！”

水瀛笑一笑，说：“小头儿，话不能这么说，人活一世，诚信当先。再说爱这个事情，应该比钱更重要。既然我们相爱了，怎能半路上变卦呢？”

“是呀，你这说的也是。水瀛，你真是条汉子！”

“小头儿夸奖了。”

“要是这样，我还得去回老爷的话。”

谁知道第二天，小头儿又来说：“老爷还是想让我劝劝你，虽然你们有意，但你又没有娶，只要你愿意在他家当上门女婿，哪怕给对方赔点钱，老爷都包了。以后你和你的老爹一齐来太谷生活就是。”

水瀛还是不答应。“驸马”没招成，倒促成他马上动身回武乡了。

第二天，水瀛就要走了，来向东家老爷告别。范东家送了出来，心里有些惋惜，从身上掏出五块钱来说：“水瀛，你在我家做了三个月的工，咱们也算是有了些交情。听说你回去娶媳妇，这五块钱就算是我送给你的一份贺礼。”

东家说着流下泪来，他真不想让水瀛走呀！水瀛见东家这样厚道，他激动得跪在范东家面前，两腮挂满了泪水，“东家，你待我恩重如山，我将终身不忘！”

“孩子，别说了。以后有什么事情，你只要来太谷，还来找我！”

第十二章

盼呀盼呀，总算进入了八月，花花又到门后头数那道道，还差几天了……

还有几天就到八月十五了，花花这心里不禁高兴起来。等呀盼呀，终于快熬到头了。每到夜晚，她总是悄悄地爬在窗户上，对着那一块只有巴掌大的玻璃口口，向天上望呀望呀，看着那月儿，怎么还是个窄条条，弯弯的，连半个也到不了呀。月儿呀，你快点圆吧，圆了水瀛哥就回来了。

她又转身下地，悄悄地抚摩那几件像样的衣裳——前几天她就洗涮干净了，叠得方方正正，还有她给自家小宝宝缝好的那几件小衣裳，也细心地用一块方巾包好，她把胳膊伸进绑好的布环里试一试，看提上走夜路是不是利落。试过之后，又自己笑一笑，真是的，这个包袱肯定是水瀛哥给俺提的。水瀛哥一只手提上包袱，一只手紧紧地拉着她，圆月儿照得路上明堂堂的，他俩沿着北坡的那条小路，一直跑呀跑呀……那条路是很少有人走的，就是林元发现他们走了，也不至于从那条路上去追。这是水瀛早已想好的。带着她逃出东漳寨，再走出二三十里路，可就放心了……

魏家的人再也找不着她了。到那时候，大不过东漳寨和镇上一起传几天“花花跟着人私奔了”的闲话，也就算拉倒啦。管它呢，她能跟着水瀛哥走，远远地走，到一个谁也不认识他们的地方，去开始新的生活，这就是她的希望。她的婆婆、狗日的林元，你们凶吧，反正再也见不着你们了，再也不用看你们那黑煞神似的眉眼了，再也不用受你们那狠心的敲打了，再也不用像牛似的给魏家动弹了……

叭——啦啦啦啦，叭——啦啦啦啦……传来一阵阵清脆的响鞭声。

甩响鞭，这是太行山间一个古老的民间习俗。相传在很早以前，北方的民族——鞑靼人入侵中原，统治了北方大部分地区。从此北方汉民就成了鞑靼人的奴隶。特别是在上党一带，住下了大量的鞑靼人。他们统治人的手段非常特殊，每家每户都住进一个鞑靼人，人们称之为“鞑子”。这鞑子可凶狠哩，汉人不敢有丝毫的反抗，尽管每天都要挨鞑靼人的打骂，人们还得尊称其为“老爹”。无论家中、村里办什么事情，都得向鞑子请示，稍不如意，就又打又骂，每顿饭都必须先供奉他吃。老百姓又穷又苦，而那鞑子简直就像神仙一样。人们那个恨呀，可是谁也不敢说，只怕招来杀身之祸，老百姓就一直这样忍声吞气地活着。终于，有一年，汉人中出了一位有胆识的人，他想出了一个杀掉这个凶残鞑子的计谋。在中秋节的晚上，以响鞭为号，户传户，村传村，各家各户同时动手，来共同除掉鞑靼人。中秋节之夜，鞭声一响，各家各户利用各种工具，同时向鞑子打去……汉人终于将鞑子除掉了，推翻了凶残的鞑靼民族的统治。

“八月十五甩响鞭，家家户户杀老爹。”这句古老的传说，一直把这个英勇悲壮的历史记载下来。直到现在，每到中秋节前后，村里的孩子们都有要用麻皮来拧一条粗壮的鞭子。鞭子从头顶盘旋而过，一股风呼呼作响，长鞭甩向地面，那清脆的响鞭声，便在太行山的沟沟洼洼里应起了一阵阵回声……叭——啦啦啦啦，叭——啦啦啦啦……

花花胡思乱想着，又在门背后的墙上数呀数呀，一百七十一道。她今天划上去的，那是第一百七十一道呀。够了，够了，她终于熬够了，熬到头了，就在今天夜里，水瀛就回来引她了。她这个在笼子里圈了多少年的鸟，今天可是就要飞出去了……

八月十五中秋节，家里人都忙着打月饼，烧香、磕头，谁也不来理花花了。往常这种时候，她总是一个人钻在家里哭，可今天，她高兴。前晌她还是照例去担水，最后了，她还是吃点苦，不敢叫狼吃的林元看出来；一旦看出来呀，坏了大事，那可就前功尽弃了。林元要是把她看管起来，她还如何逃脱呢？水瀛还如何来接她走呢？越是到了这跟前越要小心呀，只有多半天工夫了，也好凑合了，千万不敢出事呀。

她尽量装得平静地做着一切，和往常一样，该干啥还是干啥。她只是趁担水的时候，悄悄地把收拾好的那个小包袱拿出村口，找一个僻静的地方藏了起来。左右瞧一瞧，确信没有人发现，她又抓了一支粗大的老蒿，盖在上面，然后下寨去担水。

这条弯弯曲曲的小路呀，她不知走过了多少个来回。那路，是她用她那双小脚磨明磨亮的，路边上每一株小草、每一块石头，她都是那样熟悉。今天，她可是最后一趟走这条路了，今儿黑夜跟着水瀛走了，俺可就再也不回这个地方了，这个伤心的地方，这个残酷的地方……

太阳爷终于落山了。花花的心越来越高兴，却也越来越紧张了。她装作散步，出来村口，瞭望着大路口，等待着水瀛的出现……

从春天到了秋天，庄稼从嫩芽成了金黄。她从想吃个酸果果，到了现在的大肚子，可水瀛哥呢，是胖了，还是瘦了？是白了，还是黑了？这半年多时间，他究竟成了个啥样子？他挣上钱了吗？他买下住的地方了吗？哪怕是一间草房也好……管他呢，就是一文钱也没有，她不会嫌他，只要他能回来接她就好……她猜想着，等待着，一会儿就要见了，看他是不是和梦里一样！

西边的太阳早已落山了，夜幕慢慢地降临下来……

东边的月亮已经升起来了，月亮上的玉兔今天显得特别清楚。寂寞的嫦娥轻轻地舒开双臂正要去抓那只兔子，那个姿态真有些诱人……花花抬头看看月儿，心里还在想，嫦娥呀嫦娥，你抓兔子的动作已经多少年了，可还是抓不到呀，真是好可怜呀。俺等水瀛哥回来，却真有了盼头。不用多久了，也许水瀛哥已经近在咫尺了……

远方的大路上已经看不清人影，可是水瀛还没有露面。花花越来越心焦了。再等下去，星宿露头了，花花的心更加焦急了。

水瀛哥，你怎么还不回来呀？现在你在啥地方哩？家里快要吃饭啦，以往总是家里人吃饭，她得站在旁边伺候，一碗一碗地给人家舀起来，端给婆婆，端给林元……今儿个不回去，可怎么办？叫家里人寻出来看见可就倒了霉。俺要是回去，又怕哥哥你回来找不着俺，哎呀呀，真难过，真心焦！

月光爷越升越高，花花等得更急了。花花猜想着，可能还有几步远他就走过来了，一步、两步、三步……快了，快了……可还是等不来呀……

莫不是水瀛哥忘了日期，还是路上出了什么事情？害得俺在村口好难过呀。水瀛哥，俺等你一霎霎没有啥，俺的心操碎也没啥，你可不敢出门忘了俺呀，你可得回来呀。

此时，花花坐也不是，立也不是，她不知该如何是好，肚里的心尖尖动一动，花花的心就跳一跳。眼都望酸了，腿都站困了，路边的小草草“沙沙沙”一响，她急忙去看，看是不是有人来了？是不是她的水瀛回来了？

原来是风吹树叶子和路边的小草在响动。她又失望了……

路那头忽悠悠地过来一个黑影影，她急忙跑过去迎接，到跟前，才看清楚，原来是风吹过一团干枯的沙蓬菜。哎呀，究竟是啥的原因？

花花的心里敲开了“鼓”。

“花花，你哪里去了……”小叔子魏林元粗野的叫骂声在村口传来。

花花听得清清楚楚，她该怎么办呢？

水瀛，你到底回来不回来呀，你要回来就快点呀，你要是不回来，梦也给俺托一个，不要让俺在这里傻等。现在林元已经寻来了，这可怎么办？她不敢再在外边野了，她怕林元用扁担打，自家受些疼痛倒没啥，肚里的命根根可吃不消。这可已经整整六个月了，孩子长得快遮不住了，她选一件宽大的衣服穿起来，好挡着自己的秘密。现在，她再等下去，也不知是个什么结局，只好赶紧往家里走。

倒还算好，林元见她回去了，又骂了几声，没有再说什么。多亏今天是中秋节，家里人都忙着烧香、磕头、拜月神，没有找她的麻烦。

这天黑夜，花花是怎么也睡不着了。两手摸索着肚子，两眼盯着窗子，只盼着窗上突然看出水瀛哥的影影，耳朵仄楞楞竖起听着，只盼着突然响起水瀛哥的脚步声……

月明儿倒西了，大公鸡叫明了，花花流的泪把枕头都湿透了，可是，怎么也没有等回他来呀……

花花失望了，水瀛没有回来。

这以后，花花像丢了魂似的，担水老把脚淋得湿湿的，走路老是立住往四下看，傍黑儿老到村口去瞧。好难熬呀，眼看着时间一天天地过去了，小包袱怕放在外头也快要烂了，花花实在是没有指望了……

那天夜里，水瀛没有按约定回来，一定是遇上了什么不合适的事情。花花相信他，花花要等他。他迟个三天五天，十天八天，就是迟一个月，他也一定会回来的。可是误了约定的天气，他哪时才能回来？怎么才能联系上呀？花花看着他留给她的那个戒指，不住地掉下眼泪来……

从此，花花开始多操了一份心，每天去担水的时候，她都是两眼直愣愣地望着水瀛走时的那条路。看呀看呀，她多么想，能有一个奇迹出现，在突然之间，水瀛从那条路上走了回来，那该是多么好呀！如果是那样，说啥她也会马上扔下扁担，向他跑过去，一下子抱住他，痛哭一场，把她这半年多来等待的苦衷全发泄出来……然后，马上跟着他一起走，离开这个让人痛苦的地方，再也不回头……

可是，这个狠心的水瀛就是不回来。

花花还是想着水瀛临走时的吩咐，中秋月圆之夜，天傍黑儿，在村口，带着她一起走，沿着朝北的那条小路……傍黑儿回来，见的人少，跑也好跑，家里人追赶了出来也好躲藏。肯定他还是会傍黑儿回来的。于是，每到天傍黑儿，她都要到村口去张望……

家里人发觉她每到傍黑儿，总要到村口去站上很久。魏林元想，这个讨吃鬼东西，和水瀛相处了很长时间，现在水瀛走了，难道她又有了什么骚道？莫不是又处下人了？不然怎么能每天都要到村口上去呢？

对，一定是去私会什么人，看来还是得严加看管个骚东西才是。他娘的，你吃老子的喝老子的，老子想用用你，你连喊带叫不让老子动手，把我老娘都招来了。可是那个放马的水瀛，不知如何哄骗了你，却又偏偏记在你的心上。现在水瀛走了，你又浪得不行啦，还要夹上裤裆里一片臭东西，骚上个屁股往外边跑。老子要看出些划划引线来，看能饶了你这狗命！魏林元狠在心头，每天后晌见花花担水回来，索性就把她锁在家里。

八月二十三，东漳镇唱大戏。这叫作“秋报”，是镇上的老习惯。从正月十五开始，多亏了各路神仙的保佑，咱老百姓有了好收成。所以，在秋天粮食上场的时候，专门给各路神仙上大贡，闹红火，唱大戏，用这个方式来感谢和回报神仙。

这一天，镇上的玉皇庙，人山人海。香房里香烟弥漫，上至玉皇大帝，下至灶王爷、门神爷……上百尊神牌位一排排地摆在香案上，供桌上摆着一桌叫作“挑蜜祀祭”的大贡，各种贡品色彩斑斓。

八音会在庙前吹奏起来。全镇的老百姓全都过来烧香、磕头，男男女女，大大小小，成千上万的人拥来挤去……

后晌，庙前的戏台上开了戏，这戏要唱一个通宵。

每年都是有名的森荣剧团来演出，唱着上党落子《长坂坡》。森荣是剧团名角，名贯上党的红小生。都说他声音似鸟，身形似龙，唱、念、做、打样样都好，人们以地方口音相近，也把这个剧团叫成了“鸟龙剧团”。人们传说，鸟龙一叫板，吃奶的孩子都会哭着哭着变笑了。这么红火，这么热闹，这么让人高兴的场面，花花没有那好命，她看不上。

现在，她还被锁在南房里。今早儿，她洗了洗脸梳了梳头，换了身干净衣裳，镇上“秋报”哩，她准备跟着村里的人们，去庙上烧炷香、磕个头，也好暗地里祷告祷告神灵，保佑水瀛哥能早点回来接她。

“你个扫帚星，你去烧甚香哩。”

魏林元一见花花打扮得齐齐整整，就两眼直冒火。这个骚货，一定是要去私会情人，想得倒好，不叫老子用，夹着个臭东西去送别人？老子偏不让，他朝着花花骂了起来。

婆婆也在那里瞪了一眼，“说得对，管住个小妖婆，把你个不要脸的东西，戏会场上也想去招惹招惹！把我儿子败死了，还想出去干啥的败事情？”

花花轻轻地哀求：“秋报里，俺也想去烧炷香。”

“天生是个不要脸的东西！看看你打扮成那个样子，还有好事？秋报，报你娘的丧，我看你是不想活了……”

……

“打死她这个小妖婆算了吧。”婆婆骂了半天还不解恨，拿起一把尺子打过去。

小叔子一见他娘动了手，立刻便也来了打人的兴趣。他可早就想打她出出心里的恶气，不让他挨她那身子，老子可是要打。于是，操起擀面杖在她的身上打起来。

花花遭打那是常事，可是现在和以往不同了，肚子里孩子已经六个多月了，她经不起这样的蹂躏。魏林元打一下，她心跳一下，她咬着牙躲闪着，忍受着疼痛，不住地向魏林元求饶。

魏林元是个凶煞货，他见花花求饶，心里还在想，老子想用你的时候你怎不求，怎不把你那两片片摆出来让老子用用？现在挨打了，你才来求老子？老子偏不饶你，他越想越窝火，也就越发打得凶狠了。

邻家听到打骂声，有人来拉，可是不顶用，林元只是抡开擀面杖一个劲地打。花花哭、叫、喊，直到没声了，元林才算住了手，又把她拖到南房里反锁起来。

等到花花慢慢地醒过来，天已经黑了，她觉得口渴唇干，伸出舌头舔一舔唇边，一股腥味，下嘴唇肿得老高。她理了一下遮在眼前的一绺头发，硬着用胳臂撑着往起坐了坐，可是她没有一点力气，浑身散了架似的，肚子里火烧火燎，疼痛难忍，挪了挪身子，腰下黏糊糊的。这是什么？是被狗日的林元打出屎尿来了？她下意识地伸手一摸，却摸到一手血。再动动疼痛的身子，她觉得裤裆里像是有一块东西，她迷迷糊糊地解开裤子，伸进手一把拽出一个肉块来……花花的头炸开了，她不知哪里来的一股劲，“呼”地一下站了起来，她撕开喉咙喊了一声“水瀛哥”，便向门上撞去，结果将门撞掉了下来。门开了，花花跌跌撞撞地跑出院子，她疯了！

水瀛一去没音信，“命根根”又被狗日的林元打得小产了。这还有啥活头，花花哪里受得了这样的打击？

花花披头散发，跑到村口上一声高唱：

大路上过来个人影影，
等哥哥等得人心尖尖疼。

阳坡坡儿老蒿背坡坡儿艾，
哥哥你不回来莫非把心坏？

想你想你呀真想你，

三天吃不了二合米。

……

婉转、凄凉的《开花调》在东漳寨的圪嘴上响了起来。

她唱两句笑一笑，她又唱两句哭一哭，等人们在镇上看戏回来，她已经把喉咙都唱哑了。

花花家里人一见她这样子，更气得没办法，林元把她拖回家用铁盘链拴上，恨恨地说：“放到明天看她好不好，好不了就活埋了算了。”

第十三章

那天，郭水瀛谢别了范东家，走出太谷城，心里一边感激范东家对他的好意，一边盘算着回到东漳镇去接花花。她一定早已准备好了。天擦黑儿的时候，他悄悄地到寨上的小路边，接了花花就走，不能让狼吃的魏林元看见。只要走上里把路，就没事了，天也黑了，即使魏林元追出来，也有办法躲避。然后连夜走，尽快赶到太谷城，跟着原成均一起去陕北参加红军。生活有了着落，和花花在一起，跟着红军干革命，那就什么也不愁了。

走出太谷城，迈开大步往南山走。一路上越想越高兴，越高兴就越有劲，到天后晌就走进了祁县地界。再过几天就是八月十五了，他就要见到花花了，她早已在村口等他。他盘算，到十五那天，人们都忙着过中秋节哩，没有人注意他们，就是钻这个空空。天黑了，月亮圆了，就要和花花永远地在一起了，心里好不快活。

不知不觉地嘴里哼哼起开花来：

山雀儿飞在圪针上，
把心操在妹妹呀你身上……

“站住!”突然，身后有人一声喝住他。听那声音真怕人。

“哎呀，不好。”水瀛心里“咯噔”一下。不等水瀛扭回头，一个硬邦邦的东西顶在脊梁上，他感觉到那是一把利器。坏了，遇上了打家劫舍人的贼人了。

他转过身来，站着两个大汉，脸上蒙着一块黑布，只露着两只眼睛，手里拿着明晃晃的短刀，顶在他的腰上。水瀛惊出一身冷汗，“你们想干什么?”

“哼哼，干什么?你还不清楚?本大爷不想杀人，只不过想要个盘缠。也不多要，身上带的掏了兜儿就行啦。”贼人说得很轻松。

“我、我……没有钱。”

贼人说:“兄弟，你听过那句话吗?此树是我栽，此路是我开，要想从此过，留下买路财。这是哥们的生意，干了多少年，还没有空过手，既然出了手，你想没有钱，能过去吗?”

他有点心慌，按说他也跟着魏大明师傅学过两手，如果对付这两个人，应该没问题，可不远处还有五六人围着，再说他又怕弄出麻烦来误了和花花约定的日期，只好用从师傅那里学来的江湖套语说话。可这帮人不理他的茬，直逼着要钱。

水瀛带着二十三块大洋，是他和花花的活命钱，想到花花在久久地等待他，盼着他回去带她远走高飞……

贼人那蒙面黑布下的眼睛骨碌一翻，一下子变成了三角状，“好吧，既然这位兄弟敬酒不吃吃罚酒，那我们也就不客气了!:!”

土匪将刀使使劲，另一只手扳住他的肩膀，刀尖尖已经扎在了他的皮上，一动就会划一道口子。好汉不吃眼前亏，水瀛来个擒贼先擒王，抬臂撑开那把刀子，反手一个猴子夺腮，把那人拧得跪在地上。几个贼人见他有些身手，发了愣。可就在这时，树上跳下几个人，从身后拢起棍子，朝水瀛头上狠狠地一击，水瀛被打得晕了过去……

许久，他醒了过来，贼人早已不知去向，忆起刚刚发生的一切，不禁伤心起来。许久，他爬起来，面前又站下了四个人。钱都被人抢光了，你们还来做什么？只见这四个人穿着灰色的军衣，三个人拿着大枪，一个人拿着短枪。四个人直愣愣地盯着他。

拿短枪的人问他："你是哪里人？"

他不吭声。

"我们老总在问你话哩。你他妈的没听见吗？"

水瀛回答："武乡的。"

"你在这里干什么？遇上什么事了？"

声音并没有刚才的土匪那么恶。

大概不是坏人，水瀛"唉"了一声，眼泪就流了出来。

"说说吧。"

"叫人把钱抢了。"

"哦，真可怜。你叫什么名字？"

"郭水瀛。"

"哦。"那个被称为老总的人，从身上拿出一个小本本，只见他在上面写下几个字后，说："走吧，跟我们走吧。"

"走？到哪里去？"

"给你找个好地方，吃粮的地方。"

"吃粮？哪不就是当兵吗？"水瀛缩了缩脖子，乞求道，"别，别，老总，俺不去。"

"不去？他妈的，不去还行？你看这是阎主任的语录，叫作《希望将来歌》，你也一定传唱过吧，'无山不树林，无田不水利，无村不工厂，无村不职校，无人不劳动，无人不入校，无人不当兵，无人不公道'。这可是阎主任画出来的美好蓝图，希望将来都好呢。将来好，现在就得人去办。你听懂了吗？阎主任号召，'无人不当兵'呀，这可是阎主任亲笔写的，你年年轻轻不来当兵，行吗？带走！”

那个被称为老总的人这么一说，另外三个人一下子上来揪住他就走。

真是祸不单行，这下他算是没有指望了。水瀛浑身没有了一点儿力气，软软地瘫痪在那里，那几个人便拖他走了。

天已经黑了。迷迷糊糊地，也不知到了什么地方，反正这个地方他没有来过，很陌生。水瀛在昏昏迷迷中被送上汽车，颠颠簸簸地走了许久，他的心里一片空白，什么都不知道了。他被拉到了太原的军营。

再说花花没有等回水瀛来，反倒被魏林元打得疯了，整天在外面疯说疯唱。

在魏家放羊的四娃看到这些，心里很是过意不去。以前，他和水瀛一个人放羊，一个人牧马，在山坡上常常在一块儿，两个人交处得很好，他还帮助水瀛和花花牵了线。现在花花成了这个样子，可如何是好呀……

花花整天疯说疯唱，魏林元那狗日的还是一直打她，这样下去用不了半年几个月，不叫那狗日的折磨死才怪哩，这可怎么办呢？怎么才能救她一救呢？

不行，他得去报个信，求求看有没有人来救她。可是这个信儿又去报给谁呢？

四娃作了难。水瀛他爹肯定不会管这事，要不是因为他个老东西，水瀛还不会走呢。他好好地在家娶媳妇吧，他走啥哩。四娃想起了水瀛常在山坡上说，有位在裴家教书的武先生，平时和他不错，他俩常常在一起，连睡觉都在一起呢。就去找他，把这个信儿报给他——武先生。

四娃把羊赶在山坡上，叫别人帮助他照看着，赶紧撒开腿跑到镇上来，径直奔裴家大院，打听了一下私塾在东院，便直接跑进去找武先生。

私塾里走出一位老先生来，客气地说：“鄙人姓常，请问你要找谁呀？”

四娃见是一位老学究，也有点奇怪。明明水瀛说过，这个裴先生和他年龄差不多，怎么会是一位老先生呢？大概这里有几位先生？这位姓常，还该有一位姓武的先生吧。

四娃疑惑地问：“请问这里有位武先生吗？”

“此处没有什么武先生，你不是找错了吧。”

“没有呀，明明就是在裴家府上教书的嘛。”

那位常先生想了好大一会儿，说：“哦，你打听的是不是以前那位年轻的先生？他好像是姓武。”

“对，对，是一位年轻的先生。”

“他走啦，都两个多月啦。”

“哦，他也走啦？知道他去哪里了吗？”

老先生思考着说：“听说是到了省城，到省府里干了事。”

“哦……”四娃没有办法了。

这可怎么办呀，眼看着花花要让魏家折磨死了，可是水瀛不在，武先生也走了，谁又能来救她呢？

四娃低着头走了出来。这一趟算是白跑了。

他白跑一趟倒是没有什么，只是这花花呢？又有谁才能来救她呢？四娃翻来覆去地想着，在裴家大门口转来转去……

突然想起了人们说过，裴大老爷家的大太太从小待水瀛不错，要不再去找找她吧，反正现在是得病乱求医，打彩撞命。

大太太现在已经和郭有才住到了一起。

水瀛出走以后，郭有才去西山寻找无果，回来得了重病，大夫请了不少，中药喝了许多，都不见效。裴宝珊夫妇商议，给他和大太太撮合，一来可以心理上给有才一点安慰，二来也好让大太太名正言顺地去照顾他，这三嘛，万一水瀛找不回来，他们都才四十来岁，要是能生个一男半女，也算是能给有才续个香火。

美兰和大太太一说，她当然很高兴。这事她早已想多久了，她还能不愿意？只是担心有才不同意。有才是个老顽固，起先一直不同意，后来，老爷出面一再说合，也就同意了，他不能给脸不要呀。他还能再说什么了？以前，老爷曾给水瀛说情，他还不听，结果闹成这个样子，一家俩人，走一个、病一个，这多不好。今天，老爷又来帮助他，他要是再不识抬举，还能说得过去吗？

于是，裴宝珊为他们操办了婚事。自打两人成婚以后，刘来弟更是一心一意地照料着有才，他的病也渐渐有了些好转。

四娃要找大太太，在前院里，一个丫鬟引了进来。大太太见是一个生人，便问："你找俺有啥事情？"

四娃见郭有才在炕上躺着，怕在老顽固面前说出来影响了大事，不仅救不了花花，反而把事情弄得更糟。只是吞吞吐吐地说："太太，能不能门外说话？"

大太太也不知道他是个啥人，又这样神神秘秘，鬼鬼祟祟，便问道："你是哪里人？"

"太太不认识，我在东漳寨放羊哩。"

一听说他在寨上放羊，马上想寨上的人来找她，一定是和水瀛有关了，既然这样，无论是好是坏，也得和他说句话才好，兴许能打听到水瀛的下落。

于是，她与四娃走出院子里来，"有什么事你说吧。"

四娃这才小声地说："太太，我听说过你对水瀛不赖，才冒昧地来找你。我在寨上给魏财主家放羊，和水瀛不错，才来给你报个信。现在，寨上魏家的花花已经被家里人逼疯了，你快想个办法救救她吧。不然她就没命了，我是在放羊坡上跑来的，我还得赶紧回去呢。"

大太太一听，赶紧打听是怎么回事。四娃简单地把花花说的那些疯话，什么她怀了水瀛的孩子呀，魏林元打的小月了呀，水瀛八月十五要回来引她呀等等，都告给了大太太。

大太太不知这是真是假，那些花花说的疯话，能不能信呢？疯人吐真情，也像。无论如何，花花确实被魏家折磨坏了，这一点大太太特别同情，这是惺惺惜惺惺吧，花花的命运和她的命运有着许多相似之处。

可是，怎么才能救她呢？大太太也没有办法。她一个妇道人家，又不能出头露面，找宝珊吧，这种事，他不可能出面，有失身份呀。

怎么办？既然现在知道了这事，总不能眼睁睁看着，让把花花折磨死吧，那水瀛回来如何交代呀？想来想去，只有找延寿了，也许他会有办法。延寿师范毕业后，在城里的田赋局干事，干脆捎个信叫他回来。想办法救花花，无论如何也得把这事给办妥了。于是，打发小三骑马去，一定要把少爷请回来。

果然，这天黑夜，延寿连夜赶了回来，“伯母，你叫我回来有什么事？”

大太太和延寿到院外，悄悄地把事情从头到尾说了一顿，看延寿有啥办法？延寿想了一下说：“伯母，要救花花能有办法。可是把她救出来，又让她到哪里呢？”

大太太说：“俺昨晚想了一夜，也是，就是把花花买出来，也没有个办法，该让她到哪里去？现在水瀛又没有个下落。还是让她在魏家合适。只是……”

“那，要是还在魏家，谁能保准魏林元不再打她？”

“有一个办法，也许……”

“啥办法？”延寿着急地问。

“通过区上……”

“哦……”裴延寿突然计上心头，“伯母，你倒是提醒我了，有办法了，区上的几位区警我都认识，让他们出面，治治这个魏林元，一定见效。”

“好，这个主意好。”

“我就去办。”这天晚上，裴延寿到区上把四位区警叫出来，请他们喝酒。

裴家大少爷请他们，那是他们的荣耀。在平时他们可是攀还攀不上呢，今天居然吃了大少爷的请。

裴延寿叫了酒菜。区警队长赵锁儿笑着抢过酒壶倒酒，“大少爷，今天我可是借花献佛，先敬你一杯。”

裴延寿说：“哪里，哪里，今天是我请各位来，得我先给各位敬一杯才是，既然赵队长倒起来了，那咱们也不讲究了，来共同干一杯。”

大家高兴地站了起来，陪大少爷干了。接着，裴延寿又拿起酒壶来挨个儿给他们倒酒，区警们推辞着还是接受了延寿的敬酒。

酒过三巡，裴延寿说：“来，为了让弟兄们喝个痛快，咱们猜几拳。”

一位区警说：“我们算什么人，哪里敢和大少爷猜拳呀。”

延寿说：“看你见外了吧，今儿个来到一起，咱们就是弟兄，有什么敢不敢的。来，喝个痛快！”

大家笑着吆五喝六地划起起拳来。

喝了好大一会儿，赵锁儿说：“伙计们，别喝醉了，今天大少爷让我们几个来，一定有啥事，看看大少爷有什么吩咐？”

大家一听，赵队长这么一说，才省过神来，马上附和着说：“是是是，大少爷尽管放心，有用得着小的们的地方，尽管吩咐，就是赴汤蹈火，弟兄们也会舍命相帮。”

“其实呢也没有啥大事，没有啥大事。你们放心，兄弟有件小事，需要弟兄们去帮个忙。”

“大少爷你就说。”一个区警站起来说，“需要弟兄们，尽管说就是了。”

“是这么回事，我的结拜兄弟水瀛和寨上花花的事情，想必大家也都听说了，现在水瀛不在家，而花花的小叔子魏林元，一直欺负她，听说前些天把她给打疯了。这人权何在，王法何在？今天请你们来，就是想让你们帮忙，一来伸张正义，二来为水瀛保护花花。”

赵锁儿一听这话，马上站起来说：“这个小事一桩。狗日的魏林元敢把人打疯，这还了得？咱弟兄们是干啥的？区警，维护全区治安的，竟然在老子眼皮子底下发生这等事情，这不是笑话吗？我们还能不管吗？”

一个区警跟着站起来说：“是呀，自古道打狗还得看主人，他打人也得看看打谁，要是欺负大少爷的人还了得？”

赵锁儿说：“大少爷，这事儿咱今黑儿就办，你先回去休息。弟兄们立马去将狗日的绑回来，教训教训，看他还敢。”

“走，非叫狗日的林元服了不行。”

赵锁儿连夜带人到了东漳寨，捣开魏林元家的街门，将魏林元五花大绑带走了。

第十四章

坐了大半夜汽车，水瀛现在可是什么也弄不清了，我这是在哪里呀？我怎么回家回到这里啦？他的脑子里一片空白。看看周围，全是陌生人，都穿着老鼠灰的服装，身背长枪在那里训练。他才慢慢地省过神来，原来他已经被强征当了兵。他做了许多努力，原想带着花花去参加红军，可没想到被抓到太原进了晋绥军的军营。这可真的是阴差阳错呀。

我怎么才能逃出去呀？

水瀛心里苦极了，他恨那拦路抢劫的人，恨抓他当兵的人，更恨自己的苦命，可是现在有啥法子呢？四面的墙那么高，就是插翅也难飞出去呀！花花怎么样了？十五黑夜花花等不到他不知会怎样？他的心像刀剜一样的疼……

郭水瀛过开了兵营生活。早上，新兵排起队来接受长官们的轮番训话，讲的都是军队的纪律。这不许，那不许，条条框框特别多，一下子哪里能记得住？况且水瀛这心里头一心只想着回武乡，回东漳镇，八月十五夜，他要带着花花，离开她的那个虎狼窝般的家……

八月十五马上就要到了，可是，这一切看来经成了泡影……

花花现在怎么样了？她知道我遭了抢盗？她知道我被抓了丁？她知道我现在进了军营？她是不是还在村口等我？她是不是恨我失约？她……

长官们训完话之后，便将他们这批新兵分到连队。

然后，让他们换衣裳，一批新兵全部穿上了土黄色的军装。就这样，郭水瀛便成了阎总督手下晋绥军的一名士兵。

“咱们这是在哪里呀？”

换衣裳的时候，水瀛悄悄地向身边的一个士兵打听。

“你是被抓来的吧？”那个士兵反问。

“是呀。”

“哪一天抓的？”

“昨天。”

“你叫什么名字？”

“我叫郭水瀛。”

“哪里人？”

“武乡人。”

“哦，我也是被抓来的，名叫郑三儿，是和顺人。不过，我比你来得早，已经有十来天了。”

“咱们现在这是在哪里呀？”

“这里是太原，这是晋绥军的大营盘。”

“你愿意在这里吗？”

“嗨，愿意？谁愿意在这鬼地方。”

“那十来天了，你怎不跑呢？”

郑三儿长叹一口气，在他耳边关切地说：“水瀛呀，我看你也是个老实人，给你透露一下，以后可不敢再提这个‘跑’字，刚才你没有听训话的内容嘛，如果谁敢逃跑，抓回来就是军法处置。军法处置懂吗？那就是——枪毙。前天，我亲眼看见一个逃跑的后生，被抓回来军法处置了……”

“啊？”水瀛一听，连他刚才的问话也感到后怕，这是遇上了好人，要是遇一个打小报告的，汇报到长官那里，说不定就因这一句话会没命的……

换完服装，各班整队。这时走过来一位排长，马上把全排新兵都召集起来，开始训话：“各位新兵，今天我们这个排就算正式组建起来了。咱们这个排，是个新兵排，编号是二十九师三二四团六营五连九排。我姓陈，我们的师长也姓陈，以后对外就说是陈师属下。我们这个陈师，是阎总督的王牌部队。我们每一个士兵，都应该为被编进这个王牌师而感到骄傲，感到自豪。我们在今后的训练过程中，都应该刻苦努力训练，掌握军事要领，以保持王牌的光荣称号。下面我宣布军营纪律……”

从此水瀛再也不敢向周围的人们提逃跑的事了。军法处置，那可是要杀头的呀。可偷跑的念头，一直在他的心里没有断过，每到夜晚，劳累一天的士兵们都呼呼入睡，可他一闭上眼，就想到还在东漳寨魏家受苦的花花，不知现在成了个啥样子？怎样才能有一个合回去的适机会呢？

八月十五早已过去了，在花花面前他失信了，没能在那个月儿圆圆的夜晚把她接出来，带着她从寨北那条僻静的小路上逃走。在原成均面前他也失信了，成均要带他与花花一起参加红军，到了那里可就是穷人的天下，整天可以心情舒畅地跟着红军闹革命。可是现在这算个啥呀，见不到自己心爱的人不说，说是当兵，其实和关了禁闭一样，没有了一点自由。一想起这个，他的泪就不住地流了下来。

他真后悔呀！他想得太天真了，他要去挣钱，挣到钱再带花花远走高飞，去一个遥远的地方好好地生活，一个多么美妙的设想，可是他挣的钱呢？被土匪抢了，他对花花的许诺呢？完全变成了空话。不仅这样，而自己也陷身于军营之中，成天军事训练，成了一只笼中的鸟，没有了一点儿自由。

他真后悔呀！如果当时听武先生的话，到南路去搞革命多好。带着花花，一边打个工挣点钱养家，一边搞地下共产党的活动……

这一切都成了泡影，机会永远不会再来了。他每天这么想呀，想呀，人很快消瘦了许多……

如何才能逃出去？他苦思冥想。忽然有一天，郭水瀛想到裴家还在太原开着商号，为什么不想办法去那里让帮他传个信呢？那个商号叫什么呀？在什么地方？太原城这么大……他尽力在自己的记忆中搜寻着……

“禄兴居”，对，就叫“禄兴居”。那一年他还小，他爹曾到太原给店铺盘点过，好像听爹回家时说过，在太原禄兴居盘货，是在……叫什么钟楼街。他想起来了，就是“禄兴居”，就是钟楼街。

他找来纸笔，在灯下认认真真地写了一封书信，他慢慢地藏好，然后便去找长官请假，他提出要进城里走走买点东西。

“报告陈排长，郭水瀛有事想请假一次。”

“请假干什么呀？”陈排长拖着官腔问道。

“我、我想进城买点东西。”水瀛竭力使自己镇静下来，千万不敢让排长看出他心里有什么鬼胎。

“郭水瀛，军营的规定你就没有记住吗？刚入伍的那天，我可就给你们宣布了，出门必须五人以上一组，并有一名班长带领，相跟着才能准假出去，并且相互作保，一旦有人逃跑，其他人将要受到军法处置。”

郭水瀛点点头退了出来，只好静静地等待。第二天，接到通知，允许他进城。郭水瀛悄悄地把早已写好的书信带上，与其他四位士兵一起进了城。一路上，他向人打听，钟楼街在什么地方？

“哎呀，小老弟，看不出来呀，当兵才几天，你就想去那个地方了？这也是天性呀，哈哈……”一个士兵这样说。

这个士兵的回答，使水瀛摸不着头脑，那是个什么地方呢？他不敢再问，怕回去报告了，受什么军法处置。

原来这钟楼街是太原最繁华的地方，特别是钟楼街与烟花街相距最近。而烟花街妓院居多。士兵进城，大多是想到烟花街的妓女院里转一转，调调情，嫖嫖妓，发泄军营里的憋闷，只是都不说出来，人们一问上哪里去，都说是钟楼街。郭水瀛打听想到钟楼街去，他是想去找“禄兴居”，好让老板帮他给家里传个书信，哪里知道被同行的士兵们理解为他要去逛妓院了？

见他不说话了，其他的士兵都笑了起来。

又一位士兵说：“没有啥，小老弟，年轻人嘛，找个妓女还不是正常的事情？咱弟兄们可都要去那里的。他妈的当兵这苦呀，长官们都成天和太太在一起，咱们呢？光棍一条，不找个女人玩一玩，这心里闷呀。我是觉得你当兵还没几天，一分钱没有，要是想去耍霸王货，那闯了祸，哥们可担当不起。”

这下他才听明白，原来他们说的和他想的是两码事。他笑一笑说：“哪里，哪里，兄弟哪里能去办那个呢？我这身上可是一分钱没有呀，去了也只能看看。我是有个老乡在钟楼街，想去和他说个话。”

“那好说，咱们都要去钟楼街。”

“哈哈哈哈……”

这时又一个士兵说：“不过，既然我们一起出来，咱们相互担着责任，也不敢让你一个人去找老乡呀，万一……这样吧，我们先陪你去找你的老乡，然后你随我们去妓院开开心，怎么样？”

“好，好。”郭水瀛答应着。

很快，他们来到了“禄兴居”。郭水瀛进去找掌柜的。掌柜的看见进来五位大兵，担心是什么麻烦事，急忙迎出来说：“欢迎各位。这位老总找我有何贵干？”

“你认识郭有才吗？”郭水瀛打问道。

“哪个郭有才？”

“武乡的郭有才。”

“哦，认识，认识，当然认识，不是我们东家的大管家吗？”

“掌柜的，那你这里就是武乡裴家的商号了？”

“是的，是的。”

“老板，我是郭有才的儿子，现在在太原当兵，想请你帮我个忙。”

一听是郭有才的儿子，老板更热情起来，“好，好，需要我做什么，你尽管说。”

“设法把这封信捎回老家。”

水瀛看看和他相跟的几位大兵，都没有注意他说话，这才小声说：“我是让抓来的，你千万帮我这个忙呀！”

“哦，好办、好办。来，快请进来坐坐，喝点茶。”

可是其他人都说：“快点走吧，那儿事还多呢。”

他们早已急不可待了，哪里还有心思在这里喝茶？郭水瀛也只好随他们走了。

回去以后，水瀛日夜思盼着家里能设法救他回去。可是等呀，等呀，杳无音信。走又走不了，跑又不敢跑，只好苦苦地听天由命了。每天早晨，天不明起床号就响了，起床、跑操，沿着大操场跑几十个圈，跑得精疲力竭。

上午又要集中进行政治军事学习，由政治、军事教员讲授各种知识：什么国民教育呀，政治防共呀，国民军条令呀，阎主任语录呀，除此之外，还要学习炮弹性能、射程计算、战场隐蔽、战地救护、自我防卫等。下午便是军事训练，爬、卧、滚、打，爬杆、瞄准、射击、投弹……

这不用说，有时半夜里军号一响，还得起床搞军事演习，谁要到的迟了，长官就要进行体罚。

真是度日如年。花花现在怎么样了？她不会出什么事情吧？郭水瀛一有些空闲时间，就不着边际地瞎想，只盼着有一天，能逃离这个地方……

过年了……军营里也有了节日的气氛，可这对郭水瀛来说是一种刺激。他可是给花花说下八月十五要回去接她的呀，现在已经过年了，花花还见不到他的影子，他对不起花花呀……

军营的士兵们都一个个欢欢喜喜。过节好呀，伙食也改善了，还不用早起出操，不用军事训练，舒舒服服地休息几天多好呀。

不觉得又到元宵节。水瀛的心更加难过了……

整整一年了。去年的今天，他和花花在东漳镇手拉着手，偷偷地溜出村外的野地里，就在那玉米秆围着的窝窝里，花花把她珍藏了十几年的贞操交给他，同时也把自家的终身托付给他，希盼能救她出火海，希盼能和他在一起，恩恩爱爱、白头偕老……这一切现在都那么渺茫……

如何才能走出这倒霉的军营呀，他一点办法也没有，只能听天由命。

又过了几天，陈排长来通知，全体士兵组织清扫卫生，把营房上上下下、里里外外收拾得干干净净。他们一边打扫，一边议论，一定是上司要来视察，清扫军营迎接人家哩。郭水瀛低着头，他不去想这些，管他呢，上司、下司都和郭水瀛无关。就是阎锡山老汉亲自来，难道还能把郭水瀛放了吗？

这一切他不去想。他的心中就是等待，看哪一天能有个机会，走出军营，跑回武乡，跑到东漳寨，去见他的花花，这回可一定要带着她走，走到天尽头，再也不回头……

果然，不出老兵所料，前晌九点钟，全营官兵紧急集合，齐整整在站满了整个院子。他们在等待着。一会儿，一阵汽车声响，一大溜长官走了进来。

陈排长在队伍前喊："立正——敬礼！"全体官兵都行起了军礼。队伍中有人小声说："是团长、营长……陪同着……"管他陪同着啥大官儿？郭水瀛不操这个心，啥的官来都与他无关。

今天来的这位长官却和以往不同，并没有训什么话，他只是简单地讲了几句什么军务需要之类的话，就在新兵队列中走来走去，一会儿挑一个人出来，一会儿又挑一个人出来……郭水瀛有点摸不着头脑，这干什么呀，莫不是又有人犯啥军法了？无论如何，也不要把自己拽进去，咱还是自在些好……

郭水瀛正在那里嘀咕，那个长官来到了他的面前。他打了个冷战，下意识地缩了缩脖子，生怕出了什么事。谁知道害怕就有鬼，他越是害怕，越有事儿，那位军官偏偏点住了他，他也被叫出了队列，站到了另一列中……

哎呀，坏了，这下可是坏了。一定是他给家里带信的事情被上级知道了，这带信就意味着想逃跑。逃跑，那就是违犯军法。这可怎么办呀？军法处置，军法处置……

他看见过军法处置是个啥样子的了，外面校场西南角，专门筑着一个处置台，违犯军法的士兵，根据情节轻重，都在这里行刑。前几天，有个士兵说了句什么怪话，被吊在架了打的皮开肉绽。还有一个兵在街上吃了个饼子，没有给人家钱，被卖饼子的告状，居然就在这里被当众破了肚……他心跳得厉害，如果他的事情真要败露，那是逃跑未遂，和逃跑又有什么两样？逃跑，那可是杀头的罪呀……

他想错了。原来，这回是陈师长派刘副师长、张参谋长来，要在这些新兵中间为其挑选贴身随从。当然，这一切还是军事机密，别人都不知道。

郭水瀛因为模样英俊，帅气洒脱，便被初选进去。初选出的二十多位新兵，进行了严格的身份检查，确信没有犯过什么错误，又被集中到一个新的地方开始培训。

什么政治、礼仪、文书、军纪、官话等。郭水瀛在私塾里可是学到不少东西，再加上他与武先生在一起住了很长时间，学了许多新东西，在这次的培训中，他的成绩非常突出。经过考试筛选，最后只留下五个人，郭水瀛又是其中之一。

这五位新兵，将由陈师长来亲自考试。这一天陈师长大驾光临，来到培训他们的军校里，一个个地认真看了，经过一番口试，十分满意，于是又带他们五位，到文庙去游玩，陈师长是位儒将，平易近人，对他们很好，问长问短，一个个了解情况。中午，陈师长还带他们共同进餐。下午返回师部，陈师长说："今天上午，带你们游了文庙，我看就以文庙为题，每人写一篇文章吧。"

五个人坐在那里接受笔试。这个考场虽小，可是森严壁垒，每位考生身边站着一位卫兵，何况陈师长又坐在正面，目不斜视地盯着他们。不就是写文章吗？关于文庙，关于孔子，这个题目对于一个儒生来说，并不是很难，何况郭水瀛在读书时就写得一手好文章，写起来自然十分轻松。怕啥哩，写就写，这一次如果写好，师长高兴，也许会给点特殊照顾，说不定哪一天可以放他回家，不就能见到花花了吗？

这可是个机会，郭水瀛低头认真地做起文章来。其他四位依照八股文的形式去写，可是，都读书不多，写得半生不熟，似是而非。郭水瀛则受唐宋词赋影响，特别是和武文兴在一起，接受了新思想，只见他下笔如飞，思绪如涌，没有用多长时间，写就一篇《谒文庙赋》。

谒文庙赋

圣人创教，春秋始往。礼仪育人，德政为纲。文明始祖，臣民崇尚。徒有智慧，扶国安邦。余幼识新知，方解儒道，做人谨慎，学习疯狂，身居贫困，崇信如常。吾自认孔门一徒，瞻师尊颜，早有所望。今躬身文庙，朝拜尊府，谒庙祭圣，了此愿望。拙身虽位鄙庸碌，儒祖之教，不敢相忘，以身报国，以才定邦。八斗五车，为国栋梁，满腹经纶，方能为佐国之将。吁呼，悲哉！但恨学识浅，无以货帝王。故跪求圣灵，赋吾鸿鹄之志，赐予凌云之方，余将宏大儒道，欲到天宽地广。

尚飨

儒门弟子郭水瀛敬谒

甲戌仲春

陈师长阅卷，吃惊赞叹："好文章！"

该文写得结构自然，文笔流畅，简洁明快，特别是在文末，“赋吾鸿鹄之志，赐予凌云之方，余将宏大儒道，欲到天宽地广。”这些句子，显出了作者凌云之志。真是好文章。

于是，陈师长传令：“快去叫郭水瀛来。”

郭水瀛走进了陈师长的客厅里。陈师长又认真、仔细地端详着他。嗯，这孩子长得英俊洒脱，白白净净，只是举止拘谨一些。这也难怪，一个乡下人，没见过大世面，一下子来到他这个师长的面前，他能不拘谨吗？陈师长问：“你叫什么？”

“郭水瀛。”

“何方人氏？”

“本省武乡县人。”

“家里都有什么人？”

“家母早逝，只有父亲和我。”

“多大年龄？”

“虚岁十八。”

“可有家室？”

“没有。”

“好。”

陈师长很满意，这个郭水瀛不仅人长得标致，而且口齿伶俐，又有文才，不正是他要寻找的人吗？好了，这个贴身随从非他莫属了。

“水瀛，我想让你来做我的秘书。不知你……”

“多谢师长栽培！”

顷刻之间，郭水瀛由一个士兵变成了少尉副官。

第十五章

武文兴被营救出来之后，马上就与几位党员一起创办了《奋起》刊物，同时通过关系组织了一个流通图书馆，在县政府备了案，赵清风当上了馆长。许多识字的人听到这个消息，都高兴地来这里借书，一来二去，这个图书馆成了城里最红火的地方。

李文楷在太原寻找组织，跑了两个月也没有结果，他闷闷不乐地回到武乡来。几位党员坐在一起，心里也都不高兴，武云璧问："老李，还没有找到组织吗？"

李文楷垂头丧气地说："是呀，自打'九一八'以后，太原乱了起来，青年学生组织了抗日救亡团体，许多进步人士宣传抗日思想，掀起了抗日救国的热潮。阎锡山与国民党南京政府的政见不同，所以对此是睁一只眼闭一只眼。可是老蒋派了人来从事特务活动，并指派国民党省党部镇压学生运动，还打死了学生数名，弄得政府很被动。阎锡山极力想发展自己的势力，这因中原大战把山西经济搞垮了，现在阎老汉集中精力开发绥远，说是垦荒种地，实际是种大烟，还派人从青海、甘肃、宁夏等地收购烟土，制作成戒烟药饼，说是在民间实行戒烟，而这个药饼则是用大烟制成，实际上背地里搞成官卖的东西。山西是他的地盘，不仅不想让蒋介石插手，更不想让共产党生根，最近一方面大量抓丁，扩大自己的军队，开发绥远都是用部队去搞的；另一方面严防省城闹什么活动，有一点风吹草动，马上就出动军力镇压，太原风声很紧，把国民党省党部也关了，共产党员也抓了不少。根本无法联系组织，只好返回来。”

武云璧听了这话，在一旁说：“现在咱们只是凭自己热情，在武乡闹腾，虽然在群众中产生很大影响，也得到群众支持，但我们不了解上级意图，光凭热情怕是不行。阎锡山已经把武乡列为四大赤县之一注意起来，我认为一直找不到组织，就我们这样干，怕是不利因素越来越多。”

魏大明站起来说道：“怕什么，只要我们有群众支持，就说明我们工作有成绩。我们发动农民，以我与梦龄师兄开拳房手下这帮弟兄为主，组织他们起来抗债，咱们的势力壮大起来，和政府斗争。”

“云璧说得对，咱们必须尽快找到组织，只有靠组织的指示，我们的工作才有目标。不过魏师傅提出来的这个主意，倒是也适用，我们要在农民中组织一个抗债团，作为党的外围组织，再团结工会、农会，我们就有了广泛的社会基础。”武文兴说。

李文楷想了想说：“是呀，我们先这样干，不能因为找不到组织就停止活动。怎么才能尽快找到组织呢……”

“是呀，这个问题是个关键。”大家都沉思起来。

过了许久，李文楷突然说：“我有个办法。”

“什么好办法？”

“文兴，国民师范还有几位武乡籍的青年，听说也都是些进步青年，你去太原跑一趟，最好在太原谋个事做，就算是武乡党组织的联络点，通过你在太原的关系尽快找到组织，一旦有消息尽快通知我，我就马上去汇报工作。再说，前段县政府抓你，说明你的身份有所暴露，你先离开武乡，这对武乡的地下活动也有好处，不易让政府发现我们。”

“好。”武文兴打点了一下就去了省城，找他的校长帮助。说来也巧，校长说："文兴你来得正好，这几天教育厅正要招几位干事，我托人给你疏通一下，不过你报名时要换个名字，千万别让人们记起你是国师的活跃分子。"

经过考试，武文兴用武文周的名字考入围了，再加上校长的疏通，就在教育厅谋了职。有了固定工作，而且是政府机关的差事，武文兴这下有了保护伞，做什么活动也不怕像以前那样今天被抓，明天被赶，放心了许多。他一边寻找组织，一边组织武乡人给流动图书馆捐赠书籍，一下子搞回了一大批书籍。为了掩人耳目，赵清风让管理员把书皮都撕掉，即使有人来查，也一下子看不出是啥书来。这下可热闹了，学生、教员都来借阅图书，就连农民中一些识几个字的人也来找书看。通过与看书人联系，组织起一批进步青年。

武文兴在组织募捐图书过程中，与一名叫段若宗的武乡青年学生熟悉了，通过他找到了太原特委。李文楷得到消息，急忙筹措了一点盘费，又一次来到太原。武文兴把他安排到了国民师范的段若宗那里，又安排通知太原特委的负责同志来约见。这天下午，就在段若宗的宿舍里，李文楷给特委的同志汇报工作。段若宗提一把椅子坐在门口，仰着头高声地背诵着《滕王阁序》，实际上是在放哨。

特委的负责同志听了李文楷的汇报，对武乡工作十分肯定，并做出指示说："老李，你们的工作很有成绩，现在就我们山西来说，党的活动主要集中在省城，各地活动情况还很差，你们做出了榜样，根据你县的具体情况，特委同意你们的意见，第一批准建立中共武乡县委，第二积极在抗债团中发展党员，第三继续开展各种形式的斗争。不过有一点我要批评你们，前段工作中有致命的弱点，就是主要骨干出头太多，容易暴露身份，可能会造成不必要的损失，在今后的工作中，千万要注意多发动进步群众，特别是进步青年起来组织活动，一方面可以发现和培养新的对象，另一方面出面的人多了，不易被统治者注意。"

李文楷听了特委的指示，感到非常高兴，特别是特委的批评，对他震动很大，以前只是注重搞斗争，而忽略了策略，引起了统治者的注意，甚至被抓捕。当然这是因为原来没有党的组织机构，不能利用组织形式来领导而造成的。这下好了，上级批准建立县委机构，也同意大量发展党员，武乡的斗争形势一定会越来越好。李文楷回到武乡，立即召集党员开会，中共武乡县委正式成立。

裴延寿虽然出生在富豪家庭，由于受武文兴的影响，思想比较激进，特别是在县立师范时，常常参加并组织学生运动，成了学生领袖人物，自然也成了党组织的发展对象。武文兴临去太原前，把培养裴延寿的事委托给了魏大明。县委成立后，魏大明就把发展裴延寿入党提了出来，可是有人反对，说他是大地主家庭，这样的人不可靠，只能利用不能吸收进组织来。

裴延寿常与这些进步人士接触，做有利于百姓、有利于革命的工作。自打到了田赋局后，他发现田赋征收中存在着盘剥现象。他感到武乡百姓的贫穷与层层盘剥有着极大关系，只有推翻这种制度，才能减轻百姓的负担。裴延寿找魏大明说想把这个情况汇报给党组织。

李文楷听到这个消息，马上同意与裴延寿见面，具体探讨。由于谈论这个事情需要很长时间，怕在城里找不到个安静的地方，李文楷决定以到奇崖头白龙庙求神为名，约好与武云璧、裴延寿一起在奇崖头商谈。

奇崖头是武乡古八景之一，它隐藏于太行山脉，这里有嶙峋怪石，有翠柏苍松，有悬崖峭壁，有通幽曲径。特别是一座天然的石崖足有三十余丈高，崖上面凸出十来丈宽，四周形成环抱状，下面形成一个天然的崖洞，奇崖头之名即来源于此。再加上周围的自然景观有奇峰异石、漫山红叶、隐山云海、金顶日出、古藤悬吊、峡岩逼空、清溪百折、天幕飞瀑等，这可是一个僻静幽雅的好去处。崖下有一白龙庙，供奉白龙神，据说这白龙神十分灵验，特别是每当年逢大旱时，人们都来此祈雨，不出三天定会天降甘霖，因此，香火特别旺盛。

这一天，李文楷与武云璧、裴延寿带了干粮，上了奇崖头。为了做个幌子，他们也先到白龙庙烧香，然后便转到庙后的崖头下。李文楷开门见山地说："延寿，听说你对政府征收田赋的事有许多看法，我是弄枪杆子的，对经济不懂，特请云璧来一起研究，你就先谈谈情况吧。"

裴延寿一听，知道李文楷对此重视，便从身上拿出他早已写好的汇报材料来，认真地汇报起来："这个田赋征收，可是有很多年历史了，现在咱们政府对全县农田是按地亩征收银圆的，全县近六十顷土地分为上、中、下三等，但是征收方法一直还是沿用了明清时的折合方式，这个算法十分繁琐，许多人都弄不懂是怎么算出来的。比如：在明朝时是征粮的，上地每亩征粮七升九合六勺二抄，中地每亩征粮五升三合八勺二抄，下地每亩征粮二升七合七勺一抄。到了清朝把征粮改为征色银，但并没有新改色银的征收标准，而是用粮与色银折合，每升粮折色银七厘二毫七丝五忽九微四纤四沙三尘三埃七漠。到了民国又将征收色银改为征收银圆，每两色银折征银圆三元，再加上地方附加税每两三角，征收费每两三分。你看看这样的数字谁能算得清？这样折来折去，真的是弊端丛生，农民大多不识字，不会算账，政府征收在中间作祟就很容易了，特别是政府要根据年景、公务、远近、时限等情况，搞一些加征、蠲免、附加等，这就弄得老百姓摸不着头脑了。"

李文楷听着延寿的汇报，不禁说道："你所列举的数字这样具体，但我真还不明白，一亩该缴多少钱。这样折来折去，老百姓的脑子里不成一锅糨糊才怪呢。"

"是呀。不仅这些数字不好懂，还有更乱的东西。纳粮制一直用明朝的管理形式，虽然民国以后行政管理改为编村制，但土地管理还是里甲制，这个里甲制是氏族管理，随着人口迁徙，原本属一个里甲的人，现在可分布在了几个甚至几十个村庄，收缴上极为不利。还有一点，土地买卖本属常事，土地买卖后过粮手续极为繁琐，不好办理，有些土地易了主，但粮却还在原主头上顶着。还有的地主买了人家的土地，买地时假用高价，便说不带粮银，这就使粮银负担一直顶在穷人头上。这种种原因导致了最早的直接缴粮变成了商号代征代纳。商号利用农民怕到官府的恐惧心理和夏天征收无钱缴纳的困难，便趁机加收代纳金。”

“通过这各种手段下来，百姓究竟要多出多少呢？”

“我算了一下，本来按规定，一两粮银应缴三元三角三分，但现在实际上商号征收下来，要达到七八元，稍微有点积蓄的人家能按时缴纳上来的，最少也得五元几角。”

“哎呀，原来中间有这样大的猫腻？那老百姓为什么不让里甲长来征收？”

“其实一样的，原来一个里甲的人，现在已经分住各地，里甲长收缴时也要加收手续费、垫款费、旅途食宿费等，七加八加，下来还是个大数额。”

“延寿，你知道这个多收部分，究竟是下了谁的腰包？”

“两个渠道，一是政府人员，二是官商。官商是依托政府给他们撑腰的，而政府人员靠官商的贿赂。”

“真是岂有此理，这样下来，全县色银九千两，该折银圆两万七千块。而被官商收下来就成了七万块了，富豪越来越富，官员越贪越多，百姓越来越穷。”

在裴延寿讲述的时候，武云璧一直没有说话，他一边认真地听着，一边盘算着这事究竟怎么处理。这时，李文楷问道：“云璧，你说这事该怎么办呢？”

武云璧沉思着说：“要搞田赋改革，这还必须靠政府。”

“那么我们还是靠游行、宣传，发动百姓来造大声势，这样能不能推动政府呢？”

“这样的斗争需要策略，虽然舆论宣传可以让百姓了解自己被盘剥了多少，但如果仅仅靠游行是不能解决的。”

裴延寿说：“云璧说得对，仅仅靠这个是不行的，我想，田赋局王局长思想也比较激进，前几天他见我算这个账，他还支持让我仔细算算，看究竟百姓多负担了多少？从他的话中可以看出来，他是希望改革的。”

“这倒是个好消息，如果这样的话，我们可以设法通过王局长来完成这个工作。”武云璧说。

“这个王局长我和他也有过交情。”李文楷说，“我可以与他商谈，只是你们要有个具体办法，我才好与他商谈。”

裴延寿说：“我想过，但还不成熟，先说出来你们听听，看可行不可行。一是改进过粮手续，将卖方土地粮银转到买方名下，现在谁有土地谁纳粮。二是将征收用的里甲制改用编村制。三是将原来的代征制改为农民直接缴纳。这样的话，可以减少收缴中各种各样的加征理由，也可以减少官商在中间的盘剥。”

武云璧说：“延寿说的有道理，我再补充一下，第一，把过粮手续完善后，将土地重新登记造册，彻底纠正粮银负担的不合理现象。第二，将过去政府可以随意加征的政策，改为定额缴纳，这样才能给农民一个明白，该缴多少就是多少。”

“你们说的这个办法，听起来是很适用。如果照这样搞下来，老百姓的负担是减轻了，一两粮银三元三角三分，这就成了一个确数。但是，这对官商、对政府的官员都有很大影响，似乎彻底断了他们的财路，他们会轻易同意吗？”李文楷反问道。

李文楷这么一反问，倒使武云璧与裴延寿怔住了。是呀，我们设想好了，还得王局长同意，即使王局长同意了，这田赋改革的事还不可能是他一个人说了算，县长不同意是万万行不通的，而这个方案如果要征求官员意见，肯定没有人支持。怎样才能使这个方案得以实施呢？

“那你说怎么办?”两人不约而同地问道。

“我想还得用我们的老办法。”李文楷胸有成竹地说,“首先,我们还是写文章,把政府和商人勾结,加重百姓负担的情况写成文章,采用张贴、刊登等方法,让广大百姓有更多的了解,知道他们每年要多缴多少税赋。其次,发动农民队伍上街游行示威,坚决要求县政府改革田赋制度,还农民一个公道。还有一点,我认为也很重要,能不能做一两家开官家商号的老板的思想工作,让他出来主动说明以往通过代征,每年得了多少好处,又给政府官员贿赂了多少,这样可就有了得力的证据。”

“我知道我们家在城里开的商号也一直代征田赋呢,我回家做我爹的工作,希望他放弃商号经营代征税赋,并能主动站出来……”

“这个事情你可以给裴东家说清,让商号老板出面就行,不用裴东家直接出面。”李文楷看着延寿积极的样子,内心十分高兴,虽然他出生富豪,但裴东家并非为富不仁之人,是非常通晓事理的,延寿又十分向往革命,发展他入党,这个对象没有错。

于是,李文楷让延寿回家做他爹的工作,武云璧写文章,而他要尽快去找王局长,希望王局长能同意税赋改革方案,并送县长审议,同时让魏大明来组织农民。他特意安排,根据特委指示,这回党员都不在公开场合露面,以免引起特务注意。

有位农民来商号缴税,裴家商号张老板故意高声地说:“我们以后不再代征税赋了。这位老汉,你暂时也不要缴税呢,听说县政府正在进行赋税改革。以前征收税赋里头你出的冤枉钱可太多了,你家多少粮银?本来政府可是一两粮银收三块三角三,可你要出七八块。要说,这可不是光我们商号代收,就赚你这么多,其实多收的钱大部分都送给人家当官的了,现在,我这号子是想通了,宁可不赚钱,也不做这伤天害理的事情了……”

裴家商号当众揭了底,并主动提出放弃代征,赵恒昌可急坏了,搞代征十之八九是他的产业,每年仅此项收入在十万元之上,这样闹腾岂不是断了他的财路？他急忙跑到县长那里去煽风点火，皇粮国税这是千百年来的历史，老百姓拒缴，这是与中央对抗，岂能容他们的这种作为？

范县长也担心怕改革田赋出问题，反正各县都是这个办法，又不是武乡一家。王局长拿来的方案，他一口否决。王局长私下说，“范县长，现在农民都知道了田赋征收中自己该出多少，他们出多了，政府可是一分未得，都是商号和少数官员从中渔利。你要是不同意改革，岂不是将这个黑锅背在自己身上？他们得利，让你做冤大头，这又何苦呢？咱武乡的情况你是知道的，张县长怎么走了？还不是被老百姓轰走的吗？前车之鉴呀……”

一听王局长这么说，范县长犹豫了，与其因此与百姓为敌，不如做个顺水人情，给百姓留下一个善良的面孔。“好，就这样，马上组织人力，对全县土地重新登记。”

第十六章

郭水瀛的命运一下子改变了。他没有再回大营盘那个什么二十九师三二四团六营五连九排，不再去学什么国民教育呀，政治防共呀，国民军条令呀，阎主任语录呀，也不用再去学习什么炮弹性能、射程计算、战场隐蔽、战地救护、自我防卫等。更不用去野外搞那些军事训练，爬、卧、滚、打，瞄准、射击、投弹……

他直接住进了陈师长的府第，做了师长的随从。

他成了陈公馆的关键人物。他的办公室兼卧室，紧紧靠着陈师长和他太太的卧室，陈师长的所有事情，都由他来安排。什么他那个最初接触的陈排长，营长、团长……也根本见不到了，就连那些旅长，甚至副师长、参谋长要见陈师长，也得先给他打招呼。

他每天的工作就是：查阅、整理绥署下发的文件，清理下级报上来的请示、报告，根据文书之密级、内容之缓急，一件件分门别类，送呈陈师长审阅批示，然后他再遵照陈师长批示，下传至各旅、团。来人求见师长，那得先问他，由他来安排会见时间。另外，还要处理师长生活上的事情，师长到哪里他就要跟去哪里。他的工作很紧张，整天忙忙碌碌，这倒也好，可以减少一些思念的痛苦。

他的生活从地狱到了天堂。但从他内心来说，这并不是什么高兴的事情。越是这样，他的心里越难过，在这里他不用担心什么军法处置了，可是他的身子更加不自由了。自打进了陈公馆，就像进了一个牢笼。

他看看门外站着的那一道道岗哨，那个壁垒森严的样子，心里想起花花，这下算是完了，原以为来到陈师长的身边，侍候师长，他可以自由一些，能找个借口回去，回到东漳镇去，找他的花花，偿还他欠下的那一笔情债，也完成像武文兴说的反封建的使命，带着花花一起到陕北去参加红军。哪里想到，来到这里，外面三步一岗五步一哨，里面工作十分紧张，毫无一点空闲，行动更加不自由了。

每到夜晚，他将手边的工作一一安排停当，又要安排陈师长和太太休息，将这一切做完以后，回到自己的卧室，洗漱、解衣、上床，拉灭电灯，静静地躺下，开始辗转反侧……

故土，总是一幕幕地出现在他的眼前。东漳镇、东漳寨的山山水水，沟沟壑壑，一直在他眼前晃动。花花的影子，久久地留在他的心底。她打水、担水，她走路、说话……一举一动，都是那样的清晰。有时眼前幻化花花挨打的情景，狗日的魏林元打在花花身上，疼在他的心上。

每每此时，他都会想起他们的约定。嗨，这个虚无缥缈的约定呀，八月十五，他永远记着这个约定，可是，记的又能怎样？他还是失约了，撇下她在村头翘首等待。不知她现在……正月十五也过了，那个约定也早已失去了时效。他又不由得想起去年正月十五那个难忘的夜晚……

恍惚之中，陈师长在叫他："水瀛，你来一下。"

他急忙跑了过去，陈师长关切地对他说："水瀛，这么长时间了，你也没有回过家，早该回去看看了，正好有军务要到武乡办，你带我的车去全权办理一下，具体内容一会儿我给你安排。这回回去，你可以顺便回家跑一趟，看看你的父亲，并代表我向你的父亲问好。"

他兴奋地叫出了声，呀！陈师长真好，这样的差事，他让我全权办理，还派汽车送我。我是师长身边的红人呢，师长还让我回家看看父亲，这下可真是衣锦还乡了。这是个好机会，这次我回到老家，千万不能再错过机会，一定要去东漳寨找花花。我如今是少尉副官了，身上有枪，又有汽车送我，看他那个狗日的魏林元还敢欺负花花。等见着花花了，我要带着她一起走，到一个……

不，这回不用怕了，就是把她带到军营里来，也未尝不可。对，一定要把她带到省城来，我有身份，有地位了……

“水瀛——”他被一声高叫喊醒了……

嗨！他长叹一口气，却是个梦。

陈师长在叫他，他赶紧起床跳下地来。“报告师长，有什么事请吩咐。”

“水瀛，今天是礼拜天，二小姐要回家里过礼拜。一会儿你带车到山西大学去，把她接回来。”

“是，陈师长。可我还不知道……”

“司机能找见，你跟着去就是了。”

郭水瀛领命。车子从陈公馆开出，没多久，便来到了学校。车子钻过了一个书写着“山西大学堂”的青砖大牌坊，进入山西大学校园内，速度一下子慢了下来。他认真地观察着这个美丽的校园。这个山西大学堂建于清末，已有三十年历史，现名山西大学，是山西的最高学府。以前，只是听武文兴说过，今天有幸来到这里，真是百闻不如一见呀。院子里进进出出的学生不少，一个个穿着时髦而统一的校装，有说有笑，但举止文雅。

他们直接来到女生宿舍楼下，司机按一下喇叭，只听见一个女子在楼上的窗户口应了一声，“哎，我下去了！”

一会儿，一位女学生便跑了过来，这大概就是陈师长的二小姐了，水瀛这样想。

只见她跑了过来，带点撒娇地埋怨说：“王师傅，你怎么才来呀？说好早点来的，我都等不及了……”

司机老王说："我可是连早饭都没吃，就赶来接你了……"

二小姐刚要说什么，扭脸看见站在汽车旁边的郭水瀛，军部的人她都熟悉，这位怎么不认识呢？便向司机老王打听道："这位是……"

"哦，你还不认识他，他是新到陈师长身边工作的……"

郭水瀛马上认真地回答："少尉副官郭水瀛。二小姐请上车回府。"

"嘻嘻……"二小姐被郭水瀛的认真逗乐了，便盯着他笑，水瀛感到对方的目光有点热辣辣的，他低下了头，"二小姐，请上车。"

"郭少尉，你就别叫我二小姐了，我有名字，陈亚妮，亚洲的亚，燕妮的妮。知道燕妮吧，伟大的思想家马克思的夫人，以后叫我亚妮好了。"

"是，二小姐。"郭水瀛马上一个立正敬礼。

"什么？还二小姐？"

"对不起，亚妮小姐。"郭水瀛接着又是一个立正敬礼。

陈亚妮看着他这个拘束的样子，开怀大笑起来。笑了好大一会儿，她才说："给我敬什么礼呀，又不是师长。郭副官，就别那么客气了，现在你是少尉副官，堂堂的军官，我还是一名大学生，你可是比我官大呀。要敬礼，还得我给你敬呢。"

亚妮这么一说，闹得水瀛不知该说什么好。他只好点点头，翻手将车门拉开，像请陈师长上车一样，"亚妮小姐，请上车。"

亚妮一看他这个样子，故意绷下脸说，"再这么客气，我就不走了。"

郭水瀛以为二小姐真生气了，这位二小姐怎么如此古怪呀，说翻脸就翻脸，这算什么事呀？他窘得不知该怎么办，陈亚妮已经坐进了车里。

水瀛这才将后门闭上，又拉开前门，他要坐在秘书的位子上。

这时，刚刚闭好的后门突然又开了。郭水瀛以为是心理紧张失误了，没有将门闭好，又急忙下车来要去闭……

陈亚妮在车里对他说，"郭副官，你也坐这里来。"

亚妮邀请他，要他和她一起坐在后排座上。水瀛犹豫了一下，只好坐了进去。

车子发动起来，刚出校门，亚妮就说："王师傅，到海子边……"

王师傅有点不解地说："刚刚你不是嫌我们来得迟，着急回家吗？怎么又要去……"

"刚才是刚才，现在是现在。你们不是还没有吃早饭吗？我请你们吃早点去……"

司机老王也闹不清二小姐今天怎么了……

原来陈亚妮在看到郭水瀛的一刹那，居然一见钟情。这个少尉副官英俊潇洒，言谈举止又是那么礼貌，真是一位优秀的青年呀。她回家不也是想解解几天在校园里的烦闷吗？与这位郭少尉在一起，一块儿溜溜，应该是更开心吧……

吃完早点，亚妮又要水瀛陪她去晋祠游玩。水瀛有点为难："这……师长没有吩咐呀，水瀛不敢做主。"

"没有事的，礼拜天我常常用车出去转的。回去给爸爸说一声就是了……"

水瀛拿不了主意，两眼瞧着王师傅，想等王师傅说话。

王师傅说："二小姐想去，就陪她去吧。以往也常常是这样。出来呢，就看二小姐想去哪，反正礼拜天就是陪二小姐了。"

亚妮看着郭水瀛做了个鬼脸，"郭少尉，怎么样？上车走吧。"

于是，他们从太原城一直驱车南行四十来里，来到悬瓮山脚下的古塘村。这里有一处山环水绕，古木参天的园林，就是太原著名的古八景之首——晋祠。

晋祠，始建于北魏，最初为纪念周武王次子叔虞而建。那是在三千多年前，叔虞封唐，兴修水利，富国安民。由于叔虞之功，唐国人民安居乐业。后其子燮父即位，因境内有晋水，便改国号为"晋"，晋国由此而强盛起来。人们缅怀叔虞的功绩，便在这晋水源头修了一座祠堂来祀奉他，后人称为晋祠。

晋祠是华夏北方著名的园林。走进去看，百余座殿堂楼阁、古色古香，造型优美，还有那著名的周柏、隋槐，老枝纵横，却又长得生机勃勃，郁郁苍苍。清朝末年八国联军进京，慈禧西行时，还做过慈禧太后的行宫。这里的山美、树美，建筑也很美。然而，最令人陶醉的还要数那甘醇清凉的晋祠泉水。

晋祠有三泉，即善利泉、圣母泉、难老泉。这三股清泉，为晋祠增添了小桥流水的情趣，曲径通幽的意境。当人们信步园林，只见这里有一泓深潭，那里有一渠澈水。殿下有泉，桥下有河，亭中有井，路边有溪，石间涓流潺潺，如丝如缕；林中碧波闪闪，如锦如缎。无论多深的渠、潭、井，只要光线充足，游鱼、碎石、水草，历历可见。来这里进香的香客，在虔诚地烧香祷祝之后，总要游历一下这里的园景。无怪乎当年李白游晋祠，曾赞叹曰："晋祠流水和碧玉，傲波龙鳞沙草绿。"

这么美的泉水是从哪里来的呢？叮叮咚咚，只闻环佩齐鸣，却找不到一处泉眼。守祠老人得知是陈师长的千金小姐到来，便陪着他们一处处游园，并将这里的故事讲述给他们，关于晋祠的泉水，还有一个古老的传说。

相传，这是水母柳氏留于世间的。在很早以前，聪慧贤淑的柳氏嫁于古塘村。柳氏尽管十分聪慧贤淑，但还是倍遭婆母虐待，暴虐的婆母命她每日从远处挑水，以供家中饮用。更残酷的是歹毒的婆母为防止她偷懒，还给她做两只尖底的木筲，不让她在挑水途中歇息。柳氏挑着这副尖底木筲，辛辛苦苦，长年累月地挑水。有一天，柳氏在路上遇到一位骑马的白衣大士，大士下马拦着她，要讨水给他骑的白马饮用，柳氏虽然辛苦，挑一担水很不容易，但看看干渴的马匹，还是慨然允诺。于是大士帮她放下木筲，便饮起马来。当饮马完毕，柳氏担起一副空筲，又要去挑水时，白衣大士将手中二龙吐须的马鞭赠给她，并告诉她，你以后再不用挑水了，回去将此鞭插入水瓮之中，即会长年有水。当需水时只要一提，便会水来瓮满。柳氏点点头，默默地回到家中，试了一试，果然灵验。几天过去了，婆婆发现媳妇没去挑水，却见瓮里水满满的。这是什么缘故？是不是媳妇有些不轨行为，有某个男人帮她？观察了一天，也没见蛛丝马迹，她又来到厨房看个究竟，到了厨房仔细一看，只见瓮中的水满满的，瓮里还插着一条马鞭。难道是这个东西在作怪吗？于是，她抓起鞭来，欲打在一旁的媳妇。谁知鞭刚被抽出水瓮口，一股大水立即顺瓮口涌泻而出。这水来势凶猛，呼啸而出，犹如江河奔腾，一下子冲走了婆婆，冲毁了房屋，危及全村人的生命财产。柳氏见状，早已吓坏了，这可怎么办呀？于是，她急中生智，从地上拿起一个草编坐垫，就势盖在了瓮口，并用自身坐压其上。大水压住了，变成一股潺潺而出的泉水，村庄转危为安，柳氏却因此而献身，幻化成石人。人们说，难老泉上水母楼的水母，就是“柳氏坐瓮、饮马抽鞭”幻化而成的……

水瀛听到这里，马上又想起了老家的花花来。花花的命运，和这柳氏有多少相似之处呀，她也是屡遭婆母、小叔子的虐待，长年累月地挑水呀，婆婆虽然没有给她做尖底的木筲，可挑水路上是一道大坡，哪里有歇脚的机会。现在她怎么样了呢？他陷入沉思之中……

陈亚妮可是一会儿就叫一声郭少尉，不时地问这问那，他只好随口答应。亚妮和他说话，他却有时答得牛头不对马嘴。

亚妮怪他：“郭少尉，人家和你说话，你在想什么？”

水瀛怕这位小姐回去在师长旁边说什么，只好收起神来。

自打认识了郭水瀛以后，陈亚妮一下子就看上了他。她每个礼拜都要回家来，而每次她都要求郭水瀛副官带车接送……

陈亚妮是一位新潮青年，芳龄十八，瓜子脸，长得白白嫩嫩，十分清秀，虽然生在这样的富贵人家，但穿的还是十分朴素的学生装。在学校里她还是一位活跃分子，各种活动她都是积极参加，在学生中影响颇大，因此不仅是山西大学学生自治会的主要领导，而且还是省学联的主要成员之一。

陈亚妮回家来，又常要到郭水瀛的住处来，有事没事地和他交谈。

在郭水瀛的印象里，陈亚妮是个好姑娘。她的谈吐，她的思想，与武文兴有着许多的相似之处，自打抓来当了兵，他真还没有听到过这样的言论，因而谈起来也比较投机，乐意与她交谈。

“郭少尉，听我爸说，你的文章写得很好，是吗？”

“哪里，我读书少，文化低，不过是信笔书写而已。”

“你别谦虚呀，你那篇《谒文庙赋》，我拜读过了，写得非常好，就是张衡的《归田赋》、曹植的《洛神赋》也不过如此。不仅文笔流畅，韵律调和，触景生情，而且言简意赅，含意颇深。特别是在后半部分，写出了‘拙身虽位鄙庸碌，儒祖之教，不敢相忘，以身报国，以才定邦。八斗五车，为国栋梁，满腹经纶，方能为佐国之将’这样的好句子，道出了礼仪之邦儒教扶国的实质。还有‘但恨学识浅，无以货帝王’‘赋吾鸿鹄之志，赐给凌云之方，余将宏大儒道，欲到天宽地广’，更是抒发了你为国为民的远大志向。真的是好文章呀……”

听着陈小姐恳切的评论，特别是她能随口咏颂出文章中许多句子来，说明她已经非常认真地读过此文，郭水瀛心里也很满意。其实，他在写这篇文章时也并没有想这么多，只是觉得笔下流畅，随手而来。现在，经她这么一分析，反而自已也觉得这文章的含义确有些深刻了。

“陈小姐你过奖了，我可没有那样深刻的思想认识和远大抱负，倒是陈小姐见多识广，给了水瀛过高的评价。”

“你写得就是好嘛，好长时间来，我还没有见过这样的好文章呢。我想推荐到《民报》上发表，不知你是否同意？”

郭水瀛淡淡地说：“随你便吧。”

“郭少尉，从你的学识看，你一定读了不少书吧？”陈亚妮又向他打听。

“很惭愧，我读的书很少。除了四书五经之类，还有《水浒》《说唐》

《兴唐传》等，其他书籍接触的就少了，尤其是新书，读的更少了。”

“那你为什么不去读一些呀？”

“我家在山沟里，条件太差，几乎没有什么书，更别说新书了。就是接触到这少量的书籍，也是先生武文兴借我看的。”

“哦，你认识武文兴？”

“认识呀，他在我念书的学校里当先生，很有学问。我在他身上学了不少东西，我们还在一个炕上睡了很久。怎么，你也认识武文兴？”

“武文兴是太原学生运动的领袖，太原的学生哪个不知道他？那时候我刚上大学，正是‘九一八’事变之后，他是国师的主要骨干，那时他就带领省城各校的学生进行抗日宣传了……后来，由于南京政府执行‘攘外必先安内’的政策，抗日分子受到当局的打击，许多学生被列进了黑名单，他也受到了国民党省党部的通缉。他也就销声匿迹了，离开了省城，原来是到了你们那里。”

说到这里，陈亚妮又介绍起了“九一八”以后，太原轰轰烈烈、接连不断的学生运动。她说得眉飞色舞，兴致勃勃。郭水瀛听了这一切，也觉得非常新鲜。许久，亚妮还是返回原来的话题上来：“你喜欢读书吗？”

“当然喜欢。”

“那我就给你找些书来，我们学校有好多好多的书呢，不过，要看好书，学校图书馆里可没有，教育厅有一帮子人经常去检查，说是怕有什么禁书。其实，什么叫禁书呀？他们所说的禁书，无非那些宣传进步思想的文字。只要有抗日呀，有反帝反封建呀，有马克思呀，有共产主义呀，就统统都说成了禁书。这是什么理论？难道我们抗日抗错了呀，难道中国人都做了亡国奴才好吗？”

听了陈小姐慷慨激昂的言论，郭水瀛真有一种畅快淋漓的感觉。本来，在郭水瀛心中，她不过是一位官宦之家的娇小姐，没有想到她的思想竟是如此敏锐。他有点羡慕，自己怎么就不能有这样的思想呢？原来，武文兴还想推荐他加入共产党组织，引导他走进革命的队伍中来。因为爱情的波澜，家庭的曲折，他错过了这个机会。可是，现在他能有自己的思想吗？不行。他成了晋绥军第二十九师陈师长的秘书，师长的思想就是他的思想，师长的指示就是他的思想，他成了一台机器。

果然，过了一个星期，陈亚妮给他带回好多的书。当然，大多是文艺作品，左拉的《崩溃》、莫里哀的《伪君子》、雨果的《悲惨世界》，俄国作家托尔斯泰的《战争与和平》和果戈理的《死魂灵》、苏联作家高尔基的《童年》等，还有鲁迅、茅盾、巴金、叶绍钧等人的作品。其中，还夹有一本《共产主义 ABC》。

亚妮神秘地指着那本《共产主义 ABC》说："这可是禁书，是不可以随便看的。不过拿到咱们家来，是没有人敢来查的。你要喜欢看，可以看，不喜欢呢，我就拿走。"

这本书名，武文兴给他多次介绍，今天得以一见，他能不喜欢看吗？

水瀛非常高兴。亚妮拿回来的这一堆书籍以前他都听武文兴介绍过，现在能有机会读到原著，当然是爱不释手。陈亚妮见郭水瀛高兴的样子，便调皮地说："郭少尉，以后想看什么，我可以给你找。我给你借来这么多书，你也该想想如何感谢我呀？"

水瀛看看亚妮，不知该说什么……

他不知亚妮的葫芦里卖的什么药。支吾了一阵，说："我真心地感谢你。"

陈亚妮笑笑说，"光嘴上说感谢是不行的，你还要……有实际行动。……哎，这样吧，我让你陪我学骑洋车。"

"学骑洋车？哎呀，这恐怕……师长那里还有事哩，我……"

"没事，我已经给你请假了。"

亚妮是陈师长的掌上明珠，陈师长四个孩子，最宠爱的就是她了。既然她这么说，郭水瀛也就只好陪她去了。

陈亚妮推出一辆德国造的“奥斯特”洋车来。这洋车子是个稀罕东西，原来在乡下时，水瀛可从来没有见过，只是到了太原以后才看到，他感到非常新鲜，这东西好怪呢，两个轱辘，一前一后，怎么就能走呀，为什么不会倒呢？乡下的车，那车轱辘可都是左右并排的呀。

郭水瀛只好陪着她，来到仓库大院里，学起骑洋车来。这个院子是个普通物资仓库，院里没有人住，只有门卫把守。他俩来到这里，院里当然只他两人了。

陈亚妮说，“郭少尉，我来学骑车，你帮我扶着这支架，可是牢牢地抓住呀，不然一旦失去平衡，可就把我摔地上了。”

“是，保证完成任务。”水瀛答应着。

“摔坏我了，可不饶你呀。”

“你学吧，我会小心的。”水瀛心里有些紧张，真的失手摔坏了小姐，他可是要吃不了兜着走了。

陈亚妮歪歪扭扭地上了车子。

郭水瀛双手紧紧地抓着支架。他不敢松手，怕摔着小姐，就这样跟着走呀、走呀，一会儿水瀛累得满头大汗。

“郭少尉，咱们休息一会儿吧，看把你累的。”亚妮见水瀛满头是汗，下了车子，从身上取出一块洁白的手帕递给他，“给，擦一擦汗吧。”

“不用了，谢谢陈小姐。”

“早让你叫亚妮嘛，还要叫小姐，再这样称呼，我可急了呀。”

“对不起，我知道了。”

过了一会儿，亚妮说：“郭少尉，你也来学一学吧，我帮你扶。”

“不，我不学……”水瀛推辞着说，他已经知道了扶车子的苦楚。

“看你，你现在已经是少尉了，而且马上还要晋升，可连个洋车都不会骑，不怕别人笑话？现在这可是时髦呀，来吧，不要扭捏了，你就来学一学吧。”亚妮连推带拉，把水瀛推上了车子。

水瀛也只好学了起来。他上了车子，感到浑身不自在，两只胳膊越使劲，越是摇晃得厉害，这时他才感到学骑车，比扶车子更累。没有多久，便浑身是汗。亚妮刚才怎么就不出汗呢？

学了一会儿，郭水瀛有点支持不住了，他说：“哎呀，休息一会儿吧。”

“不像个男子汉，看你那样子。还是我来骑。”

他们俩又换了个儿。亚妮骑在上面，水瀛照旧扶着。

突然，车子一扭，倒了下去，水瀛使劲拖，也拖不住了，亚妮从车上摔下来……

水瀛正在着急之际，亚妮一下伸手过来抱住水瀛的脖子，水瀛也担心怕摔坏亚妮，急忙抱着她……车子倒了，亚妮却被水瀛紧紧抱住。

这个动作是在无意之中做出的。水瀛吓了一跳，他紧紧抱着亚妮，生怕将这位尊贵的千金小姐摔坏了，那可怎么交代？

许久，水瀛才从惊慌中醒了过来，哎呀，他怎么能这样冒昧地抱搂陈小姐呢？这太不像话了，他红着脸，急忙撒开手，可是亚妮还是紧紧地抱着水瀛的脖子。

“陈小姐……”

“什么？”

“亚妮，没事了，你……”

亚妮红着脸笑了……

“水瀛，你真傻，傻的可爱呀。”

亚妮一边说着，一边才轻轻地松开了手。她站在那里，两眼直直地盯着水瀛的脸，直看得水瀛浑身不自在起来。

此时，水瀛才意识到什么，亚妮是爱上他了吗？这动作是她故意做的吗？他该怎么办？他想尽快避开这个场景。他不敢再让这种情感发展下去，他的心里已经有了一个人，已经做出了终身的决定，他的爱，这辈子已经交给花花了。可是亚妮如今倾慕于他，这怎么办呀？再发展下去，会伤害她的……

水瀛装作什么也不理解似的，“亚妮，没有摔着吧?”

“没有事的。”她把水瀛本来是绕弯子推辞的问话，理解为一种关心。她心里高兴极了，“水瀛，还是你来学吧。”

水瀛骑在车上，亚妮一边给他扶着，一边说：“你不要紧张，身体放松，一会儿就能掌握了平衡的……”

果然，按亚妮的指挥，一会儿水瀛便能骑着走了。

“好了，你看，这不就行了吗?不是什么难事呀。”亚妮说。

水瀛不知道，原来亚妮已经撒开了手，他学会骑了。可是当他知道亚妮撒了手，心里一紧张，便倒了下来……

亚妮跑过去扶着他，“你看，好学吧。一会儿就行。来，我给你示范一下。”

说着，亚妮一下骑上车子，在院子里转了起来。哦，原来亚妮早已会骑了，她不过是变着法子要和水瀛亲近呢。刚才摔跤，原来是亚妮专门制造的一个假动作……

第十七章

陈亚妮在山西大学可是个名人。

她之所以有名，有几个方面：第一，她积极参加各种活动，又是校学生自治会的主要领导成员之一；第二，她是直接负责太原城防警备的晋绥军第二十九师师长陈长柱的千金，有着特殊的身份，学生们搞游行示威抗议政府的活动，这一切可是离不开她的，只要她出面，军方肯定不会来抓来打；第三，她很有才干，在山西大学中斋她是高才生，常常在《民报》《太原日报》上发表文艺作品，还在上海、武汉、北平等地的刊物上发过诗歌呢；第四，她长得非常漂亮，高挑个儿，白白的瓜子脸，一对大眼睛水汪汪的，特别招人喜爱，在中斋被大家公认为校花。其实，就是在整个山西大学，她也是数一数二的漂亮女子。因此，追求她的人特别多。尽管有许多男生不敢来攀龙附凤，她还是常常收到许多的求爱信。她不喜欢别人追求她，而是要自己去选择自己所爱的人。

在择友方面，陈亚妮要求很严格，她的追求目标是才貌双全、品行端正的男子，她总是用不理会去拒绝一些人的邀请。当然，有些难以推辞的应酬她还是要参加的。这不，今天她就得去参加一个男同学举办的舞会。这是辖制太原城的阳曲县县长的公子、她的同系同学张敬亭邀请的。

张敬亭举办这次舞会，实际上就是朝她来的。他为了亚妮举办这次舞会，有两个目的：一是陈亚妮无论从外表还是才干，都令他羡慕，能找这么一位女子来做自己的终身伴侣，当然是他最希望也最值得荣耀的事情；二是出于政治目的，这也是他父亲的主意，他父亲是辖制太原城的阳曲县县长。这太原城已有两千多年历史，是一个古老的城市，原来在这里设立太原府，后又增设冀宁道。到民国十六年（1927），依照孙中山先生的建国方略，实行省、县两级行政制度，将县分为三等，阳曲县为一等县并统管太原政务，而太原县则在晋源镇设立，可见这阳曲县不同一般。这位张县长还是省府委员，是太原城最显赫的人物。你知道这张县长是何许人也？正是在武乡任上偷跑走的张祚民。自打从武乡偷跑以后返到太原，他找到自己的靠山，使了许多银钱，汇报了武乡如何闹共产党，他怎么清除共产党，把自己说成了一个英雄似的，得到了阎锡山的重视，居然被委以重任。

做了阳曲县长权力更大了，说句话地动山摇，就是绥署主任阎锡山、省府主席徐永昌也会给他面子。可是，自打发生“九一八”事变后，整个中国好像都乱了，政府也常常陷入什么游行示威的干扰之中，特别是还不时地遭到一些不法分子的攻击，这种非常时期的政府官员难当呀，所以要想稳稳当当地做官，需要军界来支持。在太原城，军界之巨星，最显赫的就是负责太原城防守备的二十九师了。张县长想，要能与二十九师陈师长家联姻，那可就是一个非常伟大的同盟，对于整个太原城的统治，不就等于军政一体了吗？何愁太原不稳？

本来，陈亚妮和张敬亭在学校的交处并不算多，因为张敬亭虽然学习成绩也很突出，但他很少参与政治，不喜欢学生搞什么示威游行，政务那是政府的事情，学生要都起来管政事，那还要政府干什么？只是最近一个时期，张敬亭才常常出没在学生政治活动的场所，也来参与印制和散发抗日传单、青年读书会的学习等活动，表面上也积极起来。其实，这都是为接触陈亚妮寻找的借口。这个目的他达到了，和陈亚妮从一般的认识，发展到非常熟悉。

他盘算趁热打铁，组织一次家庭舞会，进一步促进关系发展，也让大家知道，他与她的关系，已经发展到了不一般的程度。

这一切，陈亚妮看出来了。不过，亚妮还是落落大方地接受了邀请。

当然，亚妮也有亚妮的想法。她早就想和水瀛参加一次舞会了，乘此机会去走一遭又有何不可？前些日子的礼拜天，她还教过水瀛跳舞呢。只是他很腼腆，就是不敢动弹，一直说他学不了这个。

亚妮说："你现在是师长身边的贴身人员，师长可是常常参加一些上流社会活动，到了那些场合，有人邀你跳舞，你不会，这不是掉师长的面子吗？"

水瀛一听这话，也不敢说不学。亚妮打开留声机，放上了唱片，节奏感很强的舞曲响起，她开始拉他跳起舞来。一开始，水瀛顾了身子顾不了脚，顾了脚又顾不了手，不知道该如何动才好，显得十分的笨拙。亚妮则边跳边讲，如何上步，如何退步，如何转身，如何踩曲中的鼓点……

郭水瀛在礼仪培训时就学过，今天他有些拘束，心里一紧张，手脚就乱了，慢慢地他的情绪稳定下来，渐渐地跳的好了。

亚妮高兴地说："郭少尉，你的进步真快呀。"

这天晚上，陈亚妮要让水瀛和她一起去参加舞会。

陈师长和太太一想，这样也好，这种活动让女儿一个人出去，他们还不放心呢，于是，就派水瀛去和她做伴。

他们乘车来到张县长的府第。

张敬亭今天举办这个家庭舞会，可以说是煞费苦心的。

他将他家的大客厅装扮得艳丽无比，色彩斑斓，并且唤来了政府新组建的西洋乐队，现场乐队的气氛，当然要比放留声机效果好多了。

他今天请的全是大学的同学。不过，他挑选的都是父亲在省府的、军界的学生，还有少数是大富豪的子弟。数十个人在客厅里热热闹闹，他们在谈论着省城发生的各种各样的新闻。

一会儿，一个高挑个儿的青年过来对张敬亭说，“张兄，怎么还不开始呀？我们可等不及了呀。”

“好，马上就开始，马上就开始的。”

张敬亭一边回答，一边却又走出院子来。

他着急地等待着，因为他今天要请的主角还没有来呢。

正在焦急观望之际，门口响了一声汽车喇叭。接着，一辆高级轿车开进院子里来。张敬亭一看就知道是陈亚妮来了，急忙迎了过去。

车门开了，下来的是一位青年军人。张敬亭怔了一下，只见在那军人的后面，陈亚妮也走了下来。张敬亭这才招呼道：“欢迎，欢迎。老同学，我们等你好久了。”

“是吗？那太有点过意不去了。”陈亚妮一边拉着水瀛往进走，一边笑着说。

这时，张敬亭从前面跑进去，大声地说：“各位同学，我们山大学生自治会社会部部长、中斋的校花陈亚妮小姐大驾光临，小府蓬荜生辉。让我们以热烈的掌声欢迎她的到来。”

陈亚妮在掌声中说：“你们要折煞我了，我们都是同学，多亏张敬亭同学能给我们提供这样娱乐的机会，我们还是感谢主人的厚意吧。”

接着又是一串掌声……

张敬亭拍拍手说：“好，下面舞会就要开始了……”

此刻，只见张县长从楼上走下来，他向大家招招手说：“欢迎各位同学光临。今天各位能来鄙舍，老朽真是万分荣幸，我来和大家见上一面，希望大家日后能常来。好了，你们都是热血青年，老朽就不多说了，希望你们尽兴。”

张县长发表了简短的演说之后退了下去。

张敬亭高声说：“舞会开始，请大家一起跳起来吧……”

他走到陈亚妮的身边毕恭毕敬地说：“亚妮小姐，我可以请你跳一曲吗？”

陈亚妮大方地笑笑，“好啊，谢谢你的邀请。”

陈亚妮陪张敬亭走进了舞池之中……

这时，一个女学生走到郭水瀛的身边来，“先生，我们可以跳一曲吗？”

郭水瀛也只好应酬着……

西洋乐队高奏起了悠扬的舞曲，舞池中一对对青年翩翩起舞……

张敬亭今晚特别高兴。

他是今晚这场舞会的主人，他邀请来了足以震撼太原城的举足轻重的人物——太原各界要员的子女——来参加这次舞会，他感到非常自豪。特别是现在他能与陈亚妮共舞，这更使他感到自豪。他多么希望她——陈亚妮也能成为今天这场舞会的主人，一个美丽的女主人。想着，他有些陶醉。

“亚妮小姐，能和你在一起跳舞，我真高兴。”张敬亭靠在亚妮的耳边轻轻地说。

“是吗？我们同学们能在一起本来就应该高兴呀。要不然你组织这次舞会，不就失去意义了吗？”

“对，对，亚妮说得对，你开心就好。”

“开心，当然开心。能来参加你组织的舞会，我太开心了。”

“好，这就好……”

张敬亭一听这话，更加陶醉了。

他拉着亚妮的手，好像感到从她的肉体里，给他传来了一股特殊的电流，内心有说不出的快乐。

过了一会儿，张敬亭又说，“亚妮，你现在是咱们系的尖子了，而且在太原学界影响颇大，毕业后，一定能成为一位巾帼英雄、女中豪杰呀。”

“别捧我了。”

“不过，说实在话，我担心你……会掉队的。”

“哦，为什么？”

“你过多地参加社会活动，特别是抗日呀、示威呀……把精力都用在了革命上，这学习……自然要退步的。”

“以你说，我们不要去参加社会活动？”

“那倒也不能绝对，不过我们还是学生呀……”

“学生怎么了，我们学习为了什么？学习不就是为了改变社会、造福社会吗？可是，现在日本鬼子占领了东北，他们还不满足，又对华北垂涎三尺，妄图吞并中国。我们要是不来抗日，那中国都会被日本鬼子吞并了的，到那时，我们全成了亡国奴，那学习再好，还有什么用呢？难道能让我们用学来的知识，去给日本人服务吗？”

张敬亭看着亚妮，无话可说了……他后悔不该说这个话题，弄得自己十分尴尬。

亚妮一边说，一边却在注视着水瀛。

和水瀛跳舞的那个女学生，分明也在和水瀛聊着……

一曲终了，亚妮又回到水瀛的身边坐下来。此刻，张家的使女将水果、香槟、汽水端了上来。亚妮送给水瀛一杯，自己也拿了一杯喝起来……

水瀛说：“亚妮，你跳得真开心。”

“怎么，你在偷偷地监督我了？这也要向师长汇报吗？是副官，还是特务？”亚妮开玩笑地说，其实她心里却是喜悦的、甜滋滋的，水瀛在看她，这说明他心中有她。

“我……”水瀛不知该如何回答她。

“没事，副官本来就应该具备特务的素质呀。我爸选择你，本身就是一个明智的选择。我爸真是好眼力呀……”

休息了一会儿，第二曲准备开始。

张敬亭又朝她走过来……

看来，他今晚的目标是选定陈亚妮了。

可是，陈亚妮却爱上了郭水瀛，这是从她第一次见到水瀛后就确定的。现在她看见张敬亭又向她走了过来，如何摆脱他的纠缠呢？今天这个场合，她不能像在其他地方那样使性子，可是也不能让他随心所欲呀。怎么办呢？

就在张敬亭快要走过来时，亚妮突然站起来，她面对大家高声地说："诸位同学，今天，我借张敬亭同学宝地，给大家宣布一个小小的内部消息。"她一把将郭水瀛拽了起来，"我陈亚妮有了对象，就是身边这位郭水瀛少尉。"

舞会上，立刻几十双眼睛一下子注视在了郭水瀛的身上。张敬亭一听也傻眼了，没想到一番苦心，竟然付之东流。

郭水瀛不知该说什么，不知该做什么，亚妮的这几句话真有点太突然了。尽管他从认识亚妮以来，已经感觉到对方对他的那种爱慕和追求，但是他的心里早已经有了一个人，那就是他的花花。他不能再去爱另一个人，虽然亚妮是个非常漂亮又很有才干的姑娘。所以他一直在回避着她。可是，没有想到，今天晚上，在这样的场合，陈亚妮竟然会在不征求他意见的情况下，突然做出这样的决定！

他被那几十双眼睛盯得脸上热辣辣的，真是坐也不是，站也不是。

水瀛感到了舞场上的那些青年男女羡慕的目光：他和她，他们是天生的一对……

后半场的舞会是如何进行的，水瀛都搞不清了……他的脑子里乱糟糟的，亚妮拉他起来跳舞，可他就连音乐的节奏也听不清，只好在舞场上胡乱走动，几下都踩了亚妮的脚。幸亏别人看不出来……

直到他们回到自己的车子上，他才稍微轻松了些。

车子驶出张府的院子，亚妮问他，"郭少尉，刚才我没有征求你的意见，说出了那个决定，你……不介意吧？"

郭水瀛能说什么呢？她长得那么漂亮，又是师长的千金，还是山西大学中斋的高才生，无论从哪一点，对他来说都是有过之无不及，能有这样的姑娘来爱他，他应该心满意足了。如果他现在心中还没有人，他会选择她的。但是，偏偏有了一个花花，一个已经把贞操奉献给自己的花花，一个在久久地等待着他的花花，一个和他私订终身的花花……他该怎么办呢？

亚妮见他不吭气，拍一拍他的手，“怎么，你没有听见我和你说话吧？”

“嗯……听见了……”

“水瀛，难道你不爱我吗？”

“我……爱，可是……”

“爱就是爱，没有什么可是。”

听到郭水瀛说出了“我爱”两个字，陈亚妮心满意足了。她把水瀛后面没有说出来的话，理解为他是一个小小少尉，好像与堂堂的师长千金不是那么门当户对，怕她以及她的家庭瞧不起他。

亚妮怕他说出这样自卑的话来。她不想让水瀛产生自卑感。

一个深爱对方的人，知道对方也在爱自己了，还有什么能比把我爱的人变成爱我的人更让她感觉幸福和兴奋呢？

第十八章

再说裴延萍在县城女校住了不久，适逢省城的女中招生，她又征得父母同意，考入女中，来到了省城太原读书。

这可是她早已向往的地方。还是在裴家府上东院的私塾里，她静静地听武文兴讲省城的学校，讲省城发生的一切新鲜事，讲省城发生的轰轰烈烈的学生运动，心里就曾想，我什么时候能到省城念几天书，那该有多好。现在总算如愿以偿了。

裴延萍是个性格开朗的青年，再说曾受武文兴的影响，她的思想非常激进，来到太原以后，又与武文兴接上了头，在武文兴的帮助下，她很快就入了党。凭她的热情和能干，很快就成了女中学生中的活跃分子。

自打“九一八”以后，太原的学生运动就没有停止过。

国民党省党部在“九一八”之后的几天内，对游行示威的学生进行了制止，并且抓了一批学生，通缉了一批学生领袖。可是这样非但没有吓倒学生，反而更加激发了他们的斗志，太原的抗日浪潮更加汹涌，简直是一浪高过一浪。

虽然通缉的学生领袖消失了，可是上街游行的学生反倒越来越多了。

国民党省党部对此非常头疼。

其实，这中间还有一个特殊的原因。国民党省党部遵照南京政府的指令，严令禁止学生上街搞什么爱国游行，搞什么抗日示威，实际上是在搞赤色宣传，还派出警力封锁了许多学校。但是，山西省主席徐永昌是阎锡山的亲信，此时虽然阎锡山因蒋、冯、阎中原大战失败而被迫下野，隐居大连，不久暗暗回到山西老家河边村，却继续对山西政界进行着暗中的操纵。面对学生运动的日益高涨，政府当局嘴上也在高喊反对制止，而实际上只是睁一只眼、闭一只眼。特别是为了满足群众、学生的抗日要求和愿望，省府还在太原上马街的省农校成立了“抗日义勇军训练所”，来培养学生骨干。于是，太原各大学校学生干脆发起组织成立了山西省学生抗日救国联合会。学联成立以后，又组织了大规模的游行示威活动，并派出学生代表到省府请愿，要求开展抗日救亡运动，废止一切阻挠和压制抗日救亡运动的法令，答应成立全省的抗日救亡联合会，要求政府改变不抵抗政策，迅速动员全国人民团结起来，共同抵抗日本帝国主义的侵略，出兵东北，收复失地。

学生代表们到了省府，要求面见省主席徐永昌。

徐永昌派出参事裴居义代表他接见了学生代表，答应考虑学生的意见，并向南京政府提出出兵东北的建议。

学生代表又提出，要派出学生请愿团到南京去请愿。

这下徐永昌也着了慌。他本想利用学生、群众运动来与国民党省党部对抗一下，压一压省党部的威风，谁知道学生又要到南京请愿，这要是闹出乱子来可怎么办？他只好亲自出来劝阻学生：“同学们，你们在娘子关里干什么我都答应，你们要体谅我的苦衷，千万不要做出出格的事来。到南京去请愿，可是件大事，我们需要议一下再做答复。”

山西省教育厅厅长是国民党省党部常委，他按照省党部要求，极力反对学生运动，此事就没有议成。

学生们见省府在拖延，他们的请求已是黄鹤一去。为表示请愿决心，学生经过研究，当即宣布绝食。

第二天一大早，到省府门前声援的学生达三四千人，卫兵紧闭大门不让学生进去，学生因见不到徐主席，非常气愤，把省府的牌子摘下来去撞门，有的人爬墙而入，没有多久，学生都冲进了省府前院，砸了办公厅及教育厅。

接着学生又到国民党山西省党部去请愿。

此时，省党部早已有所准备，已经调来了武装纠察队，荷枪实弹，各处戒备森严。经过交涉，学生代表进入省党部递交请愿书，谁知这是一个骗局，学生代表刚刚进去便被包围，并用棍棒殴打。门外的学生见此情景，怒不可遏，奋力冲进了大门。

就在这时，武装纠察队向学生开了枪，将进山中学的学生穆光政打中。穆流血不止，在送往医院途中不幸去世……

这就是轰动山西的“一二·一八”惨案。

山西陷入了紧张而混乱的局面。

此刻，山西阎派手下干将四处活动，通过裴石曾、魏道明等人，甚至搬动了蒋介石的夫人宋美龄来为山西说情，“现下日军加紧侵华活动，山西地位十分重要，如果山西内乱，则华北危矣。”

可是如何才能保稳山西，许许多多的建议，都是一个意思，只有让阎锡山出山主政，才能稳定山西局势。

蒋介石无奈之下，只好重新启用曾与他为敌的阎锡山就任太原绥靖公署主任，主持晋绥两省军政。

阎锡山上台后，当然首先就是解散国民党山西省党部。拔掉老蒋插在山西的这颗钉子，山西的学生活动当然也就更加活跃起来。

裴延萍自来到太原读书以后，积极投身于学生运动之中，很快就成了女中的学生中坚，甚至还成了省学联的领导成员。

组织学生到南京请愿的路费，学联在街头已经募捐了一部分，可是还是不够。有不少家境较好的学生纷纷表示愿意出钱。裴延萍当然也不示弱，她要出资捐助。

回到宿舍，她一看自己的钱包，手头已经没有现钱了。这些天印传单、搞活动已经花去不少，她只好到“禄兴居”去取款。

“禄兴居”是她家在太原的商号，也是她的经济后盾。她来太原上学以后，从来没有从老家带过钱，都是在这里取现的。

裴延萍来到“禄兴居”，老板一见是裴家大小姐来了，当然是热情接待，按照小姐吩咐，马上让掌柜的如数取出给她。延萍写下一个字据就急着要走。

这时老板又叫她等等，并对他说：“大小姐等一下，还有一事要对你说，三个月前，有一位后生说是郭有才郭管家的公子，送来一封信，让我千万转回武乡，可是这么长时间，一直没有个合适人，这信一直搁在这里，也不知是什么重要事情，耽搁了没有，实在抱歉。今日你来了，就交给你吧。”

“啊，是水瀛哥的信?”裴延萍的心急剧地跳了一下，“快，快给我拿来。”

水瀛出走时，她还在县城女校上学。知道水瀛离家出走以后，她这心里非常难过。她恨那个花花，因为她逼得水瀛哥离家出走，下落不明。她算是个什么人呀，一个没有见过男人的寡妇，一个克夫的寡妇。就在水瀛出走了以后，郭有才大伯到西山找了他两个多月，也没有找见，直到现在已经一年多了。她也是随处打听，一直没有消息。谁知踏破铁鞋无觅处，今天却在这里得到了消息。

老板取出信来递给了裴延萍，她一把夺过来，马上拆封就读。

看罢信他才知道，原来水瀛在路上遭了强盗打劫，又被拉充了军。现在，他就在太原附近的大营盘。

他的部队番号是二十九师三二四团六营五连九排。

裴延萍急匆匆地走出“禄兴居”，马上又雇了一辆人力车赶到大营盘。

大营盘在亲贤村附近，离太原有七八里路程。她坐着车颠颠簸簸地来到这里，只见四周高大的围墙，她想这一定是军营了，水瀛哥大概就在这里。于是便走过去，见门口戒备森严，哨兵两手握枪，直挺挺地站在那里。延萍上去打问，“老总，帮帮忙，请问一下，这里是二十九师营房吗？”

“你要干什么？”

“找一个人。”

“找什么人？”

“二十九师三二四团六营五连九排战士，名叫郭水瀛。”

“你没有看见牌子上的禁令吗？”

哨兵非常严肃地指了指门口那块大牌子。延萍一看，原来上面写着：“军事重地，非军人一律禁止入内。”

裴延萍再说什么，哨兵说，“请你不要妨碍军务，否则后果自负。”

她吃了闭门羹，再说什么，就是进不去，她只好无奈地返了回来。

裴延萍回到学校，心里非常难过。

她原本想，好不容易有了水瀛的消息，她想先到部队上去看看他，看他在那里怎么样。据他在信里说，他非常痛苦，想逃出去，还想让家里人设法救他出去。一定是那里非常苦，现在她在太原，想先去了解一下情况，然后再设法救他出来。可是她哪里想到，不用说救他出来，就是见他一面都不行，这可怎么办？

这时同学们正在那里研究去南京请愿的事情。她的心情不好，没有像以前那样积极发表意见，只是忧郁地坐在一旁。

同宿舍的一位同学润芝见她从外面回来，一脸的不高兴，还以为她没有拿到准备捐的钱，便问：“延萍，你怎么啦？”

“没有什么。”裴延萍愁眉苦脸地说。

“那你怎么一脸的不高兴呀？你不说我也猜出来了，因为没有拿到钱是吗？这没有什么，这些天你为咱们学校的学生抗日活动已经捐的不少了。咱们可以再想别的办法，再说还有许多同学要捐呢，这去南京请愿的路费，我们一定能凑齐的。”

“不，不是因为钱。”

“不是因为钱？”润芝怔了一下，“那又是因为什么呀？遇到什么困难呀，你得给我说呀，有什么事情我们大家帮你嘛。”

“嗨。”延萍长长地叹息一声，还是咽了回去。

这时，一位叫王春的男同学听见她们唠叨走了过来，关切地说：“延萍，你遇到什么困难了？有什么事你就说，我来帮你。”

几位同学都这么说，延萍才说，“嗨，就怕你们帮不了我……是这么回事，我哥失踪一年半多了，去向不明，今日偶然得到个信，说他被抓了丁，当了兵，现在就在大营盘的军营里。我急忙去见他，可是，军营有纪律，人家不让见。”

王春问：“你去大营盘了吗？”

“去了呀，那些哨兵说那是军营，非军人禁止入内。我又请求人家，看能不能帮我叫出来说句话，可还是被拒绝了……”

“现在你可知道你哥在哪个师哪个团……”

“知道。他说在二十九师三二四团六营五连九排。”

“是在二十九师吗？”

“对，二十九师。”

“哎呀，要在二十九师，那可就有办法了。”

王春这么一说，裴延萍马上说，“有什么办法？王春你快说呀。”

“延萍，你不是认识山西大学的陈亚妮吗？”

“陈亚妮，当然认识，我们还很要好呢。我们志趣相投，又都是省学联的成员，常常在一块儿组织学校的各种活动。可是她又有什么办法呢？”延萍不解地问。

“延萍，要见你哥哥，只有她——陈亚妮才能帮你这个忙。”

“王春，你倒是快说呀，老在吊人的胃口。陈亚妮能帮什么忙呀?”润芝在一旁说。

“这个陈亚妮，就是二十九师师长陈长柱的千金。”

“啊，这是真的?”裴延萍一下子高兴地跳了起来。

她知道陈亚妮是个非常热情的人，她们在省学联常常在一起，无论是组织活动呀，还是捐款捐物呀，她都非常慷慨。

于是她迫不及待地要到山西大学去。同学们都说天已经不早了，让她明天再去。可是她心急如火，哪里还能等下去，她要马上去见陈亚妮。

裴延萍又租了一辆人力车，赶往山西大学。

这时天已经快黑了，裴延萍坐在车上，不时地对车夫说，“请你快一点呀，天要黑了。”

车夫无可奈何地说：“我好长时间都没有跑这么快了，车都飞起来了。”

是呀，车夫跑得够快了。可是裴延萍这心里急呀，她多么想马上能见到水瀛呀……

来到山西大学门口，裴延萍付了车钱，小跑进去，她边走边打听，终于在教室里找到陈亚妮。

他们有几个同学正在那里研究去南京请愿的事。

裴延萍走进来，一边高声地问：“请问，陈亚妮小姐在吗?”

亚妮一听有人找她，扭头一看，原来是裴延萍。

“哎呀，延萍，真是稀客，你怎么来了？有什么事吗?”

“我来找你呀。”

“那好，有什么事你就说，也是谈去南京的事吧，我们现在正在研究呢，你过来一块儿说说吧。”

“不，今天我来找你是私事。”

“哦？有什么私事找我……你尽管说，只要我能帮你的……”

裴延萍笑一笑说："我就知道你会帮助我的。"

这时，陈亚妮拉她走到了同学们中间，"来，我给大家介绍一下：这位就是太原女中的裴延萍小姐，著名的学生领袖，也是省学联的领导成员之一。"

同学们马上都说，"久仰久仰，欢迎你——"

延萍心里有事，只是向大家点点头，"太过奖了，工作是大家一齐努力做的，我哪里能称作领袖？"

说着，她又对亚妮说："亚妮，我真有件急事，想请你帮忙。"

"你说呀。"

"我们可以外面谈吗？"

"哦？还这样地神秘吗？好，我们出去。"亚妮回过头来给大家安排了几句，拉着延萍的手走了出去。

她们走到了校园的大操场边，在台阶上坐了下来，"延萍你说吧。"

"是这样的，我的一个哥哥去年春天失踪了，这么长时间来一直没有下落。今天我才得到他的消息，说被抓去当了兵。"

"哦，当兵？"

"是的，所以我想找你帮忙，见他一面。"

"他部队的番号是什么？"

"他在信上写着：二十九师三二四团六营五连九排。我好不容易得到这个消息，立即找到大营盘的军营去，可是哨兵说什么也不让我进去，差点将我抓了起来。没有办法，只好回到学校，有位同学介绍，才知道令尊大人就是二十九师陈师长，这不，马上就来找你。你可要帮我，让我见我哥哥一面。"

"我还以为是什么大不了的事呢，原来是这个，没有问题。我可以让你去看他，而且如果他有什么要求，我还可以照顾他、帮助他。"

"太谢谢你了。"

“不用客气。不过你还没有告我，你哥哥他叫什么名字?”

“郭水瀛。”

“啊? 郭水瀛?”陈亚妮怔了一下。

“怎么，你认识他?”延萍也看出亚妮的一些疑心。

“嗯……不认识。不过我可以帮你查一下，一定引你去见他。”陈亚妮笑一笑说。

“真的要谢谢你呀。”

“哎，延萍，这个郭水瀛真的是你亲哥哥吗?”

“嗯。”

“那……为什么你姓裴他姓郭?”

“哦，是这样的。”裴延萍把他家里的情况，以及郭水瀛和她哥延寿干兄弟的关系等仔细地说给了亚妮。

亚妮听了后，点点头说，“好，后天是礼拜天，我带你去。”

“那太感谢你了。”

“别客气。后天早晨在学校等我，我开车去接你。”

总算等到了星期天的早晨。延萍早早地起床，梳洗打扮了一番，照着镜子化妆了好大一会儿，又把准备给他带的礼物仔细地检查了一遍。她翘首等待，又几次跑出外面来看那辆汽车来了没有……等呀、等呀，终于听到了喇叭声音，汽车来了……

裴延萍迫不及待地跑了过去。

陈亚妮打开车门喊，“延萍，过来呀。”

“我早已等不及了。”

“上车。”

裴延萍上车和亚妮坐在一起。

延萍急忙向她打听，“亚妮，查到这个人的名字了吗?”

“查到了，你吩咐的还能不给你查到呀?”

“就是在那个二十九师三二四团六营五连九排的吗?”

“这个你别着急，一会儿见着你就知道了。”

裴延萍这心里不知是激动还是难过，她想着见到水瀛以后该说些什么?该做些什么?他现在是什么样子?从他那份信中看，他在那里苦呀，一定是瘦多了；常常在外面训练，一定是黑多了。不过，这下好了，有她和亚妮这层关系，还怕他再受苦吗?亚妮已经说过了，她还可以帮助照顾他呢。想到这里她暗暗地笑了……

“到了。延萍，下车吧。”

裴延萍这才愣过神来，她跟着亚妮下了车。

可是一下车，她又傻眼了。这哪里像军营，分明是一栋别墅。院里有假山、有鱼池，铺着石头的小路弯弯曲曲，真有一种曲径通幽的感觉，石头小路的旁边，种着各种各样的花草树木，开得万紫千红……

延萍想，我前天去大营盘，虽然没有进到营房里面，可有外面看院墙高筑，看上去阴森森的，哪里有这般的美景，再说，水瀛要是住在这里，怕也不至于能写出那样一封信呀……

“这是什么地方?”延萍疑惑地问。

“我家呀。”

“不是说到大营盘吗?”

“你不是说要见郭水瀛吗?”

“是呀。”

“我让你见到郭水瀛就是。”

亚妮一边说一边笑，她伸手拉住裴延萍的手，说：“来吧，进来。”

裴延萍有些怯生地跟着亚妮走了进去。她的家在武乡也算大宅院，可是，要与陈师长的别墅相比，那可是小巫见大巫了。每过一道门都有两位哨兵在站岗，可是他们见是陈二小姐的客人，只是敬礼。

延萍跟着亚妮径直走到楼上，进了一间办公室，她朝坐在那里写字的一位军人说："郭少尉，你看谁来了？"

"郭少尉？"延萍这心里一动，两眼朝前望去，这位郭少尉怎么如此眼熟？

"延萍？"

"水瀛哥？是你？"延萍一下子扑上去抱住了郭水瀛，"水瀛哥呀，你可让家里的人找苦了，原来你在这里。"

"延萍，我也好想你们呀。"

过了好大一会儿，水瀛和延萍才慢慢地分开。这时水瀛回过头来问道，"亚妮小姐，延萍是怎样找到你的？"

"让她给你说。"亚妮十分调皮地说。

水瀛又反过来问延萍，"延萍，你是怎么找到亚妮小姐的？"

这时，陈亚妮却在一边说："郭少尉，妹妹来了，连一杯茶也不请她喝，你这个哥哥可真粗心呀。"

"还是亚妮小姐想得周到。来，我给延萍倒杯茶。"

"我来吧，她来咱们家，我是主人呀。"亚妮马上忙乱起来。

延萍和水瀛呆呆地对视着，分别后的千言万语不知该从何说起。过了半天，水瀛才问了一声："延萍，你是怎么到太原的？"

延萍说："去年你走了以后，正好省城的女中招生，我就报了名，一考就考上了，现在就在这里的女中读书呀。"

接着，她又把怎么参加学生运动，怎么认识陈亚妮，又怎么得到郭水瀛的消息……一连串地说给他。

水瀛又问起他爹、干爹、干妈、大太太以及延寿、文兴的情况，延萍一一说给了他。

"水瀛哥，自打你走了以后，郭大伯为了找你到西山跑了两个多月，回家后就病了……"

"什么？我爹他病了？现在怎么样？"

“水瀛哥你不要着急，我慢慢给你说，多亏了大伯母照顾他，整天给他端汤、喂饭、煎药，现在好多了。还要告诉你一个好消息，就在病情有所好转时，我爹娘多次从中撮合，郭大伯已经和大伯母碰在一起了……”

“哦，他们成婚了？”

“怎么，你反对吗？”

“哪里，我早就想了，只是我作为一个晚辈不能来管这事。其实，早就该了……我从小就不知道母亲是什么样子，一出生时母亲就去世了。是爹拉扯大了我，后来，在我七八岁时，渐渐地发现，大太太就像我的亲生母亲一样对待我，时时处处关心我、照顾我，好了，现在我终于有母亲了……”

听到这个消息，水瀛确实高兴极了。

他想，既然父亲能够与大太太走在一起，说明他的思想有了转变，这不仅给他找来了母亲，而且对他和花花的婚姻也大有好处。

看到水瀛现在已经成了少尉，延萍心里也非常高兴。

“水瀛哥，你现在这样好，为什么不给家里写信呢？”

“以前有限制，不让通信，你收的那信也是偷偷地送去的。来到陈府后，我又从事机要工作，这信又不知该如何写，又怕透露了什么军事机密。这下好了，你有空把我的情况告诉家里好了……”

“水瀛哥，这下总算又找见了你。今天，咱们到外面一齐吃顿饭吧。”

“怎么，我家里没有饭吃？”亚妮在门外听见延萍这么说，边说边走进来，“延萍，看你说的，饭我已经准备好了，难得你和你哥见一面，咱们仨一起吃。走吧，咱们现在就到餐厅去。”

这天中午，他们仨在一起吃饭，饭间高高兴兴地海阔天空又聊了好久。

下午陈师长要去绥靖公署开会，水瀛当然也得跟着去，他只好走了。

“延萍，我要和陈师长开会去了，你千万要把我的情况给家里传回去，免得我爹挂念。”

“你放心，我以后会常来看你的。”

裴延萍从陈亚妮家回到学校，她的想法完全倒过个儿来。

这事情的跌宕怎么就这样的大呢？那一天，当她在“禄兴居”看到水瀛写给家里的书信时，那封信上讲他在军营里如何如何苦，他又是如何如何地想家，他非常需要家里人设法救他出来……

然而，从书信送出后，时隔几个月，一切都天翻地覆了。

郭水瀛由一个列兵，居然变成了二十九师陈师长手下的少尉副官。

要不是与陈亚妮认识，她真的见不着他呀。到大营盘的军营里找一个列兵，都进不去，何况要到师长府上去见一位少尉副官？

现在好了，既然他和她都在太原，他们之间的爱又到了发展的时候。她想，到了该捅破这层窗户纸的时候了，“祸兮福所倚，福兮祸所伏”。延萍想起了这句话的哲理，是呀，本来她想让水瀛和她一齐到县城、到太原读书，好慢慢地培养他和她的爱，可是谁知道阴差阳错，让他去爱上了个什么花花，还因为这离家出走。也还算水瀛命好，钱遭抢了，人遭抓了，居然又被陈师长看上了，一个参军几个月的小兵子，突然成了少尉副官。

如今，他在太原，她也在太原，再也不会受到那个花花的干扰了……

她和他本来就是天生的一对呢，很小的时候，他们在一起玩儿过家家，总是水瀛扮新郎，她扮新娘，她哥哥延寿给他们当证婚人，而其他那些孩子，手搭手，把他俩人抬起来，吹吹打打送到他们的“家”中……

裴延萍把水瀛的消息，马上告诉给了武文兴。武文兴听了水瀛的传奇经历，也感到十分惊讶，他十分关切地问道：“延萍，你在和水瀛的谈话中，感觉水瀛的思想有什么变化？”

“没有，一点也没有。和在东漳镇上一模一样。”

“那你现在有什么打算？”

“文兴，你不是以前曾经准备发展他入党吗？我想通过一段时间的考验，把他发展进组织来，这样咱们就会把组织打进晋绥军的内部，这对我们会有好处的。”

武文兴皱起眉头想了许久，才慢慢地说：“延萍，水瀛的情况发生了变化，我不是不信任他，他是我们很好的朋友，但是，现在他在晋绥军中，我们发展了他，让他一人孤身工作，很不方便。我认为暂时先不发展他入党，只要他能为我们工作，党的大门是永远敞开着的，重要的是让他能为革命做贡献，利用他这个身份，这对我们也许会更有好处。”

第十九章

延萍的到来，使水瀛想起了家乡，一种归乡的急切心情油然而生。

本来他还特别想打听一下花花的消息，这是他心中最重要的，可是他一想，延萍喜欢他，最反对他去爱花花，女人总是有醋意的，她不会去收集这些情况，即使知道也不会告给他，也就没有敢提这事儿。

听说父亲病了，他想应该回去看看他老人家，也看看对他有养育之恩的现在已经是他妈妈的大太太。爹能娶了大太太，这不仅是他们二老的喜事，对他水瀛来说，又何尝不是喜事？这已经说明他爹的思想转变了，观念转变了……他要娶花花，他也不会再来阻拦了……

想到这里，他真的归心似箭。再说现在也有了一个很好的借口，他要回去看望他病中的父亲，陈师长一定会准他的假的。

现在的水瀛和以前不一样了，他已经是一名军官了，回去看那个魏林元还敢怎么样？这一次，可是再也不能失误了，一定要把花花娶过来。

上午，郭水瀛将一大堆文件，送给陈师长审阅，先一件件地简单给陈师长汇报以后，他向陈师长提出了请假的请求：

“报告陈师长，听我妹妹说，我父亲病了，我想……请几天假，回老家去探望。”

“哦？什么病？”陈师长抬起头来，关切地问。

“是这样的，去年我离开家后，我父亲就因想我而得病了。”

“现在病情如何？”

“身体一直不好，久思成病。”

“哦，看来不是什么急病的……”陈师长自言自语地说了一句，他喝了口水说，“水瀛呀，你看这样行不行？这几天阎主任批准咱们的请求，绥署过两天文件就会下来，二十九师要扩编为三十八军。这一段你的工作要更加忙了，一大堆军务需要你来处理。在这时，如果你离开，我担心影响扩编工作的进度。按说人生一世孝为先，你回去看望父亲，我应该支持，可是军务急呀，这也是忠孝不能两全吧，反正你父亲的病也不是什么急病。这样吧，你先抓紧时间准备扩编，等我们的扩编工作完成后，我派汽车送你回去，如果你父亲愿意来省城，你还可以接他来这里住些日子，你看行吗？”

听陈师长这样说，水瀛只好暂时按捺住回家的心思。

陈亚妮自打在张敬亭家里当众宣布了她与郭水瀛的关系以后——当时虽然是为了以此来阻挡张敬亭的纠缠，其实这也是她心灵中对水瀛爱慕的一种表露——见郭水瀛也对此事默认了，她心里非常高兴。

她想要和郭水瀛结婚，先要给他准备一件礼物，可是究竟送什么礼物最好呢？想来想去，只有一样最实惠，那就是让她父亲提拔他。

这一天，她回到家里，和父亲商谈起来。

“爸，你觉得郭水瀛少尉这个人怎么样？”

“哦？很好的，那是我一手提拔起来的，还能错的了吗？”

“听起来爸对郭少尉是重用的了。”

“可不是，现在全师的机密大事都由他来处理的。”

“我看也并非你说的那样……”

“哦，这话怎么讲？”陈师长一听亚妮话中有话，反问了一句。

“你说非常重视郭少尉，为什么才给他一个少尉？依他的才干，就是给个少校、中校，也不为过呀！是不是对他还有些什么疑虑呀？再说了，爸你这么一个大师长，出门带一个少尉副官，不觉得有点掉架子吗？怎么也该给他上校级呀。”

“女儿今天怎么管起我的军中大事来了？”

陈师长盯着女儿看了许久，突然醒悟过来，“哦，如果我没有猜错的话，我的宝贝女儿是不是爱上了郭水瀛？”

“爱上又怎么样？”

“他可是我的副官呀。”

“你的副官怎么了？哪条军规中，还写着师长的女儿不能爱他手下的副官呢？”

“好一个尖刻的女儿呀，算你说得有理。”

“本来嘛。”

“哈哈哈哈……”陈师长笑了。

其实，陈师长对郭水瀛也是非常看重的。那一次挑选副官，他一眼就看中了他，再加上看了他写的文章，就更喜欢这个小伙子了。自从他到师部来工作以后，工作干得井井有条，更使他满意了。现在见自己的女儿又爱上了水瀛，他打心眼里高兴，让水瀛来做他的女婿，他心满意足。

陈师长笑笑说：“亚妮，这一段，我已经看出来了，你每次回家，都要求郭少尉去接你，回来以后呢，又常常到他那里去，谈这谈那，总是说个没完，我看你们很投机呀，水瀛是个好小伙子，你爱他我支持。”

亚妮红了脸，她低下了头。

过了好一会儿，亚妮又说：“爸，我刚才问你的话，你还没有答复我呢。”

“你的心情我理解，想让他职务高点，出去更加体面些。这个问题，我也在考虑。只是现在还难以解决。他参军还不到一年……”

“提拔是看才干，又不是看时间……”

“可是，部队有规定……”

“爸，这个权利在你的手里，哪有那么多规定，规定是死的，人是活的呀。你说给他一个什么军衔，都是可以的，谁敢来给你讲规定的。”

“你说得轻巧，现在部队正准备扩编，这可是好不容易才在阎主任那里争取来的。下面的各级军官都争着要趁这个机会提拔……我违犯规定把水瀛提拔了，万一有人把这个事情捅到阎主任那里，影响了扩编……”

“爸，部队扩编，这正是个大好机会，二十九师扩编为军，正常说，所有军官都要升一大级，都在面临升迁之际，谁还去阎锡山那里告状？谁不知道二十九师是晋绥军的王牌师？谁不知道陈师长是阎锡山手下的红人？哪个人敢冒天下之大不韪，拿着自己的前程来做赌注，去告这样一个尉级军官的提拔呀？这不是明显和你过不去吗？”

陈长柱师长听了女儿亚妮的话，也觉得有道理，笑了笑说：“你呀，真顽皮。不过，要提中校、少校那可是不行的，军内有规定，校级军官至少要有三年以上军籍，而水瀛当兵还不满一年……”

“那还不好说吗？水瀛现在才是个尉级军官，他的资料现在还都在师部呀，那就给他改一下嘛，改成三年以上军龄，不就顺理成章了吗？”

“你怎么就有这么多鬼点子呀……”

“爸，你就答应吧。”

陈师长沉默着不说话。

“爸，要么这样，现在先给他一个上尉。过一段正式扩编时给他一个中校，怎么样？这叫分两步走，别人更说不了什么的。”

这时，陈太太走了进来，她听见女儿和她爸谈论什么提拔的事，便问：“亚妮，你又和你老爸谈什么交易呀？”

亚妮笑一笑，不给她妈说。

陈长柱师长说，“你看看，你女儿心中有人了……”

“哦，我说这些天怎么那么高兴呢。”

“嗨，八字还没有一撇，她倒和我谈起条件来，要让我提拔他。”

“这么说，是你的属下了？”

“嗯。”

“哦，是谁呀？”

“你猜猜……远在天边，近在眼前。”

“是郭水瀛少尉？”

“你算猜对了。”

“亚妮，你爱他吗？”

“妈……”亚妮的脸又腾地红了。

“那么他呢？也爱你吗？”

“当然。爱，那是两个人的事儿，他不爱我，我也不会这样……”

“可是……亚妮，前一段你带回那个什么延萍，说水瀛是她的什么来着？是她的哥哥，最近，我发现老是你不在家的时候，来家里找他……一次，我在水瀛的门口路过，听见他们正在谈什么爱呀，他们之间的关系是不是……好像并不是你说的那个兄妹关系。”

“哦，真有这事？”亚妮怔了一下。

说实在话，一开始，裴延萍来找她，她就曾想过这个问题，特别是一个姓裴一个姓郭，说是兄妹，就有点疑惑，可是从他们的接触中，她也偷偷地去观察水瀛的动向，并没有发现什么异常，她才确信了他们的兄妹关系，难道水瀛也会给她打掩护吗？

陈太太说：“无论如何这个问题你要考虑。”

“妈，你不用担心，我会处理好的。”

水瀛真的和裴延萍是那种关系吗？他们真的从小就是青梅竹马吗？如果真是那样，这个问题又该如何解决呢？

陈亚妮没有想到无意之中，她陷入了爱情的漩涡……

亚妮真的太爱郭水瀛了，从她见到他那一刻起，郭水瀛就在她的心中留下了非常深刻的印象，通过多少次接触，更使她坚定了爱的信念。可是现在突然冒出一个裴延萍来，打乱了她的生活，早知如此，何必当初呢？她要是不带这个裴延萍回来，裴延萍说什么也不会见到郭水瀛的，她开始怀疑自己这样做是不是有点引狼入室了。可是，现在这一切已经无可改变，她该怎么办？

她想了许久，还是决定先去问问郭水瀛。

亚妮来到郭水瀛的办公室，水瀛正在忙着上报军部组建情况，见她走进来，点点头示意让她坐下。

亚妮说："你就这么忙呀，连看我一眼的时间也没有？"

"亚妮，我真是忙呀，绥署让一个月之内将军部组建完毕，可是现在许多机构都还空着，原来的师部一部分要改为军部，可还要留一部分做二十九师师部，还要新组一个八十九师，干部大量缺乏，绥署想调几个来，陈师长……哦，不，陈军长不同意，所以我们要尽快准备一份合适的人选名单上报呀……"

王亚妮笑笑说："水瀛你真可以呀，大权在握了，军部及两个师部的干部人选，都由你来决定了。"

水瀛摇了摇头，"哪里的话，我只是按照陈军长的意思，把语言变成文字而已。"

这时，亚妮又问："水瀛，你的上尉军衔批下来了吗？"

"真快，批下来了。"

亚妮有点自豪地说："那可不是，这也只是个过渡，一个特别的过渡。还要快呢，过几天，军部一成立，你就要做中校。"

"谢谢，多亏你的帮助。"

亚妮一听，噘起了嘴，"看你说哪里去了，你不是成了我的未婚夫吗？我们是一家人了，哪里还用说谢字。"

水瀛红着脸什么也说不上来，他又该说什么呢？亚妮真的太爱他了，可是，他这心里却一直装着花花……

这时，亚妮看出他脸上的狐疑，心里想，我这么一说，他就一脸狐疑，是不是真与延萍……她马上趁热打铁地问：“水瀛，问你一件事，你要诚实地对我说。”

“哦，什么事？”

“你和延萍究竟是什么关系？”

“兄妹，干兄妹呀。”

“你们是不是青梅竹马的娃娃亲？”

“看你说哪里去了，真的不是，我早给你说了，虽然我们从小在一起，可她是大户人家的千金小姐，我是佃户的儿子……”

“那她这一段来找过你吗？”

“找过呀。”

“为什么偏偏都是我不在家时她才来？你们有什么秘密背着我吗？”

“没有，亚妮，你要相信我……”

“好，这就好，那你忙，我走了，这几天我们得搞‘九·一八’国耻示威活动，完了我就回来，我还有话对你说……”

陈亚妮心里一块石头落了地，她回到学校，马上投身到组织游行活动的工作中。

自打“九一八”事变发生以后，整整三年中，日本帝国主义先是向东北大举进攻，两个多月就入侵了东三省，祖国二百多万平方公里肥沃领土，三千万同胞陷入帝国主义的铁蹄之下，去年春，又几乎兵不血刃地占领了热河全省，接着又进攻上海。东北四省沦陷，华北门户洞开，中华民族遭受着深重的灾难……

救祖国危亡，太原学生哪里还能安心读书，他们要抗议，要斗争。早几天，他们就筹备在“九一八”到来之际，组织大型的游行示威活动，这一天，太原各大中学校学生云集在文兴湖畔，举行隆重的纪念大会，会场上同学们高唱着救亡歌曲：

同学们！大家起来，
担负起天下的兴亡！
听吧，满耳是大众的嗟伤；
看吧，一年年国土的沦丧！
我们是要选择“战”还是“降”；
我们要做主人去拼死在疆场，
我们不愿做奴隶而青云直上……

大会司仪高喊：“开会了——”

会场上开始静下来，先有学联主席讲话，接着，山西大学学生会代表陈亚妮演讲，只见她跳上台，大声说道：

“同学们，三年前的今天，日本帝国主义为侵占中国，蓄意制造了一个‘柳条湖事件’，一夜之间，东北成了日本帝国主义的殖民地。至今整整三年，可是偌大一个中国，我们不仅未能起来反抗，起来斗争，把日本鬼子赶出中国，反而竟然被帝国主义者吞并得残缺不全。三年了，我们的人民干什么去了？我们的国家干什么去了？我们的政府干什么去了？我们的人民，在忧国忧民中颠沛漂泊，流离失所；我们的国家，在帝国主义的铁蹄下支离破碎，痛苦呻吟；可是我们的政府呢，不仅将二十多万东北军撤回关内，而且又将强大的中央军调到江西，去围剿正要北上抗日的红军……”

在陈亚妮的鼓动下，会场上立刻高喊：

“打倒日本帝国主义！”

“打倒反动的亲日政府！”

“打倒卖国贼！解救中国人！”

……

纪念大会开完以后，山西大学、晋阳大学、太原大学、农业学校、国民师范、交通学校、太原女中、成成中学、进山中学等一大批学生，沿着太原的主要街道游行示威，街上的工人、农民、商贩也都自觉地参加进了游行的队伍中……

活动进行了三天，虽然受到了一些警察的干扰，最终学生还是取得了胜利。省政府答应了他们组建抗日救国组织、赴南京请愿等一系列的要求……

省学联的几位同学都非常高兴，他们一起来到山西大学，研究这次斗争胜利的经验。

“看来我们就是要斗争，不斗争永远也不会取得胜利。今天我们在一起庆贺一下，一会儿我们再研究下一步到南京请愿的事。”学联主席高兴地说。

大家都欢呼起来……

临解散时，陈亚妮有意将裴延萍叫到一边，对她说，“延萍，告你一个好消息，今天是九月二十日，再过三天，二十三日也就是阴历八月十五，我和你的水瀛哥已经说好了，准备在这一天月圆的时候，举行定亲仪式，时间来不及，家里的人来不了，你是他的妹妹，你就代表他的家里人来参加，好不好？”

这个办法是陈亚妮经过几天的认真思考才想出来的。

既然郭水瀛矢口否认他们之间是情爱关系，那么，就算裴延萍有这个想法，他们之间也还没有形成相爱的关系，何不趁此机会打消延萍的这个念头呢？

裴延萍听亚妮这么一说，不知该如何应答，她只是轻轻地点了点头……

裴延萍不知是怎样回到学校的。

这些天来，她早已在想，如何来和水瀛哥谈他们之间的事情。是呀，他们可以说是从小青梅竹马，两小无猜。可是，她的心里十分清楚，水瀛的心中从来就没有过她。

他不爱她吗？她不信。

那么，又是什么原因造成这个结果呢，延萍知道，水瀛的自尊心特别强，就因为他是佃户的儿子，而她是财主的千金，他不愿意让别人说他攀龙附凤。自打今年春天她找到水瀛以后，又看到他当上了少尉副官，心里高兴极了，这下好了，他再也不用自卑了。她几次去陈公馆找他，她怕遇上亚妮，所以有意回避，总是在亚妮不在家的时候。可是，她的那句在心里放了几年的话，就是一直没有说出来。他知道她爱他吗？他应该知道。可是，他为什么又答应和陈亚妮定亲呢？现在他愿意攀龙附凤了吗？他想利用这个裙带关系得以高升吗？……

一串串问号，出现在她的脑际，她无以解释。

现在怎么办？她深深地陷进了爱的苦恼之中……

第二十章

武乡田赋征收制度的改革，可真是一件惠及万民的大好事，农民缴田赋比往年少了一半还多，人们都纳闷，怎么天上会掉馅儿饼？政府原来可是想着法子搜刮民财呢，这回怎么突然怜惜开了百姓呢？不久就有些知情人开始传说：

“你们知道吗？那田赋征收改革，是共产党造反，施加压力，才迫使政府改革的。”

“人家抓住了他们贪污的把柄，他们再不改革，就会闹翻天。”

“共产党可厉害呢，上次那个狗县长张祚民，想利用机会贪污二十万，就是让共产党给轰走的。”

“这共产党可是为咱穷人办事呢。”

这些天，“共产党”这个名字一下子在老百姓中间流传的火了。好多人都说，“这共产党好呀，咱也想入人家的共产党，这可比给财神爷烧香顶事。”

李文楷听到这许多的传言，心里自然很高兴，难得能有这样的机遇，老百姓认识了共产党，拥护共产党，这是我们发展的一个大好时机。于是他召集党员开会，做出了新的部署：一是大量发展反帝大同盟、抗债团、共青团、农会、工会、国术团等党的外围组织；二是深入宣传党的思想；三是大搞群众运动，反对地主老财的盘剥；四是继续和政府的贪污行为作斗争；五是要在外围组织中发现优秀的人才，培养和发展为党员。

农民运动真的高涨起来，特别是抗债团常常贴一些标语："穷人没饭吃、没衣穿，哪里有钱还债!""穷人们联合起来，不给富人还债!""富人怎么富了？他们就是靠穷人的血汗肥的。"有时候，一夜间武乡从西到东方圆三百里的地方遍地都是标语，这么一闹腾，民间传得更奇了。

"武乡的共产党遍地都是。"

"听说共产党个个是神人，武艺高强。"

"共产党在南山开了半夜会，到会的人不计其数，反正第二天光纸烟头就扫了两箩筐。"

弄得那些富人也心不安了，有不少胆小的干脆就放弃了收债，"是呀，共产党这么厉害，咱还是避避风头，免得让共产党拿来开刀。"

魏大明趁此机会，干脆把他的徒弟们组织起来，以村、以片组成了"拳房会""兄弟会""国术团"等，虽然都是些旧名字，是旧瓶装新酒，利用这个形式，很快就把党的意图传达下去。

这一天，魏大明抽个空子提了瓶酒来找霍梦龄，"师兄，咱们可是好久没有见面了，今天我是专门来与你喝酒的。"

"师弟，自打你到县里有了公干，成了人上人，咱可就再也见不着你了，今天怎么有空来看看我？"

"看你说的，不论到了哪里，咱也是兄弟情分呀。在县里不是忙吗？老是没有时间，今天总算有点空，就想来和你坐坐。"

"这就对了，没忘你师兄，你小子还算仗义。"

"别让我在院里站着了，我得进家喝口茶。"

"哈哈，你看，看见你高兴得把这都给忘了，快进家，快进家。"

一边进门，霍梦龄一边喊着："他娘，你看谁来了……"

“嫂子——”魏大明也朝屋里喊道。

“哎呀，魏兄弟如今可是稀客，这是甚风把你吹来了?”

“这用甚风哩，我来看看我师兄，还不正常?”

霍梦龄说：“先别说淡话，快给大明去泡壶茶来。”

一会儿，霍大嫂端上茶来，给他们倒满茶，说：“你们慢慢聊，我给你们做饭去。”

大明笑笑说：“光做饭可不行，还得炒两个菜，酒我已经带来了，我要和师兄痛痛快快地喝两盅。”

霍大嫂刚想说什么，霍梦龄便制止了她：“快去忙吧，就怕把你当哑巴卖了，少说点不行?这老婆子就是婆婆妈妈的，说起来没完没了。”

“咱可是好长时间不见了，嫂子也是见了稀罕。”

霍大嫂噘着个嘴白了丈夫一眼，去了厨房。

霍梦龄说，“大明，我想你是有事情才来的，有什么你就说吧，咱弟兄们用不着打墙避影。”

魏大明说：“师兄，我知道你是个爽快人，咱们两个说话从来都是直来直去的。这一段你可听说共产党活动的情况了吗?”

“听说了，这共产党确实是为咱老百姓办事情的。不过有一点我想不通，他们办这许多事情自己也得不到什么好处，究竟图个啥呀?”

“呵呵，图啥?就图老百姓都能过得好一点，因为他们也都是老百姓。”

“那他们就都是为了大家的事?”

“是呀，打个不太合适的比方，就和你信道一样，你信道也是为了积德行善，不害人，生活过得好一点。但是有一点不一样，你行善是自己善了，可害人的人还在害人，社会仍然是黑暗的。但共产党是专门和坏人作对的，只有把天下的坏人都消灭尽了，老百姓才能过上好日子。”

霍梦龄看着魏大明，此时他发现大明和以前不一样了，说起话来一套一套的，而且还很有道理，让人心服口服。以前大明好像也曾和他说过参加共产党的事。当时他认为这社会那么乱，这党那派的，不知道要干些什么，不如他这道，现在听大明这样一说，感觉这共产党也真和老百姓是一回事呢。

这时，魏大明接着说："师兄，但共产党也是人，他们也没有三头六臂，他们需要团结广大的人民群众，只有大家都起来站在一起，这老百姓才有出头之日。"

"你说得对，一个好汉三个帮嘛，人多力量大。就说这抗债吧，那么多人贴标语，搞宣传，弄得那些财主们也害了怕，就不敢上门讨债了。"

"是呀，师兄你可是个明白人，你在咱武乡也是个很有名望的人，徒子徒孙一大帮了，出来说句话也是地动山摇的了。"

"大明呀，你不要给我戴高帽子了，有什么事需要愚兄帮忙，你就说吧。"

这时，霍大嫂用条盘端着炒好的菜走了进来，"菜好了，你们兄弟边喝酒边聊吧。"

说着，把两盘菜放在了桌上，一盘山药丝，一盘炒鸡蛋，"咱家里没有好东西，大嫂这手艺也不好，大明，你就将就着吃吧。"

魏大明先夹了一口菜吃了，"嗬，大嫂炒得真香。"一边说一边把酒打开了，斟在杯子里。

"师兄，现在这社会很乱的，政府腐败，欺压咱老百姓，日本人也一天天地抢占土地，听说现在天北二京（津）都住了不少，看来迟早会有一场大战的。咱们这老百姓不反抗，那就只好等着死了。"

"是呀，你说的倒是有道理，可是咱又能怎么样呢?"

"师兄，咱们得团结起来，要反抗，光凭热情不行，应该有什么本事使什么本事才行。我想你该把徒弟们组织起来，经常给他们讲些革命的道理，一旦需要的时候就会一呼百应。再一点，凭你我的本事，我知道打个十来八个后生不在话下，可是以往咱们坐拳房，大多是教些花架子，光能健身，不实用，我认为以后要传授他们一些真功夫，能让大家有些防身的本领，遇到敌人了，也轻易不会吃亏。”

“大明你说的这个有道理。自古道‘害人之心不可有，防人之心不可无’，让徒弟们学些防身之法，这也是应该的。以前我是怕他们闯下事的，有些年轻人太冒失，不等学一下，就想试两下，以前在拳房里也遇过打坏了人的情况，好在我会推拿之法，一般的跌打扭伤，按摩一下就好了，可如果我不在场，打坏了怎么办？所以很少传授，现在经你这样说，这倒是必要了。”

“这就要看师兄的引导了，让他们知道防身的本事该在什么时候用。呵呵，我想师兄能处理好这事的。”

就这样，他们一边喝酒一边聊，不觉得一斤白酒已经下了肚，兄弟二人还酒兴未尽，不过没有酒了，只好滔滔不绝地谈论着……

这回霍梦龄真的服了魏大明，没有想到几天不见，这小子有了一套一套的理论，比他这只知道使枪弄棒的武汉子强了许多。弄武的人，不服你的时候，你说什么也想和你比试比试、较量较量，从手段上分个高低，可是只要服了，你那话就好像是圣旨。这不，魏大明走了以后，他就谋划着去组织他的徒弟们了。东武乡有上百个村都有他的徒弟，现在他的几个徒弟也坐拳房了，他又有了徒孙。但实际上，他这徒弟们学到真功夫的人并不多，不是因为他保守，主要是他这人生性胆小，只怕出个岔。他的大师兄霍森玉是他师傅霍焕的大儿子，就是学一招就想使两招的人，常常爱闹事，有一年在集上和人争吵起来，凭自家的功夫，点了对方的穴。这种点穴法可不会当场毙命，而是隐痛数十日，百日快到时才会发作，结果伤了人家的性命。霍师傅得知此事，想给对方去治疗，可是对方已经一命呜呼了，因为这事，霍师傅内疚了许久，他亲自把他的大儿子的武功给废了。

霍梦龄也是因为这事有了教训，所以只教徒儿们健身之道，并不传护身之法。可是今天听了大明的话，他改变了想法，社会已经到了非常时期，年轻人跟你习武数年，居然连个护身的本领也没有，这算什么习武？从今天开始，他就要传授真功夫了，在他这一生中，千万不能留下遗憾。

他把他这一大批徒弟在自己的心里过了一遍，选出精干的召集起来，开始传授真功夫。什么徒手格斗，什么借力打力，什么徒手胜刀枪，什么四两拨千斤……

还有一门最拿手的功夫叫“铁布衫”，这功是防身最好的本领。这功夫很神奇，在你遇到强敌时，只要你先行运气，“穿”起“铁布衫”来，浑身的皮肤就会变得如钢铁一般，刀枪不入，你若用棍棒打来，他不仅感觉不到疼痛，反而会震裂你的虎口。

霍梦龄决心把这真功夫传给他的弟子们。当然，若要练真本事，首先要苦其筋骨。练“铁布衫”功，要先从打排砖练起，什么是打排砖？就是先用砖头自己打自己，从胸脯一直打到脚面，先轻后重，逐步加力，练习时要集中意念，运作周身内气，可在皮下自由运转，砖打在哪里，气就“衬”在哪里。自己打前身打遍了，练习的队员们又将方阵排为圆阵，后面的人打前面的人，正好是一圈子。随着师傅在中间一、二、三、四的喊声，徒弟们一齐将砖打下来……

霍梦龄传授真功的消息传了出来，走进拳房的人也越来越多。

而这些人又大多是抗债团的成员。这下那些地主老财更是害怕了，想出门去收租要债，就怕碰了抗债团的人。

“这年景不好，天旱地不收粮，你没有看见，哪里有球租子呢？你想要租子，到奇崖头下问白龙爷要哇。”抗债团后生们这样一说，催租子的先生便甚也不敢说，点头哈腰地扭头跑了。你要敢犟嘴，愣后生敢用大耳刮子扇你。

这农民们的腰杆子硬了起来，可是你说那地主能心甘情愿地不要租子？于是他们都来找裴东家。这裴宝珊是武乡头号财主，可裴东家说：“年景不好，咱们就缓一缓吧，逼得咱这乡间出人命，咱这脸上也没光彩。”

在裴宝珊跟前找不到办法，大家就去找赵恒昌。

赵恒昌与裴宝珊算是并肩王。前段搞田赋改革，一下子让赵家关了十几家商号，赵恒昌恨透了这些个专门闹事的农民。这下有了这么多人支持他，他便说，“你们跟着我，咱们一起到县衙门里告状，自古道欠债还钱，这是天经地义的事，咱管球他年成好不好，你要知道今年年成不好，不要租我的地呀，既然白纸黑字写下契约，就得按契约缴租子。”

“是呀，赵东家说的这话太在理了，你说引我们去哪里，我们就跟你去哪里，总不能让那些穷小子就这样高兴，说不还就不还债了。”

“是，他们欠咱的为什么不还？这还讲不讲理呢？”许多地主们都附和着。

一帮大小地主在赵恒昌的带领下，一起来到县衙，要面见县长告状。这里头除了赵恒昌还有不少有名望的乡绅，范县长听说一下来了这么多乡绅，他也不敢不见，马上来到议事室召见大家。这一帮人见了县太爷，可算是找到了说理的地方，你看他们你一言他一语，都说让里县衙出面治一治这个抗债团。

这范县长既然也知道抗债团之所以活动得很凶，是有共产党在背后撑腰。共产党就是靠这一帮穷苦人，一呼百应。他也曾和共产党斗过几个回合，总觉得有点斗不过他们，所以是能凑合就凑合，千万不敢像张祚民那样让赶跑。人家张祚民有后台，在武乡走了，还能到别处当县长，他范某人要是被老百姓赶跑了，这个官帽就怕再也没有了。所以说嘴上答应一定“严加治理”，可究竟怎么个治理法，他心里也没有底。

范县长决定到省府去汇报，请求帮助。武乡既然成了山西的“四大赤县”之一，阎主任应该重视呀，怎么不给咱派些兵来呢？把那些闹事的农民镇压镇压，看他们还敢。

范县长来到太原，正遇上了好时机，不用他汇报，省里就决定处理武乡的事情了。

原来是这样的。武乡建立起了共产党的县委机关后，太原特委感到武乡党的活动做得好，就派一个姓段的青年党员来武乡具体了解情况，想把武乡地下党活动的经验在全省推广。姓段的在武乡以走亲戚为名，住了一个多月，回到太原以后，暴露了身份，被捕入狱，在监狱里他经不起严刑拷打和金钱的利诱，最后做了叛徒。他供出了太原党组织的一些情况，尤其是把武乡地下党的领导成员全部供了出来。

省府以武乡警察局工作不力为名，撤了警察局局长的职，从太原新派了一位局长。新任警察局局长梁楫拿着一份名单，一到武乡上任，就抓了十来个人，抄了流动图书馆，李文楷、武云璧、赵清风、魏大明等都被抓了起来，武乡的地下党组织遭到了严重的破坏。

范县长对抓来的人进行了审讯，他们谁也不承认，可是警察在抓捕时都进行了抄家，有的从家里抄出了进步书籍，有的搜出了纸张，这些都被作为“罪证”，硬是给他们列了罪状。只有魏大明因为不识字，什么也没有搜出来，再说他一直在警察局，和大家的关系都很好，许多人都帮他求情，特别是县政府的秘书是魏大明的远房表亲，他悄悄地来到范县长的耳边说，“魏大明这人一定不是共产党，他要真是共产党，咱可抓不住他呀，范县长你没听说过吗？这个魏大明从小学了一身好武艺，那叫身怀绝技呀，他会遁形之术，以前还在人前头显摆过呢，人们用绳子把他捆起来锁在家里，几个人站在门口守着，他就会大摇大摆地从街门外走进来，谁也不知道他是怎么跑出去的。可见如果他要真是共产党，他还能让咱们把他捆在监狱里？他还会飞刀杀人，放出飞刀来，自会去取人首级……”

秘书把魏大明说得神乎其神，范县长琢磨了一下，宁可信其有不能信其无，天下之大无奇不有，如若他真的能飞刀取人首级，何苦惹这个麻烦？不如以没有证据为名放了他，一来落个顺水人情，二来有他这身本事，以后也好护卫着他这个县长。就这样接连审了三堂，魏大明坚决说他不是共产党，最后就放了。其他人全部解送省城，关进了反省院。

第二十一章

“铃铃铃铃——铃铃铃铃——”

天才蒙蒙亮，陈公馆的电话就响了。

郭水瀛被电话铃声惊醒，他急忙披衣下床。

昨晚他没有休息好。明天就是八月十五了，他睡在那里，又想起老家的花花来……

整整一年过去了，现在花花怎么样呢？月儿又要圆了，她还在村口等他吗？可是，花花还会失望的，他这里身不由己呀，不过，总算有盼头了。陈师长，哦不，陈军长已经答应了，等扩编工作一结束，马上派车送他回去看望他爹，那时，他就要大大方方地去东漳寨，一定要把花花带上……

他刚刚闭上眼，谁知这电话就响了。这么早有电话，一定是有什么急事，他光着身子披了件外衣就去接电话。

“喂，哪里？”

“请问是陈公馆吗？”对方的声音有点急。

“是，有什么事，你说。”

“请问你是哪位？”

“我是郭副官，有什么事赶快说。”水瀛感到有点凉。

“我是山西大学校长办公室。出事了，昨晚警察署来了一大帮人，在学校抓了二十几个学生，陈小姐也被……”

“什么?”郭水瀛这下可也着了急，亚妮是陈军长的掌上明珠，谁这么胆大，敢来抓她?

“警署说他们是共党分子……”

怎么会出这样的事情?原来，就在亚妮告诉裴延萍她要和郭水瀛定亲的时候，刚好张敬亭想过来和她说几句话，没想到听到这个消息。这下张敬亭好气呀，你说你个陈亚妮，也太有点不够意思了，我一个堂堂的省府委员、阳曲县县长的太子追你这个师长的女儿，也算是门当户对了，我们又是同学，论人表、论才干，哪一样也很突出。可是，你偏偏要去爱一个小小的少尉，真是荒唐，何况大家都知道我对你的感情，你让我这脸往哪里搁……

好，既然你不仁，我也要不义，总得给你一点颜色看看。

张敬亭马上回到家里，和他父亲商量。张县长也为这个陈长柱看不起他而生气，想报复一下。再加上这个陈长柱新选的女婿是武乡人，他可是一听武乡眼里就冒火呀，借此机会报复那是一箭双雕的了。他要利用的当然是警察署了……

可是，这警察署也是较量不过驻军的。警察署只有东城、西城、南城、北城四个警备队，每队不足两百人，驻在南城的警备队已经对陈师长的情况了如指掌，他们哪里还敢老虎头上动一下“王”字?特别是二十九师正在扩编，陈长柱成了三十八军的军长。由此看来，陈长柱是阎锡山身边的红人，怎么才能让他出出丑呢?硬着来肯定不行。于是，张县长想出一个办法，正好，这几天学生发动大规模的运动，逼着省府答应了许多要求，省府有不少人说，这是共产党分子在活动，要对共产党组织进行整治。这倒是个机会，他下令为了严查共产党分子，让东西、南北警备队两两对调十天，进行排查，以防警备队内有人给共产党做内应。实际上是让北城警备队到南城来，他们对南城的情况生疏一些，好做手脚。这里又让张敬亭去设法搞到山西大学活动最积极的二十八位学生领导名单，当然也包括陈亚妮在内，将他们的宿舍号全部写好，然后收买一个地痞，去密报给警备队。

北城警备队来到南城，正发愁无法下手，有人送来了山西大学共产党地下组织的名单，当然，他们不会错过这个立功的机会，于是，一晚上就将二十八位学生一起逮捕。

水瀛一听这个消息，吃了一惊，他也顾不得光身子的冷了，马上让电话局接警察署的电话，他要找警察署的郭署长。可是警察署还没有人，这么早哪里有人去上班呀。

水瀛不敢怠慢，又赶紧穿衣，去报告陈军长。

“什么？”陈军长还没有起床，一听这消息就火了，“他妈的，谁这么大胆？”

陈军长是位儒将，说话从来是文而雅之，今天说了骂人的话，真的是急坏了。

郭水瀛把给警察署打电话没打通的情况简单说了，陈军长说，“你马上带几个人去城南警备队。”

“是！”郭水瀛跑下楼来，马上叫两辆车带十来个人，去了南城警备队。

谁知他进来找警备队队长，出来个人却不认识。

那人说：“我就是警备队队长，你找我有什么事？”

郭水瀛说：“听说你们昨晚在山西大学抓了几个人，我们军长的女儿也被你们抓来了，你必须马上放人。”

“什么？你们军长的女儿？”警备队队长仔细看了看郭水瀛，他是不是来诈我？军长的女儿能成共产党？不可能。他盯着郭水瀛笑一笑说，“你别给我来这一套，鬼骗人的事我见得多了，什么军长的女儿。我是执行上锋命令，只管抓共产党，不管什么军长的女儿，就是阎主任的女儿，只要是共产党，我也要抓。”

郭水瀛严厉地说：“我警告你，你不要给脸不要，出了事我让你吃不了兜着走。”

“诈唬谁呀？不就是个上尉吗？我这个队长就比不上个上尉？”

郭水瀛见和他纠缠不清，他怕这样下去误了事情，马上返身出来，叫车赶回陈府，给陈军长做了汇报。特别是他担心怕陈军长只去托个人放出自己的女儿来，而让其他二十七位同志受了苦，他必须随机应变来个将计就计，利用陈军长的权力把所有的同志都营救出来，于是，他添油加醋地说了警察署的许多坏话，说警察署如何不把军长放在眼里，不给他们个下马威，怕以后还要挑衅呢。

陈军长一听，一拳砸在桌子上，脸色黑紫黑紫的，马上命令：“郭水瀛，去给我调两个营，立即包围南城警备队。”

“是！”

不到半个时辰，二十九师部队包围了南城警备队。

这下，那个警备队队长才知道真的闹下了大乱子。百把个警备队员都退回到院内，一个个面面相觑，不知该如何是好。

警备队队长硬撑着说：“怕什么，我们也是执行命令的，他敢把我们怎么样？”

郭水瀛在外面高喊：“给你们最后一次机会，立即将昨晚抓捕的二十八名学生释放，并给予赔礼道歉。否则，我将你们全队一起消灭……”

警备队乱成一团。

“队长，赶快放了人家吧，顶不住呀。”

“这样下去，我们都没命了……”

“越是等下去，对我们越不利呀。”

警备队队长可是一点办法也没有了，他现在是放人也没有办法放了……

就在这时，警察署郭署长乘车赶来。

他下了车，马上跑到郭水瀛的身边：“郭副官，误会，误会，我来迟了。请你不要生气，我让他们马上放人，马上放人。”

郭水瀛非常气愤地说：“放人？没有那么简单。郭署长，你这可是和陈军长过不去呀，这件事看该如何处理。”

“是，一定严肃查办，一定严肃查办。”

郭署长立刻走进警备队的大院里，没有几分钟时间，二十八名学生全部放了出来。

郭水瀛把亚妮接到车里，送回陈府。

天到小晌午，郭署长亲自来到陈军长府上登门道歉，并告诉陈军长他对这次事件的处理结果：“第一，北城警备队队长撤职查办；第二，立即抓捕枪毙报信人；第三，严查相关人等，全部追究责任。”

因为这么一闹腾，今年这个八月十五，实在过得无趣了。

特别是陈亚妮，她原本想，今天要与郭水瀛举行定亲仪式，从此正式确立他们之间的关系，没想到无端生出这样一件事来，搅得一切都乱了。

本来，从九一八以后，太原的学生运动就没有断过，自打阎锡山复出后，取消了国民党省党部，军警对此一般是睁一只眼闭一只眼的。特别是去年陈亚妮被推选为省学联的领导成员以后，成了学生运动的领导者，军方从来没有出来阻挠过学生的游行示威活动，警方也是做做样子，南城警备队百十名警察，哪一个不知道陈亚妮？昨晚为何能出了这样的事情？她想这中间一定有什么原因。

陈长柱因为二十九师扩编在即，明天军部就要成立，他暂时顾不了这事，也顾不上去追问，他只是要求郭署长追查严办。

郭署长这下也真的害怕了，陈军长敢调动两个营包围警备队，说明他是天不怕地不怕的，要是找不出个目标来，还不拿我郭某人是问？再说陈军长与阎锡山的关系那是没得说的，咱这一个小小警察署长，还不是人家一句话就玩儿完了？于是，匆匆忙忙回到警署去安排调查事宜。

第二天，大营盘的军营里一片欢声，二十九师的扩编工作正式结束，军制正式启动，三十八军正式成立了。

军营内彩旗飘飘，彩带飞飞，洋鼓洋号齐鸣，一片欢歌。特别是新搭建的观礼台色彩斑斓，耀眼夺目。全体官兵也都穿着一新，都来庆贺这一盛大的节日。

八月十六，这是陈军长选定的良辰吉日。

前晌九时，典礼的时辰到了。只见以太原绥靖公署政治部梁主任为首席长官的领导团，在陈军长的陪同下，登上了观礼台，全场立即爆发起了经久不息的掌声。

司仪官宣布：“现在，三十八军建军仪式正式开始。”

话声一落，场外鞭炮齐鸣，场内鼓乐喧天。上上下下的官兵一齐高呼起来……

司仪又带领全军将士，给悬挂在主席台上正中的孙中山、蒋介石和阎锡山大幅画像进行祝福。之后，司仪又说，“下面请太原绥靖公署政治部梁主任宣布建军方案。”

梁主任清嗓子开始讲话：“遵照阎主任的命令，我代表太原绥靖公署以及阎主任本人在此宣布，晋绥军第三十八军正式成立。军长陈长柱，下设三团制师之两师，二十九师，师长由陈长柱兼任；八十九师，师长由温如飞担任；新成立军直特务团，团长由中校副官郭水瀛兼任。”

接着梁化之给陈长柱授了任职命令。陈军长宣布了军以下各级副职人选。

几天内，郭水瀛又由上尉提升为中校，并兼任特务团团长。

这天，省府各厅、署、会及太原各界纷纷送来贺礼，阎锡山也派秘书送来了厚礼，就连军政部也发来了贺电。

为了庆祝三十八军军部成立，从八月十六开始，三十八军大搞庆典活动，不仅张灯结彩，还组织了规模宏大的三天堂会，并请来省内著名的艺术家演出助兴，著名晋剧大师丁果仙登台亮相。

下午，警察署郭署长风风火火地跑来，要求密见陈军长。

郭水瀛将陈军长请到小客厅，郭署长便马上进来汇报：“报告陈军长，昨天那件事情的原委我已经查清楚了，完全由省府委员、阳曲县张县长父子一手密谋策划和制造。这一切都是他的安排，他说为了清共，怕警备队有人与共产党分子勾连，通风报信，便令将城内四支警备队对调进行清查，我当时也没有想到他有什么阴谋，只是听命而已。谁知他又派其儿子收买一个流氓，把一封写有所谓‘山西大学二十八名共产党分子’名字的名单报到警备队，从而利用警备队之手来泄自己的私愤，专门制造这样的事件。”

说着，郭署长又打开自己的手提包，取出几件材料，一件件摆在陈军长面前……

“这是张县长下的搜查命令；这是我写的根据县长安排警备队调动情况；这是城北警备队队长写的他当时接收报信人材料的情况；这件最重要，是报信人写的关于张敬亭如何给他名单、给了他多少钱收买他来报信的情况……”

只见陈军长越听越气，脸色越来越难看，他把陈亚妮的名字写进共产党分子的名单之中，明显是要加害于他陈长柱。怎么也没有想到，这个张县长竟然敢对他下如此毒手。这是怎么回事？这个张县长父子为何要这么干？这个张敬亭也在山西大学读书，会不会是与亚妮有什么关系？……

想到这里，他马上吩咐道：“郭副官，叫亚妮来。”

一会儿，陈亚妮走了进来。

“亚妮，这个张敬亭和你是什么关系？他为何要收买人来报信，专门让警署到山西大学去抓人？”

亚妮一听，她被警署抓捕，原来是张敬亭在中间捣鬼，非常气愤。她马上说：“爸，他想追我，可是我不喜欢他，拒绝了他，所以他就来陷害我们。更重要的是那个张县长，因为你掌握太原城防的军权，似乎影响了他的权力，早已对你有了成见，本来他想施用美男计，利用儿子联姻的关系，把你拉到他的门下，让你就范，从而达到他左右太原城的目的。没想到，他一计不成，又生一计，竟然用这样卑鄙、流氓的手段来陷害别人。”

陈长柱一听，肺都气炸了，“别说了。郭水瀛，备车。”

陈军长一把拿起郭署长送来的一堆材料，就往出走，他立即赶到阎锡山官邸，亲自对阎主任陈述了张县长的种种行为，要求阎主任给予答复。

陈长柱是阎锡山手下最红的人物之一，老头子当然是支持陈长柱的。军政不和，势必给太原城造成极大的影响，阎主任权衡利弊，立即做出决定：撤销张某人的省府委员，立即调任山西北端的边远小县河曲任县长。

陈长柱痛痛快快地出了这口恶气。

返回陈公馆的时候，陈军长心里一直在想这个事情。那个张县长固然是为争权夺利而下此毒手，可是，亚妮在这中间也自然地做了其中的导火线。因为亚妮长得漂亮，再加上她的家庭条件，想攀龙附凤的大有人在，在学校追她的人特别多，如此下去，还不知要出些什么事情。现在既然她和郭水瀛都有了这个意思，不如趁军部庆典的大好机会，为他们举行了定亲仪式，来个喜上加喜。再说，在这个公开场合给亚妮定了亲，让全太原城的人都知道亚妮已经定了亲，也就堵住了那些追她的人的路。

这天夜里，陈军长把他的想法说给太太。

太太听了也同意，她点点头说，“老爷，你想得对，女儿大了，是该给她定亲了。她从小让你给宠坏了，在外面办事也真有点无法无天，既然她也非常爱水瀛，就给他们订了吧，我看水瀛这孩子也真是不错，有出息。”

“好，那就这样定了。”

军人做事，都是雷厉风行的。第二天上午，陈军长让亚妮叫水瀛来。

水瀛正在办公室处理军部的事，由于建军典礼，这两天他可是忙坏了，见亚妮叫他，就跟着来到了陈军长的小客厅。一进去，见这里只有军长和太太在坐着，不过，在这个客厅里，常常是这样的，水瀛习惯了。

“陈军长，你找我？”

“呵呵，水瀛，你坐下，坐下。”陈长柱朝着沙发点点头，示意他坐下。水瀛在军长身边工作这么长时间，当然一点也不拘束，他大大方方地坐在那里，等待军长吩咐什么工作。

这时，陈太太说：“水瀛呀，今天有件事和你说。按说前一段老爷已经答应你了，军部成立以后，就让你回家看望你的父亲，再把他老人家接到太原来住上些日子，要是让你父亲来到省城，我们这话就更好说了。可是，现在正在军部成立的庆典时刻，老爷想，提前把这事办了，所以才临时这么决定的……”

水瀛听着太太的话，有点丈二和尚摸不着头脑，怎么又是典礼，又是看望他父亲，又要办什么事情？太太究竟想说什么呢？……

太太在那里接着说：“听亚妮说，你们在谈恋爱，时间也不短了，彼此相互也都有了了解。是不是趁这个军部典礼的大好日子，也给你们定了亲……”

一听这话，水瀛可着了慌。以前他知道亚妮对他有意思，因为都在一些特殊的场合，他也就没有当回事。他想，等到亚妮正式向他提出来的时候再作解释。他总不能自作多情，去说这个话呀。谁知道这事，亚妮再也不和他商谈，就给陈军长和太太说了。事情到了这个地步，这可怎么办？

“这……”水瀛红着脸，什么也说不出来。他该如何办？那边他与花花已经私订了终身，可这边，一旦回绝，后果将是什么样子，他根本无法想象……

陈太太见此情景，以为他有些腼腆，不好意思说话，便说，“这有什么，你们都这么大人了，男大当婚，女大当嫁，这是个正常的事。你的情况呢？我们也都了解，其他都不用你操心，一切都由我和老爷操办就是了。”

亚妮在一旁说：“水瀛，你倒是说呀，把你和我说的那话说出来呀。”

“啊，不……”水瀛觉得事到如今，不说是不行了呀，他只好硬着头皮说："陈军长，陈太太，亚妮小姐，实在对不起，感谢你们对我的厚爱，可是水瀛家中已经有了对象，去年春天，因为家父不同意，我自己又没有钱娶，只好离家出走……"

陈军长一听这话，非常尴尬，他觉得满身难受，"亚妮，你真是胡闹。"

陈军长赌气进了卧室。陈太太也两腮通红，不知说什么好。过了一会儿，她才对水瀛说："你先下去吧。"

水瀛走了以后，陈太太马上对亚妮发开了火，"亚妮，你看你，这是干的一件什么事情？你不是说你们已经说好了吗？哪里知道又出了这样的事情，叫我和你爸这面子上怎么下得来呀？"

"他说过他爱我的。我也没有问他家里有没有找下，再说他就是找下也没有娶过呀，这算什么？小女不过门，还是两家人，那也没有什么呀，哪里能影响了我们的事呢。"

"你听听，你听听，这说的叫什么话？人家已经有了媳妇，还没有什么，都是你爸宠坏你了，你马上都要大学毕业了，还这么不懂事。"

"我怎么不懂事？我就是看上水瀛了，就是要嫁他。"

陈军长从里屋走出来，看着这个固执的女儿，"好，你嫁他，嫁给他当二房去。你真的是让宠坏了，人家已经找下了，你还说这样的话。"

"我就要说，就凭他这样，我才更爱他。他是一个对女人负责的男人，他要是一个见异思迁的人，我能爱他吗？"

陈军长见女儿这样说，似乎也有一点道理，可是，水瀛又不接受，这可怎么处理呀？他只有来做女儿的思想工作了，"亚妮，你不要太固执了，这件事行不通的。"

"不，我非水瀛不嫁。"

陈太太说："怎么你真的要去当二房？"

"要是不能嫁给水瀛，我就上五台山，当尼姑去。"

这下可把陈军长和太太难住了……

第二十二章

第二天一早，郭水瀛刚刚起床，有个哨兵进来叫他，说外面有人找，他跟着走出去，只见在一辆汽车跟前，有两个陌生人对他说：“你是郭水瀛郭副官吗？”

“是，你们……找我有什么事情？”

“我们是绥署派来的，请你上车说话。”

水瀛还没有反应过来，两人便将他推进了汽车。接着，车一溜烟地开走了……

水瀛急得在车里喊：“你们这是干什么？干什么？你们敢绑架我吗？”

那两个人一下子将他的嘴脸蒙起来，他话也不能说了，眼前变得一片漆黑……

水瀛在车上颠簸了好大一会儿，车才停了下来，他被带进一间屋子里。

等他慢慢地睁开眼，发现四周一片漆黑，什么也看不清，只有一股刺鼻的霉味，呛得他难受。这是哪里？他这是在哪里？这个地方他肯定是没有来过的。是呀，他是中校副官，他怎么会来过这样肮脏的地方呢？

他坐在墙角的一张硬板床上，心里想着，这是谁把他弄到这儿来的呢？又是因为什么？

是陈军长报复他吗？不可能，虽然他没有同意陈太太提出的这门婚事，他也鞍前马后地侍候军长半年多了，军长对他一向很好的，他不该这样吧。可是，如果不是这个原因，可真再也没有原因了……他一向遵纪守法，兢兢业业，行为规范方面非常注意，毫无一点点出格……哎呀，他突然想起来，是不是因为救亚妮小姐，他带兵围困了警备队，妨碍了警备队的工作秩序，制造了省城的紧张空气，警署告到了阎主任那里？刚才抓他的那两个人，就说是绥署派来的，哦，他一定是让绥署关了禁闭。

这可怎么办？陈军长知道吗？这事可是为了救二小姐。为了救共产党员和进步青年，虽然他在中间做了手脚，但毕竟也是受军长安排，要他出面救的。谁知道阎主任那里怎么样？要真的发了火，弄不好，陈军长这要来个丢卒保车，那他就彻底完了……

这可怎么办？他想呀想呀，一直也理不出个头绪来……

过了好久，听见外面有响动，有人来了。只有这个机会，他要问问原因。接着听见开门声，门一打开，屋里才稍微有了一点点光线，原来是给他送饭来的，“吃饭吧。”

那人放下饭说了一声，扭头就要走，水瀛急忙伸手抓住他问道，“我犯了什么罪？你们这是把我关到了什么地方？”

“我什么也不知道，我的任务就是送饭。”

“不，你要告给我，这是在哪里，我是三十八军中校副官兼特务团团长，你们为什么关我呀，我要见你们的上级。”

“你吃饭吧。”

“不，你不说，我就不吃，我要绝食。”

郭水瀛身子一仰，躺在了那个硬板床上。

送饭的人还是什么也不说，扭头走了……

一个中校副官兼团长竟然莫名其妙地被人抓到这里关了起来，他心里非常难过。哪里能吃下饭呀，怎么办？究竟怎么才能……绝食，首先要绝食。这样才能见到他的上司，才能知道这是因为什么……

过了好久，门外又有了响动。

哦？有人来了，水瀛一激灵跳了起来，他要抓住这个机会问个明白。

门开了，这回进来两个人，前面的士兵提着一盏马灯，搬一把椅子。他借着这灯光一看，后面跟着的却是三十八军军法处的赵处长。

赵处长一摆手，让那个士兵退下去，他坐在那把椅子上说："郭副官，我受绥署委托，来对你进行调查，希望你能认真地、如实地回答我的问话。"

"赵处长，这是怎么回事呀？"郭水瀛见只有赵处长一人了，他便急火火地问。这位赵处长原来是二十九师军法处的副处长，扩编时原来是要升师军法处的处长的，一向与郭水瀛交往不错，提拔时，还是他给军长建议，提成了军部的军法处处长，这一点，他赵处长该是知道的。

可是，赵处长说："郭副官，我们还是按照程序，先进行军事调查，希望你能理解我，支持我，配合我，认真地、如实地回答我的问话。"

郭水瀛只好低下头，"好吧。"

赵处长从身上拿出笔和笔记本，对在那盏马灯下的亮处，先在上面写了几个字，接着问道："你叫什么名字？"

郭水瀛答："我叫郭水瀛。"

"籍贯是哪里？"

"山西省武乡县东漳镇。"

"现在何处供职？"

废话，这些你不都清楚吗？在我面前撑这个臭架子，帮助你提拔升职，反倒来我面前充大，早知此时，何必当初。组建军部机构时就不该给你说那几句好话的，把这个职务给了谁，也会为我说几句好话的。水瀛心里这么想。可还是认真地回答了，"三十八军军部中校副官兼特务团团长。"

"哪年参军？"

“民国二十二年秋天。”

“几月几日？”

“八月几日我记不清了，总在中秋节前。”

“那就是说你参军才刚满一年，是吗？”

“是。”

“可是，你的履历表上写着参军时间为民国十九年秋，这是怎么回事？”

“我也不清楚。”

“这履历表是谁填的？”

“是我填的。”

“你为什么要这么填？”

为什么要这么填？那是亚妮告给他的，亚妮说想帮助提拔他，想让他升校级军官，可是军内有规定，担任校级军官需有三年以上军龄。原来二十九师的尉级以下军人资料，都由郭水瀛掌握，要想提拔，必须先将资料改过来。他想这一定是陈师长的支持，所以也就改了。可是，现在出了事，他能怪人家亚妮吗？不，这个内幕不能说出来。

他低下头说：“也许是利令智昏，我想骗取提拔的机会。”

“有人在幕后指使你吗？”

这他更不会说的，难道能把亚妮拖出来吗？好汉做事好汉当，再说，她这么做也是为自己能晋升的，不，这个内幕不能说出来：“没有。”

赵处长又在本本上写了几句，说：“好了，调查到此结束。”

他收起笔记本，这才对郭水瀛说：“郭副官，你这下可闯了大祸。”

“大祸？这怎么说？”

“怎么说？你私改履历，骗取提拔的事有人告到了绥署。今天一早，我接到命令，奉命调查此事，你是知道的，‘伪造档案’‘谎报军情’这可都是杀头之罪呀，咱们晋绥军军纪严明，这一点你不是不清楚。”

“这可怎么办？赵处长，你可得救我呀。”一想到这军法，水瀛就透心地凉。是呀，晋绥军军纪严明，这他是知道的。去年冬天，他刚刚参军时，有一位士兵在街上吃了一张大饼，不知因为什么，竟然没有付给人家钱，结果让人家告了，就这一点小事，那个士兵居然受到了剖腹之刑。大营盘的处置台上哪天不见点血迹？没有想到，今天轮到他郭水瀛了。真想不到呀……可是，他还有事没有办完呀，老父亲膝下就他一个儿子，他一旦死去，父亲老来丧子，这是人生之一大不幸，他还能顶下去吗？还有花花，她可是在久久地盼望着他回去，她还指望后半生跟他一起生活呢，他一旦死去，对花花来说则是中年丧偶，这又是人生之一大不幸。哎呀，他这一死，势必将又要有人跟着他的阴魂而去……

“这可怎么办？赵处长，你可得救我呀……”

“郭副官，凭咱们的关系，我不能不救你。可是，说实在话，我是真救不了你。晋绥军军纪严明，这你知道。你弄虚作假，谎报履历，骗取提拔，这已经是实证确凿的。我身为军法处处长，如何敢再知法犯法？你这事已经捅到了绥署，我若是再来帮你隐瞒，恐怕不仅救不了你，反而把我这条小命也搭了进去……”

郭水瀛低下了头，他默默地想了许久，又说：“赵处长，难道我郭水瀛就这样白白地死了不成？……不，我不能死，我还有许多事没有完成，你能给我指个路，看怎么才能救下我这条命呀。”

赵处长思量了一会儿说：“郭副官，依我看，只有一人能救你。”

“谁？”

“陈军长。你想，你的提拔，是由他来提名的，如果你受到军法处置，这说明他也犯了错误，当然他也要受处分的。只有救下你，他也便没有事了。”

郭水瀛点点头。确实也是，这事和陈军长脱不了干系……

赵处长接着说：“陈军长是阎主任手下的红人，他去那里说话也算是一言值千斤了，如果让他出面将你的情况给阎主任作个解释，我想这个事情就会大事化小，小事化了，不仅能救了你的命，连你的职务也能保留下来。郭副官，你侍候军长鞍前马后，也算是他的红人了，何不投他的门路呢？”

“可是，我如何去找他呢？”

“这个我倒是可以帮你去报个信。你写几句话，我帮你送去，不过，天知地知，你知我知，这事可千万不能再让第三人知道。”

郭水瀛长长地叹了口气，“谢谢你的帮助，可是，我难开这个口呀……”

“怎么，难道……难道陈军长对你还有什么成见吗？”赵处长一脸的狐疑，两眼盯着郭水瀛，不解地看着他。

“赵处长，你听我说……”事到如今，人之将死，郭水瀛还有什么要隐瞒的呢？他便将他和亚妮的关系发展的前前后后，以及陈军长和太太准备给他们定亲，他如何拒绝等都说给了赵处长。“嗨，这也怪我呀。亚妮是个很好的姑娘，说真话，如果我没有花花，在爱的道路上第一个遇到的是她，我会高高兴兴地选择她的。可是，作为一个负责的男人，花花把身子交给了我，更把心交给了我，我还能见异思迁，就这样抛弃了她吗？”

赵处长从身上拿出一包香烟来，他递给郭水瀛一支，自己也拿了一支，然后划了根洋火点着了。那烟头的火星在昏暗的屋子里忽闪忽闪的，沉默了许久，赵处长才说：“郭副官，听了你的故事，我更了解了你，你是个真正的男子汉。可是……现在，你面临的已经不是爱哪个人的选择，而是在爱情和生命中间的选择。我想，如果你选择生命，或许你可以免去劫难，俗话说‘留着青山在，不怕没柴烧’，以后还有可能去爱你爱的人，这也未可知。如果你坚持一条路走到黑，非要选择爱不可的话，那可是只有命丧黄泉了呀……”

“那……你说……”郭水瀛犹豫起来。

“依我说，你还是去求陈军长。军长的为人你是知道的，他是不会计较一些琐碎小事的，只要你改变态度，或许军长会出面保你的。”

水瀛根本没有想到，自己一向谨慎从事，居然犯了军法，犯了该是杀头之罪的军法。他该怎么办呀……

赵处长走了，带走了他的希望，那也是一个微乎其微的希望。陈军长还会来帮助他吗？

他一个人静静地躺在那个硬木板上，心情却一点也不能平静……

他这是做的一个什么事情呀，他怎么会听亚妮的话去改什么履历呢？是为了追求一点点虚荣，还是为了什么？居然就忘了军法。其实，就是那个少尉，不也是很好的吗？能利用这样的身份做一点自己想做的事，做一点对革命有益的事，已经足够了。可是，今天闹了这样的大祸，可怎么办？

小的时候，他也是很有志向的。认识武文兴以后，武文兴讲给他许许多多的革命道理，这更让他有了目标，他感觉长大了，成熟了，于是他爱了，他想冲破几千年的封建统治，想用自己的抗争来取得自由，可是，一个人去和数千年的传统抗争，谈何容易？他只有背井离乡……

经过了种种苦难，终于他又可以有自己的志向了，可是，却招来了杀头的大祸。做个少尉，这已经很不错了，何必又利令智昏，去追求什么校级军官？现在，校级军官是当上了，可是，换来的却是杀身之祸，这性命丢了，别说校级军官，就是给你一个将军的名义，又有什么意义呢？

唉，水瀛呀，你也是，要是昨天答应了亚妮的婚事，也许不会是这个结果。阎主任和陈军长是同乡，还是远亲，又私交甚厚，他不会拿军长的乘龙快婿去处死的。可是，就在昨天，你推辞了，你拒绝了，你的心里还想着花花，不仅仅是为了爱，还为了对封建势力的抗争……这倒好，弄得现在自己一点办法也没有了。

这一切，真的没有挽回的余地了吗？

他是一心忠于爱的。从他认识花花那天起，就已经注定把自己的一生交给了她。为了这个爱，他已经经历了多少的风风雨雨，多少的酸甜苦辣，可是，最终还是一个没有结局……

如今，他就要死了，他和她的那个约定——中秋节的约定，却还没有实现，而且是永远也不能实现了……

这可怎么办呀？

不，他不能死，他要活下去，为了那个约定，为了花花，他还要回去……

他想起了赵处长刚才告诫他的话，“如果你选择生命，或许你可以免去劫难，俗话说‘留着青山在，不怕没柴烧’，以后还有可能去爱你爱的人，这也未可知。如果你坚持一条路走到黑，非要选择爱不可的话，那可是只有命丧黄泉了呀。”

是呀，这话有理，为了爱，你即使殉了情，仍然不能给花花留下一点点温暖，反之，她若听说水瀛在太原遭到军法处置，那不是更伤心吗？若是能够保全下性命，或许他有朝一日还能回武乡，回东漳镇，回东漳寨，见到他的花花，还能带着她去一个可以容身的地方，去找红军，参加红军队伍重新开始他们的生活，去继续他们的爱……

可是，陈军长真的还会来救他吗？即使自己现在答应可以做人家的女婿，陈军长也未必答应了。人家那可是军长的千金小姐，军长的掌上明珠呀，不是让你一个无名小辈随意玩弄的……

他还能有见陈军长一面的机会吗？即使见到，这句话他还能说出口吗？他就这么想呀想呀，想得头都疼了，还是想不出一个结果来……

第二天早上，陈军长来了。

是赵处长陪他来的。一进门，赵处长就说：“郭副官，陈军长看你来了。”

“哦？”水瀛一怔。

门打开，一股呛人的气味冲来，陈军长摇了摇头。赵处长马上说：“陈军长，要么换个地方谈吧。”

“不，就在这里吧。”陈军长摆了摆手。

赵处长点点头，放下马灯，扭头出去了。

陈长柱看见水瀛在黑暗中凄凄凉凉的，真有点于心不忍，他关切地说：“水瀛，我对不起你，让你在这里受苦了。”

“陈军长，您终于来了……”郭水瀛望着陈长柱，两眼的泪水忍不住地夺眶而出。陈军长来了，他终于来了，这说明军长还是有意救他的。“陈军长，是水瀛做错了事，是水瀛对不起你呀，给你添麻烦了……”

昏暗的灯光下，水瀛已经激动得不能自已，他一下子走到军长的身边，跪在了军长的面前。“军长，您，可要救一救我呀。”

陈军长十分体贴地拉着水瀛的臂膀说：“起来，起来，有什么话咱们慢慢说……嗨，其实，这事也不怪你呀，我十分清楚，这个错误，不是你造成的，都是跟上亚妮，都是她呀……才让你来受苦。”

“不，军长，不能怪亚妮，她也是为了我好的，这一点我非常清楚。事情都是我办的，与亚妮没有关系。”

“嗨……话又说回来，是亚妮出的计谋。可是，她既非军人，更不在三十八军任职，军法也不能去处置她呀，只是把你害苦了……我知道，在这个时候，军内各级军官争权夺利，都想谋到一个更高、更好的地位，所以，当未能满足少数人的欲望时，他们就会狗急跳墙，出来告状，唯恐天下不乱，搅得清水变浊。”

水瀛两眼巴巴地望着军长，“军长，难道水瀛这事就没有挽回的余地了吗?”

“水瀛，我也在尽量想办法。昨天凌晨，绥署派人来执法，我一听这个消息，马上就给阎主任报告，请求阎主任下令，先不要让别人插手，以免事情闹大。说了半天，阎主任才同意先让三十八军军法处来调查。”

陈军长被这呛人的气味呛得打了几个喷嚏，他揉了揉鼻子，掏出香烟来点上，接着说：“水瀛，自从认识你之后，从你的文章中，我看出你志向远大，才华出众，应该是个有前程的人。后来亚妮又说你们在相爱，我可是当儿子一样待你呀。你的提拔完全是我提议的，当时绥署就有人提出异议。校级军官都是军校毕业生呀，可是你没有这个条件，是我亲自给阎主任说，你是我的未过门女婿，军校可以让他去上，职务还是先给他考虑一下，这样阎主任才勉强同意。阎主任在用人上是十分讲究的，许多要害部位，当然是要用自己的亲信。咱们山西早就流传着这样一句话，‘学会五台话，就把洋刀挎’。我和主任是同乡，又沾着亲，特别是阎主任还在太原起义前任八十六标标统时，我就到他手下当兵了。那一年八十五标三营管带熊国斌去暗杀他，拿枪照阎标统就打，正好我在旁边，扑上去将熊国斌的胳膊一抬，子弹飞在了空中，救了他一命。后来他又让我上了保定军校，毕业后便渐渐成了他的干将。熬了二十几年，才熬到今天这个位置。阎主任同意你任中校团长，都是我的脸面。本来，我还想送你上军校学习两年，回来以后，便把二十九师交给你，我现在兼任此职，一是不想把嫡系部队送给别人，二是给你占这个位置。谁知道你原来给亚妮说了许多谎言，到关键时刻变了卦，弄得我也人不像人、鬼不像鬼……”

“军长，水瀛对不住您。我不该……其实，亚妮真的是个好姑娘呀，如果我没有以往的经历，我会毫不犹豫地选择她的。只是……可是现在我已经犯下了杀头之罪，如何又能改正自己的失误……”

陈军长又抽起了香烟，浓浓的烟雾在他的头上盘旋。

“军长，您千万要救救我呀。”水瀛又跪在军长面前。

“不是我不救你，只是我这面子上难呀，我已经对阎主任说了，你是我的女婿，他才破格录用了你。可是，现在你又不要亚妮了，这叫我如何去张口呀，晋绥军一向军纪严明，除非自己的亲信，阎主任是不会破这个例的。”

现在，水瀛真想依赵处长说的那样，答应做陈军长的乘龙快婿，傍着陈军长这棵大树，好留下他这条年轻的生命。他绝不是贪生怕死，而是他还有夙愿没有了结。可是，这话又如何说起呀？你亲口说了不要人家，现在到了这个时候，却又想利用人家，陈军长还如何能看得起你呀？那是军长的女儿，不是一件玩物，你想扔掉就扔掉，想捡起来又捡起来的。

就在这时，赵处长又进来了……

“郭副官，依我说，二小姐有才又有貌，哪一点配不过你？二小姐爱你，这是你的福分，你却要一条路儿走到黑，去留恋一个乡村寡妇。这一点你真的错了。还是给军长谢罪吧，请求军长的原谅；给亚妮小姐谢罪，请求小姐的原谅。这样，你不仅能留下性命，还会飞黄腾达，前途无量。何乐而不为呢？”

赵处长真的给郭水瀛下了一场及时雨。这一根“稻草”，也许就是一根救命的“稻草”，他再也不敢错过这个机会了，马上说：“军长，您就原谅水瀛这一次吧。我对不起亚妮，对不起你们全家，如果亚妮能给我一次机会，您能给我一次机会，我……”

陈军长伸手拉起了跪在地上的郭水瀛，他长出了一口气说：“水瀛，至于爱，那是你们两个人的事，我回去和亚妮说说，如果她同意，我也不说什么了。绥署那边，我再去想办法，还是用我这张老脸，找阎主任去。”

陈军长走了以后，水瀛一直在想，他会去救水瀛吗？他能救下水瀛吗？

第二十三章

郭水瀛没有被杀头，他被陈军长救了下来。

可是谁又知道这其中的奥妙呢？原来，陈军长非常喜爱郭水瀛，他本来就没有要杀他的想法，再加上陈亚妮已经对他爸说了，“我就非水瀛不嫁，要嫁不给水瀛，我就上五台山当尼姑去。”陈军长那么娇惯亚妮，哪里还能让杀了水瀛？

其实，这件事情也没有人知道，更没有人去告状。郭水瀛被绥署扣押并准备军法处置，完全是陈军长导演的一出戏。他之所以导演这样一出戏，不过是为逼水瀛回心转意，来娶亚妮罢了。

这一切，在整个三十八军中只有军法处赵处长知道是怎么回事，其他人一概不知。就是在军部，郭副官失踪了两天，人们只以为是公事外出，谁又能想到，他在这两天内去死亡线上跑了一趟呢？

仅仅两天，军部的庆典活动刚刚结束，一切又恢复了正常。

本来，陈太太打算利用这个庆典活动给他们举行订婚仪式来个双喜临门，由于郭水瀛的固执，闹出了这样的变故，这个双喜临门是不行了。不过，这订婚仪式还是要搞的，只是原来让水瀛回武乡探亲的事情算是泡了汤，因为陈军长担心这个死心眼的郭水瀛回乡以后再出什么变故。

郭水瀛答应了婚事，陈军长和太太怕夜长梦多，马上就给他们举行了订婚仪式。几天以后，又挑选了一个良辰吉日，给他们举行了婚礼。

本来，按照陈军长和太太的意思，迎亲的队伍，还准备用当时最讲究的规格：动用各种仪仗，从前到后，有炮手、开道锣、开道旗、“肃静”“回避”牌、朱牌、宫灯、金瓜、斧钺、朝天镫、龙虎旗、团扇、日罩……吹打鼓乐迎娶，新郎、新娘接乘花轿等。

可是，亚妮不同意，她说，新青年就要用新式的方法来迎娶，打破旧的礼教习俗，一不从封建的婚礼贺典，二不依西方教堂成婚。这一整套新式结婚方案，都是亚妮自个儿想出来的。不过他们都是新青年，又在一个社会变革的时代，只要顺利办了婚事就好，什么形式都无所谓，军长、太太也就依了。

结婚这一天，前来贺喜的人特别多，整个太原府上上下下的大小官吏都来道贺。陈府张灯结彩，鼓乐喧天，其热闹程度不亚于军部成立时的场面，整个三十八军又是一片欢腾。

陈府的通勤兵可是忙坏了。大门上一喊“杨军长到——”他便跑出去将杨军长迎进二门；大门上一喊“李厅长到——”他便跑出去将李厅长迎进二门；大门上一喊“王参谋长到——”他便跑出去将王参谋长迎进二门……就这样，省府首脑以及各厅的厅长，晋绥军的军、师长，太原工商界名人……来宾不计其数。

“梁主任到——”

陈军长夫妇一听今天最关键的人物到了，亲自到大门口迎接。这梁主任，按照辈分是阎锡山的姨表侄，因为这层特殊的姻亲关系，在大学毕业不久就开始担任阎锡山的机要秘书，后任省府秘书长，逐步成为山西政坛上新兴的活跃人物，是阎锡山选定的接班人，也是山西的青年领袖。太原绥署成立后，他又兼任绥署办公厅主任。

绥靖公署的高级军官都到了场，特别是阎主任不仅派人送来贺礼，而且还让梁化之代表他专门来出席婚礼，并做他们的主婚人。这使整个在场的客人都颇为吃惊，可见陈军长在阎主任心中是多么重要。

前来贺喜的客人中还有一位也很引人注目，那就是裴延萍。她是陈亚妮专门请来的客人。亚妮的婚礼日期确定后，由于日期非常近，已经来不及让他家里来人，陈亚妮便亲自给裴延萍送去了请柬，并千叮咛万嘱咐，一定要她来出席他们的婚礼，不仅因为与她陈亚妮相好，而更重要的，她是郭水瀛的干妹妹，在婚礼上让她代表水瀛的家人。

巳时初刻，随着司仪高喊道："良辰已到，婚礼开始——"

一时间礼炮齐鸣，鼓乐喧天。"新郎新娘入场——"

只见郭水瀛与陈亚妮穿着新婚礼服走了过来，他们踏着红地毯缓缓而行，一朵硕大的红彩球连着他俩。亚妮没有顶那蒙头红，她那喜乐的心情溢于言表，只见她紧紧地依偎在郭水瀛的身边，一手抱着鲜花并牵着红彩球，另一手则紧紧地拉着水瀛的手……

接着，按照礼俗，司仪喊着："一拜天地，二拜高堂，夫妻对拜，送入洞房——"

陈军长夫妇笑容满面，看着这一对新人终于成了婚，心中有不尽的喜悦。而此时，新郎新娘早已被陈亚妮的一群同学紧紧地围着，簇拥着进了洞房。

一群青春时尚的同学，知道陈亚妮的婚姻是"自由"的结果，于是他们便吵着闹着要他们介绍经验，陈亚妮倒是大方地介绍着……这一帮同学并不满足，他们也不管水瀛是什么中校团长的身份，今天他就是他们同学的丈夫，闹洞房，这个丈夫当然是他们"围攻"的主角。可郭水瀛的心中沉甸甸的。他的脸上虽然也挂着一丝微笑，但心里却充满了痛苦。他有一种负罪感。他永远不会忘记前年的正月十五，他与花花跪在村外的玉茭秆上他对天发过的誓，可是今天他却又与别的女人手牵着手举行婚礼，他这样做对花花的伤害有多么大呀，月老你可看见了吗？水瀛现在真的是没有办法了呀，他低着头默默地在祷告上苍，乞求花花对他的谅解，他想总有一天，他要回到花花的身边……

却说裴延萍接到陈亚妮给她的婚礼请柬，心里真不是滋味，她没有想到，自己的命怎这样的苦。从小她与水瀛青梅竹马，她常常把童年过家家的游戏，看作她与他婚姻的起点，她老想着有一天，这个“过家家”的游戏会以正规的形式表达出来，可是没有想到就在私塾分别的时刻，他偏偏爱上了花花，这让她想不通，她哪一点不如花花呀？可是他偏偏却要去爱那个花花……这且不说了，水瀛失踪后，他们一家子是踏破铁鞋，千辛万苦地找啊，却没有找到他的踪迹。她来到太原后，突然得到他的消息，这使她感到多么兴奋啊，心中深埋了许久的那把爱火一下子又燃烧起来，于是她想方设法找到了他，她是多么想能够重温旧梦，哪里想到陈亚妮近水楼台，来了个先下手为强。听说过多少富豪大户的公子强抢民女，没想到权贵之女也会夺“夫”逼婚！她站在这里眼睁睁看着自己所爱的人，与别的女子举行婚礼，心里别提多么难受了，可是为了水瀛，她还是得来参加他的婚礼，因为这里她是他唯一的家里人！

裴延萍与陈军长夫妇站在一起，看着他们的婚礼一项一项地进行着，她的眼睛紧紧地盯着水瀛，她看出来了，水瀛的眼里有着许多的忧郁、许多的忧愁、许多的忧伤……他肯定不乐于这样的婚事，只不过是迫于无奈而已。她想着，或许有一天，水瀛能脱开陈家的纠缠，与她重续儿时的梦……

裴延萍不知是怎么样坚持下这一天来的，强作欢颜。这不是她裴延萍的性格，可是今天为了水瀛她忍受了内心巨大的痛苦。傍晚时分，陈军长派车将她送回学校，她今天代表的是郭水瀛的亲家呀。回到学校，她一头栽倒在床上，再也没有起来的力气，她病了。

第二天，武文兴来找她，见她脸色苍白、病恹恹的样子，关切地说：“延萍，你这是怎么了，病成这个样子？”

裴延萍有气无力地说：“没有什么，可能是着了凉，发烧……过几天就会好的。”

“这怎么行，我给你找大夫去。”

“别，你别去，你能陪我坐一会儿就行了……”

“不行，延萍，我们还有要紧的事，你现在必须马上治病。”

裴延萍一听说还有要紧的事，强忍着支起身子来，“有什么要紧事，你就说，我这病不要紧。”

“那怎么行呢，我给你找大夫去。”

武文兴出去一个多时辰，找回了大夫，大夫诊了脉，开出一个方子。

“有没有合适的成药可以吃？”延萍问大夫，她考虑武文兴说有要紧事，要是吃汤药，又是煎又是熬，太费劲。

“有，你这病是胸中烦闷造成的，吃两盒开胸丸也可见效。”

“那就吃成药吧。”

武文兴急忙给她买了两盒回来，又赶紧倒了杯水让她吃药。

裴延萍一边吃药一边说：“有什么要紧事，你快告诉我。”

“等你病好一点再说。”

“不，你要是不告诉我，我这病更好不了啦。”

武文兴看着延萍着急的样子，再说这件事事关重大，必须马上商量对策，也只好说给她：“我们武乡的党组织被破坏了。”

“什么？”裴延萍一下子坐了起来，她瞪大了双眼，以为自己听错了。

“由于叛徒出卖，一下子抓了十三位同志，县委领导机构主要成员全部被捕。只有魏大明在抓后侥幸被放，其余十二人都被关了起来，并有李文楷等五人作为要犯送到太原，现在就关在省第一监狱。我听到这个消息以后，急忙去一监探监，这个消息得到了证实，监狱看守得很紧，就连说话也有人在旁边看着，怕我们串通。我只好暗示让他们坚持，我们将在外面积极设法营救他们。”

“可是，这营救工作该做些什么，怎么才能把他们营救出来呢?”

“我已经托人打听过了，最近政府对共产党活动防范非常紧，阎锡山正酝酿组建防共团呢。这给我们的营救工作带来了极大的困难，不过，好在这一段监狱里新关进来的政治犯多，李文楷等人的案子还没有审理，我们要趁还没有定案，尽快想办法营救他们出狱。”

“你说吧，我可以做些什么?”

“你这病……”

“不要紧，现在到了紧急关头，哪里还能顾得上病呢。”

“延萍，我看你这面色很不好看，担心怕你受不了的，把身体拖垮怎么办?”

“别说这了，营救同志们要紧，你就快吩咐吧。”

“我分析，这回正是在阎锡山大肆抓捕共产党人的节骨眼上，再加上我们一下要营救五位同志，难度很大，我已经托过关系，但反馈回来的是一个字——难。我想，现在我们必须利用郭水瀛来营救他们，如果水瀛的力量还不行，让他通过陈长柱，陈军长在阎锡山身边是红人，这个面子总是可以的。”

一说到郭水瀛，延萍神色一下子黯淡下来。

武文兴问她怎么回事，她才把水瀛与陈亚妮结婚的事说了一遍。

武文兴说：“我相信水瀛是迫不得已才这样做的，他的心里还是爱着花花的，再说陈亚妮也是一位革命先锋，他们结合对革命是会有好处的。现在我们最重要的不是谈论个人情感问题，而是尽快营救我们的同志出狱。你要赶快去找水瀛，我把情况去汇报给特委，同时看特委有什么关系可以协助我们营救。”

延萍毕竟接受党的教育多年，她很快把个人的恩怨抛在一边，立马挣扎着下床去找郭水瀛。

郭水瀛一听说武乡地下党遭到破坏，心里十分难受，特别是五位重要的县委领导人员被关押在太原，他是必须要努力去营救的，可是，一下子营救五位同志，这个工作该如何做呢？以什么名义，亲戚？不可能五个人都与你水瀛是亲戚，弄不好怕是救不出同志来，自己的身份也暴露了。虽然他现在还没有入党，但他一直以共产党员的标准来要求自己，他相信有一天自己一定会加入共产党组织的。眼下事情十万火急，他该怎么办呢？

送走裴延萍，水瀛决定先去监狱跑一趟，打听一下情况。关在一监的除了李文楷、赵清风、武云璧以外，还有两个叫张贵青、郭步锦。郭水瀛以郭步锦是他的本家哥哥为名去探望。

一到省第一监狱，郭水瀛就把他的名片递进去，凭他这身份，监狱长急忙派人请他进去。

"郭团长请坐，鄙人周继梧不知郭团长大驾光临，失敬失敬。"

郭水瀛寒暄了几句，便单刀直入地说："我本家哥哥郭步锦本是个老实巴交的农民，但近日遭人诬陷，说他是什么共产党，被关进了一监，我今日来看看他，并想和周监狱长了解一下，现在他的情况怎么样？我想保他出去。"

监狱长低声地说："这回从武乡一下子押解来五个人，都是共产党要犯。那个领头的叫李文楷，据说是武乡的共产党县委书记，他还写过一本叫什么《二次世界大战》的书，大讲苏联斯大林的理论，他这可是铁证如山了，昨天省法院已经进行了审理，判处了六年徒刑。其他四人目前由于证据不足，还没有处理。这个郭步锦如果是郭团长的亲戚，我就破一回例让你见见他。"

一听周继梧这话，水瀛感到有机可乘，马上从身上拿出一百块钱来，"周监狱长，一点小意思，不成敬意！我郭某来此之意你应该明白，我这哥哥确实是个老实本分之人，他不会是什么共产党，我以我这特务团团长的身份作保，希望你能给我个面子，释放他出狱。"

"郭团长，这事实在是难呀，鄙人真的不敢做主，保释要犯必须有院长签字方可……”

“谁不知道周监狱长是院长的心腹？你要帮兄弟这个忙，一定能成的，山不转水转，以后有用得着兄弟的事，尽管说一声就是，这个忙你可一定得帮我呀。”

“好，好，在下试试，能为郭团长出力，鄙人不会推托的。”

第二天郭步锦就被保释了出来。

郭水瀛设法找到武文兴，他们相约出来以散步为名，一边在街上散步，一边把如何营救郭步锦以及李文楷已经判刑的情况说给了他。

武文兴听说李文楷已经判刑，心里很难过。“这次我们武乡一下被抓捕了十三人，地下党组织遭到严重破坏，这给我们的工作带来了相当大的影响，好在东、中、西三个支部的基层组织没有暴露，才避免了更大的损失，这都是因为叛徒出卖。这个叛徒名叫段崇高，由于出卖武乡地下党组织立了功，现在已经被提拔到省政府当了处长，我们必须找个机会除了这个败类。”

“我可以派人暗中下手，把他崩了，这样的叛徒留下来还不知道要做什么伤天害理的事呢。”

“李文楷被判刑了，看来我们暂时是营救不出他来了，等以后有机会想办法给他减刑，再救他出狱，现在我们还是继续努力，营救其他三位同志，一定要把损失减少到最低限度。”

“文兴，你说得很有道理，你说吧，下一步我们怎么办？”

“云璧的舅舅，在朔县当警察局局长，我已经和他联系了，让他想办法来保释他。还有赵清风、张贵青两人了，因为他们都是共产党要犯，利用一般的关系，怕是难以放出来的。如果有可能的话，你搬动陈军长，或者假借陈军长的名义，我想放两个人还是可以的。至于李文楷嘛，我们过一段再想办法。”

“好，我去想办法。”

郭水瀛回到陈府，已经是傍晚时分了。走了半天多，让还在新婚蜜月中的陈亚妮十分着急。直到对面看不清脸庞的时候，才见他回来，亚妮急乎乎地便过去问他："你去哪里了？走的时候也不给人打个招呼，你究竟干什么去了？"

郭水瀛愁眉苦脸的，一声不吭倒在床上。

亚妮本来还想和他要一要小孩子脾气，一见他这个样子，反而没有了办法。他究竟是遇到什么难事了呢？刚刚结婚才几天他应该高兴呀，为什么出去跑了半天，就这样愁眉苦脸，会有什么事情让他这样呢？是听到老家那个花花的消息？还是去私会了裴延萍？如果不是这事，还会有什么？亚妮坐在他身边用手把水瀛的头扭过来问："怎么了你？有什么事呀，愁眉苦脸的。你倒是说呀？"

亚妮越着急，水瀛越是不吭气。直到亚妮问了十来遍，他才长叹了一口气："你别烦我好不好？"

亚妮满心的狐疑，究竟是什么事会使他这样难为？我们刚刚结婚，感情上的事他也不敢表现得这样明了吧，那么除了感情上的纠葛，还有什么能让他这样作难？"水瀛，你有什么难事，起来说给我好不好？"

"说给你，你能帮我吗？"

"看你说的什么话？现在咱们是一家人了，还有什么你我？你的事就是我的事，我怎么能让你这样愁眉苦脸呢？快说呀。"

郭水瀛坐了起来，"刚才我出去碰见我的老乡……"

"谁？是不是裴延萍？"陈亚妮瞪大了眼。

"不是，这人你也知道……"

"是谁？"

"武文兴，是他告诉我，我的两个亲戚由于与人发生了纠纷而遭到暗算，被诬告是共产党，现在关在省一监，但是由于这是凭空捏造，没有任何证据，这案子一直没有办法下结论。听到这个消息，你说我能不急？我要不管他们的话，以后回去怎么交代？可是，管，又怎么去管？我有那个能耐，让人家把共产党放出来吗？”

“这怕什么，和爸爸说一声，不行还是带兵去。”

“你说得倒轻巧，这和救你是两回事。他们抓了军长的女儿，我带兵去救理所当然，即使闯下乱子，捅到阎主任那里，阎主任也不相信你一个军长的女儿是共产党，可是……”

“可是我真是共产党……”

郭水瀛一听这话，真愣愣地望着亚妮不知说什么好。

“是呀，我是共产党员，这事对你我想不用再隐瞒了。本来我早有发展你入党的想法，我也知道你一直在做着支持共产党的事。你用不着对我说谎，这两个人一定不是你的亲戚，而真的是共产党员，不过，这不是我们个人的事，我们有责任营救革命同志，你快把详细情况给我说说。”

水瀛把情况一五一十地说给了亚妮。亚妮说：“我有个办法。”

“什么办法？你快说说。”

“咱们拿着爸爸的名片去找监狱长，就说是家里的亲戚，他敢不给这个面子？”

“不行，现在我给你说实话吧，我已经给监狱长花了钱，只救出一位同志。再说，监狱里规定，他们仅仅是看管犯人，而犯人的生杀大权在法院不在监狱，不经过法院他们是不敢随便放人的。”

“那好，我们就去找法院。”

第二天，郭水瀛叫了汽车，他与陈亚妮一起来到了省法院，一打听这事要找审理科，于是他们便直接来到审理科。一个自称科长的瘦高个子接待了他们。

陈亚妮把她爸爸的名片递过去，“我是陈军长的女儿，我们家有三位亲戚，因与人做买卖而遭人暗算，被诬陷为共产党抓了起来，现羁押在第一监狱，我爸由于军务在身，特派我们来，希望能给个面子，将他们给放出来。”

瘦高个儿问道：“你们那三位亲戚叫什么名字？”

“赵清风、张贵青、李文楷。”

瘦高个儿搬出卷宗来查看了许久，然后抬起头来说：“这三位确系共产党要犯，特别是李文楷，他曾出版了宣传苏联斯大林理论的《二次世界大战》一书，事证确凿，无可辩驳，已经被判刑。这事实属难办，还请谅解。”

水瀛与亚妮再三恳求，瘦高个儿也不肯答应。

“难道真的要陈军长亲自来吗？”

瘦高个儿说道：“除非绥署阎主任亲自来，不然这共产党要犯，谁也不敢做主释放。”

陈亚妮没有想到这事会吃了败仗，她以为架了她爸爸陈军长的名义，还有人敢不给面子吗？谁知道这个瘦猴子居然就像吃了秤砣铁了心，一推六二五，死活不给这个面子，并且还说除非阎主任放话，难道这事就非去找阎主任吗？这时她才想到怨不得水瀛因这事愁眉不展呢，原来真的很难。可是，陈亚妮生性顽强，越是难办的事她越要办成，凭她的身份，还没有什么事情办不成呢。

水瀛说：“你看，我说难办吧，你还说不难，你看弄成这样可怎么办？再说我们借了军长的名义，丢了我们的面子倒无所谓，丢了军长的面子，这真的是让我难受……”

“我就不信，这事就会是这个结局。走，回府。他不给面子，我就要让军长来一趟，看这个面子他们究竟给不给。”

陈亚妮回到家里，饭也不吃了，坐在那里闹别扭。陈军长夫妇问她怎么了，她也不吭气。陈军长以为他们小两口闹矛盾。问来问去，亚妮才说在外头受了欺负，而欺负她的人竟然是法院一个小小的审理科科长。这时亚妮添油加醋地说了这个科长的许多坏话，并且说他怎么不把军长放在眼里。

这个激将法可真的起作用，第二天一早陈军长亲自到了法院，他找到院长说明情况，院长马上把审理科的人叫来，“既然是陈军长的亲戚，怎么能和共产党挂上钩？昨天是谁接待陈小姐的？”

那个瘦高个子低下头轻声说：“是在下。”

“怎么，军长的千金来了，你还是这个态度，可见如果是百姓来访，你将会什么态度？作为政府官员，你太失职了，从今天起停职检查。”院长又转过脸来，赔着笑脸说，“陈军长，这位李文楷先生已经核准判刑，确实成了无法更改的事，只能让他委屈些时日，待有个机会我设法给他改判，其余二位立即释放，你看……”

陈军长黑着脸，没有再说什么就扭头走了。

第二十四章

却说四娃报信，延寿摆宴，区警队队长赵锁儿和他的队员们吃完酒席，马上连夜到了东漳寨，捣开魏林元家的街门，将魏林元五花大绑带回了区上。

按说这魏林元也是个差不多点的财主，他可从来没有受过这样的制，可是这年头都是见了孙子当爷爷，见了爷爷当孙子，这回让区警们绑了起来，他也弄不懂是因为什么。一路上，魏林元软一阵硬一阵，不停地嚷嚷，“各位老爷，我可是遵纪守法的顺民呀，没有办过什么坏事，没有犯什么律条呀，你们为啥要抓我？”

一位区警说：“魏林元，你好好想想，你真的没有犯啥律条？难道是老子们诬陷你不成？”

另一位区警说：“别跟他啰嗦了，回区上再说，磨那个嘴皮子顶球甚用？”

本来从寨上到区里是一道坡，又是小路，弯弯曲曲不好走，再加上是夜路看不清，何况魏林元真还没有受过这个制，上身被绑得严严实实，胳膊甩不开，走起路来东游西晃的，几次差点摔倒。

就这样跌跌撞撞，摸黑儿总算到了区上。

区公所设在玉皇庙。这庙虽然叫玉皇庙，可是东漳镇上一个复式庙，修建年代说法不一，庙中各路诸神都有。庙修得非常阔气，是一个五进式大庙，一条中轴线上有六排殿堂。大院的最前面是正殿，供奉着玉皇大帝；第二层供着佛、道、儒三教祖师；再后面第三层是奶奶庙，供奉女娲娘娘；第四层为老爷庙，塑有关公关圣人神像；这最后面是阎王殿，殿里塑着十殿阎君，分别为秦广王、楚江王、宋帝王、五官王、阎罗王、卞城王、泰山王、都市王、平等王、转轮王。大院正南方是一座宋朝修下的戏台，面北而坐，这是逢年过节、五大庙会唱戏的地方。贯穿整个庙院的还有东西廊房，原来是供护庙僧道住的，近几年护庙僧道少了，有许多空屋，区公所就立在这里。

在西厢房里，专门设有一个询查室，那是专门审讯歹人的地方。里面陈设很简单，除了区警队队长有张条桌，后面放着三把罗圈椅子，剩下的就是刑具了。人犯在这里要是不遵法，区警们便刑具侍候了……

他们进到询查室后，区警点上了松明子，屋里便亮了起来。原来这里墙上画着阴间的刑法，什么油锅煎人、石磨推人、削皮剜心等，黑夜里看了更是瘆人。

赵锁儿坐在正堂上，他把惊堂木一拍，开始了审判：“下面可是魏林元？”

魏林元见这情景还真是要审他，立即点着头回话：“小人是魏林元。”

“你犯了什么罪？如实招来。”

这下可把魏林元难住了。这一路上，他一直在想，他这半年多来确实没有做过什么歹事呀，贩卖烟土？他没有干过；奸宿人妻？他也没有；偷盗？他也没有过；杀人放火他更没有……莫非是去年在武安宿娼的事？也不可能，一则官家不管娼事，二则远在河北直隶，他们如何会知道呀？不可能。想到这里，他胆子硬了起来，说：“小人实在不知。小人一向遵纪守法，循规蹈矩，不曾有半点儿出格的事呀。”

“放屁！难道老子错扣你不成?”赵锁儿急了，他又狠狠地拍了一把惊堂木：“看来这小子嘴还挺硬，不打是不会招的，给我打。”

一个队员问：“队长，用啥打?”

“这小子他娘的不老实，用水绳。”

诸位不知，原来这打人用水绳比棍子厉害多了。一般最轻的人犯才用棍子，对付不老实的家伙，都要用水绳。绳子是软的，如何能打人?这你就不知道了。这可是个厉害的刑具，将核桃粗的一条麻绳，前头结结实实地绑一个大疙瘩，打人时在水中一蘸，这麻绳就发了硬，可又不像木棍那样，是柔中带刚，刚中有柔。棍子打在人身上，着力点只有一点，而水绳打在人身上却是一条。打一下，身上起一道棱，两位区警一人一条水绳，一左一右，在魏林元身上交替打下，打一下，魏林元动一下，没有几下，那小子便耐不住了，“哎呀呀，老爷别打了，我招，我招供……”

“好，说吧。”赵锁儿让他招供。

可是，招什么?他一概不知。他真想不起犯了什么王法，这可让他说个什么?支吾了半天，最后只好说，“老爷，我就是去年在武安贩棉花，宿了一夜娼。今年去了还想去来，没有找见，就去年那一夜。俺可没再乱来过啊……”

“日你娘呀，你还是个风流东西。老子不管你那事。继续招供。”

魏林元一听，不是这事，哪还有什么招的?实在想不起来了……

“这小子要滑头，继续给我打。”

接着，又是一阵痛打，起先魏林元还杀猪一样地喊叫，后来连叫的力气也没有了……折腾了大半夜，什么也没有说出来，区警们也都累了……

赵锁儿说：“好了，咱们也该歇息了，把这小子吊起来，天明了再审。”

原来，这屋内的房梁上就时常拴着一根寸把粗的大绳，上面套着一个活结，抓起来往林元身上一套，正好卡在胳肢窝下面，两个区警在那边一拽，魏林元便两腿蹬空，吊在了房梁上。人们也不管他，吹灭松明子走了……

魏林元平时在寨上办事情，总是占别人的便宜，可是一次亏也没有吃过，今儿个谁知道惹下了哪路神圣，叫他吃这个苦呀！他想来想去摸不着头脑。一开始吊起来，他还“扑棱”了两下子，一会儿就再也动不了啦……

好不容易盼到天明，赵锁儿和区警们才又进来。赵队长说：“把这小子放下来，看他反省得怎么样？”

一个区警去解开绳索，一出溜将魏林元放了下来。

魏林元被打得皮开肉绽，又被吊了半夜，早已浑身麻木，放下来两腿着地，却站也站不住，“圪蹬”一下倒在地上。

区警们吊的人多了，也没理他怎么回事，任他倒在地上。

赵锁儿又问：“魏林元，你倒是招也不招？”

魏林元还是不知让他招供什么，只好精疲力竭地说：“赵队长，老爷，祖宗，我招，我什么都招，只是请给我指指明路。”

“你真不知所犯何罪？”

“祖宗，我确实不知呀，不敢瞎说。”

赵锁儿再拍一把惊堂木，这才又问道：“魏林元我问你，花花是你什么人？你为什么要打她？”

这下林元才清楚了事情原来出在花花身上。

可是，多少年来，他还不知道这花花有什么后台一定比他魏林元厉害，他不敢瞎说了，又怕惹下什么麻烦，他只好打点着说：“嗨，花花是我的嫂，她惹是生非，老在外面做些不守妇道的事，我才……”

“放你娘的屁。她就再做什么，关你球事？你是他的男人？”

“不是，我说了，她是我嫂。可是我哥哥早已死了，就靠我管她。”

“屁话，哪有小叔子管嫂的道理。有句古话叫‘老嫂比母’，这嫂就是不老，可她也是嫂，是你的长辈，你凭什么去虐待她？”

就在这时，魏林元的娘来了。自夜黑来区上五花大绑捆走了魏林元，她就一宿没睡着，想跟着到区上去看看究竟犯了啥事，可是脚脚小，不能走路，只好等着。听见鸡叫了，她便赶忙叫个长工来，备了匹毛驴，骑着来到了区上。刚到门口，听见魏林元正过堂，人家正问他为什么要打花花，她想是呀，他是个小叔子，动手打嫂那就是不对呀，要是管花花，俺是婆婆，不如俺去承认，好减少些林元的罪过。她马上走进去说："各位老爷，打花花这事，主要是俺办的，林元是给俺帮了帮手，就是顶命，也用俺这老命吧。"

赵锁儿见又进来个老太婆，马上问："你是什么人？"

"俺是林元他娘。"

"哦，来得正好，我还没去抓你，你倒自家找上门来。来人，给我一起绑了。"赵队长说，"你们母子联合，虐待一个早已死了男人的寡妇，现在民国都过二十几年了，中山先生早就提倡民权，你他娘的就不拿国法当回事。花花的民权哪里去了？看来你们是想住几年大牢。"

魏林元家娘没有想到事情这样严重，别看她在村里是母老虎，可是到了官府，软蛋一个。她能有什么本事？一听要让她母子住大牢，马上磕头如捣蒜，"大人饶命，俺们再也不敢了。快，林元，给大人认罪，给大人认罪。"

"认罪就能没事？你们母子已经将花花打得疯了，这和杀人可是同罪的，你们母子是该去蹲大狱的，甚至还要抵命。"

"大人开恩吧，求求你了，俺母子以后再也不敢了……"

……

魏林元母子好一阵乞求，赵锁儿就是不吭气。过了许久，他才说："既然你们有悔改的表示，这罪先不追究了，但是告给你们不能算完，随时都有可能去抓你们的，这要看你们以后的表现如何。另外，你们以往所作所为，十分恶劣，先交一百元大洋的罚金，以后不能再犯。"

魏林元家娘一听要罚一百元，心里觉得有点亏，想搞搞价，“大人，这一百元……”

“怎么，不想出钱？那好，我还省得麻烦呢，那就送人吧。来人，将此二犯押送县衙大牢，下狱就是了。”

“哎，大人，一百就一百，俺这就回去拿，千万别把俺娘俩送进大狱。”魏林元娘又磕头又作揖，这才出来，又骑上毛驴回到寨上。她取出一百元大洋，又让那个长工送到区上，后晌魏林元才被放了回来。

魏林元身上疼得不能动弹。躺在炕上直哼哼，她娘看他这样，叹了口气说：“嗨，跟上花花那个败家子货，看把俺孩打成这个样子，还差点蹲了大狱，如今可是想出出气也不敢打她了，这可叫怎么办？”

魏林元咬着牙，翻了翻身说：“娘，你看她人也疯了，水也不能担了，在家里成天疯说疯道，咱还得白白养活她。再说，谁知什么人在背后做了手脚，让区上知道了，这以后说不定还要出什么大事哩。”

“这可叫怎么办？”

魏林元想了想说：“我看不如把她卖了，能弄几个钱算几个。这总算是个了结，她离开咱家了，以后再也不用找咱的麻烦。”

他娘听了，觉得这话也有道理。卖就卖了，多少还能补一补区上罚下的那“窟窿”。就这样定了，过了几天，叫个媒婆四下去打听，查访个主户。果然，没用几天，就在天谷村找下个想要花花的主儿。杨三愣快三十了，还没有娶下媳妇，如今爹娘都死了，只有他一个人，他想找个媳妇，人好赖不说，精愣不说，只是能开门放水，给他生个一男半女就行，不要断了杨家的香火。经媒婆一拉扯，终于以十五元大洋作了交易。

那天，杨三愣来引花花走。可是，花花不走。

“你叫俺到哪去？俺不走，俺哪也不去，水瀛哥和俺定好了，叫俺在村口上等他，他就要回来引俺了。”

“我引你去个好地方。”

“不去，不去。俺哪也不去，俺要去村口上看水瀛哥了……”

魏林元赶忙说：“花花嫂子，你跟着三愣走吧，他那里有吃有喝又有钱，去他那里可好活呢。他家是个大财主。”

“不去，不去，就不去。好活不好活那扯淡。俺就是要等俺水瀛哥呢。”花花两眼直愣愣地睁着，一会儿咧开嘴笑一笑，一会儿又哭两声。

杨三愣见这情况，怕引回去疯得没有法子管，就想反悔，说：“像这样引也引不回去，引回去也怕管不住，不如退了吧。”

魏林元见杨三愣要退，他赶紧说：“不怕，一会儿就好了。”扭头又对花花说：“花花嫂子，水瀛就在天谷村等你呢，他不想来咱寨上，让三愣来接你了。”

“哦，这是真的？……你说说，这是真的？”花花拽住杨三愣的胳膊，一边摇动一边问。

杨三愣说：“是，你就跟我走吧。”

“哎呀，你怎不早说，好好好，总算找着水瀛哥了，咱快走吧。”

就这样，花花被魏家卖到了天谷村……

花花自打被卖到天谷村，一天价疯疯癫癫的。要说这杨三愣也还真的对她不赖，一天哄着她，喂她吃喂她喝，照顾得很周到。后来村里人们都说：“花花这病太重了，三愣怎么不引她到堂上看看？”

这话倒是提醒了杨三愣，可是花花哪里也不去，就要在村里死等水瀛。三愣连哄带劝，把花花引到奇崖头下的黄善堂，那道人说这病是长久思念、急气攻心所至，吃药是一方面，主要还得慢慢调养，多听些开心的话语，或许能调养过来。

三愣是个实在人，就是不会说话，他对道人说：“老爷爷，你看我这人是个没嘴葫芦，只能干力气活，就是不会说话，想给她说些开心话，也不知道怎么说。”

道人说：“天谷村离这也不太远，以后你常引她来吧，后院里还有几位与她这病差不多的，有个善婆婆天天对她们讲，该能见效的。”

就这样过了半年多，花花的病果然有了好转，她也不说了也不唱了，见了人什么礼仪也懂了。杨三愣见自己的老婆病好了，算是放下了一块心病。

再说郭有才打从和大太太来弟成婚之后，在来弟的精心照料下，身体也渐渐地恢复了。

美兰平时还是像原来一样，经常过来和来弟说些知心话儿，妯娌俩处得跟姐妹似的。这一天她们又在一起说起话来，美兰说，“嫂子，有件事俺早就想和你说，也不知……”

“啥的话你尽管说就是了，咱们妯娌还有什么话不能出口吗？”

美兰点了点头说：“那倒是。俺是想说，这水瀛一走不知去向，没有个音信，是死是活，还真难说。依俺说，你也刚刚三十来岁，还能生养，你们不如再生个一男半女，以后也要好一些。”

来弟嘴上应酬，心里也在想，嗨，她何尝不想这样呢？都怨狠心的有才，那年，担心怕他们在一起出了事，好端端给她吃啥绝经药，到现在想要个孩子，也怀不上了……

不过，美兰这个提醒，倒使来弟有了一个想法。既然水瀛一去没有音信，不说他死活，就说如果日后不再回来，他们老了可又怎么办？谁来给他们养老送终？自家没有个孩子真是不行的。何不抱养一个？从小小地养活起来，到大也会亲的。

想到这里，她和有才商量。有才想了想也是，来弟这个想法，的确也有道理。于是又从远处抱回一个几个月大的小子，给他取名续瀛，精心喂养起来。

俗话说：“猫老吃子，人老惜子。”有才和来弟年纪都大了，自从抱养上这续瀛以后，真是当宝贝。小续瀛只要一睡醒，两个人就你手上倒我手上，我手上倒你手上，不叫孩子哭一声。

隔了这么多年，有才又算是有了老婆孩子，过起了享受天伦之乐的日子。

直到第二年年根底，延萍从省城回家来过年，才把水瀛在太原的消息传回来。

爹娘见到女儿，非常高兴，问这问那，都要让女儿说说省城的新鲜事。说来说去，延萍就说到了在省城见到了水瀛。

她娘马上说："什么？你见到水瀛了？这么大的消息，你怎么不早说，因为这，你有才大伯差点送了命。快去喊你有才大伯。你在哪里见到水瀛的？他怎么样？"

延萍淡淡地说："好着呢，有出息。人家现在出人头地，威风着呢。不仅自家当了团长，还娶了军长的女儿。"

"啊？这好呀，水瀛本来就有出息呀。"裴宝珊点着头说。

延萍却讽刺地说："有出息，出息透了。见利忘义，原来说他非常爱花花，谁知道到了关键的时候，还是抛下花花不管，去当了军长的乘龙快婿。"

这时，有才和来弟相跟着走了进来。

有才一进门就问："延萍，怎么，你有了水瀛的消息？快点告给我，他现在怎么样？"

来弟也着急地说："闺女，快给咱说道说道。"

延萍说："好好好，等我慢慢说。他从家走了以后，到太谷城打工，挣了几个钱，秋后本来打算回家来，谁知在半路上遇到了拦路抢劫的贼人，把他的钱抢了，还打了他一顿……"

"啊？没有打坏吧……"一听水瀛挨了打，来弟马上接着话茬打听。

"伯母，没有，还打好了呢。水瀛哥被打倒了，人家抢上钱跑了。正好抓丁的过来，把他抓到太原去当了兵。人家命好的呢，到了太原没有当几天小兵，就被师长选中了，当了师长手下的副官。这还不算，更要紧的是，师长的女儿看上他了，死乞白赖地要嫁给他，这不，就娶了人家。攀龙附凤，不久，这个师扩编，师长升了军长，乘这个机会，军长请示阎锡山，就把水瀛提成了中校团长。”

郭有才听到这里，这才高兴起来，“那好，那好。”

“大伯，好什么？把人家花花欺骗了，他却去那里享福。”延萍噘着嘴说。

郭有才本来就不同意水瀛娶那个花花，听延萍这么一说，他反驳道：“哎，延萍你这说得不对，本来水瀛和花花，那就没有父母媒妁，不算什么事情，再说现在花花倒叫魏林元卖到了天谷村。好在水瀛也娶了媳妇，这也算各得其所了。”

自打有了水瀛的消息，有才高兴得不得了，特别是孩子有出息，在太原当了团长，他可是整天乐呵呵的。这个年呀，过得畅畅快快。

过了年以后，延萍又要上学走。

有才和来弟商量说，想跟着延萍一起去太原看看水瀛。

延萍一听摇摇头说：“大伯，您去了恐怕也见不上他。我听说在水瀛哥结婚前，本来陈军长还想派车来接您老到太原参加他们的婚礼，可是自打让人家知道他在家曾有个花花，那就坏了。人家控制他，根本不让他见到家里的人，怕相互传递什么消息。以前我还能去看看他，从结婚以后，也见不到他了……”

这样说来，有才也就没有办法了……

第二十五章

其实，郭有才就是到了太原也是见不到水瀛的。

水瀛和亚妮结婚以后，陈军长便更加精心地培养他。过了年以后，正好保定军校要招收一批中级军官进行培训，陈军长通过阎锡山的关系，保送他去保定军校学习。这样培训半年也算是镀金，再回到部队就是正规的军校毕业生，也就有了资历。

亚妮呢，年底学校毕业后，《民报》的吴社长想聘亚妮去当记者。可是水瀛要去保定上学，亚妮不放心，非要跟着去。吴社长当然最会巴结军长了，一听亚妮想去保定，便说："那正好，我正准备在河北直隶找个特约记者，如果你想去，那就不用找特约记者了，你就做《民报》驻河北特派记者吧。你的任务就是每月发回一篇关于河北方面的特稿来。"

这样，郭水瀛夫妇到了保定。半年以后，他们才回到太原。

水瀛回来，正好赶上山西军事吃紧。全军上下忙得不可开交。

原来是南方的红军也到了陕北。这对山西来说，确实是件大事。本来只有刘志丹、谢子长的陕北红军，就已经把陕北、晋西赤化了，前一段徐海东、程子华也带兵到了陕北一带。阎锡山心里正着急，屋漏偏遇连阴雨，最近又传来消息，朱毛红军也从江西来到了吴起镇。

唇亡则齿寒。陕北成了红军的天下，晋绥宁三省难免要受到影响，而这三省中就有晋绥两省是归阎锡山的管辖。若是宣传些革命呀、抗日呀这些大道理倒也无所谓，一旦发兵来这可咋办？阎老汉这下真的是火烧眉毛了。

在秦晋之间，有一条奔泻于崇山峻岭之中的九曲黄河，是两省的天然分界，也是历代军阀割据称雄的关河天堑。阎锡山也企望着依据这黄河天险，将红军阻挡于黄河以西。

当然天险是天险，阎锡山认为滔滔黄水是上苍为他安排下的可抵百万雄兵的第一道防线。他的晋绥军还必须进行严密布防。为了阻挡红军打过山西来，他按照蒋介石的指示，派正太护路军军长孙楚为“陕北剿匪前敌总指挥”，率四个旅入陕协助“围剿”红军，他认为这样可以加大陕北方面的压力；另一方面，他把主要力量集中在河防上。红军住在了陕北，难保哪一天会向东伸手。阎锡山把沿河树木全部砍光，渡口崖畔削成陡壁，所有船只全部扣留东岸，并在南北纵长千余里的岸上构筑防御工事。数月之内修起明碉暗堡千余个。每碉派驻一个班，重要渡口两个排，并配备上机关枪、迫击炮等重武器。不仅如此，还在晋西搞起了三线六区的防御总部署。

阎锡山确实是绞尽脑汁，费了一番苦心。有黄河天险，有吕梁要塞，有布防严密的河防工事，有三线六区的纵深配合，他以为这样便万无一失了。

再一点就是坚固太原城防工事。负责防守太原城的三十九军当然是重点了。太原为山西首府，所有首脑机关均在此驻扎，太原城是必须做到万无一失的。

郭水瀛从保定回来，正赶在这个节骨眼上。

听说郭水瀛回来了，武文兴便风风火火地去找他。水瀛一见文兴来了，自然十分高兴。好长时间没有见面了，又问这又问那，“文兴，你找我有什么事？”

文兴瞅着他眨了眨眼，示意他不要多问，然后说：“呵呵，没有什么事呀，好久没见你怪想的，这不，听说你回来了，就想来看看你。”

说了一阵淡话，武文兴要告辞，郭水瀛说：“那我去送送你。”

走出门外来，武文兴看看周围没人了，才小声地说：“水瀛，听说各地都要成立防共团？”

“是呀。阎锡山担心红军到山西来，加强防共呢，不仅省里要成立总团，各县都要组织防共团，还要给配发枪支。”

“能不能找陈军长出面，让魏大明当上武乡的防共团团长？”

“哦？他是共产党，怎么要让他来当这个防共团团长呢？”

“由共产党员来当这个防共团团长，以后咱们党组织的活动不就更有条件了吗？用咱们的人来当防共团团长，我们的党组织还怕被破坏吗？白天，他当防共团团长，黑夜，他就是共产党员，来搞我们的活动。”

“我懂了，你这想法倒是很好。不过省里有规定，团长是由县长兼任的，我设法给他委任一个副团长——其实县长顾不上管这个。”

“好，这样在招团员时，我们就可以把抗债团那些积极的青年招收进来，这样我们就有了枪杆子。”

这天晚上，吃饭的时候，水瀛边吃边闲聊道：“爸爸，听说要在各县组建防共团？”

陈军长点点头，“是呀，阎主任怕红军过河哩，其实那防共团能挡住红军？红军真要过河，还得靠正规军。”

“那是，那是。我有个表亲，现在在县里的警察局做巡警队长，他叫魏大明，托人给我捎来一笔钱，想当防共团团长，您能不能给省府的人说说？”

“你们武乡共产党太多，阎主任都头疼了，他当上也不好办，万一出了事可是要担责任的。”

“爸爸，其实武乡偏僻山区哪里有什么共产党，县府里的人贪污严重，那些山民们不怕死，就是造他们的反了。”

“你也好几年不在武乡，哪里知道这情况。”

“听些老乡瞎叨唠的。”

“好吧，明天我去说一声。”

果然，陈军长一出面，没费什么力气，就给魏大明弄了一张委任状。

魏大明上任后，立即和县长商量，招收防共团团员，县长当然也没有时间来做这事，全部让魏大明操办，除了从警察局调了几个人外，大部分招收的都是抗债团的那些骨干。

战事吃紧，军队便当先行，正所谓“养兵千日，用兵一时”。可是，由于中原大战失利后，山西经济处于崩溃时期，阎锡山为挽救山西，采取了一系列手段来发展经济，包括裁军、屯田，甚至变相倒卖大烟土。由于裁军，军队空额过多，难以进入临战状态。在这样的情况下，又要大规模地补充兵员。

郭水瀛就更忙了，他一方面要加强特务团的工作，特务团主要负责保卫军部，同时在特殊情况下还要随时准备开到第一线去。另一方面还要处理军部的各项工作，监督落实军长布置的各项任务。

一天，郭水瀛奉命跟随副军长、军参谋长到八十九师去检查兵员补充情况。在八十九师的营房里，他遇到了一个人，你知道是谁？原来是太谷“妙手堂”的掌柜武大夫。水瀛感到非常奇怪，他怎么会在这里呢？于是马上走过去搭话，“武大夫，没想到在这里见到你。”

武大夫抬起头来，见一位年轻军官和他说话，他想不起这是谁呀，这里怎么会有他的熟人，“你是……”

“不认识我了？”水瀛急忙脱下军帽，“你仔细看看，我是郭水瀛。”

“哦，郭水瀛，武乡的郭水瀛？”武大夫看着他认真地端详了好一会儿，“哎呀，虽然时间不长，我可真不敢认你了。你如今当官了？”

“武大夫，什么官不官的，你可是我的救命恩人呀。”水瀛上去紧紧地握住武大夫的手说，“你怎么会在这里呀？”

武大夫抬头看看跟前站着那么多大军官，他什么也不敢说，只是苦笑着摇了摇头，脸上显出一种哀苦的样子。

水瀛理解了他的心情，马上拉他离开众人：“没有事，你给我说吧。”

武大夫这才说：“听说咱山西怕是要打仗了，部队在扩兵，现在下面闹得很厉害，按说我这年龄不该当兵了，可是人家说部队缺少军医，就把许多的乡村医生都抓了来。”

“哦，原来是这样。你想不想在这里呀？”

“长官……”

“武大夫，你看你，还能叫我长官？就叫水瀛嘛。”

“好，水瀛，我给你说实话，一来咱家里开着药铺，二来我年纪大了，哪里还能上战场，我能愿意在这里吗？你能不能帮一帮我，让他们放了我，我这里感谢不尽了。”

“武大夫，看你说到哪里去了，前年你救了我的命，我还欠你药钱呢，这次我可一定要给你还呀。”水瀛说着，回头对周师长说，“周师长，这位武大叔是我的亲戚，和你商量一下，我想把他引回军部。”

周师长一听，哪里还敢说什么，在三十八军，郭副官那是驸马爷，谁还能驳他的面子，马上说：“哦，既然是郭副官的亲戚，那好，一会儿让他跟你走就是。”

晌午时，水瀛引着武大夫回到陈公馆。

一进门，他就说：“亚妮，你看谁来了？”

亚妮出门看见是一个五六十岁的老年人，还以为是水瀛他爹，便说：“这是……莫非是老太爷来了？”

“不是老太爷，胜似老太爷。以前我不是给你说过吗？前年得了急性盲肠炎，差一点送了命，就是这位武大夫救了我。他给我治好了病，用了好多贵重药。那时我一分钱也没有，要不是他，我这命早就没了。”

亚妮高兴地说：“哦，原来是大恩人呀，别光顾说话了，来，我给恩人倒茶。”

陈军长听说水瀛的救命恩人来了，也来接待他。

这次，水瀛可是好好招待了武大夫。第二天武大夫想走。

陈军长说：“武大夫是小婿的救命恩人，我看你就别回太谷了，不如在太原城给你置一套门面，把家搬到这里来。”

武大夫说：“谢军长的好意了，在太谷住惯了，还是想那里，我还是回太谷吧。”

既然武大夫执意要回，亚妮非要给他厚重的礼物。武大夫死活不要，亚妮也就没有办法，只好由他了，于是便派车将武大夫送回太谷。

送走武大夫，水瀛急着忙军务，特务团还有二百个增兵指标没有完成，军部又有许多事务。眼看要过年了，阎锡山却召集晋绥军师以上将领开会，红军东渡呼声很高，虽然他们喊着要借路到抗日前线，可是谁知他们究竟是何居心？一旦赖在山西，岂不是……所以阎锡山说，红军要抗日，咱们不管，要借路，可以让他们走绥远，告知傅作义给他们让道就是，千万不能让红军进入山西。特别是现下黄河封冻，红军要从冰面上过河，显然是很容易的，我们必须提高警惕，加强防务，等几天一打春，冰面一开就好了。

三十八军虽然主要任务是死守太原城，离黄河边还很远，却也不敢有丝毫马虎，万一红军过河，太原城也会岌岌可危。

所以，太原也没有了一点儿过年过节的欢乐，到处都是一片紧张的气氛。

好在红军并没有过河来，年是平稳地过了，元宵节也过了。

打了春，黄河上冰面开始坍塌，这黄河上的冰一开，人们不仅不能从冰面上渡河，就是坐船也危险了。因为什么？黄河上出现了凌汛，大片的冰块漂来，小木船可抵不住凌块的撞击。这下，阎锡山紧张的心情才稍稍有点缓解。

可是万万没有想到，就在冰开河下的时刻，红军会整装东渡。正月二十八黑夜，上万神兵突破黄河天险。红一军团和红十五军团兵分两路，从北起绥德的沟口，南到清涧县的河口，百余里的河防线上突击强渡。

第二天，当太阳升起的时候，各路红军突击部队都登上了岸。阎锡山认为固若金汤的河防，被撕裂开几道大口子。红军的千军万马，源源不断地渡向河东。

很短的时间内，太原接到了前线的报告，中阳城失守，石楼失守，三交镇失守，留誉镇失守……

被晋绥军称为“满天飞”的周原健独二旅，因救援中阳而全军覆灭。

红军势如破竹，阎军一路败退，没有几天就丢失了许多城镇。政府封锁了失败的消息。武文兴暗暗通知水瀛，应该把这些消息尽快传出来，山西的地下党组织要从各方面声援红军东渡抗日，同时也宣传晋绥军的失败，这就是得道多助、失道寡助。各地都贴出了支持红军的标语，也公布了晋绥军失败的许多消息。

这让阎锡山的心里很是不安。更可怕的是红军已经兵分两路，一路南下直逼临汾、运城，一路北上直逼太原。

阎锡山立即在太原召开了紧急军事会议，部署措施：第一要加强防卫，千万不能让红军再渡过汾河；第二确保太原安全；第三向蒋介石借兵，以退红军。

阎锡山能做出这个决定，实在是难以想象呀。在会上，赵戴文提出了向蒋介石借兵的建议，许多军官马上反对，说怕老蒋进兵山西，用咱山西话说那肯定“好请难打发”。阎老汉又何尝不是这个想法，苦心经营了几十年的山西，他愿让别人轻易占领了吗？蒋介石曾委以他军事委员会副委员长，想把他调离山西，把三晋大地这块肥肉吞进自己的肚子里，可是他就是不买蒋的账。阎锡山可是死守山西的人，他每时每刻都怕别人对晋土有所侵犯，就连铁路都修成了窄轨，他的火车造成活轮，山西的火车能开到外省，而外省的火车绝进不了山西，阎锡山死保山西之心可见一斑。而今天，赵戴文竟然提出让老蒋派兵来援，这让人如何是好？这边红军势不可挡，那边老蒋虎视眈眈，不论如何，都是顾此失彼。事到如今又没有什么好办法，次陇（赵戴文的字）之言也算个权宜之计嘛。想到这里，阎锡山终于开口了，“几十年来，我是一直反对其他势力插足山西的，这一点我做到了。可是今天，突然间来了强大的敌人，我不能眼看着大片土地让红军盘踞，现在也只好先顾眼前了，就按次陇所言办吧。当然请蒋来，我们还不能依靠蒋，只能是让他给我们助一助威而已，主要还需要我军的努力。”

死守太原城的重任，当然是以三十八军为主的。红军一路北上，势如破竹。阎锡山急令部队在交城、文水、汾阳一线严密守卫，给太原构筑起一道道铁壁铜墙。尽管这样，三十八军也将主力调于清源（现清徐）、太原（现晋源镇）两县，他们要将红军堵在汾河以西，绝不能让太原城的百姓有兵临城下之感。

陈军长按照阎主任的指示，马上调集三个主力团组成第一梯队，由张参谋长任前敌总指挥，开到清源、太原两县。同时又派刘副军长率两个团为第二梯队后续前进。一旦前方吃紧，马上支援。郭水瀛被任命为第二梯队副总指挥。

听说让郭水瀛上前线，陈亚妮当然不同意。她担心丈夫的安危，找到她父亲非要让他留下来。

陈长柱说：“亚妮，这一次可是非常时期，阎主任给我下了死命令，让死守太原，所以这次安排主力部队全部开到前方。在这个时刻，水瀛作为我的女婿，我也真难呀，那可不比往常。一来他如果不上前线怕别人不服；二来作为军官在战场上经过锻炼，以后提拔才更有资本，所以把他安排在第二梯队，既不在最前线，又可捞政治资本，何乐而不为呢？”

“可是，战场上你死我活，一旦有个闪失，那可是……”

“我想太原守城应该是没有问题的。在交城、文水、汾阳一线我军已有重兵，红军就是再厉害，也不会突破这三道防线的，他们在那里不过是摆一下阵势而已。”

万万没有想到，三十八军的第一梯队刚刚才到前线，工事还没有筑好，红军就打过来了。

原来从汾阳到交城的三道防线，竟然如此不堪一击。张参谋长马上和刘副军长联系，请求支援。前方已经和红军接火了……第二梯队的部队也只好开到晋祠一带。

郭水瀛率特务团的主力开到晋祠附近的村子里。

这里他是第二次来了。去年的现在，也就是刚刚认识陈亚妮的第一天，亚妮带他来到这里，那是来这里游玩的。可今天，他再次来到这里，却是面临着战火纷飞。

郭水瀛现在当了团长，说起带兵打仗来，他还真是不行。虽说在保定军校培训了半年，一来参军时间短，再说参军后主要从事文职工作，没有实战经验，现在前方的炮火声已经隐约听见，他真的手足无措了。还是刘副军长照顾他，只让他集中力量守住晋祠这条大道。

这是阴历三月初，天气还很冷，郭水瀛的特务团在这里住了两天了，觉得只听枪炮声，并不见红军来，认为前方一定顶住了红军，也就有了点麻痹，晚上哨兵也躲在墙旮旯里打起盹来。谁知就在这天晚上，红十五军团的第七十五师，在骑兵连的掩护下袭入晋祠，团部指挥所人们还在睡梦中，便全部做了俘虏。红军马上给他们开会，讲了红军的俘虏政策，愿留者欢迎，愿去者也不勉强。当下有不少人表示愿意参加红军。

郭水瀛也做了俘虏，可他不同旁人，他是中校团长，哪里能随便放呢？红军领导请示上级，将他转送到了军团部。

此时此刻，郭水瀛的心情紧张极了，他没有想到，曾经三次准备加入共产党、两次准备参加红军的他，今天居然做了共产党、红军的俘虏。在晋绥军中，阎锡山一直在军内宣传“红军过来杀人如割草”，当然他不会相信这个宣传，因为以往听武文兴介绍过共产党、红军的情况，也曾准备带着花花与原成均一起到陕北参加红军。可现在他做了红军的俘虏，他说这些谁还会相信呢？何况他是晋绥军的团长，红军还能饶过他吗？完了，完了，真是一步错步步错呀，悔不该当初不听武文兴的话，文兴让他带上花花到南路去干革命，他偏要上西山挣钱，结果到现在花花不知是死是活，而他遭了强盗、抓了丁，还差点让军法处置，总算躲过了几场灾难，谁知这又被红军俘虏，三番五次经受磨难。嗨，在劫难逃呀，虽然听起来红军讲对待俘虏的政策很好听，也放了许多士兵，怎不放你郭水瀛呀？你可是晋绥军的团长呀，红军能轻易放过你吗？看来这次是真躲不过一死了……

他死不足惜，只是他和花花的那个约定未能完成，他这心里实在是放不下呀……

他被押解到一个不知名的地方。这一天，有位红军高级领导审讯他。

这下怕是死期到了。水瀛呀水瀛，你真是利令智昏，做什么军长的乘龙快婿呀？当什么军官呀？要还是一个小兵，这回让红军放了，也能返回武乡，返回东漳镇，好歹见到花花，就是死也死到一起，也许还能带着花花跑到这里来参加红军，高高兴兴地跟着红军干革命。可现在身为俘虏，一个当过团长的俘虏，红军还不处置你等什么？

他正这样想着，一位红军领导过来，搬过一个小凳子让他坐下，“郭团长，你不必害怕，红军是仁义之师，是优待俘虏的。其实，咱们都是中国人，日本鬼子占了东北，又要占华北，可老蒋不去打，偏要在这里打内战，而你们又为啥偏偏助纣为虐，在这里自己打自己呢？”

水瀛听这话，好像没有什么歹意，他怔怔地望着面前这位军官。

那位领导面带微笑地继续说：“郭团长，你们这些中下级军官和士兵也是不得已而和红军打仗的，你们是无辜的，红军不会难为你们，对于俘虏我们的政策是宽大的，愿意回家的，我们放他回家，并发给路费；愿意参加红军的，我们欢迎；还有愿意回晋绥军的，我们也不反对，一定集中送回去。郭团长，你别怕，我也是咱山西南路解县人，在太原国民师范念过书，后来参加了红军，也做过政治工作。在我们红军队伍中，没有薪水，官兵一致，一天只管三顿饭，心里只是想让普天下穷苦百姓都能过上好日子。现在日本鬼子占领了我们大片的领土，而且他的胃口越来越大，还想吞并全中国。国家兴亡，匹夫有责。目前大敌当前，国难日深，我们不能再这样打内战了，而应该团结一致，奋起抗日，有钱出钱，有力出力，有知识出知识，有武装出武装，我们红军此次渡河东征，就是要到第一线去抗日。”

“哦，原来长官也是咱山西人？”郭水瀛有些放松地问。

这位红军首长笑着说，“你放心，红军不会难为你的。我叫你到康城多住几天，没有别的意思，只想让你好好学习学习，更进一步明了我们的主张。”

水瀛被送到红军总部保卫局驻地——康城镇，并参加了红军大学的学习。这一天，他正往教室里走，只听得有人叫他的名字：“郭水瀛，你怎么在这里？”

水瀛猛地回过头来，一个小伙子站在他面前：“成均，是你？”

“是我呀，上次让我好等，约定的时间过了好几天，一直等不来你，没办法我们才走了。现在我在红军中当了连长，就负责政治保卫。可你……”

“嗨，一言难尽呀……”郭水瀛这才把他与原成均分别后的情况细细说了。

原成均说：“水瀛你别难过，我会把你的情况说给领导的。”

果然，那位红军首长再次与他谈话，水瀛要求要参加红军，那位首长说：“郭团长，我们想交给你一个重要的任务，这个任务比你参加红军的作用更大。”

郭水瀛说："请指示，我愿接受。"

那位首长接着说："现在阎锡山正处于一个极为复杂的环境之中，第一，蒋介石的援晋中央军赖在山西不走，并策划河东道独立，这样，使他感到目前对他最大的威胁并不是共产党和红军，而是蒋介石；第二，日本帝国主义目前已经在平津大量驻军，一旦得手，下一步的目标就是晋、察、绥，这可是他统治数十年的地盘呀，眼看着自己的利益惨遭损失，自己统治的地盘也将沦为敌手。这一切当然都是他所不能接受的。正因为这样，造就了我们与其合作的大好机遇。"

"共产党有意与阎锡山合作？"郭水瀛不太明白这是什么意思。

"对，目前我们的主要敌人是日本帝国主义，为了中华民族的独立和解放，我们全国人民应该团结起来，共同抗日。"

"好，如果需要水瀛做什么工作，水瀛即使肝脑涂地，也在所不辞。"

"好，我尽快联系。我们首长要亲自见你。"

中共中央首长接见了郭水瀛，亲托他带信给阎锡山。

郭水瀛回到太原之后，请求面见阎锡山。可是阎锡山并不见他。陈军长对郭水瀛做了红军的俘虏感到很没有面子，但亚妮见他安全回来了马上破涕为笑，高兴得不知说什么好，见父亲不高兴，她理直气壮地说："虽然水瀛做了俘虏，但他还是上了前线的，怎么不比那些一听说上前线就又是躲又是逃的好？晋绥军都败了，又不是光三十八军的特务团败了，他阎老汉的所有部队都是吃的败仗，败得一塌糊涂，最后请了蒋介石，这难道也是水瀛的原因？我认为红军之所以胜利，充分说明红军抗日是正确的，是有广大群众支持和拥护的，而晋绥军不敢起来抗日，这才是他失败的主要原因。现在水瀛带了中共领导的信，可他阎老汉为什么不敢见水瀛呢？他是怕得罪蒋介石，他是怕得罪日本人。如果这样下去，山西很快就会灭亡的。爸，我希望你一定要支持水瀛，去说服阎老汉，让他见一见水瀛，一定要让水瀛把托他捎的信亲手交给阎锡山。"

亚妮的话虽然有点偏激，但陈军长还是默认了，他找到阎锡山说明利害，阎才答应面见郭水瀛。

郭水瀛来到阎锡山的面前，直截了当地说了他在红军中的一些感受，然后掏出了一封信，呈递给阎锡山。

阎锡山看了一眼郭水瀛，说：“你先下去吧。”

看完这封信，倒使阎锡山眼前一亮。自打红军回师后，蒋介石留在河东五个师赖着不走，而日本人又派人来拉他做伪政府的首脑，他一直在想，是抗日还是和日？是拒蒋还是拥蒋？是联共还是反共？凭他目前的实力，如何在这三股势力中玩转，等于在三颗鸡蛋上跳舞，哪一个也不能碰着，现在形势非常严峻，需要作出抉择。是呀，既然中共有此诚意，愿意与他团结合作，看来联共是最为适合的一条路了，在西北，张学良、杨虎城已有和共产党合作的迹象，而且张学良还专门来劝过他，现在共产党亮出合作的底牌，现在日方步步紧逼，老蒋又虎视眈眈，与其故步自封，作茧自缚，倒不如试着走几步，缓和一下和共产党的关系，或许可以蹚出一条路来。

时隔不久，中共高级将领彭雪枫到太原秘密设立了红军办事处，阎锡山开始了和共产党的秘密合作。但是，郭水瀛“通共”的事，确也在太原吵得沸沸扬扬。阎锡山怕被日本人和老蒋抓他什么把柄，便把陈长柱叫过去吩咐，必须马上让郭水瀛在晋绥军中消失。

第二十六章

陈军长这回可真的是作了难。红军打过黄河来，晋绥军败得一塌糊涂，可是谁也没有受到什么处分，偏偏他的女婿郭水瀛因为做了俘虏，又给共产党的领导人做了信使，阎老汉非要让他离开军中，还说这也是看了他陈长柱的面子，不然是要杀头的。

回到家里，陈军长闷闷不乐。

陈太太见他茶饭不思，面带愁色，便问道："你今天这是怎么了？"

陈军长沉默不语，太太一再追问，他看了女儿一眼，欲言又止。

陈太太一想怕是这事与女儿有关，只好使个差事把女儿支出去。这时陈军长才长叹一口气说："水瀛，因为给共产党的领导带了信，被阎老汉给开了……"

"啊？怎么会是这样？"

"是呀，我也是没有想到呀……"

"那这事可怎么向女儿、女婿交代呢……"

其实陈亚妮并没有离开，他见爸爸神秘兮兮的，假意离去，在门外偷听，一听说水瀛被开了，好生难过，她立即推开门进去，"爸，这是怎么回事？"

知道女儿已经听到了这事，他也不想再隐瞒，纸里包不住火。陈军长说：“亚妮，我知道这个决定对你的打击太大了，本来，我是一心要培养水瀛的，送他上了军校，还准备提他当师长，可谁知道出了这样的事。这就是政治呀，政治本身就是残酷的……”

这时郭水瀛也回到家来，一进门见一家人都不高兴，而且也隐约听到政治是残酷的，以为是他或者亚妮为共产党做事被人揭发了。他必须马上弄明白这是怎么回事，马上说：“爸爸、妈妈，你们这是怎么了，出什么事了？……亚妮，你说呀，出什么事了？”

陈军长冷静了一下，说：“水瀛，你别难过，因为你给共产党领导带信的事，阎主任让你离开晋绥军，回乡下老家……”

郭水瀛怔了一下，然后坦然地说：“原来是这么回事，这没有什么，我以为是什么大事呢，如果仅仅是这，我一点也不后悔。红军、共产党他们要抗日，他们有信心团结全国各界人士来共同抗日，以民族大义为重，召唤阎锡山起来共同抗日，这难道有什么错吗？他阎锡山不是也请来了共产党秘密合作了吗？可是，我就是不明白他这人做事，总是阴一半阳一半，这里在联合共产党抗日，可背地里还和日本人拉拉扯扯，把土肥原派来的和知鹰二奉为座上客；表面上拥护蒋介石的领导，而背后又排挤蒋的势力，生怕老蒋插手山西。用这种两面三刀的手段，迟早是不得民心的。我做了共产党的信使，其实我还想做一名共产党员，这是我的愿望，今天阎锡山让我离开晋绥军，无非是做给日本人看，做给蒋介石看，也就是用牺牲我一个人，来做一个表面的文章，来证明他没有与共产党联合。好在我看到了，阎锡山总算有了与共产党合作的迹象，有了抗战的准备，这头老‘牛’总是开始耕地了。我还是很荣幸。能让抗日救亡的阵营中增加一支力量，别说是不让我当这个团长，就是让我郭水瀛死，我也甘心情愿。”

水瀛真有点慷慨激昂，他连珠炮地说了许多，陈军长也听得入了迷，而陈亚妮此时也不再难过、不再悲伤，她一下子站了起来，过去拉着郭瀛的胳膊："对，水瀛说得很对，只要对民族有利，对革命有利，当不当团长无所谓，只要阎锡山能走上抗日的路，让水瀛回老家，我情愿陪着他回武乡去，一辈子做一个农妇。"

"这怎么行呢？"陈太太一见女儿也要跟着水瀛走，忙出来阻拦，"这是万万不行的……"

"俗话说，嫁鸡随鸡，嫁狗随狗，我既然嫁给他郭水瀛，我们就是一家人了，他去哪里我就要去哪里，我们不会分开的。"亚妮的话说得斩钉截铁。

"老爷，这事难道真的一点办法也没有了吗？你不能去求求阎老汉吗？当年要不是你，他就让熊国斌给毙了，可今天……难道他就这样绝情吗？"太太见女儿意志坚定要跟着水瀛走，一下子急了。

陈军长叹一声，"政治呀，政治太残酷了，这事不可能再改了，也好，先让水瀛回武乡吧，或许有一天……"

亚妮很干脆地说："有没有返回来的那一天无所谓，只要阎锡山能起来抗日，咱们就算做出了成绩，就是给中华民族作出了贡献。"

郭水瀛心平气和地说："爸爸、妈妈，千万不能再给你们增加什么麻烦，我打点一下，明天就回老家去。"

"我也跟你一起走。"亚妮说。

"你……"

陈太太说："亚妮，你怎么能去呀？"

"我怎么不能去？我偏要去。"

"孩子，妈本不是想拆散你们夫妻，看你有孕在身，而且将要临产，你这样走了，妈怎么能放心呢？你听妈一句话，等你生产以后，身子利索了再走，到那时候妈绝不拦你。"

水瀛也说："妈妈说得对，看你现在这样子，我也不敢带你走，你就安心养孩子吧。"接着郭水瀛扭回头对陈军长说，"爸爸，感谢你这几年对我的栽培和帮助，明天我就走了，最后我再求你一件事，李文楷是我的好朋友，希望你能想办法让他减刑，尽早出狱。”

陈军长叹息一声，点点头说：“难得你对朋友这样挂念，好，我一定想办法。”

这天晚上，陈亚妮几乎一宿没睡。她自打和水瀛认识一直到结婚，可以说是形影不离的，她已经将自己全部的爱，倾注在了郭水瀛的身上，可她老是感觉水瀛的心里藏着另一个人，她极力想用自己的爱去消除这个阴影，可是，现在他要回到那个女人身边，她怎么能放心呀……她恨阎锡山，又想做婊子又想立牌坊，这个老奸巨猾的家伙，就是想在日本人、蒋介石、共产党三方力量中，玩转自己三颗鸡蛋上跳舞的把戏；她恨她的父母，对她太爱惜了，宁可拆散他们这对鸳鸯，也不让他随水瀛回武乡；她恨腹中的孩子，为什么偏偏在这个时候发育起来，如果现在没有这个孩子，或者已经出生，她随水瀛回武乡不都是名正言顺的嘛……

这一夜她不知流了多少泪，郭水瀛劝说着，可他越劝她的泪水反而越多。

“水瀛，你能不能答应我，回去后不要再去找那个花花？”

“……”

“我知道，你一直放不下她，你的心里一直想着她，可是，现在你是我的丈夫了，而且我们已经有了……你马上就要做爸爸了，你如果不答应我，我宁愿放弃一切，也要随你回老家。”

“亚妮，你就放心吧，我的性格你知道的，我会为我所做的事负责的。妈妈说得对，你还是安心在太原，等孩子出生后再作打算。至于我，你不要担心，我知道该如何做的。”

第二天一早，陈军长一家子把水瀛送到长途汽车站。陈军长小声地对水瀛说：“水瀛，你先回老家住一段，千万不要因此而一蹶不振。现在国内形势瞬息万变，只要有机会，我会马上把你调回身边来的，我相信会有东山再起的机遇。”

太原到长治一天一班的长途车，是一辆破旧的卡车。郭水瀛坐在上面，向陈军长一家招手告别。

陈亚妮看到这个样子，真有点心酸。如果要不是这样的状况，就让军长的专车送水瀛回武乡。可水瀛知道，他不是衣锦还乡，讲那个派头太不实在了。

卡车开动了。

陈亚妮的眼泪又一下涌了出来，她多么想与他一起坐在那辆车上，一起走……她泣不成声地一边挥手，一边说："记着，一到家就给我写信……"

卡车颠颠簸簸地驶出太原城。亚妮一家子送行的场面慢慢地被一阵飞扬的尘土遮挡了，郭水瀛的心里乱糟糟的。人呀，一生究竟是怎么度过，要经历多少坎坎坷坷。想起从他离家出走，到今天返回武乡，他就像做了一个梦。

记得读书的时候学过一个叫《南柯一梦》的故事：隋末唐初的时候，有个叫淳于尊的人，家住在广陵。他家的院中有一棵根深叶茂的大槐树，盛夏之夜，月明星稀，树影婆娑，晚风习习，是一个乘凉的好地方。淳于尊过生日的那天，亲友都来祝寿，他一时高兴. 多贪了几杯。夜晚，亲友散尽，他一个人带着几分酒意坐在槐树下歇凉，醉眼蒙眬，不觉沉沉睡去。梦中，他到了大槐安国，正赶上京城会试，他报名入场，三场结束，诗文写得十分顺手，发榜时，他居然高中第一名。紧接着殿试，皇帝看淳于尊生得一表人才，便亲笔点为头名状元，并把公主许配给他为妻，状元公成了驸马郎，一时成了京城的美谈。婚后，夫妻感情十分美满。淳于尊被皇帝派往南柯郡任太守，一待就是二十年。淳于尊在太守任内经常巡行各县，使属下县令不敢胡作非为，很受当地百姓的称赞。皇帝几次想把淳于尊调回京城升迁，当地百姓听说淳于太守将要离任，纷纷拦住马头，进行挽留。

淳于尊为百姓的爱戴所感动，只好留下来，并上表向皇帝说明情况。皇帝欣赏淳于尊的政绩，赏给他不少金银珠宝，以示奖励。有一年，敌兵入侵，大槐安国的将军率军迎敌，几次都被敌兵打得溃不成军。败报传到京城，皇帝震动，急忙召集文武群臣商议对策。大臣们听说前线军事屡屡失利，敌兵逼近京城，凶猛异常，一个个吓得面如土色，你看我，我看你，都束手无策。皇帝看了大臣的样子，非常生气地说：“你们平日养尊处优，享尽荣华，朝中一旦有事，你们都成了没嘴的葫芦，胆小怯阵，一句话都不说，要你们何用？”宰相立刻向皇帝推荐淳于尊。皇帝立即下令，让淳于尊统率全国精锐与敌军决战。淳于尊接到圣旨，不敢耽搁，立即统兵出征。可怜他对兵法一无所知，与敌兵刚一接触，立刻一败涂地，手下兵马被杀得丢盔卸甲，东逃西散，淳于尊差点被俘。皇帝震怒，撤掉淳于尊的职务，遣送其回家。淳于尊气得大叫一声，从梦中惊醒，但见月上枝头，繁星闪烁。此时他才知道，所谓南柯郡，不过是槐树最南边的一棵树而已。

想到这里，郭水瀛不觉苦笑，他离开武乡这四年时间，也好像做了一场梦而已，这个梦的离奇，不亚于淳于尊大槐安国的南柯太守呀。今天，他的梦醒了，他还和原来出走时一样，悄然无声地返了回来。不过他现在心里感到非常轻松，现在他总算是有了一个自由自在的自己。

太阳已经偏西了，汽车才颠簸着到了权店。

司机喊：“哎，到权店了，谁下车呀，动作快点。他妈的这破路，赶黑也到不了长治。”

郭水瀛一听到了权店，才挤了挤站起身来。

“我下车。”他把自己带的行李提了起来，“老乡，请帮我接一下行李。来抬抬腿，让我下车。”

郭水瀛下了车，接了行李，那汽车又冒着烟，在尘土中走了……他拍一拍麻木的腿脚，又抖了抖身上的尘土，才扛了行李开始向东走去。

“武乡啊，我郭水瀛又回来了。”他望着故土长长地叹了一口气。这一道道山，那一道道水，在他的眼中还是那样熟悉，离别几年，没有一丝的变化。想起他走的时候，也是这样，拿着花花送给他的那一点干粮。今天，他又回到这片土地上，山还是那道山，梁还是那道梁，水还是那道水，可是人呢？花花呢，她现在怎么样？还在等他吗？

回到武乡了，他该先做什么呢？要是在他们约定的那个八月十五黑夜，他能回来多么好呀，他会带着她远走高飞。可是现在已经物是人非，又该怎么办呢……

第二天晌午，他才回到东漳镇。

“水瀛回来了——”

他刚刚到家门口，不知道是谁已经看见了他，早把这个消息传遍了裴府。

“快，水瀛回来了。”裴府上下的人们风风火火地走了出来。是呀，听说郭水瀛在太原当团长了，还做了军长的女婿，他今天回来，一定是风风光光的，当然都要出来看呢。

郭有才听见有人叫喊，真的是水瀛回来了吗？怎么事先一点消息也没有？他走好几年了，也该回来看看了，他嘴里念念叨叨，急忙起身走了出来。

郭有才一看见水瀛，两行泪顺腮流了下来。他一下子扑过去，父子俩相抱着痛哭起来，这时，来弟走过来说：“看把你高兴的，快，还是先进家吧。”

“对，进家，进家。”裴东家也说，“先让孩子歇息一下。”

“好，好。”郭有才拉着水瀛，走进家门。

此时郭有才看着水瀛，细细地打量起来。见他这样子有点狼狈，明明听说他已经升了团长，怎么会是这个样子呢？

“水瀛，听说你娶了亲，又当了团长。可是……”

水瀛低着个头，什么也不想说。其实，当不当团长，这对他来说已经无所谓了，只是不能利用那个职务之便，给党的组织做一点有用的工作，很是遗憾。

来弟看着这个情景，猜想到他总是有什么难言之处，便过来说："孩子刚回来，让他歇歇再说吧。"

裴东家吩咐厨下，今天黑夜要炒几个菜，他要给水瀛接风。

吃饭间，水瀛喝了几口酒，才慢慢地把他从参军到提拔，再到因为什么又回到老家来的这一段经历说了出来。

之后，水瀛关切地问道："这几年，我一直想着花花，可是没有一点她的消息，你们能告诉我她现在怎么样了？"

一提起花花来，郭有才心里感到一阵惭愧，慢慢地说，"水瀛，你不是已经娶了陈军长的女儿吗？以往的事都是爹的错，事到如今，就让它过去吧。"

"哦，她现在怎么样啦？"水瀛两眼直勾勾地望着他爹，他想，难道花花又遭什么不幸了吗？

这时来弟接过话来解释道："水瀛，你也别担心，现在花花很好。"

"……"他真不懂这葫芦里卖的是什么药了。

来弟把水瀛走后花花的这段经历说给了水瀛，"水瀛，不管怎么说，现在你也娶了妻，花花也嫁了人，好在她的丈夫对她很好，初嫁三愣时她疯疯癫癫，是三愣每天背她到黄善堂去看病，苍天不负有心人，花花的病终于好了。"

水瀛静静地听着，眼里噙满了泪水……真没想到，因为他没有听武文兴的话，走错了一步棋，竟然发生了如此之大的变故。就在他做那个"梦"的同时，花花也在做另外一个"梦"，不过水瀛做的是天堂的梦，而花花做的是地狱的梦。好在现在两个人都从梦中醒了过来，可是水瀛有了老婆，花花有了丈夫，时过境迁，他们的爱还如何继续？

现在他水瀛回来了，他该怎么办？他想去看看花花，把这一切都说给她，可是，她已经嫁了人，杨三愣见到他将是什么态度？

第二天，水瀛一个人去了天谷村。

“快，水瀛去了天谷村，这可怎么办？”来弟听到这个消息，赶紧和郭有才商量。

郭有才也很担心，他去了会做什么？他们已经各自都结了婚，这要再藕断丝连，死灰复燃，人家杨三愣还能容忍？要真是弄出故事来，这可是要出人命的呀……

“哦？这可是个事情。”裴宝珊一听也着了急，“快叫小三来。”

裴东家让丫鬟把小三叫来，吩咐道：“小三，你快到区上，叫赵锁儿，就说我吩咐的，让他带两个区警去天谷村一趟，千万不能让水瀛出了事。”

区警队队长赵锁儿不敢怠慢，急忙叫了两三个人，就向天谷村跑。来到天谷村，见风平浪静，也没有听到什么吵吵闹闹的声音，感觉不会有什么事，才喘了口气，然后打听杨三愣家。

赵锁儿等人进了门，才见水瀛正在三愣家吃饭呢。谢天谢地，这三愣怎么这样大度？

原来，花花的病好了以后，把水瀛怎么对她好的事慢慢讲给了三愣，三愣也是个老实人，他感觉花花对他毫无隐瞒，而且也知道这个水瀛是个好心人。水瀛今天来到天谷村后，他找到花花的家，花花一见水瀛终于回来看她了，悲喜交加的泪水夺眶而出，“水瀛，你让我等得好苦……”

“花花，实在对不起，人在江湖，身不由己，我真的是没有办法呀。那年八月十三，在回来的路上……”水瀛这才把他的痛苦经历说给了花花。

双眼已经红肿的花花，听了水瀛的诉说，长长地叹了口气，“也许命该如此吧，俺知道失约不是你的错。水瀛，今生咱是不能在一起了，但愿来世我们能如愿。”说着，她两眼盯着戴在手指上的那个定亲戒指，“水瀛，能让这只戒指陪伴俺这一生吗？”

“你就戴着吧……”

这时，杨三愣听说郭水瀛回来了，也赶忙回家来，很客气地把他招待了一番后说："水瀛，你和花花的事，我也听说了，你对她好，你帮助了她。这我要感谢你，可现在……"

"杨三哥，你放心，现在花花与你成了夫妻，我也娶了老婆。过去的事已经过去了，我不过是想来看看，只要花花能有一个心疼她的好丈夫，我也就放心了。"

第二十七章

自从水瀛回武乡后，水瀛留下的事就由陈亚妮来办了。水瀛走时的那个请求，她可没有忘，她虽然在家里坐月子，却也时刻追着让父亲去活动。

李文楷自进了监狱，一天也没有消停过，他常常组织监狱里的“政治犯”，闹绝食，要求改善伙食，要求夜不封门，要求看书看报，要求调整接见时间。他们的活动通过狱中党组织的内线，都传了出来，登载在了报刊上，引起了社会舆论的关注，当局也只好妥协让步。不过李文楷也被狱方定为一个“刺儿头”，把他作为要犯之一，冬天不给他被褥棉裤，热天不给他换单衣，并且身戴手铐脚镣。李文楷受尽了非人的折磨，他患了严重的肛裂病，爬也爬不起来了，才被移送到病狱。红军东征回师后，阎锡山的政策有所转变，他选择了拥蒋、联共、抗日的政治主张，这样，对政治犯相对宽松了一点。陈军长抓住这个机遇，托了关系，监狱答应释放李文楷。

陈亚妮立即把这个消息传给了裴延萍。延萍在女中毕业后，曾在特委工作一段，牺盟会改组后，召集大量的共产党员和进步人士进入牺盟会工作，裴延萍也就到了牺盟会。得到李文楷要出狱的消息，她喜不自禁，马上想把这个喜讯告诉武文兴。

当裴延萍找到武文兴，文兴正躺着。见她进来了，便一边往起坐，一边说，“延萍，你来了？快坐下。”

延萍看他脸色蜡黄，“文兴，你这是怎么啦，是不是病了？”她吃惊地凝视着他。

“没有，没有病。只是有点不舒服。”文兴微笑了一下，随身歪在床铺上。

延萍不安地瞅着文兴：“不对，如果没有病，脸色不会这么难看的。”

她过去用手摸摸文兴的头，果然正在发烧。“你是感冒了吧，怎么，没有吃药？”

文兴慢慢把脑袋挪放在枕头上，疲倦地闭上眼睛休息了一会儿，然后睁开眼来冲着站在床头的延萍说：“不要紧，昨天晚上我出去搞宣传了，我们去贴号召民众抗日救国的标语，这你知道，阎锡山只让说守土抗战，不让提抗日，怕喊抗日的口号惹恼了日本人。警察日夜在街上巡逻。我正在那里贴标语时，警察过来了，我就朝黑黑的巷道里跑，结果掉在了水里。好在没有让警察抓住，可是浑身湿透了……”

他说得很平淡，可延萍的心里还是担忧。她忙去倒了一杯开水，给他端过去，“来，多喝点开水，感冒了就得发发汗。”

接过延萍倒的开水，文兴一边喝一边说：“延萍，我看你很高兴，是不是有什么好消息呀？”

“当然是，有好消息。”

“什么好消息，你快说呀。”

“看把你着急的。这可真的是大好消息，老李减了刑，提前释放。”

“是吗？这可太好了。你在哪里得来的消息？”

“水瀛离开三十八军时，对陈军长提的唯一请求就是帮老李减刑。老李在狱中的斗争也很激烈，他了解到外面抗日救亡的形势越来越好，就在狱中发动了绝食斗争。这样，监狱终于答应了给老李减刑，明天出狱。”

“那好，明天咱们去接老李。”文兴听说了这个好消息，好像病一下子减轻了许多。

延萍见他一下子坐了起来，马上关心地说："不要太激动，你还是躺着，好好休息一会儿。来，我再给你倒杯水。"

延萍过去让文兴躺好了，她接过水杯又去倒开水。谁知这下一不小心，水洒了出来，桌子上湿了一大片。她急忙拿布子去擦，有一个本子下面沾水了，他小心地拿起来擦了一擦，随手翻开看了一下，上面写了许多的诗。

"哦，这是你写的诗吗？"延萍一边问，一边看起来。

文兴一见便马上说："你不要看，那是我的日记。"

这时延萍已经翻了好几页，见上面写着的是很多隽秀的诗行。翻着翻着，突然，有一个标题跳进她的眼帘——《写给萍》。哦，她紧张起来，她有点惊慌，这是写给谁的，难道是写给她的吗？

"延萍，你看什么呢？"文兴见她翻看他的诗，脸一下子红了。

"你这诗写得真好……这都是写给谁的呢？"

"延萍，我知道你心里有水瀛，可是现在水瀛已经和亚妮结婚了。我常常想，爱，是个很复杂的事，所以有许多的想法，我不想把它说出来，只有将这许多的情感悄悄地播种在深情的诗行中……"

听着文兴的话，她的脸红了。其实从她认识文兴那天起，文兴这个深深地影响了她的思想的青年，在她的心中已经留下了深刻的印象，只不过，那时她的心里只有水瀛，并没有想过其他的男人。水瀛结婚以后，她从痛苦、郁闷、难过中慢慢地解脱了出来，她不想再去想这感情的事，只是把精力全部用在了工作中，她想用忘我的工作来填补情感的空虚，她不再去爱，生怕再发生错爱而招来更多的痛苦。可是今天看到武文兴那许多真挚的情诗，一下子点燃了她内心情感的烈火。

文兴见她怔在那里，不知她心里怎么想，生怕对方看了生气，低声地说："你——不怪我吗？我不会写什么诗，只是、只是心里想得多了，便在寂寞的时候，随手把内心的情感用这些诗句记录下来。我愿意你能了解我，不生气。”

文兴说完，只用两只眼紧紧地盯着对方。他的神情是宁静的、单纯而明朗的。他似乎在等待对方的回应，又似乎只在抒发自己的情感。

延萍的脸红了，也只有遇到这种场合才能有这种神情。她默默地低着头，过了一会儿，才用低沉的声音说：“文兴，我非常佩服你的冷静，心里像大海一样汹涌澎湃，而表现在现实中却是那样风平浪静。你的这许多激情，为什么以前一点也没有表露出来呢？”

文兴轻轻地笑笑，“因为你心中还没有装着我，我怕你拒绝。”

延萍坐在文兴的身边，轻轻地给他揩去额上的虚汗，小声说：“文兴，能把你的诗让我认真地看一看吗？”

“行呀，这诗还没有读者呢，你是第一个。”

延萍羞涩地笑了……

第二天，他们一起来到反省院接李文楷。

看见文楷支撑着虚弱的身体走了出来，武文兴与裴延萍既高兴又难过，他们走过去紧紧握住文楷的手，“老李，可算是盼你出来了。”

李文楷笑笑说：“呵呵，看来还是共产党员的骨头硬，最终还是熬过了反动派的监狱。”

武文兴特意给他带了一身干净衣服，找地方让他换了，李文楷一下子精神了许多。李文楷迫不及待地说：“快把情况给我说一说，在里面真是闭塞的很。其他人现在怎么样呢？”

于是，武文兴把自从他们被抓后的情况细细地做了介绍，并把营救其他同志的经过都说给了他。

李文楷高兴地说：“组织没有遭到破坏，就是好事。”

武文兴问道：“老李，你现在出狱了，将作何打算？”

“我想马上回武乡，看武乡的党组织现在是什么状况。已经三年了，我不知道他们与上级联系上了没有。当然，希望你能帮我找到特委，我要了解特委对近期党的活动有什么重要指示。”

“这个你放心，我已经给你做准备了，现在中共北方局已经设立了山西省委，我们县委由山西省委直接领导。目前的形势是这样的，自西安事变后，国共两党关系表现出了一个好的开端，现在是即将发生重大变化的转折关头，日本帝国主义的侵略野心越来越明显，中日民族矛盾上升为主要矛盾，看来中日之间的战争已经不可避免了，在全国性抗日战争即将爆发的前夜，为了使全党明确认识当前的形势、任务以及党的政策、策略，做好迎接重大转变的思想准备，省委要求我们，要注重发展自卫武装，号召和组织广大农民积极投身抗日救国的洪流中。”

“好，有了省委的指示，我这心里就有了谱。”

“老李，还有一件事，郭水瀛这个青年很进步，记得几年前我就给你说过准备发展他入党，可是因种种原因一直未能如愿，后来他在太谷打工，还准备去陕北参加红军，可是不幸的是被晋绥军抓了丁，之后被陈长柱的女儿陈亚妮看中了，他被提拔当了团长，但是他并未因为身份改变而改变自己的追求和信念。在这期间，他利用这个职务，做了许多有益于党的工作，特别是在营救我们的同志时出了很大力，在红军东征战斗中，曾被红军俘虏，我党领导人托他给阎锡山带了一封信，从而沟通了红军与晋军的联系，也促成了共产党与阎锡山的初步合作。然而，这个老奸巨猾的阎锡山，既想做婊子，又想立牌坊，他怕蒋介石知道他与共产党联系，就把水瀛开除了。现在水瀛已经回到武乡，你回到武乡以后，希望能继续培养他，发展他入党。”

“哦，他这可是干了一件惊天动地的大事呀。”

“你准备什么时候动身？”

“就这一两天吧。”

这时，裴延萍说：“老李，你还不能走呢，还有一个重要任务。现在阎锡山主持成立的牺牲救国同盟会，这个组织，名义上阎锡山还是‘会长’，实际上领导权已经交给了共产党手中，我们把它适当加以改组，加强进步因素，扩大群众基础，通过它发动群众、组织群众参加抗日救亡运动。我们按照北方局提出的要抓实权，做实际工作，反对空谈主义的方针，制定了牺盟会的行动纲领，迅速把工作开展起来，在工厂、学校和农村，广泛发展牺盟会组织。为了迅速培养干部，我们在‘山西军政训练委员会’的名义下，办起了‘临时村政协助员训练班’‘军政干部训练班’‘牺盟会特派员训练队’‘民政干部训练团’和‘国民兵军官教导团’等，把山西当地的和全国各地来到太原的成千上万进步青年吸收进来，加以培养训练。这些训练单位，实际上成了我党的军事政治干部学校，造就了一大批骨干力量。经过短期培训的牺盟会特派员，都是比较优秀的党员，派往各县工作，同时担负着党组织交给的建立党组织的任务。并在各地创办了村政协理员培训班、军政干部训练班等。你在狱中领导的绝食斗争，省委同志听说了之后非常赞赏，他要请你去军政干部训练班给学员做报告呢。”

“是吗？”

武文兴说，“是，你还不知道吧？延萍在女中毕业后，组织就把她也安排在了牺盟会工作。”

“那好，听从组织安排，我一定去做这个报告。”

太原坝陵桥国民师范，是牺盟会的军政训练委员会所在地，军政干部训练班也在这里举办，学员们就像在部队一样，都穿着统一的军装，朝气蓬勃，训练有素。李文楷来到这里时，大操场上，学员们早已整整齐齐排起了队，首长们陪李文楷走进会场时，学员们“啪”地一声一齐敬礼，李文楷的思绪一下子又回到他参加广州起义时的情景，这种军营生活他离开已经很久了，今天来这里他感到非常亲切。

“各位学员，今天我们请来了曾经参加过广州起义的革命战士李文楷，他为了抗日救国，争取民族解放，身在狱中，坚持斗争，表现出了英雄气概，今天我们就请他来做报告。”

随着主持人的开场白，学员中又一次爆发了热烈的掌声。

“谢谢大家，我讲什么呢？我讲一讲为真理而斗争。随着九一八事变的发生，日本帝国主义侵略中国已经成了事实。作为一个中国人，我们都应该起来为自己的民族存亡而斗争，然而蒋介石政府却坚持着‘攘外必先安内’的政策，因而许许多多的仁人志士，不能走到抗日最前线，反而坐进了国民党的牢房。这是一种悲哀，是民族的悲哀；这是一种耻辱，是民族的耻辱。我李文楷也曾因此而进了国民党的牢房，在牢房里，锁住我们的身体，限制了我们的自由，但是永远也锁不住我们的精神，因为我们坚持着真理，我们还要为真理而斗争。白色恐怖下，如何才能为真理而斗争？这需要一种精神，一种胆略，一种意志。更需要机智和勇敢……我在武乡被捕以后，一下子戴上了手铐脚镣，我从来没有当回事，一天一个衙役问我：‘我们都为你担心，可你白天面不改色，夜里呼呼睡觉，你就不害怕吗？’我说：‘没有做亏心事，我怕什么？我反对官僚，但我只反贪官，我反对土豪，只反盘剥乡民的坏人，我坚持抗日，抵制帝国主义侵略，这几点哪里做错了？自己不做错事，当然也没有什么可怕。’有一天，一位党内的同志来探视，我担心他看见手铐脚镣而影响了情绪，不敢继续斗争，我就用长袖子和裤子把镣铐挡起来，同时我暗示他，我们做的事，是为广大人民的利益，希望他和大家能坚持斗争。后来，我作为要犯押到太原，又被判了重刑，受着非人的待遇。于是我联合同监的‘犯人’要求改善伙食，要求看书看报，并组织大家用绝食来坚持我们的真理。特别是有一天我偶尔听到院墙外有人高唱抗日歌曲，高喊抗日救国的口号时，我敏锐地感觉到，抗日救亡又进入了一个新的高潮。我们要求释放我们这些政治犯出狱，我们要参加到抗日救亡的洪流中……《国际歌》中就有这样的歌词：“起来，饥寒交迫的奴隶，起来，全世界受苦的人，满腔的热血已经沸腾，要为真理而斗争……”是的，我们为真理而斗争，一定会取得最后的胜利，我们开始了又一次的绝食斗争，这中间也经过了恐吓，也经过了残暴，但是为了真理，为了自由，我们不惜用自己的生命来抗争，有的人饿得晕了过去，但我冷静地告诉大家，只有坚持才能胜利，妥协必然失败，直到第六天，当局终于答应对我们的案子重新进行认定。我们终于取得了胜利……”

李文楷的演讲，多次被掌声打断。场上又多次呼起了抗日救亡的口号……

演讲刚刚结束，牺盟会的薄秘书就过来说：“老李，你的演讲很成功，很有教育意义，现在新组建的国民兵军官教导团缺乏干部，你是参加过广州起义的，听说还任过红六军的秘书长，是老革命了，我想请你来国民兵军官教导团任职，怎么样？”

“我原来任中共武乡县委书记，可是监狱里待了这么长时间，不知道武乡的党组织现在是什么状况，我想回去看看……”

“好，给你几天假，回武乡安排一下，马上到太原来报到。”

薄秘书干练的工作作风，令李文楷非常敬佩，他啪地敬了一个军礼：“服从命令！”便转身走了。

李文楷风风火火地回到武乡。他找到原来的县委领导成员，才了解了具体情况。原来，赵清风被释放之后，就直接找到特委，把武乡党组织遭到破坏的经过作了汇报。为了不使组织受到更大的影响，特委指示：尽快组成新的领导机构，一是清理组织中意志薄弱的人；二是继续领导广大民众坚持抗日救亡的宣传；三是反对贪官污吏、土豪劣绅，在条件不成熟的时候，不要片面追求组织的发展，要努力保持党组织的先进和纯洁。

根据特委指示，赵清风等人对县委机构进行了选举，充实了人员，只是县委书记一职还给李文楷留着，赵清风担任副书记。李文楷传达了省委的指示，并说明自己要到国民兵军官教导团任职，就让赵清风担任了书记一职。

郭水瀛离开了花花。虽然他们曾爱得死去活来，他们曾私订终身，他也曾把爱的信物送给了她，可是，事过境迁，他有了老婆，她有了丈夫，一切都已经如此无奈，他还能怎么样呢？好在看到花花离开了魔窟般的家庭，跟了一个勤劳踏实的好男人，也能够让他放心了。

现在他的心里好失落、好矛盾，他不知道该做什么，于是他来到城里找延寿，想让他帮助出个主意。

裴延寿说："水瀛，我想办法在政府给你找个差事吧。"

水瀛摇摇头说："这样的政府我已经烦了，不能办自己想办的事，我想做一点具体的工作。"

"那……咱们去找找魏大明吧，他也许有什么主意。"

"好。"

于是他们一起来找魏大明。

红军回师后，阎锡山又有了和共产党联合的想法。这个人的主张就是"冬天穿皮袄，夏天穿布衫"，需要什么就来什么。"防共团"这个名字感觉刺眼，就改成"保安团"，把愿意参军的人编了进去，调去补充了晋绥军，在各县又新成立了一个公道团。现在魏大明就是公道团团长了，虽然改了名，其实换汤不换药，从阎锡山的内心还是起防共作用的。魏大明当上这个职务，对共产党组织起了很大的保护作用。在严查共产党的时候，他们就出来应付应付，放放哨，查查路条，上面非要让抓人不行，完不成任务要罚，他就想办法顶替。有一天，正好查了一个太谷卖大烟的，你不是卖大烟害人吗？魏大明生了一计，就让这家伙当一回"共产党"吧，于是，把这个贩毒的人说成共产党，那家伙也自认为可能招认是共产党要比贩大烟轻一点，就招成了共产党，结果押到东门外给毙了，因此魏大明还得了奖呢。后来改为公道团后，就更灵活了。有人举报某村有个人是共产党，魏大明就先派人暗中去透漏消息，让那人跑了，然后便大张旗鼓地去抓共产党，虽然扑了空，可人们都知道公道团严查共产党呢。

“哟，水瀛来了。”魏大明一看见水瀛就招呼着说，“听说你回来了，我这还正准备抽个空去看看你呢。还没有等我动身，你倒先来了，你看这……快，来里边坐，裴少爷你也坐。”

“老魏，今天我们可是无事不登三宝殿。”裴延寿说。

“有什么事，你们说吧。”魏大明顺便望了望窗外。

“水瀛回来以后，想找个事做，我说给他在政府找个差事，可是他不喜欢，在家里又闷得慌，你看有个什么合适的事……”

“是呀，老魏，现在没有工作，我这心里直觉得空荡荡的，可是，我也不想去政府，和那些人打交道，我更感觉憋闷。”

“嗯，这……”魏大明低下头想了一下，“哎，水瀛，你看这个行不行？我突然有了一个想法，咱这公道团，虽然成立时候上头还是想让防共产党呢，可是我专门招收的都是些进步的青年。人家规定必须有五十亩地以上的人才能参加，可是大部分富户谁想出来当兵呀？可这是硬规定，他不来不行，有的人在家里哭闹，就是不想参加，我就趁这个机会给他们出了个点子，让他们给咱想要的青年出点钱，还得写个假地契，就说卖给某某人五十亩地。这样咱也招收了自己想要的年轻人，还挣了地主、富农的钱。其实这些团员们，大多数都是咱们的人，我想好好把他们培养培养，你不是当过军官吗？你干脆给咱来这里当教官，培训他们的军事。你看好不好？”

裴延寿一听，“这个主意好。”

“好吧，我就来做这个。”

李文楷回来以后，把组织的事安排好，打听郭水瀛，魏大明说在他的公道团里做军事教官。又仔细打听了水瀛现在的表现，感到时机已经成熟了，这天晚上，李文楷就找水瀛谈话。

“老李，你终于回来了。”水瀛一见李文楷有说不出的高兴。

“是呀，同志们都是多亏你的营救。文兴早就给我介绍你，几次想发展你加入组织，都擦肩而过，你在晋绥军中，虽然担任了中级军官，但你利用这个职位，长期为党工作，作了突出的贡献，经武文兴等同志介绍，现在批准你加入中国共产党。”

“是吗？这一天终于到来了……”郭水瀛热泪盈眶。

“可惜，由于警方经常搜查，我们不敢保存党旗，这样吧，我在墙上画一个党旗，让你来宣誓。”李文楷手端油灯，拿了一根小木棍，认真地在墙上画了“镰刀斧头”的图案，“这代表一面鲜红的旗帜，是我们中国共产党的党旗！镰刀和斧头，象征着工农联盟，表示工人和农民团结的力量。从今天起，你就是一名中国共产党党员了。来，握紧拳头举起来，跟着我进行宣誓。”

这时候，周围非常寂静，静得连心跳的声音都听得出来。水瀛的心情是那样激动，身上的血液在急促奔流……他举起右手，对着党旗，认真地跟着李文楷，声音颤抖地宣誓……

第二十八章

“可是弄坏啦。”

“怎么啦？有甚坏事情？”

“哎呀，你还没听说？日本人炮轰了卢沟桥。这回可是真的和咱中国人大打起来了。”

“我就知道狗日的东西没安好心。”

抗日战争全面爆发，消息很快传到了武乡。老百姓没见过大的世面，也不懂是怎么一回事情，但既然是打仗，肯定不会是什么好事情。那一年，冯玉祥的“饭桶子”（樊钟秀）和阎锡山的“菜包子”（蔡荣寿）在蛤蟆滩一战，武乡许多百姓跟着当了炮灰。前几年中原大战，阎锡山败了，弄得山西人苦不堪言。这回日本人要是打过来，那肯定是又要遭“兵灾”了。

果然，不久，又听说日本人打到了山西，中央军、晋绥军纷纷败退，很快，太原就失守了。只是那溃军蹿了下来，一天要过几十伙，有穿灰军装的，有穿草绿军装的，三个一群，五个一伙，歪戴着帽子，斜背着枪，南腔北调，各种口音。你说他们战场上吃了败仗，财物却赚了很多，一路走一路抢，也不知道在哪里弄了许多的东西。这些老总，有的赶着大车，有的牵驴拉牛，牲口上拴捆着花红柳绿的包袱。一到了村里，见门就进，见人就捉。手里提着皮带，一开口就是“妈的屄”，要白洋，要大烟，要酒肉，要女人……叫这狗日的们糟蹋了一回，老百姓真的是咬牙切齿了。

抗日战争爆发后，中共中央北方局来到太原，根据党中央洛川会议的精神，组织贯彻了《关于目前形势与党的任务》《抗日救国十大纲领》，为了积极做好全民抗日的准备工作，北方局发出了“共产党员脱下长衫，到游击队去”的号召。赵清风接到省委的指示，马上召集县委扩大会议，进行贯彻。

“同志们，刚刚接到省委指示，因为事关重大，我们必须马上开会讨论。抗日战争爆发以后，以国共两党合作为基础的抗日民族统一战线已经形成，红军已经改编为国民革命军第八路军，东渡黄河，走上了抗日战场。根据这一情况，现在我们的任务也有了重大改变，省委要求我们，第一，尽快组织抗日游击队；第二，广泛宣传群众、发动群众，大力发展抗日救国的民众团体。”

“清风，你说吧，我们现在具体怎么安排？”武云璧问。

“我就是让大家来发表意见。”

“省里派来牺盟会的特派员后，各编村也都组织了牺盟团体，群众性的抗日救亡运动已经有了起色。韩特派员是外地人，虽然工作很积极，但他人地生疏，还有不少困难。我与他在太原上学时是隔班的同学，那我就和他一起做工作，发动群众，改组农救会、工救会，同时，我们还可以组织青救会、妇救会，把我们原来抗债团的骨干利用起来。”武云璧说。

魏大明也急着说：“那我来组织游击队吧，我和霍师兄一起，把徒弟们组织起来，武器嘛，就用拳房里的茅子枪、大砍刀，几户大财主家里为看家护院曾买过枪，咱可以让他们把枪交出来。”

“老魏这个办法好，我们要尽快拉起队伍。但是，这个工作我不希望老魏来做，因为你现在是公道团团长，你手里有一二百人，又有上百支枪。你现在要牢牢地抓住这支力量，把队伍中的骨干团结紧，还要加强训练，在合适的时机，我们想办法将这支武装改组成我们的游击队。我看霍师傅那里，你倒是可以去做做工作，让他拉起人来干，另外张贵青可以回西乡组织青年们搞成一支游击队，你看行不行？”

张贵青说：“没问题，我心里也有这个打算。”

“好，老魏你可以去给霍师傅做做工作，让他出面，如果有困难，可以让步锦同志去协助他。我们就这样分头行动。”

张贵青回到家里忙活了几天，还真有效，不少青年报名参加游击队。可是，这队伍拉起来了，武器怎么解决呢？没有武器等于白干，他一直发愁这件事。

这天傍晚，天完全黑下来以后，从庄西进来一个人影，直奔张贵青家。他把门推开，走进院子里。

“贵青哥在家吗？”

“谁呀？”张贵青从屋里走出来。黑暗中，见一个瘦头瘦脸却很机灵的人，有二十四五岁的年纪。

“我！乔猴儿呀！”客人一边说一边走了过来。

“哦，是猴儿兄弟呀，快进来，这黑天半夜的，你有甚事呀？”

这个乔猴儿大名叫乔三胖，虽然叫三胖，可他并不胖，倒瘦得像个猴儿，再加上这人非常机灵，做事利落，人们送他个外号叫“乔猴儿”，他也很乐意人们这样叫他，所以干脆就用这个外号当名字了。

猴儿进了家里，张贵青把门掩好，说：“猴儿兄弟，你这深更半夜来找我……”

“听说你要组织游击队？我也想参加。”

“这是好事呀，不过我事先要给你说清楚，咱们这游击队是自发组织的，没人给咱钱，咱们是义务宣传抗日，有事就来做抗日工作，没事时还要回家种地，一旦日本人打来了，我们还要上战场。”

“上就上，我还怕球哩？日本鬼子来侵略了，我就想和狗日的干一场，他凭甚来咱中国?”

“好兄弟，你这话说得很好，可是咱们不发饷，长期下来，你有没有意见?”

“贵青哥，我不仅不问你要饷，我还有礼物送你呢!”乔猴儿笑了。

“哦，你要送我什么礼物?”

这时，乔猴儿过去把门打开一道缝，把个瘦脑袋伸出去左右看了看，又把门紧闭上才小声说，“你要成立游击队，我不仅人要参加，我还要送你十二支长枪。”

“哦?这是真话?”张贵青一听很是高兴，可一想，他在哪里能弄来枪呢，大概是说个笑话吧，“你不是日哄我吧，你在哪里能弄到枪呢?”

“你看你，我日哄你做甚哩。前几天有一批国民党兵从战场上溃退下来，在俺村里住宿，让我给他们弄酒喝。他娘的，我猴儿还没酒喝呢，凭啥给球他们弄酒?我就没理他们……可后来我一想，狗日们人人有枪，我就想糟蹋狗日们，于是就去买了一坛酒，引他们到野地里的土窑洞里让狗日们喝，一会儿就把狗日们灌得大醉，眼看着一个个不省人事了，死猪一样地睡了，我就把枪下了，全部背在沟里找个地方埋了起来，我返身就跑了，一下走了好几天才回来，管狗日的们酒醒过来怎么办。”

“猴儿，你可比猴儿机灵得多呢。哈哈哈……”张贵青高兴地说，“好，你为咱游击队出了大力，你就当这游击队的队长吧，那兵痞子喝的酒钱，我也给你。”

“贵青哥，看你说哪里了，我这人可不是当官的料，队长我是当不了，酒钱呢，我也不要，要是你真看得起我，哪天请我喝一顿就行了……”

“好，一言为定。”

张贵青这天晚上可真是高兴，游击队还没有组织起来，这倒先有人送了十二支枪来，咱这队伍拉起来就有枪，多么威风。陆陆续续来报名的人越来越多，很快就拉起了五六十号人马，西乡游击队就这样组织起来了。

魏大明把他的师兄约到县城，谈组织游击队的事。师兄弟又有好久没见面了，大明见霍梦龄应邀而来，好高兴。急忙让人买了酒菜来，在家里与他坐下喝起来，因为要谈正事，不想去饭馆子里，那里人多太杂乱，说话不方便。

“师兄，日本人打过来了，你听说了没有?”

“早听说了。”

“对这事，你有什么看法?”

“要说咱是老百姓，管不了国家大事。可政府那些管国家大事的人又他娘的稀松，真是气人。”

“是呀，现在日本人已经打到山西，天镇战役败了，娘子关战役又败了，中央军和晋绥军天天传的是败消息。就是听说八路军打了两个胜仗，其中就包括平型关战役。”

“这八路军是什么队伍?”

“就是红军，共产党的队伍，抗战开始后，为了打日本鬼子，接受了国民政府的改编，编成了八路军上了抗日的前线。”

“早就听说红军特别能打仗，果然名不虚传。”

“来，为了八路军打胜仗，我们干一杯!”

“哈哈哈，好，干!”

两个人举起杯来，满满地干一大杯。

“可是，话又说回来了，现在日本鬼子是兵强马壮，装备又好，要想抗日，还得有个长远的打算。”魏大明说。

“那么多的中央军、晋绥军都败了，长远打算又能怎么样?”

“师兄，这是个暂时现象，咱们中国这么大，人口这么多，难道能一直让小日本欺负吗?迟早我们会把小日本赶出中国去的，当然，要想把日本帝国主义赶出中国去，还需要我们全民族团结起来。”

“你的意思是……”

“比如我们，可以组织游击队练武，做好抗日的准备，等日本鬼子打过来，我们就和他干。”

“你这想法是好的。”

“这就是说师兄支持我了？”

“你说的对了，我当然会支持你的。”

“好，那你现在就可以把咱们开拳房的那些徒弟们组织起来，组成一支游击队。”

“这……”

“师兄，你还有什么难处？”

霍梦龄若有所思，可什么也不说，只管自己倒上喝酒。魏大明把酒壶夺过来，“来，兄弟给你倒。师兄，你有什么想法，咱们可以商量。”

“师弟，虽然我也感觉到抗日是全中国人民的事，你是知道的，我这人不善于出头露面，怕是组织不了……”

“其实师兄太谦虚了，我是知道的，你在咱们的师兄弟中，那是一呼百应。只要你出面，大家都会来参加的。”

“在这方面你比我强，你怎么不来搞游击队呢？”

魏大明从窗户里朝外看了看，见院里没有人，才回头对师兄说：“师兄，不瞒你说，我非常想去搞游击队，可是我不想放弃公道团这个组织，因为那里有百把条枪，一旦日本人打过来，我要把这支队伍拉出来，成为我们自己的武装。”

“好，有想法。可是……我……”

“师兄，你放开手脚干吧，我派一位同志去协助你的工作，他叫郭步锦，你也认识的。”

霍梦龄听说派人来支持他，心里当然十分高兴。其实，他以前组织国术团时，许多青年江湖义气十足，滴血起誓，在这些青年中，他是一呼百应的。可是，他这人虽然自幼跟随师傅霍焕习武，但为人善良，不太喜欢打打杀杀，他总觉得武只可防身，不能用于争战。

“哦，你派老郭来那最好了，让他当队长，我帮助他组织人马……”

“不，师兄，还是由你来当队长，让他当教导员，我还可以给你派郭水瀛去做军事教练。”

“那好吧，就这样。”

郭水瀛这下子事情可就多了，把他在太原、保定学的许多内容全都用在了这里，不仅教练爬、卧、滚、打，爬杆、瞄准、射击、投弹……也把什么炮弹性能、射程计算、战场隐蔽、战地救护、自我防卫等等知识一项项讲授下来。

由于游击队的枪支很少，练习瞄准就很困难，更别说射击了。他一直想，怎么才能解决这个问题呢？我们虽然现在枪很少，但总有一天枪会多起来的，不会用枪，那算什么游击队员？真要是日本人来了，给你一支枪，也怕不知道怎么瞄准，怎么射击。可是枪就那么几支，只好轮着来。

一天，一个叫二狗的后生，拿了根木棍子，也趴在那里瞄，别人都笑他，“看，人家二狗子，狗子拿上打狗棍了，你他娘的还要脱胎换骨哩。”

“这叫‘人舔碾子狗推磨’，出新鲜事啦。”

“哈哈哈……”

队员们都开始起哄。郭水瀛过来看了看，突然心里有了个启发，用木头棍子确实没有法子练，可是做成真枪的样子，不就可以练了吗？于是他抽空去找个木匠，刮了几十支木枪，“来吧，大家都过来，一人一支木枪，练习瞄准。”

游击队员们一个个趴下试试，“嗬，还满行呢。”

这下子可是解决了大问题，可以全队一起训练了。村里的小孩子们看着很好玩，都缠着让爹给刮木头枪，没有几天，孩子们也人手一支枪，见游击队在训练，他们也都趴在场上练开了瞄准。

郭水瀛回去把这情况给上头汇报了，武云璧听说又有了新的主意，高兴地说："这是好事呀，咱们宣传抗日，发动民众，已经组织了农救会、工救会、青救会、妇救会，小孩子也是民众呀，干脆把儿童也组织起来，编成儿童团，除了上学每天训练他们少半天。"

"好。"这个主意大家一致赞成。

武乡发动民众有了新经验，这个消息很快被刚刚设立在沁县的晋冀豫省委知道了。省委认为这是一件大好事，要尽快大力宣传，力争大面积推广，于是马上派《黄河日报》的记者到武乡来采访。

记者由一位决死队战士护送，来到武乡左打听右打听，总算在一个村子里找到正在写标语的武云璧。

"老武，有人找你。"一个老乡朝武云璧喊。

武云璧把手里的刷子和石灰水桶放下走过来。

"哦，你们是……"

"我是《黄河日报》的记者，这位是护送我的战士小李。"女记者一边介绍一边伸手过来。

"你好。"武云璧擦擦了手上的石灰水和她握手。

女记者直截了当说明来意。武云璧一听，原来是要采访这个，他说："我带你去找一个合适的采访对象，我们游击队的教官。"

武云璧带着女记者一直来到了训练场，他朝放哨的队员说："快去把郭教官叫过来。"然后指着一旁的几块石头说："咱们就在这里坐坐，条件不好，露天办公，哈哈……"

一会儿，郭水瀛就过来了。

武云璧见他过来，忙站起来对女记者说："我给你介绍一下，这就是我们游击队的军事教官郭水瀛。"

"水瀛——"

"亚妮，是你——"

"你们认识？"武云璧有点惊讶。可他还没有醒过神来，又见他俩也不顾给武云璧介绍，便走过去抱着哭开了。

“嗨，这是怎么回事呀？”武云璧两眼直勾勾地瞪着……

过了好一会儿，水瀛才擦了擦泪水说：“你看，光顾激动了，忘了给你介绍。她就是我的妻子陈亚妮。”

“亚妮，这是武云璧，这个名字你该知道吧，那年被捕了关在太原的监狱里，你还帮助营救呢。”

“哈哈哈，真没想到你们能在这里重逢。”

郭水瀛急忙问道：“亚妮，快给我说说，你是怎么来到武乡的。”

原来，郭水瀛离开太原以后，陈亚妮心情非常不好，她怎么也想不通，阎锡山为什么要这样做，能让红军派代表到太原常驻，可为什么不能容忍郭水瀛呀？他不就是做过红军的俘虏吗？这难道是他的错吗？他帮你老阎找到了抗日的出路，你却不能容他。好在山西的政治气氛越来越好了，这对她来说也算是一个安慰。不久亚妮就生产了，看着怀里的儿子，她更想念丈夫。

亚妮常抱着孩子问妈妈：“妈，你看这孩子像不像水瀛呀？”

“像。”妈妈不想多说，她不想让亚妮因为想念自己的丈夫而郁郁寡欢。一说这个，她就急忙找其他的话来岔开。

可是亚妮爱着水瀛，她怎么能不想他呢？特别是在坐月子的时候，闷在家中，不由她不想。水瀛现在怎么样了？他是不是去找花花了？那个花花还等着他吗？……问号一个接一个……可是，这一串串问号，她一个也回答不了。妈妈常常拿些好听的唱片给她放，想让她开心，可是她越听心里越烦，“关掉，关掉。”她关心水瀛，可是没有水瀛的消息，她关心组织，可是又不能打听，哪里有心听什么唱片……熬呀熬，总算出了百日，她实在在家里闷得慌，说什么也要走出去了，于是就说服母亲，把孩子托给保姆，寻找组织要求工作。

在国家危亡的时刻，每一个爱国者都会投身到救国的运动中来。这时太原已经沸腾了，山西已经沸腾了。太原的大街小巷，从早到晚，到处可见牺盟会员一手拿着募捐名册，一手拿着饭碗、瓷缸，在进行募捐活动。同时牺盟会员也在街头高声地讲演：“同胞们，请你捐献一个铜板，请你签上自己的名字。敌国的侵略，是人间最大的灾祸，国家处在危亡之时，中华民族只有万众一心，共赴国难，才是脱离苦境的唯一出路。同胞们，反对侵略的战争，是正义的行动，请支持我们，支持抗战……”

陈亚妮被安排到牺盟会，专门培训派往各地的牺盟特派员。很快日本鬼子打进山西，北起天镇，南达娘子关，多路出击，直逼省府太原，可是晋绥军、中央军连连败北。最后阎锡山把所有兵力都调到忻口，实指望死守忻口，以保太原平安，谁知血战死守，还是抗不住日军的进攻。

“太原怕是保不住了……”

省城的南门外，一直车水马龙，眷属转移，政府南迁。老百姓一见这情景，知道大势已去，也一起向南逃命。

陈军长守卫太原，可是也感觉力不从心，他多次向阎锡山请求，放弃太原再作打算。阎也不想让嫡系受到损失，便调傅作义来守卫太原，而让自己的部队南撤。

三十八军眷属要南撤了，陈太太要亚妮跟她到临汾。亚妮说：“妈，您是答应过我的，等我生了孩子，您就不管我了，现在是国家危亡时刻，您怎么能让我跟着你逃命呢?”

陈太太见无法改变女儿的态度，也只好由她去了。

就在太原失陷的时候，陈亚妮向组织请求上前线。

“亚妮同志，你做过记者，根据战争需要，现在我们将要设立晋冀豫省委，新的省委将要创办报纸，你可以到晋东南去，去那里做战地记者。”

这个决定对她来说真的是再好不过了，她早就打算到晋东南来，有机会她可以到武乡找自己的丈夫。就这样她来到了新创办的《黄河日报》社，谁知道第一次采访，她的采访对象居然就是自己的丈夫——郭水瀛。

“亚妮，现在岳母和孩子呢?”

“太原失陷前，阎锡山命令二战区和省府机关向南转移，三十八军的眷属也随着转移，母亲带着孩子去了临汾。”

“这就好，这就好。他们都能平安我就放心了。”

第二十九章

二狗这天五更早早起来，他要去游击队训练。这几天他爹病了，起不了床，每天晚上他都要请假回家来照看。好在离得不远，前庄后庄只有里把路，五更起来跑步过去，误不了训练。

他从炕上爬了起来，隔窗户看了看天色还黑咕隆咚，稍远一点就看不清，不过这路是熟路，每天他都是这个时候出发的。于是他穿衣起床，给老爹把尿罐子送了，然后回来把房门掩好，他照例去打开那扇用荆棘编成的篱笆街门，准备跑步到后庄。刚刚迈腿出门，哎呀不好，街上那是什么？一片一片的，他细细一看，原来那一片一片的黑影子并不是什么东西，而是一个个的人。而且都抱着枪。哦，这都是兵呀，穿的什么服装？看不清。怎么睡着那么多的兵？昨天夜里实在没有听到什么动静呀，天这么冷，他们怎么睡在大街上？这是些甚的兵？啥时候开到俺村里了？中央军？晋绥军？还是日本鬼子？反正弄不清。

二狗这时心跳得厉害，怎么办？我该怎么办？他把伸出门的腿慢慢地缩了回来，小心翼翼地把篱笆门子又掩了起来，反正是不敢出去了，一出去把他们惊醒了怎么办？听说中央军和晋绥军都在抓差，要是他们抓了我可怎么好？如果是日本鬼子，那就不光是抓差了，怕是小命也没有了……

可是一直这样等下去，也不是办法呀，一会儿天明了，就更没办法了……不行，得赶快想办法，还是先把情况汇报给队长吧。

可是街上全躺着兵，怎么出去呢？万一惊动了他们可就……

二狗用脊背紧靠着篱笆门，生怕街上的兵一下子来推开。翻墙吧？对，翻墙。他急忙拿了根棍子把篱笆门顶住，跑到茅厕里，翻过了墙，轻手轻脚地落下地来。他左右看了看，这小巷子里没人，便猫着腰一直朝后庄跑。

“报告——”二狗气喘吁吁地来到队长张贵青的住所。

“二狗，有什么急事？”张贵青见他跑得满头大汗，有点摸不着头脑。

“前庄……前庄的街上……睡、睡着许多的兵，不、不知道是什么队伍……”

“哦？怎么回事？你慢慢说。”

二狗喘了口气，才慢慢将他看到的情况说了。

这时，郭水瀛和乔猴儿也都来了。

郭水瀛分析道：“肯定不会是日本鬼子，听说鬼子烧杀掠抢，他们还会睡在大街上而不扰民吗？”

“对，不是鬼子。不过中央军和老阎的兵也不像，前一段他们败退下来，在咱这儿没少折腾。”张贵青也分析着。

乔猴儿说：“这样吧，我去前庄跑一遭，看看究竟是什么人……”

“好，你要小心，侦察清楚马上回来报告。”张贵青吩咐了猴儿，然后回头对水瀛说，“今天早上咱们暂停训练，游击队全部转移到村外，做好战斗准备。”

“好。”

集合起来的游击队员今天格外紧张，在张贵青和郭水瀛的带领下，他们来到村后的山上，观察着前庄的动态。

乔猴儿来到前庄，天已经亮了，他侧着身子利用各种物体做掩护，观察着情况。那些兵们已经在街上走动开了，只见他们有人挑水、有人打扫街道……

就在这时，有个军人看见了他，见他这个样子，便朝他喊："老乡，过来吧，别怕，我们是八路军，是抗日的队伍，是人民的队伍。"

乔猴儿曾听说，八路军是红军改编的，前一段也听说八路军在前线打鬼子，打了几个大胜仗，平型关一下打死千把鬼子呢。他也知道红军是共产党的队伍，都是反对压迫的穷苦人组成的，而且看他们这样子就和中央军、晋绥军不一样。他放了心，大大方方地过去和他们说话。

乔猴儿掌握了情况便急忙跑回后庄向领导汇报。

一听说是八路军来了，张贵青高兴地说："同志们，不用紧张了，原来是咱们自己的队伍，我们还得去欢迎八路军呢。"

贵青和水瀛他们赶紧来到前庄。大部队已经继续向南走了，还有少部分战士在村子里写标语。

水瀛看到一个背影好熟悉，他走了过去，原来正是原成均。

"成均——"

原成均扭回头来，一见是水瀛，高兴地说："水瀛，是你呀。"

两个人激动地抱在了一起。好久，水瀛才说："来，我给你们介绍一下，这是我们新组建的游击队的队长张贵青，这是我的朋友原成均。成均，我还不知道你现在……"

"卢沟桥事变发生以后，国共两党开始了第二次合作，结成了抗日民族统一战线，咱们红军就改编成国民革命军第八路军，划归第二战区，东渡黄河走上了抗日战场。我们开到晋东北后，日本鬼子已经从天镇、阳高，灵丘以及娘子关等处，分几路打进山西来，咱们八路军三个师分别在平型关、雁门关、阳明堡等地打了几个漂亮仗，给了鬼子沉重的打击，也极大地鼓舞了全国人民抗日的信心和决心。但是，由于国民党部队的恐日心理，再加上我们装备太差，太原会战失利。太原失守后，八路军总部跟随一二九师来到了晋东南。现在，大部队继续向南转移，留下我们这一少部分人，组成八路军工作团，将在武乡住下来，发动群众共同抗日。”

“成均，这么说你留在武乡工作了？”

“是呀……”

“那敢情好呀，以后我们就可以在一起了。”

“水瀛，你不是在晋绥军中当团长吗？怎么回老家搞游击队了？”

“这事，你得去问阎锡山。”

水瀛把他分别后的经历简单说了一遍。原成均听了说：“这也好，我们可以在抗日战场上打鬼子了，省得跟着他一直往后撤退。”

八路军工作团来了，武乡的广大民众抗日热情更高涨了，短短十来天时间，各种群众组织的人数急骤增加。

就在这时，八路军工作团接到师部急电，要求工作团立即与县政府、牺盟会、公道团联系并召集游击队、各救会以及有名望的乡绅来开会研究对策。

会议的主持人当然是万县长，这几年武乡的县长是走马灯似地换，长的住一年多，短的仅是几个月，有人说是武乡共产党员多，老与政府作对，有人说是官员贪污严重，抓点钱就跑。牺盟会的韩特派员、公道团的魏团长、八路军工作团的原副团长都是会议的主角。

万县长干咳了几声，向场下的人们摆了摆手说：“各位，现在我们静一静，今天召集大家来，是有一件非常重要、非常紧急的事与大家商量，下面我们请八路军工作团的原副团长介绍情况。”

原成均站起来两手扶着桌子，声音洪亮地开口说道：“各位先生，今天有一个好消息告诉大家，同时也有一个坏消息要通报。前一阶段，第二战区阎司令长官搞了一个反攻太原的计划，为了配合反攻太原的作战计划，我八路军牵制并打击向晋南进军的日军，控制邯长线，并在长生口、神头岭、响堂铺伏击日军，取得了三战三捷的重大胜利，这是一个好消息。但同时有一个坏消息，日军遭到我八路军的重创后，深感‘不容轻视’，准备要对晋东南地区进行一次大规模的‘围剿’，以消灭八路军主力。目前，日军以第一零八师团主力，第十六、第二十、第一零九师团及酒井旅团各一部共集结三万重兵，分别从邯长公路、正太路、同蒲路、平汉路上的日军据点出发，分九路向晋东南地区的中国军队大举围攻。现在，我八路军与阎锡山第二战区的几个军组成东路军，在总指挥朱德和副总指挥彭德怀的统一指挥下，正分别打击各路日军。多路日军已经被我主力击退，但是，刚刚接到通知，从南而来的一路日军，由于友军未能及时赶到阻击，直朝武乡、榆社而来。现在，我八路军主力部队正在紧急调动增援武乡，可是日军离我们已经很近，我们必须做好应战的一切准备。”

一听说日本鬼子就要来了，几个乡绅都害怕了，都急着说：“哎呀，这日本鬼子要来了可怎么办？咱们得赶快逃难呀。”

牺盟会的韩特派员说：“我们该怎么办？今天叫大家来就是商量这个问题的。”

大财主赵恒昌说：“共产党天天喊抗日，这日本人来了，怎么叫我们来商量？咱们都是老百姓，有什么办法，赶快调八路军过来打呀。”

原成均一听这话，气不打一处来，话到嘴边还是压了下去，现在形势十万火急，不是斗嘴的时候，就说：“赵先生，八路军是要抗日，是要来打鬼子的。但目前我军主力距离武乡有一二百里路程，而日本鬼子已经过了襄垣，很快就要进入我县地界了，不采取应急措施，老百姓就会遭受重大损失。”

“那就看你要怎么个应急吧，反正这鬼子是八路军招来的，树大招风吧，你打他他就要来打你。总不能因为八路军让武乡老百姓遭了殃吧。”

裴宝珊开口了：“赵东家，话不能这么说，八路军打鬼子打错了吗？八路军还是红军的时候，日本鬼子就侵略中国了，这怎么能说是八路军惹的祸呢？现在我们主要是想办法顶住鬼子，保护百姓的财产。”

万县长也来打圆场：“对对对，现在我们主要是想办法。”

公道团团长魏大明说："养兵千日，用兵一时。就我这几百人，百把条枪，我立即拉出去，与鬼子干一场。"

原成均继续说："我的设想是，把我们的游击队与公道团战士们一起组织起来，去阻击日军，各救会马上组织掩护老百姓转移，最好把粮食、水井都埋起来，不能让鬼子有生存的条件。"

万县长说："凭咱这百把条破枪，还能顶住日本人？再说咱们的子弹也不多……能把老百姓掩护好就不错了。"

韩特派员火了："日本鬼子已经来了，你作为县长还说这样消极的话。"

原成均说："时间已经不容我们争吵了，希望大家精诚团结，共同抗日，打退日本鬼子的进攻。大家立即分头行动吧。"

散了会，魏大明立即把团员们召集起来，简单说了情况，并准备调到前面的山顶上，严密监视敌情。行动前，他带了几个队长到政府的仓库去领取子弹。可是已经找不到县长了，秘书说，县长带了千把块钱骑着马跑了，已经走到了几十里开外。

真没有想到这家伙临阵脱逃，魏大明火冒三丈，大喊："你们给我把仓库撬开，所有子弹全部搬出来。三队长，去把弟兄们给我集中过来，我要训话。"

不等他们把子弹全部搬出仓库来，公道团的团员们已经齐刷刷地站在仓库院内。魏大明喊了一声"立正"，开始讲话："弟兄们，今天日本鬼子就要打到武乡来了，我们作为军人，本来应该走上抗日前线，可是，咱们的父母官万县长千方百计地阻止，而且就在这万分紧急的时刻，他居然把子弹紧锁在仓库里，又带了县政府的现款逃跑了，这是一种什么行为，是汉奸的行为、卖国的行为。自从他到任武乡后，一直让我们公道团注视共产党的行动，说共产党是假抗日，尽管国共合作了，他还是坚持原来的立场，可是今天在日本帝国主义打到武乡来，要蹂躏我们土地、杀戮我们人民的时候，他却选择了逃跑。现在谁是真抗日，谁是假抗日，已经很清楚了。刚才我已经与几位队长商量了，我决定，从现在起，我们不当公道团了，我们要组成抗日游击队，跟着共产党、八路军走上抗日前线。弟兄们，大家如果愿意跟我们一起抗日，就一起参加游击队，我们就叫“威名游击队”。让日本鬼子知道我们的威名。如果有不愿意参加游击队的人，我们也不勉强，你现在就可以回家，但是枪必须留下，让我们拿着枪打鬼子去。”

“好，我们听魏团长的。”这时会场上许多人都喊起来。

只有几个人因为害怕上战场，提出想回家。魏大明一个一个与他们握了手，并嘱咐：“你们回家吧，但我奉劝一句话，我们都是中国人，千万不能做汉奸。”

形势十分紧急，威名游击队马上部署在县城外围，严密注视日军的动向。

韩特派员与各救会负责人马上组织百姓空室清野后，迅速转移。

此时，日本鬼子已经沿河而上，一路上，他们杀人放火，无恶不作，一直到了武乡城。并没有找到八路军的主力，鬼子不甘心，一直上了榆社。可还是没有发现八路军，明明接到情报，八路军主力在武乡活动，为什么找不到呢？日军指挥官火冒三丈，凶恶地说：“巴格，情报的不准。八路军的主力在什么地方？马上返回武乡，杀一个回马枪。”

返回武乡城后，鬼子已经走得人困马乏，但是找了许久也没有找到吃的东西，甚至连水也喝不上。他们如同疯狗一般，把锅碗瓢盆全都砸了。鬼子四处搜寻，把没有逃走的老百姓都抓了出来，一个个残忍地杀害，有的挖了眼睛，有的割了耳朵，还有几个妇女，浑身被剥得精光，尽管她们拼命地挣扎，鬼子还是奸污了她们又将其杀害。鬼子把没转移走的牛羊架着火烤吃了，最后放火把一座古城烧成了一片瓦砾。

我游击队看到鬼子在县城的暴虐，一个个义愤填膺，魏大明命令开枪射击，日本鬼子听到枪声，一看四周都是高山，担心中了埋伏，慌忙连夜东窜。

这时，八路军一二九师主力与一一五师一部已经赶到武乡。

韩特派员与赵清风、武云璧等人找到八路军的首长说：“我们是武乡抗日组织的负责人，为了支持八路军打鬼子，我们已经组织了三四千青壮年做好了参战准备，所有编村都有人负责。只要你们有什么需要，随时随地都可以与村里的人联系，找向导带路、往火线送弹药、跑联络送信、抬担架……反正做什么都行。妇女们还做了不少干粮，我们也会给战士们送上前线的。”

八路军首长握着他们的手说：“真是太感谢你们了。”

时间紧迫，前方传来消息，日军沿河向东去了。八路军战士们不顾奔袭二百多里的劳累，立即分两路沿浊漳河两岸平行追击，次日凌晨，我军将日寇夹在狭长的河谷中间。

郭步锦和霍梦龄带着的游击队在东部放哨，看到八路军已经开了过来，马上过去找到首长汇报情况说：“刚刚有几个鬼子骑马从河滩跑了过去，我们估计是前面探路的，大队人马马上会跟过来了。”

“这么说，我们在这里就完全可以截住敌人了？”

“是呀。”

“那好，通知各连，马上进入战斗准备。这里叫什么村？”

“长乐村。”

“好，我们就在长乐村一带消灭鬼子。”

八路军战士马上寻找掩体，趴在山腰，严阵以待。

当鬼子的大部队走了过来，远处打起一颗信号弹，南北两山上的八路军，摆开了十几里长阵地，向敌人发起猛烈攻击，敌人顿时乱作一团，因为他们在河槽之中，很难找到掩护的东西，也只好胡乱向山坡上射击。敌人想集中兵力抢占山头，但是，早已被八路军打得首尾不能相顾，更找不到抢占制高点的突破口。

战斗进行得非常激烈，支前的队伍可是发挥了大作用，郭步锦带着一个班的战士接连运送弹药五六次，也已经累得筋疲力尽了。他们从火线上返下来，在过一段险路时，战士李德元一不小心跌到沟里。郭步锦听到声音马上回头问："怎么了?"

走在最后面的石天福说："不好了，德元闪到沟里了……"

"哦?怎么回事?快，我们下去拉上他来。"

郭步锦和几位战士一起跳了下去……他们一直从那条长长的土坡上连滑带走，终于在一片荆棘中才把德元找到。可就在这时，一队鬼子从沟里爬了上来，鬼子一下子把他们几个围了起来。

为首的鬼子用生硬的中国话说："你的，带路的……上山。"

"这里没有路。"

"哟西，谎话的不行，不带路的不行。"

郭步锦一看这情况，他们逃是没有办法逃了，可是怎么才能让八路军知道敌人的行动呢?千万不能让鬼子从这里偷袭上去。于是他突然大声高喊："这里有日本鬼子了——"

战士们见他喊，也跟着一起喊起来。鬼子恼羞成怒，凶恶地喊着："统统死啦死啦……"

小鬼子一起举起枪来，郭步锦和六位游击队员便扑过去，与鬼子撕打起来。游击队员们都练过功夫，眼疾手快，三下五除二干倒几个敌人。李德元操起一块石头，朝鬼子的头上砸去，那鬼子顿时脑浆迸裂。丧心病狂的鬼子一起向游击队员射击，就这样，他们倒在了鬼子枪下。

上面的八路军听到喊声，才发现了鬼子原来想从这里偷袭，立即投下了手榴弹，将沟里的鬼子一起消灭……

郭水瀛也正在组织游击队员给火线上运送弹药。敌人发现他们在山梁上，就朝这边射击，打得脚下的土直冒烟，水瀛马上喊："大家快卧倒——"队员们一起趴下，就地翻个滚，才躲过了鬼子的子弹。

就在这时，水瀛发现五六个妇女正朝这边走来，又喊："趴下，别过来，这里危险!”

战场上的枪炮声震天动地，妇女们虽然听见有人喊了，但没有听清是喊什么，还是一直往前走。郭水瀛见她们还往前走，又高声喊，可她们还是没有停下来，这怎么办，再往过走可就一点遮挡也没有了，这样的话，她们将有生命危险，水瀛一边喊，一边站起来跑过去阻拦她们。此时，只感觉大腿上猛地一疼，他一个踉跄倒了下去……

“蹲下，退回去……”郭水瀛就在摔倒的那一刻，他还是喊。妇女们见他突然倒下，才知道原来这个地方很危险，她们忙猫下腰过来看。

“水瀛……”有人认出他来。

水瀛听见有人叫他，睁开眼睛，原来是花花，“你们……你们……上来干什么?”

“妇救会让我们上来给战士们送干粮。”花花回答。

“这里很危险，你们知道不知道?”

大家哪里知道，都红着脸不说话。

“你们再往前走三五步就没有了掩体，敌人正朝这里射击……”

这时妇女们才醒过神来，原来水瀛是为了救她们呀。

花花关切地查看水瀛的身上，只见他的大腿上血已经染红一大片，着急地说：“水瀛，你负伤了……”

这时，水瀛才感觉到大腿疼得厉害，他是学过战地救护的，他知道必须及时包住伤口，不然失血过多就坏了。他立即两只手死死卡住伤口的上部，对她们说：“快，把我的衣裳撕开，紧紧捆住伤口。”

花花和妇女们按照他的吩咐，急忙给他包扎起来……

第三十章

长乐村战斗打得非常漂亮，两千二百多小鬼子抛尸于十几里长的长乐滩。

赵清风组织大批青壮劳力抬担架，把八路军与游击队的伤员们送到十几里外的师部医院，郭水瀛也被送医院治疗。

他需要做手术，子弹还在肉里呢，谁来照顾他？花花心里想。这时，妇联主任赵先先说：“姐妹们，水瀛是为了救咱们才负的伤，咱们就跟着去医院吧，一来能照顾水瀛，二来也可以帮助医院做点力所能及的事情。”

“好，这个主意好，我们就一起跟着去。”大家都高兴地说。

花花心里当然更是高兴，这样她也可以在医院侍候几天水瀛。

担架来了，大家把水瀛抬上去。一路上，花花照看得最紧，她又想让抬担架的走得快点，好尽快赶到医院；又怕走得快了，水瀛感觉颠得慌，他负了伤，能不能受得住。她一会儿便要问问水瀛：“是不是很疼？能不能受得住？”

水瀛很轻松地说：“不要紧，没事。”

花花看他轻松一点，心里也稍微放了点心。

见抬担架的已经累得满头大汗，妇女主任赵先先说：“看把你们累坏了吧，稍微歇一会儿吧，我们姐妹几个来抬几步。来姐妹们，咱们换一班。”

“不用不用，咱们都是大男人，还能让你们受罪？”前头的青年说。

“哈哈，能和你们相跟着走，说说话，咱这心里头就高兴，劲儿很大呢。”后头的青年笑着在打趣。

赵先先笑笑说：“要是和你说笑能顶事，那咱就和你说笑。来，老姐给你擦擦汗也行。”

说着真的给他们去擦了擦汗。这下两个后生都高兴了，开玩笑地说：“叫赵姐给擦了汗，今天黑夜怕要梦见你呀。”

“哈哈，那可真叫做梦娶媳妇，白高兴。”花花也笑笑说。

“白高兴也高兴，家里没媳妇，做个梦怎么也比不做强。”他们这么说说笑笑，反而都轻快了许多。眼看着快到宋庄了，师部的医院就扎在那里。这时，谁知道竟然遇见了魏林元。

魏林元看到花花，不管怎么说以前总是他的嫂子，他还是叫嫂子顺口，“嫂子，你这是去哪呀？”

“咱们去医院送伤员。林元，你这是打哪里来？”花花随口说。

“嘿嘿，咱也抗日呀，抬担架，送八路军伤员。”林元看了看担架上的人，穿着村里人的土布衣裳，不像是八路军，就问：“嗨，这是谁受了伤？”

赵先先说：“咱游击队的。”

魏林元挨过去一看，原来是郭水瀛，故作惊奇地说：“这不是水瀛吗？怎么了？伤得重不重？”

水瀛轻声说：“不要紧，皮肉伤。”

魏林元假惺惺地说：“谢天谢地，不要紧就好，他娘的这日本小鬼子真恶极了，打伤了多少人呢。你们快去吧，早点治疗，别让耽搁了。”

在回来的路上，魏林元心里一直在想，你看这个花花，我虽然叫你嫂子，但说球你风流咱也没有屈说了你，我以前说亲近亲近你，咱在家里也能让你好活点，你他娘的大喊大叫就是不从，一心想着个水瀛，你现在嫁给人家杨三愣了，还忘不了这档子事，你看，还敢这样分明大样地去医院送他，真是不要脸了。看来这女人就是贱货，不招人打，就要上房溜瓦。魏林元这小子肚里尽是些坏水，他心里还记恨着以前的事，因为打花花他还被区警罚过一百块钱呢。这下算是又有机会了，还能不报复报复？怎么办？现在他当然是不敢打人家花花了，可是，魏林元不敢打，还有人敢打，何不去把这事说给杨三愣，让他来这里闹一回？那可就有好戏看了。

想到这里，魏林元打定主意，没有回东漳寨，直接去了天谷村。他找到杨三愣，“三愣，你在家做甚呢？”

杨三愣见是魏林元，以前对他也没有好印象，本来不想和他搭讪，可人家和他说话哩，也不好意思不答应，只好说：“在支前哩，才回来一会儿。”

“你也在支前哩？日本人死了好几千，你就没有去战场上弄点什么日本人的东西？”

“咱不敢去，到处是死人死马，瘆人球哩，血都流成河了，一看就恶心。”

“你呀，还大丈夫男子汉呢，人家妇女们都在战场上呢。”

“抗战支前，打鬼子，都应该去呀。”

“那是那是。花花嫂子也去了吧，我还在前线看到她了。”

“抗日又不分男女，她也该去呀。”

“该去，该去，不过，也有不该做的事情呢。”

“什么不该做，你这话是球甚意思呢？”杨三愣听到他话中有话，便不想听他的了，知道他狗嘴里吐不出象牙来，一定不会说什么好事情。

“三愣，这话我本不该说，可是我也看不下去，你说我那个花花嫂子，她现在已经是你的人了，可还和那个郭水瀛藕断丝连，今天水瀛在战场上负了伤，她居然跟着去医院侍候了，滚在一起，看上去还蛮亲热的……”

杨三愣一听这话心里有些不是滋味。他也摸不清这个魏林元是不是专门挑拨离间。但魏林元说得有鼻子有眼。他心想，这郭水瀛的老婆是军长的女儿，人家也没有跟他来，也不会跟他来，水瀛回到武乡其实就是一条光棍了，他们毕竟以前有过一段相好的经历，这万一要真的再遇到一起，也怕死灰复燃、旧情复发……不行，我得去看看。

于是，杨三愣便匆匆忙忙往宋庄走。

一路上，心里嘀咕着。你看你这个郭水瀛，以前你们好，那我管不着，现在你有你的家，我有我的家，你从太原回来，去了我家，我也没有和你吵闹，反而以宾客相待，总认为你以前对花花好，帮助过她，咱这也算受人滴水之恩，当涌泉相报。我这人老实，只认为这过去的也就过去了，谁知道到现在又要弄这事情？我就是再老实，你也不能骑在我头上拉尿吧，我去看看，如果你们真的是缠缠绵绵的那样，我可也不再客气了。他按了按腰间，大襟下硬梆梆的，他别在裤带上的那个家伙还在，那是一把铁攮子。昨天他去支前时，怕面对面遇上小鬼子，作防身用。他是要敢拖曳我老婆，干脆攮球了他。反回来一想，真的是瞎想呢，明明水瀛负了伤，他们就是暗里还好着，他伤成那样也不至于拖曳花花呀。不行，我还是暗暗去观察一下吧，看看他们的动静，也会知道他们是不是还有勾扯。只要他们还有勾扯，我就对他们不客气了……

来到宋庄，看到整个村子都忙忙碌碌的，不知道是些什么人来往穿梭，胳膊上戴“红十字”的人进进出出，各家各户的院子里，都是八路军伤员，有的挎着胳膊，有的拄着拐棍，有的头上缠着绷带……这还算些轻伤。他进了院子看，屋里土炕上还有许多重彩号，没了胳膊的，没了腿的，还有的在那里痛得直叫喊。杨三愣向人们打听：“郭水瀛住在谁家？”

那些医生都摇摇头。是呀，八路军哪里能认识郭水瀛？大部分是外地人，有的连他的话也听不懂，对着他只是摇头。这该问谁呢？看见村里的人过去问，他们也说：“这么多伤兵，谁知道谁在哪里？”

“我就不信，就三二十户人家的一个宋庄，我找不到。”三愣就一个院子一个院子地找，东家进西家出，找呀找呀，走了五六个院子，突然他听到了花花在说话，是，是他老婆的声音。

“肯定就在这里。”三愣一下子注意起来，他悄悄地来到窗户跟前，他用指头蘸了点唾沫，把窗户纸戳了一小孔，然后用一只眼去看，果然是在这里，郭水瀛躺在炕上，光溜溜地露着一条大腿，上面缠着许多绷带，还有一大片血迹，花花正和另外一个女人在跟前给他做着什么。

一看花花那个样子，三愣这火“噌”一下冒了起来，你抗日我没意见，你拥军我没意见，为什么偏偏要来关心照顾他郭水瀛？这不是明摆着没有忘了旧情吗？就球这个样子，等他伤好了，还能不死灰复燃？不行，再不能让他们这样了。三愣怒冲冲地进去站在地中间，说：“花花，你还不回家在球这里做甚？”

“三愣，你来了？”花花说。

“我不来能行？不来还不知道你要做什么。”

郭水瀛看见三愣火炮连天的样子，以为是嫌花花不回家，忙解释说，“三愣哥，医院太忙，她们妇救会组织了个拥军小组，帮助医院做些事，支援八路军，这可是好事呀。”

“在你跟前伺候你，可不是好事，怕你不满意哩？”

“三愣，你这是说得个甚哩？不怕人家笑话？”花花红着脸急了。

“你要怕笑话，倒不在球这里丢人现眼了。”

“我丢啥人了？我现啥眼了？这说的叫啥话？你真不害羞。”

“你才不害羞呢。”

“怎么，水瀛刚刚做了手术，我就不能来看看他？”

这时，赵先先等人听到吵闹，走了过来，一看是三愣来闹事，赵先先板起脸说：“你这三愣是怎么了？水瀛是为了救我们姐妹几个才挂了彩，俺们来照看照看他不对？再说人家水瀛的媳妇在跟前，你以为他们会怎么样？”

“哦?”三愣傻乎乎地不知道该说什么，呆了一会儿，才问：“花花，哪个是水瀛的媳妇?”

花花很委屈，两眼噙着泪水不理他，赵先先一把将陈亚妮拉过来，说：“你睁大眼看看，水瀛家这媳妇，人家现在是八路军，她听说水瀛挂了彩，赶紧从沁县跑来照顾他，人家还感激花花照顾水瀛呢。你这大老爷们，原来这样小肚鸡肠!”

几句话说得三愣红了一盘脸，说：“我是个拉不成，都怪狗日的魏林元挑拨，原来他是专门想破坏咱家里的关系。”

赵先先说：“还不赶快给人家水瀛媳妇道歉?”

“嘿嘿，水瀛媳妇，我这人拉不成，瞎说八道，你就原谅我吧。”

陈亚妮笑笑说：“没有什么，水瀛和花花原来好，这我知道。现在咱们都各自成了家，过去的事就过去了，咱们总不能因为这些，以后就什么也不做了吧，都是革命同志，相互还得帮忙。水瀛是为了救同志而负的伤，是为了打鬼子而负的伤，是为了抗战而负的伤，这使我感到很自豪。来到这里我看到姐妹们主动帮助医生护士，又是洗绷带，又是换药，特别是她们一心一意地照顾水瀛，我从内心非常感激。你也应该为有花花姐这样的好妻子感到高兴才对。”

三愣更是无地自容。三愣过去问候了水瀛的伤情，安慰他好好养伤，又吩咐花花她们，安心在医院帮几天忙，然后就回家去了。

郭水瀛在医院住了一段，回到东漳镇养伤。在继母来弟的精心照料下，他很快就恢复了，能拄着棍子走路了。这下他可再也在家里坐不住了，非要去找游击队，继母劝说了很久也不顶事。郭有才说：“他是个犟货，他思谋要做的事，你就是拉也拉不住，还是由他去吧。”

查访着游击队在奇崖头的白龙庙休整，他就赶忙去归队。

“老魏，我回来了。”

魏大明见他还拄着拐棍，便说：“看你，你就在家多休养几天吧，咱这游击队里生活总不像在家里好些，我担心影响你的伤口愈合。快坐下说话。”

“你不知道，在家坐着心里憋闷得慌，老是惦记着咱游击队，你快给我说说这一段的情况吧。”

“好，我一宗一宗给你说。”魏大明给水瀛倒了一杯开水，“先说第一宗。万县长在长乐战斗前跑了以后，再也没有回来，县城被日本鬼子烧成了一片废墟。旧县长跑了，旧政府散了，这是一个大好的机会，牺盟会、八路军工作团和我们县委在共同研究，决定乘此机会成立了武乡县抗日政府。韩特派员当了县长，八路军工作团的原副团长当了武装主任。还在下边组建了五个区政府。现在，咱们就有了自己的政府了。”

郭水瀛听了非常高兴，说：“这是好事，我们有了自己的政府，以后这抗日工作就更好做了。”

“我再给你说第二宗。在这次战斗中，我们武乡的地方党组织发挥了很大的作用，得到了晋冀豫省委的表扬。省委认为，我们不仅做了大量的工作，也培养了大量的干部。这不，省委决定派赵清风、武云璧两人去沁县、辽县当抗日县长。”

“看来我们这个大熔炉还真是锻炼人的好地方。”

“我再给你说第三宗。不知道你发现了没有，这一段咱们的游击队还有几个人了，我们给八路军作了大贡献。就在长乐战斗结束后，八路军三八六旅减员严重，师部首长和我们商量，希望我们能给八路军补充兵员。于是，我就让刚刚整编的威名游击队，还有师兄老霍组织起来的游击队全部参加了八路军。”

“那我们的游击队怎么办？”郭水瀛有点舍不得，“怎么也得留下一部分呀。”

“这个你放心，咱们武乡的老百姓，都是支持抗战的，我相信不用几天，我们的游击队又会发展到几百人的。”魏大明接着说，“还有一宗，不好的消息，我也告诉你，就在这次战斗中，郭步锦同志英勇牺牲了……我们一共牺牲了二十多位游击队队员。”

郭水瀛慢慢地脱下了军帽，低下头，为牺牲的同志默哀。此时，他想起了在太原营救郭步锦的事，他为自己营救了一位英勇的抗日志士而自豪，也为他们的牺牲而难过。

“老魏，下一步咱们的工作重点是什么？”

“你还是放心养伤吧，我准备尽快把新的威名游击队组建起来，抗日政府已经作了决定，我是队长，你是副队长，我的师兄霍梦龄是武术教练。我们的游击队必须尽快再搞起来，因为现在日本鬼子已经在武乡扎下了据点，看来我们的抗日工作，是一项长期的任务了。”

“什么？日本鬼子在武乡扎下了据点？”

“是呀。”魏大明接着介绍道，“日本鬼子占领长治后，一方面要沟通长治与太原日军大本营的联系，建立向我上党地区运送军火物资的补给线；另一方面，日军早已派遣葛木联队对长治一带的地下矿藏进行了勘查，发现这里有大量的煤、铁等，准备大量抢夺地下资源。同时，也想把我们初创的晋东南抗日根据地分割开来，让我们东西不能联系，便着手修筑北起太谷白圭镇，南到晋城的白晋铁路。为此，鬼子在沿线建起了许多据点，并抓来了大量的民工，现在，日军正在紧锣密鼓地修路呢。

“张贵青的西乡游击队，现在主要任务就是破坏敌人的修路计划。当然，日本鬼子也不会坐以待毙，会来‘扫荡’我们的根据地。八路军主力在外线作战，我们的任务也就更加重了。这不，昨天县委作出指示，让张贵青带游击队袭击鬼子的南沟据点，解救修路民工，破坏敌人的修路计划呢。”

郭水瀛说：“偷袭小鬼子的据点，那可不是容易的事，咱们要去帮助他才是。”

“不行，你这腿还没有好呢，你怎么能去？”

“不怕，虽然我不能去摸炮楼，但参与讨论，出个计谋，还是可以的。”

“那就依了你吧，我们走。”

张贵青接到县委指示，一直在考虑如何去打这个据点呢。敌人的炮楼里连明连夜都有人放哨，而且时常架着机关枪，就凭游击队这十几条枪，怎么才能攻破敌人的封锁？他和副队长乔猴儿以及两个排长一起商量对策，正在这时，魏大明和郭水瀛走了进来。

看见他俩来了，张贵青笑着说：“你们来得正好，我们正在讨论如何偷袭炮楼呢，帮助咱们出点主意。”

“你们还是接着讨论，我们就算旁听吧。”魏大明说。

一排长李贵和说：“我带一排去进攻，我们选定炮楼对面的土山，和鬼子对着打，吸引鬼子的注意力，然后选一个精干的小队冲进去，打开关押民工的大院，只要民工们都跑出来了，几千人乱糟糟的，鬼子就没办法了，这样肯定能成。”

张贵青说：“怕是不行，我们这十来条枪，子弹又不多，怕是压不住敌人的火力，敌人有一挺机关枪就够了，咱们一开火敌人就会出来，这样我们肯定完不成解救民工的任务。”

二排长说，“是呀，一响枪，惊动了鬼子，怕是不好办，再说鬼子再要用电话联系其他据点，增援的敌人赶来了就更难办了。”

乔猴儿说：“你们看这样行不行？”

“怎样？”

“我有个办法，引蛇出洞。”

“怎么个引法？本来咱还怕小鬼子出来呢，你反倒要引他出来，这能行？”二排长说。

张贵青说：“猴儿，你有什么新花样，快说呀。”

乔猴儿这才把他的计划说出来：“我带上两个人，先趁黑将鬼子的电线铰了，切断鬼子与其他据点的联系，之后，故意让敌人发现，鬼子就会出动来打我们，这时一排分成两个组，从两边向敌人开枪，鬼子摸不清我们有多少人，肯定会出来追，这样我们且战且退，把敌人引开，二排趁机摸进去，打开关押民工的院子，把民工放出来……”

“猴儿这办法我看行。我想，二排放出民工后，可以用几个人带民工转移，而主力要抵抗鬼子的追赶，要尽量保证民工的安全。”

郭水瀛说：“还有重要的一点，不论是往出引鬼子也好，还是我们疏散转移民工也好，要尽量分散一些，咱们都是熟路。炮楼里的鬼子不会很多，我们越分散，敌人的兵力也就越分散，这样，我们的计划才更能够顺利完成。”

张贵清说：“好，计划定了，我们就分头行动。”

这天夜里，满天稠密的星星，山风吹得庄稼叶子沙沙作响，约莫三更时分，三个黑影从玉米地里钻了出来，摸索到了南沟据点附近，三个人猫蹲下朝着据点里观察了一阵，一个黑影像猴子似的，“嗖”的一下就蹿上了电线杆子，只见他登高如履平地，哧溜哧溜就爬到杆顶，拔出腰间的大铁钳子，“咯嘣、咯嘣”儿下子，电线纷纷落地。

下面这个说：“哎，这电线咱拿回去也会有用吧，我把它收起来。”

另一个说：“今黑夜主要任务可不是收电线呀，你不要因为这个误了大事。”

“怕球啥哩，这叫放羊拾柴，捎带之工。不如把电线收了，有空再找几部电话机，以后咱也和县委用电话联系。”

“呵呵，你这家伙还真有想法呢，那咱就干。”

乔猴儿从电线杆子上下来，看见他们在那里弄电线，便说：“你俩不能弄那个吧，咱们今天的任务可不是偷电线的。”

“呵呵，顺手牵羊，弄回去咱们也可以用电话联系。”

“快走吧，弄些电线还不容易？今天可不能因为这个误了大事。”乔猴儿下了命令，那俩从才只好把已经盘了一大把的电线给扔了。

他们刚向炮楼靠近，就被在门口巡逻的鬼子发现，鬼子大声问："你的，什么的干活？"

"老子告诉你什么的干活，打枪的干活。"乔猴儿照着巡逻的鬼子就是一枪。一个鬼子就没了命，炮楼里的机枪立刻响了起来，一队鬼子冲了出来。早已埋伏下的一排立即开了火，鬼子见火力很猛，还以为是八路军呢，便把兵力全部集中过来对付。打了一阵子，一排的火力点向后撤离。鬼子见对方有点顶不住了，便乘胜追击。就这样，没过半个时辰，战场离开据点二里路。这时，二排已经摸了进去，他们从后面将关押民工的院墙推倒了，二排长朝里喊："老乡们，我们是游击队，来救你们的，赶快跟我走。"

其实，外面的枪声早已把民工们惊醒了，他们都商量好起身拿了家伙，一有机会就想冲出去和鬼子拼命的。谁知游击队正好来救他们，两千多民工一下子如潮水般地拥了出去……

在游击队员的带领下，民工们四下疏散，炮楼里打机枪的鬼子发现了，也不知道该扫射哪个方向，只好胡乱扫射。

二狗掩护着民工正跑呢，一回头，看到鬼子追了上来，可他没有枪，只在腰里别着两颗手榴弹，他想，等鬼子靠近了就给他一家伙，大不了同归于尽，千万不能成了鬼子的俘虏。眼看着鬼子追上来了，二狗掏出一颗手榴弹，可是万一要是投不准呢？不行我得先试试。眉头一皱，计上心来，他低下身脱了一只鞋，一试太轻，又找了块硌礓塞进去，嗯，和手榴弹差不多重，他回身朝鬼子扔过去，正好扔在鬼子的中间。小鬼子见掉下一个东西来，以为是手榴弹，马上就卧倒了，可等了好久不见响动，挨近一看，原来是一只大鞋。

鬼子冷笑了一声，原来这土八路根本没有武器，还怕什么，放心去追，这回二狗掏出真手榴弹来，拉开了线，朝敌人扔过去。鬼子还以为又是鞋子，根本没有在意。"轰"的一声，几个鬼子就上了西天。

尾追的鬼子被消灭了，民工们听着游击队员的指点，猫下腰，很快就跑到了安全地带……

东方闪亮了，战斗结束。一排也撤回来了。张贵青让民工们各自回家。

这时有一位青年高声喊道："我想参加游击队，你们要不要？"

马上有许多青年也喊起来："我们也要参加，收下我们吧。"

魏大明一听，这可是个好机会，这些民工大多是穷苦百姓，他对张贵青说："这是个好机会，咱们就把报名的青年吸收到游击队里来吧。"

经过严格的挑选，张贵青的西乡游击队增加了一百多人，而魏大明的威名游击队一下子收了二百多人。魏大明和郭水瀛带着浩浩荡荡的队伍回到了奇崖头。

第三十一章

杨三愣遭了魏林元的耍弄，窝了一肚子火。咱本来也是个抗日的积极分子，教狗日的魏林元扇了扇风，倒让人们说咱是个二百五了。

回到家里饭也不吃了，倒在炕上生闷气。村里的弟兄们来找他，准备给八路军送公粮去，他说病了，打问了好久，三愣才说了受魏林元骗的事。

本家兄弟杨胖则说："三愣哥，这个魏林元不仅是挑拨离间你们的个人关系，更是在破坏抗日，这是汉奸行为。这事咱们不能就这样与他完了，去村公所告他，一定要让政府好好整治一下这个坏东西。"

"你说这样的事也能去告他吗？"

"能呀，怎么不能？他破坏军民关系，就是破坏抗日，怎么不能告他？"

"好，那咱就去告狗日的去。"

杨胖则陪着三愣来到村公所，一五一十地把事情的前前后后说清楚。村长和武委会主任一听，这狗日的就是想破坏抗日，破坏游击队和老百姓的关系，破坏拥军，是汉奸行为，已经给我们游击队造成坏的影响，必须严加整治，再加上以前他办了许多的缺德事，人缘也不好。于是，便派村警传讯魏林元。

魏林元自打上回让区警打了一回，知道去了那地方也没好，这可怎么办？好汉不吃眼前亏，三十六计走为上，跑吧，出外头躲一段再说。可是能往哪里跑呢？他先去了他表姑夫赵恒昌家里。因为是亲戚，以往他也常来跑跑，特别是他与赵恒昌的二媳妇，他二表嫂还有点私情，他想看能不能在这里躲几天。

他知道他表姑夫赵恒昌肚里的鬼点子多，去请教请教他，或许有个办法能躲过这场难，免得受皮肉之苦，所以就问："表姑夫，我给杨三愣说了个谎话，被人家告到村公所，村公所说我是破坏抗日，村警叫我去，你说怎么办？"

"哎呀，现在这破坏抗日，可是大罪呀，谁能替你顶得住？"

"那可怎么办？表姑夫，你要帮我想个办法。"

"你要住在我家，怕是你躲不下，把我也连累了呀，现在有八路军撑腰，那些穷小子什么事都敢做，要打得咱没命了，不就亏啦？"

"表姑夫，你不能见死不救，总得帮助我想个办法呀，你说这回该怎么办？"

"哎呀，那帮穷鬼们就恨咱富人呢，巴不得你犯点什么事，只要你有点毛病，他还不趁机往死里整你？这回真的怕是黄巢起反八百万——在劫难逃了。"

魏林元吓坏了，一下子跪在了赵恒昌的身边，说："表姑夫，你可要救救我。你就想个办法吧。"

赵恒昌仰起头，闭上眼，过了好长时间才说："办法嘛，我倒是有一个。"

"表姑夫，你快说，有什么办法？"

"不知道你……"

"表姑夫，只要能救下林元，我给你当牛做马也甘心。"

"这倒不用，只是你不敢给别人说。"

"我这里躲命呢，还敢给别人说？"

“不瞒你说，你大表兄在天津读书，学的是日本话，毕业以后，正赶上日本人和中国开战，他就跟着日本人当了翻译。现在驻地在长治，你干脆去找他，让他给你在日本人那里找一份差事这多好。别说是小小的游击队、村公所，就是八路军也没有办法。”

“表姑夫，那我不就真的成了汉奸？”

“汉奸不比死了好？你要是不想去，就当我没说，你去村公所投案吧，看人家整成你个什么样子。”

魏林元低下了头，什么也不说了。他心里想，是呀，表姑夫说的也有道理，只要能躲下这条命，管球他汉奸不汉奸，再说，这日本人这么厉害，咱这中国人干吼叫哩，能打过人家？最后还不是遍地都是日本人？还不如在日本人那里找份差事，比现在要强。好，就这么定了，魏林元心里定了主意。

“表姑夫，你给我大表兄写个信，我带着去找他。”

魏林元一口气跑到了长治。

赵恒昌的大儿子叫赵通达，天津大学毕业了以后，就跟着日本人做事了，实际上是给日本人做翻译。不过赵恒昌怕人说他儿子是汉奸，一直说他在天津，就是不说干什么工作。日军占领长治后，因为这是赵通达的家乡，就调他来这里做翻译。魏林元找到赵通达，说明他来的意思，赵通达就安排他到特高课去受训。魏林元又是学军事，又是学日本话，特别是学习了许多的间谍知识。

有一天，赵通达叫他说：“为了配合皇军作战，新组建皇协军，我给你疏通了一下，让你回武乡的据点做皇协军中队长。”

“表兄，这个中队长，是个什么官？”

“就是个营长吧。这个职务可不是谁也可以当的，不是表兄给你出力，皇军能信任你？”

“那能带多少兵？”

“二三百吧，主要是看护白晋线，同时也要配合皇军在武乡、沁县一带进行‘清剿’。”

“好，好，好，手下有兵，我就不怕了。”

“你要干得好，我还可以提拔你当大队长。”

魏林元这下高兴了，不仅穿了一身黄狗皮，而且还到据点里当上了伪军中队长。他把抓来的百姓整编集训，一下子弄了三百多人，开始四下“清剿”。在黄狗子里他最威风了，想打就打，想骂就骂，就是在“皇军”面前放不开胆，别说是平山队长，就是个一般小兵指挥他，他也得两脚并直把身子躬下一直答应“嗨”。

鬼子为什么要加强驻武乡的兵力？因为白晋铁路武乡境内有几十里长的一段，这白晋线是日军重要的补给线，是日军“以战养战”的交通命脉，而且也是疯狂掠夺上党盆地的粮食、煤、铁资源的主要运输通道。

为了保护根据地人民的利益，破坏敌人的交通、通信工具，打兵站，抢仓库，捣毁鬼子的军用设施和据点，就成了八路军、游击队的主要任务。

这一天，县武装主任原成均接到太行第三军分区的紧急通知，便立即召开各游击队、青救会、各区武装主任的会议。原成均简单介绍了三分区秘密计划：原来八路军得到了重要情报，敌人从石家庄运来一大批军火物资，是准备让鬼子搞秋季“扫荡”呢，现在存放在南关车站的军用仓库里。八路军三八五旅已经进行了侦察，并已经做好了充分的准备，主力部队准备在明天攻打南关车站。三分区要求武乡派八百名青壮劳力，在战斗结束时，立即冲进去将物资全部搬运出来，并答应战斗结束后，可以给武乡县的游击队补充部分武器弹药。

大家听了非常高兴，能给游击队补充装备、弹药，这是再好不过的事了。魏大明说：“好好好，这回咱游击队可要出一把力呢。”

原成均说：“这次的主要任务是搬运物资，青救会负责组织八百名青年，于明天傍黑儿全部进入石盘山隐蔽，战斗一结束，马上快速进入仓库，将日军物资转移回我们的手中，西乡游击队担任警戒任务，保护搬运物资的队伍，威名游击队只在外线游击，预防不测。”

“怎么？他们去干，让我们在一边瞧？老原你这任务是怎么分配的？这不公道，我有意见。”魏大明一边着急地说，一边在地上磕他的旱烟锅子。

“老魏，你别急呀，现在鬼子三天两头出来“清剿”，仗可是有你打的。这回只要能争取多给咱们分点战利品，以后日子就好过了。”

“不行，这回我们也要上战场。”魏大明还是在争。

这时，在一旁的郭水瀛说：“老魏，原主任不是让咱们外线游击吗？我看这外线游击，咱们也可以搞个名堂。”

“哦，你这有什么好主意？”魏大明马上凑到郭水瀛的身边问。

“打南关车站，是八路军主力部队，咱们没戏，可是如果南关战斗一打响，鬼子的几个据点一定会出动去增援，这样其他地方就空虚了，我们可以趁这个机会，组织群众去破坏铁路，咱兵工厂不是缺材料吗？咱们搞他一点道轨，送到兵工厂去怎么样？省得以后做炮弹没有原料。”

“好，这个主意好。”

郭水瀛把具体做法说出来，大家都觉得可行，于是，便急忙分头准备去了。

次日傍晚，远处传来了枪声，南关战斗打响了，郭水瀛组织的破路大军也冲向了白晋铁路沿线。只见他们有的扛锹，有的用镢，三人一组，五人一班，“叮叮当当”地干了起来。威名游击队队员则子弹上膛，紧紧握枪，眼睛直盯着远方。

破路的大军，有的拧夹板，有的撬道钉，一截截铁轨被抬了起来，送到早已等候的牛车上拉走了。人们汗流浃背地干了半夜，一下子运走了几十条铁轨。这时炮楼里的鬼子发现了出来追赶。我游击队且战且退，掩护着破路的百姓，并且在不远处的黑风口设下了密集的火力。

黑风口是一个只有两三丈宽的窄沟，也是我破路大军撤退的唯一通道。

这里是一处天然的关隘，更是狙击敌人的最好场所，这都是郭水瀛的主意。等我游击队掩护百姓撤退过去后，埋伏在两山上的游击队员就把住了这个“大门”，当敌人追了上来，山上的手榴弹就像下雨一样地抛了下来，“轰、轰”的爆炸声立刻响彻云霄，敌人便嚎爹叫娘地惨吼起来，一个小队的日军和六七十名伪军全部被炸死在了黑风口。

武乡游击队连续打了不少漂亮仗，在根据地出了大名，多次受到太行第三军分区的表彰，《黄河日报》上也经常报道。

此时，驻扎在潞城的八路军总部，由于距离长治太近，而长治日军又常常袭扰、“扫荡”，对总部的安全形成了极大的威胁。不久，总部转移到了武乡。

八路军总部进驻武乡，这是一个秘密，一般民众只知道驻扎队伍，根本不知道是高级指挥机关，只有县委知道这个秘密。县委安排游击队注重盘查、侦察、保密工作，这下游击队的担子可就更重了。

自从在黑风口被游击队炸死七八名日本鬼子和六七十名黄狗子，中队长平山一郎就发誓非要找土八路游击队决一死战不可，而且要追回丢失的铁轨。

“魏林元，你的，特高课的受过训，你要尽快给我查明铁轨哪里去了，游击队哪里去了。八格呀路，我要统统死拉死拉。”

魏林元点头哈腰地说：“太君放心，我一定查清楚，土八路的统统死拉死拉。”

魏林元当了皇协军中队长之后，便在全武乡布下了密探，都是他那些臭味相投的地主朋友。规定每接到一个消息，奖励几百块钱，而且还要给他们活动经费。这是长治日军特高课安排他做的。平山队长让他调查，他便换了便衣，悄悄地去联络。第一站就去了西漳的赵恒昌家。为什么要先来这里？这很明显，赵恒昌家的二媳妇与魏林元早有勾搭，他当然也想借这个机会来与她私会。

“二表嫂，好久没有见你了，怪想人的。”

“林元，你这胆子不小，区上早已知道你投了敌，还当了皇协军中队长，正想抓你呢，你怎么还敢来呀？真是要色不要命了？”这二媳妇名叫桃花，是个有名的风流女人，和男人说话，那话中就像带着钩子一样，一下就把人钩住了。

“哈哈，看你说的，我是既要色，又要命，那些游击队有多大能耐？我这可是专门受过训的人，现在的魏林元，不是以前的魏林元了，我才不怕球他抓我，他们要想抓我，还没那本事。”

“哟，看你去长治训了几天，倒能说大话了，有本事你也搞个日本女人，不要来找我。”

“看表嫂说的，你是我的心肝宝贝，咱就是有了日本女人，也忘不了你呀。”

“你个死鬼，看来心里还真想搞个日本女人呢。”

“洋女人，开洋荤，谁不想？不过，长期交处还是老伙计好。我这心里老是想着二表嫂。”魏林元说着，就过去把桃花抱住了。

桃花也不示弱，一个金钩倒挂，便搂住了魏林元的脖子，两个人滚在一起，就像狗走窝似的，团成一蛋。

直到听见赵恒昌在街门外头的咳嗽声，两人才急忙分开。

见赵恒昌回来了，魏林元忙走过去，说：“表姑夫，我等你好久了。”

赵恒昌见魏林元来了，便说：“林元你来做什么？你看，你当汉奸是明人，俺们这可是在暗处。咱在人前头还要抗日哩，你老往我家跑这不好，以后有什么事，我派人去给你送情报，你可不要再来了，不然，让人发觉，咱们可就都完了。抗日政府那帮穷鬼正愁找不到咱们的茬呢。”

魏林元说：“表姑夫，这个我知道，其实我也不想来，因为东武乡没有人不认识我魏林元。可是平山队长催得太急，我只好亲自出马了，以后的情报就让二表嫂去送最好，为了行动方便，我已经给她搞了一张良民证。”

“说吧，这回有什么急事？”

“前一段游击队带着穷小子们去偷了白晋线上的铁轨，我想一定是土八路搞上了兵工厂，铁轨是不是送到兵工厂了？这个兵工厂在什么地方？游击队打死了皇军，平山队长要找他们报仇，他们平时住在哪个村里？”

“这个……游击队那帮人东跑西跳，弄不清住在哪个村。这个兵工厂嘛，前一段我在赤峪口办事，听到‘叮叮咚咚’的打铁声音，当时我还想怎么会有那么多的铁匠？你这么一说，我分析就是兵工厂，一定是在赤峪口，村顶上有一排新打的窑洞，一定在那里。”

“表姑夫，这回你可要立大功了，我回去报告平山队长，等我们干掉这个兵工厂，就去长治旅团司令部给你请功。”

“什么功不功的，只要你们能把这帮穷小子搞垮我就满意了。”

魏林元这下高兴坏了，这回要能干掉一个土八路的兵工厂，他可就会提拔成大队长的。到那时，别说平山一郎，就是横川旅团长也要夸赞他呢。魏林元返回据点，把情况汇报给了平山一郎，平山立即决定：联系沁县据点，共同出兵，直奔赤峪口。

拂晓时分，日军分两路包围了赤峪口村。

他们可是直奔兵工厂去的，按照赵恒昌说的方位，鬼子冲到村顶上的一排窑洞里，可那里已经是空空的了，但从遗留的杂物中可以看出，这里确实就是兵工厂，有煤渣，有炉灰，还有几盘没有拆掉的铁匠炉膛，特别是还有几个做手榴弹、地雷用的翻砂模子。平山一郎以为是找到了土八路的老窝，他就是把赤峪口翻个底朝天，也要找到这些土八路，一定要端掉这个兵工厂。幸运的是，八路军总部进驻武乡后，已经决定建立总部直属的兵工厂，因为武乡兵工厂有不少工人，原来都是在太原阎锡山的兵工厂回来的，这是一批能干的技术力量，于是就把这个小兵工厂合并了过去，所有的设备都搬到了新厂里，敌人才扑了空。赵恒昌的情报，让鬼子吃了手抓屁。

日本鬼子并不甘心，他们接着挨门逐户捕人掠财，把全村人赶到村里的场房院，平山一郎用生硬的中国话说："皇军，良民的不杀，只要你们说出谁是八路军，谁是游击队，谁是兵工厂的干活，皇军大大地奖赏。兵工厂搬到什么地方去了？"

村里的群众一声不吭。

"和皇军对抗的不行。不说话就统统死拉死拉。"

这时魏林元出来说："太君说了，皇军是不杀良民的，只要你们说出八路军、游击队的下落，说出兵工厂的下落，我魏林元保你们无事，太君还要奖赏你们，咱们乡里乡亲的，听我的话，不要因为土八路，叫大家送命。"

大家都用仇恨的眼光盯着这个汉奸，魏林元又说，"我可是为了你们好呀，为了八路军，为了兵工厂，真的让把你们一村人给死拉死拉，那可不划算呀。"

平山一郎见没有人说话，便凶相毕露地说："不用硬的是不行了。"

然后用日本话叽里咕噜吩咐了几句，鬼子便将抓来的百姓青壮年与老弱妇孺分开，先把二十多名青壮年排成一行，然后残暴地开始了杀戮。

鬼子问一声："说不说八路军的下落？"

场里没有人答应，举枪的鬼子就"叭"的一枪，打死一个青年。这种杀人的方式非常残忍，俗话叫作"点名爆豆子"。鬼子整整折腾了半天，就这样把二十多名手无寸铁的农民杀害了。

但是，他们并没有从群众的口中得到任何的消息。平山一郎气急败坏，他发誓非要挖出兵工厂的下落不可，于是，把留下来的老弱妇孺关到一个院子里。又对周围的村庄进行搜捕，又抓来了几十个农民，全部带回赤峪口村的场房院关押起来。

日本鬼子又开始对妇女进行迫害。他们把一个刚过门的年轻媳妇抓过来，当众将她的衣服剥得精光。这媳妇感到羞愧，便反抗起来，鬼子就用绳子将她手脚绑在树上，当众对她进行了轮奸。那媳妇恨透了鬼子，可是手脚已经被捆死。当一个鬼子压在她身上时，她冷不防将那鬼子的耳朵一口咬了下来，几个鬼子冲上去就用乱枪刺杀了她……

看到无辜百姓一个个被残忍杀害，区干部魏三堂勇敢地站出来，他说，“你们不要杀害无辜，我知道八路军在哪里。”

平山一郎一脸阴笑着走过去，魏三堂一拳便将他打出了两丈多远。魏三堂高声喊：“总是一死，不如和鬼子拼了……”

百姓们一起向鬼子冲上去……

老百姓毕竟手无寸铁，最后还是倒在了鬼子的屠刀下……日本鬼子在这里暴虐三天，共杀害无辜百姓一百二十九人，掠夺粮食二百余石，宰杀抢走牲口三十余头。杀人的方式也极其残忍，有的砍头，有的开膛，有的挖出心来喂了狼狗……这就是惨无人道的“赤峪口惨案”。

第三十二章

“赤峪口惨案”发生后，八路军、游击队听说了可真是气得咬牙切齿，都要去找小鬼子报仇。而附近的老百姓可是都有些后怕，好多天过去了，一说这事，还倒吸一口冷气：幸亏那天咱逃难走得早，不然也可能落在鬼子的手里，已经成了鬼。镇上的百姓们一直在议论，有个群众说：“这都是狗日的魏林元引来了日本鬼子，总有一天八路军会找狗日的报仇呢。”

有个叫张臭小的中年人接了话，这个人平时就好说些风凉话，他要张嘴，准没有什么好听的，这时他说：“快不要提八路军了，他们见了日本人也是直跑。八路军穿着灰小布衫，日本人来了钻到后山。”

一听张臭小念出了顺口溜，大家都笑了起来。

又有个群众反对他说：“臭小你是瞎说球呢，八路军啥时跑过？那叫打游击，敌进我退，敌退我攻。”

臭小又说：“咱不懂啥叫打游击，打游击也不用夹着尾巴直跑吧，日本人到了东漳，八路军跑到彭庄。”

“臭小你真是瞎说球哩，彭庄倒去了黎城，离东漳镇上有七八十里，八路军打游击还能跑那么远？我看你是诬蔑八路军。”

“就是嘛，遭殃（中央）军那可是见了鬼子就跑，八路军咱许多人都看见过，把鬼子打得流了血河，什么时候怕过鬼子？”

臭小不服气：“怎么，我屈说了八路军来吗？日本飞机转一遭，头顶扎上臭老蒿。八路军胆子也不大。”

……

张臭小这几段顺口溜，不几天传了一世界。其实许多人都是出于好奇，念起来顺口，也就瞎念了。这下可让坏人高兴了，也跟着说八路军不好。抗日政府的锄奸科听到这些话，很明显这是专门破坏军民关系，诋毁八路军的名声，是汉奸行为。于是，锄奸科展开了调查。

查来查去很快就查到了张臭小身上。张臭小被锄奸科抓了起来。这下臭小可吓傻了，本来这些话并不是他的“杰作”，而是有一天听老财主赵恒昌说的，他觉得这几句话说起来顺口好记，一下子就记在肚里了，那天人们在街上叨唠起来，他就顺口念了几句，原本以为只是些笑料，笑过就没事了，谁知道政府就把他弄成汉奸了。真的是病从口入，祸从口出，早知道这几句话要闯事，打死他也不敢瞎念。现在可怎么办？只好实话实说，他做了老实交代，说是听赵恒昌说的。

锄奸科又把赵恒昌也抓了起来，赵恒昌可是拒不承认，对着臭小为自己辩开了：“你看你这个臭小，好汉做事好汉当，你闯了祸怎么能往我头上推？我什么时候让你念过这个？这说话办事可得有依据，你要是找出个证人来，就算是我教给你的。”

“赵东家，我只知道说话办事凭良心，这些顺口溜明明是那天你给我说的，怎么不承认了？”

“你们去问问村里的百姓，我赵某人什么时候说过八路军的不是？咱八路军抗日打鬼子那可是有功之臣，咱们群众都拥护的。”

锄奸科的人见他们两人吵了起来，也不好断定，张臭小也给人家找不出个证人来，正没办法，赵恒昌反过来对他们说：“你们是抗日政府的领导，你们可要给我做主，虽然说我这成分高，可是我思想觉悟也不低，咱共产党的报纸上不是正在宣传巩固农村统一战线吗？这张臭小要赖我，我可不能答应。你们可不能眼看着让他这疯狗来咬我。”

张臭小也再拿不出什么证据来，两眼生泪没办法。这下倒让锄奸科的人也没有办法了。

这时，赵恒昌追着问：“怎么，你们准备怎么处理？”

锄奸科的人只好说：“他又没证据，你没事。”

赵恒昌说：“这就好，你们说没有事了，我就走。我还要去参加八路军召开的会议呢，听说是八路军高级首长要和我们座谈。”

赵恒昌这样一说，吓得张臭小更是什么也不敢说了。等赵恒昌走了后，臭小才说：“我冤枉呀，这话确实是他编的，他知道我这人爱说个风凉话，故意告诉我，让我出来念的。谁知道我这人没有头脑，就上了他的当。”

锄奸科的人也相信臭小的话，只是没有抓到赵恒昌的把柄，只好心里暗暗给他记着这笔账，以后他要再犯了，新账老账一起算。

冀东抗日领袖、第三军区抗日联军政治部杨主任去平西学习，绕道太行山来到在八路军总部，不幸病逝在太行山上。八路军为他召开了隆重的追悼会。会后，为了巩固和发展农村的抗日统一战线，趁这机会召集武乡士绅名流召开了一个座谈会，号召大家有钱出钱，有粮出粮，有力出力，团结抗战，反对投降，把日本帝国主义赶出中国去！

裴宝珊听了八路军首长的讲话，第一个站起来拍手支持，他说：“听了首长的讲话，我万分感动。八路军为了百姓，与日本鬼子进行殊死搏斗，这个我们是亲眼看到了；八路军面临的困难，这些天我也看到了，他们是非常困难的，脚上连一双布鞋都穿不上，许多人都还穿着破草鞋，我感到很难过。为了支持八路军打日本鬼子，我裴某决定，为八路军捐献五千大洋、五千石粮食，算是出一点微薄之力。”

在裴宝珊的带动下，许多士绅都纷纷捐助，短短几天捐粮达十万石，现洋六万多块。

赵恒昌也是来参加这个会的。因为他心里有鬼，一是他大儿子当了汉奸，怕被人们发觉；二是刚刚让锄奸科审查。他要再不捐献，怕又过不了关，便咬了咬牙，捐了一千石粮，这下可也真露了脸。

裴宝珊看他这回大大方方地捐了粮，也拍着他的肩膀，竖起大拇指笑着说："我说呀，赵老兄赵老先生也应该是支持抗日的模范嘛。"

"八路军将士在战场上浴血奋战，打日本鬼子，咱出点钱粮也是应该的嘛。"赵恒昌说。

"说得好，我看光咱们捐献，这些数额远远不足，咱们再搞一个《告晋东南绅士书》，怎么样？让大家都来为抗战出力。"

"好，你老兄来写，咱们集体签名。"

这时有位女记者来采访裴宝珊。

这女记者便是陈亚妮，为了加强宣传鼓动，前一段中共北方局创办了《新华日报》华北版。省委的《黄河日报》撤销，人员都合并到《新华日报》来，随着总部转移，也来到了武乡。

"裴老先生，您好。我是《新华日报》记者，听说您在这次座谈会上，主动带头为八路军捐献了许多的钱粮，我代表八路军向您表示致敬！您能谈谈您是怎么想的吗？"陈亚妮很尊敬地向裴宝珊提问。

捐款捐物对裴宝珊来说，本来不是什么稀罕事。早在国民初期，就曾因救灾为中央捐款，还得过国民党中央内政部一等金色义赈奖呢。他并不想自夸，可是一想，现在是非常时期，八路军靠他一个人捐助是不行的，还需要许许多多的爱国志士捐款捐物，才能共同完成抗日大业，他的义举若能带动更多的人起来为抗日出力，不是更好吗？想到这里，他才说："我乃山村野夫，讲不了什么大道理，但是我知道日本鬼子侵略中国，杀我同胞，占我土地，这是天理不容的，我目睹了鬼子在武乡烧杀掠抢的兽行，我们的民族，有着几千年的历史，不能让小鬼子得逞。可是遭殃军一直向南撤退，是八路军走在最前头，和日本鬼子拼命，我们有什么理由不支持他们呢？钱财乃身外之物，生不带来，死不带去，把鬼子赶出中国去，我们平安了，我们还有手，没有钱还可以去挣。而我们不起来抗日，让日本鬼子蹂躏欺负，怕是连命也没有了，要那钱财还有什么用？”

跟前的县武装主任原成均介绍说：“裴先生是一位非常开明的士绅，他的孩子们现在都是抗日先锋，大儿子裴延寿在抗日政府工作，大女儿裴延萍在牺盟会工作，听说现在参加了薄一波领导的决死队。”

“哦，您是裴延萍的父亲？”陈亚妮感到非常吃惊。

“怎么，你和小女相识？”

“不止是相识，我们还是好朋友呢，我与郭水瀛结婚的时候，是她代表水瀛的家人出席我们的婚礼呢。”陈亚妮高兴得脸蛋红扑扑的。

“哦，这么说你就是水瀛的媳妇了？”

“是的，早就听说过您老人家，按说我也该叫您老一声干爹呢。”

“好媳妇，你抽时间一定回家里来跑跑，让你爹娘都见见你。”

“好，我会回家的，只是这些天报社人手还少，忙不过来，我回武乡后，连水瀛也没见过呢，等有空的时候，我和水瀛一起，相跟上回去看二老，也看干爹干娘。”

之后，陈亚妮又采访了赵恒昌，赵先生踊跃认捐一千石粮食，这种精神也是值得宣传的，报社已经准备要给这一大批支持抗战的爱国士绅做一个专版。赵恒昌当然也要趁机表白一下，说了许多爱国的话语，并表示以后多为抗战出力。

嘴上这么说，但他心里可是恨透八路军了，本来自己不情愿，可是又无可奈何，还得装出一副主动的样子来给人家捐献，那可是一千石呀，要装七八百布袋呢。散会后，他心情一直忧忧郁郁的，脑子里老是想着那七八百布袋粮食，他心疼呀，幸亏还是自己使了点心眼，要像裴宝珊那样在人前头充大，五千大洋，五千石粮食，哪还不亏透了？这一千石怎么才能捞回来呢？加租子？那是行不通了，八路军一直吼叫减租减息呢，反正减来减去还是富人吃亏，自古道富人是穷人之恨嘛，他们总想变着法子刮富人的油呢。可是，斧打凿，凿入木，迟早一千石要寻个出处，咱不能白白地出这个冤枉捐，让八路军讨了这个大便宜。一提起八路军来，他突然想到在东山上开会，看那里村村都有八路军，人来人往，凭他这眼光看，好像还不是些小兵子，倒像是当干部的，是不是八路军有大机关设在武乡？是呀，开会的时候还有八路军的大首长到场，他又把发给他的奖状拿了出来，果然上头写着朱德、彭德怀的名字，这不就是八路军最大的领导吗？要是把这个情报送给魏林元，弄不好也值那一千石粮食的价码。

对，就用这个来补偿捐粮的缺额。可又怎么去传这个情报呢？自打八路军驻下以后，抗日政府盘查得很紧，又是民兵，又是儿童团，这个要路条，那个问口令，走一村问几回，咱刚刚上了政府的报纸，成了表扬的模范，一旦查出来是赵恒昌去了敌炮楼，那八路军可是非下手干掉不行。上回因为张臭小念那顺口溜，锄奸科已经来找麻烦了，亏他多了一个心眼来了个死不认账，这回要再发现他去敌炮楼，那可就成了屡教不改的大罪状。

怎么办呢？记得魏林元说过，让老二家的去送信。让老二家的去倒是有些理由，她娘家是沁县的，去村公所弄个路条，就说要去娘家，也倒是合理，只要进了日本人搞了“维持”的村子，就不怕有人再查了。她究竟是去了沁县娘家，还是去了日本人的炮楼里，抗日政府是知道不了具体情况的。可就是……那日本人荒淫无道，万一要把老二家的给糟蹋了……可怎么给儿子交代？这事儿可真难呀。赵恒昌在屋子里转来转去，可除了让老二家的去，实在想不出另外的办法了，怎么办？只好狠一狠心，舍不得孩子打不着狼，要跟八路军斗，总得下点本钱。

想到这里，赵恒昌来到二媳妇的房里，“老二家，你有好久没有去过娘家了吧。”

“是呀，四五个月了。”

“想不想回去看看？”

老二媳妇见公爹突然来和她说这个，总是有什么事要她办呢，也故意卖了个关子，“咱不想回去，日本人天天来‘扫荡’，外头乱哄哄的，一旦遇上了不是自寻倒霉？”

“看你说的，有八路军哩，日本人也轻易不敢来。”

“哟，日本人多怕哩，那赤峪口百把人怎么死了？那妇女们让敌人给糟蹋了，还把命要了。”

赵恒昌见虚话套不住她，也只好实说：“老二家的，咱是一家人，也不用打墙避影，其实，我是想让你去娘家跑跑，顺便给咱办件大事。”

“俺一个女人家，能办成什么大事？”

“给林元捎个信。”因为老二长期不在家，他也知道老二媳妇与林元有些不清楚，也许一说给林元去送信，她就会高兴地答应呢。

谁知道这桃花还鬼猴精，不管公爹怎么个筛这铜锣，就是不上他这个杆杆。“林元是汉奸，他在炮楼里，俺还敢去那个地方？”

“其实也不怕甚，那附近的村子都搞‘维持’了，秩序可好呢。”

“那我也不去，还是在家安身点吧。”

赵恒昌见说不动老二媳妇，没办法才拿出最后一招“撒手锏”，他从大襟底下掏出一副和田羊脂白玉镯来，“老二家的，你看这对镯子好不好？”

一见这个，老二家的那眼光可就发了直，看那色泽就知道是个正宗的好货，少说也得几百大洋：“好呀，这是哪里来的？我看看。”

“你甭看，这是正宗的和田羊脂玉，上等好货。手摸上去柔触触的，戴在手上凉莹莹的，好东西。”

“我抓手上看看嘛，试试看好戴不好戴。”

“你先说去不去？要去，这对镯子就归你。”

“嗯……”老二家的还想再为难一下。

赵恒昌一边说，一边就收拾起来，“老二家的你看吧，你要去呢，你就去办，你要真不想去，我也不为难你了，我总会找到个合适人去办的。”

“哟，这么好的镯子，你就轻易能给了旁人？谁说不去了，我只是想先试试合不合手呢。”

“这么说你答应了要去？”

老二家的一边抢过镯子来就往手腕上戴，一边点点头应允下来。

做好一切准备，赵恒昌的二媳妇骑了头毛驴要去娘家了。

一路上，左盘查右盘查，桃花这个心里也只嘀咕着，俗话说不做亏心事，不怕鬼叫门，可她这真的要去办坏事，自家这心里就不稳妥，这就是做贼心虚吧。过一个村，人家就要看路条，一看要去沁县，有人就劝她，那可是要过白晋线的，铁路上日本鬼子终日巡逻，哪里能过得去？还是返回去吧。她只好说老娘病重，不去不行。嘴上应付，心里可一直“咚咚”地跳，只怕人家看出她的鬼来。好在也没有人再吓唬她，若是抓到村公所审她一回，早就说了实话。

总算进了日本人的“维持”村，这回好办了，老公爹给了她魏林元早已给她准备好的“良民证”，拿着这个很管用，也没人问去哪里，看看证就可以走。

直到天快黑时，才找到魏林元的营房。魏林元一见桃花来了，高兴得合不拢嘴，一把将他抱过来扔在床上，就如恶狼一般地“啃”了起来。

桃花一把将她推开，撒娇地说：“就知道这个，我看你就像疯了一样，人家一路上都快吓死了，你也不安慰安慰。再说，我这回来，可还有大事呢。”

“表嫂，不管什么大事，也要等我先‘安慰’了你再说。”魏林元淫猥地笑着。

再说，陈亚妮完成了写稿任务，总算有了一点空闲，便设法与郭水瀛联系。真的想回家里看看，结婚五年了，还没有见过公婆呢。现在回到武乡了，离家只有几十里路程，可是工作总是紧张得没有一点时间。这下好了，总算抽了一点空闲，她请了两天假，约好水瀛一起回家。她来到水瀛的驻地，和他一起相跟着往家里走。没有走多远，一个村子里正在唱戏。

只见街上有卖麻花的、卖水果的，当然还有卖冰糖葫芦的小贩在场子中穿梭。戏已经开了场，是新成立不久的武乡光明剧团，听说是生旦兼唱的名角梁旭昌主演。在开正本之前还要加唱宣传抗日的新折子戏《上前线》《换脑筋》《劝夫参军》等，这可都是剧团里根据当地发生的事自己编的，群众还非常爱看。

水瀛带着亚妮来到街上："正唱戏呢，咱们先看一会儿戏吧。"

"唱的是什么戏呀？"

"武乡秧歌，很好看的。"

"我只听过中路梆子，还没听过秧歌。"

"那就请你去开开眼界。"

于是他们二人就走进了戏场子里，戏刚刚开始。只见开场一位演员正在念着宣传抗日的板话：

……

不论汉满蒙回藏，
不论工农兵学商，
要想不做亡国奴，
一起奋起打东洋。
青年参军上前线，
中年种地出公粮，
老年喂鸡勤拾粪，
儿童放哨又站岗，
军民动员齐参战，
抗战胜利有保障。

……

亚妮边看边说："这样的宣传鼓动还真有用呢，老百姓很容易接受。"

"是呀，寓教于乐嘛，老百姓识字的人很少，有时候写在书上、纸上，也比不了唱出来更容易接受呢。"

"这就是宣传鼓动的作用。"

看了一会儿，陈亚妮说："咱们走吧。"

水瀛问道："怎么，是不是听不懂咱武乡的戏？"

"不，我是急着想回家，还有很远的路。"

"好吧。"

两人好不容易从人群中挤出来，来到街上，陈亚妮说："咱们给二老买点什么礼物呢？"

"哈哈，你这媳妇想得真周到，我可想不起来回家还得买什么东西。"

"第一次见面，我给二老买点水果吧。"

二人说说笑笑走出村来。今天亚妮特别开心，嫁给水瀛六七年了，可还没有去过婆家呢，今天她感觉自己还像个新媳妇似的，和水瀛肩并着肩，心里美滋滋的。

出了村口，刚刚转过一个急转，水瀛突然一下子把亚妮拖在墙根，"不好！"

亚妮还没有醒过神来，急问"怎么了？"

"敌人来了。"

"哦？"陈亚妮慌了，她微微把头伸出去一看，坡下面一队人马正往上走。

"这可怎么办？"

"是呀，这村子里的民兵太大意了，村里唱戏，为什么不设岗哨？如果敌人突然冲进村子，老百姓要遭多大的损失。快，你跑回去报告，我在这里阻击敌人。"

"不行，把你一个人留在这里我不放心。"

郭水瀛火了，严厉的说："什么时候了，还说这卿卿我我的话，快点去，这是命令。"

"我就不走，要去，我们一块儿去，你一个人能阻击了这么多的鬼子?"

看着鬼子越来越近，再也来不及争论了，水瀛急中生智，只好鸣枪，让戏场里的人们知道有了紧急情况，马上疏散转移。他转身趴在路边的土圪堆上，对着领头的鬼子就是一枪。

戏场里的群众听到枪声立刻乱了起来，村干部们知道有了紧急情况，立即跳到台子上高喊："大家不要乱，马上向东山转移。"

村里的民兵们早已拿了枪，朝响枪的地方冲了过来。

敌人本来想偷袭，突然被一枪撂倒了一个，马上一边往山上乱打枪，一边"哇哩哇啦"喊着冲了上来。亚妮又没有枪，水瀛也只是一支手枪，哪里能顶得住？水瀛只好轻轻一瞄准，打死一个敌人，连打了几枪。敌人发现了目标，立即把枪口都调到这边来，水瀛还站在那里专注地瞄准，哪里管已经有许多敌人同时瞄准了他。亚妮一看不好，她冲过去一把就将水瀛推倒了，可就在这时，几颗子弹同时打在了亚妮的身上，只见她的鲜血从几处喷了出来，手里的水果撒落了一地。

"亚妮——"水瀛一把抱着她，大声地喊着她的名字，可亚妮再也不能答应他了……

这时民兵们都冲上来，一起抵抗着敌人。郭水瀛满腔怒火，抢过几颗手榴弹朝敌人抛了出去……

幸亏三分区独立团赶了过来，才打退了敌人。可亚妮再也没有醒过来……

第三十三章

这次战斗结束后，我军从俘虏口中得知，原来鬼子的这次行动是冲着八路军总部机关来的。敌人得到情报，怀疑武乡东部山区有八路军的高级指挥机关，便出动兵力，妄图捣毁八路军总部。

根据地的对敌斗争越来越激烈，太行三分区召开了紧急会议。原成均从三分区开会回来后，马上召集有关人员进行讨论。

“根据太行三分区锄奸部的可靠情报，驻武乡的皇协军中队长魏林元，曾接受日本特高课的训练，并在武乡布下了一张谍报网，这对我八路军的行动是非常不利的，我们必须设法搞清楚这个谍报组织的所有人员，并除掉这些民族的败类。”

“老原说得对，魏林元这个狗汉奸作恶多端，自打当上了伪队长后，经常出动伪军各村庄进行‘扫荡’，我县所有的村庄都记下了他的血债，不除了这个败类，武乡人民就不能安宁。”韩县长愤怒地说。

郭水瀛更是义愤填膺：“把这个任务交给我们游击队吧，我要亲手除了这个狗汉奸。”

这时乔猴儿说：“郭队长，杀鸡怎么能用宰牛刀？要除掉一个魏林元，我看用不着郭老兄，还是把这个任务交给我吧。”

原成均说："猴儿说得对，我看就让他去吧，他们经常在敌占区活动，对那里的情况熟悉。再说，我已经接到上级通知，威名游击队将要有重大的变更。老魏同志，水瀛同志，一二九师首长决定，将威名游击队编入八路军正规部队。太行三分区指示我们，由魏大明同志带游击队的一、二、三营立即开到屯留县，合编为三八六旅某团三营，八路军派老红军指挥员来担任营长，大明同志任营教导员。为了坚持武乡的对敌斗争，三分区决定以原游击队四营为基础新组武乡独立营，由郭水瀛任营长，独立营归三分区直接领导。目前四营人数最少，不足百人，希望新组独立营后，队伍能尽快发展，成为保卫根据地的坚强力量。"

乔猴儿领了任务，高高兴兴地往游击队队部赶。一路上他一直在想，怎么才能圆满地完成这项任务呢？要是瞅机会放黑枪，那就是杀十个魏林元也不难，可这个魏林元罪大恶极，他在武乡犯下了滔天大罪，必须想办法把他抓起来，交给抗日政府公审处决，这样才解百姓心头之恨，同时，也可以对投敌分子起到震慑作用。

乔猴儿和两位队友化装成老百姓，在南沟镇上蹲守了几天，他们有人装成卖菜的，有人装成送柴火的。镇上还有一个游击队的内线姓刘，是个开小馆子的。到吃饭的时候，他们装作买饭吃，来到小饭馆子里，这天正好也没什么人，他们坐下来，刘老板让小二招呼客人，他和三位坐下来小声地说："猴儿，对这个魏林元，我已经注意了他很长时间了，他这人的特点就是有三爱，爱喝酒，爱赌博，爱女人。"

"能具体些说说情况吗？"

"他经常夜里到醉仙居去喝酒，隔三两天，喝完酒就去了花芙蓉家去睡觉。知道花芙蓉吧，原来在太原做妓女，这名字就是在太原的艺名，鬼子占了太原后，流落到了武乡，现在成了魏林元的姘头。还有个地方就是镇上的苗财主家，隔三岔五就要去他家搓麻将，一玩就是半夜。这家伙出来的时候，一般不带随从，就是左右交叉挎两支盒子枪。"

乔猴儿说：“老刘，你提供的这些情况很重要，我们回去研究一下具体行动方案。你要继续注意，有了新情况马上告诉我。”

回到游击队队部，他们讨论究竟选择在什么地方下手，是苗财主家的麻将桌上，还是花芙蓉家的被窝里？这时张贵清说：“为什么不能考虑醉仙居的酒桌上呢？”

乔猴儿说，“那里人多，怕是不好动手。”

“哈哈，让我说越是危险的地方，往往越安全。魏林元出门不带随从，这是一个很好的机会，我们可以找一个与他熟悉的人作引子，想办法在醉仙居请他喝酒，乘机将他灌醉……”

“好，这个主意好。只是去哪里找这个与他有点交往的人，来拉他和我们一起喝酒呢？”

“让刘老板怎么样？他在镇上开饭馆，他们也有过一点交往，镇上的人请他，他也比较放心。”

过了两三天，乔猴儿戴了一副宽边眼镜，与两个队员又来到镇上，他们一起来到醉仙居找个雅座坐了。点菜上酒，还没有开吃，魏林元摇头晃脑地进来了。

刘老板赶忙高声地叫道：“哎呀，魏队长，贵客贵客，我正叨念想请你呢。”

“你倒会说话，明明你这里有客人，怎么是请我？”

“这些当然是我的贵客，可是招待贵客，也须有贵客作陪是不是？这魏队长一来，不就蓬荜生辉了吗？快坐下，小二，来给魏队长上茶。”

魏林元歪过头两眼盯着刘老板，说：“你这是玩球啥的花样哩，你自家开饭馆，却来醉仙居请客？”

“魏队长，不瞒你说，这几位朋友，想找我联合做一笔大买卖，人家看不起鄙人的破馆子，非要来这里。”

“哦，你们想要做什么大买卖？”

刘老板把头偏在魏林元的耳朵跟前，说：“他们在石家庄搞到一批药品，都是紧俏货，现在是考虑卖给中央军还是卖给八路军。八路军太穷，怕拿不来钱，最后赖了账怎么办？中央军走的路远，又怕出危险。这下好了正好遇上你魏队长，你要是有意帮弟兄们一把呢，给弟兄们撑撑腰，就给你分一份干股，你看怎么样？”

这时酒菜已经端了上来，刘老板给魏林元满上了一大杯，大家一起端起来，“来，为了我们的合作干一杯。”

魏林元喝下酒后说：“你们要给八路军药品，这让皇军知道了可是要杀头的。”

“要么说请你魏队长入股呢。咱们做买卖不管他什么军，只要给钱就行，你说是不是？”

一边说，一边劝酒，而我们的队员倒酒时，趁他不注意，给自己的杯子里倒水，给他的杯子里倒酒，这样连续干了几大杯，很快就把魏林元灌得差不多了。这时魏林元想起来，已经和花芙蓉约好，今天黑夜还要到花芙蓉家去睡觉呢，可不敢喝多了呀，于是他就说：“我喝球多了，不能再喝了。”

刘老板说：“谁不知道你魏队长是海量呢？在这镇子上还有谁敢和你比吗？来干一杯。”

魏林元又喝一大杯，算是给了面子，推托着再也不喝了。这时乔猴儿说：“魏队长，只要你帮助弟兄们做成这笔生意，不仅给你分最大一股，我还要送给魏队长一位名震江南的大美女。”

一说大美女，魏林元就笑得合不拢嘴了，含糊不清地说：“这倒是个好礼物，我魏林元就爱好这个……”

乔猴儿说：“魏队长，前些天我跑这笔买卖路过太谷，见到一位苏州女子，长得非常漂亮。真可谓貌若天仙，据说是汪政府成立时山西省省长苏体仁去南京开会，带回山西来的。苏省长本来想金屋藏娇，谁知道被太太发觉了，非要杀了她不可，苏体仁有些于心不忍，这美女才连夜逃到太谷，在这里躲起来……这女子想找个有钱有权的人家从良，魏队长如果有意，不如我去买了送给大人。”

魏林元早已听得入了迷，也顾不上想花芙蓉了，一直打听这个苏州美女……

云天雾罩地谈了好久，魏林元已经喝成了一摊烂泥。刘老板出去看了看，天也不早了，外面一片漆黑，于是他们结了账，说送魏队长回去休息，就把他拖了出来。刚刚拖到镇子边上，马上将他五花大绑，前来接应的队员便抬着他消失在黑幕中。

第二天，抗日政府就召开公审大会。花花参加了处决魏林元的大会，在会上她揭发了魏林元的许多罪恶事实，说得声泪俱下，场下的百姓高呼口号，坚决要求处决汉奸。县政府锄奸科宣布了魏林元的汉奸罪状，当着几千百姓的面，把这个罪恶滔天的魏林元给处决了。

自从陈亚妮牺牲后，郭水瀛的心情非常不好。他常常一个人坐在那里，两眼盯着亚妮牺牲的方向发怔，恍惚间，似乎亚妮在对着他笑，以前他们在一起那一幕幕情景又从眼前闪过，不知道怎么就会突然跳在那散落一地的水果上……她是为了救他而牺牲的……每次想到这里，他总是止不住满脸的泪水。他一直在拼命地工作，想用工作把自己所有的时间都占去，没有一丝思念妻子的空隙。新成立独立营时，才不足百人，他到处宣传发动，仅仅用了一两个月时间就扩展到三百多人。

他终于累垮了。太行三分区郭司令员听说了专门来看望他。为了缓解一下他的心情，组织决定调他去抗大学习一段，换换环境，好减轻心理上的沉重负担。

花花的工作更加积极了。她的拥军小组跑得非常勤快，哪里有八路军哪里就有她们。她们这几位大姐，成了八路军战士的老熟人，受到三分区和专署多次表彰。

就在这年夏秋，为粉碎日本侵略者的“囚笼政策”，争取华北战局更有利的发展，并影响全国的抗战局势，消除国民党妥协投降的影响，彭德怀副总司令与左权参谋长针对对敌斗争的形势进行了认真的分析，还派左权参谋长亲自去一二九师师部征求了刘伯承师长和邓小平政委的意见，八路军总部在武乡做出了一个重大决定：发动一场以向华北日军占领的交通线和据点进行大规模进攻的战役。我八路军分别以正太铁路、平汉铁路、同蒲铁路、白晋铁路等重要交通干线为重点，进行交通总破袭战。随着战役的展开，根据地军民都走上了战场。

自从郭水瀛去抗大学习走了以后，副营长霍梦龄感到压力很大，现在全营三百人了，又要打仗，还要训练，他一个人哪里能顾得过来？为了发展独立营，他向县委提出要求，调个人来帮助他的工作，县委考虑了他的实际情况，便暂时派原成均到独立营来兼营长。

原成均来到独立营时，一二九师部队正在破击榆辽公路，并相机收复榆社、辽县两县城。为配合这次行动，武乡独立营也开到了榆社武乡交界的红崖头一带，伏击由武乡出援的日军，可谁知道由于敌人的行动提前了，我独立营还没有到达指定位置，正在开进途中，便与日军援兵遭遇。

“不好了，我们遇到了鬼子。”一个战士突然喊道。

原成均与霍梦龄走过来一看，嘀，鬼子和伪军一大群，有汽车、有洋马，已经越来越近。他们来不及进入指定位置，逼近的敌人已经发现了他们，看来正面交战已经不可避免。他们只有百把人，再加上武器装备太差，与敌人正面交锋，一定不是对手，可事到如今，不交锋又怎么办？我们来打敌人，可遇到敌人能返回来去跑吗？

“老原，怎么办？”霍梦龄看着原成均。

“现在是箭在弦上了呀，我们已经别无选择。”

“对，老原，不能下软蛋，我们行武人有个规矩，在遇到对手时，无论对手有多么高强，就算对方是天下第一，明知不敌，也要使出自己的浑身解数，宁可战死，绝不怕死。”

“那我们就抱战死的心态了。没有时间了，马上进入战斗！”

独立营的战士们立刻寻找掩体，开始与敌人交火。此时，敌人也已经发现了他们，汽车也停下了，机枪也架起了，鬼子的指挥官已经拔出了洋刀高高举了起来……

激战开始了，敌人的火力非常凶猛，而独立营的战士只能依托有利地形进行顽强抵抗，双方形成对峙。

霍梦龄说：“老原，我有个建议。”

原成均说：“什么意见？快说。”

“我们应该分一路到对面的山头。”

“为什么？我们的兵力很少，再分成两路，会更显得火力薄弱。”

“你说错了，如果我们从两面夹击，敌人会感觉腹背受敌，也许会主动撤出战斗。不然，我们真的怕要战死了。”

“怎么样，霍师傅，你怕死了？”

“不是我怕死，我是感觉就这样把独立营拼完了不划算。如果不同意我的意见，我希望你带部队撤出战斗，给我留下一个班在这里狙击。”

“那不可能，我们再顶十分钟，如果不见效，你把部队带走，我来掩护。”

战斗在激烈地进行，而他们俩却在争吵着。就在这时，只听对面的山坡上响起了枪声。坏了，是不是敌人抢占了对面的高地？这样的话，对我方更加不利，我们的兵力会全部暴露在敌人的眼前。如果真是这样，我们可就撤也来不及了。

霍梦龄抬起头来，却见对面山上的队伍也将火力压向下面的公路上，这时鬼子一看中了埋伏，受到两面夹击，再也不敢恋战，只好匆匆收兵，在公路留下了许多的尸体。

原来是三八五旅在赶往榆社的路上，听到枪声，知道这边有情况，便急忙赶过来，一看独立营正在与日军力战，马上抢占有利地形，给敌人以两面夹击，我军取得了胜利。

独立营在三八五旅的帮助下，取得了胜利，虽然牺牲了六名战士，但打扫战场时，我们缴获了长短枪二百三十余支，还有手雷、子弹等。

三八五旅领导很大方地说："你们独立营给了五旅、六旅很大的支持，为我们输送了上千新兵。可你们的装备很差，这次战斗也是你们主打的，我们不过是帮了点忙，战利品就全部归你们了。"

原成均一听这话，高兴得了不得，激动地说："感谢首长给我们的支持，感谢八路军出手援助。今天如果不是主力部队来援助我们，可能独立营会全军覆没。"

"今天你们的处境是很危险，但是，战斗往往因时间、空间的影响，会不以人们的意志而转移，今天你们在这个紧急关头，在强敌面前勇于开战，这充分说明你们有一种大无畏的牺牲精神，这一点是值得我们学习的。好了，我们要赶到榆社城。"

原成均马上请求道："首长，我们也跟你去榆社城打鬼子吧。"

"你们就不要去了，我看你们今天的任务已经圆满成功，还是先返回武乡休整一下。要记住，仗，有的是打，这次交通破袭战，越打规模越大了，你们一定要尽快扩充兵源，壮大自己的队伍，这样，再与鬼子交锋的时候，才会更有胜算。"

原成均、霍梦龄带着独立营返回奇崖头下白龙庙。一路上，原成均与老霍商量说："老霍，我认为刚才旅首长的话说得很对，我们不壮大队伍是不行的。"

"是呀，现在我们这一二百人，哪能算独立营？顶多就是个游击队，我们是太行根据地的心脏，八路军总部也在咱武乡，所以咱们要在整个根据地做一个榜样，在全太行区做一个表率，不仅要把我们独立营搞到最好，我还希望发展成为独立团，成为一支强有力的抗日队伍。"

“老霍，你说得非常对。我们马上召开连排干部会议，安排去招兵。”

独立营组织连排干部分成四个组，分别到武乡的四个区进行招兵工作。

招兵小组来到了东漳镇，正好八路军前哨剧团在这里慰问，镇上看热闹的人真多，招兵小组一看这是一个好机会，马上在镇上贴了招兵通告，不到半个时辰，报名参军的人就挤得人山人海。

有一个十四五岁的孩子也来报名要当兵。

“孩子，你叫什么名字？”

“我叫张三孩。”

“今年多大了？”

“十四了。”

“你年龄还小，就在村里参加儿童团吧，等过几年长大了再参军。”

“首长，我已经不小了，你可一定要收下我呀，反正我就要跟你们走。”

“那你说说为什么坚决要参军呢？”

“首长，我爹是前年长乐战斗时被日本鬼子杀害的。为了报这家仇，我娘把我二哥送上了前线，让他英勇杀敌，为我爹报仇。我二哥是个英雄，在打襄垣城时，他最先冲进去，一口气打死六个鬼子，可是他……他也牺牲了。听到二哥牺牲的消息，我娘咬着牙，一点泪也没流，她就说，三孩，咱和日本人不共戴天，你一定要参加八路军，不仅要给你爹报仇，给你二哥报仇，还要给死在鬼子枪下许许多多的中国人报仇。今天我看到公告，我也不认得字，听人们说是独立营招兵，我就来了。首长你们一定要收下我。”

听了张三孩的诉说，周围许多青年都喊着要报名，特别是还有几个村的民兵队长跑过来说，他们村的全体民兵要集体报名参加独立营。没想到一天就报了五百多人。

原成均听到这个消息，赶紧跑到东漳镇来，一看这踊跃的场面，当然喜出望外，不过当他细细看了报名情况，感觉有一点必须注意，有几个村民兵集体报名的事是不可取的，“我们不能让任何一个村的民兵全部参军，这样的话，一旦有战况，村里没有民兵保护，这对村庄是很不利的，我们必须保证村里留下足够的民兵队伍。”

尽管限制了报名人数，这回招兵还是非常成功，四个组带回新战士来一统计，独立营总人数又达到了一千二百人，每个连达到三百人。营部对新战士进行了整编以后，马上进行军事训练。

这次交通破袭战可以说越打越有劲，八路军参战兵力也越来越多，据前线反馈回来的情况，最多时兵力上到一百零五个团。

当日军华北方面军司令部了解到了八路军的整个百团大战进攻情况后，司令官多田俊气急败坏地急令所属部队，首先坚守和恢复各铁路沿线的据点，协同铁路工程部队修复铁路和桥梁，以确保对所有铁路交通的控制，然后组织部队向铁路两侧及八路军根据地进行“扫荡”。

日军调动数万兵力向华北各抗日根据地开始进行报复性“扫荡”。日军的这次“扫荡”更加疯狂，手段更为残酷，那可是见人即杀，见屋即烧，见牲畜和粮食即抢或焚毁，水井用后则一律封埋或下毒，就连老百姓日常用的锅碗瓢盆和农具也被砸碎、砸烂。日军企图通过这种恶劣的行动，将抗日根据地完全变成焦土，以挽回其惨败的面子，稳定其业已动摇的军心。在日军歇斯底里的摧残下，许多村庄被烧成灰烬，片瓦无存，其状极惨。

面对这一切，八路军总部首长恨得咬牙切齿。

一天，前方传来情况，日军冈崎大队八百余人，从黎城“扫荡”返回到蟠龙以东，准备经武乡返驻沁县。

彭德怀一听这个消息马上问道：“是一个大队吗？”

情报科的参谋回答：“是。”

“这小日本也太猖狂了，竟然敢用一个大队的人马在我根据地内横冲直撞。来人，马上给刘邓发报，拦住这群敌人，既然给我们送到嘴边了，就别想回去。”

八路军总部电令一二九师集中主力歼灭该敌。我八路军三八六旅立即赶往关家垴附近侧击冈崎大队。敌察觉形势不利，立即停止前进，迅速抢占易守难攻的险隘关家垴，紧急抢修工事，准备迎战。

八路军总部决心要打大仗了，一二九师急调三八五旅、三八六旅、新十旅和决死一纵队迅速集结，包围关家垴，鬼子被我军包了“饺子”。

根据总部指示，三分区领导做出决定，要求分区医院为这场战斗进行医疗保障，要尽量靠近主战场，以保证伤员能尽快处理伤口和进行治疗。医院需要隐蔽，有一个安静的环境。李院长正在发愁，找不到个合适的地点，这时霍梦龄说：“李院长，把医院搬到奇崖头吧，那里有一座大庙叫白龙庙，前后三个院落，足够住的，而且这里非常隐秘，地势险要，易守难攻，是个很好的场所，我们营部一直住在那里，这几天原代营长带部队去了白晋线上，营部只有我们五十来人留守，你们就搬过来吧，我营留守人员给医院负责保卫任务。”

“好。”李院长握住了霍梦龄的手。

奇崖头下的白龙庙一下子又热闹起来。

医生、护士们忙活起来，有的搬药品，有的搭手术台，有的点火烧水进行器械消毒……

花花带着他的拥军小组，也跟着医院来到白龙庙，他们知道，只要战斗一开始，医院肯定会忙得不可开交，她们姐妹几个已经陪伴了医院好几个月了，都学成了多面手，不仅能洗绷带、喂饭、侍候伤员，而且还学会了包扎、换药……李院长还几次夸她们是医院的编外护士呢。

霍梦龄把战士们分成三组，分布在周围的岗哨点，轮流值班放哨，确保医院的安全。

一切准备妥当，所有人员全部进入了临战状态，静静地等待着，人们屏住气，倾听着远方的声音……

天色暗淡下来，空气更加紧张了，人们知道，战斗往往都在夜间打响，果然不出所料，就在这时，远方突然想起了密集的枪炮声……

几个小时后，伤兵陆续抬到了医院……

战斗进行了两天三夜。日军从辽县派出了一千五百多援军，并有十多架飞机助战。我军完成歼敌任务后，主动撤出战斗。关家垴残敌在援兵接应下遗尸数百具，仓皇而逃。

而我八路军也伤亡惨重，仅分区医院就住进了五百多名伤员。

医院那个忙呀，别说医生、护士，就是花花她们这个编外小组也忙得不亦乐乎。这天前晌，花花正在给伤员换药，她的同伴改弟拿着一张报纸跑了进来，“花花姐，咱们的事上了报啦。”

“什么?”

“咱们拥军的事上了报啦。”改弟说着把一张《新华日报》递过来。“刚才李院长给我说了，这上面就登着咱们的拥军小组。”

“上面写着什么?”

“我也不认的字呀……”

这时，有一位伤员开了口，“拿过来，我给你念念。”

改弟把报纸递过去，那人看了一下标题：《花花和她的拥军小组》，他接着念道：“花花是武乡县天谷村一位普通妇女，她的老家在辽县，从小被卖到武乡东漳寨来做童养媳。不久丈夫死了，家里人说她是天生的扫帚星命，因而花花备受虐待，成天挨打受骂，苦不堪言，受尽了折磨，直到打得她精神失常，又被卖到了天谷村。是好心的丈夫整天给她看病，才慢慢恢复过来。抗日战争爆发后，花花多次听人们宣传抗日救国的道理，特别是八路军进驻武乡后，思想进步很快，很快就担任了村妇救会秘书。有一次花花正在井上担水，一位送信的八路军战士路过，问花花要水喝，花花要带他回家喝开水，可这位战士说时间来不及，喝了几口冷水就赶路去了。这件事使花花心里有很长时间的愧疚。八路军战士在前方流血牺牲，而我们为什么就不能从生活上支援他们呢？准备些开水、干粮、布鞋……对，我们就组织一个拥军小组。于是她找村里的姐妹们商量……”

读着读着，那人突然问：“你就叫花花吗？”

花花回答：“是呀。”

“没想到在这里见到了你。”

“你是……”

“我叫李文楷。以前听郭水瀛说起过你。”

“你就是李先生？俺也听水瀛说过你。你不是在太原吗？是怎么负伤的？”

这时旁边一位战士说：“老李是我们团的政治处主任呢。”

“抗战爆发后，我被调到了决死队工作，遵照八路军总部朱总司令的指示，很快回到了沁县一带组织民众抗日；十二月事变后，阎锡山公开破坏国共合作，我们就编进了一二九师。这一次关家垴战斗，我们团也上了战场，这不？我就在战斗中负了伤。”

改弟在一旁说：“李主任，你在战场上一定很勇敢吧，你给我们讲讲打鬼子的故事吧。”

“这次战斗，打得非常激烈，日本鬼子占据了关家垴，他们居高临下，对我军形成了极大的威胁。我们组织多次冲锋。副团长带着一营冲了上去，可是，由于我们没有掩体，全营战士暴露在敌人的火力中。那个场面太壮烈了，我们的战士冒着敌人机枪的扫射，英勇地冲了上去，当我们快要冲进敌人的战壕时，敌人的战壕里飞出了无数手雷，我们的战士就这样全部倒下了，副团长也壮烈殉国。我们团长在望远镜中看到了这一情景，他火冒三丈，马上喊，‘二营跟我上！’这时，政委拦住了他，‘团长，你不能上，指挥所里不能没有你，我带二营上。’此时此刻，我感到自己责任重大，这个战斗不能没有团长和政委的指挥，怎么能让他们带兵冲呢？我一下子冲出指挥所，‘二营，跟我冲！’我与二营战士们冲进了战火硝烟中……后来我也负了伤。”

此后，她们稍有点空闲，就想来听老李讲战斗故事和抗日的道理。李文楷也有意培养她们，来充实党的组织。一个多月过去了，轻伤员一批批伤好归队了，只有几十位重伤员了，医院只留下李院长和两位医生，而护士的工作全部委托给了花花她们的拥军小组。

敌人自从在武乡吃了败仗，一心想寻机报复，常常派出密探来四下打听，还要派飞机出来侦察。飞机连续几天在奇崖头的上空转悠，终于发现这里似乎有部队的踪影，便调集大批人马来“扫荡”。

这一天，突然五百多鬼子分两路包围了奇崖头。山上放哨的战士马上把这个消息通知了李院长和霍营副。

得知这个消息，李院长十分着急，这里可还住着近百名重伤员呢，他们的行动又都不方便，而我们跟前只有二三十名担任警卫任务的战士。这二三十几名战士哪里能顶住五百多日军，如果敌人包围上来，后果不堪设想。

霍梦龄冷静地说：“李院长，不必担心，你马上组织伤员撤退，我们的后山山高林密，树大沟深，你带领医护人员和伤员撤退，钻进山里找地方隐蔽起来，我再派二十名战士负责抬担架，只要凑合能走路的让他们自己走，一点也不能动弹的，让战士们担着背着，我的目标是不能丢掉一名伤员。留下五名战士与我一起狙击敌人。”

花花和其他几位妇女一听有情况，急忙把院里晾晒的绷带、中药等收拾起来。李院长决定马上集合轻伤员编队向东山撤退，临时编为担架队的战士跑过来，重伤员多，要想抬着走，根本没有那么多人，战士们过来一人背一个。尽管这样，还有三位伤员没办法转移，李院长急得团团转，花花和她拥军小组的改弟、素珍跑过来，主动对院长说：“俺三人来背这三位重伤员向南撤，翻山走三里路就是俺村，这里的路俺们熟悉。”

就这样，院长让护士长给花花准备了一些急需的药品，就由花花负责三名重伤员撤退，等敌人过去咱们医院再想办法联系。花花背起李文楷就走。

他们刚刚离开白龙庙，敌人就冲了上来。霍梦龄带着五名狙击手占据有利地形，顽强地抵抗着，他向战士们高喊着：“为了伤员们安全转移，一定要瞄准敌人，稳准狠地打，直到最后一颗子弹！”

这时，奇崖头的山山岭岭上已经硝烟弥漫，随着“隆隆”声响，敌人的飞机也飞过来，投下一颗颗炸弹。

“霍营副，我没子弹了！”一个战士说。

“我也没有了！”另一个战士也说。

霍梦龄喊道：“赶快搬地雷。我们准备撤退，边撤边埋地雷，让鬼子寸步难行。”

撤退的人们都分散开来，钻进了树林里隐蔽起来。花花背着李文楷在山路上艰难地飞跑着，她那双小脚疼得有点受不了，可她还是咬着牙坚持着。李文楷心里有点过意不去，对花花说：“你放下我，你搀扶着我就行了。”

“不行，那样对伤着的骨头会有影响的。”花花还是咬着牙不松手。

敌人的飞机忽而高忽而低，在头顶上盘旋着，可能是发现了他们，盘在他们的头上，就投下一串串炸弹，花花听见耳边“吱吱”地响，她估计敌人扔下了炸弹，马上爬下，用自己的身体来挡住李文楷。

“轰——轰——”

炮弹在她身边惊雷般地炸响了……接着，听到一棵棵大树也被炸折了，一阵风似地倒了下来，沸沸扬扬的尘土落在了她的身上，耳朵里“嗡嗡”地响。

许久，花花才从尘土中爬出来，低声地叫“改弟——素珍——”可是没有人应。她猫下身子，四下寻找，在不远的地方，看到了他们的遗体，原来她俩与两位伤员都已经不幸牺牲了。

日军搜山的喊声，她已经听得清清楚楚，花花来不及掩埋伤员和同事的遗体，她看到了尘土中的另外两包药品，赶紧拿在手上，回头望了一眼死去的战友，起身就走。她驮着老李钻进了密林深处，总算躲过了敌人的搜山。就这样，不知钻了多久，爬了多久，才把李文楷背回到天谷村自己的家里。

花花把老李背回家后，长吁一口气。部队转移走了，医院转移走了，老李身中数弹，特别是腿部负伤无法行走，她坚持给他清洗伤口、换药。时间一天天过去了，带着的药品就要用完了，可老李的伤还不见好转，怎么才能找到医院呢？尽快找到医院，花花想派人出打听打听，可她的丈夫杨三愣跟着游击队去打游击，不在家里。只好去找村里的青救秘书，村里派出两个民兵四下打听回来说，分区医院已经分两部分一直向东撤退翻山到了河北涉县一带。而且，这几天敌人还经常来这里搜索。

李文楷知道这个消息就说："花花，我还是走吧，我不能连累你们，爬也要找到部队，要死死在战场上。"

花花瞪了他一眼说："你这个样子，怎么能走呢？你放心，只要俺能活着，就一定要侍候你把伤养好。"

治理伤口的药用完了，花花又到山下的黄善堂寻那里的道人，请求人家给配了几个草药，她用石头细心地捣烂，敷在伤口上。这草药可还真管用，老李的伤口渐渐有了好转。

为了让老李尽早恢复健康，把自己家仅有的一只母鸡也杀了给老李吃，村里的民兵也上山抓野兔、山鸡送给老李吃肉。过了些天，老李终于能站起来了。他能拄着拐杖行走了，他就帮助花花劈柴。

花花看见了，当然不让他干活，老李说："我这伤已经好了，你看。"说着，起来挺着身子走了几步。

花花安慰道："好，好，你安心养着，俺让民兵们出去打听打听队伍的消息。"

几天后，一个民兵带回了好消息："听说决死一纵队又回来了，这两天住在东漳镇整训哩。”老李一听喜出望外，着急地说：“这是真的？花花，我今天可是非走不可了，我要马上归队。这两个月来，你照顾我照顾得太好了，叫我怎么感谢你们呢？”

花花说：“说啥谢哩，你们拼上命为咱老百姓打日本鬼子，要说谢，还要俺们谢你哩。”

第三十四章

李文楷来到东漳镇，找到团部，团部警卫看到李主任回来了，高兴地跑去报告："报告团长，李主任回来了。"

蔡团长、刘政委一听这个消息，着急问："哦，在哪里？"

警卫员回答道："已经进了院子。"

团长、政委、参谋长一起跑出院子去迎接。

蔡团长激动地说："老李，这可是奇迹，可算把你盼回来了。"

刘政委也含着泪说："我就知道老李命大，小日本不会把他怎么样的。"

原来李文楷负伤被送到三分区医院后，不久就传来消息说，日本鬼子偷袭了医院，许多伤员在鬼子的狂轰滥炸中牺牲了。此后一直没有了他的消息，大家都认为老李也遇到了不幸。真没想到，老李安然无恙地回来了。

蔡团长喊道："警卫员，赶快去吩咐厨房，给我炒两个好菜，再帮我去镇上打一斤白酒，我和政委要给老李接风。"

蔡团长回过头来拉着老李走进屋里，刘政委已经给老李倒了一杯开水，"老李，喝点水。"

蔡团长急迫地问道："老李，快说说你是怎么活过来的？"

刘政委也说："是呀，听说那次鬼子派了十来架飞机在天上盘旋，炸弹就像冰雹一样。我们许多伤员在撤退途中不幸牺牲，三分区医院也遭受了很大的损失……"

"是呀，多亏了花花呀……"老李把他受伤后的情况特别是花花如何把他从炮火硝烟中救了下来，又是如何照顾他养伤的情况详详细细地说了一遍。蔡团长说："你也是武乡人，我在武乡生活战斗这些天来有一个感受，武乡人伟大呀，武乡的广大民众为抗日战争作出了极大的贡献，他们为八路军捐款、捐粮，甚至献出了自己的生命，还有许多青壮年参加了八路军。听说就在这个东漳镇，有个绅士叫裴宝珊，一次就给八路军捐了五千大洋、五千石粮食。"

"是呀，你说起这位裴先生，我还得抽空去看看他老人家。他不仅全力支持抗战，他还有一个革命的家庭，他的儿女都是共产党员，现在也都是抗日政府的骨干力量。"

正在这时，机要员小高走进来说："报告，旅部急电。"

蔡团长问："什么内容？"

"要求我团立即开赴太岳区，有紧急任务。"

"看来这一次我们是没机会看望裴先生了。马上集合队伍，准备出发。"

且说这年春天进行选举，裴宝珊老先生与花花等人被选为边区参议员，他们到辽县出席了晋冀鲁豫边区临时参议会，正式选举成立了晋冀鲁豫边区政府。根据地的各项事业有了长足发展。这期间，日本鬼子也在华北推行了所谓的"治安强化运动"，加强了对根据地的"扫荡""蚕食"和封锁。为了发展生产，抗日政府号召民众组织互助组、变工队，百姓们互助合作，抢种抢收，民兵放哨打敌人，壮年人种地搞生产。

这天清早，太阳刚从东山露出了半个脸，村里已经打了上地钟。民兵和变工组的人有牵着牲口的，有扛着犁耙的，有背着地雷，扛着步枪的，都汇集到了村口，好像赶骡马大会一样热闹。人们抽着烟，说着话，听候指挥，等待出发。

杨三愣也成了村里的民兵骨干，他带着民兵们出发了，好像要去打仗一样。他们爬上山梁，布好哨点，注视着远方，一心掩护着群众。

过了一阵，后边那两个变工组来了，都是三十来岁身强力壮的人。三愣布置好岗哨监视敌情，也叫过一些民兵来一起参加变工队生产。山梁上变成了一幅热烈春耕的图画：七犋牛在湿润的耕地上迈着稳重的步子，鞭子在空中响着，山谷中震起一阵回声。民兵们有的帮着掌犁，有的跟在犁后撒种籽，有的飞舞着镢头在掏地畔。人们不休息，亦不抽烟，汗水顺着两鬓流了下来，没有人顾得擦一下，都在全力抢耕抢种。

快晌午时分，负责警戒的小苟满头大汗飞跑过来说："快，不好了，远远看到漳河滩上有一阵层尘，可能是段村的敌人出来'扫荡'了。"

变工队没有参加过打仗的人，有点慌手慌脚。有的扔下牛犁就跑。杨三愣喊道："大家别慌！快把牲口赶到山背后，我们民兵去看看。"

变工队的人这才心里踏实了一点，继续耕种。杨三愣带着民兵跑到前边来，大家趴在乱草堆里继续观察，只见敌人越走越近。渐渐看清了，敌人有数百人。民兵们把枪都推上了子弹，有几个民兵也有点慌乱。杨三愣说："这么多敌人我们肯定是打不过的，赶快抓紧时间，到路上把埋好的地雷挂上弦，只要敌人进了咱的雷区，就让他们尝尝咱的'西瓜炮'。"

民兵们下到沟里大路上去活动。这是民兵们总结出来的经验，为了防止敌人偷袭，怕敌人来得急，顾不上埋地雷，他们就提前把地雷埋好，做上记号，平时老百姓走动也踩不响，只要敌人一来，他们就连忙挖坑掏土，把拉线挂起来，然后用早已准备好的羊蹄、马蹄、布鞋在上面按上好多印印，和原来羊、马、人走过的一样了。敌人过来也不会注意，想不到就被地雷炸得人仰马翻了。

民兵们把一切都准备好，埋伏在山上观察敌人的动向，等了许久，敌人并没有朝这边来，而是开到了东漳镇。民兵们眼看把个打鬼子的机会没有了，心里也不高兴，朝着敌人放了几枪，敌人并没有反击，一直朝东漳镇走去。

杨三愣看着这个情况多了一个心眼，马上跑到奇崖头把情况汇报给了独立营。霍梦龄一听，觉得这个情况很重要，这回敌人一定是有目的的。我们必须做好一切准备，同时派人向军分区首长汇报。

果然，第二天又有大批敌人开到了东漳镇。

原来，自从葛木联队勘探之后，日军早已对武乡一带丰富的地下矿藏垂涎三尺，企图攫为囊中之物，便派平山一郎带一个日军大队，并指挥伪军第一师三千余人占领东漳镇。

敌人占领东漳镇，就如同在武乡根据地插进了一把刀子，使得东漳附近数十个村庄万余百姓只好背井离乡，逃难而去。而鬼子也开始在东漳四周修筑炮楼。

看来这次敌人是要在东漳镇长驻了，伪剿共军第一师师长是大汉奸段炳昌，他受日本鬼子扶持的山西省政府苏体仁指使，领上了榆武专署专员的委任状。

这一天，段炳昌派人把裴宝珊请到了专署。段炳昌很客气地说："裴先生，久仰久仰。"

裴宝珊也听说过段炳昌的"大名"，这人也是武乡人，少年时考上了军校，后来就在阎锡山部队里做了军官，还任过汾阳县县长。听说带着自己的部队投降了日本鬼子，当上了师长。这样卖国求荣的人裴宝珊最看不起，更为武乡出了这样的汉奸而感到可悲。此时，他一声不吭，在段炳昌指给他的太师椅正襟危坐。

"裴先生，今天我请你来，是有一件要事与先生商量。段某人不才，刚刚领受苏省长之加委，榆武专署新设，为实现皇军大'东亚共荣'之设想，新组各县政府，以保'维持和稳定'，裴先生在我县之威望，可以说是众星捧月之状，因此，段某人诚请先生出山，亲任武乡县县长一职，我们能够团结合作，段某真是不胜荣幸。”

裴宝珊闭目摇头：“感谢段专员之厚爱，裴某不才，难以胜任。”

“哈哈……裴先生太谦虚了，谁不知道先生之雄才？先生原任武乡商会会长，真可谓一呼百应，就你的才华，别说区区一个县长，就是担纲这专员一职也是绰绰有余。”

“裴某身为国人，虽无治国大才，但也知‘廉耻’二字，怎么可去做那卖国求荣的汉奸呢？”

段炳昌脸上的肉跳了两下，他收起挂在脸皮上的笑容，口气生硬起来，说：“裴先生，我段某好心邀请，你可别敬酒不吃吃罚酒。新组武乡自治政府，实行‘维持’，这是皇军保护百姓的一大措施，免受八路骚扰和压榨。专署考虑你的声望，才决定让你来担任县长一职。其实平山君对你很不满意，以前你曾给八路军捐过巨资，而且你的子女都是共产党员，与皇军作对。是我力荐才勉强同意，没想到你竟然如此顽固，今天摆在面前的是两条路，一是立马上任武乡县县长，二是接受平山君的制裁。”

“裴某没有段先生这样的德行，也就做不了这样的官，只好听任处置了。”

裴宝珊被敌人关押起来。

赵恒昌听说段炳昌在挑选武乡县县长，立即备了厚礼送进了专员公署。本来段炳昌也知道赵恒昌为人奸诈，乡党对其是敬而远之，可是一下也没有合适人选，他又急于扶持专署下的第一个县政府作一典范，好让榆社、辽县、沁县、襄垣等县效法，也只好勉强了，经请示日酋平山一郎，任命赵恒昌为武乡县县长。

赵恒昌一下子趾高气扬起来，首先在东漳镇搞起了“维持”，人人联保，户户联保，颁发良民证。允许老百姓出村走动，但必须是联保，某人要外出办事，必须有家人、邻里来作保，如果某人到期不归，将拿保人问罪，轻则鞭打，重则杀头。东漳镇成了鬼子的“维持村”。

自从鬼子占领东漳镇，三分区首长就多次研究准备组织攻打东漳，可是镇上的两千余百姓与敌人混合在一起，无法营救百姓，这个攻打东漳的计划一直未能实现。经请示一二九师与太行军区首长，决定对敌人进行围困斗争。

分区调来四个团的兵力，对东漳周围进行了严密封锁，开展东漳围困战。

其斗争方式为：有组织地转移出敌区群众，安置好难民生活，把敌人所占村庄的人力和物资隐匿一空，使敌进驻后只有萧然四壁，得不到可利用的物资，粮食坚壁了，水井填堵了，使其生活难以维持。同时，我们将东漳镇周围所有的交通要道全部封锁，堵死敌人的弹药和生活补给线，并利用各种游击手段扰乱和袭击敌人，摸敌哨，烧仓库，割电线，劫武器。通过围困，使东漳镇的敌人据点变成一座孤岛。

郭水瀛在抗大学习了一段时间，组织考虑为了减少他思想上的痛苦，调他到冀南军区部队工作。可是他心里还是想着武乡独立营的事，他一直想把独立营发展壮大，编成独立团，成为三分区最突出的战斗团体，几次请示上级要求返回武乡。东漳围困战开始以后，上级考虑要在这次战役中发挥武乡独立营重要作用，利用他们熟悉地形、语言无差异的特点，好深入敌营进行各种活动，就把郭水瀛调回了独立营。

为适应斗争需要，郭水瀛再次扩编部队，招了许多新兵，并吸收了各村有战斗经验的民兵骨干，部队发展到八百多人。杨三愣听说独立营扩编，也报名参加了独立营。

这一天，郭水瀛在分区开会，领到了一个新任务，分区首长让他们端张家垴炮楼。张家垴是东漳附近的最高点，敌人的这个炮楼可以观察到周围几十里地的情况，对我军很不利。

郭水瀛当然很高兴，一路上心里想了一个端炮楼的计划，回到营部立即进行安排。他把自己的设想说给大家："端炮楼是近距离作战，人不能很多，都要精兵强将，咱们派二十来个人，分成两队：挑十几个有战斗经验的摸炮楼，从张家沟悄悄进入炮楼跟前，其余的在炮楼东、西、南三面山上作掩护，万一任务完不成，也好掩护往下退！"

郭水瀛刚讲完，大家都要求去摸炮楼，霍梦龄站起来说："大家都想参战，这是好事，但是这是一次小规模的行动，只用二十来人，这事大家不用争，我看就让二排来完成这个任务吧，二排长，立即挑选二十名战士组成尖刀班，今天晚上行动。"

二排长一个立正，"是，保证完成任务。"

二排长准备去了。

天刚刚暗下来，二排长带着尖刀班出发了。

急行军一个多小时，来到张家垴附近，二排长把担任警戒的战士，分别布置留在炮楼对面的山头上，自己带着挑选出来的骨干，向炮台顶靠近。

天很黑，星星闪着眼。战士顺山坡往上爬。二排长提着手枪走在前面，弯着腰爬一阵，就停住，听一听四周没有动静，再往上爬。爬到半山腰的时候，有一段石子路，杨三愣不小心绊了一下，差点跌倒，二排长瞪了一眼，然后对背后的人低声说："脱了鞋！防止出声。"战士们一个对着一个的耳朵，把这句话传给了最后一个人。大家都把鞋子脱掉，光着脚，屏住呼吸，继续往上爬。

隐隐约约，可以看见山顶上黑黝黝的那座碉堡了，他们已经靠得很近了。前面传下话来说："停一停，趴下！"后边一个跟一个趴下了。二排长把手枪插在腰里，两手托着地，一个人爬向前去了。

炮楼看得很清楚了。二排长又慢慢向前挪了几步，趴在一个土圪瘩后面观察了一阵，也看不出有什么动静。

山野静寂得很。夜风吹着野草，发出轻微的响声。远远望见东漳镇灯火通明，后面的战士说："二排长，我们动手吧。"

二排长说：“再等一下，等鬼子都睡了，给他个措手不及。一会儿我发令时，第一组五人，同时小跑步上去，把捆好的手榴弹全部塞进炮楼底下，拉响弦后，翻身撤退到安全地带。”

就在这时，有个战士因为感冒咳嗽了一声，二排长回头制止，谁知道炮楼里的敌人已经有所察觉，马上喊了起来：“什么人？”

二排长怕误失良机，立即命令：“上！”

五名战士拿起捆好的手榴弹就匍匐前行，冲了上去，炮楼里的敌人不知道是发现了情况还是虚张声势，朝外打起了枪，对面山头掩护的战士感觉和敌人接了火，也朝炮楼放枪。

就在这时，负责炸炮楼的五名战士冲了上去。估计该爆炸了，可是一直没响动，是不是出事了？“二组，上！”

杨三愣分在二组，他早就想上去了，就怕破坏了纪律，一听到命令起身就冲，二排长喊：“猫下身子！”他也不顾那些，就跑走了。眼看到炮楼跟了，才发现刚才冲上来的战士已经负了伤，三愣抢过手榴弹就跑到炮楼跟前，可是看了好大一阵，就是找不到个塞手榴弹的地方，如果这样拉响，就怕炸不塌这个炮楼，怎么办？仰起脸看看敌人正打枪的枪眼，如果从枪眼里塞进去肯定能把狗日的炸翻，可伸手试了试又够不着，他猫下腰在地上找了几块石头垒了起来，踩上去，终于把手榴弹塞了进去。

当他返身准备离开时，脚下的石头滚了一下，他掉了下来，把脚脖子扭了，就在这时只听“轰”的一声，炮楼飞了一多半，砖头、瓦块从天而降，杨三愣被埋在里面……

三愣牺牲以后，区妇救会主任赵先先多次来照看花花。丈夫牺牲了，花花心里难过，啥也不想做。先先看着愁眉苦脸的花花，心里突然想起，原来花花与水瀛有情有缘，苦苦相恋了那么久，经历了许多的磨难，也没有走到一起，几年前水瀛的老婆牺牲了，现在三愣也牺牲了，为什么不能重续旧情呢？于是她用这个想法去安慰花花：“花花姐，这人死不能复活，要恨咱就恨日本鬼子，是日本鬼子烧杀掠抢，才让咱老百姓家破人亡。咱们要化悲痛为力量，集中力量打鬼子。”

“你说得对，这下俺更恨日本鬼子了。以后咱要把全部力量都用在打鬼子上。先先，我也想参加八路军。”

“花花姐，你有这想法好呀，那就参加咱独立营吧，我看咱郭营长自从妻子牺牲以后心情也一直不好，你们以前爱得那么深，现在三愣也不在了，不如你就嫁给水瀛吧，你也参了军，照顾他的生活，这样多好。”

“嗨，这都好几年的事情了，谁知道他心里怎么想？”

“我先问问你是什么想法，只要你同意，水瀛那边我去说，我就给你们来当一当这个媒人。”

“都经历了这么多的磨难，俺还能有什么意见？不知道水瀛他……”

“好，我这就去找水瀛，花花姐，你就等着好消息吧。”

先先正准备出门，郭水瀛却走了进来。

“嗬，真是说曹操曹操到。”赵先先见水瀛来了，急忙返回身来招呼着。

水瀛接口道：“你们说我啥？”

“说你啥？说你官僚主义，不关心群众，不关心家属，三愣牺牲了，他是你们独立营的人，你们这当官的连个照面也不打。”

“我接受你的批评，我是早应该来看看花花，可是这几天战状紧急。我们围困东漳后，敌人生活一天比一天困难，再加上咱独立营配合八路军连续端掉了敌人三个炮楼，这下敌人更是像热锅上的蚂蚁，坐不住了。整天虚张声势要出来‘扫荡’，可是小鬼子又怕吃亏，看来敌人是撑不住了，准备撤退。越是这个时候，越要小心，三分区已经下了命令，趁敌人撤退时，集中兵力将其全部消灭。”

“看来是我错怪你了呀。”

“也不是吧，什么工作也得做。这不，今天有点空闲，我就急忙来看看花花。”

“水瀛，你工作忙，俺没啥意见。三愣牺牲了，俺要去报仇，俺们也要参加独立营，去打鬼子。”

“花花，前方需要战士打仗，后方也需要民众支持。没有你们组织支前救护，这仗一样没办法打，你们的工作也非常重要。你还是坚持把你的工作做好，就是对八路军、对抗战最有力的支持。”

“俺就要参加独立营。”

“看你，你这工作可是边区政府都给予肯定了的，希望你能坚持到底。根据形势估计，这几天可能会有大仗打呢。好了，我得马上回部队去。”

郭水瀛站起来行了个军礼转身就走。

水瀛已经出了院子，先先才想起来，还有大事没说呢，急忙喊道：“水瀛，你等等，还有重要事情呢。”

“什么事？”郭水瀛站住了脚。

赵先先跑出院子，把刚才的事简要说了一遍，水瀛望了望站在门口的花花，爽快地回答：“好，只要花花同意，我没有意见，等这次围困战斗结束后，我向县委请示一下，我们就结婚。”

东漳镇的敌人自从被我八路军包围起来以后，一天比一天困难，段村敌人派人运送物资，都被我军拦截。特别是连续端了三个炮楼，吓得钻进碉堡不敢出来，大小便都在碉堡院里。这里一堆人粪，那里一堆马粪，满院子屎尿横流。死了的伪军尸体就扔在碉堡附近。后来游击队员混进东漳把水井也破坏了，敌人已经无法生存。

这天下午，天气忽然阴了，黑云从西北面拥了过来，电光一闪后，接着便是滚滚的雷声，一霎时雨来了，豆大的雨点，在碉堡上飘打着。平山队长忙叫大家接雨水。这下忙坏了满碉堡的敌伪军，提小锅、搬大瓮、洗脸盆、钢盔、茶杯……凡是能盛水的家具，通通摆到院里了。可是老天有眼，就像专门与这鬼子作对似的，雨淅淅沥沥下了几滴，一股西北风刮来，霎时又云开日出，敌人满心的欢喜又变成了忧愁。

由于缺粮，马匹也杀了许多。段炳昌的伪军不少人也经不起这饥饿，这些天跑了许多，这样连死带跑，原来三千多人，现在仅剩千把人了。伪剿共军第一师师长兼五县专员段炳昌也感觉再没办法住下去了，他多次找赵恒昌，让他想办法保证皇军与专属的粮食供应。赵恒昌好不容易花了钱当上这个县长，本想发点洋财，没想到不仅没发了财，反而倒赔了许多粮食，这样下去可怎么是好？他哭丧着脸到段炳昌跟前说："段专员，这几个月来几千人可都是吃我家的粮食，由于战乱，已经连续几年没收过租子了，家里积存的这些粮食已经全部吃光了……"

"你为什么不把裴家的粮食找出来？他是武乡最大的财主，他家不可能没有粮食。"

"现在裴宝珊不是还在大牢里关着吗？为什么不让他开口？"

"已经打得皮开肉绽，可他就是不开口。"

"那家伙已经赤化了，几年前一下子就给八路军五千大洋、五千石粮食，看来他是专门与皇军作对的。不过……"

"不过什么？"

赵恒昌突然脑袋转了一下，如果继续这样下去，怕是弄不到裴宝珊的粮食，还得他破财，便说："裴宝珊的粮食都给八路军了，连子女也都跟了共产党，家里的财产已经没有了，不如把他杀了，再这样下去也不是个办法。"

段炳昌看看这日子也再无法过，便思谋办法逃跑。他与平山一郎商量，还是从东漳镇撤退吧。平山一郎也深深感到难以在此"维持"，只好电请上级做撤退的准备。

这些天东漳镇的敌人突然有了变化，每天都要出来"扫荡"，原来是虚张声势，为他们撤退做准备。连续"扫荡"五六天后，突然全体出动向西开拔。

我三分区首长早已估计到敌人如果逃跑，一定是与段村之敌会合，于是调集部队埋伏在漳河两岸的山头上，等敌人进入伏击圈，我军两面夹击，南北两山一起开火。

平山一郎与段炳昌见中了埋伏，急忙从马上跳了下来，躲在一块巨石后面，组织反击。

独立营也参加了战斗，他们高喊着为牺牲的战友报仇，把仇恨的子弹射向敌人。战斗进行了一个多小时，眼看敌人已经没有了招架之功，我军正准备冲锋，进行最后的肉搏，就是这时，段村的三千多敌人沿河东来增援。为防止腹背受敌，我军主动宣布撤退。半数敌人抛尸沙滩。

就在这次战斗中，我八路军也牺牲数十人，还有二百多人受伤，伤员又转移到了奇崖头。

为了守护伤员，郭水瀛带三排返回奇崖头保卫医院。让霍梦龄带着营主力西去围困段村。

这些天，郭水瀛一直处于高度紧张的状态。他一边吩咐战士们严密注视四方动态，一边还经常到各处检查，生怕有一丝的闪失，这关系到几百人的性命呀。

半个多月后，又一批伤员伤好归队。每送一批战士归队，郭水瀛的脸上都会露出欣慰的笑容。

可是，就在这天下午，突然有了敌情。

二号哨位战士突然跑来报告："报告营长，沟里隐约有一队人马正朝我们走来，怀疑是敌人。"

"什么？离我们有多远？"

"大约二里多路。"

郭水瀛跑过去看，明显是敌人，长长的一溜，有一百来人，正朝这里走来……

郭水瀛吩咐哨兵注意观察敌情，他马上跑回大庙里，"李院长，快，不好了，敌人来了……"

一听敌人来了，院子里的每一个人都紧张起来。

李院长也很着急，“郭营长，我们怎么办?”

郭水瀛大声地安排道：“大家不要惊慌，听我指挥，立即行动起来，组织撤退。按医院的科迅速分成几个小组，轻伤员要相互帮助，由医生和护士带领编队行走；医生、护士同时要带上重要的药品和器械；独立营战士全部改为担架队，负责抬运重伤号；三连副在最前面带路，向庙洼深沟行进，三连长负责断后，不许丢下一名伤员。拥军小组和医院管理人员负责把不能带走的东西，扔在庙后的沟里，等我们返回时，还可以捡回来使用。时间已经不允许了，大家马上行动。”

接着，郭水瀛又喊：“通知所有哨兵全部撤回来抬担架，战士们每人只带三发子弹，其余全部留下来，尖刀班的二货、柱子、青山，你们留下来跟着我到小豁口去狙击敌人。”

三连长说：“营长，还是我留下来狙击敌人，你负责掩护伤员撤退吧。”

郭水瀛口气很硬地说：“别争了，执行命令!”

花花一听郭水瀛要留下来狙击敌人，她马上跑过来，说：“水瀛，你要留下来?那俺也跟着你。”

一听这话，郭水瀛怒吼道：“你胡闹！赶快去搬东西，向后撤退。”

“俺就要留下来，俺也要帮你打敌人。”

“简直是胡闹！柱子、二货、青山，我们走。”

郭水瀛带着三名战士来到白龙庙前小豁口，这里是进入奇崖头的唯一通道，非常险要，是“一夫当关，万夫莫开”的天然屏障。

郭水瀛趴在石堰上观察，敌人已经越来越近了。他吩咐道：“快去把子弹拿过来，小仓库的墙角还有几箱手榴弹，全部搬出来，准备战斗。”

他一回头，见花花还在他的身后，吃惊地说不出话：“你……”

“对不起，俺不是不听你的话，可就是放心不下你，就让俺和你们一起狙击敌人吧。”

水瀛清楚花花深深地爱着他，她不忍心撂下他走，这就是爱的力量。可水瀛知道今天是一个黑色的日子，他选择留下来，就是选择了死亡。他之所以做出这样的决定，完全是为了伤员和医院的安全，这是一个共产党员在关键时刻的生死抉择。可是花花完全可以选择另一条路，完全可以和大家一起撤退，而留下来一定是会白白地送命。可是她却执意要这样。此时此刻，已经没有时间争吵了，水瀛知道现在说什么也不顶事了，只好苦笑着摇摇头，说："好好好，你留下吧，快去搬手榴弹。"

敌人越来越近，他们趴在石堰后面静静地观察着。

"营长，我们打吧。"柱子着急地说。

"再等等，我们的子弹不多，要保证每一颗子弹都要消灭一个敌人。"

敌人缓缓地爬了上来，连脸也看清了。郭水瀛仔细一看便认了出来，走在最前头的却是西漳村的财主赵恒昌。原来赵恒昌还是不想放弃那个县长职务，随着敌人撤退到了段村，是他建议要杀八路军一个回马枪，他估计八路军的伤员在奇崖头治疗，便带着大队人马来这里围剿。

"原来是这个汉奸给敌人带路，我说鬼子怎么能找到咱们这里。"郭水瀛咬着牙说。

"这个狗汉奸，我们先干掉他。"青山急得一拳头砸在了石堰上。

"干掉他，"郭水瀛见与敌人的距离已经非常近了，战士们的瞄准技术，保证是弹无虚发，"瞄准，让狗日的见鬼去，还有赵恒昌身边那个，肯定是个军官。"

青山和二货的二拇指一动，"叭"的一声，两支枪几乎同时响了，远远看见两人同时倒下了……

枪声一响，敌人便朝着山上胡乱射击开了……

顿时，奇崖头下枪声大作，郭水瀛和战士们瞄准一个打一枪，已经报废了几个敌人。

这时，那个倒下的军官却又站了起来，只见他一手捂着臂膀，高声地喊“射击——”

原来刚才那一枪打偏了，没有要了这家伙的狗命，他正疯狂地指挥敌人向山上射击。

郭水瀛向花花说道：“快，把手榴弹搬过来，每人脚跟前放一堆。”

花花满脸汗水，来回不停地搬运着。

“轰——”一颗手榴弹在敌群中爆炸了。

敌人号叫着……

可就在二货站起来投弹的时候，不幸被敌人打中头部，只见鲜血从他的额头流了下来，柱子叫道：“二货，二货负伤了……”

花花马上拿了绷带给他去包扎伤口，可是二货已经两手一摊，倒在那里。花花用手去二货鼻子上试了试，已经没有气了，花花难过地说：“二货他……”

柱子看到战友牺牲，两眼直冒火，“叭、叭、叭”连续几枪，又干倒几个敌人。一连串的手榴弹在敌群中炸开……

这时敌人开始向山上打炮，打得奇崖上碎石纷纷落了下来。

郭水瀛抹了一把脸上的尘土，说：“鬼子打炮了，快，看鬼子的炮手在哪里，把他干掉。”

可是山下杂草丛丛，一下子哪里能看清楚？他们正在搜寻，又一颗炮弹落在了身边，听到“嗖嗖”的声音，水瀛判断炮弹飞来了，一边喊“卧倒”，一边拉了花花一把，花花一下子倒在水瀛的身边，炮弹已经在阵地上爆炸了……

等到尘土落下，烟雾中水瀛细一看，青山与柱子也都牺牲了……

“花花，不要怕，挺起来，现在只有我们俩了，我们一定要顶住敌人，每延缓一分钟，伤员们就会增加一分安全，我们一定要打退敌人的进攻。”

花花点点头，说：“水瀛哥，有你在身边，我一点也不怕，我们一定能把敌人打退。”

敌人的小炮又响了，这下，郭水瀛看清了炮手的方位，他立即拉过一支长枪，瞄准敌人的炮手，接连两枪，炮手便被消灭了。敌人的伤亡也很惨重，他们看到上面的火力不强了，剩下的二三十个敌人又爬起来向上攻。

郭水瀛要投弹，伸手一摸，脚下已经没有了，“花花，快，拿手榴弹来。”

花花在炸起来的尘土中翻了很久，才又找出最后几颗，忙给水瀛放在手边，郭水瀛甩了出去。

“没有武器了，我们就是用石头也要把敌人打退。”

花花点点头：“好，我搬石头。”

他们两人搬起身边的石头朝敌人抛过去……

就在这时，突然两个敌人从他们的身旁冒了出来。原来鬼子见这条路被死死封锁，便从山崖上拽着老藤攀爬上来。一见鬼子冲上来了，水瀛刚要起身去和敌人拼，放松了路上的防守，路上的敌人也趁机冲了上来，十来个日伪军将水瀛和花花围了起来。

受伤的军官平山一郎捂着臂膀，两眼死盯着郭水瀛，他用另一只手向郭水瀛跷起了大拇指：“你的，勇士的干活。”他看着花花淫邪地笑笑，“花姑娘地离开，我的和勇士的决斗——”

一个鬼子就过去拉花花。郭水瀛紧拽了一把，将花花拉在自己的身边，他咬着牙说：“你们这群强盗，没有资格我和决斗。”

平山一郎突然看见郭水瀛的衣襟下在冒烟，他惨叫一声，还没有来得及躲闪，就听到一声巨响。原来，郭水瀛为了不做俘虏，将最后一颗手榴弹别在自己的腰间，他见敌人紧紧围在自己身边，便顺手拉了手榴弹的弦。郭水瀛、花花和这帮敌伪同归于尽了……

伤员们没有受到任何损失。

后来，人们来打扫战场，掩埋烈士遗体，可是郭水瀛和花花已经被炸得什么也找不到了。只是有人在草丛中发现了曾戴在花花手上的那枚定情戒指。

人们掩埋了三位烈士的遗体，给郭水瀛和花花也埋了一个空冢。同时，也留下了这个悲壮而永恒的故事。为了纪念他们，当地百姓就将“奇崖头”改叫“水花崖”。

尾声

一年之后。

抗战进入了最后阶段，晋冀鲁豫军区指挥全体部队开始局部反攻，根据地再次掀起了参军上战场的热潮。

抗日政府动员广大青壮年积极参军，全县一下子有四千多青年报名参军。

这天，天气特别清亮。附近各村的人们，男的、女的，骑毛驴或步行，穿红戴绿，都到东漳镇来，欢送新兵。东漳镇家家户户都挤满了亲戚朋友。三官庙的大门上插着红旗，贴着标语，人们进进出出，就像织布穿梭一般。

这时，县武委会主任原成均上台讲话：

“乡亲们！咱们把敌人挤跑了，这是件大喜事，日本鬼子就要完蛋了。可是，小日本还不甘心失败，他们还在负隅顽抗。今天咱们开这个会，既是庆祝我们的胜利，也是号召广大民众团结一致，与日本侵略者做最后的斗争。今天，我们全县有四千一百五十八名青壮年报名参军，为此我代表武乡县抗日政府，欢送大家走上抗日前线！”

场上响起了雷鸣般的掌声……

掌声中，又喊起了口号：“打倒日本帝国主义！”

……

会场沸腾了！

接着，原主任又提议："乡亲们，今天是我们武乡全县有四千一百五十八名青壮年报名参军，这是一个值得纪念的日子，是我们武乡历史上最辉煌的日子。在今天，我们也不能忘记在艰苦的岁月里，为抗战牺牲了的武乡数千名烈士。我们要为他们致哀！特别是我们独立营营长郭水瀛同志，花花同志，还有与他们一起保卫八路军伤员的战士，是他们用自己的生命保护了数百名伤员和医护人员的安全，他们把生命永远留在了奇崖头，为此，我代表武乡县抗日政府决定：为纪念烈士的功绩，将奇崖头正式改名为水花崖！现在，我们所有的新战士列队前往水花崖，为烈士敬礼、致哀！然后出发。"

水花崖前，四千多名战士同时脱下军帽，为郭水瀛、花花以及为抗战牺牲的烈士行军礼……

战士们排成整齐的行列，雄赳赳、气昂昂地迈着整齐的步伐，唱着《八路军进行曲》：

向前！向前！向前！
我们的队伍向太阳，
……
部队出发了，向着太阳升起的地方……

深宅大院

郝雪廷　著

【内容简介】

《深宅大院》是一部中篇小说，描写了在太行山深处的一个深宅大院里，一对孤男寡女相互产生了爱慕之情。一个是财主对他有救命之恩的管家王家福，一个是大老爷未曾圆房的遗孀刘姨太。她们虽然相亲相爱，但由于封建礼教的约束，残酷的现实中他们难成夫妻，只能在畸形的感情中挣扎。而在民国初年的新文化思想冲击下，王家福的唯一儿子盼成，同样也爱上了一个财主家病故少爷的遗孀巧妮。倍受封建礼教折磨的王家福，却还是无法挣脱这个深重的枷锁，又把他的痛苦强加在儿子身上。盼成不甘心忍受选择了私奔，离家出逃后为求生计当了窑工，不幸在事故中丧生。中年丧子的王家福在这一打击下一病不起，气绝身亡。刘姨太再也没有了生活的信心，导致了殉情的悲剧。小说反映数千年的封建礼教根深蒂固，女性在这种思想的束缚和自愿认同下，最终沦为了男权社会的附属品。

小　序

在我很小的时候，就听说本县堡则镇有个李家大院，那时候只知道这原是一家大财主的院落。在我十多岁时，正是“文革”时期，我还戴着“红小兵”的臂章，排在长长的队伍里头，步行二十多里到这个李家大院去用小锤子敲过大院墙上的小石人呢。那时一直喊着破“四旧”的口号，现在看来真的太幼稚了。直到这几年，山西的晋商文化研究兴盛起来，我这个爱钻牛角尖的穷酸文人，也对此产生了兴趣，于是便抽暇重新来到晋商中小有名气的李家大院考察。在这里，我不仅仔细研究了李家大院的建筑风格，室内陈设等，同时采访了村内许多老者，听到了这样一个故事。

一　王家福绝症遇名医

这个故事，当然还是要从堡则镇说起。

堡则镇有千余户人家，是太行山脚下一个有名的大镇。据说早在唐朝时该镇就出了一个大户人家，修下了一个占地二十亩的大堡，因此得名“堡则镇”。后来大户衰落了，可是堡则遗迹至今尚存。这个镇子地处五县交界，交通便利，商贾云集，宾客纷至，井市繁荣，每逢二、五、八集日，镇上更是人山人海。来自四面八方的大小商人一齐拥在镇上，摊点一个挨着一个，大到撑棚搭帐一摆几十丈的摊位，小到卖冰糖葫芦、圪崩儿的货郎，还有要猴儿的、演皮影戏的、唱道情的、打莲花落的、地摊套货的、捏糖人儿的、放西洋镜的、打卦算命的、跑马卖艺要把戏的，真是应有尽有。正因如此繁华，在上党地区，古来就留下了“南荫城、北堡则”之说。

当然，交易最多的还是上党地区出产的各种各样的土货，壶关的瓷器、长治的铁货、平顺的花椒、黎城的柿饼、沁州的小米……还有皮麻、潞绸、药材、柳编、木具等，都运来此处交易。

堡则镇之所以名贯三晋，还不但是因其繁华，更主要的是镇上有一个大财主，名叫李禄寿。有人说，因为有李禄寿，堡则镇才更有名。李家是晋商中的后起之秀，在短短十年时间里便名扬四海，难怪人们这样说。

要说他的家业，原来其实也不算大。光绪二十四年，李玉奎去世，李禄寿从先父手中接过这个摊子时，也并不起眼，充其量不过是武乡县的七十二家小财主之一。何况这里土地贫瘠，说是叫财主，还不如上府川一个中等家户富余呢。可是，李禄寿仅仅用了十年时间，就突然大发，变成了武乡头号大财主。其实又何止武乡，就是在整个山西那也算得上大户，南起汉口，北达包头，西至兰州，东到烟台，几乎半个中国都有李家的商号，真可谓家资万贯。武乡李家，一跃进入了新崛起的晋商行列中……

区区十年时间，从一个只有一两千亩土地、百把头牲畜的小财主，一跃而成为上党数一数二、山西有名的大户，在晋商中亦颇有名气，这可确实是一个非常了不起的变化。

自古道："败家容易创家难。"你知道这李禄寿是如何发家的？这个李禄寿又有多么大的能耐？其实，知情人都晓得，李禄寿发迹，不过是靠得一个好掌柜——王家福。这就是那句古语说的，"动人春色不须多"。

这个王家福又是何许人也？他怎么就有如此神通？难道是他有呼风唤雨、求仙调怪的本事，有"猫精"暗中为他倒财来吗？非也。这个王家福本是一个孤儿，七岁那年，被招进祁县乔家当小伙计。祁县乔家那是具有二百来年历史的大家族，是晋商中数一数二的户主，乔家大院至今蜚声海内外，自不必说。王家福在这里学了许多经商的本领，别看他人虽然年轻，可天资聪慧，学习又很认真，很快成为一个理财行家。可是就在他十七岁那年，东家正准备派遣他到汉口去担任商铺大掌柜，他偏偏得了重病。乔家念他是个非常聪明、诚实的后生，多次请大夫来给他看病。钱没有少花，只是当地几位名医都给他下了同样的结论，王家福所患之疾乃是“绝症”。

乔家见王家福无可救药，也只好忍痛割爱，放弃治疗，趁他还有一口气，派了一顶轿子，把他送回武乡老家，好让他叶落归根。

但是，这王家福的爹娘早已去世，他从小就是孤儿，家里只有一眼破土窑，多少年没有人住，也塌了一半，连个遮风避雨的地方也没有，其他的更不用说了，回家来又能怎么样？乔家来送他的人，给他留下些钱就走了。可是人已病重，钱又有什么用？自己不能动弹，真是天也奈何不得，除了等死，别无他法。

也是这王家福命不该绝。这个消息，偏偏让二十多里之外堡则镇的财主李禄寿听说了。这李禄寿一来是个行善积德的好人，觉得他这样一个孤苦之人，需要人来照顾；二来得知王家福在乔家学了一手经商的本事，万一能救下他这条命，不是可以帮助自己振兴家业吗？于是，就派人到王家庄把王家福接到自己的府上来。

此刻，王家福已经骨瘦如柴，难支病体，似乎已病入膏肓。

王家福硬撑着病体，感激地说：“老爷，家福乃一将死之人，何必下此功夫？”

李禄寿劝他：“家福呀，你放心，没有什么大不了的，人食五谷杂粮，孰能无病？我是一善人，早晚诵经念佛。佛家讲究慈悲为怀，我不能眼看着你无人照顾，不是病死，就是饿死，所以就接你过来。”

王家福两眼流泪，有气无力地说：“其实不然，乔家对我很好，也不是没有为我尽心，这我知道，只是祁县城所有的名医全请过了，几位先生都已给我判了‘死刑’。我想现在只是还不到见阎王爷面的时辰，在熬时间罢了。你有这片菩萨心肠，家福心领了，你若是行善，可以在府外找个破屋子，在我还没有咽气的时候，派人送口水喝，我就心满意足了，这辈子无以回报，只有让家福来生报答老爷的恩典。”

“不，你不要这样说，既来之，则安之，我一定尽最大努力，帮你治病。”

李禄寿确实是下了苦功，不仅请本县的名医来诊治，还不惜血本，花大钱专门派人到汾阳的教会医院请来了外国大夫。

这外国医生不是把脉识病，什么望、闻、问、切，他都不做，却在耳朵上挂个听诊器，手里拿着个小棰子，在他的身上敲敲打打，一边敲打一边听，谁知那是个啥办法？

这个大鼻子老外医生进行认真的诊断以后，对李禄寿说：“Mr Li（李先生），病人所患之症，乃叫结石症，也就是说他腹中有结石。”

“什么？他的肚里有石头？”怎么会有这样的怪事？人呀，不知道会出什么毛病，人身体里面居然还长石头。

“Yes（是）！”

“那这病……”

“病当然是可以治疗的，只是……”

“那你快说，怎么才能治他的病呢？”

“做手术，把他的肚子割开，取出石头，病就会好的。”

说到做手术，那时镇上的人们还不知这是多么可怕的事情，以往只听说过关云长刮骨疗毒，那也是在臂上，谁还知道肚子也能割开？这外国医生真有这开膛破肚的本事？

要做手术，可是堡则镇根本没有做手术的基本条件，医生让他到汾阳去。家福想，自己已经是将死之人了，随他们便，想干什么就干什么，大不了是死吧。只是他不能再给东家增添负担了，自己临死留下一笔债。要做手术就在堡则镇，汾阳他是死也不去，他也不想最后落个孤魂野鬼。

教会的医生为救死扶伤，也只好依他，就在堡则镇给他动了手术。他本来是做好了死的准备，没想到却是死里逃生。经过这个大鼻子老外的手术，从腹中取出几块“巨石”后，王家福的身体居然一天天地好了起来。

王家福感激李东家的救命之恩，便拜谢李禄寿，并表示他要死心塌地，甘愿终身为奴，一心扶助李家。

李禄寿也非常信任他，待王家福身体恢复之后，便让他当上了执掌李家大权的“大掌柜”。

果然，自打王家福任了李家的大掌柜，李家便一年一个样，更重要的是他改变了原来只靠农耕的生产格局，帮助李家创办商行、货栈，使李家不仅在堡则镇和武乡县城，乃至潞安、太原府都开了商号。就在清政府摇摇欲坠的战乱时期，在晋商大户都渐渐衰落的时期，李家却一路飙升，经营越来越好，家资越来越大，商铺遍及长江以北的大部分地区。

这就是王家福的最大功劳。

本来，当地的一些小财主，都是靠经营土地为生，发迹以后又靠放贷来牟利。李家原来的财产也是这样得来的。李家老太爷李玉奎去世之后，李禄寿在继承父业的同时，也继承了这种传统的经营方式，来延续他的事业。

王家福当了掌柜后，首先想到的就是改变传统农耕及放贷的管理方式，他经过认真考虑，李家如何才能得以发展？对王家福来说，是经商，这是他的长项；对李家来说，也是经商，这是最适宜的首选项。

经过深思熟虑之后，他对李东家建议说：“东家，今天我有件事想和你商量。”

“哦？什么事？”

“我想谈谈对经营的看法。其实，在咱这个地方，放贷并不是个好的赚钱方式，特别是想靠此发家，那是肯定不行的。无非是些蝇头小利而已。你想，借债的人都是些揭不开锅的穷人，他们是在生活穷困潦倒之时才出来借账的，俗话说‘借账如丢账’，你借给他，他如果还不了你，又该怎么办呢？尽管写着一张借债契约，可是真的还不了账，那就是废纸一张，你就是把他送进大牢，他也变不成钱来还账呀。”

“那么，你有什么好主意？尽管讲来。”李禄寿问。

“我想，要想有大的发展，必须放弃原来固有的农耕和放贷为主的格局，开商号，做买卖，开拓一条新路子。”

“能行吗？”李禄寿还有点疑惑。

“行，一定行。”

“可是……我以前也想过这个，但小商小贩，赚不了大钱，规模大一点……又……咱们可是祖辈农耕，以地为生，从来没有搞过商呀。我担心……”

“可是我搞过呀，我打七岁入乔家，学了十多年。我这十多年，可是从识字打算盘，到商铺小伙计，后又做了大东家的随从，多次跟随大东家走南闯北、参与议事，不能说熟摸商界行规、精通商贾之道，但我想，如何创办几个店铺，赚取比放贷更大的利润，还是可以的。”

“好，那咱们就从商。”

其实，李禄寿为王家福治病，不就是想以此来笼络他嘛？想让他来发挥自己的才干，给李家创家立业。今天终于等到了他这句话。

于是，李禄寿决定，将他祖上传给他的那些积蓄倾囊而出，在堡则镇开办了一家规模很大的“百利货栈”。

堡则镇地处五县交界的交通要道，来往商客很多，集市繁华。这是个优越的自然条件，再加上王家福主持开了货栈以后，又亲自带货栈的伙计东出太行山，到彰德府、郑州府去进货，这使店里的商品新颖独特。原来这里的商号，都是在潞安府进货，从河南上来的货当然也就更为显眼了。再加上货栈还收购当地土产及中药材等，发往河南一带，这样两头获利，岂有不赚之理？

这一年下来，利润丰厚。

按照王管家的主意，果然买卖兴隆。

过年那一天，王家福受到了特别的礼遇，这在李家可是绝无仅有的一次，李禄寿特意把王家福请到堂上来和他喝酒。

请下人喝酒，这在李家的规矩中是从来没有过的。在一般情况下，东家老爷是不与下人在一起吃饭的，更不用说喝酒了，何况在过年的时候？又是请他到堂上来，王家福有些受宠若惊。

“家福，快坐下，快坐下。”王家福一走进来，李禄寿便放下手中的水烟袋，热情地招待他。

“东家，你太客气了……”王家福不知该如何是好。

“这客气什么？今天是过年哩，我一个人喝酒没有意思，所以呀，就叫你来，咱们喝几盅……来，来，来……过来坐下……”

这时王家福才看见，在炕桌上早已摆好了十二个热气腾腾的上等好菜。这有些讲究，十二即为“双六”，也叫作“六六大顺”。

李禄寿让家福与他对坐了，又叫他的太太，“桂珍，过来倒酒……”

“东家，你太高抬我了……哪里敢……”

桂珍斟上酒，恭恭敬敬地双手端给了家福，这可是最高的礼遇了。她手拿酒壶站在一边等待着……

“王管家，你就不要客气了。今天我就是专门请你来喝酒的。来，干一杯——”

说着，李禄寿端起酒来与王家福碰杯，王家福不敢谦让了，也不能谦让了，他不能让东家说他“狗肉端不上条盘”。

就这样，王家福和东家老爷一连干了三杯。

李禄寿才说：“王管家，你的这个主意果然很好，百利货栈在你的努力下，那可是日进斗金呀，真是高见！这个你既然清楚，今天我叫你来，主要是想和你好好商量一下，李家今后该如何办？你说，咱们这下一步棋究竟该如何走？我盘算了一下，想把挣下的这一大笔钱，全部再投进去，在镇上再开个大店铺……”

“哦？”王家福认真地想了一会儿，然后摇摇头说：“不，我看不行。”

“怎么？这一开始，可是你提出来让我开商号，眼看现在赚钱了，而且赚大钱了，你却又……”李禄寿不解地说。他心里却暗暗地想：“难道这个家福见我发了财，心中嫉妒了吗？”

王家福见东家有些狐疑，便摇摇头，“东家，我来问你，你说我们的百利货栈，为什么能赚钱呀？”

“咱这镇子繁华呀，市场好，宾客多，自然就红了……”

“不，这只是个客观原因。而其中的主观原因，还在于我们的货源来路远，经营有方，这叫物以稀为贵。我们经营了别家店铺没有的品种，自然稀奇，因而可以招徕客户，而且利也大；我们又把咱当地的土特产加以收购，并贩运到了远方，这样，我们的货栈两头赚钱，生意当然也就能够兴旺起来。”

“对，家福说得好，既然这样，咱们这一个铺子能兴旺，为什么我们不能多开几个店铺，渐渐扩大经营，来垄断整个堡则镇的贸易呢？”

“东家，其实不然。你想，这个镇子虽然在上党地区可谓名镇，商贸繁华，没有走过大世面时，认为这就是世间的繁华昌盛了，一旦你出去走走，就会知道，一个小镇又哪里能擎起商贸之大厦？小镇上的客源毕竟是有限的，你开的店铺多了，势必会引起自相残杀。以我之见，我们有资本，何不将眼光再放远些？我在祁县乔家时，曾经跟随大东家走了许多地方，乔家的店铺已经开遍了全国各地，甚至把买卖做到了亚欧许多国家，直接和外国人做买卖。李东家，要想成就大事业，绝不能只看眼前的堡则镇，更要有一个远大的目标。我们何不向外发展呢？我想不如先到县城开一家商号，并改进咱们的经营方式，进货的路子也可以再远一些，这样，等店铺有所发展，然后我们再去潞安、太原……乃至更远，这样咱这商号逐渐扩展，才会有大前途。”

李禄寿心中踌躇着说：“家福，你的想法真好，这一切让我真是想也不敢想。可是，自打八国联军打进中国以后，国家战乱频频，军阀四起，弱肉强食。此时此刻，若是在此小镇上，我想还能生存，真的要到大世界闯荡江湖，怕是得不偿失呀。晋商大户都已衰落，我们怎么能在此等时刻扩张？”

“东家之言差矣。战乱固然对经商之人有着极大影响，由于军费巨额支出，朝廷的税赋，军阀的盘剥，对大型的工商户来说，形成了极大的伤害。正因为此，目前许多大商家都在渐渐衰落，其原因当然十分明显。然而，以家福之见，大商家衰落之日，正是小商家崛起之时。社会在延续，商业总还是要运作的，你想大商家衰落了，不是正需要小商家来弥补吗？这就是一个空子，正所谓祸兮福所倚，福兮祸所伏。”

“家福，不愧是从乔家大院里走出来的，见识真的高人一筹。”李禄寿听了家福这番话，真是佩服得五体投地。

于是商量决定，李家将着眼于外界，把触角向外延伸。

依照王家福的主意，从县城到省城，李家的商号很快延伸到外面去。李家在商界的威望也越来越高，买卖也越来越红火。

李禄寿对王家福当然也就更加倚重。

从此之后，王家福享受了李家最高级别的待遇，在家里是半个东家，出门在外那就是东家，李禄寿赋予了他特殊的权力，家里的大小事情他都能做了主。你看他外出时的那个派头，骑高头大马，手端水烟袋，还要跟一名随从，那是多么神气呀。

这王家福才华在李家得以施展，在他的主持下，李家的家业越闹越大，他也备受人们的尊重，不仅在堡则镇，就是进了县城、省城，人们也都不敢小觑。

李禄寿对他可是特别关心，见家福二十几岁了，还是孤身一人，就张罗着找媒人，将吴家岭吴锁儿家的三闺女说给他，又掏钱帮助他办了喜事，王家福这下更加死心塌地了。

这家福结婚之后，小夫妻恩恩爱爱，过得非常幸福。结婚第二年头上，妻子王吴氏怀了孕，家福十分高兴，每天回到家里乐呵呵的，还要帮助老婆做些重活儿。是呀，一个差点见了阎王的人，今天却又安家立业，不仅娶了一个温柔、善良的好妻子，而且马上就要当爹了，他能不高兴吗？

谁知乐极生悲，正当家福高兴的时候，妻子难产，不幸早逝了。好在接生婆有经验，总算从死人的腹中抓出一个活生生的婴儿。

从此，家福没有了妻子，只养着一个没有娘的儿子，取名盼成。李禄寿为照顾他，给他的小儿子找了一个奶娘，帮助他喂养孩子。家福也把心全操在了这个孩子身上，精心养育着自己的骨肉。这是他王家的香火呀。为了孩子，他一直未续弦，生活过得真是苦楚。

一个大男人照料孩子，多不容易呀，何况还要操持李家如此大的家业。

李禄寿觉得王家福对他李家来说，真是个难得的人才，如今他遇上这失妻之痛，当然需要倍加关心。一定要想办法给他再找一个好女人，好让他的生活过得更舒畅一些。

于是，他对家福说："家福呀，你又当爹又当娘，辛辛苦苦不容易呀，这老婆去世也好几年了，你一直在给我出力，却不去想想自己的家，我想来想去，还是给你续个妻为好，这男人，要是没有一个老婆，不能成为一个家呀……"

"东家，不，我不想找……"

"你看你……"

"嗨，东家你就不用费心了。"

"怎么？有什么难为呢？"李禄寿以为王家福担心钱的事情，便慷慨地说："家福，只要你愿意，钱不用你操心，一切都包在我身上，一应彩礼，我全负担。只要你表个态，想找个年龄适中点的，还是要续一个姑娘，我都依你。媒人我来给你聘，这婚就由我来为你主。"

"不，东家，你的心意我领了。原来的妻子王吴氏也是你帮我娶的，我这辈子感激你。可现在……我……孩子盼成从小就没了娘，他跟我吃了不少苦。嗨，俗话说‘蝎子尾巴后娘心’呀，我怕续了弦以后，万一人家待不住盼成，让我如何向他死去的娘交代呢？”

王家福这么一说，倒使东家再不好说什么了。

他能保证给他找一个女人，能保证给他找一个好女人，可不敢保证找个好心女人呀，这人心隔肚皮，谁能看出谁的心事来？万一……

于是，这续弦的事，也就又放了下来……

二　李夫人枕边疑隐情

话说王家福在李家大显身手，他使尽浑身解数，大办商业，使得李家家业越闹越大，几年间便将商铺开到了省外。

这让李禄寿非常高兴，他见李家从一个小财主变成了名贯三晋的巨富，也就产生了光宗耀祖的想法。

李禄寿心想，他父亲白手起家，从二亩地开始闹腾，辛辛苦苦四十来年置下了这些家业，很不容易。光绪二十四年，父亲去世，到明年正好十五周年。现在家业大了，在这个变革的时期，何不为父亲搞个隆重的纪念仪式呢？堡则镇的李家祠堂原来规模不大，又年久失修，很不体面。现在他已经家资雄厚，何不将李家祠堂进行翻修，并扩大规模？特别是他想趁此机会，在祠堂中给先父专门建造一馆所，立碑镌刻先父创业历程，以昭后人。

于是，他便召集李氏族人到祠堂议事。

本来，按照李家的辈分，镇上李姓中比李禄寿辈分大的还有几位，不过辈分虽大，却是人贫志短，哪里能撑起大事？这族长的位置自然还是由李禄寿来当了。

李禄寿在家族全体男性面前，提出了三条意见来：第一，李氏家族将择定黄道吉日，修缮李家祠堂，为减轻普通人家的负担，所有修缮将全部由他出资；第二，将在李家祠堂为其父李玉奎修筑专门馆所；第三，他大哥去世快十五年了，其妻刘姨太遵循礼教，严守贞节，要择地为其修一座贞节牌坊。这一切将在明年他父、兄去世十五周年之际落成。

有位曾读过几年书的李姓人说："长兄提出的这些事情我赞成，修缮祠堂这是件好事，只是这为刘姨太修贞节牌坊的事情，我想是不是再议一下？因为这是个大事，早年修贞节牌坊那可都是皇上御批的呀。咱这……"

李禄寿解释道："这个我去年已经向上报过了，县府批过已经报到省府，山西巡抚陆钟琦还亲笔写下了'巾帼楷模'四个大字，并报到京城，只是现在省府正在闹革命，成立了新政府，又推阎锡山任上大都督。现在清朝也没有了，宣统皇帝也弃宫而去，孙中山忙着在南方成立临时政府，袁世凯又在北方持政，原来的事情都没有人管了，谁还来办批修贞节牌坊的事？我看动荡时期，有县府的批文，又有钟巡抚的题字这就是很不错的。"

这时，几个人都附和着说："既然有了县府的批文，那就修吧，我们同意。"

族人经过一番议论，虽有些微词，但哪个也不敢明辩，最后当然还是一致通过。

是呀，重修李家祠堂，钱不用他们出，并且在修缮中他们可以去做些工，还能挣点工钱，这能不是好事？再说，刘姨太遵循礼教，严守贞节，也确实备受族人尊敬，修贞节牌坊那也是应该的。只是觉得给他爹在祠堂里修专门馆所，似不那么顺理。可李禄寿主动提出这个要求，出钱修缮祠堂，为的又是什么？不就是为了给他父亲树碑立传吗？这个他们也都能理解。反正都是些穷人，人微言轻，谁也不顶用，落个顺水人情，让人家搞就是了。于是，这事就确定下来。

这天夜里，李禄寿和妻子睡在被窝里，把他召集族人商议的内容，和他的太太桂珍说了。

太太桂珍沉思了一会儿说："你做这一切，俺都支持，修缮祠堂，敬奉祖先，这是积德行善之举，俺没有任何意见。给大嫂修贞节牌坊，要说也是宣扬'三纲五常'礼教的好事，可这……依俺看是不是先别修？"

"哦？为什么？"李禄寿反问道。

桂珍绕着弯子说："大嫂她人还年轻，咱们都是过来人，这人呀，一个'情'字最难解释清楚的，怕万一日后有些什么风言风语，怎么向众人交代呀。如果出了啥事，怕对她对咱都不好呀，特别是你这个面子上更不好看。"

"你这说得哪里话？丈夫死了近十五年，她从十三岁熬到了现在，已经快三十岁的人了，还没有一点风言风语，青春已经过了，她还能出什么差错？"

"老爷，男女之间的事你应该清楚，那可是少年好过，中年难熬呀，俗话'三十如狼四十如虎'，到了这年龄，难免会出点什么事的，依俺说还是慎重点好。"

太太一直阻拦，李禄寿真的有了疑心。

他倒不是怀疑刘姨太的不贞，而是怀疑桂珍与刘姨太……是不是妯娌之间磕磕碰碰有了分歧，她便出来说刘姨太的坏话？刘姨太是一个寡妇，她生活不容易，如果真是这样，那可就是桂珍的不对了，妻子不该这样对她。

于是，他便说："桂珍，大嫂刘姨太已经守寡近十五年，她遵循礼教，严守贞节，没有一丝儿闲话，这一点咱们在一个大院里生活，进进出出，谁也知道谁，咱们应该给她标榜一下才是。再说这政府变得也很快，整天是什么革命，万一不让搞这牌坊，不就无法告慰大哥的亡灵了吗？嫂嫂这些年不容易呀，你若与她有什么恩怨，也不应在这上面阻拦。"

一听老爷说出这样的话来，桂珍觉得丈夫曲解了她的用意，才认真地说："看老爷说哪里去了？俺与大嫂相处甚好，哪里有什么恩怨？你要这么说，俺也就只好给你直说了。刘姨太与王掌柜已经有了私情，这一点俺以前一直没有敢对你说。俺也是个女人，理解女人寂寞的苦衷，她有些这样的事，那也是人之常情，俺觉得这不必为怪，你要不提修这贞节牌坊的事也罢，一旦修了牌坊，这事可就要依礼教纲常来约束了，以后这事情要是败露，可如何向族人交代？”

“什么？你说什么？这不可能。”李禄寿一听这话，吃了一惊。

“可是，这是千真万确的呀……”

“……”

“老爷，这事你也别急。其实，大嫂也真不容易，一个人孤苦伶仃，真的难熬呀。”

……

这个刘姨太，是李家大少爷李福寿的遗孀。

李福寿是李禄寿的同胞兄长。李玉奎虽是个大财主，却目不识丁。当大儿子长到七八岁时，他便开设了私塾，请来了一个顶好的教书先生，替他教育儿子。一心想让他的后辈知书识礼，出人头地，能有一个好的前程，望子成龙嘛，这种思想谁也会有的。

李福寿长到十几岁以后，先生多次给李玉奎说，老大李福寿天资聪慧，又极好学，是个读书的料，文章写得极好。于是，李玉奎非常高兴，就送福寿进了县城的学堂继续读书，企盼着将来金榜题名。

李福寿果然学业突出，满腹经纶，实为学子中的佼佼者。本来是完全可以考中的，谁知事与愿违。

那年府试开科，他骑上高头大马进潞安府进行拔贡考试。

这李福寿虽然才华横溢，但天性傲慢，目空一切，是一介狂生。临考前，主考大人到考生寓所巡视，这是一个惯例，主考大人与生员接触一下，表面上是关心学生，而实际上许多生员也就趁此机会，给主考官送些厚礼，以求私下通融，榜上有名。这李福寿自认为胸有文才，不屑与你搞这种龌龊的勾当。他不仅没有躬身相迎，私下送些礼物，反而只顾自己躺在床上抽大烟。主考官一见他这个样子，打心里不高兴，心想，你一个学子，能有什么了不起，不仅不示黄货，反而如此薄待吾等，真是狂妄至极。敢对主考大人如此不恭，纵然你就是有李、杜之才，难道这皇榜之上就非你莫属了吗？于是，便打问清他的籍贯和姓名，在阅卷、登分时私下做了手脚，致使李福寿连考两科都名落孙山。

这年是光绪二十四年，又要开科，李玉奎千万叮咛，让福寿一定认真考学，他已经快到三十了，是呀，三十而立嘛，该有名分了。李福寿这次接受教训，虔诚赴考，谁知主考官居然还是那个学监，李福寿这个名字，他已经在心里打下了记号，任你考得再好，也是枉然，结果不言而喻，还是榜上无名。

这下可真把个李玉奎给气坏了，原以为长子一肚文采，能皇榜高中，迈进仕途，哪里想到，不用说进京登上状元榜，就连这贡生的名分也没有得上。一切都成了竹篮打水，落得个一场空。李玉奎一气之下，积怨成疾，不久就浑身乏力，卧床不起，得下了吃不下饭的病，那时叫嗝疾，用现在的话说就是得了食道癌。

李大东家有食难进，只是视食而泣，没有多久便病得骨瘦如柴，奄奄一息……

李福寿见父亲病重，生死未卜，自觉有愧。这一生苦学，想求功名，谁料虽然身有万般才华，只因天性狂傲，不能金榜题名，何以见江东父老？父亲因他而得病，他不愿因己不才，枉送了老父之命，解铃还须系铃人，如今无缘拔贡，不如替父入冥，以尽孝道。

于是，他净手焚香，写下了通天牒文，并准备下一桌供品，跪在村中的玉皇庙内，烧香求神，要替父死。

人们说，这通天牒文就是能通天的。李福寿长跪在玉皇庙内，诵颂并焚烧了他的通天牒文，一片孝心，声声滴血，确实感动了神灵。只是李玉奎已经病入膏肓，早无再生之能，结果没有救下李玉奎李大老爷，一纸通天牒文，李福寿也把自己的命搭了进去。

临死前，他把比他小八岁的兄弟李禄寿叫到床前说："都怪我性格不好，太高傲了，以致弄得现在家破人亡。父亲的死是我的罪孽，可是，今生我是报不了他老人家的恩德了，只有来世。现在他老人家去了，哥哥我也要离开人世，这个家只有你来操持了，兄弟，看来咱们家是没有加官晋爵之命了，你日后也就不要再奢望这些了，但愿你不负父望，努力操持，能使李家祖业发扬光大。"

说完，李福寿就死了。

李福寿在世时曾娶了两房夫人，大太太李关氏与他年龄相当，感情也很好，只是她不知有什么病症，娶过十多年，不能开怀，大夫请过无数，却是不见效，没有生下一男半女，丈夫死后，她痛恨自己身子有缺陷，没有能给丈夫完成传宗接代的责任，内心非常痛苦，也积怨成疾，不久便跟着李福寿到了另一个世界了。二太太姓刘，大家都称她刘姨太。是北乡刘家井窳刘老磨的四女儿，这孩子生得聪明美貌，温文尔雅，在这十里八乡是有名的俊俏姑娘。刘姨太年龄小，丈夫死的那一年，她刚刚嫁过来做偏房，那年才十三岁，还不懂得人间的欢乐。本来，是想让她给大少爷生儿育女，来续香火的，可是大少爷正忙着赶考，还没有来得及挨她的身子，就离开了人间。人们都说刘姨太在丈夫死后一尘不染，她还没有尝过人间的禁果，守寡这么多年了甚是贞节，哪里有什么风言风语？

可是今天，太太突然说出了这个秘密，刘姨太与王掌柜有私情，这究竟是怎么回事儿？李禄寿不敢相信，莫不是妻子有意给大嫂脸上抹黑？

"这不可能吧？我在这个院子里每日出出进进，怎就没有一点察觉呢？"

"大嫂一向谨小慎微，她的为人你是知道的，她是个非常爱面子的人，无论是为了她，还是为了李家，她都会做得滴水不漏。她能让你看出来吗？"

李禄寿的太太桂珍，怎么会知道这件事情呢？

俗话说“要想人莫知，除非己莫为”，没有不透风的墙嘛。刘姨太和家福之间的事情，时间久了，总会有些蛛丝马迹露出来。

自打刘姨太和家福第一次接触以后，王家福可是害怕极了，这事要是让东家知道了，可如何是好？他非常担心，所以他再也不敢那样冒失和放肆了，总是远远地躲着，不敢接近她。可是刘姨太自食了禁果，便再也耐不住寂寞，心里时常在想他。你想她闲极无聊，万般寂寞，不想他又能干什么？可是这个狠心的家福老躲着她，不与她来见面，于是，她只好找个空子便借口有事叫他来。

这个空子当然就是李禄寿外出的时候。

刘姨太叫家福的事，桂珍偶然遇过几次，起先她也没有在意。大概是有什么事吧，她要家福帮她点忙这也是正常的事。可是有一天，李禄寿被请到镇上议事，她一个人在家里坐着烦闷，想到刘姨太那里去坐坐，说些闲话儿，好解个闷开开心。刚起身走出院子，就听到刘姨太在大门口唤家福。

“家福，你过来一下。”

桂珍是个明白人，既然刘姨太叫家福过来，一定是有什么事，她也就不去打扰了，只好返身回去。过了好久，她又走出院子来，无意间听到隔壁似乎有什么动静。这声音真的有些特别，难道……桂珍轻轻地往前边靠了靠，只听见刘姨太的屋里传出了一阵阵什么响动，虽然声音极微弱，却是十分诱人。她又往前挪了挪细听，只听得那是一些奇特的震动，又伴着一声声刘姨太娇柔的呻吟。她一下子就辨出来了，这是女人在高潮时的浪叫。这时她才知道，他们正在做那种事……

不过，桂珍可不是那种搬弄是非的女人，这件事在她的心里放置了好久，从来没有给任何人说过。她也是个女人呀，她完全理解刘姨太的苦衷，一个女人在人面前充当太太，而回家里却是孤身一人，那是多么孤寂呀。

二十好几岁的人了，却还没有尝过男人的滋味，该是多么痛苦呀。

她该有个相好的，该有个心疼她的人，该有个私下里降些甘露于她的人。

这件事桂珍渐渐地有了了解，那并不是王家福"偷鸡摸狗"，而是刘姨太耐不住寂寞，主动勾引的王家福。而王家福也因丧妻多年，没有个贴心的人儿，见刘姨太如此娇柔，也就半推半就，促成了此事。不过还算刘姨太聪明，事情办得滴水不漏，外面也就没有丝毫的风声。要不是丈夫今天问起来，她还不会说呢。她为什么一直不敢说这件事呢？其实，她是担心丈夫会因此而生气将王家福赶走，影响了李家创业。

李禄寿一听夫人说了这个情况，这才说："桂珍，你说的这是真的？"

"你看你，咱们是二十年夫妻了，你还不了解俺，俺什么时候说过假话？"

"事情做成这样，你说如何是好？"

此时，李禄寿真不知该如何办好。

本来，他给大嫂刘姨太修筑贞节牌坊的事，一来是想为其兄标榜一下，二来歌颂一下嫂子的贞节，还报到县府、省府，又有了批文。他今天又已经在李氏家族的议事会上提出来了，而且也得到了大家的一致赞同，那可是在李家祠堂里提出来的呀。可是，现在突然听说刘姨太在背后做下了这等见不得人的丑事，这里给她修下贞节牌坊，背地里她却养着汉子，万一事情要是败露了，不说她难堪，我这个修牌坊的主持人，可又怎么向族人交代？

过了许久，妻子才说："老爷，要让俺说，这也没有啥呀，他们好就好呗，一个妇人家，孤孤单单也不容易，让她有些欢乐也好，你们这些男人只知道自己在外面寻欢作乐，哪里理解女人的苦楚呢，能有个人对她好些，这是她的福分，咱该为她庆幸才是，只是不要出声为好。王家福可是为咱李家立下大功的，而且以后还要靠他来出力，咱们也不能为难他呀。只是这牌坊……”

“是呀，你说的也很有道理。现在咱们李家正是大规模的发展阶段，郑州、汉口、西安几个商铺正筹备开张，李家离不开家福呀，他就支撑着咱李家的半壁江山。可是……给大嫂修贞节牌坊的事，我已经在祠堂和族人正式议过了，大家也一致同意了，又怎么能反悔呢？这不是自己打自己的嘴巴吗？反而，告给人们大嫂肯定有丑事，不贞节了？……”

桂珍想了想说：“那要是这样，也就只好硬着头皮办了。不过，这样下去，迟早会让人发现的。咱也不能给自己难堪，大嫂和家福的秘密，只有想办法为其捂着了。”

“你有什么办法？”

“依俺说，咱们院子里不是还有一串院子闲着吗？要不，干脆让家福搬到这里来住。这样，晚上咱将这大门一关，里边三串小院就安静了，他们之间有些什么事情，哪里还能有外人知道？这样一来，家福一定会理解你的用意，到那时，他就是肝脑涂地，也得来为咱李家出力。”

“呵呵……你呀，”李禄寿亲昵地在桂珍的脸上拍了拍，“老天爷就把你给降生错了，你要是个男人，一定会有勇有谋，成就大事业的……”

“别夸俺了，一个女人家，只能是帮自家男人想点事情罢了。”

于是，李禄寿也就打定了主意，给他们之间的事情打圆场，派人把内院的小客厅又收拾装修了一番，很快让王家福搬了进来。

李家宅院是一所大院落，占地近二百亩，里面又套着许多小院子，最前面的院子是李家所有对外活动的场所，中间有一个很大的会客厅，两边廊房住着账房先生、二管家等。第三层是给儿女们修的书房、绣楼。第四层以后是厨房、仓库、丫鬟、长工住处，外加东西两个偏院，东院是私塾，聘来的先生和他的孩子们都住这里；西院是养牛马的地方，养着几十头大牲畜。第二层就是三串阔气的小院，中间一处由刘姨太住着，上手一处由李禄寿夫妇住着，下手还有一串院子空着。再外面又有一层大门。李禄寿给家里人说，王家福是他的大管家，待遇应该是上等，为议事方便，也就名正言顺地让他住进了这一串院里。

三　王家福误入红罗帐

王家福自打住进了新的地方，与刘姨太的接触真的多了起来。

每到夜晚，这个大院将那厚厚的大门一关，那可就里外两重天了。院子里面非常安静，家福要去刘姨太的房里，谁会知道？

李东家这样处理这件事，也令刘姨太非常感激。

李家的规矩是非常严格的。下人不能到东家的住地，东家也不去下人住的地方。在这一大家中，只有王家福一个人特殊，在东家面前，当然他是下人，可又有东家的待遇，在下人面前，他却又是东家，只是下人的身份而已。所以，只有他有资格走遍这个大院。这也就给了他与刘姨太一些单独接触的机会。

刘姨太不仅是一个非常漂亮、楚楚动人的女人，也是个非常温柔、善良、诚实的女人，更是一位非常正经的女人。她的出身，虽然算不上什么大家闺秀，但自从嫁到李家以后，也学了许多礼仪、知识，渐渐地有了些文化，也可以说是知书达礼，并不是那种水性杨花的风流人物。

确实说，寡居许多年，看着人家出入成双，她的心里头却很少为此动过情。

但是，她毕竟也是一个女人呀。丈夫死时她才十三岁，刚刚嫁过来，李福寿一来看她年龄小，二来又正准备赶考，还没有碰过她一次，就过早地离去了。这使她伤心，也给她留下了深深的遗憾……

那时，什么情呀、爱呀，她一概不懂，更不用说什么男女之间的交往了，只知道单纯地过生活。日子久了，在孤孤单单中，慢慢地长大了。这时，她也慢慢地体味到，一个人生活在寂寞的“禁宫”中，是多么无味，又是多么冷清，这种寡淡的滋味，原来是那样苦涩。

随着年龄的增长，一些莫名的思绪有时会困扰着她，往往在寂寞的长夜里，她久久不能入睡……这是什么缘由？她也说不清……

她的住处，虽然与李禄寿夫妇在两个院子里，但是，两家的卧室却仅隔着一堵墙。在静静的夜里，当她正在寡淡苦楚中难以入睡的时候，偶尔会听到隔壁传来一阵阵极其新鲜而特殊的声音，时而柔弱，时而强悍，时而短促，时而疯狂……

那是什么声音？那么富有诱惑力，那么富有震撼力。那种特殊的声音，竟然给她的心灵里带来了一种无名的冲动，浑身的血液似乎涌了上来……

不知过了多久，她才懂得，原来，那是隔壁男女温情时的呻吟，夫妇欢娱时的狂放……

原来人间亦有欢乐，人间也有情趣，夫妻间还有那种稀奇美妙的交融……哪里像她这样，成天死气沉沉的？

于是，在刘姨太的心中，渐渐开始萌发了那么一种向往和追求……

这是一种发自肺腑的冲动，这是一种青春喷发的冲动，这是一种不可压抑的冲动，这是一种难以克制的冲动。当它来临之时，每每促使她跃跃欲试……她真想立马亲身体验一下这种奇特的欢乐。

然而，这件事情，对于她来说，又是何其之难呀。

她处于这个环境中，三纲五常的礼教，早已将一个女人束缚得没有了一点自由。她是一个极其本分的女人，除了院内这几个人，刘姨太再也见不到其他任何男人。李禄寿是她小叔，虽然年龄还比她大十来岁，但见了她还是非常恭敬，完全以长嫂的身份对待她，这个男人，她难以并且不能产生那种情趣。除此之外，再有见得较多的男人，那就只有王家福了。

王家福非常诚实，谨小慎微，操持李家商务很有一套，可是他对于女人，却是碰面不看，充耳不闻，确实是个君子。妻子死去多年，他从来没有想过要再续弦一房。按说他正在壮年，不是没有情的追求，也不是没有性的欲望，难道已是过来之人，还能忘却了人间烟火？他非常想有一个温暖的家，一个完全的家，一个完整的家，一个能让他体味天伦之乐的家……可是，这并不是一件简单的、唾手可得的事情。找一个合适的续房谈何容易？他心里一直在想，因为有句老话叫“蝎子尾巴后娘心”，万一续房以后，后妻待不住盼成，他于心不忍呀。到那时候，可就晚了……

就在这时，一个女人闯进了他的生活圈……

那就是刘姨太。

他是这个院子里除李禄寿之外可以走进东家住处的唯一男人。

为了去找东家议事，他常常从刘姨太的门前走过。渐渐地，他发觉有一双眼睛在注视着他，那目光，是那样犀利，那样深沉，那样激情，那样敏锐，那样温柔，又是那样炽热……

每当从这里走过时，他感到那一束光，比伸过手来更有力度，拨动了他的心弦，这真使他有些难以防范了。

为了避免那种特殊事情的发生，他还是采取了一种防范措施，当从她的门口走过时，他总是低下头，加紧步伐，总是想逃过那个目光……

可是，刘姨太已经瞄准了这个对象。她并不是饥不择食，随便找一个男人来满足自家对性的渴求，来体验男女温情的魅力。对于王家福，她观察了很长时间。天长日久，刘姨太觉得王家福这个人有一种男人的魅力，她说不上是在哪里，或许哪里都有，无怪自己有意无意老想接近他。

她一直在注视着、寻找着，总想有一个特殊的机会。

一天，她看见王家福的衣裳破了，突然心生一计，便走过来打个招呼，“家福，看你那衣裳破了，脱下来俺给你补一下吧。”

“哦？没有事，不用麻烦刘姨太了，等有空我自己补。”

这虽然不是他们之间说的第一句话，却也可以说是第一句话。因为以往，他们之间只有一句简单的客气问候语而已，下人说话，主人点头。那算什么说话呀，那算什么交流呀，无非是一种机械的客套而已。也从来没有这样接近过，今天，刘姨太主动来关心他，王家福真是有点不好意思了。

既然张了口，刘姨太是死心塌地要以此来追下去的，她又说：“这有啥麻烦的，反正俺整天也坐着没有事干，给你补一下衣裳还能累得着吗？”

王家福不知该说什么……

在刘姨太的催促下，王家福只好将衣裳脱了下来，他不能给脸不要呀……

就这样，刘姨太把王家福的衣裳拿了回去。手里捧着家福的衣裳，那股来自男人身上特有的气味轻轻地飘散出来，刘姨太感到是那样新鲜，那样刺激，那样诱人……她有点陶醉了，原来男人有如此大的吸引力呀……

她在这个情绪中陶醉了许久，才想到要给他补衣裳的事。她先给他洗得干干净净，晾在外面，正当伏天，不到一个时辰，便干透了，然后便细针密线地缝补起来。

后晌，她便将衣裳送给了王家福。

她含情脉脉地说：“家福，以后你有什么针线活，还有洗洗涮涮的活计，尽管拿来就是，反正俺也没有啥事的，你一个男人家，带个孩子不容易，要做这些女人们做的活，更不容易呀。”

王家福红着脸，只好点点头，他不能说什么，也不敢说什么。

可话是这么说，王家福还是没有把针线活送给刘姨太，有什么事情，他还是用自己那只大手去做。人家是大东家的姨太太呀，不是一个使唤丫头，哪里是你王家福可以随便使用的？他不能有任何想法，也不敢有任何想法。再说，要在李家为人，哪里能有那种偷鸡摸狗的想法？这不是他王家福的做派。

可是，自从那天开始，刘姨太内心更坚定了，她对王家福真的有了那个意思。

在院里碰上面，刘姨太总要和他打个招呼，他们之间的话也渐渐多了起来。

一次，他的衣裳又破了，又被刘姨太看见了，刘姨太便说："家福，你看你，俺说让你有事就找俺呀，你还不好意思，衣裳都破成这样了，也不快补补，多不好呀，快脱下来。"

王家福推辞了一阵，可是刘姨太就是坚持要帮他补，非让他脱下来不可。

王家福也觉得恭敬不如从命，与其因为这个事情在院子里纠缠许久，不如顺从地把衣裳给了她，免得让别人看见。一旦传出些什么闲话来，那可真是说不清楚了。

他只好将衣裳脱了下来，递给刘姨太。

这一次刘姨太可是学精明了，她再不给他来送了，刘姨太心里打下了埋伏。

上一次给你补好了衣裳，俺给你送去，只听的一句"谢谢"就了事啦，俺是在等你那个"谢"字吗？那俺还不是白白地用了这番苦心？这回要是再给你送过去，说不定你就连个"谢"字也不说了。

干脆，这回要等他来取。

在院子里碰到王家福的面，刘姨太走过去，只是告给他："家福，衣裳俺给你补好了，你有空来拿。"

王家福一听这话，知道担心的事情就要发生了，这可如何是好呀，不去吧，衣裳怎么办？我若去了刘姨太的住处，万一……

可是他还是没有办法，只好上门去。

这天正好下着点小雨，长工们都在后院里睡觉，东家又到城里检查店铺去了。

王家福仔细瞧了许久，确信院子的里里外外没有一个人。他并不是想去办什么花花事，只是想趁这个机会去取出衣裳来，也许不会有人看见。他走了过去。

刘姨太的屋子他可是一次也没有进来过呀，别说是刘姨太的屋子，就是别的女人屋子他都没有去过，哪里知道女人绣阁中是什么味道？他小心翼翼地走进屋里，一股清新的脂粉味直入他的鼻孔，他下意识地深深吸了一口。

“家福，来了……快坐下。”

刘姨太见他进来，马上微笑着给他让座，接着便递过一杯清茶来。

这几天，刘姨太每天都在做着精心的准备，她就盼着家福来取衣裳呢。每天都是头发梳了又梳，脸洗了又洗，对着镜子把眉毛画得整整齐齐，又用白洋线细心地铰了腮上的汗毛。之后，均匀地搽上了一层发着淡淡清香的官粉，并在腮上点了两朵红红的胭脂，这且不用说，她还特意用点唇的红纸，将那两片薄薄的嘴唇，染得红红的，她那个脸蛋儿就像一个熟透的红苹果。

她活了二十几岁，还从来没有这样注重过自己的打扮。这两天，她用在着装打扮上的时间是很多的，可她认为这还不行，又把珍藏在箱底的从来没有穿过的极为鲜艳的新衣裳，拿了出来挑了又挑，捡了又捡，穿在身上，对着穿衣镜左瞧右看，直到自家觉得满意为止。不仅这样，她还特意准备下了水果、绿茶、洋旱烟等……

王家福一走进来，看见这阵势，就觉察到不对劲。

“家福，你喝茶。”

面对花枝招展的刘姨太，王家福浑身不自在，他不知该如何是好，“我、我……不渴。不用……麻烦了。”

他不知道自己怎么说话也结巴起来，身上就像钻了无数虫子似的，浑身感到不自在。是呀，很长时间了，他还没有和一位女人单独在一个屋里待过，心理上的恐惧和生理上的渴求，无情地交织在一起……他极力想摆脱这种困境。面对这般娇柔的刘姨太，他担心再坐下去，自己也难以自抑。

那可怎么办？这里他真的是不敢再待下去了，必须离开……

“刘姨太，我、我是来取衣裳的。”

“我知道，你先坐坐吧……”一盘果子端了过来，“来，先吃点水果。”

“谢谢刘姨太，我不吃……你不要客气了。”

“那你还是喝茶。呶，这是洋旱烟，俺也不知道这个牌子好不好，你吸吧。”

刘姨太一边说着，一边十分自然地走过去，将茶杯往他面前挪了挪，又把“哈德门”洋旱烟也给他送到面前。她的那身子越来越靠近了他，两条腿紧紧地靠在了王家福的腿上。

就在两人的腿与腿之间轻轻地摩擦中，王家福感到周身有一股暗流在窜动，他不由地浑身颤抖了一下。七八年了，他还没有过这样的感觉……

“刘姨太，我的……”

“有什么话你尽管说。”

本来他是要说“我的衣裳呢”，想让她快点拿出来，他好马上走人。可是，刘姨太偏偏不往他的话题上说，却要往别的话题上引，让他来提什么别的要求，她久已等待着他的要求。

王家福心里那股弦，绷得实在太紧了……他感到自己已经实在应付不了这个场面了。

面前可是大东家的妻子，他侍候了十多年的东家的嫂子呀，他不敢有也不能有任何越规的举动。

可是，面对这样的情景，铁人也得动心的情景，他又该说什么呢？又该怎么办呢？

王家福全然没有办法了……

“你怎么不喝茶呀？”

“我……”他没有说的了，只好端起来喝。其实这天下着小雨，并不热呀，可是他不知为什么，刚刚喝了一口，就觉得浑身燥热，脸上的汗珠流了下来……

此时，刘姨太见他满头是汗，便拿了一块带着脂粉味的白手帕，给他递过来，说：“看把你热的，给，擦一擦汗吧！”

“……”他不知是该接还是不该接，直愣愣地望着对方……

刘姨太的脸也已经涨红，倒像是那胭脂擦得多了，她的心也跳得厉害。可是事已至此，她要坚持下去，她必须坚持下去，她不能让自家的努力半途而废。

她更进一步地靠近王家福，说：“家福，俺这家闷是不是？看把你热成这个样子，怎么不擦一擦汗呀？来……俺给你擦。”

说着，她突然大胆地一下子抱着他，给他擦起汗来，而另一只手则在他的头上、脖子上、肩上轻轻地抚摩着，摸着他那隆起的肌肉……

王家福极力克制着自己，想挣扎出来……

可是，他毕竟是一个壮实的大男人呀，一个失去妻子七八年的大男人呀，一个七八年没有挨过女人的大男人呀……

他的热血直往脑子里涌，继而涌向全身……

他再也无法自制了……

刘姨太则更被他那股充满雄性的汗味诱惑着，抚摩着那强有力的肌肉，她的身体已经软得如水一般，不由地坐在了王家福的怀中，两只臂膀紧紧搂住他的脖子，生怕他一下子离开。

这一下王家福已经被吓坏了，当他醒过神来，马上意识到了一种危险，他要离开这里，双手不由地推开了她。

这个举动却是伤了刘姨太的自尊，她感到非常痛心，生气地说：“家福，你、你就可怜可怜俺吧……叫俺一个女人家，如此不顾脸面来乞求你，你却是……难道你是铁做的吗？”

她的眼泪“刷”地一下掉了下来……

刘姨太的眼泪，终于把王家福脑海里最后的防线一下子冲垮了。

人家刘姨太这样尊贵的一个人，且不顾羞耻，放下架子主动来找他，他还有什么理由，再这样硬顶过去呢？再说她那眼泪……他终于伸出颤抖的双手，慢慢地将已经投在他怀中的这个诱人的身子紧紧地搂住。

随着箍得越来越紧的有力的臂膀，刘姨太的身子颤抖起来，她闭上眼睛，将她那粉白透红而发烫的脸靠在了他那长满胡茬的脸上，二十多岁的人了，她还是第一次这样享受男人汗味的刺激、胡子的刺激、肌肉的刺激……

这个情景，她在心里曾多少次想过，她在私下曾多少次盼过，她在梦里曾多少次遇过，可是哪里有今天这样的享受呀……

“家福哥，俺可是等你多时了……”

“刘姨太，我……”

“别叫俺刘姨太，俺有名，你就叫俺的小名，俺叫果儿，刘果儿。”

“刘姨太……”

“叫果儿。”刘姨太一下将他的嘴堵住：“你再这样叫，俺就……”

“果儿……”

此时此刻，果儿的心已经进入了一个神话般的境界，云呀雾呀，在她的眼前飘忽着，她静静地等待王家福向她进攻。期盼着与他肉体的接触，期盼着王家福赐给她那种男女之间超脱的情感……

可是，王家福又哪里敢动手？能有这一点点异性的享受，一点点女性的温柔，他已经是万分满足了，他哪里还敢有更多的企求，他是下人呀……

许久，果儿见他还是那样一声不吭，她有点失落，更有点焦虑难耐。她已经做好了今天享受人间欢乐的一切准备，可是，这个家福……她只得再次提醒对方：“你，你就不能问俺些什么？”

“我……我不敢。”

“俺都这样了，你真是……”

“刘姨……果儿……我真……”

“真……怎么样？”

“我真的……”

“俺难看吗？你不喜欢是不是？”

“喜欢，像你这样美貌，这样温柔，这样深情，怎能不让人……”

她怕他又说出不利的话来，便趁这个不明不白的话茬，接了过来，“好，只要你喜欢，俺就把一切都给你……”

“真的？……”

“那可不是。”

“能有……果儿你这样的柔情，我家福这一辈子也算没有白活……”

刘姨太盼望已久的时刻终于到来了，她马上与王家福上了炕……

于是，两人宽衣解带，新崭崭的大红花缎锦被子，将两个人盖在了下面……

肉体的交融，使得他俩心中的烈火燃烧起来，两人一样热烈，一样贪婪，一样不觉满足……

期盼得太久太久了，此刻再也不能克制，两人滚作一团，王家福将他那强壮的身子压在了果儿身上……

赤条条的冲击，使果儿又高兴又害怕，这红尘禁果将是什么滋味？她就要尝到了，她伸出手已经感到家福那物的厉害……

她从枕头下面拿出一块生白土布来，用颤抖的双手叠成方方的一块，然后垫在自家的臀部。她附在家福的耳朵边轻声说：“家福，你、你可要对俺温柔些……你是俺今生的第一个男人呀……”

四 不贞女立起贞节坊

人间最勾起思绪的事莫过于情，人间最牵肠挂肚的事莫过于爱，人间最让人冲动的事莫过于性。

这件事情的发生，真的是太奇妙了，无论是对“初尝禁果”的刘姨太，还是对“久旱无雨”的王家福，能有这样一次相遇，能有这样一次交往，能有这样一次结合，那都是他们一生中最大的幸福。

那种对情和性的渴求，在心中蕴藏得太久了，太久了……当爱的波涛一下子涌了上来的时候，当性的欲望一下子冲破心灵防栏的时候，便再也不能自抑。

压抑得太久，便爆发得也太狂。

这毕竟是人生的乐趣呀，这毕竟是人生的幸福呀，这毕竟是人生灵魂深处的狂放呀……

自从他们之间发生了那一次以后，他俩便再也不能隐匿，心中的激情如潮般地涌了起来，两人悄悄地来往起来。

不过，他们并没有肆无忌惮。

偷情嘛，何谓偷呢？那就是不公开。他们总是那样小心翼翼。这个刘姨太是极聪明的，况且她是一个寡妇，为了他们能够长久相处，在公众的场合，就连一个暗送秋波的表露也不敢。尽管心中是多么想念，尽管身体是多么需求，可是他们还要克制。只有在机会非常特殊的时候，他们才悄悄地到一起欢娱。

现在让他住到这个特殊的地方，王家福隐约感到东家是有意安排。

而这个有意，又是什么意思？是发现他的行为不轨，想找机会开除他？还是有意为他提供方便，而成全他们的好事？他说不清。

真的是有意吗？为什么要有意？李东家一边在那里给他的大嫂刘姨太

修筑贞节牌坊，一边在这里有意安排让他们来私下苟且？这实在是难以置信。他不解，他担心，他害怕……

他在焦虑中度过这漫长的时间，这些天，他的心可是提在嗓子眼里呀……

可是东家还是那样，仍然和往常一样地对待他。

他一直在观察着东家的神态，好像也没有什么恶意，只是自己心神不安呀……

李禄寿见家福这样心神不宁，什么事也不能安心，想安慰安慰他，可是却不能说出口，只能是旁敲侧击，让他理解就是，有一天他来到了家福的屋里。

“家福，你在做什么呢？”

“哦，是东家呀，快坐，你请坐呀。”

“不必这样客气了。”

“你看，怎么好让你屈尊寒舍，我这没有女人的家，乱得很。有啥事儿，你就叫我一声，还让你亲自来……”

李禄寿坐了下来。家福马上给他找洋旱烟，东家却说：“你不要找了，我还抽不惯那玩意儿，还是抽我这个吧。”

东家总是随手端着自家的红铜水烟袋。

家福急忙拿洋火把油灯点上，又把纸媒递过来。

李禄寿接过纸媒来，点了一锅子烟，深深地吸了一口，立刻一片烟雾冒了出来，然后不紧不慢地说：“家福呀，你看你这生活多苦呀，一个人过难呀。真是的，一个没有女人的家庭，难称其为家庭。我给你说了多少回，你还是续个弦吧，有一个老婆照顾，总是要好一些。”

“东家，真的，我看这样挺好，我不想。”

“你呀，为什么就……”

“嗨……”家福长叹一声，摇摇头，他不想说这痛苦的事儿。

本来在以往，他一直不想续弦，确实是怕再找一个女人，再生儿育女，后妻待不住盼成。可是自打和刘姨太处上以后，他又觉得这刘姨太对他太好了，对盼成也太好了，想娶刘姨太，可这是不可能的事情。如果娶了别人，又哪里能对得起刘姨太的一片真情？这续弦的事，他更是永远也不再想了……

“哈哈……你呀……既然你认为这样还可以的话，那就……哈哈……那就只好这样了……”

这样是哪样？王家福心里想，一定是东家看到了他的一些蛛丝马迹，这分明是提醒他，他与刘姨太的事，只要不露什么大“丑”，就这样下去也是可以的，这是个只可意会不可言传的事。他的脸红了……

接着，东家又和他商量商铺的发展情况。说到这，他当然心中有数，便把自己的想法全盘端出来。

李禄寿好像什么也没有发生似的，照旧去做他的工程。请来了晋中最好的木匠，又请来了河北最好的石匠，先绘制了工程图样，经家族所有男人进行了评定，选中了最适合的样式便开始施工。

这个工程可以说是具有相当规模的。根据匠人绘制的工程图样，李家祠堂由原来的三进式院落向后扩展，增加为五进式，后面增加了专门供奉李玉奎的李公堂，不仅给李玉奎老太爷雕刻了等身花岗岩石像，还在院里立了块五尺高的石碑，在后面又留下了给将来李家再出名人而用的庭院。更突出的是，将要在村口给刘姨太竖起的贞节牌坊，设计得也是非常气派，高阔均为三丈，为三间三层结构，下面石刻贞节图谱，上面奇木雕梁画栋。可谓设计新颖，构思独到。特别是山西巡抚陆钟琦题写的“巾帼楷模”四个大字，将用花岗岩石阴刻，置于顶梁之上。

按照要求，工程将于第二年初秋全面完工，李家祠堂修缮一新，规模也将扩大许多。那专门给刘姨太修筑的贞节牌坊，也将矗立在村口。到那时，也正是李家老太爷与其大少爷李福寿的十五周年祭日，堡则镇的李氏宗族，将为此搞一次规模盛大的落成典礼。

家福理解了东家的用意以后，一颗悬着的心终于落了下来。东家还是想用他来发展自己的事业，刘姨太不过是做了他的顺手礼物，他静静地领受了。

当然，家福也更加卖力了。他与东家研究之后，跑汉口，奔西安，又到兰州等地考察，在短短的时间内，便增加了许多网点，李家的商铺越开越多，买卖越做越大。家福还凭借原来在乔家的关系网，与乔家在各地的商铺、银号取得联系，并征得他们在各方面的支持，李家在外地的商铺，很快便兴隆起来。

再说王家福身边有一个儿子，名叫王盼成。他的妻子就是在生盼成时难产死的。他为了将孩子养大成人，给孩子取名盼成。如今盼成渐渐长大了，李禄寿也对盼成非常关爱。这年盼成刚刚七岁，东家就让盼成跟着自己的大儿子延春一起上学读书，王家福过意不去，李禄寿说："没有啥，反正延春要读书，请一个先生来，教一个学生也是教，教两个学生也是教。再说，他还能和延春做个伴。"

王家福心里想，也是呀，盼成从小能读些书，识几个字，这也是件好事。再说他能和大少爷做伴一起读书，这也算是为东家办了一点事情，就让他去吧。接着，东家的大小姐延萍也被送进了私塾学堂。

孩子们一起住在东院的私塾里。

他们从《三字经》学起，《诗经》《论语》《百家姓》《千家诗》《千字文》以及算术等，慢慢地学了起来……

李禄寿看盼成长得也十分惹人爱，仪表堂堂，还提出让盼成和李家的大少爷李延春结拜为兄弟，并专门择了一个良辰吉日，给他们结拜搞了一个隆重的仪式。盼成给李禄寿夫妇叩了三个响头，从此，他就正式叫起了干爹干妈，王家福是无论如何也不敢让大少爷李延春给他叩头，李延春只好对着天叩了三个响头，也算认了干爹。

这样一来，王家福也好像和李禄寿成了干兄弟一样。从此之后，王家福在李家的地位更加高了起来。

自打盼成和大少爷、延萍等一起去了私塾，并都住在了那里，在这个大院里就只有他们四个人住了，西院里是李禄寿和他的太太，东院是刘姨太果儿，旁院里则是管家王家福。

每到夜晚，那个厚厚的黑漆大门一关，里里外外这可就是两重天了。

这刘姨太哪里还能一个人住得？西院里的夫妻能每天晚上恩恩爱爱地住在一起，可是俺这屋里怎么就该老是一个人孤孤单单地住呀，不行，她要让家福来与她一起住。开先家福也不敢，担心有些不合适。刘姨太就去缠他，耐不住刘姨太的撒娇，也忍不过自身的寂寞，两个人也就悄悄地住在了一起。

一个大院里，住着两对男女。西屋里的李禄寿夫妇，那是东家与太太，名正言顺；而东院里的这一对，刘姨太果儿和王家福，则还是叫作偷情。

一样的生活，两样的感受。

时间长了，刘姨太自觉地不满足起来。

是呀，老是这样偷偷摸摸、藏藏掖掖地生活，心里老是提心吊胆，这像什么样子呀？万一……再说，俺没有了丈夫，家福又没有了妻子，俺俩就是续成两口子，又有什么不好？又有人能说出什么来？啥叫妇道？啥叫贞洁？还不是一条拴女人的绳子？寡妇改嫁，古来也是有的事情，为什么俺就非得这样，孤单单地受这个熬煎，来苦苦地守这个妇道呢？

想到这里，她决定和家福商量商量。

在一个月明星稀的夜晚，他们俩又到了一起，静静地躺在刘姨太那床温柔的大花缎锦被下。刘姨太一手抚摩着王家福那宽厚的胸脯，在他耳边轻声说："家福，你喜欢这样吗？"

"喜欢呀，当然喜欢。"王家福也轻声回答。

"俺是说……"

“说什么？”

“你就喜欢这？这样偷偷摸摸？”

“那，不这样，还想怎哩。你是大东家老爷的姨太太，我是个长工，我还敢有什么非分之想，燕雀夺占凤凰之窝，我还敢明着来吗？”

“俺可不是说让你明来呀。”

“那……”

“你真的就……没有想过娶俺吗？”

“那我就更不敢有这个非分之想了，这简直是不可能的事呀。再说，东家已经给你修成了贞节牌坊，马上就要竣工了。贞节牌坊，那可是县上有批文的，山西巡抚还题了字。这也是清廷败了，要不，这奏折呈上去，宣统皇还要给你下谕旨呢。你已经成了贞节烈女的典范，这个事实你是说啥也无法改变了，别说再嫁，就是这样的偷情，也绝对不能让外人知道，若是有半点风吹草动，那可就是杀头之罪了。”

“家福，可俺……真的不愿再这样偷偷摸摸了，这叫什么事呀，明明是自家心爱的人，可只能黑夜里来偷情，白天见了还得装得那样，像个陌生人一般，俺这心里难受，只要你愿意，俺什么也不怕，不行咱们就走。离开这个鬼地方，到哪里俺都跟着你……”

家福吓了一跳，他没有想到刘姨太会有了这种想法。他马上推辞着说：“不，不不，咱们可不能那样呀，东家待咱如此厚爱，咱们哪里能做出这等事情？那不是给他往脸上抹黑吗？特别是你，李家族人可都非常敬重你，听说那次议论给你修贞节牌坊的事，大家一致举双手赞成呢……”

……

刘姨太不说了。这座就要落成的牌坊，实际上就是给她提前树起了死亡的墓碑……

她只好这样苦苦地支撑……

不久李家的两项大工程完工了。

她知道，传统给予她的套索，早已打点好了。就像牛鼻具似的，犍牛再有力，无奈穿透鼻子那一星星肉，被鼻具拽得疼痛难忍，所以不敢有一丝儿松宽，只好任人使唤，任人宰割。她也正是这样，也只好听命了。想到这里，流到眼眶里的泪花，又返回到心底……

在李禄寿的父亲十五周年忌日的那一天，李禄寿特地举办了一个隆重的祠堂修缮落成仪式。他上起“猪头三牲”的大贡，又请来了附近有名的三班吹鼓手来助阵，堡则镇好不热闹。全镇李姓人家，无论大小，不分老幼，全部来到祠堂进香，在李氏族谱和宗族牌位前三叩九拜。新修缮的李家祠堂增添了许多新的东西，特别是新刻的老太爷的等身花岗岩石雕像，竟然雕刻得惟妙惟肖，活灵活现。既然来进香，当然也都要来老太爷的雕像前叩头礼拜，李禄寿这下可真是光宗耀祖了。

三天之后，还是这班吹鼓手，又来到给刘姨太新修建的贞节牌坊前，举行牌坊落成的仪式。还是所有李门族人全部来参加。

特别是贞节牌坊的主人刘姨太，李禄寿也让她到牌坊前焚香祭祀，以告慰丈夫的亡灵。只见她穿着雅素，翩翩而来……

此时，刘姨太是来参加贞节牌坊的落成仪式，但她的心情却非常沉重。她的丈夫，她嫁过来还不到半年就去世了，要说两人在一起的时间，那就更少了，说实在话，细算起来，就连十天也没有。那时他正在准备赶考，一天在书房里温习功课，她只是常常给他去送茶送饭而已，见他在那里或苦思，或低吟，也不去打扰他，放下饭菜，就悄悄走了，连话也说得很少。

十五年了，她连他是个什么模样也回想不起来，可是，就因为这个贞节牌坊，却让她这辈子就这样苦守了……

这个牌坊，就是锁她的牢笼……

她心里有说不出的痛苦，她跪在那里烧香祈祷，眼里不由得涌出了伤心的眼泪……

村里人们都在议论，看人家刘姨太多有情感呀，丈夫死了十五年了，在一起生活了不到半年，竟然能如此贞节，真不愧是女中楷模呀……

人们哪里知道她的心酸，哪里理解她的苦衷。

她是多么恨这个贞节牌坊呀……

这个贞节牌坊呀……

从此，她也再不能对王家福提结婚的事了……

五　俏佳人不慎怀六甲

事情的发展，往往是不能按人想象的那样去延伸的。

没有多久，事情就有了一个天大的转折。

有一天，刘姨太突然发现自家心烦、恶心、一直想吐。一开始她以为生了什么病，心里一直嘀咕，俺这是怎么了？明明好好地，怎么就突然生病了呀？这么多年的孤独和苦闷都熬过来了，从来没有什么灾灾病病。自打与家福处上以后，心里刚刚好受一些，为何偏偏又生了病？她真的是心里感到非常烦躁，茶不思饭不想，可不知怎么就是特别爱吃酸。

这可怎么办，要么请个大夫来看看吧？她想呀想呀，想了许久，突然，她意识到了一种危险。吃酸，想吃酸，她虽然没有经历过这档子事，但是，她还是隐隐听女人们说过，那可是发孩子的症候。是呀，一直正常的月事，也已经过了半个月了，还不来呀。

哎呀，坏了，俺是有了……

这个惊奇的发现，让刘姨太作难了。

多亏她没有叫大夫来，要是让大夫来一把脉，让人家从脉象上诊断出她身上的胎气，那可又如何是好？

想到这里，她身上惊出一身冷汗。

她是个寡妇呀，一个没有了丈夫已经整整十五年的寡妇呀，一个已经修下贞节牌坊的寡妇呀。可是，青春的骚动，内心的苦思，她忍受不了这长夜的寂寞，忍受不了这无伴的酸楚，终于偷食了人间禁果。这且不说，如今，她又怀上了孩子，这不是叫天下人笑掉大牙的事情？这不是让家族人千指万骂的事情？哎呀，这可是该怎么办呀，这孩子……

她心乱如麻，想呀想呀，怎么也理不出个头绪来。孩子，她多么想要一个孩子，尤其是从自家肚子里长出来的孩子，用自己的骨血养就的孩子。可是，这可能吗？她能要吗？……

这可怎么办呀，这可怎么办呀……

她心里好难过，可是，她一点办法也没有。她必须赶快把这事情告给家福，看他有什么办法。他总是个男人，一个非常有头脑的男人。她多么希望他能有一个两全之策……

这天晚上，果儿心神不宁，她紧紧地抱着家福，她的身子似乎有点颤抖。

王家福感觉到她有些异样，以为她病了，急忙伸手在她的头上摸了摸，并不发烧呀，这是什么缘故？他关切地问："果儿，你这是怎么啦？身体怎么会打战呀？是不是觉得哪里不舒服？"

她吞吞吐吐地说："没、没……家福，俺……"

"怎么样？你是不是病了？你说呀。"

"俺……没病。"刘姨太心情非常复杂，她不知该如何说。

"你说呀，那究竟是怎么回事，我总觉得你有点不对劲呀，让我好心焦……"

"俺……"

"果儿，你可不是这吞吞吐吐的性格呀，你忘了我们的第一次……"

是呀，他清楚地记得，在他们之间发生第一次的时候，刘姨太是多么泼辣、多么大胆、多么主动，可今天……

"家福，这事儿俺本来不想告诉你，可是，摊上这事，俺一个女人家该怎么办？俺又没有什么办法，只有靠你来解决，才……"

“究竟是什么事呀？”

“俺、俺有啦……”

“啊？什么？你，你有啦？”

王家福听了这话，这一惊却是非同小可。

当他们在做那甜蜜的交媾时，总是觉得不会有什么意外的，一次，过去了，两次，过去了……好像天神真的在保佑着他们，不会给他们增添什么麻烦，于是，胆子也渐渐更加大了起来。但是一对成熟的男女在一起，哪里能不孕？这下终于做下事了。

王家福一听到这个消息，真是害怕了，“果儿，那、那……怎么办？”

“俺在问你该怎么办？你却又来问俺。”

王家福有点傻了，这可如何是好？

凡是私下做这男女偷情之事的人，开先总是那么大胆，只想着享受那人间的欢乐，从来不去想什么后果的。可是，这刘姨太正值青春，要享受男女欢娱，哪里能避免这怀孕的事呢？这不，今天终将铸成了事实，两人却是束手无策了……

王家福想，这件事情如果败露，那可是败坏门风，在世上落下了许多骂名不说，刘姨太一定担不起这个名声，李家族人也不会轻易了结，那个贞节牌坊还怎么树在堡则镇的土地上？一旦……哎呀，他不敢想下去了……

“这可怎么办？刘姨太……果儿，你说，怎么办呀？”

刘姨太见他这个窘迫的样子，知道他也束手无策了，只好硬撑着说：“看你这个样子，敢做却不敢当，哪里算个男子汉？却还让我想法子，你就想想办法嘛。”

“哎呀……这可真是……”王家福像一株霜打蔫儿了的草，软软地躺在那里，不知该说什么。

“家福，你真的没有办法？”

“你看你，我要是有办法，还发这个愁？”

过了许久，刘姨太才说：“那……俺倒想了个办法……你能听俺吗？”

“什么法子？我听……”

“家福，俺想嫁给你。”

“啊？”家福一怔，马上摇摇头说，“以前我早就对你说过，这、这不可能。”

“怎么不可能？你没有老婆，俺没有男人，自古以来妇女再嫁的事有过多少先例，就连皇后、皇妃还再嫁呢，何况俺这个无名之辈？”

“真的这不可能。”

“怎么不可能？这礼教难道只是给俺一个人立的吗？”

“李东家待我家福恩重如山，我怎么能做出这等事情来呀……”

“这有什么不好？我想好久了，你若是不能去与二东家说，俺去和他说说，你为他李家出了这等大力，他不会不给这个面子的，家福，你还是娶了俺……”

“这……不行呀……况且说，你已经是修了贞节牌坊的女人了。”

“什么贞节牌坊，那都是束缚女人的绳子，是给俺的一个铁笼子。俺不管那，俺就是要嫁你。”

“可是，这……这是绝对不行的……”

果儿说了许久，见他决意不肯，只好擦一擦满腮的泪水，长长地出了一口气，“俺真是命苦呀……那你说怎么办呀？你不娶俺……这不是逼俺去死吗？”

“你让我想想……”家福挠着头，苦苦地思索着。

“家福，要么，你还是带俺走，去哪里都行。俺会好好对待你的，也会好好对待盼成的。咱们走得远远的，到一个谁也不知道的地方去，到一个谁也不认识咱们的地方去，去过咱自家的生活，再苦再累，俺也行，只要能跟着你……”

果儿心诚地恳求着，她真的不愿再过那个孤单的生活了……

可是，王家福心想，刘姨太是主人，他是奴仆，他不能娶主人为妻呀，尽管她是一个温柔、善良、美貌、贤惠的女人。李家对他有恩，他要是这样做出来，带着李家的姨太太离家出走，有悖伦理。

“不行，真的不行。”

刘姨太无奈地低下了头，说“家福，这两个办法你要是都不答应，俺只好在李家把这个孩子生下来了。”

“啊？这怎么可能呢？这不更是件荒唐的事吗？”

“俺想了，管他别人说啥话，反正大老爷活了三十来岁，也没有留下个后，大太太因为没有能给老爷生个一儿半女，也气得得了病，跟着老爷上了黄泉路。只留下俺为他守寡。不论怎么说，俺总是他李福寿的老婆，俺生下孩子就是他李家的人。”

“果儿，你真糊涂，哪有丈夫去世十五年后，妻子才给丈夫生孩子的事情，这不让人笑掉牙？况且刚刚给你修起贞节牌坊，你却在家里养下了孩子，李家族人哪里能容得下这等事呀。”

“要说也能包住，咱暗暗地别让旁人知道，就说是为了续后，给老爷抱养了一个孩子，也能为他续个香火，不管别人承认不承认，俺给他养活起来……”

“你就说抱养，这孩子也总是要有个来路，这不明不白的，凭空哪里能多一个孩子出来？纸是包不住火的，事情一旦败露，这可就给人留下把柄了，李家祠堂就要开堂杀人了……万万使不得……”

“家福，如果这孩子真的不能生下来的话，那你除非让俺去死。”

“什么？”家福的头炸了一下。

“俺是修下贞节牌坊的女人了，李家族人一定不能容忍这事，与其让人家在祠堂里用家法害了俺，那还不如让俺自家去死，这样倒还能落个好名声……”

“年轻轻的，你怎么能有这个想法呀？果儿，千万不能这样想……”

果儿哭了起来。

可是家福还是没有办法。

果儿呜咽着说：“家福，你真的就没有什么办法吗？”

“嗨，我要是有办法，还能让你受这难过？”这是真话，他们感情好到了如此地步，家福哪里还忍心让果儿受苦，但是自己确实没有一个好办法呀……

果儿悲伤地哭了……她是多么想从此改变自己的命运呀……她太苦了。她嫁到李家来，那时她才十三岁，开始她也过得幸福，可是不到半年，丈夫就去世了。从此，她这个花骨朵还没有开放，就开始蔫儿了。成了一个永远的花骨朵。她的青春发育时，成了她生活的枯萎期。

她生活的天地，就是一个樊笼。

她每天的行踪，就是这个小院子里转转，家里坐坐，闷了过来和桂珍妯娌俩说几句话儿，就是到街上买东西呀，那也是很少的。哪怕是镇上赶集、过会、唱大戏，她都很少出来，她不想去看人家双双对对的影子，那不是无故给自己增添不快吗！倒不如这么静静地、清淡地活下去……

尽管这样，虽然可以躲避开外在的刺激，那来自跟前的影子还是难以避免。看见二东家和妻子亲亲热热的举动，她的心里渐渐懂得了情、懂得了爱，懂得了人间有这奇妙的欢乐，可是这一切，对她来说，已经再也没有权利了，她一直处于压抑之中……特别是随着年龄的增长，她渐渐体味到一种莫名其妙的感觉，往往一种特殊的冲动会突然来临，会突然袭击她的心灵，这是什么原因？她不明白，她忍耐着、克制着，可是生理上的渴求，不是忍耐和克制能压制住的。

因为这就是情的诱惑，这就是性的冲动！她已经成熟了。

苍天不负苦心人，终于她得到了王家福，在他身上，她体会到一种满足。

这种满足，尽管已经迟到了，但总还是到了，这给她的心中留下了一点点安慰。

可是，那幸福不仅没有将她送到陶醉的天堂，反而马上将她带到了恐惧的地狱，王家福在给她美好快慰的同时，也给她种植了一个小生命……

这也许是她一生中唯一能做母亲的机会了。她多么想有属于自家的一个孩子呀，能亲手喂养一个招人喜爱的孩子呀。传宗接代，这是人来世上最重要的事情。她原以为把这个消息告给王家福，他一定会答应她的请求，带着她走，一齐走，一齐远走高飞，到一个没有人知道的地方去生活，一切重新开始……那样，她将靠着这个有头脑、有才干的好男人，这个雄壮的好男人，她这一辈子也算没有白活。可是，她哪里想到王家福偏不干，一直是拒绝。她伤心地哭了……

“刘姨太，哦，果儿……你听我说。”王家福翻身抚摩着果儿，他还是用一种男性的雄伟的爱来慰藉她，“果儿，你别怕，我会想办法的。可是，咱们不能走呀，李家对你我如此恩重如山，咱们怎么能走呢?”

刘姨太再也没有吭气。她还能说什么呀？天下虽大，而对她来说却是非常地小，充其量就是方圆不出一里的一片天地……她一个人是走不了的。她的企盼又一次夭折了，泪水从她的脸颊上缓缓地流了下来……

“果儿，你相信我，以后我们除了不能成婚，一切我都会照顾你的……”

这一晚，他们不知是如何度过的……

这一晚，王家福翻来覆去……

第二天，王家福便去找东家，说太原府的店铺已经快半年了，需要去盘点一下，不然时间久了怕有漏洞。

东家见他说得有道理，也就同意了，马上派他前去处理。

其实，这是王家福打着的幌子，他想去太原干什么，他要去太原干什么，只有他知道。

于是，王家福急忙吩咐下去，准备马匹行装，当天便一个人迫不及待地出发了……

六　王家福省城求神药

李家在太原开设的店铺，叫“禄兴居”。

起这个店名，还是王家福的主意。因为其东家名叫李禄寿，把店名叫做“禄兴居”，象征李禄寿的这个店铺将会兴旺发达之意。不知真是因店名起得好，还是经营有方，真的，“禄兴居”从一开业便生意兴隆，确实兴旺起来。

“禄兴居”就开在钟楼街，那里可是省府太原最繁华的地方。

王家福匆忙打点停当，一个人骑着高头大马，离开堡则镇。一路上晓行夜宿，穿过近百里的太行、太岳两大山脉相交的南关大峡谷，出了洪口，又走过了太谷川，急急忙忙地赶到了太原城。

他打马走进太原南城门，马上有一种小城镇所体验不到的感觉。尽管太原他已经来了好多次，但刚从一个小镇来到省城，眼前的一切都还是觉得那样新鲜、那样诱人。特别是辛亥革命刚刚结束，省城里新出现了许多带革命的内容，人们都把辫子剪了，还有些洋人在街上走动。可是，这一切都不能吸引他，他这心里乱得很。

他没有心思观看太原城的繁华，没有心思观赏太原城的热闹，径直向钟楼街走来。

这是一个非常热闹的街市，街上的人群熙熙攘攘，拉客的洋车过来过去。街道两边全是挂着各式招牌的店铺，杂货店、米粮店、肉食店、古董店、花卉店、绸缎店、成衣店、文具店、珠宝店、典当店等应有尽有。特别是一批刚刚兴起的非常洋气的镶牙馆、照相馆、钟表店、眼镜店……更显得耀人眼目。而那些猜拳行令、吆五喝六、飘溢着酒香的饭店则更多。

王家福从这里走过，各种各样拉客的叫喊声充塞他的耳朵。要在往常，他都要进去浏览一下。他不买什么，但是出于对经商的偏爱，总是要走进各个店铺浏览、观察一下别人家的经营门道，增长些自家的经营知识。俗话说会看的看门道，不会看的看热闹，这王家福他是行家呀，进门转一圈，总能了解到这商铺有什么特色。可是今天，这一切都引不起王家福的注意，他无心去领略这省城繁华的景象，更无心去游逛商号店铺，他朝马背上狠狠地打了两下，匆匆忙忙地向前走，穿过熙熙攘攘的人群，他要急着赶到“禄兴居”去。

“哎哟，是东家掌柜的来了，快进来，快进来。”

当王家福一走进“禄兴居”，店铺老板见是大掌柜来了，当然是上上等的招待。这个店铺是王家福一手经办起来的，所以王家福在他们眼里，那也就是东家了。

老板马上递烟、倒茶，忙得不可开交。

王家福客气了几句，喝了一口清茶，稍息一会，便说：“咱们禄兴居创业以来已近两年，效益甚佳，李东家对此非常重视，可是，由于东家的生意发展越来越大，最近在汉口、西安等地新开商号，好久没有顾及禄兴居的经营管理，全仰仗各位的努力了，好像已经有半年多了吧，还没有对店铺的账目、财物进行过核算和点验，我这次来，就是奉东家李老爷之命，想盘点一下，看看咱们的店铺红利收益情况。然后，看你们在这里有什么问题、有什么困难需要解决，更有什么好的设想和建议。”

“好，好，东家尽管查验，我早盼着东家来呢。今年，咱们大家一起努力，铺子的利润收益情况还是很好的，真可以说是日进斗金呀，我估算了一下，这半年来本钱又该是翻番有余了，大概就是这个情况，具体的账面上记得一清二楚。这不，还有一件要事要说，我正打算捎信和东家商量，隔壁这家商号前一段出了点事，不能维持下去，想要收拾关张了。我想，咱们如果把它也盘下来，扩大规模，效益不是更好？这地方可是寸土寸金的地段呀，咱们把‘禄兴居’搞大，不怕赚不了钱。”

“好，你这个主意不错。只有扩大经营，才能赚到更多的利润。我赞成你这个想法，这几天你先给我估算一下，要盘下隔壁店铺，大概需要多少钱。”

“好，好。”

“这样的话，我们就开始盘点吧。”

按照王家福的要求，店铺马上停业盘点。

王家福对账目十分精通，别看他坐在那里光顾抽水烟袋，可是伙计们查点、报账，一笔笔唱数，他心里都很清楚。为了减少盘点停业的损失，王家福让他们昼夜一起干，加快速度。很快便清点下来，店铺的利润两年翻了差不多五倍。

其实，他想尽快盘点完毕，还有一个更重要的因素，就是他还必须尽快赶回去。因为，刘姨太那里的事情火烧眉毛，是不敢久拖的。那腹中的婴儿，可是一个活物，一天天在长大呀。

盘点结束以后，王家福说，要到街上走一遭，观察观察商情。

店老板马上说：“东家，我派一个伙计随你出去办事吧。这一段由于太原闹革命了，街上乱得很呀，你一人出去，我不放心。”

“不用了，我一个大男人能怎么样？无钱无物，空人一个，不怕。我一个人出去自在些，随便溜达溜达，好了摸些行情。刚刚盘点，许多货物翻得乱七八糟，他们还要尽快整理好才是。”

店老板也不好再说什么，只好由他一个人去。

王家福走出店铺，从钟楼街一直向东，一个人转到了柳巷。

柳巷，是太原城妓女院云集的地方。这里灯红酒绿，莺歌燕舞，许多公子哥儿、达官贵人，都来这里消遣。什么怡红院、桂枝苑、贵春楼、百花园、满香亭、如仙阁……数不胜数。就因为这烟花柳巷已有上千年历史，得名柳巷。这里汇集了粉黛佳丽，融入了明彩暗香，成天价歌声迭起，醉生梦死，好不热闹。不仅如此，每到傍晚，街上还会有许许多多的野“鸡”出来，招徕一些低档的嫖客。

不过，王家福今天来这里，并不是想要去做嫖客的。他没有那种偏爱和嗜好，更没有那种心境。

那么，他今天究竟来这里干什么呢？

其实，他之所以向东家提出，要来太原盘点店铺，不过是想找一个合理的借口而已，其真正目的则正是在于此。

他对太原城了解甚透，早已听说柳巷街上除了妓院就是诊所，而这些诊所，都是专门治疗性病的，除此之外，还配制一些停经、打胎的药物，来为那些野“鸡”服务。他这一次的太原之行，正是要来此寻找解除心病之良药。

当他听说刘姨太果儿“有了”，偏偏刘姨太又提出了要嫁给他的想法，或者让他带她走，到一个新的地方去生活。这两条他都不能答应，果儿便又说要将孩子生下来，要不然那她就去死。

可是，这几个办法他都不能答应呀。他不能娶她，又不能带她走。可是，这孩子又不能让她生下来。不生怎么办？那可是要瓜熟蒂落的呀，不是你不让他出来就不出来的事情……相处了这么长时间，他更不能逼着她去死……

这四条路是那一条也不能走呀，那么第五条路是什么？……

那天晚上，他想了很久很久……

想来想去，只有这一个办法，也算是一个最好的办法，那就是打胎。只有这样，才能根除腹中之害。既可救果儿之命，也可保他俩之情……

可是，找谁帮助他办这事呢？他不能用本地的医生，也不敢用本地的医生。一是怕他们医术不高，万一有个差错，伤着了刘姨太；二是怕本地熟人多，难免有些风言风语，万一走漏了风声传出去，名声不好是小事，不又害了果儿？

于是，他想到了太原城的柳巷。

两年前“禄兴居”开创时，是他一手来这里操办的，钟楼街离柳巷很近，这些情况他早已有了了解。所以，他才请求东家，架着盘点店铺的名义，来太原求取“仙丹妙药”。

“先生，过来坐坐呀！”

“老板，来呀，享受享受吧！”

“先生，你看姐姐多漂亮呀，过来哟……”

他一走到柳巷的街上，伴着一阵阵丝竹之音，大门口、楼窗上……一个个花枝招展的妓女，在向他招手。她们都把他当成了嫖客……

这里全是妓女，一切都是赤裸裸的，没有任何掩饰，没有任何藏掖，只把金钱与肉体的交换，一股脑儿摆了出来，任你去挑选，就像是挑选什么货物一样。

这里到处是女人，她们穿着艳丽新潮，毫不掩饰，那旗袍的开叉很高，身子一扭动，便会将半个身子亮出来，各种各样女人的声音，从各个角落里传来。笑声、叫声、唱声……都是那样娇滴滴。

这一切，确实有些诱人。你看那些男人一个个在妓女的拉扯下，像醉了酒似的，走上了青楼。

可是，他心里有事，哪里还有心思去欣赏妓女的美貌和娇艳？他不敢抬头，只顾自己走路。

突然，一位妓女走过来拉住他的衣襟，“先生，进来坐坐呀，喝杯茶，听听歌……你看我这模样，难道还不想乐一乐吗？来嘛……”

“谢谢了，对不起，我有事。”

那位妓女还是纠缠着他不放，“有事？哪位先生来柳巷能没有事呀，没有事的人，他也不来柳巷呀。哈哈哈哈……别怕，先生，这里没有人找你的麻烦。凡是来这里的人都是干这个的，谁说谁呀。今朝有酒今朝醉，今朝有女今朝睡。来吧，我们这儿的姑娘呀，最漂亮。保你满意……”

“来吧。”又一位妓女也在一边鼓动着……

王家福真是没有办法了，他必须马上离开这个是非之地，急忙甩开衣袖，朝前走去。

身后立刻传来一阵阵嘲讽的笑声和骂声，甚至楼窗上的女子将一把瓜子皮抛在他的头上。

他抬头看见一家叫“妙春堂”的诊所，只好狼狈地钻进去。

前来这个诊所就医的大多是些“野鸡”。

王家福进去以后，见有几个女人正在那里求医问药，他远远地坐在一边。尽管这里没有一个熟人，他还是低着头，不愿让人们知道这件事情。他心烦意乱地在那里等着，直到诊所的病人都走了，只留下大夫，他才凑过去。

“先生，你有什么病？”大夫以为他也是来治疗性病的。

“我、我没有病……”

“没有病，那你来这里干什么？”

“是……我太太……”

“是你太太得了性病？是什么症状？”

“不，不是，她、她也没有得那种病。”

“这就怪了，那你没有病，来找我干什么？”

“大夫，我有一事求你，是这样的，我太太她怀了孕。可是，可是……不能生下来……”

“怀了孕，生不下来吗？那是难产，我治不了，要找接生婆去。”

“不，不是，不是生不下来，是不能生下来……”

“哦，这么说，你是要打胎吗？”

“对、对、对，是要打胎，打胎。”

“哎呀，”大夫显得很不乐意的样子，“这可是个伤天害理的事情。我们这做大夫的，本来是治病救人，救死扶伤的呀，那是积德行善的事情，哪里能……你太太既然怀了孕，为什么又要打掉呢？”

“嗨，总是有难事吧……”

“难事，怀孩子，生孩子，传宗接代，这是正常的事情，会有什么难事？”

“大夫，嗨，你不知道，现在我就给你实说了吧。她其实不是我太太，她是一个寡妇，与我相处甚好，可是，由于种种原因，我们又不能成婚，只能是做些苟且之事，一而再，再而三，本觉得没有什么大事，谁知如今她突然有了身孕，实在是没有办法呀，只好……”

“我行医是以治病为主的呀，打胎嘛……那可是……除了妓女，我还没有干过这事。那可是伤天害理呀……这样吧，既然你求上来了，我也就给你行个方便。我给你开一副汤药，不过……”大夫拿起笔来，却一直不开方子，见他这样着急，是想诈骗他一点钱财罢了。

事到如今，王家福也没有别的办法了，他看出了大夫的用意，只好说，“大夫，只要你能为我解除了这个心病，且保证她的安全，钱，好说。”

“那是一定的呀，听你是个外乡人，不过，你出去在太原城随便打听打听，咱这‘妙春堂’，哪个人不知道？五代祖传，神医呀……”

这大夫一边海阔天空地说着，一边已经开出一个方子，“你在这里抓药吗？”

“抓，抓。”

“好的，”大夫把方子递给抓药的伙计，“按这个方子抓吧。”

趁伙计抓药的当儿，王家福又小声地问道：“大夫，我还有句话想问问你。听说有一种药，吃了以后，就不会再怀孕的，我还想请你给些这种药，看是不是能行。”

“哈哈，那倒是可以。这种药叫绝经药，吃了以后，女人虽然不能完全绝经，但女人的经血就再也不正常了，从而起到了避孕的作用。只是这经血不正常了，体内的激素分泌也会失调，女人的性欲便也因此而减退。所以一般人是不服这种药的，只有以性谋生的妓女才服此药。你看，这是不是……”

“那……还有没有别的办法？”

“办法当然是有的。这中药之理，来自五行，五行讲究相生相克，药理当然也遵循这个规律。自有生之，便能克之。此药虽然减退性欲，却能改变女人月事之规律。然而，除却了女人的性欲，那女人为妓，即使家资万贯，赚了钱还有什么意义？性乃人之天性也，无欲则无一切。所以，为医者便又推研出另一服回春之药来补之，此药可恢复女人之性欲，使得女人在为妓之时，既不会经历怀孕之苦，也会有性之欲也，这样便两全其美了。”

“那就请教大夫，再给一副回春药如何？”

“好的。这可是我家五代祖传的秘方，甚是灵验。先生你来此，算是来对了。”

说着，他拿过药来，指着介绍道：“这三副药，一副为汤制，即是这打胎之药，另两副为粉制，一为乱经、绝经，一为回春起性。我要说明一点，这药之服法千万要注意，此三副药，在药理上讲是相辅相成的，只有相互依赖，药效才能发挥，三副药必须一次服下，以汤送粉，这样才能起到好的作用。不然，别怪我的药不灵验呀。”

“好，好，我都记下了。感谢大夫救命之恩。”

王家福得到了这神药，如同得了太上老君八卦炉里的仙丹。从诊所出来，他如释重负，心里总算轻松了许多。

他马上回到“禄兴居”，把店铺的事作了了结，启程往武乡赶……

七 祸与福佳人翘首盼

在太原的事情一起处理完以后，王家福再也顾不得在省城观一下风景市容，心急如焚，归心似箭，急急忙忙打道回乡，一路上风尘仆仆自不必说，匆匆赶回了堡则镇。

这天夜里，本来已经是阴历十四了，按说月亮已经到了快要圆的时候，地上也该洒一层银光了，可是偏偏天上布满了厚厚的云层，将月亮遮了个严实，地下黑乎乎的。

回到镇上，王家福连饭也顾不得吃，顾不得远途劳累，先去上房给东家汇报太原府店铺“禄兴居”的清盘情况和在太原创办染坊以及选址情况。

“家福呀，你还没有吃饭吧。”

“是。”

“那好，正好我也想喝两盅。”他朝门外喊：“三儿，让厨子送两个菜来。”

于是他们一边吃饭一边聊太原的事。

李禄寿对他的处理那是非常赞许，同时也非常关心他，简单寒暄了两句，怕他旅途跋涉，身体劳累，便对家福说：“好了，家福呀，先别着急，你也走了这么远的路程，辛苦了，先回去休息吧。关于染坊的事情我看咱们明天再仔细商量一下，自然要做就要抓紧，要不咱们一两天之内就出发，先请个大师傅来，把厂址设计一下。好了，你先歇息吧。”

“那好，那好，那就明天再说。”

王家福得了这句话，也就返身走了出来。

他回身急忙去把大院的门上了闩，然后回到自己的屋里。

他立马吹灭屋里的灯，这是想告给人们他早已经睡了……其实这个院里已经没有外人了，下人们都各自回去了。这院里只有他和刘姨太、李东家及他的夫人他把头探在窗户上的小洞口，用一只眼使劲地向外瞄，来观察外面的动静。

其实大院的门一闩，外面的人是进不来了，而这个院里也就只有他们四人了，李东家夫妇还会出来监督他吗？只是他要小心罢了。

当他确认外面的院子里静悄悄的，没有一丝响动，他便将房门推开一条缝，侧着身子从缝隙里钻了出来，回身又将房门虚掩，他轻手轻脚，却又迫不及待地来到了刘姨太的屋里。

刘姨太当然也早已等他等得心焦了。

此时此刻刘姨太的心，就像夏天的云彩，一会儿一个样子。

这许多天来，她觉得真的好难呀。夜晚，她都在沉闷之中，感到这时间过得太慢了，家福嘴上说是要想办法，可是他一闷劲儿走了……他的人不在跟前，这使刘姨太更为难过，他究竟在想什么办法？他究竟去干什么？她弄不清。他总不会丢下她不管吧？他总不会因为害怕起来跑了吧？……左想右算，心里什么头绪也没有，她就这样在烦闷之中度过这漫长的时间……

白天，她又感到这时间过得太快了，自打家福走了以后，她在墙上划着道道，一道、两道、三道……一晃，家福走了已经十多天了。那肚里的孩子可是不等人呀，他在肚子里一天天地长着呢。又是心焦，又觉得怕，她用手在肚皮上摸，只觉得肚里的孩子一天一个样，好像马上就会长成……

“家福呀家福，你真是个狠心的东西，俺在这里急得没有办法，你可倒好，管你起来颠儿了，撇下俺十多天了，也没个人影，你究竟跑到哪里去了……”

刘姨太想出去照一照，瞭一瞭，可是又怕别人说闲话，况且说，你就是去那村口瞭，那又能瞭多远？你瞭着那个灰灰山，也不过三二十里远。谁知道他去了什么地方？想去打听一下，又真不好意思张口，想来想去，只好拿一个小凳子坐在院里听，看有没有动静，看什么时候能听到家福的声音。外面有个风吹草动，她就竖起耳朵听，可是，一次次又让她失望。就这样她等呀，盼呀，盼呀，等呀，今天终于等回了这个没良心的东西……

今儿天擦黑儿，她才听见了王家福在门口喊，“三儿，拴马。”

哎呀，是他回来了，刘姨太立不是，坐不是，不知该如何办。出去和他见上一面吧，又怕那些给他拴马、搬行李的下人们看见了说闲话，可是在家坐着又心焦难耐……她想，他肯定夜里要来的，就再忍上一霎霎吧……

好不容易等到吃过了晚饭，她急切地盼望着他早早到来……

这时，只听院里“圪蹬、圪蹬”响了两声，哦，他来了……

刘姨太的房门是给他虚掩着的，靠左手这扇门，轻轻一推就开，门转不响，没有声音，这家福都知道。当家福轻轻推开门，侧着身子一走进去，早已等在门后的刘姨太一把抓住他的衣裳，使劲在他身上又揉又推，然后又用拳头去打他，“你呀，你呀，你好狠心呀，这十多天了，你去哪里了呀……你个狠心的东西？”

家福知道果儿心里着急，他也不躲，也不藏，任凭她来发泄，“果儿，要不是为了咱这事，我能走吗？我也离不开你呀。”

“为俺？你为俺办什么去了？”果儿生气地说。

“为了你肚子里这个‘麻烦’呀……我总得想办法呀。”

“你想什么办法了，这一去十多天没有影子，难道这办法是花钱买去了？”

推揉了许久，果儿觉得累了，她又一下子将家福的脖子搂住，把脸紧紧地贴在他的胸膛上，泪水“刷”一下流了出来……

家福用手在她的头上轻轻地抚摩着，他接着果儿的话茬说：“是呀，你说对了，是花钱买去了。为了这个办法，我可是费尽了周折呀。”

“俺就不知道，你又想出了什么馊主意？”

“果儿，这回总算有办法了，你看。”

在油灯下，王家福一边说，一边从“钱叉子”里取出一个小包包。

“这是什么呀？”刘姨太一下子也没有反应过来，不解地问。

“这是我在省城太原府找名医配制的打胎药，只要吃了它，马上就没事了。”

“哦，原来你想的是这个‘好’主意？家福，这可是你的骨血呀……你是怎么想出这等办法的，真的这么狠心……不，俺要这个孩子，俺这一辈子，应该有个自家的孩子。”

“果儿，你听我说，你我既然不能成婚，又怎么能要这个孩子呢？”

“你娶不娶俺，俺都要把这个孩子生下来，俺要做娘……”刘姨太固执地说。

其实，这也不是她固执。你想呀，一个人来世界上走一遭，不能有自家的孩子，那是一件多么痛苦的事呀。刘姨太清楚地记得，当年大老爷李福寿写下了通天牒文，在玉皇庙里烧香祈祷，自己送了性命后，大太太就是因为没有给大老爷生下一个孩子，使大老爷断了香火，感到无颜见人，积怨而死。如今她可是有了，她惊慌地摸着肚子里的小生命，心里不知是什么滋味，她多么想要一个孩子呀，她仿佛看到一个胖呼呼的娃娃在她眼前爬动……很快就能够见到自家的孩子，可是，这个将要成为孩子父亲的他，偏偏想了这么个馊主意，就是不让孩子来这个世上，她能理解吗？她能忍受吗？

“不，不行。这可是礼教不容呀。你要是敢将孩子生下来，不但这孩子活不成，你也会受到李氏家法的酷刑……你可已经是立了贞节牌坊的人了，这牌坊就是你的标志，这牌坊就是你的形象。你要敢违变了祖训，将孩子生出来，那可是冒天下之大不韪的事呀……我不能眼睁睁看着你，在严酷的家法之下，悲惨地离开人间……果儿，你就听我一句话，这一辈子，我会照顾好你的……”

“你不要吓唬俺……”

“不，果儿，这是真的。”

“……”

刘姨太什么也不说了。她还能说什么呢？

做人难，做女人难，做一个没有丈夫的女人——寡妇更难，做一个修了贞节牌坊的寡妇那更是难之又难呀。

礼教，啥是个礼教呀？礼教就是束缚女人的绳子。缚住你，你什么也不能做，你抬抬腿、张张嘴，只要一动，便都是违背了礼教……

男人和女人怎么就有如此大的区别？一个男人不仅可以有三房四妾，还可以到外面寻花问柳，嫖妓宿娼，自由自在，想要多少女人就要多少女人。而一个女人呢？却必须遵循礼教，从一而终，不能越雷池半步，丈夫死了，还要为他严守贞节，不能再与其他男人接触，这就是妇道……

老天爷，你好不公平呀……

她的心里痛苦极了，她紧咬着嘴唇，泪水泉涌般地滚了出来。她的命，怎么就这么苦呀？

在她还丝毫不懂一点点人生感情的时候，在她还不知道什么叫青春欲火的时候，在她还没有享受过一点点异性带给她快乐的时候，她的丈夫就过早地离开了人世。她才刚刚迈进丈夫的家门，刚刚成为一名富贵人家的姨太太，却又一下子进入了另外一种生活境界，她从一个处女，顷刻之间又变成了一个寡妇。一个寡妇呀，这是一个多么残酷的词语。虽然说，她是富贵人家的姨太太，可是她已经成了一个没有丈夫的姨太太，一个守空房的姨太太，一个必须严守贞节的姨太太……

然而，这一切都是空的，那种孤独、那种凄凉、那种悲哀……那一肚子的苦衷，谁又能知道呢？谁又能理解呢？

就在这样的痛苦之中，她度过了漫长的岁月。

细想起来，她真的说不清是如何过来的。她曾经想过死，有句话叫“人死如灯灭”，跟着她的丈夫，跟着曾经和她共处一室的大太太，到另一个天地……这人世间的一切烦恼便再也不存在了……

可是她还是没有死。

她的年纪太小了，她总想着能有一个转折的机遇，这是她唯一的希望，总想着能有一天……哪怕是仅仅一天，她也能享受一下人间的欢乐，一个做人的欢乐，一个做女人的快乐……到那时，她也算是死不足惜了。可是，她的天地太小了，她就像是一个掉在井里的蛤蟆，抬头才能看见多大一点天呀？深宅大院，大院深宅，翻来覆去，复去反来，还是这个小小的天地呀。在这里，她只能在这里，她究竟还能寻觅到什么呢？哪怕是一点点的温暖，一点点的真情，也算是她的造化。

也许真是苍天有眼吧，谁知道就在她已经心灰意懒的冥冥之中，突然，又闪现出了新的希望，她发现了一个人，一个使她思绪不能宁静的人，一个使她内心不能不想的人，一个让她怦然心动的人，她开始把注意力集中在了这个人身上，这个人就像是一根救命的稻草，虽然还是那样渺茫，可毕竟还是有着一线救命的希望。

这个人，就是李家的大掌柜——王家福。

她终于成功了，因为在他与她之间正好需要一种互补。

是他，让她成为一个真正的女人；是他，让她享受了人间的欢乐；是他，给了他生活的慰藉，是他，给了她生活的希望……

可以说，就是他这个早已失去了妻子的男人，这个雄性十足的男人，给了她第二次生命……

可是，也正是他，给她的体内，栽种下了这么一个只有他和她才能拥有的种子——一个幼小的生命。

本来，刘姨太心里曾想，只有这个孩子，才是救她走出苦海的唯一，这个孩子的出现，也许会使家福扭转自己的想法，为了他们之间的爱，为了他们共同的爱的结晶，会带着她远走高飞，走到一个很远很远的地方，那里无论是什么前景，哪怕是一起去沿街乞讨，她也心甘情愿。无论如何，她总是拥有一个丈夫呀，她总是拥有一个知冷知热的丈夫呀，她总是拥有一个和她朝夕相伴的丈夫呀。可是，这一切，还仅仅只是一个梦想，她苦苦地等来等去的梦想……

她期盼着有一个新生的机会。

谁想到，这个王家福，他竟然做出了一个与她想象的简直是天地之别的决定。

她苦苦地等呀等呀，终于等回他来了。谁知道，他并没有给她带回什么希望，却给她带来的是一包实实在在的“打胎药”。

这确实使果儿伤心透了……

“果儿，你不要想不开，这我也是为你好呀，在这里，虽然是禁锢在深宅大院，可是，你不仅有着温暖的生活，更有着做人的尊严，你备受着李家族人的尊重，生活上没有任何困难。再说，二东家对咱们如此关照……如果咱们离开这里，一切都会是另外一个境地，到那时，族人的唾骂，世人的指责，生活的颠沛流离，我们还有何面目见人呀……”

这一切，家福已经给她说了多少遍，刘姨太并不能接受。

可是，既然他不能带她走，不能带她离开这个深宅大院，不能带她走向外面的世界，不能给予她过一下自由自在生活的机会，她还有什么好说的呢？

人们说女人的心是水做的，刘姨太的心也是水做的，她最善解人意。

既然家福不能带她走，他一定有什么难处，她不再强求他了。

这就是命运，人们说，一个人在出生的时候，“衣胞”上写着八个字，也就是出生时年月日时的天干地支组合，这八个字注定了人的一生。她的命运在她出世时的“衣胞”中就已经刻上了，而且她将会带它一生，这是注定了的。要么，老天爷怎么总是将那些悲惨的情节、悲惨的故事，一句一句地写在她的身上呢？想到这里，她长长地叹了一口气，轻轻地接过那包打胎药。

在她接过药的那一瞬间，她那颤抖的双手，顿时感到无比沉重……

她，接过的难道仅仅是这一包打胎药吗？这将是一把杀人的利器呀，是用来杀死自己亲骨肉的利器呀……

她浑身感到一阵瘫软。顿时，头晕了，目眩了，身子再也支撑不住了，不由得倒在了王家福的身上。那包药也从她的手里滑落在地上……

王家福急忙伸手扶住她。

只见她闭着双眼，脸色淡白，嘴唇紧闭，浑身没有了一丝的力气。

家福只好抱起她，轻轻地将她放在了炕上。

忙乱了许久，刘姨太才慢慢地苏醒过来，王家福也长长地舒了一口气，他轻轻地扶起果儿，并一件件地帮她把衣裳脱掉，露出了白洁细嫩的肌体，只留下一个绣花的红肚兜，然后平稳地放在炕上，又展开了那床红花缎棉被，给她严严地盖在身上……

家福又去倒了一碗开水，坐在她的身旁，一勺一勺地喂着她。

那种亲昵，那种温馨，把一种特殊的关爱传递给了她。许久，刘姨太的脸上才泛出一点点红晕。

王家福这才放了心，他低下头在刘姨太的脸上亲了亲，又用腮在她的脸上厮磨着，轻声说："果儿，你可吓死我了……"

听到这一声，刘姨太仿佛从阴间走回来一样，眼泪"刷"的一下流了出来……

"家福，你害的俺好苦呀，那个贞节牌坊，害得俺们好苦呀……"

"果儿，别这么说，我会照顾你这一辈子的……"

这一夜，他们还像往常一样睡在一起。

在静静的夜里，外面只有远远的小河边传来的蛙声，在不时地叫着，此时，天上的云彩好像也淡薄了一些，窗户上也仿佛有了一点微明。

经过一阵别扭之后，刘姨太还是将头深深地埋进了家福的胸膛里，两只细嫩的手在他的胸口慢慢地抚摩着，她是在寻求爱的刺激吗？她是在探索情的真谛吗？她是在猜测心的隐痛吗？……

王家福紧紧地将她抱住，似乎要把他全身的温暖，一股脑儿全部送给她，以抚平他带给她心灵上的创伤。

夜已经很深了……

毕竟他们已经有了十多天的离别，久别胜新婚嘛，双方相互久久的抚摩，还是勾起了他们心中的欲火……

他们最终还是排除了心中的不快，开始了那百般温情的交媾……

可是，刘姨太那往常的激情，不知跑哪里去了，她那柔软的胴体，有些懒洋洋的，以往的那种激情和冲动都消失了，只留下一阵阵无精打采的呻吟……

这一切王家福完全能感受出来。

刘姨太给了他这么多的温情，而他却不能满足她的要求，这难道能怪刘姨太吗？家福只好用自己的体贴来关照她，特别是他坚持着想用这种方式，这种男女之间最有力的方式，来鼓动她的情感，来弥补他的误失……

这一夜，他以更多的倾注，更长的持续，更雄的显露，把男女之间的结合推向高潮。许久，他们才昏昏地入睡……

八　下山东因祸却得福

第二天，天还不明，王家福就早早地起了床，他爬起来侧身去端详了一会儿还在熟睡的果儿，想去亲她一口，又怕将果儿惊醒，影响她的休息，便轻轻地穿好衣裳，把被子给果儿往严压了压，轻手轻脚下了地，他点起柴火，开始给刘姨太煎药。

因为是初秋，刘姨太又不做饭，她是不该在家里点火的。那么，今早他在家里点火，屋外总是要冒烟的，万一让别人看见，该说什么呀？这不是给人留话柄吗？所以，他就起了五更。他想，这样神不知鬼不觉，等人们都起床时，他就想将药煎好……

家福坐在灶火旁边看着，将药煎好以后，他端下药来，把火封了，又将药茶壶盖好，生怕把药凉了。之后，他又坐在刘姨太的身边，两眼瞅着她的脸，静静地等着。刘姨太还懒洋洋地睡在被窝里……

直到太阳一杆高了，刘姨太才蠕动了一下身子，睁了睁微微发肿的双眼……

王家福见她醒了，这才轻轻低下头，在她的脸上亲吻了一下，然后微笑着逗她说，“果儿，还不起床呀，你看看，老爷儿都照着屁股了……”

家福的幽默和诙谐，刘姨太并不在意，她也不吭气，剜了他一眼，蠕了蠕身子，又闭上了眼睛……

王家福知道她还在生他的气，他又能怎么样呢？只有用温馨、用柔情、用诚实来回报她，他又低头与她的脸紧紧地挨了一会儿，这才起身把熬好的药，倒在一只青花瓷碗里，轻轻地端在刘姨太的枕头跟前。

“果儿，起来呀，该吃药啦。我已经给你熬好了，别让凉了呀。”

刘姨太翻了他一眼，还是不吭气。

他又把手伸进被窝里，在她的背上轻轻地揉动，揉呀揉呀，一直揉到屁股上，像逗小孩一样，在屁股上轻轻拍打了几下，“看你还要懒，再懒惰就真得打屁股了。”

这时，果儿才慢腾腾地睁开了眼……

这一夜，她流了不少的泪，她的眼睛已经肿得像核桃似的。是呀，她的骨肉呀，她的心肝宝贝呀，就叫家福这么几句话说的将要没了……她能不伤心吗？她能不流泪吗？王家福心里明白，这对每个人来说都是会伤感的，特别是一个将要做母亲而又做不成母亲的人。

他不敢再提起，怕再勾起她的痛苦。只是把嘴唇靠在果儿的耳畔，一边用腮轻轻地与果儿的面颊厮磨，一边小声地说：“果儿起床吧，药我给你煎好啦，再不喝就要凉了。”

刘姨太还是一声不哼。

家福用手在她的额上、脸颊上轻轻地抚摩着，一会儿，又亲昵地用自己长满生硬胡须的面颊去滚动她的脸。

这是女人最喜欢的动作了，丈夫的胡子，刺激的总是女人的灵感。

许久，许久，王家福的苦心和柔情，终于使刘姨太心里的沉闷暂时消失了。她缓缓地从被窝里伸出她那白嫩的双臂，她似乎要舒展身子，可是伸出的手臂，突然一下子又勾住了家福的脖子，将她那小嘴靠近家福的唇边……

家福与她亲吻了一下，便就势将她扶了起来。她那雪白而光洁的胴体精光地显露出来，只有胸前那个红肚兜在蛹动，那白嫩的肌肤，和那艳红的肚兜形成一个鲜明的对比，更显出一种诱人的姿态。王家福不由得又将自己的面颊，紧紧地挨在她的背上……

“哎呀，胡子扎死俺了……”

“谁让你生得这么嫩呀。”

说着，家福从一边拿过她的衣裳，轻轻地给她披在了背上。接着，又拿过早已准备好的一杯温温的清水来，“果儿，来，先漱漱口。”

刘姨太用眼角的余光轻轻地瞟了他一眼，王家福这些温情、周到的动作，使她没办法再恨下去。嗨——

刘姨太长叹一声，这个又让人气，又让人恨，又让人爱的男人呀……

家福端着还很烫的药，一边用嘴轻轻地吹着凉，一边靠近刘姨太，他小心翼翼地说，“果儿，准备吃药吧。”

“好狠心的你呀……”果儿的眼里又浸出了泪水，这可是关系到一个生命呀……她真的不忍心。

家福赔着笑脸，“果儿，不怨哥哥我恨心，这都是事逼无奈呀。果儿，我这里还有两种药，你愿意不愿意吃？”

刘姨太没有吭气，只是用眼看着他。

“你怎么不说话呢？”

“啥药？你给俺准备了多少种药？你这是想怎么样呀？想害死俺吗？……”

果儿发出了一连串的问话，家福只是赔笑脸，待她发泄完了，才解释道：“看你说哪里去了，你对我这么好，我爱都来不及呢，哪里还能害你？”

果儿拉长脸叹了口气，“嗨，事到如今，说什么也没用了，反正都依你吧。今儿个你就是给俺拿回砒霜来，俺也认了，大不了是个死呀……”

“看你想到哪里去了？我能舍得吗？这也都是为你好，不，为咱们好呀。”王家福就像大夫一样，给她仔细地介绍着，“果儿你看，这一包叫绝经药。虽然不是彻底绝经，但服了以后，女人的月事就会变得不正常了，这样，以后就再不会有怀孕的危险了……”

刘姨太白了他一眼，生气地说，“俺理解了你的意思啦，你可想得真周到呀，家福，你这是还想让俺再好好侍候你，可是又怕给你惹麻烦，所以就拿回这个来让俺喝，这样，可是永远也不会给你惹麻烦了……”

“看你说到哪里去了，这主要还是为了你……为了咱们……既然咱们不敢生，不能生，又何必经历这怀孕之苦呢？”

“好，别解释了。说吧，另一包呢？随便拿来，俺吃就是了……”

“果儿，听大夫说，吃了这绝经药，大部分女人的生理上要有变化，怕对你的性感觉有影响，所以，大夫又给了一贴回春起性药，以催发你的性感，这样对你的……对咱们的性生活不仅没有任何影响，而且还会更加旺盛……”

“嗨，别给俺解释了，既然到了这个地步，也只好任凭你的摆布，你说怎样就怎样吧。俺又有什么办法呢？”

“哎。”

“家福，你就是给俺拿来砒霜，俺也认了，只管吃下去就是了……”

王家福终于做通了刘姨太的思想，他按照大夫的吩咐，将两贴粉制的药，先让刘姨太噙在嘴里，然后用汤药送下……

再说这天早晨，李禄寿的夫人桂珍起了床，走出院子来，突然，她嗅到一股异样的气味。这是什么味呀，是中药吗？是中药。她好生纳闷，这几天并没有听说哪个生病呀，也没有见谁召大夫来，是谁在煎汤药呀？

回到屋里，她一直想，谁这么一大早起来煎药呢？许久，脑子里才转过一个弯儿来，莫非……

王家福昨儿个刚刚从省城回来，今早儿这院子里就有了汤药味，这药不是家福带回来的又是哪个？可是家福为什么要带汤药？这院子里又没有谁有灾有病，他为什么要带汤药回来？这药是给谁喝的呢？难道刘姨太她……

哎呀，这事儿她不敢想。可是，一个身强力壮的大男人，一个正是青春的美少妇，常常在一起相伴，那也是正常的事呀……

哎呀，可是刘姨太她不能，这可叫怎么办呀？

为了证实她的想法，吃过早饭，桂珍找个借口来看刘姨太，她想探个虚实，好来帮助她。

“嫂子呀，干啥呢？”

这二太太人还在门外，就大声地喊着。

刘姨太听出是桂珍在叫她，也马上应道：“是桂珍弟妹呀，快进来呀。”

话声未落，桂珍已经走了进来。

刘姨太还在炕上靠着被子躺着，神态不好，有些懒洋洋的。她见桂珍走了进来，才慢慢地坐起来。

一见这情形，桂珍确信，她想的一点也不错。

“嫂子，你这是怎么啦？你是不是不想动呀？俺看你这面色不好，那就甭起来。躺着吧，躺着吧。”

桂珍关切地坐在她的身边，观察着她的面色，“哎呀，你看你，嫂子哟，你这人呀，就是这样不注意身体，看你的面色这么黄，你看这脸也有点发肿，一定是身上不舒服了，你怎不给俺说呢？嫂子呀，咱这女人就是命苦，能忍就忍，不能忍还忍，都成这样子了，还不吭气，这哪里能行呀，俺给你派人去叫大夫吧？”

“不用，不用，没有啥。昨晚受了点凉，歇息几天就好的。用不着叫大夫的。桂珍弟妹，只是俺这心里有点闷，你如果有空的话，多来和俺说几句话儿就行了……”

“这还不好说？在这个院子里，男人们一出去忙活，其实整天就是咱妯娌俩了，只要你不嫌俺麻烦，俺天天都来陪你说话也行呀。”桂珍微笑着应承道。

妯娌俩东一句西一句地拉呱起来……

又过了一两天，李东家把家里的事安排停当，便与王家福一道去太原筹备建染坊的事了。

这一去可就是几个月。白家已经将宅子腾空了，李禄寿来看了非常满意，下一步该做什么呢？王家福说，先到北京去找一个能执掌起这染坊生产的大师傅，做了规划，然后翻修厂房。为了使染坊的产品能打开市场，王家福亲自到济南购买了德国的印染设备。王家福李禄寿二人风尘仆仆乘车来到河北地界。正走间，却被一群人拦了去路。王家福撩开窗帘一看，便明白了七分，八成是遇上了土匪。这下可糟了，如果让土匪把这购买设备的款子抢了，这染坊的事可就怕黄了……

“东家，咱们遇上了土匪。”

“啊。”李禄寿一听这话，大吃一惊，“那怎么办？咱们可是把这几年的辛苦和努力都带在身上了呀，如果让土匪抢了，那可就前功尽弃了……”

“东家，沉住点气。我想最坏他们也只是要点钱，不至于将咱们俩怎么样。钱是人赚来的，只要留着青山在……”王家福扶着东家，一直在小声地安慰着他。

这时，一帮喽啰把他俩从车上拽了下来，为首的一位向喽啰们说：“把他们给我绑了。”

王家福一摆手，“慢，为什么要绑呀，是怕我们逃跑还怎么地?”

这帮土匪打劫了许多人，还没有见过这么硬气的人，这回遇到的一定是两位大客，于是，便按照规矩，将他俩的眼蒙了带回面交总司令。

“报告，今天抓来两个溜子。”他们被推到堂前。

“把他们的眼打开。”随着命令，一位小喽啰过去给他们把缠在脸上的黑布取了，他们二人低头不语，等待着这个总司令的发落。

这时堂上这位却开口了：“下面莫非是王掌柜王家福先生?”

“哦?”王家福见堂上长官认得他，便抬头一看，“你是……”

“鄙人于振海呀。”于振海马上吩咐喽啰，“这是我的客人，赶快松绑。”

“小的们有眼不识金镶玉，二位受委屈了，快请坐。”

王家福缓过神来才问道：“于大人不是在京城……怎么……”

“嗨，这正是彼一时此一时也，你是知道的，鄙人喜欢倒点儿古董，被人告发，大总统下令要查办我，我见势头不对，连夜带着千余弟兄们跑了出来。哈哈哈……这年头世道乱了，这河北土匪多呢，再加我这一股也没有什么。”

王家福说：“于大人，这种生活你过得惯吗?”

“唉，整日打家劫舍，这心里也很不是滋味，我有心再寻主人，另攀高枝，可还没有找到一个好的……”

“于大人，我听说山西总督阎长官正准备扩军，如去投他也许有加官晋爵的机会，不知大人意下如何?”

“王掌柜如能为于某促成此事，定当厚报。”

“理当效力。”

于振海不仅热情招待了他们二位，还派了一个班，护送他们俩去济南办事。

设备很快运回太原。他们在外面忙呀忙呀，禄兴染坊很快有了规模。为了染坊正常投产，在王家福的建议下，又将董金茂调到染坊来做掌柜，眼看就要投产了。这几天董金茂一直在外面跑市场，要为他们印染的色布、花布寻找到销路。山西没有一个像样的染坊，以前许多布铺都是到河北、北京去进货，这下太原开大染坊了，布铺老板当然都表示支持，一个个都说，只要质量好，一定要进禄兴染坊的货呀。

看到染坊的前景，李禄寿十分高兴。一天，禄兴染坊来了一位军爷，身后跟着四五个卫兵。董金茂一见是军爷，心里没有底，不知出了什么事，马上把李禄寿和王家福请出来。

王家福见来了军爷，也不知是什么原因，这乱世年头，军人咱惹不起呀，可既然来了，是福是祸又只好认命，于是急忙开门迎客："老总，里边请。"

这时一位卫兵说："你们哪位是禄兴染坊的大掌柜？"

董金茂赶忙回答："鄙人是本铺掌柜，这位是本铺的财东李东家，这位是大管家王先生。"

李禄寿只好点点头说："正是鄙人的财产。"

卫兵指着那位军官说："这位是我们军部的后勤官赵部长。"

李禄寿一边点头说"久仰久仰"，一边赶快吩咐，"小二上茶，上上好的龙井茶来。"

李禄寿虽然说"久仰久仰"，但他还不知道这个赵大人究竟是个什么人。原来这赵大人是山西唯一敢与阎锡山平起平坐的都督府秘书长赵戴文的本家侄子，在阎锡山的军营里掌管后勤。

此时赵大人说："听说你们要开染坊，而且进了德国的先进设备，不知你们这个染坊什么时候能开张？"

王家福在一旁插话道："现在一切都已就绪，约计不出半个月即可开张。"

"你们是准备染色布呢，还是染花布？"

"两套作坊，都染。"

“好，我准备把你们的色布作坊全包了，你只给我染一种布，军用，专门供给我的被服厂，行吗?”

果然，还没有开张，一笔大生意便找上门来。李禄寿与王家福一听是这样的喜事，真的是喜之不尽。

“那好呀，本坊一定照办。”

“不过有一条，你们只管染布，我的被服厂会来取货，其他什么也不能说，这是军纪，万一泄了密，可别怪我不客气。”

“不敢，不敢。”

“好，那咱们就一言为定。”赵大人从身上取出一张一万元的银票来，“这是我们的订金，以后取货现款交易。”

这时，王家福和李禄寿对了一下眼，两人心领神会。这位老总是李家“禄兴染坊”的大财神，只要有他，这个染坊便注定生意兴隆了。于是，李东家把那张银票轻轻推到赵大人的面前，“大人，这个小意思就算我孝敬您的了，货咱们就订了，以后咱们来日方长。”

“那好，二位东家，不客气，既然你们这样，这个那我赵某就收了。我是军人，不懂生意场上的情况，但只要有用得着赵某人的地方，捎个信儿来，我当奋力相助。”

“染坊开业之时，还请大人能来捧场。”

“好，我会来的。”

王家福又赏了几个卫兵几块大洋，赵大人走了。李东家在王家福的肩上拍了一把，“家福呀，真有你的，你怎么就能把这也算到了呀？就是诸葛亮再世也会自愧不如的呀。这下好了，咱这染坊有了靠山，我就放心了。”

几天后，在鞭炮齐鸣中，禄兴染坊正式开张了。果然赵大人来了，省城许多的布铺老板也都来了……

酒罢之后，王家福专门找赵大人说了于振海有一千五百弟兄想投阎总督的事，赵大人马上说：“这是好事，总督正在用人之际，有这样的将才肯定欢迎，我回去禀告上级，如答应收编，我马上通知你。”

真的是一顺百顺，三天后于振海所部被阎锡山收编，于振海也做了团长。

九　开染坊唱红太原府

“禄兴染坊”有赵部长撑腰，生意兴隆，没有几天就在太原府挂了头号。

于振海做了团长以后，也自然对李东家与王家福给予厚报。染坊到河北发布时，于振海常常要派兵去护卫，他知道河北地界土匪多，当然要保染坊的平安。

一天赵大人派人送来帖子，他在“林香斋”备了酒席，要请李东家与王掌柜去吃饭。

李禄寿与王家福当然满口答应，这是多大的面子呀。李禄寿心底暗暗佩服，这王家福操办了这么大的事业，又在军界混上了靠山，如今又要受军政要人的请，这是多么有头脸的事呀。他们出门叫了洋车，如约来到“林香斋”，赵大人与两位军爷已经在此等候，一边寒暄一边入席。

赵大人开言道：“我来介绍一下，这位是晋军参谋部少将参谋长陈大人，这位是省府民政厅弓厅长。”

李禄寿、王家福赶忙站起身来拱手作揖道：“久闻两位大名，如雷贯耳。几位大人屈尊与贱下同席，我等不胜感激涕零。”

“李东家客气了，现在你在阳曲（太原当时称阳曲）城里也是大名鼎鼎了，我们将要真诚合作，还这样客气什么?”陈大人笑眯眯地说。

弓厅长也开口道：“是呀，所谓官商合流，李东家不是不知道吧，官商合流则互利互惠矣。”

此时，赵大人站起身来，“各位，今天我们来到一起，就都是朋友了，来，我们先干了这杯。”

几位一起站了起来，举起杯中的杏花村六十年陈酿。杯盏交错，酒过三巡，赵大人才说：“李东家、王掌柜，你们是商界的名人，在阳曲城里享有盛誉，再加上你我交情深厚，我才向陈大人、弓大人推崇的。”

李禄寿点点头说：“谢谢赵大人抬荐。”

“是这样的，陈大人有确切消息，阎老汉将继续扩军，由于将修建大量制造步枪、机枪、大炮和弹药的兵工厂，财力不足，无力顾及后勤生产，可自古道：兵马未动，粮草先行，后勤不跟则难以补给，军心难稳，因此想吸收民本注入。比如，我将布匹货源全部订在禄兴染坊就是实例。现下还需建一毛毯厂，所有产品全部为军需，不知二位可作何想？”

王家福一听，马上接口道：“这当然是好事，李东家一直在谋求扩大，还正为选项犯愁呢，有几位大人的鼎力支持，我们有信心在最短的时间内把这个毛毯厂建起来。不过话又说回来，从李家目前的资产来说，建一个毛毯厂还是不成问题的，只是在阳曲的本钱，刚刚投入禄兴染坊，再从其他地方抽本过来，这时间上……总是有点麻烦。”

“哈哈哈……”赵大人一笑，“这个问题我已经给你们想到了，要么今天就把弓大人给你们请来了呢。现下弓大人手中有一笔款子，先投进去，之后你们马上再从外地调本过来，尽快建厂生产。我和陈大人保证纳入军需，还要与陕北方面的西北军联系，让他们也使用我们的产品。”

李禄寿端起酒来，“感激各位大人对我李某人的信任，毛毯厂立即筹建，具体事我与家福操办，三位大人则是工厂的最大股东。来，为我们合作愉快干杯！”

李家在太原军政界不仅找到靠山，而且合股办了工厂，很快弓厅长将款子拨过来，他们又为毛毯厂奔波起来。

又是一阵忙碌。当然这回有了军政要人撑腰，许多事都好办多了，毛毯厂也很快投产。

这一走半年多，李禄寿与王家福回到堡则镇，李禄寿就听到一件骇人听闻的事情。大嫂怀孕了，而且已经接近临产。

这又是怎么回事？王家福不是专门从太原买回了打胎药，而且亲自给果儿煎好喂她服下了吗？原来这“妙春堂”只是治性病、卖春药的，根本不给人打胎，见王家福是外地人，反正也不敢来找他的麻烦，就给王家福配了一剂假药，只说得天花乱坠，王家福也信以为真，花了大价钱，原来只是一服普通的顺气药而已。当他给果儿服了药后，自然放放心心地与东家办事业去了，哪里知道隐患未除，孩子还在刘姨太的肚子里一天天地长大了？

这天晚上，夫人桂珍给她的丈夫李禄寿讲述着。

原来，就在那天她发现大嫂熬喝中药的事，心里怀疑她是在打胎，老爷与家福走后，她每天都在陪伴着大嫂。可是左观察右观察一直没有动静，而看着刘姨太的心情一天比一天差。无论桂珍如何安慰她，她还是什么也不说。而刘姨太呢？原来心想吃了这打胎药，打掉胎也就没有什么事了，谁想王家福走了，她吃了药之后只是肚子里咕噜咕噜地响了一阵，不见什么效，根本不见经血，这下算是害苦了她。这可怎么办呀？她成天泪流满面，苦不作声。

桂珍好言相劝，也无济于事。就这样，苦苦地等待了几个月呀，可真是度日如年呀，只见她心情郁闷，人似黄花，肯定是有难以解决的事折磨着呀。桂珍开导着说，无论是什么大事，哪怕是天塌下来，也会为她顶着，刘姨太只是紧闭尊口，舍不得张言。

可是那是十月怀胎呀，孩子在肚子里是要长大了的，桂珍是过来人，你再伪装也无法阻拦了。直到前几天，她在无法之下才吐了实情，不出半个月孩子就要生产了，她请求桂珍帮助她把孩子生下来。

尽管早在预料之中，但还是使李禄寿感觉束手无策。这可怎么办？刘姨太已经是盖了贞节牌坊的人，出了这样的事，如何向李氏族人交代？又如何对得起李家的列祖列宗？

桂珍说：“老爷，大嫂说了，现在她已经做下了这见不得人的事，你要容她，就让她把孩子生下来；如果不容，她也毫无怨言，只盼让她死在孩子出生之前，以保全李家的名誉。”

“……”

“你倒是说话呀。”

“现在李家正在发展，北京的当铺也刚刚起步，而太原新建染坊一项就投进百万元呀，又辛辛苦苦建起了毛毯厂，还与省府军政界都挂上了钩，这可不是个容易的事呀，李家的事业还在起步中。出了这样的大事，我真不知……”

“老爷，这几天我也想过了，孩子还是让她生吧。”

“那怎么行？”

“事情是死的，可人是活的。”

“哦？不知夫人有何高见？”

桂珍便把她的周密安排全部端了出来。

“孩子要生，但事情不能露。我想了一个办法：明天你要召集族人商讨，就说大哥去世多年，本想给大哥过继，以续香火，但大嫂主张想抱养一子，希望大家赞成，这个应该是没有问题的。”

“抱养，可这不明不白，怎么行呢？”

“你放心，这个我已经有办法了。离镇上十几里的赵家圪塔现在有几户从林县逃荒上来的人家，前几天生下一子，由于家境困难，情愿将孩子送于他人，咱们光明正大地把这孩子抱养回来。”

“那大嫂生下的孩子怎么办？”

“让家福去辽州找一个接生婆来，这事不能让别人办，只有他去。用轿子将接生婆抬回来，为了不露风声，中途要换三回轿夫，也就使前面的轿夫不知是抬到哪里去，后面的轿夫又不知是从哪里抬来的。而这接生婆子抬送来抬着去，不能让她知道给谁接生。如果大嫂生下男娃，就让接生婆将抱回来的林县侉孩抱去卖掉。如果生下是女孩，就来个‘狸猫换太子’，养了林县侉孩，把女娃让接生婆带走。这样，神不知鬼不觉，大嫂养这孩子不就名正言顺了吗？”

“好。”李禄寿非常赞赏夫人的计谋。

这一宿，李禄寿夫妇没能入睡。而更不能入睡的则是王家福与果儿。

王家福见到的果儿，肚子挺的老大，而却早已面黄肌瘦，不成个人样了。果儿一见到家福，想骂他，想打他，恨不得将他活剥了……

家福这才知道原来服下这是一剂假药。现在已经到了临产期，一切杂话都没有用了。王家福说：“果儿是我害了你，现在事已至此，一切已经没有了退路，明天我去对老爷说，让你把这个孩子生下来，如果他不同意，要死咱们一块儿死。”

这一夜似乎特别长，等呀等呀，老是等不到天明，王家福什么也没有想，他的脑子已经成了一片空白，事情到了这个地步，还有什么办法？他就等老爷一句话了。

第二天一大早，王家福迫不及待地来到李禄寿的屋里，一进门便跪在地上。

李禄寿说：“家福，这是怎么回事？”

王家福低声地说：“老爷，家福犯下了不可饶恕的罪恶，我不是人，可是现在一碗水已经泼在地上，不能挽回了。老爷如果处置家福，家福都没有半句怨言，只是请求老爷能给刘姨太以宽厚，她是无辜的，一切罪过都在家福身上……”

李禄寿却很平静，“家福，快起来吧。”

王家福跪着把头压在地上，哪里有脸起来？他根本不敢抬头看看老爷的脸色，嘴里不住地为刘姨太求情。李禄寿放下手中的水烟袋，过去将他拉起来。“那件事我也听说了，虽然确实有些败坏家风，但孤男寡女有些出格也不为怪。事已至此，这样寻死觅活又有什么用？还是想办法度过去才对。”

王家福万没有想到老爷竟然如此轻松，并无半点憎恨之意。此时的家福还是脸色蜡黄，呆若木鸡，哪里还有什么办法？张开嘴也说不出一句囫囵话来，许久他才说：“任凭老爷决断，家福俯首听命。”

李禄寿才把他与夫人商量的计策说出来。这下家福如释重负，他点头应允之后，急忙去把这个想法告诉了果儿，果儿这才长长地舒了一口气……

吃过早饭，李禄寿召集李氏族人在李家祠堂里议事，李家来了百把号人。李禄寿把要给死去的哥哥李福堂抱养螟蛉之子、以继香火的打算说出来，族人自然是一片赞扬声。于是便派家人李德厚带着陈妈去赵家圪塔，给了那个林县夫妇五块大洋，便将孩子抱了过来。

产期马上要到了，王家福也走了百十里路到辽州找了一个手艺很好的接生婆，说好给十块大洋，轿接轿送。便将她抬了回来。

刘姨太临产，王家福在自己的家里又烧香又拜佛，祷告果儿生产顺利。还好，虽然刘姨太这一段由于精神不宁身体太虚弱，但二老爷同意了她生出这个孩子，这使她有了精神支柱，顺顺利利产下一男婴。于是，一切按照桂珍的安排，处理停当。

在桂珍的安排下，李家给这孩子举行了颇为隆重的满月庆典。不仅准备了丰盛的酒席，把镇上的大小官员和李家族人也请了来，特别是还专门请了上党梆子名角赵清海的鸣凤班、黎城落子名角“平大头”的乐意班、武乡秧歌的庆荣班，在镇上搭起戏台，秧歌、落子、南路三班大戏同时演出。方圆百十里的人都来看戏，知道这是李家大院为了给抱养的孩子过满月，居然如此隆重，都不无羡慕。更有许多人赞扬这李东家，这么大家产不谋私利只留给自己的儿子，还要给死去多年的大哥也抱养一子，李家这万贯家产将来要一分为二，李东家真是宽厚仁慈之人呀。这个满月庆典不仅使刘姨太的孩子名正言顺，还换来了人们对李禄寿的崇拜与敬重。

李家还根据当地风俗，为了孩子好存活，让王家福认了孩子做干儿，在满月的同时进行了拜亲礼，并由家福给孩子取个小名叫“锁儿”。按照风俗做干爹要给孩子用红头绳编三枚铜钱，叫作“锁儿线”。从满月开始，一岁一把，等到十二周岁生日那天，十三把“锁儿线”一齐挂在孩子的脖子上用新铜锁锁起来，给干爹叩拜之后，由干爹开了锁并一起脱掉，这叫“圆锁”。家福还特地买了一把大银锁，给孩子挂在脖子上。这都是民间风俗。

心灵的苦楚和身体的疼痛，终于在煎熬中挣扎过去，刘姨太虽然未能与家福成亲，但生孩子的愿望终于实现了，她的心情非常好。一个寡妇在修下贞节牌坊之后，又怀胎生子，做下这样大逆不道的事，李禄寿夫妇居然费尽心机，不仅给她包了圆场，让她把孩子生下，还这样隆重地为她庆典，刘姨太真是万般感激，王家福也非常佩服李东家的宽厚。他当然更是死心塌地了。

从此以后，刘姨太除了照看锁儿，还是像往常一样，照看着家福和盼成，不仅给他父子缝缝补补，还给他们置办衣物，逢年过节，还要想法子给盼成做些好衣裳。这一年，中山装时新到了武乡，她见桂珍给延春做了，她也给盼成做了一件中山装，过年时，盼成穿出来好帅呀，孩子们都眼气他，刘姨太这心里头也暗暗地高兴。

家福虽然没有了妻子，却也过着有妻子一样的生活。

岁月如梭，刘姨太和王家福的关系，就在这样的畸形中发展着，不觉得几年过去了。而在这几年里，李家的家业也在王家福的努力下更加壮大起来，王家福与李禄寿几经奔波，南下北上，历经千辛万苦，也取得极大收获，商号遍布长江以北……

十　家福儿择偶遇情人

盼成也就在这样的家庭中渐渐地长大了。

那一年，延春考上了县立高校。

延春一走，盼成这心里可就不安了。原来在李家这个私塾读书的共有十六七个孩子，很是热热闹闹的。但这中间就数延春年龄最大，都十八岁了，盼成比他小一岁；再下来是李家的大小姐延夏，她又比盼成小一岁。其他都是小孩子。现在延春一走，只留下盼成，他心里一定不好受。

临走的时候，李禄寿对王家福说："家福呀，既然盼成没有考上县立高校，可他从小和延春厮跟惯了，他们也不想分开，我看那就也让他去县城吧，好与延春做个伴。如果想继续读书，我可以给谭校长写个帖子，他得给这个面子。如果不想读书，让他到咱城里的铺子里先做个二掌柜，也能学点经商的技巧。过三两年好让他接这个摊子，做大掌柜。"

王家福一听老爷想让盼成经商，他知道这经商最是个担朝夕的事情，他这大半辈子经商可苦透了，费尽了心血，他是死活也不让盼成来做这个事。马上说，"东家，这可不成，孩子还小呢，让他到铺子里当二掌柜，这哪里行，就是当伙计，我也不敢让他去的，那可都是经办钱财的事，万一出个差错，家福如何能担当得起。"

"他小什么，都十六七了，你不是七岁就去乔家学经商了吗？"

"东家，话是这么说，可我还是不同意盼成去。少爷上高校，那是好事，就让他去，古语说得好，'万般皆下品，唯有读书高'嘛，让他去读书求学，好成就功名，为李家光宗耀祖。至于盼成吗，读书他考不上，就是校长让他去也不光彩，再说……"

"再说什么？你是说学费？这不用你操心，我是他干爹，都由我付呀。"

"不，东家，不用考虑他了，他不是那读书的料，让他去城里的铺子里，我也不放心，不忠难为臣，不奸难为商，我实在不愿他也来涉足这个行当了，我看就让他先学点农活吧。”

说了好久，家福死活不让，东家也只好依他，出于对他的照顾，也不让盼成去干地里的重活，他对家福说，“你既然不让盼成去县城的店铺，也不让他读书，我看他也还小，就别让他去地里干重活，先让他去放几天牛吧。”

“好，那也好。”

就这样，盼成开始去放牛。

盼成哪里想到，他一下子由一个书生，变成了一个放牛娃。

延春去县城读书，本来就给他带来了很大的打击，何况又不让他读书，而去放牛，他的心里非常难过。可是这又有什么办法？考，你自己没有考上，论家景，你又是个长工的孩子，还能有什么奢望？现在这一切都已经结束了，他只好去放牛。

堡则镇的村后有一条河。盼成开始放牛以后，每天都要来这河边饮牛。

这条河，村里人都叫它清溪河。河中凸起来一排大大的较为平整的石头，大约尺半到二尺左右的间隔，这就是搭石。河对岸坡顶上，有一个小村庄叫堡则寨，这一排搭石，就是连接寨上与镇上的通道。

清溪河河水清澈见底，流水长年不断。沿着河岸也有着一排较为平整的石案，从初春到深秋，镇上、寨上的女人们都会在这条河上洗衣裳。

洗衣女们有说有笑，也有嘻有闹。盼成来饮牛的时候，牛在河边喝水，他也就坐在旁边的堰上听那些女人们杂七杂八的谈话。俗话说三个女人一台戏，何况这一群女人，她们一边洗衣一边聊天，有家长里短，也有生活琐碎，甚至也有些男女之事，拉到兴头上便会有爽朗的大笑声……

盼成每来到河边饮牛时，他总是远远坐在石堰上，眼睛时不时地观察着那些洗衣女们的动作，偷偷听这些女人们的放荡之语，这倒似乎也是一种享受。

“哎呀!”突然传来了惊恐的叫声。

随着叫喊声，盼成扭头一看，原来是一个姑娘不小心闪落在河里。那姑娘本想挣扎着爬起来，可脚底滑动，“扑腾”了几下，反而陷入了河心，四五尺深的河水，只能看见一片水花……

盼成坐不住了，可不敢出了人命呀。说时迟那时快，他立马三步并作两步跑过来，跳到河里，游进河心把那姑娘拖上岸来……

女人们一边夸赞着盼成，一边围起来帮那姑娘换了衣裳。好大一会儿，那姑娘才醒了过来，看着自己的救命恩人，流出了感激的热泪。

从此，他们成了熟人。

这女子很少言语，两只眼睛显得有些呆滞，带着一种凄冷的神情。只在洗衣人少的时候，才和盼成说几句话。

原来她叫巧妮，本来家里还比较殷实，没想到她爹染上毒瘾，没多久就把家里的财产变卖了个响光，先是卖了土地，后来把她娘也卖了，没几天又轮上了她，烟瘾一上来，便把她卖到了堡则寨史财主家当上了童养媳，她娘和她都换成洋烟被吸光了，她进史家那年她才十二岁。第二年，阎锡山准备派兵支持北洋政府镇压“护法运动”，就紧急征兵，史家大公子被征兵进了晋军，还没来得及圆房，便强迫跟着队伍走了。谁知道编入混成第一旅这一走就开赴湖南，没几天就传回来混成旅全军覆灭的消息。从此，没当过新娘的巧妮，就变成了一个孤苦伶仃的寡妇。

“丈夫”一死，巧妮可就难活了。家里人都说她是个扫帚星，天生一副克夫的相，丈夫就是因为她才送了命。从此，她在史家受尽了扎磨，天天下河洗衣裳，成了她的职业。

她的婆婆外号叫“母夜叉”，可狠心哩，她抓着啥就用啥，打得她身上遍是伤疤。七八年了，她就这样苦苦地熬着，说到伤心处，不觉得落下泪来……

这让盼成产生了怜悯之心，多次的交心，两人渐生情愫。

俗话说没有不透风的墙，没过多久，他们的事情就叫巧妮的小叔子史进财知道了。

这一天，巧妮洗衣裳刚进门，倒叫史进财一把拉过去，二话不说劈头就打。要不是邻家拉开，真的怕是要闹下人命。

巧妮被打得遍体鳞伤，伤痕痛得剜心似的，她紧紧咬着牙关，不敢呻吟。

自打她遇上盼成以后，这个青春年少的男子勾起了她心中的爱火。她受了委屈的时候，多么想一头扑在他的怀里，去诉说一下内心的苦楚，去体验一下异性的深情，去享受一下男人的体贴。可是她不能，她不是自由身，必须小心翼翼。谁知道还是让小叔子发现了……

第二天，巧妮还得去洗衣裳。

盼成听了她的诉说，心里非常难过，便安慰道："你不要急，我回家和俺爹说说，出些钱把你买回去，咱们成亲。"

巧妮心里十分高兴，她顿时感到生活有了希望，可没想到盼成回家一说，王家福不同意。

盼成原以为只怕和寨上的史财主家商量不妥，哪里想到，他的父亲会不同意？

那一天，回家来和他爹商量，"爹，我想和你说件事。"

"哦，什么事？"

"我也年龄不小了，读书咱读不成，不能如找个媳妇成家，早成家早立业。"

王家福听罢，一边吸烟一边伤感地说："你娘死的早，你出生就没见过娘的面。我养你这么大也不容易，俗话说'男儿十五当家，女儿十五抹娃'，你都十七八了，娶个媳妇成家，早点生儿育女，传宗接代，也是好事。你要有这个想法，我就找媒婆来。"

盼成试探地说："爹，听说寨上史财主家有个闺女叫巧妮，人不错，手脚也麻利。”

王家福磕了磕烟袋，无话。

同意还是不同意？模棱两可。

盼成只能静静地等待。

第二天晚上，王家福就把盼成叫过来。

盼成满以为有好消息，吃罢饭便高高兴兴地跑到爹的屋里。

王家福黑着脸：“盼成，你好大的本事，还是小小孩子，倒自由自大地找起媳妇来啦。自古道，婚姻乃父母媒妁，你娘虽然早死了，可是我还没有死，你怎么能背过我去办这事情呢？更何况不走正道，天下有多少女子，却去勾搭一个寡妇？”

原来王家福已经打发媒众去了堡则寨上去打探，没想到听了许多不中听的话语。

盼成还想解释，见他爹火冒三丈，也没有办法，只好待他消消气，过几天再说。可是，王家福就是不同意，哪里能听他的劝说？

盼成做了好大努力，他爹就是不答应。

盼成心里着急，也没有办法。

要过年了，延春放假回来，盼成又和延春商量，延春说，“咱们说不动他，我看不如去找俺爹娘，我想干爹应该听我爹的话吧。”

延春回家搬动他爹娘去与王家福说，谁知这王家福非常固执，怎么说也不同意，还给东家说了许多盼成的不是。因为这是婚姻大事，东家也不好再说什么了。

盼成的这些活动，不仅没有改变了王家福的看法，反而更促使他要尽快给盼成找媳妇，以阻拦他再和寨上的那个寡妇勾搭。于是，便找镇上的张媒婆去四下打探，为盼成说亲。

事情还是不见效，延春见盼成因这事怕是连年也过不好，整天闷闷不乐，最后，只好去找他的大伯母刘姨太。

刘姨太一听这事，心里好生不快，她马上来到了家福的屋里，这让家福有些摸不着头脑。

刘姨太一向是非常注意的，虽然他们间有私情，但毕竟自己是大先生的遗孀，特别是李家给自己盖起了贞节牌坊，这更让她不敢有任何的出格。家福是个下人，刘姨太是从不来家福屋里的，两人的幽会只能是在夜深人静时，家福到刘姨太的屋里。十来年了，他们一直是这样。

今天，刘姨太怎么找上门来了？

王家福有点摸不着头脑，“刘姨太……”他又朝门外张望了许多，确信没有别人看见，才小声地说，“果儿，你这是……”

“有事和你说。”刘姨太生气地说。

“什么事？方便了再说不行吗？”

“不行，必须现在说。”

十多年来，王家福没见她生过这个气，只好应酬着说，“好、好、好，就现在说，你坐下，慢慢地说。”

“家福，俺听说盼成想找个媳妇，你不同意？”

“我怎么不同意呢，前些天还和你商量说，张媒婆已经给他张罗了，说肖家岭肖二秃家闺女，人长得俊俏，肖二秃家两口子也愿意与咱攀亲。张媒婆已将盼成的庚帖送了去，现在正在等回音。”

“你别给俺打马虎眼了，俺问的不是这个。”

“哪是什么呀？”

“堡则寨史财主家的老大当兵死了，他童养媳叫巧妮。”刘姨太见家福还在遮掩，便直截了当地揭破了这层窗户纸。

“……”王家福没吭气。

“家福呀，你不用对俺隐瞒了，俺都打听过了。延春把事情都给俺说了，寨上那个巧妮虽然是个寡妇，可是她不仅人才好，人品更好，再说只是个童养媳，还没有圆房，丈夫征兵去了湖南战死了，她还是个干净的身子……”

“果儿，这事你就别掺和了。”

“怎么，俺为啥不能掺和？这些年你不给我个名分，可俺也像亲娘一样对盼成，缝补洗涮，管吃管穿，少了哪样？孩子要念书，你不让，老爷让他去管店铺，你也不让，现在他找个媳妇，你也横加干涉，你还像个‘爹’吗？”

刘姨太的话一点也不假。

自从刘姨太和他有了私情，就负起了一个当老婆、当母亲的责任。这一点王家福不可否认。家福被刘姨太数落了一顿，他也只好低头说，“我也想让他忙成家立业，这不正在给他找吗？”

“你以为娶媳妇是买牲口？无论花的、黑的、大的、小的，随便找一个就行了吗？”

“那可不是，古来都是父母主婚。哪里能由他自家出去糊弄？”

“现在世道变了，那些老规矩也早该改了，革命这么多长时间，现在是民国十一年了……”

“就是民国了，儿女也要父母来管教的。这个还能由他吗？”

见家福顽固不化，刘姨太又给他说开了好话，“家福呀，你就松松手，给孩子行个方便吧，这过生活，是他们一辈子的大事呀，盼成这些天愁得都快要病了。”

“那也不能由他去娶一个寡妇。”

“什么，你就这么看不起寡妇？”

王家福一听，知道点了对方的“穴”，马上要解释，刘姨太满眼泪水，“原不说你不娶俺，原来你就是看不起寡妇。”

刘姨太伤心至极，摔门而去。

家福和盼成父子之间发生的这一切，是那样惊人的相似，历史给他父子写下了相同的一章。

就在这时，却见有一人风风火火地走了来，来人正是张媒婆。

这张媒婆一边进门，一边便张扬着喊道："王大管家，在家吗？"

"在，在，在。张媒婆，你回来了？老肖家那边的情况怎么样？"

"哈哈哈……你看看，看你王大管家多着急，也不给老身喝口茶，就如此火急。"王家福给她倒了杯茶，张媒婆这才说，"王大管家你甭着急，这事俺早就说了，准成。有你王大管家的人品，有咱盼成的人表，有俺张媒婆这张铁嘴，没有办不成的事呀。"

"这么说，老肖家正式答应下来了？"

"答应下来了，他肖二秃巴不得高攀你老人家呢。他不仅把盼成的庚帖收下，也把他闺女的庚帖交给了咱。俺这给你掐算了一下，他们是个大富大贵的上等好婚，这真是再好不过了。为了将这事尽快订下来，俺按照你的吩咐，来了一个趁热打铁，说正月里天气好，都是黄道吉日，看哪天能定亲？那肖二秃也同意，尽管办，所以呀咱就订在正月十六。"

"好，你看刘姨太也正好在这里，她是个长辈，我看就给盼成做个主婚人怎么样？就正月十六，这也倒还有几天的工夫了，那我就马上准备，你看对方都要些啥的彩礼，人家的特殊要求，咱尽量满足就是。"

刘姨太在一旁说，"家福，这婚姻是孩子一辈子的大事，你可不能草率行事，咱还是再斟酌一下，问问孩子的意见，再决定这定亲的日子也不迟呀。"

"自古婚姻父母做主，这事由不得他，咱订了就是订了。"

张媒婆马上在一旁说，"是，是，是，婚姻大事，哪里能由自家，还是父母做主。"

……

盼成一听，这下真是坏了，再过几天，正月十六，就要给他定亲，一旦定了亲，生米做成熟饭，那可怎么是好？……

十一　王盼成为情夜私奔

盼成多么希望有一个好消息，他等呀，等呀，可是终久究还是这样一个悲惨的结局……

他好苦闷呀。窗外，偶尔传来一两声孩子们放鞭炮的声音，把个静静的夜空惊破了。虽然大年过了已经十来天了，但那些调皮的小孩子，还是在过年买的火鞭中，偷偷地解下一些鞭炮，来偶尔玩耍一下，使得节日的气氛一直在延续，这地方有个风俗，乡村里忙活一年，就是过年这几天轻闲，所以人们便把这过年的喜庆延长了许多，人们都在热闹之中，但是在盼成的心里，哪里还有一点点喜气？他愁呀，为什么有情人不能成眷属？嗨，修下这样的父亲，真的是没有办法呀。

怎么办呢？他和巧妮究竟该怎么办呢？

他低着头，转来转去，漫无边际地想着，漫无边际地走着，不由得走在了大街上……

堡则镇的正月，是非常热闹的。他走出街上，听见一阵丝弦之声，那是镇上在说闲书。

堡则镇历年都是这样，从大年初三开始，在大街上抡起大火，请当地有名的说书艺人来说古书。一直要说到正月十七，这是个流传很久的风俗，当地人叫这是红十七黑十八，意思是过年过节，一直要到十八。

盼成低着头，也走到了“说书”场中。

他可是心烦意乱，本来不想听什么书，可是如何能使自己的心情平静下来呢？不如在这闹中求点安慰……

名震上党的武乡琴书艺人常林则正在唱琴书。武乡琴书有一大特色，那就是说、唱、走、演相结合，也是优于鼓书、三弦书、快板书、莲花落等曲艺的明显标志。说书人自弹月琴，并有笙、箫、管、笛，鼓、锣、胡、弦等乐器伴奏，与其他形式的说书不同的是，说书人一边说书，一边走场，还要根据情节做各种各样的表演，就像唱戏一样。更引人注目的是说书人的话语中，带着许多插科打诨的笑料，表演中，又带着不少诙谐有趣的幽默，常常引起观众的轰场大笑……

你知道这常林则怎么个有名？别人说书是讲故事，而他说书就是再现历史，他的唱句，非常逗人，仿佛能把听书人融于书中，你在这场子里听书好像不是在听书，而是在历史场合里亲眼看着。所以堡则镇宁愿花比别人高三倍的价钱，也要请他来坐场。

听书的人们围着一大圈，虽是寒冬，场子里抡着几盆大火，人们并不感到冷的，男人们都抽着大烟袋嬉笑着，女人们站在后面。

盼成走在场子边沿，他看着场子里的人群，心里乱糟糟的，他并不在意说书人说得如何，只是想在这里解一解心头的烦闷而已。

这时，说书人正在说一段《墙头马上》的故事。这个故事叙述了青年女子李千金爱上书生裴少俊以后，便坚决地选择了与他私奔的道路，常林则正在那里唱着：

怎将我墙头马上，
偏偷却沽酒当垆。
爱人儿不在身边，
却如何让奴心安？
奴不如起身前往，
与裴郎私奔了去……
……

“私奔？”听到此处，盼成的心中突然一亮。

真是说者无意，听者有心，这“私奔”两个字突然闯进他的心中。是呀，既然父亲不同意，又要给他找另外的女人，与其与个不相干的女人睡觉，还不如与巧妮一起私奔呢？原来历史上早就有这事了，又不是他盼成创造的，怕什么？为了追求自己的幸福，干脆和巧妮商量一下，私奔，走得远远地，去一个谁也找不到的地方过他们自己的生活。这一夜，他想了许久……

第二天，他抽空去后山约见了巧妮一面，把情况说了一下，巧妮只怕被她那小叔子看见，两人又不敢在这里多待，便约定正月十五黑夜见面，趁这个机会一起远走高飞……

盼成苦苦地等了两三天，总算等到了正月十五。

堡则镇正月十五是百余年的传统三官庙会。为了这个庙会，镇上的人们可是做了几天的准备了，先是搭秋千，一干男人们在镇上的东南西北方向，分别搭起圪叉秋千，四角秋千，还要在镇中的广场上搭一个高大的胡儿秋千。而镇上的艺术家也便开始排演社火、小花戏，这里的社火很有名，相传，祖先住在山洞里，常有野兽猛禽出来吃人。为了过上太平日子，人们发现只要狮子、老虎，豹子一吼，别的野兽就吓得四处乱跑；凤凰一叫，所有的鸟就像吓破胆似的，连翅膀也张不开了。于是，人们就开始模仿狮子的吼声造了一个锣，模仿老虎的啸声造了一个镲，模仿豹子的叫声造了一个鼓，模仿凤凰的鸣声造了一个笛子。每当逢年过节，飞禽走兽蜂拥而来的时候，大家就拿出锣、镲、鼓、笛子来，吹吹打打，又蹦又跳，一直闹到天亮。飞禽走兽远远一听，认为自己又闯入了狮子、老虎、豹子和凤凰的地盘，无不吓得狼狈逃窜。后来，一代代传下来，就成了一种习俗，这就是正月十五闹社火。

堡则镇最典型的是放焰火。这里的焰火非常特别，人们制作出的起火，扎成纸马，十五夜里有青壮后生架着纸马在大场上奔跑，焰火从纸马上腾空而飞，形成一道优美的风景。

到元宵节那天的后晌，周围二三十里路之内村子里的人，便都聚集到镇上来看热闹。

到太阳落山的时候，请神活动就要开始了。

镇上的头头脑脑们，按照职位、名望先后排列起来。在香首的领祭之下，来到堡则寨三官庙前，三叩九拜。声势浩大的请神会开始了……

这一夜，堡则镇就是这样热闹，火树银花，鼓乐齐鸣，几乎要闹个通宵。

这一夜，刘姨太也想和家福一起到街上看红火，家福怕别人看见，刘姨太非要让他带着她。除了这样的场合，她再没有机会与他相伴着在街上走的机会。

“人家都是双双对对，咱们平时里不能相跟相伴，难道这元宵之夜你也不能厮跟一回吗？”

王家福没有办法，相跟吧，怕人说闲话，不相跟吧，心里也实在过意不去，最后才商定让刘姨太用一条长围巾，把脸裹了个严严实实，只露出两只眼，家福觉得人这么多，你拥我挤，也不会认出他们来，俩人也就相跟着上了街。

刘姨太一直紧紧地拽着家福的手，生怕丢了她似的，此时此刻，她也来体验了一下双双对对厮跟着的味道。

当地有个习惯，正月十五请神会，那是民间最隆重的节日，这一天不管是穷人富人，都能上街游玩，就连县衙里的囚犯，这一天也会得到自由，出来参加请神会。巧妮也就是在这个“特赦”令下来到了镇上看红火的。

其实，这两天她这心里那个盼呀，真的体会了什么叫度日如年。巧妮有了约定，就暗暗收拾停当，这天下午她做了一番打扮，把那平时舍不得搽的官粉、胭脂也拿出来，脸儿像花骨朵一样，挑选了最可心的衣服换上。

她暗暗准备了一些随身的物品，小心翼翼地藏在身上，她不敢带多，万一被小叔子史进财发现了，那可就完了。她呀等呀，好不容易等到天快黑的时候，赶会的人群都涌到三官庙上，她小心翼翼地走进请神进会的人群里……

十五的月亮特别明。

赶会的人群熙熙攘攘，盼成着急地寻找着。左瞧右看不见巧妮的身影，难不成元宵节赶庙会这个史进财也会不让巧妮出来吗？盼成心急如焚地观望，在人群中挤呀挤呀，突然好像踩了人的脚，那人叫了一声，他闻声扭头，却正是踩了巧妮。

苍天有眼。

盼成一把拉着巧妮，在耳边轻声说，“离开这里，咱们到外边说。”

俩人紧紧地拉着手，挤呀挤呀，总算从那人群中挤了出来。

“盼成，你说怎么办呀。”

“俺爹已经打发媒人给俺说订定了肖家岭肖二秃家的闺女，明天就要让我去定亲呢。”

“你要是愿意，你就去定亲吧……俺反正是命苦，不要影响了你。”

“看你说的，前两天不是说好咱们一起走吗？”

“好，俺听你的，那咱们就走。你说到哪里就到哪里，就是讨吃要饭，是死是活，俺都跟着你。”

“好，就今夜走，则是……我这身上没有多少钱……”

“俺这里有一根金簪，还有一对玉镯，一个戒指……怎么也还能生活些日子……反正出去总是会找到活干的。”

“行，那咱们就走。”

就这样，盼成和巧妮连夜私奔了……

第二天，也就是正月十六。

这是个黄道吉日，王家福一大早起来，就忙着打点定亲彩礼，把这几年积攒的都拿出来。一切准备停当，他见盼成还没有回来，心想可能是年轻人贪玩，昨晚看红火睡得迟了，早上醒不了，就派人叫他，好让他早点回来准备准备，待会儿张媒婆就要带他去肖家岭的肖二秃家去定亲。

私塾那边专门给孩子们修着住处，孩子们上学都吃住在那里。盼成自打上学以后，便也住进了私塾，现在虽然不念书了，放开了牛，可在那里住习惯了，也就一直还是住在私塾里。王家福打发一个小使唤的到私塾去叫唤盼成，一会儿，小使唤的跑来回话说，盼成不在那里。

“不在？那他到哪里去了呢？”王家福一边说一边想。昨天还吩咐过他第二天一早有事，让他早点回家来的，可这……

这时，张媒婆已经来了，可盼成还不见踪影。

盼成找不见了，王家福可真的急坏了。

他可是就这一个孩子，那是十亩地里一株苗，是个命根根呀。虽然他一向家法森严，那也是遵循着“家严出孝子”的祖训，谁想到他能一声不吭地离家出走呢？

这下，可是引起了不小的波澜。

再说巧妮昨晚到镇上去观元宵灯会，这已经是十六清早了，可她也一直没有回到家里，史财主家派人四下寻找，也不见踪影。这是怎么回事呀，咱这堡则镇，多少年来可还没有过人走丢了的事情，怎么会找不见呢？她一个女人家，能到啥地方？史进财想呀想呀，突然心中有了一个想法，哎呀，会不会是让狗日的盼成把她拐走了呢？他得去看看。

史进财一到镇上，还没有来得及打听，早已听镇上的人们传说，李家的人都在找王盼成呢。这盼成也找不见了，他一下子肯定了他的想法，原来这俩不要脸的东西私奔啦……

王家福正发愁寻找不见盼成呢，人家寨上的史财主家也来找麻烦。

史进财风风火火地走了进来，“哎，王大管家呢？王大管家哪里去了？”

王家福听见史进财在院子里扯开嗓子大喊大叫，便过来没好气地说，“没有规矩了，在李府大院，你这是喊叫什么呀？”

“哦，王大管家，你家盼成把我的嫂子拐走了，你还在这里要规矩，人命关天，咱可不懂得什么规矩了……”

王家福一听这话，头也炸开了，这下他才知道，原来盼成是和巧妮一起逃走了。要是这样的话，这下可就真的坏了，他不仅是逃婚，而且是带人私奔。现在人家史家找上门来，看来是善者不来呀。

“哦，王大管家，你家盼成勾引我家嫂子巧妮，以至勾搭成奸，这么长时间了，你就不知道吗？”

“你说什么呀？一派胡言。”其实王家福也是在假装糊涂，他怎么会不知道呢？

“你装什么傻，真的不知道？那我就说给你听，自从你家盼成去年放开了牛，就在河边勾引了我家嫂子巧妮。我家嫂子是个寡妇，他就钻这个空子，成天给她吃个酸杏儿、甜果子，还要给她挑着水往坡顶上送。一来二去，就日哄做了我家嫂子，最后俩人终于勾搭成奸。这个我早已发觉了，为了顾全你王大管家的面子，也为了俺史家的面子，我就没有把这事张扬出去，吃了你这哑巴亏。可是，谁知道王盼成他得寸进尺，胆子越来越大，偷吃一点不行，还要连锅端呀，夜黑来乘着闹元宵的乱劲儿，居然把俺的嫂子拐走了……”

这时，院子里不少人都围了进来，史进财见人多了，越说得来劲儿了。王家福自觉理亏，也张不开嘴，支吾着没有法子应承。

王家福有什么办法？他能现在把巧妮给人家找回来吗？只有低着头不吭气。

“好你个王家福，走里出外当什么大人物，我家没有人了，你却不吭气，装他娘的什么球相呢？”史进财见他不吭气，越发急了，便用粗俗的话骂了起来。

家福越气短，进财越张狂。一些人来劝说，哪里还能劝说得住？他反而闹得更凶了。

“王大管家，现在俺史家的人被你儿子拐走了，你看怎么办？”

“怎么办？我还着急呢。”

“嗨，你这说得叫什么话？你着急不着急与我无关，我是说你家儿子拐走我的嫂子，这事儿你得说理呀。”

王家福早已经心乱如麻，见这个史进财来闹事，当然他也很不客气，“怎么不讲理？现在我家盼成也不见了，他们是不是相跟着走了？你有什么证据？就是一起走的，谁拐走谁还不一定呢。”

王家福嘴上这么硬，但他的心里觉得还是有些发虚。自古道世间只有男人拐女人的事情流传许多，还没有听说过女人拐走男人的事情，因此，他这话说的确也有些底气不足。

史进财见没有讨着便宜，当然也不服气。本来，他倒不是心疼巧妮，丢了就丢了，但是要让王家福给他认个错，再给他赔一笔钱。谁知道好气也没有受上，这还行？他这心一横，马上和他大吵大闹起来。

“哎呀，好你个王大管家，说话比东家还气粗，明明是你家盼成拐走我家的嫂子，你还要赖账？你这么多年一直和李家的大奶奶交处着，什么鸟儿下什么蛋，你耍寡妇，让你儿子也来耍寡妇，还要把她拐走，这世上就没有王法了吗？”

自古道打人莫打脸，骂人莫揭短。王家福一听史进财说出这话来，更是气不打一处来，话也立刻粗野起来，“放你娘的狗屁，你血口喷人。”

史进财是个吃喝嫖赌抽五毒俱全的人，他也常常在黑道上混，专门打听镇上人们的隐私，当然也就听到了王家福的一些风声。史进财说：“我血口喷人？你做的那丑事，你心中清楚。还在人前头装球那个假正经。”

周围的人们一听这话，都感到惊讶。他们一直在这个大院子里生活，也没有听说过这些风言风语，这个史进财可是在哪里听说这个事的？一定是他瞎说，给王大管家唾臭呢。

“告诉你王家福，今天你要是不把人给我找回来，我就和你拼个你死我活。”

他朝着家福扑过去，就要打他的脸。

这时围观的人们见事情越闹越大，急忙去拉架。人们好说歹说，史进财一直朝家福扑，非要和他拼个你死我活不行。

史进财的闹腾，惊动了东家李禄寿。就在这当儿，东家走了出来，他一听这乱混混地便走了过去，说："你们都放开手，我看这个小进财那是要干什么？"

大家都松开了手，史进财却也傻了。他见李禄寿出来张了口，正所谓不看僧面看佛面，他倒先自软了一半，还敢怎么耍刁？只是嘴上还带些逞强，一直在数落王家福，话语中确也干净多了。

这下弄得真难堪，大家说和了半天，史进财碍于李禄寿的面子，才借坡下驴地说："看在东家李老爷的面子上，给你王管家三天期限，如果三天之内找不回我的嫂子巧妮来，我就要到县衙告你王家福。"

这可怎么办？真是祸不单行呀。人还找不见呢，这里又要遇上讼事，人家要是告上县衙怎么办，他这又要找孩子，哪里有心思打官司？再说这官司也没有个打头呀，你家盼成拐走了人家的巧妮，这就是拐骗人口，还能有什么理？不说给人家赔命，钱却是非给人家赔不行呀。他阻拦盼成的婚事，本想办成一个好事，最后却是成了人钱两空，这可叫怎么办？

王家福心里这个急呀，可是越急越没有办法。

打发走了史进财，李禄寿又过来安顿说："家福，你一心去找盼成吧，至于与肖家的定亲的事可以先放一放，等寻回盼成来再说。史家的官司吗，你也不用操心了，家里有我呢，你不用怕，我来看这事，一个小小的史家他能吃了人？"

为了平息这场风波，李禄寿派人叫来了区上的区警，吩咐了一下，让他们把巧妮的小叔子叫到区上吓唬了一顿，指责了他打人的罪孽，说这巧妮的出走，都是因为他的虐待才发生的，如果你敢来李家闹事，先抓来打一百大板，然后送到县衙大牢。

经过这个吓唬，又听说是李禄寿亲自出了面，史进财也再没有说什么。

十二　错姻缘害死两代人

这盼成带着巧妮究竟到哪里去了呢？为了寻找他的下落，李家派出十几个人，分东南西北各路四下追寻，大路小路都有人找，就是没有盼成的影子。两三天后，各路人马都陆续回来通报，就是没有音信。最后还是只有西路的人回来说，他在长乐店吃饭打尖时，曾经向几个饭馆子里的老板和小二打听过，有一家老板说，前几天倒是有一对青年男女，曾在他店里吃了一顿饭，虽然不知道叫什么名字，可说起那模样来，很像是盼成与巧妮。他就细细地查访，听那个老板说，这两个人一边吃饭，一边打听去西山的路，同时还打听去西山如何找活计。由此看来，盼成怕是去了西山。

“什么？盼成上了西山？”

刘姨太听了这个消息，一下子就着了急。

王家福更是傻了眼，他在乔家时曾与西山一带打过交道，早已知道那里的情况。

你知道为什么一听说盼成去了西山，家里人就都着急呢？原来上党一带的人所说的西山，就是指山西西部的吕梁山，那地方比太行山更穷，上党一带的人到西山，就是两个职业，一是西山荒地多，租一片来种山地；二是西山煤窑多，人们到那里去就是“下坑”拉驮。

刘姨太焦急地说，“西山是个好地方吗？他去那里能行？种地他和巧妮是种不成，他还没有干过地里的活儿呢，除了种地还能有什么活儿呢？那不就是去下煤窑吗？”

李禄寿一听也着了急，“是呀，这多么危险？去西山下煤窑，那可是两石板夹着一条命，不是个好事呀。咱这里有不少人去那里干这活，有几个回来了？”

刘姨太这下也不管什么口舌不口舌了，一个尽儿数落开了家福，“家福，你看你这是干的个啥事情？本来孩子好好的，他找个媳妇这多好呀，你就是不答应。你说你是为他呢，还是害他呢？好端端的把个孩子逼得上了西山，你养活不了他，还有老爷管呢，他和延春就像亲兄弟一样……”

李禄寿也说，“是呀，盼成是个好孩子，要说孩子这婚事，我也说过，还是依了他好，可是……嗨，这事呀，我看家福你……”

刘姨太急着连珠炮似的说，“他要找媳妇，这本来是个好事，可你偏偏要阻拦他，一个正月有多少人说你，就是说不通，就说俺和桂珍、延春这脸面小，老爷的话你总该听吧，你该给老爷个脸面吧？可你还是不依，现在闹成这个样子，看你怎么办呀？盼成真要是有个三长两短，你能对得起他死去的娘吗？”

王家福在那里一言不发，黑着个脸，没有办法。他心里一直在想，盼成呀盼成，你爹这可也是为你好，你爹还能害你吗？你想找媳妇，咱给你三媒六聘找个好女子多好呀，可你非要找一个小寡妇，叫我这当爹的脸往哪里搁呀？我这里还紧着给你找，心想让你回心转意，哪想到你能这样离家出走，携着一位寡妇私奔呀……

为了尽快找回盼成，李禄寿吩咐说，“我看这样吧，这事情马虎不得，家福，你马上准备一下，赶快去找他吧，就是跑遍西山的所有煤窑，也千万要把盼成寻回来。至于他定亲的事，回来以后再说，要不，你就先答应他，帮他娶了巧妮就是了。大嫂你也别急了，盼成走了没几天，不会有什么事的。桂珍，你去给家福取些‘盘缠’来，让他赶紧走。”

王家福急忙装了些盘缠打点起身，骑着马跑到了吕梁山。他从徐沟开始到交城、方山、临县、柳林找了好几个县上百个煤窑，就连一点音信也没有。这可怎么办？他是不是到了其他地方，还是……莫不是刚刚几天就出了事吗？当爹娘的心也不知要往啥地方想，他总担心怕盼成出了事，每到一处，都暗地打听最近窑上出过事没有，跑了好久，仍然没有消息。

其实，煤窑开工还没有几天，煤窑上有个规矩，正月十八放炮打点，给老君爷烧香祭祀，又是唱戏，又是说书，红火热闹五天，到了二十三，才开井口动工。各个煤窑的窑主，除了霸头、拨士还是用人家的老骨干之外，其他全部用的是新窑工，相互之间都还不认识，谁能知道谁？他来打听武乡的王盼成，哪个也说不知道。王家福转来转去，心急如火，可就是没有一点儿眉目。这又有什么办法？

直到有一天，他转悠到了孝义县的兑镇，这里一道沟有十来个煤窑，是个主要的产煤区。他沿着这道沟一家一家煤窑去跑，可谁也不知道这么一个人。转得天晌午了，王家福口干舌燥腹中饥，只好来一个小饭馆里吃点饭。他见这个卖饭的老头也和这条沟一样的黑，一定是在这里住久了，知道的事情较多一些，他一边吃饭一边随口又问这个开饭馆的老头打听。

“老师傅，你在这条沟里多长时间了？”

“哈哈，你问这个？我打小就跟我大在此卖饭为生。后来我大去世了，就由我接管起这个摊子来，算来快六十年了。”

“那你一定对这里了如指掌了呀。”

“不敢说了如指掌，哈哈，这道沟里的苍蝇我都认识。”

“老师傅，我想问你打听点事情。”

“什么事呀？”

“我想查访一个人。”

“听口音你是东山上人吧，你要问什么人？”

“对，我是东山上来的。嗨，我想问你打听一个人，他叫王盼成，是不是在这里下坑？”

“你打听的是新窑工吧，说名字不知道。这里的窑工都是才来没有几天，我一个也叫不来，你说说相貌吧。”

“十八九岁年纪，长得高高的、白白的，不知道是不是在这里下坑呀？”

“他是哪里人？”

“武乡人。”

“武乡人？哎呀……你是他什么人？”

一看老汉一脸的狐疑，王家福故意转了个弯，“我们是老乡，随便打听一下。”

老汉翻起眼想了许久，“哎呀，好像是前几天有个武乡的后生来着，叫啥名字，我也不知道，只是引着一个小媳妇，就住在这附近……”

王家福着急地问：“那他现在在哪里？”

“嗨，惨呀，没有几天就出事了……”

“什么？出事了？”

“是呀，窑下崩顶，一下埋在里面五六个人呀。后来人们挖呀挖呀，挖出来已经都成肉泥了……”

“那几个人中有叫盼成的吗？”

“我说了，名字一个也叫不来。因为他死了，那个媳妇也气得疯了，只听她唱着‘巧妮俺好命苦……’估计那个媳妇名叫巧妮。”

“这……这是真的？”

“你看你，我这么大年纪了，还对你说假话不成？”

“那个媳妇现在在哪里？”

“嗨，丈夫死了，她也疯了，满世界游荡去了，那个样子悲惨呀，现在是死是活还说不定呢。这煤窑呀，就是个黑窟窿，窑主赚钱，可是不知道要了多少好人的命呀……”

王家福一听这话，确信盼成已经出事了，这可是个晴天霹雳。他马上去找窑主理论，可是窑主根本不承认他的煤窑出过事儿。他再去找那老头作证，老头已经什么也不说了，王家福无凭无证，又如何能辨个道理？他心灰意冷，只好跌跌撞撞返回堡则镇来。

盼成呀，你这样管你走了，不明不白地走了，叫我怎么活呀？

十年前，果儿就对我提出过，要与我一起走，带着孩子走得远远的，那就是私奔，可是我拒绝了。嗨，现在想起来，如果这一步路要在十年前由我来走，会是什么样子？也许现在我和果儿会有一个温馨的家庭，盼成也会和我们在一起……

可是，这一切早已成了历史，时光不会倒转，现在闹了一辈子，最后又落得个孤孤单单了

……

他就这样一边走一边想，一边想一边走，忧忧郁郁地返了回来。

李禄寿得知家福回来了，马上就过来打听情况。

可是，家福什么也说不出来。在兑镇听了个坏消息，他希望那不是真的，他想找到巧妮做个证实，他更不希望这样，他一直想也许这不是真的。生不见人，死不见尸，年轻轻地，他不想说这个话，他希望他还活着。

李禄寿虽然没有听到什么消息，本想责备家福几句，可是，见他已经十分难过，看家福的面孔，便料想这事可能是凶多吉少，也不好再说什么。

王家福饭也不想吃，水也不想喝，一头倒下睡了……

其实哪里是睡呀，他病了。心情沉重，再加上两个月的劳累，特别是回来时在路上树凉下打了个盹，着了风寒，他能不病吗？

这下可把刘姨太给急坏了。

家福病了，左右没个人打点，只有她来照料。

本来她见家福回来，又没有盼成消息，也想怪家福不通情理，不给盼成些自由，导致这样的事情发生。可是，以前说他他不听，现在说这已经晚了，盼成走了，家福病了，再说也只能火上浇油，这不是要家福的命吗？

“家福，你总算回来了，看把你累成这个样子，俺给你请大夫来。至于盼成的事，依俺说让老爷派几个人再出去找。”

一提起盼成，家福的眼泪不住地落了下来，“嗨，没找的了，恐怕是……”

“什么？你说什么？你听说什么不好的消息了？”刘姨太一下子瞪大了眼。

“哎——”家福长叹一声，把在兑镇听说的事情说了一遍。说着说着就泪流满面，刘姨太也知道了原来事情变得这样糟。盼成呀，好端端一个孩子，出去没有几天，谁知道……真是天有不测风云呀……

失去盼成，这对家福可以说是一个晴天霹雳。少年伤父，中年伤妻，老年伤子，他的一生中，竟然集中了人生之三大不幸。谁能顶得住这样大的打击呀……

屋漏偏遇连阴雨。再说史进财让区警吓唬了一顿，心里好不服气，便跑到县城去找他姐夫。

你知道他姐夫是哪个？这个人叫邢天珍，原来在军阀商震部当连长，商震部在这里活动时，邢就娶了史进财的姐姐做小妾，可不久夫人病逝，这小妾也就扶了正。邢天珍在一次战斗中负了伤，锯了一只胳臂，他就不想当兵了，此时，商震投了阎锡山，阎便安排这个邢天珍到武乡县当了警察局长。史进财来找到他，把这事情的前前后后一说，想让他姐夫到司法科去帮一帮忙。这个邢天珍当兵养下了军阀作风，天不怕地不怕，哪管李家的厉害，他告给史进财，“你给我看着，只要王家福一回来你就通知我，其他你什么也不用管。”

就在王家福回来的第三天，县里来人将他绑走了。李东家出来阻拦，当差的说：“李老爷，我们是例行公事，办不了回去无法交代，老爷要是想救王管家，还是请你到县城去一趟，凭你的脸面，不怕有什么大事情。”

李禄寿一想也是，他只好乘轿来到县城，东说西说，花了许多钱，最后还是搬动了县长大人，又答应给史进财赔三百块现洋，才算救回了家福来。

王家福是被抬回堡则镇的。本来他就得了病，又被警察局的人糟塌了几天，心理与生理上都遇到极大的摧残，他真是抵抗不住了。

刘姨太见家福成了这个样子，非常心痛，这家福要是有个三长两短，让她怎么办？不是更没有办法？只好一边给他送水送饭，熬汤煎药，一边还得给他说宽心的话儿。

她把方圆百十里的名医都请遍了，家福的病还是一日不如一日。

王家福躺在那里，心里老是想着这事情的前前后后。唉！这命呀，他越想心里越难过，他的病也越来越重。

刘姨太又找到李禄寿请求说，“小叔，本地医生都找遍了，也不见效，听说那一年是汾阳教会医院的外国大夫给他治好的吗？能不能再去汾阳请个外国大夫来？”

“行，我也正琢磨这事呢，大嫂你放心。”

李禄寿马上派人到汾阳请来了外国大夫。

大夫诊断了许久，最后摊一摊手，耸耸肩膀说：“Sorry，I am helpless really .（王先生的病，乃气火攻心所致，现已伤及肝肺，并通过血液传遍周身，病情危急，我无能为力了）”

这下可把刘姨太急坏了。

她这一生太苦了，刚刚嫁了人，丈夫就死了，她孤单地硬是撑着活了下来。总想有朝一日，能有个男人和她厮守，等呀盼呀，终于有一天她与王家福好上了。她刚刚体会到一点爱的温暖，她憧憬未来，希望着他娶她，哪怕是和她私奔，她也乐意，可是，正好遇上东家给她修什么贞节牌坊。家福说什么也不同意，不过俩人一直这样交处着，总是感情上有个依托。这给她的心灵深处也算是一点点安慰，谁知今天又到了这个地步……

家福见果儿这样难过，硬是支撑着，有气无力地吩咐道：“果儿，我对不住你，本来打算好好地照看你，看来不行了，我这怕是真的不行了……”

“别这样说，俺一定要照料好你，俺已经给东家说了，明天再派人到太原府给你请名医来，一定要把你的病治好。”

听着果儿的话，家福的眼里流下了泪来，他长叹了口气，说道：“果儿，你别忙了，自古道个人有病个人觉，治了病治不了命，我知道我是不行了……”

“家福，你快别这样说……”

“真的，你也不要再忙了，这样对你不好，你可是修了贞节牌坊的人呀！”

“别说什么牌坊，就是因为它，才把俺害成这个样子。要不现在俺早和你在一起生活了，一心一意地照顾你。”

“嗨，我一个人害了两代人呀……”

“家福，都已经是过去的事情了，你什么也别说，什么也别想，好好治病。一切等你好了再说。”

“果儿，我知道我的病。你过来我对你说，我这一身做错了三件事：一是不该辜负了你的一片情意，真该想法子娶了你；二是不该让你打胎，害得你一个人孤孤单单地；三是不该阻拦盼成的婚事，以至他年轻轻地就殁了……”

刘姨太哭着说：“家福，现在你什么也别说了，一切咱们都等你好了再说。”

“我已经好不了啦，我知道。”家福伸出手拉住果儿，“我死了以后，你千万要冷静，既然已经成了这样，你再急也没有用了，千万不要坏了你贞节的好名声。”

说着，家福一边咳嗽，一边有气无力地想爬起来。果儿看见他非常地难受，听见他的胸部似有许多的痰，她一手轻轻地在他的胸口按摩着，一手从他的脖子下面扶着他，想让他稍微抬起来一些。可是家福被一口浓痰塞了气，他脸憋得通红，双肘一软，身子一晃，倒了下去……

“家福，家福……”果儿急忙叫喊着，可是家福已经咽了气……

果儿眼睁睁地看着自家的心上人咽了气，好是悲伤。她哭着喊着：“家福，家福……”

可是王家福再也不能来与她说话了。他那个轻轻闭目的动作，成了在刘姨太心中的最后定格。

刘姨太一下子爬在那尚有一丝余温的王家福身上，“家福，你不能走呀！你说过，这辈子你要照顾好俺的……你怎么就这样撂下俺不管了呢？这可让俺怎么活呀，好歹你也要带着俺，让俺再去伺候你呀……”

十三　刘姨太上吊殉真情

东家念他有功劳，要厚葬王家福。

根据李禄寿的安排，家福的丧事，是要排排场场地办的，完全按照堡则镇的风俗。人死了，先是报丧，派出四个近门子的族里人，按东南西北四路，分头去给死者的亲戚好友报丧。王家福是王家庄人，这堡则镇上没有他的族人，东家便派李家的近门人来办这事。可是这王家福的丧事又给谁去报呢？他自小是孤子，不仅没有个亲兄亲弟，就连个亲姊热妹也没有，他只有唯一的一个儿子盼成，也命丧在西山的煤窑里了。这一步该如何办呢？参与办事的人们请示东家，李禄寿想了许久，最后才说，无论如何到王家庄去打听，好歹查访着他姥姥家是哪里，总得把“人主”找来，如果近门有个侄儿男女，给人家说些好话，不行咱就给人家出钱也算，总可以有个“扶棺”“扯牵”的人呀。“扶棺”“扯牵”是个民间风俗，在太行山一带，人死了以后，灵柩的后面要有女儿、孙女等来扶着棺材哭灵，这叫“扶棺”，而在灵柩的前面，扯一匹几丈长的白布，儿孙都要扯着这匹白布来哭灵，这就叫“扯牵”。同时，又派人到盼成的姥姥家村里去请人。谁知两路人马出去跑了一天，王家庄那头是什么也没有了，而盼成的姥姥家吴家岭也只有个远门舅舅，人家答应来当“人主”。说来说去，还是找不到个“扶棺”“扯牵”的人了……

这里又派人请来阴阳先生，在李家的地盘上挑选茔地，阴阳先生选来选去，终于在南岭山上找了一处好穴。据阴阳先生讲，这块茔地可有三百年旺财，一百年旺官的好风水。人们一笑了之，已经是个绝了后的人了，还谈什么旺财、旺官，还能往什么地方旺呀？能图个发丧时吉利就万幸了。

根据李家的东家老爷安排，请了李家八个远门子的族人，日夜换班去打墓，在阴阳先生未定准穴位之前，忙着先给坟地搬运砖块，准备要给王家福砌砖墓。

同时又派三四个帮忙的乡亲，用了三盘石磨，备了三头毛驴来磨面，好让办丧事时吃。总是大户人家办事嘛，为了排场一些，还派人到城里备办了许多镇上没有的货料。

却说这王家福的灵柩放了几天，却连一点哭声也没有。是呀，没男没女，既然没有孝子，哪里来的哭声？越是听不到哭声，反而左左右右这些帮忙的人越发心酸。葬他的前两天，李东家又让人请来了和尚、道士，粗细两行，为他超度送行。

王家福的丧事，确实是办得隆重。

这一天，天淅淅沥沥下着小雨，像是在给王家福送行似的，灵棚底下摆设着许多供品、香烛。由于下雨，把那些金斗、银斗、摇钱树、金童、玉女、引路菩萨等纸扎也都放在了灵棚下，更显得十分拥挤。棺木前头是一盏长命灯，灯盏旁边放着一个火盆，里面烧着金宝、银宝、纸钱、阴币，还有印好的《往生咒》《金刚经》。

可是，只因为家福身边没有儿女，连个近门侄儿男女也没有，除了请来一位盼成的远门舅舅，权且作“人主”，出殡时，连个扯牵布的人也没有。李禄寿吩咐，让所有家道参与送葬之人全部戴起孝帽，却是没有一个全身穿着孝衣的人。

前来看热闹的人们，看着这个虽是非常隆重的场面，却都有点心寒。是呀，这人要是没个儿女，那是多么可怜呀！家福呀家福，一身经商算账如此精细，却在家庭的事情上没有算对账，因为他的固执，枉送了儿子性命不说，反倒将自己的老命也赔了进去，真是落得个“奈何桥”上无人送了……

就在这时，只见刘姨太穿的一身素白，到上房找着李禄寿说："孩他叔，你看家福这情况，没有个亲人来给他送行，心寒呀。现在俺也不隐瞒什么了，他活着的时候，对俺不赖，现在他先走了，俺也不能辜负他。今天，俺想给他挂孝送葬，做一做这扶棺扯牵的事。希望他叔恩准。"

李禄寿一听这话，他为刘姨太的行动吃了一惊，没有想到她会做出这样的决定来。

便急忙劝阻她："大嫂，既然你把话挑明了，我也就不在打墙避影了。你们这情况我早已经有所闻，以往的事，我是能打点就打点，我希望你们能相互照看一下，这也是好事。可是今天，家福已经殁了，这人死不能复生，你就是去做了这些事情，他也不能复活。何况，你是修下贞节牌坊的人，咱这半辈子落下了一个好名节，到现在为什么要去破坏它呢？你在家里就是把家福的牌位天天供起来，我也认可，可你要给家福去挂孝送葬，我觉得这不合适。你让我这脸面往哪儿搁呀？最好不要这样……"

"孩他叔，人非草木，孰能无情？家福一生给了俺无数温暖，俺不能看着他这样不声不响地走。俺求求你，俺这一辈子还没有求过你什么事情，你就答应俺吧。"

"大嫂，不是我不答应你，只是……你看这样行不？我花钱从外村请人来给家福哭灵，这样，家福的丧事也会像模像样。"

"他叔，看你说的，哪里有花钱雇人哭丧的道理？别说是雇人，就是他的亲生儿女来哭丧，也顶不了俺心里的悲哀。俺意已决，你就让俺们去一遭吧。"

"大嫂，不是我不同意，只是你这半世的好名节很不容易呀，一旦因此……后半辈子不是让人……"他想说让人"唾骂"，可又怕刘姨太心里中病，也就没有说出来。

可是刘姨太已经什么也不在乎了，"名节？这名节能顶什么事？人难道活在世上，只为'名节'二字，而不顾感情就对了吗？他叔，这事你要是不答应俺，俺可就……”

李禄寿见刘姨太这样说，看来这已经是一个不可阻挡的事了，可是，如果那样，又如何面对全镇的人们呢？他思索了一下说，“大嫂，我答应你。可是为了你的名节，也为了李家的声望，我也希望你听我两件事：头一条，你不要穿孝，咱给家福送殡，是为了尽自家的心，即使不穿孝，家福的亡灵，在九泉之下也会理解。你看行吗？”

刘姨太看看她身上穿的已是一身素白的衣裳，也与穿了孝不相上下，只是没有披麻罢了，小叔子提出要顾及李家的面子，她也只好认了，她点点头说，“好，俺依你。这第二条呢？”

“这第二条，你送殡送到村口，一过腰灵就返回来。千万不要到坟里，一来我怕你太伤心，二来也怕别人闲话。”

“行，俺也依你……”

“那好，咱就这么说定了。”李禄寿只好让她去了。

可是，刘姨太走出去以后，他这心里老是在嘀咕，好像觉得这事不对劲呀，看那嫂子的神色，总好像有一种万念皆灭的感觉。今天可是需要注意一点呢。这万一要是出个“祝英台哭灵”的事，可怎么办？于是，他马上让丫鬟把太太请来，“孩他娘，刚才大嫂找过我了，说要去为家福送殡，我看她那神色有些不对劲，她已经死心塌地地爱上了家福。如今家福去了，她这心里难过呀，这咱能理解。可是今天我觉得这事有点蹊跷，我这左眼一直在跳，怕是有什么预感，我担心出什么事呀！”

“那你说怎么办？”桂珍看着丈夫。

“我看出殡时，你要跟大嫂在一起，亲自陪着她，左右照看着点，千万不要让她往棺材上碰头。我已经与她说好了，不让她去坟地，我真担心她跳进墓穴里呀。”

“好，俺再安排几个丫鬟跟随左右，若是她要寻死觅活，也好来阻止她呀。”

“行，就这样。”

为王家福办理丧事的人们在小雨中忙碌着，和尚、道士各自吹奏着庙堂音乐，悲凉的乐曲使人感到更加添了几分寒意。

李禄寿把李家的族人招来，让他们都来给家福焚香、烧纸、祭供。东家为他安排的这个规格，确实是很高了，是呀，王家福为李家创下了万贯家资，难道不该享受这样的礼遇吗？

掌管司仪的先生将一切都打点停当，眼看出殡的时辰已到，马上喊道：“烧纸送灵——”

按照当地的风俗，这要自己的儿女以及侄儿、侄女等人来办的，可是他没有任何亲人，在“烧纸送灵”的时刻，居然只有吹鼓手们的悲调。

站在一边的刘姨太一看非常难过，她要去给家福烧纸送灵。可是，桂珍在身边拽着她的胳膊，又小声地在她耳边说：“这是下辈人办的事情，大嫂你不能去。”

接着先生又喊道：“移棺出棚——”

按说在移棺时，儿女们该是一片哭声，可是现在哪里又有人来哭他呢？坟工们抬起家福的棺材，一步步地走出灵棚，走向早已准备好的绳索棍杖，然后拴起棺木，又将牵布缚起来。按照镇上的规矩。此时，男眷在前，亲子拄着哭丧棍，紧走在棺材跟前，其他亲人根据辈分，小者在前，长者在后，手扯牵布；而所有女眷，不分辈分，全部在棺材的后面，手扶棺木，谓之扶棺。这一切准备好就要正式出殡了。

可是，现在只有坟工在拴缚着棺材，哭灵送殡的人却没有，真让人心寒。就在这时刘姨太再也不能自制，她走过去一手拉起了长长的牵布，又用一手扶在了棺上……

司仪先生这时喊出了出殡的最后一道号令：“扶棂出殡——”

长长的送殡队伍开始移动了。

前面有两个男孩子扛着“雪柳”，边走边抛洒着纸钱，那白色的纸钱在小雨中慢慢地飘落下来……

尽管天下着小雨，镇上看“热闹”的人却还是很多。刘姨太来给家福扶棺扯牵，立时把一大帮看出殡的人们怔住了。她可是立了贞节牌坊的女人呀，她可是被全镇的人尊重的女人呀，今天怎么会突然出来办这种事呢？人们在窃窃私语。原来，刘姨太早已和家福有私情了，不说前一段史进财闹事时说这事，当时人们怎么也不会相信，原来这却是真的？

这时桂珍走过去，与刘姨太紧紧地挨着，她也伸手拉着那牵布……

这个举动，倒又使人们扭转了一些想法，刚刚形成的想法，似乎又被冲淡了。刘姨太的事情也许还是人们瞎说，李家的大、二奶奶都来为家福扯牵布，说明王家福为李家创家立业，功劳巨大，使李家两位奶奶也放下架子来为他送殡。

可是，在出殡的路上，刘姨太和桂珍的表情确是有十分明显的区别。

村里的人们看着刘姨太哭得伤心的样子，还是证实了那个传闻。她与王家福真的有那个了，没有私情，如何能真情呢？哎呀，原来是个不守妇道的东西，还树什么贞节牌坊呀，所以，一个人也不可怜她，反而，都唾骂起她来。

“原来是个不活脸的货，还给她修贞节牌坊呢。”

“是呀，原来是个假正经，背后还藏着野男人。”

“不要脸，你看她哭得那个恓惶样……”

刘姨太隐约听到人们这议论，她已经什么也不在乎了，怕什么？现在对她来说已经什么也没有了。

昨天夜晚，她想了好久。她这一生呀，来世上都做了些什么？自打嫁到李家，就像是走进了牢笼，整天在这个小天地里生活，功劳没有功劳，苦劳没有苦劳，现在这个唯一让她继续生存下去的家福也撇下她先走了，她还有什么活头呀。孤孤单单的痛苦她已经受够了，一座贞节牌坊，居然将她的牢笼又加上了一把锁。她这一生，如此之苦，哪里像人家别的女人，享受过人生的欢乐。这几年总算有了一点点安慰，一点点希望，可是，这个狠心的家福又撇下她先走了，她真的就是这样红颜薄命吗？这还有什么活头？

不如跟着家福去了，在人间不能为夫妻，到阴间总该行了吧。

她把家福送至村口。按风俗在这里摆着一个哭灵的地方，那叫“腰灵”。到了这里，就是人鬼分割之地。

人们抬着家福走了……

那棺木越走越远，家福呀，家福，就这样再也不见面了吗？她远远地望着，望着，直到望不见了……

“大嫂，咱们回去吧。”桂珍拉一拉刘姨太的衣角。

“嗯。”刘姨太点点头，两眼还是望着远方。

“大嫂，不要太伤心了，你累了，回去歇一歇吧。”

“弟妹，你先回去吧。俺没事，俺只想一个人在外面走走，静一静心。”

“大嫂，看你的衣裳都湿透了，俺担心怕你着凉。”

“不怕，这样反倒清醒。你先回去吧，俺一会儿就回去。”

“不，大嫂，你要想在外面多待一会儿，那俺就陪着你。”

“弟妹，不用了。俺没有事的，只是心里难受，想静一静。你还是前头回去吧！”

桂珍只好安慰几句前头走了。是呀，大嫂的心情不好，让她一个人待一会儿，也许好一些。

刘姨太收起那匹“扯牵”的白布，慢慢地从大街上往回走。她低着头，步履是那样的沉重，走着，走着，她看到那些长舌妇们还站在屋檐下，低声地议论着她刚才的举动，对她指手画脚，还不干不净地骂着她，她听到了。可是，她看也不看她们一眼，只顾自家走着。

那小雨从头发上滑落下来，挂在刘海儿上，与她的眼泪交织在一起，已经分不清是雨水还是泪水。刚刚抛洒在街道上的那许许多多的纸钱，已经被人们踩踏在了污泥之中。人呀，一死了就是这个样子？和尚、道士、家人热闹一番，哭泣一番，然后又被几个人抬了出去，就再也回不来了？那么阴间呢？阴间又是什么样子？人成了鬼，大概就自由了吧，不然人怎么会在晚上碰到鬼哟？那就是归宿，阳世间的一切完了，却会在阴间来自由地延续……

要真是那样，阴间可比阳世好多了……

她这么胡乱地想呀想呀，走呀走呀，沿着那条大街走到了尽头，不由自主地走在了李禄寿给她修筑的贞节牌坊前。

她抬头望一望高大的牌坊，心里涌上了一股悲哀……

十年前，她曾经在全镇李姓族人的面前，跪在这牌坊前举行过落成典礼，人们异口同声地赞许着她。可是今天，这全镇的老老小小又全都唾骂开了她。

真是此一时彼一时呀。不过她心里满足，那用痛苦换来的赞许，远远比不上幸福换来的唾骂。人，一辈子难道就只为了满足别人的赞许吗？

她望着这高大的牌坊……

牌坊呀牌坊，别人都把你看作是俺刘果儿的荣耀，可是谁又知道就是这座牌坊，害的俺好苦呀。

现在家福走了，俺要跟他去了，牌坊呀牌坊，你就孤孤地竖在这里吧！你是记载俺的贞节，还是记载俺的血泪，俺什么也不管了，让人们评说去吧……

俺是要去了，要去追寻那个前世的冤家王家福去了……

刘果儿把手中的扯牵布向上一抛，正好搭在牌坊的过梁上，又搬了几块石头垒起来，自己踩了上去。她稳健地把那条白绫盘起来，在下面打了一个死结，将下巴钩在了白布上，然后脚下一使劲，石头倒了，刘果儿悬在了空中……

一个寡居二十年的女人，一个并不贞节的女人，一个最后遭人唾骂的女人，就这样悬在了立给自家的贞节牌坊上。从上到下，白白地一条，西北风吹来，那一条白色，在空中游荡、游荡……

又一个生命到了另一个世界。

只有那小雨，还在淅淅沥沥地下着……

图书在版编目(CIP)数据

黄土地上的童话（节选）/ 崔巍著. 水花崖 / 郝雪廷著. 深宅大院 / 郝雪廷著. — 北京：中国文史出版社，2024.7

（武乡现当代文化集萃）

ISBN 978-7-5205-4702-4

Ⅰ. ①黄… ②水… ③深… Ⅱ. ①崔… ②郝… Ⅲ. ①长篇小说 – 小说集 – 中国 – 当代 Ⅳ. ①I247.5

中国国家版本馆CIP数据核字(2024)第102527号

出 品 人：彭远国

责任编辑：秦千里

出版发行：中国文史出版社

社　　址：北京市海淀区西八里庄路69号院　邮编：100142

电　　话：010-81136606　81136602　81136603（发行部）

传　　真：010-81136655

印　　装：山西人民印刷有限责任公司

经　　销：全国新华书店

开　　本：16开

印　　张：247.25

字　　数：3500千字

版　　次：2024年7月　第1版

印　　次：2024年7月　第1次印刷

定　　价：1000.00元（全七册）

WUXIANG WENHUA JICHENG
WUXIANG XIANDANGDAI
WENHUA JICUI

武乡文化集成·卷三

陈建祖 主编

武乡现当代文化集萃

何处是高处 李晋瑞 著

扶贫工作队 李业兴 著

武乡散文精选 张红伟 主编

中国文史出版社

总　序

甲辰之岁，万象更新。武乡热土上，乘新时代之春风，政治、经济、文化一体推进，正所谓政通人和，百业俱兴。

自古以来，莫不盛世修书，藉以兴文化俗。今有《武乡文化集成》之问世，摘精选要，撷英荟萃，乃国内县域文化系统整理出版之巨创，亦寻祖根，追文脉，固根基，增强文化自信之壮举，可庆可贺也！

文化之兴，缘于地理；或曰据于地理，乃出人文。

太行逶迤，上党巍巍，雄视华北，俯控中原，自古乃兵家必争之地。元人熊戴歌咏曰："天下多名山，太行居第一。泽潞伯仲间，上党天下脊。屹立界中原，形势控南北。"武乡踞上党北缘，乃千年名邦，抗战圣地。其东有板山竦立，如长城蜿蜒；其中有漳河流金，泽润乡里；其西则俯视晋中，藏风聚气。此土此境，古有商周遗物，有石勒要寨，有寺院林立，绵绵不绝，而民风俭啬，勤于耕读，崇尚勇武，远近闻名。清代乾隆《武乡县志》"风俗篇"云："武乡之为县，在万山中，金玉珠贝无所产，商贾舟车不至，民安于畎亩、诵读，无逐末游食、猎取富贵之人。""其民质而不For，其俗俭而不猥。"此乃武乡传统文化之概要，民风之底色，文化渊源之所自。追溯千余年传统文化，不亦绵长醇厚乎！

帝制灭而共和兴，社稷衰而危亡存，仁人志士，前赴后继，奋起斗争。武乡籍共产党人、革命先驱李逸三、史怀璧、武三友等，建立中共武乡县委员会，组织"五抗"，风起云涌，艰险曲折，板山漳河间，闪耀赤色曙光。全面抗战始，抗日烽火燃烧在太行山上，八路军总部、中共中央北方局、一二九师师部开进武乡，先后驻武乡王家峪、砖壁诸地，朱德、彭德怀、左权、刘伯承、邓小平、杨尚昆等在此指挥抗战，武乡乃成太行根据

地之重镇。长乐村战斗，歼寇两千；百团大战，威震敌胆。柳沟设兵工厂，肇始军火生产，装备抗日武装；抗大、鲁艺，学校遍及山乡僻壤，培植红色基因。武乡儿女，慷慨参军，牺牲何止千万；家乡父老，纳鞋交粮，自愿支援前线；太行奶娘，忘我取义，哺育革命后代。仰望太行之巅，遍布民族脊梁；回首抗战圣地，鲜血浸染。《少年先锋》，如诗华章；抗战篇章，辉煌绚烂。此乃武乡近世文化之鲜明本色。回首武乡之红色文化，不亦感人至深乎！

斗转星移，国运昌隆；改革开放，其命维新。武乡大地，文脉绵延，异彩纷呈。其初有高沐鸿之《太行吟》，冈夫之《故城谣》，张万一之剧作《小二黑结婚》，歌咏烽火岁月，隽永悠长；继之有寓真之《行道集》，赓续家国情怀，书写不尽之乡愁。抗战文化则梳理备至，书写将军之百战智勇，战士之慷慨赴死，军火之急急生产，民众之纷纷支前，友邦之慷慨资助，红色文化，洋洋大观。作者群起，深研备至，提炼太行精神，表彰抗战英模，可歌可泣，化育万民，进而为新时代不忘初心、继续前进之强大动能。回首七十年文化景象，不亦壮观乎！

武乡文化，厚重绵长，总而成之，采而辑之，舍我其谁！县委县政府下决心，定大计，集贤能，编方案，以规范性、系统性、权威性为基准，博采旁搜，摘取英华，卷次三分。首卷为历史文化，通览千载；继之以红色文化，特色引领；卷三是现当代文化，文苑集萃，遂成20册，汇千万字，煌煌然为武乡文化史上之空前巨著。武乡文脉，一以贯穿，高如板山，长若漳河，实乃空前之壮举，既为资政要览，亦成万民寻根溯源、永久承传之宝典，具彰往而昭今之效，其价值、意义不言而喻，无庸赘述焉。是为序。

中共武乡县委员会

武乡县人民政府

2024年6月

凡 例

一、本丛书以马克思列宁主义、毛泽东思想、邓小平理论、“三个代表”重要思想、科学发展观、习近平新时代中国特色社会主义思想为指导，选取武乡文化精华，编纂而成。

二、本丛书以基础性、系统性、权威性为基本编纂标准。

三、本丛书以武乡籍贯的作者为主要选取对象，以描写或记述当今武乡地域范围内的文化为内容选取标准。

四、本丛书选取的著作体裁不限，主要选取学术著作和文学作品。为了全面记述武乡的历史文化，特别组织作者新撰了武乡历史文化的通览性著作。

五、本丛书按照历史通览、文化特色、时代新篇为基本分卷依据，分武乡历史文化通览、武乡红色文化撷英、武乡现当代文化集萃3卷，共33种著作，编为20册。

六、本丛书为集成性著作，尊重原著内容的完整性，一般不作增删；为保持观点正确、内容准确、体例统一所做的修订，均经作者完成，并经专家予以审定。

七、本丛书对每一部入选著作的内容及其作者均予简介，以便阅读使用。

八、本丛书根据各书特点而区别整理方式，涉及古文、文献等，标点，并适当注释；涉及文化遗产等内容，则以图文结合的方式予以记

目　录

何处是高处

——革命老区武乡县脱贫攻坚见闻

李晋瑞　著

扶贫工作队

李业兴 著

武乡散文精选

张红伟　主编

何处是高处

——革命老区武乡县脱贫攻坚见闻

李晋瑞　著

【作者简介】

李晋瑞，山西省平定县人，中国作家协会会员，山西文学院签约作家。以小说创作为主，偶作随笔和散文。作品有《爱上薇拉》《原地》《中国丈夫》《贝金斯的特殊使命》《别离》等。其中，《原地》在全国引起较大反响，被多家机构列为研究生态文学的必读书；《中国丈夫》获赵树理文学奖；《别离》入选陕西省重大文化精品项目。

【内容简介】

《何处是高处》是一部以见闻形式，全面反映革命老区武乡县脱贫攻坚的纪实作品，2022 年 7 月由中国文联出版社出版。作品以一个县的脱贫攻坚为主要内容，却以独特的视角触摸到中国乡村文明历史的深处，阐释了脱贫攻坚在中国现代化发展进程的重要历史意义。作品中主要采访对象多为受到各级党委、政府表彰的先进人物，并收集和保存了大量一手的数据资料，对武乡县来说，具有相当重要的史料保存价值；并且有作者从经济、人文、政治角度对脱贫攻坚的大量思考，对普通读者而言，是一部理解脱贫攻坚国家战略的启发与共勉之作。作品曾先期在《山西日报》《山西文学》大篇幅刊发，山西省作家协会也多次将本作品作为新时代山西写作的篇目对外宣传。

代序：另一种偏远

当意识到将来总有一天会有人问起这些文字时，我就不得不在惶恐之余准备如何作答了。如果对方和我一样，已经步入中年，又有过相对较长的农村生活经历，那还好，我可以请他坐下来，一起聊一聊这些年里关于贫穷与富裕、城市与乡村的思考。如果对方喜欢歪戴棒球帽，打着耳钉，脖子上挂着骷髅挂坠，纤细的小腿上套着一双色彩艳丽、骆驼蹄子似的大号运动鞋，白嫩的手指上戴满了五光十色的装饰戒指，鼻腔里总冒出一股奶香，他很可能欢喜时还夸张到大喊大叫，也可能阴郁时就心不在焉，那我，就必须保持缄默无言吗？但我知道，我一开口就会吞吞吐吐，而又无法做到一笑了之。吞吞吐吐的背后，是我不知道应该从何说起；因为我吃不准在我看来那本是一些朴素而真诚的东西，会不会在他那里被视作空洞的大道理或者作秀；更重要的是，我没有足够的底气。因为我能开口讲出的理由，全都只是来自我的想象。

人就是这样，当放长一段时间去看历史，或换一个角度去看待某一件事时，我们的理解就会发生变化。那种变化，既得益于自己的价值观，也因此而受到局限。譬如我们说，北上广深是一个中国，北上广深之外又是一个中国；更有甚者说，县域之下广大的农村和农民的生活景况才是真实的中国。当然，中国只有一个，也只能有一个，所有歧义的产生只是因为我们定义的不同。这很好理解。我们日常中同样的一个词，实际上在每个人心中都有着不同的定义，譬如幸福、爱、善良、富有、贫穷、成功、付出、回报等，哪怕就算是那些早已是铁板钉钉的事，随着年龄的增长、知识和社会阅历的增多，也都会发生变化，甚至还是颠覆性的变化。如同作家梁鸿，我相信乡村曾经留给她许多美好的记忆，但在几十年后她却产生了《中国在梁庄》里那般深刻的悲伤：从什么时候起，乡村成了民族的累赘，成了改革、发展与现代化追求的负面？从什么时候起，乡村成为底层、边缘、病症的代名词？又是从什么时候起，一想起那日渐荒凉、寂寞的乡村，想起那些在城市黑暗边缘忙碌、在火车站奋力挤拼的无数的农民工，就有悲怆欲哭的感觉？是啊，这一切都是什么时候发生的？又是如何发生的？它包含多少历史的矛盾与错误？包含着多少个生命的痛苦与呼喊？

其实我也一样。很多年前，我喜欢旅游。旅游，从某种意义上讲，就是一种对限制的逃离，一种向自由的靠近。（在此不再赘言），我到海边，入大漠，进森林，最难忘的便是西藏、新疆、云南之行，尤其是沿途隔着深深的山谷看到大山里那些简陋破败的村落时，心中总会萌生感慨：这种似曾相识的景象自己是在哪里见过呢？深刻烙印在记忆里的东西，无论时隔多久相距多远，也很容易翻腾出来。那不是武乡吗？

那个时候，其实我还没有真正去过武乡。武乡在我这里，还只是等同于太焦铁路线上的一个火车站，等同于鹅毛大雪中分水岭上那个大弯度的高坡，等同于公路边槐树林里东一堆西一堆破破烂烂、泥墙薄瓦的杂乱小院，要么就是深沟对面荒坡上那几孔死寂的窑洞。那时，我还不知道它东西长南北窄，1610 平方公里的土地上有多少乡镇多少村庄；不知道它在太行山里，北接晋中，南连上党，历来是重要锁钥。我只记得，那趟绿皮火车哐当哐当穿过一个个山洞后从车厢里看到外面的土地是那么开阔，还有大雪天被困在分水岭上当地老乡冒着凛冽寒风来帮忙推车的情景。那时，出于工作原因一年中总有几次太原与长治之间的往来，但对武乡却是陌生的，因为只是途经，从来没有一次停下来，去浊漳河畔或蟠洪河沿岸地势平缓开阔的土地里走走，也没有去烟波浩荡、鸟雀成群的太行龙湖荡过一次船，板山的千峰竞秀和绚丽多姿，崇城山的悬崖绝壁和危岩凌峻，就更没有去领略了。我去了省外更远的地方。或者可以这么说，对这个据考证新石器时代就有人类居住，西周初有蔡州诸侯小国一说，春秋时期为蔡皋狼氏之地；战国时期，称涅，先属韩，后属赵；秦时，属上党郡；西汉，置涅县；这个西晋时就有武乡之名的地方，我并不关心，因为它作为山西一个普普通通的县，对于农村出身的我来说，并没有发现它有什么特别之处。

但是现在看起来，这就是偏远。哪怕最后一公里、最后一米，没有到达，就是偏远。

是一场脱贫攻坚战将我和武乡联系在了一起。因为需要事先熟悉，我才了解到，两晋南北朝时，这里出过由奴隶到皇帝的政治家石勒；明清时，出过吏部侍郎任原、工部侍郎程启南、兵部侍郎魏云中和都察院右副都御史魏光绪等政要人物；佛图澄、高欢、傅山等历史名人曾到此寓居。共产党员李逸三不仅参加了广州起义，还把革命火种带回到故土；抗战时期，因其地处战略要地，建党较早，人民基础好，1937 年就被开辟为抗日根据地中心，八路军总部和中共中央北方局、129 师司令部、太行第三军分区等党政军机关曾长期在这里驻扎。朱德、彭德怀、左权、刘伯承、邓小平、徐向前、聂荣臻、杨尚昆、薄一波、罗瑞卿、陈赓等一大批老一辈革命家，曾在此运筹帷幄指挥广大军民与敌浴血奋战；开国将帅中 5 位元帅、5 位大将、19 位上将、49 位中将、300 位少将曾在这里战斗、工作和生活。其间，八路军总部机关 5 次进驻，先后共 536 天。武乡人民“出兵、出粮、出干部”与军队并肩战斗，全县不到 14 万的人口中就有 9 万人参加各类抗战团体，14600 人参加八路军，2 万多人献出了生命，仅有 40 万亩的土地，八年共慷慨捐粮 3000 万石，涌现出边区神枪手武状元关二如，麻雀战能手、太行民兵杀敌英雄高贵堂，少年英雄李爱民，母子杀敌英雄李贵女、段满青，地雷大王王来法，太行游击队长魏明扬，劳动英雄李马保，拥军模范胡春花，还有一群自愿为前线将士哺育其年幼子女的“太行奶娘”等；这里的人民将最后一尺布用来缝军装，将最后一碗米用来做军粮，将最后的老棉袄盖在担架上，将最后的亲骨肉送上战场，他们为中华民族的独立和解放做出过巨大的牺牲和贡献。

原来，这块因武山与乡水而得名的红色土地，与井冈山、延安、西柏坡齐名，是著名的革命圣地，太行精神的主要孕育地，是一座“山山埋忠骨，岭岭皆丰碑”没有围墙的抗战历史博物馆。这里有着山魂水魄的风骨，又有古建宝洞的蔚蔚奇观，可它，却还有着另外一个名称——国家级贫困县。只要稍稍翻一翻资料，我们就会发现武乡似乎历来就穷，一直就穷，从 1949 年新中国成立到 1978 年党的十一届三中全会召开的 30 年间，这个县的温饱问题一直未能解决，“吃粮靠救济，花钱靠贷款，农业税靠减免”；1978 年全县农民人均纯收入只有 45 元，人均产粮仅 388 公斤。1985 年被国务院核定为国家重点扶持的贫困县之一；1994 年国家实施八七扶贫攻坚计划，武乡被确定为全国 592 个扶贫攻坚重点县之一；到 2014 年全县 377 个行政村中，有 215 个是贫困村（2019 年底行政村撤并为 269 个，但贫困村仍以 215 个统计。）21 万人中，建档立卡的贫困人口 18787 户 55088 人，综合贫困发生率达到 30. 9%，几乎可以说，每三个农业人口中就有一个贫困人口。

可这里是全国著名的革命老区，在没有任何物资接济和给养的环境中，靠着“小米加步枪”和八路军一起对付过拥有现代化飞机大炮等先进武器装备的敌人，那种不怕牺牲、不畏艰险，那种百折不挠、艰苦奋斗，那种万众一心、敢于胜利，那种英勇奋斗、无私奉献的精神，难道就是对付不了一个“贫穷”？还是……当你死我活的革命与阶级斗争渐渐退出人们的日常，我们将目光转向经济，那股浓浓带着土气的小米香也就随之淡出了人们的记忆呢？有过一段时间，我有过这样的困惑：是不是随着具有先天优势的城市经济的快速发展，我们对那些“闭塞”和“偏远”地区的农村形成了欠账呢？可是当我查阅武乡的地方志时，看到的却是一个又一个来自高层的惦念和关心——

1951年8月20日，以杨秀峰为团长的老区慰问团将毛主席“发扬革命传统，争取更大光荣”的亲笔题词送到武乡；

1988年9月3日，邓小平同志亲笔题写馆名的“八路军太行纪念馆”在武乡开馆；

2001年8月20日，江泽民同志视察武乡，并写下“发扬老八路光荣传统，为中华民族的伟大复兴而奋斗”的题词；

2005年7月29日，胡锦涛同志视察武乡，给老区人民以巨大的鼓舞；

2009年5月25日，时任国家副主席习近平同志视察武乡时作出“四个始终保持”① 重要指示。不仅给太行精神赋予了新时代内涵，更是给历经风雨沧桑、久困于穷的武乡带来了新希望；

2017年6月21日至23日，习近平总书记视察山西再次作出的“一定要弘扬好太行精神，一定要把《在太行山上》再唱响”重要指示精神，为武乡老区进一步做好各项工作指明了方向。

武乡啊，武乡啊……在这里，我们可以借用当地一位熟知武乡历史的人的话来讲，武乡属于革命老区，作为一个政治大县，实际上自新中国成立以来，每个时期的发展都离不开党和国家给予的帮助和扶持。

人常说一方水土养一方人。难道说，武乡这方水土只能养活武乡人，却养不富武乡人？武乡长期以来，一直就在扶贫的长征路上拼搏着，尤其是自从脱贫攻坚战的集结号吹响后，全县干部群众以“咬定青山不放松”的韧劲和“不破楼兰终不还”的拼劲，躬身入局，真抓实干，终于在2018年实现了脱贫摘帽目标，综合贫困发生率降为0.56%，剩余贫困村3个，未脱贫的人口421户1022人。那顶压在武乡人民头上几十年的“穷帽子”，

① 四个始终保持：坚定正确的理想信念，始终保持对党对人民对事业的忠诚；坚持执政为民的政治立场，始终保持同人民群众的密切联系；锤炼坚韧不拔、百折不挠的品格，始终保持知难而进、奋发有为的精神状态；坚持党的政治本色，始终保持艰苦奋斗的优良作风。

通过第三方评估后，总算摘掉了。2019 年，脱贫工作再向前推进，全县剩余的 3 个村出列，贫困人口 46 户 120 人脱贫，综合贫困发生率为 0.07%，全县农村居民人均可支配收入也由 2014 年的 5052 元提高到 2019 年的 8195 元，年均增长 10.1%。同年 10 月，还捧回了全省脱贫攻坚的组织创新奖，连续四年牢牢地稳立于全省脱贫攻坚工作成效考核的第一方阵。

武乡的脱贫攻坚成绩不俗，也不易，它蹚出了一条革命老区、国家级贫困县脱贫攻坚的新路子。要知道，面对这一场看不见硝烟的攻坚战，武乡县的四大班子领导曾经站在八路军太行纪念馆大厅，面对党旗握拳宣誓：打不赢脱贫攻坚战，就对不起这块红色土地！现如今，他们在胜利的歌声中，兑现了自己的庄严承诺！

2020 年这个特殊的年份，终将会载入史册。站在这个历史节点上，除了“灾难”外，一直萦绕在我脑海里的另一个词是“考验”。

我们回望，审视，总结，沉思，是为了谱写新篇章。

在 2020 年这个特殊的年份里，我们静下心来，去还原和再现脱贫攻坚战中那些忙碌的身影，体会那些阵痛与心酸，聆听那些深夜里的纠结，回味那些风雨中的徘徊，哭笑中的无奈，坚决中的艰涩，就有着特殊的意义。因为脱贫攻坚主战场是在农村，这一仗还只能胜，不能败。我们都知道，要想打赢一场战争，不仅需要战略、战术、装备、保障，更需要人心。为了赢下这一仗，上至中央有“五个一批”“六个精准”，山西省委有“八大工程二十项专项行动”，长治市委有“六条措施”的部署，下到武乡县，他们按照“三年集中攻坚，两年巩固提升”的思路，着力打造脱贫攻坚的“四梁八柱”①，巩固提升“3568”工作举措等等。这些要求、部署、举措、行动喊起来朗朗上口，听起来好听，记住也不难，落实到战场上的将士们那里，信心可以坚定，拼搏也可以做到顽强，但是六年来要把工作一项项、

① 四梁八柱：武乡县为打赢脱贫攻坚战于 2017 年 2 月出台的战略性举措。“四梁”即特色农业、电商扶贫、红色旅游、生态扶贫，“八柱”即脱贫基础、住房安全、资金投入、政策落地、就业技能、党建助力、内生动力、责任落实。

一件件落到实处，做到实用管用，最终如期完成任务，还能得到老百姓满意，谈何容易！

于是，就有了这些记录和反映武乡脱贫攻坚的文字。它对我的现实意义是，在跳出武乡之外的大背景下，自己对这次国家行动的一次解答。之前，我对很多偏远的陌生之地，也曾有过种种疑惑，为什么是这样？为什么会这样？为什么要这样？为什么非得这样才行？可是，当你全身心设身处地亲历青藏高原时，你就会豁然明白那里的人们为什么穿衣时，习惯将一条胳膊脱出来；当你在金沙江边看到一个少女穿着漂亮的裙子，怀里抱着一只鸡，双脚穿着解放胶鞋，后背背着重重的木板，你才会理解她的脸上为什么总是没有笑容。偏远并不遥远，其实就在身边。我们虽然已经进入现代社会，但还得学会不能用整齐划一的眼光去看待事物，只有那样，我们才是真正符合现代。很多问题，我们不能简单地通过网搜去寻找答案，譬如那些被蓬勃的强大遮蔽的孱弱，繁荣的富裕掩盖着的贫穷，难道原因仅仅只是“偏远”吗？一个地区富裕一定有它富裕的理由，一个地区贫困也一定有它贫困的原因。但我坚决不信，真有哪个地方的人就不想富裕。

当然，在所要写的文字还没有全部完成之前，我和大家一样，可以颐指气使地发表一些高论；但当写作一旦开始，真正接触到武乡的那些人那些事，我就会沉默，因为我必须有一双冷峻的眼睛，客观的耳朵，和一颗空杯的心。在这期间，我兴许会看一些约翰·罗尔斯的著作。罗尔斯是谁？就是那个提出“正义的实质是公平”的家伙。还有可能去看西斯蒙第，因为当他看到英国严重的贫富分化后，在旅途中将《国富论》扔进了大海。

中国的快速发展对社会产生的影响既是深刻的，也是深远的，无论是痛苦悲伤，还是振奋喜悦，一切都会实实在在地体现到每一个历史的具象中来。我的具体任务是写脱贫攻坚，但我不应该也不能囿于脱贫攻坚。我希望自己通过这场决绝的只准胜不准败的攻坚战，能透视出当下时代背景下的乡村变迁。因为我也是农村里走出来的孩子，每次回乡探亲，面对的也是乡村“人去楼空”的日常景象，看到的也是老弱病残的无奈，可我不认为乡村留给我们的仅仅只是乡愁，更不认为乡村已经彻底“沦陷”。乡村有乡村的艰难，如同城市有城市的困境，乡村既然拥有大地，拥有山川与河流，那它就拥有生机。立场温良的梁鸿曾说，乡村是一个巨大的矛盾存在。实际上，又有哪一个事物不是矛盾的存在呢？矛盾恰恰是万物发展前行的一个常态。我们可以怀疑它，可以审视它，但我们最终是为了了解它，理解它。

这场旷古的脱贫攻坚战大概也是如此吧。

当然，作为局外人，到目前我对它依然只是停留在主观的臆断与凭空的想象中，感谢能有这个机会，让我走近武乡，走进武乡脱贫攻坚的主战场。

时间是2020年6月，夏粮之地的小麦已经成熟，正准备开镰收获。已经脱贫摘帽的武乡，战役虽已告一段落，但硝烟依在，那些扶贫干部在“四个不摘”的要求下，还各自钉在扶贫岗位上。我这就去武乡了，去收集那里的脱贫攻坚故事，去寻找那些将来在我回答关于这些文字时可以铿锵发声的答案。当然，要有机会，我还会去王家峪看一看朱老总亲手栽下的红星杨。

2020年6月5日于太原

一　武乡之贫

武乡是国家级贫困县，当然贫困。但是，贫只是表象，困才是本质。尽管贫困是一种世界现象，贫穷既不是罪过，也不可耻，但不能否认的是，贫穷确实是一种不见伤口的隐痛。

那么，武乡之贫是被困在哪里呢？横看，纵观，再到各地的贫困村走走，就会发现，自然资源匮乏、交通不便、信息闭塞、观念守旧落后，这些客观因素无一例外地存在，然后再找人聊一聊，基本上会得出一个结论——等、靠、要！这里面有个很有意思的逻辑，在一个资源匮乏、交通不便、信息闭塞的地方，老百姓等什么呢？靠谁呢？要什么呢？但不能否认的是，全国其他地区，有一些自然资源匮乏、交通不便、信息闭塞的地方，本来有理由穷的地方，还真是不穷。或者可以这么说，在改革开放之前，有多少农村不是交通不便、信息闭塞呢？但几十年走过来，各地的发展情况却已经完全不同了。当然具体到某个地区，就有了自己的实际，有了自己的个体差异，情况不可同日而语。但是有些推断和猜测，我们还是可以用来进行探讨和商榷的。

农业独大

武乡是个传统农业大县，历史上就是。《武乡县志》记载：邑民专事耕农者十之七八……鲜制造者。工业上不仅不发达，甚至可以忽略为零。民国时期在洪水、蟠龙、监漳、故城有过几家木匠铺、铁匠铺，但产值不足万元（大洋），除去成本费用，所盈无几。到1921年，苏峪、栗家沟出现造纸业，洪水、蟠龙、监漳出现粉条、豆腐作坊，总计30多家，从业人数也就50人左右，而且多数属于自产自销。实际上，直到抗战时期才有编织厂、纸厂、草帽厂、农具厂、兵工厂零星发展起来，即便新中国成立后，先后建成了各式各样的厂子，到1983年底，全县国营性质的企业也才仅仅3957名职工，产值2398.3万元。

这样的情况，应该说武乡不是个例。毕竟当时的中国就是一个农业国家。农业在中国，不仅仅是国之基础、占比较重那么简单，更重要的是，农业的背后隐匿或者蕴藏着许多深厚又无法代替的东西。谈到农业，我们自然就会说到土地，而土地之于中国人，也就不仅仅是盘中餐、身上衣那么简单了。“一位到内蒙古旅行回来的美国朋友，很奇怪地问我，你们中原去的人，到了最适宜放牧的草原，依旧锄地播种，一家家划着小小的一方地，种植起来；真像是向土里一钻，看不到其他利用这片土地的方法了。这种事不仅发生在内蒙古，同样也发生在西伯利亚，中国人住下来，不管天气如何，还是要下些种子，试试看能不能种地。”费孝通先生描述的这些故事虽然不是发生在今天，但这样的画面我们一点儿都不会觉得陌生。

中国人和土地的关系，是说不清道不明的。我自己就出生在太行山里一个偏远的乡村，那里山高沟深，土地贫瘠，靠石头垒起的梯田，即便风调雨顺，一亩地也打不下千斤粮食。我有个本家爷爷，直到临死前一天，还扑到地里锄草。那时他多大岁数，我已经记不清了，似乎自我记事起他就那么大，中式衣服，头上一块白毛巾，揎一只篮子，里面放一把镰刀，肩上是一把锄头，总是去整田或修地，即便离村庄稍远一些的地方，也有很多他新垦出来的地。那些地窄，土浅，种不成大庄稼，只能种些小菜，这样他就不得不一担又一担地攀着山路往上担水，但他说，这是这世上投入成本最小最划算的买卖，只要你把种子扔进土里去，那块土地就会给你回报。还有我的一位亲舅舅，今年八十六岁了，之前得过脑血栓，自己走路都不利索，但他还是挣扎着要去地里干活，甚至有些陡坡地，他得爬到上面才能劳作，秋天庄稼收下来，自己从山上弄不下来，便叫表弟来帮忙。表弟在外面打工，回到村里也是一身干净，怕脏了衣服，心里也不乐意，说我舅舅，累死累活费一年工夫打这些粮食还不如到城里去捡纸片。可我表弟哪里懂，我舅舅与土地之间的关系，早不是钱不钱那么单一了。

这就是中国乡下的农民。如费老所言，从基层上看去，中国社会是乡土的。我们的民族确实是和泥土分不开的。从土地里长出过光荣的历史，自然也会受到土地的束缚……然而中国人，尤其是生活在广阔农村的人们，对土地的感情是根深蒂固的。因为在乡下，土地就是人们的命根子，它承载着过去，也孕育着未来。从某种意义上讲，在乡下人眼里皇天远没有后土重要，因为后土就是大地，可以看得见，摸得到，是人们安身立命的根本。

武乡的地势很有意思，两边高，中间低，和山西的地势有点类似，只不过山西省的地图像一片展开的桑树叶，而武乡东西宽展又向两边延挺，中间稍稍变窄有点像掐腰，四边褶褶皱皱勾出个边，猛一看，就像一条漂亮的连衣裙涤荡在太行山与太岳山之间。境内平川、丘陵、山区都有分布，土壤主要以黄垆土、红土、草灌褐土、沙土为主，其中平川面积 221 平方公里，占全县总面积的 6.9%，丘陵面积约 918 平方公里，占总面积的 65.5%。加上武乡地处北纬 37 度生物生长黄金线，属黄土丘陵地带，气候是温带大陆性气候，四季分明，光照充足，冬季寒冷少雪，春季干燥多风，夏季炎热多雨，秋季温和凉爽，境内年平均无霜期在 150 天左右。全县平均海拔 1400 米左右。独特的地理气候和生态环境，为农作物生长提供了优越的自然条件。

这样，当地人长期以来一直以农业生产为主，自然也就可以理解了。而且因为他们长期以种植为主，当地人对土地的了解、用心和关注，我们甚至可以夸张一点讲，兴许都超过对自己的了解。人们以土为生，与土地保持着一种朴素的关系。在他们充满爱意的目光中，土地生养了自己，似乎也就不好再向土地索取更多的东西了。多少年来，他们无法猜想没有土地的人怎样过活，但他们深信自己已经把最真挚的感情献给了土地。不知道是不是与中国长期以农耕文明为主有关，但当有人说多数乡下人习惯于自耕自作、小本小利、小富即安，甚至不富也安的小农思想时，我是赞同的。因为在他们心里，天下事最大大不过家事，家之外的世界，实际上与自己无关。

可是，虽说武乡是农业大县，但地下的矿产资源却很丰富。县志上讲，武乡素有“煤乡”之称，已经探明的矿产有煤炭、白云岩、铝矾土、硅藻土等20多种，其中煤炭探明储量28.6亿吨，白云岩探明储量18亿吨。另外，武乡有太焦线从域内经过，在这条以晋煤外运为主的大干道上，繁忙时平均每20分钟就有一辆运煤列车通过。可是工业这一块似乎一直没有做起来。武乡人当然知道工业的重要性，1979年，武乡的人均国民生产总值262元；1982年365元；1985年409元，广大农民1985年人均纯收入221元，远低于全国水平。要想富就必须从工业上入手做大文章。1985年，武乡县按照“七五”计划，把资源开发作为扶贫开发的一项重要措施，分别在墨镫、洪水、窑湾、石门、蟠龙、韩北6个乡镇开办小煤窑、焦化厂、铁厂、翻砂厂等。“八五”“九五”时期，实施工矿企业综合开发，扶持小型煤矿30多座，焦化厂5个，恢复改扩建铁厂、水泥厂，年产原煤1000万吨，冶炼焦炭近100万吨，化工原材料15万吨，炼铁50万吨，生产水泥100万吨。

进入20世纪90年代，全县进入从计划经济到市场经济转型的阵痛期。之前已经建成的关河造纸厂、制帽厂、工程队、服装厂、金属冶炼厂、化工厂、震动器厂等一大批集体企业陷入困境，因外债大、包袱重、设备陈旧、技术落后、产品滞销、资金周转困难，相继陷入停产、半停产状态。武乡县进一步加大改革力度，制定了“包、租、联、股、转、并、分、破”

深化企业改革八字方针，加强企业转变经营机制，把企业招工、调配、工资、定级权下放企业，企业实行用人自主、分配自主。对墨镫煤矿、白和煤矿、中村煤矿、五一煤矿、阳讪煤矿等煤矿企业采取承包方式，逐年签订经济目标责任书，1998年又在墨镫煤矿、白和煤矿进行了股份制试点；对商业企业，实行职工劳动合同化管理；对轻工企业，分别采取租赁经营、分立经营、委托经营、依法破产等形式。1993年兼并八一陶瓷厂，1994年对电石厂、金属冶炼厂实行依法破产，1996年对化工厂实行租赁经营，武乡县震动器厂与武乡县中村煤矿联合，在中村煤矿筹建了“腾飞焦化厂”。1998年至2000年，为适应市场经济，武乡县发电厂、武乡县水泥厂、柳沟铁厂、武乡县焦化厂、五一煤矿、墨镫煤矿、五交化商店、蔬菜批发部等一批县营企业相继改制为股份制公司。在县营和集体企业努力通过改制和市场经济接轨摆脱困境的同时，乡镇村企业异军突起，遍地开花。到1997年底，武乡县村办企业165个，企业人数6174人，总产值13280万元。乡村煤炭企业达到56个，焦化企业11个，砖厂67个，石子厂9个，预制厂5个。煤焦产值8159万元，占全部乡村工业产值的61.4%；建材工业产品产值3820万元，占全部工业产值28.8%。2002年至2012年煤炭发展遇上十年黄金期。武乡县强抓煤炭市场形势大好的机遇，果断对全县煤矿进行整合重组和技改扩建，武乡县煤炭工业快速发展，煤炭产量从2002年的200万吨左右发展到2012年的1000万吨，其间又引进大型金属镁厂、铝礤厂，年产冶炼金属镁5万多吨，铝礤6千多吨，成功上马和信发电厂项目。

但是，随着新时代的到来，武乡却依然在100个国家级贫困县之列的事实说明，工业经济的发展并没有让武乡人民实现富裕梦，最起码它对全县贫困人口的带动力没有达到人民的预期。

我们说，世界进入工业时代已有200年了，信息时代也有几十年，可是许多祖祖辈辈两腿插在泥土里的人，大概还是没有意识到，他们依然遵照祖辈的传统生活，依然以家和家庭为单位生产与生活。以家和家庭为单位的生产就是单打独斗，单打独斗就形不成合力，既没有真正地融进经济社会发展的链条中，也没有获得市场的话语权，在发展速度上自然就大打折扣了。

但是作为一个自然人，或者一个目光只看三尺门里的乡下人来说，在思想上是认识不到这些的。按照国务院 1992 年的标准，农民人均纯收入低于 400 元的县，就是国家级贫困县了。这个 400 元落实到具体的人身上他是没有概念的，也是感触不深的。别人家早上开门一日三顿饭，自己也是一日三餐；别人家晚上闭户上床睡觉，自己也能到点睡觉。一位武乡朋友讲得好，生活是逼出来的，不逼哪能有动力啊？这么说似乎也有点道理，因为就是生产技术低下、管理手段落后、社会动荡不安的民国时期，《山西通志》记载：武乡仅恃一夫数亩，日三餐以为常……邑产尽可借以自给，不假外求。《武乡县志》上也说：其无田产者，辄为人庸耕所得工资额可自赡。但这应该是低层次的“借以自给，不假外求”，也是低档次的“所得工资额可自赡”。毕竟时代不同了，整个社会对生活质量的评判标准不同了，对富裕的定义也不同了。即便是放在当时，就以 1953 年为例，亩产能上 600 斤就是一等一的好地了，可见武乡的土地在传统种植中不会有多大收益，否则发生在光绪三年（1877）的那个旱灾也不会要了那么多人命：光绪三年，武乡因旱灾造成荒年，全县饿死 2.9 万人，外逃 1.3 万人，一斗谷子由两个制钱飙升到一千个制钱，甚至还出现了“人吃草根狗吃肉（尸体），尸骨遍地无人收”的景象。

生活是逼出来的，换个方式说就是“穷则思变”。武乡不是不变，或者说不是没有变。但有个事实我们不能否认，那就是纵观中国几十年来，尤其是改革开放以来，能够变成经济强县的地方，应该说都不靠农业，至少是没有单一地依靠农业。武乡之贫，困在农业一产独大。我不敢妄下结论，但是，至少在“单一的农业”“农业份额偏大”或“农业太传统”上应该有一些因素还是能够成立的。

武乡人懒吗

私下里聊天，当谈到贫穷时，我们应该会听到一种论调，说除了那种实在是自然条件极差的地方，凡是贫穷的地方，贫穷原因就是那里的人根本不想富，当然前提是排除了那些老弱病残，基本上已经没有劳动能力的人。猛一听，真还不无道理。如今社会，最起码不像之前只要出门就得拿户口本开证明，只要有能力，肯干活，怎么也能找到挣钱机会，大能力挣大钱，小能力挣小钱，只要愿意辛苦付出，怎么也落不到贫困的地步。不富是不想富，究其原因就一个——懒。

这种懒的说法，我们无法否认。人世间芸芸众生千千万，什么样的人都有，怎么会没有懒人呢?！更有一种惯常说法，说人人都有两只手，人家富了，你怎么就穷了呢？当然是你懒。前一段时间看央视播放反映脱贫攻坚的电视剧《花繁叶茂》和《美丽的乡村》，两部剧里都有一个令人印象深刻的懒汉。两个人都年富力强，但就是从早到晚躺在床上喝酒睡觉，政府给的救济物品送晚了，他还有意见。这种穷得有理、懒到脚筋痛的人，武乡有没有？肯定会有。第一次到武乡采访，就在一名扶贫干部那里听到一个有趣的故事，说一个中年男人，是贫困户，儿女们都大了，各自成了家，日子留下他一个人过，反正是白天一日三餐晚上被窝里一觉到天明，好对付。可是你知道他怎么对付吗？扶贫干部去做家访，进门后发现之前送来的东西，面没开封，油没打盖。这就奇怪了！转头一看，旁边堆着一大堆空方便面袋。这是连饭都懒得做了！扶贫干部来给他做思想工作，让他打起精神来到村里做些公益工作，他嘴上答应，但一听要干活心就烦。没过几天，人也不见了，扶贫干部到村里一打听，据说是到寺院里去做和尚了。一段时间以后这个人又出现在村里，回来的原因很简单，不是人家不收，而是因为他发现原来寺院里的和尚也得干活。

还有两个例子，可以说得简单一点儿。一个从官面的角度说武乡人懒的是，20 世纪 80 年代一个投资几十亿元的电厂起初选址在武乡，结果因为过程中没有及时跟进，后来被别的县抢去了。先不说那么大的电厂会产生多少税收，就是对当地经济的带动力也是不可估量啊！另一个例子是，改革开放以来，许多传统企业受到冲击，东南沿海的民营经济和外资引进发展得如火如荼，武乡却少有这样的企业。旧的工业基础原本就底子薄，但新的开发和引进也没有成蓬勃之势，作为地方经济，除了农业上保住饭碗，大部分财政就指着东部的那些煤矿。这么一来，手里的饭碗是有了，由煤支撑的财政还算能维持经济发展的基本需要，但要是想大发展那就有点困难了。

这样说似乎有点道理，但不是道理的全部。懒，永远是少数的，“不想富”我倒认为是百分百没有，“致富无门，想富无力”应该才是现实。还有一个很重要的原因，就是在观念上，对“富”的理解存有差异。这个在下面的段落里再谈。总之，“懒”也是一种表象。我们举几个武乡的现成例子就能推翻。

先从官方说起。1978 年国家开始允许和鼓励个体经济发展时，武乡就成立了洪水农修厂，1993 年也有人勇闯先行到上海青浦学习，2000 年全县乡村企业改制，以股份制为主体的民营企业破茧而出。在一位长年在武乡从政已经退休的老同志的回忆文章里，也可以看到 1947 年武乡就建起了发电厂，在长治专区还是第一家呢。1957 年后，机械、陶瓷、造纸、粮油加工、皮帽制革、砖瓦、五金、化肥、橡胶、印刷、电器开关、服装、木器、磷肥、糠醛、水泥、电石、酿酒、保温材料等，各式各样的厂子真是建了不少。1964 年，中央就批准武乡县对外开放，一个地处内地的县，差不多有 80 多个国家的外宾到武乡参观学习，能说武乡人“等、靠、要”吗？

就拿现在差不多已经成为武乡一张名片的八路军太行纪念馆来说，那也是武乡人民几经努力才争取来的。尽管抗战时期，武乡是八路军的重镇，但旁边的左权、黎城、沁源也有自己的说法。武乡人民与八路军鱼水情深，周围其他县的人民与八路军的情谊也不浅。好就好在1964年，武乡就将八路军总部砖壁旧址、王家峪旧址、柳沟兵工厂、漆树坡窑洞保卫战、李峪村地雷大王王来法旧址等确定为外宾的参观点，另外，武乡于1970年秋在县城广场东侧开工新建“武乡革命纪念馆”，于1972年7月1日建成对外开放。为搞好接待工作，武乡县委专门成立了外事办公室。有个粗略统计，从1964年至1982年，先后接待世界各国外宾1447名，国内观众达10多万人，经过多年的努力在外界已经形成了影响。已经赋闲的县老领导马生旺，有一篇文章讲述武乡争取建设八路军纪念馆的经过，里面讲，从武乡县委报请邓小平同志于1979年9月28日亲笔题写了“八路军太行纪念馆”馆名，到1988年9月3日纪念馆剪彩开馆，共经历了9个年头，5任县委书记。第一任请示邓小平同志题了馆名，第二任报请立项落实前期基建资金，第三任着手动工新建纪念馆，选址在县城的凤凰山下开工建设。1984年11月接省委通知，“纪念馆要建在王家峪”。在第四任手上，彭德怀夫人浦安修第二次回访太行山老区后就此项目上报了中央，于1985年6月在县城八路军太行纪念馆又开始复工建设，到第五任手上才建成。其实纪念馆从选址到施工建设经过了多次变更，里面更有一段曲折的故事。

据知情人士讲，当时山西省委及武乡县委对纪念馆建在什么地方意见是不统一的，而且还有个别领导认为纪念馆不应该建在武乡，理由有三：一是八路军总部在左权县驻扎的时间比在武乡时间长；二是左权将军牺牲在了左权（当时叫辽县）；三是就算选择在武乡建，之所以不能建在县城（当时叫段村），是因为县城在抗战时期是敌占区。综合这些原因，上面这才通知武乡将纪念馆选址在王家峪村的，因为抗战时期中共中央北方局和八路军总部的所在地就曾在王家峪。

纪念馆到底是建在武乡还是别的地方，如果决定建在武乡，是选择王家峪村还是县城呢？时任晋东南地委副秘书长兼地委办公室主任的张松仪，得知上面正为这个问题犹豫时，赶紧和时任武乡县委书记郝永和交换意见，两人意见完全一致，纪念馆就算不能建在县城，也得建在王家峪，总不能建到别处去。他们马上向上级提出了把纪念馆建在武乡的八个理由：一是砖壁、王家峪八路军总部旧址早在1961年国务院就确定为第一批全国重点文物保护单位；二是1964年国务院就将武乡县确立为全国第一批重点开放县；三是朱德总司令在太行山生活战斗期间没有去过左权县，1940年5月离开武乡就回延安了；四是邓小平同志题馆名是给原“武乡县革命纪念馆”题的；五是朱德总司令亲手栽植的红星杨在王家峪村，彭德怀副总司令亲手栽植的榆树在砖壁村；六是对武乡来说，纪念馆不是新建而是重新选址扩建；七是左权副参谋长牺牲在辽县十字岭，当时总部就驻扎在武乡县砖壁村，而且指挥了百团大战等许多重大战役；八是中国人民革命军事博物馆是建在北京，并没有建在延安和根据地。他们将八条理由，及时向地委有关部门进行了反映。地委开会研究后，又向省里做了汇报。再后来八路军太行纪念馆才有了现在的模样。

呈现这段历史不是想追根溯源，也不是在探究那八条理由是否站得住脚。我们应该看到的是为任一方的地方官的担当。想想当时的情况，他们是接到过省委通知的，但是为了武乡的长远发展，他们那么冒胆儿，拿当下的话来说，也是够拼的了。

再举一个刊登在《武乡报》上的故事：一个洪水镇东庄村的妇女，娘家在墨镫乡，初中毕业后打过零工，卖过服装和化妆品。24岁嫁过来，婆家经济条件还可以，但她不甘心靠丈夫养活。她先是在镇集市上摆地摊卖服装，几个月下来也没挣到钱，反倒囤积了一大堆衣服。后来到丈夫所在的工地打工，做了几个月收料员，但她觉得这不是自己想要的日子，因为工地上的活有一搭没一搭，不是长久之计。于是她到县城，花8000元置办电动三轮车、火炉等，又租了房子，琢磨起鸡蛋灌饼生意。她从食材学起，从做酱下手，开张前先让邻居们品尝，开张第一天就卖了30多张。后来很快发展到一天能卖 100 多张。卖鸡蛋灌饼就得起早贪黑，一个女人家，要不是勤快，她是可以靠老公养活的，自己在家照看家人也不是不行啊！她有多大的理想，我不知道，但至少可以证明她不是个懒人。

由此，我们怎么能轻易说武乡人懒呢？先不说武乡东部因为矿产丰富，相对经济较发达的几个乡镇，就是到西边在武乡人口中主要以种地为主的地方看看，哪家的庄稼地不是收拾得整整齐齐利利索索的？农村人有话讲，女人看锅边，男人看地头，只要是自家一亩三分地范围内的，真还看不到有偷懒的。当然即便是吃了苦，出了力，可还是没把日子过富裕了，那就另有其他原因了。记得在石北乡西黄岩村采访时，山西省供销社驻武乡扶贫队队长的一句话很是启发我，他说，这里的人只知道种地，只知道种好地就能打粮食，但还没有意识到地里同样可以产出经济。同样是一块地，在朴素的老百姓眼里种的就是谷子、玉米、小麦、高粱，是南瓜、土豆、红薯，可在扶贫干部的眼里种出的就可以是经济。一个仅仅是口粮，另一个就变成了钞票，这里面存在的就是观念问题了。

关于观念的几个揣测

贫穷之所以可怕，不是因为它会见刀见血一剑封喉，而是它的温暾。它当然不会白玉为堂金作马，却能在一种依旧守旧甚至在破烂中给人一个舒服的温柔乡。这个温柔乡在外人看来可能是难以忍受，但在当事人看来因为习以为常，因命信命向命运低下了头，服了输，理想被蚕食，意志被消磨，也就没有什么大不了的了。贫穷能激发人的斗志，但同时也让人产生自卑，甚至能让人陷入无所谓的麻木。造成贫困的原因，自然环境、客观因素除外，最重要的我觉得还是观念问题。由此也就有了以下这几种没有依据地揣测了：

中国之所以经过短短几十年发展，一跃成为世界第二大经济体，无疑是得益于改革开放。尽管思想界多有讨论，有开放的意义要大于改革的说法，因为先有开放，然后才有倒逼改革，但是无论谁先谁后，意义孰轻孰重，改革开放的前提，或是能够伴随和保障改革开放持续往前推进的，就是思想的解放和观念的更新。

中国改革开放几十年，工业化、信息化、城镇化、农业现代化等等各个领域，冲过重重困难，发展的热潮方兴未艾，但是相关资料显示，在武乡的动作，至少是规模上，似乎就显得滞后了一些，偏小了一些。尤其是一些基层的民众，时代发展的大戏越唱越热闹，越唱越宏伟，但他们似乎只是一名看客。我在武乡西边分水岭一个村庄看到过一户人家，昏暗的光线下，绿漆刷过的屋墙已经斑驳不堪，家具用的还是那种如今已经很罕见的扣箱，满屋子看不到一件现代化的电器，炕褥连整个席子都遮不住，两个老人坐在炕上，其中一个耳聋的还听不见，两个六七岁的孩子在地上玩耍，趿拉着少见的塑料凉鞋，她们细瘦的胳膊沾满了灰土，指甲里全是黑泥，尽管知道他们马上就要整村搬到新居了，但这就是他们几十年来的生活实景。两位老人并排坐在那里，那种乐呵与无忧，就是我这个已经擅自闯入家门站到他们面前的人，都构不成打扰，感觉一窗之外的世界似乎与他们真的没有任何关系一样。

有人讲，我们中国人的思维属于空间思维。最为现实的是，武乡东接黎城、左权，西邻祁县、平遥，北通榆社，南毗襄垣，西南交沁县，除左权之外，都不是国家级贫困县，武乡却是国家级贫困县。但仔细一想，就不足为奇了，因为自然条件在地缘上产生的优劣固然可以带动或影响经济，但它并不是主要因素。就拿我们老家来说，就有一个很有意思的例子。两个物理距离相隔不到三里地的村，贫富差距却非常大。两个村自然环境一样，文化传承一样，哪怕与外界连接走的都是同一条公路。但是一个村就因为某个人敢吃螃蟹，用贷款买了一辆汽车，为方便又到大公路边的村落里赁房子，跑起了运输，村里就有第二个、第三个相继跟着去做。他们没有正规编制，但因为同宗同族又同村，跑在路上彼此有了照应，基本形成了规模化运作，就和一个车队差不多；而另一个村的人一直靠力气在土里刨食，一把镢头在二三亩坡地里的收益，与一辆四轮卡车方圆几百公里范围内去挣钱，当然无法相提并论，但是作为主人，所占用的人工和时间是差不多的。进一步说，就是都是一个人，都占用了一天时间去劳作，最后实际上变成了一把镢头与一辆卡车的比拼，从经济收效来说，结果好坏自然就不言而喻了。

再举武乡本地的例子。大有乡北原山下的李峪村，最近几年算是火吧！从中央到地方的媒体新华社、《人民日报》《中央电视台》《中央人民广播电台》《经济日报》《光明日报》《山西日报》《长治日报》，各大媒体在重要版面都对李峪村做过报道。李峪村的做法很值得思考。从基础条件来说，李峪村是有“地雷大王王来法纪念馆”，但是除了这一条和离 322 省道近之外，还有什么资源呢？村里人同样说武乡话，同样是在人均不足三亩的旱地里种谷子、玉米，即便是有纪念馆，来参观学习的人也只是参观参观，听一听王来法及其抗战事迹，转一转便走了，对村里的经济其实没有多大的贡献。什么是解放思想？解放思想就是跳出常规来思考问题；什么是观念更新？观念更新就是要无中生有。在这一点上，2008 年当选村党支部书记的王竹红必定是动了脑筋的。这个自小家境贫寒、摆过地摊、开过门市、靠公路边开加油站先富起来的人，在村里是能人，是个聪明绝顶的人（王竹红头发出现了谢顶），但村民们哪里会知道他站在王来法纪念馆前思忖了多久，琢磨的是什么？不过有一个问题一定是令他困惑的：怎么才能让游客们留下来，让村民们实现增收？在他的提议下，村委首先申请了专项资金修场馆，再从村里老人那里挨家挨户收集资料，他们整理成文字，又按时间顺序做成专题，但结果依然还是故事，无非比之前更加具体、生动、吸引人了，游客在村里多待了一会儿，但村民收入还是没有提高。

王竹红费了多少脑筋，没办法放到秤上称一称，但他一定发现自己是被控在王来法纪念馆这个框框里了，能够招来游客的是纪念馆，但让游客留下来的却不一定非得是纪念馆吧？当王竹红跳出这个框框后，便来到了新天地，有了新的发现。他要在“别人没有，而我有”的思路上做文章，要在现成的资源上找突破，于是一个大胆的想法在他的脑海中形成，那就是——魔术。毕竟在武乡地界，魔术还没有形成产业，而自己靠着自小钻研“变戏法”，本来就是方圆百里出了名的“魔术手”。在农村要让村民们靠魔术挣钱，先不说能不能挣到钱，就这想法说出来就很好笑，一来魔术属于不务正业的行当，二来谁会啊？谁去变啊？但王竹红还是从中看到了商机，别人觉得好笑不可能的东西，恰恰正是自己要抢到手的独行买卖！

于是王竹红先从孩子们身上开始突破，他让几个孩子先学习，他们学成后，周边乡镇谁家有个红白喜事，他就带着孩子们主动上门给人家表演。孩子们一场下来，能拿到三五十块钱的红包（但这钱实际是王竹红自己掏的腰包），孩子们回村自然会说，这样能靠表演魔术挣到钱的消息，很快就传遍了全村。2010 年他又带孩子们去县电视台表演，一上电视，来学习的孩子就越来越多了，他就让孩子们回去跟自己父母说，叫大人来学，因为大人学得快，然后再让他们教自家孩子。这个小技巧还真管用，一来二去，村里人还真练就了一两招绝活，就连 60 多岁的人也上了手。一次，周边一个企业主动上门，邀请他带“魔术师”去表演，开出了 5 万元的价。王竹红的一颗心也就此放下来了，他知道李峪村的“魔术村梦”要开始实现了。几年后，800 多人的李峪村，会变魔术的人达到了 400 多人，有 200 多人可以上台表演，“魔术村”的称呼自然也就在十里八乡传开了。之后再来李峪村的游客，除了看王来法纪念馆，还可以看魔术，住民宿，吃农家饭，再买农产品，村民们真还增收了不少。再后来，他带着村民组成的魔术团上省电视台，上央视，2016 年又投资 400 万元建了多功能厅，一个与农民本不沾边的魔术，却成了李峪村响当当的品牌。我们讲，观念新，黄土变成金。李峪村的成功，说到底就是观念上有了突破，思路上有了创新。

还有一个不认命的例子，韩北乡东堡村的史晓斌。我曾两次见到他，一次是在宾馆，一次是在他的诊所。宾馆那次他本来是以健康扶贫的代表与我见面的，但当他出现在我面前时，我便把关注点移到了他身上。我听到有人敲门，开门后进来的却是一个坐轮椅的人。史晓斌瘦，细软的头发压在头上，让他的眼睛显得格外的大，作为村医他应该天天与人打交道，但言谈举止中还是有说不出的拘谨和羞涩。后来我专程去了一趟东堡，在村口遇到一位精巴的大爷，他领我去了诊所，去了才知道那位大爷正是晓斌的父亲，他和自己的老伴住在大队办公楼二楼的一间房子里给晓斌做饭。后来才知道，他们一家并不是东堡村人。诊所里正好没有病人，晓斌躺在一张病床上给自己揉腿。他的情况之前我知道，我问他双腿是不是在萎缩，晓斌说，是呢，所以得个空儿就得揉搓揉搓。

晓斌 1977 年出生在韩北乡离东堡村几公里的一个山村，1994 年在父亲的影响下到山西中医学校学习，学成后到乡卫生院工作，接着娶妻生子，本是一个平常人家的平常生活，却不想 2000 年在帮同学收秋的路上，由于山高路陡，车辆失控，出了车祸导致腰椎骨折，几经抢救，命是保住了，但下肢却完全失去了知觉。突如其来的打击让他对人生失去了希望，他想到过死，最起码那样不用再拖累别人。可是当他看着刚满两岁的儿子和每天守在床前照料自己的妻子，还有年岁越来越大的父母时，他没有办法把这些责任甩给别人，自己的责任应该自己担起来，坚强不坚强那是别人嘴里的说法，他要做的是必须想办法自食其力。他喜欢医生这个职业，或者说他这个状况似乎也很适合当个医生，在家人的支持下，他决定开办一个诊所。刚开始时，资金不够，借钱无门，是保险公司的赔付款到了，问题才算解决。2001 年小诊所开张时，他的流动资金只有 500 元，所以药品数量少，品种单一，一个月下来，他连电费都付不起。但他没有因此放弃，他开始免费给上门的人答疑解惑，又坐着轮椅上门出诊。慢慢地村民们信任他了，外村的患者也随之多了起来。后来他被乡卫生院聘为东堡村的村医，负责东堡村和桥南村的基本医疗保障，他便在东堡村待了下来。我直面问过他一年下来的收入，他说正常情况有三四万元吧！当时他是一种不卑不亢的表情，其实他一年的真实收入对我来说是无意义的，我知道他除了行动不便之外已经像正常人一样生活就行了。史晓斌坐在轮椅上，高调或高光一点儿讲，是在守护着一方村民的健康。但我更看重的是，他身残志坚，不仅没有成为家人和社会的负累，还成了为社会创造价值的有用之人。我们可以设想，如果他当初选择放弃，没有一点收入的他，应该会不出意外地成为建档立卡贫困户。

在思考贫富差异的原因时，我经常想到一个很关键的词——社会。如果我们把一个国家看作一个社会，那就很容易发现，参与社会分工深而且多的，或者说是社会化程度高的地方，往往就是经济发达的地方，参与社会分工浅或少的地方，经济就欠发达。从全国、全球，用贫穷和发达来对地区进行分类，基本上也会得出同样的结论。因此，说到底还是人的问题，思想观念的问题。正如上文所言，我们的思维模式是空间思维，在电视里看到那些高楼大厦、五光十色的城市生活，作为村里人应该会羡慕吧？可是我们马上就会回答自己，我们是村里人，是农民，农民就是要靠土地生存，那些城市里的生活与我有啥关系呢？就是旁边的邻村这几年富了，那也是人家邻村的事，与自己也没多少关系，我才不和人家比呢！我需要比的是自己村的人，甚至是院门之内的兄弟。就是在这种思想下，贫困的人就算知道自己贫困，贫困也就变得没那么吓人了。因为他们的比较不是横向的，不是社会的平均值，而是纵向的，过去的，甚至有些老人还在和大饥荒的那些年比，和朝不保夕的战乱时期比。

回看中国改革开放几十年，凡是经济高速增长的地方，说到底，还不是新思想、新观念得到实践的地方？深圳、温州、义乌、东莞、宁波等，“敢想、敢闯、敢干”几乎成了它们的代名词。而在内地资源型、靠吃老本的省份，相比之下就要见绌一些。有人说，“山西人就喜欢老婆孩子热炕头”“山西娃总是离不了家”，山西经济发展不快，其实也没有多少年吧？稍往前推一推，就会看到晋商辉煌的历史，到平遥、太谷看看，就会理解山西“海内最富”的说法不是虚传，再去包头城里打听打听当地人的过往，去塞外的杀虎口捧上一抔黄土闻一闻，就是在抗战时期那种一日出去不知何日还的时候，武乡不也竟然有过一万多人跟随八路军南下的历史吗！

说来说去，还是观念。在武乡采访，我总是不由地会问自己，武乡是革命老区，太行精神的孕育之地，那些革命、斗争的精神难道没有传承下来吗？经历过战火烧灼的土地，在产生不怕死英勇奉献精神的同时，在精神上或情感上会不会产生“更加看重生命”的心理呢？这个我只是猜测，但是在一片土地上，经历过“死亡”的人，必然对人生的态度和看法是和其他地方不一样的。这会不会也是武乡人安于现状的一个内在原因呢？我不得而知。

我不知道贫穷问题如何解决，理论界有过一个涓滴理论。这个理论认为贫困问题的解决主要依赖社会经济发展水平的持续提高，即使没有社会政策的干预，由经济发展所产生的滴漏效应也会影响到社会的贫困阶层，从而使得社会的贫困问题随着经济发展而自然得到解决。但事实上，直到今天，贫困依然还是一个世界性问题，尽管市场经济在当今时代大行其道，但是作为收入不平等主要表现形式的贫困，市场经济最终是无法解决的。因此，反贫困依然是各国治国理政中绕不开的话题。

从我国经济社会发展的情况来看，国家经济几十年持续高速发展，确实带动了一大批贫困人口脱贫，可是当经济增长对减贫的带动效应逐年下降，甚至趋于零的时候，该怎么办？事实上单纯依靠经济社会既要促进公平，又要保证效率的发展来实现减贫，本身就存有相当大的难度。拿几个数字来看，按照世界银行贫困线标准，1980 年中国农村贫困人口比例几近农村人口的百分之百，占世界贫困人口比例的 38.29%，几乎等于人人穷、户户困；20 年后的 2002 年，以解决温饱为主的第一阶段扶贫之后，农村贫困人口下降了一半，在世界贫困人口占比中下降到23.39%；到2012年，农村贫困人口继续下降，降到12.98%，在世界贫困人口中的占比随之降到9.41%，贫困发生率也从1978年的95.7%下降到2015年的5.7%，我们不知道剩下的5.7%这部分群众，是不是可以用“绝对贫困”来定义？从理论上我们也能从约翰·罗尔斯的《正义论》找到答案，政府就必须出面来发挥主导作用了。

贫困成了我们实现中国梦的“拦路虎”。因为扶贫路上做到不能落下一个贫困家庭、不能丢下一个贫困群众是扶贫工作的最低目标。我们中国要的是全民族的共同富裕，或者说，全民族共同富裕才是中国梦的实质。再说深一点儿，在我们悠久的历史中，扶贫济困从来就是一种传统，“夫施与贫困者，此世之所谓仁义”的论述在先秦就有了，以民为本的大同思想历来是中国人文化基因里的传统，中国共产党的宗旨就是全心全意为人民服务，一切为了人民正是中国共产党的原点和初心，因此扶贫就成了中国常抓不懈的工作。尤其是，曾经为中国解放和社会主义建设做出过重大贡献的老区，更是让每一届领导都惦念在心。正如习近平总书记指出的那样：革命老区是党和人民军队的根，我们永远不能忘记自己是从哪里走来的，永远都要从革命的历史中汲取智慧和力量。老区和老区人民为我们党领导的中国革命作出了重大牺牲和贡献，我们要永远珍惜、永远铭记。我们要实现第一个百年奋斗目标，全面建成小康社会，没有老区的全面小康，没有老区贫困人口脱贫致富，那是不完整的。

扶贫工作在中国，实际上是“扶危济困”“改善民生”中华文化内在追求的外在形式。从先秦“仁爱”“民本”“兼爱”“大同”等思想，到中国共产党消除贫困、改善民生，一直是中华民族摆脱贫困向理想社会迈进的过程。尤其是改革开放以来，短短30多年间，中国解决了整个西方世界38个国家在过去300多年现代化进程中解决的贫困人口总和，在全世界反贫困格局中地位显著，贡献巨大，成为全球减贫事业的典范。当然，中国减贫形势依然严峻，剩余的贫困人口贫困程度深、减贫成本高，可以说，扶贫工作越到后面难度就越大，任务越艰巨，面临的越是“硬骨头”和久医不治的“顽症”。

武乡也是这样的形势。从1985年被确定为省级贫困县以来，武乡人民扶贫成绩不小，但是，对照党中央国务院、省委省政府、市委市政府以及全县人民幸福美好生活的要求，确实还有不少潜力可挖，特别是全国脱贫攻坚战正式打响以来，老区人民重新认识自己，重新树立目标，重新打起精神扛起了枪，一如七十年前义无反顾地扑向敌人，只不过这次的敌人是“贫困”。

脱贫攻坚，就是打一场歼灭战，一场攻坚战。在我写下这些文字时，我脑子里总是浮现出《亮剑》里的一个桥段：日军山崎大队误打误撞闯进了八路军总部腹地，这里设有八路军兵工厂。八路军总部极为震怒，副总指挥彭德怀下令消灭它，并采取“围点打援”的战术。然而山崎大队占据了制高点，易守难攻，这一仗打得那个艰苦啊……故事原型就是1940年10月30日到31日发生在武乡县东部蟠龙镇的关家垴之战。

今天，在同一片土地上，“贫困”就像当年的敌人盘踞在那里，尽管贫困没有飞机、大炮支援，也没有一个电话就可以叫来后援，但它是“顽固”的，和当年的关家垴之战有很多相似之处。不过，尽管贫困像个幽灵，萦绕在中国人心中已经几千年了，但是随着全面脱贫作为党中央的重大战略部署，已经是人民至上的“国字一号”任务。我们没有理由不相信，在这场攻坚拔寨过程中，无论遇到多少困难，道路有多坎坷，有着不屈精神的武乡人民一定不会甘于落后！毕竟这里的土地被战火烧焦过，被先辈烈士们的鲜血浸染过，想一想发生在蟠龙镇关家垴的那一场血战吧！有那样一种无畏的牺牲精神，武乡人民怎么会在这场脱贫攻坚战中争取不到更大的光荣呢?!

二　下沉

“精准”徐徐而来

下沉，或者说沉下去，本身就需要自带重量。为了收集武乡的脱贫攻坚故事，事先县里给了我很多资料，县志、文件汇编、报纸、先进事迹、新闻报道，我想从中获取一些灵感，但效果甚微。资料太繁杂，几乎清一色是数据，而我又无法将那些数据串联在一起，并在脑子里聚拢成一个生动的形象。这是一个奇怪的现象，我可以凭空在小说中制造出一个人，但当一堆数字和文字摆到我面前时，我却反而变得无能为力，我的想象力完全退化了，所有的人物都变得那么空洞、僵硬，没有一点温度，这可能就是完成一部报告文学的难度？你必须实地、近距离地接近你要表达的事物。那么，要想写好脱贫攻坚战，下乡就是一条必要的似乎也是唯一的路径了。针对这种情况，我做了一次同理推演，我想到那些扶贫干部，之前我一直不明白，帮扶就帮扶吧，为什么非得到村里，还要住到村里呢？你想想，一名交通局的干部，他拿着手里的报告，说某某村的道路泥泞不堪，最宽的地方不足两米，既有弯，坡还陡，村民们常常在那里出事，他是可以想象出来的；可是换作另一个部门，他手里的报告讲，一户村民夫妻俩都有二级以上的智力残疾，两个孩子倒很健康，可是都还小，全家唯一的劳动力就是孩子的奶奶，但这位奶奶也是六十岁的人了，人均年纯收入不到五百元，家里真是穷，不仅每个人穿着破衣烂衫，两间破屋里也是家徒四壁，你能想象出那种穷吗？你能真正体会到家徒四壁人家的日常生活吗？怎么办？可能唯一的办法也得和我一样，去实地走访吧！

这就是下沉，起码是下沉的开始。

关于这场脱贫攻坚战，武乡是给定了目标的：三年集中攻坚，两年巩固提升。按照2020年现行标准下农村贫困人口实现脱贫的总要求倒推回去，武乡的脱贫攻坚战就是从2016年打起的。

但是，在此之前，先知先觉或者说一直把扶贫工作挺在前面的武乡，已经开始做战前的准备。2015年10月21日的当地报纸，一期就有三篇涉及扶贫工作的报道，一篇是扶贫工作专题会，看内容像是个阶段性的汇报和工作安排，但是县委书记、县长都参加了，县委书记胡坚在会上还强调，扶贫工作的核心是抓好产业，要抓好现有的“富农贷”“强农贷”，将惠农政策传达到村、到户、到田间地头，让群众了解政策，得到实惠；第二篇是突出精准发力打好脱贫攻坚战，是讲武乡要将精准扶贫作为重大的民生工程来实施，要通过产业翻番带动农民收入翻番；第三篇是落实全省扶贫开发建档立卡“回头看”电视电话会议精神的，会议要求各乡镇要严格执行建档立卡识别标准，坚决做到应进必进，该退必退；严格执行建档立卡识别程序，坚决做到一个环节不能漏、一个环节不能丢，把握好宣传发动、摸底核实、民主评议、审核把关、公示公告等五个关键环节；第一书记和工作队要全程参与，确保信息准确、全面、真实。

这个不应该是巧合。武乡县委书记胡坚（2019年2月担任长治市人大常委会副主任，但依然兼任武乡县委书记）2013年7月到武乡走马上任，那年11月3日，习近平总书记在湘西土家族苗族自治州花垣县排碧乡十八洞村，与村干部、村民代表围坐在一起话发展时，首次提出了精准扶贫。习近平总书记表示，扶贫要实事求是，因地制宜。要精准扶贫，切忌喊口号，也不要定好高骛远的目标。后来，习近平总书记多次对精准扶贫、精准脱贫作出重要指示。他讲，精准扶贫，就是要对扶贫对象实行精细化管理，对扶贫资源实行精确化配置，对扶贫对象实行精准化扶持，确保扶贫资源真正用在扶贫对象身上，真正用在贫困地区。强调扶贫开发推进到今天这样的程度，贵在精准，重在精准，成败之举在于精准。要做到“扶持对象精准、项目安排精准、资金使用精准、措施到户精准、因村派人精准、脱贫成效精准”。具体到武乡贫困户的建档立卡“回头看”工作上来，胡坚要求各乡镇、村，进一步调准焦距，瞄准靶心，要逐村逐户认真细致地进行。实际上就是“精准”思想在武乡扶贫工作中的具体部署和实践。

2015 年 11 月 20 日，由省扶贫队队长、四大班子、各乡镇党委书记、分管扶贫工作的领导、全县各村第一书记、所有行政村党支部书记和村委会主任参加的全县扶贫工作推进暨建档立卡“回头看”动员会召开。会上，胡坚再次强调，要准确把握全面建成小康社会的深刻内涵，要认识到 2020 年我国现行标准下，农村贫困人口实现脱贫，贫困县全部摘帽，作为国定贫困县的武乡，这是一项硬任务、硬要求、硬指标。为了打好这场硬仗，必须突出一个细字，责任落实要细之又细，任务落实要细之又细，工作落实要细之又细。做到一村一套脱贫方案，一户一本脱贫台账，一家一个扶持计划。让帮扶工作队、联系干部、第一书记真正沉下身、静下心、待得住。要突出一个严字，要严格兑现，严格考核、严格问责！这些讲话内容的实质，除了严格和认真之外，实际上还是“精准”二字。

“通过一段时间的接触，我对胡坚这位武乡县的‘领头人’的评价是：他是一位好的县委书记。他理论学习扎实，政策理解到位，工作全身心投入，幽默不失随和，平易近人让人感觉不到距离。”一位第三方评估人员后来如此评价胡坚。

我至今和这位县委书记也只是有过一次简短的电话交流，一个会议期间的一面之交，是否幽默不失随和，是否平易近人，我不知道。不过通过方方面面的文字来看，对他爱学习，理论扎实，对政策理解到位的评价，还是中肯的。

再说，武乡自新中国成立以来就是政治大县，省委选什么样的人到这里坐镇，政治素质过硬必然是首先要考虑的。

事实上，在2015年11月23日，中共中央政治局召开会议，审议通过《关于打赢脱贫攻坚战的决定》，向全党全社会发出坚决打赢脱贫攻坚战的动员令“到2020年，确保我国现行标准下的农村贫困人口实现脱贫，贫困县摘帽，解决区域性整体贫困”之前，县委书记胡坚已经多次在武乡有关扶贫的会议上，开始使用“精准扶贫”了，偶尔还会提到“攻坚”。

这应该是一名县委书记认真学习上级文件和会议精神的结果，也是武乡县情的提醒，更是他结合工作实际的深刻思考。

武乡县贫困面积之大、贫困人口之多、贫困程度之深，是令人印象深刻的。一个县有贫困村215个，占全县行政村总数的57%，有贫困人口的非贫困村111个，扶贫任务非常艰巨。2015年11月25日《武乡报》有个时评，基本论调是要想打赢扶贫这一仗，全县上下就必须得齐肩并担，扎扎实实，投入更大的决心、更强的力度、更有效的举措。做到攻坚战方向要准、力度要强、落点要实。面对这一情况，已经在武乡工作两年多、对武乡已有深入了解的胡坚，应该已经意识到武乡的扶贫工作，按之前的惯常动作或习惯方法是不行了，至少是想取得更大的成绩，就有相当大的困难了。

可是，什么是精准扶贫？怎样去落实才能做到精准呢？那个时候“六个精准”的要求还没有到县里，胡坚正在抓武乡党的群众路线教育实践。刚刚到任的他，就大搞“机关干部大接访、大下访活动”，开展打击“黄、赌、毒”和黑恶势力专项行动；把焦裕禄精神作为一条红线贯穿始终，又与弘扬太行精神、右玉精神、纪兰精神结合起来对干部进行思想教育，县四大班子的领导干部脚步要覆盖所有行政村，乡镇干部要覆盖到所有自然村和社区，农村（社区）“两委”干部和大学生村官要覆盖到辖区内所有的农户住户，主要目的就是要紧紧围绕“亲民、爱民、便民、利民、富民、惠民”“六民”为抓手，从作风、感情、服务、政策、发展、成果上了解民心民情，解决群众的实际困难。简单归结一下，这些工作的背后是习近平总书记的“四个始终”在做统领，不仅要坚持好党的群众路线，还要让党员的先进性更先进，干部的作风扎实再扎实。正如他在2014年回答记者时讲的那样，这次实践活动贵在“实”字，因为贯穿始终的是整风精神，不实如何体现整风？没有整风精神，工作还怎么能做到抓铁有痕？

我们不知道这次教育实践，与后来的这场脱贫攻坚战之间有着怎样的联系，但最起码可以推断，就党员干部的作风和精神状态来说，是为脱贫攻坚做了很好的准备。只不过，我们还无法用“沉下去”来形容那个时期的状态。

实际上，扶贫工作的重要性已经在武乡的各项工作中得到显现。2014年初，武乡县委提出“11355”发展思路，第一个“1”是打响全国红色旅游第一品牌，第二个“1”是走出一条国定贫困县转型跨越、脱贫收入翻番、全面建成小康社会的新路，“3”就是着力打造全省煤电一体循环经济产业基地、全国镁铝合金新材料产业基地、全省特色农产品生产加工产业基地“三个基地”，第一个“5”，是要实施好项目建设、扶贫攻坚、新型城镇化、民生普惠、生态文明“五大工程”，第二个“5”，就是要努力建设实力武乡、富裕武乡、宜居武乡、幸福武乡、美丽武乡“五个武乡”。从中可以看出，脱贫、减贫、扶贫工作在武乡经济社会发展中的地位已经有了很明显的提升。

我们同样注意到的是，中国的农村扶贫标准在1986年是年人均纯收入206元，2009年提高到1196元，2011年大幅提高到2300元。2014年，这一标准动态调整为每人每年2800元。扣除物价因素，现行扶贫标准代表的实际生活水平比20年前高了很多倍。由此也就可以想象，扶贫工作对武乡县来说压力该有多大。

但是在国家层面，脱贫攻坚又是一件必须做的事。虽然改革开放以来，中国已经有7亿农村贫困人口脱贫，对全球减贫贡献率超过70%，成为中国奇迹。但是脱贫脱到最后，剩下的就是“最难啃的硬骨头”，再用之前大水漫灌或撒胡椒面的方法已经作用不大，如果再像之前那样，漫无目的去扶贫，真会出现手榴弹炸跳蚤的现象。就武乡县统计的资料来看，那些因学致贫、因无资金致贫还好，但更多的贫困户要么是老弱病残没有劳动力的弱势群体，要么是对未来和生活毫无希望的单身，尤其是那些单身户，对他们来说，生活就是活着，未来就是人一死一了百了毫无牵挂的事情，我在好几个乡镇采访时也发现了这个问题：单户单人在贫困户中占有很大的比例，仅对故城镇一个镇做了粗略统计，就发现，权店、北良、磨里、西良四个村，单身户数分别占贫困户的50%、43.75%、40%、38.46%，还有很多即便不是单户单人，一户中两人甚至是三人的，三个人也多是终身未娶的光棍。解决温饱后，贫困对他们来说似乎就无所谓了，他们认为未来所有的时间无非就是在一种等待中了却残生。我们都知道，作为社会的个体，个人的行为既要能符合社会对他作为社会一分子最起码的要求，他还得能够适应社会演变带来的形势变化。反过来讲，作为组成社会的每个人，他既是社会的载体，又是社会的实体，个人跳不出社会的掌握，同时社会的进步也离不开社会中每个人发挥的作用。而他们这群人，从某种意义上讲，已经脱离了社会。帮他们脱贫，对他们来说，不仅仅是道义上的同情与关心，还包括对社会一分子回归社会的一次拯救或挽留。在故城镇河底村采访时，副镇长屈路燕也在场，她在大学期间参加过很多类似情况的社会调查，她说，要想激发这一类人的内生动力真的很难，你想让他们去挣钱，可是钱对他们来说没有一点儿用，他们何必去起早贪黑，去大汗淋漓呢，要想让他们打起精神来通过致富改善自己的生活条件最终实现小康，那就给他们扶贫一个老婆，我们必须给他们先找一个花钱的，他们才有动力去挣钱。话虽然是玩笑话，但不无道理。对于类似这样的贫困钉子户怎么办？只有一户一户的来，说不好还是月月来天天来，得坐下来解开他的心结，打通他的命脉。

我们知道，脱贫致富贫困户是主角，是主体，扶贫干部只不过是配角，是帮扶，但共同富裕是社会主义的本质特征，实现全体人民的共同富裕是扶贫工作的战略目标。邓小平同志在毛泽东共同富裕思想基础上，结合自己对马克思主义贫困与反贫困理论的认识和理解，就强调过：贫穷不是社会主义，社会主义要消灭贫穷。2012 年底，成为党和国家最高领导人的习近平，更是明确提出，消除贫困、改善民生、实现共同富裕，是社会主义的要求，是我们党的重要使命。改革开放以来，经过全国范围有计划有组织的大规模开发式扶贫，我国贫困人口大量减少，贫困地区面貌显著变化，但扶贫开发工作依然面临十分艰巨而繁重的任务，已进入啃硬骨头、攻坚拔寨的冲刺期。形势逼人，形势不等人。

由此可见，基于中国长期的反贫困实践以及新时代的要求，要想解决中国千百年来存在的绝对贫困问题，必须坚决打赢脱贫攻坚战。作为能够参与其中的各级扶贫干部，紧握自己人生中的这一大幸，主动接受和服从安排，沉下去，到脱贫攻坚的前沿阵地上去，就成为一种势在必行。

下沉，到一线去

于是，扶贫干部带上初心，带上政策，带上决心，带上信心，带上感情，带上耐心，带上热情，扑下身子，开始下乡，开始进村入户，开始坐到贫困户的炕沿儿上拉起了家常。我们发现，在这场脱贫攻坚中，甚至在很多时候很多地方，贫困户和扶贫干部的角色还发生了颠倒，因为贫困户的无力无能，他们连自身的重量都无法支撑，扶贫干部理论上是去帮扶，但出的力，实际上比贫困户自己还要大，甚至扶贫干部还得拖着贫困户走，背着贫困户走。因为要想打赢这一战，就必须让脱贫成为贫困户与扶贫干部共同的事业。这是一次意义非凡的合作，在一致的目标下，扶贫干部和贫困户紧紧地捆绑在了一起。

因此，这次下沉和之前的任何一次就有着很多的不同。之前，干部下沉其实是种态度，你作为扶贫干部需要放低姿态，放下身段，真心为帮扶对象服务，可这次下沉，却是全方位的，除了扶贫干部，除了心态，还有一整套的政策、指标、管理、考核、方法、标准，每一项都很具体，也很硬性。就脱贫工作来说，之前漫灌的时候，基本上是单位（部门）对村，不会对到贫困户上，作为帮扶单位派出的扶贫干部，一年中到扶贫的村里也转不了几次，即便是到村里，对接的也是村干部，逢年过节来搞一搞慰问，有条件的单位送一些项目，搞工商贸易的帮着销销山货，宣传工会部门的送一些演出之类的文艺活动，而且多数扶贫干部在原单位的工作还不能放松，扶贫工作实际上也就成了一个兼职和捎带。

这一轮扶贫，这么做就不行了。

随着“精准扶贫”的重要性和必要性在中国大地上慢慢浮现，并越来越变成各级党委政府的重点工作时，扶贫干部以什么样的形式扶贫，如何做到真扶贫、扶真贫便成了一个值得思考的问题。也正是在这个时候，由省、市、县各部门，包括中央企业和地方国企，派出第一书记、扶贫工作队，进驻贫困村，加强基层党建，帮助脱贫，也就被提上了议事日程。

武乡作为贫困县，自然也要积极参与其中。

武乡县第一位第一书记驻村时间是什么时候，是哪一位，我没有去考证。2015 年 7 月 16 日进驻蟠龙镇栗家沟的张磊说，他是较早一批的。他说，其实那个时候自己也不知道第一书记是做什么的，多少有点盲目。2015 年 6 月当听到有下乡当第一书记的事情时，他便到单位组织部门报了名，据说报名的人还不少，二十来人。但是按各种要求筛选下来，初选了五个，真正进入谈话程序的只有三个。那时张磊在中国煤炭科工集团晋城某公司从事安全工作有四年了，他记得组织部的领导把他们三个叫到办公室进行了简短的谈话，谈话中提出一些很具体的问题，在回答时却是一对一进行的。和张磊谈话时，组织部的领导首先要他回答对农村现有政策了解多少。

张磊自小在山西长治的长子县长大，作为独生子女，家里人很少让他参与农事，但农村的一些事他多少有所耳闻。他回答了“低保”“危房改造”“正在进行基层组织建设”等。接着是第二个问题，领导问他心里做好吃苦受罪的准备了吗。那段时间电视里刚好播了《马向阳下乡记》，领导问他是否看过。意思是说，去了，就得和电视剧里的马向阳一样，住到村里，还有可能面对马向阳面对的那些问题。张磊回答得干脆，说自己是从农村出来的，长大后有时还会回村里，这些苦他能接受。但实际上他心里一片空白，因为领导只是说，中国煤炭科工集团作为一家央企，积极贯彻落实中央的精神，要帮扶国家级贫困县，但是要去哪里，要去一个什么样的村，他是不知道的，那个村到底苦不苦，他也想象不出。更为重要的是，他这一去，代表的就是集团作为一家央企的形象，万一弄不成了呢？这时他才猛然意识到，原来自己有点莽撞，心里那种“试一试”的心态占比很重。

结果，单位选的人就是他。他的心一下子又不安起来，因为自己太没经验了，也没什么资源，去了能干成啥啊？好在文件上讲，工作期限是一年，一年时间不算长，自己尽力而为，如果做不成，单位还能补救，到时换人还能来得及。

后来他接到通知，工作地是武乡县蟠龙镇的栗家沟。他长出了一口气，还好，离家不是太远。

我见到的张磊，偏瘦，戴副眼镜，很精神，猛一看有一股汪峰的猛浪之气。但在五年前，他的样子一定是青涩的（那时他 27 岁），他从充满融融爱意的家里，到省城上学与同学们相伴，毕业后从事的又是自己所学的煤炭专业，但是到栗家沟后，他所面临的却是一群农民，接触到的是土壤、庄稼、收成。我们当然猜不出第一次站在栗家沟村口的时候，看着破屋烂舍、寂静的村庄时张磊脸上会有什么样的表情，兴许比想象的好，心里有一些窃喜，兴许比想象的差，心里产生一种惆怅，但无论是什么他都不能选择转身回去，他只能硬着头皮往前走。他自己说，旁边就站着从县委组织部接上他，把他送到栗家沟的镇领导，他们一起走进大队院里，在镇领导的组织下，他见到了支村“两委”，在摆着几张破桌椅的会议室简单开了个会，这就算报到了。然而，当时栗家沟的乡亲们对这个毛头小伙是不以为意的。其中有一个原因就是，二十多年来，上面派来搞扶贫的人一拨一拨的真不少，之前最起码派的是上了点年纪的人，这次倒好，派来一个年轻娃娃……他们甚至还会猜想，这样的年轻人来村里是搞扶贫的？能搞了扶贫？这种人不是家里有背景，就是单位准备要重用，总之是来走过场“镀金”的。乡亲们心里不舒服，说不定还有怨言，因为后山上自家地里的草该拔了，结果却还得把时间浪费在这里见一个打着“扶贫”的由头给自己捞政治资本的年轻娃娃。在当时的情况下，不要说老百姓，就算是张磊，他也只是通过网络或是看《马向阳下乡记》，对第一书记有一些粗浅的了解，对脱贫攻坚实打实是含混不清的。他说，在领导提到《马向阳下乡记》后，他回家还真看了，马向阳到村里不就是做一些在他看来很平常的事嘛，在栗家沟报到的那天下午，他的心还是木木的，看着乡亲们同样木木的目光，他只知道自己要在这里生活一年，怎么开展工作他也没底。

见面会很快结束，因为条件不具备，他跟着镇领导回到镇上，第二天向镇里请假，回家把车开来，这样在交通不便的村里，最起码工作起来，腿脚上就不受限制了。

再次回到栗家沟，大队还是不具备居住条件。不知道是看他小，还是不想张罗，总之，村党支部书记让这个可以当自己儿子的第一书记到自己家里住。这一住就是一年。而且一日三餐都跟支书一家吃。张磊说，支书一家人对他很好。他叫支书的爱人姨，他们家姑娘出嫁了，儿子在外打工没成家，有张磊加入，日子反倒热闹起来。

既然是来村里担任第一书记，那总得了解整个村庄。栗家沟不大，总共 78 户人家，刚开始支书怕他不熟悉抹不开面子，当然也担心因为不熟悉村民们不给张磊开门，便陪了他一周。一周后，他就开始自己走访了。其实在走访中，他能感觉到村民的不信任和应付。这也难怪，因为乡亲们除了知道他是县委组织部派来的扶贫干部外，对他这个娃娃一无所知。有一次，他走在村庄里，一位后来他知道是在外面工作过见过世面的乡亲对他说，这十五六年来，他见到来栗家沟下乡的人多了，也没见哪个干成过啥事！言外之意，面前的这个娃娃也干不成事。

人家说者可能无意，但听者不可无心。脚底上已经沾满栗家沟红色泥土的张磊，心中莫名地受到了打击。工作还没有开展，乡亲们却已经这般看到了他的结果，这让他心里怎么会不难受……如果说在来栗家沟的路上、躺在支书家床上，自己还抱有“试一试”的想法的话，这一次直扎他内心的打击就让他彻底断了这个念想。他必须做事，还得把事做成。

可是，从何下手呢？他连村里的底子还没摸清，人都没有认全呢！张磊苦思冥想，想到一次家访时正好赶上饭点，那是他在村会计张国英家吃饭的情景，因为事先没有准备，张国英只好拿来一个老母鸡当天下的鸡蛋炒了来招待他。张磊没有拒绝，但问了主人，家里只有这一个鸡蛋啊？主人回答得吞吞吐吐，这让张磊既内疚又震惊，尽管事先没有准备，但是难道在一户村民的平常生活中，一盘炒鸡蛋竟然就成了招待客人的最好菜肴！那么，栗家沟人的日子实际过得怎么样？乡亲们生活急需改善，手里需要钱，那是显而易见的。可是自己只是一个入职四年的职工，没关系，也没权，怎么才能找到切入点，打开局面呢。这时，他再想起那位口气生硬的乡亲说他干不成事的话，就已经不再是打击，而是一种激将和动力了。

张磊在单位从事安全工作，心细，认真。他觉得自己的判断还是太笼统了，改善生活、需要钱，确实无从下手，要想知道村民真正需要什么，还得让村民们亲口说出来。于是他和支村“两委”商量，召集村民代表开会。到场的代表们还不错，并没有七嘴八舌地提各自的要求，而是提出了整修村里连户路的想法。

对此，张磊起初产生过疑问，连户路平时大家都在走，就算不平、难走，但还是能走，村民们为什么那么着急要修。他了解情况后才得知，两个月后就要收秋了，村民们从地里拉收回来的庄稼都得从那里走，尽管长度不长，也就三百米，可是中段有两个带弯的急坡几乎每年秋天都发生意外事故。“好吧！”张磊心里就这样接受了，他在自己本子上记下这件事。几天后，他回到原单位汇报自己下乡的工作，汇报完后他并没有走，而是在单位住了下来，第三天，单位分管扶贫工作的党委书记碰到他，问他怎么没去栗家沟。他才含含糊糊抱着“试试”的想法跟书记讲，他想给栗家沟修路。书记当时有事要忙，心里完全没底的张磊却站在书记面前开始描述栗家沟的情况。书记不得不打断他，说咱们人都下去了，村里有困难，资金跟着下去也是应该的，你赶紧回栗家沟，做个预算，然后咱们上会研究一下。那个时候，机械台班、水泥、沙子等都还不贵，而且村民们愿意做义务工，预算做了5万多元，他交给单位后，很快批了下来。

在自己单位强力支持下，年轻的娃娃“短、平、快”地给栗家沟办成了第一件事。他给村民们证明了自己的同时，也给了自己信心。

那年秋天，村民们走在了平整的水泥路上，但是改善生活和增加收入的事还没有着落。媒体上报道张磊说，在他的日记本扉页写有自己的承诺：“做不好扶贫工作，枉为组织培养，我自愿接受处分！”但把扶贫工作做好绝非易事。整个2015年后半年，张磊把全部精力放到跑种植辣椒的项目上了。栗家沟地形地貌适合种辣椒，而自己的老家就有实力雄厚的四通蔬菜公司，如果两者联合起来，说不定辣椒就能成为一项栗家沟人致富的产业。张磊利用回家探亲的时间，一趟趟往蔬菜公司跑，他没有什么可以做保证，能给出人家的只有一名第一书记的真诚，一颗想让栗家沟村民实现增收脱贫的心。兴许是他的真诚打动了人家，兴许是蔬菜公司确实也需要扩大自己的生产基地，总之，到2015年底，在他的努力下，栗家沟终于与长子的四通蔬菜公司达成合作协议：四通公司负责提供种苗、技术，并承诺以每斤 1.5 元的保底价回收鲜辣椒；栗家沟村负责种植，并承诺三年内种植面积达到 300 亩。

可是在当时，别说 300 亩，就是 3 亩，张磊心里也没有底。毕竟栗家沟邻近的村庄之前曾经种过辣椒，结果却由于销路不畅，导致丰收不增收，以失败告终。自己又张罗起这辣椒生意，村民们怎么敢接手呢。这时又是自己的单位中国煤炭科工集团给他做了坚强后盾，单位负责免费提供种苗、地膜、农药、技术。这样，村民们总该愿意种了吧？

“其实村民们不是不愿意种，而是不敢种。”张磊说，“再说我自己也没底。我只好东家进西家出地去给村民们做承诺，去做他们的思想工作。”

就这样，无论遇到什么打击的张磊没有一次选择放弃，他坚信精诚所至，金石为开，更相信自己为栗家沟干事创业的心，已经深深埋在栗家沟的土地里了。栗家沟的土地既然能长出庄稼，他的心就能在此生根发芽，开花结果。

2020 年 6 月中旬一个热气蒸腾的中午，我们从栗家沟返出来，拐进东坡村，去见一位叫田国臣的第一书记。提出这个建议的，是一起来的县政府办的工作人员武晓林，他说这个第一书记太没名了，就知道踏踏实实地做事，武晓林说，去看看吧，东坡村是一个深度贫困村，田国臣在那里工作不容易，就连他这个天天和基层打交道的人，也是在一次跟着领导下乡调研时偶然发现的。

我们进村见到田国臣时，他正和队友在大队二楼的办公室忙。已经是快中午十二点的样子了，他们还没有动手做午饭的意思。因为之前对他的情况一无所知，虽然我们聊的内容离不开脱贫攻坚，但是从哪里聊起，重点聊点什么，我还真不知道，我们就那么随机聊开，不过这样倒好，反倒是聊得轻松了不少。

田国臣 2015 年 2 月刚从大学生村官调到县直单位工作，2015 年 8 月就作为第一书记下乡了，比栗家沟的张磊晚一个月，但属于武乡县的第一批。

他先在大有乡，后来被调到蟠龙的东坡，和张磊一样的是，这一待，就是五年。田国臣比张磊大，也比张磊看上去憨，仅从外表就给你一种任何工作都可以交给他的信任感。田国臣原单位是武乡县市场监督管理局，他自己是农村人，大学生村官期间有两年村党支部书记的经历，不过他大概做梦也想不到，到县里工作后却又返到村里来当第一书记。

他说，关于这次脱贫攻坚，自己最大的体会就是完完全全的下沉，远的不比较，这 2016 年和 2015 年就大不一样。2015 年刚下乡扶贫时，原单位的工作还不能脱手，自己的精力一半在单位，一半在村里，但是从 2016 年开始，就不允许了，第一书记必须全身心扑到村里。这也是形势需要，作为第一书记，你也必须一心扑到村里，各方面的工作才能铺开。

提到第一次来东坡，田国臣讲，第一晚他是住在贫困户家里的。

我问他能适应吗。

他说，哪有什么不适应。我就是农村孩子。

这时我才发现眼前的这个田国臣与贫困户家收入测算表上的那个田国臣完全不一样。收入测算表上的田国臣，穿一身蓝色制服、白色衬衣、打着领带，可眼前的这个人，一件薄而显旧的淡青色衬衣，两只鞋上从底儿到帮儿都是泥，手里拿着一个带皮套的旧式手机，但皮套已经起浆翻皮，很不成样子了。如果在半路上遇到他，要不是有人做介绍，你一准儿会以为他是一位刚从地里回来的农民老哥，那皱皱巴巴的衬衣肩上，就像刚刚扛过一大捆玉米秆。

田国臣说，他兄弟姐妹四个，上面两个姐姐，一个哥，自己是老小。按他的年龄计算父母应该也上年纪了。当我们谈起脱贫攻坚时，田国臣情绪很高昂，说自己原先当过村党支部书记的经历给这次下乡带来很多好处。他说这个东坡村之前不仅仅是个市级深度贫困村，在他初来的时候村里还不稳定，班子不团结，还有人上访。正是因为他对农村对村里人的了解，这些矛盾才慢慢地得以一一化解。人生嘛，既然自己又回到农村来了，就冲着对农村的这一份情感，自己也要立志在村里实现人生价值。他讲动员村民种连翘的事，种槐树取槐米的事，讲村里道路硬化的事。可是一提到家里的情况时，他就情绪低落了，是那种有什么东西沉沉地压着让他喘不上气来的感觉。

后来他说，自己的家庭负担实在太重了。

有多重？是经济问题？我问他。

他说，不是，而是……他一脸的无奈，同时伴随着一脸的无助。

他首先提到自己哥哥一家。哥哥之前送快递，三年前因为鼻子不舒服去医院做手术，可是手术还没做，一天夜里却死在了医院，留下三个孩子，大的八岁，小的三岁，没人管，嫂子还没工作。这样的一个家庭自己一个当叔叔的哪能不管，这倒也罢，自己的父亲因为直肠癌 2013 年做过手术，麻烦的是去年 11 月，母亲也病了，甲状腺出了问题，也得做手术。两个姐姐都在外地没办法回来照顾。自己的小家庭呢，孩子刚三岁，自己的爱人在另一个乡工作。这还是外在的压力，最后轮到他自己。他说，如果自己壮壮实实的也算，可是自己的身体也不争气，患了阑尾炎，已经有两年时间了，连个手术都做不成。

为什么？阑尾炎手术应该不算大手术。

他说，主要是没时间。田国臣说，可是这个阑尾炎，又很烦人，越是到冬天，越是忙的时候它就越疼。医生说，要做手术就得先消炎，问题是我这个炎一直消不了。现在，平时不怎么疼的时候，就只能靠消炎药撑着，实在疼得受不了，就去医院输上几天液。

我问他别人知道他的情况吗，他说村里人应该知道。单位的人也许知道吧。只是这个病确实影响到自己的工作了，有一次他上午在医院输液，县里领导下午要到村里调研。他输完液赶紧赶回村里，领导调研时提出要入户看看，作为第一书记，他本应该走在前面介绍情况，起码得把领导领到贫困户家门口吧，可是阑尾突然疼了起来，只能忍着慢慢地跟在领导后面。领导知道情况后，让他赶紧回大队休息，但是毕竟这是自己的工作，他心里特别过意不去。

我还是不理解他为什么不去做手术，真有那么忙吗！

他说，说到底还是自己不放心。自己去医院做手术，就得请假。但是脱贫攻坚工作真的和打仗一样样的，要用“不是你死就是我活”来形容有点夸张，但是一个萝卜一个坑儿，甚至是一个萝卜负责两个坑儿的事是常有的，每个岗位大家都在高速运转，自己咋好意思走呢。至于这个阑尾炎嘛，田国臣说，我再坚持坚持吧，等脱贫工作彻底结束后再说吧！

那天，我们的午饭是在贫困户张卫峰家吃的。从村委会出来，左边一拐，沿着水泥路向上走一段，再往左上个小坡就是。进院后，是一个U字形的院落，所有屋前都做了两米宽的硬化，中间是一片湿洇洇，干净到见不到一根杂草或鸡毛的土院。我在钉在墙上的帮扶责任牌上看到这家人一共四口，致贫原因是缺少资金和因学；脱贫措施一栏里写着种植、务工、小额贷款、教育扶贫；帮扶单位、工作队长、第一书记、包村干部、帮扶责任人，职务、联系方式，写得一清二楚。张卫峰看上去精瘦，一看就是那种很能吃苦的人。可能平时家口小的原因，一下子家里多了四五口人，炉火赶不上，他索性在院子里支起了农村用泥抹的那种土灶，柴火是去年晒干的玉米芯，一口大铁锅坐在上面，十几分钟就开了。他的妻子在屋里擀面，已经炒好的番茄西葫芦卤摆在一进门的火台上，沙发前一张干干净净的小方桌，一小碟葱花，一小碟蒜，标准的农家饭。后来来帮忙烧火的是张卫峰的儿子，一个不爱说话的孩子，问起来，才说是今年大学刚毕业，正在复习准备考研，他的妹妹正读大学。从家里简单的家具，以及夫妻俩的装束上看，这个家庭要同时培养两个大学生确实很吃力。

我们边吃饭边和主人聊天。谁也不陌生，尤其是田国臣，就像介绍自己的家人一样给我们介绍主人的情况。无论男主人还是女主人，话虽不多，但神情自如，看样子因为两个孩子上学带给家里的经济困难，已经不存在了。

这使我想起第一次到武乡县扶贫办和扶贫干部问起脱贫攻坚的意义时，扶贫办副主任王星的回答。王星也当过大学生村干部，一开始对扶贫工作也有成见，和我有着同样的担心，脱贫攻坚本来是好事，但是对于一些不思上进的贫困户来说，他们会不会因此变得越来越懒。但当她到县扶贫办工作，通过一段时间的深度接触后看法就变了，她说，单就教育扶贫这一块，老百姓就非常受益。是因为减免了孩子们的学费吗？我问她。这是浅层次的。她说，你想一想，如果没有这部分帮扶，有些贫困家庭很可能只能供一个孩子上大学，但是有了这一块保障，他们就敢让自己的孩子全都上大学，甚至考研考博，接受更好的教育。这意味着什么呢？这就意味着贫困至少在下一代身上就彻底断了根，再不会出现因无智或无志返贫的现象了吧。

田国臣说，村里人际关系有时比较简单，但遇到一些事又有些复杂，第一书记只有住下来，融入他们，才能了解到实情，也才能找到解决问题的办法。他给我举了一个村里人关系微妙的例子，说东坡村有一个先行走上致富路的村民，人家大多数时间不在村里住，但很想为村里办一些实事。村干部想改善村里的基础设施，就去找人家，想要点赞助，人家很慷慨，真给了一笔钱。村干部拿上钱回来就修路，结果前面的路修好了，轮到人家富户家门前却偏偏落下来了，没修。人家出钱的人当然不高兴。村干部可能也一肚子委屈，说不定是想把别处先修了，到最后好好地把人家门前的部分修一修，结果钱不够了。这件事最后如何解决的倒不重要。但事情的复杂之处，在于双方一定会结合对方之前的为人、性格，还有点点滴滴的交往，再把左亲右邻的关系往里一搅和，就使简单问题复杂化了。田国臣讲，这些事要不到村里，只是听个表皮故事，哪会知道里面还有这么多弯弯绕啊！

因此，下沉，真的不是简单的物理意义上的，它更是一种深刻的工作方法。

随着脱贫攻坚战序幕的拉开，基层扶贫干部的力量需要不断加强，数量需要不断增加。不过那是后话。就我所知，仅2015年8月前，武乡县委接管和自己选派到基层的第一书记就有231名，其中中央企业1人、省直机关单位22人、市直机关单位49人、县直机关单位159人，实现了全县38个软弱涣散村党组织和215个建档立卡贫困村选派第一书记的全覆盖。

要知道，这些下沉下来的第一书记，可都是所在单位的组织部门精心挑选出来的。尤其是武乡，他们在配合做好中央、省、市选派干部工作的基础上，结合本县实际，对第一书记选派更是做到了因村选人，因人选派。在选人上，他们强调一要突出政治标准，二要熟悉基层，三要强调能力，三个条件一个不能少，确定人选前还必须请纪委、公安等相关部门协助审核把关。县委从全县123个机关企事业单位中，共确定第一书记159名。其中年龄在45岁以下的116人，占比70%；科级以上干部69人，占比43%。县委又专门为他们统一印制工作手册，手册里明确了选派任职、职责任务、日常管理、考核奖惩四个方面23项要求和7项记录内容。这样，他们的工作动态就可以直观反映出来了。县、乡两级党委也相应建立了一本对第一书记工作实绩的台账，既记录第一书记的履职情况，也做到了对第一书记的过程管理和跟踪。为保证第一书记正常开展工作，县里专门建起一个第一书记微信群，以促进第一书记们相互交流心得，汇报工作，也便于及时解决第一书记遇到的困难和问题。实际工作中，第一书记表现怎样，乡（镇、办事处）党委会采取民主测评、实地走访的形式，每个季度对所派驻村的第一书记工作进行一次督查，县委组织部每半年联合派出单位到乡赴村进行考核。当然为给第一书记创造良好的工作和生活条件，县委也做出要求，县直单位派出人员，任职期间，要按照实际在岗天数，每人每天给予25元的伙食补助，每年为第一书记提供5000元工作经费；乡（镇）要为第一书记任职村落实一名包村干部，帮助熟悉情况和协助开展工作。

2015年8月15日，县里召开第一书记入村对接开展工作会，会场上第一书记和所到村的村党支部书记一双双、一对对并排而坐，他们一边聆听领导的讲话，一边在彼此近距离接触中感受对方的体温，同时共同迎接特殊使命的到来。

三　首战首捷

凝心聚慧

当历史的钟摆进入2016年时，扶贫工作也进入关键期。

当时的武乡还在承受着经济下行的压力，经历着转型的阵痛。在各项工作都需要突围创新的情况下，武乡县依然将保障和改善人民生活作为首要任务，他们的理念依然很坚决：坚持小财政办大民生，财政再紧张，保障民生的力度不能减，每年都向老百姓承诺的“十件实事”，一件也不能少。

民生，在武乡始终占据着重要位置。

民生自然紧紧连着扶贫工作，如果要说，一个县的民生关乎全县经济社会发展的大局，那么县委书记胡坚2016年2月24日到县扶贫办调研时讲，扶贫工作是武乡县的第一任务、第一政治、第一民生工程，也就一脉相承了。也是在那个会上，胡坚要求扶贫办的同志们，要把思想和工作作风调整到一级战备状态。要求扶贫办制定硬措施，落实硬责任，认真围绕武乡脱贫攻坚，思考自己应该怎么办。要求扶贫办在具体工作中，不能脑子不清，思路不清，措施不清。

2016年是我国全面建成小康社会决胜阶段的开局之年。作为山西省连片贫困主战场的武乡，要想开门展旗，首战告捷，就必须及早谋划，及早部署，及早排兵布阵。当年，县委县政府给自己制定的脱贫目标是，54 个贫困村退出，9650 人实现脱贫，具体指标是，产业发展脱贫 3173 人、易地搬迁脱贫 1079 人、教育扶持脱贫 1239 人、生态补偿脱贫 1758 人、政策兜底保障脱贫 2401 人。这些精准到人的数字，哪里只是数字，它的背后是一个个活生生的人，每一组数字背后还是一个个错综复杂的难题、交织在一起的焦点、困点、难点，是硬骨头，是顽症，更是攻坚战拉开前分布在武乡境内的一个个被锁定的高地。

作为革命老区的武乡人民，过去是不怕打硬仗的，在这场攻坚的战役中，老区人民也不会输。但要打硬仗，打赢仗，就必须保证全体将士要有良好的精神状态。

2016 年 4 月 27 日，县委召开“两学一做”学习教育大会，凝聚全县的发展共识，统一精准脱贫是践行富民宗旨的思想。会上胡坚讲，脱贫攻坚必须立足武乡实际，通过“两学一做”学习教育，让广大党员凝心聚力，以良好的精神状态为率先实现脱贫摘帽目标提供坚强保障；县委副书记、县长阎新平同时要求，各级党组织要夯实“学”这个基础，抓实“做”这个关键，为全县实现小康社会注入强大动力。在学习教育中，类似“只要努力就能脱贫”“只有努力才能致富”的标语已经挂到了村村镇镇的大街小巷，帮扶工作队员们白天入户调研、宣传政策、了解户情，晚上写民情日记、分析致贫原因、思考致富路子，在对扶贫建档立卡“回头看”工作再回头的基础上，因村施策，因户施策，努力按照县委书记胡坚的要求，做到“一把钥匙开一把锁”。

在宣传发动上，县里下大决心，动大动作，在国省道、高速路出入口、公路沿线、乡镇街道悬挂精准扶贫宣传标语，专门制作了宣传片在县电视台播放，在当地人爱看的《武乡报》开辟专栏，刊登各乡镇、各帮扶单位的好经验好做法；6 月 30 日又召开全县脱贫攻坚推进会。各级机关干部再次深入贫困村入户进行宣传，力求做到“六个精准”政策全面到户；县里专门举办以精准扶贫为主题的摄影展，以此来激发全县人民精准扶贫的正能量；在全县的机关、企事业单位党员干部中开展了“扶贫日”捐赠活动，成立了一个扶贫志愿者组织；等等。

在组织机制上，县一级成立了由县委书记、县长任双组长，副书记、组织部部长、各位副县长任副组长，县直相关单位主要负责人为成员的脱贫攻坚领导小组。各乡镇也成立了党委书记、乡镇长任双组长的脱贫攻坚领导小组。县级与乡镇、乡镇与行政村层层签订脱贫攻坚责任书和2016年减贫责任书。建立了县乡村三级挂图作战信息平台。通过挂图作战，脱贫攻坚的目标任务得到明确化、具体化，做到了帮扶对象和帮扶责任、帮扶政策措施的精准对接。同时，严格实行县处级干部包保乡镇脱贫责任制，特别是对帮扶工作队、第一书记和包村干部全部签订责任书。坚持执行脱贫攻坚周例会制度，定期分析研判，着力解决工作中存在的困难和问题。

但在轰轰烈烈的热潮中，基层工作的开展情况又是极不平衡的。这使得胡坚多次在会上强调，要广大党员干部增强打赢这场脱贫攻坚战的政治自觉和思想自觉，要采取超常规举措，拿出过硬办法，带领全县人民坚决打赢这场硬仗。这样的要求，大部分帮扶单位和扶贫干部是做到了，但作为贫困主体的贫困村和贫困户那里却落下了一大截儿。尽管2015年县里就出台了领导干部和机关单位党员干部精准帮扶全县贫困村、贫困户实施意见，印制了贫困户手册，组建了帮扶队，还明确了责任人，帮扶队员们村也进了，亲也认了，对也结了，但在县扶贫办2016年初的年度总结中，我还是看到了这样的句子：截至目前，省、市帮扶的115个村，已全部制定了帮扶实施方案，我县217个县级帮扶村仅有93个村制定了帮扶实施方案。

这里面有一个客观原因，那就是，2015年大部分县里的帮扶队员还没能从原单位工作中抽出身来。他们一边要下乡扶贫，一边又要完成单位的工作，而省、市两级的帮扶队员基本已经做到了全职扶贫。从主观上看，主要责任也在贫困主体上，他们对自己贫困的认识可以说是深刻的，但对外来的帮扶力度却是持有怀疑态度的，起码是持观望态度的。在我后来的采访中，很多采访对象说起他们到村里第一阶段的感受时，基本上无一例外地说，村民们与他们保持着距离，甚至给他们闭门羹，村民们觉得他们来扶贫只是做做样子，或者说那是扶贫干部的工作，既然是工作，那扶贫干部自己去完成就好了，最好不要打扰他们已经习以为常的生活。如果扶贫干部进一步想参与，人家还会发火，言语之中表现出的不信任，既有对扶贫干部的，也有对这场攻坚战的，他们常常挂在嘴边上的一句话就是：你们来，能干个啥呀？

村民的心情可以理解，这也正好证明我们的脱贫宣传工作做得还不到位，一个人最难转变的是观念，最难提高的是认识，很多时候扶贫干部进村、入户，你说归你说，你讲归你讲，老百姓当面点头，背后当耳旁风。

可是，2020 年全面建成小康社会的时间点是卡死的，武乡的决心不能动摇。扶贫干部即使受挫，信心也不能减。他们在贫困面前，在朴素的老百姓面前，能做的，也只能是实打实扑下身子来，为贫困户着想，为贫困户做事，相信克服困难坚持上一段时间，等见到实效了，贫困户的观念自然也就转变了。

换届选将

2016 年正好是武乡县乡两级党委政府换届年。武乡抓住了这次机遇，开始选帅换将。3 月 10 日，县委在全县换届工作会上，就给这次换届工作定了调子，说这次换届是全县贯彻落实既定发展理念和战略的重要政治保证，是落实全面从严治党要求、净化政治生态的重要实践，是加强领导班子和干部队伍建设的重要契机，更是实现“十三五”规划良好开局、坚决打赢脱贫攻坚战的坚强保障。这次换届不仅要达到凝心聚力的目的，还要给武乡绘出一幅好蓝图，更重要的是，要从政治素质过硬、能够驾驭全局，善于抓班子带队伍、公道正派、胸襟开阔、严于律己的干部中，好中选优，优中选强，选出优秀的干部来配强县乡两级班子。选出一支能打硬仗，能打赢硬仗的干部队伍。

郑丹和王爱民就是在这次换届中，分别走上副县长和县扶贫办主任岗位的。

郑丹和王爱民，两个人都是选调生。很多人不熟悉甚至不知道什么是选调生，不过选调生却不是一个新鲜事物。什么是选调生？我在百度上得到的答案是，选调生是各省党委组织部门有计划地从高等院校选调品学兼优的应届大学本科及其以上毕业生到基层工作，作为党政领导干部后备人选和县级以上党政机关高素质工作人员人选进行重点培养群体的简称。

这个群体其实在20世纪60年代就有了，当时是“革命事业接班人”的一部分。1965年6月，国家高教部党委根据刘少奇同志建议，就分配一批高等院校毕业生到基层工作的问题，向中央递交了报告。中央非常重视，批准了这一报告，并及时批转各地研究执行，全国选调生工作由此开始。后来一度中断。20世纪80年代，在陈云同志的提议下，选调生制度重新被拾起，选调生工作又在全国展开。其实核心就两点：一是在校时就品学兼优，二是作为后备干部来培养。

也就是说，无论是1977年生于长治市潞城区的郑丹，还是1975年生在武乡本地的王爱民，在校时就都是好学生。他们以选调生的身份走出校门，第一个落脚地都是在农村。郑丹1998年去了武乡洪水镇，担任镇长助理。王爱民于第二年去了故城镇，担任镇长助理。他们开始了与乡下老百姓天天摸爬滚打在一起的生活。在以后的十多年里，郑丹分别在故县、分水岭、贾豁工作，中间有过几年在县政法委工作的经历，2011年从县政法委回到基层，先后在分水岭乡和贾豁乡担任党委书记、乡长。王爱民和郑丹的经历差不多，有过民政局、政府办借调的经历，但大部分工作时间还是在乡镇。

换届选举前的一个月，已经有风言风语，说郑丹有可能进政府（县）班子，但那只是坊间传言。大家在基层一起工作多年，谁的工作怎么样，各自心里都有杆秤，老百姓相信无风不起浪，但这个风是来自县里领导，还是民间的揣测或推断，谁也不知道。从后来的情况来看，很可能是一种民众坊间的呼声。这样的传言不可能传不到郑丹的耳朵里。换届期间县里领导找他谈话，如果他能进政府班子，县里计划让他分管扶贫工作，想听听他的个人意见。郑丹记得很清楚，他笑了，然后接着说，一般人（大部分人）如果能够选择的话，应该是不会选扶贫工作的。换句话说，他长期在基层工作那么久，太知道扶贫工作有多难了。不过，他知道领导既然找他谈话，自然是经过深思熟虑的。他自己分析过，如果自己能进班子，以他的年龄应该就是最年轻的那个，自己在乡镇时间长，又熟悉农业农村工作，体力上也有优势，这些都有可能是领导要他分管扶贫工作的原因。同时他也知道，自己一旦接手上任，面临的就是一场硬仗。但是，县委既然做决定，就会有考虑，而且一定比他想得要细要周全，他需要做的只是调整好心态，服从组织安排。很快，在 8 月 30 日县十五届人大一次会议上，郑丹被选举为武乡县人民政府副县长。

对于 7 月即将担任扶贫办主任一职的王爱民来说，之前他也隐隐有预感。他说，4 月底乡镇一级领导换届时，他被推荐的是乡（镇）长人选，他自己从来没想过扶贫办主任这一职务。换届前，有一次胡坚书记召开座谈会，听几个乡镇副职集体汇报，事先汇报内容没有明确规定，是个轻松的座谈会，就是把大家集中到一个会议室，每个人讲一讲自己的成绩以及工作中的亮点。那时他是监漳镇的常务副镇长，包括扶贫在内，大大小小分管工作十三项，每一项他都作了简短的汇报，成绩有数据，工作有举措。在胡坚点评时，他能听得出自己的工作汇报应该说还不错。

但我根本没有想到扶贫办主任这事，王爱民说后来他从别人那里听说，在那次换届中，已经作为拟提拔乡镇正职的他，还是个很抢手的热门人选，尤其是之前和他搭过班子的乡镇书记们，都想与他再次搭班子。这事他在胡书记那里得到证实，一次上级来检查，当然已经是他到扶贫办之后的事了，胡书记向上级领导介绍自己的这个扶贫办主任时说，之前对王爱民并不了解，结果在换届时全县15个乡镇，有一半以上的乡镇党委书记希望王爱民和自己搭班子。书记心里就多了一层思考，看起来王爱民这个人还算不错嘛！很可能正是那个时候县里才开始对王爱民进行考察的。

2016年，王爱民41岁，年富力强，是县里几位正科级年轻干部中的一位。5月领导找他谈话，这次就明打明谈到扶贫办主任一职了。王爱民知道这活不好干，虽说只是一个县扶贫办主任，一个部门负责人，但这个时期的这个扶贫办主任已经与过去不能同日而语了，如果以前扶贫办主要任务是协调的话，那么到脱贫攻坚中扶贫办的任务，在协调之上，就还得再加上统揽和调动了。他很诚恳地跟领导说，让他弄一个乡一个镇还行，要是干扶贫办这工作，自己胜任不了，因为他知道这是一场人民战争，需要调动全县的资源，而自己离开县城回到乡里工作已经10年了。领导便开始做他的思想工作，责任重大、使命光荣之类高段位的话讲过，在这个位置上机会难得，容易出成绩的现实也讲过，甚至还讲毕竟扶贫办是县里的部门，将来实在不行再回乡镇去嘛。而王爱民满脑子想的是工作的难度，自己虽然长期在基层工作，但是没有当过乡镇长，把控全局能力是有欠缺的。王爱民逗笑说，豁杵一下，就给了你一个扶贫办主任，年底就得见工作成效，我是不敢接啊！过去扶贫办基本上是按部就班工作，是基层的人来求你要项目，现在要将各种资源全部融合到一起，打一场综合性大仗、硬仗，我哪敢啊！但是领导就是看中了你！这份信任，你能推回去？那就干吧，而且咱这个人还有个特点，就是工作只能干好，不能干坏！

可眼前的事实是，王爱民到任时2016年的脱贫攻坚战打响已经过去半年时间了。自己突然站在了战场的最前沿，怎样打才能落实好县委的要求和部署，高质量打赢这一仗，难啊。这个时候，你可以讲心中有梦，可以讲不辱使命，可以讲埋头苦干、无私奉献。但是县委还有 21 万武乡人民，要的只是结果。王爱民说，那个时候确实愁死了，几天几夜睡不着觉。后来，到县政府大楼走马上任的郑丹也一样，他说，2016 年尽管上面的有些政策还不明朗，但大家都已经意识到，这是场空前的攻坚战，之前的经验和做法不管用了，再加上自己刚到县里工作，怎么能快速上手，心里还真没底。

这符合当时的实际情况。2016 年，全国各地的脱贫攻坚战都已打响，大家都在想方设法蹚新路，各地的脱贫工作虽然已经铺开，但是成功的经验还没有形成，之前县长阎新平已经带队到太原的阳曲、娄烦等地学习过，太原市在推进脱贫攻坚工作中，依托现有资源和现代网络技术，构建市、县、乡、村、户五级联运的精准脱贫攻坚信息平台，彻底解决了数据不准、信息不及时等问题，还有人家的乡村旅游、“公司+基地+农户”等产业扶贫模式等，阎县长很受启发，但如何与武乡实际结合起来还需要思考。郑丹说，他也立刻投入脱贫攻坚工作，一有时间就赶紧学习与扶贫有关的文件，新的、旧的、包括县里的，希望自己快速进入角色，快速琢磨出一套思路来。郑丹说，其实那个时候大家谁也没有经验，没有经验可以探索，但是探索不等于不做准备，摸着石头过河是可以的，方向、方法可不能离谱。就是省、市派来的帮扶队也在积极准备，譬如从 2008 年就开始和武乡结对帮扶的省供销社，为了尽快铺开工作，党组书记、主任也多次亲自到丰州、石北的扶贫点去实地调研。新上任的扶贫办主任王爱民更是一拍屁股跑乡下去了，他决心以最短的时间把全县 215 个贫困村跑个遍。可能多少年的基层工作经验告诉他，当一些问题难题出现时，更多的时候，我们只需要直面问题好了，因为方法很可能就在问题里。

两个月后，已经跑遍贫困村的王爱民案头多了十多本厚厚的笔记本。他在里面详细地记着：分水岭乡有一户仅有一个 5 瓦的灯泡，手电筒是全家唯一的电器；上司乡胡家庄村窑洞顶盖的是石片，看着摇摇晃晃的土坯墙让人心惊胆战；几个小孩没有衣服穿，光着屁股跑……王爱民的心沉重了，越发感觉自己肩上的责任重大；再次体会到县领导在报告中讲武乡县贫困人口多、分布广、程度深，绝不是虚情了；再次认识到，要打赢这一仗，任务量化后，他们扶贫办不仅要责任到人，更需要苦干实干加巧干。

在这里我们想说明的是，我们仅仅从县、乡两级政府里选了两个代表，我相信在实际工作中，5 月上旬新上任的乡镇“一把手”，以及 8 月底履新的县一级领导们，应该都有着同样的感觉，当他们坐到自己的办公桌前，拿起笔开始写下自己的第一篇工作日记时，脑子里回荡着的，一定是县委书记多次强调的那些话，脱贫攻坚是武乡县“十三五”期间的头等大事和第一民生工程、第一政治责任、第一政治任务，一时一刻不能耽误，一丝一毫不可懈怠。

尽锐出击

脱贫攻坚战的冲锋号吹响了！武乡人必须旗开得胜。

我们从武乡对贫困户脱贫方式的分配上可以看出，产业扶贫和政策兜底保障扶贫是重头，如果这两项工作能够充分发力，当年近六成的任务就可以完成。

政策兜底保障这一块相对好说，需要的只是各部门充分理解和政策掌握，扶贫干部细心、耐心、贴心地去贫困户家里做宣传，去动员、去评估就行。产业这一块就难了，毕竟培植一个产业周期长，受市场影响大，不可预测的因素较多。但是又必须去做，因为脱贫攻坚的根本在群众的自力更生，能够让贫困人口实现持续增收的最大支撑还是在产业上。扶贫办的同志跟我讲，这次与之前政策上最大的变化是，从 2016 年开始所有涉农资金都融合到县一级统一支配了。也就是说，之前“九龙治水”的格局已经彻底被打破，所有的资金像大河的支流一样全都汇到一个池子里来，如何再去分配，决定权到了县一级。形象地说，就是“多渠道来水，一个龙头放水”。更进一步讲，就是说兵马未动粮草先行，打脱贫攻坚这一仗在资金上是可以得到保证了。剩下的，就看这仗怎么打了。

我们知道，武乡是农业大县，农业一头独大有它的劣势，但角度一变，也能成为优势。譬如武乡人对土地有着深厚的感情，对种植有着浓厚的热情，农业不是不可以富民，过去的农业之累，是累在农民的传统观念与传统种植上。在新型产业没有培植起来之前，农业现代化、农业产业化、农业特色化本身就是一条新路或捷径。

关于脱贫攻坚中如何精准发力，武乡县委一定开过很多会，各级领导也多次深入基层调研问计于民，补齐短板是必须走的路，但是扬其所长，将长处发挥到最长，不失为一个四两拨千斤、投入少见效快的方法。一旦让传统农业、特色种植插上现代化的翅膀，那它就会成为确保 2016 年武乡实现脱贫目标的一个基础保证。

当然，当务之急是如何让它现代化，如何让它特色化。4 月 6 日，武乡县在大有乡召开全县电子商务进农村工作现场会。会上，县长阎新平表扬的话没说几句，存在的进展不平衡、创新氛围不浓厚、基础设施不完善等等问题却讲了不少，就很有深意。阎县长当时用强硬的口气要求，这项工作要一把手亲自抓，要具体抓好召开一次推进会、引进一个电商服务平台、培育一个村级服务站，打造一个特色农产品上线；要立军令状，考核见高低。要马上就办、真抓实干。可以看出，已经成为国家级电子商务进农村综合示范县的武乡，在利用“互联网+”实现特色农业与电商联手发展的决心。

这么说吧，1937 年三万八路军挺进太行山，到 1945 年百万雄师出太行，是离不开武乡小米的。武乡小米养育过八路军，滋养过中国革命。武乡小米早已不仅仅是一种简单的人们口中的食粮，它里面富含的营养也早已超出了作为生理需要的食品本身。武乡小米，之前曾多次登上全国甚至是世界的舞台，1986年荣获过全国赛米会一级优质米，1988年获得“全国最佳小米”称号；1991年在印度、巴拿马等国际博览会上三次荣获金奖；1992年又是首届中国农博会小米产品第一；1993年再获首届山西农博会金奖。武乡小米好，好就好在它的小。因为我们普通的小米，一般一克有400粒，而武乡小米一克能有440粒之多，有着“晋谷之母”之称的陈英博士曾说，“生态不生态，数数就明白”。可是，很多武乡老百姓家的小米不是卖不出去，就是卖不出好价钱。

2016年的春天，到蟠龙镇栗家沟当第一书记的张磊，已经开始把工作重心放在种辣椒上了。他几乎每天都穿着一身灰色外套到地里去看辣椒，毕竟那是头一年种，家底不厚的老百姓不敢下手，在他的努力动员下，好不容易才说服成俊平、陈国繁、董虎江、董树芳四户村民各自种了5亩辣椒。栗家沟没什么产业，全村1821亩土地，土质不错，尤其是后山，很适合种辣椒。他一边看着地里的辣椒，希望有个好收成，能吸引更多的农户加入；一边在为其他农户年内的收入问题发愁，他担心年底测算收入时不达标，压力特别大。

正在这个时候，他突然想到村民们曾经跟他提过让他帮着卖谷子的事。村民们其实也没抱多大希望，就是为了激将他，跟他说过“张书记，你能帮我们把去年的谷子卖了，就很感谢你了！”张磊琢磨这话，越想越不是滋味，自己被村民们将军受委屈事小，可是想想那些村民，简直是捧着金碗在讨饭吃！辣椒规模小还形不成气候，为了完成年度脱贫任务，他就得从谷子这个“金碗”上找出路。于是，他对村民的存量做了摸底，知道全村有5万斤谷子，要是变成小米怎么也有4万多斤，可是武乡市场上的小米价每斤才1.8元到2元，即便是这么低的价格，也比村民们滞销在家里强啊！几天后，正好他们单位北京总部的领导借到武乡挂职之机来栗家沟看他，他就想提这事。可是，人家毕竟不是自己的直接领导，张磊心里还是有些顾忌，再说就小米的事，之前他曾经给集团总部发过电子邮件，也没见回音。

但当领导当面问起他工作上有什么困难时，他还是鼓足勇气说出了实话。他说，这么多谷子屯在老百姓家，眼睁睁看着变不成钱，怪可惜的，如果集团能够支持一下，我们把谷子变成小米，单位再给职工走了福利，那就好了。领导觉得主意不错，但需要回去和工会商量一下。

领导走后，张磊一直忐忑不安。不想这事真成了。集团很快来了通知，同意了他的方案，而且还是高于当地市场的收购价。就这一项，栗家沟村就卖出了5万斤谷子，11万元进了栗家沟村民的腰包。

那一年，在春天分别种下5亩辣椒的四户村民，每亩辣椒也收入了3500多元，户均收入超过15000元。栗家沟人的眼睛开始变亮了。他们不仅一下子改变了对张磊的看法，看到了辣椒这个小东西能实现大致富，更重要的是他们开始相信这场脱贫攻坚是实打实的了。栗家沟开始行动起来，大面积地种植辣椒，到后来，在栗家沟的带动下，周边几个村不断加入，辣椒种植面积连年扩大，2020年达到1200多亩。2017年秋天，张磊去田间看辣椒时，本想抄近路，结果脚底打滑，尽管情急之中抓到一棵小树，却因为刚下过雨，树苗被连根拔起，随他滚下山坡。他仗着自己年轻，在瞬间无法呼吸的情况下，忍着疼痛爬起来。他的腰由此落下病根，一遇天阴下雨就得膏药上身。这些都是后话了。

2016年张磊在帮扶单位的支持下卖米，后来变成了脱贫攻坚中的消费扶贫。他是无意中做了这一切，但上司乡岭头村的第一书记史小兵，就是有意在“互联网+农业”上做文章了。

我没见过史小兵。但认识他的人都说，史小兵是个活泛人。武乡作为全国电子商务进农村的示范县，县里对电商这一块非常重视，无论是在人才培训、基础设施建设，还是物流配送等方面都有很好的扶持政策。岭头村虽说是一个典型的农业村，但周边没有工业污染，生态环境良好，地里的谷子脱皮后就是优质小米。但是再优质的小米，卖不出去，也是白费。

那么“互联网”的优势在哪里呢？不就是打破了地域限制的壁垒，信息实现了快速传播嘛。2016 年 4 月，史小兵建立了一个叫“岭头新视界”的微信公众号，目的本是为岭头村的梨花节打广告，没想到点击量短时间内就达到了 5 万余次，还吸引了 3000 多游客来岭头赏花，不仅让岭头村得到了经济效益，还取得了良好的社会反响。这更让史小兵发现，既然社会已经进入信息化时代，那就应该顺势而为，在电商扶贫上探索出一条岭头村致富的新路来。他进一步想，岭头这边是优质好小米卖不出去，市场那边的用户却是花钱不一定能买到好小米，这个在传统物流里看似根本无法打通的堵点，其实在互联网上很容易实现。史小兵听说县里有这方面的培训班，便去动员村民，愿意去的人寥寥无几。但是有一个叫郭晋平的女人是一个例外。郭晋平当时 55 岁，只上过三年小学的她，文化程度不高，之前家里两个孩子上学每次交学费时还得向亲友们借，就为多挣钱，她也去，再说成不成是另外一码事，学习本身又不是坏事，食宿费全免，自己又没有一点损失。

我在采访郭晋平时，她说，自己记得很清楚，第一次去县里学习是 2016 年 8 月 20 号，一开始她觉得自己不行，一是没什么文化，二是年龄大了记不住，什么事，转身就忘，哪能学好呢。为了动员她去县里学习，史小兵跟她说，人家七十岁的老太太玩手机都能行，你咋就不行。后来史小兵走后，她和丈夫商量，决定去试试。到了县里，一开始学习，确实不行，她连手机都不会用。因为她当时用的是旧手机，只能接打电话，微信什么的根本不会用。但是，听着听着，她就动心了，只要一个手机，就能把地里种的东西卖出去，还能卖出好价钱，谁不动心啊。

一次学下来，她就铁了心了。郭晋平和女儿商量，说自己想买个好点的手机，可是自己没钱。当时女儿已经出嫁，女儿说她要想学，就给她买一个。这样女儿就给她买了一部 1000 多块钱的小米手机。新手机到手，郭晋平心里却有了压力，由于自己文化不高，想写的字都不会写，再上课的时候，就问旁边挨着的人，问人家拼音怎么写，然后人家帮她打出来。她想这样不行啊，不会写字哪能行，于是她买了一张孩子们用的拼音挂图，开始自己学拼音。有一段时间，除了吃饭、上课、睡觉，她啥也不干，就是学拼音，几个月下来，她才把挂图上的那些拼音记下来。

郭晋平说，实际上在第一次学习回来，她就开始偷偷地试着做了，她的微店 10 月开张，本来还没有信心，谁想第一单就是个大单，一个广东客户要了她 100 斤核桃，后来最多的时候，她一天接过 18 个单。一个月后史小兵看她天天发货，就知道她成了。史小兵认定这是一条路子，就把老师请到了村里来讲，这样岭头村学的人就多了。郭晋平坦言，自家的东西在网上确实能卖出高价钱，小米在本地一斤卖到 4 元就是高价了，在网上能卖到 9.9 元，核桃也能从 7 元卖到 15 元。县里为及时树典型，还奖励了她一个真空包装机和一辆三轮快递车。

同样的是岭头村的村民，魏宝玉和张晓英也是抓住这一机会，实现脱贫致富的。魏宝玉 2016 年 45 岁，本来弟兄四个，自己是老二，但其他三个兄弟都在外面打工，他留在村里照顾父母亲。他家只有七亩地，就把其他兄弟三个的土地流转过来自己种。2012 年一场胃出血后，他就无法再干重体力了，两个孩子又都在念书，日子过得不仅恓惶，还欠有外债。很自然地也就成了村里的贫困户。2016 年学习电商时，他开始也怀疑，是村里有人先动手了，他发现手机上真的能挣钱，自己才动心。9 月，史小兵联系县电商办在村里搞微商培训，他去了。那是他第一次听说“微商”这个词。第一期学下来他只听到这东西能赚钱，但是通过一个手机怎么赚到的，他还是摸不到门道，第二期开班时他第一个报名，每天像个小学生一样早早地来，坐在第一排认真听讲，再加上老师边讲边操作，手把手地教，这次魏宝玉算是懂了，知道这个微商确实是个好东西。11 月 5 日，他的“小魏杂粮”微店开张第一天，第一单就是 30 斤核桃，客户还是千里之外的深圳，这一单他净赚 300 元。在接下来的两个月时间里，他有了 2000 多元的收入进账，这让他发现自己不仅是一个简单种地的农民了，还是个可以在自家地头上做买卖的生意人。

张晓英是 11 月 4 日在村里参加的培训，11 月 7 日她有了第一笔生意，核桃，不多，3 斤，客户是广东的，当时说好的是一斤 15 元，邮寄时，她弄成了 13 元，少挣了几元，但一旦开张，订单就陆陆续续来了。尤其是小米，岭头村土壤肥沃，土层厚，大部分为耕种性红黄褐土，铁、钾、铜含量丰富，非常适合谷类和各种小杂粮等生长，村里产出的小米色泽金黄，口感香甜，米油丰富，营养价值极高，有“米中黄金”之美誉。据张晓英说，后来几年，岭头村的小米在网上行情好的时候，每斤能卖出 18 元的好价钱，要知道，搁在十几年前岭头村的小米，就是自己拉到县城，一斤米也卖不到 2 元钱。

这就是互联网的优势，一旦认识到它利用好它，就会让一个闭塞的山村不再闭塞，就会让传统的农耕社会散发出现代的光芒。

岭头村由此很快成为武乡电商扶贫的缩影。贫困户的观念一旦转变，脱贫致富就会插上腾飞的翅膀。我粗粗统计了一下，2016 年底，武乡建成县级电商扶贫服务中心 1 个、乡镇服务站 15 个、村级服务点 107 个，全县网店达到了 512 家，仅前十个月网上销售额就达到了 1530 万元，同比增长 65. 3%。县电商办的工作人员讲，自从有了网店牵线搭桥，武乡的农特产品，不管是山里长的，还是田里种的，都可以通过电商卖到全国，不仅扩大了武乡的知名度，而且开辟了贫困户创业增收的新渠道。

随着岭头村微店人数的迅猛增长，“临老学会要手机，微信平台卖东西；以前山货没人要，现在卖个好价钱”，成了这个村老百姓新传唱的民谣。

岭头村一跃成为武乡乃至全省赫赫有名的“微商第一村”。

2016这一年

这一年，1月28日，县委书记胡坚在县委十四届十次全会暨全县脱贫攻坚大会上讲，要厚植优势，补齐短板。要把脱贫攻坚责任扛到肩上，抓到手上。

这一年，丰州镇的南亭村村党支部书记杜建忠看准南亭村及周边村土地平整，可以机械化作业，不等不靠，说干就干，利用扶贫资金35万元，又自筹了一部分资金，买回了玉米联合收割机一台，60型拖拉机两台，40型拖拉机一台，农用三轮一台，以及旋耕机等设施，除了给本村收割玉米、旋耕土地，还为周边的曹村、山阳堖村、代照岭村服务，除去一切成本，为集体创收4.5万元。

这一年，5月24日，全省脱贫攻坚推进大会后，省直有关部门主动放权，58个贫困县全面开展财政资金整合试点。

这一年，7月26日，县委书记带头在“全县脱贫攻坚大讲堂”讲第一课，他结合武乡实际，将省委、省政府打赢脱贫攻坚战实施意见中的各项工作措施，一一对应到武乡县如何落实做了讲解，同时强调在时间紧任务重的情况下，全县上下不能以事艰而不为，不能以任重而畏缩，这一场硬仗，必须举全县之力、集全民之智，拿出当年抗战万众一心、艰苦奋斗、敢于胜利的拼劲和干劲来，向上级交好账，向全县人民交出满意答卷。

这一年，10月17日，围绕9650人脱贫年底交账，武乡召开脱贫攻坚推进千人大会，要求在脱贫攻坚第一线的县乡村三级干部，放弃节假日休息，加班加点，扎实苦干；要对标先进，对标任务，加力加劲，奋力赶超。扶贫办王爱民在会上就如何消化账面上亿元扶贫资金滞留的问题作表态发言。随后他在机制上大胆探索，从项目完工验收工作滞后入手，倒逼管理，把县级报账制，改成了乡级，大大提高了资金的运转速度。

这一年，10月20日，省供销社驻石北乡工作队队长、省供销社财务处副处长张宏才，下乡步行返回时，为躲避大货车，失足闪入排水沟，两根肋骨骨折，两根裂缝，肺部受伤。1963年生在文水农村一个军人家庭的他，没有因此退出，而是继续返回到了自己的扶贫岗位上。

这一年，截至9月，武乡的油用牡丹种植面积达到5784.6亩，140个村近2000贫困户受益，牧养鸡产业81个村，精准扶贫户810户，发放鸡苗85300只。

这一年，权店的梅杏卖出了每斤5元的好价钱，比玉米收入多出两三倍。全村大力发展梅杏2100亩，收入200万元。

这一年，11月21日，召开全县脱贫攻坚再推进大会，落实省委书记骆惠宁“四个必须”“四个关键”的批示精神，以及市委书记席小军带队观摩调研武乡脱贫攻坚的点评精神。县委书记胡坚讲，以“念兹在兹，唯此为大!”的精神状态，争分夺秒推进全县脱贫攻坚。

这一年，11月28日，下午已经很晚了，县政府办的赵兴接到通知，即日起他由蟠龙镇陶家沟调到关家垴担任第一书记。他驱车从县城出发到关家垴时天已全黑，他找到村大队，村里人把他领到一个农户家。进门，他才发现有好多人，而且县长阎新平也在场。据说阎县长白天在蟠龙镇调研，关家垴是最后一站。他没有问理由，水也没喝一口便开始工作。他说，阎县长都亲自动手干了，谁还能不干。那天晚上，晚饭就是村民家的大锅饭，工作到很晚的时候，一部分人原地睡在行军床上，他和阎县长住进了一户老乡家。县长住东边的平房，很冷，老乡给了一个电暖气。他住在西边的窑洞，本想窑洞冬暖夏凉，可是因为长期没有人住，老乡给了他两条被子，本来不怕冷的他把自己裹在里面却还是冷。他一夜没有睡，熬到四五点钟，又冷又饿的他爬起来就去找吃的。第一书记赵兴就是如此度过了自己入驻关家垴的第一个夜晚。

这一年，12月28日，贾豁乡村民近六十岁的王二胖将自己的贫困户退出申请交到乡扶贫工作站负责人焦大伟手中。他说，虽然按规划他们村2017年底才脱贫，但自己收入高了，可以提前摘掉这顶穷帽。二胖本是村里的勤快人，之前养过猪养过羊，但由于市场和技术问题，不仅没赚到钱，还欠了债。2015年建档立卡的他，在政策支持下贷了5万元买了一台旧榨油机，重新拾掇起多年不用的榨油技术，做起榨油生意，2016年全年榨油4000斤，落下油饼12000斤，他以每斤油饼0.8元的价格售出，仅这一项就收入过万元。

这一年，武乡县积极发展扶贫攻坚造林合作社，鼓励具有出资和筹资能力，能够组织承担造林绿化任务的民营企业家、造林绿化公司、林业大户、技术人员和村干部等，发起领办脱贫攻坚造林合作社，以资金、技术、管理等方面的优势，带动贫困户参与林业建设。全县成立37个专业合作社，注册资金达1761万元，社员799人，吸收贫困人员652人。

当然，我们的记录是有限的。但从这有限的记录里，可以看到这一年武乡人的不容易，他们围绕“扶什么”“怎么扶”，精准发力，合力攻坚，全县上下统一思想，统一行动，牢固树立一盘棋思想，按照“一村一策”“一户一法”的原则，全面落实发展产业脱贫、易地搬迁脱贫、生态补偿脱贫，认真做好教育脱贫、社会保障兜底脱贫，动员全社会力量广泛参与扶贫事业，鼓励支持各类企业、社会组织、个人参与脱贫攻坚，胜利完成了54个村整村退出、9650名（实际为9868人）贫困人口脱贫的任务，为两年后2018年实现整县脱贫，打了第一个漂亮仗。

四　战鼓再擂

当地报纸在回顾武乡 2017 年的脱贫攻坚时，如此写道：这一年，我们勠力同心，以厚重的责任担当，再擂脱贫攻坚战鼓。在一年一度的新年献辞中，县委书记、县长向全县人民讲，2017 年是脱贫攻坚承上启下、全面突破的关键之年。

2016 年脱贫攻坚打了个漂亮仗，这中间有必然的基础，也有偶然的相助。从党的群众性路线教育、“三严三实”“两学一做”一路走来的学习教育，包括全国上下越来越严的党风廉政建设，为打硬仗在干部思想自觉和政治素质上夯实了基础，微商和电商异军突起所产生的扶贫效果超出了大家的预想。2017 年的脱贫攻坚就是要再接再厉，就是要乘胜追击，就是要站在已经拿下的新高地上，向更加顽固的敌人发起猛攻。于是，年初县里确定年度攻坚目标：退出贫困村 75 个；脱贫人口 11800 名；贫困发生率由 2016 年的 13.3%实现大幅下降。

承上容易，毕竟有一些贫困是可以通过一些短平快的手法解决的。譬如因教致贫、因缺资金致贫。也就是说，那些相对容易脱贫的人群，已经在 2016 年实现脱贫了。可是毕竟武乡的贫困人口基数大，农村基础差，条件滞后，返贫或新增贫困的现象很容易发生。而这轮脱贫攻坚，最大的特点就是它的彻底性和根治性。习近平总书记 2016 年 1 月 4 日至 6 日在重庆调研时强调，扶贫开发成败系于精准，要找准“穷根”、明确靶向，量身定做、对症下药，真正扶到点上、扶到根上。脱贫摘帽要坚持成熟一个摘一个，既要防止不思进取、等靠要，又要防止揠苗助长、图虚名。这启下，实际上在武乡脱贫攻坚中，就是再擂战鼓，乘胜追击。

2017 年 1 月 14 日，国务院副总理、国务院扶贫开发领导小组组长汪洋到武乡调研，他深入贫困村贫困户，慰问太行山革命老区贫困群众和基层扶贫干部，详细询问群众生产生活情况，了解产业扶贫、电商扶贫、光伏扶贫、旅游扶贫等工作进展。他强调，考核评估要真正深入扶贫一线，排除干扰，实地查核，确保结果准确可靠。要敢于揭短亮丑，如实反映扶贫工作中的问题，推动早发现、早解决，以真考实评促真抓实干。要用好考核评估结果，对任务完成不好的，该约谈要约谈，该通报要通报，对搞形式主义、弄虚作假、数字脱贫的，要严肃问责。

要知道，2017 年是脱贫攻坚工作正式进入省级扶贫考核评估工作第一年，主导思想就是较真碰硬，促进扶贫工作真正落实。汪洋副总理去了上司的岭头村、丰州的南亭村，与其说是对武乡脱贫攻坚工作的一种认可和鼓励，还不如说是压力的进一步传导和责任的强调。

2 月 13 日，县委随即召开十五届四次全会，核心任务是号召全县人民弘扬革命精神，奋力迎难而上。这一年作为国家“十三五”的开局之年，武乡既定的 11355 战略当然还要继续深入实施，经济要实现稳步发展，产业结构要持续优化，民生福祉要不断增进，党的建设要全面深化，无论是“深入”“稳步”“持续”“不断”，哪怕是“全面”，单从字面意思来看，各项工作就都在一个进行时中，这个“迎难而上”的“难”，应该就是指脱贫攻坚，因为这一仗只能成功不能失败，实在是艰难，而且全县要力争 2018 年整体脱贫摘帽，没有 2017 年的再战而胜，要想实现 2018 年的目标自然就是一句空话。

怎么办？当我就此话题问主抓这项工作的副县长郑丹时，他说县里是有步骤有规划的，2017 年武乡脱贫攻坚战总的作战基调就是：因村、因户施策，逐村逐户围绕脱贫目标勠力攻坚。以我的理解，就是县委书记胡坚那句，一把钥匙开一把锁。各个帮扶队、各乡镇各村围绕“因村、因户”

各显神通，各想妙招，在“逐村逐户”脱贫攻坚中抓住特色，打出亮点来。那好吧，我们就去基层，看看他们是怎么做的。

长南之难

长南村位于分水岭乡东南部，出县城后还需要往西北方走40多公里。该村由长谐、南家沟两个自然村组成，全村94户225人，耕地799亩，林地683亩，退耕还林248亩。村民以种植、养殖度日，2014年人均年收入2150元，建档立卡贫困户66户160人（其中：长谐31户79人，南家沟35户81人），常在村里居住的37户86人，基本是年龄偏大和身体状况偏弱的人，因此劳动力极度缺乏，是一个市级深度贫困村。帮扶单位是县人社局。起初第一书记是李旭丽，后调换成张晓峰。他俩都在县人社局工作。

2020年7月，我去长南村见到的是张晓峰。见面之前，其实我已经拿到一些资料，资料显示，长南村2015年脱贫8户19人；2016年脱贫7户16人，但是2017年一年就实现了整体脱贫。后来的数据更喜人，人均纯收入2018年4560元，2019年5800元；可是2015年和2016年两年，却分别为2600元和2990元，可以看出2017年之前这个村年平均收入只增长了四百元左右，2017年之后年平均收入增长便快速提升至近千元，很显然，增收的转折点是在2017年。

初到长南村，感觉就像一个新村。通过石材栏杆的小桥，第一眼看到的，便是水泥硬化的乡村道路，两旁是白墙黄瓦的农家屋舍，以及开阔平坦的成功广场。村委办公院收拾得干净整洁，村委门口有几个老人在树下聊天，他们的旁边是一面粉刷一新的文化墙。进入办公室后，皮肤黝黑，但很年轻的村主任陈鹏说，这是现在的长南村，2013年前，这个村根本就不像个村。

怎么就不像个村了呢？我很奇怪。

陈鹏说，只要一下雨，路就不能走了，外面的人进不来，村里的人出不去。到处破破烂烂的，不能看。

张晓峰说，就是在他2017年7月到长南时，村里的情况也没多大改善。他第一次到长南村，40多公里的路，汽车走了一个多小时。进村后，土墙、土路、土炕，漫天遍野的黄土，风雨剥蚀的老屋，其实就是一片“脏、乱、差”的集会，村民们老的老，少的少，家家收入微薄，人人活得没有一点精气神。之前尽管他的同事李旭丽在这里担任第一书记，有关长南的情况他多少也有耳闻，但真的让他亲眼所见，还着实让他很吃惊。李旭丽1980年生，之前在洪水镇新寨村，后来到长南村担任第一书记，长南村的贫困情况也曾让她很吃惊，为了摸清情况，她一家一户走、田间地头问，吃泡面、喝井水，甚至给出院在家休息的老人做饭。张晓峰从李旭丽那里接过接力棒后，同样的路也得再走一遍，除了到田间地头、家家户户和村民们拉家常，掌握村情民意、自然资源、社会资源是第一要务，他又把更多的精力放在走访老干部、老党员、经济能人和离退休人员上，然后自己回到办公室，坐下来分析致贫、致困原因，思索帮扶方案。张晓峰说，他的想法是，必须尽快进行基础设施建设，通过改变村容村貌，提振村民信心，同时抓好产业项目落地，让贫困户实现增收。

张晓峰说，现在村里已经建成一个50立方米蓄水池，铺设供水管网1050米，建成了1.85公里的“四好公路”，硬化了1.2公里的村级公路，建成了1400平方米的成功广场，还修了一个48平方米的澡堂、24平方米扶贫超市、三间村史馆、160米护村河坝、12米蓄水溢流坝、河道清淤200米、墙面美化亮化10000平方米，改造了33户人家的危房；村集体经济年收入突破了30万元；84名外出贫困户劳动力通过务工户均增收15000元，村里的养猪项目带动了66个贫困户160人增收；建起了一座百头猪场；59个贫困户村民入股多维牧业养羊和入股大义合作社养鸡；14个贫困户以贷款的方式入股多维牧业和大义合作社，每年能分到8%的红利。

当这些数据一个个从张晓峰嘴里说出来的时候，他的表情是笑着的，还有点得意扬扬的小骄傲。可是我话锋一转，问这几年扶贫下来感觉怎么样，这些光鲜亮丽的成绩拿到手顺利吗？张晓峰的情绪就先是低沉，然后便显得激动起来。他说，哪有那么容易，在2018年前他的工作几乎什么都推不开，那个时候他心里那个急啊，急得自己都趴在办公桌上哭。

为什么呀？扶贫干部来村里扶贫，一不计报酬，二不计得失，怎么工作还推不开了呢？

张晓峰说，同事（仍是工作队队员）李旭丽的作风，他是知道的，作为一个继任者，他当然也不想差，起初他觉得自己是来帮忙的，很多想法应该能很好地落实。可是事实上远非如此。

张晓峰说，他是2017年7月6日正式进长南，可是到了9月才在长南村住下来，原因是村里一直不具备住宿条件。但我觉得这不是理由，因为到底啥才是具备入住条件啊，扶贫干部既然下来了，就不应该是挑挑拣拣的人。不具备入住条件，说不定是不想让他们入住。当然这只是我的猜测，因为在我的采访中，有好多帮扶队当日就住进村里了，条件当然有好有坏，如果村委没有现成的空房，借住民房也不是不可以吧。

张晓峰说，他们进长南村，能住下来还有一段周折。他们后来入住的宿舍是在村委会议室旁边，顶多也就六七平方米，三张床支起来，怎么也能将就着睡（当时李旭丽住村诊所），但是就那么一个地方，村委就是几个月也腾不出来。原因是房子被上上届的老支书占着，开小卖铺。据说，村党支部书记去做过工作，老支书不给腾；上级领导也来做工作，还是不行。张晓峰觉得整个工作队跑来跑去，工作上加个班都很不方便，再者不住村，在群众中影响也不好。他就想，老支书好歹也是一名党员吧，这左说右劝的，不顶用，里面一定有文章。尽管村里的事，陈芝麻烂谷子的，他一个外来人一时半晌弄不清，但也不妨碍他去找老支书谈谈心。他万没想到老支书却表现得出奇痛快，原话他不记得了，大概意思是，之前他们来说我不听，可是你们工作队来了，是给村里做好事的，就是再怎么着，也得有一个住处不是，既然你张书记来了，那我腾，我马上就腾。张晓峰记得，他是上午和老支书说的，没等到中午，半晌午人家就搬了，他们这才有了住处。

生活上的这些问题，都好解决。难就难在工作上。理论上讲，他们来村里是为了村里的老百姓，工作本该好沟通才对，但实际上却不是那么回事。张晓峰说，在会上，村党支部书记还和他拍过桌子，他也和村党支部书记嚷（吵）过架。

这就奇了怪了。我想不通。张晓峰也想不通。难道村党支部书记以为他这个第一书记是来和自己争功抢权的？这个问题我还真问张晓峰了，我对面就坐着2014年就担任村主任的陈鹏，陈鹏双手抱拳搁在桌上，我转头看他，发现他是那种看一眼就会给人留下憨厚老实印象的人，他说他早些年出去打工，搞装潢，主要是刮家，钱没挣多少，最大的收获是娶回来一个媳妇，后来他养羊，赔了，用他的话讲，四年赔了12万元。12万元可不是个小数目，好在他乐观，也许是觉得自己还年轻，钱总是会挣回来的。在第一书记来村里是不是抢村党支部书记权的问题上，他最应该有发言权。我问他。他不答。

张晓峰直接插话说，不是的，也不会的，我们来搞扶贫，是帮扶，怎么会抢村党支部书记的权呢，村里的大小事情，还是村党支部书记说了算。我不听他一面之词，就又问陈鹏，是不是村党支部书记觉得工作队的人来了，不仅指手画脚，还想说了算。

陈鹏就憨憨地笑了，说："也不是哇！"

语气非常复杂，听上去有一部分肯定，但又似乎是全盘否定。一个深度贫困村，作为老住户的村党支部书记对村里了如指掌，突然来一个第一书记今天要这样明天要那样，还动不动指挥自己，心里当然不舒服。理论上，两个书记应该是配合、协商的关系，干的是众人拾柴火焰高的事，遇到一件事，至少应该能做到谁对就听谁的，然后再把想法上会讨论，形成集体决议。他们应该在如何配合、协商上出现了问题。其实具体到工作中，应该不存在谁对谁错，出发点都是为了村里好，可是，怎么算好，两个人的好先完成哪一个好，可有大学问了。不是有一句话说得好嘛，世界上其实最难的不是善与恶的对抗，而是善与善的对抗，同理放到这里，两个书记根本不存在对与错的争执，他们争执的点在于两个人的想法都对，都是好的。

这样，事情就难办了。在争执中，话赶话，说一些气话本不能算数的，有时候那些话也只是为了打压一下对方的气焰，并不是心里所想。譬如，张晓峰想要整肃村容村貌，修一修街巷，补一补破砖烂瓦，这些事让老百姓自己出钱显然是不可能的，张晓峰想的是，就像一个人一样，日子过得再穷，有钱没钱，也得先把自己拾掇利索一些吧；日子也一样，富有富样子，穷有穷过法，总得有点精气神。可是村党支部书记不干了，死活不说原因，反正就是不干。我倒是愿意替他辩解，不干的原因无非两条：一是觉得没必要，乡下农村，本来就这样嘛，土就土了，破就破了，几十年或者说祖祖辈辈不都是这样过来的吗？再说村里没钱，就上面给的那些扶贫资金，干点别的啥不好？二是这些钱又不是你第一书记带来的，有本事你自己带钱来，你的钱你花！凭什么花村里的钱，你第一书记落好名声啊？

张晓峰说，人家村党支部书记是真急了，还呛他，那你啥也都管了哇！这话张晓峰哪能接啊？说到底，脱贫这件事必须村里的支村“两委”出力才行。张晓峰说，他后来一趟一趟往县水利局跑，为村里争取回来修蓄水池的资金，其他地方是5万元，水利局考虑长南是深度贫困村，给予特殊照顾，拨了10万元，这样村里就可以修一个50立方米的蓄水池了。这件事村党支部书记高兴，愿意干。

就冲这点也能看得出，村党支部书记也是一个想做事的人，只不过在村党支部书记看来，扶贫工作队做的一些事情有点虚头巴脑、花里胡哨，不切实际。最起码他没有过了心里那个坎儿。譬如，张晓峰驻村后，发现有村民被某建筑公司拖欠工资，他几次设法联系那家公司进行交涉，给村民争取回了工资。这事让村党支部书记很开心。但是张晓峰说要办一个扶贫超市，村党支部书记就没积极性了。扶贫超市本不是长南村独创，也是从别处学的，主要是想让那些懒散惯的人打起精神来，别的不说，他们可以做点公益工作，打扫打扫自己的街门院子，搞一搞屋里卫生，再按考核标准给予相应的积分奖励，然后他们到超市按同值同价（一个积分等于一元钱）兑换粮米油盐、笤帚、簸箕、洗衣粉之类的日常用品。村党支部书记就觉得这些东西没用，超市建起来后，村党支部书记也去外面置办回了东西，几天下来却不见动静。张晓峰就问村党支部书记，东西呢？村党支部书记这才说，早买回来了，就在车上。

张晓峰说，2017 年他最大的体会就是一个字：难。好在，上级领导，无论乡镇、县里还是原单位都非常支持，有些工作实在推不下去，他就找上级党委，上级党委也很重视，几次来长南村搞调研做协调。不过，张晓峰相信困难只是暂时的，看看长南村的变化，他就坚信做好老百姓最需要的事，那才是最要紧的。

2017 年一过，各种关系捋顺了，2018 年自然一切就都好了，长南村的脱贫攻坚工作走上了快速道。讲到这里，张晓峰说他特别感谢市里的成功集团，他说如果没有成功集团的倾心支持和帮扶，长南村脱贫不会这么容易，至少是不会这么快。

白家窑琐事

扶贫，先得理解贫困。白家窑和长南村差不多，也是基础设施差，农业生产落后，老人孩子多，青壮劳力少，人口比例失衡，贫困程度参差不齐，致贫原因也是各有相异。同样是个典型的贫困村。驻村帮扶工作队来自省委宣传部，2017 年第一书记是宋予新。从 2015 年 8 月算起，他到村里已经一年多了。他说，初到村里时，没吃没住，就自己一个人待在空荡荡的村委大院里，不适应加上缺乏农村工作经验，让他一度很是沮丧，在那段时间里，喜欢萨克斯的他吹出的调子总是那么低沉和压抑。不过经过一年的适应和熟悉，他已经和乡亲们建立了深厚的感情，也把白家窑当成了第二故乡。

白家窑地处丰州镇东南部，距县城 5 公里。全村 296 人中有 21 户 46 人属于贫困人口。村集体没有一点经济来源，村里老人孩子守家，青壮劳力外出务工，玉米是主要经济农作物，全村只有 690 亩耕地，生产技术还落后，产量普遍不高，靠传统农业致富实在没有可能。自从到村里后，宋予新就始终把“精准”两个字牢记于心，他组织支村“两委”、党员、村民代表通过逐户走访、精准测算，在充分征求贫困户意见的基础上，按照“八不进”的原则为贫困户建档立卡。然后进行精准分类精准分析，大体上导致贫困的原因可分为因病、因学、因残三类。进而他又和支村“两委”一道再次进行逐户走访，掌握每一户的第一手资料，分析每一户的具体原因，对症下药，有针对性地帮扶。最后制定的措施是，养殖、种植、光伏、政策兜底保障四种扶贫方式。

村里有个叫李小平的村民，其夫因车祸死亡，本人在车祸中也受了重伤，造成重度残疾，光手术费就花了十几万元。肇事车辆无保险，又没有得到合理的赔偿，因残、因病导致了贫困。针对这一情况，宋予新和扶贫工作队采取在其家中院内搭建鸡棚、提供饲料的做法，鼓励其自力更生，自食其力。之外，还帮助其享受上兜底政策；村民魏晋田，人虽然无病、无残，但是思维僵化，缺乏致富思路，那他们只好不断地上门谈话做工作，帮他出主意，鼓励他养了 100 只鸡，再种植油用牡丹，加上他本人已有的 4 亩核桃林和平时打点零工，一年内怎么也能收入上万元。再有村民陈国先兄弟二人，两人都是轻度智障，无劳动能力，家境贫寒，住的房屋年久失修。2016年7月一场暴雨造成塌陷，屋顶漏了水，已成危房。另一位村民刘焕青家也存在这种情况。宋予新便马上召开支村“两委”会，形成统一意见后，腾出集体的库房先将其安置。然后利用省委宣传部的扶持资金先后投入24000元清运杂物、更换门窗、安装水电，集中修缮危房。

一件件的事都很具体，第一书记和帮扶工作队天天在做，但他们同时也在思考，除了这些客观原因之外，白家窑村的穷根到底在哪里？近看容易障目，远观反倒清楚，宋予新记得自己初进村的几个月看白家窑时，除了基础差、条件落后外，最大的印象就是村里人思路不新、观念落后。从党建的角度上讲，还存在党组织凝聚力不强，缺乏号召力的现象。白家窑虽说只是一个乡村，但它离县城只有5公里，可是近30年来，这个村庄几乎没有一次群众性文娱活动，村里人的思想和精神状况就可想而知了。村民们各奔前程，各过各的日子，从某种意义上讲，实际上是一盘散沙。

和村民日夜相伴一年多，宋予新发现从村民个体上来看，确实存在“等、靠、要”的思想，但从整体上来分析，其实急需的是合力的形成和人心的凝聚。在这方面，支村“两委”和党员有着不可推卸的责任。于是宋予新从支部建设入手，开始抓制度建设，开始规范组织生活，深化“三会一课”制度，坚持“四议两公开”原则，实行民主决策、集体领导，以此来提高村里党员的思想觉悟和参与意识。村民那边，主要是积极发展新型特色种植业，引导和鼓励村民种植油用牡丹，搞活大棚经济，让村民们的思想逐渐从“靠天吃饭”转变到“靠技术吃饭”上来。

说起培养村民的集体观念，宋予新说，还真不容易。他举了一个例子，村里开展环境卫生整治的时候就遇到了不小的阻力，村里的卫生需要大家一起来大清扫，可是这么多年来，村里人哪还有这种意识，他们要么不愿意出工，要么一讲出工就谈报酬。在这种情况下，工作队和支村“两委”的党员干部，拿着铁锹扫把自己先动手干起来，然后把群众组织到一起开会讨论：1. 村里是大家共同生活的家园，这些义务清扫的事该不该搞？

2. 集体主义思想还有没有了？要不要了？以后大家遇到如此的情况应该怎么办？大家你一言，我一语，意见还真提了不少。最后共同定下一条规矩，村里每逢重大活动，要按照劳力分配情况，每户都有义务出工。紧跟着村里办起了“扶贫超市”。超市采用积分制，村民和贫困户通过参与环境整治、卫生评比、义务劳动、孝老爱亲等活动获得积分。再凭“积分”去兑换物品。这一招还挺管用，很好地调动了村民的参与热情。

在一篇宋予新的自述中他问到，作为一名密切接触群众的扶贫干部，我们应当怎样履职尽责呢？他的答案就是：要始终高举忠诚这面大旗，走在群众的最前面，做对党忠诚的引领者；要耐得住清贫，守得住寂寞，有苦劳时不计较，有疲劳时不抱怨，默默无闻甘做扶贫事业的奉献者；要表里如一，率先垂范，以良好的形象在乡村干部中做清正廉洁的示范者；要密切联系群众，以朴素的工作作风做党的宗旨的践行者；要振奋精神，鼓舞人心，努力成为扶贫战线上的行家里手，以过硬的本领做履职尽责的带动者。

宋予新确实这样做了，春节期间，省委宣传部的领导到白家窑看望贫困户，看其中的一户实在困难，临行前领导掏出了 500 元表达爱心。结果他很快发现，这个人拿着这点钱去县城下馆子了，两个菜，一瓶酒，一碗炒肉面，就花了 70 多块。事后，他和工作队的同事，很不留情面地批评了这个人。村里还有一个叫梁怀庆的村民，曾是县供电公司的职工，1992 年买断后，在外打工，回到村里后多次到上级部门去上访。后来还到北京上访，被国家信访局转回山西。得知这些情况后，宋予新就带他找到县信访局协调解决，并根据有关政策和他本人的实际情况，经过多次和供电公司协调，问题最终得到解决。从那以后，梁怀庆像变了一个人，干什么事都积极表现，还一跃成为村里脱贫的带头人。

宋予新在一篇文章里写道，在这个时代，参与脱贫攻坚是自己的荣幸。我们驻村帮扶队所接触的是最需要帮助的人群，能够给予别人帮助，本身就是一种快乐。每当看到贫困户那些期待的眼神，每每为他们做一件好事，自己都有一种成就感油然而生。

白家窑也在宋予新累并油然而生的成就感中，2017 年实现了整村脱贫。

五村愿景

在武乡县城东 8 公里处的浊漳河河畔，由前沟、小庄、崔家庄、李家坪、白草辿五个很小的自然村组成一个行政村，叫五村。就是五个村加起来，全村 78 户 226 口人，仍然还是一个小村。这个村耕地 600 亩，林地 620 亩，林地比耕地还多。南沁公路从村中穿过，交通很是便利，却是一个典型的“靠天吃饭”的贫困村。集体经济同样几乎为零，村民种玉米、谷子等传统农作物，产量低，一亩收入也就 300 元，2014 年建档立卡贫困户 42 户 113 人。

“向贫困宣战！向土地要效益，向市场谋发展！”是这个村支村“两委”的口号。我曾想，土地还是那一片土地，而市场到底在哪里呢？我知道，前些年在政府的支持和宏艺集团的帮扶下，村里新建了一个宏艺移民新村，把五个自然村的村民搬到了一起，毕竟是新村嘛，村容村貌自然焕然一新，他们还建成了两座标准化的养猪大棚，一方面着手大搞“美丽乡村”建设；一方面又在努力发展集体产业，日子一下子真的红火了起来。

2017 年村党支部书记张先保利用各项扶贫专项资金，由村集体牵头，组建了武乡翔宇养殖有限公司，投资 200 万元建了 2 座占地面积 10 亩、年出栏生猪 3000 头的标准化养猪场，其中村集体占股 51%，农户占股 49%，其中贫困户 38 户、非贫困户 30 户，可说大手笔，该公司与新大象公司合作，采用“公司+贫困户”的合作模式运营，很好地解决了贫困户单户经营风险大，效益低的问题。2017 年第一批生猪出栏，每户就分到了 700 元。在此基础上，村里还要新建另一个养猪场，建成投产后，每年预计可给集体增收20多万元，村民分红20万元，贫困户每户至少增收3000元。与此同时，他们充分利用教育扶贫、医疗扶贫、政策兜底等帮扶措施，鼓动36户贫困户通过购买农机具、养牛、养羊等产业增收脱贫。18户享受金融小额信贷扶持，每户5万元入股企业，每年分红4000元。19户30人享受农村低保，2户2人享受农村五保。2017年5户5人享受了雨露计划，19名在校学生享受小学、初中、高中等上学补助。这些实实在在的事情，让村民们斗志大增，脱贫路上五村人争先恐后的氛围早已是远近闻名。

全村人在支部的引领下，一切“向前”“向新”“向市场”看的时候，2017年新来了一位第一书记，却给他们指出了另外一个方向。那个第一书记叫张国田，也是来自省委宣传部，他同时还是“平遥国际摄影大展”的艺术总监，一个摄影家。如果不是统计出错，那我敢说，在武乡脱贫攻坚这几年的驻村第一书记中，有关张国田的各种报道是最多的。我第一次到武乡时，耳边听到频次最多的两个第一书记的名字，一个是张宏才，另一个就是他。

张国田在武乡的第一书记中，应该说是个另类。因为他早早就跳出了脱贫看脱贫，用别样的眼光看破败，在人们一直向前走的时候，他却让人们停下脚步回头去看，在那些几近消失，几乎要被人忘记的地方，发现美。美本来就是一种经济，美中同样也孕育着市场。因此，在2017年武乡脱贫攻坚战“因村、因户施策”中，五村打得最有特色，也最值得思考。

张国田是2017年3月来到五村的。那时天气还冷，没有一点绿气的大地上，除了萧瑟，大概也就是冷清了。我们无法得知，走出房屋整齐美观、道路宽阔整洁的新村的这位摄影家，在浊漳河畔上看到了什么，是凄败的枯草？是乖戾的树丛？还是河床上那一片薄而透亮的冰？兴许有喜鹊从前沟、小庄、崔家庄、李家坪、白草辿，或某个方向朝他飞来，喜鹊叫着，清脆的声音划破了寂静的天空。无论那是他的一个清晨、黄昏，还是某个上午，作为第一书记的他是在一种意外的提醒中，决定去看那些老屋破院的。我们只能想象他一脚一脚把双脚落入黄土地上时那种舒服感是油然而生的，只能猜测他揪起一把白草放到鼻子边，闻到的气味是独特的，五村地下无矿啊，好，正好！五村地上无资源啊，好，正好！不正是因为无矿无资源，五村才给了自己这种特别的感受嘛！他当然记得自己走村串户后，写下的民情日记，村里无矿、无资源，看来想致富就只有种植养殖、外出务工两条路走了！这样的想法，说不定就是走在通往那些破旧小山村的路上，他还坚持着。难道五村就没有第三条路可走了吗？五村2016年就被列入武乡县要打造的10个乡村旅游重点村，可是那些游客来五村游什么看什么呢？五村的重点在哪里呢？

于是，平日里总爱一个人抽着烟斗思考的张国田，一步步走向了那几个名不见经传的小山村。他站在村头远眺南山，寺庙钟声清澈入耳，浊漳河就从脚下流过。有着艺术家眼光的他，当然知道春天、夏天、秋天的这里会有多么迷人。然后他又漫步走进那些空荡荡的已经被遗弃的乡村小院，他触摸那些厚实的泥土墙、粗粝的石磨盘，凑近了鼻子去闻沉积于墙体木门里久远的烟火气，这可是多少人的童年记忆啊，真正的记忆里的乡村不应该就是这个样子的嘛！

我们依然无法得知，这位曾经荣获2004年第21届全国摄影展记录类铜奖、2014年山西摄影特殊贡献奖、2014年第十届中国摄影（摄影传播类）金像奖的摄影家，当天是否带着相机，是否真的举起了相机，但他一定以眼睛当镜头，一次次地在心里摁下了快门，因为他发现了一处人们在灯红酒绿、快节奏、高分贝、你争我夺的城市生活里，正在渴望或一直在寻找着的安放心灵的归处。这就是一种振兴啊，准确说应该是乡村振兴的另一条路，一种恬适的朴素的原本的田园的甚至是纯真的记忆的振兴之路。我们一直都在大喊振兴经济，实现产业结构转型，难道我们美好的记忆不需要振兴吗？一切向前看的同时，驻足回首不也是一个方向吗？

策划是张国田的专长，也是他的职业。他深知策划的背后除了将现有的资源整合，拿出一个合理的方案外，还应该有一种“无中生有”的超长本领。于是一个大胆的想法在他脑子里开始酝酿，何不创造性地来个“播种节”呢！自己担任过平遥国际摄影大展（PIP）艺术总监，摄影界的朋友不少，就算以个人名义发个邀请，也应该有一些人会来吧。

2017年5月7日，“五村首届播种节”在原小庄自然村举办。播种节活动内容包括开幕式、文艺表演、祭祀仪式、耕作仪式、播种仪式、结对帮扶等。没想到，北京、四川、陕西等地的近百名摄影家闻名而来，他们下田与当地百姓一同牵牛耕种，又将一幅幅五村农耕文化的美景记录在自己的相机里。五村由此成为农耕文化的体验基地，当天由社会爱心人士发起的“禾田镜界救助基金”也在活动中签字启动，还收到爱心捐款3万多元；贫困户的120亩“武乡小米地块”被现场认购，一个播种节神奇地让五村实现了“未种先售”的创新。

这么一启发，村里的发展思路就宽了。一个播种节不仅唤起了人们心中的“黄土地”，而且唤醒了五村作为一个朴素的乡村最原生的魅力与内涵。五村由此开始更高层次地看待和理解国家的乡村振兴战略，开始认真地按照产业兴旺、生态宜居、乡风文明、治理有效、生活富裕的总要求，抓住被列入全县十个乡村旅游重点村的契机，充分发挥省委宣传部帮扶工作队的优势，建设集文化旅游、餐饮住宿、休闲度假、生态养生、水果采摘为一体的田园旅游和体验综合体。这个综合体主要思路是，在保持旧村原有风貌的基础上，把旧小庄村打造成全国艺术院校学生摄影、采风、写生、培训基地，新建小米加工基地、中国农业发展史展厅，让久居都市的游客近距离感受“望得见山、看得见水、记得住乡愁”的浓浓乡村风情；在旧前沟村打造艺术家驻地和特色民宿；同时在新村打造餐饮住宿、生态养生、水果采摘为一体的禾田小镇，新建游客接待中心和多功能大厅。自此，五村真正踏上了一条由“输血”到“造血”的根本性转变之路。

成绩单

2017年武乡脱贫攻坚打的是针对仗。但是，因为脱贫攻坚是一项系统工程，它还必须是一场立体仗，尽管各乡镇各村作为据点，作为局部，要打得精准，但离不开上上下下左左右右的支持和配合。最后，看一下全县当年脱贫攻坚的成绩单吧：

产业扶贫方面，全县整合涉农资金3.47亿元，其中各级财政专项扶贫资金1.85亿元，其他涉农资金1.62亿元，主要用于贫困村产业发展。这些钱，一是在落实市级补助政策的基础上，给每个贫困村补助35万元至45万元，落实村集体产业发展扶持资金2017年、2018年共计4545万元；落实“一户一项”产业扶持资金2280万元，平均每人1000元，每户不超5000元，做到了“村村有产业，户户有项目”资金支撑。二是依托大山、多维、绿农农牧、鑫四海、潞武“五大龙头企业”，大力发展核桃、梅杏、油用牡丹等“八大产业”，促进农业增产、农民增收。

光伏扶贫方面，继续把光伏产业作为调结构、补短板的主导产业，向国家能源局申报规模为30兆瓦的地面集中式光伏扶贫电站和38座规模为28.6兆瓦的分布式村级扶贫电站，2017年完成项目选址、土地流转、电网接入方案、三通一平等前期工作；在市发改委备案141个分布式村级屋顶光伏电站，完工113个，并网101个。

电商扶贫方面，抓好电子商务进农村综合示范工作，创新电商扶贫，通过书记站台、县长代言、微店创业、基地助力、平台网销，建立“一店带多户”“三商联动”“整村微商”“平台运营”四种运营模式，全县共建村级电商服务站233个，网店、微店6562家，电商交易额2.51亿元，其中农产品网销1.12亿元，电商产业直接带动2318户贫困户6954人增收，促进2900多人就业。10月10日，全省电子商务进农村综合示范暨电商扶贫工作推进会在武乡召开。10 月 13 至 15 日商务部在长春召开全国农村电子商务精准扶贫座谈会，副县长张帆应邀在会上发言。11 月 9 日—10 日，国务院扶贫办在江苏宿迁召开全国电商精准扶贫现场会，县委书记胡坚受邀作交流发言。11 月 10 日，由央视财经频道联合国务院扶贫办、商务部，携手国内 15 家知名电商、近 30 家网络直播平台同步直播的“厉害了我的国·中国电商扶贫行动”第十场直播走进武乡为武乡小米做网络直播，此次网络直播活动中武乡网商共计接到小米订单 224118 单，销售小米 996472 斤，销售额 9267189 元，带来的经济效益较往常增长 137.5 倍。

易地扶贫搬迁方面，坚持创新融资主体，在全市率先成立扶贫开发投资有限公司，承接易地扶贫搬迁贷款 4612 万元。2016 年开工的 13 个安置点主体工程全部完工，300 户全部分房到户；2017 年实施的 10 个安置点 2071 人易地扶贫搬迁工程，主体完工 6 个，剩余 4 个完成投资达 78%，分别达到和超过省定 60%的标准；开工 4 个 2018 年要实施的安置点，其中 2 个完成主体工程。

金融扶贫方面，建立了“五位一体”推进精准扶贫小额信贷模式，成立了风险补偿金委员会，“五位一体”扶贫小额贷款为 1666 户发放 8014.6 万元，完成市下达任务的 111.8%。特别是对 6 个深度贫困村、深度贫困人口累计发放电商贷 285 万元，小额信贷 3500 万元，每个村新增市级帮扶资金 100 万元、县级帮扶资金 20 万元，为贫困村产业发展，攻克贫困堡垒奠定了基础。

培训就业方面，采取帮扶工作队、第一书记、县乡村三级领导干部讲政策、行业部门深入一线抓培训的方式，举办脱贫攻坚大讲堂 30 余期，大大增强了贫困群众想脱贫、盼脱贫、能脱贫的信心和决心。整合新型职业农民培育、“千村万人”就业培训、阳光工程、雨露计划等各类培训资源，落实培训资金 300 多万元，组织培训贫困家庭劳动力 4500 余人次，实现农村劳动力转移就业 3500 人。依托绿农农牧、多维牧业等龙头企业，通过

"公司+基地+贫困户"模式带动和解决贫困人口就业200余人。

生态扶贫方面，以造林绿化、退耕还林、生态保护、干果经济林提质增效为抓手，让贫困群众在造林营林、管林护林、产业发展中增收致富。2017年全县共实施生态保护与治理修复面积564平方公里，生态补偿惠及320个村，聘用护林员316名。新成立造林专业合作社40个，吸收贫困人口754人，占合作社人口82.8%，社员普遍增收1400元以上，其中贫困社员比一般社员多增收5%以上。

社会保障兜底方面，按照省、市、县里的要求，不断增强社会保障力度，将低保标准由3026元提高到3330元。落实农村低保最低生活保障与扶贫开发政策有效衔接，经核查，新纳入符合低保条件的贫困户808户1374人。为2430名困难残疾人发放补贴145.8万元。全县参加基本养老保险和基本医疗保险的覆盖率达100%。

健康扶贫方面，为3万多贫困人口缴纳大病医疗补充保险和意外伤害保险211.582万元。全面推行贫困人口住院"先诊疗、后付费"就医模式，组织开展健康扶贫"双签约"活动。

教育扶贫方面，资助贫困家庭学生4929人（其中建档立卡贫困生4349人），各类资助资金309.3万元。继续实施县级教育资助，由县财政出资对学前教育、义务教育阶段建档立卡贫困家庭学生进行资助，春季学期资助3456名82.3万元，秋季学期资助3321名79.3万元。高中免除学杂费每人每年800元，职中免除学杂费每人每年2500元，职高免除学杂费每人每年2100元。为111名贫困大学生发放补助金55.5万元；为1226名职中、中专、大专、技校贫困学生发放"雨露计划"补助金245.2万元。

旅游扶贫方面，紧紧抓住武乡被确定为"国家全域旅游示范县"的机遇，重点打造了分水岭乡泉之头村、上司乡岭头村等12个乡村旅游村，直接带动贫困人口就业500多人，有600余贫困人口在文化旅游产业中实现了就业，也为下一步提升乡村旅游工程奠定了坚实基础。

基础设施建设方面，重点是在安全饮水、道路提质、通动力电、新建和改建村级卫生所、危旧房改造等方面。全年实施 44 个贫困村安全饮水工程，37 个脱贫村公路建设总里程 107 公里，总投资 12357 万元；实施 16 个贫困村通动力电项目；实施 26 个村级卫生所建设，目前主体已全部完工；实施危房改造 983 户。为 73 个村级文化活动室配送文化器材，价值 146 万元。

社会帮扶方面，积极开展“百企帮百村”活动，除市级 7 个企业结对帮扶贫困村外，选择县里 17 个企业与贫困村建立了“一对一”帮扶结对子。山西中德集团在 10 个贫困村中筛选出 305 户 847 名贫困人口，根据不同致贫原因，开展教育、就业、创业、产业和基金扶贫等扶贫模式，投入资金达 272 万元。

五　决战冲锋

虽然困难重重，阻力不断，但是武乡的脱贫攻坚总体上还是按计划向前推进的。县委书记胡坚讲，脱贫攻坚到了 2018 年就进入了攻坚拔寨阶段，“摘帽”，退出贫困县行列就是这一年最大的，也是最终的目标。2017 年临近年末的 12 月 24 日，县四大班子以及副处级以上党员领导干部，集体来到八路军太行纪念馆，不为别的，要做的一件事，就是面向党旗，重温入党誓词。他们神圣地举起右拳庄严宣誓，在那时，每一位宣誓者眼里都是那一面红艳似血的党旗，胸中翻涌着的则是“太行精神光耀千秋”熠熠生辉的八个滚烫大字，他们来表初心，是为了坚定理想信念，牢记使命，是为了不遗余力为武乡人民的幸福苦干实干而做准备的。

宣誓完毕，2018 年春节一过，县委书记和县长便分别带队上路了。书记去了四川广安、江西井冈山，紧紧张张跑了四天；县长去了河南兰考、贵州六盘水的黔西南州，也是四天；他们去求法取经。然后回到省里，又去了右玉和昔阳，去寻找和接续右玉精神、大寨精神与武乡革命老区太行精神的契合点。因为他们知道，两年攻坚后的武乡剩下的贫困村、贫困户是什么样子的，还有就是，就算是已经脱贫的地区和人口中，基础不牢，同质化严重，就业不稳定，政策性收入占比高的现象也相当严重。

眼前的情况是，既有的贫困户更加顽固难啃，已经脱贫的贫困户有返贫风险，更有之前没有被纳入建档立卡贫困户的低收入非贫困户，一方面有可能跌进贫困户行列；一方面就算勉强在非贫困与贫困边缘徘徊，也因为自己没有享受到国家对贫困户的兜底政策和帮扶好处，而产生不满，从而引发各种各样的矛盾。打个比方，你家 2015 年人均年收入 2854 元成了贫困户，我家人均年收入 2856 元，每个人只比你多 2 元，却不是贫困户，可是一旦被识别成贫困户，就会在教育、医疗、建房、养老、产业扶持资金支持等方面享受国家补助（贴），大家彼此住邻居，也就一墙之隔，结果享受的政策却是天壤之别，心里哪个会平衡啊。但是政策就是政策，政策就必须得有条条框框，得有标准，就是上大学也一样，多一分上清华北大，少一分你就得换一个格次，本是没有办法的事。老百姓却心里想不通，觉得不公平。现实中我们发现，经过这几年的脱贫攻坚，就是政府里的公务员和事业单位工作人员的收入，偶尔比不上脱贫后贫困户的收入，也不稀罕。

更有那些扶贫干部，有的已经连续多次超期服役，是村民们左留右留甚至写联名请求才留下来的，他们的战斗力还能一如既往地强吗，会不会产生厌战情绪；有的村干部是 2017 年后半年村一级支村“两委”换届新上来的，他们的能力行不行，在这个关键年度里，会不会因为有心无力而影响工作；有的是帮扶单位新派来的，他们从前任手里刚刚接过接力棒，工作接续上会不会有问题等等。还有，整个武乡东西两边的差异问题，多少年来，武乡的工业多分布在东边，东边的人看上去要富一些，而西边多以传统农业为主，看上去相对要落后一些，但武乡人都知道，恰恰是西边人口袋里有钱，要说银行存款东边的人可不一定比得过西边的人，这里面涉及一个观念问题，东边人挣钱不留，西边人挣钱不花；讲起来是观念，但落实到脱贫攻坚中就是问题；还有监督管理问题，如何才能把资金用到刀刃上，如何保证冲在一线的干部出工出力还能保持清正廉洁，总之在2018年这个决战之年，任何问题都出不起。

我们甚至可以说，如果说三年攻坚年年是硬仗，那么前两年还有借口可找，还有一个缓冲期，但到了第三年，那才是真正的硬仗，因为这一仗没有选择、没有退路、潜在爆发的问题多，但这一仗又是决战，背水一战，是一场死战。

打硬仗，自然就需要严明的纪律，铁的队伍。为此，县里及时出台制度，推行“668”工作法。什么是668工作法，就是扶贫工作得严格做到6个必须有，6个搞清楚，8个确保。第一个“6”容易，主要强调驻村帮扶队必须有办公室、办公设备、食宿点、台账、考勤、标识之类的条件和要求。第二个“6”是重点，即帮扶队必须搞清楚贫困户的基本情况及诉求、致贫原因、各类脱贫政策、脱贫规划和措施、脱贫摘帽的村级指标和户指标，以及贫困户的动态收入。也是难点。八个确保是指驻村帮扶时间、网签率、贫困户的脱贫方案、村与户的档案资料、帮扶日志、实事好事办好、贫困户的认可度，以及当地干部群众的满意度。这套工作方法，内容非常具体，虚实相间，有软指标，也有硬考核。总之，要想认真落实，扶贫干部就必须钉在村里，和贫困户捆在一起，这样你就是想做到不真驻村、不真办事、不真帮扶都不可能了。

除此之外，在外部的各种督导组、检查团基础上，县委还成立了三支督导督查队伍，第一支由县领导直接带队，抽调已经从科级领导岗位上退下来的老同志组成 5 个工作督导组，进行巡回督导，要求发现的问题，当天发布整改要求。第二支是县纪委监委牵头，县委组织部、县委政府督查室组成的纪律作风督查组，定期不定期交叉轮换到贫困村进行明察暗访。第三支是由干部驻村帮扶领导小组联席会议办公室进行随机抽查、夜查和突击检查。对发现的不能按要求开展工作，进村不入户、浮在表面、没有和群众打成一片，作用发挥得不充分、不作为等情况，给予追责问责，通报批评、诫勉谈话、黄牌警告、召回退回。

一位基层的扶贫干部曾经对我讲，2018 年对武乡的每一位干部和扶贫队员来说，真的就是一场大考，县里这么做大家也能理解，毕竟大考之年，谁都不能松劲泄气，生怕因为自己一个人的一点散漫，或少出一份力影响了整体的“摘帽”目标。

副县长郑丹跟我说，从策略上，2018 年武乡的脱贫攻坚是“以问题为导向”为出发点狠抓落实的。于是，“问题导向”就成了 2018 年武乡脱贫攻坚中最热的词。

魏家窑的“党建 +”

魏家窑在丰州镇东南部，距县城 4 公里，毗邻南沁线和红色旅游公路，交通便利，下辖魏家窑和西则底两个自然村。全村 330 户 936 人，耕地面积 1990 亩，算是一个大村，贫困人口基数也大，114 户 346 人。2017 年实现了整村脱贫摘帽的目标。几年里，先后接受了中组部、省委脱贫攻坚第三方评估组、省委督导组和市委主要领导检查指导，被授予全省改善农村人居环境示范村、全市扶贫产业示范村、精神文明建设示范村、蔬菜产业发展示范村、全县农村党支部规范化建设示范村等荣誉，可以说是一个远近闻名响当当的经历过各种检查的“明星村”。

然而，当你三年前走进这个村时，它可不是这个样子。2017 年，武乡全县人民的脱贫攻坚仗打得如火如荼，魏家窑也在其中，比其他村压力更大责任更大的地方是，县委书记胡坚包着这个村。如果仅从文字资料看，会给人一种错觉，县委书记工作忙，选一个离县城近一点的贫困村，工作起来要方便一些，包村效果自然也会明显一点。可是换个角度去看，就不一样了，县委书记包的魏家窑，离县城只有 4 公里，这是什么意思呢？这就等于把魏家窑直接摆到了全县人民的眼皮底下，稍稍夸张一点讲，只要涉及脱贫的工作，所有的聚光灯都会照到这个村。全县 215 个贫困村，包括上级来的、第三方的，只要一提“脱贫”，大家的第一反应就是，走，去魏家窑看看，毕竟魏家窑离县城太近了，抬腿就到，二来是县委书记包的村，咱们去那里看看怎么样。更深层次的现实情况却是，魏家窑村历史遗留问题多、村民不团结、发展缓慢且无力，别的不说，一个 330 户人口的村，离县城只有 4 公里，却有一半是贫困户，这还不能说明问题？

村党支部书记姚庆水讲起魏家窑的过去，讲得很实在。2009 年他当村党支部书记时，集体账户上不仅没有一分钱，还倒趴了 27 万元的外债，村民们赌博成风、家族势力明争暗斗、村民上访不断、滋事不停，全村 40 多名党员，就是想召集起来开个会，你都叫不齐。2017 年 1 月到任的第一书记安亮来自县委办公室，他说别看这个村离县城这么近，其实村民的思想非常传统，他举了一个例子，村里有个一生未娶的老人（村里人叫光棍），辛辛苦苦劳作一辈子，想着自己百年后，院门一关家里也就算绝户了，按照传统老思想，他想给自己找个顶门立户的，自己身边没有亲的，就在稍远一点的侄儿中选了一个。门是有人顶了，当然不会白顶，毕竟名义上那个侄儿就是自己的孩子了，他把自己积蓄的钱一股脑交给了孩子。后来孩子结婚办喜事，他也很高兴，可是人家孩子还有自己的生身父母啊，在照全家福时就把他给忘了。于是，老人回到自己屋里，几天几夜想这事，他越想越想不通，表面上看，那么多钱自己也买不来一张全家福，但背后却是孩子心里根本没有自己这个人。中国人的老思想里，人死了，不是真死，而是到另一个世界去了，他虽然不能左右这个世界的事，但自己还应该活在下一代的记忆里才对。老人就那么钻牛角，结果把自己逼疯了，至少是精神不正常了。安亮又说，村里有一位叫杜怀英的老人，1949 年生，1989 年入的党，党龄三十多年了，在村里始终带头保持着自己是一个共产党员的光荣感与责任感，她勤劳敬业、孝敬父母、和睦邻里，一心想着百姓，平日里总是尽自己所能排群众之难，解百姓之忧，不要说自己村里，就是在镇上，都是有名的“和事佬”。邻里纠纷、田地纠纷，甚至家庭矛盾，都愿意找她来“和事”。一是她做事不武断，总能做到公正公平；二是她方法灵活多变，当问题来了，她会先把问题放到一边，再从当事人的性格上找突破口，等了解了事情原委，摸清了双方的性格，然后再把双方叫到一起调停协商。原本双方情绪激烈的问题，等心平气和坐下来谈，反倒好解决了。村里一有事，杜怀英也总是吃苦在前，每次改善村容村貌、户容户貌大清理，她都是自己叫了年轻媳妇们，把大路、小路和贫困户院内打扫干净才回家。可是，就是有这么好的一个人，还是无法扭转村里的风气。就这样的一个村，不要说发展，就是求个平安无事维持个稳定都困难。你说，县委书记不包谁包？难听点讲，还就得由县委书记包。

安亮介绍说，姚庆水书记是一位踏实肯干，有担当的村党支部书记。庆水书记之前当过包工头，有自己的工程，但他不想看着魏家窑就那么落后下去。啥是落后，在新时代里大家都往前奔，别说你不发展，你不奔，你要是奔慢了，都是落后。一次姚书记好不容易把党员叫到村里想开个会，那时村委连个办公地方都没有，党员们只好集合到学校闲置的教室里，一半人在屋里，一半在屋外，那场景一下就触动了庆水书记，这哪叫一级组织啊。他下决心改变现状，于是贷款修了村委会，魏家窑支村“两委”才算有了正式办公地方。姚庆水是书记，大概是身上的职责让他意识到魏家窑党组织的涣散和党建工作的薄弱，县里镇里，领导们天天讲党支部要发挥战斗堡垒作用，党员要发挥模范带头作用，可是他回到魏家窑扪心想想，其实两个作用哪一个都发挥得让人汗颜。可是怎么去改变呢？2017 年初县委组织部直接将安亮书记调整到村里，姚庆水的心一下就变得踏实起来，安亮虽然年龄不大，可是毕竟在县委办公室工作，党建方面就是见也比自己见得多，听也比自己听得多，强化魏家窑的党建工作也就慢慢地提到议事日程上来。

安亮是突然被调整到魏家窑的。他是县委办公室派出来的第一书记，包村的领导又是县委书记，这样的用意大概就是县委书记胡坚不找到他谈话，他也应该能明白个七七八八。所以，他心里的压力，还是很大的。进村后，他就和支村“两委”以及驻村工作队一起商量，魏家窑该怎么办。当然第一件事，就是先打完 2017 年整体脱贫这一仗。2017 年整体脱贫之后呢？因为他进村不久，很快也得出了庆水书记的那个结论：魏家窑村的党建工作急需提升，党员的模范带头作用需要尽快发挥，村容村貌得尽快改善。安亮说，2017 年他就和庆水书记形成了统一意见，脱贫攻坚工作要做，党建工作也得尽快抓，也就是说，他们决心要把党建工作深深嵌入或融到脱贫攻坚中。

怎么做？那就是规范化。

安亮说，党建工作规范化在魏家窑其实不是新事物。之前庆水书记尝试着做过。在这个想法的引导下，魏家窑在公路边专门建了一个由一厅六室组成的党群服务中心，但是具体怎么搞还没有理出一个思路来。2018 年县里强调，全县的脱贫攻坚要以问题为导向，魏家窑村的问题就是在党建上。既然要抓建设，那就从规范上出发，高标准来要求。安亮和姚庆水两位书记开始重新研究和学习党内法规、基层党组织工作程序，再结合村里实际几经讨论后，逐渐形成了一个名为“1233”的思路，具体为：“1”是以加强“三基”建设为重点，扎实推动全村党建工作全面提升、脱贫效果全面巩固；“2”是实现产业结构和周边环境“两个优化”；第一个“3”是积极推进组织争当先进、党员争当优秀、工作争创一流“三个争当”；第二个“3”是通过壮大村集体经济、打造多种共富联合体、实施群防群治“三个办法”，让魏家窑走出一条“党建引领、产业升级、乡风文明、村容整洁”的强村富民新路。

于是，他们按照“五好党支部”要求，从严落实支部主题党日、“三会一课”、民主评议党员、“四议两公开”、三步四循环等制度，将思想政治工作、党员教育管理、群众工作落实到支部。制度规定每天必须有一位支村“两委”的干部坐镇服务中心，为党员群众提供民政、社保、法律等方面的服务。支部大力开展承诺践诺、设岗定责、党员责任区、挂牌上岗等主题实践活动，教育引导党员时刻牢记党员身份，争做“五带头党员”。为了切实发挥党员的模范带头作用，支部按照“党建+干部+产业”模式，对全村确定发展的10个产业，分别由工作队、第一书记、村支“两委”班子的党员干部负责联系推进；并适时开展“优秀共产党员”“当代乡贤”和“光荣脱贫户”评选活动，通过选先进树典型，鼓励党员和优秀代表在脱贫攻坚、新农村建设、乡村治理中发挥引领作用。

对于这些做法，安亮很有感触地举例子说，我们村紧紧抓住城里人渴望绿色蔬菜和自身体验收获的想法，借鉴了别人的经验，利用村里的闲置土地，2018年首次试验性地建了50个“小菜园”。村里对认领用户做出承诺，这些菜园只用农家粪，不施化肥，从平整土地、下种施肥，包括后期的浇水和日常管理，都不用认领主人管。所有这些工作由贫困人口完成，村里按每人每天男85元、女65元给予报酬。认领主只需要花488元就可以得到一个面积为一分地（66平方米）的“小菜园”，日常管理的工人会根据长势和蔬菜成熟的情况，及时通知认领主。但是这项工作必须由支村“两委”的干部来具体负责，负责的干部要协调，得汇报，天天和贫困户相处，这样，不仅对我们的干部是一种能力上的锻炼，而且也在群众中树立了良好的形象。

高标准、规范化的党建工作，让魏家窑不仅夯实了基础，还插上了腾飞的翅膀，2018 年之后，主导产业桃树、油用牡丹种植面积实现大幅度提高，通过养殖、劳务输出、造林绿化、贷款入股，2019 年底村民收入达到人均 7559 元，比 2017 年增收近 2000 元；魏家窑也在 2018 年被武乡县委组织部确定为全县农村党支部规范化建设示范村，开始迎来其他乡镇基层党支部的观摩和学习。

我去魏家窑时，见到的是一幅林木葱郁、飞鸟栖息，白墙红瓦、现代凉亭镶嵌在山水田园之间，“落霞与孤鹜齐飞、秋水共长天一色”的画卷。据安亮书记讲，魏家窑正在抢抓武乡建设“全域旅游示范县”的机遇，提出“侍郎故居、人杰地灵，生态魏家窑、县城后花园”的发展思路，他们已经修缮了明朝太仆寺正卿魏光绪的故居；建成了魏家窑综合体验园，又投入了 20 亩土地让“小菜园”总数发展到 150 个；等等。这一项项产业发展的背后是“支部+党员+产业”模式高效运作，更是一个基层党支部党建工作基础夯实后迸发出的持续活力。

朱家凹的“绿色发展”

当笔者慕名来到朱家凹这个两山夹一沟的小山村采访时，映入眼帘的是山上山下一片绿色：80 多亩树苗已有一米多高，太岳林局（山西省太岳山国有林管理局）在此种植的 2000 亩成片林长势喜人，层层的梯田里庄稼也丰收在望，景象一派喜人。这是发在 2018 年 8 月 23 日《长治日报》上一篇报道的开头。

尽管这个叫朱家凹的小山村，离县城只有 3 公里，我在武乡采访期间却没去。每次下乡或下乡回来的时候总想搭个顺便稍带就去了，但阴差阳错就是没去成。但朱家凹脱贫的故事，我倒是一直感兴趣，因为它是以村为单位在“绿色发展”中有想法的为数不多的几个村庄之一。

朱家凹不大，只有 300 多人，曾经担任过这里第一书记兼工作队长的史慧军在自己的文字里说，2017 年 8 月最初到村里时，一排排干净整洁的农家小院，给人一种赏心悦目，欣欣向荣的感觉。三五成群的土鸡在小河沟里悠闲觅食，小狗躺在树荫下睡觉，妇女们三三两两带着小孩玩耍，一派宁静祥和的景象。山坡上的庄稼长势也还可以。朱家凹村还是一个历史久远的村，村东的大山沟里有清道光年间修筑的石拱小桥，碑刻一通。小桥旁有几棵合抱粗的老杏树和一棵郁郁葱葱年代久远的大松树。村里老人讲，朱家凹村风水好，村里的两座山叫龙虎山，左边为龙，右边为虎。山势像一把太师椅，把村庄抱在怀里。崇山峻岭间，也有潺潺小溪。在这种直观印象下，史慧军一开始就喜欢上了这个藏在深山凹里犹如世外桃源般的小村庄。

可是，随着他挨家逐户走访，了解到真实情况，进入工作状态后，那种闲散的美好、怡然自得的感觉就全没了。他转而看到的是，村里因为年轻人大多外出务工，老人、妇女、儿童留守村庄没有一点生机活力的死气沉沉。史慧军生在农村长在农村，就算参加工作离开农村后，对农村的现状不熟悉了，但朱家凹相比于其他地方的农村，也着实让史慧军感到，自己来这里挑起的是一副千斤重担。朱家凹基础条件实在太差了，支村“两委”还在一处潮湿漏雨的办公室里工作，全村没有一亩水浇地，集体经济也没有一个像样的产业，三分之一村民生活在贫困线以下。

要想改变现状，自然得因村施策发展产业，最好还是那种可持续发展的产业。这是史慧军的想法，于是他和帮扶工作队以及支村“两委”共同讨论，调研论证，同时广泛征求群众意见，希望能群策群力，集思广益最终能形成一个共识。根据朱家凹的自身优势，他们觉得最好的产业，还是植树造林发展林业。其实在此之前，在他的前任第一书记谢军的努力下，朱家凹和太岳林局已经建立了 2000 亩造林工程的合作，双方商定，五年成林后经国家验收合格，根据谁的土地谁受益的原则，2000 亩林业产权全都归朱家凹村集体所有。史慧军和支村“两委”顺着这条路子继续往前走，既然造林，那就需要树苗，太岳林局每年自然也会需要大量的树苗，他们可以以此和太岳林局开展进一步的合作。他们的想法得到了帮扶单位长治市人才市场和丰州镇党委的同意，他便和支村“两委”的干部，一起再次登门拜访太岳林局，希望能支持朱家凹发展育苗经济。最终他们的真诚和干事创业的决心打动了太岳林局，开启了与太岳林局下属单位伏牛山林场的对接洽谈。

洽谈结果是，在朱家凹为伏牛山林场新建一个 80 亩的苗圃基地，用于培育油松、臭椿、白蜡、五角枫等树苗。这样，朱家凹就可以有 50 多人到基地工作。有了这次合作，为充分激发群众的内生动力，在村民自愿的基础上，村里很快就组建了自己的双湾林业种植合作社，带动村民入股 9.7 万元，培育油松、臭椿、白蜡、五角枫等树苗，带动 30 多户 70 多人从事育苗育种。2018 年，村里的基地出售油松、椿树等树苗 100 多万株，村民务工收入超过 15 万元。

钱是挣回来了，可是要想年年能挣钱，就得保持苗育得好，树种得活。以前的朱家凹，全是旱地，没有水，育苗产业怎么做也不会做大。要想补齐这个短板，就必须兴修水利做好配套设施，让苗木天旱时能够喝上救命水。2018 年一开春，工作队和支村“两委”商讨决定在村南面的洼地打一口深水井。他们特意请有关部门的专家来实地考察，又把县里的相关领导请到村里来现场办公，时间不长，打井项目就得到水利部门批复，一口 100 多米的深水井打出来了，他们在山上又建了一个 100 多立方的大蓄水池，秋天修通了 4000 多米的抽水管道，硬化了一条 1000 多米长 2 米宽的田间道路。村民们说，龙王上了山，收入能翻番，荒山变绿林，致富有奔头。朱家凹靠育苗发展林业产业就有保障了。

在“绿色”中得到实惠的朱家凹，自然更是会加快步伐，这几年他们进一步依照宜林则林的原则，继续扩大植树造林、绿化荒山的面积。他们设法再筹措资金，在小河上游建一座坚固耐用的小水坝，又把村边顺水而下的400多米的河两岸做了整修绿化。他们的目标是，力争做到绿树满山头，庄稼绿油油，小河水流叮咚响，两岸杨柳笑弯头，让朱家凹人真正实现宜居、宜游、宜乐的美丽乡村梦。

在此，想多说几句的是，其实植树造林在武乡一直就有着好传统。《武乡县志》讲，武乡全县宜林面积52万亩，相传太行山西麓的蟠洪河流域和西部山地，在清代以前，曾生长着茂密的森林。但是到清末民初时，境内植被稀疏，除东部山地分布少量天然森林外，其余地区岩石裸露，水土流失严重。据1935年《山西造产年鉴·各县树木调查统计一览表》记载，武乡有森林面积623亩。抗战时期，在边区政府领导下，各区、村展开了有组织的群众性植树活动，主要是大路和村庄四周绿化。1940年驻武乡县的八路军总部，在朱德总司令、彭德怀副总司令、左权副参谋长的率领下，清明节前后在王家峪等地植杨、柳、榆树二万余株。当年朱总司令植的杨树，彭副总司令植的榆树，后来被誉为“红星杨”和“将军榆”。1946年各区、村与联村组织群众造林，以插杆为主，主要是杨、柳、榆传统老树种。进入20世纪50年代，开始大面积荒山造林，1958年故县滩地插杆造林3000亩。共青团故县乡委书记魏尧珍，还被山西省人民政府命名为“林业劳动模范”。同年，武乡县被国家林业局命名为“全国林业先进单位”。到1975年，全县有林面积11万亩；1979年山西省人民政府将武乡确定为省东山用材林基地县之一，但在采伐时必须执行采伐证制度，本着年采伐量不能大于年生长量的原则进行控制。

朱家凹的可喜之处是，没有借助自己地理位置的优势寻求短期收益，而是坚定地走了一条适合自身可持续发展之路。他们真正认识和领悟到了“绿水青山就是金山银山”的深刻内涵，在脱贫攻坚实践中，不仅取得应有的经济收益，实现了脱贫目标，更是为改善武乡县城里的空气质量，做出了自己的贡献。

炉家掌的“平衡术”

“白天入户忙脱贫，晚上夜校话新风。”这是我跟晋煤集团派驻大有乡炉家掌村第一书记兼驻村工作队长白建强聊天中印象最深的一句话，再有第二句，便是他初到炉家掌时说的，他说，估计炉家掌按计划实现脱贫问题不大。两句话连起来会让我们产生误解，似乎上上夜校，话话新风，炉家掌的贫，就轻轻松松脱了。

但实际上讲的不是一码事。

炉家掌 2017 年就顺利脱贫了。用白建强的话讲，虽然脱贫质量不高，但各项指标是符合要求的。既然脱贫了，村民们的生活水平几乎拉平了，那是好事，大家就可以齐心协力开始往更高层次上的乡村振兴奔了。事实却与他想象的完全不同，甚至还相反。白建强讲，他于 2017 年正月初九到炉家掌，见了村党支部书记和村主任，那时村里正搞移民搬迁建设，施工队占着村委会大院，他们只好先住到乡里的养老院。白天到离乡政府 10 公里的炉家掌，晚上再回乡里。炉家掌由炉家掌、前太池、后太池、岭上 4 个自然村组成，153 户 432 口人，耕地 1200 余亩，建档立卡贫困户 69 户 237 人，一条 2.5 公里的乡间公路像糖葫芦一样把四村串在了一起，比较集中。五个月后他们从乡里搬进村里，随着和老百姓交往加深，长期盘踞在老百姓脑子里的“思想疙瘩”就显现出来了。过去村里穷是穷了点，或者说大部分人都穷，人们没啥意见，至少是没有那么多意见，现在村里脱贫了，意见反倒一个个冒出来了，甚至出现了有人地里的活不干，工作也不去找，成天就是出去上访的现象。

在我的采访中，包括平时从一些下乡扶贫的朋友那里听到的，这种现象并不鲜见。贫困户不贫后，反倒是非贫困户不乐意了。有几位扶贫干部就讲，原本以为自己来村里扶贫，帮助贫困户脱贫是难点，哪承想，说服非贫困户放弃攀比心理，专心走自己的致富路，反倒成了工作的重心。这倒也是，从世俗利益上讲，非贫困户的心情也是可以理解的，譬如2015年前后的那批移民搬迁户，当时支村“两委”做过动员和宣传工作，当年的政策是需要自己掏一部分钱，国家再补贴一部分，然后就可以搬迁了。老百姓嘛，挣个钱不容易，一听自己还得出钱，左掂右量一番就放弃了，虽然自己的房子旧了点，但又不是不能住人，还不到非得盖新房的那一步。但有一部分人是报了名的，结果后来政策发生了变化，尤其是被定为建档立卡贫困户的，出的钱一下少了，或干脆就不用出钱。原本那些没决定搬迁的人就不干了，觉得本来能沾的光结果没沾上，后悔了，于是想方设法得把这个平衡找回来，他们开始找村里、找乡里，甚至找到县里，但是政策是国家定的，此一时彼一时，县里乡里也没办法，但老百姓才不管。我在另一个村采访时，就遇到一户村民向我大声叫屈，说自己没有申报贫困户后悔死了。我问他为什么当时不报，他说，咱又没长后眼，谁知道人家这次会有这么多好处呢！尤其是到后来，随着贫困户生活景况的大为改变，一些非贫困户的心里就越不是滋味了，毕竟原来大家的贫富程度差不多的，就因为自家多了一个“非”字，就落在了人家后面，总之，在一些家庭那里已经出现了“贫”与“非贫”的心灵大反转，贫困户心里感谢政府、感谢扶贫工作队，而非贫困户却因为觉得自己吃了亏，心里愤愤不平，找碴儿滋事。

这里面确实存在一个认识上的问题。其实这场脱贫攻坚战，是一次兜底，是一次补短板，真正的目的是，将贫困人口和非贫困人口拉到一个基准线上来，在实现共同富裕的同时走上振兴之路。这样的道理，我们当然可以这样讲，只是到了老百姓那里，有些人就等不及了，心里的那口怨气怎么也得设法吐出来。这实际上是另一种贫困，一种思想认识上的精神贫困。

如何在贫困户与非贫困户之间实现平衡，就成了炉家掌村第一书记白建强，甚至是整个工作队的重点。白建强说，他们想出的办法是，进一步落实精准扶贫政策，突出重点维护稳定，尤其注重持续扶志扶智，坚持搞好普惠工程。也就是说，必须做到全民普惠和思想疏导两条腿走路。

先说普惠这块。白建强说，就说连接四个自然村的那条路吧，之前尽管是水泥的，但是档次较低，这个低主要是说，它坑坑洼洼高低不平，两边的护坡没有处理好，一到雨季，一场大雨，旁边流下来的黄泥就把路淹了，好多地方都能没过脚，村民们根本没办法出行。在帮扶单位的支持下，他们投入20余万元，对整条路进行了翻修并做了排水渠；投资10余万元，给村里安装太阳能路灯，又给村民发放太阳能庭院灯；投资20余万元新建了杂粮加工磨坊；筹集5万元在村口平整出一块空地供村民们娱乐；2020年疫情防控期间，帮扶单位又专门斥资近3万元，开展“实施精准帮扶、助力春耕生产”专项行动，为全体村民发放高钾复合肥153袋；面对全村主导产业土豆种植产量较大、销路不畅的问题，他们工作队除了向上级领导反映情况落实消费扶贫之外，还积极到襄垣、榆社、晋城等地寻求商机，与十多名马铃薯“游商”取得联系，创立了“游商助销”工作模式，帮助村民销售农副产品。这些实实在在的工作给村里带来的实实在在的变化，村民们不会看不到。

事是做了，但是老百姓心里那个坎过不去，思想上那个疙瘩解不开，还是白搭。这就是第二条路——思想疏导工作。在这方面，白建强有他的特长。白建强是秘书出身，在原单位干了7年党支部书记，煤矿上类似安全教育、政治理论学习、班前班后会，大大小小的培训和会议差不多天天有，哪一项都离不开党支部书记，人的思想工作最难做，但也最需要做，他天天做，就有了一些经验。白建强说，炉家掌村民的心理不平衡关键点就是在“过去”上，那些想不通的人，总是纠缠在过去跳不出来。刚开始工作很难，他去村民家走访，当面人家什么都不跟他说，但他前脚走，后脚村民内部就开始翻腾老账了。白建强能感觉出，人家把他当外人，担心他这个现官只管现事，问过去，说了也白说。后来，经过多次聊，他就发现，其实很多问题是因为村民们对当时的政策理解不透造成的，还有就是，在看待事物的角度和态度上存在欠缺。从2018年开始，他就死死拧住“农民小夜校”这个法宝不放，一直持续做，坚持做，久久为功，几年做下来，对照最初自己设定的“引导人、改变人、提升人”的目标，效果还真是不错。

我问他，小夜校刚开始的情况，好做吗？

他说一开始就很顺利。因为他们采用了“联姻共建”的方法，只要村民们来小夜校上课，就会得到积分，一个积分相当于一块钱，来一次小夜校，炉家掌的给三个积分，后太池的稍远，给四个积分，最远的岭上给五个积分，他知道刚开始来的村民，根本不是为听什么讲座，就是为那三五块钱的积分来的，但是时间长了，特别是那些兜底的政策、牧养鸡的技术讲好了，村民们听进去了，他们就愿意来了，而且他们觉得越听越有用，思想认识也就慢慢地跟着变化了。村里有个三十多岁的中年男人，自己很小的时候出于家庭原因，就和大伯一起生活了，大伯为了养他一生没有成家，两个人在一起相依为命，感情很深。但是他一直待在村里挣不了几个钱。通过夜校学习和工作队的耐心帮助后，他就跟着村里的施工队出去干活，2018年除了吃喝能落3万多元，2019年也能挣4万多元，他出去了，见识广了，思想和精神面貌就发生了变化。白建强说，他们的小夜校，除去恶劣天气和受新冠疫情等特殊因素影响外，基本上做到了“每周一讲”，目前已经开办80余期，有10余名青壮劳动力因为夜校而转变思路走上了外出务工的路。

除了在夜校上讲，白建强他们还身体力行率先干。譬如2019年以来，他们就坚持开展以“培育务实优良队风、打造优秀驻村团队”为目的的驻村工作队“主题队日”活动——“每周一扫”，是给村里清扫卫生；在他们的带动下，群众自发参与的已经超过100人次；随后他们又扩展成“每周一访、每访一帮”，这些既有“言传”又有“身教”的活动，对村民是种潜移默化的影响，也是一种自我体会式的教育。

白建强说，这几年自己就抓住了一个主导思想，就是设法让村民们明白一个道理：与其没完没了地纠缠过去，不如扑下身子来追求未来。在他和全体队友们的努力下，这几招“平衡术”还真让炉家掌人发生了变化。白建强说，要说全村人都发生了改变，那是吹牛，但是大部分人心绪已经平静，开始慢慢地将精气神转到全力致富奔小康上来，却是事实。

六 嬗变

黄澄澄的谷穗、红彤彤的高粱漫过千沟万壑，蜿蜒在绿水青山间的“四好农村路”上，一辆辆“蚂蚁进村”的物流车穿梭而过，深蓝色的通用飞机呼啸而起……金秋十月，革命老区武乡的大地上，处处生机盎然，满目朝气蓬勃。这是武乡人在秋日的阳光中，看到的自己的家乡！

我不是武乡人。我对武乡所有的记忆都是片段的、零散的。武乡人看待自己家乡的变化，是今年去年的区别，今天昨天的区别，而在我这里，却是现在与十几年前的差异。十几年前，我是武乡的过客，十几年后我是武乡的深入者，但我的深入又是那样的走马观花，听到的只是只言片语。但是，我还是感觉武乡变了。那些花红柳绿、整洁干净、欢声笑语之类直观上的变化，我可以用“翻天覆地”来形容，其实我更看重武乡人内心的精神的思想上和心灵上的变化。下乡采访时，我有一个深刻体会，无论我遇到的是扶贫干部，还是贫困户，当我问起“最初”“那时候”“之前”是什么样子时，他们的表情会很自然地显现出一种黯然之色，而谈到“这几年”“现在”“将来”时，他们顿时就会眉飞色舞、满面荣光，他们甚至在情不自禁的喜悦中，还流露出一种无法掩饰的骄傲。这是一种因为生活变化而反映到精气神上的变化，是经历几番奋斗之后因为成功而无法抑制的心情表露，它是一种唤醒，是一种激发，更是一种描绘与憧憬。尽管我无法对武乡的未来做出任何不切实际的预测，但我确确实实看到了发生在一个个村庄和村民身上的嬗变。

祥和的关家垴

我去关家垴，除了去看那里的脱贫攻坚外，也为发生在那里的那场血战。关家垴之战在抗战史上太有名了，我曾经花过不少时间搜罗它的资料。

我知道，那是一场八路军战士浴血奋战、充满悲壮的战斗。作战总指挥所一声令下，1940 年 10 月 30 日凌晨 4 时，所有参战部队便向关家垴和柳树垴同时发起攻击。决死第一纵队 38 团战士们铆足了劲迅速向柳树垴冲去。经过两个小时激战，决死队在天亮时占领了柳树垴，却没料到，一个中队的日军居然乘 38 团与 25 团调整部署时，利用夜色，悄悄靠近，突然又夺走了柳树垴阵地。

关家垴这边，攻打得同样艰难。386 旅 772 团在东北方向攻击，由于地形不利，能接近日军阵地的只有一条一尺多宽的小路，战斗打得异常残酷。战士们一次又一次攻击，一个台阶一个台阶往上爬，反复与日军短兵相接，伤亡极大。战至中午，772 团一营原本 70 多人的一连只剩下 3 人；50 多人的三连只剩下指导员和 2 名伤员；近 70 人的四连只剩下 10 余人。午后，一营剩下的人员在营长蒲大义的带领下继续配合兄弟部队向日军攻击。14 时，当一营被兄弟部队换下来时，只剩 6 人。

负责从西北方向攻击关家垴的 385 旅 769 团，遇到的是一个 20 米左右高的陡崖，快到崖顶的地方，有一个略凸的壕坎，上面是一条 30 多米长的斜坡，一直可以通到关家垴山顶日军的前沿阵地。攻击前，769 团突击部队曾借助攀登工具和陡崖上的野藤爬到壕坎处，被发觉后，日军随即用火力封锁斜坡。受地形所限，769 团突击部队既无法发起冲锋，又无法压制日军火力，反倒被日军压制在壕坎处无法行动，他们的后续部队也被困在后面无法投入战斗。

如此激烈、猛烈、惨烈的战斗，就发生在关家垴，我怎么能不去呢？关家垴村位于蟠龙镇东部，离镇政府 10 公里，即便是从县城出发，用不了一小时也就到了。因为不是假日，去关家垴的游客不是太多。我和同行而来的县政府办的武晓林一起绕过村庄去瞻仰关家垴战斗纪念碑。一路上，我都在用心观察地形，寻找那个对那场战斗至关重要的柳树垴，正是因为敌人占领了它，才封锁了正面攻击关家垴的路，造成我方那么大的伤亡。可是方向感很差的我，根本找不到。在去纪念碑的路上，到处竖着回忆那场战斗的文字牌，有王耀南的、欧致富的、郑加平的、阮章竞的、范子侠的，还有左权的。王耀南说，我 28 团经受了最严重的考验。许多战士虽与日军进行白刃战，但从来没有皱过眉头；范子侠说，黄昏时分，我们开始总攻击。炮火正猛烈进行，我在距离冲锋地十几步的地方指挥作战，突然，一颗子弹穿进了我的左手……郑加平说，这时天快黎明，我们同敌人反复多次短兵相接肉搏作战，一连 70 人只剩下 3 人，连长刘显模同志在上午的战斗中光荣牺牲……随着山势变陡，我们越往上爬，心里便越是沉重。那座由彭德怀亲笔题写的纪念碑就高耸地屹立在关家垴的最高处，背后则是那个不知道埋有多少八路军将士尸骨的坟冢。我慢慢仰头瞻仰纪念碑，天空湛蓝如海，周遭是那么静，我的耳畔却充斥着炮声、枪声、八路军战士冲锋厮杀的声音！

是啊，在我面前，山还是这座山，沟还是这些沟，80 年前的这里在经历着怎样的炮火摧残。10 月底，深秋的庄稼应该已经收割，但不一定都已归仓，就算已经归仓，关家垴的老百姓能在炮火中过上一天安宁日子吗？

我想，那时的关家垴人最大的希望，大概也只能是过上几天安宁日子。

从关家垴最高处的平台上走下来，没几步便是那几眼在史料上讲，被敌人占据有利地势打通了隔墙阻击我军进攻的土窑洞。再往前走，就是关家垴村了。关家垴村不大，我最大的印象是看不出几十年来的变化，尽管我不能站在村对面的山垴总览全村，但是村庄里的新房新院真是没有几家。我们沿着硬化的水泥路往前走，左手山坡上有一位老人在修一条尺把宽的小路，我本想和他聊几句，没想到老人耳背，根本听不见，倒是在再前面一户人家的大门前，我们遇到一位思路清晰的老人。当时她坐在自家院门口旁边的条石上，右手边搁着一个旧不锈钢盆、一把小锄和一根农村人截一根树杆自制的那种简易拐棍。老人用毛巾擦着汗，像是刚下地回来。时间是上午九点多，这符合农村人热天的作息习惯，一大早起来趁凉快去地里，早上九点多回来天就热了，再下地时就到下午三四点了。我们在老人面前停下来，很自然地和她攀谈起来。

老人装束普通，一件加厚枣红色上衣，下面一条深黑色裤子，脚上一双灰色平底布鞋，头发几乎全白，面色红润。老人说，自己刚下地回来，去种了些萝卜。我看她裤子上两膝盖土，就猜她大概是腿疼。她说，是呢，重活已经干不了了，就是这点小活，到地里也得爬着干。但老人的表情非常平和，表情中没有一点生活的无奈与日子的艰辛。我问她娘家是在哪里，她说是附近，自己是嫁过来的。关家垴并不是什么好村庄，作为一个可以选择的女人，她本可以通过嫁人改变一下自己的命运，为什么要选择这里呢。老人说，那时候方圆附近都穷，吃的还没有呢，还能嫁到哪啊，再说都是没才能人，能嫁到哪！是啊，老人今年 72 岁，倒推 50 年，当时中国农村的景况，在这里就不用多说了。

后来深聊了，我才知道，老人名叫霍全兰，她和丈夫一共生有两女一男，两个姑娘大，现在都在长治市生活，儿子是小，已经搬到村下面地势平缓的移民新村了。我问她，儿子做什么工作。她说，种地了哇，儿子没本事，有本事的人都出去打工了，儿子没本事就在家种地。她接着说，现在自己一个人住在老院。旁边的院子就是她的老院。我看到院门头上白底红字的“吉祥如意”，尽管有了岁月的痕迹，但依然显眼。她家的院墙是土坯垒的，有几处泥皮已经剥落，大门口的石头石阶也已磨得光滑，石阶前还摆了三排红砖，大概是考虑到老人腿疼，才以此降低石阶的高度。从院门口看进去，几块方石一字排开，一直均匀地摆过土院连到窑洞门口的月台前，土院中间还被开出两小块地，种着西红柿和黄瓜，这应该就是关家垴人几十年来标准生活的式样。

我和晓林奇怪老人为什么不搬到新村去和儿子一起住。老人说，是她自己不想去，儿子总想让她去，可她就是舍不下这老院。毕竟老院子住惯了，自己就愿意在这儿。晓林问她，难道下去和儿子儿媳妇一起住，吃个现成饭，不好？老人说自己还能动，自己做上些吃的，就先不拖累孩子。

后来得到老人允许，我们不仅进了院，还进了屋。老人的屋里是老式的，一盘炕，一个火炉，一个简易的沙发上还扔着只有20世纪80年代出生的孩子才玩过的塑料娃娃。老人坐在炕沿上和我们继续聊天。她说他们家住过八路军，八路军从村里撤走那年她丈夫在旁边的东窑里出生。他们家来过日本兵，关家垴打仗的时候，村里人一听说日本人来了就逃，家里的老公公（就是丈夫的爷爷），因为有病跑不了，就留下来藏在屋里的地窖里，后来仗打完了，逃难的人回来一看，老人已经被祸害了，整个屋子也被烧了。老人指着窗顶的墙让我们看，说尽管后来进行了粉刷，但里面被烧黑的墙土还能看得见。老人说，那个时候村里苦，他奶奶（丈夫的奶奶）就说村幞头的垴上都流成了血河，村里人黑天半夜逃难回来，脚下踩的不是死人就是人血，有八路军，也有日本兵。村里人那个心惊肉跳啊，他们害怕的不光是敌人还在不在了，还害怕遍地的死人！

为了节约时间，我赶紧切到脱贫攻坚的正题上来。我问老人，她算是村里的老人了，这几十年来，村里有没有变化。

老人说，有啊，哪能没变化。

是哪一年开始的，或者说变化最大的是从哪一年开始的。

2016年。老人很肯定地说。

为了怕老人记错，我又重复问了一句，是哪一年？

2016年，那年村里盖了新房，就是村底下的新村，一排一排的，整整齐齐，豁豁亮亮的，以前谁能想到关家垴的人也能住上那样的房子。

那你自己呢？

我？我老了，还能有啥变化？

我是说这几年政府和驻村干部没到你家里来？

咋能没有来。我们家是阎县长包的。人家阎县长可是不赖，再忙，年年总要来看我。我家老汉不在的时候（2018年），阎县长没赶上，后来来了，还给我放下800块钱。年时（去年）过年，阎县长又来，提着五斤肉，还有米面，又给我500块钱，让我好好过个年。可是……虽说阎县长是县长，可谁家不一样呢，都是有老有小，都不容易，这左一次右一次地给，咱心里不落意，咱要人家的就不对。我死活要给阎县长退回去，可是人家高低不要，我又给和他一起来的镇里的人，人家也不要。还有工作队的赵兴，也是挺能往我家跑，可是个好孩子。

我继续问她，如果让她搬到新村去住，把自己老房子腾出来，她乐不乐意。老人说，哪有不乐意，自己老汉是党员，这几年可是沾了不少政府的光，自己老了，关家垴名气这么大，把自己的房子腾出来政府好好修整修整，咋能不乐意？再说就是将来来旅游的人，也得让人家有个看头儿不是。说到旅游，老人马上说，自己的房子没看头儿，她让我们一会儿沿小坡去下面的关二如家看看，她说太行干部学院刚刚把关二如以及旁边一共三串院子整修出来，成了教学点。她腿疼，还没来得及去看，听旁人说墙都抹了，又挂上了以前的老照片，院子里还种了花。对了，她又说，好像村里的农家乐也开了，这样等再有人来关家垴旅游，想多待就有吃处了。

老人性格开朗，送我们出门时，突然意识到我们连口水都没喝，很过意不去。我们说这一通聊天已经打扰她了，不过看她的面色，身体还不错。她说好什么好，自己都脑梗了。其实应该是得过脑梗的病了，但老人身体除了腿脚有点不便外，看上去真的很不错。

随后我们才到村委去见驻村工作队。霍全兰老人说的赵兴，就是工作队队长兼第一书记。我们来到关家垴的党群服务中心，那是一栋离村口不远的小二楼，一楼是会议室，二楼才是工作队办公和住宿的地方。我们在会议室稍做停留，墙上以心形图案为中心，张贴着关家垴村脱贫攻坚的大事：2014 年，关家垴村率先吹响脱贫攻坚号角。脱贫攻坚战打响以来，武警山西总队政委李清涛、长治市委书记孙大军、县委书记胡坚先后多次到村里调研指导；2016 年 11 月，阎新平县长主动包村帮扶，多次进村面对面指导，帮助做出产业扶贫、易地搬迁、金融扶贫的脱贫决策；2014 年至 2018 年，共确定建档立卡贫困户 133 户 414 人……据统计，五年来各级各类用于帮扶的资金共计 6000 余万元。另一面墙上挂着关家垴村精准脱贫作战图。上面写着，关家垴下辖关家垴、沙坡、南垴三个自然村，全村共 231 户 621 人，也就是这个村贫困人口占 66.7%，其中贫困原因，因病 61 户，因残 26 户，因学 21 户，因缺资金、缺技术及无住房等原因的 25 户，脱贫的压力确实不小。

见到队长赵兴后，他说，关家垴的脱贫工作确实不好做。大概正是因为这个，阎县长才亲自包了这个村。赵兴是在县政府办公室工作的人，到过基层的同志都知道这几年县委、县政府一级的办公室，都存在人少、任务重的情况，县政府办公室专门抽调三名精兵强将组队脱产放到关家垴，一定是因为关家垴这块骨头难啃。赵兴说，为了做好关家垴的脱贫工作，阎县长一年里入户 49 次，走访困难群众 161 人次。他们工作队就更别说了，一年内入户足足上千次，收集的问题大大小小不计其数。尤其是 2018 年整体脱贫后，因为摘帽不摘政策，村里的工作不仅没有减，反倒是越来越多了。

赵兴说，这几年关家垴比他刚来时，变化非常大。他随便举了几个例子，说县爱卫办给关家垴捐了垃圾桶、垃圾清理车以及粪便清运车后，再走到村里就没有之前的那种垃圾和厕所的臭味了。县体育中心给关家垴捐来篮球架、乒乓球桌和健身器材，县文化局送来了多功能广播扩音机，还指导村里建成了舞蹈队，村里人的业余文化生活丰富了，早不再是之前那种地头炕头单调的“两头”生活了。武警山西省总队出资 30 万元为关家垴移民新村更换党建设施，安装 35 盏路灯、44 个路灯道旗牌，让移民新村旧貌换新颜。

不过，这些都是看得见的，看不见的就是产业了。他说，现在关家垴村民种谷子，采用了渗水地膜法，总亩数已经发展到 300 亩。通过“公司+村集体经济组织+合作社+贫困户”的模式，投资 2250 万元在原峰垴自然村旧址新建一座年出栏 16000 头的新型现代化生猪养殖场；用县财政扶持 300 万元，完成了万头猪场三通一平工程；武警山西省总队出资的 220 万元资金入股万头猪场；村里又成立了众志养猪专业合作社并出资 295 万元入股万头猪场；新大象公司关家垴猪场已经出栏 3000 头，现存栏 1 万头。下一步，他们还是要依托百团大战关家垴之战、峰垴旧址等红色革命资源优势，大力发展乡村旅游。太行干部学院在关家垴村设立现场教学点，前期已经投入 390 万元改善了关家垴的基础设施。彭老总关家垴战斗指挥所、关二如旧居、停车场、旅游生态公厕已经开工。同时，村里还要组建群英乡村旅游专业合作社，引进旅游公司，进一步流转土地，发展艾草种植业。

因为时间短，我只能听赵兴说个大概，那些更详细的事都一项项地记录在他的工作日记本上。在他们办公室，坐在我旁边的是他们去年 12 月调整来的队员冯鹏。我们一起讨论关家垴这些年来贫困的原因，无论赵兴，还是冯鹏都认为是观念。冯鹏说得更直接，说关家垴是守着金饭碗过着讨饭的日子。他说村里人除了种地，就是到附近的厂矿打工，从来没有在关家垴自身的优势上做过文章，关家垴这么有名，“关家垴”三个字本身就是资源。关家垴的山还在，沟还在，老村老房子都还在，原貌几乎没变，上面又有武警山西省总队的帮扶，他说，把他们退下来的枪炮拉来，在山垴上、土坡上重新支架起来，不又是一个很好的体验式旅游项目嘛！我还起哄，说这个想法还真是创意，思路一变，观念一转，还真的到处是钱，我举例子，就说彭老总站在前线手举望远镜指挥的那张相片，多有名，大概多少爱好点军事的人都知道，彭老总手举望远镜的塑像也在原地竖起来了，要是把那个假望远镜换成真望远镜，再想办法让旅游的人能从望远镜里看到彭老总当年看到的地方，应该就不一样了。赵兴说，这几年关家垴的人也在变，他刚来关家垴的时候就动员过村民开农家乐，但就是没人愿意做，可是今年就有人愿意干了。

中午饭我们就是在新开的农家乐吃的。农家乐开在移民新居和旧村的中间，应该算是旧村最靠下的地方，推开院门进去，院里干干净净，用于接待客人的桌子就放在门对门两个平房内，凉拌黄瓜、葱炒土鸡蛋，一人一大碗面，确实是只有在农家才能吃到的味道。

关家垴给我的总体感觉是舒展的，尤其是霍全兰老人，老伴儿已经走了，她一个人住在老院，但没有给我半点孤独落寞和老来无奈的感觉；还有那位耳背的老人，他穿着浅灰色衬衣，套着白色二股筋背心，我不知道他为什么要修那条小路，兴许只是为了自己串门方便，他的表情也是平静的，没有一点因为生活的困窘或无依无靠而显出的恐慌；还有那家农家乐的主人，一个中午，作为一家之主，他跑前跑后给我们端茶倒水，送菜上饭，从他身上我看不到一个大男人干这种小姑娘或大娘儿们才干的事，而该有的不甘与委屈。更有驻村工作队的另一名小队员，他叫李海涛，应县人，研究生毕业，是县里实施“引进高素质人才”政策时到武乡的，工作没多久被派到关家垴驻村，他心绪平静，神态中的平常，让人看不出他有一点点的埋怨与不甘。

关家垴给我印象最深的两个字，似乎是安静，平适，但最准确的应该是“祥和”。我不知道2014年，或是2016年以来这里实际发生了什么，兴许这种祥和本身就是一个非常好的结果。或者说，就在这种祥和中，存在着的是另一种朝气与蓬勃。冯鹏的那个想法我不知道能不能实现，但我敢肯定的是“关家垴”这三个字会被越来越多的人知道，这里面有外来旅游者的口口相传，也有在家和出去的关家垴人，因为家乡的巨变而做的宣传。

离开关家垴，行驶在路上，我不止一次回头去看关家垴，心情非常复杂，就那么一座厚厚实实的高坡土山，最高处曾经被日军占领并盘踞，曾经让八路军战士血流成河，稍往下，便是已经破落萧条的旧村，顺着一条黑色的柏油路蜿蜒而下，在平整宽阔的山底之地是整齐而气派的移民新村，三个景象代表了三段历史，陈旧的老村一头是生死之战，一头是贫富的较量……

我不由地感慨，还是彭老总为纪念碑题的字意思深刻啊——烈士之血革命之花！

八路军战士在武乡这片红色土地上，献出的是烈士之热血，留下的却是革命之花。几十年后的今天，武乡人民不忘革命遗志，不仅让革命传统得到发扬光大，更是在一场脱贫攻坚战中结出了胜利的革命硕果。

岭头村的气质

我们再次提到岭头，是因为这几年里它的变化。

岭头村只是上司乡下面一个普通的山村。那里小米好，大黄梨也好，还有呢？我就点不出来了。因为我一直还没去过那里。不过知道岭头村这几年非常火，不仅汪洋同志来到村里，魏宝玉卖小米在田间搞直播上了中央电视台，中央财经频道来录制节目，影视公司实地拍了电影《一个也不落》，北京微店总部CEO王珂到村里来考察，《人民日报》《新华每日电讯》

《科技日报》《山西日报》《长治日报》等从中央到地方的各大媒体记者三天两头往岭头跑，就连西藏、甘肃、黑龙江的人也大老远地，一大车一大车地跑到岭头，来观摩，来学习。

岭头，这几年算是武乡最热闹的村庄了。表面上看，这个村最大的变化就是由默默无闻到人人皆知，从冷清平常到热闹非凡。一开始我心里排斥，觉得再去岭头，就有赶集凑热闹之嫌。但是，作为脱贫攻坚中起色不小，亮点独特，先行先富的代表，我似乎又不能不去。

去之前，我和现在在县委办公室工作的赵海鹏聊过天。他之前一直在县融媒体中心工作，写了大量有关武乡的新闻和文章。他说话不紧不慢，话语间喜欢停下来做一番思考。他就说，岭头这几年是真变了，整个村的气质都变了。

到底是文化人，他竟然提到了一个村庄的“气质”。可是一个村庄能有什么气质呢？

之前我们对乡村习惯用的词是“风俗”和“乡俗”，我们常常说“十里风俗不一般，八里乡音味不同”，乡村气质我还是第一次听说。赵海鹏更进一步说，岭头村的郭晋平就是一个活生生的例子，她那个人完全变了。

郭晋平我也知道，大概只要去写武乡脱贫攻坚，武乡的电商发展，就绕不开她。一个大字不识几个，只有三年高小文化的她，就是岭头村头一批敢下口吃螃蟹的人。她一个农村老太太，用一部手机做微商，一年卖农产品赚到八九万元，不要说在农村，就是城里人也会心生羡慕吧。这样的人在村里当然是典型。正是因为有了她这个示范和榜样，村里的其他人才开始后来者居上。村民魏宝玉，先是做微商卖农产品，后来跟进一步，把自己儿子拉到地里，将镜头对准了自己搞起了直播。“今天我来一段‘播种’+‘直播’，我是个种小米的，我们村多为山地及丘陵，很多农民都保持着传统农耕的方式进行谷子的种植。用水主要依靠自然降雨或者山泉，由于没有大型工业企业，灌溉水源基本上不存在污染问题。在种植过程中，我们都习惯用当地的羊粪做底肥，化肥和除草剂等进不了农田……”魏宝玉一边往地里撒有机肥，一边对着镜头说出这些话，主要意图就是宣传自己种的地绝对绿色无污染，几次直播下来圈粉50万，也正是因为他和他的土地在互联网上这么一亮相，他的小米销量几乎呈现出直线攀升的趋势。村里还有一个叫魏庆先的，更是发挥才智，把干羊粪装袋印上“好花插在羊粪上”的广告语，居然以每袋800克8.8元的价钱卖到了深圳、青岛、秦皇岛，以前没人要的羊粪，竟然一夜间变成了城里人的香饽饽。

岭头村的变主要源自“微商”。说到底，是武乡县重视电商扶贫的结果。

在我们的印象中，乡村似乎与科技总是存有一种看不见的隔膜。乡村之所以是乡村，就是因为它的乡土性和原生性。而城市则是科技的现代的，到处是人为的修改与创造。我和赵海鹏聊到岭头，他说他去过岭头好几次，岭头上上下下的几个邻村他也去过。喜欢思考的他原以为，岭头应该是某个山岭的最高处，可他几次实地考察下来，回到县城又把地图铺到桌子上，才发现，原来是自己理解错了。实际上岭头村从地形上看，应该是那一串连岭的一个“头”，而不是最高处。他是说者无意，但我是听者有心，再和岭头这几年的红火劲儿联系到一起，就觉得岭头村这个“岭头”真还暗含着某种“领头”的意象或象征了。

我们是从王家峪出来，去岭头的，一路上爬坡，直到爬到最高处，再下坡往半坡上走，才是岭头。我们去的时候，村里正在大规模修路，路两边支起标准的钢模板，深灰色的泥浆从轰隆隆的搅拌车里滚动而出，我们只好把车停在一边步行进村。

我们第一个见到的是张晓英。张晓英的名字我从很多报道中看到过，说她靠做微商脱贫致富。我向她核实，到底挣到钱没有。她说，挣了！这几年确实通过微商挣了不少钱，光去年一年就有9万多元。我们在她的店里，她不时给我们介绍货架上的商品，除了绿豆、小黑豆、核桃等一些杂粮和干果外，还有许多没有一点成本的山野菜。在她那里，一起来的武晓林和她聊得多，我主要是听、看，言语中，她十有八九的内容是在推销产品，见我不怎么说话，还趁我偶尔插话之余，赶紧抓住机会，让我扫她墙上的二维码，让我加个微信，万一有需要了可以联系她。

晓林说，这就是张晓英的变化。之前他跟领导来过岭头村很多次，印象中的她可不是这样，不要说遇到领导，就是一个普通的生人，她也不敢主动跟人家搭话。你看现在，她都不知道咱们是干什么的，说起话来都敢这么滔滔不绝。

我们第二个见的是郭晋平。

来之前，我搜过她的相片，除了在田地搞直播，就是电视台采访的，还有汪洋同志来岭头视察时她在场的，相片里的她朴朴实实，红色的棉袄，略显羞涩的笑容。但那些被定格了的相片里的郭晋平与我那天见到的郭晋平完全不同。

那天不热，天阴着。我们进入她的店时，她已经在那里了。在这之前，我们向张晓英问起过她，因为大中午的，不好确定她在不在。张晓英说，应该在。我们才往坡下走，进了她的店。郭晋平的店，货品满当当的，一个柜台将货品和顾客隔开，她坐在进门左手边收银台的地方，所有的货品，不论大小，都干干净净的，还摆放有序。我坐在她旁边。她说这个店兼有村里扶贫超市的功能，自己和村委会的货品各占一半，不过全都由她打理。对我来说，她给我最大的印象是自然。我们事先没有做过任何联系，当我介绍自己时，尤其是，晓林有点夸张地说我是什么什么名头，想来了解一下她的情况时，她的那种淡定与从容，反倒让我意外。她一条胳膊搁在收银台的桌子上，另一只手抓着手机，身体半靠在椅背上，要不是看到她的白发，单从肤色上很难把她和一个近六十岁的农村老太太联系在一起。

当时她穿着淡青稍稍发灰的圆领衣衫，领口处还有带图案的刺绣，光滑的面料看上去质地很好。这种面料应该是怕勾怕挂怕火的那种，起码不适合下地干活，无论是款式，还是面料质地，都不是我印象中一个农村妇女尤其是上了年纪的人会选的，再加上她皮肤很白，整体给人一种清爽明快的感觉。农村人在穿着选择上更多的是考虑适用耐实，但郭晋平身上的这件，显得却要时尚很多。就这一件衣服，我专门问过郭晋平的女儿，是不是她给妈妈买的。女儿说这二年她给妈妈买过衣服，但我形容的这一件，她完全没有印象。

这让我想起赵海鹏的话，郭晋平那个人完全变了。当时我还进一步问过他，她变成什么样儿了。赵海鹏说，变得自信了。我问，为什么。赵海鹏说，她从之前一个生活完全要依附于丈夫的农村妇女，变成一个自强自立自信的女人了。

这应该是一方面，我看过省电视台采访郭晋平的回放，在画面同期声里，郭晋平说，现在自己挣钱了，想买什么就买什么。

但如果仅此一条的话，我倒觉得那她只是一个个例，还扯不到岭头村的气质一说。

于是，我问她这几年岭头村的变化，她说，他们村最大的变化就是方便了。就拿 2016 年她开始做微商时说吧，那时候村里根本没有快递，到县城邮发商品，最少隔一天就要到县城跑一趟，村里有顺车就坐，多数情况是坐客车，有时候自家老汉用摩托送，家里没有包装纸，就用口袋背上，到了快递那儿，再包。现在好了，村里有了“蚂蚁到村”快递，你发个信息告他们说要发货，用不了多久就有人来了。还有就是思想也变了，她举例说，岭头下面的村里，现在还有一些老人，交个手机话费，还是自己拿着现金累呵呵地跑到上司（乡里）去交。她还说，现在只要打开手机啥事都能办了，可是那些老人害怕，不放心，手机上办，他们不信，不知道那些钱到底跑到哪里去了。还有一次，村里有个人想买冰箱，她在手机上帮人家在网上找，正好发现有一家在搞活动，时间只剩下不到两小时了。等人家选定，她马上帮着下了单，冰箱很快送来，价格比实体店还便宜了两百块钱。别的不说，就这二百块钱的差额，之前村里人哪能逮得住。

大概连郭晋平自己也没意识到气质不气质这回事。因为在她看来，自己无非通过手机卖农产品挣了钱而已，至于像我这样坐在她面前和她聊天只是为写一些文章的人，她的女儿后来跟我说，郭晋平能接受，也不反感，一是因为采访的人太多了，她都已经习惯了。二是通过类似我们这样的宣传，可以提高她的知名度，有助于扩大她微店的影响。

郭晋平是马上要六十岁人了，我要用“文静”形容她，似乎太过文绉绉了，可是和她聊天，她总是给人一种如水般的平静与淡然。我问她有没有发现自己的变化。她说，可能有一些，她最大的变化就是比以前胆大了，年轻时她总觉得自己文化不高，不愿意往人前走，就是丈夫的同学们来家里搞聚会，她也是躲到一边。这几年通过做微店就不一样了，因为做生意，你得说，得回答人家各种各样的问题，后来她越来越发现，人家其实并不看重你的文化程度。她随即给我拿起自己的商品看，一袋小米真空包装上面签的就是她自己“郭晋平”的名字，她说这字就是自己写的，歪歪扭扭，不好看，但那也是自己的。再有，之前自己去县里听课时，坐在讲台下面听，自己还不好意思，总觉得年龄大了，这是来干吗，要是学不会，做不成，多丢人。现在就不那样想了。这两年，村里经常有外地人来学习，她说就是自家院里满当当地坐一院人，她也能给他们讲上几个小时。不光是在村里，外地她也去，只要有人请，只要有时间，自己就去，报酬高低那是另说，关键是她发现自己一个老太太竟然可以上台讲课了。自己是文化程度不高，可是台下坐的人也不一定文化程度都高，再说反正就是讲经验和体会嘛，又不是讲理论，有什么好怕的。

郭晋平确实自信了。这份自信带给她的另一个变化是她看待农村的眼光变了。

我问过郭晋平的女儿对岭头的变化如何看。她说比之前确实漂亮了，过去破破烂烂的地方都做了整修，路旁还竖了那么多好看的标识。但郭晋平看到的却不是这些，她说了一句很厉害的话：“我就觉得，我们村现在和城里没有什么区别。”怎么能说没有区别呢？无论软件，还是硬件，农村还是和城市有着一截儿距离的。郭晋平手里的手机，如果我没猜错，应该就是她女儿跟我说的，她嫌女儿在她初做微店时送她的手机内存小，自己挣钱后新买的那个大内存手机，手机屏幕上不停地有新信息提醒，她一边跟我们聊天，一边回复人家。她显得从容自如，已经没有了几年前因为收货地址粘贴在一起，将两家的货发送到一家，而产生的慌张；也没有了在学习班上，因为能认的字不会写，会写的字不能用，最终不得不请人帮忙来输入时的自卑。

岭头村人自信了，变得昂首挺胸、阔步向前。正如村民魏宝玉在接受采访时讲的那样，什么东西都有个过程，中国的农业慢慢发展，将来肯定也是要向职业化、科技化进军，再不可能停留在20世纪牛啊骡子啊耕种了。我们岭头村现在时常有人来参观、旅游什么的，走到村里一看，谁能想到过去穷成那样！现在，岭头村人的思想改变了，认识也提高了，人的心思也正了，过去村里闹矛盾、上访告状，现在村里人也不闹矛盾了，农忙时想着把地种好，有空了想的都是抓住机会，抓住现在的好政策，多挣几个钱。因为不巧，魏宝玉外出，我没有见到他。不过，2019年新年，作为庄稼汉的他花4000元为全村70户常住村民都送上了一份新年礼物“一桶食用油”的事，我是知道的。一桶食用油其实算不了什么，4000元也不是掏不出，我看到的是一个靠种地为生的农民在其中的变化。

郭晋平和魏宝玉只是岭头村的缩影。在这场脱贫攻坚中，他们不仅仅是物质上脱了贫，改善了生活，更重要的是精神上得到了本质的提升，他们认识到在新时代下，“互联网＋”的重要性，开始把电商视作了“新农具”，把“直播”看成一种新职业，他们再也不会认为农村死水一潭没有希望了，之前他们可能一心要把孩子往城市送，现在却有可能想，其实农村有农村的好，只要自己努力，哪里都可以实现人生梦想。

如果没错的话，赵海鹏讲的岭头村的气质之变，应该就是指这些吧！

横看梁子，竖瞅柱

我只是就自己的所见所闻，举了岭头和关家垴两个例子。想一想，215个贫困村遍布武乡各个乡镇，即便是非贫困村，这几年搭上脱贫攻坚这班列车，方方面面的改善，方方面面的发展，都不容小觑。武乡的变化是全域性，整体性的，既包括经济指标，居民收入，也包括民众的精神。无论哪个乡镇，每到一处，总有一种“事隔三日，刮目相看”之感，县城里楼宇相连，市场如潮，乡村里干净整洁，一洗如新。这些深刻的变化，或说令人瞩目的成绩，所有的一切都是因为武乡“三年集中攻坚、两年巩固提升”的如期实现。再往深层推，那便是得益于党的坚强领导，国家的倾情投入，帮扶单位的鼎力支持，第一书记和扶贫干部不计得失的忘我工作。

那么，现在就让我们从“四梁八柱”的数字中，整体上，看看武乡的这场脱贫攻坚战吧。

我们先横着看四梁：

农业产业基础更加固实了。五年来，武乡共实施产业发展项目4237个，投入资金7.52亿元。215个贫困村集体经济收入全部实现破“零”，所有贫困户至少有一项当期增收项目。农业上，特色种植、规模养殖、农产品深加工“三轮驱动”并驾齐驱，种植核桃经济林12.7万亩、优质谷子10万亩、梅杏2.1万亩、油用牡丹1万亩、中药材5万亩、蔬菜大棚3500亩；发放牧养鸡48万只，肉鸡年出栏1720万只；生猪存栏5.4万头，育肥猪出栏10.8万头，出栏仔猪11万头；肉羊存栏12.7万只。

电商产业打造成了经济发展新引擎。建构了“整村微店”“一店带多户”“三商联动”“扶贫购平台”等电商扶贫模式，全县共建电商服务站233个、发展微店村100个、微店5500个、扶贫创客小院30个。积极鼓励支持农民工回乡创业、残疾人自主创业，仅返乡农民工魏跃帅一个淘宝店年销售小米达到40多万斤，带动100多户贫困户增收。村民李鑫夫妇因残致贫、生活困难，学电商开微店后，年增收1.3万多元，不仅实现了自身脱贫，还成了电商培训导师。全县出台生产商、网商、服务商“三商”联动机制，既保证了产品的质量，扩大了产品的影响，又拓宽了产品的市场。

红色旅游产业激发出了新动能。按照省、市锻造“太行旅游板块”部署，全县形成了“红色+绿色+古色”的全域旅游模式，大力推行“旅游+乡村振兴+乡村农家乐+土特产销售”等旅游扶贫新业态。先后共投资10多亿元打造八路军文化园、游击战体验园、《太行山》大型实景剧“两园一剧”经典景区，提升改造太行龙洞、板山风景区，改造扩建八路军太行纪念馆和八路军总部王家峪、砖壁旧址。着力在“旅游+特色小镇”上做大做深新文章，精心打造丰州镇魏家窑村、大有乡李峪村、贾豁乡古台村等32个乡村旅游村，发展农家乐232户。成功举办了八届八路军文化旅游节，相继建立了太行干部学院、太行少年军校，并被团中央确定为全国青少年太行革命传统教育基地，武乡的红色文化品牌知名度和影响力不断扩大，仅2018年就接待游客555.8万人次，同比增长23%；旅游收入55.7亿元。

生态扶贫走出了新路径。成立37个脱贫攻坚造林专业合作社，从2017年开始每个入社贫困劳动力造林面积每年不低于35亩。全县林业生态扶贫造林5.2万亩；核桃经济林提质增效4.1万亩，新一轮退耕还林2万亩。

再来竖着瞅八柱：

基础保障方面。五年来在水、电、路、网、物流、公交车、有线电视、手机信号“八大”畅通工程上，累计投资12.29亿元，实施安全饮水工程451处；完成农村公路建设项目570多公里，完成“农村四好公路”240.2公里，贫困村道路养护维修70.8公里，自然村道路硬化提升140.1公里；在全市县区内率先实现了城乡公交一体化和农村物流全覆盖。实现了教育、医疗、养老、低保、意外伤害险“五个”全覆盖。

住房安全方面。五年累计投入资金 3 亿元，建设移民安置点 73 个，搬迁贫困群众 2483 户 8729 人。采取全面排查鉴定、分批分步实施、新建修缮并举等措施，投资 1.39 亿元新建改建农村危房 9945 户，特别是针对少数享受补助仍建不起房的五保户等特殊困难户，采取集体筹建周转房的安置办法，坚持集体所有、个人居住，做到了每一个贫困人口都有安全住房。

政策落地方面。在教育扶贫上，为全县学前教育阶段 1558 名家庭贫困幼儿，发放资助金 155.8 万元；为义务教育阶段 2102 名家庭贫困寄宿生，发放生活补助 240.83 万元；为普通高中免学费补助 155.6 万元；为 1453 名高中学生发放国家助学金 290.6 万元。免除职中学生学杂费 796.2 万元，为 799 名职中学生发放中职国家助学金 157.8 万元。为 3909 名中职（中技）、高等职（专）业学生发放资助金 781.8 万元；为 594 名考入二本 B 类以上大学生发放资助金 297 万元。两年来为 8756 名学生发放县级资助金 408.34 万元。在健康扶贫上，着力化解因病致贫和“支出型贫困”问题，为所有农村建档立卡贫困人口建立电子健康档案，开展农村贫困人口健康扶贫“双签约”服务，累计签约 15479 人，随访 29659 人次，签约服务率达到 100%。强化便民服务措施，严格执行“先诊疗后付费”和“一站式”结算制度，“先诊疗后付费”累计受益 11164 人次，“一站式”累计结算 4892 人次，补偿费用累计 1745 万元。开展慢性病患者筛查鉴定 6068 人次，为 5728 名慢性病患者办理慢病卡，支付资金 408.8 万元。在光伏扶贫上，一是贫困户贷款发展户用光伏，给予前三年基准利率贴息；二是 28.6 兆瓦村级光伏电站，每年收益按比例分配给 215 个贫困村，用于壮大村集体收入，贫困户通过公益性岗位、公益事业、奖励补助等方式获得光伏收益；三是对 30 兆瓦集中式光伏电站，每年 301.5 万元发电收益用于分配给 162 个非贫困村的深度贫困户。累计投入资金 4.4 亿元，建设分布式村级地面光伏扶贫电站 50 座、分布式村级屋顶光伏扶贫电站 174 座、集中式光伏扶贫电站 1 座、户用光伏扶贫电站 141 座，总装机容量 64.55 兆瓦，已全部实现并网发电，惠及215个贫困村6185户贫困户，户均增收3000元。在金融扶贫上，通过“五位一体”小额信贷、“三农”担保贷款、农金村办、“富民贷”“强农贷”等金融扶贫模式，全县扶贫小额贷款累计发放2.3亿元。由县政府担保抵押700万元、邮储银行放大10倍的“大山、大象富民贷”，贫困户贷款政府贴息第一年100%、第二年50%，贫困户贷款入股大山禽业有限公司、大象养殖有限公司按10%的年回报率作为固定收益。在落实好上级各项政策的同时，县里又出台20项特惠政策：在产业扶持上实施村集体产业发展扶持、“一户一项”产业扶持、种植业保险、油用牡丹、日光温室大棚、渗水地膜谷子补助、资产收益保底、光伏扶贫扶持等8项政策。在电商扶贫上实施了电商创业物流补贴、微店村、电商创客小院补助、供销E家贫困村网点等4项政策。在基础设施和公共服务上实施村容村貌整治、户容户貌改善补助、新购公交车56辆、学前教育和义务教育阶段学生资助、为所有农户免费健康体检、为贫困户代缴大病医疗补充保险和意外伤害保险等6项政策。在激发内生动力上实施扶贫超市补助、扶贫车间奖补等2项政策。

资金投入方面。五年来，累计投入资金27.1亿元。为确保扶贫资金用在点子上、用在刀刃上，县里制定出台《武乡县脱贫攻坚项目库管理办法》，严格实行公开公示制度，所有扶贫项目及资金信息均在政府门户网站进行公示。

提高就业技能方面。累计培训22969人次，其中“建档立卡”农村贫困劳动力5960人。积极组织用工单位与贫困劳动力对接，与北京、天津、太原、长治等地十多家用工单位签订了劳务合作协议，建立了长期劳务合作关系。同时，通过实用技能培训，发挥本地企业优势，让贫困群众实现就近就地就业。对到外省务工的建档立卡贫困劳动力，给予一次性交通补贴800元。全县实现4860多人贫困人口的转移就业。

激发内生动力方面。一是建立县有大讲堂、乡有实践所、村有小夜校

“三位一体”的扶智扶志格局。县、乡、村三级党政领导和农业技术专家、致富能人轮番登上讲台。通过学思想、学文化、学政策、学技术，着力在扶思想、扶观念、扶信心上下功夫，彻底改变贫困群众“靠着墙根晒太阳，等着别人送小康”的不良现象，实现了从“要我脱贫”到“我要脱贫”的观念转变。二是创建“扶贫超市”积分激励。县级层面，依托太行干部学院、电商创客中心为贫困群众提供宣传窗口，拓宽销售渠道，帮助售卖土特产品、手工艺品；乡镇层面，按照“综合服务社+扶贫超市+惠农中心”模式，全力打造“四镇一乡”5个电商扶贫超市，集社会捐赠、积分兑换、代买代购、农副产品代销、提供折扣商品、惠农服务、新型职业农民培训等七大功能于一体；村级层面，建立“爱心扶贫超市”，畅通精准帮扶、爱心捐赠、积分兑换渠道，激发贫困户内生动力，帮助他们在家门口增收致富。全县共建“扶贫超市”187家，有14000多名贫困群众参与积分兑换。三是全县328个行政村全部建立“一约五会一墙三榜”（村规民约，村民议事会、红白理事会、道德评议会、禁毒禁赌会、村务监督委员会，社会主义核心价值观文化墙，善行义举榜、当代乡贤榜、光荣脱贫榜），组建378支702人的县乡村三级宣传队伍进行先进事迹宣讲报告、“文化扶贫”活动，举办“感动武乡人物”评选、“光荣脱贫户”评选活动，大力倡导“婚事新办、喜事廉办、丧事简办、小事不办”，大力弘扬真善美、传递正能量，进一步增强了群众自我管理意识，进一步激发了贫困群众参与脱贫的热情。四是扎实开展“消费扶贫”传递爱心、凝聚力量。县乡干部职工带头做表率，各级帮扶工作队积极参与，把消费扶贫工作和自己的日常经济行为、消费行为与爱心行为、慈善行为结合起来，主动购买贫困群众的农特产品，2018年累计消费200多万元。

党建助力脱贫方面。一是加强“三基建设”引领脱贫。坚持抓党建、强“三基”、促脱贫，层层压实压牢农村党支部带领带动贫困群众脱贫的主体责任，充分发挥党支部、支部书记、党员干部的先锋引领和示范带头作用，在全市率先开展党支部规范化建设试点，精心编制《武乡县基层党组织规范化建设手册》，创新开展“六星创建活动”“1 + 6”包联整顿后进党支部、基层组织规范化建设、“1 + 1”模式管理流动党员、主题党日“6 + N”活动、创建“党建客厅”，着力把农村党支部建设成为带领群众脱贫致富的前沿战斗堡垒。积极发展率先脱贫、符合党员条件的群众加入党组织，发挥政治示范作用。共有1023名党员贫困户率先脱贫，52名率先脱贫的带头人光荣入党，23名脱贫带头人被党组织培养成为入党积极分子。比如，电商直播网红、贫困户魏宝玉2017年5月被发展为预备党员后，与12户贫困户签订农产品销售订单，带动贫困户户均增收3000多元。深入开展“万名党员联万户、干部群众心连心”活动，每名党员结对帮扶1户贫困户，力所能及帮助贫困户解决“微心愿”，从思想上、生活上、发展上给予全方位帮扶。二是深入实施“五帮联动”机制。制定出台《关于建立完善“五帮联动”精准帮扶机制的实施意见》，中央、省、市、县先后派驻1234支驻村帮扶工作队，4391名帮扶干部，976名第一书记，5657名帮扶责任人。制定出台了《武乡县关爱脱贫攻坚一线干部激励办法》，驻村干部人身意外保险、生活补助、交通补贴足额落实到位。同时，对帮扶工作不力、责任落实不到位的，从严追责问责，共约谈帮扶单位负责人、工作队长、第一书记41人，召回第一书记2人，免职乡镇书记1人。三是实施干部帮扶“六六八”工作法。从严落实县处级领导干部、县直帮扶单位一把手、驻村工作队和第一书记、帮扶责任人、乡镇包村干部、村“两委”干部的工作责任和具体任务。县委确立在脱贫攻坚第一线识别干部、考察干部、选用干部的鲜明导向，先后提拔重用脱贫一线优秀干部48名。

强化责任落实方面。打赢脱贫攻坚战，是武乡县委县政府向省委省政府、市委市政府立下的军令状，是向全县人民作出的庄严承诺，是一场必须打好打赢的硬仗。县委县政府主动把脱贫攻坚主体责任扛在肩上、抓在手上，制定出台脱贫攻坚“十三五规划”、八大工程20个专项行动计划、脱贫摘帽行动计划、加强脱贫攻坚工作七条措施、贫困退出工作方案、脱贫攻坚三年行动实施方案等系列文件，严格实行“1225”督查巡查机制、黄牌警告、通报批评制度，对 4 个乡镇、2 个职能单位、5 个帮扶单位、2 个帮扶工作队给予“黄牌警告”，对 7 个乡镇、4 个职能单位、14 个帮扶单位、3 个帮扶工作队和 21 名工作队长、第一书记、村党支部书记给予通报批评。工作中坚持以问题为导向，抓落实，抓考核，抓管理，全县 328 个行政村集体经济收入全部“破零”，222 个村达到 5 万元以上，农村居民人均可支配收入由 2014 年的 5052 元提高到 2018 年的 7430 元，年均增长 10. 1%，县委县政府超额完成了对全县人民的庄严承诺。

七　心灵密码

韩北乡固村的村委大院，建在山梁上。你站在院门外，回头可以看到身后从乡政府来时，刚刚爬过的山垴，转头向前，可以看到一叠叠的山脉波纹般沿着天际线向两边延展开来，再往前看，或者说就在那些层层的山脉褶皱里，东面是黎城，南边是襄垣，再加上你眼前这个静谧的山村，脚下还有习习的凉风从沟底吹来，你心中很自然地会涌现出“最边”“界”“偏远”的感觉。固村自然条件恶劣、山大沟深、交通条件极端落后，2017 年还有 10 公里的山区土路，全村原本 9 个自然村，村与村之间最远相距 15 华里。想想看，这就是你要生活工作的地方。那么，当你第一次站在这里面对它时，会是什么样的感受呢？好在这个人不是你，不是我，而是另一个人，他就是国家税务总局武乡县税务局派驻固村的第一书记兼工作队长武同凯。

生于1962年的武同凯，干了30多年税务工作，当过4年兵。受过多年党的教育，经历过部队磨炼，税务工作争先创优作风培养的他，尽管快到退休年龄了，但作为第一书记踏入固村的第一天，就下定决心，带领工作队拼尽全力让当地的群众脱贫，过上好日子。他落脚固村后，到一个叫杨光的聋哑人家里走访，一进屋就被满屋子大大小小的雕刻怔住了。那些雕刻在杨光心里只是爱好，可在武同凯眼里就变成了艺术，于是他设法帮杨光联系销路，很快给杨光带来5000多元的收入。一年腊月二十六，天很冷，凌晨四点武同凯突然被手机铃声惊醒，电话是村里一个叫朱富民的老党员打来的，他有气无力地跟武书记说，自己左半身麻木、头晕、喘不上气来……武同凯赶紧叫醒两名队员，一起跑到朱富民家，给朱富民穿好衣服，和村民一起抬着朱富民走了10里山路，才找上车把朱富民送到县城医院……

后来我在武同凯的微信朋友圈里，看到他发的内容最多的就是关于固村的，固村的枣树、固村的喜鹊、固村的日出、固村的月亮、固村的雪景、固村的饭场甚至是固村老窑洞里拣出来的旧荆条篮。2020年7月上旬的一个上午，我和他以及他的老搭档郝亚军，坐在村委敞亮的大院里。我问起他年龄。他说自己确实老了，本是当姥爷的人了。可是自己在单位是党支部里的组织委员，有这个机会，自己还是下来了。到了基层，他最大的感受就两点，贫困户的日子是真苦；再有就是电脑用得不好，要不是局里给配了个小伙子，工作上还真是麻烦。至于个人生活，基本上没啥不适应，就是工作上除了比局里辛苦外，也没什么太大的难处。武同凯显得很轻松，他说，都是个人嘛，人心换人心，你只要把心交给老百姓，老百姓自然也把心交给你，工作上的事情也就好办了。可能是年龄的缘故，他一再说，农村不比城市，很多鸡毛蒜皮的事可不一定是小事，很多听上去必须丁是丁卯是卯的事，却不一定那么严格。总之还是个交心的问题。譬如有两次，村民们就因为一些兜底政策享受不上，把他围住要讨个说法。两个多小时别说让他喝口水，就是蹲下歇一歇的机会都没有。但他不生气，也不急，因为他理解村民，了解村里的情况。毕竟自己年龄这么大，经历的也多，他就和村民们尤其是那些年长的，一起回忆自小到大的过程，问他们现在的日子比以前怎么样，小时候破布片片都裹不满身，一年也吃不上一顿饱饭，可是现在呢？再拿种地来说，过去不管一亩打多少粮食，收秋后得上缴公粮吧。现在呢，不仅一斤粮食不用交，自己种地还能享受国家的补贴。再有，村里的水、电、公路、网络、低保，包括危房改造，哪一项政策没有享受啊。这么一项一项，一件件地细聊，村民们慢慢就理解了，事情也就过去了。

武同凯书记的密码就是“交心”，不管什么工作，先做到换位思考，把自己一颗为老百姓的心交给老百姓。这让我突然意识到，我们身处这个处处讲行动，样样看结果的时代，有时候是不是太看重报表上的数字了，处理问题的方法是不是太教条僵化了。尤其是那些身处一线和老百姓打交道的人，其实每天都在努力地做事，强调行动，可是到头来，工作效果却不理想，不仅得不到老百姓认可，自己还落个费力不讨好的下场。和武同凯书记聊天，我发现，他注重的是“心动”，也就是动情。人毕竟是有心的，也是讲感情的，只有你懂他他懂你，交流才会畅通，信任才能建立，合力才能形成。脱贫攻坚难，难就难在心上。采访中，我发现，凡是做成事的人，不论他是第一书记、工作队员、县乡村领导，还是社会上的热心人士，无一例外都是由“心”开始，当然在他们那里讲，是工作方法，但在我这里，我倒更愿意相信是密码。

张宏才的赤诚之心

2016 年 10 月 21 日下午，在山西医科大学第一附属医院住院部心胸外科病房里，躺着一位 50 多岁的病人。他眼睛微闭，面色苍白，阵阵的疼痛使他的头部直冒汗珠。他右手臂上输着液，鼻孔里插着氧气管。医生说："他左侧胸部两根肋骨骨折两根肋骨开裂，肺部洞穿，形成气血胸。"

这位病人是山西省供销社驻武乡县扶贫工作队队长张宏才。

2020 年 7 月中旬，我在武乡石北乡西黄岩村见到了他。不过那时我还不知道他被摔断两根肋骨的事。我在另一村吃了午饭直接过来，事先没有联系他，因为时间有点早，我到他们工作队的办公室后，才给他打电话。张宏才随即从对面的村庄走来，穿一条西裤，一件淡青色 T 恤，戴一副眼镜，清瘦素静，有股儒雅之气，说话不紧不慢，却有思想。于是我们坐在沙发上，聊了起来。

张宏才说，在基层做工作不容易。第一条，当你来到村里时，村里人会看你是不是在做实事。就说楼则峪村吧，那个村和其他贫困村差不多，2016 年确定的 70 户 200 多名贫困人口，多数老弱病残。为了尽快让他们摆脱贫困，他反复调查市场，测算效益，逐户登门深入家中征求意见，又多次召开贫困户大会，最后决定先办个养猪场。他经过多方筹集，又动员帮扶单位进行捐赠，共得到了 105 万元的资金，加上贫困户个人入股，村集体产业发展资金和基础设施建设资金，项目算是开工了。猪场完工投入运营，第一批肉猪出栏 975 头，产生收益 26 万余元。2018 年 5 月，楼则峪又进行了二期肉猪场的建设，形成年出栏 3000 头生猪的养殖规模。这个村有一对农民夫妻，王补娥和丈夫，两个都有病，王补娥冠心病，丈夫严重的腰椎间盘突出，一年到头几千元的药费再加上儿子上大学的学费，让这个基本没什么经济来源的家庭日子过得捉襟见肘。王补娥原本是老高中生，她想发挥自己有点文化的优势在村里办了一个家庭幼儿园，可是村民们因为她是自己办的，很少愿意把孩子送来。张宏才到她家家访，就建议村里的猪场建成后王补娥先去帮忙，等猪场扩大规模后再提高她的待遇。王补娥接受了。随着猪场小猪一天天长大，王补娥从中看到了脱贫的希望，再后来，随着猪场开始正常运营，她家的收入也就有了保障。

2019 年初，张宏才新接收的西黄岩村顺利通过上级部门的层层验收。西黄岩村 2019 年利用 20 万元扶贫资金，又争取了帮扶单位 10 万元帮扶款，工作队和村干部千方百计动员村民用 60 万斤玉米入股村脱贫产业，仅用一年时间就成功养殖了 1100 只羊，产生收益 20 余万元；在发展养羊产业的同时，张宏才探索一条多产业并举的路子。从 2019 年秋冬开始，张宏才联系阿特斯新能源有限公司，准备在村发展 100 兆瓦、投资 5 亿多元的光伏发电，半年时间里，他踏遍石北乡西黄岩、东黄岩、圪咀头沟沟坎坎、荒山荒坡，跑遍林业、土地、环保、能源等部门，光伏项目顺利推进，自己垫付了多少费用连他自己也说不清楚。为了给帮扶的村修路，他一次次和上级交通部门联系，给帮扶的 4 个村要回 90 万元修路款，为改善村容村貌，发展脱贫产业发挥了重要作用。

第二条，人家会看你是不是出于真情。2018 年 2 月，马牧村贫困户郝建中查出胃癌，妻子又突然遭遇车祸，张宏才得知情况后，先通过捐赠平台悄悄捐了 500 元，随后又在工作队中发起募捐活动，在他的带动下，工作队共捐了 6000 余元。事后张宏才到郝建中家中去看望，得知郝建中妻子与肇事者打官司形势非常不利，张宏才又主动通过朋友协助帮忙，打赢了官司。随后工作队又协调山西省肿瘤医院和县人保公司给报销了部分医药费，帮助他们家度过了暂时的困难。书社村有户人家，男主人叫陈树文，50 多岁，一条腿残疾，妻子患有眼疾，家里三个孩子，大儿子上初一，两个小的当时一个四岁，一个才两岁，全家人都住在破窑洞里，靠低保过日子。张宏才到村里核对贫困户情况时，看到他家的窑洞顶已经有了裂缝，心想这房子万一遇上大雨非常危险，他赶紧向省社领导请示，在筹集到 7.6 万元的情况下，又到县里帮他们家申请到 1.4 万元的危房改造资金，两个月后，在雨季来临前在村口赶着盖起了 65 平方米的三间新瓦房。房子建了起来，可是屋里空空，他又自掏腰包将 5000 元送到村干部手里，让他们帮着陈树文家购买家具。2017 年，省供销社考虑到张宏才因公负伤，给了张宏才

5000元生活补贴，而张宏才却考虑到他的扶贫队员们生活更艰苦，便把这5000元全都分给各村的扶贫队和第一书记。2018年10月，张宏才捐赠给了武乡第一中学价值约2000元的高考图书，2018年11月，他的一名扶贫队员期满要回单位了，张宏才给了这个队员2000元，让他在离任前再慰问一次贫困户。再有，有一年扶贫日，他和队员们一起去楼则峪村家访，在路上碰到一户农民收玉米，他看这个农民干活手脚不利索，就让队员们去帮着收，他自己也从路上一脚跨到地里，结果还踩到了粪堆上，后来一看，那个农民果然是残疾。其实这些事早已经超出了他们扶贫工作的范围，但是他觉得自己既然下来了，就得把自己看作村里人，乡亲们的事就是自己的事，他得让乡亲们觉得自己是一个愿意真情付出的贴心人。

第三条，人家会看你是什么做派。工作上，张宏才不怕。他搞了一辈子财务，做事认真细致已经成了职业习惯，就是简简单单给上边报一个表，他也会反复检查几遍，如果一些表格内容不详细，不科学，他自己还会动手加工再设计一套。尤其是给村里做项目预算，他更是细之又细，因为他知道在脱贫工作中很多东西没有硬性标准，工作做不细很容易造成浪费。自己到基层是来帮扶的，工作上必须做到比上级要求的更严格。再说自己毕竟是省里派下来的，一言一行基层的干部群众都看在眼里，能不能给基层带来好作风，成为好榜样，那是次要，最起码自己得对得起“省里派来的”五个字！后面这几句不是张宏才的话，但在聊天中他就给了我这样的一种感觉。

2016年11月，张宏才就已经查出甲状腺癌了，可是一直拖到元旦前，他才回太原做了手术。术后出院在家没休养多长时间，2017年1月15日，他又不顾身体虚弱，回到了武乡扶贫一线。因为要过春节了，他放心不下工作，放心不下村里的百姓，4个村135户贫困户，他拖着虚弱的身体冒着严寒，踏着积雪，一户户去做了慰问。2017年10月虽然经过两次放疗，病灶却还是发生了转移。由此开始，张宏才不得不一方面想方设法帮助贫困村、贫困户脱贫，一方面还得克服生活中的种种困难与病魔做斗争。

“我们乡来过多少任扶贫队队长，像张宏才这样做事认真的还是第一次见到。”石北乡党委书记张彬宏这样评价张宏才。

这些事有一大部分是我离开武乡后，从别人那里得知的。我和张宏才聊天时，他几乎没有提到自己的个人情况，唯一说到的就是他刚驻村时，自己还有一个 86 岁患阿尔茨海默症的老父亲。老父亲住在自己家，吃饭需要有人一勺一勺喂，自己跑到了乡下，就得由自己爱人照料，自己尽不上孝也就算了，结果还把责任推给自己的爱人，心里真是过意不去。更让他万般愧疚的是，作为孝子的他，父亲离世时自己却没在身边。听到这里，我当时就想，我们有一些党员，动不动就把高尚的情操、伟大的理想、光荣的使命等之类的口号喊在嘴上，写在总结材料上，我眼前的这位已经被病魔折腾到瘦弱不堪的扶贫干部，他不就是天天在做着这些事嘛，可是他为什么就一句都没跟我说。他真的没说，连他肋骨摔断的事都没说，一个下午，他跟我聊的全是如何动员村民入股办猪场的事。后来我从别人那里才得知那次意外的详细情况：2016 年 10 月 20 日的下午，他先去楼则峪查看过那里正在建设的肉猪养殖场，又到东黄岩走访贫困户后已经是晚上七点多了，那天下着小雨，天黑路滑，村里的路坎坷不平又泥泞，为了躲避迎面而来的大货车，他脚下一滑摔到了路边的水沟里。巨大的撞击力让他的胸部疼痛，使他昏厥。他在水沟里躺了好半天，才慢慢强忍着伤痛爬出来，艰难地回到驻地。队员们看他浑身是泥，一只手还死死地捂着胸部，就感觉情况不妙。问他怎么了，他说没事，自己不小心滑了一跤，休息休息就好了。他上床躺下后，整夜疼痛，最后呼吸困难，脸色惨白，大颗大颗的汗珠不停从头上往下流。第二天，队员白志荣见状，觉得怎么也不像他说的那个样子，哪里只是不小心滑了一跤，一个人不小心滑一跤能成那个样子？白志荣赶紧驱车把他从住地送回到太原的医院。

这才有了文章开头的那个场景。

张宏才就是这么宠辱不惊、默默无闻地在扶贫一线工作着。要知道，他是在长期带病工作，最最担心他的，当然是家人。有一次，他已经有半个多月没有回家了，爱人实在放心不下，便自己从太原跑到村里来看他。可是，当她推开屋门，看到张宏才住的屋里，堆着一叠一叠的资料、放着一堆一堆的表格、摊着一张一张的项目图纸时，她半天说不上话来，她似乎顿时理解了自己的丈夫，作为妻子，她还能说什么呢？她只能在自己临走时深情地告诉丈夫："你就安心在这里工作吧，家里的事有我呢。"一向性格平和，不爱动情的张宏才，却因为爱人这么一句普通又平常的话湿润了眼睛。

张宏才先后被评为山西省扶贫先进个人、长治市扶贫先进工作者、武乡县扶贫模范，山西省省直机关道德模范、山西省十大乡村爱心大使、武乡县特级劳动模范、山西省脱贫攻坚贡献奖。但以我那天下午和他聊天的感觉，断定这些荣誉是国家和武乡人民对他这么多年忘我工作的认可和褒奖，但从内心里他是不会在乎的。我最近看到一篇关于他的报道，里面有一句话这么讲：张宏才就是靠着一颗赤诚之心去精准扶贫赢得了老百姓的信任和社会的感动。他用自己的生命爱着农民。

那么，他的一颗赤诚之心和对农民之爱，到底来自哪里呢？

我听张宏才说过，他出生在农村，自小就深知农村农民的疾苦。张宏才家有兄妹五个，上有兄，下有妹，他排行老四，他的童年时期是在缺衣少粮的环境中度过的。1978 年，他考入晋东南会计学校，在长治上学的三年里，让他对这片老区有了不一般的认识。而他的老父亲早在 1948 年就参了军，先是参加解放战争，后来是抗美援朝。农村、农民、革命老区、战场以及军人对他影响很大，2016 年 5 月山西省供销社确定驻武乡扶贫工作队时，他就主动请缨，向组织递交了申请，5 月 17 日他带队到了武乡县石北乡，踏上了武乡这片曾经是硝烟弥漫的土地。之后，他用四年多的时间，圆满完成了帮扶任务，让贫困村、贫困户实现了脱贫，更重要的是他从一个"你们来干啥的"当初村民的疑问中，用自己的一片真心，换来了 4 个帮扶村 2211 口人对他亲切的称呼——俺村老张。

在媒体宣传上，张宏才成了“坚守初心、事不避难，艰苦奋斗、矢志扶贫”的典型和榜样。我倒愿意相信，他所有的付出，都是因为他胸中有一颗对农民怀有深情，对老区心存热爱，只想用一己之力，为老区人民做一些力所能及之事的朴素的赤诚之心。

越干越穷的村党支部书记

为了印证对故城镇河底村的看法，我从镇政府那里得到一份河底村的事迹材料。里面这样写：

河底村位于故城镇西4公里处。2017年整村脱贫。全村115户377人。其中建档立卡贫困户67户，贫困人口225人，耕地1040亩。

一、基础设施大力改善：投资8万元建设500平方米河底精神文明文化广场；投资45万元建设350米护村坝及3000平方米游园广场；投资24万元建设300平方米百姓之家；投资15万元建设300平方米村级老年日间照料中心；投资15万元修建200米排水渠；协调建设“星星点灯”工程安装16盏太阳能路灯。

二、产业发展势头强劲：2019年投资100万元建设村级发展养牛场项目一座，经过3个多月运营，在原购进24头母牛的基础上翻了一番，目前养牛场存栏达到近40头，估算收入达到15万元。其中贫困户在养牛场存栏母牛30余头，为河底村脱贫攻坚巩固提升提供增收保障。

三、村民生活稳步提高：目前有货运车辆共10辆，农用车辆共计30辆，发展养殖业35户，为村民协调在外务工岗位58人，通过多筹并举，村民收入大大增加，村民生活水平稳步提高。

四、内生动力持续增强：为充分调动村民积极性，在支村“两委”多方协调下，争取到资金3万余元开设村级爱心扶贫超市一座，购进物品100余种，制定了规范的爱心超市管理办法及积分兑换制度。在第一书记及工作队积极协调下，引来社会爱心企业及团体通过爱心超市平台为村捐赠达10万余元的生活物资。

一共500多个字，干巴巴的，但有力，抢眼。当我坐到河底村会议室时，村党支部书记王鲜鹏递给我一份河底村的简介，内容更是简之又简，基本上是数字，其中一个数字很吸引人，简介上说“本村2019年人均年收入10300元”，不错呀！那是我在武乡采访过的村里收入最高的一个。

王鲜鹏坐在我对面，右边墙上挂满了各种先进的牌子和锦旗。我们聊起河底村的脱贫攻坚。河底村的变化，其实不用他多说，新修的河坝、公路边的文化广场和老年日间照料中心就摆在那里。聊天中，王鲜鹏无意间说自己是一个越干越穷的村党支部书记，让我产生了兴趣。在没有打断他说话的情况下，我一边仔细打量这位支书，一边在手机上搜索他的资料。网上关于他的信息非常少，只有一小段4月县里搞爱国卫生运动时他在电视上说了几句话，像个经验交流，自然也是紧急召开“两委”和村民代表会做好动员工作，全村进行卫生集中大整治，具体做法是按区域按片划分，党员干部齐上阵利用大型机械清理河道，村里的妇女负责打扫大街小巷，每周一、三、五派专人定点收集垃圾外，又设置了保洁员进行日常维护。我转头正好有一块爱国卫生运动奖牌，一块PVC板上贴一张封膜。我问他村里得到这么一个“纸片片”，有奖金吗？他说，哪有，一分钱也没有。旁边坐着的一名扶贫工作队员说，王鲜鹏这个人就是这样，说自己挣钱不挣钱不要紧，他更看重那些牌子，村里一得了先进，他就高兴。

我们同样是没有打招呼，就直接到河底村的，顺路还拉上了副镇长屈路燕以及扶贫专干赵晓慧。我有我的用意，去一些地方采访，我们会故意绕开乡镇领导，到河底村我们却专门将镇领导和扶贫专干请到现场，这样有个好处，村干部在聊脱贫攻坚时，无论是数据还是事情，他不可以说谎。

说实话，王鲜鹏最初给我的印象并不好。他个子不高，黑壮黑壮的，关键是左胳膊上纹有一把宝剑，说话嗓门大，语速快，外表与我想象中的村党支部书记样子出入很大。可工作队的人讲，鲜鹏书记是一个真抓实干、干事创业的人，更是一位新时代有担当有作为的踏实践行者。这个似乎不用多强调，尽管我对农村人现在的收入情况不太了解，但在一个 377 口人中就有贫困人口 225 人的村庄，2019 年人均收入能有 10300 元，就足可以证明这一点，如果这个村的支村“两委”，尤其是党支部要不发挥作用，单靠村民自由发展，不大可能在几年内能达到这个收入。

接着，我开始把话题引到我感兴趣的问题上来。我问王鲜鹏，你怎么就因为当支书越干越穷了？为什么这么说？他说，没有当村干部之前，自己在外面打工挣得多，家里多少还能有些积蓄，自从 2006 年回村里当上村主任，干了一届之后，被选上村党支部书记以来，可真是……他形容说，真是越干越伤心！2006 年刚当村主任时，看村前面的土路一下雨村民们就没办法走，他就和书记商量必须修一下。支书也同意，可是那时村里没有钱啊，咋办，村里只好几次开会研究，又经过竞标后，把大队废弃的房子和旧学校卖掉，一共卖下 29800 元。他记得当时修那条路需要 3 万元，还是不够，自己只好贴了 200 元，结果路修完后 3 万元钱也没打住，多出来的部分怎么办，自己就找相关部门，经过协调后才给予减免。那次修路，因为没钱，勉勉强强就修了 3.5 米宽。村里这几年的变化是从 2016 年开始的，尤其是帮扶单位长治市财政局，很给力。在他记忆中，几乎是年年一到雨季村前面的河道就会洪水泛滥，动不动洪水下来就冲进村了，多少年了，村民们忍受着出行不便的困难，把房子建在半坡上，就是因为害怕年年雨季从上游流下来的洪水。2016 年市财政局帮扶队进村后，他和人家商量，首先干的第一件事就是清理河道，修护村大坝。

可是我还是不明白，一个支书为什么当了干部后就越当越穷了呢？我跟他说，乡党委对村干部是没有出勤考核的，既然自己觉得穷，那就出去打个工或干个其他什么的。

王鲜鹏书记呵呵笑了，说，那是以前，以前还可以。可是这几年……

他看看旁边的副镇长屈路燕，继续说，我倒是想呢，可也就只是想想吧，真让你出去，你还能出去了？村里每天这么多事，把你拴得死死的。

既然是这样，那你是图了个啥？既然越干越穷，为什么还要继续干？咱不能不干它吗？我本想这么一问，一定就把他问住了。因为这个问题实在不好回答。他要说为权，一个村党支部书记手里能有啥权，更何况这几年即便有项目，项目的资金也落不到支书的手里；要说为了荣誉，一个村党支部书记能得到多大荣誉，难道他有本事像当年的大寨干出一个陈永贵来？要说图清闲，如果只是为了种好几亩地，管好村里几个党员，那倒清闲，问题还得挣钱养家呀，过去，村党支部书记的补助是一年两三千元，这几年涨了，上万元了，可是这点钱养活一家人也不行啊！最后剩下的是什么？就是崇高的理想，无私的奉献了，但我又不想把一个人想得那么高。毕竟还是普通人多，能够认认真真、保质保量完成自己的工作，在我心里就已经是高人了，可是王鲜鹏似乎还没有上升到这种高度。

我等在那里，就听他怎么回答。

我看着他身体向后仰，两只手互拍着双臂。但他绝不是在“灵机一动”，也不是从过去的回答里寻找最合适的一个。他是打了个停顿，大概也是第一次遇到这么尖锐的问题，不过直来直去的他，无所顾忌地顺口就说出了心里话。他说，这个当干部吧，当久了，就会有瘾！

旁边工作队的队员，大概觉得王鲜鹏的话说得不适合，便赶紧解释说，如果鲜鹏书记真要想挣钱，那就不会当这个村党支部书记了，鲜鹏书记就是想干事，做了事，看到村里有变化，乡亲们的日子过得越来越好，他心里就高兴。

话题又被岔开了。提到村里人的日子，王鲜鹏说，这几年可是不错。国家政策好，市财政局的帮扶力度大，第一书记有能耐，这么好的机会，他当然想为村里多做点事，他就是自村人，各家各户好好坏坏的情况都了解，乡亲们在想什么他也知道，有时候乡亲们对外面来的干部不好意思，可是对他就不客气了。别看脱贫攻坚是件大好事，可是具体做起来真不好弄。譬如，村里的一些单身贫困户，年龄还不算大，要能出去打工多少也能挣俩钱，可就是死活不出门。还有慰问贫困户的活动，要一下想不周全，好事也能变成坏事。他举例说，有一年帮扶单位趁过节想来看看贫困户，顺便还准备了米面油之类的慰问品，他知道后，就发了二杆儿，对帮扶单位的负责人说如果是只给贫困户的话，那就算了。帮扶单位负责人想不通，为啥啊？为啥？王鲜鹏说，要搁在以前，还没个啥，可是这几年贫困户的收入，除了极个别的三四户确实差之外，都上来了，谁家也不差余那一桶油一袋面，关键是非贫困户心里酸，你们帮扶单位前面搞完慰问走了，后面村里人就鼻子不是鼻子脸不是脸了，慰问贫困户，贫困户是高兴，可是村里的干部还得跟着去做非贫困户的思想工作。他跟人家帮扶单位说，如果要慰问就都慰问，划出个杠杠来，按年龄，按户，都行，反正不能因为一次慰问给村里制造矛盾。

这些话听上去似乎有些道理。可我不知道背后是否确有其事。我是说，非贫困户摆出的那些鼻子不是鼻子脸不脸的样子。算我操小眼儿吧，仔细琢磨一番，我怎么觉得他这个支书是算过账的，因为搞全村慰问，就算画出个年龄段，怎么也比贫困户多吧。他这个胳膊肘拐的……你还不能说他不对。后来他又说了两件事，我就更加这么认为了。他说，前几个月县里大搞爱国卫生运动，正好有帮扶单位的领导来村里调研，他就把人家摽住了。他说，现在可是全县都在搞爱国卫生运动啊，咱们河底村可不能落后，可是村里到现在连一个像样的垃圾桶都没有，这个咋办嘛！领导能听不出他的意思，被他这么一将一摽，回去就想办法按每两户一个的标准给河底赠送了垃圾桶。再譬如七一快到了，他就主动提醒第一书记，七一可是快到了啊，村里怎么也得搞一些纪念活动吧。他当然是笑着说的，甚至还哈哈地笑，和他打交道又不是一天两天了，第一书记知道人家王书记这又是在摽自己呢，想办法呗，搞活动嘛，多少总得有点经费，但王书记的意思他明白，就是不要花村里的钱。

别的不说，从一开始的那份事迹材料中就可以看出，这几年王鲜鹏为河底村做了不少事。动辄就是十几万元，甚至上百万元，都是大手笔。村容村貌上不用说，就全本人均年收入 10300 元这一个数字，就够别的贫困村眼馋吧！可是这些年，自己既要养家，又要供孩子上学，家里的积蓄能有多少，自然也就越干越穷了。

我再一次将他，既然越干越穷，那咱干脆就不干了，你干吗还非得要干。

王鲜鹏首先否定了自己非得要干，接着又说，当干部确实有瘾，别人不知道，反正他是有瘾。他说当年是老支书劝他当村主任，当上村党支部书记后给村里做了些事，所以一直当支书当到现在。要说不干，不是自己不行，但心里……怎么说呢，村里基本上就一种情况，只有你不干事或干不成事了，才会被选下去，哪个村民选你不是指望你替村里干事啊，如果自己被选下去……多半是因为自己没干事，你想想，那多丢人，自己脸上也挂不住。还是等自己把想干的事都干成吧，干成了事，自己再说不干，光光彩彩的，那感觉才好嘛！

我和王鲜鹏不熟。难免会用世俗或先入为主的眼光看他。但我相信河底村村民的眼睛是清澈的，尤其是上岁数的人，他们熟知河底村的一草一木，也能看到河底村这几年的变化，对王鲜鹏，村民们最有发言权。几个小时聊下来，王鲜鹏始终是爽朗的，他说为了村里的事他就要去“摽”人，但我的感觉是，他在摽别人的同时更是在摽自己。就他自己说的，这些年河底村发展确实沾了脱贫攻坚和帮扶单位的光，可是作为村干部，在自己的一亩三分地上，有一块钱总想怎么干出二块，甚至三块钱的事来，要是不摽，是做不成的。至于自己嘛，挣得少点，就少点吧，日子能过得去就行，就像那位工作队员对他的评价，如果真想挣钱，也没必要当这个支书了。

中午，我们就在他们村的老人日间照料中心吃饭，一人一碗浇卤面，在县里办事的第一书记任杰也赶回来了。为了不影响他们的工作，饭后没有休息，我们继续采访。采访结束后，王鲜鹏说他也该出发了，他要去县城看看孩子，孩子第二天就要参加高考，他这个当父亲的，也真是。他说自己平时管不上，这个时候怎么也得露个面。他依然嘻嘻哈哈，我相信就是在孩子面前，他也会这样。但是谁能知道他嘻嘻哈哈背后有多少苦呢？谁又去用心找过他作为河底自村人，身在其位，一定要为河底村干成事的动力源泉呢？是他个人有着故作低姿态的崇高理想，还是对全村老少存有一份朴素的真情与爱？我不知道。答案兴许只有自己知道，或者说，甚至连他自己也不知道。但当干部有瘾，只是他顺口说出的一个理由，因为它是一种浅显的表象，就像那些固执的痴迷者，哪一个没有一段动心动肝的故事呢？只是我们没有从王鲜鹏身上找到它罢了。

“一把小米”的成就

武乡小米好！这话不是吹。也不是我说的，它是武乡小米靠着用户吃、用户品，靠着自己的品质在市场上赢回来的。不过让武乡小米成功走向市场、誉满全国得感谢一个公司和一个人。那个公司，叫太行沃土；那个人，叫杜红雁。

现在，无论是在庄稼长势喜人的绿色夏日，还是挂满沉甸甸谷穗的金色秋天，当你行走在武乡乡下的田间地头，已经自觉不自觉地会把一把小米与武乡的脱贫攻坚联系在一起了。但在 2015 年前，就是田地的主人，也只是把那些谷子当自己的口粮看。从 2016 年开始，改变他们的看法，从黄澄澄的小米中，看到财富，看到希望，看到梦想的人，就是杜红雁。

杜红雁现在是武乡小米行业协会会长、山西太行沃土农业产品有限公司董事长。2020 年 5 月 30 日，国家有机旱作羊肥小米产业发展标准化示范区项目启动仪式暨羊肥小米京东农场春播节在武乡县丰州镇兴盛垴村举行。启动仪式上，已经由“一把小米”成就其事业的75后女企业家，气韵端庄的杜红雁发出“不摘穷帽奋斗不止，摘了穷帽不止奋斗”的誓言。杜红雁作为一家注册资本上千万元公司的董事长，自己并不穷，可是为什么要说“不摘穷帽奋斗不止”“摘了穷帽还要不止奋斗”呢？因为她是在讲自己以及公司诚心服务的重点对象——贫困户。

说起这“一把小米”，还得从杜红雁的爱心公益事业说起。2015 年 6 月，在朋友的介绍下杜红雁来到武乡，她原本是去大山里看望那些为求学而苦恼的孩子，当她进村和村里人第一次接触后，便真切体会到了农民的不易，农家子弟上个学真是难啊。当时她就决定结对子，开始对贫困家庭的孩子开展一对一帮扶。在帮扶过程中，她发现谷子是当地的主要农作物，也是那些贫困家庭的重要经济来源。于是她琢磨能不能做谷子生意，帮农民卖谷子。多次到韩北、丰州、上司三个小米核心产区调研后，她发现，武乡的纬度、地形、海拔、土质非常适合高品质谷子的生长。可是当地人大部分人家还是分散式种植，就算谷子加工成小米，也是靠个人的力量做零散销售，既出不了量，也卖不出好价钱。进而，她又发现当地人种植谷子，还留有只上熟化发酵羊粪肥料的古法习惯。她就此为切入点，决心引用一套现代化的种植和管理模式，延用古法有机旱作的工艺，在帮当地人把小米卖出好价钱的同时，还要从品质上让武乡小米上一个档次，更要打造出一个农产品真正的品牌来。

杜红雁很快就注册了公司，确定生产基地，并投资 50 多万元引入全天候视频追溯系统，对谷子生产基地全覆盖、生产过程全监控，并说服了合作农户彻底放弃化肥和农药。为了保证小米质量，她又让农户进行二年、三年、五年的轮茬种植，还承诺用不低于市场价两倍的价格收购。

可是就是这样的好事，一开始响应的农户，却寥寥无几。毕竟她不是种地的，不知道农户心里算的是自己的账，你杜红雁承诺收购价不低于市场价，但是要不上化肥不用农药，产量就上不来，再说春种秋收，你又不是我们当地人，一年当中出现什么变数有多少意外，谁来保证。杜红雁理解农户的心情，毕竟农户就指着土地挣钱，不容易，他们赌不起更输不起。杜红雁就带着自己的团队开始进村入户，一户一户当面宣讲。可是纵使他们嘴皮磨破，农户就是抱着老主意不动心。万事开头难，杜红雁不怪老百姓，如果老百姓之前都能有市场意识，日子早不是这个样子了。于是她坚持把宣讲和说服工作做下去，她就不相信找不出一个胆大敢吃螃蟹的人。后来，她在韩北乡大坪村等地总算找到几个答应种种看的人，当年种植了1000 亩。第二天春天，因为知道上一年的效益，附近的好几个村党支部书记主动上门来找她了，要把村子里的土地拿出来，想把脱贫攻坚的事业与“羊肥小米”的合作结合起来。

几年来，杜红雁的山西太行沃土公司在武乡的基地，一直本着敬畏自然、敬畏土地、敬畏农业的态度，她紧紧抓住当前我国农业从传统农业、化学农业向有机生态农业、数字农业转型的契机，采用标准化种植，率先建起“谷子银行”。她们只用“晋谷 21 号”种子，种出的“羊肥小米”，只施天然的有机发酵的熟化羊粪肥，各项营养指标显著高于市场上的普通小米，其中脂肪酸高出一般小米 30%；氨基酸高出一般小米 20%；叶酸高出一般小米 35%；硒高出一般小米 100%，武乡产的“羊肥小米”成了“山西小米”赫赫有名的品牌。2019 年，山西太行沃土公司创建的标准化生态种植基地已经达到了 13700 亩，公司精心打造的高端生态小米品牌“晋皇羊肥小米”，在市场上得到广泛好评，有效地带动整个武乡小米品牌溢价。把原本是日常习以为常的一把小米，塑造为革命老区实现致富的宝贵资源，塑造为“小米加步枪，好米在武乡”的一张响当当的新名片。

这几年，杜红雁始终沿着“差异化”的思维在做市场，亲自上北方下南方，先后和“盒马鲜生”“百果园”“有好东西 · 十荟团”“上海禾煜集团”“每日生鲜”“京津冀农副产品配送中心”“北京新发地”等知名品牌企业开展战略合作，使自己的小米在北京、上海、深圳的市场占有率大幅提高。在销的这头，杜红雁是互联网的思维，她主动对接各大电商平台，今年年初，在疫情防控期间，用了不到三天时间，就完成了与“京东农场”的战略合作，实现“京东农场”首次线上签约，使“羊肥小米”成为“京东农场”落地山西的首家基地。在产的这头，杜红雁是有机旱作思维，从谷子的种植和养护，她让公司和种植户结成一个利益共同体，本着公平公正的原则与种植户签订《绿色农作物种植产销合同》，公司承诺做到保证种子、羊肥、技术、补贴和订单收购到户；贫困户必须做到遵守公司标准化种植管理技术，严禁使用化肥、农药、杀虫剂、除草剂。轮茬时，每亩地给农户400元轮茬补贴，40元秸秆还田补贴，收购时保证价格不低于每斤5元，仅此一项就让331户贫困户，户均增收达到7000元。

有人说，杜红雁的眼睛里永远只有小米。那只是因为她知道自己肩膀上扛着责任；有人说，一把小米成就了杜红雁，但我们也可以反过来讲，是杜红雁盘活了武乡的一把小米经；有人说贫困户应该多谢杜红雁，但我们也要说恰恰是贫困户的穷让杜红雁产生了无穷的动力。一把小米，它永远只是一把小米，我们可以用它填饱肚子，但也可以靠它实现富裕。杜红雁是实践者，更是一名农业的“匠人”（当然在她眼里，那些在田地里辛劳的贫困户同样是实践者和“匠人”），因此，她常挂在嘴边的一句话是“这把小米对世界而言是一株禾苗，对我而言它就是全世界”。

是啊，当秋日的阳光照耀大地时，一穗穗黄澄澄的谷子压弯着腰，那是杜红雁最忙碌的季节，更是武乡人民在田地里收获梦想的季节。

第一书记“骂娘”

靳建中是大有乡王庄沟的第一书记兼扶贫工作队队长。

我们本来约好，我第一次去武乡时就见个面，但我第二次去才见到他。

而那几天他正气不顺，他在电话里冲我吼：他娘的，我要不是一名党员，你看我不把他们折腾个底朝天。在我所有采访和接触的人当中，他是第一个破口骂娘的，还骂得很凶。

大家都是工作嘛，何必如此大动肝火呢！

我去王庄沟，是个大中午，路上虽然遇到暴雨，但司机小马说，现在去王庄沟是不发愁了，虽然坡陡弯急，但路面已经平整，不存在问题了。没到王家沟之前，我一直在琢磨靳建中，觉得他是个暴脾气，做事喜欢风风火火，弄不好就雷霆万钧的人。毕竟是一个外来的人，是到王庄沟帮扶，这么个处理事情的方法哪能行？

我知道在没来武乡之前，靳建中在沁县当过第一书记。2015 年中央吹响脱贫攻坚战号角，他所在的晋煤集团接到命令，要派人去沁县帮着脱贫攻坚，他马上主动向单位申请为自己争取机会。2015 年 8 月 14 日他到沁县漳源镇南峪村报到，当天晚上就住在村主任家，村主任还给他泼了一盆冷水，“你来这儿能做个甚，听我的，我让干啥，你配合好就行了”。靳建中一听，这话味道不对啊，心想，正是因为你们村穷我才来的啊，既然我来了，再跟着你这个村主任走老套路，那不是还和原来一样，还能脱得了贫、致得了富？他当然不能那么干。

他开始在村里转，遇见村民就聊，随便聊，慢慢地老百姓开始把他往家里叫，目的却是反映村委班子做事不公平的问题。村里出现问题这很正常，哪个村会一团和气啊，那些问题他听了，但不是他急需解决的，于是他感谢大家的信任，能把村里的真实情况告诉他，但他到村里的任务，是要带领大家脱贫致富奔小康的，如果把之前的那些陈芝麻烂谷子的问题一一解决掉，恐怕还没解决完，他的任期已到，自己也该走了。再说，班子有问题就解决班子里的问题，如果工作还没开展就先换班子，那谁来领导大家干？因此，大家需要先平息平息情绪，把心先放一下，大家团结起来，劲往一处使，争取两年时间内全村变个样。为了便于工作，也为了方便和百姓沟通，他很快从村主任家搬出来，找了一个闲置房住了下来。

其实，外派也有外派的好处，毕竟和村里没有更多的扯绊，处理起事情来相对公道。靳建中刚到沁县漳源镇南峪村，就遇到一件，村主任的儿子刚刚出事故不在了，主任和儿媳因为抚恤金的分配闹得不可开交。实际上，这是家庭矛盾，但是村主任还是去找他了。因为涉及两个未成年子女，村主任担心儿媳妇会改嫁，就要求两个孙女的抚养金由自己保管，他要管卡也要管密码。儿媳妇不干，她的意见是，管卡可以，但密码必须她设。靳建中就找儿媳妇谈，跟她讲，其实那个密码没有用，因为持卡人可以随时更换。两人的焦点，是如何把钱管好，才能对两个孩子的成长有利。靳建中提出一个方案，主任管钱，但必须按照幼儿、小学、初中、高中、大学分阶段把钱付给儿媳妇，将来剩下的钱等到两个孩子成年后，按孩子的意见再选管理人。双方这才接受。当晚由他起草协议，第二天双方到县里公证处进行了公证，事情才圆满解决。再有，在脱贫攻坚“回头看”时，他发现竟然有已死亡人员出现在贫困户公示名单里，对这种事他毫不留情，先向乡里汇报，然后在乡里的支持下对此事进行纠正。针对这一现象，他及时和支村“两委”重新拟定评分办法，按照年龄、砖房、土房、正房、偏房、家里有没有农用车、大件电器等作为加分项，家里有没有生病的，70 岁以上的老人、读书的按阶段划分作为减分项，挨家挨户过，最后按分数确定。这么一来，在贫困户的认定上，村里再没有不满意的了。

我们到王庄沟后，雨还是稀稀拉拉地下着。到处湿漉漉的，还有点儿冷。村委会的小二楼里，各个房间都静悄悄的，整个村庄也都像在睡午觉。我给靳建中打电话，电话却无法接通。可之前他说过是在村里。正好我们发现村委旁边一户人家的大门开着，不时还有鸡鸭出入，我和武晓林便冒昧地直接进了院儿。主人是一对中年夫妇，女主人稍显羞涩，一条胳膊搁在窗台上半趴着看窗外，男人坐在离我不远的靠窑掌处，旁边是一个看上去很少用，但擦得锃亮的过炕火锅台，一盘几乎要占去窑洞一半空间的大炕，漆成绿色的木头炕沿很有年代了，一条蓝白相间的电线贴着木炕沿边一直布到灶火边。男主人一身深蓝色衣裤，光脚穿着布鞋，黑红的面庞上，两只眼睛已经混浊。显然不是一户富有人家。我便和男主人聊了起来。

你这是没有出去动弹（干活）啊？

没有。下雨，啥也不能弄。

我是说，你没有出去找点营生干？

出不去了。

看你的年龄，应该还不算大吧！还是因为地多出不去？

不是。他用手撩起了裤筒。说自己两条腿都是静脉曲张，疼得做不了事。

那你们家是贫困户吗？

不是。

村里这几年你觉得变化大吗？

大嘛，你们应该来就看见了吧。

他可能是指他家街门前已经硬化的村委大院地基，已经整理一新的村委办公楼，还有大院前那个很大的村民活动广场，广场和村委会大院之间有十几米高差，但漂漂亮亮的护坡也修了起来。活动广场的舞台上还做了电子显示屏。

半个小时后，院里一阵响动，一个个子不高，上身T恤、下身大裤衩、脚上一双凉鞋的男人进来，他眼睛不大，身体和脑袋差不多一样圆，敦敦实实，开口就有股硬气，很像一个炮弹。我就猜，这是靳建中来了。进门，他也不做介绍，右腿一抬一蜷坐到村民炕沿儿上。他说自己刚才在沟底下大棚里，省电视台在拍专题片，棚里不具备条件，他下去看看。他的脚就摆在我面前，黄色的泥水一滴一滴地从鞋上流下去，让我想起县扶贫办的同志说起他时，那句很文艺的话：脚下沾有多少泥土，心中就沉淀多少真情，靳书记就是这么一个带着真情来扶贫的人。我们继续聊。聊一些村里移风易俗的事。我问靳建中，好推行吗？靳建中指着我旁边的男主人说，你问他。男主人很老实，说，你们外（那）都是些理论上的事，咱嫁个姑娘不要彩礼可以，可是要娶个媳妇不给人家彩礼，能行？

我说，咋就不行了。

你不给人家试试，咱就给人家娶不回来嘛。

那怎么办？

还能咋办，明里不给，暗里也得给人家送去。

你看看！靳建中说，工作就是这么难办。本来各个村都有“一约五会”，大家都遵照执行，那些陈风陋习就能改变，但实际工作中，老百姓给你来明里一套暗里一套，你说你出火不出火？

回到村委会办公室，我们就直奔主题了，谈王庄沟的脱贫攻坚。

靳建中的口气依然强势。他说，组织派你来当第一书记，就是让你来做事的。有些村不错，大家齐心协力一起做，可有些地方就不一样，如果你一味听村里的，根本弄不成。他的理由很充分，说 2017 年他刚来王庄沟时，村里“两委”班子不健全，组织工作形同虚设，就这么一个村，要靠自己富起来，早富起来了，还等派什么第一书记。人家老百姓讲“村看村，户看户，农村富不富，关键看干部”是有道理的。他来王庄沟村时，支书、主任根本没有，就是一个村会计主持全村的工作，不要说干事创业，就是办事也不知道去找谁。他这个第一书记一到位，首先就是在乡党委的指导下健全“两委”班子。能力不能力先不说，起码先得让村民看到这是一个有组织的村子吧。当然选举时，要多方打听，深入了解，争取从现有的村民和“两委”干部中选取责任心强、有能力、想干事的人进入班子。支村“两委”机构一健全，他马上抓阵地建设，那时村里一穷二白，他就向县财政争取资金修缮办公场所；又和自己所在的帮扶单位晋煤金驹实业公司沟通，为村里捐电脑、电视、会议桌、文件柜、台球桌、音响、图书和文体活动器材等，还建起了电子商务室、党员活动室、会议室和文体活动室，这样王庄沟看上去才初步像个样子了。

与此同时，着手抓村里的经济。靳建中说，王庄沟是长治市确认的武乡六个深度贫困村之一，一是离县城远，基础设施落后，交通运输十分不便，群众文化生活匮乏；二是村民们除了种点玉米、谷子和外出打工外，谈不上什么发展意识。至于村集体经济，就更别说了。他 2017 年 3 月一到王庄沟，破旧的村委会、漏雨的戏台、尘土飞扬的街巷，全村人均年收入才 3200 元，看着就头大发愁。可是作为退伍军人的他，多少年来“听党话、跟党走”已经成为自己心中不变的信念，那种“不战则已，战则必胜”的决心，已经融入他的性格里了，面前的贫穷和落后反倒激起了他的斗志。再加上，他到村里是 2017 年，2018 年就是武乡县整体脱贫摘帽之年，再不做事情，或者拖拖拉拉、疲疲沓沓做事情，哪能行，完不成任务，交不了差啊！所以抓集体经济，给贫困户找致富路子就是必须办、马上办的事情了。

到这里，他就急上了！情绪开始激动起来。

和靳建中聊天，我脑子里老是闪出《亮剑》中李云龙的形象，但靳建中没有李云龙那种充满智慧的幽默和狡黠，他有的只是一片真情和雷厉风行的作风。

在他摸清村里以及贫困户的情况后，结合乡里“13510”脱贫攻坚行动计划，决定走“党支部 + 企业（合作社）+ 基地 + 农户”的路子，王庄沟村地处山区，昼夜温差大，夏秋雨水充足，很适合黑木耳种植，是天然的黑木耳生产基地。还有一个原因是，自己在沁县时就搞过黑木耳种植，知道木耳种植对劳动力要求也不高，只要勤观察，保证生长环境适宜就行，而且自己就懂，驾轻就熟，村里不用请专业的技术人员，一来减少费用，二来自己又天天在场，这样，王庄沟走“一村一品”的路子应该是可以的。

支村“两委”同意了。2017 年地栽木耳项目在王庄沟试种成功，13 户贫困户户均增收 4000 余元，最多的贫困户李二鹏赚了 6000 元。2018 年该项目开始作为主导庭院经济和增收项目在全村推广，80 多户报名，其中 40 户贫困户每户种植木耳 1000 包，总种植量达到了 7 万包。

这不挺好嘛，多好的一个项目。可是事就来了！靳建中说，都把我急死了。我一个大老爷儿们，急得我都想哭。

真哭了？

哭了。觉得实在憋屈。

到底怎么回事？

就是弄不成嘛！

为啥弄不成？

钱不到位。靳建中往后转一下头，趁机抹了一下眼角。说，我就是想不通，怎么办个手续就那么难。出火的时候，我真想过，老子来这里，是帮他们做事的，他们还这样刁难我。真想一气之下，干脆把一摊子事撂下拍拍屁股走人拉倒。

可你还是留下来了。

是啊。靳建中软了下来。想想自己是党员，又当过兵，哪能那么干。来王庄沟，我就和我们队员交代，无论如何也要给武乡留一个好印象。有一次我还和乡领导叫嚷，说你们就不能给我们留个好印象？

到底怎么了？是什么事让你觉得人家在刁难你？

靳建中就不好意思了，说，其实都是小事，该走的钱走不了，可是这些小事放到扶贫工作中就会影响大事。他说，最近还是因为付款的事，和乡里生了气，还跟乡党委书记发了火，在电话里骂了娘。

是因为筹不到钱？

那倒不是。要是筹不到钱，也就没有项目了。他说，问题不是在钱上。上半年他听说县扶贫办要给王庄沟拨 20 万元产业发展资金，他当时很高兴。不过前提是王庄沟必须有项目，还得有可行报告，因为时间紧，别的项目自己不懂不敢上，和支村“两委”商量后，还是决定上大棚木耳。项目报上去，县里批了，好事，他们便开始办这事，动手前，他还专门到乡里进行核实，乡领导为了给他吃一颗定心丸，当面给县扶贫办王主任打了电话。20万元不多，但要做大棚木耳还是能成的。但木耳种植，有季节性，大棚建成，菌包制作、菌包发酵都需要时间，还得有生长期。这些东西要等所有的资金全部到位，早黄花菜凉了。乡里同意后，他第二天就带队去了山东，那里的菌包质量好，关键价格低，双方谈好后就签了合同。对方提出要50%的预付款，也就是10万元。为了赶工期，让王庄沟早受益，便答应了。他们回到王庄沟，到乡里具体落实时，事情办不下去了。因为按规定，贫困村产业发展资金必须等项目完工验收后才能拨付。这几年扶贫资金管得紧，程序严。按规定办事没错，谁都能理解。

可是我就犯难了。靳建中说，合同和人家签了，不付款是违约，关键是这个项目有可能会黄。咱是来做事情的，得争取啊。可是继续往下做，就必须先付款。其实站在对方的立场，也可以理解。人家把菌包给你做出来了，结果你不要了，人家往哪里销啊，菌包那种东西又不比别的，放一放还能用，再说，是咱王庄沟自己上项目，你急不急，人家根本不在乎。县里的产业发展资金放在那里作底，你这里有项目却上不了马，不冤？怎么办？我们只好自己先想办法，等于是个人出面筹了两万元，先给对方打过去，对方才开始做菌包。紧接着，靳建中赶回晋煤集团争取集团资金帮助。他跟领导讲，能不能把每年10月才到账的帮扶资金提前几个月给，因为钱越早到账，发挥的作用越大，等到10月以后很多事也就错过机会了。领导采纳了他的意见，提前拨付了资金。本来，集团的资金他原准备用来发展产业，他就决定先用集团的钱，给山东的合作方付预付款。这事，他们支村“两委”开过会讨论通过，也向乡里做了汇报。集团的钱6月28日到账，自己赶紧去乡里办手续，还是走不通。

当时我那个急啊！靳建中说，要知道，那个时候山东那边菌包已经做好，只等建大棚了，要是没有这10万元钱大棚建不起来。那些菌包送来往哪里放？村里能用的地方只有戏台，戏台不仅放不下，而且菌包摞在一起，一捂就完了，再说等大棚建起来再往里面搬，又得增加二次搬运的成本。

7 月 1 日，村里搞完庆祝建党 99 周年活动，靳建中又赶紧去乡里催。事情还是办不成。说按程序需要发票，后来又说用途不对，因为晋煤集团拨来的资金用途是养牛场，必须专款专用，他要付了木耳种植就是挪用公款。对，这么讲都对，毕竟财务有财务的规章制度。靳建中能理解，他心想，没办成就没办成吧，那就再沟通。其实他心里已经火冒三丈了，王庄沟上大棚木耳这事乡里上上下下都知道，怎么一到具体办事就办不成了呢？他马上和集团公司扶贫办联系，集团那边专门开会，发来了附有内容变更的会议纪要，红彤彤的公章盖在上面，只不过是个电子件。7 月 2 日，他再到乡里去沟通，经过乡领导协调，说好可以先用电子件，下周一时再把原件带来。这事就算定了，结果 3 日早晨，正要去办手续的村党支部书记接到电话，说又弄不成了。

这次，我就不干了。靳建中说。

他眼里含着泪给我复述当时的情况。他说，我给乡党委书记打电话，我说，这是花我们集团的钱在给你们做事，你们还让我们受这份气，我们图了啥了？你们乡里看着办吧，要是今天钱再付不了，下周一，我就到乡里，咱们好好算算账，咱们非得说出个长短不行，我就不相信没个说理的地方了。王庄沟穷，没有钱，好不容易上个项目，前期没有一点资金运转，人家谁跟你合作。这活儿真没法干了，今天钱要是再走不了，这活儿，屌才干！靳建中说，我真把人家乡领导日卷（骂）了一顿。我知道人家肯定有人家的难处，包括那些财务制度，兴许人家规定就是那么要求的。但是，我急啊，我急的是那些菌包。

后来呢？

3 日下午，办了。你看，现在大棚建起来了，省电视台的又来咱这里拍摄，这多好。

那么其他呢？在其他事情上，也这样？我问。

只要不和钱挂钩，其他倒没有。

后来，靳建中给我们介绍王庄沟这几年的发展情况。他们投资 125 万元入股元亨农业发展有限公司，成立了红土窑粮食银行，这一项村集体可以年分红 12.5 万元。又将 20 万元资金入股强岭沟养殖有限公司，年分红 2 万元；新建 200kW 光伏电站一座，2018 年 8 月并网发电，年收入 10 万元；还投资 20 万元建成梅杏种植基地 200 亩；又建了扶贫车间，新建了存栏 100 头的养牛场。

“粮食银行”？我还是第一次听说这种银行。

靳建中讲，实际上就是采用银行的管理模式，来为村民们服务。他进一步解释说，2018 年 9 月 5 日，乡里挂牌成立武乡县第一家“粮食银行”。银行利用乡粮站的基础改建而成。银行将“粮食”作为“货币”把农户手中闲散的粮食集中起来统一管理，采用土地托管（存土地）、免费存粮（存粮食）、兑付自由（兑钱款、兑物品、兑服务）的“两存三兑”经营模式。银行通过合作社自有农机、农资，向农民提供种、管、收、储、售等环节的一条龙服务；通过内设的消费扶贫超市、换购平台与授信额度，向群众提供钱款、消费用品的灵活兑付，很好地解决了农村留守老人无力耕种、外出劳力无暇耕种，导致土地撂荒的问题，也解决了农民粮食存放占地、自囤损耗、售价不稳的难题，更有效地了降低种子、化肥、收割等种植成本。

他说，具体运作可以概括为“一体、二存、三兑、四集中、五方便”。也就是将土地托管、农资服务、粮食仓储等服务整合起来一体化经营；通过“基地+合作社+农户”三方联动，会员农户以土地入股合作社，或签订委托协议实现托管土地，同时享受免费存粮服务。“三兑”就是会员农户以土地或粮食入股合作社，获得合作社授信后，可预先向合作社申请兑现使用等值的资金、农资和服务；“四集中”就是集中采购、集中耕种、集中仓储、集中销售；这样，粮食银行通过发挥自身优势，进行统一品种、统一农资、统一植保、统一烘干收购管理，降低生产成本；通过对签约连片土地实施机械化耕种，集中连片种植，节约人力成本；集中仓储就是将收获粮食统一储存、集中管理，将农户在存放过程中的消耗由6%降低至1%以内；集中销售就是通过粮食银行统一代理、对接市场，获得价格峰值优势，实现了农户与银行的双赢。因为签约即可合作，自然就产生了后面的在农资预用、农机作业、预支款物、存取粮食、售价选择上的“五个方便”。

靳建中讲得很专业，他进一步以玉米为例，譬如活期存粮，就按当日市场价结算；定期存粮3个月，每市斤补贴5厘；定期6个月，每市斤可得到补贴1分；定存12个月，每市斤可得到补贴2分。取粮的时候，3个月内取，按提取粮食的吨数，每吨收40元保管费；6个月的，每吨50元；12个月内的，每吨60元。至于农户这边，农户把粮食存进银行后，拿着银行开出的卡或存单，可以到银行、粮油店进行消费兑换；也可以到自己习惯的指定小卖铺、商场进行消费，结算由粮食银行统一负责。

其实我还是没太听懂。总之可以理解为，这个银行就是一件让老百姓省力、实惠的事就行了。

靳建中一再强调，自己来，就是来干事的。给村里干事，他和所有工作队员们都要做到人正影正。他几次说，自己都这个年龄了，就算丢人也不能丢到武乡。再说2016年冬天，集团接到通知将帮扶对象换成国定贫困县的武乡时，第一次来考察的成员中唯一的第一书记就是他。集团公司所帮扶的六个村，条件最差的就是王庄沟村，经过集团领导研究，靳建中由西岗头村调整到王庄沟村。

为什么非要派他到王庄沟，兴许只是集团领导用人上的一种艺术。但他来王庄沟扑下身子做事，却是真的，否则他也不会从2017年开始连续三年被集团评为劳动模范，2018年获得晋城市“五一劳动奖章”，同年又被评为长治市模范农村第一书记，2020年被评为山西省干部驻村帮扶工作模范队员。

“骂娘”，是因为靳建中的暴脾气，也是他急着做事的一种表现。靳建中当过兵，一听“战”字就激动。但是，无论他骂的人是谁，他都觉得骂的是自己的战友，李云龙也骂娘，但并不影响与同志们生死与共的战友情。几方面因素凑到一块，我们就理解了，我想乡里的领导包括被他骂过的人，也都能理解，说到底，穿上军装靳建中是一名军人，在脱贫攻坚战中，他虽然没有穿着军装，但依然是一名军人。

八　青春身影

一夜的雨。接着，又是一夜的雨。然后，便是白天时出时收的阳光。

这样的天，几乎成了2020年7月上旬武乡的惯常。那段时间我天天在武乡乡下跑，和我一起跑的是县政府办的武晓林，他说，我们这是下乡。其实在老百姓心里，“下乡”有着不一样的深意，背后往往连着的是干部。可我不是干部，我只不过是以写作者的身份，必须用一种冷峻的眼光和客观的态度，体会革命老区的脱贫攻坚罢了。

有过十七年农村生活经验的我，可以说对农村是熟悉的，但对脱贫攻坚却很陌生。尽管我们翻山垴，越沟壑，走进村庄，走进贫困户，耳闻目睹不少乡村的现状与现实，但是对贫困问题还是心存疑问。那种疑问极其复杂，既有梁鸿在《中国在梁庄》那样的悲伤，也有对国家如此大规模，如此地毯式，如此大投入，如此举全国之力，打这一场脱贫攻坚战的不解，更有对参与这场轰轰烈烈攻坚战的扶贫干部，有着诸多的猜测。一场攻坚战打下来，乡村发生了翻天覆地的变化，那么将这种翻天覆地切割成剖面，具体到日常的某一件事某一天，那些扶贫干部，尤其是从城市里来的扶贫干部，他们会怎么看？他们是否有着和我一样的疑惑和问题呢？他们通过自己的工作，寻找到那些问题的答案了吗？

我无意间注意到一个群体："90 后"，让我一下子多出一个关注点。这些年轻的扶贫干部，有的刚从学校毕业，有的参加工作没几年，他们自带锅灶、背起行囊到各式各样的贫困村来从事扶贫工作。可是毕竟时代不同了，在过去打仗时，十六七岁能扛枪，六七十年代，二十一二可以当村里的大队长，但在父母那里，现在的他们，却还是"掌中宝""心头肉"。他们下来了，从中央企业、省、市，直接来到对他们来说几乎是另一个世界的乡村，完成的却是脱贫攻坚任务。从城市到乡村，离开熟悉，进入陌生，如果是旅游，那会是新鲜，但要是工作呢？我就在想，当他们面对那些一不沾亲二不带故的老百姓，会是怎样的态度？他们能全身心投入这场攻坚战中吗？乡村一直以来只是他们脑海中一个想象的存在，如今他们深入其中，还要日夜相伴，他们能行吗？尤其是那些高学历的孩子，他们心里有落差吗？会不会因此而怀疑人生。我突然意识到，这场脱贫攻坚战，真的不只是脱贫扶贫那么简单。

于是在采访中，凡是遇到"90 后"的，我就会多问几句。

范家凹窦雅洁

窦雅洁，驻故城镇范家凹村扶贫工作队队长，1992 年生，吉林省通化师范学院毕业，先是在丰州镇东坪社区工作，2017 年 9 月进入武乡团县委，10 月便到蟠龙镇柳沟村扶贫，2018 年 3 月调整到故城镇范家凹村，2019 年 9 月开始担任队长。

范家凹现在叫范义，但村里的公章还是范家凹，当地人依然习惯延用旧名字，叫范家凹。不知道为什么要改村名，可能和这个"凹"字有关，凡是“沟”“垴”“凹”之类的地方，很容易让人产生偏远、闭塞、贫穷、山庄窝铺的感觉。据说在验收扶贫时，工作队的同志们就为这个名字紧张过，验收组是来自外地的第三方，对武乡不熟悉，如果从一片纸上按村名罗列随机抽检的话，很容易看到范家凹。其实，范家凹虽然离县城有点远，50公里左右，但并不闭塞，村就在公路旁，还是一个非贫困村。窦雅洁说，非贫困村与贫困村只是相对的，村里的有些贫困户贫困程度，有可能比贫困村里的还要贫困。

窦雅洁是故城镇分管扶贫工作的屈路燕镇长给我推荐的，推荐理由有两条，一是窦雅洁工作踏实，凡是镇里布置下去的，到她那里都能认真完成。二是她已经有身孕，现在依然坚持在工作岗位上，从不叫屈。

开始和窦雅洁正式聊天前，我想她的表现很可能与她在社区工作那几年有关。社区直接面对群众，什么样的人都有，多多少少她从中获取了一些经验。窦雅洁却说，不是，村里和社区其实完全是两回事，社区基本就是按部就班开展工作，一年中最忙的也就两三个月，可是到村里，她就感觉年年忙、月月忙、天天忙，总没个轻松时候。其实这只是她的一种感觉，她忽略了一个最基本的前提，那就是脱贫攻坚。她到村里参加这一场脱贫攻坚战，当然与社区的日常工作不同了。

窦雅洁初到乡下的时候，感觉很不适应。驻村的文件刚下来，单位就给准备了锅碗瓢盆，第二天他们从家里自带了铺盖，在队长的带领下到范家凹村就住下了。村党支部书记把她和另一个女队员安排到村里条件最好的农户家里，队长是男的，在大队院里的一间办公室将就住。窦雅洁说直到她把被褥都归置好，她的脑子还是懵的，心里想着：这就算是住下了？以后周一到周五都要在村里住了？心里说不上是对农村生活的期待还是离家的失落。那户人家对她们特别好，专门把儿子儿媳（在外地工作）的房子腾出来给她们，但是三个人得在大队院里自行开灶做饭。三个人，队长1987年的，她1992年，另一个队员1993年，都不怎么会做饭，一日三餐早上小米饭就土豆丝、中午面条、晚上小米粥就咸菜，村民们偶尔会送一些黄瓜和菜，但那是他们熟悉以后的事情。她记得最难熬的是刚去的几个月，她们在大队的厨房是东房，正好是冬冷夏热，刚驻村时正值三伏天，特别热，一顿饭做下来，热得都不想开口吃饭了，更糟糕的是厨房连门帘都没有，蚊子苍蝇到处飞，一碗饭从厨房端到院里，里面落只虫子苍蝇的事是常有。后来天气变凉，又没有暖气，太阳一天照不上 4 个小时，做一顿饭冻得头疼，冷得手疼。这倒也罢，最大的问题是用水特不方便，所用的水都得到别处用桶拎，好不容易拎满一缸水，自己当然得省着用。还有一个实际情况是院里没有下水道，一盆水常常洗了菜留下再洗碗，洗碗水又不好意思泼到院里，因此，就感觉很委屈。她说，唉！现在想想，感觉时间过得真快，真不知道当时那些日子自己是怎么熬过来的。

是因为这些生活条件觉得苦吗？我问她。

那倒不全是。可能还有一些与这个世界脱轨的孤独感吧。窦雅洁说队员们不会做饭，饭吃不好也就罢了，还吃不应时。在村里开展工作不像在城里，可以按时上下班，譬如走访贫困户，尤其是农忙的时候，不能半时不晌时去，也不能晴空万里，风和日丽的时候去，否则去了也白去，因为家里没有人。为了不白跑，就得趁贫困户的时间，要么在十一点前把午饭吃了，然后顶着大太阳开始入户，要么挑阴雨天走访。后来因为单位有事，队长被临时抽回去帮忙，另一个队员也因为有事请了假。在那一个多礼拜里，她觉得是自己最难过的时期。因为刚去时间不长，和村里人都也不熟，无论走到哪里，都没有人跟她说话。自己早上干啃一包方便面，中午用水泡上一包方便面，晚上索性不吃就喝一杯水拉倒，然后还得坐到办公室整理资料。有一次她回单位办事，同事递给她一瓶矿泉水，拿着那瓶矿泉水，看着窗外熟悉的县城，她心里万千感慨，以前生活的常态，现在竟然觉得那么奢侈，以前习以为常的街道，突然间觉得那么大，那么繁华，感觉自己就是来自另外一个世界的人。这还都是次要，主要的是……那些贫困户……那个贫困的景象，实在让人无法想象。

你是说他们的贫穷？我问。

是呀！她说。范家凹村有两户贫困户她记忆深刻，一户是三口人，两个老人和一个四十多岁没成家的儿子。她第一次推开他们家院门进去时，还以为是一处没有人住的院子，结果有人从窑洞里出来。她跟着进去看了看，里面很黑，这里一堆衣服，那里一堆鞋，用过的碗在锅里泡着，随意放在地下的某一处，总之乱得毫无章法。房屋又是危房，估计就是 20 世纪五六十年代也不会是那个样子。后来工作队倒是做通了人家的工作，贫困户的儿子出去打打工，政府给了相应的补贴，他们家再从亲戚那里借了些钱才搬进了新房。另一户更是让她惊讶，最老的老人，她 2018 年去的时候都 100 岁了，坐在床上还招呼他们，老人有六个孩子，老大成家自己出去单过了，一个女儿出了嫁，剩下的四个，智障的、聋的、哑的，还有一个走路时得靠双手撑着往前爬，全有问题。她去的那天，心智不健全的老三正好爬在刚进门的地上，她没有防备，突然间面前出现那样的景象，真把她吓坏了。

窦雅洁对我说，你想想，现在怎么还有这样的人家？这家人的日子怎么过啊！

在很长一段时间里，因为她自己没车，搭不上顺车的时候就坐公交，每次在回县城的路上，一个来小时的时间里，她就总是在想他们。然后心酸，发怵，心里是真不想再回去了。但实际上，她只是心里想一想，她该去还得去。毕竟那是她的工作！

那你的转折点发生在什么时候？我问，或者说是什么事让你发生了转变？

是一盘热炕。窦雅洁说。

热炕？

是啊，窦雅洁说。村里 10 月的时候，天就冷了，有些人家开始烧暖气。

她却病了一场，重感冒。那时候傻，不知道照顾自己，被冻着了。村里的卫生所在大队院里，村医是女的，四十七八岁，她叫人家红萍姐。因为孩子们不在身边，红萍姐平时是一个人住，特别热心肠，看她那样，就让她先跟她睡，睡的就是热炕，后来连饭红萍姐都给她做好了。那时她感觉那个幸福啊，原来自己对幸福的要求也就那么低。再后来另一个姑娘回来，红萍姐也让她来一起住，因为原来住的大娘家里冬天只主屋烧炕，如果她们继续再住在那里，人家就还得另外给她们烧暖气，她们也不想给人家添麻烦增负担。

那么工作上呢？我问她。我知道在故城镇工作的年轻人不少，屈路燕副镇长首先推荐的人就是你。屈路燕副镇长说你工作踏实、认真，就是结了婚、怀了孩子都没有落下。

窦雅洁说，她不知道这些工作与那几户贫困户给她心理造成的冲击有没有关系。反正她来范家凹就是来工作，既然是本职工作那就去做，自己年轻，工作经验不足，尤其是扶贫工作，县里、镇上要求得严，如果随随便便去做，出了错，再重新做很麻烦，与其那样，还不如一开始就认真点，仔细点，把它做好。

2018 年，窦雅洁周岁 26，虚岁 27，在县城就算是大龄女青年了。下乡扶贫意味着见同龄人的机会大幅减少，自己的对象在哪，八字还没一撇！在家人的催促下，窦雅洁越发着急，朋友还经常吓她，说有一些特岗女教师，因为没机会，最后没办法就瞎胡找一个村里人结婚了。窦雅洁说，和范家凹的村民们熟了后，村里老人给她介绍对象，但多数是在外地工作，人家很少回来，最终没能见到一个。2019 年经同学介绍她认识了自己现在的老公，同年 10 月就把婚结了，只是因为老公也在乡下，两人一个月也照不上几次面。

2018 年底，她们要接受第三方验收，那段时间每个扶贫干部都像打了鸡血一样，几乎是没日没夜地干。那时她还不是队长，但她在范家凹待得时间长，很多基础性的资料在她手上，哪敢有半点怠慢，县里、镇里不断开会、提要求，有时候晚上还要赶到镇里开会，二十多天里，她说脸没洗过一次那是假，但澡洗不成，头发没有洗，却是真。可能是因为累，也可能是觉得委屈，反正那几天她特别想家。好不容易有一次回家，她记得是晚上七点多钟，自己身心疲惫，眼睛都抬不起来了，却听妈妈说，奶奶的情况不太好。窦雅洁一直在奶奶身边长大，上高中时才离开，她能听得出妈妈的意思，她就是再累还是去看了奶奶。她说，那段时间市面上流行一种小蛋糕，她还想时间太晚了这次就算了，等下次回来，一定要买给奶奶吃，可是两天后，她还在村里时，就听说奶奶没了。这成了她一想起来，就会伤心流泪的终身遗憾。后来，2019 年 1 月验收工作结束了，还没轻松几天，因为队长工作要调动，单位就把队长的担子压到了她身上。

她说，队长和队员那可不一样。队员呢，可以只用心做好手头的活儿，队长是活得干，还得更多操心镇里领回来的工作怎么干。2019 年武乡旱灾，9 月，上面要求开始贫困户收入测算，有些贫困户害怕测高了国家的政策自己就享受不上了，明明有一些收入的，但就是不想说出来。为了做到数据准确，工作那个难做啊，毕竟人家贫困户是本地人，而你扶贫队员都是外来的，人家不怕得罪你。最后，还是村党支部书记全力出面支持，才得以顺利完成。

至于怀孕这件事，她说，自己根本没想那么多，别看她瘦，她可没那么矫情。窦雅洁说，对她不放心的是家里的老人。每次从家里回村里，公公婆婆总是让她带些水果和牛奶。因为疫情，从 2020 年开始驻村时已经 2 月 21 日了，3 月县里就要求全体扶贫队员上山防火，一个月的时间里，她差不多天天穿着迷彩服在山上，不过其他两名队员，也很给力，尽可能帮她做，让她负担轻一点。6 月底的时候，自己的身体确实出现了一点问题，就是突然发现不能走路了，一走肚子就疼。回县城做了个检查，医生说是胎位靠下，让她卧床休息。可是 7 月 20 日就又要开始普查，县里要求各帮扶单位，如果没有特殊情况务必保持帮扶队伍稳定，尽可能不要做工作上的调整。在这个时候，自己怎么好意思掉链子。

她说，她心里纠结归纠结，因为医生提醒过如果出现意外她就会有流产的风险，但是……窦雅洁说，她们单位就那么几个人，而且在这个时候，她怎么好意思开口。所以，这事她连和家里人都没有说。她回到范家凹，开始了普查前村里的自查工作，走访时开始几天，肚子非常疼，疼的时候，她就停下来歇一歇，缓一缓，再走。十几天以后，肚子就没那么疼了。她说，她这个人心大，也傻，心里还想虽然肚子里的孩子还没见到，但确实是个乖宝宝，没有拖他妈妈的后腿。

窦雅洁的预产期是 9 月 5 号，采访结束时，我除了祝愿她们能母子平安，还能说什么呢？言语中，我能听得出，窦雅洁是个感情细腻，内心柔软的姑娘，但她却不把自己放在心上。用她自己的话讲，尽管是屈路燕副镇长把她推荐给我的，但屈路燕何尝不辛苦呢？窦雅洁说，屈路燕在镇里工作因为没办法回家，照看不上孩子，女儿的学习成绩已经下降十几名了。还有煤改电那段时间，正是数九天，乡镇没有暖气，她去镇里找屈路燕，就发现屈路燕穿着军大衣，怀里揣着暖水袋继续工作着。她说类似她这种情况的，在武乡脱贫攻坚中，多了去了。其实，哪位扶贫干部不辛苦啊，自己这点事算个啥！

河底村任杰

天空风和日暖，一条宽敞的水泥路在乡野蜿蜒伸展，一间间整洁干净的村居错落有致，田间地头随处可见村民备耕的身影……这是武乡县故城镇河底村 5 月的景象。当 7 月上旬我再走进这个村时，天气就变得热粘多了。河底村依山而建，村前一条河，党群服务中心与建在护村坝上的多功能大厅相隔一条公路。本来我是来村里了解村集体经济和村党支部书记的故事，因为这个村的村党支部书记跑过运输，工作积极，顶着压力非要给村里建成一个黄牛繁殖基地。结果在座谈中，村党支部书记多次提到了年轻的第一书记任杰，正好任杰也是“90后”，我也就相应地对他做了进一步的了解。

任杰，1992年生，到长治市财政局工作两年后，听说有下乡机会，就主动报了名。于是我先从他的“主动报名”问起。他说，在机关坐办公室，工作多数是程式化的，自己还年轻，想抓住类似脱贫攻坚这样难得的机会，多一些体会，丰富一下人生。

采访时，他坐在我旁边。任杰块头很大，穿一件蓝白相间的T恤，看上去显胖，但说起话来非常成熟，那种成熟完全超出了他的年龄。我知道，他是2018年4月到武乡的，起初在故城镇的李家山当扶贫队员。我问村党支部书记对任杰的印象，村党支部书记说，在任杰没有到河底前，尽管都是在一个镇里工作，但不认识，去年，也就是2019年5月，任杰到他们村担任第一书记，就熟了。说起第一印象，“就是个娃娃嘛，说不好听的，这么小一个年轻人到我们村，别说是人家父母，就是我们也不放心。我们借到市里办事的机会，还专程登门去看望了任书记的父母，说是看望，实际上就是想去聊聊天，彼此多个了解，他这么年轻，又放到我们村，万一……这个咱不说了。就说任杰吧，说实话，任书记干得不错，给我们村可是办了不少好事。”村党支部书记王鲜鹏这么说。

任杰顺手拿来自己的工作日记，打开让我看，里面有工作时间、内容、完成情况，还配有相片截图，很全面，也很仔细。但我没有中断采访，去翻日记。后来从其他渠道，我找到了有关他的汇报材料，上面写道：

2019年6月28日，在任杰的牵线搭桥下，长治市某企业到河底村进行“七一”慰问；

2019年7月7日，在任杰的努力下，某爱心企业给河底村投资3万元建起的16盏太阳能路灯投入运行；

2019年“中秋节”前，在任杰的争取下，长治市长子县某爱心企业派2人到河底村慰问，给村民带来了水果和月饼；

2019年重阳节到来之际，在任杰的争取下，长治市某爱心企业带着重阳节慰问物资来到河底村，故城镇镇长李山红、副镇长陈瑞军、宣传委员王国雄也来了，他们与河底村老年人们一起参加活动，看秧歌队表演。因为这是河底村第一届“99重阳节”；

2019年11月，在任杰的努力下，长治市金一珠宝公司总经理马震、长治市潞州区工商联主席王鹏、武乡县工商联主席宋佳一行，到河底村开展冬季慰问活动，为全村老年人捐赠价值15000余元的冬季物资。

2020年1月14日—1月16日，第一书记任杰与工作队队长杜红兵组织全村开展“春节暖河底”主题党日活动。

2020年1月27日，农历正月初三一大早，任杰来到村党支部书记王鲜鹏的家中“拜年”。“任书记，怕是又借着拜年来谈工作吧。”和任杰打了半年多交道的王鲜鹏，看到任书记一进门就打趣地说道。虽是打趣，但他知道任杰确实是为年后的“黄牛繁殖基地”发展、养殖过程中存在的技术问题、如何通过“公司+基地+农户”方式种植辣椒及部分群众内生动力不足等问题来和王鲜鹏商讨的。

任杰2019年5月才到河底村，时间不长，但已经和支村“两委”融为一个整体。在他的努力下，先后向市财政局争取到项目资金50万元，又和支村“两委”多次一起外出考察、协调沟通，建牛棚、接水架电、选牛种……2019年12月，河底村“黄牛繁殖基地”正式投入运营，22头母牛、2头小牛在这里“安家落户”。三个月后，牛场产下小牛15头，预计年内收入能达15万元，可以带动66户贫困户户均增收2000余元。

如今的河底村，集体产业发展起来了，日间照料中心和红白理事大厅建成了，太阳能路灯亮了，文化广场、文化游园焕然一新……“2019年，通过协调各方关系，我们积极联系爱心企业在河底村开展各类捐赠活动10余次，金额共计8万余元，村容村貌有了很大改善，全体村民的生活质量得到明显提高。”任杰说，2020年我们河底村要把辣椒种植、黄牛养殖形成规模，尽快打造出我们河底村的品牌，让村民们不仅有产业分红，还要有自己实实在在的收入。

任杰不是那种会说豪言壮语的孩子，似乎也不喜欢高谈阔论。但他天天在想如何为河底村多办实事。一开始他就把话说得朴实，他来农村是想多一些生活经验丰富人生。那么，很自然的，他的双脚就必须坚实地踏到农村的土地上，他的心就必须对工作充满激情。对任杰的采访时间很短，但是我从他的眼神中看到的，全是坚定和决心。任杰已经将自己的这次农村实践与人生融在了一起，我也相信，他的工作将来会越来越好，因为有梦的人，绝不会在现实中选择消沉。

志愿者付犇犇

付犇犇，我采访对象中年龄最小的一位。他1998年生，2019年7月大学毕业，7月便去武乡参加脱贫攻坚战，身份是一名志愿者。一米八的个头，穿件白色T恤的他，给人一种猛壮、做事毫不含糊的感觉。他是从团省委渠道下来的，落脚之地自然是武乡县团委，工作点是故城镇的范家凹，因为那里是团县委的帮扶村。也就是说，他是和前文中的窦雅洁在一起工作。只不过，他是队员。

作为一心想参加西北志愿服务计划的他，初选的地方并不是武乡，而是新疆或者西藏。他说，最次也要去云南或贵州。他在学校报了名，填了表，后来从学校团委那里得知山西省也有这个计划，他才改了想法。当问起他为什么要报这个计划时，他说自己也不知道，反正就是想到偏远一点的地方去，越远越好。可他说不出理由。

但我知道犇犇本人就是长治人，平顺的。平顺是一个贫困县，他为什么不直接回平顺呢？他说不知道。就这个问题我问过他好几次，最终他也没给我一个合理的答案，总之就是想去。如果再往深里说，他就是想出去看看。可是他去看什么呢？去看贫困，还是远处的风景？他答不上来，毕竟在做这些决定时，他还是一名在校大学生，他所有的信息来源就是网上的文件和一些帖子，以及下面的评论留言。我同样没办法知道的是，到底是什么原因又让他改变了主意，选择团省委的志愿者服务。总之，他是报了名。

犇犇说，他成功报名后，2019 年 7 月在太原参加了团省委的培训，便直接来到武乡。下午一点多他从太原坐上大巴车，到武乡县城后，团县委的领导和同事们就已经等在那里了，看着大家给他在会议室用文件柜隔出一个小间当宿舍，全新的生活用具，感觉还挺好，可能是刚刚走出校门的原因？他也说不清，反正懵懵懂懂的，感觉好就是好。可当把自己编入扶贫工作队，开始下乡时，一切就不一样了。最初的几天还好，由领导领着，坐着单位的车，白天下乡晚上回县城（有可能单位是让他有个适应过程），等 9 月真正住下来，感觉就全不对劲儿了。

怎么个不对劲儿法？我问他。

不适应。他说。

主要是哪方面？作为志愿者，这些你应该有心理准备的，你还曾经想报名去新疆、西藏、云南、贵州。我说。

不知道。反正就是不适应。毕竟自己这些年一直是在太原生活学习，一下子到范家凹，所有的人都说当地话，我一句也听不懂，那种感觉……壮壮实实的小伙子突然哽噎起来。第一天晚上我就睡在村卫生所里，躺在那张床上，看着另外一张空空的床，闻着卫生所那种药片的味道，我一晚上没睡。

为什么？我问他。因为我知道他们原来的队长在大队院里是有住处的，虽然那个住处同时又是他们扶贫队的办公地，但总是可以住人的。

犇犇说，我也不知道。接着他马上说，哦，估计是怕我冷吧，晚上睡觉时我用的铺盖都是村医红萍阿姨给的。

那你为什么睡不着？

不知道。犇犇说，想家。想我妈……特别想……

可是你在太原上大学时，也见不到你妈！

那不一样，上学的时候还有舍友，晚上怎么着都行。可是到了范家凹，人生地不熟的……我不知道……反正就是想。

第二天呢？是不是第二天太阳一出来，就不想了。

不是。还是想，更想了……

现在呢？

现在还是想。

那你怎么解决，想家的时候怎么办？

就和家里人视频啊，或者……找同学们聊天……

你妈知道这些吗？你想家的事。

我不知道她知道不知道，我没说过。在村里忙的时候，走不开是没办法，但凡有不忙，周五能回家，我就一定回。

回平顺？

是啊！先坐公交从范家凹回县城，到县城后，搭顺风车去长治，然后再倒上回平顺的公交。

那得多长时间？

顺利了四五个小时。差不多每次回去都是晚上七八点。但有机会我还是要回。一回去心里就高兴。我妈也高兴。

你爸呢？也一定高兴吧！

我爸……犇犇这才说，他父亲在他上高中时，就不在了。这些年他是和母亲一起生活。他们家条件很一般，就连他上大学的学费都是用助学贷款交的。他说，反正自己将来一定要回平顺工作，来武乡以志愿者的身份参加扶贫，是提前历练自己。他自己说，这一年多，他学到很多东西，除了了解了农村，知道了走到社会上怎么和人相处，还对国家的各种政策有了很深的理解。

当提到队长窦雅洁时，我说，队长表扬他对队里的工作很给力，一点儿没有大学生刚入社会的青涩与娇气。他却反过来说，实际上是队长对他照顾更多，毕竟他是志愿者，还不是正式编制，队长尽可能少给他安排工作，为的是给他更多的时间学习，准备将来参加公务员考试。

我不知道这个小伙子是怎么在“想家、想妈”中工作的，队长窦雅洁说，犇犇的工作真的一点儿没落下。当我让犇犇回顾这一年来，对他印象最深，或是将来离开武乡后还会常常想起的是什么事时，他跟我说，就是那一条路，那条连接县城和范家凹之间的那条公路。他永远也不会忘记第一次去范家凹时，看着路旁的村庄和树木不停地向后移动，拐来拐去的弯一个接一个，自己却猜不出要去的是一个什么样的地方。到后来，他又熟悉到，只要道旁多了一个桩子，少了一簇草，他都能发现。多少次他从平顺的家回来，从县城坐上公交，自己怀里搂着大包小包，听着车上的老乡说笑，他不仅完全听懂了他们的话，偶尔还能遇上熟悉的面孔。这种错以为他乡是故乡的感觉，真的很特别，他说，自己很可能早已经把范家凹看作故乡了，谁知道呢，将来无论走到哪里，当自己突然聊起范家凹或想起在范家凹时，他一定会有故乡那种亲切感的，而且还会不自觉地称范家凹——我们村。

固村魏涛

魏涛，是县税务局的，在韩北乡固村驻村。固村山大沟深，翻过一座山就是黎城。

我在固村采访，并没有见到他，那段时间他在参加培训，准备参加即将开展的普查工作。我是从第一书记武同凯和队员郝亚军聊天中听到他的，但决定采访他，是因为去了一趟他们的住处，一孔极为常见的窑洞，就在一户人家（据说是村主任家）最靠边的地方。窑洞像新修的，里面没什么家具，进门左手一个铁火炉，右手窗户边上摆着一个方桌，方桌旁边是个三人沙发，紧挨的是两张并在一起的单人床。再往里窑掌的地方，两个办公用的单人沙发上堆了报纸、杂物，还有洗漱用的塑料脸盆，再过去沿墙放着的几把高高矮矮的桌椅上，基本上堆满了各种生活用品和锅灶用具，整个窑洞满当当的，进门就只能脱鞋上床的感觉。武同凯和郝亚军都是老同志，就到快退休年龄了，尤其是第一书记武同凯说，自己都59了，等这场脱贫攻坚战一结束，自己回单位就可以办退休了。我坐在靠窗户那个沙发上，目睹着眼前的一切，既觉得亲切，又觉得陌生，亲切的是，突然找到了小时候一家人睡在一盘炕上黑暗里聊天说话的感觉；陌生的是，他们是驻村工作队员，彼此都有自己的家，三年多的时间里他们却夜夜躺在一起，更重要的是他们中还有一个1996年生，刚参加工作没几天的孩子，这两老一少在一起工作还好，可是一起生活，还要挤到一张床上，那会是什么样子呢？于是我找到联系方式，对魏涛进行了采访。他说：

我上班第一年就下来了。2017年学校一毕业，我到县税务局还没参加入职培训，就接到任务，说要下乡。和我同一批入职的总共有四个，两男两女，四人中我被选中作为驻村工作队员，可能与我是党员有关系吧，还有一条，就是我是武乡本地人，虽然在城里生城里长，但毕竟是武乡人嘛，总是相对要更了解武乡一些。

不过，之前我没有去过固村。第一次去，我记得很清楚，还真是……那天我是和郝股长一起去的，就是郝亚军，他在我们单位是股长，我们习惯称他郝股长。郝股长开车，从县城往韩北走还好，可到了东堡往左一拐，哦，那个路，太陡了，上坡、下坡、急转弯，很多地方窄得车勉勉强强刚能过去，很危险，真不知道当地人平时是怎么走的。第一天办了工作交接，见了乡里的包村干部，因为不具备条件，天黑前我们就得从村里出来，因为那条路连当地人晚上也很少敢走。第二次去，我们就住下了。

固村给我最大的印象就是穷，路不好走。先说穷吧，我们村有一户贫困户，一个五十来岁的中年男人，守着自己先天性智障的女儿过日子，他们家是真穷，连屋里的墙都是黑的，到处破破烂烂。我会不会嫌弃？我没有嫌弃，站在他们家我最大的感觉就是心里不舒服，可难受呢，觉得现在怎么还有这么穷的人呢？还有就是那些自然村，去走访一次真是太远了，关键是很多地方，不仅汽车去不了，就是三轮车也上不去，只能步行，有时候去自然村走上一趟就得一个多小时。我虽然是武乡人，要是不到固村，这些情况，还真不知道。

至于和两位老同志相处，我倒觉得没有障碍，挺好的。去固村不久，我回单位参加了一个月的培训，再回到固村时我们就住进现在住的地方了。你问我晚上干什么，我们刚去的时候正好赶上支村“两委”换届，那段时间很忙。不忙的时候，好像没记得有不忙的时候，不过那时候我们住的地方网不通，闭路电视也不通，我就用手机流量玩一会儿游戏，早早就睡了——是啊，因为屋子小嘛，只能摆两张床，还得并起来摆。睡觉时，我睡在他们中间，就听武书记和郝股长他们讲以前的老故事，毕竟他们年龄大了，经历的事多，很多事我不知道，听着还觉得挺新鲜。你是问一起睡挤吗？不挤。刚搬进去的时候我是睡沙发，就是一进门那个，后来武书记觉得这不是个长法，我就上床了，和他们睡一起。

生活上嘛，基本上就是他们照顾我的时候多。譬如他们两个早晨起得早，总是轻手轻脚出去，多数时候等把早饭做好了才叫我起床。他们真的是把我当孩子看。不过我们三个有分工，各尽所能吧，郝股长负责炒菜，武书记负责主食，我负责洗碗。——是呢，我在家里的时候，我是做得少，父母不让做。但到固村就不行了，毕竟自己大了嘛，我不会炒菜，和不了面，不会做面条，总可以洗碗吧！人家武书记和郝股长把我当孩子看，可我自己不能真当孩子啊！

虽说我是在县税务局工作，但实际上到固村扶贫是我的第一份工作，跟武书记他们学到很多东西。譬如为人处世啊，处理和老百姓的关系啊，武书记和郝股长很有一套，我就不行。还有税务上的那些事，如果没有和他们在一起待这么久，我哪里会知道还有那么多技巧。再有，这几年看着我们固村的变化这么大，心里真的很高兴，虽然不敢说自己在其中做了多少事，但起码有一份自己的心血。真的挺高兴的，前几天我去外地参加普查工作，体会就很大，我进农户家人家对我的态度就很自然了，其实我知道，那不是人家的变化，而是我的变化，在固村的这几年，工作生活让我变得和农村、村民们亲近了，也自然了。

在和魏涛聊天的时候，我仿佛能看到他在固村的样子。语气中能感觉出他是个安静、温和的年轻人。他能在固村那种条件下待得住，还安心工作，不知道是因为家庭的教育、自身的修养，还是武同凯和郝亚军两位老同志对他的关照和带动。可能有我先入为主的原因，从一开始就给“90后”一代下了娇弱自私经不起摔打的定义。固村帮扶工作队的住处，三个大男人挤在一孔窑洞里，冬天还好，夏天天热屋里没办法做饭，他们就在窑洞外面用几根木棍支起两块石棉瓦，再用砖头垒个台子，就是厨房了。这样的条件，就是换到我这个有过农村生活经验的人身上，好像也接受不了。

可是从魏涛的聊天里，我听不出他有一点委屈和抱怨。到目前，我也没有听说这个年轻人在市里或县里，得到过什么奖励和荣誉，不过，我相信他知道自己已经得到了奖励，只不过，那个奖励来自自己。

选调生刘依尘和曹慧瑜

刘依尘是丰州镇白家窑村新任不久的第一书记。南开大学研究生毕业，学历史的。外表上看有点柔弱，说话时，总带有一种质疑式的坚硬。她在太原长大，尽管父亲的老家在盂县村里，但也仅限于一年一次的过年回去，因此对农村基本没什么概念。但是作为选调生，来基层她是有心理准备的。

真的来到村里实际感受如何呢？有落差和不适应吗？我问她。

她说多少还是有一点不适应，譬如蚊虫啊、厕所呀，还有村里的狗，好凶。不过这都过去了。至于落差嘛，她调侃着说，那倒没有，毕竟读这么多年书，我怎么也得明白一个道理，那就是：你到哪儿其实都是一个干活的。省里、县城、乡村，都一样，你不能说你在中央机关，就不能到村里当一名扶贫队员吧！

多么浅显的道理啊，又是那么深刻。可是我们很多人就是不懂。我坐在依尘对面，中间隔着成堆的脱贫攻坚的台账、手册和笔记，她的开朗性格和学历史的背景，让我们讨论的话题越来越深。我们谈到驻村的苦，她说其实没有那么苦，因为大家都一样。她所说的那个“大家”，既包含所有驻村队员，也包含自己驻村的同学们，她说他们私底下有交流，比起云南、贵州一些偏远的地方，自己的条件还算好的！这种用对比的方法来看待“苦”的做法确实让我耳目一新。当我一再追问她真的不感觉苦时，她像突然想起什么似的，说附近郝家塆有个姑娘那才叫苦呢！那个姑娘有身孕了，而她的老公之前一直在吕梁扶贫，今年7月又到运城开始了“墩苗”计划。两个人都在乡下，见个面都难，怎么能不苦。显然在刘依尘眼里日常生活和工作中的苦，已经不再是苦了，她心中的苦变成了缺少相爱之人的关照与相守。

刘依尘是2019年8月到白家窑的。工作时间不长。但她说，自己收获了挺多，她甚至说弥补了自己之前人生中比较薄弱的部分。我听不大懂，她解释说，自己以前写稿子总是喜欢从思想、政治什么的角度入手。但听了村党支部书记给村民讲的课，她就知道不能那样了。老百姓嘛，就是为了生活，一切得从他们的需要出发。在机关写材料时，总是因为文字不接地气挨领导批评，如果现在再让她写就会好多了。接着她提到自己的工作，说尽管自己的原工作单位省委宣传部每年都给村里投入不少资金，但靠自己目前的社会资源还拉不来项目，她所能做的，就是要把相关的政策落实好。

对此，我提出反对意见。因为政策是硬性的，支村“两委”就可以落实，让一个研究生来给村民讲政策，跑腿报销，是浪费。刘依尘就显得有点急，她说，反正我觉得凡事都需要有人去做，空讲道理的人是简单的，真正做事的人才伟大。我觉得我没有那么大的抱负，没有那么广阔的视角，我只能从一点一滴的小事做起。譬如给村里的一个老奶奶报销回药费，不管钱多钱少我都很开心。

刘依尘提到的那个姑娘，后来我联系上了。她叫曹慧瑜，北大研究生毕业，也是选调生，正好也是省委宣传部派来的驻村干部，她祖辈上的二爷爷曹国权，就是《右玉和她的县委书记们》里那个种树模范史来保的原型，父亲改革开放时应征入伍，当了十年兵退伍后，回到家乡，目前也在扶贫一线。她到郝家垴三百多个日夜了，这一年多来，她有哪些变化呢？

我对她进行了电话采访。

曹慧瑜说，虽然工作时间不长，但自己已经由一个城里来的“外来户”，变成老乡口中的“亲闺女”了，以前觉得“一切为了人民，一切依靠人民”可能是一句口号，但如今已经完善为一套完整的实践和思想体系了。

基层的这段经历，终将会成为自己的一笔情感和精神财富，也会成为自己不断奋斗前进的动力。

那么她刚到基层时是什么样子的呢？毕竟那是一年前的事了。我没能见到曹慧瑜，但从她的一篇演讲稿中，可以得到一些信息。她在里面提到，她受家庭影响是抱着一颗坚定的初心而来的，可是面对自己步行十几里爬坡上岭走访时吃了闭门羹，自己灰头土脸地往回跑，背后还有野狗追，想想自己夜里上厕所跑掉了鞋都不敢回头去捡的害怕，两条曾经被冻得生疼的腿，她是动摇过的，也问过自己毕竟寒窗二十载，最后跑到山沟沟里来，图了啥？可当她平静下来之后，回想起贫困户家里看到的景象心绪就释然了。

我不知道慧瑜看到了什么，但能猜得出那景象一定扎了她的心。这毕竟是武乡，是一片“户户住过八路军，家家出过子弟兵”，为中华民族的独立和解放做出过巨大牺牲和贡献的红色土地，然而新中国成立都 71 年了，一些村庄还有一些老百姓仍在贫困线上挣扎，相对于那些贫困户的苦，一个年轻人受那点委屈又算得了什么呢？这大概是她真正坚持和坚定要在扶贫一线的原因吧。

和慧瑜交流，她总是不愿意谈工作中面临的困难，她谈的更多的是自己的收获和心得。她说自己不仅对脱贫攻坚有了新的认识，也有了自己成熟的思考。譬如这段扶贫经历，让她找到了自己身上所承载的精神实质，那些精神由抽象转化为具体，驻村扶贫在她看来不是“出发”而是“回家”，她仿佛又回到了“初心”，回到了“起点”。她把自己定义成一个右玉姑娘，家乡的那些人，祖祖辈辈坚持种树，很多长辈的名字如今都刻在纪念碑上。以前自己对“右玉精神”理解不深刻，来到农村后，看到百姓们的困难和艰苦，心里就急，就疼。自己虽然是个女娃娃，身怀六甲，但干起工作来东奔西跑，活力无限，只要看见乡亲们的笑脸，看见他们满意了，自己就有了获得感。因此，她认为能够在这样的历史节点上参与脱贫攻坚事业，是自己的幸运。

慧瑜给我发过一张相片，她站在八路军太行纪念馆前的广场上，两根扎了花的辫子，一件厚厚的军大衣，手里捧着红红的荣誉证书，我不知道相片是什么时候照的，从相片上看，慧瑜是个清秀白净的姑娘，但通过和她电话聊天，能听得出她那股“功成不必在我”的精神气儿，她这个“小右玉”，已经把自己实实在在化作了右玉精神的一个具体载体，一簇“小火苗”，她燃烧自己，燃烧青春，只想为脱贫攻坚添一把火。

慧瑜说，她不是个例，大多数驻村的年轻人跟她一样。他们走出校园，又回到山西，心里多少都怀有一些理想和抱负。正好，一段扶贫岁月更进一步淬炼升华了他们的思想和精神，让这股精神力量不再虚浮，而是向下而生，变得更加厚重，更加扎实。等扶贫结束，他们回到各自工作岗位，大家可以拿出刚刚到村里时的照片和离开时做一个对比，大家可能脸更黑了，皮肤更糙了，但泥土味浓了，精神气足了，气质更沉稳了，眼神也更坚定了，这就是“初心”的力量吧。

脱贫攻坚，为的是共同奔向小康，在这条路上，大家齐心协力一个都不落下。作为即将成为社会发展主力的生力军——“90后”，当然不能缺场，更不能怯场。在初看曹慧瑜的演讲稿时，觉得她是一个胆小、爱哭的姑娘，但一番沟通后，才发现其实她有着坚毅的内质。包括刘依尘，她们家庭条件应该都不错，我先入为主地认为到农村来工作，会拒绝，会排斥，但通过和她们接触，完全改变了我的看法，她们不仅很快融入了乡村，爱上了乡村，更让平静的乡村重新焕发出蓬勃生机。

在武乡，差不多每个村都能看到像她们这样“90后”娃娃兵的身影。窦雅洁、任杰、付犇犇、魏涛、刘依尘和曹慧瑜的故事兴许不够典型，但至少是他们这个群体中的部分代表。我们说，一代人有一代人的幸，一代人也有一代人的不幸，但是只有经过历练才能成长。当我写下这些文字，再回想他们那一张张生动的面孔时，真的不会再用单纯和幼稚去形容他们了。他们原本就有扎实的书本知识，缺少的只是对基层的认识和实践，下乡驻村，尤其是亲自参与这场脱贫攻坚战，无论是对本已萧条的乡村，还是“温室大棚”里长大的他们，我认为对双方来说，都会是一种巨大的收获。就像刘依尘，我曾经当面用非常尖锐的口气问她，如何理解这场脱贫攻坚战。她开始说，自己说不好，但她接着又说：其实，有些事在当时看只不过是一件非常具体的事情，但是把它放到整个历史中就不一样了，它很可能推动了历史的进程，说不定还影响到整个人类的发展。就像我们的义务教育一样，不能说因为有些孩子不愿意学习，就放弃推行。事实上又有多少孩子通过义务教育走出了村庄，走向了更广阔的世界。我们做事情不能总是习惯于从功利的角度去看，不能因为眼前的暂时，而低估它对未来长远的影响。对我们村来说，我觉得，只要让一个老奶奶能有一个很好的晚年，那就可以了。

在武乡的日子里，我经常走在一条条新修的公路上。那些公路，这头连着山外的大公路，是城镇，是市场，那头连着村庄，是家家户户的街门和果园。一条条公路是村民们出行的方便，是他们的致富之道。那些天连日下雨，让武乡厚实的土地土更红、花更艳、庄稼更绿，就连雉鸡，都可以带着自家宝宝不慌不忙地在公路上漫步了。遇上雨大泥深，村民们会自发来清理，尽管他们已经白发苍苍、皱纹满面，但他们已经不再只是坐在街门口盼望归来的儿孙了，因为这几年，村里来了年轻人，尽管他们不是自己的孩子，但是大老远就可以听到他们叫叔叔、大婶、爷爷、奶奶的声音了！

九　当局者清

似乎每一个写作者内心深处都有一种理想：拥有鸟一样高空飞翔的自由，获得一种直面却能俯视大地的角度。在武乡十几天的行走，我脑子里经常想起关于庐山的那首诗。有好多次，站在某个山垴上，我环顾四野，希望借助海拔，来个一览众山小。可惜我能看到的，依然是那些重重叠叠的山和深深浅浅的沟，以及散布于其中的村庄。于是，我发现自己最终还得归于大地，因为想象和虚构的翅膀，无法承载起一具真实而具体的身体。我只有走进乡村，才能发现满是郁郁葱葱海一样的绿色中，偶尔还存有一些被疏漏的荒凉之地，才能看到那些被淹没在脱贫攻坚大军中默默无闻不愿意讲出自己辛酸的人来。既然无法一览众山小，那就不如置身其中，这样做的结果兴许会有“横看成岭侧成峰，远近高低各不同”的片面性，但它也有着近距离观察、亲身体悟的切肤式的真实。

捎带之举

在武乡，大多数时间是县政府办的秘书武晓林、司机小马师傅和我在一起。我是外来者，难免多一些直观印象和理论上的空想。武晓林，大学毕业，当过“村官”，除了爬在材料堆里，还要完成县领导安排的许多日常事务，视角与观点多数情况代表官方。而小马师傅，比我小许多，家里两个孩子，妻子没工作，成天拉着县里的领导在外面跑，言语不多，差不多属于民间立场。

从大有乡王家沟采访回来那天下午，天已经不早了，小马师傅还计算着时间不想让我们回县城误了晚餐。为此我们抄小道走了近路，我们从玉米地旁的洼地里出来，刚拐上正式公路没多远，就看到一辆红色大卡车从旁边的岔路拐上来。那辆车又高又长，多半跑长途运输，那种车要是装满货少说也有六七十吨。可能因为背光的原因，视觉上那辆车显得特别庞大，在我印象中，开这种车的司机一般膀大腰圆，总之是小车遇见都躲着走的那种。那天路上的车不多，我们开得也快，我还想那辆车会稍微停一停，等我们过去了它再继续往前开。我们的车向那辆车快速靠近，坐在副驾驶的晓林突然拍了拍小马的腿，两人嘀咕几句，我以为他们是要抢在大车上路前抢过去，还强调了一句，咱们不急。我们靠近大车。大车司机似乎感觉到什么，踩了刹车，慢慢把车停下来。这时，大车的车身有一半已经上公路了。我们的车从大车前经过，小马师傅不仅没有加油门快速离开，反倒放慢了速度。

看着晓林将车窗摇下，伸手出去，我还以为他遇上了熟人，要和大车司机打招呼，不想晓林却冲大车司机大声喊道：你，你……退回去，赶快退回去！退回去！

大车司机是个肤色黑红的中年男子，长得虽不膀大腰圆，但我知道这种跑长途的车驾驶室里常常会备一根撬棍，说是防卫，但很多时候用来发横。原本晓林给我满是书生气的印象，他这么一来，还真让我另眼相看，但同时我又担心出事，不管什么原因，万一打起架来，那就麻烦了。毕竟他是公职人员。大车司机这时把头伸出窗外居高临下地看我们，一直看，目光里根本看不出他是否听到晓林的话，更多的是他在探寻刚才敢用这种口气喝令他的人是什么来头。

这时，晓林不得不第二次对大车司机发话，而且口气更加强硬，他让大车必须退回去。我就不明白了，这几天我们都在这条公路上跑，为什么不让人家上来。小马师傅干脆把车停了下来，那架势，如果大车司机不听话，他们就要亲自下车一样。好在，我看到大车司机，犹豫再三，将探出的头收回去，打开双闪，在公路上调了头，按原路返回去了。晓林这才似乎平息了内心的怒火，说，这些人，就是这么不自觉，真是气人！

事后，我问他，这么好的路为什么不让人家走。

武晓林说，正是因为这么好的路，咱才不让他走呢。李老师，这是我们县的旅游公路，监漳到砖壁的一期完工后，监漳到县城的这段作为二期刚刚修好，修这条路是真不容易啊，所以从一开始县里就规定，不许大车上来，县交警大队和县里的宣传部门不知道做了多少宣传，就刚才，你没注意那个司机的表情吗？他心虚，自己也知道不该上来。这些人，只知道图自己方便，哪里知道县里为了修这条路费了多少劲。

这我就明白了。

举这个例子，我并不是想表扬武晓林，我只是想说明，只有身在其中，才能有所体味。我们也由此才能为那些乍看上去无法解释的事件，在细微或日常中找到精妙的理由。我们可以赞美一架高精度的无人机拍摄的相片有多清晰，但是无论它有多精密，也无法拍出一片树叶的艰难和一朵花的忧伤。宏观的梳理，往往是条理的可辨的，但是什么原因让一个人产生动因还付诸行动，却是隐秘的微妙的。武晓林的举动只是捎带，只是举手之劳，我们可以把它理解为一个武乡人对家乡的爱，也可以定义成那是武晓林作为一名公职人员的职责所在。但我想说的是，这些小事，要不是我作为旁观者亲眼看见和亲身经历，一个本来很有意义的故事就被忽略了。由此可以想象，在武乡的脱贫攻坚中，类似这样的故事得有多少啊！

分秒必争

郑丹是我采访中接触到的第一位武乡官员。见面前，我们有过简短的通话，加微信后我发信息过去，经常是几个小时后，有时第二天才能收到回复。见面后，他给我的第一印象根本不像1977年生的人，头发花白，满身疲惫，与我想象中的威风凛凛的地方官的形象一点儿都不一样。他是武乡县委常委、常务副县长，分管人力资源和社会保障、工业和信息化（国企改革、国资国企管理）、民营经济、能源产业、商贸物流、安全生产、应急管理、行政审批、营商环境、生态环境、扶贫、信访、人民武装、外事、开发区建设等工作，脱贫攻坚战打响后，主要精力就放到脱贫攻坚上了。

第一次接触，他就给我一种马不停蹄、环环相扣、时间总也不够用的感觉，坐下就吃饭，开口就谈事，连个闲聊几句的机会都没有。

我问他，天天如此吗？他说，是啊，没办法，工作任务压在那里，作为常务副县长，他又主抓扶贫工作，上面是一批又一批的要求，下面是一堆接一堆的请示，很多时候他还在现场处理问题，书记、县长就已经在那边催汇报了。上面来的文件、政策要尽快安排落实，下面上报的问题得及时协调解决，累是自然的！一天天下来，感觉自己就像只陀螺一样。他说，其实参加这场脱贫攻坚的同志，哪有不累的？省里的，市里的，身边的县委书记、县长、各部门负责人、各乡镇负责人、第一书记、支书、扶贫队员，哪怕扶贫办一个负责数据汇总的办事员，哪个不累？他说县委书记胡坚，2013年刚到武乡时，四十出头，一头乌发，面相年轻，就和个年轻小伙子一样，可是这几年下来，再看看变成什么样子了？还有阎县长……

之前，我做过功课，知道郑丹年轻轻的，可是身体已经有七项指标亮起了红灯。我见他时是个晚上，就坐在他旁边，看着他高凸的两眼，眼珠上布满血丝，那个时间点，一个正常人不应该有这样的体征啊。我请他推荐采访对象，他第一个提到的就是县扶贫办。他建议我去扶贫办蹲上几天，啥都不用问，只要看看他们的工作就会有体会。“要说我们扶贫办的同志们……”讲到这里，他突然把话停住，哽噎了起来。初次见面，一个堂堂的副县长却这样，多少让人觉得有点尴尬。不过我知道，他也不想这样，毕竟就算是一名钢铁战士，一位铁面法官，哪一位转身过去没有一颗柔软的心啊。

依然战袍在身的郑丹就在我身边，而我脑子里却是媒体上关于武乡脱贫攻坚的报道，一串串骄人的成绩，一项项创新的成果，收获季怀抱谷穗的农民，喜迁新居后村民的笑容，高空拍摄的美丽乡村，工人们忙碌的扶贫车间，相应的解说词，基本上是“原来是什么样什么样的贫困村，如今已经变成了……”变成了什么不多说，凡是到过农村的人，只要拿三五年前的记忆和现在做个对比，自然一目了然。我不禁要问，如此美丽的画面，如此耀眼的成绩，是怎么来的？我们的文字却鲜有记录，似乎中央一要求，省委一部署，县里一发动，扶贫干部一行动，一切就搞定了。那么我再问，如果是这样，怎么“脱贫”后面还加了一个“攻坚”呢？

郑丹说，哪会那么容易，其实每天真的就和打仗一样。

郑丹的说法，在后来的采访中，从武晓林那里得到了印证。武晓林说，他到县政府办工作以来，最长的一次假期是六天，还是因为第二个孩子出生。他爱人和不满百天的二儿子在乡下，他带着大儿子在县城租房住，因为工作没时没点，只好把父亲接来帮着照看。他说郑副县长休息得更少，不管怎样他休过一次六天，自己下班回去还有父亲在能吃个现成饭。可是郑丹呢？郑丹是一个人在武乡，也是租房住，只有寒暑假爱人才能带着孩子来陪他。我发现郑丹的微信朋友圈，暂停在 2016 年 11 月 11 日，昵称是“桥”，尽管我没有就此问过他，但可以揣摩“桥”本身所固有的连接、抵达和承载意义，与郑丹对自己的希望有着某种契合吧！晓林说，跟郑（副）县长干确实累，但自己没理由抱怨叫苦，啥将带啥兵，领导身先士卒，你还能怎么样。

武晓林给我举了两个例子。

有一年春节去村里看贫困户，遇到暴雪，车上不去，郑丹就让车停下，自己到后备厢拎出米面就走了。同车的武晓林，自然也会赶紧下车到后备厢拿上东西紧随其后。晓林说，别看自己比郑（副）县长年轻，但爬坡上岭的，还真比不过他。那天郑丹穿着迷彩服，周围白雪茫茫，那个村武晓林之前去过，知道就是爬到坡顶，再到村里还需要一个多小时，况且还是大雪天。可是他知道，年前郑丹一定是要来看看贫困户的，过年了，村里人的内心其实比城里人更复杂，以现在的生活条件，不是没有这袋米这袋面这桶油就过不了年，而是他想让贫困户知道自己再忙也没有忘记他们，过节本该欢天喜地热热闹闹，可是那些贫困户，家里很少有外出打工的，看别人家有儿孙回来，自己家如平时一样冷清，即便就是满桌子酒菜，也变得索然无味了。中国人重情义，一来是初交，二往是相识，三趟下来就会成亲人。如果仅仅是为送那袋米那袋面那桶油，天好了再去，难听一点讲，这几年武乡的电商发展已经很具规模，就是让快递小哥代办一下也不是不行。但是郑丹一定要自己亲自去送，就是秘书武晓林代办也不行。郑丹看重的是和贫困户的那种情。

还有一次是清明。生态环境、安全生产，还有应急管理，都在郑丹的分管范围内。武晓林说，每年一到那个时候郑丹就格外紧张，尽管移风易俗这些年武乡做得不错，大家的森林防火意识提高了，但还是会有个别人上坟烧纸的旧习难改。这些年，尤其是脱贫攻坚战拉开序幕以来，武乡大搞绿化，发展生态，森林覆盖率提高不少。谁都知道搞绿化不容易，前期投入大，费工费力，收益见效却需要时间，武乡人民扛镢头上山，石头缝里挖土，千辛万苦把一棵一棵树苗栽活，培育成树，万一出个事失个火，多心疼啊。从 1998 年 7 月郑丹迈出校门第一脚就踏上武乡的土地，转眼在武乡已经 22 年了，他从乡里干到县里，对武乡已经非常熟悉，人常说，“因为爱，所以付出”。我反倒愿意相信，“因为付出，所以爱”。因此，晓林说一到清明前后郑丹就神经紧绷，我是可以理解的。

司机小马师傅也说，那几天郑丹就会换上迷彩服，车里备上望远镜，天天到乡下巡山。晓林讲，那次也是，他们巡了一上午山后，又饥又渴，几个人好不容易在路边找到一家小饭店准备吃口热面。大家刚坐下来，连口水还没到嘴，就有紧急电话来了，说是火警。就在这时，老板娘正把热腾腾的面端上桌来。几个人愣在那里，看郑丹，心想这顿饭是吃不上了，接着有人建议打包吧，到车上边走边吃。郑丹也看大家，他怎么会不知道大家心里怎么想。其实只是一碗热面，可是这时的一碗热面，对于劳累了一个上午又饿又渴的同志们来说，远超过一顿大餐。更重要的是，接下来，一旦上了山，就根本不知道几点了。前方警情不断，容不得拖延。可是已经摆到眼前的热面，同志们却一口没吃，一边是急，另一边是不忍，他就说，不打包了，咱们就在这里吃，但是大家必须在一分钟内吃完。

一分钟？

对，一分钟。

一分钟吃完一碗热面？

是呢！说到这里，小马师傅也笑了。晓林说，我们还真是一分钟内都把那碗面吃了，尤其是人家郑（副）县长，真不知道怎么咽下去的。反正那个烫啊，从喉咙一直烧到胃里。小马师傅说，那几天天冷，暖暖身子正好。他和晓林说，后来一上山就不觉得热了吧。他还笑晓林火警解除后，和当地村民挤在石棱下面靠身体取暖的怂样。我感兴趣的是那“一分钟”，事情再急，也不差那一分钟吧！武晓林说，那不一样，我们县里的领导，时间就是按分按秒往出挤的。

在这点上，小马师傅又替晓林做补充，说他作为司机怎么也不会比领导们忙吧，可是脱贫攻坚这几年，一个礼拜孩子见不到他的面是常有的事。我问他家在哪里。他说，故县，就是县城边边上，踩脚油门就到。那我就奇怪了，就算领导事多他一时走不开，下班后总可以回家吧！小马师傅说，只要不跑外地，他是可以天天回家，只是他一大早就去上班，离家时孩子还没醒，晚上回去已经是大半夜了，孩子早睡了。就说郑县长吧，有好几次吃完晚饭，就叫他拉着去村里，这里看看，那里问问，有时还进门入户，回来自然就更晚了。你要说分分秒秒，可以说是吧，领导们走出办公室坐在车里下乡，人家就当是休息了。

这不是疲劳战术嘛！

晓林说，那倒不能这么说。脱贫攻坚这几年，不容易，每天就和打仗一样样的。打仗，哪还管那么多。领导们自然也是没办法，任务、责任都压在肩上，事情一件一件，检查督导考核的一批又一批，所有这些都集中到领导们那里，人又没有三头六臂，要想做好工作就只能拉长时间。

看来，我对武乡脱贫攻坚和当年的关家垴之战有得一拼的看法是对的。高地就在前方，敌人就在那里，虽然贫困这个敌人不会拿枪拿炮要你的命，但比现实中的敌人更顽固更难缠。熊熊的战火，分秒的刻度会变长，冲锋的号角中哪容你睡起一觉来再拼。是啊，作为旁观者，我们只看到狼烟滚滚，千军万马浪潮般涌进，却很难注意到浪潮中那一粒粒水滴为发挥自己那一点点作用而做出的牺牲。

那些绕不开的人

要想了解脱贫攻坚，最绕不开的人应该是扶贫办主任。但在最初的采访中，我却故意绕开了他。当然第一站就去扶贫办是应该的，去收集一些基础资料，譬如“四梁八柱”具体是哪四梁，“八柱”里哪一柱出力最大，然后再到乡下去核实，不过路线得由我定，村庄得随我选，采访的人更要随机抽取，有了这些真实见闻，再回到扶贫办，尤其是扶贫办主任这里来听他的意见，那才科学。

故意绕开扶贫办主任是不想受先入为主的影响。因此，尽管我知道武乡县扶贫办的主任是王爱民，但是第一次去扶贫办时，我并不想见他。我们是一大早去扶贫办的，综合办公室的人都已经开始忙了，王爱民的办公室却门锁紧关。武晓林伸手敲门，我早想好了，如果王爱民出来，我就和他打个招呼，握个手，让他忙自己的工作去，结果却半天敲不开。

晓林说："看来王主任又是睡晚了。"他掏出手机就要打电话，被我拦住了，反正见一面只是礼数，不见人，我正好可以直接和扶贫办的工作人员拿资料。我们进了综合办公室，见到了董光明股长，他 20 世纪 80 年代就开始从事扶贫工作了，中间当过几年兵，回来后依然干扶贫，是老扶贫了。我们简单聊了几句，我问他这次脱贫攻坚与过去有什么不同。他说最大的不同，就是资金上比以前有保障了，以前"漫灌"各干各的，现在"滴灌"资金由县里统一管理和运作。这些，之前我就知道了。我说，我问的不是这些。他既而就说，这次是真干！我就笑了，意思是说之前不是真干？他的话当然不是这个意思，他说的"真干"很可能是指一种超出日常工作的干。也就是说，之前的扶贫开发是一项工作，来文件落实，有项目跟进，有困难解决就行了，一切都在常规之中。这次不一样，一把"攻坚"挺在前头，地位和意义就不一样了。在这期间，晓林偷偷到楼道里给王爱民打电话，我听晓林在电话里向王爱民确认真的回不来，电话里传出的声音是"对不起"！晓林从楼道进来，说王主任在政府那边开会，上午是回不来了。

真正见到王爱民主任，是我觉得非见他不可的时候，也就是绕不开的时候。见面时间比约定的晚了近两个小时，他的长相和我预想的差不多（之前查看过他的相片），甚至在初见时，我还暗笑，县领导选这么一个人当扶贫办主任还真是有眼光。他个头不高，前额头发稀疏，满口武乡话，老里老气的，尽管面带倦容，但精力旺盛。之前有人曾经这样描述他。我看到他时，已经有所不同了，还是老里老气，精力旺盛，但倦容没有了，没开口前脸上就有了一种轻松，他不怎么注意形象，衣服领口处扣子松开两颗，还习惯性地把衣领往脖子后面拉。这个动作很符合他的身份，他进得门来，一屁股坐到炕沿上，先向上提提裤筒，将半截儿小腿露出来，一条腿蜷起来往炕上一搁，然后抬起双手将打开的衣领向后拉，一开口，没说先笑，多亲切呀，简直就是本家的侄儿或邻居家的老哥。这样的干部，形象是有点不雅，但到老百姓那里开展工作管用，所以说，县里领导选他当扶贫办主任，从形象上就选对了。

王爱民脸上的轻松，当然是那种攻营拔寨后收起行囊再赴新战场的轻松。毕竟武乡 2018 年底脱贫摘帽，这两年进入巩固成果阶段，主要任务是保持发展、防止返贫，但从心理上的感受，和三年集中攻坚，昏天黑地死拼硬打就不一样了。

王爱民说话，语速很快，我得竖着耳朵集中精力听。他说，扶贫办主任这个岗位重要，重要对应的就是压力。这几年多亏自己身体好，扛下来了，听说有的县扶贫办主任四年换了五任，还有几个扶贫办主任硬是得了抑郁症。省扶贫办的刘志杰主任见他时，就开玩笑地夸他，说在这个时候在扶贫办干的都是硬干部。当然，人家讲的这个“硬”，除了身体硬，还包括政治、作风等等。

看来你身体确实好。我和他说。

王爱民呵呵笑，说还行！起码熬起夜来，三十来岁的年轻人不如他。其实，我知道他更多的时候是硬撑，一个人一个月精力旺盛能说得过去，一年精力旺盛还能勉强说得过去，在高强度的工作压力下，连续三四年能保持精力旺盛，那就不是光靠身体了。这时，王爱民说出了“没办法”的话。他说，尤其是刚上任那会儿，三天三夜睡不着觉。他在乡里工作时是分管过扶贫，但那只是一个乡镇，到了扶贫办，面对的就是全县，还遇上一场攻坚战，自己那会儿啊，底虚得要命。想干好，决心干好，是一码事，能不能干好，那是另外一码事。他知道自己那么干瞪着眼睛想没有用，但就是死活睡不着。你想想，武乡是全省脱贫攻坚的主战场，又是老区，这一路走来，上上下下，左左右右，省里、市里、县里，巡查的、督查的、审计的、纪检的、第三方的，不是下命令的，就是来检查的，得个空儿一躺在床上，脑子里总感觉好像有什么事给人家丢了落了。尤其县里的领导，要求严，咋能不急嘛。

那时你家里的情况呢？我问他。因为在之前的采访中，我遇到过一位年轻的第一书记，和爱人本是一对相亲相爱的小夫妻，两人商量好彼此支持对方的工作，但因为男方一心扑在工作上，长期驻在村里没节没假的，总算回家一次却连陪孩子出去玩两天的时间都没有，结果离了。我记得当说到这些时，那位第一书记一脸的无奈，他默默地坐在我面前，微低着头，不知该说什么。这样的结果很可能是他没有预料的，但怨气、不解、无法忍受是日积月累的，你在前方不轻松，人家在后边也不轻闲，要说理论上的理解，谁都能说出个一二三来，但具体到一件事心里一道坎，说过不去就是过不去，这里面不是“爱不爱”“理解不理解”那么简单。那位书记的表情是茫然的，兴许最终他也想不清难道就因为没时间陪孩子出去就要离婚吗？可是，你在前方承担的是工作压力，而人家在后方肩负的是生活的压力，你不能说一年能给村里创收几十万元是功，而她在家里接送孩子上学，遇上电表坏了炉灶打不着火哭着想让丈夫回来就是矫情。

提到家里，王爱民的心里是亏欠的。人生在世几十年光景，不长也不短，工作上你是领导、专家和业绩，在家里你是儿子、丈夫和父亲，两者似乎不矛盾，但都能扮演好，实在太难。王爱民说，之前在乡里工作，爱人在武乡县二中当老师，两人把家安在县城，当爱人听说他回县城工作时，还挺高兴，心想一家人总算可以团圆了，结果却是见他的面儿，比他在乡里时还难。他说，他和孩子之间也有一些问题，孩子一直不叫他“爸爸”，就是回到县城，孩子给他打电话，语气还是很生分。令他欣慰的是，孩子的学习成绩一直不错，如果自己没日没夜忙，孩子再把成绩落下了，他会更加自责。毕竟那是孩子啊，在一个家长心里是何等重要，怎么能绕得开呢。他说，你想想，自己工作是忙，可是当工作告一段落，两眼一闭往椅背上一靠，猛地一想，唉，自己的孩子是差等生，甚至是问题学生，自己在良心上哪能过得去嘛！

我和他的关注点不同。我更看重他们父子间的关系。说到这，他又讲了第二个欣慰，说自己的孩子性格内向，原来和他的生分只是表面上的，因为他是孩子心中一位了不起的父亲。当然这个功劳应该记在爱人头上，如果不是爱人正确引导，孩子也不会是这样的结果。他随即跟我说了一篇日记的事。是孩子写他的，题目是《我的父亲》。

2017 年 9 月 12 日　星期四　阴

有人说“父爱如山”。在很多人心目中，父亲是教你学步的人，父亲是严格要求你的人，父亲是教你道理的人。但在我心中，父亲是永远忙碌的人。

唉，全世界的工作仿佛都是为我爸准备的，每天天不亮就从家走了，而每天总是等到所有人都睡了，他才回到家里。偶尔在晚饭前回家一次，也会趴到电脑上加班。他的电话总是占线，就算没有占线，也一定是在开会，哈着气小声说：“正开会呢，待会儿再说。”

父亲个子不大，本事不小。奶奶家特别穷，不，是穷得叮当响。就是丢一分钱也会心疼好几天，就算少产一两粮食也会痛哭一场。所以，父亲从小就很节俭，能不买的就不买，能不用的就不用，能不吃的就不吃。不过，就算这样，他还是完成了大学本科的学业，考上了公务员。也许，我爸这么忙，就是他太有才的缘故吧。

今天，我妈去了太原，我的晚餐没了着落，指望我爸做饭是不可能的。因此，我带足了钱，做好了去外面吃的打算。结果上晚自习的时候，一位老师告诉我：“是王溢韬吗？你妈打电话说你爸在家做饭呢，不用到外面吃了。”什么？我没听错吧？我爸在家做饭，这是真的吗？听到这一消息，我甭提多开心了。巴不得现在就回家。

终于挨到放学，我赶紧跨上车就往家飞奔。在路上，我不停地想象爸爸在家做饭的样子：穿着围裙，守在厨房，盯着锅里咕嘟冒泡的汤……还不停地想象着各种美味的菜肴……我是越想越开心，越想越激动。

来到楼下，我三步并两步向楼上跑去。开门一看，人呢？爸爸又走了。

我闷闷不乐地坐到书桌旁准备写作业。这时，我猛然看到书桌上有一张纸，上面写着："儿子，饭在餐桌上，自己先吃，很抱歉，爸临时又有事，不能和你一起吃饭了，对不起。——爸爸。"看到这张蕴含了浓浓父爱的字条，我忍不住湿了眼眶。

这就是我的父亲，一位忙碌在扶贫战线的父亲，一位爱我疼我的父亲。

日记的主人叫王溢韬，王爱民的儿子。在谈到这篇日记时，王爱民就将对孩子的爱浓缩在两个细节上：孩子好不容易挨到放学，赶紧跨上车就往家飞奔，他一路想着父亲在家做饭的样子……他来到楼下，三步并两步向楼上跑去。开门一看，人呢？爸爸又走了。即便是一个外人，在看到这样一篇日记时，心里也是酸的。更何况他还是一位心存愧疚的父亲，王爱民说他的欣慰，是因为从这篇日记的字里行间中看不到孩子的一丝抱怨，孩子甚至在结尾处给了他"爱我疼我"的定义。日记后来刊登在《长治日报》，报社受此启发还开了"扶贫路上的亲情故事"的专栏。

王爱民说，日记被传出去是个意外。2017 年后半年，所有脱贫战线上的同志们都忙得不可开交，加班，加班，加班，扶贫办有不少女同志，她们在孩子身上的感情自然比父亲要重许多，每天她们都拖着一身疲惫回到家，出现在孩子面前，言谈举止中难免会流露出负面情绪。孩子们眼里只有父母，哪里会了解父母的工作，如果孩子多提一些要求或发发牢骚，就又会影响父母的情绪。王爱民作为领导必须想点办法，得给同志们打气、加油，正好有儿子这篇日记，在一次开会时他就拿出来给大家读。目的很简单，就是想告诉同志们，既然大家工作忙陪伴不了孩子，那就调整好心态给孩子做好榜样。

想想也是，在这场脱贫攻坚中，既然大家选择留在工作上，那你就是，乐意的得往上冲，不乐意的也得往上冲，哪有商量的余地。但这不是说，谁的心就是铁打的石头做的。这头是老婆孩子，那头是并肩作战的战友，既然不能两全，总得舍弃一头。再说了，相比于战友，家人要更应该能理解自己才对，自己和家人将来是一辈子的事，还有补偿的机会，可是在战场上，你怎么去解释？大家都集中精力在冲锋，谁有工夫听你解释，你不想想，你只要一个精神不集中，旁边的战友就有可能做出牺牲。

其实，在这场脱贫攻坚战中，哪个人没有面临工作与家庭之间的矛盾呢？郑丹作为副县长，他在开会，妻子的电话却给他打个不停，他懊恼、生气，把声音调到无声，死活不接，最后逼得妻子给秘书武晓林打了电话。他知道，爱人一直打电话一定是有急事。可是他能接起来马上离开吗？家里的事是急事，县里也是急事，他能做的只能是有机会回家了，向妻子道歉。

这样的事情，难道不会发生在其他副县长身上？不会发生在县长、县委书记身上吗？只不过是我们不知道罢了。故城镇的副镇长屈路燕、扶贫专干赵晓慧不也一样嘛，屈路燕和老公大学毕业双双来武乡工作，两人又都在基层工作，孩子只能留在县城由老人照顾，县里人性化考虑，尽可能将她和她老公安排在距离不远的乡镇，夫妻两人却仍旧难得见面；赵晓慧更是，人虽然嫁到了运城，但还留在武乡工作，她把孩子留到县城，自己跑到了乡下，细想想她们吧，哪一个人背后没有一本心酸账。

王爱民儿子王溢韬的日记，素材直接来自父亲，仅仅只是平铺直叙就那样感人。但是还有其他的很多人呢，譬如孩子的母亲，丈夫在脱贫攻坚，她是怎么度过的，还有孩子的爷爷，弥留之际都没能看到一眼儿子。孩子在日记里只是说，自己的母亲去了太原，但事实是他的母亲在陪着姥姥去太原看病，而作为本应该和母亲并肩出阵的父亲王爱民，依然在继续工作。下午五点钟，王爱民得了一个空，跑回家给孩子做碗揪片汤，难道不是想给孩子一个惊喜，想让孩子觉得他这个父亲偶尔还是能靠得上的父亲？难道他就没有大脑中产生过孩子背着书包形单影只地坐在地摊上吃饭的画面？王爱民说，在看儿子的日记时“自己下泪了”。那我问，天下的父亲哪个会不为此落泪呢？

我们常说，当局者迷，旁观者清。但是通过武乡采访，我得出的结论是，作为旁观者，你可能能做到客观，但你的眼睛太有限了，无法捕捉到每个个体；你的目光太冷峻了，无法体会当事人的辛酸苦辣。那些报表，全是数字，如果你不在其中，你看到的永远只是那些数字。

十　何处是高处

乡村现实

要不是出了院门往左一拐，看到前面那道很窄的急坡，我还真以为一上午的聊天，我们是坐在村庄的最高处了呢。进院前，我注意到，村庄里很多房屋是低于这个院子的。这个院子是建在武乡东边某个贫困村的山梁上。村里人叫它大队，也就是村民们一切公共事务和官方事务的处置场所。院子是新建的，一排平房，与村庄里依山而建的窑洞风格不同。而且，大大的遮阳棚几乎遮去大半个院子，用于办公的屋子外墙，满满地挂着十几块各式各样的牌子。一个上午，我和驻村扶贫队员就坐着板凳在院里聊天。

直到现在，我也不知道那个院子，为什么会给我留下高处的印象。在到那里之前，我去过关家垴，爬上高坡，在最高处的烈士坟墓前，瞻仰那块直插云霄的白色方形纪念碑，但我莫名地觉得它还是没有这个院子高，大概人的感知真的无法用海拔来衡量。

我们四五个人围成一圈，山野之风呼呼刮着。一个中年男人一瘸一拐进来，到村委办公室旁边的房子走了一遭，又很快出来。这时他手里多了两盒药，又一瘸一拐地从我们旁边经过。驻村第一书记和他打招呼，他随即放缓步子，但没有停下，和第一书记简单说了几句便走了，似乎很急。第一书记说，他是名村医，之前当过兵，一条腿没了，裤筒里装着的是一条假腿，他这是来取药给村民送去。我看着他一瘸一拐迎风而去，前面是一片空无一物的蓝色天空，他已经没有一点儿军人的挺拔与英姿了，但当他在院门前，迎光而立的那一瞬，莫名地显得特别高大。

一个村医要给村民去送药。可是他自己还一瘸一拐走路不利索呢。再说，又不是去输液打针，只是为送药，何必亲力而为呢？我正要问旁边的第一书记，但话没出口就突然明白了。从我进村以来，包括回想几日里所有走过的村庄，差不多一样，扶贫干部讲村里没有年轻人了，树底下头发已经花白五六十岁的人却自称村里最年轻的人。在我小时候的记忆里，去村保健站取药本是一个孩子应该干的事，孩子一路小跑来到保健站，站在高高的柜台前，看着医生用药勺将瓶里的药片一勺一勺分到方型草纸上，然后包好，医生一定是会用圆珠笔在纸上标好服用时间和剂量的。那时没有塑料袋，就那么几小包，医生也会抽一根纸绳来给你绑上，他一边用牙咬断纸绳，一边还会叮嘱你，不要贪玩啊，拿上药直接回家。孩子在乡村里，除了淘气，还是老爷爷老奶奶的腿和拐棍，可是在现在的乡下农村，不要说十五六、十三四，就是五六岁的孩子都很少见了，纵然有那么一半个，也是在哪一位年轻妈妈怀里，因为他还是吃奶的婴儿。既然没有了孩子，就算是这种跑个腿的事，也只能是大人们亲自去解决了。

再说，我来的时候正好不是暑假，又没赶上村里有什么婚丧嫁娶的大事，当然就很难看到孩子了。这在第一书记那里得到证实，书记讲，前些年偏远闭塞的乡村，基本上还有两个群体，一个是老弱病残的，另一个是留守儿童，这几年基本上只剩下前面的那一个了。病人出不了门，村医当然就得既要上门看病，又要上门送药了。唉，想一想，在昏暗的窑洞里，蓬头垢面的病人呻吟着躺在炕上，他强睁着眼睛，盼着村医来给自己送药。而那个村医怀里抱着两盒药，一瘸一拐，高一脚低一脚紧走在崎岖的乡间小路上……那情景，真的叫人心里难受，这是怎样的岁月，什么样的人生啊，安静甚至已有死寂之气的乡村，到底还有多少留在乡村的人，还在艰难地拼命硬撑？

我们，我重复强调一遍，就是说，聊天中的我们，我来自省城，驻村的扶贫干部来自县里，我们坐在乡村的高处，在聊着院门外这个从世俗意义上讲，除工作之外与我们没有任何瓜葛的村庄。但是，我莫名地觉得，所有村庄的房屋草舍、树木牲畜，尤其是村民们，都已经将我们看成了来自高处的人。巧合的是，我们还真坐在了村庄的高处。

后来来了一位老人。他拄着木棍蹒跚而来，走路时腰背弯得像秋天地里的谷穗。他坐在我对面的圆形板凳上，两手紧紧抓住怀里那根木棍，似乎只有那样，他才能保持身体的平衡。他是来找第一书记的，我以为是来反映问题，但他却说，是来聊天拉家常的。我没介绍我是谁，老人也根本不在乎我是谁。因为他心里清楚，无论我是谁，我都是临时来村庄的，而他只想和了解他情况或与村庄有关系的人拉家常。之所以说“拉家常”，是因为他要说的那些事，只不过是老话重提。

聊天中我才知道，他已经七十九岁了，是一位重病患者，甚至说是一个已经可以预期离开这个世界时间的人。他人瘦，皮肤很黑，粗糙，两腮塌陷，一身深蓝色衣裤，光脚穿着鞋。他是为自己“闹心”的新房而来的。因为他的这处新房，国家该补的钱已经补了，自己应交的钱也交了大部分，但是出于种种原因，有的人家已经入住了，可是，包括他在内的几户人家的，到现在屋墙都垒起了，就是屋顶不到位。他形容说“还是一个方旮旯旯！”而我更看重他的健康，拖着一副病恹恹的身体来谈房子，我就觉得这是“要财”还是“要命”的问题。不过，我知道，在有些人心里，尤其是老一些的农村人心里，人命最贱，你没办法跟他们讲清楚这些，因为在他们眼里，财就是命，命可不一定是财。我一再强调，要他照顾好自己。还问他是谁在照顾他，他实在没力气回答我。旁边了解他家情况的第一书记说，是老伴儿和他相依为命，他的儿子去年刚死，儿媳妇带着两个孙子去了太原。

在老人的言语中，我听到的全是无奈。我就问第一书记，他的儿媳妇带两孙子去太原干吗……上学？还是生活？

其实根本不用第一书记回答。因为在农村人心里，只要离开农村，就是希望的开始。看病、买东西先不说，最为现实的就是孩子的上学问题。成龙成凤，那是高希望，没文化就没前途，这道理谁不懂？可是现实的乡村，莫不说偏远的山庄窝铺，就是靠近公路那些有着二三百户人家的村庄，很多村也没有学校了。在没有了解到实际情况时，我曾经主观地以为是因为学校被撤并了，村里人没得选择，只能往县城挤，前几年乡镇一级是有中学的，不过孩子们需要寄宿，家长们，就是农村人，也知道教育资源对孩子成绩影响有多大，既然这样，只要条件允许（实际上没有条件的，就是借钱、租房，也要创造条件），那还不如一步到位，直接去县城。

就这个问题，我曾经专门咨询过教育部门的朋友。朋友说，事实却恰恰与我理解的相反。国家在义务教育这一块投入很大，要求也非常严，适龄儿童入园、入学率是两个硬指标，上面有检查、督导，再加上现在的大数据，每个孩子一出生上户口就等于进了系统，适龄儿童哪个没上学，或没入园，一目了然。在各个教学点上，国家的投入更大，一个教学点哪怕只有一个学生，那也不能撤，该有的设施、设备一应俱全，该有的经费必须做到保证。

在武乡也是如此。县教育局党组成员王宏伟曾经告诉我，由于现在人口流动非常频繁，给教师和学生管理带来了相当大的困难。但是再难，他们也得克服困难去完成，否则没办法给上级交账，领导那里也没办法交差。他举例子说，为了确保一个身体残疾又无法离开家庭照顾的适龄儿童正常就学，教育局得聘请特殊学校的老师定期送教上门。我在监漳镇姚家庄的教学点证实了这一点，姚家庄教学点说是一个学校，其实只有三个孩子，一名老师。老师是一位名叫郭彩娥的女代课老师，51 岁，在教师的工作岗位上已经坚守三十年了。三个学生，其中两个是姐弟，分了两个年级。老师和孩子还都不是姚家庄本村人，孩子们一个家住姚家庄的大申良沟，两个住马家垴，而代课老师郭彩娥住在另一个自然村蒿庄，每天他们都各走二里多路，按点到姚家庄的教学点上课，中午在那里起灶吃饭。当然是老师做，孩子们吃。据说其中的姐弟俩，奶奶答应给他们送饭的，但常常送到时已经过了饭点，有时候都下午三四点了。我从不同层面了解过郭彩娥的事迹，无论镇里还是县里，都非常感谢她，尤其是那姐弟俩，家里是贫困户，最起码从表面上看家里根本没有条件到县城或镇里租房子让两个孩子上学，我就想，如果没有这位代课老师钉在这个岗位上，那就意味着至少有两个孩子要面临失学。在郭彩娥那里，更是有一种……怎么说呢？我无法用“责任”“情结”或什么“烛光的精神”来形容她，现实情况是，这样的教学点教育部门就是请一位专职老师来也留不下（据说教育部门努力过，但正式编制的老师根本留不住），而她作为一名代课老师，每月拿着 1000 元的低工资，每天风雨无阻地去姚家庄给三个孩子上课。她以一种矛盾的心理守着三个孩子，因为她自己的孩子都大了不用自己照顾，丈夫在外打工，自己就是随便到哪里找个营生也能挣到这个钱，最起码不用为三个学生的成绩和将来操心，可是当她一次次看着三个孩子背着书包来上学，姐弟俩的奶奶带着饭盒给孩子送来饭时，想起孩子的家长对她一再挽留，甚至是用恳求的口气要她不要离开时，她还能做出什么样的选择呢？一个大雨不断的上午，我去她家见她，她说，自己就这么坚持着吧，别人坚持是等着退休，而她的坚持是在等着下岗。不过在我看来，她口中的“下岗”不是忧伤，而是一种解脱。

这就是许多乡村的现实问题，人们纠结、无力、逃离、心不甘情不愿，但又不得不随从大流。

还是回到老人的故事上来。我无法知道老人在得知儿媳妇要带着孩子去太原时，是怎样的一种心情。他当然知道儿媳妇和两个孙子走后，他和老伴儿的日子会变得如何冷清，可是，他决然不能因此就流露出半点“挽留”的意思来。我在第一书记的微信朋友圈里，看到很多关于村庄的相片，白雾蒙蒙中凌空而绽放的桃花，枝节零乱的枣树丛中展翅腾飞的喜鹊，还有夜色笼罩下悬挂在村庄高空的明月，这些在外人看来是美，是景，但在老人那里早已司空见惯了。他和村庄、村庄里的每棵树、每块地、每个夜晚都不再有距离，他很可能觉得自己就是村庄，尤其是儿子死后，我相信他无论坐在炕上隔着窗户向外望，还是站在院里的树下透过树叶的罅隙往外看，他看的最多的不会是头顶上那片毫无实物感的天空，他看的最多的地方，就是我正在聊天的这个院子——支村“两委”办公的地方。但他，却不是要支村“两委”把自己的儿媳妇和孙子留下来，因为在他的内心深处，也希望儿媳妇带着两个孙子离开。他希望两个孙子有出息，能像别人家的孩子那样，几年后能传回来在北京、天津上学，或在太原、长治，哪怕是县城上班的消息。

放儿孙们出去，是许多农村老人完全不得已的真实内心。儿孙们走得越远越好，因为远方代表世界，代表见识，更代表前程。作家梁鸿在答凤凰网记者时说，出梁庄是他们（离开村庄的人）唯一的出路，是他们唯一可以获得一些金钱，获得一些更好的可能的一条路。

我面前的这位老人，总结不出这样的话，但不等于他没有如此的感受。面对现实，他只能选择低头。可是他又是心有不甘的，他相信一种不随时间流逝，也不因岁月而改变的亘古的东西，那是一种祖祖辈辈一脉相传继承下来的东西。那是些什么东西呢？从经济意义讲，可能不值钱，但从精神意义上，又被视作无价之宝，那就是“根”，一个人的来处。中国人不能没有根，老人坚信“根”的想法迟早会在儿孙们的心里生发。因此，他必须得拼尽全力给儿孙们留住一处归处。

农村人总是将自己视为草民。他们中很少有人有勇气一出村就剪断与故乡间血脉相连的那根脐带。多少人出门的目的，是暂时的，只是为了去打拼几个钱，从他们离开的时候就会叮嘱自己背后的家才是躲避风雨的港湾。儿孙是不是这样想我不知道，但我相信老人应该是这么认为的。这样，我们就很容易理解那些新嫁的媳妇，为什么向婆家开口要城里楼房时，还要求在村里必须有一处院子了。草民胆小，经不起风浪，更让他们无法从容的是，离开土地后的悬置感让他们产生的恐慌。但是在家乡，无论土地有多厚实，无论他们怎样在春节时将“土中生白玉，地里出黄金”的对联，端端正正贴到土地爷的神龛上，他们能把土地深刨五米，也还是刨不出白玉，挖不出黄金来。他们只能选择走，去城市、去工厂、去那些只要付出时间和体力就是金钱的地方。因为你在农村，可以靠一把锄头两只箩筐花十几年在山里掏出两眼窑洞，但你却无法不出钱买到一部手机、一台电视机、一台农用车，更不可能娶到一个女人。这样的事实，老人太明白了。

但是，老人有老人的理想，他不想在自己百年之后，给两个孙子留下的只是一堆毫无牵挂的废墟。至于孙子要不要那是孙子的事，至于孙子将来回不回来那是将来的事。自己能做的就是在有生之年了却这件心事。兴许之前他的想法很小，兴许还有心无力，兴许他也无法理解乡村振兴是一项工程、一个战略，还是一种以人为本的伟大实践，是国家的乡村振兴，尤其是这几年的脱贫攻坚给了他希望，看着村庄日新月异的变化，他才心动非得给儿孙留一处院子不行。

可能出于身体的原因，老人显得有气无力。他一直坐在我对面絮絮叨叨那点事。第一书记和扶贫队员耐心听着，因为有一句没一句，我也听不大懂，偶尔插上一嘴，也是让他多保重身体，进而讲老掉牙的“儿孙自有儿孙福”的道理。他几乎不接我的话。第一书记和扶贫队员都说，老人的问题是历史遗留问题，一时解决不了，按着工作程序他们已经向上级做了反映，老人也说有一次在县里住院聊起自己的事，同病房的病友建议他去找相关部门，他拒绝了。他说自己不能绕开村里、隔过乡里，事情最终还得回来靠村委会。

我最终没大听明白老人要反映的到底是个什么问题。但他言语中对第一书记、对村委会的信任令我一直记忆犹新。这和我之前印象中村民们一谈到自己的事，动不动就到村里或上级那里争吵、打闹的情况截然不同。我当然不信这是村民素质提高的原因，也不相信老人没有力气将木棍指向村干部或将木棍掷向村委，但是，村民们的思想确实发生了转变，它让我看到了一种信任，一种对党和政府、对基层组织的信任。

对于生于斯长于斯的村民来说，除了看不到摸不着的神灵与祖先，能够实实在在、真金白银帮他们主持公道，办些实事的，最终还是国家。而落实到某个具体村庄，国家便是那个乡村的村委大院，无论它是建在村庄的开阔地、中心、低洼处，还是真的高处，在村民心中，它确确实实已经变成真正的高处。

灵魂深处

其实在这些年里，乡村不仅是一个矛盾的存在，更是一个复杂的存在。因为缺乏有规划的大力开发，它成了粗犷、旧有、落魄的代名词。当然，也正是因为它逃过了过度的开发，又成了青山绿水、花繁叶茂、泥土香郁、田园风光的象征。乡村对中国人来说，不仅是肉体的栖身之地，还是灵魂的寄托之所。乡村偏陋，但也有高雅，因为乡村有着旺盛和长久的情感；城市繁华，同时也孤独，因为城市里到处是铁条般冰冰冷冷的建筑和秩序。相比于高楼大厦鳞次栉比的城市，草木葱茏、蝉鸣鸟叫、充满天籁、满目自然风景的乡村，更加适合安放灵魂。

这不是一个孰高孰低、谁优谁劣的问题。城市快速发展是城市的需要，乡村风貌的保留有乡村的理由。世界从来都是立体的、多面的，不可能只有一副面孔。人的生存方式以及内心需要，也应该是多方位、多角度、多种可能的。

我在武乡采访脱贫攻坚是七月上中旬。那些天，逢夜必雨，一早起来便是满窗的清新与青翠，鸡鸣与狗叫常伴耳边。这当然不是幻觉，因为我天天都在乡下，进贫困的村庄，开农户的家门。一群一群的鸡在你前面走着，混杂其中的白鹅，高举着细长的脖子，身体笨重，即便走到它跟前也不让路。暴雨过后，隐藏在庄稼地里的河谷积满了水，平日里只有在晚上才能听到的青蛙或蟾蜍的咕呱声，大白天的午后也能听到了。

我们说乡村是安静的，那是因为在乡村自然是大部分，是主体，人只是小部分。而在城市里，到处是人，到处是喧嚣与杂味纷呈，那是城市本该有的特征。钱钟书老先生的《围城》是个很好的哲学命题，无论城市还是乡村，我们都有着同样的心理，拼命想进入，又拼命想逃离。其实在我们的灵魂深处，城市与乡村并不对立。城市便捷、高效、光怪陆离，乡村宁静、散漫、自然而然，各有美处，也各有妙处。上文中的那个老人，兴许想不到这些，但他知道，眼下儿媳妇带着孙子去大城市的选择是对的，那里有一个人成长中所需要的更多营养和挫折，几十年后的将来……将来，是个沉重的话题，尤其是最近几年，随着各地城镇化进程加快，留在村里的人真的越来越少了。在我家乡，我记忆中人口有千人之多的村庄，现在人口不过二百，百分之八十的外迁，大部分还是年轻一代，还带走了自己的子女。我们似乎陷入了一种悖论，村里人说，现在村里学上不成，病看不了，连瓶酱油都没地方买。但是反过来，一个村庄不到十个人，除了七十岁的就是八十多岁的，孩子没有一个，村里还怎么再有学校、商店、卫生所呢？

在武乡的贫困村，我发现了类似的现象。农耕文明与工业文明，或者说，传统社会与现代社会最大的区别，看似是因为科技，但背后实则是金钱观的差异。在农村你种一亩地和我种一亩地，一年下来收成差不多，但在城市里因为掌握技术或拥有某种资源所带来的经济收入，就可能天差地别。因此在农村与城市，人们发奋努力的动力与成因其实本质上是不同的。费孝通先生在谈到社会时就讲，社会的本质不是“共同”，而是“一致”。我理解“共同”的基础是“合作”，而“一致”的背后是“竞争”。这样说来，从某种意义上讲，在乡村，“社会”就要浅表了一些，而城市里，“社会”就要深刻许多。我们喜欢用“机器”来形容一个有组织的社会，每个组件不停地高速运转，每个轴承、每个齿轮，哪怕罅隙间那层薄薄的润滑油，都有自己的作用和使命。只有大家都拼出自己的本职之力，让这台机器输出最大功率，社会才会快速发展。当然，大家为之拼搏的目的是——为了向前进，或各自所得的幸福。可是怎么来定义“向前进”与“各自所得的幸福”呢？向前进要好解释一些，但幸福就难了。

我们在城市一提到社会，很容易就可以联想到一台隆隆作响的机器。可是回到乡村，你就很难将社会与一台机器联系在一起。当你回到乡村，或坐或站在屋顶的高处，去瞭望那一层层绿色的梯田，那一条弯弯曲曲的小河，你可以看到成群的蜻蜓在身边飞来飞去，远处和近处山野上的树，因为不再有人砍伐而茂密了。在那时，你似乎才会真切地体会到，“绿水青山就是金山银山”不仅仅是经济意义上的，它的内涵上还包括了自然与人文。

在写武乡的脱贫攻坚期间，我回了一趟老家。我老家同样是太行山里的一个村庄，说是有着千年的历史，前几年刚被评上中国传统古村落，同样是贫困村，也在脱贫攻坚。正好是农历六月初九，再过四天就是村里一年一度最重要的庙会了。到那天，外面的人能回去的都会尽可能回去，我母亲几乎年年都要回去，尤其是村里唱戏的年份，六月十一二就会举行仪式，到村西北边龙王圣母庙将圣母龙王请回村里，台上唱戏，台下各种买卖生意，四邻五舍的亲朋好友都会来，场景好不热闹。后来，村集体没钱，唱不起戏，就有村干部登门入户找人捐，再后来有村里到307国道上跑运输的年轻人自发出钱请剧团的。理论上，剧团唱戏是给圣母龙王看的，请求神灵保佑风调雨顺，但看戏的还是本村和上下邻村的百姓，说是庙会，其实就是一次村庄聚积人气沟通有无的机会。

自从有一年建在南边的戏台被暴雨冲垮后，村里就再没唱戏了。六月十三回村的人，也就少了。可我母亲还是坚持回，之前说是为了回去打看打看房子，毕竟六月雨水开始多了，水渠通不通，修修补补的事总是会有，今年她另加一条，说要看村里把厕所修改成什么样子了。

不知道是不是新农村建设的需要，还是脱贫攻坚里的一项具体内容，但说要把厕所改成水冲式的，我还是震惊的。我们村至今没有通自来水，高高低低的窑洞多建在石头山上，地下根本没有管网，之前的厕所都很简陋，院门外垒起一人高的墙，上面用谷草搭个顶，下面挖出一个坑再在上面搭两块石头就是了。差不多家家如此。因此每到一户人家，没进大门前，总会让你先闻到茅坑的臭味。

这次回村，感觉确实大变样。也就两年时间，它的变化已经超出我十七岁离开村庄到现在三十年的总和。那种变化远远不是村容村貌的变化；不是之前我上学时爬山越岭步行七八公里却依然是一条羊肠小道，变成了现在黑油油平坦宽阔的公路，路旁竖起护栏种上柏树的变化；不是村委大院外在广场上，竖起黄底红字内容是社会主义核心价值观巨幅宣传牌的变化；不是村东村西中间那条河上架起了新桥的变化；不是村中的那棵千年古槐、村南一座抗战时期有四五位区领导惨死在那里的古庙旁立起了漂亮的石碑的变化。这种变化，来自我的内心，是一种由绝望或失望，到充满希望的变化。

其实送母亲回老家只是个由头，真实的动因是因为武乡。我对武乡过去的记忆，只是汽车火车快速通过时的一瞬，我不可以以一瞬之印象，来和现在做比较，我对家乡的记忆却是固实牢靠的，这轮脱贫攻坚是全国性的，我当然要回去感受一下，我要看能否在我心里产生和武乡一样的印象。

我们家的厕所确实改了，换成了坐便式，旁边墙角的砖台上摆放着一个白色塑料桶，冲洗时只要用力摁几下桶盖上的液压装置，冲力很足，操作简便。所有的厕所都上了天蓝色的铁皮门。进门用了一次后的母亲非常满意。但她还没来得及看的是村里其他的变化，村里所有的街街巷巷都做了整修，磨坊前原本破破烂烂的猪圈和粪坑，也做了清理，平整的水泥路上垒起高台，台上鹅卵石铺地，中央恢复了一盘石磨，和旁边的古槐、旧院交相呼应，倒成了一景。

于是我想到，前几年网上的一则新闻，说一对年轻的北京夫妇放弃了北京的工作，用积蓄在大理买了一处院子住下来，一边搞民宿，一边过起了自己舒适轻松的生活。还有另外一则说，一对美院毕业的小夫妻到郊区租了一个农家小院做起了陶艺，男的做陶，女的金缮，日子似神仙。类似的新闻其实并不少，生活舒不舒适轻不轻松，只有生活在其中的人知晓，日子似不似神仙，也只有过日子的人明了。可我相信，两对夫妻都选择了自己喜欢的生活。那么这是否就是好的选择呢？我不好下定义，但至少是一种选择。不过最近有媒体报道，河南省新县的西河村，通过发展乡村旅游，让这个原本只剩下 39 名老人的村庄有 200 多名村民重新回到了村里，却是人们重新选择生活方式的又一例证。

关于乡村，在武乡的那些日夜里，最是萦绕于心，让我无法忘却的是分水岭乡的泉之头村。那个村，村东有一眼泉井，泉水四季不息、冬温夏凉、清冽可口，村庄周边森林密布，水源丰富，山水配合形似展翅之凤。村庄不仅风光优美，出村不几里就是云竹湖水库景区，更主要是文化积淀深厚。村里的民居，多数坐北朝南，布局为前庭房，后楼院，既有两进院落，又有镶门院的五进楼院。始建于明代嘉靖年间的陈氏宅院，土、木、石、砖混合，檐升斗飞，雕梁画栋，是武乡境内不可多见的传统院落。据村党支部书记讲，泉之头村曾经出过不少高官大贾，在晋商辉煌时期，村里的陈家就是其中一支，他们的足迹遍布广东、山西、北京、内蒙古，甚至俄罗斯。走在泉之头的街巷，明清的建筑随处可见。在县里的高度重视和努力下，泉之头也已经被列入第四批中国传统古村落名录，规模化修复和保护指日可待。从县城方向沿公路而来，右手边是泉之头要整村搬迁的新居，雏形已形成，左边是旧村，护坝已经整修，一条小河将其一分为二。我们走进村庄，沿着街巷穿行在院落之间，每到一处，哪怕一个门墩、一堵孤墙、一个门楼、一根立柱，甚至是墙角堆摞的旧瓦，不善言语的村党支部书记，都讲得如数家珍。有几处久不住人的老房子，已经摇摇欲坠了，这让支书很担心，这些老房子虽然看上去风烛残年，但不应该寿终正寝啊，他说，今年雨水大，万一坍塌了，那可就损失大了。我们能听得出，在他的心中，这些旧房子俨然是村庄的宝贝，因为它们不仅承载着村庄的历史，更承载着村庄未来的希望。

这让我突然想起关于我和姥娘的一幕：我离开老家，尤其到太原生活后，就很少回老家了。每次回去，又都以工作忙为借口，送个脚踪打个照面，匆匆离开。实际上不是因为工作，而是我不习惯在老家住了。老家的房子越来越破，窑洞虽说冬暖夏凉，但一身热汗猛一进去很容易着凉感冒，最大的问题是上厕所、洗澡、用水，非常不方便。我姥娘在的村离我们村三里地，也一样。我是她唯一的外甥，小时候又在她身边生活多年，看她最亲，每次回乡必去看她。有一次，我离开时，她到村口送我（其实次次如此），那时她已经八十六岁了，站立对她来说已经不是一件容易事，她坐在路边的石头上，仰着满是白发的头看我，她紧紧地拽住我的手，问我，孩子，你真的看咱这里不亲了？我木讷地站在她面前，却无法回答。姥娘的“咱这里”所指的范围很大，如果单指是她我会爽快回答，可是她一扩大范围我就不能开口了，我怕一回答会惹她伤心。就在这时，有个中年男人路过，他笑我姥娘的话天真，他说，咱这地方穷山恶水，要啥没啥，有什么好亲的呢，你快让孩们走哇，要是再年轻几岁我也走了。要知道，那个说话的中年人是村干部。后来我上车，加油门，摁喇叭，像往常一样一溜烟快速离开。那种快速是一种决绝，是一种斩断，因为我不想让姥娘在村口望我太久，更不想受这种亲情牵绊。

姥娘下世后，我每次回老家总会想到这一幕，我却没有回味过姥娘之前跟我说的另外一句话，她曾和我说过，孩儿啊，山不亲水亲，水不亲人亲，人不亲还土亲了呀……姥娘始终没有说出下半句话。后来我才体会到，姥娘是在提醒我，人不该忘本。可是多年以来我一直没有觉醒，因为从小到大“人往高处走”的想法，牢牢占据了我灵魂中最为中心的位置，在村里，我眼中的高处是乡镇；到乡中学上学，我心里的高处是县城；到了县城，这个高处又变成了太原、上海、北京。那么，如果再到了上海、北京呢？飞机、高铁、四百多米的高楼、一个接一个的会议，我们每天都在为“幸福”这个高处而拼命挣钱，钱是挣到了，可是，我们幸福了吗？

我不知道如何作答。

可能与年龄有关？尤其是在武乡采访的日子里，我突然问自己，难道生活在乡村的人就远离了幸福？乡村振兴，更进一步讲，这场举世瞩目的脱贫攻坚战背后到底意味着什么？

因为要写脱贫攻坚，自然要读一些有关脱贫攻坚的文章。有的文章讲，这是一次大规模地对农村历史欠账的弥补。这样的说法当然能说得过去，长期以来农村、农民为中国社会的发展做出的不计报酬的贡献真是不小，大量人、财、物的优势资源投放到城市，也是不争的事实。可是，我们要明白，城市需要发展，农村也需要发展，只不过两者发展模式不同而已。相对于城市，农村发展要更加尊崇自然、尊重人文，要更加因地制宜，在这个基础上，最起码的教育、医疗、交通、日常的商品供应，还是必需的。在泉之头村我就想，如果这么一个偏僻的山村，无论它有多么好的自然环境，多么好的风水，如果京城的书信送不进来，适龄的孩子没有私塾读，一个卧病在床的老人因为请不来医生只能苦熬等死，纵然那些官宦大贾盖起宏大的院落九丈的高楼，它能存续五十年、一百年、二百年吗？恐怕就连那些年年清明回来祖坟上三叩九拜的孝子，不等把院落建起来，也就另择它地了吧。

习近平总书记多次讲：“贫困地区发展要靠内生动力，如果凭空救济出一个新村，简单改变村容村貌，内在活力不行，劳动力不能回流，没有经济上的持续来源，这个地方下一步发展还是个问题。”“扶贫既要富口袋，也要富脑袋。要坚持以促进人的全面发展的理念指导扶贫开发，丰富贫困地区文化活动，加强贫困地区社会建设，提升贫困群众教育、文化、健康水平和综合素质，振奋贫困地区和贫困群众精神风貌。”我们有理由相信，乡村有乡村的美，有它独特的魅力。随着脱贫攻坚向纵深推进，以及乡村振兴步伐的加快，乡村一定会在人们的心中重新变得美丽起来。

记得有一次与著名的新散文代表作家张锐锋先生聊起乡村，他说，乡村的问题不是经济上的贫穷，而是希望问题，人们对乡村失去了希望才是根本。我在武乡采访感同身受。因为无论是过去，还是现在，当人们听到上海、北京那样的繁华城市时，眼神里流露出来的那种情不自禁是闪闪发光的，似乎只要置身乡村，就在低处，只要抬脚迈步，就是攀向高处。那么，当他们有朝一日去上海、去北京设身处地打拼，他们坐在几百米高的大厦楼顶，再往哪里张望呢？

要我说，如果人类必须有一个奋斗的高处的话，那就是“幸福”。可是通往幸福的道路有千万条，城市，或者乡村，不过是其中的两条罢了。我还想说，能够照亮前行之路的光，应该来自希望。那么经过这一场脱贫攻坚后，无论是留在乡村里的人，还是对乡村寄有乡愁的人，会不会重新审视乡村，重新定义幸福呢？

兴许，我对乡村的未来太过乐观，兴许这种乐观充满了浪漫主义和理想主义，但我相信时间会给出答案，因为时间这条大河比大地更低，比大地有着更大的包容，也终将会给我们提供出最有力的实证。这让我进一步觉得，一直以来我们自以为看清了前路，一直在大地上撒欢、恣意，以幸福的名义狂奔，但是到头来，我们很可能走反了方向。

人往高处走是一种自然现象，也是一种自然规律，甚至可以说是天道。但是，“何处是高处”难道不值得我们去深思吗？

后 记

2020年7月2日至3日，山西省在临汾召开巩固脱贫成果现场推进会。会上，省委书记楼阳生要求，提高站位扛牢攻坚责任，慎终如始抓好工作落实，确保剩余贫困人口全部脱贫，确保脱贫不稳定户和边缘易致贫户“两类户”不返贫致贫，确保各类问题整改到位，坚决不能松劲懈怠，坚决反对弄虚作假，坚决向习近平总书记和党中央兑现“军令状”，向全省人民兑现承诺。同时强调，脱贫摘帽不是终点，而是新生活、新奋斗的起点。

2020年，武乡站在了新生活、新奋斗的起点上。

2020年，武乡人民正在对照任务清单，以踏石留痕的狠劲，水滴石穿的韧劲，咬定目标不放松、不获全胜决不收兵的拼劲，坚决打赢脱贫攻坚收官战决胜战。

习近平总书记指出，中华民族千百年来存在的绝对贫困问题，将在我们这一代人的手里历史性地得到解决。这是我们人生之大幸。

我虽然没有参与脱贫攻坚，但作为写作者，通过武乡见证了脱贫攻坚，也是我的人生之大幸。

2020年，我突然出现在武乡的脱贫攻坚战场上，我走近那些因为胜利而满是自豪的将士，当我向他们问起“隆隆的炮声”“面临敌人的考验你是何感受”“那一次任务把你逼到那里，你哭了，你委屈，你有没有想过索性撂挑子不干”“在这么一场轰轰烈烈的攻坚战中，自己的付出真有那么重要吗”等的问题时，实际上我与他们之间是有隔膜的，我有我先入为主既定的看法，而对方也有他词不达意的表达障碍，我们无法就一个词的真实“内涵”达到一致，毕竟我想象的伤痛，与他身上感受的伤痛相距甚远。

因此，最初给这本书做定位时，我很犯难。我可以用“一叶知秋”来表达自己以小见大的洞见，可我马上就会用“一叶障目”来推翻。我只是一个站在一旁的感知者，甚至只是一名游客，就像我站在关家垴的高处，去瞻仰那座耸立的纪念碑，然后绕着那个不知埋有多少烈士忠骨的坟堆时，我脑海里只有冲杀的场面，却永远也不可能还原当时真实的场景。我知道，我不能用“脱贫攻坚故事”，因为我很可能把最感人的故事遗漏了；用“脱贫攻坚报告”也不行，因为我无法全面掌握准确的数据；我想过用“见思录”，因为我想在书写中谈一些自己的思考，但还是被推翻了，因为我没有这样的资格，更没有这样的学识；剩下的也就只能是“脱贫攻坚见闻”了，我成为一双眼睛和两只耳朵的代步者。这个我能做到，终究我还是做到了，我默默地在武乡行走，感受乡村的变化，体悟扶贫干部的内心，然后把他们记下来。仅此而已。

在此，特别感谢县扶贫办，他们给我提供了大量有价值的资料；感谢县委办的赵海鹏老师，他实际上是一位多年从事新闻写作的文字工作者，据说书香门第出身，总爱下基层收集素材，更爱思考，与他聊天，我不仅了解到武乡的县情与历史，更有不少思想上的碰撞；感谢县教育局党组成员王宏伟，尽管他言语不多，但他那句“生活是逼出来”的话，给了我很大启发；感谢县委组织部的常小燕女士，为我提供了不少第一书记的先进事迹；感谢武乡县融媒体中心的魏晓军、史悦、王梦然、孙媛、孟桂芬、张春燕等同志，他们对武乡脱贫攻坚的采访和报道文章，给了我很大帮助。最后还是要感谢，在武乡期间同车而行的小马师傅、县政府办的武晓林，没有小马师傅的任劳任怨，以及晓林的辛苦联络，我的采访也不会如此顺利！

最后，还得加一句：由于本人第一次接触纪实类文学作品，如此真切近距离地进入现实，既让我感觉自不量力，又叫我诚惶诚恐。慌乱中，错漏、不当之处自是难免，恳请读者和朋友原谅。

2020 年 9 月 19 日

扶贫工作队

李业兴　著

【作者简介】

李业兴，本名李叶兴，笔名孤梦星，山西省武乡县人。中国诗歌学会会员、山西省作家协会会员，政协武乡县委员会委员。作品散见于《中国诗歌网》《华中文学》《国际诗人》《诗传播》《文艺轻刊》《九州诗文》《黄河之声》《漳河文学》《山西日报》《山西晚报》《山西工人报》《山西妇女报》《羊城晚报》等报刊。出版诗歌集《橘黄色的梦》《时间的经纬》，著有长篇小说《梦在天路》，中篇武侠小说《残刀令》等。被相关媒体授予“当代优秀校园诗人”“爱我中华共创和谐优秀新闻文化工作者”“当代爱国诗人”“武乡县十大优秀青年”“长治市最美读书人”等光荣称号。

【内容简介】

《扶贫工作队》是作者在扶贫工作中，将所经历的冲撞心灵的琐事加工而成的一部纪实性小说。最初在 2018 年第 5 期—2019 年第 4 期《漳河文学》连载。描写扶贫工作队队长李双喜带领工作队队员与村第一书记赵福贵，深入太行山革命老区武乡县王和垴村开展扶贫工作的历程。他们吃住在王和垴村，与村支“两委”班子共同谋划脱贫之策，走遍贫瘠的 6 个自然村的每一寸土地，走访了每一户贫困家庭，经过与贫困户、特困户的羊倌董有才等老农民的思想斗争，耐心开导和细微关怀帮助，以及村民家庭矛盾冲突、情感纠葛等情节，直到村民思想观念开放转变，决心打胜打赢脱贫攻坚战这场攻坚硬仗。王和垴村的每一寸土地都留下了他们的足迹，村里的每一项脱贫攻坚项目都倾注着他们的心血。凭借当地山区的优势，凭借工作队成员的一腔热忱，深度调研、外出考察，在筛选厂址、竞选养殖场场长等环节统筹发展，着力打造养殖种殖业，以及电商和光伏等，使得各项产业迅速发展起来，让久居深山的农民分到了第一桶金，尝到了幸福的甜头，看到了希望，更加信心百倍，踏实肯干，最终走上了致富奔小康的道路。

一　对接

阳光投过窗棂洒在村主任的脸上，被子上，老婆一把掀了他的被子，说："什么时候了，你还睡。你不是说，今天扶贫工作队要来，还不快起来准备准备接待人家。"

王茂才用手揉揉眼睛，说："有甚准备，他来就来吧。"

老婆听了很是恼火："看你什么态度？工作队是来帮咱村脱贫致富的，咱应该积极迎接招待配合人家工作才是，像你这态度，要是我扭头就走。"

这时，4 在被子里向上一挺坐了起来，说："老婆，你就是这么想的？"

"你说，咋想？"老婆没好气地说。

王茂才意识到了什么，一把掀开被子，一轱辘从炕上爬起来穿衣下地，双脚往鞋筒里一伸站起就往外走。老婆从窑洞里追了出来，喊道："你饭也不吃去哪呀？"

他撂下一句："你说我能去哪？"

"那也得吃饭吧！"老婆说。

"不早了，你吃哇！"说罢，人已没影了。

老婆回到屋里一个人嘟囔着："这真是个'扑死鬼'，总改不了这点臭毛病，一有点屁事就什么也顾不上，饭也不吃先忙去了，像这咋行？非忙出病来不可。"

此刻，村委大院门外停着一辆黑色小轿车，有几位穿得干净利索的中年人正与几个村民谈话。王茂才从家里出来爬上圪梁穿过几个圪廊，拐过一道弯正走下坡路，一抬头就瞅见村委大院门外停着的那辆黑色小轿车，心想，一定是扶贫工作队来了，便一溜小跑跑起来，衣服还在身上披着，两个空袖子随着步伐有节奏地扑扑地摆动着。也就是一袋烟工夫，他不知转了几个弯，下了几个小坡才出现在人群面前。人群中有人说："看，那不是咱村的‘扑死鬼’。”

“谁是‘扑死鬼’？”扶贫工作队队长李双喜问。

“‘扑死鬼’就是村主任王茂才。”副乡长韩有旺说。韩副乡长中等身材，黝黑的皮肤，一看就是一位实干乡长，务实乡长。接着，韩副乡长又说：“王茂才这个人一遇事就火急火燎，但干事上心实在，深得乡领导信任，现在是村支书、主任一肩挑。

王茂才三步并作两步走近人群，韩副乡长开口就说：“你这位‘扑死鬼’，今天可来迟了。第一书记赵福贵同志与我们已等了你好久了。”

他笑嘻嘻地赶紧接住话说：“让你们久等了，我今天睡过头了，要不是老婆提醒，恐怕这会儿还在被窝里做梦呢！”

“这大好晴天的，你不早早起来做甚梦？是不是昨晚没干好事，睡得太晚了？”韩副乡长风趣地说。

“哪里！哪里！近来光扶贫这事就让人够头疼，让人够烦了，还能顾上想那事，我整宿整宿睡不着，一到天明反而睡得很香甜。早就盼你们来，给咱出出主意，想想办法。”

韩副乡长说：“拉倒吧，你这可说的不是心里话吧。谁不知你这个‘扑死鬼’心眼多，鬼精得很。来来来，咱先不说这，先给你介绍介绍这几位领导再说。”他稍微侧了下身对着一位体胖高大、宽盘大脸、身穿李宁牌休闲运动装的人说：“这位是县城建局副局长，咱村扶贫工作队队长李双喜。”

王茂才赶紧伸出手与李局长的手紧紧地握在一起，笑嘻嘻地说：“欢迎！欢迎！以后就多仰仗李局长扶持俺村了。”接着，韩副乡长又给他介绍了工作队队员杨春生。

他们一阵含蓄笑谈后，王茂才把他们领进王和垴村村委会。他们一坐下就切入正题拉起精准扶贫的事。王茂才从衣兜里掏出云烟给领导们散，除了赵福贵接了一根，其余摆摆手示意不抽。他又从衣兜里掏出打火机给赵书记和本人点着，先深深吸了一口烟，然后，他张开嘴吐出一团烟雾，烟雾听话似的转着圈圈缓缓上升，他的双眼看着旋转的烟一起一落，有板有眼地介绍起村里概况来："全村有6个自然村，分别是西庄、杨桃湾、树掌、窑科、王和垴、冯家垴，136户437人，村民居住分散，地薄、荒坡多、产量低，总耕地面积800亩，主要产业为玉米、谷子、大豆等农作物。全村没有一项主导产业，全靠种这点薄地来维持生活，是全县确定的贫困村之一。"王主任刚落音，李双喜就问："全村有多少贫困户，计划怎么脱贫？有什么措施？"

王主任说："目前，划定贫困户46户，134人。脱贫么！还没想好。真发愁，这几夜我是整宿整宿睡不着。你们来了，俺村脱贫就有希望了。"

这时，韩副乡长说："咱们几位多想想，看有什么好项目，好措施？从哪里下手，怎么下手？把村里的脱贫工作搞上去，争取早日脱贫，让全村人民过上幸福富裕的生活。"

李双喜边听他们谈话边环顾村委会四壁挂的版面，版面满满挂了一墙，有村支"两委"制度、党建、计划生育、综治等，还有脱贫攻坚示意图，真是麻雀虽小，五脏俱全。这时，他突然接话道："韩副乡长说得对，咱们几位拧成一股绳，要为该村好好谋划一下脱贫路子，目前任务是咱们先到贫困户家中走访走访，摸摸贫困户家底，了解一下实际情况，看看他们有什么打算，想法。"

"对，咱先入户了解户情，心愿，只有掌握了贫困户的第一手资料，真实情况，谋划脱贫措施就有了参考，就有了底数。"赵福贵说。

"这样吧！茂才你先安排李队长住下，下午咱就分头入户了解情况。"韩副乡长对王主任说。

二　走访

酷热的夏季，中午时分热气正盛，地上都被太阳烤得火烧火燎的，可他们一放下碗筷就顶着烈日入户走访。王茂才、韩有旺和李双喜一拨，王茂才把村会计李复生叫来与赵福贵、杨春生一拨，分头入户走访了解。

王茂才他们边走边聊："俺村每个自然村都不大，小的七八户，大的二三十户人家，村与村相隔一二里，道路崎岖，弯多坡大，有的村还是羊肠道，交通极不方便。"王茂才前头带路，喘着气说。

"咱这是去哪个自然村？道路这么难走。"韩副乡长问。

王茂才停住脚步回头对着他俩，说："去杨桃湾。韩副乡长你刚调来，没来过，这个自然村道路还算好走呢！只是坡大弯多，像这样的坡咱得爬六条。"

"日的球，今下午咱就光爬坡了。"李双喜冒了一句脏话。

"这地方要想脱贫，可不是说句话。"韩副乡长说。

王茂才站在半坡上，说："可不是嘛！我整宿整宿睡不着，也想不出个辙来。我们这地方穷，自然条件极差，特困户又多，整村脱贫，可不是一件简单的事。"

"这地方风景不错，到处都是花花草草，绿意盎然，一阵风吹来，花香扑鼻，让人心旷神怡，真是好地方啊！最适合人居住。只是山大沟深，交通不便，种地、吃水、通信等都很困难。"李双喜对着天感叹地说。

"我们村虽然贫穷，但有一点，全村村民吃的都是纯天然绿色食品。种地一律是圊粪，没有一点化肥。"王茂才兴奋地说。

李双喜问："不上化肥吗？"

王茂才回答道："他们也想上化肥，多打些粮，能多卖个钱，可种子太贵，每年卖粮那点钱除买了种子就剩不下多少，再买化肥就更剩不下多少了，家里一年得花销，钱从哪里来？”

韩副乡长说：“出去挣。”

王茂才摇摇头笑笑，说：“我们村位于深山沟里，十分偏僻，与外面世界几乎隔绝，村里大部分人没文化，也无一技之长，出去打工无人用，这社会，光靠苦力挣不下几个钱。”

他们说着话已爬上最后一道坡顶，再下坡就是杨桃湾。从坡顶看去，杨桃湾坐落在一个山洼里，有几十户人家，东一户，西一户，很分散，不集中。破房、破窑多，像模像样的房屋少。有的院落已没人居住，房屋倒塌，杂乱无章，杂草长了一人多高；有的院落已成危房，窑顶长着杂草，院内堆着柴草，很不整齐，但还在发挥着它的功能。这时，不远处一个小坡上有一个矮矮的黑影出现在他们的视野，好像一截黑树墩在一下一下缓慢地向坡上挪。韩副乡长眼睛直直地盯着黑影问王茂才：“那是什么？”

王茂才回答道：“那是一个人，一个没有双腿的人，他叫董志书，60多岁，是贫困户里的特困户。他在一次意外中导致双腿截肢，丧失劳动能力，走路全靠一对膝盖代步，和智力缺陷的哥哥董玉书共同生活，日子过得很艰苦。”也就是一袋烟工夫，他们来到董志书身旁，他双膝裹着自行车内胎正吃力地爬坡向家门口挪。

李双喜开口问：“你好，我是扶贫工作队的李双喜。”

董志书“哼”了一声算是回答。他没有停止向前挪步，向前挪一下掌把远，坡坡不长，却得费很大劲，刚到街门口就一屁股坐在地上，嘴里一长一短喘着粗气。这时李双喜从头到脚瞅了董志书一遍，发现他还缺了一只右耳朵，右手缺了两根手指，鼻子被什么削掉了一半，大夏天穿的是冬天的厚衣服，衣服又脏又破，多处露着肉，不知有多少天没有洗过澡，胸脯上扒着饭渣，袖口磨得黝黑发亮，一股呛人的气味直冲鼻孔，全身穿着就是老虎下山一张皮，春夏秋冬全靠它，看着就很容易触动人脆弱的神经，流露出伤感的情绪。像他这种情况，再加一个智力缺陷的哥哥，可想他们的日子过得艰难。面对这特困户该如何扶贫？怎么脱贫？还真是个难题。

他们圪蹴在董志书面前，韩副乡长问："老董，你对脱贫有什么想法？"

"我能有什么想法？想干些甚也干不了，就连每天三顿饭吃上吃不上都是个问题。我是个这，还得照顾我精神失常的哥哥。"董志书说。

这时，王茂才对他们说："老董，人不错，有头脑，志气高，要不是那次意外，家境不会落败到如此地步。"

"不是说有移民搬迁房吗？没有给老董弄一套？"李双喜问。

"村里第一批移民户就有他，让他搬家，他不搬。"王茂才说。

"你为啥不搬？"李双喜问。

老董叹了口气说："我想搬，可搬不起，也不能搬。"

"为甚？"李双喜急问。

他揉了揉眼睛，说："我哥哥精神失常，自己管不住自己，睡到半夜，一个人就出去骚扰村民，全村不得安宁。我自理不方便，上不了茅房，就在院里大小便，搬到新居哪能行。"

"是啊！这还真是个问题。"韩副乡长说。

李双喜听着老董的诉说，眼睛里不由滚下了泪珠。从口袋里掏出三百元放在老董手里，说："老董，咱条件不好并不可怕，怕的是精神落坡，像你这特殊情况，我们会逐级上报，要相信政府相信党，从思想上坚强起来，一定要战胜困难走出困境。习近平总书记说过，小康路上一个都不能掉队！"

"李队长说得对，你要解放思想，想开些，身残不可怕，怕的是没有生活的劲头，那才叫可怕。你的情况，我们一定会想办法为你解决。"韩副乡长说罢也从口袋里掏出三百元放在老董手里。

老董激动地说："你们对我真好，真好。"

"没什么。老董，这点钱也帮不了你什么，添一点家用吧！我们进你家看看。"李双喜说。

老董赶紧说："我家不能进，还是算了进哇！"

李双喜说："老董，你这就不对了，来到门口不让进你家是何道理？"

这时，王茂才接话说："他家根本进不去人，家里院里一个样，就没有个落脚的地方。"话音未落，李双喜与韩有旺已跨门而入，院内长满杂草开着野花，柴草乱堆一片狼藉，根本就不像是个住人的地方。沿着一条可以落脚的小路向屋里走去，一股带着尿骚味的恶臭扑鼻而来，黝黑的屋里更是一片狼藉，对门放着一张黑乎乎的桌子，辨不清漆得是什么颜色，桌上摆着一只滴满香灰的三条腿香炉，香炉后面是父母的牌位。桌子的四条腿有一条腿是断的，断腿用两根木条夹着铁丝拧着，两侧各摆一把破旧的罗圈椅。桌子的左侧摆放着三个瓮，一个瓮贴着退了红色有水痕的帖子"细水长流"四个字，显然是装水用的；另两个瓮贴着退了红色的帖子"粮食满仓"四个字，是用来装粮食的，瓮上放着几个瓶瓶罐罐和瓦八，灰尘落了厚厚的一层。墙上钉着无数木橛，木橛上挂着簸箕、镰刀、筛子、谷穗、玉米等农具、种子和生活用品。桌子的右侧是一个火炕，炕上铺着破席，破褥，扔着两条未叠的破烂被子，炕的周围画着农民丰收、民兵支援抗战、欢庆胜利等炕围画，炕墙根放着一个陈旧的小木箱子未上锁，炕的正墙上贴着一张被烟熏得黑乎乎的毛主席像。挨炕沿边正中下方是火台，火台不高，矮矮的，四方形，火台上放着一口大铁锅和一口小铁锅，铁锅内放着一个已磨掉一半的破勺和两双碗筷还没有洗刷，一把缺了口的破刀在火台边搁着，地上秆草、木柴、柴渣等撒落一地，乱七八糟，本来屋就不大，更显得屋子很小，根本就没有一个落脚的地方，真不敢相信这就是董志书住的地方。

他们退出房屋，见老董像一截黑树墩在当院蹲着。韩副乡长对老董说："老董，这家不敢再住了，很危险。"老董无言。

李双喜拍拍老董肩膀，说："有空再来看你，我们走了。"

老董说："谢谢领导关心。"

他们从老董家出来，沿着一条小路向沟底走去，拐了好几道弯，爬上一条小坡，来到一户用葵花杆围着院墙的人家，王茂才就喊："董国中在家吗？出来招呼客人。"

"王主任，快不用叫他，咱进去。"李双喜拦住王茂才说道。

这家院院不大，收拾得还挺干净，院的东面用葵花杆编织成栅栏圈满黄澄澄的玉米棒。挨着玉米放着一辆破三轮车，车身锈迹斑斑，还有几处破洞，看上去有些年代了。有三间土窑洞粉刷得瓦亮瓦亮，窗玻璃在阳光的照射下很是刺眼，看上去是一户不错的人家。这时，董国中掀起帘子让他们快进屋。

屋内让人更是眼前一亮，顿有几分疑惑。屋内除了土炕和火台是老样，家里一切摆设都是现代化，有彩电、沙发、立柜等家具用品，桌上有一部用小手绢遮盖的电话，电话上方墙壁上挂着一个相框，是他全家在清华校门口的照片。

董国中本人浑身上下穿得很利索，白白的衬衣有棱有角，蓝蓝的裤子笔直的缝，脚上穿着紫色的皮凉鞋，再加上头发留着小平头显得整个人更是精神十足，约莫50岁出头。他从桌上拿起一盒红河烟给他们散，他们摆摆手，不抽。王茂才接住一根烟说："现在领导们都不抽烟，只有俺们这些土包子出生的才抽。"

"看你说的，好像俺们就不是从娘肚里爬出来的？就不是从黄土地里走出来的？咱都是一个身份——农民，只不过共产党给俺们扣了一顶帽子，多了些责任罢了。"韩副乡长笑着说。

"韩副乡长就是会说，领导怎能跟农民一样？要不，都当农民，没人当领导了。"王茂才抽着烟，风趣地说。

"你这张嘴呀！真难缠。咱别扯淡了，说正事吧。"韩副乡长说。

李双喜看着他俩斗嘴就没有插言，等韩副乡长话落，他就问董国中："你家是什么原因致贫的？"

董国中拿杯子给他们一边倒水一边说："我其实根本不想扣这顶帽子，

年纪轻轻的扣这顶帽子让人笑话。实在是这几年运气不顺常出事，弄得人根本喘不过气来。”

“家里出什么事了？看你就是个勤快人，不像是穷得活不了的人家。”韩副乡长接话说。

董国中往他们水杯里加了点红糖，用筷子边搅边说：“韩副乡长说得对，我这人在家里坐不住，常年开着三轮车在外跟着包工队拉石料、沙等货物，也挣下不少钱，刚把家里收拾好，就在一次拉货时出了交通事故，连人带车翻到深沟里，一下就花掉了我家全部的积蓄，还差点要了我的小命，在医院昏睡了二十多天才醒过来，腿也跌断了，钢板在腿里还没拿出来，走起路来都不利索。”这时，他们才注意看他的腿。他每走一步腿都要弯一下，很不得劲。

王茂才把烟头扔在地上用脚踩住碾了碾，说：“他老婆在太原住院，也花了不少钱。”

李双喜问：“得的什么病？”

“胃癌。我这是回来筹钱，计划把玉米、谷子卖了，再向亲戚们借点，一半天就去呀！”董国中眼睛红红地说。

“得病多长时间了？”韩副乡长问。

“我老婆以前就有病，常年离不了个药罐罐，每年光药费都得花上万元，前一阵她老感觉身体不得劲，饭不想吃，浑身没精神，去县医院没有查出什么病来，就转到太原人民医院一查，结果是胃癌。真是祸不单行，全让我家给摊上了。”

“谁在医院伺候老嫂的？”王茂才问。

“谁伺候？她自己伺候自己。没办法。闺女不计划告她，怕影响她学习，再有一年硕士就毕业了。”董国中语带磁音地说。

“要振作起来面对困难，不要让困难把自己吓倒。人的精神支柱倒了，一切就都倒了，人的精气神很重要，要挺住。我们走了，再来了咱好好聊。”李双喜对着董国中说罢，从沙发上站了起来，接着他俩也站了起来，与董国中握了握手向门外走去。

董国中把他们送出门，站在门口望着他们远去的背影，心里忐忑不安，扶贫工作队，真能扶了贫吗？这穷山沟沟，一没资源，二没资金，三没产业，四没能人，五没技术，六没劳力，七没基础，八没关系，九没一个好集体，十没一条好路，如何脱贫？难呀！他摇了摇头，回屋里收拾去了。

三　深夜

吃过晚饭，天空挂满星星，一轮明月爬上树梢。

韩副乡长说，明天乡里有个会，李双喜让杨春生去送他。王茂才与他们聊了一阵也走了。

程和义单身，62 岁，个子不高，四方脸，浓浓的黑眉，说话洪亮，下巴长着长长的山羊胡须，看上去很健康。他也是这次划定的贫困户，也是五保户，李双喜他们就吃住在他家。程和义腿有残疾，但不影响干活，家里收拾得利索干净，所有物品都擦得油光发亮，墙上贴着习近平总书记与夫人的像，显得整个屋子很温馨，让人感觉老程根本不是一个没有老婆的人。李双喜、赵福贵与老程边看电视边聊着家常。“老程，你没儿女吗？”李双喜问。

老程转过脸对着他轻描淡写地说：“我女儿和老婆在一次交通事故中去世了，我这腿就是那次弄残的，这腿残了，不争气，干重活不行，轻活还行。”李双喜这一问，没想到问到老程的心坎上，便立马转移话题，说：“抗战时期，你们村来过日本人吗？”

老程揉了一下眼睛，说：“来过。听老人们说，有一次，日本鬼子进村扫荡，陈赓旅长正好驻扎在村里，村里好几位民兵为了掩护旅长撤退牺牲了。其中有个叫董忠义的，他手拿菜刀与十几个日本鬼子拼杀，都近不了他身，全部被他用菜刀给砍死了。日本鬼子呱呱直叫，十分恼火，端起枪对着他就是一阵乱射，整个人被打成了马蜂窝，血水外涌像是穿上了一层紫红色的血衣，死时还瞪着一双血红血红的眼睛。去年，村里为当年牺牲了的同志立了块革命烈士碑。”

“陈赓旅长还在你们村住过？”赵福贵问。

“住过。住了 101 天。陈旅长的部队是 129 师，当年他还在村口亲手栽下一棵槐树，现在这棵槐树依然英姿挺拔，枝繁叶茂。”

“当年旧址还在吗？”赵福贵又问。

老程说：“在。这个旧址现在破烂不堪，塌的塌，倒的倒，没有几间好的了，它原来是一户姓董的财主家院落，四合院，正面二层砖木结构楼房现已倒塌，砖木已被村里人们搬走用了。整个建筑古色古香，街门楼很气派，所有砖雕花很精致，堪与乔家大院媲美。”

“真有这么好？”赵福贵疑惑地问。

老程接着说：“我没有去过祁县乔家大院，去过乔家大院的人回来说，看了咱村董家院，不用去看乔家院。”

这时，听见院内有响动，老程站起来刚准备出去看看，杨春生就掀起门帘进来了。

“把韩副乡长送回去了？”李双喜问。

“送回了。”杨春生回答道。

“不早了吧？咱们睡哇，让老程也早些休息吧！”李双喜说罢站起来就走。

老程说：“你们看吧，我早睡不了。”

李双喜说：“老程，你休息吧。我们还有事情。”

十五的月亮十六圆，小小的院落，三间窑洞被明月照得很亮，他们走进西面窑洞各自拿出了笔记本开始记录一天的工作日志。李双喜边记录边问赵福贵：“赵书记，你什么时候来的。”

日志本上这样写道：

7月8日星期六

肩负着扶贫工作任务的我，带着队员杨春生来到王和垴扶贫。我们在村干部的带领下走访了几户贫困户，面对破旧的房屋，身有严重残疾的老董，妻子患有重病的董国中……他们都牵动着我柔软的心，催人泪下，让人起伏的心情久久不能平静。贫穷，让这个几乎与世隔绝的小山沟沟，沉迷不醒。我们来了，带着沉重的心情住了下来，帮他们走出困境，走出山沟沟，这是我们扶贫工作队肩上的责任和义务，这是党交给我们的职责。

赵福贵头也没抬，说："我也是刚来没几天，村里情况一概不知。"

"你以前有过在农村工作的经历吗？"

"没有。我是头一次深入农村，没想到当今社会还真有这么穷的村。"

"看来，你没在农村生活过。"

"我从小随父亲在城里长大，大学一毕业就在市农业局参加了工作，很少深入农村，即使下乡也是跟领导走马观花，没有像这样住在农家吃在农家。"

"你们这一代人就需要多深入农村体验体验生活，感受一下农民生活的苦乐，对将来自己人生路上有好处。"李双喜说罢把笔记本合住放回行李箱里，脱了鞋爬上炕，一边展褥一边说："咱也好好体验体验农村生活，睡在农家炕次数不多，一年除了过年回老家住几天，平时很少回老家过夜。"

杨春生这时也爬上炕说："李局长，我也是头一次住在农村吃在农村，中午那擦圪蚪真好吃，在城里可吃不上这个味。"

"可不是，那是正宗三合面擦圪蚪，鸡蛋西红柿菜是自己种的西红柿自己养的鸡下的鸡蛋，炒得能不好吃？"李双喜话音一落已经脱衣钻进了被窝。

杨春生又说："跑了一下午，跑得腿还疼呢！赵书记，你不疼吗？快睡吧。"

"就完了。怎不疼，睡不着，躺下也好。"赵福贵说。

"一下午光跑了路了，战线太长，要把这46户跑一跑，得几天跑了。"杨春生说。

"我们一下午就跑了两户，还是紧跑不敢消停。上坡下坡，拐弯，入胡同，进小巷，像是进了八卦阵，转得头都大了，晕了。"李双喜说。

"可不是呢！我们也一样，转得这头好像不是自己的，现在还在村里转悠呢！下沟爬坡，拐弯入户，路也不好走，有的路本来就窄被雨水冲塌了一半，勉强能过个人；有的路排不了水，路又滑，不好走；有的路在崖边，沟深，没见过，每走一步腿都发软在抖。这真是个穷地方，脱贫难呀！"赵福贵感慨地说。

杨春生突然开口道："李局长，我们去了几户人家，有一户很特殊。没想到农村还有这样的人。他叫董有才，60岁，单身，五保户。其人性格古怪，不善说话，也不善与村里人接触，一年三百六十天关住街门在家里不出来。我们又叫又敲弄了老半天街门，他才提着尿罐出来开门，我们往进走，他往茅房（指厕所）走，也不说话，进了屋一股尿骚味，窗帘拉着，被子在炕上摊着，炕边放着案板，案板上放着擀好切好的面条，放着擀杖和刀，案板四周是一层灰尘，满地圪渣和柴草，屋里被烟熏得黑乎乎的，简直就是个黑窑洞。你一进屋什么也看不见，得定定神老半天才能勉强看清些。桌上、破柜上落了厚厚的一层烟灰，根本不像个家，倒像是一个逃难窑窑。"

李双喜直起耳朵听着，说："这人智商没问题哇？身体有残疾吗？"

赵福贵接话说："董有才智商没有问题，身体也不残，就是不动弹，一个字'懒'。而且除他不动，还挑唆村里人不动，说什么共产党会管你，不会让你饿死的。"

“这人办事也很怪，让人无法理解。会计对我们说，他能把他娘活活钉死在棺材里。”杨春生说。

李双喜听了有点疑惑地说：“不会吧？那可是他自己的亲娘呀！”

杨春生说：“他没叫人打帮，一个人半夜把他娘抱进棺材用钉子钉好，第二天一个人上了县城置办祭品回来告人操办。”

“这事还真玄乎，我还是头一回听说。”李双喜说。

月亮当空，分外明朗。从窗帘投进的光线把整个屋照得一清二楚，他们躺在围着炕围画的炕上根本没有一点睡意。脑壳里旋转着白天走访农户的画面，久久不能消去：一幕幕残墙断壁，危房排队；一次次触动心灵，伤心落泪。一想到这李双喜眼里就不由地滚出了热泪。这一切被杨春生一个转身看在眼里，问：“李局，怎么了？”

李双喜忙用手擦了一下眼，说：“没什么，想起白天访农户的事，他们又触动我的软肋了，我是农村长大的孩子知道农村苦，没想到改革开放这么多年，农民生活还没有摆脱贫穷，那些让人下泪的情景不堪入目。”

这时，赵福贵转过头来说：“农村确实苦，可我没想到会这么苦，这么穷，我们走访了一家特殊贫困户，他家就很让人下泪。”

“赵书记，你也没睡？”杨春生问。

“睡不着。一想到咱们走访的那户特困户，心就发酸，我也替他们发愁怎么活呀。”

李双喜说：“他家是什么情况？”

“这户户主叫程晓峰，29 岁，妻子叫张蓝英，25 岁。他们都是智力障碍残疾，不能与人正常交流，只有和家里人在一起的时候，才能做一些简单的沟通。程晓峰在亲戚的照看下，可以外出做一些简单的体力活儿；妻子除了勉强洗洗衣服、看看孩子，其他的家务农活儿都不会，甚至做个简单的便饭都不行。却养有三个孩子，大女儿刚上小学，二女儿还在上幼儿园，小儿子刚满周岁。”

“真是造孽呀！像这，他们如何养活这三个孩子？”李双喜感叹地说。

“庆幸的是，程晓峰的父母年过半百，身体仍然健壮、硬朗，父亲外出打工挣点钱舍不得花，省下来全接济了他们一家子，母亲帮他们带孩子、做饭、干活，他们的生活才得以维持。”赵福贵说。

“可这不是个长远的办法呀！老两口要是一旦有什么意外，这个贫困家庭面临的困难真不敢想象。”李双喜插话说。

杨春生说：“可不是吗？李局。不用说老两口发生意外，就是老得不能动了，谁去赡养他们二老？谁去抚养他们的孙子？……好多难题就都出来了。”

“这真是个难题。如何脱贫？这可不是一句话。像这种特困户，看来，不能按正常手段来扶贫。”李双喜意味深长地说。

一声鸡叫，打断了他们的话。三更天了，李双喜说：“少眯一会儿吧。明天事还多呢！”

四　开会

阳光明媚，又是一个大好晴天。

王主任、李会计与赵书记、李队长仍旧兵分两路入户走访。他们每到一户都详细了解家庭情况，核对贫困户信息资料，按照“先看房、次看粮、再看学生郎，还要看技能强不强，最后看有没有残疾重病躺在床”的“五看法”来一一甄别贫困户，探讨脱贫措施。为了缩短入户走访时间，充分掌握贫困户情况，他们起早贪黑，中午也不休息，晚上加班梳理信息做笔记，三天时间走访了46户贫困户，发现导致贫困原因不外乎思想观念落后，没文化又不思进取，安贫守旧惰性懒散，有的听天由命，消极悲观；有的两眼朝上，依靠国家救济；有的观念保守，不敢接触新事物、新技术。再加上传统落后的自然经济模式，整个村落一直滞留在贫困线上停滞不前。

他们在入户走访期间，不断思考着一些问题，如何脱贫？怎么扶贫？从哪里下手扶？这些问题像过电似的在李双喜脑海里旋转。他端着一碗小米饭边吃边思考，突然把碗放在地上，拿起手机拨通王主任手机，说："王主任，你安排人通知一下村支'两委'，各自然村小组组长，会计，妇联等相关人员开个脱贫工作会。"对方传来声音，说："行，我马上就安排人通知。"

李双喜"哼"了一声，放下手机端起碗，说："咱今上午开个会，在会上听听大家的意见。"

这时，赵书记手拿筷子夹着山药丝菜停在嘴边，说："没想到你与我想到一块儿了。我计划吃罢饭与你说这事呢！"

李双喜吃了一口山药丝菜，说："我们扶贫工作队的职责是干什么？扶贫。帮助贫困户走出困境，摘掉贫困村的帽子，让村民过上幸福生活。既然来了，就要挑起这个担子，切切实实为他们做些实事……"他好像还有话说，就听见村里喇叭响了，放着革命歌曲《没有共产党就没有新中国》。

赵福贵直起耳朵，说："不是让王主任通知开会吗？怎放开歌曲了？"

程和义放下碗筷给赵书记解释道："我们村里每次通知事情都要放歌曲，村民一听到喇叭里放歌曲就知道村委要通知事情了，就都放下手头营生直起耳朵听喇叭里通知甚。"

赵福贵摇了一下头，"哼"了一声算是听懂了。这时，革命歌曲停了，只听喇叭嗤嗤响了两声："大家注意啦！大家注意啦！村支'两委'委员，主任、副主任，书记、副书记，各村小组组长，会计，妇联主任，今上午到村委开会了。大家注意啦！大家注意啦！村支'两委'委员，主任、副主任，书记、副书记，各村小组组长，会计，妇联主任，今上午到村委开会了……"连通知了三遍，喇叭不响了。

太阳很毒，烤得地上冒热气。10点了，来参会的人在村委会议室站着、坐着、圪蹴着，抽着烟闲聊，烟雾弥漫着整个会议室，对于不抽烟人来说就像进了毒气室，每一次呼吸都很困难，每一次呼吸都得小心。李双喜被烟呛得满眼生泪，实在有些顶不住，就走出会议室躲避。赵福贵问王主任：“人都到齐了吗？”

“没有。”王茂才说。

“农村人一早起来就下地干活，吃饭迟。”会计李复生解释道。

“还差几个人？”赵福贵问。

“就差树掌和窑科村的两个小组长了，他们村远，走路得半个小时。”李复生说。

赵福贵对杨春生说：“去，叫李队长进来，要不咱先开。”未等杨春生站起，李复生说：“我去。”

李双喜一进来坐下，所有参会人都停止了闲聊，坐回自己的位置。王茂才就开口说：“咱不等少飞和鹏举了，先开。我先来给大伙介绍一下这几位领导。坐在中间这位是咱村扶贫工作队队长李双喜，左边这位是工作队队员杨春生，那位是驻咱村的第一书记赵福贵。我们热烈欢迎各位领导来协助咱村搞扶贫工作，争取咱村能早日脱贫，摘掉贫困村的帽子，全村过上幸福生活。”顿时，响亮的掌声响起。王茂才摆摆手，掌声停止。接着，他把所有参会人员给李队长他们一一作了介绍。他刚介绍完，李少飞和张鹏举推开门进来了，李复生说：“快找个地方坐下，就等你俩了。”

王茂才说：“咱准备开会。今天这个会主要是讨论脱贫工作，先让咱李队长说两句。”

李双喜咳嗽了一下，说：“各位同志，上午好，县委、县政府确定我们单位对你们村进行帮扶，我单位委托我担任王和垴村扶贫工作队队长。说句心里话，单位让我来搞扶贫工作，我还真不愿意，因为我不了解扶贫工作，也不知如何下手来搞扶贫工作，糊里糊涂就被单位给弄来了，还担任了扶贫工作队队长一职，不管怎说，我既然来了，就要对得起这共产党员的身份，对得起单位托付我的这份职责，那就一定要扑下身子好好干，与大伙一块啃这块新生事物，一块摸着石头过河，抓好扶贫工作，干出些实绩来。什么事也都是人来做的，只要我们用心来做，用情来做，大伙团结一致，就没有办不成的事，你们说是不是？咱们要积极响应国家号召，按照中共中央、国务院应印发的《中国农村扶贫开放纲要（2011——2020年）》，中央办公厅、国务院办公厅印发《关于创新机制扎实推进农村扶贫开发工作的意见》和山西省委办公公厅、山西省人民政府办公厅印发《关于创新机制扎实推进农村扶贫开发工作的实施意见》的通知精神，以及市、县下发的相关扶贫文件精神，咱积极响应国家号召和党的政策方针，与在座的各位共同抓好扶贫这项工作。自从我来到咱王和垴村几天来，我与赵书记、杨春生在王主任和李会计的带领下走访了村里所有贫困户，了解了一些实际情况，察看了所有自然村的地理地貌村情等，认为咱村比较偏僻闭塞，与外界信息沟通不畅，生产生活方式落后，思想观念陈旧保守，贫困户情况复杂，重残重病无劳动能力户特殊，村支‘两委’班子涣散，村里经济条件差，没有主导产业，制约着整个村滞留不前，一直摘不掉贫困村的帽子，这是个难题，是个大难题。今天上午，把大伙召集来就是要听听大伙的想法和意见。大伙都说说，你们比我更了解自己村的情况，看有什么好措施能脱了贫？摘掉这个穷帽子。”李双喜话音刚落，就有人在窃窃私语：“村委这烂摊子，要甚没甚，怎么脱贫？”

“就是，村委没钱，村里又都是些老弱病残的，脱贫，一个字‘难’。”李少飞和张鹏举两人议论着。

赵福贵接话说：“大伙说说，有什么就说什么。咱这次开会主要是讨论，采纳大伙的意见，看如何能把整村脱贫工作搞上去。”

王茂才环顾了一下四周，见没人说话，抽了一口烟，说：“没人先说，我先说说，说得不对的地方，不到位的地方大伙补充。大伙都很了解咱村的家底，没钱，是个烂摊子，要想在2020年整村脱贫，没有一项主导产业不行，搞什么产业？这一直是个头疼的问题，我已好长时间整宿整宿睡不着觉了，也没有想出一个好项目，真让人头疼。”“‘扑死鬼’，你都想不出来，我们这些文盲哪能想出来？瞎干吧！咱这村脱贫，等下辈子吧！”西庄村小组组长“郭炮筒”郭明权说。

“‘郭炮筒’，别瞎嚷嚷，没甚就不要说，要说就说正经的。”李会计吼道。

“你个‘李精孩’，什么是正经的？你不说，还不让俺说？管得倒宽。要不，你说说？”“郭炮筒”将了李会计一军。弄的李会计脸红得不知该咋办。这时，王茂才赶紧解围说：“复生，那你就给大伙说说吧！”

李复生哼了一声，说：“王主任让我说，我就说说。李队长，赵书记你们这几天跟我和王主任走遍了整个村，访遍了所有贫困户，该看的看了，该了解的也了解了，你们也知道，我们村硬件确实差，脱贫工作难搞，有几句顺口溜写得就很切合实际：‘到处圪梁夹着沟，出门羊肠仰天坡。通信不便吃水难，村民居住很分散。东七户来西八户，哪里合适哪里住。上住圪嘴下住凹，村不整齐太偏差。岭角小块不产粮，跑路误工实在愁。’”

赵书记说：“这几句顺口溜确实编得好，编得到位，概括得很翔实。”刚说到这，“郭炮筒”就接着说：“还有呢！收上玉茭收上谷，丰收年景足够吃。有吃无花不好办，剩下余粮卖不出。”

“我们这地方沟深，圪梁多，地薄不产粮，还都是些边边角角的小块块，整块地很少，种地秋收极不方便，再加上交通不畅，又没资源，找一个脱贫项目难。我看，可以考虑给农户弄些养殖业和种植药材等项目比较实际。再就是把村与村的道路和上地的道路修一修，起码能去个三轮车。”杨桃湾村小组组长杨兴旺说。

“杨兴旺说得实在，路不通，想干甚也不行。要想脱贫，我看咱先修路吧！修好路了再说其他。”树掌村小组组长张鹏举说。

“我看，还是加快移民搬迁和危房改造吧！有的村民住房有危及生命危险，迫切需要解决，解决不了村民住房问题，还谈什么修路？”冯家堖村的小组组长冯志奎说。

“要想富先修路，路不通，还谈什么致富脱贫？”杨兴旺说罢，张鹏举响应道：“路是一个村的命脉，路不通，想做啥都不行，想脱贫，得先修路。”

“你俩想法不能说不对，可每年汛期一来，我们整宿整宿睡不着，担心危房户会出现险情，危及人的生命安全。你们忘了，2016 年 8 月的一天，我们村遭遇了几十年不遇的特大暴雨，群众财产遭受了重大损失，特别是我村冯孟海一家房屋被山洪冲垮，全家老老小小 7 口人都压在冲塌的房屋下。我们及时召集各村民兵进行抢救，可还是未能全部抢救出来，留下一老两小，他们喊天天不应，喊地地不灵，在场的人谁不落泪？还是当今政策好，党和政府把他家列入贫困户，又得到一些特殊救济。要放在以前，那真叫个恓惶，难活。”

杨兴旺把烟头在桌子上一碾，食指一弯与大拇指一搭，然后一蹦，烟头带着弧形就飞了出去，在对面的墙上碰了一下掉在地上，然后笑笑，说：“‘冯胖子’，你会说，我说不过你。2020 年整村脱贫是硬性指标，要不你到上边求求政府，给咱来个特例缓一缓。”接着张鹏举又说：“自然灾害不是年年有，危房改造可以缓一缓。”

赵书记看见他们互相说得很激烈，怕再说下去不好收场，就立即出面制止，说：“各位说得都对，咱综合考虑，其他同志说说。”顿时，整个会场鸦雀无声没人发言。

李双喜翻看了一下手机，说：“时间不早了，我看今天就开到这里吧！明天上午咱再开，总得想出一个脱贫措施，不然，2020 年整村脱贫是个问题。大伙回去都好好想想，脱贫路上，争取一个都不能拉下。习近平总书记在 2016 年 2 月 1 日至 3 日在江西考察时有一句寄语：‘扶贫路上，不能落下一个贫困家庭，丢下一个贫困群众。’脱贫攻坚是实现中国梦的一项硬任务，是我们不可也不能回避的艰巨任务，我们要面对困难，克服困难，迎接困难，想办法解决困难，不折不扣把这项工作搞上去。”然后，他与其他几位沟通了一下，说：“散会。”未等他们走出会议室，就听见外面有人在大吵大闹。

李双喜问：“什么情况？”

王茂才喊住李会计，说：“你去看看。”李会计应了声就出去了。

五　接访

李复生出去工夫不大，回来说：“村民把村委大门给堵住了。”

“有多少人？因为啥？”王茂才问。

“有三十多人。他们指责村委不作为，不公道，不公平，他们要求进贫困户。不给解决就不让咱们出村委大门，要不就上县里、市里、省里乃至中央告状。”听了李会计的汇报，谁也没有吭声。

李双喜环顾了一下说：“走，咱出去看看。面对问题，总得想办法解决，躲避不是个事。”

这时，堵住村委大门的人群里有人喊：“快看，他们出来了。”

“大伙，都给我听好了，不给咱们办，今天咱就别让他们走出村委大门。”一位满嘴白胡须的大爷说。只听一声齐喊：“不让我们进贫困户，谁也别想迈出村委大门一步！”男女老少三十多人把村委大门给围得水泄不通，阵势很吓人。

王茂才紧走几步对他们说：“有什么事找我说，咋？堵住大门了？”人群里冲出一位矮矮的黑黑的老头瞪着眼对他说：“你这个‘扑死鬼’，光会说，不办事。我家情况你不是不知道，咋就不能进贫困户？”

他话音刚落，满嘴白胡须的老人抢着说：“还有我。”瞬间，人群里沸腾了，拥挤着，喊叫着，顿时一片混乱：“我们也要进，我们也要进……”

“进贫困户，中央有规定，不是谁想进就能进，够条件的才能进。”王茂才解释道。

“算了吧，‘扑死鬼’，别拿中央政策来糊弄我们，我们又不是聋子、瞎子、傻子，电视新闻天天说，你就不用给我们来这一套。你按照中央政策办了？没有。你心里有谁只有谁，想让谁进谁就能进，我们这些贫困户就不是贫困户，你家那些亲戚、朋友、相好的就都是贫困户，都能享受国家扶贫政策。我们呀！进不了你的眼，挨不了你的边，只能远远地看。”一时弄得王茂才无话可说。

李复生忙上前解围说：“这次中央政策是精准扶贫，够条件就能进，不会落下一户家庭一个人的，大家先散了吧，让领导们先吃口饭，今上午，村支‘两委’开会就是研究这个事，定了会公示给大家看的。”

“‘李精孩’，你越会说，不管甚？不解决谁也不能出村委大门，可管你们吃不吃饭，我们肚子也饿的呢！谁管我们的饭？”围堵的人群一片混乱，男女老少杂七杂八地乱说着。

赵福贵走上前说：“大伙静一静，我是驻咱村第一书记赵福贵。你们的事我一定要认真调查、研究，只要够条件就进贫困户，决不会落下一户，先散了吧！”

“我管球你是第一书记还是赵什么鬼，你的话不能信，你们当干部的都是官官相护，瞎胡弄我们哩！你住不上几天拍拍屁股就走了，谁还管我们死活？”人群前头有一个矮老头说。

“这位大爷，你要相信政府相信党，脱不了贫我决不走。”赵福贵诚恳地对他说。

“一看你戴个眼镜，就知道你不是个老实人，‘四只眼’比我们看得清，望得远，说得好听点，你是到我们村来镀镀金，糊弄一下老百姓，一蹦就高升走了，还管球我们死活；说得不好听点，你就是一介书生，光有知识没有经验，屁事不懂什么都干不了的熊包一个。‘四只眼’别在老子面前瞎吹，说话还是实在些好，年轻人。”白胡须老人一番话说得赵福贵闭口无言。

李双喜忙开口道："这位大爷你消消气，不用急。我是咱村扶贫工作队队长李双喜。年轻人的话不可信，那我说两句你看可以吗？"

他打量了一下李双喜，看着他装束整洁利索，有中年领导的派头气质，就说："我也见过世面，见过不少当官的，看你这气势可信，愿洗耳恭听。"

李双喜笑笑说："那好，我说两句，你感觉耐听，你就听，你感觉不耐听，你就当我没说，也不要生气，生气对身体不好，也解决不了问题。大伙来村委是要求村委解决问题的，不是来胡闹的，闹大了对谁都不好。"他摇了摇头算是同意。

李双喜接着说："下午，我去你们家走访，如情况属实，决不会把哪户落下。你们要相信党相信政府，我来你们村扶贫扶什么？就是扶贫困户，让他们过上好生活，如不能按照中央政策把贫困户精准甄别，漏了，缺下，那就是我的失职，那就是我工作不到位，我就无法向党交代，就对不起肩上这份责任，就不配当共产党的干部，就对不起单位领导对我的倚重，更对不起老百姓对我的信任。当干部是为了什么？当干部就是要敢担当敢作为，能为民做主为人民服务；当干部就是要为老百姓排忧解难，把生活质量搞上去；当干部就是要带领大家干事创业，走致富路。如果当干部只是为了自己升官发财，为了自己的虚荣心，为了自己的那点小私利……那就失去了当干部的意义。我看，他们都听你的，你先让他们散了，我们吃点饭就去他们家一一拜访。你看，这样行不？"

老人听了李双喜的话，感觉他每说的每一句话都是发自内心，没有一点掺假，他二话没说转过头对着围堵的人群，说："大家散了吧！散了吧！咱们要相信李队长的话。他不会骗咱们的，也没这个必要。如果谁还不信就来找我。"然后，他转过身对李双喜说："李队长，我信任你，我这就回家等你。"

李双喜看着村民散去的背影，长长地松了一口气。王茂才从衣兜里掏出香烟给大伙散上，说：“都回哇，复生、鹏举不用回了，咱们也去老程家吃点饭，下午陪同李队长一家一家走走看看。”

李双喜他们一走进老程家院里就闻到一股香味扑鼻而来，王茂才喊道：“老程，吃什么饭呀？”

老程在家里回应道：“三合面面条。”他话音刚落，王茂才就进屋了，对着老程说：“下吧！都回来了。增加三个人的饭，够了吧。”

老程说：“差不多，我就多擀了些，计划晚上吃三合面和子饭呀！你们先吃吧！等晚上我再擀些就行。”话音一落，老程掀起锅盖就开始下面。王茂才帮着往火里塞柴，面条在锅里翻滚着卷起浪花，蒸气烟雾弥漫着整个屋子看不清个人儿，工夫不大，一碗碗面条已盛好。王茂才把浇着西红柿鸡蛋菜热气腾腾的三合面面条端到李队长面前，他接过饭拿起筷子先吃了一口在嘴里嚼了嚼说：“好，好，不错，这面条别有一番地方风味。”

王茂才说：“放些新鲜绿辣椒、芫荽、小葱，更是味儿十足。”

老程笑嘻嘻地说：“好吃吧？李队长。”

李双喜连连点头说：“好吃，真好吃。吃着这面条好像回到了童年时代，小时候在我姥姥家吃三合面面条时的情景。”

赵福贵、杨春生异口同声地说：“好吃，头一次吃这面条。”顿时，整个屋里光能听到哧溜哧溜的吃面声，很是诱人。

他们吃罢饭就向树掌村走去，路上，李双喜问王茂才：“那位白胡须老人叫甚？家里是什么情况？”

王茂才叫了声鹏举说：“你来给李队长说一下，他家你比我了解。”

张鹏举应了声走上前来说：“他叫张贵发，政法战线退休老职工，家庭富裕，子女们都在外面上班。”

“我说嘛！一看他的气质就不像是个没文化，不讲道理的人，一身穿戴很是利索干净。奇怪的是，他为什么要召集村民来村委聚焦？”李双喜疑惑地问张鹏举。

张鹏举说："这个，我也不太清楚。他平时办事很有分寸，人很随意、乐观、开朗，也很乐意帮人忙，村里人有什么难事或不好办的事都愿意去找他商量，谁家办大小事他总是第一个就到，就像是给他家里干活一样忙里忙外不停歇，每每都是有始有终从头帮到尾才算完事。他在村里威望很高，人人都很尊敬他，一见面不是哥长就是哥短，要不就是叔叔、爷爷的叫。"

赵福贵接住话说："这就有点怪了！他家不贫困。会有什么事让他召集村民到村委闹事？"这时，张鹏举说："前面不远就是张贵发家。"

他们带着疑惑走进张贵发家院落，张鹏举喊道："大叔，快迎接客人，李队长来了。"这座院落坐北朝南，红砖挂面五孔窑洞，两边各盖有三间瓦房，红砖垒的院墙，现代式的街门很是气派。一进院，院里是红砖铺地，家用农具啥放啥地很是整齐利索，院的南面有几颗葡萄树，葡萄架下摆着石桌石凳，靠院墙处种了一些花儿和蔬菜，院里跑着几只母鸡和十几只小鸡，整个院落显的很有次序，是一户不错的富裕人家。张贵发掀起竹帘出来相迎，李双喜忙说："老张，咱这么多人就不用进屋了，我看你这葡萄树下就不错。"

张贵发说："李队长不嫌弃就行。"

李双喜说："看你老张说哪里话来，葡萄树下凉爽又通风，这有多好。"说罢话已找了个位置坐下。张贵发忙叫老伴倒水，随手又拿了两个小凳凳放在葡萄树下。

"老张，快别忙活了，你也坐下。"赵福贵说。

老张的老伴一手提着暖壶，一手拿着碗，用肩膀顶住竹帘走出窑洞向他们走来，张鹏举看见忙上前接住。她说："小鹏你给领导们倒水，我去拿些红糖。"张鹏举应道："好嘞！"

张贵发一坐下，李双喜就说："老张，您给我说说今天上午的事情。"

张贵发给他们发着烟，说："李队长，我这人爱管个闲事，见不得不顺眼的事，村里人找我帮忙，只要我能帮了就一定要帮。村里有几户人家家境不好，没有进了贫困户，都来找我诉苦。我听了他们的诉说很是气人，便一起去找王主任了解情况。去了王主任家才知你们在开会，后面的事你们就都知道了。我本是想去找你们反映一下这几户的情况，了解一下入贫困户的条件，没想到把事情闹大了。"

张鹏举提着暖壶边倒水边说："这次划定贫困户要求很严，不符合条件不能入贫困户。"

老张的老伴用筷子搅着糖水插话说："可咱村这几家确实困难。"

赵福贵说："老张，您给我们说说这几户的情况吧。"

老张好像得到命令似的抽了口烟有条不紊地说："鹏举，咱村张满贵你知道吧？今年，在一次酒后驾摩托的意外中摔死，丢下两个男孩相依为命，一个十三岁上初中，一个才八岁上小学，多可怜呀！谁看谁不落泪，老天就是这么不公。"

杨春生插话说："那他们娘呢？"

"他们娘早几年就跟人走了，爷爷奶奶前年去世了，现在成了孤儿没人管。"老张的老伴眼中滚着泪珠嗓门略带沙哑地说。

李双喜对着王茂才说："他们家这种情况是可以入贫困户，怎么给挡在外面了？"

王茂才回答道："我们确定贫困户时，他们的爹还健在；他们的爹有手艺，是远近闻名的木工匠人，而且他很勤快，一年四季营生满满的总不让自己闲下，加上种地全年下来纯收入远远超过了两千八。"

"现在，他们弟兄俩成了孤儿，怎还不能进贫困户？是不够条件吗？还是啥原因？"老张的老伴逼问着。

王茂才忙说："够条件。确定的贫困户早已上报。要弄得等下一批。"

"等下一批，那可等到什么时候？眼下，俩孩就无人管，活不了，你们当干部的眼睁睁看着就不管，还在这里说这风凉话。"老张的老伴带气地说。张贵发抬头看了一下老伴，见她眼里的泪珠滚来滚去就要掉下来，他怕她控制不住伤心过头，再说些难听的话就赶紧插话说："咱不说这了，说说张火旺吧。他今年46岁，妻子48岁，常年有病，一年四季药罐子，浑身无劲不能干重活，去省城有名的医院也没查出个结论来。膝下有一女上大学。来我这里诉说，说村委把他落下了。"

"他家养有几十只绵羊，测算下来也超了两千八了。"王茂才说。

张贵发说："最近，他妻子病情加重了，去北京找名医看了看，说是得了一种罕见的怪病，一下就花去他十几万元。"

"什么病？"王茂才问。

"他说忘了，只知道跟植物人差不多，但比植物人清醒，知道吃知道睡，就是没有精神下不了地，得有人时常在身边陪伴才行，每天吃的药很贵，现在一直维持着生命，说不定哪天就去阎王殿报到去了。"张贵发说。

李双喜说："王主任、赵书记，像这两家情况，咱得向乡政府反映，积极争取，不能把真正的贫困户挡在门外进不来，那就是我们的失职。晚上，咱就开会研究决定。"

这时，张贵发说："还有一户叫'张圪蹴'，他老伴常年有病，也是一年四季离不了个药罐罐。"

张鹏举接话说："'圪蹴'也来找过您？他家儿子养有大车、小车，女儿在省城机关上班，还是公务员。他'圪蹴'倒是敢张口，不看看自己是什么家庭？"

李双喜听张鹏举说完就对张贵发说："老张，这次中央对划定贫困户要求很严，规定有'八不进'：配偶子女在机关上班的不能进；有大车、小车做买卖的不能进；摆摊、设点、有商店的不能进；有高档设备，大小农具收入丰厚的不能进；就读私立学校，有自费出国'留学生'的不能进；长期不在本村住，与人合伙经商的不能进；规模经营当老板，财产庞大'吃老本'的不能进；人均纯收入超过两千八的不能进。像'圪蹴'家这种情况，绝对不能进贫困户，随后，我们去他家给他说明情况。还烦劳您也帮我们开导开导‘圪蹴’，让他想开些，我们不能违反中央政策。”

张贵发点点头说：“行，说服他就抱在我身上。满贵和火旺两家切实困难，需要扶贫，就烦劳李队长多操心了。”“这两家，你放心，今晚我们就开村支‘两委’会研究解决，我亲自去跑。要相信党相信政府，绝不能落下一户一个人。”

李双喜说罢站了起来，说：“那咱们走。老张，你放心，这两家包在我身上。”

“就在我家哇！让老伴炒几个菜，咱们喝两口。”

“不啦！老张，我们还要去‘圪蹴’和那两户转转。”

“要不，明天去罢。”

“等再哇！喝酒，有的是时间。”

“要不，我跟你们去吧。”

“不用，有鹏举和王主任他们就行。”

“嗯，行。那我就不去了。”

张贵发和老伴把他们送到街门外，站了好久才回家。

六　心斗

李双喜他们躺在炕上，思索着这十几天一桩桩一件件发生的事，经过几番来回折腾，为贫困户建立了一档一卡台账，摸清了贫困户家底，掌握了贫困户实情，了解了贫困户的需求，又经过无数次的大会小会的讨论研究，因地制宜、因户施策，制定了切实可行的具体脱贫攻坚实施方案，由村支“两委”、扶贫工作队成员成立了脱贫攻坚领导组，细化责任，明确职责，人人肩上压担子，个个肩上有任务，坚持“一年见成效，二年大变样，三年全脱贫”的奋斗目标。狠抓扶贫工作，切准要害抓落实。即日起，所有脱贫攻坚领导组成员分头行动，目标明确。李双喜长长地松了一口气，拿起手机给老婆打电话。只听那头传来清脆的声音：“你还知道往家里打电话呀！我还以为你从这个世界上失踪了呢！一连十几天不见个面，去哪了？”

李双喜忙解释说：“这不给你打了。”

“嗯，你这也不知哪根神经开窍了。”

“看你说的，我这不忙嘛！”

“忙甚哩！再怎么忙，就不能往家打个电话？”

“老婆你消消气，我明天就回。”

“咋！你去哪了？我看，不用回来，反正我娘母们不入你的法眼，回不回来都一样，我们该干啥还干啥，离了你我们照样生活。”

“我下乡扶贫了。”

“扶什么贫？就你能扶了贫？自己家里要吃没吃要喝没喝，你不管，你去扶别人家的贫，真是笑话！”

“老婆，你听我说，这不是笑话。是真扶贫。”

“我管你扶什么贫，先扶了自家的贫再说哇！自己的贫都扶不了，倒先去扶别人家的贫。”

“好啦！你少说两句，在电话里跟你一时半会也说不清，等我回去了再说哇。”

“咋？嫌我啰唆哩？嫌我啰唆了你就不要打电话呀！”

“没有，没有，高兴还来不及呢！那还敢嫌。”

“说甚呀！我看你就在哪哇，不用回来，缺了你我们甚也要办哩！”

“看我这嘴，又说错了。咱回家说。”

“扶你的贫哇，就不用回来。”说罢就挂断了。

杨春生转过头，对他说：“李局，嫂子生气了吧！”

李双喜“哼”了一声，说：“怨我，来时没有与她打声招呼，又光顾了工作，把你嫂子疏忽了，忘了往家里打个电话。你嫂子身体不好，我不在家，她就得早起给姑娘做饭。我在家，这些事我全包了，就不用你嫂子操心。”

“可不是嘛！你在家，家务活你全包了，你一走全推给嫂子一人，不跟你生气才怪呢！”杨春生说。

“春生说得对，这搁在谁头上都会生气。前几天我女朋友与我聊微信时就生气了，嫌我走了这么长时间也不回去看她，领她出去玩，说她朋友跟男友去上海、昆明旅游了，她却在市里每天按时上下班真没意思，让我回去带她出去旅游玩耍。这不，这几天她赌气不和我聊微信了，打电话也不接。”赵福贵郁闷地说。

杨春生向他跟前凑了凑，说：“你倒搞上女朋友了？有相片吗？让我看看。”

赵福贵也向他跟前凑了凑，把手机伸过去让他看，“不错嘛！蛮漂亮的。看这身材，这穿戴，活像一位女明星——范冰冰。这么好的女朋友可得珍惜，明天回去好好陪陪她，哄哄她。来，让我们李局看看。”说罢，杨春生就从他手上夺过手机递到李局面前。

李双喜看着赵福贵女朋友的像，说：“福贵，你真有福气，这么漂亮的女娃娃让你这‘四只眼’给逮上了。回去，一定要好好陪她玩玩。现在的女孩子，都很娇气，需要男孩子去哄的。”

赵福贵接过手机说：“怕是没戏了。她家条件好，父母跟前很娇惯，嫌我来农村搞扶贫，没本事。”

“扶贫咋啦？这跟本事咋就扯到一块儿了？再说，你又不是不回市里了。扶贫工作是一项造福农民的大好事，是一件荣誉的事。”杨春生说道。

“她不这样认为，在她眼里，像我们这些下乡搞扶贫的年轻人是没有前途可言的，都是些没本事，在领导跟前不入眼，科长跟前不会做事的人。凡是有头脑有本事会办事的年轻人都被留在市里工作，领导重用，前途看好，一有机会就提拔重用被分配到好岗位上。”赵福贵有点泄气地说。

李双喜插话说："福贵，你的想法我不赞同。虽然有几分道理，但我认为能来贫困村扶贫的年轻人都是领导看好重用的人，是干部库里的好苗苗。你们这些年轻人缺少下基层锻炼，到一线工作的经验。不要把下农村搞扶贫工作看作领导不重用，是自己没本事，不会办事的人。恰恰相反，是因为你有当干部这块料的潜在能力，有谋事担当的责任心，领导才把你放到这个重要位置，让你下来农村负责扶贫工作，体验农村生活，将来好把你推到重要位置让你独当一面，施展你的所长。你要相信自己的能力、实力，相信党对你的信任，把扶贫工作当作自己的家事来认真做，认真管，是金子总会有发光的那一天。你回去好好哄哄她，女孩是需要哄的，特别是现在的女孩，一天不哄就有怨言，更何况你从下来农村就没有回过市里，有些冷落了人家。"一番话说得赵福贵默许了，给杨春生也上了一堂课。年轻人嘛！有点浮躁，吃不行苦，不愿干脏活累活，爱面子，爱干净，喜欢清闲。下来农村搞扶贫工作认为脸上没面子，别人看不起自己，抵触情绪很重。

赵福贵、杨春生听着李局的呼噜声，一点也没有睡意，不是没有睡意，是睡不着。刚才李局的一席话，触动了他俩的中枢神经，各自想着心事。赵福贵想着李局的话与脑海里翻滚着贫困户家境的画面交织在一起，心底很不是个滋味，问自己到这里是干什么来？就是来住住农家屋，睡睡农家炕，吃吃农家饭，看看农村事吗？还是就是那位白胡须老人说的是来农村镀镀金，拍拍屁股升迁走人？单位领导让我来是让我来扶贫的，是让我来为贫困村贫困户找出路谋福祉的。那我就必须对得起单位领导对我的器重，党对我的信任，把全部精力都用在脱贫攻坚路上，好好干工作，踏踏实实干事，尽自己所能为村民出谋划策想办法，争取早日让他们脱了贫，让他们早日过上幸福生活。想到这，他忽然有所开朗，把心中杂念排除，心想，一定要深深地扎在这片黄土地上，全村不脱贫自己就不走！

杨春生这时眼闭着，其实和睁着一样，睡不着，李局的一席话同样也对他有所启发。王和垴村的所见所闻，都像过电一样在脑海中浮现，自己从小都是饭来张口，衣来伸手，在父母娇惯中长大，没有吃过苦，受过罪，像掉在蜜罐里那糖永远都吃不完。没想到，来到这里，才知道想吃糖只有在蜜罐里才能吃到，蜜罐外就不一定能吃到，甚至根本就没有。像这种封闭的与外界几乎隔绝的村全国各地还有不少，他们生活条件很苦，衣不裹体，肚子吃不饱，住在危房下，随时都有生命危险，看了让人落泪，让人可怜，党让我们来干吗？党不是让我们下来农村走走看看，不是让我们下来农村体验生活，不是让我们下来农村只是搞视察。我是一名共产党员，单位派我下来农村搞扶贫工作，是领导对我的器重，是党对我的信任。我一定要正视自己，摆正位置，一心向党，心中装着扶贫工作，装着贫困村的农民，为他们想办法出主意，规划脱贫措施，走准脱贫路子，早日脱贫。

此刻，月亮挂上中天，王茂才与他老婆还没有睡，一直在说话。月亮照得屋里亮堂堂的，王茂才脸上的表情都被老婆看得一清二楚。“你们这几天不是走访，就是找农户谈心，要不就是开会，一早到晚忙活得不落脚，也不知闹成甚了？”王茂才的老婆与他拉了一夜扯淡话，这时不知怎么突然问起脱贫的事来，王茂才“哼”了一声说：“有点眉目了。”

她推了他一下，说：“怎么搞？你给我说说。”

王茂才打了个呵欠，说：“虽然有了点眉目，可真搞起来，困难可还真不少。”

“困难是人克服的，没困难，那还叫扶贫？就是因为咱村穷，县委、县政府才把咱村列为重点贫困村。”

“难呀！虽然经过大会小会无数次研究讨论，也不知吵闹了多少次，才确定下来这扶贫攻坚实施方案。可真要干，难。”

“按照方案办就行，你发愁甚？”

“不是你说的那么简单。方案是摆在桌面上的文字东西，具体承办起来就不是那么回事了。”

“有什么难？召集村民干就行，就当是又回到农业学大寨那个时代。大张旗鼓搞起来，热闹场面闹腾起来，一个字‘干’。”

“时代不同了，再说全村年轻人都外出打工，留在村里的都是些老弱病残的，怎么搞？”

“你不要笑看这些老弱病残的，老公鸡还有二两力，为了共同目的，我就不信搞不起来。”

“家底不行，搞什么都难。”

“家底不行，不假，可人没有了精气神更不行。行不行，你这领头人不能泄气，要有自信、魄力，况且还有扶贫工作队，第一书记，乡政府，县委、县政府作为后盾在支持你，怕什么？鼓足勇气，坚定信心，放开胆子干吧！”

“无论干什么都得花钱，钱从哪里来？光钱就快把人给憋死呀！还怎么干？”

“这么大人了，咋就让尿给憋死了呢？如果什么事都非等有了钱再办，那要等到什么时候？等到黄花菜凉了再办，那我们村牛年马月才能脱了贫，才能过上像城里人那样的生活？”

“不是你说的那样。”

“不是那样是哪样？这么多年的夫妻，我还不知道你这个人，遇什么事都是火急火燎，就不能坐下来慢慢思考，细心梳理，放开胆子好好干上一回。遇到困难，要积极面对。总是瞻前顾后，怕这怕那，患得患失，什么也干不成。非常时期，要有非常时期的胆色，带领全村人打赢这场脱贫攻坚战。”

“道理我都懂。不是我胆小，不是我患得患失，瞻前顾后，是咱村情况复杂，问题多，又突出，脱贫工作难度大。”

“再难的事，也都是人办的。唐僧师徒西天取经所经九九八十一难后，最终还是取回了真经。我就不信，这脱贫工作比唐僧师徒西天取经还难？

你蒙上被子好好想想吧！要不，你就把村主任、书记给放下，让别人上，不要占着茅坑不拉屎。”

王茂才不语，老婆说的话在脑海里像心电图一样缓慢地流淌，每一句话都带着刺扎向心坎里，感觉很是不舒服、不好受，经过一番思索回味觉得老婆的话有几分道理。什么事都在人为，面对困难要迎难而上。作为共产党员的我，不能退缩，不能怕担事，要对得起共产党员的身份，对得起村主任和书记的这份职责，勇挑重担，扑下身子，带领全村村民迎难而上抓扶贫，一心一意搞发展，户户有项目，村里有产业。一定要把扶贫工作搞上去，让村民早日尝到幸福的甜头，早日摘掉贫困村的帽子。想到这，心头顿时亮堂了，眉头舒展了，用手往上拖了拖被子，睡哇！院里响起了公鸡的打鸣声。哎，又是一夜，还未睡，天就明了。

七　干吧

说干就干，不能等，不能站，要大张旗鼓地干，热火朝天地干，王和垴村沸腾了！在村主任的带领下，各小组组长的负责下，全村动起来了，鲜艳的红旗飘起来，鲜明的标语上了墙，行动的口号喊出来了：我们必须苦干、实干、加油干，好日子是干出来的。好光景是受出来的。空谈误国，实干兴邦。——摘自某市委书记2017年新春贺词。

王茂才站在村委院里的破旧戏台上说：今天，把大家召集来主要是说一说咱村脱贫这个事。我们原本不计划开会，也就没有准备什么。近来，我好几黑来得脑里老想着咱村脱贫这个事睡不着，翻来覆去觉得得给大家说说，心里才能踏实，大家也能了解一下咱村脱贫工作的计划情况，心中也有个底数。我说话没准，说到哪算哪。村支“两委”针对咱村实际情况，根据这次脱贫攻坚任务，以及各贫困户的实际情况，经过多次大会小会研究讨论，制定出一套比较切合我村实际的脱贫攻坚实施方案。咱村整体条件差，困难多，实施起来不容易，2018 年全村脱贫更是困难重重，可我们没有选择，国家要求也不允许我们选择。其实，国家政策对我们很有利，是我们全村翻身的好机会。俗话说，过了这个村，再没这个店。我们一定要抓住这次机会，把握好这次机遇，全村团结起来，向一个目标发展、发力，那就是打好脱贫攻坚这一硬仗。我们要弘扬当年“农业学大寨”的精神，现在学习“右玉”精神，有力出力，有甚出甚，人人动手，齐心协力，就不信咱村脱不了贫，摘不掉贫困村的帽子。有人在会场发问：那我们如何脱贫？拿什么脱贫？让我们干什么？为了咱村早日脱了贫，过上好生活，都愿意跟着你干，你让干啥就干啥。全村村民情绪高涨，只要是为了村里发展的事，人人表态愿意干！当年打日本小鬼子都不怕，还怕这？这有什么难？再怎么难，它总没有当年打小日本鬼子那么艰苦困难吧？那时候要甚没甚，就几杆破枪，吃点小米饭，都能把日本鬼子给打跑了。我们今天，再穷也比那时候富裕，比那时候条件好，为了让我们过上更加美好的生活，我们干，大不了就当是把一年时间给义务了。有人说：我们当年大炼钢铁，修水库，那不都是义务嘛！这点事，算个屁。干吧！只要村支“两委”团结一致，鼓足勇气，铆足劲儿，撸起袖子加油干，非要干出个名堂，我们也不是软蛋，不要看我们老了，可精气神还在，更何况这是为我们子孙后代造福，为我们后代打基础。这样的好事，我们不干谁干？

王茂才听着村民的议论，脸上舒展了，脸皮也不再绷得那么紧了，露出灿烂的笑脸说：大家有信心，我们村支“两委”班子更有信心；大家有决心，我们村支“两委”更有魄力！我们一定要团结一致抓脱贫工作，带领大家走出贫困，走上幸福的生活道路。摘掉贫困村帽子，仅仅三年时间，三年时间任务重，困难不少，需要全村人形成合力，拧成一股劲，面对困难迎难而上，不退缩。我们计划先从修路、移民搬迁、危房改造开始下手，贫困户养殖、种植业着手抓起，积极筹划村办产业，争取早日进入顺利发展轨道，努力实现咱村制定的“一年见成效，二年大变样，三年全脱贫”

的奋斗目标。村民们说：修路的钱，哪里来？我们种什么？养什么？一连串的问题在会场的上空飞扬，又一次的沸腾，把大会推向了高潮。王茂才把他们这些顾虑、想法统统都提前想到了，要不好几黑来没合眼干什么？他说，没钱不怕，有咱工作队队长李双喜和第一书记赵福贵，他们已经去县里、市里给咱村跑“四好公路”建设资金。“四好公路”建设，是今年中央提出的一项民生工程，正好我们赶上。他们还给咱村跑养殖、种植业等，只要有利于农村发展的政策，相关发展的好项目，他们都在积极给咱村跑，给咱村争取，咱就等他们的好信息吧！但是，我们却不能闲着，要先动起来，积极投入修路大潮。俗话说，肥水不流外人田。等钱一到位，给大家发工资，咱们家的路咱们自己来修，咱们家的钱咱们自己来挣，不能让外头人都挣了。你们说是不是？会场顿时又一次沸腾了。村民们高兴地说：在家门口就能挣到钱，这是好事，我们跟村支“两委”领导班子干定了。

王茂才又说：凡是危房户尽快写出申请交给李会计，愿意种植、养殖户也要尽快报村委登记。咱村工作队李队长和队员春生专门负责跑危房改造、贫困户指标。一旦落实了就动手开工建设，不能等，不能等到汛期来了再动工就晚了。有些事要同步进行，逐项落实，我们村支“两委”领导班子人人肩上有担子，个个头上有责任，谁负责谁落实，一抓到底。咱这次不搞一锅粥，谁喝谁算，谁搅谁乱，到最后谁也不管，谁也不担责任，弄得一塌糊涂，抓不起来也铲不起，那就麻烦了。而是分工明确，责任到人，同为一个目标，咬定青山不放松，打好脱贫攻坚这一硬仗。让全村人真正过上富裕的生活，走出贫困的阴影。为了人身安全问题，咱划定参加修路的劳动人员范围，男 70 岁以上 18 岁以下的，有残疾、智力障碍的不要；女 65 以上 18 岁以下的，有怀孕在身的，家里孩子还小的，家有重病人离不开人照顾的不要。

会散了，村民们高兴地各自回家收拾工具，准备开工修路。

一阵鞭炮齐鸣，烟雾腾空，开工修路的场面沸腾了！王和垴村的村民动起来了，再也不是沉睡的羔羊，再也不是睡不醒的狮子，脱贫攻坚的响雷震响了沉睡多年的皮鼓，咚咚咚的鼓声催动了村民开放的意识。热闹非凡的修路场面，飘起了鲜艳的旗帜，挂起了红红的标语。俗话说，要想富，先修路。村与村之间路不通，何谈脱贫经？路通了，人的视野才能开阔了，外面的新鲜事物才能引进来，村里的农产品才能送出去。只有搞活了农村经济，山村才能飞出金凤凰，村民才能露出笑脸儿来。

扶贫工作队队长李双喜，一回到县城就马不停蹄地往县委、县政府跑，往县里扶贫办、残联、农商行等相关单位跑，一趟、二趟、三趟地跑，几天下来，满嘴都起了火泡，喉咙肿了，鼻子疼了，连他爱人看着都心疼了，说："你好好的局长不当，整天跑来跑去，不知瞎忙个啥？回来这几天，就没有好好的在家里吃顿饭，连孩子过生日都不能回家来吃，也不知你忙出了个结果没？"

李双喜笑笑说："功夫不负有心人，没有结果，那这几天不白跑了？再等两天，就都办妥了。""办妥了就好，快在家好好歇歇哇。"

"歇不成。办妥了，我就下去。"

"甚呀！你又要走。这才回来几天？"

"乡亲们都在等我呢！"

"等你！倒怕不是乡亲们在等你哇？是不是被什么狐狸精给勾住了？阴魂不散。"

"看你把我说成甚。我这是去扶贫，不是去游山玩水，消闲度假。"

"我看，你就是被什么狐狸精给迷住了，不想在家里陪我们。"

"快别瞎说，让外人听了笑话。扶贫工作，是中央决定的一项惠民国策，是实现中国梦的一项重大举措。习近平总书记说，群众富不富，关键看干部。村民富了，村庄美了，村风好了，小康社会就基本实现了。作为工作队队长的我，我不带头干，谁来带头干；我不沉下去，谁来沉下去？只有沉下去，带头干，整村脱贫才有希望。如王和堖村脱不了贫，我就走不了，就得长期住在王和恼村搞脱贫。甚至，党还会追究我的责任，是我的失职、渎职，不作为造成的，到时哭爹都作不住调来。”

“不会这么严重哇?”

“你以为党纪国法会与你开玩笑吗?你就不看看国家政策，了解一下国家形势，年代不同了，干部不好当了，不能再像以前那样坐在办公室，看看报，喝喝茶，说说话，中午下馆子喝口，下午办公室床上一躺，一天就过去了。”

一席话说的爱人哑口无言，起身做饭去了。

八　鼓舞

李双喜带上杨春生向王和垴村赶，车轮飞转行驶，公路两旁的杨树被一一甩在车后，一路上他哼着小曲很是兴奋。

他们一进村就看见村民们正在热火朝天地修路，他们刨的刨，铲的铲，拉的拉，干得都很带劲。工地上挂着“苦干、实干、加油干，干劲十足；你富、我富、全村富，富得流油”“向贫困宣战，向困难宣战，一起动手创造幸福美好生活”“脱贫不等不靠，致富敢闯敢冒”“扶贫开发铺富路，幸福乡村惠民生”的标语。一面面红旗迎风飘扬，更加衬托出整个工地气氛高涨，热闹非凡。李双喜一下车，村民们就围了上来，一声声喊“李队长回来了”。亲切的话语，一下子触动了他的心灵，一下子拉近了与乡亲们之间的亲切感，不由心生感慨，这么好的村民，为什么就致贫了呢?这么好的淳朴民风，为什么就观念落后了呢?不帮他们脱贫于心何忍?就凭这，一定要沉下心来，住下来，与乡亲们滚战在一起，同甘共苦，战天斗地，走出苦日子，走上幸福路。才不枉来此村扶贫一场。

李双喜被他们包围着，似乎有点出不上气来。张贵发拨开人群凑到他面前问：“李队长，事情都办好了吗?”

李双喜高兴地说："老张，一切顺利。我给大伙说两个好消息。"顿时，整个工地鸦雀无声都在静静地听李队长说。"这次回县城给咱村跑的几件事都很顺利，光修路资金就争取到160多万元；二是咱村脱贫攻坚由县委书记亲自负责。"

"是吗？"王茂才疑惑地问。"县委昨天开会刚决定的，咱村在全县是重点贫困村之一，又有着红色基因的，省委、省政府都十分重视，可想县委、县政府能不重视吗？一切优惠政策都会向咱村倾斜。我们一定要把握好这次机会，利用好优惠的政策，抓好扶贫工作，在扶贫路上一户也不能让拉下！"

村民们听了这好消息议论纷纷：共产党就是好，管你吃管你住，还要管你快致富。咱们一定要直起腰杆来，积极响应国家政策，开展好扶贫工作。况且县委书记又亲自抓咱村扶贫工作，这真是千载难逢的好机会。是啊！从来没有那位县领导来过问咱村的情况，村民的生活疾苦。咱村太穷了，谁也不想来，这下好了，有咱县的父母官来亲自抓，不愁扶贫工作搞不上去，不愁咱村摘不掉贫困村的帽子。

李双喜听着村民们的议论，心里也十分高兴，随手在工地上捡起一把铁锹干了起来。王茂才对他说："李队长，你不用动，让李会计领你去村委喝口水歇歇吧！"

"不用，我下来就是来劳动的，不是来坐的，村民们都在动，我咋能歇呢？"李双喜边干活边说。

王茂才说："你不能跟我们一样，你是干部，干部咋能干这活计？你只要给我们领好路，把好舵就行。这活计就让我们来干。"王茂才说着话就去夺李队长的铁锹。

李双喜把他的手扒拉开，说："干部也是人，干部咋就不能干活？与乡亲们在一起干活痛快带劲。我们常坐办公室很少活动，需要这种机会来活动活动筋骨。"

王茂才见拿不掉李队长手中的铁锹，就说："你来我们村辛苦了，第一次进村一住就是十几天，跑村庄、走梯田、入农户、开大会，晚上还要熬夜定计划，就没有好好歇一歇；回县里也没有消停过，给咱村跑资金、跑项目忙碌了好几天，这刚进村还没歇歇就又动上了。"

李双喜边动边说："王主任，咱一家人不说两家话。我自从进了这个村，就是这个村的一员，王和垴村就是我的第二故乡。你们吃啥我吃啥，你们干啥我干啥，不要把我当干部来看待，把我看作王和垴村的一名村民就行，随后我把组织关系也转下来，住下就不走了，甚时全村脱了贫，我甚时走。"

他这一番话传进了村民的耳朵里。村民们异口同声地说："李队长，欢迎您与我们在一起干活，欢迎您来我们村扎根！现在很少有你这肯吃苦的好干部了！"

李双喜微笑着说："可不敢夸我，一夸我就没形了，不知自己姓甚了。作为一名共产党的干部，要对得起自己的身份，多为民着想，多为民谋利，多办一些实事情。不要总摆官架子，下来走走看看，媒体上露露脸，应付一下就算完事，那就不配做共产党的干部。"

王茂才听了李队长的话，深感自己心中有愧，很不配当村主任这份职责，况且还是村支"两委"一肩挑。党性觉悟不高，思想观念陈旧，进取意识不强，有得过且过、稳住村民不闹事、维持现状不出事的落后观念。一定要端正思想，像李队长学习，带领村民好好干，加油干，想尽一切办法为村民找出路、谋发展。特别是贫困户，更要多投精力、花大力气抓好养殖、种植业的发展，积极争取光伏、电商等助力推动全村尽快走出贫困。想到这，就对李队长说："那我就不管你了，你随便吧！"说罢，他也走进人群拿起铁锹往三轮车里装土。

太阳很毒，没有一丝凉风，在太阳的暴晒下，酷热非常，劳动的场面很热闹，人们说的说，笑的笑，与铁锹的碰撞声交织在一起，奏响了一首村民欢畅的幸福乐章。“圪蹴”坐在三轮车驾驶座位上跷着二郎腿，嘴里叼着烟，看上去有点傲慢不驯的样子。他的一举一动都被张鹏举看在眼里，一上午了，他不是坐在树底下乘凉，就是钻在妇女堆里说话，不好好劳动。张鹏举上前对他说：“张大爷，你身体不舒服吗？”“你，你问我啊？”

“是。”

“没有。我身体结实呢！”

“那就好。”

“咋啦？你问我这？”

“没什么？”

“你这是甚意思？”

“没啥意思！”

“哎！你问我这是啥意思吗？”他推了张鹏举一下。

“下午，你就在家歇的哇！不用来了。”

“为什么？”

“我看你吃不了这份苦。”

“谁吃不了这苦，当年为国家修水库还得过奖呢！还怕这？”

“当年是当年，现在是现在。”

未等他说完，“圪蹴”就抢话说：“咋？当年你还不知在谁肚里呢？你个毛头小子倒来找我的茬。”

“大爷，不是我找你的茬。我看你年纪大了，吃不了这份苦。我们给你发工资，不是让你尽义务。”

“这么说，你嫌我不中用，撵老汉走是吧？我要不走呢？”

“不走，行！那你得好好劳动。”

“我咋没那好好动来，你看，我不也是浑身是土？”

……

他们的吵闹声，把男男女女都吸引了过来，“这是怎么了？动得好好的，咋就吵起来了？”张贵发边说边拖拽“圪蹴”。经过他一番劝说才都散了。这一切都被李双喜看见了，心想，“圪蹴”在这么多人面前唱的是哪一出？他看上去不像是个捣蛋的老头。收工时，李双喜与他走在一起，一边走一边拉着家常话。还时不时地给他传输国家政策，精准扶贫知识，他们谈得很融洽。

“老张，你为什么叫‘张圪蹴’？”李双喜问。

“张圪蹴”咧着嘴笑嘻嘻地说：“我真名不叫‘圪蹴’，叫张奎。我喜欢圪蹴着做事，无论在饭场上吃饭，还是在其他场合我总是圪蹴，又因我个子不高。”

“村里人就都叫你‘圪蹴’？”李双喜说。

“这一叫就是几十年，连村里小孩们都这么叫。”“张圪蹴”说。

李双喜风趣地说：“看来，你在王和垴村还是个人物。”

“张圪蹴”看了一下李队长，说：“李队长，这说哪里话来？让你笑话了，我那能算是个人物，就是个普普通通的老农民，一辈子与土坷垃打交道，只会种个地，其他什么也不会。”

“听说你种地是个好把式，在生产队那会常拿奖，是吗？”

李双喜说罢，他点了点头，说：“说起生产队那个时候，我还是生产队队长呢！每天招呼社员们上地、分任务，晚上计工分，一天下来浑身没哪一处不疼，睡在炕上像个活死人。”

“看来，你还真是个人物。”

“好汉不提当年勇。那是什么年代？现在是什么年代？老了，不中用了，可不能与那会比呀！”

“让我看，你一点也不比当年差。老是老，精神可不老。现在国家政策这么好，有好多优惠政策都是针对农村的。”

“国家政策好是好，可再优惠的政策咱也沾不上边，照样擦身而过，只能是看一看，瞧一瞧。”

“老张，你这话说得我可不赞同。什么事都不能光看一面就下结论。每件事情都要从多个方面多个角度来分析考虑。我知道你没有纳入贫困户心中有怨气。”

“我没有。”

“老张，你有怨气，这很正常，我们都理解。进贫困户不是你我说了就算的，也不是任何一个人说了就算的，按照国家精准扶贫政策规定有‘八不进’要求，从中央到地方多次会议强调要严格按照‘八不进’原则进行甄别贫困户，我们谁也不敢违背这个原则随意塞进一户。”

“张圪蹴”听着，默默地没有吭声。

李双喜向他跟前凑了凑，把嘴伏在他耳边压地声音说：“你的事，我这次回县里办事曾向有关领导提起过，都说你的情况有点特殊，但不符合条件，都不敢开这个口。”

“张圪蹴”听了这话，心里咯噔了一下，想，李队长这人不错，就咱这点屁事他都上心在意，去给咱跑，虽然没有办成，但他尽心尽力了。我这个老顽固却在给他找麻烦，想想，感觉很不是个滋味。想到这，他对李双喜说：“李队长，我知道了，你们也难，面对的是全村百姓，不光是我一户。”

李双喜拍拍他肩膀轻轻地说：“老张，你想通了吧？这不是你一户的问题，全村人都在看我们。”

“想通了，李队长。”“张圪蹴”很爽快地说。李双喜露出笑脸说：“你能理解，支持我们工作，我很感谢。以后要多多支持我们工作啊！”

“那是一定的。”

说着话，“张圪蹴”已该与李双喜分道了，说：“李队长去我家吃吧！”李双喜摆摆手，说：“不啦！王主任都安排好了，改天吧。”

“那好，改天去我家，我让我老伴给你做稀罕饭吃吃。”

“行，你快回哇，别让老伴等急了。”

李双喜看着“圪蹴”沿着小道进了小胡同，拐过弯看不见了，摇了摇头，叹了一口气，自语道，总算解决了一个难缠户。

九　感动

“老董在家吗？”李双喜刚要跨进董志书家的院门，杨春生就喊上了。

“在。”董志书话音刚落，就见李双喜与杨春生一前一后走了进来，此刻，他正蹲在草背后大便完准备起来。

李双喜与杨春生跨进董志书家院门听见有人回应却不见人影。“不是见鬼了吧？明明听见有人在院里应承咋不见人？”杨春生说道。

“大白天的，哪有鬼，别瞎说。”李双喜把杨春生的臭嘴给堵了回去。喊道：“老董，我们来看你来了。”

董志书犹豫了一下，回答道：“李队长来了，我在。”

李双喜很纳闷，环顾四周一眼，满院长的都是一人高的杂草，却不见个人影，人哪里去了？“不用找了，我在这里。”

“你在哪里？”

“就在你跟前呀！”

李双喜与杨春生听声音低头看，什么也没有发现，这是见鬼了吗？心里想着，出了一身冷汗，不会真遇见鬼了吧！杨春生向后一转身，“呀”了一声，李双喜问：“咋了？”

董志书心想，这下可坏了，便赶紧回道：“吓着你们了吧！不好意思，我正在大便呢。”

“老董，你这下可真把我吓着了，差点丢了魂。”杨春生说。

“我不是故意的。”董志书有点尴尬地说。

李双喜这时笑笑说：“人吓人可真能吓死人，老董啊！你院里这草也太高了，咋不挽了些？看，我们给你带来什么了？”

"残疾轮椅?"老董脸上露出了喜气兴奋地说。

杨春生把折叠的轮椅展开，对老董说："来，试试。"

老董看着轮椅呆呆地没动，此刻心里很激动也很高兴，一股一股暖流向心口涌来，喜悦的眼泪顺腮而流。他不敢相信眼前的一切，他不敢相信自己能坐上轮椅，可事实就摆在面前，这一天来了，来得突然，来得太快，他揉了揉眼睛，瞪着轮椅看，有点怀疑自己的眼睛，是不是有毛病了，是不是眼睛出现了幻觉，用左手狠狠地掐了一下圪腮，疼；又用右手狠狠地掐了一下大腿，疼，这不是幻觉，眼睛也没有毛病，是李队长他们给我弄来了轮椅。我这是修来那辈子的福气?快入土的人还能坐上轮椅。

"快，试试老董，别愣了。"李双喜的话打断了他的思路。

老董又揉了揉眼睛，说："我试试。"

李双喜去抱他，他伸手推着不让，要自己来。只见老董双手托住轮椅的两边横框，顿时，整个身子就起了空，然后，他一个麻利的转身就坐在了轮椅上，两手拔着轮椅的车轮，轮椅动了，老董掩不住脸部的喜悦被李双喜看在眼里。他说："怎么样?老董。"

老董咧嘴笑笑，说："不错，以后我去哪里就方便了，这得感谢李队长了。"

李双喜忙说："不用感谢我，要感谢就感谢共产党，这是我在县残联给你申请的。"

"不，我得感谢李队长，要不是你出面给我申请，我还不知牛年马月才能享受到坐轮椅的机会，恐怕到了阴间也坐不上。"

"看你说的这话有多消极，不是你想的那样。"

"李队长，不是我思想消极，真没有人去给我申请。我知道国家对我们这些残疾人有好多优惠的政策，却享受不上。像我这，行动不方便，信息又不灵通，出一次门那比登天还难，何谈到县残联申请轮椅了。在村里，谁也见不得我们这种人。没人愿管我们的死活。说不好听的话，恨不得让我们这种人快些从这个村里永远消失，减轻些村里的负担和麻烦。”他一边说一边用衣袖擦着腮帮上的眼泪。

“老董，想开些。不要想那么多，开心过好每一天比什么都强。”说罢从衣兜里掏出一个黄手环，说：“老董，还给你弟弟领了一个手环。让他戴在手上，手环上有二维码，别人用手机一扫就知道他是谁，哪里人，以后就不怕走丢了。”

老董接过李双喜手中的黄手环，激动地说：“李队长，你真是个大好人，有心人。”瞬时，热泪又顺腮流了下来。

杨春生看见他们谈得很投缘，心里很是开心，一个转念弯腰挽起草来。

董志书不知怎么看见杨春生在挽草，就说：“小杨，你不用管，等我慢慢挽哇！”

“就让他挽哇，挽了些，院里就整齐了，你坐在轮椅上行动也就方便了。”说罢，李双喜也弯下腰开始挽草。

董志书知道，院里到处都是大便，一不小心就有可能踩一脚大便，咋能让他们给咱挽草呢？说：“李队长，小杨，你俩歇歇哇！不用管，等我哥哥回来了我让他挽。下次，你俩再来院里就都利索了。”

“一会儿就挽完了，挽完了，我俩再歇。”李双喜说。

董志书见说不动他俩，也没办法，谁让自己行动不方便呢？只好依着他俩。

李双喜一边挽草一边与老董说话，说：“老董，你家这房可不敢再住了，得搬迁。一进入汛期，危险。”“我也想搬，好多原因不允许我搬。”

“不用想那么多，搬了再说。”

“那……好多问题解决不了，搬过去怎么生活？”

“有什么问题？你说说看。”

“李队长，现在我也不怕你笑话，你看看我弟兄俩的家境……搬家那可不是说一句话的事那么简单。”

“老董，我知道你想什么。这事包在我身上。”

“不能再麻烦你李队长了。”

“你的事，就是我的事。这事我管定了。我们负责给你收拾，你只管搬进去住就行。”

“可……”

“你不用说了老董。我知道你想说什么？这一切我们都想到了，也早就给你计划好了，在新居院里盖些鸡窝，你弟兄俩搬过去，养上几十只鸡，再加上政府发的低保金、救助款和一些优惠政策的扶持，我想你兄弟俩生活就该不用发愁了，放宽心活哇！”

董志书真不敢想，这么些好事像从天上掉下来的，来得那么突然，老天爷开眼了，看着我弟兄俩恓惶，看着我弟兄俩生活拮据，派下了神仙吗？不想让我们饿死，不想让我们裸体。共产党好啊！共产党很体贴民情。对李队长说：“你们为我弟兄俩想得真周到，什么都想到了，我弟兄俩真不知该怎么感谢你，感谢共产党。”

“脱贫攻坚，这次中央动真格了，决不能落下一户一个人。你要相信党，相信政府。鼓起勇气，勇敢面对困难，好好生活享受当下，这才是活人的最终目标。”

“李队长，我听你的。以后再不会有消极思想，我要挺直腰板好好过活，享受国家赐予我兄弟俩的好生活。”

“现在祖国富裕了，蒸蒸日上飞速前行，开开眼界也是一种享受，何况小康社会离我们越来越近，多活一天多一天享受，多活一天就是多一天福气。”

“是啊！看看这花花绿绿的社会也是一种享受。”

“人无论怎么活法都要学会乐观，用积极向上的姿态面对生活，面对一切困难。其实，人活着就是一种享受，就是一种福气。”

“李队长，你说的这些我不懂。老百姓有句古话说得好：好死不如赖活着。再也不能因为身残，思想观念就一直堕落不前；再也不能因为自理能力差，一切活计就懒得去收拾；再也不能因为家境条件不好，我弟兄俩的生活水平就降低；再也不能因为村里人瞧不起我弟兄俩，就自己作践自己。从此，我弟兄俩要好好地活，争取活出个人样让他们看看，看看我董志书又回来了，也学会生活了，也学会享受生活了。”

李双喜听着老董的话很感动，也很同情，说：“活人，咱就要活出个人样来，让他们瞧瞧，咱不比他们差，身残，咱脑不残。在共产党的扶持下，生活质量一定活得不比他们差。”

他俩说着话，可手头的活计却没有拉下。院里的草很快就挽完了，一会儿工夫，院里被收拾得干干净净，整整齐齐。他俩从老董家出来，把这次申请到的黄手环、孤儿证等一一都给贫困户送去。

十　拜拜

“赵福贵回来了，不敢认了，简直就跟非洲人一个模子脱出来的一样黑不溜秋的。”

李玲玲一进门就听见同事们在说，她问：“你们在哪里见来？”

他们一看是李玲玲就都散了，回到各自的办公桌前干起手头事情来。李玲玲是市农业局副局长的独生女儿，在父母的娇惯下长大，从来没有受过什么委屈，一路走来都很顺，大学一毕业就被分配到市农业局人事科工作。由于父亲是副局长，李玲玲在局里遇事目空一切，满不在乎，说话总是直来直去，从不给别人留一点余地。全局人都看不惯她的做法，谁见了都躲着她走。她与赵福贵的事，在局里早已传得沸沸扬扬，成了局里的桃色新闻。

同事们在背后议论，说她一点都不检点，早就跟赵福贵上过床了，好像还是她主动的。近来，赵福贵下乡扶贫一走就是十几天见不上面，她生气了。现在的年轻人都这样，三天不见面就要孩子脾气。

赵福贵一回市局就去向局领导汇报在扶贫村这十几天的工作开展情况，以及这次回来需要跑的项目和遇到的困难等事。局领导很支持他的工作，让他放开手脚干，该跑的项目抓紧跑，该办的手续抓紧办，需要局领导出面解决的事局领导出面解决。另外还交代他，在下面当第一书记要与村民打成一片，多与村民谈心，多了解村民的心愿，多为村民办实事，办些长远有益的事。村里的事千头万绪比较复杂，不像单位里的事那么单一，遇事要多动脑筋多想办法，多与村主任、扶贫工作队商量沟通，磨炼上一段时间就会干了，什么事都是事在人为，没有迈不过的坎，没有办不成的事。

赵福贵听着局长的嘱咐连连点头。他从局长室出来，径直向人事科办公室走去，快到门口犹豫了一下，心想，如果李玲玲不搭理我，面对同事们那多尴尬？还是算了吧！在人事科门口一闪而过。

李玲玲此刻心里很烦躁，什么事也做不在以上。一转脸见门口有个人影一闪而过，感觉像赵福贵，就离开座位快步走出办公室，四下看看没发现有什么人，怀疑自己是不是看错了，跑到楼尽头也没有发现赵福贵的身影，喊了几声赵福贵也没有回音。她失望地往回走，一眼瞅见了好友张爱玲。远远的就问：“爱玲，你与男友不是旅游去了吗？怎这么快就回来了？”

张爱玲有点不高兴地说：“局领导打电话说有事，让赶紧回来。”

李玲玲强露笑容说：“没玩好吧？”

“可不是嘛！我们在上海玩得正高兴呢！一个电话给搅了局。”

“你这是去哪呀？”

“找你呗！你办公室同志说你刚出去。这是干啥来？”

“没干啥。”

“不像，看你这表情肯定有事情，老实交代哇你！”

“我能有什么事？”

“不是赵福贵惹你了哇！看你挖得个脸。”

“别胡说，人都见不上，他怎么惹我？”李玲玲微带气地说。

张爱玲惊讶地说：“不是哇！我上班时还见他去了局长办公室。咋？没来找你？是不是你俩闹别扭了？走，去我办公室，咱俩好好聊聊。走了这些天没与你说说话怪不舒服呢！”

张爱玲一走进办公室就对她说：“正好，他们都外出办事了，这里就咱俩，快给我说说你与赵福贵最近发生什么事了。看着你那样子，我也难受。”

李玲玲说：“我俩的事一时说不清楚。”

“到底怎么了？我走时你俩还好好的。他是不是欺负你了，下了班我去找他给你出气。”

“你不用去，我与他分手了。”

张爱玲不解地问：“为什么？”

“我也说不上来为什么？”

“赵福贵这个人太实在，厚道，不会哄女孩，特别是你这种女孩。”

“我这种女孩怎么了？”

“你这种女孩霸道、娇惯。”

“看你，把我说得……”

“我说得不对吗？”

李玲玲陷入了深思，没有回答她的话。

张爱玲见她发怔，就说：“玲玲，你是不是要求太高，把‘四只眼’给吓跑了？”

李玲玲“啊”了一声，说：“别人说我，我能理解，你咋也这么说？我家这条件还用要求他做啥？他能有我这样的女朋友是他的福气，整个人都掉蜜罐罐里了还不满足。我没有过高要求他做什么，我就是想让他带我出去玩玩，哪怕就是出去吃个饭，看看电影什么的都行。不等我说，他就立马回绝了我，说什么扶贫工作忙，走不了。扶贫工作重要，女朋友不重要？

就让他一辈子在乡下搞扶贫吧!”

张爱玲听了，也有同感地说：“赵福贵真是个榆木疙瘩，老实得不能再老实了，下乡当第一书记有那么重要吗？还真拿豆包当干粮了。也不照照镜子看看自己是不是当第一书记的料，谁不是下去应付一下，镀镀金找个机会爬上一个台阶就算了，那么认真干吗？他可真还把自己当人物了。是该惩罚他一下了。”

李玲玲没有吭声。

张爱玲说：“下了班我陪你去找他算账。”

“我不去，我感觉我们不是一路人。”

“咋？你变心了？”

“快别瞎想，赵福贵他这人虽然太实在，不会疼人，但一定是一个好男人，不能错过这个机会。有些事错过了就错过了，世上没有后悔药，对他这种人，你就得主动出击，不能放手。”

“我就是觉得他这人太实在，光知道干工作，不知道疼人，以后我跟了他，怕受不了他这种生活方式。还不如趁早些分手呢。”

张爱玲有点不解地说：“李玲玲，你真要和他分手，想好了吗？”

“想好了。”

“我看你尽说些气话，惩罚一下他就行了，分什么手？”

“我对他够让步的了，总不能时时处处让我给他让步吧？”

“这不算让步，重要的是要找个真心爱你的人，付出些也值得的。”

李玲玲一时无言。

“好啦！不要想那么多。你尽说些气话，不着边缘的话，不想见他了，就冷落冷落他，放他一段时间再说。就像是我们那会一起在广场放风筝一样，该松的时候就松一松，该紧的时候就紧一紧，别老是一个节奏，一成不变就是在变。冷落冷落他也许是好事。”

赵福贵从单位出来没有回家，心里很乱，李双喜和杨春生的话一直在脑海里旋转，就近找了个花店买了一束红玫瑰，在李玲玲回家必经的路旁找了个靠树的排椅上坐下等她。等人，真不是人干的事，特别是等自己好久没见面的恋人，那真叫个心烦意乱，那真叫个心不在焉，时间过得那真叫个慢，坐在排椅上屁股都坐得疼了，也不敢站起来走动走动，生怕错过了李玲玲的身影，一个姿势坐着瞅着每一个过往的行人。

赵福贵瞪着双眼看着眼前走过的每一个人，一直等呀盼呀总不见李玲玲的身影出现，心里更乱，她该回来了，怎还不出现？是不是与别人约会去了，真的不搭理我了，看不起我这个非洲黑人了？一时李玲玲的身影在眼前晃来晃去，每天缠着他不是去吃肯德基，就是让陪她去看电影、逛商场、逛公园，很是开心，在一次看电影时吻了他……不会吧？下意识打开手机看了一下时间，快1点半了，看来李玲玲不回来了。他移步穿过一条街道，走进一家如意面食馆靠窗刚坐下，女服务员端着一个水壶过来，一边给他倒水一边说："请问，你吃什么呀？"

赵福贵犹豫了一下，说："先给我来盘凉拌猪头肉和一瓶玻璃瓶汾酒来。"

"好的，你稍等。"

赵福贵端起水杯喝着苦乔茶水，看着窗外人来人往胡乱想着心事，"请问这里有人吗？"一声清脆甜美的声音打断了他的心事，他听声音转过头来顿时呆住了。李玲玲和她好友张爱玲就站在面前，问他话的正是她的好友张爱玲。

"是你，赵福贵？"张爱玲惊讶地问。

李玲玲突然出现，赵福贵不知该说什么好，随口"哼"了一声，下意识地把桌上的红玫瑰拿起来放在背后，说："没有人，坐吧。"

李玲玲见是赵福贵也很惊讶，一时不知所措，转头就要走，张爱玲手快一把抓住李玲玲的胳膊向下拖了一下，给了她个眼色示意坐下。李玲玲不领情，也不坐。张爱玲此刻夹在中间也很尴尬，一转念给赵福贵使了个眼色，说：“这是怎么了都，不认识了？你们先聊，我去一下洗手间。”说罢，她把李玲玲硬按住坐在赵福贵对面的椅子上，一个人向洗手间走去。

李玲玲被张爱玲硬按住坐下，一时也不好意思站起来走，可他俩谁也不说话，不知该说啥。赵福贵好几次话到嘴边又咽了下去，李玲玲看着他黑不溜秋的脸蛋也是话到口边打了个转就消失了，这还是不是那个白白净净的赵福贵，才下了十几天乡就黑成了这？简直就是非洲黑人一个。长期这样在农村住下去，我可真受不了。同学见了会说我左挑右拣就弄了个黑蛋——非洲人。他俩就这样僵持了好久。女服务员端来酒菜刚要走，赵福贵说：“再拿两套餐具，加两个菜，拿两筒黄梨汁。”“加什么菜？”

“把你们店里拿手的菜来两个就行。”

“好的。”

女服务员刚走，李玲玲憋了好久的气，如同水坝上的水闸门般一下子打开了，溅起了水花朵朵。说：“不错呀，什么时候学会喝酒了？”

赵福贵没有吭气，打开酒瓶倒了一杯，他端起酒杯先喝了一口，说：“这酒不错。”

“不错个屁，我让你喝。”未等赵福贵反应过来，李玲玲已把他倒的那杯酒抢过来摔在地上了，只听“砰”的一声，惊呆了吃饭的人，吃饭的人都向他俩投来了目光。

服务员赶紧跑过来，说：“没伤着人吧？”然后，蹲在地上捡玻璃碎片。

赵福贵仍旧不吭声，李玲玲气不打一处来，说：“你怎不吭声？有什么话你就说呀！别憋着抑着让人猜。”

张爱玲听见“砰”的声响，赶紧从洗手间跑出来，看见地上服务员在捡玻璃碎片，问：“这是怎么了？一会儿的工夫就弄成这，这可是饭店，不是在自己家里。”然后，给赵福贵使了个眼色。

李玲玲一时气愤不平，说：“你就在乡下吧，回来干啥？乡下好，去当你的第一书记吧！”

赵福贵看见张爱玲给他使眼色，说："玲玲，你消消气，有话咱好好说。都是我不对，我不该冷落你。"

"你还知道你有错呀？'四只眼'。一去就是十几天，不把我们的感情当回事。把我扔在一边不问不顾，你心里要是有我，就向局领导申请换人去。不然，咱俩就拜拜。"

赵福贵没想到她会提出这个要求，心里一点准备也没有，真不知玲玲心里是怎么想的？第一书记怎能说不干就不干？王和垴村脱贫攻坚战还没有正式开始，这时候撤回来，别人会怎么想？会怎么看我？面对王和垴村民怎么交代？咋对得起共产党员的身份？以后让我还怎么在单位混？说什么也不能向局领导申请换人。既然挑起第一书记的重任，就要对得起这份职责，不能辜负局领导对自己的器重和信任。我要扎根王和垴村扑下身子认真工作，与村主任带领全村村民走出困境，早日脱贫，摘掉贫困村的帽子。想到这里，他说："玲玲，我不能扔下王和垴村民不管，他们的日子过得很苦，需要我去帮助他们脱贫。"

"呵呵，你倒是有慈悲心肠。我才不管他们苦不苦，我要的是你对我的爱，对我的真心。你就说你回不回来吧？"李玲玲气愤地说。

赵福贵无奈地说："我下乡当第一书记与我们的爱情是两码事。我是爱你的，人虽然在王和垴村，心早就飞回市里了。"左手从背后缓缓拿出玫瑰花双手捧在胸前，说："玲玲，千错万错都是我的错，请你原谅我。"

李玲玲伸出左手一把夺过玫瑰花撕碎仍在地上，说："我才不要你的什么破花，不听你这些假惺惺的话，一句话，你回不回来吧？不回还咱俩就分手。"

张爱玲眼看这俩人对峙上了，赶紧说："看你俩，好好的这是怎么了？怎僵上了？咱不说这了，菜都上来了，拿筷子吃菜。"

"不吃，你先吃哇！爱玲。赵福贵你说，回不回来？"

赵福贵不假思索地说："王和垴村什么时候脱了贫，我什么时候回来。"

“呵！你还真把自己当个人物了，脱不了贫就不回来。不回来是吧？那咱俩就拉倒。走，爱玲。咱去别的地方吃，不稀罕他这。”说罢，她一把拽上张爱玲就走。

张爱玲随着李玲玲边走边说：“可惜了这么些好菜，你俩也真是，好好地说不行，非弄得人家连饭也吃不成。”

赵福贵站在哪儿，看着她俩远去的背影，思想在作着斗争，不知该追还是不追，眨眼之间，李玲玲和张爱玲便消失在街道的人流中。他让服务员又拿来个杯子，倒上酒一个人喝起闷酒来。

十一　醉了

赵福贵几杯酒下肚，人已躺在哪儿了。

桌上的菜一口也没吃，他一个人迷迷糊糊地趴在桌子上，嘴里不停地胡乱说着：“玲玲，你不要走，你不要走，我是爱你的。”一会儿又说：“你为什么要这样对我？我搞扶贫怎么啦？当第一书记怎么啦？我搞扶贫是在为老百姓办好事，是在为老百姓谋福祉。你不要我，我也不要你。”

这时，李敬业出现了。他见赵福贵爬在饭桌上，桌上的酒瓶已空，菜却几乎没动。他推了赵福贵一把没有反应，这是怎么了？怎能喝成这样？自从与赵福贵认识以来还没有见他喝醉过，简直就像是一条死猪不住地哼哼着，便叫来服务员买单打包，随后扶起沉重的赵福贵，提着打包好的菜走出了如意面食馆，摆手打了个的士，一路上赵福贵说着胡话：“玲玲，给……我给你买……买的玫瑰花，好……好看不？什么？不好看，你咋……咋给揉碎了？你不……不爱我了，你爱上别……别人了，嫌我去搞……搞扶贫，嫌我去当……当第一书记。领导对俺说来，让我在下面好好干，一定要把……把扶贫工作搞上去，不能给……给单位丢脸，不能给……给党员丢脸，要对……对得起自己，对得起一名共产党员的身份，把工作干好，把第一书记当好，当好……”

李敬业没有理他，让他胡说了一路，他把赵福贵安置在自己的宿舍，给他泡了一杯茶水，然后上班去了。

李玲玲憋着一肚子气，拖着张爱玲从如意面食馆出来，边走边说：“福贵就是个死脑筋，糊涂蛋，一根筋。”

张爱玲说：“玲玲，你有点过分了，咱说得好好的，整整他就行，不必要把事情弄得这么僵嘛！”

李玲玲停下脚步站在人行道上，对张爱玲说：“怎么？我还不心疼呢？你倒心疼啦？心疼了你去吧，我把他让给你。”

张爱玲略带风趣开玩笑地说：“看你把话说的，你要真不要我可要啦！这么好的货去哪里找，到时你可别后悔啊！”

李玲玲听了她的话，心里顿感有点不好受，不知为什么，好像触动了自己的神经，脸上热热的，背转脸给了张爱玲一个后背，说：“他这死脑筋的人我才不后悔呢！世界这么大，好男人多的是。”“你呀！总爱要点面子。这叫死要面子活受罪。要是我，这样好的货先抢到手再说。”

“你稀罕你去吧！他不在哪儿等着呢？”说罢，她随手推了张爱玲一把。

张爱玲笑呵呵地说：“你呀！就是改不了这张臭嘴。我看呀，你就是刀子嘴豆腐心。真要是……”

“真要是咋哩？快说。”

“我是怕……”

“怕啥呀？你倒是快说呀，真要把人给急死了。”

“光管咱俩走了，留下他一个人在哪儿喝闷酒，要是……”

“没有那么多要是。管他呢！喝死他才好呢！省得我去想他。”

“看你，脾气又上来了。就算你与他拉倒也要好好的，不能把他一个人扔在哪里不管不问吧？一个人喝闷酒最能伤人，万一……”

李玲玲一听“万一……”不好的预兆涌上心头，说：“那怎么办？”

“咱俩返回去看看吧。”

“我不回去。要回你回。”

“看你，大小姐脾气又上来了。”

李玲玲嘴上硬，可掩盖不住内心焦虑的情绪，这一切被张爱玲看在眼里，心里会意地笑笑，说：“好啦，你不去就不去哇，这事就交给我吧。跟上你把一桌好饭都浪费了，到现在还饿着肚子呢。咱俩就去前面小吃街随便吃点东西吧。”

赵福贵一觉醒来，已是下午 6 点多，环顾一下四周，发现自己在李敬业的宿舍，床头柜上放着一杯茶水，顿时喉咙痒痒得还真想喝水，随手端起水杯一口喝了个干净。心想，我不是与李玲玲和张爱玲在饭馆吃饭吗？怎会在李敬业的宿舍里睡着了呢？看着这熟悉的环境，想起他与李玲玲相拥在床的情景，互相交织的香吻直捣心脏……可，李玲玲咋突然会提出要与我分手，就是因为我下乡当第一书记吗？还是她爱上别人了呢？这不可能，她是爱我的。可，中午发生的一切又重新在脑海里演绎，酒杯打碎了，玫瑰花撕碎了，玲玲扔下我走了，一个人喝起了闷酒，我爬在了饭桌上……突然，开门声打断了他美好的回忆。

李敬业下班回来，一进门见赵福贵在床上斜靠床头坐着，说：“睡醒了？”

赵福贵见李敬业进来，“哼”了一声算是回答。

“你什么时候学会喝酒了，还是一个人喝，喝得烂醉，叫都叫不醒，我费了好大劲才把你弄回来。”

“真喝多了。我什么也不知道。”

“你把哥们忘了吧？喝酒也不叫上我。要不是张爱玲给我打电话，我还真不知道你回来了。”

“我说呢！哎，你不是和张爱玲出去旅游了嘛！怎不好好地玩几天就回来了？”

“还不是因为脱贫攻坚，咱局长一天打了三个电话，催我回来。让我担任驻村扶贫工作队队长一职。”李敬业有点不情愿地说。

“你不想去？”

“这种事谁愿去？扶贫工作不好搞，谁都不愿去。”

“下去吧！农村没有你想的那么不好，体验一下农村生活也不错。”

“你才下去了几天，胳膊肘就向外拐了？听说，山沟出俊鸟，美女可不少哇！是不是被哪个美女迷住了你的眼，勾住了你的魂魂，迷得你一住就是十几天不回来？”

赵福贵立马回敬道：“看你说哪里话来？我是那种人？你可别乱瞎说，要是玲玲知道了，可轻饶不了我。”

“哎，咱说正经的。你与李玲玲最近怎么样了？”

李敬业这一提就又勾起了他心中的伤痛，真是哪壶不开提哪壶。他沉默了一会儿，说：“你都知道了还问我。是不是想揭我短呀？不给我想想办法，倒会来给我添堵。”“你俩的事，我怎么好插手，怎么帮你？”

“这不让你给想办法了吗？”

李敬业摇摇头，说：“想啥办法？我连我的事都发愁处理不了，哪有心思为你想啥馊主义？况且你又不是不知道我脑瓜笨，能想出什么好办法来？”

“你呀！总是这么低估自己，自己看不起自己，你脑子不笨，是你不给我想。”

“这你可冤枉我了，把我高看了，我知道，我没有那么大的能耐，知道自己能吃几碗干饭，能喝几口淡水。”

“去去去，说你拽你还真拽了。也不撒泡尿照照自己是甚模样，还在我面前愣拽。不用拽了，拽多了也没用，你就说帮不帮吧？”

李敬业嬉皮笑脸地说：“看你把我炫得多高多大多牛！真是牛气冲天，瞎炫哇！连我自己都觉得自己快没影了。不过，瞎炫耀也不用上税，你就一个人对着四壁瞎炫吧。我走呀!”

赵福贵一把拉住他，说：“你就这样扔下好哥们一个人走呀？你就别再卖关子了，我知道你这个‘小精灵’，不是你科室同事们随便叫的。今晚上我请客。”

李敬业心想火候差不多了，就此打住，说：“我可没有什么好主意，倒是有一个馊主意可以试试。”

赵福贵一听他有主意了，心中的喜悦难以掩盖，眯开眼睛对他说：“快说，只要管用就行，管它什么馊主意不馊主意的。”

“你这是怎么了？可心急吃不了热豆腐。什么事都得慢慢来。”

“我等不及了。”

“等不及了，也得等。”

“你就快说吧。别吊我胃口了。”

李敬业坐在椅子上，跷起二郎腿，说：“局领导不是让我下乡扶贫吗？我向局领导申请把李玲玲也带上，你看如何？” “啊？这就是你想的馊主意？”

“怎么？你不愿意？”

“这下乡搞扶贫，也算是个主意，简直就谈不到一块儿。我是让你想个能缓解我与玲玲之间矛盾的办法，不是让她与你一块下乡搞扶贫。”

“你先别早下结论，听我把话说完。局领导让我带两个人下乡。张爱玲算一个，还差一个，经你这么一提，我脑海里有一种想法。就是把李玲玲也带上，她不是讨厌你下乡当第一书记吗？”

“哦，我知道了。让她也下乡体验一下农村生活，感受一下农民的苦。那她去吗？”

“她不去。她最讨厌下农村了。”

“那怎么办？”

“我有办法让她去。”

“你有什么办法能让她死心塌地跟你下乡搞扶贫？”

“这你就不用管了。只要你同意了，我保证让她乖乖地跟我下乡搞扶贫。”

“我举双手赞成。”

赵福贵想想李敬业出的馊主意，几乎按捺不住笑出声来，她李玲玲也有今天？就该让像李玲玲这样富家千金小姐们下农村体验体验生活，睡一睡一股怪味的农家炕；遭受一下长腿让饿蚊子的叮咬，浑身挠痒痒地不舒服整夜整夜睡不着，瞪着眼想着市里一切美好生活的滋味而发愁；吃一吃带有烟熏气的农家粗茶淡饭，顶着烈日上地劳作，面朝黄土背朝天地艰难生活，深深地感受一下粒粒皆辛苦的艰辛；每天蹲一蹲露天厕所，闻一闻臭气冲天的圊粪，满屁股扒着嗡嗡的绿头苍蝇，让你肚子难受一股一股的翻胃很是不舒服；一出门就闻着呛鼻子的牛粪、马粪、羊粪、鸡粪、猪粪、狗粪等，以及垃圾堆里的泔水不知沤了多久散发出的怪味，让你整天是捂着鼻子走路，戴着口罩说话……

赵福贵高兴的表情挂在脸上，李敬业看着他说：“这个主意怎么样？既能实现你的愿望也能给你解解闷气，说不定还能把李玲玲给你拖回来。这可是一举三得的好主意，到时候你拿什么谢我？”

“好。你要把她安排在最穷最破的农户住下，而且要多住几天，让她好好体验一下贫困户的艰难生活。要是如你所说成功了，我给你买个好手机。”

“你可要说话算数啊！李玲玲，我一定给你搞定。”

“说了这么久，还不知你们去哪里扶贫呀？”

“和你一个县，去最穷的村——果儿垴村。”

“是吗？果儿垴离王和垴村不远，到时去我那里转转，咱俩也能交流一下经验。”

“行。一定去看你。咱们虽然分工不同，但目标一致，都是为了把脱贫攻坚工作搞好，让贫困村的老百姓过上幸福的生活，咱俩工作中探讨的东西很多，要互相支持，共同前行，把党交给我们的任务落到实处。”

“你说得对。单位领导信任我俩，我俩就要沉下去，走进农村，走进贫困户，走进老百姓的心里，扑下身子，扎根农村，踏踏实实地为老百姓做些事，谋划些发展的好路子，一些长远利益的路子，这才能对得起领导对我俩的信任，才能对得起自己的良心，才能对得起脚下这一片养育我们长大成人的黄土地。”

“是。我也是这么想。既然领导派我下去，那我就不能给单位丢脸，不能有损共产党员的身份。要住在下面，吃在下面，与老百姓打成一片，把脱贫攻坚工作搞好搞上去。让领导看看，让同事们看看，我李敬业不是吃素的。”

赵福贵听着李敬业的话，心里很是激动，又一名知音加入进来，感觉自己并不孤单，虽然不在一个村并肩作战，但工作性质基本相同，目标一致。突然，他紧紧地拥抱了一下李敬业，说：“扶贫路上不孤单，我们一定要互相支持把扶贫工作搞好，干出个样子来。”

李敬业此刻心里热乎乎的，拍着他的背说：“扶贫路上不孤单，我俩一起加油好好干，你交代的事情我保证完成。”

赵福贵松开他，说：“走，咱俩下馆子喝口，庆祝一下。”

“不用下馆子，我这里有酒。”说罢，李敬业从铁皮柜里拿出一瓶玻璃瓶汾酒。

“那菜呢！还是得下馆子。我买单，走。”赵福贵边说边推李敬业往外走。

“不用推，咱菜也有。”

“你在哪里弄菜来？”赵福贵笑着说。

李敬业没有回答他的话，从床头里把打包回来的菜拿了出来。

“哦，你把菜都打包回来了。好啊！咱菜也有了，酒也有了，咱俩来个一醉方休。”

“咋，中午都喝成死猪了，还要来个一醉方休？你身体能顶住了？”

“中午，我一个人喝的是闷酒。今晚，我高兴哩！喝哇！没事。”

赵福贵与李敬业喝着纷酒很是开心，边喝边拉着脱贫攻坚的事直到深夜。

十二　门外

一场大雨过后，天空放晴。

路上的活计做不成，修路的村民都在家里歇工。

李双喜一个人坐不住就想到贫困户家走走。刚下过雨的路不好走，双脚好像就不是自己的不听使唤，脚底踩的全是红泥，左一下右一下滑得走不成，老半天爬不上个小坡坡，他也不知爬了几道坡，拐过几道弯才来到董有才家街门口。董有才家街门紧闭，他用手推了一下门，便裂开一条两指宽的缝缝，他弯下腰把身凑近，双手扒在门上通过门缝向院里瞅，一根街门门闩挡住自己的视线，眼睛向上移移，见院子里很安静，不见个人。李双喜喊道：“老董，在家吗？”没有人回答，也不见有人从窑洞里出来，再从门缝瞅瞅，只见窑洞还挂着厚厚的门帘，等了半天一直没有动静。街门门闩插着，还挂着铁链链，便又喊道：“老董，开门，我是扶贫工作队的李双喜。”院里仍然没有动静，真如杨春生他们所说的那样，董有才一个人整天窝在家里不出来，那他一个人在家干甚呢？带着疑问边敲门边喊：“老董，开门。”

李双喜喊了一阵，院里还是没有人回答也没有动静，心想，这个人该不会出现什么状况了吧？我喊叫得嗓子都快哑了，敲门敲得手也疼了，也不见老董出来。“你是？”只听背后有人好像在问他，李双喜一个转身差点与这个瘦高个的后生撞上，一惊，说：“我是扶贫工作队的，来找老董坐坐，听说他很顽固，不待见见人。”

那人打量了一下李双喜，说：“你就是驻俺村扶贫工作队队长李双喜吧？我叫董小黑。”

“你就是董小黑？我听说你爱上网，人送绰号‘网迷精’。”

“村里人瞎起的。”

“听说你是村里第一个精通网络的人。玩得很牛。村里人都很佩服你。”

“谈不上精通，只是闲下了待见上网玩玩游戏，看看电影什么的。其他什么也弄不了。”

“弄不了，不怕，只要你肯学，玩得多了，时间长了，慢慢就学会了。”

“我感觉电脑这东西很神秘，你在键盘上圪敲圪敲，自己想看的、想要的东西就出现了，而且好多奇怪的、稀奇的、古怪的、神奇的……不知是甚，统统会出现在你的眼前，很让你惊喜，还有玩上瘾的网络游戏很是让人着迷，无法理解它的奥秘和神奇。一接触键盘什么就都忘了，连饭都懒得吃，整天沉迷其中不能自拔。以前有句话是这样说的‘学会下棋，不嫌饭迟’。我把这句话改了一下‘沉迷网游，不嫌肚饥’。”

“现在，我们国家进入新时代，一切都离不开电脑，离不开网络。你有这个兴趣很好，年轻人嘛！就应该接触些新生事物。我们这代人都逼得学习网络知识，上网学习，玩微信，何况你们这些年轻人。”

“李队长，我也就是闲得没事上网瞎玩玩，玩不出个名堂。村里人都说我不务正业，什么都不会，生在农村，长在农村，却种不了庄稼，光知道玩游戏，上网，是个游手好闲的人，没人待见我。”

“话不能这么说。我看，你就是一个具备知识的新型职业农民，等下一次县里举行新型职业农民培训班时，推荐你去学习学习。”

董小黑不敢相信自己的耳朵，就又问李队长：“真的吗？李队长。你真让我去县里新型职业农民培训班学习？”

“真的。我一定推荐你去。你是这方面的好苗苗，不让你去学习，很可惜，就把你的智慧和才能给埋没了。”

董小黑高兴得差点蹦了起来，说：“李队长，谢谢你，我不会辜负你对我的期望，我一定会好好学习，用功学习，掌握好这门新技术，让全村人拿另眼看我，我不是个游手好闲的人，我也不是个光会上网玩游戏、看黄片的堕落青年。我是一个有知识、有文化、能为全村人服务的新型职业农民。”

“是的。你去县城培训学习一段时间，等回来就脱胎换骨大变样了，别人不拿另眼看你也不行，你就再也不是原来的你了，你头上就会扣上一顶帽子，一顶新型职业农民的帽子。风风光光地回来为全村村民服好务，教他们科学种田知识，种出优质的小杂粮，卖个好价钱。到时，再让你去县城培训一下‘微商’。”

董小黑一听到他说“微商”两字，感觉很好奇，微商是什么？只知道经商，没听说过“微商”。村里就有好几个青年人一年四季在外面跑买卖，不知经营什么，不几年就发了，家里买的小车大车好几辆，生活过得很是富裕。每年都要带上老婆孩子出去转转，看看外面的大世界。村里人都很羡慕他们，说他们有能耐，有本事。有人还说是人家坟茔风水好，出人。不用羡慕伢，怨咱家祖坟风水不好，不出人，发不了财，该穷。这“微商”一词还是头一次听说。微商，也能让人发财吗？要是能发财，我学，一定要把它学到手，改变一下自己的命运，兴许还能找个老婆，生上一两个孩子，那该有多好！想到这就开口问：“李队长，什么是微商？”

“微商，具体我也说不清楚。我只知道是在网上通过微信、微博、App等开展移动电商的商人。也就是上网开网店，卖东西的商人。”

这一下把董小黑弄得更糊涂了，什么电商人，网上开店，卖东西。他又问：“网上怎么开店，如何卖东西挣钱？”

“这个，我也是个门外汉，不懂。只是听人们说过，不用出门，整个交易过程全在网上进行，你只要在键盘上圪敲圪敲，东西就卖出去了，钱就挣到手了。小黑呀，具体怎么弄我也不清楚，反正能挣钱，而且能挣好多好多钱。到时，你去一培训就都会了。”

“李队长，真有这种好事？”

“有。县里正在筹划组织‘微商’培训班呢！”

“那我要参加‘微商’培训班，学习网上开店。李队长一定要给俺报个名。”

“行，到时我给你报名。”

“对了，李队长，咱俩光顾说话了，倒忘了你是来……”

“我想找老董谈谈。”

“我帮你叫。”

“老董在家吗？我倒叫了老半天了，也不见有人出来开门。”

“街门是朝里用门闩插的，老董他一定在家了。他整天窝在家里就不出门，不善于与村里人打交道。”说罢，他就上前去敲门。边敲边喊：“大爷，开门。我是小黑。”

“什么事？”声音从窑洞里传出来。

“快开门，有急事。”

“你等等。”

李双喜心想，这个老董就是怪，我叫了老半天，他不吭声也不开门，董小黑这一叫喊就有了回应。咋还分谁叫呢？

董小黑看出了他的心事，说：“李队长，董大爷这人古怪，难琢磨。有时你叫死他，他也不开门。今天，这是太阳从西边升起来了。”

此刻，听见院里有响动。李双喜从门缝向院里瞅了瞅，瞅见老董正提着尿罐向茅房走。看来老董这人古怪得很，一个人整天窝在家里不出来，也不与村民接触，难道一个人窝在窑洞里不闷人，不孤单，不寂寞？要是我，一天也憋不住，太阳一升起来就得出来透透气，活动活动筋骨干点什么事，或者去邻家串串门，拉拉话，打打扑克什么的，那生活过得才有点意思。不然，整天窝在家里，真要把人给憋坏了，真不知老董心里在想什么？他抬起头问董小黑：“老董他脑子有问题吗？为什么把自己关在家里不出来？”

“董大爷脑子没有问题，精明得很。他以前在俺村是所有羊胡里数一数二的人物，村里没有谁能与他相比，凡经他放过的羊，都长得很肥，也很健壮。我听村里老人们说，就在生产队那会，在一次夜里卧圈时，他喝了点酒睡得特死，半夜狼吃了羊也不知道。天明，羊群里一片血肉模糊，一清点少了十几只羊。生产队追究了他的责任，不用他放了。自那以后他就很少与人说话，即使你与他撞个满怀，他也只是笑笑就走了。”

“老董是不是就因为这件事，后来把自己封闭起来了？”

“有点关系，但不全是。据村里人说，还与一个有夫之妇沈翠花有关。”

只听街门有响动，一下打断了他俩的谈话。街门开了，老董说：“小黑，什么事？这么急。”

董小黑嘻嘻地笑笑，说：“大爷，咱村扶贫工作队李队长想找你谈谈。”

他瞄了一下李双喜，很是不高兴地说：“看你这孩子，不在家上你的网，玩你的游戏，来你大爷家捣乱甚！搅得我歇不上半晌。”

李双喜看着老董这情形很不欢迎他来，忙上前一步，说：“老董，别怪他，是我打乱了你的晌午觉，要怪就怪我吧！”

老董没有接他的话，也没有瞧他一下，对着小黑说：“以后没有甚就不要来乱敲门，我可没时间跟你说那扯淡话。”

“这不是扯淡话。我是来与你说说脱贫的事。”李双喜说。

“大爷，李队长亲自上门不是与你来说扯淡话的，是与你商量商量看如何脱贫致富，早日摘掉贫困户的帽子。”

“我有什么好脱贫的？不就是个贫困帽子吗？我愿意戴管他个屁事。再说了，我一个人吃饱全家饱，想睡了就睡会儿，想吃了就吃点，这有多自在？没有花的了有政府给，不用他来瞎操这闲心。”

“大爷，话不能这么说。李队长是来帮你的。”

“老董，咱进你家坐下，慢慢说。”李双喜说。

“不用。没有什么好说的。再说我家不适合你李队长进来。”

“大爷，你咋能撵李队长呢？”

“小黑，这是你在敲门，要不我就不开门。”

这个老董很固执，任凭董小黑和李双喜怎么说就是不理会，不让他们进院进屋，硬是把他俩人给堵在了街门外。

李双喜无奈，对着老董说：“那咱们就坐在你家街门外的石头上拉也行。说说你对精准扶贫有什么看法？计划自己弄些甚项目？”边说边走到石头跟前坐下。

董小黑也是边向石头跟前走边说：“大爷，那咱就坐在石头上拉吧！现在天刚下过雨，空气很新鲜，一股土腥气很耐闻。”

只听“哗啦、咣当”声响，街门闭住了，朝里插上了门闩。

他俩一看便傻眼了，同时喊道：“老董，大爷，怎关住门了，出来坐坐拉拉话。”

老董没有理睬他们，也没吭一声，转身回屋里了。

十三　有才

阳光斜照，透过槐树洒在李双喜和董小黑的脸上身上，他俩坐在老董家街门外的石头上倒歇着老董的故事，小黑说起来没完没了，李双喜听起来津津有味。

老董一辈子没有娶过老婆，在村里相跟着一个有夫之妇。沈翠花小巧玲珑，长得很精致，白白净净的很惹人喜爱。不知是她本人会穿戴还是身架特标准，无论穿什么都很得劲，惹人待见。她走起路来一疙瘩劲，干活也很麻利，家里收拾得很如期，常是干干净净，甚在甚地方，谁去了她家谁都羡慕夸她能干是个干净人。她男人在太原太岳钢铁厂上班一年四季不在家，一年回家的次数能数清，整个家空落落的就她和仨孩儿。十几亩的地都是她一个人种一个人收，她男人甚至连过年都不回来，家里家外就她一个人硬撑着，生活过得很不易。董有才被她的美，她的干练，她的灵巧迷住了，像吸铁一样把他深深地给吸住了，人们拽也拽不开，搬也搬不动，他一见沈翠花人就迈不动步。他每天往她家里跑，帮她干家务，上地，播种秋收，一来二去，沈翠花就接纳了他。她把他当她男人看，他把她当他老婆看，也把她家当他家看待，干脆就吃在她家住在她家，自己也不想出村再找个老婆过活。他整天就待在她家不走，坐在炕头，等着沈翠花给他端饭伺候，舒服着哩！

开始，沈翠花的男人发现了他俩的勾搭，曾骂过她，打过她，说她是个坏女人，狐狸精，不干净的女人，一见面俩人就掐，说不上三句话就闹腾起来了，弄得鸡飞狗跳，孩子们哭闹，家里院里乱成一锅粥。他俩人谁也不给谁低头，沈翠花怨他光有单位没有家，眼里就没有她这个人和孩子们，她一个人扛这个家累、苦，吃力，扛不动，需要一个男人。他给不了她一个完整的家，给不了她一个撑起这个家的男人，给不了她颜面上的光亮精神上的支柱，更给不了她一个女人的需要。他埋怨她不妇道，不安分，骚货，光勾搭后生，不把他当她的男人看；她心里根本没有他这个男人，回家来也不知道心疼他；她光指挥他动，让他在村里抬不起头来；他没法面对左邻右舍的人，没办法解决他仨人的感情纠葛；渐渐的他回家的次数更少了，也就默许了，接受了他俩。他有时回来进门撞见董有才就当没有看见，他干他的，有才干他的，两人互不干涉，这个特殊家庭就这样默默地过着走着，一走就走了好几十年。

董有才在她家更随便了，他把找老婆的念头全抛在脑后。沈翠花离不开他。说白了是这个家离不开他，孩子们也都离不开他，一见面就叫他干爹，叫得他心里很美很甜。她也不愿让他找老婆，她一见有人给他介绍对象就闷闷不乐，不高兴，就跟谁挤白眼、掐嘴，跟有才生气、斗嘴。有才也很知趣，光见对象就有一火车，就没有看上一个对眼的。他看谁都没有沈翠花好，没有沈翠花迷人，没有沈翠花体贴人。随着时光流逝，他彻底打消了找老婆的念头，与沈翠花一家人过上了特殊的家庭生活。村里人给他送了个绰号叫“三家败”。“三家败”，人们叫得多了，时间长了，董有才也就认下了，连村里孩子们都这么叫，他也很乐意他们这么叫，他一听到“三家败”这三个字，心里好像还有一种自豪感，谁能有这种本事在一个有夫之妇的家里这么横行霸道，想怎么就能怎么。孩子们也都认可他，一见面干爹长干爹短地叫，他听了心里很舒坦，很高兴。他每天放羊进门有饭吃，晚上有人暖被窝，生活过得挺充实，简直就像是自己的家。他和沈翠花苦苦的就是没有领结婚证，也不能领结婚证。但他心里很知足，也很满足。

董有才与沈翠花生活得很融洽，简直就是一对老婆汉子，对村里人也不避讳，相跟上上地、回家、赶集，并且不怕别人碎言碎语，说三道四，与正常汉子老婆没有两样。他俩有了自己的孩子，是个男孩，孩子没有姓自己的姓，姓了沈翠花丈夫的姓，叫郝满红。有才见人就说我老董家有后了，是个带把的，与他说上的人说他，他母亲也说他，有后了也不能跟你姓，你还这么屁颠屁颠地高兴个甚！还是找个老婆过自己的人家是正经，可有才耳朵听不进，也不在乎这，他在乎的是我老董家有后了，我也可以在人前头露脸了，咋非得娶回家的老婆才算是自己家的老婆？那样生下个孩子才算是自己家的孩子，她沈翠花咋就不是俺的老婆？吃饭穿衣都管俺，饭一碗一碗端，水一碗一碗凉上，让俺吃饱喝足安心放羊，晚上早早地给俺暖好被子等俺睡她，整宿整宿跟俺睡，热乎着哩！连她孩子都叫俺干爹，生下的孩子咋就不是俺的孩子？管他们呢，上辈人就是规矩多。

董有才他娘爱唠叨，老观念，见他整天钻在沈翠花家不出门不回家，心里就很不是个滋味。心想这是自己哪辈子造的孽债，生下这个不听话的，不害臊的，不要脸的孽子，把老董家的祖宗都给败完了。老汉早早地走了，留下她这一老一小，活得很不如人，在村里遭受别人的白眼不说，董有才还让村里人给送了绰号“三家败”。“三家败”很难听，连娃娃们都嘲笑他，见了她就叫那不是“三家败”的娘。他娘觉着她这张老脸在村里就无处可搁，根本就抬不起头来，一见到有才就喊他回家，他根本不理他娘心中的苦、心中的难，根本不理会他娘在喊他，头也不回就去了沈翠花家。他娘就指着他的脊背骂，小孽种，败家子，你非要把你老娘给气趴下了你才省心，你可要把你老董家的脸给败丢了、败坏了，以后看你如何进你老董家的坟，如何去见你爹。他有才才不管这，你骂你的我办我的。可他娘一见他就骂，这一骂就是几十年。

董有才他娘骂他骂得疯了。董有才也被他娘骂得厌恶了，憎恨了，一见他娘就咬牙，就瞪眼。他不管他娘疯不疯，他也不管村里人怎么说，他就把沈翠花当他老婆对待，心里只有沈翠花，不，还有他的孩子郝满红。他已经被他娘骂皮了，心里没有其他想法，感觉自己过得很踏实，有滋有味，别人有的他有，别人没有的他也有，村里人简直与他没法比。放羊时在阳坡上一仰，嘴里叼上一根狗尾巴草就唱起了《开花调》：

柿的树来呀软枣根，
沈翠花抓住是俺的心。

山巧儿飞在圪针上，
我的心操在了是你身上。

剪的开花来两股叉，
俺时刻听呀是你的话。

白肚儿手巾头上扎，
“三家败”放羊不搭黑。
……

董有才沉迷在沈翠花的怀里，生活得很是有滋有味。她家三个孩子大了，郝满红也大了，董有才很疼爱这个孩子，整天让他在屁股后面跟着他，去左邻右舍串门时跟着他，去地里干活时跟着他，赶集看戏时跟着他，放羊拾粪时跟着他，有时候晚上卧圈时也让跟着他，生怕失去了这个孩子，失去了他老董家的后。村里人见了都有一种异样的目光，可他董有才不管这，反而觉得这是一种炫耀，是一种显摆，让他们看看我董有才的本事。于是，村里人给郝满红编了一句顺口溜：“地圪垒菜房上晒，一年跟的个‘三家败’。”这成了村里大人小孩的口头禅。见了郝满红就喊：“地圪垒菜房上晒，一年跟的个‘三家败’。”而不喊他的名字，他不知道他们喊的是啥意思，只是咧嘴笑笑。

郝满红听习惯了，也就适应了，他们那样叫他，他就应承着与他们玩耍。可他命很短，二十几岁因一次意外车祸翻深沟死了。郝满红这一去，对董有才打击很大，一个能说会道的董有才沉默了，逢人说话少了，村里人再也听不到他在山坡上唱开花调了。沈翠花安慰他，规劝他，能用的办法都用尽了，都不管用，可他再也回不到从前的那个董有才了。

十四　放羊

一条黑色的狼狗从他俩身边走过，谁也没有觉察到。

一会儿，一群羊向他俩走来，打断了他俩的说话，一只绵羊长得又肥又大，走在群羊前面摆着八字步，不紧不慢，很有领导者的风范。所有羊在它屁股后面听话地跟着，背上正中间都涂有一个红红的圆点，红白相间很是显眼。这时群羊里一对嘴巴下长着长胡须的黑色羯羊很不安分地对视着，时不时地头对头地碰撞着，然后分开，拉开一定距离再相向猛冲碰撞在一起，头角与头角交在一起分不开，转着圈圈，跟在羊群后面的老者拿起放羊铲在地上铲起一小块土坷垃向它俩抛去，嘴里不住地喊着："嘚去嘚去。"两只羯羊转着圈圈，一时分不开，就这样转着向前走，董小黑向放羊老者喊道："张火旺大叔，在哪放来？""在南背上放来。小黑，你在这干啥？"

"我没事。与李队长说说话。"

"李队长！哪个李队长？"

"大爷，你不知道吗？我身边这位是驻咱村的扶贫工作队李队长。"

李双喜忙走几步，对着张火旺说："你好啊，老哥。听说你放羊是个好手，养有多少只羊？"

"他们瞎说，瞎放嘞！不多，有60来只。"说罢，随手向那两只羯羊甩了一鞭。

"不少嘛！你一个人放？"

"嗯，我一个人。我早就听说俺村来了扶贫工作队和第一书记，整天忙着放羊却没有见过面。"

"你也是贫困户吧？"

"你咋知道？"

"你这贫困户就是我给你补办的。"

"看我这记性，连恩人都给忘了。"说罢，憨憨地笑笑。

"太阳还老高呢，你怎就赶羊回来了？"

未等张火旺开口说话，小黑就抢着说："李队长，大叔他家里有病人，常年离不开人照顾。"

"嗯，看我咋给忘了。"

张火旺见了扶贫工作队李队长如同见了救星，心情格外激动，双手在衣服上擦了又擦，然后与李双喜的手紧紧地握在一起，说："李队长，可得感谢你，要不是你帮我家说话，我家根本进不了贫困户。"

"快不要这么说，你家的情况有点特殊，在贫困户甄别时有所疏忽，这都是我们工作做得不够，不到位，希望你能谅解。"

"没啥。你来我们村扶贫你住得惯吗？吃得行不行？我们村都穷，吃的还都是些粗粮，菜除了山药蛋还是山药蛋，一股盐一股醋，没有什么好吃的，吃点肉还得跑几十里山路到镇上去买，让你跟我们受苦了。"

"老哥，没事。我吃得消，我也是农村娃，在农村长大的，我知道农村苦，农民不容易，没有农民谁来养活城里人？谁来养活国家那么多的干部？下来搞帮扶工作，这是我们应该做的，没有什么习惯不习惯，适应不适应，沉下心来好好工作，抓扶贫工作是我们这些领导干部应尽的职责和义务。"

"大叔，李队长是个好人，也是一个好干部。驻在咱村与村民一起修路干活，一起吃饭，从不挑剔好与坏，老程大爷做什么他吃什么。每天晚上还要工作到深夜，一有空就到家户家串门聊家常，了解情况，想办法，解难题，抓脱贫工作。"

"没有那么玄乎，小黑净瞎说。我是想多了解一些村里贫困户的情况，好找到脱贫工作的突破口和好措施，引导全村走上致富路，早日甩掉贫困村的帽子。"

"你看，这还不是个好干部。与民同吃同住同吃苦劳动，一心操的是村民致富，整村脱贫工作。"

"是啊！你真是一个好干部。我们村就需要有你这样的好干部来撑腰，来领航把舵。村里早就成了一盘散沙，不好收拾，就像是一只瓷碗掉地上碎了，不能用了。要想再用，必须把它一块一块地捡起来，用水把豆面搅成糨糊，拿块花布抹上糨糊，耐心地一块一块对住从外粘住，不然，永远就被搁这儿了，被人踩过来踩过去，风吹日晒的，再也发挥不了它的作用了。"

“哎呀！小黑，看来大叔小瞧你了，你懂得还真不少，说出来的话还真有几分道理。”

“大叔，我呀，也就是这么一说，谈不上什么道理不道理。我感觉咱村这几年村支‘两委’干部不搁劲，各顾各，各办各，各人拧的一股劲，意见不统一，干啥都干不成，搞得村里一年不如一年，人家村是越搞越富裕，咱村是越搞越穷，不用说前进哇，还倒退呢！”

“是，是有点。你小子能看到这一层，还行，你大叔佩服你这个小后生。咱村缺的就是一个好的领路人，我相信有李队长给咱村出谋划策指引明径，不用几年全村就都富了。俺村人本质好，人都淳朴、厚道、勤劳，干个甚都能干成。当年农业学大寨，俺村在全乡乃至全县都是赫赫有名，全县农业学大寨表彰大会就在俺村开的。”“是吗？老哥。”

“这还有假？我村上了年纪的人都知道，咱县县志上还有记载，听他们说当年奖的是农业学大寨标兵锦旗。”说罢，拿羊铲的手随手一扬，铲子上的土坷垃不偏不斜正好砸在黑羯羊身上。

两只黑羯羊双角交在一起，不停地转着圈圈。在不远处圪梁上有两个光屁股的男孩在嬉闹着，双手握成拳头放在头上，低着头，弓着腰，学着羯羊的样子在碰撞，嘴里还不停地喊着：“嘟嘟嘟嘚，嘟嘟嘟嘚……”有时用劲过度，被撞倒在地上，然后爬起来接着拉开距离喊着：“嘟嘟嘟嘚，嘟嘟嘟嘚……”相向跑来碰撞在一起，拉开再撞，跌倒爬起，玩得很是开心。

他们看着这两个娃玩得很有意思开心地笑了，“还是孩童好，什么也不用想，什么也不用顾忌，想玩就玩，想闹就闹，真想往童年时代。”李双喜感慨地说。

张火旺不知什么时候已走到两个羯羊跟前，一手扳住一只羊角，顺着它俩的劲道把它们分开。它俩一分开就又拉开距离，相向猛冲过来，张火旺还未来得及离开也未反应过来，就被两只羯羊给蹭倒在地，来了一个四平八稳面朝天。李双喜和董小黑呵呵地笑了，笑得很开心，小黑笑得是前仰后合。圪梁上那俩光屁股小孩被笑声打断了玩闹，一起向他们看过来。见张火旺倒在地上，很好笑，便拍着手喊了起来："羞死了，羞死了，火旺爷爷摔倒了，浑身滚成土人了。"

张火旺这一下可把屁股给跌疼了，嘴里喊着："哎哟，我的妈呀，好疼。"一手摸屁股，一手托地，爬了起来，狼狗不知何时已站在他身旁，摇摆着尾巴围住他直转圈圈，长长的舌头耷拉在嘴外头，流着口水，气哈气哈地喘着气，这是一条很忠实的狼狗，起名叫黑虎。它白天跟着张火旺放羊，晚上看羊，卧在羊群边上守着，竖起耳朵听着，双眼如同幽灵看着远方，一有风吹草动就汪汪地叫，站起来四处转悠看看，很是让主人放心。夜里如有狼来偷袭羊群，黑虎会拼了命地与狼展开肉搏，每每卧圈都在离村比较偏远的野地里。有一次，半夜里突然来了六七只狼要袭击羊，被黑虎发现了。可狼很狡猾，也很凶残，三只狼紧紧盯住咬住它不放，其余几只狼用嘴撕破圈网扑向羊群，顿时羊群乱了阵脚，一片混乱。黑虎面对这阵势撕开大嘴仰天吼叫，边吼叫边与三只凶残的狼展开激烈的搏斗。张火旺被黑虎吼叫惊醒，一骨碌从简易的窝棚里爬起，拿起羊鞭向扑进羊群的狼奔去。他"啪啪啪啪"不停地甩着羊鞭，狼根本不理睬张火旺，直奔羊群。羊在圈网里穿来穿去，躲避着狼的狂咬、追逐，乱成一团。黑虎被三只狼死缠着撕咬在一起，一时逃脱不掉，无法去保护羊群。张火旺"嚎嚎嚎"地吼叫着，甩着羊鞭。可这对于狼来说一点也不管用，狼一心打着羊的主意，也就没有理睬他的一举一动。张火旺着急着，不停地吼叫着，不停地甩着羊鞭，却不敢靠近狼身。他时不时地转身看一眼黑虎，见它与三只狼撕咬在一起，分不清那只是狼，那只是自家的黑虎，它们滚作一团，撕咬、狂吼很是刺耳。张火旺很担心黑虎，可自己却束手无策，不知该怎么办，这边解不了羊群的围，那边又解不了黑虎的围，急死个人呀！急得他顿时失去了主见，便大声吼道："来人哪！狼来了，要吃羊了，快来救救我家的羊……"他一边喊着一边瞅着羊群的动向，黑虎的动向；一边想着如何驱赶狼的主意，突然脑海里一闪，狼怕火，对，用火，这时，见一只羊羔被狼叼在嘴里，他疯了似的向那只狼扑去“啪”一鞭子正中狼的双眼，那只狼一声刺耳的吼叫，小羊羔从它嘴里挣脱跑了。狼在原地打着转，估计是眼被打瞎了。他松了一口气，可不敢再犹豫，跑回窝棚里收搂起杆草点着就向狼跑去。他不停地挥舞着杆草，火花四射，火芯飞舞。这一招很灵，狼群瞪着铜铃般的眼球不甘心地弃下黑虎，一步一步向后退。其中一只狼耳朵掉了下来，浑身是血，腿也瘸了，一瘸一拐地后退着，很是狼狈。那只被打瞎眼的狼仍在原地转着圈圈，吼叫着，没有想到黑虎猛向它扑了过去。黑虎一口叼住了狼的脖子不放，狼撕心裂肺地吼着，挣扎着，狼群停住了脚步，咧着嘴冲天吼着。黑虎并不畏惧，一点也不松口，狼改后退为前进，瞪着血红的眼，对着黑虎架起了进攻的架势。张火旺眼看杆草就要燃尽，狼的架势又很凶残，心里有点失控，身体开始颤抖，喊道：“黑虎，回来。”

黑虎看了一眼主人，又看了一眼狼群，有点不甘地松开了口，回到张火旺身边。那只狼软软地躺在地上怕是不行了，狼群一声刺耳的吼叫扑向那只躺在地上的狼。它们把狼团团围住，转身冲着黑虎吼着，一只狼俯下身子用嘴在狼身上嗅了嗅，抬起头，仰着头，一声尖锐刺耳的吼叫划破长空，好像是在发号施令。它一个转身向火旺扑去，其余几只也向他扑去，黑虎一个箭步冲在他前面迎了上去。六只狼把黑虎围住死死地撕咬，狗毛，狼毛乱飞，鲜血四溅。张火旺慌了，他跑回窝棚找杆草，可那还有杆草？心急之下把窝棚给拆了，点着向狼挥舞，嘴里不停地吼着：“狼吃的滚开，把你的狼崽带走，咱们完事。”狼群这次好像根本不怕火，瞪着血红的眼睛，咧着獠牙的嘴，一个劲地在撕咬黑虎。黑虎挣扎，渐渐寡不敌众，眼看它腿软了，几次跌倒爬起，硬是支撑着身体与它们搏斗，浑身没有一处好，被血染成了红色，狼群根本没有打算放过黑虎。黑虎没有退缩，张火旺退缩了，一个劲地喊：“我给你们羊，把黑虎放了。我给你们羊，把黑虎放了……”狼那能听懂人话，也不管火在身边燃烧，围着黑虎一个劲地撕咬。眼看黑虎体力不支就要倒下了，他心急如焚，没有好招。这时，来了一群拿着火把木棒的村民，喊着：“火旺，我们来了。”

狼看着这架势猛转头，知趣地叼起那只奄奄一息的狼迅速地退走了。黑虎得救了，羊群得救了，张火旺一屁股坐在地上。从此，张火旺更加待见黑虎了，一有好吃的必有黑虎一份。

那一次，多亏村民听到了张火旺的喊声，黑虎与狼的嘶吼声，夜静里，它们的声音很恐怖，也很凄惨。

张火旺向孩子们看了看，笑了笑，说：“真是俩调皮的孩子。”

这时，李双喜说：“老哥，我该走了，你也该让羊回圈了。还有小黑，你跟我聊了一下午，早点回去吧。”

“那咱有空再拉。”张火旺说罢，甩了一个响鞭赶羊走了。

小黑犹豫了一下，说：“李队长，你一定要记住我的事啊!”

“我记得嘞！你就放一百个心哇。回哇。”

小黑看着他背影走远了，自己才转身往家走。

十五　产业

李双喜吃着玉茭面疙瘩，就着酸菜，吧嗒着嘴巴，吃得很香，一点也不像是个当官的，真像是一个地地道道的老农民。老程看着他的吃相，说：“李队长，这玉茭面疙瘩你吃得惯吗?”

“行，好久没有吃过玉茭面疙瘩了，我老婆偶尔吃一顿也是玉茭面与白面掺和着吃，吃不上这个味。”

“俺村穷，一年四季吃粗粮多，细粮少，买些细粮得赶集时才能买到。赶一趟集极不方便，买多了又拿不了，要不，等下次赶集你让春生陪我去，咱买些大米，割些肉什么的，调剂开吃……”

未等老程把话说完，杨春生就爽快地答应道："行。"

李双喜立马阻止道："吃这就挺好，它能让我时刻想到老百姓的苦，促使我，鞭策我，心中要时刻装着'脱贫'两字，抓好扶贫工作。以后每天晚上或者早上必须有一顿是吃玉茭面疙瘩，就苦苦菜酸菜。"

杨春生和赵福贵两人嘟了一下嘴没有吭声，低下头吃起疙瘩来。

老程说："这咋能行？今日我是想让你们尝尝玉茭面疙瘩就酸菜的口味，这地地道道的庄稼人饭，以后咱就不吃了，哪时想吃了我再给你们做。"

杨春生和赵福贵听着老程的话展了一下眉头，没想到李双喜非要坚持吃玉茭面疙瘩，顿时刚舒展的眉头瞬间又凑到一块儿。他俩听着李局啪叽啪叽吃疙瘩声，也很羡慕，怀疑李局他是不是个当官的？是不是城里市民？吃起玉茭面疙瘩来这么带劲，香甜，轮到自个儿吃几个疙瘩咋就这么费劲，吃力，难下咽呢？

老程很佩服李队长。自打改革开放后，这还是头一次见当官的把玉茭面疙瘩吃得这么香甜有味，一口一个，吃得很带劲的。心想，我们村有希望了，共产党给俺村派来了好干部，肯吃苦的干部，有头脑的干部。有了好干部，就不愁道路不通，村庄不兴，百姓不富。

吃不惯玉茭面疙瘩很扎心，可杨春生和赵福贵在李局长面前不敢提，在老程面前不好意思提，怕一提出来让李局长知道了训斥他俩，每次扎心就硬挺着，偷偷吃几粒花生豆，他俩擦兜里时常装有生花生豆。李局就不扎心吗？他俩不信，也不敢问，每天像是侦探兵似的偷偷地侦察他，试探他，想逮住他，驳回不再吃玉茭面疙瘩。李局做得很隐秘，他俩发现不了，衣兜里同样装有生花生豆，一扎心就偏转他俩赶紧吃几粒，经过一段时间与玉茭面疙瘩争斗，抗过了肠胃反应期，适应了，吃起玉茭面疙瘩来更有劲了，更加香甜了，也吃得比以前多了。

他俩一直没有发现李局的秘密，只是感到好奇，他不是人吗？他咋就能适应，我俩就不行？可他俩也不敢向他询问缘由。同样经过一段时间，感觉不扎心了，吃起玉茭面疙瘩来有味了，感觉很好吃，饭量也大了许多。老程每每握疙瘩越来越感觉不够吃了，他每次都多握些，可每次都能吃完，心里想笑都笑不出来，开心地给他们做着饭，有时还唱起了跑腿秧歌：

什么花开一圪抓抓毛？
什么人搞扶贫驻在王和垴？
玉茭子开花一圪抓抓毛，
工作队搞扶贫驻在王和垴。

什么花开四季常青？
什么人掌舵为了王和垴？
月季花开四季常青，
李队长掌舵为了王和垴。

老程唱着唱着就串了调调，开花花开地上了吊吊，便唱起当地的《开花调》来：

玉茭子开花一圪抓抓毛，
想得呀工作队哎呀呀心发毛。

玉茭面开花来捏疙瘩，
甚时候想吃哎呀呀咱做下。

五谷杂粮家常饭，
有滋有味哎呀呀呆有营养。

早上疙瘩晌午面，
黑夜黄蒸哎呀呀呆就酸菜。

抿面擦面糊辣汤，
米汤捞饭哎呀呀呆格外香。

月季花开花四季季红，
扶贫工作队哎呀呀呆驻咱村。
……

看老程乐得，做饭也忘不了跌几声秧歌，唱两声开花。他在李队长他们身上看到了希望，看到了奔头，他们往往吃饭时说的都是扶贫呀，产业呀，修路呀，这不，为了给村里谋划个好项目，李队长他们找村主任商量去了。

这次赵福贵带回来100多万元的扶贫款，乐坏了村主任。有了款是好事，也是难事，怎么花？花在哪里？可也把村主任给难住了，把李双喜难住了，他也失明了，整宿整宿睡不着。这就叫没钱发愁，有钱也发愁，愁事总是缠着你伴着你走。

今夜，村支“两委”干部都聚集在村委会办公室商讨村集体产业问题。

李双喜说：“咱赵书记弄回来100多万元的扶贫款，大伙想想看能搞个甚项目适合咱村发展，全村要想早日脱贫，没有个好项目不行，得找一个长远些持续性强的好项目。”

“大伙说说，看咱村能适合搞些什么产业？”王茂才说罢，抽了口烟。

“搞产业不是个小事，得有能人管理，还得找对项目，搞不好，钱没有了，集体啥也没有弄下。我看不如把钱给村民分了算了，这也能让村民过两天好生活。”还未等杨兴旺说罢，就有几个宣和道：“杨兴旺说得对，把钱分了吧，俺村什么也搞不成。”

“钱不能分，这钱是扶贫款，不是救济款，得给上级有个交代，你们花不了，上头就把钱收回了。”杨春生说。

“既然这钱不能分，那咱就得搞个像模像样的产业，要长远些，真正能让咱村脱贫致富的项目。”张鹏举站起来说。

“那搞什么产业适合咱村发展？”杨兴旺问。

大伙沉默了，一提到村集体产业，头脑里就没有谱，整个村除了山还是山，除了沟还是沟，山是土山，沟是深沟，交通不便利，山上没有宝，地下没有矿，搞什么产业？这真是发愁。

李双喜见他们没人说话，王茂才闷住一股劲地抽着香烟吐着烟雾，烟雾罩着整个会议室的上空久久散不去；不抽烟的，他看看你，你看看他，不知该说甚。于是开口道：“现在国家政策好，特别是国家提出了精准扶贫这一举措，更多优惠政策倾向了贫困村，什么光伏发电、养殖种植业、农村电商、农产品合作社……你们结合本村地理条件，生活环境资源好好想想，看搞个什么产业合适村里发展？”

李双喜这么一说，好像给他们点燃了心灯，互相交头接耳嘟囔着说着，气氛活跃了。他们嘟囔了半天，李复生说话了：“咱村土质好，产量还行，可以在种植上做些文章。”

“种啥行？再说，不管种啥得成了规模才行，那得上百亩地才行，村里机动地不多，我看这个想法不行。”王茂才说。

“咱可以搞个什么农产品合作社，让村民入股。”

“‘李精孩’，照你这么说，咱村也可以办个养殖合作社或者养殖场，咱这山沟里草肥，草多。”张鹏举说。

这时，有人附和地说：“搞这，我看行。”

“冯志奎，你也赞同？”李复生说。

“咱村除了土还是土，除了山还是山，地下没有矿，山上没有宝，在这养殖种植业上做文章，我看可以。”

“办养殖种植业合作社是行，可管理很重要，没有一套很好的管理模式，没有一个善经营的领导者，不管搞什么产业都很难维持下来，弄不上几天，钱也没了，产业也散了，到时连个屁也没挣下，我看呀，就不用瞎折腾，趁早就收起这种念头和想法，比甚都强。”

杨兴旺这一番话，把刚刚点亮的心灯给大伙扑灭了。顿时，大伙又陷入了沉默，你看看我，我看看你，觉得杨兴旺这话说得有几分道理。村支“两委”班子已瘫痪了多年，简直就是一潭死泥扶不上墙，如何来办好合作社？如何带领全村人走上致富路，早日脱了贫？办合作社，那可不是一句话，弄不好，百姓的财产会付之东流，进了领导者自己的腰包。如果这样，还不如不办，穷些不可怕，可怕的是不要再割咱百姓身上的肉，不要再喝咱百姓身上的血，不要再榨咱百姓兜里的那点血汗钱。

王茂才见杨兴旺的一番话震住了大家，刚燃起的火焰给熄灭了，刚掀起的高潮给降温落地了，深深地抽了两口烟，说：“大伙的提议不错，自打精准扶贫以来，我就一直在想咱村扶贫产业项目这事，村集体产业是上面要求必须有，为这我整宿整宿睡不着觉，整宿整宿地想，咱村没有什么矿产资源，有的是肥沃的土地和青草，在养殖种植业上做文章，我也想过，但是种什么好呢？养什么能适合咱村地理环境呢？这还得慎重考虑。大家说说看，咱发展什么种植业好？养猪、养羊、养牛还是养马、养驴等养什么最合适？是搞合作社还是搞养殖场？”

“我看呀，做什么都不合适。”

“我赞同杨兴旺说的，做好了，领导脸上贴金；做不好了，老百姓遭殃。况且要是没有一个好的领导来管理，再搞什么都扯淡。”郭明权“郭炮筒”说。

“你俩说的也都是个理。说实话，我也不想搞什么产业，对搞村集体产业咱没有经验，很怕搞不好，可这是脱贫攻坚路上的硬杠杠，一村一品一主体不能少。况且村集体产业搞好了，咱村人人都能享受到扶贫的成果。我们在这里不是说风凉话，要确实为村集体多想想，看怎么能搞好集体产业是关键问题。”

“这么说，这个集体就你‘扑死鬼’最关心，我们都是没正经的人、说风凉话的人？”

“老郭，我不是这个意思。”王茂才说。

“不是这个意思，是什么意思？”

李双喜眼看一场激烈的口水战就要上演，便立马站出来，说：“大家静一静，听我说两句，为了积极响应国家脱贫攻坚精神，也结合咱村实际，我与赵书记这几黑来睡不着就合计村集体产业的事，认为搞个养羊养殖场和光伏发电站比较适合，至于合作社嘛，就弄个小杂粮农产品合作社。只要能把这几个项目搞好，就不愁咱村富不了，脱不了贫。”

他们听了李队长这个想法，互相又都窃窃私语起来，一阵议论后，有人发话说：“那怎么搞？”

“光伏发电站，这是县委、县政府给咱村下拨下来的项目，咱只管把地址选好报上去，负责光伏企业就会来安装，挂网，咱到时候只管收钱就行。养羊养殖场咱村支‘两委’来办，场长、副场长从全村海选，谁有能耐谁上，谁能管好谁上。再选两个顾问，咱这个顾问可不只是顾上了就问一问，顾不上了就不问不顾的顾问，其职责主要是负责监督养殖场的运行情况，以及管理等各方面的工作情况，只要是养殖场的事就都能问都能管，而且还有权利检举养殖场管理人员技术人员等不规矩行为，可以直接组织召开群众大会揭发场里一切违规行为，有号召群众罢免场长、副场长的权利。小杂粮农产品合作社，咱村支‘两委’牵个线，带个头，组织号召全村村民采取入股的方式成立合作社，村支‘两委’不参与，不加干涉，全由村民自行组织成立。”

“这个好，我看行。”李复生自语着。

张鹏举、冯志奎、王茂才等人也积极响应着。

杨兴旺、郭明权没有吭声，也没有强烈反对。

李双喜给王茂才使了个眼色，王茂才赶紧把烟仍在地上，抬起脚在烟头上碾了一下，咳嗽了一声，说：“李队长说的这些，我很赞同，也切合咱村实际，如果大伙没有什么意见，咱就举手表决。”说罢，他就首先举起了右手。

杨兴旺、郭明权正在犹豫还没有回过神来，见大伙都举起了手，他们刚要举手，王茂才说话了：“好，放下，咱这就定了。咱趁大伙都在，给养殖场先起个名字吧。”

“我看就叫‘山西省武乡王和恼兴业扶贫养殖场’，你们看行不？”

李复生对这几个字琢磨了半天，说：“李队长，这个场名起得好，有新意。”

杨兴旺白了他一眼，说：“真会舔屁眼。”

李复生听见杨兴旺在骂他，可他假装没有听见，没有理他，他知道，杨兴旺就这德性，没文化，爱认个死理，总和人唱个反调，抬个杠，屁大个事就能跟人争个耳红脖子粗。

“我看时间不早了，会就开到这里，咱改天召开群众大会海选场长、副场长。”王茂才说。

夜很深了，星星满天，月亮挂在树梢。

一声狗叫，划破了夜的宁静。

十六　竞选

人都散了，村集体产业项目敲定了，可王茂才心里仍然没有个底，能不能把这项产业搞好是个未知数，他把李队长拽住商讨下一步该如何走。

李双喜知道他心里怕什么，就给他出主意，为了怕节外生枝，来一个快刀斩乱麻，明天就召开群众大会海选场长、副场长。

王茂才听了连连点头，等李队长他们走了，他才锁住会议室门离开。一个人边走边想李队长的话，边回忆晚上开会的情景，只顾想心思没顾看脚下的路，一个踉跄整个人差点撞在路旁的槐树上。嘴里骂骂咧咧道："那个臭鬼挡爷的道，想挨揍？"回到家里已是鸡叫头遍，把老婆叫起来给他做饭，饿了。

老婆不情愿地从炕上爬起来，揉了揉眼睛，衣服也没穿就下地给他做饭，不大一会儿，老婆就给他炒了个西红柿鸡蛋，电器炉上锅里的水在扑哧扑哧地响着，擀面杖与案板吧嗒吧嗒地交织着，女人低胸背心里的奶子像两只小白兔在欢快地蹦跳着，好像想蹦下来吃一口案板上的面条似的，女人的嘴不停地唠叨着："开会也不知道迟早，赶明了才回来，什么会非得开这么晚？嗨，'扑死鬼'，说话呀！我跟你说话，咋不出气呢？"

王翠翠一抬头见王茂才衣服也没脱就栽倒在炕上睡着了，双脚在炕沿上担着，打着呼噜，活像一只死狗。

王茂才是睡着了，可睡得不实，心里想着心事，一个冷圪瑟醒来，问："老婆几点了？""半前晌了。"

"你咋不叫我？"

"看你睡得那么香甜就没舍得叫你，让你好好睡睡哇！"

"快给我下面，饿了。"

"现在知道饿了？"

王茂才没有回答她，拿起手机给李复生打电话，交代他通知全村村民下午 3 点在村委会大院开会，选举场长，准备好选举箱、笔、纸等用品。

"开什么会？饭也顾不上吃就先安排开会。"

"选场长。"

"选什么场长？咋没听你说过？"

"咱村计划办个养殖场，昨晚定的，决定从全村村民中间海选场长。"

“就这，屁大个养殖场场长还用选？你是一村之主，你当上不就得了？”

“不是你说得那么简单，养殖场得有个好管理者才行，不是随便是个人就能干了。况且你又不是不知道咱村这几年的情况，我的地位没有以前那么稳固，有威信了，我当上别人一定不服。”

“你不行，谁能行？我看呀咱村没几个人有这能耐。”

“你看好锅哇，要溢了。”

王翠翠被他这一喊才想起来锅里煮着面条，赶紧掀起锅盖，用筷子打了打。刚才她走神了，她突然有种想法，想上当场长了，想着自己站在竞选台上给群众演讲，台下响起了热烈的掌声，经过村民投票，她被选上了，正在高兴呢，被王茂才这一吼给打断了。

翠翠拿了一个大洋瓷碗盛了满满的一碗面，挖上菜，放上盐、醋、芫荽（香菜），再拿了双筷子给他端到手里，说：“我想竞选场长。”

“扑哧”一声，王茂才把刚塞进嘴里的面条给喷了出来，正中王翠翠胸前那两只小白兔。只听“哎呀”一声：“你这是干什么呀？吃面就吃面哇，咋往人家胸脯上吐，真恶心。”“你刚才说啥来？”

“我说啥来？”

“你想当……想当什么来着？”

“我想当场长。”

“我没有听错吧？你一个妇道人家不在家好好做饭，收拾家里伺候我，要当场长，那不让全村人笑话？”

“笑话啥？谁说女人就不能当场长来？我要参加竞选，又不是你让我当的。既然是在全村海选，那就不分男女，统统站到台上参加竞选，谁有本事谁上。”

王茂才一下接受不了老婆提出的要求，一种老思想束裹着他，女人，就应该在家收拾家务，做好饭，伺候好丈夫，咋能整天在村里抛头露面？那成什么了？不能让她去参加竞选！想到这，说：“你不要乱想，当场长，那是男人们的事。你就安分些在家当好我的老婆就行，再怎么穷，咱家也还能过得去，不用你在全村人面前抛头露面，这个家有我呢！”

“不，我就要当，除非我没选上，被淘汰了。”

“不行！”

王翠翠一把夺过他手里的碗，说：“你不让我当是吧？那就不要吃饭，以后你也别想吃上我做的饭！”

这下可把王茂才给镇住了，掐到他的软肋了，他王茂才最怕王翠翠拿饭来威胁他，王茂才千好万好就是有一样不好，不会做饭。他看不了火，做不了饭，不知道面怎么就煮熟了，小米怎么就焖熟了，焖多少能够两人吃。每每与老婆生气吵架，王翠翠总拿饭来威胁他，不给他做饭，他就没招了，就只好给王翠翠跌软、认错。

说到这，给大家讲个小故事。有一次，翠翠回娘家了，走时叼住王茂才耳朵吩咐，中午你和孩子们焖些大米吃哇，有三碗饭就行了。王茂才按照老婆的吩咐，用大洋瓷碗在缸里挖了三碗大米倒在锅里，添了半锅水，坐在火上去院里劈柴。他光顾劈柴，把火上焖的米饭给忘了，等孩子们回来要吃饭时才想起来火上还焖着米饭，也没有准备些菜，才赶紧回屋看米饭熟了没。一进屋就闻见一股难闻的味儿，心想这下坏了，烧了啥了，刚走到火台前，就被眼前一幕给看傻了，锅盖掉在地上，火台上全是白米饭，好似一座小小的雪山。顿时，俩孩子笑了，说：“爸，咱今晌午吃雪山呀！”问得王茂才不知该怎么回答，他每每想到这总偷偷地笑几声。

这下可好了，王翠翠又不让吃饭了。他就转了个弯，说：“我的好老婆，我不是不让你当场长，只是……”

“只是什么？快说。”

“我是怕你受罪。一个女人家在家收拾收拾家务，做做饭有多好！当上场长，可不能消停，忙里忙外受得不成罪，弄不好还要得罪人，操心也大，可得当回事情去做，那是村集体财产，可不是咱自家的，让你瞎弄瞎折腾。”

“我看，你倒不是心疼我，你是怕你吃不上饭饿肚子吧？如果是这样，这饭你就不用吃，以后也不用吃。”

“不不不，我真是心疼你，怕你受罪，快五十岁的人了还瞎折腾啥？让年轻人干吧！”

“这根本不是你的真心话，你只关心你自己，只为你自己考虑，根本就没有考虑过我们女人，考虑过我。我自打来到你家就只知道给你家受，就没有按自己的想法做过一件事。我们女人也是人，咋就不能干些有意义的事情？咋就不能干些像样的事情？电影、电视剧里演的那些女经理、女商人、女干部等，难道都不是女人吗？都是些假女人吗？”

“看你，咋就跟电视剧里的女人们比上了呢？那都是虚构的。你就在家安安分分地做我的老婆就行，咱虽不怎么富裕，但也不愁你吃不愁你穿，这还不行吗？”

“是，咱家生活过得还行。可我不是为了这，我是为了全村的村民着想。你不是不知道咱村情况，不识字的人多，能人少，能挑起这担子的人真挑不出几个来。”

“可全村再没那人，也显不出你一个妇道人家吧？你是不是自打两个孩子上大学走了，你一个人在家没事干闲得慌？那就栽茅坑里死了算了，别在全村人面前丢人现眼。”

王翠翠一听他说这就气不打一处来：“王茂才你这个‘扑死鬼’，我还真小瞧你了，你不让我当是吧？我今儿个就当定了，咱走着瞧！”“咣当”一声，王翠翠把一碗面放在柜子上就要向外走。

王茂才见老婆急了，心里发了毛，这头母驴发起疯来可不好收拾，看来这下阻止不了她，她是非参加竞选不可，非要当这个场长不可。既然阻止不了她，还不如让她上台出出丑，不然她真不知道自己几斤几两重。就让她抬得高高的跌下来悄悄的，如果竞选不上，看她怎么下台？想到这，就立马说："好了，老婆，不要闹了，我举双手双脚赞同你参加竞选，可要是竞选不上，那可就得安安分分在家伺候我，做一个好家庭主妇。"

"扑哧"，王翠翠笑了，返回来端起柜子上的饭放在王茂才手里，说："放你一百个心哇，我一定能选上。""你就这么自信？"

"可不是哇，没有自信，我就不参加竞选；没有金刚钻，我就不敢揽那瓷器活。"

"你有信心就行。"王茂才不愠不火地说。

"听你这说话的口气，还是不情愿我参加竞选。"

"我呀，主要是惦记我这肚子呢，才管你选上选不上。"

"这下你可说出真心话了哇？你真自私呀茂才。你不用那么小心眼，也不用担心那么多，我不会让你饿肚子的。"

王茂才看了一下手机，"哼"了一声，哧溜哧溜地吃着面条，不大一会儿，一大碗面条就下肚了，然后把空碗给王翠翠伸过去，说："再来点。"

"你还吃了？"

"咋！这还没有当上场长了就不让我吃了？要当上场长，我还不得把嘴吊在梁上，每逢饭时只能干瞧着你们吃饭？自己饿着肚子，嘴角流着口水，只有看的份儿。"

"快吃哇，热饭堵不住你个冷屁眼。"

王茂才接过碗呵呵地笑，说："说到你心坎里啦哇。"

王翠翠没有理睬他，转身给他凉了一碗汤端到他面前，然后出去了。

王茂才吃了饭，喝了汤，叫了一声老婆，说："我先走呀，你随后来哇。"人就没影了。

翠翠从茅房回来，煮了个方便面，瞎胡吃了些，锅碗也没洗锁住门也走了。她没有直接去村委，而是去给自己拉票了。她东家进西家出，能跑几家算几家，能说上的都打过招呼，说不上的也打了招呼，她信心十足非想当这个场长，快 3 点钟了，她才走进会场。

会场，人们议论纷纷，说甚的也有。

“咱村要搞集体养殖场了，今下午就要竞选养殖场场长。”

“听说‘扑死鬼’家要竞选场长。”

“她能干了吗？”

“谁知道呢？”

“一个妇道人家不安生些在家伺候丈夫，过活，弄个这干球甚？”

“她男人不好意思当，让她当挡箭牌了吧？”

“要真是这样，全村的权利不就都掌握在他姓王的家了吗？”

“可不是呢！”

“她能干了吗？当场长，可不是做家务。”

“等会儿，咱看看再说。”

这时，李复生在戏台上说话了：“大家静一静，今下午，咱在这里竞选养殖场场长、副场长，谁想当就到前面来先报个名，一会儿上台演讲，然后全村村民投票选举。”

村民们这才向戏台上注意。戏台是古式建筑，挑梁上刻有飞禽走兽，柱子上刻有双龙戏珠，年代久远无法考究，因多年失修，戏台有点破，古瓦古砖有的已破碎脱落，墙上坑坑洼洼有几处弹孔是日本人留下的，戏台上排放着几张桌子，桌子旁放着投票箱，李双喜、杨春生、王茂才、赵福贵分别坐在桌子后面。

一袋烟工夫，村里想当场长的都上台报了名。

王茂才看了看李复生提过来的名单，一共有 12 人报名，女的只有他老婆一人。然后递给李队长他们看，对着戏台下面群众说：“谁还有心思想当养殖场场长就赶紧上来报名，等一会儿演讲开始就不能再报了。”

人群中有人说：“想当的都上台上报了，没上的都是不想当，不用再等了。”

王茂才四下看看，把烟捏灭，然后说：“今天下午，把大家召集来主要是竞选养殖场场长。咱村计划办个集体养羊养殖场，为了把养殖场办好，给村集体创造些财富，给全村村民创造些福利，经村支“两委”会议研究决定在全村海选出三名养殖场场长来管理养殖场。其中一名场长，两名副场长。然后，大家再在全村村民中间选出两名顾问来负责监督监管养殖场。现在请驻咱村扶贫工作队李队长讲两句。”

李双喜摆摆手，说：“大家下午好！我也没那甚说的，王主任已经说清楚了，咱还是不要耽误竞选者演讲时间，让他们按报名顺序上台演讲吧。”

王茂才给李复生使了眼色，李复生领会了王主任的意思，就对着话筒放开嗓门喊：“现在开始上台演讲，第一名演讲者冯志奎，郭明权准备。”

冯志奎走上戏台先给大家鞠了一躬，然后说：“我叫冯志奎，是冯家堖村小组组长，我说不了话，也不会说，我就一句话，如果让我当上养殖场场长，我一定好好干，把羊养好，卖个好价钱，到年根里给全村人分羊肉吃。我的演讲完了，大家都投我啊！”

戏台下一片哄笑声，不知谁在说：“这那叫演讲，跟放屁差不多。”

这时，李复生喊道：“郭明权上台演讲，王翠翠准备。”

“你们看，‘郭炮筒’上去了。”

郭明权走上戏台往中间一站，说：“大伙都认识我吧，我是西庄村小组组长郭明权。我站在这里就是要当养殖场场长，大家记得投我啊！我当上场长了，羊肉管大家吃，羊血管大家喝，羊杂嘛那就更不用说，就说这些，大家不要忘了投我啊！”

“郭炮筒”还没有说完，台下倒一片哄笑声，七言八语地说：“这真是个炮筒，只知道吃，除了吃还是个吃。”

“让他当上呀，光吃就把个集体给吃穷啦。”

“他就不是当场长的料，也不知他怎么想的，来这露甚脸。”群众在议论着，王翠翠已走上戏台。

王翠翠站在戏台中间，先深深地给全村人鞠了一躬，然后张开红红的嘴唇开讲。她嘴唇没有这么红，是在王改先家时一帮好姐妹给她涂了点口红。

“大家都知道，我是王和恼村王茂才家的王翠翠。今天能站到这里，首先感谢村支‘两委’，全村村民给我这个机会，给我这个平台，让我来展示一下我自己。”

人群中王改先说：“看呀王翠翠多会说，仅这一句话就把人们的心给温暖了。”

“说起我自己我也没那什么才能，我就是有一股泼辣劲，实干劲，谁都知道我这人干事认真，不偷懒，也不愿拖拉，要干咱就干，要歇咱就歇，不待见那种婆婆妈妈的，干什么都拖泥带水的不利索。说实话，当场长这本不是女人干的事，我家茂才就坚决反对我干，可我就是见不得男人们小瞧咱女人，说什么女人就是伺候丈夫的，做家务的，干不了大事。他们男人越小瞧咱们女人，我就越不服气越想干出点名堂来让他们男人瞧瞧，我就不信这个邪，女人咋来？女人咋就不能干大事？历史上有名的女人多的是，什么巾帼英雄花木兰，梁红玉，大唐女皇武则天等等，不都是女人吗？”

“说得对，讲得好，女人能顶半边天。”王改先在台下喊道，顿时，台下响起了一片掌声和欢呼声。

王翠翠笑了笑，又说：“我家茂才不让我当场长，说什么妇道人家就安安分分在家吧，当什么场长，那不让全村人笑话。我不这样认为，女人为什么就非得安安分分在家不出门，光知道在家伺候男人？女人为什么就不能抛头露面，干一番事业？咱在电影里电视剧里看到好多女人不是都在干事业，闯荡江湖，当干部，当经理那都不是女人干的吗？我不甘心我家茂才这样说我，我要走出来，甩脱家庭主妇的束缚，为全村人当一回场长，我就不信我干不好。”

戏台下沸腾了，欢呼声，喊叫声，拍手声交织成一片，王茂才根本没有想到她老婆会征服了全村人，会出现这样的场面。

场里的女人们手拍得更响。她们听到王翠翠的讲话，心情十分高涨。王翠翠的讲话倒出了妇女们的心声，讲出了她们心底的那点隐痛。谁说女子不如男？谁说女子就不能在人抛头露面？谁说女人就非得在家伺候男人？女人也可以干大事，女人也可以顶天立地嘛！王翠翠是女人堆里的骄傲，是女人堆里的男人，有想法，有魄力，一定能当好这场长。我们支持你——王翠翠。顿时，人群中的妇女们欢呼声一浪拨过一浪，压倒了会场里的男人。说实话，在场的男人们也很佩服王翠翠的口才，佩服王翠翠的胆色和魄力。同样，他们手掌也拍得生疼生疼的，很是高兴。

李复生喊道："大家静一静，让王翠翠演讲完。"

王翠翠清了一下嗓门，说："假如大家选上我，我一定要当好这个场长，一定要把养殖场管理好，办出全县乃至全省、全国有名的养殖场，真正为全村创造些财富，让全村人过上好日子，走出大山，过上城里人的生活。也让他们男人好好瞧瞧，咱们女人也不是吃素的，我的演讲到此结束，谢谢大家！"然后，她又给村民深深地鞠了一躬，才稳步走下戏台。

戏台下又一次沸腾了！台上在座的人都拍起了热烈的掌声，台上台下的掌声、欢呼声、叫好声交会成咆哮的海浪声。看来这个养殖场场长非王翠翠莫属了！王茂才又是喜悦又是犹豫，喜的是没想到王翠翠她有这样的定力和口才，有这样的魅力和人脉，有这样干事创业的决心和信心；犹豫的是他将失去一个很好的家庭主妇，回家再也不会有人给他端饭端水脱衣洗脚，伺候得他地地道道，舒舒服服的人了；再也不会像以前那样温柔体贴，晚上早早给他暖被窝的人了。

接着，张鹏举、李少飞、李复生等人一一上台演讲。

十七　聘书

今天的天气真好，天空云彩朵朵。

一群喜鹊飞来，落在戏台瓦棱上喳喳碴地叫着，会场上的人吵嚷着开始进行投票。男女老少站成长长的队伍，依次走到台前把写好的选票塞到李复生站在戏台上弯着腰低着头双手端着的箱子里，所有人把选票都塞进投票箱后走回场里，在场上议论着，吵嚷着等待选票统计结果。

不大一会儿，唱票开始了，杨春生念，赵福贵在一个黑板前拿着粉笔写，有两个群众代表在旁边站着监督。杨春生第一个念的是张鹏举，赵福贵用粉笔在黑板上先写上张鹏举，然后在他名字后面画了一个“一”字，接着杨春生念王翠翠，赵福贵又在黑板上写上王翠翠，名字后面同样画了一个“一”字，杨春生接着念李少飞、张志奎、郭明权……赵福贵接着写接着划。场上的群众直起耳朵静静地听，生怕听漏了谁。

场内有人在窃窃私语：“快看，这会儿数王翠翠票多，光‘正’字就写了一行多了，其他人连一行还不到，看来王翠翠这个场长是当定了。”

“那可不一定，不到最后，不能早下结论。”

王改先凑到“圪蹴”跟前说：“王翠翠一定能当上。”

这时，不知谁在喊：“快看，鹏举的‘正’字超过翠翠了。还有少飞、复生。”

王改先踮起脚瞅了瞅，嘟囔道：“咋会是这样。”

“圪蹴”看了王改先一眼，说：“你们净给她出些馊主意，在家安分些不好，非要出来当什么场长。这下要落选了，看她那张脸往哪搁？茂才的脸往哪搁？姓王家的脸往哪搁？”

“有这么严重吗？”

“凡有些头脑的人是不会贸然站出来参加竞选场长的。养殖场场长不是谁想干就能干了的，那得有管理经验和领导才能才行。”

“照你这么说，翠翠就不该来参加竞选。”

“压根儿就不该有这个想法。咱村男人都死完了吗？没有？不需要你们女人来这种场合显摆。”

王改先听着他的话感觉有点不如期，不好听，可一想到王翠翠要是落选了，那姓王家的脸可就真的丢尽了，往后走路都得低着头走见人就得矮三分。难道自己支持王翠翠参加竞选支持错了？她正低着头想着这些心思，默默祈祷着王翠翠竞选成功。突然听到有人说：“翠翠票数上去了，超了，超过他们了。”

“不就比鹏举超过一笔嘛！值得那么大呼小叫。”

王改先白了“圪蹴”一眼，说：“超过一票也是超，怎么不值得，我们姓王家不会落选。”

“圪蹴”听见王改先在说他，便说：“不要高兴得太早了，这才进行了一半，鹿死谁手可还定不住呢！”

“我们姓王家一定能赢。”说罢，她白了“圪蹴”一眼。

“不要把话说得太早了，说死了，你现在好好瞅瞅，看看谁的票最多。”

王改先像听话的小孩，又踮起脚往台上黑板上瞅了瞅，一下心就凉了半截。这会儿既不是鹏举，也不是翠翠，是少飞，整整超过他俩两个“正”字。心想，这下可完了，姓王家没希望了，彻底完蛋了。这回只剩下三分之一票了，恐怕非得奇迹出现了。她向王翠翠站的方向瞅了瞅，竟没有看见她的人影，她去哪儿了，不会一时想不开做傻事了吧？她想到这就在人群中转悠着寻找王翠翠，可她把整个会场都转了十几遍也没见到王翠翠的影子。她去哪里了？主奶奶呀！千万别想不开做下傻事。

“选票写完了，结果出来了。”

王改先听到有人说结果出来了，一下不乱想了，边踮脚边向台上瞅边问：“谁竞选上了？”

“好像是翠翠，又好像是鹏举，最后两‘正’字写得太小，看不太清楚，等宣布吧。”

选票唱票完了，也写完了，开始统计票数，场上关心结果的人踮着脚伸长脖子向台上一个劲地瞅，不太关心的人圪蹴下围着圈圈说着闲话抽着旱烟，还有说关心也不关心说不关心也关心的人站着议论着猜想着谁能竞选上，孩子们追逐着在场上打斗玩耍。

这会儿，王改先又在场里瞅着寻找着王翠翠这个人，她到底是去哪里了，还时不时地挨着人询问见王翠翠来没，不大一会儿又把会场转悠了个遍，还是没有寻着她。她到底去哪了，是嫌怕了吗？还是不敢面对现实。她正在发愁找不见王翠翠呢，突然眼前一闪走过一个人，就是王翠翠。她一把拖住王翠翠的胳膊，说：“你去哪了？害的人家可会场转了好几圈都没找见你。”

“我没有去哪，上了趟茅房。”

“我一瞅，见你不在会场，把我吓得出了一身冷汗，还以为你……”

“以为我怎么啦？”

“你不知道刚才场里的气氛有多紧张，票数一下就把你甩在别人后面了，而且差了一大截。我见你不在会场，我就全场找你，很是担心你。”

“有什么担心，这不好好的嘛！”

“怕你承受不住，想不开去做傻事。”

“放你一百个心吧，我不是那种人，什么事我都能想开了。”

“如果落选了呢？你怎么办？有什么想法？”

“落选了也没什么，我还是我，一块肉都不少。我还当我的家庭主妇，还好好伺候我家茂才，没有什么大不了的。竞选上了，我就好好干，一定要当好这个养殖场场长。”

“你有这样的想法，我很心服你，要换成我，我可不行，我会崩溃的。”

她俩谈着，台上的麦克风响了，是王茂才的声音：“大家注意啦！大家注意啦！现在由驻咱村扶贫工作队李队长宣布结果。”

说不在乎那是假的，王翠翠一听到王茂才说要宣布结果，她的心就开始怦怦地跳，而且跳得根本停不下来。她从心里安慰自己不要跳，没有什么，大不了回家当我的家庭主妇。

李双喜开始宣布了，嘴对着话筒咳嗽了两声，说：“这次竞选，整个过程大家都看到了吧，通过报名、演讲，大伙填票、投票、计票、唱票，都是在大家的眼皮底下进行的，不存在暗箱操作，选出的人选一定是大家认可、信任的人选。我现在就宣读获选人名单，票多者为场长，依次是第一副场长和第二副场长，随后咱就给他们颁发任命聘书。大家竖起耳朵注意听我宣读：李少飞 230 票，张鹏举 255 票，王翠翠 256 票。”

在李双喜宣读候选人名单时，王翠翠竖直耳朵认真听着，当话筒里刚传出“李”字时，她的心就扑通地跳了一下，感觉头有点晕，自己差点跌倒。接着是张鹏举 255 票，顿时感觉心稍微平静了些，因为这个数字让她明白最后一名一定是场长，可这场长会是谁呢？心忐忑不安起来，焦虑着烦躁着安慰着自己，一定是自己不是别人。当她听到王翠翠三个字时，自己差点立马蹦了起来，伸长脖子长长地松了一口气，我赢了！我当上场长了！会场上响起了热烈的掌声，她一点也没有充分准备，就被王改先一帮娘们把她抬起来抛过了头顶。

台上，王茂才说话了：“大家静一静，接下来咱接着选养殖场顾问，大家在选顾问时要好好考虑一下，把咱村德高望重，一心为公，无私奉献，办事认真负责的人选出来，现在复生把选票给大家发下去，拿到选票后把你自己认为合适的人选写在选票上，然后塞进投票箱。”

选举顾问虽没有选举场长那么隆重，但场面也很热闹，经过发票、填票、计票、唱票，最终选出两名顾问。一位是张贵发，一位是张奎。

场长、副场长、顾问选举结束后，村支“两委”领导班子先为养殖场长和副场长颁发了聘书，养殖场领导为两位顾问颁发了顾问聘书。

王翠翠拿着聘书从台上下来，王改先她们一下子把她围在中间，把手伸过来摸着毛茸茸的聘书，说：“好绵呀！这是甚做的来，这么绵。”

“就是耶，很绵。”

王改先抢过话题说：“本本绵是绵，可来的真不容易呀!”

“这可不只是简单的一个红本本，这是一份烫手的山芋，这是一份沉甸甸的责任，这是全村人的依靠和饭碗。”王翠翠说。

“是啊！红本本是拿到手了，一切才刚刚开始，登山只是迈出了第一步，接下来的路更难更不好走，这需要你自己去摸索、探索。”

“不怕，有姐妹们支持我，再难再险的路我都要走下去，把养殖场办得红红火火。”

“我们相信你，你能行，你是我们村的女强人，佼佼者。你在前面走，我们在后面推，一定大力支持你的工作。”

王翠翠听了姐妹们的话，心里很舒坦。但舒坦归舒坦，肩上的责任和分量可不轻，自己很清楚，要想当好这个养殖场场长，那可不是一件容易的事。可自己既然选择了，也踏上了这条路，那就要正确面对，勇挑重担，哪怕前面道路崎岖艰险，自己都不能被艰难险阻吓爬下，要坚强地克服一切困难走下去。

一个从来都没有脱离过家庭主妇的她，这一下要扛起养殖场的重担，那可真不是在开玩笑，用老百姓的话说，够她喝一壶了。

王翠翠心里很清楚，这搞养殖场，光有领导不行，得有几个得劲的羊倌（养羊技术员）才行，她想着，思考着好多事，她一宿一宿睡不着，先前是王茂才睡不着，现在轮到她了。村集体产业和养殖场场长事一敲定，王茂才心里舒坦多了，每天紧锁的眉头也舒展开了，躺在炕上倒头就睡，鼾声如雷，吵得王翠翠很烦很乱，辗转反侧难以入眠。

十八　谋划

天还未亮，王翠翠就起来了，收拾家务，做着早饭。

早晨的太阳很温柔，树上的巧儿（麻雀）叽叽喳喳地叫着，蹦跳着，飞落在地上与鸡儿抢食吃。它们时不时还会抬起头瞅瞅，像是在提防着什么，一有风吹草动就扑棱一下飞走了，飞到树上站在树杈上摇晃着头，东瞅瞅西看看，时刻准备着再次飞回到地上与鸡儿抢食吃。

王翠翠养了十几只鸡，家里吃的鸡蛋全靠这十几只鸡供应，每天早起，第一件事就是把鸡窝门打开，给鸡撒点玉茭、茭子，有时是家里的剩饭，一天就不再给它们喂食了，任由它们四处转悠找食吃，或在垃圾堆里用爪子刨虫子吃，个个都吃得很肥，下的鸡蛋也多也很好吃有营养。第二件事是洗漱、挖面、坐锅，开始做饭。第三件事是把王茂才叫醒，把衣服裤子给他递过去，洗脸水弄好，等他起来洗漱好了，舀好一碗玉茭面疙瘩，搭上几筷子酸菜，两个人围坐在小炕桌上边吃边聊着家常，日子过得很是滋润有情调。

他俩吃着饭说着话："这场长当上了，你心也跌肚里了，接下来选场地，买羊羔，办证……赶紧张罗吧。"

"茂才，说实话，我现在有点后悔竞选这场长了，这么大个摊子让我一个女人来扛，感觉有点扛不动，也不知从何处下手，心里一点也没有底。"

这会儿，王茂才一个劲地只顾吃饭，假装没听见。

王翠翠知道他在假装，一把把他碗给夺了，说："我让你吃，吃屁哇!"

"吃得好好的，咋把碗给端了，不让吃了?"

"跟你说话，你没听见吗?"

"你说什么了，我真的没听见。"

王茂才没想到，也没有注意到，她一下子爬过来把他的耳朵给揪住了，说："我让你不知道，我让你没听见，听见了没？"

这一下很灵验，王茂才也很痛快，赶紧说："听见了，你赶紧撒开手，耳朵疼。"

"这还差不多，跟你说个话就当是跟个不出气的说，一声也不吭，你什么时候学成这，看你气不气人。"

"那你也不能揪人家耳朵呀！什么时候学成泼妇了，动不动就揪耳朵。"

"谁让你装聋作哑，不拿这招来对付你，你能出气吗？"

"我……"

未等他说完，王翠翠就说："我甚了我？不用再解释了，我知道你现在心里正幸灾乐祸呢！也在埋怨我当上场长。场长我是当上了，既然当上了，我就要干下去，不管有多难，我都要去蹚这一摊浑水。不能让全村人瞧不起我，不能让全村人看我笑话，不能让你王茂才瞧不起我，不能给咱姓王的家丢脸，不能给支持我的村民和姐妹们丢脸，不能让困难把自己吓倒吓爬下了，更不能让自己的汉子看我笑话。"

王茂才笑笑，说："谁看不起你来，谁敢看不起你来？谁又敢看你笑话来？是你自己看不起自己，是你自己在笑话自己嘛！"

"王茂才，你不支持我就算了，你咋尽说些风凉话来刺激我？"

"不是我不支持你，你既然担起这个担的，就要学会面对现实，学会独立承担责任，学会走自己的路。我能支持你的，只有村集体提供给你的场所和所能提供的一切物质条件，剩下的全得靠你自己带领大家去完成。回到家，作为你的汉子的我只有一个结实的肩膀给你，让你靠，你累了困了就来靠住它歇歇。歇够了，歇足了，站起来接着干，卖力干。"

"你别在我面前说这些大道理了，就不能说些实用的？帮我想想怎么干？从哪里下手？"

"对办养殖场，我也是个门外汉，我能给你说个甚？我不就是山沟里的一个小村长吗？外面的世界是怎样，我也不比你知道的多多少，都是半斤对八两差不了多少。你问我还不如去问问李队长他们，毕竟人家是当干部的，在县城接触的事物多见的世面广，也许能给你出出注意谋划一下。”

“你王茂才总算开了金口了。绕了这么个大圈圈，才给我透露了这一丁点。不过，这就够了。咱紧赶吃饭。”

“嗯！现在知道吃饭了。”

“快吃哇，热饭总堵不住你个冷屁眼。”

王茂才摇了一下头，说：“你呀，总是这么要强。”

王翠翠吃了一口疙瘩，突然听见喜鹊的叫声，“喳喳喳”地好像就在她家的枣树上叫。她忙放下碗筷，走到窗根趴着窗台向外张望，果然有一只花喜鹊站在枣树的圪枝上，对着她家“喳喳喳”地叫个不停。

“喜鹊叫，贵人到。今天，不知那位贵人要来咱家。”

“快别瞎想了，咱家哪有什么贵人来？不来个讨吃的就不错了。”

“肯定有人要来，赶紧吃。吃了我好收拾。”

“甚时候耽误你收拾了？一个劲地嚷嚷着赶紧吃哇，不会有人来的，你就跌稳稳地吃哇。”

王翠翠收拾起来很利索，三下五除二儿就把锅碗给收拾完了，她从墙上摘下圆圆的镜子支在炕沿边上，在墙根拿了个小板凳放地上坐下，一手拿着梳子，照着镜子梳理头发，她这是准备要出门去见一个人。

王茂才呆呆地看着她，问：“你这是准备去哪呀！”

王翠翠刚准备回答他，就听见屋外有人在喊：“王主任在家吗？”

王茂才赶紧回答：“在。”接着对着王翠翠说：“你想见的人来了。”说罢就往外走，这时，竹门帘已被掀起走进两个人来，一个是赵书记，一个是李队长。

王翠翠赶紧把镜子和地上的小板凳收拾起，让李队长和赵书记坐下，说：“刚才我还与我家茂才在磨叨呢，你们就来了”“你俩在磨叨啥？”

“也没有磨叨啥，就是在说你李队长。”

“说我什么坏话了？”

“可不敢说你坏话。俺是想让你给我谋划谋划养殖场的事。”

“你也不问问李队长有什么事，拉起你的事来倒挺快。”王茂才道。

“看你个茂才，你老婆刚说了两句话就被你把嘴给堵住了。”

“没那甚。我光顾说其他了，你们是不是找我家茂才有公事，那我就不打搅你们，我出去找两位副场长拉拉养殖场的事。”说罢，她就要准备走。

“没事我俩就不能来转转吗？”

王翠翠立马改口说：“看你李队长说的，欢迎还来不及呢！早就让茂才叫你们来家坐坐，他总说你们每天走访贫困户很忙，夜里还要做笔记工作到深夜，没有时间。”

“你真会说，不愧村里人叫你‘王铁嘴’。”

“李队长，你把我的事都打听清楚了吧？连我的绰号都知道。”

“你翠翠在王和恼村可是个名人，谁都知道你干事很干练有两把刷子，这下可有你的用武之地了，一定要干好，干出个名堂来让他们瞧瞧。”

“放心吧，李队长，我不为自己着想也会为全村人着想，只要把养殖场搞好，全村人脱贫才有希望，我们的生活才有奔头。”

“你有这样的想法，王和恼村养殖场就有希望，就能搞起来，走上规模。”

“咱光顾说这事了，不知你们有何事找我家茂才。要不你们拉吧？”

“你不是说让我们给你谋划谋划，咱先拉这，其他事不急。”

王翠翠一听要为她谋划养殖场的事，心里一股暖流涌上心口，真不知该说甚好。

赵福贵见她半天不开口，就说：“翠翠，你先说说你的想法。”

“说实话，竞选场长那会儿，我是得脑一热，心里光顾想着当场长了，当我拿到红红的毛茸茸的场长聘书后，才知道它的分量有多重，一下子压得我有点喘不上气来，心里一点底都没有，不知该如何下手。”

“你能想到这一层，说明你是一个有责任担当的人，王和恼村民选你选对了，什么事都是人做的，你不用怕，放开胆子干，村支‘两委’是你的后盾。但是有一条，这钱可不能瞎花，每笔款都必须用在刀刃上，每笔款都得有出处，上面查扶贫款查得很严，每年都要审计，一分钱都不能瞎花。”李双喜叮嘱着她。

“放心吧，李队长，你好好打听打听，我王翠翠从来都是公私分明，做事从不拖泥带水。”

“我们给你物色了两名羊倌，只要他俩能到你的养殖场干，负责养羊技术的人就解决了。”赵福贵说。

“这两位是谁？我就为这发愁呢！”

“你们应该知道，就是你们村董有才和张火旺。”

“啥？有才和火旺。”王茂才有点惊讶地说。

“怎么？这两人不行？这是李队长在村里走访多方打听后，与我商量了好多次才决定的。”

“说起放羊来，他俩的确是我村最好的把式。火旺他老婆是个病人，常年离不了人照顾，自家又养的有羊，他肯扔掉自己的羊不管来养殖场干？有才整天不出门，不与村里人接触来往，而且思想有了问题，已经不是以前的有才了，能叫动他？要是有这两个人来负责养殖场的技术是没问题，怕是难请。”王茂才说。

“我也想过这两个人，怕是请不动。”王翠翠说。

“是人都有情，是人都有弱点，你先去说说看，兴许人家愿意呢！”

“我们村的人，我们了解，有才这人不好说，也许火旺有希望。”

李双喜这时开口说：“不管他俩愿不愿意，咱先真心去请请再说，如果真是不来，我负责去做工作，咱一定要把这俩人请来。这样咱就不用出外边请技术员了，而且请来的技术员不一定适应咱这地方的环境，也不一定保证能把羊养好，况且工资还高，少了请不来。”

“我看，就这么定了。不信请不来，钢棒还能磨成针，何况是俩大活人，咱诚心诚意去请。只要能请来这俩人，养羊技术的难题就解决了。”王翠翠说。

“你还有什么难题，都说说。”赵福贵说。

“养殖场办多大，我心里没底，是办成圈养哩，还是办成散养哩？心里一直定不下来。夜黑来一宿又没有睡着，想了好几天都没有想出个结果来。”

“这两种模式，你最看好那一种？”

“我最倾向散养。咱这地方草多，草肥，都是上等的好草，草里还有好多中药材，这样养出来的羊肥，羊肉营养价值高，不愁卖，出手能卖个好价钱。”

“散养好，投资少，效益高，而且风险小。我赞成你的想法。”

“李队长，你觉得散养行？”

“散养行，咱这地方养羊都是你家几十只，他家几十只很分散，成不了大的规模，羊不好卖，也卖不上个好价钱。”李双喜说到这，停了一会儿对着王茂才说，“翠翠的事基本上是解决了，我们来是想与你商量另外一件事，不过也与翠翠本人有些关系。”

“什么事？李队长。”

“办养殖场不是个小事，如果办砸了，那损失可就大了，我与赵书记合计了一下，咱得出外面考察一下，看看人家养殖场是怎么办的？学学经验，回来结合咱本村实际制定出自己的管理办法，这样我们就能少走些弯路。”

王茂才刚要说话，却被他老婆抢在前头：“出外面考察考察很有这个必要，咱常年住在这山沟沟里，交通不便利，信息很封闭，没有见过大世面，更没有见过羊还能圈起来养，即是知道一些皮毛也是在电视新闻里听到一些，不够了解。盲目的办场，不知如何下手，办成甚样子才算是规模养殖。”

“我老婆说得对，她在办养殖场的事上比我考虑的多，实话说，事不关己高高挂起，自打养殖场场长人选敲定后，我就轻松多了，考虑这方面事也就少了。”

“茂才你可不能有这种思想，虽然养殖场有了场领导班子，可这个养殖场是集体的，是集体的养殖场，你村主任就有权利有责任管，可不能像你说的那样事不关己高高挂起，把养殖场放在一边不管不问，那可不行。你虽然没有下顾问聘书，但你比顾问还得顾问，甚至你还得参与养殖场的管理经营，可不敢有那种甩手掌柜的思想，应该为他们为养殖场多考虑考虑，看如何能办好经营好村集体养殖场。养殖场经营好了，就能为村集体多创造些财富，增加些经济收入，全村人就能享受些福利待遇，村里就能再发展些其他产业。”

“李队长说得对，我检讨，我不该有那种思想。”

“明天你就带上翠翠他们仨去山东考察。早去早回早动手。养殖场早一天投产，村里就能早一天受益。”

王翠翠这下心里亮堂了，摸着石头过河也有了方向了。抬头看了一下墙上挂的石英表，11 点半了。说：“李队长，赵书记你俩甭走了，就在我家吃哇，我给你们简单炒俩菜，你们仨喝口。”

“不是仨，是四个。”赵书记俏皮地说。

“好，咱就在你家吃，不过简单些，炒个土鸡蛋、山药丝就行。”李双喜说。

“主食就吃三合面面条，李队长可待见吃哩。”

“好，我这就做，你们说。”

王翠翠襟上围裙拿脸盆舀水洗手忙活开始做饭。

他们仨，还在拉着脱贫攻坚的事。

十九　玲玲

“玲玲，你来了，你也来扶贫了。你不是不来吗？你回哇，农村很苦，你会吃不消的。”

李玲玲看着他喝醉的样子很是心疼，听到他念道自己的名字，心里很甜，也很苦涩，怎么能喝成这个样子？以前他从来不喝酒，下了几天乡咋学会喝酒了呢！

这时，杨春生边倒水边说：“赵书记这回可喝大了，我从来没有见他喝成这，李局从王主任家把他架回来倒炕上就睡。嘴里还不停地念叨着你的名字。赵福贵艳福不浅呀！”

李玲玲脸一阵绯红，对着杨春生说：“他还说甚来？”

“他说你很爱他，他也很爱你。可自从这次从市里回来，他整个人好像变了，变得不肯说话了，变得沉默多了，我问他，他什么也不说，只是笑笑，还怨我能唠叨。好多天没有提过你，可今天不知咋了，一个劲地念叨你的名字。说什么玲玲不要走，不要离开我，我爱你，你是我心目中的天使……”

李玲玲接过杨春生倒的水，说：“谢谢！”

“谢啥了。”

“你要忙了你就忙吧，这里有我。”

“嗯，你今晚就在哇，我与李局回县里有点事。你在，我们就放心了。”说罢，他已经走出窑洞了。

李玲玲呆呆地看着赵福贵睡觉的样子，此刻心情很是复杂，他喝醉管我什么事？他当第一书记又管我什么事？我来这里又是为了什么？为什么刚才不拒绝杨春生的话，咋就犹豫了呢？咋就开不了口呢？他赵福贵什么地方把我的魂给勾住了呢？我咋说出的话就不是话呢？我的底线哪里去了？

我的原则哪里去了？

“脱贫攻坚，是习近平总书记提出的一项民生工程，是我们党必须完成的硬任务，没有退路。2020 年，国家要全面建成小康社会，贫困人口就要全部实现脱贫，这是一项非常艰巨的硬性任务。作为党的领导干部，作为国家工作人员，就要担负起这份责任和义务。走下去，沉下心去，到贫困村扶贫去，单位派你去你就去。”玲玲想起爸爸在家和她说的话。

“我不去。农村脏兮兮的到处是垃圾，那哪是人待的地方。”

“这么说，我也是农村长大的，你是不是也很嫌弃我，嫌弃我的老家脏。”

“我……”

“不用我我我，跟敬业、爱玲他们去吧！”

“可我没有在农村生活过，我闻不惯农村的味儿，我适应不了农村的生活，你不是把我往臭水沟里推吗？”

“你适应不了农村生活是吧？别人就能适应了农村生活？啊？你是人，别人就不是人？”这时妈妈说话了。

“看你这糟老头，怎么说话了？玲玲不愿去，派别人去不行吗？咋还非得让咱玲玲去。”

“你这说的是什么话？玲玲都让你给惯坏了。”

“反正我不去，你愿让谁去谁去。”

“这下你妈可给你长上气了，是吧？你也不想想，你念大学白念了，你是我李德胜的女儿，不是张三李四的女儿，咱走走关系说说情，可你不能，你要是不下去，你让我如何派别人下去？以后如何管教别人？我这局长的脸可值钱嘞！你娘母们想去吧！”说罢，他饭也不吃就气呼呼地走了。

“去吧，你爸说得对。你要替你爸多想想，不要一味地任性，你长大了，不是小孩了。你不去，你爸这局长很难当。”

“好嘞！我去，我去，我去还不行吗！”

“乖，你真是我的乖女儿。”说罢，一把把玲玲搂入怀中。

“口渴，水水……玲玲，水，玲玲，水……”

李玲玲把杨春生给她倒的水端起来，把他的头向上扶了扶，把水杯对在他的嘴上向上抬了抬，让水缓缓地流向赵福贵的嘴里。赵福贵喝完水，上下嘴唇拍打了几下就又睡着了。

李玲玲慢慢把他放下。

这时才好好的注意他黑不溜秋的脸，整个脸除了两只眼圈是白的，就没有一处白。看来农村真真苦，农民们一年四季与土坷垃打交道真不容易。再看看他们住的这窑洞比自己在果儿垴住的窑洞稍微好点，也好不了多少，只是比我们住的窑洞干净些、整齐些。农村都是这个样，走的土路坑坑洼洼弯弯的，住的黑乎乎窑洞矮矮的，圪圾圪旯小道窄窄的，田间沟沟岭岭危险的，房前屋后杂乱垃圾堆得满满的，屋里屋外东西全是圪搅的，土炕席席“人”字摆来圪睡的，吃的喝的啪嚓啪嚓扎嘴的……

一走进果儿垴的村，就想掉头回去，垃圾堆里的苍蝇、蚊子乱飞，呛鼻的气味很浓，戴着口罩都呛得人喘不上气来，甭再提路上的牛粪、羊粪、马粪……一脚踩下去，满脚都是粪，在路旁找个石头什么擦都擦不干净，真恶心；住的窑洞，一股怪味难闻，喷上些香水不但不顶事，更有一种怪怪的味道呛得你透不过气来，闭住呼吸哇，没办法，条件就是这。吃的饭没有油水，一点也不香，还扎心，真不敢想想自己的父亲是怎么在农村长大的。

张爱玲说她太娇气了，简直就是个娇小姐，城里的布娃娃，受不了委屈，吃不了苦，缺少下农村体验生活的机会。这次跟他们下来扶贫是个绝好的机会，领悟生活，感悟人生将会是一辈子最宝贵的财富。可李玲玲似乎不稀罕这些，活得潇洒、洒脱、快乐是她的追求目标，下乡扶贫是她最不想做的事。当她看到孤寡老人生病在炕，下不了地，去不了茅房，大小便失禁等生活十分困难户，听着他们的述说她哭了。她从小就没有吃过苦，没有缺过钱花，生活在蜜罐罐里根本不知道什么是苦，什么是穷。这一次，她看到了，体会到了，也感受到了，穷苦人生活的难处，穷苦人生活过得艰难。

深刻的领悟和体会，使她懂得人与人差别很大，人与人差距更大，整天生活在蜜罐罐里，过着城市人的消遣、洒脱、快乐的生活的她，那知道山沟沟还有那么多穷苦的人民在等着吃饭，衣不裹体与大自然抗争，与土坷垃艰难地打交道。他们需要帮助，需要救助，更需要我们来扶贫，来扶持他们走出贫穷，走出困境，走出山沟沟。国家像这种穷苦的人还有很多很多，他们享受不到国家改革开放带来的成果。她从她的钱包里把红红的钞票给他们放下，叮嘱他们好好生活珍惜当下。

她接受了现实，沉下了心，也感受到赵福贵为什么非要放弃她到农村来当第一书记。农村深深地把他那颗热血滚烫的心给牵住了，王和垴村离不开他，他更离不开王和垴村。

她想赵福贵了，想去看看他。果儿垴离王和垴村不远，翻过一座圪梁，走上也就半个小时的山路就到了。原本李敬业和张爱玲要与她一同来看赵福贵的，结果半路上村主任打电话说有事返回去了。李玲玲只想见赵福贵，一路上听着音乐蒙住头一个劲地走，进村一打听正好遇见杨春生。

赵福贵一个大翻身醒了。

“福贵，你醒了。你整整睡了一下午。”

谁在叫我？这屋里咋会有女人声音？听声音很熟悉，像是李玲玲，不会听错了吧？

“给你倒点水，口渴不渴？”说罢，她拿起水杯给他去倒水。

是。是李玲玲，她怎么会在我屋里？什么时候来的？他立马转过身来用手揉了揉眼睛，从炕上摸上眼镜戴上，直勾勾地看着李玲玲倒水的背影。他根本不敢相信眼前的这一切，这怎么可能，在市里她还和我闹着要分手，此刻怎么会在我屋里，而且还给我倒水。难道她守了我一下午。他就这么傻傻地看着她，李玲玲上身穿黑色 T 血衫，下身穿黑色半腿运动裤，脚穿黑色运动皮鞋，一身黑显得整个身材瘦瘦的很标致，很性感，很清纯。此刻，身体本能的冲动，很想从后面把她紧紧地抱住温柔一下。

李玲玲一转身，见他双眼直勾勾地看着她发呆，笑笑说：“‘四只眼’，你看不清还是咋地？看的人家身上直发毛，怪难受呢。”

赵福贵一下回过神来，说：“可不是嘛！你不知道我眼不好看不清，想多看看你，看你瘦了还是胖了。”

“你呀！什么时候也学得这么刁钻了。你看我胖了好，还是瘦了好？”

“我说啊！还是不胖不瘦好。”

“去你的哇，你也够挑剔了。来，坐起来，喝口水。”

“你甚时来来？“他边说边坐起来接过李玲玲手里的水杯。

“今下午。”

“专门来看我，从果儿垴村过来的？”

李玲玲“嗯”了一声。

“我没有听错吧？你去果儿垴村干吗？”

“扶贫呀！”

“你怎么也下乡扶贫来？”

“为了你，我也来体验体验农村生活。”

“不像。你是不是来叫我回去的？告诉你，我可不回去。等王和垴村脱了贫，你不叫我我也回呀！”

“看你想哪里了，我就真的那么自私吗？”

赵福贵笑笑，说：“敬业和爱玲他俩没来？”

“你咋知道他俩也要来？哎，是不是你甚都知道？就把我一个人蒙在鼓里？”

“我不知道，我什么都不知道？”

“你在骗我，你们是不是都在骗我。”

赵福贵怕一不留神说破了他与李敬业的计划，就赶紧撒谎说："我真的不知道，李敬业前天给我打电话说他也下乡扶贫了，我才知道的。"

"嗯，是这么回事。要是你俩合伙骗了我，回了市里我一定饶不了你俩。"

"没骗你，谁要骗你是小狗。"

"看你那眼神就有鬼，你俩肯定在骗我，你撒谎。"

"我真没骗你，我发誓。"

"快算了哇，发什么誓。"

"哎，你怎么找到我住的地方来？"

"有一个叫杨春生领我来的。"

"杨春生哪来？"

"他说跟李局长回县里办事呀！"

这个杨春生真会办事情，偏偏这个时候回县城，把我一个人留下。

二十　温存

"赵书记，吃饭了。"

赵福贵应承了一声，对她说："走，咱吃饭去。"

他俩出了窑洞向老程屋里走，刚到门口就闻到一股葱香味。赵福贵就喊："老程吃什么饭呀？还未进门就闻着这么香。""菜汤，葱花饼。"

"是嘛！这饭不错。李玲玲最待见吃饼了。"

"春生说你对象来了，让我做些饼好好招待招待她。"

"谢了，老程。"说着话他已从烧好的饼上扳了一角放进嘴里嚼了几下，说："噢，不错。老程你烧得这饼好吃。我还是头一次吃你烧的饼。来，玲玲你先尝一口。"然后，他从焦黄的饼上又扳了一角塞进玲玲的嘴里。

"好吃吗？好吃了，我以后给你们做。这是我家祖上传下来的烧饼手艺，村里人们都烧不了这饼。”

“好吃。我也是头一次吃这饼。这饼厚厚的，皮儿烧的焦黄焦黄的看着就想吃。这叫什么饼？”李玲玲问。

“葱花饼。”

“葱花饼我吃过，可没那你烧的这饼好吃。”

“这葱花饼烧法和外面卖的葱花饼烧法不一样，是我家祖上传下来的一种烧饼手艺，已经传了几十年了。以后啊，在我这一代就失传了。”

“老程，教教我，我学会了就能给俺老婆做着吃。”

“行，烧葱花饼简单，现在我就教你。面粉里放些盐和泡打粉，上水，用筷子顺时针方向搅均匀，没有生面了就让它醒的哇。醒上二三十分钟就可以了，手上沾点油把醒好的面在案板上揉揉，摊开抹些油，撒上切好的葱花和咸盐卷起来，用刀切成几段，用小擀杖擀好，炒锅里倒上油，把擀好的面饼放铁铛里用小火烧。这样烧出来的饼又松又厚实，外面焦黄，里面松软，看上去很有食欲，吃起来是外脆内软很香。”

“光听着你说，口水就流得止不住了。咱快吃哇！”李玲玲说。

“就是，吃哇。饼冷了就不好吃了。这饼是热的好吃，一冷就损失一半的味道。”说罢，老程就给他俩舀菜汤，挖山药丝菜，切饼，然后放在炕桌上让他俩吃。

“一起吃哇，老程。还炒了个山药丝菜，这饼不就菜也行。”

“你俩趁热吃，我烧了最后一个就吃。”

“这是甚？”李玲玲用筷子在汤里夹起一个细长发皱皱的东西说。

老程听到她的问话，抬起头来看了一下，说：“这叫南瓜条，你没吃过哇？你咬一口，柔柔的、甜甜的可好吃嘞。”

李玲玲吃了一口，说：“不错。这南瓜怎能成了这？”

老程知道他俩没有见过这南瓜条，笑笑，说：“这是乡下人最擅长吃的南瓜条。秋天，家家把从地里摘回来的南瓜用刀璇成长长的条子，挂在院里用木棍搭的架子上晒干，装了袋储藏起来冬天煮饭吃。吃时，用水泡泡、洗洗，用刀切成小段段煮锅里。”

“噢！这就叫南瓜条。我没有吃过。这叫什么汤?”

“这叫菜汤。把南瓜条、豆角、红薯、豆子、小米等全煮在一起，再放些盐，用小火慢慢熬。”

“菜汤。好喝。”这老程做的饭比我在果儿堖村那位大娘做的饭好吃，有食欲。老程做饭也很干净，看这屋里收拾得多利索，甚在甚地方一点也不乱。

“看啥了，玲玲，快吃哇。”赵福贵见她怔在哪里不吃饭就问。

“没看啥。”

李玲玲这么说，赵福贵也没有再问什么，喝着汤，就着山药丝菜，津津有味地吃着葱花饼。光听俩人的啪嗤声就能猜想到这饭有多好吃。也许对他俩来说，这饭是最平常的饭，是老程做得好吃罢了，有食欲罢了，能多吃些。可对老程来说，这是招待客人的拿手饭，平时很少吃这饭，吃的最多的是窝窝头、玉茭面疙瘩，只有在他过生日时才烧一张葱花饼吃。

生日吃葱花饼，也叫翻身饼，村里人过生日必吃的一种饭食。早上起来吃翻身饼，寓意翻翻身，转转运。

老程烧完最后一张葱花饼，用刀切成四辦给他俩放到盘里，说：“吃哇，多吃些，吃饱饱的。”

“你也吃哇，老程。我俩已吃饱了。”赵福贵说。

“吃哇，离睡觉还早了。吃饱饱的。”

“可吃不下了，光我就吃了一张半饼。比平时都吃得多。”李玲玲对着老程说。

“不管甚得吃饱。我们农村没有什么好吃的，这都是些家常饭。”

“行。你做的饭很好吃。这是我下乡以来吃得饭最多的一次，也是我吃饼吃得最多的一次。这饼太好吃了，还想吃，就是肚子撑人了。”“可不敢教撑着了，想吃，咱明天再给你俩做。”

“你快吃哇，老程。你光顾我俩了。”

“我吃呀。”说罢，他端了一碗菜汤，一小碗山药丝菜，拿了一块饼圪蹴在地下吃了起来。

“老程，坐下吃吧。圪蹴着吃饭不好。”

“行，我都习惯了。”

他俩回到屋里。赵福贵从包里拿出笔记本来，爬在炕桌上记起笔记来。“你记什么？”

“把今天的工作记下来。”

“你每天记吗？”

“每天记。”

赵福贵爬在炕桌上认真地记着笔记，回答着李玲玲的问话，头也不抬一下。

李玲玲双手托着下额也爬在炕桌上，怔怔地看着他，看着他黑不溜秋的脸蛋，看着这个好像有点不认识的“四只眼”，那记笔记的认真劲儿很是感人，沙沙的写字声很是美妙。想不到人无论干什么事，就怕两个字“认真”。这么美的姑娘在他面前都能如此镇定，专注地去完成自己的事，真是一名称职的好党员，真是一个合格的扶贫干部。是不是一个好丈夫却很难说。想想自己那次那样对他是不是太过分了？自己太不懂事了，是不是像张爱玲说的那样自己太自私了，太娇气了，从不替别人想，只顾自己痛快，只顾自己享受，不管别人的感受。张爱玲说过，有责任的男人可靠，会疼人，但不一定会哄人。特别是像你这样的人，一撒娇，他赵福贵这种人就没招了，六神无主了，你可不能光想着整他，也得替他多想想。凡是男人们决定了的事情，一定有他的道理，失去这样的好男人，你去哪里找呀？

赵福贵他就是笨，他就不会哄哄人，跌个软，也许那样我就能依了他，就不会发生那一出让人尴尬无法回转的局面。想到这，就又想到了老爸，他脾气很不好，动不动就跟别人发火，从来不能坐下来跟人心平气和地说件事，如果换种方式，也不至于把事情弄得那么尴尬、僵硬，与爸弄得不欢而别。说不来，这不也还是下来农村了嘛！

吃着农家饭，住着农家窑洞，睡着农家炕，闻着农村怪怪的味道，干着农村的活儿，体验着农村恶劣的生活环境，感受着农民艰辛的苦日子，确实触动自己的灵魂，打动自己脆弱的心灵。扶贫，帮他们过上好日子是我们的责任，助他们打一场翻身仗是我们不可懈怠的职责。支持赵福贵的工作，支持老爸的工作，把脱贫攻坚的工作搞好，让农民走出穷苦的日子，走出这太行山的山沟沟，过上城市里人过的生活，享受国家改革开放带给人民的成果和喜悦。

“玲玲，玲玲……”

她怔了一下，说：“你叫我来。”

“你想什么了，叫死你也不答应。”

“没想什么，看你记日志了。”

“我看呀，你好像在下神下得走神了，目不转睛地死盯住我不放，叫死也不答应。”

“你才下神呢。尽瞎说。”她说着，推了他一把。

“真的，我没有瞎说。你那神态很吓人。我真不该叫你，用手机先录下，再叫你来。”

“你就真会玄乎。我真有那么可怕？”

“真有那么可怕。像走了魂似的。”

“看你，越说越不着边了。”

“又像一个女鬼，那么静静的很可怕。”赵福贵边说边收拾笔记本和炕桌。

“是吗？”

“是。”

“那女鬼来了，今晚就要吸你的血吃你的肉，赶明连骨头渣滓都不剩一块，等老程来叫你，屋里却没有人。有的是一摊血和骨头渣滓，那才可怕。”说罢，她伸出五爪，扮成恶鬼样子就向他身上扑去。

“那就来吧，我才不怕什么女鬼嘞！看你如何能把我血吸干，人吃的一块骨头都不剩。”赵福贵说着，根本没准备就被李玲玲给按倒在炕上，温柔的小嘴堵住了他的厚唇，想说什么也都给堵回去了。

他俩在炕上翻滚着，吮吸着，互相撕拽着衣服，赵福贵伸手把灯拉灭了。

一阵疾风暴雨过后，李玲玲斜爬在赵福贵的身上，手摸着他胸脯上的黑毛，说：“你爱我吗？”

“你咋又问起这来了？”

“你说嘛！你到底爱不爱我？我想听你对着我说‘我爱你，玲玲’。”

“说爱你怎么样？不说爱你又怎么样？”

李玲玲一下坐起来，吼道：“赵福贵，让你说个‘爱’字就这么难吗？”

“我，我不会说。”

“这有什么会说不会说的，你张开你的尊口从牙缝里蹦出三个字‘我爱你’，就这么简单的举动就难住你了？你张开口，我看住你往出蹦，我就不信你不会，我就不信你牙缝里蹦不出这仨字。”李玲玲扭了一下身子，坐直，一眼盯住赵福贵的脸等他说。

“我牙缝里蹦不出这仨字来。”

“你蹦不蹦，我就这么看住你嘴往出蹦，我还不信哩！今晚蹦不出来我就不睡。”边说边用手扳住赵福贵的嘴让他说。

赵福贵的嘴就这样被她扳着，难受地说：“我真说不出来，玲玲咋总是跟别人不一样，爱闹腾些小花样来折磨人。”

“你说什么呀？我是在折磨你，好，我不折磨你。”她放开赵福贵的嘴，然后说：“赵福贵，你听着，让你说个‘我爱你’仨字，就这么难，就是在折磨你。既然是这样，我就不该自己找上门来，是我不要脸，不害臊，不知羞耻，还与你睡在一个炕上。我走，行吗？就当是咱俩就不认识。或者说就是一夜情，你走你的，我走我的，咱互不相干。”她边说边找衣服穿。

赵福贵一听她说这话，心里就着毛了，知道坏了，赶紧拖她，拽她，说：“是我不好，你别走，我说。”

“你会说呀？现在迟了，晚了，过时了，我不听，我也不爱听。我回我的果儿垴村去。”

“玲玲，我爱你。你别走，天这么黑，山路不好走，又有狼出没，路上很危险。要走，明天再走，我去送你。”

“不用你送，用不起你。”说罢，她已下地穿鞋向外走去。

二十一　追她

李玲玲说走就走，脾性上来她什么也不管，一个人哭着跑着爬上了山梁。

夜很黑，没有月亮，眼前漆黑一片。

李玲玲跑着跑着突然停住了脚步。她用手背擦了擦眼泪，然后回头看了看，后面什么也没有。赵福贵没有追来，心一下提了老高。赵福贵够你狠心，这么黑的夜你就让我一个人走。听说这条路常有狼出没，如遇见狼这可咋办？咋办？凉拌。谁让自己自找没趣来，狼吃了也干脆，既然上了路就要硬着头皮走。她这时想到了手机，拿出手机打开手电筒照着路加快脚步，这是她出生以来第一次走夜路，而且是一条坑洼不平的小路，一条陌生的山路，在伸手不见五指的深夜行走，心里很害怕，但也不回头。

赵福贵没有拦住李玲玲，让她一个人走了。他心里哪能放下，一点都不放心，心早就飞到李玲玲身上了。在炕上乱摸了一顿，提起衣服边穿边追了出去。院里很黑，一出门什么也看不见，不知被甚绊了一下，差点来了个狗吃屎，嘴里咕叨道："甚东西绊我，差点跌倒。"他站稳才想起忘了戴眼镜，就赶紧跑回屋里找眼镜。找了半天也没有找见，这就叫越急越是个菜瓜。他心急火燎的根本想不起自己把眼镜放什么地方了。他在屋里摸索了老一阵才摸索着灯线把灯拉着，又找了半天才找着眼镜，把眼镜戴上就往外跑。"谁呀？是赵书记吗？出什么事了？"话音一落，屋里灯亮了。

"没事。你睡哇老程。"

"你别骗我了，我都听见了，是不是你把李姑娘气跑了？你快些去追哇，我这就给王主任打电话，让他发动村民帮你找。"

"不用麻烦主任他们。老程，我一个人去就行。"

"你快去追哇！这你就不用管了。"

"那多谢了，老程。"说罢，他就往街门外跑了出去。

可李玲玲早就不知跑哪了。天这么黑，也不知李玲玲朝那个方向走了，只能听天由命，按照李玲玲给他说来的方向摸索着追去。边追边拿出手机喘着气给李敬业打电话。

"喂，福贵。什么事？深更半夜的打什么电话？有事不能明天再说，非得半夜打？"

"出事了。"

李敬业一听说出事了，很是惊讶！立马坐起来，问："啊！出什么事了？快说。"

"玲玲跑了。你快起来帮我找找。"

"什么？你说清楚点。玲玲怎么了？跑了，跑哪里了？"

"玲玲估计是回果儿堖村了。"

"你俩又怎么啦？咋就让她一个人跑了？"

"快别问这了，快起来帮我找哇！我往果儿堖村方向找，你往王和堖村方向找。"

"好，我知道了。就这哇，挂了。"

“玲玲又怎么啦？”张爱玲在李敬业的被窝里爬起来问。

“玲玲一个人出走了。”

“什么？这个玲玲真是任性，天这么黑，跑甚了，再怎么着也等到天亮了再说。”边说边穿衣服。

“你干什么去？”

“我也和你去找。”

“你睡哇，我一个人去就行。”

“不行，深更半夜的，你一个人去我不放心。”

“那好，带上手电筒。”

“嗯。”

此刻，县城仍然灯火通明。在五颜六色的霓虹灯下，俊男靓女们都还在 KTV 厅疯狂，通宵达旦上演着精彩的话剧。李玲玲的爸妈早已进入梦乡，却不知自己的女儿还孤身一人在狼群经常出没的荒郊野岭里奔跑。李玲玲喘着粗气，流着冷汗，深一脚浅一脚地不停地跑着。果儿塔村，咋这么远？跑了老大一阵了还没有看见村庄的影子。是不是跑错方向了，难道脚下这条道不是昨天自己走过的路？她抬头看看天空黑乎乎的，再看看脚下更是漆黑一片，什么也看不着，好像天还有点阴，手机又快没电了，这可怎么办？就是返回也找不着路了，打开手机上的指南针辨别了一下方向，确定走的方向应该是对的。走哇，别遇上狼就行。

“玲玲快跑，到妈妈这边来，狼怕火。”

“妈妈，我跑不动了。快来救我。狼就要追上我了，追上我了……”

“玲玲别怕，我和你爸爸就来，你要镇定，快跑。”

“妈妈，狼追上我了。”

“玲玲，玲玲……”

她霍然坐起，喘着粗气，手机械地拖了一把李德胜。

“睡得好好的，你拖我干吗？”

“我做噩梦了。”

李德胜翻了一下身，把台灯按着坐起，揉了一下眼睛见玲玲妈浑身被汗水浸透了，精神恍惚不定，问：“梦见什么了？看你这样子很可怕。”

“梦见咱玲玲被狼叼走了。”

“那是梦，没事。梦是心中想。怕是你想玲玲想的。来，我给你去倒点水吧。”

“不用。我不喝。”

“那缓缓睡哇。”

“女儿下去有一个星期了吧？也没有打个电话回来，真让人担心。”

“那么大的姑娘有什么好担心的，不就是到农村扶贫嘛！又不是去干啥？不用惦记，过两天她就回来了。”

“不是我要惦记，实在是她走时很不情愿，是带着一肚子的委屈走的。我怕她想不通，会做出一些你想不到的傻事。”

“放心哇！敬业和爱玲也在哪里扶贫，又不是她一个人，能做出什么傻事？再说，咱玲玲都成大姑娘了，有甚不放心的。”

“你们男人都是寡汤淡水的，不知道疼爱孩子。要不给女儿打个电话哇？”

“深更半夜打什么电话，要打也是等天明了再打。放心睡哇。”说罢，他躺下睡了。

她想了想，李德胜说的话有几分道理，半夜打什么电话？没事也把闺女吓得有事了，天明了打吧。躺下给德胜往上拽了拽被子，睡哇，可半天眼跳得睡不着，心里又胡乱想着什么。

李玲玲躺在县人民医院的病床上，鼻孔插着氧气，手背上扎着输液针头，浑身是土，胳膊、腿到处是擦伤，红红的印着血丝，迷迷糊糊的还没有醒过来。医生和护士正在给她处理擦伤处，医生边处理边说：“没事，她可能是受到什么惊吓了，身体里缺水了，不要打搅她，让她好好休息休息，醒过来就没事了。”赵福贵、李敬业、张爱玲在床边站着守着。

这时，张爱玲的手机响了，从裤兜里拿出来一看，是李玲玲的妈妈打来的。她赶紧问李敬业：“怎么办？”

“先不要告诉她妈实情。”

张爱玲“嗯”了声，走到楼道接起电话。还未赶上开口就听到手机哪头传来：“你是爱玲吧，玲玲跟你在一起吗？”

“曹阿姨，在。我跟玲玲在一起。”

“我给她打电话总打不通，你让她接电话。”

“她手机没电了。现在她不在，去贫困户家走访了。曹阿姨，她回来，我让她给你回电话，行吗？”

“去贫困户家走访了呀？嗯。回来就让她给我来个电话。下去这么久了也不知往家打个电话，告诉她，阿姨想她。”

“好的，阿姨。她回来就让她给你打。没其他事就挂啦，阿姨。”

“挂了哇。”

张爱玲挂了电话，长长地出了一口气，一个转身见医生和护士闭门走了。这曹阿姨早不打晚不打，偏偏这个时候打，害得我又撒了一次谎。前一段时间李玲玲与赵福贵闹矛盾时，为了李玲玲已撒过一次了。这还没出一个月就来了第二次，真没办法。

赵福贵看着李玲玲昏迷的样子，焦虑不安安慰自己，千万别出什么事，快醒醒吧！李敬业拖了他一把走出病房，俩人坐在楼道的排椅上，李敬业问：“这是怎么回事？你咋能让玲玲一个人黑天半夜地跑出来？看有多危险。好歹没有弄出人命来，只是虚惊一场。”

“我们俩吵了一架，她转头就走，我拽都拽不住。等我追出来，她就没影了。我就赶紧给你打电话。”

“你俩吵什么？有什么好吵的？作为男人你要学会哄女孩。”

“我这人笨，不会哄女孩。”

“因为什么吵来？”

“也没因为啥。就是她让我说三个字。我没说。”

“哪三个字？弄这么大动静。还差点把王和垴村人都惊动了。”

“我爱你。”

“扑哧”，李敬业差点笑出声来，说，“真有你的，福贵，就这仨字弄这么大动静。让别人知道了不笑掉大牙才怪。你以后可不敢再对别人提起这事了，也就只有我与爱玲相信你说的话，要搁在其他人根本不会相信你说的话。这都什么时代了，你的思想还这么封建、古板、老套？这有什么？不就是‘我爱你’仨字嘛！你说了不就没有这回事了？这倒好，就因为仨字，差点弄出人命来。”

“我说不出口来，老感觉‘我爱你’仨字从我嘴里说出来很别扭。我认为爱一个人不是用嘴说，而是看实际行动。特别是说‘我爱你’这仨字，感觉特虚伪。”

“福贵，这是21世纪，你懂吗？21世纪的人不会说‘我爱你’，你不觉得自己很可笑，很没有品位，与新时代的社会格格不入吗？在女孩子面前，说一句‘我爱你’怎么啦？它不会让你丢了什么，也不会割掉你身上的肉，反而会给你带来你根本想不到的甜美时光。特别是遇上玲玲这种女孩，说白了，她需要的是你的表白，她才不管真诚是干什么用的，她只知道自己的虚荣心满足了就行；她更不在乎你的家境怎么样，她只在乎你跟他在一起，时常像哄小孩一样惯着她。你遇上玲玲这样的女孩是你的福气。你不好好珍惜，失去的不只是玲玲这个人，甚至会更多。”

赵福贵陷入了深思。是我错了吗？李玲玲是深爱我的，我虽然看不惯李玲玲这娇气的样子，可我也是爱她的，可为什么就说不出“我爱你”三个字？这倒好，差点弄出人命来。

二十二　醒了

太阳快要落山了，晚霞撒向大地。

街道上车来车往，人流云集。

街灯亮了，霓虹灯也亮了，整个街市像天上人间，很是迷人，让人留恋。

李玲玲醒了，第一句开口就问："我这是在哪里？咋躺病床上了？"

张爱玲俯下身子爬过去，说："咱这是在县医院。"

"玲玲，你醒了？口渴不？喝口水。"赵福贵说。

李玲玲一转脸，见赵福贵站在自己的床边，手里端着水杯，立马就拉下了脸，说："你走吧，我不想见你。"

"别，别让他走。要不是他，恐怕你……"

"那也不感激他。要不是他，我也不会被狼追。他这人根本就不知道疼人。"

"你给我滚出去，我现在不想看见你。"

"玲玲刚醒过来，她情绪还不稳定，敬业你与福贵还是先出去吧！这里有我呢。"

赵福贵把水杯给了张爱玲，说："你让她喝口水，有事叫我，我就在门外。"

"去吧。你俩放心去吧。"

他俩一出去，她把水杯给李玲玲递过去，李玲玲接过水杯喝了几口放在床头柜上，就与她说起话来，说："你和敬业怎么来了？"

"这都是福贵所赐。他半夜给敬业打电话说你出走了。一听说你出走，我的头一下就大了，黑天半夜的你会去哪？我俩从被窝爬起来就去找你。对了，你先给你妈打个电话吧！"

“我妈来电话了？你说啥来？”

“我能说啥？还不是为你隐瞒真相，撒了一个天大的谎呗！说你手机没电了，去贫困户走访了。”

“你真是我的好姐妹。谢了。”

“你打哇，我出去一下。”

“快点回来啊！”

“好的。”

张爱玲出去了，她拿起手机拨通了她妈的电话：“妈，我是玲玲。”

“玲玲，你还好吗？下去这么久，也不给妈妈打个电话。害得妈整宿整宿睡不着。昨晚又梦见你被狼叼走了，吓得妈出了一身冷汗。妈听到你的声音就放心了。你呀！长这么大了，也不能让妈省心些，真要想死妈妈了！”

李玲玲听着妈妈的唠叨，然后“好”字一出口，喉咙就哽咽了，眼泪顺腮而下，用手擦了一下眼泪，说：“我也想你，妈妈。”随即，哭出了声。

“怎么啦？玲玲，你哭了？”

“我也想爸爸了。”

“跟谁打电话。这么热乎。”电话那头传来爸爸李德胜的声音。

“玲玲呀，你爸来了，跟你爸爸说两句。”

李德胜紧走两步，说：“是玲玲的电话。来，我跟女儿说两句。”说罢，从她手里接过手机。

“喂，我是你老爸。玲玲，你在下面住得惯吗？”

“住得惯。就是想家了。”

“别哭。你是我李德胜的女儿，要学会坚强。”

李玲玲边擦眼泪边说：“我知道了，爸。我不会给你丢脸的。”

“你是爸的好女儿。”

“行啦，行啦，把手机拿过来，我再跟女儿说两句。”说罢，就从李德胜手里把手机给抢了过来。

“喂，玲玲。妈妈知道农村苦，吃不惯那里的饭，就到小卖部买些吃的，别让上火了，闹出病来就麻烦了。要不，先回来住几天再去？”

“放心吧，妈。我会照顾好自己的，还有爱玲和她爱人呢！没什么我就挂啦！”

“对了，玲玲。记住过两天就给妈来个电话。妈妈想你了。”

“好的。再见，妈妈。”

“再见，玲玲。”

挂断电话，李玲玲哭得声音更大了。她一想到昨天夜里这小命差一点就给喂狼了，哭声就更大更伤心。狼张着大嘴，瞪着铜铃般的眼睛，露着长长的獠牙，一边撕心裂肺地吼着一边放开四蹄在追她，一想到这浑身就又一阵发麻、后怕，直打冷战。狼饿急了，瞪着铜铃眼，裂着獠牙嘴很可怕，很凶残，在后面死追着不放，为了保命，拼了命地跑，摔倒爬起接着跑，嘴里喊着：“救命，救命……”

真是怕什么就来什么。漆黑的夜，三更半夜，荒郊野外那还有什么人？有的是一座座坟墓，野猪、野兔、黄鼠等，一想到这更害怕。死福贵，烂福贵，你真够狠心，也不来追我！让我一个人走，抛在野外，让狼追着，吃了你都不知道，你这狠心的，狼心狗肺的！这下你就满意了吧？狼在后面追着吼叫着，那刺耳的叫声，令人直发毛，心怦怦地跳着失去了平衡，腿软得直发抖，可脚下一点也不敢怠慢、停歇，一个劲地拼了命地跑。一个人在荒郊野外瞎跑，谁会来救你？靠自己吧！听天由命吧！熬过了今晚，也许命能保下来。隐约听见有人在“玲玲、玲玲……”地喊叫，却感觉很远。于是，赛开嗓门喊：“快来救我！我在这儿，有狼在追我。快来救我，有狼在追我……”不停地喊着，脚下却一直不敢停止奔跑。

狼近了，近了。头上的汗直流，身上的汗水与衣服粘在一起，双腿有些不听使唤，可一点也不敢松懈，拖着受伤的腿咬着牙跑。狼闻到血腥味更是凶猛，紧追着不放。远方，有火光点点，喊叫声也听清了。用劲地喊叫着，上气不接下气地喘着粗气，摔倒，硬撑着爬起来再跑。赵福贵在喊："玲玲，不要怕，我来救你了。你千万不敢停，要拼命跑。"赵福贵的声音在耳边响起，一股暖流涌上心口，浑身好像一下子来了精神，有了希望，用劲跑，不敢停，只要跑着，赵福贵就能追上来救我。转头看看后面，见狼身后有一个人影在追逐，他的身后是一群举着火把的人在喊："玲玲，玲玲……"

手机没电了，眼前漆黑一片，顿时什么也看不清，腿一下就发软了歪倒在地，心很乱，气哈气哈地喘着，狼就在身后，不能停下来，跑吧！咬着牙往起爬。赵福贵在喊："爬起来跑，转个大圈往回跑，不敢停下来，我就在你的后面。"

赵福贵的喊声更近了，希望就在眼前，双手撑地咬牙爬起来就跑，不管方向对错，乱跑，只要能甩脱狼就行。

"玲玲，快跑，狼已到了你的身后了，千万不敢回头。"

一声长长的刺耳的吼叫，她"呀"了一声，腿一软就倒下了。她昏了过去，不省人事。迷迷糊糊地感觉狼向她扑来，隐约听见人与狼在厮打。

狼扑了个空，从玲玲身上跨了过去，由于狼用力过猛，头朝下载倒在地。狼爬起来掉转头一声长吼，咧着嘴又向李玲玲扑去。赵福贵看在眼里疼在心上，喊道："别碰她，我来也。"向狼扑了过去。狼听到喊声一个大转身，就把赵福贵压在身下，赵福贵双手抓住狼两条腿挣扎着。狼咧着嘴向他脖子咬去，他咬着牙用劲举着两条狼腿硬撑着。

"快快快，去救福贵。"李敬业招呼着大家向他跑来。

王茂才也在喊："快快快，救赵书记。"

狼看见火，更加凶残，撕心裂肺地吼，劲更猛。赵福贵死撑着，来回摆着头等他们来。

狼不停地吼叫，划破夜的长空。像是要把人的魂魄震碎，一声接着一声地吼，很是刺耳。

他们把狼乱棍打死了，赵福贵双手仍死死地握着两只狼腿不放……

门推开了，张爱玲他们走了进来：“吃点饭吧玲玲，赵福贵给你买的烙饼。”

李玲玲看了赵福贵一眼，“嗯”了声，自己坐起来从张爱玲手里接过饭吃了起来。她吃着烙饼就想起在老程家吃的葱花饼了，厚厚的饼，外面焦黄，里面松软，吃起来外脆内软很香。

“好些了吧？玲玲。”李敬业打断了她的思路。

“嗯，好多了。坐吧，别站着。为了我让你俩一夜没睡成觉。”她边吃边回答。

一句话说得李敬业有点不好意思：“看你说甚话了，咱们都是朋友，不要说客套话。”

“这话说的，我可不爱听。谁让咱俩是好姐妹来。”

“都是我的任性惹的祸，害得你们都为我操心。”

“玲玲，快不要说这些了。事情都过去了，咱不想了。”

“那好。等我吃了饭咱就出院。”

“你说甚？要出院？不行，医生说你身体很虚弱，得多休养几天。”

“我感觉好多了，在这躺着浑身感觉不舒服。”

“玲玲，你得听医生的话，身体还虚弱需要休息。”赵福贵说。

“不用你管。假惺惺的。”

“玲玲，看你说的是什么话？福贵是真对你好，关心你。”

“我才不用他关心呢！”她把饭往床头柜上一放，说：“不吃了。”

“再吃些。吃得太少，你身体可抗不住。”

“我没胃口。”

“要不，看你想吃甚。我再给你去买。”

李玲玲白了他一眼，没有理他，转头对着张爱玲说：“我以为我再也见不上你们了。哦，对了，你们咋会在一块儿？”

“我和敬业沿着去王和垴村的路一路找你，边喊边走，走着走着，也不知走了多长时间，也不知走了多长的路，隐约看见对面有人举着火把也在喊你的名字，我俩就加快脚步与福贵他们会合，没想到他们一路上也没有见到你。这下，我们可都着毛了。你会去哪呢？是不是走错路了？这该怎么找，我俩和福贵正商量着，隐约听见你的喊叫声，福贵二话没说就朝着发声的方向跑，我们就在后面追。”

李玲玲看了赵福贵一眼，立马又把头转回去听张爱玲说。

“福贵跑得很快，离了好远，就看见他与狼搅在一块，我们喊着，快跑，玲玲和福贵有危险，有人把火把朝着狼就扔了过去。狼吼叫着想挣脱逃命，福贵死握着它两条腿不放，它的后腿在地上乱蹬，敬业从乡亲们手中拿过木棍向狼的中腰猛砸，乡亲们也举起木棍向狼砸去，这才救下福贵和你。不然，我们真不敢想象你俩会怎样？”

“能怎样？成了狼口中美味的晚餐了呗！”

“还真有你的”她俩咯咯咯地笑了。

赵福贵也差点笑出声来。“妹妹你听我说呀，哥哥我是真的爱你，请你不要再对我置之不理，哥哥我伤心不起……”手机响了。

“你的手机响了。这铃声好听，暧昧。”李敬业提醒了一下赵福贵。

赵福贵“嗯”了一声，从裤兜里掏出手机一看是李局长的来电，他赶紧在手机上一划：“李局长，什么事？”

“赵书记，我刚刚接到县扶贫办电话，说县委董古月书记一半天要到贾豁乡督查扶贫工作，你们要做好迎接工作，我办完事就下去了。”

“知道了，放心吧！李局。”他一挂断电话。张爱玲就问：“是县委书记要来吗？”

赵福贵点了一下头，算是回答。

“要不，你和敬业先回吧。这里有我一个人陪玲玲就行，人多了也没用。”

“我没事了，现在就出院。咱一起回去。”

“不行，你身体还很虚弱，现在不能出院。”赵福贵与张爱玲几乎一起开口说。

“你不让我出院是吧？那好，你们都给我滚出去，我谁也不想见。”

“玲玲，你不能这样。我们是为你身体着想。”

“滚，你不要说，我什么也不想听。”说罢，她就躺下把被子拖上来蒙住了头。

“玲玲，你听我说。”

“什么也不用说。你们都滚吧！”

张爱玲一时没有了招数。玲玲这娇小姐脾气又上来了，看来不依她不行，就说：“好好好，依你，咱出院。但有一点，必须听我的。”

李玲玲一下掀开被子，坐起来说：“只要能让我出院，你说吧。”

“明天一早出院，咱们一起相跟回去。今晚，你安安生生在这里给我躺着，我来陪你。让他俩出去找个地方住。”

“行，我听你的。”

二十三　工地

赵福贵和李敬业从医院出来，无心留意街上灯红酒绿的夜景，浑身困得似散了架，急需要有一张舒服的床，躺上去美美地睡一觉。他俩随便找了个旅馆住下。

简单地洗漱了一下，脱衣躺床上了。

赵福贵在床上驴打滚睡不着，想想与狼搏斗的情景真有点后怕，万一……那就与这个世界永别了，那就成了扶贫路上的烈士了，也许是一个痴情种，让人耻笑唾骂。不由独自笑笑，感觉自己真不可思议，是什么力量促使自己不顾一切与狼拼命搏斗？难道这就是爱？爱一个人就是不顾一切，爱一个人就是为她去献身，甚至是自己的生命都可以不要。爱的力量真有这么大？大得真不可思议，不可估量。“敬业，你睡着了吗？”“什么事？不好好睡觉，叫我干吗？”

“你也没有睡着？”

“嗯。”

“我也不知怎么了？浑身困的，可就是睡不着。”

“睡不着了，咱俩说说话。”

“说说就说说。”说罢，他转了个身，脸对着赵福贵。

“你是用什么办法把玲玲给哄下来的？”赵福贵问。

“你想听？”

“想听。”

“那好。等咱们回了市里，你可得兑现你的承诺啊！”

“一定。那是必须的。”

“还有，到海外海撮一顿。”

“那没问题。不就是一顿饭嘛！到时候叫上爱玲。”

“那好。我可就记下了。自咱俩那次商定后，我就想，一定得想一个万全之策，不然，让玲玲识破那就麻烦了。我就想呀想……”

“你就快说哇！急死我了快。不要说那些无关的，说正经的。”

“我直接去找她父亲，提名要玲玲。”

“这一招够狠。”

“是吧！这就叫打蛇要打七寸，下针就要扎到要害处。要是不痛不痒捅一下，就像是捅了马蜂窝一样，那可就麻烦大了，不但玲玲叫不下来，还得挨她一针。你要知道玲玲这根刺，可不是一般的刺，这根刺毒大，潜伏期长，扎一针，管叫你十天半个月都缓不过气来，肿得见不得人，卧在家里出不了门。”

“你呀！真不愧人家叫你‘小精灵’。想个招也跟别人不一样，真绝！”他边说边竖起了大拇指。

“不管咋说，人是给你叫下来了，目的也达到了。可你咋能把事情搞成这样？差点弄出人命来。领导是让咱下来扶贫的，可不是让咱下来卖命的，要是那——，那可就不合算了。”

“这都怪我。”

“以后，你可得好好学学哄女孩的技巧，可不能一根筋似的不拐弯。人呀，该拐弯时就得拐弯，该跌软时就得跌软。不然，一点点小失误就有可能酿成不可挽回的大错。”

“可我，学不会呀！”

“你呀！什么都行，头脑也好使，就是这方面不行，欠缺。真是教也教不会你。”

赵福贵打了一个呵欠，上眼皮和下眼皮开始打架了，说：“要不，咱睡吧？明天还得早起去医院呢！”

“睡吧！我现在也感觉困了。”

第二天，天一大亮，赵福贵和李敬业起来在街上饭摊上随便吃了些油条、豆腐脑，然后给玲玲和爱玲带了些油条和豆浆。赵福贵一到医院就去给李玲玲办了出院手续。他们回到扶贫村后就各自投入工作中，积极准备迎接县委书记的到来。

夏末将至，天高云淡。

树上的叶子开始发黄，路边的野花开始凋零，秋蝉在树上“唧——唧——唧——”叫着，筑路的工地沸腾着，大红标语映红了人们的脸颊。铁锹与车厢的碰撞声，人们说话的嘈杂声，三轮车的马达启动声，交会成一首别开生面欢庆鼓舞的修路交响曲。这曲调，充满着全村人致富的希望和幸福的好兆头。

李双喜、赵福贵在工地穿梭，指挥着，比画着，与村民们一起劳动着，拿着铁锹铲土，装车，脸上的汗珠直往下滚。脖子上挂着白白的毛巾，时不时用手拽住毛巾的一角擦一下脸上的汗水。筑路工地上有人说：“快看，有两辆车向咱这里驶来了。”

李双喜听声音抬头一看，不远处有一辆黑色和一辆白色的小轿车正缓缓地向这边驶来。白色的轿车在前，黑色的轿车在后。李双喜叫了一声“福贵”，放下铁锹站着向小车驶来的方向瞅着。两辆轿车驶进工地一前一后停下，黑色轿车右边后门缓缓打开，然后有个人低头从车上下来，一下车就说：“好热闹的场面啊！”

李双喜和赵福贵光顾瞅那黑色奥迪车身侧面印着“公务用车”四个黄字和监督电话号码，却没有顾上看车上下来的人，一个愣神，董书记早已下车向他俩走了过来。

董书记高挑的个子，魁梧的身材，他未等李双喜走到跟前就伸手迎了上来。韩有旺副乡长这时从白色小车上下来紧跑几步，说：“董书记，这就是王和垴村扶贫工作队队长李双喜。”“嗯，这不是城建局李副局长吗？”

李双喜与董书记的手紧紧地握在一起说：“欢迎，董书记来王和垴村视察指导扶贫工作。”“搞得不错。你们行动不慢。”董书记接着与赵福贵、杨春生等一一握手，韩副乡长在一旁逐一介绍。

董书记说：“走，咱边走边看边说？”

这时，韩副乡长问：“茂才呢？怎不来迎接董书记。”

“王主任带领几位养殖场场长去山东考察还没回来。”赵福贵走近韩副乡长身边说。

“考察什么项目？”

“计划搞养殖业——养羊。”李双喜在一旁说。

“搞养殖业？你们计划怎么搞？”

李双喜便一五一十地给董书记汇报养羊项目的规划、筹备等情况。董书记认真听着，说：“你们的想法好，计划很不错。但是一定要抓好扶贫资金的监管和有效利用，充分发挥它的最大化，把这一集体产业做大做强，做成规范化现代化养殖场，要真正发挥产业助脱贫作用，在切实提升村民的获得感和满意度上下功夫，做文章。”

“是是是，董书记说得对。我们一定会按照董书记说的办。”

“要放开手脚干，不要缩手缩脚，怕这怕那。县委、县政府会大力支持你们，有什么困难提出来，咱共同想办法解决。”接着，董书记又说：“危房改造、光伏扶贫等进展得怎么样？”

李双喜忙接过话茬，给董书记介绍起王和堖村基本情况，贫困户有多少，脱贫措施是什么，移民搬迁、危房改造、微商扶贫进展情况，以及扶贫工作中遇到的实际问题和困难，还有100kW光伏电站正在积极选址筹备，计划10月份投产发电挂网等事情。

董书记听了他的汇报很满意。要他一定要规划好王和堖村脱贫工作，抓住扶贫优惠政策，积极宣传贯彻落实好，积极稳妥推进扶贫工作，放开胆子，大力度实施，切切实实把国家惠民政策真正落地生根。特别是要认真摸清贫困户需求，他们要什么？缺什么？心中要有底数。只有深入了解了，才好找到突破口，才能知道如何下手，从哪里下手，才能充分调动起贫困户的积极性和主动性，使“一户一项”产业真正成为脱贫致富的“撬动”杠杆。推进扶贫工作就有了希望，成效就会显著。

工地上人潮涌动。村民们边干活边抬头看看这位董书记长得什么样，是不是跟电视里的人一个样。他们早就听说董书记是一个实干书记，务实书记，没有架子的书记，待人很随和，能与老百姓打成一片，心中装得下百姓。自他上任以来，没有星期天，没有白天黑夜，一心为武乡县的发展奔走，找项目，筹资金，好几次因过度劳累而住进了医院。他在全县大会小会上常说：“当干部就要有当干部的样子，要对得起我们胸前佩戴的这枚党徽。只要有强烈的责任担当和时不我待的紧迫感，就没有干不成的事。忘我地投入工作中，为武乡的经济发展出谋划策；为武乡辉煌的明天，贡献自己的智慧和力量。”他是这么说的，也是这么做的，整天围绕着武乡经济发展而忙碌。两三年时间，武乡县各项工作都有了新的起色，变了样。

武乡县街道宽了，干净卫生了，红色旅游文化做大做强了，电子商务进农村推开有起色了，高速高铁横跨武乡前景明朗了，人民群众幸福感显著提升了……

这一切变化离不开武乡县委、县政府领导班子的不懈努力，离不开像董书记这样忘我负责任的好干部。

董书记走到一位老者身边，说：“这位大爷，把铁锹给我，咱也活动活动筋骨出出汗。”“董书记，这活计又累又脏，还是我来吧！”

“来，我动两下。你歇歇，拿毛巾擦擦你头上的汗。”

韩副乡长见张奎不想脱手，就说：“张奎大爷，你就撂手吧！让董书记也活动活动。”

张奎犹豫了一下便脱手让董书记把铁锹拿去。他看着董书记一锹一锹铲土装车的动作很是麻利，没有一点当干部的架子，倒像是李队长曾说过现代新型农民的那个形象，穿着时髦服装，干着佃农活计，手里掌握着现代科技，头脑里装着电商文化，一出场就闪亮闪亮的，与咱老实巴交的农民相比切实不一样，那是一个天上一个地下。这一比啊！他就是我们农民的希望，他就是一位不怕吃苦亲民的好干部。便随手从脖子上拽下毛巾边擦汗边说：“董书记，你能来我们这穷山沟沟里来看我们，我们都很高兴。没想到你干活也这么带劲有样。”“是吗？”

“我们这山沟沟穷，交通闭塞，生活条件差，没人愿意来，可是像你这样的大领导不仅来了，还拿上铁锹亲自干活，难得！”

韩副乡长听着他俩的对话，低头看了看手机上的时间，对董书记说：“董书记，咱去贫困户家转转。”

“行啊！”董书记把铁锹给了张奎，说，“我这官，不算个官。走，咱去走访几户贫困户。”

二十四　暖心

筑路工地拖得老长，像一条活动的长龙在舞动，舞出了王和垴村的生机，舞出了王和垴村民的干劲冲劲。一字摆开的男男女女，个个生龙活虎干得很卖力很起劲。董书记看着这生动的场面很是兴奋，特别是那“向贫困宣战，向困难宣战，一起动手创造幸福美好生活”“脱贫不等不靠，致富敢闯敢冒”的标语更是鼓舞人心，提气来神。

脱贫就是要这种不等不靠、敢闯敢冒的精神，向贫困宣战，向困难宣战，不怕扶贫路上没有你，任何事都是人在做，天在看，动动手，动动脑，一切困难皆有可能被吓跑。

“董书记来啦?”有人在问。

“干累了，歇歇再干。”

“不累。”

红旗在飘。

人潮涌动，涌成一摊活水。

董书记走着看着想着与他们说着，车在后面跟着，走过筑路的尽头，走进了王和垴村的小圪廊。车停在村道旁，赵福贵前头带路走进村里的小圪廊里，左拐右拐，不知拐了几个弯，爬了几道坡，看见了董志书的房屋。

自李双喜给董志书兄弟俩从县残联申请到轮椅和黄手环后，董志书很感激李队长对他兄弟俩的关爱，一见到李队长如同见到了自己的亲人，热情招呼着他。李队长和杨春生常到他家与他拉家常，干家务，帮他兄弟俩收拾搬迁新居，粉刷房屋院墙，打茅坑，盖鸡棚……处处都留下了他们的劳动气息。渐渐地，他心上的死结打开了，思想开放了。活人就要有活人的样子，自己并不比别人差，虽然失去了双腿，但双手还在，脑子还中用，没有傻了、愣了。他自有了轮椅，心情好多了，坐在轮椅上生活方便多了，屋里、院里也收拾干净了，身上也再不是老虎下山一张皮了，见了人也话多了，生活的信心更足了。兄弟俩对生活有了奔头，有了希望。

董书记刚踏进他家院门，老董就热情地招呼欢迎他们快进屋，指示着他哥哥倒水，拿烟。

董书记忙摆手，说："不用了，我们不抽烟，也不喝水。"

"老董，这就是咱县委书记董书记，来看看你。"李双喜笑嘻嘻地给老董介绍着。在来的路上，他把老董的情况给董书记详细说了一遍。

董书记听了董志书兄弟俩的事很是同情，看着他兄弟俩住的地方虽然破旧，已成危房，但院里、屋里收拾得还行，不像在来的路上李双喜说的那样糟糕。屋里能站下人了，但呛鼻子的尿骚味还在屋里弥漫，不憋住些气，怕是一刻也待不下去。这时，老董的哥哥端着一碗水过来，说："喝哇，水。"把碗放在董书记身旁的炕沿上就又去端水了。

董书记扫描着整个屋子。屋里的摆设正如李双喜说的一样，炕上的被子卷在墙根，破席露了出来，旧桌子黑乎乎的，椅子是破的……终归还是触碰到人的软肋，感伤油然而生："老董，咱俩是本家，咱就不说两家话。你的事，李队长都给我说了。咱一定要振作起来，活出个人样来。身虽残，咱这里不残。"董书记用手拍了一下心口，接着又说："咱头脑还在，双手还在，相信自己，相信共产党，生活一定会好起来的。""董书记，我不气馁。我对生活充满了信心和希望。说实话，我以前很沮丧，失落，曾想到过死，只是扔下我哥哥无人管，才勉强活下来。活得很不如人，一度失去了活人的尊严。现在的我，活得很有信心，对生活充满了希望和梦想。这都是李队长帮我重新找回来的。"

"有人说过这样一句话：'世上没有绝望的处境，只有对处境绝望的人。'你一定要坚强地面对生活，决不能让生活把你打倒，吓爬下。"董古月语重心长地说。

一席话说到董志书的心坎上，他不住地点头应承着。

“搬迁房收拾好了吗?”

“收拾好了。计划赶收秋前搬过去。”

“收拾好了，就赶紧搬，这房屋不敢再住了。”董书记话音一落，从衣兜里掏出500百元给他，说：“买些日用品。”董志书双手推让着不要。却没想到他哥哥突然一把从董书记手中把钱给抢了，憨憨地说：“钱——钱——钱，你不要，我要，买——买——买东西吃。”他哥精神失常，头脑时好时坏，隔三岔五半夜爬起来去撬别人家门，偷人家鸡，是家常便饭。让人家逮住了打个半死，嘴里仍骂骂咧咧不饶不依的，逮不住了就偷着乐，可他头脑一清醒过来就什么都清楚了，就跑去道歉，说好话，弄得村里人都拿他没有办法。

董志书吼道：“把钱拿来。”

“老董，你就别吼他了。这钱你就拿着吧！虽然钱不多，但这是我的一片心意。”董书记话音一落，随他来的几位领导也从身上纷纷掏钱放到了老董手里。他哥看着别人都往他弟弟手里放钱，嘴里嘟囔着：“钱——钱——钱，给你，都给你——都给你。”他走到董志书跟前，拿钱的手缓缓落下，试探着把钱放下去拿起来，拿起来放下去，反复的动作做了好几遍，最后才把钱慢慢地放在董志书手里。他双眼直勾勾地盯着钱看了好久才有点不情愿地走开。董书记他们会意地笑笑，说：“老董，你把钱收好。我们去别处转转。”

董志书看着这么多钱，眼睛又一次湿润了：我这是祖上那辈子给积下的德？共产党什么都给咱想好了，办如贴了。送吃送住送穿戴，送米送面送钱来，送来母鸡能下蛋，卖下个钱钱添家用。他看着看着眼睛就发直了，发红了，张不开嘴了。这一怔，董书记他们已走到院门口。董志书忙开口说：“董书记，你们走呀！来哇。我不送了。”

董书记回头摆了摆手，说：“不用。我们走啦!”

赵福贵仍旧前头带路，看了几家贫困户。董书记每进一户都要问寒问暖，认真听贫困户诉说，拉家常，耐心了解他们的身体状况、家庭生活状况以及子女们上学等情况，耐心地给他们讲解扶贫政策和党的十九大精神，要他们相信共产党，相信政府，一定要立起吃苦耐劳的奋斗精神。只有自己相信自己，踏石留痕，抓铁有印，抢抓脱贫机遇，咬住目标不放松，才能走出贫困，挺直腰杆，活出自信，活出幸福。

董书记的话，不仅打动了贫困户，更是说服了随行人员和李双喜赵福贵。董书记说："习近平总书记在山西视察时说：'深度贫困并不可怕。只要高度重视、思路对头、措施得力、工作扎实，深度贫困是完全可以战胜的。'作为扶贫干部，一定要沉下身，定下心，高度重视扶贫工作，在精细精致精准上下功夫，做文章。一方面要多操心、多用心，了解深度贫困户的需求，为他们送去衣物和生活用品，体现党委政府实实在在的关怀；另一方面要解放思想，特事特办，创新工作方式，想尽一切可能的办法帮助他们尽快解决住房安全；再一方面，村集体经济收益要拿出一部分向深度贫困户倾斜，并因户施策，把'一户一项'资金真正落实到产业上，保证他们稳定、可持续脱贫。脱贫工作，绝不能有丝毫马虎，丝毫敷衍，走走过场就算了。要下'真'功夫，'真'心情，在'扶贫、扶志、扶智'统筹发力上用心用劲，激发内生动力，坚决摈弃'懒人思想'，把贫困户内生激情激发出来，调动起贫困户的积极性和主动性，成为脱贫致富的真正'撬动'杠杆。"

李双喜送走董书记后，心里一直鼓捣翻腾着董书记的话。扶贫要下"真"功夫，"真"心情，在"扶贫、扶志、扶智"统筹发力上用心用劲，激发内生动力，坚决摈弃"懒人思想"。只有利用好"撬动"的杠杆，方才能扣动"懒人思想"。懒人思想，是一个人生存开启的第一要素，只要"撬动""懒人思想"的门，其他就好办了。走，说走就走，去"撬"董有才家的门。董有才的门不好撬，不好撬，也得撬，只要撬开董有才的门，就等于撬开了王和垴村的大门，那么办一个养殖场有什么难？

这是李双喜第十次去董有才家了。每次去，董有才家的门都是朝里用门闩把门横插住，叫不开，有时撞见了也就是一句话：“你来干啥？走哇。”然后，他一声不响地把李双喜推出门外，把门插住扭头回屋了，也不知他一个人整天憋屈在屋里干甚。李双喜被堵在门外，只好扒住门缝开导他，给他讲国家扶贫政策、方针，党的十九大精神，以及想让他去村集体养殖场当技术员……每来一次，李双喜就扒着门缝说半天，也不知道他听不听，反正听不到他一句回话。李双喜不管他听不听，只要来了就扒在门缝说，甚时说得口干舌燥了才离开。这次来，他仍然没有抱多大希望能撬开董有才的门，撬开董有才的嘴。但他坚信一个理，再僵化的蛋，孵得时间长了也能孵热，孵出小鸡；再不懂道理的人，你只要一直对他好，慢慢的也能感化了，明事理了。他用手拍着董有才的门，高声喊着董有才的名，敲着喊着，隐约听见有哼哼声。他把耳朵伏在门缝上静下心来听，心想一定是董有才生病了，便喊道：“老董，你怎么了？生病了吗？你能起来开门吗？”然后，他把耳朵伏在门缝上听，只听到一声短一声长的哼哼声，不见董有才出来。看来，他病得不轻，得想办法进去。门朝里面插着，怎么进？只能扒院墙进。他与院墙拉开一定距离，迈开步子跑，想蹦上院墙翻进去，可好几次都失败了，一次不如一次，爬不上院墙进不去很是着急。“李队长，你这是干吗？离远，我就看见你在爬人家院墙。是不是想偷东西呀？”“我当是谁呢！原来是你这个‘网迷精’把我吓了一跳。”

“你这是干甚？想翻墙进去给董大爷讲道理？他是个老顽固，怕是你刚爬上墙就被他给推下来了。”

“快不要贫嘴了。你比我年轻，你上。他病了，而且病得可能不轻。”

“是吗？”

“我骗你干吗？”

“好，我来。”

董小黑轻轻一蹦就扒住了墙头，双手托住墙头一用劲，整个身体就腾空了，一点也不费劲，一屁股就坐在了墙上，然后跳了下去。李双喜喊着："快开门。"

董小黑把门打开，李双喜一进门径直向窑洞跑，他一把掀开厚厚的门帘，一股恶臭怪味扑鼻而来，差点晕过去，立马闭住呼吸，强忍住，走进屋见董有才像一头母猪般在炕上卷缩成一团，身上搭着个破被子，嘴里一个劲地"哼哼"。"你哪里不舒服？"李双喜问。

董有才不说，只是"哼哼哼"地哼着。李双喜爬上炕用手摸了一下他的前额，感觉很烫，怕是得了重感冒。他赶紧从身上兜里掏出手机给杨春生打电话让他把车开过来。

董有才被李双喜他们送到乡卫生院住院了，住了三天，李双喜他们陪了三天。医生说，再耽误几个时辰，怕是不好治了，他这次得的是重感冒。一个人好几天不吃不喝，光缺水就把人给拖垮了。要不是你们发现得及时，真说不来会感染成什么重病。"感冒，有这么严重吗？"董小黑问。"你可不能小看感冒，感冒死人多的是。"医生说。

董有才听了很感激李队长，没有李队长，他这时可能不会躺在医院，而是……他想起了伤心事，勾起了心痛。往事一幕幕浮现心头。

二十五　往事

"你个讨饭的，没人要的，走哇。别赖住我，我可不是你合法的老婆。别占住茅坑不拉屎。"

话很重，深深地扎向他的心里。

俗话说得好："用着了靠前，用不着了靠后。"董有才在沈翠花家就当是她男人一样用，白天用，晚上用，春夏秋冬四季用，她离不开他，他也离不开她，两个人黏糊成一个人似的。沈翠花和他好是为了图他的力气，虽然说她晚上寂寞，但她最主要的还是图他的一头——力气。他身体很健壮、结实，不但那方面行，种地、干活样样都不落后，有的是力气，既能让她天天欢心，在外人面前还特有颜面。一个女人拥有两个男人伺候，一个是合法的，一个是心甘情愿的，沈翠花心里很满足，也很自豪，村里别的女人都拿另眼看她。

沈翠花家里家外大小事情都离不开董有才，离了董有才就感觉不知哪儿不对劲儿。80年代，人们日子过得稍微富裕了，最起码能填饱肚子，不用再愁吃了这顿不知下顿吃甚了，人们就坐不住了，想动的开始自力更生夯击（土坯砖），打窑洞。村里不少人家都打上了新窑洞，亮展展的住着很舒坦，在村里很体面。大腾腾的窑洞，大大的两扇门；大大的窗户，镶上透明的玻璃；窑洞用石灰刷得白生生的，很亮眼。

董有才看出了沈翠花的心事，第二年开了春他就干。他在村里寻摸下一个朝阳的好地方，与沈翠花商量好了就开始打窑洞。他每天满天星星就起来扛上镢头去打窑洞，沈翠花给他送饭，吃过饭就去放羊，晚期放羊回来把羊赶进圈就一个人又去打窑洞。他一个人哼着曲曲按着劲打得太阳落下山，什么也看不着了才回家。回沈翠花家吃饭、上炕、睡觉。沈翠花心里很舒坦，也很幸福，享受到一个女人所应该享受的，不后悔与董有才相好一场。有时一个人在家做营生就唱开了，唱的是跟董有才学来的《开花调》：

青皮杨树冒高高，
谁人不知是咱俩好。

山巧儿飞在圪针上，
我的心操在了是你身上。

锅的滚了呀下上米，
不想旁人光想你。

圪桃开花皮儿硬，
小妹妹我对你哥哥呀是真心。
……

村里的女人都很羡慕沈翠花，不知是那辈子的艳福续到她这辈子，有这样一个不要名分心甘情愿的男人，死心塌地为沈翠花卖力干，卖力伺候着。出钱，出大价钱也找不到这样结实健壮的劳力。没明没夜地干，真不知是老天爷瞎眼了，还是怎么着，让这么好的男人仅成了没有名分的汉的。一辈子守着这个个子不高，精明干练的女人过活。

董有才从春到冬整整干了一年，人瘦了一圈。年根，沈翠花住进了新打的窑洞，董有才也跟着住进了新窑洞。窑洞用白石灰粉刷得白生生的，窗和门弄成了连身桥，窑洞外面用红砖垒砌了，有一个好听的名字叫“砖挂面”，是最流行的样式，从别村引进来的，村里还没有人家弄过这种样式，她沈翠花家是头一家。这更让她在村里露了脸，心里美得无法形容。

董有才让沈翠花住上了新窑洞，心里挺美，沈翠花有了他俩的孩子，更是美上加美。这一排七孔新窑洞，是他董有才用汗水和心血换来的，他很珍惜现在的拥有，一门心思把全部精力扑在这个家，放羊挣下的钱全给了沈翠花，就连沈翠花家孩子谈婚论嫁都有他的份儿，他既出钱又出力，像亲爹一样张罗着孩的们的婚事，接二连三地张罗了一个又一个，把他整个人都榨干了，可以说是榨得只剩下一张皮一副骨架。就这老天爷也不放过他，简直就是祸不单行，郝满红的死，对他的打击最大。他曾把郝满红拴在自己的屁股后面，东家进西家出地炫耀，炫耀自己的能耐，炫耀自己有姓董的后了，很是风光了一阵。郝满红一死，董有才整个人变了，变得沉默了，山坡上也听不到他的开花调了。

董有才再也回不到从前了，可他心里很清楚，明镜似的。沈翠花也变了，变得凶了，变成了一只母老虎。沈翠花以前的温柔全不见了，晚上也不再为他暖被窝了，常常拿难听的话刺激他。

他董有才不傻，这是要卸磨杀驴。

走吧，这个家不是自己的家，自己的那个家才是自己的家，再不走，脸往哪里挂？这个家已经没有自己的容身之地了，再也没有好留恋的了。他一早收拾好自己的东西走出了沈翠花的家，一件念想的东西都没有给她留下。

他想到过死，总觉着自己来这世上白来了一趟，但又好像没白来。不管咋地，沈翠花总算也给他生过一个儿子，值了。遗憾的是没有给姓董家留下个后，怨郝满红命短，也怨自己命该如此。一个人活得累，死了好，死了干净，不用看村里人的眼色，不用再在人前头显摆了。一根绳子就能办事。不料，让他老娘发现了，找人把他救了过来。他睁开眼，看了一眼老娘就把头转了过去。

从此，他恨死了老娘，恨老娘不该叫人救他。他整个人陷入了困境，一直走不出来，寡言少语，与人不搭腔，不出门，也不让他老娘出门，一年四季把门朝里插住，过着非人的生活。沈翠花自董有才走后，心里也不是个滋味，可也迟迟不敢登他的门。董有才寻死未成后，沈翠花曾多次登门找过他，感觉自己对不起他，对他有愧疚，想重新与他好。董有才的门始终没有被她敲开过。董有才心死了，死得很彻底，活着也与死了差不多，可以说是个活死人，只有一个躯体，没有灵魂；是僵尸，形同走肉。

沈翠花名声从此扫地，臭了，臭得没人闻。村里大小人从她门口走过都要“呸呸呸”地吐三口唾沫，怕她家的晦气沾身上了。

这时，只听门外有吵吵嚷嚷的声响，未等小黑去开门，门就被人推开了，露头的是村主任王茂才。“王主任，你们什么时候回来的？快进，快进。”小黑招呼着。

随王茂才身后陆续进来了好几个人，其中有王茂才的老婆王翠翠，也就是新当选的养殖场场长，副场长张鹏举、李少飞，还有第一书记赵福贵，一下子把病房给挤得满满的。“我们刚进村就听赵福贵说有才住院了，王场长嚷着要来医院看看。”王茂才说。

“我这感冒来得真不是时候，把大家都惊动了。”

王翠翠上前一步，说：“不惊动。我们大伙来看你是应该的。你病好多了吧？”

“好多了。医生说再观察两天就能出院了。”

“你好好养病，听医生的，不用想其他。”

“这次，你们考察还顺利吧？有什么收获快给咱说说。”李双喜这时才插上嘴。

“收获不小。一时半会儿也给李队长你说不清楚。等老董病好出院了，等你有时间了再慢慢给你说哇。”王翠翠回答道。

这时，王茂才他们也都凑到董有才床边问这问那，弄得董有才一时不知所措，一头雾水，这是哪门子的事呀？让村长、场长、第一书记都来看我这糟老头，看我这不识时务的怪老头。他一一应承着，拉着一些无关紧要的话。

二十六　出院

董有才经过这么一次生死线上的折腾，一个人在病床上想通了一些事，也想明白了一些事。自王翠翠他们来看了他以后，整个人又蒙上了一层雾沙，一时弄不明白是怎么回事。

太阳从西边升起来了，红运当头照。几次想张嘴问一问李队长弄个明白，却又不好意思问，不知如何开口。干脆就不开口，也不问。静静地看着窗外头的一切来打发难熬的时间，女护士托着工具盘从窗前一会儿走过来，一会儿又走过去，十分忙碌，一上午停不下来；卫生院里的病号在院里走动着转圈圈，有时站着伸伸胳膊展展腰蹬蹬腿，有时晒晒太阳说说话很是自在随意；麻雀在树枝上蹦跳着，叽叽喳喳地叫着嬉闹着很是有趣；白生生的床单在院中铁丝上随风起舞，像是白衣天使在空中跳着优美的芭蕾舞，那柔软的舞姿很是迷人让人陶醉；来卫生院看病的人陆陆续续地走了来，来了走，整个院落里一刻都不能安静下来，充满了生机。十几年了，没有这样认真地欣赏过任何东西，总是把自己关在漆黑的窑里，像钻在闷罐子里一样闷着，与外面的人和事物几乎隔绝。这一看，似乎发现世界上的人和物都是有灵性的，有情感的，有情趣的，很让人留恋不舍。

出院那天，天气晴朗，万里无云。王茂才王翠翠他们都来了，接“三家败”回家。董有才活了这么大，头一次享受这么高的待遇。心里有点受宠若惊很不适应。

车在山路上行驶着颠簸着，车里的人说着话，拉着在山东考察时所见所闻，结合王和壋村实际情况如何创办好养殖场……王茂才眉飞色舞拉得很是带劲，唾沫星子乱飞，飞了王翠翠一脸。“‘扑死鬼’，你说话也不能好好说，吐了人家一脸唾沫。”

“说话总不能按住嘴说吧？就你事多。”

“我看呀，得给你点颜色看看才行。”

只听王茂才“哎哟、哎哟、哎哟”像狼叫。

原来，王翠翠说着话就下了狠手，在他大腿上死劲儿掐了两下，说：“我让你贱！非把你这条腿掐烂不行。”看来，村里人传言说王茂才的克星是“王铁嘴”不假。王茂才经王翠翠这么一掐，说话便有所收敛，不再是唾沫飞溅了。

秋天临近，微风透过窗口扫来，感觉脸部有点凉凉的很是舒服。瞟一眼窗外的美景，美得让人有一点窒息，美得让人尖叫。路旁的杨树叶开始泛黄，随着微风树叶翩翩起舞，像天女散花般哗哗地洒落路旁。一眼望去，山坡坡披上了红装，红黄绿三色把山圪梁梁装扮得很美，圆溜溜的酸枣紫红紫红的，瘦长瘦长的野辣椒、枸杞火一样的红；沉甸甸黄澄澄的谷穗压弯了腰，红红的高粱朝着白云笑；挂着红须的玉茭棒子一个个又粗又大，单等农民伯伯来收割，好一幅丰收的景象图啊！

庄稼熟了，秋收的时节马上就要到了。看着这喜人的秋景，人们露出了笑脸，脸上却也挂上了缕缕乡愁。眼看又是一个丰收的好年景，可土特产卖不出去，真是愁煞个人。

李双喜看着窗外的秋景，思索着说："这诱人的农产品要是拿到山外面卖，一定能卖个好价钱。""是啊！我们这里种出的谷子很好吃，颗粒饱满，熬出的米汤很黄、口感好、营养丰富；还有红薯、山药、南瓜、黄豆等特产都很不错。就是我村地处偏僻，交通不便利，卖不上个好价钱。"王茂才说。

"我有个想法。"

"什么想法？"

"小黑不是懂电脑吗？"

"嗯。那小子爱玩弄个那。那又能怎样？"

"开电商。"

"让小黑开电商？"

"是啊！你有什么意见？"

"电商？我听说咱县里已经有几个村开始了，弄得还不错。可不知这小子行不行？他平时钻在家里不出来，光是迷恋上网玩游戏，要不就是看个黄片，也不计划出外面找个对象，成个家什么的。都三十好几的人了。"

"我看好这个小伙子，行！"

"我看！小黑行！咱帮帮他，引导他向正道上走。一定行的。这小子脑瓜好，爱琢磨个事。如能弄成，咱村的农产品出售就不用发愁了。"王翠翠接过王茂才的话茬说。

"翠翠说得对。咱们帮帮他，过两天县里扶贫办组织的一场微商培训班，咱让他去学习两天，等他回来，咱也弄个农产品合作社，从网上开个微店，让他当社长，把咱村农产品从网上销到全国各地，也能卖个好价钱。”

“谁知这小子上不上心，干不干？”王茂才带着疑惑的口吻说。

“这个你放心。我早就跟这小子沟通好了，他很乐意干。再让他去上一下新型农民培训班。这样一来，他就真正成了咱王和垴村的第一个新型农民了。”

“要是电商搞成功了，明年，咱鼓励村民多种些小杂粮，谷子。”

“我看行。城里人现在都讲究健康饮食，小杂粮卖得挺好。他们最稀罕绿色农产品了。”

他们一路上说着脱贫呀、电商呀、新型农民呀的事说起来没完。窗外的风景却从眼前随着车在前行一一抛在了车后。“三家败”一路上看着窗外的美景，不闻不问，他们说他们的，与自己一点都无关。

赵福贵带领村民在拉土垫路基，场面很是热闹，干得都很带劲。老农民总改不了农民的本色，就像是在大集体那会一般热热闹闹的，说说笑笑的，边干活边说着闲话很是自在。有人说：“‘三家败’今天出院了！李队长、村主任还有主任家里的都去接他。”又有人问：“他咋来？”

“你不知道？”

“俺们不知道。”一下围过来好几个人问。

“这都成了咱村特大新闻了。你们就真的不知道？”

“不知道。”他们几乎是异口同声地说。

“‘三家败’病来，在乡卫生院住了好几天，听说这回病得不轻，差点过了那头。”

“是吗？”有一个人说。

“什么病？”

“重感冒。”

这时，又有人插话说：“这回伢‘三家败’可要翻身了。”

有人说："看他那德行。能翻什么身？等下辈子哇！"

"你可别拿狗眼看人，这回'三家败'又要出山了。"

"他呀！整天只知道卧在家里不出来，连话都不想与人多说一句，连气都不想多出一口，一个人在家每天只吃两顿饭，说不好听点，他就维持着一口气过活。难道说，他'三家败'病了一场就时来运转了？我才不信呢！"

有人说："我看呀！有可能！"

"要真是那样，我也回家病上一场。"

这时，有人笑笑说："恐怕，轮到你就不灵了。"

"这倒邪门了，连生病都还得分人了。"

"可不是吗？时代不同了，生病也得看是谁。"

"他'三家败'有什么能耐？生个病也跟别人不一样，你们听到什么风声了？"

"连村干部都出动了，谁能有这待遇？"

"'三家败'这下派头可不小。能动用村干部在咱村还是头一人。"

"可不是哇！人家'三家败'真的时来运转了，要翻身了。"

"三家败"成了他们的话题，在人堆里拉起来没完。

"快看，'三家败'回来了！"有人拄着铁锹说。

车停在了路旁。村民们的眼睛都齐刷刷向车这边瞅来，车门打开，李队长下来了，王茂才下来了，王翠翠下来了，最后下来的是"三家败"。

人群里"圪蹴"向他们走去喊道："'三家败'出院了。""三家败""哼"了一声算是回答。

"这回多亏了李队长送你去医院。要不然，你这条命就交给阎王爷了。"他一手抓住"三家败"的手，一手抚在他的手背说。

"可不是嘛！老哥，差点就见不上你了。"说着，眼里映满了泪花。这时，围过来一堆人，有男有女，问长问短的一下子弄的"三家败"不知说什么好，一股热流涌上心口。多年来，他封闭在自己的屋里，几乎与村里人不来往，失去了交往，失去了交情。面对这群热情的哥儿弟妹们，一下子感到了村民的温暖和亲切感，一下子感到自己又回来了，又找回了自我。我董有才不能再这样堕落下去了，不能再这样不顾世面无人情味儿了，要振作起来，直起腰杆来，好好地活人，好好地活好后半辈子，让他们看看，让沈翠花看看，我董有才还是当年的董有才！

董有才与哥儿弟妹们谈得很热乎，简直就像换了一个人似的。沈翠花在人群中站着，偷偷地向这边瞅着。见董有才这精神焕发的样子，心里那埋伏已久的负罪感好像一下子减轻了不少，脸上又露出了些喜悦。这几天，一些关于董有才风言风语的说法，或多或少听到了不少，又勾起她内心沉浮已久的骚动，可总感觉有一种隔阂在阻挡着，无法逾越。

“三家败”一个抬眼，发现了不远处站着的沈翠花，不由身子颤了一下，感觉有些不得劲，立马把眼神收了回来。

“三家败”与村民们说着话，沈翠花远远地站着偷看着。谁也没有注意他俩。“三家败”心里清楚，沈翠花心里也清楚，过去的都已经过去了，那是一辈子的回忆，后半辈子就这样过了，谁也不用牵连谁，你有那心事，我可没那心事。

那一次的伤痛烙印很深，直捅心底结下了厚厚的伤疤，经岁月的磨炼都无法磨平磨光。他顿悟了以往的一切。回头，重新开始。好好活出当下的自己，才是最好的选择。

李双喜没有直接把“三家败”送回家，而是把他拉到建养殖场的场地。“三家败”见他们下车，他也下车。他刚站稳，李双喜就对他说：“老董，你看看这地方建个养殖场行不行？”

这是一块荒坡，杂草长得很旺，背靠一座土圪梁，离村很近。

“三家败”几乎没有想就说：“行。把这坡切切，再把那个小沟填填，这块地片儿不小，有十几亩吧？而且这地方朝阳，左右挡风，离村近，弄个甚也方便。”“你看行了，咱就定了。”王翠翠说。

“我只是随便说说，要定，还得你们定。”

“今天把你接来，就是想听听你技术员的意见。”

“我……”“三家败”有点不解王翠翠说的意思，一时不知该说什么。

王翠翠见他这样，就立马说：“从今天起，你就是我们养殖场养羊技术员，月工资2600元。你看怎么样？如果嫌工资少，我们再给你加。”

“三家败”听了王翠翠的话，不敢相信自己的耳朵，怔在哪儿，半天没有说话。“怎么？‘三家败’你不相信翠翠的话？这是经我们多方面考虑研究后，决定让你和张火旺来养殖场担任技术员的，你要好好干，可不能辜负我们对你的期望。”王茂才说。

“我，我倒多年没有放羊了。再说，我这人很懒散，怕是弄不好。”

“老董，你不用说什么推脱的话了。既然能让你来担任技术员，我们就都信任你，你就好好干吧！相信你能干好。”李双喜说着话，手机响了，一看是老婆打的，说：“你们说，我接个电话。”

李双喜挂断电话，转身对着他们说：“你们再看看，行了，就着手干，不能再等了，争取年底咱就弄出个样子来。我回县城一趟。”

“有什么事吗？”

“没什么事。家里有一点小事。我得回去看看。”

李双喜转身叫上杨春生就走。

“路上慢点啊！杨春生。”王茂才对着车窗喊道。

杨春生“嗯”了一声，车就走远了。

二十七　回家

一个电话，任小焕把李双喜叫了回来。

任小焕把李双喜叫回来，不为别的，就是想要再生个孩子。现在国家放开二胎政策了，可以再生了，有些家庭就有了又要孩子的想法。她任小焕想上了，要他回来生孩子。李双喜说，都快五十岁的人了还要什么孩子？她不行，就要要，说，一个孩子孤单，长大了连个说话商议的人都没有。现在国家允许了，不怕掉了你那乌纱帽了，咋就不能生了。回来，这是任务。不回来，她就要寻死觅活的。说什么扶贫再重要，也不能比生孩子重要。要不然，你就永远不要回来。

李双喜接了这个电话，有一种不好的预感，这次老婆又不知受了谁的蛊惑，这是与他杠上了。不回家跑一趟，怕是要出事。

李双喜前脚刚一进门，老婆就唠叨上了。说谁谁谁家怀上了，谁谁谁家快生了，谁谁谁家生下了带把儿的，咱也再生个，生个带把儿的，省得以后老了后悔。李双喜对老婆安慰道："咱不要了，咱也不受那个罪了，姑娘都上高中了，还要什么孩子？一个就一个吧，一个姑娘就挺好，女儿是父亲的小棉袄。""不，咱再生个，生个男孩。一男一女多好？我们家八个孩子就都是闺女，没有一个男孩，在人前抬不起头来。我娘临死都还在磨念我那弟弟，要是活着，也该成家有娃了。"

"快别想那了，这倒什么年代了？你还是老思想，老脑筋。你娘要不是非要生男孩，也不会得下那难治的病，也不会早早的扔下你们就去了。"

"俺娘来这世界上就没有好活过一天，都是被这男孩给累的，为了要男孩得下了心病，在村里一直抬不起头来。俺爹一辈子没有给过她个好脸色看。"

"可不是？这都是封建思想害的。为了要个男孩，就连你们的名字起的都那么有趣，什么：莱紫、焕紫、焕焕、四焕、焕兰、焕先、焕琴、小焕。"

"我下面，俺娘生了个男孩，可把俺爹俺娘高兴坏了！特别是俺爹，高兴得好几天都睡不着觉，见人就说，俺老婆生下带把儿的了，你们来家看看。人们不来看，俺爹就拖上人家来看，只要人们来看，他就高兴，笑着咧着嘴说个不停。说什么，谁说俺家里不生男孩，这不生下了？说起来没完没了，只能听见他在说话，听不见别人说话。他整天合不拢嘴，就这样张着，露着两颗大门牙，也不嫌不好看，不怕别人笑话他牙不好，逢人就这样咧嘴笑着。人们都说，俺爹想儿子想得疯了，整天咧着个嘴，逢人就说俺家有了带把儿的，你们来看看。可这高兴的日子并不长，很短暂。俺爹高兴得什么都不顾了，别人的话都听不进，他说做甚就非得做甚，谁也阻拦不住他。俺弟弟刚十五天上，俺爹就给他做了满月。那时家里穷，没有钱，向亲戚们借上，排排场场地给俺弟弟做了个满月，晚上还放了电影。结果，俺弟弟第三天就去了。”

李双喜坐在沙发上听着，说：“这事，我咋没有听你说过？”

“这事，是我们全家人的心病一直在我心中压着。俺弟弟去了，俺家也就垮了。俺娘在月子里整天哭哭啼啼提不起精神来，吃不下饭，睡不好觉，再加上我们都不懂事，屁大个事就回家缠娘，俺娘那个月子就没有坐好，从此得下了月子病。一遇个节气，天阴下雨天，浑身就疼。家里又没钱给俺娘治病，俺娘就这样硬挺着，病越来越重，俺娘啥也不说，总是咬着牙过，直到病得爬不起来了，才去看，晚了！俺娘临咽气时还磨叨着俺弟弟，说，这都是命呀！也不知你在下面过得好不好？娘这就下去陪俺孩。其实，我早就想给你生个儿子，一来可以为你李家续个后，二来也能完成俺娘的心愿。咱县城以前偷生的人家不少，我也想过，但为了你的前程，怕影响你就一直没跟你提过这事。现在，国家政策允许了，咱不用再怕这怕那了，可以正大光明地生了。”

“孩他妈，你听我说，咱不生了。这都快五十岁的人了还生什么孩？让别人笑话。”

“笑话甚？咱小区就有好几家都要生，听说有两家都五十了，现在都怀上了。我才四十来岁，比她们都年轻好几岁嘞！咋不能生？”

“不是。我不在乎什么男孩女孩。只要咱婷婷健康，以后考上一个好大学，比什么都强。”

“那要是咱婷婷考不上大学呢？要是有个什么意外了呢？你不后悔吗？”

“看你说的，哪有那么多意外？考不上也没关系，那她还是咱们的女儿，又不是别人家的女儿，你怕啥？”

“我不听你的，我要生。以后就咱婷婷一个人，很孤单，遇上个事，她一个人怎能扛起来？连个说话商议事情的都没有。”

“可你，你身体不好。咱还是身体重要，不是生孩子重要。如果有个什么意外，我心里可过意不去。”

“你不用说什么屁话，我不爱听。我的身体我知道，结实得很。生个孩子没你说得那么严重，不就是生个孩子吗？我又不是没有生过。”

“可我现在整天在乡下搞扶贫，不能在家照顾你，把你和婷婷扔在县城我就不放心，如果你再怀上一个，既要照顾婷婷上学，又要干家务活哪能行？你这身体，我不放心。”

“不放心了，你回来嘛！请示领导换个人下去不就行了吗？”

“那可不行。扶贫工作刚刚有了点起色，换个新人下去，他不摸情况，一下接不上手，还得费老长时间才能投入工作。再说，换上其他人，我不放心。我现在已经把心放在那个地方了，一下让我回来，真还不适应，也不能回来。你不知道，改革开放这么多年，乡下还是这么贫穷，你想都想不到他们有多穷。虽然不再穿补补丁衣服了，也能填饱肚子了，但是生活条件还是很恶劣，生活不宽裕，住的都是危房，孩子上不起学，走不出山沟沟，看不到山外面的缤纷世界，不了解国家政策，享受不到国家改革开放的成果等等，他们需要我，我也离不开他们。我从小生在农村，长在农村，我爹曾给我说过，以后当了官，可不能忘了咱农民，没有农民，就没有你。”

“你离不开他们，你就下去帮帮他们，你不用管我，你只要给俺种上了，施肥、浇水有我呢，你怕啥？”

“话可不能这么说。既然种上了，就得一管到底，那能放下你不管？光管忙我的事。我这人办事不能分心，一分心事就办不好，就不能全身心地投入。”

“那怎么整？”

“咱不生。也不受那罪。”

“不！这回我可不听你的。你只管种，种下，你就别管了，我全权负责。”

李双喜话说了一箩筐，任小焕就是听不进去，看来这次她是生定了！只好先缓一下再说，便对她说：“好好好，你先去给咱做饭吧！吃了饭再说，肚子都叫唤开了。”

任小焕从沙发上站起来说：“好，我去做饭。今晚上咱就工作。”

李双喜打开电视看新闻，心里却想着心事。任小焕这次决心下定了，非生不可，真没有个好办法。晚饭就他俩人。李婷婷上了高中，为了赶时间，便于学习，吃住在学校不回来。只有星期天才回家来住。

刚吃过晚饭，任小焕就催他去洗澡。李双喜像个听话的小孩，脱了衣服，裹上浴巾走进卫生间去洗澡。

任小焕一门心事想着要孩子，无心看电视，就把电视关了，回到卧室脱了个精光钻进被子里等李双喜。人不能教有了啥想法，一旦有了想法，整个人就好像着了魔怔，心中就装一件事，其他什么都装不下，为了这个事，她早早地准备着一切。

李双喜从卫生间出来，见客厅空空的，电视都关了，他刚要拿遥控开电视，就听见老婆在喊他：“睡哇！不要开电视了。”

李双喜会意地笑笑，走进了卧室。

卧室里开着台灯，光很柔和，老婆露着双肩在床上躺着，李双喜意识到，今夜就得耕耘，看是躲不过了。他把拖鞋一脱，上了床，穿着睡衣就钻进被子里。就在他这一掀被子时，发现老婆什么也没有穿，光着身子在等他。他假装没有看见，说：“你咋不看电视了，睡这么早？”

任小焕白了他一眼，说：“明知故问。”“你真想上了？”

“这次，我生定了。”

“我知道你想我了。我光顾在下边搞扶贫，照顾不上家里，也照顾不上你，这也是没办法的事，等扶贫工作走上轨道了就不用这么忙了。咱还是不要生了，轻松些活两天不好吗？你咋非要生呢？”

“不，想上了，我就要生。你要是不让我生，我去找别人也要生。”

李双喜一听她把话说到这份上，知道她没救了，只能依她，要不，还真没有个好办法。就说：“那好，咱现在不生，等我把扶贫工作搞得走上轨道了咱再生，你看咋样？”

“不，就现在。”

“我依你，再等两天，到时候我就能回来照顾你了。现在正忙，脱不了身。我不想让你一个人受罪，我担心你的身体。”

“你不用担心，我会照顾好自己的。你只管给我种上就行。你放心忙你的哇！”

“说是这么说，我放心不下。”

“快不用说了。再说，我都受不了。”说罢，她就爬到李双喜身上解扣子。

李双喜磨破了嘴，也没有说动她，只好依了她。她光滑的皮肤很是诱人，李双喜好久没有碰她的身体了，在昏暗的灯光下全暴露在他面前，再加上一股诱人的体香，一下子勾起了他的欲望，让他不能自拔投入了激情之中。

此刻，李双喜抛去了一切杂念。生孩子是一码事，享受生活是另一码事。不管怎么说，自己只顾搞扶贫工作，把这块田忽略了，扔在一边荒芜了，是该浇灌一下了。

二十八　扶贫

一早醒来，李双喜就趴在桌子上记他的笔记。他这样写道：

9 月 28 日　星期四

王和垴村产业扶贫总算有了点眉目，养殖场选址基本定在村东头，离村很近，选个吉日就能开工建设；100kW 的光伏电站正在积极建设，已近尾声，计划 10 月 1 日挂网发电；进村道路路基加宽已基本告一段落，明年一开春正规修路施工队接管，对道路进行硬化。这一件件事情都牵挂着我的心。却没想到，半路杀出来一个母老虎——我的老婆。她让我回来生孩子，这要让别人知道了还不笑掉大牙？快五十岁的人了，还生什么孩子？简直就是胡闹。可我抗不过我老婆，还是听从她的命令回来了。生孩子，我哪有这份心事？我早已经把我的心全部放在了王和垴村，王和垴村就是我的第二故乡。

家里的事也是大事，可我不想分心，也不能分心，扶贫工作很艰巨，很棘手。目前，一切工作都还正走在路上，正是关键时期，教我怎能放下不管？那里的村民离不开我，那里的事情牵挂着我。与老婆一番理论，却没有收到效果。

“孩他爸，不吃饭，你在干吗?”

“没干啥。”

“没干啥？咋不来吃饭。”

“我这就来。”

他另起一行，接着写道：

为了扶贫工作，我把她与婷婷扔在县城里不管不问，我在王和塧村一住就是十天半个月不回家。她也不容易啊！一个人守着这么大个房子，没人说话，没人陪伴，只有星期天女儿回来了，才能感觉到家的味道。可那也就是一天半的工夫，一到星期天下午，女儿就去了学校。家里就又剩下她一个人，很寂寞，很孤独。她需要我，需要我常回来看看，回来爱抚一下。不然，这份田会干枯的，会失去她的价值。我心里明白，使不上劲，分不开心，脱不了身，毕竟我是人。是人就不能劈开，有句话这样说，“忠孝不能两全”。顾了这头，就得抛下那头。

这时，任小焕又叫了。他“哼”了一声，合上笔记本，装进衣服兜里走出了卧室。

“一大早，不吃饭写什么日记？”

“把昨天的事情记一下，我怕忘了。”

“我看这回你可对扶贫工作着魔了，嘴里常是挂着‘扶贫’两字。为了扶贫，什么都能忘了，饭也不吃。”

李双喜憨憨地笑笑说：“看你说哪里话来？扶贫工作不能忘，其他工作也得做。再说，再忘也不敢忘了你，我的老婆大人。”

“我看你可不是这样子。只要一说扶贫工作，什么事都是次要的，心中就装不下别的事了。眼里哪还有我这个老婆？”任小焕边吃边说。

李双喜喝了一口豆浆，说：“咱不说其他了。要是家里没有甚事，上午我就走呀！”

“咋？家里着不下你？连屁股还没有温热就要走呀？回来就不能住两天给俺做些啥？”

“家里有什么事要做？王和塧村有好多事情等着我去做了，咋能在家里坐住了？”

“家里咋就没有事做？没事叫你回来干吗？你就不能好好地陪我两天，

等我怀上了再走也不迟嘛!”

“怀孩子又不是一天两天的事，那得慢慢来，不能心急。再说，那能说怀就怀上了?”

“就因为这，才让你回来。你倒好，只住一夜就要走。看来，你就不诚心，你就没有这个家。”

“我咋能没有这个家?虽然我住在王和垴村，心里可是想着你和婷婷。”

“拉倒吧!你张口一个王和垴村，闭口一个王和垴村，心里那还有我母女俩?明天到星期六了，你就不想见见女儿就要走?你可真是个好爸爸。”

“明天是星期六?”

“你呀!得脑里装上糨糊了?哪还能记住明天是星期几?”

李双喜呵呵一笑，说:“看来，我真的是得脑里装上糨糊了。好，今天不走了。明天见见我女儿再走。你这么一说，我还真想咱婷婷了。”

任小焕白了他一眼，边收拾碗筷边说:“你对我母女俩呀，一点也不关心，心中只有你那王和垴村!”

李双喜被老婆这一顿说，目光才转移到她身上。他看着任小焕瘦了一圈的身材，心里泛起了一丝愧意，自打去了王和垴村，真没有把心思操在家里，每天大脑里想的全是王和垴村的扶贫工作，贫困户的事情，白天忙，晚上写，起早贪黑，一天忙忙碌碌地没有个歇的时候。好歹扶贫工作有了点起色，有了点眉目。

李双喜未等老婆收拾完，就对老婆喊道:“我出去呀!你慢慢收拾哇!”

“不在家歇歇，你去哪呀?”

“我去县里跑跑扶贫的事情。”

“你呀!就是在家坐不住。把你身上衣服换下来，给你洗洗。”说罢，半天不见回音。她从厨房里探出头来一看，哪还有个人?任小焕对他真没个好办法，这扶贫扶上瘾了，家里就拴不住他。费了半天口水，好不容易才把他给留下。可人留下了，心却还在扶贫工作上。所有扶贫干部要都像他这么干，这么上心，把全部身心都投入工作，何愁 2020 年全国脱不了贫？

“叮咚、叮咚、叮咚……”门铃响了。

“谁呀？稍等，我就来。”

“是我，海江家。”

任小焕紧走两步把门开开，说：“快进来。”

海江家脱了高跟皮鞋，穿上拖鞋，见她身上系着围裙，一边往进走一边说：“你咋才收拾呀？”

“孩他爸回来了，今日吃饭迟了。”

“那他哪来？咋就你一个人？”

任小焕把围裙解下放进厨房出来，说：“他出去忙他的事了。你快坐下。”

“你家双喜回来也不消停一圪沙沙。”

“他呀，整天瞎忙。”

“听说，你家双喜下农村去搞扶贫工作了？”

“嗯。”

“听说，农村现在还有穷得供不起孩子上学的人家，穷得盖不起新房只能住危房户，穷的看不起病只能躺炕上等死，穷得一年都不出村一回，钻在山沟沟里看着太阳升起落下，冬天里站在朝阳圪捞儿晒晒暖暖说说闲话，一天就算过去了，一冬也就这样给打发了。”

“我家双喜扶贫的那个村就如同你说一样，很贫穷，是全县深度贫困村之一。人们生活在水深火热之中，特别苦。哪里道路不好走，也不通客车，人们出一次山沟沟很难，他们一年几乎就不出村，有钱也无处花。”

“现在国家要求干部下乡扶贫，这个政策好，像这样的村不扶持一下，什么时候能走出贫困的日子？什么时候能过上小康生活？什么时候才能像城里人一样想吃啥就能买到啥？咱也是从农村出来的，知道农村的苦。当农民不容易，当好一个地地道道的农民更不容易。”

“可不是嘛！国家这扶贫政策就是好。一切惠民政策都向贫困村、贫困户倾斜。扶贫干部要是抓不好扶贫工作，那可真就是失职。”

“我真为你家双喜能下乡搞扶贫工作感到自豪，感到庆幸。我家海江就没有这个机会。听说，下乡扶贫干部如果成绩突出，干得好，回来就能提拔。”

“你在哪里听说来？”任小焕有点怀疑地说。

“外面人都这么说。县里已经提拔了好几个扶贫干部了。你家双喜现在是副科吧？搞好扶贫工作就能上正科了。你看我家海江在副科上一待就是十年，上面没有人，也没遇上这扶贫的好机会，看来他这辈子就这副科的命。临退休呀！也还是个副科级别。”

“话不能这么说，谁也看不着前后眼。说不定在单位的提拔了，下乡的却提拔不了。”

“不管怎么说，下乡扶贫就是个机会。我就想让我家海江下乡搞扶贫工作。”

“那让你海江跟领导说说不就行了？”

“没那么简单。他单位都是些领导亲属和能与领导说上话的下去搞扶贫了。你还不知道我家海江，他人好，是个老实疙瘩，不愿巴结领导，只会干工作。虽然大小也是个领导，但在工作上根本就不像个领导，干的都是些职工不愿干的活，职工不愿吃的苦他带头去吃苦，任劳任怨地干，干了也没人说他好。领导都不把他当领导看待，下乡扶贫这等好事根本轮不上他。”

“下乡扶贫还有人抢？我怎么没有听我家双喜说过呢？”

“你家双喜精着嘞！这等好事他不给你说，是等着给你惊喜呢！”

海江家一番话说的任小焕心里蹦蹦跳。我只知道扶贫工作很重要，是习近平提出的一项惠民工程。这搞扶贫工作一丝一毫都不敢马虎，也马虎不得。谁敢马虎，应付，就会丢掉头上的乌纱帽，甚至还会坐牢。可海江家说的这，却是机关干部们下乡扶贫提拔的一个好机会，好平台。“想什么了？双喜家。”

“没想啥。”

“不是想你家双喜升官的美事了吧？”

“没有。”

“还要没有呢！升官，是好事，想想是正常的。”

“咱不说这了。这都是男人们的事，与咱们无关。咱说说别的事吧！你咋有空来我家来？”

“咋，没事就不能来？”

“能来。我是这么说说。”

“海江出差了，我一个人在家闷，就想来你家转转解解心焦。”

“好啊！以后常来家转转。双喜下乡了，家里就我一个人，也很寂寞，正需要有人来说说话，聊聊家常打发打发时光。”

“行。时间不早了，我回呀！”

“就在俺家吃哇，咱吃饺子。”

“这倒甚时候了，还能赶上吃饺子？”

“俺冰箱里有馅的，光揣些面就行。”

“不在。你家双喜好不容易回来一趟，我在不合适。”

“有什么不合适？不就是吃顿饭嘛！”

“不，我走呀！下午了，咱上街转转透透气。”

“行。”

海江家站起来走到门口脱了拖鞋穿上皮鞋，边开门边说：“下午，我来叫你。”

“我在家等你，慢走啊！”

海江家“嗯”了一声，下楼走了。

任小焕随手把门闭住，走进厨房准备做饭。开冰箱，拿馅，挖面、揣面，一个人哼着小曲忙活起来。

心里想着美事。

二十九　女儿

一个个小巧玲珑的饺子在案板上整齐地摆放着，像是一只只可爱的小鸟在等待着命令，只要一声令下，它们就会义无反顾地向锅里沸腾的水中扑通扑通跳下。

墙上的时钟在滴滴答答地走着，任小焕在沙发上坐着看电视等李双喜回来吃饭，只要他进门立马就能煮饺子开吃。可眼看快12点半了，李双喜也不回来，饺子也不能煮。她拿起手机拨通李双喜的电话："喂，你在那？咋还不回来吃饭？""你先吃娃！我怕回不去了。"

"那也不打个电话？让我一直等你！"

"我忘了。就这哇！"

任小焕把手机放在茶几上，嘴里嘟囔着进厨房煮饺子。工夫不大，一碗热腾腾的饺子就端了出来，一个人吃着饺子想着心事，我家双喜这是怎么了？现在心中装的只有扶贫工作就没有这个家，好不容易把他从乡下叫回来，咱为他改善一下生活，他却又为扶贫工作忙得不着脚，这和住在乡下不回来没那两样。他要不回来，我还能清闲些，婷婷去了学校，一个人想吃甚吃甚，不用管他，也不用等他。

门铃响了，她赶紧去开门。"是你啊！""你以为是谁？"海江家疑惑地问。

"我还以为是我家双喜回来了。"

"咋？就没有回来？"

"没有。"

“早知你家双喜不回来，我就不走了。”

“我说让你在吧，你非要走。”

“我是怕我在影响你两口子呗！”

“那有啥影响？”

“你两口子好不容易在一起吃个团圆饭，我在就搅了你两口子的气氛了！”

“看你说的甚话？不就是一顿饭，咋有那么多说的。”

“快进来。坐下等等我。”

“咋，还没有收拾。”

“刚吃完饭，准备收拾呀！门铃响了，这不就赶紧过来给你开门。”

“拉倒吧！你哪是给我开门？你是给你家双喜开门，扑空了吧？”

“你这张嘴呀！总是这么刁。快进来吧！等我一会儿。”

海江家等她把锅碗收拾了，两人相跟着上街转悠去了。

李双喜为了扶贫工作的事跑了一上午，中午就在外面瞎胡吃了一碗黄酱面，回到家已经是下午 3 点多了。他进门见老婆不在，就进卧室上床躺了，闭着眼想着扶贫工作的事，不大一会儿就睡着了。

李双喜一觉醒来，已是下午 5 点多，他揉揉眼睛坐起来，听见厨房里老婆在做饭，好像还有婷婷在与她谈学习情况。他穿上拖鞋边向客厅走边喊：“婷婷回来了。”

李婷婷听到他爸喊她，从厨房里跑了出来，说：“爸，你睡醒了？给你倒点水哇。”

“嗯。”

李婷婷跑进厨房，工夫不大给他倒了一杯开水放在茶几上，说：“爸，你咋下去就不回来了？看你人瘦了一圈，我都快认不得你了。”

“你爸整天与土坷垃打交道，吸日月之精华，能不黑才怪呢！你看爸这身体有多结实！”说罢，“扑通”，一拳头向自己的胸脯打去。

李婷婷笑呵呵地说："爸，你下乡不是搞扶贫吗？咋跟土坷垃打上交道了？还吸什么日月精华？"

"傻闺女，你知道扶贫是干什么？"

"扶贫不就是帮助农民脱贫，过上好生活吗？"

"说的不假。可要把扶贫工作搞好，让他们过上好生活，那可不是一件容易的事。得与乡亲们打成一片，一起劳动，一起生活，抓好脱贫项目，搞好群众思想工作，样样都不能拉下。"

"这么说，这乡下很苦，很累，没有在单位好吧？"

"要是好，倒都抢着下去搞扶贫了，那能轮上你爸？"

"不是吧？凡是在乡下搞扶贫的干部回来都升官了。"任小焕在厨房接上话茬说。

"别瞎说。没那那好事。"

"人家都这么说。你是不想告诉俺母女俩吧？"

"你听谁说来？"

"海江家说市里已有几个扶贫干部被提拔了。"她边说边端着两碗稀饭从厨房出来放在餐桌上。

"海江家的话不能信。那是她和她海江俩想官想疯了。是有几个扶贫干部被提拔了，但那毕竟是少数，不是见个扶贫干部就能被提拔。再说啦，咱既然担起这扶贫担子，就要像个担担子的样子，不能肩上担着担子，心中却不想担子的事。"他说着话走过来帮忙。

"这么说，没有这事？"她端着一盘土豆丝从厨房出来。

李双喜边摆筷子边说："那都是美梦。不一定能降到你头上。"

"让我空喜了一场。"

"要我说呀，没必要那么拼了命去争。顺其自然最好。这样人活得不累，舒坦。"

"要都像你这样想就好了，世间就不会有战争，不会有动乱，不会有小偷、盗窃等犯罪的人了，人人都能和平相处，整个地球上的人就都很和谐融洽。那该有多好，多美啊！”

“爸，妈，你俩这都说的是啥？我怎么一点都听不懂。”

“等你长大了就懂了。这是活人所难免摆脱的事实。”李双喜对着女儿说。

李婷婷似懂非懂地听着他俩的谈话。想了一会儿想不通也就不想了。由它去吧。“爸，听妈说你明天就走呀？”“明天早上走。”

“就不能在家多住两天？”

“王和堖村的事情多，等着爸去办呢！”

“呦呦呦，王和堖村离不了你，你是他们的爹还是他们的娘？”任小焕带气地说。

“话咋能这么说？”

“那怎么说？你双喜是好干部，优秀党员，肩上挑着老百姓扶贫攻坚的重担，他们离不了你这位好干部，为他们掌舵，引航。王和堖村离了你就生存不下去了。”

一番话，弄得李双喜不知该怎么说。嘴张了张犹豫片刻便合住了。

“你俩别说了，快吃饭吧，都凉了。”

“好好好，听女儿的，咱不说了，吃饭。”说罢，李双喜咬了一口馒头，吃了一口菜。

自李双喜下乡搞扶贫后，就很少一家人能聚在一起吃饭。这一次好不容易聚在一起吃个饭，又差点拌起嘴来。这是怎么了？就是因为扶贫吗？要是没有扶贫这事，也许就不会发生这些不愉快的事。这一桩桩一件件的事何时才能到头，何时才能走上正轨，何时才能一家人和和美美地过日子吗？

女儿的学习生活，李双喜一点也操不上心。整天脑海中都是扶贫工作的事情在搅和着，混搅着。吃过饭，女儿让他带她去公园散散步，他没有拒绝，等她妈把厨房收拾完，一家人相跟着出了门下了楼。

公园里很热闹，跳舞的、唱歌的、打羽毛球的、卖儿童玩具的、拍微视频的各自都很专注认真；上了年纪的老年人散步的散步、闲坐的闲坐、说闲话的说闲话、看孙子的看孙子都很自由；一对对夫妻领着孩子在玩耍，有放风筝的、玩滑梯的、玩滑板的、玩漂移车的、玩水枪的、滑旱冰的、玩沙的、钓鱼的、涂画画的、骑电动马的、骑电动车的，各式玩具任他们挑着玩耍，稍大一点的孩子们在扎堆谈论着什么。整个公园里人潮涌动，让人看得眼花缭乱，这是一种享受，这就是城市人消遣的生活。等太阳西下，花灯初上，街上霓虹灯亮了，标志性建筑、桥上镶嵌的五彩灯带闪了，很是耀眼，不同形状的灯饰把整个夜晚装扮的更加亮丽让人迷醉。

王和垴村的此刻，整个村庄一定是漆黑一片，十分安静。偶尔发现一两个人影在走动，恐怕是些不安分的青年在串个门。

谁家的狗在叫，一下打破了夜的宁静。

“爸，你在想啥？”

“没想啥。”

“不像。你一定在想心事。”

“你咋知道我在想事情？”

“我不告你。”

“爸看着这迷人诱人的夜色，看着这地上自由自在蹦跳的儿童，看着这一对对拥抱的情侣，看着这饭后说说笑笑散步的人群，看着这领着孩子放风筝的一个个家庭，看着无忧无虑欢快地跳舞的青年，就想起了千千万万个王和垴村，他们的生活是何等艰苦？村里没有文化广场，人们也不会跳什么舞，晚上的生活很单调，只能在家里看看电视来打发时间。甚至有人家连电视都看不上，吃了饭倒头就睡。”

“那他们能睡着吗？”李婷婷问。

“睡不着也得睡。怕费电，早早的就躺炕上，说说话，说说白天听到的新闻。”

“农村有什么新闻？”

“农村能有什么新闻？就是些白天听别人说的闲话、淡话、瞎话。说白了就是些东家长来西家短的无聊话；说白了就是聊聊东家说甚来，西家说甚来；要不就是老董家今天过生日来，吃的是金瓜丝饺子；老张家嫁闺女来，嫁的那人家可有钱了……尽是些村里发生的鸡毛蒜皮之事。”

“爸，听你这么说，农村真没意思。爸，那你怎么能在哪里住得住？”

“你爸就是个农村娃。吃在农村，长在农村，咋能不适应农村？”

“可你有二十多年没在农村住过了呀！”

“这不，你爸又在体验农村生活嘛！不习惯也得住。只有住在农村，吃在农村，你才能了解农村，才能与农村人融为一体，才能与他们打成一片，拧成一股劲。你才能了解他们的内心，你才能知道他们在想什么要什么，你才能掌握他们内心世界的死结，你才能想到解开这一死结的方法，只有找到解开这个死结的方法，你才能突破关口，破门而出，打开通向致富路的通道。只要通道打开了，一切就都迎刃而解了。”

“爸，你真厉害！”李婷婷竖起了大拇指说。

“好嘞！别再夸你爸了。再夸，他就不知姓甚了。”

李婷婷伸出舌头给她妈做了一个小小的鬼脸。

三十　奠基

李双喜打心里也想再要个孩子。但扶贫工作任务十分艰巨，心思就不在这上头。老婆的决心很坚决，他只好依从了她。他李双喜是为了完成生孩子任务才跑回来，可一完成了老婆下达的任务就撒腿要溜。一早起来，草草吃了个面包，喝了一桶奶就告别老婆与杨春生出发了。李双喜不希望这次能种上，希望这只是一场梦。

王和垴村养殖场开建准备工作已经就绪，只要来个简单的奠基仪式就能破土动工。村东头养殖场奠基场地横挂着一条条幅，上写“山西省武乡王和垴兴业扶贫养殖场开工奠基仪式”，两侧各插着十杆红旗，左侧整齐地停放着几台大型机械，有挖掘机、装载机、汽车，车队后面放着早已经吹好的上千个气球，被风吹动跃跃欲试想要飞起来，但都串联在一起栓在个什么东西上，跃跃欲试也只能在等待。天空中飘着八个大红气球，迎风来回摆动着像是一个个调皮的娃娃在空中戏耍。村支“两委”干部，驻村工作队、第一书记以及全村村民和施工队都聚集在红红的条幅前面，等待着乡里领导的到来就能启动奠基仪式。场地上的人们七嘴八舌地拉着闲话。有人说：“还不知道这养殖场以后行不行，这场面却搞得够大，够阔气。咱活了这么大还是头一次见。”

“没有见过吧？这场面可不算大，可有比这场面大得多的奠基仪式，也比这阔气的多。”张贵发走到他跟前说。

“还有比这场面大的奠基仪式？”

“咱这次奠基仪式，一切都是按照李队长的意思，一切从简，不让铺张。”

“是吗？”

“他说，一个奠基仪式没必要搞那么大。搞大了都得用钱往出铺，那不是说说话就能办的。把省下来的钱还能多买几只羊。”

“这李队长真是个闹人家手。”

有人说：“再怎么闹，也不够他干部们挑拆。”

有人接话说：“可不是嘛！咱以前可不是个穷村，还不是让这伙狼吃的干部不几年都给挑拆成现在这样子？”

“要是还像以前那样挑拆，再有多少也不够他们挑拆。”

张贵发转头说：“大家要相信政府、相信党，这次有咱李队长，还有第一书记在，相信能成功。”

“我看呀！全村人也就是扑着李队长来的，相信在他的带领下能把养殖场办好。要不是，怕是一个人也不会来。看他们把这戏怎么往下唱?”

张贵发说：“这话有几分理。咱们不相信村干部，但不可不相信李队长，他是个好领导，是真下来搞扶贫的，是为咱村办事情的。为了咱村扶贫跑县里，下市里，上省城，真是磨破了嘴，跑断了腿。人都瘦了一圈多，脸也黑了。回到家里，老婆孩子都不敢认他了。”

“大家静一静，养殖场奠基仪式准备开始。”“李精孩”对着麦克风说。

他们只顾说话，不知何时乡领导已经站在横幅下面，正中间是贾豁乡党委书记冯志伟，左一是乡长解东庆，右一是扶贫工作队长李双喜，左二是包村干部副乡长韩有旺，右二是驻村第一书记赵福贵，左三是村主任、书记王茂才，右三是养殖场场长王翠翠。

秋风吹得条幅呼呼地响。

红旗飘着，像一团火焰在烧。

整个养殖场奠基现场气氛喜庆，热烈。

村主任王茂才简单地介绍了一下养殖场概况，把话筒让给了冯志伟书记。冯书记接过话筒也讲了几句，并祝贺王和垴村兴业扶贫养殖场做强做大，办成全县乃至全国一流的绵羊养殖场。随后，宣布了开工令。

冯书记开工令一下，全场掌声响起，同时噼里啪啦的炮声就响了起来，顿时，早已准备好的上千个五彩的气球飞上了天。那边挖掘机马达隆隆地响起，向土圪嘴移动。两个挖掘机对准土圪嘴挖下去，黄土飞扬，尘土灰与炮灰混搅在一起，向空中飞舞的气球追去。

整个养殖场奠基现场烟雾弥漫，硝烟味很重，人们开始离散，腾出了地盘让机械施展。

李双喜他们陪着冯书记与解乡长视察了 100kW 的光伏电站。随后，去了董志书家帮他搬家。

老董走进新居院落，看着这三间红砖红瓦干净利落的房子，院中跑着十几只母鸡，眼中流下了热泪。俺爹娘一辈子都没有见过这么排场的房子，那也是过了一辈子。唉，人这一辈子，好活赖活一样过，谁也不知自己怎么过。“老董，你怎么了？不高兴吗？”李双喜走过去问他。

“高兴，太高兴了！”他用手揉了一下眼睛。

“走，咱进屋。”

屋里墙壁粉笔白，窗上玻璃透明亮，水泥地抹得很平整，火台白瓷砖贴面很光亮。“这要感谢共产党，感谢李队长。”

“一切要想开些，好好活哇！共产党对你们不赖！”“李精孩”拍了一下他肩膀说。

“要是没有李队长帮我，给我收拾家，我可住不上这么好的房子。你们中午都在我家吃哇！”

“我们不走。村主任早就安排好了，今天来你家既是祝贺你家喜迁新居，也是祝贺咱村养殖场奠基和光伏电站正式挂网发电，咱两喜合到一起办。等一会儿，王场长就安排人拿上菜蔬来了。”

“你们比我想得周到。我这人也是，光让你们在家吃，却什么都没有准备。”

“准备什么？什么也不用你准备，你只要准备好你的胃就行。”李双喜在一旁打趣地说。

“你们给我搬家，吃喝还得你们拿，这有点说不过去。”

“何事说得过去，何事说不过去，哪能分得那么清？重要的是咱今天搬进新居高兴，庆贺庆贺。你说哩老董？”

“李队长，你真会说。说得我无话可说。咱就听你的。”

“噢！这就对了。今天你只管敞开你的胃，开吃就行。不用管那么多。改天我来了，可就是要吃你的，你可不能把我撵出门。到时我可要与你翻脸了。”

“看你李队长说的。我是怕你李队长嫌我家饭不好吃，不来吃。”

“是啊！你要是做得不好吃，我扭头就走。”

李双喜一句话说得老董他们呵呵地笑了。

村支“两委”干部为了庆贺养殖场奠基，也为了庆贺老董家喜迁新居，他们把中午饭扎在老董家，王翠翠吩咐李少飞和张鹏举把菜蔬搬来，又吩咐王改先来下厨做饭。

这一顿饭，吃得好不热闹。村支“两委”大小干部，养殖场领导、顾问，一共二十几个人坐了两桌，简单炒了四个菜，喝着李队长从县城买来当地产的杏满园，吃着猪肉馅饺子。

老董看着这场面，吃着这香喷喷的饭菜，当着这么多人的面终于忍不住哭了，哭得很伤心，也很勾人心魂。他边哭边擦着眼泪边说：“看着这场面就又想起了俺爹娘，他们这一辈子活得真够恓惶。没有见过这场面，没有吃过这香喷喷的饭。那真叫瞎活。”说罢，他端起一杯饮料，单手拨动轮椅轮子走到院子中央，对着天地爷鞠了三躬喊道：“爹、娘，你俩在那头放心吧！不用惦记我俩，我兄弟俩过得很好，住上了新房，过上了好生活，这一切都是党和政府给的。我兄弟俩一分钱都没有出。这一杯饮料是给您二老的，尝尝，这是咱县里一个饮料厂产的‘杏满园’。它可好喝呢！您二老尝尝，又甜又绵又酸又开胃，落口清爽，是咱长治地区抢手的好饮料。原料，是用咱村梅杏做的。”说着话，他把一杯饮料缓缓地倒在面前的地上。他哥不知何时已经把他爹娘的黑白遗像摆在了天地爷下面的一个椅子上，跑到董志书身旁也跟着鞠了三躬，眼里流着热泪，把手里的一杯饮料也倒在了地上。

老董这一哭，勾起了大家的伤心，眼里都浸着泪。李双喜从座位上站起来，说：“各位，端起杯中饮料，咱们也敬二老一杯。”他们听了李队长的话，都从座位上站起来走到老董身后站成两排。

王茂才喊道：“一鞠躬。”大家沉默地鞠了一躬。王茂才接着喊：“二鞠躬。”大家一起给二老鞠了第二个躬。王茂才又喊：“三鞠躬。”大家又深深地鞠了第三个躬。李双喜这时说："您二老在那头安心吧！老董他兄弟俩过上了好生活，享受到国家的好政策，再不用住那危房了，再不愁没东西吃，再不用挨冻了。有我们党和政府，不会让他兄弟俩受饥挨饿的，您二老就放一百个心吧！我们大伙以饮料代酒敬您二老一杯。"说罢，抬起端饮料杯的手慢慢地向一边倾斜，淡黄色的液体形成一条笔直的细线缓缓从杯中流出。

他们进行完这一个小插曲回到座位上，王翠翠说："咱们刚才都被老董的举动打动了，的确，过去的生活很艰苦，相信在座的每个人都经历过贫穷，尝过那样的苦，要不是'八项规定'规定领导干部工作期间不准喝酒，咱们敞开肚子好好喝喝。今天咱就以饮料代替酒统一干一杯，为了咱村早日脱贫，村民过上好生活，一定要齐心协力把咱村养殖场管理好，办成一流的养殖场。"说罢，他们端起饮料喝了起来。

养殖场开建了，李双喜心头的沉重又减轻了一份。他在笔记本上这样写道：

10 月 1 日　星期日

在全国各族人民隆重欢庆新中国成立 68 周年之际，我们王和垴村，也就是我扶贫的贫困村，在隆重举行"山西省武乡王和垴兴业扶贫养殖场"开工奠基仪式，虽然仪式有点简单，但这标志着王和垴村真正有了自己的集体产业，有了全村人的梦想。打我心里有种说不出来的喜悦，心头沉重的压力又减轻了一份。而且 100kW 的光伏电站也在今天正式挂网发电。这真是喜上加喜，赶年根村民就能分到红利，见到村集体产业给村民带来的收入。

也就在今天，我们全村大小干部集中在董志书新居美美地吃了一顿庆贺饭。一是庆贺王和垴兴业扶贫养殖场开工奠基；二是庆贺 100KW 的光伏电站正式挂网发电；三是庆贺董志书喜迁新居暖暖房。三喜临门，喜事连连。饭菜全由养殖场操办。这顿饭吃得很舒心、很暖心。虽然没有酒，但胜似喝酒，个个脸上都洋溢着喜气，带着笑容，打心眼里高兴，看到了王和垴村发展的希望。致富的日子不远了，火红的日子就要来了。

扶贫工作总算有了起色，有了希望，有了盼头。王和垴人脸上挂满了笑容，有了笑容就是好兆头，就是好事，总比没笑容强。作为工作队长的我，一定要让这种笑容变成真正喜悦的笑，甜蜜的笑，永远合不拢嘴的笑。

三十一　网店

董小黑在县城电商培训班学习归来，就试着在网上开了微店，销售当地的药材、核桃、水果等产品，等小杂粮下来了，经营起来就顺手了。

村里人听说“网迷精”在网上办起了微店，都很惊奇。活了这么大，都快黄土埋住脖子的人了，见过商店没有见过微店，就都想到他家瞧瞧，看看这微店是个什么样子，如何开店？每天都有人去他家，董小黑家的门板都快让人给踢烂了。董小黑就用一部手机，有时打开电脑，在键盘上敲敲，说说话什么的，货就被卖出去了，钱通过网上就转过来了。但是当下见不上现金，他说这是不见现金的交易。然后，他就开始打包装货，出村寄货，顺便从银行把钱取回来。网上交易很方便，两面不见人，货就卖了，钱就挣到手了。

董小黑每天忙得不亦乐乎，边经营微店边给村民们介绍开网店的好，让他们当场体验微店的销售过程。他们看了都不可思议，惊叹不已。董小黑开微店成了王和垴村又一大新闻。村里饭场上，田间地头、炕头上都在议论着小黑开微店的事。有人把自己家里的农产品拿去让董小黑试着卖，他不用几天就把送来的农产品变成现钱送到他们手中，他们捧着钱，高兴得都合不拢嘴。经过一段时间的网上试营业，无论经验还是微店效益都收获不少，董小黑的脸上挂满了笑容，长了见识，有了更大的想法。

一天晚上，他去李双喜的住处，向他讨教一些问题，也说出了自己的想法。他一进门，李双喜就问：“微店开得行不行？土特产卖得怎么样？”

董小黑笑嘻嘻地说：“还行。卖得好哩！最远的一单都卖到海南了。”

“你感觉这微店咋样？开微店行不行？”赵福贵问道。

“行倒是行，就是货源有点缺。而且咱村交通不便，每次出去寄货都不方便。”

“货源缺不怕。建议你成立一个小杂粮专业合作社，既能把村里的货源集中起来卖，又能为村民增加些收入。至于寄货那也好说，可以先租上一辆三轮车拉货。”李双喜说。

“我已谋划了好几天，也有这个想法，可不知行不行。”

“不过，这合作社一成立，那可不只是单单在网上经营卖一卖农产品那么简单，要从农产品源头的播种、技术、管理等方面都要负到责。那可就责任大了，受罪不用说，还要担一定的风险。你可得考虑清楚。”

“受罪我倒不怕。我也是想到这一层，迟迟决定不下来。我在农业养种、技术、管理上没经验，心里没有底气。”

“我看，你可以出去学习学习经验。等今冬县里举办新型农民培训班，你再去参加一下培训。现在可以先组织把专业合作社成立起来，把网店开好，把农产品卖出去。”

“这样行吗？”

“怎么不行。什么事都是人来做。就怕你撑不下去，受不行罪。心中没有装下农民，只有自己。那你就干不好，也长久不了。”

“李队长说得对。只要你有这份心，一心为了全村百姓着想，不为私利，沉下心来，想干成一件事，就没有干不成的。”赵福贵说。

董小黑听了他俩的话，沉默了良久，说：“好。咱就先把专业合作社成立起来，农产品先卖着，等冬季闲下了就外出学习经营管理技术，我就不信干不了。”

“这才像个现代青年人的样子嘛！有魄力，有胆识，有天不怕地不怕的英雄气概，面对困境，想办法克服，想办法解决。不会，咱有头脑，有智慧，咱可以学，咱也可以与大企业联合经营，或者说直接委托人家来经营，办法多的是，不会在一棵树上吊死。”

“李队长，你这么一说，我信心更加足了。干！不就是个专业合作社嘛！我连电脑这高科技玩意儿都能日玩了，我就不信经营不了这专业合作社。”

“到时候，我让春生帮你。”

“那更好。”

董小黑经李队长这一开导，心里亮堂多了，心胸也开阔了，说：“那合作社叫个啥名好？”

“我看呀，就以你名字命名就好，既好记，也有新意。”赵福贵说。

“这主意不错。就以你的名字命名，叫‘山西武乡小黑小杂粮农产品专业合作社’。”李双喜接话说。

董小黑反复念叨着琢磨了一会儿，说：“行，就叫它。”

“小黑，你回家好好谋划谋划，先把专业合作社办起来，把网店开好，让村里人先尝到甜头，然后再把他们吸引进来，把它弄大弄成个规模，要开成全县有名的网店。等你走上正轨后，就可以把周边村都吸引过来，到时候，你可就成了咱王和垴村的大红人了，还怕你生意不火吗？”

董小黑嘿嘿地笑着说：“我回家琢磨琢磨，咱试试。”

董小黑从李双喜他们哪里出来，一路上想着办专业合作社的事情，不小心被一个小坑闪了一下腿，冽了一下腰，走起路来有点不得劲，感觉脚腕处圪疼疼的。回到家脱了鞋和袜子，看了看，用手按了按，捏了捏，没什么事就脱衣上炕躺下了。这一夜，他没有睡好觉，翻来覆去的一脑子电商、专业合作社的画面在眼前滚动。

第二天，他找到村主任王茂才把办小杂粮农产品专业合作社的事说了说，王茂才也很支持他，说，你遇上什么困难需要村委出面解决的，村委一定尽最大努力帮你。只要你把这网店、专业合作社办好，对咱村脱贫是有很大贡献的。

王茂才在村喇叭里把小黑办小杂粮农产品专业合作社的事播了一遍，说，谁家愿意加入专业合作社的就去小黑家报名。经村喇叭里这一播，整个王和垴村村民就动起来了。这家门洞里，那家树荫下，这家院落里，那家土炕上，都在围着探讨入社不入社的事。

张奎，张鹏举等六七个人就在张贵发家的葡萄树下喝着茶水，商讨着这专业合作社的事。“这合作社是个甚？”张奎说。

“这是新时代的产物。有好多地方合作社办得就很火，咱这算是落后人家了，迟了好几步。”张鹏举说。

“这合作社好处在哪里？”有人问。

“这好处吗？我还弄得不太清楚。听茂才说，好像是农户组织起来，抱团经营，抵御风险。”张鹏举这样说道。

“我在电视新闻、报纸上看过有关合作社的事。它是由从事同类产品生产经营的农户、贩销大户、农业生产经营组织自愿组织起来，在劳动、技术、资金、信息、购销、加工、储运等环节，实行自我管理、自我服务、自我发展的一种运作模式。”张贵发说。

“这合作社跟以前武乡县枣烟村、监漳村成立的农业生产合作社有啥区别？”张奎问道。

“这咱可是说不清楚，但它一定比以前农业生产合作社好。据我了解，它不仅把农户包成团，而且是上联市场、下联农户，融产供销于一体，它能够以其市场信息的优势，去指导和引导农民种什么、养什么，带动农民发展优势产业，建立利益共享、风险共担的互助合作关系，面对市场风险和自然风险，可以通过一方有难、八方支援，有效地减轻风险程度。而且还可以通过商标注册、产品包装和广告宣传，提高商品的附加值，提高商品的知名度和市场占有率。同时，还可联结龙头企业，增强技术、资金实力，提高农产品的科技含量，实施规模经营。”

“这么说，这个专业合作社比以前农业生产合作社好？”

“应该是这样。”

“好了咱就加入。”

“我看这个模式好。”有人说。

“要不咱先加入试试？不行了咱就退出来。”张鹏举说。

“这也是个办法，入社自由，退社也自由。谁能管着咱，主动权握在咱手里。”

“‘圪蹴’说得对。咱先加入一年试试，不行了退出来，况且卖不了，咱东西还在，没有多大损失。”张贵发这一说，他们加入小黑的农产品专业合作社就有了信心，纷纷表示明天就去小黑家报名。

他们正说着，这时，又走进一群男男女女来，不用问，也都是为了入社的事来的。

他们一进来就七嘴八舌地说，这小黑办什么专业合作社靠不靠谱，能不能把咱这小杂粮卖到山外头？卖个好价钱？用一部小小的手机就要把咱全村一年的收成全卖出去，很玄乎。有人说，听说现在城里人都不出门遛商场买东西了，在家里打开电脑敲敲键盘，或者用手机聊聊天就把东西买下了。也听说，城里年轻人在网上开什么网店，卖东西，一天盯着网络就能卖上万元甚至几十万元的货，很是让咱这把年纪的人羡慕。可他小黑，一直就不务正业，整天钻在家里上网聊天、玩游戏、看黄带，不出门，快三十岁的人了也不找个对象，说办网店就办上了，他能行吗？现在还想办农产品专业合作社，我看，他怕不是那块料。也有人说，小黑这人怕不可靠。咱一旦都投进去，他却办不好。一旦给办塌了，一年的收成就全砸进去了。我看呀，玄。要是换个可靠实在的人，咱就加入试试。还有人说，虽然小黑一直不务正业，但自办起网店来，他很讲信用，在网上卖的货还行，钱兑现得也及时。这一点，我很看好他，而且每个人都有他的缺点，也有他的亮点。现在，他一心用在开网店上，而且很诚心。相信他这次办农产品专业合作社是真心为了咱老百姓着想。年轻人要给他们发展的机会，也需要我们大家全力支持。什么事都不能只看一面，要多方面看，他小黑在开网店这件事上看就是行，要相信年轻人，要给他们年轻人发展的机会。咱可以试试，不行了就退出来。

这一群人杂七杂八说了一大堆，最后都等着张贵发表态，给他们拿主意。

张贵发看看他们，半天没有表态。

有人说："大叔，你吃过公家饭，见的世面多，在咱村是个德高望重的人，我们都想听听你的看法。你给大伙说说，让大伙也能参考参考，吃个定心丸。"

又有人说："大哥，这加入农产品专业合作社到底好不好？你给俺们说说吧！"

张贵发看着他们眼巴巴地盯着他，知道如果自己不说两句，看来是不行，也都散不了，就张口说："你们有点赶鸭子上架的架势。"大家听了呵呵地笑了。

接着，张贵发说："这专业合作社，是当今社会的新生事物，我也给大家说不出个所以然来。但有一点，它比以前农业生产合作社要好，可风险也大。办好了，大家受益，办不好，大家都受损失。这个主意我不能给大家拿，各自回去与家里的好好商量商量。想加入了就去报名。不想加入也没有人强求，自愿的。"

这时，张鹏举站起来说："我看呀，今天就说到这里吧！回去与家里好好商量商量定吧！都散了吧！"

"都散了吧！回吧，主意还得自家拿。""张圪蹴"说。

"就是。回吧，回家与家里好好商量商量再说吧。"有人说。

他们这样说着，便陆续地散了。

三十二　打架

"'网迷精'要办什么专业合作社，他行吗？"王改先说。

"这不好说。专业合作社是当今社会的新产物。虽然好多地方办得都很不错，但真正要把它办好可不是一件容易的事。只能说，小黑这个年轻人有胆色，有魄力，敢想敢干。很值得我们村的年轻人学习。"王翠翠这样说道。

"这么说，你也不看好加入农产品专业合作社？"

"那倒不是。"

"可你刚才不是说……"

王翠翠还没有等她把话说完就说："有些事，它并不是你说的那样，主要是看你能不能沉得下心，用心去办，而且肯吃苦，不怕累。心中始终装着大家，没有自己，这事就能办成。"

"那你入不入小黑的专业合作社？"

"入。"

"那你就不怕小黑把这合作社搞砸了？"

"我相信小黑这个年轻人，他行，他有这个实力。"

"你咋这么信任他？"

"小黑，这孩子脑子好，机灵，干什么一点就通。"

"得脑好就行？"

"他不光是得脑好。主要是他干什么事都很上心，特别是在网络这上面有钻劲，肯学，不怕吃苦。他那网店不是办得很火吗？只要咱们这些上了年纪的人在一旁多给他指点一二，出出主意，相信他一定能把这农产品专业合作社办好，把我们村的农产品卖出去。"

“你俩这是在拉甚？拉得这么带劲。”王茂才从外面一进门就问。

“没那说甚。”

“我们正在说‘网迷精’办农产品专业合作社的事。”王改先说。

“小黑这后生有魄力，敢想敢干。我看他是这块料料。他真要能把农产品专业合作社办好，把网店开好，相信咱村离整村脱贫目标就又进了一步。”

“你也觉得小黑这后生行。”

“嗯。”

“你俩都这么说，那俺回家与俺那口子商量商量也加入。”

王茂才倒了一杯开水喝着，抽着烟，说：“就是，回家与你那口子好好商量商量。入社是有风险的。弄不好，可就赔了。”

这时，王翠翠对王改先说：“走，跟我去养殖场工地转转。”

“行。”说罢，王改先站了起来。

养殖场开工建设以来，一切进展得都很顺利。热火朝天的场面飞舞着全村人的梦想和希望，也承载着王翠翠的梦想和希望，她每天耽误下甚也耽误不下抽时间到工地转转看看，心里才能踏实放心，十几天下来，原本就不白的王翠翠脸蛋儿更加黑了，也好像有点瘦了。这都是操心这养殖场累的。

她俩刚走出大门，王改先就问：“王主任不是不会做饭吗？什么时候学会了？这都是你调教的吧？”

“我哪有那本事能调教了他？全村人谁不知道他哪点臭毛病，能洗个锅碗，提个尿罐罐也不沾一下锅边边。做饭，你就别想，他根本不知道饭的生熟。”

“是吗？是甚一下子改变了他？做开饭了？”

“大概是我竞选场长的事吧。自我竞选上养殖场场长后，他就自告奋勇要学做饭。说，这以后呀，你翠翠是风光了，在人前头晃来晃去，谁见了你不先称呼个王场长呢？可倒霉的就是我这肚子了。不为别的，就为了我这肚子也得学会做饭。”

“是吗？他真是这么说来？”

“这我还骗你？也就学会焖个米饭。”

“不错嘛！你总算能进门吃个现成饭了。”

“他还没有学会炒菜。总是把菜炒得不是咸了就是淡了，要么就是糊了苦了，很难吃。”

“是你要求太高了吧？”

“不是我要求太高，确实是他炒得不行。”

“你尽说好听的。我看呀，是你在挠却伢茂才了吧？”

“你可把我高顾了，我可没那能耐。”

“快算了吧！我还不知道你这张铁嘴？把歪的能说成正的，把坏的能说成好的，把铁蛋也能说成软柿的。”

王翠翠拍了她一把，笑着说：“你就乱说哇，再说，看我不把你这张嘴撕烂！”

“我可不敢瞎说。你的名头，咱村谁不知道？你把伢茂才管得死死的，连看一眼别的女人都不行。让你知道了，你会作弄他一宿，谁能有那精力？又不是铁，也不是钢，任你怎么弄都不折不弯的。”

“我看你是欠打，仅说些瞎话。”她伸手就向她拍去。王改先咯咯地笑着说：“我才不怕你打呢！”

这一路上，她俩说着笑着，可没那消停。

工地上，一个矮矮的胖乎乎的人在指画着，好像与一个人在争吵，两人相互推嚷者，弄得不可开交停不下来。

王翠翠离远把这一切看在眼里，心想那不是“圪蹴”吗？那是在弄甚？便扔下王改先迈开长腿向工地跑。“你跑甚呀？王翠翠。”

王翠翠没有理睬她，边跑边喊：“你们都给我住手。”

只见有一个戴着安全帽的民工上去拉架，说："你们俩快住手，王场长来了。"他手里还握着一把瓦刀。

可那人才听不进他的话呢，一把夺过他手中瓦刀就向"圪蹴"头上砍。王翠翠看在眼里，急在心上，赛开嗓门喊："老赖你给我住手!"就在她喊的一刹那，刀已向"圪蹴"头上落了下去。心想，这下可坏了。她腿一软就坐地上了，从小到大没那见过这架势，要是伤到"圪蹴"，这可怎么办?

王改先紧跑几步，说："怎么了？你咋坐地上了?"

"快，你别管我。先去看看'圪蹴'。"

王改先这才反应过来，向"圪蹴"跟前跑去。

"圪蹴"没事，躲过了老赖这一刀。那可真是险，只差一点就砍在得脑上了。

老赖听出王场长的那一声喊，整个人一惊，冒了一身汗。那一刀已砍下去了，要是收回来，一切都已经晚了。也就在那一惊的瞬间，手顿时软了，只觉手里掉了一样东西，顺着"圪蹴"肩膀滑下去了。完了，完了，闭上了眼，瘫痪在地，喘着粗气。

这时，"圪蹴"不知道自己怎么了，瘫坐在地上，也喘着粗气，一口气接着一口气地喘，很有节奏，很有频率。

王改先看了看他俩松了一口气，说："好险啊!"

王翠翠从地上爬起来，来到他俩面前看了看说："你俩这时咋了？怎好好地打起来了?"

老赖从地上爬起来，拍了拍身上的土，说："这犟老头不让我们干。还让我们把垒好的砖拆掉。"

"他为什么让你停工？让你把墙拆掉重垒?"

这时，王改先已把"圪蹴"拉起来，帮他打了打身上的土。"没事吧？大叔。""没事，就是虚惊了一场。把屁股蹲了一下。哎哟，好疼。"手机械地摸了一下屁股。

老赖先从衣服兜里掏出烟来，再挖出打火机把烟点着，看了一眼“圪蹴”说：“他说我们的砂浆里灰少，不让动，让停下来。我跟他好说歹说说了大半天，他就是不行。”

王翠翠二话没说，走到砂浆跟前看了看，回头对老赖说：“停了。把墙拆了重垒。”

老赖好像听错了，没有任何反应。

“怎么？你不停工？”

“不是，可这已经垒了不少了。”

“质量不过关就推倒重来。要不，你一分钱也甭想要。”

老赖没有想到王翠翠也会让他推倒重来。他猛抽了一口烟，犹豫着，迟迟不答话。

王翠翠看着老赖说：“老赖，你给我听着！张奎是我们场的顾问，他有权过问工程的质量问题，他说的话就等于是我说的话，也代表全村村民想说的话，你要是不愿意可以走人。社会上又不是就你一家工队，想干的工队多的是，你不要在这里给我尥蹄子。”

“可，可我要是按照你们给我的单价，实打实地干，根本就挣不了钱。”

“你别在这里给我啰唆，想干了你就干，不想干了就走人。这个养殖场是村集体的养殖场，是全村人的养殖场，来不得一丁点的马虎。”

“说得好！我们又没有请你来。是你求爷爷告奶奶，搬这个请那个非要干的。现在说什么单价低，干不成，没门！签了合同就要按照合同办事。想走也不能轻易地走，得赔上损失才能走。”李队长不知何时已经来了。

王翠翠见李队长、赵书记和杨春生在他们面前不远处站着，便赶紧上前搭话，说：“我怎没有注意到你们什么时候来的？”

“李队长他早就来了。是你们光顾说话没注意到吧？”王改先说。

老赖心想，这下可倒霉了，没有想到把事情弄成这么大。看来不照办不行，认栽吧！转头对着工人，说：“拆，全部拆了。”

“这工程干得不慢，我两天没来，倒裱窑面了。”

“计划赶入冬前就要完工。明年一开春就买羊羔。”

“好啊！早投产早受益。我看呀，你也可以考虑一下，‘养殖场 + 合作社 + 农户’模式。这样就把养殖场给搞活了，而且见效也快。”

“这个不错。”王改先说。

“这是李队长通过翻阅资料，反复琢磨，精心酝酿了好久才想出来的。”杨春生说。

王翠翠没有直接回答李队长的话，思索了一阵，说：“我看，这是个好模式。”

“不管咋样，咱可以试试。成功了依然好，成功不了损失也不会太大。况且，干任何事情都会有风险。”“张圪蹴”此刻走到他们身边说。

“老张，没事吧?”李队长问道。

“没事，就是蹲了一下屁股。现在还有些疼。”

“没事就好。”

“要不是王场长来得及时，恐怕我此刻就……”

李双喜打断他的话说：“别想那么多。以后这工程质量的事，你要多操操心，这扶贫款可不好消化。”

“圪蹴”说：“我知道。这扶贫款一丝一毫都要花在正道道上，来不得半点虚的。这工队也不知是谁介绍来的，不好好干，尽想着偷工减料的歪点点。”

“咱不管他是谁介绍的，也不管他后台是谁，咱要的是工程质量。质量不合格，一分钱他也甭想拿到手。”

“李队长说的对！老张，以后就由你来监督这工程质量。他要再敢不按要求施工，咱就清退他，再换一家。”

“好好好，有你王场长的这句话，我老张一定照办，把好关，当好这个顾问。”

三十三　小米

秋风一扫，黄叶满天飞。

成熟的庄稼牵着农民的心。

谷子地里人头涌动，时不时直起腰来展一展，用手拽下肩上搭的毛巾擦一下脸上的汗，就又弯下腰动起来。“李局长，歇歇吧！歇歇再动。真受不动。”赵福贵直着腰说。

“歇歇吧，李队长。你们不好动，哪能受行这罪？”张火旺麻利地割着谷说。

“歇歇就歇歇。有些年没有干过这农活了。”李双喜放下镰刀，一屁股坐在杆草上。

“我这可是头一次干。”杨春生停下手头活计说。

“你是不是体会到锄禾日当午意思了？”赵福贵对着他说。

“是。这滋味真不好受。每一粒米都来之真不易啊！”

“我们所吃每一粒米里都含有农民的辛苦，只要用鼻子嗅嗅就能嗅出小米香甜的味道，是多么醇厚朴实。”李双喜说着，顺手抓起一个谷穗低头用鼻子闻闻。

“香吧？李队长。”张火旺问他。

“香。”李双喜不假思索地说。

“咱山西是小米的故乡。我们这地方土质偏碱，气候温和，昼夜温差大，最适宜谷子种植。这里种出的小米，色泽金黄，口感绵甜。”张火旺自豪地给他们谈着小米的由来。

赵福贵这时说：“这谷穗好长，颗粒很饱满。”

“老哥，你家这谷子咋长得这么好？看来，一亩地能打五百来斤吧？”李双喜对他说。

一阵秋风刮过，谷穗与谷穗揉搓着，张火旺用心疼的眼神看着谷穗说：“我这谷子是纯天然种植，没有上过一丁点儿化肥，全是羊粪，再加上今年的好年景，打五百斤谷子是绰绰有余。”

“全是羊粪？那米一定好吃。”

“可好吃了。米黄、颗粒大，滚出来的米汤香甜，好喝。”

“是吗？真有你说得那么好吃？”杨春生问。

“用砂锅焖上米饭，吃起来口感绵甜，更香。不就菜也管让你吃起来没完。”张火旺很自信地说着。

杨春生听了说：“等你把谷磨成米，麻烦给俺们焖些米饭尝尝。”

“行。”张火旺干脆地回答道。

赵福贵这时说：“看把你香的，嘴都收拾不住。”

杨春生憨憨地笑笑，用手摸了一下嘴。

“这米，一定能卖个好价钱。”赵福贵说。

“俺这谷子根本不愁卖，还未收割就早早被人预先定下了。”

“那每斤能卖多少钱？”杨春生问。

“每斤谷子最少能卖到 5 块。”

“能卖 5 块？这可是天价。我听说今年每斤谷子也就是 2 块多，不到 3 块。”

“咋？不相信？我这谷子今年能卖到 6 块。而且现在 6 亩谷子已经全部被人预定了。”

“那其他谷子能卖多少钱？”赵福贵问。

“也就是卖 2 块多，3 块吧。”

“差这么多？”

张火旺笑了笑，说：“我这谷子全被城里人买走了。一收罢秋，他们就开着豪华的小车找上门来拿。”

“看来，这羊粪谷子好卖。”杨春生停下手说。

李双喜半天没有说话，听着他们说话，心里想着心事。这时，开口说："羊粪谷子这样好卖，是个脱贫好项目。可以在这上面做一下文章。"

"明年养殖场一投产，羊粪多的是。咱可以发动群众种植羊粪谷子。"赵福贵说。

"我看行。咱还可以把羊粪谷子包装一下，从网上销售，那样价格就又能翻一番。"李双喜面带喜气地说。

"李局说得对！现在就兴包装。咱再从新闻媒体上宣传一下，弄个商标，相信一定能行。"赵福贵站起来拍了拍屁股上的土说。

"就是，你们听没听说过咱县小米县长？"杨春生插话说。

"听过，不就是在中央电视台宣传武乡小米的那个人吗？"张火旺不假思索地说。

杨春生有点惊讶地说："你也知道？"

"我咋不知道？电视新闻都播来。这一播，不仅武乡小米打出名头了，就连那县长也出名了。还拍成新闻纪录片在电视上放呢，谁人不晓？"

"看来，什么都怕出名。人怕出名，猪怕肥。有了名，谁都知道。想瞒都瞒不住。"赵福贵说。

"是呀！有了名，就有了一切。"杨春生轻松地说。

"小米县长就够出名了，而且武乡小米也打出名头了。咱这谷子如何包装？能行吗？"张火旺带着疑惑地说。

"怎么不行？他包装他的，咱包装咱的，两者互不相干。况且说，咱这小米要比他那小米好，纯天然的。"赵福贵说。

"那就看你如何包装了。"杨春生说。

"他俩说的对。各弄各的，一定要在包装上下足功夫。老哥，你不是说，你的小米全是城里人买去了，而且就认准了你这羊粪小米。那咱就在这羊粪小米上多做做文章。起个好名字，设计个有创意的包装袋等，就不信比不过小米县长的武乡小米。"

“这是个好主意，那起个名字很关键。”赵福贵说。

“我看，就叫‘火旺绵羊小米’，这听起来很旺气。”李双喜说。

“火旺火旺，吃小米就吃火旺绵羊小米，长精神，有旺气。”赵福贵随口说了这样一句。

“这个词好听，易上口，好记。”李双喜说。

“这八字还没有一撇呢！广告词倒起上了。”杨春生说。

一阵风刮过，沙沙的响声揪着张火旺的心。他嘴里嘟囔道：“老天爷别刮了，让老百姓收收吧。”他提起镰刀割了起来。

李双喜说：“咱别说了，这是一条脱贫的好路子。随后，上村支‘两委’会讨论一下，咱先割谷吧。”他们站起来，弓下腰割起谷来。

谷子熟了，家家都在抢收，怕天气一变，刮起秋风来，下起秋雨来，老天爷再连阴那么几天，谷子就滩地里了，发霉长芽了，一年的忙活就白搭了。

李双喜他们整天帮了这家帮那家收割谷子，忙活一天下来浑身像散了架似的，睡在炕上活像个死狗，任凭有人在窑洞里打扑克什么的都搅不了他们的觉。他在日志本上这样写道：

11 月 20 日　星期一

今年是个丰收年，农民们看着喜人的庄稼，甜在心里，笑在脸上。整天忙活收秋顾不上洗脸，一早起来就上地收割庄稼，一直干到太阳西下还在地里动弹。我与我的队员杨春生和第一书记赵福贵也不闲着。每天早早起来就去老弱病残的贫困户家帮忙收秋，一天下来，那真叫个苦、累啊！浑身就没那一处不疼。躺炕上连身都翻不转，每一次翻身都得咬住牙，慢慢地翻，有时翻得急了，第二天早上，地也下不了。我们就咬着牙挪着身子下地，继续上地帮贫困户收割谷子。当农民确实苦，辛苦一年，到头来要是收割不回来，那一年不就白忙活了？当农民很累，一年辛苦地忙活，到头来却卖不上几个钱，连年都过不好。我们不能看不起农民，他们所付出的一切都是为了我们，如果没有农民来种地，我们吃什么？穿什么？好多问题都会威胁着我们的生存。我们离不开他们，祖国的繁荣离不开他们，他们是祖国最基层的建设者、功臣。如没有他们的存在，就没有祖国的存在。因此，我们受点苦，受点累，虽然身体受不了，但心情很舒畅，兴奋、乐观。

早晨的阳光很柔和很温暖，照在窗棂上屋里很亮堂，李双喜他们享受着这暖阳不想起来，很想多睡一会儿，在炕上伸了伸胳膊翻了一下身，就又眯上了眼。听着巧儿叽叽喳喳的叫声，好像在说："好年景呀，好年景呀！农民伯伯笑了，笑了。"这时，老程在窗外说："李局，火旺叫你们去他家吃早饭。""嗯！知道了，老程。一句玩笑话，他倒当真了。那咱就去尝尝这新米焖饭的味道。"

他们起来，洗漱一番就相跟着去了张火旺家。一进院落就闻到小米扑鼻的香味，很浓。张火旺听见院中的脚步声，心知李队长他们来了，就紧走几步迎了出来，说："李队长，坐坐。我给你们炒饭。"

李双喜低头一看，见靠墙根放着一个四方小桌子，摆着几个小凳子。他却假装没有看见就往窑洞里走，张火旺伸手一下挡在他面前，说："李队长，咱在外面吃，晒住这暖暖很暖和。"

"行。晒住这暖暖很舒服，咱就在这里吃。让我们自己去端。"李双喜说。

"不用。你们坐，我来。"他把他们安排坐下向厨房走去。杨春生和赵福贵随后跟了进去，一进厨房，那小米焖饭的香味更是扑鼻而来。"好香啊！我的口水都流出来了。"杨春生说。

张火旺一个转身，正好与杨春生碰了个正着。"你俩咋跟来了，快出去，我给你们端。""我们自己端吧，老哥。"赵福贵说。

张火旺撵不出去他俩，就不撵了，他走到火台前伸手一揭开锅盖，那黄澄澄的小米焖饭就呈现在他们面前，很是诱人。杨春生端着米饭，嘴里却不停地说："好香，好香。"从雾气中穿了出来。

此刻，李双喜也刚从窑洞里出来坐下。他一进院落见张火旺的举动就起了疑心，趁他们进厨房时溜进了窑洞里。炕上躺着张火旺的老婆，身旁放着药碗和药罐罐，一看便知是刚喝了药。她面黄肌瘦，头发乱成一团，李双喜与她说了两句话，她每张一次口都很吃力，而且声音也很小，得把耳朵靠近听才行。他不敢待的时间长了，怕被他们发现，也不想揭穿张火旺隐瞒的事实。

"李局，趁热吃。"杨春生把米饭放在桌子上说。"嗯，都吃。"

李双喜看着桌子上的米饭，想起了一个往事。

几只蚂蚁抢着一圪垛米饭，孩子们蹲着瞧着很是好奇。突然从他们的缝隙伸出一只大手来，一下子抓起那圪垛米饭和几只蚂蚁就放进自己的嘴里。他们顿时把头转向了抓米饭的大爷，好奇地瞅着他蠕动的嘴谁也不敢说话。米饭在大爷的嘴里嚼了嚼咽下，然后用手指在嘴唇边沾了一下，蹲下身子用手指把地上的米粒一一粘住放进嘴里，说："谁把米饭掉地上了？""是你家双喜。"一个男孩说。

"这么好的米饭，掉地上可惜。从小要学会珍惜粮食。去吧。"

那时候可是真穷，家家粮食不够吃，他们上一辈的人受过饥荒、逃过难，知道粮食的可贵，每一粒米都不让浪费。每每吃罢饭都要用舌头把碗和筷子舔干净，碗筷就不用洗涮，下顿吃饭直接拿出来用就行。

三十四　召回

"赵书记，有人找。"听声音好像是老程。

赵福贵赶紧回答："谁找我？""一个女的。"

话音一落，一个靓丽的人影已走进院落。后面跟着老程。“你咋来了？”赵福贵面对着她问。

“咋？不欢迎我来？”

“他不欢迎，我欢迎。”杨春生俏皮地说。

“还没吃饭吧？快坐，我给你盛饭。”张火旺说罢，便径直向厨房走去。

李玲玲穿着一身紧身合体的深灰色牛仔服，把整个优美的身材全展现出来，看得杨春生直发呆。这一切正好被李双喜看见，他说：“你就是赵福贵的女朋友吧？我早就听他俩说过，可没有见过。今日一见你本人，比他俩描述得要还要好看。”

李双喜一番话让李玲玲脸色泛起了红晕，似粉面桃花般鲜艳夺目。

“姑娘，你在哇。”老程撂下一句话就走了。

张火旺端着一碗米饭从厨房出来，见老程出院门就喊：“老哥，走呀？再吃些哇。”“不啦，我吃过了。”

“那就坐会儿再走嘛！”

“不坐啦，回去打豆子呀。”说罢，人已经走出老远。

李玲玲吃着米饭，问赵福贵：“什么时候回市里呀？”“忙过这阵子再说。”

杨春生掏出手机玩起了游戏，很专注很投入，嘴里还时不时地吆喝着：“出剑，杀。快砍，快砍。砍死他。哇！终于过关了。”

李双喜坐着无聊就进了厨房。

“村民都在忙收秋，你有甚忙的？”李玲玲咽下一口米饭说。

“收秋呀！”

“你们还帮村民收秋？”

“不信，你看。”他把手伸了过去。

李玲玲忙放下碗筷，抓住他的手看了又看，这细皮嫩肉的手掌起的全是血泡，有的好了，有的刚起的；有的破了，有的还在流血水；有的是泡叠泡，泡连泡，大泡连小泡，小泡挨大泡，心疼地说：“疼吗？”“能不疼？端碗都端不住。”

“你真傻，傻得要命。你是来扶贫的，不是来收秋的。干吗要卖这苦力气？看把这手弄成甚！没一处好，什么时候才能好了？”

杨春生听着他们的谈话，很是感动，抬眼看了一下就又玩起了他的游戏。

“没啥。过几天就好了。”

“咱回市里吧！去医院看看，买些药擦擦，好得快。”

“不用。”

“怎么不用？满手全是泡，这疼得怎劳动？”

“我倒磨炼下了。习惯了。”

“你就不能陪我回市里一趟？我倒半个月没有美容了。看我这模样咋能见人？”

“你们女人就娇嫩，动不动就美容什么的。”

“女人天生就比男人娇嫩，开天辟地时就有女人和男人之分。”

李玲玲能够委屈自己住在农村吃在农村搞扶贫工作，很不容易。她从小娇生惯养，从来没有吃过这苦这罪。脸晒黑了，人也瘦了，身材更加苗条了。赵福贵想到这，说：“我说不过你。你想美容了就美吧！李敬业呢？他说过来看我的，自打上次见过一次面，就再也没有见过他，此刻倒怪想他哩。他最近怎么样？”“他俩被召回局里了。”

“召回局里了？怎么回事？”赵福贵惊讶地说。

“敬业被村民揭发，说他不是一个好扶贫干部，整天不干扶贫工作，光与爱玲滚在一起乱搞，这样的扶贫干部他们不想要，要求上面换人。局领导知道了很是恼火，把他俩召回了。”

“这小子不知是哪根筋出错了。他跟我说得好好的，沉下心来抓扶贫工作。怎能干出这等丑事？刚刚上路就掉队了，真不够哥们。”

“敬业可不像你‘一根筋’。”

“我‘一根筋’咋啦？我‘一根筋’在这里坐着吃香甜可口的小米焖饭。”

这时，杨春生站起来把手机往衣口袋里一装，说：“你俩说啥？谁是‘一根筋’。”

“你要你的手机哇！别偷听我俩谈话。”赵福贵说。

杨春生忙说：“你俩说甚，我可什么也没听着。倒是听见‘一根筋’了。原来你‘四只眼’还有这绰号‘一根筋’。”

“别瞎说。”

“这有什么？‘一根筋’就‘一根筋’呗！这又不丢人。”李双喜不知什么时候已站在他们身后。

“就是。你本来就是‘一根筋’，还怕人叫。”李玲玲笑嘻嘻地说。

“这小米焖饭好吃不？”李双喜问。

“好吃。”

“这小米吃着香甜，口感绵。它没有上化肥，全是羊粪种植。你刚才说，李敬业被人揭发召回局里了？”

“嗯。”

“他这人就是听不进别人劝。上一次在县里开会，我就说过他，既然下来搞扶贫工作，就要有干扶贫工作的样，扑下身子干，沉下心来干，不能应付作假走过场来糊弄老百姓；不能遇上问题绕着走，得过且过，熬时间镀金，回去弄个一官半职的思想。我们要与老百姓滚打在一起，真正为他们谋划些发家致富的路子、办法，把扶贫工作搞上去，让村民们真正得到实惠，享受到国家优惠的政策，才能对得起党交给我们的这份光荣而艰巨的脱贫攻坚任务。”

“他原来和我说的不是这样。我们俩承诺住在农村吃在农村，沉下心来抓扶贫工作，脱不了贫绝不回去。他怎么就失信了我们的承诺？这才刚下来没几天就出了这档子事。”赵福贵叹息道。

“我们扶贫工作的队伍中，有好多扶贫干部就像李敬业这样是滥竽充数的扶贫干部，他们没有责任心，下农村是为了镀金，为了自身利益出发，根本就没有把扶贫工作当回事。这样的扶贫干部迟早会出问题。”

李双喜一番话，又给他们上了一堂生动的课。

“没有想到敬业他会是这种人。本来我是很不情愿到农村搞扶贫工作的，嫌扶贫工作脏累苦，说什么也不想下来。都是他敬业开导我，又让我爸逼我，我一气之下才来到果儿垴村，看到贫困户们艰苦的生活，我决定住下来好好搞扶贫工作。没想到，他下来没几天就被局里召回了，把我一个人留在果儿垴村。美容是次要的，主要是想回市里透透气，散散心。”

赵福贵听了李玲玲这一席话，心里甜滋滋的，总算是一块石头掉肚里了。

此刻，他美美地看着李玲玲不放，生怕一时看不住她会从眼皮底下消失。想见，可就又不知在何时了。

“你咋拿这种眼光看我？”

“看你入眼。”

“你说啥？看我入眼。怎么？我以前惹你碍眼了。”

“那倒没有。”

“哦，我知道了，你是在笑话我。脸蛋儿晒得和你一样黑了吧？”她边说边伸手向赵福贵身上打去。

“走哇，咱小米焖饭也吃了，该去活动活动筋骨了。”李双喜说。

李玲玲一怔，就问李队长：“去哪里活动筋骨？”

“去帮贫困户收秋。”

“我也跟你们去。”

“咋？你也去呀？你不是要回市里美容吗？”赵福贵惊讶地问她。

“我想跟你们去体验一下。下午，你跟我回市里。”

“我不回去。你一个人走吧。”

“你跟我回。好久没有回去了。住两天就来还不行?”

“忙完这一阵,我就回。”

李双喜见他俩争辩不出个结果来,就说:“赵书记,你就陪玲玲回趟市里吧!这里有我和杨春生在,你就放心去吧!人家玲玲好不容易来一趟,你就不能满足她这个小小的要求?”

“看人家李队长多会体贴人,在家一定待嫂子很好。就是你这‘一根筋’不知趣,不知道心疼女人,爱护女人。”

李玲玲当着李队长和杨春生面这样说他,他脸上有些挂不住,脸一下子红到了耳根,说:“那我我我……下午陪你回市里还不行?”

李玲玲一听说他愿意陪她回市里心里很高兴,一个蹦跳走到赵福贵身侧,伸手挽住了他的胳膊,俏皮地说:“这还差不多。”

赵福贵在李队长和杨春生面前感觉挺不自在,他甩了几甩也没有甩脱她,只好随她去。

李玲玲死死地缠住他不放,说:“我让你甩。”

他俩这一切举动被李双喜和杨春生看在眼里,笑了笑,回头向张火旺说了声就头前走了。

“年轻人真好。”李双喜嘟囔了一句。

三十五　“燕子”

董小黑的微店一下子火了。

这是全村人没有想到的事情。他把微店经营规模扩大了,“山西武乡小黑小杂粮农产品专业合作社”也办起来了。董小黑一下子成了村里的名人,成了远近闻名的微商户,成了名副其实的“网迷精”。网店走上了轨道,一个人忙不过来,就雇用了几名年轻人,就连董国中家上清华大学的女儿董智娟都情愿帮他搞网店，成了最得力的微商助手。

董智娟还有半年就大学毕业了，主攻工业设计，她是村里唯一的大学生，村里人对她的前途很看好。谁也没有想到，董智娟秋天回来看望父母就没走，被董小黑的微店吸引住了。她整天窝在董小黑的微店里不出来，从早忙到黑，也不说累也不喊苦。她利用自己所学优势，对农产品进行了包装设计，使农产品更加吸引人，买卖更加红火。微商客户激增，订单一直往上走。

她说，这半年的实习就不去北京了，就在家帮小黑哥搞微店，而且毕业了就回来与小黑哥一起开电商。有人问她："好闺女，你是咱村最有学问的人，有知识有文化的人，不能在这黑山沟沟里窝了，应该去北京或者是其他大城市发展，你一定能闯出一片天，实现你的梦想，过不一样的人生。你回来村里干这，就屈了你了孩。"她说："正因为我是咱村唯一的大学生，我才有这想法。咱村资源匮乏，村民们没文化，想搞啥都困难，啥都搞不起来。是这片黄土地养育了我，是村民们照看抚养大了我，我现在学上知识有文化了，我不能眼睁睁地看着咱村一直贫穷下去，我要与小黑哥努力改变这一切。现在国家优惠政策一切向农村倾斜，对电商扶贫这块帮扶力度非常大，我们要抓住这次很好的发展机遇，在电商上干出些成果，带领村民早日摆脱贫穷过上好日子。"

她的想法得到父母亲大力支持。她下定了决心要与小黑一起打拼搞电商，管好专业合作社。

她整天陶醉在微店里，面对一堆堆农产品，通过的她手封口、打包，从网上卖到北京、上海、海南、深圳……甚至是外国，心里就非常高兴，特别开心。

村里人看着自己家种的农产品，被董智娟这只"小燕子"从网上卖到全国各地，乃至全世界，心里很是开心，笑呵呵地见面就说："多亏了咱家'小燕子'，真是个好姑娘，有本事的姑娘，谁家孩的娶上她谁家发财，谁有福。”

“可不是嘛！这么一个灵巧有文化有本事的姑娘，谁不待见？那个小伙子不想要，那是假的。”说这话的是王改先。

这只可爱的“小燕子”就这样叫出来了。她成了网络红人，成了村里人整个秋天离不开的话题，农民饭场上闲暇时张口闭口都是“小燕子”长“小燕子”短的。

“小燕子”火了，成了“网迷精”最好的助手，也是他最好的搭档。董小黑的微店办得风生水起，越来越红火，整个秋天董小黑的院落成了集市，人流不断，走了来，来了走，从早忙到黑。附近的村民都陆陆续续地来向董小黑学微商经，让他卖农产品。

李双喜他们一走进董小黑的院落就能感受到微店热闹、忙碌的气氛，键盘的敲打声，打包的撕裂声，人们的嘈杂声……汇成一支最动听最美最幸福的乐章。

李双喜一跨进屋里，就看见一个穿着一身红的少女在低着头忙着封口、打包。她长得眉清目秀，细皮嫩肉的很甜美；高挑的身材，凸显线条美，很是脱土。明眼人一看，就知她是一个有文化、高智商的美少女。把这么好的少女窝在这山沟沟里干这，切实有点屈。

董小黑和几名青年正忙活搬货物，一转身见李队长他们在地上站着，就说：“李队长，王主任你们甚时来的？快找地方坐下。看我忙的，连你们什么时候进来都不知。”“没事。你忙你的，我们就来看看你的微店搞得怎么样了？看来，搞得挺不错。”

“还行。最近订单每天都往上走，有些忙不过来。”

“你就是李队长吧？喝口水吧！”“小燕子”端着杯水让他喝。

李双喜接住水杯，说：“嗯。你就是董智娟‘小燕子’吧？”

“小燕子”点了一下头，算是回答。然后转身给李春生和王茂才各端了一杯水。

“忙不过来，小黑你就吭声，我们来给你帮忙弄。”

“谢了，那能劳驾李队长。这活不轻闲。”

“没事。咱喝口水就投入战斗。”

杨春生说：“以后没什么事，我就来帮你弄，干什么都行。”

“那我给你支付工钱。”

“看你说的，说帮忙就是帮忙，不要工钱。”

“那不成。”

“你忙你的哇！不用操这心。”说罢，杨春生起身投入工作中帮他们搬货物。

王茂才和李双喜也投入工作中干了起来。

李双喜一边帮忙打包货物一边与“小燕子”聊天：“听说你不走了，就在家与小黑开微店、管专业合作社呀?”

“嗯。”

“像你这样有才华的大学生，在大城市发展更有前途。怎会想到回家乡来开微店?”

“这让我怎么说呢?我是被微店深深地吸引住了，看着小黑哥一个人开微店很辛苦，很累。我就想，我有文化有能力帮他为什么就不能回到家乡来帮他搞电商?帮村民走出脱贫梦?况且还能守着家照顾我爸妈。”

“这个想法不错。咱武乡电商扶贫在全国都比较有名，下一步咱县委、县政府要打造微店村，到时候咱们有创作小院、便民超市，还有物流都会建在咱们村，就会方便咱们发货。”

“政府对咱扶持的政策真是优惠。看来得带动村民一起来搞微店，让他们都能上互联网这条路，享受这便利的致富路。”

“这是个好主意。自己富不算富，全村人富才算富。”

一席话，打开了脱贫路的门径。

“小燕子”更加铁了心地搞电商，当起了老师。她不仅教本村人学开微店，还教附近村民来开微店，手把手地教，口对口的地传授开微店经。

李双喜他们一闲下了就来董小黑家帮忙，也不要工钱。董小黑的店成了村里的欢乐窝，开心娱乐场所，微店培训中心，人来人往很是热闹。

董小黑和“小燕子”这对搭档也搭成了一对儿。

“小燕子”黏住了董小黑，董小黑却不敢想这美事。“90后”的姑娘有主见，敢爱敢恨，她不管董小黑比她大多少，也不管董小黑家境如何，爱的就是董小黑这个人。她在一个下雪的日子里向他表白了心声。董小黑一时不敢接受现实。董小黑这人腼腆，憨厚实在，不现实的事不去妄想直不敢相信自己会交上桃花运，不敢接受这一切。“小燕子”是大学生，自己只是一名初中生，而且在村里名声不好，是一个游手好闲不务正业、爱上网看黄带、玩游戏的坏后生，哪能配上读了清华大学的“小燕子”？这简直就是一个梦，一个不现实的梦，一个现实版的天方夜谭。

这个梦，是个不敢想不敢兑现的梦。他认为自己会毁了“小燕子”的一生，始终不敢接受。当他听到“小燕子”说我喜欢你时，他的心曾怦然心动，很想伸出双手一下把她抱入怀里，感受一下被人喜欢而且是被一个清华大学生爱的滋味。这是他渴望了多久的美事，自己已经是三十出头的人了，这在山沟沟里已经是列入光棍的行列，早就没指望了。

这突然迟来的桃花运，来的让人有点窒息，是惊喜，也是惊恐。董小黑把这一切压抑在心里，不敢爆发出来，也就迟迟没有表态。

“小燕子”并不知道董小黑有这么多复杂的心事。但她认准的事从不更改，她父母也曾不理解催她找一个好人家，嫁到大城市去，别窝在这山沟沟里毁了自己美好的一生。况且年纪还小，过两年再谈对象也不迟。她不这样认为，父母给了自己一身皮囊，来到这个世界上，就要对得起父母，做一个对社会有用的人。什么是有用的人？就是要把自己想做的愿做的事发挥到极致，为自己为别人付出些什么，这就是一个完整的自己，一个有用于社会的人。而不是只想到自己，不想别人，只要自己幸福了就行，那样碌碌无为从这个世界上走完一生真没意思。做自己愿做的，干自己愿干的，爱自己该爱的人，哪怕活再苦，哪怕点再背，只要用心去干，用心去爱，就没有干不成的事。那样，自己活得才充实，有滋味。

“小黑大哥是个好人，心里想着别人，想着全村人，他不是原来的小黑了。他心里有责任有担当，是一个干事创业的人，是一个有志向的好青年。这样的人上哪里找？未必大城市就是你家闺女最好的去所，况且您二老膝下就我一个女儿，我在您们身边好照顾你俩。”“小燕子”劝说着父母。

“小燕子”的决定，一下子把父母亲推到了两难的境地。

可没想到的是杨春生看上了“小燕子”。他一闲下就往董小黑的微店跑，有事没事往“小燕子”身边凑。从县城回来时，好吃的零食大包小包给她带上一大堆。

“小燕子”的心却不在杨春生身上，董小黑已把她整个心占得满满的。动不动就小黑哥长小黑哥短的叫，叫得董小黑心里酸麻麻的甜滋滋的。

董小黑甜在心里，却很纠结。杨春生一直往他店里跑的用意，他看了出来。不管怎么说，“小燕子”的心全操在他董小黑身上，这一点无可置疑。

董小黑陷在幸福的蜜罐里，整个人浑身没有一处不是甜的。他整天被微店的事缠绕着，忙碌着，无暇顾忌想那么多事。也就没把这事放在心上，全身心地投入到电商和专业合作社，一天到晚开着个三轮车跑得不歇脚。

“小燕子”的魂被董小黑勾去了，谁也拖不住。董小黑开着三轮车外出送货、取钱，家里一切就有她在招呼打理。一个跑外，一个管内，生意越做越红火，订单一沓一沓往上走。

这不，武乡县委、县政府授予董小黑微店“全县第一微商店”称号。院里正墙上挂着“武乡县微商培训基地”木牌。董小黑微店一下子在全县出名了，整个冬天来向他俩学习电商经的人走了一拨又一拨，董小黑门槛都被人踢掉了一块也顾不上修。整天不是教人学电商经，就是指导村民开微店。这家进那家出，忙得不亦乐乎。

三十六 活了

活了，整个山沟沟活了。

连从来没有摸过手机的老大妈老大娘都用上了手机，而且还聊起了微信，学会了从微信里卖东西。他们整个冬天都不闲着，戴着老花镜盘着腿坐在热乎炖炖的炕上，一针一线地纳着“千层底”，做出上好的手工布鞋，通过手机微信把布鞋卖到大城市，一双布鞋能卖到 120 元。

大娘笑了，咧着嘴说：“没想到做了大半辈子布鞋没挣过一分钱，老了老了，还能靠自己的双手，把布鞋从手机微信上卖出去，挣到钱。”“习近平新时代来了，互联网时代来了，一切不可能都能变成可能了。大娘，您可要好好活，好好享受呀！”李双喜脱了鞋坐在热炕上说。

“我这到黄土埋脖的人呀，还能搭上这互联网快车，把我的‘千层底’布鞋卖出去，活得很开心。这多亏了‘小燕子’那丫头，手把手教我聊微信，咱笨，光学这就学了一冬天。不管咋说，我学会用手机卖东西了，现在顾客遍及全国，布鞋还有点供不应求。”

“是吗？这是好事。”李双喜随手拿起一只“千层底”在手里翻看着。

“‘千层底’布鞋，可是个好东西，既透气，又能按摩脚底，穿上可舒服了。等我给你做一双，保你一穿上就不想脱下来。”

“我老伴做得这布鞋结实、耐磨，还能治白病。”张贵发说。

“有这么神奇吗？”

“你不信呀？你听说过‘按摩石’吗？”

“我知道‘按摩石’。那这跟‘千层底’咋能谈到一块呢？”李双喜说。

“‘按摩石’是通过人在‘按摩石’上走路来按摩脚底的穴位，从而达到活血通经的作用。商家广告是这样说的：每天走一走，轻松活到老；每天走一走，健康又长寿。这一双‘千层底’至少要缝两千针以上，纳鞋时得用手勒紧线，针脚必须均匀。这密密麻麻的针线如同是一颗颗小小的‘按摩石’，穿上它，脚底就如同踩在‘按摩石’上，边走边按摩，脚底热乎乎的，很是舒服。”

“你这么一说，看来还真是这么回事。”

“它虽不能治百病，但通经活血是能达到效果的。”

“这是个好东西，既能当鞋穿，又能通经活血。”

“可不是嘛！”

“快不要吹了。不就是一双布鞋吗？看你把它快吹上天了。倒不怕人家笑话。”老张家说。

“不管咋说，这布鞋通过微信是卖出去了，而且还是抢手货。这是好事情。”张贵发自信满满地说。

“做一双布鞋可不容易。从剪裁到缝纫全部手工完成。做鞋底时，将旧衣服布条剪裁出轮廓，接着，用面粉做的糨糊一层一层粘贴起来，最后用麻绳将几十张晾干的布纳成鞋底，至少要20层厚。”张贵发老伴说。

“做一双布鞋可真不容易。您老两个大拇指上深深的口子是不是做鞋弄的？”

“年岁大了，做甚也吃力了。要不是赶上这好时代，城里人都喜欢这手工布鞋，一双布鞋不出门就能卖个好价钱，我可不想受这个罪。”

“我老伴好多年没碰这活计了。她见人家从手机微信上卖东西，感到好奇，心里痒痒的，也想尝试，过把瘾。一开始，她把做好的布鞋拿上让小燕子帮她卖，然后就想自己在手机上卖，就天天缠住‘小燕子’教她如何从网上卖，如何收钱等。自从她学会从手机微信上卖，她就更来劲了，每天天一亮，戴上老花镜就做上了。”

“这是好事嘛！老张。”

“你还别说，现在咱村人都变了，变得学会上网聊微信了，学会在手机上卖东西的家户多了。他们把什么都拿到手机微信上卖，枣、核桃、蜂蜜、布鞋……还涌现出不少网络红人物：什么核桃姐、酸枣妹、杂粮哥、潜力哥……”

“我打了一段时间没有顾上到村里贫困户家转转看看，变化就这么大？”

“现在的王和垴村，可不是过去的王和垴村了。人们的意识变了，观念变了，人人拿个手机，不是在手机上了解国家大事就是在看有关扶贫政策，要么就是玩弄着卖自家的土特产。就连我们这上了一大把年纪的人都学会用手机卖东西，买东西了。”

李双喜听了张贵发这一番话，喜色挂上了脸庞，脱口说：“老张，今晌午不走了，把你那好酒拿出来咱俩喝上两盅庆贺庆贺。”

“我早就想与你喝两盅了，你总是忙，没空。老伴儿给咱炒两个菜，吃三合面擦圪蚪。”

“李队长你是个大忙人。我家贵发早就磨念要叫你来家坐坐，今儿你不说我俩也不让你走。吃了在我家热炕上好好睡一觉，外面下雪什么也干不成，是个喝酒的好天气。”说罢，放下手头活计，摘下老花镜，双手托着炕，穿上鞋站起来去忙活做饭了。

“是啊！我一来王和垴村，看到这一盘散沙的村支‘两委’班子，看到这集体不像集体，村不像村的王和垴村，我的头都炸了，怎么扶？头脑里乱糟糟的，不知从何下手，如何开头？一堆问题搅得我心烦，脑炸，整宿整宿睡不着。党派我下来是搞扶贫的，不是下来走过场，体验生活的。总不能是我来王和垴村是怎样，走时王和垴村还是怎样吧？变就要大变，要把王和垴村扶起来，脱了贫，过上幸福生活，摘掉贫困帽子，这是我的心愿。今天，王和垴村村民有了挣钱意识，有了自己动手的意念，有了追求生活的美好向往，有了敢于跟困难做斗争的决心和信心，我打心眼里高兴。我这颗一直绷得紧绷绷的弦才能松一松，才能坐下来与你聊聊天喝喝小酒。”

“你是我见过的最负责任的好干部。从不把自己的事放在心上，心里装的全是咱王和垴村的老农民、贫困户。你一来到我们王和垴村就没有闲着，走东家，串西家，讲政策，解难题，办实事；跑县里，到市里，找资金、选项目，都是为咱王和垴村奔忙，当下少有你这样的好干部。”

“老张，你太抬举我了。我只是尽了我的职责，办了些自己该办的事，没有愧对自己的这个身份。”

“李队长，你也太谦虚了吧？你来到我们王和垴村这段时间，所办的一切事王和垴村民都看在眼里，记在心上。你整天不闲着，脚不着地，一门心事想着王和垴村的村民和贫困户。为了他们，你可以说是跑断了腿，磨破了嘴，吃了不少苦，受了不少罪。眼下，总算有了点成绩，见到了成效。”

“你李队长就是我们王和垴村的引路人，主心骨。你驻俺村虽然时间不长，但实事办的不少，村民们都把你的好记在心里。”老张家把炒好的菜端在炕桌上说。

这时，有人在外面喊叫：“老张，李队长在你家吗？”听喊叫的声音是王茂才。

“‘扑死鬼’来干吗？”老张家有点惊讶地说。

张贵发对着李双喜说：“‘扑死鬼’咋知道你在我家？”忙又回话道：“在。进来哇！”

只听门外有人“嗯”了一声，就推门走了进来。“扑死鬼”未等站稳脚，一眼年见炕桌上放着葱炒鸡蛋、辣炒粉皮和汾酒，嘴里吐着冷气，说：“来得早不如来得巧，这下可沾一下李队长的光喝两口了。”

“快坐。正请你还请不来，正好，咱们仨喝两盅。”张贵发说。

“等等。来给你扫扫身上的雪。”老张家手里拿着笤帚说。

这时，李队长和张贵发才向他身上扫去，只见王茂才头上身上全是白花花的雪。看来，外面雪下得不小。

笤帚，像一只可爱的黄草鸡在“扑死鬼”身上、头上扑扑扑地煽动着，跳跃着很是欢快有趣。顿时，大片的雪花听话似的沙沙地落了一地，眨眼之间被屋里的热气全雾化了，地上湿了一片像是小孩子尿下的。

“今冬的雪下得好大呀！漫山遍野的白，厚厚的一层。”“扑死鬼”说。

“这又下下货了。来，脱了鞋，上炕来坐。要不是这下雪天，你们还不来呢！难得天公作美，端起酒盅来，喝，第一杯干了。”张贵发对着他俩说。

只听“哧溜哧溜哧溜”声响，他们把酒盅里的酒一仰脖子喝了个底朝天。

张贵发从李双喜手中抢过酒壶先给他俩倒上，说：“来我家由我来倒，你俩只管放开肚子喝。菜不够了，咱让老伴再炒。”

“你们仨好不容易坐在一起，慢慢喝，菜不够了，我给你们炒。”

“够了，够了，别炒了。我自打来了王和垴村，就没有像今天这样安心地坐下来喝口酒。今天这酒喝得舒坦，有味。咱要的是这氛围，咱喝得是老张的汾酒，菜有没有都行。不用忙活了，等等吃您的三合面擦圪蚪。”

“不用了，大娘。这俩菜就够了。来，李队长，借花献佛，我先敬你一杯。自打你来了俺王和垴村我也没有好好招待过你。你一进村就投入工作，没明没夜地忙，为俺王和垴村操碎了心，洒下了情。不管咋说，总算见了成效，村民们有了盼头，看到了希望。来，咱干了。”

“这是我应该做的，没什么。咱不说这，喝酒。”说罢，李双喜端起酒盅一仰脖子就下去了。

“爽快，李队长。来，倒上。”他从张贵发跟前拿起酒壶就往李双喜酒盅里倒。

“咱光顾喝酒了，忘了问你来找我干吗？”

“扑死鬼”放下酒壶，说：“也没什么事。我看老天爷下雪了，在家坐着没事就想找你喝两盅。去找你，杨春生说你出来串门了，我沿着你脚印就找来了。”

“噢！原来是我的脚印出卖了自己。”

“可不是吗？要不然，我上哪里去找你？”

“这不，我把酒都带来了。”他说着从怀里拿出一瓶“竹叶青”来。

“看来，你是真有心要找李队长喝酒。”

“要不然，这么冷的天，我出来干吗？”

“这竹叶青也是好酒。你咋舍得拿出来喝？”

“大叔，你可说对了。这酒还是我的一个战友送的，在家里放了好多年都舍不得拿出来喝。”

“那今天是太阳从西边出来了？”

“感激李队长帮咱村扶贫。没有李队长，咱村就没有致富的希望，脱贫的路径。你说这酒，该不该拿出来给李队长喝？”

“你说得对。李队长是咱村的大救星，启明灯，领路人。这酒早就该拿出来给李队长喝。看来，我的口福不浅，还能喝上你的好酒。”

“唉唉唉，你俩说什么大救星，启明灯的，有你们这么评价人的吗？咱喝酒就是喝酒，不要扯那么多无用的话。”

“喝酒喝酒，来，来，倒上，倒上你的竹叶青。”

“扑死鬼”打开瓶盖，先给他俩倒上，然后给自己倒上。

“喝，喝，喝，今天就是个喝酒的天气。不醉不归，不醉不归。”

外面的雪下个不停，屋里酒气冲天。

他们仨喝着，老张家在地上招呼着。

傍晚，天又刮起了寒风。

寒号鸟在树杈上直打哆嗦。嘟噜噜，嘟噜噜，寒风冻死我。

三十七　示爱

元月 20 日　星期六

活了，全活了。

整个王和垴村盘活了。闲杂人少了，打扑克、玩麻将的人少了，走东家、串西家说闲话的人少了，一切向钱看，拿着手机开微店的人多了，人们的致富意识强了，攀比竞争的人多了，就连上了年纪的老大娘老大妈都聊起了微信，开起了微店，把王和垴村的土特产、农产品不用出村通过手机就卖到了山外头。他们尝到了甜头，看到了奔头，心里乐开了花，脸上挂满了笑，这笑很甜美，这笑很幸福。

看到这盘活的景象，我的心比喝了蜜还甜。通过这一段时间的扶贫工作，让我领悟到一些道理。不怕困难有多大，就看你的心是否能沉下去，是否有耐心，是否有信心，是否肯下功，是否肯吃苦，是否能深入群众，是否能为百姓着想。只要你一心为了老百姓，心中时刻装着老百姓，把功夫下足了，下到了，就没有办不成的事。

王和垴村切实盘活了，人民的思想也切实转变了，新的思想新的观念正武装着他们的头脑。

开放的思路正在开花结果，灵活的头脑正在缔造着一个个奇迹。整个王和垴村就像是加足油门的三轮车奔驰在致富的大道上。

李双喜合上日志本，躺在热炕上。

一早醒来，屋外就传来哗啦哗啦的扫雪声，李双喜忙穿衣下地，一开门见老程正拿着木锹在除雪。屋门口早已除得干干净净。“早啊，老程。”
“嗯。李队长起来啦?”

“这雪下得不薄，有尺把厚吧?”

“足有。”

“还有木锹吗?”

“没有。就这一把。”

“我来除。你歇歇。”说罢,他就去老程手中拿木锹。

“不用,我除吧!”

“来吧老程,让我活动活动筋骨。”他从老程手里拿过木锹除了起来。

老程走到墙根拿起扫帚扫起了雪。

不大一会儿,太阳出来了,照在雪上银光闪闪十分刺眼。巧儿在树枝上叽叽喳喳地叫着,有时落下来在雪上蹦着很是自在,身后留下一串串爪印像是有意烙下的花朵,串联成不规则的图案很是好看。

吃早饭的当口,喇叭响了,放着革命歌曲《没有共产党就没有新中国》。等这首歌曲放完,喇叭里开始喊话了:“村民们注意了,村民们注意了,这场雪下得很厚,虽然给咱出行带来了不便,但它润泽了大地,俗话说得好‘今冬麦盖三层被,来年枕着馒头睡’。又是一个好年景。大伙吃过早饭,拿上木锹、扫帚把自家的房前屋后,左右邻居的仡廊、大路上的雪清扫干净。村民们注意了,村民们注意了……大伙吃过早饭,拿上木锹、扫帚把自家的房前屋后,左右邻居的仡廊、大路上的雪清扫干净!”

扫雪,王和垴的村民全上阵了,他们在白色的世界里晃动着身影,花红五绿的,说说笑笑,清扫着地上的雪。

李双喜他们也没有闲着,一人手里拿着一把清雪工具与村民们混在一起,一边聊家常一边扫雪,流着满头大汗干得很是带劲。赵福贵嘴里还哼着流行歌曲:“妹妹你听我说呀,哥哥我是真的爱你,请你不要再对我置之不理,哥哥我伤心不起……”“干活也堵不住你这张嘴,又想那个妹妹了?”杨春生说。

“我就是这么随便一哼,不想谁。”

“喂,最近你俩进展得怎么样?”杨春生用肩膀靠了他一下说。

“就那样。”

“那样是怎样？”

“那样就是那样，能有怎样？你给我说说你最近怎样？”

“我最近没有怎样。”

“你看，那是谁？”

杨春生按他指的方向看去，见不远处有一个红色的身影在除雪，顿时为之一颤。

“快去吧！”赵福贵推了他一把。

杨春生兴奋地给他扮了一个鬼脸，拿着铁锹向红衣服的身影走去。此刻的董智娟正弯着腰除雪，并没有发现身后多了一个人，“‘小燕子’你也来除雪了？”

董智娟听见身后有人叫她，忙转身，一下与杨春生撞了个满怀。“你咋像个鬼似的，悄无声息就站在人家身后了？这会吓死人的。”“我这不是想给你个惊喜吗？”

“快拉倒吧。这样的惊喜还是少些好。”

杨春生与董智娟并肩除着雪，说：“你妈最近怎样？好些了吗？”

“她那病没好。像这样的天气更不好。用药养着呗！断不了药。”

“咱俩的事你给你爸妈说了吗？”

“什么事？”

“你说什么事？”

“你不说，我哪知道什么事？”

“就那事。”

“那事是什么事？”

“不，你怎就不知道是什么事？前两天我不是给你表白过了吗？还让我再来给你表白一次吗？”杨春生站住托着锹把说。

“这可是你说来啊！我可没说。”

“不是。你真想让我对着这么多人表白呢？”

“你傻呀！”

“你要真想让我再表白一次，我就表白。”

“别别别，我可受不起，也不需要你的表白。我早就给你说得清清楚楚了，我们……”

杨春生未等她说完就单膝下跪，不知何时双手已捧着一枚戒指，说：“董智娟，我爱你，嫁给我吧！”

杨春生突然的举动，把所有人都震惊了。董智娟脸上泛起了红晕，红至耳根，脸蛋儿顿时粉里透红，看上去很是迷人。她此刻不知所措，无法回答。

杨春生跪着，戒指一直在手中捧着，说：“嫁给我吧，董智娟。我会爱你、疼你一辈子，像大燕子呵护自己的小燕子一样呵护你一辈子。这是我家祖传的金戒指，我奶奶给我的，她说以后谁戴上这枚金戒指，谁就是她的孙媳妇。今天我把它给你戴上，你就是我的女人了，我的妻子，我奶奶的孙媳妇。”

“这是甚情况？这也太快了些吧？”赵福贵一个人呢喃道。

王和堖村民没有看过这西洋景，都睁开好奇的眼睛，瞪大眼珠子看。有的在窃窃私语：“这姑娘真有福气，大学还没毕业就有人追上了。这后生是吃公家饭的，家庭很富裕，有楼房有车。”

“可不是嘛！人家姑娘长得俊俏，又有文化，是咱村的一枝花，哪个小伙子见了不待见？”

“可这小伙子也不赖呀！长得一表人才，听说扶贫完就能提干了。谁家姑娘见了不待见才怪。”

“可你们没看出来？人家智娟还不愿意呢！”

“这后生不但长得好，家境条件也好。谁不愿意，谁是傻子。”

“要是我呀，早就被感动了，答应了。”

"快别逗了，你都快五十岁的人了，还有这想法。"

"咋来？我不是女人吗？我咋就不能有这想法。"

这时不知谁对着董智娟说："人家小伙子不赖，你就答应了吧！"

"就是，答应了吧。"

"别让他一直跪了，天这么冷，地下很凉。跪久了，年纪轻轻的落下毛病了，那可是一辈子的事。"

董智娟听着别人的议论，心突突地跳着，脸更红了，感觉脸很烫。她四周瞅瞅，很想找地方钻了。羞死了，她下意识地向董小黑站的方向瞟了一眼，见他躲在人背后偷窥着他俩很是不自在。心想，杨春生这一举动太突然了，也太冲动了。对着这么多人我该怎么办？心里乱糟糟的，一时失去了主见，恨不得遁地溜了，先躲开这么多人再说。"你……你……你别这样，起来咱好好说，对着这么多人，我还真不习惯。""不，你要不答应我，我就一直跪着不起来。"

"你这一举动太突然了，我一点都没有心理准备。"

"你不用什么心理准备，有我爱你就够了。答应我吧，智娟！"

"就是，答应了吧！这小伙子有多好，要人样有人样，要家庭有家庭，嫁给他，是你的福气。"人群中有人说。

李双喜和赵福贵凑到跟前看，一时却不知如何插手，赵福贵突然喊道："嫁给他，智娟。嫁给他，智娟。"

顿时，大伙都喊了起来："嫁给他，智娟。嫁给他，智娟。嫁给他，智娟……"

董智娟听着这喊声，心里更是乱糟糟的，脸上滚烫滚烫的，不知所措，不由双手捂住耳朵。

董小黑在人群中一直躲在人背后偷窥董智娟和杨春生的一举一动，心里七上八下，忐忑不安，生怕董智娟答应了杨春生的求爱；可自己又不知该怎么办，焦虑的心无处安放。

董智娟很无助，可也不知如何摆脱现在这尴尬的处境。一直僵持着，盼着董小黑能站出来。可董小黑一直在人群背后躲着不出来，也不露头，这让她很绝望。在众人的喊叫声中，杨春生的真诚，有些扣动了她的灵魂，她开始动了，动了动嘴问杨春生："杨春生你真的爱我吗？""爱，我可以对着这么多人对天发誓。"杨春生回答得干脆利索。

"那好。我不用你发誓。我只要你一个承诺。"

"你说。什么承诺我都答应。"

"你……"

这时，人群中有人发话了："别说了，我爱你，智娟！你是我的。谁也不能从我身边把你抢走。"董小黑扒开人群，奔到董智娟身边拉起她就跑。

"这又是什么情况？"赵福贵一个人呢喃着。

董小黑这突然的举动很出人意料。为此，人们盯着他俩奔跑的身影有点不解，疑惑挂上眉头，望着他俩跑远直到消失。

杨春生傻眼了，半天没有回过神来。

赵福贵拨开人群走到他跟前拉了他一把，说："起来吧，别傻了！人都跑得没影了。"

杨春生在赵福贵的搀扶下站了起来，情绪一落千丈。

大伙看着这一下冷场的场面，都叹了一口气："现在的年轻人，真不知道他们心里是咋想的，一时热一时冷的，没劲。"

人群散了，回到各自的位置扫雪。他们边扫雪边谈论着刚才上演的话剧。

三十八　过年

董小黑和"小燕子"跑出人们的视线，停下脚步，上气不接下气地喘着粗气。"小燕子"喘出的芳香直捣董小黑的心扉，他有点醉了。他看着"小燕子”紫红的脸蛋，顿时有点不知所措，放开她的手，说：“好了，没事了。”

“小燕子”一把抓住他的双手，说：“小黑哥，我想听你刚才说的话，当面对着我再说一遍。”“我刚才说什么来着？”

“咋？你刚说过就忘了？你快说，快说嘛！我想听。”“小燕子”撒着娇说。

小黑一时又不知该说啥，心里忐忑不安，像小兔子一般乱跳。他挣脱她的双手托住她的双肩，说：“你把我的心给化了，当我看着春生向你表白时，我的心就发毛了，生怕你答应了他。你不知道，那时候我的心有多痛，就在那一刻，我真正明白了我不能失去你，一旦失去你我真不敢想我能不能撑下去。你是我今生第一个上心的女人，第一个把我心勾去的女人，也是占据了我整个心房的第一个女人，我的心已经容不下别的女人。从今往后，我俩一起经营微店和专业合作社，一起带领村民走向致富路，早日脱贫过上小康生活。”

“小黑哥，你对我说，你心里到底有没有我，喜欢不喜欢我？”

董小黑不加犹豫地说：“你早就驻扎在我心里了，从你跟我搞微店那天起，我就喜欢上你了。你的清纯，你的热情，你的可爱，你的美貌把我深深地吸引不能自拔。可我知道，我配不上你，一直在心里打鼓，不敢承认罢了。”

“是吗？”

“这都是我的心里话，没有一点掺假。不信，你把头靠过来，听听，心在为你跳，心在为你疯狂。”

董小黑这一番话说得“小燕子”心里热乎乎的，甜滋滋的。她把头靠在他结实的胸脯上，双手紧紧地抱着董小黑的腰，用心感受着他扑扑的心跳，感受着一种发自内心的温暖和甜美。

他俩就这样依偎相拥在一起，享受着爱的味道。

此时的杨春生还没有回过神来，面子丢大了，一个疙瘩结了老大，解也解不开，根本不相信刚才发生的一切。他哭着对赵福贵说：“‘小燕子’跟小黑跑了吗？她怎么能这样对我？她怎么能这样对我？我打心眼里爱她，她却看不上我，跟小黑跑了。小黑有什么好？他比我强吗？不就是开了个微店吗？有什么神奇？”

“春生你醒醒吧！你这是单相思、单恋。每个人都有自己的择偶标准，你不是她的那一款，你不是她的那盘菜，要想开些。”杨春生捶着胸脯说：“她已驻扎在我这里，我无法不想她。”

“你要面对现实，放不下也得放。打开心扉，把她放出去，重新来过。三条腿蛤蟆不好找，两条腿女人多的是，不要在一棵树上吊死。”

李双喜走过来说：“赵书记，你扶他回去歇着吧！让他静一静，想一想，谁遇上这种事都一样，一下子缓不过来。”

赵福贵回答：“也是。那我扶他回了。”

“回吧。你也不用出来了，在家陪着他。”

“知道啦！”

李双喜看着他俩的背影自语道：“现在这年轻人哪，真不知他们心里是咋想的。”

杨春生自从向“小燕子”表白失败后，心情一直不是很好，老是想不通“小燕子”为什么会爱上董小黑。董小黑有什么好？要人才一般，要家境不行，要不是李队长对他开导扶持，他到现在还不是一个游手好闲、上网玩游戏、看黄片的堕落大龄青年光棍一个？“小燕子”居然深深地爱上他，抛弃能去城市生活的优越条件窝在农村过一辈子，让人真真想不通，想不明！

世界上的事就是这么离奇，就是这么古怪，很多事都不安正常逻辑出牌，总是逆向而行。

那天发生的事，董智娟的父母都知道了，与董智娟深谈了一宿，却没有满意的结果。女大不中留，这是无法更改的古训，由她去吧！她愿向哪飞就向哪飞，只要她过得好比什么都强。

说着话，过了腊月二十三，也叫小年，已逼近年根。

杨春生和赵福贵都回家过年了。

腊月二十九，李双喜却与妻子和孩子住进了王和堖村，说是带着妻女体验农村过年来。其实是他放不下王和堖村的村民，为了能和妻子女儿团聚过个年才把她娘母俩接来。

他们一家人刚进村就被“圪蹴”发现了：“李队长，你这是在村里过年呀?”“嗯。”

“来我们村过年好。我第一个欢迎。”他帮着李双喜把东西从车上一一搬进屋里，笑盈盈地说：“李夫人快坐下歇歇，不用你动，我来搬。”“没事。我行。”

“你歇的吧！看你这肚子不小了，快生呀哇?”

“快啦!”

“婷婷，你扶你妈坐炕上歇歇。这有我和你张大爷就行。”

“嗯。”婷婷按照他爸的吩咐扶她妈坐在炕上。

不大一会儿，东西搬完了，李双喜从衣服里掏出钱包给司机开了出租费打发他走了。他俩刚返回进屋，“圪蹴”看着地上堆的一堆东西就说：“李队长你是不是把整个家都搬来啦?”“没，就搬了些日用品。”

“这又是油又是面的，还有菜蔬、肉、鱼……这还不是整个家这是啥?”

“我们计划住一阵子，好好让我家婷婷体会体会农村过年的味道。你说了婷婷，是不是?”

“是。爸爸。”

“我看呀，你父女俩这一唱一和倒是很实诚。”

这时，老程在外面转达回来了，见屋门开着有人说话就走了进来，见地上堆着一堆东西有点惊讶，刚要开口问，“圪蹴”就对他说：“李队长一家来咱村过年呀!”

“好好好，今年过年我就不孤单了。”

“快叫程爷爷。”李双喜对着婷婷说。

“程爷爷好。”

老程“哎”了声，说：“你家婷婷长得好俊俏。”

婷婷听着老程夸她，很是高兴。

“你们歇歇，我去给你们做饭。”说罢，他就往外走。

“不用了，老程，我们自己做。我这带的什么都有。”

“你们刚来，歇歇哇，我做吧。”

“不……”“用”字还没有脱口，就被“圪蹴”抢先了，说：“你就让老程去做吧。想了，你们明天再开灶吧。”

“我们啥都有，就不用老程麻烦了。”婷婷她妈说。

“这不麻烦。老程乐意，做的饭也不错，你就让他去做吧！”

“这样不好吧？”

“这有什么不好？李队长就是我们村的亲人，你就是我们亲人的夫人，他老程做顿饭有什么不好？你就放下一百二十个心吧。好好歇歇，等着吃老程做的葱花饼，这是他最拿手的饭。”

“是吗？”

“你问问李队长就知道了。他烧的葱花饼可好吃哩。”

李双喜说：“老张烧的饼可好吃哩，管让你吃了还想。”

“我看你口水都流下来了。”

“好啦！你们歇歇，等等吃饭。我回啦！改天让李队长引你来家坐坐。”

“行，一定。那你慢走，不送了。”

“你们快歇的哇。”

“慢走啊！老张。”李双喜说。

“那我走了。”说罢，人走出了屋子。

李双喜一家安顿下来，李双喜扔下娘母俩就去串门了，他放心不下那些孤寡、病残的贫困户，想看看他们准备的年货怎样了？还缺啥？年夜饭吃啥？用不用帮忙？他一刻都没闲着，挨家挨户转，帮这家拔拔葱蒜，给那家打扫打扫卫生，边聊家常边干活很是随和，就像回到自己家一样忙前忙后的不消停。

大年三十，家家户户忙活贴对联、挑陷的、垒年火……李双喜却去了最让他挂念不放心的董志书家，他一进门就拿起笤帚打扫卫生、贴对联、垒年火、挑猪肉陷、包饺子……等把一切过年东西给他弟兄俩准备好已经是深更半夜了，他摸黑深一脚浅一脚刚回到家，零点的钟声已敲响。妻子还没有睡，一个人坐在炕上包着饺子等他，婷婷和衣在热炕上卷成一团睡得挺香，此时鞭炮声响得正紧，噼里啪啦不断。“你可真忙呀！过年都不回来。把我娘母俩扔这儿就光管你走了，也不管我娘母俩在这人生地不熟的地方行不行，习惯不习惯。”“这不，我是放心不下那些孤寡、病残的贫困户嘛！请老婆大人原谅我。”

“嗯，让我原谅你，你倒会说。你问问婷婷她原谅不原谅你。我们娘母俩整天窝在这屋里，连你的影子都见不上。你倒好，大年三十都不回来，你眼里还有没有我娘母俩？”

“看你说哪里话？我眼里没有你娘母俩，我眼里有谁？”

“你眼里就只有贫困户，根本就没有我娘母俩。你就去跟贫困户过去吧，还回来干吗？咱说不要来吧，你非要把我娘母俩给攀成来不可。这哪是来过年，分明是来找罪受。”

“吵什么呀？还让我睡不？”婷婷揉了一下眼睛，见她爸爸在地上站着，就说：“爸爸，你可回来了。这两天你去哪了？”

“爸没去哪，就在村里转了转。”

“你说得倒轻松，在村里转了转，这一转就一脚跨了两个年。”

“好啦！老婆大人，你消消气，是我不对，不该扔下你娘母俩去村里转悠。”

“好啦！不要尽说这些没用的。你计划一直就这样站着呀？”

“哦，我洗一下手。”

“妈妈，我也要包饺子。”婷婷说着话已一骨碌从炕上爬了起来。

“婷婷，你睡吧。这不用你。”

“我睡不着嘛！我也要包。”

“好好好，那你先洗洗你那小爪子。”

“坏爸爸，我这不是爪子，我是手，是纤纤玉手。你才是爪子呢，是个大爪子，老爪子，臭爪子。”婷婷的双手在李双喜手上拍了几下，然后咯咯咯地笑了。

“是是是，我女儿那是什么爪子，那是一双纤纤玉手，一双灵巧的手。”说罢，父女俩咯咯咯地又笑了起来。

“看你父女俩，没大没小的，说什么小爪老爪的，还不都一样。”

“都一样，都一样，也不一样。我家姑娘的爪那不叫爪，古代诗人把她叫什么来着，对，叫红酥手。而我的爪才叫爪，那是名副其实的老爪子。是吧，婷婷？”这一下把她母女俩给逗乐了，咯咯咯地笑得前仰后合。

“快别笑了，再笑呀连我都要岔气了。来，咱把饺子里包个钱，看谁能吃到，谁吃到谁今年有福气。”

“是嘛！爸爸。”

“这是祖上传下来的。”

“灵不灵我就不知道了。”

“爸，我一定能吃出钱来。”

“你咋知道你一定能吃出钱来？有什么秘密告诉爸爸。”

李婷婷在她妈耳朵上悄悄地嘟囔了几句，然后撒娇地说：“不告你。”

“看来，我家姑娘长见识了，会与你妈一起忽悠开爸爸了。”

“我呀，可没那能耐。”

“是吗？”说罢，一把把婷婷搂在怀里，伸手在她腋下挠起了痒痒。顿时，李婷婷在他怀里扭动着，咯咯咯地笑着。

三十九　大年

鞭炮声渐响渐远。

黎明破晓，新的一年开始了。

李双喜一家人吃过年初第一顿早饭，穿上新衣服展一展腰，感觉有一种别样的心情。李婷婷独自在院里地上捡小炮、放炮玩得很开心，她不敢像大人那样两指捏住炮底部用火点燃导火线放，而是时不时把捡来的小炮向火里扔一个，然后跑得远远的双手捂住耳朵斜着身子歪着头看着等着炮响，有的炮在火里"呲呲呲"地冒一股黑烟，有的炮"啪"的一声响把火舌和火灰炸开老高。

山沟沟里过年，年味儿很浓，旧风俗没有丢。小辈给长辈磕头拜年，一直延续了上百年。李双喜站在当院就能看见村里的圪嘴圪洼有人影在晃动，大人们领着小孩给长辈们磕头拜年挨家挨户进，出来时衣服兜兜里装的鼓鼓的全是核桃枣，花生瓜子糖。这王和塬村一年中恐怕就数过大年这一天热闹了，像个村的样子，在外读书的、打工的、上班的都要回来过年，热热闹闹过年氛围很浓厚，很红火。

李双喜不由想到董志书，他兄弟俩相依为命很艰辛，如果不是现在国家推行精准扶贫移民搬迁惠民工程，他兄弟俩还得在那破房房里过大年。"双喜，你一个人站在哪里发什么呆？想什么？""没想啥。"

"怎么？你明明是站在哪里发呆想心事，咋说是没有？还有什么事瞒着我们娘母娘俩不成？"

"没有。"

"那为啥不告我？"

"我是看见这村里上百年的风俗一直没变，一下子勾起一些心酸的事。"

“什么心酸的事不能给我说说？”

“这倒不是什么秘密，也不是不能说，每当我一想起初来王和垴村时见到的情景就勾起我的痛心处，就勾起我的软肋。这样吧，我领你娘母俩去贫困户家转转，一来给他们拜个年，二来你娘母俩也可看看他们的生活情况，三来你也可了解一下我为啥要驻扎在王和垴不想走的原因。”

“行呀！你早就该领我娘母俩去贫困户家转转，整天待在这屋里都快憋出病来呀！”

“咱说走就走，把门锁住告老程一声。”

李双喜一家三口提上礼品走在村里的圪廊里，像转迷宫一样，东一拐西一拐的，走惯了城市街道柏油路的任小焕走这坑坑洼洼的路很是不适应，再加上穿着高跟皮鞋更是深一脚浅一脚的。心里嘀咕着，这真是个鬼地方，路怎这么难走？现在是什么时代了，还有这么穷的村？“双喜，你走得慢些，我娘母俩跟不上你。”“我早就习惯了。刚来那会，走一天路下来，脚板底下尽是水泡，疼得走路都走不成。”

“那你也得跟我们相跟上吧！老爸，你不知道我们走不惯这坑坑洼洼的路嘛？”

“知道了。听婷婷的，我走得慢些。”

“过年好，李队长。”村民们见面一个个打着招呼。李双喜也一一回敬着：“过年好。”

任小焕看着村民们向他们一家三口热情地打招呼，心里暖暖的很是高兴。走进董志书的院落，李双喜就喊道：“老董，给你拜年来了。”只听屋里有人答道：“是李队长吧？快进来。”却半天没有人出来相迎。

李双喜紧走两步掀起门帘，让她娘母俩进。

任小焕刚要抬腿进门，看到眼前的一幕一下子愣住了，地上有一节活树墩似的正向门口挪动，笑呵呵地咧着嘴，露着满口黄牙，说：“是李夫人吧？快进屋。玉书，给李夫人倒水。”

任小焕赶紧回答："过年了，来看看你，不用倒水。"憋住气迈腿向屋里走。

屋里布置得很简单，什么家具也没有，只有一个桌子，两把椅子，一个衣柜，像是新买的，几个瓮和瓶瓶罐罐。整个屋子空落落的，只有白瓷砖砌面的火上坐着铁锅冒着热气，让人感觉到有一股暖意。

李婷婷脱口说："这是什么味呀？很难闻。"任小焕赶紧拽了一下李婷婷衣服，说："孩子不懂事，您老见谅。"

"没事，没事，孩子嘛！看你，李队长，来就来吧！还拿什么东西？"

"过年嘛！这是我家夫人为你兄弟俩买的衣服。"

这时，李双喜发现老董身上穿着中山装很有精神。说："老董，你今天看上去精神多了。这身深灰色的中山服不错，穿上很合身。"李双喜边说边把衣袋放在炕上。

"是吗？快坐下。"

"这是我第一次见你穿得这么好，穿得这么得体有精神。"

"可不是嘛！要不是党和政府对俺兄弟俩这么眷顾，让俺住上新房，过上好生活，我也没那这心情穿它。"董志书眼里滚动着泪花说。

"老董，你可不敢告诉我这是你最珍惜的一件衣服啊！"

"李队长，这真被你猜对了。这件衣服我每年都要拿出来穿一穿，对着镜子看一看。然后，叠得整整齐齐放衣柜里舍不得穿它。"

"为什么？"

"说起来话长。这是我娘那年临走时给我兄弟俩做的最后一件衣服。她老人家知道自己身体一天不如一天，心里放心不下我兄弟俩，常常挂在嘴边唠叨，志书，娘在就不会让你兄弟俩饿着，娘一旦哪天去了，你兄弟俩的日子可就不好过，特别是你那哥哥让人很不放心，你可要多操心、管教他。娘感觉自己在世时日不多了，为我俩每人做件衣服，也算是娘给我兄弟俩最后能做的一件事了。她老人家为了给我兄弟俩做这件衣服，耗尽了最后的心血，没明没夜地做，由于她有眼疾眼不好使，又加上每天戴着老花镜在煤油灯下做到深夜，结果加速了她身体的衰竭，到后来眼睛也看不见了，没有几天就撒手去了。她老人家咽气了还放不下我兄弟俩，眼一直睁着不肯闭上。”董志书说着，时不时揉一下眼睛。

“我咋没有听你说过?”

“我不想提。一提我就心疼。”

“你娘去世多少年了?”

“有二十几年吧!”

这时，有哭声传入耳朵。

李双喜顺着哭声寻找，见董玉书蹲在窑洞的角落里弯着腰低着头正哭。人心都是肉长的，连傻子都不例外。他哭得很伤心，勾人心弦。

“我看你今天可没有脱下的意思。”

“是。我不打算脱了，我要穿着。”

“那又为什么?”

“我兄弟俩住上了新房，我高兴。穿着它，就感觉我娘回来了，让我娘也住住这宽敞明亮的新房。她老人家跟我爹一辈子就没有好活过，吃糠咽菜，吃草根树皮那是常事。我爹走得早，为了养活我兄弟俩，她一个人更是受了不少罪，落下一身病也不去治硬抗，就没有好好活过一天。”

不觉，李双喜的眼睛也湿润了。

任小焕更是控制不住，用手揉了揉眼，说：“双喜，你不是带我娘母俩要转转嘛!咱走吧。”

“是是是，我倒忘了。老董，我们再到其他人家转转。”

“李队长，就在我家吃吧。大年三十你光帮我兄弟俩贴对联、打扫卫生、挑陷包饺子，忙活到深夜却连一个饺子也没有尝尝就走了。”

“不用啦，老董。我领她娘母俩再转转。”

“锅现在正滚的，我这就煮。”

“不用麻烦了，老董。”

老董一把拽住李双喜的衣服不让他走，说：“李队长，尝尝你包的饺子再走。玉书已经把饺子煮上了。”

这时，李双喜转身一看，玉书正在往锅里煮饺子，对着任小焕说：“老董这份盛情难却啊！不走了，咱吃了饺子再走。”

李双喜一家三口吃了饺子从老董家出来，挨家挨户转悠拜年，等回到家已经是晚上了。“今天走了不少路，都累了吧？洗洗早点睡吧。”“我的脚好疼，感觉已不是我的了，老爸。”

“来，爸给你烧些热水泡泡脚就舒服了。”说罢，李双喜就去拿锅烧水。

任小焕脱掉皮鞋、袜子，抬起脚看了一下，说：“这双脚还是自己的脚吗？脚板底红紫红紫的，碰着就疼，可得好好泡泡脚。”

“这下你知道我们扶贫工作辛苦了吧？”他边喝着水边说。

“我真没想到王和垴村民会这么穷，他们的生活会是这么苦。这都什么年代了，他们的生活条件还是这么差？董国中家看着条件还不错，没想到他老婆得的是花钱的病，一个人就把整个家给拖垮了。对于一个地地道道的农民来说，遇上这事算是没辙，只能在家等。”

“现在好多了。我们刚来那会那才叫个穷。好多贫困户就像老董家一样，屋里怪味呛得进不去人，病人躺在炕上看不起病，土产品烂在家里卖不出去，道路不通几乎与外界隔绝了信息，村里无集体产业，村支‘两委’涣散无生机，人们思想观念陈旧不思进取……经过半年多的努力，对所有贫困户摸了个底朝天，针对户情详细定了扶贫措施，并结合‘扶贫扶志扶智扶商’，多管齐下，一项一项认真抓，具体抓，一切工作才基本上走向轨道，有了收获，见了成效。村里的卫生工作有了好转，人的思想观念有了大改观，由‘被动’改为‘主动’，由‘输血’改为‘造血’，人人增强了活力，有了闯劲干劲，动手开微店的家户多了，喂鸡养殖的人家多了，想法创业的人多了，整个村都动了起来，现在农产品不发愁卖了，打开手机拨弄几下就卖到全国各地，乃至国外了。”

“这可是个不小的变化。我还纳闷志书家院里哪来的鸡？原本想可能是别人家的鸡溜窜在他家了。可见院里盖的有鸡舍又不像，计划在路上问问你却给忘了。”

“不管咋说，总算有了点收获，县委、县政府领导也还满意。”

“这里的生活条件太差了，确实需要国家来扶持他们一把，帮他们走出大山，走向外面的世界。”

“这下，你知道我为什么住在王和垴村不回去了吧？不是我不回去，实在是事太多需要我为他们办，走不开。”

任小焕沉默不言。

李双喜把锅端下，拿盆子盛水为她娘母俩洗脚。“我自己来。”任小焕下地坐在小板凳上把双脚伸进盆里。

李双喜早已习惯了农村的生活，融入农村，等她娘母俩洗了脚，上了炕，他才洗漱。洗漱完，上炕脱衣躺下一会儿就睡着了，睡得很香，打着呼噜。这下任小焕可是倒霉了，本来白天的一幕幕画面直捣心扉，搅乱的很，驴打滚似的想着心事睡不着，再加上李双喜如雷的呼噜声更是难以入睡。

这一夜，任小焕就没有眨一下眼。第二天，头有点涨，有点晕。她瞒着李双喜，仍然跟着他去串门。

四十　初二

正月初一　星期五

今日，是大年初一。

我们一家人专程从县城跑到王和垴村来过年，来体验山村人的过年味道，来感受山村人的老风俗。睡着火炕吃着饺子，院里点着旺火，提着自己蒸的馒头凌晨去“三龙庙”“三官庙”“五道庙”烧香磕头，人来人往陆陆续续不断，祈祷来年五谷丰登、平安健康、人走好运、一路发财。

我们一家三口在大年初一也没有闲着，走进贫困户董志书家，董国中家……慰问拜年，一天跑下来浑身疲惫不堪，但心里比蜜还甜。当我看到他们脸上洋溢着甜美的笑容，幸福的喜悦，我的心里就有种获得感和自豪感。也为我的妻子和女儿上了一堂特殊的人生课。

今年这个年，过得非常有意义。

“爸爸，你在干吗？是不是又在写日记嘞？”李婷婷刚睁开眼见老爸爬在炕桌上写东西就问。“昨天跑得我太累了。”李双喜说。

“昨晚上，你睡得可香了，鼾声如雷，弄的我一夜没睡着。”任小焕埋怨地说。

“是吗？我怎没觉的。”

“不信，你问婷婷。”

“爸，你那呼噜打得可响哪！吵得人家根本睡不着。”说着话，掀开被子开始穿衣服，刚穿好衣服就听见有陌生人的说话声。

“李队长，过年好。”“好”字一落音，王茂才已站在当地下。

李双喜一转身见是王茂才忙回敬道：“王主任，过年好。”

“这位是嫂子吧？听说你身子不便。我们这地方穷，生活条件极差，穷山恶水的。你跟李队长来我们村过年，那是活受罪，真难为嫂子了。”

“没事。我能适应。”

“我给嫂子拿了几片片枣糕，尝尝，很好吃。”

“看你，拿这干吗？”李双喜一边让他坐下一边说。

“枣糕是我们这地方的特色小吃，也只有过年时才能吃上，平时就只有谁家办红事、暖房、满月等才能吃上。尝尝，就几片片。”

任小焕接过枣糕，打开塑料袋一看，惊讶地说：“这枣糕看着就好吃，黄澄澄的，闻着挺香甜。比县城卖的那枣糕要黄，一看就有胃口。”

“是吗？这是软粟米面、玉茭面和甜枣，通过传统方法、工艺上火慢慢蒸煮。它的味道很正宗。”

“我听人说过枣糕每道工序都很细，得下到工，弄不好就蒸不熟。”

“说得对。第一次一旦蒸不熟，上二火都熟不了。”

“看来，这枣糕还真不好做。”

“我们村会蒸枣糕的师傅也没几个。每年一进腊月，枣糕师傅就成了抢手货，这家请罢，那家请，整天忙得不着脚。”

“这可是我们这地方的特色小吃。”

“好啦！你既然来了，咱就谈谈今年扶贫工作怎么干？再向上面争取些什么项目？”李双喜打断了他俩的谈话说。

“不要听他的。今天不谈工作，就聊家常。过年也不让人喘口气，又不是没有明天了。”

“嫂子，李队长很敬业，很负责，心中时刻装着扶贫工作。一天不谈扶贫工作，心里就痒痒得不行。”

“那也得分什么时候。大过年的谈什么扶贫？一年中就过这一个年，又不是过了这几天就再不搞扶贫工作了。”

“话是这么说。可扶贫工作是李队长装在心里的一件头等大事。误下甚也不能误了扶贫工作。”

“他一辈子也改不了这个德行。”

“改了，我就不叫李双喜了。”

“说你拽还真拽上了。不叫李双喜你叫啥？难道叫李单喜？那多难听。”任小焕风趣地说。

“看嫂子多幽默！咱李队长怎么能叫李单喜？能叫李喜喜也不能叫李单喜。”

“李喜喜，还李喜鹊呢！”

“好好好，别说这了，咱拉正经事。”说罢，与王茂才谈起了扶贫工作的事，一谈就是一上午。

任小焕见他俩说起扶贫工作来就没完没了，就说：“王主任，中午就在这吃吧，我给你俩炒几个菜。”

“不在。今晌午还得去她娘家哩！下次吧。”他刚说罢，手机就响了。是翠翠打来的，催他赶紧回家。王茂才挂断电话，说：“李队长、嫂子，我得走了，咱改天再拉吧。”

李双喜给任小焕使了一个眼色，说：“好，你快回吧！别让‘王铁嘴’等急了。”

“王主任，你等等，把这个拿上。”任小焕一边说一边爬上炕打开行李箱翻腾。

“嫂子，你别这么客气，就几片片枣糕，又不是什么好东西。”王茂才回了一下头说。

“把这拿上，让你喝。”

王茂才转过头来，说：“甚？酒？我不拿。”

“嫂子给你，你就拿上。”

“不不不，我拿上你这么贵的酒，咋好意思呢！”

“看你，咋说话了？让你拿，你就拿，咋那么多废话？”

“我还是不能拿。要不，改天我来你这里咱俩喝。”酒在他俩手中推让着。

“你要再推脱，就把枣糕拿走。”

“好好好，我拿，我拿。”

“这不就对了。”

王茂才接过酒，惊喜地说：“20年的汾酒！我这可占便宜了。”

“你快回吧！别磨蹭了。”

“李队长，我给你放着，改天咱俩喝。”音落，人已出了屋子。

李双喜目送王茂才走后，挽起袖子准备与妻子一起做饭。张火旺走了进来。见李队长正往腰上系围裙，说："李队长，准备吃甚呀，还亲自做？"

"老哥，来啦！快坐。"

"听说你一家三口来我们村过年，我家里很感动，让我给你送些羊肉。"张火旺说着话靠在炕沿边，把羊肉放在火台上。

"老哥，你来，我就高兴。可你带什么羊肉？你们自己吃吧。"

"大年初一，遇见张奎才知道你们一家在俺村过年。过年宰了几只羊，卖得还剩不多了，你尝尝，咱这羊是吃药草长大的，肉质细腻鲜嫩，味美，好吃。"

"对了，一开春，咱那养殖场就要进羊了。以后，你和有才可要多操心，那可是全村人的致富门路。"

"放心吧，李队长，别的什么我不敢保证，养羊我还是在行的。一定要把集体羊给养好、养肥、养壮。"

"选你俩担任养殖场技术员，就是看准你俩人放羊技术过硬，人又实在。"

"有你李队长这句话，我心里很踏实。村集体羊就是自己家的羊。有什么问题尽管找我火旺。"

"你俩负责养殖场技术，大家都没说的，也很放心。最让人不放心是程晓峰和董玉书。"

"他俩咋来？"

"养殖场一走上正轨，规模还要扩大，光你俩人根本顾不来，得增加人手。为了大力扶持贫困户，咱村支'两委'决定优先安排贫困户人员进养殖场上工。"

"程晓峰和董玉书，这俩人智商是有问题，但不是根本干不了活不懂事的人，我俩多操些心就行，没问题。"

李双喜一块石头总算又放肚里，心里有了数。说："有你这句话，我就放心了。”

“放心吧！李队长，他俩有的是力气，干活也没问题。只要安排一个可靠的人，每天带领上他俩干活就行。”

李双喜听了张火旺的话，眼前仿佛有一群羊在山坡上吃草，程晓峰和董玉书拿着羊铲、羊鞭，时不时地拿起羊铲向逃离羊群的羊抛一坷垃，羊就乖乖地听话转回羊群里。有时，他俩轮流躺在阳坡上晒暖暖，嘴里还学会了哼《开花调》。

你听，那一声声《开花调》唱得还有些味道——

鸡叫三遍东方亮，
俺俩赶羊是上山上。

白羊肚儿手巾头上扎，
满山坡跑的是咱集体的心疙瘩。

站在山坡上瞭一下，
远远见你妹妹呀想亲一下。

方便面开花好调料，
见到了妹妹呀哎呀呀俺抿嘴笑。

天要下雨撑开伞，
想和你打伙计妹妹呀木纳那个胆。

起了个五更搭了个黑，
见不上妹妹呀哎呀呀活急杀。

鞭子一甩音声脆，
想妹妹呀流下了哎呀呀相思泪。

三更天睡下五更天起，
想妹妹呀想的是哎呀呀心发燥。

天上打雷地上流，
等见到你来妹妹呀我是湿淋淋。

人勤春来早。俗话说：“过了惊蛰节，锄头不停歇。”惊蛰已过，春耕生产马上要开始，县里就召开了“全县三级干部暨脱贫摘帽誓师大会”。县委、县政府把2018年确定为脱贫摘帽年。为决战决胜脱贫摘帽，谱写转型发展新篇章，敲定了全年大盘。王和垴村支“两委”也没有消停，紧紧围绕全县三干会上确定的脱贫攻坚目标任务，召开全村扶贫大会，号召大家转变思想观念，适应新形势、踏上新征程；走向新时代、一切向前看。

不久，“四好公路”项目部驻扎在村里，村民纷纷报名参加上工修路，全村又都沸腾了。养殖场也随后买进一批羊羔投产，上万只羊在王和垴村的山坡上跑着吃草，全村人露出了幸福的笑、甜蜜的笑，那一只只绵羊就是一块块金元宝。为了把养殖场搞活，扩大规模，养殖场引进新模式，采取“养殖场+合作社+贫困户+农户”模式带动农户致富，这样既壮大了集体产业，也带动乡亲们尽快走上致富路。

四十一　早产

五月六日　星期日

时间过得真快，一晃已进入五月份。

五月的阳光明媚，绿草茵茵鲜花遍地。

满山跑的绵羊，是希望，是元宝，是王和坳村的命根子。这也是我们扶贫工作队奋斗了一年多的收获成果。每当我站在院中望着山坡上跑着吃草的绵羊，心里就有种幸福感喜悦感涌上心头。

看着山村人每天为了生活奔忙的激情，就看到了他们走出贫困的希望，以及踏上致富路新征程的美景。

“这一年多来，我们虽吃了不少苦，但也收获了不少，很值。”杨春生无意间瞟了一眼李双喜的日志脱口说。

“这就叫有付出就有回报。”赵福贵在炕上躺着说。

“哎，敬业怎么样了？”李双喜问赵福贵。

赵福贵双手托炕往上挺了挺身体，说：“他呀，可惨了。给了个党内警告处分，一年不发绩效工资。这还不算，现在在单位待岗无事做，爱玲也跟他分手了。”

“那爱玲呢？”杨春生问。

“爱玲也未能躲过，被取消了预备党员资格，以观后效。同样取消了一年绩效工资。他俩还被全市通报，上了报纸。”

“作为扶贫干部，自己一定要把位置摆正，切切实实为老百姓办些实事情，不能浮皮潦草、走马观花为了扶贫而扶贫，吃在农村住在农村却不为农村办事，那还叫扶贫干部吗？”李双喜说罢，又拿起笔写了起来。

“这一对热恋中的情人就这样毁在扶贫路上了，可惜。”杨春生摇着头说。

赵福贵接着说：“敬业的事件一发生，弄得谁都不能安生，我都被局领导叫去谈话了。”

“叫你干吗？你又没有干违规的事。”

“这就叫一粒老鼠屎坏了满锅汤。”

“扶贫工作是党中央的号召，是中国2020年脱贫奔小康的中国梦，千万别在这上面给栽了跟头。”李双喜放下笔说。

“是啊！扶贫工作是我们扶贫干部肩上不可懈怠的重任，来不得一丁点的马虎，要真心真意沉下心来抓扶贫。只有你真心付出，才能有所收获。我当面向局领导表态说，王和垴村脱不了贫我就不回来。局领导很信任我，也很支持我的工作。要我安心踏踏实实地住在王和垴村，为老百姓办些实事，不要浮皮潦草地做表面文章。糊弄老百姓的事咱不干，要干就干些老百姓所急所想的实事好事。开春，王和垴村种植的那1000多棵杨树苗，局领导答应由局里解决。”

杨春生惊讶地说：“是吗？那天我碰上茂才，他还跟我说，为了完成乡里下的植树任务，正发愁赊下1000多棵树苗去哪里筹钱呢？这你要是能解决了杨树苗的钱，可要把茂才给高兴坏了。”

“局领导还答应给村里垒砌几十个垃圾池，解决几辆小型垃圾车，对入户巷道进行硬化。”

“那太好了！”李双喜说。

突然，一阵手机铃声打断了他们的谈话。李双喜赶紧拿起手机看，是妻子打来的。用手指在屏幕上轻轻一划，对住嘴说：“喂，有事吗？老婆。”只听对方转来声音：“没事，我感觉肚子不舒服。”“咋来？”

“不知道，感觉肚子有问题。”

“有啥问题？”

“我也说不来。只是有种不好的预感。”

“那好，你上床躺着，别动，我这就回。”

李双喜感觉不对劲，挂断手机，说：“我得回去看看。”

杨春生二话没说就向外走。

一路上，李双喜心里忐忑不安。

任小焕听了李双喜的话上床躺下，她刚躺下还没有一刻钟，肚子一阵一阵的疼，心想这是怎么了，还有一个多月才生呢！会不会……心往坏处一想一个人就害怕起来，而且是越想越感到害怕，双喜又不在自己身边，给他打电话只是让他更加担心自己，无奈，拨通了海江家的电话。

李双喜一下车就急急忙忙地小跑步上楼，喘着粗气掏钥匙开门，门一打开就喊上了："孩她妈，孩她妈，怎么样？咱这就去医院。"

顿时，感觉不对，家里静悄悄的没人回答。

李双喜四处寻找，家里哪有任小焕的人？心想，坏了！不会出了什么事吧？他从卧室出来，一眼瞟见茶几放着一张纸，上面写着什么。

拿起一看，上面歪歪扭扭地写着：人民医院。落款：任小焕。

李双喜转身、拍门、锁门一气呵成，然后一溜小跑下了楼，拉开车门说："人民医院。""嫂子咋了？"杨春生惊讶地问。

"开快点。我也不知道。"

杨春生看着李局紧锁眉头，心知出大事了，不敢再多问什么，双手稳抓方向盘，眼睛瞪得像一对铜铃般直盯前方。小车在街道上如火箭般飞速行驶着，车窗外的花草、树木、人流……哗哗哗地向车后方飞逝而去。在人民医院大楼前，一脚踩下刹车，车还未停稳，李双喜已开门下车向医院里跑。

李双喜乘坐电梯上楼直奔妇产科。他见护士就问，任小焕住那个病房？我是她丈夫。

海江家在病房听见喊叫声音就急忙开门探头叫道："李局，在这里。"

"孩她妈，怎么样了？"李双喜喘着粗气看着紧闭双目的妻子问。

"大人没事。你放心吧，李局。"

"没事就好，没事就好，可把我吓坏了。谢谢你啊！海江家。"

"跟我还客气？谁让我俩是好姐妹。"

李双喜看着任小焕熟睡的样子，心稍微平静了下来。问海江家："你刚才说，大人没事是什么意思？"

“李局，孩子怕是保不住了。”

“孩子在哪里？”

“孩子在重症监护室。”

“怎么回事？”

“医生说，孩子早产，再加上羊水破了，导致孩子严重缺氧，怕有危险。”

“咋会这样？”李双喜叹着气说。

“李局放心吧！医生正在抢救孩子，相信他命大福大。”

“她醒了叫我。我去看看。”说罢，他转身出了病房。

杨春生喘着气跑进病房，见海江家就问：“嫂子这是咋了？”

海江家把手指放在嘴边：“嘘，你小点声。”然后，她一把拽住春生的胳膊拖着走出病房坐在走廊里的排椅上。“多亏来得及时，不然……”

“你咋只说一半，真急死个人。到底是怎么回事？”杨春生火急火燎地问。

“大人是保住了。孩子怕是有危险。”

杨春生惊讶地说：“什么？孩子有危险？那嫂子知道不？”

海江家摇了摇头说：“孩子一出生，她就昏睡过去了，到现在还没有醒过来。”

“嫂子没事吧？”

“医生说，没事。她这一折腾，人有点虚脱，需要好好休息。”

“嫂子没有事就好。”

“什么叫嫂子没事就好？”

“不是吗？大人没了就没了。孩子没了可以再生。”

“我打你个死春生。”说着，温柔的一掌就向杨春生身上拍了下去。

“你怎么打我呢？难道我说错了？”

“你这小子怎么说话哩。孩子没了可以再生，你知不知道女人怀孩子有多么不容易？受多大罪？怀胎十月才能分娩，你们男人只知道在一边说些风凉话。”

杨春生用手摸了一下后脑勺，笑笑说：“我还是个后生，哪能知道女人怀孩子的事。”

“是吧？不知道就不要瞎说。做女人难呀！像你嫂子这么大岁数的女人怀个孩子更难。咱不说怀孩子的概率就小，生孩子、带孩子容易吗？那是一个女人经过多少次思想斗争才下的决心，为了想要个男娃，她一等就是十几年。十几年来，怕影响李局的前程不敢生，一见别人家领着一儿女在广场玩，她心里就痒痒的不好受，想男孩子想得快要疯了，就这样盼星星盼月亮，好不容易盼来国家允许生二孩政策，她已是快五十岁的人。为了怀这个孩子吃尽了苦不说，还受了不少人白眼，好不容易媳妇生了，却发生了这档子事。”

一席话说得杨春生不知所措。他说：“我还年轻，大人的事真不懂，你们女人的事更是不懂。”

“以后啊，把嘴封起来，不知道的事不要瞎说，要学会先看。”

“是。多谢嫂子的教导。”

海江家用指头在他头上捅了一下，说：“你呀！真是个滑头。”

杨春生一抬头，见走廊里走来李双喜。他立马站起来向李局走去，说：“李局，孩子？”

李局摇了摇头，什么也没有说。

“别想那么多，大人要紧。小焕快醒了。”海江家紧走两步说。

他们推门走进病房，见任小焕眼里含着泪水。

李双喜走到床前弯下腰，说：“醒了。身上哪儿不舒服，我给你揉揉。”

她摇了摇头，眼泪顺着眼角流了下来。“你都知道啦？”李双喜问道。

“你们说的话我都听见了。我心里很清楚。”说罢，就哭了起来。

“哭吧！把憋的气都哭出来。不然憋着会伤身体的。哭吧！你就痛痛快快地哭吧！把所有的委屈都哭出来。”李双喜说。

海江家一把拽住杨春生胳膊把他拖出病房。

四十二　督查

任小焕的哭声，整个楼道里都能听见。

这一声哭，她把憋了一肚子的气都哭了出来。有好奇心的人听到哭声走出病房来探听、探问。

杨春生和海江家一一把他们都挡了回去。

李双喜抱着妻子任由她哭，他本人也忍不住地泪如雨下。

杨春生和海江家在走廊里排椅上候着，眼不听使唤地流下了热泪。“这孩子命真短，来世上只一个照面就到另一个世界里报到了，害得人家空欢喜一场。”海江家喃喃地说。

“这是不是跟嫂子摔那一跤有关？”杨春生突然冒出一句。

“什么摔了一跤？”

“嫂子没有给你说过吧？”

“没有。”

“嫂子跟李局在王和垴村过大年不小心摔了一跤。当时，肚子疼得起不来，坐在地上缓和了一阵才站起来，不是和这件事有关吧？”

“还有这档子事？小焕没有给我说过。那你嫂子上医院检查来没有？”

杨春生抬头想了一下，说：“好像没有。我也是听王和垴村老程说的。具体情况我一概不知。”

“你们这李局也真是，小焕摔了一跤也不领上去医院看看。怕是跟这事有关，耽误了，耽误了。”

“摔一跤有这么严重吗？”

“你还年轻，你不知道女人的事还很多。女人怀孕那是大事，作为男人应该重视。女人怀孕期间应该注意这些事情发生，一旦发生就应立马到医院看看。这倒好，一次疏忽，酿成一生遗憾。”

“我们李局心中只有扶贫，只有王和堖村村民。”

“扶贫工作再怎么重要，自家的女人也不能扔下不管。”海江家气愤地说。

杨春生听着，沉默了。

病房里，李双喜看着任小焕失神的样子很是后悔，后悔不该带她母女俩去王和堖村过大年。怪自己太大意了，当时认为就是摔了一跤，肚子难受了一阵，没什么大碍，就没有去医院做个 B 超看看。第二天一早起来就又去老乡家拜年没有歇歇，大意了。任小焕见到丈夫，憋着一肚子的委屈一股脑地全发泄出来，伤心地拖着长长的声调哭着，哭得晕过去好几回。李双喜安慰她：“孩子没有咱可以再生，想开些，把气都哭出来，别憋着。把身体养好当紧。”

这次失子之痛对任小焕打击很大，缓过来得一段时日。李双喜陪着她，开导她，做思想工作。手机响了，他在手机屏幕上划了一下，电话那头传来声音，说县委董古月书记要到王和堖村督查扶贫工作。你能回来一下吗？“你走吧。王和堖村需要你。”任小焕插话说。

李双喜听着手机那头传来的话不住地应承着：“嗯、嗯、嗯……行。你们一定要做好迎接工作。”手机还未挪开耳朵旁就说：“你现在是这，我走了你咋办？”

“不用管我。我没事。医院里有医生又有护士。况且我只是生了个孩子，又不是得了什么重病不能动需要人照顾。你就放心走吧。”

“你一个人在医院我不放心。”

“看你，今天咋婆婆妈妈的一点也不痛快。你不用内疚，要怪就怪咱这个孩子命短，命该如此。”

“你能这样想，我很放心。可你身体很虚弱，离不开人。”

“我没事。你就放心去吧！你在，也帮不了我什么忙，而且你人在医院，心早就飞到王和垴村了。”

“看来，知我者，贤妻也！那好，你可要听医生的话，我忙完了就立马回来。”

李双喜俯下身子在妻子的额头上轻轻地吻了一下，说：“我走了，你一定要照顾好自己。”

李双喜走了，任小焕一个人躺在病床上想着心事，眼睛里又滚动着热泪。仿佛看到自己抱着孩子走在小区的道上，从身边走过的人都要停下来看看她的孩子，说上两句话才肯离开。自己开心地逗着怀中的小宝宝向街上走去。

窗外，杨絮飞舞。

春天到了，一切都充满了生机。

李双喜坐在车上，心早已飞向王和垴村，无心观赏窗外的春景。

董书记在韩副乡长的陪同下走进了王和垴村。他们在村主任、第一书记的带领下大步走着，放眼一个个扶贫攻坚生动的场景很是让人兴奋，喜上眉梢。

“四好公路”建设、电商、光伏电站、养殖场，一个个都有条不紊地运行着。自全村人尝到光伏电站的福利分红后，个个都咧开了嘴。他们更是劲头十足，信心百倍，整天忙碌着，劳动着。

不远处，有几个孩子提着柳条筐、箩头、卜篓、竹篮子等，蹲在地上拾着什么。董书记开口道：“那几个孩子在干什么？”王茂才忙回答道：“捡羊粪蛋。”

“捡羊粪蛋？”

“现在，羊粪蛋都成了香饽饽了。我们利用小黑的专业合作社网店卖到全国各地。”赵福贵说。

“羊粪蛋也变成宝贝了？”

“羊粪蛋是养花的好肥料，是城里人的抢手货。村里孩子们星期天就在路上拾羊粪蛋。他们把羊粪蛋装成小袋、打包，送到小黑的网店卖。一天下来，光拾羊粪蛋就能卖好几十元呢！”韩副乡长说。

“没想到，你们把黑羊粪蛋都变卖成钱了？”

“可不是，而且还卖上了好价钱。这都是李队长给我们出的主意。”王茂才说。

“听说李队长过年就在王和垴过的，没回城里？”

“没回。他一家三口，大年初一就在老乡家过的。”赵福贵插言说。

“哎，我怎没有见李队长呢？”

“李队长他家里……”

“快看，李队长来了。”王茂才话刚说了一半，赵福贵一声喊把他的话硬生生地给挡了回去。

车，一个轻微的颠簸停了下来，李双喜打开车门下来，边走边向董书记伸过手，说：“董书记，欢迎您来王和垴村督查指导扶贫工作。我来晚了。”

“不晚，不晚，我们也是刚到。他们正夸你了。看来，中国人都不兴夸，一夸你就到了。”

“是吗？”

一阵说笑，他们走进养殖场，场长王翠翠带领副场长张鹏举、李少飞，顾问张贵发和张奎迎了出来，王翠翠伸出纤纤玉手与董书记的手紧紧地握在一起，说：“欢迎董书记来我们养殖场视察工作！”

董书记笑呵呵地说：“这规模不小呀！你就是村委主任的夫人吧？”

王翠翠回答道：“不愧是董书记啊，一眼就能看出来了。”

“董书记是火眼金睛，是人你就别想逃过他的眼睛。”韩副乡长打趣地说。

“看来，我们就更逃不过了。”张奎边说边与董书记握手。

“你们这些虾兵蟹将呀，董书记只用一只眼就够了。”韩副乡长说。

“是吗？我真有这么厉害？你们把我看成什么了？”董书记好像有点无奈地说。

“董书记，你就是西游记里的如来佛祖，我们谁也逃不过你的手掌心。你只要微微一睁，再这么微微一扫，凡是在这里的人就都逃不过你的法眼。”张奎冷不丁地插了一句。

“好了。还是带董书记看看羊吧！”李双喜说。

“董书记，请。”张鹏举说着头前带路向羊圈走去。

一圈圈绵羊，不老实地在圈里窜跳着、嬉闹着，咩咩咩地叫着，董书记他们沿着羊圈边看边谈着养殖场的管理经营情况。当走到一排五六个空羊圈旁，董书记问：“这几个圈里的羊呢？”王翠翠赶紧解释道：“董书记，这几圈羊我们还是采用原生态养殖方法，把它们都赶上山了。您看——”王翠翠伸手给董书记指着满山坡跑的羊群。

董书记顺着王翠翠的手指望去，一脸的喜色。一群群绵羊像洁白的云朵飘满山坡，低着头儿正吃着青草很是悠哉。“你们这是圈羊和散养同步走？”

“是。董书记。我们买进一批东北绵羊，怕它们不适应咱当地水土，又因咱对圈养管理技术不精通，一旦出现什么不良状况那损失可就大了。况且一旦真出现死羊等什么情况，那损失的可是村集体的财产。养殖场，是王和垴村人民的命根子，绝不能有什么闪失。为此我们合计了一下，不但不能放弃当地土羊养殖，而且还得打造成规模养殖，这样既能发展绵羊养殖业，又能形成互补减少损失。毕竟我们对圈养技术还没有精通掌握，也没有足够的养殖经验。而散养技术我们是行家，容易上手，这不能丢。丢了土羊养殖，就丢了本，本地土羊就会有灭种的可能。为了把养殖业发展壮大，我们把我村放养最有经验的两名羊胡请来负责养羊技术指导。”

“你们想得很周到。”

“他们为了办这养殖场，专门到山东考察了好几次呢！请来专家进行技术指导。就这，时不时地羊就死了，一时也摸不清病根。”李双喜说。

“拿来主义，用得很好！经验是慢慢积累得来的，干什么都不可能一帆风顺。边经营边实践边总结，把拿来的变成自己的就成功了。”

“董书记说得对。我们这次搞这么大的养殖场，只许成功不能失败。这养殖场是全村人的命根子，致富的摇钱树。干砸了，我们这几个人对不起村支‘两委’领导对我们的信任，更对不起全村人对我们的重托。”王翠翠说。

“王场长说的对。凡事要用心去做，精心去管理，把大家的事当成自己家的事来做就没有做不成的事。希望你们能把养殖场做得风生水起，真正成为全村人致富的好门路。”董书记语重心长地说。

“放心吧，董书记。我们这几位都有信心有决心把村集体的养殖场办好。”

董书记对王和垴村扶贫工作很满意，也给扶贫工作队提出更高的要求。他表示一定要把王和垴村作为扶贫工作典型村来树立，号召全县向他们学习。

董书记走了，李双喜笑了，王茂才也笑了，王翠翠和养殖场所有成员都笑了。羊圈里的羊蹦得更欢了，山坡上的羊咩咩咩地对着天空一直叫个没完，放羊的羊馆在回家的路上赛开嗓门你一句我一句地高唱起《开花调》来：

天上下雨地上流，
谁让俺家富得流了油。

天上云彩飘过来，
要去看你妹妹呀下张来。

拔出萝卜带出泥，

俺村致富哎呀呀呆忘不了你。

春风吹来柳叶儿摆，
全村人哎呀呀呆记下你的好。

一阵阵雨大一阵阵雨小，
想见俺李队长哎呀呀好心焦。

三伏天穿棉袄不透气，
治穷根哎呀呀呆就数你。

吃水忘不了挖井人，
俺兄弟俩放羊哎呀呀呆你放心。

他俩唱着唱着就跌起了想妹妹的民歌来：

初九十九二十九，
我跟俺妹妹哎呀呀手拉手。

初八十八二十八，
想妹妹呀想得我哎呀呀没法法。

初七十七二十七，
见不上心上人妹妹呀我急得哭。

初六十六二十六，

妹妹呀见了咱哎呀呀别害羞。

初五十五二十五，
衣衫破了妹妹呀无人补。

初四十四二十四，
见不到心上人妹妹呀你不要气。

初三十三二十三，
遇到甚事情妹妹呀你要放宽心。

初二十二二十二，
叫俺们等你妹妹呀到甚时？

初一十一二十一，
见不到心上人妹妹呀你别哭。

人在外头心在家，
时刻把你妹妹呀来牵挂。

四十三　未完

董书记看到王和垴村风生水起的景象很是满意，立即责成县委组织部、县委宣传部、扶贫办等相关部门联合下文让全县扶贫干部向王和垴村扶贫工作队队长李双喜同志学习。学习他吃苦耐劳，扎根基层，忘我工作的精神；学习他遇到困难，从不低头，正视现实，顽强拼搏的精神；学习他大公无私，一心为民的高尚情怀；学习他不忘初心，牢记使命的责任感。

李双喜一时成为全县脱贫攻坚的模范人物，新闻媒体接二连三地对他进行采访报道。他的事迹还被改编拍成电影《扶贫路上有你有我》在全国放映。

李双喜成了脱贫攻坚的名人，成了扶贫干部学习的楷模，但他一点也没有名人的样子，一点也没有架子，以前怎么样，现在还怎么样，走在王和垴村的村道上就是一名最普通的扶贫干部，坐在王和垴村村民的饭场上就是一名地地道道的村民。他与全村村民滚打在一起，聊着家长里短，说着，笑着，很是随和暖心。走在田间地头，说着农事，收成，很是贴心暖心。

一个电话，把李双喜吵醒了。他一边摇头一边合不拢嘴地笑。

“笑啥哩？李局。”杨春生问。

“你嫂子又怀上了。”

“怀上什么了？”

“你真笨。当然是怀上孩子了呗！”赵福贵在一旁说。

“看来老天爷也长眼睛。好人终会有好报的。”杨春生一个人嘟囔着。

“李局，这次可不能再像上次那样不当回事了。嫂子怀个孩子不容易，你可要多陪陪嫂子。”

“就是，赵书记说得对。女人们怀个孩子不容易，特别是嫂子这么大岁数的女人怀个孩子更不容易。李局你一定要当回事，把嫂子照顾好。这里有我俩在呢，你就放心去吧！把嫂子照顾好，再生个扶贫工作小队长，也算是扶贫嘛！”

“没想到，你这小子年纪这么小，花花肠子还真不少，在哪学来，谁告你来？”

杨春生摸摸后脑勺，笑呵呵地唧唧呜呜了半天，说：“没人告我，我在书上看的。”

“你不是……”

杨春生赶紧说：“李局，你别总往歪处想，我可是正儿八经的好良民。自打小燕子拒绝了我，我是有一段时间想不通，可我现在想通了，强扭的瓜不甜，咱去找甜的。”

“想通就好。可不敢做傻事。回头，让你嫂子给你介绍个。”

杨春生高兴地说：“好呀！”

“你嫂子早就给你物色好了。人家姑娘不仅长得水灵，而且是个高才生，通情达理的好姑娘。还和你是同乡，一定有戏。”

赵福贵俏皮地说：“春生，提前祝福你相亲成功。”

“回头，请你喝酒。”

“好啊！我等你。”

“光顾说闲话了，你与玲玲谈得咋样？”李双喜问赵福贵。

“玲玲现在是果儿垴村扶贫工作队队长了。我俩合计等扶贫工作搞出点起色了再谈个人问题。”

“玲玲当上扶贫工作队长了？”杨春生有点惊讶地说。

“这是好事嘛！这丫头行。”李双喜说。

“她怕她干不好。但她有信心干好。她说，果儿垴村人太穷了，太需要他们的帮助了。这次局里给她配了三名队员。”

“你单位领导会选人，让这丫头当扶贫工作队队长，行！”

“这次不是领导决定的。是她亲自要求下农村当扶贫工作队队长的。”

“玲玲，行。我佩服！”杨春生说着跷起了大拇指。

“我很看好这丫头。第一次见，我就觉得这丫头机灵，有头脑，只是缺乏基层锻炼。”

“我担心她，怕她搞不好。”

“她当上工作队队长，你去看过她没有？”

“去过几次。”

“怎么样？”

“感觉还行，村里有了新变化，村民们与她相处得很融洽。村主任凡事都与她商量着办。”

“看来，我这眼光还行。没问题，她一定能胜任这个扶贫工作队队长，而且相信她一定能干得漂亮。你就放一百二十个心哇！”

“李局，有你对她的高评价，我不放心都不行。”

“不是你不放心不行，是你一定要放下心，等好戏吧！”杨春生说。

赵福贵看着天上的白云，想着心事，想着李玲玲手挽着自己的手臂在亲朋好友的面前走上红地毯，举起交杯酒一饮而尽。

婚宴上，王和垴村贫困户来了，果儿垴村贫困户也来了，两村支书也都来了，来为他俩的婚礼祝福道贺。他们皱巴巴的脸上洋溢着幸福的笑容。他，甜进了心里，与李玲玲相拥亲吻着，顿时，整个宴会厅沸腾了起来。

“赵书记，你一个人发什么呆？傻笑什么？”杨春生问。

“没有啊！”赵福贵恍惚地解释道。

武乡散文精选

张红伟　主编

【作者简介】

张红伟，山西省武乡县丰州镇人。山西省作家协会会员，长治市诗词楹联协会副主席，长治市美术家协会理事，现任武乡县文学艺术界联合会主席。主编了《红色藏品故事》，并创作多篇文学、国画，书法、篆刻等作品，在《映像》杂志、《长治晚报》等媒体发表。

【内容简介】

近现代以来，武乡是一片文学的热土。从高沐鸿、王玉堂起，文星闪烁。特别是改革开放以来，武乡文运昌盛，各行各业涌现出众多文学爱好者，优秀作品纷纷呈现出来。为此，我们特别编辑《武乡散文精选》，以体现武乡文学普遍繁荣的局面。本集所选，共分五类：其一《赋颂铭》，有郝雪廷《胜利坛铭》《寨上赋》，王刚《板山赋》《武乡赋》等，是对武乡及各地悠久文化的颂歌；其二《故乡情》，有张慧萍《望河床，伤怀》、赵秀红《故乡散章》、仲祥《乡戏》、李勇《武乡，吾乡》等，是游子对故乡的感怀；其三《山水美》，多为有关武乡的游记，有刘叶青《龙湖畅想》、巩柔《板山游击》、桑田《印象红星杨》等，是对武乡山水之美的赞美；其四《人物志》，有郝雪廷《回忆母亲》《奶娘》、弓国伟《东乡的老婆西乡的汉》、蒋晋锋《老姑》等，是武乡人亲情厚谊的书写；其五《民俗魂》，有北方狼《难忘家乡的“炒面”》、白水平《家乡小米黄》、张红伟《年味》等，是对武乡民俗和物产的亲切记忆。

一　赋颂铭

武乡赋铭

郝雪廷

胜利坛铭

华夏文明，源远流长；浩瀚历史，卓著华章。社稷千秋，几多荣辱沉浮；王朝百代，几多衰兴废昌。近代屈辱，人民饱尝苦难；外族暴虐，历尽战火风霜。践踏吾土，东洋倭寇铁蹄乱；黄河怒吼，卢沟桥头炮声响。危亡时刻，红军请缨上前线；紧急关头，整装改编奔沙场。挽狂澜于既倒，扶大厦于倾梁。首战平型关，日寇胆神丧，再战雁门关，又烧飞机场，急袭长乐定乾坤，三战三捷写辉煌。从此，八路军之威名，天下颂扬。分兵以发动群众，游击以消灭东洋；神兵则遍布华北，总部则雄踞武乡。太行之腹心，抗战之中枢；巍峨之群山，华夏之脊梁。建民主政权，树统一战线，凭持久抗战，靠小米步枪。百团大战千里破敌，军民生产战胜灾荒。誓纾国难，八载浴血唯我将士；重整山河，百万健儿立地铿锵。正义之战血写定，凯旋之日夜未央。

光阴易逝，往事沧桑；英雄安在，唯我无双。继往开来，浩浩荡荡；民族复兴，国富民强。倡八路军文化之风，举太行山精神之纲，乃兴筑八路军抗战胜利坛，昭示后代，永世莫忘。谨立碑勒石，铭记永怀，固我域疆。誓曰：中华民族为独立解放而战，为世界和平而战！登坛祈愿天下和谐，世代永昌！

宝塔碑记

抗战圣地，红色武乡；功载史册，永记辉煌。先辈业绩，大放光芒；教育后代，精神弘扬。新世纪初，县委书记周涛、县长阎新平赴任，倍感传承之重任，乃开“八路军文化”之先河，并以此为地域之经典，倡导文化之古风，开创产业之新路，带动经济之发展，兴办八路军文化旅游节，举全县之力，辟两园一剧，大做红色文章。为使太行山实景剧添彩，选址八角山，由县华严公司新筑宝塔一座，仿延安之物，成武乡之兴。红色故地，一脉相承。正值金秋，宝塔落成，幸甚至哉，县城又添一景也。

今宝塔巍峨，仰天接光；俯揽武邑，腰系浊漳。当今盛世，雄风韵长；勒石以记，万代传扬。

太行龙湖赋

华夏天脊，唯之太行；上党有水，唯之浊漳。漳源有景，唯之龙湖；天下之绝，留于武乡。太行龙湖，位城之东北，因形似龙而得名。龙者，华夏之图腾；湖者，生活之源荡。

观龙湖胜景，碧水波光。高峡平湖，烟波荡漾，形似天龙，神态若常。春季碧水清波，夏天鸟语花香，秋日山明水秀，冬寒白雪粼光。苍山远村，皆遥相呼应；奇峰近秀，则倒映柳杨。

载龙湖悠史，古韵绵长。此高山耸峙，峡谷幽深，昴车雄关，北守上党。石勒屯兵北原，刘沔南攻昭义，田虎败守拒敌，乡民恭迎闯王。销烟峥嵘，历战事频发；惊心动魄，乃饱经沧桑。

太行龙湖，酿桃杏春雨之诗梦，蕴阡陌沃野之怡旷；载皇天后土之敦厚；化山川河流之柔刚。浩浩乎千顷澄碧，荡荡兮鳞波灼光。品龙湖古韵，鉴历史沧桑，国盛政通；赏龙湖雄姿，惜盛世可贵，县兴运昌。斯湖矣，物华天宝，地灵人杰；斯湖矣，名冠三晋，辉煌武乡。

蟠龙赋

太行西麓，武东蟠龙，历史悠久，文化厚重。石案面世，文物印证万年；秦汉故事，传说犹记百雄。攻防兼备，多为兵家争霸；据险览胜，锁钥晋冀要冲。

往事沧桑，岁月留痕，古镇辉煌，抗战重功。芦沟炮声，日寇铁蹄践华北；黄河东渡，八路抗倭上晋东。总部辗转到砖壁，指挥华北靠朱彭；刘邓雄师驻石板，二陈劲旅战蟠洪；遍地工厂铸武器，抗大办学育群雄。鏖战关家垴，强袭柳沟村，砖壁保卫战，铁壁锁蟠龙。抗日健儿写青史，英雄民众斗顽凶；支前参战血铸就，争将米粮助元戎；历史关头挽狂澜，驱逐倭寇定乾坤。运筹帷幄，民族丰碑记抗战圣地；决胜千里，新中国成立基石载红色蟠龙。

武东重镇，魅力蟠龙，风光旖旎，人杰地灵；功业卓然，民族之魂，太行精神，世代传承。今县委倡导，弘扬八路军文化，唯赋此歌，壮哉蟠龙！

寨上赋

郝雪廷

武西要冲，涌泉寨上；文化厚重，历史绵长。头枕五龙与岭南义门相连，脚踏牧河并南沟赵庄接壤；左携蔡城同窳里坡底为邻，右顾羯雄联型庄马牧共镶。古槐参天，遥存三千年村证；李寨依稀，犹记数十朝荣光。石勒养马，成就卅二载后赵；千总圈地，长书四姓氏沧桑。民风淳朴，悠哉寨上！

一方热土，地肥水美；山川形胜，鸟语花香。八岭环绕，构筑天然盆地；九湾并列，彰显优美画廊。铜台脉动，引来千古灵气；四季长河，盈满万户粮仓。入村犹进世外桃源，到寨如至美丽天堂。西岭王墓气势恢宏，寨中金殿百世流芳。更有古庙无数，敬拜尧舜禹汤。古建繁青史，风物放眼量。探观盛景，美哉寨上！

岁月留痕，重功难忘；抗战基石，寨披戎装。卢沟炮声，日寇铁蹄践华北；雄师东渡，八路抗倭进武乡。总部进驻主沉浮，战旗猎猎定太行；朱彭挥退九路敌，刘邓鏖战寇胆丧；玉皇庙前祝捷会，三万军民共慨慷；纳钱献粮负国难，兄弟相争上战场。运筹帷幄，民族丰碑记抗战圣地；决胜千里，新中国成立模范写桑梓辉煌。史册浓墨，伟哉寨上！

同心同德，励精图治；两委团结，共建小康。察民情晓民意集民智，筑富民根基；兴实事出实绩见实效，显村政焕彰。看今日寨上：东望桃杏铺壮美，西闻瓜果飘浓香；子孝妻贤家风好，邻和里睦正气扬。红古绿色齐发展，三晋明珠嵌上党；乡村旅游人涌动，天上人间地无双。高铁站边，朋友四方纷至；机场筹建，宾客八面通畅。望明日，百业并举，尽显阳光。老村新貌，壮哉寨上！

板山赋

王　刚

夫板山者，蜚声上党，镶玉太行。名缘兀立如玉板，望出摩接于穹苍。峰仪伟巍，雄纵天下之脊；物华璀璨，瑰富苍生之乡。

岁序丁酉，节暨重阳。承诸子之雅望，同清览于美疆。砌石为蹬，云径堪通绝顶；榫木连枋，翼亭以接扶桑。观夫混沌一线，挥盘古之凿斧；屏帐五彩，浣织女之霓裳。汤谷十日出浴，半掩朱丹；羲和六龙徘徊，浮摇赤芒。斯时也群山黔首，浮槎沧海；秋岚盈袖，濯足河漳。俄尔峰头泛火，数点胭脂蘸碧落；石壁漪霞，一袭赤锦衣重冈。继则鲛绡渐褪，金轮大光。大佛慈颜酣卧；眷侣裾角飞扬。焦神斩恶，龙爪左右零落；周公斗女，桃花上下徜徉。擎天一柱，嵥竖屹崒；太渊千寻，幽邃沆砀。迷羊径之樵云，沁茶壶之茗香。千岩壁立齐俯首，万壑骛趋竞华裳。

若夫草擎仙露，虫鸣幽篁。商调轻吟，长天雁归犹字；松泉乱沸，幽廊叶瘦仍苍。秋叶之绮美，艳同染血；林木之深秀，变乃经霜。映千林之焰焰，缀一径而煌煌。傲严霜以绚烂，发万类之华章。

忆往昔云啸鸣镝，鲁阳挥戈返日；风卷大纛，周武坚冰渡黄。抗日救国，揭竿周凝万众；保家守土，烽火遍燃千嶂。尔其意疏狂，语铿锵。融犁为剑，斫木为枪。即墨火牛，黄崖洞敌顽献首；海岛田客，花儿垴壮士流芳。险峰峻极，志士纵横驰骋；铁壁岿然，强梁辟易胆丧。丹心持正义以恢宏，石堡证岁月之沧桑。身共皮囊之朽化，气同山岳以恒长！

嗟其鳞伤之士，凛凛其壮；扶疏之木，灼灼其彰！何则？盖志所冀望，心若明光矣。冀望之所适，亡其艰而趋其的；明光之所守，却其懦而举其刚。翳雾茫茫乎既尽，行路漫漫其未央。御浩宇之长风，法乾行健；化空山之灵雨，厚德载常。

千佛塔赋

王　刚

公元二〇一四年夏，武乡县委斥资百余万元修缮千佛塔。继而鸠工庀材，补雕拱，配兽铎，砌台固基，防雷亮化，历时十月，工乃竣。观夫斯塔，则焕然新生而壮观焉。抚今追昔，感而为赋云。

千佛塔者，巍巍乎将天而立，煌煌乎摩云以参！青灰间错，夺重霄之志；斗栱层叠，援不木之椽。莲雕版门，广济苍生疾苦；金仡刹顶，遥邀蓬岛飞仙。花开见佛，洞三千婆娑世界；风来闻铎，聆五百菩提玄禅。夜琰莹莹，拱辰飞羽；朝霞蔼蔼，临河傅胭。登高观三水之浩渺，矫首凌八荒之无边。叠嶂云迎，坐拥玉树瑶池之羡；诸山环峙，更抚夔峰龙岭之延。旋牛斗以指万里，接太虚而通千年。浮沉日月之倚伏，俯仰古今之变迁。

盖闻池鱼秧于城火，蒿莱育于澍涵。碣出李援，感泽露被于草莽；址施洪润，酬青乌择乎牛眠。盈目著春秋，岁逾三百；凝身历寒暑，塔功十三。观夫华夏庶黎沦万劫，太行烽火燃千山。东城旗头，双雄血沃；洪部堡下，众庶泪潸。风云外炮隆枪骤，帷幄中塔全民安。秋云惨淡归旧梦，东风浩荡阅新篇。衣褐作新主，龙湖起故关。抒壮志，放豪言。改造新天地，嬗化绝云渊。看通途织于双胫，高楼笋乎比肩。置长衢，盛商旅，广厦鳞栉；弃陈装，着新衫，浮屠涅槃。宝婺辉耀，群燕蹁跹。聚繁华于一域，舞弦乐于群峦。翡翠环玦，芳菲葳蕤；霓裳裾衣，玉带蜿蜒。路漫兮修远，千秋业伟；吾辈其共襄，百世梦圆。

武乡赋

王　刚

武乡其名，得之山水；山右名邑，隶属长治。启冀宁之南门，扼上党之北阙。俯沁韩而引汾并，襟浊漳而带涅洪。形同如意，屏亘太行太岳之巅；状似凤凰，翼展黎辽祁平之际。南北距五十里而缩，东西据二百里而盈。地域辖千六百微润，人口领二十万有一。禹划九域，地属冀州；晋分三家，涅归赵地。秦隶上党，晋置武乡。兴迁无已，废立有时。

壮哉武乡！山河壮丽，秀美武乡，万千风韵，名冠四方！崇城岩下，岑彭屯兵扎砦；林木荫中，高欢望景倚亭。鸟径迥仄，岚岫在足；圣泉清冽，诗书入耳。板山展眺，千里太行奔眼底；花垴登临，万古慷慨涌心头。龙爪台上，芳草青翠欲滴；羊径山头，樵云白练若舞。千峰壁立，穹庐坠而赖其柱；万壑葱茏，绿海溢而疏之流。玉华灿彩，神飞瑶台而始信；龙洞仙踪，目接琼林之不暇。水声清而月色皎，北漳之夜；钟涩滞而雨空濛，南亭之烟。漳河潺潺，木桥架于其上；青草离离，牛羊缀于其间。山青青兮染黛，宝塔夕照；水澹澹兮流碧，龙湖春晓。莺唱柳坞，游人醉而忘返；虫吟花径，钓客迷而迟归。烂柯濛濛，涅水迷迷，牧笛声于牛背；芳草青青，农舍离离，杏花喧于羊坡。

贤哉武乡！地灵人杰，多才武乡，山育水润，悠悠绵长！石门五峪，远古石器犹在；皋狼故城，商周铜鼎何存？计诛冯晏，李匡旗应赤眉；兵讨刘稹，刘沔马跃昂车。金兵南下，解潜孤守南关；闯军北上，李过激战西门。烂柯山头，王质观弈；浊漳河畔，贾生会仙。谥号明帝，石世龙之身发奴隶；文名诗伯，程昆仑之才压江南。刻贵辞官，兵疏八事，见云中之行止；抗权归野，寨立双修，慕启南之风骨。魏富解智敏机辩，惩强扶弱；阎洪润箍塔悬壶，钟落兴城。裴玉澍“毁家纾难”，韩国栋“模范抗属”。李马保，石榴仙，太行模范；武绵生，武素清，抗日标杆。一万农民，投身民族解放；五千干部，献力祖国建设。漳水悠悠，流芳未尽；俊杰莘莘，秃笔难书。

伟哉武乡！抗战圣地，红色武乡，驱逐倭寇，保我家邦！宛平腋变，民族危难；华北沦丧，志士投笔。红星杨在，朱德王家峪运筹帷幄；彭总榆青，德怀砖壁村布令虎符。破九路，长乐滩急追歼日寇；战百团，关家垴神勇破敌胆。魏名扬六建游击队，裴清河一组子弟兵。巧借窑洞，漆树坡声闻上党；妙设地雷，王来法名震太行。依形两伏蟠武，趁月三战南关。乔猴儿乘夜割线，程水旺孤胆除奸。山山水水，战斗数之不尽；轰轰烈烈，英雄气贯长虹。阻击大有，郭国言魂归横岭寺；急袭长乐，叶成焕喋血里庄滩。飞行爆破，马应元魂沃故土；神枪状元，关二如身殉徐州。李爱民抢收捐躯，少年英雄誉华夏；郝爱则绝食殉难，巾帼气节传武乡。狼烟冲天，愿舍青春歼顽敌；英雄遍地，甘洒热血固金瓯。

美哉武乡！锦天绣地，宜居武乡，欣欣向荣，万千气象！矿井深深，滚滚乌金闪耀；厂房麟麟，磊磊镁锭辉光。高松水泥筑四方，和信电业亮八极。太长高速，走冀宁而驰泽潞；沁涉公路，牵铜鞮而通崇磁。道路村通，春意恰通民意；集中供暖，党心更暖人心。思想改革，基于务实创新；产业转型，求以持续发展。建设卫生城市，打造旅游品牌。《文》《体》两园，重温当年烽火；《太行》一剧，激扬爱国情怀。烈士碑足立凤凰，纪念馆面向和平。龙洞奇幻，信然神工鬼斧；崇城清幽，确乎天然氧吧。太行清秋，画展紫罗翡翠；龙湖泛舟，浆拔碧玉瑶池。板山脚下，湾则灵菇争艳；太岳腹地，权店梅杏飘香。春到山城堪入画，秋连漳水畅抒怀。万众齐心，人民志圆美梦；三阳开泰，古县重焕新春。革命老区，继承传统齐奋斗；长征新途，再谱新章写辉煌。

龙凤门赋

王照骞

上司，居武乡之巽宫一隅，乡也。黄土丘陵，丰壤名米，谓物华天宝；民风淳厚，勤劳耕读，称地灵人杰；实为文脉灿灿之所，革命传统之乡。晋有高僧曰佛图澄，弘法乡北之南神山，盛况可鉴，并杖策于军门，度化石勒。勒立国后赵，遂敕封其“大和尚”，且赞之曰“国之大宝”，无有可与比拟者。唐有御封之沼泽王曰焦旺禄，乡南古司徒村人氏，于焦龙洞仙升，兴云布雨，惩恶助善，惠泽一方黎民；抗战有冀家垴村长曰徐永胜，临敌而不惧，只身以搏，壮烈撼天动地，浩气千古；更有太行、太岳秘密交通站、武乡县路南办事处驻地之漆树坡民兵，七人五枪，力敌千余，血战竟日，卫抗日机关与民众，创华北窑洞保卫战之光辉战例，堪称抗战史不朽之一笔！

欣逢改革开放之盛世，政通人和，百业俱兴。虽为乡僻，生机亦焕发，民生又新曲。闻之，观之，不亦乐乎？喜之于前，虑之及远，诸多省市乡党情之所倾，万数桑梓父老力之所达，上下求索，共图宏业，矢志科学发展，同建和谐富庶，兴哉！壮哉！

时序己丑，盖由名米协会倡议，鲜明题旨，以开山川之形胜，创文运之兴盛，奔小康之大道，特于乡南佛爷岭之脊筹建牌楼门。此门为艺术家精心设计，地理师优选建址，河北雕刻厂承建。其建筑形制四柱三间悬山楼阁式。当心间宽大，供人车往来；两次间窄小，以作装饰。每根方柱前后皆由挟杆石固之。正脊重脊均安吻兽，四周插扉挑角出檐。边框饰以如意头、卷草纹图案。立栏精雕祥龙火球，寓意神圣、尊贵、威武、吉祥。中柱坊镶有匾额，以“腾蛟起凤”镏金大字，与乡北“上善司德”门匾之来龙去脉遥相呼应。聊望黎元从善如流，天人合一；企盼桑梓，龙飞凤舞，辈出人才。是为：“车马往来文接武，珠玉深藏富贵家”矣！其地理风水，南凭“龙凤门”承檀山之大脉，北以“德善门”接漳河之灵运；前望，乡道与榆黄线相携为伴，丁字当头，藏风聚气，人才鼎旺；回眸，牌楼与电视塔对望如阙，古韵遗风，现代文明，辉映出彩。天地精华，尽聚上司，大有造化之妙；高峻巍焕，风骚独领，堪为鬼斧神工！希有殊胜兮，观瞻流连，此乃一方风水胜观矣！

牌楼门于己丑六月底始建，迄于九月初，历时两月有天。此间，除倡议者上司乡名米协会，共襄义举有谁？诸位父老乡亲、乡外游子。其意义何在？俨然一亮丽特殊之风景，“武乡文化繁荣年”一标记，于后世传承弥足珍贵一文化遗产！缘此，谨建斯亭，彰显上善，利益当代，福荫后人；谨树斯碑，铭记芳名，与日月同在，共山水长存！

是为记。

分水岭颂

李丽琴

分水之岭，武乡西垣。切山转水，虎踞龙潜。奇岩异景，形胜中原。人文兴盛，香火繁衍。交通要道，改革前沿。百闻一见，左右顾盼。作文为赋，以记美缘。群峦争锋，蔚为壮观。层叠铺展，渐次浓淡。远山入禅，近山如眠。无风不语，苍山自酣。山覆古松，若披青衫。鼓涛阵阵，松海波澜。弱松轻盈，娉婷山尖。孤松倔傲，独占峰巅。若无神游，何来飞仙？把心持身，逍遥赏玩。山中一日，世上千年。俯视足下，忽现小潭。温玉凝滑，碧瑶绚烂。含蓄讷言，笑昂蓝天。循前半里，溪流宕缓。清明亮丽，奔注蜿蜒。阡陌做伴，随坡折弯。路转峰回，玉带相缠。倚势任建，起伏多舛。五色碎花，萦绕斑斓。不为人开，却如人愿。翠紫伶仃，野黄娇艳。幽芳通窍，憨姿逼眼。俗如吾辈，何幸赏焉？上帝偏爱，最美人间。古墓群落，历史恒远。春秋玉器，战国铜碗。稀世珍奇，文明根源。厚土博物，卓群不凡。明清遗风，古韵石盘。四合楼院，斗拱飞檐。喜鹊登梅，娃鱼闹莲。商道精神，民俗经典。八仙吐瑞，七星神泉。人杰地灵，清洌绵延。昔有皋狼，现呼南关。古今峥嵘，潞泽之咽。十八勇士，杀敌一线。斗智斗勇，浴血奋战。丰碑挺立，浩气长传。此地殊异，时空同眷。东隔虎头，西携秦山。扼返昌源，涅河发端。地利惊叹，鬼斧一般。兵家常霸，觊觎侵占。抗日烽烟，激情燃遍。碉堡林立，戒备森严。奋起抵抗，时人维艰。英雄辈出，全乡慨然。伟业酬贤，史书明鉴。喜看今朝，又谱新篇。金秋丰硕，节庆歌欢。瓜果飘香，收获满园。土豆红衣，南瓜沧颜。小米金黄，白豆饱满。核桃垂涎，脆梨甘甜。四季珍宝，接连不断。勤劳在地，财富入篮。良策扶助，五谷高产。再有健牛，出没林畔。铜铃叮当，送走穷患。十里长廊，风光初显。休闲旅游，日日新鲜。东种西牧，中部游览。因地制宜，创新理念。布局谋篇，壮大发展。精功细研，废寝筹算。昔日贫惑，今不复见。领军李王，堪称中坚。抚史辛酸，追时克难。高山久远，流水路漫。精益求精，众志如磐。百尺竿头，盛世喧阗。继往开来，破浪扬帆。

米魂赋

崔书林

板山峭峙，漳水腾扬。傲太行之绝顶，擒上党之雄章。云丘碧禾，凝灏气于千壑；丹壤金谷，衍声华于万冈。古传娓娓则妙，珍贡悠悠乃香。上善由来，七千年渥彼华夏；殊操所至，六百里威乎武乡。夫风云叱咤，铁血铿锵。倭盔滚落，勇士昂藏。问江山何壮美，诚小米加步枪。是以灵域晖盈，圣地堪多瞻慕；米魂烨烁，龙族谁不慨慷？

叹斯米者，冲荡英豪之气也。盖因境妙而瑰卓，则为品优而赫奕。爰闻沸沸香粥，莹莹玉粒。铸身肌而血性刚，强筋骨而神光毅。迴途踏浪以赳赳，戎旅排山则济济。乃其雪剑拔，惊飙厉。兹域区区也，骁兵陷阵，过万挞匪之兄；团社投身，九万驱魔之弟。蹈火赴汤，挥弓奋戟。浴血神坚，捐躯玉碎。两万生灵血溅，青碑永光；三千烈士颅昂，汗简长记。况杀敌魁雄越五千，复鼎力抗战于九域矣。

吻斯米者，迸溢家国之情也。社稷为安，谷之则表；兵师所壮，米之乃呈。信乎父老殷殷之意，爹娘切切之声。是以保军需而克己，托小米以摧锋。遂其吞野芥，啖荒藤。最后半瓢糠，留予柴门而煮；最后一把米，敬乎猛士而蒸。而闻老民慰励，小米威风。无际罗网恢恢，天地强阵；何多兵粮磊磊，钢铁长城。至若奶娘谊重，军嫂情浓。塞鸡蛋而心照，送军鞋而泪盈。一勺勺兮，米油胜以琼浆之美；一颗颗兮，丹心犹乎炉火之红。则见伤员养神壮魄，沙场披甲争雄。

惊斯米者，托举胜利之神也。爰知父老予之，天威壮兮声裂谷；将士受以，虹势雄兮气冲云。八路军抗战之都，昂昂烈烈；红星杨挺拔之所，肃肃森森。武乡革命潮，澎湃漳江之浪；抗日根据地，威雄上党之岑。于是金戈举，铁马奔。剑斩“九路围攻”，凶贼落魄；神筹“百团大战”，盗寇丢魂。恶仗六千，感骁雄撼天之咤；歼敌三万，讥寇虏伏地之呻。夫风烟既往，米袋犹存。元勋伟业煌煌，且当长颂；英烈丰功赫赫，焉肯断吟？

懿欤，风雷卷腾，血火陶铸。美志弥坚，贞芳更付。武乡小米之魂，太行精神支柱。无私奉献，赓续红色基因；艰苦奋斗，振兴老区厚土。奋发有为，大书盛昌之诗；坚忍不拔，力拓丰裕之路。爰乃心若鸿，气如虎。大开发，新建树。老区人民傲骨，四海则钦；羊肥小米品牌，九州乃著。夫新纪腾光者，红色之域熙鸿，小米之乡盛阜。

二　故乡情

老屋情思

邢菊芬

我的老屋，犹如一本厚厚的书，它不仅装满了我童年的记忆，更多的还是一种对往昔岁月的珍惜，让我时不时地想翻一下。

老屋里外院都是爷爷手里修的。外院三眼正窑，里院是四合院，三间西房，三眼正窑。爷爷弟兄三个，我爷爷是老大，老二早年夭折，老三在部队南下的时候两口子一起去了陕西。听奶奶说过，当时三爷爷是干部，三奶奶是妇联主任。

前年在给爷爷奶奶上坟的时候，我和哥哥一起回去过老屋，看到外院前，变得一片草棘，冷冷清清。宽敞干净的院子里蒿草丛生，没过膝盖的荒草和西房的山墙屋脊上四处丛生的狗尾巴草，房梁也有点倾斜，顿时心里有一种想哭的感觉。环顾四周只有院子中间哥哥栽的枣树和梨树枝繁叶茂长得正欢，给我失落的心，带来少许的慰藉。

记忆中，我家外院有很大一片地，坡上、坡下、左右都有邻居居住，很是热闹，吃饭的时候端上碗就都来了，我家的小板凳有六七个，院子里还有砍倒的干树墩，有时候还不够坐。放学后小伙伴们聚在院子里玩猫捉老鼠、跳绳、踢毽子……天真无邪的笑声荡漾在老屋的上空，合着屋檐下麻雀叽叽喳喳的音符，奏着一曲和谐而温暖的乐章。小伙伴们偶尔也会因为琐事闹矛盾，吵得脸红脖子粗，等大家劝开之后还要扭头瞪两眼，打定主意和对方老死不相往来，可是过不了几天就又和好如初了。

在哥哥的叫声中我才回过神来，一看哥哥已经开始拔院子里的野草了。我赶紧脱掉外衣，挽起袖子和哥哥一起清理院子，大约半个小时，我们俩把院子里荒芜野长的杂草清理干净了。

打开已经生了锈的门锁，推开紧闭已久的门扉，我的老屋虽然是窑洞，里面是一进三套间，进门左手是四四方方的土炕，可以烧柴火做饭。妈妈结婚时候的大红实木家具和土炕的席子上都积了厚厚的尘土，直直地进去有个小风门又是一个小屋，叫里间，里面放着老以前的箱子、柜子还有好多瓮和闲置物品，就是有点黑，刚进去什么也看不见，要适应一会才行。小时候这里是我们玩捉迷藏的好地方。从外屋的右手进去又是一个套间比外屋大，是通炕可以生煤火做饭，一般冬天我们就住里屋，夏天住外屋，曾经在我们村修公路的时候我家里外炕住过 12 个民工。灶台边的煤油灯上落了厚厚的一层灰，我临摹的《草原儿女》中冬梅的画像还贴在罗圈椅子上方，只是掉下了一个角。土炕上边的墙面上挂着一排相框和穿衣镜，大部分是当年父亲工作调动时学校赠送的，也有是他的奖品，虽然积满了灰尘但还完好无损，我小心谨慎地把相框摘下来，轻轻地拂去上面的灰尘，把背面的钉子卸下来取出几张我认为值得纪念的照片，小心翼翼地放在我的包包里。

孩童时候热闹非凡的院子，不见了往日要好的伙伴和邻居。一路杂草蔓道，凄凉之感让我总是觉得涩涩的，一句话也说不出来。老屋记录着我成长的快乐和辛酸，忘不了在夜幕降临的时候我和哥哥一边一个依偎在母亲的怀里，缠着母亲给我们讲故事，母亲只念过完小，但是母亲喜欢看书，她的头脑中总有讲不完的故事。岳飞传、杨家将、水浒传、西游记等，甚至有些迷信色彩的轮回、因果报应的故事。但内容都是教育人善待万物，爱国爱家，勤劳诚实，不做坏事。儿时的道德形成，是非观念很多启蒙于母亲的这些故事。母亲的这些故事总是生动而有趣，曲折而离奇，我们常常听得如痴如醉。忘不了哥哥每天放学后，担上用装煤油的桶从中间锯开后做成的小桶去山下担水，单薄的身体被水桶压得直不起腰；忘不了冬天我洗头发，哥哥给我烧热水烫得我两眼直流泪，也舍不得说；忘不了姑姑每天早上给我梳头发我不听话，就吓唬要给我剪短发；忘不了东房住的老姑家八个孩子俩大人，每天热闹非凡；忘不了过春节闹红火时老姑父坐的旱船平平稳稳，有时候还要带上借来的假发和小脚鞋假装坐船的老太太，小伙伴们围前拥后追逐打闹……

时光飞逝，年少的我们逐渐长大，继而都各奔东西，各自忙碌去追寻自己的梦想，好多人失去了联系，前几天联系到了东房老姑家三儿子，说他母亲和父亲都已先后去世，让人感到世事的变化，现在由于统一搬迁，老屋被拆除了，虽然老屋没了，然而，发生在老屋的悠悠往事却如陈酿般甘甜而绵长，令人久久难忘。很多时候，我都会梦见老屋，梦见奶奶从里间的瓮里拿出已经放得沙了的露白果，梦见妈妈在晨曦中捡小米里的杂物，梦见和小伙伴们跳方块……梦见我还是个孩子，一个有梦的孩子。

今年特意回了趟老家，原来武乡通往榆社坑坑洼洼的道路不见了，取而代之的是一条宽敞干净的农村四好公路，路边开满了五颜六色的小花，一阵微风吹过，它们都随风舞动，路边还有一排排的杨树，绿油油的，阳光从树叶间洒落下来，美极了。移民新村（康乐村）整齐的排房，白墙红瓦，宽敞的院子里堆满了玉米，黄得耀眼。村口村委会旁边还有一个小广场，有几个孩子在健身器材上玩耍，老人们围在一起拉家常，原来老屋的地方是黄澄澄沉甸甸的谷穗，在微风中摇摇摆摆，好像在轻声细语地和我打招呼“欢迎你回家”。

原来的老屋消失了，没有了往日的欢声笑语，没有了往日的喜怒哀乐。老屋虽然破旧，却承载着我满满的回忆，满满的爱，它是我梦想开始的地方；忘不了老屋，它是我永远的牵挂。

乡　戏

仲　祥

农历三月二十三，是广志裴神庙起会的日子。是裴神庙？还是陪神庙？没有细究，小孩子家，无所谓。反正从记事起，起会就要唱戏，而且每年必唱。

九岁那年，广志的会又起了，我央求爹带我去看戏，可爹说有事，怎么也不去。我生气了，躺在炕上，中午连饭也不吃。没办法，爹从柜子里取出六毛钱，塞给我说："二十多里路呢，你要走得动，自家去吧，我是有事不能去。"我奇怪了，爹一向爱看戏，今年怎么不去了？能有啥事，不就是上地干活吗？不去赶会，不怕村上人笑话吗？

村上人对赶会是饶有兴趣的，都认为那是一种很风光的事。赶会，就得花钱，那又是一个摆阔的机会。饭场、麦场上常听到有人问"你去赶会了没有？"若没去，则显得寒酸，甚至窝囊，看上去脸也灰溜溜的，一副不好意思的惨笑。于是，风光过的人就高谈阔论会上的趣闻轶事：卖什么东西，什么价钱；遇到一位漂亮闺女，是哪里人；谁和谁打架了，结果如何。当然，谈得最多的还是唱戏，戏内容也谈论，但很少，主要谈从会上听到的关于戏子的籍贯、经历，特别是鲜为人知的私人生活，添枝加叶，细致逼真，就像亲眼见到一样。每当这时，我便发誓，虽然爱戏，但这辈子永不登台，没想到唱戏的人是供给大家谈论的，甚至是糟践的，就像耍猴一样。

于是，我把六毛钱用纸包了好几层，揣在身上，约了几个伙伴，准备起会就去。可这一天爹说是月忌日，出门不好，便改在了二十四。二十四日早饭后，相约的五六个小伙伴相跟着出发了。

这是我第一次没有父亲"护驾"的出远门。雄赳赳地走在路上，我突然感觉我一下子长大了。看着已经郁郁葱葱、鸟语花香的近山，望着灰蒙蒙、连着天边的远山，心里好不惬意，边走边跳边说边笑，还不时地比赛扔石子，二十来里路没感到怎么走就到了。

广志是个公社所在地，那时还没街道。坡上是村，坡下是由河水冲刷出来的一溜沙滩。沙滩两侧已有了摆摊叫卖的，也有了一些赶会的，但不多，上午没戏嘛！沙滩中间靠左侧的路边，用木头搭了一个高高的悬空棚子，棚子很小，里面相对坐着的两个人正忙活，到跟前一看，原来是在卖戏票。来了就是看戏，趁着人还少，我提议伙伴们先把票买了，一毛五一票，连我这样的小个儿也得买。买就买吧，反正我带着钱呢！

买好票，忽然感觉肚子饿了，我们一人买了两个大饼子，一起跑到村南的河边，就着河水吃起来。我的饭量不大，两个饼子一下肚，还直打饱嗝儿。吃完饭，我们洗了把脸，就在岸边的石头上枕着各自的鞋睡下了。不知为什么，我一直睡不着，可躺在那光溜溜的石板上感觉也怪舒服的。

四周路上赶会的人渐渐多起来，太阳已偏西，说明午饭后已有一阵儿了。我急忙叫起伙伴，赶快进戏场占舥舥（地儿），免得落在后面看不着，冤枉那买票的钱。

剧场当然是露天的，坐西朝东，有长没宽。台根已有了不少人，还有许多孩子。我们学着他们，一人搬了一摞转头，坐了上去，虽不稳当，但离戏台很近，一切后顾之忧没了，但等着开戏。

等待是最熬人的。看戏的人已有多半场子了，那讨厌的破大幕依旧严严实实地遮着。没办法，为打发时间，我们几个在地下玩开了游戏“捣山汉”，可这时台上却响起了锣鼓，戏开了。

听周围的大人们说，这是县上的秧歌剧团，今下午演的是《香菱镜》。这个戏名究竟是哪几个字，我们不去追究，即使追究，我们也写不来，只要记住个轮廓，回家给大人们说一下，证明我们确实看戏了就成。

我们最爱看武打和丑角表演。可看来看去，全是咿咿呀呀地唱，丑角也就那么一个家人，戏也不多。我丧气了。看看伙伴们，竟有两个趴在膝盖上睡着了。真没劲。忽听身后的一位老爷爷说，下午的戏就是不好，到晚上，加上“电打幕”，那才好呢！我很新奇，忙问老爷爷什么叫“电打幕”，老爷爷笑着说，就是用电打的，山呀水呀看去像是真的一样，可好看呢！老爷爷说这话时，伙伴们都仄着耳朵听到了，于是就商量，今晚看看这个“电打幕”，看完再回家，总归出来是一天，回去也好给没来的人显摆显摆，让他们后悔后悔。

我计算了一下钱，也还能够。六毛钱已花去两毛五，夜戏票是两毛钱，剩下的钱还能买三个饼子呢。行，就这么定了。反正爹让出来是一天，天黑回去和后半夜回去是一样的。

于是，下午戏就不看了。我们几个猫着腰出了剧场，下了河滩，买上夜戏票，在小摊小铺间转悠了一阵，又到了河边，喝起水来。这是一个具有前瞻性的举动，因为天一黑，就看不见河水里有什么东西，说不定连蝌蚪也给喝到肚子里，无非这顿晚饭打破了常规，成了先喝汤，后吃干。这无所谓，反正到了肚子里都要和起来。

喝饱了，还洗了洗脸，就复到小摊前买饼子。可是相跟着的绪子怎也不去。一追问，才知他兜儿里没钱了。因为赶会时他妈只给了他五毛钱，他肚子大，中午一下就吃了三个饼子，买了夜戏票，当然就分文没有了。见状，我和柱子各救济了他一个饼子，对他来说，虽然吃不饱，但也凑合了，因为刚才大家都见了，他喝的水不少——他因为没了钱，才有意猛喝水的。

我们终于看上了“电打幕”，还有电灯。“电打幕”就是好，远处山，近处河，再近是花草，很亮，很真，河里的水似乎还流动，我们几个都裂着嘴巴直笑。这是我第一次见到“电”，很新奇，脑子里一直猜想着“电”究竟是个什么样的东西，对“电”充满了许多不着边际的幻想。戏名好像叫《戏中书》，说的是一个瞎老汉的故事，武打、丑角戏也不多，剧情我们根本没有看进去。所以看到后半场，伙伴们都有点厌倦，绪子他们建议回家，我也只好同意。因为离家还有二十多里山路呢！

刚退出戏场，天好黑，黑得伸手不见五指。山路坑坑洼洼的，很不好走，我们深一脚浅一脚的，看着前边的脑袋往前摸。一路上谁都不说话，闷得人难受，有人提议让我讲《五女兴唐传》故事，因为只有我会讲，虽然累得气喘吁吁，但为了不掉大伙的面子，也为了解闷，我就讲开了。讲到山根，该爬山了，都见我上气不接下气，便让我罢讲，专心爬山。山很高，等爬上山顶，过了一个叫韩家庄的村子，脚步都不由得慢下来，因为都感觉有点儿累了。我就更有点吃不消，因为这里边数我年龄小，个儿也数我低，身体也大概数我弱，便提议大伙儿歇歇。可能都有这个意思，我一说，就都停在了一块大石头上，不由自主地躺了下去。望着天上直眨眼睛的星星，我的耳朵里由远及近响起了戏场的锣鼓音乐声，眼前又浮现出了那漂亮的“电打幕”，心里一阵痛快，不知什么时候，我就睡了过去

突然，我被人摇醒了。我揉着眼睛坐起来，就着升起来的下弦月一看，原来是村上看完夜戏的几个年轻人回来了。伙伴们都被摇醒了，他们指责我们：你们就不怕冷？就不怕山猪把你们几个“密西”了？

说起冷来，真的有点冷；说起山猪，真有点害怕，听人说，这几天这一带有两个大山猪经常出没。后怕了一顿，我们跟着大人继续往家走。没走出几步，前面来了一溜人。近前一看，领头的是我爹，原来是来找我们的。一见我们回来了，他们才出了口长气，什么也没说，扭头同我们返了回去。

刚走进院门，突然拉开了肚子，拉得很厉害，蹲在厕所里起不来。爹急坏了，出去找医生，一访，我那几个伙伴都拉开了，绪子还发着高烧，说着“电打幕”的胡话——明显是吃坏的，又害得各家忙乱了好几天。

这一天，绪子妈到我家，要给我还五分钱。我怎么也不要，说：“我爹有钱，吃了个饼子还，哪有这个道理？”她说：“你不知道，你爹也没钱，要不他怎让你一个人去看戏？”我怔住了。这时，绪子妈突然把钱往炕上一

扔，起来就走。

我呆呆地看着她的背影，想着爹不去看戏的理由，想着我这次看戏的经过，我狠狠地扇了自己一耳光，心里泛起一股说不出的滋味。

爹啊爹……

武乡，吾乡

李　勇

翻开山西的版图，一方红色热土似如意状，这里有龙洞、板山、浊漳；崇城山、文化园、红星杨；千佛宝塔、太行龙湖、高速太长；太行干部学院、八路军太行纪念馆、《太行山》实景剧场……

曾经我只是一个鼓与呼者，不是什么无冕之王。一张小报，为 21 万父老传递一份正能量；一台单反，难以定格喜怒哀乐社会众生万象；一支钝笔，写不尽老区人民对美好生活的向往——

怎么能够把你遗忘？那渴盼吃上自来水的长谐老乡，那 208 国道出境隧道口劳碌繁忙的司庄，那价高俏销的权店梅杏任你品尝；

怎么能够把你遗忘？那庄头庭院养殖小区沼气足猪儿壮，那长蔚梯田里优质骏枣树成林枣花香，那蒋家庄葱丝辣椒味地道闯他乡；

怎么能够把你遗忘？那下关农家乐的关河鱼味美可口让顾客迎来送往，那五村双孢菇大棚里富民小伞潜滋暗长，那杨南头新老核桃树俯仰成行漫沟遍梁；

怎么能够把你遗忘？那下合农民运动会乐翻众老乡，那王海峪特校的残疾孩子共享教育阳光，那行道岭七星菌业合作社里村民个个有活干、人人都把股东当；

怎么能够把你遗忘？那砖壁红色故事久传唱，那熬垴战天斗地美名扬，那雁过街移民新村笑声朗……

叫我怎么把你遗忘？鑫四海的 PIC 猪，绿农农牧的肉鸡，多维的黑头羔羊，政校企结合、产学研一体，规模健康养殖让十里八乡人畜兴旺；

叫我怎么把你遗忘？龙湖河畔《太行山》，体验园中游击战，文化园里反扫荡，还有砖壁总部将军榆，王家峪总部红星杨，红色文化旅游品牌建设步履铿锵；

叫我怎么把你遗忘？热火朝天的七座技改扩建煤矿，灯火通明的西山煤电武乡电厂，曲折奋进的世界五百强中国五矿，循环经济和新材料产业引领煤与非煤两篇大文章；

叫我怎么把你遗忘？蟠洪河好儿子张书堂，全票连选连任张庆云，城市环卫美容师赵爱刚，三百六十行，行行都有建设家乡好儿郎；

叫我怎么把你遗忘？十字街的黄酱，红星小吃的米汤，旧车站的灌肠，还有饼香四溢的泰安巷，所有的匆匆忙忙、熙熙攘攘、过过往往……

我又怎么会遗忘？2009 年 5 月 25 日，无边光景走太行，习近平莅临八路军太行纪念馆殷殷叮嘱：革命前辈作出了巨大的贡献，党和人民永远不能忘；

我又怎么会遗忘？2011 年 8 月 13 日，风日正好情愈浓，贺国强亲临王家峪八路军总部旧址由衷感慨：太行儿女浴血奋战，取得抗战胜利，靠的是人民群众，靠的是党；

我又怎么会遗忘？2012 年 2 月 17 日，文化潮涌春来早，刘云山视察文化园里饱含深情：发挥革命传统教育基地的作用，把太行精神和八路军精神大力弘扬；

我又怎么能够遗忘？弘扬太行精神，传承八路军文化，在 1610 平方公里的每一寸土地上，在 21 万老区人民的每一寸肌肤里，红色基因早已融入血脉、植根心脏；

我又怎么能够遗忘？子弟兵的摇篮，八路军的故乡！昔日西周皋狼、今日红色武乡……

也曾，年少轻狂；所以，背井离乡。城关村胡同里巷深路窄也曾几回回寻求出租房，红星小吃市场人多嘈杂也曾几次次填饱肚囊，机关大楼森森也曾几趟趟登门造访；也曾，抬头把南泊湾大楼仰望，幻想哪个会是自己的窗。

心在哪里安放？在大山深处贫瘠的窝铺山庄，在红色旅游公路掘进的工地现场，在破土动工的太行山影视文化创意产业园旁；或是，在铁骨铮铮的十一位太行将帅群雕前，在《太行山》实剧演绎的铁血沙场！

心在哪里安放？在繁华落尽打烊的红旗路旁，在宽敞静谧笔直的太行街道，在街灯繁星辉映的迎宾街上。或是，在大电视下整齐划一的健身操韵律中，在舞剑拔剑扬眉的纪念馆广场！

心在哪里安放？在太长高速桥的伟岸下驻足凝望，在南沁路来往的车流里低头彷徨；或是，在父母伛偻的臂膀，在师长期许的眼神，在妻子宽容的目光，在儿女渴盼的脸庞……

多想回到旧日的时光，让评论员文章在笔端酝酿，把人物的构思成竹胸膛，埋头伏案写完待续的文章。

能不能再写一篇文章——写石盘陈氏庄园再现昔日荣光，写分水岭南关服务站车来车往，写故城大棚蔬菜瓜果走进省城农贸市场；

能不能再写一篇文章——写涌泉“一亩秸秆两只羊”，写石北特困群众搬进暖心房，写上司农民在打谷场晒着五谷杂粮；

能不能再写一篇文章——写丰州城中村农民也把市民当，写故县旧址开发再现千古一帝石勒皇，写贾豁熟透了的旱地西红柿在枝头摇晃；

能不能再写一篇文章——写韩北苦参种植甜到农民心上，写大有果园改良为农民插上增收翅膀，写监漳万亩节水灌溉汩汩清水灌溉干涸土壤；

能不能再写一篇文章——写蟠龙红色第一镇红旗高高扬，写洪水重点小城镇迈进省百强，写墨镫十轮卡运输队车流滚滚运煤忙；

能不能再写一篇文章——写武乡脱贫摘帽大步奔小康，写太焦高铁飞驰满载新希望，写红色旅游第一品牌神州大地渐响渐亮，写八路军烈士陵园忠骨英魂悉数归乡……

笔不停止飞扬，心就不需要安放。但，我终究没有写出华丽的文章，只有这参差的诗行。

我生本无乡，心安是归处，他乡亦故乡，武乡即吾乡！

板山泪

孙俊堂

我落泪了，涕泪涟洏。

百年岁月峥嵘，有两次流泪让我刻骨铭心。

在20世纪那场关乎民族生死的大决战中，我流泪了。我为残暴疯狂、灭绝人寰的侵略者的罪恶行径而愤慨；为那些捍卫国家疆土、拯救民族解放的烈士献出年轻又宝贵生命而揪心的疼。

今天，在中华民族共筑中华复兴梦的征途上，我再次流泪了。为歪曲历史的谬论、兄弟子民间的纷争、网络空间的谩骂，感到无比的痛。

心疼、心痛文字解释不同，但同样伤害着我的心。前者，更多的是让我感动，让我自豪。他们用那带洞的骨骼筑起基石，用那凝固的血迹浇铸起不朽的丰碑，在中华史册上与日月同辉，光照千秋！而后者相形之下幼稚而可笑，渺小而低俗。

我居太行山之一隅，位于武乡县城东部洪水镇左会村黎（城）武（乡）交界地带，总面积6平方公里，平均海拔在1800米以上，最高峰花儿垴达2008.5米。数亿年前，这里曾是汪洋大海一片，随着频繁的地壳活动，地面的上下升降，经百万年的千锤百炼，形成今日之状。正如武乡王刚先生所赋："名缘兀立如玉板，望出摩接于穹苍。峰仪天下，雄纵天下之脊；物宝璀璨，瑰富苍生之乡。"

千万年来，我锁在群峰叠嶂中，惯看朝辉晚霞，聆听风声涛吼，尽管林木深秀，"草擎仙露，虫鸣幽篁"，映千林之焰焰，发万类之华章，壁立千仞无依倚，神工鬼斧天下奇。终因四塞之地，舟车不通，深藏于茫茫丛岭，栉风沐雨数千年，少人问津，只见少量的黎城、武乡山民在自然形成的二圪台（也称二腰道）上下活动，相安无事。

倭寇侵华，烽燃太行。黎、武人民毁家纾难，同仇敌忾，与八路军将士众志成城，筑起铜墙铁壁；倾其所有，无畏牺牲，抗击凶残之敌。峰下黄崖洞藏兵工，黎城、武乡人民出人出力、供粮运料，全力支援；峰顶建防卫工事保卫兵工厂，左会、拴马、湾则，窑湾沟内人组织劳力挑水运灰、垒石筑堡，在险要处建起明、暗72堡。更有保卫黄崖洞的温德盛、张仁成等英烈鳞伤之士，凛凛而壮，宁死不当俘虏，从花儿垴万丈悬崖决然跳下，舍身殉国。那纵身一跃，气壮山河，惊天动地，那英雄壮举比山雄伟，比花绚丽，真个“气同山岳以恒长”！今日相争，尔辈有何颜面面对英雄和先辈！

黎、武一家是因为土地相连，世代友好。历史上两县和睦相处，儿女亲家，互通有无，共同发展。

新中国成立后，两县人民在战争的废墟上建设家园。黎城煤炭资源匮乏，制约着经济恢复和发展。恰逢跃进年代的大炼钢铁，炼铁需煤焦，右手西侧的武东地区盛产煤炭，武乡的显王煤矿和黎城县的彭庄铁厂联合开矿掘煤，供铁厂炼铁用。同时“为解决彭庄铁厂煤、焦运输问题”，在“1959年11月修建西（井）东（庄）公路”（《黎城县志》1994年版），“黎城县委为了调煤入黎，动员民工建勤，修通从西井至左会的五点六一五公里”（应为18.2公里）（《武乡县志》1986年版）。从西井入武乡界内，武乡人没有想法，让出土地，不惜毁掉山林，修通公路，以解兄弟县燃煤之困；黎城人也没想法，就是拉运武乡煤，完成炼钢使命，提高人民生活指数。公路通，百业兴。至此，武乡煤源源不断进入黎城，黎城柿子等特产流入武乡，更有男婚女嫁，血肉相连。

还有一事值得反思。也是发生在20世纪的1958年，武乡人民“以压倒泰山的气魄，填平海洋的干劲和头可断，血可流，大坝不成不罢休”的决心，投入很大人力、财力、物力修建关河水库。其目的在于利用水资源建成集发电、灌溉、防洪、水产为一体的水利设施，造福下游人民群众。灌溉方面，武乡地理位置所限，明知受益甚少，当时就有人提出异议，是一项劳民伤财的工程，得利的是黎城。武乡县委顶住压力说，黎城也在中国，黎城百姓也是中国人，他们得利，如何不可？据统计，修建关河水库时，榆社、武乡两县移民村 12 个 452 户 2061 人；淹没居民住房 2062 间，窑洞 643 眼，公共房屋 1155 间；土地 18256 亩；树木 30088 株。历时三年，投工 1080 万元。在工程攻坚阶段，为确保防汛，在晋东南地委的统一调配下，黎城曾抽调 1000 名民工来到工地，进行了长达一年的支援，有 5 名民工还负过伤。关河水库建成后，黎城县“勇进渠工程 1966 年 12 月开始修建，1974 年 7 月投产。规模干渠 102km，支渠长 179km，设计流量 10^3/s，总投资 8890 万元，浇地面积 14 万亩”（《关河水库志》）。近五十年来，黎城因有了稳定的水源，大力发展水浇地。每到冬春两季，黎城需要用水浇地时，关河水库无论库存水量如何，都以黎城浇地为要，慷慨开闸放水，以解旱情之危，保证农民旱涝丰收。为表达感恩之情，黎城的落子剧团也不时出现在武乡县城广场。彼时，尽显兄弟情谊。

从小生活在山脚下左会村已近 90 岁的申凤祥和邓满囤等老人们清楚地回忆到，从我们记事以来就一直遵照长辈的吩咐，砍把子（铁锹把、镢把等）千万不要到二圪台（二腰道）下，因为那是黎城家的。他们是这样淳朴厚道，祖训不敢违，一代接一代遵循，换来了相互尊重，平静安宁。

当改革开放，特别是 21 世纪旅游业的蓬勃兴起，打破了沉寂千年的群山僻壤，山的雄姿、八路军抗日丰碑带来无尽商机，也就引起地界归属争议。开发利用资源，宣传本地知名度，发展旅游业，造福老区人民，是件大好事，本无可非议。但是双方应该在互相尊重，互相协商，互惠互利的基础上，本着依托自然资源和红色历史资源，共同打造红色旅游教育基地为原则，宣传艰苦奋斗的光荣历史，弘扬伟大的太行精神，教育后人。不应因利益的驱动而罔顾历史事实，不顾兄弟情谊，歪曲事实，蛊惑媒体。

“居善地，心善渊，与善仁，言善信，政善治，事善能，动善时。”倘若身边的人都能够安心处于应处的位置，保持如渊般静气平和的心境，与人交往真诚友善，说话言而有信，按自然法则处理政务，力所能及做事，善于把握行动的时机，那该是多么美好的风景啊！

南海争议，尚可奉行睦邻友好政策，通过双边友好协商解决分歧，区区板山就此争议不下？我属于中国，属于太行，属于人民。相逢一笑泯恩仇，有上级党委、政府的正确领导，有两县人民的聪明智慧，相信一定可以有个美好的结局。

愿我的子民幸福安宁！愿我的泪水永不再流！

卧　羊

蒋亚平

在我的村庄，到处是山山梁梁，沟沟坎坎。几十年前，每到春天，庄户人家的地里若还没有积肥，可就有的忙了。土地多是小块地，牛车马车去不了，男人们就只能靠肩担了。担圊送粪，来来往往的人到处是。种的庄稼不同，上的粪也不同，种玉米时就担几担圊，若种谷子，还是羊粪好。人们都说，羊搂过的土，种出来的小米另为（格外）黄，也另为甜。于是就都合计着卧羊（也叫“卧地”）了。

一过清明，圈了一冬天的羊就该出圈了。人们拣个吉利的日子，逢三、六、九日最好，都说“三六九扬长走”。羊出圈，村子里的闺女们就打听日子扎耳朵眼，据说羊出圈时扎了不会肿。卧羊也要开始了。

卧羊，就是把羊赶到地里去睡，让羊把羊粪蛋拉到地里增加土地肥力。以前在集体时就是生产队统一安排了。下了户，有人家养羊，不过，每家每户也就几十只，平时都自己放养，一般也不雇人。想卧时还得和其他人家联合起来才行。

几家的羊群合在一起，放羊人（东乡人叫“放羊的”，西乡则叫是“羊户”）也多了，白天各家还是放各家的羊；到了黑夜，从放羊人中选两个负责的人看羊。看羊人（东乡称“看羊的”，西乡人则叫作“照羊的”）从此基本也就固定下来了。这几个人当中，能说会道的人负责“联络”，甚时候去哪里卧羊，由他说了算。等他联系好了人家，到了傍晚，放羊人就都赶着羊群到地头集合，等看羊人来交接。

守夜的看羊人早早地吃了饭去接班。两个人搭伴，穿上棉袄棉裤，掂上小凳子，打了手电，领着跟羊狗就出发了。刚过清明，夜里还冷。两个人去了地头，各自守在羊群的一头，坐好小凳凳，守着。整个黑夜，他们一下也不敢合眼。每隔一两个小时，把羊打起来一次，叫“大忝（音）”，这样，羊就能多拉几个地方，羊粪也撒得均匀些。要是缺了看羊人，谁家卧羊谁家再出一个人陪伴。每次卧羊，一卧两三天，一家卧好，紧接下一家。有时候，需要卧羊的人家还得早早地主动联系卧羊，卧得迟了，谷子也就种得迟了。

人们常说，“唱戏靠吼，看羊靠狗”。

因此，跟羊狗待遇极高，它和看羊人往往吃的就是一锅饭。若看羊人养了凶猛的大狼狗，卧羊时引上它，一黑夜就悄悄的，可安生了。大狼狗一去了地里就先咬（叫）一阵，这一黑夜狼呀甚都不敢出来。要是狗不厉害，黑夜羊受了惊，跌坏了或叫吃掉了，麻烦就大了。

最怕卧麦地，又怕吃了庄稼又怕下雨。羊可精了，一不留神就悄悄儿地溜到附近地里偷吃，其他羊看见了也就悄悄地跟过去了。吃了庄稼，自己脸面上难看，要是主家不让，那就得赔了。有时候，夜里突然刮大风，下暴雨，最可怕。两个看羊人一边要护住羊群，一边要把羊赶到就近的避雨窑洞里去。一路上，雨浇到脸上，甚也看不清楚。他们深一脚浅一脚在污泥里走，走一步，滑一步，跌趄不浪的。羊边叫边走，乱成了一疙瘩。

有时不免就闪跌到了沟里了。更糟心的是下雨时在野地里躲也没地方躲，看羊人只好撑开雨伞在地里死撑，一不溜牢牢地抓紧伞，一不溜还得看住乱跑的羊。有的羊叫大雨迫死（因淋雨而死）了，他们就发愁了，不知道回去怎么交差。

天气晴好的夜晚，月明星稀，凉风习习。看羊人进了地里，坐在凳凳上，两个人点上一锅烟，坐下来开始拉闲话。谁家的媳妇好看，谁家做的饭香；哪里唱戏，哪里赶集，甚也能拉呱。有时跌几句开花：

门搭搭开花不（摆）来来，妹妹呀天天盼你哥哥呀来；
玉茭子开花半中腰，虽然你人穷呀心肠好；
烟锅锅开花下不上你这米，不想旁人光想你；
阳坡坡糜的背坡坡谷，那霎霎想妹妹那霎霎哭；
……

他们唱了一曲又一曲，直到后半夜，寒气袭来，唱得唱得没劲了才停歇下来。瞌睡上来，眼睛实在是睁也睁不住，可还得硬撑到天明。天一明，两个人就把羊打起来，让出去先吃吃草，歇腾歇腾，自己再点锅烟，解解乏。等放羊人来认领了自家的羊，看羊人才能回去吃饭补觉。

过了白露，羊铰了毛，卧秋地时就好卧了。看羊人在地里给羊用网茬一个圈，把羊赶进去，叫“茬圈的”。整整一黑夜，羊就在这个圈圈里睡觉。看羊人在旁边搭一个A字形的上面苫了席子的“安窝的”，晚上铺了秆草，睡在里面，也可以睡好些。第二天，羊睡过的这片地里的土翻一次，把新土翻上来，晚上接着卧，一般还是连卧三天。卧好之后，第二年春天满地应开（撒开），种谷子时也省事了。过了小雪，羊上了圈，就不卧羊了。

这些年，羊都圈养了，谁家想往地里上羊粪了，只能去养羊的人家买些。卧羊也成为历史了。

走进八路军的故乡

王占禹

一曲《在太行山上》的雄浑旋律由远及近，美丽的武乡到了。

这里的天和地，飘逸着诱人的诗意，这里的山和水，流泻着天籁般的神韵。

昨天一场雨，今日格外爽。武乡天空湛蓝，大地飘绿，仿佛装扮一新的俊朗小伙和秀美村姑，欢迎远方来的客人。

8 月 15 日非同寻常，历史在这一天记录下“正义必胜，和平必胜，人民必胜”的温暖字眼。走进八路军的故乡，走进武乡这片红色土地，你会感受到苦难辉煌，你会感动得热血沸腾。

70 年前的这一天，日本天皇宣布战败投降，沾满血腥味的太阳旗从旗杆上悄然垂落，挥舞屠刀的日本鬼子从中国大地上黯然滚出。瞬间，海啸般的锣鼓声冲天而来，旋风似的秧歌队涌满城乡。

太行山的每座山头插上了红旗，太行山的家家户户挂上了红旗，在八路军总部和驻地搭起舞台，唱起大戏，军民欢呼雀跃，庆祝伟大胜利。

70 年后的今天，武乡县以自己的神奇吸引来四面八方的人们。人们来这里参观，来这里缅怀，来这里寻觅，来这里感悟。那一座座山头爆发过壮烈，那一条条沟谷怒放过血花，那一个个庄寨彰显过精彩，那一户户院宅绽放过灿烂。武乡人民与八路军心心相印，情情相依，用血与肉构筑起烽火年代的民族脊梁，以生与死谱写出当今时代的铿锵壮歌。

在八路军太行纪念馆门前，一支队伍庄严宣誓：住住土窑洞，睡睡大土坑，尝尝小米粥，喝喝南瓜汤，学习当年八路军，浓墨时代正能量。

这是来自太行山和太行山周边媒体的记者。他们响应“太行山新闻论坛”的召唤，走进了武乡县，走进了这块红色土地，走进了八路军的故乡。

他们是来采风的，是来接受八路军精神洗礼的。

抓起把泥土闻一闻，掬起捧漳水洗一洗，摘来片落叶搓一搓，迎来阵山风醒醒神——行走在昔日的根据地，感受到哪里都亲近。

穿一穿军装，扛一扛步枪，钻一钻地道，爬一爬山梁，那种感觉仿佛是军人，是战士，是游击在山坳里的青纱帐。

当当八路军，进进大课堂，亲历一下“母亲叫儿打东洋，妻子送郎上战场”的体验，会使你心潮澎湃，激情奔放。

此时此刻，脑际里浮现出八路军东渡黄河的阵势，眼睛里闪现出老乡们杀猪宰羊迎亲人的场面，耳畔响起“大刀向鬼子头上砍去”的怒吼，那气势如星火燎原，那劲道似排山倒海，真叫个惊天地、泣鬼神。一座座坚固的铜墙铁壁在太行山矗立，一面面胜利的旗帜在太行山飘扬。

和农民一样穿粗布衣，吃糠菜团，住庄户家，睡土炕头，扛起枪上战场，放下枪下田园，这就是当年的八路军，世界上独一无二的中国军队。

油灯下运筹帷幄，马背上指挥作战，生活中与战士一口锅里搅稀稠，阵地上与战士一起打冲锋。这就是当年带兵的八路军首长，战士们服气，老百姓敬重，外国记者赞美他们“上马击狂胡，下马草军书”，就连战场上的对手也惊呼他们是“勇士”，仰慕他们是“战神”。

八路军太行纪念馆的一幅幅图片，八路军总部旧址王家峪、砖壁村的一件件实物，让我们见证了峥嵘岁月里军与民的同仇敌忾，血与火的惨不忍睹，生与死的勇往直前。消灭日寇，拯救中华，收复失地，保卫家园，他们在这片土地上熔铸出坚不可摧的太行精神，演绎了惊天动地的英雄史诗。

武乡县，当年人口仅有 14 万，土地只有 40 万亩，但是捐献军粮超过 240 万担，燃料 15 亿多公斤，军鞋 49 万多双，解决了数十万八路军将士的驻扎和给养问题。同时创办了兵工厂、被服厂、肥皂厂、造纸厂等 40 多个军工企业，举办了中央北方局党校、抗日军政大学、抗大六分校、鲁迅艺术学校、野战卫生学校、抗战新中国成立学院等 10 多个高等院校。全县有 9 万多人参加了抗日救亡组织，有 14600 人参加了八路军，并调出区以上干部 5400 多名，由此留下“五千干部一万兵”的佳话，还有 3200 多人载入烈士英名录。足见当时这个山区小县的抗日阵势，其生动局面感天动地。

土窑洞、破民房、古庙里，摆一张桌子，放几条板凳，铺开地图，点盏马灯，这就是八路军的指挥部。头上掉土渣，脚下地不平，首长们照样开会办公，排兵布阵，谋划大小战役，决胜千里之外。你能小看这样的环境吗？灵活机动的游击战，出其不意的伏击战，置敌死地的围困战，震惊中外的百团大战等，都是从这些地儿作出决策，发出号令，稳操胜券，收获捷报。至今，当地老人说起当年的八路军打胜仗，依然情不自禁：“破鼓烂戏台，演出了好戏来；小米加步枪，打出了响当当！”

在砖壁村，77 岁的五保户老人李书珍把我迎进他家，递烟倒水，啦呱起话儿。他说他见过朱老总，见过彭老总，八路军待见老百姓。他说他是个孤儿，两岁时父亲放羊，被鬼子撵到悬崖下摔死，八路军给他饭吃，给他衣穿，在党和政府的关心下活到了今天。现在看病有医保，过年过节村上送米送面，送穿送盖，虽然孤身一个，身旁都是亲人。他说他住惯了窑洞，光线暗点，心里亮堂，比起当年八路军住的地方好多了。老人特别感谢党和政府建设新农村，他说这几年的砖壁村修建得像一朵花儿，引来好多游人，连外国人也来看景致，村里人就像天天看电影。

晚上，观看《太行山》实景剧，剧场设在一条山谷里，演员都是武乡县的农民。跌宕起伏的乐曲，气势磅礴的阵容，惊心动魄的“太行血”“太行魂”“太行情”“太行泪”“太行剑”，让人荡气回肠，感慨万千。当一位八路军战士倒在鬼子的枪口下后，一位大娘扑了上去，抹了把泪水吼道：“狼吃的鬼子！你们杀了我大儿子，我还有小儿子，明天就送他上战场！”吼声如暴风，似雷电，把剧情推向高潮。

那天夜里，我很晚才入睡，八路军故乡的群星灿烂，在我心中燃烧，在我梦中欢跃……

回不去的故乡

小　岸

如果你未曾远走他乡，异地生活，你就永远体味不到故乡的含义。

我庆幸自己是一个有故乡的人，故乡的定义是什么？出生后离开的地方。在我眼里，故园情结最浓、最重的，莫过于十七八岁、尚未成年就告别的家园。我的哥哥和姐姐就是这样，他们有大把的少年朋友留在故乡，他们成长的回忆留在故乡。每每谈到老家的人和事，他们的眼睛里都会露出怅惘而炽热的光。偶尔我们相伴回老家，我悄悄观察他们，那种近乡情怯的激动；面对物是人非的失落；沉默无语的凝望；离开时百转千回的感慨……我太了解他们对故乡的依恋、怀念了，故乡对他们而言，是融入生命的牵挂和不舍。而我，一直遗憾自己离开时，年龄太小，还没来得及长大。多年以后，当我成为一名写作者，这种遗憾便愈加深重。尽管如此，相对于从未有过故乡的人来说，我仍然是幸运的。我了解乡音是怎样的亲切，懂得乡情是如何珍贵，明白乡恋是终其一生也挥不去的情怀。

今年九月，我参加了“山西作家走太行”赴长治晋城采风的活动，第一站就是我的故乡——武乡。大巴车下高速后，转个弯便进了武乡县城。隔着车窗，我目不转睛地盯着这座县城：规划齐整的街道，鳞次栉比的高楼，穿梭不停的车辆，悠闲漫步的行人，美丽的马牧河环绕在小城的边缘。我欣慰极了，无论从哪个角度看，这都是一座堪称漂亮的县城。

大巴车直接把我们送到了八路军纪念馆，下了车，我很兴奋，兴奋得简直有些轻佻了，听到说武乡方言的当地人，就殷切地凑过去自报家门。呵，我也是武乡的。对方的反应却淡淡的，“哦”一声，不以为然的样子。是啊，武乡的有什么稀罕？这可不是在外地，这是在故乡，遍地都是武乡人。

午饭时，餐桌上的一碟葱炒辣椒，博得众人喜爱。大家纷纷说，吃了这么多辣椒，武乡的辣椒最好吃。我听了甚是得意，我太熟悉这种辣椒了。母亲几乎每顿饭都会炒这么一碟辣椒，我们谓之“葱丝辣的”，我是吃“葱丝辣的”长大的。它既能拌在饭里，也能搛以小口佐餐。服务员又端来一盘海带丝黄豆芽粉条小炒肉，我眼睛一亮，不由得端起主人的身份给同桌的人介绍。我们武乡人家待客惯常吃荞面河捞，配的菜通常就是海带丝黄豆芽粉条小炒肉，吃的时候撒一把葱花。小时候，一吃这种饭，家里必定来了贵客。我曾经在一篇小说里用了很多笔墨描述荞面河捞，以至于看过的朋友念念不忘，一见我就打趣，何时请我们到武乡吃荞面河捞？

自助餐时，我又端着个盘子像没见过世面的孩童，眼巴巴盯着每一种食物辨认，看有没有自己熟悉的，别处看不到的饮食。哦，我看到了“煮疙瘩”，里面的疙瘩是白色的。我拦住服务员质问，煮疙瘩应该是玉米面的嘛，怎么是白面的？服务员捂嘴笑道，不是纯白面的，不信你吃吃。尝了一个，似乎加了米面，味道倒还不错，这大约是改良后的煮疙瘩。我追问人家，怎么没有玉米面的，难道现在的人都不吃玉米面疙瘩了？

记忆中，家家户户的早餐都是一锅金黄的玉米面煮疙瘩，煮疙瘩的形状是手指长短的圆柱形，直径钱币大小，也有的拍成圆饼状。吃的时候裹着焐热的柿子，或就酸菜辣椒，味道很特别、很好吃。村里人说起某人的饭量，总是以能吃几个煮疙瘩来判断。说老人家身体硬朗，就说，身体好得很，能吃十个煮疙瘩呢。夸耀小伙子好劳力，就说，后生家能吃三十个煮疙瘩。服务员告诉我，宾馆没有玉米面煮疙瘩，但是平常人家还是会自己做着吃的。后来与一个武乡女人聊天，她果然说，俺小的（儿子）一顿能吃十八个煮疙瘩。

饭后休息，我哪里睡得着，独自跑出宾馆，沿着马路溜达。我喜欢在陌生的地方购买小物件，诸如发卡、袜子之类的。这些小东西总会携带着当地的记忆在稍后的生活里延续一段时间。这可是我的故乡，无论什么东西，总要买一件的。我耐心在商店里转来转去，最后，挑中了一件橘色条纹的小背心，还买了一只四元钱的粉扑。买了东西后，忍不住主动与服务员搭讪。我问，你是武乡哪里的？对方答，窑湾的。哦，我希望她反问我是哪里的，结果人家不问，只好悻悻离开。隔壁柜台的女人颇懂我的心思，热络地接口，你是哪里的？我高兴地转过身，我是洪水的。哟，她也兴奋起来，我也是洪水的。我立刻觅到知音一般，移步到她面前。她听出我的口音不纯正，问我，你是外前（外面）回来的吧？我点点头。她问我，洪水哪个村的？我说，董家庄的。她眼睛一下亮了，你是谁家的？这个，我一下子被问住了，我是谁家的？村里已没有我的亲人，唯一的堂兄早年随寡母改嫁，搬到了别处。我反问，你是哪个村的？她说，阎家庄的。哦，难怪她问我是谁家的。

董家庄是山圪梁上一座只有几十户人家的小村庄，下了山，不到一里地，就是阎家庄。事实上，董家庄不存在了，因塌方，几年前，整体搬迁至阎家庄，两个村子合二为一。她叹口气说，董家庄都塌了，你知道吧？我说，知道，但我还想回去看看我们家的房子。她惊道，可不敢，山上都崩开裂缝了，下面全是空的，种地的也不敢去种了。

我无法想象那是怎样的情景，院里的枣树、门前的山坡、山坡上的杏树、念过书的学校、村口的石碾……难道这一生，我再也看不到了？前年春天回老家时，我曾试图去村里走一趟，结果也是被人拦阻了。说山路危险，村里无人，杂草丛生，蛇鼠横行。那个村子，那个村子，彻底荒了。

返回宾馆的路上，我一扫初时的兴奋，步履变得沉重而缓慢。这座光彩照人、霓虹闪烁的县城是我的故乡吗？除了偶尔钻入耳朵的乡音让我捕捉到零星的几丝亲切，它的街道、路面、行人、商铺，皆是陌生的。我所熟悉的故乡只是我的村庄，我所想念的家园，也只是那座荒废的村庄。不记得哪里看过一句话：故乡是永远回不去的地方。而我的故乡，真的回不去了。那座装满我童年的欢声笑语的小村庄，留下我无数童年记忆的小村庄，永远回不去了。

我爱武乡

董丽峰

为什么我的眼睛里总含着泪水？因为我对这片土地爱得深沉。

——题记

阳光灿烂，轻柔的风扑面吹来，充斥着鼻腔的是熟悉的泥土气息，这种感觉在我异地求学六年之后，归故里依然没有减弱。

我，是一个武乡人，土生土长的武乡人。

一方水土养育一方人。喝着武乡的水，吃着橙黄的小米长大，勤劳勇敢的武乡人民身上拥有的种种美德是我一生都享用不尽的宝贵财富。

其实，一提起“武乡”二字，每个人都可以想到“革命老区”四个字。是的，在那个战火纷飞的岁月里，在记忆的历史画卷中，谁曾忘记她的功勋？在抗日战争中，武乡人民与八路军在这片黄土地上与敌人浴血奋战，夺取了一个又一个的胜利，为中国的解放事业添上了浓重的一笔。人民不会忘记，历史不曾忘记。

小时候，在茶余饭后，经常偎依在爷爷怀里，听他讲那个年代的故事。爷爷爱回忆过去，这与他的人生经历有很大的关联。爷爷的故事我几乎能一字不漏地背诵，准确地说那不叫故事，那是活生生的现实……

当年，鬼子入侵。百姓们东躲西藏，爷爷当时顶多十二三岁，跑得快，跑到了离村子较远的庄稼地里躲了起来。剩下我老爷爷和我年幼的老姑来不及跑，无奈只得跳下院子里山药窖里，老爷爷顾不得盖住石板，敌人就撞开大门冲了进来。

尽管家徒四壁，但敌人也把屋子翻了个底朝天。敌人没有搜到任何“战利品”，最终把目光落定在敞开的地窖。敌人围在地窖边叽里呱啦，老爷爷担心把老姑吓哭，便使劲地捂着老姑的嘴，翻译也许是被抓来的同胞，小心地说这大开口的肯定没有人，敌人信以为真，骂骂咧咧转身走了。

两条人命啊，差点丢在敌人的刺刀之下，老姑的脸被捂成了紫色，吓得哭都没了声音。仅有一墙之隔的地窖就不那么幸运了，十多个人无一例外没有躲过这一劫，敌人把点燃的杆草扔了进去再填上土。后果可想而知，要么烧死要么活埋总之没有一个幸存。敌人走后，村民们陆续返回村里，忙着寻找失散的亲人和掩埋尸体。我爷爷则拽着老爷爷和老姑就跑，说气急败坏的敌人很有可能要返回来。果不出所料，敌人返回来进行了又一次的扫荡，有好多人家已被杀绝。

爷爷老了，但他的故事却没有老，依然那么年轻，依然那么鲜活。沐浴在爷爷的爱里，我实现了“长大后我就成了你”的理想，同时，也为了完成爷爷的夙愿，把这段历史铭记在心，继而传承下去，让更多的人也铭心刻骨。

求学的日子漫长而短暂，毕业之后，众多同学纷纷跑向大城市。我明白，那里有高楼大厦灯红酒绿，令人艳羡但华而不实，那不属于我，那里的选择毕竟远离了我的故土，远离了我的家乡，我坚持着我的信念，背负行囊回到了家乡，回到了武乡，回到了生我养我的热土。

虽然，我深刻地明白，以我的力量简直九牛一毛杯水车薪，但我无怨无悔，振兴武乡改变武乡，如果我们都来为武乡出力，那不就指日可待了吗？

在我的抽屉里，依然保存着在王家峪参观时捡回来的红星杨的断枝，横截面的红五角星时刻提醒我，这是我的家乡，这是我铭刻在心的烙印。

找寻着先烈的足迹，我就会升腾起满腔热血，引以自豪的我是一名武乡人，对于家乡的一草一木，变迁发展，都是耳闻目睹铭记在心的。

武乡在一天天地发展，可谓旧貌换新颜。有一回，从学校回家，途经广场，我不禁惊讶，哟！我这是在哪里？葱茏的树木花草，只有在大城市里才可见到的音乐喷泉，我不敢相认，只有广场中央的千佛塔上，我才可以辨认，我这是在武乡，不是生活在海市蜃楼般虚无缥缈的梦幻里。在以书记阎建书为首的县委领导班子的带领下，经过短短的几年，武乡发生了翻天覆地的变化。

天生我材必有用。我应该投身到这个滚滚的建设武乡的大潮中，为武乡的发展献出自己的青春。我清醒地意识到作为一个武乡人，从骨子里透出来的那种神圣的使命“我该干什么”，也有了明确的目标。

五月的鲜花开遍了原野，在这明媚的春天里，我还有什么理由拿青春赌明天呢？我唯一的选择，只有不断地努力，不断地学习，为着我的理想，为着我的事业而奋斗不止。红日照遍了东方，自由之神在纵情歌唱。时代赋予了我们青年重任，我们必须去完成。先烈们，安息吧！我们将秉承光荣，继往开来，在这洒满鲜血的热土上播种希望，丰收成果。

为什么我的眼睛里总含着泪水？因为我对这片土地爱得深沉。诗人如此，我亦如此。在那个特定的历史时期，泪水里饱含着对祖国母亲的深情，在和平的年代里，我再次把我的眼睛里添满希望，踏歌起舞，草长莺飞。五月的老区必定腾飞，但愿山青水绿不再是梦，让我们共同努力吧！

奋飞吧武乡！腾飞吧武乡！有数不清的人民在祈盼着你的未来，有数不清的人民在为你奋力拼搏，我就是这个大军当中小小的一员！我的步伐不会停止不前，永远不会停止，因为，我爱武乡，我是武乡人。

故乡散记

尚晋田

我的故乡——洪水镇西坡村。

西坡，因位居古镇洪水西南八华里的蟠洪河西岸山坡上而得名。

故乡西坡始建于明朝初期，全村以韩姓为主，清代中期又搬进了尚、史、白、刘，扩展为二十余人家的小山庄。

远眺故乡，外形像一只老龟，村庄坐落在龟尾上。据古人传说，故乡因其特殊的地形，老龟面朝大山，尾连村庄，“老龟吃大山而屙村庄”，而显得小巧别致，富丽，文风。的确，明清两代，仅有二十余户人家的小山庄，便有十余座高门大屋，四合楼院。上好的人家有上楼院、下楼院，圆门院，东院，西院，小楼院，西头里外院，染坊院和底下院。不过，最壮观富丽的还要数东院。相传，明代中期，这座大院曾出过有名的京财主。京财主发迹的鼎盛期，里外四座大院，建有楼房数十间，楼院各具特色，富丽堂皇，雕梁画栋，修饰彩画宛如庙寺一般，叹为观止。村内道路大多有石子铺就，村西沿沟高六丈余，长十五丈的石堰全部由青石砌成，森严壁垒，整洁壮观。村前的三个主要通道口，从北向南，分别建有五道、三官、土地三个神庙，把村庄装点得更加威严，典雅。

上古的故乡，不仅村容富丽幽雅，而且崇尚文风，名人辈出。素有“鹅头、新寨对西坡，秀才出来比狗则多”，“狗则咬得还是‘三字经’”等美称。相传，明末，曾有一人考取“探花”，清代中期曾有六七人考中“举人”“秀才”。可惜，这些都没有文字记载，现已无法考证。

故乡的衰落是从20世纪初开始的。据说，有人在村顶老龟的脖子上种了几墩荆针，扎断了老龟的血脉，破坏了风水，故乡从此失去了活力。特别是20世纪30年代，日寇的铁蹄踏进华北，踏进了太行山区，实行了惨无人道的“三光”政策，故乡的十余座古色楼院建筑毁于一旦，留下的只是一片残墙断壁，破砖碎瓦。

富丽的山庄经日寇的洗劫虽然变成了一片废墟，但故乡的文风还是在家族的繁衍生息、潜移默化中得到延续，这一点，从村民的姓名、绰号中可窥一斑。从我记事的新中国成立初期，上楼院的兄妹中，有叫如玉、如娥、如云的，下楼院的弟兄中，有叫保业、保产、保田的，东院的弟兄中有叫金熬、金考、俊秀、俊明的；西头弟兄中有叫丕绪、丕基、丕烈、丕谟的；东头弟兄中有叫先金、先银、先畴、先兆的。村上人开玩笑送绰号，精明强干，学识渊博的送你一个孔明、庞统、吴用、徐茂公……九路围攻时摆脱日寇追捕的韩文标，韩二尧，后来到武汉、包头参加革命工作，成为高干。新中国成立初期，我村高级社的会计韩振生，参加全县农村会计统考，一举夺魁，震惊全县。

斗转星移几十年，改革开放的春风吹进了故乡大地，这里发生新的变化，又在向富裕文明迈进。2005 年全村平均亩产 500 多斤，总产达到 50 万公斤，人均纯收入增加到 3000 多元。全村 40 多户人家，有 30 户翻新了住房，10 余户实现了移民，涌现了韩卫兵、韩国英、韩春堂、韩秀中等一批富户人家。特别令人欣慰的是，故乡的文风也沐浴着改革开放的阳光雨露在发扬光大，先后有尚菊红、韩卫东、尚晋平、韩彩霞、尚超锋、尚志锋、尚俊田等二十余人大学本科毕业，其中不少人已经获取高级职称，成为国家环保、电力、农业、冶金、医学行业的中坚和骨干。

现下的故乡，社会安定，村民富裕。武墨铁路、南沁二级公路从村前穿过，乡亲们的衣食住行发生了根本性的变化。在村党支部的领导下，全村正在规划实施整体移民。乘建设社会主义新农村的东风扬帆远航，故乡的明天将更加美好！

三　山水美

板山游记

巩　柔

早就听说板山的风光很美，可是因为没有可意的朋友相伴，也就没心情去游玩，一个人去多没意思呀！就这样耽搁了，一直未能成行。适逢一太原同学回来，虽十几年未见，但老同学见面依然是那样亲切、自然，感觉极为融洽，于是我便邀几个同学一起去游板山。

早晨七点多钟出发，一路逼近板山，从东庄村进入板山的途中，沿路便可见绿油油连绵起伏的山，汽车沿着公路盘旋而上，沿途一侧便只见一个个圆润而饱满的山尖，可见地势之高。

终于到达板山，适逢天气雾蒙蒙的，隐约可见翠绿的山坡上高耸着两座石板，犹如两扇并排的大门，我想这可能就是板山之名的由来吧！来到板山，就好像来到绿的海洋，我们沿着一条小路，来到一处悬崖上，俯视谷底，但见一棵棵树都幻化成一朵朵凸起的小圆球，绿意盎然地挤在一起，没有一丝缝隙，而此时可见一股股雾气自谷地徐徐上升，雾气中几只鸟在上空盘旋，发出清脆的鸣叫声。

我们又探寻另一处景点，因为没有路，我们扒开树或丛丛野生的植物，弓着腰前行，每走一步都必须排开密密的树枝，由于植被良好，我们走一步滑一下，露水打湿了我们的裤子，走着走着，就会被好多树的枝条包围，每一片叶子都干净清新得令人感动，这种感觉让我们觉得很刺激，有种探险的感觉。走到尽头，又是一处悬崖，看对面连绵起伏的山，犹如一具仰天而卧的别致人体，给人以许多的遐想。而每一处的悬崖上都有可供几个人坐在上面休息的天然的大石，于是我们也就在此歇息。

我们从板山的后面拾级而上，登上板山的最高峰——花儿垴。两山上长满了松树，更有着许多诱人的沙棘，当地俗名叫“醋柳”，当然也还有野山楂树、榛树……多得都叫不上名来。我们随手摘了醋柳枝，边吃边走，古老的野山楂树上缀满了密密麻麻的野山楂果，已经发红，绿叶丛中星星点点无数的红，煞是美丽。摘了一些，轻轻地放口中，又轻轻地咬，一股酸酸的汁液就浸入肺腑。

登上了板山的最高峰，我感叹大自然的神奇和天然之美。此时，方知何为大自然，清新的空气，绿色的海洋，那些不知名的花，不知名的树，都让我有种对生命的敬畏。我们和这一片绿的海洋浸润在清新迷梦的云雾中，真有种不知何处是板山，又觉处处是板山的感慨。

其实这仅仅是夏天的板山，春天的板山是花的世界，秋天的板山是火的海洋，因为漫山遍野的树叶都变成深红色的了，在阳光的照耀下，香山红叶也不过如此吧！若是冬天，这里是一片冰雪，褐色的石头、绿色的松柏、黄色的沃土，还有那红红的落不尽的果实……这里依然是一片神奇而美丽的世界……

在这里我们感觉了朋友之间的真情，领略了人与自然之间心意相通的美好。我们相约，秋天带着帐篷，再次来感悟板山的千娇百媚，感悟大自然的万种风情。

印象红星杨

桑　田

我命令我的灵魂和诗歌
以中国最传统的礼仪给它虔诚地下跪
并恭敬地叩三个响头……

这是一位在长治工作过的诗人在面对红星杨时，用心写下的诗句。后来，这些诗句不仅出现在《人民日报》《中国作家》等国家级的报刊上，而且通过国内著名朗诵家的演绎回荡在万众瞩目的人民大会堂，飘荡在青海湖畔的雪山和草原上……这样铿锵有力的诗句的确能让人热血沸腾、心潮澎湃，但这又是怎样的一棵树呢？让一个中国人面对它时施以最高礼仪，又是怎样的一颗灵魂让人肃然起敬呢？

距今70年前的1940年，在武乡县一个叫王家峪的小村子里驻着一支八路军队伍，对于普通老百姓而言，没有人知道住在这里的部队便是闻名中外的八路军总部，那位经常和他们拉家常干农活的长者便是朱德总司令。

这一年的清明节前后，天气渐渐暖和起来，八路军号召大家一起来植树，群众和战士们一起忙碌起来，其中也包括总司令。他在一条小溪旁种下了一棵普通的白杨树苗，这种树不仅易成材而且耐旱。栽完此树后，总司令注视着小树苗该有怎样的一种心境呢？战火纷飞，兵荒马乱的岁月里，小树苗也需要顽强生长啊！多年以后，当小树长成参天白杨，不仅防风固沙而且华盖亭亭，人们在树下休憩娱乐，可谓前人栽树后人乘凉。我相信，他当年唯一没有想到的是，这棵白杨树竟和他心心相印般地将一颗红星长在树枝中心。直到他逝世后的 1977 年，一次偶然的机会，一位在树下玩要的小学生发现了这一奇迹：这棵杨树芯竟长出了红五星！啥原因呢？人们说这是因为总司令栽的！人们口口相传，红星杨的传奇故事就此诞生！

善良的人们为这一传奇的故事演绎了许多个不同内容的版本。有的说，这是因为当年国共合作共同抗日中国工农红军被改编为国民革命第八路军，总司令对红军心存怀念，所以在栽树时将保存的一颗红五星的帽徽埋在树坑里所致；还有的说，这是当年的警卫战士对总司令的心情有所领悟，专门找来一棵这样的小叶杨的树苗栽下的；也有的说，总司令生活战斗在太行山区对养育了八路军的这块土地上的老百姓心怀感激，故而让白杨长出红五星以示自己依依不舍之心。传说越来越神，就这样传了几十年。事实上，早在 1940 年朱总司令栽了棵白杨树的民谣就在太行根据地流传，当年警卫战士的回忆中，也提到了种白杨但绝没有说就是种了一棵红星杨，再说战火纷飞的年代战士们又如何有闲心去专门找一棵树枝中有红五星的杨树苗呢？只是人们宁愿相信红星杨这样的神话，宁愿相信红星杨就是总司令的化身！上善若水，厚德载物。我们面对红星杨顶礼膜拜，那是因为只有朱总司令才配有这样的传奇故事。

“那一身的仙风道骨啊”“这位神话般的智者”，这还是诗人的感叹，然而确让我们每个人折服！这位开国元勋的一生本身就有太多的传奇。他是农家子弟，他是元帅中的元帅；他曾是滇军名将，但他又是红军中的“伙夫”“挑夫”和总司令；他曾是海外学子，打仗却从未受伤；他曾是八路军总司令，在田间地头干农活却和老农一样在行。胸怀大海，意志如钢，这样的人不是神人是什么？红星杨经朱总司令的手在太行山上扎下了根，历经抗日战争的烽火硝烟，解放战争的鼓角铮鸣，新中国的漫卷红旗，十年动乱的非常时期，直至改革开放后迎来民族复兴的伟大时代，它粗壮挺拔，它冠盖云霄！在“文革”期间，红星杨差点就被人砍掉烧了柴火，但是总司令的威名和人格魅力阻止了罪恶，相信没有人会怀疑它的不朽传奇将会继续！

红星杨，是一面精神的旗帜！这精神不止限于太行精神，这精神亦不止于八路军文化，红星杨是弘扬太行精神、爱国主义的一面大旗，但它更深的现实意味则是绿色和谐大爱无疆的时代号角！

红星杨是一种文化。当这棵树和一位伟人相关联，当这棵树和中华民族生死存亡的一段抗战历史相关联，当这棵树和百姓的日常生活相关联，当这棵树作为焦点将所有的这一切在人们的美好祝愿中融为一体，红星杨的传奇故事已上升为一种文化，这就是红星杨文化！爱我中华，爱我家园，绿色环保，和谐自然等内涵，红星杨身上全有。

如今，红星杨的故事经过各种各样媒体的传播已声名远扬！电视、报纸、网络、广播，上至中央领导下至全国各地的普通百姓，无不为这一传奇的故事动容而心向往之。游客们为能与红星杨会晤而三生有幸，为自己能珍藏一枝红星杨的小树枝而以为莫大的荣耀，更有诗人、画家等艺术家为之挥毫泼墨，诗兴盎然。“红星杨”杂志、“红星杨艺术团”“红星杨小学”“红星杨书包”“红星杨小米”……人们纷纷用这样的命名方式来表达对红星杨的崇敬之情。

狮子峰游记

马晋才

2014年5月17日早七点，从武乡县出发东行40多公里到本县的洪水镇熬垴村，再留车徒步向上东行，道路宽阔平坦，左边是该村人工种植的松柏林，整齐而茂盛；右边对面是一层层的农田，呈条带状布满山坡。

山风猎猎，时而强劲，时而舒缓。路边、山坡上满是开放着的山里香花，随风摇曳着枝条。

沿山脊顺山势向上前行，约2公里处，我们来到背风的阳坡，此地有大片裸露着的大小不一的青石，被岁月的风刀雨刷打磨得圆滑光亮。

小憩片刻后，在向导的引导下继续前行，山路开始变得难行。有时是羊肠小道，有时没有了路，我们只得在稀少低矮的灌木丛中择路行进。续行约3公里，来到了一个叫歇场的山坡，据向导说，当地人每走到此地都会休息，我们也不例外，因为此时大家都已感到疲劳。对面一道山脊叫长条背，像一条长蛇匍伏在两山之间，前端的山头似蛇头般昂首，蛇尾与大山相连接，仿佛被大山压住永远挣脱逃离不出这山谷一样，让人充满了想象。

我们沿山背缓慢前行，山间小路灌木密布，使我们的行进更加艰难。如果没有向导的指点，我们根本无法找见前行的路。在密布的灌木林里，我们有时用双手分拨开荆棘硬挤过去，有时弓屈着身体匍匐钻行；头顶是枝条交错的荆棘，面前是星罗棋布的蛛网，脚下是长年沉积的厚厚枯叶。荆棘时而挂住了我们的衣服，时而划破了我们的手脸。

伴我们爬行的唯有林里婉转清脆的鸟声。边歇边行再行约4公里，好不容易才到了一个叫“砍三刀”的巨石旁，边休息向导边给我们讲起这个传说：早前一家财主的女儿得了怪病，神志不清，百医无治，万般无奈只好请来大法师。大法师端一碗清水，作起法来说水中有一朵花，找来找去，找到了山上砍三刀石处，大法师对着巨石连砍三刀，妖除人愈。从此巨石上便永远留下了三道刀痕。

砍三刀石脚下的大凹沟村就是向导移民前居住的村子，原来有十几户人家，祖籍都是河南林州人，祖上逃荒来此定居。现在的山民有的迁回林州老家，有的移民迁到武乡洪水镇的寨坪村。现今只留下断壁残垣，满目凄凉。

说到自己的故乡，向导来了兴致，给我们讲述：村边山腰有一山洞，洞口只容一人进出，进入后，洞内开阔，有半间房大小，石壁上有许多石佛，石壁常年滴水形成石钟乳形似女人的乳房，村妇生产后不产奶水，只要敲打点石乳石回家熬点汤喝了，奶水就会充足，甚是灵验。可惜我们体力不支，无缘亲临目睹。

钻山林，拨荆棘，迎山风，听传说，又蹒跚慢行约 2 公里，终于到达狮子峰。

狮子峰像一只威武的狮子站立在山峰上，前脚踏石墩，昂面向正南，狮身狮尾清晰可辨，唯见下嘴唇缺失，两眼带有泪痕。向导又向我们讲起了美丽的传说：狮子峰上的这只狮子，吃的东京汴梁，屙的苏峪寨上。因此早先的苏峪村、寨上村有很多大财主。汴京派出寻访的大法师，最终找到狮子峰上，用法力破坏了狮子的下嘴唇，使得狮子再不能食，此后狮子的眼睛下便有了深深的痕迹，苏峪寨上的财主也逐渐败落了。站在狮子峰顶，四周群山环绕，远山笼罩着一层淡淡的薄雾。西面是武乡县，东南方是黎城县的漆树村，东北方是左权县的桐峪村，因此，狮子峰又是“鸡鸣三县”的地方。

狮子峰脚下是弘门寺，沿陡峭斜坡直下 300 米到半山腰，看见一面刀削斧劈而成的百米高的绝壁陡立眼前，壁底有一个巨大的自然形成的山洞。站在洞口东望，只见两边青山成对出，谷底人家入画来；再看洞顶上有火烧后残存的烟迹，洞顶崖壁间有一小洞，洞口处有一株葡萄树，有多条胳膊般粗的枯藤盘守在洞顶，好像向人们倾诉着当年“火烧弘门寺”的故事。

弘门寺当年香火旺盛，来这敬香的香客络绎不绝，不知从哪里来了几个恶僧，几年间只要稍有姿色的妇女常常在此失踪，再无音讯，那时人们以为是山里有了怪物，请了外地的大法师来捉妖除怪，法师到庙会时请了几个货郎，让他们晚上告他啥人买女红物品，晚上货郎说有不少小和尚前来买女红，法师心里一下明白，失踪女人，定是这伙恶僧所为，遂扮作收山柴的商人，和住持商谈要占他庙前场地收购山柴，五五和他分红，恶僧一听有利所以欣然同意，门前不到三天收了小山一样的干柴，法师半夜作法点燃干柴大风呼啸，大火直扑山庙，烧死恶僧，被禁村妇全被大法师救走。今观洞顶有洞，扩向两边，而且不远就有天窗，现仍有三根葡萄根挂在三个洞口，向导说当孩子时还见好大的葡萄秧挂在山崖，现在都死了。可叹昔日的名寺，今朝成为圈羊的场所！

也许是受到大山的封闭，大法师就成了山民心里无所不能的美好想象；也许是当年确有其事，我们也不得而知。不过山民们根据动物的活动现象，来判断天气的变化却是十分准确的。

狮子峰下有着丰富的资源。地表有麻黄、大黄、柴胡、远志等丰富的药材；地上有珍稀国家一级保护动物金钱豹及野猪、獾的、山羊等动物；地下有铁、铜等矿藏。

最后向导认真地提醒我们，狮子峰到弘门寺的东山坡，属我县管辖范围，与黎城县交界，现在黎城县已将盘山公路从山坡修到了山顶。

走进山的怀抱，感受山的胸怀。

探访“三里湾”

王兰亭

去年 7 月 15 日一大早，我随市赵树理文学研究会一行十余人从长治出发，驱车武乡县，走进监漳村，实地专访赵树理当年在合作化运动初期为创作小说《三里湾》，在监漳村深入基层、走访群众、调查研究、收集素材的生活足迹和大师生前的趣闻逸事。

武乡，是中国革命的红色根据地。在日寇铁蹄践踏中华，国家、民族处于生死存亡的关键时刻，争取独立、自由的希望之光，曾从这里升起。八路军总部先后五次进驻武乡县。中华人民共和国的将领中有5位元帅、5位大将、20位上将、50位中将、306位少将都曾在此与日寇进行了英勇的斗争，留下了光辉的足迹。新中国成立后，在中国革命从反帝、反封建、反官僚资本主义的新民主主义阶段转入社会主义建设和社会主义改造为内容的过渡时期，也是在这块红色的土地上，英雄的武乡人民遵照中央“组织起来，发展生产”的伟大号召，率先成立了互助组、合作社，在建设社会主义的道路上，扛起了大旗，为全国的合作化运动树立了光辉榜样。这里不仅在战争时期是血与火的战场，抗战支前的后方，更是抗战胜利后，组织起来，发展生产，建设美好家园的榜样。

人民作家赵树理，为宣传民族抗日，为总结合作化经验，曾五进武乡县，两驻监漳村。因而，在监漳村，处处留下了他的生活足迹，也永恒地印记着他在革命生涯中的光辉业绩。所以，这里承载着厚重的历史，记载着曾经的辉煌，传承着优秀的文化，留下了名人的足迹。我们今天就是要走进历史的隧道，穿越历史的时空，学习弘扬赵树理精神，实地探访他的踪迹。

在武乡，面对一件件实物、一串串往事、一幕幕故事，触景生情，睹物思人，仿佛又看见赵树理同志在监漳村白天深入基层、走访群众，晚上夜深人静、青灯孤影，孜孜不倦地谋划着合作化前景和社会主义美好未来的身影。

赵树理住过的园和颐

监漳村有一处古老的民宅，名叫园和颐，与北京的颐和园三个字正好反了个个儿。

1951年2月，赵树理同志同高沐鸿、韩文洲三人到监漳村下乡体验生活，调查农村合作化事宜。村里干部听说是省里和专署来了领导，一时为住地问题犯了愁，该住在哪里呢？这时合作社的副社长崔玉林同志想到了园和颐，就对支部书记任磨成讲，要不就住园和颐吧？这里既卫生又清静，家庭又是老革命。同时，房东暴丁未大嫂待人大方又热情，烧水做饭又都是好把式。任磨成一听，觉得很合适，于是就安排赵树理同志住在了园和颐。

园和颐，是监漳村一座很普通的农家院落，也是非常典型的中国北方传统式的农家庭院。但名字起得很别致。赵树理一听说“园和颐”三个字，风趣地说，我们和老佛爷慈禧太后成一个级别了。慈禧太后当年在北京住颐和园，我们现在武乡住园和颐，多有意思！

为了看个究竟，我们在县文联主席刘叶青、县作协主席郝雪廷及镇、村领导同志的引领下，顺着暴家街，走进了园和颐。

这院落，不仅名字反了个个儿，就建筑气势、格局、规模，与颐和园也是天壤之别。古老的门楼，普通的围墙，正房是三孔十来平方米的延安式的砖脸小窑洞，一派农家庭院风格。小院虽非厅堂楼阁、雕梁画栋、深宅大院，却显得非常小巧玲珑、古朴典雅。当年的老房东暴丁未夫妇已相继作古，儿子也退休在外地居住，由他的外孙女郭翠平向我们热情地介绍了她听外公说的当年赵树理同志住在他们家里的情况。接着掀起门帘，带我们走进了矮小而极简陋的窑洞内，指着靠近窗户一侧的已经拆除的土坑（但垒坑留下的砖痕仍然清晰可见）向大家介绍说，当年老赵同志就住在这窑洞内，坐在土坑上同监漳村人共同谋划着合作化的事宜，写出了著名小说《三里湾》。这里矮小而简陋的农家庭院就是当年老赵同志住过的园和颐。

办公用过的小炕桌

在园和颐房主人住的中间窑洞里，翠平同志又忙活着让大家帮她搬去放在窑脸前窗台边的电视机和垫在电视机下的小木箱，在小木箱下又端出一张非常陈旧的小炕桌，她指着这张陈旧矮小的小炕桌说：这就是当年老赵同志在她们家办公用过的小桌子。大家看到这张小桌子，又想起了前些年在黎城采访时曾经见到过的那张赵树理同志在黎城创作《好消息》《李家庄的变迁》时用过的小桌子，长、宽、高都不足四十厘米，放在土炕上，办公时要盘着腿、曲着身，这就是赵树理同志当年的办公桌。大家看了很受感动，赵树理同志就是在如此阴暗的窑洞内，矮小的炕桌上，昏暗的油灯下，酝酿了举世闻名的惊世之作《三里湾》。这真可谓，破鼓烂戏台，唱出好戏来。老赵同志的这种与人民群众同呼吸共命运的革命精神，艰苦奋斗的优良传统和作风，对我们后来者和年轻一代的同志不能说不是一场很好的传统教育和革命英雄主义教育的活教材。

这张小桌子，虽然小巧，却很玲珑精致；虽然显得陈旧，却很古朴典雅。我们担心这样珍贵的历史文物，让古董商看到之后，会被收购了去。房主人翠平说：这是老赵同志用过的东西，我们全家都把它当作掌上明珠、传家之宝，那会轻易卖掉？他就是再出多高的价钱，我们也是舍不得的。

当年点过的小油灯

园和颐还有一件传家宝，就是赵树理同志当年点过的一盏小油灯。

我们在端详、议论小炕桌的时候，翠平同志又翻箱倒柜，找出了她们家珍藏多年的一盏煤油灯。这种煤油灯，是在农村没有通电以前的合作化时期，一般公共办公场所比较通用的照明工具。材质用玻璃制成，两头大、中间细，上边装煤油的部分还铸有“勤俭持家”四个字。房东翠平指着煤油灯说：“听我外公说，当年老赵住在我们家里时，晚上睡得很晚，每天晚上开完会后，都要在这盏油灯下读书、写字一直到深更半夜，有时是连明彻夜，直到天亮还接着写。老赵很爱抽烟，一个大烟斗，一盏小油灯，伴他度过了无数个不眠之夜。所以我们家把老赵同志用过的这盏煤油灯，当作老赵同志给我们家留下的最珍贵的礼物和纪念品，一直保存了下来，传给了我们，我们计划再传给我们的子孙，祖祖辈辈传承下去。因为灯是玻璃做的，生怕被打破，所以，我们一直用布包着放在箱子里保存到现在。”

大家听了翠平同志的叙述，看了赵树理同志住过的窑洞、点过的煤油灯和办公用过的小炕桌，非常感动。赵树理同志虽然离开监漳村60多年了，但老赵同志在监漳人民心目中的影响是那样深刻，关系是如此亲密和牢不可破，真是人民作家人民爱，鱼水情深传万代。

曾经导演的两出戏

在采访中，武乡县发改局纪检书记崔明还给我们讲述了当年赵树理与武乡光明剧团的往事及在监漳村导演上演《血泪仇》和《胡春花拥军》两出戏的故事。

监漳村有着深厚的文化底蕴，又有演唱历史戏剧的艺术传统，这里乡村艺人众多，演唱名角辈出，崔明的父亲崔来发曾是抗战时期创办的武乡光明剧团一位很有名气的旦角。老赵同志来到监漳村，就充分利用这一有利条件和宣传阵地，进行宣传群众、发动群众，用先进思想来组织和武装群众。他利用业余时间修改导演反映贫苦百姓血海深仇和广大群众积极支前参战的剧本，在监漳村排练上演，老赵同志多才多艺，能打会唱，既编又导，他创作的小说《小二黑结婚》，先后被改编为戏剧、秧歌，唱遍了解放区。

在中村给八路军十二团的战士和村里群众演《血泪仇》时，激起了台下观众的无比愤怒，一位民兵手持钢枪，冲上舞台，直向“坏蛋”刺去，差点刺伤了那位演坏蛋的演员。在上演《胡春花拥军》时，剧中主角胡春花正是崔来法扮演，声情相融、催人并茂，台下观众不停拍手叫好，并将大把的花生、瓜子向台上的胡春花投去，引起了台上台下的共鸣，激发了广大人民群众的革命热情。当赵树理又一次走进监漳村，见到昔日老友崔来法，拉起当年演出的情景时格外亲热。临走时他还一再鼓励著名艺人崔来发多编一些农村老百姓喜欢看的剧本。

留下了名著《三里湾》

监漳村是20世纪50年代农业合作社初期，晋东南专署有名的“十大老社”之一。在合作化运动中，监漳村人民率先走在了运动的最前列，起到了表率和样板的作用。赵树理笔下的《三里湾》，就是依据监漳村体验生活时收集到的真实素材而写下的传世之作。

《三里湾》中的人物，王金生、张永清、铁算盘、秦小凤、翻得高、常有理、糊涂涂、惹不起等人物，都是监漳村典型的农民代表。王金生的原型就是担任监漳村党支书记兼社长、40多年积极带领农民走社会主义道路的好党员任磨成。小说中的秦小凤，原型是本村的女副社长。还有1955年曾出席全国青年社会主义积极分子代表大会的主席团成员，并荣获青年社会主义积极分子奖章的任焕孩。这些村中的优秀党员干部，在合作化运动中，显示出了高尚的思想品质和丰富的工作经验。他们为了工作，公而忘私，废寝忘食……正是因为农村中有了这样的一大批好党员、好干部，才使农业合作化很快在全国形成运动，推向高潮。还有小说中的翻得高、常有理、糊涂涂等，他们的原型分别是监漳村合作社的社员成来水、王马孩和副社长崔春发。赵树理同志不仅注意了对先进人物的描写和宣扬，同时也注重对农村中的小生产者存在的小农经济思想的改造和教育……

《三里湾》是以反映我国农业合作化为主题的第一部长篇小说。我们现在来重温《三里湾》，感受的是历史，品味的是传统，体验的是广大人民群众对人民作家与人民同呼吸、共命运的亲切感情。60多年过去了，当时的老人都已作古，只有任焕孩同志一人健在，现在随子女在潞矿生活，未能见到她。我们所采访到的人们，对当时赵树理同志在监漳村的情况虽未亲历亲见，但一提起赵树理，人们都是头头是道，赞不绝口，异口同声说赵树理同志给监漳村、给武乡人民留下了宝贵的历史财富和精神食粮。武乡人民永远不会忘记赵树理，他们把高举赵树理旗帜，继承赵树理遗志、学习赵树理精神，同当地的精神文明和经济建设紧密结合起来，当作共创武乡大业的精神财富和动力，有力地推动了各项工作的顺利开展，取得了辉煌的成绩。

时代在前进，社会在发展。赵树理同志独树一帜的大众化的文学艺术大旗和与人民同呼吸共命运的群众路线及革命精神永远不会过时，永远是我们学习的榜样。

太行天险板山垴

张红伟

八百里太行，有个地方像一块块大石板巍峨耸立，得名板山。板山群峰壁立，绝壁千仞。大自然的天造地设，造就了这里的千姿百态，出神入化，是武乡古十二景之“羊径樵云”的所在。板山集泰山之雄、华山之险、黄山之秀、庐山之美于一体，登临板山可以一览八百里太行，被誉为天下之脊，象征了中华民族的脊梁。历代名人多有赞誉，三晋名士傅山游历板山，就曾留下“风雨诗何壮，冈峦气不奴”的佳句。板山地理位置险要，山峰峻峭挺拔，历为兵家必争之地，每一座山峰都留下一段美妙的故事，每一块土地都留下了英雄的足迹。

传说宋徽宗宣和年间，北宋朝廷腐败无能，奸臣当道，百姓叫苦，金兀术攻打宋军，进取中原，宋军士气低落，累战累败，只好大举南撤。宋营中有一名小将叫朱昆，他不甘作异族奴隶，便带领部下分南北两路，来到太行深处，看到此处地势险要、风景秀丽便安营扎寨积蓄力量，等待时机，以求一搏。朱昆带的南路军，先到板山西南一道深沟里的草坪上，把马拴在树上，让士卒放牧，自己上山去查看地形。后来这里渐渐建成村庄，人们就将这个村叫作“拴马”村。经过查看，朱昆决定在拴马北面的双凤山立寨。这山上有天然石窑，可作为寨主安息和议事的场所。之后，朱昆便和北路军副将李玺在寨左侧的草坪上会合，这便是后来的“左会村”名的来历。他们在这里筑起了寨墙、寨门，寨门上写了“凤凰寨”三个大字。

几年后，金国入侵，发生靖康之耻，徽、钦二宗先后被抓北国，北宋灭亡，金与南宋形成对峙。金兀术为巩固他在北方的统治，便派重兵前来清剿。朱昆经多次英勇奋战，终因寡不敌众而节节败退，金兵穷追不舍，一直追到双凤山下。据传，当时最激烈的战斗有两次：一次在拴马村附近，后来把两军血战的地方叫成“红血水”，把金兵放火烧死朱昆部队的山凹叫成“烧人凹”；另一次是金兵强攻凤凰寨，朱昆据高防守，杀死金兵无数，因当时两军激战的地方，人尸、马尸、箭头遍地，人们就把这个地方叫作“马箭凹”。

后来，凤凰寨失守，朱昆便带领残部百余人，进驻花儿堖的申家掌。秋去冬来，山里寒风刺骨，野草野果枯竭，朱昆实在无法支撑，便到花儿堖后的一个山凹召开紧急会议，会议作出了三点决定：第一，分散隐蔽，保存力量；第二，“还我大宋江山”矢志不渝；第三，一旦事业成功，必感谢太行山救命之恩。同时，他们还在一个草坪上定了一个突围后的联络暗号，即把朱字拆开——“八牛”，并将此草坪叫作“八牛”——这正是如今板山脚下的八牛村村名的来历。

二百多年后，朱昆的后代朱元璋参加了反抗元朝的义军，并发表讨元文告。经过十多年的战争，终于推翻了元朝统治，建立了明王朝。朱元璋登基后，不忘祖嘱，带了府、县官的乌纱帽，千里迢迢来太行山设坛祭山，祈祷太行山人杰地灵，多出官，出好官。所以有了“武乡要出三斗三升芝麻官”之说。现在朱元璋祭山的乌纱帽荡然无存，但“纱帽圪台”的地名却久传不衰。

全国抗战爆发后，朱总司令带领八路军开赴抗日前线，依托太行山，开展游击战争，创建华北抗日根据地。他所领导的总部特务团、炮兵团、129 师卫生部等机关，就住在板山脚下的左会村。从朱昆、朱元璋到朱德，竟是这样的一个历史巧合！

1941 年，八路军进驻板山一带后，发现这里十年九旱，水源奇缺，军民用水十分困难，又听老人讲，很早就有二郎神送“圣水”的传说，八路军副参谋长左权将军便把这件事记在心上，从此，遇上寺庙就考察古碑，碰到山涧就查看里面的地层结构，仔细考察水源迹象。在一处断崖下，左权发现这里的树木格外葱茏，花草特别茂盛，拔开枯藤一看，见有温润的泥土，一挖，果然一股清泉汩汩而出，又带领军民修了一道五华里长的木槽水渠，把泉水引到左会村。从此，人们都亲切地称左权将军挖出来的泉水叫“圣人泉”。

板山不仅自然景观雄伟奇险，革命遗址星罗棋布，革命故事更是激荡人心，花儿垴上八壮士成为惊天地泣鬼神的革命传奇。1941 年，在一次战斗中，坚守在板山花儿垴的机枪连战士们为了保卫花儿垴的团指挥所，在连长温德盛带领下，一次又一次击退敌人密集的重炮袭击和飞机轰炸，同敌人周旋作战，斗智斗勇。最后，还剩下连长战士共八个人，他们将敌人火力逐渐引向花儿垴西南边的悬崖上，在弹尽粮绝的情况下，宁可身亡，绝不当俘虏，在连长温德盛带领下八名勇士纵身跳下千米悬崖，壮烈殉国。出现了自“狼牙山五壮士”之后又一气吞山河的伟大壮举。

板山，不仅以其奇妙无比的日出、壮丽的云海、漫山的红叶、雄浑险绝的山峰，彰显了太行雄姿，还因抗战时期谱写了一曲曲抗战革命故事，为中国抗战胜利作出了巨大贡献，成为孕育太行精神之所、挺起民族脊梁之地，屹立在了太行之巅。

武乡有个“小香山”

韩丽萍

那是去年中秋节前后，曾与几名文友相邀，一同徒步，沿着早年的韩北祈雨古道，到武乡古八景之一“龙洞灵湫”的焦龙洞进行采风活动。行程往返四十多里，虽然路途遥遥，但这一路的优美风景，一路的民间故事，一路的祈雨文化，让人们忘记疲劳，游兴满满。很长时间过去了，祈雨古道上的那一切，仍然让人记忆犹新。

那是一个清晨，天还没亮，我们从驻地韩北村出发，五人一车，驶往关牛角村，向西南方向迈开，沿村外的山间小路，顺道在树林中穿行，一抹微弱的红色从东方升起，渐渐照亮了尚未苏醒的天空，接着，是淡淡的橙色由深到浅，又由浅到深。最耀眼的云儿也镶上了金丝带，一场无声而又盛大的表演拉开了序幕。

阳光洒地，晒出阵阵泥香，空气中弥漫着大山的气息。田野里，高粱笑红了脸，谷子笑弯了腰，春日耕田下种，夏日除草施肥，秋日采摘收获，到处洋溢着丰收的喜悦！

白云像鱼似的，身子缓缓散去，天空真是千姿百态，变化万千。

欣赏秋赐予大地的新装，瞧这边的田野，脱去了绿裙子，换上了金黄的头篷，又是一种别样的美。放眼山坡，一簇簇、一片片，翠柏红榛点缀其间、颇显风韵。

秋高天气爽，艳阳捉迷藏似的，忽而风儿过，忽而藤儿临。千树万树的红叶，愈到深秋，愈加红艳，远远看去就像火焰在滚动。

一方山水一方人，我望着群山在遐想：大山背后又是一方怎样的山水？这里看不到城市的高楼大厦，车水马龙，听不到城市的各种音响和喧闹，却是充满了神秘的色彩。

山间深红一片，分不清哪里是坡，哪里是路。多种变色树种中，主要以红色为主，但每棵树，甚至每片叶子，由于气温、种植位置不同，其所含的色素都不尽相同，因此，会出现红黄绿橙紫深艳等多种色彩。

太行山的秋，展示给我们的不仅仅只有华丽，更多的是她的实，她那累累的果实，“酸溜溜，紫葡萄”，踏着石阶而上，你便可闻到一股浓浓的甜香味，再向上走，你就可以看到一片红云望不到边，这是什么呢？原来是藤蔓林。多种白、紫藤，匍匐茎或攀缘茎，茎细长，不能直立，垂吊生长，藤蔓上有紫颗粒，果粒类似于葡萄，一串又一串，我尝了几粒，不酸也不甜，向导说那是味中药，祛风除湿通血脉，解毒消肿治皮炎，内服煎汤及外用适量和捣敷。仔细观察，那枝条缠绕方向竟然是左右旋，攀缘枝条具有倒钩刺，葎草还会与树木相争，夺养分，能使树木因缺水、缺氧缺光而枯死。

藤蔓密密层层树叶相间，无法通行，轻轻掰开一瞧，编织成网，无一点缝隙可入。怎么办？摄影师安导已不见踪影，他总是一路跑在最前，用镜头一次又一次为我们留下美的瞬间。原来，他早已给大家开辟了一小道，藤蔓将他无情地划过，呈红线状纵横交错布满的整个双臂，随后被我们整个团队，穿越后形成一个通道，再往的众生，不再发愁，不再划痕。

山路蜿蜒盘旋，像一条长龙，转眼间，就来到了半山腰，只见山脚延绵向上的小路旁，有几棵奇特的红黄相间的树，非常有趣。路旁，一片片叶子含情脉脉，红得艳丽无比、充满朝气。

这些红树林，实际上是灌木丛，树身虽不十分高大，树干上枝杈却很多，树冠像一把大伞；那一片片红叶，在微风中轻轻地抖动，不时飘落下几片，给山路铺上了一条彩色的地毯，踩上去感到那么柔软，那么舒服。我轻轻地拾起一片红叶细瞧，那红彤彤的叶面上，有着清晰的叶脉；椭圆形的叶子，像一把圆扇；那颜色红得极艳，像是画家精心涂过一样，这真是一幅赏心悦目的水彩画呀！

阳光从枝叶缝隙中穿过，瞬间的神光通体而透亮。山外青山沟外沟，看云淡风轻，望远山一片深绿，盈一怀风香满袖，吟一阙秋水长天，占一首群山流火，如此美丽的风景，我把它称为“小香山”。

小香山的叶虽没有玫瑰的娇嫩，也没有牡丹的富丽，却红得让人心旷神怡，让人陶醉。

山间林荫小道上，一转身，呀！真是众里寻它千百度，蓦然回首，那叶却在草丛茂盛处。我得意地拖着一大片绿叶，“薄荷来喽！”山谷里，中草药材遍地皆是，有蒲公英、黄芩、黄芪、薄荷、柴胡、益母草、苍耳子，还有高个子连翘……

醋柳是武乡东山生长最多的植物，满山遍野一处处红，也唯有它才能给大地一片片生机。醋柳作用不少，能压汁，还可做“醋”食用，它是一种野生植物，生长在河边及沙土环境，高达一米余，临床提取出黄酮类化合物，采集入药，性温，味酸涩，入肝、胃、大小肠经。内含多种维生素 C 和 B1、B2 多种，有祛痰清热止咳、活血散瘀、补脾健胃，还可治疗跌打损伤，瘀肿、生津止渴、清热止泻等。

走完香山林，山脚下，竟然出现了一排整齐崭新窑洞，完全可以休息片刻。面前“碓臼红”倒影水中央，顺着道路前行，有两个小湖，湖上面还有几座美女石，清澈的水，奇景真使人迷恋。

瞧，那落在地上的红叶，宛如一张美丽的彩毯装点得大地母亲喜气洋洋。走在铺满红叶的小路上，是多么有诗意啊！让我不由得想起了“山林朝市两茫然，红叶黄花自一川”的千古佳句！

再往前，只见悬崖之下“焦爷庙”浮现眼前。沿阶而下，转过一道山梁，到达目的地焦龙洞。洞口灯笼高挂，泉水甘甜，水池内枯黄的落叶，一片、两片，轻悠悠地飘落水面上，像无数只小船，顺风慢慢地荡。穿过泉水湖，来到山脚下，仰望小香山，山上一片红色，好像熊熊的烈火在燃烧，又像天边飘落下来的一片彩霞，罩住了整个山峰。

看，那还在树上的红叶似乎比大地上的还要美，青里透红，红里透青，美不可喻，远远望去就像一棵棵火树，让我不禁想到“停车坐爱枫林晚”，单单从这诗句里面，我们就可以体会到，太行的小香山红叶，景观独一无二的绚美。

听了我的分享，你是不是也爱上了太行脚下这一处秋色呢？

每一道风景，都有它的灵魂，如果不是亲自体验的话，很难阐述它的魅力！

此时的秋叶，依然灿烂在枝头，我身边的山坡上，悠游自在的羊群在突出的岩石和悬崖上，叫声飘送过来，则是另一番景象。羊群正在草地上悠闲地啃着草，还不时抬起头来，面对充满诗情画意的乡村晚景，“咩咩”地长叫几声来抒发自己的快乐和满足，那低沉浑厚的余音在广阔的田野上回旋，听了让人感到兴奋。

初秋的黄昏，天边残存的晚霞，落日的余晖，这样的山村别有风味。

小香山红叶，我爱你的姿态，我爱你的美丽，更爱你的红！

板山，武乡人心中的神山

常志军

板山，位于武乡东部山区，她以挺拔的身姿、博大的胸怀、威武不屈的气势深受武乡人民的景仰和拥戴，千百年来，世世代代的武乡人民用生命保卫她，用巧手描绘她，用笔墨歌唱她，用歌声赞美她！

板山，以其健美的身躯傲然屹立于太行群峰，她粗犷，挺拔，雄壮，令人遐想无限。

站在板山垭口向左看，板山北峰兀立眼前，似利剑直刺苍穹。独特的风格，匠心独具，右侧壁立千仞，刀劈斧削，垂岩绝壁，左侧呈斜坡状，尽管坡势很陡。坡上红花绿草，如毡似毯。从几何学角度看，极像直角三角形，右侧是垂直直角边，左面算是斜边，再水平方向想象一条底边，构成直角三角形，正弦余弦勾股弦任你想象，不由得跷着大拇指点赞。呀，她更像伸出左手点赞的大拇指！原来大自然也为神工造化而由衷地赞叹。

站在垭口向右望，紧密相连的山体犹如群雕，凝神静望，你也许联想到五指并立的手掌，你也许能想到八路军纪念馆将帅雕像、狼牙山五壮士、人民英雄纪念碑下的浮雕，或许脑子里奔出“横看成岭侧成峰”的诗句。

站在垭口俯视前方，一道道山梁排列有序，齐头并进，像阵容强大的大象群，像得胜归来的战马……沿着崎岖的小路登上顶峰花儿垴向东远眺，八百里太行尽收眼底，远山如黛，苍苍莽莽，层层叠叠，群山连绵，峰谷交错，高低起伏。人们展开无尽的联想，寓以神秘的色彩：沉睡的大佛、拥抱的恋人、支天的石柱……任凭你天资再愚钝，经人一点化，惟妙惟肖的画图活灵活现，板山的美在于雄，在于险，在于奇，在于雅，在于秀！

板山，以其美丽的姿态展示于太行群峰，板山的美，美不胜收，板山日出、板山云海、板山红叶、板山雪景，一年四季不同时段不同天气，变幻无穷，美轮美奂，古往今来，一批批文人墨客为之讴歌，诗词歌赋无穷无尽，一支支画笔、一架架相机，从早到晚，从春到冬，画不尽、拍不完。晴天、雨天、雾天、雪天……

黎明时分，大地一片沉寂，去往板山的路上，车灯如流，人影憧憧，影影绰绰的板山如水墨画，东方刚露鱼肚白，一座座山尖沉浸在乳白的云雾中，缥缥缈缈。东方映出一抹早霞，一座座山峰如出浴的美人，极尽妖娆，待到一轮红日喷薄而出，万道霞光罩在奇峰异石上，给大自然增添了美妙的神韵。继而天光大亮，云雾退去，尽显板山真面目。海上日出、泰山日出、板山日出，各领风骚，难分伯仲。

深秋时节，登上板山，本来是奔着红叶去的，若遇大雾天，别是另一番景象，云雾弥漫，一片混沌，三五步之外，不见其人，但闻其声。远处白茫茫一片，看着脚下云腾雾卷，你或许想到“山，倒海翻江卷巨澜，奔腾急，万马战犹酣”，站在山上只觉得腾云驾雾，如入仙境。

或许，一瞬间，云消雾散，红日当空，放眼望去，满山铺秀，遍岭堆锦，秋色烂漫，火烧霞染，美不胜收，霜叶红于二月花，不是虚言，香山红叶美？板山不逊色！

冬天，一场大雪过后，板山就是又一幅画卷，高高低低的山峰低谷披上洁白的婚纱，登上花儿垴，顿觉心旷神怡，豁然开朗，千里冰封，万里雪飘，山舞银蛇，原驰蜡象原来可以用来描述板山，板山雪景秀，美名传天下。

板山以其威武的姿态屹立于天地。站在山巅，直面群山，为山的巍峨而震撼：山，刺破青天锷未残，天欲堕，赖以柱其间。这就叫顶天立地！

威武而不屈，千万年来，板山历多少风雨变幻，睹千年沧海桑田。曾耳闻云啸鸣镝，曾俯视刀光剑影，板山自古不畏强暴，以其伟岸的身躯佑护着脚下的百姓。每逢灾难降临，民族危亡的关键时刻，威武不屈的板山脚下的英雄儿女舍生忘死，前仆后继，战斗在这块英雄的土地上，花儿垴壮士舍身跳崖，气吞山河的壮举惊天地泣鬼神，从日寇的铁蹄踏上这片土地开始，千山万壑，铁壁铜墙，抗日的烽火就燃烧在了这太行山上，哪里有敌人进攻，就让它在哪里灭亡的呼声响彻云霄！响彻天宇！打不垮、压不弯是太行精神，这是民族精神，武乡板山，武乡人心中的神山，谁要想从手里夺去，那武乡人自然会团结起来，一致对外，绝不含糊！

云南丽江有一座玉龙雪山，雪山脚下是世世代代守护雪山的纳西族人，纳西族人世代视养育他们的玉龙雪山为神山，热情好客的纳西族人绝不允许有人踏上雪山，把雪山踩在脚下。曾有一支来自某国的国际登山队来到山脚下欲登雪山，被纳西人拦下，对方拿出国家登山许可证，纳西人在无法阻拦的情况下，绕山一步一叩首，为雪山祈祷，念咒护神山，登山队最终以雪崩全部葬身雪山无一幸免而告终。

听着导游的讲解，我想到的是武乡板山，板山是武乡人民的神山。也绝不允许任何破坏、践踏、诋毁板山的行为存在。

乘着改革开放的东风，板山以她博大的胸怀诚邀四海宾朋，来开发板山、建设板山、美化板山，让板山走向世界，让世界认识板山，让板山早日插上腾飞的翅膀！来吧，朋友！朋友来了有好酒！

百年沧桑明楼院

白　露

大有卦辞：大有，元亨。在卦辞《彖传》和大象辞中，意为大家皆有、人人皆有的大有卦最为亨通，是原始的最具根源性创造力的亨通，是礼贤下士、刚健文明、顺天依时的必然结果。长大后才知道，武乡县大有村的“大有”是《易经》六十四卦之一，且为“吉卦”。清代前，大有村原为皋阳村。至于在清后期为何将皋阳改为大有，暂未考证。但无论是皋阳还是大有，都极具阳刚豪迈之气，书卷雅致之气。

裴家庄园，是大有村九代富豪裴氏家族的家业。裴家发迹于清顺治年间，在大有村甚至整个武乡县曾经显赫一时，前后经历九代，直至近代开始衰落。沧海桑田，时代更迭，今天的人们只能带着对庄园神秘而又好奇的心态去探寻考证。

当地人心中，裴家庄园就是明楼院，明楼院就是裴家庄园，因为村里人都说“我们明楼院的”。裴家庄园坐落在大有村北最高处，一连 14 串院，大门上镶刻着裴家堂号——恒受益，至今清晰可见。整个院落占地约七亩，抬头即望“泰山庙”，低头可观“眺远阁”。有诗为证：砖包楼院独角兽，龙飞凤舞山水画。明山暗水好气脉，县城东门第一家。裴家庄园墙高门阔，森严富丽，错落有致，别具一格，为典型的本土风情建筑佳作。明楼为双层，坐西朝东，别致幽雅，是 14 串院落之一，曾是位列武乡四大家之首的裴玉澍先生居所。

新中国成立后，裴家庄园大部分房屋都转手卖给村中百姓，明楼二层也不能使用。据买到的村人讲，窑洞院子、南墙根、窑洞里面都被人挖过，据说挖出来两瓮铜钱。之前的抗战时期，裴家已将全部值钱家当捐往前线。

裴家的明楼院，被后来购买到的人作了修缮。一代代人，也都听着裴玉澍先生的故事成长。据上了年纪的老人说，裴先生是大好人、大善人，问他借粮食，总是说再加点，加得满满的，如果实在还不上，也就不了了之。他也总是善待长工及用人，常常接济他们。抗战爆发后，裴先生为支持前线，几乎输尽家财。这些故事，影响着一代代后人，以至于一些居住在该院的人常以裴先生为典范，坚持为年轻人树立勤劳、坚强、仁爱的榜样。

百年沧桑，百年明楼院，犹如一位蹒跚的老人，在历史长河中不屈不挠，为后人坚守着家的概念。走进其中，在半古老半现代中寻找曾经的繁华，在破落的大门前追逐曾经的少年梦。同样大小的石板一横一竖砌起来的石阶，已经被磨得没了棱角，左脚踏进历史，那是曾经的光滑温润、人来人往的喧嚣，还有孩子们奶声奶气的欢笑。右脚踏进现实，那是多半坍塌狼藉、落叶中的断壁残垣和呼啸而过的阵阵北风。

雄伟的大门、光滑的石阶、迷宫一样的牛羊圈、院子套院子的犄角旮旯、石磨、小树林，还有几孔冬暖夏凉的窑洞。这些形象如生命中的一首歌，一种精神信仰，是时光斑驳的一本经书，记载了裴家由鼎盛到衰落的坎坷，记载着祖祖辈辈繁衍生存的艰辛，时时散发着久远的气息。

当年的大有因为裴玉澍先生而展现出亨通之象。土改后，家乡人民在这片土地上辛勤耕耘，出现了四个生产队、大有红光剧团等，焕发出勃勃生机。如今，新农村建设如火如荼，一些古老的建筑逐渐被拆除，被新式砖房取代，青壮劳力都外出打工，只留老年人在土地上耕种，尤其是学区被撤销，让这个曾经风生水起的乡政府所在地变得孤独冷清。明楼院难以再现往日风姿。但人们深深期望，大有这个村子，在新时代能大有可为、大有作为，焕发出新的活力。

太行龙湖小记

王照骞

退而休之，一身轻松，悠哉悠哉，其乐融融。

近来常约一些老友，去观赏武乡城东风景秀丽的太行龙湖。

太行龙湖，即关河水库。因浩浩渺渺的湖水，宛如一条凌空的巨龙，腾飞于滚滚波涛般的千山万壑之间，甚是新奇壮观，不少文人墨客和新闻媒体便给她冠以“太行龙湖”这一美誉而著称于世了。

太行龙湖，位于浊漳河北源的关河峡口。原来，这里高山耸峙，峡谷幽深，乱石滚滚，河流湍急，是晋中与上党之间的雄关锁钥、咽喉要地，古称昂车关。

据旧县志所载，唐昭义军节度使刘从谏病故，其侄刘稹自称刘后叛唐，并派康良铨占领武乡，据守昂车关。为此，唐武宗调集各路兵马讨伐，河东节度使刘沔受命在榆社安营扎寨，领兵夺关。于是，双方在今关河水库的下关村峡谷，展开一场恶战，史谓昂车关之战。

中国一百开明帝王之一的后赵开国皇帝石勒，正是从这里北上并州，投奔刘渊；之后又进踞襄国，“龙飞淮甸”，开创了他具有传奇色彩的帝王基业……

清文渊阁大学士陈廷敬，在深秋暮雨中，取道昂车关北上晋阳城时，在此留下了“悲风落叶铜鞮道，细雨寒芜石勒城”的千古绝唱。

1937年抗战爆发后，朱总司令、彭副总司令亲率的八路军总部，也是从这里夺关斩将，首次进驻武乡——从此，“母亲叫儿打东洋，妻子送郎上战场”，“抗日的烽火燃烧在太行山上”……

这些都是如烟的往事了。历史留给我们的，只有那锈迹斑驳的戈柄、箭头、盔甲残片，那令人惊心触目的无穷水患，那历久不衰的动人传说……

如今的昂车关，一条横空出世的大坝迎头拦住了奔腾咆哮的“恶龙”；太行龙湖以山明水秀的独特魅力，招徕一批又一批的中外游人。

龙湖胜景，以水取胜。黎明，白色的晨雾为它罩上一层薄薄的面纱；日出，漫天彩霞又将它映得一片通红；中午，烟波浩荡，一望无际，苍山、远村、奇峰、白云在水中时隐时现；近处，花香鸟语，碧波荡漾，鹅鸭云集，金鳞戏游；那造型玲珑的放水亭，雄伟壮丽的纪念塔，庄严肃穆的革命烈士纪念碑，两岸的松柏、刺槐、白杨、垂柳在水中倒映，令人仿佛置身于江南水乡；入夜，皓月当空，两岸万家灯火若天街闹市，甚是壮观。为太行龙湖所吸引的游人，或登山远眺，或伫立林间，或泛舟于水面，或嬉水于岸边，精神是那样振奋，心胸是那样开阔、舒畅……一位游人曾留诗赞曰：

杨青柳软泛扁舟，
太行认作江南游。
白鹭刺破青天去，
鸳鸭嬉戏蝉啾啾。
平湖如镜出高峡，
汛龙回首舞姿留。
下榻湖滨凭栏望，
疑是天街宫灯稠。

面对此景，我总是如醉如痴地站在山岩上，或坐在柳荫下良久凝视。那山坡上盛开着的一片片争奇斗艳五光十色的鲜花，那悠悠小舟在碧澄澄的水面上泛起的一道道粼粼波光，还有那凌空欲飞的太长高速公路天柱地轴般的桥墩……都像在一幅天然的大屏幕上，不停地闪烁着，变幻着，叠映着……一幢幢既有民族风格又具时代气息的会议室、游艺厅、音乐厅、图书室，在郁郁葱葱的林间崛起；游泳池、旱冰场、跳水台、钓鱼台吸引着熙熙攘攘的游人；沿一条条山间曲径延伸至远处那绿茵似的山头上，亭台楼阁在云雾中时隐时现；山坳里，一座座僻静幽雅的别墅内，蓝眼睛黄头发的老外们，正在明媚的阳光下笑逐颜开，尽情地领略这里的山居生活、风土民情；随着一声声汽笛的鸣叫，一辆辆奔驰、金龙、沃尔沃，沿着太行龙湖西岸太长高速公路，风驰电掣般地驶过——她，如同历史的隧道，一头连着这悠远悲壮的厚重历史，一头通向那光辉灿烂的外面世界……

蟠龙记忆

张鹏英

冬日里难得的好阳光，晒得暖暖的。

长街上热闹的集市渐渐散去，冬日里的下午格外短，一会天就黑下来了。赶集的人们提着大袋小袋的蔬菜、水果、小吃食，开始张罗回家。镇东头的纪念碑前聚集了不少赶完集等车回家的乡邻。或斜靠在纪念碑上嘴里叼着烟袋，或用手去摩挲纪念碑上那些冰冷的名字，或用袖子拂去碑上的灰尘。

好多人不认识碑上的这些人，他们只是听老辈人说起过那段烽火狼烟的岁月，知道碑上的这些人用鲜血和生命挣来了今天的幸福日子，挣来了自由的日子，就像这繁华热闹的集市，就像这安宁闲适的午后，就像这富足的日复一日……

镇上八十多岁的张炳旺老人佝偻着身子，盯着纪念碑半天不说话，用枯瘦的手抚摩着碑上的某一个名字，转过脸来告诉同伴："这是我爹，死得恓惶。"然后久久地望着远处，不再说话……

张炳旺老人的父亲张三孩，蟠龙村人，死于1943年。当时日本人占领蟠龙，四处扫荡，周边村子里的乡亲们终日提心吊胆，没个安心日子。张三孩当时是组织周边村民逃难的民兵队长，在一次敌人扫荡秦家烟村时，张三孩组织村民出逃，半路发现李家两个孩子掉队了，孩子的父亲李四牛在掩护老乡抢收秋粮，孩子丢了可不行，于是安顿好乡亲们，折身返回村子找孩子，不料半路遇上敌人正抓着李家这两孩子，逼问他们乡亲们的去向，李三孩急中生智，故意暴露行踪，然后向一条河沟跑，敌人放弃了李家两个孩子去追赶他，张三孩气喘吁吁把敌人引诱进河沟，顺利解救了李家两兄弟，敌人穷追不舍，边追边开枪，张三孩手臂中枪，疼得龇牙咧嘴，捂着伤口藏在大石头缝里，气急败坏的小本人找不见张三孩，就往河沟里扔手榴弹，用草扎成火把子点着扔下去。

敌人走后，藏在山洞里的村民急忙去寻找张三孩，乡亲们找到他的时候他已经被炸得面目全非了，咬着牙，皱着眉头，手里紧紧握着烧了一半的笔记本，上面记录着他完成的和没完成的任务，生死关头，张三孩想着的不是怎样逃跑，自救，而是毁灭重要的信息，文件……

“可恓惶了，整个人都烧得没眉眼了！”老人喃喃地说着。

这是老人家忘不掉的苦难记忆，也是那代人铭记的苦难记忆……

那是什么样的记忆啊？炮楼林立，战壕遍地，烽烟四起，民不聊生！

那段记忆，是血和泪的记忆！是苦难和逃亡的记忆！那段记忆，也是充满荣光和骄傲的记忆！

侵略，抢占，扫荡，逃亡，上演在武乡的每一寸土地。

蟠龙镇。武东大镇，位于武乡县城以东，潘洪河北岸。从县城出发，一路向东，依山傍水，如景如画。因矿区、工厂比较多，得天独厚的优势成就着这个小镇的富庶与繁华，

人们守着脚下的肥土地，过着安居乐业的小日子，心满意足！

但是在那个战火烽烟的年代，蟠龙镇却因其独特的地理位置和地形特点、丰富的矿藏、肥沃的土地备受日本人的觊觎。日本人对蟠龙古镇这个重要的战略要地垂涎三尺，虎视眈眈，一心想占为己有。

1943 年 6 月 14 日，小日本终于按捺不住他们的狼子野心，日军三十六师团葛目联队的小林大队，指挥伪剿共军第一师赵瑞、段炳昌所部 3000 余人，在汉奸郝竹亭的鼓动下，侵占武乡蟠龙镇，给抗日带来了沉重的打击，相当于日军在我太行腹地插了一把刀子，妄图分割我军根据地，瓦解我军战斗力。

蟠龙失守后，蟠龙地区 13 个村老百姓就遭殃了。连夜撤离，为了不给敌人留下粮草，各村各户老百姓发动了“四空”政策：空房屋、空粮仓、

空地窖、空猪圈。用一个个空巢村庄，一户户空屋子，“迎接”气急败坏的日本人。

没有了粮草，小日本不淡定了。为长久计，他们迅速稳固自己的军队，在蟠龙镇周围四处转悠，抓壮丁，抢粮食，扫村庄。逼迫鞭打从各处抓来的老乡修炮楼，工事，挖战壕。敌人守着这座空镇子，心惊胆战地规划着他们的侵略计划……

抢来的东西总归心虚。日本人害怕我军反扑，于是在蟠龙镇周围的胡峦岭、白家庄、侯家垴、秦家烟、李家坪等高地筑起保护蟠龙镇的碉堡，挖下战壕，拉起铁丝网挂上铃铛。又迅速改造蟠龙镇地形，修起护镇土墙。在镇东西门各修起两幢圆桶形的碉堡。他们自以为筑起了钢铁长城，并扬言蟠龙镇成了他们的铁桶江山，两个月内要使武乡全面维持……

敌人隔三岔五去附近村子扫荡，抢粮食牲口，日用品。而我太行区的领导同志们早就神机妙算，英明决策，各村安排岗哨，轮流值班。一旦发现敌情迅速转移，钻洞，并把可用可食的东西隐匿一空，使敌人乘兴而来，空手而归。

蟠龙村的李大小老人就是当年逃难亲历者。老人回忆，当年只有 13 岁，有一次敌人进村扫荡，抓住他和村里几个妇女，敌人见他生得白净，就问他谁是八路军？哪里有粮食？谁料他白眼一翻，一头栽倒在地，浑身抽搐。敌人一看，认为他吓得癫痫病发作了，踢了一脚走了。老人因此躲过一劫，但也因此吓出毛病，一紧张就尿裤子。

胡峦岭村两个小后生（当时民兵队队长）被村里扫荡的敌人抓住，问他们叫什么名字，两人灵机一动，一个说叫“陀螺”，一个说叫“瓦屑”，故意斜眼歪嘴地看着敌人，嘴里流着哈喇子，敌人听不懂他们的名字，又看他们傻愣傻愣的，一人蹬了一脚就放他们走了。此后二人凭借机智勇敢，靠着装傻充愣多次为我军传递重要情报，立下大功。

敌人经常上当受骗，慢慢警觉起来。时间一长，粮草短缺成了他们的致命伤，于是小日本又盯上了太行山肥沃的土地，这样一来，蟠龙镇边区十几个村庄的田地就变成了游击战场。

九月的太行山，庄稼成熟了，看着那漫山遍野的秋庄稼，小日本馋得直流口水。我们岂能让小日本得逞？武东县委立马组织抢收秋粮民兵队，群众在主力部队的配合下，抢收粮食。

大部队掩护，群众抢收，声东击西，烟幕弹，地雷战，把小日本弄得晕头转向，等他们摸着头脑了，秋庄稼已经收了一大半。小日本慌乱了，眼看就剩下炮楼附近的庄稼了，抢收粮食的难度越来越大，怎么办？

这一天，几百号敌人抢收庄稼，大片大片的庄稼地被小日本收割完了，狗日的也累得筋疲力尽，趴在地上呼呼大睡。突然，八路军从天而降，山坡上，树上，对面庄稼地里都是八路军，长枪大炮轰炸得日本人抱头鼠窜，扔下山药蛋和玉米棒子落荒而逃。我军凭借机智勇敢，成功抢回属于自己的粮食。

这下，粮食充足了，打小日本更有力气。

抢收秋粮后，日本人更加疯狂反击，四处扫荡，抢劫，抓捕。各村镇的乡民不得不四处出逃，沦为难民。

每当敌人一进村扫荡，村口哨兵立马报告村委，村委通知村民。得到情报的村民便拖儿带女，四处逃难。钻到自家事先打好的山洞里，或者逃到相对安全的附近村子里。蟠龙镇村东头的李双全老人，在一次逃难中丢失一个女儿，饿死一个女儿，妻子被日军抓去，白天做饭，晚上为日本兵缝补衣裳，一天晚上趁机逃跑，不料被起夜士兵发现，追捕的途中被击毙。李双全老人听到枪声，连夜和乡亲们寻找，在离村口不远处的山坡上发现妻子，背上全是血，衣服破了好几处，李双全老人不敢大声哭，只能小声抽泣，亲自把妻子背回去换了干净衣服，草草埋了。

七十多年过去了，老人提起此事，哭得像个孩子，头深深埋在双腿间，双肩不停地抖动，喉咙里发出压抑的呜呜声……

这样的记忆，多么想忘记？

这样的记忆，怎么能忘记？

那些烽烟岁月，那些苦难，那些仇恨，在记忆里下了种！

那些平民英雄，那些英勇，那些壮烈，也在记忆里扎了根！

窑上沟张家班民兵是抢收粮食英雄；

秦家烟村李家兄弟赤身斗鬼子；

龙湍村自卫队员郝贵堂“请鬼子喝水”；

下北漳老民兵李庆和“徒手夺菜刀杀敌”；

白家庄儿童团团长李爱民为掩护村民，壮烈牺牲；

……

还用说吗？说得完吗？

他们是千千万万英雄的缩影，他们是万万千千后人的骄傲。

今天，这下这些文字，说起这些名字，只想缅怀他们，铭记他们！

在这个特殊的时刻！

铭记那段历史里的苦难！

致敬那些苦难中的英雄！

人人山下

温海明

一、象形山水

我们中国人崇尚中庸，喜欢对称。建筑如此，命名也如此。这边，沁县有个天然的“西湖”。那边，襄垣财大气粗，硬是人工造了个湖，命名为“东湖”。这边武乡把关河水库叫作“龙湖”，那边榆社就把云竹水库比为“凤湖”。一东一西，一龙一凤，倒也蛮对称，挺配套的。

外边的朋友要说了，啥年代了，你们武乡榆社还搞“龙凤呈祥”的封建迷信。其实不然，是得益于航空和无人机拍摄，2000 年后，人们才从高空中发现，武乡的关河水库确实像一条龙，榆社的云竹水库真的像一只凤凰。

以象形手法命名山水，是中国人的传统。比如武乡东部有山峻峭壁立，如同墙板，于是，便有了“板山”。板山下有山峰似情侣相抱，人们便呼其为“情侣峰”。武乡西部有山两头高，中间低，于是，人们便把其称为“马鞍山”（后为表达晋文公曾骑白马路居此地，才将马鞍山改为“白马山”）。黎城北部有山状似烧水的茶壶，便有了“壶山”，因为有了壶山，乖巧的黎城人又在壶山下开发了温泉旅游，“壶山温泉”成为黎城一个旅游精品。不知情的外人还真以为壶山有热水的功能了。

二、亦仁亦智

有山的地方能彰显巍峨大气，有水的地方就显得灵气十足。所以古语曰：“仁者乐山，智者乐水。”长期以来，人们总是把这两句话掰开来理解，实际上这是古人惯用的“互文”修辞手法，应该糅合起来理解，字面意思就是聪明仁爱的人都是喜爱山和水的。古人要表达的深层意思是：有山有水的地方才能出仁爱聪明的杰出人才。别的地方就别说了，在我们故城镇，有两个村子很是应验，一个是北良村，一个是磨里村，两个村都是 100 余户人家，四五百口人。都是后有山，前有水，北良村是后有黑寨垴，前有北良水库。磨里村是后有磨则山，前有涅河水，山环水绕，人杰地灵。北良村是武乡第一个共产党员、第一任县委书记李逸三的村里，前后出了两名院士，六个博士。磨里村出了李畯、李玮革命兄弟，李树勋曾任中国人民解放军十三军副参谋长，李昶曾任四川雅安军分区司令员。

常言道“山水”，方士曰“风水”。我想到的却是生态文明，习近平总书记说的“绿水青山就是金山银山”。改革开放四十年来，经济取得了快速的发展，生态也遭到了严重的破坏。就拿武乡县来说，人们常说东乡有煤矿破坏得厉害，西乡不要紧，但实际情况是故城镇原来有 5 座水库，三十年时间里干涸了3座，川流不息几千年的两眼南沟泉水也于2019年断流。“武乡故城大平川，肥沃土地三万三。”近年来，却是90%的土地喷洒除草剂，人们想在野外挖点苦菜都成为奢望。人们赖以生存的水和土都受到了前所未有的挑战。每每想到这，习近平总书记像保护自己的眼睛一样保护生态环境，像对待生命一样对待生态环境的话就振聋发聩。进行生态保护，发展生态产业已经到了刻不容缓的地步。只有山而没有水，山无灵气，只有水而没有山，水无胸怀。同理，仁而不智，智而不仁都是不可取的，有山有水是自然的境界，亦智亦仁是做人的境界，这也许才是真正的天人合一吧！

三、村庄是我们的根

四月的一天，分水岭书记晓波给我说，会同村早五六年就有人专门发展生态休闲产业，他还准备在那举办个千人徒步大赛，邀请我有机会过去看一下。去会同前，我认真翻阅了《石盘记忆》，白国清主任为其写序，里边的一段话引发了我深深的共鸣：

“村庄是我们的根本所在。尤其是我们武乡，每个人的老家都在农村。幼年时期，白天，在老槐树底下，收了工的人们在歇息、乘凉，端着大笨碗津津有味的吃饭；晚上，依偎在母亲的怀抱，听她讲那些好听的故事，这些曾经是童年时期最快乐的时光。随着时代的变迁，这些场景已经不再展现。众多村庄的命运正在发生巨大的转折。有的被新建项目所占，有的因煤矿塌陷而毁坏，有的因扶贫移民而搬迁，有的因村民流失而消亡。一些村庄只剩了些断壁残垣，一些村庄被连根拔起，搬迁到了新的地方。武乡籍作家小岸曾写过一篇小说，叫《回不去的故乡》，便是大部分村庄的真实写照。可以预见，再过三十年五十年，许多村庄将面目大更，有的甚至无从寻觅。”

“江河万里有其源，树木参天有其根。寻根溯源既是人的一种本性，也是民族传承与发展的必需。村庄是人类社会构成的起点，是庞大社会体系的基本单元。村庄量小，但其意义甚大。一个地方的历史文化，很大程度上是由众多村落所承载的。村庄是散在原野上的大树，留存村庄史料，就是挖掘保存那古老深长的根系……”

读着白主任深情而富于哲理的描述，我想到的是改革开放以来，一个个曾经承载一代人记忆如今却已空无一人的村庄：

洪水镇（6个）：韩青垴、羊圈、下庄、赵家垴、小庄、蔡家壑

监漳镇（5个）：余盛庄、响水温、下西川、小东坡、下禅窑

故城镇（1个）：康家沿

墨镫乡（2个）：壑口、东庄

韩北乡（1个）：关牛角

大有乡（9个）：大贝、丰背、前新庄、南庄、窑沟、南坡、小新庄、窑上、圪级上

石北乡（1个）：元庄

分水岭乡（4个）：明沙沿、北茅庄、马圈堂、乔家岭

……

四、历史名村——会同

保护那其实已经脆弱无比的生态，保护那转瞬即逝的乡村历史记忆，带着这样的理念，我们来到了会同村，来到了人人山下。

以前，我们到会同都得走权马线经故城到石盘再到会同，有不差45公里。现在得益于石北至石盘的四好公路全部硬化，我们就走石北这边，从石北到神西，再从元则沟到长谐，不到30公里，就到了会同村。

会同村位于分水岭乡东部，其实就在故城镇高仁村的正北，两村直线距离仅5公里，只是因为当中有繁氏山阻隔才绕得远了，会同村南面就是繁氏山，东面就是人人山。

康熙版《武乡县志》记载：

石臼山，在县西北七十里，有古石臼存焉。

石盘山，在古石臼山之西，其形如盘，故名。

乾隆版《武乡县志》记载：

石臼山，在县北七十里，有古石臼。

石盘山，在石臼山西，石多土少，山形如盘。

繁氏山，在县西大梁村北，上有孝文皇帝庙。左晋恭世子申生，右显济王狐突。

民国版《武乡县志》记载：

人人山，在会同西北，内有水晶石。

樊氏山，在会同南五里许，上建有孝文帝庙，庙貌庄严，令人敬畏。

乾隆版和民国版一对比，就发现，民国版上没有了石臼山，却多了一个人人山。

一进会同村，就看到了会同村正西的人人山，很是突兀。两座山峰突起，中间形成了一个自然的凹形。通过实地考察，我猜测，民国版和今人所称的人人山，应该就是康熙和乾隆版县志所载的石臼山。不过，康熙版和乾隆版武乡县志编纂者可能没有实地到会同，都将石臼山记作山上有古石臼而叫作“石臼山”。其实，还得回到象形山水上来，从会同村看，这山就特别像一个古代捣谷子用的石臼。那后来为啥又改成人人山了呢？原来山顶有两块巨石极似人形，从远处瞭望，就像两个人背靠背坐在山顶，于是便有人说，山上那两人，其实是一男一女的恋人，女的盯着山下的云竹湖水，若有所思，男的望着远处的高山。既像恋人陶醉在爱情的幸福之中，又像父母之命难违，爱情遭遇挫折，背靠背忧愁。有此浪漫，于是后人便用人人山替代了石臼山。

会同村历史悠久，相传2000多年前就有人类居住。后因躲避战乱，村里汇集了刘、王、张、常、陈五姓，人们都想以自己的姓氏重新命名村名，争吵不下，最后一位长者提议：战乱年月，大家都不容易，能走到一起，也是缘分，我琢磨就叫“会同”吧，此议一出，大家不再争论。其实，这位长者极有文化，《尚书·禹贡》载："雷夏既泽，灉沮会同"，会同者，既有出典，又响亮文雅。

会同村村北土岗最高处，建有广福院，是市级文物保护单位。庙里有一通《敕黄记》古碑，该碑于金大定十五年（公元1175年）勒石，比白马山金大定二十年护国利应侯龙凤碑的年代还要早，虽然做工不像龙凤碑精致，但因为是青石碑，保存得更好，碑高约2米，碑首篆额"敕黄记"三字，碑文上半部分为礼部下发的文牒，字体草书、行书皆有，下半部分是"广福院记"，记载唐潞州大都督府武乡县会同里太平军讨击使李宝亮见该地有老松一株，虬拔屈曲，势若蟠龙，顶平似华盖，寿及千载，荫覆数亩，夏则风声瑟瑟，冷气袭人。李宝亮常慕此景，于是征询堪舆家意见，于唐朝天复年间（901—904）在此建佛堂数间，金大定四年，寺院主持行念收到礼部下发的牒文，赐名"广福院"。从该碑推断，会同村至少有两千年的历史。

每年农历七月初七，都要举办广福寺古庙会。四大社（会同、高仁、陈村、大良）、八小村（温家庄、庄里、梨树庄、蚂蚁辿、李家垴村等）村民云集会同。庙会期间，村中耆老带头到广福院迎神祈福，祈盼风调雨顺，文艺活动众多，人声鼎沸，热闹异常。

会同村南面的樊氏山上，原建有规模宏大的北魏孝文皇帝庙，庙左是晋太子申生庙，右是狐突庙。孝文帝是历史上的一代明君，申生是晋国最优秀的储君，而狐突是留下"子无二父，臣不二君"名言的一代忠臣。封建时代，人们最期望的就是天下有明君，郡国有忠臣，县邑有清官。这样老百姓才能轻徭薄赋，安居乐业。也许后来昏君太多，忠臣太少，老百姓的"明君忠臣幸福梦"最终破灭了，只求能够人丁旺盛，风调雨顺，指望老天爷照顾了，于是，繁氏山上，人们在倒塌的孝文帝庙和申生狐突庙基础上建起了"娲皇圣母庙""龙王庙"。

此外，会同村里还有始建于唐代的文峰塔，始建于明嘉靖年间的王家祠堂，还有十座清代民国时期古民居院落，分别是：清顺治年间建的上南院、村中院，清雍正年间建的西头院，清嘉庆年间建的下南院、当村院，清光绪年间建的上街院、刘家院，清宣统年间建的柏树院，民国期间建的南头院、坡庄院。主体大多保存很好，承载了大量的历史记忆。令人欣慰的是，2017 年，原石盘开发区完成了会同村“中国第五批传统村落”申报工作。今天的分水岭乡又在大力发展乡村旅游。祝愿不久的将来，会同古民居也能成为武乡旅游的品牌。

五、养心·多摩谷

从会同村往西走不到二里，就来到了人人山下。山谷口的大门上赫然写着“金谷上林苑”五个大字，名字起得挺大，听起来就好像汉武帝的皇家林苑。分水岭乡党委书记晓波已经到了——周末，他是和两个跑友从分水岭那边跑过来的，听他介绍，我才知道，老板并不是外地人，就是邻近的陈村人，叫王小军，也是“70 后”，在太原摸爬滚打多年，后来做电缆生意，积累了人生第一桶金。2014 年回到老家，流转了会同村人人山下 2100 亩山林土地，

王小军的眼光挺超前，他从小在农村长大，又在城市滚打多年，知道城市人最大的苦恼就是生活工作节奏快，身心疲惫。所以城市人最大愿望就是能有时间“逃离城市”，到一个离自己城市不远，又有山有水的地方放松心情，寻找儿时农村的记忆。所以他选准了会同村，选准了人人山。这个地方有山有水，僻静幽雅。距离古名村泉之头仅 2.5 公里，距离云竹湖不到 5 公里，距离邢汾高速云竹湖高速口 10 公里，太原、长治到此处 2 小时车程，是太原、长治市民周末休闲的好去处。

王小军的眼光挺独特，他知道太多的城市中年身心太累，就把生态人人山定位为“养心”，他知道城市的年轻人喜欢浪漫、神秘，就打出“禅意多摩、康养曼都”的口号，他知道城市的老年人需要康复、健身，就着力打造“康养中心”。

人人山下，保留着较为原始的生态环境，山、水、植物资源融为一体，森林覆盖率高达50%，空气中含有丰富的负氧离子。一年四季分明，春季湿润温和、夏季清凉宜人、秋季温和凉爽、冬季松雪相映。

王小军的眼光很长远，六年多来，投资了2000余万元，没有见一分回头钱，但他仍在坚持着。因为他下的是一盘很大的棋，你看他做的项目规划：有康养休闲服务区，有生态农业服务区，有中医养生馆，有森林体验馆，有森林度假区……

在人人山下，我看到了已经修好的人工湖，湖上还有乌篷船。我看到了山脚下的鸡窝，母鸡、公鸡自由地在林间寻找虫子，吃饱的就自己跳到鸡窝里下蛋。我不禁想到了这几年我们武乡大力发展的机械化笼养鸡项目。2010年，贾豁乡的槐树烟村就办起了机械化笼养鸡。2012年后，韩北乡南上合、石北乡小良、故城镇北涅水村都建起这样的机械化笼养鸡大棚。每个鸡棚长100米，宽15米，三层鸡笼、每层能养1万只鸡，一个棚能养三万只鸡，很是现代化。厂里不管这些鸡有病没病，饲料中提前就把治感冒、痢疾等20余种药配到饲料里，白天黑夜用大电棒照着。45天鸡就出栏，运输过程中，汽车一个颠簸，或者一个大的声响，就要有几十只鸡死亡。一个棚3万只鸡，送到屠宰场也就两万四五，死亡率高达20%……

呜呼！我不知道这样的鸡人吃多了会怎样？我只想人说，人人山下，鸡都是幸福、快乐的！

四　人物志

总有一个角落繁华

宋　玲

战火纷飞的年代，炮火硝烟如同时光的故事在浑然不觉中关上一扇热烈的大门。一切平息下来之后，一个十年又一个十年……

十年生死两茫茫，更何况一个时代到另一个时代。然而，不思量自难忘。到今天关于他们，除了面前这块高耸的石碑和镌刻秀丽的文字以外，一切都已成为泡影。

是的，纪念碑上的文字比历史要平静，枪林弹雨的历史比人要冷静。真正挣扎在死亡线上的是我们未曾谋面的、曾经流淌着热血的人。

时代繁华大多始于默默无闻的人。

《道德经》里说大象无形、大音希声。是的，不善言辞常常是务实的另一个表述，就像未曾留下只言片语的烈士们。

我常常会想，每年一波又一波的祭奠，一个又一个花圈，一双又一双聚聚散散的脚印，一盏又一盏摄像灯，一次又一次沉痛的沸腾过后，还剩下什么？曾经年轻的生命渴望的是什么？

陈毅将军在《梅岭三章》中写道：

投身革命即为家，
血雨腥风应有涯。

取义成仁今日事，
人间遍种自由花。

取义成仁并不过时，人间自由尚在继续。除去简短的热闹，更多时候还是孤独。就像面前这一块块静默的石碑，周遭除了阴晴圆缺就是无休止的昼夜更替。

浅薄的周而复始、一瞬间的喧哗，不应该是送给英雄的致敬和缅怀。他们不惮于取义成仁，他们更渴望遍地自由花。

花儿总是期待灿烂的。所以，后人该有的除了想还得做，不止纪念还要实干！

所以，故事就是从这一刻开始的。

几个和他们一样有着中国梦的年轻人决定在这片土地上，从红色壮烈中奏响金色崛起。

而最先敲响擂鼓的是一个被称为“小米县长”的网络牛人——张志鹏。

张志鹏——中国煤炭科工集团有限公司一名正处级干部。自从看到习近平总书记2016年2月1日至3日在江西考察时的一句寄语“扶贫路上，不能落下一个贫困家庭，丢下一个贫困群众”之后，这句话就在他心底生根发芽，暗下决心，如果有机会一定像习近平总书记期许的那样，投入贫困地区火热的脱贫攻坚实践中。

精诚所至金石为开。

2016年4月18日，张志鹏怀揣着习近平总书记关于老区扶贫的重要论述“把革命老区发展时刻放在心上”“把扶贫工作锲而不舍抓下去”，千里迢迢从北京来到武乡，开始了他人生旅程中这段不寻常的探索。

“踏上这片土地之前是习近平总书记的话激励着我，踏上这片土地之后是革命老区的精神感染着我，走进这片土地则是老区人民的朴实温暖着我。”张志鹏曾这样说。

既来此则不止安于此更要干于此。

一次又一次调研之后，张志鹏终于找准了工作的突破点——以小米为抓手的产业经济链。

“武乡小米品质好，口感好，营养丰富，是古代沁州黄小米的主产区……”听着这样的介绍张志鹏眼睛亮了起来。守着黄金怎能贫穷？干，从小米开始。

说干就干。推售滞销小米，创立武乡小米品牌，联手《品牌农业与市场》杂志社策划和完善武乡小米的基本品牌营销体系，形成“三位一体”的市场运营体系，参加河南郑州举办的“美味中国行”活动。

上平台、拉投资、找客户、站台、代言、背书成了他扶贫期间第一要务。这位来自大城市的“泥腿子”带着武乡的小米奔走于祖国的四面八方。

但这过程并不寂寞因为金色的梦想，并不孤独因为红色的信念。

在这片生长过无数英雄的沃土上，曾经的英勇感动着他，面前的朴实温暖着他，习近平总书记身先士卒激励着他。张志鹏坚定而有力地四处跋涉更加自信。

功夫不负有心人，随着“小米县长”四处奔波的身影武乡的小米终于冲出武乡走向全国。如今武乡小米家喻户晓已成为大家餐桌上不可或缺的美味。

家喻户晓对于沉寂已久的小米是一种繁华；收入增加对于贫困线上挣扎的百姓是一种繁华；日夜兼程对于坚守理想信念的众生也是繁华。

集众智，谋出路。武乡以晋黄“羊肥小米”为依托，利用“晋谷21号”小米的优良品质响当当地喊出了“小米加步枪好米在武乡”“五常大米武乡小米”的口号。

产业合力，市场合力，这片土地上的人民乘着这股东风也在继续发力。当地百姓利用微商、电商等融媒体手段带着金色的“小米梦”继续起航。

擂鼓已响，擂台已上。打擂人打出漂亮的第一场。那第二场又当如何？

“百尺竿头更进一步，协心戮力从一个漂亮到下一个精彩。”

“今年是第三年，每年这个时候我们都会来这里。”

“每年可以帮助这里的百姓推销两吨左右。”

“今年我们这里受了涝灾，利润全部留给父老乡亲。”

“哈哈哈，其实我们这三年并没有盈利，事实上我们在贴钱。”

“但我们愿意，之前张县长把武乡小米挺起来，但是要发展还得靠自己。有鱼更要有渔。我们武乡小米要想更高更远一定要敢于革新。”

这是红色大地上土生土长的武乡的几个武乡后生说的。听到这一席话的时候我才真正感受到文字沉甸甸的分量。

后生可畏。是的，可畏的是他们脸上的憨实、眼里的希望、足下的落地有声。

而认识他们源于一个阿姨。

2020年冬天，远在三亚的姑姑突然病倒，五次三番去医院探望，姑姑嘴里一直念叨：想喝一喝老家的米汤，从小就是喝那个长大的，现在超市里买到的小米怎么就都不是个味儿呀！

几乎每次探望姑姑都能听到她的抱怨。年纪大了，身体每况愈下。加之表姐们都在千里之外，姑姑的脾气变得暴躁无常。

已经是第六次买来的小米了，而且再三叮嘱阿姨多熬一阵子，一定拿煤气熬。然而姑姑依旧不满意，一直抱怨：“哎，临了临了老家这把土是吃不上了……”接着便是老泪纵横。

一旁的我无言可对，回头看看旁边的阿姨，阿姨也是一脸茫然。

姑姑迷糊着了，我从病房出来，阿姨紧随其后。“您是要辞职吗？”我问。自从病了以后，姑姑像变了一个人，前前后后已经气走三个阿姨。我知道她想让孩子们在身边，可是都远在国外哪里是说回来就能回来的，何况正逢疫情。

“没关系，我不会为难您的，我知道您也不好干。该给您的钱一分都不会少，唯一要麻烦您的就是给我几天时间，我好找一个接您班儿的人。”我接着对阿姨说。

“不，孩子。我也看到了你的不容易，我是武乡人咱们是老乡。”我诧异了一下，“你要信得过我，把这件事情交给我，我也没比你姑姑小多少，她心里想的，我懂。不是煤气熬、熬多久的问题。缺的是那把土的味道。哎，上了点年纪的人才懂的，你们太小了。”

说着眼泪从她眼里流了出来。

我也哭了。

不只是感激，不只是庆幸她的留下来，还有别的——一种掺杂这乡土人情味的安定。

半个月过去了。我刚刚下课，一拿起手机就有七八个未接来电。我有点着慌：莫非姑姑……不敢多想，赶紧回电话。

“丫头，就是这个味道，你知道吗？我喝上小时候的米汤了，心里那个舒服呀……”姑姑在电话那头一边喝着一边说着，兴高采烈像个孩子一样，偶尔还能听到一旁的阿姨：“慢点慢点，还有还有。”

我悬着的心总算放下了，姑姑的心愿大概了却了吧！

后来姑姑居然出院了，直到现在身体也还很好。接姑姑那天，医生说这是奇迹。姑姑说给她续命的是老家的那把土、是老家的那口米汤。

其实，我是相信的。能挽救一个人的只有自己，只有自己向上而生的信念和不死的精神。就像姑姑常常在电话里说的：我要等孙子、孩子回来，我要回武乡。正是这个小小的念想让姑姑向死而生。

而给她力量的是老家的米汤——带着故土的体温。

人生无非聚散。相逢是偶然的际遇，分别是迟早的结果。

阿姨说儿子结婚了要回去看孙子。临走的时候千叮咛万嘱咐：孩子，我从武乡前前后后寄了七八种小米上来，就这一种你姑姑最满意，没了你就给她买这种，买小米的电话你收好了。熬的时候，响水下米，千万别等水开了，再搭配一点老家的豆签儿，不要太多一小把就行……

阿姨交代了很多，我只是点头。然后送阿姨去车站。

女人总是感性多一些。

阿姨摸了一把眼角的泪，拉长声音：俺孩回哇，是个好闺女。人这一辈子啊好好赖赖死活是个分……是用老家话说的，我都听懂了，她可能以为我没有。

进站了，阿姨招招手示意我回去，我点点头，没有再说什么，阿姨也没有。那一刻竟然没有拥抱一下，没有握握手，甚至没有道别的话。心里却格外踏实。

大体来说，客套话多是泡沫，跟外表精致的包装一样，华而不实。点缀一下生活可以，落实下来多会让人失望。

阿姨是实诚人。说的话做的事就和每次寄来的小米一样，颗粒饱满，色泽金黄，一颗是一颗。

阿姨的离开让姑姑难过了好一阵子。她甚至又开始抱怨，抱怨房子太大，抱怨人太少，抱怨山高路远，抱怨人间寂寞。

幸好那些小米留了下来和她做伴。

每日里，她除了熬小米粥，做小米焖饭，还发明了好几样做法。每发明一样，都会给我打电话。电话里告诉我怎么做，如何好吃，如何有营养，对皮肤如何好，最后才怯怯的问我能不能尽快去品尝一下。

我知道她在讨好我，她很孤独。

科技越来越发达，城市越来越繁华，楼层越来雄伟，脚步越来越匆忙，天空越来越小，故乡越来越远。尤其对于老人。

姑姑越来越孤独。

我还沉浸在这种悲哀之中，电话响起来了。

“您好，董女士。我知道您姑姑一直吃我们的小米，我也知道她怀念故土。现在是这样，我们正在试行一个项目：喜欢我们小米的人可以领养一块地，春耕到秋收全程可以视频参与。鉴于您姑姑的情况，我们特地在她老家帮她留了一小块地，帮她打理的人我们尽量找一些老人家认识的。所以这次给您电话我们的目的有两个：其一就是想问问您是否愿意参与我们这个项目，其二就是如果愿意您是否方便告知一下老人的年龄和她认识的一些人。此外还有一个小惊喜就是我们计划每年安排一次游子探亲活动，能够让像您姑姑一样的长辈们有机会回家，也算是帮儿女们尽一份孝心吧！大体我们是有这样的设想，如果您有意，我们可以把详细计划发给您。”

电话还在继续。一旁的姑姑竟然不假思索地说：我想去。

我抬头看着姑姑像孩子一样的脸，眼泪又来了。

挂掉电话，我把所有的事情都推后，准备一探究竟。还有什么事情比子欲养而亲不待更可悲的呢？

于是便遇见了他们。

几个戴着眼镜的乡巴佬。不像文化人的样子也不像庄稼汉的样子。这让我更加好奇，其貌不扬的深处到底是怎样的一番波澜壮阔呢？

拭目以待。我们将近一周多的考察开始了。

大家一起上山下乡跑农户，看基地，谈细节。他们时而雷厉风行，时而优柔寡断，时而意气风发，时而灰心丧气。但唯一不变的是脚踏实地前行的勇气和奋不顾身肩头的担当。他们说：我们这样的小人物也没什么大道理，但是人字当先利放两边是我们想的；他们说：到底也不知道能做成什么，可是就是想好好做这件事，这里的小米配得上，这里的父辈们也信得过；他们还说：一个外乡人为了这片土地还那样奋不顾身，土生土长的本地人怎么就不能有点杀性呢？他们还说了很多，每一个字都是滚烫的。

“我想写一篇文章可以用你们的真名吗？”最后我问。他们先是一愣，然后爽朗的笑声划破了夜空。

“可以啊，我们叫富硒小米，伏羲。你懂的，哈哈哈。”我也笑了。

真的，那晚的月色格外明亮，笑声格外晴朗，人也格外美。

此刻，我已踏上归途而他们的那句话我将永生难忘。

“来年，我们再去祭奠那些碑文上的英雄时，想用实实在在的繁荣，底气十足地说句：放心吧大哥，咱这里一切都好！”

列车还在前行，马上就要驶出武乡了。我忍不住回头，仿佛已经看到一场金色的繁华。

又一场不负青山不负人。

奶　娘

郝雪廷

我有三个娘，一个生我的娘，一个养我的娘，还有一个就是奶我的娘。生母、养母都不在好多年了，明天是奶娘的 84 岁生日，准备回老家为娘祝寿，竟然有许多的往事涌上心来。

据说我出生后，生母一直有病住院，父母担心怕我的四个哥哥在炕上打闹把我踩死，就将我送了人。不过我的养父母和生父母关系特好，我的上面只有一个大我十五岁的姐姐，爹娘待我非常好，有句老话比喻“视如己出”，其实养父母对我要比“己出”还要亲百倍。这些我在一篇忆母亲的文章中已经写过，今天要说的是奶娘。

奶娘和我养母是亲姊妹，是我的亲姨姨。当爹娘抱养回我以后，正好我的姨姨在月子里，而且那个和我几乎同样大的不知是哥还是弟，他很不幸刚出生就夭折了。就这样，姨娘变奶娘，从此，我吊在奶娘的奶头上。当然吃奶时候的情形记忆中是没有的，听娘说有两个小故事一直记着：一是当时是困难时期，吃食堂大锅饭，打回饭来里面全是清汤，面条少的能数清有几根，我的奶爹和姐姐只能喝寡汤，把可怜的几根面留给奶娘，好让她积攒点奶水喂养我。这句话说起来简单，做起来却不易。为了不让我受饿，一家子得了浮肿病，我的命是他们一家子命换来的。二是在我快两岁的时候，养父母把我引回家里后，奶娘心里放不下，天天惦记我，十几里路程，一天去看我一趟，后来每天都去能望着我村的高谷嘴上远远地张望，似乎这样她才心安。就这样差不多有半年，村里人说她想孩子想疯了……娘母心肠……

想到这里，我有点写不下去，因为伟大的母爱让我泪水充满眼眶……

我高中毕业，去供销社当了营业员，就在奶娘的村里。那时物资紧缺，什么洋油、碱面、黑糖、火柴、肥皂、洗衣粉之类，买什么都要“走后门”，但奶娘从来没有张过一回嘴，有人求奶娘帮忙，可奶娘一句话回绝：“不给孩子找麻烦。”

最让我不能忘怀的是，那年国家决定恢复高考制度，我报名参加高考。寒冷的冬天，每天晚上复习到深夜，奶娘让我黑夜回家睡觉，怕我在单位睡休息不好，影响学习。每天总是到深夜一两点钟我才回去，奶娘用一个小砂锅，做一大碗圪瘩儿汤，怕凉了，放在火台上，而她披着被子在炕上等我回家。等到我回家，眼盯着让我吃了这一大碗饭，她才放心地去休息。天天如此，直到两个多月后我考试结束。考试成绩不错，全县排名第三，可谁又知道，这中间有奶娘多大的关爱呀……

我不想用什么华丽的辞藻去写这篇小文，还是写件小事吧，这个是妻子记忆最深刻的。那时我们的工作两地分居，妻子在奶娘所在的村里教书，她怀胎五个多月，由于劳累过度，胎气受到影响，有一天突然腹部疼痛，她一个人在学校又急又怕，毫无办法，学校的旁边是我姑姑家，她只好去求情，可姑姑家不方便。她只好忍着剧痛，走了很远到了奶娘家，奶娘见她这样子，非常关切，一知道是小产征兆，不由分说展开新被子，说：“媳妇上炕。”奶娘真的把我的妻子当成自家的儿媳妇，赶忙抱来柴火，先把炕烟热，又让奶爹、奶弟去叫我姐姐、叫我的爹娘，到公社给我打电话，真的是把一家子忙得不亦乐乎。孩子虽然小产了，但奶娘的关爱却让妻子不能忘怀。

还有……故事太多太多。但年轻的时候往往不懂感恩，工作那么长时间，都不知道给奶娘买点吃的，多少年来连点零花钱都没给过她老人家。而她老人家，每到过时过节，总会把粽子、月饼、米面煎饼等做好给我捎来……

想起来真的后悔。

直到养育我的爹娘都去世了，奶爹也去世了，心里才突然感觉到，奶娘成了我长辈中唯一的亲人。她老人家给了我很多很多，我为什么不懂得尽一点点孝心呢？惭愧，真的很惭愧。乌鸦知反哺，羊羔跪母恩，禽鸟知仁义，何况世间人？此后，猛然自省，奶娘老了，我这做儿子的应该尽孝，用自己的一切去还这份养育之恩。前两年奶娘患了白内障，我把她老人家接来，一年做了两次手术，使奶娘重见光明。本来是小事一桩，可村里的人那叫个眼气，好多老太太都说她命好，奶了个好孩子，知道疼娘。可是人们怎么知道奶娘对我的爱如同海水，而我对她老人家的报答却只是点滴？村里人的夸赞令我汗颜，我感到惭愧。每次给奶娘些零花钱，她总是不要，说我花不了个钱，你养两个儿子不容易，城里开销大，还是先顾家里吧！我心里知道，奶娘养育我的时候，真的不是为了以后有人给她零花钱，而是一种做母亲的无私。

今年四月，弟弟打来电话说母亲病了，我赶忙将她接到城里医院检查，人老体弱，这病是一下治不好的，只能回家慢慢调养。几次回去照看，奶娘的身体大不如前，特别是脑子失忆，成了老年痴呆，问什么都不知道，刚吃了饭问她吃的什么？她就说不知道。但只有一样记得清楚，看到我回来了，就要把我家的所有人问个遍。奶姐姐笑着说："俺们家的事，您啥也想不起来，自己的事也忘得一干二净，雪廷家的事您怎么都记得？不是装的吧？"奶娘摇摇头还是痴呆呆的……

望着奶娘，我呜咽着，奶娘这份情，我这辈子那里能还清呀……

明天是您老人家的生日，我回去为您祝寿。虽然您痴呆了，我一样爱您，我还会在您耳边呼唤：娘——我回来看您了！

东乡的老婆西乡的汉

弓国伟

在武乡，流传着一首古老的歌谣，说是：

申粱沟的西瓜陌峪的蒜，

东乡的老婆西乡的汉。

这说的是出产，且是名出产。但把东乡的老婆作为比兴，不难看出东乡的老婆在本县的知名度。而东乡的女子要嫁给西乡的汉子做老婆，则是天造地设的好姻缘。

武乡，有其独特的地理状况。县志载，武乡县境状若如意，绵亘于太行太岳两山之间。县境则东西长，南北窄。东西长150公里，南北最窄地带仅20公里。故此，1940年由于日军占领段村的阻隔，晋冀鲁豫边区将武乡县分为武乡东（县）和武西县。说不清是历史的渊源，还是地理的原因，今天的武乡人也习惯把武乡分为东乡、西乡。划分的界限，则按今县城的东西为界。

武乡的西乡，自古以来为不毛之地，且当地居民历来以柴草为主要燃料，植被稀疏，岩石裸露，可谓黄土漫漫，岩石丛生。涝时泥石俱下，浊浪滔天。旱时，赤裸的山沟丝丝冒烟。因为整天面对这苍凉，粗犷，骨子里便生出几分豪爽，倔强，透出些山的深沉，浑厚，坚强的性格。用当地的话说，西乡人是一副脸，不会心里做事。悲时，鼻泪交流，号之啕啕；恼时，骂天骂地，还得捎带上八辈祖宗。西乡的汉子，吐口唾沫是一颗钉。老婆和你好上了，就要好它个死去活来，生生世世。

武乡的东乡和西乡各有不同。相传，在清代以前，武东山区草木茂盛，古木参天，林荫蔽日。虽说不上茂林修竹，小溪涓涓，也可谓绿茵遍地，秀色宜人。只是后来因天灾人祸，战争破坏，又有河南林县人大量涌入，伐木开荒，烧草种地，植被才大片破坏。且东乡清以来集贸昌盛，行商坐贾往来不绝。历史的传承和外来文化的交融，造就了东乡人在豪爽中掺杂进了一些商人的诡诈，直率中揉进了一些坐贾的机灵。用西乡人的话说，叫会心儿做事，喜怒不形于色。悲时嗡嗡嘤嘤，嘴不露齿白。恼时，唷唷滟滟，有点唱道琴、说鼓书的味道。东乡的汉子可给你拍胸脯，打保票，却要打点折扣。东乡的老婆则要淑女很淑女，要风流很风流，流光溢彩。傲慢时，拒人千里之外，来事时，风情万种，让人没法不心动。

武乡，石厚土薄水土硬。俗话说，一方水土养育一方人。吃着这方水土的人，性子直，说话也硬。不会曲里拐弯，绕来绕去，直直白白，是甚就是甚。从没有别的地方的人心里讨厌的你要死，嘴上却和你亲如一团火。以一句客套话为例，送别客人的时候，其他地方的人，都会很客气地说一声，再见。而武乡人厚道，心眼儿实，道别客人的时候，总是翻来复去说一句话："来哇，啊!"来哇，是诚意，啊，是嘱咐，直直白白的道明，让你来，来他家，就像把山里的一块石头揣进你的兜里，既泛着滚烫的热情，又让你觉得实实在在，可抚可摸。

武乡的东乡、西乡，由于地理环境历史传承的不同，造就了东西乡人文情怀和性格也不尽相同。东西乡的老婆汉子也就各有风韵，色彩分明。

东乡的老婆，西乡的汉，可以有两个层次的解释。第一层是东乡的女子嫁给西乡的汉子做老婆，是绝配，好婚姻；第二层是东乡的老婆更老婆，而西乡的汉子也就更汉子。

先说东乡的老婆更老婆。东乡的女人，更具有女性温柔、贤淑、娇羞的一面。东乡的老婆，举手投足轻轻柔柔，说话办事软款温柔，全不像西乡老婆那样，走路夹风带雨，说话捎枪带棒，直戳墙，硬生生的。东乡的老婆，抬头见了人，说一句问候语，说："你，吃来?"说时面带微笑，语调不高不低，出她的嘴，入你的耳。你字读得稍快，且读轻音，吃字说得稍重，来字则拖得稍长，上音和下音分明，给人一种清泉淌过滋润心田的感觉。西乡人见了面，也问候，抬头见了面，这样说："吃来没啦?"说时语气发硬，语调偏高，给人一种涩涩巴巴的感觉。

从流传于武乡的开花调中，也能看出东西乡人在文化中的个性表现。

西乡的老婆大胆泼辣，唱：

白线线领领，勾针针织，
不为爱你，不给（尔家）你做，
一把拉住（尔家）你的手，
说不下个情由不让（尔家）你走。

东乡的老婆扭捏娇羞，唱：

一对对旗杆，一对对头，
心里头爱你，开不个了口。
嘴里不说心里话，
来来回回为个啥？

从流传于武乡东部的一首描写性情歌中，更能看出武乡东乡的女子，扭捏娇羞和做作的一面，情歌中，这样描写到：

街门儿上一树梢，
身挂荷包手叉腰，
两眼往上瞧；
红枝绿叶长的好，
红的儿多来绿的儿少，
红的是花椒；
二八妹妹来摘花椒，

花椒树上圪针高，
扎了奴的嫩手梢；
叫声情郎来挑刺，
紧紧儿抱住慢慢儿挑，
疼痛没有了。

东乡的老婆不仅温柔娇俏，而且出脱的比西乡的老婆漂亮。走进武乡，东乡的女人勾人魂魄，让人牵挂。说东乡的女人漂亮，不是说东乡的女人有多娇艳，有多时髦，是说东乡的女人自然，纯朴，一如山里的一束花、一株草，没有丝毫人为雕琢和装饰。当春风吹来的时候，农家的老婆丰乳肥臀，洋溢着排卵期的孕育热情。随着脸上的红润潮起潮落，便把农家一年的希望播撒在这黄土高坡。用一颗少女般细腻而又温情的心，去编织出黄土地上春天的朴实、夏天的烂漫和秋天的丰殷。她们随便穿一件衣裳，却咋也包不住那青春的饱满和滚胀，便勾勒出女性身躯那山川河流，纤纤的腰，挺挺的胸，丰满而修长的腿。周身都充溢着那活泛泛青春的生机和诱人的娇媚。一头的黑发，或长或短随便拢了来披在脑后，却总透出长的飘逸，短的俊俏。还有那留起两根辫子的，辫梢梢上扎着红花柳绿的头绳绳，走起路来，辫梢梢拍打在凸起的屁股上，像引来了两只飞舞的蝴蝶，更显得迷人好看。

说西乡的汉子更汉子，也就是说西乡的男子要比东乡的男子更具有坚韧忠诚和不屈不挠的精神。从清代流传至今，在武乡西部广为传唱的“走西口”中，也能得到真切的体验。（武乡的走西口，多为武西庄稼汉出南关，到祁太，给当地财主开荒割麦为主），其中一首，这样唱到：

过了二月三，赶紧闹盘缠，
入了祁太川，穷起踢倒山，

迈开丁字步，就把草皮翻，
宁叫屈瞎眼，不叫抛老坡。

这首走西口，道出了当年西乡庄稼汉的艰辛。因为这开荒地是要把式、下气力、受得苦的活计。据当年走西口的人口传，到太谷干个短工，有相当大的竞争力，东家雇你，不会只雇你一人，在劳动中，谁吃得苦、干得好谁有资格留下来，吃香喝辣，把东家的钱揣到兜里。当年因下力过狠，累得口吐鲜血的也大有人在。所以，在走西口的人群中，大多用自身的经历，从心底咏唱出一句开花调说，一把把黄土，一把把汗，红花绿叶都是心血换。

东乡的老婆，西乡的汉，无论东乡的老婆，还是西乡的汉，武乡人都勤劳。而西乡的女人比东乡的女人吃得苦，经得磨。做姑娘时，尽管上北京、下广州，灿烂得就像一株喝饱了雨水的玉米一节节拔高，一旦结婚，成了人家的老婆，就得像她的母亲、姑姑、妗妗、姨姨们一样，走进这曾使她们爱得发疯也恨得要命的黄土地。一年四季让北风吹拂，与白云为伴，不管夏天的日头有多毒，秋天的寒风有多冽，都得走进田野，点玉米锄豆苗扦高粱割攸麦，弯腰弓背，把女性的身躯弯曲成优美的象形文字，像驴一样驮着热辣的太阳和农家的期盼。

武乡的女人平实，而西乡的老婆比东乡的女人宁静而淡泊，就像沟岔边一株树一束花。全不知道眼下，山外边的世界是咋样的浪漫，咋样的现代派，只会过农家的日子。什么叫会过日子？就是她们知道，农家的日子得一天一天地过，而且重在过。就像责任田里的地亩，得一寸一寸去翻耕，得有风吹日晒雨打霜染的付出。会过日子，就是她们知道，农家的日子，也得像隔一段就得浆洗的衣裳，要用棒槌去敲打，去翻晒，用双手去搓挤出几点小小的水珠。她们的全部，是不成规则的田亩，和蜿蜒深邃的石径。她们的指望是一天一个鸡蛋的指望。只有在下雨飘雪的日子，老婆们才把心的憧憬和期盼，做少女时心底里积存的那一点点浪漫，织成一双鞋垫，对成一挂门帘，富贵牡丹、喜鹊登梅、月宫折桂，还有万字不断头。用悉心悉意的日子，把这个农家和农家的小院，填成实心。

武乡的老婆平实，平实得犹如一首诗，可以说是：明月松间照，清泉石上流。

母　亲

白国清

2007 年的农历二月二十七日，一个普通的再不能普通的日子，却在我心头留下了永远无法愈合的伤痛。那一天晚上，外面淅淅沥沥下着小雨，在昏黄的电灯下，母亲走了，辛苦了一辈子的母亲，永远地卸下了人生的担子。望着母亲安详的面容，我哭得撕心裂肺，怎么也不能接受这个残酷的现实。安葬母亲之后的半年多时间里，我无时无刻不在思念亲爱的母亲，多少次想回家，又怕回家，想见又怕见老家清清冷冷的土炕，想见又怕见黑色镜框中母亲慈祥的面容……我多想还跟以前一样，依偎在母亲的身边，听母亲拉着那些家长里短，听母亲讲那么多好听的故事……而今这一切，竟成了今生今世永不再有的奢望……

在模糊的泪眼中，几十年前的土窑洞依稀闪现，这就是我的家。在这个贫寒的家庭里，母亲一气养育了我们兄弟姐妹七个孩子。儿多母受苦，一年四季，看到的总是父母忙忙碌碌的身影。父亲长年下地劳动，家务事全凭母亲一人操劳。做饭洗衣，纺花织布，推碾磙磨，农忙时节还得下地劳动。记忆中的母亲总是风风火火，办事干净利索，天不亮起床，一口气忙到吹灯。永远有使不完的力气，一大簸箕粮食往头上一顶，“嗖嗖嗖”就去了磨台，一个人推着石磨磨完两斗玉茭，还误不了给全家煮疙瘩吃。我们家男孩子多，一个孩子一年能踢破三四双鞋，光鞋子就得做二十多双，全都是用破布袼成鞋底，用麻绳一针一针纳出来的。严寒隆冬季节，母亲双手裂开一道一道血红的口子，手指肿冻得像小萝卜，仍旧是干这干那，什么事情都落不下。就这么个勤劳的母亲，支撑着一大家的吃穿，却总是少吃的、没穿的，日子过得紧紧巴巴的。

留在记忆中的是千篇一律的场景，热气腾腾的锅台旁，母亲为全家做红面（高粱）抿蝌蚪。白茫茫的蒸汽将母亲熏得满脸通红，大汗淋漓。一铲一铲地抿下去，用笊篱一搅，“咕嘟咕嘟”就煮熟了。母亲用麻利的双手，一碗一碗依次捞面，总是父亲满满一碗，我们弟兄每人半碗。轮到母亲给自己捞的时候，锅里就只剩南瓜和菜叶子了。曾有一次问母亲，你自己咋不吃抿蝌蚪？回答是不想吃。就是，那么干涩难咽的红面，我也不想吃。母亲便斥责我：“你还想吃甚哩？吃着五谷想六谷！”那她自己为甚不吃呢？这个问题直到长大才弄明白。每每想起来，心里都隐隐的痛，孩提的我怎么就不懂得把自己碗里的抿蝌蚪给亲娘拨拉一点呢？

即便是早上玉茭面煮圪瘩，中午茭子面抿蝌蚪，晚上山药红薯和和饭，也总是不够吃。于是，每年春天一到，万物生根发芽的时候，母亲便领我们去地里挖野菜、拨豆芽，上树摘榆钱。豆芽就是上年种过豆子的地里，撒落在地里的零星豆子生根发芽，长出嫩绿色的豆瓣，我们一棵一棵拨起来，回来煮了吃。但豆芽和榆钱也总是有数的，于是就会出现另外一种景象。某一天清晨，母亲把大锅的水烧得咕咕冒气了，才拿起一个簸箕，匆匆地出去借粮食了，一会儿，又捧着空簸箕回来了。没借到吗？不是！总是母亲前脚进门，后脚就跟进一位表叔，肩上扛着多半布袋玉米。母亲便赶紧招呼表叔放下粮食，满是感激：“你们家也不容易的，咋给这么多？”其实，这位表叔并非我家亲戚，只是当初家境比我们略好一些。每年青黄不接的时候，我家也只有向他家借一点粮食。靠着这半布袋玉米，我们家又可以度过饥荒了。

也就是临近中午饭的时候，那位“表大爷”便来了。母亲让我叫表大爷的这个人，只是村上一位无依无靠的老汉，又老又脏，靠讨饭度日。每到吃饭时分，就拄着一根拐杖，一路“哼哼”着寻上门来。我叉腿伸臂，很威严地拦住不让他进门。他只是“嘿嘿”地笑，“哼哼”着不肯走开。做饭的母亲发现了，又是狠狠地斥我：“你们家断人情哩？”然后就是将老汉扶进屋，盘腿坐在我家炕上。一刹那工夫，一碗热腾腾的和和饭便端上来了。老汉就抖抖地吃饭，头上的热汗下来了，眼泪下来了，鼻涕也下来了，全都沾在白花花的胡子上。我恶心得都不想看了，却见母亲一脸灿烂的笑容。临走的时候，还不忘塞给老汉半块煮剩的南瓜。我好长时间都觉得委屈，我们自己家都向人借粮食，却老是白白给讨饭的吃，还把讨饭的当作人情。我的母亲就是这样的一个人。

即便是穷得要命，也没见母亲发愁过，经常看见母亲是一副慈和的笑容，一个人忙活时还偷偷地唱歌。听母亲讲，她出生富户人家，姥爷是个知书达理之人，只是日本人烧了她家的房子，杀害了我姥爷，家境才陷入困境。母亲不能上学成为她一生憾事。为报父仇，母亲十几岁就在八路军织袜厂当工人。日本投降后，老区土改翻了身，母亲还登台唱戏，宣传新思想。母亲虽然不识字，但受家庭教育和新思想的熏陶，知道没文化的苦处，再穷也要供我们上学。那时候我们小学里只收五角钱的书费，就这也拿不出来，常常是用鸡蛋去换。母亲常常教育我们要好好学习，长大有出息：“家有千顷地，不如随身带手艺”；不要学坏：“为人休犯法，犯法身无主”。母亲的这些至理名言，犹如春风化雨，润物无声。在母亲的影响下，我们从小都自觉养成吃苦耐劳、勤奋好学的好习惯。在那么困难的家庭中，兄弟姐妹七个都考上学校参加了工作。村里人纷纷夸赞我们有出息，母亲只是淡淡一笑。

我家经济条件越来越好了，母亲却越来越老了，但她压根儿就没有享福的习惯。每次回家，见到的还是母亲忙忙碌碌的身影。母亲人老了，操的心更多了，甚至已经为我13岁的儿子准备结婚的被面了。哪个孩子几天没消息，她便坐立不安，天天念叨。那一年冬天，我不小心崴了脚，四十多天没回家，母亲便嚷着要上县城来看我。知道母亲晕车，我不敢让她来，稍好一些便回家了。一进门，母亲二话不说，捧起我的脚就要揉，把随同的朋友都给感动了。临走时，我已经走很远了，母亲又叫住我，似有什么大事要吩咐，我只好返回来，却是母亲叮嘱我，村里前天丢了一头牛，怕城里环境也不好，要我晚上睡觉时关好门。

母亲这么个絮絮叨叨，在我看来只是老年人的通病，根本没当回事，只是有时候不想让母亲扫兴，才装出一副耐心听的样子，母亲便大受感动。特别让我啼笑皆非的是，她本人爱吃西瓜、香蕉，以为别人也爱吃。夏天一回到家，母亲便切开大西瓜，一块一块端到我跟前，我们吃过一轮后，实在不想吃了，母亲便说你看你看天这样热，西瓜不吃完就烂了。等我忍着性子把西瓜消灭完了，只听“喀”的一声，又一个西瓜被母亲切开了——她自己还没吃好呢！那天我买回去一串香蕉，母亲硬要让我带上些给孩子吃。我说县城多的是，让她留着吃吧！没想到车子起步的瞬间，当我摇开窗玻璃和母亲告别时，母亲竟然扑过来把香蕉塞进车里，而她本人没站稳一下子跌倒在车前，幸亏司机眼明手快及时刹车。那一次我实实在在的生气了，从来没对母亲发过火的我下了车把母亲狠狠地数落了一顿。母亲像是做错事的孩子，红着脸，呆呆地站着不知所措。事后我相当愧疚，又回去和母亲解释，母亲却憨憨地笑着：“俺孩说得对，我就得听！”

母亲的身子一天不如一天了，我们却浑然不觉。兴许是忙，一年之中只有那么几次，回家看看二老。不止一次看到的是躺在炕上的母亲，但一见我回来就爬起来干这干那。这在我心中造成一种假象，以为母亲只是年老体衰，全然没有把母亲的病当一回事儿；而她自己又不肯说，老是硬撑着，终于撑来撑去，撑不住了……我们守着吊瓶，在老家的土炕上只陪伴了母亲一个整天。那天晚上七点半，弥留之际的母亲突然睁开眼问我：“你们都回来了，孩子哩?”我说：“晓丽（我妻子）已经回去了。”母亲说：“对，不要让孩子一人在家。”一会又说：“我没甚事，你们都睡哇!”想不到，这竟然是母亲留给我们最后的几句话。

母亲走了，没有半点预兆；母亲走了，任凭我们哭得天昏地暗。半年多时间，我昏昏沉沉，理不清一点头绪，每日浮现在眼前的，只是母亲慈祥和蔼的面容。上了十几年的学校，又是人到中年的我，到底也没能读懂读透母亲这部书，以致留下永远的遗憾和愧疚。其实，这也是母亲一贯的性格，她不想拖累任何人！贫穷摧不垮，磨难压不弯，疾病打不倒，乐观开朗，善良豁达，只知道付出，不求任何回报，这就是母亲，这位一字不识的农村妇女的品格。

在思念母亲的日子里，我依稀感觉到，母亲并未走远，她的血液正在我的血管里流淌，并将生生不息，一代接一代，永续相传，留给我们，留给所有怀念她的人以莫大的欣慰。

老　姑

蒋晋锋

老姑是我母亲的亲姑姑，是我正儿八经的姑奶奶。老姑小脚，但人高马大，很有精气神，走路一阵风，说起话来更是爽朗，人未露面，就听到她咯咯的笑声。

她喊我母亲总是一口一个“小兰子”，然后便咯咯咯笑出声来。我们姊妹几个一听这笑声，就模仿老姑的声音喊：小兰子！小兰子！俺来喽。母亲听了，便训斥我们，没大没小的。

老姑也是我母亲的媒人。据说，老姑的媒人就是她自己的姑姑。这样，她们姑侄三人在不同年代，都从邻村的一户张姓人家，嫁到我们村同一个家族而辈分不同的三户人家。有人打趣道：邻村这个张家，不知道图个啥，把三代闺女都嫁到同一村同一族！老姑讪笑道：就图人好呗。

老姑命运多舛，十六岁嫁人，三十多岁就守寡了。丈夫病逝，老姑一人把八个子女拉扯大，还照顾公婆，养老送终。白天上地劳动，晚上纺线织布。有时为了赶到三十里开外的西营镇集市卖布，补贴家用，老姑甚至通宵不休。黄昏时分，卖布归来，还不忘从附近的煤矿，秤来两箩筐炭，像个壮劳力一样把炭挑回来。老姑对子女们要求严格，村里人戏称她“佘太君”，她也嘿嘿地应承。

三年困难时期，村里闹饥荒。老姑家子女多，孩子们长身体，正是能吃的时候。老姑和村里的男人一样里里外外拼命地干，但天年不佳，庄稼歉收，分到的口粮总是不经吃。为了孩子们，老姑舍下脸拿着一只大笨碗去讨饭，从此落了一个“讨饭婆”的外号。但她最不屑这个外号，说道：哪能叫讨饭？俺是借的，日后俺会还的。的确，老姑自己心里有数，东村一碗米，西村一碗面，她都记在心里。挺过那段苦日子，她真的挨家挨户去还奉了。

老姑的三个女儿都远嫁了，五个儿子在身边。她常对人说：虽说俺家姑娘都不在身边，俺不还有一个小兰子吗？没啥大不了的。老姑的儿子们，我叫表叔。对我这五个表叔，老姑更是没少费心血。

我上小学那个时候，最初是很厌恶老姑的。最担心她拿着那只不知用了多少年的大笨碗，站在教室外张望，然后推门进来，喊道：“老师，让小莽子出来一下。”我一脸不快走出教室，同学们便起哄：佘太君来喽！讨饭婆来喽！

恰逢下课，老姑急切地把我叫到一边，说道：你大表叔荡秋千摔沟里跌着啦，你快给老姑撒一碗尿，让你大表叔喝，要不他会死的。我一脸疑惑，说：老姑，尿能治病吗？咋不去找医生呢？

老姑咯咯笑着：小男孩的尿能治病咧！你大表叔喝了保准好！保准好！那阵子我恰好憋着一泡尿，迫不及待了。老姑严肃地说：只要中间的尿，两头的不要。

正说着，身后已经围拢了一大群孩子，男生女生都有，他们就起哄：撒尿喽！撒尿喽！佘太君讨尿喽……我尴尬地红着脸。老姑一边呵斥着孩子们，一边哄着我说：俺小莽子的尿最好、最清爽咧！然后，心满意足地端着一碗尿离去了。

放学回到家，我委屈地对家里人哭诉。这时，家里碰巧来了个爱搬弄是非的老婆婆，掺和道：哎吆！这可是对咱孩子不好咧！会伤了孩子元气的！母亲不知所措地抱怨说：俺姑也真是的，只顾自己好，连我这个亲侄女她都糟践。父亲在一旁坚定地说：哪有那么多说法，不就是一泡尿吗？往哪尿不一样咧？

没过几天，我大表叔真的奇迹般康复了，我窃喜自己的尿救了大表叔的命。从此，我内心也开始佩服老姑了。老姑的确懂得多，就像一个乡村医生，草草棒棒在她眼里都有灵性，这种草能治咳嗽，那种花能消肿，抓一把细末土都能止血。

秋高气爽的一个下午，小伙伴们在校园里玩得正开心，我突然看到老姑迈着小脚急急地跑来。不过，这次她是端着一碗红枣来的，手里还是那只大笨碗。我在想：老姑家平时每个人都用这种碗，还是只有她本人用这一只碗？但村里人说，她的这个碗可有些年月了，从她嫁过来就用上了——吃饭用它，喝水用它，讨饭用它，盛我的尿还是它咧！

老姑打老远便喊：小莽子，老姑家园子的大红枣，带回家给你娘尝尝。随即，便把红枣倒入我的书包里，接着又着急地说：刚刚你三表叔上树打枣摔着啦，你赶紧给老姑撒一碗尿哇……

20 世纪 90 年代，耄耋之年的老姑病倒了。我母亲像女儿一样照料着她，老姑躺在炕头，思量着八个子女家的情况：这个儿子家里困难，那个闺女身体不好。思来想去谁家都去不得，便喘着粗气说：唉，为娘的再有俩孩子也养得呀！

老姑没有撑过那个冬天。出殡那天，子女亲人们哭得稀里哗啦。泪眼模糊中，我看到老姑那只大笨碗被人重重地摔碎在地上。

武乡出了个红秀才

崔　巍

一

20世纪80年代初，我就职于晋东南地区文联，曾为家乡武乡县的文学爱好者发过几篇处女作，其中就有郝雪廷的《贵姓》。

如果说《贵姓》是他为文的源头，那么，他之后小说创作像山涧的小溪一样，就这样欢快地流淌起来了。我们从此有了师生之谊。我对他的印象很深，不仅写作天分高，还有持之以恒的韧劲，讷于言而敏于行，这正是成事的必须。

然而，他并没有沿小说之途走下去，而是做了过墙蜂蝶，后来又到八路军太行纪念馆去另觅人生春色了。

得此消息，我已在晋东南地市分家后调到晋城市文联去了。

只是免不了常常忆起他的英眉俊眼，还有那时而浮起的会心的微笑。那会心，常诱我多看他几眼，正是那多看，使我一直牵挂着他的琵琶别抱，能弹出春色满园吗？

二

雪廷的琵琶别抱，说来苦涩，甚至有红军长征式的悲壮。如果说《贵姓》带来了欣喜，很快那喜出望外，就变成了失落、失望了。他崭露头角后，正逢文学嬗变，西风东渐，各式流派纷至沓来。原有的文学套路立刻人仰马翻，文学新人趁势而起，其间不乏得风气之先的俊彦英才，而领风骚的大多是既得天时，又占地利的北上广深的崭露头角者，身处偏僻之隅者就只能被冷落了。

雪廷其实是个智者。物竞天择，适者生存。既然文学正途太拥挤，何不另觅出路？他心目中的出路可不是随便找个饭碗，而是要和为文的本衷密切相关。这好去处蓦然回首，就在身边。那是 1995 年春，八路军太行纪念馆馆长王留大托人给他捎话要见他一见。当他见到王馆长，王馆长开门见山：“我想让你到纪念馆来从事研究工作，你愿不愿意？”对于抗战史研究，从小听得多了，自然由衷地喜爱，在他的文学作品中，大半与此相关联。王馆长带给他的这个机遇，使他的人生和事业一下子有了依托。

好去处，真是个好去处，既能续为文素志，又拥有广博的为文资源，一举两得，何乐而不为？走进纪念馆，小说的步子虽然减慢了，可练下的文字真功夫却依然在。雪廷所以敢于进纪念馆，别的事情他又得从头做起，唯文字方面的身手自信满满。这从他后来撰写的一通《重修黑龙庙碑记》可显其堂奥。现代白话文奠基在古文上，看一个人的文字水平，只要看看他的古文水平，就可以掂其分量了。我看到这通碑文，就惊诧得一再对他刮目相看，看得他都不好意思了。

也许，乡贤王留大正是早闻其大名，且有识珠慧眼，才把他调到纪念馆。这也是一次天降大任，因为纪念馆不能光凭构建雄伟辉煌去吸引人眼目，得有倚马可待的英才俊彦，得从成果中产生镇馆之宝。若无，可就金玉其外了。

三

雪廷一进馆便挑起大梁。原来，家乡在文字成果上一直是个弱项，资源虽丰沃，基本上是零敲碎打，单兵突进，没有谁人高瞻远瞩，从大格局、大角度去全方位审度八路军在华北的业绩。前辈们虽也在这方面做了很多工作，比如李志宽、王照骞、孙如珍等人，都在研究上下了大功夫，为八路军太行纪念馆的建设奠定了基础。但纪念馆建成后，随着管理体制的改变，参与筹建的功臣都留在县里各自原来的单位，纪念馆的研究工作明显出现断层。

雪廷来到纪念馆，选课题，定计划，一头扎在研究中，出成果就万事具备，只待策鞭催马，扬帆搏浪了。

雪廷有胆魄。他的第一部成果便是文学色彩浓重的《八路军改编纪实》。这就要说到他为著书的各式准备了。除了文字功夫自信满满，别的方面可称白纸一张。生于偏远之地，最高学历只是桂林一个工科的中专，那还是“文革”后，学生不能交白卷了，升学又得考试了。恢复高考的第一年，他便从家乡脱颖而出，出息到桂林山水里。他一无学术背景，二无家学传承，更无专家至亲，教授嫡传。家乡从古至今只出过一个叫陈舜裔的进士，但早是康熙年间的事了。

一言以蔽之，他要完成这部学术著作，唯有躬身而就，亲历而为。但是，人世间的路，都是从无路之处，创榛辟莽闯出来的。无非是头三脚难踩吧！红军长征，不就是爬雪山，过草地，行程两万五千里，跋涉十一余省，一步一个脚印走过来的？那时候，随时有生命的险虞，现在坐在这么气魄雄伟的纪念馆里写书，享大福啦！至于写作时的调查呀，走访呀，钻图书馆呀，找专家求教授呀……一切的一切，都如日升日落月圆月缺那般运作就是。无非废寝忘食，席不暇暖，餐风饮露，三过家门而不入吧！至于涉及面广，工程浩大，疑难丛生，须经年累月，旷日持久才能完成，那就想想老子的“千里之行，始于足下”，再想想韩愈的“业精于勤荒于嬉”，也不妨从民谚中吸取智慧，“绳锯木断，水滴石穿”。对了，最现成的当是愚公移山。那愚公移的就是所在的太行山。

对待困难，中国人不缺少智慧。对于郝雪廷，虽是农家子弟，这号智慧也是在童蒙时代和后来的写小说历程中吮吸了不少。当年，我俩会心微笑时，有些就会心于这些内容。

他就这样经年累月，将这部书做了下去。

精诚所至，金石为开。果然，在踏进八路军太行纪念馆 10 年的这个时刻，在纪念抗日战争胜利 60 周年之际，他独立完成了这部 30 万字的纪实文学作品，并由浙江人民出版社出版。

此书被誉为填补了抗战史的一个空白。空白之誉，这是多高的评价！这本著作不敢说洛阳纸贵，但也重印数次。更难得的是，他上了填补空白的瘾，又经过8年时间，十易其稿，又以一部《八路军序列沿革研究》填补了我军历史研究领域的又一个空白。这两部书，堪称姐妹篇。若说成名成家，他这时就功成名就了。写小说之途，也不过尔尔；不，写小说没有这么便捷。自古小说为小道。只不过后来有了“利用小说反党”之类泼天的罪名，这才抬高了身价。但那身价哪个作家敢接受？郝雪廷的所著，堪比“经史子集”一类了。

石门的父老乡亲们，你们从前以康熙年间出的陈进士为荣；现在则可以郝雪廷为荣了，他可是石门走出来的红秀才哪！

梅花香自苦寒来。当年流淌的小溪，现在已是一条波逐浪翻的大河了。

继两部填补空白的书相继问世，郝雪廷又人不卸甲，马不离鞍，不歇气一直写，一直写，写得两鬓染了霜，身体也有了这样那样的疾患。不觉二十余年过去了，竟集腋成裘，聚沙成塔，仓满囤尖，积下逾千万言，先后出版了30余部著作（其中独著17部，合著8部）。他的多部书稿，受到军事科学院研究员、全国顶尖的抗战史研究专家岳思平的高度评价。

人们习惯称创作成果丰硕者“著作等身”。郝雪廷身材颀长，究竟有几许高？反正比我高一截。他即便是武大郎的个子，想著作等身，容易吗？可是他以洋洋千万言面世，谁又能不为此感叹呢？

这些年来，他除了著书立说，还参与编书，并常年受邀，到处讲学，电视台开讲座，当选山西省党史人物研究会副会长，又被山西大学、山西财大等院校聘为特聘教授，在影视界也有不俗的成果。各式奖项，接踵而来，已经不是好事成双了……恕不赘述吧！

四

物有轻重，事有缓急。我把最想说的话，斟酌再三，放在这里说。

先引一句法国大作家罗曼·罗兰的名言：“要照亮别人，自己的心中要有亮光。任何写作都是戴着镣铐跳舞!”世间文体多种多样，每种文体难点不同。诚所谓“家家有本难念的经”。小说难在虚构、想象，郝雪廷也曾是门中人，自知其中三昧，我们又可会心一笑了。

那么，郝雪廷的琵琶别抱，难在何处?

我先道个实情，上次参会他就把所有的作品送我了，有文学作品，更多的是学术专著。可惜没有看，原因是眼力不济了。年轻时就患过眼疾，几近失明，苍天有眼又还我光明，最怕得而复失。一生从事写作，现在两眼早昏花得看啥都影影绰绰，何况砖头厚的巨著?

因为没有亲睹，又因他写的皆是历史，而历史最忌被人当小姑娘任意摆弄，例子也不难举。像朱德的扁担，“文革”中又换到林彪的肩膀上，开国大典那幅名画上某些人物的脑袋，一再让画家改了又改，换了又换，太让人堵心了。

那么，郝雪廷的逾千万言的著作中，会不会也出现类似的文字呢?这也正是笔者最悬心捏汗的。为此，笔者这次参会把主要精力放在同郝雪廷的交谈上，甚至鼓动老同学武云唐一道去他的老家石门下属的自然村马堖实地走访了一趟。

顺便说一句武云唐。他是我的高中同学，更是我的晚年莫逆。他是上党地域内赫赫有名的大记者，一生中采写的域内名人豪杰无数，他在察识人方面有火眼金睛……有了他的火眼金睛，我不再悬心了，捏汗了。因为在同雪廷的交谈中，知他早在进入纪念馆时，就已抱定秉笔直书的决心。他不仅知道中国史官中有著名的董狐直笔，他还以开放的眼光，把林肯的一段名言“你可能在某些时间内欺骗所有的人，你也可能在所有时间内欺骗某些人，但是，你不可能在所有时间内欺骗所有的人!”作为为文的圭臬，能效尤董狐之笔，能以林肯的名言自警自策，我释然了，武云唐也高兴了。我们都感叹王留大馆长的伯乐眼光。

因为在我们看来，八路军抗战史，是最能体现民族大义，可以彪炳千秋万代的历史，只要按真实的史料去还原，任谁也不敢在这一伟业上说三道四。相反，若添枝加叶，编造戏说，违背史实，只能是自取其辱。

那么，雪廷的逾千万言书，就没一点戴脚镣之难吗？当然有，金无足赤嘛！不过，这已与为文者的人品无涉。比如，限于写时的百密一疏，或调查不严，考证有误，校勘不细等等，留下了遗憾，抑或在情理之中。这都可以在修订时做增补校正。

余　音

这次参会，雪廷又送我两本书：一本是他早年的小说集《苦的河》，另一本是他新写的《李彦南传》。《苦的河》书名有寓意，大概是对当年小说的回味，品出一个苦字，而且苦成一条河？我一看就忍俊不禁了。是的，写小说时，是苦了些，但不是还有“无情岁月增中减，有味诗书苦后甘”之说？后来作了过墙蜂蝶，不是满园春色关不住了吗？

《李彦南传》当是他为知音写的书。李彦南生前虽和他不熟，但两人的事业却珠联璧合。一个在开创武乡红色旅游根基、建造八路军纪念馆等设施方面厥功至伟，有口皆碑；一个则在研究八路军文化方面，屡有成果，声名远扬，独占鳌头。

《李彦南传》应是郝雪廷的知音之报。

我以老迈之身，老朽之思，勉为其文，也是想以师生之谊，作知音之论的。当然，那得雪廷点头。

母亲的解放脚

李保平

母亲是“解放脚”。脚是被缠过，后来又被放开，被人称为“解放脚”。在华北的解放区有许多这样的妇女，她们的脚在被缠过后，又正好遇到共产党、八路军在农村搞的民主改革和妇女运动，就又被放开，但是脚已经基本残疾了，想复原根本没有任何可能，只能恢复上一小部分，但是为了区别那被称为“三寸金莲”的小脚，于是有了一个好听的名字“解放脚”。

20世纪的80年代，天津的冯骥才有一部很有名的中篇《三寸金莲》，对于中国历史上这种特殊的现象进行了文化剖析和批评，可对于母亲她们来说，实在是没有那样深邃的理解，在母亲看来那，只是成为一个女人必须完成的“课程”。

母亲告诉我，她是在6岁的时候开始缠足的，尽管家境贫寒，但因为母亲是家里唯一女子，倔强的姥姥还是花钱请了专门缠脚的“技师”来为母亲缠脚，希望母亲有一双小小的金莲，将来嫁上一个好人家。那妇人把母亲一双幼小的脚，用长长的缠足布死死的像粽子一样缠住，母亲告诉说：开始几天根本就不能够下炕。就这样十多天过去了，姥姥又逼着母亲下炕。母亲说那种痛，根本是无法用语言来形容，每走出一步，就像自己的筋被抽掉了一样，那种疼甚至能够疼到脑子里去的。母亲每每在给我讲起这样的往事时，我总是想起安徒生笔下的美人鱼。“她觉得每一步都好像是在锥子和利刃上行走。可是她情愿忍受这苦痛。她挽着王子的手臂，走起路来轻盈得像一个水泡。他和所有的人望着她这文雅轻盈的步子，感到惊奇。”不同的是美人鱼是为了取悦王子，而母亲她们则是为了成为一个被男权社会接受的女人。

随着时间的逝去，姥姥对于母亲的看管也逐渐放松了许多，她们一群被缠足的女孩子可以出门去了，尽管走起路来仍然是那样痛苦，但是那痛苦已经到了可以忍受的限度之内了。一群女孩子在一起的时候，只要没有大人在，母亲肯定是第一个把裹得紧紧的裹脚布全部松开，然后轻松地晾出脚丫子，其他的女孩子根本不敢，她们只是敬佩地看着母亲的举动，快要回家了，母亲赶紧把裹脚布缠上。可是这样带来的后果是严重的，等其他的女孩子脚已经止生长，不再痛苦了，而母亲还必须去忍受那样的疼痛。不仅如此，就为了母亲这样一双不停生长的脚，压根不知道这个秘密的姥姥感到痛苦不堪，实在觉得太丢人现眼了。也许就因为这个，刚刚才14岁的母亲，为了偿还舅舅逃服兵役欠下的债务，就给一户稍微富足的人家做了童养媳，也就是为了这样一双不伦不类的脚，做童养媳的母亲受尽了折磨和摧残。我的童年全部的阶级仇恨几乎都是母亲做童养媳的经历给播下的。

比如，那男人为了恐吓母亲躲到煤灰洞里，到了半夜时分突然披着一张羊皮冒出来，把年幼的母亲吓得半死，就因为这个恐怖的故事，童年的我回到姥姥家，住在炕上，对炕前的那个煤灰洞总是有一种说不出的惧怕。

已经过了15岁母亲的脚已经基本定了形，但是那个恶婆婆实在不能够容忍母亲那样一双在她看来丑陋无比的脚，仍然不停地让母亲裹脚，正是因为这样没有人性的摧残，母亲在16岁生下一个女婴，也就是我理论上的大姐，很快夭折了。过去我一直感觉到母亲逃出那个家庭，到八路军黄崖洞兵工厂做女工是多么勇敢的行为，这固然有母亲叛逆的天性，但更多的是那种非人的虐待与迫害，导致了母亲毅然地离家逃走。

对于太行山过去年代里女人生孩子的经历，在今天我们看来是一件最无法理喻的事情。作为一般的常识，当女人分娩以后，是最需要营养的时候，可在太行山里不一样，女人生孩子的头七天，是用两个指头拈米，那米汤清得能够照出人影来，第二个七天是用3个指头拈，三七成了四个指头，等到了第四个七天，快要满月了，才能够成为一把米，其余的什么也不能够吃。后来，到了南方生活的母亲，每每看到南方女人在生孩子坐月子时大鱼大肉，经常露出了惊讶、羡慕的神情，但是即使到了南方同样生育了三个孩子的母亲，每当坐月子时也还是陷入一种苦恼和左右为难的境地。工作很忙碌的父亲，还是雇了专人伺候母亲的月子，按照父亲的要求，是照样大鱼大肉，照样鸡蛋、醪糟，每天父亲都会强迫母亲吃，但是父亲一旦离开，也就只好把这样强制性的命令交给女佣。虽然母亲已经放松了对自己的严格要求，比如粥是可以吃得稠一些，偶尔也吃点鸡蛋，但是什么母鸡、猪肉是绝对不吃的。只要是父亲不在，母亲就赶紧让用人把那些鱼肉吃下去，然后欺骗父亲是自己吃了的。生我们的年代是20世纪50年代的末，是中国经济最困难的时期，那女佣对此是求之不得。几个月下来，那女佣已经肥头大耳，脑满肠肥，可母亲依然是面黄肌瘦，一脸菜色。

过去，我一直认为这是太行山里一种最不人道的陋习，后来，我又从一个资料里看到说这是一种比较科学的孕后恢复方法，就如同饥饿疗法一样。长征时期，周恩来患重疾，在当时没有任何药物的情况下，就是采用此法，使得重疾得以治愈。我想这可能就和僧侣们修炼瑜伽功一样，让生命有一次真正的蜕变。

50年代初，和太行山里成千上万的女人一起，母亲随着南下的军队入川，一直生活在大巴山的那个小城。差不多有20年的时间，直到70年代才又重新回到山西长治。那块盆地里溽热、潮湿的气候和过于泛滥的水土，母亲一直难以适应。在那漫长的日子里，母亲除了牵挂在太行山里年迈的姥爷，更多的是思念那块厚重的黄土地，她生于斯，长于斯，习惯那里的饮食、气候、水土……也就是这样的原因，尽管我生在南方，但生活习惯甚至感情依赖上好像是更加贴近那块黄土地，贴近太行山里的那个小山村。在南方生活的母亲，虽然不太会做菜，但面食的手艺绝对是一流的。母亲擀出的面条又细又软，她包饺子能够包出许多种花样，有的像麦穗，有的像鸽子，精美得如同工艺品，那样的味道，那样的口感，我是今生今世也无法享有了。尽管按照当时的标准父亲的工资已经不低了，可是家里的兄弟姐妹太多了，加上母亲还要省一些钱，给太行山里的姥爷。可就这样，无论家里的生活有多么拮据，母亲还是保证了我们兄妹在每年过年的时候有一套新衣服，新鞋子。那时候，我们的衣服和鞋子都是母亲一针一线地做出来的。到了夏天，母亲就要把父亲和我们兄妹的棉衣和棉裤都拆开，把里面的棉花重新膨松起来，再继补上一些新的棉花，一行行的行好，再缝好。做这样一个人的棉衣和棉裤要花费好几天的时间，还有鞋子。为了保证我们每个人在过年的时候都能够穿上新鞋，我童年的感觉里，几乎在一年的时间里，只要有空闲，母亲都在打布壳，纳鞋底，甚至就连串门的时候也不忘记带上鞋底。一个黄铜的锥子被母亲磨得铮亮铮亮，母亲的左手（母亲是左撇子）手掌部位处，被麻绳勒出一道道瘀黑的血印，母亲自己用布做了手掌套，可那手掌还是被麻绳勒开了……好多年里，每每我抚摩着母亲左手掌的老茧和死肉的时候，我内心就不由得浮起一阵阵潮湿的温柔。

和太行山里的女人相比，母亲也算得上走南闯北，见多识广，但是她那太行山里女人特有的勤劳天性始终没有改变，勤劳对于母亲来说，不是什么养成，也不是什么美德，而是天性，是自然，是秉承。

在这以后许多的夜晚里，那些已经变得遥远的往事，还是不停地出现在我的梦里。母亲的那份豪气，那份纯正，那份温暖，一直是我生命里最宝贵的财富。

爷爷的老照片

安志伟

在爷爷奶奶的窑洞里，桌子正中摆放着一张爷爷的老照片。这是一张半身照，照片上的爷爷身着戎装，头戴军帽，胸前挂着一排军功章，目光如炬，英气逼人。老照片连同老院子里原来悬挂在窑洞门楣上方的绿底金字“革命功臣”匾额，都在诉说着爷爷不平凡的革命人生。

爷爷名叫安进先，出生于1926年，蟠龙镇牛家岭村人，1945年加入中国共产党，后来加入中国人民解放军，曾参加过辽沈战役和淮海战役，新中国成立后又参加了抗美援朝战争。这张英姿勃发的戎装照就是从朝鲜战场归来之后拍摄的。后来，爷爷积极响应国家的号召光荣转业，返乡之后又长期担任村党支部书记的职务，在新的岗位上继续奉献。

印象中的爷爷是一位标准的老农民，住着窑洞，吃着粗茶淡饭，穿着最普通的衣服，每天过着日出而作、日落而息的普通生活。随着岁月的流逝，爷爷很少提起他随着解放军、志愿军南征北战的日子，几十年来一直过着年复一年、日复一日春种秋收的平静生活。但爷爷的心目中对年轻时候硝烟弥漫的战斗岁月一定是记忆深刻、深埋心底的。2003 年我赴山东读书前夕，爷爷从柜子里拿出来两张泛黄的一寸老照片，告诉我这是他的两个战友，让我到了山东之后帮忙打听一下他们的近况。可惜爷爷并不知道他们具体的地址，甚至只知道姓名的读音，具体哪几个字都不知道，这显然无从查找。后来爷爷也就带着遗憾不再提起了。如今爷爷已经年过九旬，两位老战友即使健在也应该是这个年纪了吧？老战友相聚是再无可能了！

2010 年的时候，我们的大家庭拍了一张全家福，爷爷把这张冲洗了很大的照片挂在了墙上。爷爷奶奶已携手走过了七十七年，如今四世同堂，尽享天伦之乐，这种人生的幸福和满足都真实地记录在了这张三十多人的大合影上。来访的客人都会驻足停留，一边看照片一边听爷爷介绍，客人们总是啧啧赞叹，流露出羡慕的神情。这一年我博士毕业，穿着学位服的照片也留了一张给爷爷。爷爷把我的照片放到了他的军装照旁边，祖孙两代人一武一文，这种跨越时空的展示吸引了许多来访者的目光。爷爷未必知道博士是怎么回事，也未必理解我从事的工作，但是在他心目中，我上学和他参军一样，都是在为国家和人民服务。所以他每次都乐呵呵地给别人介绍我是博士。2010 年的照片距今已七年了，它们也会慢慢变成老照片，也将成为我们永久的珍藏。

近年来，爷爷忽然成了“明星”，县、镇领导节日前期经常去探望，新华社山西分社、长治日报社等媒体争相采访，还有一些社会实践考察团频频到村里走访。爷爷每次都热情地接待，高兴的时候还会挥舞着双手打着节拍演唱《中国人民志愿军军歌》《国际歌》等他熟悉的歌曲。看着爷爷兴高采烈、精神抖擞的样子，听着爷爷铿锵有力、中气十足的歌声，感觉爷爷又恢复了往日的神采，又回到了青春飞扬的年代。这些难忘的瞬间不仅被拍成了照片，还被录成视频记录了下来。爷爷火红的战斗岁月、不平凡的人生经历已经深深印在了他的脑海里，定格于那张略微泛黄，但依然清晰的戎装老照片中。

昌源河畔的英雄儿女

温海明

“风在吼，马在叫，黄河在咆哮，黄河在咆哮！河西山冈万丈高，河东河北高粱熟了，万山丛中，抗日英雄真不少。”每当听到这首气势宏大、力量无穷、扣人心弦的《黄河大合唱》，我就会情不自禁地想到分水岭、想到南关，想起昌源河畔的英雄儿女们。

分水岭位于武乡西部，距离武乡县城 45 公里。一条河流，以神堂庙为界，将河分为两个支流，一支向南流入涅河，一支向北流入昌源河。涅河入漳河入海河入海，昌源河入汾河入黄河入海。从地理上讲，分水岭是山西境内汾河水系和海河水系的分界线，故得名分水岭。元人有诗曰：

分水岭前水两流，
南来北往总悠悠。
南水细微北水大，
可怜来往不同愁。

而南关位于武乡县最西部，距县城六十公里。它是太原盆地进入上党盆地的咽喉要道，古志上每说武乡军事战略位置重要时，常表述为“潞泽之咽喉，冀南之牖户”；还有说得更大的“向南通潞泽，指北通幽燕”。这个潞泽之咽喉，指的就是分水岭乡的南关。金侵宋，元蒙入侵明，自北而南，在山西境内只有两条道：一条是汾河谷道，一条就是从分水岭南关进入潞州、泽州，别无他路。南关一失，潞州、泽州再无险可守；潞泽一丢，作为京师的汴京（开封）就失去屏障。靖康元年（1126），金将粘没喝（金世宗）攻太原，周边县均被攻破，唯有太原城张孝纯固守不下，金军于是分兵南下，到了南关，粘没喝仰头叹道：“如此险峻的关口竟然没人把守，南朝真是没有一个懂军事的呀！”过了南关，一出分水岭，不几天，金军便出现在隆德军（今长治），城中慌乱一团，两天便被金军攻下，守将张确战死。到了六月，宋大将李纲率兵解救太原，才命大将范琼驻守南关，解潜驻守威胜军（今沁县）。当年，宋金两军又在南关展开激战。金国灭北宋后，高度重视南关的战略地位，把南关升为镇（相当于今天的地市级军分区）。有明一代，充分吸取了宋不重视南关的教训，把南关打造得固若金汤。明嘉靖二十一年（1542），蒙古俺答汗率军南侵，久攻不下南关，只好返回走汾河谷道，攻下了石州（今离石）。这一次南关着实保护了沁潞泽三州。抗战时期，处心积虑侵略中国的日军早早地就盯上了南关。1939 年 4 月，日军一〇九师团 3000 余人兵分两路：一路突破祁县子洪口开始沿白晋公路及其南侧地区进行扫荡；一路从平遥县棒槌山方向偷袭攻占我重镇南关，并抢抓民夫，修复白晋铁路，修筑碉堡，建起南关火车站。这是日军最为阴险毒辣的囚笼政策。他们以白晋铁路为链，以南关火车站、南沟、沁县火车站为柱，以碉堡为锁，把我晋东南地区一分为二，我抗日根据地被迫分成太行区和太岳区两块。1940 年 6 月，日军侵占段村，又将武乡县一分为二，我被迫分设武东县和武西县，1943 年，日军又侵占武东重镇蟠龙，再次把武乡东部分割为数块。敌人的囚笼政策就像套在我们脖子上的锁套，越锁越紧。而我们的人民群众在共产党八路军的领导下，一次次砸开锁链，一次次粉碎了敌人的囚笼战略，狠狠地打击了敌人。其中最英勇的就是八路军三战南关，最悲壮的就是南关十八惨案。

在黄河支流的昌源河畔，中华儿女用血肉之躯和日本侵略者进行了殊死的、针锋相对的决斗。1939 年 4 月日军占领南关后，立即在镇周围的大官寨、云盖山、极子山、秦王头修建了护镇碉堡，居高临下，虎视南关。1939 年 10 月 13 日，日军修建的白晋线白圭至南关竣工。1939 年 10 月 17

日，日军铁路竣工不满一周，八路军129师386旅772团与日军在南关激战六个小时，炸毁日军汽车10余辆，歼灭日军100余人，缴获电线1000余斤，炸毁桥梁一座，缴获大批衣物、子弹等物品，副营长周德标英勇牺牲。1940年5月6日，八路军129师285旅769团在南关地下党孙汉英、孟景文的带领下，深夜悄悄绕过日军碉堡，潜入南关镇内，成功实施“打虎掏心、中间开花”战术，一举歼灭日军一个中队，日军中队长峰正荣被击毙，解救出工人1000余名，缴获炸药一千多箱。此战，八路军战斗英雄袁开忠壮烈牺牲。1943年4月，八路军决九团在本地游击队配合下攻入南关火车站，缴获电话机12部，歼灭日伪军300余人。八路军对日寇的猛烈进攻引起日军的疯狂反扑，他们在南关实施了大搜捕，一天就抓捕了一百多村民，扣押我地下工作人员十九名。敌人对这十九人用尽了各种严刑拷打，百般折磨，但没有一个人服软招供。1943年六月初十下午，崔秉礼、孟景文、郭凤仪、郭振祥、崔旭生、贾旭奴等十一人在分水岭刑场英勇就义，烈士的鲜血流进昌源河，融入了黄河之中。烈士孟景文最后一句话是对叔叔孟立忠说的：“叔叔，我先走一步了。”六月十二，孟立忠、李二则等六人由分水岭押至南沟警察局，第二天即遭残杀。孙汉英同志更是受尽日寇百般折磨，但他始终没有向敌人屈服，最后被活活饿死在沁县监狱的站笼之中。只有郭守师一人侥幸存活下来。让我们看看这些年轻的生命吧：李灯连20岁，崔旭生22岁，李六儿22岁，郭二则22岁，孟景文24岁，郭振祥24岁，李灯明24岁，郭留祥25岁，唐相忠25岁，孙汉英27岁，李五儿30岁，贾旭奴31岁，孟立忠32岁，郭志川33岁，姬景华37岁，郭志川、王留海、郭珍祥不详。其中李灯连、李灯明是兄弟关系；李五儿、李六儿是兄弟关系；孟立忠、孟景文是叔侄关系。当时孟贵莲（烈士孟景文妹妹）全家十四口人，不到五个月时间，家破人亡，妻离子散，家里只剩下六口人。祖父被日军毒打气病而死，孟景文被杀害后，妻子改嫁，两个儿子受到惊吓病死。孟立忠被害不久，妻子病死。孙汉英被害不久，母亲病死，妻子被迫改嫁。崔秉礼被害不久，父亲病死，妻子被迫改嫁。崔旭生被害不久，父母先后病死。姬景华被害不久，妻子被迫改嫁。郭振祥被害不久，妻子被迫改嫁。贾旭奴被害不久，妻子、女儿相继病故。郭志川被害不久，妻子改嫁，不久病故……烈士的鲜血流进了昌源河，英雄的魂魄汇入了咆哮的黄河之中。饱经沧桑的中华民族在中国共产党的领导下，终于站起来，富起来，强起来，中华民族如同不可阻挡的黄河一般走上了建设社会主义现代化国家的大道。“风在吼，马在叫，黄河在咆哮，黄河在咆哮……”

五　民俗魂

难忘家乡的“炒面”

北方狼

到年关了，忙碌了几天的我，把家里收拾得干干净净，总算可以缓口气了，进城买回一大堆吃的喝的，中午时分，炒几个小菜，喝他几盅缓缓神。几盅下肚，望着桌上丰盛的菜，对家乡的思念再起，想念那已经苍老的父母双亲，想念家乡儿时的伙伴，想念那间老屋子，想念那山、那水、那片土地上的一草一木。想着想着，思绪停留在家乡那独特的食品——炒面上来。

我的家乡在山西省武乡县的一个小山村。在儿时的记忆中，炒面是每年冬天才能享受到的美味佳肴，也是苦难岁月里人们难得一品的甜蜜和温馨。家乡的炒面是用黄豆、玉米、黍子、红枣等原料加工而成的。它的优点不仅制作简单，而且易今朝存、易携带，干食或以水、汤拌食皆可，非常方便，故深受当地人民喜爱。

炒面的制作工具虽十分简陋，但制作的过程却颇为讲究。精选后的黄豆要用慢火炒得豆香和煳香四溢、油亮欲滴的时候出锅。炒玉米粒时要先把锅烧热，待锅里的水汽全部消失后，再将玉米粒倒进锅里迅速翻炒，先大火让玉米粒尽快均匀预热，然后为了防止火太大炒煳了，就又改中火，等到玉米粒表面都出现暗黄的圆点时，就大火、小火轮换着翻炒，炒到玉米粒九成熟时，就闭火出锅。这时炒好的玉米才味道香脆、甘甜。炒得过老炒面会发苦，欠火则无香味。黍子的炒法和玉米有所不同，先用慢火来炒，等黍子完全热时，改用大火，并加快速度不停地翻搅，这时，黍子就噼噼啪啪地满锅跳起来了，越饱满的黍子，开的花越大越白。红枣虽不需要炒，但要把选出来红枣晒干成一砸就碎，那样才能把红枣碾成粉末。所以，每年的秋天红枣成熟后，家家户户院子里的台阶上、窗台上、席片上、篮子里……到处都摆放着红枣，任骄阳肆无忌惮地晒，让西风酣畅淋漓地吹，直到把红枣吹晒得哗啦哗啦响时，才装在篮子里，或吊挂在通风好的地方备用。

原料备好了，剩下的工序就是把这些原料搅和在一起，那时候农村还没有电，需要粉碎的东西，都是用碾子来碾，炒面便成了是碾子的“杰作”。先把原料平滩在碾子上，然后姊妹们争抢着推动碾子，碾子一圈一圈地转动，母亲不停地用扫把翻动着，一会儿聚会一会儿散开，从而使原料平均受力便于粉碎。随着清脆的噼啪声由大到小，逐渐消失，碎了的原料又一遍一遍地被过箩筛下，直到剩下一点点的渣子为止，香喷喷的炒面就诞生了。

炒面最怕受潮，碾回来的炒面就放在我家闲置的东房里凉着。别看姊妹们平时很少去东房里，但自从炒面放在那里以后，便成了我们觊觎的对象，姊妹们总会常常找个理由，进进出出瞄着那簸箕里的炒面。一旦机会到了，谁都不肯放过，悄悄地用手抓一撮放到嘴里，或干脆直接用舌头舔一口，含在嘴里，慢慢地去品味那炒面的芳香和甜蜜。

炒面是家乡人的独特发明，是老百姓在那苦难岁月结出的智慧之果。现在人们的生活好了，回头想想，也许岁月可以磨平苦难的足迹，却磨不平我们美好的回忆。虽然好多年没有吃到炒面了，但那独特的味道，醉人的诱惑，是其他任何一种味道都无法替代的。

家乡小米黄

白水平

长期工作在外，大米白面吃得多了，而忽略了小米，偶尔也用小米熬粥喝，但和家乡的小米比起来，简直不可同日而语。家乡生产的小米颗粒圆润，鲜黄明亮，吃到嘴里绵软可口，既香又甜，是天然的绿色食品，虽比不上“沁州黄”那样有名气，但也是上等佳米。

家乡在太行山黄土高原上，土壤贫瘠，干旱少雨，日照时间长，特适应五谷杂粮生长，尤其是谷子，虽说产量不高，每亩地也只能产三百多斤，但产出的小米黄澄澄，金灿灿，营养特别丰富，妇女在生育后，都要用小米加红糖来调养身体。小米熬粥营养价值高，有“代参汤”之美称，既可润肠，又能帮助下奶，由于小米不需精制，它保存了许多维生素和无机盐，小米中的维生素 B1 可达大米的几倍；小米中的无机盐含量也高于大米。小米因富含维生素 B1、B2 等，具有防止消化不良及口角生疮的功能，还有防止反胃、呕吐、清热解渴、健胃除湿、和胃安眠等功效。

汗滴禾下土，粒粒皆辛苦。谷子因为产量低，栽种又麻烦，所以，不论过去还是现在，种植的人比较少，也就是够了一年的熬稀饭或者偶尔吃一顿干米饭。小时候，我跟着大人们到地里见过种谷子，只见前边一头驴或者马有一个人牵着，牲口拉着种谷耧，后边一个人摇耧，将种子装在耧上边溜斗里，斗底部有三个小圆孔连接着三条耧腿，靠圆孔的外侧还有一块挡板，用来控制种子的溜速，耧腿是空的，安着铁犁铧，种子顺着圆孔从犁铧的下部流到地里，土自动将种子盖上，下种的工序就算完成了。待到小苗钻出土，有十厘米高的时候，就要间苗，间苗都是有经验的大人们，而且有一定的技术含量，每一垵三棵小苗，小苗与小苗之间用老人们的话说，鸡蛋能从苗中间滚过去才行。一垵与一垵之间的距离大约为半尺，边间苗还要除草，从早到晚也干不了多少活，还累得腰酸背痛，为了抢时间，大家每天都是早出晚归，直至间完。

后边小苗还没有间完，前面间完的已经长得有半尺高了，而且草和苗一起长，必须马上锄第一遍草。到伏天来临之前，要再耧一遍地，主要是用土把苗围起来，以防刮风把小苗刮倒，或者大水冲倒。这一切工作做完，就等着秋天收获了。一般自己家吃的谷子是不上化肥的，全部是农家肥，使用农家肥的小米更是别有一番风味。

到了秋天，沉甸甸的谷穗像狼尾巴似的，压得谷杆子不得不低下头，离很远就闻到谷子的醇香，一阵秋风吹过，谷子像惊涛骇浪，一波漫过一波，一浪漫过一浪，让人遐想，让人陶醉。望着大片的谷子地，农人们个个脸上露出了丰收的喜悦。

秋风一过，人们就开始收割，将谷子割倒，捆成梱，大块地用车拉，小块地人肩挑，收回家放到场里，婆娘们用菜刀或者镰刀把谷穗切下来，扔到场中间晾晒，下午四五点就开始用驴或者马拉着石磙子碾场，经过多次碾压，谷粒基本上就脱离了谷草，把谷草叉到一边，趁着天黑之际，起风的时候开始扬场。人们用木钎把打下来的谷子顺风扬起，秕谷和谷糠就到了谷堆外面，剩下的就是好谷子。

把打下来的新谷子晾晒一下，用石碾子碾掉谷糠，就是上好的小米了。现在用机器加工的小米没有石碾子碾的米好吃，也没有那么精到，做出来的米饭味道就大打折扣，营养成分减少了许多。

小米养育了祖祖辈辈的太行儿女，战争年代，无论在延安还是在太行山八路军总部，小米同新中国的革命一起刻录下朴实无华的“历史情感”，因此有了小米加步枪之说。抗战期间，太行山的老区人民连自己的肚子都填不饱，而一到秋收，打下来的谷子晒好晾干，用碾子磨好，将收获的第一袋金黄小米人扛驴驼送到前线去，解决了战士们的温饱，战士们吃着这黄灿灿的小米倍加有力，在前方英勇杀敌，取得了一个个重大胜利，直至日本投降。

我是吃着家乡的小米长大的。工作后，偶尔买点小米也是市场那些上了化肥的小米，吃起来和原汁原味的小米就差多了，干脆就很少吃小米。现在各种物质极大地丰富了，家乡的小米也走上了超市的柜台，因此小米又成了我餐桌上的佳肴。

大锅饭

枫　叶

家乡有一习俗，凡有婚丧嫁娶、圆锁满月等办事的日子，主家都要在自家院内支大锅，用最好的饭菜招待亲朋好友和邻里乡亲。多少年来，在我们这块黄土地上，大锅饭成为喜庆、红火、热闹和团圆的象征。

改革开放前，家乡的餐桌文化几乎是一片空白，而大锅饭一直是我们当地公共饮食文化的主流。可以说，是大锅饭养育了我们一代又一代太行人，是大锅饭孕育出家乡人的亲情、和睦、团结和牵连。

记得孩童时，因为正处于国家粮食困难时期，吃一顿大锅饭常常是伙伴们的热切企盼。那时，一听说村里谁家要办喜事，大家就掰着指头盼望着那一天，盼望着吃一顿香喷喷的大锅饭。

那个时候家乡的大锅饭还不是干饭，大多是面片汤，家乡人俗称“荤汤揪（家乡人念‘绝’）片”。叫的是“荤”，其实见不上几块肉。那时的厨子真可谓高手，他能把三五斤猪肉一块一块剁得像黑豆般大小，以致直径五尺的大锅里满锅飘肉，舀到碗里也是满碗肉花，让你眼里看到的全是肉，嘴里却咬不到多少肉！

记得村里一个放羊汉娶媳妇，父亲挤进人群给我舀了碗“荤汤揪片”让我享用。然而不等咕噜咕噜灌完，大锅就见了底，许多人只是喝了个半饱。满院人就叽里咕噜地骂，嫌主家小气，吝啬得连一碗稀汤面也舍不得管。一位邻居大声讥讽：这哪是新郎娶媳妇，明明是稀汤灌大肚！

然而，就是那样的大锅饭，当时也是谈饭心动，盼望已久，用“垂涎三尺”来形容当时的感觉一点都不为过。要知道，那时的普通百姓家只有逢年过节才能见上肉啊！

最难忘的是生产队会计娶媳妇，那顿大锅饭啊，真叫个香！人家家底厚实，算是村里的殷实户。办事那天，院里两口大锅，四百食客，一顿饭吃掉一口猪啊！但见满碗是大片大片的菱形面，大块大块的肥猪肉，同是“荤汤揪片”，却不见汤不见水，碗碗溢香，口口见肉，那顿饭啊，赛过王母娘娘的蟠桃宴！

记忆中，那顿荤汤揪片最解馋最美吃最撑肚最难忘。

改革开放后，家乡的大锅饭发生了质的变化，那就是由稀饭变成了干饭，也就是由以往的“荤汤揪片”变成了“捞面”（用笊篱捞的机器面）。当然，吃面的菜也高档起来，猪肉是少不了的，更有豆腐、蒜薹、海带、茄子、青椒、西红柿、北瓜等新鲜蔬菜作陪，花花绿绿，满锅飘香。那时的“捞面”成了好饭的代名词。如果谁家办事，前两三天就有乡亲打听吃什么饭呀，有人就答，人家是富户要吃“捞面”哩！

社会在进步，家乡的大锅饭也在发展。

近十几年来，家乡的大锅饭花样翻新，百花齐放。一是由单一的面食发展为多元化饭食。大锅饭也吃起饺子、包子、烧麦、炒饼、炒面、拉面、卤面、花卷等形形色色的主食，大锅饭文化渐渐丰富繁荣起来。二是由吃主食发展为吃辅食。譬如“烩菜花卷”吧，大锅里不见了主食，取而代之的是一锅大杂烩。烩菜的内容丰富而奢侈：鸡块、排骨、丸子、酥肉、烧肉、炒肉、烧豆腐、蒜薹、茄子、北瓜、青椒、尖椒、海带、豆芽、粉条、菜花、木耳、葱头、土豆，还配有葱花、蒜末、姜末、香菜、韭菜、菠菜等一大堆辅菜，加上大料、花椒、味精、香油、黄酒、香料、油、盐、酱、醋等烹料，共有三十多种元素，仅主菜十七八种，就等于饭桌上的十七八道菜。

这还不算，与烩菜同时做的还有一大锅汤，常见的有八宝粥、肉丝汤、鸡蛋汤、豆腐汤等。就说八宝粥吧，里边配置的都是高营养玩意儿：花生米、葡萄干、核桃仁、红枣、木耳、虾米、紫菜、江米、小麦、黄豆、豇豆、红豆、绿豆、果片、梨片、高粱米、小米等十七八种高维生素质料，比超市里卖的八宝粥新鲜、地道、干净而有机，是实实在在的绿色粥、放心粥、保健粥。

大锅饭香，不仅香在肉大、油多、菜蔬好、配料足，更主要是烹饪独特，工艺精湛。会做大锅饭的厨师可谓身怀绝技，他们都有关公舞刀、鲁班弄斧的本领，更有庖丁解牛、游刃有余的娴熟手艺。瞟一眼满院的人，他知道炒多少菜；瞅一眼满锅的菜，他知道放多少盐；瞧一眼菜的色，他知道几分熟几分生。这种独特的技巧，即便是星级大酒店的厨师也是望尘莫及的。不信你来试试，保管让你站在偌大的锅前会手足无措，心惊胆战。

炒菜时，但见穿了大褂的厨师插上吹风机吹旺炭火，提起油壶“嗵嗵嗵嗵”倒进大锅半壶油，然后撒进花椒、大料，瞅准锅底烧红、上冒青烟时机“嚓啦啦”倒进一盆切好的葱头，接着进肉、撒姜、放蒜、加酒、倒醋、倒酱油，然后操起明晃晃的大铲“嚓啦嚓啦”不间断地翻。接下来再有条不紊依次一样一样地往锅里装，更要保证锅里上不生下不煳，硬菜不梗，软菜不化，每一块菜的香味要一样的浓。当厨师“嚓啦嚓啦”用大铲翻菜时，满院飘芳，香气四溢，那股浓郁的香味啊，半个村子都能闻到！

大锅饭香，更主要的原因是大锅饭喜气浓。大伙吃的是红火、热闹，吃的是喜庆、团圆，所以就有“喜面”“喜饭”“喜席”“喜宴”的说法，同时也就滋生出“喜酒”“喜糖”“喜烟”“喜饼子”等一系列叫法。

如今，家乡人的生活一天天美满起来，许多办喜事儿的当家要在酒店请客，但大锅饭是万万不能少的，即便是在城里居住的“双白领”也要临时返回老家，在古旧却温馨的老院里支起大锅，让乡亲们美滋滋地吃上两天。当家人尽可能“办事求是”，一是图个热闹，二是让大伙吃好喝好。

家乡的大锅饭啊，是那样的味美可口，是那样的情浓意足！不论你走到哪里，永远也忘不掉那魂牵梦绕的大锅饭！

年　味

张红伟

岁月匆匆，一晃已是腊月，街上的行人渐渐多了起来，商店里的顾客熙熙攘攘，小商小贩早已按捺不住商机的诱惑，把红红的对联、吉祥的福字摆满了大街两旁，一年的忙碌已经到头，人们想早早享受过年的感觉。徜徉在这节日的气氛中，不免想起儿时的春节。

我的童年，是20世纪六七十年代，当时的生活条件还不是很好，但过年的兴致却很高。每到腊月便早早地扯着父亲去把鞭炮买回家，母亲也会去把新布买回来给我们做新衣新裤。腊月二十三过小年的时候就开始放鞭炮了。把一挂鞭拆开成一个一个的小炮，一会放一个一会放一个，几十个炮能放它一天。年三十的那天就更要忙一阵子，早上起来就赶紧把家里院内打扫得干干净净，然后等大人们把柴火拿回来在院子中间架起高高的柴堆，等着初一早上把它点燃。然后就贴对联，挂红灯，剁馅包饺子。到了晚上会早早地睡下，盼着初一的到来。

初一的那天是小伙伴们最高兴的时候。初一凌晨一两点钟就起床，先放了开门炮再出家门，然后等院子里的人们都起来了就把柴火点燃，看着蹿天高的火苗，祈盼新年有个好心情。这时候家家户户会把最好最大的鞭炮拿出来放它个天响。等火快灭的时候，小伙伴们就相跟在一起这家转转，那院跑跑，撒着欢，放着炮，你扔他一下，他摔你一下，躲着、闹着、跑着、笑着，迎接新岁的到来。

早饭吃过，小伙伴们又会聚到一起跑到大街上疯转一圈，看看有没有什么好玩的好看的，拿着父母给的一点压岁钱买这买那，然后就聚集到县城唯一的电影院门口看看能不能买到一张电影票。那时候能看上一场电影，就是最奢侈的文化享受了。

过了初一，又该在父母的督促下做了烦心的寒假作业，盼望着元宵节的到来。当时我住的小县城正月十五闹元宵是最红火的日子，从正月十一二开始满街就挂起了各式各样的花灯，单位门前搭起了彩门，垒起了旺火。彩门有用彩绸的、有用松树枝缠着的、有用花灯装饰的，旺火有狮子状的、牛状的，各种各样的动物样形会垒满一街。晚上把火烧旺的时候，火苗就会从它们的嘴里、鼻子里、耳朵里、眼睛里往外喷，游人冷了就会站在火跟前烤火，就着火把鞭炮点燃放松一下心情。那时候秧歌队、彩车队、锣鼓队、武术队、花灯队都会来到街上，表演着各种各样的文艺节目，有舞狮的、耍龙灯的、有唱的有跳的，更有像耍火弹、打铁花等民间绝活的精彩表演。整个县城成了歌的海洋、花的海洋、灯的海洋、人的海洋、欢乐的海洋……

干面饼则

苗东红

食堂的饭菜吃久了就会产生厌倦，产生一种换换口味的冲动。倒不是想吃什么大餐，更多的是想一种刻在心里的家乡的味道。正好得到几个干面饼则，今儿的晚饭就米汤、干面饼则了。

抓两把老父亲种的汾州香小米，再抓一小把豆钱，天热了，放一些消暑的绿豆，淘洗好了，下锅放水，大火烧开，小火熬制。土豆、红萝卜、豆腐皮切细丝，焯水放凉，佐以食盐、陈醋、辣椒油，简单地凉拌三丝告成，再来一碟醋泡花生米，清淡而美味。聚二三老乡在一起，正所谓：饼则米汤家乡话，乡言土语话桑麻。一顿很家乡味的晚餐开吃。

干面饼则是老乡昨日来时带的，味道尚可，还是记忆中那口。

记得小的时候，县城里才有专门做饼则的铺子，乡村只有在庙会时才有人做。庙会是要唱大戏的，剧团来的前一天，打饼的师傅们便陆陆续续在戏场的周围占好位置，埋杆绑架，用棚布搭个防风防雨防晒的棚子。棚子下靠前脸儿砌起一个打饼专用的炉灶，炉灶旁支起一面大案板，棚子里则放几袋白面及和面用的两口大缸。再备下三四天用量的煤炭，这就算齐全，可以开工了。看似简单的几样，每一样都是极有讲究的。先说这白面，一定要用冬麦面而不能用春麦面，并且最好是本地产的山地冬麦面：面色洁白，品质优良，和起来的面特有筋道，面色微黄，面香浓郁，可拉可抻，打出的饼好看又好吃，真应了那句“面好饼才好”。制作干面饼还需要包心料，优质的大红袍花椒炒香再压成粉，再加上精细的食盐，用熟透的香油调和起来，一碗香喷喷的椒盐香油包心料就调成了。有人用五香粉调制，不过没有椒盐那么纯粹，那么味正。再说这打饼的炉子，它可不同于农家的一般炉灶，必须是打饼师傅根据自己的习惯亲手打造，炉灶的好坏直接影响饼子的质量成色。先要垒起炉脚炉身炉堂，再做好炉面，炉面上是一个高四五寸直径一尺半的铁制烤圈，烤圈上再盖一张内心微鼓的生铁鏊子，炉灶就算造好了。烧火的煤炭，一定是热量高、耐烧、烟少的上好煤炭，最好是无烟煤或炼好的焦炭。还有这案板和擀面杖更有讲究，一般用质细耐用的梨木和柳木打造，杨木的木质软且吃油，松木则有异味，类似这类的木料皆弃之不可用。最好的是用枣木，枣木案板坚实耐用，色泽红润而明亮，不吃油，敲打之时发出金属之声，实是师傅们钟爱的家什。

家乡唱戏一般是落子戏或梆子戏，还有本地的秧歌剧，只是现在县里剧团解散后便很难听到秧歌了，实实的可惜！三天正会七场戏，搭台那天晚上一场戏算场不算天，正会三天要下午和晚上各演一场。上午时分打饼的师傅们就开始点火和面做准备。午饭过后，戏台上开始有了响声，戏场里的人也渐多，打饼师傅们便开始忙活起来，纷纷亮出看家手艺。

开始打饼了，打饼师傅把面缸里和好的面团切一大块揉好了放在油亮的案板上，然后用干净的白布盖上，防止干皮。干面饼则分饼皮和饼芯两部分，先随手抓一块，揉几下，再揪一小块在调好的椒盐油料里蘸上少许包在面团里作饼芯，包好的饼坯放在案板上，用长六七寸光滑油润的小擀面杖擀两三下，然后再翻过来擀几下，一个巴掌大小的圆饼就呈现在面前。别看这擀饼就那么几下却是极讲究技术的，要做到面饼大小一样，薄厚匀洽，圆如满月，而且要求包在里面的饼心要均匀分布，这样打出的饼才匀称好看，没有一定的功夫真是不行。擀饼的间隙，打饼师傅们把擀面杖在案板上啪嗒嗒的有节奏地敲打着，发出清脆悦耳的打击声，与梆子戏的梆子声遥相呼应，伴随着高亢嘹亮的梆子腔起起落落，飘飘扬扬，不需要半声吆喝却实在吸引人的耳目。擀好的饼子要先沿边捥一圈一指宽的小边，然后放在鏊子上烙，接着再做下一个。饼要正反面都烙一会，待饼变硬成形后，移过鏊子把饼靠在烤圈里烤制，烤也要反正各烤一次，这样一次可出炉四五个。烤好的饼子形如一面小鼓，表面金黄色中镶嵌着焦黄色，饼香随风散开，引诱得众人垂涎。

小的时候实在嘴馋，拿出父母给的几毛赶会钱，小心翼翼地抽出一毛，买一个刚出炉的饼子，两只手不停地来回倒腾着，这时如果急嘴去咬，往往会被饼内的热气烫伤嘴巴，只待稍凉些就迫不及待地压破饼皮，让喷香热气一泻而出，接着就急急的一口咬下去，让饼香在咀嚼中不停地刺激着味蕾，满足期盼中的口欲。以烙饼时打饼师傅捥的小边为界，饼边和饼中有着不同的口感，饼边软和而面香浓，饼中则酥脆而焦香味重，特别饼内那张两面都完全浸在椒盐油里的薄如纸的柔软的“舌头”（饼心），往往会被轻轻地抽出来放在嘴里细细嚼，慢慢地享受！如果有三二小友在一起，则是你一口我一口共同分享这人间美食了。

干面饼在刚刚出炉时趁热吃是最有原始饼香味的吃法了。不过你也可把饼子沿边割开个口子至半圈，再买二三两上好的猪头肉或猪肘子，切为薄片，再加一些小葱花夹在饼里做成肉夹馍吃，猪头肉或猪肘子一定要是经过陈年老汤长时间煮制的香味浓郁的那种佳品，并配以小葱方才是上好的美味，如果用大葱则生硬难咬且太过辛辣，大损口感。现在有人把火腿肠切片夹在饼里或夹一个椒盐煎蛋饼也是不错的选择。

要在冬天，建议你进一家正宗的羊杂店，坐下来，要一碗羊杂汤，再买一两个热腾腾的干面饼则，喝羊汤，吃饼则，那个热乎，那个舒服，会让你体会到冬天才有的美妙。你也可将饼则撕成小块，泡羊汤里，干面饼子耐泡，不糊不面，相比陕西名吃“羊肉泡馍”也有过之而无不及。出店门，走在寒风里，“吃饭了您?”“吃了，羊汤饼则!”那个热络舒心，仿佛地上咯吱作响的积雪都已在一瞬间融化了似的。

干面饼热吃香酥爽口，如果放两天就会变柔发软，没有刚出炉那种口感好了，但这时换一种吃法肯定会让你留恋。拿几个饼则，切成一到二寸长的饼丝，用五花肉切小片，粉条泡发好后切断，再切些圆白菜丝，把肉片，粉条，白菜炒起来再放饼丝炒，几番翻炒，一盘色香味俱佳的炒饼就做好了，不吃肉可用鸡蛋炒，一样美味。如果弃白菜不用而用自家用米汤水沤制的酸菜炒，就是有名的“酸菜呵饼则”，特有的农家酸菜风味，最能调动人的食欲！这种吃法既可当主食，又可当下酒菜，往往是饭店的特色招牌，一盘酸菜呵饼则，再来一杯杏花村汾酒，实是家乡菜中的特色美味之一。

家乡民风淳朴，亲朋好友，邻居对门，谁家有大事小情都会主动热情的帮忙，最常见的就是买十个二十个干面饼则作来往礼品，既实惠又不失礼数。事后除去回礼及他用后还会剩下不少，饼则多了又一时吃不完，就把饼则摆好了或串成串，置于通风见光的地方晾晒，三五日就会晾干，干透的饼子一拍即碎，既酥又脆，放一块到嘴里，烤香味中又间有椒盐味，慢慢嚼来，咔咔作响，别有一种风味。只要你牙口好，多买一些晾干了，不失为一款健康上好的休闲零食。

谋于生计而四处漂泊，品尝过许多种饼则，诸如晋南烧饼、油酥饼、千层饼以及各种烙饼、晋北锅盔、山东煎饼等，虽然这些饼子口味不同，各有特色，但似乎只适合于正餐时食用，显得吃法单一。至于太谷饼、闻喜煮饼一类虽也叫饼，实应归于糕点类。唯有家乡的干面饼则，可即食，可干吃，还可夹肉夹菜；可泡于羊汤，可做成炒饼，可当正餐，亦可做菜下酒；可作零食，又可当礼品，实实的吃法多样，功能齐全，真真的有集饼之大成的感觉。

家乡是红色革命老区，子弟兵的摇篮。抗日战争时期，物资奇缺，小米饭南瓜汤，勒紧裤腰带支援子弟兵。没油缺面的岁月，若能给子弟兵吃个干面饼则，确实是相当不易的事了。几千子弟离家南下，老乡们给他们带个干面饼就是带上祝愿，带上信仰，带上力量，带上对中华民族美好未来的期许和希望！他们没有辜负老乡们，看看家乡美丽小城里随处可见的打饼摊位和随风飘溢的饼香就是最好的证明！

时光依然，一天天不知多少外出的乡人，大包小包的行李中总少不了一袋袋干面饼则，有给自己吃的也有给乡人捎的，随着家乡人的脚步散向四方。他们带走的是一种情怀，一种传承，更是一种精神，一种流淌在红色血液里的基因。

散落他乡却依然会钟情于家乡的干面饼则，多是因那缠绵着五味乡愁寄托着根的味道吧。

米　汤

张一鸣

黄土里滚出来的娃，无论怎么漂白，都要带点土气，更何况像我这种一直和黄土打交道的人，简直土得掉渣。有人嘲讽我土里土气，我报之一笑，这说明我还传承了些农民的本色。比如一群朋友去吃饭，点菜后，我会问服务员："你家有没有米汤？"大家笑我，我也笑我。可是肚子告诉我，无论疙瘩酸菜还是山珍海味必须一碗米汤画句号才觉得圆满。

曾经，我讨厌过米汤。想不通为什么从太行山走出去的老干部为黄小米着迷，想不通为什么小米能成为馈赠亲友的硬货，想不通为什么月子里的妇孺离不开米汤。小时候，我每天早上喝，晚上也得喝，听见米汤就想跑，一心想革掉米汤的命。我变着法子耍着赖躲米汤，就像故事中小鬼躲孟婆汤一样。一碗米汤得母亲追着跑半个村子才能喂完，而且每一口米汤中不能有米，还必须带个泡。终于离开家乡，到了大西北，四五年中不需要再沾米汤！夏天放肆地喝雪碧、可乐、冰镇啤酒，冬天则大碗喝孬茶、酸汤、羊肉粉汤。放假回到家喝了一口米汤，胃翻江倒海地难受。终于我享受到了期盼已久的米汤豁免权。然而，当我再次回家时，坐在一节仅有我一人的火车车厢之中，车厢外艳阳高照，车厢内热浪升腾，碳酸饮料放在嘴边却很难再喝下去。脑袋里回忆着曾经喝过的软硬饮料，各式各样的包装纸如过电影一般在眼前恍惚，却没有一种能让我觉得能解此刻之渴。突然，我想起小时候玩到半晌口渴之时，铜勺子伸进铁锅之中的那一口清凉，跟着父母到田间锄草之时，仰脖子痛饮而下的淡淡的香——冷疙瘩米汤！

从此，我革了碳酸饮料的命，又习惯了喝米汤；岂止是习惯了，还变本加厉地恋上了米汤！

记得小时候，伯父喜欢喝豆钱米汤。腊月二十三，我们就到了碾盘前排队。热锅爆炒黄豆，炒热黄豆淋冷水，然后迅速在碾盘上铺开，我们这些孩子们推转碾子，香喷喷的豆钱就压好了，给伯父捎走。我也学着自制了豆钱，在米汤锅中洒了熬，不仅味道更加丰富，而且嚼头更有层次。

"洋气"的妻子熬不好米汤，笑称自己只有喝米汤的命！妻子曾打了干干净净的纯净水，倒进锅里熬米汤，米汤熬成了小米粥，也没有熬出橙黄色。妻子端上一碗惨白的米粥，问我原因。我告诉她："黄小米，是咱们黄土地上长出来的，喜欢土一点。用普通的水才能熬出颜色来。"

前两年到包头走亲戚，才入座，贴心的大姨就盛上了一碗南瓜米汤。米汤呈琥珀色，不稠不稀，浓浓的米油在碗口忽晾了一层。那一碗米汤惊艳到了我！记忆中从未喝过如此美味的米汤！第二天，我跟着大姨学她熬米汤。大姨熬米汤用大锅大火，不盖锅盖，米汤一直熬至橙黄，看起来绒乎乎的才停火。大姨告诉我：从前老太太们熬米汤从中午洗了锅时就熬上了，下午把火厄住点再熬，晚上吃饭时捅开火，再滚上一滚。那种米汤才叫有滋有味！熬，把握的是火候，需要的是时间。可是，我到哪里才能找到以前的灶火呢？

从大姨那里学到些"熬"的本事，渐渐的，我成了家里熬米汤的"专家"。应着时令，往米汤中加玉米粒、豆子、花生、大枣、核桃仁，甚至葡萄干。饭桌上，大家都夸赞米汤味美，唯独喜欢泼冷水的老爹说："放了小麦的才好喝！在小麦吹起泡来时，摘下麦穗，捽出麦粒，煮的麦时饭才是真正的香！"现在百姓种小麦的越来越少，老爹记挂的麦时饭我也从未吃过。不过人年龄越大，越喜欢米汤。老爹口是心非地又多喝了一碗米汤。儿子喝完米汤就趴到老爹的背上叫唤："爷爷，爷爷，讲个故事呗！"

老爹讲道："从前，有一个穷老头子带着儿子在大太阳下锄谷。天太热了，两人就躲到阴凉处歇息。儿子问老子：'天这么热，你说这会儿北京城里的皇帝老儿在干吗？'老子说：'那还用说！皇帝老儿现在肯定跟他老婆两人，一人端一碗米汤在南墙根大树下歇凉凉瞎扯淡呢！"大家都听得哈哈大笑。

老爹的故事，让我想起小时候种谷子的往事。夏天的雨后，田地里能进人的时候，我们一人一把小挖锄爬在谷子地里间苗锄草。上有太阳炙烤，下有湿土熏蒸，汗水流到下巴尖再滴入田间，听着"脸朝黄土背朝天"的怨叹，左顾右盼不知何时能锄完，那叫一个煎熬。这一碗好喝的米汤，实在是天地灵气日月精华加了老百姓的汗水啊!

这两年，真是难得的时光。我有幸住在村子里，能到田间地头近距离接触到老百姓，跟着百姓开荒、施肥、旋地、摇耧、敷膜，乃至分批分次收割谷子，脱粒，精选。品尝沁县武乡的种种好米，熬各种米汤，这喝米汤的嘴培养得刁钻了起来：一口就知米好坏，轻轻一嚼就知道是不是用了化肥。为了学习脱贫攻坚工作经验，专门跑了一趟岭头村，看着他们把小米做成了精致的小包装，网红们把黄小米卖到全国各地，我深深地叹服!我没有革了米汤的命，反而被米汤征服。黄小米，三皇五帝都品尝的五谷之珍，华夏五千年农耕文明的见证物种，现在插了电商的翅膀正在征服更多地域百姓的胃口呢!

唱响七十年的《小二黑》

郝俊峰

秧歌剧《小二黑结婚》，是我省剧作家张万一先生于 1943 年 10 月根据赵树理同名小说《小二黑结婚》改编而来，由武乡光明剧团首演于武乡境内的下合村。从此，《小》剧在太行革命根据地迅速传播，上党落子、上党梆子、蒲剧、晋剧、豫剧、歌剧等全国各大剧种，先后移植改编上演。剧情以宣传落实新婚姻法为主，打倒根深蒂固的封建买卖婚姻为辅，立足当时形势唱响婚姻自主首曲赞歌，广受根据地军民热烈欢迎。经七十载风雨，历七十载沧桑，武乡秧歌剧团曾一度沉寂，然《小二黑结婚》永远是剧团的保留剧目，主人公小芹的优美唱段，感染了一代又一代武乡秧歌人。

2014 年 8 月 15 日，武乡秧歌协会首场演出在县人民广场如期举行，《小》剧毫无疑问被协会列为首选剧目，面向全县观众公演。此次秧歌协会将其搬上舞台，无疑是用一种方式来呼吁几近枯竭的武乡秧歌能够复兴，配合八路军文化建设发展我县传统文化优势，焕发武乡秧歌活力再铸新辉煌，使全县人民能够再次听到这久违的乡音。当晚的演出结束后，现场观众久久不肯离去，有位年轻观众表示："一场戏根本不过瘾，像这样的晚会多来几场才好。"观众的呼声印证了秧歌还是有很大的市场。由此可见，仅凭秧歌协会的努力是远远不够的，必须加大力度从恢复剧团上着手留住秧歌这朵奇葩。

武乡秧歌协会是由原剧团职员成良先生组织发起，他四处召集在县名老艺人，组建秧歌协会，以一种高度社会责任感拯救武乡秧歌。协会成立以来即着手恢复武乡秧歌代表剧目，首先推出《小》剧，此剧是武乡秧歌最具代表性的剧目之一，上演七十多年来竟达四千余场，创造了我省现代戏上演之最。1983 年，省电视台将其录制成戏曲艺术片。它同时也是武乡艺校必不可少的教学剧目之一。该剧的影响力在武乡早已超出一部戏的范畴，而在武乡人民心中烙下深深的印记，是无可替代的精神支柱。此次由艺人常效平复排，当年的小二黑魏玉秀、刘修德姚长旺、旦嫂霍爱英等原班人马出演，特邀老艺人王月英出演三仙姑，并吸收段水英、魏文梅、张立军、武晋忠等青年艺人加盟，更为可喜的是舞台上还出现了一位引人注目的小演员，她就是小武的饰演者，真正实现了老中青三代演员结合，共同演绎永不褪色的小二黑结婚。该剧演出过程中，还有很多秧歌爱好者的积极参与，更有县宣传文化部门给演出提供帮助，文化局艺术科李晓玲现场指导及时协调处理演出中出现的问题。原剧团老团长、导演苏华，净角史名扬等为舞台布景亲自操劳并讲解剧情。所有乐队人员都是尽心尽力一丝不苟做好本职工作，配合演员强项发挥，奏响和谐乐曲奉献文化大餐。

《小》剧创作于 1943 年，深受老百姓喜爱。时至今日，《小》剧仍不落伍，依旧有着现实教育意义。试看当今社会，虽然在某种概念上说完全实现了婚姻自主，但是又有多少有情人可以终成眷属呢？特别是现今昂贵的彩礼、车房与地位、金钱与虚荣等不良因素，严重制约了婚姻自主。由此不难看出，《小》剧久演不衰是因为她时刻能与时代产生共鸣，以喜闻乐见的形式完美诠释世人追逐美好婚姻的愿望，吻合时代主流需求。

现实造就舞台，舞台演绎现实。武乡艺人坚持这一创作理念，七十余年将一百多部现代剧目搬上舞台，其中不乏经典之作，相对而言还数《小》剧最有代表性最有影响力。

一曲小二黑，成就了赵树理也成就了张万一，更成就了武乡秧歌剧团及历代参与演出的名老艺人。相信，在以后的道路上，《小》剧必将以顽强的生命力，给武乡秧歌的发展带来转机，使秧歌剧团再度腾飞创造辉煌。

白露核桃秋分枣

李　左

当太行山的雄风顺着花儿垴的主脊轻轻滑落时，武乡境内的瓜果梨桃便先后迎来生命的悸动。历经细雨滋润，星光抚慰，盛夏栽培，在初秋刚至的某些时刻里，它们热情而豪迈地大吼一声："我们成熟了！"于是，参差错落地，理直气壮地，给武乡县丰收的图景里献上自己浓重的一笔。

千树万枝上喜形于色的累累硕果，是武乡人眼里最踏实最欣慰的秋意。万紫千红各色美景，各领风骚群英荟萃。白露核桃秋分枣，是我今天想要描述的主题。核桃与人类或许有某种血缘上的联系，因为那排列完整的内核太接近于人类的大脑结构。早在它们还以绿皮包裹高挂枝头的时候，我的目光就一次次对它们打量不已。那翠绿的椭圆形叶片，掩映着它们丰硕圆满的身躯，构成活活的馋虫诱惑，让人一次次狠狠地吞咽涎水！该有怎样的际遇，才能亲自服侍那鲜嫩的核桃脱下三层外皮？在天高云淡的明媚里召唤美味，是人们对于核桃的第一重虔诚敬畏。当某个勤劳的小贩终于在街头正式开卖核桃时，自然要感激不尽地买来尝鲜。砸一砸，剥一剥，抠一抠，咬一咬，品一品……真是人间极品滋味！脆嫩的桃仁洁白无瑕，有新花生的一点甘冽，有鲜牛奶的一点丝滑，有桃仁自身的清香高贵……慢慢地品味，不辣，不苦，不硬，不干，正合九月里寒凉的脾胃。十指尖尖黑又青，满口酥脆不忍吞。

总是在白露节的前后，吃了又吃，品了又品，作为一个土著吃货的典型特征暴露无遗。常常暗自感叹，腰圆肚肥都是福气！如此物华天宝的精髓，清风白月的恩赐，岂不是人间最美的相遇？然而我爱核桃，岂能独享？特此公之于众，希望诸位亲朋好友一定要不辞辛劳直奔核桃鲜嫩而来，莫迟疑，莫犹豫，因为人间值得，美食可期。有时候心下盘算，如果这风骨铮铮的核桃是武乡男儿刚气磊落勇猛象征的话，那红软甜糯的枣儿岂不像极了武乡贤惠灵巧秀外慧中的女子吗？

先看那些俗名唤作“灵枣儿”的小枣吧，就像是十七八岁的妙龄姑娘，快言快语，轻松活泼，调皮地在秋风中舞蹈，早早地就沸腾起朵朵红晕，染花了枣皮，笑开了枣肉。如若你从枣树下路过，总会忍不住跳起来，蹦起来，抓几颗灵枣儿吃，嘎嘣脆的爽口像极了好女子的刚烈与直爽，那种甜热烈有力，让人吃了一个，还想再吃一个，吃个没完，停不下来。秋分左右，露结霜凝，树叶儿已经开始凋零，那些深闺大枣才会与你热情相拥。如果你又一次幸运地在武乡的农村溜达，恰好路过这种枣树时，一不小心，体型硕大的“秤锤枣”就会正好砸中你的脑袋，选你做它的“终身归宿”。

你当然不会辜负这一份来自天空的殊遇，惊喜之下，猛地抓起枣儿，仔细察看，只见它饱满滚圆，深红透亮，忍不住就往嘴里塞，那种苦尽甘来的绵甜会让你大呼惊艳！那是夏与秋的最后交欢，那是朝与暮的默默陪伴，那是天与地的慎重勾连！那种甘甜超越一切货架上的肤浅，是时光慢慢流逝静静沉淀的悠长浩瀚，是忍辱负重胸怀天下的厚重庄严，是舒坦到极点却无法用语言描述的绝妙喜欢。你就专心待在武乡的枣树下面享受吧！如果你真的远道而来。曾经无数次被秤锤枣儿砸疼过脑袋，也曾经无数次埋怨过它姗姗来迟，现如今才顿悟它是最好的，最纯，最甜，最真诚，最配这伟大而不居功不争宠的武乡人民。一山一故事，一物一性情。武乡的核桃最脆，武乡的枣儿最甜。红色烽烟，太行精神，经年历岁，如意大美。白露刚过，秋分未来。请你深入武乡的农家小院去，去鸡鸣狗吠中觅得质朴的人间烟火，去乡野阡陌间享受更多的自然瑰宝。

浓浓的年滋味

李文英

半盏屠苏话年味

现在一到过年，大家就都嚷嚷，年味越来越淡，找不回旧时的感觉了。

旧时，过年几乎是所有小孩子的心愿，也是富庶人家最快意的时刻。一到腊月，就掰着指头开始数天气，那种等待就是一种煎熬，却也是一种浓浓的年滋味。

不仅小孩子如此，据说连大名鼎鼎的闯王李自成都难以抵挡年的诱惑。

相传李自成出身贫苦，非常羡慕富贵人家生活，尤其渴盼过年。这种愿望深埋在他的内心。在他终于成为闯王后，愿望立即付诸行动，他把农历每月的第一天都定为春节，穿新衣，放鞭炮，吃美食，一年就过了十二个春节。遗憾的是，闯王是天上星宿下凡，临下界时玉帝许他十二年富贵，结果他一月一个年，一年就把十二年的富贵全部用完了，农民起义也因此失败。闯王的故事只是民间传说，当然不足为信，但最起码可以看出那时百姓对年是多么渴望。

可是现在为什么人人说年味越来越淡呢？或许郭达和蔡明的小品《浪漫的事》能回答这个问题。初恋时男女一握手，全身都来电，结婚二十年后拉住妻子的手，就像左手握住右手那么平淡，没有任何新鲜感。

我们过年是不是也是这种感觉呢？物质极度匮乏时，通年吃不到肉、白面，穿不到新衣，过年自然就盼星星、盼月亮，盼着能一饱口福，盼着能衣着亮丽几天，年味自然就浓郁。

现在每天的饮食都比过去过年强好多，新衣服也随时置换，过年还想更上一层楼，让已经熟悉的生活再花样翻新，实在不是一件容易的事情。

可是你若真的觉得年味寡淡如水了，那你也大错特错了。如果你细心去体味，你且端半盏屠苏酒细细体味，武乡的年味还是那么浓。

试灯风里卖枣糕

人生无大事，吃就是最大的事，尤其是重大节日，比如我们最隆重的春节，吃当然占据了很重要的地位。武乡有名的地方小吃——枣糕，是春节不可或缺的一道美食。

枣糕虽是地方小吃，却是可以入席的，婚丧大事必不可少，春节也几乎家家必备。

在县城，最有名的枣糕大概是“卓良枣糕”。黍米面和玉米面各半，均匀拌湿，一层面一层红红的大枣，上屉蒸熟。出锅后，枣糕周身热气大盛，卓良双手蘸点食油，用力拍打，双手因为发烫的枣糕变得红红的，同时红红的还有他山里汉子的朴实脸庞，枣糕就在一下一下地拍打中变得结构紧凑且瓷实。

此时案板上的枣糕，玉米面和黍米面经高温蒸熟色泽金黄透亮，间杂枣的大红，颜色十分漂亮；切一小片品尝，软溜溜的枣糕，既有黍米面的黏性，又有玉米面的筋道，还有红枣的甘甜，真正色香味俱佳。

如果你觉得刚出锅的热腾腾的枣糕是最好吃的枣糕，那说明你不是正宗的老武乡人。武乡民间流传着这样一句话：“新蒸馍馍换馏糕。”冷却后的枣糕和刚出锅的枣糕截然不同，具有了铮铮铁骨，拿刀去切，噌噌有声，金黄的外表还会被划出一道道白色的划痕。你再次回锅，或上火馏，或油锅炸，味道和第一次比起来，又别具风味，更加软糯，更加筋道。那甜香直窜人的鼻孔，直沁人的味蕾，那软糯直入人的脾胃。

枣糕不仅味道鲜美，还有“早高”的吉祥寓意，春节之时，祭祀的供桌上也常常是必不可少的，探亲访友图个吉利，也是重要的馈赠佳品。

平时，卓良守在自己小店铺里，一斤半斤地出售。春节临近，红灯高挂，卓良就推了推车，在广场附近摆开，手拿大刀，在试灯风里一大块一大块地卖枣糕。那浓浓的年味，就随着风吹遍了县城的大街小巷。

武乡的特色小吃可不仅仅只有枣糕，炒指、莜麦面、官尝，还有著名的“小米加步枪”里的小米。这些特色在武乡司空见惯，可是对武乡在外的游子来说，那不仅是幼年时烙在脑海里的记忆，更是舌尖上的乡愁。如果你在快递店里看到一摞一摞的小米，一袋一袋的炒指、枣糕、官尝，那一定是春节来了，浓浓的年味由武乡满溢出来，飘向了祖国各地。

新年钟声响起时，所有武乡人会共同默念，“但愿人长久，千里共美食”。

月色灯山满武乡

如果说地方美食具有传统的年味，那武乡的元宵则是传统与开放兼具。

元宵节挂灯是必不可少的一项活动。即使最贫穷的年代，村民家家都要从正月十四晚上开始，在屋檐下挂起灯笼，院子各个角落点起灯盏，一直到十六晚上。

如果恰逢下雪，就应了“正月十五雪打灯”的好年景，朦朦胧胧中，红晕的光芒里，六瓣的雪花飘飘洒洒，亲吻着灯笼，在宁谧的乡村营造出一片温馨的意境。

县城的元宵节更有一番热闹，“东风夜放花千树，更吹落，星如雨”，辛弃疾的诗句简直就是对元宵节武乡街道的描绘。每一条街道两旁的行道树都挂满了串灯，绿的、蓝的、红的、黄的、白的，闪闪烁烁，疑似银河落武乡；街道中心，横跨挂着状如灯笼的街灯，红红的光芒映射到深蓝的天幕，与天上的星星辉映。太行干部学院前的大桥，远远看去，“长桥卧波，未云何龙；复道行空，不霁何虹？”十几年前，有谁能够想到武乡也能有如此灿烂的夜景？

特别是近年来“八路军文化园”推出了“我在武乡过大年”的灯展游园活动，武乡更是敞开胸怀，接纳了不少外地游客。

八路军文化园灯展是根据武乡地域特色和个性特征精心打造而成的，

是一场万千彩灯主讲八路军文化与太行精神的灯会。胜利坛前篝火熊熊，胜利坛上华灯四射，光芒万丈。这边的灯，活捉大汉奸；那边的灯，妻子送郎上战场；左边的，游击队长魏名扬；右边的放牛英雄王二小；这里是“福禄寿齐全”，那里是“十二生肖闹春”。一个个花灯，讲述着一个个红色的故事；一组组造型，演绎着武乡别样的风采。

涅水河绕着文化园淙淙流淌，月上柳梢头，人约黄昏后，文化园内人头攒动，多次出现井喷现象。

面对月色灯山满武乡，你还能说年味淡了吗？

不管是武乡的传统美食，还是传统与开放兼具的灯市，只有在过年时才格外有韵味，也才格外显出武乡的独特来。

而我，这个地地道道的武乡人，也只有在武乡才能感受到浓浓的年味，年才能过得热热闹闹、快快乐乐。

农家土炕

刘晓宏

前段时间，县里组织各单位领导在八路军文化园里举办培训班，穿着八路军军服，背起为人民服务绿书包，早上吹响军号起床出操，八路军大食堂里拿起粗盘笨碗吃饭，抗大分校小排房里听课，晚上在八路村的大炕上睡觉。因为这里主要是接待外地游客的，所以新修的土炕是经过改良的，不能算是太正宗，但看着这样的土炕，也足以让人引起有关炕的许多联想。

土炕是北方才有，何时兴起，谁人发明，无从考证，只是感觉它的功能有二：一是做饭取暖一举两得，我们武乡一带有“一炕暖半家”的俗语；二是想容纳更多的人睡觉或者说话聊天休息，因为房子小，地下也摆不了许多椅子、凳子，客人进门后主人不是请坐，而是请客人“上炕”。

炕是用土坯或者砖头垒一个长方形的坑，下半部分填土，上半部分按照设计好的线路垒成烟道直至烟囱，烟道的上面铺设用泥抹的“水积”，拿细泥抹平，上面放上席子，钉上炕沿，炕的前面盘起灶台，一盘土炕就大功告成了。使用时间长了以后，炕的烟道里和烟囱里会有细细的烟尘，严重的时候会堵着走不掉烟，老百姓叫“不过”，除去炕下烟道里的灰土叫“打炕”，烟囱有了烟土得用绳子前面挂个重一点的东西上下拉动，把灰土去掉，叫“吊烟囱”。

土炕上的席子是由专门的席匠来做，秋天苇子黄了的时候，把苇子用个圆圆的圈子形小刀破成条条，一次一次喷水增加苇条的湿度和韧性，把苇条平整地铺在地上，推着石头碾子把一条一条的苇子条碾平，就可以按照各种图案编织成一块一块的席子了。小时候看席匠编席子也是一件非常快乐的事，席匠站在石头碾子上，背着双手用脚踏着碾子走出去倒回来却掉不下来，碾子碾压着地上的苇条发出哧哧的响声，碾压好的苇条在席匠的手里上下左右翻飞，一会儿编好一大片，围着看的人会连吃饭也忘记了的。

席子是土炕上必须有的，要是连席子也没有，说明已经到了非常穷的地步了，有句俗语就说某某家穷得连席子都没有。条件好一些的人家，会在炕的周围画些图案，叫炕围子。画炕围子叫打炕围子，是由专门的油匠做的，其实就是民间画师。我家的炕围子却是没有用画师，父亲出差的时候从外地买回来一套印刷好的炕围子画，内容是《红灯记》《沙家浜》《智取威虎山》等革命现代样板戏，拿糨糊粘到墙壁上，用清油一刮，亮亮的，美极了。

感觉小时候的冬天要比现在的冬天冷一些，一天三次做饭是难以把炕烧热的，炕不热房间自然会冷，所以就有了专门烧炕的事项。秋天里，把地里的庄稼秸秆、干枯树枝甚至是落在地上的树叶子拿回院子里堆好，冬天的时候用于烧炕。烧炕的火不能太大，但也不能让火灭了，必须利用小火大烟把炕烧热，这样才不至于在房间里冷得打战。

最不舒服的时候是炕玉茭，村里把整穗的新玉茭按人口多少分到各户，各户把玉茭粒抠下来，因为湿度太大，所以要放在炕上炕干燥，炕干的玉茭除去送到人民公社的粮站交足了公粮，余下的才是老百姓自己少量的口粮。炕玉茭就是把湿湿的玉茭厚厚地铺满整个土炕，灶台里烧火，这个时候，水分把席子、褥子全搞湿了，睡在被窝里虽然能闻到新玉茭的清香味道，但浑身上下湿热湿热的，像放在蒸笼里蒸一样的难受。

到县城来念书以后就很少睡炕了，在教育局工作的时候，突然想起来体验炕的感觉，于是，把一只坏了的小变压器里面的漆包线取出来拉直，一圈一圈用图钉别在床板上，通了十来伏特的电压，哈哈，还真管用，床板热了起来，被褥也热了起来，睡在上面还真有点土炕的感觉。再后来才有了市场上卖的电热毯之类的时兴品。

现在下乡，发现村里的土炕大多已经被形形色色的床替代了，不知道这是时代的进步还是对历史的遗忘？好在八路军文化园里整个八路村子全是大炕，想怀旧了，可以到那儿去看看。尽管泥土的芬芳不是太足，却也足以引发思乡之人美好的回忆。

图书在版编目(CIP)数据

何处是高处 / 李晋瑞著. 扶贫工作队 / 李业兴著. 武乡散文精选 / 张红伟主编. —北京：中国文史出版社，2024.7

（武乡现当代文化集萃）

ISBN 978-7-5205-4702-4

Ⅰ. ①何… ②扶… ③武… Ⅱ. ①李… ②李… ③张… Ⅲ. ①散文集－中国－当代 Ⅳ. ①I267

中国国家版本馆CIP数据核字(2024)第102824号

出 品 人：彭远国
责任编辑：秦千里

出版发行：中国文史出版社
社　　址：北京市海淀区西八里庄路69号院　邮编：100142
电　　话：010-81136606　81136602　81136603（发行部）
传　　真：010-81136655
印　　装：山西人民印刷有限责任公司
经　　销：全国新华书店
开　　本：16开
印　　张：247.25
字　　数：3500千字
版　　次：2024年7月　第1版
印　　次：2024年7月　第1次印刷
定　　价：1000.00元（全七册）

WUXIANG WENHUA JICHENG
WUXIANG XIANDANGDAI
WENHUA JICUI

武乡文化集成·卷三

陈建祖 主编

武乡现当代文化集萃

武乡秧歌百年传承史 王充理 主编

武乡英模谱 孙俊堂 主编

中国文史出版社

总　序

甲辰之岁，万象更新。武乡热土上，乘新时代之春风，政治、经济、文化一体推进，正所谓政通人和，百业俱兴。

自古以来，莫不盛世修书，藉以兴文化俗。今有《武乡文化集成》之问世，摘精选要，撷英荟萃，乃国内县域文化系统整理出版之巨创，亦寻祖根，追文脉，固根基，增强文化自信之壮举，可庆可贺也！

文化之兴，缘于地理；或曰据于地理，乃出人文。

太行逶迤，上党巍巍，雄视华北，俯控中原，自古乃兵家必争之地。元人熊戴歌咏曰："天下多名山，太行居第一。泽潞伯仲间，上党天下脊。屹立界中原，形势控南北。"武乡踞上党北缘，乃千年名邦，抗战圣地。其东有板山竦立，如长城蜿蜒；其中有漳河流金，泽润乡里；其西则俯视晋中，藏风聚气。此土此境，古有商周遗物，有石勒要寨，有寺院林立，绵绵不绝，而民风俭啬，勤于耕读，崇尚勇武，远近闻名。清代乾隆《武乡县志》"风俗篇"云："武乡之为县，在万山中，金玉珠贝无所产，商贾舟车不至，民安于畎亩、诵读，无逐末游食、猎取富贵之人。""其民质而不誉，其俗俭而不猥。"此乃武乡传统文化之概要，民风之底色，文化渊源之所自。追溯千余年传统文化，不亦绵长醇厚乎！

帝制灭而共和兴，社稷衰而危亡存，仁人志士，前赴后继，奋起斗争。武乡籍共产党人、革命先驱李逸三、史怀璧、武三友等，建立中共武乡县委员会，组织"五抗"，风起云涌，艰险曲折，板山漳河间，闪耀赤色曙光。全面抗战始，抗日烽火燃烧在太行山上，八路军总部、中共中央北方局、一二九师师部开进武乡，先后驻武乡王家峪、砖壁诸地，朱德、彭德怀、左权、刘伯承、邓小平、杨尚昆等在此指挥抗战，武乡乃成太行根据

地之重镇。长乐村战斗，歼寇两千；百团大战，威震敌胆。柳沟设兵工厂，肇始军火生产，装备抗日武装；抗大、鲁艺，学校遍及山乡僻壤，培植红色基因。武乡儿女，慷慨参军，牺牲何止千万；家乡父老，纳鞋交粮，自愿支援前线；太行奶娘，忘我取义，哺育革命后代。仰望太行之巅，遍布民族脊梁；回首抗战圣地，鲜血浸染。《少年先锋》，如诗华章；抗战篇章，辉煌绚烂。此乃武乡近世文化之鲜明本色。回首武乡之红色文化，不亦感人至深乎！

斗转星移，国运昌隆；改革开放，其命维新。武乡大地，文脉绵延，异彩纷呈。其初有高沐鸿之《太行吟》，冈夫之《故城谣》，张万一之剧作《小二黑结婚》，歌咏烽火岁月，隽永悠长；继之有寓真之《行道集》，赓续家国情怀，书写不尽之乡愁。抗战文化则梳理备至，书写将军之百战智勇，战士之慷慨赴死，军火之急急生产，民众之纷纷支前，友邦之慷慨资助，红色文化，洋洋大观。作者群起，深研备至，提炼太行精神，表彰抗战英模，可歌可泣，化育万民，进而为新时代不忘初心、继续前进之强大动能。回首七十年文化景象，不亦壮观乎！

武乡文化，厚重绵长，总而成之，采而辑之，舍我其谁！县委县政府下决心，定大计，集贤能，编方案，以规范性、系统性、权威性为基准，博采旁搜，摘取英华，卷次三分。首卷为历史文化，通览千载；继之以红色文化，特色引领；卷三是现当代文化，文苑集萃，遂成20册，汇千万字，煌煌然为武乡文化史上之空前巨著。武乡文脉，一以贯穿，高如板山，长若漳河，实乃空前之壮举，既为资政要览，亦成万民寻根溯源、永久承传之宝典，具彰往而昭今之效，其价值、意义不言而喻，无庸赘述焉。是为序。

中共武乡县委员会
武乡县人民政府
2024年6月

凡　例

一、本丛书以马克思列宁主义、毛泽东思想、邓小平理论、“三个代表”重要思想、科学发展观、习近平中国特色社会主义思想为指导，选取武乡文化精华，编纂而成。

二、本丛书以基础性、系统性、权威性为基本编纂标准。

三、本丛书以武乡籍贯的作者为主要选取对象，以描写或记述当今武乡地域范围内的文化为内容选取标准。

四、本丛书选取的著作体裁不限，以学术著作和文学作品为基本选取对象。为了全面记述武乡的历史文化，特别组织新撰了武乡历史文化的通览性著作。

五、本丛书按照历史通览、文化特色、时代新篇为基本分卷依据，分武乡历史文化通览、武乡红色文化撷英、武乡现当代文化集萃3卷，共33种著作，编为20册。

六、本丛书为集成性著作，尊重原著内容的完整性，一般不作增删；如有修订，均经作者完成。

七、本丛书对每一部入选著作内容及其作者均予简介，以便阅读和使用。

八、本丛书根据各书特点而区别整理方式，涉及古文、文献等，予以标点，并适当注释；涉及文化遗产等内容，则以图文结合的方式予以记述。

目　录

武乡秧歌百年传承史

王充理　主编

附录

武乡英模谱

孙俊堂 主编

武乡秧歌百年传承史

王充理　主编

【作者简介】

王充理，原名春连，艺名春雷。1951年生，山西省武乡县蟠龙镇东沟村人。曾任武乡县文化馆副馆长、山西省戏剧家协会会员。1970年参加县剧团，编创秧歌剧《桃花簪》《岳飞挂帅》《女兵传奇》（与张万一合作）及现代戏《智破活神仙》《骗婚记》《娘随驴去》，历史剧《石勒传奇》《五凤朝周》等，并改编各种剧本40余种，获全国曹禺戏剧文学奖之“剧本奖”。

【内容简介】

山西是中国的戏剧大省，有60余种地方剧种。武乡秧歌，又称襄武秧歌，是源于上党地区的武乡、襄垣一带的民间剧种，流传于晋东南一带，乃至太行山东麓的涉县等地区，其内容贴近当地民众生活，其歌唱与表演以高亢、刚劲、活泼、风趣为特色，深受当地群众喜爱，有170余年发展历史，是武乡代表性的非物质文化遗产。本书由武乡秧歌第五代传人王充理主编，是对武乡秧歌历史的全面记载，分四章，其一发展历程，记录旧戏班社、县立剧团、业余剧团；其二音乐与表演特征，记录音乐、板式、行当、脸谱、演出习俗、戏班行规；其三戏剧协会、戏校，记录武乡秧歌对演员和戏剧的培育；其四人物，分录武乡秧歌六代传人。其末附录有关秧歌的文章、传说、典故、剧作选录、舞台楹联、行话以及秧歌大赛等内容，对武乡秧歌传承历史的研究有重要价值。

概　述

武乡秧歌是地方小剧种。它与襄垣秧歌同产生于晋东南地区的武乡、襄垣两县交界山区，传播于晋东南、晋中等28个县区。其唱腔高亢、刚劲、风趣、活泼，且地方风格浓郁，深受群众喜爱，是上党地区重要戏曲之一，在华北小剧种中也占有重要位置。

由于它同襄垣秧歌同出一源，后天发展也大同小异，因此，20世纪80年代初，省剧协有关专家将武乡秧歌与襄垣秧歌合称为襄武秧歌，武乡秧歌即成为襄武秧歌一个流派。

一

武乡秧歌的形成，《武乡县志》（1986年版）记载："据大有横岭寺戏台壁所记，清道光二十九年（1849），已有武乡秧歌戏班在该台演出。"距今至少有170多年历史。

近年来，由于不少专家学者对襄武秧歌的起源不断地进行探索和研究论证，共同认可的说法是：清光绪初年，河南省沁阳人张金川随父来到襄垣、武乡边界各村庄打铁谋生，学会了流行在两县的"纺花调"等民间小曲。后来又到长治西火村一带打铁，又学会了"西火干板秧歌"。其人嗓音好，特别爱唱，有着特殊的艺术天赋。他将学来的各种民间曲调水乳交融，融会贯通地糅合在一起，创造了一种新腔，不论九字句、十字句，甚至十五字句都是一气唱完，当地人称之为"一道腔"秧歌。

"一道腔"秧歌唱腔高亢流畅，旋律活泼风趣，节奏明快刚劲，多数人愿听愿看，且通俗易学，爱唱的人们争相学唱，很快在武乡、襄垣的乡村流传普及。在一年一度的春节、元宵节期间，开始有人在“闹红火”时出来演唱。有的村庄三五人合作，自编自演一些男女纠葛、家庭风波的简单情节故事，撂地摊演唱。因有故事情节，也就有了角色行当之分。后来的秧歌小戏《偷南瓜》《摘豆角》《打玻璃》《四岔捎书》《收草帽》《吸金丹》等都是撂地摊演唱阶段保留下来的剧目。

光绪十三年（1887 年），由张金川和襄垣县上良村的王福锁，武乡县陌峪村的韩具保等发起，集中了襄武交界处西营、下良、监漳、城底、上合、下合、陌峪、却净、上良、白杨岭等 18 个村的秧歌演唱名流，王根然、吴存保、马七斤、赵满有、田维、吴六四、韩具保、韩黑痣、梁和尚、韩中元等，组织起襄（垣）武（乡）两县一个秧歌半职业班社，开始由广场搬上舞台演出。在一些富户的支持下，购置了服装、道具、头盔，剧目也增加了《刘芳舍子》《鹿林庄》《凤仙庄》《雨伞记》《小姑贤》《土地堂》等整本戏。唱腔也有了新的发展，基本固定了“二性”“紧板”“慢板”唱腔的旋律，行当唱腔也开始有所区别。虽然这时演唱的仍是单由武乐伴奏的“干板秧歌”，但也随着板式变化，出现了慢、中、紧三种不同打法。

十八村秧歌班成立后，武乡秧歌作为一种新的文艺形式出现在群众中，很受欢迎。搭秧歌戏去演出的村庄很多，收入可观，不少富户看到经营秧歌戏班有利可图，便争先成立专业秧歌戏班。还有一些原是唱上党梆子的戏班，东家为了发财，也让他们改唱秧歌。从光绪十六年到民国二十六年（1890—1937）这 47 年期间，县境内先后出现了鸣凤班、富乐意班、鸣胜班、原乐意班、永乐意班、悦意班、三元班、庆荣班等。连屯留的安乐意秧歌班、长子的三乐意班共计有二十几家专业秧歌大戏班。再加上各村的自乐秧歌班，共计有 30 多个。襄武两县的秧歌演唱名流，分别在这些戏班内。各戏班的戏东争名夺利，互挖墙脚，艺人们也摇摆不定，今天在武乡，明天就被挖到襄垣，有些名艺人一年要游动于六七家戏班。还有的到长治、长子的上党梆子戏班演戏。于是，十八村秧歌班也被分化瓦解，大部分艺人被武乡鸣凤班主程起万高薪雇用。

程起万原来经营着一个上党梆子戏班，在秧歌兴盛时期改成秧歌戏班。时隔二三年，因秧歌戏不许敬神，影响经济收入，程起万又想让秧歌改演梆子，但艺人们又不忍心丢弃秧歌。“白牡丹”郝过法等人，就建议用梆子搅秧歌的形式演出。他们将剧中扮演帝王将相的花脸、武生等行当唱上党梆子；扮演才子、佳人、平民百姓的生、旦、丑演唱秧歌，艺人们称这种演唱形式为“风搅雪”。因唱梆子用“剧琴”“反字二把”“胡呼”“鼓板”“唢呐”“梆子”等乐器伴奏，所以在唱秧歌时也就顺便用上了这些乐器伴奏，秧歌剧种又进入了一个新的发展阶段，由“干板秧歌”发展为有乐器伴奏的“武乡秧歌”。

“风搅雪”形式的出现，使秧歌戏班开始演出大型朝代戏，为适应演出内容的需要，就把梆子的全套表演程式及部分唢呐曲牌、锣鼓经也运用在了秧歌戏中，为秧歌剧中填补了不少空白。别的秧歌班主也纷纷效仿，添置蟒、靠、头盔等行头，开始搅唱梆子戏。到民国初年，两县的秧歌戏班除原有的秧歌剧和梆子剧目外，又增加了大型剧目近 30 本，如《访苏州》《桃花庵》《刘公案》《青峰山》等。琴师任八孩实践中总结出用“剧琴”伴奏秧歌不及用皮黄戏的“二簧”谐调的经验，就第一个试用“二簧”伴奏秧歌，效果明显，各秧歌班都推广。从此，“二簧”“反字二把”“胡呼”就被作为秧歌的三大件伴奏乐器，使襄武秧歌这一剧种在音乐上趋于完善，也是武乡秧歌的第一次飞跃。

二

1937 年日军侵占华北，因战乱原因，演出市场萧条，各秧歌戏班停止演出，相继解体。

1938 年，八路军总部进驻武乡。朱德总司令等八路军首长对地方小剧种十分重视，指示武乡县党组织，迅速恢复秧歌剧团，为宣传抗日救国服务。1939 年，农历正月十六日，成立了“挺进剧团”，到 9 月改称“光明剧团”。1940 年，日军占领段村，武乡以段村为界分为武东、武西两县，武西县成立了“战斗剧团”。名艺人王会孩、张新尧、赵万山、李海水、梁旭昌、崔来法、韩希江、任八孩、李来春等分别参加各剧团进行演出。襄武秧歌这一剧种，在共产党领导下又获得了新生。

当时，两县的剧团编剧有张万一、高介云、殷士肤等。他们紧密配合党在各个时期的中心工作先后编出了《上前线》《胡春花拥军》《劝夫参军》《疤山会》《年除夕》《小二黑结婚》《改变旧作风》《王贵与李香香》《换脑筋》《送郎参军》《谁救活我们》《纺织英雄》《捉特务》《劳动英雄》《打马牧》等 100 多个抗战现代剧，成为两县轮换上演的主要剧目。与此同时，两县剧团还排练上演了阮章竞编的《赤叶河》、赵树理编的《万象楼》、辛鹰编的《关家庄》、马健翎编的《血泪仇》等。八路军部队和边区的著名文艺工作者，如李伯钊、陈荒煤、赵子岳、寒声、夏洪飞等也参与了秧歌剧目的编导工作。秧歌剧团表演的内容进步，数量众多。为适应演出现代戏的要求，表现现代人物思想感情，部队音乐工作者和剧团高介云团长，开始尝试设计音乐唱腔。他们和乐师以及经验丰富的演员共同研讨，创作设计了许多新腔，大大丰富了本剧种的唱腔曲牌。尤其是到 1945 年后，两县剧团吸收了大批女演员，根据女演员的嗓音条件，又开始设计旦腔各板式的旋律，使各行当唱腔更加优美动听、区别明显、柔和委婉。受太行军区“先锋剧团”“前哨剧团”的影响，演员们注重了刻画人物性格，改变了套用程式和千人一面的僵化表演，演出感染力强，能够引起观众共鸣，受到群众欢迎。光明剧团在果烟堖村，为八路军 386 旅部队演《关家庄》时，李海水扮演的汉奸惟妙惟肖，形象逼真。当演到汉奸蹂躏穷苦的关老汉时，一个八路军战士愤怒地拉开枪栓，幸亏被排长发现阻止，才避免了误伤人命。两个秧歌剧团所遇类似的情况不胜枚举，可见确实起到了教育人民、鼓舞人民、动员团结人民共同抗击日军侵略的强大宣传作用。

两个秧歌剧团在战火纷飞的恶劣环境中，运用游击战术坚持演出。为了广泛发动群众，他们置生死于不顾，跑到离敌人炮楼只有二三里远的敌占区村庄演出。敌人追来，转移疏散，敌人一走，返回重新演出。秧歌剧团的指导员武蕃，鼓板师温和尚就是在演出时，不幸惨遭敌人杀害的。敌人怕秧歌，八路军爱听秧歌。两县剧团曾多次为八路军首长和指战员演出。1939 年 12 月 1 日，武东挺进剧团（光明剧团的前身）在王家峪村祝贺朱总司令寿辰时，演出了《小姑贤》和《宋江杀惜》，受到朱总、彭总、左权副参谋长等首长的热情鼓励。1943 年，武东、武西两个剧团均参加了在河北省涉县温村召开的晋冀鲁豫边区参议会演出。1944 年 10 月，又同往黎城县南委泉村参加太行首届群英会演出，荣获太行文联“突飞猛进”的奖旗和“鲁迅艺术”奖金。两个剧团还分别受到过薄一波、陈赓、彭涛等部队首长的嘉勉。武乡秧歌这个小剧种，发挥了抗日救国宣传的大作用，秧歌剧团是活跃在太行山上一支重要的文艺队伍，对抗日战争作出了特殊的贡献。光明剧团三下豫北、四进冀西，走遍了晋冀鲁豫边区，被称为“政治鼓动家”“宣传教育家”“表演艺术家”，一时声震太行，誉满边区。尤其在演现代戏方面，是当时任何一个剧种所无法比拟的。当时一些演唱上党梆子、落子的县剧团，为了演现代戏，都改唱襄武秧歌。如屯留的麟山剧团、沁县的漳河剧团、平顺落子剧团、榆社晋剧团等，在 40 年代中期，都有一段演唱襄武秧歌的历史。

1946 年 2 月，随着武乡光明剧团在太行区的名气越来越大，太行区便将光明剧团收编为“太行光明剧团”，成为山西歌舞剧团的前身。1947 年以武西战斗剧团为主体和光明剧团留下的部分演员，合并新成立“武乡县翻身剧团”。这个在土改运动中新建立的剧团，在王世荣、魏东升、弓庆福、韩俊鸿的带领下，传承好的优良作风，继续宣传党的方针政策，为人民群众演出。当时影响较大的剧目有《光荣牌》《两种作风》《绑住结婚》《闹人家》等。1949年翻身剧团又改名为“武乡县大众秧歌剧团”。

抗日战争和解放战争时期，是武乡秧歌改革发展的重要阶段，也是为抗战作出贡献、取得辉煌成绩的光荣时期。

三

新中国成立后，随着社会主义文化的繁荣，武乡秧歌也进入了一个新的发展阶段，戏曲改革，取得了新的成就。

1950年，剧团编剧王世荣调长治专区文工团。1952年，剧团由李海水任团长，弓庆福任指导员。1953年冬，经过整顿，大众剧团调整了领导，史舜虞任团长，李海水、梁旭昌任副团长，史全义任指导员，韩二全、蒋马儿任副指导员。剧团又吸收了下合村剧团的郑桃英、任生奎、杨春印、魏来子、魏福贵，大陌村剧团的刘凤兰及大有的张改花、东沟的王改云、王翠莲等一批青年演员。

1954年至1963年，剧团稳定提高，演员阵容强大，老中青结构合理。其间的1959年，县新增晋剧团，秧歌剧团称“武乡大众剧团一分团”，晋剧团称“武乡大众剧团二分团”。两剧团相互竞争，演出质量也迅速提高。上演剧目又新增加了现代戏50多本，移植或自编古装戏40多本。武乡剧团的《刘胡兰》《绑住结婚》《社长女儿》《傅家营》《山村姐妹》等剧，分别在各个时期产生了较大的影响，涌现出了一批在群众中有影响的演员。如郑桃英（小旦）、郭改云（青衣）、刘凤兰（老旦）、张改花（泼旦）、任生奎（丑）、任二货（生）、蒋马儿（丑）、杨春印（小生）、史培堂（花脸）等，都是晋东南、晋中地区群众公认的好把式。

1964年，在开展社会主义教育运动（也称“四清”）时，剧团参加晋东南地区文艺整风，演出剧目受限，主要演员陆续受到冲击。1966年，“文化大革命”开始，剧团改称“毛泽东思想宣传队”，下乡演出内容是适应形势的小节目。1970年，解散二分团，保留武乡秧歌剧团。剧团出现了转机，新招收了青年演员，并开始排练“革命现代样板戏”。1974年，在武乡秧歌老前辈张万一、王世荣的关心下，邀请省歌舞剧院李秉衡和省晋剧院李守祯两位作曲家与县秧歌剧团乐师任八孩、成宝川、李金兆等，潜心研究、挖掘传统的秧歌唱腔，大胆吸收其他剧种音乐唱腔方面的可取之处，改革创作了武乡秧歌的“散板”“摇板”“数板”“念板”“哭板”“垛板”等唱腔板式。乐队加进二胡、三弦、笛子、扬琴、低胡、大阮、中阮、琵琶、月琴以及铜管乐器。剧团演员、剧目、唱腔等焕然一新。1975年，排练的革命现代样板戏《红灯记》在晋东南地区戏剧会演中获得极大成功，后到省城演出受到戏剧界和观众的一致好评，并灌制了唱片，市场上发行播放。

20世纪80年代初，又增加了电子琴、古筝、电吉他等乐器。使武乡秧歌又以崭新的面貌出现在我国的戏曲舞台上。

改革开放之后，武乡秧歌各方面又有新的发展。老剧家张万一和本县剧团的编剧王充理等新编或加工整理了近20本现代戏和历史剧，其中《王贵与李香香》《小二黑结婚》《嫁妻》《女兵传奇》等剧目被省电视台拍摄播放。其中《石勒传奇》《忠义缘》《五凤朝周》《嫁妻》《娘随驴去》等剧参加省、地、市会演，分别荣获剧本创作奖。这些剧目都成为本县秧歌剧团的代表剧目。一批中青年演员在观众中有了影响，如安娥英（旦）、王月英（旦、生）、姚长旺（老生）、李效珍（生）、魏玉秀（小生）、武生连（旦）、常效平（小生）、李长禄（丑）、殷国川（杂角）、霍爱英（正旦）、武生莲（正旦）、李小平（刀马旦）、张雪芬（老旦）、秦霞（旦）、李玉萍（旦）、史名扬（净）等，分别获省、地、市的优秀演员奖，其唱腔都被省电台录音播放，还有的灌制成唱片和盒式磁带在国内外销售。

武乡秧歌的历史虽然只有130多年，但由于群众的呵护，艺人的努力，特别在抗战中经过许多专家和艺术家的锤炼，这个板腔体剧种更加完善和成熟。表现为：第一，行当唱腔板式齐全丰富，起、留、过、送、切等过渡板式也全部定型；第二，伴奏乐器三大件固定，丝弦曲牌、打击乐锣鼓经和唱腔形成了一整套的武乡秧歌系统；第三，创造了自己的独特的规范语音和一套基本的表演程式；第四，形成了自己一批如《河灯会》《忠义缘》《落花记》《小姑贤》等近百本看家剧目，还保留了一批如《小二黑结婚》《王贵与李香香》《嫁妻》《娘随驴去》等代表剧目。

在剧种衍变过程和演出实践中，武乡秧歌呈现出五大特点：一是其语音、服饰、化妆、动作集中代表了太行文化和乡间习俗。二是为演宫廷戏可以与旧有的上党梆子唱腔混用，创造了“风搅雪”的一系列相融办法。三是在行当唱腔上，男女音高相差四度，这比起生、旦同腔同调的其他剧种既适合男女嗓音之别，又明亮舒服，在戏曲声腔上明显科学。四是在唱法上基本保持了原声态发声法，滑音、假声运用较多，呈现出高亢、刚劲、明亮的山区特点。五是武乡秧歌与襄垣秧歌明显发展为两个流派，出现了各朝着各的审美方向发展的趋势。如上这些特点构成了武乡秧歌的特点，值得重视和研究。

1982 年至 2005 年，武乡县委、县政府以及文化宣传部门，为了振兴武乡秧歌，开办了五期秧歌艺术学校，先后由弓庆福、李金兆、杨春印、史金中、王充理、安娥英、王月英、王炳旭、安福英、李小玲等担任教师，培养了 200 多名秧歌传承人才，其中佼佼者有房素芬、王慧芬、李勇、段水英、赵树青、关菊平、贾雪平、陈小兵、王丽芬、胡小丽、白占文、张立君、路翠萍等，乐队方面有张志斌、郁向忠等。这批演员从 1985 年到 1993 年间，在县剧团发挥着骨干作用。1991 年在《娘随驴去》一剧赴市会演时，房素芬、李勇、段水英担任了主要角色，分别获市级一、二等演员奖。

20 世纪 80 年代后，由于社会发展变革、文化生活的丰富多彩，人们文化视野观念的转变等原因，武乡秧歌演唱的市场日见萧条。直至 90 年代后期，县秧歌剧团不再演唱秧歌，秧歌演员因此而离开剧团，农村业余秧歌剧团也只剩下左会村一家，培养秧歌人才的戏校也难以为继，武乡秧歌剧团生存举步维艰，秧歌剧种也面临严重挑战。武乡秧歌毕竟是武乡人民在劳动生活中创造的艺术瑰宝，经过百多年的传承，已经深入人心，成为人民群众文化生活中不可缺失的精神食粮。以王充理、安娥英、姚长旺等为代表的原县秧歌剧团艺人们，经常组织演员，坚持编演秧歌现代小戏，如《人民法官郑大明》《换烟》《智破“活神仙”》《税法与公民》《四仙女游武乡》等剧目，宣传时事、法令、政策，歌颂武乡新人新事新风貌。社会上的艺术团体在演出中也要插演武乡秧歌，借以支撑着武乡秧歌的延续。为挽救武乡秧歌，县委、县政府曾在2006年，制订了一系列计划，提出了“一年大赛，二年建团，三年见效”的近期目标，并责成县文化馆负责抢救、保护、提高和普及工作。2017年，县委宣传部举办了一次规模较大的秧歌大赛。参赛选手达200多人，比赛场面相当激烈，观众场场爆满，创下历史纪录，可见武乡秧歌魅力犹在，观众犹在。比赛分专业组和业余组，专业组，房素芬获一等奖；王慧芬、常效平获二等奖；成良、胡小丽、段水英、关菊平、王丽芬、赵红波、郭书芬、关红丽获三等奖。业余组，白小英获一等奖；史玉丽、胡巧红获二等奖；白小丽、弓拴平、吴小平等11人获三等奖。可喜的是有8名不满10周岁的少年儿童报名参赛，其中的孙泽阳和郝斌（女）还荣获了三等奖。之后，武乡秧歌协会、武乡非物质文化遗产协会相继成立，在组织、传承武乡秧歌方面建设了平台，提供了方便。2009年，武乡秧歌被列入国家非物质文化遗产保护项目。我们相信这一朵民间艺术的奇葩总会以它全新的姿容重新开放在老区的大地上。

百年岁月积淀，前辈筚路蓝缕，矢志不渝，呕心沥血铸辉煌；世纪曙光沐浴，后代不忘初心，笃定前行，薪火相传续新章。武乡秧歌这朵武乡人民喜爱的艺术奇葩定会绽放得更加光彩夺目，绚丽不败。

第一章　发展历程

第一节　旧戏班社

十八村秧歌班

十八村秧歌班，于光绪十年建班。十八村之说有两种：其一，武乡和襄垣交界之下合、上合、监漳、陌峪、西营、上良、下良、城底等一十八村；其二，襄、武两县集中起来的秧歌演奏艺人分别籍居之十八个村庄。无论哪种说法，据老艺人相传，武乡的下合、上司、监漳、下北漳、陌峪、王庄沟、却净、枣林都在十八村之数内。

十八村秧歌班，集中了襄、武两县秧歌“自乐班”的演奏名流约30人，知名者有张金川（艺名“铁匠旦”，河南沁阳人），武乡人有吴存保（生、旦，王庄沟人）、韩福水（旦角，陌峪村人）、狗儿（丑角，下北漳人）、王根然（丑角，陶家沟村）、梁金龙（小生，上合村人）、关守跃（生，松树垴人）、韩四孩（丑角，窑上沟村人）等。

十八村秧歌班的剧目：开始只演襄、武两县秧歌自乐班演唱的小型剧目，诸如《偷南瓜》《摘豆角》《借圪枝》《收草帽》《小姑贤》《小换花》《四岔捎书》《刘芳舍子》《土地堂》《火烧刘家庄》等。后因人员宽余，新增加一些大型剧目，如《红灯记》《青峰山》《清河镇》《卖爱姐》《小姑不贤》《凤仙庄》《兰家岗》等。

十八村秧歌班，在服饰、道具、头脑、舞台设置、音乐等诸方面，比以前各秧歌自乐班大有发展。新增加了少量蟒靠、头盔，出现了黑角（净）、二花、刀马旦等行当。音乐除木胡伴奏外，增加进盲艺人所用之三弦、月琴。唱腔也有很大改进和发展。

十八村秧歌班，活动在武乡东部农村和襄垣北、中部农村。后被襄垣下良村地主李兴旺利用，武乡部分艺人返回武乡，加入了古台村鸣凤班。

鸣凤班与彩凤班

在武乡、襄垣、左权、和顺四县的11个村庄旧舞台上，查有武乡鸣凤班演出活动舞台题壁13条。最早有一条左权县管头村舞台记载："武邑鸣凤秧歌，光绪十四年三月廿日起乐，教子、刘镛访山东、八件衣、访松江、落花计、玉杯记、□□河、高□庄、卯日□□□。"据鸣凤班艺人相传：他们先在"十八村秧歌班"，因该班后归襄垣县下良村地主李兴旺所私有，襄、武两县部分艺人与李兴旺失去和气，另立锅灶。由武乡古台村郝姓置买太谷县一家戏班旧箱，撑起门户，做了戏东，由襄垣人、丑角演员王根成掌班。班名用"鸣凤"二字，以示艺精。初始知名艺人有吴存保（小生、须生）、王根然（须生）、马七斤等。戏班诸人专意与"十八村秧歌班"相对抗，与之争夺台口，唱对台戏，决意压倒对方。

鸣凤班与十八村秧歌班相竞争，鸣凤班比较团结，齐心合力，不仅剧目增加得多而快，在演出质量上也是迅速提高。据说，在光绪二十三年（1897）七月，鸣凤班与天意班（李兴旺后将十八村班改的名）在襄垣西故县村唱对台戏，压倒了李兴旺戏班。李戏班里的不少艺人，投奔到鸣凤班。李兴旺仗着财大气粗，诬陷离走的几个艺人盗走了他的戏装头盔等，和鸣凤班郝姓戏东打官司。郝姓戏东畏惧李家势力，吓得离团跑到太谷另谋生路去了。东家逃跑了，当时的掌班已换成王巨才，王巨才更惹不起李兴旺，跑回武乡城内乞求大财主程启万来顶案。程启万一出面，李兴旺也就不敢再张狂了，一场官司也就不了了之。从此，程启万自然成了鸣凤班的戏东家。程启万新置买了八驮新戏箱，五蟒、五靠、三幔九帔、头盔、道具、乐器等亦应有尽有，全部崭新。鸣凤班早蓄有锐气，再加上全套新的服装，更是锦上添花，周围几个戏班确也望尘莫及了。从此，鸣凤班走一处、响一处，唱一台、红一台，声名大震。故有“穿衣要穿绸和缎，吃饭要吃尽白面，看戏还数鸣凤好，东家是伢程启万”之说。

程启万戏东，出生富豪之家。家有土地三顷，每年收租五百石左右。还开有油房、挂面坊、酒坊，收入可观。自做了鸣凤班戏东之后，戏班尽管风生水起，但总是收不抵支，也只好挪用家中其他收入来相抵。他对佃户、雇工有剥削、有压迫，但对艺人们比较优待。鸣凤班艺人的“包银”最厚，所以许多有名望的艺人都投奔在他的班内，而且能长时间住下来。他这样做，引起父兄不满，常对其发脾气，想让他推开戏班，把箱卖掉。程启万却不以为是，对父亲说：“人得名头，树得阴凉。当一个土财主碌碌无为，比不上当戏东名传千里。如果能把鸣凤班带进京里唱个三两个月，就是把全部家产赔进去也值得。”程家的发迹，靠的是程启万经营有方，所以在父兄面前讲这话是理直气壮。父亲拗不过他，也只好由他折腾。就这样，程启万从光绪二十三年（1897）八月起，至民国 9 年（1920），经营戏班 23 年之久。戏班掌班先后有陌峪村的名艺人韩具保，河西村的赵成晋，牛家岭村的安显荣，王庄沟村的马七斤，襄垣的赵满宏、郗扎根等。

程启万当戏东与别家戏东不同，敢于大想大干，而且不惜工本。他看到南路的上党宫调，无论在台上摆设，还是表演程式，都比自己秧歌班要有起色，决心要赶上。他采取走出去、请进来的办法，来提高戏班的演出质量，屯留琴师刘保定，就是被他看上之后出高薪聘来的。他选派在自己班内唱戏比较敏悟好学的艺人，到屯留、长子、长治等地有名的戏班边演出、边学习，引进人家的高超演技。这些演员除在那个戏班挣有份银，程启万还另加补贴，给予鼓励。光绪三十年间，秧歌名旦“白牡丹”郝过法和“董三苟”，曾被派到长子“同益班”唱戏。

“白牡丹”郝过法和董三苟在“同益班”唱戏三年，把秧歌剧目《泰山图》《血手印》等戏传播在长子，把梆子戏《平西川》《东门会》《五绝阵》《金沙滩》等戏移植回鸣凤班。二人还把梆子戏的全套表演程式和音乐曲牌、唱腔尽数学回来，糅合在秧歌剧种内。从此，程启万的鸣凤班，誉满潞、沁、辽三州各县。

民国8年（1919），程启万患病，但还坚持着供养剧团。第二年，才将“鸣凤班”的财产租贷给掌班赵成晋。赵成晋既非富豪子弟，也非演戏名流，却在该班三次当掌班，操理得有条有序，艺人们都对其很信任。赵成晋又名赵四方，后又改名赵一方。其人能言善辩，坦荡豪放，久闯江湖，熟悉艺人们的习性，故能统领剧团。他当戏东家之后，用曾在鸣凤班任过掌班的安显荣当他的掌班。安显荣虽也唱过戏，但演技平常，却有一套经营戏班的好方法，为赵成晋所赏识。赵、安俩人管理戏班之长处，合在一起，把个鸣凤班搞得热火朝天，蒸蒸日上。又将戏班易名“彩凤班”。襄、武两县的秧歌名艺人，慕名来归。像名旦董三苟、梁和尚，“羊户旦”魏臭孩，“要命旦”（襄垣人）赵千孩、李海水、崔来法、生角瓦瓦、安琚林、陈旦孩、张金替、李云秀、韩具福等，都是久住鸣凤和彩凤班的名演员。后来襄垣名艺人郗扎根，也带着女旦名角李雪娥入彩凤班。因当时在上党戏班内还没有女演员出现，彩凤班有了李雪娥这个女把式登台，新鲜无比，招得上门搭戏者络绎不绝。

彩凤班后来新增加剧目有《桃花庵》《五行山》《四岔捎书》等。其中《五行山》是神话传说故事，需要配合烟火风雪等效果。在当时设备简陋的情况下，他们用硝磺、糠配合点燃烟火，口喷煤油要空中飞火，白纸剪碎从戏台梁上徐徐撒下以示飞雪。这样，使得这几本神话剧舞台效果良好，引起观众兴趣，特别受欢迎。别的秧歌班也都排了这几本神话戏，并效仿了彩凤班演出方法。

到民国10年（1921），彩凤班掌班安显荣买得武乡秧歌鸣胜班戏箱一套，也自立班社，拢起戏来。赵成晋的彩凤班由襄垣人申虎德、赵满宏、武乡“羊户旦”、董三苟先后任过掌班。到民国24年（1935），赵成晋日趋贫困。彩凤班入不抵出，戏班解体。赵成晋67岁病亡。

乐意秧歌班

蟠龙镇所辖的陌峪村，原村上住有160多户人家，韩姓居多。光绪十二年（1886）村上组建起乐意班，韩姓后人皆喜唱戏，并以为荣。就是富家读书子弟，也不像外村人以唱为耻。自此之后，乐意戏班虽未一直坚持下来，但陌峪村一直没有断过出唱戏艺人。现知名的韩具保、韩黑痣、韩三保、韩三孩，是襄武秧歌剧种的著名艺人，对襄武秧歌的发展，起了较大作用。

韩具保、韩黑痣二人，除在本村闹秧歌时参与演出，还在十八村秧歌班住过几年。陌峪村是十八村之一。韩具保是十八村秧歌班的正旦演员，也比较有名。韩三保比韩具保小十几岁，是具保的远房侄子。三保幼年读书，天资聪颖，附近人称其为“才子”。有一次跟具保随戏班在蟠龙镇演戏，二人相伴在街上闲转。路人皆以羡慕的眼光投向具保，并有啧啧称赞其演技之声，三保心想戏子在人前体面，即生投笔从艺之心。从此，三保便随从具保、黑痣在武乡的鸣凤班唱小生、小旦、小丑，并担任过掌班。陌峪三韩，技艺各有所长，誉满襄、武、榆、辽四县。

清宣统三年（1911），陌峪村又自组起一个秧歌自乐班。韩具保、韩黑痣、韩三保离开鸣凤班，返本村唱戏。

由于三韩挑班，这个自乐班一出台就打响了，戏价不少于鸣凤秧歌班。从此，陌峪村的自乐班一年四季在外演出，活动在襄垣、黎城、潞城、武乡各乡村。由于陌峪村过去的乐意班在观众中留有影响，这个秧歌班便被观众称作原乐意班。原乐意班除三韩外，又出现了一个唱丑的好把式，叫韩三孩。这样，三韩增为四韩，在观众中同享盛名，使得原乐意班在外影响很大，景况越过越好。

原乐意班的艺人，都是陌峪村的，农闲时出外演戏，农忙时回村务农，晚上集中在一起排练，吃住各回各家，所以没有供戏的东家。四韩除是该班的主演，并都担负着领导工作。实际上四韩既是戏东，又是掌班。

原乐意班的剧目，除各秧歌班能唱的剧目他们都能唱外，另有几本戏唯独他们能唱，而且唱得特别拿手。《三开膛》这个戏，据说是道光年间本村文士韩景亲编。编的是一个发生在陌峪村和二里远的下型塘村韩、胡两家的真实故事。陌峪村韩进士的妹子，许配下型塘村的胡员外为妻，过门后胡家诬赖韩妹在娘家怀孕，意欲休退。韩进士不受，告到县衙。县官得胡家贿赂，断案时偏向胡家，逼得韩进士刀剖妹腹，真相大白。此事被私访民情的八府巡按廉明所知，亲理此案，将县官与胡员外剖腹剜心，洗雪了韩家的耻辱。这故事究竟真假，无从考证，但陌峪村韩姓和下型塘胡姓结下了仇。据说陌峪村的老乐意班有一次演这出戏，下型塘村胡姓人到陌峪看，戏到中间，两姓人打了起来，各有伤亡，从此仇恨加深，矛盾加剧。到原乐意班建立后，该剧仍然是每台必演的。韩具保扮演剧中韩进士，韩黑痣扮韩妹，韩三保演胡员外郎，韩三孩演知县，戏唱得很好。在武乡蟠龙一带传有这样一段顺口溜："改良秧歌班，台台《兰家岗》；古台鸣凤戏，不离《土地堂》；鸣胜的好戏《杀子报》，原意乐班《三开膛》。"观众把当时襄、武两县各秧歌班的拿手好戏编成顺口溜，可知原乐意班的《三开膛》在当时观众中很有影响。

原乐意班除《三开膛》一剧，还有《书中戏》《戏中书》，这两本戏也是别的戏班没有的。还有一本《小姑不贤》，是韩三保根据秧歌剧《小姑贤》反其意编写的。这些剧目，四韩在原乐意班建立以前没舍得带出去，直到后来才在永乐意班、庆荣班把《三开膛》与《小姑不贤》传教下来。

原乐意班在四韩的苦心经营下，打出了号头。襄、武两县的其他秧歌班把式，慕名来投者很多。四韩定下一个条件，凡是来班唱戏者，必须拜四韩中一人为师，方肯收留。武乡北上合村的韩希江，原跟本村名净角韩中元学戏，投在原乐意班，又拜韩三保为师，兼学小生、须生、小丑等行当。蟠龙蝇儿坡的董五孩，拜韩黑痣为师学演旦角。河西村的赵专官和蟠龙村的安琚林，都拜韩具保为师学演须生。杨桃湾村的李福全，拜韩三孩为师学演丑角。襄垣的赵满宏（花脸）、李云秀（小生）、连海法（旦角）、郭子俊（丑角）等，也都在原乐意班投师学艺，并随班演戏。次要杂角和文武场口人员，全是陌峪村人。全班保持在35人左右。

民国9年（1920）冬，原乐意班在黎城一个村庄演戏，不慎失火。把一个小戏台连两边耳房烧得只剩下残墙瓦砾，戏班的服装、头盔等片甲无存。戏班不能继续演戏了，艺人各自回村。韩具保、韩黑痣二人回村，东抓西借，好不容易才凑够钱数，下黎城接回二人。韩具保经过这一场惊吓和折磨，回村不久，染病逝世。三保、黑痣、三孩，找到了窑上沟村的郑二全，商量好重建戏班。因乐意秧歌班声名较大，班名仍用乐意二字，只是把原字换了一个“永”字，表示乐意秧歌班要永远长久地存在。

永乐意建立后，郑二全当然就是班主，韩三保担任了掌班。演员生角方面有韩三保、李云秀、安琚林；旦角方面有韩黑痣、连海法、魏炳全（下合村人）、张铁虎（襄垣人）、张新尧（大堂村人）、韩具福（韩壁村人）、郭子俊（襄垣人）；净角方面有韩希江、史全义、韩中元；丑角方面有韩三孩、李福全、韩希江；武场口申虎德（襄垣人）司鼓；文场口梁够成（北上合村人）领场。各行当均有三个比较好的把式挑主角，配着郑二全新买的服装、头盔、幔子、道具，一出台就声名大震，比原乐意更有几分起色。

永乐意班的剧目，除原乐意班的所有剧目全在轮换上演外，旦角魏炳全的拿手好戏《杀子报》《三娘教子》，净角韩中元的拿手好戏《东门会》，成了该班的代表剧目。武乡韩北乡土河坪旧台留有永乐意班上演剧目的题壁，原文是："民国十五年秋，永乐意在此一乐五天，《河灯会》《杀子报》《三开膛》《桃花庵》《小姑不贤》《三娘教子》《东门会》《戏中书》《刘芳舍子》《访苏州》。"

民国13年（1924），永乐意班和襄垣贾二喜的天成秧歌班在襄垣的西营村打对台。有一天下午，唱拿手好戏《东门会》，韩三保扮演剧中的陈文子，韩中元扮演齐王，魏炳全扮演崔夫人，安琚林扮演崔杼，韩希江扮演贾大人，梁够成司琴，申虎德掌板。由于演员们嗓音清脆洪亮，唱腔奔放激越. 加之打板的、司琴的伴奏卖力，唱的上党宫调腔，以唱腔占了优势，压倒了天成班。天成班的掌班不肯甘拜下风，晚上唱秧歌剧《富贵图》，努了一把大力，观众反映比永乐意那晚上唱的《河灯会》要好一点，占了上风。永乐意班输了一场戏，也不服气，和天成班约定好，要唱什么戏，都唱什么戏，用同一本戏比高低。第二天下午，两家同唱秧歌剧《访松江》，晚上同唱秧歌搅梆子唱腔的剧目《桃花庵》。襄垣县住永乐意班的把式李云秀、连海法也分别在两剧中唱主角，又以唱腔取胜。天成班的把式大都是襄垣人，看了李、连二人所演的戏，比以前在襄垣的戏班大有长进，都暗暗佩服永乐意班确有高手。从此，在襄垣的艺人中有这样一句说法："要想学个好把式，永乐意班去投师。"

民国18年（1929），郑二全班主患病身亡，由其妻弟韩四孩经营剧团。班内艺人失去和气，韩三保、韩中元、韩希江、韩黑痣、安琚林，先后投入武乡庆荣秧歌班。襄垣的连海法、李云秀、郭子俊、张铁虎等也先后回县入了改良秧歌班和富乐意秧歌班。永乐意班所剩把式无几，吸收窑上沟村附近村庄不大露名的艺人，坚持演出，逐步走向低落地步。永乐意班的声名，也渐落在襄垣的富乐意班和武乡的庆荣班之后。民国22年（1933），这个从陌峪村原乐意班到窑上沟永乐意活动了24年的秧歌戏班，彻底解体。戏箱连同服装、头盔、道具等，由庆荣班的班主安显荣买去。

庆荣秧歌班

庆荣秧歌班，建立于民国十年（1921）秋，解体于民国二十六年（1937）夏，仅有16年的演出活动历史。1984年普查旧戏台，发现有7条舞台题壁，详记有该班的演出剧目、主要演员以及戏价等诸方面情况。加之襄、武两县还活着有在庆荣班住过的11位老艺人，为我们提供了不少宝贵资料，使得这部班社史能记载得比较完整全面。

1. 庆荣班业务阵营

左权县寒王村旧戏台对面的三官庙残墙上，留有墨迹清楚、保存完好的题壁："庆荣秧歌班，把式三十三，五生五丑十八旦，还有五个满台转，拿手好戏刘公案，一台米麦十五石。"一看这段顺口溜式的记文，就能对庆荣班有个比较全面的大体了解。其中有"把式三十三"一句，这可能是某一阶段的演员人数。据在庆荣班住过的老艺人王四孩、崔来法、赵三全等回忆，庆荣班在抗日战争之前，共有艺人53名。

题壁中所记："五生五丑十八旦，还有五个满台转。"所谓"满台转"，是指生、旦、净、丑均能应行，文武场口皆能为之的艺人。据老艺人赵三全所说："庆荣班的把式，多数是全把式，那一行也能拿得起来。"庆荣的戏东安显荣，艺名就是"满台转"。主攻生角的演员，须生有安琚林、张金替、韩三保、陈旦孩、刘四等共六人；小生有梁旭昌、魏春堂、李云秀、梁全发等五人；净角有韩中元、史全义、韩二全、关贵成等五人；丑角方面韩希江、赵三全、王毛孩、李福全等四人；旦角有"白牡丹"郝过法、"羊户旦"魏臭孩、"哑嗓旦"王会孩、"和尚旦"梁和尚、青衣旦董三苟、"大堂老旦"张新尧、"要命旦"陈专才、"七老人"马七斤、董五孩、赵千孩、李海水、崔来法、梁全法、郭子俊、刘俊明、刘珍福，确实有28人之多。文乐方面刘保定、梁够成、任八孩、刘凤鸣；武乐方面申虎德、温和尚、王三孩、王四孩、郝国川。襄、武两县的名艺人聚集在庆荣班，各行当均有五个比较出名的把式。阵营齐楚，实力雄厚。各秧歌班的好把式大都投身在庆荣班，使前襄、武两县同时存在的三元班、永乐意、古台村鸣凤班、富乐班、悦意班相继解体散伙。

2. **庆荣班的戏东掌班**

庆荣班戏东安显荣，武乡县蟠龙镇牛家岭村人。1894年出生在一个贫苦的农民家庭。幼年喜欢看戏，和戏剧结下不解之缘。他11岁入本村秧歌自乐班，并未专攻那一行，也未正式拜师傅，凭旁听边看记下不少剧词，后来班内缺下角色，无论生、旦、净、丑或武场口的鼓、锣、铙、钹，他都能拿得起来，因此得一艺名“满台转”。他后来在程启万和赵成晋的鸣凤班、彩凤班唱过戏，并当过几任掌班。他在这两家戏班还像在本村自乐班一样，仍旧是“满台转”，啥都干。因其为人宽宏大量，与同行相处和谐，肯济人危困，因此在艺人中颇有威信。他什么角色也能顶唱，但唱得不算十分好。他当掌班不是凭艺高来服众的，却是凭着德高望重，管理得法，所以能使人心归附。他在鸣凤班，就能把襄、武两县的名艺人收罗在鸣凤班；后来又到鸣胜班当掌班，许多名艺人又跟着他到鸣胜班。他当掌班，不仅有聚集艺人的组织才能，而且在经济收入上，也能比别的秧歌班多赚一至两倍。东家用他能发财，艺人跟他有光沾。

民国9年（1920），武乡西家咀村的鸣胜秧歌班老戏东逝世，其后辈不愿承其后业，安显荣就把鸣胜班的戏箱、戏装一并租赁在手。从此他既是班主，又是掌班。他凭着自己久任掌班摸索出来的一套管理戏班的经验，大显身手，仅一年时间，赚的钱除够给租赁箱钱和艺人工资，剩下的钱一次交清，把鸣胜班的全套戏箱买在了手，当起了戏东，他正式当了戏东家之后，就把班名叫作“庆荣班”。

安显荣这个戏东家，和那些富户当戏东不一样。当戏东16年中，能与艺人们同甘苦、共患难，终年随班，东跑西闯。他和生角安琚林、旦角王会孩、董三苟，还有鼓师申虎德等是拜把干兄弟，整日里称兄道弟，不以东家自居。艺人们宿破庙，他也宿破庙，艺人们吃什么，他也吃什么，丝毫不特殊。和艺人们不同的，是他多操着一份心。旧时的一个戏东家能这样做，实在是难能可贵。

戏班的收入分配，不像别的戏班那样固定死的包份，是根据艺人所上的角色多少按劳分配的。安显荣除挣一份工资外，只提取总收入的10%作为戏装道具的折旧费。每年都要添置新的服装、头盔、道具。所收的折旧费多数用在了业务建设方面，所剩少许，还要接济穷困艺人，轮到自己身上很少，所以家庭境况并不宽裕。据艺人们说，他有一件灰布长衫，补丁摞补丁地穿了16年。给人们留在记忆里的安显荣戏东的形象，就是冬夏常穿灰布长衫、走起路来匆匆忙忙的那么一个形象。

庆荣班的掌班，并不像别的戏班掌班那样关键。有安显荣这个戏东，其实有无掌班关系不大。但他为了团结班内起着顶梁柱作用的艺人，就让其他人当掌班。该班的掌班，并不担负组织艺人的工作，更不操理业务外的其他杂事，但必须是能排得下戏来的艺人，所以只起个导演作用。由于班内的艺人大部分能胜任导演，安显荣就让他们轮流当。除了掌班，还有二掌班、三掌班，几乎是每年一换。生角安琚林，净角魏中元、赵满宏，旦角董三苟、王会孩、梁和尚、魏臭孩、张新尧，鼓板师申虎德等人，均先后分别在庆荣班担任过掌班、二掌班。

左权县返上村三官庙墙壁上题有："武邑庆荣秧歌□□□天，民国壹拾贰年腊月访苏州、访荆州、访山东、游龟山、游西湖、游花园、落花记、御杯记、雨伞记、金钟记、红灯记、三开膛、三探妻、三世缘、三□亲、青峰山、聚罗山、桃花山、五行山、泰山图、日月图、富贵图、杀子报、桃花庵、凤仙庄、鹿林庄、兰家岗、盗皮箱、土地堂、三娘训子、四岔捎书、五台会兄、六郎盗骨、八郎回朝、东门会、河灯会、清河镇、血手印、小姑贤、小姑不贤、刘芳舍子、南牢送饭、兰英进京、书中书、戏中戏、画中人、对绣鞋、沙陀国、秧歌宫调簧腔任贵村高士挑点、武庆荣班韩三保拙笔。”题壁中所记的53个剧名，有襄、武秧歌，有上党梆子剧，还有上党皮簧剧。可能因墙面窄小，还未把《偷南瓜》《摘豆角》《打玻璃》《借圪枝》《刘泊儿上坟》《二夫人拉楼》等小型秧歌戏题上。这几本小戏在左权、和顺、武安、涉县一带很受欢迎。往往在戏开演前搭唱，或在正剧演完后加唱，是每台必演的。据现庆荣班艺人关贵成、王三孩、王四孩、赵三全等回忆，庆荣班所唱过的剧目就有81本。还有想不起来的。因该班到左权、和顺、武安等地演出，人家说是上党戏来了，社首点戏往往会把上党梆子和落子、皮簧剧种的戏点上，不答复人家就得被扒戏价。幸亏该班聚集着襄、武两县的名伶，大部分艺人在长治、长子、屯留等地的梆子班住过，不但会唱梆子和皮簧腔，连其剧目也记着很多，这样，无论社首点什么戏，只要有一个人记着台词，就担任导演排戏。只用三四天时间，就能在最后一场上演。这样的剧目排出来并不久唱，有的甚至只唱过一场。据老艺人赵三全说：“庆荣班的把式，哪一个人肚里也装着三五本冷戏。”所谓“冷戏”就是指不常演的剧目。一个人装着三五本，班内艺人50多名，合起来就是200多本，难怪这些老艺人后来连剧名都叫不出来了。

庆荣秧歌班，有大小八九十本戏轮换着上演，其中的《刘芳舍子》《白蛇传》《刘公案》《青峰山》《秦雪梅吊孝》《三娘训子》是常演的剧目。《刘芳舍子》一剧由安琚林演刘芳，“哑嗓旦”王会孩演其妻张海棠，“大堂老旦”张新尧演刘母，三好合一好，演得尤为拿手。《白蛇传》一剧由王会孩演白素贞，关贵成演青儿，陈旦孩演许仙，赵满宏演法海，也为绝佳。后来李海水演白素贞，崔来法演青儿，梁旭昌演许仙，韩希江演法海，唱腔、做戏、道白又超越前四人，把个《白蛇传》演得更似白玉无瑕。李等四人在庆荣班因演《白蛇传》被观众誉为“武乡四大名角”。《刘公案》《青峰山》《秦雪梅吊孝》《三娘训子》四剧分别由名旦梁和尚、“羊户旦”魏臭孩、刘俊明、刘珍福、赵千孩，名丑韩三保、韩希江，名生净角韩中元等主演，各有拿手之处。《刘公案》是连二本戏，头本《访山东》是

“压台戏”。每逢与别的戏班唱对台戏，头一场总是《访山东》。以上所述六剧，便是庆荣秧歌班的看家戏。当时有这样两段顺口溜，其一：“庆荣秧歌班，首戏青峰山。海水唱兰英，来法当丫鬟，白素贞是哑嗓旦，一声唱得泪不断，天上下开冷圪蛋（冰雹），满场老少也不散。”其二：“要想看好戏，就来庆荣班。会孩《白蛇传》，琚林《刘公案》，《吊孝》耍的‘羊户旦’，三苟南牢去送饭。看了希江打玻璃，笑得把人气喘断。看了旭昌唱许仙，老婆们忘了自己的汉。汉们看了伢‘迷人旦’，都嫌老婆不好看。”两段顺口溜除听老年人背诵外，在榆社县北瞿管村的旧台上留有民国二十年（1931）三月的题壁可见。两段顺口溜中所点到几位名艺人的拿手角色，都是在上述六剧本中的角色。庆荣班就仗凭这六本戏，走里出外，誉满襄、沁、武、辽、榆、和六县以及河北省武安、涉县等地。

3. 庆荣班的成就和影响

庆荣班是在武乡的彩凤班、鸣胜班、鸣凤班、永乐意班、襄垣的富乐意班、悦意班等襄武秧歌班趋向衰落的时候建立起来的。襄、武两县名艺人聚集在庆荣班，使得襄、武秧歌剧种的表演程式、音乐唱腔又一次走向规范统一，在此基础上更进一步得到了提高，推上了高峰。襄、武秧歌的剧目也因此得到了汇集，只可惜没有整理出汇集本！

庆荣班远跑河北省邯郸、邢台和河南省安阳等地区，为襄、武秧歌开辟了活动区域，扩大了影响。后来襄、武两县秧歌剧团到这些地方演出，很受那里的观众所欢迎喜爱，戏价很高，收入倍增，这和庆荣班在那里演出有很大关系。

庆荣班是襄、武秧歌剧种史上一个承先启后的班社。由于戏东安显荣领导有方，注重培养新生力量，使李海水、梁旭昌、韩希江、崔来法、韩二全、郭子俊、梁全发、梁全会等青年艺人，在其班内学成了把式，唱出了名，也为后来的武乡秧歌剧团培养人才打下了基础。上述八名演员和琴师任八梁、刘二孩，武乐方面王四孩、王三孩等后来都进入县立秧歌剧团，并都成为骨干力量。

抗战开始初，战局混乱，各村都不再演戏，庆荣班被迫停止了演出，艺人们散伙解体。戏东安显荣于 1936 年秋季，被日军枪杀，年仅 47 岁。1939 年，武东县抗日政府成立了秧歌剧团，庆荣班的戏箱由其外甥王四孩带到了武东县立秧歌剧团。

第二节　县立剧团

1938 年，武乡县抗日政府委派抗日干部王宣恒，召集流散在社会上的秧歌艺人，首次成立了“武乡县挺进剧团”。1940 年 7 月，日军占领县中的段村镇，武乡遂被分为武东、武西两县。县“挺进剧团”改名为武东县“光明剧团”。1941 年春武西县也配合抗日救亡成立了“战斗剧团”。两个剧团在抗日烽火中为宣传抗日救国起到了教育人民、打击敌人的积极作用，为抗日救亡作出了很大的贡献。新中国成立以后，相继成立了“翻身剧团”“大众剧团”，直至现在的“武乡人民剧团”，都在各个历史时期，为宣传党的方针政策、陶冶人民群众的道德情操、促进社会主义精神文明建设起到了巨大作用，作出了卓越的贡献。

武东光明秧歌剧团

1939 年夏季，日军在白晋线上扎下据点，八路军总部和中共中央北方局驻扎武乡东部与敌抗衡，时局暂时处于平静状态。在此形势下，群众对唱戏赶会等娱乐活动有所渴望，需要恢复戏班活动；其次是政府发动群众抗日救国，需要一个剧团；最后是旧戏班散了摊一年多，老艺人希望有个发挥技艺的场所谋生。鉴于上述三个原因，武乡县抗日民主政府决定成立剧团。随即派曾任一区区长的王宣恒同志联络原鸣凤班、庆荣班和永乐意演员李海水、梁旭昌、崔来法、韩希江、梁全法、韩二全、崔海林、梁全会、郭子俊、王四孩等人筹建剧团。1939年9月25日，趁八路军柳沟兵工厂开庆祝会邀请艺人演出机会，王宣恒和王四孩（鸣凤班供戏掌班安先荣的外甥）在武乡东南部的几个村庄（主要在北上合村和东沟一带）召集了25个艺人，成立“武乡县抗日挺进剧团”。开演时王宣恒代表政府讲话，其大意是：今天是武乡县抗日剧团在此演出，剧团和旧戏班不同，它是县政府下设的一个抗日救国文艺团体，要演新戏，为抗战服务、为大众服务……他还念了个顺口溜，其中有“不论汉满蒙回藏，不论工农兵学商，要想不做亡国奴，一齐奋起打东洋。青年参军上前线，壮年种地出公粮，老年喂鸡勤拾粪，儿童放哨又站岗，军民动员齐奋战，抗战胜利有保障”等话语。接着先后到蟠龙、洪水、西营等地演出，剧目主要还是传统戏。剧团民主选举李海水、梁旭昌、崔来法、韩希江、王四孩为领导成员，王四孩掌握钱财事务。一切收入、支出、分账还和抗战以前的“罗圈班”一样。稍后，自编自演宣传“抗日救国”小剧目《换脑筋》《上前线》等。政府的随团工作员台前的“形势报告”和新内容的小剧和快板，在晚上正本戏开演之前进行个把小时的宣传。

1939年12月，抗日县政府让剧团准备为朱总寿辰献礼演出，团长王宣恒和会编唱词的高昌安新编了一本《长乐滩大战》。剧中人物安排有毛泽东、朱德、彭德怀、刘伯承、左权及叶成焕、韩先楚、陈锡联等八路军领导和士兵。剧本的唱词和念白都照搬传统古装戏的格式和语气，草草编出来后就在上北漳河滩试演。第一场依照古装戏的大登殿形式，朱总司令由王宣恒扮演，他身披白蟒、戴帅盔、挂苍三支，足蹬朝靴，手提笏板出场用武乡秧歌二性板唱：“我乃是朱德总司令”，韩希江穿蓝蟒、戴纱帽，黑满紧接着上场唱：“我乃副总司令本姓彭”，梁旭昌穿绿蟒上场续唱：“俺本是大将刘师长”，崔海林穿红蟒上场续唱：“我乃左权大将军。”最后扮演毛泽东的李海水穿黄蟒，戴玉帽出场接唱：“我乃是主席毛泽东，为救中国打日本，今日招来众将军，商议到长乐打敌人。”唱罢人坐桌后，掀起长三支髯口，点燃一根纸烟念白："小日本向咱发起九路围攻，想杀尽咱中国人民，诸位将军有何妙计破敌，献上帐来，共同商议。"接下来的剧情是朱、彭、左都推荐刘师长挂帅杀敌。第二场是刘伯承升帐，扮演叶成焕、陈锡联、韩先楚等四位团长的梁全发、郭子俊、韩二全等演员，分别扎白、蓝、红大靠，上场"推三把"唱念。三场内容是日本兵升帐议事，扮演日本官兵的史全义、赵来旺、赵三全等演员都穿古装戏番兵衣甲。四场：按古装戏武打场面铺排双方对打，最后以我方大胜、日军大败告终。当时鲁艺学校正在上北漳村筹办，李伯钊在台下看了这不伦不类的演出，笑得前仰后合。李伯钊找到王宣恒嘱咐说："以后再编时装戏，要穿现在人的服装，不要有毛、朱这样的领袖人物出场。"并指示剧团到王家峪给朱总演戏时让朱总司令亲自点戏。

1939 年 12 月 17 日，王宣恒带领演职员到王家峪时，参加了纪念朱总寿辰大会。下午，由朱老总亲自点戏，点了秧歌小戏《宋江坐楼》，梁旭昌扮演宋江、李海水扮演阎婆惜、韩希江扮演张文远。任八孩、王子孩、王四孩、梁全发等为之伴奏。朱老总看后很高兴，和演职员一一握手，以致谢意。

1940 年至 1941 年间，王宣恒离团后，先后又有梁树生、李英华、杜金山分别担任过团长和指导员。1942 年，组织上又派青救会干部高介云任团长，张万一任编导，又吸纳鼓板师成保川，演员韩富堂、白绑纣、韩恩德等加入剧团。高张二人紧密配合当时对敌斗争的中心工作，编写了《组织起来》《天灾人祸》《窑洞战》《地雷大王》《年除夕》《小玩器》《胡春花拥军》《重婚案》《小二黑结婚》《滔天罪恶》《改变旧作风》《王贵与李香香》等 50 多本大、中型秧歌剧目。

1944 年秋，组织上派政治经验丰富、思想作风过硬的陈凤翔进团担任指导员兼支部书记。陈凤翔和高介云团长密切配合，抓了团内的政治思想工作，改造了旧戏班遗留的不良习气，取消了演员私自向演出村庄负责人要黑钱、要盘缠的旧戏风；破除了祭新台、唱神戏等封建迷信活动，废除旧式师徒关系，代之以尊师爱徒。政治上实行平等，经济上实行公开，取消包分制，改为评分计酬。通过改造和教育，演职员树立了新思想，认识到自己是为人民服务、宣传抗日救亡的光荣战士，再不是过去低人一等的旧戏子了。演职员思想提高，剧团作风大有改变。当年秋季，剧团又吸收进梁栋云、陈忠贤、程玉江、暴银兆、杨丙庆、王小林、毕荷英等有文化的青年人加入剧团。在陈、高二人的带领下，剧团演职员以八路军的优良作风为榜样，按部队生活作息要求，每到一处，那里的群众就像对待八路军一样热情，使艺人们感到无上的光荣和自豪。

在那艰苦的岁月里，光明剧团演职员们肩负着宣传抗日的重任，经受了血与火的考验。他们身背服装、道具及自卫武器弹药，跋山涉水，冒着枪林弹雨到处进行演出。在他们的心目中只有一个念头：宣传党的抗日主张，鼓动军民英勇杀敌。在残酷的反“蚕食”、反“扫荡”斗争烈火中，他们用生命和鲜血谱写了一曲曲振奋人心的凯歌，并涌现出鼓板师温和尚血洒苑家垴；全团人员在西辽城武装突围，以及部分演员与敌遭遇后宁可跳下深谷也不做敌人的俘虏等坚贞不屈的爱国主义壮举。尤其到敌占区演出时，面对敌人包围、奔袭、追捕的危险，他们机智勇敢地与敌人巧妙周旋，环境越艰苦，斗争越顽强，演出也越感人。比如他们演的《天灾人祸》这个现代剧，描述了豫北沦陷区浚县农民刘更年一家遭敌残害的悲惨故事。当这出戏演到高潮时，演员们逼真的艺术表演和台下的观众发生了共鸣，不少人真的往台上扔开烧饼了。又一次在乡下给部队演出《捉汉奸》这一小剧时，台下战士们看到台上“日伪汉奸”欺负老百姓时，有的战士竟要向台上的“汉奸”开枪射击。强烈的表演效果，高超的演技和动人的艺术感染力，使观众看戏后认识到：只有打败日本侵略者，中国人民才能得到解放。同时这对当时根据地生产自救、捐粮捐款、反特锄奸等运动起了极大的推动作用。

光明剧团像捉迷藏一样出没在太行区的武乡、襄垣、沁县、屯留、黎城、左权、榆社、和顺一带的敌人据点周围，宣传抗日救亡，和日、伪军巧妙周旋，展开斗争。襄、沁、武、辽各据点的日、伪部队很为恼火，设法抓捕剧团领导和演员，其中陈凤翔、韩希江、王四孩、高介云、张万一、李海水、梁旭昌被列为重点捕捉杀害对象。

1945 年 8 月 26 日解放段村时，缴获了一份日伪制作的《武乡县共系文化团体及中等以上学校调查表》，其中对光明剧团的叙述是："伪武东县政府光明剧团，驻址不定。该匪团于三十三年成立，受该政府领导，经费由该府供给。团长梁希江等二十余人。每日学习共产主义理论等。活动状况是：每日由该府率领，到各区、村召集民众，表演新旧话剧，欺骗人民等工作。"其表中的人名、时间、数字虽然失真，但能够说明日军对光明剧团的恐惧与仇视。

1944 年至 1945 年间，八路军 129 师"先锋剧团"艺术指导员李谟和导演辛鹰、陈晓同志，在光明剧团蹲点辅导时装剧的排练、化妆、布景、表演等工作半年多时间。光明剧团原来唱古装戏的旧艺人，是抗日根据地最早学会表演现代剧的双重演员。此外，边区文联的新文艺工作者阮章竞、陈荒煤、赵树理、李伯钊、夏洪飞、高沐鸿、赵子岳等从编剧、导演、音乐、表演多方面给光明剧团演员以指导和帮助，使武乡秧歌这一剧种在艺术方面得到迅猛提高。

1943 年，光明剧团前往河北涉县温村给边区参议会演出《义务看护队》，声誉压倒上党梆子名演员段二滲所在的"太行胜利剧团"，荣获边区政府书有"厚今薄古"的锦旗一面。

1944 年 10 月，光明剧团在黎城南委泉给太行首届群英会演出《改变旧作风》，深得好评，荣获太行文联书有"突飞猛进"锦旗一面。从此，光明剧团在边区、在太行区很有声誉。

1946 年，光明剧团上调太行行署，改名为"太行光明剧团"。

附表 1　光明剧团演职员名录表

姓名	籍贯	政治面貌	职务和行当
王宣恒	东沟村	党员	团长，兼演须生
王　朋	襄垣县	党员	政府委派工作人员
梁树生	新村	党员	团长
李英华		党员	指导员
高介云	故县村	党员	团长，编导
陈凤翔	小道场村	党员	指导员
杜金先	柳亭郊村	党员	支部书记
高昌安	蟠龙村		编导
张万一	蟠龙村		编导
李海水	西沟岭	党员	主要演员，生、旦、净、丑
梁旭昌	北上合	党员	主要演员，老生
崔来法	监漳村		小旦，现代戏演妇女
韩希江	北上合村		主要演员，丑角，现代戏演反面人物
任八孩	监漳村		头把琴师
温和尚	马村		鼓板师
梁全会	北上合村	党员	花旦，现代戏演青年妇女
韩二全	北上合村	党员	二净、丑角，现代戏演反面人物
梁全法	北上合		小生、老旦，现代戏青年
崔海林	果烟堖村		小生、大生
郭子俊	北上合		小旦、花旦，现代戏演青年妇女
王四孩	尔沟村	党员	总务会计，武乐大锣
王三孩	东沟村	党员	武乐小锣
赵来旺	下司村		青衣旦，现代戏演妇女
刘富掌	故县村		拉二把，吹唢呐

续表

姓名	籍贯	政治面貌	职务和行当
杜发荣	北上合村	党员	炊事员兼外交
邓辛巳	窑上沟		服装保管
胡鸿文	河西沟		总务兼演现代戏演杂角
陈忠贤	宋家庄	党员	外交，现代戏演杂角
成保川	监漳村		拍大镲兼打鼓板副手
韩富堂	北上合		打小锣，现代戏演杂角
梁东云	王庄村		现代戏演青年妇女
韩三山	北上合		杂角演员
杨丙庆	冀家垴		拉胡琴
暴银兆	监漳村	党员	现代戏杂角
程玉江	刘家沟	党员	现代戏杂角
毕荷英	马村		会计兼现代戏女演员
程生堂	王庄沟村		小演员
程锦华	刘家沟村		小演员
王小林	小道场		打快板，小演员
暴生旺	监漳村		小演员
赵三全	古台村		丑角，现代戏反面人物
史如璧	韩北村		现代戏青年演员
郝凌云	圪嘴头		小演员
暴水仙	监漳北社		现代戏女演员
林　菲	天津人		现代戏女演员
梁纫针	北上合		现代戏女演员
白绑纣	白和村		现代戏青年演员
韩牛孩	韩家垴		驮箱师傅

附表 2　光明剧团演出节目（次数）与时间使用统计表

年份	实际存在		演出		其他占用时间（日数）				
	月数	日数	日数	节目次数	小计	训练	反扫荡	放假	长途行军
合计	108	3287	2287	15000	1000	555	230	190	25
1939	4	122	62	465	60	20	20	20	
1940	12	365	285	2217	80	20	30	30	
1941	12	365	275	2162	90	20	40	30	
1942	12	365	265	2087	100	30	50	20	
1943	12	365	255	1912	110	30	60	20	
1944	12	366	286	2157	80	40	20	20	
六年小计	64	1948	1428	11000	520	160	220	140	
1945	12	365	295	1680	70	40	10	20	
1946	12	365	265	1510	100	75		20	5
两年小计	24	730	560	3190	170	115	10	40	5
1947	12	365	265	710	100	80		10	10
1948	8	244	34	100	210	200			10
两年小计	20	609	299	810	310	280		10	20
说明	1. 1945 年前，每日上午、下午、晚上三开箱，演 7 至 8 个节目；1945 年和 1946 年每日下午、晚上两开箱，演 5 个至 6 个节目；1946 年以后每日晚上一开箱，演 2 个至 3 个节目。 2. 因记忆不准确，此表中的日数、节目数都是约莫数。								

武西战斗剧团

1940年以后，日军在我抗日军民的沉重打击下，对整个华北地区实行了空前残酷的报复“扫荡”，到处施行烧光、抢光、杀光的“三光”政策。1940年7月，日军占领武乡中部的段村镇，把武乡分割为武东、武西两块。为适应对敌斗争形势，经上级批准，武西县委、县政府于1941年春正式成立。武西县委为更好地发动群众开展对敌斗争，对游击区、敌占区同胞加强宣传教育工作，决定运用群众喜闻乐见的文艺形式，组织文艺团体宣传党的抗日主张，坚定敌占区同胞抗战必胜信念。决定在原漳西办事处儿童剧团的基础上成立一个专业秧歌剧团。责成县委秘书田志锡、宣传部干事田景芳具体承办。并寻找政治觉悟高、业务素质好的老艺人，帮助他们进行组建剧团的工作。经多方了解，找到了赵万山和李来春两位艺人，赵万山（岸北村人），自幼在襄垣秧歌戏班“四意班”学戏，1937年冬参加了武华游击队，1940年冬因患眼疾返乡。李来春是峰沟村人，战前长期在武乡秧歌“鸣凤班”唱戏。经过商谈，两位艺人都愿为组建战斗剧团出力。县委为加强领导，明确指出战斗剧团行政经费由县政府拨给，政治思想工作归县委宣传部直接领导，确定田景芳暂时主持剧团日常工作，赵万山、李成柱等20余人参加了战斗剧团。初建团时，县委调武藩担任剧团指导员，确定赵万山为演出队长，李来春负责导演，白清泉负责行政事务工作。1941年3月初，战斗剧团在楼则峪召开了成立大会，这支由县委直接领导，由诸多英才组成的战斗剧团，诞生于反“扫荡”斗争的炮火中，投入到利用戏剧“教育人民、打击敌人”的战斗！

1941年秋，剧团到高台寺进行演出，该村离南沟日军据点仅8华里。村中地主苗扑是日军的伪维持会长，其侄子苗保庆是日军宪兵队便衣密探，汉奸杨明德任伪自警团团长。为了打击敌人的嚣张气焰，鼓舞群众的抗日斗志，战斗剧团主动要求到该村进行演出。经与武委会主任贾书林研究，拟定了演出时间。那天下午 2 点，剧团秘密到达高台寺，立即召集群众进行演出，剧目是《天灾人祸》和《骂汉奸》等：两个多小时过去了，演出快结束时，群情激奋，掌声四起。演员正准备卸装撤退时，突然听到槐圪塔村方向传来激烈枪声。后来才知道，是汉奸苗保庆告密，并引着数十名日伪军前来袭击。在贾书林主任的指挥下，民兵占据有利地形，奋力阻击敌人，剧团全体人员迅速撤出村外，立即向山后转移。穷凶极恶的敌人扑进村里，却一无所获，只好气急败坏地抬着两具尸体回到据点。而我们这次演出，在高台寺及附近“维持村”引起了很大的反响。一时间那里的群众扬眉吐气，看到了抗战胜利的曙光，更加坚定了抗战到底的决心和信心。

剧团经过多次的演出实践，在各方面都有很大提高，演员不仅锻炼了演技，也锻炼了临危不惧、机智斗敌的能力，演出范围不断扩大，经常深入离敌据点几华里的“维持村”进行演出。1942 年 3 月的一天，剧团到距敌松村、良庄据点 10 里的倪村演出，正演传统剧《青峰山》时，有人报告，敌伪数十人朝倪村赶来，想撤走已经来不及了。这时，共产党员李成柱挺身而出，一面告诫演员们要沉住气继续演下去，一面安抚群众安心看戏，不要骚动。可是，剧场中还有我方 4 名游击队员，怎么办？李成柱急中生智，将 4 人领到后台，把他们的枪支用布包好垫在戏箱底下，给每人披了件龙套戏装，简单吩咐几句，将他们推到跑龙套的行列。待到敌伪走近剧场，李成柱和伪村长沉着机智地应付敌人。敌人在戏场里遛了一圈，没发现什么破绽，只得离开。凭着李成柱和我团全体人员的机智勇敢，剧团不仅闯过了危险，而且掩护了游击队员，这种机动灵活的斗争策略，更加深刻地教育了敌占区人民群众。大伙伸着大拇指称赞说：“你们这文工团赛过武工队。”

1942 年后，根据地处于极端困难时期，由于敌伪纵横“扫荡”，对我抗日根据地疯狂“蚕食”，武西根据地与游击区在不断缩小，加之自然灾害严重侵袭，给广大军民造成了很大灾难。为战胜灾荒，各个部门都贯彻生产自救方针，剧团也不例外，一面开荒种地，一面不失时机地到前沿村庄进行宣传演出，对敌人的频繁“讨伐”，采取“敌来我撤，敌走我演”的方式，与敌周旋穿插，不仅胜利地完成了演出任务，而且配合独立营、武工队镇压汉奸，宣传群众，越来越发挥着巨大的宣传作用。

1944 年秋的一天，剧团到距沁县城五里的良庄村演出。下午演《青峰山》，晚上准备接演连本戏《清河镇》。下午演完之后，敌人 3 个便衣侦探混进村里了，剧团领导和独立营侦察员一商量，决定将计就计，抓捕这 3 个便衣。晚上，沉着演出，侦察员紧紧盯住混入人群的敌探，直到戏快演完时，场里突然响起枪声，群众乱作一团，剧团也趁机收拾转移。武西独立营侦察员早把 3 个敌探统统抓捕了，正是由于演戏吸引了敌人的视线，给侦察员解决敌人提供了时机，战斗剧团因此受到分区的表扬。

1943 年，县委为进一步加强对剧团工作的领导，调原任武西县交通局局长任志隆到战斗剧团任团长，赵耀天任党支部书记，殷士肤担任指导员兼编导，充实了剧团的领导力量，使编导和演出工作有了一个大飞跃，由移植剧目变为自编自演，同时，调来旦角张俊魁、阎应龙。新演员李玉钦、蒋马儿、任二货等人，通过老艺人的指导和自己的刻苦磨炼，逐渐成为一兼多用的出色演员。尤其是赵万山、李来春等功底扎实的老演员，备受群众称道，整个剧团在业务阵容上有了更大的新起色。

在剧目排演上，又增加了许多既受群众欢迎又有现实针对性的新编历史传统剧目，如《韩玉娘》《正气图》《牛头山》《逼上梁山》《甲申三百年祭》等。指导员殷士肤结合实际，以先进人物的模范事迹为素材，编写了不少快板书，还排练了自编现代戏《谁救活了我们》和移植剧目《王贵与李香香》《小二黑结婚》《胡春花拥军》《李来成家庭》等新剧目。剧团演出内容和现实斗争、与人民群众的生活更加密切了，受到武西军民的拥护和爱戴。

1943 年冬，战斗剧团到南家沟村集训，正赶上太行区文艺界知名人士、作家赵树理和音乐家夏洪飞来武西下乡工作。他们专门找到剧团驻地，看望了全体演职员，并观看新排出的《韩玉娘》《小二黑结婚》等剧。赵树理不仅对全剧的主题思想、表演技巧等方面作了耐心的指导，还对赵万山在扮演三仙姑时的一些过头动作给予了纠正。夏洪飞还帮助剧团排出《紫云关》这出戏。他从角色选配、唱词修改、表演技艺、音乐伴奏等方面都给剧团做了认真的辅导，启发教育作用很大。

由于注重发掘、编演同人民群众生活密切相关的新剧目，坚持演职员都是从群众中来，与人民同呼吸共命运，因此，编剧、导演、演出等方面，往往把自己的真实感受融入剧情之中，收到良好的艺术效果。如《谁救活我们》一剧，指导员殷士肤就是在他自己亲身经历、耳闻目睹亲属和乡邻被日军残杀情景基础上写成的。饰演汉奸地主的演员弓庆福注重了对人物的刻画，塑造得十分到位。1945 年春天，剧团在榆社县潭村演出，当演到地主收租逼债时，主演反面人物的弓庆福把地主的狠毒凶残刻画得淋漓尽致，一时间观众忘记是在看戏，他们怒不可遏，纷纷高呼：“打倒汉奸地主!”有的观众还向台上扔砖头。以至于后来，老弓再在其他剧中出现时，有人仍指指点点说：“这就是‘地主’张玉堂。”在《骂汉奸》一剧中，扮演日军小队长的郝木林，先前曾从过医，亲眼见过日本军官的讲话神态和凶残举止。当时他偷偷买到的西药，不少是日货，由于他心眼多，记性好，把这些药名熟记在心。当他扮演日军小队长时，不仅动作活像日本人，讲话也是满口日语（日本药名）。台下竟有人大声发问：“他真是个日本人吗?”一次，从涉县返武西路过黎城演出时，不少年轻人尾随剧团，想看看到底是谁当的那个“老皇”。剧团在边区政府驻地演出后，获得首长和观众的好评，受到了奖状和锦旗的奖励。

为了适应各种环境和满足群众多方需求，剧团除了编演现代剧，也抓紧了对古装剧的挖掘、整理和改编。同时，随时发现与吸收社会名艺人，充实剧团演职员力量。1946 年春，剧团特邀上党名艺人张向海传授、排演出上党梆子戏《东门会》《仙云篝》。又吸收桃家沟秧歌名艺人王会孩，排演出《沙陀国》《四郎探母》《打金枝》等上党二簧调历史剧。另外，砖壁村的李玉书，善演须生，东里庄的崔志和，善说快板，东乡的刘二孩擅长文场弦乐，剧团将这些名艺人逐个吸收进来，使剧本演出质量和音乐、腔调表演等方面，迈向更高的阶段，受到群众的热烈欢迎。武西战斗剧团，演出一直至1947年。

附表3　武西战斗剧团干部职工一览表

姓　名	籍　贯	政治面貌	职务和行当
田志锡			秘书（实是一把手）
任志隆	神西村	党员	团长，大生、大净
殷士肤	茅庄村	党员	指导员、编导
赵耀天	岸北村	党员	副指导员
赵万山	岸北村	党员	导演，丑角
李来春	峰沟村		导演，须生
魏双全	侯峪村	党员	司鼓
李志唐	西沟村		大锣
殷宝玉	寨上村		小锣
阎火金	高仁村		梆子
郝六孩	五峪村	党员	琴师头把
白培堂	茅庄村		琴师二把
刘二孩	大陌村		琴师头把
王会孩	陶家沟村		师傅，旦角
郝木林	五峪村		大生，二净
阎应龙	高仁村		小旦，青衣
李江书	西河村		青衣，老旦

续表

姓　名	籍　贯	政治面貌	职务和行当
弓庆福	寨上村		小生
弓玉泉	寨上村	党员	小旦
李成柱	北良侯村	党员	大衣箱
李更龙	峰沟村		外交，青衣
李玉钦	三交村		生角
李玉书	砖壁村	党员	大生
张白孩	长治人		师傅
蒋马儿	蒲池村		丑角
任二货	神西村		童生
武琴书	白芽村		学徒
崔志和	东里庄村		打快板兼事务
张桃花	东里庄村		女演员
阎留花	康家沿村		女演员

武乡县翻身秧歌剧团

1947 年，武乡县也和其他老解放区一样，正是斗地主、闹翻身的土地改革运动深入发展时期。这时县里缺少一个专业剧团来活跃群众文化生活，原来的“光明剧团”已调往太行行署并入了新建的“太行剧团”，原来的“战斗剧团”因和圪嘴头村业余的山西梆子剧团合并，两腔两调不协调而解体。县委决定由魏东升（任团长）、韩俊鸿（任指导员）、史全义（财务科长）和编导王世荣重新组建县剧团。正因为建团处在这样一个特定的历史时期，所以，剧团未建而先取名为“翻身剧团”。

新组建的剧团领导班子确定了一个“三新建团计划”：“人新”，组建一个精悍的新的演出阵容。其方案是：当时有两部分专业剧团的演员散落在农村，一部分是原战斗剧团的演员，有赵万山、弓庆福、李玉钦、李江书、蒋马儿、任二货等；一部分是原光明剧团调太行后自愿返乡的，有郭子俊、梁旭昌、梁全发、韩二全、任八孩、成宝川等。这些人中间，生、旦、净、丑，行行人才都有，不少在当地群众中颇有名气。另外，在农村和各完小的一些企业剧团里，也有一些崭露头角的青年演员，如史培堂、董中旺、王东河、史海珍等。方案既出，魏东升团长便备了一匹马，东西奔波，日夜兼程，所到之处，大都很好地配合。半月多时间人员基本配齐，还有两个女演员李仙英和王保珠。

“幕布新”就是购置了一套全新的幕布，装饰门面。

“剧新”是剧团艺术建设的重要问题。就是要不断更新演出剧目，特别要创造出自己的一套新剧目。首先选排好三个新剧目与群众见面。选排的头两个剧目是《王贵与李香香》《圈套》，另外一个剧目由王世荣编创。着眼点是服务好当时的政治宣传。因此，一个歌颂光荣军属的《光荣牌》大型戏，也仅仅用了10多天光景就脱了稿。

“三新”条件，初具端倪，如何唱好开台戏，闯出翻身剧团的牌子来？开台戏是亮相，于是剧团把人马集中起来，投入了紧张的建团、排练，苦战20多天，就在上北漳敲响了开台锣鼓，确实给了人耳目一新之感，“不错！不错!”的反映，在群众中不绝于耳。

剧团领导人以及演职员有一个坚定的信念，就是要创作出剧团自己的新剧目。有了看家戏，剧团才能站住脚，凡好戏、名戏，总是较好地体现了当时的时代精神与艺术水准，不排不演，就要落后于时代的要求。所以团领导总是积极地注意及时地选排当时的一些好戏名戏，来提高自己演职人员的艺术素养。比如，当时脍炙人口的《刘胡兰》《王秀鸾》《王贵与李香香》《圈套》等剧，剧团不但精心排练，而且还坚持了长期演出。

同时，剧团领导时刻不忘抓紧时间创作自己的剧目。没有自己的剧目，剧团的艺术生命力就不强，就缺乏竞争能力。因而创作新剧目，就成为全团关心的大事。王世荣做编导工作，也得到了大家的支持。深入生活，进行创作，剧团就尽量给予方便。团长魏东升也亲自参加编写剧本。王世荣新编了现代戏《绑住结婚》搬上舞台演出，因剧情紧扣当时农村形势很受群众欢迎，县领导也给予了表扬，行署领导也给剧团和编导以高度的赞扬。该剧在《太行文艺》上发表。编演新戏的实践证明，每排演一个新戏，剧团演职员的艺术创造能力就得到一次锻炼，剧团在观众中就赢得一次新鲜感，也就多一分竞争能力。因而创造新戏，就成为团内外的共同要求，就成为剧团向前迈进的动力，也就成为剧团的中心工作。每年都有一两个或三四个剧目出现。其中，大剧本计有《光荣牌》《两种作风》《绑住结婚》《闹人家》等，改编的大型剧本有：《葵花》《高乾大》《逼上梁山》上下集等剧。东升写的有《五女争功》，改编的有《催粮差》，共创作了10多个新剧目。这些剧目都给当地群众特有的影响，这样，翻身剧团既有选排的外来剧目，又有了自己的剧目。剧目丰富了，演职员的才能就得到了更多展现机会，舞台上就给观众留下了更高的艺术形象。例如，弓庆福塑造的石三海、崔二爷、金保，赵万山塑造的牛筋棍，魏东升塑造的石头，郭子俊塑造的刘胡兰，李江书塑造的老太婆，蒋马儿塑造的许多喜剧人物，以及梁旭昌在历史剧目中塑造的许多人物，都在当地群众的心目中留下极深的印象和回忆。

翻身剧团从1947年到1952年，在宣传土改支前等中心工作中起到了巨大作用。广大青壮年都是受了《光荣牌》等拥军优属剧情的熏陶，走上了解放白晋、晋中战役。而且这些为群众喜闻乐见的好戏也充分体现了当时的时代精神。在舞台上给观众留下了更多更高的英雄形象，为赢得整个解放战争的胜利和新中国的诞生，作出了卓越的贡献。

新中国成立后，在日新月异的社会主义革命和社会主义建设事业中，剧团业务阵容重新健全之后，演出水平有了显著提高。剧团领导能编善导，演职人员通力合作，整个剧团搞得蒸蒸日上。1951年10月，参加了长治专区组织的30个剧团大竞赛，武乡剧团演出了大型歌剧《刘胡兰》，荣获“全区第一”的锦旗奖。不久，剧团改称“武乡县大众剧团”。

附表4　武乡县翻身剧团演职员名录

姓名	性别	籍贯	政治面貌	职务行当	在团时间
韩俊鸿	男	韩壁村	党员	指挥员	1947—1952
魏东升	男	下型塘村	党员	团长	1947—1952
王世荣	男	禄村	党员	编导	1947—1952
赵万山	男	岸北村	党员	副指导员	1947—1952
弓庆福	男	寨上村	党员	副团长、小生	1947—1952
史全义	男	韩壁村	党员	总务科长、大净	1947—1952
李玉钦	男	山交村	党员	大净	1947—1952
董中旺	男	大有村	党员	小旦	1947—1952
郭子俊	男	北上合村	党员	小旦	1947—1952
梁全法	男	北上合村	党员	小生	1947—1952
梁旭昌	男	北上合村	党员	大生	1947—1952
韩二全	男	北上合村	党员	二净	1947—1952
李玉书	男	砖壁村	党员	大生	1947—1952
史培堂	男	韩壁村		大净	1947—1952
张俊魁	男	大良村		青衣	1947—1952
李江书	男	两河村		青衣	1947—1952
蒋马儿	男	蒲池村		丑	1947—1952
程生堂	男	王庄沟村		生	1947—1952
韩福祥	男	韩壁村		小生	1947—1950
安丙堂	男	温庄村		丑	1947—1950
刘玉祥	男	大坪村		生	1947—1949

续表

姓名	性别	籍贯	政治面貌	职务行当	在团时间
史海珍	男	坪上村		丑	1947—1951
陈锦华	男	刘家沟村		生	1947—1949
任八孩	男	监漳村		头把	1947—1952
成宝川	男	监漳村		大锣	1947—1952
郝国川	男	苏峪村		司鼓	1947—1951
殷宝玉	男	寨上村		小锣	1947—1952
王东河	男	东沟村		二胡	1947—1949
王双全	男	吴家岭		胡胡	1947—1952
史肇唐	男	坪上村		老胡	1947—1952
安保山	男	蟠龙村		水镲	1947—1949
李作才	男	砖壁村		外交	1947—1950
郭金旺	男	大陌村		马夫	1947—1950
郝士杰	男	大陌村		马夫	1947—1950
窦尧孩	男	庄底村		马夫	1947—1950
王宝珠	女	山交村		小旦	1947—1948
李仙英	女	北社村		小旦	1947—1952

武乡县大众秧歌剧团

1952年，“翻身剧团”改称“武乡县大众剧团”。原翻身剧团的主要领导魏东升、韩俊鸿、王世荣先后调离剧团。团内改由李海水担任团长，弓庆福担任指导员。李海水、弓庆福二人在艺术上各有特色，都在群众中享有较高的声誉，但在剧团艺术建设方面意见不统一，加之原“光明剧团”和“战斗剧团”的两部分艺人也随之分立山头，团内人心涣散，演出质量下降，大部分演员相继离团，最终导致剧团解散。

曾在县剧团担任过副团长的净角演员史全义，不甘心剧团就此而亡。召集一部分艺人，掺进当时较好的下合村业余剧团进行演出，对外称“新兴剧团”。下合村秧歌剧团有几个优秀演员，旦角郑桃英，以扮相俊美、唱腔委婉动听、表演细腻逼真、吐字清晰而受到广大观众的青睐；丑角任生奎，嗓音清脆洪亮，唱腔别致独特，尤其常以面部口、眼变形的滑稽表情，逗得观众捧腹大笑，也在观众中博得好评；小生杨春印，身段姣好，唱腔善于装饰，道白字真句切，与郑桃英、任生奎合演三小戏，可谓三绝。加之有史全义、蒋马儿、董中旺、梁旭昌等从大众剧团过来的秧歌名艺人，当时的新兴剧团确实是武乡新兴起来的一个名角荟萃的好剧团。从武乡唱到襄垣，往南一直演到长治、长子、屯留一带，可真是唱一村响一村，演一处红一处。外地观众不称剧团“新兴”之名，干脆叫作“桃英剧团”。人俏艺精的郑桃英初出茅庐，声誉突起，随之在上党民间产生了许多风趣的传说和赞扬她的顺口溜。如什么“抽烟要抽大前门，喝酒要喝竹叶青，穿衣要穿苏杭缎，看戏要看郑桃英”，“只要看了桃英戏，挤丢了钱包也不生气”，“看了桃英唱香香，当下死了也不冤枉”，等等。

1953 年冬季，县领导着手整顿剧团，凡原在大众剧团的演员和乐队演奏员都到柳沟参加整训学习。通过整顿，调史舜虞担任团长，李海水、梁旭昌担任副团长。史全义担任指导员，韩二全、蒋马儿担任副指导员。并正式吸收了下合村剧团的郑桃英、任生奎、杨春印、魏来子、魏福贵，大陌剧团的刘凤兰、果烟堖剧团的郭改荣、大有剧团的张改花、董留花、吴三则，东沟剧团的王改云、王翠莲、王先花等一批青年演员，业务阵容重新健全起来，恢复“武乡大众剧团”。

1954 年至 1965 年，大众剧团业务阵容齐楚，老、中、青三代同台演出。先后在广大观众中产生过影响的演员有小旦郑桃英、李够花、王翠莲、吴引弟、魏润莲、郭焕娥、郭焕梅、史萍兰；青衣旦郭改荣、张改花、闻改花；老旦崔来法、王会孩、李江书、刘凤兰、吴仙果、郭子俊；刀马旦梁仙香、王月英、李玉英、崔焕仙、魏兰兰；须生李海水、梁旭昌、梁全法、史如玉、董中旺、史金中；小生任二货、杨春印、韩恩荣、魏玉秀；丑角魏东升、蒋马儿、任生奎、段小孩、张俊先；净角史全义、史培堂、韩二全、魏来子、张专寿。文场音乐方面有任八孩、王东河、韩四孩、李金兆、魏雨珍、李福明、白如明、张庆祥、王承芳、王爱和等；武场音乐有成宝川、魏福贵、刘珍祥、殷宝玉、姚兴旺等。编剧方面有董中旺、韩松林。导演有李海水、欧绪隆、任二货。音乐设计有李金兆、白如明。舞美设计王书明、王承芳等。此时团内人才济济，实力雄厚，剧团又呈现高峰。尤其是1959年至1964年，王运斌担任党支部书记、魏东升担任团长这一阶段，在县城东街修建了平房37间，剧团从此有了固定住所。演职员安居乐业，以团为家，剧团越搞越兴旺。其间，武乡又成立起一个晋剧团，称“大众二分团”，秧歌剧团称“大众一分团”，两团互相竞争，反复较量，双方好戏层出不穷，演出质量提高很快。

演出剧目：古装戏有《游龟山》《胡月凤》《双狮图》《福寿镜》《芙奴传》《空盒印》《罗通扫北》《梵王宫》《赵氏孤儿》《卷席筒》以及殷士肤、董中旺、王书明、白如明、韩松林根据老艺人韩二保口述整理改编的《戏中书》等等。现代戏有《山村姐妹》《游乡》《社长女儿》《夺印》《刘三姐》《彩虹》《风雷渡》《苦菜花》《刘四姐》《小过年》以及董中旺新编的《山村泉水》等剧。尤其是老剧作家张万一新编的现代戏《傅家营》和《小二黑结婚》。由省歌舞剧院李秉衡和省晋剧院李守祯设计音乐唱腔、省戏研室常之坦设计舞台布景，李海水、欧绪隆担任导演。上述两剧排演后深受观众欢迎。《傅家营》由各行当的一流演员李海水、郑桃英、任二货、杨春印、史培堂、刘凤兰、蒋马儿、任生奎、魏润莲、吴引弟、梁仙香担任主角，这出戏演得生活气息浓厚，人物塑造得栩栩如生，活灵活现。《小二黑结婚》由李海水扮演二诸葛，郑桃英扮演二仙姑，任二货扮演金旺，任生奎扮演铁嘴老三，杨春印演小二黑，史平兰扮演小芹，刘凤兰扮演二黑妈，蒋马儿扮演于福，给观众留下了极为深刻的印象。两剧流动演出后，轰动了整个上党、晋中两地区，许多剧团争相来武乡要剧本，抄曲谱，请导演或观摩学习。有的外地剧团找不到剧本和曲谱，干脆组织人在看戏时笔录台词，听音记谱，搬回去排练。但演出舞台效果怎么也比不上武乡剧团。剧团因有李海水、郑桃英这样的名演员，又有了张万一老师编的这两本拿手好戏，剧团演出达到高峰，上门搭戏者络绎不绝，观众上座节节增高，年均收入也逐年攀高。

附表 5　武乡县大众一分团演职员名录

姓　名	性别	籍　贯	政治面貌	职务行当
史舜虞	男	南台村	党员	党支部书记
史全义	男	韩北村	党员	团长、大花脸
王运斌	男	小活庄村	党员	党支部书记
魏东升	男	下型塘	党员	团长
侯富有	男	狐则沟	党员	党支部书记
韩松林	男	下合村	党员	秘书
李海水	男	西沟岭村	党员	副团长、须生、大生
韩二全	男	北上合村	党员	副支书、二净
梁全法	男	北上合村	党员	须生、大生
梁旭昌	男	北上合村	党员	须生、大生
崔来法	男	监漳村		勤杂、点汽灯
任八孩	男	监漳村		琴师
董中旺	男	大有村	党员	编导
蒋马儿	男	蒲池村	党员	团支书、丑
任二货	男	神西村		导演、小生
史培堂	男	韩北村	党员	大净

续表

姓　名	性别	籍　贯	政治面貌	职务行当
李玉书	男	砖壁村	党员	总务（管理仓库）
成保川	男	监漳村		司鼓、大锣
韩四孩	男	韩北村		头把
史如玉	男	韩北村		大生
杨万金	男	冀家垴		大衣箱
郝国川	男	苏峪村		司鼓
魏雨珍	男	下型塘	党员	头把
巩专才	男	上型塘		二把
成永法	男	监漳村		炊事员
郭改荣	女	果烟垴	党员	青衣
吴仙果	女	下合村		泼旦
李丙水	男	西沟岭村		大锣
王书明	男	石板村	党员	编剧、舞美
任生奎	男	下合村	党员	团长、丑
杨春印	男	下合村	党员	导演、小生
魏福贵	男	下合村	党员	司鼓
史义祥	男	南台村		事务长
魏来子	男	下合村		大、二净、兼丑
郑桃英	女	下合村		副团长、小旦
刘凤兰	女	大陌村		青衣
郭焕梅	女	北上合村		小旦
李够花	女	监漳村		小旦
王金祥	男	砖壁村		小生

续表

姓　名	性别	籍　贯	政治面貌	职务行当
魏兰孩	女	大陌村	党员	小生
韩恩云	男	窑上沟	党员	武生
刘珍祥	男	大陌村		司鼓
武法旺	男	西里庄		会计
张改花	女	大有村	党员	花旦
魏润莲	女	贾豁村		小旦
刘二孩	男	大陌村		头把
王会孩	男	桃家沟		老旦
李江书	男	西沟村		老旦
吴引弟	女	高岭村		正旦
张五则	男	小活庄村		勤杂
李云枝	女	楼则峪	党员	勤杂
梁仙香	女	北上合村		小旦
崔焕先	女	东里庄		小旦
闻改花	女	石板村		青衣
殷保玉	男	寨上村		小锣
段志文	男	监漳村	党员	大生
白如明	男	茅庄村	党员	文化教员
魏炳福	男	下合村		笛子
欧绪隆	男	四川		导演
张专寿	男	陈家垴	党员	二净
张俊先	男	下型塘		导演、丑
李福明	男	西川村		二胡

续表

姓　名	性别	籍　贯	政治面貌	职务行当
姚兴旺	男	姚家庄		大锣
李金兆	男	下型塘	党员	音乐创作、扬琴
史金忠	男	东堡村		须、大生
史萍兰	女	韩北村		小旦
王月英	女	小活庄村		小生
魏兰兰	女	丰台坪		小旦
赵素珍	女	监漳村		刀马旦
韩拴英	女	韩北村		小旦
王凤菊	女	垴上村		武生
郝莲花	女	大陌村		文生
刘焕娥	女	大陌村		小旦
张庆祥	男	申良村		三弦
王承芳	男	马汉脚		电工、老胡
魏玉秀	男	下合村	党员	秘书、小生
王爱和	男	圪洞沟		二把
赵贵堂	男	监漳村		演员
李玉英	女	广志村		小旦
李曙平	女	团松		演员
武　凤	女	城关村		演员
曹素清	女	贾豁村		演员
李爱国	男	西沟岭村		演员
刘新胜	男	石门村		演员

毛泽东思想宣传队

1964年，县剧团全体演职人员，奉命参加晋东南地区文艺整风，进行“思想革命化”教育。运动中，名演员李海水、郑桃英、任二货等受到猛烈的冲击和严厉的处分。李海水思想上压力很大，精神上受到强烈的刺激，身体每况愈下；任二货被开除党籍，遣送回原籍劳动。之后，剧团全体人员又到长子县参加“四清”运动（也称“社会主义教育运动”），担任工作队员。当时要求工作队员与贫下中农同吃住同劳动，李海水因身体患病原因，买吃了两个白面饼子，反复检查、连续挨斗。接二连三的打击，致使武乡剧团这位早在抗战中就名震太行的优秀演员再也支撑不住了，抱病回家休养。1965年，剧团移植编排了现代戏《奇袭白虎团》《骨肉深情》，回武乡演出时，还指望李海水担任两剧的主要角色，不料他已因病去世了。

在1966年开始的“文化大革命”中，剧团的王运斌、魏东升、郑桃英、梁旭昌等领导、演员受到冲击，有的甚至被开除公职，遣送原籍。任八孩、崔来法、梁全法三位老艺人，被逼着办了退休、退职手续。成宝川、史培堂、王书明等也相继离团。剧团的演出阵容遭到严重破坏，仅能演八本“样板戏”和赶形势的小节目。县剧团从此改称“毛泽东思想宣传队”。1969年，剧团停止了演出，演职人员到农村插队劳动。1970年，剧团全体人员返回县城，整训学习后，着手外出观摩移植“样板戏”。为了向“样板戏”看齐，在武乡中学和京津插队知青中招收了西洋乐器演奏员姜华、王充理、成良、宋年明、马桂英、焦忠明等11人参与乐队伴奏，增加了西洋管弦乐器。8月赴长治县红专剧团学演《红灯记》。彩排后回县汇报演出，群众反映唱腔改革“过头”，县委领导也表示极大的不满。于1971年正月再次对剧团进行整顿。这次整顿，将魏东升、王运斌、蒋马儿、任生奎、刘凤兰、郭改荣、王月英、张改花、董中旺、李玉英等40多名演职员全部调出，演出阵容又一次遭到摧残。团内只剩下杨春印、李金兆、韩四孩、魏福贵等中、青年艺人和1970年刚进团的新学员。演员短缺，无奈又从蟠龙等学校宣传队招来30多名学生充实。剧团办起了“戏曲学习班”，一方面让学员锻炼基本功，另一方面学唱京剧，计划抛弃秧歌戏，改唱京剧。此决定遭到全县群众的坚决反对，在群众的抗议声中，县领导才又允许重唱秧歌，新排出秧歌戏《沙家浜》《红灯记》《红心朝阳》，冬天又排出了张宝祥、任连珠新编的现代剧《磐石岭》。

本年初冬，县里盖办公大楼，占去了剧团大院，老团长史全义主持下演职员集资修起来的30间平房被拆除。剧团搬到县招待所的南排房，每14人合住一屋，既无排练室、办公室，又无仓库，人、东西混杂，每间屋子也被堆得乱七八糟。搬家时把价值20多万元的古戏装烧了一多半，少数能改穿的作了减价处理。原值800元左右的大蟒大靠，处理时只要3元钱。除了留下唱“样板戏”用的东西，其余床板、戏箱、头盔、道具荡然无存。

1973年春，剧团收入微薄，难以继续维持下去。领导才又起用老行家魏东升回团担任党支部书记，并重新调回了郑桃英、刘凤兰、郭改荣、王月英、任二货、张改花、任生奎，剧团元气渐渐恢复起来。任生奎被任命为团长，杨春印、任二货、张俊先担任导演，李金兆作曲配器，王充理担任编导。小旦方面：郑桃英为师，王月英挑主角，安娥英、李小平、董卫平、李玉平作为后起之秀，在各个剧中分别担负闺门旦类的A角或B角；青衣方面：郭改荣为师挑正，武生莲、霍爱英、张专才、肖爱青也都崭露头角；老女角方面正面有：刘凤兰；反面有张改花、张雪芬、孙爱萍等学徒两头兼顾。正面男角演年老的有任二货、姚长旺；演中年的有杨春印、史金中；演年轻的有张专寿、殷国川、常效平、李效珍、王炳旭、魏亭台、韩玉明、李振仲，或当配角，或专事武打，都化正面装出现。反面男角有：任生奎、李长禄、苏华、张俊先四人；史明扬、李国耀、李月林、李志江、魏竹明作为预备，或当B角或扮次角。文场口由李金兆指挥，韩四孩坐镇。乐队有姜华、成良、暴留庆、王充理、孙爱萍、宋年明、焦忠明、殷爱龙、马桂英、王玉坤分别演奏中西乐器，并兼铜管乐器；武场口由魏福贵掌鼓，武怀义打锣，成建国、李孟松、郝国庆三学徒当助手。又一次达到老、中、青三代同台演戏，正反面阵容旗鼓相当。在很短的时间内排出《朝阳沟》《山鹰》《三上桃峰》等现代秧歌戏，下长治连演一个月，唱遍了潞安城各大剧院，观众几乎是场场爆满。上门搭戏者纷至沓来，剧团领导应接不暇。先过潞城，后下陵川，春在长治，夏到壶关，秋回沁县，冬转襄垣。年终会计结算，收入超过 8 万元，扭亏转盈形势好转，全团演员欢喜心安。

好景不长，《三上桃峰》又受到批判，魏支书一病不起，卒中得了偏瘫。三个剧目都责令停演。冬季，剧作家王世荣和作曲家李秉衡两位老师（王是武乡人，并在剧团担任过编导。李在排《傅家营》时帮助谱曲，和武乡剧团有了感情），了解到武乡剧团的艰难处境之后，为挽救武乡秧歌这一小剧种，又从省城回到武乡，帮助剧团改革《红灯记》音乐唱腔，并重新排练，希望通过这个戏，闯出新路子，让武乡剧团能坚持下去。经过一番努力，音乐唱腔改革取得了初步成效，被武乡观众承认接受。该剧参加了晋东南地区组织的"样板戏大会演"，受到了省、地领导和各县戏剧工作者的一致好评，最后被地区推荐为赴省会演节目。

1975 年春季，武乡县领导责成文教办负责人李兰书带领剧团赴省演出《红灯记》，由杨春印饰李玉和，刘凤兰饰李奶奶，王月英饰铁梅，李长禄饰鸠山，受到了省城各界人士的赞扬。省电视台录制了全剧，在全省范围内实况播映。省电台还录制了《红灯记》唱腔选段，由姚长旺、安娥英、张专才、郭改荣分别演唱了李玉和、李奶奶、铁梅的各段唱腔，灌制了唱片，正式发行播放。并在省城排演了《渡口》《划线》《审椅子》三个秧歌小戏，凯旋返县。领导对剧团领导班子进行了调整，调暴恩旺进团任书记，任生奎任团长，苏华、李金兆、张专寿为副团长。秋季，全团演职员下长子移植大型现代戏《平原作战》，排好后在长治市区各厂、矿、剧院演出，深受欢迎。冬季，团领导为了增加收入，决定把剧团分成两个小分队，回县深入山庄窝铺演出。因两个分团都演的是秧歌剧目《红灯记》《向阳商店》《树新风》《渡口》《划线》等大、中、小剧目，很受本县群众欢迎。这样一分为二演出一直坚持到第二年春季。1976 年，“反击右倾翻案风”运动开始，剧团又卷入轰轰烈烈的运动中。此时，名演员郑桃英嗓子彻底倒仓，调离剧团。剧团到秋季才又去襄垣一带演出，时又遇毛泽东主席逝世，便停演月余。全年没有演出几个台口，工资不能按时发放。10 月，剧团又迁到东沟街新修好的 23 间平房，总算又有了固定住所。又吸收进县文化馆短期培训的李雨生、李国平、秦霞、安福英、王彩梅、胡雪娥、魏桂珍、赵秀英、王够莲、安二菊、史爱维、弓改珍等 10 余名演员，赶排了曾被“四人帮”批判禁锢的秧歌小戏《园丁之歌》和大型剧《洪湖赤卫队》，全团又踏上新的征程，看到了振兴的希望。

附表 6　毛泽东思想宣传队演职员名录

姓　名	性别	籍　贯	政治面貌	职务行当
温子清	男	温家沟	党员	支部书记
武玉堂	男	武家庄		主任
史高翔	男	东堡村	党员	支部书记
杨春印	男	下合村	党员	导演，主演
张专寿	男	陈家垴	党员	主要演员
史金中	男	东堡村		主要演员
张俊先	男	下型塘		主要演员
李金兆	男	下型塘	党员	作曲，乐队主奏
魏福贵	男	下合村	党员	乐队司鼓
刘珍祥	男	大陌村		司鼓、大锣
武怀义	男	镇段村		大锣，铙钹
王承方	男	马汉角		灯光设计

续表

姓　名	性别	籍　贯	政治面貌	职务行当
李国华	男	寨上村		舞美设计
焦中明	男	江苏省		小提、长号
姜旭昌	男	宋家庄		二胡、小号
宋年明	男	北京市		笛子、圆号
王充理	男	东沟村		三弦、编导
马桂英	女	北京市		月琴
王玉坤	女	北京市		琵琶
成　良	男	监漳村		大提琴
殷国川	男	寨上村		演员
常效平	男	北涅水		演员
魏亭台	男	下型塘		演员
王丙旭	男	李峪村		演员
武生连	女	段村		演员
李小平	女	三交沟		演员
李长禄	男	天津市		主要演员
李效珍	男	马堡村		演员
李国华	男	寨上村		演员
李志江	男	神前村		演员
魏玉秀	男	乡下合		演员
李拴亭	男	马堡村		杂务
李月林	男	姜村		演员
李振仲	男	乡马村		演员
史明扬	男	合家堖		演员
韩玉明	男	显王村		演员

续表

姓　名	性别	籍　贯	政治面貌	职务行当
魏竹明	男	李坪村		演员
郝国庆	男	南垴		演员
张雪芬	女	富庄		演员
张专才	女	义安		演员
孙爱萍	女	党城		演员
董卫萍	女	大有村		演员
霍爱英	女	芝麻角		演员
安娥英	女	蟠龙村		演员
肖爱青	女	苏峪沟		演员
成建国	男	监漳村		铙钹
暴留庆	男	监漳村		二把
李孟松	男	郝家岭		小锣
殷爱龙	男	寨上村		二胡
李玉平	女	广志村		演员
姚长旺	男	沿土凹		演员
赵天留	男	蟠龙村		二胡
安建平	男	蟠龙村		大提琴
张娥云	女	蟠龙村		小提琴
赵永寿	男	故县村		灯光设计
任森魁	男	下合村		丑角
苏　华	男	长治市		武丑
史如玉	男	韩北村		老生
郭改云	女	果烟垴		青衣
刘凤兰	女	大陌村		老旦

续表

姓　名	性别	籍　贯	政治面貌	职务行当
韩四孩	男	韩北乡		头把
任二货	男	神西村		老生
王吉元	男	平遥县		打击乐
金富才	男	太原市		打净
张马儿	男	平遥县		武生
王月英	男	小活庄		小旦
郑桃英	女	下合村		小旦
张改花	女	大有村		叉旦

武乡县秧歌剧团

1977 年，恢复“武乡县秧歌剧团”。因有几本新上演的剧目，收入可观。当年夏天，被禁锢十年之久的古装戏开始被解放。剧团住到录村，赶排出了《逼上梁山》和反映义和团斗争的《小刀会》，在录村首次卖票演出，轰动全县各乡村，进场看戏观众达两万人之多，随后到各村演出。观众要求看古装戏的呼声很高，剧团又赶排出了《逼上梁山》全本戏，由杨春印饰演林冲，武生莲演林妻，任二货演高俅，任生奎演高衙内，张专寿演鲁智深，把一本完完全全按传统剧形式上演的剧目献给了观众。

1978 年，暴恩旺调离，刘忠玉进团任支部书记，团长未变。为了恢复更多的古装剧，又把蒋马儿、史培堂、史如玉、魏润莲聘用回团。这样，连原在剧团的老艺人，各个行当分别有一至两位曾演过古装戏的老演员，青年演员重新分行当，拜师学艺。时仅一年左右，使原来从未看过古装戏的青年演员，熟练地掌握了传统戏的表演程式，先后又排出了《杨门女将》《雌凤凌空》《罗通扫北》《十五贯》《三打白骨精》《姐妹易嫁》《下河东》《王宝钏》《岳飞挂帅》等剧目。1979 年，剧团下晋城、阳城、高平、陵川等县演出，倍受欢迎，票房收入猛增。冬季，王充理新编的古装剧《忠义缘》，由杨春印导演，李金兆设计音乐唱腔，安娥英、常效平、霍爱英、任生奎、魏玉秀等主演，参加了晋东南地区文化局组织的25个县专业剧团会演，博得了好评。荣获剧本创作奖、导演奖、音乐奖、综合演出奖。安娥英首次获地区一等演员奖，常效平、霍爱英获二等演员奖。

从1978年到1982年，剧团又先后增加《穆桂英破洪州》《屠夫状元》《蝴蝶杯》（连二本）、《斩杨景》《斩驸马》《寇准背靴》《二梅误》《挑女婿》等大、中、小古装剧目15个，又恢复上演了看家剧本《小二黑结婚》，巡回活跃在上党地区各县和晋中的左权、和顺、榆社等地，收入逐年翻番。

1983年，老剧作家张万一重新为武乡剧团修改了《王贵与李香香》和《小二黑结婚》剧本，由弓庆福、杨春应、郝凌云担任导演，李秉衡、李金兆设计音乐唱腔，很快又搬上舞台。《王贵与李香香》剧目参加了晋东南地区组织的中青年演员会演，扮演李香香的安娥英和扮演王麻子的李效珍获一等奖，姚长旺、郭改云获二等奖。当年9月赴省城演出，省委、省政府、省人大、省政协四大班子领导看了两剧演出，给予较高评价。省电视台拍摄了这两个戏的全场，录了音，并将唱腔灌制了盒式磁带，在全国范围内发行销售。

1984年，老演员任生奎、史培堂、刘凤兰、张改花、魏润莲、任二货等因年龄偏高，陆续离团。李金兆、杨春印、王月英、韩四孩到艺校教学生。剧团由史金中、张专寿担任领导，带团下乡演出。中青年演员姚长旺、李长禄、李效珍、史名扬、安娥英、魏玉秀、霍爱英、秦霞以及乐队的成建国、郝晋平、赵天留、孙爱平、宋年明、张娥云、安二菊等成为剧团演出的中坚力量。新排演了《齐王拉马》《鸳鸯戏水》两本戏，在左权、和顺演出。夏季，抽调安娥英、李长禄回到戏校，结合戏校演员乐队共同排练了王仲祥新编的现代戏《破涕为笑》一剧，参加了晋东南地区文化局组织的现代戏会演。此时，在县委宣传部刘成书部长和文化局局长李志宽的关怀指导下，剧团以演现代戏为主，兼演一些优秀古装戏剧目，坚持两条腿走路，受到省文化厅和省剧协领导的重视和表扬。《山西剧讯》1984 年第 3 期发表了王充理《演人民的愿望，唱时代的新歌》一文，报道了武乡剧团 46 年来坚持上演现代戏的典型事迹。

1985 年，剧团又出现领导之间闹矛盾，全团演职人员分裂，人心惶惶，没有新排一本戏，在河北涉县和左权县演出一段时间后，回县整顿。支书刘忠玉调离，史金中到城关村晋剧团帮助演出。调景衍庆进团任书记，张专寿、殷国川继任副团长，暴留庆仍是副书记。艺校结业的 40 名学员归团参加演出。年前，排出了王充理新编的古装戏《骗婚记》，省歌舞团导演侯铮老师亲自导演，李秉衡和李金兆设计音乐唱腔，安娥英、常效平、李长禄、任生奎、霍爱英、秦霞等主演，参加了长治市政府主办的戏曲观摩演出，被评为优秀剧目。王充理获剧本创作一等奖。李金兆、暴留庆获音乐创作奖，李长禄、安娥英、任生奎获优秀演员奖。1986 年，《骗婚记》几经修改，剧名改为《嫁妻》。5 月赴省城演出，省电视台拍摄了《嫁妻》全剧。8 月，县委宣传部、文化局领导研究，任命安娥英为团长，姚长旺、李效珍为副团长，张专寿、殷国川离团回县城搞第三产业。剧团将就演出维持到 1987 年 8 月，干部间矛盾激化，又停止了演出。再次进行整顿，再次调整领导班子。直至 1988 年，中、老年演职员多数离开剧团，只剩下暴留庆和常效平连同两期艺校进团的青年演员共 50 多人。暴留庆任团长兼支部书记，常效平任副团长，进行了大刀阔斧的改革整顿，实行了基本工资加演出补助的工资分配制度，剧团逐渐走上了正常的轨道。

附表7　武乡县秧歌剧团演职员名录

姓　名	性别	籍　贯	政治面貌	职务行当
暴恩旺	男	监漳村	党员	支部书记
李金兆	男	下型塘村	党员	导演、主演
张专寿	男	陈家垴	党员	演员
魏福贵	男	下合村	党员	鼓板师
武怀义	男	城关村		大锣
王承方	男	马汉脚		电工
李国华	男	寨上村		会计、舞美
史金中	男	东堡村		演员
任二货	男	神西村		演员
任生奎	男	下合村		团长、演员
郭改英	女	果烟垴		演员
刘凤兰	女	大陌		演员
王月英	女	小活庄		演员
常效平	男	北涅水		演员
王充理	男	东沟	党员	编剧、二胡、三弦
王炳旭	男	李峪村	党员	演员
宋年明	男	北京市		笛子、小号
武生莲	女	城关村		演员
李小平	女	山交村		演员
苏　华	男	长治县	党员	演员
李长禄	男	天津市		演员
李效珍	男	马堡村		演员
李孟松	男	郝家岭		司鼓

续表

姓　名	性别	籍　贯	政治面貌	职务行当
暴留庆	男	监漳村		头把
史名扬	男	郝家岭		大净
李月林	男	姜村		会计
李国耀	男	郝家岭		大净
成建国	男	监漳村	党员	司鼓
魏竹明	男	固村		事务长
赵昌进	男	韩庄		炊事员
霍爱英	女	芝麻脚		小旦、青衣
安娥英	女	蟠龙镇	党员	团长、小旦
孙爱平	女	党城		中阮、月琴
李国华	男	寨上村	党员	会计、画布景
张庆华	男	岭头村		勤杂
殷国川	男	寨上村		演员、丑
李振重	男	徐家垴		演员
韩玉明	男	显王村		演员
赵天留	男	蟠龙镇		二胡、头把
姚长旺	男	沿土凹		须生
李玉萍	男	广志		小旦
刘忠玉	男	蟠龙村	党员	支部书记
安福英	女	蟠龙村		泼旦
魏桂珍	女	下合村		小生
安二菊	女	蟠龙村		大提琴
李雨生	男	墨镫		大生
赵永寿	男	故县村		电工

续表

姓　名	性别	籍　贯	政治面貌	职务行当
胡雪娥	女	洪水村		演员
安建平	男	蟠龙村		大提琴
王彩梅	女	录村		演员
王荀莲	女	阳城		演员
赵秀英	女	窑头村		演员
秦　霞	女	韩北		演员
史爱维	女	韩北		演员
张晓亚	女	蟠龙村		演员
李小平	女	太原市		扬琴
王福燕	女	长乐村		演员
郝晋平	男	龙湍村		二胡
景衍庆	男	圪针庄		支部书记

恢复“武乡光明剧团”

1989年，由于青年演员演出经验不丰富，“四功”“五法”“唱腔”各方面都不到位，演出质量不高，在演出市场上没有竞争力，团领导特地从长治、晋城等地聘请名艺人来团指导并参加演出，新排出了梆子剧目《雁门关》。并把剧团带到长子、高平等地演出，不断地到兄弟剧团参观学习，逐渐提高了演出质量。

当年秋，县委宣传部和县文化局，举办了“武乡秧歌剧团建团五十周年”纪念活动。省委宣传部部长张维庆发来贺词：“革命文艺凝忠魂，时代精神育新人。”省文化厅厅长曲润海发来贺词：“五十年间多少戏，主调风骨是光明。”省剧协主席贾克发来贺词：“坚持戏剧革命传统，发扬艺术创新精神。”省文联副主席冈夫发来贺词：“歌颂人民歌颂党，光明剧团永光明。”原光明剧团、战斗剧团、翻身剧团老前辈高介云、陈凤翔、张万一、王世荣、史如璧、郝林云、王小林、赵万山等100多名老同志应邀回县参加了纪念活动。抗战时期指导、帮助光明剧团、战斗剧团的八路军老领导和文艺界知名人士，山西省音协主席夏洪飞、省剧协副主席寒声和陈晓、辛鹰等同志也应邀来参加了纪念活动。会上，发放了县文化局编写的《光明普照五十年》一书。其间，壶关、襄垣、沁县、屯留四县的县剧团到武乡祝贺演出了各家的拿手好戏。武乡秧歌剧团为继承光明剧团的光荣传统，恢复了“武乡县光明剧团”，并汇报演出了《小二黑结婚》一剧。

之后，剧团采取走出去、请进来的学习办法，青年演员进步很快，各行当演员像雨后春笋般成长。演生角的王树红、赵德红、赵红波、史名俊嗓音清亮，唱腔优美，唱、念、做、打都能到位。演小旦角的房素芬、胡小丽、王丽芬、李粉平扮相俏丽，表演细腻逼真，富有激情。青衣、老旦行当的王会芬、关菊平、郭书芬、路翠平、魏文梅，表演上受上党梆子名演员高玉林、王桂兰的影响，唱梆戏韵味浓郁，道白清爽，稳健大方。在秧歌唱腔方面继承了刘凤兰、郭改英、张改花等前辈艺人的行腔旋律和演唱风格。演武生的李勇、赵树青、小树红武打基本功过硬，“大翻”“小翻”“前扑”“八叉”无所不能，且又能串演须生、小丑、老丑和花脸等各行当的角色。演刀马旦、彩旦的段水英、贾雪平、赵丽和演小生的李小玲、史红梅扮相俊秀、英武潇洒，弥补了秧歌剧种女生角和旦角扎不起大靠不会翻打滚扑的空缺。演老丑的陈小兵、演小丑的白占文，扮相滑稽，表演风趣，唱腔另辟别韵，且文武都能应行。演净角的李俊川、史效清、王效军扮相威武，文戏、武戏均能为之。上场口张志斌掌板司鼓并能设计音乐，下场口张如飞领场吹唢呐技艺高超。乐队赵俊峰、魏瑞宏、暴红波、郁向忠等一个个演奏技艺娴熟。音响师魏玉奇对灯光、音响运用技术过硬，造诣颇深。各行当演员双双对对，联结成一个坚强齐楚的演出阵营。暴留庆团长兼支书既能设计音乐唱腔，又能亲自坐镇演出拉头把。常效平副团长既是导演，又能挑起小生+须生、老生、大净行当的主要角色。暴留庆、常效平和原剧团编剧王充理，共同编创了大型历史剧《石勒传奇》和连三本古装戏《五凤朝周》、新编现代戏《娘随驴去》。《娘随驴去》一剧参加了1991年长治市委宣传部、文化局主办的青年演员会演。王充理获编剧奖，暴留庆获音乐设计奖，房树芳、段水英、郭书芬、赵宏波、李勇获演员一、二等奖，并集体获优秀剧目演出奖，武乡光明剧团名列全市各县参赛剧团前茅。除此之外还移植上演了《双枪陆文龙》《吴汉杀妻》《龙城二娇》等剧目。剧目以唱武乡秧歌为主，兼唱上党梆子，以演出现代戏、新创作剧目为主，兼演古装戏移植剧目。一直活跃在晋城、高平、阳城、陵川、屯留、壶关、长治、长子、潞城等县区，演出收入逐年上升，演职员工资也逐年增长。

剧团从1989年至1991年，这三年是武乡秧歌剧团历史上演出阵营比较整齐的三年。可惜坚持的时间不长，因多种原因导致演员流失，加之舞台设备破烂不堪，演出市场萎缩，到1993年，团内演职员不到30人。停演四个多月后，在县领导支持下，硬性指派到各乡镇演出，勉强维持到年底。

1994年，是剧团最困难时期。当时由长治陈宝山牵线搭桥和原专一团名老艺人联营演出，收入按比例分成。在剧目上先后排出了《三关排宴》《秦香莲》《法门寺》《潘杨讼》等，受到了名老艺人在演技上的指导，演员整体素质大为提高，解决了当时的困难。当时这种做法得到了县领导的支持和肯定，一直持续到1996年底。因联营演出不唱武乡秧歌，一部分演员离团回县，如张如飞、魏瑞宏、赵宏波、关菊平、王丽芬、李小玲、李勇、路翠平、陈小兵、小树宏、白占文、张立军等跟随副团长常效平到和顺县喂马乡，经王充理介绍和一直坚持唱武乡秧歌的古窑村剧团联营演出了三年秧歌剧目。如《小二黑结婚》《忠义缘》《娘随驴去》《桃花簪》等剧目。

1997年，武乡剧团和长治老艺人团分开，到和顺的部分演员也回县归团，由暴留庆团长自筹资金3万元，对舞台设备进行了更新，主要演员有赵树青、李俊川、段水英、张五方、史效青、李勇、胡小丽、魏文梅、路翠平、张丽、王效军等，并高薪聘用陵川剧团名演员，腊秀随团演出，水平明显提高，受到观众一致好评，全年演出8个月，经济收入又创新高。从1997年到2003年，由于市场经济大气候影响，演职员走穴成风，团内演员不稳定，或到外县剧团，或跟民间乐团，对本剧团演出造成很大冲击。暴团长也因两次有病治养，文化局曾派殷国川和常效平分别任代理团长，各在剧团负责了一段时期，都未能从根本上扭亏增盈。之后，还是暴留庆团长顶着重重困难，时演时停，坚持到2004年。

附表8　恢复光明剧团演职员名录

姓　名	性别	籍　贯	政治面貌	职务行当
暴留庆	男	监漳村	党员	支书、团长、头把
常效平	男	北涅水		副团长、导演、小生
李效珍	男	马堡村		副团长、须生、大生
王素宏	男	大有村		红生
李　勇	男	义门村		武生、丑
赵素清	男	故县村		小生
李俊川	男	圪针庄		二净
赵红波	男	西岭村		须生
赵德红	男	马堡村		大生
史效青	男	南台村		大净
武晋忠	男	团村		演员
李先旺	男	圪针庄	党员	事务长
李玉奇	男	下合村		电工
陈小兵	男	新庄村		二净

续表

姓　名	性别	籍　贯	政治面貌	职务行当
魏瑞红	男	下合村		司鼓
张志斌	男	胡家岭		司鼓、作曲
暴红波	男	监漳镇		二胡
李国斌	男	桥南村		大提琴
陈瑞斌	男	石盘		水镲
张如飞	男	鳌垴		头把
赵俊峰	男	大陌		二把
王旭红	男	汉广		小锣
刘玉斌	男	内顷		会计、杨琴
郝俊杰	男	圪咀头		勤杂
张照平	男	岭头村		外交
赵昌进	男	韩庄		炊事员
房素芬	女	东庄		小旦
贾雪萍	女	黄柏峪		刀马旦
郭书芬	女	涌泉		青衣、老旦
王慧芬	女	鸦儿烟		青衣、老旦
孟建玲	女	南关		青衣
段水英	女	东村		刀马旦、彩旦
李亚芬	女	苏峪村		小旦
赵丽	女	墨镫		小旦
张娥云	女	蟠龙镇		小提琴
安福英	女	蟠龙镇		刀马旦、小生
安二菊	女	蟠龙镇		大提琴
李拴亭	男	马堡		电工

续表

姓　名	性别	籍　贯	政治面貌	职务行当
李晓玲	女	下型塘		小生
李粉平	女	后张庄		小旦
路翠平	女	大有村		青衣、老旦
王丽芬	女	石板村		小旦、花旦
史红梅	女	合家垴		须牛、小生
关红丽	女	神南村		青衣、老旦
李先锋	女	墨镫村		刀马旦
王树红	男	南上合村		二花、三花
白占文	男	安乐庄		生、丑、文武乐
王效军	男	沿土凹		二花脸
魏红卫	男	桃峪村		须生
魏文梅	女	贾豁村		青衣旦
杜俊英	女	贾豁		打扬琴
张立军	男	瓦窑科		丑角
张　丽	女	张家沟		花旦
姚怀平	男	代照岭		二胡、二把
魏红英	女	赵家庄		小旦

武乡县人民剧团

2004年，县文化局为将县剧团扎扎实实搞起来，一方面学习借鉴兄弟县、区的先进经验；另一方面深入到剧团演职员中间了解情况，并多方面征询老艺人的看法和意见。在宣传部领导的支持下，着手整顿剧团。年底，聘任女演员魏文梅为团长，放手让她组合演职人员。并将广场舞台东边的门面房作抵押，从信用联社贷款10万元作为剧团的启动资金。

魏文梅，武乡县贾豁村人，1988 年参加剧团，既没有住过戏校，又没有投师学艺，自己刻苦好学，潜心钻研，学演了不少角色。1994 年随团跟长治名老艺人剧团演出，拜名演员高玉林为师，主攻青衣。不久，便能代替高玉林上演秦香莲一角，头角初露，便受到名老艺人和观众的认可，在群众中有了一定影响。被选为政协武乡县第五届至第七届政协委员。她接任团长后，跑长治、下晋城聘请演员，并投资 10 万元购置了戏箱、幕布、服装。先后聘用了武乡籍演职员李勇、路翠平、张志斌、魏红卫、魏红英、武晋忠、李俊川、赵俊峰等 10 多名演员和乐队演奏员，吸收戏校 8 名学员随团打杂跑龙套，又聘请长治、陵川、沁县 10 余名演员，总共 40 余人。推选李勇、张志斌为副团长，主管业务演出。排练半个多月，2005 年正月十二启动下乡演出。剧团改称为“武乡县人民剧团”。从 2005 年至 2007 年 5 月，剧团一直在长治、晋城两市各县巡回演出，主要演出上党梆子，剧目有《秦香莲》《雁门关》《三关排宴》《徐公案》《法门寺》《玉桃》《罗通扫北》等七本戏。由于文化局领导对剧团各方面工作常抓不懈，三年来人心稳定，坚持正常演出，收入逐年增长，基本上扭亏为盈。

2007 年，长治市委、市政府出台了“文化低保”工程演出政策，武乡县属管辖之内的 140 个国家级贫困村，群众不花一分钱，足不出村就能看一场优秀文艺节目。武乡县人民剧团担当了主要演出任务。当年 5 月 21 日启动，巡回演出从蟠龙镇各贫困村轮演，受到了人民群众的欢迎和一致好评。

当年冬季，文化局刘树青局长，坐镇剧团狠抓新剧目排练。剧团全体演职员吃住在大有乡王海峪村，抽调回中、老年名艺人魏玉秀、常效平、姚长旺、暴留庆、王充理、李小玲、郝晋平、房素芬等帮助排练。由李秉衡和暴留庆设计音乐唱腔，常效平、李小玲担任导演，魏玉秀、姚长旺、房素芬、魏文梅、李勇、路翠平担任主要演员，新排出了张万一老师生前编创的大型抗战题材现代剧《将军泉》，参加了长治市文化局主办的新剧目会演，受到市领导和观众的一致好评，获新剧目创作奖，房素芬、姚长旺、魏文梅、李勇获一、二等演员奖。

2008年、2009年，剧团人心稳定，阵容齐楚，两年都是前半年南下长治、晋城一带演出；后半年回县，继续完成“文化低保工程”演出。通过低保演出，剧团每年得到市、县两级财政50多万元的经济贴补，剧团收入稳定增长，演职员工资有了保障，为演职人员解除了后顾之忧。2010年，剧团从正月十三至十六，在县城广场连演了5场上党梆子古装戏，有《秦香莲》《三关排宴》《雁门关》《法门寺》等，演员行当生、旦、净、丑齐全，文、武场口乐队阵营齐楚，舞台灯光、音响、幕布以及服装、道具、头盔均全，但是没有一本武乡秧歌剧。又因演员们工作转不了正，用工合同都不签订，大家感到前途无望，无法解决后顾之忧，有的另谋生路，有的另入其他剧团，县剧团又一次解散。

为了完成“文化低保”送戏下乡演出，县委宣传部最后决定由原团长魏文梅和县剧协主席王充理负责下乡演出，邀请秧歌老艺人姚长旺、魏玉秀、殷国川、霍爱英、暴留庆、成建国、孙爱平和流散在本县的中、青年秧歌艺人房素芬、王慧丰、关菊平、段水英等，恢复了武乡剧团看家秧歌戏《小二黑结婚》送戏下乡。2011年，离团的中、青年演员和乐队人员陆续返团，又排出了《真有这么一家子》等秧歌现代戏，送戏下乡连续到2012年。

2013年，文化局整顿剧团，让老艺人全部退出，在团的中、青年演员恢复排练张万一老师原编的《义务看护队》，聘请长治市文艺团体导演，音乐曲谱还是李金兆老师的原设计。时经月余，搬上舞台在县城电影院演出，受到县城观众一致好评。县领导给予热情的赞扬和鼓励，并表态支持重新组建剧团。2014年冬季，这班人马又坚持送戏下乡演出135场。2015年，文化低保送戏下乡没有给武乡再分拨场次，演出道具及财产由县文化服务中心收存，一般的秧歌组织也解体，演员流散四方。

2016年，县文化馆因是上级指定的非物质文化遗产保护基地，为了让武乡秧歌传承不失，文化馆组织本县曾获过国家级以及省、市、县级奖的老、中、青秧歌艺人，成立了“非物质文化遗产传承协会”，选举王充理担任会长，姚长旺、房素芬、张立君、常惠斌担任副会长，凡获县级以上奖的中、青年艺人均为理事，会员120多人，承担起武乡秧歌的传承责任。县委宣传部大力支持协会排练秧歌剧目，并给安排了演出。协会先后恢复、排练了秧歌现代剧《养女胜亲生》《小二黑结婚》《公事公办》和古装传统秧歌看家戏《三女婿拜寿》《鸳鸯对花》，在县城消夏晚会演出，县广播电视台将所有节目录制成光碟，在《武乡夸夸》栏目播演，受到全县群众一致好评。监漳镇东皋村、蟠龙镇团松村等10多个村庄特邀去演出，群众反应强烈，给予了演出团体热情的鼓励和支持。2016年至2017年，该协会理事们分别在下合、苏峪、西里庄、韩北、故县、墨镫、马堡、关家垴等村帮助排练剧目，为传承武乡秧歌作出了贡献。

2017年，非遗协会副主席张立军私人成立的“立军艺术团”，组织所有老、中、青秧歌艺人，自己投资，排练了王仲祥编写的抗战题材大型现代戏《太行母亲》，在县城广场“八一”晚会演出，国庆节期间，受市文化局特约到长治进行了演出，反响强烈，展示了武乡秧歌强大的生命力。

附表9　武乡县人民剧团演职员名录

姓　名	性别	籍　贯	职务和行当
魏文梅	女	贾豁村	团长，青衣旦
李　勇	男	义门村	团长，副导演
张志斌	男	胡家岭	作曲，鼓师
赵素青	男	五村	武生，导演
魏玉奇	男	下合村	财务主任，音响师
李俊川	男	圪针庄	净角
赵俊峰	男	大陌村	琴师

续表

姓　名	性别	籍　贯	职务和行当
魏红卫	男	桃峪村	须生
路翠平	女	大有村	青衣、老旦
魏红英	女	赵家庄	小旦
武晋中	男	团松村	须生
魏瑞宏	男	下合村	鼓板师
郁向忠	男	上封头村	琴师
王彦南	男	李峪村	小旦
姚怀平	男	代照岭	二胡
韩海阳	男	西沟村	武乐
任洪明	男	胡家垴	电子琴
李　娜	女	下合村	跑龙套
暴三毛	男	坚漳村	拉幕
胡鹏飞	男	下型塘	大二把、二胡

第三节　业余剧团

下合村秧歌剧团

下合村是襄武秧歌剧种的发源地之一。在襄武两县艺人组成的十八村秧歌班之前，下合村爱闹红火的人们，每年正月闹红火时，有传统的高跷、竹马、旱船、二鬼扳跌等形式外，出现一种特殊的艺术形式，少则二三人，多则五六人组合起来，演唱一些简单的乡俗民情、家庭伦理或神话鬼怪故事，所唱的曲调叫“纺花调”。据说是明末清初，有一位从南方上来的老太婆，给人纺棉花赚钱糊口，经常唱两句：“我的儿跟闯王当兵吃粮，陈进士烧了俺两间正房。”腔调悲怆凄凉，但又委婉动听。人们听得多了，也就学会唱了。一传十，十传百，武乡中南部不少村庄的人们都会唱，因是纺花老人先唱出来的曲调，人们便称其为“纺花调”。下合村人唱着“纺花调”，表演简单故事，在广场地摊上演唱，后来人们又把这种演唱称为“地圪圈秧歌”。

襄武两县闹红火的艺人们组建十八村秧歌班时，下合村的魏贵则、魏八斤等几位演唱地圪圈秧歌的艺人，就参加进十八村秧歌班。十八村秧歌班所唱的秧歌，就不是“纺花调”单调粗糙的旋律唱腔了，而是由张金川带来的“西火秧歌”和襄武两县的地圪圈秧歌相互融化渗透，唱出几种新腔调，被称为“一道腔秧歌”。魏贵则和魏八斤又把这种新唱腔传回下合，下合村正月间闹红火演唱时会唱秧歌的人数增多，自发地组织起秧歌自乐班，照搬了十八村秧歌班几本剧场效果好的剧目，诸如《杀子报》《绿林庄》《落花记》《河灯会》《桃花庵》等秧歌戏。村里人自筹资金，置买了戏装头脑。正、二月除在本村演唱，还经常被邀到附近的拐堖、枣林、城底、西营等村庄去唱戏。下合村自乐班在长期演出实践中，又涌现出两位观众特别喜爱的年轻演员，唱小旦的魏丙全和唱小生的魏春堂。魏丙全扮演的小旦类角色，扮相俏皮娟秀，身段纤细迷人，唱腔婉转缠绵、韵味纯浓；魏春堂扮演小生雍容大度、俊秀潇洒，唱腔满宫满调、洪亮饱满。二人搭配表演洞房花烛男女爱情的胭粉戏，相得益彰，因此下合自乐班被迫停演。

1937 年，八路军总部驻扎在距离下合村二里远的王家峪村。八路军野战政治部、总部下属机关和部分八路军首长住在下合村。在八路军文艺工作者的帮助和带动下，下合村自乐班又恢复了演出活动。排演了《换脑筋》《劝荣荣》《捉汉奸》《打蟠龙》《送夫上前线》《三更放哨》等宣传抗日救国的现代剧目。曾受到陆定一、康克清等首长的鼓励和表扬。

1942 年，下合剧团吸收进一批年轻学员，在魏丙全等老师傅的传授下，这批年轻演员乐队挑起了各行当门头的大梁，郑桃英演小旦、任生奎演三花、杨春印唱小生，魏来子唱二花，魏福贵、魏文秀打鼓板，魏丙福拉头把，新排了《王贵与李香香》《泉河拥军》《转变旧作风》《魏森林家庭》等现代剧目，剧团更名叫“新兴剧团”。新兴剧团较好的剧目是《王贵与李香香》，郑桃英扮演李香香、杨春印扮演王贵、任生奎扮演拐腿大秃、魏来子扮演狗腿子二狗、魏丙全扮演二妈、魏金保扮演二爷，老、中、青三代艺人同台演出，剧场演出效果胜过当时襄垣、武乡两县的职业剧团。尤其是小旦演员郑桃英，因扮相俏美、唱腔委婉，扮演李香香活灵活现、形象逼真，表演得细致入微，在襄、武两县的观众中声名鹊起，很受欢迎。这时，由于县翻身剧团演职员短缺，把下合剧团的郑桃英、任生奎、杨春印、魏来子、魏福贵、魏丙福吸收进县剧团，下合剧团只能在本村正月间闹娱乐演唱了。

1965 年至 1974 年，下合村又有一批喜好文艺的男女青年人参加进剧团，由魏新华、魏书法牵头，排演了《工头记》《海港》《智取威虎山》《白毛女》《红色娘子军》《小二黑结婚》等剧目。主要演员有魏书法、魏水江、杨存堂、杨树民、赵月成、魏春梅、吴焕梅、魏爱仙、崔凤英、魏改先、史凤兰、任留花、吴三焕等。魏春梅女生唱男角，主演了李玉和、杨子荣、郭建光等男角一号人物，深受观众好评，唱阿庆嫂的吴焕梅，唱李奶奶、河奶奶的魏改先，唱铁梅的崔凤英，唱喜儿的魏爱玲，唱洪长青的史凤兰，唱反面人物的魏水江，唱正面人物男角的魏书法、杨存堂等演员，都在群众中留下深深的好印象。乐队：魏文秀打鼓板，魏国书、魏书庆等打锣拍镲，魏丙福拉头把，魏庆荣、魏木贵、魏书其等拉二把、二胡。文、武乐队阵营齐楚，男女演员行当齐全，使下合剧团又一次登上高峰，在本县的蟠龙、石门、大有，襄垣的西营、龙王堂一带演出，深受观众好评和喜爱。

1965 年后，魏新华、魏书法、魏水江及演员魏春梅等人有的外出工作，有的或外嫁他村，剧团走入低潮，时断时续。后来一批唱秧歌的青年演员，在正月间本村闹娱乐时发挥着骨干作用。

2014 年冬，下合村新一届领导班子重视农村文化工作，在支部书记、村长魏明的亲自组织和带动下，由支部委员魏小东担任团长，组织全村爱好文艺的老、中、青男女村民 40 多人，聘请秧歌名老艺人姚长旺到村教戏，排练了王充理新编的现代秧歌小剧《采访三仙姑》和古装戏《刘方舍子》《小姑贤》等戏曲节目。2015 年元宵节在本村演出，附近村庄群众闻讯赶来看戏，影响大，效果好。2015 年至 2017 年连续三年进县城参加消夏文艺晚会演出。在《刘方舍子》中扮演刘方的崔桂英、扮演张海棠的任桂花、扮演刘丹的武翠平、扮演刘子的魏燕，《采访三仙姑》剧中扮演三仙姑的赵小仙、扮演两个外甥女的魏翠平和李彩英，一个个嗓音清脆洪亮、唱腔地道。下合村业余秧歌剧团在新的时代又兴旺起来，为繁荣农村文化、传承武乡秧歌，都起到积极作用，是武乡县境内最有特色和代表性的一支农村文艺队伍。

监漳村秧歌剧团

抗日战争开始，监漳村党支部领导成立村剧团，宣传抗日救国，动员群众参军参战。本村农民艺人程志全编写抗日内容的小剧，供本村剧团演出。编演的有《兄弟争参军》《拥军模范》《捉汉奸》《做军鞋》等。当时的演员有魏书元、成新发、张发旺、魏庆海、暴银照等。农民艺人程志全能编能唱，演什么像什么，很受广大观众的好评，一度成为全县的先进农村文艺人才。太行文联主任高沐鸿同志看了他编写的演唱材料和他演唱的节目，曾要调他去太行文联，当时本村不愿放走这个人才。

从抗日战争到解放战争，本村剧团一直是全县有名的业余剧团，培养出不少如演员暴银照、司鼓成宝川、司琴任八孩、青年演员王先英、崔世英、暴菊梅、郝焕荣、崔爱香、崔秀莲、张够兰、崔兰香、任富英等优秀人才，分别在抗日战争和解放战争中参加了武乡光明剧团和翻身剧团。在解放战争中，本村剧团更加巩固和发展。演员的结构也发生了变化，增加了不少青年女演员。剧团演出的节目多数是自编自演，农民艺人程志全是编写骨干，也有引进的现成剧目，如《小二黑结婚》，女演员崔兰香在该剧中扮演的“小芹”，程志全扮演的“二诸葛”，曾轰动了全县和全边区。解放战争时期干部开始南下，本村剧团编演了秧歌剧《两对夫妻》，一家妻子鼓动丈夫积极报名参加南下，一家妻子拉丈夫的后腿不让报名，前者受到表扬，后者受到批评，有力地推进了南下动员工作。

新中国成立以后，村剧团在新的形势下又有新的发展。1951 年本村试办初级农业生产合作社，著名作家赵树理来村蹲点参与试办工作。为了引导广大农民群众逐步走上社会主义集体化道路，赵树理同志不失时机地紧紧抓住党的宣传工作这个关键。在村党支部的大力协助下，他把村剧团改制为俱乐部，俱乐部不仅有剧团演唱，还有读报组、板报组、编写组等。

20 世纪 60 年代，监漳秧歌剧团主要演出剧目有《游湖》《断桥》《逼上梁山》《游龟山》等。主要女演员有崔粉梅、魏桂英、暴何芬、暴兰花、暴玲娥；男演员有李水云、暴友旺、暴栓纣、张中唐等；文场乐员有崔金生、张中文、魏志成、暴玉珍等；武场口有暴德祥、成晋中、魏栋良、成志国。“文化大革命”开始后，古装戏禁演，村秧歌剧团改唱上党梆子和秧歌，也就是老艺人说的“风搅雪”，并且聘请县剧团欧绪龙、段志文来村指导。他们先后排练了《红灯记》《沙家浜》《黎明的河边》《三月三》等十几本现代戏。每逢春节唱四天七场。剧团的演职人员积极性高，冬天排练正月演出，从不计报酬。除在村里演出还要到榆社、左权等地演出，演出收入用于制作服装道具。在县剧团工作的任八孩、成宝川、段志文都是监漳人，他们经常参与本村剧团的排练，在他们的指导下，又引进和排练了《傅家营》《一院三家》《游乡》《追妻》《追驴》等剧目。1968 年至 1970 年，监漳秧歌剧团改称为监漳春光剧团，多次参加县城文艺调演并获嘉奖。

进入 70 年代后，原监漳村“戏芦坡”舞台被一场大火烧毁，剧团的服装道具、乐器一并化为灰烬，监漳剧团也就此解散了。

蟠龙村秧歌剧团

1942 年至 1943 年间，县光明剧团曾一度驻扎在蟠龙奶奶凹，边生产，边宣传。蟠龙秧歌剧团就是在此影响下成立，成为活跃在武东地区的一支业余文艺团体。

抗战时期，蟠龙村剧团演出主要剧目有《胡春花拥军》《王贵与李香香》《一条手巾》《两条心》《招待所》《赤叶河》等。剧团主要演员有郝斌、安定国、安培如、李开莲、娥儿、安书林、张万兆、安林秀、菊花等，任永旺任团长，郝斌任编导。

新中国成立后的 50 年代后期，剧团发展扩大，演出剧目大都是歌颂军民在抗日战争、解放战争中的英雄事迹。演出的主要剧目有反映蟠龙人民英勇抗日自编的《蟠龙血汗》，歌剧《刘胡兰》《三里湾》《勤俭持家》等，这时期的主要演职人员有安三孩、安正中、安中秀、张绪成、安丙青、安桃英、闫改梅、陈素兰、任永庆、贾云弟、武邦劳、李梦月、韩茂唐、王大方等。王大方、安正中任编导。

20 世纪 60 年代，是蟠龙秧歌剧团发展的高峰期。此时，剧团设备初具规模，演员生、旦、净、丑行当基本齐全，演职人员近 40 余人；乐队大大加强，结合样板戏音乐，大胆改革创新。是当时武东地区乃至榆社、左权颇有影响，又深受群众喜爱的一支秧歌剧团。时任团长范致祥，编导安金书、安青友；操琴贾进才，司鼓韩有义。主要演员有安金书、安青友、张绪成、范致祥、安斌如、武海旺、安丙青、安丙书、安青莲、潘爱英、潘彩英、王先平、高焕英、安存秀、安保书、安巨田、郝林中、武宝朴、胡建国等。乐队有韩有义、贾进才、安国祥、韩海旺、王伏祥、安斌如、安正中、任丙珍、安青友、武海旺、郝爱国等。演出剧目有现代戏《红灯记》

《沙家浜》《智取威虎山》《白毛女》《小二黑结婚》《三月三》《红嫂》《红心朝阳》《两兄弟》《两队长》《乘胜前进》等。

80年代后，蟠龙剧团又有新人辈出，主要有孙小红、安爱国、安玉文、安重瑞、高焕英、吴月娥、潘花英等。此时的编剧为安斌如、武海旺、赵天留等。

蟠龙秧歌剧团有四大特点：一是唱腔刚直浑厚，尤其独创闪板别具一格（唱腔上句后半句、下句开头闪半拍）；二是演出剧目多为反映时代精神的现代戏；三是自发自觉精神强，尤其是老艺人们，从不计较报酬，甚至自筹资金发展剧团；四是家族参与性强，即一家几口人同时参加剧团的就有10余户。蟠龙秧歌剧团多次受到上级的支持与表扬，尤其是自编自演的《送子参军》《勤俭持家》《乘胜前进》《两队长》等剧目曾受到县里嘉奖。

近年来，随着农村文化事业的发展，蟠龙秧歌剧团也正在恢复演出。

东沟村秧歌剧团

清同治年间，东沟村就有一个半职业旧戏班。戏东家王辅，家资盈富，性格豪放，崇文尚武，家中既开拳房，又办戏班。农闲时，他招聚本村或附近村庄的青少年，有的演戏，有的练拳。他的戏班，初始只唱上党梆子和皮簧。十八村秧歌戏班问世，武乡秧歌风靡襄、武、沁、辽、榆五县，各地民众喜爱。王辅便请在十八村秧歌班唱戏的吴六四和马七斤来家传教武乡秧歌。先后排出了秧歌戏《河灯会》《绿林庄》《杀子报》等剧目，加之原有的《东门会》《收宫杀院》《五台会兄》等梆子和皮簧剧目，共有十几本拿手好戏，每到一地演出，都能受到观众好评。光绪年间，义和团举义旗抗击外国侵略，王辅便带领戏班和拳房里的青壮年参加了义和团，被慈禧太后授予“奉政大夫”（见东沟村王姓家谱：王辅诰授奉政大夫），他就成为义和团在武乡的领军人物。义和团失败后，他被白家庄天主教神父、天主教徒追捕，只好逃离故土，他的戏班也就停止了演出。后来事态平息，王辅回乡安居，抑郁而逝。原戏班唱主角的王宣恒、王云则，唱旦角的王福保、王增云，唱二花脸的王先良，打鼓板的王黑云，拉头把的王绑纣等东沟村的唱戏把式，相约东沟村附近村庄原在本戏班演员安琚林、王会孩、关贵成等人重新建团，在武乡东部山区演唱秧歌、梆子戏。

民国23年（1934），在剧团前辈的影响下，东沟村又出现一批年轻唱戏新手。唱须生的王水木、王专才，唱小生的王兴旺，唱大净的王生北，唱丑角的王海当，唱老旦的王如明，唱小丑青衣的王伏水、王二孩，文武场口的王四孩、王三孩、王贵新、王东河、王来贵、王德成等，加上原戏班还健在的安琚林、王会孩、关贵成等名人，由王宣恒挑班，又拉起一个行当齐全、阵营整齐的秧歌戏班。尤其是离东沟村八里远的西沟岭村的李海水、李丙水弟兄二人，都是东沟村女婿，也参加到东沟剧团唱戏。李海水当时已是誉满武乡、襄垣的好把式，生、旦、净、丑都能为之，文武场口无所不会，有他来帮衬，东沟剧团锦上添花，唱一台响一台，走一处红一处，东沟剧团誉满沁、潞、辽三州各县。

抗日战争时期，王宣恒参加革命，武东抗日政府委派他组建县剧团，担任了光明剧团首任团长。东沟剧团的王三孩、王四孩、王晋文和李海水也跟他到了光明剧团，东沟剧团停止了活动。王宣恒在剧团只住了一年半时间被调到了洪水区担任区长。抗战胜利，王宣恒主动辞职，回村担任村长。回村后，他又组织起本村的演员，成立了新型农村业余剧团，也像县剧团一样排演新剧目。先后排演了揭露国民党黑暗统治的《官逼民反》《血泪仇》《圈套》等剧目。宣传教育民众紧跟共产党，解放全中国。新中国成立后，东沟剧团新进一批男女青年演员，新排了《王贵与李香香》，由王兴旺扮演王贵，王改云扮演李香香，王翠莲扮演刘二妈，王够莲扮演二妮，王拴劳扮演崔二爷，王海当扮演二狗，王义红扮演大秃，王生北扮演匪连长。王贵新打鼓板，王怀玉打锣，王兰纣小锣，王贵中拍镲，王东河拉头把领场，王来贵拉二把，王德成弹月琴，王全孩吹笙。正所谓珠联璧合，人尽其才。原唱的传统戏和现代戏，剧中的女角色也都换成女演员，东沟村业余秧歌剧团又进入鼎盛兴旺时期，1956 年前后，王东河、王改云、王翠莲、王仙花先后被县剧团招收，因演员短缺，东沟剧团不能演大戏了，少数人坚持正月间在本村自娱自乐，到 1959 年停止了演出活动。

1963 年冬季，由王兰新发起，村支书王凤鸣亲自组织，村干部、党员王怀玉、王怀珠、吴焕香积极参与，王东河、王贵中、王兰纣、王先来、武文玉（女）、王书先和还在上初中的王焕桃，排演出了王兰新自编的几个现代小戏和移植剧目《三月三》，春节元宵至二月二在本村和附近村庄演出。

1965 年，还在上初中的王充理，根据连环画《游击队员柳小猛》和中小学语文书上的《鸡毛信》《半夜鸡叫》等故事编写了几个秧歌小剧，每逢秋冬季假期，他召集村中少年儿童，在学校教室排练。1966 年元宵节登台演出，受到大人们好评，得到村干部和家长们的全力支持，更加增添了信心和干劲。一鼓作气先后又排出了当时流行的现代样板戏《红灯记》《白毛女》《沙家浜》和大人们唱过的《三月三》。吸引村领导和原剧团的演员们也积极参与进来，组建起一个老、中、青、少结合的农村业余剧团。王充理既当导演，又拉头二把。主要演员王书明扮演李玉和、郭建光、杨大春、杨大良；王荷英扮演李铁海、喜儿、阿庆嫂、桂芳；王福祥扮演鸠山、杨白劳、刁德一；王书平扮演王连举、黄世仁、吴宝财；王文先扮演磨刀人、赵大叔、叶排长；王进德扮演伍长、黄世仁母、胡司令和《三月三》中的刁连长；王爱平扮演李奶奶、沙奶奶，还反串《三月三》剧中的男主角周洪亮；王曲英扮演桂莲和《三月三》剧中的刘英；王存维扮演穆仁智、假交通员等反面三花角色；还有王凤福、王拴江、王福田、王千则、王爱仙、韩淑贞、王菊芬等男女演员。文场口王东河、王怀江、王福田、王绪成；武场口王怀玉、王玉峰、王山则、王贵中等参与伴奏。东沟村业余秧歌剧团又振兴起来。

1968年冬季，河北涉县一个小落子剧团在东沟村唱了一本《大凤和二凤》的新戏，很有剧场效果。王充理就想抄上人家剧本移植成秧歌戏唱。问人家要不上原剧本，充理就让村干部出面要求人家加演一场该剧。第二次演出时，他拿着笔和笔记本坐在最前面，把每场出场人物的先后顺序和每句唱词的大概内容硬记下来，然后编填唱词，把剧本整理出来，易剧名为《双生女儿》。本剧的大概情节是有一对双胞胎姐妹，姐姐大凤，好逸恶劳，贪图享受，悔婚不嫁同村勤劳朴实的青年农民张华，嫁给一个投机倒把分子胡有才。妹妹二凤勤劳贤惠，和张华在生产队积极劳动，互相爱慕，结为夫妻，双双出席县劳模会，受到社会尊重。在老支书的培养下，一个担任了民兵连长，一个担任了妇联主任。胡有才投机倒把触犯刑律被捕判刑。大凤跑回娘家，在张华和二凤的帮助下，改变成一个勤劳上进的好社员。充理既当导演又领场伴奏，王福祥司鼓，王凤福扮演张华，王曲英扮演二凤，王荷英扮演大凤，王书明扮演老支书，王爱仙扮演大、二凤母亲，韩淑贞扮演张华妈，马上进入了排练。1969年正月，《双生女儿》搬上舞台，受到本村父老乡亲一致好评和公社领导的高度赞扬。当时各县剧团和农村剧团都是只演《红灯记》《沙家浜》等八本样板戏，东沟剧团因为排演有《双生女儿》和《三月三》两本人们没看过的戏，1968年至1969年的正、二月上门定戏者络绎不绝，几乎从正月十六出台到二月十几连续在外演出一个多月，又是唱一台响一台，走一处红一处，东沟剧团誉满武乡东部山区和榆社、左权不少村庄。

1970年，王充理参加县秧歌剧团，王书平、王凤福、王玉峰参军入伍，王荷英、王爱平、王曲英等女演员有的参加工作，有的出嫁离村，东沟剧团小打小闹，只在每年正月排点现代小戏，在东沟本村自娱自乐。1984年，曾排演了东沟公社党委秘书魏新华编的秧歌小剧《好亲家》。1986年排演了王充理编导的《假孕妇智破活神仙》等小戏。连续四年进县城参加春节文艺会演，荣获一等奖三次、三等奖一次。1991年，东沟剧团完全解散。

石门村秧歌剧团

石门村位于武乡县东部，是武乡通往黎城、涉县的古官道，自古有著名的石门隘口。明清时期，是武乡县东门外第一大村，人口千余。古有唱戏之风，曾有几大庙会，以四月初一三官庙会最有影响。

清末民初，班社林立，秧歌大兴。石门村富户郝根兰家资丰厚，见戏班有利可图，便出资供起秧歌戏班——乐成班。郝根兰是清末的武秀才，武功高强，身手不凡，曾跟着马八姐、霍焕到山东捉过响马。戏班邀来十八村秧歌班的名师指点，大部分演员来自本村，很快排成大戏，在武乡东部、襄垣、辽县、黎城、涉县演出。后来因在温庄杏黄沟经办煤矿，精力全用在了办矿上，对戏班疏于管理，经营不好而解散。乐成班存在时间不长，但为石门村培养了一批优秀演员。

在战火纷飞的抗战岁月里，石门村喜爱唱歌的人越来越多，他们经常自己编排一些小折子戏，在无场地、无伴奏的情况下演唱。比如 1940 年冬，百团大战的关家垴战斗打响，石门村清泉寺设为战地医院，很多伤员抬下来在这里进行治疗。村党支部书记秦丰年就组织几个人以开花、快板、秧歌清唱等形式，到野战医院慰问伤员。1944 年 3 月，蟠龙围困战胜利后，太行三分区在蟠龙镇举行万人庆功大会表彰英雄。石门村组织了慰问队到会表演，受到军分区领导的赞扬。

就在这年夏天，在太行三专署和武乡县抗日政府的扶持下，石门剧团又应运而生。村党支部书记秦丰年任团长，主要演员有大生郝晋芳、郝拴纣，小生王牛孩、张印孩，旦角郝富贵、郝新林、陈水清、卫秀花，黑角郝臭小，二花郝金炎，武丑窦珍荣。还有张改转、卫林木、郝二孩、卫林旺、郝发旺、关金花、张金中、陈臭红、米雪花等也是比较好的演员。东场口秦丰年、陈福贵、郝高生、卫炎模等，西场口冯旦孩、郝四孩、米云林等，大衣箱卫金书。

该剧团排演的主要大本戏有《红娘子》《清河镇》《四郎探母》《落花计》《白玉簪》《河灯会》《坡前会》《八郎回朝》《赵兰英进京》《东门会》《小姑贤》《高山上坟》等，也排过《胡春花拥军》《劳动英雄李马保》等宣传抗战的新戏。剧团培养出一批名演员，特别是生角郝晋芳，艺名“一声笑”，大生、小生、老生均可出演，站在台上面带微笑，脸部戏份十足，常会引起观众阵阵掌声；卫秀花是当时为数不多的女演员之一，艺名“一朵云”，唱腔委婉，嗓音独特，曾有“石门‘一朵云’，遮了大有‘满天星’‘一朵云’，亮腔音，赛过下合郑桃英”等赞誉。在《赵兰英进京》中扮演的赵兰英成为一绝。陈水清扮演的老旦佘太君，也曾叫响三县。特别是他记忆力超强，当时演员文盲居多，他能把许多剧本倒背如流，排戏时都是靠口传授。著名作家赵树理曾几次下乡到石门村，因他非常喜爱戏曲，每到石门总是要和剧团的人们进行交流，还常常亲自打鼓板示范。

石门剧团在洪水镇庆祝抗战胜利纪念大会上唱响，当下就有左权、榆社等地的领导邀请前往演出。之后，曾先后到左权、榆社、黎城、襄垣、和顺、涉县等地，广受欢迎。1945 年曾获武乡二区（蟠龙）会演第一名。该剧团在 20 世纪五六十年代，仍然常到外地演出，每年冬季都会用月余时间排戏。70 年代又排了《红灯记》《沙家浜》《智取威虎山》等样板戏，以及《三上桃峰》等，山西省歌舞剧院著名音乐家李秉衡，曾在该村蹲点月余，对村里的剧团进行了指导，各方面有了长进。这期间又有一批年轻演员涌现出来，如郝二帮、郝水平、郝晋平、陈爱明、吉树先、卫玉英、陈兴田等。到 80 年代，恢复上演古装戏，村里的老艺人一个个跃跃欲试，都建议重排老戏，又排演了《河灯会》《清河镇》《小姑贤》《高山上坟》等，广受观众喜爱。直到 90 年代末，随着年轻人进城打工，村里的青年减少，一些骨干演员也外出打工，剧团才停演。随着习总书记文艺座谈会讲话精神的全面贯彻，农村文艺再次活跃。现在石门村的文艺活动又以新的形式出现，从原来的秧歌剧团，改为有歌舞、快板、文社火、秧歌清唱等。2015

年还排演了新编秧歌戏《太行情》并制作成光盘，武乡电视台来村录制大型文化栏目《俺们这个文化村——走进石门村》，播放后观众反映良好。面向全县观众，石门农村文艺工作走向了一个新台阶，他们还在为武乡秧歌的振兴孜孜不倦地努力着。

苏峪村秧歌剧团

苏峪村地处蟠洪河畔，自古以来就有唱戏之风。相传，清末村中富户曾供有 3 个戏班，后因家道中落，三戏班行戏三年不向东家交账，引起李氏疑虑，遂演绎了一段三寡妇下山东追回戏班的佳话，在乡间广为流传。同时村中还有清嘉庆年间舞台壁记，给传说加以佐证。由此看到苏峪村百多年前就三班同立，戏剧成风，俨然一个戏曲之乡。

抗战开始后，为宣传革命思想，武乡农村出现了“人人把台上，村村锣鼓响”的新文艺热潮，也就是在这个时候——苏峪村农村剧团应运而生。

1941 年农历九月初二，苏峪农村剧团正式成立，由共产党员胡炳旺担任团长。其他演职员为郝协（编剧）、郝耀（鼓师）、郝银昌（刀马旦）、郝忠（须生）、翟秀良（大生）、陈巨金（头把）、申来香（小旦），以上均为共产党员及李双德（大锣兼二花）、关银书（小锣）、李富尧、李炳林（小生）、李名德、李五德（大花）、李祥、李有所（武生）；道具吕海金、白楷、李金登等 19 人，聚集在本村东圪廊黑龙爷神篷处，于当年冬天开始排戏。并邀请名花脸关水云（关家垴村人）来村教戏。首先排练了武乡秧歌传统剧《青峰山》《刘芳舍子》《偷南瓜》《打玻璃》等小戏。接着又排了大型剧目《忠保国》，其中李炳林饰李彦妃、李双德饰徐彦昭、郝忠饰杨波、郝银昌饰徐小姐、李五德饰李良，众家儿郎由李有所、李名德、李祥、李富尧等饰演。因为这些人中大部分都是战前自乐班的成员，排戏对他们来说是熟能生巧，只熟悉一下台词即可登台演出。接着又在春节前排出了上党二簧《打金枝》，便于春节后到附近村庄演出，观众好评如潮，都夸苏峪村剧团闹得好。

1942 年后半年，郝耀、郝协、翟秀良因革命工作需要调离本村，为充实剧团力量，又有村民郝金林（小丑）、李桂林（青衣）、郝英、史来香等人参加村剧团。同年排出了《涉县任巨午》，翟秀良饰任巨午、李桂林饰任夫人，李双德、郝英、陈巨金饰若干工作人员。《腊梅互助组》，李桂林饰腊梅，郝金林、李双德饰互助成员。编剧郝协，道具吕海金，鼓师为已参加县光明剧团的郝国传。他回乡正遇上排戏，不顾演出劳累，亲自执导。1943 年后，剧团相继排练了《社员组织》《提高警惕》《五女争功》《纺织模范》《小二黑结婚》《一贯道》《人民大拥军》《王贵与李香香》等十几本现代戏，这些戏大部分来源于太行山剧团三分团和武乡县光明剧团。像《郝涌昌参军》《场儿老人》《洪河杀敌》等戏就是由剧团的李云旺、李金土二位根据村中真人真事所编写的。其中《洪河杀敌》一剧还参加了 1946 年县里组织的文艺大会演，获得第二名的好成绩。《社员组织》在 1944 年获武乡一区（洪水）会演第一名、全县第三名。

1948 年，正当《王贵与李香香》唱响太行山时，苏峪村剧团的人们早按捺不住排此戏的激动心情。恰好，春节前太行文工团编导张万一在郝国传陪同下来到苏峪村，在全团人员和郝国传的一致要求下，张万一碍于情面，用一个晚上为主要演员作了简单介绍，并再三叮嘱国传师傅："老郝，你肚子里比我戏多，也比我懂得多，有时间尽量多帮帮农村剧团。"郝师傅满口应允下来。该剧由任庆祥饰王贵，王爱兰饰李香香，郝金林饰崔二爷，李国忠饰王麻子，郝银昌饰二妈，李有锁饰香香父，李双德饰马孩，李桂林饰张队长，段玉书饰大秃，李五德饰二狗。经过 15 天演职人员的共同努力，该剧顺利出炉，巡演于周边村庄，广受观众欢迎。1949 年，为迎接国庆大典，排练了《一贯道》。该剧由翟自林饰道头，郝金林饰道徒，李桂林饰民兵，陈巨金饰村长，李双德、关银书饰解放军；道具郝生贵，司鼓郝存法。此剧一上演便引起轰动，百姓大骂特务汉奸，轰动戏场。

新中国成立后到1966年，苏峪剧团一直演出，相继进团的有李改花（老旦）、杨个香、李书冒、李中田、李爱香、郝书林、李乃小、李江江等人。先后排练了适应时代的小戏《参加农业社》《大食堂好》以及《山村姐妹》《社长的女儿》等。其中尤数《新风店》最好，由郝书林饰青山，李爱香饰杨爱莲，李乃小饰青山父，李书冒饰青山母，参加武乡县国庆十周年文艺大会演，受到县领导嘉奖。“文化大革命”期间，苏峪村剧团原班人马回各生产小队参加劳动，演出停止。

到1971年，时任支书、原剧团演员郝金林不忍心看着红了几十年的村剧团从此什么也没有了，便托关系找门路，从长治买回来二道幕及条幕，并请村里女巧人李贵梅绣上“武乡县苏峪农村剧团”九个镶金大字，落款为1971年元旦。重新组建剧团后，由郝书林担任团长，副团长李玉峰，导演芦中义。这时的演职人员有李爱国、李爱桃、李月莲、史如英、李中朝、杜爱民、关秀中、李秀明、陈足清、王拴庆、段振卫、段宝文、郝月生、陈足民等。乐队是1964年四清时组织的一批学员，他们是郝全忠、白希尧、郝发春、魏云书等。在此阵营下先后排出了革命样板戏《红灯记》《沙家浜》。由李爱国主演李玉和，李爱桃饰演铁梅，李月莲饰李奶奶；《沙家浜》由李爱国饰郭队长，李爱桃饰阿庆嫂，李月莲饰沙奶奶，史如英饰胡司令，芦中义饰刘副官，李中朝饰刁德一，杜爱民饰刁小三，关秀中饰翻译官，李秀明饰医生，陈足青饰四龙，王拴庆、段宝文、段振卫、李玉峰饰伤病员。后来又排出了《王曹霞》和《好人家》两剧，《王曹霞》由李爱桃饰王曹霞，李爱国饰王玉清，李月莲饰李大娘，芦中义饰六牟。四剧本均来源于武乡县文化馆，由李存祥馆长和芦中义导演，司鼓郝月生，头把陈足民，灯光设计李玉峰。并分别于1972年至1975年连续四年参加全县文艺会演，分获二、三名。1975年正月十二《王曹霞》县城演出捧奖而归后，苏峪农村剧团因人员流动大，又没有后起之秀来充实演出队伍而解体。

2015年，随着农村文艺再次活跃，时隔40年后，当年的演职员自发参与组建了苏峪文艺宣传队，由芦忠义担任团长。参与人员有李爱国、陈足明、白希尧、李月莲、李王英、白秀平、霍秀萍、李水平、魏东芳等，先后排练了武乡秧歌《小二黑结婚》第四场与第七场、歌剧《白毛女》等选段，连续两届参加洪水镇政府主办的元宵节文艺晚会苏峪专场演出。并于2015年农历四月十八，苏峪村古庙会之际，武乡电视台来村录制大型文化栏目《俺们这个文化村——走进苏峪村》，接着又录制了2016年元宵节苏峪村文艺晚会，几个秧歌小段位列其中，在武乡广播电视台播放后，观众好评如潮。面向全县观众，苏峪农村文艺工作走上了一个新台阶。

白和村秧歌剧团

在白和村的佛爷庙里，至今保存着两个戏箱。它的表面已经斑驳脱落，无棱无角，伤损累累的痕迹彰显出它的风雨沧桑，记录下白和业余剧团曾经的过往。白和人学唱戏演戏源于孙贵成。这个出身穷苦人家的孩子从小就被送到和顺山上当放牛娃、扛长工。一生豁达豪爽，结识了不少朋友，在朋友的帮助下开始学习演戏，主攻花旦。凭着自身悟性和一副好嗓音，竟然唱红周边地区，当然收入也不再是当佣工时代了。在他经济有了一定基础后，便“衣锦还乡”，买地、盖房、娶妻、耕作。同时他没有忘记唱戏这一本行，农闲季节组织村上年轻人学戏。至此三人一伙、五人一行，吹拉弹唱，自编自演，逢年过节给村人演出些小型戏剧节目，渲染下节日气氛，为剧团的建立奠定了基础。

时代营造环境，环境改变人生。抗战开始，八路军部队进驻白和村，村剧团在村党组织、八路军部队的支持下，在共产党员孙海清、梁尧春的组织下，应运而生。不过，这时的剧团在性质上已发生了极大变化。剧团不仅仅是群众观赏、消遣的民间文化艺术组织，而且成为宣传群众、发动群众、团结群众共同抗日的强大机器。她不仅仅培养造就了一代代村间戏剧艺术人才，而且在成长中凝聚提炼出弥足珍贵的一种精神，并使得这种精神一直在延续传承。

剧团的最初阶段演出的是传统剧目如《三女婿上寿》《刘芳卖子》《皇嫂骂殿》等。随着抗战形势的发展，一批以抗战为题材的现代戏，如《血泪仇》《打马牧》《小二黑结婚》《王贵李香香》等取代了传统古装戏而占领舞台，一切为了抗战成为剧团的演出宗旨。

剧团在烽火中逐渐走向成熟，演出剧目不再拘泥于外来剧本，转而自编自演身边的人、身边的事。以小学教师张方堂、木匠武安州为代表的编剧兼导演队伍迅速成长，编写、导演了不少发生在群众之中反映抗战的小剧目，真实感人，深受观众好评，收到了很好的宣传效果。剧团的演职人员也迅速扩张到 50 多人，达到历史高峰，“生旦净丑，东西两场”应有尽有；“家家都有唱戏人，台上辈分分不清”是当时的真实写照。白绑纣、孙兴银、李焕焕、孙栓纣、李贵梅、冯桂莲等一批优秀演员脱颖而出。孙会云、梁汉成执掌琴、鼓两场。白和剧团人才荟萃，形成规模。

剧团登峰造极时期是 1945 年至 1947 年间。1945 年张方堂以本村青年成森参军的真人真事为原型创作了秧歌剧《成森参军》。本剧经过武安州、梁二祥精心导演，演员们艰苦排练，打造成艺术精品，经区、县的层层选拔，最终被推选到当时晋冀鲁豫边区在河北省涉县温村举办的边区文艺会演。演出非常成功，在整个边区获得第三名，授奖旗一面。1947 年村剧团在武乡县元宵文艺会演中又一举夺得第一名。

新中国成立后的五六十年代初，以孙芝兰、孙树珍、庞金云、高先桃等第二代新秀顺利走向前台，剧团唱腔也改为上党落子。之后，到了“文革”期间，剧团迎来第二个高潮。首先是第三代演员实现了新老交替，武国华、魏树先、韩焕桃、任三全、郭春堂、孙国珍等成为表演台柱子，梁太民等音乐人回归，乐队更充实强大。由于时代的要求，剧团演出多为革命样板戏，《红灯记》《智取威虎山》《沙家浜》等大型剧目也都排练下来，并且表演得有声有色，演出范围除周边村庄外，还扩展至左权、榆社、黎城等地。在当时文化生活极端贫乏的时代，白和村剧团无疑给群众带来了欢乐，同时也为剧团增加了点小收入。

1976年，周恩来总理、朱德委员长、毛泽东主席相继逝世，举国同悲，为了表达对领袖的敬仰和悼念，剧团停止了排戏和演戏。至此人员解散，再未恢复。

白和村业余剧团走过了40年的历史，让我惊叹的是，40年间剧团几代演职人员付出的心血难于估算，但有一点可以肯定，他们从来没有得到过一分钱的报酬，没有挣过集体一分工。40年间剧团的服装、道具、乐器、幕布、布景全凭村民捐助和剧团外出演出收的微薄小费一件一件积攒起来的。他们用马尾做弓，牛皮做鼓，鞋帮作灯照明，废铁烂铜换锣、钹；他们白天上地劳动，晚上来不及抖落身上的尘土，就聚集在一起排练；他们排练没有固定场所，谁家有闲房到谁家，从不讲条件；大山是他们吊嗓的地方，劳动是练习身段的机会。正是在追求艺术的征程中锤炼出了精神，精神又转化为动力，一茬续一茬，一代接一代，赓续不断，发扬光大。

和顺古窑村秧歌剧团

古窑村是和顺县喂马乡一个小村，位居和顺县南端，207国道旁，和左权县紧相毗邻。全村28户人家，150多人就有82人唱过戏。古窑村古来就开着小煤窑，村民们靠挖煤赚钱养家糊口。粮食盛产玉米、莜麦、山药蛋、胡萝卜。所以外村人说古窑人是：“古窑村人有三爱，挖煤唱戏种山菜。”特别到党的十一届三中全会之后，古窑村人勤劳致富，人均收入逐年翻番。村富了，人富了，村领导在全村群众的呼吁声中，又重新置买了戏装，业余剧团办得更加红火起来。两个文明在古窑村是确确实实实现了。

古窑村开始唱戏，早在民国二十一年（1932）。凡开煤窑的地方都要供奉太上老君，在和顺、左权和武乡都有这样一个说法：“老君爷爱看武乡秧歌搅宫调，不爱看涉县平调武安落。”古窑村有一年唱了黎城县一家落子戏，恰逢那年煤窑上出了几次事故，村里人就更相信这句传言了。为了每年确保给老君爷唱一台秧歌搅宫调戏，全村青壮年停下工四处搭戏，有时也搭不上。后来有人建议本村成立秧歌戏班，既不用远路搭戏，还能起到自娱自乐的作用。

1932年10月，古窑村戏班建立。当时全村仅有24户人家，70多口人，又不像后来那么富裕，靠自己集资买行头，户交银圆20块。有钱的出钱，没钱的变卖粮食蔬菜，还有人自己下煤窑挖上煤出村卖煤凑钱，凑足后买回了戏箱。又从武乡请来教戏的师傅，全村8—70岁的男人都参加了进去。有爷孙父子关系的；有叔侄兄弟关系的，同拜在师傅面前当徒弟学戏。满共不到30人，排演一些生活小戏，诸如《偷南瓜》《摘豆角》《借圪枝》《打玻璃》等。过了四五年，戏班比较有了点基础，在农历正、二月间还到邻村演出。正当大家信心更加充足的时候，日本侵略军占了华北，经常有日伪军来村骚扰，戏班也就活动很少了。抗战胜利后，戏班恢复活动，先后又从武乡、襄垣、左权请来张新尧、刘新书、赵满宏等教师来村教戏。剧目增添了《刘墉访山东》《访苏州》等五六本大戏，正、二月间还到左权、榆社等外县村庄演出，很受观众欢迎。唱旦角的朱乃林，唱生的朱万富、朱天云，唱丑角的梁大侉、领头把的朱银元等都有了点名气，成为戏班的骨干。每年腊月排练，正、二月活动演出。到十年动乱时期，传统戏被禁锢，排演一些“样板戏”选场选段和小型现代剧目，过年过节在自己村里自唱自乐。

古窑剧团最兴旺的时期是在党的十一届三中全会之后，老支书朱万富和主任杨三牛、会计朱喜云作后盾大力支持，涌现出了一批优秀的中、青年演员：杨云仙、朱爱秀、梁彩仙、杨玉仙等十几名女青年学演小生、小旦、青衣、老旦等门头，她们个码相差不多，一个个标致苗条，秀丽俊美，化妆出来更增添了不少风韵，就是和一般的县剧团女演员站起队来比较，一点也不逊色。男演员杨永胜、梁守礼、朱玉成、杨永茂、朱海江、朱江云、米小恩、朱二孩分别演唱生、净、丑行当角色，无论唱、念、做、打，都能到位。乐队朱喜林、朱爱忠、梁守仁、朱海林、朱桃林等技艺娴熟，功夫到家。尤其是从武乡县剧团请来有国家二级编剧职称的王充理和三级演员职称的常效平、姚长旺来村教戏，编排了宣传法制和计划生育方面内容的现代小戏，又排演了王充理编导的古装戏《岳飞挂帅》《忠义缘》和现代戏《娘随驴去》，以及武乡秧歌代表剧目《小二黑结婚》等剧，使古窑农村剧团有了一个飞跃发展。从 1982 年到 1985 年连续几年代表喂马乡进和顺城参加春节元宵文艺会演竞赛，都被评为一等演出团，杨云仙、朱爱秀、杨永生、梁彩仙被评为优秀演员。和顺县宣传部、文化局很重视古窑业余剧团，特地给他们办理了营业性演出许可证，准许到外地区、市、县演出，曾先后在左权、榆社、襄垣、长治等县市演出 200 多场次，受到了各市、县人民群众一致好评。

总结古窑业余剧团从新中国成立前的旧半职业戏班到 2000 年后的新型业余剧团，80 年的演出历史，为和顺县、喂马乡以及古窑村，提高和扩大了知名度和影响，积极配合党和政府在各个历史时期的中心工作，宣传人民、教育人民和陶冶人民群众的情操，丰富人民群众的文化生活，都起到了积极的作用。现在党中央提出文化大发展、大繁荣，古窑村党支部和村委会，积极贯彻落实中央精神，紧跟党中央战略部署，发扬优良传统，利用本村的文化基础和人才，大力发展文化产业，为国家文化大发展、大繁荣作出了应有的贡献。

东堡村剧团

东堡村解放剧团在革命战争年月很有名气，为抗日救国和人民解放事业的胜利起到了积极的宣传鼓动作用。

这个剧团组建于 1944 年的春天。当时只有十七八人，没有一分经费，只凭一颗抗日救国的红心，本着不给村公所增加麻烦的原则，他们参加剧团工作，除一分钱不挣、一个工分不补外，还自愿从自己家里拿出粮食和现钱为剧团购买服装道具和乐器、纸张、灯油……没有剧本，自己编写。内容都是本村发展生产、支前、参战、拥军优属等方面的故事。歌颂劳动模范、战斗英雄以及各方面的先进人和先进事。他们编写的第一个剧目《招待所》，内容是反映本村妇女争当拥军模范、殷勤招待和护理过路的八路军伤病员的故事，情节虽然简单，但场面生动感人。演出以后，全村群众拍手称赞。说他们实实在在唱出了农民群众抗日救国的心声。同时受到区政府的表扬奖励和对剧团的大力支持。剧团旗开得胜，在群众心目中产生了一定的威望。

本村有个生产队工作有声有色，在太行区第一届群英会上得了奖，剧团即刻动手，根据他们在互助生产中的典型事迹，编写了剧本《红旗大队》，通过排练，演出非常成功。1945 年正月全县农村剧团演出竞赛大会，东堡村解放剧团荣获冠军，剧团的威望大大提高。于是方圆十里八村纷纷请他们去演出。村上不少爱好文娱的青年男女都争着报名参加剧团工作，由原来的十七八人增加到二十五六人。史二海不会唱戏，也积极要求参加剧团，他说："咱虽然笨手笨脚，不会唱不会打，可咱年轻力壮，担个水、跑个腿，看火打扫，搬个桌凳，保证能干好。"因为想参加的人太多，剧团还组织了一批预备团员作为候补待用。

1944 年、1945 年大反攻时，村上接连牺牲了好几位战士，一些烈军属情绪低落，扩军工作受到影响。剧团立即动手编写了剧本《追悼会》。剧中指出，为革命事业牺牲是无上光荣的、伟大的。同时突出了拥军优属工作，剧中塑造了一户烈属的先进典型，被尊为"英雄的妈妈"。通过演出，群众的优抚意识更加强烈，村上的优抚工作更加出色，烈军属的思想情绪大大好转。于是在村上又掀起了一次参军热潮，史秀虎等 9 名青年积极报名参军。

剧团组建以后，经历了抗日战争、解放战争和土地改革运动。他们紧紧围绕党的中心工作编写剧本和登台演出，先后创作了近20个剧本，如《招待所》《三锁家庭》《红旗大队》《追悼会》《史兰珍翻身》《劝素兰》《劝母亲》《史福利组》等。每个剧目的演出，都收到了很好的效果。如《招待所》演出时，正值村上发动拥军运动。人们说，人家妇女都能当拥军模范，难道咱还能落后？村民们争相从家里把好吃的好穿的拿出来去拥军。有个守了多年庙的和尚刘心玉老汉，时刻不忘八路军从鬼子的刺刀底下救了他的命，情愿把自己养的一只肥羊送给了军队。年近50岁的妇女刘春莲家里保存着5升白面，一直舍不得吃，她情愿全家吃糠咽菜，把5升白面捏成饺子送到招待所给八路军伤病员吃了。当时东堡村的水果奇缺，人们不仅吃不到而且也见不着。中秋节前，妇女史仙则有个外地亲戚给她捎来一篮子水灵灵的葡萄，她一个也舍不得吃，也全部送给八路军的伤病员吃了。人们说，剧团唱得多动听，真正唱出了老百姓的心里话：八路军是咱的子弟兵，流血牺牲立战功，痛杀日军小鬼子，解救咱们老百姓，我们快快去拥军……

本村李生望的母亲，一见媳妇就恼火，婆媳关系很坏。剧团上演《劝母亲》时，她的女儿李娥纡扮演一个在家受气的小媳妇，老人看了戏很受感动，感觉本人有错，娥纡又再三对她劝说。从此，老人来了个大转变，婆媳关系和谐了。

东堡村剧团编演的剧目由于紧密联系现实斗争，又多数取材于本村的典型事和典型人，唱词通俗耐听，表演动作真实自然，所以深受农民群众的欢迎，在群众中扎了根。凡他们登台演出，群众便自动给剧团送硬柴、送煤炭、送灯油，有的还送米面、挂面、鸡蛋、纸烟……

剧团的演出大大推动了扩军、支前和全村农业生产的发展，剧团成为村党支部一支有力的宣传大军。由于他们唱响了全村，东堡村的各项工作在全区甚至武乡全县都很有名气，令周围各村的人们羡慕不已。于是不少村镇来东堡订戏，请他们去演出，有时来的人家多了还得排队等待。区县两级政府多次表彰和鼓励，还给他们送了锦旗，区政府的锦旗上写着“人民的镜子”，县政府的锦旗上写着“文娱先锋”，如此高度赞扬他们。1947年7月13日《人民日报》发表专题文章，详细介绍了东堡村解放剧团的成长过程和他们的先进事迹。从此，东堡村剧团成为全县农村剧团的一面旗帜。

大陌村剧团

大陌村，古来就有半职业性的戏班，曾出过刘四、刘俊明两位有名的秧歌戏旦角。曾在旧戏班住过的还有刘珍福、刘凤鸣、刘金有、郝小孩等。后来这个戏班解体，刘四、刘俊明、刘凤鸣、刘珍福都到了外县或外村的职业戏班，大陌村戏班从此就不存在了。

1938年，八路军总部住在了离大陌村二里远的砖壁村。八路军首长为了利用文艺宣传来教育人民起来抗日卫国，号召各村庄都大搞文艺活动。正好这时刘珍福、刘凤鸣因戏班散伙也回到了村里，就主动担任教师，组织村里十八九岁的男女青年，成立起了剧团。

大陌剧团在抗日烽火中诞生了，拿回来的剧本，也都是抗日战争题材的。剧中有八路军首长，也有日伪军官，他们感到这些大角色唱秧歌不适宜，因此决定用上党宫调来唱。

在两位师傅的指导下，大陌宫调剧团先后排出了《窑洞战》《打马牧》《地雷大王》《打蟠龙》等十几本大型现代戏，在八路军所占领的各村庄演出，很受观众欢迎。

除了这几本现代戏，两位师傅和刘金有等，也传教了几本秧歌搅梆子的古装戏。用梆子腔唱的剧目有《东门会》《访苏州》《聚罗山》，秧歌剧目有《复生缘》《对绣鞋》《杀子报》《刘芳舍子》《秦雪梅吊孝》以及《偷南瓜》《杀狗劝妻》等，秧歌梆子搅着唱的剧目有《河灯会》《访山东》《青峰山》《清河镇》《蓝家岗》《泰山图》《桃花庵》等。

由于两位师傅传艺有方，培养出了一批较好的演员。唱小生的刘奉先，唱须生的赵树法、刘书北，唱旦角的刘凤兰，唱花脸的李金贵、赵松秀，唱丑角的刘炎青等，偕同老一辈的刘金有（丑角、旦角）等，结成了一个坚强的演员阵营。其中唱旦角的刘凤兰，唱腔浑厚有力，委婉动听，吐字清晰，善于刻画人物，形象逼真，后来被县剧团招聘，成了县剧团和郑桃英齐名的把式。

新中国成立以来，唱生角的赵树法担任了大陌村的支部书记，对剧团格外重视，使得剧团能一直坚持下来。他还是武乡的农民作家，经常收集生活素材，编写一些时代风貌的小戏，随编随排，排出来就在本村演出，活跃了本村的群众文艺生活，巩固了文化阵地。由于剧团能一直存在下来，先后又培养出了一大批文艺人才：打鼓板的刘珍祥、刘中明，文音乐方面的郝专才、刘福成、刘应南，唱旦角的刘焕娥、栗玉凤、刘花桂，唱生角的郝小旦、李银旺，唱净角的刘景秀、赵榜劳，唱丑角的刘佳秀、刘孝先等，在武乡群众中有着较大的影响。其中的刘珍祥、刘焕娥、郝小旦、刘景秀、刘孝先先后参加过县剧团，刘焕娥、郝小旦、刘景秀、刘孝先后来又返回农村，把在县剧团学来的技艺传回大陌剧团，使这个剧团的艺术水平得到了更进一步的提高。就是在十年动乱时期，也没有中断。每年正月，大陌剧团进县城参加文艺竞赛都要得到县宣传部、文化局的嘉勉。尤其是1982年演出上党梆子剧《访苏州》，在县城观众中反响很大，观众反映说比县秧歌剧团差不了多少。

近年来，赵树法让青年人接班担任了支书，自己和老党员刘书北，从村里选拔了28名16～20岁的男女青年，组成了新的剧团，这批青年有文化，各方面条件都很好，大陌梆子剧团后继有人。1988年，特邀剧团编导王充理到村，编排了《假孕妇智破活神仙》到县城演出，深受好评，获优秀节目奖。

第二章　音乐与表演特征

第一节　音乐　唱腔　板式

一、音乐唱腔演变

乐队的沿革与伴奏形式。根据现有的资料来看，武乡秧歌的乐队沿革与伴奏形式，大致经过这样几个发展阶段。

“干板秧歌”时期。在武乡秧歌的发展史上，最早出现的是“干板秧歌”。所谓“干板”，就是在演唱时，只有武乐烘托气氛和敲打节奏，而没有任何弦乐进行伴奏，起板和句间也均用武乐来连接，这就是“干板秧歌”。所用乐器有鼓板（大鼓有挎板）、大锣、小锣、镲。铜器全部为高音铜器，乐队由四人组成，分别演奏四种乐器，这就是武乡秧歌乐队最初的组成形式。

“地圪圈秧歌”（也叫“撂地摊演唱”）时期。凡是逢年过节“闹红火”，武乡秧歌就频繁地活动在街头巷尾或者广场上，演唱民间故事神话传说等等，当地群众称之为“地圪圈秧歌”。在演唱过程中，出现了角色的装扮与行当的分工（形式有点类似现在“街头活报剧”），并且第一次加入“胡呼”进行伴奏。所谓伴奏只是比“干唱”增加点色彩，并没有起到像现在的“二簧”那样的领场作用。“胡呼”的形状近似板胡，只是“千斤”不在琴杆中间，而是在琴轴下面的“山口”上，这是秧歌文乐使用最早的伴奏乐器。

职业“秧歌班社”时期。光绪十年（1884），成立了武乡秧歌发展史上的第一个正式职业班社——“十八村秧歌班”。正式班社的成立，标志着武乡秧歌这一剧种，经过历代老艺人的辛勤劳动共同创造，它的快、中、慢各种基本板式，生、旦、丑各个行当的唱腔，基本趋于成熟。在弦乐中又加进了“二簧”和“反字二把”，连同原有的“木胡呼”，就构成了演奏襄武秧歌的主要乐器——“三大件”。

二、乐器介绍

“二簧”——主奏乐器。五度定弦法，里弦为“5”，外弦是“2”。下场口（文乐）的领场乐器。

“二把”——辅助乐器。四度定弦法。里弦为“3”，外弦是“6”。主要为“二簧”和唱腔加花润色。

“胡呼”——主音乐器。四度定弦法，里弦为“5”，外弦为“1”。是本剧种的根音乐器。

“三大件”的传统伴奏方法是“满包托腔”。这种伴奏方式的缺点是边唱边拉，拉唱齐上，往往因乐器音量过大，而观众听不清演员的唱词，现在大家都用“尾腔跟坠”的伴奏方法。

“三大件”的演奏方法，“二簧”用小抖弓，二把用碎弓，“胡呼”用全弓演奏。指法均用滑指演奏，另外，演奏二簧、二把者各兼唢呐一支，用以吹奏曲牌，胡呼演奏者兼小镲（俗称接官镲）一副，用以吹奏曲牌时拍节奏，另有打梆子一人。传统襄武秧歌的乐队便由上场口（武乐）演奏鼓板、大锣、小锣、镲四人和下场口（文乐）演奏二簧、二把、胡呼、梆子的四人共八人组成。

在封建社会里，由于统治阶级的歧视，认为秧歌是民间小戏，难登大雅之堂，不准敬神，不准在庙会上演出等，使秧歌备受压制。老艺人们为了保护当地人民群众这一喜闻乐见的艺术形式，与统治阶级进行了顽强的斗争。他们利用“风搅雪”的形式，终于把秧歌带进了“大雅之堂”，使秧歌得以在舞台上生根发展，成长壮大。所谓“风搅雪”就是在舞台演出，既唱秧歌，又唱大戏（上党梆子），演唱时，“宫”唱“大戏”宫调，“民”唱秧歌。花脸大生唱大戏，小生、小旦唱秧歌。这种艺术形式一直延续了六七十年之久。

随着演出活动的日益频繁、演出内容的不断丰富，表演形式和演唱水平以及乐队演奏水平也不断提高和发展。伴奏乐器也不断随之增加。特别在秧歌发展的两个极盛时期——辛亥革命和抗日战争时期，武乡秧歌遍布于整个上党和太行太岳以及整个晋冀鲁豫边区，正式班社和职业剧团有四五十个之多。广大音乐工作者在乐队中先后增加了三弦、二胡、低胡、笛子、笙等乐器。新中国成立以来，特别是大量编演现代戏以来，广大戏曲音乐工作者，遵照毛主席“古为今用”“洋为中用”的方针，大胆改革，不断尝试，使襄武秧歌在乐队编制上有了很大的发展。不但增加了扬琴、月琴、中阮、大阮等民族乐器，而且还增加了小提、中提、长笛、单簧、小号、圆号、长号等西洋乐器，组成了宏伟雄壮、气势磅礴、表现力极为丰富的中西混合乐队。

武场音乐最初使用的大锣、小锣都没有固定音高，打出来很不谐调。后来随着剧种的发展，特别在大量上演现代戏以来，不仅使用了京剧的小堂鼓（战鼓）、大堂鼓（低音鼓），而且还增加了高音锣、中音锣、低音锣，以及与之相适应的各系小锣和镲等。许多对襄武秧歌有研究的音乐大师，如石岩、王西麟等，对秧歌剧种的打击乐器大锣、镲和小锣科学地固定了音高：大锣定“5”音，小锣定“2”音，镲定“4”音，从而大大丰富了武乡秧歌打击乐的表现力。

三、板式介绍

武乡秧歌的声腔曲体结构。武乡秧歌的曲体结构基本上属于我国北方地区梆子声腔体的“板腔体”。这就是唱腔以上下两句为一个基本单位，有规律地变化反复进行演唱。每个上句和下句既有相似的地方，又有不同的变化，再加上不同板式和不同行当的迂回穿插进行，使秧歌的音乐唱腔既丰富多变而又协调统一。在长期的艺术实践中，特别在大量上演现代戏的过程中，又增加了如“数板”“花腔”“念板”等以四句为一个独立单位而组成的曲牌体板腔，但这些曲牌体唱腔在整个襄武秧歌唱腔中不占主要地位，而且是辅助性的，所以仍然说武乡秧歌的声腔曲体结构是属于“板腔体”结构。

武乡秧歌的音乐唱腔激越奔放、高亢流畅、活泼明快、朴实健康，具有浓厚的乡土气息和地方色彩，深受当地广大人民群众的喜爱。

襄武秧歌的唱腔基本上分为生腔、旦腔两大类。除旦腔上句落在“3”（工）音上，旦腔的下句和生腔的上下句，均落在“5”（六）音上。而且秧歌唱腔的大部分乐句和乐段结束在这个音上，给人以完全终止的感觉十分明显。根据“5”（六）音在秧歌旋律中的这个基本特征和基本形态，我们可以说“5”（六）音在秧歌的音乐唱腔中，是用得最多而且是最重要的一个音，所以说“5”（六）音是秧歌调式主音，也就是说它属于中国调式的“徵调式”。

武乡秧歌的板式。武乡秧歌有“慢板”“二性板”“紧板”“垛板”“数板”“紧板”“花腔”“散板”“摇板”等八种基本板式。“二性板”是武乡秧歌的基本曲调，大部分板式均在二性板的基础上，通过速度放慢或加快、旋律延伸或收缩、曲调加花或简化等处理演化而来。

“慢板”——4/4 节拍（一板三眼）。是由“二性”板通过速度放慢、旋律延伸、曲调加花处理而成。是本剧种的主要板式之一。

“二性板”——2/4 节拍，即一板一眼。是本剧种最基本的曲调。也是用得最多的一种板式。

“紧板”——1/4 节拍，有板无眼。是由二性板简化旋律加快速度演变而成。

“数板”——2/4 节拍，即一板一眼，由二性加花处理，于 50 年代才形成的一种新的板式。

“跺板”——1/4 节拍，比紧板快一倍，紧张激烈，一口气唱完。

“花腔”——2/4 节拍（一板一眼），于 60 年代形成的一种新的板式。

“摇板”——1/4 节拍，有板无眼。该板式是运用二性（或者慢板）的旋律，吸取京剧摇板的节奏于 70 年代形成的一种板式。

“散板”——无板无眼。将慢板或二性板由整转散而成，节奏自由，可快可慢。

除以上板式之外，还有一些过渡性板式：如“叫板”“切板”“哭板”“扬腔”“过板”“送板”等，用于基本板式唱腔的起承转接组合。

武乡秧歌的音域。武乡秧歌的音域基本上为十六度 3-3（g—g2），男声常用音域为十四度 31（g—t2），女声音域较宽，一般可以达到两个八度（g—g2），常用音域一般为十五度（g—f2）

第二节　行当　脸谱　表演特征

武乡秧歌生、旦、净三行当角色的脸谱，除极个别，大部分和上党梆子的角色脸谱一样，唯独丑角，俗称“三花脸”的角色脸谱，有着自己的特色。

武乡秧歌“三花脸”行当，包括老丑、小丑、纱帽丑、公子丑，泼旦也被列在三花行当之中。襄武老艺人曾概括性地总结出了“三花脸”的化装法：“三花、三花，从脸上划上三划。”如《访山东》剧中的老丑薛盘三和《二夫人拉楼》剧中的老丑破筐篓，其脸谱都是从额、眉、眼三条平行线上画三道白色条，向下弯成半圆形，直画至两腮。然后再从眼上勾描点黑色就成了。小丑角，一般指盗贼、赌棍等行为不端的，或为虎作伥的家郎等角色，其脸谱用食、中、无名三指头蘸黑色油彩，从嘴上角开始画至眉额之际，然后用两手食指蘸黑油彩，分别从两眼皮上，斜向下抹，其脸谱即成，如《游龟山》《落花记》等剧中的家郎、《对绣鞋》中的侯春兴就都是这样的脸谱。

泼旦，襄武艺人称作“搽旦”，全由唱“三花脸”的男演员扮演，所以也列入丑角行当，如《小姑贤》中的婆母、《雨伞记》中的马氏、《桃花庵》中的王三氏与老道姑，同属泼旦角。泼旦的脸谱，用白色作底，把眉与鼻、眼、嘴边也用白色画成上弯形，然后用红色立画一小道，黑色描边，即成泼旦脸谱。

除上述丑角行当之外，武乡秧歌有传统剧《访苏州》中的康熙皇帝的脸谱，也和别的剧种的脸谱画法不同。其脸谱满涂深红色，既不勾眉，也不描眼，只是从两颊与额上画七个大小不等的圆圈，据说是标志着他脸上有七个大伤疤才这样画的。

以上所说的脸谱，都是过去的画法。现在就不这样画了，无论老丑、小丑，脸上用白色涂一“豆腐块”或桃形白块儿，用黑红色画出眉、眼、嘴即行。泼旦改由旦角演唱，画成旦角装，只是在脸上画一支白色花朵，或点一黑点儿即成。如《玉凤配》中的马氏脸谱。

其他脸谱均与别的剧种一样，不加详叙。

第三节　演出习俗

定戏：戏班的外交人员（俗称“写头”）和村长、社首等商量定戏。定戏先立文书，文书上写明 × 月 × 日到 × 村演出三天九场戏，戏价是 × × 现洋 × 石米 × 百斤面。风雨无阻，河隔不误。× × 把式按期到达，如期不来扣戏价一半。如戏班里有牲口时，则自己驮箱来（也有的戏班是专门雇用牲畜的人来班，专门为剧团驮箱。牲畜的主人惯称为“骡东家”）。文书上写明“每口一升，草料足用，米面管吃”等等。

日期定好后先送“押头”，“押头”按戏价大小分别送幔子、蟒、靠、对帔等物。有的村社还怕戏班按期不至而先支戏价。

点戏：戏班里的派戏人（现在的“剧务组长”负责分配角色），为戏班里的一般把式（三台轮一遍），赶到演出地点后，就拿上戏折子到社首那里让社首“点戏”，“点戏”不但点唱什么戏，还要点名指定某某角色必须由某某把式演唱。戏班则把社首所点之戏写在“虎头牌”上，既通知了戏班人员，又使观众明白了本场所演剧目。

有些官僚、乡绅，为了显示自己，在听戏时带上随从，由人役开路，在观众场子中央选一块最好的地方，放上桌椅，坐下后社首热情招待。戏班由唱小生或旦角的“派戏”演员，穿上服装下来，拿出“戏折”跪在桌前，递上一支朱笔，请人家“点戏”。这位“老爷”，接过朱笔，在“戏折”上“点”上自己爱看的剧目，指定某某名演员扮演剧中的某个角色。戏班就按人家所指定的人员，唱所指定的戏。唱完一出后，点戏者将“赏钱”送去，主要演员还得高喊“谢××老爷赏”。

踩台：因为过去交通不便，加上一台台戏安排得过紧，因怕误了下一台的演出，往往派几个人先走，以便应付下一台的演出，而大队人马还得留下继续“挑灯夜战”。那支“先遣部队”，“星夜兼程”为的是不能误了下一台的“安神戏”，等“安神”后唱一出《韩信算卦》一类的小戏。为了应付这种特别紧张的场合，戏班也想出了个非常聪明的办法——唱“踩台戏”。开戏前先出“踩台”，即只要一个人出场，坐在台上便算是开了戏，再不怕村里说戏班“误了时间”了，“踩台”一个人“坐”的时间不限，在这个时间内，戏班大部人马都能从上一台赶来，并将一切准备就绪。

吵台：武乡秧歌戏班一般为每台二天九戏（上午、下午及晚上，上午唱的时间最短，尤以黑夜时间最长，最少是一个“整本”，三个“垫戏”还都得好把式唱），也有时多唱或少唱一至两天。每场戏在开演之前都要“打响台”，俗称“打台”“吵台”。其作用是一来为烧香敬神，以增加其庄严、隆重的气氛；二则是告诉人们戏班演出前的准备工作已经就绪，戏即将开演了。

演出前的烧香敬神，是村里和戏班分别进行。村里敬“神”是为了求得“风调雨顺”“国泰民安、丁财双旺”等等，有的村里很隆重，烧香时既鼓乐齐鸣，又炮声大作。而戏班里的“神”是“唐明皇”，只需在“吵台”时插几炷香就行了。

踩台戏：开戏前先出踩台，由一个普通演员，稍事化装后穿上服装在音乐声中上场，上场后先说二句词，即：

天子重英豪，七寸逍遥科。

（引子）：在朝奉君爷，绵羊伴虎眠。

（白）：下官黄门李玉，今坐朝廊，闲谈一会——

接着从“盘古开天辟地”开始，忽而“霸王鞭”“清流”，忽而“紧流”“慢板”，忽而“朝野内外”，忽而“天南地北”地乱扯闲谈起来。时间长短，是根据后台的情况而定的，如果好把式都在，化装已就绪时，他就能立即收场；反之，他能在台上“闲谈”很长时间，使人“望而生厌”。

祭台戏：如果是第一个在新建的舞台上演出，则要起五更“祭台”，故曰“祭台戏”。“祭台”时上放一斗米，满斗焚香，一位二净演员扮作“赵公明”，头蒙三尺红布，另一个演员扮“黑利虎”，二人在鞭炮声中上场。上场后“赵公明”边舞边念：

赵公明：（念）自幼修行峨眉山，随得老师把道传，呼风唤雨俺都会，“撒豆成兵”最为先。

（白）俺，黑虎玄坛赵公明，路过此地，观见妖魔作乱，待我降妖一会。

言毕，四角观看，少许，从后台扔出雄鸡一只，“赵公明”上前捉住，有的一口咬下鸡头。也有的用预先放在“挡脚板”那里的切面刀将鸡头剁下把鸡血四洒，以示“吉利”。最后把鸡头钉到台上的“楣梁”上。钉好后“赵公明”说句：“降妖已毕，回交玉旨。”在鞭炮声中同“黑利虎”一起下场。

“祭台”已毕，“赵公明”扮演者能得到那斗烧香用过的米、三尺红布及一只无头雄鸡的私人报酬。戏班唱祭台戏的戏价，比一般会戏的戏价要高。

“祭台戏”时，妇女、儿童因怕误被“妖魔”伤及，故不去看。

开观戏：“开观戏”一般是重修庙宇、新塑神像、竣工后所唱的庆贺戏，唱戏中间，选一个最“吉利”的时间，给神像“画眼”就叫“开观”，也叫“开光”，“开观戏”也因此得名。如在乡村“开观”，还必须进城烧香，进城时先由戏班的人抬上一张桌，桌上放五六串钱，鼓乐齐鸣地走到社首那里，社首再添一些钱同戏班的钱放在一块，带足烧香的必需品一起奔向庙里。待烧香回来后，此钱就成了戏班的额外收入。

如果是给“关圣帝”“开观”唱戏，则要唱“关公戏”，每逢“关公”第一次出场时还必须点炮。扮演关公的演员还须怀揣供奉关帝圣君的牌位才敢出场。

妇女、儿童照例是不能去看“开观戏”的。原因是怕冲撞神灵，或被“神灵”捉去“当神童”等。

小园戏：也称“神戏”和“小戏”。是专门在庙院里或神像前用来敬神的一种滑稽可笑、而毫无教育意义的演出形式。“小园戏”用人很少，三五个人拿上两样乐器（唢呐、小锣）伴奏，演员穿上件服装就行了。开始先出一个演员，四句唱罢回去再出二个，待三个演员都上场后，“戏”也就完了。大致是：三教原来是一家，西方宝塔赛莲花，阿南伽叶分左右，中间坐下活菩萨。

即使你不会唱词也不怕，只要你沉住气，跟上乐器的节奏，嘴里含混不清地“哼”着就行了。

它的音乐单调而乏味，没有什么艺术价值。可迷信思想较重的人却毕恭毕敬地请戏班的人给“神”唱，因为戏价不高，三元五元也好，一元二元也可，所以请唱“小园戏”的人还很不少。

摆八仙戏：“摆八仙”一般是在给“神”唱戏的同一天唱。一家一户也可“许八仙”。如系早已“许下愿”，再“摆八仙”其价钱更贵。这样的演出形式也是故意做出个样子来让人看的。迷信思想严重的人居然视其为至宝。其实它和“小园戏”一样荒诞可笑。由演员分别扮演“福禄寿三仙”及“八仙”中的“铁拐李、吕洞宾、韩湘子、张果老、何仙姑、曹国舅、汉钟离、蓝采和”。手里拿着“特制”道具，几个手执“云板”的演员也随“仙”舞蹈，乐队伴奏，经过几番生硬呆板的演唱后，“各仙”分别将“特制”道具挂在“寿”仙拿着的道具上拼成一个大红“寿”字，再由扮演“何仙姑”者斟酒，社首接过恭恭敬敬地献给神灵而结束。

合班戏：每年的农历四月二十四、八月十五是戏班自己的节日，也有的说是“唐明皇降日”，各戏班都要给唐明皇唱戏（禁演唐代故事戏），在台上贴一个写着“唐明皇”三个字的帖子，烧起香来，由三个小演员分别扮演“福、禄、寿”三仙，口中唱道：王子去求仙，丹成于九天，洞中方七日，世上几千年。(白)：咱福、禄、寿三仙，路过此地，遇见香烟渐起，待我奉曲一回。

接下去又是唱些淡而无味的词儿。各戏班在四月二十四和八月十五两个日子进行调整，在此期间有别班来本班的，也有本班到别班去的，群众称之为“合班”。

第四节　戏班行规

1. 戏班在正式演出时，每位演员必须“先戴帽、后穿衣”，这样给“大衣箱”师傅很大的方便，只要一看你戴的是什么“帽”就能准确无误地给其穿上适当的服装。如：一看你戴的“王帽”及“相纱”那必然是要穿“蟒”的。而若戴的是“贫生巾”时，就只能穿“富贵衣”了。

演员穿戴完毕后，在后台不能乱坐，尤其是“大衣箱”管辖范围之内更为严格。但唱“三花”的却例外，这是因为“戏主”唐明皇当年就是个唱“三花”的（这样做也是为了爱惜服装），不论何人绝对禁止穿服装躺倒休息及随地吐痰。

演员下场“卸装”时，必须先脱下衣服，才能脱帽等等，然后将各样佩饰放回原处。

2. 名演员及优秀乐员在各方面均享有特殊待遇，不但工资高，同一锅饭就有“稠、稀”之分，同一碗茶也有“冷、热”之别。有时演员演坏戏时不但班主、师父责骂，就连职位最低“买茶人”的气也不少受。

3. 各戏班都订有非常严格的“班规”，不论职务高低、把式好坏，一旦违犯“班规”后，轻者责骂、罚跪、罚“刀头”（买几斤肉称“刀头”）；重则吊打、开除、送官衙进牢房。有时有人触犯了“班规”被班主、掌班吊打时，其他人“讲情”均无效，只有“骡东家”才能讲下情来，使班主“开恩”。

4. 凡是外地来的唱戏艺人到戏班时，都要受到全班人员的盛情款待，茶饭不少，然而这碗茶不是好吃的，吃完后必须在演出时扮演一个角色，一来有谦虚学习之意，也是有意地“考验”某人的演技优劣，优者受人尊敬，劣者忍气吞声受人凌辱。

5. 戏班在演出时，常常有很多人带上自己的孩子上台请演员给小孩

“打脸”（一般男孩常打“三花脸”，女婴常化“小旦”装），传说给小孩“打脸”既“吉利”又“好成活”。也有的家长是和戏班讨点布条、丝线之物拴在小孩身上以示“吉利”。不论是给小孩“打脸”或是讨布条时，都要随便给演员一点报酬。

6. 戏班在本台演出完毕后，本村的社首除给戏班正常的戏价外，另外给某些好把式以额外奖励，人们称之为“装盘缠”。“装盘缠”时一般是有职业的都有，只是按把式的好歹给的奖励多少也不同。

第三章　协会　戏校

第一节　协会

武乡县戏剧协会

武乡县戏剧协会，成立于1991年冬。选举王充理任会长，安娥英、李金兆、暴留庆、姚长旺任副会长，秘书长成良，副秘书长魏玉秀。理事21人：王充理、安娥英、李金兆、暴留庆、姚长旺、成良、魏玉秀、常效平、李效珍、成建国、霍爱英、殷国川、李孟松、孙爱平、王树红、房素芬、赵德宏、赵宏波、李勇、史效青、赵树青。会员65人。

2006年，在武乡县第三届文联代表大会上，该协会重新选定主席、副主席、理事、秘书长。主席：王充理；副主席：姚长旺、暴留庆、魏文梅、尚晋田、李小玲；秘书长：成良；副秘书长：魏玉秀。理事26人：王充理、姚长旺、暴留庆、魏文梅、尚晋田、李晓玲、成良、魏玉秀、常效平、李效珍、成建国、霍爱英、孙爱平、安福英、殷国川、李孟松、房素芬、李勇、赵树青、史效青、关菊平、王慧芬、段水英、胡小丽、王丽芬、张志斌。会员71人。

该协会的主要职责和任务是配合县剧团、县戏校以及各业余剧团编排新剧目；配合县文化局、文化馆和文联组织举办戏曲会演；向省、市剧协汇报本县戏剧动态，负责向省剧协推选新的获市级以上演出奖的演职人员加入山西省戏剧家协会。

1991年至2011年，共新编大小剧本16个，由县剧团和戏校搬上舞台的剧目7个，辅导农村剧团6个，组织下乡巡回演出600多场次。

武乡县秧歌协会

武乡秧歌协会，由县文化局批准、县民政局备案，于2014年7月成立。会员30多人，选举成良任会长；李金兆、魏竹明、姚长旺担任副会长。魏玉秀担任秘书长。

协会主要活动地，是县老干局老干部活动室。2014年，恢复排演了《小二黑结婚》。之后又陆续排演了《红灯记》《平原作战》等样板戏的选段和20多个小型文艺节目。下乡送戏演出60多场次，培养发展秧歌爱好者200余人。

武乡县非物质文化遗产传承协会

为了传承我县国家级非遗保护项目“武乡秧歌”和本县境内独特的、濒临灭绝的各项文艺类非遗项目，而成立了“武乡县非物质文化遗产传承协会”。2015年，由县文化局批准，2016年县民政局备案成立。推选王充理任会长，姚长旺、房素芬、常慧斌、张立军任副会长，王丽君任秘书长。理事25人，会员106人。

2015年至2018年，协会新编排了秧歌现代戏《养女胜亲生》《公事公办》；整理改编了秧歌传统戏《三女婿拜寿》《小姑贤》《刘芳卖子》。送戏下乡演出100多场次。此外整理演出了武乡琴书、三弦书、大板书、瞽调等曲艺类节目，赴市参加了非遗展演，并将这些曲艺节目录制成音像光碟。

2017年至2018年，协会整理出版了《武乡秧歌、民歌》一书。收集撰写了30多万字的武乡秧歌史料。

武乡籍中国戏剧家协会理事、会员

理　事：张万一　王世荣　张晓亚　高介荣

会　员：张万一　王世荣　张晓亚　高介荣　郝凌云　张宝祥　王充理　安娥英　崔建华　赵德红

武乡籍山西省戏剧家协会会员

副主席：张万一　张晓亚

理　事：张万一　张晓亚　王世荣　郝凌云　张宝祥　张　晶　王充理

会　员：张万一　张晓亚　王世荣　张宝祥　李志宽　王充理　安娥英　任生奎　郭改荣　杨春印　史培堂　李金兆　张专寿　王月英　常效平　魏玉秀　郝雪廷　王仲祥　李效珍　史名扬　孙爱平　李孟松　霍爱英　王书明　白如明　董中旺　苏　华　李海水　郑桃英　任二货　弓庆福　蒋马儿　任林慧　李根江　李二庆　赵德红　杨树田　王树红　李玉萍　秦　霞

第二节　戏校

新中国成立以来，县委、县政府及宣传、文化部门为保证秧歌剧团的演出质量，培养后备人才，成立秧歌剧种艺术学校，办过九期艺术专业学习，结业的学员，择优输送进县秧歌剧团，或充实各农村秧歌剧团。

第一届　艺训班

1953年，武乡秧歌剧团梁旭昌、任八孩、成宝川、任二货、李乃成，分别到农村剧团招收年轻学员44人。在县城租赁民房，办起了秧歌艺训班。史全义、崔来法等人，参与下合秧歌剧团，也抽调青年演员到艺训班学习。称武乡第一届艺训班。

艺训班原由梁旭昌负责，后调史全义回来担任校长。史全义兼任大、二花脸行当的教师，梁旭昌兼任小生、须生行当的教师，任八孩教习文场乐队；成宝川教习武场乐队，任二货与李乃成教习武功。女学员没有专门的老师，由所有老师共同负责教习。学员们早上练基本功，上午学练一些程式，下午晚上学唱腔，就此三门简单的课程。

这批学员，都是从各农村剧团择优选拔录取而来的，稍微有点基础。但就按当时县剧团的水平要求，无论唱、念、做、打各个方面，也还有差距。因当时各农村剧团在唱腔上既不规范，又不统一，老师们把过去各行当的名艺人、各流派有代表性的唱腔系统地整理出来，根据学员的嗓音条件加以分类专攻。这样，使前辈名流各有特色的唱腔，分别在各个学员身上得到保留和继承。尤其是学演旦角的女学员，由于嗓音普遍比过去男旦角演员清脆，音域又宽，所学的唱腔既保持了流派的特色和风格，又使之有了新的突破和发展，听起来比过去各流派的唱腔更优美。

这期艺训班的学员，除在唱腔方面大有收获外，在念、做、打三方面几乎没有多少长进，原因是没有文化课教师和手法高的武功教师。李乃成算武功教师，但其所学只是一般武术套数，加之当时艺人们不太重视武功（因秧歌戏都是些家庭纠葛的故事，武打场面很少），使得学员们在武功方面，收获最大的也就只是踢个腿罢了。由于没有专门配备文化课教师，在校的几位老师文化程度又较低，致使学员们文化程度毫无提高，普遍保持在小学一二年级水平上，对台词不能有深刻的理解，食而不知其味，影响到唱、念、做三功的质量。

这期艺训班办了有一年时间，大部分学员都被充实进县秧歌剧团。其中稍有成就的要数泼旦张改花、小旦郭焕娥、刀马旦梁仙香、净角魏来子、生角段志文。

第二届　艺训班

上届艺训班结业五年后的 1958 年，县剧团又出现了年轻演员缺乏的现象。剧团领导决定举办第二届青年演员训练班。剧团抽派生角演员梁旭昌负责兼教师。抽派任八孩、李乃成再次到艺校当教师。吸取上届艺训班没有配备文化教师的教训，由县宣传部调进白如明担任文化和音乐课教师。为了在导演和武功方面能有更进一步的提高，聘请名艺人何保则（武生、二净演员）、鼓板师申虎德到艺校担任教师。课程安排有语文、简谱乐理、武功、程式、唱腔、念白六门。教师配备合适后，县文化局出面在全县范围内张贴招生告示，报名者达 260 余人，通过面试、口试、腰腿试，择优录取 50 名，12—15 岁的学员入校，在剧团大院开学。

艺校开学后，李乃成教练指导踢腿、下腰、下叉等基本功；上午由白如明老师上文化课和乐理课；下午由梁旭昌、何保则师傅教习一般的表演程式和架套；晚上由任八孩、申虎德负责学员练唱腔。课程安排比较周到，学员们在有次序的学习过程中，勤学苦练、潜心钻研。半年时间，他们在老师的培育下，掌握了本剧种唱、念、做、打全套程式，奠定下了比较扎实的功底。尤其在文化方面，学员由原来的小学程度，语文知识普遍提高到初中一年级的水平线上。一般的台词，都有较深刻的理解。

当时正是粮食紧张，物质条件也很差，师生们吃的是淀粉掺糠，喝的是野菜清汤，上文化乐理课时坐的是半头砖，练功靴底绑的是木头制的模型。条件虽然很差，师生们的干劲却很大。学员们勒紧裤带练会了翻“大翻”“小翻”和“前扑”等项很卖力气的武功项目，应用在剧中，填补了武乡秧歌剧团在武功方面的空白。

1960 年 3 月，何保则、梁旭昌两位老师开始给学员们排戏。首先把秧歌传统剧目《三娘训子》《刘芳舍子》《白蛇传》排了出来。到舞台上演出时，县城观众认为是秧歌剧团久唱的几本老熟戏，又是初出茅庐的艺校学生演的，料想效果不会太好，掏钱买票的人为数很少。少数戏迷先看了他们《白蛇传》的演出，由于是屯留名艺人何保则师傅排的，出手比县秧歌剧团的导演高，加之学员们的基本功过硬，对台词理解又深刻，所演的《白蛇传》就比县秧歌剧团的水平还高出一着。每当有武打场面，学员们卖尽力气，施展绝技，把一伙老戏迷们的眼神紧紧揪住，台下叫好声不断。老戏迷们在观众中是评价剧团演员们好坏的“权威”，宣传鼓动性很大而且广泛。经他们看戏后一宣传，把个艺校吹得神乎其神。后来每逢艺校演出，票房门前人群拥挤，剧场内座无空位。

之后，何保则师傅又给学员们排了《七星庙》《岳云》等戏，开始在本县境内实践演出。后来又出县到榆社县、左权县、襄垣县、沁县等地演出，每到一处，反映都很好。到 1961 年冬季，这期青训班结业告终。学员们被择优录取 20 名充实进县秧歌剧团，其余回乡成为农村剧团骨干分子。被录取进剧团的 20 名学员，其中最优秀的、后来对武乡秧歌剧种起着支柱作用、在本剧团卓有成就者，要数史金中（生、净、角）、张俊先（生、丑角，曾担任过导演）、王月英（小生、小旦）、史萍兰（小旦）四人。其余姚兴旺（武音乐）、魏兰兰（花旦）、韩拴英（小旦）、赵树珍（青衣）、王凤菊（旦角）、李明秀（小生）等人，也都在观众中名噪一时。

第三届　戏曲“学习班”

1970 年，县秧歌剧团的大多数中、老年演员调离。演员缺乏，秧歌剧团不能演出，引起人民群众的强烈不满。县领导采取补救措施，从全县范围内招生，准备新成立一个京剧团。县革命委员会责成政工组副组长武来庆亲自抓这项工作，并派温子清担任剧团支部负责人，武玉堂担任剧团革委会主任，组织起一个筹备京剧团的领导小组。领导组考虑到新招来的学生还不能演出，决定先培训两年。把戏曲学校定为“戏曲学习班”。学习班由秧歌剧团和晋剧团留下来的杨春印、张专寿、史金中、苏华、宋金录、张俊先担任武功教练、演员教师；由李金兆、魏福贵、武怀义、韩四孩、刘珍祥、王承方担任音乐方面的教师。从 1970 年开始招生，招到 1971 年春，共招来学员 65 名，住在剧团院内，关门培训。

这期戏曲学习班，由于原先把剧种定为京剧，一开始就没有按秧歌剧种来教学。老师们是唱武乡秧歌和晋剧的，自已也哼不来半句京腔，学员们只好在有线喇叭箱下边听边唱地学。除学唱京剧外，学员们还学一些歌剧曲调，所以在声乐方面就按照歌剧发声方法训练。学员们早上喊嗓练唱时，有的唱歌曲，有的练京剧，五花八门，品种繁杂。群众路过剧团大门听到的不是他们所喜爱的武乡秧歌，渐渐地议论纷纷，表示出强烈不满态度。这事引起县领导的关注，经过一番讨论研究，决定改唱秧歌。这是武乡人民共同挽救了武乡秧歌的命运，才使得这个小剧种保留到今天。

戏曲学习班改唱秧歌后，老师们如愿以偿。演员老师张专寿、苏华等当时只有二十五六岁，精力旺盛充沛，不怕吃苦劳累，无论翻大翻、摔漫子、下叉，都亲自做示范，使得学员们进步很快。当时的武功教具有弹簧跳板、三节跳架，老师们也是初见乍用，边学边教。老师们先在跳板上练习，摸到要领诀窍后，马上做示范，并帮护着学员们练跳。教师们豁出命来教，学员们就能壮着胆子学，收效明显。时经半年左右，大部分男学员都能在弹簧跳板和三节跳架上翻大翻、摔漫子。女学员除掌握了一般的武功程式，个别的也能像男学员跳跳板、翻大小翻。这期学员，在武功方面都练得比较过硬。最突出的数李长禄、常效平、王丙旭、殷国川、魏亭台、李效珍、史明扬、李月林、李国耀；女学员在武功方面成绩优秀的数李小平、张专才、武生莲。

剧种改定为武乡秧歌之后，学员们多数是本县人，一开口唱就有浓厚的地方风味。但由于当时的音乐唱腔正处于改革的高潮阶段，许多唱腔板式失去原来固定的格局，也只能死照着改过的唱腔曲谱唱。这样，促使了演员们识简谱，但没有能真正掌握原来的基本东西，唱出来就难免要跑味。学员们倒是学得非常认真，其中的安娥英、李效珍，比较熟悉原来的基本唱腔，加之天赋嗓音清亮细润，唱出来很甜美；学员李长禄是天津来武乡插队的知青，唱秧歌很不地道，但由于其有信心、有恒心，下功夫学会了武乡的方言土语，后来唱三花、二花脸行当的秧歌唱腔，既不走调，还别有风味；其他的学员，如董卫平、张雪峰、霍爱英、常效平、殷国川、史明扬、李国耀、武生莲、张专才、肖爱青等在唱腔方面，也都各有所长。这部分学员，后来大都为武乡秧歌剧团的骨干力量。

这期戏曲学习班的乐队学员，有的是从本县各学校的乐队中择优录取而来，有的是北京插队知青，都具有高中文化程度，乐理知识懂得多，都能演奏多种乐器。进入戏曲学习班后，在李金兆等老师的精心培育下，短时期内掌握了武乡秧歌和上党梆子的各种唱腔板式，熟练地掌握了各人所奏乐器的演奏技巧。当时学演“样板戏”，需要有西洋管乐器伴奏。姜华、宋年明、焦忠明、王充理、成良、暴留庆等到长治县红专剧团、省歌舞团投师学艺，刻苦学习。经过一个多月时间的练习，掌握了小号、圆号、长号、短号、黑管等器乐的演奏技巧，武乡秧歌剧团从此增添了管乐器伴奏。演奏弹拨乐器的孙爱平、马贵英，拉大提的成良，拉二胡的殷爱龙，也在省歌舞团乐师们的指导下，演奏水平大大提高。习打鼓板的成建国、李孟松，在魏福贵、刘珍祥、武怀义三位老师的教习下，很快地掌握了秧歌和梆子的所有板式。由于二人钻研好学，从其他剧种内吸收了锣鼓谱，运用在本剧种，增添了不少新的色彩。乐队全体学员，都受过省歌舞团作曲家李秉衡老师的训练，使得这支乐队集体演奏效果良好。按李秉衡老师的话说：“你们这个乐队有生气、有前途，是山沟里的百灵鸟。”按武乡观众的话说：“武乡秧歌剧团从成立到现在，这就是最强的乐队。”

戏曲学习班，由于领导人温子清和武玉堂都是从教育界调过来的，作息按学校的惯例，早上必须做早操，操后才喊嗓练功。早饭后一个钟头“天天读”时间，业务不能冲击，使得学员们多认了几个生字。“天天读”罢就是紧张地学习排练，师生们都很辛苦。“梅花香自苦寒来”，确也培养出了一批人才。从 1971 年秋天开始排戏，《红灯记》中李长禄扮演的鸠山、董卫平扮演的李铁梅、张雪峰扮演的李奶奶；《沙家浜》中武生莲扮演的阿庆嫂、安娥英在《杜鹃山》中扮演的柯湘，常效平在《磐石岭》中扮演的小刚，都在观众中留下了较深的印象。1972 年春，学习班改称“毛泽东思想宣传队”，下乡实习演出。全体学员，从此成为剧团的骨干力量，推动着秧歌剧种继续向前发展。

第四届　戏剧学校

1982 年春，武乡县宣传部、文化局领导看到县里仅存的一个秧歌剧团，艺人们有的退休，有的调离，全团还剩 40 多人，真正能用得上的不到 30 人，急向县委、县政府领导请示成立戏校。经县领导决定，由宣传部、文化局主办，县财政每年拨款一万元资助。由弓庆福担任戏校校长，聘请河北保定人彭宝善担任武功教师。还有李孟松、程润江、史义祥、关卫平担任教师并管理财务。在全县范围内招收学员 60 名，成立起武乡戏剧学校。

第一年，学员没有分行当。彭宝善和程润江只能教学员练武功，因为二人没在秧歌剧团住过，诸如秧歌的表演程式一窍不通。学员们只好单纯地练习武打功夫了。关卫平是从学校调来担任音乐教师的，只能教学员识谱，教秧歌唱腔就感到困难，照着谱子教，教会了旋律却出不来韵味。尽管如此，老师们确也下了些苦功，使学员们个个识谱，人人武打基本功比较扎实。到 1983 年夏，县委宣传部、文化局，调整原戏校领导和教师，调剧团生角演员史金中和王炳旭进校担任教师。1984 年春，重新配备戏校的领导和教师，史金中离校归团，李金兆、杨春印、王月英、李孟松、韩四孩到戏校担任教师。由李金兆、杨春印担任戏校领导。教师增加了，学员们分开了行当，开始学排了几个折子戏，短短的半年时间，老师们不怕苦、不怕累地教，学员们不叫苦、不喊累地学，收效很大。当年夏天，宣传部、文化局领导让戏校首排张万一、王充理合编的秧歌现代戏《女兵传奇》，女学员房素芬、段水英分别扮演剧中女兵王九焕的少年和青年时期，男学员王素红、李勇、赵德红、赵红波、赵树青和女演员赵丽、关菊萍、郭书芬、贾雪平等分别在剧中担任主要角色。文场口：张如飞拉头把，赵俊峰、暴红波、张蕊英参与伴奏。武场口张志斌打鼓板，还有陈瑞斌、常辉、王旭红等。演出后，受到县领导的好评。学员们都熟练地掌握了秧歌的表演程式，无论唱、做、念、打各方面，都打下了坚实的功底。尔后，又排出了中型现代戏《破涕为笑》《胡春花拥军》，古装剧《文约计》《皇宫案》《忠义缘》《岳云》《杀宫》《三岔口》等。1984 年 8 月 1 日，戏校学员在县城影院演出三场，博得县城观众一致好评。唱小旦的房素芬、赵丽扮相秀美，唱腔圆润清亮；唱刀马旦的贾雪平、魏新平功底深，动作轻盈敏捷；唱老旦、青衣的王会芬、关菊平、郭书芬唱腔韵味醇厚，吐字清晰真切；唱彩旦的段水英表演活泼逼真，舞姿优美；唱净角的李俊川、史效青气质很好；唱生角的王素红、赵红波、赵德宏、赵素青、张五方在唱、念、做、打各方面各有一技之长；唱丑角的李勇、陈小兵、张省红等也很受观众喜爱。这 20 名出类拔萃的秧歌新苗，形成了一个坚强的演员阵营。这届戏剧学员，修业三年，结业后除张省红、魏新平、张蕊英、张志斌留校任教外，择优录取 20 名学生分配县剧团，这是历届输送剧团最多的一批艺术骨干力量，为秧歌剧种的传承奠定了基础。

第五届　戏剧学校

戏校于1985年11月至1986年5月下乡招收第五届学生。1986年6月测试复试、录取学生，7月10日开学，13日开课。本届录取学生42名，其中男生20名，女生22人。

第五届戏校教学课程除原来的科目外，新增加了"基本乐理""声乐训练""戏曲组合""文化课"四个科目。校领导有李金兆、杨春印担任正副校长，各科教师分别由王充理、王月英、王炳旭、张志斌、张省红、魏新萍、张蕊英担任。后来又增加了安娥英、李长录、成建国三位教师授课。

根据县文化局要求，1987年6月进入排练阶段，先从小节目折子戏开始，排出了王充理新编的教学剧《瓜园三结义》和《智破活神仙》，移植古装折子戏《蝴蝶杯·县堂》《敬德打店》《拿高登》"戏曲联唱"。1988年元月，学校聘请太原市歌舞团副团长魏亚玲老师来戏校排练了舞蹈《路灯下的小姑娘》《看秧歌》《踏青》《信天游》四个节目。由李晓玲、李先芬、李俊丽、路翠萍、李粉萍、史红梅、胡小丽、王丽芬、白占文、王效军、姜亚峰、任虎斌表演，演出效果特别好。1988年长治市春节文艺调演，戏校代表武乡参演的四个节目，荣获二等奖和组织奖。戏校从1987年10月下乡演出至1989年5月，共演出84场，增加了收入，弥补了学校经费不足问题，并用这些钱增添购置了教学用品。

1989年8月，第五届学生毕业，县文化局同戏校研究决定，毕业的学生择优录取，分配县秧歌剧团。由于当时县剧团人员较多负担不起，名额有限，21名学生补充剧团，未录取学生毕业后回原籍，第五届到此结束。

第六届　戏剧学校

1989年9月，关河水库因住房紧张，要求戏校搬迁。戏校与文化局协商，又经教育局、宣传部同意，定于1990年3月搬迁至武乡职业中学办学，并由教育局、文化局两家联办。两家联办经费和财产戏校归戏校，职中归职中。职中校长乔国平，爱好文艺，和戏校配合得很好。当时戏校经费少比较困难，有很多事他给了戏校尽可能的支持和帮助。

这次招收两个班，即民乐班、戏剧班。民乐班由职中开支管理，戏剧班由戏校开支管理。两班所学科目统一安排。戏剧班以戏曲为主，民乐班以乐器为主。招生名额：戏剧班 32 名，民乐班 34 名，两班录取学生 66 名。

领导与教师配备：职中校长乔国平，戏校李金兆，戏剧班主任暴一清（职中教师），民乐班主任张余庆（职中教师），专业教师安福英、李长禄、李晓玲、安娥英、杨晋萍（职中教师）。

至 1992 年，戏剧、民乐班进入排练阶段。排出小戏有《打瓜园》《杀宫》《巧双配》《穆山招亲》《小二黑结婚》选场，中型剧有《凤台关》；舞蹈节目有《信天游》《路灯下的小姑娘》《看秧歌》，上党梆子清唱、坐唱有《儿童英雄李爱民》《白杨树下想亲人》，表演唱有《四个老头说媳妇》等 16 个大、中、小型节目。

1992 年 1—7 月，除在校排练节目外，下乡演出 44 场，演出收入 5200 余元。

1992 年 9 月 20 日，由文化局、剧团、职中、戏校领导，统一到职业中学开会，宣布 29 名学生到剧团实习演出。民乐班留职中 8 名，未录取学生毕业后，自行加入农村音乐团，以后在文艺界有影响的学员有张立君、张丽、杜小燕、王江平等。

第七届　戏剧学校

1992 年 7 月，招收第七届学员。8 月 12 日，在县文化局通过面试、复试，共录取学生 35 名，其中，男生 23 名，女 12 名。9 月 18 日举行开学典礼。

第七届开设科目以及领导和专业教师基本无变动。1993 年 5 月，因专业教师李长禄调离回原籍天津市，加之临时聘任教师只享受授课费，很难维持生活，停止授课。这就直接影响到学校教学上的顺利进行，三位专业教师只好轮流授课。

1994 年，第七届学生下乡实践演出，因现有的学生无能力单独完成，经县文化馆副馆长王充理介绍，同意与和顺县喂马乡古窑剧团联合下乡演出，目的是让学生通过舞台演出实践，尽快提高表演能力。和顺县喂马乡古窑村很早以前就有武乡老艺人在那里教戏，唱的是武乡秧歌和上党梆子。80 年代，该村又办起了农村剧团，请王充理和常效平去排练、辅导。二人到古窑排了几个传统戏下乡演出，效果不错，剧团演员多数是青年人。1994 年经王充理承办，戏校、职中、文化局同意，于 11 月由戏校部分老师带学生到古窑进行排练，吃住由大队支付，并同意把古窑剧团的年轻演员作为武乡戏校学生名额培训。剧团由古窑村杨永胜和武乡王充理、李金兆、常效平四人负责，正月十六开始下乡演出。1996 年秋，剧团回武乡为会议演出后，联合演出到此结束。

第七届学生毕业后，多数学生毕业回农村参加音乐团活动，择优录取王彦南等 11 名学生补充县剧团。

第八届　文化艺术学校

2000 年 7 月 8 日，经县领导批准，原武乡县戏剧学校从第八届开始，重新挂牌，正式改名为“武乡县文化艺术学校”。

这次招生规模比较大，时间也长（1999 年 9 月开始至 2000 年 7 月底），共招收学生 107 名，考生点设在县文化馆。报考项目包括：口试、试声、节奏、形体动作、体格检查五个项目。考评组由文化局王仲祥局长、文化馆张爱萍馆长和李金兆、王充理、李晓玲等 15 人组成。通过考核，择优录取学生 48 名，男 25 名，女 23 名。9 月 23 日报到入学，25 日县委宣传部、文化局主要领导参加开学典礼。

专业课：基本功、乐理、声乐、舞蹈、戏曲唱腔、乐器（电子琴、小号、长号、萨克斯、唢呐、扩音笙、板胡、二胡、扬琴、打击乐）。

文化课：政治、语文、历史、普通话。

领导配备：名誉校长王仲祥、殷立华，校长李金兆，班主任安福英、王旭（职中教师），在职教师李金兆、安福英、李晓玲，聘用教师孙小芬（电子琴）、刘建新（民乐教师）、郭建军（音乐教师）、何俊杰（管乐教师）、成建国（打击乐）、石永花（声乐教师）、崔韶光（普通话教师）。文化课由职中教师授课。

艺校在校领导和专业教师的共同努力下，从2001年至2002年共排练了舞蹈14个、表演唱6个、歌伴舞4个、管弦乐合奏3首、民乐合奏2首、唢呐独奏2首、萨克斯独奏2首、小号独奏1首。演出效果较好的舞蹈有《七月火把节》《红旗飘飘》，现代舞有《每一天》和《大家一起来》，管弦乐合奏有《金蛇狂舞曲》《北京喜讯传塞北》《胜利秧歌》，萨克斯独奏有《多情的土地》。学生魏波的唢呐独奏《山村来了售货员》《喜事》，电子琴合奏、二胡独奏等节目，每次演出都博得广大观众好评。

第八届从2001年3月至2003年止，对外演出31场。其中，本县20场，为省、市领导来我县检查、参观组织晚会6场，代表外单位赴市参加会演5场。荣获赴市演出二等奖2次，三等奖2次，组织奖1次。荣获县春节文艺晚会奖3次。

2002年4月24日，由县广电中心记者到艺校采访，采访了文化局刘树青局长和艺校领导李金兆，教师李晓玲。采访结束后，现场拍摄了学生演出的舞蹈《七月火把节》《欢乐中国年》《快乐宝贝》，坐唱《江总书记到俺家》四个节目。并在武乡电视新闻栏目中播放。

2002年5月，文化局和关河领导共同协商，同意艺校租用关河消防队住房26间，双方签订合同，租房费每年5000元。同年6月27日，学生放暑假，艺校正式搬迁关河消防队。

原艺校领导李金兆同志，主持艺校工作多年，因本人年老体弱，离职休息。2002 年 8 月，冯斌担任艺术学校校长。

第九届　文化艺术学校

2002 年 8 月，冯斌担任校长后，第八届学生将要毕业，有的准备提前离校。为了保证学生的数量，解决招生难问题，新招收学生 23 名，新旧生合起来共 43 名。开设科目同上届基本相同，在职教师有安福英、李晓玲，聘任专业教师有何俊杰、成建国、刘建新等，文化课由裴焕青、史凤萍等 10 人组成。

2002 年至 2003 年，这段时间新生课程有基本功、乐理、声乐和乐器。学生除在校排练外，有了演出任务去参加演出。

冯斌在校任职一年时间，因其他原因调离。2003 年 8 月 27 日，县文化局决定，由安福英任艺校常务副校长主持学校工作，李晓玲任副校长。

第九届招收的学生，从总体来看，基础和素质比较差。为了尽快让学生参加演出实践，专业教师采取了新旧生交替互相配合排练，排出了舞蹈、歌伴舞、表演唱、戏曲等节目，并为全县“消夏晚会”、三下乡、三干会、团拜会进行演出，受到领导表扬。到 2003 年 9 月，学生毕业后，多数学生加入了本县民间音乐团，有的还成了班主。这批学生都成为我县农村文艺活动的骨干力量。

2005 年，第九届学生毕业到期，毕业后，择优录取 12 名输送县剧团，其余参加农村音乐团。

2005 年秋，根据上级指示，县公安消防队恢复，艺校没有办学基地暂停办学。至此武乡再没有开办过专业的秧歌艺术学校。

第四章　人　物

第一节　第一、二代名艺人

李华炳

李华炳（1868—1930），字少九，一字文园，号朴庵，西堡村人。其父李金鼎为清贡生，家庭经济比较宽裕，7 岁便入私塾读书，幼有奇才，博闻强识，能背诵九经诸史。到 16 岁考入县学，不久被省政府学究看中，到光绪十五年中举，主讲襄垣县漳州书院，修坠起废，振兴文风，培养了不少人才。到光绪二十九年（1903），赴朝考中进士，曾任兵部主事，后任学部主事。琴棋书画无所不爱，但数弹琴编戏最为出色。

光绪三十二年（1907），李因老母年迈，便弃官回乡，孝敬老母。他还乡后，常有本县的秧歌戏班演出，便与各戏班的班主、掌班、名伶渐有交往。他嫌秧歌剧团的剧目“污秽不堪入耳，听后令人作呕”。又说：“我乡土之清曲，配之淫词秽语，于心难忍。”从此，他萌发了编写秧歌剧目的念头，在侍奉老母稍得闲暇，便动笔编剧，编出了秧歌剧《刘芳舍子》。故事讲的是一个文盲在通家信时闹出一大堆笑话，误会百出，道出了世人没有文化的苦衷。李华炳任过学部主事，一生以文为重，所编《四岔捎书》无非是劝人勤学之举。他编写出《四岔捎书》后，因公务缠身，不得回乡，就让武乡的“鸣凤秧歌班”到太谷演出，他亲自把剧本交给了掌班的赵成晋，并亲自点好角色，在太谷县境内边演出边排练，等戏班排出后他才让戏班转回武乡。

李华炳先生后来被选为山西省谘议局议员，这期间因身兼三职，公务繁忙，无暇再写出剧本，但念念不忘武乡秧歌，每听说武乡某地成立戏班，总要设法捐款资助。

民国元年（1912），李华炳就任长子县知事。在长子任职期间，每得闲暇，便找来长子的梆子班看戏，他深感长子的把式比武乡的把式功底扎实，就和几个戏班联系，让武乡几个较有名的把式到长子跟班，秧歌名旦“白牡丹”、董三苟等人在长子跑班便是通过李华炳的关系去的，此二人在长子的梆子班，学到了不少技艺，带回武乡各秧歌戏班，为武乡秧歌的发展起到了很大的推动作用。

民国2年（1913），李华炳辞职归里，回乡后他又充任武乡县商会会长，公款局经理等职，当时的官场上，尔虞我诈，互相倾轧，贪污和腐败使李华炳渐生厌恶，他深有感慨地说：“当今世道，不昧良心，不能久稳官场，我不能如此，弃官避世，借戏文畅表平生之志，乐在其中。忠、孝、节、义之心不能以身现世，凭戏文言之于大众，上苍明我心迹，大慰平生。”所以他不久便辞职回家，编戏写书，了却终生。此后，他编有秧歌剧《土地堂》《戒烟》《忌赌》《吸金丹》，后三本戏在当时是时装戏，劝诫人们忌吸大烟土，忌赌，无疑有一定的现实教育意义。除编写剧本外，还著有《职方史略》《诵芬轩吟草》等书，在武乡的文化史上，占有一定的地位，1930年因病去世，终年62岁。

梁和尚

梁和尚（1868—1939），北上合村人。自幼家境贫寒，以投班学艺为生，16岁就在土河村农村戏班学唱小旦，因他相貌俊俏，身段窈窕，音域宽阔，嗓门响亮，不到二年时间就能独领头角。他扮演较出色的艺术形象有《白蛇传》中的白素贞、《青峰山》中的赵兰英、《秦雪梅吊孝》中的秦雪梅等等，人物形象个个栩栩如生，给观众留下了很深的印象。梁和尚在表演艺术上具有鲜明的地方小戏特色，很受农村观众喜爱，至今民间还有这样的赞语："看了和尚旦，三天三夜不吃饭!"这位武乡秧歌的奠基人，1939 年因病去世。终年 71 岁。

韩中元

韩中元（1869—1939），北上合村人。自幼酷爱戏剧，19 岁进上党梆子乐意班学戏，主攻大生。成名后，回县主持秧歌剧三元班演出，任派戏掌柜。他唱腔优美，风格独特，具有南路唱腔特色；吐字道白比较标准，以其吸引观众，被大家称为"侉中元"，是襄武两县妇孺皆知的名角。他一生中，成功地塑造了许多活灵活现的舞台人物。在《四郎探母》中饰演的四郎、《八郎回朝》中扮演的八郎，尤其表演到家，一招一式都引起群众强烈反响。在《东门会》《对绣鞋》中饰演的大净角色更为成功。

韩中元特别注重培养徒弟，常常利用淡季停演之机，在自己家乡开班教戏。北上合村曾一度被称为"戏剧之乡"。他的得意门徒有：名噪剧坛的大生梁旭昌、家喻户晓的丑角兼大净韩希江，以及一方名宿的笑小生梁全林等人。光明剧团成立之后，北上合村就有 18 人，足见韩师傅对培育戏剧人才贡献之大。

董三苟

董三苟（1897—1944），上却净村人。早年在鸣凤班和由其易名的彩凤班投师学艺，他天性敏锐好学，深得戏东程启万的信任，光绪三十二年，程启万为了提高戏班质量，吸收南路的上党宫调表演程式，派他和郝过法等人到屯留、长子、长治等地有名的戏班唱戏。二人在长子县的"同益班"唱戏二年，把上党梆子戏《六明山》《平西川》《东门会》《五绝阵》《金沙滩》等戏带回鸣凤班，二人还把梆子戏的全套表演程式和音乐曲牌、唱腔尽数学回来，糅合在武乡秧歌剧种内，既丰富了该班的演出剧目，又在表演艺术上产生了新的飞跃。可以说，董三苟为秧歌剧种的进化和发展起到了巨大的推动作用。

董二苟技艺全面，生、旦、净、丑各种行当都有特色，他在彩凤班从艺多年，使彩凤班远近闻名，上门搭戏者络绎不绝。除了唱戏，他还把自己的技艺毫无保留地传给后人，他一生带过 20 多个高徒，著名演员李海水就是他的得意门生之一。1944 年，董三苟因病英年早逝，年仅 47 岁。

郝过法

郝过法（1886—1928），龙湍村人，艺名“白牡丹”。出身于一个雇农家庭，9 岁到本县王庄沟村“红牡丹”科班学艺，拜“红牡丹”吴存保为师，专攻旦角。12 岁出科后，与师兄弟董三苟、吴六四（吴存保之子）、韩三保、韩黑痣、韩三孩、魏臭孩（艺名羊户旦）等搭班唱戏，得艺名“白牡丹”，深受襄、沁、武，辽、榆各县观众的欢迎。

光绪二十八年，郝过法与师弟董三苟南下长子，先后在长子各戏班唱上党梆子，并在长子、屯留、长治一带传播武乡秧歌。光绪三十二年，复返武乡“鸣凤班”，带回《雁门关》《东门会》《五绝阵》《金沙滩》等上党梆子剧目。

他在武乡“鸣凤班”挑班 10 多年，在秧歌戏《青峰山》中扮演李孟月（刀马旦），《小贤姑》中扮演小姑（花旦），《访山东》中扮演黄爱玉（泼旦），《刘芳舍子》中扮演张海棠（青衣），《洞房装疯》中扮演李凤英（小旦），都以唱腔悠扬委婉、做戏细腻、扮相俊美深得观众好评。

1919 年，到襄垣肖家垛“天义班”挑班。后又到襄垣的“改良秧歌班”唱旦，收襄垣人马先虎、郝春富，长子人刘二则，屯留人张生儿、四孩等为徒弟。1922 年，他随徒弟张生儿下屯留县，入屯留“安乐秧歌班”唱戏四年，后因患病返回武乡，居家养病。

1926 年，牛家岭“庆荣班”班主安显荣，出高薪雇用郝过法唱戏。他病体未愈，为了生存，抱病到“庆荣班”主演《河灯会》《小姑贤》《刘芳舍子》《东门会》《桃花庵》等剧，一日三开戏，场场挑主角，累得两次吐血。他在“庆荣班”挑班，武乡的“鸣凤班”“鸣盛班”“三元班”“永乐班”以及襄垣的“富乐意”等早负盛名的秧歌班，都显得大为逊色，败于“庆荣班”脚下。

1928年，武乡“二元班”班主张子元，为了与“庆荣班”相抗衡，托郝过法的师兄弟韩三孩、韩黑痣、韩中元等当说客，把他从“庆荣班”夺到“三元班”，薪水高出“庆荣班”一倍，分外还加一两大烟土。郝过法在“三元班”卖命地演唱，身体一天不如一天，后来不能登台演出，张三元也舍不得放掉他，让人抬着他赶台口。只要“白牡丹”在班内，不上台戏价也少不了。直到郝过法奄奄一息之际，张三元才把他送回龙湍村，时过半月，吐血而亡，年仅43岁。

魏炳全

魏炳全（1881—1959），下合村人。出身于贫苦农民家庭，他10岁便在本村秧歌自乐班学戏，13岁在《小姑贤》中扮演小姑而名扬襄武，被张金川收为徒弟，带进了“十八村秧歌班”任主演，其发音高亢，喷口爽利，行腔委婉曲折，俏皮多变；加之扮相俊秀，眼神运用灵活自如，演花旦类角色较多。经常与其师配戏，或为主仆，或扮母女，一个沉稳明达，一个多情善露，演得情真意切，绘声绘色，常常掌声不绝。他扮演《河灯会》里的梁凤英、《土地堂》里的狐狸仙、《小姑贤》中的小姑、《桃花庵》中的小道姑尤为拿手。在当时“十八村秧歌班”可谓首屈一指。他于20岁回武乡“永乐意”戏班挑班，与梁和尚、韩中元、韩具福、魏春堂等同台演出，不断吸取别人之长，补己之短，逐渐丰富了自己的表演艺术，使他的表演技艺不断提高，日臻成熟。此后，他还培养了几个门徒，如崔来法，是武乡秧歌剧团四大名角之一。1946年，他不顾家人阻止又在下合村业余剧团教戏，把自己全部技艺传授给郑桃英、任生奎、杨春印等，使他们成为名扬上党的出色演员。他的一生为发展武乡秧歌作出了很大贡献，是武乡秧歌戏曲史上一位值得纪念的名艺人。

韩三保

韩三保（1881—1966），陌峪村人。出生于一个小康农民家庭，幼年在私塾读书，才思敏捷，做得好文章，被村里人称为才子。后慕其近门叔父韩具保名节，遂起投笔从艺之意。虽因父母阻止，不能如愿，但从此无心思学，光想在戏台前和戏坊里转悠，立志在梨园中干出一番事业。

韩三保22岁那年，父亲去世，母亲和哥哥管不住他，任他随本村的韩具保、韩黑痣，入古台村的鸣凤秧歌班学戏。韩三保没有投拜过师傅，艺人们反称他为先生。他仗凭着有文化，对戏文一看就懂，读一两回，就能背下台词。别人在前台演，他在一边看，就把手脚身势、上下场接口都记个一清二楚了。入戏班不久，鸣凤班常演的几个剧目中的小生、小旦、须生、花旦、青衣、小丑等行当角色，他都能顶下来。他入班第二年，在襄武两县就有了很大名气。襄武两县交界的老年人们回忆三保时说："三保身上有四宝：好嗓子、好人表、好身材、好文化。"由于他具备这四个条件，演任何一个角色，都能比别人高出一筹。

韩三保演小生，无论《白蛇传》中的许仙，还是《河灯会》中的梅天雪，还有《雨伞记》中的李玉山，《小姑贤》中的周继孟，无一不令人击节叹赏，因他当过几天文质彬彬的秀才，演书生角自然而然带上了儒雅味儿，他装扮起来，风度翩翩，举止潇洒。因他久读诗赋，道白时朗朗流利，声情并茂。尤其是他扮演的梅天雪，把一个玩世不恭的书生演得活灵活现、栩栩如生。

清宣统元年（1909），陌峪村办起一个秧歌自乐班，三保同具保、黑痣回到本村戏班唱戏。陌峪村自乐班是群众自发办起来的，没有班主，三保回到本村戏班，既是主演，又担负着班主和掌班的重担。三保为该班定名为“原乐意”秧歌班。

“原乐意”秧歌班建立之后，韩三保除担着主演和组织领导工作之外，稍有余暇，开始编写剧本。他先后编出过秧歌剧《三开膛》《书中戏》《戏中书》《彭公案》《金钟记》。其中的《三开膛》影响比较深远，曾被中路梆子、上党梆子、上党落子、武安小落等剧种的不少戏班搬去移植。襄武秧歌的戏班更是班班皆演，推为首戏。一直到1939年冬，不少秧歌、落子、小落子的业余剧团还经常上演该剧，可谓久演不衰。1963年夏，武乡秧歌剧团在挖掘本剧种遗产时，韩三保把自己编写的剧本《戏中书》献出来，并和剧团编剧重新整理，参加了晋东南行署文化局组织的改编传统戏会演，得到了好评。

韩三保于1966年与世长辞，享年84岁。他对襄武秧歌剧种在唱、念、做三方面的改进和发展，对丰富本剧种的剧目，都作出了较大的贡献，是襄武秧歌发展史上一位值得永远怀念和长期研究的艺人。

王会孩

王会孩（1908—1981），陶家沟村人，出生于一个清贫的秧歌艺人家庭，从小受其父影响，热爱戏曲艺术，每逢二十里远近的村庄有戏班唱戏，他就背上窝头、炒面，一看就是两三天，看完戏，就给村里人学唱，无论秧歌、上党宫调、上党落子、各种腔调他都学得很好，经常博得乡亲们的称赞。

1922年，王会孩15岁时，听说东沟村有人招收学徒教戏，便背着父母，偷跑到东沟村办职业戏班求艺，拜吴六四、马七斤为师，主攻青衣、正旦之类的角色。后以扮演《祭塔》中的白素贞，在群众中留下较深的印象，崭露头角。

1925年，王会孩出科到“庆荣秧歌班”唱旦，扮演了《刘芳舍子》中的贫穷孝妇张海棠、《祭塔》中的白素贞、《卖爱姐》中的龙素贞、《秦雪梅吊孝》中的秦雪梅、《三娘教子》中的王三娘、《桃花庵》中的窦氏等角色。他的唱腔咬字重而清，嗓音似有沙嘶之声，但却宽厚洪亮，真假嗓高低音运用自如，他嗓音音域较宽，唱高音清脆，唱低音浑厚，行腔以中音为主，稍发沙嘶而能给人以酥甜之感。与此同时，他又大胆地吸收了武乡民间办丧事一些妇女哭声的音调，巧妙地糅合进唱腔之内，有时在慢板行腔中自加一些“唉、呀、哇唉”等虚字眼，使之唱腔独具特色，腔韵别致，使人听后感到非常悲痛。王会孩还十分注重揣摩所演人物的性格和人物在剧本特定环境中的思想感情，以声腔表达情绪，当他唱到悲痛处时往往眼泪夺眶而出，引得台下观众亦泪流不止，曾被群众誉为“活海棠”“真雪梅”。

王会孩因嗓音稍带沙哑，被观众称作“哑嗓旦”。他的唱腔流传极广，现在的青衣慢板、二性板、哭板、叫板，仍然演唱着会孩腔。

1947 年春天，王会孩被邀参加抗日政府领导的翻身剧团，仍然主演传统剧目中的青衣、老旦之类的角色，在现代戏中扮演一些中、老年农妇，后因女演员渐多，其角色很少，自动退离剧团，返回东沟业余秧歌剧团教戏，1957 年东沟业余剧团解体，会孩回村务农，基本结束了舞台生涯。

1976 年后，年近古稀的王会孩听说又让古装戏恢复上演，担心剧团都是青年演员，没有唱过传统戏，就拄着拐杖，赶到离家八里的东沟村剧团演出地，上台给青年演员说戏，作表演示范。他临老都在关心剧团，直至 1981 年因病去世。

王会孩这位秧歌艺坛的名家，刻苦从艺 30 多年，为发展武乡秧歌的旦角唱腔付出不少心血，作出了较大贡献，是值得纪念的。他虽然没有传带过徒弟，但后辈的青衣、正旦、老旦行当的演员，至今仍然唱着他流传下来的唱腔，这些行当的演员，都该归为其徒。

安琚林

安琚林（1897—1971），蟠龙镇人。出身贫寒，自幼给人放牛糊口，他喜爱唱戏，在山坡上常常引吭高歌，练就一副好嗓子。15 岁起先后在原乐意班、鸣凤班、庆云班投师学艺，从师于韩中元、韩三保等人。他博学强记，勤学苦练，17 岁即在班中崭露头角。因他嗓门清亮、唱腔婉转嘹亮略带山歌风味，观众都亲切地把他称作“放牛孩”。他唱的拿手戏有《宋江坐楼》中的宋公明、《刘墉访山东》中的刘墉，《访苏州》中的康熙皇帝、《河灯会》中的梁正亭、《东门会》中的陈文子等。他不仅唱腔婉转，且身段优美、功底扎实，所饰形象个个生动引人，深受观众赞扬。

新中国成立后，他不顾年老体弱，热心辅导农村剧团，去过左权县城关镇的天苍背、武乡县的东沟、白反头等村。他带过的徒弟很多，其中参加过县剧团的就有 10 多名，为武乡戏剧事业的发展作出了较大的贡献，1971 年因病去世，终年 74 岁。

张新尧

张新尧（1897—1962），大堂村人。因家境贫寒 10 岁起即跟戏班学艺为生。16 岁拜柳沟中乐意班张则为师，专攻泼旦、老旦。他天赋聪颖，又勤奋刻苦，对于师傅的表情神态、运气吐字和一招一式，都仔细玩味、琢磨，并吸收其他艺人的特长，逐渐形成自己的风格。18 岁就能独顶头角，成功地扮演许多重要角色。他在《四郎探母》中扮演佘太君，《天雷报》中扮演金花母亲等，无不受到观众的赞赏。当时群众中流传着一句话：“能看大堂张新尧，不看南腔段二苗。”

1939 年秋，武乡县光明剧团成立后，他积极加入剧团的行列。为了适应抗日斗争形势，唤起民众的广泛觉醒，他毅然放弃原有的秧歌技艺，专攻一段新快板书。他所说的快板，一部分是由文艺工作者编写，多数则是由他自己口头创作的。为使农村观众能听懂、听清，他常常改掉原快板书中的雅词、雅句，变为通俗易懂的方言。由于他吐字清晰流畅，动作表情自然大方，既富于幽默之感，又不失庄重之态，常常博得观众连声称赞。因此，他所说的快板书，观众往往能熟记在心，进而在群众中广为传播，对宣传群众团结抗日起到了巨大的鼓动作用。

1943 年，张新尧因年迈体弱，不适应战争环境，只好离开剧团回村务农。新中国成立后，他来往于本村及附近村庄，热心辅导农村剧团，把自己的技艺无保留地传给后人，1962 年因病逝世，终年 75 岁。

附表 10　武乡秧歌一、二代艺人名录

姓　名	性别	籍　贯	演艺行当	代表剧目	主演角色
韩琚福	男	韩北村	小生、须生	赵兰英进京	孙继高
韩具宝	男	陌峪村	旦生	三开膛	韩进士
吴六四	男	王庄沟	小旦、青衣	河灯会	梁兰英
马七斤	男	王庄沟	青衣、老旦	杀子报	徐氏
王跟然	男	陶家沟	老旦、须生	宋江坐楼	宋江
赵成晋	男	河西	小生	小姑贤	王玉安
刘富掌	男	故县村	乐队头把		
吴存保	男	王庄沟	小生、青衣	刘芳舍子	张海棠
梁够成	男	北上合	乐队头把		
程专才	男	刘家沟	小旦	雨伞记	李凤英
魏贵则	男	下合村	小生、小旦	小姑贤	小姑玉姐
魏八斤	男	下合村	小旦、小丑	小姑贤	婆母
魏炳全	男	下合村	小旦、青衣	赵兰英进京	李孟月
魏存堂	男	下合村	小生、须生	白蛇传	许仙
郝过法	男	龙湍	小旦、青衣	刘芳舍子	张海棠

续表

姓　名	性别	籍　贯	演艺行当	代表剧目	主演角色
董三苟	男	却净	小旦、青衣	赵兰英进京	赵兰英
魏兵孩	男	枣林	小旦、小生	白蛇传	白素贞
赵千孩	男	上司村	旦角	宋江坐楼	阎婆惜
关守曜	男	不详	生丑	摘豆角	小长工，没呐
郑二全	男	韩北前沟村	须生、丑角	偷南瓜	秋来
安显荣	男	蟠龙牛家岭	青衣、须生	访松江	常九如
韩黑痣	男	陌峪村	正旦、须生	秦雪梅吊孝	秦雪梅
韩三保	男	陌峪村	生旦、丑	桃花庵	张太太窦氏
韩三孩	男	陌峪村	旦丑	三顶灯	白翠兰（妻）、黄三贵
王福保	男	东沟村	青衣、老旦	绿林庄	老母赵氏
王会孩	男	陶家沟	正旦、老旦	刘芳舍子	孝妇张海棠
张新尧	男	韩北大堂村	老旦	河灯会	泼妇马氏
梁和尚	男	北上合	小旦、小生	旋风案	黄爱玉
韩中元	男	北上合	须生、丑角	白蛇传	许仙法海
董五孩	男	大有雅儿烟	丑角、花旦	宋江杀惜	阎婆惜
刘珍福	男	大陌村	小旦、青衣	装疯洞房	柯翠莲
刘俊明	男	大陌村	小生、正旦	雨伞记	生角，王玉山
李福全	男	监漳杨桃湾	花旦、三花	访山东	瞎盘山
李福贵	男	上广志	小旦、青衣	访松江	周桂英
温和尚	男	大有温家庄	鼓板师		
刘　四	男	大陌村	旦生	偷南瓜	桂花
赵三全	男	贾豁古台村	小丑	打玻璃	无老明

第二节　第三代名艺人

王宣恒

王宣恒（1897—1973），乳名王圪旦，东沟村人。出生于一个贫苦农民家庭，兄弟五人，他排行老三。幼年时给地主放羊，打短工，冬季跟本村半职业戏班跑龙套，饱受欺凌。1936 年，和四弟王宣德，由魏名扬介绍加入了中国共产党。抗日战争时期，他先后担任了东沟村自卫队队长、农会主席、抗日村长等职。

1938 年，日军入侵，武乡最后一个秧歌戏班“庆荣班”解体，王宣恒派侄儿王三孩、王四孩到牛家岭向庆荣班戏东安显荣借回了戏箱，召集东沟附近的艺人李海水、王会孩、关贵成等，组织起一个半职业剧团，经常慰问八路军部队。王从小就和戏曲结下了不解之缘，曾跟过旧戏班，嗓门高亢洪亮，唱上党皮簧唱得较好。如在《打金枝》中扮演唐太宗，《河灯会》中扮演梁正亭等，深受观众喜欢。因此，他组织的这个剧团，剧目以《打金枝》《河灯会》《二进宫》为主，唱腔以武乡秧歌为主，并兼唱簧戏、宫调。1939 年，他又吸收了梁旭昌、梁全发、韩二全、安琚林、张新尧、崔来发、任八孩等，充实了力量，成立了“挺进剧团”。当时剧团的主要任务是为八路军决死队演出，剧目仍以传统戏为主。是年 12 月中旬，王率领剧团到王家峪村参加了祝贺朱德总司令寿辰演出，受到总部首长和八路军战士的一致好评。1940 年，他担任武乡第四区区长，仍没有脱离剧团关系。1939 年 9 月，剧团改称“武乡光明剧团”，抗日县政府又先后派王晋文（王宣恒的侄儿）、梁树生、肖焕荣、李英华、魏铁夫等担任剧团领导。王宣恒在区上工作，一有空就跑到剧团帮助工作。因此，艺人们用“姜太公在此诸神退位”来比喻他和剧团的关系。东沟村人们传出了一句歇后语：“王圪旦当干部——两头儿忙。”

王宣恒是一个工农干部，虽没有多少文化，但却有实际工作能力。在担任剧团领导时，积极发展演职员加入中国共产党，努力改造旧艺人恶习，不断改革剧目，提倡上演新戏，力求使剧目真正成为教育人民、团结人民、打击敌人的有力武器。抗日战争胜利后，他辞掉职务，回村担任了“专职村长”。从 1946 年到 1964 年，18 年。东沟村从未间断过业余秧歌剧团，每年春节演出都由他组织。1973 年，这位武乡秧歌剧团的奠基人病逝，享年 76 岁。

张万一

张万一（1917—1994），剧作家，蟠龙镇人。1937 年 4 月，考入国民兵军官教导团，投身于抗日救亡活动。其间编写了《宛平事件》《教子参军》等剧，开始了创作生涯。

1937 年秋，任决死队第一纵队第二总队政治部特务队分队长。后转入地方，曾任决死队武乡游击队队长、一区中干队队长、洪水小学校长、武乡初级小学军事教员、工商管理三分局统调员，武乡县商联会主席等职。在此期间，编写了大型秧歌剧《重婚案》《左权将军》《反对买卖婚姻》等民间歌词。1942 年，调武乡光明剧团从事编导工作，编写了《义务看护队》《改变旧作风》《组织起来》等大型现代秧歌剧，并将《小二黑结婚》等小说改编成秧歌剧上演。后又写出了《人民大拥军》《窑洞战》《地雷大王》《雪夜》《年初》《小玩器》等剧本。1946 年，武乡光明剧团归属为太行行署后，仍任编导。创作了《两条心》《四大恶霸》《关公整周仓》《保卫好时光》《春耕时节》等，改编了《圈套》《王贵贵与李香香》《新仇旧恨》等剧，在太行行署总结评功大会上荣立特等功。

1949 年随团进入太原，改编为山西省文工二团。中央戏剧学院学习一年后，调华北文联工作。1954 年调山西省文联工作，曾任联络部部长、副秘书长等职。之后，调实验剧院任副院长，并当选为省剧协主席。创作出版了剧本50多个。较有影响的大型剧本有《结婚》（改编）、《漳河湾》（合作）、《尹灵芝》《哑姑泉》（合作）等；中小剧本《满庭生辉》《梨花院》《确有其事》《撒了谎的人》《治安委员》《护粮记》（合作）、《吕梁春》（合作）以及大型秧歌剧《金菊岩》、小歌舞剧《云燕》等。此外，曾参加电影《打金枝》剧本的改编，还编写过不少小说、故事、诗歌。有影响的如《小鹰的故事》《多福嫂和她的媳妇们》《民警夫妇》《掩护》等；诗歌如《蒋家军》《赴韶山》《颂周总理》以及鼓词《拔豆苗》等，曾任山西省文化厅戏剧工作研究室主任，中国戏剧家协会山西分会副主席。

高介云

高介云（1928—2011），生于故县村一个知识分子家庭。剧作家，作曲家。父亲高沐鸿，是早期入党的中共党员，20世纪30年代进步作家。1932年，随父到归化（现内蒙古呼和浩特市）读书。1934年转学到山西省太原市国民师范附属小学。1936年考入太原市阳曲一高。1937年7月“卢沟桥事变”后太原形势危急，全家转回原籍武乡。1938年3月，参加抗日革命工作，到榆社县总动员委员会宣传队任宣传委员。1940年春，入太行鲁迅艺术学校学习。结业后，任武乡（东）县抗日一高教师、县青救会宣传部部长。

1942年，调武乡（东）县光明剧团任团长，次年加入中国共产党。其间，与张万一合作写出了50个大型现代剧：《小二黑结婚》《组织起来》和《改变旧作风》以及《地雷大王王来法》《滔天罪恶》等。其中《改变旧作风》获太行区文联颁发的鲁迅文艺奖金。当时评论界对这个戏评价很高，太行《文艺杂志》发表的一些评论文章说：“《改变旧作风》是武东光明剧团在写作上突飞猛进的里程碑，是太行剧运从《李来成家庭》以来又一部脍炙人口的新剧作”。1946年2月随光明剧团上调到太行行署，任团长。开始学习音乐创作，不久出版了小歌剧《贺功》《小和家》。并为大型歌剧《圈套》《王贵与李香香》《赤叶河》、秧歌剧《两条心》《四大恶霸》作曲，由此获太行区立功运动二等奖。1948 年太行剧团与晋冀鲁豫军区后勤部合并，改名为太行文艺工作团，任该团艺委员会主任，专职从事歌剧作曲兼乐队指挥。这期间为歌剧《春耕时节》《关公整周仓》等作曲。1949 年列席全国第一次文代会。翌年入中央音乐学院学习，结业后曾为大型歌剧《结婚》作曲。1952 年任山西省文艺工作团团长。第二年调华北文联搞创作，后又调华北晋剧团任研究室主任。1954 年调天津市歌舞团任创作组组长。1958 年调天津音协任秘书长。其间，创作歌曲百余首，主要有《我的姐姐张秀兰》《哨兵巡逻队》《王三姐赶集》（天津歌曲评选获二等奖）、《歌唱中国共产党》《台湾，我们蓝色的宝岛》《为了幸福》《牧童》等。1959 年任天津河北梆子剧院副院长，次年创作大型歌剧《义和团》，全国各地不少剧团改编上演。1960 年作为天津市代表参加了第三届文代会和第二次全国音代会。1962 年任天津剧协秘书长。其间创作的剧本有《我们走在大路上》《女检查员》《老万师傅》《滚滚九龙江》《共青团员》《绣鞋疑案》《阴差阳错》等。1970 年调天津市文化局创作评论组工作。1973 年任天津市文化局艺术处副处长，1977 年任天津市戏剧创作研究室主任。1979 年第四次文代会上当选为中国剧协理事。

殷士肤

殷士肤（1920—2011），出生于故城镇茅庄村。早在故城四高学习时，即受全县知名的音乐教师常振芳老师的教诲，尤以口琴吹奏等奠定下音乐、歌唱方面的良好基础。抗日战争开始后，1938 年初春，投入武乡县抗日青年救国公校学习。该校组成宣传抗日救亡的话剧团后，他被选为该团团长。在下乡巡回演出中，曾扮演大型话剧《张家店》《慰问伤员》等剧目中的主要角色，给观众留下了较深的印象。

青校毕业后，县牺盟会责成他和赵俊川，组成武乡县抗日儿童话剧团，赵任团长，他任指导员。此时，他即开始编写剧本，并担任该团导演，曾编演过《誓死不做亡国奴》《日本哨兵》《送郎参军》等话剧节目。

1940 年春，他到抗日军政大学分校学习。在四团六连组织的话剧演出队中，仍为主要演员。曾连续参加了纪念“五一”“五四”晚会节目演出。当时各连队的演出，受到左权副参谋长、抗大教员的表扬。

1943 年至 1947 年间，殷士肤返地方工作后，被武西县委派到武西战斗剧团担任指导员，并主持编导工作。其间，他编写出《谁救活我们》《风雨之夜》等大型现代秧歌剧。后又编写了《一担水桶》《一条毛巾》等小剧。其中小剧《一条毛巾》和快板《懒汉愣二小》荣获晋冀鲁豫边区政府文艺奖。1945 年春，战斗剧团赴太行文教群英大会演出，博得与会首长与观众的赞扬。1947 年夏，在全县召开的文教大会上，被评为县文艺宣传模范，获得了锦旗奖。

新中国成立后，担任县文化局局长兼文化馆馆长，先后为武乡秧歌剧团整理编写了《戏中书》和《洞房》两本古装戏。之后，他又编写出《斗二升》《偷南瓜》《老两口许亲》等 10 多个秧歌小剧和曲艺节目。1964 年秋，他执笔编写的曲艺《农村闯将李枝荣》，由山西人民出版社出版。1958 年后，他又先后编写了现代剧《碧血倩影》和《风水情》两个秧歌剧目，被故城等业余剧团搬上了舞台演出。

殷士肤 50 多年如一日，编写出 40 多个小戏和曲艺节目，为开创、繁荣、振兴武乡的戏剧和曲艺作出了卓越的贡献。

王世荣

王世荣（1923—2016），禄村人。1938 年参加革命，先后在本县青年救国公学、三专署民族革命中学学习。结业后，任小学教员、县青救会儿童部部长、区秘书等职。从小喜爱文艺，偷闲啃读《三国演义》《水浒传》

《西游记》《七侠五义》《镜花缘》等小说。受当地小戏的影响，和戏剧结下了不解之缘。抗战初期，革命文艺的兴起，特别是受到部队话剧演出活动的感染，对戏剧创作发生了兴趣。1944 年，在马村学区任联合校长期间，应马村农村剧团的要求，写了小戏《魏深林家庭》。这个小戏获得 1945 年晋冀鲁豫边区政府文艺征文第二奖，奖金 350 元。这样，为后来做文艺工作，特别是做戏剧工作定下了调子。不久，就调回县里搞民教馆的兴建工作。在此创作了《地主与长工》等鼓词，获得了头等文艺奖金。

1947 年，和魏东生、韩俊鸿奉县委指示，重新组建了翻身剧团任编导。从此，他正式从事专业戏剧创作工作。其间，创作的剧本有《光荣牌》《两种作风》《绑住结婚》《闹人家》等；改编的剧目有《葵花》《高乾大》《逼上梁山》等。其中《绑住结婚》在《太行文艺》杂志上发表后，扩展到外地剧团演出。1949 年，他出席了山西省第一次文代会，当选为省文学艺术工作者协会委员。

1950 年，调长治专区文工团工作，任创作组组长。1950 年，各专（市）文工团集中在省城进行文艺整风期间，他写了歌剧《女社长》。1953 年至“文化大革命”期间，在省文联工作。先后任联络处处长兼省文联办公室副主任、省作协副秘书长、太原市文联副秘书长等职。这段时间，他大半精力是搞文艺组织工作，挤时间写一些作品，计有小歌剧《小算盘》《远大的路子》《风波》《下马看花》《小兰上山》《揭红榜》等；与张万一合作写了小戏《小心眼》（北京宝文堂出版时改为《马大友过关》），活报剧《狗急跳墙》等。上述剧本分别由《山西文艺》《火花》《文化周刊》等刊物发表，并由省出版社及北京宝文堂等出版单位陆续出版。其中《小算盘》《风波》分别编入《国庆十周年文集》。

郝凌云

郝凌云，1931 年出生，石北乡圪嘴头村人。中国戏剧家协会会员、戏曲音乐协会理事、山西省剧协理事、组织联络部部长。他出生在一个书香之家。其祖父就热爱戏剧，并供过戏班。三叔父郝培兰是有名的晋剧琴师。在叔父的影响下，他从幼年就爱唱戏，七八岁就能背不少戏文。他性情直爽，少年时爱蹦蹦跳跳，唱唱闹闹，有优越的戏剧天赋。1942 年在学校学习期间，就参加抗日儿童剧团，开始登台表演，并参加了武西县战斗剧团。1943 年入太行联中，在该校的文艺宣传队主演秧歌剧《兄妹开荒》《动员起来》《劝荣花》《招待所》等，深受观众好评。结业后，调武乡光明剧团任演员，参加演出过现代戏《白毛女》《义务看护队》等。

1947 年 6 月，他参加了第二野战军第三纵队文工团，当演员。1949 年 2 月调安徽六安军分区文工团任分队长、副团长等职。1958 年 4 月至 1963 年，他在北大荒（东北农垦局）文工队担任艺术馆馆长、艺术学校校长，创作演出了《烈火红心》《麦收歌》《登山路上》《在前进的道路上》等节目。

1963 年后，郝凌云转省剧协工作，负责全省戏剧联络指导，进行艺术交流，培训骨干。20 多年中，他从雁门关到黄河边，从吕梁山到太行山，走遍全省 70 多个县剧团，进行艺术辅导，发展了 3300 多名中国戏剧家协会山西分会会员，办过 10 多次艺术培训班，培养出艺术骨干 300 多名，为振兴山西戏剧事业作出了贡献。他参加工作 50 多年，经常深入基层和广大戏剧工作者一道改革创新，尤其对武乡、襄垣两个秧歌剧团指导极为尽力。

1983 年以来，九次回武乡进行拍戏艺术指导，是《王贵与李香香》《小二黑结婚》《嫁妻》等三部电视剧拍摄的艺术指导，播映后获得全省人民好评。他在上党戏剧界享有崇高的威望，人们都尊称他为“勤勤恳恳的郝老师”。

弓庆福

弓庆福（1922—1983），寨上村人。从小爱好戏曲，在学生时代就参加本村业余剧团演戏。1941 年武西战斗剧团成立后，他参加该团，拜李来春为师，主攻小生行当。由于文化基础较好，对剧情和台词能深刻理解，能够细腻地刻画剧中人物的性格和内心活动，演出来的人物活灵活现，栩栩如生。他扮演《小姑贤》中的王玉山、《河灯会》中的梅天雪时，不论表演、身段、功架，既有优美的传统程式，又从现代戏中吸取了生活化的动作，更显得自然得体，舒坦大方，给观众以完美的艺术形象。

1942 年后，为了动员游击区和敌占区同胞奋起抗日，该团以演现代戏为主，他在《万象楼》中扮演何有德，在《王贵与李香香》中扮演崔二爷，深受观众好评。至此，他在武乡戏剧界享有很高的声誉。1947 年至 1953 年期间，他在《刘胡兰》一剧中成功地塑造了石三海这一反面人物形象，参加了晋东南地区文艺会演，博得观众赞赏。之后，在《葵花》一剧中扮演金保，在《罗通扫北》一剧中扮演罗通，颇受观众赞誉，有“活罗通”之称。

1953 年，因工作需要，调县民教馆搞群众文化工作。他不辞辛劳，长期深入农村山乡，全心全意地辅导农村业余剧团。1957 年，武乡晋剧团成立，县委任命他担任团长，并兼任导演工作。其间，他亲自导演了《傅家营》《山村姐妹》《红灯记》等 20 多个剧目，演出效果反响强烈。并在剧中担任主要角色，如《傅家营》中扮演傅承祖。

1972 年，调任县电影公司经理。1982 年担任武乡县文化局副局长、兼戏校校长，分管剧团工作。在《王贵与李香香》一剧重新排练时，担任导演。他待人诚恳热情，特别对青年演员尤其关怀爱护，悉心培养，鼓励他们勇挑重担。他先后三到剧团，为武乡戏剧事业的繁荣和振兴呕心沥血、鞠躬尽瘁。1983 年因病逝世，享年 60 岁。

魏东升

魏东升（1911—1980），下型塘村人。出身贫苦，自小喜爱文艺。11 岁时，在蟠龙石佛寺跟刘怀荣学吹唢呐、铜管，13 岁到东沟石板一带学习庙堂音乐。1939 年冬到离相寺抗日救亡宣传队训练班学习。1940 年加入中国共产党。1949 年至 1970 年，历任武乡县儿童话剧团音乐教员和县秧歌剧团团长、文化馆馆长、公社主任、武乡县大众剧团党支部书记等职。

魏东升在武乡秧歌剧团任团长时间最长。他不但有较强的组织能力，而且能编剧、善演戏，还会伴奏。他在大型歌剧《刘胡兰》中扮演“石头”，刻画性格入木三分，至今令人难忘。在《奇袭白虎团》中扮南朝鲜伪排长，诙谐幽默，在观众中留下很深印象。观众看过他扮演石头、伪排长之后，在饭间和闲谈时，想起他那诙谐的表演，禁不住开怀大笑，至今仍被观众所津津乐道。他亲自编导出《三女婿上寿》，并在剧中扮演老财主。他对音乐更是内行，他不怕劳累，坚持参与乐队，拉主乐木胡胡。他出场与演员演戏，下场去乐队伴奏，按他生前所说：“坚持驻台，一为了增添力量，二为了监督演出。”

“文革”期间，魏东升被打成“黑帮”“走资派”，多次挨斗，戴高帽游街。在极端的困苦境况下，他仍然保持乐观主义，用幽默诙谐的言谈举止，抵制造反派的刑讯逼供。在批斗台上，眉眼一动，引得场下观众哄笑不止，将批判变成个相声晚会。

1973 年，魏东升又被调回剧团任支部书记，随即把许多在“文革”时被赶走的主要演员诸如任生奎、刘凤兰、郭改荣等，想办法从外单位调回剧团。郑桃英、任二货原被赶回农村，他想办法给二人落实政策，也收回剧团，使剧团元气得到恢复，使演出质量提高到原来的水平。他回去看到剧团只演几本样板戏，卖不出票，便设法抓剧本，短时期内新排出《三上桃峰》《朝阳沟》《山鹰》等吸引观众的秧歌剧目，很受观众欢迎，演出收入倍增，解决了全团职工发工资问题。当年秋天，身患高血压、脑动脉硬化疾病，半身瘫痪，从此卧病不起。1980 年去世，终年 69 岁。

魏东升是武乡秧歌剧团史上一个杰出的领导干部，对武乡秧歌剧种发展起过积极的推动作用，付出不少心血，作出过很大贡献，武乡人民众口皆碑。

史全义

史全义（1906—1959），韩北村人。小时就爱好唱戏，经常在大人们面前模仿戏剧人物角色表演。15 岁时，“永乐意”秧歌班在韩北唱戏，被名老艺人韩中元看中，带他跟班学戏。他天资聪颖，敏悟好学，16 岁就登台演唱。先唱旦，后唱生，因其年小就演主角，被观众称为“娃娃生”。师傅们就叫他娃娃，叫来叫去娃娃又被叫成“瓦瓦”，“瓦瓦”就成了他的艺名，观众们都知道韩北瓦瓦是唱戏的好把式。后来到庆荣秧歌班唱戏，演唱不少秧歌搅梆子的戏，又改唱大、二花脸。曾在《东门会》中扮演昏君齐王，《赵兰英进京》中扮演赵鹏，《五台会兄》中扮演杨五郎。他唱花脸，扮相排场，脸谱奇特，做派功架稳练规范，很见功夫，是武乡秧歌戏班最佳的净角演员。

日军侵占武乡，庆荣秧歌班解散，他回村参加了民兵。一方面积极支前抗战，保家卫国；另一方面组建本村业余秧歌剧团，排演宣传抗日救国的现代新剧目。1945 年，县立光明剧团邀请他参加到县剧团。在新排赵树理编的古装戏《邺宫图》中扮演了暴君石虎，在赵树理新编的现代戏《万象楼》中扮演了反动道首何有德，并且在许多抗战题材的剧中扮演日本军官等反面人物角色，在当时声名远播，在太行山一带很有影响。1947 年光荣加入了中国共产党。后来光明剧团上调省城，他返回本村重新组织韩北村业余剧团，排演新剧目。不久，武乡县委决定组建“翻身剧团”，又专门点名调他到翻身剧团担任财粮科长，掌管全剧团财务工作。

1952年，翻身剧团改称大众剧团。1953年，整顿剧团，任命他担任大众剧团指导员，他极力主张招收各农村秧歌剧团的优秀演员和乐队演奏员，吸收新生力量。先后招收进下合剧团的郑桃英、任森奎、杨春印、魏福贵、魏来子；大陌剧团的刘凤兰、刘珍祥、刘焕娥，拐垴剧团的郭改荣、吴仙果，东沟剧团的王改云、王翠莲等年轻演员，使剧团的业务阵容重新健全起来。当年冬至，剧团驻柳沟村集中训练，排演了古装戏《罗通扫北》，他担任导演并在剧中担任程咬金一角，演得唱、念、做、打俱佳，特别受观众赞赏。程咬金一角是他一生演艺中最叫好、最为拿手的代表作。他的远房侄子也是嫡传徒弟史培堂，继承了他的衣钵，演程咬金也很拿手。他还带了一个唱旦角的女徒弟郭改云，后来也是武乡秧歌的著名演员。他在剧团担任主要领导，工作特别认真，对演职员要求极为严格，廉洁奉公、以身作则，大众剧团多次赴晋东南专区会演都名列前茅。终因操劳过度，身患重病，1959年3月不幸去世，享年仅53岁。

李海水

李海水（1919—1965），东沟乡西沟岭村人。从小热爱戏剧，12岁拜名旦董三苟为师，入武乡鸣凤班唱戏。曾在《河灯会》中扮演梁兰英、《雨伞记》中扮演李凤英等闺门旦角色。尤其是他的唱腔，不拘泥于师傅的死板唱法，能够各取所长，重新组合连贯，形成了自己独特的唱腔风格。

1937年，由于日军入侵，使旧戏班解散，回到村里参加了民兵。此时，他用说书、清唱等文艺形式，自编自唱，鼓动人民奋起抗战，卫国保家，为了宣传演唱方便，学会了拉二把、弹三弦、拉呼胡、打鼓板。

1938年，毅然参加了中国共产党，并担任了村自卫队队副。

1939年9月，武乡县光明剧团成立，李海水加入剧团，除演原来的旦行角色外，也演一些生、净、丑行当的角色。光明剧团以演现代戏为主，他分别在20多本现代戏中担任主要角色，每塑造一个人物形象，都能给观众留下深刻的印象。他在《关家庄》和《天灾人祸》两剧中演汉奸，唤起民众咬牙切齿地痛恨。在《小二黑结婚》中扮演的三仙姑，表演得活灵活现，惟妙惟肖。而在《赤叶河》中扮演的老宋，又是那么憨厚风趣、形象逼真，受到许多知名艺术家的啧口称赞。

李海水年轻时，嗓子倒仓了，但并未灰心，而用心揣摩、创造出一种新腔。这种唱腔用于须生、老生尤为适宜贴切，听起来使人感到新颖优美而厚实。由于这种唱腔别有味道，观众有新鲜感，成为所有唱须生、老生行当的流行唱腔。

新中国成立以后，他在武乡秧歌剧团担任副团长兼导演。导演了《刘三姐》《社长的女儿》等近 30 本古装戏和现代戏。他导演时，常根据剧情所需要的感情、气氛、空间，口哼出工字谱，然后让乐队记谱伴奏。所以他排出来的戏，从表演到音乐，格调统一。这一阶段，他的表演艺术已达到炉火纯青的地步，不仅文武场口都能为之，而且生、旦、净、丑均可应行，他的代表剧目有《游龟山》（饰田云山）、《社长的女儿》（演社长），他除有优美淳朴的唱腔外，还有一口流利清爽、到哪里讲哪里方言的道白，也是襄武两县任何艺人都无法效仿的绝技。早在 1949 年，就出席了全国首次文代大会，新中国成立后，又两次出席省文代大会，是中国戏剧家协会山西分会会员。1955 年，还随专一团赴京演出。

1965 年夏，这位从艺 34 年的秧歌名演员，身患癌症与世诀别。他一生塑造了近百个栩栩如生的艺术形象，迄今仍活跃在广大观众们脑海里，他的舞台表演艺术和优美的唱腔，被后辈演员继续沿用至今，凡是在太行生活战斗过的许多著名作家、艺术家今天谈起李海水，都对名角早逝，十分惋惜。

梁旭昌

梁旭昌（1914—1968），字培业，号恒山。生于北上合村的一个贫农家庭，少年时代务农。20 岁跟随本村老艺人韩中元住班学戏，不久成为鸣凤班的正式生角演员。

抗日战争爆发后，于 1938 年春，参加抗日游击队。1939 年春，加入中国共产党。同年秋季，县里成立光明剧团，调入剧团担任导演兼演员。在抗日战争艰苦的岁月里，从 1942 年起任剧团的副团长，除主演各种剧目外，担任剧团的领导工作。对抗日救亡与民主革命的宣传工作积极负责，成绩显著，日军曾"通缉"捕捉消灭武乡光明剧团的演职人员，把他列为重点抓捕对象。1943 年腊月十一日，梁旭昌被日军包围，他奋勇与敌人拼搏，跳深崖而挣脱，表现了誓死不做俘虏的气节。抗战胜利后，光明剧团集体上调到太行行署，为取得解放战争的胜利，继续到前线和新区演出。1947 年，本县成立翻身剧团，他应聘回县任导演、主要演员及戏校教师。他有很强的事业心，能够吸收各种剧种之长处，弥补本地秧歌之不足。除武乡秧歌外，上党梆子、上党落子、上党二簧等他都能演唱得很熟练，尤其是上党二簧唱得优美，有特色。《打金枝》《沙陀国》《坡前会》《四郎探母》等上党二簧调的剧种，是他的拿手好戏，故在太行三专区有"假二苗"之称。在古装剧中，演大生角，他的门面、身架、作势都很标准，扮演帝王将相，登殿升帐时，能给观众们一种与凡人不同的威严庄重感；在时装剧中，扮演老年的劳动人民在旧社会受苦受难，如《血泪仇》中扮演王仁厚、《天灾人祸》中扮演小宝爹，能使观众声泪俱下，进而激起人民反抗剥削与压迫的共鸣。他表演过许多古装剧须生，如《对绣鞋》中扮演杨知县、《刘芳舍子》中扮演刘芳，博得观众鼓掌叫好。他带徒弟毫不保守，两次在青训班任教，培养了不少演员。

1968 年 7 月 23 日病故，享年 55 岁，舞台生涯 33 年。

崔来法

崔来法（1914—1992），监漳村人。从小学戏，拜著名旦角魏炳全为师，三年出师。魏炳全是“铁匠旦”张金川的门徒，所以说崔来法是襄武秧歌正宗派的传人。

崔来法在古装戏《桃花庵》中扮演道姑陈妙善，在《兰英进京》中扮演丫鬟李孟月，尤为拿手，他和名演员李海水常年碰班，同台演出，或为姐妹，或为主仆，或为母女，演得情真意切，武乡观众把他的名字和李海水、梁旭昌、韩希江的名字排列在一起，称为武乡秧歌“四名角”。1940年，他参加了县立光明剧团，曾在现代戏《胡春花拥军》等剧中担任主演，深受群众欢迎。

他的表演特点是朴实大方，自然端庄，有时唱得如同说话一般，但韵味浓厚，一字一句无不在板眼之中，具有很强的感染力。演唱时，着力传人物之情，以声传情，声情并茂。

新中国成立后，由于许多女演员登了台，他登台的机会减少了，从此把精力放在培养年轻旦角演员方面，后来的武乡秧歌剧团的旦角演员都受过他的指点和传教。他教学徒，尽心竭力，诲人不倦，从没有一丝隐瞒和保留。他的徒弟们学到了他的艺术真谛，挑起了主演，成名成家。1965 年办理了退职手续，含泪离开了剧团。

崔来法幼年从艺，对农业生产一窍不通，回村在生产队劳动，人家一天挣一个工分，只给他评七分工，苦干一年连全家人的口粮钱都挣不够，还得受生产队长的训斥。在万般无奈之下，又跑到剧团乞求领导让他返团，哪怕是当勤杂工挣低工资也无怨言。崔来法除当演员外，还学得一手点气灯的技术，他的徒弟们也向领导求情，领导才答应让他回团点气灯，但只挣原工资的一半，每月领 26 元工资。后来剧团买回电气灯光设备，代替了原来舞台照明的气灯，崔师傅又被分配管硬布景。只要允许他留在剧团，领导分配他干啥，再苦再累的工作他都尽力承担，后来剧团又换成原来的老领导，才又给他恢复成原来的52元月工资。就这样在剧团又干了四五年。剧团又换成教师进团担任领导，整顿剧团时，他又被迫离团，调县化肥厂担任保管，1974年办理了退休手续。

1986年，省文化厅来武乡拍摄传统秧歌戏《落花记》，专为名老艺人录音录像。他已70多岁高龄，还在剧中扮演了老夫人一角。他一出场，台下掌声齐鸣，无不为他拍手叫好，留给后人一份宝贵的音像资料。1992年逝世，终年79岁。

韩希江

韩希江（1909—1979），北上合村人。出生于一个贫苦的农民家庭。10岁跟随本村戏曲艺人韩中元、梁和尚等串班唱戏。先后在武乡古台村的鸣凤班、襄垣的天义班打把，只管饭，不赚钱。12岁跟鸣凤班到襄垣县的西营镇演出时，唱秧歌小剧《秃老明打玻璃》，秃老明的扮演者韩三保突然上吐下泻，休克在后台，急得掌班左右为难。韩希江站出来，替韩三保出场。出人意料演得惟妙惟肖，博得观众拍手欢迎。韩三保因此把他收为徒弟。韩三保是生、旦、净、丑均能应行的一个全把式，希江也就什么行当也攻，但其最得心应手的行当是须生、二花脸、丑角。从12岁到26岁这14年期间，跟着韩三保先后在武乡陌峪村的乐意班、牛家岭村的庆荣班、窑上沟村的永乐意班唱戏。曾在秧歌剧《青峰山》中扮演二净角儿大王，在《河灯会》中演小丑角梁中和须生角梁正亭，在《访山东》中演武生角何世龙和丑角瞎盘山，在《访苏州》中扮演生角孙加干，在《东门会》中扮演过净角齐王和生角陈文子，在《八郎回朝》中扮演过杨八郎等生、净、旦、丑行当的60多个角色。这时的韩希江，在襄、沁、武、辽、榆、黎、潞七县享有盛名，和李海水、崔来法、梁旭昌齐名，被观众称为武乡秧歌“四名角”。

1939年，韩希江入县光明剧团，逐步学习到了现代戏的表演技巧，他在《万象楼》中扮演特务何有德，在《白毛女》中扮演黄世仁，还在《血泪仇》《公关院》《备战》《圈套》《打蟠龙》等剧中扮演反面或中间人物。他演现代戏里的反面人物，不像别的人单从脸谱上丑化，而是能把握分寸，注重揭示人物的内在丑恶灵魂。

韩希江之后离团到了柳沟兵工厂当了工人，后随厂迁至长治淮海机械厂工作，是厂业余剧团骨干演员。

1979年，韩希江在长治逝世，享年72岁。他的艺术才华虽未得到充分展示，但他的演技被一代又一代艺人传承。现在武乡秧歌剧团的一整套表演程式，尤其在搅唱上党梆子方面，凝注着他的心血和汗水。他对襄、武秧歌剧种的发展、在艺术上的提高作出了贡献。

梁全发

梁全发（1918—1998），北上合村人。幼年家景贫寒，从小跟北上合村名艺人韩中元学戏。因其面容清俊，体态匀称，师傅因材施教，让他专攻小生行当。他白天给师傅端饭，晚上跟师傅睡觉，师傅口对口教他练唱，手把手教他练动作。不到半年工夫，就学会了《河灯会》里的小生梅天雪、《小姑贤》里的王玉安，初次登台，就很受观众青睐。从此，跟着师傅跑班唱戏，除演小生戏外，须生、老生的戏也都能应行。和他同村、同姓、同师学戏的梁旭昌，比他大两岁，个子也比他高，两人又学的同一行当，同行称梁旭昌为“大梁生”，称他为“二梁生”。大梁、二梁在观众中共享盛誉，都在戏班起着顶梁柱的作用。

1939年，武乡（东）县抗日政府要组建秧歌剧团，负责人王宣恒亲自跑到北上合，联络大梁、二梁和韩希江等北上合村的艺人，共同筹备组建抗日剧团。二梁当时正年轻气盛，积极响应，并主动去联系其他艺人，剧团就在他们村组建起来了，大梁、二梁、韩希江、韩二全等就是“光明剧团”的开团元老。

梁全发参加了共产党抗日政府组建的抗日剧团，深感荣幸，紧跟团领导，工作认真积极，1941 年夏，加入了中国共产党，并担任支部委员。在抗日烽火中，光明剧团排演了许多宣传抗日救国的新剧目，他在新戏中担负的都是年轻的正面人物角色，在《血泪仇》中扮演王东才，在《赤叶河》中扮演王禾子，在《魏森林家庭》中扮演魏森林等，刻画了十几个英武青年人物形象。新中国成立初期，武乡大众秧歌剧团，一直坚持演出现代题材的新剧目，剧团有了任二货、杨春印等年轻小生，他也就只演一些中年人物角色，退居在二线演出阵营。1962 年，剧团精减人员，退职回村务农，每到冬闲，就被农村业余剧团请去教戏，继续为秧歌剧种的发展和传播，做着不懈的努力。他在剧团，嫡传徒弟只有董中旺一人，董中旺的徒弟史金中，三代秧歌传承，都在演出事业上各有建树。

1987 年，省文化厅来武乡拍摄传统古装剧目《落花记》，梁全发在剧中扮演老生李员外，总算给后辈艺人留下点影像资料。第三代老艺人留有影像的只有崔来法和梁全发。1998 年逝世，享年 79 岁。

韩二全

韩二全（1917—2003），韩北乡北上合村人。从小在本村自乐班学戏，拜本家叔叔韩中元为师。因其身材瘦小，师傅让他专攻小丑和小二花脸行当。他扮相真切，架势喜人，表演幽默，动作风趣，唱腔别致，是一个有影响的小丑演员。16 岁时，随师傅到武乡当时最红的“庆荣班”演戏。在《刘墉访山东》中演刘青，在《摘豆角》中扮演小没呐，在《偷南瓜》中扮演秋来，在《扬州观灯》中扮演小家郎。他举止和演唱都给人一种特别的感觉，常使观众捧腹大笑。

抗战开始后，他与北上合村的梁旭昌、韩希江、梁全发等最早参加县立光明剧团。穷苦人家出生的孩子，旧社会被人蔑视小看的戏子，投身到共产党领导的抗日剧团，使他感到无比荣幸。在党的领导下，积极工作，不怕苦，不怕累，党叫干啥就干啥，最早被剧团党组织吸收进党组织之内，更加拼命地为党工作，为宣传抗日救国作出了很大的贡献。光明剧团自编自演了大量的抗战题材新剧目，因他是二花、三花行当，只能上一些反面人物角色。在《万象楼》中饰演反动道首何有德的狗腿子，在《赤叶河》中饰演地主恶霸吕承书的管家，在《王贵与李香香》中饰演崔二爷的狗腿二狗。他为人性格耿直，在现实生活中从不趋炎附势，却演的都是与他性格相反的反面人物。他演这些反面人物，做戏认真，形象逼真，动作利索，唱腔别有风味，也都给观众留下很深的印象。

他是武乡光明剧团奠基者之一，几十年如一日，热爱戏剧事业。1953年担任剧团副指导员，支部副书记。在工作中任劳任怨，公道正派，在剧团有很高的威信。20世纪60年代初期，因年龄偏高，不再上台演出，在团担任专职保管20多年。1971年，工作调动离团交接库存财产时，想不到他把做现代戏服装剩下的七八卷各色边角布匹全部移交。在当时买布还必须用布票的困难时期，他一家五口少穿无戴，但他为剧团一块一块积攒，从没有私自拿过公家一尺布。这种大公无私、以团为家的高贵品德，全团人都非常敬佩，称他是剧团真正的“红管家”。离团到化肥厂工作，厂领导了解到他这一事迹，又安排他担任了仓库保管直至1988年退休。2003年逝世，享年86岁。

郭子俊

郭子俊（1923—1972），乳名小秃，北上合村人。出身贫寒家庭，从小即给人放羊。他生性爱唱，在山坡上常常纵声高歌，既陶冶了性情，又在业余练就了一副好喉咙。后来他参加了县光明剧团，主攻秧歌小旦，兼唱上党大戏、上党梆子、上党二簧。他勤学苦练，善于琢磨，因而进步很快，成为武乡光明剧团主要演员之一。他所扮演的小丑角色，聪颖秀气，做戏细腻，有自己的独特风格，备受观众喜爱，不论传统戏还是现代戏，演出效果俱佳。他在《小二黑结婚》中扮演小芹，在《万象楼》中扮演李月桂，在《天灾人祸》中扮演春孩等许多角色，演得声情并茂、细致逼真，甚为感人。

1946 年，光明剧团上调太行行署，他留在武乡，加入了翻身剧团。后来返乡重操牧羊旧业，病逝于故乡，年仅 49 岁。

任八孩

任八孩（1911—1982），监漳村人，少时投屯留刘保定师傅名下，学拉上党梆子伴奏主乐“锯琴”“反字二把”等乐器。八孩聪明好学，被师傅看作得意门徒。在 15 岁时业已成就，出师回到武乡的“庆荣班”等秧歌戏班伴奏，后又习秧歌演奏法，17 岁始领场，是李海水、梁旭昌、韩希江、崔来法四大秧歌名角时期的最好琴师。

1939 年冬天，任八孩同李海水、梁旭昌等同去王家峪给八路军首长演出秧歌剧《小姑贤》等。八孩操琴伴奏，其演技引人注目，看戏的部队文艺工作者笑着上台走到八孩身后，专意观其演奏，演出完毕后，连声称赞他演艺高超。1940 年春，任八孩被招聘为县光明剧团成员，坐文场口头把椅，演奏秧歌主要乐器“二簧”。此时，同行们公认他是武乡秧歌最佳伴奏操琴师，待遇跟李海水、梁旭昌、韩希江一样高低。1942 年，高介云任光明剧团团长，常用简谱设计前奏或间奏曲，八孩学的是公尺谱，对简谱一窍不通。他为了能伴奏好，虚心求教，很快认识简谱。之后，他和高介云切磋研讨唱腔音韵，并按照李海水、梁旭昌、韩希江、崔来法等各自不同的嗓音条件，协助他们设计唱腔，同时还和同行合作，共同研究设计了不少伴奏曲牌。

1946 年，任八孩随光明剧团上调太行行署，襄、武两县剧团合并，他继续操琴领场。1949 年，又随团调山西省文工团第二团。后因该团逐步以演歌剧为主，他不感兴趣，便与李海水、梁旭昌等人返回武乡，参加了县翻身剧团，继续操琴。此时，任八孩的操琴技艺，不仅伴奏秧歌好，且伴奏上党梆子拉锯琴也独具特色，各梆子团的乐师都很佩服他，称他为“八师傅”。

“八师傅”耳音很好，二三十人的乐队齐奏，他能辨听出那件乐弦偏高或偏低。他演奏“二簧”的特点是弓法快、腕力强，出音刚、清、脆，托腔保调严密、准确，处处为演唱者提神。他演奏时姿势规范，全神贯注，脸部富有表情，即兴时来几下绝招，能引起全场观众为之叫好。

20 世纪 60 年代，县剧团按退休处理，每月只给 18 元生活费，后在县剧团群众帮助下，复返剧团乐队工作。1970 年，秧歌剧团增添不少西洋乐器，他怕被当作无用离开剧团，竟然从头开始学拉大提琴。56 岁的人，从头学艺，早起晚睡，甚至中午也不歇晌，苦练演奏技巧，他刻苦学习的精神，全团人无不为之感动。1971 年春，他被调往武乡化肥厂工作后，还经常参加该厂宣传队演唱活动，1980 年退休。1982 年，患病逝世，终年 71 岁。

成宝川

成宝川（1919—1994），监漳村人。少年时代就学会了唱秧歌，并能演奏老鼓、鼓板、大锣、小锣、镲等打击乐器。他与琴师任八孩一打一拉，合手配套。1942 年，参加光明剧团，负责打鼓板。伴奏的《刘公案》《下河东》《杨八姐》等剧影响极大。他的记忆力惊人，伴奏过的戏过去多少年仍映入脑海。如 1985 年，剧团要排演传统戏《落花记》，就是凭着他出色的记忆口述记录下来的。演奏中除配合演员的动作外，还特别注重演员的面部表情，如丑角歪嘴、瞪眼、脸部肌肉抽搐等细微表情变化，他都能给配上鼓点儿。同时，演出中经常通过鼓点提示演员的唱词、道白。由他伴奏演员演出得特别投入放松。

他在打击乐的改进方面，建树颇多，为武乡秧歌剧团培养了不少打击乐手。后来在剧团打鼓板的魏福贵、刘珍祥、姚兴旺、成建国及成晋中、成志中等都是他的徒弟。1966 年离开剧团，1972 年退休后，走到哪里都仍十分关心秧歌剧种的传承。在武乡秧歌剧种音乐发展方面，作出了较大的贡献。他之所以在事业上能有成就，主要在于他敏悟性强，潜心钻研，刻苦好学，对艺术精益求精，为武乡秧歌剧种打击乐伴奏发展留下了丰富的经验和锣鼓谱资料，是武乡秧歌剧种史上一位值得纪念的人物。

赵万山

赵万山（1920—1995），乳名欢全，出生于故城镇岸北村。武乡早期著名秧歌艺人。因出生于贫苦家庭，幼年便到襄垣“四意班”投师学戏。抗日战争爆发后，毅然参加了“武华游击队”。因工作积极，勇敢坚定，被党组织吸收为中共党员。1941 年，因革命需要，党组织派他和李来春组建武西战斗剧团，为该团创始人之一。解放战争时期，战斗剧团改为翻身剧团后，由于眼疾，离开剧坛，到太原重型机器厂工作。进城之后，他长期担任该厂俱乐部主任，毕生从事文艺宣传工作。

赵万山聪颖好学，主演丑角，由于嗓音洪亮，音域宽广，咬字真切，扮相幽默，在战斗剧团时便蜚声剧界，名噪武乡内外。他饰演的人物，活灵活现，在观众中留下不可磨灭的印象。他曾扮演《小姑贤》中的婆婆，《桃花庵》中的王三氏，《清河镇》中的开店婆等；在新剧中曾扮演《绑住结婚》中的牛筋棍，《谁救活我们》中的农民，《万象楼》中的主角等。这些舞台人物，经过他再创造，加以浓厚的乡土气息，剧场效果十分理想。至今，当年观众每逢谈及他，喟然长叹：“秧歌丑角易而难，灭不了人家赵万山。”

任志隆

任志隆（1914—?），石北乡神西村人。中共党员，1938 年参加革命。抗战前，在农村戏班中学戏。1942 年秋，武西县“战斗剧团”建立后，他因历来喜爱戏剧，向党组织主动提出申请，情愿放弃武西县交通局长的重要职务，要求到剧团工作，当即被组织同意，任命他为“战斗剧团”团长。

他来到剧团后，一面做剧团的党务行政工作，一面承担主要演员。他喜爱行当中的“大净”，如饰演《东门会》中的齐王、《二进宫》中的徐延昭等。后在大型历史剧《邺宫图》中扮演石虎等。同时，在现代剧《万象楼》《谁救活了我们》《风雨之夜》以及移植剧目《天灾人祸》《血泪仇》等大型现代剧中，都担任了主要角色。他不只熟谙武乡秧歌、上党簧戏，更精通上党梆子戏。如在上党梆子《血泪仇》剧中，扮演农民王仁厚，当表演到王仁厚一家被国民党反动派残害欺凌时，全场台上台下发生共鸣，泣不成声。

任志隆去世已 40 多年，但他在武乡戏剧事业上创造了不可磨灭的功绩。他的革命意志、做人情操、戏曲爱好、演出形象，至今令人缅怀。

李来春

李来春（1909—1946），涌泉乡峰沟村人。出生于贫苦人家，7 岁放牧，常在山坡学唱民歌小调。13 岁进武乡秧歌鸣凤班，拜名旦韩黑痣为师。15 岁担任主角，在《河灯会》《雨伞记》等剧中扮演梁兰英和李凤英，崭露头角。17 岁时身材高大，改唱小生、须生。他相貌非凡，身段高挑，嗓音清脆，韵腔甜美，天赋条件加之勤学苦练，很快在观众中争得名望。他不仅能演生、旦角色，还能反串净、丑行当，是舞台上一位全把式。

1938 年，旧戏班解散，他回家乡教戏，并和赵万山组建武西战斗剧团。是该团唯一的教师和导演。在战斗剧团，他排演了现代戏《谁救活了我们》

《打马牧》《小二黑结婚》等十几个剧目。同时他扮演的何有德、刘修德、王仁厚等角色，都因造型逼真，在观众中留下了难忘的印象。1946 年，因工作繁重，操劳过度，与世长辞，年仅 37 岁。

第三节　第四代名艺人

郑桃英

郑桃英，女，1934 年生，下合村人。中国戏剧家协会山西分会会员。从 1953 年到 1966 年，一直是武乡秧歌剧名演员。晋东南、晋中两地的观众曾一度把武乡剧团称作“桃英剧团”。

郑桃英的父亲郑辛巳，一生在旧戏班和抗战初期的光明剧团管大衣箱，也兼演一些杂角，以微薄的薪水养家糊口。她出生在这样的贫苦人家，幼时无缘上学读书，直到抗战初期，县抗日政府在各村开办抗日公学，才进学校读了几天书，也算初通文墨了。抗战前，下合村就有一个半职业秧歌戏班，名旦魏炳全挑班，又是主演兼教师，每逢戏班排练，幼小的桃英总是场场必到，自始至终观看排练，还背会了许多角色的台词，并能一招一式地比画下来。炳全师傅看桃英长得秀气俏丽，又这样专心致志偷学戏文，就让桃英试着唱一段。老师们拉打起来，桃英放开百灵鸟般的歌喉唱了三四声，是那么雀声脆气，委婉缠绵，都说她是块唱戏的好料。桃英听到大家这样夸赞她，就萌生了唱戏的念头。那时武乡女人唱戏还很少见，桃英和娘商量，娘说：“女孩儿家抛头露面唱戏，败八辈儿祖宗的兴。”从此再也不让桃英到戏房看戏了，没有能实现她的美好愿望。

抗战胜利后，魏炳全师傅又把秧歌戏班组织起来，并吸收一部分年轻人进班学戏。此时的桃英年正青春，出脱得更加楚楚动人。在八路军剧团的影响下，女子登台唱戏再也不受人歧视，反倒成为一种荣幸，桃英高高兴兴地参加进戏班，踏进艺术殿堂，开始了她的艺术生涯。由于她幼时已学会了不少戏文，加之炳全师傅的精心培育，很快便把《河灯会》《青峰山》《落花记》《雨伞记》《茶瓶记》《桃花庵》《断桥》《对绣鞋》等秧歌戏的女主角拿了下来。把一个个闺阁少女演得活灵活现，各俱神采。尤其善于刻画年轻美貌、天真可爱的少女形象，演来惟妙惟肖、栩栩如生，特别是在现代戏《王贵与李香香》剧中扮演了李香香一角，表演得感情真挚、质朴无华、深沉稳练，把一个勤劳、贤惠、善良、不畏强暴、坚贞不屈的穷家少女刻画得活灵活现、入木三分。下合剧团一下子声名远播，誉满襄、沁、武、辽、榆五县各村，上门定戏者络绎不绝，郑桃英也就成了这五县家喻户晓、人人皆知的好演员。

1953年，县大众秧歌剧团和下合剧团合并，郑桃英从此和李海水、梁旭昌、崔来法等名家同台配戏，在各位师傅的教益下，她刻画人物性格，塑造人物形象方面大幅度提高，艺术表演出神入化，成为武乡秧歌风云一时的小旦新秀，声誉突起。随之，上党和晋中民间产生了许多风趣的传说和赞扬她的顺口溜，如："抽烟要抽大前门，喝酒要喝竹叶青，听书要听史海珍，看戏要看郑桃英"，"只要能看上桃英戏，丢了钱包也不生气"等等，外地观众称剧团为"桃英剧团"。此后又塑造了胡月凤、胡凤莲、苏三、耶律含嫣40多个性格迥异的古代闺秀形象。在神话剧《红珠女》中扮演的红珠女、歌舞剧《刘三姐》中扮演的刘三姐，都在观众中留下了深刻的印象。20世纪60年代初期，她又在《小二黑结婚》剧中扮演了三仙姑，给观众留下的印象最深，都夸她把三仙姑真正演活了。在现代戏《傅家营》中扮演的喜平妈，也演得十分贴近生活，受到观众啧啧称赞。1966年，"文化大革命"中，郑桃英被打成资产阶级文艺黑线上的代表人物，挨批挨斗、戴高帽游街，最后被解雇回原籍。

直到1973年，郑桃英得到平反昭雪，又回到剧团。此时的她已年近五旬，嗓子倒仓，发声嘶哑，唱腔失韵，又时隔多年没登舞台，做、念基本功也散架落套，再也不是以前光彩照人的舞台形象了。她在现代戏《朝阳沟》中扮演了银环妈，《三上桃峰》中扮演了队长妻春英，尽管演得很不尽如人意，但观众还是愿看她的戏，仍能为剧团创收起着不可低估的作用。桃英是个聪明人，很有自知之明，知道自己落后了，就尽量推辞角色，让年轻人上，自己退居二线，把精力全部用到传教青年艺人唱腔方面。后辈的安娥英、李玉平、李小平等旦角演员，都得到她的教传，在唱腔方面收益很大。1976 年，调到县化肥厂工作。后来化肥厂倒闭，一家生活拮据，县领导为了照顾这个在文艺战线作出较大贡献的老艺人，给她转办成财政工资。使她一家生活有了保障，她高兴地常常对人说："党和人民没有忘记我！"

任森奎

任森奎，1932 年生，下合村人。中共党员。1953 年参加县剧团，是武乡秧歌剧团享有盛誉的丑角演员。1973 年至 1981 年任剧团团长，1980 年出席了山西省第四次文代会，是中国戏剧家协会山西分会会员。

他出生在一个贫苦农村家庭，父母早逝，和二大娘相依为命。抗战胜利后，参加本村秧歌戏班学戏。他个子高大，很像一个唱大花脸的料，师傅们安排他学一些大净角色，比画起来总惹得人捧腹大笑，总是摆不起大净的架势来，师傅才改变主意，干脆就让他学三花。从此他就拜老一辈名丑郭子俊为师，专攻丑角。对了戏路，选对了角色，学来得心应手。他学了《河灯会》剧中的梁中、《落花记》中的家郎胡儿、《雨伞记》中的李万山、《打玻璃》中的秃老明、《桃花庵》中的王三氏等三花脸角色。做戏风趣幽默、活泼生动，虽然演丑角，却有一副铁打的好嗓子，唱秧歌各种板式尺寸工稳、俏皮华丽、韵味十足，颇为动听。他的一张利嘴，吐字清晰爽利。尤其是他演《打玻璃》一剧中扮演秃老明，180 句快板抑扬顿挫，一气呵成，字字句句如珠落玉盘，铿锵有力，给观众交代得清清楚楚。他正式登台演出《打玻璃》，刚念出了十几句快板，台下就响起了雷鸣般的掌声，接着往下每念十来句，就又是一阵掌声，经久不息，台下观众无不拍手叫好，初次登台，就给观众留下极为深刻的印象。此后无论演哪一本戏哪一个角色，只要他一出场，就是掌声和喝彩声。在以小生、小旦、小丑为主角的秧歌戏里，他和郑桃英、小生杨春印搭档演出，搭配得珠圆玉润、天衣无缝。他在下合业余秧歌剧团就声名远播，声誉压倒了武乡、襄垣两县正式秧歌剧团的丑角演员。

由于下合剧团声誉突起，也引起了县领导的关注和重视。县领导专程去看了他们的几场演出，当即决定让县剧团和下合剧团合并，从此他就成为县剧团的正式演员。之后，他又在古装戏《胡月凤》《戏中书》《双狮图》剧中塑造了不少纨绔子弟形象。他在《蝴蝶杯》剧中演的卢府家郎和《落花记》中的胡府家朗，把两个狗仗人势、为非作歹、助纣为虐的奴才刻画得活灵活现、惟妙惟肖。正好演卢府公子卢世宽和胡府少爷胡琳的演员是武乡秧歌剧团的另一位名丑蒋马儿。两人相得益彰、珠联璧合，把戏做得尽善尽美。在现代戏中，善于塑造诙谐风趣幽默的中间人物形象，所演《三上桃峰》中的老六、《山村供销员》中的老张、《小二黑结婚》中的铁嘴老三，尤为叫绝，无人可比。1979 年，他在新编古装戏《忠义缘》中扮演了胡知县，参加晋东南地区二十五家专业剧团会演，获一等演员奖。1980 年出席了山西省第四次文代会。

他不仅在舞台上演戏为观众所喜爱，日常生活中也是个非常活泼的人物，人缘很好，因此很有交际能力。1973 年至 1981 年他任剧团团长，无论联系演出台口，还是找县领导给剧团办什么事情，只要他亲自出面，大部分事情都能办成办好，所以他在剧团威信很高，对剧团贡献也很大。1982 年因身体原因，离开剧团。

他人离开了剧团，心却没有离开剧团，为了报答党和政府对他的照顾，在身体允许的情况下仍然为秧歌剧种的振兴和繁荣操心出力。1983 年剧团应邀到省电视台拍摄《王贵与李香香》和《小二黑结婚》两剧，他毛遂自荐、请缨上阵，为两剧增添了色彩。1986年，剧团编导王充理新编秧歌剧《骗婚记》，参加长治市政府组织的新编剧目会演，特邀他担任了剧中老赌棍一角，获市政府颁发的“一等演员”奖。当年5月，《骗婚记》易名《嫁妻》到省电视台录制戏曲电视片，又一次在电视上展示了他的丑角风采。为武乡秧歌剧种留下了活资料。2009年，他被指定为国家级非物质文化遗产项目——武乡秧歌剧种的代表性传承人，继续为该剧种的传承和保护贡献力量。

杨春印

杨春印（1935—1999），出生在韩北乡下合村一个贫苦农民家庭。早年上过几天小学，父亲早逝，便辍学放羊，养家糊口，和母亲、胞弟相依为命。

下合村古来有武乡秧歌戏班。在他童年时，本村魏炳全正经营着一个自乐班。自乐班在村里排练或唱戏时，他是场场不误，耳濡目染，也记熟了几段唱词。在山坡上放羊，他就放声高唱，练就一副好嗓音。炳全师傅晚上排戏时，就让他唱一段。他唱了一段《雨伞记》里的李凤英旦角唱腔，炳全师傅听了笑得合不住嘴，摸着他的脑袋说：“你就是个唱戏的好料，来跟我学戏吧！”春印从此白天放羊，晚上跟师傅学戏。1950年，班里安排《王贵与李香香》让他演王贵，和唱香香的郑桃英配戏，两人真可谓是珠联璧合，加上炳全师傅和唱丑的任森奎配戏，下合剧团的《王贵与李香香》唱红了襄、武两县，从此他和郑桃英、任森奎齐名，给观众留下深刻的印象。

1953年，春印和郑桃英、任森奎一齐加入武乡县大众秧歌剧团，都成为武乡剧团的顶梁柱把式。当时主管剧团业务的是上一代名艺人李海水和梁旭昌，两位师傅对他另眼看待，重点培养。梁旭昌师傅唱小生、须生最拿手，春印便正式拜梁旭昌为师，专攻小生、须生。他在《梵王宫》里扮演华云、《罗通扫北》中扮演罗通、《游龟山》中扮演田玉川，扮相英俊、动作矫健、表情生动，加之唱腔委婉柔细，行腔稳健，善用装饰音润腔，塑造的剧中人物个性鲜明，栩栩如生。秧歌戏中的小生行当最为重要，几乎每本都是小生的重头戏。凡大众剧团演唱的古装剧目，都是春印挑主角，也几乎都是和桃英、生奎配戏。三好合一好，大为武乡剧团增色添彩。襄、武、榆、辽四县的观众，每谈到武乡戏，人人必提郑桃英、杨春印、任森奎之名。

武乡秧歌剧团从抗战时期至今，一直是演现代戏和古装戏两条腿走路。20 世纪 50 年代中期至 60 年代前期，大众剧团排演的现代剧目有《苦菜花》《刘三姐》《社长女儿》《傅家营》《小二黑结婚》等 20 多本，他都是主演。在《小二黑结婚》中扮演小二黑、《傅家营》中扮演弓喜平、《刘三姐》中扮演铁牛，一个个人物形象鲜明，给人留下了难忘的印象。

1965 年开始，他开始担当导演，执导了《智取威虎山》《海港》《沙家浜》《红灯记》《奇袭白虎团》《白毛女》《杜鹃山》《平原作战》等八本“样板戏”。并在《红灯记》中扮演李玉和、《白毛女》中扮演恶霸地主黄世仁，都为晋东南各县剧团同行所赞扬佩服。1974 年冬季，晋东南各县剧团长治会演“样板戏”，武乡剧团的《红灯记》排名前首，被晋东南地区文化局领导推荐赴省城汇报演出。1975 年，在省城连续一个多月演出中，杨春印场场出演，受到省城观众高度好评。

剧团恢复上演古装传统戏后，首先排演了大型古装戏《逼上梁山》，杨春印既是该剧导演，又是扮演剧中主要角色林冲的主演，他英武洒脱的扮相和精练的手脚身势，场场博得观众掌声和叫好声。之后，又执导了《杨门女将》《雏凤凌空》《小刀会》《三打白骨精》《屠夫状元》《小二黑结婚》等 10 多本古装戏和现代戏。在执导过程中，针对剧团年轻演员没有演过古装戏，他给年轻演员一招一式做示范，常常是累得满头大汗，敬业精神受到演员的尊重和爱戴。

1979 年冬，剧团排演新编的古装故事剧《忠义缘》，准备参加晋东南地区 25 家专业剧团会演，他担任导演。因这次会演设有“演员奖”，他主动把自己担当的男主角让给徒弟常效平，并给老演员们做思想工作，由年轻一代演员担当了主角。青年演员安娥英和常效平、霍爱英分别荣获一、二等优秀演员奖，杨老师也荣获了导演奖。

1983 年，重新整理的大型秧歌现代戏《王贵与李香香》，他是导演之一，省电视台拍摄了该剧。拍摄《小二黑结婚》全剧时，他在剧中担任村长一角，这也是他留于后世唯一的影像。遗憾的是一个一辈子成功地塑造了上百个戏剧人物形象的名演员，没能留下更多更好的影像资料，只在他原来主演并导演的代表剧中上了个很次要的配角。

1984 年，他到县戏校担任教师，他又为培养武乡秧歌第六、七代传人下了一番苦功，呕心沥血，孜孜不倦，培养出赵德宏、王树红、赵宏波、李勇等四个很有成就和建树的生角演员。在戏校执导了《皇宫案》连三本历史故事剧和《文约计》《瓜园三结义》、抗战题材的现代戏《义务看护队》和《女兵传奇》等剧。

1988 年，杨春印老师不幸患半身不遂，离开了深爱的舞台。1999 年病逝，享年仅 64 岁。

李金兆

李金兆，1942 年生，蟠龙镇下型塘村人。1959 年参加县秧歌剧团，担任乐队主奏和音乐设计工作。1984 年调任武乡县文化艺术学校校长。从剧团到艺校，从艺 40 多年，曾为 50 多个剧目设计了音乐唱腔，曾获市级音乐创作奖。参加了长治市文化局组织的《襄武秧歌戏曲音乐集成》编写工作，是该集成的编委之一。与王仲祥、王充理共同编写了《武乡秧歌》一书。搜集整理了《武乡民间音乐》，由山西人民出版社出版发行。为武乡秧歌剧种培养了一大批艺术人才，为本剧种的音乐唱腔改革创新发展和传承，作出了突出的贡献。他是中国剧协山西分会会员，县剧协第一届副会长、第二届顾问。

1959 年，他 17 岁，高小结业，考入剧团，直接参加到乐队演奏笛子。武乡秧歌剧种乐队加进他清脆高爽的笛声，如同锦上添花，更增添了浓郁的乡土气息。当时的剧团乐队师傅们，还没有人能直接照着简谱练曲，唯独他能拿来一个新曲子照着演奏，这使得师傅和师兄弟们都对他刮目相看。剧团买回一把铜轴二胡，音色很好，他就专心致志，勤学苦练，熟练地掌握了倒把、揉弦、弓法技巧，能演奏不少二胡独奏曲。每当开戏前，出场独奏一曲，总能博得场下观众拍手叫好。因此，在群众中有了像名演员一样高的名气。除会演奏“二簧”“反字二把”“二胡”“笛子”外，他还练会了“三弦”“扬琴”“小唢呐”“笙”等器乐；东场口的每件打击乐器，也都能拿得起来，成为乐队的多面手。

1962 年，张万一回乡给剧团排导他编写的大型现代戏《傅家营》，带着省歌舞剧院作曲家李秉衡老师来团设计音乐唱腔。李秉衡老师当时还是初次接触武乡秧歌，对这个小剧种的唱腔板式并不熟悉，必须找一个既懂乐理又熟悉本剧种音乐唱腔板式的助手帮忙，他被看中，陪伴李秉衡老师完成了该剧的音乐唱腔设计。和李秉衡老师相处月余，使他在音乐设计方面受到启发，从此开始音乐创作。剧团每排一本新剧目，都由他设计音乐唱腔，先后单独设计了《山村泉水》《阮八姐》《风雷渡》《沙家浜》《海港》《智取威虎山》《三上桃峰》《忠义缘》《屠夫状元》《磐石岭》等 50 多个剧目的音乐唱腔。与李秉衡老师合作设计了《红灯记》《王贵与李香香》《骗婚记》等 10 多个参加过省、市会演剧目的音乐唱腔，其中《骗婚记》一剧获市级“音乐创作奖”。《王贵与李香香》《嫁妻》被省电视台拍摄成戏曲电视剧。

1970 年间，剧团一大批中、老年艺人被迫离团，只留下他和杨春印等数10个中年演职员担任教师，新招收40多名学员，办起“毛泽东思想宣传队学习班”。他既是乐队的主要教师，又担负着演员唱腔的传教。他认真负责，废寝忘食，短短一年时间，教得学员们都能出场上阵，很快恢复排练了《红灯记》等7本剧目。当时学演样板戏不能走样，京剧样板戏加配管乐伴奏，其他剧种的剧团也都必须加配管乐。剧团添置了小号、拉号、圆号、单簧管、大小提琴等西洋乐器，他带头学练，亲自操作单簧管，并把其他管乐分配到每个学员名下。他领着徒弟们到兄弟团学习，师徒们早起晚睡，刻苦训练，管乐队练成。武乡秧歌增加了管乐伴奏，音色更加优美，乐队的整体水平超过了以往任何一个时期。

1984年，他担任戏校校长。其间，根据学生特长和条件，分开行当，指定老师传教。各行当学员时经三个月时间的专业训练，进步很快，明显见效。他不失时机地开始给学员们排戏，先后排出了折子戏《岳云》《杀宫》《三岔口》《拿高凳》，现代戏《胡春花拥军》《女兵传奇》和古装全本戏《文约计》，成绩显著。1985年，这期学员结业，其中4人留校任教，32人进县剧团参加演出，担负起各行当的主要角色，结成了一个坚强的演出阵营，成为剧团的中流砥柱，促使武乡秧歌剧团又一次走向高峰。在他直接指导、精心培育下，乐队的张志斌、张如飞、赵俊峰、暴红波等成为武乡秧歌剧种又一代出色的演奏员；唱腔十分叫好的男女演员房素芬、关菊萍、郭书芬、段水英、赵德红、赵红波、王树红、李勇等，在唱腔方面，也都经他精心指点，才唱出地地道道、韵味独特的秧歌腔。

从1984年至1995年连续九年他在戏校负责，为武乡秧歌又培养出李晓玲、王丽芬、胡小丽、路翠萍、张丽、郁向忠、白占文、小树红、王效军等男女演员和乐队人才。1994年，在秧歌剧种面临困境时，为了壮大秧歌剧种的演出力量，带着戏校师生北上和顺，与徒弟王充理、常效平共同操理剧团，新排了《小二黑结婚》《忠义缘》《娘随驴去》等秧歌剧目，使武乡秧歌在社会上延续下来。第七届戏校学生通过实践登台演出锻炼，提高了演艺能力，王彦南、胡鹏飞等 11 名学生后来回到武乡秧歌剧团，成为武乡秧歌又一代传人。

2000 年，县委宣传部、文化局领导研究决定续办艺校，改名为“武乡县文化艺术学校”，邀他再次出任校长。他又任校长三年，为武乡秧歌剧培养了 40 多名优秀人才。2002 年以来，他四处走访，跋山涉水找民间老艺人抄谱记谱，收集记录了大量的“寺庙音乐”“鼓吹曲”“民歌小调”等音乐曲谱。2010 年和其女李晓玲共同整理撰写了《武乡民间音乐》一书，由山西人民出版社出版发行，为武乡地方文艺的传承，作出了特殊的贡献。

张宝祥

张宝祥，1945 年出生于辽宁省铁岭县，从小热爱戏剧，尤其喜爱家乡的二人转。受家乡地域文化的熏陶，从小与戏剧结上了不解之缘，长大后报考了山西省艺术学院戏剧系。1961 年毕业后分配到武乡大众剧团二分团担任编导。1966 年先后为剧团执导了《白毛女》《红灯记》《沙家浜》《红色娘子军》《三月三》等。改编了《程红梅》《红姐妹》等剧。1970 年二分团撤销后，作为特殊人才留在武乡秧歌剧团担任编导。其间创作了大型现代戏《磐石岭》，由县秧歌剧团首排首演，并参加了晋东南地区会演。之后由晋东南地区第一剧团用上党落子演出，参加山西省新创作剧目调演，反响强烈，该剧又由潞城县红旗剧团上演达千余场。

1973 年底，调晋东南地区文化局创作组任创作员。1976 年，调地区文联任创作员兼《上党文艺》主编。年底调地区文化局戏剧研究组，从事专业编剧。1985 年恢复上党戏剧院建制，任副院长。同年，受省级嘉奖，记个人二等功一次。1986 年 4 月，受晋城市委、市政府最高嘉奖，记个人二等功一次。2006 年他离开工作岗位后，被山西省文化厅聘为“特聘创作员”。2009 年被晋城市授予“上党戏曲功臣”的光荣称号。1979 年，大型现代戏《骏马岭》，由晋东南地区上党梆子剧团演出，参加山西省庆祝新中国成立30周年调演，山西人民广播电台播放全剧。1984年，上党落子电影《佘赛花》（与人合作，担任执笔），由长春电影制片厂摄制，在全国发行。剧本在《戏友》杂志发表。获山西省优秀电影电视剧“天龙奖”二等奖。1990年，获山西省第二届赵树理文学创作奖编剧奖。1986年，他改编的古装折子戏《收书》《借粮》《还印》，参加山西省振兴戏曲青年团调演。《收书》获创作一等奖，发表于《戏剧创作资料》。三个折子戏均收入《山西折子戏荟萃》一书，由中国戏剧出版社出版。1987年，上党梆子电影《斩花堂》，由长春电影制片厂摄制，全国发行。1988年，新编古装历史剧《两地家书》，参加山西省振兴上党梆子调演，剧本发表于《戏友》。1989年2月，获山西省改革十年优秀戏剧精英奖。1990年，获山西省第二届赵树理文学创作奖。1991年，他创作改编的《两地家书》和《借粮》作为角逐“梅花奖”演出剧目晋京演出，由中央电视台录制播放全剧。1996年，大型现代戏《走出大山》，由晋城市上党戏剧院第二演出团和山东省菏泽地区枣梆剧团分别演出，获山东省五个一精神文明建设工程精品奖。2000年，新编历史剧《素兰告状》，由山东省菏泽市枣梆剧团演出。2004年，在菏泽市第二届戏曲节会演中获新创剧目一等奖。2006年9月24日，为纪念人民作家赵树理一百周年诞辰，创作了大型现代戏《赵树理》，由晋城市上党梆子剧团排演，并晋京演出，参加全国戏剧调演（北方片）。荣获全国地方戏优秀剧目调演二等奖、山西省戏剧杏花大奖、山西省“五个一工程”优秀剧目奖。2011年1月6日，上党梆子《西沟女儿》的问世是经过他近40年的酝酿而创作完成的。由高平市人民剧团在晋城首演。后几次赴京展演，曾受到时任文化部副部长王文章的夸赞，他连说：“这台戏编得好。”并荣获全国优秀剧目奖、山西省“五个一工程”优秀剧目奖。2011年6月1日，新编历史剧《千秋长平》，由晋城市上党梆子剧团搬上舞台。该剧荣获中国戏曲最高学术奖——中国戏曲学会奖。2012 年 3 月 30 日，太谷秧歌《孟母三迁》，由太谷县美韵太谷秧歌剧团（民营）在孟母故里首演，并参加山西省第十四届杏花奖评比，荣获山西省“杏花奖编剧奖”。2013 年 4 月 29 日，《一撇一捺》由山西省长治市上党梆子剧团首演，中央电视台 11 频道播放了全剧。2015 年 10 月，豫剧《母亲》由长治市豫剧团演出，并参加了“长治市新创优秀剧目展演”活动。该剧于 2017 年 3 月 9 日，由山西长治市兆丰文化传媒、长治市豫剧团、长治银光农村数字电影院线有限公司、立事影业联合拍摄成现代豫剧电影《母亲》，在山西长治市首映。2015 年 7 月 23 日，由山西省京剧院有限责任公司创排的大型新编历史京剧《陈廷敬》在太原市青年宫演艺中心首演。2017 年 5 月，经过严格的申报、评选和公示，该剧成功入选第八届中国京剧艺术节在南京展演。2017 年 6 月 22 日，新编历史剧《铁汉公薛瑄》，由万荣县蒲剧团在运城市盐湖会堂成功首演。该剧是万荣县廉政文化建设“五个一工程”之一。此剧还参加了山西省首届艺术节，受到省城观众好评。2018 年 3 月 5 日，《郝经》于晋城市上党梆子剧院搬上舞台。

自张宝祥离开武乡后，来到晋东南首府长治市。他感激党和政府给他提供优越的创作平台，积极投身创作。他先后创作出了《骏马岭》《佘赛花》《斩花堂》《走出大山》《赵树理》《铁汉公薛瑄》《千秋长平》《陈廷敬》等。特别是《赵树理》堪称现代戏创作的上乘佳作，如：“咱赵家本是书香门庭”，“白头约”等唱段备受业内人士称赞。如今，已年逾古稀的他依然笔耕不辍，坚持创作，为上党梆子及其他剧种量身打造精品剧目，铸就了各大演出团体的鼎盛辉煌。正如张老所说：“剧作者创作不出让业内称赞、观众满意的好作品来，就不是一名好的剧作者。”而他做到了，还做得出类拔萃，这就是把 12 年青春年华奉献给武乡，从这片红色的土地上走出的上党著名剧作家。

王仲祥

王仲祥，1947 年 12 月，出生于大有乡前太池村的贫苦家庭。中国戏剧家协会山西分会会员。2008 年被评为“武乡秧歌省级非物质文化遗产”传承人。

儿时接触最多的文化就是听说书。7 岁那年，他仿照盲艺人们的乐器，二把，自制了第一把乐器——二把。父亲是村上的鼓手，受其影响，8 岁那年，他居然也领着一帮大人敲起了锣鼓，而且有板有眼，很受大人们喜爱和赞扬。

10 岁那年，他被选入文社火队跳小花戏。学的是《顶灯》《下楼台》《五更里》等。在洪水镇参加元宵文艺会演，获得一等奖。这对他鼓励很大，而且奠定了他一生对艺术的追求。他学习成绩优秀，艺术天赋也很高。初三时，表演唱《我们是祖国的花朵》获得了一等奖。1964 年，考入沁县师范，学会了钢琴、萨克斯、板胡、二胡、笛子、手风琴等乐器，1968 年，毕业回县留在了县党校文艺宣传队。1969 年，分配到城关东方红一分校，任少先队团支部书记兼校少先队辅导员，开始排练文艺节目。排出了芭蕾舞剧《红色娘子军》《小战士舞》《斗笠舞》，自己承担起乐队主乐器板胡的演奏。

1970 年冬，当时县里根据上级“一县一团”的精神，将县剧团的一团（大众秧歌团）、二团（中路梆子团），精简合并组建为一个团，起名为“武乡县毛泽东思想文艺宣传队”。县领导决定调他到县文艺宣传队，职务是编导。1972 年底，调到县文化馆，负责文艺创作和文艺辅导。同年，下圪针庄村体验生活，和学校教师景衍庆编写出现代剧《白雪红梅》，当年参加了县春节文艺会演，获得奖旗一面。第二年春，又到韩北村培植农村文化典型，完成反映知识青年到农村锻炼的现代剧《牧坡新歌》。住在秧歌剧团老艺人韩俊鸿家，搜集挖掘了抗战民歌近 100 首，创作歌曲十几首。1978

年，山西省文化厅和省音协编辑《山西民歌集成》时，这些作品获得了一等奖。

其间，他主创了《武乡文艺》，一开始为季刊，后改为月刊，共编辑出刊88期，审改稿件近百万字。此外，他还是全县业余宣传队的抢手导演。洪水振动器厂、柳沟铁厂、县南干渠、鞋帽厂、机械厂、拖拉机站、糠醛厂、商业局、县供销社以及县城各学校都是他的辅导点。

个人创作的作品许多发表在省一级报纸杂志上，如《唱煤乡》《同心曲》《乱折腾》《儿子怼官爹》《孙二嫂骂街》《抢妈妈》《夸婆家》《战地新歌》等，在山西省曲艺界有一定名气，并在省曲代会被推选为曲协理事。至1977年他将武乡鼓曲、武乡秧歌、武乡抗日民歌的沿革与现状整理成册，而且还组织武乡秧歌老艺人录了音，这些珍贵的独特的民间艺术终于从此有了历史档案。

党的十一届三中全会召开后，晋东南地区文化局将他列为全区“三小”（个子小）编导之一。曾到省曲协整理出全省七大曲种的音乐：雁北道情、翼城琴书、潞安鼓书、襄垣大板书、沁县老州调、武乡鼓书、武乡三弦书。和王怀德共同编写出版了《山西曲艺史料》一、二集，约50万字。1982年冬天，山西省文化厅抽调编写《山西省文化志·曲艺分册》。同年任县文史馆馆长兼县文艺创作组组长。新创刊杂志《武乡》。1984年12月，在武乡文学联合会成立大会上，被选为主持文联工作的副主席。1986年，创作了上党鼓书《矿山情话》。和傅怀珠联合创作了《醋为媒》。9月，在山西省举办的曲艺调演中一举夺魁。9月下旬，进京演出两个节目一起获奖，并由省劳动委员会为每个人记了二等功。1986年5月，参与排练《嫁妻》，完成演出并由省文化厅录像，并开始长篇小说《地火》的写作，共20多万字，由《长治日报》连载。他的论文《鼓曲探源》选入《山西曲艺论文集》，获得“山河杯”论文一等奖。1988年筹建起四大协会。文协办起了期报《乡音》。

编印了《武乡县文学作品选》，组织会员完成了报告文学集《大地之子》（由山西北岳文艺出版社出版发行）以及上级布置的《三民集成》。兼任音协会长。

1998年6月，调任县文化局局长。其间，戏校连续办了两期，为专业、业余文化培养了百余名文化骨干。在武乡秧歌剧团竞争激烈的文化市场中，随团下乡调查、摸底，解决问题，保证了剧团的生存。整理出版了《武乡秧歌音乐集成》，为武乡秧歌的发展提供了历史依据。

2002年退休后，仍然关心全县的文化建设。在传承红色文化中，写出了大型现代戏《红星恋》《太行母亲》、反腐剧《王贵与李香香后传》，实景剧《地雷大王王来发》《又见砖壁》，广播剧《一个共产党员的承诺》，全景画剧《百团大战》，模拟成像剧本《四天四夜》《鬼子进村了》等。整理作品《太行抗日民歌选》《太行抗日歌曲（创作歌曲）选》《王仲祥剧本集》《王仲祥鼓曲演唱集》《王仲祥文化论文集》《王仲祥小说故事集》《南亭诗抄校译》（已由马生旺校译出版）；另还收集整理了“武乡民间艺术丛书”共七本：《武乡秧歌沿革》《武乡鼓曲沿革》《武乡民间文艺汇集》《武乡民间游戏汇集》，并积极为恢复组建武乡秧歌剧团奔走呼号。

他在文化战线奋斗55年，为武乡文艺事业呕心沥血，鞠躬尽瘁。老年的他仍发挥余热，奋斗不已。

蒋马儿

蒋马儿（1931—2016），涌泉乡蒲池村人。山西省戏剧家协会会员。1942年参加武西战斗剧团，拜名丑赵万山为师，专攻丑角行当。在现代戏中，他饰演的汉奸、特务、狗腿子之类的反面人物逼真、滑稽。《白毛女》中的穆仁智、《王贵与李香香》中的大秃，给观众留下深刻印象。演古装戏纱帽丑最为擅长，刻画了不少糊涂狗官的艺术形象，有“马儿官”的美誉。人们往往把一些糊涂办事的乡村干部比作“马儿官”，可见他的表演在群众中很有影响。

他在艺术生涯里塑造了众多个正、中、反面丑角人物形象，表演诙谐幽默，唱腔韵味独特，在晋东南、晋中地区的戏迷中享有盛誉。20 世纪 50 年代中期，加入了党组织，并担任过副团长等领导职务。1971 年，离开戏剧界调入县粮食局工作直至退休。1987 年，省文化厅艺术处来武乡拍摄秧歌传统戏，他在《落花记》中扮演的浪荡公子胡林，留下了珍贵的音像资料。

任二货

任二货（1930—1986），石北乡神西村人。12 岁就参加武西县战斗剧团，拜当时著名小生演员弓庆福为师，攻习小生行当。当时武西县处于日军占领区，剧团自编自演宣传抗日救国的新剧目，像打游击战一样，敌退我进，敌来我走，跟敌人“捉迷藏”演出。剧团演出，他到村边站岗放哨，机智勇敢，警觉性很高，保护着剧团的安全。同时，随着年龄的增长，表演艺术也在不断提高。

新中国成立初期，在剧团上演的现代戏中饰正面青年人物角色。《绑住结婚》中饰演一号主角绑住，《谁救活了我们》中饰演王新亮等；在古装戏《雨伞记》《小姑贤》《河灯会》等剧中扮演的都是小生行当的人物角色。在《罗通扫北》中饰演了武生行当的罗通，扮相英武，动作敏捷，被誉为“活罗通”。1962 年，剧团重排现代戏《小二黑结婚》，他扮演了反面人物金旺。将金旺阴毒凶狠、下流无耻的性格刻画得活灵活现、淋漓尽致，在当时的观众中留下了深刻印象。

20 世纪 60 年代初中期，他又转演须生、大净行当的戏。在杨家戏《杨门女将》中演须生行当的寇准，《雏凤凌空》和《逼上梁山》两剧中演的是大净行当的王钦若和高俅，《小刀会》中又演的是武须生刘丽川。现代戏《三上桃峰》中扮演了一号人物老支书。他戏路宽，扮相真，还参加乐队的伴奏或敲锣拍镲，多才多艺。

60 年代开始，他在剧团还担任执行导演。执导了《双狮图》《福寿镜》和现代戏《山村姐妹》等 20 多个剧目。退休后，生活所迫，四处奔波，到农村给业余剧团排戏。1986 年腊月，在和顺县喂马乡古窑村排戏，突发脑梗，治疗无效，告别了他一生最爱的戏曲舞台，享年仅 56 岁。

史培堂

史培堂（1931—2006），韩北村人。山西省戏剧家协会员。幼年家贫，在自乐戏班学戏，有副域宽洪亮的好嗓门，学唱小旦。当时秧歌戏班剧目中的旦角人物，都曾扮演过。抗战时期农村剧团也流行唱现代戏，但那时候很少有女人出来唱戏。他唱古装戏演闺门旦，在《王贵与李香香》中担起李香香这一角色，由此在乡间有了点名气。

1947 年，同族叔叔史全义把他带到刚成立的翻身剧团。在县剧团他的旦角不占优势，遂改弦易辙，跟叔叔史全义操练净角行当的唱、念、做、打程式。唱旦角的细声细气音韵要改成净角的粗声壮气，他也着实下了一番苦功，每天早起喊嗓练唱，风雨无阻，从不间断，终于练成了粗壮洪亮的净角嗓音。

他先学练了《罗通扫北》中的程咬金，在柳沟村首场演出便一炮打响，从此就专唱大、二净行当的角色。《游龟山》中扮演卢林，《白蛇传》中扮演法海，《梵王宫》中扮演耶律寿，均获成功，也成为剧团的看家花脸演员。排演现代戏《傅家营》时，扮演了反攻倒算的地主傅承祖，刻画人物性格典型突出，给人留下深刻的印象。

1965 年，改行调关河水库工作。1968 年，在柳沟中学担任驻校工人宣传队队长。1978 年，剧团恢复古装戏演出，被抽借回当演员。除饰演程咬金和卢林外，在《下河东》中又饰演了奸相欧阳方和《岳飞挂帅》中的奸相张邦昌。

1992年，退休归乡，告别了舞台。2006年病逝，享年75岁。

史如玉

史如玉（1928—2011），韩北村人。1952年参加县剧团，拜梁旭昌为师，主攻须生，青年时代嗓音清脆柔和，唱梆子、秧歌韵味独特，唱腔圆润，扮相酷似李海水，有“假海水”之称誉。曾在《蝴蝶杯》中扮演田云山，《河灯会》中扮演梁正廷等须生行当角色。其善于表演现代戏或古装生活情趣戏中老汉。在《小过年》中扮演的老汉，《姐妹易嫁》扮演张有旺，《四岔捎书》扮演胡二，风趣幽默，形象逼真，为观众所喜爱。尤其是在唱秧歌方面，扩展了须生、老生行当的“二性”板唱腔，是位有建树的演员。

董中旺

董中旺（1932—2003），大有村人。1948年参加翻身剧团，主攻旦角。在《小姑贤》《河灯会》等剧中扮演闺女旦角，为观众所称道。尤为成功地扮演了《王贵与李香香》中的李香香，深受观众好评。50年代转演须生，并担任编剧，编写了现代戏《山村泉水》，改编了《戏中书》（合作），参加了会演。是中国剧协山西分会会员。

王书明

王书明（1931—2008），蟠龙镇石板村人。原为小学教员，1954年参加武乡县大众秧歌剧团。在剧团主要是负责画布景，或参加乐队伴奏，演奏秧歌剧三大件特色拉弦乐器木胡。20世纪60年代初，与殷士肤、董中旺等共同整理改编了古装戏《戏中书》，参加晋东南行署文化局会演，获剧本集体创作奖。之后，又改编过《冤猴案》《苦药计》等剧目。他为神话剧《红珠女》和现代戏《山村姐妹》《山村泉水》等20多部戏设计了布景，为新剧目增添了舞台效果。1969年调入县文化馆工作，编创了20多个曲艺书段和小戏，在《武乡文化》和市级文艺刊物上登载，为业余文艺团体提供了演出资料。1976 年担任文化馆副馆长，1983 年被吸收为山西省戏剧家协会会员。1992 年退休，开始收集武乡秧歌剧团曾经演过的秧歌剧目 50 多个，汇集成册，给后辈秧歌艺人留下了珍贵的演唱资料，为武乡秧歌事业作出了较大的贡献。

刘凤兰

刘凤兰（1930—2016），女，原名二孩，蟠龙镇大陌村人。大陌村很早就有一个秧歌戏班，她受其影响，爱上了唱戏这一行。那时候武乡还没有女子唱戏，她不顾父母反对，投身到戏班跟刘珍福学唱。刘师傅把自己所唱的几个拿手角色，都传教给了她。初次登台唱《白蛇传》中的白娘子，真女人唱女角，比男人唱无论是扮相还是形体动作，都要自然得体，加之其嗓音清脆甜美，唱一段慢板，就赢得场下观众雷鸣般的掌声和叫好声。自此之后，师傅每到一处演出，都要带着她去，大陌二孩这个名字在武乡东部也就传得家喻户晓了。在跑班唱戏时，认识了当时著名的旦角演员王会孩，王会孩看她真是块唱戏的好料，也主动收其为徒，把自己所唱的代表剧目《卖爱姐》中的龙素珍、《刘芳卖子》中的孝妇张海棠、《桃花庵》中的张太太窦氏都传授给她，戏路一天比一天宽，影响也一天比一天大，1953 年被吸收进县大众秧歌剧团。

刘凤兰和郑桃英同时参加剧团，是武乡最早唱戏的女演员，又都是早在群众中享有盛誉的好把式，人们谈论武乡秧歌，说到桃英，就连上了凤兰，二人齐名。桃英专攻小旦，凤兰主唱老旦、青衣。从此，凡是现代戏和古装戏中的一号角色都由她主演，从参加剧团到离团退休，塑造了 40 多个老旦人物形象，最有代表性的如《红灯记》中的李奶奶、《三上桃峰》中的青兰妈、《傅家营》中的素兰娘和古装戏《游龟山》中的田夫人、《刘芳舍子》中的孝妇张海棠、《小过年》《戏中书》两剧中的老婆儿，各俱神采，给观众留下极深的印象。她嗓音浑厚清纯，唱慢板韵味浓郁，吐字真切，声美气足，字正腔圆，她唱得舒展，观众听得过瘾。她做戏深沉稳重，落落大方，颇能通过出色的演唱和表演刻画出人物的心理活动和感情变化，为同行所折服，都默认她是个好把式。

1983 年，省电视台拍摄武乡剧团的《小二黑结婚》，她在剧中扮演了二黑母亲，总算给后世留下了一点音像资料。2016 年病逝，享年 80 岁。

郭改荣

郭改荣（1937—2017），女，韩北乡果烟堖村人。天赋她一道好嗓音，又脆又亮、音质纯正、音域很宽。她从小爱唱，少年时就参加秧歌自乐班唱戏，在古装戏《旋风案》中饰演荡妇黄爱玉，在《兰英进京》中饰演大家闺秀赵兰英。其唱腔高昂激越、悠扬悦耳、委婉动听、韵味十足；做派深沉稳重、感情真挚、落落大方。颇能通过出色的演唱和表演刻画出人物的心理活动和感情变化，观众无不为她叫好，在参加县剧团前就在武乡、襄垣两县有了较高的名气和影响。

1952 年，县剧团领导慕名而特招她进了县立剧团。从 1952 年到 1965 这 14 年期间，都是饰演古装戏里青衣正旦行当的悲苦人物角色，如《三进士》里的孙淑林、《卷席筒》里的苍娃嫂、《福寿镜》里的二夫人、《梵王宫》里的刘雪娘等，都是饰演的前半生命运多舛、受尽磨难，到后来苦尽甘来、享受荣华富贵的人物角色。把人物刻画得悲悲切切，引起观众共鸣，场场催人泪下。在当时享有盛誉，被推选为省剧协会员，和郑桃英、刘凤兰齐名。

1966 年，传统戏被禁锢，她在样板戏《海港》中塑造了一号人物方海珍和《三上桃峰》中的女主角桃峰村女支书青兰，在当时最有影响。随着年龄的变化，她也青衣转老旦，在杨家戏《杨门女将》《雏凤凌空》《斩杨景》剧中，又成功地塑造了巾帼老英雄佘太君的人物形象，都在同时代观众中留下了深刻的印象。

她在戏曲电视剧《王贵与李香香》中扮演了善良贤惠的二妈，在《小二黑结婚》中饰演的是装神弄鬼、卖弄风流的三仙姑。两个性格迥异、截然相反的剧中人物，她能准确地分别把握各自的人物性格，演得十分成功，为后辈艺人传承武乡秧歌，留下了珍贵的影像资料。

张改花

张改花（1936—2013），小名板三，女，大有村人。她出生在左权县柳林乡大岭村，4 岁时父亲被日军杀害，一家人无法生活，母亲带着她和姐弟嫁到大有村。大有村在 1950 年自办一个秧歌剧团，她有副好嗓子，想跟人家去唱。人家看她穿得破旧，面黄肌瘦，又是娘带来的外县人，就理也不理她。人家们晚上排戏，她场场不误，爬在门外窗台上看。剧团正排《清风山》，是当时就在武乡唱秧歌很出名的“□天星”（真名达改梅），演龙素珍，董留花演赵兰英，剧中三个女主角两个好把式，就是唱李梦月的嗓子不好，胜任不了。教戏的韩三保师傅三番五次地教人家，板三就在窗外跟着学唱，师傅发现她嗓音清纯，把她叫进去试唱，竟把李梦月的唱腔全能唱下来，还比画着动作，真像那么一回事，就把她吸收进了剧团。她学演了《河灯会》《访松江》《旋风案》等古装戏中 10 多个小旦行当角色，在乡间有了较高的名气，被吸收进了县剧团。

进团后拜崔来法为师，在演技和唱腔方面大有长进。她一字不识，没有文化，但其记性特强，记台词很快。每排一部新剧，除记熟了自己的，还能把和她对戏搭档的台词熟记下来。她模仿性也很强，别人比画不来的高难度动作，她很快就能比画下来。因而，她会演的戏很多。每有演员缺席不在，她除了不能顶净角行当的角色，其余各类生角、丑角和旦角的角色她都能顶替下来。她一生上演过 100 多个人物角色，是个多才多艺的演员。她唱的最好的角色是泼旦行当的反面人物，如《卷席筒》中的苍娃娘、

《福寿镜》中的二夫人、《雨伞记》中的马氏。在《罗通扫北》中饰演的程咬金夫人，《赵兰英进京》中的李梦月，最为拿手，是其代表剧目。在现代戏《朝阳沟》中扮演的银环妈，给观众留下的印象最深，至今还有人津津乐道。

她唱腔圆润、婉转多变、吐字清楚，有浓郁的乡土气息和地方风味。我们编写《武乡秧歌音乐》一书时，书中记录了她唱李梦月时的一段唱腔，可谓经典，并留有录音。在古装戏《落花记》中扮演丑丫鬟，也留下了一段音像资料，可供后人学习借鉴。

魏润莲

魏润莲，女，1935年生，贾豁村人。她身材瘦小、体态苗条、鸭蛋形脸，有双又大又亮的眼睛，演起戏来活泼伶俐，十分招人喜爱。因在村里唱戏有了名气，1954年被吸收进县剧团，专攻花旦。他在古装戏《三进士》中饰演的是为富不仁的常天保妻子，在《胡月凤》中饰演的是嫌贫爱富的胡月娥，在《王宝钏》中饰演的是宝钏二姐银钏。演的都是官宦富豪人家的娇小姐。她嗓音偏高，唱腔别具风味。做派身段轻盈妩媚，演这类的反面人物得心应手，很容易引起观众特别的注意，给人印象很深。在现代戏《傅家营》中饰演了妄图反攻倒算的地主傅承祖之妻。表现人物活灵活现，刻画性格入木三分，把一个地主婆的反动品质表现得淋漓尽致、恰如其分。在《小二黑结婚》中扮演金旺妻，出场的表情和下场台步就博得观众为之鼓掌叫好，一个次要的反面配角，却给观众留下了极深的印象。

吴引弟

吴引弟，女，大有乡王庄沟村人。1955年参加县秧歌剧团，拜崔来法为师，主攻小旦。她和同期女演员梁仙香可称一对姐妹花，一样高的个子，都是一表人才。在《山村姐妹》中引弟演姐姐，仙香演妹妹，二人不相上下的演技和唱腔，深深吸引了观众，对二人的表演赞不绝口。在《傅家营》剧中她演贫农女儿冯素兰，在《游乡》中她演送货上门的女售货员，都在观众的脑海里留下美好的印象。唱古装戏，正旦、小旦、刀马旦的戏都能应行，是武乡秧歌剧团一位很有影响的好演员。

梁仙香

梁仙香，女，1939 年生，韩北乡北上合村人。1956 年参加县剧团，拜史培堂为师，专攻刀马旦行当。其身材高挑苗条，有一双大眼睛，化装出来十分漂亮，楚楚动人。唱古装戏凡刀马旦的角色都由她挑。在《白蛇传》中演青儿，《梵王宫》中演耶律含嫣。在《胡月凤》和《红珠女》两部戏中和郑桃英同演一个角色，桃英唱文，仙香唱武，珠联璧合，很受观众欢迎。在现代戏《社长的女儿》中演女儿，在《傅家营》中演傅宝珠，是她两个拿手代表作，给观众留下了深刻的印象。

崔焕仙

崔焕仙，女，1937 年生，东里庄村人。1955 年参加县剧团，拜崔来法为师，主攻小旦。嗓音清脆柔美，唱腔委婉缠绵，唱秧歌韵味纯浓，满宫满调。《白蛇传》中扮演青儿，《河灯会》中扮演梁凤英，做戏逼真，感情真挚，能给观众以美的艺术享受。中年以后，多演青衣、老旦行当的角色，曾在《下河东》和《罗通扫北》两剧中扮演了两个罗氏的青衣角色，在现代戏《小二黑结婚》中，扮演二黑妈，都在观众中有一定的影响。

魏福贵

魏福贵（1934—2000），韩北乡下合村人。从小喜爱打击乐器，在村里秧歌自乐班，拜当时在下合剧团打鼓板的申虎德（襄垣人）为师，学打鼓板。他为人内向、潜心学艺，记性很好，长进很大。申师傅回襄垣戏班后，他就坐场司鼓。1953 年随演职员郑桃英、任森奎、杨春印等一同参加县剧团，负责西场口打击乐伴奏，与当时首席司鼓的成宝川轮换坐场。他司鼓坐姿端庄，演奏平稳舒展，节奏明快，干净利索，场道清楚。与演员配合默契，演员在台前一招一式，他鼓点准确无误。是武乡秧歌剧种第四代首席司鼓，配合李金兆进行音乐设计，文武场口音乐搭配和谐。在县剧团 20 多年，为 50 多个新旧剧目作了出色的伴奏，是武乡秧歌音乐发展史上一个重要人物。

韩四孩

韩四孩（1933—1990），韩北村人。1950 年参加县剧团，拜任八孩为师，主攻秧歌剧种三大件主奏乐器。3 年后，就能同师傅轮换领场拉头把。他采用传统的演奏法，运弓弦贴琴杆，不偏不倚。按弦指法娴熟，小指功夫特大，奏高音小指上下滑动移位出音，发出音来精准实口。他脑子灵活，记忆力很强，能全部熟悉掌握每一个演员的唱腔旋律，根据演员各自的行腔规律随腔伴奏，与演员配合得天衣无缝，是和他同时代演员们的出色伴奏者。从艺 30 多年间，在剧团为 50 多个剧目作了精彩出色的伴奏。省电视台为武乡剧团拍摄的《王贵与李香香》《小二黑结婚》，都是由他领场主奏。1984 年，到戏校任音乐老师，勤勤恳恳培养后辈伴奏乐队，是武乡秧歌音乐发展史上值得纪念的老艺人。

王月英

王月英，女，1947 年生，蟠龙镇小活庄村人。山西省戏剧家协会会员。

月英的父亲王树全，曾在旧戏班唱过戏，演小生、小旦行当的角色，也曾名噪一时。受父亲影响，她从小爱唱爱跳，嗓音清脆柔和，被同村在县大众剧团的王运斌发现，带到大众剧团自办的艺训班学戏。训练时，人小要强，大孩们练啥，她也跟着练，反而比大孩子们都练得到位。梁老师看她练功时全身带劲儿，又天生一双水汪汪的大眼睛，让她学演小生行当。在排练《游西湖》一剧时，让她扮演了剧中的许仙，她不负众望，唱、念、做俱佳，手、眼、身、法、步到位。艺训班结业后，被择优录取进剧团，正式拜名小生演员杨春印为师。时间不长即能顶替师傅演出。

20 世纪 60 年代中期，剧团只唱《红灯记》《沙家浜》等样板戏。小生行当的戏诸如《奇袭白虎团》中的严伟才、《沙家浜》中的郭建光等，只能由男演员扮演，女的唱小生不宜塑造英雄人物形象，月英主动提出要学《红灯记》中的铁梅。领导和导演组老师们也都认为她能扮演好这一角色，就把铁梅分给她演。她刻苦钻研，认真揣摩人物性格，把一个在革命家庭成长大的少女铁梅演得真是活灵活现，很受观众喜爱和赞扬。排练《沙家浜》中饰演阿庆嫂，表演得也十分到位，成为这一时期武乡秧歌剧团最受欢迎的演员。

之后，王月英演小旦、青衣旦行当的角色。在《杨门女将》中饰演刀马旦行当的穆桂英，《斩杨景》中扮演杨排风。在《小二黑结婚》中扮演过小旦行当的小芹和花旦行当的三仙姑。拍制《王贵与李香香》一剧时，在剧中扮演了一个配角二妮。

1984 年，她被调到戏校任教，后辈女演员房素芬、段水英、关菊平、贾雪平都在她身上学到不少东西。1985 年，离开艺苑，调东沟乡妇联。退休后，参加老年秧歌协会，继续为自己心爱的秧歌剧种传承和发展发挥余热。

史平兰

史平兰，女，1945 年生，韩北村人。1958 年考入大众剧团自办的“艺训班”学唱戏，结业后转入剧团，拜郑桃英为师，专攻小旦。在师傅的传教下，学演了《白蛇传》中的白娘子，之后又学演几个小旦行当次要角色。20 世纪 60 年代初期，张万一老师拿着他重新修改过的《小二黑结婚》剧本，回武乡剧团排练。张老师发现平兰唱腔音色甜美柔润，表演天真活泼，特指定她饰演小芹。排好后在县城小礼堂演出，她情真意切的表演，特别富有农村姑娘的生活气息，一炮走红。因为她成功地塑造了小芹的人物形象，剧团排练《山村姐妹》时，导演又让她饰演了剧中的小妹妹。连演两个主要角色，在观众中声名鹊起。1970 年调武乡化肥厂工作，在业余文艺晚会上，她还演了《红灯记》中的铁梅，深受好评。都叹惜这位年轻的好演员，不该过早地离开剧团。1987 年，省文化厅来武乡拍摄传统戏《落花记》，只在剧中扮演了一个唱腔不多的丫鬟角色，留下了一点影像资料。

张专寿

张专寿（1943—2005），陈家垴村人。中国剧协山西分会会员。曾任剧团团长。1958 年参加县剧团，拜净角史培堂为师，不怕吃苦，矢志练功，练就坚实的武功基础，“大翻”“小翻”尤为叫绝，身段矫健，动作敏捷，成功地塑造了现代戏《欧阳海》中的欧阳海，《红灯记》中的磨刀人，《智取威虎山》中的李勇奇等人物形象，为观众所赞扬。尤其是其利落快捷的武打动作，为同行所赞服。在古装剧中，擅长演小二花之类的角色，推的一手好“三把”，更为叫绝。

史金中

史金中，1944 年生，东堡村人。1959 年参加县秧歌剧团，拜董中旺为师，专攻须生，其嗓音清脆洪亮，高昂激越。在现代戏《沙家浜》中扮演郭建光，《智取威虎山》中扮演杨子荣，《磐石岭》中扮演民兵队长田志远，武动扎实，身段矫健，动作落落大方，表演沉稳练达，是武乡剧团 70 年代时期的出色演员。除表演像杨子荣、郭建光之类的一号正面人物外，表演《红嫂》中的红嫂丈夫吴二之类的中间人物也颇具特色，刻画人物细致入微，幽默风趣，为观众所称道。在古装戏中扮演须生、大净人物，各具特色。

苏 华

苏华，1949 年出生在武乡县城，祖籍为长治紫坊村。10 岁时便入武乡晋剧团学戏，师从弓庆福，主攻小生、武生，后改花脸。1970 年，撤销晋剧团入武乡秧歌剧团，先后任演员、导演、团长。

导演过《孙悟空三打白骨精》《斩杨景》等剧，曾参与了武乡秧歌剧种的改革，与他人合作导演了多部有影响的秧歌剧。其中《小二黑结婚》《王贵与李香香》由河南省电视台录制、灌片。从艺几十年，塑造了多个让观众脍炙人口的人物形象，为武乡秧歌呕心沥血，培养了一大批优秀演员，作出了积极贡献，并和武乡秧歌结下了不解之缘。1985 年，因生活所需调入榆社剧团。2009 年退休。多少年来，人离心不离，武乡秧歌系心间，十分关心、支持武乡秧歌的传承和发展。

张俊先

张俊先（1945—1986），蟠龙镇下型塘村人。1958 年考入武乡大众剧团自办的艺训班学戏，转入剧团后，拜任森奎为师，专攻三花行当。20 岁前只是打把跑龙套，或演些次要配角。21 岁时在样板戏《海港》中饰演了暗藏的反革命分子钱守维，方才显露出他的艺术才华。在《智取威虎山》中却演的是正面人物生角行当的少剑波。之后又在《朝阳沟》中饰演拴宝，在《山鹰》中饰演山鹰的哥哥，也都是生角行当。在《沙家浜》中扮演刁德一，在《红心朝阳》中扮演中间人物偷料老汉。他行兼生、丑，演现代戏正面、中间、反面的人物角色都能为之，是个多才多艺的演员。1977 年调离剧团，结束了艺术生涯。

武怀义

武怀义，1942 年生，丰州镇城关村人。从小热爱文艺，尤其酷爱打击乐。1980 年，参加武乡晋剧团，师承王吉员，专攻各种打击乐器演奏。1970 年，县晋剧团解散，遂转入武乡秧歌剧团，东场打击乐器。他打击乐器伴奏，面部表情丰富，动作优美，配合演员默契，常常吸引观众注目，拍手叫好。本人为人豪爽，热心好助，对徒弟也是尽心尽力传授，与演员经常商榷演技。是一位积极为传承武乡秧歌做贡献，受人尊敬的老艺人。

刘珍祥

刘珍祥（1932—2003），蟠龙镇大陌村人。在村秧歌自乐班的影响下，迷恋上了唱戏敲打锣鼓，16 岁参加秧歌剧团打大锣。17 岁参加县秧歌大众剧团，拜成宝川为师，参加乐队，专职打大锣。师傅调离剧团后，他与魏福贵轮班坐场打鼓板。司鼓时坐姿端正、架势排场，为演员伴奏唱腔配合默契，能给演员带起劲来。他是武乡秧歌剧种第四代司鼓传人，李孟松是他嫡传弟子。

第四节　第五代名艺人

张晓亚

张晓亚，1957 年出生于山西太原，祖籍武乡县蟠龙镇蟠龙村，国家一级编剧。1975 年在武乡县人民剧团从事戏剧工作，1981 年大学毕业后到省晋剧院工作。曾任院艺术室编剧、院青年团副团长、院创作室主任、业务副院长、山西省戏剧家协会副主席等职。

20 世纪 80 年代初，张晓亚在父亲张万一的影响下，开始涉足戏剧创作。先后创作、改编、移植了大、中、小型戏曲剧本《太宗嫁女》（1984年）、《老八路》（1986年）、《岁岁人不同》（1989年）、《御碑记》（1992年）、《清风亭》《白绫怨》、蒲剧《寇老西升堂》（1993年）、《油灯灯开花》（1995年）、《大脚皇后》（1999年）、《小卒子过河》（1999年）、秦腔《阴阳鉴》（2000年）、眉户《谷雨》（2002年）、京剧《走西口》（2004年）、《大唐公主》（2004年）、《文公归晋》（2005年）、《武则天与狄仁杰》（2011年）、京剧《雄关娘子》（2018年）等40余部。

其中，小型古装剧《寇老西升堂》，由运城蒲剧院首演，获首届中国戏曲“金三角”调演优秀剧目奖和编剧奖；《油灯灯开花》获中宣部“五个一工程”奖、曹禺戏剧文学奖（提名）；大型现代戏曲《谷雨》，西安市文化局组织排演，获1998年陕西艺术节编剧奖、中国戏剧节优秀剧目奖。2004年，由他担任主创的大型京剧《走西口》不仅获得了代表山西省最高政府奖“杏花奖”的优秀剧目奖第一名和优秀剧本创作奖，并于2004年代表我省参加了全国曹禺戏剧文学奖的角逐，获得“全国曹禺戏剧文学奖——剧本奖”，成为迄今为止我省获此殊荣的唯一一人。他改编的《清风亭》被誉为是山西省传统戏改编的成功范例之一。大型晋剧历史剧《晋文公》经十二稿磨砺，已打造成晋剧经典剧目，并成为晋剧的优秀代表作之一。另外他还创作了戏曲小品《东宫扫雪》《辣椒情》、豫剧戏歌《抢妈妈》等，先后被搬上中央电视台春节戏曲晚会和元宵戏曲晚会，深受全国广大戏迷观众的喜爱。

王充理

王充理原名春连，艺名春雷。1951年生，蟠龙镇东沟村人。

他从小酷爱戏剧曲艺。1970年参加剧团后，主要演奏头、二把、三弦、二胡等乐器。并能右脚踩梆板，左脚踩击大锣，一人操作7件打击乐器，为秧歌戏伴奏。对本剧种的各种唱腔板式和曲牌过门都能熟背如流，起承转合，分寸到位。

1978 年冬季，晋东南地区文化局组织全地区 25 家专业剧团自编新剧目会演，他创作的古装戏《忠义缘》获编剧一等奖。从此，他专职搞编剧。编出连三本秧歌戏《桃花簪》和《岳飞挂帅》，由本县剧团排出来搬上舞台，受到观众好评。1984 年他和张万一合编现代戏《女兵传奇》，由县艺校排演，还被太原市电视台拍摄，在中央台播放。当年，他被晋东南戏曲志编撰组聘为特约编撰。四处找老艺人采访资料，寻找戏台查抄舞台题壁，写了 30 多万字的戏曲志资料文章，获晋东南文化局戏曲志编撰奖，被省文化厅评为“先进工作者”并获“艺术学科研究奖”。1985 年调武乡艺校任编剧，编写了现代戏《智破活神仙》和古装戏《打瓜园》两个小剧，作为教学实践剧目搬上舞台。《智破活神仙》获长治市剧本创作奖。1986 年 2 月，他创作的《骗婚记》，参加长治市政府组织戏曲观摩会演，获剧本创作奖。当年夏季，山西省电视台将《骗婚记》改名《嫁妻》搬上银屏，并制成光碟对外销售。1987 年调县文化馆工作，担任《武乡文化》主编。并受县文联邀聘，担任武乡县文学集成编委会编委，收集整理了大量的民间故事、民谣、民间谚语，为本书的出版发行作出积极的贡献。

他虽然调离了剧团，但对秧歌剧种的发展和振兴一直坚持不懈，努力奋斗，为本剧种在增加演出剧目和音乐唱腔改革方面也一直辛勤笔耕。剧团需要他编、改剧本，他从不推托，从不讲价钱，为了秧歌剧团的发展，他编写了大型历史剧《石勒传奇》和连三本历史剧《五凤朝周》，成为剧团的看家戏。两剧均在 1990 年荣获长治市剧本创作奖。1988 年，他被长治市文化局指定为《襄武秧歌音乐集成》编委，挖掘整理了大量的音乐唱腔，编写了多节文字资料。而后与王仲祥、李金兆合编了《武乡秧歌音乐》一书。1991 年，创作出现代剧《娘随驴去》，参加长治市现代戏新创作剧目会演，荣获剧本创作一等奖。之后，与长治市文化局创作室主任李天生合作修改易名《喂驴人》，在《戏苑》杂志发表，并荣获山西省第二届剧本征文三等奖。

1988年8月，王充理出席了山西省戏剧家协会第四次代表大会，被推选为省剧协理事，同年，被吸收为中国戏剧家协会会员。1991年，出席县文代会，被推选为理事和音乐舞蹈协会副主席。1993年，出席长治市剧代会，被推选为常务理事。1995年6月和2002年2月又两次出席省剧代会，同年被评定为国家二级编剧。1997年担任县文化馆副馆长，当年7月，出席长治市文联代表大会，被推选为市文联理事。2006年，出席武乡县第三届文联代表大会，被推选为文联委员和戏剧家协会主席。

1994年，武乡剧团和晋城市梆子团老艺人联营演出，只唱梆子，不唱秧歌。原剧团主要演员李勇、陈小兵、关菊萍、王丽芬等十几个人不愿随团，流散在各处打工，武乡戏校也因经费紧张难以维持。王充理看到武乡秧歌剧种濒临危亡，和剧团导演常效平、戏校校长李金兆老师，召集回流散艺人，带领戏校师生，同和顺县古窑村秧歌剧团联营。组织起一个40多人的秧歌剧团，排演了武乡秧歌代表性剧目《小二黑结婚》《嫁妻》《忠义缘》《娘随驴去》等8本秧歌戏，活动在武乡和左权、和顺、榆社一带。一方面让流散的青年艺人得以维持生计，仍然坚持在秧歌事业上；另一方面让戏校学生在实践中得到锻炼，为秧歌事业培养了接班人；同时也让古窑村业余秧歌演员在演技和唱腔方面得到长进和提高，使武乡秧歌剧种得到传承、延续和传播。

1997年，他又组织了“春雷艺术团”，许多演唱武乡秧歌的后起之秀，参加武乡秧歌两次大赛荣获一、二、三等奖的房素芬、段水英、关菊萍、李晓玲、王丽芬、史玉丽、白小英、李勇、赵洪波、李国平、李秀清、白占文、张立军等，都曾先后在他的艺术团得到锻炼和培养，在他的熏陶传教之下，大有长进。他先后在本县的大陌、左会、白返头、墨镫、王家峪、下合及和顺县的古窑，左权县的背上等村辅导农村剧团和宣传队编排剧目，传教武乡秧歌，为武乡秧歌剧种传播、扩大知名度起到了重要作用。

现在，王充理已年过花甲，还是每天在孜孜不倦地工作着。边创作边演出，而且还在县文化馆主办的培训班上无偿传教武乡秧歌和曲艺的音乐唱腔。2016 年他和姚长旺、房素芬、常惠斌、张立君等组建了“武乡县非物质文化遗产传承协会”，被推选为会长。当年，他整理出秧歌传统戏《五女婿拜寿》《刘芳卖子》《小姑贤》，新编出现代戏《养女胜亲生》《换肉》，自己执导、设计音乐唱腔并在《换肉》中扮演了三花行当的马胖。在县城消夏文艺晚会上演出，受到一致好评。2017 年整理出了大板书《杨八姐游春》，两次赴市参加非遗展演。8 月，又赴省城在文博会上展演。2018 年把武乡非遗项目“乡村社火”带到《星光大道》栏目展演。近年，整理了《武乡秧歌传承史》和《春雷剧本集》两本专著，兑现了“为传承武乡秧歌气不断一直干”的诺言。

安娥英

安娥英（1955—2003），女，蟠龙村人。家境贫寒，从小就养成了艰苦朴素、勤劳节俭、热爱劳动的好习惯。

1962 年，入蟠龙学校学习。学习上从不甘落后，勤奋刻苦。小学三年级，特长逐步凸显，唱出来的歌甜美好听，舞蹈姿势有模有样，艺术天赋极高。12 岁那年，蟠龙学校“红孩子”宣传队成立，她作为首批队员参加宣传队。在宣传队里，她认真学，刻苦练，反复琢磨，用心演，学啥像啥，表演时都担任主要角色，渐有名气。1971 年 6 月，16 岁时她被正式吸收进武乡县秧歌剧团。她一切从头开始，从吊嗓子、跑龙套，练各种基本功，仔细学、认真做。并经常虚心向各位老师拜师请教，以说、唱、念到身、法、步一招一式地学，不分白天黑夜地练。在模仿老一辈艺术家的各种技巧的同时，将自己对剧中人物刻化理解慢慢融入所扮演的角色中，奠定了坚实的艺术基础。

1976 年，剧团恢复上演古装戏，她苦练苦学水袖功、扇子功、上马扬鞭推三把，边学边演。首先在《小刀会》《十五贯》中饰演女主角，都演得比较成功。排《杨门女将》时，导演让娥英上娃娃生杨文广，她二话不说，说演就演。她又把一个既有稚气又有傲气、初生牛犊不怕虎的杨文广塑造得活灵活现、栩栩如生，观众和同行们都夸她学啥像啥，演啥像啥。1979年冬，晋东南地区25个专业剧团自编剧目评比会演，她在《忠义缘》中扮演柯翠莲夺得了“一等演员”奖。从此在晋东南戏剧界有了名气，被山西省戏剧家协会吸收为会员。1980年在《屠夫状元》一剧中扮演党凤英，获地区级一等演员奖，1981年她表演的武乡三弦书《巧护彭总榆》，参加了山西省曲艺节目调演，荣获省级“优秀演员”奖。1983年，在《王贵与李香香》一剧中扮演李香香，参加会演，获晋东南地区“一级演员”奖，同年10月在省城演出，轰动了省城。当时《山西日报》《戏友》都发表评论文章，给予她高度评价。中国唱片公司把她的唱腔录制成唱片和盒式磁带在全国范围内销售。1986年她在《骗婚记》剧中扮演许秋莲，参加长治市政府组织的评比会演获“荣誉演员奖”。山西省电视台将她主演的《骗婚记》改名《嫁妻》，拍制了全剧，录像带在国内发行销售。同年10月，被中国戏剧家协会吸收为国家级会员，并担任了武乡剧团团长。1987年，她光荣地加入了中国共产党。其间，剧团又排演了《杀妻》《齐王拉马》《鸳鸯戏水》《老八路》等四本大型古装戏和现代戏，她都担任了一号女主角。由于常年坚持在山庄窝铺演出，加之工作负荷太重，使她落下了一身毛病，不能随团下乡。后来被调到武乡戏校当教师，为武乡秧歌的传承，努力工作，培养出房素芬、段水英、王丽芬等名演员。1988年出席了山西省戏剧家协会第四届代表大会。1991年，天津曲艺团慕名而来，想调她到该团工作，可她舍不得放弃家乡的秧歌剧种，坚持留在武乡。1991年她调入文化馆工作，仍坚持为武乡文化事业勤勤恳恳工作，无论谁邀请去培训、演唱，从来不讲价钱，不摆架子，平易近人，所以在群众中口碑极好。1993年，文化馆组建了一个轻骑秧歌演艺队，她主演并兼导演，排演了许多节目深入到山庄窝铺演出，受到群众欢迎和好评。

安娥英的一生，勤奋刻苦，德艺双馨。安娥英是武乡秧歌难得的人才，她过早的离世，给武乡秧歌造成极大损失，给人留下深深的惋惜和遗憾。愿她留下的甜美唱腔永远流传，不断发扬光大。

姚长旺

姚长旺，1950 年生，蟠龙镇沿土凹村人。1973 年参加县剧团，著名须生、老生演员，山西省戏剧家协会会员，武乡县戏剧家协会副主席。政协武乡县第二届至第九届常委。民革党员。

他天生有副好嗓子，在爱好戏曲父亲的影响下，常仿唱京剧、豫剧、晋剧、武乡琴书、三弦书、大板书。1971 年，县里组织民兵团参加 3202 工程修铁路，他被选拔到文艺宣传队。1972 年，23 岁时被县秧歌剧团吸收，成了一名专业戏剧工作者。他没有经过专业训练，自感不足。于是，冬练三九，夏练三伏，从不间断。终于练得动作规范得体，可以担当一些较重的角色。先后在现代戏《海霞》《洪湖赤卫队》《朝阳沟》《向阳商店》等剧中演正面老年角色，都演得比较成功。

1975 年春季，剧团进省城向省委领导汇报演出《红灯记》，他和饰李玉和的杨春印老师轮番出演，省电台对武乡秧歌《红灯记》唱腔全剧录音，李玉和的唱腔由姚长旺一人承担，效果极佳，被灌制成唱片，在国内外发行播放。

1978 年，剧团重排武乡秧歌《小二黑结婚》，姚长旺饰演剧中的小二黑之父刘修德，他把“二诸葛”这个人物表演得活灵活现，道白字字真切，唱腔似行云流水，抑扬顿挫、节奏分明，观众反响强烈。同年，剧团恢复上演古装戏，他跟随任二货老师一招一式地学，从唱、念、做、打到手、眼、身、法、步，无论登靴甩袖，掀髯耍翅，他都练得很到位，很快在《十五贯》中扮演了清官况钟。《下河东》中扮演了赵匡胤，《王宝钏》中扮演了苏龙等须生行当角色，都演得比较成功。1981 年到专一团移植学习《斩花堂》，他担任剧中的一号主角严惠民，拜名演员郝同生为师，演出后得到了著名表演艺术家郝聘芝等专家的认可和观众好评。又跟专一团著名演员马增瑞学唱了《寇准背靴》中的寇准，唱红了上党地区。1983 年，他在排练《王贵与李香香》一剧时扮演香香之父李德瑞，根据特定环境下人物内心深处的思想感情，自己设计了一段“二性”唱腔，唱得真切凄楚，刚柔相济，很是得体，受到了该剧音乐设计、省歌名作曲家李秉衡老师的赞赏，照他的唱腔一个音符不变地记在谱中，这段唱腔一直成为后辈艺人传唱的经典唱段，在参加地区会演中他获得二等奖。当年在省电视台拍摄了武乡秧歌《王贵与李香香》和《小二黑结婚》，他扮演的“李德瑞”“二诸葛”，唱腔字正腔圆，梆板清楚，颇有韵味，表演稳健大方，舒展自如，接近生活，塑造了两个性格迥异的贫苦老农艺术形象，感人至深。后来他又在古装戏《斩驸马》中扮演常元帅，《杀妻》中扮演吴汉，《齐王拉马》中扮演田丞相，塑造了几个忠心报国的忠臣形象，都为观众所称赞。排练《老八路》一剧时，他在剧中成功地塑造了朱总司令形象。

1985 年至 1987 年，他担任业务副团长，演艺足迹遍及晋东南、晋中、河北涉县、武安一带，成为名噪一时的武乡秧歌和上党梆子的名演员。1987 年，调到蟠龙镇文化站任站长，1992 年，在大型电视剧《长乐之战》中成功地塑造了日本军官黏米的形象。2005 年 7 月在北京保利剧院参加了《拥抱太行》演出。2006 年，参加省台《走进大戏台》大赛获得二等奖。他自编自演的《农民乐》在国际新星歌手大赛中获一等奖。《想亲亲》在山西民歌民舞民乐大赛中获银奖。《朱总司令和咱一条心》在中央电视台 7 频道播放。《请你到俺家乡来》在山西电视台《中国风》栏目播放。2007 年，县剧团新排大型现代戏《将军泉》他被特邀回去扮演了剧中的吴天成，参加长治市会演，获表演奖。2012 年文化馆排演非物质文化遗产代表剧目《真有这么一家子》，担任导演、主演，并参与设计音乐唱腔。自编自演了《一件大衣》《太行情》两个小戏和《十二月翻花唱武乡》《夕阳颂》《今昔砖壁》《相信科学、远离邪教》等20多个段子。2011年，参加山西卫视《乡情乡爱》栏目，用武乡鼓书形式演唱了《今昔砖壁》。同年，山西卫视《爱唱老情歌》栏目特邀他去演抗战民歌《八路军进了村》。2012年秋，自编的《你高兴来我快乐》，用武乡开花调与房素芬对唱，参加了长治文化进京展演，在北京大剧院演唱两场。2013年参加了山西春晚演出。同年参加山西卫视和中央电视台11频道联合录制的《寻找好声腔》栏目演唱，被选进全国九强之列。

2014年，他与王充理挖掘整理了武乡四个曲种《瞽调》《三弦书》《大板书》《琴书》的音乐唱腔，并亲自操琴击鼓演唱了反映武乡抗战内容的红色经典书目《抗日模范》等10个段子，被录制成影碟光盘，为本县非物质文化遗产的保护和传承，作出了卓越的贡献。

2015年，他在文化馆非遗培训班无偿担负“武乡秧歌”的传教。蟠龙镇在“善行义举”光荣榜上给他下的评语是：“年过花甲显风采，武乡唱到中央台。”

郝雪廷

郝雪廷，1959年生，蟠龙镇马堖村人。大专文化，1988年加入中国共产党。主要从事军史研究和文学创作，现任八路军太行纪念馆史料研究部主任。是中国神剑文学艺术学会会员、中国报告文学学会会员、山西省作家协会会员、山西省戏剧家协会会员、山西省党史人物研究会副会长、长治市红色文化研究会副会长、长治市文联委员、武乡县作家协会主席。

童年时代受父亲的影响，从小就对当地民俗文化、民间艺术有着浓厚的兴趣，对说书、唱戏、读古书尤为喜爱。读初中时候，他的作文常常受到老师的表扬，同时开始学写诗、散文，给县文化馆投稿。1976年4月参加工作，利用供销社送货下乡，了解乡土文化、抗战故事，搜集开花唱词、民间俗语。后经常向武乡老文化人殷士肤、李志宽、王仲祥、刘向金、弓庆福、任生奎等进行上门讨教，开始了文学创作并在各级报刊上发表作品。1982 年秋，他的第一个戏剧作品《新来的客人》问世，刊登在 1983 年第一期《武乡文化》，有几家农村剧团组织排演，参加了县里的文艺会演。接着，又创作了农村题材的戏剧剧本《借媳妇》，以李清照、赵明诚的爱情故事为素材的古装戏《菊情》等剧本。同时还创作了武乡鼓书、武乡琴书以及相声、快板等曲艺作品。受到戏剧大师张万一、王世荣、郝凌云等人的重视和指点。1987 年 7 月，加入山西省戏剧家协会。

1990 年创作了电影文学剧本《黄梁劫》。1995 年当选为武乡县作家协会主席，并出席长治市文联代表大会，被推选为市文联委员。1995 年郝雪廷调入八路军太行纪念馆，先后担任社会教育部主任、史料研究部主任。他又把大量心血倾注在军史、战史研究中，先后考察了大量的抗战历史旧址、遗址，采访了 200 多位老八路、老将军及其子女，查阅研究了数以千万计的历史资料，撰写并发表了专业论文近百篇，其中《谈太行纪念地的综合开发》《根据地唯一的八办》《邓小平文艺理论对太行山抗战文化的指导作用》《略论太行山、桂林抗战文化之异同》《论八路军与华北抗战》《抗战时期根据地铲除邪教工作浅析》等论文，并创作出版了《八路军改编纪实》《八路军的故乡》《追寻八路军总部》《抗战精华遍武乡》《游击队长魏名扬传奇》《八路军序列沿革研究》《抗战精华遍武乡》《革命熔炉武乡》《武乡抗战纪事》《抗战英魂录》等纪实文学与史学专著，以及长篇小说《水花崖》、诗集《闲山吟》等，总计出版历史专著与文学作品 31 部，千万余字。参与撰写了《武乡妇女运动史》《光明普照五十年》，主编和参与主编了《石勒，武乡千古一帝》《大地之子》等书，出版了电子音像读物《八路军》。曾编导了专题片《八路魂》《巧攻凤凰山》《惊险的突围》等。2005 年，担任了由国家档案局与中央电视台、江苏电视台等单位联合摄制 20 集大型电视专题片《抗日中坚八路军》的策划人。2005 年担任山西电视台8集专题片《在太行山上》文史撰稿人、八一电影制片厂《八路军与武乡》文史撰稿人，并应邀担任山西电视台文化讲堂特邀主讲人。

1987年3月，报告文学《诱惑》获中国作协基金会“华晶文学奖”；1998年获全国名人作品展示会银奖；2012年8月，曲艺作品《李改花送子参军》获中国曲艺家协会第五届中部六省曲艺大赛二等奖；2015年10月在第25届书博会期间，被评为长治市首届“百名最美读书人”和长治市“书香人家”；还有抗战研究论文等多次获奖。2016年，以八路军总部在武乡期间的反特故事为主线，创作了电影剧本《太行锄奸》。

魏玉秀

魏玉秀，1950年生，下合村人。山西省戏剧家协会会员。1963年参加县剧团，师从任二货、杨春印，主攻小生行当。刻苦好学，潜心钻研，入团刚一年多，就在现代戏《海港》中成功地塑造了青年码头装卸工人韩小强的人物形象。1970年，应征入伍，到部队文工团继续他的演艺生涯。1976年，转业回县剧团，在《平原作战》剧中扮演了一号角色赵勇刚。基本功过硬，身段矫健，动作敏捷，武打利落，唱腔圆润流畅，吐字清晰。之后，在《小二黑结婚》中扮演小二黑，《三打白骨精》中扮演唐僧，《忠义缘》中扮演柳逢春，《十五贯》中扮演熊友兰，塑造了众多不同时代的戏曲人物形象。尤其是他扮演《罗通扫北》中的罗通、《黄鹤楼》中的周瑜、《屠夫状元》中的党金龙，刻画人物细腻逼真，入木三分，唱腔表演动作俱佳，无人可比。在《王贵与李香香》和《小二黑结婚》两剧拍摄电视时扮演了王贵与小二黑，给观众留下了永久的影像资料，深受观众好评。

1987年调离剧团，在文化局任办公室主任。2005年参加《拥抱太行》大型音乐晚会，在北京保利剧院演出。同年秋季，在小剧《人民法官郑大明》剧中扮演法官郑大明，塑造了一个不唯亲不唯利、光明磊落的人民法官形象，代表长治市中级人民法院赴省参加省司法系统文艺会演，集体荣获“演出一等奖”。2010 年退休，还一直坚持在文艺舞台为观众演出，为武乡秧歌培养传承者。2017 年，他扮演了《太行母亲》剧中的排长一角，动作还是那么潇洒利落，深受观众称赞。

李长禄

李长禄，天津市人。1952 年生，1970 年来蟠龙公社陌峪村插队。1971 年参加县秧歌剧团。在老师们的悉心教导下，刻苦训练各项基本功，无论“大翻”“小翻”“前扑”等都比同期学员练得扎实到位。因此，初出茅庐，便在排练《红灯记》时担起了反面重角鸠山，演出后深受观众好评，更为一个插队知青能唱武乡秧歌而感到惊奇。而后，在《沙家浜》中扮演的胡传魁，《三打白骨精》中扮演的孙悟空，《十五贯》中扮演的娄阿鼠，《忠义缘》中扮演的家郎，《屠夫状元》中扮演的胡山，都在观众中产生了广泛的影响。尤其在戏曲电视剧中扮演了《嫁妻》中的赌棍王金榜和《王贵与李香香》剧中的大秃，以其滑稽诙谐的表演艺术，在观众心中打下了深深的烙印。《嫁妻》一剧参加长治市政府组织的戏曲会演中，他荣获市级优秀演员一等奖。1986 年，参加了山西省首届戏曲导演班深造进修，结业后到武乡戏校任教，在县剧团和戏校参与导演了《瓜园三结义》《智破活神仙》等 10 多个剧目。后返回天津。

殷国川

殷国川，1952 年生，寨上村人。1968 年参加武乡县晋剧团，1970 年到县秧歌剧团，曾任副团长，其基本功扎实，身段矫健，在样板戏《沙家浜》《杜鹃山》《平原作战》中担任主要配角。在古装戏《忠义缘》中扮演柯虎，在《小二黑结婚》中扮演了金旺，在《王贵与李香香》中扮演二狗，塑造了众多个丑角行当的反面人物形象，在群众中有了一定的影响。1988 年调离剧团，担任洪水镇文化站辅导员。其间，在白返头等村辅导农村业余秧歌剧团，组织小型秧歌演艺团，在各乡村巡回演出，为本剧种的传播作出了积极的贡献。现已退休，仍能参与业余秧歌演唱。

常效平

常效平，1956 年生，故城镇北涅水村人。1970 年参加县剧团，在师长们的悉心传教下，刻苦训练基本功，无论大、小翻，还是前扑、下叉都做得漂亮到位。先是在各个剧中担负主要武打演员，表演干净利落、敏捷矫健。排演新编古装戏《忠义缘》时，扮演了武侠义士薛豪。其扮相英俊潇洒，表演沉稳豪迈，成功地塑造了一个路见不平、拔刀相助的武侠义士形象，获地区级“优秀演员二等奖”。在戏曲电视剧中扮演了《王贵与李香香》中的王贵和《嫁妻》剧中的李秀祥，都赢得了观众好评。他多才多艺，演小生、须生、大净行当文武不惧，还塑造了“赵云”“罗通”“程咬金”等 20 多个古今戏曲人物形象。进入中年，开始参与导演工作，他执导的剧目有《石勒传奇》《龙城二娇》《鸳鸯戏水》《五凤朝周》《杀妻》《斩驸马》等近 20 多个剧目。1991 年，长治市现代戏会演，武乡秧歌剧团拿他执导的《娘随驴去》参加会演，获得了高度赞扬。他坚守演出生涯，曾担任副团长多年。之后，曾参加了《拥抱太行》大型音乐晚会演唱，执导了《武乡顶灯》影视节目。曾在和顺县喂马乡一带教戏办剧团，为武乡秧歌扩大知名度和传播，起过积极的作用。2016 年，他又执导了秧歌现代戏《养母胜亲生》。2017 年，执导了大型红色经典剧《太行母亲》赴市参加展演，受到领导和专家们充分肯定和高度赞扬。步入花甲之年，仍为武乡秧歌的传承发展贡献力量。

李效珍

李效珍，1955 年生，马堡村人。中国剧协山西分会会员。1971 年参加县秧歌剧团，拜杨春印为师，学演须生。其嗓音清脆圆润，高昂激越，表演动作敏捷利落，扮演古装戏杨延昭等须生行当角色尤为突出。在《王宝钏》剧中扮演穆老将，《斩驸马》剧中扮演朱元璋，《杨门女将》剧中扮演采药老人，《斩花堂》剧中扮演冯剑，塑造人物细致入微，形象逼真。在现代戏《王贵与李香香》中扮演了王贵的老父亲王麻子，把一个穷苦老农民哀哀怨怨、凄凄楚楚、低声乞怜的人物形象表演得活灵活现，栩栩如生。加之其清甜爽利的唱腔，吐字真切明白，尤为感人，催人下泪，场场爆发激烈的掌声。《王贵与李香香》参加晋东南地区文化局组织的文艺会演，他荣获“一等演员”奖。该剧录制电视时，他还为王贵的唱腔作了配音。在电视剧《嫁妻》拍摄时，又为剧中人物李秀祥作了配音。后来调离剧团在马堡煤矿工会工作，节假日组织人排练文艺节目，传教秧歌唱腔。现在他年过花甲，退休在家，每有机会演出，他仍然会出现在文艺舞台上为观众演出，在群众中有一定的影响。

王炳旭

王炳旭，1954 年生，李峪村人。1970 年参加县秧歌剧团，在老师们的悉心指导下，刻苦锻炼基本功，无论身段功，还是毯子功、把子功都高出一筹。大小翻滚特别漂亮，武打技艺娴熟，干净利索，在剧团担当主要武打演员。1974 年应征入伍，在部队文工团担任舞蹈演员。1978 年，退伍回团，在武打戏《三岔口》中扮演刘利华，舞台上充分展示出了他的艺术才华，发挥得淋漓尽致，场场赢得观众热烈的掌声和叫好声。1983 年，调往武乡戏校，任武功教师。后调县志办工作。

史明扬

史明扬，1955 年生，合家垴村人。中国剧协山西分会会员。1971 年，考入武乡县剧团，拜张专寿为师，主攻净角行当。其嗓音宽厚高亢，舒展豪放。做功也很精熟，举止稳练沉着。在《下河东》中扮演欧阳方、《王宝钏》中扮演魏虎，《罗通扫北》中扮演苏定方，都给观众留下了深刻的印象。在现代戏《王贵与李香香》中扮演崔二爷，把恶霸地主的凶残、狡诈表演得淋漓尽致，成功地登上了电视屏幕，并获表演二等奖。在《老八路》一剧中扮演的开明士绅，豁达大度，为观众所赞赏。20 世纪 80 年代，调山西水泥厂工作，在本厂参与职工文艺演唱。退休后在长治市区组织襄武两县的秧歌艺人，传教演唱武乡秧歌，一直为秧歌剧种的延续和传承坚持不懈。

张雪芬

张雪芬，女，1952 年生，丰州镇富庄村人。伶俐聪明，有表演天赋。1971 年考入武乡秧歌剧团，当时剧团正演“革命样板戏”。饰《红灯记》中李奶奶的老演员调动离团，一时没有合适人选。导演根据她的体型与长相，安排让这个刚参加剧团不到半年的新学员担负如此重要的人物角色。前无老师引导示范，就凭当时看了几场《红灯记》剧电影，经过她的刻苦练习，硬是把一个唱腔道白做功都很繁重的角色，表演得有模有样，受到领导和导演以及所有老师的一致好评。紧接着又排《沙家浜》，导演又安排她上沙奶奶，除经导演和老师们的指点，同样是通过看电影学戏，又把一个重要角色担当了下来。当年冬天，剧团要排张宝祥新编的抗战题材大型武打剧《磐石岭》，她担负了剧中的一号人物角色田大娘，参加晋东南地区戏曲会演，荣获“优秀演员”奖。两个奶奶、一个大娘，都是老旦行当的角色，塑造得非常成功，在人们心目中，就把她定格在老旦行当的圈圈之内。让大家没有想到的是，剧团上演新移植剧目《朝阳沟》时，她扮演了剧中一号女主角银环，由老旦转唱小旦，返老还童。一出场身着时髦的城市女知青装束，两条长辫搭在肩背，显得风姿绰约，妩媚俏丽。一口地地道道的秧歌唱腔，细腻地刻画了人物性格，把一个从城市到农村的女知青表演得活灵活现，细致入微，在观众中留下了深刻的印象。在 20 世纪 70 年代时，张雪芬是武乡秧歌剧种一个有代表性的好演员。现已花甲之年，仍然活跃在戏曲舞台上，为武乡秧歌的传承发挥余热。

武生莲

武生莲，女，1953 年生，丰州镇城关村人。从小爱好文艺，天赋一副好嗓子。1970 年参加县剧团，1971 年就在《沙家浜》剧中扮演了阿庆嫂。一个初登舞台的新学员，把一个阿庆嫂表演得活灵活现，唱腔、道白、动作都很到位，初出茅庐就一炮走红，深受观众好评。之后，她先后在《红嫂》中扮演红嫂，在《洪湖赤卫队》中伴演韩英，在古装戏《逼上梁山》中扮演林娘子，在《杨门女将》中扮演杨七娘等青衣行当的角色，无一不在观众的脑海里留下深刻的印记。她嗓音清脆柔和，唱腔韵味独特，道白流利清晰，表演雍容大气，塑造人物性格鲜明，决不千人一面。是 20 世纪 70 年代武乡秧歌剧种一位很有影响的青衣演员。现已年近七旬，还不断地登台演出，为武乡秧歌传承和发展，做着不懈的努力和贡献。

李小萍

李小萍，女，1956 年生，故城镇三交沟村人。1970 年考入剧团，不怕苦累，刻苦练功，真正是夏练三伏、冬练三九，从不间断，练就了一身过硬的基本功，翻滚儿、打呼跳、下腰跌八叉无所不能，是同代女演员中基本功最扎实过硬的一位。1975 年春季，剧团要新排一个秧歌小剧《渡口》，她担负了武打动作难度很大的小水莲。水莲在水里抓坏人，与坏蛋激烈短打搏斗，她与扮演坏蛋的丈夫李长禄，配合默契，连唱带打，十分精彩，一招一式，毫无瑕疵。从此夫妻二人在观众中享有盛誉，有了很高的知名度。就是其他剧团演《渡口》的演员，也都对她心服口服。剧团排演《平原作战》一剧时，她担负了剧中的小英一角，唱念做打俱佳，表演十分到位。她和安娥英同拜郑桃英为师，同龄同师，个子也长得一样高低，一对姐妹花，在晋东南同享盛誉。在古装戏《雏凤凌空》中扮演刀马旦杨排风，身扎红色大女靠，头戴插翎七星额，手舞长杆棍棒，武打干净利落，威风凛凛的巾帼英雄形象，在观众心目中留下了深刻的美好印象。

霍爱英

霍爱英，女，1955 年生，洪水镇芝麻角村人。1971 年参加县秧歌剧团，是中国剧协山西分会会员。刻苦好学，求知欲强，拜郭改云为师，学演旦角。无论花旦、正旦、青衣、老旦、叉旦的角色都可胜任。在古装戏《姐妹易嫁》中扮演了花旦行当的姐姐张素花，在《忠义缘》中扮演正旦行当的李凤英，参加地区会演，获地区级优秀演员奖。在《寇准背靴》中扮演了青衣行当的柴郡主，在《骗婚记》中扮演了老旦行当的李母，在《白毛女》中扮演过叉老旦黄母，塑造了众多个不同时代、不同年龄、不同性格的旦角形象，给观众留下了深刻的印象。尤其在《王贵与李香香》和《小二黑结婚》两本现代戏中，成功地塑造了两个性格相反迥异的媒婆形象，在影碟光盘中留给观众深刻的印象。她演正面旦角，委婉缠绵，演反面旦角凶狠奸刁，演老年旦角又是那么沉稳庄重。现已退休，还一直参加演出，为武乡秧歌的传承仍活跃在舞台上。

姜　华

姜华，原名姜旭昌，1950 年生，贾豁乡宋家庄村人。是老三届高中毕业生，靠自学精通乐理，演奏二胡等民族乐器。1970 年参加剧团。时值演革命样板戏，剧团所演的剧目的音乐唱腔，都是改革了的，不是传统的板式旋律，当时多数演员，特别是老演员都不识谱，对改革了的唱腔根本就唱不下来。他主动请缨，教演员们学习唱腔。凭借扎实的乐理知识，赢得剧团领导的器重和演员们的高度评价。样板戏的音乐，需要像京剧一样加管乐烘托气氛，剧团购回了小号、圆号、长号。他刻苦钻研，带动其他同事能熟练演奏，填补了没有管乐伴奏的空白。又在李金兆老师的指导下，掌握了扬琴演奏，提高了演出效果。除参加繁忙的演出，还兼职剧团的出纳工作，尽心尽职，克勤克俭，受到全团干群一致好评。

1976 年，虽调离剧团，但情系剧团。剧团每排一部新剧，他主动回团教唱腔，直至现在仍关心武乡秧歌，仍为武乡秧歌的传承和发展，默默无闻地奉献。

暴留庆

暴留庆，1954 年生，监漳村人。国家级三级演奏员，曾任县剧协副主席。1971 年，参加武乡秧歌剧团，主要从事乐队伴奏，先后任“反字二把”和“二簧”操琴。操琴时身体不动，演奏平稳舒展，托腔保调严丝合缝，紧密配合剧情和人物表达，具有浓厚的烘托力和感染力。所奏“二簧”音色饱满纯正，伴奏武乡秧歌精准清脆，具有浓郁的乡土气息，形成了独特的演奏技巧和风格。曾为《齐王拉马》《斩驸马》《鸳鸯戏水》《娘随驴去》等 20 多个剧本设计了音乐唱腔。参与了戏曲电视剧《嫁妻》的音乐设计，获音乐设计奖。1991 年获市《娘随驴去》头把伴奏奖。1993 年获市《借粮》音乐设计奖。曾任武乡剧团团长、书记等职务，为武乡秧歌剧种的传承和发展作出了贡献。2005 年，调离剧团到县电影院工作。同年 7 月，在北京保利剧院参加了《拥抱太行》大型音乐晚会演出。2008 年调县文化馆工作。2013 年退休。

成建国

成建国，1954 年生，监漳村人。1971 年吸收进剧团，拜魏福贵为师，深造司鼓技艺。他刻苦好学，不厌其烦地练习鼓和板的击奏，掌握了秧歌戏演奏的轻重缓急以及各个板式的起、承、转、合，敲击时音色纯正，尺寸到位，且表情丰富、舒畅自如，能紧密配合剧情和演员的唱、念、做、打，恰到好处地配戏。在剧团20多年，曾为获奖剧目《忠义缘》《王贵与李香香》《嫁妻》等40多本戏做了出色的伴奏。他精通乐理，参与了10多本秧歌戏的音乐唱腔设计，为武乡秧歌音乐唱腔的改革和润色发挥了较大的作用。

成　良

成良，1954年生，监漳村人。1970年参加秧歌剧团。出生于秧歌世家，其父成宝川是著名的鼓板师。从小受父亲影响，对音乐产生了浓厚的兴趣，上学时就识了简谱，并学会了秧歌三大件主奏乐器的演奏。参加剧团后，主要攻习大提琴的演奏技巧，并能演奏扬琴、二胡、头把二簧、反字二把等武乡秧歌伴奏乐器，20世纪70年代是武乡秧歌剧团乐队的骨干。80年代初，离开了剧团。曾任乡镇团委书记和县老干局副局长等职。在老干局任职时，多次组织老年文娱活动，传唱武乡秧歌。曾任武乡县戏剧家协会秘书长、文学艺术联合会理事。退休后，组织起武乡秧歌协会，亲自担任会长，一直在为武乡秧歌的传承和发展做贡献。

李孟松

李孟松，1954年生，洪水镇郝家岭村人。省剧协会员。1971年参加县剧团，拜刘珍祥为师学习打击乐。谦虚好学，坚持基本功锻炼，很快掌握了武乡秧歌打击乐器的锣鼓谱和打击方法，无论担任司鼓，还是打锣、拍镲，姿势端稳洒脱，掌握节奏时速准确无误，能够出色地为剧情和演员演唱作打击乐伴奏。1981年，武乡戏校招生办学，被抽调到学校担任打击乐教师，在短时期内培养出五六名打击乐学徒，为武乡秧歌打击乐的传承作出了贡献。参加了2005年在北京《拥抱太行》大型音乐晚会的伴奏。现已年过花甲，还一直参加老年业余秧歌队演唱，继续为秧歌事业的传承和发展努力工作。

孙爱萍

孙爱萍，女，1955 年生，洪水镇党城村人。中国戏剧家协会山西分会会员。1971 年参加县剧团，先拜刘凤兰学演青衣、老旦。后改行到乐队，专攻弹拨乐，精通中阮和月琴演奏。参加了《王贵与李香香》《小二黑结婚》《嫁妻》《养女胜亲生》等 40 多个秧歌剧目的伴奏。1991 年，先后在东沟乡、丰州镇文化站担任辅导员。参加历次秧歌大赛或赴市会演中伴奏。2005 年 7 月，在北京保利剧院参加了《拥抱太行》大型音乐晚会演出。2014 年，参加了中国曲艺牡丹奖大赛，荣获“节目入围奖”。同年为《武乡鼓曲·红色经典》“三弦书”“琴书”“大板鼓书”和“平调”的音乐唱腔录制做了伴奏。2016 年参加了山西电视台春节晚会演出伴奏。2018 年 2 月，武乡琴书《逐梦放映》参加全国曲艺“马街书会”和全国曲艺“牡丹奖大赛”，她又参加了伴奏，集体荣获国家级荣誉证书。她是武乡秧歌和武乡曲艺的主要演奏员之一。

李玉平

李玉平，女，1957 年生，上广志村人。1972 年参加县剧团，勤奋好学，刻苦钻研，练就一身坚实的武功基础。她腰肢灵活，身段矫健柔美，动作活泼利落，做戏俏皮风流，唱腔委婉缠绵，莺声燕语，在多部杨家戏中成功地扮演了杨八姐这个角色。成功地塑造了《三打白骨精》中的白骨夫人等艺术形象。尤其在现代戏《小二黑结婚》中扮演的小芹，把一个民国年代的农家姑娘表演得活灵活现、栩栩如生，被山西省电视台拍摄，给观众留下深刻的印象。

秦 霞

秦霞，女，1960 年生，韩北村人。中国剧协山西分会会员。1976 年参加县秧歌剧团，拜苏华为师，专攻刀马旦、小旦行当的角色。她刻苦好学，敏悟性极强，把刀马旦整套表演程式学得滚瓜烂熟，无论毯子功、腰腿功都练得十分到家。在《杨门女将》《雏凤凌空》《斩杨景》等杨家戏中成功地塑造了杨九妹这一刀马旦人物形象。其姣美的动作、灵活的武打，给观众留下了深刻的印象。在戏曲电视剧《嫁妻》中饰演了李母，在《姐妹易嫁》中扮演了小妹妹素梅，嗓音清脆甘甜，做戏细腻传神，身段动作柔美多姿，让观众折服，曾获市级二等演员奖。后调山西水泥厂工作，退休后，一直参加群众文艺组织演唱。

安福英

安福英，女，1958 年生，蟠龙村人。1976 年参加县剧团，拜张专寿为师，主攻小生行当，也学小旦。刚参加剧团，先在文化馆受培训。排练秧歌现代小戏《园丁之歌》时，老师们考虑到她在蟠龙学校“红孩子”宣传队是个很不错的小演员，就让她担当了剧中一号女主角园丁女校长。排出来上演，她演得很成功，不失老师们所望。在神话剧《三打白骨精》饰演白骨精变的村姑，在《朱元璋斩婿》中饰演的翠姑，都表演得形神兼备，活灵活现。1989 年，被抽调到戏校当老师，2003 年担任常务副校长，为培养秧歌下代传承人认真负责，作出一定的贡献。现已年过花甲，还回原籍辅导村办剧团，执导了《小二黑结婚》，继续为秧歌剧的传承贡献自己的力量。

李国平

李国平，石门向阳村人。1962 年生。1976 年参加县剧团，拜净角张专寿为师，潜心向学，用功钻研，唱腔音质明亮，功架稳练，动作规范，成功地扮演了《罗通扫北》中的苏定方，《下河东》中的欧阳方等角色。在晋城演出，替代其师爷史培堂扮演了《罗通扫北》中苏定方一角，一炮走红，从此得艺名“小金疙瘩”。1983 年调县公路段工作，多次赴市参加系统会演。2014 年参加长治市工会组织的职工文艺会演，又唱武乡秧歌，荣获“演唱一等奖”。2016 年，他在现代戏《养女胜亲生》中成功地塑造了大宝这一角色，在观众中留下了深刻的印象。

史爱维

史爱维，女，1959 年生，韩北村人。她出生在梨园世家，父亲史如玉是武乡秧歌剧团著名生角演员，母亲吴仙果也是武乡秧歌小有名气的旦角演员。从小受父母影响，热爱戏曲。孩童时就跟母亲学会几段秧歌唱腔。1976 年参加县秧歌剧团，拜刘凤兰为师，攻习青衣、老旦门头，矢志好学，潜心钻研。1981 年，参加晋东南行署文化局组织的青年演员会演，扮演了《蝴蝶杯》剧中的田夫人，端庄稳健的表演、低回婉转的唱腔，赢得了评委的好评，荣获地市级“三等演员”奖。先后塑造了《寇准背靴》等杨家戏中的佘太君等老旦角色的人物形象。《小二黑结婚》拍制电视片时，他扮演金旺妻，在观众中留下了深刻的印象。

第五节　第六代传承人

房素芬

房素芬，女，1970年生，洪水镇东庄村人。初入武乡戏校学习，1984年结业后被吸收进武乡剧团。她投师安娥英，学习唱腔和表演。她又向王月英、秦霞等老师学练了身段功、扇子功、道白功、甩袖功等。在古装戏《下河东》中扮演了呼延金莲、《斩杨景》中扮演了杨排风、《斩驸马》中扮演了公主；在现代戏《王贵与李香香》《小二黑结婚》《胡春花拥军》等剧中扮演了李香香、小芹、胡春花等现代中青年妇女角色，给人以艺术感染。在新编大型历史剧《石勒传奇》中扮演石勒的结发妻子刘黑娘；在连三本新编古装戏《五凤朝周》中扮演了大家闺秀洪月凤。把两个性格迥异的剧中人物表演得准确到位、形象逼真。

1991年春，在现代戏《娘随驴去》中扮演助人为乐的孝女花花，参加长治市文化局举办的现代戏会演中，获得一等演员奖。1994年元月，在长治市中、青年演员戏曲折子戏评比演出中，扮演了《杀惜》剧中的阎惜娇，又把一个奸刁顽劣的荡妇刻画得淋漓尽致，入木三分，又一次荣获市级一等奖。

2005年，县委宣传部举办了首届武乡秧歌大赛，以一段《秦雪梅吊孝》中秦雪梅唱段参赛，以精湛的表演艺术，荣获“首届秧歌大赛一等奖”。2006年，第二届秧歌大赛，二度夺冠。2007年，武乡剧团参加长治市文化局组织的新剧目调演，她在《将军泉》一剧中担任主演，又一次荣获市级一等演员奖。2008年夏季，在山西电视台举办的《中国风》栏目中，与姚常旺演唱武乡秧歌《请您到俺山村来》，面向全国播放。2009年，代表武乡、长治市艺术馆，参加了省委宣传部、省文化厅主办的民歌调演，荣获银牌奖。2012 年秋季，与姚常旺对唱武乡秧歌《你高兴来我快乐》，参加了长治市进京展演，荣获优秀演员奖。2014 年参加中央文化部在广西举办的民歌赛中，荣获国家级二等奖。

从 2005 年开始，她在艺术道路上一步一个新台阶，为武乡秧歌剧种的传播和发扬光大起到了积极的推动作用，是武乡秧歌剧种承前启后代表性人物。2017 年，当选武乡县政协委员。

王素红

王素红，1968 年生，大有乡大有村人。主攻须生兼演小生。武乡戏校毕业后随团演出，1992 年，报考长治市文化艺术学校，毕业后参加长治市上党梆子剧团。曾在《小二黑结婚》中饰小二黑，《王贵与李香香》中饰王贵，《娘随驴去》中饰大宝，《白沟河》中饰杨继业，《三关排宴》中饰杨四郎，《秦香莲》中饰韩琪，《汉阳堂》中饰小王，《忠烈千秋》中饰王延龄，《雁门关》中饰杨八郎，《闯幽州》中饰赵二舍等等众多舞台艺术形象，为上党观众所津津乐道。其在艺术表演上，不论以什么人物出场，都能以潇洒自如的舞台作风及干净利落的舞台动作把角色表演得至善尽美。多次荣获长治市优秀演员奖，是山西省十二届杏花奖获得者，现供职于长治市群众艺术馆。

赵德红

赵德红，1971 年生，墨蹬乡马堡村人，中共党员，大专文化。1982 年考入武乡戏校，1985 年参加武乡剧团。初学丑角后改须生。曾在《文约计》中饰王二，《朱元璋斩婿》中饰朱元璋，《陆文龙归宋》中饰王佐，《皇宫案》中饰裴政，《吴汉杀妻》中饰吴汉、《雁门关》与《乾坤带》中饰杨八郎。1994 年参加长治市中青年折子戏评比演出，《杀惜》中饰宋江，荣获表演一等奖。同年被评为武乡县 1993 年度劳动模范。1996 年，调晋城市上党梆子剧团工作。先后在《雁门关》《潘杨讼》《法门寺》《杨门女将》《秦香莲》《王宝钏》等剧中担任主演，塑造了众多舞台艺术形象。1999 年新中国成立 50 周年获晋城市戏曲调演优秀奖。2003 年荣获山西省第九届杏花奖。2008 年获晋城市第四届凤鸣春晓“赵树理戏剧奖”优秀表演奖。2010 年，又以《武家坡》中饰薛平贵在北京喜获中国第五届红梅奖。其嗓音优美，在上党地区颇有影响。

赵素青

赵素青，1969 年生，故县乡故县村人。主攻文武生。1981 年参加武乡秧歌剧团，1982 年考入武乡戏校。在校期间演出《岳云》一剧时，为节省开支，利用空余时间到学校附近村庄收集烟盒锡纸，自制一对银锤，视为珍宝。进入剧团后，他先后主演了以武戏为主的《闹龙宫》《陆文龙归宋》《刺宗大战》等剧。90 年代后，任剧团导演，先后导演的剧目有《陆文龙归宋》《三审皇宫案》《潘杨讼》《刘胡兰》《风雨行宫》等，受到专家好评。1994 年参加长治市中青年折子戏会演获二等奖。曾任剧团业务副团长。

赵红波

赵红波，1970 年生，监漳镇西岭村人，主攻须生。1982 年考入武乡戏校，因其嗓音宽厚、清脆嘹亮，在校期间就被作为须生重点对象培养。主演了教学剧目《杀宫》中的刘承佑。进入剧团后，担当起剧团生角重任，被观众誉为“武乡第一须生”。先后在古装历史剧《皇宫案》中饰袁小，《下河东》中饰赵匡胤，《杀妻》饰吴汉，《斩杨景》中饰寇准，《朱元璋斩婿》中饰常海英，《雁门关》中饰杨八郎，现代戏《小二黑结婚》中饰刘修德，《王贵与李香香》中饰李德瑞。1991 年参加长治市会演获二等奖。

史效青

史效青，1967 年生，洪水镇南台村人，主攻大净。1983 年进入县戏曲学校。1985 年参加武乡秧歌剧团。2009 年参加晋城市太行梆子剧团。2014 年担任武乡剧团团长。在剧团工作期间，拜史名扬为师，先后在《文约计》中饰张武举，《三审皇宫案》中饰杨素，《下河东》中饰刘钧，《斩杨景》中饰苏宏，《法门寺》中饰刘瑾，《忠烈千秋》《秦香莲》中饰包拯，《罗通扫北》中饰苏定方，《下边庭》中饰潘仁美，《反潼关》中饰马成，现代戏《王贵与李香香》中饰崔二爷，《玉桃》中饰王三春，曾荣获晋城市优秀演员奖。

李　勇

李勇，1966 年生，石北乡义门村人，主攻小生兼文武丑。1981 年参加武乡剧团，1982 年考入县戏曲学校，1985 年进入武乡县秧歌剧团工作。1984 年在《三叉口》中饰演刘丽花一角初试锋芒，观众喝彩不断。常演剧目有《五凤朝周》饰董金虎，《罗通扫北》饰罗通，《秦香莲》饰韩琦，《忠义缘》饰薛豪，《宝莲灯》饰沉香，《朱元璋斩婿》饰朱元璋、《天波楼》饰苍儿。现代戏《小二黑结婚》饰小二黑，《将军泉》饰冯福善。其在《三审皇宫案》中饰演的丑角刘贵，曾叫响一时。1991 年参加长治市新编剧目会演，获长治市戏曲会演二等奖。2004 年被选为剧团主管业务的副团长。2006 年参加全县秧歌大赛获三等奖。

张志斌

张志斌，1967 年生，洪水镇胡家岭村人，剧团鼓师。1982 年入武乡戏校，师承李孟松，1985 年毕业留校任教。1989 年调入武乡县秧歌剧团。其精通音律且颇有造诣。90 年代后，先后为秧歌传统剧目《小二黑结婚》《王贵与李香香》《三女婿拜寿》《公事公办》《玉桃》《将军泉》《罗通扫北》《下边庭》《狸猫换太子》等40余个剧目司鼓伴奏。并为《三审皇宫案》《玉桃》等剧目进行音乐设计。他上场司鼓，坐姿端正，舒展自如。唱腔起承转合，尺寸精准能给演员带起劲来。是秧歌第六代司鼓传承人。1994年，长治市会演获得“个人鼓板奖”。2004年被选为剧团副团长。

魏瑞宏

魏瑞宏，常用名小楼，下合村人，1964年生。从小受其叔父影响，酷爱演奏打击乐。15岁参加县秧歌剧团，钻研练习打击乐器伴奏鼓板。锣镲小锣演奏娴熟。28岁开始掌鼓板司鼓，曾为《娘随驴去》《忠义缘》《小二黑结婚》《雁门关》《杀妻》等近30多个剧目作出了出色的伴奏，现仍为秧歌剧种传承和发展坚持上台演出。

王慧芬

王慧芬，女，1967年生，大有乡鸦烟小庄村人。1982年考入武乡戏校，主攻青衣兼老旦。从艺期间，先后受到郭改云、王桂兰等大师的悉心指导，终学有所成，驰名襄武两县。主演剧目有《三审皇宫案》饰裴夫人，《朱元璋斩婿》饰马皇后，《乾坤带》饰萧银宗，《斩杨景》饰佘太君，《吴汉杀妻》饰吴母等，塑造了多个艺术形象。1994年参加长治市中青年演员折子戏会演，她以《杀惜》中阎婆一角获表演二等奖。2007年，长治市首届民间秧歌电视大赛获二等奖。2011年，受聘《太行山》实景剧担任主演。2017年在大型现代戏《太行母亲》剧中扮演了一号人物太行母亲，她演的英雄母亲的角色形象让人难以忘怀。

郭书芬

郭书芬，女，1968 年生，涌泉乡涌泉村人，主攻青衣兼老旦。1982 年考入武乡戏校，后参加武乡光明剧团。1991 年参加长治市新编剧目调演，她主演《娘随驴去》中大宝娘，以其精湛的表演和独特的唱腔倾倒观众和评委，获得表演一等奖。先后主演的剧目有《蝴蝶杯》中饰田夫人、《下河东》中饰罗氏、《雁门关》中饰佘太君、《杀妻》中饰吴母，现代戏《小二黑结婚》中饰刘妻、《义务看护队》中饰胡春花、《沙家浜》中饰沙奶奶等角色，均有一定影响。尤其是在《陆文龙归宋》中饰演的乳娘，总是能让观众声泪俱下，赞不绝口。

魏文梅

魏文梅，女，1972 年生，贾豁乡贾豁村人，主攻青衣。1988 年，参加武乡县秧歌剧团。1994 年，获长治市中青年戏曲表演二等奖。同年随团与晋东南老艺人剧团合并演出四年。其间，拜著名艺人高玉林为师，潜心学艺，主演《秦香莲》一举成名，受到名老艺人和观众的认可。此后又陆续在《三关排宴》中饰萧银宗，《杀妻》中饰王玉莲，现代戏《小二黑结婚》饰三仙姑，《真有这么一家子》中饰大宝娘等。1997 年被选为武乡县政协第五届委员连任至今，2004—2014 年担任剧团团长，2008 年获武乡县“三八红旗手”，2009 年加入中国共产党，2012 年获“优秀政协委员”。

段水英

段水英，女，1970 年生，丰州镇东村人，主攻花旦、小旦、刀马旦。1982 年入武乡戏校学戏，主演教学剧目《小过年》崭露头角。1985 参加武乡秧歌剧团。16 岁时首演武乡秧歌代表性剧目《小二黑结婚》，饰演剧中装神弄鬼的三仙姑；在古装戏《五凤朝周》中扮演刀马旦角色樊飞凤，扎实的武打功夫，博得观众喝彩叫好。后又成功塑造了佘太君、穆桂英、小芹、二宝妻等多个艺术形象，广受观众欢迎。在秧歌小戏《人民法官郑大明》中扮演花旦角色，参加长治市司法系统文艺会演获一等表演奖；同年赴省参加省司法系统会演，集体荣获一等奖。2006 年参加武乡秧歌大赛，获得三等奖表彰。

关菊萍

关菊萍，女，1968 年生，墨蹬乡墨蹬村人，主攻青衣。1982 年入县戏曲学校学戏，毕业后进入武乡县秧歌剧团，曾在《三审皇宫案》中饰演独孤后，《五凤朝周》中饰彩凤，现代戏《胡春花拥军》中饰改香，《小二黑结婚》中饰刘妻，《王贵与李香香》中饰二妈等。2001 年在秧歌小戏《公事公办》中扮演执法严明的工商干部马淑琴，参加市文化局举办的中青年演员选拔赛，荣获二等奖。2006 年获武乡县首届武乡秧歌大赛三等奖。2012 年在《真有这么一家子》中饰大宝娘，《一件大衣》中饰崔嫂，其唱腔饱满、高亢而富有激情，备受观众欢迎。

贾雪萍

贾雪萍，女，1968 年生，丰州镇黄柏峪村人，主攻刀马旦。1982 年入武乡戏校学戏，1985 年毕业进团。先后在《穆柯寨招亲》中饰穆桂英，《闹龙宫》中饰小龙女，《岳云》中饰金羚公主，《下河东》中饰呼延金莲，《陆文龙归宋》中饰银铃公主，《齐王拉马》中饰钟离春，《朱元璋斩婿》中饰马皇后等。由于其有扎实的基本功，又酷爱刀枪棍棒，故而能设计出精彩的武打动作，堪称武乡秧歌有史以来“第一刀马旦”。

胡晓丽

胡晓丽，女，1975 年生，蟠龙镇下型塘村人，主攻小旦。1986 年考入武乡县文化艺术学校，毕业后分配进武乡秧歌剧团。现供职于屯留县麟山剧团。从艺期间曾受到上党梆子老艺人高玉林老师的精心指导，艺术上实现了跳跃式发展，也奠定了她的艺术人生之路。先后主演了 40 余个剧目，在《打金枝》中饰升平公主，《三关排宴》中饰桃花公主，《法门寺》中饰孙玉娇，《徐公案》中饰渔女，《游龟山》中饰胡凤莲，《刘胡兰》中饰刘胡兰，现代戏《小二黑结婚》中饰小芹等，广受观众青睐。1994 年由她主演的《还印》一剧参加全市会演受到市文化局嘉奖。

李晓玲

李晓玲，女，1976 年生，蟠龙镇下型塘村人，主攻小生。从小受其父影响，酷爱音乐。1986 年，考入武乡县文化艺术学校。1990 年，毕业分配进团。1992 年，在山西省歌舞剧院进修深造。2004—2006 年在山西省艺术职业学院求学。现任县文化中心艺术科科长。曾在《罗通扫北》中饰罗通、《吴汉杀妻》中饰刘秀、《忠义缘》中饰薛豪，现代戏《小二黑结婚》中饰旦嫂等。在文化中心工作期间，与其父李金兆共同挖掘、收集、整理、出版了《武乡民间音乐》一书，该书收入了大量的武乡秧歌音乐资料，得到社会广泛关注。2007 年担任秧歌剧《将军泉》的副导演。并且多次参与和组织武乡秧歌各种社会活动，为武乡秧歌在新时期的发展作出一定贡献。

王丽芬

王丽芬，女，1976 年生，蟠龙镇石板村人，主攻小旦。从小受祖父的影响热爱戏曲，后来在其祖父的指引下走上从艺之路，1987 年进入武乡县文化艺术学校学戏。艺校毕业后分配进团，在《杀妻》中饰王玉莲，《忠义缘》中饰柯翠莲，《罗通扫北》中饰七奶奶，《三审皇宫案》中饰梅梅，《斩杨景》中饰杨排风，现代戏《小二黑结婚》中饰小芹，《娘随驴去》中饰花花等。还主演过配合形势宣传国家政策的秧歌小戏《超生游击队》和《桂花换玉笛》等，都在社会上有一定的影响。

郁向忠

郁向忠，1975 年生，上峰头村人。他生在音乐世家，受父兄影响，少时就学会了吹唢呐、拉板胡。1985 年考入武乡戏校，在老师的传教下，深造了乐理知识，提高了演奏水平，后转到县剧团拉头把。他耳音灵敏，五六十人乐队齐奏，他能听出哪件乐器偏高或偏低。是武乡秧歌第六代拉头把传人。曾参加全国曲艺“牡丹奖”大赛，集体获“入围奖”。2018 年，参加了武乡“民间社火”在央视《星光大道》展示表演。

白占文

白占文，1978 年生，安乐庄村人。小时爱好音乐，学会演奏二胡。1985 年考入戏校，既学演员，兼练乐器。他敏悟好学，记性特强。唱秧歌、梆子，嗓音清脆，声腔圆润。分配给他个角色，很快就能拿得下来。不上演员，就参与乐队伴奏，文乐武乐也都能拿得起来。1988 年转入剧团，掌过鼓板领过场，下手乐器件件精通。当演员演过《忠义缘》中的柯虎，《养女胜亲生》中的二宝。参加过曲艺“牡丹奖”大赛音乐伴奏，集体获“入围奖”。参加《星光大道》“乡村社火”展演时主奏唢呐，受到在场观众鼓掌喝彩。他是武乡秧歌剧种一个多才多艺后代传人。

路翠平

路翠平，女，1972 年生，大有乡大有村人。先攻小生后改攻青衣兼演老旦。1986 年考入武乡县文化艺术学校，在教学剧目《打瓜园》中饰柴云，受到老师们的赞许。1990 年在武乡县光明剧团当演员，先后在《下河东》中饰罗氏、《杀妻》中饰吴母、《雁门关》和《三关排宴》中饰佘太君、《法门寺》中饰傅鹏、《打龙袍》中饰赵祯，现代戏《小二黑结婚》中饰二黑娘、《玉桃》中饰五婶等。剧团解散后，迫于生计，她跟随外县剧团演出，是如今武乡县活跃在舞台上为数不多的女演员之一。

魏红卫

魏红卫，1972 年生，贾豁乡桃峪小庄村人，主攻须生。1988 年参加武乡秧歌剧团，曾任剧团业务主任。现供职于壶关县上党梆子剧团。先后在《下河东》中饰呼延寿亭、《斩杨景》中饰宋王、《陆文龙归宋》中饰王佐、《朱元璋斩女婿》中饰朱元璋、《法门寺》中饰赵廉、《东门会》中饰陈文子、《斩西宫》中饰刘墉、现代戏《小二黑结婚》中饰刘修德、《将军泉》中饰赵五斤、《义务看护队》中饰张所长等等。塑造了众多舞台艺术形象，广受观众喜爱。

张立君

张立君，1976 年生，丰州镇瓦窑科村人。1990 年，考入县职业中学艺术班。1992 年，从艺校转入县剧团。不久，在《小二黑结婚》剧中扮演坏媒人铁嘴老三。初出茅庐登台演出，就受到观众好评。1994 年，在和顺县喂马乡秧歌剧团参加演出，扮演《小二黑结婚》中铁嘴老三、《娘随驴去》中二宝、《忠义缘》中扮演趋炎附势的胡知县等丑角行当的角色，很受观众喜爱。1996 年后，参加县文化馆下乡演出，塑造了不少个性鲜明的人物形象，在观众中留下了深刻的印象。

2001 年，自筹资金，购置了音响乐器，组建了“立君乐团”，活动在武乡、沁县、左权、榆社各乡村。2010 年，他将乐团拓展成“武乡县立君文化演艺公司”，受到长治市文化局表彰奖励，并授予荣誉证书。2016 年，武乡县文化馆组建“非物质文化遗产传承协会”，他被推选为副会长。之后，在《三女婿拜寿》中扮演了喜剧人物角色的三女婿，在现代戏《真有这么一家子》中扮演了二宝，在秧歌现代小戏《公事公办》中扮演了贩卖注水牛肉的侯三。他塑造丑角行当的正、中、反三方面的人物形象，刻画人物活灵活现，细致入微，很有个性特色。2017 年夏，自己投资聘请流散在社会上的老、中、青三代秧歌艺人，排练了新编的抗战题材大型秧歌戏《太行母亲》。8 月 1 日建军节，在县城广场舞台隆重推出，深受领导和观众好评；同年 9 月，他受市文化局邀请，赴市驻场演出《太行母亲》，受到市局领导高度重视和表扬。

附录

一、文章辑录

刘伯承荐戏夸光明

徐凡营

1943年5月，太行军民粉碎了敌人的疯狂“扫荡”，人人欢欣鼓舞，热烈庆祝胜利，各区乡都在生产、练兵的空隙中，排练了节目，举行联欢。有一天，武乡光明剧团特意到129师政治部慰问演出。节目是新编秧歌剧《小二黑结婚》。消息传出后，附近村庄都轰动了，人们热切地准备看戏。部队机关也是提前下班、开饭，做好执勤、巡逻、警戒，组织接待群众等工作。

刘伯承师长这天也早早吃了晚饭，到处鼓励人们去看武乡光明剧团演戏。他一贯十分关心指战员们的文化生活。师部卫生处有一位女医生，她非常喜欢歌剧，但是，她身边还带着一个5岁的孩子，爱人当时又在外地工作。她在吃晚饭时还在犹豫去不去看演出，在吃饭回来的路上，碰上了刘伯承。还没等她说话，刘伯承先开了口：“医生同志，晚上武乡剧团是演你们妇女翻身的好戏，可得去看看啊，光明剧团演得特别好！”

“好，我回去安排一下。”女医生非常感谢师长的关心，笑答着跑了。

可是，她回到卫生处，一看见年轻的男卫生员和自己的孩子，又想放弃这次看戏的机会，好让卫生员去看刘师长到处推荐的这台好戏。而卫生员想到平日女医生总是把参加文娱活动的机会让给自己，还是执意要医生去看。正在二人相让不下的时候，外单位的一个女同志，从门口过，进来不问情由，拉上女医生就走，嘴里不住地说："刘师长说的武乡光明剧团的《小二黑结婚》演得特别好，况且演咱妇女翻身的戏，女同志都该看。"

这样，男卫生员更理直气壮地留下值班了，他一再说，保证把医生的小孩照顾好，并处理好各种情况。

女医生他们赶到了胡桃树村的露天剧场时，开场锣鼓已经在亮着煤气灯的戏台上响起，场上人山人海，他们找了块大石头挤在人们中间坐了下来。感人的剧情和演员们富有乡土气息的表演，深深地把女医生吸引住了，三个多小时的演出，觉得仅仅是一会儿工夫就过去了。在她随着四散的观众踏上回去的小路时，才想起了孩子是熟睡了吧，有没有什么病号？让青年卫生员辛苦了……想着想着，她加快脚步往回赶。当她到了门口，推开门，迎接她的是一片漆黑和寂静。她急忙点着了油灯，也不见一个人影。她喊着儿子的名字："吉辰！吉辰"喊声把四邻都惊醒了，于是，军民一起点了灯笼火把，扛起棍棒，八方出动去找孩子，由于日本鬼子对根据地反复进行"扫荡"，杀人盈野，使野狼和鬼子一样猖獗，大家多么担心孩子的安全啊！

女医生走在一路人群中，在村口遇上了刘伯承，原来他刚从胡桃树村回到司令部，是听到了吵嚷声赶来的，他了解到女医生的孩子丢失的情况以后，亲切地宽慰妈妈说："不要着急，会找到的，孩子叫吉辰，在战火中诞生，他会战胜一切的……"日理万机的师长，能够顺口说出一个医生孩子的名字、生辰，这深切的关怀，稍稍稳住了女医生的心。接着，刘伯承立即派出警卫人员，分头帮助去找孩子。为了等待结果，这一夜他都没睡觉。直到天大亮，孩子才被驻村群众、一个聋子木匠背着送了回来，刘伯承才长长地叹了口气说："我只顾让大家去看宣传抗日的好戏，没防住女医生看戏心切，把孩子给丢了，可算找到了啊！"

原来，女医生看戏去后，天还不很黑，吉辰闹着让卫生员叔叔带他去捉蛐蛐。卫生员要孩子写好字再去。吉辰乖乖聚精会神地写字时，卫生员出去解手了。他觉得这么短的时间不会出什么问题，也没反扣门闩，哪里想到，就在这一会孩子出去了。他紧等慢等不见回来，这才四处找寻……

吉辰自己出来后，天黑又害怕，一下迷了路，越走越远，最后在一个草堆里睡着了。正巧被聋子木匠发现了，把孩子抱回自己家中，睡了半夜。

一场虚惊过去了，女医生心疼地责骂孩子，卫生员也诚恳地请求组织给予处分。这时，刘伯承来了，他抓住了妈妈已经举起要打孩子的手，扶起了卫生员羞愧的头，抱起满头麦草、一身露水的小吉辰，深情地说："快给孩子换换衣服，喝碗热水吧！不要受凉再病一场。打骂和处分都不是教育孩子和克服粗枝大叶的好办法，重要是接受教训！"刘伯承顿了一下说，"不过你没误了看光明剧团演戏，还是饱了眼福，武乡秧歌剧团新戏，广大军民很佩服。"

八路军前哨剧团和武乡光明剧团

辛　鹰

山西十二月事变后，决死三纵队从太行山南部转移到平顺、黎城一带。1940 年百团大战以后，为适应新的斗争形势，加强地方民兵建设，上级决定建立军分区制：决死二纵队改为太行军分区部队，纵队机关改为军分区机关；我们前哨剧团改为三军分区宣传队，对外仍叫前哨剧团。

太行第三军分区辖武乡（东）、武西、榆社、祁县、辽县（左权）、襄垣、黎城等七个县；其中武乡县是晋东南抗日根据地开辟最早的地区。八路军总部、129 师司令部、抗日军政大学总校都在这里驻过，这里群众基础好、各项工作比较先进，是太行根据地的腹心地区。三军分区建立后，分区领导机关一直驻在武乡中村、洪水一带，我们前哨剧团即以武乡为依托，在附近各县活动，开展工作，与这一地区的群众结下了亲密的战斗情谊，作为文艺工作者，我们更从当地多彩的民间文艺中吸取了丰富的营养。

三分区各县有很多民间演唱形式，如武乡、襄垣的秧歌，上党梆子、黎城落子、辽县小花戏，还有祁县秧歌。其中尤以武乡和襄垣的秧歌戏曲调最优美、节奏也明快，唱词通俗易懂，生活气息十分浓厚，深受群众和战士的喜爱。

为了更好地学习秧歌这类群众喜闻乐见的地方戏曲，1941 年，我们剧团主动与武乡县光明剧团和襄垣农村剧团交往。因为我们剧团大部分时间住在武乡，所以与光明剧团接触尤多，李漠同志去光明剧团比较多，其次是石岩、李庆晟同志和我，光明剧团的青年演员郭子俊（秃儿）、梁旭昌、崔来法等都很谦虚，想学新东西，我们也很愿意跟他们接近，向他们请教。

经过一段学习，作为尝试，我们把小歌剧《打春桃》（管平同志作）和上党梆子《劝荣花》（襄垣剧团李生秀作）改成秧歌剧上演，很受群众欢迎，也受到分区领导的鼓励。

1942 年豫北地区发生了大旱灾，加上日、伪和国民党杂牌军队残酷压榨，使灾情更加严重。根据地军民响应党的号召，都在节衣缩食，救援灾区人民，1942 年秋末，我用了两天时间写出反映灾区人民苦难的中型秧歌剧《天灾人祸》，由我们剧团赶排演出。由于我们向光明剧团和襄垣剧团学习有了一定基础，加之主要演员李亦晟表演真实、生动，乔书泽（女）在唱腔上有所创新，所以这个戏获得很大成功。随后，我们带上这个戏在根据地和游击区举行救灾公演，共募得小米 180 石（合 25000 余斤），全部救援灾区人民。这个戏在武乡、襄垣一带引起了轰动，兄弟剧团纷纷向我们索取剧本，我们当即把剧本油印，满足了他们的要求，武乡光明剧团和襄垣农村剧团都排演了这个戏，成为他们经常上演的剧目。

过去我曾看过光明剧团现代戏《换脑筋》《万象楼》的演出。还存在着旧剧的表演痕迹，服装也不讲究，有的时候还穿着古装衣服，很不协调。《天灾人祸》的演出，有很大进步；特别是老演员梁旭昌、李海水功底扎实，人物塑造性格鲜明，表演十分感人。

1943 年秋，祁县人民不堪敌伪蹂躏，菩萨村一个姓董的妇女，因亲人遭敌人杀害，毁家纾难，奋起反抗，将家产变卖，打制了几十把大刀，组织村中三四十个青壮年举行暴动，一年杀死了四五名日军，带领二三十名青年投奔县独立营。我以这一事件为依据，写了一个中型秧歌剧《逼上梁山》。剧本刚脱稿，光明剧团的张万一和李海水同志知道了，就要求由他们排演，我看过他们演出的《天灾人祸》，有一定水平；加上暴动一场还需要有一定的武功底子，由他们演更合适些，就把剧本原稿交给了他们。这个戏由该团主要演员旭昌、海水、来法、全会主演，效果很好；后来成为他们经常上演的保留剧目。1944 年秋，光明剧团还拿这个戏参加了太行区文艺会演，因为该剧与延安平剧院的古装戏《逼上梁山》同名，后来改名为《关家庄》。

1944 年夏初，我与李漠和许士杰同志到太行区著名劳动英雄马保的家乡武乡县树辛村住了一段时间，回部队后由我们三人和陈晓同志集体创作了五幕话剧《李马保》，由前哨剧团和三军分区整风队联合排练演出。当年秋天太行区在黎城南委泉召开群英大会，以整风队为主，我团配了两个女演员，重新用地方方言排出了这个戏，在群英会上演出，大会反响非常强烈，光明剧团后来把这个戏改为地方戏曲，演出过几十场。

1944 年秋，前哨剧团奉命到 129 师部参加苏联话剧《前线》的演出，一直演到日本投降，演遍太行山八个军分区。在此期间，我团特把李漠同志下放到光明剧团，一方面进一步向他们学习，另一方面去帮助工作，李漠同志与光明剧团的演职员同吃同住同劳动，同赶台口，相处如一家，并和高介云、张万一、李海水一起，集体创作了秧歌剧《胡春花拥军》和大型秧歌剧《两种作风》。

日本投降后，前哨剧团从 129 师部赶回三军分区参加上党战役，接着又随部队赶到磁县一带参加平汉战役的站勤工作，并被编为晋冀鲁豫野战军第三纵队文艺工作队。自卫战争开始后，随部队转战冀、鲁、豫，挺进大别山，再没和光明剧团会面。

1949年7月，我到北京参加全国第一次文代大会，与山西代表团同住在前门外春华饭庄，又与高介云、张万一、李海水等同志会面了，战友重逢，分外亲热，我们回顾了几年来的生活和经历，询问了一些熟人的情况，感慨颇多，有的同志问我还想不想武乡的穷山沟！那还用说，太行山的小米养育了8年，而且这8年的大部分时间我是在武乡度过的，那里是我的第二故乡，那里的山山水水，那里勤劳勇敢的人民群众，我是永远也不会忘记的；连那家家户户、四季常备的具有特殊风味的酸菜和酸菜汤，我也多么想再尝尝呀！

几十年过去了，李漠同志于1982年已经作古，听说光明剧团的主要演员李海水、梁旭昌等同志也于60年代相继离开了人世，怎不令人深切怀念呢！

彭政委给光明剧团拨粮

高介云

1943年，敌人占领了武东重镇蟠龙，蟠龙镇及其附近村庄的居民，全部转移到边山地区。武乡军民经过围困蟠龙斗争，迫使日、伪军在八个月后，只好悄悄撤走。这年又逢荒年，军民生活异常困难，剧团也不例外，当时，把演职人员精简到24人，哪里请剧团去演出，用当时剧团跑“外交”的陈忠贤同志的话说，叫作“吃饱肚子跑就行”，谈不上什么报酬了。

正在这时，太行二分区政委（也是中共太行山地委书记）彭涛同志看了光明秧歌剧团唱的戏，他特别赞扬经过整理后的《对绣鞋》。他说：“这个戏很好，对我们干部，特别是司法干部很有教育意义，它能提醒我们，防止我们思想上的片面性和主观主义作风，以后要给干部们多演这出戏。

当然，也要排些新戏，给群众看。比方你们县的劳动英雄李马保，就可以写成宣传嘛!”之后，他还派通讯员特意把我叫到他蹲点的东堡村去，让我给他汇报剧团情况。当他了解到剧团当前的困难处境时，他便慨然决定拨给剧团救济粮，小米3000斤。

3000斤小米，在当时是个多么大的数字啊！合20石细粮，足够全剧团工作者吃3个月。在当时最困难的时期，地方干部每天每人只供给半斤小米，其他，自己想办法搞“糠菜代”。剧团有了这3000斤小米，大家异常振奋。这时剧团的困难户太多了，大家纷纷要求救济。但是经过民主讨论，大家认为除了家中当下揭不开锅的少许救济（记得只救济了张万一、梁旭昌、韩恩德少数几个人几十斤小米）外，其余粮食必须全部用于集中训练、学习和排练新戏，搞出成绩来，报答首长的关怀。

这时敌人刚刚退出蟠龙，镇上一片荒芜。所以我们就在蟠龙对面的奶奶凹村自己打扫出三大孔无人居住的窑洞来，集中起来排新戏。不到20天，就改编、排出大型秧歌剧《李马保》。这个戏后来县里的领导和彭涛同志都看过了，很满意，给了剧团很大鼓励。

我与光明剧团

高介云

我从小喜爱戏剧。入学前，只要武乡城关（现故县乡，是我的出生地）唱戏，不管是东门外的三官庙、南神山，还是西关的奶奶庙、城隍庙，我总是场场必看。入学后，我把做“手工课”用的彩色油光纸，全部剪成小蟒、小靠、小官衣，用高粱秆芯做成小人儿，穿戴起来，当木偶戏玩。直到1938年（我12岁）参加工作时，我的两小铁箱“戏衣”还埋在我姥姥家房后“坚壁”起来呢，这也说明我生来就和戏剧有缘，从小就是这么一块“坯子”。

改造旧戏班

参加抗战工作后，我做过宣传队员、剧团演员、部队文化教员、完小教员等工作。1941 年，调到武乡（东）县青年抗日救国会工作。这年夏天，县光明剧团在武乡苑家瑙村演出，正碰上我和县青救会主席李步云同志在那里搞中心工作，我们一连看了三天戏。剧团临走前，老李一定让我给剧团讲讲话，他说："你是咱县青救会宣传部长，到哪里都得宣传嘛！剧团又大部分是青年，你应该讲讲呀。"我被迫上阵，等剧团演员都集中在戏台上时，我这个 15 岁的小干部又紧张又激动，嗫嚅讲了半个小时，自己也不知所云。

这是我首次和光明剧团打交道。后来，我正式到剧团工作，大家熟悉了，才给我谈初次见我面的印象：哪儿来的这么个毛孩子，还给我们讲话呢！

1942 年夏季，县委宣传部长赵迪之同志找我谈话，大意是：你是鲁艺（驻武乡下北漳）毕业生，咱县光明剧团成立两年多了，还没有个通文艺的领导干部，县委打算派你去，先征求一下你的意见……我从小喜爱戏剧，又是组织决定，没有说的，交代了一下青救会的工作，秋初就"走马上任"了。

县剧团，当时全称叫"武乡县光明剧团"，它是以一个"武乡秧歌"旧戏班作底子，是当时许多艺人出于抗日救国的激情以及自己生计问题，在抗日政府的扶植下自愿组织起来的一个演出团体。政治上接受县政府的领导，经济上自负盈亏（必要时政府给予一定补助），工作和生活上自己管理自己。县政府教育科同志不时地去剧团帮助一段工作。虽然如此，在我未到光明剧团之前，他们已演出了许多抗日救国和男女平等的新剧目，如《换脑筋》《离婚案》《重婚案》以及反映八区区委干部王镇华同志和敌人搏斗，被捕后宁死不屈的大戏《佛爷顶》，此剧是高昌安编的，梁全会主演的。

武乡秧歌是一种地方小戏，用不了多少演员。有个说法叫作“七紧八慢九消停”，意思是，一班戏除跑龙套的小孩子们外，演员有七八个就行了，有九个演员，那就更消停了。我到剧团时，团里有八个演员，他们是：梁旭昌（大生）、崔海林（小生）、梁全法（小生兼二路老生）、崔来法（青衣）、李海水（大净兼杂角）、韩希江（二净兼杂角）、梁全会（小旦）、郭子俊（乳名小秃儿，花旦）、韩二全（丑角）和张新尧（老旦，大家叫他大塘老旦，因为他是大塘村人）。其他就是文武场口、龙套、打杂、大、二“衣箱”、伙食、“下处”“跑外”等杂务人员，总共不满40个人。

这个剧团是个青年团，绝大部分人都是20岁左右。当然，比起我这个新来的16岁的团长来，他们都是大人了。所以，一开始他们并不把我放在眼里。剧团里的大小事，由三个人做主，一个是戏箱东家驻团里的代理人叫韩牛孩，一个是主管经济、账目、定“台口”（确定到哪里演出）、分账（分红）等事务的王四孩（兼打大锣）；另一个就是专管安排戏码、安排演员的崔来法（演员兼）。在当时，他们通称“掌班”。我到剧团的任务，县委明确指出：一是要团结改造旧艺人，改造旧戏班；二是要改造旧剧目，编创配合党的中心工作的新剧目。要想做好这些工作，还得先从抓戏入手。

头年，我势单力薄，还没有力量搞新戏，就先把经常上演的一些老剧目中存在封建迷信的那部分改掉。如《对绣鞋》中毛江“跟上鬼”招供一段，改成由侯从信当堂揭发毛江，使之案情大白；又如《泰山图》中一些过火的色情表演，让演员适当删减、收敛一些，等等，如此而已。

接着为了提高演出质量，先后又将赵来旺（小旦）、杜金山（丑、净）等一批在武乡有点名望的艺人吸收到团里来；为了编、演现代戏，又先后调来一批喜爱艺术的干部，吸收了一批在乡知识青年。如张万一、肖焕荣、郁鸿文、梁栋云、陈忠贤等同志都是这阵儿先后来团的。这样，人员充实了，剧团扩大了，编、导、演的阵容也初具规模，我们就着手搞戏了。首先，配合当时县里的反特务运动编写演出了大型剧《疤三会》（张万一编剧）、配合救灾渡荒排练演出了《天灾人祸》（移植剧目）等现代戏。接着又排练演出了赵树理同志写的《万象楼》《慈云观》《郦宫图》《韩玉娘》等新编历史故事戏，一时剧团名声大振。在这同时，剧团体制也进行了改革，行政、业务、经济大权，也从“掌班”那里“夺”过来了，剧团发展了一批党员，建立起党组织（首任支部书记是杜金山同志）；同时也取消了箱东家代理人“驻团跟班”制度。

正当我兴致勃勃搞得热火朝天的时候，忽然接到要我回县政府办公室工作的调令。我心里虽不痛快，但是组织调动，不得不服从。从 1943 年底到 1944 年秋，除在一区代理了两个月区长工作外，大部分时间都在农村做群众工作，搞调查研究。工作之余我写成了一部大型历史剧《亡宋之鉴》（分《朱仙镇》和《风波亭》两本）送给了光明剧团。不到两个月，他们就排出来上演了，效果很不错。后来就成了光明剧团经常上演的“保留剧目”。

创作大丰收

自我离开光明剧团后，虽然政府又派去了一位指导员（梁树森同志），但团长的缺位一直没有合适人选，所以 1944 年秋，县里又决定再次调我回剧团工作。

因为我做了一年地方工作，搞了一些调查研究，在生活中有些感受，县里也要求剧团配合中心工作搞些新戏，所以我回团后，把一些行政、思想及事务性工作都推给指导员去做，我把主要精力放在抓剧本创作上。

为了创排新戏，我们改革了一些制度，如把每天“三开台”（每天演三场），改成了“两开台”（下午演一场古装戏，晚上演现代戏），腾出上午时间排新戏。这样，工作效率大大提高了。仅从 1944 年秋至 1945 年底，不到两年时间，光明剧团就创作演出了大量新剧目。其中有张万一同志（光明剧团主要编导）编剧的《除夕之夜》《义务看护队》（《胡春花拥军》）、《新仇旧恨》等，改编的《糠菜夫妻》（根据阮章竞同名话剧改编）、《人民大拥军》（根据王玉堂长诗改编）、《小二黑结婚》（根据赵树理同名小说改编）、《李马保》（根据“前哨剧团”同名话剧改编）等，以及我和张万一同志合写的《地雷大王王来法》《组织起来》《改变旧作风》《滔天罪恶》等大型剧目；此外，还创作演出了一批小戏，如我写的《参军去》，肖焕荣、郁鸿文创作的《小玩器》等。同时，还移植演出了《血泪仇》《春桃》《关家庄》等一批新戏。不到二年搞了这么多戏，真是有点“破天荒”了！这些新戏都受到广大农民、战士、干部的热烈欢迎。过去农民爱看旧戏，现在是每到一地先打听有无新戏，没新戏，就不大欢迎。到部队演出，往往一演就演到天亮，慰问伤病员演出完毕，伤病员打着绷带，拄着拐杖，拦在村口不让剧团走。

领导同志和太行三分区首长多次热情的鼓励、表扬，多次在大会演出中获奖……所有这些，又极大地鼓舞了全团演职人员的工作热情和苦干精神。

现将光明剧团当年在太行区影响较大的几个主要创作剧目简介如下。

《小二黑结婚》。赵树理同志的小说一发表，立即受到了根据地广大群众的欢迎。但因当时农村文盲多，能识字看书的人较少，这就使小说影响的广度受到局限。所以，我们决心把它改编成戏，使广大农民都能欣赏赵树理同志这一佳作。在太行区，是我县光明剧团首先搬上舞台的。由于小说本身基础好，戏剧性、喜剧性很强，再加上剧团演员又都是农民出身，农村生活及农村中各种人物都很熟悉，演起来得心应手，再加上几位主演（如演三仙姑的李海水，演二孔明的梁旭昌，演小二黑的梁全会，演小芹的郭秃儿等）精湛的演技，生动的表演，所以这出新戏一上演，就轰动了太行，一年多时间就演了上百场。限于那时的条件，剧本虽未出版，但却不翼而飞，没几个月，太行区许多专区、县的专业剧团和农村业余剧团就都上演这个戏了，并且成为不少剧团的保留剧目。直到新中国成立后，山西省文工二团还在演它。1952 年，我和张万一同志接受赵树理同志和北京《剧本》月刊编辑部的建议，又把它改编了一番，1954 年由天津通俗读物出版社出了单行本。据说武乡县剧团至今还在上演此剧，还拍了电视片。

《组织起来》。1943 年底，毛主席在延安发表了“组织起来”的讲话，号召边区军民组织起来，自己动手，克服困难。各抗日根据地的军民都积极响应毛主席号召，纷纷组织变工队、互助组，实行劳动互助（一种初级合作社的雏形）。正像毛主席讲的：“组织起来顶机器，三人顶五人，五人顶七人”，克服了当时农村中劳动力不足和生产资料缺乏的困难，使生产大大向前发展了一步。这个戏，就是反映根据地人民经过减租减息之后，又响应毛主席号召，组织起来，开展大生产运动，做到丰衣足食的故事。因为剧本紧密配合了当时的中心工作，演出后又很成功，所以受到了领导的重视和群众的喜爱，光明剧团先后演出了百余场，太行文联主办的《文艺杂志》发表了该剧本后，太行区不少剧团也陆续上演了。对太行人民抗旱救灾开展生产自救运动，起了极大的推动作用。

《改变旧作风》。这个戏也是结合当时的中心工作写成的。1944 年秋，武乡开展民主运动，整顿基层干部的作风，主要是整顿农村干部作风。因为我们一年到头在农村和村干部打交道，对他们中间的各种人物都比较熟悉。有些农村干部作风问题比较严重，直接影响干群关系和群众的生产积极性。所以我和张万一等六同志趁剧团放假秋收之际，在东沟村住下，花了半个月时间，就把剧本赶写出来了。

过去我们写戏，只注重写故事，编情节，这次写《改变旧作风》，我们注重了写人物的各种性格特点，想不到取得了意外的成功。这个戏演出后，在太行区影响极大，光明剧团带着它参加了太行首届群英大会（在黎城南委泉），受到了大会的普遍赞扬，获得了“突飞猛进”的奖旗一面，并获得了太行文联的“鲁迅文艺奖金”500 元。之后，光明剧团、太行剧团、太行文工团从 1945 年到 1948 年，先后演出 500 多场，创造了演现代戏的最高纪录。

此剧由太行新华书店出版了单行本，全国解放后编入《中国人民文艺丛书》，由人民出版社再版多次。

当时文艺界对这个戏评价很高。太行《文艺杂志》发表的一些评论文章中说："……《改变旧作风》是武乡光明剧团创作上突飞猛进的里程碑，是太行剧运继《李来成家庭》以来又一部脍炙人口的新剧作"，"农村干部旧作风的转变，是开展大生产运动和劳模运动的重要环节，《改变旧作风》的产生和一年来的广泛演出，在农村干部的作风改造上，在大生产运动和劳模运动的开展上，曾经起了不可估量的作用。"

光明剧团这两年来的其他创作，如《地雷大王王来法》《滔天罪恶》等剧的演出，全都配合了当时的宣传任务，起到了积极作用，更上一层楼。

武乡光明剧团在太行区的影响越来越大，引起了太行区首长们的注视，决心要把光明剧团上调到太行行署，三番五次派专人到县里来交涉。太行行署教育处的郝培兰同志，直接到剧团找到我进行"游说"。他说：到了行署对剧团的发展前途如何远大、条件如何好等等。我虽被他说服，但还得听县领导的。最后，不知他们如何说服了县领导（好像还特地为县里拨了一笔重新"建团费"），最后，县里同意了。于是在剧团开了动员大会，在 1946 年 2 月，我率团离开了故乡，到太行区行政公署报到去了。

光明剧团在武乡时，除我和指导员（先是梁树森，后是陈凤翔）是供给制（每月三十斤小米）外，其他演职人员，都是演出收入分红制（按"账分"分红）。到了行署后，一律改为供给制：剧团主要负责人按县主级和县公安局长级待遇，每月津贴九元和六元；中层干部、分队长等按区主级干部待遇，每月津贴四元，一般演职员按普通区级干部待遇，每月津贴二元。这样，有些演员的家庭实际很困难（如雇人代耕费用等）无法解决，再则一年四季"离乡背井"不能回家，一些同志也不习惯，所以大家情绪上有些波动。后来和行署领导研究，共同制定了几个条件。第一，保持原光明剧团称号，改称“太行光明剧团”；第二，除集中学习、排戏和任务演出外，一般为群众演出的收入可提取部分作为演员的“分红”基金；第三，不正式把放假作为制度，但在无任务演出时，可以抽空回武乡一带演出，顺便照顾一下演员的家庭生活；第四，仍可演出古装戏，但要努力发展现代戏，积极配合政治任务进行宣传；第五，行署拨给剧团开办费 10 万元，作为购置演出用品（幕布、汽灯、服装、道具等）和赎买原旧戏箱的费用。

这几条一宣布，大家情绪安定了，但仍有少数同志（如郭子俊、张新尧、韩希江等）因家庭问题，先后要求回了县里。

到太行后，为了适应新的形势和新的任务，除领导上陆续派来一批业务干部（如沈一邦、克良、史如璧等）外，剧团又先后到邢台师范招收了两批爱好文艺的青年男女学生，又从其他县吸收了一些青年（如武乡籍的程玉江、毕荷英、陈致和、陈彩华，修武县的苏安国，涉县的戎学英等），这样太行光明剧团就成了个近百人的大剧团了，同时也改变了原来剧团清一色的男性演员和农民成分，演出形式也由原来的“武乡秧歌戏”向着主演歌剧的方向发展。

1947 年，随着形势的发展，太行光明剧团正式改名为太行剧团。但主要演员阵容，仍是原武乡光明剧团的成员。1946 年至 1947 年，延安的秧歌运动在太行区方兴未艾，太行光明剧团、太行剧团先后上演了延安流传来的《兄妹开荒》《夫妻识字》《动员起来》等秧歌剧，如《圈套》《王贵与李香香》《四大恶霸》《两条心》（以上都是张万一编剧）、《三门婿上寿》（暴震编剧）、《贺功》（高介云编剧）等，我为以上这些歌剧写了曲谱。这些剧本，有的在《太行文艺》上发表，有的由太行新华书店和太行群众书店出版了单行本。

1947 年夏，为了配合太行区土地改革运动，太行文联的阮章竞同志写成了大型歌剧《赤叶河》，我为此剧作曲，南太行剧团在中共晋冀鲁豫中央局土地会议上首次演出，一炮打响了，薄一波等许多领导同志和文艺界知名人士贺绿汀、陈荒煤、高沐鸿、赵树理等都看了演出，给了剧团极为热情的鼓励和表扬。之后，太行剧团带着此戏在太行区各专、县巡回演出，紧密地配合了太行区的土改运动，太行剧团曾被誉为“赤叶河剧团”。此后，由延安来到太行的人民文工团（团长贺绿汀）也排演了此剧。再以后，这个戏就流传到各个解放区了，有“解放区四大歌剧”之一的说法。值得一提的是，我们武乡光明剧团的演员，在这个戏里都担任了主要角色，特别是优秀演员李海水同志，在剧中饰演“老宋”一角，堪称一绝，备受各界赞扬。由于他精彩的演技和极富表现力的歌唱才能，以至老宋的唱段：“赤叶河，赤叶河，赤叶河原是个荒山坡，从东到西四十里，黑圪窿洞个大山錾!”在太行区曾风行一时，看过戏的人都能仿着哼唱几句。

这时剧团“名声在外”影响更大了。各专、县剧团慕名纷纷前来学习。有的剧团一来就是二三十人，有时几个剧团同时来人，我们实在有点招架不住啦，只好定期开办训练班，给他们讲些基础知识，如乐理、布景、化妆、灯光及表演、导演等，受到他们的欢迎。这方面的事例很多，我在第一次全国文代会后曾写了一篇文章，题为《农村剧团需要具体帮助》，发表在《文艺报》创刊号上。这里就不赘述了。

1948 年初，剧团整党后，我和部分同志参加了太行区党委土改工作团，到太行四分区的沁阳、博爱一带搞土改，留下的同志仍坚持演出。半年后参加土改工作的同志们回来了，正逢晋冀鲁豫军区后勤政治部农村剧团划归地方领导，于是，两个剧团又合并改称太行文艺工作团。这年，除排演了一些外来剧目如《刘胡兰》《劳动互助》《光忽不识字》等外，我们还创作演出了大型歌剧《秋收时节》。小歌剧《关公整周仓》等一批新戏（都是张万一编剧，高介云作曲）。带着这些剧目到各专署、县巡回演出，还到峰峰煤矿慰问矿工，三下安阳慰劳部队，到邯郸、邢台等新区进行宣传演出……并且直接随作战部队参加了解放安阳的战斗。这样，主要由武乡秧歌艺人组成的光明剧团的近十个年头的战斗历程，到此可画一个句号了。

农村剧团的楷模

——介绍武乡东堡村解放剧团

华　含

武乡东堡村的解放剧团，是从农民中成长起来的，是东乡几个历史较长、成绩较好的农村剧团之一，1944 年成立，至今已有 3 年多的历史了。是一株农民亲手培植的农村文化的嫩苗，已经抽出枝叶，开放出灿烂的花。

一

1944 年春天，盘踞在该县的敌人被打跑了，民主秩序很快建立起来。东堡村的一伙青年干部们，便酝酿搞剧团，但由于这时大部分群众对新戏还没有认识，封建落后意识仍然存在。如老汉们表示："鬼子刚走，不好好闹养种，要唱戏啦!""王八戏子吹鼓手，唱戏也是咱们干的?"妇救秘书去动员郝爱梅时，她老公听说了便跑去找农会主任，质问他是不是不想叫他闹人家，婆婆也为这个事哭了一整夜。村里有的怕耽误"正事"，有的怕别人说"疯"，结果没有搞起来。

直到秋后，区上正式提出成立农村剧团的号召，几个积极青年，便下决心要把剧团搞起来，村干部首先带头参加，并各人动员家属，这样七拼八凑，便组织起 17 个人，其中除村干部外有四个小学生，四个青年妇女，还有几个岁数较大的旧艺人参加拉胡琴。人有了，但服装、幕布、乐器、灯油、炉炭、纸张等都还没着落。大家便开会讨论，明确提出一切问题靠自己解决："咱还不知道演成演不成哩，可不敢跟村上找麻烦!"

接着就是剧本问题。大家都没编过剧本，都没经验。但是他们并没被困难吓倒，他们有勇气，敢尝试，有信心，能大胆创造。史三海说得好："咱既然要搞就不能怕有困难，咱主要是演咱老百姓自己的戏，唱词咱自己咋说就咋编，动作表情也照咱们平常的动容架法儿，啥不是人干的？摸索着来吧，弄到哪算哪！”于是便在这种自力更生的情况下搞起来了。

二

第一个戏演的是《招待所》（本地秧歌调），剧中写本村妇女殷勤招待过路伤员的故事。情节简单，场面动人，演出后，出人意料之外地得到了群众的赞美，都认为“这可跟旧戏不一样，一满都是实情”，“新社会就是昧不了功，有了剧团咱村里也有了嘴了！”老汉们也点着头说“唱得倒也可以”，又得到区上鼓励。演员们从此开始了解到自己的创造能力，体验到只要能向群众学习，啥事也会办得到。并初步尝到了为人民服务的光荣，干得更起劲了。

接着他们又排了《红旗大队》（本村生产队在太行第一届群英会光荣得奖的故事）、《三锁家庭》（解除家庭纠纷的戏，也是本村实事）等剧。在1945年正月全县农村剧团竞赛大会上荣获冠军，这更大大提高了他们的情绪。同时在群众中的威望也提高了，村里人自动凑了些钱，捐给剧团。每逢在村里演戏，群众送油送炭。这时团员也由18人增加到24人。

三

这时候附近村子的剧团，一面由于上级的号召，一面在东堡剧团的影响下，也接二连三地组织起来。但有部分村庄对新旧剧的认识尚不够明确，而群众翻身的快乐又需要发挥、表达出来，便唱起旧剧来。一时请把式、闹旧剧几乎成风，什么《清河镇》《沙陀国》《坡前会》等含有封建迷信毒素的戏，又被重新搬上舞台。十月间县上开劳英大会，某村剧团在会上演《青峰山》，竟博到赞美与奖励，有的村庄也因此学了几出旧剧到外区去卖。这样，解放剧团的情绪一落千丈，对演新剧产生怀疑，如有的说：“散了吧，新剧吃不开！”“辛辛苦苦的咱落个啥？趁早，老老实实去搞咱的生产吧！”有的提议：“咱也去请旧把式来！”于是剧团走向低潮。

这时干部们便马上开会，讨论怎样稳定团员情绪，在全体团员大会上干部先作了启发："咱们大家组织剧团，起早搭黑辛辛苦苦地干为的啥？咱不是光为红火，可也不是为了夺奖旗，出风头，更不是为了卖戏发财呀！咱们这回没搞好，就该虚心检讨自己；只有把自己工作提高，才能得到群众欢迎。一碰钉子就灰心，搞啥也搞不好。"在经过反复的讨论之后，一部分人才认识到："演戏是为了教育群众，咱要演那些封建老迷信的旧戏，不是领着群众落后了吗？"会后，干部分头又与情绪低落的团员进行了个别谈话，大家的情绪才稳定了。

另外，对演剧本身也进行了检讨，如提出：内容不要平平板板，才能打动观众，手势动作不要受旧一套的拘束，要放手创造，演时一定要认真，不要嘻嘻哈哈，在服装化妆方面，也不可太马虎，在秧歌里可以加上些小调等等。组织上也进行了一番新的调整。

情绪恢复以后，他们接着又排了《劝素兰》《劝母亲》《史福利组》几个剧。演出后，影响很好。1946 年正月，襄垣南烟村请他们去演戏，博得台下拍手叫好，掌声如雷，还慰劳他们，请他们教戏，抄他们剧本。这时，演员情绪又提高了。

四

在翻身运动中，剧团团员一面积极参加工作，成为运动中的骨干；一面及时地反映斗争，推动翻身工作。前后演出《史兰珍翻身》《大翻身》《万人楼》等剧，把本村实际的活生生的材料搬上了舞台。在演《大翻身》时，当场就有一个老年农民激奋地说："狗日的原是这样欺侮人呀？不趁这时出气啥时出气？"经过这一运动后，群众对剧团更加拥护了。如史子英以前看别人演戏就害羞，翻身后也自动报名要求参加剧团；史二海不会演戏，要求参加剧团工作，他说："咱不能上台装角儿，咱能打杂，跑个腿送个信，管个东西。"因为要参加的人太多，便组织了一批预备团员，必要时或年关前后临时参加工作。直到今天，解放剧团已经真正在群众中扎下根，与群众打成了一片，威信一天天提高了。群众把看戏当成正经事，一个戏三遍五遍看不厌，排《万人楼》时，群众要求他们学会一段演出一段，只此一点，我们就可看到翻身后农村剧团与农民的关系了。同时，在领导上，对它也很注意，除及时帮助他们提高外，还不断给予名誉和物质上的奖励，区上的奖旗写着“人民的镜子”，县上更誉他们为全县的“文娱先锋”。

剧团成立至今，共创作剧本 16 个，每个剧本都是根据当前任务的需要而编的。每个剧本演出后，都直接间接地起到了教育群众的作用。下面谈几个例子：

《招待所》演出时，正值村里发动拥军运动，很多人看了戏就在“人家女人还能当拥军模范，咱就不能?”的说法和想法下，拿出自己的东西。如一个当了多年看庙和尚的刘心玉说：“咱从前烧香，把命都给烧了，现在八路军又救了咱的命，拥军可比烧香好得太多了。”把自己一只羊送给军队。四五十岁的刘春莲捏了饺子，送到招待所给伤员，史仙则把从远地捎来的葡萄也送给伤员。她们说：“没见人家演戏，八路军就是咱救命恩人嘛!”李生望的娘看见媳妇就恼，婆媳关系很坏，在演《劝母亲》时，她女儿娥纣扮一个受气的媳妇，她看后很受感动，娥纣回去又再三劝她，于是她后来有了惊人的转变。1944 年、1945 年大反攻时，该村军人接连牺牲好几个，这时一些烈属军属情绪都很低落，参军工作大受影响，剧团便于起柩时演《追悼会》，剧中指出为人民事业牺牲是光荣的，并强调应该更好地优待烈属，解开了烈属们心里的“圪瘩”，又掀起参军热潮，立即便有史秀虎等九人集体报名参军。

五

根据以上所谈，我们可以清楚看到：东堡剧团已经初步纠正了单纯娱乐、为演剧而演剧，与出风头发财等倾向，走向了脚踏实地地为人民服务，为群众宣传工作服务。他们的编、演完全是由于时代需要与群众需要出发，他们的口号是“报上提啥提得紧了，咱就编啥”，有很多剧本连夜排出演出，也有很多剧本演一两次便永远用不着了。这应是他们成功的第一个原因。

在取材方面采用真人真事。这样，观众会感到更亲切，更容易感动，效果也更大。观众都这样说："从前看戏总摸不清哪朝哪代哪里的事，而今看戏都是眼前事，一点不哄人。"这应是他们成功的第二个原因。

在编剧与排演方面，采取大家商量集体创作的方法。一个剧本的产生是干部会先决定主题，然后下去搜集材料，回来共同讨论戏剧中的人物、场面、剧情，由编辑股执笔写出后，再通过干部及全体团员集体修改。演出时，注意观众反映，如到外村演出，并派人打入观众中听取意见，再加修改，这样，一个剧本不知经过几番增删。他们中无所谓导演，若说有的话，那么全体团员甚至观众便都是导演，所以他们每个剧的完成，是费去相当大的心血的。这应是他们成功的第三个原因。

此外，在内部组织、生活和对外关系上，他们都做得很好。建立了民主的领导和制度，并能互相帮助加紧学习，在政治觉悟及文化水平上得到提高。如史富安过去一个字不识，现在已认会了四五百字。在经费上全部自给，始终坚持"不给村上找麻烦"的方针，甚至在分斗争果实时，群众提出分几件衣服给他们做服装，他们也不要。并且能尊重村干部，积极执行法令，每编演一个戏，都与村干部商量，不与村里其他工作发生冲突，男演员照常支差，女演员做军鞋也都做得好。这些都是他们的优点。

以上就是东堡村解放剧团的一般情况。当然，它本身仍然存在着许多缺点，但我们相信，他们是有能力有方法、有勇气来改正与能够改正自己的缺点的。希望它能继续发扬既有的优良作风，克服前进中的一切困难，虚心研究，大胆创造。更希望当地县、区领导机关更多多帮助它，培养它，使它能够担负起更伟大、更艰巨的任务，起更大的作用，使这支从农民手里培植出来的新文化的花朵开放得更灿烂，更壮丽。

刘振中和寒广农村剧团

毓　明

1. 剧团怎样搞起来

武乡寒广冬学开学了，刘振中当义务教员。一天，他和五个青年去担煤，路上试探问着："愿意不愿意成立剧团？"青年一口说好。担煤回来，又和村干部商量，村干部都同意了。在冬学又让群众好好讨论，群众说，别村有剧团，人家有了模范能演戏，咱没有剧团，该多么别扭！这样，刘振中就下决心，非搞起来不行。

在冬学里，刘振中号召，谁愿意参加剧团谁就来。一天夜里就有五个青年、八个壮年报了名。可是青壮年有了，光有唱戏的，没有"打把子"的也不行。他又跟小学教员商量，动员四个女生、五个男生。于是剧团的人马齐全了。刘振中被大家选为团长。武委会主任被选为指导员。

2. 冬学是剧团的材料供给处，剧团是冬学的广播机

剧团成立了，没有剧本，还是不像话。刘振中很发闷。

腊月间有一天，来了一群八路军，住在寒广三个连。老百姓很高兴。队伍一进村，家家户户好像来了多年不见面的亲朋一样，男人们担水、劈柴，妇女们推面、烧汤、烙饼。

第二天，军队要走，老百姓无论如何也不让。军队又多住了一天，妇女们又替军队缝补衣服、拆洗被子。第三天，军队走时，全村男男女女送到村外，军队说，要多打鬼子来回报老百姓。大队走了，留下三个病号。王玉梅、徐三花、王改英等，每天给病号弄吃的。夜里，王玉梅一听病号哼哼就起来烧开水。还跑 3 里地到外村买挂面作汤。

刘振中说，这就是一幕好剧。

怎么编呢？谁也不是行家，一个人天大的本领也闹不好。刘振中把这次拥军让群众在冬学里讨论总结，群众说，谁是模范把谁编成戏。大家说："王玉梅家两口好，王改英更好。"刘振中恐怕有人说的不是本心话，会后又个别调查，访问过去和王玉梅有意见的人。他们说：人家王玉梅两口过去上过当，现在转变好了，就应该表扬。大家都说过了，这时才决定编两幕剧：一幕是军队来时，全村群众热烈欢迎的情形，一幕是妇女招待病号。编时还把戏里的本人叫到跟前，问他说过些啥话，怎样动作。

两幕剧写好后，再让群众看看有没有毛病。群众说，这样看不懂，不如演一演叫大家看看。他们就这样办了。出演时，群众都聚精会神地看。看完之后，指出不妥的地方，如戏里把徐三花、王玉梅和王改英抢着给军队缝被子，王改英自己要缝四条，徐三花、王玉梅也争着缝四条，争得翻了脸。群众说：这不对，这是"个人英雄"，模范不是一个人能当，再说人家是故意开玩笑，也不是真的恼了。应改为王玉梅说："改英老人家，你年纪大了，眼也花了，你少缝一条，缝三条，俺年轻、手快，叫俺缝四条。"还有一点，群众也说不妥当。编戏时，两个病号谈话，战士向指导员说："咱在家病时，娘、老婆早来看咱。"群众说，这样说对抗属有影响，好像当兵的病了没人管一样。真事不是这样，而王玉梅等是招待得很好的。有人说，这样一演，对战士也有影响，叫人一看，那样糟糕，谁病了谁就害怕。再一说，咱是表扬王玉梅的，这样就不是表扬了。根据这些意见，大家又改了改。改好后，再演出，再让群众提意见，一直到群众都说可以时才算完事。

以后，冬学里有了模范故事，就叫剧团编剧出演（广播），剧团编剧没材料就到冬学里去要。

3. 剧团有困难自己解决，剧团大家办才会办好

剧团里有十几个儿童，差不多都好调皮捣蛋。刘振中想，小孩爱说他好，鼓励鼓励也许可以。他和干部商量，又和村里群众商量，从村合作社里拿出一些钱，买了些东西奖励他们，奖励时分甲、乙、丙、丁四等，人人多少都有点，一奖，他们都向好的学习了，这样才把调皮捣蛋的毛病克服了。

办戏花的时间多了，青年们耽误了担煤。家长说，演戏好是好，耽误的生产可太多！刘振中听到这些意见，重新订了制度，早晨起来学习，太阳出来后去担煤，下午排演练，家长满意了。

剧团里没有大鼓，也没有二簧鼓。大家商量一下去洪水买回来。两个鼓共花了750元，这时村里老百姓很困难，刘振中和演员商量，去地里割马莲草，卖给纸厂，一斤两块钱。两天割了150斤，得了300元，除还了纸厂50元欠账，200元的二簧鼓钱外，还剩下50元。但是550元的大鼓钱还没着落。刘振中看到地里有丢掉的麻秆，他又发动演员去拾麻秆，折了20斤烂麻秆送到纸厂，每斤10元，卖了600元，除还掉大鼓钱外，共剩下100元，又买了些化妆品。

半月后，群众问起，刘振中同志把割马莲拾麻秆的事情告诉给大家。群众很受感动，说：剧团是咱村上的，人家自己生产把账都还清了，还给老百姓减轻了负担。后来村里有15亩绝户地，群众请村长给剧团拨了五亩，作为剧团基金。

剧团要闹好，非大家都关心不可。为了和村干部结合得更好，聘请村干部当剧团负责人，村长当团长，刘振中当副团长，村政治主任当指导员，武委会主任、指导员为布置股，妇救秘书、农会主席为借贷股。民教主任、小学教员为编辑股。最后又把寒广自然村的剧团，改为全行政村的剧团，剧团成了大家的。

寒广剧团在全村起了很大作用，去年七月参军工作没有完成，腊月有了剧团，五个青年参了军。选举参议员时，剧团把每个众议员的名字和普选主张编成快板，在冬学宣传，直到现在，许多人还能顺口说出来。今春又把整顿互助编成快板，鼓起大家生产劲头，从前四个组太庞大，今年组成了七个组，到二月就把全村粪担完了。20 天，还熬了 60 多斤盐，8 斤硝。群众都说：剧团真顶事。

原载 1945 年 4 月 27 日《新华日报》

赵树理和武乡光明剧团

李星光　王充理

1988 年文化局编写《武乡曲艺志》时，我去采访老艺人张叶青，他津津有味地谈起了作家赵树理。老赵对武乡曲艺所作的贡献，已经载入史册，今年撰写《光明普照五十年》这一戏曲志史料汇集时，赵树理对武乡秧歌戏所作的努力，老演员至今记忆犹新。1940 年，赵树理随华北《新华日报》馆住在武乡安乐庄。那时武乡光明剧团经常下乡演出，老赵在工作之余，常去附近村庄看戏，对武乡秧歌有了浓厚的兴趣，他每逢观看之后，总要对剧团提出改进意见。因此，赵树理和我县光明剧团、战斗剧团打交道的故事，至今仍然流传在人民大众之中。

1943 年春季的一天，光明剧团正在准备演出，忽然一个面黄肌瘦的大高个人，跑到戏台上找小高。鼓板师郝国川正在台上，他看见这个人头戴一顶破毡帽、身穿一件满是油垢的旧锦袍，觉得这人很怪（那时根据地没人穿长袍大褂），就淡淡地说：“我们团里没有一个叫小高的。”那人说：“小高不是在你们这里当团长吗？”郝国川说：“我们团长是老高呀。”那人笑了：“我把他父亲叫老高，他才十几岁，能叫他老高吗？”郝国川让他坐在鼓架旁的椅子上，便抓起鼓槌，很用心地敲打起二簧鼓来，郝国川和团长高介云回来台上，那人仍然噼噼啦啦地敲打二簧鼓，那副专心致志的样子，竟然连郝国川他们来到跟前都没看见。照旧戏班的规矩，鼓板师最忌讳别人乱打他的二簧鼓。郝国川见状，勃然大怒，也顾不得什么客人不客人，一个箭步上前夺过鼓槌子，红着脸大声嚷道："你这人懂规矩吗？这是你们老斗（外行）乱敲的东西！"那人一愣，抬起头来，高介云才认出这是作家赵树理，赶紧制止了郝国川的嚷叫，忙上前握手道歉。老赵笑着说："我不该敲师傅的二簧鼓。"说着又转脸朝高介云说："你这个十几岁的娃娃，怎能让大家叫你老高呢？"高介云笑笑说："没办法，谁叫我是团长呢，他们不好意思直呼我姓名。"赵树理说："那你父亲来团看你，他们该称呼什么呢？"当时高介云的父亲高沐鸿也是著名的老作家，和赵树理彼此熟识。高介云接住老赵的话茬，说："很简单，再加一个'老'字，叫老老高。"逗得大家都笑了起来。

这时台上已围来许多演员，高介云给大家介绍说："这就是人民作家赵树理同志。咱们演的《慈云观》《万象楼》《韩玉娘》《郿宫图》等许多戏，都是赵老师编写的剧本。"大家听了高团长的介绍，立刻群情沸腾，都争着和赵树理握手寒暄。唯有郝国川像泄了气的皮球，站在一旁非常尴尬。老赵却主动上前，握住郝国川的手说："我为你们秧歌戏琢磨出个锣鼓谱，刚才试着敲一下，你听听看怎么样？"郝国川高兴极了，十分感激地说："赵老师，你真好！"

赵树理和武乡秧歌结下了不解之缘。不仅是光明剧团的一位"老观众"，而且对武西战斗剧团也进行过多次指导。1943 年冬天，战斗剧团在南家沟村集训演出，赵树理和著名音乐家夏洪飞专程赶到驻地看望了全体演职员，并观看了他们演的《小二黑结婚》。在该剧中扮演三仙姑的赵万山，与吴先生一场戏中调情的动作太出格。赵树理看了说："三仙姑演得失真了，农村哪有这样不顾羞丑的妇女，再说这些格调低下的动作，只迎合了具有低级趣味的人，对整个社会影响很不好。演戏是劝人上进的，这个三仙姑虽是个反面人物，但还要防止她对社会产生的副作用。”说到这里他顿了一下，盯着大家加重了语气，“说书唱戏，就是要看社会效果，要对人民负责。”紧接着，老赵还对全剧的主题思想、表演技巧等作了耐心的指导，这一次他和夏洪飞还帮该剧团排练了《紫云观》一戏。他们从角色选配、台词修改、编演技艺、音乐伴奏等方面都作了认真的辅导。两位文艺专家，对我武东、武西这两个剧团的帮助，产生了积极的影响。那时候，赵树理已是文坛上的名人了，但他根本不拿架子；不论去了光明剧团，还是战斗剧团，常常是从文武场口到演员表演动作，都要做艺术指导。在演出前还帮演员化妆，传授给他们不少配制化妆品的土办法。戏开演了还到乐队去打大锣或是打鼓板。当时，光明剧团集体创作了一个大型秧歌剧《改变旧作风》，写的是一些村干部，沾染了旧社会的坏思想，做了一些错事，在上级的帮助下，通过批评与自我批评，改变了旧作风的故事。上演后，许多村干部跑到后台，有的甚至含着眼泪，感谢《改变旧作风》对他们的批评教育。在公演多场之后，一位文艺界的权威人士说：“延安《解放日报》发表文章《向区干部致敬》，你们却在这里往村干部脸上抹黑；这是在政治上违反中央精神，创作方法上是资产阶级的批判现实主义！”这当头一棒，把剧团领导吓愣了，在会上连气都不敢出。在这关键时刻，赵树理挺身而出，他说：“这个戏群众反映不错，村干部沾染旧作风，这是普遍现象，演这个戏，使大家提高警惕，也是理所应当的。中央叫整顿党的作风，也是这个意思。在向村干部致敬的同时，劝说他们改掉旧作风，扬善贬恶两不偏废，治病救人增进健康嘛！”经他这么一提示，保护了剧团人员，再没人找麻烦了。

在频频的交往中，赵树理成了光明剧团的指导老师和热心的顾问了。一两个月，演职人员见不到赵老师，就想得慌。而赵树理时间长了看不到武乡秧歌，也是闷闷不乐。1944 年冬，光明剧团去为太行区群英大会演出。好久没看到武乡秧歌戏的赵树理单独带着介绍信去看戏，走到村口，被大会警备司令部派出的哨兵拦住，不让他进戏场。因为他穿的是一件灰色的旧棉军衣，还有个破洞露出棉絮来，更没扣风纪扣，也没打裹腿，他怎么解释也不行，哨兵说："上级有命令，穿着不整齐不许进场!"这真把老赵难住了。返回去吧，就看不上光明剧团的秧歌戏了，这怎么行呢！几乎纠缠了一个多钟头，最后赵树理要求到大会报到处，并告诉战士说："如果不让我看戏，我就再出来。"这样才得到战士的许可。过后有人跟他开玩笑说："你就说你是《小二黑结婚》的作者，不就放你进去了吗?"他笑着说："那可不行，他认得'小二黑'，他怎么会认得'老赵'呢!"

全国解放以后，赵树理进了北京，此时他已是中外闻名的大作家了。但是他身居高位，仍然不忘武乡秧歌剧团和武乡曲艺宣传队。1951 年春天，赵树理怀着对武乡人民的思念之情，来到我县监漳镇和窑上沟体验生活五个多月。有一天，武乡盲宣队来到窑上沟村，消息传开，轰动了全村男女老幼，赵树理也欣喜异常，放下了正在撰写的小说稿，便也去听说书去了。著名盲艺人张林书师傅先唱了一段《窑上沟办起初级社》，这是他们进村后新编的，词曲虽然简单，可精神却十分可贵。接着就说唱开了《打关家垴》，把人们引回到那艰苦的战争年代。张林书说书嗓音洪亮，声情并茂，深受群众的欢迎。赵树理也不时地说："好好好!"最后老赵还请盲艺人演唱了一段他最喜爱的武乡秧歌。演出结束后，老赵同志走到张艺人面前说："你们辛苦了！形式内容都很好，说书唱戏是为人民大众服务，这条路子你们走得对。"并从身上掏出五元钱，放到张艺人手里说："请你收起这点小意思，添置件新乐器吧。"

赵树理从监漳到窑上沟的五个多月中，常和当地群众讲光明剧团和战斗剧团的情况，凡是附近村庄演武乡秧歌戏，他总要抽空去观看，他对人们说："我爱武乡秧歌，就像爱上党梆子一样。"

演农民的愿望　唱时代的新歌

——武乡秧歌剧团46年坚持上演现代戏

王春雷

武乡秧歌剧团，在抗日烽火中诞生，在十年动乱中坚持，在三中全会后前进，46年如一日，坚定不移地贯彻党的文艺方针，坚持上演现代戏。先后编演了《胡春花拥军》《绑住结婚》《刘胡兰》《三上桃峰》等164个现代剧目，对党的文艺宣传工作，起到了推动和促进作用。尤其在党的三中全会之后，编演了《同样是父母》《换箩筐》《双生女儿》等五个中小型现代剧，歌颂了“四化”建设中出现的新思想、新风貌、新人物。重新排演了在战争年代有影响的《王贵与李香香》《小二黑结婚》等剧，被观众誉为：“出新戏剧团。”正如他们在本县陌峪村演出时，观众贴在台前的一副对联：“演农民的愿望，唱时代的新歌”，横批是：“坚定不移。”

曲折的道路　光荣的历史

1938年，八路军总部驻在武乡王家峪村。朱德总司令很喜欢听当地人唱秧歌，建议成立秧歌剧团，使之为宣传抗日救亡服务。武乡秧歌剧团便于当年冬季建立，上演的第一个剧目，就是现代戏《万象楼》（赵树理编剧）。

从1940年到新中国成立前，剧作家高介云、张万一、王世荣等，先后在秧歌剧团担任编导，配合党在各个时期的中心工作，编出了《年除夕》《花街泪》《改变旧作风》《组织起来》《打马牧》《义务看护队》《魏森林家庭》《绑住结婚》《小二黑结婚》《王贵与李香香》《葵花》等140多个剧目，剧团排出来上演。在战火纷飞的岁月里，演职工肩扛服装道具，身背枪支弹药，冒着枪林弹雨，出没在敌人据点周围，活跃在晋冀鲁豫解放区。真正起到了团结人民、教育人民、打击敌人、消灭敌人的战斗作用。多次受到八路军首长表扬。曾荣获边区政府授予的“抗战先声，战斗火花”“厚今薄古”两面奖旗；荣获太行文联书有“突飞猛进”的奖旗一面。

新中国成立后，武乡秧歌剧团一直坚持上演现代戏。1951 年参加了晋东南行署组织的 10 个剧团大竞赛，荣获“现代戏第一名”奖旗。之后，又编演了《山村泉水》《山村姐妹》《山村货郎》《游乡》《傅家营》等 41 个现代剧目，歌颂了社会主义建设中的新人物、新风貌。

整整演了 30 年现代戏的武乡秧歌剧团，到“文革”时，反被认为：“小秧歌不适宜演出革命样板戏”“不能塑造无产阶级英雄高大完美形象”，而被迫停演，不少演职员被下放到农村。在逆境中，团领导暗派人出去找来不是“样板戏”的剧本《朝阳沟》《三上桃峰》《山鹰》等，上演后博得观众好评，比“样板戏”要吃香得多，演出收入很高。谁知好景不长，《三上桃峰》受到批判，武乡剧团也受到株连。领导挨整受批判，群众认真作检查。不仅不让演出《三上桃峰》，连其他的剧目，也一律被禁锢。剧团无戏可演了，只好硬着头皮排演“样板戏”。坏事变好事。省歌舞团作曲家李秉衡和剧作家王世荣，在排《红灯记》时着手音乐唱腔改革，注意倾听当地群众意见，闯出了一条新路。观众听后都说“改得好”。这为后来排演现代戏，打下了良好的基础。

摸观众的心理　走自己的路子

粉碎“四人帮”之后，被禁锢了十几年的传统剧解放出来，人们都争着当稀罕看，一时现代戏很不吃香。靠演现代戏的我团连台口也搭不出去了，面临吃不开饭的严重危机。可是，我们仍没把现代戏打入冷宫、单靠古装戏吃饭；而是采取积极的态度，深入到观众中去调查，了解到“古装戏热”只是观众看稀罕的心理反应，是对“四人帮”禁锢传统戏的一种示威。由此联想到：把过去一些有影响的、也被禁锢或受到批判的现代戏排出来上演，照样也能得到观众好评。

团领导认识到：武乡秧歌产生于民间，最适宜演唱当代农村题材的剧目。如果丢开现代戏，单演古装剧，就等于扬短避长，路越走越窄。演农村题材现代剧是武乡秧歌剧团 40 年来走顺了的路，我们应该坚持走自己的路，才能越走越宽广。所以决定先恢复《三上桃峰》和《小二黑结婚》两剧，演出后，观众反映良好。从此，打开了新局面，靠现代戏起家的武乡秧歌剧团，又能靠现代戏为人民服务了。

作出了成绩　尝到了甜头

党的三中全会之后，伟大的社会变革，急需要用戏曲现代戏来反映，两个文明建设的新形势，要求戏曲发展现代戏更加迫切。人民群众特别是青少年，渐渐地对传统戏产生了厌恶情绪。武乡县委、县政府和宣传部的领导，对剧团排演现代戏特别重视，并给予多方面的鼓励。每逢排出一个现代戏，拨款资助，让添置服装、布景、道具。借着强劲东风，武乡剧团又重排出了张万一改编的《王贵与李香香》在县城连演八场，上座率不减，又参加了晋东南行署文化局组织的中青年演员评比会演，安娥英、李效珍等五名演员，分别荣获一、二等优秀演员奖。省广播电台对该剧进行了全剧录音。安娥英、姚常旺、李效珍在该剧中的唱腔选段，由中央人民广播电台灌制成唱片和盒式磁带对中外播放。省电视台为《王贵与李香香》和《小二黑结婚》录了像，演员们在荧光屏上看到了自己的表演，更增强了排演现代戏的信心。

从此，武乡秧歌剧团提高了声誉，上门搭戏者络绎不绝。1983 年共演出 306 场，现代戏就演了 181 场，收入达到了 83600 多元，是武乡秧歌剧团成立以来，收入最高的一年。演职员除按数领到工资外，还有补助、奖金，都尝到了坚持上演现代戏的甜头。

总结验经　乘胜前进

武乡秧歌剧团排演现代戏富起来了！总结其经验，最根本的，就是注重调查观众心理，掌握观众愿看什么样题材的剧目。凡有利于两个文明的建设，观众愿意看的就演。

今年，在武乡县委领导的重视下，文化局组织起戏剧创作组，大抓现代戏创作。编剧人员分头下乡深入生活，先后编出了反映三中全会后，农村实行承包责任制题材的《换箩筐》；反映精神文明建设中出现的新风尚和新道德的小戏《同样是父母》《继母的心》；还有赞美青年人为四化建设坚韧不拔地奋斗，自学成才的《双生女儿》等。

五个现代小戏，都从不同的侧面，表现了新的时代风貌，反映了人们大干四化的奋发精神，具有一定的社会教育意义。演出后能引起观众共鸣、反响很大。有一次，剧团演出《同样是父母》后，有一个叫王三孩的牧羊专业户，为了教育自己的两个儿媳，愿出100元钱请剧团到他家专演此剧。剧团领导专门抽出剧中的部分演员和乐队伴奏人员，到他家里演出。王三孩和老伴儿看到痛心处，老泪横流。两个儿媳深感有愧，躲进屋里从窗户里往外看完了演出。大媳妇深受教育，当着演员们向公婆赔情道歉。三媳妇也表示以后一定要好好孝敬公婆。王老汉见两个儿媳都有悔过之意，格外高兴，拿出200元钱酬谢剧团，剧团只收了他20元。老汉激动地说："这个戏是编的真事情，比听广播还教育人。你们多排些农村中的新鲜事，到秋后我要唱就是四天。"现在武乡秧歌剧团被誉为"出新戏剧团"。

武乡秧歌剧团，在观众的赞誉声中，坚定了信心，有决心排演出更多的不愧于这个伟大时代的精神食粮来，更好地为人民服务，为社会主义服务，乘胜前进。

此文发表于1984年《山西剧讯》第3期

挥泪悼娥英

王仲祥

惊闻娥英猝然去世，浑身不禁一阵战栗：才48岁，太可惜了。

我认识娥英，是在1969年曾红极一时的蟠龙学校“红孩子”宣传队。当时娥英只是一名普通的高中生演员，在那些大兵团式的歌舞节目里，我并没有发现她有什么特别，只感觉她的表演认真，没有引起太大的注意。1971年，当“红孩子”宣传队的第一茬学生演员纷纷奔赴各条战线就业时，娥英却义无反顾地投考到被世俗眼光认为是“下三烂”行的县秧歌剧团。对她来说，这是喜剧，还是悲剧，说不清。反正她的艺术生涯就这样匆匆开始了。

没几年，她就唱红了武乡，唱红了襄垣，唱红了左权，唱红了和顺。一个县剧团的演员，绝没有现时流行的包装、广告和刻意的宣传，完全是凭个人的演出唱红了自己的名字。群众称她是“小桃英”“二桃英”“赛桃英”，专家则称她是剧坛“新秀”“太行明珠”。我们这些半文艺工作者都为有这样一个演员感到自豪骄傲，创作或辅导都会产生一种莫名的冲动。我国进入改革开放年代，娥英的艺术也正好步入成熟时期。80年代初，由省歌舞剧院李秉衡作曲的一本自编中型剧《嫁妻》，一本张万一老师再版的《王贵与李香香》，又将她的艺术修养大大推进了一步，唱腔影响直指省城。省晋剧院表演艺术家田桂兰执意要收她为徒，让她改学晋剧，并指明了“改”的前途，而她考虑再三后却婉言谢绝。事后曾有多少知情人为她惋惜，而她表示一点也不后悔。她说她离不开秧歌，更离不开喜欢她的观众。唱戏不容易，培养自己的观众更不容易。何况半路出家，前途未卜呀！这话说得实在，当时听了也感到有几分道理，但时至今日，事已至此，我想，如果当年去到省里，至少不是这种结果。

由于她在戏曲上唱红了自己，各路姊妹艺术纷纷找上门来。先是几首抗日开花调引起了省音协专家的注意，加之文联给她组织了一场“安娥英独唱音乐会”，她便得到“太行民歌手”的称誉，后市工会等八个单位联合正式冠以“优秀民歌手”的美称。晋东南赴省鼓曲会演组的同志们找来了，要她代表地区赴省参赛，一曲《巧护彭总榆》一下唱红了三晋曲坛，获得了省曲艺界“曲艺新秀”的称号。之后，地市又几次调她赴省参赛，就连省文化厅摄制的电视资料片《三晋鼓曲》也请她去唱片头曲。

在戏曲界，这一阶段更出色。1979 年在《忠义缘》中扮演的葛翠莲，荣获地区一等奖；1980 年在《屠夫状元》中扮演的党凤英，荣获地区一等演员奖；1981 年在《蝴蝶杯》中扮演的胡凤莲，荣获地区优秀演员奖；1983 年在《王贵与李香香》中扮演的李香香，荣获省优秀演员奖、地区一等青年演员奖；1986 年在《嫁妻》（又名《骗婚记》）中扮演的许秋莲，荣获市政府优秀演员奖。同时，《太行日报》以及省戏研所刊物《戏友》刊登了关于她的许多褒扬文章，这使得她的名声大振，红遍了上党。

不久，省电视台将她主演的《嫁妻》和《王贵与李香香》拍制成电视艺术片，多次播放；同时还把她的唱腔制成唱片和盒式磁带，向国内外发行。至 90 年代，北岳文艺出版社音像部再次发行了她的秧歌磁带，一时间百姓争购，艺术界珍藏，外地武乡人索求，市场上的“娥英热”延续了一年多时间。可以这样说，她的唱腔响遍了武乡大地，而且已走向全国。

90 年代是娥英艺术的巅峰时期，其唱腔和表演达到了炉火纯青的境地，对我县地方艺术基于传统基础上的改革和发展起到了先行、示范和号角作用。在戏曲武乡秧歌的唱腔里，她继承了桃英、改荣、改花等老一辈艺人的特点，大量借鉴了京剧、评剧、晋剧、黄梅戏的发声方法和润腔方式，尤其在旋律和字词的结合上，走出了一条独特的、前人没有走过的路，使秧歌一改过去那种单凭力气喊唱的方法，变得柔和起来。同时，她将秧歌女腔音域扩展到低 2—高 5，大大丰富了唱腔音乐表现力。这样的改革，使秧歌在本地老少皆宜，在外地迅速扩大流行区域，武乡秧歌以崭新的面貌进入了它的鼎盛时期。

在鼓曲唱腔中，她大量吸收了上党各县鼓曲，尤其是省群艺馆刘炳玲演唱的潞安大鼓中许多相近的乐汇和板式结构，促使武乡鼓书女性化了许多，优美了许多，色彩也变得明亮起来。武乡三弦书是武乡一个古老的曲种，她大胆吸收了晋剧散板、摇板等板式和旋律，并将其五声音阶增至六声音阶（增4），使整个唱腔更优美、更抒情、更富有表现力。在以后的国家、省市曲艺会演中，不管你称上党鼓曲也好，还是称太行道情也罢，总有武乡三弦书的旋律影子忽闪忽现其中。这就是武乡三弦书的新生，救星就是娥英。

对于地方民歌，她唱的不是太多，但每唱必响。主要一点是她在以字行腔上，可针对不同意境的民歌，给予不同的处理、不同的润腔方式，致使她的民歌特招人喜欢。凡听过她演唱的《抗日开花调》《孩子他爹坏了心》《民兵高贵堂》《梦梦》等歌的山区群众，都说她能把歌唱到人的心底上，是民歌的中国第一。这话虽失偏颇，但说明她的民歌的确很受当地群众喜爱。可以说，她是太行山区老百姓自己的民歌手。

由于她的不懈努力和进取，她成了全县文艺界的一大宝贝。接踵而来的是她的荣誉。80年代中期，她被省剧协吸收为会员，并参加了省文代会。稍后，她当选为县秧歌剧团团长。1986年，经省剧协推荐，她又被推荐批准为中国戏剧家协会会员。同期，她又被群众推选为县人大代表、县政协委员，后又被推选为长治市第八届人大代表。

名字红了，荣誉多了，但她依然如故，依旧诚诚恳恳，认认真真，成年累月为山区群众演出。应当说，就在这个时期，她就患上了心脏病，表现为乏力、气息不够，每次演出总是大汗淋漓。不知道她是知道了不说，还是压根儿就没到医院检查过，反正从来没听她向领导、同事提及过此事。直至1994年，她才不得不退出她所喜欢的秧歌剧团，调到文化馆从事文艺辅导和研究。文化馆是组织群众文化的专门机构。她组织、参加过多少次晚会演出，她说不清，我也记不清，反正很多。就在她第一次住院的前两天（2001 年农历腊月十七），还冒着寒风到型庄村和南村文化下乡，一天为群众演出了四个多小时。

然而她真的有了病。当她被人抬进医院急诊室，而且医院给她下了病危通知书时，她才承认自己有了病，但不承认是大病。当我去看她时，她却笑着说："医生说得严重，可我觉得不大要紧，就像过去演出结束后有点累的感觉一样，休息两天就会好的。"谁知道，这一次看她，竟成了诀别。

单位领导和职工都知道她患了严重的心脏病，不管她同意不同意，一致强迫她休息，不让她参加任何活动。于是，她就住到长治三妹家，一是现住的房子要拆，二可能是她想看病方便点。

一年多之后，就是 2003 年 5 月 29 日晚，我突然接到馆长爱萍同志一个电话，说娥英住进了市和平医院，医院已给下了病危通知书，按病情必须进行手术，手术费约需 20 万元，否则后果严重。娥英虽是个名演员，但家庭生活却很拮据。丈夫退休，两个儿子在家待业，2001 年还给大儿子完了婚。20 万，这对她家来说，无疑是个天文数字。怎么办？商量结果是写个倡议书，求救于县人大，求救于社会各界，或许能解决点问题。于是我连夜起草，倡议书抬头醒目地写道：紧急呼吁：请救救安娥英同志！第二天，我把倡议书草稿交给爱萍同志，让她赶快请示有关部门和领导。然而，6 月 3 日中午，我就得到了噩耗：娥英病故了。一听，我的脑子轰的一声，立刻浮现上几个可惜来。一是她人还年轻，艺术虽达自己的巅峰，但还未到辉煌时期；二是全县文艺界目前还没有一个人可以替代娥英，尤其是那天生的嗓子和对艺术执着追求的精神；三是她多年从艺的感性经验还未来得及进行理性总结和梳理，许多改造、提高地方曲种的宝贵东西随她去了；四是目前社会保存她的唱腔虽不少，但再不可能听到她新的唱段了。

与可惜相随的是几个遗憾。一是我在任时没主张她到县艺校任教。如果她把自己的作风、追求、经验介绍给学员，现在或许能培养出几个“赛娥英”来。二是没尽可能多地为她组织录音。她演唱的东西很多，最初有《杜鹃山》《红灯记》《沙家浜》《平原游击队》，后又有《齐王拉马》《朱元璋斩婿》《寇准背靴》《吴汉杀妻》《小二黑结婚》《忠义缘》《屠夫状元》《蝴蝶杯》等剧，但除《嫁妻》《王贵与李香香》以及三弦书《巧护彭总榆》、武乡鼓书《卖驴》和少量的民歌进行过录音外，其余音像资料全无。尤其是在后期她演唱的秧歌、梆子、落子、晋剧、歌曲很多，而且更加完美，但一概没有保存下来。三是对她的第二次住院知道得太晚，募捐倡议没来得及出台。若早半个月，也许另是一种结果。四是娥英生不逢时，去也不逢时。她生于极“左”思潮萌芽和泛滥的时代，一个上中农出身的政治包袱，她背了近 30 年。去时又正遇瘟疫横行，6 月仍是“非典”猖獗时候，连一个追悼会也不能开。若开个会，寄托一下我们的哀思，以唤起文艺后人奋起，至少对她也算是一种告慰，我们的心也能稍微平衡点。

这一切现在只能是化作一声长叹了。但愿武乡文艺界能再出一个或几个像娥英同志这样德艺双馨的演员补缺，继续为山区人民增添欢乐，为老区建设加油鼓劲。

6 月 5 日，因有事没能去送娥英。现谨草写一篇短文，以示怀念，激励后人。愿娥英同志安息！

武乡晋剧团始末

王春雷　孙俊堂

武乡县西部地区与晋中的平遥、祁县、榆社毗邻，群众对中路梆子也十分熟悉，格外喜爱。清末民初，分南、岸北、圪咀头等村曾出现过半职业晋剧戏班。新中国成立以后，晋中各市、县的晋剧团多次被武乡西部村庄邀来演出。1955 年，平遥县东泉镇晋剧团到我县故城镇等地演出，颇受群众欢迎。武乡县政府领导为了满足武乡西部群众的愿望，决定接收该团为县立剧团。县政府委派韩富堂和弓庆福担任二分团指导员和团长，吸收河北籍已落户在圪咀头村的李二庆、李小平等唱晋剧的名艺人，组建成武乡晋剧团，称之为“武乡大众剧团二分团”。

建团之初，由于是一个农村剧团的底子，设备简陋，剧目陈旧，演员水平一般，更没有出类拔萃的演员，县城干部群众，尤其是东乡籍人，对晋剧团不屑一顾。晋剧团下县东打不开局面，只能活动在西武乡一带。韩富堂指导员和弓庆福团长，是两位十分内行的领导，二人想方设法决心要把晋剧团搞出个样子来。首先想拉来几个好把式挂帅，从榆次、太原出高薪（120 ~ 130 元）聘用了两位女演员，又多方筹集资金，更换服装幕布等设施，排了两本新剧目，才逐渐在县城赢得观众上座。

1960 年 6 月，县政府决定将后街郝泉祥公馆拨给晋剧团，除维修扩建本院外，又买了下院。从此，剧团有了固定住址，演职员安居乐业，情绪更加高涨，团结一致，以团为家，使剧团更加巩固。一批青年演职员，如青衣旦张跃峦、小旦任林慧、刀马旦董存仙、须生冀金爱、小生三女则、武生张马儿也都如雨后春笋，茁壮成长起来，在各行当门头顶起了大梁。加之老把式李二庆、金富财、孙全喜三个好净角，冀尔金、郭玉凤两个好须生，刘秀兆、宋金禄两个好武生、武丑，张小平、李四则两个好老旦和名青衣旦刘冬梅，名老丑胡振夏，共同组成了一个坚强的演员阵营，文场口李根江、张学书拉头二把，武场口王宝儿、王吉元掌板司鼓，演出文戏武戏效果俱佳，声誉胜过了邻县左权、榆社、祁县等晋剧团。韩指导员和弓团长为能让武乡人将来接班唱晋剧，特意招收了一批武乡籍男女青年进团学徒，如后来的知名演员小旦郭志莲、须生任苏莲、二净程润江和唐补莲、姜改先、苏华、梁昌业，还有乐队的王三铁、武怀义、暴德全等都是这次进的晋剧团。武乡晋剧团在省城也颇有名气，省艺校毕业的编剧张宝祥、张喜娥和拉小提琴的刘晋宇、拉二胡崔子亮也都主动来投，还有一位画布景高手刘尚忠也参加了武乡晋剧团，剧团如虎添翼，各行当演员成双成对，文武场乐队应有尽有，编剧导演更是高手，灯光布景也属一流。弓庆福团长特别注重上演新剧目，新排了神话剧《劈山救母》《真假牡丹》《螺女传》和大型武打戏《万花庙》《南北合》《九虎归宋》《薛刚反唐》，每排出一本，就在县城小礼堂售票上演一场，先是一鸣惊人，后来场场精彩。尽管场场爆满，仍然满足不了县城观众的要求。《真假牡丹》《劈山救母》《万花庙》三本戏都是连续演出 5 场，有的观众也能连看 5 场。晋剧团演出市场逐渐拓展。由于其精彩激烈的武打戏引人注目，再加之灯光音响师王新书和画景师刘尚忠研究设计的神话戏舞台灯光布景格外新奇，使观众耳目一新，倍加喜欢。从此，无论在声誉上，还是实际票房收入，都远远超过了大众一分团。

1964 年，根据省文化厅“一县一团”的指示，武乡只允许保留一个剧团。当时从县领导到群众，大都同意保留二团，但又不忍丢掉传统秧歌，只好采取折中办法，一分团、二分团各下放一些人，编制上是一个剧团的人数，分秧歌和晋剧两个演出队，称武乡大众剧团第一、第二演出队，习惯上还是称为一分团、二分团。两个剧团都留下了精兵强将，竞争更加激烈。剧作家张万一根据当时形势新编出反映阶级斗争的大型现代戏《傅家营》，又重新整理修改了《小二黑结婚》，回武乡秧歌剧团亲自担任导演排戏，并约省歌舞剧院作曲家李秉衡来设计音乐唱腔。秧歌团用名艺人李海水、郑桃英、刘凤兰、任生奎、任二货、杨春印、梁旭昌等为主角，上演了这两本戏，声誉又起，有压倒二团的趋势。晋剧团不甘落后，指导员韩富堂和团长弓庆福本来也都是唱秧歌的把式，却学唱开中路梆子唱腔，担任两剧的主角，精选金富财、张跃峦、张马儿、郭志莲、董存仙、任林慧担负其他主角，很快也将两剧搬上了舞台。由于韩富堂与弓庆福两位领导是秧歌艺人而改唱晋剧当主角重登舞台，又特别引起观众的好奇和兴趣，看了二团《傅家营》和《小二黑结婚》，跟一团演出的相比较，真是各有千秋和特色，难分高低和胜负。从此，我县两个剧团在晋东南、晋中两地各县的戏曲舞台上同放异彩，相互媲美。

1965年，“文化大革命”开始，古装戏被禁演。新排出的《傅家营》和《小二黑结婚》也不准上演。晋剧团又很快移植排练了《红色娘子军》《红灯记》《沙家浜》《白毛女》四本“革命样板戏”和《三月三》《程红梅》《红姐妹》等现代戏。当时曾有戏迷把二团唱的剧名连成一句话：《白毛女》在《三月三》晚上，打着《红灯记》号，跟着《程红梅》到《沙家浜》去找《红色娘子军》里的《红姐妹》。七本现代戏都由弓庆福和张宝祥导演，李根江设计音乐唱腔，刘尚忠、王新书设计灯光布景。张宝祥并对《程红梅》《红姐妹》两剧剧本进行润色加工修改。这些剧目的演出，晋剧团又开创了新的局面。此时年轻旦角演员郭志莲，小生张马儿，场场联手搭档，分别担任男、女主角。年轻须生任书莲也改唱现代戏里老旦，在《红灯记》里成功地塑造了李奶奶的高大形象。中年演员金富财、张跃峦、董存仙、宋金禄和指导员韩富堂，团长弓庆福在各个剧里塑造的人物形象也都给观众留下了深刻的印象。更使观众叫绝的是画景师傅刘尚忠，编剧张保祥，乐队崔子良、王二铁、郝跃华、武怀义和做饭大师傅李永胜等在各个剧扮演的各类反面人物，可真是惟妙惟肖，使观众忍俊不禁。青年演员程润江、苏华、梁昌业、殷国川、姜改仙等或当配角，或顶缺登台也都为观众所喜爱。

1969年，晋剧团也被改称为武乡县毛泽东思想第二文艺宣传队。此时，编剧张宝祥编创了10多个赶形势表演唱小节目，内容生动，形式活泼，语言形象，贴近生活，加之一班中青年演员劲头十足，连舞带翻的火爆表演，观众无不为此叫绝，这又使秧歌团大显逊色。1970年，宣传队下乡插队到故城公社邵渠村，与贫下中农同吃同住同劳动锻炼半年。夏季回城，县革委让两个队合并为一个整体团，当时大部分演职员改行被分配到县级各单位，只留下特殊有用的编剧张宝祥，画景师刘尚忠，武打翻扑演员宋金禄、苏华和乐队的武怀义到秧歌团工作。至此，这个在武乡人民群众文化生活中活跃了 15 年之久的晋剧团不复存在了，给武乡人民留下了一段美好的回忆和不尽的遗憾。

附表 11　武乡县大众二分团（晋剧团）演职员名录表

姓　名	性别	籍　贯	职务和行当
韩富堂	男	韩北北上合	指导员
弓庆福	男	涌泉寨上村	团长
李根江	男	平遥东泉镇	副团长、作曲、拉头把
李二庆	男	石北圪咀头	副团长、大净
金富才	男	太原阳曲县	大净
孙全喜	男	介休北辛武村	二净
冀尔金	男	介休北辛武村	老生
刘秀兆	男	汾阳县	武生
宋金禄	男	介休张良村	武丑
张马儿	男	孝义	小生
张学书	男	太原黄陵	拉头把、二弦
王三铁	男	石北楼则峪	拉二胡
刘晋宇	男	阳泉市	拉小提
张宝祥	男	阳泉市	编剧
刘尚忠	男	平遥县	画布景
刘中尚	男	故城	勤杂
郝　斌	男	蟠龙村	总务
杨贵堂	男	东沟兑九背	外交
武怀义	男	城关村	拍钗
王吉元	男	平遥	鼓师

续表

姓　名	性别	籍　贯	职务和行当
郝跃华	男	石北	小锣
董祥元	男	分南南关	马锣
暴德全	男	监漳村	梆子
程润江	男	故城东寨底	二花
苏　华	男	长治市人	武净
胡振夏	男	东泉	老丑
王宝儿	男	平遥城	鼓板师
王新书	男	故城岸北村	电工
崔子亮	男	太原市	拉二胡
陈具保	男	洪水苏峪村	杂务
李永胜	男	洪水庄儿村	厨师
殷有贵	男	涌泉寨上村	
梁昌业	男	韩北北上合	演员
刘冬梅	女	平遥东泉村	青衣
宋玉花	女	介休	小生
郭玉凤	女	介休	须生
张跃峦	男	祁县南团壁	青衣旦
闫金娥	女	太原市	小旦
任林慧	女	平遥东泉	刀马旦
三女则	女	平遥东泉	小生
董存仙	女	祁县东观村	刀马旦
冀金爱	女	介休北辛武	须生
郭志连	女	分南南关村	小旦

续表

姓　名	性别	籍　贯	职务和行当
任书连	女	故城村	须生
姜改仙	女	大有西东庄	小旦
唐补连	女	分南南关村	青衣旦
李改英	女	平遥东泉村	花旦
张小平	男	石北圪咀头	老旦
李四则	男	平遥东泉村	老旦
张喜娥	女	阳泉	编剧、唱歌
殷国川	男	涌泉寨上村	小演员

二、逸闻、传说、典故

1. “纺花调”的由来

相传，明末清初，从洪洞老槐树地方上来武乡一个讨饭的老太婆，给人纺棉花以求糊口。在她纺花时，边唱着“我的儿跟闯王当兵吃粮，陈进士烧了俺两间住房。跟老汉出洪洞逃灾避难，老汉他得重病死在路上”。调子悲惨凄切，和着纺花摇臂的节拍，却又委婉动听。老太婆到谁家纺棉花，谁家的姑娘、媳妇就跟她学纺花，顺便也就唱会了这四句调词。天长日久，一传十，十传百，凡是会纺花的闺女媳妇都会了这个调子，后来有人在过年过节扮故事，套用其调另编新词演唱，被称为“纺花调”。武乡秧歌的老旦慢板，就是从“纺花调”演变而来，在此基础上又发展出小旦、青衣旦慢板腔。因为是洪洞上来的讨饭老太婆先唱出来的调子，用在秧歌戏内，被有钱的豪绅说成是“乞丐艺术”，不能登大雅之堂，不准入庙院唱敬神戏，就因为这个典故。

2. 姚庄唱秧歌下冰雹之说

新中国成立前，传说武乡姚庄龙王庙里竖着一块石碑，刻记着姚庄在清嘉庆年间唱秧歌戏受冰雹打的事。现碑、庙早已无迹。姚庄人还传念着：“外村唱秧歌，秋后五谷收。姚庄唱秧歌，当下祸临头。宁可祖辈不看戏，姚庄万不唱秧歌。”任你再好的秧歌戏，姚庄贵贱不唱。据相传，从洪洞上来的纺花老太婆，是神的化身，有一次在姚庄讨饭，无人给她施舍，故而结怨怀恨。纺花老太婆是秧歌戏神，她的神灵经常随着秧歌戏班四处奔走，来姚庄唱戏，施法术下冰雹以示报复。清嘉庆年间唱秧歌戏，姚庄村下过一场冰雹，后来又碰过唱秧歌受冰雹打的事，姚庄人便再不敢唱秧歌戏了。当然，这纯属无稽之谈，把偶然的巧合，看成不变的规律。1979 年农历二月，姚庄大队干部解放思想，联系武乡秧歌剧团去演戏四天，根本未见一粒冰雹。从此，破除了姚庄不能唱秧歌戏的迷信传说。此后，姚庄每年的八月庙会，也曾有秧歌剧团唱过戏，再没有下过冰雹。

3. 古窑村“三官爷”爱看秧歌

和顺县喂马公社古窑村，在新中国成立前给“三官爷”上供献磕头的时候，有一老者，双手撮香口中念着四句词儿：“三官老爷面朝南，不唱秧歌不喜欢，一年唱台秧歌戏，家家发财又平安。”据传说，新中国成立前有一年没有唱秧歌戏，大部分村民染上疟疾，正好秋后收成也不好，便有人说是没有唱秧歌戏班之故。第二年，古窑村想尽办法从武乡搭来一班秧歌戏，恰好秋后五谷丰登，全村人确信“三官爷”爱看秧歌戏的迷信之说了。因为古窑村距武乡较远，难以保证每年在一定的天期能搭来秧歌戏，全村人商量，索性请上武乡秧歌戏班师傅，老老少少都参与演戏活动。古窑村成立起秧歌戏班之后，正好赶上全国解放，村子里从此人丁兴旺，日子过得很甜美，全村人和睦相处，团结一致，年年五谷丰登，开着个小煤窑生意很兴隆。从新中国成立前到现在，中间经过十年动乱，古窑的秧歌剧团停止活动四年。那四年正好是“大批促大干”的年月，日子过得有所不顺心，老年人更证实不唱秧歌村里人就发不了财之说了。要说是“三官爷”保佑，实是荒谬无稽之说。要说是兴办业余剧团，经常编演一些有益于人们思想觉悟提高，使人们受到某种教益，从而促进生产，日子越过越美好，确是有一定的道理的。

4. 唱秧歌戏求下雨

在武乡、左权、榆社有不少村庄传有唱秧歌戏肯下雨之说，每逢天旱之际，秧歌戏班争抢不着，目的都是求雨抗旱，有人便把秧歌戏称为“乞雨戏”。

武乡的石门村、东沟村、故城村、韩北村，每遇唱秧歌戏时，或大或小总要有场雨下。这里边也有一个迷信色彩的传说：相传，唱“纺花调”的老太婆是戏神，是龙王的姑妈，秧歌戏到哪里，她跟着到哪里，就到那里的龙王庙里给龙王哭诉自己的不幸遭遇，哭出来的泪水就是一场雨。当然，这是神话般的传说，毫无半点根据，至于唱秧歌戏碰下雨，也是一种巧合，有时也有唱秧歌戏求不来雨的台口，只是一种传说而已。

5. 朱总司令扭秧歌

1938 年 9 月到 1940 年夏天，八路军总部驻扎在武乡县王家峪村。王家峪村是“十八村秧歌班”的十八村之一，老老少少都会唱秧歌，朱老总来了王家峪，很爱听武乡秧歌，常用他那四川口音学唱。他的警卫员会吹口琴、拉胡琴，朱老总常常对他们说：“拉个武乡秧歌小调调，很好听哩!”他在村里碰上娃娃们，拦住叫他们唱秧歌，亲切而风趣地对孩子们说：“唱几句秧歌，放你们通行，不唱就领不上通行证，不准行走。”孩子们拗不过他，都红着脸唱一段，朱总听着连声叫好，放孩子过路。

有一次，朱老总看见王家峪村的儿童团员在操场上做“丢手巾”的游戏，捉住谁了就学狗叫、猫叫、蛤蟆叫。朱总笑着走过去对他们说：“不要做猫猫狗狗，没啥意思. 我给你们出个主意，捉住谁了就唱个秧歌，打一段‘霸王鞭’，好不好?”孩子们回答说，会唱不会打“霸王鞭”。朱老总说“来我教你们”，说着便脱掉外边军衣，口里唱着武乡秧歌，打起“霸王鞭”来，逗得孩子们一个劲地笑着拍手叫好儿。

6. “襄武秧歌”的由来

武乡秧歌、襄垣秧歌同属一个剧种，是两县人民勤劳智慧的结晶，也是深深根植于两县人民群众心中的艺术瑰宝。抗日战争之前，武乡、襄垣的秧歌艺人同班搭伙，同台演戏，互相跳班，演唱自如。不论是剧本、音乐、表演等等基本上是一样的，曾经的“十八村秧歌班”就是两县秧歌艺人们合作的见证。前辈艺人们和睦相处，切磋技艺，没有争执过这个剧种是属于哪个县的。在武乡，叫武乡秧歌，去襄垣，叫襄垣秧歌，是一对“孪生兄弟”。

抗日战争爆发后，旧有的戏班解体，秧歌艺人流散，襄武秧歌也停止演唱。1938年，随着抗日县政府的成立，在党的领导下，武乡县成立了“挺进剧团”，1940年改称“光明剧团”；襄垣县成立了“抗战剧团”。由于同属于县立剧团，艺人流动性不大，各自在本县剧团演出。两县的秧歌剧团同时都担负起抗日救国的宣传任务，在表演艺术上又成为互相合作、互相激励的“兄弟剧团”。他们都以当地群众喜闻乐见的秧歌形式，编写演出了大量崭新内容的现代戏，整理改编了服务抗日的传统戏和新编历史剧。如《换脑筋》《上前线》《劝荣花》《李来成家庭》《义务看护队》《改变旧作风》《小二黑结婚》《李有才板话》《糠菜夫妻》《天灾敌祸》《逼上梁山》等等风靡太行，深受广大军民的喜爱。彭德怀副总司令奖襄垣剧团“农村剧团的模范”锦旗，武乡剧团不甘落后，也获太行文联“突飞猛进”奖旗。

1945年抗日战争胜利后，随着部队文工团及前哨剧团、先锋剧团南下，1946年，襄垣县剧团调到边区，改为“晋冀鲁豫边区后勤政治部人民剧团”；武乡光明剧团也调至太行行署，改为“太行光明剧团”。

新中国成立后，武乡县、襄垣县各自成立有县立秧歌剧团，在秧歌唱腔上虽根据不同情况分别进行了改革创新，但“孪生兄弟”同祖同根的历史渊源无法改变。20 世纪 70 年代末 80 年代初，上海、北京出版部门要出辞书，向山西省有关部门征集这个剧种的条目，山西省文化局戏剧研究室编纂《山西剧种概述》，也涉及这个剧种的名称问题。因是同一剧种，叫武襄秧歌，还是襄武秧歌，难于定夺。时任省戏剧研究室主任的张万一（武乡籍），召集有关人员进行讨论，大家认为“襄”和“乡”两字谐音，读音上讲，如叫“武襄秧歌”，区分不出“襄”字来，让人误认为是“武乡秧歌”；而将“襄”字放在前，称“襄武秧歌”可解决读音上的误解。经过研究协商，综合意见，为便于区分读音，最终确定称“襄武秧歌”。

襄武秧歌是武乡、襄垣两县人民共同创造的文化遗产，不存在排名的先后主次。2008 年 6 月“襄武秧歌”正式列入“国家级非物质文化遗产”，这是两县人民共同的骄傲。

三、武乡秧歌剧作选录

绑住结婚

王世荣　著

有关《绑住结婚》剧的一点说明

《绑住结婚》是在老解放区"土改"后党中央号召组织起来开展大生产运动的历史背景下，依照"武乡秧歌"格式并运用地方语言写的一个演唱剧本。首经故乡武乡县剧团演出，深受群众喜爱，且经久不衰。

1949 年太行区《太行文艺》将此剧发表，进而推广。这也是我经发表的第一个剧本。

多年来多想把我写的凡经过发表和出版的所有剧本再汇编成集，但却将保存的一本刊有此剧的《太行文艺》丢失了！多处寻觅未果，难以如愿！同时，我县王书明同志来信称，县里要将县剧团演过的一些有代表性的剧目选编成册，希望"绑"剧入选，也让其失望。甚为抱憾！

幸好！近来总算在山西图书馆找到仅有一本刊有此剧的《太行文艺》，可惜多年陈书，按其复印出来的现在剧本竟有多处模糊不清，还有一点残缺之处，都得再加注明和补写。不妥之处，在所难免。希谅。

王世荣

注：此剧原发表于 1949 年《太行文艺》第 2 期

人　物　张伏成——五十余岁，是一个经过减租减息运动翻了身，做过多年长工的老农民，可是懒怠开会，思想觉悟差，个性执拗，因此外人送号“牛筋棍”。

张　妻——伏成妻，五十余岁，勤俭和善，个性温和。

绑　住——伏成儿子，十八岁，聪明能干，积极进步。

改　梅——伏成闺女，二十三岁，懂道理。

银　堂——三十余岁，热情积极，共产党员。

兰　香——三十余岁，妇女干部（银堂妻）。

春　孩——二十五岁，好吃懒做。

贵　锁——农会主席，四十余岁，忠厚老实。

彩　仙——农会主席闺女，十八岁，聪明活泼，积极进步。

虎　三——二十六岁，铁炮个性，说话结巴。

臭　小——三十余岁，个性软弱。

小　贩——二十七岁（开饭铺的）。

第一场

［一个刚过了年的家院，门上贴着破落对联。

［一阵锣鼓声响过，幕后哄起一片大笑声……哈哈……

张　妻　（一手拿着火柱，一手拿着一块炭，跑向大门口，音乐起奏，她嬉笑地返回来）

（唱）正在家里蒸馍馍，又敲鼓来又打锣。

一年更比一年好，高兴的年儿高兴过。

（门口嚷着：快走，领土地证来。）

银　堂　（跑上）伏成大爷，快走，开会领土地证来。

张　妻　银堂孩，伢管伢去担粪啦，回来我告他说哇！

银　堂　大娘，无论如何叫俺大爷来。（下。）

绑　住　（端着洗脸盆由家慌出，把水泼掉急喊跑下）银堂哥，等等我。

张　妻　（向外急喊）小绑住！小绑住，回来穿上这对新鞋（喊不应返回），实在不听说哩！

（唱）走过一群又一群，一个比一个穿得新。

青年男女有多少，谁说俺孩不如人。

（白）俺小绑住，村里谁不说俺孩长得好看，是个好孩子哩，就是没找上对象结了婚，甚时也觉得没人缝穿。（自言自语下。）

张伏成　（穿着半新不旧的衣裳，撩起一个衣角，担着箩头走进。）

（唱）过新年来打新春，庄稼人又该闹养种。

过了"破五"不担粪，开会发什么土地证。（放下箩头。）

张　妻　（屋内喊着）小绑住，小绑住！（走出见张）叫我只管叫，不答应，我当俺小绑住回来啦！

张伏成　他亦去开会啦！

张　妻　银堂来告说了两三次，叫你也去哩！

张伏成　（嘟囔着）过了破五不担粪，绊烦住一村人叫开会哩，一天价"生产、生产！"都变成了好听话啦！

张　妻　甚时亦跟上你这张嘴，惹得大家不爱见。

张伏成　爱见不爱见，我做了多年长工，他能把我顶成斗争对象。

张　妻　那也是和大家团结些儿好。

张伏成　光闹团结哇，亦有你这么个当娘的会说，也有这么个当儿的会做，真是他娘个不看庙门鬼。

张　妻　瞧你自家担粪误了事，还嫌孩子去开会。

张伏成　开会能开到家里几升粮食，咱就照常开会。

张　妻　怨不说你一遇开会就偷懒，要不是咱小绑住去开会，把甚事情亦误啦。

张伏成　惜孩儿，坏孩儿，都是你把绑住惯坏啦！过了年五六天，看给我做过一个钱营生没有。

张　妻　亏你是个当爹的，大正月天也把孩子拴在家给你动弹哇！光瞧着动弹啦，就瞧不着孩子没媳妇。

张伏成　你说我这个当爹的不好，一年家放下钯钯弄扫帚，给谁闹哩！有三个哩，有两个哩！

张　妻　你知道就好，你说咱老两，柴一把米一把，过了半辈子穷时光，四只手就养着这么一个缺宝蛋，要是有三个两个你还要……

张伏成　（不耐烦地）偏你甜嘴嘴蜜缸缸会说，看你省得个好坏省不得。（走进屋里。）

张　妻　（不耐烦地）我省不得你省得了！（走进屋里。）

张伏成　（拿喂牛料锅出）这还能闹成个好人家啦！（大门下。）

改　梅　（提着竹篓上）（紧秧歌）

（唱）太阳明，挂天上，

照着解放区好时光，

叫了一声老母亲，（过板）

（白）娘！（门外锣鼓喧天嚷声一片，放下竹篓跑出。）

张　妻　（由家跑出接唱下句）

（唱）为啥不见人和影。

（惊奇）明明听着闺女叫，这倒叫我懂不清。

（见篓）想是改梅来拜年（提篓），她又出去看热闹。（进屋。）

（梅与兰上。）

改　梅　（唱）锣鼓喧天叮咚响，

兰　香　（唱）庆祝土改喜洋洋，

改　梅　（唱）这一回领来土地证，

兰　香　（唱）发家致富有保障。（切板）

张　妻　（由家出）我觉着就是俺小改梅来拜年来啦，银堂家，快进家坐来孩！

兰　香　我家里还忙哩，我是来和你们说件事情，村里农会主席家闺女小彩仙，愿意和绑住结婚，我想给你们说成门亲事，不知道你们愿意不愿意?!

张　妻　我也早就有这个心事，有一回伢来叫我开会，纳的一扇鞋帮，真是长得花朵儿似的，要人表有人表，要做手有做手。

兰　香　彩仙和我是一组，天天起来在一块，心又乖手又巧，全组还数伢呱呱叫。

绑　住　（跑进）俺爹还没有回来?

张　妻　出去喂牛啦。

兰　香　绑住，彩仙愿意和你结婚，你愿意不愿意。

绑　住　（只笑）彩仙……

改　梅
兰　香　说哇还羞哩！

绑　住　咱是愿意，可知道伢彩仙愿意不愿意，兰香嫂，你和伢彩仙说哇，我还得去领土地证哩！（下。）

改　梅　兰香嫂，这可全凭你哩！

兰　香　改梅呀！彩仙和绑住就是难遇这么个合适。

张伏成　（拿料锅上）她觉着合适不合适，我觉着不算合适。

张　妻　（对张不满意地）咱就不知道你是甚心哩！

改　梅　（探问着）爹，你觉着怎么不合适哩！

张伏成　合适不合适，迟两天再说哇，荒着苗子哩！

兰　香　（觉了没意思）改梅，我家里还忙哩，有空儿再坐哇。（下。）

改　梅　（恐得罪了兰香）兰香嫂，我和你说句话。（追下。）

张　妻　甚时那脾气亦改不了。（不满意地下。）

张伏成　（嘟囔着）跟好人，学好人，跟上师婆会下神，一天价成群搭伙，还能做下个营生哩！

绑　住　（拿着一张土地证上）爹，这是咱土地证，你看填对啦没有！

张伏成　（看了看）看不看哇，我能认得了，这有甚用项哩！

（唱）土地证，土地证，
还不是一样得劳动。
对不对这有甚用项，
尽是教人白误工。

绑　住　（唱）这是一件大事情，
你怎么糊涂弄不通。
经过土改大运动，
打倒地主翻了身。
以后确定所有权，
因此才发土地证。

张伏成　（唱）政府法令咱懂不清，
土地证会有甚用。
年轻毛嫩小孩子，
你懂得吃饱不饿人。

绑　住　（唱）自家糊涂懂不开，
闷头转向乱语论。
不怨自家不开会，
光怨法令不好懂。

张伏成　（唱）小狗不要装聪明，
喝米汤喝了五十整。
熬日头熬了五十年，
睡着亦比你精明。

绑　住　（唱）人的名头树的荫，

你出去访访你的名声。
不是你时常干瞪眼，
人家亦不叫你牛筋棍。

张伏成　（唱）好个大胆毛圪蛉，
敢把老子来教训。
老子倒要试试你（过板）（脱鞋要打。）

改　梅　（进门阻拦）爹爹这是做啥哩呀！

张伏成　（怒气不息地）门神老啦，不捉鬼啦！惯坏你狗啦！干部和群众还不敢说我不对哩！

张　妻　（跑出）牛筋棍是俺孩给起下来？政府法令不能打人看你敢打！

张伏成　政府法令不打好人！（要打，梅阻。）

绑　住　你是农会会员，你能打人，咱叫农会评评这理！（匆匆走下。）

张伏成　小狗你回来呀不？

张　妻　改梅不要拦他，看这个时候还有那么个人没有。（出门）绑住，绑住！

改　梅　爹爹你错了！（接唱下句）
你亦要听一听群众反映。
大家都对你有意见，
都说你仗凭好成分。
以后再不来改正，
脱离群众可不成。（切）

张伏成　又出了你这么个说理闺女。

张　妻　（由大门进）改梅不用给他说好话啦，他又不是三岁大孩子，回来哇孩！（推梅下。）

张伏成　（软了几分，向街门走了几步，想了半天返回家里。）

第二场

［头道中幕前，银堂家。

银　堂　（上唱秧歌）

开会领来土地证，
生产发家栽下根。
互助组碰的人又对，
教人越动越有劲。（切）

（白）喂，喂！饭熟了没有？（不应）看这个老婆明明儿回来做饭，又去了哪里啦！（思索着）我去叫叫她，这叫我叫个啥哩！（决然地）老婆汉子叫她个名字怕甚，（向外）兰香！兰香！

兰　香　（在外应着走上）谁叫我来。

银　堂　我叫你哩，谁叫你哩！

兰　香　（奇怪地）呀好稀罕，你出去照照太阳从西边出来啦，（推银）你去照照……

银　堂　哼……你觉着我不会叫你个名字，打倒封建啦，要努力进步，叫名字这就是新方向，（忽然想起）你去哪里来？

兰　香　银堂你听。

银　堂　（笑）马上倒新方向起来啦！

彩　仙　（上偷听）。

兰　香　（唱）彩仙和绑住愿结婚，

我给伢去当介绍人。
偏偏遇上牛筋棍，
真正叫人难为情。
你可摸不着伢说甚，（过板）

银　堂　说甚来！

兰　香　人家说，迟两天哇，荒着苗子哩！

银　堂　你要寻去碰钉子哩！送号还有假哩，牛筋棍！难团弄，不说三句把人碰，都是迁就他好成分，惯坏他那赖秉性！

兰　香　看你们农会那落后会员，真是给你们农会败兴哩！

银　堂　不用结计，有的是教育他的办法，（忽然）只顾说话肚饿也忘啦，今晌午我给咱香香的做上一顿。（挽袖往厨房里走）

兰　香　（争抢着）我做哇！

银　堂　（拖拉着）我做哇！

彩　仙　（插上嘴）拖掉胳膊来呀！

银　堂　（玩笑地）看你这老婆们，够招架了哩！你们拉话哇！（下。）

兰　香　你就做哇，（向彩）彩仙你甚时进来了？

彩　仙　我早就进来啦，你也是个妇女部长，你说俺俩人结婚结得结不得？

兰　香　（接着唱慢板秧歌下句）

（唱）彩仙妹妹你不要过于多心。
这件事主要是你和绑住，
他当爹也不能包办婚姻。
他落后有机会帮助他转变，
总有天眼睛亮思想打通。
这是你一辈子终身大事，
你也要好好思忖思忖。（切）

彩　仙　兰香嫂，我可想来，绑住我倒不愿舍开他，说起他那个牛筋棍爹。

张伏成　（在门外咳嗽着上）银堂家，俺绑住没有来这里来？

兰　香　没有。

张伏成　（嘟囔着）真我日他娘……（下。）

彩　仙　（照了照伸舌）兰香嫂他听见啦！

兰　香　真是对得正哩，也许没听着哇！

彩　仙　他这种人，我真不愿和他在一个锅里搅稀粥。

兰　香　彩仙你爹愿意不愿意？

彩　仙　俺爹哇，主要是说我哩！

兰　香　你主意怎么呀？

彩　仙　我也是不荒着苗子。

春　孩　（端着碗吱吱溜溜唱上）彩仙，你来伢家做甚来？

彩　仙　不做甚。

春　孩　（故意调戏）甚呀没听着。

彩　仙　我来串门子来啦！

兰　香　倒死鬼春孩，甚时亦是碎骨头，死呀！

春　孩　咱就是这碎骨头。（唱《开花》）

玻璃开花里外明，

你的心事，彩仙呀，我照的清！

彩　仙　把不住胡说甚呀！

春　孩　（唱《开花》）

话可不是摇一摇——

胡说的。我知道——

是爱见伢摇三摆——那幌子。

彩　仙　兰香嫂我走呀！（下。）

兰　香　彩仙就在俺家吃些饭哇！

春　孩　（学扮着）就在俺家吃些饭哇！

兰　香　长上一百也是二两重。

春　孩　你秤来？不管二两三两哇，俺银堂哥哪里啦？

兰　香　我给你叫他来。（要下。）

春　孩　（拖兰）兰香嫂，你给我办宗事情哇，好不好？

兰　香　甚事情哩？

春　孩　你给问问彩仙嫁我哩不。

兰　香　只要人家愿意就行。

春　孩　我看她倒可能愿意，就是缺个介绍人，拉拉关系。

兰　香　对，等我给你问问。

银　堂　（用手巾擦着手上）春孩你叫我来。

春　孩　你们这个互助组就是不要我？

银　堂　你去问问大家，大家愿意我倒没有甚！

春　孩　我都寻遍啦！光丢下你啦！（见银思索更伪装端正地）呀！哥家，你对我有甚，帮助帮助我哇！

银　堂　只要你接受，当然能给你说。

（唱）春孩弟不要犯脸红，
我这个人有甚能说甚。
今年组织互助组，
可和往年不相同。
首先必须人合适，
半点强迫不能行（送。）

春　孩　（唱）我有哪些不合适，
只用一拨咱就明。

银　堂　（唱）你自己互助不挂劲，
常好装个小病痛。
上地动弹不实干，
调皮鬼逛胡应承。
短下工资死不给，
喊你可得一点钟。
去年就是因为你，
影响全组不起劲。

谁也不愿得罪你，
结果架了个空名名。

春　孩　（唱）银堂哥意见实在凶，
我能接受六七分。
只要今年收下我，
摇身一变当英雄。

银　堂　（唱）懒汉回头金不换，
可要说话负责任。
我自己也不能来做主，
还得伢大家都同情。（切）

兰　香　（上）快吃饭哇！（银下。）

春　孩　（学扮）快吃饭哇！

兰　香　看你一百辈子也改不了。（下。）

春　孩　咱尽量改就改啦，（唱《开花》）
山丹丹开花红娇娇，
我早把彩仙看中了！（吟吟溜溜下。）

第三场

［一个村街巷口，栽着一棵树，右侧是银堂的家，左侧是农会主席的大门口。

彩　仙　（由左侧大门口拐着线走出。）
（唱）正月里来（啊哎）是新春，
全村男女闹春耕，
组与组人与人，
竞赛当头名。

银　堂　（领着互助组由巷口担着粪穿过）咱们这一组十五以前要把粪

担完。

臭　小　圈腾尽，

虎　三　粪场儿干，

贵　锁　争取当模范。

彩　仙　（唱）经过思想（啊哎）大整顿，

大部分人都想通，

还有一些个别人，

落后不前进。（音乐停。）

兰　香　（由右侧门口卷着袖笑嘻嘻走出），彩仙你倒洗涮了锅碗啦？

彩　仙　洗涮啦！

兰　香　（玩笑地）真是个好闺女，将来亦不知道谁家有福气要下这个小媳妇呀！（要走。）

彩　仙　兰香嫂，你去哪呀！

兰　香　我给咱去看看互助社，把咱那布换得怎么样啦！（走到巷口向彩仙招呼着），彩仙快来看，全村都互助起来啦，牛筋棍和绑住光两个人担粪是玉茭捞米饭，"个零各离"。（拖彩去照。）

彩　仙　（压着心里的怨气）真是个鳖杀棍！（兰下、彩思索着返回。）

（唱）（慢板秧歌）心有事止不住胡思乱想，

人和人比起来可不一样。

有勤谨有懒惰相差太远，

有进步有落后千花百样。

人勤谨思想落后我不嫁他，

二流子懒惰鬼看他不上。

三岔路倒叫我二心不定。（过板）

（自语着）绑住，绑住，你怎么生在那么个家里！

绑　住　（垂头丧气上）（唱紧板秧歌下句）

（唱）一个人担粪好苦闷！

彩仙你爹在不在？

彩　仙　（唱）互助组里去担粪。

绑住你有什么事。

绑　住　（唱）我有一件当紧事情！

（起来就走）（后台喊：休息哩！）

银　堂　（擦着汗上）（唱）互助组碰的人对劲。

贵　锁　（上唱）又赶工来又想动。

兰　香　（提着一包花上）互助社换来花一包，

张伏成　（上唱）我来把绑住小狗寻。

春　孩　（上唱）伏成你担粪各顾各，你来这里干什么？（切）

张伏成　（一眼瞧住绑住）小绑住，不指望好好动弹，怎么呀！？

绑　住　哪天我坐着来，担粪你担一担，我没担一担，村里人都红火热闹，咱灰溜溜儿动不行。

张伏成　（怒笑地）日他娘呀！担粪还给你唱上台戏。

银　堂　这说的才不沾音啦，你就没听人说，人少好吃馍馍，人多好做生活。

春　孩　（讽刺地）生得挺硬，时光紧困。

张伏成　（不满意地仇视着。）

贵　锁　伏成哥，听说你过了初一就担粪，真算个闹家手。

张伏成　（情绪稍转地）好我的农会主席，咱是觉着不动活不了。

贵　锁　今年咱们要好好整顿互助组，你这好把式，可得参加互助，把你这技术交流一下。

银　堂　大爷你愿意不愿意？

张伏成　参加不参加哇，老韭菜不入畦啦，你们说哩！

贵　锁　你斟酌斟酌，参加互助总得你自愿哩！

春　孩　我说，谁自私自利，干脆把他编在互助组里叫他转变转变。

贵　锁　今年互助组完全实行自愿，一点也不能强迫。

张伏成　要是自愿……我还是……

银　堂　你爽快些儿说哇。

张伏成　我说我老着的人啦，陪伴不上你们，还是不参加哇，你们说可以不可以。

银　堂　大爷，我觉着你一点也不觉悟，说了半天互助组是害人哩！

贵　锁　参加互助组对你并不吃亏，你看伢春孩，这两天参加了互助组，除了担粪在互助社还赚了三万块钱。

春　孩　（心痒起来）组织起来是由穷变富必经之路。

绑　住　爹爹！我非参加不行。

张伏成　你长大啦，你看哇，你们在哇，我还担粪哩！（下。）

银　堂　哼！像这种人非教育改造不行！

春　孩　（伪装进步地）牛筋棍子难团弄，迟早该他走倒运。

贵　锁　（禁止的）不要这样……

春　孩　怕求甚哩！（唱紧秧歌）

（唱）咱就这般二杆子劲，
怕惹人还能闹革命。
（白）走担粪！（下。）

贵　锁　（唱）银堂咱也去担粪。

银　堂　（唱）当不了模范不为人，（拍绑一把）走后生。

绑　住　（迟疑地）

兰　香　（唱）绑住你有甚不高兴。

绑　住　（唱）听我给你来说原因。
俺爹他那怪脾气，
你们大家摸不清。

他讨厌参加互助组，
他认为那是瞎胡混。
我要参加互助组，
他那是对上人假应承。
低下脑袋光管他，
开会他也嫌误工。
昨天伢和我生了场气。（过板）

兰　香
彩　仙　生甚气来？

绑　住　说起来好气又好笑，他不懂政策，还不叫人说，我给他说，还要打我。

彩　仙　兰香嫂，我不是好见他开会。

绑　住　开会！常好偷懒，去了亦是补空空，你问问他还往心里收拾一句哩！（垂头）唉！叫咱怎么结个婚哩！

兰　香　你参加互助组好好动弹哇，拿上你这么个后生，还能打了光棍了！

绑　住　伢谁能和他打行交道哩！

彩　仙　你回家好好说说他。

绑　住　他可得听哩！

兰　香　（唱）（慢板秧歌接唱下句）

绑住你心放宽不必多心。
你的爹会转变你不要心重，
婚姻事主要是你自己本身。
只要你积极进步好好生产，
还发愁没有人和你结婚。（切板）

（白）回去好好动弹哇！不用发愁，彩仙来咱把这些花分开。

（下）

绑　住　彩仙你……

彩　仙　你说甚说哇。

（幕后张喊：绑住！绑住！彩绑被迫下。）

第四场

张　妻　（纳着鞋底上）

（唱）小绑住参加了互助劳动，

他那个爹成天家嘟嘟哝哝。

清早起他两人吵了一顿，

倒叫我左不是右也不行。（音乐过门。）

兰　香　（上）大娘你做甚哩？

张　妻　给小绑住纳底子。

兰　香　大娘真有骨气，比俺们可强得多哩！

张　妻　墙里跌出墙外啦！

（唱）一天家又是西又是东，

天天是顾抓花不顾照称。

小绑住十七八结不了婚，

这才是没办法硬说成能。（停。）

兰　香　大娘，我来给你说，你参加了纺织组哇！

张　妻　孩，我可没工夫，整起一机布，半个月啦，还在机上哩！

兰　香　大娘，你想错啦！巧工变笨工，一人顶两人。

张　妻　不管说上个甚，没工夫，等两天娶上个媳妇总要参加的。

兰　香　你在哇，俺们还开会哩！（要下。）

张　妻　银堂家，我问问你，彩仙还嫁俺绑住不？（幕后喊：兰香，兰香，快开会！）

兰　香　人家还二心不定哩！（跑下。虎三上。）

虎　三　借你个鏊子打打干粮。

张　妻　俺可没哪。

虎　三　明明儿你有这么个东西，使用使用就吃了你的啦！

张　妻　不知道绑住他爹放哪里啦！

虎　三　不借拉球倒，一棵树上还能吊死人了。（下。）

张　妻　唉！跟上俺这个老汉叫人骂扁呀！（下。）

绑　住　（扛着锹，拿着绳架扁担，唱紧秧歌上。）

地里活已做完，
互助组决定跑扁担。
最近担挑很赚钱，
赚上两个解决困难。（切）

（向内喊）娘！快烧干粮做饭，吃了饭要跑扁担走哩！

张　妻　（跑出）来我给俺孩捅开火，你给咱去草房里拿鏊子来！（下。）

绑　住　放那里做甚来！（把锹放下提鏊子上）真倒运，把鏊放在这里，叫人家寻不着。（下）（恨恨扔在当院里。）

张伏成　（扛锄上唱紧秧歌）

地里动弹回家转，
心里有些不耐烦。
绑住天天不听话，
真是男大不遵管。
进大门锹鏊扔当院，
这果算无法又无天。（切）

（白）谁把我这锹鏊扔当院里来？

张　妻　你说谁来。

张伏成　我不叫往出拿，你在家是个活死人。

张　妻　自家孩子使用亦成了事情啦！看你脑袋有多重哩！

张伏成　我稀罕他那种孩子！

绑　住　（出）不稀罕你能怎么谁。

张伏成　（发骂着）日他娘晌午啦，互助组就没有给你预备了些饭，互助组那么好，还不给你置套家具，还回来使老子锹来，日他娘一天家活不下啦！

绑　住　（唱紧秧歌）

你不要经常训教人，

成天和人把气生。

家当不是光你的，

也该有着我一份。

你要嫌我不顺眼，

干脆分开把家另。（送。）

张伏成　（唱）小狗说话好大胆，

老鼠敢把猫儿反。

家当都是我亲手创，

看你敢动我个“拆针棒”。（送。）

张　妻　三天还没家败哩，倒烧得活不下啦！你才说家当是你闹的，你做了十几年长工，你往家里置了几亩地哩？

张伏成　不是我闹的他分分我看看。

绑　住　照样分。

张伏成　（顿着脚）那可有天没世界啦！（争吵着。）

贵　锁　（上）你们吵闹甚哩？

绑　住　你叫俺爹他说哇！

贵　锁　伏成哥到底是怎么回事情？

张伏成　（一言不发。）

绑　住　农会主席，你说俺爹他不参加互助组还不让我参加？天天起来发骂人，你说这算个什么当爹的。

张伏成　我这个爹不好，你不会不用叫我。

贵　锁　（唱）你也是个清楚人，

为什么糊涂办事情。

互助本是发家宝，

只怨过去有毛病。

过去因为各顾各，

闹得有富又有穷。

财主轻闲坐吃穿，

穷汉劳动两手空。

绑住参加互助组，

不该和他把气生。（溜板）

张伏成　神仙还有一打盹哩，银堂倒是共产党员，还在饭场里说我是个不觉悟！还要教育我改造我！贵锁你是农会主席，你说我当了半辈子穷人，怎么刚翻了身就成了个不觉悟！我说咱村里刚整了党，为甚还用大帽子扣人咧呀？

贵　锁　伏成哥：（唱）伏成哥你不要抬死杠。（过板）

张伏成　许大家说不许我说。

贵　锁　你知道大家为甚要这样说你？

张伏成　赌博场里瞅败子哩！

贵　锁　（接唱下句）你这种说法有毛病！

（快板）自古人多见识广，

亲戚邻家是杆秤。

团结起来力量大，

一人难成大事情。

都像你这各顾各，

你看行不行。
谁把日本来打败，
谁和地主来斗争。
靠谁来打蒋介石，
靠谁将来不受穷。
大家都是帮助你，
你把好意当歹心。（切板）

银　堂　（端着饭上）绑住吃了饭啦没有，快走哇！
张伏成　你们走哇，不要搭架他啦，他不去啦！
银　堂　伏成大爷，我对你就有意见，我看你就不满意互助组。
张伏成　满意不满意，你们不会教育我改造我。
银　堂　像你这种思想，教育改造就不顶事，非狠狠批评你不行。
张伏成　说成这了，就是不叫绑住参加互助组。
贵　锁　你这种说法不妥当。
银　堂　不用给他说好话啦！看他能破坏了互助组！（下。）
绑　住　（跑下）我是非参加不行。
张伏成　你还想上天哩！（追下。）

第五场

［同三场景

臭　小　（拿绳架、扁担上唱）今年互助组织起来赶了工呀！
虎　三　（拿扁担、绳架上唱）地里边光堰净给拾掇现成。
臭　小　（唱）趁这两天没有营生。
虎　三　（唱）没有营生。
贵　锁　（拿绳架、扁担由街门口出。）
（唱）担挑运输把钱赚。

众　人　（唱）单等开犁来养种。（停。）

臭　小　银堂哥快走，兰花拉住你后腿啦！

虎　三　不知道你有个老婆，一说话就把个老婆挂在嘴上眼气人。告你说，咱们互助组就照这样干上半年，秋后看，结婚不上个不大不小好好看看个小媳妇就不姓王！

臭　小　你结婚我还要买个骡子！

虎　三　你买不上怎么？

臭　小　我也打算不姓张哩！

贵　锁　西洋镜往后瞧。

虎　三　哎！这个银堂哥，真话！叫兰香拖住啦！（碰银由门上。）

银　堂　你们去哇，我不去啦！（垂头丧气地。）

虎　三　（玩笑地）往常不受屈，怎么来，老婆打你来。

银　堂　伏成老汉不让绑住参加互助组，经常见咱当仇人，今晌午，伢还到支部告了我一状，支部书记伢把咱抓住好批评，说我态度不好，作风官僚，咱想不通。

虎　三　这样解决问题根本不赞成。

（唱紧板秧歌）老伏成牛筋棍，

我看他思想坏得很。

（快板）绑住参加了互助组，

常和绑住把气生。

指山鸟骂圪蛉，

互助组看成他仇人。

他这样破坏互助组，

不解决我先不赞成。

臭　小　（快板）这老货材料多得很，

他还对政策不相信。

他说土地证不顶事，
不解决咱亦想不通。

银　堂　（快板）农会主席你也听一听，
你也是支部负责人。
人家众人长着眼，
谁是谁非要分明。

贵　锁　（唱）大家不要急性病，
四方八面要弄清。
他不参加互助组，
过去互助有毛病。
他说这些落后话，
只怨落后不前进。（切）

（白）银堂你也不要太难受啦，不对是他不对。可是咱对他态度要好，一下要求一个人思想改造，天上也不会掉下这回事情！

虎　三　牛筋棍慢慢改造是可以，为甚把绑住退出互助组。

贵　锁　互助组是自愿组织的，绑住要参加互助组，他一家人常生气，这对生产有啥好处？

虎　三　银堂哥回拿扁担哇，扁担就是摇钱树，误了跑扁担，秋后还能结婚个小媳妇，走哇不要怕钉子。

银　堂　（笑了）说清白是非就行，我倒不是说打谷不送俩黄蒸，我是嫌情理不顺，这还算个钉子哩，孙悟空经过九妖十八洞没到西天取经！（高兴进屋）

春　孩　（幕后唱）山丹丹花遍凹凹开，
有哪些心事……慢慢儿来。

（见众忽装腔作势）农会主席你有个药锅没有，实在肚疼……

虎　三　好来得快呀！刚唱罢就肚疼！

春　孩　今晌午肚憋得没有吃饭，唱一唱像松松气可痛快些儿。

臭　小　这才不像哩，晌午还见你吃了两大碗面。

春　孩　老哥呀谁还想装病哩！因为咱有个肚疼根儿，谁还不愿意赚钱花哩！（哼！哼！叫起来。）

张伏成　（幕后叫）绑住，绑住！（上）绑住没来这里来？日他娘，饭也不吃又跌滚上去了哪里啦！真是没有见过这号孩子！（发骂下。）

银　堂　（上）真是没见过这号爹。

张伏成　（返回）我这号爹不好你来当来。（彩、兰暗上。）

银　堂　（突转情绪）我的不对。

虎　三　你这老汉真不识好歹。

银　堂　（推虎）咱走哇！

虎　三　看你一个人成了个大事情。

张伏成　离了你们，甚还办不成哩！

虎　三　你要用着别人了怎么呢？

张伏成　把我脑袋扭下来做了尿罐子。

银　堂　（推虎）走哇！走哇！（银、虎、臭、锁下。）

张伏成　又出了你这么个刚脱了胎毛东西。（发骂下。）

春　孩　（风凉地）嗨嗨！也算活了五六十。（按肚哼哼作势。）

彩　仙　兰香嫂这算什么个当家人？

（唱）这算是个什么当家人，
他半点道理说不清。
成天起来光管他活糊涂，
到将来落一个人人恨。

（台）兰香嫂我不嫁绑住啦！

兰　香　（唱）彩仙你不要太难活，
大家一定有办法。

胳膊不会硬过大腿来，

多批评多教育总会改造了他。

彩　仙　（拖兰）走咱去教我织布来。

春　孩　（望住彩、兰背影的大门口瞧了瞧，哼！哼！下。）

第六场

［头道幕前

彩　仙　（上唱）自从绑住不互助，

不见面倒有半月多。

听说最近身有病，

倒叫我时刻挂心窝。

有心前去瞧瞧他，

他爹那脾气去不得。

不去瞧他过不去，

耽搁着好多话不能说。（溜板）

（思索着进退不得）

绑　住　（围着手巾面带病容上）彩仙你一人在路上想甚哩！

彩　仙　我不想甚！（惊喜）你不是才出了汗怎么跑出来啦！

绑　住　（唱）自从有病睡在炕，

天天闷得心发慌。

听说你思想不稳当，

兰香家里去察访。（溜板）

（白）我听说最近有好多人要和你结婚，你定了主意嫁谁呀！

彩　仙　我谁也不嫁，我这辈子就不结婚。

绑　住　彩仙你告诉说哇，怕甚咧呀！

彩　仙　绑住，我要哄了你就不是人。

绑　住　我听说最近春孩又称花又买东西，准备和你结婚，你告我说哇，我还告人说哩！

彩　仙　（唱）他一天好吃又懒做，
不是东抓就西借。
我怕今天结了婚，
明天起来饿煞我。（切板）

绑　住　你到底和谁结婚呀？

彩　仙　我早就说过和你结婚，你不愿意啦？

绑　住　你要真心和我结婚，俺爹要再不转变，我到外边找上个工作，离开俺那个爹！（身上颤抖）

彩　仙　看你颤抖……快回哇！

绑　住　我觉得冷得……（更抖起来。）

彩　仙　给你围上这条手巾。（从腰里掏出手巾给绑围上）谁叫你出来，赶了病呀！快回哇！（送绑下。）

春　孩　（探头探脑上）
（唱）我春孩翻身不受穷，
光想吃来不想动。
地里懒得不想去，
家里心躁坐不行。
一件大事常挂心，
只是发愁结不了婚。
兰香承许我当介绍，
我到她家去打听。（要下碰彩上。）

彩　仙　（唱紧秧歌）心思缭乱回家转。

春　孩　（唱）你在那里有甚事情干！（用手拦阻。）

彩　仙　（唱）春孩不要开玩笑。

春　孩　（唱）你的心思我知道。（切）

彩　仙　春孩，这两天下了抢墒雨，（注）你怎不养种哩！

春　孩　腰里有劲不在乎手早动。

彩　仙　看伢村里谁像你闲着来。

春　孩　你就不说村里谁像咱没老婆哩！哎！彩仙你嫁我不嫁？

彩　仙　我这辈子就不结婚。（要走。）

春　孩　不告我说你就不能走。（拦阻。）

彩　仙　春孩不要乱。

春　孩　告我说就不乱。

彩　仙　（翻了脸）讨厌甚哩，谁有工夫和你打嘴官司。（摔手下。）

春　孩　（觉着没趣）你这个彩仙才不识耍哩！（彩下。）

春　孩　（唱）一见彩仙把脸翻，

倒叫我心冷一大半。

为甚谁也看不起我，

好不叫人不耐烦。（无精打采下。）

（注）雨量刚够出苗，必须抢种。

第七场

［设着一张床，绑住在床上盖着被子病着。

张伏成　（形容憔悴上）

（唱）这两天当养又当种，

家家户户忙煞人。

绑住有病睡在炕，

地里寻不下一个人。

天天大眼看小眼，

不能养种心躁人。（切板）

（到绑住病床前唉声叹气地站着。）

张　妻　（端着碗上，对张生气地说着）早了多时，好容易盼着下了一点雨，眼看又干啦，你也不养种，打算怎么呀！

张伏成　寻不来人，我一个人又没长七手八脚。

张　妻　寻人你不去村里寻，在家里坐着能寻了来！

张伏成　（一声不响地出门寻人下。）

张　妻　（走在床前）绑住，俺孩起来喝口汤，（摸了摸）这浑身烧得出汗呀！

绑　住　（翻了翻身）我不想喝，你端走哇！

张　妻　（愁颜苦恼地）天天甚也不想吃，叫怎么呀孩！

（唱）绑住有病半个月，

不想吃来不想喝。

天天起来病不好，

真正叫人没办法。

等他爹回来请医生，

再给孩子吃些药。（下。）

张伏成　（上唱）全村上下跑遍啦，

垂头丧气转回家。

张　妻　你寻回人来啦！

张伏成　（唱）这两天下了抢墒雨，

半个人也寻不下。

眼看地也快干啦，

真正把人活急煞。

张　妻　（唱）要是寻不到地里人，

去给孩子请医生。

张伏成　（唱）你不要给人找事情，

一个人顾着该闹甚。
事情不在你身上，
立着说话不腰疼。

张　妻　（唱）跟上你一个人主意错，
人家养种咱不能。
跟上你绑住结不了婚，
我一人顾西不顾东。
甚也跟上你坏了事，
你凭甚张嘴琐话人。（切板）

（白）跟上你绑住病在炕里，你坐在家里不养种，叫你给孩子请个医生你也不去，你这算个什么当爹的！

张伏成　家有三件事，还得拣当紧事情办，医生昨天刚走了，病不好我有甚办法？地里眼看再迟一天就干得种不上啦！

张　妻　养种不到地里边，是在家里养种哩！

张伏成　绳索、炮杆没准备便宜，牛没有在门口拴着，可是连个十来岁孩子亦寻不到，我一个人长着七手八脚哩！

张　妻　（嘟囔着）走哇！我和你去来，真是家败哩！（返屋里。）

张伏成　唉！（向屋）你要来拿上谷籽拉上牛，我给咱扛上犁，真是（嘟哝）日他娘！种谷连一张耧借不下！（下。）

张　妻　（背着谷籽口袋上）跟上你甚门市没有叫顶坏哩！索起布倒十来天啦！织布机借不上来！（下。）

（门外张妻吆喊牛声）这牛还抵人哩，能拉住了？

张伏成　你扯的缰绳放长些儿！

张　妻　咱不敢拉，快来拉来！（牛跑声。）

张妻埋怨张声：快去抓住缰绳，跑啦！

（听见牛跑声，吆喊牛声，由近而远。）

绑　住　（由被窝心焦地起来，出着满头大汗。）

改　梅　（慌进放下篓子）绑住快睡下，出着一头汗中了病呀！牛跑啦！我看看牛呀！

张　妻　（慌上）快些哇，把牛跌到沟里啦！

改　梅　那怎么呀！（跑下。）

张　妻　（取了一卷破布跑下。）

绑　住　（挣扎起来）

（唱）人病倒牛跌坏，

真正把人活急坏。

这才是马倒连鞍歪，

倒霉鬼事情一齐来。

张伏成　（两手糊着血上唱）

真倒运真倒运，

四方八面天不顺。

牛跌坏，人又病，

光丢下听天来送命。

张　妻　（上唱）

各人跌倒怨各人，

你不要张嘴怨旁人。

不怨天来不怨地，

光怨你自己一个人。

张伏成　（唱）你自己拉牛不小心，

亦能信口胡赖人。

你们嫌我不顺眼，（过板）

（白）你们嫌我不顺眼，给你们腾下！

（气恨恨要下。）

改 梅 （急拦唱慢板）

叫爹娘不要常把气来生。

小绑住病在炕不能养种，

吵和闹亦不能顶甚事情。

互助组是一条发家道路，

只怨你思想糊涂事到如今。

到现在还只有和大家商议，（过板）

（白）爹爹你和伢大家说说，要不，叫怎么养种呀！

张 妻 你爹还听人说哩，跟上他不进步，真正闹得家破人亡鬼吹灯！

张伏成 毛驴不快才怨轴棍哩，我觉着你也够进步了。

张 妻 我不进步你进步。

张伏成 我不进步你进步，老鸦还笑猪黑哩！

张 妻 （步步逼近）我是毛驴，我是猪？

张伏成 你吃了人。（张与张妻两下气愤愤互不相让。）

贵 锁 （上推开）你们吵甚哩！

张 妻 他不参加互助组，他说伢大家“把式”比不上他。人多费工哩，嫌吃亏哩，到现在谷养种不到地里，人病倒牛跌沟里，才怨我拉不了牛哩！

张伏成 自家屁股还是瓦盖着哩，还揭人短哩，你不嫌人家们不好，你怎不参加了纺织组。

张 妻 你不参加了互助组哩！

张伏成 你不参加了纺织组哩！（又吵起来，梅、农又推开。）

改 梅 （向农）表叔，你是农会主席，叫俺爹参加互助组，不知道伢大家要不要。

贵 锁 （接唱下句）

招军还怕人当兵。

当初大家都同情，
和大家说说也许行。
只要你爹他愿意，
再和大家去讨论。

张伏成　（唱）过去只怨我糊涂，
才办下这些糊涂事情。
只要伢大家能要我，
我还要好好来反省。（切）

绑　住　（在床上翻来覆去）哼！哼！

贵　锁　（去绑床前）绑住，好好养病哇！

张伏成　绑住孩给你舀口汤喝！

绑　住　不喝。

贵　锁　（向众）你们不要生气呀我走呀！（下。）

（张、张妻、梅送农）怎么也和大家说说，多添美言。

第八场

［头道幕前

［兰拿着一包花，银背着一袋粮上（刚调）。

兰　香　（唱）组织起来沾了光。

银　堂　（唱）不缺穿来不缺粮，

兰　香　（唱）纺织赚来花一包。

银　堂　（唱）互助组赚来一口袋粮。（停）

兰　香　银堂你把粮粜了，给我割架织布机哇！

银　堂　你把花卖了，给咱买个驴哇！

兰　香　你没有驴。

银　堂　你没有机。

兰　香　对！那老亦不要买驴，也不要割机，把咱房子修修哇！（虎与臭上偷听。）

银　堂　这倒是个正经，我倒与伢互助组说来，三五天就动工，我还计划秋后好年成了，买上个大青骡，走你娘家时，你骑上，我跟上，看有多抖哩！

兰　香　你可得跟好哩，跌下来可了不得！

虎　三　（向臭使眼色忸怩起来）

（唱）叫声汉子跟好骡，

可不敢叫跌了我。

臭　小　（唱）不怕不怕不用怕，

这又不是三钱两钱货。（切）

（臭吆喊骡虎装骑骡样，一扭一趔引得大家好笑。）

春　孩　（上）谁骑骡来？

虎　三　春孩你怎么才来呀？

春　孩　（借口地）谁家就没个饭迟！

臭　小　知道你给别人家动弹呢，你就出生意呀！

银　堂　看你一天起来，流皮逛荡，大吃大喝，拉下一屁眼饥荒，人家都翻了身，有了劲啦，你还当懒汉呀！

虎　三　跟上球这种人，不知道耽误大家多少工哩！你们和他互助哇，我不和他互助啦！（要下被银拖住。）

春　孩　你们就不要叫狗咬倒啦！

虎　三　（逼近）你说谁狗哩！

臭　小　干脆不要他，不要和他说啦！

银　堂　春孩你觉着怎啦！

春　孩　（不语）

银　堂　（唱）春孩你是年轻人，

不要想不通。

咱们翻了身，

应该来劳动。

赖皮二流子，

败咱大家的兴。

春　孩　（唱）你们这样打击人，

我就不赞成。

败兴不败兴，

碍你们蛋事情。

不想叫我在，

那就正对劲。（停）

（白）不在就不在，反正毛主席不叫饿死人。（起来扬长而去。）

贵　锁　（在外拦春）春孩你去哪呀？

春　孩　我不在啦！（锁上。）

臭　小
虎　三
银　堂　农会主席，不要拦他呀！走就合适，只有再一再二，没有再三再四！

贵　锁　（上）这是怎么回事情？

银　堂　（唱）春孩偷懒不想动，

影响大家不起劲。

互助自愿为原则，

趁早开除是正经。（溜板）

贵　锁　对的哩！互助组应该自由，愿来就来，该走就走，走了春孩，我给大家再介绍一个伙伴吧！

虎　三　谁哩？

贵　锁　总怕大家猜不着……张伏成！

虎　三　不管大家同意不同意，我不同意，说得他牛筋棍倒排场。

兰　香　同意不同意，伢马上就不会来参加来，过去总和你们扭着两股劲，伢就没有个脸啦？

臭　小　参加哇他是要参加咧呀！

兰　香　牛筋棍要和他老婆参加互助了，我敢和你们打赌。

臭　小　打甚赌哩！

兰　香　一斤猪肉、二斤酒，一人给你们磕一头。

（幕后喊：互助组在谁家开会啦。）

贵锁等　（互相说着）这是谁哩！

张伏成　（迎众上。）

（唱）东家西家跑遍啦，

恰遇大家不在家。

听说大家正开会，

这可越法碰对啦。（溜板）

虎　三　开会不开会你来做甚来！

张伏成　（唱）未曾开口满面羞，

只怨我自己太糊涂。

大家好心当坏意，

因此这才走错路。（溜板）

（白）当初只怨我瞎了眼，当是大家往沟里推我哩！到如今牛跌坏，人病了，养种不上。唉……

臭　小　你给大家说这些叫救济救济你！

虎　三　叫给你拨两个勤工。

张伏成　不是呀！

（唱）我有个意见想发表，

从与不从莫见笑。

我要参加互助组，

不知道大家要不要。（溜板）

银　堂
兰　香　倒怕你不是真心哇！

张伏成　我不哄大家。

（唱）只怨我自己太自私，

摸不着互助组新法子。

如今大家沾了光，

真正把我后悔死。（切板）

贵　锁　对！大家斟酌。

虎　三　我不要他，互助组不是当道上茅厕，想跨就跨哩！有了困难就参加互助组呀！

张伏成　我的不对，大家一定不要我，我出钱雇大家，怎么也帮助我养种养种！

臭　小　说成这样了（见虎生气着）……不过这是我个人意见，咱互助组就是为了互相帮助，克服困难，老汉人勤俭，又是个好把式，就要下哇，你说哩虎三。

虎　三　这两天还要给银堂哥修房子哩，紧不着给他养种！

银　堂　我修房迟两天也行，我说就要下老汉哇。

贵　锁　虎三你哩？

虎　三　（忽的转笑）大家都同意我当然也同意。（向张）老汉可不要嫌我态度不好。

张伏成　虎三，不怕！（感动地）我总有个心哩，我不对还能说大家不对！

张　妻　（上）兰香，互助组要下他，纺织组亦得要下我哩！

虎　三　（向农，触景生情）哈……哈……（笑个不停。）

张　妻
张伏成　（觉了没意思，互相瞧了瞧）笑咱老糊涂哩！

张伏成　当初我说话不照前后，我不是说过用着大家，把我脑袋扭下来做了尿罐子？

虎　三　（更笑个不停）老汉不是笑你来，（向臭使眼色）臭小哥向兰香要账。

臭　小　（伸手向兰）兰香给账，一斤猪肉二斤酒，先给咱马上磕个头。

兰　香　（转身跑下）赊下哇赊下哇！（虎、臭追兰下。）

贵　锁
银　堂　哈……哈……（大笑。）

张伏成　（催张妻）走哇，笑咱老糊涂哩！（下。）

贵　锁
银　堂　哈哈哈哈！（笑下。）

第九场

［夏天。

［二道幕伏成家院。

张伏成
绑　住　（戴着草帽喜笑满面，扛着扁担上。）

（唱）互助好来互助好，
五谷杂粮种上了。
麦子黄了三五天，
哎哎哎哎哎。
一齐收割倒。（银、虎扛着扁担上。）

银　堂　大爷，你就担上这一回，在家打麦子哇，俺们给臭小把那两捆麦子担一担，晌午回来和你打帮。

张伏成　麦子叫晒一晒，迟上一霎不误事，我养种、锄苗、收割，沾的大家光太大啦，我总得去哩！

虎　三　五月天，天变一时辰，你在家里打麦子哇！

张伏成　不管说上个甚我总要去哩。

银　堂　大爷你要听大家话，要是来一场忽雷雨，就是坏一季收成哩。

张伏成　说成这样了，叫小绑住去哇，这实在对不起大家。

虎　三　咱走哇！

（合唱）麦子黄来互助忙，

庄户人们一季粮。

龙口来收田，

哎哎哎哎吆，

互助把麦抢。

（虎银绑下，张反复唱最后一句，张妻上。）

张　妻　快碾场哇，我倒把驴子喂好啦！

张伏成　不是和银堂合上驴子，甚也不用办啦！你给咱做上一顿饭请请伢大家。（下。）

张　妻　我亦早就想请请伢大家！（随张下。）

张伏成　（拉驴拿驴套串场过。）

张　妻　（兴奋地唱）

绑住他爹思想通，

参加了互助人欢迎。

全家一条心，

哎哎哎哎吆，

绑住亦订了婚。（反复地唱。）

兰　香　（拿一对新鞋上。）

（唱）彩仙家下走一遭，

大娘听我说分晓。

给绑住做了一对鞋，

哎哎哎哎吆，

大娘你瞧一瞧。（音乐停。）

（白）大娘，彩仙给绑住做了这一对鞋，还叫告诉他说，晌午回来去量量身子，缝个小汗衫。

张　妻　（接鞋在手高兴地）不过门伢孩就做营生，真是……我给伢孩称上十斤花，（看了看鞋）彩仙真是全村头一个好闺女，要甚有甚，银堂家，这可实在把你麻烦啦！

兰　香　说成甚啦，你在哇，我还忙哩！（要下。）

张　妻　（拖兰）可不能走了，我打算去叫你呀，今晌总得在俺家吃顿饭哩！（拖兰下。）

张伏成　（拉驴拿驴套由大门进）

（唱）刚刚碾得下了磙，

天上起来一朵云。

开言叫声绑住家娘，

快快出来收拾场。

兰　香　（拿木锨出）（唱）听说天气不稳妥，

张　妻　（拿扫帚和口袋出）（唱）赶快场里去招呼。

兰　香　（唱）我拿杈把和木锨（跑下。）

张　妻　（唱）我拿布袋与扫帚。（跑下。）

张伏成　（送驴返上碰春孩）

春　孩　伏成大爷，就不能帮助我收拾收拾场里那两个麦子。

春　孩　你瞧我这是闹甚哩！（下。）

张伏成　这可怎么呀！（下。）

（音乐过门中锁、臭、虎、绑跑上。）

臭　小
虎　三　（唱）看见天气不稳当，

贵　锁　（唱）赶紧跑来收拾场。

绑　住　（唱）人多手多来得快，

银　堂　（唱）你杈收麦秸他扫场。（风声起各拿一件跑下音乐过门中，外面一片打场声）好风，好风，快扬快杈……快扫……

张伏成　（在幕后叫）绑住家娘，快回打开个空瓮！（雷声渐响。）

张　妻　（忙乱着进来出去）

幕后喊：雨来啦，雨来啦！（互助组扛着口袋你进我出雨声人声参杂一片。）

贵　锁　（唱）组织起来兵多又将广，

银　堂　（唱）人多手多大家忙，人多力量强。

虎　三　（唱）不怕风不怕雨，和天来斗争，

臭　小　（唱）杈的杈，扬的扬，

绑　住　（唱）你打麦秸他扫场。

合　唱　　　　咿儿呀吱那儿呀嗨，

张伏成　（唱）扛的扛，

兰　香　（唱）装的装。

张　妻　（唱）组织起来有力量！（反复扭唱着。）

（大家扭着摔着衣裳上草帽上的水走进来。）

张伏成　今天咱互助组和老天打了一仗，这个胜利品可不小。抢回四石麦子，绑住家娘，快烧酒做饭慰劳军队。

众　人　（拍手笑）快不要麻烦，俺们家里有饭。（起来要走。）

张伏成　（一家拦众拖住农）看你这个亲家，我还准备孩子们结婚时候，修修街门，你要不在，大家走了，由你负完全责任。

春　孩　（慌上）快些哇，快些哇！

众　人　（忙问）怎哩？

春　孩　我把两个麦子叫水飘啦！

张伏成　飘啦还说甚哩！

春　孩　真是杀人咧呀！（下。）

张伏成　看互助起来有多好，快进家吃饭！

（众被张一家推着拖着进了家。）

第十场

［秋后。

［伏成家院，窗上贴着红纸，对联，院里风匣声，人来往似穿梭。

张　妻　（端着新被褥上）

（唱）好高兴来好高兴，
喜天欢地闹结婚。
不是生产翻了身，
哪里来的这一宗。

（走进新房。）

张伏成　（拿着个新洋瓷盆喜笑满面上。）

（唱）组织起来真顶事，
精耕细作好收成。
囤里圪堆瓮里满，
互助好比聚宝盆。

（走进新房）（臭与虎抬豆腐上。）

臭　小　（唱）组织起来真顶事，

虎　三　（唱）你帮我来我帮你，

臭　小

合唱：（唱）鱼就水来水就鱼，
人多力大顶机器。

（喊）豆腐放哪里了？

张伏成
张　妻　（高兴走出）孩们跟上我家实在把大家忙坏啦！

虎　三
臭　小　可不要这样，家家门上有一遭。

张伏成　孩们，今年要不是大家帮助，我还能给绑住结这婚！组织起来就是好。

虎　三　走，臭小哥，借盘碗来。（拖臭下。）

银　堂　（进了新房）（张与张妻抬豆腐下。）

改　梅　（穿着新衣提着竹篓上放红褥子。）

（唱）红花五绿气象新，
不由我心里喜盈盈。
高兴爹娘都转变，
绑住自由结了婚。

（张与张妻应承着接出）

改　梅　爹，娘，我高兴你们参加了互助组，大家把你们改造成新人，还当了英雄，这回我觉着比哪回都高兴。

张伏成　（省悟地），行！这就是个改造！

银　堂　（由新房走出）改梅亦来啦！

张伏成　银堂我对不起你。

银　堂　（莫明其妙地）怎哩！

张伏成　你真是个好共产党员，今天我才知道你改造了我，教育了我，过去我不觉悟，不该骂你，我给你赔情！（脱帽。）

银　堂　（急止）快不要这样，快不要这样！（门外隐隐锣鼓声响。）

虎　三　（端着盘上）快准备，快准备。

绑　住　（穿着新衣上）爹爹，等等开会，你准备说两句话。

张伏成　我一定要给大家说。

（音乐大响，小孩们叫成一片，音乐声中男女群众把彩仙与绑住拥进新房里乱房。）（音乐停，小贩把春孩追进来。）

小　贩　（一把抓住春孩往外拖）你不要走拐道，来伢这里做甚来，咱们去你村公所说说这理。

众　人　（一拥跑出来）怎么回事情？

小　贩　（指春）他红嘴白牙吃了我的，三番五次问他要不下钱。

春　孩　（身穿破烂衣服乞怜地）银堂哥，借我两钱。

银　堂　你短伢多少钱？

春　孩　五万。

虎　三　你当他光短伢五万，他不差有二三十万块饥荒哩！

春　孩　不管怎么，你们给我借上，叫伢走，我担煤卖炭赚上给你们还。

银　堂　（从身上挖出一卷钱）我给你借上五万，你给我帮忙修房子行不行。（提钱给小贩。）

小　贩　（点钱）

张伏成　春孩，你还是参加互助好好动弹哇，可不要学我以前那“牛筋棍”，我今年要不是参加了互助组，不用说给小绑住结婚，可要闹的家破人……不是小绑住结婚，我倒把后半句不吉利的话一齐说出来啦！

众　人　（抬手大笑）老汉还有迷信思想哩！

张伏成　这是迷信，大家帮助我赶紧改，呸！呸！呸！说错了。新结婚说了句落后话！

小　贩　（点毕钱装身上）可不用跑你村这股道啦！（下。）

春　孩　（十分穷困地）银堂哥我还没吃清早饭哩！

张伏成　我给你去拿个馍馍！

张　妻　给他舀碗菜。

孩们喊：春孩当了讨吃的啦！

（张把馍菜提给春孩，春大口吃，引得众人大笑。）

银　堂　（问众）大家不要笑他那窘相，这就是不愿生产互助的一面镜子！

（幕后喊：迎帐的来！）

（音乐响男女群众一拥走出大门迎帐子上。）

天幕上映出彩仙绑住幸福的影子。大幕徐徐落。

组织起来

太行光明剧团　陈凤翔　杨全林
暴银兆　李海水　梁旭昌参加讨论
张万一　高介云　郁宏文执笔

剧情说明

减租清债运动以后，农民们翻了身，劳动人民手里有了土地，生活逐渐提高。但是因为战争和天灾加在农民身上的负担（劳动力付出和货物负担），影响着他们生活不能迅速地提高到他们所满意的程度，正如剧中翻了身的农民杨福明所说的："娶媳妇吧！谁还不愿哩？可是家里边，总是吃喝不富裕，咱也不指望当伢钱阎王外大排场，可也不能当小拴纣（他长子）娶他媳妇的时候，从东房拉到西房里，就算娶过了，亲戚邻家来帮个忙，只吃咱碗米饭……要给小梆纣（他次子）娶的时候，还能像那个样子，可也得闹些白面蒸些馍，闹些菜，像个样子哩吧！"

从这里说明：农民们虽然翻了身有了土地，但是他们现在的生活程度，还是不能满意的，他们还是要求着生活继续向上提高。战争给予农民的负担，虽然影响了他们的生活向上提高，但是他们并不是厌倦，而是希望着有一种巧妙的（科学的）方法，来解决他们这个矛盾——既可完成战争给予他们的任务，又不妨碍他们做到生活的向上提高。

毛主席摸透了一般农民的心理，号召大家"组织起来"，组织起来能顶机器，三人顶五人，五人顶七人，解决了生产中的劳动力困难，战胜了天灾，战胜了敌祸，改造了社会，做到了丰衣足食，做到了真正的劳动人民大翻身。

人　物　杨福明　六十余岁，命运观点浓厚，勤劳动。

福明妻　五十余岁，和气。

杨拴纣　三十岁，老实农民。

爱　菊　二十四岁，千锁妻，村妇救秘书，很懂道理。

杨梆纣　二十二岁，二虎头性子，民兵，工作积极。

拦　纣　十二岁，活泼孩子。

保　银　三十二岁，很耐心，农会主席。

换　子　二十八岁，保银妻。

狗　儿　十余岁，保银子。

千　锁　二十二岁，二流子。

书　田　五十余岁，富农，自私自利。

毛　孩　三十余岁，当面不说，背后乱说。

仙　则　二十余岁，毛孩妻，腐化妇女。

巴　山　三十余岁，毛孩弟，“八不合”。

四老汉　五十余岁，活泼老汉，能团结人。

玉　兰　十七岁，四老汉女儿。

万　锁　十余岁，书田二子。

楞　孩　三十岁，号铁炮。

春　仙　二十四岁，拴纣妻。

好　存　十九岁，民兵。

三　女　二十五岁，老实妇女。

政治主任　二十八岁。

老　王　三十岁，区干部。

教　员　二十余岁。

金　梅　十八岁。

第一场　各顾各（村景）

布　景：左后方是杨福明的大门，沿着大门，靠后方是一带墙壁，墙壁后面，露出一棵树，右后方是通村的大路，右侧是保银的家，左侧是通野外的路，靠保银家的右前边，是通书田家的路，墙壁上写着“彻底减租减息”的标语，显出雨淋下的土道子，是一个初春的天气，树木尚未发芽。

幕　启

拦　纣　（在大门口敲着瓦块，一边玩耍，一边唱着。）（附曲一。）

梆　纣　（担着箩头上，气愤愤地）拦纣，咱爹在家里没有？

拦　纣　做啥呢？

梆　纣　问一问，地里连个倒粪的盘儿也没有，担地里粪，也不知道该往哪里倒呢！看能不能去割个粪盘儿呢？

拦　纣　咱爹腿疼得不能走路，还能上地哩？

梆　纣　（生气地）你问问嘛！

拦　纣　（向大门内）爹爹！俺哥哥教你去地里割个粪盘儿哩！

杨福明　（一边应，一边拄着拐杖上）怎么回事呀？

拦　纣　俺二哥问你，看能去地里割个粪盘儿不能？

杨福明　担上粪去地里没有个倒处？没有吃过猪肉还没见过猪跑？

梆　纣　我干不了。（把担子一扔，气愤愤地站在一边）你能去割个粪盘儿我就担，要不，等明天俺大哥割上再担！

杨福明　哪天没有个明天哩，一个正月，忙得没有担过一天粪，参战，练武，半个二月，逃了十来天反，眼看快清明呀！“过了闰月年，走马就种田”，看你们怎样养种呀！

福明妻　（上问）又怎呢啦呀？（杨福明、梆纣都不吭）怎呢啦呀拦纣？

拦　纣　俺二哥教俺爹去地里割个粪盘儿哩！

福明妻　你看你爹腿疼得能去？（好存挂着枪上。）

好　存　梆纣！分队长教咱两人到联防坐探哩！

梆　纣　噢！我就去！（很快担起担子进了家。）

福明妻　好存，怎呢哩呀孩？

好　存　（唱）刚才听的情报讲，今天消息很紧张。

为了全村人安全，俺俩坐探到联防。（切）

（白）梆纣，快走吧！

梆　纣　噢！走！走，走！（持着枪拿着手榴弹，匆匆跟好存下。）

杨福明　瞧！这叫怎呢闹养种哩？唉！

福明妻　正月里没有跟你说，教他还是放羊吧，你非教他回来吧，这回来一来干不了，又忙得顾不上。

杨福明　不回来，我能闹了那些地？我不像你知道，没祷告。

福明妻　祷告不祷告，往年没有闹？

杨福明　去年皇历今年能使？哼！……（四老汉上。）

四老汉　外老两口儿驳嘴甚哩？

福明妻　（抢着说）把个二孩子成了个二架梁啦！担上粪到地里没有个倒处，他爹腿疼的不能上地！

四老汉　那去叫他大哥去割上俩粪盘儿哇！

福明妻　小拴纣给伢住长工，怕伢说呀！

四老汉　一时三刻，用几天哩！

福明妻　可也是呀，又不费他几天，我就去叫他一声吧。（边说边下。）

杨福明　唉！坐下吧！

四老汉　你发愁甚哩？

杨福明　唉！老弟，十几年没见面的老伙伴回来啦！该有多么高兴哩，可可的遇上这样的年景……

四老汉　（惊奇地）哪个老伙伴？

杨福明　（用手指）南坡上，上下那二十亩的地，那是我的心肝肝，我因为他眼泪都流干了呀！老弟！

（唱）提起来从前好心伤，一辈子我也不能忘，

那一年年景遭灾荒，我全家大小饿肚肠，

为了眼前求活命，去找伢财主钱阎王，

借了粮食整一石，二十亩文书纸一张，

一石粮食拿回家，有三斗烂粮二斗糠，

连眼泪粮食吃下去，从此后年年垒饥荒，

自那年一步赶不上，就算一辈子受下恓惶！（落泪。）

四老汉　（唱）（同情地）

提起来谁家都一样，哥儿们同样受恓惶，

那一年因为下了地，我老婆气得一命亡，

丢下个小女四五岁，一天价哭哭啼啼过时光，

肚饥了愁得没吃的，天冷了愁得没衣裳，

女儿年幼直哭娘，我也落夜间泪千行。（伤心。）

（保银、楞孩、毛孩相跟着上。）

保　银　（唱）听的消息不稳当，

楞　孩　（唱）梆纣们坐探去联防。

楞　孩　（唱）到他家里去察访。（过板）

保　银　梆纣回来啦没有？

杨福明　没有哩！

楞　孩　大概是不要紧，要有消息早跑回来对咱说啦！

保　银　（点头）是。

楞　孩　（发现四老汉、杨福明哭）嗳！这两个老汉哭甚来？

四　杨　没有哭甚！

楞　孩　外眼皮怎么湿漉漉的？这阵儿和从前不一样啦，还有不敢说的

话吗？

杨福明　（唱）想起来从前受恓惶！

楞　孩　（唱）哼，

在这次减租减息把债清，教你们倒苦水一声不吭，

青年人出头干和伢斗争，你们是在旁边光讲良心，

为下地气死了俺大娘，为借粮坑了你一家人，

他们的良心在何处？有良心光会坑穷人。（切）

福明妻　（上）你们说甚来呀？书田过来听了听又返回去啦！我问伢在哪来，伢说寻千锁，可是不高兴的！

楞　孩　他听他的！钱阎王还不嫌怕哩，他不服了，就来斗一斗（指手画脚），他还想跟钱阎王走一条路哩？寻千锁，得去伢……

保　银　（制止）嗳！算了吧，不管他！（对四老汉、杨福明）这阵儿押地也抽回来啦，租子也退出来啦，大家都翻了身啦，还提过去那干啥？只盼今年年景好些儿，到秋后咱就能过好光景，（对杨福明）给梆纣娶个媳妇，（对四老汉）给玉兰寻个婆家！

杨福明　娶媳妇吧！谁还不愿哩，可是家里边总是吃喝不富余，咱也不指望当从前伢钱阎王外大排场，可也不能当小拴纣娶他媳妇的时候，从东房拉到西房里，就算娶过了，亲戚邻家来帮个忙，只吃咱碗米饭，唉！要给梆纣娶的时候，还能像那个样子，可也得闹些白面，蒸些馍，闹些菜，像回样子哩吧！

保　银　这地也回来啦！今年好好地闹，还怕打不下粮食啦！

四老汉　嘴说是好好儿闹哩吧！你看这能闹成了？地里下不到功，把工都花费了，你算算：一年逃上四次反，春耕、夏收、秋收、年关——费工最少得两个月，支差放哨，这些必费的工，是绝不能省，要省这些工只有不打敌人。

杨福明　嗳！不打敌人可不行！

四老汉　我知道，我是比方这样说哩吧！再跟上咱没牛，下了雨啦没有牛，问上牛啦没人，牛和人都有啦，地也干啦！再加上这年年蝗虫呀，黑婆婆呀……误多少工哩，光敌人捣乱的也闹不成，又遇连年的旱灾，老天爷不让人活嘛！你能活了？

楞　孩　（嫌说的不入耳，生气地）那你就等着饿死吧！敌人捣乱咱和狗日的斗争。

四老汉　这天不下雨，你能和天斗争？

保　银　也能和天灾做斗争。

四老汉　你有外本领，谁有外本领和天斗争哩？

保　银　我倒没有那本事，咱总得大家想法儿哩吧！

楞　孩　是探不见，要是探着的话，总要把天捣透把雨漏下来哩！（撑手舞脚）

保　银　（风凉地）呀！你外本事，怕捣不透个老天爷哩！

楞　孩　我本事怎呢？不比你大？按你说哇那钱阎王还能扳倒了，可是他现在没有给咱减了租，退了地，清了债？

保　银　对！对！你可以。你外本事怕斗争不倒一个老天爷哩呀？好一个铁炮！

楞　孩　（生气地）铁炮不顶你，关住门则吃饭开开门拉屎！

保　银　我怎呢是关住门则吃饭开开门拉屎哩？

楞　孩　不是？冤屈了你来？你老三家老婆汉子饿得没吃的，问你借些粮食，你还不肯借给他些？

保　银　嚎！我有粮食，那是我一锹一镢，血一点、汗一点闹的，我又不是剥削人的，我怎呢该给他借啦？

楞　孩　你们是亲弟兄又住在一个院，还能分得那样清楚哩！

保　银　哼！亲弟兄也是哥哥有米嫂嫂吃粥，各顾各没落索……

楞　孩　那你也不能说成外，现在就是不能各顾各，总得照顾大家哩！

保　银　照顾大家嘛，你们还不把你们清债清出来的粮食和地给他分配上些？

楞　孩　咦，你倒说的好听，外是大家斗争出来的，谁斗争是谁的，他没斗争就不给他分配。

保　银　那你们翻身，他就不要翻身，我看你也是各顾各！

楞　孩　（更生气）我怎呢是各顾各哩？你放屁哩！

四　杨　年轻人一说三瞪眼。

保　银　不要生气，这是当初分配时没有照顾到，况且他又不想动，只要他以后转变好了，别人翻身，还能不帮助他翻身？

（拴纣扛锄上，楞孩、毛孩扭到一边，生气地。）

拴　纣　外是怎呢来楞孩？

保　银　两个抬杠来吧！

杨福明　拴纣！你抽空儿，给咱到地里割俩粪盘儿！

拴　纣　俺娘到告我说来，我到去割上来嘛！（要下，春仙上。）

春　仙　哎！你给咱担回水哇嘛！

拴　纣　哼！（进家担水桶）（春仙下。）

四老汉　拴纣吧就是个好受家，踏踏实实……（拴纣担水桶下。）

杨福明　穷人家孩子有甚本领哩，只有老老实实地受！

保　银　（对四老汉）拴纣伢外处邻家事务，甚也好，谁家地里有干不好的伢总要生法儿帮助。

杨福明　外书田外老家伙还常嫌俺拴纣多管闲事哩！

保　银　书田外是饱人不觉饥人饿，他还知道穷人的困难哩？

春　仙　（上唱）倒霉倒霉真倒霉，家中一时不敢离，

丢了粮食好几斗，也不知我男人在哪边。（过）

（白）哼，你在这里自在哩，家里把才挖出来的三斗米也丢啦！

（生气地）（拴纣担水上）

楞　孩　啊！把米丢来，（生气地）不看门子，你在那里干什来？

春　仙　外你就该把我拴在家里呀！门子也不能出去。

拴　纣　有甚当紧事情哩，扔下门，去串门子？（拴纣倒了水出来。）

春　仙　谁串门子来？我刚到外边站了一会儿……

楞　孩　一会儿还能丢了？农会！你说这自己闹上些，还丢了，给人家闹了，这还能行？

楞　孩　谁管你行不行！各顾各，没落索。（得意地。）

保　银　咱们一边调查看是谁来，大家注意还怕弄不清哩？这各管各可是不行！

拴　纣　是的，要想过好光景，总得咱们大家都翻了身都闹好，你要各管各别人会拉你的后腿，反正别人的懒，就是自家的害嘛！

（仙则匆匆下。毛孩也怏怏跟下。）（拴纣担桶下。）

书　田　（唱上）越想这用人越糟糕，不如干脆不用了，

找错儿与他犯吵闹，看他与我怎开销。（切）

农会！你在这里啦！我找了你半天啦。

保　银　啥事情哩？

书　田　你说这拴纣，……不…我今年不能用人啦，我地也不多啦，光俺父子两个人也能闹……

楞　孩　怎呢呀，不用人啦，你写合同时候，就不知道你地不多啦？你父子两个人能闹了，你昏啦？

书　田　你说我……这……这是……（横扫了楞孩一眼。）

保　银　你到底是为了啥？

书　田　没啥！反正是合不来嘛。

保　银　到底是合不来呀，还是地少不能用人啦？

书　田　反正是地少合不来，不能用人啦。（拴纣担水上。）（两眼盯住拴纣。）好！你把我家的营生扔下给你动哩！

拴　纣　我担回水嘛。(担水回去。)

保　银　栵纣到前方探消息去啦……

书　田　我管他哩，我教他去来？……

楞　孩　外是他家事。(睁大眼。)(拴纣又上。)

保　银　探消息是为了全村人，他家里没水，送回水也没出错儿呀！

书　田　没错儿！拴纣，你回来，咱算算账。……(愤愤地下。)

杨福明　(着急地)拴纣！咱可不能跟伢算账，咱还短人家的粮食哩！

拴　纣　因为短他几颗租子，年年就教他把人拴死啦！

杨福明　当初年景不好没吃的，人家也是讲人情来嘛……

楞　孩　讲人情还给伢出利，拴纣！咱去和狗算账，把他年年扣了咱外粮工资彻底都算出来！

保　银　对！算就得算个清楚！

拴　纣　走……(三人下。)

杨福明　拴纣(着急地往上扑，腿疼得摔倒)唉！……(二道幕下。)

第二场　号召

换　子　(背着口袋，提着菜篮，把菜放在门口进了家，少顷又上，周围看了一下，叹了一口气，一边摘菜一边叹……)唉！

狗　儿　娘！伢饿人哩！

换　子　饿人怎呢哩，等着晌午吃饭哇。

狗　儿　晌午是甚饭哩？

换　子　这不是才寻回来的菜，再碾上些糠面。

狗　儿　总是些糠面和菜，苦得吃不下去，就不能换换？

换　子　有甚换哩，唉！

狗　儿　退租退回来的粮食教做甚哩？

换　子　唉！孩，那几斗谷，还叫圪能个三俩月哩，一下吃了不活来？

狗　儿　哼！把人快饿死呀，总是些菜，鼓住往死儿饿哩，（滚在焕怀）伢饿哩，给伢碾上些谷面？

换　子　好不懂事情的孩呀！

（唱）叫狗儿你起来没把娘累，天荒旱敌人扫荡害得咱可怜。

清理旧债退回来几斗粮食，咱不能顾了今日不管明天，

娘也知吃不上人要受罪，娘在家一天价也苦受熬煎，

明知道吃菜苦吃糠难咽，为寻菜东坡西岭奔波颠连。

你爹爹一天价光把工费，闹减租闹清债不管咱生产，

地里边荒芜失误他不动弹，家里边少煤没水少吃没穿，

受饥饿娘我也无有法办，母子们只落得珠泪涟涟。（送。）

保　银　（上唱）为了穷人把身翻，东跑西跑不消闲，

工作干得真起劲，家里闹得尽困难。（切）

（白）又败甚哩？……

换　子　是败哩，你孩子回来，饿得直哭，教怎呢办哩？

保　银　你给他闹的吃上些呀。

换　子　拿粮食来？

保　银　你说我闹了回减租清债，清理回来外粮食当下就没吃喝来？

换　子　当时没有和你说多要上些粮食，少要上些地，你可是尽管要地，饿上肚子，我看你怎呢闹呀？

保　银　受苦人没地种，是我半辈子心病，有了地种慢慢地想办法！

换　子　想办法！你是一天起来，东一头西一头，可是当干部哩，光给人家闹哩，自己家里不管，二月天啦，粪没有担，地没有耕，牛没牛，人没人，三五斗粮食也快吃完呀，看你怎呢过呀？

保　银　唉！……（低头不语，无聊地抽烟。）（狗儿滚在换怀里哼着……换子叹息着。）

老　王　（上）你俩口这是怎呢来？

保　银　快坐下吧老王！

老　王　（坐下看换子、保银）你们生气来？

保　银　没有！（换子不言。）……

老　王　（把话岔开）村里减租清债工作都搞好了，群众都翻了身啦！可得好好儿搞生产，刚才我来村里见村里人们没精打采，粪堆在村里，草长在地里，就没有个闹养种样子，看情形是有什么困难问题哩？

保　银　困难可多哩！

老　王　有什么困难呢？

保　银　老王！（四六板）

（唱）这连年荒旱没收成，因天灾闹得人没信心，
敌人扫荡更凶残，又参战又备战尽误工，
有牛的没人不能种，有人的没牛无法生，
流氓懒汉不想动，小偷们不动光偷人，
贫佃农无法闹养种，中富农有法无信心，
孩孩老汉不中用，好把式干不了许多事情，
亲戚邻家各顾各，把人情闹得死崩崩。（过）

（白）你像这年年误多少工啦？人还要减少，实在是顾不来，村里时常不断个小别扭儿，今日问不出你牛来，明天你也不用计划我给你做营生，这事情真是难调解。

老　王　这好办，我这一次来，主要是响应毛主席号召：组织起来……

保　银　组织起来？

老　王　组织起来是由贫变富必经之路，贫农变富，富农更富，又省工，又能够多打粮食，做到人人丰衣足食，贫富都能沾光哪！

（唱）参加了互助组人人沾光，又赶工又能够多打食粮，
组织起他能够改造社会，组织起又能够战胜灾荒，
组织起杀敌人更有力量，组织起能改造懒汉流氓，

没牛的没人的互把工变，老幼年轻壮年互相帮忙，

展开了大规模生产运动，做到了丰衣足食把福享。（切）

拴　纣　（上）农会！老王！

老　王　拴纣没有上地？

拴　纣　上地不上地，今年这养种永没法儿闹！我家里撑不住，给人家做工也算了账啦。俺爹又腿疼得不能动，没牛没吃喝，怎呢办哩呀！

保　银　不要着急，老王这一次来，主要是响应毛主席号召组织起来，组织起来都有办法。老王，咱今晚上就组织哇？

老　王　好，咱再去和各干部开一下会，我还到其他村里，今晚上你们组织好就赶快做汇报。（三人下。）

换　子　（唱）组织起来有办法，恐怕也是漂亮话，

家里头还是没吃喝，也不过添了许多落索。（幕下。）

第三场　编组

（二道幕前）（楞孩、拴纣脸上很不高兴，一边走上一边嘴里咕哝着。）

楞　孩　哼！咱这一组才倒运哩！给咱编的是千锁、巴山、书田、毛孩，这还能弄好了？

拴　纣　编到咱组里弄不好别的组里也是一样呀！（政治主任、保银上。）

主　任　拴纣、楞孩！等等。

拴、楞　（同声的）做甚哩？

主　任　（唱）我看你二人不高兴，有甚事就该早说明，

你们都是年轻的人，互助组要起模范作用。（过）

楞　孩　你说俺这组尽是些甚人哩，千锁、巴山、书田、毛孩，哪还能动弹哩？

保　银　（唱）这些人虽然不算好，也应该下决心来改造，
动的他们转变了，这也是你们的大功劳。（切）

拴　纣　千锁一天价和个仙则在一块儿闹的是个外；巴山，村里丢了许多东西粮食，有人风言风语说怕是巴山来！

主　任　外你可不敢给伢下结论！

拴　纣　咱倒不是给伢下结论哩，反正无风不起浪呀！毛孩外自私自利、书田外掌柜的把式？

保　银　我觉着你这一组顶合适，拴纣你爹技术好，书田会计划些甚，千锁是个青年好办，巴山也能动弹，再加上你俩人和四老汉，你这一组顶好，毛孩外自私自利鬼，咱慢慢儿争取他嘛！

楞　孩　哼！……顶好！

主　任　你两个人没信心？

拴　纣　不是没信心，是怕闹不好哩！

主　任　不怕，好好儿干吧！

拴、楞　干当然是要干哩，实在是没有编合适呀！

保　银　回哇！你二人不要三心二意地想啦！

拴、楞　唉！……（二人下。）

保　银　（得意地）这工作紧住办就办了，一晚上倒组织起来啦，咱们赶紧回去汇报，区上人们一定会高兴，走。（二人下。）

第四场　不动（村景）

（墙上写着"响应毛主席号召组织起来"。）

春　仙　（上唱）三月里桃花开天气暖和，在家中坐得我心不耐烦，
心上人隔一天不能见面，拿营生不想做坐立不安，
莫非他心变了我胡思乱想，猛抬头来在了他的门前。（切）

千　锁　（嘟哝着上）真倒运哩，麻烦的是……

春　仙　（听见有人出来往后一闪，见是千锁）三月里桃花开，朝南飞上个英娥儿来！

千　锁　（回头看见仙则）英娥儿落在桃树上，你的心事我能猜。（二人互相使了个眼色相跟着下。）

书　田　（上喊）千锁！千锁！他娘的家里永坐不住，千锁！

杨福明　（上）叫千锁做甚哩呀？

书　田　狗儿的永不指望动，这还能闹养种？

杨福明　不动不怕，到互助呀！

书　田　互助呀？屁事也不顶！

杨福明　昨天黑夜开会你没有在？

书　田　在来。

杨福明　伢说来是毛主席好主张，穷富都沾光，听上多打粮……

书　田　哎！你算了吧，你不用给我讲来，我听不进去！

杨福明　怎呢来？

书　田　哎！老哥！

（唱）你不要上了他们当，说什么毛主席好主张，

人多了营生做不好，一休息就得半前晌，

地里头营生胡挑擦，家里头还得坐饥荒。（切）

（爱菊上，由千锁下的地方下。）（书田见爱菊不语。）

杨福明　外……

书　田　（少顷）你想这亲弟兄还合不来哩，别人越不算，尽是闲话，营生做不下，地里胡挑擦，饥荒拉下一不踏……（由远而近的吵闹声传来，听说是自己媳妇和千锁，溜下。）

爱　菊　（春仙推着）你叫他打哇！（披头散发地嚷着。）（杨福明妻上。）

千　锁　谁打你来，（四老汉推着千锁。）（换子跑出。）

换　子　是怎呢来呀？（巴山、毛孩上听。）

爱　菊　唉！大嫂，——（哭介）

（唱）吃上饭不动弹东游西窜，又流氓又腐化家事不管，

回家来尽找的和人生气，火里头没烧的水瓮常干，

今日在仙则家被我找见，他抬手就打我心有不甘，

我与他去找来村长判断，谁的是谁的非细说一番。（赶紧板）

春　仙　（唱）你暂且不要找村长，他今日工作比较忙，

黑夜到了民革室，教他好好把理讲。（切）

（白）先回哇！事情有事情在，尽管嚷不怕伢都笑话？

换　子　回哇！（二人推爱菊下。）（拴纣、楞孩上。）

拴　纣　组长！咱走哇！

四老汉　去哪里哩？

楞　孩　今日互助哩嘛！

四老汉　咱这一组都是谁呀？

拴　纣　你还不知是谁哩？

四老汉　那天黑夜编组的时候，我打狗盹来！

楞　孩　咱三人，毛孩、千锁、巴山、梆纣，还有谁来呀？（问拴纣。）

拴　纣　老农会。

四老汉　外咱都走哇，毛孩！走！

楞　孩　我今日可不合适，改日再去哇。（溜下。）

四老汉　巴山哩？

巴　山　我也是这一组？

四老汉　就是。

巴　山　我今日身上不带劲，（按了下肚子）哎哟！……（溜下。）

四老汉　千锁哩？

千　锁　不去。（恨恨地下去。）

四老汉　这怎呢忽地都走啦，知道就不算嘛！

玉　兰　（上）爹！给咱闹上些吃喝明天再去哇！

拴、楞　组长，这怎呢呀？

四老汉　我有什么办法哩呀，已经今天不算啦，就各到各家地里，明天再说吧！（下。）

拴　纣　这算是弄的个甚？

楞　孩　走哇！咱俩人去互助！（二人下。）

第五场　检查

（二道幕前）

老　王　（上唱）各村的互助组都不起劲，细想起这里边必有原因，
汇报上说得好只怕空洞，要了解我还是深入下层。（过）

拴　纣　（上正碰老王）老王你才来？

老　王　才来，你一个人去哪呀？

拴　纣　上地！

老　王　互助组哩？

拴　纣　互助组？成了各顾各来。

老　王　怎么成了各顾各啦？

拴　纣　哎！老王！
（唱）民革室编了组大家不动，嘴说是组织起是个空名，
组长们找不见组员是谁，组员们找不见组长何人，
咱说是集合起同去互助，你往东我往西大家不听，
说今天不算啦明天再说，一个个都是那圪支圪能。（过）

老　王　唵！外怎呢你们村里是编哩？互助组是自愿结合哩嘛！

拴　纣　（唱）说起来自愿结合我赞成，这里边有毛病我说你听，

第一次编了组大家不动，民革室又决定重新讨论，
大家说互助组自愿来碰，于是乎富碰富穷人碰穷，
有牛的集合起碰了一组，穷人们没有牛光个干人，
流氓们懒汉们谁也不要，小偷们孤立起还是偷人，
财主们人多牛多没人动，穷人们各顾各去寻短工，
因此上互助组搞不起来，我只好各顾各上地劳动。（送）

老　王　（唱）听拴纣说罢了我心愁闷，汇报上一大套空空洞洞，
互助组是以户为单位，但还得以牛为中心，
你们没有掌握好，所以才出了这毛病。

拴　纣　（唱）不管是怎呢也闹不成，我还是早些儿上地劳动。（过）
（白）老王，你去哇，咱们还是晌午回来再说哇。

老　王　你早点回来咱们好好儿谈谈啊！唉！
（唱）县里开会做决定，一个人帮助一个村，
下决心把此村定要搞好，互助组有问题好好整顿。（下）

第六场　整理

爱　菊　（唱）家里人民革室去把会开，天已经深黄昏还不回来，
做熟饭坐在了家中等待。（过）
（到门外看了看。）（万锁上。）

万　锁　嫂嫂！你吃了饭啦？

爱　菊　没有哩，你要吃了去吃哇，（万返身往下走）万锁你在民革室来？

万　锁　哼……

爱　菊　开甚会来？

万　锁　伢还是讨论组织起来！
（唱）老王说得真合劲，大家听了都高兴，
说起俺哥哥真倒运，伢都没人和他碰。（送。）

爱　菊　（唱）活该活该真活该，谁也不碰懒惰才，

他当是流氓腐化是好事，不想教伢孤起来，

年轻轻后生不正干，见了人怎样把头抬。（切）

万　锁　外你回来说说他哇来。

爱　菊　伢可要听哩，你去吃饭哇，（万锁下。）哼！孤立啦！活该！（千锁上见爱菊扭了一遭无聊地坐下吸烟。）唉！（坐立不安。）

万　锁　（掇碗上）哥哥快去喝米汤哇？

千　锁　你去喝哇，我不喝！

万　锁　你怎呢不喝哩？

千　锁　不喝嘛，还得给你讲道理哩？（生气地瞪着眼。）（万下。）（爱菊与千锁两人扭脸一言不发。）（巴山上。）

巴　山　千锁！

千　锁　来哇！

巴　山　千锁！人家不和咱碰组教咱怎呢办哩！

爱　菊　（故意）怎呢办哩！没有碰上组！外可正合了心事，碰了还得动哩，不过哇就是有些不好看。

千　锁　（瞅了一眼扭了一下）他不碰算了，咱自家动不行？

巴　山　不参加是怕伢以后不救济哩呀！

千　锁　光救济那些就算了话啦，运气对了就一注哇还不弄他个千儿八百？

巴　山　外哇也是呀，要光靠他们时，早就饿死啦。

千　锁　他不教咱参加，教参加咱也不参加！

巴　山　参加了不随便哩！

千　锁　打硬主意，不参加。

巴　山　不参加。

爱　菊　哼！外你俩人可倒歇（拉话的意思）到一圪塔啦！老三你以后少来俺家来啊！

巴　山　哎！怎呢哩？

千　锁　用你管哩？他娘的！

爱　菊　这阵儿你勾搭他学流氓赌棍哩！再过几天你还要勾搭他当小偷哩！

巴　山　说谁是小偷哩？王八蛋才是小偷哩！

爱　菊　外就一百巴掌哇能遮住了，王八蛋是小偷。

巴　山　千锁！你就教你老婆这样说我哩？你愿教她叫你流氓，我可不愿教她叫我小偷！

千　锁　你教狗贱哇！

爱　菊　你还计划怎呢哩？你还挑拨他来打我哩，外还不如你来打来！

巴　山　你要是我个老婆时，我早就把你打扁啦！就不是千锁外当鳖架子！

爱　菊　噫！没见过你这不要脸的流氓小偷。

千　锁　（瞪着眼凶地）他娘的谁是流氓小偷哩？

爱　菊　你是流氓，他是小偷。

千　锁　你娘的！（扑上去打起来。）

巴　山　该打！（一边往下走正碰拴纣上。）

拴　纣　（赶紧拉开）这是怎呢回事呀！

爱　菊　（哭着指巴山）他挑拨的教打我哩！（巴山见事不好想溜下。）

拴　纣　老三！你不要走了，他们打架你不拉开嘛？怎呢你还挑拨哩？

巴　山　外她该说我是小偷哩！他见来！

爱　菊　你不好？小偷。

千　锁　你狗再说？（扑上去要打。）

拴　纣　（拉开）这是怎呢回事哩呀？

爱　菊　教他打哇。

拴　纣　你们都不要着急，有甚慢慢儿说嘛，（三人都不言。）（少停。）现在要做到人人劳动，人人参加互助组哩，伢大家都不和你们碰组，你们心里也不难受，还生闲气哩！

巴、千：他们不碰拉倒。

拴　纣　外你们在村里算是个甚人哩？

巴、千：他们叫成个甚算甚。

爱　菊　流氓，小偷。

拴　纣　你不要尽管说。

千　锁　你教狗说哇。

拴　纣　如果你们两个人要是不转变的话，人家大家都讨论来，全村人都是这个叫法，大众黑板上也要写，让全区全县人都知道，这并不是爱菊一个人的叫法！

巴、千：外还能行？（目瞪口呆地互相看着脸。）

拴　纣　不能行，就得趁早转变参加互助组哩嘛！

巴　山　人家没有人和俺们碰组呀！

拴　纣　只要你们有决心转变的话，我和你们碰，可是你们得把过去外毛病做了的外不好事情拉出来，改了他，以后好好地闹咱们的生产，看你们有这个决心没有？

巴　山　有决心哇，教说甚哩？

拴　纣　有甚说甚嘛！

巴　山　像外偷……（知失言又住口脸已通红）还能说哩？

拴　纣　怎呢不能说哩？说了才能改哩！

巴　山　（难为情地低下头来）唉！……

拴　纣　老三！

（唱）老三不要难为情，旧社会害得咱太苦情，
财主靠剥削来生活，他游游荡荡不劳动，
把穷人家产剥削尽，受尽苦无法度光景，
财主家温饱思淫欲，人穷了饥饿起盗心。（过）

巴　山　就是呀！哪个有活法的还想偷人家的哩呀！

千　锁　是嘛，跟上外受一年价，结果不够人家的，谁还有心情动哩？越不动越没法儿活，饿得没法儿，才偷人家的，这是旧社会把咱害成这样子啦嘛！

巴　山　正俺爹才死了那一年以后，我就是受上一年价到秋天在场里就是个泊儿光，一冬天没吃喝，饿得老婆孩子直哭直嚷，我是永无办法，出去就好拿人家些东西，先前还是窃谷拈黍的，后来就爬墙入宅拿人家不心痛东西，吃喝嫖赌，越学越懒，越来越坏，弄得亲戚也不来往来，邻家也时时提防咱，这一回组织互助伢大家也不要，又写黑板报呀，又叫小偷呀，丢人败兴的，将来如何见人哪！（潸然泪下。）

（唱）想起来从前伤心话，止不住两眼泪如麻，
虽说是旧社会把人害，也是咱自家害自家，
一天价流氓学腐化，更不愿小偷来犯法，
到现在亲戚都断绝，邻家们时时紧防咱，
千人嘴来万人骂，到如今只落得这样下落。（送）

拴　纣　（唱）老三你不要太伤情，希望你转变下决心，
从前你自己有错误，慢慢在互助组作反省，
帮助你定一份安家计划，有困难互助来解决，
我回去和大家拉一拉，互助组到明天你也参加。（送）

巴　山　（唱）你算是我的大恩人，今夜晚拉我出泥坑，
从今后我要好好动，不忘你今日大恩情。（过）

拴　纣　对，只要你下决心，我和组长说一说，你就参加我们这一组。

巴　山　外了你无论如何和人家说好啊！

拴　纣　不怕。千锁你怎呢哩。（千锁不言。）

千　锁　（看了拴纣一眼，难受地低下头去。）

拴　纣　你好好想想哇，老三他是怎呢把自己害成这个样子啦。这还不很

明显，你好好地想想吧，俺们走呀，我还去组长家里，你们也不要生气呀。(对爱菊) 爱菊你劝劝他，走哇老三。(同巴山下)

爱　菊　(出门看了看) 老三还能转变哩，一个青年人还用人说哩?

千　锁　唉！……(低下头去。)

爱　菊　(唱) 听上了巴山话仔细想，他当初也是个懒汉流氓，
爱消停学腐化东游西逛，只落得当小偷有甚下场，
你虽然不比那巴山一样，马到在深崖边赶快收韁。(过)

千　锁　(一言不发下。)(爱菊到门口看了一阵。)

爱　菊　(唱) 我苦心劝他他不听，一言不发出了门，
自己的男人劝不醒，我怎样张开嘴劝别人。(过)

主　任　(上) 爱菊！千锁哪啦?

爱　菊　才出去，伢拴纣来说了一顿，我也说了伢一顿，伢一言不发起来走啦！他要是不转变的话，我要和他离婚哩！

主　任　为什么?

爱　菊　我自小童养到他家也受够罪啦，这阵儿……

主　任　算了吧，我不是和你说这个哩，他是会转变的，我是来和你说，咱村的互助组，经过一晚上一黄昏的讨论，解决了许多问题，组织了三个大队，九个小组，从明天起，全村互助起来干，有几件事情，你们要在妇救会里动员一下。

爱　菊　甚事情哩?

主　任　(唱) 按时合晌做熟饭，推碾滚磨把水担，
男人地里闹生产，女人保证有衣穿，
有夫妇不合你解劝，懒老婆好好来动员，
大家同心合力干，这工作可是不简单。(过)

(白) 你明天可得好好儿动员一下哩啊！

爱　菊　能行。

书　田　（一边喊一边走上）政治主任在这里哩？（上见了政治主任）可教我寻了你半夜哩！

主　任　有甚事情哩？

书　田　你说我这……我这……（实在难为情地）我说这个……这个……（看了看爱又说不出来。）你出来我和你谈谈！

主　任　好！（对爱菊）你明天好好动员一下啊！（与书田下）

爱　菊　哎……（往外照了一照。）

（唱）我男人不转变心情不定，我怎样张开嘴动员别人，

做不好对工作不负责任，妨碍了互助组错误不轻。（切）

千　锁　（上）（想问什么又停住找寻东西。）……

爱　菊　（终于开了口）你寻甚哩？

千　锁　我那两双旧鞋哪来？

爱　菊　寻那做甚哩？

千　锁　……我参加了互助组啦！

爱　菊　（惊喜地）你也参加了互助组啦！

千　锁　哦！你明天早些儿叫我啊？迟了教儿童队们捉了懒汉伢要往大众黑板上写哩！

爱　菊　外了你快睡哇！我给你寻哇！

千　锁　（高兴地）你也睡哇，天不早啦。（拖她。）

爱　菊　（伸过手来）睡哇！（柔情笑着）——幕下！

第七场　禁街

（二道幕前）

主　任　（唱）一路来只觉得心中高兴，互助组有问题一齐搞清，

鼓励得大家情绪高涨，到明天一齐动轰动全村。

书　田　（唱）今晚上孤立了我真难受，见大家只羞得不敢抬头，

刚才间多亏你把我帮助，我参加互助组永不落后。（切）

主　任　对！好好儿干哇！你对今黑夜解决问题有甚意见？

书　田　我想算起来，都很正确，我请你以后多多帮助我！

主　任　唵！咱们大家互相帮助！

书　田　我能帮助你甚哩？（拴纣从下场上。）

拴　纣　谁哩？

主　任　我！拴纣！他把问题解决啦？

拴　纣　解决啦！

主　任　这就好，今天的会上，千锁、巴山说出了心里话，今后一定能决心转变。

拴　纣　是的。

书　田　咱回睡哇，明天还得早起哩。（下。）

主　任　回哇拴纣，明天听吹号集合。（拴纣应下。）

（二人吵声。）

楞　孩　（内）刚才规定了，黑夜禁街，不准人闲跑，你在哪里来？

书　田　（内）我和政治主任谈话来！你不会去问问！

楞　孩　（上）他和你们谈话来？

主　任　他才和我谈完话教他回睡哇！（书田下。）

楞　孩　我当狗特务们又活动哩？

主　任　已经转变了的人可不要这样叫，这样叫他不但不能转变，反而对他是个刺激，不早啦，咱们都睡哇，教明天起不来了。

楞　孩　你们有老婆人们怕起不来哩哇，咱了不用结记！

主　任　好好儿动，赶年儿说个老婆！

楞　孩　秃子头上毛，它也不长，咱也不想。（三人笑的同下。）

第八场　轰动

（村景）

（鸡鸣声，雀叫声，是个大清早，千锁担着水桶从家门里上，由左边下，教员扛着黑板上，黑板上写着粉笔写的字，把黑板挂在墙上，准备下，又返上走到千锁的大门口。）

教　员　万锁！万锁！（又跑到杨福明、保银家门口）拦纣，狗儿！

（万锁、拦纣、狗儿，各人从自己的家门里跑出来。）

三人合　老师！你倒起来了？俺们起来倒多一会儿啦！

教　员　你们早起来做什么？

三人合　俺们准备捉懒汉！

教　员　还没有吹起床号哩吧？

三人合　吹了起床号就捉不住啦！

教　员　好！去吧！（教员下）

万　锁　走！咱们先到瘪三家来吧！

狗　儿　还不如先到你家里捉来！

万　锁　能行，那就先捉俺哥哥，管保还没有起来呢！

拦　纣　那咱们悄悄儿，不要让他听见了。

（三人蹑手蹑脚地准备进门，千锁担着水上。）

千　锁　（故意吓他们）嚇！那是作的啥事呢，你们干什么哩？

三人合　俺们……哈哈！……走，走，去巴山家来！（三人跑下。）

千　锁　捉懒汉哩？早几天时。（担水进家门。）

（远远地响起了号声，千锁担空桶又上。）

爱　菊　（由门里出来）嗳！吹了号啦！你准备上地吧！我担水吧！

千　锁　你能担动了？

爱　菊　比你腰儿有劲。

（爱去担桶，千锁要担，二人推让，楞孩、拴纣、巴三、毛孩、四老汉、书田陆续上。)(梆纣、福明从家门里出来。)

楞　孩　哈!老婆汉的偷逗声,气下光棍两眼泪?

爱　菊　瞎说。(担桶下,千锁回家取锄。)

拴　纣　快看!黑板上写的是什么哩!

众　人　快给咱念念。

书　田　(念)一晚上、一黄昏,互助组问题都搞清,

救济了赤贫,恢复了雇工,

改造了思想,彻底地反省。

巴山同志最坦白,句句说的心里话,

先前流氓又腐化,后来捞摸偷人家,

提出保证要转变,今后定把决心下。

千锁反省也真诚,从前他也有毛病,

一天总是不想动,吃喝嫖赌当营生,

今后参加互助组,保证转变下决心。书……书……

众　人　书甚哩?

书　田　念吧!念吧!有甚不好意思哩!

(念)我从前油皮瞎鬼逛,结果上了特务当,

互助组里谈出来,还请大家多原谅……

众　人　往下念。

书　田　这些人坦白最真诚,咱们大家来欢迎。

众　人　(拍手)欢迎!欢迎!

四老汉　咱上地走哇!

众　人　走!走!

书　田　千锁!走啦!

千　锁　(在里面答应)来啦!一会儿!……

楞　孩　咱站上队走吧!

保　银　咱不要讲形式，是看内容哩，（老王扛锄上）哎！老王也到来啦！

楞　孩　哎！老王领导咱唱昨天学的歌子吧！

众　人　好！好！

老　王　行！（唱）响应毛主席好主张……一、二。

众　人　（唱）响应毛主席好主张，组织起来穷富都沾光，……

（唱得乱了，没有唱成，大家拍着手，跳着笑着下。）

（爱菊挑着水桶圪扭地上，千锁由门里扛锄出来。）

千　锁　呀！看压成个狗熊啦！（笑）（春仙上。）

爱　菊　你才是狗熊哩！（笑）（挑水下。）

春　仙　咦！老婆汉又偷做甚哩？

千　锁　哈！……（笑眯眯地下，爱菊上。）

爱　菊　春仙，咱们今清早得集合妇女们开开会，有几件事情哩！

春　仙　甚事哩？就先告咱这一组说吧！

爱　菊　对！你叫叫她们吧！

春　仙　（乱喊）换子！仙则！金梅！玉兰！……快来吧！（众应，陆续上。）

众　人　做甚哩！

爱　菊　（念）几件事情记在心，咱们马上要完成，

大家都要作保证，勤谨劳动帮助男人。（叫板）

（唱）昨夜晚民革室开会决定，妇女们组织起来人人劳动，

做饭时一定要按时合晌，做熟饭送到地里不用男人，

忙时候男人们上地养种，担煤水推碾磨咱们事情，

纺花织布各样营生努力完成，家里头要注意清洁卫生，

把灰尘与柴草积堆成粪，咱还要到地里消灭害虫，

从今后咱妇女任务很重，问大家有甚意见提出来讨论。

春　仙　呀！

（唱）罢罢罢！算了吧！说起来把人活吓煞，
（说唱）好事情紧不上咱，尽给咱妇女找麻杂，
妇女有咱妇女事，也不过缝衣缝裤缝鞋袜，
推磨推碾活受罪，担煤一擦一脸黑，
还得扭扭打打去送饭，还有外七枝八样麻麻烦烦真啰唆。
（唱）得到解放受洋罪，还不如干脆受压迫。

换　子　（唱）你这话，不中听，说得真是牙疼人。
（说唱）看你脸上擦官粉，腮蛋儿上边点红红，
见不得雨，见不得风，光会勾搭青年人，
把丢人，当做人，把败兴，当光荣，
这本是全村大家同决定，你还是圪支圪能不应承。
（唱）背后人家说腐化，你给咱妇女来丢人。

春　仙　（唱）你不要来骂人，这意见我就不赞成。
（说唱）擦官粉，点红红，这事碍你们淡事情？
腐化是我生得好，你们干急不能行，
不要说你们担水推磨碾碾子，哪怕你躺在磨道儿不起身。
（唱）老实话儿告诉你，生来我就爱消停。

换　子　（唱）不要脸，不活人，拿上腐化当光荣。

春　仙　（唱）你要脸，将顾你，旁人不指望沾你光。

换　子　（唱）听你说话也嫌麻烦，我光不好教坏人沾。

春　仙　（唱）呸呸呸，放狗屁，尽找着和人生闲气。

爱　菊　（唱）你二人不要把气生，几句话儿记在心。
（说唱）甚丢人，甚光荣？咱先应该来认清，
再任你，擦胭抹粉点红红，看你的是些地痞流氓二黄风，
郝二蛮，孟祥英，也不擦胭抹粉点红红，
全边区人民都尊敬，组织劳动真光荣，

开大会受奖励，人人欢迎新英雄，

你也是个年轻人，应该好好儿接受批评。

（唱）如果你执迷不改正，将来个人害个人。

玉　兰　（唱）春仙说话真爱听，你千万莫当耳旁风，

解放是咱讲平等，不是教你学黄风。

金　梅　（唱）旧社会习惯害死人，不把腐化当丢人，

今后咱们要注意，下定决心努力改正。

春　仙　（唱）我并不是不改正，办起来了不由人，

今后我一定能改正，请你们大家放宽心。

爱　菊　（唱）罢罢罢！算了吧！眼看天气不早啦！

大家回去好好劳动，勤谨劳动帮助男人，

几件工作保证完成。

换　子　（唱）回家去做饭送饭按时合晌。

春　仙　（唱）担煤担水。

玉　兰　（唱）推碾滚磨。

金　梅　（唱）纺花织布。

春　仙　（唱）消灭害虫。

众　人　（合唱）齐心来干把生产任务来完成。（齐下。）

第九场　停顿

（二道幕前）

（号声）……（起床号）

四老汉　（扛着锄上）毛孩……巴山……拴纣都走哇。不早啦！

楞　孩　（毛孩与巴山上，懒洋洋揉着睡眼拖着腰带上）倒走哩？

四老汉　不早啦！快走哇？人家那早走啦！

巴　山　消停些儿哇，就一只手哇，还不比他们快，不比他们好哩？外是

说去得早哩！

四老汉　迟了大家批评哩。

楞　孩　怕不敢批评咱哩，老农会伢那天不是半前晌才去哩！

四老汉　他总是跟上工作忙吧！

楞　孩　忙！给他动的时候，跟外头儿把人背上，歇也不歇，给咱动的时候，开个小组会呀，文化娱乐呀……

四老汉　总是你说得儿多！

巴　山　说得儿多！可还没有说完哩，老王那阵儿说工资现实些儿，咱是前晌栽上树晚上就要歇凉哩！光赚上那些工票能吃？

四老汉　都是谁短你的哩？

楞　孩　还不是外大干部！

四老汉　不管怎吧！老王到来呀！

巴　山　老王来呀！来了越该走倒运哩，来又把人背上受死呀！给他们背外工哩？

四老汉　你外背工不背哇？是给你主家千锁和老掌柜的背哩哇！

巴　山　反正受死也是给伢受哩！（楞孩上。）

楞　孩　（唱）半前晌还不上地去，这零零散散成问题！（切）

（白）组长？你怎呢在这儿误等哩！伢拴纣倒都去了半天啦，你快叫上他们来哇啊！（嘟囔着。）（下。）

四老汉　快走哇。

楞　孩　还没有拿上家具哩！

四老汉　快回拿哇！

巴　山　（唱）别人便宜自己吃亏。

楞　孩　（唱）圪能了一天算一天。（过下。）

四老汉　（停了一会儿）毛孩……巴山……（喊叫着）（又停一会儿）哎！

（唱）大等小等老等儿，一等一个没影儿，

这样的互助组真没法儿，还不如像从前各顾各儿。（下。）

第十场　检讨

（野外景）

（全组人坐在一个长满荒草的土坡脚下开检讨会，千锁、巴山背靠背地睡着打鼾睡声，其他人在低头呆想着）。

老　王　（快板）大家不要不吭声，有甚意见要说明，

万不要憋在肚里心里中病，

上地不想动，圪支圪能误了工，

养种闹不好，秋后无收成，

结果自己害自己，不是害旁人，

今天来开会，所有问题都要搞通，

有意见提出来，咱们来讨论，

不要尽管不答音。（静悄悄没人发言。）

保　银　哼！算奇怪，咱开的不是哑巴会，为什么老是没人把口开，老王说得很清楚，有甚意见提出来？

四老汉　喂！（指千锁、巴山）你俩人开会光是个睡？

众　人　哈！伢俩人脊背靠脊背！

千、巴　俺们甚也听着来。

老　王　听着了你们就提意见。

千、巴　俺们……

四老汉　知道你们也没听见。

楞　孩　没人发言我发言，我把我意见说一遍，参加互助组，我心也情愿，可是闹养种，好赖差得远，把式有好坏，技术有高低，糊涂一样算，我心害吃亏，好把式锄上一次苗，是顶赖把式锄三遍，赖把式互助能沾光，好把式互助没有利，人人一样算，实在不合理。

楞　孩　还有外，工账永不算，工资老拖欠，咱是前晌栽上树，晚期就要乘凉睡，工资不能现实赚，称米买油不拖欠，人要心里不痛快，上了地里光想睡。

拴　纣　报告！我发表，老农会你就不公道，不了你是不上地，不了总是你迟到，一天至大动半天，可是一样的算工票，那一天伢楞孩给你提意见，你还说，活 × 没祷告，上级教我来领导，不比你知道，啰里啰唆一大套，今后咱们要搞好，你总得把这些毛病来改掉，来改掉！

老　王　老农会你想想，拴纣提的意见适当不适当？

书　田　从前咱开会，我总是当哑巴，这一会儿可得拉一拉，说起老农会，我也不赞成他，去了伢地里，谁也不能歇一歇，伢说互助要赶工，生生儿把人活背杀。去到咱地里，事情就多啦，不是搞学习，就是闹娱乐，伢说这是工作、生产、学习、练武要结合，我就提的是这些，你们大家都拉哇。

杨福明　大家的意见我同意，我和大家一样心，（指巴山）巴山你不是常嘟哝，为何开会不吭声。

巴　山　吭声不吭声，我是给伢住长工，互助不互助，与我没要紧，总然赶工多打粮，工资不能多半升，赶工光是白受罪，谁不愿意图消停。

老　王　谁还有意见，继续说个清？

四老汉　其实也就是这些事情，把这些事情解决通，问题以后再不发生。

众　人　也就是这些事情。

老　王　我把我的意见明一明，看看大家赞成不赞成，第一宗，把式好要评分，牛工、人工等价来交换，锄苗割麦以活来计工，决不能好赖把式一样赚，我这些意见大家赞成不赞成？

众　人　好好好，只有这样才能行，要不然，赖把式圪能，好把式灰心。

老　王　第二宗，时常清理账目，清理工资最当紧，工票要兑现，大家做保证！

四老汉　我能保证我！

众　人　大家都保证！

老　王　第三宗，干部不能要私心，老农会你把你的思想明一明！

保　银　这个意见我很赞成，大家说的也都是真，在从前，我的思想就不正，一天价光想自私自利要私心，现在我问题早想通，今日向大家提出保证，再不欠账，再不拖工，和大家在一块儿总要团结成一圪塔儿劲，好好动，敢保证。

众　人　只要你敢保证，大家都高兴。

老　王　佣主佣工互助组里分红，也要把他来搞通，决不能一人拗上一股劲！

书　田　这件事情，我很赞成，只要你来好好动，赶出工来算你工，或者是你的土地用我的牛耕，你说这还不能行？

巴　山　赶工不是白受罪，有些代价就能行！

老　王　从今天起，确定制度要执行，有问题时常来开会，有意见互相来批评，大家团结一条心，个个争取劳动英雄。

众　人　把咱们的互助组搞得各各劲劲，争取全县第一名。（这场都用快板演出。）

第十一场　捉黑婆

（二道幕前）

（音乐声中爱菊、仙则、玉兰、春仙、换子、万锁、狗儿、拦纣踏着拍子上。）

（合唱）（附曲二。）

爱　菊　（3）手拿树枝抖一抖，黑婆婆抖在簸箕里头。

仙　则　（4）咱把口袋忙撑开，一堆黑婆婆装起来。

春　仙　（5）捉完东凹到西凹，不管张家和李家。

换　子　（6）组织起来力量大，不嫌麻烦耐心捉。

玉　兰　（7）春天黑婆婆捉干净，到秋后才能好收成。

众　合　（8）打下粮食堆满洞，有吃有穿喜盈盈。（停。）

爱　菊　春仙你看你婆子也捉来啦！（拖春仙望大道。）

春　仙　噫！伢是来捉来啦，我走时伢还说，可不要到咱地里去捉，伢说外是蚜蚄爷，越捉越多，你不看提着篮子怕不是来烧香来啦！

众　人　来！咱都藏了看看她到底是来捉来啦，还是来烧香来啦。

（众暗笑着躲开。）

福明妻　（杨福明妻上）（把香纸放下恭敬地叩了一头祷告着。）

（念）老天爷，玉皇爷，蚜蚄爷，

各位老爷发慈悲，收起神虫化成灰，

风调雨顺好年景，满斗焚香谢神灵！

（唱）一炷香，保佑俺风调雨顺，

二炷香，求神灵收起神虫，

三炷香，祈神恩田禾茂盛，

到秋后好收成五谷丰登。（切）（众齐上。）

爱　菊　（快板）大娘不要把头磕，把你的香火收起哇，

头上碰成个黑圪塔，豆苗苗吃成个圪橛橛。

换　子　（快板）要想庄稼不糟蹋，还得齐心把黑婆婆捉。

春　仙　（快板）捉了一个一个少，光叩头黑婆婆不会把你饶。

玉　兰　（快板）明明捉的是害虫，你总硬说是神灵，

纵然神灵把人害，咱也要一起消灭尽。

众儿童　（快板）都来瞧都来瞧，（指纸灯）这上边黑婆婆爬满了，

任你烧香又祷告，黑婆婆不管你那一套，

玉皇爷太心狠，蚜蛎爷太可笑，
他管他吃你管你烧，这算算是没祷告。

福明妻　（快板）你一句，我一句，我老人真是成问题，
烧香烧了好几次，黑婆婆还是堆满地，
花了钱误了工，看起来还是不顶事，
踩了香，撕了纸，一个一个都踩死……

众　人　（快板）你不要来急躁，招呼踩了豆苗苗，
今后大家好好儿捉，可不要尽管把香烧。

福明妻　（咬着牙）×您娘……

玉　兰　不要踩了豆苗苗呀，咱好好儿捉哇。（大家捉起来。）（附曲三。）（中幕下。）

第十二场　互助组

（是一个清早，太阳刚出来的时候，互助组全体保银、楞孩、毛孩、拴纣、福明、千锁、书田、四老汉、巴山、梆纣扛着锄头，拍着节奏。）

（音乐起。）（过门后即合唱。）（附曲四、五、六。）

第十三场　合作社

（二道幕前）

春　仙　（上唱）八月里秋风凉，老天爷问人要衣裳，
如不趁早把花贷，躲不下临时受张慌，
听说合作社把花贷，就到那里问端详。

四老汉　（上唱）这媳妇真来跑得快，急得到哪里发洋财。

春　仙　（上唱）不是到哪里发洋财，要到合作社把花贷，
四老汉走得这样快，你到那里干甚来。

四老汉　（唱）秋风凉庄稼黄，收金掇银人人忙，
权耙木锹割谷镰，都教敌人捣折光，
因此我到合作社，教他给我打两张。

春　仙　（唱）四老汉不要开玩笑，合作社谁会打镰刀。

四老汉　（唱）我并不是开玩笑，合作社供给群众需要。
（快板）敌人年年来捣折，各样家具都缺少，
合作社看的到，就把铁木二匠叫，
锹镢镰斧耙，犁耧扁担梢，
夏天扛锄头，秋天打镰刀，
日用品甚也有，借种子闹肥料，
这两天木匠又动工，权耙木锹割现成，
纺车子割来机也割，组织妇女纺棉花。

春　仙　（唱）好好好笑盈盈，咱去领上十来斤。

四老汉　（唱）方才社长对我说，领花总得有组织，
快回组织纺织组，今后领花把布织。

春　仙　（唱）四老汉说一遍，合作社领花有条件，
回去和大家同商谈，组织起互助组公私两便。（下。）

第十四场　收秋

（村景）

（墙上有标语："参加互助组，贫富都沾光"。）

福明妻　（站在门口满脸高兴）
（唱）好年景好收成人人高兴，大洞圪堆小洞满笑盈盈，
多亏俺小拴纣好好养种，多亏伢互助组团结一心，
多亏那老天爷风调雨顺，到秋天果然是五谷丰登。（切）
（往下走返回来叫拴纣家）拴纣家……快来。

春　仙　（应上）做甚哩？

福明妻　我是打话去哪儿来呀？

春　仙　谁知你要去哪里？

福明妻　只顾好年景好收成哩，就忘他娘的要到哪做甚啦？

春　仙　大概你要到场里来？

福明妻　对对对，打话到场里来，给咱拿上酒壶孩。

春　仙　拿外做甚哩？

福明妻　打谷不烧香？

春　仙　还做甚哩，就是肯讲迷信，这阵还烧香啦？

福明妻　唵唵，老顽固，老顽固……外咱走哇！

春　仙　到哪里哩？

福明妻　到场儿，咱不添斤哇，还不添个两？

春　仙　你不是教我给伢都做饭哩，我和这面手怎去哩？

福明妻　唵唵，老糊涂啦……外你和面哇。（换子站门口。）

换　子　大娘，你去哪呀？

福明妻　到场里遭！

换　子　大娘，你梆纣甚时结婚呀？

福明妻　收起秋来。

换　子　梆纣和玉兰可是闹对啦。（笑着说。）

福明妻　（笑着）有甚对不对哩。（下碰拦纣。）

拦　纣　娘，俺爹教把正房地下打扫干净，往回扛谷呀。

福明妻　噢！（返回，拦亦跟下。）（楞孩、巴山、千锁、毛孩、拴纣扛谷上碰保银。）

保　银　不要往回扛呀，区上开会布置教粮食不进门，柴草不进村。

拴　纣　外怎呢呀？外老摊场儿晒晒埋了哇。（楞孩巴山都往回扛下。）

福明妻　外怎呢？不往回扛来哩呀！（换子在门口。）

换　子　伢保银来说，消息不好，伢都说晒一晒埋呀。

福明妻　换子，你打完啦孩？

换　子　打完来。

福明妻　打了多少哩孩？

换　子　今年可打得不少，今年地退回来啦，庄稼也长得好，杂麻古董打了二十多石，都像今年哇，还能受了困难，大娘你打了多少哩？

福明妻　（快板）打多少，说不泛，杂麻古董一大摊，

谷是今天才打完，茭子、玉茭、麻子、黍子有几十石，

还有那黑豆、白豆、绿豆、小豆、刀豆、扁豆，

左一瓦缽右一罐，谁知打了多少石，

菜根、萝卜堆山积岸，山药、南瓜也吃不泛，

唵唵可是不简单。

（杨上）老汉咱谷打了几石？

杨福明　堆下一场没用斗量。（换子笑着回了家）快回拿个笤帚给我扫扫身上。

福明妻　噢！（快步走回。）

杨福明　（擎开脊背支等扫灰。）（春仙拿笤帚去扫。）（杨福明未回头以为是妻扫。）打下粮食吃不泛，赶年儿把你吃成个老肉蛋，唵老货！（一扭头见是儿媳，很不好意思地，春仙也掩着嘴红着脸失笑地跑回去了。）

（二道幕下。）

第十五场　请英雄

（二道幕前）

爱　菊　（提篮上，满面笑容。）（附曲七。）

万　纣　（跑上）嫂嫂！你买外教做甚哩？

爱　菊　教咱今晌午吃哩。（哄他。）

万　锁　咦！你不要哄我，是叫请劳动英雄拴纣哩？

爱　菊　请他做甚哩？

万　锁　做甚哩？俺哥哥要不是伢劳动英雄拴纣劝他哇，这阵儿还是个懒汉，别的不用说，就这一个宗儿还不该请请人家。

爱　菊　哎！兄弟！（附曲八。）

第十六场　练武

（新气象）（村景，墙上写着“加紧练武”。）

梆　纣　（后面一片投弹声，凿石雷声，埋地雷声。）（上把凳子搬出来，准备学瞄靶，杨福明扫院扫完下，听见千锁唱上来了，便赶快装了睡。千锁上，见梆纣睡觉，便放了自己的枪蹑手蹑脚地去悄悄地偷梆纣的枪。好存上，见其光景便悄悄上，把千锁的枪偷了溜下。梆纣猛向千锁耳朵大声“啊”一声，千锁吓得两手紧掩耳朵，倒退了两步。）

千　锁　把老子耳朵给喊塌啦！

梆　纣　谁叫你偷我枪来？

千　锁　谁偷你枪来？我没有枪？（回头看）哎！我枪哪来？（夺梆枪）这是我枪哇？

梆　纣　那你偷我甚来？

千　锁　我偷你枪来呀！

梆　纣　那怎么说，这是你枪哩？

千　锁　外把我枪哪来？（东瞧西瞧寻枪。）

好　存　（上假装没事）喂！不练武吵甚哩？

千　锁　好大指挥官儿呀！（寻枪。）

梆　纣　他狗只顾偷我枪哩，不知道谁把他枪偷走啦！

好　存　呀！外是谁来？

千　锁　莫非是特务来？（乱找。）

好　存　不是，不是。

千　锁　外是谁来？

好　存　管保是你爹来。

千　锁　（信以为实）俺爹来这里做甚来？

梆　纣　他骂你哩！

千　锁　特务就没转变？（瞪眼问好存。）

好　存　不，一定是你爹来。

梆　纣　（明白了）是怕他狗偷来。

千　锁　（揪住好耳朵按倒地下）你偷上放哪儿来？……

好　存　呀！不敢来，在梆纣家街门圪洞里哩。

千　锁　给我拿出来。（好存进去拿出来给千锁）呀！几乎把三八式枪掉了。（拉了拉枪得意地。）（楞孩上。）

楞　孩　快瞄准吧，不要乱呀！咱们每一个人都要练成神枪手，一颗子弹要打死一个敌人哩！（这时候听见后边有投弹数一、二、三声，打石雷声，各样练武声。）

千　锁　哪里还有敌人哩？

楞　孩　日本虽然打走啦，咱们也胜利啦，大家也安生啦，可是蒋介石狗日的不让咱们过好光景，又要进攻咱们解放区，决心打内战，咱们要好好练武，准备打狗日的个落花流水。

梆　纣　日本还把狗打走哩，怕狗蒋介石哩还，不服了来和他试试。（举起枪来对好存试。）

楞　孩　咱们可得把自己练成铁汉，冷枪、土炮、地雷、石雷、手榴弹、时刻准备好，保卫咱们解放区，保卫咱们好光景，大家加油练，争取模范！（下。）

梆　纣　好存，来，瞄三角，你看住。

好　存　好，你瞄吧！（去看靶，梆纣瞄起来。）

千　锁　我刺枪，（举起枪来）杀！杀！杀！（四老汉担水上。）（千锁冷不防对住四老汉头上杀！杀！）（要笑。）

四老汉　啊！（赶快把水放下拿起担杖，朝住千锁也喊）杀！杀！杀！（很凶地把千锁杀得退回。）

（二道幕下。）

第十七场　纺织组

（三道幕前）

（爱菊、玉兰、仙则、换子、春仙、金梅在纺花，在缠线。）

爱　菊　（念）十月里天气寒，人人要把棉衣穿。

众　人　（念）加紧纺织不消闲，保证棉衣不困难。（叫板）

（合唱）笑盈盈在房中转轮纺线，（慢板快歌）

年景丰收纺织搞好有吃有穿。

爱　菊　（唱）靠男人坏思想赶快转变，妇女们要解放就得生产。

春　仙　（唱）家庭副业主要的依靠纺织，勤纺织要补足耕三余一。

玉　兰　（唱）不偷懒不自私不拉闲话，有问题小组会讨论解决。

春　仙　（唱）不风流不腐化行动正确，再不能像从前教人笑话。（杨妻上悄听。）

妇　甲　（唱）从今后咱妇女团结一心，勤纺织勤劳动绝不放松。（送。）

福明妻　（唱）青年人纺花真合劲，听得老人高了兴。（切）

（白）孩们：你们纺花还打拍子哩？

众　人　怎呢哩？

福明妻　我听着……唔……唔……唔……

众　人　俺们是纺花车响哩，俺们赶快纺了，还要补足耕三余一哩。

福明妻　你们在哪里领那么多花来？

春　仙　在合作社把花领回来，弹了、纺了、经了、刷了，织成布再去合作社换了，一斤布换斤半花哩，俺们一共赚了七八十斤来，伢还有比俺多的哩！

福明妻　呀！外敢好，你们再快些儿，多赚些儿。

（板话）合作社，帮助咱，紧赶把花领回家，
花又弹烂啦，又能纺线啦，经起啦，
刷转啦，做成布又能倒换啦。（反复地说。）

众　人　外就没完啦？

福明妻　呀！外还有完哩？

众　人　你也参加俺们这纺织组哇！

福明妻　你们要我哩？

众　人　怎么不要你哩。

福明妻　外行，我就顶参加来啊，哎！（叫板）

（唱）好好好，笑哈哈，纺织组我老人也参加，
你也动，她也动，六个人合成一股劲，
合住劲儿好好动。

（众合唱慢板）要补足耕三余一过好光景。（下。）

第十八场　祝寿

（二道幕）

（锣鼓声落后，杨福明上，杨妻随后）

杨福明　（一边走一边念）（快板）走，走，走，到会场，人得喜气精神爽。

福明妻　唵！唵！等等咱二人相跟上。

杨福明　唤 × 呢！外怎呢还穿新衣裳。

福明妻　呀！呀！没有叫你也穿上，今天伢是大祝寿，不穿上些不排场。

四老汉　哈！老两口儿相跟上，走路还要出洋相。

杨福明　不是我要出洋相，人得喜气精神爽，今天给咱大祝寿，老人老汉喜洋洋，要当早往年，吃不上，穿不上，逼得还想把吊上，祝寿不祝寿，咱就没指望，总是伢外大财主，大官长，给伢爹娘把寿上，如今与前不相同，贫苦农民大翻身，减租减息清了债，有吃有穿喜盈盈，今天又给咱大祝寿，怎能不高兴？

四老汉　说起来，真高兴，从前觉着咱，是个老顽固，没使用，和伢青年人说句话，常好受伢碰。说起打日本，咱是不中用，要是闹养种，咱就顶一份，自从组织起互助组，大家一块儿闹养种，老年人当老师，青年人当学生，互相来学习，互相来批评，今天又要大祝寿，谁能不高兴？

福明妻　你看伢锣鼓打得多合劲，歌儿唱得多好听，咱快相跟上到会场，可不要教伢来把咱请，咱今天到了会场上，有几句话儿莫要忘，咱今天过得好时光，是沾的谁的光，毛主席好主张，组织起来沾了光，感谢毛主席，拥护共产党。

（四老汉、杨福明、福明妻三人合说）感谢毛主席，拥护共产党。（下。）

（这场都念快板）

第十九场　过新年

（各家门上贴着新红对联，挂着吊子，墙上标语写着“组织起来，丰衣足食”八个大字，焕然一片新气象。）（锣鼓声）

爱　菊　（穿的新衣服，跑上）大娘，大娘，快出来看看。

福明妻　（穿的新衣服上）爱菊看甚哩？

爱　菊　你听秧歌过来啦，可好哩！

福明妻　换子！（大声叫）换子！快出来！

换　子　（跑上）做甚哩呀！扮上秧歌过来啦？

福明妻　你看，外不是！（众向右边下场里望。）（众扮秧歌上，有穿红的、绿的、花的、黄的，各种花样的衣服，有扮男的、女的、老汉、八路军等角色，调红抹黑，非常热闹，扭一会儿，唱一会儿，非常起劲，看的人个个喜眉笑眼地快乐着。）

楞　孩　（唱）过新年闹娱乐人人高兴，庆祝咱组织起一年过程，
回想起去年春糟糕不尽，你管你我管我各谋营生。

书　田　（唱）毛主席为人民尽费脑筋，又减租又清债穷人翻身，
又号召组织起人人劳动，男耕田女纺织互助变工。

众　人　杨老汉给唱个秧歌！（一边扭着，一边拍手欢迎，有人连说带拉，把杨拉到当中。）

杨福明　（抹着胡子想了半天。）
（唱）组织起顶机器真正赶工，三个人能做了五人营生，
多开荒多熏粪边光堰净，耕三次锄三次细作深耕。

拴　纣　（唱）到秋后打敲完场光地净，互助组搞运输越发加紧，
耕三余一有保证，丰衣足食好光景。

玉　兰　（唱）纺花车织布机昼夜不停，猪儿胖鸡儿肥嬉笑盈盈，
发明了土染料熬盐熬碱，抽空儿到地里帮助男人，
今天过这好时光，多亏了毛主席好主张，
应当感谢毛主席，应当感谢共产党。

众　合　嗨！——人人拥护——共产党！
（锣鼓声停，音乐起）

楞　孩　看看看看……（指着）儿童队的霸王鞭来啦！来啦……

众　人　哈——来啦！（扮秧歌的自动变作观众，四围开，中间空开大场子。）

(儿童若干人踏着音乐的节奏打霸王鞭上。)

(同曲三)

(唱)(一)组织起来，贫富都沾光，改造了懒汉和流氓，

咦儿呀支哟，搞好纺织闹好养种，有吃又有穿，

人人高兴，家家富裕，和和气气好时光。

得儿呀嗨噫得儿呀嗨！

人人高兴，家家富裕，和和气气好时光。

(二)今天过年大家喜洋洋，拥护毛主席的好主张，

……党政军民齐心合力，团结一条心，

拥护政府，拥护中国共产党……

(打霸王鞭儿童在扭着唱着，反复地唱着“拥护中国共产党”，扭秧歌的也扭起来了，随杨福明、福明妻、换子、爱菊、春仙及许多观众，也不由自主地扭在一起，扭着唱着，拥护中国共产党！……越扭越起劲。)

(幕徐徐向下。)

(全剧完。)

四、舞台楹联　艺谚行话

舞台楹联

三间舞台展历代韵事重现本来风貌；
一片看场容千万观众品评人世是非。

帝王将相乌纱帽煞戏全抛掉；
才子佳人花烛梦醒来一场空。

神是人鬼是人人也是人一二人千变万化；
车行步马行步步也行步三五步四海九州。

紧锣密鼓铺开了历代争战场面；
浓抹淡妆描绘出几对有情佳人。

台上演员装腔作势认真唱戏；
台下观众脚踏实地挺胸做人。

笑看一将上场能有多少杀法；
喜观群英争胜阵容何其壮观。

台上笑台下笑台上台下笑惹笑；
看古人看今人看古看今人看人。

布衣短褐悄然去可喜可虑；
佳人才子飘然来可贺可忧。

荣辱穷通宛然经济；
嬉笑怒骂俱是文章。

旧代衣冠重新演出；
今人面目仿古妆成。

收天下春畸正无非这个；
演古来事贤愚即在其中。

子期安在哉罕听高山流水；
绵驹又来也犹传白雪阳春。

曲定宫商角徵羽琵琶巧品十二律；
戏分秧歌窑调簧梨园宗传一千年。

太行静坐纵评生旦净丑；
漳沁横流一牵潞泽沁辽。

一捧雪二进宫三套殿四郎探母；
五福堂六翁关七星庙八戒招亲。

笙管迭奏看催出生旦净末丑；
粉墨登场瞧谁装帝王将相侯。

响遏行云一曲笙簧须乐利；
歌翻白雪八方舞蹈荷升平。

宫商翕奏赏心是金榜题名洞房花烛；
扮演成文快意在坦道骏马高帆顺风。

结五万春花奏雅宣和无戾风骚称杰构；
谱大千秋色镂金错彩有俾世教即奇观。

且文且武且喜怒且哀乐抒纵横数万里；
亦官亦民亦古今亦中外道上下几千年。

遐迩荣辱爱憎逢别情一层楼间唱；
远近善恶忠奸往来事三面墙内生。

生旦净丑互增辉台后父子莫非假；
唱做念打相媲美幕前夫妻未必真。

地方不大可家可国可天下；
普通人物能文能武能鬼神。

以步代车代轿步代步，
以人装神装鬼人装人。

愿听者听愿看者看听看自取方便；
说好便好说歹便歹好歹只唱三天。

金榜题名虚富贵；
洞房花烛假姻缘。

三五步走遍天下；
四八人百万雄兵。

此即是人物备考；
何须看今古奇观。

锣鼓弦笛震天响；
风流人物无翅翔。

上党大戏献老君；
甲子年间煤淘淘。

演古今奇事歌四化宏图；
唱历代豪杰颂科技光辉。

文艺园地竞放自由花；
戏剧舞台高唱四化歌。

文艺园地万紫千红花似锦；
革命舞台笙鼓齐鸣歌如潮。

能舍金冠一顶；
不和愚人辩理。

歌管楼台声声细；
秋千院落夜沉沉。

真杯假饮空酒壶招待高门贵客；
实笔虚墨无文字控诉贪官佞臣。

艺谚行话

要想技艺比人强，从早到晚一天忙。
打铁先打钉，学戏先学声。
学到知着处，方知艺不精。
艺高人胆大，艺多不压身。
三把套架不离手，紧板慢板不离口。
不图台下乱拍手，但求同行暗点头。
狂把式为了叫好，好把式为了抓心。
台上好听好看，台下千练万练。
三天不念口生，三天不唱走音。
三天不做手生，三天不打转筋。
学戏全凭自用功，师傅只是引路人。
七分锣鼓三分唱，道白千斤唱四两。
一人唱好不算好，三人合劲唱好戏。
一人唱好戏难响，三人唱好响叮当。

一日不练，自己知道；两日不练，同行知道；三日不练，观众知道。

演者贵传言外意，观者方能得余音。

戏无情不感人，戏无理不服人。

专神不走神，一字见假真；戏从心上起，满堂都动情。

演员一身艺，千古一剧情；既是剧外人，又是剧中人；剧外和剧中，真假一个人。

不像不成戏，真像不算艺；悟得情和理，是戏又是艺。

形似非神似，神似才为真；

神形合一体，方是剧中人。

早扮三光，晚扮三慌。

不怕三点头，就怕一拨浪。

下场让上场，上场让赶场。

上台一出戏，台后立规矩。

救场如救火。

艺高德不高，出名也枉然。

戏演三分生。

放羊先送饭，秧歌先唱旦。

唱戏不押韵，枉在戏班混。

名家无专师，博采众家长。

七紧八慢九消停（指秧歌戏班演员人数）。

能叫足瞎眼，不叫凉了场。

头天戏唱响，一台安下场。

演员场上瞪乐队，叫你越唱越不会。

小锣一响，黄金万两。

毯毛擀不成大毡，外行领不成戏班。

装甚不像，不如不上。

走音跑调，不如不闹。

不听师傅话，叫你跌台下。

不怕穿得破，就怕穿得错。

五、秧歌大赛

首届秧歌大赛

为了弘扬民族文化，振兴地方戏曲，顺应时代潮流和满足武乡老区人民的文化生活需求，2017 年“七一”前，中共武乡县委宣传部决定举办“首届武乡秧歌大赛”。通知一发出，就得到全县各阶层和广大文艺爱好者的积极响应和大力支持，各单位、机关、厂矿、乡（镇）领导，积极组织选拔参赛选手，7 月报送参赛选手名单。报名参赛人员达到 160 人之多，有上至 70 多岁的老干部、老农民，也有下至八九岁的少年儿童，有夫妇同台献技，有母女同台演唱。8 月 10 日至 11 日，预赛在电影院举行，观众自发聚集观看，场场爆满，鼓掌声、喝彩声不绝于耳。8 月 15 日，大赛隆重举行，分专业和业余两个组。由郝凌云、尚晋田、王仲祥、王充理、杨生祥、姚长旺、石焕玲、魏玉秀、王月英、李晓玲担任评委。评选出专业组荣获一、二、三等奖的选手 11 名，业余组 15 名。

专业组

一等奖获得者：房素芬

二等奖获得者：王慧芬　　常效平

三等奖获得者：王丽芬　　胡小丽　　赵宏波　　郭书芬

关菊平　　段水英　　成　良　　关红丽

业余组

一等奖获得者：白小英

二等奖获得者：史玉丽　　胡巧红

三等奖获得者：李国平　　弓拴平　　吴小平　　白小丽　　申焕梅

冯爱龙　　孙泽阳（10岁）　　郝　斌（女，8岁）

暴会芬　　李小凤　　董如明

第二届秧歌大赛

为了迎接党的十七大胜利召开和国庆58周年，弘扬民族文化，振兴地方戏曲，促进三个文明建设，根据中共长治市委宣传部、市文化新闻出版管理局、市广电总台、市音乐家协会联合下发的《关于举办长治市首届民间秧歌大赛的通知》安排，市电视台于9月22日来我县进行彩排录制。武乡县委宣传部决定举办“第二届武乡秧歌大赛”，在2006年首届秧歌大赛的基础上，组织伴奏乐队和参赛选手，进行配乐，通过比赛，选拔优秀歌手参加长治市首届民间秧歌大赛。通过比赛评选出：

一等奖获得者：房素芬

二等奖获得者：王慧芬　　王丽芬

三等奖获得者：胡小丽　　关菊萍　　段水英　　白小丽等

获奖演员：房素芳、王丽芬、胡小丽、王慧芬赴市比赛，房素芬以最高分获全市第一名奖。

第三届秧歌大赛

2009年，武乡县委、县政府决定该年度为武乡“文化繁荣年”，由县文化局牵头，先后组织了“歌咏”“舞蹈”“曲艺”“跑腿秧歌”“武乡秧歌”等十项文艺项目大赛。武乡秧歌大赛在9月初赛、决赛。报名参赛50多人。由王仲祥、尚晋田、王充理、姚长旺、魏玉秀、李晓玲、房素芬担任此次大赛评委，通过激烈的比拼角逐，评选出一等奖1名，二等奖2名，3等奖3名。

一等奖获得者：董小玲

二等奖获得者：暴贝贝　　弓拴平

三等奖获得者：李先锋　　殷树国　　杜先先

武乡秧歌，老区人为你喝彩

尚晋田

八月的武乡县城，骄阳似火，流光溢彩。首届武乡秧歌大赛在电影院隆重举行。经过整整两天的预赛和半天的决赛，15名业余和11名专业选手从160名选手中脱颖而出，白小英、房素芬分别夺得本届大赛两个组的一等奖，史玉丽、胡巧红和王惠芬、常效平分别获两个组的二等奖，12名业余选手和8名专业选手分获两个组的三等奖。省文化厅、市委宣传部的领导亲临现场指导大赛的进行，县级四大班子领导亲自为荣获大赛一、二、三等奖的26名选手颁奖，比赛在1000多名观众的热烈掌声和欢欣雀跃中降下帷幕，大赛取得圆满成功！

武乡秧歌形成于1882（清光绪）年间，距今已有120多年的历史，后在武乡、襄垣及周边县区传播流行。抗战期间，武乡秧歌作为老区文艺生活的一种有效形式，曾经对鼓舞抗日军民的士气、打击日寇的侵略产生过积极的影响，受到朱德、彭德怀、刘伯承、邓小平等老一辈无产阶级革命家的赞誉。20世纪50年代末至60年代初，是武乡秧歌发展的鼎盛时期。全县300多个村差不多都有业余秧歌剧团，县秧歌剧团主演的优秀剧目《蝴蝶杯》《傅家营》《偷南瓜》《小姑贤》《血泪仇》《社长的女儿》《奇袭白虎团》《红灯记》《小二黑结婚》《王贵与李香香》曾在广大群众中广为传颂，有些剧目还受到上级文化部门的嘉奖。雄厚的武乡秧歌文化底蕴也孕育了一批名老艺人，李海水、郑桃英、刘凤兰、张改花、郭改荣、任生奎，以至后来的安娥英、姚长旺、魏玉秀等就是其中的佼佼者。

武乡秧歌虽然是一个地方小剧种，但它生于乡民，长于民间，唱腔高亢、刚劲、风趣、活泼，紧时如急风暴雨，慢时如行云流水，高亢如登山越脊，低回似徐徐春风，极具淳朴、浓郁的地方风格，因而也深受老区人民喜爱。

但是，改革开放以来，由于受市场经济大潮的冲击，武乡秧歌剧种日渐滑坡，武乡秧歌演员也青黄不接，后继乏人。一句话，武乡秧歌跌入低谷。就是在这样一种形势下，武乡籍的在校工作人员、老干部和一些有识之士，通过多种形式向县委、县政府，向社会、向宣传文化部门发出了“救救武乡秧歌”“弘扬地方文化，振兴地方戏曲”的强烈呼吁！

为顺应时代的潮流和满足老区人民的文化生活需求，2007年“七一”前，中共武乡县委宣传部决定举办“首届武乡秧歌大赛。通知一发出，就得到全县各阶层和广大文艺爱好者的积极响应和大力支持。8月10日至11日，首届武乡秧歌大赛预赛在电影院举行，观众自发聚集观看，场场爆满，鼓掌声、喝彩声不绝于耳。8月15日，首届武乡秧歌大赛决赛隆重举行，大会组委会将比赛的实况全程进行了录像，并在县电视台和县城电视大屏幕播放。决赛的实况还将录制成光盘，向社会和武乡籍在外的工作人员发放。久违了的武乡秧歌向老区人民送上一份美味的文化大餐，优美的武乡秧歌唱段不断在城乡大地回响，许多中老年同志似乎又找回当年武乡秧歌的感觉。全县人民的千言万语汇成了一句话，就是“武乡秧歌，我为你喝彩，老区人民为你喝彩”。

作为首届武乡秧歌大赛组委会的常务副主任和评委，我综观这次大赛，主要有四个特点，这就是发动充分，组织有序，竞争激烈，效果良好。

所谓发动充分，就是说为搞好这次秧歌大赛，有关部门做了广泛的宣传发动工作。县委宣传部专门下发了通知，就这次大赛的指导思想、参赛资格、报名办法、参赛程序、评分标准、奖励名额做出详细规定，并在武乡周刊、武乡电视台、《家乡之音》进行广泛宣传。宣传部还专门召开了各乡镇、各大口负责人会议，就大赛的有关事宜进行深入动员和严格要求。从 7 月 10 日至 30 日，报名参赛人数达到 160 人之多，参加配乐人员达到 130 余人，参加预赛人员也达到 120 人。从参赛的人员来看，有上至 70 多岁的老干部、老农民，也有下至八九岁的少年儿童，有久登舞台的老戏剧工作者，也有从未登台表演的年轻新秀，有夫妇同台献技，也有母女同台演唱，有从新疆远道而来的武乡籍老干部，也有太原、长治、榆次专程回乡参赛的业余爱好者。故城镇茅庄村一个村就有 16 名选手报名参赛，且在报名之后，村委会每晚组织参赛人员进行配乐训练，最后有白小英、白小丽姊妹俩进入决赛。蟠龙文化站负责人姚长旺为培养新手，推荐新人参赛，亲自组织 10 余名少年儿童进行演唱训练，这些小演员在比赛中表现出很好的天赋和潜力，深受观众和领导好评。武乡籍年近八旬的新疆老干部安巨保，回乡一听到举办秧歌大赛，就积极报名配乐参赛。在长治工作的毕改英、赵英平等四名中年妇女，为参加比赛，放弃了工作，放弃了家务，自费回县城吃住 10 余天，请教名师，积极配乐，比赛中给观众留下很深的印象。分南乡残疾妇女郭翠平身残志不残，在演唱中也表现出非常的竞技状态。

特别值得一提的是：为保证这次大赛的成功举办，省级文明单位地税局、电业局、城关村和人民银行伸出资助之手，为大赛慷慨解囊，提供了雄厚的财力支持。

举办首届武乡秧歌大赛，参赛人员之多，比赛场面之宏大，比赛程序复杂，没有严密的组织工作、周密的比赛程序，很难保证大赛的顺利进行。所以，从这次比赛的一开始就组建了大赛组委会和工作机构，聘请有关专家和襄武秧歌的著名编导、演员担任评委，召集回全县的武乡秧歌音乐名流组建了乐队，随后，用近四天时间为参赛选手配了乐。报名工作结束后，组委会对参赛人员的资格进行了严格审查，并分组进行了抽签，排出比赛顺序。对这次秧歌大赛，县委、县政府高度重视，大力支持。县委书记阎建书同志在百忙中亲自为大赛题写了会标；县委宣传部、电影公司的同志对舞台进行了精心设计、装饰；县广播电视台的同志对音响灯光进行了反复的检查调试，并对预赛和决赛进行了全程录像；县公安局、丰州派出所的同志积极承担了比赛的保卫工作。进入决赛后，由于条件所限，不能满足广大观众的要求，县委办组织县直各大口、省级文明单位和老干部进行观看，观众秩序井然，掌声不断，表现出良好的道德风尚。为鼓励广大参赛同志的积极性，大会后勤组几次赴太原、长治购置奖品和纪念品。

特别是在预赛和决赛期间，县级四大班子领导多次亲临现场观看指导，并为获奖选手颁发了奖品。县委书记阎建书两次亲临比赛现场作重要讲话，为比赛工作加油鼓劲，并为一等奖获得者颁奖。

本届大赛组委会主任、县委常委、宣传部长魏晋民同志首先提议直接动手筹办，自始至终参加了大赛。老文艺工作者王仲样、王充理等同志，更是任劳任怨，不计报酬，从组织配乐到预赛、决赛，全程参与，处处把关，在评分工作中，严格按评分标准，一丝不苟，公正打分，从而使大赛得以圆满顺利进行。市委宣传部、省文化厅的领导也应邀在决赛时亲临现场观看指导，这一切都对比赛的顺利圆满举办，产生了积极的鼓舞和推动作用。

这次大赛的一个最显著特点就是比赛的竞争非常激烈，这是出乎我们预料的。比赛前，不少同志觉得，多年来戏剧行业很不景气，秧歌已经没有群众基础，参与的人员不会很多，水平也不会很高，但事实恰恰相反。从通知发出，仅20天时间就有160多人报名，预赛开始乃至决赛进行时仍有人报名，由于组织工作无法进行，才限制了一些同志的参与。在参赛选手中，除极少数演唱天赋、基础、水平较差外，一大批选手水平相近，实力相当，使得我们评委每每难以打分。进入决赛的15名业余选手和11名专业选手，都各有优势，各有特长。大有乡上却净村农民董如明，身患肝硬化，刚在省城医院抽水返乡，听说举办秧歌大赛，就马上报名参加。参加预赛后，由于过度劳累，导致感冒高烧，接到决赛通知后，又拔掉输液针头，立马赶回县城参赛。带病参赛虽然在一定程度上影响了他的正常发挥，但他的演唱仍然嗓音洪亮，吐字清晰，唱腔圆滑，犹如武乡秧歌剧团著名须生李海水再生，给观众留下极为深刻的印象。蟠龙镇下型塘村农民胡巧红顶着妊娠中毒的剧烈反应参赛，虽然给表演带来不便，但她仍以清脆、甜美、婉转、优雅的演唱，夺得大赛业余组的二等奖。有人说西乡人唱不了东乡戏，唱武乡秧歌不地道，但业余组来自涌泉乡寨上村的农民弓拴平的演唱入板入眼，演唱音色优美，行腔自然，酷似当年的旦角名演安娥英。来自西乡故城镇的农民白小英、白小丽姊妹俩同台演出，同台献技，当仁不让，一个夺得业余组的一等奖，一个夺取业余组的三等奖。五一小学的郝斌，盘龙小学的安惠，年龄都才10来岁，学唱武乡秧歌也仅一二十天时间，但在舞台上表演得潇洒自如，行腔自然，演唱淳朴地道，表现了极强的天赋和潜力。人行推荐的选手暴会芬，祖籍是山东人。她曾是一位流行歌手，听说要搞武乡秧歌大赛，她硬是缠着老艺人编唱段，谱唱曲。比赛前她一直出差，可她出差不忘唱秧歌，走到哪唱到哪，最后终于以顽强的毅力、良好的表现闯入决赛。专业组选手郭书芬、赵红波夫妇，自秧歌剧团解散后，就到外地打工，很少问津武乡秧歌。听说县里搞秧歌大赛，扔下手头的商务，赶回县城参赛，以良好的竞技状态双双闯入专业组决赛。胡小丽、王丽芬、关菊平离开剧团后，常年跟随音乐团演唱，她们走到哪里，就把武乡秧歌唱到哪里。这次比赛她们都以演唱的高分名列决赛的前茅，只可惜在新歌加分一项失算，与夺冠失之交臂。来自武东山区墨镫乡的房素芬，唱腔优美，嗓音清脆，感情丰富，表演逼真，以一段感人泪下的《秦雪梅吊孝》征服了观众和评委，夺得了唯一的一个满分，当之无愧摘取了本届大赛专业组的桂冠。

首届武乡秧歌大赛的成功举办，不仅在参赛人员中留下了深刻的印记，而且在全县城乡产生了强烈的反响。大赛参赛人数之多，组织工作之有序，演唱水平之高，社会影响之大，都是前所未有，它旨在证明，武乡秧歌的特殊魅力，也旨在证明，振兴武乡秧歌合民心，顺民意，顺应时代的潮流，是弘扬民族文化的妙手之笔和经典之作，对于振兴地方戏剧，拯救武乡秧歌，唤醒人民群众，弘扬传统文艺的忧患意识，具有十分深刻的影响和巨大的推动作用。正如有的同志所说，“在武乡，举办秧歌大赛，其影响绝不亚于‘心连心’艺术团来演出”，原县委办副主任、信访局长姚文国说“秧歌大赛抓住了武乡三代人的心”，事实也正是如此。举办首届秧歌大赛能得到全县上下的热情关注和积极响应，从演员配乐开始到比赛的结束，许多老同志、老戏迷，如王文政、岳书明、王俊峰等场场不误，表现了乡亲们对乡土文化的极大兴趣和青睐。老文学工作者张贵堂、赵启旺还当场作诗，盛赞武乡秧歌大赛。比赛规则规定，用武乡秧歌歌颂改革开放、武乡经济腾飞、县城变化新貌的新歌加 0.03 分，白小英、王慧芬、常效平、暴会芬等用武乡秧歌这种群众喜闻乐见的形式，热情讴歌家乡巨变，深得领导和观众好评，也发挥了新歌加分优势，比赛取得好名次，可谓名利双赢。比赛已经结束，胜负已见分晓，而大赛所产生的强大社会效应仍在扩展和延伸。连日来，县城的街头巷尾、宾馆饭店，农村的家庭院落、田间地头，人们都在议论着一个热门话题，那就是武乡秧歌大赛太精彩了，家乡戏太亲切动听了，武乡秧歌回来了！从广大民众的深切呼声中，我们深感，把武乡秧歌唱亮唱响，发扬光大，势在必行，时不我待。

“武乡秧歌武乡人唱发扬光大，英雄业绩英雄者创再铸辉煌。”首届武乡秧歌大赛浓墨重彩，影响深远，在我县文艺史上写下了崭新的一页，但老区人更期待的是，今后的武乡秧歌能更好地讴歌家乡的经济建设，秧歌大赛能一届接一届办下去，武乡秧歌能够人才辈出，再铸新的辉煌！

后　记

武乡秧歌是已有170年历史的地方戏曲剧种。在历史的长河中，武乡秧歌在人民群众生产生活中诞生，在战火纷飞的岁月里成长，伴随着社会主义建设的进程而发展。历代武乡秧歌艺人为之奋斗不息，创造了辉煌的历史，留下了厚重的足印，已成为武乡人民文化生活中不可或缺的精神文化食粮。

在不同的年代，曾有不少资料记录了武乡秧歌的发展轨迹，但都不能全面系统反映武乡秧歌的发展历程。为此，2018年初县政协文史资料委员会委托王充理同志收集整理武乡秧歌史料，以便编写《武乡秧歌百年传承史》。

王充理同志是武乡秧歌的第五代传人，曾执笔编写《武乡秧歌志》，参与省、市戏剧史料的编写和《光明普照五十年》的编辑工作，掌握了不少武乡秧歌历史资料，有丰富的编写经验。近一年来，王充理同志深入乡村，走访调查，核准史实，认真收集整理史料。编辑人员精心编撰，认真校对，终于将武乡秧歌百年历史编辑成册，完成了几代秧歌艺人的夙愿，为武乡秧歌的传承和发展做了一件有历史意义的大事。

本书共分四章十四节及附录。对武乡秧歌的历史渊源、发展历程、荣誉辉煌、艰难低谷，进行了较为详尽的记述。本书的资料来源于对王会孩、关贵成、崔来法等武乡秧歌第二、三代传人的采访记录；张万一、高介云、王世荣、郝凌云等老戏剧艺术家的回忆录；韩家垴、陌峪、榆社县郝北村旧舞台的壁题以及《光明普照五十年》等书籍资料。

本书收录的人物是指在武乡秧歌传承中有贡献、影响大的知名艺人和省级以上剧协会员以及获得市县级以上表彰的传承人。

本书的编辑出版得到了县文化馆、“武乡秧歌协会”“武乡非物质文化遗产协会”及李金兆、王仲祥、李星光、郝雪廷、安书珍、魏玉秀、成良、暴留庆、张立君等人士的大力支持帮助，在此一并致谢！

因年代久远，资料缺乏，编辑水平有限，书中难免有错误之处，敬请大家批评指正。

编　者

2018 年 11 月

武乡英模谱

孙俊堂　主编

【作者简介】

孙俊堂，男，1955年11月生，山西省武乡县洪水镇白和村人。中共党员，大专学历，退休干部。现为武乡县政协文史资料编辑。曾两度参与《武乡县志》（1986版）、《武乡县志》（1978-2016版）的编修，参与《中共武乡县组织史资料》《中共武乡简史》《武乡老区发展史》的编写工作，参与《武乡图片集》《战火中的武乡》等资料的编辑。为《白和村志》《选择》《关河建设纪事》《武乡英烈劳模谱》等书籍的执行主编。爱好文学创作，发表散文、报告文学、小说等作品，并创作了武乡琴书、抗战民歌剧、秧歌剧等戏曲剧本。

【内容简介】

武乡是全国著名的革命老区。抗日战争时期，武乡人民在中国共产党的领导下，全民总动员，出兵出粮出干部，为中国革命做出了重大的牺牲和贡献，同时涌现出无数英雄模范，谱写下许多可歌可泣的壮丽诗篇。本书收集了武乡县出席1944年11月太行区第一届太行群英会和1946年12月第二届太行群英会受表彰奖励的英雄模范人物事迹，共计36人，34篇文章。其中杀敌英雄18人，生产、合作英雄12人，拥军模范6人。

天地英雄气，千秋尚凛然。本书通过对英雄模范人物深度调查了解，用纪实的写法记录了他们在烽烟四起、炮火连天的战争岁月里无私无畏、拼死奉献的英雄形象和模范事迹，再现了老区人民为民族的解放、祖国的独立作出的不朽贡献。

杀敌英雄

马应元

孙如珍

2014年9月1日，中华人民共和国民政部公布第一批全国著名烈士300名，其中之一是八路军太行军区第三军分区民兵指导员兼飞行爆炸组组长马应元。

抗战时期，他领导的马家庄民兵“飞行爆炸组”封锁蟠武公路，多次伏击重创敌人。1943年夏季，敌占蟠龙后，太行三分区任命他兼任蟠（龙）武（乡）线飞行射击组组长，运用麻雀战术歼敌小股部队，并不断配合独立营夜袭段村敌据点。他以自己独创的“地雷加冷枪”特殊战法，一小时布地雷13处，鸣枪诱敌踏雷，毙伤日伪军91人，缴获步枪11支、子弹500多发。对敌斗争中，他曾先后三次负伤不下火线，立下战功，荣获太行三分区“飞行射击爆炸英雄”称号。1944年11月，出席了太行区首届群英大会，被授予腹地民兵“一等杀敌英雄”称号，并获“日夜出击蟠武线，飞行爆炸显神威”的锦旗一面。1945年正月，不幸被敌抓捕，惨遭毒刑，壮烈牺牲。

群众保护神

马应元，山西省武乡县马家庄人。1921年生在一个贫农家庭里，4岁时爹被地主逼死，娘带应元改嫁。牧羊打猎的苦日子，使他锻炼出一副宁折不弯的倔强性格。他于1938年参加青救会，1940年参加抗日游击小组，秋季正式加入民兵组织，配合八路军反“围攻”、打伏击，在著名的长乐战斗中曾为部队带路送信，转运战利品。1942年光荣地加入了中国共产党，担任了村上的民兵指导员。在反“蚕食”打“维持”斗争中，他带领马家庄民兵队，搞侦察、报敌情、捉舌头、锄汉奸、缴武器、截物资，多次从段村镇大据点夺回被日军抢走的耕牛、羊群和粮食、蔬菜等。

从武乡县城顺着蜿蜒曲折的蟠武公路往东走，一出马庄，在公路东侧的悬崖顶上，可以隐约地看见一个30多户人家的小山庄，这就是马应元的故乡马家庄。因它地处要冲，像一座天然的堡垒，扼守着武（乡）东根据地的西大门。战斗在隘口上的民兵指导员马应元和他的队员们，半夜来，五更去，神出鬼没地和日本鬼子斗智斗勇，创造出许多杀敌的传奇故事。

1941年冬天，马应元带领马尚银等十几个民兵，深夜摸进段村大据点夺出300多只羊。又一次，敌人“驻剿”郭家沟，应元和牛兴旺等四五个骨干民兵，闯进村里拉洋马，应元脚部挂了彩，没有达到目的，二次翻身又到另一处据点里牵出6头牛。1943年腊月，村民兵在胡家垴被敌包围。马应元急中生智，一面让人吹冲锋号，一面呼喊调兵遣将的口令，敌人以为八路军大部队出来了，慌忙收兵回了老窝。还有一次，应元领着民兵们去炮楼下抢蔬菜，不料被鬼子哨兵发觉追过来。应元随手扔出两根黄瓜，敌兵以为扔来了手榴弹，趴在地上不动了，当他们又赶来追赶时，马应元和伙伴们早跑得无影无踪了。后来敌人派出暗探捉拿马应元，应元和民兵马福贵，一天抓了两个便衣探子，人们到处传颂着马应元同志和他领导下的民兵队员们的许多英雄事迹。

河神庙侦察

1940年夏，日本鬼子占领武乡段村镇（今县城）后，强迫附近村庄的老百姓搞“维持”，离马家庄一里远的马庄村也被划进了“维持”区域。马家庄处在了对敌斗争的前哨，成为武东抗日根据地的重要门户。日军三天两头出来“扫荡”“奔袭”，马家庄地带陷入苦难的深渊。但是，英雄的武东人民没有被敌人的气势汹汹所压倒，他们在抗日县政府的领导下，积极开展了反“扫荡”、反“维持”斗争，使根据地更加巩固，进一步开辟了敌占区的工作。

1940年刚过罢年，在区委会的直接领导下，马家庄秘密地成立了地下抗日游击小组。他们半夜去，五更来，神出鬼没地探听敌人的情况，为我抗日区政府和敌占区之间建立了一条重要的地下联络线。

在一个深秋的夜里，从马家庄的盘山小道上走下两个人，登上公路后，一直向段村敌据点的方向走去。只见走在前面的是一个彪形大汉，20来岁，在白羊肚手巾的英雄结下面，有一双浓眉大眼，长长的脸膛黑里透红，穿着一件粗布夹衣，腰间插着一支土造手枪。后面跟着一个比他稍大几岁的小伙子，同样的粗布穿装。这两个人就是马家庄游击小组的骨干民兵马应元和马来胜。他俩奉区委会命令，每天晚上出来侦察敌人的情况。只见他俩一口气跑完20里路，走到关河岸边，卷起裤腿，蹚过冰冷的河水，走到了河神庙跟前。

在滚滚的关河西岸，有一座古庙院，叫河神庙，庙里住着一个老和尚。这座庙正在东村山下，山顶就是日军“红部”炮楼，向西再走一二里路就是段村城门。一些“红部”便衣和警备队、电击队晚上没事，经常来庙里吃吃喝喝，抽烟打牌。以往，应元他们来到河神庙是和我方一个地下联络员接头，获取情报的。今晚，来到庙前，只见大门紧闭，不见联络信号，看样子像是出了什么事情。说不定里面有鬼，汉奸们在打牌。马应元心里想，如果现在贸然进去，碰上鬼子，一定是很危险的，不进去吧，上级的任务又怎么完成呢？想到这里，他的耳边响起来区委成书记昨晚在小组会上的讲话：“为了抗击日寇的侵略，我们人民群众，必须组织起来，武装起来，前仆后继，英勇战斗，日寇一天不打败，老百姓就一天不得安宁。”是的，敌占段村的几个月来，马应元亲眼看见乡亲们惨遭屠杀的情景，一些流氓地痞、地主富农纷纷投靠东洋鬼子，充当走狗。在应元4岁那年，他父亲为交租还债活活累死，母亲只好改嫁，使他一家妻离子散、家破人亡，马应元从苦水里泡大，在幼小的心灵里种下了阶级仇恨的种子。此刻，阶级仇、民族恨交织在一起，使他坚定了完成任务的决心。他顿时觉得，为了完成党的任务，就是龙潭虎穴也要闯。

他俩分析了里面的情况后，悄悄地从厕所西边的墙上跳了进去。只见西厢房里灯火通明，听见两人在唠唠叨叨地说话。从窗棂里映出的黑影上看，是两个警备队员的装束，歪戴着帽子，摇头晃脑。听声音又都是本地人，看样子里面只有他们两个人。马应元的心里有了底了，于是他们轻捷地跑到西房门前，一脚踢开门子，出现在两个伪军面前。灯光下，看见他们正在喝酒。两个家伙一听门子响，慌成一团，赶紧到门后拿枪，但不等他们动弹，马应元举起手枪命令道：“不许动，举起手来，我们是八路军游击队，缴枪不杀！”两个家伙一听“八路军”三个字，早已吓得屁滚尿流，乖乖地举起手来。马应元乘机从门后收拾了两支步枪，两个家伙就这样束手就擒了。

经过审问，才知道鬼子从沁县调来一个中队，增强段村的防守，并且3天后就要出发“扫荡”，主要是抢粮食。马应元听了后，觉得情报基本上可靠。于是，对两个家伙讲明了抗日救国的道理，争取他们为抗日工作出力，交代明了党的政策，让他们亲笔填写了抗日志愿书，随后把他们放了，并叫他们每天送情报来，否则，我方就把抗日志愿书交给日军“红部”，借敌人之手杀掉死心踏地的汉奸。

把两个汉奸“教训”了一顿后，马应元和马来胜扛起两支步枪，大摇大摆走出了庙院。天亮时分，他们赶到了贾豁区政府，汇报了情况，把缴获的两支步枪交给区委会。领导表扬了他们的行动，并把两支枪分配给他们游击小组使用。

在党的领导下，游击小组逐渐扩大，他们出其不意地给敌人以沉重的打击，大大鼓舞了人民群众的抗日斗志。到1940年秋天，马家庄正式成立了民兵组织，马应元担任了指导员，马来胜担任了武装主任。在斗争中久经考验的马应元光荣地加入了中国共产党。

月夜护送

1942年春，日本鬼子展开疯狂的春季“扫荡”，企图破坏春耕下种，情况十分紧张。浊漳河两岸的大片村庄都被鬼子烧得一片瓦砾。乡亲们在野外密洞里坚持战斗，但口粮成了最大的问题。为了打击敌人的嚣张气焰，发动南乡人民掀起生产自救运动，完成抢种任务，上级决定派县委书记和县农会主任到南乡组织群众，进行武装保卫春耕播种。

一天夜里，马应元同志接到区委指示，护送两位县首长到浊漳河南岸上司一带。吃罢晚饭他走到村边一看，只见宽阔的河滩里，停着鬼子大几十辆汽车，车上装着抢来的粮食和军用物资。滩里三步一哨，五步一岗，沿路从里庄直通马庄，有10里多长。他想了想正是鬼子从开始“扫荡”的第五天，在这里扎下了中途兵站。怎么办？到上司村必须经过这个滩，又非得穿过敌人的汽车群。等鬼子走了再过，任务急切，等到天明更不好过了。这时，他想到了民兵战友们，众人拾柴火焰高嘛！于是他召集民兵开会，共同商量这件事情，大家你一言我一语地扯了一顿，决定分兵两路，等到后半夜，武装通过封锁线，护送首长抢渡浊漳河。

夜静了，静得一点声音也没有，只是偶尔传来几声蛙叫。月亮明得像一面镜子，大地沉浸在银白色的世界里，偏偏这时一点云彩也没有。天，晴得像水洗过一样，光秃秃的河滩上只要有一点黑影，敌哨兵就会发现，这就给行动带来很大困难。宽宽的公路在月光下，像一匹抖开了的白布。河滩里敌人的汽车清楚地映入眼帘。满滩石块在月光的照耀下一起一伏，像大海的波浪。这时，由马来胜同志先带领5个民兵到牛家庄去接首长，马应元带十几个民兵埋伏在公路边的悬崖顶上，观察敌情。

快到半夜了，鬼子在滩里站岗的哨兵，一个个冷得缩着脖子，有的干脆到汽车的小轿子里睡了。马应元看着时机已到，就带着民兵先头摸索着走到滩里探路，马来胜他们引着首长后面尾随。一个个手里的枪握得紧紧地，子弹推上了膛，连手榴弹的导火线都勾在指头上，随时准备战斗。他们在汽车之间的一条水沟里匍匐穿过，慢慢地摸索前进，尽量不让发出声音。走了很远，敌人也没有发觉。该过河了，大家卷起裤腿过河，在河心激起浪花，发出“哗哗啦啦”的水声。这下让哨兵听见了，大家刚过了河，就忽听“砰!”一声枪响，从南岸的一座小庙里跑出一个鬼子哨兵来。应元眼明手快，举起枪来一响，结束了这条狗命。趁机，马来胜护送首长急速向南跑去，隐没在树林里冲出去了。马应元在后面和敌人周旋。一会儿，小庙里亮起了灯光，窗口架起一挺机枪，拼命地向外扫射。为了让首长安全，马应元带着民兵向小庙里开了火，故意转移敌人的视线，他们迅速向东边的树林里跑去，且战且撤使劲开枪。鬼子摸不着头脑，以为四面都有八路，于是胡乱地向四周打枪开炮。估计首长已到平安地带了，马应元才从树林里迅速撤上南岭。等大家在岭上会面时，听着滩里鬼子的枪声一阵比一阵紧，一辆辆汽车也明晃晃地开了灯。首长指挥马应元的民兵队，专朝鬼子汽车打排子枪。不一会儿把敌人的汽车打得起了火，火助风势越烧越旺，整个河滩一片火海。

天刚亮，马应元和民兵们把首长安全地送到了上司村，在往回走的路上，金色的阳光照耀着一张张完成任务后的欢乐的笑脸。

菜园里的“黄瓜战”

时间已到六月，我武东民兵在县委的正确领导下，配合八路军主力部队和县独立营开展了激烈的反“扫荡”斗争。日寇天天出来扫荡，蟠武公路上，鬼子和汉奸队上上下下，抓丁抢粮，三个月来没有一天停止过。直闹得老百姓不能生产，眼看见庄稼苗子长得绿油油的，可是不能锄草、收麦。区委会根据上级指示，发动广大民兵群众，劳武结合生产自救。马应元心里想，眼下正是锄草大忙季节，麦子已经收割，保护粮食、掩护群众生产都是我们民兵的光荣任务呀！他想着想着走到了武装主任马来胜家里，同他共同商量掩护群众生产的事情。

经过商量，取得上级支持后，他们把蟠武公路沿线村庄的群众组织起来，每个村口上都设了民兵瞭望哨，并在马庄的落江顶和里庄的侯家顶竖了两面信号旗，落江顶往西能看见鬼子的段村岗哨，侯家顶往东能望到长乐。鬼子不管从那面袭来，都逃不过民兵的眼睛。马家庄一带 30 多里的村庄哨兵看见信号旗一倒，就立即组织群众转移，等鬼子一走，信号旗一竖，群众又出来坚持生产。这样一来，群众就能安心生产了，半个多月时间很快突击了荒苗，并做好了保卫夏收的一切准备。

但是五六月间，青黄不接，吃粮仍是个很大的问题。我主力部队的给养和蔬菜都感到困难。为此，马应元几天坐立不安，为群众和部队的生活焦急着。几天后经过侦察，发现段村据点附近有专门给鬼子种的蔬菜，长得绿油油的。马应元高兴地对民兵说：“鬼子给我们种好菜了，我们把它收回来，送给咱们的子弟兵吃。”民兵们都懂得指导员的意思，一个个高兴得跃跃欲试。

一天夜里，马应元带着民兵出发了。按照白天侦察好的路线，绕道从河滩里走到鬼子的据点附近。民兵们有的担着箩筐，有的背着口袋，前前后后共十几个人。马应元握着短枪在前面开路。天黑，路又不好走，幸亏都是些熟路，要不实在是无法行动。

菜园里晚上没有哨兵看守，只是在白天，才有鬼子押着老百姓给他们劳动。可是菜园正好在城墙边上鬼子的岗楼附近，灯光从枪眼里映出来，隐隐约约能够看见菜园里的动静。这是马家庄民兵第二次来抢蔬菜，马应元领着民兵走了一段河滩的泥泞小路后，来到菜园地边，派一个民兵去菜园东边警戒敌人，其余人紧张地行动起来。有的拿茄子，有的拔白菜，有的摘黄瓜和辣椒，虽然行动尽量轻轻的，但在静静的黑夜里仍能听到“哗哗啦啦”的声音。不一会儿，箩筐、口袋里都装满了菜，民兵们兴奋地担起沉甸甸的菜担，顺着原来河滩路迅速向东走去。忽然在岗楼里走下一个鬼子兵，走到地边小便。这家伙一看见有人影，又听见了河滩里的响动，以为炊事员又来收白菜，给鬼子头头做夜饭哩，就顺手拿起一块小石头，向应元他们打去，嘴里还说什么：“做好了，有我们的！”在黑影里应元看得清清楚楚，这个鬼子兵没有带枪，漫不经心，他真想一下子结束了这条狗命，可是又想，如果开枪，让岗楼里的鬼子听见，同志们就会不安全，任务就不能顺利完成。正在这时，鬼子没听见回答，就向他们走来了，眼看着就要被发现，应元急中生智，随手拿起一根大黄瓜，对准鬼子脸就打，接着又是一根、二根，一共打了十几根黄瓜，直打得鬼子摸不着头脑，只是眼里火星直冒。黄瓜水和皮弄得睁不开眼，等他清醒过来知道是怎么回事时，应元已一个箭步上去，一把将鬼子按倒在地，几个民兵赶上去，用手紧捂住嘴，卡紧脖子悄悄地结束了这条狗命。

在与鬼子搏斗的时候，其余担菜的民兵已迅速向东前进，等应元他们赶上大家时，已走出了危险区，远远传来岗楼上的几声枪响。

第二天，马家庄的民兵把蔬菜送给了驻在附近的八路军轮防部队，军民欢聚，笑谈纸老虎的丑态，鱼水之情洋溢在根据地的每一个角落。

飞行爆炸显神威

1943 年，鬼子从段村出发，占领了武东的蟠龙镇。鬼子的“扫荡”更加残酷了，而马家庄民兵的斗争也更加活跃了。鬼子兵天天在蟠武公路来往“清剿”，不是汽车，就是马队，总是早晨从段村出发，下午从蟠龙返回，蟠武公路沿线的村庄，白天就成了一片充满恐怖气氛的无人区。秋后，县武委会对边沿区的民兵武装进行了整训，决定以马家庄民兵为骨干成立半脱产的“飞行爆炸组”，专门封锁蟠武公路，把守武东抗日根据地的西大门。

从此马应元带领飞行爆炸组的民兵们，神出鬼没地在蟠武公路上与敌周旋、苦斗。有时，他们配合主力部队袭击敌人的大队兵马，有时单独行动，利用麻雀战术，歼灭敌人的小股部队。马应元同志在与敌人长期斗争中练就一手好枪法，双手打枪，百发百中。一次，上级指示破坏敌人的电话线，他双手举枪，两枪打断四根电线，民兵们称他“神枪手”。有一次，鬼子的一队骑兵，耀武扬威地出现在蟠武路上，马应元连发两枪，打死两匹洋马和一个鬼子。等大队鬼子搜山抓人时，他早已转移到另一个山头上去了。更多的时间，他们是利用地雷，封锁交通线，发挥飞行爆炸的威力，闹得鬼子来往行动，胆战心惊，几个月来伤亡十分惨重。

7 月的一天上午，狂风大作，一会儿便昏天暗地。接到情报说日本鬼子从段村据点出发后，马应元和爆炸组的民兵们马上准备好地雷，迅速跑到了公路上。他们先在马家庄附近的路上埋了一串绊雷，刚埋好就看见鬼子的部队已来到故县，像长蛇一般地向马家庄方向窜来。他们赶紧跑到河滩附近的公路上埋地雷，因为时间紧，伪装不好又怕鬼子起雷，应元就在路上埋上假雷，在两旁的草丛里放了许多踢雷。眼看敌人到了马庄了，只听“轰轰轰”，鬼子踩响了前哨雷，开头的鬼子应声倒下去了，队伍立刻乱了。好不容易才整理好队伍又往前走。眼看走到滩里的大路上去了，前面的鬼子看见路上有雷，就从草丛里走，不料应元在草丛里放的石雷都叫鬼子踢响了，一阵轰响，乱石横飞，炸得敌人鬼哭狼嚎。当鬼子走到马家庄下面的悬崖下时，马应元已和民兵们跑到了里庄布拉雷了。就这样，鬼子走了一段，民兵们埋设一段地雷，鬼子进犯一步，民兵们前进一步，民兵机动灵活，鬼子连续挨炸。

到里庄后，鬼子索性不走了。马应元他们已在山顶上看见日军派了伪军，到前面探雷。怕敌人发现下面的雷，应元在山顶上立即往下扔手榴弹，“轰轰轰”炸死了几个伪军，探雷的敌兵拼命地向山上打枪，敌人机关枪也“哒哒哒”地响起来。敌人注意力全被吸引到山上，他们慌乱地边探索前进，边往山上瞅……应元看着鬼子的狼狈相，咬咬嘴唇自言自语地说：“小鬼子，跑？一个也逃不出民兵布下的天罗地网！”说着，他和马尚银背起剩下的几颗石雷，又穿山越岭，抄近道去摆石雷阵迎击残敌。

马应元带着民兵尚银像两只矫健的山鹰，一前一后展开翅膀“飞”到敌人逃路的前面，眨巴着眼睛想了想，在路旁的丛林里又布下了连环雷。当这群走正路被炸惊的野兽，正要绕林间小道混过鬼门关时，被民兵们布下的“天女散花”石雷阵，炸了个撒谷扬场，几乎全部报销在里庄滩。

这样一直折腾到天黑，鬼子的残兵败将才像挨了石头的屎克螂爬到长乐村。短短的一个下午，马应元的飞行爆炸组在蟠武路上就埋了13处地雷，炸死炸伤鬼子90多人，缴获步枪10支，子弹500余发。民兵们在实践中创造了“敌到雷到”“敌未到雷先到”和“敌不到诱敌到”等游击战术，打了一个又一个的便宜仗。县武委会表扬了爆炸组，太行三分区奖给上书“日夜出击蟠武线，飞行爆炸显神威”的锦旗一面。

武东大门坚不可摧

鬼子在蟠武路上天天挨炸，处处受打。特别是7月那次“扫荡”更是伤亡惨重，于是狗急跳墙，开出了大批鬼子兵和汉奸队干脆在马家庄设下临时据点，企图摧垮武东地区的重要门户，使公路上通行安全。马家庄的群众和民兵们迅速转移到后山的郭家沟。鬼子占领了马家庄，拆房砍树，修堡建碉，把一个30多户的小山庄捣砸得乌烟瘴气，而且还在庄子西北边的制高点上筑了一个大地堡，外圈又用门扇搭了一个临时哨所，这样既控制了公路，又妄图阻止民兵出山活动。

敌占马家庄后，马应元领导的爆炸组，无法到公路上活动了，他们几次想摸回村上，探听鬼子的情况，但都没有成功。马应元心里焦急万分，双眉紧锁。难道马家庄就被鬼子这样占领下去吗？上级分配给我们的爆炸破路任务又怎么完成呢？武东根据地的大门就这样被摧垮吗？不能，坚决不能！“我们中华民族有同自己的敌人血战到底的气概，有在自力更生的基础上光复旧物的决心，有自立于世界民族之林的能力。”马应元心中燃起了复仇的怒火，同时又深深感到自己责任的重大和不能完成任务的苦恼。

他马上召集爆炸组的民兵们，讨论打回马家庄、拔除敌据点的计划。第五天，根据我们地下联络员的报告，鬼子在马家庄只有一个排的兵力。这时马来胜站起来说：“难道二三十个鬼子就把我们吓住了吗？我的意见是今晚奇袭马家庄！就我们这 18 个民兵去赶走狗日们。”说罢，民兵们纷纷表示，要痛痛地揍鬼子一顿，保住我武东大门。马应元心情更为激动，他具体和大家分析了敌人的情况，研究了作战计划，决定当晚乘敌不备飞兵奇袭马家庄。

下午，民兵们磨刀擦枪进行了充分的准备，从区上领回两三箱手榴弹，又把唯一的一门土炮也安装起来。天刚黑，就出发来到了离马家庄 2 里远的北面一个小山头上埋伏起来，把土炮装好药，架在山顶上，对准了鬼子的哨所。时间已到半夜，鬼子觉得平安无事，大都睡了觉，只有哨所里亮着一盏灯光。这时，应元带领民兵们爬回了马家庄圪梁上，悄悄地包围了敌哨所。忽听得土炮“轰”的一响，敌人的临时哨所的门板倒了，把一个鬼子压在下面。马来胜和三个民兵已跑到哨所跟前，一枪打死了门板下的鬼子，又把五颗连在一起的手榴弹一下扔向敌人的暗堡。一阵爆炸，里面的鬼子乱作一团，有的被炸死，活着的不敢出来，一个劲儿乱打枪。民兵们匍匐过去，又从地堡被炸开的决口上投进几颗手榴弹，残敌与地堡同归与尽。就在马来胜打哨所的同时，马应元带着十几个民兵包围了鬼子头目住的院子，当土炮一响他们也立刻行动了。子弹、手榴弹像雨点般地射向院内，投向鬼子住的屋子里。七八个鬼子有的丧了命，有的乖乖地当了俘虏。

马家庄又回到人民的手里了，武东抗日根据地的大门任何外来的侵略者也休想摧垮。

马应元同志在伟大的抗日战争艰苦岁月里，在党的正确领导下，带领民兵与日伪作了无数次大大小小的战斗，屡建奇功，多次被选为特等民兵战斗英雄。马家庄也成为太行山区著名的钢铁堡垒。

1944 年农历腊月二十四，马应元在本村突围战斗中不幸落入敌手。被抓进段村大据点后，日军宪兵队对马应元使尽酷刑：压杠子、烙铁烫，灌辣椒水、上老虎凳，几经拷打，坚贞不屈。敌人又抓来其母亲、妻子劝降，也无济于事。1945 年农历正月初九深夜，应元被敌秘密杀害，尸体被投入水井中。年仅 24 岁的马应元为革命献出了自己的宝贵生命。他那坚贞不屈的高尚气节，英勇顽强的斗争精神，为太行军民所敬仰。1946 年 12 月，在长治召开的太行区二届群英大会上特追认马应元为特等杀敌英雄，并在英雄台广场中央专设灵位，3 万军民举行了隆重公祭。太行军区秦基伟司令员号召与会的各路英雄，学习马应元烈士的英勇事迹，开展新的杀敌竞赛。

王尚元

孙俊堂

他是村民兵指导员。1943 年秋，为掩护全村群众转移，孤身一人力战进犯之敌，不幸献出年轻生命。1944 年 11 月，在晋冀鲁豫边区召开的太行首届杀敌英雄大会上，被追授“杀敌英雄”的称号。2020 年 9 月 2 日，在中华人民共和国退役军人事务部公布的第三批著名抗日英烈名录中，他是 185 名之一。武乡县革命纪念馆的陈列室里，保留着他与敌人拼搏时击坏了的步枪。

一

王尚元，出生于 1922 年，武乡县蟠龙镇尚元村人。

尚元村原叫皮烟村，在蟠龙镇的东侧，是一个较为贫瘠的山村。村里的居民大部姓王，其余有安、武等姓。尚元家里除父母亲外，还有个姐姐，他是父亲老来得子，全家的宝贝疙瘩。姐姐比尚元大十几岁，因为家境贫苦，早早就出嫁了。全家靠租种几亩薄田，和父亲到煤窑上担煤卖炭过活。尽管父亲终年操劳，家里还是有一顿没一顿地度着苦日子。

尚元还不到10岁时候，父亲因劳累而死。剩下这孤儿寡母的，生活更为艰难了。那时，母亲已50多岁，身躯瘦弱，生活逼迫着她拼命地干活，除了给地主种地，她还抽空给人家干些针线活，没明没黑，但仍没办法生活下去，尚元只好去给一户王家地主放牛。放牛起得很早，回来得却很晚。有时，回来早了，不是挨打就是受骂，回来晚了，饭都吃不上。性格倔强的小尚元，实在受不了这种委屈，一气之下跑回家里，说什么也不去给地主放牛了。

母亲伤心掉泪，他安慰道说："娘，你不要哭，我不去放牛，跟大人去挑煤，挣钱来还债就是了。"

这年秋冬，12岁的尚元，就跟着大人到大陌去担煤，然后到蟠龙镇去卖。来回10多里山路，要经过四岭八坡。尚元每次要担六七十斤的煤，他咬着牙，一声不吭。后来尚元一个人又跑到襄垣，给一家大地主扛活。尽管累得筋疲力尽，但仍过着饥寒交迫的生活。

二

1938年，各地开展减租减息运动，村农会主席武青云动员尚元参加减租减息的斗争。斗争中尚元懂得阶级剥削的道理，懂得减租减息的重要意义，点燃了他斗争封建地主、抗击日本侵略者的怒火，他积极参加运动，成为一名敢于斗争的进步青年。

1939年冬，随着抗日战争的深入，尚元认识到只有拿起枪才能打败日本侵略者。"我要求参加民兵!"虚岁才17的尚元，找到武委主任王会堂，要求参加民兵，拿起枪杆子。组织上考虑到他年龄还小，家里还有一个老母亲需要照顾，就让他承担送信送情报的任务。他很乐意干这事，不论白天黑夜，说走就走。

1941 年，尚元真的当上了民兵。“我现在是民兵了。”虽然是没有枪的民兵，和过去比起来，他心里也是异常的神气。他不论走路，还是干什么事情，或者站岗放哨、破路、断桥、挖窑洞，处处都要像他见过的八路军战士那样来要求自己。他样样干得好，样样走在前，多次受到领导的表扬。后来上级发下一支步枪，领导优先给了他。在尚元的心目中，这是多么大的荣誉呀！他下定决心，好好练武，保卫好群众，保卫好村庄，多消灭敌人。

1941 年、1942 年，由于敌人的“扫荡”和经济封锁，加之自然灾害的侵袭，根据地的处境严重困难。党号召民兵一手拿枪，一手拿锄头，开展大生产运动，搞好根据地的粮食生产，保卫根据地，巩固根据地。从此，他白天参加练兵活动，晚上上山开荒种地，没有牲畜，他就和伙伴们变工拉犁，还经常帮助军烈属种地。隔院的钟林奶奶家没有劳力，一家三口都是寡妇，他总是春上帮种、秋天帮收。秋收以后，他总是把最好的粮食拿出来交公粮。抗大六分校女生连住在了他村时，他把自己地里种的南瓜和家里仅有的一点粮食拿出来送给学生们吃，他和娘上山去挖野菜。

窑洞战是武乡民兵在和敌人长期的残酷斗争实践中，创造的一种适合当地特点的特殊斗争形式。武乡山沟复杂、易藏易躲，敌人来了，老百姓拉上牲口，扶老携幼，进山沟避难。恶劣的斗争形势，使人变得越来越聪明。大家在山里打了窑洞，窑洞不但适宜于居住，而且还适宜于攻守。尚元打的窑洞和别人的不一样，有通气孔，有洞上楼，进了洞还要拐上几个弯，每个弯的旁边还有用于把守的小窑洞，有陷阱等巧机关。大家给他打的窑洞还编了个顺口流：“楼上通天，楼下有弯。进了窑洞，守住三关。敌人无奈，只好滚蛋。”尚元很勤快，也善于帮助人，他除了给自己家打了窑洞外，还帮助村里没有劳动力的家户打了好几个窑洞，全村家家在山沟里有窑洞，敌人来了，就坚壁清野进山钻窑洞。敌人每次来了都是一无所获，恨死了这里的人们。一次他们又出来扫荡，路过这里还是一粒粮食一个人都没有找到，便开始报复，把全村所有房子都给烧光了，更加深了尚元对敌人的仇恨。

尚元的积极表现，得到党组织的重视和培养，1942 年，他光荣地加入了中国共产党。

三

1943 年 6 月，日寇侵占蟠龙，妄想以蟠龙为据点，吃掉我整个武东抗日根据地，斗争越来越残酷。敌人一天几次出来“扫荡”，到周围村庄烧杀掠抢。县委立即作了部署，动员蟠龙周围村庄的人们都转移到较远的地方，不给敌人一筐煤烧，不让敌人抢走一粒粮食，抓走一个壮丁。民兵封锁了通往蟠龙的所有交通要道。尚元和乡亲们转移到了三角坡、洪水一带。尚元参加了区民兵队的警戒组，担任放哨任务，防止敌人的突然袭击。他每天吃在山上，睡在山上。

已是深秋时节，地里的庄稼都已枯黄，夜里乡亲们都悄悄回村抢收粮食，尚元一个人在山上担任警戒。夜很凉，秋风刮着，吹动着他身上的单衣，寒冷不断地侵袭着他的肌体，他警惕地观察着周围动静。每当这样的夜里，他都沉浸在往事的回忆之中。过去，一年四季累死累活地给老财干活，还是常年累月地吃糠咽菜。自从八路军来后，村里成立了农会，农会搞了减租减息斗争，穷人的日子变了。农民生活一天比一天好，政治上也有了地位。我也是党的人了，穷孩子也有了出头之日。前几天村里人还给他提了亲，娘也快要抱上孙子了，越想他心里越是热乎乎的。

夜深了，四周万籁俱寂，天黑得伸手不见五指。夜幕下，敌人悄悄地出动袭击到这里。当尚元发觉时，敌人已经很近了。跑，绝对来得及；可是，乡亲们还在熟睡，鸣枪报信，乡亲们是能够听见，但拖儿带女、扶老携幼，转移需要时间。

怎么办？

"党把这样的重担交给自己，这是对自己的信任。"尚元心里想，"决不能让乡亲们遭受敌人的残害。"

尚元毅然决然地和敌人接上了火，他扣动枪机，照着山坡上蠕动的黑影射去。

"同志们，打啊！"敌人被这突如其来的喊声和枪声吓呆了，以为遭到了八路军的伏击，失魂落魄地愣在那里。

尚元一连撂倒了好几个敌人，边跑边打枪，吸引鬼子朝自己这里来。待鬼子清醒过来，发现山上只有一个人，一边放着枪，一边吼叫着扑了过来。面对成群的敌人，尚元毫无畏惧，继续往前跑。子弹打完了，把仅有的一颗手榴弹也投向了敌群。敌人仍穷追不舍，端着寒光闪闪的刺刀包围了他。他杀红了眼，双目怒视，将枪托朝上，手紧握枪管，怒吼一声，抡起步枪冲向敌群。枪托在敌群中飞来舞去，一个、二个，敌人的脑袋在尚元的枪托下开了花。枪被砸断了，他就夺敌人的枪。双手抓在了一敌人的刺刀上，手指被割得鲜血直流。就在争夺枪的当儿，敌人的又一把刺刀刺进了他的胸膛，他英勇地倒下去了……

四

第二天下午，敌人退去了，乡亲们含着眼泪在黄龙岩山沟里找到了尚元遗体。他全身血肉模糊，身上被刺刀捅了无数洞，肚皮也被刺刀挑开了，肠子淌在外面，双手十指只有两个还连在手上，击坏的枪在半坡上扔着。看到悲惨场景，乡亲们悲痛万分，号啕大哭。当天，县委在三角坡举行了追悼大会，沉痛追悼这位为保护群众而英勇牺牲的民兵战士。

1946 年，皮烟村的群众在党的领导下开始了土地改革，群众分到了田地，大家深知这胜利果实来之不易，更怀念牺牲的尚元先烈。他们噙着眼泪向县工作队的郭忠提出一个要求："你代表我们村的老百姓，向县里写个申请吧，大伙儿想把这皮烟村的名字改为尚元村，因为尚元是为我们死的，他虽然死了，但他的名字永远活在我们祖祖辈辈人们心里。"武乡县委批准了群众的要求，将皮烟村改名为烈士的名字。从此，在武乡县行政地图上出现了唯一以英雄的名字命名的村庄——尚元村。

关二如

孙俊堂

1943 年，他年仅 17 岁，就被评为武乡（东）县民兵杀敌英雄。1944 年 11 月，在太行首届群英会射击比赛中，又夺得第一名，受到八路军首长邓小平、李达、戎子和的当场夸赞，并被评为"太行腹地一等民兵英雄"，荣获"神枪武状元"奖旗一面，奖旗后被收藏在中国革命军事博物馆。1948 年，他英勇牺牲在淮海战役战场。

立志当英雄，苦练杀敌本领

关二如，1926 年出生在武乡县关家垴村。

1937 年，日军发动全面侵华战争，战火燃烧到太行山。在党的领导下，武乡县各地抗战救亡组织纷纷成立。刚满 11 岁的关二如当上了村儿童团长，站岗放哨，送信查路条，积极参加抗日斗争。1940 年 10 月，日军对根据地进行大扫荡，发生关家垴战斗。他的哥哥被敌残杀，他亲眼看到敌人烧房子、杀人、抢东西、欺侮妇女，激起他心中的强烈怒火，"不消灭日本帝国主义，乡亲们就活不成呀!”心中埋下复仇的种子。在八路军围攻关家垴敌人战斗中，尽管他年纪小，但也跟着大人们支前送弹药，还从战场上背回了3个八路军伤员。

通过这次战斗，二如有了参加村自卫队的念头。关家垴村组建有自卫队，还是模范自卫队。二如多次恳请参加民兵成为自卫队队员。但他年龄太小，身材也瘦弱，自卫队领导没有批准他加入。他心里暗暗想：“你们民兵不收我，那我也要当个‘队外’民兵，反正练好了本领，敌人来‘扫荡’我就能多消灭他几个鬼子。”于是，每当村里民兵练习射击时，他就跑去偷偷地在一旁模仿起来。一个人跪下、起来、瞄准、射击。平时也一天到晚不停地练。就这样练了几个月，关二如的射击技术大有长进。1942年，看到二如人长高了，射击技术很是了不起，村自卫队接收他当了民兵。参加民兵后，很快就担任学习组长。有一天，区武委会给他发了一支从窑洞里挖出来的旧步枪，枪筒生了锈，枪栓拉不开，可是二如却像得到宝贝似的，回到家就把枪筒擦得乌亮乌亮的，上油之后枪栓拉起来滑溜溜的。有了心爱的枪，他就更是不停地苦练，常常一天卧在地上练习好几十次，甚至回家吃饭时也用筷子比画，心里老是想着准心对缺口，黑夜躺在床上还要摆弄思考，在他住的院里的墙壁上，画着七八个点，不知道的人进去，以为院里住着的是正规部队，其实是他为自己练习瞄准画的靶心。“每天饭后一瞄准”是他练枪法的老规矩。此外，平素不论在家在地做活，一有空，就举枪瞄准。黑夜不能练瞄准，便将枪上吊了沙袋，增加手臂的负载力，练习臂力。他将举枪、瞄准、击发等动作要领熟记于心，射击的功力日渐深厚。人常说：铁棒磨锈针，功到自然成。二如三年间从未中断练习，他打枪打得准，就是苦练成的。

善动脑筋，村民兵的学习榜样

他常向村里的民兵说：“要想打枪准，一要练得熟，二要摸枪性，三要保管好。三日不练拿起枪就重。擦枪就如人洗脸，如不保管好，是拿上‘三八式’也不算话。”

因为他的枪法好，村里的民兵都喜欢跟他在一起学。日子久了，他成了村里民兵学习枪法的中心了。自从他被选为县里杀敌英雄后，关家垴村和邻村的民兵，更加油地练起来。他为了大家的枪法练好，和全班队员商量，饭后学瞄准，夜晚学练臂，在地里做活休息时也瞄准，没有带枪就目测距离。他年龄虽小，在领导大家练武上却有独特办法。在大规模生产运动中，他估计到大家的疲劳，按住的远近，分了三个小组，各小组长自己召集队员练习，每四天全班集体瞄一回。在大家热情的练习和二如耐心的帮助下，全村民兵打枪技术都有了很大提升，特别是他领导的那个射击组，6 个民兵已熟练掌握了射击技术。中队长关星河在同二如互相学习中，打枪的技术，也大大地提高了。

他从实弹射击和打敌人的经验中，觉得摸枪性是很重要的一件事。他摸枪性的诀窍是：“枪性低时瞄敌人的胳膊；枪性高时瞄敌人的脚；枪偏左时，向敌人肚脐右边瞄；枪偏右时，向敌人肚脐左边瞄，一打就准。”

二如非常爱惜武器和弹药，他常和民兵说：“随便浪费一粒子弹，就是帮助了敌人，因为子弹来得不容易，如不保存好，随便打，战争来了，就不能多打敌人。”他平时不乱打枪，战争中他也不轻易打枪，总要有七八分把握时才打。

二如对人诚恳、直爽，所以村上的青年人都喜欢接近他，特别是他领导的那 10 多个青年民兵，大家感觉到一天不在一起，就如失了群的孤雁，说不出来的难受。他们能搞得这样团结，就是关二如能以自我批评的精神影响大家，使大家都能说自己心里的话。他常对民兵们说：“互相批评好，团结好，咱们在战斗中能打得好，就是平时团结得紧。”所以他在民兵中很有威信，是大家学习的榜样。

神枪大显神威，鼓舞杀敌士气

二如参加第一次打仗，是 1942 年的秋季反“扫荡”。那时他的胆量还不大，但他观察很细心，慢慢摸索敌人的行动规律。在 20 多天的游击斗争中，不是追踪敌人队伍侦察，就是在山梁上伏击、打冷枪，袭扰敌人，不断积累对敌斗争经验。

1943 年 5 月中旬的一天，关二如和民兵们正在村北的山梁上抢收小麦，忽然发现有一队日军鬼子从洪水方向，沿着河滩杀气腾腾地赶来，他和村民兵中队长带领 10 多名民兵赶到中村的山梁上。为摸清敌情，他让大家隐蔽起来，自己则爬到山梁最高处观察敌人动向，伺机给予袭击。一会儿，敌人大部队走近了，他看到走在队伍前边的是一个骑着大洋马的敌指挥官，心想“擒贼先擒王，射人先射马”，今天我就把这个日本军官当成靶子，试试这些天来练习的枪法准不准。敌人一步步走进了二如的射程，200 米了，他心里很有信心和把握，举枪、瞄准，“砰”的一声，枪响了，洋马倒地，指挥官应声从马上摔了下来，敌人乱作一团。山梁上、西岸边的民兵同时向敌人开火，打得敌人东躲西藏。八路军总部的特务团和十四团也都及时赶到，机枪哒哒地叫起来，部队、民兵紧密配合，打得鬼子们在河滩里抱头鼠窜，拼命而逃。不一会儿，在河滩的巨石背后，另一日军指挥官伸出一杆“太阳旗”，不住地摆动，指挥日军向前冲。二如见到此景，又一次牢牢握住枪，把枪口对准那块石头校准准星，待敌伸头的瞬间，二如迅速扣动扳子，敌指挥官头脑开花，太阳旗也脱手而出。后来听抓到的俘虏说，被打死的这位敌指挥官是辽县红部炮楼里最狡猾、凶残，号称“铁虎头”的队长。

这次战斗二如亲手打死两名指挥官，打出了威风，打出了信心，对他鼓舞很大。

围困战里当先锋，英勇杀敌建奇功

1943年6月14日，日军、“剿共军”共4000多人侵占武乡重镇蟠龙。在太行区党委的领导下，八路军主力部队和武乡人民发动了八个半月的围困蟠龙战斗。二如在围困战中冲锋在前，参加了上百次的战斗，亲手打死打伤20多名敌人，屡建奇功，名扬太行。

那年8月的一天，他和关金河（民兵副班长）到蟠龙镇的对面河不凌村侦察敌情，在村边圪梁上，发现有8个鬼子兵在树上摘桃子吃。二如高兴地说：“狗日的，该死了!”说罢，连发两枪打倒两个鬼子兵。其余鬼子来不及还手，他俩又连发四枪，又有两个鬼子倒地，他们才迅速转移。

秋天到了，庄稼就要成熟了，敌人也四处出动要抢夺农民的粮食。在部队和民兵的掩护下，军民与敌人展开了抢收斗争。一次，二如领着他那个民兵班，掩护着数百人在离蟠龙三里多的圪梁上抢收谷子。夜幕下，他和副班长金河在距敌半里远叫松树庄的地方放哨。敌人发觉了他们的行动，掷弹筒、机关枪哒哒哒、咚咚咚的响起来。二如不慌不忙地对乡亲们说：“狗日的们天黑不敢出来，只是打机枪来壮胆子，有我们在，你们放心收割好了。”乡亲们也回应：“二如在，我们什么也不怕!”就是靠着夜晚有部队、民兵的保护，乡亲们把粮食抢收回家。10月，蟠龙据点敌人，白天黑夜疯狂奔袭附近各村，妄图抓捕我抗日干部和军人。为粉碎敌人的阴谋，自卫大队长赵震雷领导民兵，在距蟠龙四里远的尖山顶村依靠天然地形构筑了近千米长的战沟、冷枪洞。二如和他的民兵们配合自卫大队利用有利地形，经常阻击打击敌人。尖山顶成了保卫中村、义安一带村庄的保卫屏障。

关二如和他领导下的10多位民兵，经常神出鬼没，出其不意消灭敌人，敌人对他们恨之入骨，多次袭击，想消灭他们。1943年腊月，蟠龙之敌出动200多人，暗暗绕过了尖山顶，从石门方向偷袭包围了关家垴。由于二如和民兵们去运送军粮，使敌人偷袭成功。敌人抓住了二如的哥哥，残忍地枪杀了。二如爹悲痛地说：“二如啊，因为你打日本出了名，你哥也让日本人杀害了，我就剩下你一个儿了，你不要总是冲在前面。”二如说：“俺哥是被日本人杀害的，这个仇我一定得报，打不走日本人咱能安身活着？”

一天，二如和民兵们正在尖顶山瞭望，突然发现有40余名敌人赶着抢来百姓的七八头牛，牛背上还驮着抢到的粮食。二如指着对民兵们说：“牛和粮食是老百姓的命根儿，可不能叫鬼子抢走！”他部署大家很快找好地形，隐蔽到敌人必经之路的山梁上。待敌人进入埋伏区，便居高临下将手榴弹狠狠投向敌人。突如其来的袭击，敌人以为受了八路军的埋伏，丢下牛和粮食，慌忙跑回蟠龙据点。二如把夺回的牛和粮食交还给神南的乡亲们，大家感激得直流泪。

部队的好助手，百姓的保护神

二如和八路军部队在共同战斗中结下了深厚的情谊，他常向人们说：“咱只有跟八路军、共产党走，才能打走日本人，才能过好光景。”所以在每次战斗中都动作协调、配合默契，给敌以沉重打击。

1944年，关二如担任了村武委会主任。这一年农历正月，他带领10余名民兵，配合八路军的一个班战士到尖山顶警戒。他们探得有一队鬼子在温庄村，就商量共同消灭这股鬼子兵。部队战士想抄鬼子的后路，不料遭敌伏击，情况危急。为了把敌人的火力吸引过来，他和七八个民兵一个劲朝敌人猛打。可日军布置在山顶的那挺机枪把八路军封锁在山沟里，进退不得。关二如把枪往地堰上一架，朝着敌人的机枪手瞄了一阵，“呯”的一枪，敌机枪手就倒在了一边。敌人见民兵发现了他们的机枪阵地，扛起机枪就向山梁背后退去。埋伏在山梁上的民兵冲了出来，和八路军战士一阵猛打，消灭了这股敌人。八路军九连孙指导员说：“二如和民兵们真英勇，有这样的民兵队伍配合作战，我们会无往不胜。”

11 月 7 日晚，他率民兵配合八路军决九团到中村袭击敌人。根据他胆大心细，有勇有谋的特点，安排他负责在前侦察。出发前，他单身到敌哨所附近侦察了一番，初步摸清敌人集中在一个临时哨棚里，准备先解决敌哨兵。二如带领着突击队队员，绕过了大路，慢慢地向敌哨兵接近。在他们所在的地堰边上，敌哨兵来回走动，月光照耀下的刺刀发着寒光。敌人近在咫尺，突击组的三班长，真想猛扑上去抱住那个鬼子。二如立即暗示，时机不到，不能随便下手。待鬼子哨兵也退回哨棚后，他们悄悄翻上地堰，二如说："准备好手榴弹！"并示意继续向前爬。到离哨棚仅有 10 多步远的时候，大家同时将 20 颗手榴弹扔向敌群，顿时打得鬼子兵乱嚷乱叫，拼命逃走。这次战斗除把敌人赶走，还缴获了"三八式"步枪一支，挂包一个，饭盒三个。

接着，二如配合八路军在 7 天之内和"扫荡"的敌人打了四仗，光他和村民兵就打死日军 7 人，炸伤 3 人，炸伤敌骡子一头，而民兵们毫发无损。反"扫荡"结束返回村时，八路军马团长和村指挥部的领导、村民都到村口迎接他们打了胜仗。乡亲们高兴地夸奖道："二如和民兵就是咱的保护神，有他们保护咱放心多了！"

关二如英勇杀敌的故事到处传颂。1943 年 6 月，在武乡（东）群英会上被评委"杀敌英雄"。1944 年 11 月，光荣出席了太行区首届群英会，被评为"边区腹地民兵一等杀敌英雄"。在边区英雄射击比武中获得第一名，得到邓小平、李达、戎子和等首长的称赞，授"神枪手武状元"奖旗一面。

1945 年 4 月，二如带着他的民兵队，随八路军远赴祁县县城。在攻打日军侵占的纺纱厂时，他独当一面，挎着一挺冲锋枪，左右猛打，封锁了敌人的碉堡，掩护部队民兵抢出 50 多匹棉布，再次受到太行军区的嘉奖。6 月，他光荣地加入了中国共产党。10 月，他又带领全区 100 多名民兵参加了著名的上党战役，并带着村 10 多位民兵参了军，正式成为一名人民战士。

之后，他随军参加了平汉等战役。1948 年 12 月 8 日，在淮海战役马围子口战斗中壮烈牺牲，时年21岁。

王来法

李志宽　张凤如

坚持战斗在蟠武公路，用独特的武器——地雷、独特的阵法——地雷阵伏击杀伤敌人，先后毙敌123名，生俘40余人，赫赫战绩名闻遐迩，保卫了家乡，保卫了根据地。1944年11月，晋冀鲁豫边区政府、太行区首届群英会上荣获“地雷大王”称号和“抗战柱石，建国先锋”荣誉。中华人民共和国成立后，他曾数次出席全国民兵代表会议，受到党和国家领导人的接见，并先后接待60多个亚非拉友好国家访问团来村参观学习，传授经验。

一

1908年，王来法出生在河北省沙河县的一个穷苦人家。生父武义榜是个修鞋匠，跑村串户给人修鞋，虽然辛苦，但一直改变不了衣不遮体、饭不糊口的苦难生活。家乡遭受天灾，一家逃荒到武乡李峪村。迫于生计，父亲把他过继给村里无儿无女的王森林，改名王来法。

1938年4月，日军“九路围攻”侵入武乡，浊漳河岸的每一个村庄遭到烧杀抢掠，养父王森林被日军活活刺死，来法对日军产生了满腔仇恨，他决心要为父报仇。

长乐战斗后，李峪村就住进了八路军的民运工作队。王来法第一个报名参加了村里的抗日自卫队，并且还拉他的伙伴暴瑞祥、刘贵堂等人都参加。不到一个月的时间，李峪村的抗日自卫队就扩大到20多人。从此，他白天下地干活，晚上站岗放哨、送情报。王来法积极肯干、吃苦耐劳，被队员们选为村上自卫队的中队长。这一年7月，他光荣地加入了中国共产党。

二

1942年，日军对太行山抗日根据地发动了空前残酷的大“扫荡”。段村、沁县、襄垣等大据点的日军，经常沿着蟠武公路向东进行反复“扫荡”。沿途村庄的房屋被烧、牛羊被抢、老人被捅死、妇女被糟蹋、小孩被杀害……到处一片惨不忍睹的景象。王来法带着对敌人的满腔怒火，参加了县武委会举办的爆破训练班，在学习班里他用功刻苦，善于动脑，用最快的速度掌握了各种爆破技术，各项训练成绩都得了第一名。学习完毕他就急忙赶回村里，把所学的技术传授给民兵。

有一回，王来法接到区上的一份紧急情报：段村的敌人第二天拂晓要到武东一带抢麦“扫荡”。王来法高兴地说：“来得正好！这下我们的‘铁西瓜’可以发挥它的威力了！”说完就跑出来叫上民兵刘贵堂和暴瑞祥等人，背了几颗大地雷，带着步枪和锹镢，摸黑涉过浊漳河，跑到敌人的必经之路——长乐店，埋设地雷。他们把挖出来的新土倒进河里，再从较远的路旁找来浮土，撒在雷坑上面，印上鞋印和牲口蹄子印，撒上牛马粪，伪装得和原来的地面一模一样。然后在长乐东岭的高粱地里埋伏起来，两眼直盯着公路，很想看看他们埋下的地雷有多大威力。等呀等，公路上始终没有小鬼子的影儿。性格急躁的暴瑞祥等得有些耐不住了，跳起来说：“这小鬼子怎么还不来？来法哥，你们先在这里看着，我到前边梁上侦察一下！”王来法刚要阻拦，突然发现远远的拐弯处好像有人走动。他定睛细看，鬼子越来越近，黑压压一溜，该有上千人呢。王来法屏住气，小声吩咐大家不要暴露目标，静静地等待鬼子去踩地雷。眼看鬼子已走到雷区，暴瑞祥又说："怎么还不响呀?"就在这时，只听得"轰！轰！轰！"巨响，鬼子顷刻间东倒西歪地倒下一大片，没倒下的敌人也乱成了一锅粥。接着王来法、刘贵堂他们瞄准敌人打了几枪，又有几个小鬼子倒下了。惊慌失措的日本兵挨了地雷炸，又挨一阵子枪打，晕头转向，一时摸不清是在哪个山头放的，只好架起小钢炮和歪把机枪，朝四周的山梁上"咚咚咚""哒哒哒"乱打。王来法说："咱们撤退，让小鬼子在这自己折腾吧。"

在这之后的一年多时间里，王来法成功地试制了石雷、木雷、瓷雷、子母雷、连环雷、天雷、回头雷等 20 多种雷，设计了梅花阵、凤凰阵、楼上楼阵、蛇形阵、开门大吉阵、群体欢送阵等形式多样的阵法。

一次敌人来"扫荡"，王来法领着民兵，埋了几窝"子母雷"，为了防备日军绕着路旁和地边走，在公路两边也埋上了地雷。好不容易等来了，那些日本兵却在雷区前停住了脚步，竟然钻进谷子地里去了。王来法急中生智，"砰"的一枪正好打在领头的日本兵头上，那家伙应声就倒下去了。其余的日本兵吓得缩回到公路上。有个日本兵的大皮靴恰好踏在"子母雷"的踏板上，只听得"轰轰轰"震天响，炸得鬼哭狼嚎直叫。再看，窄狭的公路都堆满了日军的尸体。这叫"地雷加冷枪"的战法。战斗结束后，县上表扬了王来法，还奖给他 30 颗地雷、两支步枪，鼓励他们以后更多地消灭敌人，保卫抗日根据地。

三

1943 年 6 月，日军侵占蟠龙，并在周边地区修筑炮楼，妄图长期占领，掠夺这里的资源，破坏我抗日根据地。王来法带领李峪村的自卫队员，积极参加"蟠武战役"和"围困蟠龙敌人"战斗。他们分作三个班，轮流值守，不分昼夜出没在蟠武公路上埋地雷、打冷枪，千方百计阻挠驻扎在段村据点的日寇向蟠龙运送兵力和军用物资，扰得鬼子心惊胆战、日夜不安。

6月中旬，王来法接到区上情报，段村鬼子要开往蟠龙。他马上集合民兵，借着月光看好了地形，研究如何摆地雷阵。

民兵们忙了整整一晚上，村上的群众也来帮忙。他们有的用筐子抬着地雷，有的扛着一叠叠雷板，有的拿着锹镢挖坑，有的抱着羊蹄和马蹄做伪装……为了不让敌人弄清情况，还故意埋了假雷进行迷惑。王来法指挥大伙在要道上、树下、门上、窗上以及院中，把20多种雷和十几种阵法都使了出来，到处布设了真假明暗的地雷。上午10点多，从段村出动的1000多日伪军，沿着公路开过来了。他们知道地雷的厉害，猫着腰，踮着脚，走走停停，再弯下腰摸摸看看，走得比老牛还慢。当日军的尖兵班突然发现有雷痕，吓得尖声一叫："啊！地雷的有！"这一喊不打紧，吓得日本兵全趴下了。一个军官命令："把雷取掉！"小鬼子哆嗦地躲在一块大青石侧面，抓一块小石子朝雷痕一扔，但没有炸。接着，他又端起一块大石头抛向雷痕，同时自己向大青石背后一闪。只听"轰"的一声巨响，鬼子被炸得粉身碎骨，不见影儿。原来雷痕是假的，真的地雷却埋在大青石的后边。

第一颗地雷炸响之后，日军害怕自己有更多的伤亡，就逼着让黄狗子（伪军）到前面去探雷。黄狗子也怕死呀，可是鬼子用枪指着，他们只好慢慢地搜寻着。伪军们费了半天劲，发现有虚土，可扒出来的不是破钢盔，就是破布鞋，要不就是石头蛋，甚至有个伪军扒了一手狗屎。鬼子队长见地雷坑里都是假的，以为土八路弹尽粮绝了，就说："地雷的没有，快快地开路！"这股日伪军便放心地朝前走，谁知没走多远，就踏响了地雷。鬼子队长气得拔出刀在军中挥舞，大骂道："土八路大大地捣鬼！"这么来回折腾，日军都累坏了，就都一窝蜂地拥到路北边的菜园，有的抢着拔菜园里的萝卜，有的坐到菜园边的石头上休息，没料想萝卜带出了地雷，石头也开了花，伴随着一阵阵轰隆声，日本兵坐着"土飞机"上了西天。

凶恶的敌人要到李峪村进行报复，可又怕遇到地雷，为了安全，日军小心地用石灰粉把可疑的地方圈起来，并在上面压上"小心地雷"的纸条，就这样他们三步一圈、二步一画，闹腾了两个多小时，画了近百多个圈，地上也有了近百个“小心地雷”的纸条，这才又稀稀拉拉地向村里搜寻。

敌人的这些举动，全被王来法和民兵们在山头上观察得一清二楚。当敌人走近离我民兵布防的真地雷区时，被王来法他们用计诱了进去。刹那间，地雷炸得日军四处奔窜，跑到东边东边炸，窜到西边西边响，弄得敌人像蛇脱皮似的拐来拐去，到处挨炸。原来他们闯进了民兵布下的蛇形阵，走在后边的鬼子见前边的送了命，哗地往两旁躲闪，却踏响了民兵用连环雷设下的梅花阵……好不容易有了片刻的安宁，小队长抽出十几个工兵到前边去探雷。这些工兵挖起的却是一颗假雷，就放心地往起拿，没提防拉响了下面连着的一颗真雷。工兵也被王来法的“楼上楼”地雷阵送上了西天，吓得敌人掉头就跑，谁知他们又踏响“回头跑”雷，山坡上震天撼地，五个连线雷、八个单雷全响了。鬼子又炸死十几个，小队长也被炸到马下，连眼镜都掉了。他们跑到村口，见一块木牌上写着：“太君敢动，一命归天！”小队长歪着脑袋命令部下把木牌拔掉。一个家伙伸手去拔牌子，牌子拔起来了，埋在下面的地雷让小队长和几个鬼子坐着“土飞机”回到了东洋“老家”。剩下的鬼子不敢再久留在这随时可能丧命的地方，他们叽里咕噜地呼喊着，哭丧着脸，抬起一具具被炸得不成人形的尸体，夹着尾巴逃回了据点。

就这样，王来法在实际斗争中，创造了多种多样的地雷阵。自卫队员们也在他的带领下，一个个智勇过人，打得日军到处叫喊着：“天不怕，地不怕，就怕李峪王来法！”后来，日军为了摧毁李峪村这个铁的堡垒，就在胡峦岭上修了中途护路据点，李峪村群众被迫转移到东山一带，民兵们却没有被敌人的碉堡压服，他们仍然在日军的眼皮底下坚持斗争。白天，他们有的负责在梁上观察敌情，有的钻进青纱帐里装地雷、造石雷，给鬼子准备“干粮”；夜晚，就在王来法的带领下摸黑在公路上埋地雷，封锁交通。敌人无论是大股“清剿”，还是小股“奔袭”，都避不开王来法布下的地雷阵。

农历七月初五，王来法利用浊漳河涨洪水之机，带着李峪村民兵运用地雷伏击，将段村据点派出的探路伪军，巧妙地赶进了涨洪水地带，连打带被洪水冲，80余人毙命，王来法和民兵们在沿河根捞回三支“三八”大盖枪。

十多天后，敌人想在监漳驻扎。李峪又发动民兵、群众用地雷、石雷把监漳镇封锁起来，使敌人变成瞎子和聋子，而且夜晚出击，扰乱敌人，把敌指挥官的心搅乱，使他们变成疯子，到处挨炸，最后敌人不得不撤走。

日军吃够了李峪村民兵队的苦头，可他们并不死心。一计失败，再用一计，为维护蟠武公路，调出大批伪军，在浊漳河两岸设下许多掩护流动哨。为减少伤亡，日军改用汽车运送军火、物资。根据县武委会“炸毁敌汽车”的命令，他们选择了关道坡为设雷区。这里是蟠武公路最长的一道坡路，一面靠山，一面临崖，是汽车过往的必经之路。找好埋雷的地点，王来法先把印着轮胎花纹的泥块表层揭起，小心地埋下一颗地雷，然后再把花纹的泥片原样安上。大伙照着来法的办法，在两道辙印上埋设起来。敌人的汽车开过来了，一声巨响就将汽车送下了河滩……

就这样，王来法和他的战友们到处大摆地雷阵，一次又一次地粉碎了日本侵略者向太行腹地的“扫荡”“蚕食”和“清剿”，配合八路军部队保卫了家乡，保卫了根据地人民的生命财产。

围困蟠龙战斗，王来发和李峪村民兵立下了战功，受到太行三分区的嘉奖。1944年11月，王来法出席了晋冀鲁豫边区、太行区首届群英大会，获得“太行地雷大王”称号，晋冀鲁豫边区奖给他一面上书“抗战柱石，建国先锋”的锦旗，并还在晋冀鲁豫边区开展了轰轰烈烈的“王来法爆炸运动”。

李兴云　李金河

李志宽

秦家烟李家俩弟兄，
中秋节铲死鬼子兵。
白家庄炮楼上打胜仗，
进蟠龙大据点夺羊群。

这是人们歌颂武乡县秦家烟村民兵队长李兴云和队员李金河的一支歌。他们机智勇敢，用铁锹铲死日军小队长，名震太行。1944 年 11 月，出席黎城南委泉太行区首届群英大会，被授予“兄弟杀敌英雄”称号，李兴云还被授予“全区自卫队模范”。

一

李兴云、李金河是叔伯弟兄，也是一根藤上结的两个苦瓜。哥哥兴云从小跟爹给地主扛活抵债，后来因受不了那种“鞭打脚踢扣工钱，滴血咽泪饿肚皮”的非人生活，在18岁那年，一怒之下跑出财主门，学上了石匠这门手艺。可是长年累月钻在深山石窝里，两层石板夹着个命，披星戴月叮叮当当干，也是糊不了口养不了家。弟弟金河呢？7岁那年刚刚扔掉讨饭棍，便又拉起了放羊鞭。人常说：“东家的羊群肥又胖，牧童风雪里饿断肠。”他就这样年复一年，风里来，雪里去，在那多见石头少见人的山沟里，苦度着饥寒交迫的羊工生活。

1938年，八路军在晋东南地区建立了敌后抗日革命根据地，李家弟兄才爬出苦海翻了身。这时，兴云第一个报名参加了抗日人民自卫队，金河也成了“青抗先”里的带头人。他们在共产党、八路军教育下，一面带领穷哥儿们向地主进行减租减息，改善群众生活；一面给八路军送公粮、抬担架，积极支援打日本。这真是哥俩一股劲，挽臂闹革命！在抗日工作上，谁也不愿落后一步，不过两个人的性格可不一样。兴云30来岁，紫红脸膛，威愣愣的高个头，站在那里像一座铁塔，年轻时撬石抡锤练出一副好臂力，拳头一伸，就是好端端的墙壁也会塌下一块，说话声如洪钟，做事胆大包天，是一个不管三七二十一的“猛张飞”。

1940年春天，他带着民工到白晋线上破铁路，当大队受到敌哨兵阻击时，他便悄悄绕过去，用石头砸跑敌哨兵，使几十个民工闯过了敌人的封锁线。金河比兴云小4岁，生得粗眉大眼，腰圆膀宽，个头虽然不太高，行动却十分机灵，遇事主意挺多，两眼一眨就是一个“点子”。1942年5月大“扫荡”中，他被日军抓进了辽县城，深夜放火烧了鬼子的马棚，趁敌人慌乱之际，顺利地脱出了虎口。他对哥哥的脾气摸得烂熟，兴云的一举一动他都知道是啥意思。平时，弟兄俩形影不离，就像一个人一样，每次执行任务，总要互相搭伙去干。

二

1943 年夏季，日寇妄图摧毁我太行抗日根据地，把“蚕食”的魔掌伸进了山区。6 月中旬，在武（乡）东重镇蟠龙安下了“钉子”。不久，又在蟠龙镇附近的白家庄等地修起了炮楼。鬼子三天两头四出“扫荡”，烧杀抢掠，无恶不作。这样一来，处在蟠龙东面 3 里地的“梨果之乡”秦家烟村，直接遭受到日寇的骚扰。这时候，哥哥兴云已担任了自卫队队长，弟弟金河成为村上的骨干民兵。弟兄俩带领着民兵自卫队在区武委会的统一指挥下，抢种抢收，坚壁清野，半夜来，五更去，神出鬼没地和盘踞在蟠龙一带的日伪军展开不屈不挠的斗争。

8 月里，梯田的秋禾刚发黄，蟠武沿线的反抢粮斗争就开始了，民兵们像保卫夏收一样，掩护着转移进东北山里的乡亲们，连夜摸回炮楼下进行抢收。

中秋节拂晓，兴云和金河指挥着 30 多个群众，在村边抢收了 10 多亩庄稼。天大亮，因为等待后边两个挑粮的老头，弟兄俩把粮食担子藏在草丛中，钻进沙坡沟的一个石洞里隐蔽起来。他们由于一连几夜掩护乡亲们抢收，身体疲劳过度，都闭上了布满血丝的眼睛养神。突然间，沟口上“砰”的一声枪响，使李家弟兄本能地吃了一惊，兴云猛地站起来就要出去看情况，金河一把拖回他来，说：“哥，慢……”一句话未说完，就发现一只洋狗过来洞口绕了一下，一摆尾不见了，兴云拔出腰间那颗手榴弹，还没勾出拉火线来，那只龇牙咧嘴的狼狗已引来了 3 个敌人。

“八格牙路，什么的干活？”一个穿黄呢子的鬼子指手画脚地咕噜着，“出来、出来的……”

这时，金河看见哥哥兴云额头上的青筋一冒一冒的，知道这个“猛张飞”又想扑出去和鬼子硬拼，赶忙夺过他那颗手榴弹塞进石缝里，两个人才迟迟疑疑地走来洞来："过路的。"

"家住哪个村?"一个头戴灰色礼帽的汉奸问。

"北岭头!"金河假捏了个村名。

"你们是不是民兵?"那汉奸把手枪对准李家兄弟，"撒谎的，太君死了死了的。"

"我们……没有……害病。"

"混蛋，问的是民兵，谁管你们害病不害病?"另一个扛着大枪的敌兵又上前逼问，"你们在家里是干什么的?"

兴云斩钉截铁地回答："种地的。"

金河怕回答的话多了，引起鬼子的狐疑，稍一扭身子，用胳膊肘触了兴云一下，弟兄俩好歹不吭声了。

还是那个小鬼子瞪着眼睛，浑身上下端详了李家弟兄一会儿，又让他们伸出手来细瞧了一顿，倒也像个庄稼人，于是上前拍着兴云的肩膀狞笑道："大大的、好好的苦力!"

兴云怒冲冲地扭了下身子，显出了不满的神色。日军官紧锁两道短眉，凝视着兴云，往后退了几步，突然抽出战刀，一下举过头顶，咆哮起来："你的给我修炮楼去，大大的有赏，不去的，统统死了死了……"

金河灵机一动，赶忙答应说："我们的，愿意修炮楼去。"日军官慢慢地收回了战刀，忽然在嘴角上闪出一丝狡猾的笑纹："愿去的，开路开路的。"

可是走了几步，当进了一块梯田的时候，那个鬼子军官不知又叽里呱啦地说了几句什么，鬼子和汉奸扑上去把李家弟兄浑身衣服剥了个光，让他们赤身站在土坎上，那鬼子端起发着冷光的刺刀，"哇呀"一声朝着兴云和金河之间空刺了一下。那个军官见李家弟兄挺胸昂首，一动没动，就"哈哈哈"地狂笑起来，最后又咕噜道："大大的良民!"接着，三个敌人大概是急着要找东西吃，便把李家弟兄夹在中间，向山坡上的秦家烟村爬去。

三

兴云和金河，平日对日本强盗早就恨之入骨，一直想找机会干掉他们几个，以消心头之恨。今朝狭路相逢，碰上鬼子本想立刻反抗，奈何自己赤手空拳，但转念一想：没武器，有决心，照样能战胜敌人，于是他思索着对策。沿着弯弯曲曲的盘山小道，爬上了半山坡一块准备播种小麦的梯田边时，那个鬼子军官发现地里放着一把铁锹，就咕噜道："这个的，修炮楼大大的有用！"两个喽啰遵照主子的示意，命令兴云扛上了那把铁锹。到了秦家烟村边上，又碰见一树绿里透红的家桃，鬼子军官叫卫兵给摘了一篮桃子，让金河提上走。拐过弯儿，到了村西边一个粪场里又碰上一把铁锹，鬼子就叫金河又扛上了。

此刻，李家弟兄回头看见庄子被鬼子毁成一片废墟，房屋被鬼子拆去修了炮楼，树株砍了大半，连各家窑洞的门槛窗框也给拿去修了哨棚，锅盆碗片摔得遍地都是……日寇的暴行所造成的这片惨景，引起了李家弟兄的极大愤恨，复仇的烈焰在他们的胸膛里燃烧得更加炽烈了。弟兄俩恨不得一下子将这伙吃人的豺狼斩尽杀绝。走着，看着，想着，到了村西南的临崖小道上，有一道断路沟，鬼子下去正往上爬，兴云悄悄给金河使了个眼色，意思是把这三个缠身的魔鬼一同推到崖下跌死，金河向下一看，见这里的崖头太低，况且村子里还有许多鬼子，在此动手时机不便，就示意哥哥万勿轻举妄动。于是，他们仍然跟着鬼子向西南岭上爬去，越走，山路越陡。不过，这对爬惯了山坡的李家弟兄来说，倒也算不了什么，可是对鬼子就不一样了，一霎时，三个家伙就累得汗流浃背，气喘吁吁了。

李家弟兄知道爬上南岭就距蟠龙敌人"红部"炮楼只有 2 里路了，再走一段，就会暴露在鬼子的魔窟下，那时想动手也来不及了。说来也很巧，正在李家弟兄心乱如麻之际，那个鬼子军官停住喘了口气，架起望远镜朝左边山沟里望了一阵，发现山谷里一片果树林，回头抹抹脸上的汗水，指着沟里向金河说："那里什么果子？"金河随机应变地用手比画着说："那沟里全是大大的苹果、黄梨，大大地好吃！"鬼子军官不知是计，一心想多摘几篮苹果、黄梨，回去奉献给"红部"上司，美美地过个中秋之夜，岂不重重有赏？于是就对部下说："下去多多地摘几篮果子！"那个戴礼帽的汉奸一听，连忙打躬哈腰地对军官谄媚了几句，然后命令兴云和金河："老实地跟太君上去，乱动的，小心太君死了死了的！"说罢，又把一件雨衣交给兴云，便和那个卫兵下沟摘果子去了。

鬼子军官带着李家弟兄继续向岭上爬去，金河和兴云见两个喽啰跑下了沟里，心中好不暗喜，乘鬼子低头爬坡，又抓紧机会，互相交换了个眼色，意思是到了岭上，把狗杂种干掉。

半前晌，好不容易爬上了南岭，来到土坪上的小庙前，鬼子军官长长地喘了口气，回头向李家弟兄咕噜着做了个手势，意思是在这里休息下，等待下沟摘梨果的爪牙。李家弟兄也就装出一副又饿又累的样子，随着停了下来。

此时，鬼子坐在庙前石阶上，解开挂着战刀的皮带，敞开那汗水湿透的外衣通风，看看沟里的果树林，得意扬扬地掏出了"富士山"牌香烟和明晃晃的打火机。这时候，李家弟兄看着敌人那副穷凶极恶得意忘形的样子，想到日本侵略者欠下中国人民的一笔笔血债，顿时胸中怒火万丈，他俩暗暗思量：这可是消灭鬼子为民除害的好机会，为了给乡亲们报仇雪恨，今天要拼出命来和狗杂种干！于是他俩在鬼子背后交换了个眼色。兴云站起来，假装去小便，走到小庙侧面，望望西边"红部"炮楼，一点动静也没有，只见从东边村子里出来的 20 多个鬼子正走进小庙背后的山洼里，他急忙返回鬼子身边。此刻，鬼子把卫兵留下的大枪放在身边，他觉得在这前有炮楼、后有重兵的境地里，这两个"良民"是不敢乱动的。就在这鬼子兵以为"万事大吉"的当儿，兴云向金河摆了一下头，金河会意之后，立刻轻轻地往鬼子身后退了几步。说时迟，那时快，鬼子刚点起一支香烟，还没抽几口，兴云眼明手快，拉起一把铁锹，使足猛力，朝着鬼子的脑袋，“扑喳”一声劈将下去，鬼子官“吼”的一声乱叫，仰翻在石阶下。金河也像猛虎扑食一样，一跃而起，又朝鬼子的脖子，“咔嚓、咔嚓”连铲几锹，那家伙的脑袋就像离秧的西瓜滚了下来。兴云赶忙拉起鬼子的大枪，金河拖了一件雨衣，又要下手摘洋刀，见村子里的大队鬼子已露了头，兴云当即拿起那支“三八”大盖枪，就要朝过来的鬼子开枪，金河急忙拦住他说：“不能打，”说着拉了兴云一把，两个人便飞也似的绕抄西边小道撤进了山沟里。

不一会儿，几十个鬼子就人喊马嘶地顺沟追下来了。李家弟兄知道再往前跑要挨子弹，就手挽手地一拐弯钻进了玉米地里。他们隐蔽着等鬼子追过来，才又抄北面一条便道脱出险境。

李家弟兄用铁锹铲死日军小队长的故事，就像神话一样传遍了蟠武沿线，鼓舞着人民群众的对敌斗争，蟠龙镇周围的民兵游击队就更加活跃了。他们白天埋地雷、打冷枪，阻击四出“扫荡”的鬼子，晚上摸敌哨、袭据点，搅扰老巢里的敌人，闹得鬼子连吃苦头，日夜不安，终于在 1944 年 2 月撤出蟠龙，武乡抗战军民取得了“围困蟠龙”的胜利。

王贵女　段满青

高凤英

中国农村的女性，是朴实无华而又璀璨多彩的。您能想象到吗？一位从不高声大气说话，一辈子没和乡邻拌过嘴的 48 岁农村小脚妇女，在抗日战争中，竟会和她的儿子用两把菜刀劈杀了一个全副武装的日伪警备队长，解救了落入虎口的 20 多个老弱妇孺。1944 年 11 月，在晋冀鲁豫边区召开的太行首届群英会上，母子俩被授予“母子杀敌英雄”的称号。

他们就是武乡县窊里村的王贵女和她的儿子段满青。

王贵女是一个普普通通的女人，清光绪二十一年，贵女在沁县宋村的一所破茅屋中呱呱坠地。在苦水中泡到18岁时，嫁到武乡窊里村一位姓段的佃农家庭。丈夫的家境比娘家还要贫苦，吃了上顿发愁下顿。贵女先后生育过6个子女，有4个在饥寒交迫中夭折。曾在一天之内，8岁的小儿子和刚满周岁的孙子，都在哀哀哭号的母亲怀中离去。

1940年夏，日军占领段村后，他们村就被抓走了20多个人，并留下7具鲜血淋漓的乡亲尸体。贵女的丈夫也被抓到段村据点里修城墙，在皮鞭的抽打下，被石头砸断锁骨，染上伤寒，直到奄奄一息，才被抬回家中，第二天就含恨而逝。惨苦的泪水，被复仇的怒火烧干，贵女掩埋了丈夫的尸体，当即找到来村开辟工作的八路军赵连长，送满青参加了民兵。当时村里只有3个民兵，满青是第一个参加。

1944年，武乡经过粉碎日伪的“铁壁合围”和“围困蟠龙”的大捷，日伪占领区被压缩到段村周围的狭小地带。当时的窊里村，处于敌我犬牙交错的游击地带，村东8里的马牧、隔河的康洪，都有敌人的炮楼，处在敌人的炮口之下。日寇妄图把窊里变成他们“长治久安”的占领区，对窊里进行了频繁的“扫荡”，曾在一个月内“扫荡”32次，连大年初一也不放过，把全村的房屋拆得所剩无几。这个不到百户的小村，先后被屠杀和冻饿而死的老百姓就达百人之多。但英雄的窊里人民，是不畏强暴的，他们始终不和敌人搞“维持”，不当顺民。村里的民兵严密地组织起来，每晚都有三道岗哨守卫着村子，用坚壁清野和石雷阵、麻雀战，使敌人大吃苦头。段村据点的敌人恼羞成怒，扬言如果再不“维持“，就要把窊里杀个鸡犬不留。

1944 年农历正月廿四，天刚破晓，段村 100 多名警备队乘着漫天风雪，又来偷袭窊里。敌人还没进村，放哨的民兵就发觉了，立即打响信号枪，并飞步回村报信。前一天，满青站了一下午岗，二更天才回到家里。成年累月地在山坡掩体中爬滚露宿，使他浑身生满了疥疮，又感染破溃，脓血满身，疼痛难忍，直到五更时才朦胧入睡。信号枪一响，他立即警觉地跳下地来，一边催促母亲赶快转移，一边抄起两颗手榴弹，奔出门去。借着微弱的晨光，他看到村子东南的雪地里，一条条黑影迅速扩散开来，向村子窜来。

“糟糕！敌人进村了。”满青吃了一惊。他知道，此刻乡亲们正按预定的安排，在民兵掩护下向着村西北的马圈沟转移。如果被敌人发觉追上，后果不堪设想。“来个声东击西，调虎离山！”满青头脑里迅速闪出了这个念头。他飞步奔进村东的山沟里，故意高声呼喊：“乡亲们，东面没有敌人，快向东面跑。”随即扔出了两颗手榴弹。敌人果然中计，调转头向东边扑来，他却凭着对地形的熟悉，三拐两绕隐蔽地向马圈沟插去。

满青顺着马圈沟跑了一段，天色大亮。他回头向村里望去，见没有乡亲们出来，估计已经安全转移了，这才松了一口气。正要远走高飞，突然身后“砰”的响了一枪。“站住，再跑死啦死啦！”

满青回过头来，一个家伙把枪口逼到胸口。满青认得这个家伙，是伪警备队小队长，这家伙狡诈、凶狠、贪婪、爱财，在这一带干的坏事罄竹难书。

满青的头脑里迅速打着主意，装出一副漫不经心的样子，“我是患者，不信你看看……”伸出了生满疥疮脓血斑斑的双手。

那个家伙看到果然是个患者，戒备的神色松懈了下来。

“沟里面什么人的有？”

“不知道。”满青连连摇头。

那个家伙狐疑地向沟里望去，终于看到了伸向里面的纷乱脚印，便让他带路。

“怎么办?”满青知道，沟里面藏着乡亲们，从时间推算上也不可能走远。他抬眼向周围迅速一扫，发现后面也没有敌人跟上来，看来这个家伙是一个人离群追来，是想发洋财的。

“干脆，把狗日的引进这暗沟里面，干掉!”他想起了八路军教给的游击战口诀：“出其不意，攻其不备。”当机立断，拿定了主意。走了不远，拐过一个弯，“啊!”满青差点惊呼出来。前面正走着 20 多个乡亲，最后面是他母亲王贵女，扭着小脚，挎着竹篮。

“不许动!”那家伙先是一惊，端着枪拉开了架势。当看清都是些老人、妇女、娃娃时，眼光随即落在妇女们拿的东西上，滴溜溜地打转。

贵女的心猛地乱跳起来，下意识地紧紧挎住竹篮。原来她在出门时，就在篮底放了一把菜刀，准备危急时就和敌人拼命。但那瘦猴子却“嗖”地窜到两个年轻妇女身边，抢过两条被子搭在自己肩上，又夺过妇女们的包袱乱翻，挑出一些花花绿绿的衣服，包成一个包袱挂在肩上。而对王贵女的破竹篮却看都没看。

“快说，藏粮洞哪里的有?”这家伙捞到了不少东西，得意之下，又想找出粮食向太君邀功了。

“你问粮食藏到哪里?这个我知道。”满青向峡谷深处一指，“就在里面。”他已盘算好来个“诱敌深入”“将计就计”了，他想尽快把这个家伙引进深谷，避免让敌人发觉追来。同时，里面有条小道，也可使乡亲们脱离虎口。贵女一听满青说出这种话，投来了惊愕愤怒的眼光。满青赶快向她挤眼抿嘴，示意不要轻举妄动，贵女立即会意了，投来赞同的目光，同时把手伸进竹篮，示意篮中藏有菜刀。

满青领着这个狗子，沿着弯弯曲曲的山沟向深处钻去。离村越来越远了，山沟也越来越窄。那个瘦猴似的黑狗子，缩着脖子，端着抢，冻得簌簌发抖，后来，冻得受不住了，索性把枪挟到胳膊里，把手插入袖筒里。

在下一个陡坡时，一个叫赵女娃的女孩“咚”的一声滑倒了，手中的竹篮甩了老远。满青一眼就看到在衣物底下还有一把菜刀。但那个家伙窜过去，却是抓起一双还没有上好底的线袜，赶快塞进口袋，“这东西，统统八路的，没收，没收！”

“机会来了！”满青兴奋地向他娘递了个眼色，用手比画了个砍头手势，贵女立刻握住菜刀。满青一个箭步过去，“唆”的夺过了枪，用肩膀猛劲一扛，那家伙“扑通”一声掉到水渠里，重重地摔了个屁股墩地，满青立即举起枪对准他的脑袋。

“快！枪崩了这龟孙！”王贵女举着菜刀喊。那家伙吓瘫了，躺在那里用胳膊护着脑袋，连连求饶：“老祖爷，饶了我，我放了你，统统放了你们。”“哼，你小子现在放，迟了！”

“砰！”满青扣动了扳机，但由于胳膊疼痛难忍，子弹打在了瘦猴帽子的上面。满青赶快又拉枪拴，“糟糕！”没子弹了。他立即一跃跳下水渠，骑在黑狗子身上，双手紧紧按住他的脑袋，同时向乡亲们高喊：“你们快跑！我收拾他！”

20多个老弱妇孺，迅速转移了。那家伙拼死地挣扎，一边没命地呼喊。满青一把拉下自己头上的毛巾，狠劲塞住他的嘴，不料，那个家伙像疯狗一样死死咬住了满青的右手指头，双手又抓住满青的手腕，使劲往两边拉，两脚在空中乱蹬。

贵女一见，马上把菜刀扔了下去：“快，拿刀砍。”

满青想去取刀，又怕松了手这家伙翻爬上来，赶快向母亲喊：“娘，赵女娃篮子里还有一把菜刀，快！”

一句话提醒了贵女，她迈开小脚飞快追上女孩，抄起菜刀，顺着石堰上的雪滑滚到沟里，照着黑狗子的头脸连连乱砍。黑狗子像杀猪似的叫起来，紧咬着的嘴松开了。满青迅速即抽出手来，拿起另一把菜刀。母子俩一齐向黑狗子的脑袋狠狠剁了二三十刀，那家伙血肉模糊，一动也不动了。

母子二人见敌人死了，才爬坡越岭，拿着那支乌黑锃亮的崭新“三八”枪和民兵乡亲们会合了。

李二苟

程树宏

李二苟，1918年出生于武乡监漳下北漳一个穷苦的农民家庭，从小就在吃不饱饭、穿不暖衣的环境中长大，十几岁的年纪就因为贫穷，不得不自己谋生路，给地主家放羊、做长工来度苦日子。

他很早的时候听说共产党领导穷人要翻身，要有土地，能过上好日子。一心盼望着改变自己的生活，走出苦难。1938年后，共产党领导的队伍来到武乡。在下北漳鲁迅艺术学校听八路军领导讲解革命道理，知晓了要赶走日本人，从此使中国人能够真正地站起来。放下羊鞭在武乡寻找八路军的队伍，以私添加两岁年龄，于1943年终于找到了八路军129师769团的马全忠、赵兰田的部队。

1943年日本人占领重镇蟠龙后，驻武乡东的八路军129师决定攻打蟠龙，考虑到敌人盘踞蟠龙老巢，周边白家庄、侯家垴、胡峦岭、奶奶凹制高点炮楼林立，蟠龙河滩铁丝网围着的炮楼也不少，要收复蟠龙必须拿下制高点硬钉子。769团的5连长在领到突袭侯家垴炮楼的任务后，找到团长请求地方民兵组织协同攻击，最好是本地身体矫健的人能爬坡上坎，能够快速突击到攻击位置。一个个子瘦高的小伙子正在团部缠着首长要当兵，瘦高个子肌肉结实，身穿宽大的中式衣服，他就是李二苟，被5连长一眼就相中了。

侯家垴炮楼建在高高的山头上，俯瞰周边沟壑尽收眼底，易守难攻。要上到山头只有一条狭窄得仅可容一个人走的小路。攻击队伍与韩北民兵联防队伍从远处山头瞭望，商讨对策，如何接近炮楼脚下又不惊动炮楼伪警备队。在一旁细听大伙儿的意见和建议的李二苟，自告奋勇说："给我借一群羊，几个后生。"在准备了羊群后，吩咐大伙把所有的羊尾巴拴上一颗颗手榴弹。韩北王凤才带领的民兵别着镰刀，带上绳子、锄头，装扮成割草锄苗的干活人。听到手榴弹爆炸声后，后续的人赶紧爬上坡，进行攻击。守在远处的攻击位置的主力，压制火力。李二苟赶着羊，靠近炮楼位置后，炮楼里的伪军端着枪吆喝着不许靠近，李二苟把兜兜里的大墩杏揣在手中，喊着套近乎。所有的岗哨上七八个都吃到了杏，边吃边埋怨着，生怕再遭到袭击。李二苟突然将脚下的手榴弹投进射击孔，几颗手榴弹连续爆炸，高处的战士们一齐对着炮楼攻击，山脚下的民兵喊着"缴枪不杀"。守在炮楼里的伪军纷纷把枪抛在炮楼下，举着手退了出来。很快就拿下了侯家垴炮楼。

1943 年 5 月，李二苟被编入李德生的特务连。一次在巡视蟠龙西边山头上白家庄地形时，遭遇敌人，火力压制得无法还击，一个战士牺牲了。腰间别着手榴弹的李二苟匍匐在深深的草丛中，等待时机。枪声停息，敌人以为我方已经被打垮，大摇大摆往山下行进。路过李二苟隐藏的草丛时，二苟一骨碌冲起来，抱住鬼子腿，将鬼子推进深沟中。其他敌人也被隐藏的战友一并消灭。

抗日战争胜利后，国民党反动派撕毁和平协定，内战爆发。李二苟走出武乡，跟随 129 师参加了上党战役，勇敢作战。陇海战斗只身勇闯阵地找回部队。庄里作战时，在弹药缺乏情形下，冒着风险，冲回营部取到手榴弹，赢得了胜利。由于战斗中的积极表现获得火线入党荣誉，从战士晋升班长。石庄战斗，将驮着山炮的敌人马匹击毙，缴获了山炮。在突击战斗中，保存了难得血染的山炮，荣立特等战功。张凤寨战斗，浴血奋战夺取了阵地制高点，取得战斗胜利。继续南下转战淮海战役，在对黄维强敌作战时提拔为代连长。与强敌作战所带领的第八班被称为“火线固守第八班”。千里跃进大别山，连续十八天急行军，渡江作战，战斗不止，升职营参谋长，团参谋长。曾先后出席了七次英雄模范代表大会，多次获“战斗英雄”“人民功臣”，1944 年晋冀鲁豫边区，太行区在黎城南委泉召开的太行区首届英模表彰大会给予“民兵杀敌英雄”荣誉称号。

李庆和

孙俊堂

1944 年 4 月 6 日重庆《新华日报》，有这样一篇题为《菜刀英雄李庆和》的报道：“跑过五府十县的李庆和，满口会说汾阳话，自被敌人抓走后，真是苦极了，跑了好几回也没有跑脱。有天夜里，他很早就睡了，半夜里起来小便，打算跑，但因不小心，惊动了旁人，又没有跑脱。‘要杀他一个才对啊！’后来他盘算了一阵，到厨房摸了一把菜刀就绕进院子去了。鬼子睡得像死猪一样，他握紧菜刀，砍死一个鬼子，还拖了一条枪才出来。”

他的胆略智谋、杀敌精神得到抗战军民的称赞和鼓舞。1944 年 11 月，晋冀鲁豫边区政府、太行区首届群英会上荣获“菜刀英雄”称号。从此英雄的名字、英雄的事迹在武乡、在太行、在全国各地到处传颂。

一

1906 年农历九月十三，李庆和出生于武乡县下北漳村一个农民家庭里，兄妹四人中他排行老大。贫穷使他养成了热爱劳动和勤俭朴素的好品质，铸就了倔强、坚毅的性格。6 岁时，除了挖野菜、拣柴禾外，还常与父亲一起下地劳动。他去挑水时，父母总要叮嘱：“别挑满，年纪小。”可李庆和每次挑回来的两只水桶总是满满的。好心的妈妈总是疼着儿子，有块窝窝头也要剩给他们吃。由于营养不良，大妹妹还在襁褓之中就体弱多病，不久，就被饥饿折磨死了。母亲痛哭流涕，儿子拉着妈妈的手说：“你别哭，以后有了窝窝头你们都吃了，我只吃野菜就行了。”刚毅的父亲听了小儿子的话，也心酸得掉下了泪。

1915 年，尽管家境十分贫寒，父亲还是决定送李庆和去上学念书。但他一想到妹妹被饿死的惨景，不忍心给家里增添负担。父亲既严厉又恳切地说：“我就是饿断肚肠，也要送你去念书，学点本事，将来免遭恶霸的欺负。”就这样，李庆和进了私塾读书。他刻苦勤奋，成绩优异，深得先生的赞赏。

1917 年底，他的小妹妹也因饥荒饿死了。李庆和悲痛不已，悔恨自己不该上学。为了家中不再发生惨剧，他狠着心退学了。从此，就和父亲一起挑起了生活的重担。1921 年，为了生活宽裕些，父亲给地主扛活去了。庆和在家里种地、劈柴、担水。

1927 年冬，他跟随一个亲戚到汾阳做事，靠卖茶水、烟叶度日。身在异乡，买卖难做。阎匪的兵挎着枪经常抓走烟叶不给钱，他气愤极了，真想和他们拼了，可想到家里的亲人，只得忍气吞声。

1935 年，他听到红军长征胜利到达陕北的消息后，非常高兴，和几个伙伴商议投奔红军去打土豪、打恶霸。就在李庆和准备去投奔红军时，阴险奸诈的阎锡山在黄河沿岸严密布防，积极扩充军备，到处抓捕共产党人。

一天黄昏，李庆和等数名群众被抓到阎军盘踞的县城，一颗刚燃烧起来火热的心就被浇了一盆凉水。在阎军营房里，他心急如火，度日如年，气得直团团转。第三天，有几个“急性子”想跑，李庆和拦住他们说：“现在跑不是时候，我们刚被抓来，敌人戒备很严，现在要跑，弄不好连性命都要搭进去，等敌人麻痹了，我们再跑，有机会再带支枪出去，这多好。”果然不出所料，过了不久，防共团看管他们的哨兵减少了。敌人放松了警惕，对李庆和来说“时机已到”。有一天他们吃了晚饭，然后将事先准备好的酒和阎匪排长一道“热闹”。酒喝完后，阎匪排长还觉得不过瘾，李庆和他们假装出去再买点。就这样，他们出去后就再没有回来。以后敌人又去抓过一次，由于他们早有防备，结果落了空。村上的人都说李庆和是“小诸葛亮”。

二

1937 年抗日战争全面爆发后，八路军东渡黄河开赴山西抗日前线。11 月，返回乡的李庆和参加了武乡县人民武装自卫队，任班长。自卫队当时主要任务是站岗、放哨、送情报。

1938 年 4 月日寇发动“九路围攻”。路过下北漳，烧杀抢掠，无恶不作，下北漳被洗劫一空，庆和的父亲等 18 名群众惨遭杀害。他怀着对鬼子的满腔愤恨，埋葬了父亲，心里埋下了复仇的种子。

1940 年初，八路军总部和中共中央北方局在下北漳村成立了鲁迅艺术学校。自从村里住下了八路军，李庆和似乎觉得就像到了另一个天地似的，劲头十足，精神百倍。为了提高杀敌本领，他勤学好问，不辞辛劳，常常利用夜间和八路军哨兵交谈、请教。鲁迅艺术学校在下北漳驻了一年多，作家、艺术家李伯钊、华山、赵子岳等同志的勤奋和毅力给李庆和留下了深刻的印象，也激发了他积极抗战、英勇杀敌的坚定意志。这年 8 月，按照太行军区的指示，各村在自卫队的基础上，建立了民兵组织，李庆和担任了下北漳村民兵班长。他们主要活动在浊漳河、蟠洪河沿岸，平时搞生产，战时打敌人，时而随军作战，时而远征支前，是一支活跃在武东根据地很有名气的民兵队伍。

这时的李庆和沉着老练，机智勇敢，战斗中总是冲锋在前。1942 年 7 月，得知盘踞在段村的鬼子要到盛产蔬菜的下北漳抢劫，村民兵就事先埋伏到杨家岭上。战斗打响后，由于射程太远，敌人几乎没有受到什么威胁，眼看就要跑了。庆和急得红了眼，他一下子冲到半山腰，其他民兵跟着冲了下去，把敌人打了个措手不及，伤亡三四人，骡子也被打死。敌人扔下蔬菜仓皇而逃，民兵们迅速将蔬菜送给了八路军。为此，太行军区第三分区奖给了下北漳一面锦旗，上面写着“一面生产，一面打仗”八个字。1943 年配合十四团一营从老寨坪进攻胡峦岭，李庆和和暴庆堂等民兵冲锋陷阵，勇猛顽强，冒着生命危险缴获战利品，受到了一营同志的一致赞扬。

三

受到八路军、鲁迅艺术学校的影响，他渐渐地成熟起来，不仅刚强坚毅，而且勤学好问，求知欲特别强，很喜欢看古代兵法一类的书籍。除了战斗和生产外，他总是在刻苦地学习。生产间隙，还常给民兵们讲“知己知彼，百战不殆”“出其不意，攻其不备”等军事常识。经过几年打游击，配合正规军的战斗，他积累了不少经验。

1943 年 6 月，日寇三十六师团小林大队指挥伪剿共军第一师占领了武东重镇蟠龙，企图以蟠龙为基地，进一步“蚕食”我腹心地区。为了彻底粉碎敌人的罪恶阴谋，我 129 师主力及决死队在陈锡联的指挥下发起了蟠武战役。经过两昼夜激战，攻克敌据点三个，沉重地打击了敌人。此后，太行三分区广泛展开群众性的游击战争，对敌人展开了长期围困蟠龙的斗争。

敌占蟠龙后，周围的群众立即转入他乡。蟠龙五里以内一片荒凉，十里以内亦少人烟。敌人最大的苦恼就是没有群众修筑工事碉堡，又缺少柴、煤、粮、菜等，所以经常四处抓人、抢劫。这年秋天，敌人突然窜到了下北漳进行“报复扫荡”，李庆和被敌人抓到了下型塘据点。在敌人营中，他几次想跑，又想要跑也得搞一支枪，可赤手空拳怎么去对付敌人呢？为难之际，他忽然想起了钟营长在下北漳给他们讲过贺龙的故事，贺龙当初两把菜刀起家，能成为一个勇猛善战的大将军，我为何不能用一把菜刀杀一个敌人夺一支枪呢？想到此，李庆和顿时有了主意，一天吃过晚饭，他趁机摸进了厨房，悄悄地将一把菜刀带到屋子里，藏在了席子下面。

蟠洪河边的那天深夜，黑漆漆的，星星全给乌云吞没了。夜深之后，熟睡的鬼子发出了一阵阵重重的鼾声。此时，敌据点里只有两个人未睡，一个是日本哨兵，一个是李庆和。今晚是个好机会，李庆和决心和这个日本兵决一雌雄。午夜已过，敌哨兵仍然全神贯注，警惕性很高，找不到个下手的机会。李庆和的心在怦怦直跳，紧张到极点，再过几小时天就亮了，要是等到敌人做早饭时找不见菜刀，那可要落个“偷鸡不成米也要搭进去”的下场。他考虑如何才能实现自己的计划，要想获得成功，必须做到时间要把握准确，行动要万无一失，必须一刀置敌于死地，若要留给敌人一点喘息之机，那就要酿成大祸。他还做了另外一种打算：一旦出现意外情况，他就要在敌人穿衣服之前和敌人拼个你死我活。又过了半个小时，机会终于来了。黎明时分最是受困时间，鬼子哨兵禁不住劳累，紧靠着门口坐了下来，不一会儿，就发出了鼾声。机不可失，时不再来。庆和当机立断，席下稳稳抽出菜刀，蹑手蹑脚地走近敌身，憋足力气，将刀高高举起，使劲朝鬼子的脑袋劈将下去。敌哨兵脑袋开花，一声没吭就见了“天皇”。他迅速而又敏捷地从鬼子手中夺过了枪，几个虎步就冲了出去。急促的脚步声惊醒了一个鬼子，急忙大叫“八路”！敌人惊慌失措持枪追赶。李庆和不顾后面射来的子弹，大步流星，快速逃跑。就在敌人快追到河边时，李庆和机智地拣了一块石头扔进河中，“扑通”一声，水面泛起浪花，赶到的敌人以为李庆和已跳河逃走，朝河中乱打了一顿枪，就顺着河岸朝下游方向追尸去了。其实，李庆和在扔石头时，一个箭步冲进了芦苇丛中。敌人撤走后，东方已经发亮，李庆和身挎步枪，欣喜若狂，怀着胜利的喜悦，精神抖擞地返回到下型塘民兵队伍里，投入新的战斗。

他只身虎穴、杀敌夺枪的事迹激励了无数抗日志士投身到奋勇杀敌、保家卫国的抗战烽火之中。

李福全

程树宏

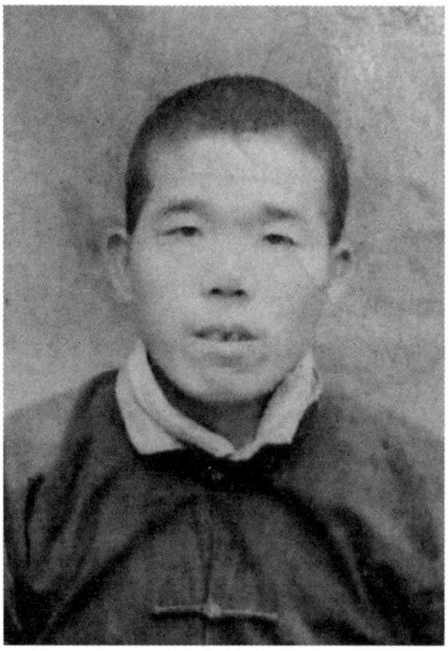

1915 年，李福全出生在武乡故城镇邵渠一个贫苦的农民家庭。

七七事变爆发时，李福全已经是一个血气方刚的青年。全国各地具有爱国之心的人们纷纷起来反抗日本侵略者，特别是中国共产党人，以民族的独立为己任，号召广大群众积极抗战，救民族于危难之际。1938 年，一次自卫队长程正元、牺牲救国同盟会协理员李务滋与教导五团宣传发动故城群众抗日，讲到不做亡国奴，不做丧家狗；亡国奴家不保，丧家狗民族亡。李福全听后，心中豁然开朗，报名参加了故城镇的王道成游击队，成为一名勇敢的民兵。

1939 年的一天，故城村遭到日机轰炸，接到迅速赶到现场营救的通知，李福全他们冒着飞机还在天空还会盘旋投弹的危险，疏散故城镇上居民，尽管胳膊被弹片刺伤，但没有停止营救行动。等到所有的群众脱险后，才包扎了伤口。日军占据白晋线后，权店成了鬼子常驻扎地。由于敌我力量对比悬殊，组织上要求尽最大努力保存实力，保护人民生命财产安全，要积极开展公开的斗争与秘密工作相结合，经常化装进入“利和当”伪警备团，以送菜鸡蛋为掩护，接近警备队杨明德内线要员获取情报，然后把情报转送至区武委会贾书麟手。使日伪多次出去扫荡的行动无功而返，甚至有的时候还被游击队击毙送了命。日本鬼子队长恼羞成怒。以后进入警备团的人个个要求有保人带着。后来李福全再进入警备团时，被鬼子宪兵抓住不放，还严刑拷打至背部满是血印子，李福全忍着伤痛闭口不提其他的事，只说是附近邵渠村种菜的老百姓，幸亏那个时候内线的出面澄清才脱身。

1940 年，李福全与茅庄村民配合参加了袭击位于故城镇上的伪警备队团部行动，分三个组开展袭击汉奸大队，日本驻扎的日本鬼小队少量兵员和罪大恶极的程晋儒。李福全他们的小组在得到情报了解到汉奸程晋儒在新民小学窝藏，由白效文指挥白德元、阎桂发等七八个干练民兵进去学校，在教书先生的宿舍，校董办公室，学校灶房多处搜寻，没发现程晋儒本人，那次行动游击队，民兵武装规模大，西街口的民兵佯攻，村东南口抓获汉奸程福荣的民兵枪走火，惊动了日本鬼子大队人马，考虑到敌人有备而来，不得已李福全他们才撤离。

1945 年 5 月，伪剿共军段炳昌、冯子明包围了从故城转移至邵渠的区干部、民兵和群众，李福全与梁国斌等掩护区编村干部李泰和牺盟会协助员李务滋等，李福全一行冒着紧追不放的伪剿共军枪弹飞矢，利用自己熟悉的地理环境，突围成功，邵渠村妇女主任李馥兰被抓。冯子明部下喽啰在追击中没有将李福全一行人抓获，便指认李木全是李福全哥哥。李木全被段炳昌部带走，别走边放下话，如果李福全出来交涉，保证他哥哥安全。企图要挟李福全，没有成功。李木全在那次被捕后从此失踪。

为了表彰李福全的英勇果敢行为，光荣地出席了 1946 年太行区在长治召开的英模表彰大会，获得了“民兵英模”的荣誉称号。

张寿孩

孙俊堂　赵三文

由于在“围困蟠龙”战中屡建战功，后沟民兵班被太行军区授予“劳武结合、英勇杀敌”的特等模范单位和“太行模范民兵班”称号。1944年11月，出席了太行区首届群英大会，荣获边区“坚持劳武结合，围困蟠龙敌寇”锦旗一面，班长张寿孩被授予“杀敌英雄”称号。

张寿孩出生于1923年，他的家乡是武乡蟠龙镇南圪梁背后的窑上沟后沟村。自幼爱好耍枪舞剑，拿枪弄拳，练就一副好身板。

半支枪起家杀鬼子

抗战开始后，武乡各村纷纷建立起民兵武装自卫队，配合八路军开展抗击日军的侵略。在对敌斗争中，张寿孩懂得了许多抗日救国的革命道理，特别是亲眼看到鬼子到处杀人放火抢东西的暴行，认识到“不抗日活不成，必须拿起枪打敌人”！由于张寿孩积极工作，带头抗日，受到党组织的关心培养。1938年冬，他和哥哥张德林等6名表现积极的民兵光荣加入了中国共产党。民兵没有枪，他们就拿闹武术的大刀、长矛，站岗放哨捉汉奸，坚壁破路挖窑洞，帮助八路军抬担架、送公粮、带路、送情报。

1940年秋季，随着战争形势的发展，全县各地在抗日人民自卫队的基础上，建立起民兵组织。苦大仇深的张家兄弟，首先带头组成了一支民兵战斗班，大伙选张寿孩当班长。他们想着手中要有武器，能够向八路军部队一样，拿起枪亲手消灭日本鬼子。后来，在斗地主时，从其家里得到一支断了柄的毛瑟枪，他和民兵们高兴极了，把它当成“起家之宝”。区武委会主任也拿起这半支枪鼓励民兵们学会在战斗中打击敌人，缴获武器，武装壮大自己。后沟民兵利用这支枪进行射击训练，民兵班也由张家弟兄8人扩大到20多人。在频繁的反“清剿”和反“扫荡”的斗争中，积极开展麻雀战，地雷战。

1942年秋季反“扫荡”开始了。一天，张寿孩接到敌人出发的情报后，提着那支断了柄的老毛瑟枪，兴冲冲地找到张德林说：“大哥，有仗打啦，这次鬼子来了，可全凭半支枪敲狗日们的脑袋哩。”张德林接过那支破枪试了试，看样子二百米以内能打准，他微笑着说：“好啊，有了半支单打一的毛瑟枪，咱们就不愁换鬼子的钢枪了。”民兵们都下去进行反“扫荡”的准备，把所有的土枪土炮和油桶机关枪，都重新收拾了一下，搬上山头的阵地里。

9月12日午后，从襄垣方向来袭的1000多鬼子，沿着下合、石圪垤黄压压地开过来了。张寿孩跑上去和预伏在韩壁风口阁的八路军十四团接了头，三营钟营长让他们埋伏在南梁上，以土枪、土炮诱敌深入，等敌人全部装入布下的“口袋阵”，协助大部队再痛歼之。太阳偏西，敌人来到了后沟民兵的伏击圈内，张寿孩端起那支毛瑟枪瞄了一阵，枪声响后，骑在洋马上的日军官被打下马来。鬼子发现南圪梁上有八路军埋伏，便将队伍“哗”的一下散开，以扇形包抄上来，妄图强占山头。这时后沟民兵们居高临下，又放老土炮，又扔手榴弹，打得鬼子晕头转向，一批批倒下。这一仗民兵用土武器毙伤敌人21名，打死日军洋马5匹，缴获了8支“三八”大盖枪和一把明晃晃的东洋刀，民兵们兴奋地说：“咱用半支破枪，换来了8支洋枪，以后打鬼子更会打了，打得更有劲了！”

神出鬼没炸哨棚

1943 年 6 月，日寇侵占了蟠龙重镇，武东军民开始围困蟠龙战斗。

敌人占领蟠龙后，在侯家垴村南面的大凹顶筑了一座大地堡，白天晚上都有一班哨兵死守，对附近的韩壁、内顷、东堡、西堡和上合村群众的生产和生活造成很大威胁，群众上地劳动、走路随时都可能遭到敌人冷枪的袭击。为了保护群众的生命财产，在边沿区开展游击生产，7 月初，上级决定让后沟民兵战斗班拔掉这个“钉子”。

中队长张青山和班长张寿孩接受任务后，搭伙了民兵侦察员张来庆，共同侦察敌哨棚的地形和兵力部署。他们知道侯家垴据点里的鬼子是仗凭大洼顶哨棚的伪军班壮胆子，可放哨的伪军一到晚上就待在哨棚里不敢动了。根据此情况，他们商量作出先端掉敌哨棚的计划。

一个伸手不见五指的夜晚，青山和寿孩带着来庆猫着腰穿过一块块青纱帐，来到距敌哨棚五十步远的地堰边停下来。青山望望北面侯家垴炮楼里忽闪着的鬼灯，又瞅瞅大洼顶敌哨棚边点燃的火堆和敌兵吱吱呱呱的笑闹声，悄悄对寿孩和来庆说：“看样子敌人还没睡稳，我们等一会儿再行动。”突然哨棚边“砰”的打了一枪，他们知道，这是敌人心虚在鸣枪壮胆。又过了一会儿，青山和寿孩让来庆开始向哨棚运动。他俩分头到两边土丘上指挥民兵射击组做好战斗准备。

张来庆匍匐来到靠近哨棚的地方，这里已经静悄悄的，只有一个背着枪的身影在哨棚边踱来踱去。来庆屏住呼吸，细心观察，寻找机会，干掉哨兵。就在敌哨兵转身的瞬间，来庆一个猛虎扑食翻身跃起，像老鹰抓小鸡似的卡住哨兵的脖子，又用手榴弹朝头上狠砸几下，那家伙连哼都没顾上哼一声，就栽倒在地。敌哨兵被解决，接着，来庆又轻轻摸到敌哨棚处，用嘴咬开两个手榴弹导火线，一齐塞进哨棚后迅速奔下梯田。随着两声巨响，棚内的敌人和哨棚都飞上了天。

敌人并不死心，组织日伪军忙碌了两三天，将哨所棚又搭建起来了。寿孩班的民兵们气愤地说：“你建你的，我炸我的，看谁笑到最后！”

敌人建好哨棚，但晚上无人驻守，白天才派人来。根据敌人的活动规律，寿孩又定了新的炸哨棚方案。这天拂晓，寿孩和来庆带了后沟民兵班踏着朦胧的月色，再次向敌哨棚发起偷袭。鸡叫头遍，他们偷爬上大洼顶。按照计划，寿孩命令民兵们藏在灌木丛中担任掩护，他跟在来庆身后，来庆身上背着三颗地雷，提着一把小铁锹，爬到了哨棚边，听里面没有一点动静，就小心摸了进去，悄悄把地上铺的谷草掀到一边，然后熟练地把三颗地雷埋设好，恢复了原样，他俩撤回灌木林里。

天亮了，到快吃早饭的时候，十几个敌哨兵，荷枪实弹懒洋洋地从炮楼里来到哨棚处，东游西转。见敌不进哨棚内，寿孩下命令对准敌人“乒乒乓乓”打了一排子弹，吓得敌人抢着往哨棚内钻，正好触动了来庆安置好的地雷，顿时，哨棚内如同炸雷惊响，火光冲天，哨棚开了花，十几个敌人坐了民兵的“土飞机”。

刚刚打了胜仗，他们返到圪道村坐在一棵大柳树下休息时，在崖边放哨的民兵跑过来报告，花岭沟瓜田里，有七八个日军在摘香瓜吃。张寿孩立马爬跑过去，两手圈住眼睛，仔细观察一番，心里说：“又是消灭敌人的好机会。”打了个手势，民兵们迅速地把一支支仇恨的枪口对准敌人。寿孩一声令下，民兵们一阵猛打。偷瓜的鬼子，有的倒在地边，有活着的几个家伙，扔掉瓜筐，拼命地向奶奶凹方向逃跑。一天打了两个胜仗，后沟民兵班出了名，群众编了一段顺口溜夸赞他们：

后沟民兵班，
英勇又顽强。
虎口拔牙炸哨棚，
瓜地里又打漂亮仗！

斗智斗勇“空城计”

围困蟠龙战中，在县委前方指挥部直接领导下，窑上沟、后沟、前沟、圪道、陈家垴和侯家垴等临近村庄，以后沟民兵班为骨干，组织起了一支拥有120多人、40多支枪的联防民兵队，圪道村的老党员王锦云、李保和等和张德林、张寿孩一道成为联防队的领导者。

民兵联防队一面生产，一面苦练杀敌本领，与敌斗智斗勇，伺机给予有力打击。他们根据敌人对后沟民兵有报复心理，又要乘机抢粮的阴谋，上演了一出“空城计”。

一个夜晚，天空下着雨，区武装主任张德林得到区委通知，敌人要对后沟进行报复“扫荡”。他急忙往村赶，到村边正好碰见班长张寿孩：“区委通知，鬼子要趁雨夜来偷袭，村上准备好了吗？”“我们早也估计到啦，鬼子不断抢粮烧房子，所以老百姓每时每刻都准备和敌人战斗。敌人来了就拿枪打仗，敌人走了，全体出动抢收庄稼，妇女儿童收割，青年们挑运，老年人有的在家磨面，往洞里储藏、在地里埋藏，连水井都加了盖，做了伪装。”来庆补充道：“不光做好了空室清野工作，还和以往一样，给小鬼子摆好了地雷阵呢！”

他们挨门逐户检查，村里大小路口，水井旁、地窖边、门顶上、鸡窝口、猪圈、牛栏棚，凡是鬼子可能去的一切地方，分别埋设了拉雷、吊雷、踏雷、弓雷、子母雷、连环雷，树上还挂了天雷。

天不亮，侯家垴炮楼里200多鬼子，偷偷地包围了后沟村，妄图将民兵们一网打尽。鬼子先在村边高地上架起机枪，接着就偷偷摸摸地端着枪窜进村里。为引诱敌人，民兵们没有在鬼子进村的路上埋设地雷，敌以为偷袭成功，狂叫着包抄各个院落。鬼子见有些屋子里亮着灯，却没有一点声音，恼火了，就闯进院里，乱戳窗户，乱踢门子。眨眼工夫门顶上、窗户里、破牛棚、柴草堆……到处爆炸，鬼子动哪头哪头就响，躲到哪里哪里挨崩。村庄里“轰隆！轰隆！”像火山爆发似的，直炸得鬼子东倒西歪，魂不附体。鬼子抢粮、“扫荡”扑了空，又中了地雷炸，仓皇往村外逃。埋伏在南岭上看“热闹”的民兵们，“咚咚咚”连续打了几声土炮，紧接着村东崖上的窑洞里，也射出一颗颗复仇的子弹，村南金沟岭掩体里的民兵们，又吹冲锋号，又打排子枪，四面楚歌，八方喊打，敌人死的死、伤的伤，夹着尾巴窜回了侯家垴据点。

虎穴抓“舌头”，秋粮抢收队

蟠武战役即将开始，我军为了解敌据点的兵力部署情况，需要捉几个“舌头”，区武委会主任将这个任务交给后沟的民兵完成。张寿孩和张来庆胆大心细，配合密切，欣然接受命令。

这天晚上，张寿孩和张来庆化装成伪军的模样来到蟠龙镇，潜伏在敌据点附近，偷得到敌人的夜间口令。等到大部分敌人睡觉后，他们假装换哨，来到一个哨兵跟前，乘其不备，寿孩猛地将其死死抱住。那家伙正想大叫，来庆已一个箭步扑上来，把准备好的毛巾塞在嘴里，使他喘不过气来，接着下掉哨兵的枪，俘虏出来，连夜送交八路军769团团部。

1943年秋，庄稼成熟了，敌人组织力量抢老百姓的粮食，我军民也开展抢收秋的行动。

这时，张寿孩已被提拔为窑上沟编村民兵指导员，他领导全村民兵和群众一道，“一手拿枪，一手提镰”，黄一块，割一块，边割、边运、边打、边藏。他们编村编了十个抢收小组，昼夜抢收庄稼。民兵加强戒备，白天在山梁上设立岗哨，村口道路埋上地雷。常常和鬼子捉迷藏，敌人从东来，他们向西去，敌人从西来，他们又向东拉，敌人来“扫荡”他们就转移，敌人一走他们就和群众一道，抓紧时间闹生产。

在民兵的保卫下，突击三天三夜，窑上沟附近村庄里800多亩秋粮全部收光、打完，埋藏好了。敌人经常是到处奔波，空手而回，最后不得不退出蟠龙镇。

张寿孩这个半支枪起家的民兵班，日夜活跃在蟠武沿线的前哨阵地上。他们带领广大民兵群众，人自为战，村自为战，以我之长，攻敌之短，打得敌人寸步难行，多次立功受奖。1944 年 9 月，在太行三分区召开的襄（垣）武（乡）榆（社）民兵检阅大会上，张寿孩胸佩红花，骑着高头大红马，受到彭涛政委、鲁瑞林司令员等首长的检阅，并授予他上书“坚持劳武结合，围困蟠龙敌人”的一面锦旗。1944 年 11 月，张寿孩又光荣地出席了太行区首届群英大会，晋冀鲁豫边区授予他们“太行模范民兵班”的称号，老班长张寿孩被评为“边区腹地民兵杀敌英雄”。

仅在围困蟠龙的 8 个半月战斗中，后沟民兵班先后单独和配合八路军与敌人进行大小战斗 186 次，毙伤日伪军 90 多人，夺回牲口 14 头，抢救出民夫 15 人，并缴获了许多枪支弹药等战利品，先后获得奖旗 15 面。解放战争时，他们又组成远征支前队，支前上党战役、晋中战役，解放太原战役。

郝江维

孙俊堂

抗战中，他是武西县西黄崖村民兵小队长，带领村民兵把持武乡的北大门，利用灵活机动的战术，出其不意地袭击敌人，搞得敌人焦头烂额，多次杀敌立功。1943 年出席了太行第三军分区民兵检阅大会，荣膺“杀敌英雄”称号；1944 年 11 月，又赴黎城南委泉参加了太行区首届群英大会，再次被授予“杀敌英雄”称号。

一

提起郝狗小，人们都会伸出大拇指赞扬说："那是一位在敌人监牢里冲出来的杀敌英雄。"

郝狗小，大名郝江维，1920年生，1938年加入中国共产党。抗日战争时期，担任过本村抗日人民自卫队队长、民兵指导员等职。在战火纷飞的年代里，他率领民兵站岗放哨，护送干部过敌人封锁线，给部队带路送情报，袭击榆武线上的敌人，常常只身深入敌人据点猎取情报，破坏敌人交通联络。1942年在敌人年关大"扫荡"中，他两枪击毙3名敌人，成为名震太行的射击手。新中国成立以后，这位老英雄曾任过石壁公社党委副书记，当了20多年村党支部书记。他从不居功自傲，仍保持着革命战争年代的优良传统，勤勤恳恳，任劳任怨，为改变家乡的面貌，带领社员们坚持不懈地与大自然进行斗争，深受群众的爱戴。

1940年夏天，日军占领了段村镇，武乡被分割为武乡（东）、武西两县。段村一带的许多村庄，土地荒芜，老蒿草长得有房子高，一片萧条凄凉景象，当时被称为"无人区"。西黄崖村以上是武西县委、县政府以及其他抗日团体和游击队、八路军、决死队活动的地方，所以敌人对扼守榆（社）武（乡）线之喉、抗日县政府屏障的西黄崖村恨之入骨。更为恼火的是这个村庄那支强悍的民兵队伍，而这支队伍的带头人郝狗小正是利用这里的天然屏障，率领伙伴们与敌人展开了坚韧不拔的斗争，取得了一次又一次的胜利。

二

1941年7月中旬的一个夜晚，月色朦胧，繁星眨眼，一望无垠的故城坪被绿色的青纱帐覆盖着，蝈蝈"唧唧唧"的叫个不停。这时，在故城通往南沟敌据点的大道上传来了"咔嚓、咔嚓"的皮鞋声，紧接着有

3个日本兵由远而近地出现了，月光下刺刀寒光闪闪、咄咄逼人。敌人走过一拐弯处，突然在他们身后跃出3个黑影，如老鹰抓小鸡一样，敌人还未来得及转身，3声枪响便应声倒下，3个黑影马上拣起地上的3支步枪钻进了那深不可测的青纱帐里，大道上只留下直挺挺地躺着的3具日军尸体。

那3个黑影就是郝狗小和本村的民兵郝丙炎、陈四货。原来，西黄崖村的民兵想配合部队打游击，袭击榆（社）武（乡）线上的敌人。无奈手中只有一两支步枪和几颗手榴弹，其余都是大刀、红缨枪，好几次战机都因缺乏武器而丢失了。当务之急是要搞到武器，狗小和民兵们想，靠上级发武器困难大，要得到武器必须从敌人手中夺。但夺武器又谈何容易，段村敌人警备森严，过路之敌人多不易；附近据点白天不好下手，晚上天一黑敌人就龟缩在炮楼里不出来了，只好结合这次随部队远征白晋线在南沟敌据点附近寻找办法了。可是狗小带领民兵们乍来这生地方打游击，又不熟悉情况，只好先向当地群众了解敌人的行动规律。一打听，得知每隔两三日就有三三两两的日伪兵从南沟到故城镇上，很晚才返回去，所以他们今天来到这里选择好了地形，借助青纱帐的掩护，耐心等待着鱼儿上钩。果然不出所料，3个鬼子在他们突然打击下，留下3支大枪，回了东洋“老家”。

像这样利落、痛快的战斗不止一次。1941年5月敌人大“扫荡”，狗小带领的民兵被冲散了，他和身旁的两名民兵与敌周旋，由于天黑，他们转到了敌人驻扎的村庄，发现敌情后他们便借助天黑向村口摸去。恰巧遇到了两个敌哨兵，狗小看见到口的“肥肉”，心里早就痒痒起来，他当机立断地将手在空中比画了一下，示意同伴们用手榴弹砸敌人的脑袋。当敌人刚刚走过，他们就出其不意地猛扑上去，手起弹下，敌人脑浆迸流，哼都没顾哼一声就见了阎王。

三

1942年初春，郝狗小借坡底村唱戏之机，到祁村一带侦察敌情。由于汉奸告密，他与祁村政治主任刘焕义不幸落入敌手，被抓回段村大据点。当天夜晚狗小被押进了灯光昏暗，布置有老虎凳、铁杠子、烙铁火盆等刑具的审讯室里，坐在正面的是日军翻译官，在他的两旁有手执皮鞭、凶神恶煞的打手和两只贪婪的洋狗。敌人企图用这个阵势给狗小一个下马威，而被手铐脚镣锁住的郝狗小对这些却不屑一顾。

“你叫什么名字?”杨翻译官咧开镶满金牙的嘴冷冷地问道。

“王猴伟。”狗小不假思索地回敬一句。

“哪个村的?”

“西黄崖村。”

“到祁村干什么去?”

“到我姨家走亲戚。”

“咚”的一声，杨翻译一拳砸在桌子上，“撒谎！郝狗小，你老实点吧！”他指着旁边的刑具说，“这些家伙可好多天没有沾牙花了！”

狗小一听见敌人喊出他的真名字，心里“腾”地跳了一下，但他又镇定下来，毫不回避地说：“我就是郝狗小，你们要怎样?”

“我要你招出你村谁是共产党员？有多少民兵？你们的武西县政府活动在哪里？说了放你回家，否则，就别想活着出去!”

狗小冷笑一声说道：“我怕死就不干民兵这行买卖!”

气急败坏的翻译官从椅子上跳了起来，如狼似虎的打手们蜂拥而上，把狗小上衣剥光，吊在梁上用皮鞭乱抽起来。郝狗小被打得晕死过去，敌人又用冷水将他浇醒过来，但他们得到的仍然是痛骂。

郝狗小在昏迷中被投入牢中。黎明时分，他神志稍醒，艰难地翻了翻身，右手一伸，身旁躺着一个人。支撑着身子爬起一看，原来是刘焕义。

狗小摸摸他的双手冰冷冰冷的，已经没气了。狗小悲愤地说："只要我活着出去，就要狠揍鬼子，为你报仇。"

之后，郝狗小几次在审讯中，被折磨得血肉模糊。一个月后的一天，他住的牢房里又被关进了打得皮开肉绽的三个人。几天以后，郝狗小才知道他们是新三区的区委书记李毓秀、区长铁英和粮秣委员贾润田。为了领导被捕同志和敌人斗争，在李毓秀等人的安排下和另外两个牢房取得了联系，鼓励大家坚定信心，争取活着出去。他们利用放风机会，几次观察牢房周围情况。郝狗小发现牢房前面有敌宪兵队把守，而后墙虽是砖石结构，但只要抽出一块便可挖成大洞，况且后墙外是条大道，行动方便。他的主意得到大家的同意，决定寻找机会，准备越狱。

中秋节来到，敌人划拳酗酒，李毓秀见时机成熟，将准备好的一颗大钉子拿了出来，狗小撬动石块，挖通了隔壁牢房，紧接着第三牢房也挖通了，大家集中在一个牢房，同心协力地挖墙脚，一会儿在后墙上挖了个洞口，他们一行 9 人相继出去，趁着天未亮，向城墙西角靠近过去。这里虽有一个缺口，但有一名敌哨兵把守，狗小让大家隐蔽起来，自己手提一块砖头和贾润田小心地向敌岗哨接近。狗小一个猛虎扑食死死卡住敌哨兵的脖子，用砖头使劲砸死敌人，大家趁机翻过了城墙，而狗小只顾帮助别的同志出城，他自己却落在后面了。

敌人挨门逐户搜查，没有查到越狱人的影踪，来到哨所发现被打死的哨兵，只气得叽里哇啦，朝城外的山头一顿乱枪发泄。躲在高粱秆下的郝狗小屏住呼吸，仔细观察了一下敌人的动静，心里想：只要敌人发现不了，就要逃出去，若被发现了就拼到底。一会儿见敌人抬着死去的哨兵离去，他长吁了一口气，振作了一下精神，一个鹞子翻身轻捷地跳下城墙，便使劲向西边奔去。城墙上的哨兵发觉后，连连放枪，子弹在他的身旁纷纷落下，但他左拐右弯，最后终于脱出了虎口。

四

郝狗小逃出虎口，又重新杀上战场，带领民兵，配合部队伏击敌人，截取被敌抢去群众的财物。1942 年 4 月，配合决七团和决九团，在榆武公路上的白庄伏击了敌人 16 辆汽车，狗小还抓获一名日本兵。

1943 年春天，驻扎在义门村的八路军十四团的一个班，被敌人偷袭围剿，这个班寡不敌众，且战且退，被逼上了一座山头，敌人紧追不放，情况十分危急。这时郝狗小和民兵们听到枪声，急忙赶来，发现十四团战士们被敌包围了，便命令民兵们分散击敌。刹时，40 支枪吐出了复仇的子弹，手榴弹投向了敌群，十四团战士们趁机跳出了敌人的包围圈，等敌人清醒过来时，他们已跑得无影无踪了。

1943 年秋，段村之敌到石壁一带抢了一大批粮食和牲口，郝狗小奉命率领民兵队在山口阻击敌人，他们利用有利地形有力地拖住了敌人，为我大部队歼敌赢得了时间，军民一道作战夺下了被抢去的粮食和牲口。不久，我八路军部队要在马牧村附近伏击到涌泉、寨上“扫荡”的敌人，郝狗小自告奋勇当向导，他带部队来到马牧、寨上两村交界之处，两边是悬崖的地方埋伏下来。战斗打响后，他冲锋在前，十分英勇顽强。在肉搏中他刺死了一名日本鬼子，又夺得了一支“三八”枪，受到八路军指挥员的表扬。

郝贵堂

武文斌

他孤身奋战，勇敢杀敌，名闻遐迩。1944 年 7 月，在太行第三军分区召开的群英大会上被授予“一等杀敌英雄”。1944 年 11 月，在晋冀鲁豫边区政府、太行军区首届群英会上又荣获“杀敌英雄”称号。

一

郝贵堂，武乡县龙湍村人，1913年生。抗战初期，参加抗日人民自卫队，后曾任本村财粮主任。1938年4月，日军对我太行根据地发动了“九路围攻”，大肆烧掠抢杀，武乡千年县城被毁为废墟。这一年郝贵堂23岁。这个练过武术、身强力壮的年轻人，看到日本侵略军的残暴，气得牙咬得紧紧的，真想立即参加八路军，投身杀敌战场，为父老乡亲们报仇雪恨。这时，县委号召成立抗日人民自卫队，要求青年们拿起武器，和敌人进行斗争。县委的号召，得到了全县人民的热烈响应，郝贵堂成了龙湍村第一个报名参加自卫队的青年。

一个天气晴朗、满天星斗的夜晚，村长把郝贵堂找了去，要他当财粮委员，为八路军筹集军粮。村长严肃地说：“可别小看这财粮委员，俗话说，兵马未到，粮草先行，这财粮委员可是一副千斤重担啊。”因为是抗日工作，郝贵堂只说了一句“没问题”就愉快地答应了。这以后，郝贵堂成了大忙人，整天东奔西跑。挨门挨户收粮食，自家的地都顾不得种了。八路军来了，郝贵堂领着部队的人又是号房子，安排住宿，又是往各家派饭，忙得他脚打后脑勺，只恨没长出三头六臂来。

别看郝贵堂平时过日子总是节衣缩食，精打细算，但对八路军总是慷慨解囊，舍得往外拿。平时，一两个人来了，贵堂从不给别人派饭，要是碰上紧急情况，来不及派饭，人再多也是领到自己家里吃。有一天，抗日干部王大明领着20多个八路军战士找他派饭。他一见战士们饥困的样子，又急着赶路，二话没说，打开火，做了一锅闷饭，看着战士们吃得那个香甜劲，郝贵堂心里美滋滋的。

二

1943年农历五月十三，一个小队的鬼子和一个营的伪军300多人占领了胡峦岭村，在蟠武公路中段这个制高点上安下了一个大据点。

龙湍村在胡峦岭的东北面，隔沟相望，站在胡峦岭上一声喊，沟对面的龙湍村听得清清楚楚。自从鬼子占了胡峦岭，龙湍村的群众可就遭了殃，鬼子三天一“扫荡”，二天一“清剿”，到处抢粮食、烧房子、搜索民兵群众。眼看村里待不住了，村干部一商量，把群众转移到山里的窑洞里躲了起来。

郝贵堂觉得光躲不是办法，便找到民兵指导郝书珍说：“书珍哥，不能叫鬼子这样狂，咱们得为乡亲们报仇呵！”郝书珍安慰他说：“仇，我们是要报的，明天，咱们就回村里，瞅准机会撂倒他几个。”听说要去打鬼子，郝贵堂心里可高兴了。

就在这天黎明前的黑夜里，借着夜幕的掩护，郝书珍领着郝贵堂、郝本厚、郝生旺等几个年青后生悄悄地摸回了村里，在东戏台后面藏了起来，单等天亮了打鬼子。原来，戏台后面有几个小便洞，这时被利用来做了民兵们的枪眼，几个人在这里静静地观察着对面山上鬼子的动静。从早晨到中午，机会终于来了，几个鬼子嫌天热，跳到沟底的河里去洗澡。鬼子的衣服刚脱下，随着郝书珍一声“打”，两个鬼子立刻应声倒在了地上。这以后，一连几天，郝贵堂喜得合不上嘴，他觉得，能亲手打死日本鬼子，是一生中最快乐的事情。

民兵们打死了两个日本鬼子，胡峦岭据点的敌人出来报复，敌人顺着山沟，一道梁挨一道梁搜山、查林、放火，哪怕一根小草也不放过。鬼子们知道，老乡们都藏在山上的窑洞里，只要是见了窟窿，哪怕是个兔子窝，也要塞上几个手榴弹。就这样，村上的财粮主任王水银被敌人抓住了，没等鬼子的东洋刀搁到脖子上，王水银吓得扑通跪倒在地上就求饶，还领着鬼子搜出了100多个群众。善有善报，恶有恶报，没过几天，因胆小而出卖群众的王水银就被民兵们抓住，送到区公所枪毙了。

这以后，郝贵堂受乡亲们的委托，当了财粮主任，肩上的担子也就更重了。当村长把账本和公章交给他的时候，郝贵堂激动了。心想，领导信任我，我可不能学王水银，当孬种，他知道，当了村干部，不是一般的群众了，得豁出命来保护好粮食和群众。

三

不知不觉到了6月底，地里的小麦黄了，郝贵堂这两天心急火燎的，东家出，西家进，挨门挨户悄悄地动员人们做好抢收割麦的准备。开镰了，郝贵堂使出吃奶的气力，他手大力也大，镰刀所到之处，麦子一片一片地倒在了地上，烈日当空，他顾不得休息，也不抽烟，汗水顺着鼻梁流到嘴里，又涩又咸，也顾不得擦一下，只知道快收快打，不给鬼子留下一粒粮食。郝贵堂白天黑夜领着群众抢收小麦，眼睛都熬红了，眼看小麦全抢下来了，也埋藏得差不多了。等到三星隐退、东方泛出鱼肚白的时候，郝贵堂才回到山里的窑洞睡了。不知过了多久，郝贵堂正睡得香甜呢，突然洞外一阵叽里哇啦的叫喊声把他吵醒了，他知道不妙，敌人又来搜山了，赶紧一骨碌爬起来，跑到窑洞口，想听听动静，顺便看看洞口的磨盘堵好了没有，他刚想拿棍子把磨盘顶得牢靠点，不想，棍子碰到石头上发出了响声。

“有人，洞里有人。”一个伪军发现了，立刻喊了起来，接着就是枪托捣得石头咚咚作响。“怎么办，洞里头除了我，还有一个老人和一个14岁的孩子呢。”在郝贵堂看来，自己被敌人抓了去倒不怎么，要是老人和孩子有个三长两短，怎么向乡亲们交代呢？

蓦地，他又想起了账本和公章。糟糕，昨天夜间，刚收完粮食，账本和公章还放在洞里，没有藏好。要是叫鬼子搜出来，乡亲们一年的辛劳就白费了，他似乎看到了村长给他交代任务时，向他投来的信任的目光，下决心豁出来不要命，也要把粮食账本藏好。

郝贵堂是个有心眼的人，为了提防敌人，在修窑洞时很是费了一番心计，村里人都说他的窑洞是过三关，拐三弯，洞里有洞，楼上有楼，不了解情况的人，进来还要转得迷了方向呢。

趁着敌人还没捣开洞门，他噌噌几步拐过几道弯，爬上了窑洞，把账本和公章藏好，心里踏实了许多，这才出来，把老人和孩子关在第三道石门里，他顺手抄起了一根棍子，守住了第二道石门。哗啦一声，石门推开了，一个鬼子和两个伪军端着枪冲了进来，贵堂举起棍子就照着敌人抡去，可惜里边地方小，棍子碰到了墙上，反被鬼子捣了一枪托。

敌人问他民兵、粮食、村干部都在什么地方，他说不知道。敌人要抓他回据点干苦力，郝贵堂也怕耽误久了，连累洞里的乡亲们，就忙走出洞来，敌人押着他回到胡峦岭据点。

进了鬼子的据点，不用问，就好比进了虎狼窝，凶多吉少。上一次敌人“扫荡”，4个民兵被抓去，至今生死不明。这一次敌人抓住了他，能轻饶了他吗？到了这种地步，要是照着王水银的样子，答应说出粮食和群众，被敌人放出来是不成问题的。可是郝贵堂想，那样做了，就是投降了敌人，就成了汉奸，算什么中国人？他又想到了在不到一个月的时间内，鬼子“扫荡”打死了爹爹和妹妹，把娘也用子弹打伤了，这深仇大恨还没报呢。尤其叫郝贵堂放心不下的还是账本和粮食，也不知叫敌人搜去了没有。想到了复仇和抗日工作，一种强烈的生的愿望占据了他的整个心，只要能有机会跑出去，就要为抗日多做工作。想到这些，他索性不再理睬敌人，闭上眼睛盘算着跑出去的主意。

他清楚地知道，胡峦岭的四周挖了7尺深、丈把宽的壕沟，顺着壕沟，拉起了铁丝网，还安上了铃铛。就这鬼子还嫌不放心，三步一岗，五步一哨，隔几米就是一个小岗楼，正中间一个大炮楼，一个班的伪军轮流着日夜值班，轻重机枪、步枪，一齐对着四周的山庄，真正是固若金汤，插翅难逃。

但是，有心计的郝贵堂是不怕这些的。他记得那天夜里，去后垴为八路军送粮，走到半路，碰上了敌人，一个伪军本来已经捉住了他，可是郝贵堂趁着伪军不注意，猛地把伪军推到了沟底下，自己一溜烟跑了。他相信，这一次也一定能跑出去。

果然，机会来了，那边鬼子和伪军为了一桶水都快要打起来了。

原来，这几天正值酷暑盛夏，天热得发了狂，在太阳的照射下，土地都被烤裂了，空气在灼人的阳光下颤抖和闪光，连据点里的大狼狗都停止了吠叫，躲在阴凉的地方，吐出血红的舌头呼呼地喘气。胡峦岭地势很高，根本挖不出一点水来。要吃水，得到半山腰的井上去挑。自从敌人占了胡峦岭，老乡们早跑光了，一个“良民”也找不到，吃水就成了敌人发愁的问题。前段时间伪军挑水被民兵流弹打死过，这段时间挑水用民夫，还得挖下交通沟隐蔽着走。据点里的日伪军等水等得把眼也望穿了，见打回了一桶水，争着抢着，一窝蜂拥了过来，里三层外三层，把水桶团团围住，几个鬼子没抢到水喝，气得哇吐乱叫，追赶着伪军又踢又打。

郝贵堂灵机一动，冲着追赶伪军的鬼子说：“太君，关系的没有，我的，天天去挑水。”

鬼子一看是个威愣愣的年轻后生，喜得咧开了嘴。“你的力气大大的，顶好顶好的劳力。”

说着，就有一个鬼子过来，背着“三八”大盖押着贵堂去挑水。一路上，郝贵堂装着伤痛，故意走得很慢。实际上，他是在侦察据点里的情况呢。到了井台边，郝贵堂已经打好了杀鬼子的主意。不知怎的，离井台越近，他的心跳得越厉害，这可是在虎口里拔牙呀，四周全是敌人，山顶上黑洞洞的枪口正朝着自己呢。

但是，郝贵堂表面上装得很平静，第一桶水吊上来了，他先喝了两口，故意朝着鬼子咂了咂嘴，那个香甜劲，实在叫鬼子眼馋。郝贵堂用手指了指水桶："太君的请喝水。"其实，用不着他邀请，鬼子从早晨到中午，连续搜山一点水也没有挨过嘴边，早就湿透了衣衫，嗓子都快冒出烟来了。不等郝贵堂站起来，鬼子就照着贵堂的样子爬在水桶边咕咕地喝起来。

再也不能犹豫了，说时迟，那时快，只见郝贵堂闪电一样，一手抓住鬼子的后腿，一手把鬼子的头按在水桶里，扑通一声，连人带桶把鬼子扔到了井里。这一切干得是那样利索，发生得是那样突然，以致鬼子连哼也没有哼一声，就被贵堂扔进一丈多深的井里见了龙王。等到山顶上的敌人发觉了，机枪打得咯咯响的时候，郝贵堂已经跑得无踪无影了。

不久，蟠武战役打响了，八路军和民兵按照郝贵堂提供的情报，最先拿下了胡峦岭据点。之后，郝贵堂又带领村民兵投入围困蟠龙的战斗中。

高贵堂

武　萍　武文斌

高贵堂，1919 年生，武乡县韩青垴村人，上广志编村武委会副主任。

抗战中他带领民兵开展麻雀战，与敌人进行了大小战斗 140 多次，战绩赫赫。1944 年 11 月，出席了太行区首届群英大会，被授予"杀敌英雄"，荣获"麻雀战能手"锦旗一面。

新中国成立后，多次应邀出席省、地、县民兵代表会议，先后有 530 多位外国友人访问过他。新西兰作家、诗人路易·艾黎曾将他的英勇斗争故事写入书中，广为流传。

麻雀战退敌救群众

1940 年，日军侵占了武乡段村镇（今县城），三天两头四出“扫荡”，施行的“烧光、杀光、抢光”强盗行为，激起高贵堂的无比愤慨和仇恨，他带着复仇的心情参加了村上的民兵自卫队。

那时候，武器缺乏，开始他背着一把大砍刀。后来领导发给他一支破枪，他把它当成了命根子，抽空就摆弄，没几天就擦得乌黑锃亮，吃饭两眼盯着，一下地背在身上，一有时间就练习枪法，就是晚上睡觉也得抱着枪。

在苦水里泡大的高贵堂，同父亲一样，有着一种顽强不屈的性格。他不论白天黑夜，还是刮风下雨，哪怕是饭前饭后，总是带着大伙儿学习游击战术，抽空就练射击。学埋地雷，见了八路军战士就请教，碰上民兵就谈论。不到一年工夫，就在他的家乡训练出了一支坚强的民兵队伍。

1942 年，日本侵略军对太行山区的“清剿”“扫荡”愈来愈疯狂。年轻的高贵堂，整天和同伴们活动在家乡的崇山峻岭间。

9 月 17 日夜里，高贵堂为侦察敌情，翻山越岭奔波了一天，刚和民兵们背靠背地在岩根底下打了个盹，榆社方向就传来了几声马嘶。附近村子里也响起了狗吠声。“不对吧？上区公所听听情报。”贵堂自语着，唤醒了两个民兵，不一会儿，两个人消失在茫茫的夜色中。

天大亮时，他们从区上返回来，贵堂让那两个民兵通知各个打谷场上的人们，准备背粮转移，自己上牛坡村传达情报。他一扭脸，见村北的山角河口，黄蜡蜡地堆下一湾。啊！是鬼子！他仔细观察了一下，见一个穿黄呢大衣的矮胖子站在岩头上呜噜呜噜地“训话”，旁边两个穿长衫戴礼帽的家伙，打躬哈腰地，大概是汉奸和翻译吧。他想，几百敌人埋伏在河湾定要施毒计，可村上群众还蒙在鼓里，怎么办？呼喊吧又赶不上。想来想去，还是开枪为上策，一来惊动乡亲立即转移，二来把敌人引到山上争取时间。

“砰！砰！砰！”贵堂一口气打了三枪，岩头上三个家伙先后应声倒地，大队日伪“哗”地散开来，乱喊乱叫，要抢上山头。“乡亲们，敌人来了！”贵堂喊了一声，故意弯弯曲曲地往山上跑。“哒哒哒……”日军纵马猛追上去。几乎追上他了，他急忙用嘴咬掉手榴弹导火索，头也没回扔到身后，“轰”的一声，炸得敌人人仰马翻。

贵堂凭着熟悉的地形向南一拐，抄便道溜跑了。对面山上的民兵看见敌人追贵堂，故意吹了几声口哨打起了“油桶机关枪”，敌人到村里扑了个空，到山上也没有抓到一个民兵，胡乱打了几枪，拖着尸体下山去了。

胜利的消息传到县里，县里领导非常重视，为了表彰高贵堂，推广麻雀战，还编了一首赞歌：

武乡上广志，贵堂本领高。
民兵高贵堂，麻雀战打得好。
二十三岁当队长，打退敌人救群众。
胆大智谋强，杀敌逞英豪。

歌声很快传遍了太行山区，各地民兵都学习高贵堂，广泛开展了运用麻雀战杀敌的竞赛运动。不几天，华北《新华日报》也登了他的英雄事迹。

只闻枪声不见人

1943 年，春季“扫荡”刚过去，榆社、洪都等据点的敌人又来进行报复。

高贵堂开罢党支部会，即组织全村群众迅速向北山沟里转移。把群众安置好后，手一挥，领着民兵像一群山鹰，飞上了山岗。

敌人的长蛇阵露了头，先在河滩里架起望远镜看了看，随后便杀气腾腾地进了村。这回更残酷，烧房杀人，砸锅摔盆，就连村上一棵小树也要用刺刀砍掉。汉奸在村中心发现有埋粮洞的痕迹，日本人让伪军刨，不几下就发现一层石板盖，汉奸正向日军谄媚，“轰隆！轰隆!”两声巨响，民兵们埋下的地雷开了花，敌人倒下一大片。

敌人恼羞成怒，便派兵搜山，把村北坳圪洞里的老百姓和40头牲口赶到沟口一块地里，几个日本兵端着刺刀把在路口，两个家伙逐个搜查老百姓。

这时，爬在山上的民兵气坏了。“砰，砰!”高贵堂两枪干倒两个敌兵，紧接着民兵们又吹军号，又打土炮，弄得敌人摸不清是部队还是民兵，慌忙丢下人和牲口狼狈逃窜了。

乡亲们脱出虎口，一个个激动万分，称赞说：“贵堂啊，多亏你们民兵队救了俺们的命!”群众看到了民兵的威力，也就更爱这支武装。不几天，广志韩青垴一带小村庄的青年们都争先恐后地参加了民兵，队伍由15人扩大到47人。

6月的太行山进入麦收季节。妄图进行抢麦“扫荡”的敌人，向广志一带进犯。13日上午，刚刚下过暴雨，高贵堂正在家里吃午饭，值夜哨的民兵高金元跑来说：“贵堂，敌人来了！……”高贵堂简要地问明情况，放下饭碗，扭头去集合民兵，立即跑到村东南的河沟里。这当儿，敌人突然从侧面的暗沟里包抄过来。贵堂见敌人人数太多，民兵所处地形又不利，于是他命令大伙撤到身后的羊毛岭埋伏好，准备居高临下打击敌人。

民兵们在前面边打边上山，高贵堂一人留在后面作掩护，他见一个矮胖矮胖的日本兵气势汹汹地端着刺刀，拼命追上前来，回头“砰”的一枪就结束了他的狗命。后边的敌人见带路的尖兵被打倒，吓得趴在地上不敢动了，民兵们趁机上了羊毛岭埋伏起来。

敌人见再无动静，爬起来又去追赶高贵堂。当贵堂来到一个断崖跟前，见小民兵李千熬掉了队，眼看敌人快追上了，贵堂急忙让千熬踩住他的肩膀向上爬，千熬猛一用力，腰间的皮带断了，皮带上的刺刀掉到崖下。那阵儿，民兵们把自己的武器看作自己的生命，他们常说“人在刀枪在”。当时，千熬要返下崖头找刺刀，贵堂说：“你身小力薄，参加战斗没经验，赶快向岭上转移吧，我替你去找刺刀。”在贵堂的再三催促下，千熬才走开。高贵堂立即飞下断崖拿刺刀。刚把刺刀拿在手里，敌人追上来了，嘴里喊着“抓活的……”敌人见贵堂还有几十步远，以为跑不掉了，没有开枪打，一心想抓活的。怎么办？在这千钧一发的关头，急中生智，心里说：“不能再上断崖走近路，只能绕道转移……”于是，他向追来的敌人投出一颗手榴弹，迈开两条飞毛腿，跑进了另一条岔沟，拐弯抹角地爬到了半山坡的树丛里隐藏起来。敌人不见了人影，唯得撤退。唯有后边一个日本兵，走几步回头望望，看样子没抓到人不死心。高贵堂盯着他，朝那家伙“砰”的一枪，打在太阳穴上，把他送回了“东洋老家”。

敌人只闻枪声不见人，再次窜来搜山。这时高贵堂已绕到羊毛岭指挥民兵战斗去了。这一回民兵们居高临下，把敌人打得丢盔弃甲，抱头鼠窜。

虎口袭敌夺棉花

转眼到了腊月，纷纷扬扬的雪花落了三四天，太行山里到处都是白茫茫的，天空、原野和山峦，无边无际地连在了一起。

除夕那天，韩青垴村里的老百姓和以往的年关一样，家家户户不能团圆地吃一顿饺子，连平平安安的日子也不得过。因为敌人的年关“扫荡”从腊月二十五就开始了，全庄几十户人家的除夕和春节，只好到山沟沟里度过。眼下，人们一见这风雪交加、滴水成冰的天气，越觉得苦日子难熬了。

半夜，漫天飞扬的雪片还不见停。高贵堂和民兵李海元、王贵德等 13 人，冒着狂风大雪，去村东朱家垴了解情况，没有提防榆社据点里的日军从西边偷偷袭来，包围了村庄，老百姓未来得及转移，敌人就进了村。高贵堂听到枪声，急忙领着民兵赶回村边的山梁上，朝着敌人狠狠地打了几枪，敌人受到民兵们的袭击，像疯狗一样乱扑。

高贵堂领着民兵东一枪西一枪，骚扰得敌人只顾招架，顾不上去抓人、抢粮。当贵堂他们拐过村南的一间土房子时，突然发现一个日本兵藏在石礤背后瞄着他准备射击，贵堂手疾眼快，将扳机一扣，那家伙便倒在地上，枪摔在了一边。紧接着，民兵们把手榴弹扔向密集的敌群中，敌人倒下一大片，活着的边打边退，直向村西逃窜。高贵堂和民兵们冲进村，把十几个群众转移出去。

太阳出山，敌人来了增援部队。高贵堂见敌人发了疯，心想再硬干下去会吃大亏，为了保存实力，就指挥着民兵迅速转移到东山沟里去了。

1944 年的年关，襄垣城的大股敌人又出来“扫荡”了。腊月二十八那天，韩青垴民兵正在上广志村参加联防民兵集训大会，在三角河口放哨的高金河跑回来说：“前边发现敌人，咱们赶快准备战斗！”话音刚落，离村一里的店上村便响起了枪声。

那时，尽管寒风刺骨，可民兵们依旧精神抖擞。高贵堂把大伙集合在一起说：“八路军从敌人手里夺来了 20 驮棉花，是准备送往被服厂给部队做棉衣的，一定是敌人发觉后，包围了店上村，要抢棉花，咱部队穿不上棉衣怎能打仗呢？咱们得立即去增援。”

“是啊，八路军同志在冰天雪地里为咱根据地人民流血打仗，今天决不能让敌人抢走这些棉花。”

“对，咱豁出命也要保住棉花！”

高贵堂见大家决心很大，信心坚定地说：“走！我们马上出击！”

大伙儿出动了，他们来到了店上村头正要往里冲，高贵堂忽然发现一个敌人扛着棉花往村西走，他端起枪来就打，敌人倒在地上，棉花包扔在一边。贵堂跑过去，见子弹打在棉花驮上着了火，立即上前迅速将火扑灭。此刻，一个敌人从贵堂侧面暗暗扑来，把他按在地上，贵堂使劲往起一翻，两个人就滚打起来，一会儿敌人被压在底层，一会儿贵堂又被敌人压住，幸好联防民兵队长张战峰赶来，一枪干掉了敌人，才使贵堂脱了身。

一阵激战之后，敌人被压向西边三角河口，民兵们赶忙抬的抬、扛的扛，帮助八路军运输队把20驮棉花全部转移出去了。高贵堂知道敌人不会甘心失败，便急忙指挥民兵向洪水岭上转移。当敌人再次向店上村扑来时，却不见一个人影。

随后，八路军服装厂派人前来慰问韩青垴民兵，一位部队首长握住高贵堂的手说："多亏民兵帮助，才保住1000多斤棉花。"贵堂说："子弟兵冒着严寒在前方杀敌人，我们帮助部队夺回棉花是应尽的义务，军爱民，民拥军，军民团结打敌人，才能过上好光景。"

程　坦

李志宽

程坦，乳名水望，1917年出生于武乡县故城镇，1938年秋加入中国共产党。

1940年，日寇为蚕食抗日根据地，扩大敌占区，在榆社县南面、武乡县西部的故城镇上安了据点。据点里驻扎一小队日军和一队伪军。日军、伪军、顽固军互相勾结，搅得民不聊生，鸡犬不宁。共产党员程坦和他带领的民兵队，暗中发动群众，扩大武装，半夜来，五更去，出奇制胜地开展捕捉战，搞得日伪军惊恐万状，日夜不安。鬼子见这里四面平川，不易固守，便强化保甲制度，威逼各村各镇成立"维持会"，组织"自警团"。镇上有个叫程福荣的土财主，50多岁，专靠放高利贷盘剥农民。鬼子一来，他张口"皇军老爷"，闭口"天皇万岁"，替敌人探听民兵游击队和共产党的活动，专抓革命家属去向鬼子报功。因此，鬼子看中了他，让他当上了维持会长。

中共武西（武乡县西部）县委和抗日政府，为打开犬牙交错的斗争局面，决定采取行动，捣毁故城镇上的维持会。

深秋，庄稼都收割了，放眼望去，故城坪上只剩下一堆堆高粱、玉米秆，秋风一吹，沙沙作响。一天下午，区武委会主任、游击队长贾书林领着十几个游击队员和故城的民兵围坐在一堆高粱秆旁，商量着袭击故城的战斗部署。半夜时分，贾书林和民兵分队长程坦，带领队员们包围了维持会。程坦刚跳进院子，站岗的伪警察拿起枪要打。程坦一个箭步上去，从侧面把枪身握住，子弹从腋下飞出去了。两个民兵从后面朝这个伪警察头上猛一斧头，那家伙“哎哟”一声倒在血泊里。枪一响，惊动了堂屋里的程福荣。他还未出被窝，程坦和民兵们已跳进窗子，两支枪口对准了他。他跪在炕上直叩响头。程坦一把将他揪起来，让民兵带走。他们把维持会的牌子砸成三截扔在街上，贴好抗日政府活捉伪会长程福荣的布告后，胜利地返回了民兵驻地。

“维持会”被捣后，日军小队悄悄撤回南沟据点，让伪自警团留守故城。自警团团长叫杨明德，是个地痞恶棍。初冬，武西抗日县政府根据广大人民的控诉，决定除掉这条地头蛇，任务又交给了游击队长贾书林和程坦。经侦察，杨明德这天要带几个喽啰去南寨底村胡家闹洞房。程坦便赶晌午时分来到南寨底，只见胡家大院里前来贺喜的亲戚邻居熙熙攘攘，热闹极了。经程坦巧计安排，三个民兵混在执事中端茶、倒水，侍候来客。他自己也穿起围裙，装成跑堂，提水壶，跑来跑去，出现在堂前屋后。

夕阳西下，夜幕渐渐降临。胡家大门张灯结彩，看热闹的人挤满了院子，程坦提着茶壶，见游击队员们已陆续混在看热闹的人群中。不大工夫，大街上鼓乐喧天，人们跟着花轿纷纷拥进胡家大院。

开宴了，程坦跑得更勤快，端来肉菜，提去酒壶。他趁杨明德醉意正浓的时候，在灯影的掩映下，把他放在桌子上的手枪偷出去下了子弹，又端着一盘热馍馍进来，悄悄把空枪放回原处。

宴散了，客走了。杨明德把随身所带的几个喽啰打发回镇公所。夜深了，镇内大街小巷已是一片静寂。胡家大院外，游击队员们按规定暗号，学了三声秋蝉叫。只见墙头上露出一个人影，放下两根井绳。贾队长摸摸腰间短枪，先攀上去和程坦接了头。六个勇士飞上房顶，沿着屋脊和墙头包围了胡家大院。

贾队长和程坦下了墙头，见一间厢房里亮着烛光，便蹑手蹑脚走近窗前，透过玻璃，瞧见杨明德躺在炕上抽大烟。贾队长一个箭步扑了进去。杨明德侧身抓手枪就打，谁知一连扣了几下都打不响。这时程坦扑进来用短枪指着他说："杨先生别忙乱，你的子弹早进了老子的枪膛了。"狗汉奸一听，吓得蜷缩在炕角里，浑身颤抖，束手就擒。第二天，县抗日政府所在地芦则峪村召开群众公审大会，将他处决了。

镇压杨明德后，故城镇上又爬出两条毒蛇：一个是惯盗出身的周明儿，这家伙敲诈勒索，无所不为；他儿子周海贵在南沟伪警察所当巡官，为非作歹。日本鬼子抓住镇上的人，他说叫谁死，谁就活不成，百姓管他叫"活阎王"。另一个外号叫"害人精"的李海金，他的汉奸儿子李炳文，在南沟日军里当便衣特务。这家伙散布谣言，诈唬百姓，说什么"谁要吭一声，叫他见皇军"。这两家父子汉奸，谋害人命，人们叫这两对父子是"双头蛇"。

这年秋后，程坦接受清除地头蛇的指示，立即明察暗访，寻找战机。

11 月的一天夜晚，密云四布，北风呼啸，天黑得对面不见人影。程坦手握短枪和公安主任领着一个民兵，径直向周家大院摸去。只见两扇大门紧闭，三人越墙进院。程坦贴着墙根走到亮着灯光的窗前。只听"噗"的一声，灯光灭了，接着是急促的咳嗽声，过了一会儿，又传出一阵鼾声。程坦让公安主任留下监视，他摸到工房院，叫周家长工苗成本去引蛇出洞。不大工夫，大门外响起敲门声，苗成本来到周明儿屋门叫喊："老爷，南沟来了三个弟兄，正在大门口等着，要你马上出去一趟。”

“活阎王”穿好衣服，跳下地就往大门口走。

他万万没有想到自己的末日已到。程坦一枪不响地把“活阎王”周明儿推上赵家岭，结果了他的性命。不久，程坦又在一个深夜把李海金这个“害人精”抓出来，拖到故城南寨底处理了。

铲除了这两条“双头蛇”，故城一带的特务、汉奸再也不敢猖狂了。孤胆英雄程坦的名字像春风一样传遍了武西地区。

敌人气急败坏，发誓要活捉程坦。一面派出暗探侦察程坦的活动规律，一面到处张贴告示，悬赏银洋 1000 元捉拿程坦。程坦的父亲程春来害怕了，对儿子说：“日本鬼子和伪军四处抓你，爹就你一个儿……”

程坦望着父亲的愁容，说：“爹，敌人炸塌了咱的房屋，抢走了咱家三匹骡子，又打残了我的母亲，杀害了村上许多无辜的乡亲，我如果放下枪杆子，说不定……”程坦父亲沉思良久，没再反驳儿子，反而说：“那你放手干吧，爹不再拉你的后腿了。”

1944 年夏天，故城民兵接到区委指示，八路军一部要通过白（圭）晋（城）铁路，开赴太岳区，命令故城民兵迅速侦察沿线敌情和敌人军车来往规律，索取可靠情报，协助八路军通过封锁线。经研究，决定派村武委会主任程坦去完成这个任务。

当夜，程坦领着民兵出发了。

细雨霏霏，天空黑洞洞的，寂静得连狗叫声都没有。程坦穿一件紧身小布衫，裤腰边一头插着小手枪，一头别着两颗手榴弹，走在通往南沟的小道上。晚风夹着细雨吹打在他的脸上，虽然冷飕飕的，但心里却像烧着一盆旺火，热辣辣的。他盘算着将要投入的战斗。

走完了十来里偏僻小径，来到铁路边上的一个土丘后面。一列急速奔驰的火车开过来了，程坦轻轻喊了一声：“快上!”立即和三个民兵像离弦的箭一样跃上车顶，随车闯进了南沟车站。在铁轮滚滚的噪声中和白茫茫的烟雾里，四个人轻捷地跳下火车，隐蔽在围墙的阴影处。

“你们暂时在这里隐蔽一下，我到岗楼上看看。”程坦刚摸到站房边那座岗楼的梯子下，忽听上面喊道：“谁呀！站住！”

“换岗的！你他妈的瞎了！”程坦登上了梯子。

“他妈的谁呀！我怎么没听出来呢！”敌哨兵又问。

程坦搭讪着说：“他妈的！连老子也听不出来了，我是换岗的！”说着走上了岗楼。

“喂，别开玩笑呀！这地方可不能闹着玩呀！”

“谁跟你闹着玩，老子是八路军武工队！”说着，解开外衣扣子一亮，露出了乌亮的小手枪和圆头短柄的手榴弹。

“啊！……八路……”伪路警顿时吓得魂飞魄散，乖乖地放下了手里的枪。

“不要害怕，我是武工队长程坦。”

伪军们早听说过程坦神通广大，非同小可。伪路警一下子像掉进了冰窖里，从脚跟儿凉到了天灵盖。

程坦对伪路警说：“我们都是中国人，稍有一点爱国心的同胞，都不会跟日本强盗作恶，残害中国人。日本鬼子眼看就要完蛋了，你们要操心自己的后路哇！”

伪路警看程坦没有多少恶意，小声说：“长官，我知道，要办什么尽管说！”

“站内有多少兵力？鬼子军车什么时候通过？”

“车站内只有一个警备排，30多人，晚上有3个人站岗，军车不知道什么时候通过。”

“谁知道军车通行情况？”

“站长。”

“站长在吗？”

“正在办公室打牌。”

程坦立即命令他说：“你老老实实领我到站长办公室走一趟。”说罢，带着伪路警走下梯子。一扭头朝围墙那边打了三声口哨，三个埋伏的民兵队员听到暗号立刻跟了上来。

伪路警引着他们来到站长办公室门口。只见屋里灯光亮着，四个家伙正围着一张八仙桌在打麻将。

程坦暗示民兵小郭和小刘把守好门口和窗口。他猛地冲进站长办公室，手指紧贴扳机，厉声说：“不准动，举起手来，老子是武工队!”门外手执短刀的民兵也扑了进去。

四个家伙被吓呆了，在右侧坐着的汉奸“刁斜眼”从衣下拔出手枪要打，程坦抓起了“刁斜眼”的胳膊，只听“砰砰”两响，敌人的子弹打在了天花板上，而程坦枪里的子弹却穿进了“刁斜眼”的心脏。这时，手持短刀的小郭和小刘乘机把前边坐着的一个家伙捅死后，他俩带上伪站长迅速离站了。程坦一面掩护，一面打开文件柜取出了敌伪的交通文件和档案袋。他刚要走的时候，忽地一只明晃晃的刺刀从窗口伸了进来。原来敌人发现站长办公室出了事，几个哨兵向这里跑来。小郭和其他民兵按照程坦事先安排，点火烧着了车站上的枕木垛子，早走出了车站。只有程坦一人因取敌伪交通档案，没来得及撤走。他急中生智，拉灭了电灯，用八仙桌挡住门，拉开手榴弹导火线，扔出窗外，“轰”的一声巨响，窗外的敌兵倒下几个。说时迟，那时快，程坦用小靠椅撞开后窗，跳出后院，转身又将手榴弹从房顶扔过前院，然后一溜风地冲出了火车站。他回头一望，鬼子拉响了警报器，车站乱成一团，日伪军正忙于救火……程坦迈开飞毛腿，摸黑穿过铁道直奔故城镇来。天亮时，在镇子西边同小郭他们会合了。

太行军区根据他们捉来的“舌头”和缴获的敌伪文件，重新作了过路部署。不久，八路军一批部队顺利地越过白晋路封锁线，胜利到达太岳区。

为表彰程坦的功绩，太行第三军分区在榆（社）武（乡）祁（县）三县杀敌英雄大会上，授予他“孤胆英雄”称号。故城民兵队也被评为分区“模范游击小组”。1944 年 11 月，出席太行首届群英会。

1945 年春节来临，程坦吩咐民兵们高度警惕，随时做好战斗准备，严防敌人年关出来“扫荡”。接连两天，平安地度过去了。正月初三，程坦望着民兵们红肿的双眼和疲倦的神情，命令他们睡一会儿，自己担负起警戒任务。他从民兵防地——东寨底走了出来，刚走到村边，正巧碰上一股敌人，想躲已来不及。程坦穿着开花的棉裤、棉袄，又脏又黑的棉絮还从窟窿里掉出来。而在敌人的通缉布告上，程坦可是一位披着毛领狐皮大衣的江湖豪侠。现在，敌人怎么也想象不到眼前这个衣衫褴褛的人竟然是化了装的“孤胆英雄”。

“去，去，闪开！”一个伪军端着刺刀，指着程坦。

程坦纹丝不动。他可能在想：敌人就要进村了，30 名民兵正在屋里酣睡，一定得拖住敌人。

“我就是程坦，你们不是指名道姓要抓我吗，走吧！”程坦神态自若地说。他想诈退敌兵。在他看来，个人的生命与民兵集体比起来，又算得了什么呢？

敌群一阵骚动。“狡猾，狡猾的。”日本军官摇头晃脑地说。他想，程坦怎么也不会蠢到自己找上门来送死，便气势汹汹地朝程坦飞起一脚。程坦机智地装害怕的样子，装模作样地跌倒了。敌人没再理他，继续朝前蹿去。

程坦爬了起来，望着敌群的背影，毅然向敌人投出一颗手榴弹。“轰”的一声，程坦撒开两腿，朝着相反方向奔跑。敌人密集的枪声响了。舍身诱敌的程坦倒下了。然而，民兵们却因此而及时转移，全部得救。

次日，当敌人了解到那个倒在血泊中的“乞丐”，正是他们天天要捉拿的程坦时，便去抢夺尸体，企图将程坦的脑袋割下，挂到南沟车站威吓敌占区军民。可人民群众配合民兵干部已将程坦的尸体掩藏在古庙内。过了三日，武西县党政军民召开 5000 人参加的追悼大会。县武委会发出号召，在武西游击区开展“程坦式斗敌运动”。

程辰巳

程树宏

程辰巳，1923 年出生于武乡故城村西街一个贫穷家庭。很小的时候家里的顶梁柱父亲就去世了，由于生活所迫，母亲不得已替人家看孩子、洗衣服，挣份零花钱。十几岁的程辰巳，看到家里日子过得艰苦，就到本村和附近富裕户人家做长工。由于他身负生活压力，做雇工时非常勤快，十几岁的劳动效率足抵得上一个壮劳力。

辰巳在外村东家做工时，新买回的马匹准备做农活时，当人靠近便四蹄乱踢，用嘴撕咬。东家看着不敢用作农活，准备削价卖出。胆大心细的程辰巳看到后，一句话让我试试，便双手握紧笼头，将铁勒扣在马口牙槽上，使劲勒，乱踢的马匹疼痛之下安静多了。稍有不稳，便把别在腰间的皮鞭甩开使劲抽打。从此马匹在辰巳的手中服服帖帖，驯服成了一匹得心应手的好牲畜。辰巳勤吃苦，胆大勇敢在附近传开了。

辰巳在做工的时候，经常照顾手慢的乡邻弟兄们，东家看到后，企图克扣工钱，辰巳据理力争。他还经常帮同伴们，把他们落下的活计赶出来。外出当雇工的人，都想与辰巳搭个伴儿。附近村子土地富裕人家农忙的时候，争相雇用辰巳。私下里贾书麟、梁国斌秘密接触辰巳，向他传授一些进步思想，减租减息呀，耕者有其田呀。结合自己的家庭情况，以及做雇佣工、打短工做长工却难以维持家庭生活的现状，逐步接受了改变社会的思想，成了党组织的积极分子。

1937 年卢沟桥事变后，全国各地建立了抗日救亡组织，在中共武乡临时工委建立，故城村王玉堂公开身份是武乡自卫大队长，同时担任县委书记。故城镇旧政府由积极参加抗战的先进青年接替。三区区公所由祁村人担任，区牺盟会负责人史玉麟，武三友和故城牺盟会协助员李务滋共同指导和支持了故城村党组织的建设。30 多名青年加入了党组织，程辰巳也成了党组织外围积极分子，党支部重点培养对象。并且积极宣传党的政策，对于抗日有钱出钱，有力出力，对于地主进行减租减息，并且参加了王道成游击队。农闲时参与组织自卫训练，掌握杀敌和自卫本领，从 1939 年日本人占领故城后先后智抓汉奸程福荣，协助逮捕杨明德、程晋儒等行动。作为向导协助决死队九团成功取得了破袭盘踞五峪村剿共军团防地胜利，获得了大批武器装备。

1945 年冬，已任故城镇武委会主任的程辰巳，化装成伪警备队员，闯入阎锡山整编后的敌伪南沟据点，将叛变投敌、出卖地下工作人员郝庆和、刘学成、李木小，使他们惨遭杀害的罪魁祸首张根虎，没费一枪一弹生擒伏法。智取汉奸的行动，震慑了盘踞南沟据点的日伪。

1946 年冬，程辰巳出席了太行第二届英模表彰大会，被授予“杀敌英雄”光荣称号，并予以奖励锦旗一面、步枪一支。

新中国成立后，程辰巳在村担任党支部书记多年，始终践行着一个从枪林弹雨走过来的共产党员的理想信念，致力于集体经济发展，为共同富裕事业而无私奉献。

董成旺

程树宏

董成旺，1917 年出生于武乡县张家沟村。1938 年参加抗日自卫队，1940 年加入中国共产党，任张家沟编村民兵指导员。

1940 年，日本鬼子控制了白晋线，强占了武乡中部重镇段村。以段村为据点，经常出来抢劫粮食，疯狂抓捕民夫差役，殴打杀戮抗日人员。

从 1940 年日本鬼子盘踞段村开始，在周围 20 里范围内设立了维持村，强迫这些靠近段村的村镇每天将村里的活动情况汇报到敌人红部中心，有的人经不起诱惑成了真正的卖国汉奸，敌我难以区别，斗争形势异常复杂。太行区领导，武乡抗日政府结合形势，在敌强我弱的暂时困难条件下，在敌伪占领的重镇深入开展反特，瓦解日伪，打击汉奸走狗，同时在敌伪内部争取一些有良知的人为我所用。并决定在段村东村一带设立特别行政区，并在领导阶层成立敌工部，协调在敌占区开展对敌工作。直接受区委领导的锄奸领导组在段村北十里的张家沟成立，董成旺被领导任命为组长。

1940 年秋，董成旺与锄奸组成员张家沟的张守仁、张宽成，东村魏秃孩、段永旺、段常宪，平家沟王风云、王海全、米国华开始工作，所接受的任务：一是了解附近敌人的机构，设施，兵种以及各兵种的兵力部署。二是掌握敌人的一切动向，瓦解日伪军争取伪官兵反正。三是掌握敌据点附近各村群众的思想动态和了解敌人的活动规律。四是搞好情报工作，在整个敌占区结成情报网，联络站，随时掌握敌情。

1941 年初，锄奸组工作在董成旺亲自策划领导下取得了成效。东村魏秃孩成功打入日军“红部”当了便衣，成功以政策攻心争取到了日本的翻译，在获得敌人活动的绝密情报方面取得了进展。段永旺在东村口开设了饼子铺，拉伪警察所所长张成与岳父段四孩入伙铺店，专做特务班长刘任炳工作。争取到了郝泉香酒楼商人李祝山，提供情报的传送和接洽情报人员的活动。利用有利条件接近伪区长高宗泰，将内线人员张书录派进村伪区公所。

1941 年 6 月，武西敌工工作划归太行三分区敌工部领导，锄奸队工作扩大了范围。武西的北良、信义、五峪、南沟，在扩大规模的锄奸组织布置了敌工人员。董成旺利用郝泉香酒楼掌柜李祝山的名望影响力加贿赂车站主事，成功地将 4 个工作人员打入了敌南沟车站驻守伪先锋队。到了 1941 年底，伪维持会和伪警察机构有三分之一的人员被控制。

1944 年初，董成旺在城工部负责人郑文奎等的直接策划下，带着抗日政府的王正中信件，多次做说服争取伪“剿共军”师部参谋主任张效翰之妻的工作。在解放段村时张效翰做了极大的贡献，减少了无辜的伤亡，受到了政府的优待和荣誉。

基于董成旺在抗日战争时期，对敌斗争中的特殊贡献，光荣地出席了晋冀豫边区政府，太行分区 1944 年在黎城南委泉举行的英模表彰大会，获得了“飞行爆炸英雄”的光荣称号，并授予锦旗、奖章和奖品。

劳动英雄

李马保

孙俊堂

“男学李马保，女学石榴仙”口号家喻户晓，老少皆知；“劳动英雄”第一名声震晋冀鲁豫边区；八路军总司令朱德和副总司令彭德怀署名授予的奖旗如今陈列在八路军抗战史陈列馆；太行区两届群英会评比的英雄人物。中共中央北方局代书记邓小平说：“英雄光荣，树辛光荣！”太行三分区政委彭涛说：“李马保同志是劳动英雄，是很光荣的新状元。”

是八路军来了才使咱过上好日子

李马保，1915 年出生于蟠龙镇树辛村的一个贫苦农家。由于家境贫寒，李马保从小就给人家放羊，全家 6 口人过着少吃缺穿的苦日子。无奈之下，在他 12 岁的时候，父母亲带着四个孩子背井离乡，到辽县（今左权县）山中开荒种地。尽管全家拼死拼活地干活，抵顶不住地主的盘剥，仍是饥寒交迫，食不果腹，衣不遮体。17 岁时，父亲借人 30 元钱担砂锅赔了本，无法还债，李马保又去当长工。一连八年长工辛苦干活，赶不上利滚利的上涨，最后还不上债，两亩地和几间破房、破窑洞也被抵押出去，一家人过着“担的圪芦挟的醋，哪里跌倒哪里爬”、居无定所、缺吃少穿的苦日子。

抗战开始，八路军来到他的家乡，开始实行减租减息，合理负担。压在家人身上沉重的债务得到清理，加上他们家人勤劳，全家生活水平很快得到提高。他十分感恩地说：“自从来了八路军，我就像旱苗儿见了雨水，清了债，身上好轻松呀!”

1940 年，李马保家天天给八路军部队碾米碾面，几个月就赚了 4 担麦、4 担米和 4 担糠。家境好起来了，他也高兴地娶到了老婆。1941 年，家中喂养了两头猪，又赚了 190 元钱，用 180 元典了 8 亩地，还买下 2 亩地。之后，到 1943 年时，连典带买，自己耕种着近 50 亩土地；连奖带买，种地有了两头牛。粮食打得多，钱也赚得多，光景日渐富裕起来，“愁天帽”也摔掉了，干活的劲头更足了。他由衷地说：“多亏共产党员，多亏八路军，是他们把俺救出火坑，过上好日子的!”

咱好好劳动多打粮，才能支援抗日前线

八路军来了，抗日政府实行了减租减息，李马保身上负担轻了，劳动的劲头足了，组织全家老少上地劳动，跟别人互助变工，修边垒堰，精耕细作。他摸索到的经验就是除了改良种子和提高技术，粮食增产最主要的办法还是多施肥料，正如老祖宗说的“粪是老本，庄稼一枝花，全靠粪当家”。政府号召一亩上 50 担粪，他每亩平均要上到 75 担以上。他积肥的做法是：“扫帚勤，粪地平。勤修圈坑，常加杂草。一月（猪圈、羊圈、牛圈）垫两遍，一年出六圈。”平时家备有“泔水盆”，洗锅刷碗的水，也都倒到茅坑里。此外，老蒿、秸秆等都要沤或熏成肥。在种植技术上也很讲究，总结出了经验：收拾地要刨好埂堰，挂好墙根；定苗要看地好地坏，

好地、阳光地要多留，坏地、背阴地要稀疏。庄稼要按照不同作物，分别锄耧不同次数，如谷上四锄才好。正因为他施肥足、讲方法，粮食年年大丰收。1942 年，太行根据地遭受了百年不遇的自然灾害。多数人家歉收，不够吃喝，而他家打谷 20 石、小麦 4. 5 石、杂粮 3. 6 石、麻子 6 斗、糜子 7 斗、芥子、小豆各 2 斗……总共是 31 石，另外还刨了 27 担山药蛋、5 担菜根。除去上交和吃喝，还有不少盈余。

李马保不仅自己多打粮，还动员群众："是八路军给咱带来的好日子，咱要好好种地，多打粮食，支援八路军打日本人，过上更好的光景。"

为了能够多打粮食，李马保团结组织村里青年积极分子、干部、种田技术好的人，成立了村生产指导委员会，自然村有指导小组，提倡"青年人要学习老年人的经验，老年人要学习青年人的新技术"。还专门成立技术研究会，进行种地技术大讨论，聘请种地好把式们，把每个节令的种植计划进行研究，确定后公布于众，让群众心中有数。在施肥、播种、间苗、锄耧上，按照地的不同情况，分类指导，因地制宜。在村上还办起了黑板报，宣传种地技术，指导季节生产。还不时地表扬生产好的人家，批评那些不讲生产技术、不肯多上粪的落后人。全村形成种地人人讲技术、个个懂管理，秋后比产量的竞赛气氛，勤劳种地多打粮，支援八路军打鬼子的奋斗目标。

"众人拾柴火焰高，团结起来力量大。"1942 年后，太行抗日根据地出现了严重的困难，军需民用十分短缺。抗日政府号召农民"组织起来，生产自救"。李马保响应上级号召，他对群众说："咱们要组织起来，自力更生。组织起来就是革命，对生产也好，战争也好，对青年、老年都好。青年人积极，技术差；老年人力量弱，但有经验技术，咱们组织起来，四人能顶五人，五人顶七人。提高生产效果，多打粮食，就要组织起来。"他组织 5 户农民成立了生产互助组，带领全组成员起早贪黑，修边垒堰，平整土地，精耕细作，采用优良品种，使粮食产量得到了提高，带动了全村成立互助组。

1943 年春，李马保被县里评为“劳动英雄”，还给奖励了一头牛，树辛村被区政府定为生产实验村。这一年也是太行区的大旱之年，李马保就想，英雄必须带头，实验就是实干。他立即组织群众进行动员，全村成立 7 个互助组。他还将自己的耕牛、农具让出来，帮助 5 户贫农家耕种，又调剂粮食种子 7.4 斗，带动了全村的互助互济，调剂牛 45 户，种子 5 石多。全村人还组织起来开荒 130 亩，仅他全家就开荒 3 亩。全村植树 1114 棵，他家植了 64 棵。他领导互助组克服重重困难，修渠打井，引水灌溉，担水浇地。他还十分注重多施肥，把积蓄的羊粪等肥料全部施到田地里，每亩地平均要上肥 100 多担。由于李马保的互助组精耕细作，到秋天，他的互助组共计产粮 54 石，平均每户 10 石有余，另外还收获了 50 担山药、15 担菜根，保证了全年的口粮。村里的其他群众看到李马保互助组生产获得了丰收，充分显示出组织起来力量大，纷纷要求加入互助组。到 1943 年底，树辛村 46 户人家就有 36 户参加了互助组。1944 年，树辛村在李马保的带动下，普遍取得了好收成，总共多打粮食 1200 石，不但解决了村里所有人的吃饭问题，而且积蓄了全村三年的公粮任务。

八路军来了咱翻了身，这辈子跟定共产党

生活上翻了身，政治上地位也提高了，李马保铁了心跟定共产党员、八路军干革命、打日本。1938 年，实行减租清债斗争中，群众都有害怕的思想，他带头当代表，与村里的封建地主摆事实、讲道理，取得清债退租斗争的胜利。他的发扬民主、协商办事、敢于斗争的作风得到群众的拥护，树起了威信。他在村里任青救秘书，还担任了村里的副指挥，区上奖给他一面旗。

李马保率先垂范，善于团结群众。“人都是好的，落后是旧社会造成的，咱们工作作风不好也有影响，只要接近他，帮助他，培养他，谁也能

成了好的。”对待思想落后的人，李马保总是晓之以理，动之以情，感化他们。李书孩落后变先进，还当了编村财粮主任，村公所奖了匾，群众送了旗。最落后的李喜孩成了生产大队长，还是种田技术指导员。一年中有36个思想落后的群众态度转变，变落后为积极，全村人扭成了一股劲。“过去是几个干部工作，现在是全村人都在干工作，革命工作是大家的事，只要团结起来，任何工作都能做好。”

1943年12月，全村利用冬学、民革会，通过进行自我反省、和群众一起反省，有错即改，不计个人恩怨，消除矛盾，干部群众团结一致，搞好生产，要为抗战多做贡献。在执行减租政策中，合理斗争，据理力争，使得村上6户地主向9户佃农退地40亩、粮食30石，还定了25户的租地107.5亩，18户典地197.7亩，保护了群众的利益。1944年，在推行统累税借款中，李马保积极带头交款，其他干部紧随其后，群众争前恐后，两天完成25020元，受到县政府通报奖励，他和树辛村成为全县模范。

1943年7月1日，《新华日报》（华北版）以题为《李马保和树辛村》报道了李马保事迹，其中总结到当时李马保带动下的树辛村是新社会农村的典型，具有以下几个特点。

1. 家家够吃、够穿，没有赤贫。

树辛是武乡五区的中心地区，全村共有5个自然村，树辛、峰头、小庄、小道场、栗家沟。李马保就住在树辛，全村共206户，过去只有三四十户够吃，现在全村62户从放羊、种山地、当雇工、赶牲口发展成了富裕中农，其中30户已成富农，家家有地种，每人平均在5亩地以上（只有3户除外）。树辛妇女过去很少纺织，今年除10来个妇女未参加纺织外，人人生产，不用男人买花。

2. 变坏人成好人，人生观也改变了。

由于过去婚姻制度的不合理，大多数家庭不和，现在婚姻问题解决了。李马保的意见：尽量说服、反省。真闹不成就离婚，有合适的就结合，反对胡圪捣。又规定了时间起床、睡觉，改变了过去的坏风俗，全村家家和睦。全村没一个小偷、懒汉和坏人，积极参加生产，大多数人都能够大公无私，外村叫树辛是大公无私村。树辛的男女老少，90%以上的人都感到现在生活比过去好得多，人人活得高兴，改变了过去活一天算一天的人生观。

3. 变坏地成好地。

全村共地3484.8亩，上等地共1702亩，共上肥209218担，有骨肥278斤，平均每亩地上粪121担多。90%以上的地，每块都刨的边堰，垒上沿。抗战以来塌下的壑，计划三年修完，今年已完成五分之二。全村开荒130亩，村边、地头，凡能种三五圪道的地也开了种菜、种山药，剩下的好地打粮食。还计划秋田锄三遍，麦地翻三回，今年保证每亩地超过应产粮（抗战前产粮）细粮1.2斗。全村共多打418石细粮，够两年的任务还多。不但家家够吃，三分之一的户，还要耕三余一。30余户每年能长半年食粮。

4. 全村走向组织化。

树辛自然村有65户，177人，男全劳力49个，全数参加互助组。现在全村8个组，联合成立了一个打工队，半劳力24人，组织了10人两个小组。全编村人口703人，男全劳力190人，参加互助组的111人，共24个组，每组3人到8人；参加变工组的50人，共10组。未参加互助组织仅29人。妇女劳动力176个，160人参加纺织，共纺花2000多斤，参加纺织互助组的妇女43人。全村男女半劳力156人，组织放哨、送信。放哨早上是老汉，上午是儿童，下午是妇女。村长每天睡觉前开会，紧急事，吃了晌午饭歇晌时办。群众每5天上一次民革室，妇女是下午，男人是夜里。有问题，民革室大家讨论解决。干部只在夜里开会，时间不能长，不影响生产。全村的生产、担煤扫除、备服工作、起床睡觉一切都有计划，统一行动。

5. 干部不脱离群众。

关于树辛干部，李马保说过：村干部的工作就是生产，干部个个参加生产，就能领导起来。干部不自高自大，去年好了，没有一个干部有压迫现象，干部和群众地位是平等的。干部有了新的认识，在互助组里进行教育，这样就是少数干部压迫群众，也不敢，因为大多数有了认识。李马保说的是实话，他从来主张实干，不说一句空话。树辛的村干部、副指挥李马保是全县劳动英雄；村长陈世义是全村的模范富农，指导员刘苏孩是全村的模范农家，农会主席刘玉文、公安干事刘更孩、青救会秘书王云书等都参加互助组，领导群众生产达到有吃有穿，走向克服困难丰衣足食。

李马保坚定的信念、实干的精神赢得上级的表扬、群众的信赖。

"英雄光荣，树辛光荣"

李马保组织互助组，积极生产，多打粮食，支援抗战的事迹和他的名字在太行区乃至晋冀鲁豫边区影响很大。为把学习李马保运动在边区推向高潮，1944 年 8 月，太行分区政治部前哨剧团、武乡县光明剧团派出文艺工作者专程到树辛村进行采访，体验，编写剧本。前哨剧团编排出五场话剧《李马保》，当月底便在分区召开的"庆祝反法西斯战争与丰收可望大会"上首演，会场上还挂着李马保的画像。话剧真实感人，反响极大，宣传效果极好，也成为边区首届群英会必唱的剧目。其中主题歌是：

李马保他本是受苦穷人，
抗战以来才翻了身。
为了群众领导全村，
组织互助发家致富，
劳动英雄全县第一名。

1944 年 11 月 1 日，武乡县抗日县政府在蟠龙镇大陌村召开"武乡县劳动英雄大会"，太行第三军分区政委彭涛主持大会，李马保介绍了经验。彭涛总结讲话时强调："李马保同志介绍了上粪能增产的经验、修地的经验、保藏种子的经验。李马保同志是劳动英雄，是很光荣的新状元。”会议推选他出席太行区第一届群英会。

1944 年 11 月 21 日，晋冀鲁豫边区政府在黎城南委泉召开太行第一届群英会。这次大会是太行抗日根据地一次空前的盛会，激发了广大群众学英雄、赶先进的热情，对夺取抗日战争的最后胜利起了重大作用。三分区前哨剧团、武乡光明剧团演出的《李马保》早在 11 月 1 日大会的准备期间已轮流上演，李马保的名声传遍太行区。出席这次大会的劳动英雄代表 206 人、杀敌英雄代表 120 人、各种能手、模范工作者及机关团体代表共 800 余人。最后会议选出一等和二等杀敌英雄 31 名、劳动英雄 39 名。李马保高票当选为劳动英雄类别中生产互助英雄第一名，获得奖章一个、锦旗一面、耕牛一头。中共中央北方局代理书记邓小平和他促膝交谈，晋冀鲁豫边区政府主席杨秀峰亲自为他胸前佩戴大红花，让他百感交集，激动万分。

李马保在会上介绍了自己在党和抗日民主政府的领导下，团结带领群众搞互助合作、发展生产支援抗战的经验，受到参会人员的高度赞扬，成为晋冀鲁豫边区农民的一面旗帜。会议期间，李马保所听到的、看到的让他十分激动，干劲倍增。他说：“首长讲的话，没有一句不是为了老百姓的。每一个英雄应该好好作一个计划，来响应他们的号召，把他们的好计划变成真的，好好领导群众，有多大的劲头，用多大的劲头，能组织一个组，就组织一个组，能搞好一个村，就搞好一个村。大家一齐来，把太行山变成咱们的陕甘宁。现在他的计划已经订好了，他要创造一个太行区模范村，来和其他英雄比赛，谁愿意来谁来。”

李马保利用会议休息时间订出的下年初步计划是“创造太行模范村，做到‘耕二余一’”。

（一）增加细粮 680 石、粗粮 1360 石。全村有土地 34 顷，每亩增产 2 斗。总产量是 3890 石粗粮，如平均每人一年吃 4 石粗粮，全村有 810 口人，就能做到“耕二余一”。此外，增产南瓜 29000 个，菜蔬 27000 斤。办法，

一、充分组织半劳力。全村有男半劳力75个女半劳力86个，春天组织半劳力妇女儿童打圪垃、捡石头等，组织到60%，拔苗时组织到70%，割麦收秋全部组织起来。二、帮助副村栗家沟。农会主席负责，今冬让全村好好反省，把这村工作搞得和树辛村一样。三、团结两家地主，使他们地的产量也超过应产量。

（二）巩固互助组织。树辛村还有几家没有参加互助的，除把他们都组织起来外，就是巩固现有工作组织。巩固办法：一、及时交还，今年等价问题没有什么，就是有的还工，会引起组的动荡。同时几次经验证明：等价又能及时交还，互助就巩固。二、实行群众性奖励，谁的工作好坏，让大家评判后奖励，这样不容易出毛病。三、发扬民主作风，过去曾有几件事不民主，回去向群众作自我批评，并让大家提出意见，今后如有缺点或错误，都要首先批评自己。

（三）深耕细作。不论啥地（豆地也一样），每亩上粪80担，豆地耕二锄二，玉茭、谷地一半耕三锄三，一半耕三锄四，并要精种及时。玉茭要稀，谷好地一步四安，赖地一步三安。

（四）提高技术，改良农作法，种优良品种。一、争取全村使用小锄锄苗，不用韭镰。二、全村百分之七十温汤浸种。三、种优良品种，如小黄豆、大白谷、金皇后。四、豆子不拔根。

（五）全村造粪池8个，每家置一个干水缸，妇女扫街土，挖旱井5个，种大麻200亩，杨柳树2000棵，桃、小果、枣等4.2亩苗圃，恢复禁山。

（六）全村养鸡810只（每人一只），恢复养蚕，养母猪四头，争取一年产20头小猪。保护牛不生病，还买猪两头。

（七）成立一个小议会，合作社要为群众谋利。一、调剂种子；二、扶助妇女纺织；三、供给全村日用品。

（八）拥军工作：一、军队生产，如因战争太忙，村上完全负责，不荒一株苗。二、村里有女副长，招待过路军人，随到随有汤水喝，吃饭给做饭，缝补衣服，住下给找房子。口号是：好家叫军队住，好米要叫军队吃，冬天要睡暖炕。战争时，如有伤病员，给他洗血衣服，保证他们的安全。三、县里在村里开会，喝汤不要钱，其他村民夫也是一样。全村 19 家抗属，11 个荣誉军人，使他们生活跟老百姓一样。

（九）全村五个自然村，每村设一小学，并且完全自办，村长也完全自给。

（十）在村里开劳动英雄会，检查工作，实行奖励。

（十一）学习其他英雄的好处：学习李来成的家庭，把自己家庭闹和气，积极生产，并在村里大大提倡。学习张喜贵的计划性，学习郭凡子的顽强性，学习庞如林的战斗与生产结合，学习王同会的造林，学习郭永道的纺织妇女，学习红旗队的奖励办法。计划订得周密详细。

1944 年 12 月 7 日，太行首届群英会闭幕。回到村里后的李马保信心更足了，行动更活跃了，冬学、义运、冬训安排得头头是道。

他向乡亲们讲了群英会的盛况，把奖给他的牛、旗，摆在大家面前，并且给大家说：见戎副主席来，见李政委来，叫咱们好好生产，明年还要开大会。群众说好呀，满说咱马保光荣，就是树辛也有了名。劳动好就奖赏，共产党抓住根根了，年头永不怕再坏啦！他的母亲也高兴地说：俺马保一字不识，还中了个状元，世道可变啦！

同时被表彰劳动英雄王典创建合作社的经验启发了李马保，他作出决定：把奖给的牛入到合作社，冬天在合作社给碾油，春天给抗属贫农和大家耕地，搞出个王典式合作社。群众越发兴奋地说：马保真是大公无私，一心为大家服务。李马保宣布了树辛村今冬和明年的生产计划，群众积极拥护，共同发出“英雄光荣，树辛光荣，英雄谋利，大家沾光。争取太行模范村，样样工作要加紧”的口号。

他们在义运中，回脚捎煤。在冬训中，每天也要起五更担一回粪送到地里，谁家没钱买煤，可以互相借。冬学中，义运组选出学习委员负责学习。每个人的左臂上，缝着一个识字袋，认识一张再插换一张。晚上还学珠算。他们创造了冬学“五点新经验”。12 月 29 日，五区区委在树辛召开冬学现场会，学习树辛村冬学教育经验。妇女互助组也不甘落后，响应李马保号召，大规模展开纺织运动，提出“妇女总动员，保证全家穿新衣，军鞋上前线”口号。建起 38 个纺织组，210 名妇女全数参加。三个月每人要做三双军鞋，纺三斤花。“男人送粪起五更，妇女纺花到夜深”，群众的竞赛热情一浪比一浪高。为了互助互济，采取大家入股、合伙买花的办法。多的多得工资，股多的多得红利，并抽集红利十分之一，作为奖金。全村还开展革命竞赛，建立挂功劳榜的制度，就是把全村男女老少在冬学里贴一姓名榜，榜边写上工作项目。布置工作时，群众订出模范标准。检讨工作时，谁合乎模范标准，群众就给谁画一红圈。稍微有点成绩的，也给点个红点点。总结工作时，根据红圈多少来奖赏。在粮食生产上，积极改进农业技术，推广优良品种。并成立了技术研究会，每一节令的农活先在技术研究会上研究好，再在生产中实行。李马保大力倡导科学种田，自己亲自带头示范，适度施肥，每亩上粪达到 89 担，精耕细作，秋庄稼达到两耕三锄，选种优良品种，20%用温汤浸种，并且冬天早备耕，劳力不误支前。这些办法有效地提高了粮食产量。到 1946 年秋，全村 65 户，294 口人，11 顷土地，产粮 1730.21 石，平均每亩产量超过往年 4.5 斗。有 7 户贫农脱掉了贫困帽，5 户中农上升为富裕人家。此外，树辛村的纺织、养猪、养鸡等副业也很兴旺，全村副业收入农民穿衣吃饭能够自给有余。树辛村达到了“耕二余一”。

1946 年 12 月，李马保又光荣出席了太行区第二届群英会，再次被选为太行区一等劳动英雄。

新中国成立后，李马保积劳成疾，他的身体状况每况愈下，但他老劳模艰苦奋斗的革命本色没有变，仍然力所能及，继续带领艰苦创业，改变山沟里贫穷落后面貌。他是太行山上农业生产的一面旗帜，他的英雄事迹曾经轰动太行，成为太行农民学习的榜样，为鼓舞人民群众团结互助，搞好生产，多打粮食，支援抗战，夺取民族解放，建立人民当家做主的新中国起到了示范引领，作出了重大贡献。

王虎旺

刘叶青

1944 年 11 月，王虎旺出席太行区首届群英会，被授予“劳动英雄”光荣称号。

王虎旺，武乡县楼则峪村人，1902 年生。出身贫苦，无以度日，自幼过继于叔父抚养。叔父也是穷人，王虎旺从小没有上学读书的机会，在刚刚 10 来岁的时候便给人放羊、打短工，后来年龄大一点以后又给地主家扛起了长工。穷人家的孩子体魄健壮，王虎旺从小气力过人。一身的力气，使他在方圆几十里都有名。他心灵手巧，精通农活，摇耧撒籽，都是一把好手。

1938 年春，八路军总部进驻马牧、义门、寨上以后，他们村也有八路军去宣传抗日救亡工作，王虎旺投身于抗日事业。支前抗战成了第一件大事，他多次与村里的民兵去白晋铁路上抬道轨，去榆社、辽县送军粮、抬担架，往战场上送弹药。有一次，八路军 769 团攻打南关敌人的火车站，根据武西抗日政府武委会的动员，他与楼则峪村一批青壮年去支前。战斗结束后，缴获了大量物资，支前民众肩扛、人挑、驴驮，要把物资运回根据地。人与牲口都是满载而归，一头驴子驮得太重，走到半道走不动了，别人都没办法，王虎旺就把自己肩上扛的袋子和驴子驮的“笼驮”换了。回来后，人们都赞扬他，说他比牲口力气还大。

1942 年，晋冀鲁豫边区政府号召开展“减租减息”运动。他分得了土地，心里有说不出的高兴。他精耕细作，获得丰收。1943 年春，在武西县委的号召下，各村组织变工队，成立互助组。王虎旺积极响应，要领头成立互助组。一开始有人说自家的地少，怕和别人变工吃了亏，不想参加。不过不少人都想，跟着虎旺干肯定没错，他是种地的好把式，又有力气，咱和人家变工，就怕变不过人家，人家动一天比咱两天也强，只要虎旺想和咱互助，那还不是件好事吗？没几天，他在村里第一个带头串联，组织了 8 户农民，成立起了武西县第一个互助组，并担任组长。由于他身强力壮能干活，农田的事无一不通，大家都相信他。起春下种时，从耕地打耙到点粪摇耧，王虎旺一直是挑重活儿、难活儿干，年龄大的、身体弱的，就安排他们做些滴种子、撒粪的轻活儿。王三则老汉 50 多岁了，又有老胃病，孩子参加了八路军，走了两年没音信，在互助组里数他软弱，有人反映跟三则老汉一起变工吃亏。王虎旺就说，他儿子参加八路军，为咱老百姓卖命打鬼子，咱多出点力帮帮他这是应该的呀，你们要是怕吃亏，我多干些，就算是顶老汉做了，只要大家团结，咱这互助组才能搞好。担粪的时候，别人是用箩头担，虎旺就用筐子挑，两筐子顶四箩头，担麦子别人挑四捆，他就挑六捆。王虎旺这样卖力带头，组里的人们再也没什么闲话了，都一心一意跟着他干，大家说，跟着虎旺干这路不差。果然，收夏时他们组里的产量比没进组的亩均多打了三斗多，看着绿油油的秋庄稼，也是丰收在望，都高兴地说，沾了互助组的光，沾了虎旺的光。

经过一年的努力，组里的农业生产成绩突出，经过互助合作，粮食产量几乎翻了一倍。许多农民都找着要参加他的互助组，原来不同意加入虎旺互助组的几个人，更是后悔，都找虎旺想让吸收他们入组。区上、县上都表扬了他，王虎旺成了武西“组织起来”的一面旗帜。也在这一年，他光荣地加入了中国共产党。1943 年秋，太行三分区召开表彰大会，王虎旺受到了司令员鲁瑞林、政委彭涛的接见，鲁司令与彭政委亲自授予他上书“勤朴可风”的匾额一面。

上级的表彰使王虎旺更加努力了，村里的群众也都来找他要参加互助组。1944 年，组员农户增加了。在他的带领下，互助组生产实现了“耕一余一”。这年 11 月，他光荣出席了太行区首届群英会，被授予“劳动英雄”称号，并荣获耕牛、锦旗等奖品。

王海成

郝雪廷

1944 年 11 月，王海成出席太行区首届群英会，被授予“劳动英雄”光荣称号。

王海成，1903 年出生在韩壁村一个贫民家庭。从小受尽了地主的压迫，也在他的心里播下了革命的种子。1934 年窑上沟村一些青年组织了国术团，组织起来和地主老财进行抗债斗争，他就去找着也要参加，青年们不让他参加：“你虽然也练了多年武，功夫没得说，但你有老婆有孩子，拖家带口的，万一警察局找麻烦，家里人没法交代。”他成了国术团的大师兄，参与出谋划策。1938 年八路军工作团来到韩壁村后，他听了抗日救国的道理，便参加了革命工作。由于积极肯干，不久加入了中国共产党。村里组织农救会时，他被大家推选为农救会主任，带领广大农民开展抗日救亡、减租减息、反奸诉苦、土地改革、参军参战、拥军支前等活动。

为了响应我党“有钱出钱、有力出力”的号召，他们不仅为抗战出力流汗，而且也主动去做村里的地主、富民的思想工作，动员他们为抗战出力。当时村里的富人情况比较复杂，有的开明，有的顽固，也有的人是明开明、暗破坏。村里人选举矿工白俊如当了村长，白俊如和农救会、青救会一起动员人们捐粮捐款，支持八路军。顽固财主就想把他撤换掉，派管家去监视白俊如的行踪，并挑唆部分人以抓赌为名，乘几人打牌之机，就把白俊如捆到了区上，说村长带头参赌。还花钱雇200多人到区上请愿，让撤村长的职。

王海成看出这是贫富间的斗争，如果这个阴谋被他们得逞的话，以后村里的工作就无法开展。他就以农救会的名义，组织广大农民去保释村长，并给区上讲明情况。区上经过认真调查，摸清了事实真相，坚持让白俊如当村长，在这次斗争中穷人胜利了，以后地主也不敢嚣张了。

1939年县委号召大屯粮，王海成通过耐心的解释和讲革命道理，魏文澜等士绅为抗日捐献了许多钱粮，财主魏筱山也捐出500石，有力地支持了八路军。但斗争是无所不在的，有的地主明里捐粮捐款，喊着支持抗战，暗地里又不断造谣，说村干部的坏话，说共产党的坏话。王海成带领农民，通过讲道理、摆事实等合理斗争，终于使人们明白了真相，再也不听他们的煽动了。

从1938年到1941年，八路军129师师部、386旅旅部等重要机关多次进驻韩壁村，王海成与村里群众全心帮助，给八路军提供了有力的支持，不仅筹粮筹款，而且也站岗放哨，保卫八路军机关。

1943年以后，王海成积极响应县委号召，带头组织了互助组，带领组员进行互助合作。开始村里的农民没认识到互助合作的好处，有的人不愿意参加，王海成心想，做工作不能勉强，不愿意参加的就先不参加，我一定要给他们做出个样子来让他们看看，等真正知道互助组的好处，他们就会主动报名。他与10多户自愿参加的农民组织起来，一心一意搞生产，使农业生产有了大幅提高，到秋天每亩平均增收近3斗。

1944年春天，因为王海成生病，互助组闹得迟了，他心里很难受，于是就找到几个帮手，帮他领导互助组。刚一病好他就立马上地，为了把误下的活儿赶起来，他还组织一些人到树辛村学习李马保，他说这叫“磨刀不误砍柴工”，通过学习，决心要搞好一个互助组。结果不仅搞好了一个组，还搞成了一个很好的互助大队。人们看到了互助组的好处，这年春天，大家都争着找王海成报名，海成高兴地说：“只要你们谁想参加，我都吸收进来参加。”结果没多少天就报了173户。这下海成可有点发难了，这么多人参加互助，怎么领导，怎么分工，怎么管理？如果一个人管理不好，弄得粮食产量低了，大家不是又怨咱不好好干吗？

王海成与村长、区长进行了讨论，最后区上领导说，分小组吧，把报名的农户分成若干小组，然后成立一个红星大队。海成一听这是个好办法。这样全村报名参加互助的173户，根据住处远近、村东村西、种地方便等情况，分了27个互助组。为把许多互助组联系起来，村里又组织了红星大队，由王海成担任大队长。在组织生产的过程中，138亩谷、玉茭进行了二遍锄耧。锄的时候，三个小组长带队，到地里各组人再分开。如有五个人，就把地分开五段，每人一段，不在一块混搅。这样一来，谁锄得好坏，一检查就知道了。下午就合起来，一垅挨一垅，好“把式”带着赖“把式”，好的在前边锄个好榜样，后边就跟着学，不对的地方好把式就马上指点。通过检查，发现有少数人给自己锄的时候很卖劲，到别人地里干活时就糊弄。王海成提出“人心换人心，四两换半斤”的口号，从思想上来教育，有时采取个别谈话方式，纠正了态度。在他的领导下，韩壁村成为全县有名的模范村。

这年秋后，全县开展民主运动，选举参议员，全部群众都卷入了运动，“有力难搬太行山，有钱难买公民权”，深深刻入群众脑海里。特别是敬老运动向老年祝寿，密切了青年与老年的关系，更加密切了党与群众关系，对向来认为长胡子就是顽固的老年人也是个发动。在民主运动中，结合重新分配土地，纠正了群众积极分子分近分好，一般群众分远分坏的现象。

韩壁村的红星大队闻名太行，创造了折工计工评分及群众性奖励的新英雄主义运动，同时涌现出了47个英雄模范，受到县里的表彰，也改造了20个懒汉、12个小偷，使这些人都改变了自己的不良习惯，表示要努力参加生产劳动，做一个抗日的模范。1944年11月，王海成光荣出席了太行区在黎城南委泉召开的太行首届群英会，被授予“劳动英雄”称号。

在劳动英雄王海成积极推动下，韩壁村的劳动生产上了一个新台阶，1945年王海成又担任了村党支部书记。参加互助合作的人数越来越多，全村男女全半劳力组织成5个队、61个小组。为了进一步做好等价交换，提高技术、打破从前老五晌的习惯，选出了专门耕地人才，有计划地组织了全村80头耕牛和刨地小组。一般的全劳力每天以12晌记工，即早三晌半、上午五晌、下午三晌半。牛耕地每天按2亩计，单牛带犁顶工16晌，不带犁顶工12晌，双牛带犁顶工24晌，每晌工资按半升米计，多做出活的，按活多算。经过民主讨论，大家都赞同。并又规定了就地评分，不拖不欠不扭不兑的办法，小组5天算账一次，如无米时按时价折成钱开条子，到米下来了折交。这种办法得到了韩壁全村拥护，大家搞得热火朝天。

1946年底，王海成又被选为一等英雄，出席了太行区第二届群英会。

王锦云

赵秀红

王锦云（1909—1988），武乡县韩北乡窑上沟（圪道）村人。他出生于一个贫农家庭，自幼穷苦，没上过学。青年时期，因生活所迫曾在上北漳和上型塘村给地主扛长工、打短工。1938年3月加入中国共产党，同年任武东二区侯家垴编村村长和工会主席。1939年7月任窑上沟编村村长。在此期间，为适应抗日战争形势，他深入发动群众，组织起来，共渡难关，

发展生产，建立了劳武结合的变工组、互助组。1946年出席了太行第二届群英会，1950年出席了省劳模会。1951年3月试办初级社，荣获年度爱国丰产奖。1953年以农业劳模的身份，参加中国人民赴朝鲜慰问团，到朝鲜慰问中国人民志愿军和朝鲜人民军，受到了金日成主席的亲切接见。1958年出席全国农业社会主义建设先进单位代表会议，受到国务院的嘉奖。1954年后多次当选县、乡人民代表大会代表，1977年当选为山西省第五届人民代表大会代表，1981年当选为武乡县第五届人民代表大会常务委员会委员。他的一生勤勤恳恳，艰苦奋斗，俯首甘为孺子牛，为农业的集体化和经济建设作出了卓越的贡献。

土圪梁上蹚新路

窑上沟村位于武乡县城东部山区，海拔1120米，境内山峦起伏，沟壑纵横，水源奇缺，自然灾害频繁。1937年，全村有202户，843人，3474亩耕地。1942年，面对战争和灾荒的严峻形势，在党支部号召下，王锦云带领窑上沟村村民开始组建互助组。1943年5月，日本侵略军占据蟠龙镇，三天两头“扫荡”，群众逃难，不能生产，党支部提出“一手拿枪，一手拿锄”互助种田，劳武结合，抗战生产两不误的战斗口号。王锦云组织民兵，平时互助生产，站岗放哨，递送情报，反特锄奸，战时掩护群众转移，埋地雷，割电线，破桥梁，配合部队战斗，保卫夏收，保卫秋收，把靠近敌据点炮楼附近的庄稼都抢收回来，这样既搞好了农业生产又支援了八路军对日作战。

1944年春，由于战争影响，全村耕畜只剩下一头半，村民愁眉不展。

为克服春耕播种中的劳畜困难问题，王锦云带领党员干部组建了 20 个互助组，三人顶一牛，人拉犁下种，完成了 2000 多亩春耕作物的下种任务。后来通过减租减息，土地改革，加入互助组的农户越来越多。他们坚持每季不散伙，春耕下种，龙口夺食，秋种、秋收、秋耕等都是始终互助，将互助合作推向了一个新阶段。

1948 年秋，为支援晋中战役，窑上沟青壮年半数以上去参战，运送公粮。强壮劳力几乎都走了，王锦云带领村中妇女儿童和老年人充分发挥互助组的优越性，全村 2000 多亩秋粮按时全部收回。家里无劳力的农户感叹说：“要不是互助组统一组织秋收，咱就立了冬也收不回来。”冬季又组织起来搞副业，女人纺棉织布，男人挑扁担，赚下钱以组分红。妇女给互助组增添了力量，进一步认识到组织妇女劳力的重要性，互助组日趋巩固。

1949 年，由战争转入和平，土地改革后，人心向上，安居乐业。这时全村组织起来的户数达到 80%以上。常年定型互助组达到 10 个，各组都制订了生产计划和组织制度，生产已恢复到战前水平，耕牛、农具数量增加，互助组开始发展副业。耕作技术也有了很大提高，在劳动管理上创造了死分活评的新办法。这些新的创举都收到了立竿见影之效。他们又和供销社结合，农民生产的土特产品卖给供销社，供销社给互助组供应麻饼、农具、农药等生产资料。为了给农民解决工具不足的困难，从柳沟兵工厂购回一万斤废铁，组织起 3 个小铁炉给各互助组修打农具。冬季全村 18 个互助组有 1 个集体搞副业，烧砂锅，下煤窑，跑扁担。王锦云带领的互助组赚回小米 60 石，增加了组员收入，发展了副业生产。为调动村民积极性，党支部通过研究定出“死分活评，以活计工”的新办法，群众叫“升降评分法”，根据做活多少、技术高低、质量好坏，具体评定。同时各组也建立了检查评比制度，组员可以充分提意见，这对互助组常年巩固起了很大作用。1950 年，窑上沟村组织起来的户数达到了 90%，全村生产大大超过了战前水平。

合作社里显身手

1951 年 3 月下旬，长治地委召开了全区互助合作代表会议，提出了试办农业生产合作社的课题，并把农业生产合作社的性质、分配原则以及一些具体方法向大会作了报告，经过出席代表充分酝酿讨论，大家一致同意试办农业生产合作社。根据试办条件决定在全区试办 10 个农业生产合作社，窑上沟是被批准试办的其中一个。

王锦云带着胜利的喜悦满载而归，奔走相告，逢人就说："地委批准咱试办初级农业生产合作社，农业社比互助组好得多哩！"他一回到村里首先召开支部党员大会，进行传达贯彻，统一思想，以党员、团员为骨干，吸收积极分子，开展大宣传，大发动，大张旗鼓雷厉风行，宣传初级农业生产合作社的性质和试办的四个原则。一是入社必须是自觉自愿，并保证每个社员退社自由。二是采取按土地、劳力两个分配原则，劳力分红以工分为单位，土地分红以评定的产量为单位。三是实行以劳动工分红为主，兼顾土地分红的分配原则。四是实行民主办社，社内采取民主集中制的组织原则。

1951 年 4 月 20 日，社的名称以社长姓名命名，"王锦云农业生产合作社"正式成立。建社主要以支书王锦云，村长李保和领导的两个互助组为基础，自愿报名，这两个互助组共 19 户。入社户共 21 户，人口 82 个，总土地 371 亩 4 分，男全劳力 19 个，半辅劳力 5 个，妇女参加农业生产的劳力 7 个，牲畜 10 头半。设正副社长 3 人，记工员 1 人，技术老师 2 人，下设三个农业小组，两个副业小组，各设组长 1 人。

1951 年底，办社取得了巨大成绩，生产发展，产量增加，收入上升，充分显示了农业生产合作社的优越性。入社土地平均亩产达到一石八斗六升，超过战前的 82. 3%，超过建社前 1950 年的 37. 7%，超过建社当年本村最好互助组的 12%。社内共收粮食 693 石。社员分配所得 571 石，人均

6.96 石，户均 27.19 石。和上年相比较，超过一倍的 3 户，超过 60%至 80%的 4 户，超过 50%的 10 户，超过 30%的 3 户，超过 20%的 1 户。实增收粮食 3 石至 5 石的 5 户，5 石至 10 石的 9 户，10 石以上的 7 户，实现了户户增收。

窑上沟人过上新生活

王锦云初级农业生产合作社能以飞快的速度茁壮成长，从创建初级农业生产合作社过渡为高级农业生产合作社，与中央、华北局、省、专、县层层有人不断指导分不开。他们充分发挥党支部的战斗堡垒作用，不断加强经营管理，把 84 种大小农活分为 5 等，把 5 等又划分为 13 级。在生产管理过程中不断进行修订完善。在财务管理方面他们实行民主理财，经过社员民主讨论制定了财务管理制度，在牲畜和农具管理方面制定了切实可行的办法，取得良好效果。他们在国家计划的指导下，结合实际情况，全面、科学地在制订好长远规划的前提下订好年度计划，群众想着有盼头，干着有劲头。他们创造的 5 等 13 级劳动定额管理的经验，在不少报纸杂志发表，并选入《中国农村的社会主义高潮》一书，全国各地推广他们的经验。随后，王锦云初级农业生产合作社逐步制定了社章，依靠集体力量，因地种植，发展多种经营，兴修水利，进行技术改革，提高劳动效率，增强抗灾能力，带领家家户户过上了丰衣足食的幸福生活，也提高了社员的爱国主义和集体主义的政治思想觉悟。在这期间，王锦云带领村民建成的十大工程远近闻名。

1953 年王锦云同志以全国农业劳动模范的身份参加中国人民赴朝慰问代表团，到朝鲜慰问了中国人民志愿军，为太行人民争了光，在农业合作化的道路上谱写了光辉的一页。窑上沟王锦云初级农业生产合作社办社 5 年取得了史无前例的辉煌成就，创造性地发展了互助合作运动，农业生产迅速发展，集体经济逐步壮大，社员生活日益改善，多次受到中央、省、地、县的表扬奖励。1955 年 12 月，经上级部门批准正式过渡，定名为“五一”社，取消土地分红，土地、耕畜、农具、羊群、树株等生产资料作价入社，产品实行按劳分配。

美好愿景寄后人

几十年来，王锦云成天从早忙到黑，带领大伙儿创造了窑上沟村的一个个奇迹。时代的车轮滚滚向前，新的挑战摆在了他的面前。

1958 年，“五一”社属韩北五星人民公社，规模近 4000 户。由于“左”的影响打乱三级所有制，大刮共产风，劳动不记工，吃饭不要钱，农业第一线劳力不足，生产情绪低落，劳动效率不高。从 1959 年到 1963 年，粮食亩产一直徘徊在 200 斤左右停滞不前。在王锦云的带领下，经过 3 年调整，下放核算单位，实行定额计酬，尊重生产队自主权，才又重整旗鼓，稳步前进。1965 年粮食亩产达到 364 斤。

1981 年，王锦云退居二线，新的村委班子一上任，村里就实行了专业承包。仅 3 年时间，村里的 100 亩果园成了 200 亩，水果由年产 1 万公斤提高到 5 万公斤，还建成一座年产 2 万多吨的煤矿。仅这两项每年就增收 20 多万元。几年时间，就有 60 多户建了 300 多间砖木结构新房，乡亲们多数家里有了电视机、新式家具。

王锦云先后下长治、上太原，引回资金 20 万元，对煤矿进行了技术改造。还亲自培育树苗，帮助群众把果园又发展到 400 亩，年产水果 10 万公斤。

1988 年 5 月 2 日，王锦云弥留之际，让家人叫来村干部，他说：“看来早改革早变，快改革快变，不改革不变。你们要好好总结 10 年来的经验，把步子赶起来哪！”每一句嘱托都沉甸甸的，都饱含着他对未来的期望。

史兰珍

王先平

在抗日战争的岁月，日本鬼子经常四处“扫荡”，弄得老百姓不得安生。别说春种秋收不能按部就班，就是生命财产也得不到保障，使太行抗日根据地处于十分困难的境地。太行人民群众一面参加抗日斗争，一面还要搞好生产，支援前线，供给八路军。所以当时的生产搞好搞坏，也是关系到抗日救国的大事。我党领导下的抗日政府的口号就是“一手拿枪，一手拿锄，劳武结合，生产自救”。就在这种战乱年月，东堡村的史兰珍失去丈夫，成了一个拖儿带女、孤苦伶仃的人。

她原本有个三口人的小康之家，丈夫、她，还有一个年幼的儿子。男人是个木匠，农闲时外出做点木匠活，挣几个零花钱。可战争年月，谁家还做木工活呢！他主要是在家里种那 12 亩土地，维持一家人生活。在当时的环境条件下，和左邻右舍相比，生活过得还算可以。谁知祸从天降，日本鬼子来了，丈夫死了。记得是在 1939 年春，丈夫外出做活，一天，突然传来丈夫失事的消息，这真是晴天霹雳，不幸的消息让她昏倒在地。

史兰珍含着眼泪，在乡亲们的帮助下草草安葬了丈夫。那年，她才 24 岁，儿子培怀刚满 7 岁。丈夫死后，家中倒了顶梁柱，抛下这孤儿寡母，该叫怎么活呀？看看年幼无爹的儿子，想想今后漫长的生活道路，越想越伤心，越想越害怕，兰珍不止一次地放声大哭。但这能顶甚事呢！村干部帮助她，乡亲们劝导她。人已经死了，还能再活过来？何况战乱年代，死于天灾敌祸的人真不是少数啊！活着的人们总该想办法找个活的法儿。她知道，今后生活的路是艰难的，她觉得只要有勇气，有骨气，总是可以生活下去的。抗日政府的成立，让穷人翻了身，只要自己勤劳动，妇女同样可以顶男人。要是不劳动，大门不出，二门不迈，还谈什么妇女解放呢！她下决心不改嫁，就靠自己一双手，两个肩，挑起这个家庭重担。

兰珍除耕种 12 亩土地外，还和邻家合喂一头牛。她又当老婆又当汉，地是她种，牛是她喂。开头真作难啊，说实在的，丈夫在世，地里活她除了拔拔苗，打帮收割一下，其他活计一概不沾手。现在哪一样都得她去做。春种秋收，锄苗施肥，耕地刨边，像一个男人耕种 12 亩地。农活不等人，一年 360 天，天天有事干，你得像个绣花女一样天天在地里侍弄它，才能打下粮食。农民吃口粮，真不容易呀！白天在地里动弹，家务活全放到黑夜。凡一个女人要办的事她都得去办。有时累得头昏眼花，躺在床上像是散了架。村里人看见她实在闹不过来，都劝她请人帮忙，但她想这不是一天两天的事情，靠别人终归不是个办法。况且当时村里年轻人都上了前线，中年人也经常去支前参战，家里全是老弱病残、妇女、儿童。加之三天两头敌人就来“扫荡”，闹得人心惶惶，谁家也是逃难回来就生产，敌人来了就逃难，谁家也顾不来，能找谁呢？于是她谢绝了乡亲们的好意，挺起腰杆继续干下去。农活也有技术，不懂就问，不会就学。经过一年时间闹养种，掌握了不少农业技术，基本上成了庄稼行里的全把式——喂牛赶车，摇耧撒籽，拿犁扶把，春种秋收，扬场架垛，样样会干。

一年夏天，收割完小麦，为了赶时间复播荞麦，就找了村里一个男人帮忙。结果，走到半路上，他说小牛不好使唤，说甚也不去了。兰珍生气地说：“瞧你那个样儿，不用你，也不换牛，我照样要把荞麦种上。”结果，她一个人，用了一天时间，种了 3 亩荞麦。秋后，荞麦长得特别好，总共不到 3 亩地，就打了一石五斗。加上夏季小麦三石多。乡亲们看到兰珍的好收成，都说这女人真算话，足顶个男人。可这好收成不是轻而易举就能得来，而是用苦换来的。就在这 12 亩土地上，她不知洒下了多少汗水，掉了多少眼泪。

为了解决家里的油盐火耗零用开支，她还喂了一头猪、十多只鸡。每年冬天还要纺花、织布，解决穿衣问题，也可以换几个钱过年。为了按时向国家交付合理任务，她每年冬天都要卖炭挣钱。为卖得快，卖个好价钱，总是到离家 8 里外的拐垴担好炭，每次都是担 80 斤。一开始窑上工人们看见她担那么多，在一旁嘲笑说："人不大，担得可不少，咱看她担回去。"兰珍就是不服气，一口气担上了长达 3 华里的大陡坡，不歇一次。煤矿上的人们感到很惊讶，都说："世界上真有厉害女的，她足足顶个男子汉。"

长期的体力劳动，风里来，雨里去，不仅磨炼了她的意态，而且炼出了一身好气力，磨出了两个铁肩膀，担挑这些活全不在话下。每次敌人"扫荡"，她都是一头担干粮，一头担行李，一口气走十几二十里。有一次，从地里拉着牛刚回到院子里，就听到有人喊叫，敌人从村西进来了。她气也没喘，拉上牛，担上早已准备好的担子，带着孩子，从村东一直跑到避难的窑洞里。等敌人走后，才摸黑回到家，该干甚还干甚，也不觉累，身上好像有使不完的劲。

就在自己挑起家庭这个重担，开始新的生活之后，做了一些家庭中应做的事，就得到了领导的重视和关怀，乡亲们赞扬她，大伙儿把她选为劳动模范。1942 年秋，出席了在东沟村召开的县劳模会。就在这次会议期间，县领导在会上推广她的事迹，让她表演生产技术。主持会的人拉来两头牛，让她耕地："兰珍，给你套双牛，还是单牛？"兰珍胸有成竹地回答说："单牛、双牛都行。"会上有的男同志看她回答干脆，毫不害怕，就看着她的一双小脚有意问："兰珍，你踢犁墒是怎么个踢法？"她说："是用脚踢的，又不用手。"他们摇头不相信。兰珍不慌不忙套起了双牛，嘚嘚哩哩耕开了地。代表们看了，纷纷竖起大拇指说："名不虚传，确实行。"1944 年春天，县里在大陌村开县劳模会，奖给她一个大匾，上书"胜过男子"四个大字。

1944年开展大生产运动，史兰珍报名加入了互助组，经常参加劳动，同男劳力一样参与记工、评分、同工同酬。同年经区委书记籍希俭介绍加入了中国共产党，这年11月又出席了在黎城南委泉召开的太行区首届群英大会，被授予“劳动英雄”的光荣称号。

史成富

李兴科

1944年11月，史成富出席了太行区首届群英大会，荣获“劳动模范”光荣称号。

1942年，东堡村开始了减租减息，区长李效坤带领民运工作队进驻东堡，活动搞得轰轰烈烈。通过减租减息斗争，削弱了封建势力，降低了剥削程度，引起了土地关系的变化，贫雇佃农有了自己的土地，极大地调动了农民生产的积极性，掀起了互助合作大生产高潮。

1943年春，东堡村由史成富带头，首先在东池上成立互助组，有史增林、史水泉、李增福、史甲午、史成法、李富始6户农民参加，不久又吸收了史志元、史永旺、史三孩等3户。

史炎德是个中农，生怕参加互助组吃亏，曾有一段时间思想不通，闺女史先梅是共产党员，向父亲宣传党的政策，宣传互助组的好处，劝父亲赶快参加互助组。经过动员，史炎德不仅自己加入了互助组，还带动史江泉、崔金印、史海法也入了互助组。

互助组也是变工队，每天生产劳动要评分、记工，夏秋两分配，秋后总算账。通过实践证明互助组劳动劲头大，庄稼长得好，粮食产量高，远远超过了单干户。1944年初，史成富出席了武乡县在大陌召开的劳动英雄大会，受到了三分区首长鲁瑞林司令员、彭涛政委和武乡县长武光清的亲切接见。分区领导对史成富的成绩给予了极大的表扬，并作了指示，让他继续办好互助组，并要更多地吸收农民参加进来，增加粮食收入，积极支援前线，支援抗战，把日本鬼子赶出中国去。就在这次会上，县长武光清还奖给史成富“勤劳佳风”大匾一块。

史成富开会回来，传达了大会精神，并发动群众参加互助组。史成富成了发展互助组的典型。区委书记籍希俭也来到东堡，帮助史成富，扶植互助组。群众通过对比，知道了互助组的好处，许多农户都积极报名参加。一开始史成富大胆接收，可是一下报了百把户，史成富没办法，区委书记籍希俭通过请示县委，同意分成9个组。可是大家都争着要与史成富编为一个组，为了解决这个问题，县委决定批准东堡的9个互助组，联合组成为“红旗大队”，并由史成富担任大队长。这下子史成富与互助组的成员更加干劲十足了，大家跟着史成富这面红旗，粮食生产出现了空前的丰收。

1944年11月，史成富光荣地出席了太行区在黎城南委泉召开的首届群英会，并荣获大花牛一头。

1945年夏天，红旗大队召开总结会时，县委书记麻贵书到东堡检查工作，并在大会上讲：“东堡红旗大队在成立一周年之际，总结一年来的经验、教训，这是教育自己、教育群众的好办法。我代表县委向红旗大队的创始人史成富等10余人表示祝贺，并给帮助红旗大队工作的区委书记籍希俭挂牌……”

太行三分区彭涛政委也讲了话，他说：“组织起来是由穷到富的必由之路，这不是一般的组织工作，而是几千年来生产方式的大变革。劳动英雄是新社会的状元，革命功臣。”

由于太行区、武乡县的领导干部关心并支持红旗大队，区委书记和东堡村干部天天参与并帮助红旗大队的生产，组织领导，红旗大队越干越起劲，成绩也越来越显著。

1945 年，由于农业生产加强了管理，庄稼长得特别好，秋后总结，每亩产量比上一年增加 80—100 斤。事实教育了群众，全村 190 多户农民全部加入了互助组，由原来 9 个互助组变成了 12 个互助组。

男人们互助搞生产，妇女们组织起来纺花织布。以史富连为组长的纺花小组，梁更桃、李改莲、李玉先、李孟江、冯月英、韩先花、王先则、魏兰英首先参加。她们每天都在组长的统一领导下，各自都有具体任务，领上花纺成线、织成布，再换成花，花变布，布换花，滚来滚去，把挣来的花，大家分红。

在史成富的带动下，东堡村出现了男人种地、妇女纺织，互助合作的劳动热潮。东堡红旗大队名扬太行区。红旗大队长史成富成为太行区劳动英雄。1946 年 11 月再次出席武乡县在监漳召开的群英大会，县长李玉田奖给他“新社会状元”大匾一块。同年 12 月 28 日又一次出席了在长治召开的太行区第二届群英大会。

史富生

史福全

史富生，1919 年出生在韩北镇圪道村（窑上沟）一户贫苦的农民家庭。13 岁就给地主家放羊，经历了苦难的童年。1949 年加入了共产党。积极参加组织活动，吃苦耐劳，争当先进，发挥了一名共产党员的模范带头作用。担任过互助组长、初级农业合作社社长、农业技术员、生产小队长、支部副书记等职，出席过县、专、省劳模大会。

农业生产互助组是一种以生产资料私有制为基础，一些农民组织起来进行集体劳动的生产形式。武乡是老根据地，1940 年 3 月，武乡（东）县委、县政府在小活庄村召开全县春耕生产动员大会，宣传党的劳动政策，号召组织变工队、互助组，“一手拿枪，一手拿锄，劳武结合，抗战、生产两不误”。会后，二区树辛村李马保、韩北村王海成、窑上沟村史富生等人组织起了武乡县第一批互助组。1944 年 11 月，史富生出席了太行区第一届群英会，被选为合作劳动模范。

在党的领导下，在李马保、王海成、史富生、史成富、王虎旺、石榴仙（女）等一批先进互助组的带动下，劳武结合的变工互助在全县迅速发展。据 1941 年 6 月《武乡县春耕生产总结》中记载：全县已有互助组 1211 个，6363 户。其中，武西有互助组 246 个，1433 户。1943 年春又发展到 1716 个，参加农户 11807 户，占全县总农户的 45%。到抗日战争胜利的 1945 年，全县已有互助组 2791 个，参加农户 20089 户，占全县总农户的 81%。这一时期的互助组，多数为临时性、季节性的，实行人工变工，人工换畜工，以单纯的劳动互助为主。尽管如此，在抗日战争最艰苦的年代，这种劳武结合的变工互助，为度过战时困难、发展生产、坚持抗战、赢得抗日战争的伟大胜利，发挥过历史性的巨大作用。到 1948 年土改结束，全县已有常年互助组 4173 个，入户农户占到了总农户的 83. 8%。到 1949 年底，全县参加互助组的农户又增加到占总农户的 90%以上。

新中国成立初期，农业生产互助组得到进一步发展。它把入组农民组织起来，互通有无，互助合作，克服了劳力、畜力、农具等方面的不足和困难，发展了生产力，在农业增产农民增收等方面发挥了很大作用。

史富生互助组是在战争中形成，在困难中成长，在发展中前进。当时全组八户，123 亩地，一头耕牛，在极端困难时刻，互助合作共渡难关，保证不荒一亩地，缺乏耕牛人拉犁，没有车拉，用肩挑，没有工具自己造，终于战胜了困难，有了个好收成。经过几年的奋斗，打了 4 孔窑洞，修了 9 间房子，买回 13 亩土地，开了 2 亩荒地，购买了 1 座砂锅窑，发展了 39 只羊。全组人人有事干，户户有余粮，满足了群众种好地多打粮的要求，互助组得到了巩固。要说他们的经验，那就是听党话，服从党支部领导，依靠群众力量，发挥党员骨干作用，做好各家各户的思想工作，搞好生产计划农活安排，讲究种植技术，执行所制定制度，用这些办法来统一思想，统一行动，起到很好的效果。

到1950年，由于形势的发展，条件的变化，群众迫切要求扩大再生产，收入再增加，迫使寻找新方向，创造新方式，这就是1951年创办初级农业合作社的初心。

组织起来力量大，努力生产多打粮，发展副业多挣钱，社员生活才富裕。群众看清了发展方向，入社的情绪高涨了，大家都积极报名入社。1951年4月20日，窑上沟村正式建立了初级农业生产合作社。当时入社的21户，82口人，有党员10名，团员7名，土地371亩，劳力25个，耕牛10头。组织机构是：设正社长1人，副社长2人，其中妇女1人，记工员1人，技术员2人。下设三个农业组、两个副业组，各设组长1人。同时制定了一整套规章制度和管理办法。加强党的领导，发挥党支部的战斗保垒作用，加强经营管理，制定办社章程，发扬民主办社，制定奖罚制度，严明组织纪律，制定发展目标，扩大生产规模。经过多年的发展，党的领导加强了，集体经济壮大了，群众生活富裕了，办社劲头更足了。

农业合作化给窑上沟村带来了十大变化、十大优越、十大工程，充分显示了走农业合作化道路光辉前景。

1996年12月，史富生不幸去世，终年78岁。

刘水云

程树宏

1904年，刘水云出生于武乡大陌村的一个贫困农民家庭。

由于家庭贫寒，独子的刘水云，只进学堂一个冬季就辍学了。眼看着别人家的孩子高兴去学堂念书，含着眼泪的刘水云只能帮家里上山打柴，

给劳作的父母亲送饭，做些力所能及的事。

随着年龄增长，吃喝拉撒用度增加了不少，依靠父母苦心经营的几亩薄产地远远不能应付起码的要求。已经十五六岁的水云，央求到财主家打短工，赚一份工钱贴补家用，但是财主家看他身小力薄，就直接拒绝了。

没有吃的总不能等着挨饿吧，一个与韩北村魏筱三有亲戚关系的邻家，帮忙央求魏家掌柜介绍刘水云到老沙坡煤矿挖煤，赚口吃的。老沙坡煤矿股东们，还是觉得刘水云体力不行，身子软弱，给予半份工价，折合下来就够当天的吃饭。那还得出够全勤，误一天工，就不能吃到全天饭。有几次身体不舒服，没有出够工，结果挨了几天饿，还被地主家的霸头皮鞭抽打。在煤矿劳作的工友们，大部分是本地缺少土地的人家孩子们，下坑的人更是没有社会地位的苦难人。头顶着素油灯，镢头刨挖煤炭，一不小心就会被落下来的煤炭压伤，被大筐子挤伤。霸头还压缩出煤数量，千方百计压榨员工，在工友们身上榨取利润，侵吞他们的血汗。工友们敢怒不敢言，有点的时候制造点儿情况，把油灯素油倒在坑下，把吊煤绳子割断，无声抗议恶霸们对工友的盘剥欺压。久在坑下劳作的刘水云明知道其所以然，当霸头喝问时，极力维护工友们的权益，获得了工友们的拥护和尊重。

1937 年卢沟桥事变后，武乡产业工人积极参加抗日活动，工人队伍也建立了工人抗日救国会，刘水云在第一时间加入了“工抗会”。随着抗击侵略者的运动蓬勃发展，在八路军总部安排下，接管了生产简易武器的“鼙山工厂”，并依托柳沟丰富的煤铁资源组建起八路军兵工厂，开始规模化生产武器弹药，来壮大八路军的装备力量。刘水云也在积极的革命运动中光荣地加入了中国共产党。

柳沟老沙坡矿是一个历史久远的老矿，依靠油灯照明，牛拉人推的原始方式作业。八路军兵工厂接管后，党组织积极发动群众，多出煤，出好煤，支援兵工厂的生产。作为老工人，共产党员刘水云无论是上工时间，还是下班升井空档，一直琢磨在升井的滑车上做文章。他想，如果把辘轳的摇杆弯曲度增大，可以省许多人力，剩余的力量可以到巷道底多刨煤，以增加产量。头顶着的油灯，如做成有轴的活动结构，灯永远是垂直的，不会把灯盏里的油洒掉，再加一个薄薄的羊皮做成罩子，减少灯光在巷道里由于晃动而发生黑暗现象，从而不影响运输煤和劳动作业。刘水云一直琢磨着人拉或者牛拉篓太吃力，如果把废弃在一旁的木板上铺上高粱秆后，就能增加活动度，不仅省力，平巷运输也加快，改进后的劳动效率提高了不少，起码比原来多出了十分之一的量。后来在其他作业班组也推行了新办法，有了极大的成效。不仅大大加强了铁厂的铁矿冶炼进度，也带来了地雷、手榴弹等产品生产量的提升，受到了兵工部领导多次表扬和肯定。改进后的操作方法在八路军兵工部所属的煤矿迅速传开。随着新设备的引进，人力被锅陀机代替，富余的劳动力增加到一线掘煤，刘水云作为煤矿不多的老“博师”，加强机器设备的维护，以及井下的多项安全技术的实施。

基于刘水云劳动勤恳踏实，又有创新意识，1946 年被武乡抗日政府授予由县长李玉田署名的“劳工创世”匾额，同年 12 月太行区在长治召开的英模表彰大会上又被授予“技工能手”的荣誉称号和证书及奖品。

刘来富

程树宏

刘来富，1914年出生于武乡县灯盏圪道村一个极为贫困的家庭。全家只有2亩坡地，不能维持起码的生活，不得已只能租赁富裕人家的土地，还是不足以达到填饱肚子，只能经常外出乞讨才能渡过难关。期盼改变命运的刘来富，在苦难里挣扎中又遇到了日本人进入武乡，烧杀抢掠，生活进入了绝境。

在抗日救亡图存中的洪流中，刘来富接受了共产党的耕者有其田，人民当家做主的主张，于1938年在故县早期党的领导人高沐鸿的介绍下加入了党组织，成了一名党员。

他一有空就在本编村宣传党的方针政策，团结缺乏土地的人们，对于旧政府进行“五抗”斗争，号召大家开展减租减息运动。积极配合村党组织负责人张天元，利用晚上、晨起时间，突击入户核对所有土地面积、雇工情况、耕耘牲畜、回收地租明细账目。对于一些隐瞒土地、隐藏粮食者，刘来富单独或者几个组织干部耐心依据党的政策，晓以全民抗战的大义，说服教育，树立起大家的慈善意识、乡邻意识。大部分富裕户都能积极配合，减租减息，把租赁收益控制在合理范围内。对于负隅顽抗者，报请县抗日政府，采取坚决的斗争措施。震慑了极少数，小东坡几户富裕户开始主动配合工作。在后来的土改运动中，由于刘来富等人的积极努力，踏实工作，注重教育为主、威慑为辅，顺利完成了土改阶段工作任务。

刘来富团结大部分得到土地的贫困户，在缺乏生产资料的情况下，组织他们互助合作，人力代替耕牛，不误春耕秋收，还自己掏钱购买农具，与大伙儿们一起使用。又动员自己的老母亲，在村民们农忙时做力所能及的事，诸如替家庭人手少的做饭，临时照料小孩，在石碾碾面等。对于劳动力弱的，采取集中力量帮扶，使他们也能在困难时期不误农时。在刘来富的带动下，开始吃饱饭的年轻人和壮劳力人家，还主动利用夜间、晌午工夫，为困难户们集中抢墒播种，秋季抢收，分文不求，完全自愿。大家拧成一股劲，不让左邻右舍损失一粒成熟的庄稼。

生活有了着落，刘来富经常对人们说，感恩共产党主张措施，给了我们活下来的机会。积极响应党的抗日斗争召唤，参加抗日战争。在抗日村长张天富牺牲后，主动承担起村里抗日村长重担，同时兼任村抗日大队长。组织担架队配合抗日队伍，在夜里贴抗日标语。不仅动摇了伪警备队的人心，也唤起了人们抗日信心。从武乡分水岭对敌作战，至盘陀、来远、平遥、太谷、榆次，直至解放太原。在战斗中担架队员减员时，只身背着伤员转移出战斗阵地。解放太原从头一年秋后到第二年春天，几个月的战斗，连续几天没有吃到饭，喝到水，是常有的事。新中国成立后担任县社主任，没有丝毫松懈，总是怀着兢兢业业的态度扎实工作。

翻身不忘共产党的刘来富，1946 年在太行区第二届英模表彰大会上被授予“翻身英雄”称号，并获得锦旗、奖章等荣誉。

安效儒

程树宏

1921 年，安效儒出生于武乡蟠龙村。10 岁的时候，父母都撒手而去。不谙世事的效儒成了孤儿，在贫寒困苦由叔叔、婶婶关照，熬过年幼无知的童年。

蟠龙镇位于武乡东，西通武乡县城，南经监漳镇与襄垣连通，过往行

人多，车马店、百货店、杂货店等临街商铺琳琅满目，小商业给贫困的人创造了生存的空间。十几岁的安效儒，便跟着比自己大几岁的伙伴们上山刨药材，打酸枣，拾杏核，打零工，在车马店打个下手，来为家里减轻些负担。1935 年过了大年，蟠龙镇上最大的商铺“文和昌”人手短缺，正在物色伙计，早与安效儒认识的“文和昌”王留松把这消息透露给了他，15 岁的安效儒成了新的伙计，从此有了个固定饭碗，不再漂泊流浪四处奔波。

1937 年，安效儒在蟠龙地下党组织的培养下成了积极分子。他利用各种渠道宣传翻身做主人、反抗旧制度、建立平等公正社会的理想信念。1938 年，他正式成为党组织中的一员。

1939 年，为了发展生产，保障供给，减轻贫雇农的负担，建立起了蟠龙镇合作社。合作社采取群众集资方式，自愿入股，按股分红，并开集市贸易，自由贸易全部免除税负。严格按照县政府要求，经营透明，来往账户明确。农忙时发动全体职员送货上门，缺货登记，优抚优先，秤杆公开，尽量减少群众来往误工误时。安效儒在积极服务群众中不辞辛苦，每天总是第一个挑起扁担，一年磨破三四双布鞋，换一副垫肩，两年用坏一根扁担，箩筐。雨雪天路滑摔坏的物品，总是记在自己的名下，从不把损失加给股民们。一次梨树角一姓栗人家女儿出嫁，自家织的布匹要染色，作为嫁妆陪送。婚期已经靠近，跑遍了西营、洪水的许多店铺都没有买到染料。安效儒担着货担子路过，听到他们的议论，便放下担子进了他家，承诺一定想办法给弄到。返回蟠龙后，只吃了几个冷干粮，就连夜赶路到石门村一个小商贩的手中搞到红、蓝色的染料，第二天赶早挑起担子送到梨树角村。为周围村民解决困难成了安效儒的平常事，一些生活用品人们不用出门，供销社安效儒就会送到。

1943 年日本人占领蟠龙，许多物资成了日本人强制执行限制的商品，药材、布匹、纸张、硝盐、食盐这些东西严禁流入八路军所在的地方，一经发现职员就成了逮捕、行刑对象，甚至枪毙。药材可是蟠龙镇附近人的副业主要收入，为了将药材变现，安效儒在与合作社管理层的人商讨后，决定异地存放、分散经营，把八路军制药厂的需求完全满足后，再通过严密渠道出售。既躲避了日本人的监视，也给上山采集的百姓带来收益，更重要的是规避了风险。酒精也是日本人必查物品，安效儒他们在搞到货源后，从不进入蟠龙的铺店，早早通过秘密渠道送往韩北后山、石门、砖壁等八路军总部卫生队负责人手中。为了规避风险，安效儒团队经常多跑路，早早预备货物，寻找安全渠道。安效儒挑着他的扁担挑子，走遍了蟠龙镇周边 50 多里的山山水水，为周边村镇提供了便利，也给抗击日本侵略者的八路军战士们健康安全提供了一份保障。

1943 年后半年，盘踞在蟠龙重镇的日本鬼子，经常遭到八路军 129 师和民兵武装袭击，惊慌失措，凡是进出蟠龙人员严加盘查。在店铺作为临时地下组织的情报站期间，一次一个妇女来到店里，准备将得到的情报带出去，正遇到鬼子进店盘查，情急生智，安效儒将装灌好的煤油瓶和进出证件塞进妇女手中，才脱离了险境，顺利地把情报带走。由于内奸经常出没在蟠龙街头，有多次的接头被阻挠，暗处的斗争更加险峻，不得不转移接头地点。

1949 年全国即将解放，响应国家号召，安效儒作为随军干部，南下进入长治市农产品公司工作。以后一直在农副产品经营管理层工作，勤勤恳恳，任劳任怨，体现了一个从旧中国走出来的老革命、老党员的责任心、使命感。

安效儒曾经在 1946 年 12 月长治召开的太行区英雄模范表彰大会上荣获

“供销英雄”的光荣称号。1949 年以后任长治市农产品公司驻邯郸站经理，后任武乡县社驻洪水农副产品批发站经理、县农产品公司经理、故城农副产品批发站经理等。

郝云书

郝雪廷

1944 年 11 月，郝云书出席了太行区首届群英大会，荣获“合作英雄”光荣称号。

1940 年日寇占领段村，并控制了周围临近村庄，使武乡东西交通中断，物资交流几乎处于隔绝状态。敌人进行了残酷“扫荡”与严密封锁，武乡抗日根据地，特别是中部的游击区军民日用品极为紧缺。为了保障人民生活的物资供应，武乡党组织根据上级指示精神，号召创办合作社。

1940 年 11 月，武西县政府（当时还是武乡县政府武西办事处）决定在石壁村组织石壁合作社，由郝云书与任汉忠负责。郝云书是石壁村人，他父亲是乡村有名的能人，外号“万事通”，木匠、石匠、铁匠、油匠什么活都会做，靠手艺吃饭，当然收入要高些，所以家里还比较富裕。郝云书从小就跟着父亲学染匠，染土布，家里闹过小染坊，他也学了一手好技术。抗日战争爆发后，八路军工作团进入武乡。在工作团的宣传发动下，他积极参加抗战组织，投身抗战运动，成了村里的积极分子，成天为抗战奔跑，1938 年加入了中国共产党，并当上了村里的抗日干部——财粮主任。任汉忠是神西村人，1935 年就受进步思想影响，参加党领导的地下工作，1938 年参加了牺盟会，1940 年入了党。石壁与神西两村相隔几里路，是一个编村。组织让他们两人在石壁村组织合作社，打破敌人的封锁，设法调剂物资与农民生活必需品，以保证方圆二三十村的群众生活供应，这对他们既是一种信任，也是一种考验。因为当时要钱没钱，要房无房，日本鬼子又占领了交通要道，这工作怎么开展？更严重的是敌人三天两头出来“扫荡”，人心惶惶，生活不稳定，要搞商业经营，这可是件难事呀。两人商量着要想搞好合作社，还得靠大家的力量，于是在周围几个村子里发动群众，商量集资入股，等合作社发展了给大家按股分红。经过半个月的发动，总算集了几十块钱，这就是他们的最初资本，开始经营百货、日杂、生活用品。群众用什么他们就购进什么，合作社方便了群众，针头线脑、酱醋油盐，再也不用发愁了，买卖做得还比较顺当。他们靠挑着货郎担，走村串户，送货上门，虽然是小本生意，但却解决了大事情，群众对这个合作社非常满意。经过几个月的努力，终于积攒了一点资本，买卖也有所发展，他们又吸收了 10 多个新人参加进来，这样村子走得多了，生意做得大了，合作社有了一点起色。

百团大战结束以后，根据地进入极端艰难的时期，敌人利用控制交通线，对我根据地进行了严密的经济封锁，军队的穿衣、穿鞋都非常困难，为了解决这一问题，太行根据地妇女就主动承担起这一光荣任务。她们拿出自己仅有的布料，精心给八路军做鞋做袜，有的没有布料，就向亲戚朋友借，也要完成。后来，上级号召开展纺织运动，武西各村的纺织运动也普遍开展起来。可是，石壁一带由于距离段村日军太近，谁也不敢赶集上店，物资无法流通，棉花缺乏，土布没法销售。面对这个问题，郝云书想，合作社如果购进棉花，再开个弹花作坊，对生花进行加工，卖给群众纺花、织布，然后收购布匹，再开个染坊，染成成布出售，这样合作社的生意不就越做越大吗？任汉忠说，这个想法好是好，可是钱没钱，场地没场地，怕一下子做不成这样。不行咱们先想办法过白晋线运回些棉花来，让大家开始纺织。郝云书说，先从我家腾出一间房来弹花，我家以前还开过小染坊，设备、工具、染料都还能用，咱们利用起来不就可以解决了这个困难吗？就这样他们从仅仅做购销变成了一个供产销联合体，一开始去购棉花没本钱，他们就逐家逐户跑，“明天要去购棉花，你们纺织要用就给你们捎回来”。这样大家串起钱来跑买卖，很快资本积累起来。他们一分钱也舍不得乱花，开始发展弹花、染坊。郝云书是染坊的大把式，为了扩大经营，他不仅染老百姓用的黑布，还去八路军服装厂联系给八路军染军用布，业务扩大了，仅石壁附近妇女们织的布不够销售，他们还去涌泉、故城一带收购土布来染色加工。为了方便运输，合作社先后购买了 20 匹骡马，人员也发展到 70 多人。人多了业务大了，可在这时，上级调任汉忠到一区工作，郝云书感到肩上的担子更重了。

但他没有叫过一声苦，不仅把原来的业务坚持下来，而且还扩展了收购羊毛、纺毛线，收购中药材，组织村民熬硝盐。当时食盐供应奇缺，武乡常驻的八路军队伍又多，经常出现吃不上盐的状况，郝云书就组织群众挖硝土，把群众用硝土熬制的硝盐，送给八路军，解决了部队的吃盐问题，也帮助群众增加了收入。

要保障群众的生活供给，还要保证支前，支援八路军军工生产，任务非常繁重，而更重要的是还得开展对敌斗争。段村的敌人经常出来“清剿”“扫荡”，必须时刻提高警惕，敌人来时就坚壁清野，把物资埋好，拔腿就走，敌退时，进行开业购销，抓紧生产。有一次敌人来“扫荡”，他得知消息以后，立即组织合作社的职工清理物品，能带的打起包来把物品驮走，不能带的立即就地掩埋，并把 20 匹骡马赶着转移到了义门一带的深山里。可是他家里的财物，一下也没管过，敌人进村“扫荡”了，他家的东西让敌人洗劫一空，仅有的一头毛驴也被敌人拉走了。为这事，老婆又哭又闹和他生气，说他只管合作社不管家。他说，这合作社是大家集资办起来的，这是大家对他的信任，他怎么能让集体的财产受损失呢？

就这样，郝云书的合作社在艰难中发展起来，他们不仅发展到 70 余人，

20 匹骡马，经营业务从染布、弹花，发展到纺花、织布、纺毛线、做毯子。并且开设日杂门市部，搞得十分活跃，有力地支援了抗日战争，保障了人民生活的需要。

1943 年秋，太行三专署、三分区开会，表彰了郝云书和他的合作社，还给他送了牌匾。1944 年 11 月，郝云书又光荣地出席了晋冀鲁冀边区政府、太行军区在黎城县南委泉召开的首届群英会，会上，郝云书被授予“合作英雄”的光荣称号。

在解放战争时期，郝云书为支援前线，巩固后方，积极组织生产运动，紧密配合，保证了人民生活物资供应，组织群众广开门路，把合作工作推向新的一步。基于郝云书一心扑在合作事业上，为群众服务，1946 年合作社的全体会员赠送他书有“公正廉洁”的牌匾。这年秋，他再次出席在长治召开的太行第二届群英会。

1950 年他任洪水供销社主任，后任县百货公司经理，为武乡的商业繁荣作出了贡献。

程胖孩

李文英

2019 年国庆节前，朋友郝俊峰微信传给我一幅照片。母亲戴着老花镜，拿起手机辨认，她惊讶地指着最后一排左二的男人说：“你姥爷，这里有你姥爷!”随着朋友的指点，我在《武乡图片集》（1937—1978）第 33 页也找到了这幅照片，照片上写着“武乡县英雄出席太行二届群英大会纪念摄影于长治市 1946. 12. 14”。右边的图片说明中赫然有一个名字：程胖孩。

姥爷在我两岁时去世。我常常听母亲说起姥爷，说他的样子，说他舍己为公的精神；也听监漳的人说起他的一些光辉事迹，可姥爷的形象始终

在我的头脑中是模模糊糊的。今天，姥爷的形象终于和照片中的影像重叠起来，并逐渐清晰、鲜活。

细看照片，姥爷身材高大，肩膀稍耸，头微微前倾，仿佛随时要举步出发；脑袋早早谢顶，略显苍老，颧骨棱角分明，一双炯炯有神的眼睛，不怒自威，隔着屏幕好像都能穿透我的心灵。

那年他整整40岁，是有名的合作英雄。

我想象不出来，如果日寇不侵略中华，如果日寇不占领武乡，我姥爷的生活会是什么样子。也许他会像普通的农村商人，守着他的铺子，坐在屋子的角落里抽着旱烟，喝着茶水，等待一茬茬熟悉的顾客进来、出去，和他们一起在时光里慢慢变老。

可时势造英雄。抗日战争为武乡打造出了许多英雄，杀敌能手关二如、地雷大王王来法、纺织能手石榴仙……同时，也把我姥爷打造成了一位合作英雄。

1940年夏，武乡山岭的庄稼蜷缩着灰绿的叶子，忍受着骄阳的炙烤，武乡的老百姓也在承受着日本鬼子的侵略。日寇占领武乡中部重镇段村，武乡县东西交通中断，八路军抗战物资紧缺，老百姓生活陷入困境。

监漳区领导委托姥爷建立供销合作社，解决军民生活困难。姥爷自幼未接受孔孟教导，斗大的字不认识仨，但他生性义气，是个热血男儿，知道国难当头，匹夫有责。这个任务，他接下了！

可要在日本鬼子的枪炮中来完成这个任务，这个“责”怎么担？他没底；这个“社”怎么合作？他不知道。前所未有的难题一下横亘在面前，他的眉头一定拧成了“川”字。

“山重水复疑无路，柳暗花明又一村”，在春夏之交，武乡县委派魏积玉同志在贾豁的石泉海神庙办起了“光华合作社”，给姥爷带来了希望。他迈开两条长腿风风火火直奔贾豁，他要去“取经”。

真是不虚此行，姥爷获得的经验让他醍醐灌顶，集股！对，只要让大家都参与进来，没有过不去的火焰山。

回到监漳天色已经昏暗，东方的启明星在天空闪烁，各家的油灯次第闪出黄晕的光。姥爷虽然奔波了一天，又累又饿，很想回家吃点儿饭，然后躺倒在炕上呼呼大睡，可是不行呀，他得争分夺秒。

很快，崔效珍、任四海等人聚集到了姥爷的志和堂。坐在木凳上，姥爷深深地吸了几口水烟，烟圈从他的鼻孔中缓缓地冒出，在脸前盛开了一朵朵烟花，疲劳也就随着烟雾慢慢消失了。

讨论形成一致意见：“以志和堂作为基础，号召大家入股，并因陋就简、因地制宜地开办其他土作坊，解决群众生活和生产中遇到的困难。”

大主意拿定，各人分头做工作。

姥爷最大的难题来自姥姥。姥姥一听姥爷要把一家子赖以生存的志和堂作为大股份投入进去，创办合作社，气得几天也不和姥爷说话。姥爷好话说了一箩筐：“日本人打进来，咱有条件不支持抗日，谁来支持？要是都不抗日，那咱的志和堂还不是一样会被日本人毁掉？”姥姥还是不答应。

“头发长，见识短。”见怎么都说不通，本就脾气火暴的姥爷发火了：“你答应就答应，不答应也要办合作社！”说了算，定了干，姥姥疙疙瘩瘩地同意了。

老百姓的思想工作一样不那么容易做。

“日本人入侵，人心惶惶，大家最担心的是性命问题，哪还有心思考虑办合作社的事情。”

“我自己家吃的东西都没有，两个肩膀扛个脑袋能入股？”

“办合作社，哼！只怕不等办起来，日本人来了就一把火烧光了。”

“我家里倒是有些粮食，可我还得留着让俺一家人活命了，不可能给你们入了股。”

好在也有很多人支持：“你们干的是正经事，我支持，不过家里粮食不多，只能给你们入股斗把米。”

“小日本来了咱中国，坏事做尽，为了咱们老百姓生活安稳，必须支持抗日，把小日本赶出去不可。”

成全保说：“我家里没有多余的粮食，但是我会酿酒，你需要的时候我可以去帮忙。”

工作做了近一个月，总算有十几家答应入股。

简易合作社名称仍然沿用志和堂。姥爷深得大家信任，做了合作社社长；暴永旺做了合作社会计，核算入股情况、日常收支和年终分红；其他管理人员也一一确定。入股的十几家每股股金折价为一斗米，一年一分红。分红后如若愿意则继续入股，否则撤出股金。

武乡其他地方的合作供销社也如雨后春笋般成立起来。郝云书、任汉忠等同志在石壁创办了合作社，张俊德同志在树辛成立了合作社，李炳在韩壁办起了合作社，缓解了武乡的压力。

合作供销社成立，首先办的是酒坊。成全保说话算话，爽快地来到酒坊任酒师，又邀请暴玉楼共同酿酒。酒坊规模并不很大，当街一间店铺，七八个大酒缸。

紧接着又请魏生财开办了醋酱坊，又建立起了弹花铺，任四孩轧油建起油坊，任暴成和任富全弟兄俩掌管粉坊，申良沟老汉张旦孩负责染坊。

可建立各种作坊仅仅是走出的第一步，成功生产并销售道阻且艰，因为日军时时刻刻在盯着老百姓，不让他们支援八路军。

“太残酷了！”84 岁的崔晋峰老师痛苦地回忆日寇袭击监漳的情形：“他们隔三岔五就来‘扫荡’，毫无人性。有一次我们一群人被敌人从监漳的井沟洞里找出来，被赶在猪圈里，不给吃，不给喝，饿得奄奄一息。日本人威逼利诱让人们说出粮食在哪里，八路军在哪里。不说，就杀人。”

那一次，敌人在监漳河南边杀了泉江村农会主席李尚著、民兵李德绰，成家庄成贵堂，监漳崔根元、周忠云的母亲、崔显达等十几人。有的开水烫，有的烙铁烙，有的把铁钉钉入脑部钉死……牺牲了的人面目全非，血流成河。

杀人，放火，封锁交通，日寇要把经济命脉控制在自己手里。较量时时刻刻在上演。

形势如此严峻，困难接踵而来。粮食、棉花从哪里购买？遭遇扫荡时，作坊里的粮食要藏哪里？布匹要藏哪里？做出来的产品要藏哪里才能不被敌人找到？如何把这些生产、生活用品销售给周边需要的人们？

解决这些困难，姥爷没有现成的公式可用，他只能从没有办法中想出办法来。

监漳的崔新德和成贵生曾亲眼见证过那段艰苦的岁月。

2019 年 5 月 3 日，我回到监漳，见到了 90 岁的崔新德和 92 岁的成贵生老人。崔新德老人高大的身材有点佝偻，牙齿也七零八落，一说话就笑，一笑口水就止不住地往下流，但他耳不聋，眼不花，思维非常清楚，交流很顺畅。见到成贵生老人时，他正躺在床上午休，嘴巴微张，发出均匀的、轻微的鼾声。老人有点儿耳背，但也能勉强交流。

两个老人听说我是程胖孩的外孙女，都由衷地说了同一句话：“程胖孩呀可是个算话人，有本事，有办法，监漳供销社是全凭人家闹起来的！”

粮食缺乏，姥爷常常是大步赶小步走，东家进、西家出，四处求购粮食；没有棉花，穿过封锁线到外地购买棉花。为了避开日寇，他们白天不敢走，夜晚走；大路不敢走，就走小路。山路崎岖，荆棘丛生，衣服磨破了，鞋子磨穿了。销售产品也是同样艰辛。就这样凭着一副肩膀、一担挑筐和两只脚，来来回回地在封锁线间穿梭，把依靠一双双手制作出来的用品，送到了老百姓手中，送给了八路军部队。

买回来的原材料全部都在山洞存放好，用一点儿取一点儿；成品一出来立即搬放到隐蔽的地方。作坊里始终保持生产，但始终不会有大批的东西。一旦接到敌人扫荡的消息，所有人员全部肩扛手提，迅速转移，坚壁清野，只留给敌人搬不走的酒缸、石磨等。

日寇几次到监漳一带扫荡，所到之处生灵涂炭。程胖孩和合作社成员一道努力，使监漳合作社在日寇侵略时未受很大损失，很好地保证了老百姓的生活和生产，支援了八路军。

我现在整理出这些资料，读起来感觉轻飘飘的，实在感觉不到“艰难”二字的分量。可是想想当时这些困难，哪一件不是像山一样沉重？重得足以让作坊倒闭，重得甚至可能让人牺牲性命。

毫不夸张地说，监漳合作供销社，是姥爷和他的同伴们拿命建立起来的！

姥爷一口唾沫一个钉，志和堂每年分红，入一斗米的可分红两斗，即便盈利不太丰盈的年成也可分到一斗半米；每年上交的营业税也相当可观，缓解了当时区财政的一部分困难。分红几次后，大家看志和堂效益不错，入股的人越来越多。

1945 年 8 月，志和堂正式公有化成为“监漳合作联合社”，姥爷任主任。

“你姥爷真是一个大公无私的人。”采访时，对这段历史有记忆的监漳人都这样说。听到这由衷的评价，我这个外孙女发自内心为他骄傲，为他自豪。

姥爷创办的监漳合作社规模不断扩大，从简单的杂货铺到手工作坊八九个，从一个人到职工十几个，从挑担进货到铁脚车两辆，经营的品种从单一的日杂到生活、生产用品种类相对齐全，房屋从一间屋子到总社、分社三个门市部，这其中姥爷付出了很多心血。

监漳合作社在发展过程中，把农民和手工业者组织起来，既扶持了农副业生产，又改善了监漳人民的生活，帮助了群众生产，保证了当地军需供给；更为重要的是，在战争期间，监漳合作社还起到了稳定、团结民心的重要作用。

监漳合作社办得红红火火，姥爷成了合作系统一个响当当的人物。

1946 年 12 月 2—21 日，第二届太行群英会在长治英雄台举行。整个会场旗帜飘扬，彩牌高举，八音会吹吹打打，好不喜庆。参加这次大会的有 3 万余群众，大会表彰了全区 39 个县、3 个市的英雄模范代表 382 人，姥爷和石壁乡的郝云书一起荣获了“合作英雄”的称号。

穿过历史的云烟，我仿佛看到了群英会，看到姥爷胸前戴着鲜红的花朵，手捧奖状站在英雄台上；又仿佛看到了颁奖结束后姥爷披红挂彩坐在大汽车上游行庆祝，那时的姥爷意气风发、踌躇满志。

如今，姥爷离开我们已经 48 年。一生中，他从没有说过什么豪言壮语，却用毕生的行动践行着“为人民服务”的宗旨。

他毫不利己，只做利于老百姓生活、生产的事，做利于供销社集体利益的事，做利于监漳经济发展的事。他这种高尚而纯粹的精神，值得我们后代牢记。

霍金兰

张晋先

1944 年 11 月，霍金兰出席了太行区首届群英大会，荣获“合作英雄”光荣称号。

霍金兰，下寨村人，出生于 1920 年。青少年时代，在村里上过几年小学。抗日战争开始后，由于下寨村地处武乡至辽县（今左权）的交通要道上，日本鬼子多次到这一带进行烧杀抢掠。这在霍金兰的心里种下了极大的仇恨，他积极报名参加了村里的抗日救亡活动，1938 年参加了村民兵自卫队。无论是站岗、放哨、送情报，还是支前、参战、送军粮，他都表现得非常积极。1939年，他光荣地加入共产党，并被村里群众推选为财粮主任。1940年后，日军对太行抗日根据地进行疯狂“扫荡”和经济封锁，洪水镇沿河一带的村庄遭到敌人烧杀掠抢，货物流通减少，经济萧条，群众生活发生了极大的困难。为了保障人民群众生活需要，发展经济，促进货物流通，在洪水区抗日政府的指示下，下寨村办起了经济合作社，由霍金兰担任合作社主任。当时，创办合作社条件非常艰苦，没资金、没场地，通过组织广大群众搞联合，合作社的资金来源于群众的集资和贷款，没有场地就用货郎担。霍金兰全身心投入合作社中，他利用商贩从襄垣、西营、榆社、太谷、辽县等地购回群众生产、生活用品，想方设法扩大经营品种。由于群众生活困难，购买力低，为了让群众增加收入，霍金兰在村政委员会的支持下，积极发动群众刨药材、搞编织等，采取了以物易物的方式，既解决了群众资金困难和生活困难，也扩大了合作社的经营。他还把收购的中药材送到八路军总部制药厂，为制药厂提供了丰富的原材料。他就是这样靠货郎担走村串户，硬是把合作社发展起来。在霍金兰的努力下，到1942年，下寨经济合作社成为洪水区最活跃的交易活动点，附近的村庄纷纷到合作社购买商品和交易农产品。为了扩大经营，合作社在洪水镇开了一个分店，经营粮食、南瓜、农具、杂货等。为方便群众，他还到东山农户中发动大家编织箩头、抬筐，找铁匠订制锹、镢、镰刀等，使合作社真正成了农民需要的商业网点。由于洪水镇位处交通要冲，经常遭到敌人的破坏，为预防敌人的“扫荡”抢劫，他组织店内职工用夜里的时间，在商店的地下打了个地洞，敌人“扫荡”时，把商品转移到地洞中，隐藏起来。敌人走后搬出货物立即营业，成为当时洪水镇经营较好的一家商铺。为洪水一带农民渡过各种自然灾害的难关，组织搞生产自救，起到了重要作用，多次受到洪水区政府的表彰。1943年秋，太行三专署、三分区召开表彰大会，表彰了霍金兰创办合作社的事迹。从此他更加努力，还利用收购的废铁、炮弹壳等，组织了铁匠专门生产农具，把一个原来只有商业经营的合作社办成了有店有厂、店厂结合的合作组织。

1944 年 11 月，太行首届群英会在黎城县南委泉召开，武乡县政府推选出各行各业的劳模人物参加，霍金兰作为商贸代表参加了这次大会，在大会上受到晋冀鲁豫边区政府及太行区党政军领导表彰，并授予“合作英雄”匾额一块。1946 年，再次出席太行区第二届群英会之后，霍金兰调到洪水区政府，负责组织经济贸易工作，1949 年负责组织洪水区供销合作社。1953 年调任洪水区白和乡供销合作社主任，1958 年调回洪水人民公社供销合作社任主任，1959 年调县百货公司任副经理。1983 年因病去世，终年 63 岁。

霍金兰在 40 余年的革命生涯中，勤勤恳恳，呕心沥血，把毕生的精力献给商贸事业，无论在革命战争年代，还是在社会主义建设时期，都作出了突出的贡献，多次受到党和政府的表彰，受到广大群众的赞扬。

拥军模范

石榴仙

李云生

石榴仙是抗日战争时期太行区的著名纺织英雄，1944年11月出席了太行区首届群英大会，荣获“纺织英雄”光荣称号。

她出生在广志村的一个世代书香的小康人家。据说其祖父辈和父辈曾出过三名秀才，不过在她刚懂事时，家业就已经破败、衰落了，以至于一贫如洗、无家可居的困苦境地。十几岁嫁到了马堡村的一个贫苦人家，30出头就守了寡。所生二男三女，全靠自己辛勤劳动，纺花织布，清苦度日。她身材高大结实，长方形的面庞黝黑透亮，加上她那清亮的大嗓门，说话干脆，干活泼辣干练，处事慷慨大方，为人心直口快，虽是一个普通农村妇女，却给人一种威严、庄重的感觉。她目不识丁，但不封建。邻里吵架她善于调解，敢于评理；若有所求，她乐于帮助，尽力而为。村里人都尊敬她，人们说：“人家到底生在大户人家，能说会道，敢作敢为!”她的质朴而富有魄力的男子汉性格，是在长期的困苦生活中和党的培养教育下磨炼出来的。她家住在村中的堂儿庙旁，都管她叫堂儿口大娘。

马堡村是一个有200多户人家的大村，国民党统治时期，封建压迫非常严重，阶级斗争十分激烈。以东、西两家李姓地主为首的封建势力对男人的剥削压榨异常残酷。抗战初期，村政权还掌握在地富手里，一些不法地主公开破坏抗战，勾引顽军枪杀八路军，破坏合理负担的实行，顽固势力十分猖獗，所以在当时是有名的落后村。1940年村里开始建立了党支部，1941年石榴仙的大儿子李福林（又名效禹）就加入了党组织，并担任了村农会主席。在县、区工作组的领导下，进行了反奸清算、合理负担、减租减息等斗争。为了让儿子能拿出全部精力更好地做革命工作，同时作为干部的家属首先起到模范带头作用，她冲破封建传统观念的束缚主动承担了家务和田间生产劳动，还积极参加拥军、优属等活动。她除了农活样样会干外，还经常拾粪、驮煤卖炭，做一些一般妇女不愿干和不会干的活。村妇救会一成立，她就加入了妇女组织，积极组织妇女做军鞋、碾军粮，样样工作数她第一。村里一驻下部队她就和妇救秘书孙芝兰组织妇女们送柴、送水、找房子。部队打了仗他们就在窑洞里做好热汤面送到战场。1943年冬还建立了“茶水站”，专门接待来往部队和伤病员。纺花织布本来就是长期以来用以维持孤儿寡妇一家生计的拿手本领，不但全经独刷，手脚利落，而且技术超人。她的纺织速度远在一般人之上，别人一天纺四两，她就能纺半斤（八两）以上。不仅如此，她更拿手的本领是善于排除故障。不管谁家在经刷织布时遇到故障总要去请她。在1942年至1943年大灾荒时，她的这种本领得到了最大发挥，以自己的模范行动带动和组织村里的妇女们人人参加了纺织运动。当时一斤土布可换二斤棉花，也可换二斗小米，妇女们通过纺织都解决了家庭生活的经济开销问题，所以参加纺织的人越来越多。由于各项工作都很活跃，马堡村在 1943 年就变成全县有名的模范村了。

1944 年，石榴仙在年近半百时加入了共产党组织。在党的培养教育下，她的思想政治水平和阶级觉悟得到了很大的提高，对革命工作和纺织热情也更加高涨。春季征兵时，她带头把刚满 18 岁的二儿子全林也送上前线，为了把更多的妇女组织起来，她帮助村妇救会，把中、青年妇女 80 多人以段（即居区）组织了 5 个纺织小组，发动各组展开挑战竞赛活动，使全村的纺织热潮进一步掀起。甚至一些男人们看到妇女们纺织得利不少，在冬闲时也坐在炕上纺棉花。为了给大家做好榜样，她不断钻研技术，没明没夜地苦干，纺花织布又快又好，达到了一天纺花十两、织布两丈多的最高纪录。村里人常说石榴仙到外村去看闺女、边走路边缠楦子，走六七里路还能缠两个楦子。由于她的成绩显著，区上召开劳模大会时奖给她小米、手巾、裤子、梭子、镜子等不少礼物。太行三分区的彭涛、鲁瑞林、王一伦等领导同志都亲自访问过她，并经常帮助、鼓励和关心她的进步，注意她的纺织技术。彭涛政委还亲自奖给她新式织布机一架，并多次在全分区进行表彰。此后石榴仙便不断在各级劳模会上出现。当时在太行流行的一首关于石榴仙的歌，对她的英雄事迹进行了高度的概括，其中有一段歌词是这样的："马堡村石榴仙四十六岁整，她是纺织女英雄，武乡头一名；越干越有劲，一天纺花十两，织布两丈零，咱们分区彭政委奖给她机一架。"同年 11 月她光荣地参加了在黎城南委泉召开的太行区首届群英会，戎子和、李达等军政首长接见了她，在这次大会上和武乡李马保等同被评为太行区一等劳动模范，奖给她上书"织纺英雄"锦旗一面，"男学李马保，女学石榴仙"成为当时全区生产战线上的口号。会后返村时受到沿途各村的热烈欢送。她的声誉与事迹传遍了太行。

一人带全村，全村敬英雄。石榴仙为全村、全县争了光，村里人出外参战、送粮时，不论走到哪里，一听说是马堡村人，别人都伸出大拇指夸奖说："你们村的石榴仙真了不起！"并因此而备受款待，格外热情。村上人也引以为荣，对她的崇敬可想而知。对她本人来说，真是早起晚睡越干越有劲了，她为推广新机织布法专为本村和邻村培训了大批的纺织人才。1945 年 11 月在全县群英会上，县抗日政府奖赠她一面上写"纺织模范"的金字匾，30 多年来一直悬挂在她家的门楼上，启示着后人，现在保存在武乡革命纪念馆里。1946 年 12 月她又参加了在长治召开的太行区二届群英会，同样受到了奖励。1946 年，她帮助村上组织了一个合作社，并挑选了 10 多名年轻妇女成立了一个小纺织厂，统一组织到合作社内。为方便上下班，还建立了集体食堂，合作社统一负责生产经销，工厂实行以活计工，按劳分红。在技术上完全采用新机（拉梭织布机）织布法，能织宽幅柳条布等几种花样，还购置了织毛巾机，生产羊肚手巾。工厂坚持了二年多时间，为解决战后群众生活困难和支援解放战争作出了重大的贡献。

在后来的土地改革、生产互助等各项运动中，她老当益壮，一马当先，处处走在前头。即使在她的晚年仍大义不舍，斗志不衰。可惜新中国成立不久，病魔无情地夺去了她的生命。熟识她的人们都能记起英雄的形象，一些当年转战太行、身经百战的前辈老首长，还常常打听她的情况。她没有传奇般的经历，也没有惊天动地的伟绩，而是作为一个普普通通的农村劳动妇女，在当时的历史条件下办了一些有益于人民、有益于民族解放的事，引起了人们对她的深切怀念，可见她的精神感人之深。

胡春花

郝雪廷

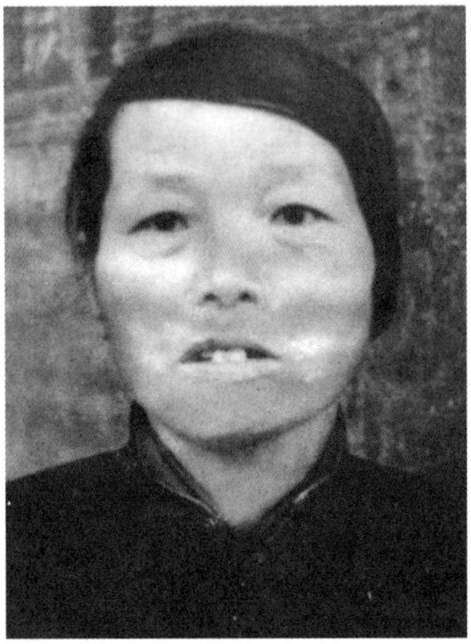

抗日战争时期，武乡县出了一位名震太行的拥军模范，她的名字叫胡春花。她的事迹编成了秧歌剧到处演出，她的名字在太行军民中到处传颂。1944 年 11 月，出席了太行区首届群英大会，荣获“拥军模范”光荣称号。

一

五月的太行，风和日丽，山花烂漫。

在武乡县窑湾村口一棵老槐树下，坐着一群闺女、媳妇，正在飞针走线，一心一意为八路军做军鞋，一双双巧手中，在一只只结实的鞋底上用红绿麻绳绣着“英勇杀敌”“保卫家乡”等字样。她们是那样认真、那么仔细，仿佛要把自己对八路军战士的满腔热情，也像那字迹一样绣上去。

不知是哪一位调皮的媳妇提了一句：“姐妹们，咱们唱个歌吧！”

“好，来个啊咯呀呀呆。”一大群闺女、媳妇，即刻随口相应，接着便唱起了富有浓重乡土气息的武乡民歌《拥军歌》：

一个一个的小喜鹊儿枝头叫连声，
腾下暖房热窑洞啊咯呀呀呆，
迎接咱子弟兵。

一碗一碗的好茶饭热腾腾端手中，
送给咱们的亲人啊咯呀呀呆，
喝上口暖暖心。

一双一双的拥军鞋一针一针儿缝，
双手捧出一片情啊咯呀呀呆，
送给咱八路军……

妇女们都在欢乐地唱着，只有一个年约30来岁的媳妇没有张口。她望着这一群妇女微笑着，手里不停地做着活计，不时地朝村口的大路上望望，似乎在等待着什么。她就是窑湾编村妇救会秘书胡春花。昨天村长通知她，今天有部队打早从这里经过，要她做好招待工作，她此刻正是操的这份心。小晌午时分，一支浩浩荡荡的八路军队伍朝这里开过来了。

这时，胡春花呼的一下站了起来，朝着大家说："姐妹们，咱先停一停针线活。兰花你去给咱号房子，安排住处，春梅你领大家去点火做饭……"安排完毕，自己便去帮部队安置指挥所。一霎时，这个寂静的小山村，便热闹得像个集镇似的。妇女们烧火的烧火，擀面的擀面，切菜的切菜，滚饭的滚饭。胡春花里一遭外一遭地招点着、忙碌着，当她们把喷香的饭菜送到八路军战士的手里时，她才舒心地笑了。

自从八路军来到武乡以后，窑湾村成了根据地的大后方。八路军总部设在南边的砖壁，八路军兵工厂建在东边的黄崖洞，三分区住在西边不远的中村，野战医院在北边的泉河村，守卫兵工厂的总部特务团驻扎在离窑湾3里远的左会村。伤兵从战场上下来要经过这里。往战场上运送枪支弹药要经过这里，前方与后方相互联系，总部首长视察工作，都要经过这里。窑湾村四通八达，成了一条交通要道。在频繁的战斗岁月里，八路军、游击队进进出出，经常在这里食宿、打尖，胡春花和姐妹们义不容辞担起了招待部队的任务。

有一次，胡春花正在旱井上担水，有个送信的八路军通讯员路过，他走到胡春花跟前要水喝，春花急忙挑起水说：“走，跟我回家喝开水去。”他说：“时间太紧，来不及。”说着他喝了几口冷水赶路走了。这件事使春花心里感到很长时间的内疚。八路军为了老百姓在前方流血牺牲，而我们为什么就连他们的生活也不能照顾照顾呢？想着想着，突然心里有了这么个主意。要是能在一个地方时常准备上开水、干粮……就算个拥军接待站吧。对，就办接待站。她打定主意，便去找村长商量。把她的想法说给村长以后，村长完全同意，并且还帮助她找房子、找锅碗。这个接待站很快便筹办起来，从此部队路过这里，再也不会碰到喝冷水的情况了。

二

胡春花积极主动的工作，得到了村里群众的拥护和爱戴。1940 年 3 月，她被选为窑湾编村的妇救秘书，工作更积极了。作为一个妇女干部，在各方面都应为人表率，她知道自己不同于一般的妇女，而应该积极地、全面地参加抗日工作。半年之后，她光荣地加入了中国共产党。

这年 10 月 25 日，日寇进犯黄崖洞兵工厂。村里民兵都上前线参战了，后方战勤任务就落在了妇女身上。胡春花很快组织起妇女担架队，负责运送伤员。一次她和另一位媳妇薛春梅抬着伤兵往回走，羊肠小路上尽是石头、硌礓，他们的一双小脚哪能好走呢？没走出几里就摔了好几跤。为了让伤员稳当些，不致摔下担架，她们互相配合，在特别难走的地方，四个人扶一个担架。上山时，前边的人索性跪着走。春花心里想，自己受点罪不算甚，重要的是不要让伤员们再受罪了。

战争年代的困难比过道的蚂蚁还要多。就在她们爬到山顶上的时候，还没来得及长出一口气，谁料天空突然有了嗡嗡声，一会儿从云层里钻出一架黑飞机来，它在空中盘旋了一遭，便朝他们俯冲下来。“吱——”一声狂叫，飞机的肚底下甩出一颗炸弹来，还没有来得及细想，“轰隆”，炸弹在离他们丈把远的地方爆炸了。弹片在耳边吱吱地响，一块弹片从伤员盖的被子上擦过去，被子冒了一股白烟留下了一个大窟窿。春梅倒抽了一口凉气，春花回过头来一看也吓呆了，好险呀。眼看飞机在空中划了个圈子，又转回来，朝他们扑下来，急忙将伤员放在一条小水渠里，随手抓起一把老蒿盖在上面。她刚站起身来想引开敌机，飞机又冲了下来，炮弹打在了伤员的身旁。她急翻身朝伤员的身上扑过去……飞机飞走后，春梅从烟雾中钻了出来，她见春花伏在那里一动也不动，还以为出了什么事情，便爬在她耳边急切地呼唤：“春花姐，春花姐。”胡春花渐渐地睁开眼，她还没有活动一下自己的身体，便问：“春梅，快看一下伤员同志。”春梅说：“伤员同志平安无事。”春花这才支撑着坐了起来。她朝自己腰部不舒服的地方摸了摸，当手从腰边收回来的时候，春梅吓呆了：“哎呀，血。春花姐你负伤了。快，让我看看。”胡春花不以为然地笑了笑说：“有点血就能算负伤？我一点也不觉得痛。咱快点走吧，要不，那狗日的日本飞机再来纠缠可怎么办？走。”春梅心疼地说：“春花姐，你的伤……”“没事，快走吧。”胡春花在伤口处拍了拍，尽力显出没事的样子，便抬起伤员继续向前走去。

三

路上，春花忍着伤口的剧疼，终于坚持着把伤员抬到了三分区野战医院泉河村。

医院住着很多的伤员。一进医院，就闻到一股呛人的气味。一看，仅有两三个医生和一个护士，连动手术、换药都忙不过来，那里还能顾得上洗绷带、搞卫生。她想，八路军在前方打仗，负伤流血，在医院又得不到很好护理，这怎能尽快养好伤呢？她马上安顿春梅，让她先回去，与姐妹们坚持接待站工作，她留在医院帮几天忙。春梅走了，春花又一次走进医院的院子，她抱起一大堆血绷带、血衣服，到村边的小河里去洗。

10月的天气已是很冷了，河水更是冰冷冰冷。别说在河里洗涮，就是在水里湿一湿手，也得麻木多半天，何况要在河里洗那么一大堆衣物呢？她蹲在河边，两只手在水里蘸了蘸，感到钻心的冷。她把袖口挽到半胳膊上，两手掬起水，互相在两手和胳膊上搓动着。胳膊上的皮肤由冰冻的麻木变成绛紫色，又从绛紫色转成殷红色，两臂失去了知觉，她开始洗起来。一件件，一条条，淡黑的血迹，渐渐地溶进了清清的小河水，向远方漂流而去……

胡春花成了三分区医院的一名编外护士。她既洗绷带，看护伤员，帮助换药，又给伤员们洗衣服，缝缝补补，重伤员她还灌汤喂药，甚至端屎倒尿。一个女人，被几千年来的封建残余思想束缚着的女人，能这样做，是多么不容易呀！有一次，她正在给一个伤员喂饭，身边负重伤的小陈说："大嫂，请你先出去一下吧。"胡春花看了一眼小陈那别扭的表情，走了出去。这个屋里住着四位重彩号，当春花走出门口，便听见一个伤员说："小陈，来我扶扶你。"小陈说："别动弹，你还不如我行动方便呢。""那你……"这是怎么回事呢？有什么难事，而非得避开我的眼睛？……她在门口站着、听着。她踌躇了一会儿，便回头走进去一看，原来是小陈要大便。他觉得春花是个女的，不想让她在跟前，可是由于自己伤太重，连身都不能翻，那里还能脱下裤子呢？这时，春花只微微愣怔了一下，便不顾女性的羞怯，抢过去扶起了小陈……

当她端着大便往厕所送的时候，四个伤员都感动得哭了："她真是个大好人哪！"

四

她一直在医院忙活着，过年时她的男人王家祥来叫她。她说："过年了，其他来帮忙的妇女们都要回家，这里人手少，更走不了。你回去吧，我就在这里过。”丈夫怏怏不快地走了，胡春花已经把一腔热血都操在了八路军的身上，哪里还能再顾及家呢？虽然她这种崇高的行动得到了医院同志和全体伤员的赞扬，却给自己的丈夫王家祥心中埋下了伤情失爱的痛苦。家祥回到家，看看自家的女儿，心灰意冷地吸开了闷烟，再也没心思过年了。他家很穷，只有五分地，实在没办法活，只有靠挑个小担来卖锅盆碗罐，赚几个零钱生活，常年难得在家，春花再一走，女儿就没人照看了。

在这年首岁尾，王家祥回想起了胡春花许许多多的事情，一宗一件，都使他感到，春花不把这个家放在心上，不把自己的亲生女儿放在心上，更不把他这个在一起生活了多年的丈夫放在心上。她 12 岁上童养到王家，20 多年的恩爱夫妻了。抗战开始，在村里她时常给八路军做军鞋、补军衣，出村时不是抬担架，就是送公粮。曾经有一次她见送公粮的人太少，怕影响部队的给养，便要去送，村干部说她是个女人，身小力薄，小脚也跟不上，不让她去。夜里出发时，她穿上了男人的衣裳，跟着去了，从窑湾走到黎城的彭庄，40 多里山路，她担着 70 斤粮食竟是一步不落。为了工作，她就是这样拼死拼活。还有一次，386 旅一部分战士们在这里驻扎，由于敌人围截住了存粮店，给养发生了危机，她听说以后，回家把他挑锅卖盆换回来的谷子背了 5 斗送给部队，为了工作她是这么不惜代价。可是，她怎么就不想想自己的家呢？

直到二月后半月，胡春花听到小女生病的消息后才回到了家里，她 4 岁的独生小女儿得了重病。丈夫正好外出卖锅不在家，还有什么办法呢？母爱使她一头扑在女儿的身上哭了起来。在邻居姐妹们的帮助下，她抱起女儿就往三分区医院走，尽管她知道医生十分忙，可她小女儿毕竟是一条小生命，总不能眼睁睁地让她离去。结果是悲惨的，已经晚了。她的女儿在母亲温暖的怀抱里永远地闭上了眼睛……

五

女儿的夭折使王家祥十分痛苦，他把孩子的死归罪于妻子身上，顿时一肚子火气涌了上来，抓起扁担就朝胡春花的腰里打去。一边打，一边骂，一连打了几下。春花吭也没吭一声，这倒使王家祥感到惊讶。他看着春花满眼的泪水和痛楚的面容，再也打不下去了，高高举起的手慢慢松开了，扁担从手中滑了下来。是呀，一个刚刚失去女儿的母亲，哪里还能经受这样严酷的折磨呢？胡春花见丈夫的火气缓和下来，才无限深情地对丈夫说："俺、俺对不住你呀！"王家祥一脚踢开了扁担，数落起来："你，看你眼里还有这个家吗？拥军好是好，人家谁还能不管家？我受了一天挣不回二合米来，你一下子就能五斗、六斗往外背。这也罢了，你连孩子也不管，生生把孩子耽误了……"说着说着，说不下去了，他痛苦地哭了起来。

胡春花的泪水已挂满了两腮，听到丈夫的哭声，她又一次失声痛哭了，失去女儿的悲痛，丈夫的抱怨一起向她袭来。半晌，她才慢慢向丈夫解释："孩子死了，我能不痛吗？可拥军的事我能放下不管吗？八路军在前方打仗，为了咱过上安生日子，我们拥军还不该吗？那一年，村长给你派出粮，到期了你没给人家收上来，逼得咱一家出外住了一个多月，把地下的瓮、炕上的席，连火上的锅都拿走了，就连你接的人家锅罐钱还抢走呢。要不是八路军来了减租减息，你现在说不定还被人家逼得不能在家过年呢。"她说得声声泪下，不禁又勾起自己苦难的家史。

1909 年冬的一天，胡春花在离窑湾村 2 里多远的湾则村降生了。家里穷得吃了上顿没下顿，无奈春花娘月子里就出去给人家洗衣服、纺花、织布，可怜的小春花竟没有见过一点奶水，在仅有的几口米汤水里存活下来……

在那种年代里，死了是天福，活着是灾难。春花的后面接着又有了两个小弟妹，春花娘在最后一个孩子降生之时被饥饿和难产在晕厥中夺去了性命。一群苦命的没娘孩子，跟着父亲在死亡线上挣扎着。父亲在无法之下卖去了两个弟妹，然而还是不能维持家人的生活，他实在舍不得再卖孩子了，那样他就对不起死去的孩他娘了。就在春花 12 岁那年，她爹给她找了个童养的婆家，自己也在贫困中离开了人世……

她说："八路军给我们带来了幸福，带来了光明。你说，咱不革命谁革命，咱不拥军谁拥军！八路军为咱把生命都豁出去了，难道咱们还能看着他们负伤难过而不管吗？"

一番话说得家祥消了气。他擦掉脸腮上的泪水，悔恨地说："春花，刚才我不该打你来，你就原谅我这一回吧。以往你做得对，我是气头上说的话，以后，不仅你拥军，我也还要多多为抗战出力哩，家里的事呀，我多管点，你就放心地去工作吧！"

六

刚落过一场小雪，天就放晴了。

天刚刚到半前晌，这里已聚满了热闹的人群，腰鼓队、秧歌队、武术队、高跷队、文社火、武社火、小花戏等各式各样的娱乐团体，在一片开阔地里全面展开，锣鼓声、笙管声、歌唱声、竹笛声、嬉闹声、说笑声、呐喊声汇成一首欢乐的乐曲在太行的上空回旋、飞荡……

这是 1944 年 11 月 21 日，太行军民在黎城县南委泉镇召开的群英会盛况。当司仪宣布大会就要开始的时候，整个会场一下子静了下来。这时，只见 129 师政治委员邓小平同志，太行军区司令员李达同志，晋冀鲁豫边区政府主席杨秀峰同志、副主席戎子和同志和其他党政军首长走上了主席台，台下响起雷鸣般的掌声。掌声中，许多戴着大红花的杀敌英雄、劳动英雄、纺织英雄……走了上来，坐在了主席台上，胡春花同志也光荣地走在了英雄的行列里。

就在这个会上，邓小平同志亲自授予她一面上书"拥军模范"四个大字的锦旗，表彰了她的模范事迹。次年又被选为晋冀鲁豫边区政府参议员，1946 年到邯郸出席了边区参议会。她的模范事迹得到了太行人民的称赞。

暴莲子

李志宽　孙如珍

1944 年 11 月，暴莲子出席了太行区首届群英大会，荣获“拥军模范”光荣称号，并获得了一面“太行八路妈妈”的奖旗。

清晨，太行山里的禄村一片葱绿。村西八路军前方医院的小庙院内，正在抢救着一位刚从白晋前线转来的重伤员。

村上的妇救会主任暴莲子，一早就听说了。她安排好几个轻伤员的住房后，就匆匆忙忙地向庙院走来。她 40 出头，温雅端庄，一身青布衣服，收拾得干净利落。院子里张医生和几个护士，在正殿台阶的一张手术台前忙来忙去，旁边还站着一个刚从前线下来的转送伤员的八路军战士。院内异常肃静，只听到手术刀、剪的响声。暴妈妈悄悄地走过去一看，伤员苍白的面孔上，两眼紧闭，嘴唇像烤焦了的树皮，微微张开，军衣整个儿被血糊成个硬片。这使她非常难过，两只盈满泪水的眼睛直盯盯地望着伤员，从前额上散下来的两绺头发，已经遮住了面部，她也不去理一下，只是心里焦急地默默祈祷。

虽说是在抢救，可医院的条件太差了。一个四合头的小庙院，仅有 10 多间房子。连日来我军攻沁州，打段村，前线战斗激烈，伤员一批批转来，庙院里住满了，院外的戏楼上也成了病房，后来实在住不下了，就把轻伤员分配在老乡家里住。村里家家户户，几乎都住上了伤员。10 多个医护人员东奔西跑，忙得不可开交。更困难的是敌人严密封锁，药品供应不上，医院里连常用的药品都没有了，更不用说急救药物。经过一阵抢救，伤员仍旧昏迷，最后把仅有的三支葡萄糖拿来给伤员输液，还是昏迷不醒。张医生焦急地踱来踱去，暴妈妈不住地用颤抖的手拿起衣襟擦眼泪，站在旁边的那位八路军战士急得心里直跳，他恳求张医生："医生同志，你们可得千方百计把杜班长救过来啊！我们班里的战士离不开他呀……"说罢，他擦了擦涌出来的泪水，讲起了杜班长的负伤经过。班长叫杜贵保，昨天下午在攻打白晋线上沁州城的战斗中，五连担任正面主攻登城任务。敌人的机枪、小炮疯狂地号叫，杜班长带领全班战士在城楼东侧，竖起了云梯，战士们沿着3丈多高的梯子向上冲杀。杜班长身背6颗手榴弹，冲杀在最前边。眼看就要爬上城头了，突然，敌人的一颗手雷向他飞来，"轰隆！"一声，班长负了重伤……

听了这位战士的介绍，医护人员十分感动。张医生焦急的面孔上像是增添了力量，他充满信心地说："我们一定要千方百计抢救他……"暴妈妈心想，这是一位多么勇猛的战士啊！他为了咱老百姓，受了多大的罪、吃了多大的苦啊！这样的好同志，可怎么也得把他救活呀！正在她心里嘀咕的时候，杜班长的身子微微抖动了一下，深陷的眼睛徐徐睁开，他苏醒了。暴妈妈情不自禁地惊叫起来："小同志总算醒过来啦！"这一叫，连她自己也感到违犯了医院保持肃静的规定，可是她太激动了，泪水扑簌簌地滚落下来。张医生和那位战士也都长长地吁了一口气，半空中吊着的一颗心才算放了下来。他十分理解暴妈妈的心情，走过去，充满信心地说："大妈，这位同志的伤势很重，他的左腿胯骨被打坏了，右臂的骨头也炸断了，可是我们有信心把他治好。他现在需要安静，而且要很好地补充营养，以后少不了要大妈来帮助！"

"为了伤员，大妈心掏出来都行啊！我早就想好了，请你们把小杜同志就送到我家，我家安静，保证他吃好睡好。"

张医生感激地望着暴妈妈说："你家已经住了几个伤员了，房子够紧的。再说，你还要负责村里的妇女工作，忙不过来，还是让他在医院吧。"张医生知道暴妈妈近日来够辛苦，口气十分肯定地说。

"我家还可以腾一眼窑洞，轻伤员有孩子们照管，有什么辛苦呢！为了让小同志安静休养，还是让他住到我家吧，我要亲眼看着小杜把伤养好啊！"

张医生见暴妈妈的态度恳切坚定，经过和领导研究，答应了她的请求。经医护人员给杜班长输血护理后，就转送到暴妈妈的土窑洞里。

为了杜班长，暴妈妈把家里仅剩的两条被子叠在一起，放得平平整整，铺在他身下。她伸手摸了摸，还觉得不够绵软。虽说是两条被子，可是穷苦人的被子太单薄了。张医生的话时刻在她的耳边回响："这位同志伤势很重，需要绝对安静，不能动弹……"是呀，这么重的伤，真疼得厉害，可得让他尽量舒服一些才行。她想着，又想起柜子里还放着一丈多自己织的白粗布，把它拿出来缝个褥垫子，铺上不就舒服一些吗？说干就干，母女们一起动手，在油灯下赶缝了一个褥套，中间填进麦秸，一个又厚又松有弹性的大垫子做好了。接着，她们小心翼翼地扶着重伤员躺下。这一切，暴妈妈是做得这样的认真、专注、利落，好像为了八路军伤员同志，就是把她的心掏出来，也心甘情愿。

杜班长经过连续抢救，虽然已苏醒过来，但因伤势严重，伤处又多，加之右臂伤口局部感染，高烧不退，仍处在沉睡的昏迷中。3 天过去了，在暴妈妈的精心护理和医护人员的努力治疗下，杜班长的伤势渐渐好转了。

这几天暴妈妈简直忙得没有休息，她白天黑夜守护在杜班长的身边。深夜实在困倦得不行了，母女们就挤在那间小楼板上躺一会儿。她母女们还要照顾那五六个轻伤员。小杜未来之前暴妈妈就很忙了，小杜接来之后她就更忙了，仅仅几天她就消瘦下来。她把一颗慈母的心操在伤员身上。家中的两只公鸡杀了，给小杜煮鸡汤喝，白面吃完了，又到邻居家里借，做当地最可口的细面条给伤员吃。每顿饭里还要放一颗鸡蛋。这鸡蛋是她家仅有的一只母鸡下的，母女们舍不得吃，多日来积攒下来，打算卖了，凑个油盐灯火钱，这次都拿出来给伤员们吃了。而她和孩子们呢，不是煮点野菜，就是蒸几个糠窝头。

在那战火纷飞的岁月里，老百姓的生活是相当艰苦的，缺米断炊的人家真不少啊！那时候的老乡吃的食盐很缺，暴妈妈攀亲找友设法弄来点食盐，除了每天给伤员食用外，晚上还要泡点盐水给杜班长洗伤口。

这几天杜班长的伤势好多了，他感到身上有了精神，说话的声音也大了，苍白的脸上泛起了红晕。一天，暴妈妈端来一碗面条，里面还泡着一颗荷包鸡蛋。杜班长心里过意不去，手里拿着汤匙，两眼望着暴妈妈说："大妈，你家里生活这么困难，怎么老是做好的给我吃呢？"

"快吃吧，孩子，我们没有什么好的，这也是些家常便饭。"说着，她让身边的兰菊吃饭去了。

杜班长看着身边慈祥的暴妈妈，她那略带皱纹的脸庞瘦多了，一想到她忙碌的工作，困苦的生活，他的心里很为难。"大妈啊，你为我们伤病员，够受苦了，看把你累成甚样子！"

"孩子，我既然把你接回家里来，就要帮你把伤全部养好，我要为革命负责呀！"

听了暴妈妈的话，杜班长像一个很听话的孩子，吃完了饭，躺回了床位上。可是，他那不安的心情却久久难以平静下来。这一段，可口的饭菜，舒适的住处，她母女们对他付出无微不至的关怀和体贴入微的照顾，他深知这是暴妈妈在这战争环境中经过如何的努力奔波才做到的。太行根据地的人民群众，拿出了何等真挚的感情来对待自己的军队啊！他越想越觉得过意不去，越想重返战场英勇杀敌的心情就越迫切……

而暴妈妈呢，看到伤员们的伤势都好转了，打心窝里感到高兴。尤其是近一个月来，她日夜精心护理杜班长，就像对待自己的亲儿子一样。不，这种军民之间深厚的阶级情谊，重于泰山，深如东海，大大胜过一般的骨肉之情。眼看着小杜的伤一天天好起来，精神一天天振奋，伤口上长出了嫩白的新肉，她额上新添的皱纹又舒展开来，脸上露出了欣慰的笑容。她为杜班长的伤口，不知花了多少心血，腿部伤口先好了，她抚摩着好了的伤疤，乐得心里开了花，脖子上的伤也好了，嘴唇消炎了，想吃饭了，她笑得两眼成了一条线。真是好一处伤口添一分乐啊！

可是想不到的事情又突然发生了。

杜班长左腿上的伤口虽然渐渐痊愈，但右臂上部的重伤却不见好转，由于天气还热，消毒药品不全，伤口又开始溃烂了，胳膊肿得有碗口粗，脓水顺着伤口滋滋地往外流，浑身又像火烤似的，焦灼得十分难受。暴妈妈急得心如刀割，搓着两手直打转。而每次走到杜班长身边，她总要伸出手颤抖地抚摩一阵伤口，用一种焦急的眼光端详着杜班长，口口声声叹息着："唉，这孩子受苦受够啦，怎么还能让他再受罪呢？"

经过医生细心的检查和诊断，杜班长右臂伤口已经感染，而且很严重，如不及时锯掉右臂，就会影响内脏器官，甚至危及生命。张医生无可奈何地说："在这样的条件下，只好动大手术锯掉右臂。不然，这样严重的感染无法排除。"

为了保住小杜的胳膊，暴妈妈急忙去邻村找来一位老中医，老医生仔细看了杜班长的伤口后，开了两个草药方子，一个是外敷，一个是内服，每个方子要一连买五六服。老医生满有信心地说："吃上我的药，三五天就该有个回讯，要是没有起色，那就赶快另想办法。"暴妈妈听了很高兴，她虽然不清楚这种药究竟有多大效力，心里却充满了希望。她拿上药方，四处打听着买。有些草药，药铺子里没有，她不辞辛劳，一个人攀上西边的山坡上摘桃叶、挖桃根，跑过小河东岸采蒲公英和荆芥等。汗水湿透了衣服，荆棘刺破了手，她全然觉不着，两只缠小了的脚在山坡石头路上艰难地行走，采回一篮又一篮。从早到晚，她弄来了十几样中草药，对着方子一看，还缺一味呀！这味药附近的小药铺子里都没有。她跑去问老中医，老医生皱起眉头想了想说：“可能监漳镇的那药铺里有，不知他卖不卖。”“既然有，我想法去买回来。这就好办了。”暴妈妈回答着，连饭也没有吃，打了个小灯笼，一口气跑了10多里山路，到了监漳小药铺一问，有这种药，她高兴了，可是抓起后一问价钱，又愣住了。怎么这种药就这么贵呀？这时，不是暴妈妈不肯花钱，而是她实在没有钱了，摸摸身上几角冀南票(边区纸币)，怎么也凑不够啊！这怎么办呢？买吧，钱不够，不买吧，伤员急着用药，难道就没有别的办法了吗？她发愁地抓了一下后脑勺，忽然发髻上一个硬硬的东西碰了下手臂，原来是一个银簪子，暴妈妈的心里翻腾起来。这枚簪子是她家仅有的一个祖传宝贝。是她姥姥传给她妈，在她出嫁时，她妈又传给了她，眼看她大女儿成菊长大了，她又打算把簪子作为嫁妆，给女儿陪嫁。她妈带着她在沿门讨饭的时候，没有肯卖掉它，她出嫁时，她妈流着眼泪对她说：“莲子，妈穷，没有什么东西陪你，就把这个簪子拿上吧。可别忘了，这是你姥姥留我的仅有的一件嫁妆呵！”就这样，小心地保存到现在。此刻她想：八路军同志在前线流血负伤，甚至牺牲了生命，我难道就连个簪子都舍不得吗？想到这里，她横了一下心，就往镇西头的银匠铺换了几元钱，买上药就往回返。

在老中医、张医生的指导和配合下，暴妈妈把买来的草药一副副煎上给杜班长喝，又把几样草药洗干净，按老中医的办法，把它们放在白布包内，挤出药汁来，涂擦在杜班长的伤口上。一天口服三次药，暴妈妈按时煎好送到炕边，伤口上的药膏一天换四五次。暴妈妈不厌其烦地按时换药，几个晚上睡不着觉，整夜守在杜班长身边。三天过去了，这些草药也真灵验，杜班长的伤口就有了起色。张医生已满怀信心，暴妈妈更是谢天谢地般的高兴。

这几天，杜班长的伤好多了，他能拄着棍子走路了，右臂上的伤口也在愈合。一天，暴妈妈高兴地端着一碗面条走进来放到炕边，让杜班长吃。

他看了看炕沿上放的面条，心里实在过意不去，就拄着棍子下了炕，一拐一拐地走到了厨房里，暴妈妈拦也拦不住。杜班长揭开锅盖一看，啊！他的眼睛模糊了，锅里哪是饭啊？全是些苦苦菜和茴子菜，菜叶正冒着热气，发出一股青草味。一切都明白了，他的眼睛里禁不住滚出两行热泪，看着锅里的野菜，想着他一个多月来吃的鸡汤、面条、绿豆粥……犹如一个个重锤撞击在脑袋上，他只觉得天也在动，地也在转，昏昏沉沉向窑洞里走。世界上还有什么比这更激动人心！他一头扑在暴妈妈的怀里哭了起来。一个勇猛的战士，参加革命好多年了，仗打得不少，敌人的炸弹打得他遍体鳞伤，他没有流过眼泪。可是，今天，暴妈妈对子弟兵的深情厚谊，让他激动得热泪直流。他抬起头来，泣不成声地说："暴妈妈，你是我的亲妈妈！"

暴妈妈的内心也很激动，她抚摩着杜班长受伤的右臂，深情地说："孩子，看到你们流血牺牲，我就觉得做什么也应该呀！你还是把这饭吃了，养好伤，到前线去……"

两个多月过去了，五六个轻伤员已全部养好了伤，陆续上了前线。今天，杜班长伤愈后也要归队了。一早，暴妈妈就起来给杜班长收拾行装，大女儿成菊也在炕上一针一线为杜班长赶做"慰劳袋"。几天来，暴妈妈陆陆续续送走了不少伤员。今天，是最后一个送杜班长了。她的心情是复杂的，又高兴又难过。高兴的是伤员们一个个养好了伤，虎威威、气昂昂地返上了前线，去消灭敌人去了，她为同志们恢复健康而高兴。当他们还在养伤期间，她总是盼他们早日伤愈，重返前线，可是当伤愈后真要离开她的时候，她又感到一阵阵的难过，不愿让这些生龙活虎的战士们离开。战士们一个个远走了，她感到身边缺少了什么，感到生活中失去了生气。尤其是杜班长的走，更让她牵心似的难过。她一早起来，又是做饭，又是收拾，东一把红枣西一把瓜子，哪怕就是一穗小嫩玉米棒子，也想给杜班长装在背包里。她天天在盼望这个时刻，可是又害怕这个时刻到来。

杜班长的伤已全部好了，此刻他精神抖擞地一个劲儿帮助暴妈妈干活，一早起来担满了水缸，打扫了小院子。不管暴妈妈怎么阻拦，他都按自己想的去办了。重返前线的这一天终于盼来了，但一想到就要离开日夜看护他的大妈，眼泪也禁不住往外流。当看到那绿地红边的“慰劳袋”上绣着的“努力杀敌，为民立功”八个大字时，他好像听到了老乡人民群众对子弟兵的殷切期望，这好像一道命令，激起了他英勇杀敌的昂扬斗志。

“妈妈，我就是你的亲儿子，你就是我的亲妈妈啊！等全国解放了，我一定来太行山看望你!”

又一年多过去了，杜班长转业复员，他没有回老家清徐，毅然回到了武乡的禄村，成了暴妈妈的亲儿子。

1944 年 11 月，暴莲子被推选为拥军模范，出席了太行区首届群英大会，并获得了一面“太行八路妈妈”的奖旗。

赵月娥

郝雪廷

1944 年 11 月，赵月娥出席了太行区首届群英大会，荣获“纺织英雄”光荣称号。

赵月娥出生在榆社县南庄村，家里饥寒交迫十分困难。生个女孩，对于贫苦的庄户人家来说，就是加一张吃饭的嘴，生个男孩，将来长大成人还可传宗接代、养家糊口。当爹娘的经常在她身上撒气，一有不顺心就打骂她，这也就锻炼了月娥倔强的性格。娘给她裹脚，不等裹好，她就把裹脚的带子解了。她有点天不怕地不怕，村里人都说她是“越打越骂越不听话”。

嫁到圪嘴头村以后，正是轰轰烈烈抗战的岁月，村里要成立妇救会，赵月娥每天跟着工作团跑上跑下，东家进西家出，把听工作队说的那些大道理，又讲给姐妹们，号召大家参加妇救会。不少女人还有封建思想，总觉得抗日不是女人的事情，咱在家里做饭、洗衣，侍候好男人就行了。可月娥说，抗日不光是男人的事，日本鬼子杀人放火、作恶多端，更是欺负咱女人，咱不抗日就要吃亏。她还把日本鬼子火烧了武乡县城，强奸、残害妇女的情况说给大家，一下子鼓舞了全村妇女抗日救国的热情，大家纷纷报名参加，赵月娥也被大家推选为村妇救会主任。

过去有句古话，“嫁汉嫁汉，穿衣吃饭”。赵月娥嫁给郝玉峰后，却没办法靠丈夫“穿衣吃饭”。月娥天生没有享福的命，离开穷娘家，又到苦婆家。婆家也是上无片瓦、下无寸土。新媳妇一过门，丈夫经常外出打短工，挣点钱糊口，遇个天阴雨下，家里就怕缺粮断顿。为了改变家里的生活困境，月娥自打嫁过来，除了做村里的妇救会工作，就是纺花织布，也给地主家洗衣服挣钱。

为了改变贫困，在县、区妇救会的领导下，她和村里的一些比较活跃的妇女们联合起来下地劳动，开天辟地，挣脱了碾台、磨台、锅台这个束缚妇女的“三台”小圈子。妇女下地劳动了，这可是个新鲜事。一开始还有些男人说她们不守老规矩，后来也感觉男女平等，女人也能来参加劳动是件好事。有些没有参加妇救会组织的妇女，也主动加入进来了。月娥是妇女干部，无论做什么事情都积极带头，上级号召什么她都首先响应。上级要求发展副业生产，她争先恐后干在前头。在家养了一群鸡，又喂了几箩蚕，还喂了一头猪。她因家庭副业收入高，被选为县里的劳动能手。

抗日政府号召纺织，这对她来说是得心应手。纺花织布，她从小就学得非常好，纺花不仅快而且线也匀称，经布、刷布、织布都是能手。为了把纺织运动搞好，她在村里开了小型的纺织培训班，给姐妹们讲织布技巧，手把手地教。政府号召青年参军，赵月娥也毫不含糊，和丈夫郝玉峰商量，人家父送子，妻送郎，咱也不落后，让他参军上前线打鬼子。郝玉峰说，他早有这个打算，就是家里太穷，怕走了留下老婆一个人活不了，没办法提这个事，现在让他去，他当然是非常高兴，就立即报名参了军。

玉峰参军走了，月娥的担子更重了，可她心里想，咱是村里的妇女干部，不能让人看不起，有困难就要克服，把这个家搞得像模像样的，和男人在家的时候一样，甚至要比男人在家还要好。

结合政府的号召，赵月娥称花织布，买花卖布，硬是靠自己的勤劳，靠纺花织布度过了荒年。同时也带动了全村的妇女都积极行动起来，靠纺织顺利地度过了灾荒。为了表彰她的成绩，武西县评她为全县纺织第一名。1944 年 7 月太行三分区所辖的襄、武、榆、辽等县召开劳模表彰会，三分区司令员鲁瑞林、政治委员彭涛又将一朵大红花佩戴在赵月娥的胸前。当年 11 月，又光荣地出席了晋冀鲁豫边区、太行军区在黎城南委泉召开的首届群英会，获得“纺织英雄”的光荣称号。

李书爱

程树宏

李书爱，1882 年出生于一个普通的农民家庭，娘家蟠龙李家坪土地贫瘠，风调雨顺年份收获的粮食也不够吃。光绪年间连续干旱无雨，加之地震灾害的毁损，粮食严重歉收，吃饭问题成了家庭首要大事。旧社会女孩子在家庭中并不被看重，娘家父母亲为了减轻负担，不到 16 岁的年纪李书爱就嫁到了大有李峪村姓刘的一个极为普通的农家。

丈夫刘银贵，是一个实在的农民后生。大字不识的丈夫，早早就被家里人引导在土地上艰苦劳作，以求生存。夫妇先后养育了五个男孩二个女孩。为了生活，她练就一身纺花织布的好手艺，用自己的劳动换取一些收益。

日本人占领蟠龙后，李峪村是通往武乡县城与蟠龙的交通运输线上的要道。每次日本人经过都要侵剿李峪村，烧杀抢掠，老百姓的粮食、衣裳、铺盖、锅碗瓢盆、鸡被抢劫一空。逃难回来后，家里一无所有。在妇救会的李书爱便动员丈夫刘银贵，儿子秉根、秉诚、秉钧参加抗日。

李书爱经常动员村里妇女纺花织布，以最低价格转送到八路军军需处，支援官兵在前线作战。丈夫刘银贵与三个儿子积极协助八路军部队。参加狙击，埋设地雷，护送物资。1943 年 5 月，二儿子秉诚在洪水大西岭对敌作战中牺牲。1944 年 3 月，四儿子秉钧在蟠龙围困战斗中献出年轻的生命。丈夫刘银贵在本村埋设地雷时，被日本人偷袭枪击后不治身亡。面临家庭顶梁柱们倒下，生活更加艰难时，李书爱没有因为家破人亡，两个媳妇因失去生活来源被迫携带幼小的孙子们改嫁而倒下，仍然强忍着泪水，边纺花，边织布，来维系家庭生活，尽最大努力多织布来支援坚持打击日本侵略者的八路军、决死队、游击队将士们。

李书爱的事迹感动了村里的广大妇女们，大家都纷纷动员起来跟着李书爱学纺线、经线、刷浆、织布。李书爱跑东走西指导大伙儿，解决织布遇到的困难，轰轰烈烈的大生产运动掀起高潮。1946 年在长治市召开的太行区第二届英雄模范表彰大会上，李书爱获得“纺织英雄”称号，并被授予锦旗、奖章。

王桃梅

吴利珍

1944 年 11 月，王桃梅出席了太行区首届群英大会，荣获“纺织英雄”光荣称号。

败子回头金不换，王桃梅决心转变

王桃梅是武乡北响黄村一个中年妇女，20多岁时，因丈夫出外经商不常回来，她从此开始腐化了。闹得名誉非常坏，连亲戚朋友都不愿意接近她。村上对她闹过斗争，妇女们把她孤立起来，开什么会也不让她参加，甚至开除了她的妇救会籍。她娘家3年没上她的门，亲生闺女骂她不是个人。到了这种地步，她自己也觉得太痛苦了，想了又想，觉得这样下去不行，下决心要转变。有一次她去找了5个和她一样腐化的妇女，大家说出各人的心里话，咱腐化叫大家看不起，5个人就抱头痛哭了一场。桃梅提出今后要在生产劳动上转变，当个好人。当时，那5个妇女一致说："你要能转变，咱也能转变。"从此6个人就结成了一个纺织小组，推桃梅当小组长，每人买一斤花作本钱。从1944年10月开始，6个人也不搽胭脂抹粉了，变为积极纺织的劳动者。不到两个月每人就由一大斤花，盈利3000元，棉花8大斤。在将过年的时候，桃梅发起每人做一个白布门帘，请小学教员来给她们教生产方面的知识，每人又做了一套柳条布的新袄。过新年时，全村人看到她们的新门帘和6个人穿的一样新衣服，都很惊奇。从此村上人就不断地鼓励与表扬，她们的劲儿更大了，进步得也更快了。

把社会上遗弃了的人组织起来

桃梅为了争口气，洗净她历史上的污点，下决心要在生产上做出更大的成绩来。她费尽苦心去组织各种人到她组内。大家看到桃梅纺织组闹得不错，就不断有人参加。她除了纺织外，还给三分区医院磨了5000斤白面（人推磨），赚了麦子5.6石，麸子90斤。她将赚下的麦子给大家分了一部分外，又合伙买了一口母猪，买了2.7亩地，可以种些麻，纳底子、点灯油之用。在4月春耕总结时，桃梅就被选为纺织英雄，得了银奖章一个、大红旗一面。她的荣誉从此就跟着她的生产成绩一天天高起来。她的纺织组也一天天更加扩大了，逐渐形成了小型工厂。杨三羊是个非常贫苦的人，没衣穿，经常给老婆气受，桃梅就去动员他老婆参加到工厂。先借给她7尺布给三羊做了条夹裤，等她纺织得了利再还钱。三羊很高兴，叫老婆参加了工厂。又有个妇女韩荣花，整天懒得不想做活，身上穿得很破。桃梅就从她穿不上衣来动员她参加纺织，先给她做了个新布衫。这懒妇女进工厂后，大家都说："这样的懒老婆，死也转变不好。"但桃梅却不这样想，她很耐心地教育她学好，有一点成绩就表扬她。桃梅自己这样想："以前人人说我不会学好，我自己也不知道生产劳动能转变我。自从自己参加了纺织，我不就学好了吗？那这种人为啥学不好呢？"后来慢慢地在桃梅的影响下，懒妇女终于成了好人，一天能纺半斤花。又有两个瞎老婆，别的做不了只能纺花，可是没人叫她纺，桃梅去吸收她们进了工厂，专叫她们纺花，解决了两个人的生活。有两个老汉劳力差，上地不行，但会弹花，桃梅就吸收他们来弹花。6个有3岁以下孩子的妇女顾不上纺织，桃梅也把她们吸收来，搜集了些碎布片，叫她们做鞋，在空隙中就纺花织布。还吸收了一个罗锅的老汉专给工厂喂猪。桃梅就这样把别人所看不起的人，都组织到生产中来，使老弱残废能够生活，生产上收到了很好的效果。当年秋季，她的工厂已扩大到42个人。

工厂是个快乐的大家庭

工厂里一切都以活记分、订分：纺花一斤顶16分；经布50尺，纺花3两，刷布50尺，纺线5两，做一双鞋顶35分；织一尺布顶1分，赶一天集顶10分，弹6斤花顶16分，络线一斤顶2分，喂猪一天顶5分，缝一个布衫顶16分。这样订分是为了便于换工，谁有什么本事就干什么。但在计算上以纺织为主。为了算账方便，还实行了工票制度。

工厂中有制度：凡是起床、做饭、上工、开会、学习等等，都是以组（分为三大组）为单位活动，按时作息。桃梅亲自掌握时间，按时打钟或吹哨子。在工厂的人都在家吃饭，回家睡觉，不影响家庭关系。

在工厂的人与家庭关系的处理：开始她们的工厂实行和家庭分红的办法，但妇女们得了红利不给家里，引起了婆婆、丈夫的不满。桃梅发现后，经过大家讨论，规定从工厂分得了红利，集体买了油、盐、煤等，再按各人家里的需要，分配给家里。这样实行后，使家庭都很满意，减轻了男人很大的负担，和家庭的关系更融洽了。

组织青年妇女学习，工厂里把12个青年妇女组织成一个学习小组，每天写仿一张、认字两个，每礼拜测验一次，每个人有个写字本和小黑板，开始先在小黑板上写会了，再写到小本上。专门收拾出一个课堂，挂有毛主席、朱总司令像，每天请小学教员来教一次。青年妇女除纺织外，还识了200多字。

有名大家出，有利大家得

桃梅有次在县上得了面大红旗，挂到工厂里，她发现大家不高兴。她想，这是因为奖旗上写的名字是她个人的，可能是大家觉得这个光荣和大家无关，她就去请小学教师来改写了“积极分子”四个大字，并将工厂42个人的名字都写上，后来大家看了很高兴地说：“桃梅得了奖，叫咱都光荣……”

合作社奖给她两只母鸡，她觉得鸡少人多，没办法分，就孵了四窝小鸡，共有42只，分给工厂里每人一只，集体喂养。

县上奖给她两块毛巾，她卖掉了买成锭子、针和纸，纸订成小本，爱学习的人奖给本子，常做针线的人，奖给她针。纺花的人，奖给锭子。当工厂得了红利后，为了进一步提高生产情绪，隔一个时期来一次会餐，吃吃笑笑、娱乐一下。这样使工厂变成一个大家庭一样，一个个都欢天喜地地忙着生产。

桃梅觉得自己村里没有个合作社，买些东西困难，她就发动妇女们将做军鞋所得工资，集股2000多元，成立了一个小型合作社，出售一些妇女用的针线、梳子、水烟等。不到两个月，每人分得红利30元。大家看到既得利，又方便，还想集些股金把合作社扩大。

纺织发家，丰衣足食

桃梅本身的纺织技术很高，教会了13个妇女学成了纺织全把式。

从当年10月到次年9月，她们计算了一下，原支助棉花40斤（每人一斤花），除自穿外，还赚花750斤，存有白布400余尺、柳条布100多尺。

在副业方面，养鸡42只、猪12口、牛两头、驴一头，还买了5.3亩地。在工厂的42人都给家里分了负担。男人们都很高兴地说："现在不但不用管妇女穿衣裳，人家还把家里的油盐都管起来，家里的负担款也给赚回来了，妇女地位可是要提高了……"

在工厂的42人的家庭，由于纺织上得利，大都已达到了耕二余一。桃梅家达到了耕一余一，她个人生产超过了她男人3石粮。

总算争了一口气

王桃梅，原是有名的腐化妇女，大生产运动中被卷入了运动，受到了人们的冷嘲热笑，还挨过斗争，逐渐改造成为出色的纺织英雄。她不仅勤劳生产，还全心全意地为全村妇女服务。1944年出席首届太行群英会，得了"纺织英雄"的光荣称号，1946年又在长治第二届群英大会上被选为太行区二等"纺织英雄"。她说："以前大家骂我说，活着对不起亲戚朋友，死了见不得先人，我也不知道生产能改造我。自从我自己转变之后，我就从纺织中改造了18个和我过去一样腐化的妇女。要不是共产党、毛主席，我的臭名誉一辈子也洗不干净。现在受着大家的爱戴，又得了英雄的光荣名字，我高兴得在梦里也常常笑醒。今天我总算争了一口气，我已变成一个好人了。"

图书在版编目(CIP)数据

武乡秧歌百年传承史 / 王充理主编. 武乡英模谱 / 孙俊堂主编. —北京：中国文史出版社，2024.7
（武乡现当代文化集萃）
ISBN 978-7-5205-4702-4

Ⅰ. ①武… ②武… Ⅱ. ①王… ②孙… Ⅲ. ①秧歌舞－介绍－武乡县②英雄模范事迹－武乡县 Ⅳ. ①J722.211②K820.825.4

中国国家版本馆CIP数据核字(2024)第102567号

出 品 人：彭远国
责任编辑：秦千里

出版发行：中国文史出版社
社　　址：北京市海淀区西八里庄路69号院　邮编：100142
电　　话：010-81136606　81136602　81136603（发行部）
传　　真：010-81136655
印　　装：山西人民印刷有限责任公司
经　　销：全国新华书店
开　　本：16开
印　　张：247.25
字　　数：3500千字
版　　次：2024年7月　第1版
印　　次：2024年7月　第1次印刷
定　　价：1000.00元（全七册）

WUXIANG WENHUA JICHENG
WUXIANG XIANDANGDAI
WENHUA JICUI

武乡文化集成·卷三

陈建祖 主编

武乡现当代文化集萃

石勒传

李驰骋 著

中国文史出版社

《武乡文化集成》编委会

总　序

甲辰之岁，万象更新。武乡热土上，乘新时代之春风，政治、经济、文化一体推进，正所谓政通人和，百业俱兴。

自古以来，莫不盛世修书，藉以兴文化俗。今有《武乡文化集成》之问世，摘精选要，撷英荟萃，乃国内县域文化系统整理出版之巨创，亦寻祖根，追文脉，固根基，增强文化自信之壮举，可庆可贺也！

文化之兴，缘于地理；或曰据于地理，乃出人文。

太行逶迤，上党巍巍，雄视华北，俯控中原，自古乃兵家必争之地。元人熊戴歌咏曰："天下多名山，太行居第一。泽潞伯仲间，上党天下脊。屹立界中原，形势控南北。"武乡踞上党北缘，乃千年名邦，抗战圣地。其东有板山竦立，如长城蜿蜒；其中有漳河流金，泽润乡里；其西则俯视晋中，藏风聚气。此土此境，古有商周遗物，有石勒要寨，有寺院林立，绵绵不绝，而民风俭啬，勤于耕读，崇尚勇武，远近闻名。清代乾隆《武乡县志》"风俗篇"云："武乡之为县，在万山中，金玉珠贝无所产，商贾舟车不至，民安于畎亩、诵读，无逐末游食、猎取富贵之人。""其民质而不瞢，其俗俭而不猥。"此乃武乡传统文化之概要，民风之底色，文化渊源之所自。追溯千余年传统文化，不亦绵长醇厚乎！

帝制灭而共和兴，社稷衰而危亡存，仁人志士，前赴后继，奋起斗争。武乡籍共产党人、革命先驱李逸三、史怀壁、武三友等，建立中共武乡县委员会，组织"五抗"，风起云涌，艰险曲折，板山漳河间，闪耀赤色曙光。全面抗战始，抗日烽火燃烧在太行山上，八路军总部、中共中央北方局、一二九师师部开进武乡，先后驻武乡王家峪、砖壁诸地，朱德、彭德怀、左权、刘伯承、邓小平、杨尚昆等在此指挥抗战，武乡乃成太行根据

地之重镇。长乐村战斗，歼寇两千；百团大战，威震敌胆。柳沟设兵工厂，肇始军火生产，装备抗日武装；抗大、鲁艺，学校遍及山乡僻壤，培植红色基因。武乡儿女，慷慨参军，牺牲何止千万；家乡父老，纳鞋交粮，自愿支援前线；太行奶娘，忘我取义，哺育革命后代。仰望太行之巅，遍布民族脊梁；回首抗战圣地，鲜血浸染。《少年先锋》，如诗华章；抗战篇章，辉煌绚烂。此乃武乡近世文化之鲜明本色。回首武乡之红色文化，不亦感人至深乎！

斗转星移，国运昌隆；改革开放，其命维新。武乡大地，文脉绵延，异彩纷呈。其初有高沐鸿之《太行吟》，冈夫之《故城谣》，张万一之剧作《小二黑结婚》，歌咏烽火岁月，隽永悠长；继之有寓真之《行道集》，赓续家国情怀，书写不尽之乡愁。抗战文化则梳理备至，书写将军之百战智勇，战士之慷慨赴死，军火之急急生产，民众之纷纷支前，友邦之慷慨资助，红色文化，洋洋大观。作者群起，深研备至，提炼太行精神，表彰抗战英模，可歌可泣，化育万民，进而为新时代不忘初心、继续前进之强大动能。回首七十年文化景象，不亦壮观乎！

武乡文化，厚重绵长，总而成之，采而辑之，舍我其谁！县委县政府下决心，定大计，集贤能，编方案，以规范性、系统性、权威性为基准，博采旁搜，摘取英华，卷次三分。首卷为历史文化，通览千载；继之以红色文化，特色引领；卷三是现当代文化，文苑集萃，遂成20册，汇千万字，煌煌然为武乡文化史上之空前巨著。武乡文脉，一以贯穿，高如板山，长若漳河，实乃空前之壮举，既为资政要览，亦成万民寻根溯源、永久承传之宝典，具彰往而昭今之效，其价值、意义不言而喻，无庸赘述焉。是为序。

中共武乡县委员会

武乡县人民政府

2024年6月

凡　例

一、本丛书以马克思列宁主义、毛泽东思想、邓小平理论、“三个代表”重要思想、科学发展观、习近平新时代中国特色社会主义思想为指导，选取武乡文化精华，编纂而成。

二、本丛书以基础性、系统性、权威性为基本编纂标准。

三、本丛书以武乡籍贯的作者为主要选取对象，以描写或记述当今武乡地域范围内的文化为内容选取标准。

四、本丛书选取的著作体裁不限，主要选取学术著作和文学作品。为了全面记述武乡的历史文化，特别组织作者新撰了武乡历史文化的通览性著作。

五、本丛书按照历史通览、文化特色、时代新篇为基本分卷依据，分武乡历史文化通览、武乡红色文化撷英、武乡现当代文化集萃3卷，共33种著作，编为20册。

六、本丛书为集成性著作，尊重原著内容的完整性，一般不作增删；为保持观点正确、内容准确、体例统一所做的修订，均经作者完成，并经专家予以审定。

七、本丛书对每一部入选著作的内容及其作者均予简介，以便阅读和使用。

八、本丛书根据各书特点而区别整理方式，涉及古文、文献等，予以标点，并适当注释；涉及文化遗产等内容，则以图文结合的方式予以记述。

【作者简介】

李驰骋，亦名李次成，山西省武乡县监漳村人，大专学历，历任乡镇党委副书记、乡人大主席、县人大常委会委员等职，现为山西省作家协会会员。1975年开始发表作品，先后在国家、省、市、县各级书刊报纸发表作品三百余万字。曾参与“八路军太行纪念馆”最初的陈列布展和《武乡县志》等一系列大型文献的编纂及古籍版《武乡县志》的整理点校再版工作，参与并执行主编了县内多部文史资料。退休后撰写了历史传记文学《石勒传》，并将传记改编为电视剧《石勒》。

【内容简介】

《石勒传》是一部讲述两晋十六国时期武乡人石勒生平事迹的历史传记文学，作品从石勒出生时的社会背景、金戈铁马的奋斗历程到建立后赵王朝的人生巅峰后寿终正寝，时间跨度60年。2016年由北岳文艺出版社出版。

本传记通过石勒的成长历程，展现了西晋“八王之乱”“五胡乱华”的全过程，同时把刘渊建立汉国，特别是石勒创建后赵的历史加以再现，场面壮阔，气势恢宏。作品着重描绘了石勒这一人物的成长经历、为政理念和博大的胸襟，突出其作为古代少数民族政治家、军事统帅的远见和魄力。

为读者进一步了解石勒及其家族的历史，本传记末尾附录了由郝雪廷整理的《石勒史料汇编》。

目　录

附录　石勒史料汇编

郝雪廷　编

第一回　东河沟石勒出世
端阳节稚子推墙

西晋泰始十年（274）。

夏天。

太行山脉中段的武乡县北原山麓，一个高鼻深目的年轻男子，正在田地里挥汗耕耘。

时近正午，突然一阵沉闷的雷声传来。男子下意识地抬头看天，只见西边天空浓云滚滚，正向着头顶蔓延过来，眼看着一场涤荡乾坤的暴雨就要来临。男子似乎想起什么，扔掉手中农具，急忙向山下跑去。

北原山下，一道南北走向的深沟。一条清澈的小河从北面沟中流来，汇入前面那条汹涌东去的漳河。当地人称这条河沟为“东河沟”。此时，在东河沟的河畔上，一块被人唤作“三亩则”的地块里，一个挺着大肚子的年轻女子，正在采挖野菜。高高隆起的肚子，使她动作起来显得异常艰难而笨拙。

天气的骤然变化，显然引起了这名孕妇的注意。只见她拎起地上的荆条篮子，略显慌乱地收拾地上散放的野菜，准备回去。就在这时，从山上下来的男子跑到她的身边，接过篮子，说：“天快下雨了，赶快回去吧。”说着，用手搀扶着她，向家中走去。可以看出，他们是一对恩爱夫妻。

一声炸雷响过，铜钱大的雨滴连续砸向地面，两人开始奔跑。忽然，女人“哎呀”一声，停下脚步，脸上显现出异常痛苦的表情。

“咋了？”男子关切地问。

“肚子痛得厉害！”女人喘着气回答。

“哎哟，是不是要生了？”

女人点点头。

男子显然慌了手脚。他抬头望望前面，不远处是一个缺门少窗的土窑洞。窑洞前面是一排由树枝扎成篱笆圈就的小小院落，这就是他们的家。虽然离家不远，但此时女人的状况却非常不妙，背不能背，抱不能抱，而女人自己又不能行走。怎么办？情急之下，男子已顾不得其他，只见他丢掉手中的篮子，往下一蹲，将头钻过女人的两腿，让女人抓住自己的头发，把女人扛在肩上，使劲站起，冒雨跑进了窑洞。

大雨哗哗地降了下来。

伴随着惊天动地的响雷声，窑洞中传出女人痛苦的呻吟。忽然，男人冲出窑洞，向着附近的农舍跑去，迅速消失在雨幕中。

窑洞内，女人的声音由呻吟逐渐变成凄惨的哭喊和尖叫。

男人重新出现在雨幕中。在他的身后，跟着一个手提包袱的中年妇女。两人一路小跑进了窑洞。

窑洞中，女人的哭喊声一阵紧似一阵。

“周曷朱，快去烧盆水来。”窑洞中一个女人的声音传出。显然，这是刚刚进入窑洞的中年妇女的声音。而她呼唤的“周曷朱”，正是带她前来的那个男子的名字。

“嗯！”周曷朱答应一声。不一会儿，从窑洞口的上方冒出缕缕青烟。

一声声炸雷在头顶上轰鸣。

“水烧好了。”

“快端过来！”停了一会儿，中年妇女又命令道，“周曷朱，这里没你事了，你快出去吧！”

周曷朱从窑洞中钻了出来。

雷声继续在响，雨依然在下，窑洞中，年轻女子的叫喊声变得声嘶力竭。窑洞口，周曷朱手足无措，来回走动，不时向窑洞内探头探脑。

窑洞前的地面上，一丛大红色的牡丹花正在怒放。数十朵碗大的花朵经过雨水的冲刷，更显得娇艳欲滴。然而，此时心乱如麻的周曷朱却无心欣赏，他在一心关注妻子的安危。他请来的中年妇女正在给妻子接产，而根据当地风俗，女人生孩子的时候，男人是不能在身边的。所以，他有力使不上，只能干着急。

突然，一束强烈的太阳光透出云洞，从天空中直射下来，穿过浓浓的雨幕，形成一条笔直的白气，不偏不倚，正好照在门前的那丛牡丹花上。从红花上反射的阳光，映照得窑洞内一片通红。就在此时，一声响亮的婴儿啼哭声传出，使得周曷朱的心狂跳不已。

“李婶，生了吗?”因为这时妻子已不再呻吟，使周曷朱放心不下，情不自禁地问了一声。

“生了，是个小訇子。”

周曷朱是羯胡族人。羯胡人称头生男孩为“訇”或“訇勒”。所以李婶告诉他，是个“小訇子”。

“那，她呢?”周曷朱仍不放心。

“好着呢，放心吧。”李婶说。过了一会儿，李婶叫他，“进来吧，来看看你的宝贝儿子。”

周曷朱急忙走了进去。这时，李婶已将婴儿用破布包好，端在手上。周曷朱凑过去，看着孩子粉嘟嘟的小脸，心中欣喜不已。他回头看看妻子，妻子疲惫的脸上挂着微笑，正在深情地望着他。

“这孩子只怕是个贵人呢。他出生时满屋红光，我无意间瞥了一眼，只见一道白气从天上下来，直扑门口。我接过好多次生，这种现象还是第一次遇到呢。”李婶一面逗着婴儿，一面向周曷朱夫妻喃喃地讲述。

“啥白气？”周曷朱说，“我在外面看得很清楚，那是透过雨雾射下来的太阳光。这在雷雨天并不稀罕，你们女人家就爱大惊小怪。什么贵人？

就咱这穷苦人家，能够有口饭吃，把他养长大成人就不错了，还贵人呢！”“不管你信不信，反正我觉得这小家伙很可爱，长大了一定比你强！”李婶瞪了周曷朱一眼。

周曷朱憨憨地笑了。

转眼，一个月过去了。这一天，孩子满月。听说他们的酋长家添了孙子，整个部落的人们都来探视，表示慰问。一时间，周曷朱那小小的院落人满为患。周曷朱忙里忙外，应接不暇。

父亲耶奕于带着兄弟訇邪也过来看望。耶奕于人高马大，高鼻深目，满脸的络腮胡须，看上去十分威武。他现在是整个北原山羯胡部落的酋长。虽然是酋长，但由于整个部落极度贫穷，他不得不亲自参加劳动，想尽一切办法去谋生。在他的部落里，他只是一个“头人”。所以，在他的身上并不存在任何“官气”。同时，部落里的人民，也没有哪个人把他作为“官”来看待。在这个部落里，“官”与“民”是平等的。酋长的职责，只是组织和带领大家共同寻找活路，抵御其他部落的欺负与侵凌罢了。

刚刚走进庭院的柴门，耶奕于就粗声大气地冲着前来道喜的人们说：“添人进口，这是人生的大喜事。我的小孙孙在哪里？快让我瞧瞧。”说着，他走进窑洞，把手中提着的一些胡饼放在炕上，笑眯眯地凑过去看自己的小孙子，并把另一只手中提着的一个用草茎编织的，里面装有一只大蝈蝈的小笼子挂在了婴儿头前的墙壁上。

訇邪走过来，把带来的一个小麻布包交给坐在炕上看护婴儿的嫂子，说：“我从园子里挖了几棵党参，让嫂子熬汤喝，补补身子。”

手勤脚快的李婶走过来，麻利地打开布包一看，不由脱口说道：“啃，这党参真好！你们看，一个个长得都像小人儿。你看看，你看看，还有小鸡鸡呢。哈！”

屋子里的人们都笑了。

李婶转身对耶奕于说：“你这当爷爷的来了，该给小孙子取个名字了吧？”

“是啊，取个啥名呢？”耶奕于拍拍脑袋，“他是我家的长孙，小名就叫‘匐子’吧。”说着，他回头看看在一旁傻笑着的儿子周曷朱，又说，“等他将来长大了，大名就叫‘石勒’。‘石勒’‘示罗’，在咱们的羯族话里，就是平安、吉祥、幸福、安康，能够带给人们和顺、和平的意思。你说呢？”

没等周曷朱答应，炕上他的妻子就连忙表示赞成：“就叫石勒，这名字好。”

屋子里的人们也都说“石勒”这名字取得好。

周曷朱见妻子和大家都赞成，自己当然也很满意。于是，这婴儿从此便有了一个响亮的名字“石勒”。这名字饱含着整个羯人部落的美好愿望：希望他将来能够成为部落领袖，成为“和平的使者”“战乱的终结者”，带领整个部落走向平安、吉祥、幸福和安康。

不过，“石勒”名号的正式叫响，还是在三十年后，这是后话。光阴荏苒，岁月如梭，小匐子在无忧无虑中成长，不经意间几年过去了。

这一天，在东河沟的一处土丘旁，一位须发如雪的长者蹲在地上，正饶有兴趣地看着一群小孩玩耍。那群孩子最大的十来岁，最小的五六岁。但不管大小，似乎都听一个六七岁孩子的指挥。孩子们的前面是一堵破败的土坯墙，高四五尺。在墙的根部，被硝渍得坍出一连串坑凹，显然已经年代久远，随时都有倒塌的危险。这时，那个六七岁的小孩指挥那十几个孩子找来了许多长短不一的木杆棍棒，顶住土墙的一面，然后再用一些长木杆搭在墙的上部，让孩子们一齐抓住木杆用力顶推墙体。

这时，有一个小孩可能感觉用木杆顶推用力不很方便，便丢开木杆，跑到墙根用手直接去推。

那六七岁小孩看见后，狠狠骂道：“谁让你去的？还不快回来，找死吗？”

那小孩只好乖乖回来再次抓住木杆。

终于，在孩子们的齐心合力顶推下，那堵本来已经摇摇欲坠的土墙“轰然”一声倒了下去，荡起了一片尘土。

“好——”孩子们一齐拍手欢呼。

土墙的倒塌声和孩子们的欢呼声吸引了附近的许多大人来看个究竟。就在这时，耶奕于手提一碗角粽来找孙子。当他走过来时，正好看见位白发长者叫住他的孙子问话。只听那长者问：“小孩，你叫什么名字？”

“小匍子。”

“你为什么要推倒这面土墙？”

“不推倒，它自己倒下来会砸死人的。”

“那你为什么又要用许多木棒把墙撑住？”

“不撑住，它要是倒回这边来，会把我们砸死的。”

“那你为什么不让那个小孩直接用手去推？”

“要是墙撑不住，倒回来会把他砸死的。”

“好！”那长者拍了一下手，说，“孺子可教！”

这时，小匍子忽然看见走过来的耶奕于，便喊了一声：“爷爷！”向着耶奕于跑了过来。

耶奕于一手把他抱起，责怪道：“今天是端阳节，你不在家中过生日，跑到这里疯什么？”说着，把另一只手中拿着的角粽递给孙子，“快吃吧。”说罢，复又把孙子放在地上。

白发长者走过来，对耶奕于说：“这是你的孙子吗？今年几岁了？”

耶奕于说：“是啊，今天是他的生日，正好七岁了。”

“哦。”长者说，“人常说‘三岁看大，七岁看老’。你这孙子小小年纪就见识不凡，思虑缜密，将来一定会大有作为，其前程不可限量也。”

不等耶奕于答话，随同人们一起来看热闹的李婶就挤过来说：“是啊，是啊，你说得很对。这孩子出生时红光满屋，白气从天而降，说不定还是个贵人呢！”可能因为小訇子是她亲手接引到人间的，她对小訇子有点过分喜爱，这时她把早已被周曷朱批驳过的论调重又提起，说着还冲过去，在小訇子的额头上亲了一口，引得围观的人们都笑了。

这时，也有人表示赞同。他们说：“有没有前程咱不知道。不过，这孩子平时淘气得出奇，是与一般的孩子不同。”

“所以，你们一定要善待此儿。”长者说。

“如果是这样，那敢情好。”耶奕于问白发长者，“老丈是何方人氏？到俺这里有何贵干？”

长者说：“我只是从此路过。好了，我还有事，叨扰了，就此别过。”说着，双手抱拳，向大家作了一揖，转过身扬长而去。

白发长者走了，但他的话却在李婶的心中产生了强烈的共鸣。她本来就是一个快嘴，于是她从此逢人便加油添醋，绘声绘色地说小訇子出生时的种种“异相”，甚至把那“带鸡鸡”的党参都说成是“天降祥瑞”，使得这种传言到处流行。以至于多少年以后石勒称帝，人们便把这种附会出来的传言作为“天授神权”的瑞兆而载入史册。

第二回　逃荒路穷途遇救
杜家庄拜师学艺

老天似乎并不眷顾这些一心期盼平安吉祥和幸福安康的羯族人。就在那白发长者走后，北原山一带就再也未曾下过一场透雨。好容易苦撑苦熬过了一年，依然是赤焰当空。附近百里草木枯焦，种下去的庄稼种子根本就无法发芽。粮食颗粒无收，还赔上了种子，本来就穷困到极致的羯胡人再也撑不下去了。

这一天，北原山下的一块开阔地上，聚集着一群衣衫褴褛的人们。大人、小孩、老人、妇女，形形色色。他们有的手中提着一些简单的包袱行李，有的拎着一些常用的器具。一个个脸色凝重，正在倾听他们的酋长耶奕于的讲话。

站在高坡上的耶奕于两眼望着火伞一样的天空，半晌无语。突然，他情绪激动地大声说："上帝啊，为什么天灾和人祸总是专找我们可怜的羯人呢！从去年五月开始，老天就没有下过一场透雨。今年从春到夏，又滴雨未降，地上都干得裂了缝。土地焦干，草木不生，你让我们吃什么？乡亲们，我的父老兄弟们，我的亲人们，现在摆在我们面前的，只能是举家逃难，到外面去寻找活路了。"说到这里，他浑身颤抖，语气也变得无比凄凉，"我，我，我……不是一个好的头人，无法给大家带来起码的福祉。

我，我想告诉大家的是，一百多年前，我们在大西海的祖国遭到了敌人的劫掠。那可是一块流淌着牛奶和蜜的地方啊！我们的土地被敌人夺占，我们的人民被敌人屠杀，我们被赶出家门，到处流浪。后来，我们的祖先按照上帝的意旨，向东方，走到太阳升起的地方，这才来到这北原山下，在这里建立了我们的羯室，定居下来。我们原本不是华夏人，可是现在北原山羯室已经成了我们根生土长的地方，华夏也就成了我们的祖国。一百多年前的那一次是人祸，而我们这一次又遇到了天灾。如今，我们所有能吃的东西都已经吃尽，我们无法再待下去了。走吧，我的乡亲们，带着你们的家人到外面寻找活路去吧！好在我们已经习惯了颠沛流离。不过，我希望，等到这场灾难过后，我们所有活着的人，都还回到这里，回到我们的羯室来！”

说完，耶奕于拿起身边地上预先准备下的一大把线香，掏出火刀、火石，点燃艾绒，引燃线香，插在山坡的顶部，率领大家跪拜在地，连叩响头，向这块供他们休养生息的土地辞行，然后带领大家分头走上了前途未卜的逃亡路。

一条山间土路上，十多个男女老少在艰难跋涉。走在前面的是耶奕于，在他的身后跟随着儿子周曷朱、孙子小訇子和訇子的母亲，还有李婶及五六个邻居。走着走着，耶奕于突然发现前面的路上出现了一群兵丁。仔细看去，这群兵丁秩序混乱，垂头丧气，并无半点纪律。经验告诉他，这是一群乱兵。耶奕于大吃一惊，他知道，被打散的乱兵比土匪更为可恶。这些人不但抢劫财物，强奸妇女，还会把随行的男人们全部杀光。于是他赶忙指挥身后的人们向邻近的山沟分头逃命。

然而，尽管他们行动敏捷，还是被乱兵发现了。乱兵们呼啸着，一窝蜂地扑了过来，恶狠狠地追赶这些仓皇逃命的人们。

小訇子被母亲拽着手逃进一条山沟。在他们的身后，一个酒糟鼻子的乱兵手提长矛在穷追不舍。终于，小giao子的母亲再也跑不动，被“酒糟鼻子”抓住了。“酒糟鼻子”脸上露出邪笑，说：“奶奶的，你跑什么？我让你这小娘们儿做我的老婆，还你一个快活，你怕什么！”说着，扔掉手中长矛，就去撕扯訇子母亲的衣服，欲行非礼。

小訇子的母亲拼命挣扎。

为了保护母亲，小訇子扑上来，用小拳小脚对着“酒糟鼻子”拼命踢打。然而“酒糟鼻子”根本就不当回事儿，依然纠缠着母亲不放。小訇子急了，抓住“酒糟鼻子”的一只手，张口就咬。

“啊呀！”“酒糟鼻子”痛得杀猪般地叫唤起来，不由得放开小訇子母亲，腾出手来对付小訇子。小訇子见母亲已经脱离魔掌，喊一声：“娘，快跑！”便迅速掉头向另一方向飞奔。

“酒糟鼻子”被小訇子这一口咬得勃然大怒。他低头看一下自己那只鲜血淋漓的手，杀心顿起，再也顾不得继续和那女人纠缠，拾起地上的长矛，就去追赶小訇子。

小訇子顺着一条山沟猛跑，“酒糟鼻子”在后面紧追。转过一个山弯，小訇子见山坡上有一块巨石，石后有一蓬茂密的枯蒿，便一头钻了进去。或许正应了那句话，“吉人自有天相”，常能绝处逢生。正好，那丛枯蒿下面的巨石根部有一处凹陷的坑洞。于是，小訇子趴在洞内，身子紧贴巨石，屏声静气，一动不动。

“酒糟鼻子”随后追来，转过山弯，忽然不见了孩子。“他奶奶的，这小兔崽子哪里去了？”他用长矛使劲捅一捅那蓬枯蒿，没有任何动静。在山坡上仔细寻找一遍，也不见孩子踪影。逡巡了好一会儿，只好悻悻地走了。

小訇子趴在巨石根部，等了好大工夫，听听外面再无动静，便钻出草棚，顺着来路回去寻找母亲。来到与母亲分别的地方，母亲已经不在那里。他沿着山沟到处寻找，一直没有找到。走着走着，他出了山沟，上了一条宽阔大道，但始终不见母亲的踪影。

时至正午，骄阳似火，小訇子拖着饥饿疲惫的身子漫无目的地向前行走。他本来大汗淋漓，但此时连汗水也没有了。他只觉得无比乏困，本想找一处地方休息一下，但突然一阵天旋地转，两眼发黑，便一头栽在地上，什么也不知道了。

就在这时，道路的远处传来一阵“嘚嘚”的马蹄声。接着出现了三骑马，由远而近，飞驰过来。走在前面的是一位年近古稀的老者。只见他头戴朴巾，身穿短靠，脚踏粉底软靴，慈眉善目，精神矍铄。跟在他身后的，是两位二十岁左右的年轻后生。他俩上身穿箭袖白衣，下身着天青色灯笼绸裤，一样装束，看上去十分精壮。三人骑行之间，老者忽然发现前面路上倒着一个人，便“吁”的一声勒住了缰绳，对随行的两个后生说：“怀德、怀恩，下去看看是怎么一回事儿？”

怀德、怀恩跳下马来，走上去仔细观察一会儿，又伸手试试鼻息，对老者说：“师傅，是一个八九岁的孩子，看样子是晕过去了。”

被称作“师傅”的老者跳下马，走过去蹲下身仔仔细细地审视了一番，让怀德、怀恩把孩子抱到路旁的一棵树下，顺手解下随身携带的牛皮水壶，再从头上取下一根银发钗，撬开孩子紧紧咬着的牙关，给他喂了一点水。

过了一会儿，见孩子悠悠醒来，老者又将随身携带的干粮给孩子吃了一点，再喂一点水。这孩子有食物下肚，很快就恢复了体力。只见，他翻身趴在地上，对着老者连叩响头：“谢谢恩人救我，谢谢恩人救我！”

老者连忙将孩子扶起，找一块石头坐下，把孩子抱坐在腿上，问：“你姓什么？叫什么？今年几岁了？”

“我叫訇子，八岁了。”

“訇子？这是你的小名吧？你有大名吗？”

“有。我的大名叫石勒。可是，大名得等我十三周岁以后才能叫。现在就叫小訇子。”

“喔？”老者有点不解，又问，“你姓石，对吗？”

“不，我就叫訇子。我的小名和大名都是爷爷给取的。爷爷说，我是我们家的长孙子，所以叫訇子。还说，‘石勒’是平安、吉祥、幸福、安康的意思，让我长大后就叫‘石勒’。”

老者对孩子所说的话感到很有意思，可又有点不得其解，便又问：“那你姓什么？”

孩子似懂非懂地摇摇头。老者一脸的茫然。他再仔细看看孩子，忽然发现，这孩子高鼻深目，黑亮的眼珠周围环抱着蓝色圈环。于是他似有所悟，便又问：“那你是羯族人吗？”

孩子点点头。

老者颇有感触地说：“哎！羯族人都很穷，怪不得你落到这种地步。”他又问，“你家在哪里？是如何来到这里的？”

小訇子便将发生的事情详细讲述一遍。

老者见这孩子小小年纪就这般口齿伶俐，聪颖异常，感到十分诧异。再经仔细端详，他发现这孩子虽然衣衫破烂，骨瘦如柴，浑身脏兮兮的，但却骨骼清奇，身上各个部位生得恰到好处，一副大贵之相。不由得心生怜爱，便想把他收在身边，做个关门弟子。于是他对孩子说：“孩子，既然你是逃荒出来的，又没有个去处，不如就跟了我吧。给我做个徒弟，就像他俩一样。”他用手指指怀德、怀恩，“我看你骨骼端正，气质不错，是块习武的材料。你看行吗？”

小訇子大喜过望，连忙趴下，磕头拜师。老者呵呵笑着，牵过马来，把小訇子抱上马背，自己飞身上马，同乘一骑，回头招呼一声两位徒弟，一抖缰绳，绝尘而去。

回头再说这位老者，他姓杜，名元凯，原本是曹魏朝廷中的一名将军。司马炎篡魏为晋后，他不愿朝秦暮楚，成为“贰臣”，便借故辞官，回到涅县老家卜宅隐居，建立了杜家庄。他一生嗜武，造诣精深，可惜身边无有子息。泰始年间，大涅县被析分为涅、武乡、辽阳三县，杜家庄隶属武乡。

“武乡”者，武术之乡也，更勾起了他对武学的钟爱。然而，他这时已经年近六旬，感到去日无多。为了不至于让自己的一身绝学湮灭，他收了怀德、怀恩两位徒弟，悉心教授，希望他们能将自己一生从事的武学发扬光大。两位徒弟虽说资质不错，然而却为人过于实诚，估计将来也不可能有太大的成就。为了这事，他心中不免惆怅。今天，他无意之中收了小訇子为徒，自然喜出望外。

回到杜家庄，杜老武师和他俩徒弟亲自张罗，请来了左邻右舍和远近亲朋，为小訇子举行了正式的拜师仪式。从此，小訇子在杜老武师的亲自教授下，开始习武。他每日闻鸡起舞，晨昏不辍，先学拳脚套路，继习刀枪剑戟，冬练三九，夏练三伏，经历了无数的磨炼。小訇子原本就天资聪颖，一点就破，再加上两位师兄日夜陪练，随时指点，很快就掌握了各种武学要领，十八般兵器样样精通。

杜老武师的庄园饲养着大群的羊和马。每天不练武时，小訇子就主动跟随牧羊人为师傅上山牧羊。他虽然年岁小，但也不愿做个光吃饭不干活的闲人。他要尽自己最大的努力，为师傅做点事。

大师兄怀德的老家石门村，在距离杜家庄不远处的大山之中。一天，小訇子赶着羊群到这里的山上放牧，忽然发现一头大羝羊远离羊群，钻进了一条山沟。他怕羝羊丢失，连忙跑去追赶。在一处危崖石壁之下，有一块巨石，石后长着茂密的青草，那头大羝羊正在吃草。小訇子走过去赶羊，无意间发现在危崖根部的蒿草丛中，有一个非常隐秘的洞口直通山腹。他俯下身子往里望望，见里面黑咕隆咚的深不见底。他一时好奇心动，便伏下身来，手脚并用，往里爬行。开始，他还觉得山洞非常狭小，仅容一人爬行。爬着爬着，他感觉里面逐渐宽敞起来。到后来，他站起身都够不到洞顶了。他想再往里探探，又想到来时没带火种，什么也看不见。同时又担心洞内有什么危险。于是，便摸索着从原路返回，退出来赶着大羝羊追赶羊群去了。

回到杜家庄，小旬子将当天的发现告诉了师傅。杜老武师经过一番详细的询问后，吩咐他，此事不要再对任何人讲。

第二天，杜师傅安排怀恩照看庄园，带着怀德和小旬子乘马来到石门山中。在小旬子的指引下找到山洞，点起火把，钻了进去。经过一段爬行，进入洞内。他们发现，这是一处天然的石洞。洞顶离地面高约三丈有余，顶部怪石嶙峋，底部地面却比较平坦，洞室内可容上百人坐卧。在四周的洞壁上，还有许多大小不等的洞穴通往各处。杜师傅用随身携带的白粉在进来的洞口处做了记号，以免在洞中走动时迷失了方位，错入其他洞口而无法返回。

在火把光亮的照耀下，他们对洞内情景进行仔细观察。忽然，杜师傅发现脚下洞底有一层褐色的沙粒。他弯腰捏起一撮，放入手心，再吐点唾沫在上面，用手指轻轻一搓，整个手心便成了鲜艳的大红色。

“朱砂!”杜师傅情不自禁地叫了一声，“啊，原来老辈人传说的‘朱砂洞’就是这里”。

听师傅这么一说，小旬子和怀德一起凑过来观看。小旬子好奇地问：“师傅，朱砂是个啥东西?”

杜师傅告诉他：“这朱砂可是个好东西。它不但是一味名贵的中药材，可以安心神，定魂魄，驱邪避祟；还是珍贵的染料，可以写字、画画，还有其他好多用途。不过，这东西毒性很大。如果误入口中，即使不被毒死，也会把人变成傻子。所以务必要小心。”说着，他从身上掏出一块方巾，撮一些朱砂在上面，然后包好，说，“用朱砂染红的水给羊身上涂点，可以防止毒虫长蛇。我们带点回去，把咱所有的羊背上都涂上一块红色，这样还能防止咱的羊和别人家的羊走混后产生争执。”说到此，杜师傅再次郑重其事地嘱咐两位徒弟，对于这处山洞和今天探洞的事，要绝对保密，不能再对任何人提起，或许在必要的时候，这里会派上重要用场。“好了，今天就到这里，我们回去吧。”

探洞回来后，有一天，师傅把小訇子叫进卧室，对他说："从今天起，你不要再去放羊，也不必跟随你的两位师兄下地干活。我准备再传你两样绝技，你要认真修炼。一样是'霸王鞭法'，它是当年西楚霸王项羽所创。其鞭法凌厉刚劲，气吞山河，将来如临战阵，当可横扫千军。在灭秦战争中，楚霸王就是用这套鞭法武装他的八千子弟兵，使他的军队成为攻必克、战必取的一支劲旅，消灭了秦王朝的所有有生力量，最终打垮了秦帝国。可惜的是，在后来的楚汉相争中，霸王失机兵败，乌江自杀。他的八千子弟中仅有少数人生还，潜伏民间，才使这套鞭法传承下来。到现在，也只有我才得了真传，所以，它已经成了绝技。如今，我将这套鞭法传授给你，估计你将来能够用得上。另一样绝技叫作'狮子吼'。这是一种内功修炼的心法。其法是，深吸一口气，以意领气，气归丹田，在丹田凝结积聚，再运至口腔，嘬口发出啸声。其声音悠长而清越，如你的敌人缺乏内功修为，便会在距你十数步之内闻啸声而跌翻，短时间内失去战斗力。所以此功法也叫'夺魂啸'。现在，我先传你'霸王鞭法'，你要牢记在心。"说完，便一招一式，手把手地向小訇子传授。

从此以后，小訇子便将先前晨昏练武的习惯改为半夜子时练功。每当三更时分，便悄悄起来，走到离村很远的一条山沟里，按照师傅的传授，认真修炼。

这一天半夜，小訇子在山沟中的一棵大树下修炼"狮子吼"。当他一声悠长而清越的啸声发出后，大树突然剧烈抖动，树上的叶子纷纷飘落。小訇子知道，他的"狮子吼"内功已经初步练成了。不过，他更清楚，这仅仅是初入门径，要想达到炉火纯青、运用自如的境界，还需要相当时日持之以恒的不断修炼。

光阴飞度，岁月流逝，不觉间，小訇子在杜家庄学艺已历六载。由于杜老武师的倾囊相授，小訇子获得了全部真传，不但练就了一身武功绝学，而且六韬三略，军机战策也已娴熟。这一年新春过后，杜老武师踏春归来，路上中了风寒。起初他并未在意，谁知就此引疾上身，竟至卧床不起。小智子与两位师兄日夜守候，请遍了远近郎中，但却百药无效。弥留之际，杜老武师对徒弟们说："我从武一生，最看重的是一个'义'字。我现在别无所求，只希望你们师兄弟情同手足，相互帮扶。我观你们三人，唯有这羯人智子前程无量。虽说眼下潜龙在渊，终归有冲举飞升的一天。将来在他需要的时候，你二位师兄一定要全力支持。"说完便与世长辞了。

办完恩师的丧事，师兄弟商量，再在这里住下去已经没有意义，便决定各自回家。因二师兄怀恩本就是杜家庄人氏，便由他照顾恩师家眷，约好有事互通声气。于是，仨兄弟与杜家人在依依不舍中垂泪道别。

离开杜家庄，小智子忽然感到归心似箭，他与家人分别已经六年了。六年来，他成天忙于习武练功，无暇考虑其他。现在他突然思念起家人来了。母亲现在怎么样了？父亲呢？爷爷还健在吗？由于迫切希望见到亲人，小智子加快脚步，向着自己的家乡北原山飞奔。

第三回　北原山鼙音贯耳
上东门啸声惹祸

当小訇子突然站到母亲面前时，母亲简直不敢相信自己的眼睛。在弄清眼前这位半大小伙子就是自己失踪六年的儿子时，母亲一把将小訇子拥进怀中，高兴得痛哭失声。六年了，多么漫长的两千多个日日夜夜！她无时无刻不在思念自己的儿子。儿子失踪的那年才刚刚八岁，而今已经十四岁了，由一个充满稚气的小娃娃长成了一个英武的壮小伙子。这天上掉下来的巨大惊喜，使她一时感到幸福难以承受。她迫不及待、语无伦次地问这问那，想知道这六年来儿子的所有情况，但又不知从何问起。从母亲的絮叨中，小訇子了解到：当年“酒糟鼻子”提着长矛追赶自己时，母亲担心儿子遇害，也不顾一切地跟着“酒糟鼻子”追了过去。她要在儿子遭遇毒手时，扑上去牺牲自己，挽救儿子。当“酒糟鼻子”找不到儿子在山坡上逡巡时，她才略微放了点心，便隐身在一丛茂密的荆芥后面，屏住呼吸，静静地观察动静。等“酒糟鼻子”走远后，她便顺着山沟一直向内寻找。她认为，既然“酒糟鼻子”没有抓住儿子，那儿子一定是跑进山沟深处去了。谁知这一来，她寻找儿子的方向，和儿子从草丛中钻出来寻找母亲的方向，正好来了个南辕北辙。

在母子亲近的时候，父亲周曷朱一面听他们絮叨，一面在忙着做饭。

儿子的失而复得，使他感到喜从天降。他要做一顿他们羯族人家只有在重大节日才肯吃的，纯粹用白面做的“莫难饼”来庆贺儿子的归来。因为他们平时只吃用野菜、杂粮和各种可吃的东西混在一起，上锅蒸出来的“苦垒”，外加喝点稀饭。

失踪六年的小訇子突然意外归来的消息，很快传遍了北原山下的整个羯室部落。因为很多人认为，小訇子早已不在人世了。试想，一个七八岁的娃娃失去亲人的照料，在大灾之年独自走失，哪还有生还的可能！令人意想不到的是，小訇子在失踪六年后居然回来了。于是，人们争相到周曷朱的“疙瘩窑”来探望。一时间，用篱笆围成的小小院落挤满了来来往往的人。

面对乡亲们提出的种种问题，聪明的訇子告诉他们：在与母亲走失后，他独自一人饿昏在路上，是一个善良的老头救了他。后来，他就在老头家给人家放羊。今年老头死了，羊也卖了，所以他也就回来了。对于拜师学艺的事他却一字不提。

“哎哟，可算回来了。”人还未见，话音便传了进来。人们回头一看，来的正是李婶。“我就说嘛，这孩子生时，满屋子的红光，白气从天上直冲到门口，该是个大贵人呢。怎会像他们说的早已不在人世了！来来来，让一让，让我进去瞧瞧。”訇子见状，分开人群走出来，把李婶扶进窑洞，让她坐在炕上。

李婶上下左右仔细打量着訇子，说：“长高了，长得越发像他爹了。这孩子身上透着股贵气儿，一定是个大贵人呢。”

“还大贵人呢，”周曷朱憨笑着说，“我看他和我一样，生就的穷命。这不，白白给人放了六年羊嘛。”

周围的人都笑了。

“那可未必，”忽然有人反驳，“圣人云‘天将降大任于斯人也，必先苦其心志，劳其筋骨，饿其体肤，空乏其身’，这就叫‘贵人遭磨难’嘛。”

人们回头一看，只见有两个人挤开人群走了进来。

来人衣冠华丽，相貌丰腴。一个年纪二十出头，一个已是三十开外。他俩站在这群衣不蔽体的羯族人之中，显得格外与众不同。然而，匐子却对这俩人并不认识，于是，他用询问的目光看着父亲。

“原来是二位爷来了。”周曷朱连忙走过去打招呼，“快请进来坐。”

当二人坐下后，周曷朱告诉匐子：这二位爷不是我们羯族人，是华夏人。他们和我们不同，有姓，有名，还有字。这位年轻一点的，姓郭，名敬，字季子，老家是邬地人；而这位年长一点的，名叫宁驱，老家在阳曲。前年他们来到武乡，买了土地，还在北原山南建了庄园。现在咱们羯人大都在他们两家干活，所以我们应该叫二位“老爷”。

听了父亲的介绍后，匐子便走上前去见礼：“原来是郭、宁二位老爷。匐子这厢有礼了。”

郭、宁二人连忙起身还礼。

通过仔细打量，郭敬对宁驱说：“这孩子果然状貌奇异，气宇轩昂，气度不同常人。看来李婶和那老者的话确有道理。”

宁驱也深表赞同：“是啊，是啊，确实不同凡响。”

原来，郭敬和宁驱在此地定居后，常常听人们说起，周曷朱妻子曾经生了一个不同寻常的儿子。不仅生时“赤光满室，白气自天而降”，而且自幼就淘气得出奇，却又聪明过人。为此，他们曾经专门找李婶询问过当时的情景。李婶当仁不让，给他们绘声绘色地说个没完没了。可是，又听说这孩子在八岁那年外出逃荒失踪了。部落里的人多数认为这孩子早已不在人世了。为此，人们一直认为那老者在信口雌黄。现在，这孩子回来了，所以郭、宁二人决定，亲自前来看看。这一来是作为当地地主，他们要对自己的农奴表示关怀，二来也是想亲眼看看人们传言中的这个孩子到底是个啥模样。当他们见到这孩子后，果然被这孩子身上那种难以言表的气质所折服，不由得交口称赞。

临了，郭、宁二人从身上掏出一些散碎银子交给周曷朱，说：“孩子在外面受了很多的苦，你把这些银子留下，买点吃的，给孩子补补身子。”于是，他们在周曷朱一家千恩万谢下，告辞走了。

对于郭、宁二人的慷慨解囊，部落里的人们大多不甚理解。然而，郭、宁却有自己的想法。他们认为，如果当年老者说的话可信，预先作一点“政治投资”，也不失为明智之举。

好不容易，前来探望的人们陆续走散。这时，訇子忽然觉得哪里有点不对劲。他用眼睛四处搜寻一番后，问父亲：“爹，我爷爷哪去了，怎么一直没看见爷爷？”

訇子这一问，使得本来被喜气笼罩的家庭突然又跌入了深深的悲痛之中。周曷朱告诉儿子：就在六年前那次外出逃荒中，他的祖父耶奕于为了掩护族人脱险，挺身与乱兵展开搏斗，终因寡不敌众，被乱兵杀害。现在祖父的尸骨就掩埋在当年遭遇乱兵的那条路旁的山上。自己和他的母亲以及其他族人在逃脱乱兵后，颠沛流离，先后走过五州八县，到大前年才又辗转回到北原山下羯室中来。

这一巨大的噩耗，使得訇子悲恸欲绝。回想起小的时候，常常骑在爷爷的脖子上，被爷爷驮着，上山下河，尽情嬉戏的种种情景，他不由得号啕大哭。父亲、母亲也都陪着他伤心落泪。

经过师傅去世和祖父被害的连续打击，訇子的心智变得成熟了许多。他是一个性格倔强的人。对地主郭敬、宁驱的馈赠，他觉得不能无端接受。他要加倍偿还他们的这份情谊。第二天，他就去找郭敬和宁驱，要求到他俩的庄上去干活。

对于訇子的造访，郭、宁二人均以极大的热情予以接待。当訇子提出干活的要求时，二人也都表示乐意，并答应会加倍付给工钱。但訇子摇摇头，他说，他不是为了工钱。

从此，訇子开始在郭、宁两家轮流走动。对两家的农活、家务活，尽自己的能力抢着干，从来不嫌脏和累。他的这种态度，使得郭、宁二人十分欣赏，从而对他更加青睐有加。

而就在此时，周曷朱却在忙着另外的一件事：按照羯族人的习俗，当孩子长到十三岁时，就应该给孩子举办成人礼，让孩子启用正式的大名了。现在孩子已经十四岁了，他决定就在今年的端阳节，孩子生日那天，给孩子补办成人之礼。孩子的大名，他的爷爷早已给他取好，就叫“石勒”。这是一个象征吉祥、平安、和顺、幸福的好名字，包含着“和平使君和战乱终结者”之意。是时候让他正式称名“石勒”了。于是，经过一番筹备，到了端午节，周曷朱请来了左邻右舍和族中一些有声望的人，给匐子举行了成人之礼。从此，匐子正式更名“石勒”。

和石勒一起给郭敬与宁驱家干活的还有葵安、支雄、桃豹、支屈六等一干羯族小子。他们每天早出晚归，上山放羊，割草喂马，从事着各种农事活动。有一天，他们几个在北原山上给谷苗除草。忽然，石勒的耳朵之中听到一阵“咚咚咚，嚓嚓嚓”类似鼙鼓与钲铎击打的声音。石勒抬头四望，什么也没有发现。他问和他一起干活的同伴们，听到什么声音没有？同伴们都说，没有听到什么声音。他虽然心中疑惑，但很快也就释然了。可是，后来他发现，每逢他登上北原山，耳朵里总能听到这种声音。他感到十分奇怪，于是，回到家后，就把这事告诉了母亲。他问母亲，这是不是什么不好的兆头？母亲告诉他：这叫“耳鸣”，干活劳累，引起耳鸣，这是常有的事，休息一会儿就会好的，不是什么大不了的事儿。自此以后，石勒也就不再把这种声音当回事儿了。直到十多年后，他在山东茌平做耕奴时，这种声音再次在耳中响起，昭示着一场席卷整个中国北方大地风暴的来临。这是后话。

这一年夏天，石勒在郭敬家干活。他看见，郭敬家来了好些人。这些人牵着驴，赶着马，运来了好多蚕丝、黄麻、陶瓷和其他物品。出于好奇，石勒问郭敬：“从哪儿弄来这么多东西，作何用途？”郭敬说，这些都是从各地采购来的货物。过几天，他要组织一支商队，把这些东西运到京都洛阳出售。那里的人很富裕，一趟买卖下来，能赚好多的钱。

听郭敬这么一说，石勒怀上了沉重的心事。他整天愁眉不展，总是在思索着什么。

石勒的这一变化，很快引起了郭敬的注意。他把石勒叫来，问他有什么烦心事，使得他这么不开心？

石勒说："我的族人都很穷，每天只能吞糠咽菜，苦熬时光。如果能像你说的，做几趟买卖，赚一点钱，族人们的日子可能会好过一些。现在发愁的是，我的族人根本就拿不出本钱去置办货物。事情无法做到，我也就只能想想。"

"咦，想不到你小小年纪，倒能处处想到族人。"郭敬大加赞赏，说，"这样吧，我帮你完成这个心愿。你也不用打点本钱，就随我到洛阳走一趟。回来后，我再分给你一份红利。以后，这本钱不就有了？"

石勒一听，大喜过望，连忙向郭敬磕头致谢。郭敬一把将石勒扶起，说："这事就这样定了。你回去准备一下，我选个黄道吉日，咱就出发。"

几天后，石勒跟随郭敬的商队出发了。一路跋涉，晓行夜宿，从孟津渡过黄河，来到了京都洛阳。京城繁华热闹的景象，让一直在山沟里长大的石勒大开眼界，一路上左顾右盼，目不暇接。

郭敬运来的货物物美价廉，又恰逢京师货物紧俏之时，销售十分火爆。不数日，货已售罄。郭敬多年行商，精于计算，一向遵循"路不空行"的信条。他还要从京师采购一批日用杂货，运回山区销售，从而获取更加丰厚的利润。由于石勒初到京师，他很体谅石勒的感受。于是，特地安排两个人，带石勒到京城各地走走看看。而他却带领商队的其他人，分头到京城各处去采办返程时的货物。

这时候的洛阳城，正是历史上空前繁华的时期。

自从几年前平定吴国，三国纷争的局面宣告全面结束。天下一统，四海承平，本来也算是雄才大略的晋武帝司马炎开始变得骄奢淫逸。他把占有和亲近女色看作人生的最大享受。经过在国内的几次采选，他后宫的美女早已超过五千多人，但他仍不满足。吴国平定后，他听说南朝金粉格外鲜妍，而吴宫之中的众多美女，大多已经被出征吴国的将士抢掠回来。现在洛阳城中到处举办喜事，娶吴娃为妻为妾，却很少有人向他进献。这使他心中由妒生怒，大为光火。于是，传下一道圣旨，命令将士将所有抢掠回来的吴女，全部敬献宫中。将士们哪敢违旨，只得忍痛割爱，将所得吴女送入宫中。这样一来，后宫中又新增了吴女五千多人。两下合计，宫中美女已经超过一万多名。武帝把这些美女分配在宫苑各处，从此无心国事，每日乘坐一辆由羊拉着的轻便豪华小车，在宫苑各处游历。因为宫苑中美女如云，个个天姿国色，武帝无从选择，便任由羊儿行动。当羊车停下后，自然有无数美女前来迎驾，他便随手牵了几名，入内淫乐。只是宫中粉黛万余，而武帝只有一个，大家都渴望临幸承恩，谁知得等到何年何月！于是，个别心眼活泛的宫女，得知羊嗜食竹叶，爱舐食盐，就用竹叶插户，盐汁洒地，引逗羊车到门，好亲近武帝。可是，这种方法很快就被其他宫女知悉。等到整个宫苑户户插竹，处处撒盐，这方法便重归无效。宫女们也就只能翘首以盼，静待机缘了。

皇帝日夕宣淫，不问国事，朝政便由杨皇后的父亲车骑将军杨骏、杨骏的弟弟卫将军杨珧、太子太傅杨济把持，时人号为“三杨”。“三杨”乘势擅权，培植亲信，排斥异己，夸富斗靡，藻饰承平。

当时除“三杨”之外，还有中护军羊琇、后将军王恺等，倚仗着皇亲国戚，备极骄奢。

更有散骑常侍石崇，富极天下，名冠京都。为了显示自己的豪富，王恺与石崇经常比赛奢华。王恺家用蜜水洗锅刷碗，石崇家就用蜡代替柴火来烧饭取暖；王恺家作紫丝布步障四十里，石崇便作锦步障五十里来压倒他；王恺用香椒和泥来涂抹房屋，石崇便用更加名贵的中药材赤石脂来取代它。王恺不甘心斗不过石崇，就以皇帝亲舅的身份，向晋武帝讨来一棵二尺余高的珊瑚树来向石崇夸耀。谁知石崇不屑一顾，提起铁如意把珊瑚树击得粉碎，然后命家童取出数十株三四尺、四五尺更为高大的珊瑚树来，让王恺任意取偿。如此种种，不一而足。

权臣贵戚肆意挥霍，更突出地表现在对享乐设施的建筑上。他们不但恨不得将人间美景一股脑儿微缩搬迁到自己所能控制的地段上来，甚至还妄想把玉皇大帝的天宫都弄到他们的家里。于是曳纨绣，珥珠翠，朱楼牌坊，曲榭回廊，殿宇庙堂，假山拱桥，直把一座洛阳城铺陈得金碧辉煌，花团锦簇。

在如此富丽堂皇、锦衣玉食的京都城中，石勒穿大街，过小巷，进餐馆，逛商埠，实实在在地饱了一番眼福，同时也增长了不少见识。这一天，石勒在同伴的带领下，来到了京都上东门。这里又是一番景色，只见街道上人流如织，车水马龙，雄浑高大的门楼直插云天。宏伟的城墙上，五色旗幡随风飘扬。从未见过的巨大门洞中，人们进进出出，摩肩擦背。门洞前的广场上耍猴子的，变戏法的，斗鸡的，打彩的以及各种摊贩，一团团，一簇簇，呈现着京都特有的热闹与繁华。这一切平生见所未见，闻所未闻的事物，吸引得石勒这里看看，那里瞧瞧，感到件件新奇，处处好玩。

“哐，哐……”一阵沉浑的锣声传来。此时，正倚着城墙观看场上杂技表演的石勒循声望去，只见一顶高大官轿从城内大街上走来。四名公人抬着两面大锣在前面鸣锣开道。官轿的前后左右，由大队官兵护持，威风八面，声势显赫。特别令人恼火的是，数名恶奴走在队伍的最前面，呵斥着，吆喝着，手持皮鞭，肆意抽打行人。街上的人们纷纷躲避，顿时秩序大乱，不少摊贩的货摊被挤翻，货物滚落满地。

更令人不能容忍的是，一名老年女乞丐因为躲闪不及，被人们撞倒在地。开道的恶奴不但不加扶持，反而对她挥鞭狠抽。石勒见状，不由得怒气勃发，嘬口发一声长啸，冲过去推开恶奴，将女乞丐救起，扶了出去。

从前面我们知道，石勒曾经练过“狮子吼”，其啸声自然不同凡响。现在又挟怒而发，更是声震宫室，气势惊人，引得街上人们纷纷瞠目相顾。

最糟糕的是，这一声长啸，惊动了一位显贵，致使他将又一次遭受磨难。

官轿内坐着的，正是时任朝廷尚书令的王衍。这一年正好是晋武帝太康八年（287），不知因何原因，皇家太庙大殿塌陷。武帝意欲改建太庙，命王衍赴泰山求签择吉。王衍奉旨东行，刚刚走到上东门，就被石勒的一声长啸震得大惊失色。他急忙掀起轿帘观看，见啸声出自一位胡人装束的十几岁少年，这不由得引起了他的惊恐。于是他急令随行的将军：“这胡雏，小小年纪就能发出如此怪啸，而且还敢公然对抗朝廷差役，将来长大，必定会成为朝廷之大患。快去，给我把他抓来！”

“得令！”随行将军立即指挥身边士卒向前围捕。

一见官兵冲着自己扑了过来，石勒立即意识到情况不妙。他来不及招呼陪他一起游玩的两位同乡，便飞身向城门外跑去。

随行将军见状，大声呼喊把守城门的官兵：“快把那胡儿抓住，别让他跑了！”

守城门的众官兵立即挺着长矛，迎头拦截。

情急之下，石勒只得施展武功，将众官兵一一打翻在地，冲出城门，一路狂奔而去。

眼睁睁看着这么多官兵居然没能将一个十几岁的孩子拿下，王衍好生恼怒，从而更认定这胡雏将来一定会为祸朝廷。好在通过交手，守门的兵丁已经看清了这孩子的相貌。为了不放虎归山，王衍安排手下，找来画师，按照守门兵丁的描述，画影图形，下发海捕文书，严令沿途关卡与各级官府通缉捉拿。

回头再说陪伴石勒游玩的两位老乡，亲眼看见了石勒矫健的身手和高深莫测的武功，回来后，将所见所闻向郭敬绘声绘色地作了精彩的描述。

郭敬听了后，更加坚信石勒这小子一定不同凡响。然而，眼下他最为担心的是：朝廷会不会顺藤摸瓜，查出他们和石勒是一伙的，从而招致什么麻烦？于是他决定，马上收拾东西打道回府，尽快离开这是非之地。可是，现在石勒在哪里？他会不会自己回了老家？这让他十分担心。经过一番思索，他安排两名机灵精细的人留下打探石勒的去向，自己带领商队离开洛阳，走上了回乡路。

第四回　避祸殃石勒逃亡
遭国丧晋廷换代

再说石勒逃出京都洛阳，不敢再回城去寻找郭敬，决定独自一人先期回去。于是，一路晓行夜宿，不一日回到家乡。他向父母讲述了事情发生的原委，父母均感到此事干系重大，在家待着很不安全。如果朝廷查出他是羯族人，而羯族人所在区域有限，很有可能会追寻到羯室。为防万一，不如到外边暂避一时。于是，他们为石勒打点了一些简单行装，安排石勒再次外出避祸。石勒含泪拜别父母，一步三回头地离开北原山羯室。但四海茫茫，他该到何处落脚？经过再三思忖，他觉得，不如仍旧回杜家庄，找师兄寻求帮助。二师兄怀恩见小师弟到来，自然热情接待。当述及来意，亦觉干系重大。考虑到石勒在此修学多年，庄上无人不识，如果官府悬赏捉拿，被一些唯利是图的小人走漏了风声，为祸不小。于是，又连夜把石勒送到石门村大师兄怀德处。因那里紧靠大山，山上树木丛林密布，一旦有事，也好周旋。

二位师弟的到来，让大师兄怀德分外高兴。当得知小师弟的这一番传奇经历后，他说："二位师弟不必担心，我有一处庄园，就在后沟。那里山大沟深，林木茂盛，知道的人也不多，可以安排小师弟到那里暂时安身。"

第二天一早，师兄弟三人来到后沟。大师兄怀德对石勒的食宿及起居事宜作了细致的安顿后，便与怀恩离开了。从此，怀德白天回石门村打理日常事务，晚上来后沟与小师弟伴宿。而怀恩也隔三岔五地从杜家庄前来后沟聚会。

后沟庄园距离当年放羊时发现的那个“朱砂洞”不远。由于在这里闲着无事，石勒便想再去看看。这一天，他独自一人溜达着进了这条山沟。然而，他发现，当年他和师傅、大师兄探洞时进出的那个洞口，已经被山顶上滚落下来的流土与碎石掩埋得严严实实，踪迹全无。石勒想，这样也好，省得别人再发现它。师傅说得对，或许有朝一日这里会派上重要用场。

在后沟的日子倒也闲暇悠哉。但是，不久，石勒就再也待不下去了。他不得不再次走上仓皇的逃亡之路。

杜家庄有一个泼皮无赖，姓李。由于酷爱赌博，他把祖上留下的一份家业败尽，整天靠偷鸡摸狗混日子。再加上自幼大号没有叫出去，人们便根据他排行老二，称他为“李二混子”。也是当年杜元凯老武师见他成天吃了上顿无下顿，日子过得十分寒酸，恻隐心动，便把他领回家来，交给他一群羊，让他放牧，好让他有稳定职业来养活自己。石勒学艺期间，无事时，也常常上山帮他放牧。二人由此熟悉，对石勒的情况，李二混子自然也就了解不少。谁知这李二混子恶习不改，在赌友的蛊惑下，又去赌博，一晚上欠下大笔赌债无法偿还。于是，赌友们为他出主意，教唆他偷卖主人家的羊来偿还赌债。这李二混子一不做，二不休，他托赌友为他联系买家，一次就偷卖掉主人家三十头羊。卖羊后，他害怕主人发现难以交代，便来了个脚底抹油，溜了。

第二天直到中午，杜老武师见李二混子所放的羊都没出圈，便去察看，这才发现了问题，直气得七窍生烟。然而，由于李二混子已经卷款潜逃，不知去向，这事也就只好不了了之。

李二混子干了亏心事，不敢再回杜家庄，一直流浪在外。几年了，他到底是如何生活的，只怕是连鬼都说不清楚。一天，他溜达着来到武乡县城，发现城门旁边的墙上贴着一张榜文，有很多人在围着观看，李二混子便也挤了过去。他不识字，看不懂榜文，只是觉得那上面的画像很像他的一位熟人。于是他便问旁边看榜人：榜上都写了些什么？看榜人告诉他：有一个十四五岁的胡人孩子，图谋不轨，在京都拒捕，打倒官兵后逃走了。现在朝廷通令各府、州、县，一旦发现可疑人员，立即缉拿。有知情举报者，赏银五十两；拿获送官者，赏银一百两。

听看榜人这么一说，再仔细看看榜文上的画像，李二混子不觉心头一阵狂喜：十四五岁的胡人？这不是杜元凯收留的那个羯胡小子还能是谁！这真是天上掉馅饼，偏偏砸在了咱的头上，想不发财都不行！于是，他迫不及待，冲上前伸手就去揭榜。

守护榜文的官兵见李二混子前来揭榜，便把他带到县衙复命。县令问清原委，立即点起一队官兵，让李二混子引路，亲自带着前去捉拿钦犯。

在此之前，李二混子已经听说杜元凯去世后，他的三个徒弟都各自回了老家。而当年和小訇子在一起放羊时，曾听这羯胡小子说过，他的老家在北原山下东河沟村。这一次，这羯胡小子在京都犯了事，必定跑回老家去了。于是，便领着县令直接向东河沟扑来。

在东河沟村，官兵们翻了个鸡飞狗跳，没能找到人。讯问村人，都说是这孩子自从跟随商队走了后，再没回来。他们更不知道这孩子犯了什么事，官府要来拿他？

再说这县令本来就对朝廷下发的公文感到有点小题大做。一个十多岁的孩子怎么会图谋不轨！只是，以朝廷名义下发的公文，他感到钦命难违，不得不张贴榜文做做样子。再说，天下如此之大，钦犯哪可能会恰巧就跑到武乡来呢？令他万万想不到的是，还真就有人前来举报！这一军将得他再无回旋的余地，于是不得不亲自领兵前来缉拿。

在东河沟这个羯族人聚居的村落里，县令亲眼看见了羯人的生活状况。这些人穷困潦倒，简直就是一群叫花子。像他们这样人家的孩子也会图谋不轨，就连鬼也难以相信。现在既然没抓到人，县令就想打道回府。可是，李二混子不甘心无功而返。他说：“县令大人，既然不在这里，这小子肯定在杜家庄。他从小在那里长大，那里人熟地熟，他一定又回到杜家庄去了。”

在李二混子的蛊惑下，县令只好带着官兵再奔向杜家庄。可是，在杜家庄一样没抓到钦犯。李二混子又摇唇鼓舌，说：这羯胡小子有个大师兄，家在石门村，钦犯很有可能跑到石门村去了。县令只得下令再奔向石门。

二师兄怀恩见官兵离开杜家庄向石门而去，急派心腹家人乘快马抄小路赶赴石门报讯。大师兄怀德接讯后，立即赶往后沟庄园，通知石勒进入密林中躲避。

官兵来到石门村，照例没抓到人。李二混子有点傻眼了，觉得就要到手的赏银落空了。而县令由于连续奔波抓不到人，对李二混子的脸色也越来越难看。就在县令要回去时，李二混子猛然想起，当年他在石门山上放羊时，曾看到过后沟的山林中有一座庄园。经打听，得知是怀德的庄园。现在，羯胡小子不在石门，连怀德也不在。那他们会不会在后沟庄园呢？于是他再次摇动三寸不烂之舌，鼓动县令到后沟拿人。县令虽然心中极度不耐烦，但事关钦犯，他也不敢心存侥幸，只好带队向后沟而去。

在后沟庄园，县令他们只见到了怀德。经过一番掘地三尺般里里外外的大搜查，连钦犯的一根毛也没见着。极度失望的李二混子感到在县令面前无法交代，气急败坏地指着怀德说：“这就是那羯胡小子的大师兄，钦犯一定是他给藏起来了。大人只要对他严加审讯，肯定能找到钦犯。”

本来对李二混子这人渣就恨得咬牙的怀德，见这疯狗又干这缺德带冒烟的勾当，不由得怒火中烧。他上前一把揪住李二混子的领口，对县令说：“大人，你上当了。这家伙是个骗子，骗吃、骗喝、偷东西，坑人，蒙人，什么坏事都干的无赖。”于是，他把李二混子的为人以及所干的种种缺德事统统讲了一遍。

县令本来就对这贼眉鼠眼、尖嘴猴腮的李二混子心存厌恶，偏偏又让他油嘴滑舌地牵着鼻子跑了这么多的冤枉路，心中窝着的火气早就忍不住了。现在又听怀德揭露了他的种种恶行，不由得怒发冲冠。于是喝令手下兵丁，将李二混子按倒在地，狠狠地赏了他一顿军棍。直打得这泼皮无赖皮开肉绽，哭爹喊娘。临了，县令看都不看他一眼，带着人马走了。

李二混子处心积虑地忙活了两三天，什么也没捞到，反而给自己赚来了一顿军棍，心中异常懊恼。现在又见县令丢下自己不管，更是惊惧得无可名状。他怕县令走后，怀德会要了他的狗命。由于极度的恐惧，使他顾不得身上伤痛，也连滚带爬地跟在官兵的后面跑了。从此，他再也不敢回老家来。

其实，在官兵搜查后沟庄园的时候，石勒并未走远。他就隐藏在庄园外面山头上的荆芥丛中。庄园中发生的一切，他都听得清楚，看得明白。官兵走后，他回到庄园，对大师兄说："看来，我不能再在这里住下去了。二师兄说得对，我在这一带无人不识。要是再有人出卖报官，那就糟糕透了。就算来他几十个官兵不见得能抓得住我，但是只要和他们照了面，就会给你们和附近村庄的人们带来很多麻烦。所以我得走了。"

就在这时，一直牵挂师弟安危的二师兄怀恩，见官兵撤离，也立即赶过来探视。师弟说的话，他俩虽觉得不无道理，但考虑到师弟年仅十四岁，还是个未成年的孩子，现在有家难归，有亲难投，就此浪迹天涯，实在让他们放心不下。

然而，石勒对两位师兄的顾虑不以为然。他说，按照他们羯族人的习俗，过了十三岁，就已经是大人了，就应该独立生活。因为贫穷，为了躲避灾难，羯人祖祖辈辈都习惯了流浪，对他来说也是如此。再说，天下如此之大，咋会没有容身之地！两位师兄不必为此担心。于是，他再次与两位师兄洒泪分别，走上了茫茫的逃亡路。

这一次，石勒化装易容，避开通衢大道，不入繁华市井，只拣僻静的山间小道一路潜行，不一日，辗转来到了沾县蔡岭山中。这里正是太行山中段，山高林密，地形复杂，官府的文告、指令一般到不了这里。再加上山里人老实纯朴，只知道日出而作，日入而息，没有人关心朝廷钦犯这样的扯淡事。更主要的是，在这里，石勒没有一个认识的人，当然也就不会有人知道他是朝廷在全国通缉的钦犯。石勒在这里龙潜深渊，隐名埋姓，寻一当地富户，为其耕田种地，赚取饭吃，倒也相安无事，波澜不惊。

不觉得三年过去了，时间到了晋武帝太康十一年（290），改元太熙。这一年，京都洛阳城中发生了一件大事：大晋朝的开国皇帝司马炎驾崩了。

武帝司马炎在三十岁那年篡夺了曹魏政权，建立了大晋王朝，当了皇帝，在位二十五年，享寿五十五岁。在他当皇帝的前十五年，虽然西蜀已经平定，但东吴尚存。面对强敌，他心存忧患，那时朝廷纲纪整肃，政治清明，率下以俭，驭众以宽，似乎也还可以称得上英明睿智。可是，自从平定吴国之后，他认为强敌已去，天下太平，便日渐腐化堕落，闭目塞听，最终变成了昏君。这期间，也曾有侍御史郭钦上表向他进言："戎狄强犷，历古为患"，劝他"宜及平吴之威，谋臣猛将之略，渐徙内郡杂胡于边地，峻四夷出入之防，明先王荒服之制"，却被他斥之为"杞人忧天"。俗话说"上梁不正下梁歪"，君荒，必然臣奢，终于导致整个统治集团奢侈成风，荒淫无度，为大晋王朝的统治留下了深深的隐患。

武帝即位之初，政治上虽说清明，但在有关江山社稷的决策方面，却存在重大失误。他错误地接受曹魏朝廷摧残骨肉，致使在他篡位时无人出来抗衡的教训，所以大封宗室，把司马氏亲枝近叶全部册封为王，授以兵权，意在屏藩王室。然而，他的这一决策，却为他身后爆发的"八王之乱"埋下了伏笔。

司马炎做皇帝时，先后册立过两位皇后。第一位皇后姓杨，名艳，字琼芝。在司马炎登基的第二年，即泰始二年（266）被立为皇后。杨皇后先后生了三个儿子，第一个两岁时夭折，随后又生了司马衷和司马东。这样，司马衷便成了长子。这司马衷蠢笨如猪，连司马炎都觉得“此儿不肖，未堪承嗣”。可偏偏杨皇后特别钟爱此儿。而此时的杨皇后深得司马炎宠爱，在她的一再软磨硬泡下，终于，在司马炎当上皇帝的第三年，即泰始三年（267）的正月，司马衷被册立为皇太子。

武帝司马炎对杨皇后言听计从，无比恩宠。然而，杨皇后虽然“福如东海”却无缘“寿比南山”。到泰始十年（274）秋，做了八九年国母的杨皇后终于享尽人间富贵，一病不起，就要归天了。

弥留之际，由于十分担心她死后，武帝再立皇后会危及太子的地位，便趁武帝入视，坐于榻上之际，头枕帝膝，哀哀言道：“妾侍奉无状，死不足悲，但有一言想讲给皇上听。皇上如果还没有把妾忘掉的话，请一定答应我的请求。”这时候的司马炎由于伉俪情深，自然无不应允。

见皇帝点了头，杨皇后继续说：“我叔父杨骏有一个女儿叫杨芷，德貌双全。希望皇上能选她主持六宫，代替我来伺候皇上，这样我死后就可以闭上眼睛了。”武帝不忍拂她之意，与她握手为誓，答应绝不负约。杨皇后见武帝允了，就在武帝的膝上安然闭目，与世长辞，死时年仅三十七岁。

果然，武帝不曾负约。就在杨皇后辞世两周年后，武帝将杨骏年仅十八岁的女儿杨芷迎娶入宫，继立为皇后。这便是武帝司马炎册立的第二位皇后。杨皇后的苦心孤诣，最终如愿以偿，司马衷的太子地位不曾动摇。同时，继后杨芷的父亲杨骏因女致贵，由镇军将军进任车骑将军，封临晋侯。杨骏自恃国戚，怙宠生骄，趁武帝沉迷女色，无心国事之机，擅权秉政。继任杨皇后居中用事，屡召杨骏入宫商榷大政，致使杨骏势倾中外。

武帝渔色成性，整日里在宫苑里穿梭，如一只孤蝶徜徉于万花丛中，终至精力耗尽，一病不起。至太熙元年（290）初夏，武帝病情加剧，继任杨皇后索性让杨骏留侍禁中，一切诏令俱出杨骏之手，诸位王公大臣均不得参与。杨骏乘机排除异己，撤换公卿，培植党羽，私树心腹，所有佐命功臣多被疏斥。武帝连日昏昏沉沉，不省人事。一日回光返照，感觉头脑清醒，令取过案牍审阅，见杨骏所拟诏书用人非才，正色责问道："你怎么能这样做?"杨骏连忙惶恐谢罪。这时的武帝方感觉朝廷事重，命中书省下诏书，让汝南王司马亮立朝辅政，随后又复昏迷。杨骏见状，慌忙趋出，追回诏书。到了傍晚，由继任杨皇后传入中书令，口宣皇帝圣旨，迫令写作遗诏，任命杨骏为太尉，兼太子太傅，都督中外诸军事，录尚书事。这时，武帝又复醒来，杨皇后递过诏书让武帝审阅。武帝睁着两眼看了许久，然后掷下诏书，顾问左右："汝南王来了没有?"左右回答："没有。"武帝不能再说什么，长长叹了一口气，呜呼崩逝。

杨骏见武帝驾崩，立即入居太极殿主持国政。引太子司马衷在武帝灵柩前即位，史称晋惠帝。同时改太熙元年为永熙元年，颁诏大赦天下。

大赦诏书的颁布，使天下无数囚徒恢复了自由，同时也使莫名其妙地加在石勒头上的"莫须有"罪名随风消散。在外逃亡三年的石勒终于回到家乡，开始了一段田园牧歌式的生活。

第五回　显功夫震慑群胡
惩恶少邂逅英姑

北原山下东河沟羯室。

石勒的再次归来，使得整个羯室村落呈现出一片喜庆气氛。人们络绎不绝前来探视，令石勒和他的父母应接不暇。

好容易，探视的人们陆续走散，石勒终于可以和父母坐下来叙叙话了。见儿子毫发无损地平安归来，老两口高兴得手舞足蹈。久别重逢，自然有说不尽的话语。他们详细询问了石勒这些年在外边的种种情况后，父亲告诉他："在你出逃以后，过了几天，郭敬和他的商队就回来了。他找到家来探问你的下落，我们告诉了他，他也很高兴。他还告诉我说，这趟买卖走得不错，赚了好些钱。他说，按照你和他的约定，在你的名下分了一份红利。本来，这份红利银子应该交给你，让你支配。你不在家，交给我们也行。可他又说，你当初参加商队，是为了赚钱拯救咱们整个部落。所以，他和我们商量，这笔红利暂不取出，将它作为股金再投入他的商队，让钱生钱，利生利，就可获取更多的利润。我们同意了。后来，郭敬又连续走了几趟货，到前年年底，他一下子就给我们结算出五百多两银子的红利。他把其中的三百两交给我们，留下二百多两，说是让它继续投股生利。我们当然没有意见。可是，一下子有了这么多的银子，该拿它作什么用呢？

这可是你为整个部落赚回的最大一笔资财啊！后来，我和咱部落的老人们商量了一下，就用这些钱，托人在离这里二十里外，你姥姥家村子对面的三台岭买地建房，把咱的羯室扩展到了那里。那里人烟稀少，荒地很多，我安排部落里几十户人家到那里去开垦荒地，栽桑养蚕和种植黄麻，准备把收获的蚕丝和黄麻交给郭敬去卖。去年我们已经收了一季黄麻，栽下的桑树也都成活了。今年我们已经开始养蚕了。今后我们的日子就要好起来了。”

这时，母亲插嘴说：“你爹现在是酋长了。自从你爷爷死后，咱部落好多年都没有酋长。部落里人们说，咱部落本来就又穷又小，要是再没个头，一团散沙，啥事也做不成。所以，大家又推举你爹做了酋长。”石勒对父亲的安排非常满意，对父亲接替爷爷做了酋长也由衷高兴。可他更担心的是羯人部落的弱小。他十分希望自己的部落尽快强大起来。他对父亲说：“既然爹做了酋长，就应该把部落的年轻人召集起来，利用农闲和一切空余时间，让他们习武、练功、长本事，把他们训练成一支队伍。我们的部落没有一支队伍保护是不行的。”

“说得好！”周曷朱拍拍石勒的肩膀，说，“咱父子想到一块儿了。我把支屈六、葵安、桃豹等一干小子安排到三台岭就是这个意思。可难的是，我不会武功，又请不来师傅。没有别的法子，我只好让这帮小子举石头、爬树、吊杠子，只要是长力气的活，都干。可这帮刺儿头偏不听。气得我上去用脚踢他们，谁知这帮野小子居然把我给打趴下了。”说着，他苦笑着摇了摇头。

石勒一听，来了兴趣，说：“是吗？那我明天就去三台岭，去会会这些蛮胡子。”

周曷朱疑惑地瞧瞧儿子，说：“你？我都镇不住他们，你行吗？”

石勒笑了笑，说：“爹，你就瞧好吧，我会让他们服气的。”

三台岭上。

一块开阔地上，一群羯人小伙子或蹲，或坐，或站，自由散漫地面对着周曷朱，在听他训话。

周曷朱："大家听好了，今天继续训练。还是那句话，搬碌子、举石头、上树、吊杠子，只要是长力气的活，不管干啥都行。大家开始吧。"

大家嬉皮笑脸地各自做着小动作，没人听他的。

周曷朱见大家无动于衷，心头发火。他大声斥责："怎么，都聋了？快去呀！支屈六、桃豹，你们听见没有？"

支屈六大大咧咧地说："我说酋长，你能不能想点别的？每天搬碌子、爬树，我们都腻了。再说，我们的力气已经很大了，你不是也打不过我们嘛。"

周曷朱急了，骂道："浑小子，每次都是你带头捣蛋。"说着，走过去，伸手就要抓支屈六。

支屈六连忙制止："别过来！酋长，你千万别动粗。你要动粗，只怕趴在地上的还是你。"

周曷朱气得一跺脚，蹲在了地上。

这时，一直在旁边冷眼观看的石勒走过来。他转着圈，把支屈六上下左右慢慢地打量了一遍，说："支屈六，你真的力气很大吗？"

支屈六见石勒用如此鄙视的目光打量自己，不由得心头火起。他瞪着一双牛眼说："怎么，你想试试？"

"用不着试试。"石勒说，"这样吧，我站在这里不动，任由你用什么法子，只要能把我放倒，就算你本事可以，就不用再参加训练。你看行吗？"说完，他深吸一口气，双手下垂，两脚分开，稳稳地站立当地。

支屈六见石勒如此小瞧自己，不觉勃然大怒。他猛地跳起，两掌前伸，把全身力气运于双臂，冲上去对着石勒的前胸狠命一推，想把石勒推倒在地。谁知，他这一推，就像推在了一堵坚固的石墙上，石勒非但纹丝未动，他反而因用力过度，将双臂震得一阵酸痛。

“咦！”支屈六和所有在场观看的人都情不自禁地发出一声惊叫。

支屈六恼羞成怒，转到石勒的后面，两腿下蹲，用双手抱住石勒的后腰，想把石勒的双脚抱离地面，然后摔倒。可是，尽管他用尽吃奶的力气，石勒的双脚就像铸在了大地上，纹丝不动。

就在支屈六面红耳赤地使劲折腾的时候，石勒身形微动，口中喝一声：“去吧！”支屈六便身不由己地“腾腾腾腾”向后倒退十多步，仰面朝天摔在了地上。

“啊！”石勒匪夷所思的神奇功力，把大家惊得目瞪口呆。就连他的亲生父亲周曷朱也是暗自惊叹。他先前只是听石勒说过，他在杜家庄放羊时曾经学过武术，不料想他竟有这等功力，不由得对儿子刮目相看。

石勒走过去，拉住支屈六的手将他拖起，问：“怎么样？还觉得自己力气很大吗？”

“不不不，”支屈六这时已经心服口服，他不好意思地问，“勒子，你在哪儿修来得这么大力气？”

石勒笑而不答，他转身问大家：“有哪个还不服气？上来试试。”

大家相互看看，七嘴八舌地说：“服了，我们都服了。”

石勒回头对父亲说：“爹，其实支屈六说得很对，我们这样练不行。要使我们的羯族年轻人变成敢打善斗的勇士，必须让他们掌握真功夫。我看这样吧，你把他们交给我，让我来训练他们。”

周曷朱点点头。他正为管不住这些人而发愁，巴不得有人能够统领这帮蛮横的后生小子呢。于是，他对大家宣布说：“从今天起，我就把你们交给石勒来督领。你们都要跟他好好学习武功。”

“好！”大家已经被石勒刚才的举动所折服，一听说能跟他学功夫，便一起欢呼起来。

石勒走到大家面前，说：“我们都是羯族人家的子弟。现在，我们羯族人势单力薄，我们的人民和我们的财产需要我们这些人来保卫。可是，就现在的样子，显然是不行的。现在不但保护不了我们的人民，就连自己都保护不了。所以，我们不仅要有真本事，还要抱成团，有统一的领导和指挥。我希望大家能够听从我的命令，服从我的指挥。”

“行!”大家一心想学功夫，立即表示服从。

“既然这样，”石勒继续说，“我还要告诉大家，学武功可是一个苦差事。大家一定要在心里做好吃大苦受大累的准备。如果谁觉得受不了，就请早点退出。”

大家都表示愿意吃苦，没有一个人退出。

“那好。”石勒说，“修学武功首先要从练基本功开始。当大家有了一定的基本功，我再循序渐进地传授你们拳术和刀、枪、剑、戟各种器械。现在，我们开始练站桩。”

说罢，石勒指挥大家排成队列，按照一定距离拉开。然后，他两脚平行，双手向前平伸，身子呈马步下蹲，做了个示范动作，说：“这就叫‘站桩’，大家就照这个样子做。两脚尖要尽量向内绷，两大腿要与地面平行。大家不要以为这个姿势简单，不一会儿你们就会吃不消的。一开始，我只要求大家一口气能站半炷香的时间，以后再逐渐延长。”说着，他拿出一支线香，打火石点燃，折去半支，把点燃的半支插在地上的土中，“好，现在开始。”

大家马上仿照石勒的样子，练习站桩。

从此，这支新组建的羯人部队，在石勒的指挥下，开始了正规的武功训练。

三台岭地势高峻，由呈“品”字形分布的三个山峦组成。岭顶开阔平坦，各有数百亩大的山地平原，所以也叫“三原山”。自汉末以来，由于战乱频仍，人口流失，这里的土地大部荒芜，岭上树木杂草丛生，狐兔豺狼出没，一派凄凉景象。

周曷朱是个有眼光的人。他把羯室扩展到这里，安排部落里的人在这里开垦荒地，种植了大片的黄麻和桑树。桑树成活后，他又带领族人在西南山崖黄土厚实的地方，随山就势开挖了一排排的土窑洞，安置他的族人在内养蚕和缫丝，为他的族人创造了最为基本的安居乐业条件。所以，尽管族中有部分年轻人嫌他生性凶粗，动辄非打即骂，有时不大服他管教，但他在整个部落中仍然享有崇高的声望，被人们公推为不二人选的酋长。

这时，周曷朱的考虑更为深远。他非常明白，在四邻不安的环境中，不论任何一个种族，要想生存下去，必须拥有一支自己的武装力量。他以“凶粗”的态度，强迫部落里的小伙子练功“长力气”，虽然在方法上乏善可陈，但他的动机却是十分正确的。

石勒非常理解父亲的用心。但是，部落里的青壮年，不仅是保卫部落的生力军，更是生产上的主要依靠。于是，他把对队伍的集训与生产劳动进行了有机的安排。他要求他的队伍一定要坚持闻鸡起床，晨昏习武，雷打不动；白天大日头下，则下地从事生产劳动。而他本人也和大家一样，经营着一块属于自家的土地，在里面栽桑种麻，挣取基本的生活物品来养家糊口。

三台岭北面山脚下，有一条宽阔的河流自西向东流去。这条河的正式名称叫作“漳河”，而在当时，当地人则叫它“武乡水”。河对岸不远处有一座村庄，叫作“平乐村”（注：平乐村在冉魏时颁布“杀胡令”惨遭血洗。到北魏时，人们为了吉利，改名“长乐村”。）。村内多数为王姓人家。石勒的姥姥家也姓王，就住在这个村子里。在他八岁以前，母亲常常带他回姥姥家小住。在这里，他认识了儿时的小朋友王阳。不觉间这么一晃，八九年时间过去了。姥姥家现在怎么样了？王阳长成什么样子了？他一点都不知道。如今他回到了三台岭，这里离姥姥家不远，于是，他就想抽空到姥姥家去看看。

这一天，石勒离开三台岭，沿着山谷中一条蜿蜒曲折的小路向着平乐村走来。一路上风光旖旎，鸟语花香，石勒的心情十分畅快。

正走之间，突然一阵吵嚷声从前面传来。转过一个弯，石勒看见山路上有六七个年轻小子正围着一个十六七岁的姑娘在起哄。其中一个衣着华丽的小子显然是这伙人的头。他伸手摸摸姑娘的脸，嬉皮笑脸地说："你跑啥，能跑得了吗？哥今天有兴趣，让你陪哥玩玩，有啥不好？"说着，他一把抓住姑娘，凑上去就啃她的脸。姑娘死命挣扎，又抓又咬。围着她的几个帮凶一起动手，拖胳膊抱腿，把姑娘按倒在地，眼看姑娘就要惨遭凌辱。

石勒见状，不觉勃然大怒。他冲过去大喝一声："住手！你们要干什么？"

那帮小子一怔，抬头看看，见石勒只是一人，那华衣小子立即面露凶相，说："怎么，你敢多管闲事，坏老子的好事？"说着，丢下姑娘，握紧拳头，喝一声，"小子们，给我打！"便带领手下恶狠狠地向石勒扑来。

石勒自然是会家不忙，抬手一拳，就把那华衣小子砸得仰面朝天，跌倒在地。又复三拳两脚，打得那伙帮凶满地乱滚，一个个扭动身躯，痛苦得直哼哼。

石勒上去，一把将那华衣小子揪起，问："你叫什么名字？是谁让你出来欺男霸女？"

华衣小子浑身打战，忙不迭地说："请好汉饶命，小子再不敢了。"

石勒抓住这坏蛋的领口，往上一抖，瞪着眼睛再次喝问："叫什么名字？说！"

"我叫曹豹，是岭上村曹老爷的儿子，请好汉饶命。"这小子刚才的威风已经荡然无存，变成了一副令人恶心的稀松样。

"滚！"石勒见这小子已经服了，也不想再多生事端，"再让我遇到你干坏事，就把你小子废了！"说着顺手一推，将其再次摔倒在地。

那小子忙不迭地翻身爬起，屁滚尿流地跑了。

地上倒着的几个帮凶，一见主子溜了，也爬起来跟着溜了。

再说那姑娘，在挣脱那帮恶少的魔掌后，并不逃走，而是站在一旁看着石勒惩治这帮恶少。当这帮恶少逃走后，她本应该对石勒表示感谢，可她没有，只是睁着一双大眼睛在静静地看着石勒。

石勒见姑娘站着不动，便走过去对她说："姑娘，你没事了，走吧。"姑娘没作声，依然用一种深情的目光看着他。这反而让石勒感到局促不安。于是，他道了声："姑娘，那你请便，我走了。"说完，转身大步向前而去。

走了一段路后，石勒似乎感觉到了什么。他回头一看，见那姑娘就跟在自己后面。他感到奇怪，就问："姑娘，你要到哪里？"

姑娘说："你到哪里我就到哪里。"

这一下把石勒给弄糊涂了。他说："我到我姥姥家。咱俩又素不相识，你跟着我干什么？"

姑娘笑了，说："你救了人家，都不问问人家叫什么？"

石勒感到十分好笑："我救了你，你不说一声'谢谢'倒也罢了，反抱怨我没问你叫什么。那你叫什么？"

"我叫刘英姑，家住河西村。"姑娘快人快语。突然，她又脸色通红，小声问："你叫什么？"

石勒爽声答道，"我叫石勒。"

"那你结婚了吗？"显然，姑娘问这话的时候是用了很大的力气才抑制住自己剧烈的心跳。

石勒摇摇头："没有。"

"那你，相好媳妇了吗？"

石勒又摇摇头。

"那你娶我，好吗？"姑娘大胆地说出这句话后，如释重负。她不再感到局促，反而两眼直视着石勒，等他回话。

听姑娘这么一问，石勒立时怔住了。他仔细看看姑娘，这时他才发现，这姑娘长发披肩，瓜子脸，丹凤眼，柳叶眉，端庄秀气的鼻子略显一点俏皮，一张小嘴巴唇红齿白，苗条而又玲珑的腰肢加上两条长长的腿，是那么的风情万种。虽然衣着朴素，却丝毫掩盖不了她沉鱼落雁、国色天香般的美艳。特别是这姑娘泼辣大胆，举止端庄，毫不忸怩作态，落落大方的气质，更使他倾心。然而，对于姑娘的问话，他却一时不知该如何回答。他甚至怀疑自己是否听错了！于是，他略显惊讶地问："你是说，你要嫁给我？"

姑娘坚定地点点头。

"可是，这……"对石勒来说，能娶到这么漂亮的姑娘，他当然求之不得。可是这幸福来得有点太突然，他没有一点思想准备，一时不知说什么是好。

"怎么，你不愿意？"姑娘睁大了眼睛。显然，她对石勒产生了误会。

"不不不，我不是那个意思。我是说，你可能对我不是很知底。我是羯族人，我们羯族人都很穷。我……"

"我不嫌。羯族人咋了？我们的祖先也是胡人。胡人有啥不好？穷又怕什么？我们都有手有脚，能够养活自己。只要你不嫌弃我，我就嫁给你。"

石勒见姑娘意志这么坚定，他高兴地笑了，说："既然你这么愿意嫁我，我当然愿意娶你。不过，婚姻是人生的一件大事，我们都需要回去和父母商量，儿戏不得。"

"当然要和父母商量。只要你答应娶我，我就一定嫁给你。"看来，这姑娘是铁了心了。

"但是，"石勒找路旁的一块石头坐下，"你为什么一定要嫁给我？要知道，我又穷又丑，你跟着我是会吃苦的。"

"我愿意。我就喜欢你的一身正气，还有你那谁也欺负不了的功夫。"姑娘走过来，脉脉含情地看着他。

"对了，你是怎么遇上那帮坏小子的？"石勒问，"你认识他们吗？"

"不认识。"姑娘说，"本来我在岭头村姨姨家养蚕，今天回家看父母。

在路上，我发现有人在追我。我知道他们不怀好意，就跑。可是他们人多，跑得比我快，就被他们追上了。要不是遇到你，我可真就没法活了。”

“以后出门要小心，最好不要一个人行走。”

“这条路我走得多了，谁知道会遇到坏人！”

“好了，现在我送你回去，可以吗？”

“那你答应娶我吗？”

“当然。”石勒由衷地笑着说，“从今天起，你就是我未过门的媳妇。以后谁要再敢欺负你，我就打得他满地找牙！”说着，他站起身，“走吧，我送你回去。”

俩人相伴着，一路交谈着，向姑娘的老家河西村走去。

来到河西村口，石勒停下脚步，对姑娘说：“你自己回去吧，我就不进去了。”

姑娘感到十分奇怪，问：“为什么？我正要带你去见我的父母，向他们当面说清呢。”

石勒摇摇头，说：“我想你的父母不会同意的。我要是和他们对了面，就没了回旋的余地。你回去先和他们说，如果他们实在不同意，你也不用着急。明天这个时候，我到这里来等你的消息。他们要是真的不同意，我会搬有头面的人来说服他们的。你就放心回去吧。”

姑娘想了一想，说：“这样也好。明天这个时候，你一定在这里等我。”

石勒点点头，俩人依依惜别。

第六回　请媒人喜结良缘
争麻池怒出老拳

和英姑分别后，石勒原路返回，渡过漳河，来到了平乐村，见到了姥姥、姥爷。老两口儿看到多年未见的外孙子已经长成了一个雄赳赳的壮小伙子，高兴得合不拢嘴，自然少不了问这问那。好容易，石勒才得到机会，向他们打听儿时的小伙伴王阳的近况。老两口儿告诉他，王阳上地去了，到中午的时候就会回来。

吃中午饭的时候，王阳回来了。听说儿时的朋友石勒到了，便急忙跑了过来。两人一见面，就紧紧地抱在一起，跳着，笑着，闹了个不亦乐乎。闹过之后，两人双双坐下，热情洋溢地交谈着儿时的种种趣事。而这时，石勒才开始认真观察王阳。

王阳身穿麻布衣裤，脚踏麻靴，腰间系一条带子，脸色黧黑，粗手粗脚，儿时的稚气已经消磨殆尽。显然，他在每天从事繁重的劳动。

吃饭的时候，姥姥、姥爷留王阳和石勒吃了一顿十分难得的饺子。饭后，石勒告别姥姥、姥爷和王阳，要回三台岭。王阳一直把石勒送到了河边。临分别的时候，石勒告诉王阳，说他在三台岭训练族人武功，希望王阳也来学一点，也许将来会派上用场。王阳高兴地答应了，说把家中安顿一下，过几天就到三台岭去找他。

第二天上午，石勒如约来到河西村口，见到了已经在那里等待他的刘姑娘。刘姑娘告诉他，果然如他分析的那样，她的父亲并不同意这门亲事。她本想和父亲翻脸，可想到石勒说能找到有脸面的人来说服父亲。为了不把事情弄僵，她也就忍住了。

听英姑说了情况后，石勒的心中有了底。他对英姑说："好了，你可以回去了。三天后，会有人到你家来正式提亲。"

离开刘姑娘，石勒径直回到北原山下东河沟老家。见到父母，他把要和刘英姑结婚的事，以及事情发生的来龙去脉细细地向父母讲述了一遍。

听说儿子自己找下了媳妇，老两口儿自然十分高兴。这两天，他们正在为此事发愁。按照羯人的规矩，男子十三岁就算成人，就可以娶妻生子了。由于情况特殊，石勒如今已经十七岁了，再也耽搁不起。他们正想托人为其物色对象，可巧石勒自己就已经找好了，正好了却了压在心头的一桩心事。可是，当他们听说女方的父亲不同意这桩婚事时，又犯愁了。

石勒告诉父母，不用愁。他已经想好了，必须请两个有面子的人做媒，为他们说合，此事一定能成。他说，他想请郭敬和宁驱这两位大财主去为他跑一趟。回来的时候，他已经打听清楚，这两天郭敬没有外出经商，就在家里，只是不知宁驱在不在家。

周曷朱呵呵笑了。他说："也许你小子红鸾星动了，当有贵人相助。正好宁驱外出做买卖昨天刚刚回来。你现在去找他，他就在家。"

石勒一听大喜，事不宜迟，他立即去找郭敬、宁驱。

郭、宁二人本来就看好石勒，现在石勒来请他们做媒，自然十分乐意。

河西村。

漳河自西流来，到了此处，转而向南。由于村子坐落在漳河西岸，故名"河西"。

这一天，村中刘老汉门前来了两位贵客。听到敲门声，正在家中训斥女儿少不更事的老汉前来开门。当门一打开，刘老汉吃了一惊。只见门前两匹枣红色高头大马，分别由两个马夫牵着。骑在马上的是两个头戴书生冠，身穿团花缎袍，脚踏薄底粉靴的贵人。刘老汉揉揉眼睛，不敢相信眼前的事实。他的家道虽然较为殷实，但也只是一个极为普通的庄户人家。家中来往的，一般都是和他一样的庄稼人，有头有脸的人很少前来光顾。眼前这两个人，看其来头，不是达官贵人，就是有钱有势的财主。他们到我的门上来干什么？他疑惑地问前来敲门的马夫："请问，你们是何方神圣，是来找我吗？"

郭敬、宁驱见老汉走出，跳下马上前见礼："请问老丈，这里是刘英姑的家吗？"

刘老汉说："我女儿是叫英姑，可是，你们找她何事？"

"不不不，"郭敬说，"我们不是来找她，是来找你。"

"找我？"刘老汉大惑不解，"找我有何事？"

"能让我们进家去说吗？"

"对对对，你看我，"刘老汉突然意识到自己失礼了，连忙招呼，"快快请进。"

郭、宁二人吩咐马夫看好马匹，跟着走了进去。

英姑见两位贵客登门，自然心中有数。她也不回避，赶紧为客人递茶倒水。倒是刘母显得有点慌乱，她拿过笤帚扫扫炕沿，请二位炕上入座。坐定后，郭敬和宁驱分别作了自我介绍，并将来意说明。

一听说来人就是在这一带名头很大的财主郭敬和宁驱后，刘老汉更加疑窦丛生。当得知这两位贵人是专为石勒来提亲时，他心中犯了嘀咕：女儿私订终身，不给老子面子，令人恼火。谁知这小子有如此神通，竟请来了这么两尊神圣。这使他感到再也无法拒绝。虽然到目前为止，他还不知道英姑找的这小子长得啥模样，不过，这小子既然能搬动这两位神圣来为他提亲，估计这小子也还有点来头。再说，对象是女儿自己看中的，应该错不到哪里。几经掂量后，他终于答应，让他们带那小子来家看看。

过了提亲这一关，接下来的事就好办多了。通过相亲、纳彩、订婚，终于盼来了迎娶的日子。

婚礼完全按照羯族人的风俗，由父母主持操办，在北原山下羯人老屋举行。这一天，整个北原山羯室热闹非凡。由于是酋长儿子结婚，自然也就是整个部落的重大庆典。家家张灯结彩，洒扫庭除；人人盛妆艳抹，笑逐颜开。周曷朱的小院中摆满了桌凳，院内、院外前来帮忙的、凑趣的、看热闹的等等各式各样的人摩肩接踵，挨挨挤挤。鞭炮声声，鼓乐齐鸣，空气中洋溢着喜庆，天地间充满了祥和。

新郎官石勒，今天剃光了头发，表示彻底告别了孩童时代，已经成了一名真正的男子汉。以后再长出来的头发将在两鬓编成发绺，终其一生不再剃去。按照羯人的说法，这叫"髡头"。"髡头"后，便盛装艳服，以羯人的仪式，去祭拜至高无上的昊天上帝与列祖列宗。到傍晚时分，由王阳、夔安、支屈六等一帮伙伴持着烛灯，伴随骑在大红马上的新郎官和紧跟在马后的一乘花轿，在鼓乐队伍的率领下，一路吹打着，浩浩荡荡向新娘的娘家走来。而新娘英姑已经在前一天，就和村中的女伴们彻夜歌唱，狂欢了一个通宵。这时候，女伴们早已挑起灯笼，排列在村口到新娘家的路上，等候着迎亲队伍的到来。

黄昏时分，迎亲的队伍到了。在欢快的鼓乐声中，双方的伴郎、伴娘们簇拥着新郎官进入刘家院落，由女方婚礼的主持人安排新郎、新娘向天地跪拜，宣誓终身不离不弃，永不相负。然后，刘父、刘母向女儿、女婿送上衷心的祝福，期盼他们一生好运、幸福安康、白头偕老。最后，新娘向父母行过三拜九叩大礼，在伴娘的扶持下，登上花轿。至此，前来迎亲的队伍，加上女方送亲的队伍，两支队伍合在一起，在灯光的照耀下，在鼓乐的吹奏下，浩浩荡荡踏上了归程。

初更的时候，迎亲的队伍回到了北原山羯室。随着新人进门，盛大的婚宴拉开了帷幕。新郎、新娘逐桌向前来致贺的客人们敬酒。鼓乐轰鸣，笑语喧哗。婚宴结束后，又是盛大的篝火晚会。新郎、新娘和所有参加婚礼的人们围着篝火翩翩起舞，一直热闹到了深夜。

结婚后，小夫妻因如愿以偿地找到了意中人，所以生活的格外甜蜜。蜜月过后，石勒回到了三台岭，继续经营他的桑麻活计和训练羯族武士。妻子刘英姑也随他来到三台岭，从事养蚕和缫丝。由于她也特别热爱武功，便参加了晨昏不辍的习武行列。在石勒的精心点拨下，她武功精进。加之她天资聪颖，领悟极快，不久就练得三五个小伙子近不了身。

一年后，他们的大儿子在全家人的热切期盼中呱呱坠地。

儿子的出生在给家庭带来无穷欢乐的同时，也使石勒深深感到了家庭生活的重负。于是他加倍努力地垦荒种麻，试图用他的努力来换取最基本的家庭生活物资。

在古代，麻的用途十分广泛。人们俗称的“五谷”，即指麻、麦、谷、豆、黍五种农作物，而麻被列为“五谷”之首。麻之所以在当时人们心目中的位置如此崇高，是因为麻籽是榨取食用油的主要原料。而麻皮可以纺成麻线，做成麻布。而麻布又是当时人们做衣、被的主要原料。虽然这时候用蚕丝织绸缎制作衣被已经盛行，但由于绸缎的价格十分昂贵，除去达官贵人和富商大贾等少数有钱人外，一般的人家是享用不起的。一般人家只能穿盖麻布做成的衣被。同时，自从汉武帝采用“废黜百家，独尊儒术”的国策后，历代统治者都采用儒家理论来治理国家。儒家理论的精髓是“克己复礼”，而“礼”最为基本的表现形式就是服饰。所以，人们将日常生活的四种行为“衣、食、住、行”，又把“衣”放在了第一位，其重视程度甚至超过了赖以维系生命的“食”。由于古人无比重视“礼”，于是“麻”在当时，就成了人们日常生活中的首选物资。

有史以来，上党地区就是麻皮的主产区。这里生产的麻皮以柔、韧、纤、长而闻名天下，行销世界。

这一年，石勒种植的黄麻喜获丰收，收获的麻秆堆积如山。石勒将其晒干后，扎绑成捆，准备扛到山下的涧水中去“沤麻”。

所谓“沤麻”，是将晒干的麻秆放置清水中浸泡，数日后将其取出再次晒干。这样，麻皮才能从麻秆上劈剥下来。沤麻看似简单，其实是一项比较细密的技术活，它对水温和沤制时间的掌握非常严格。沤制时间不够，麻皮剥不下来；沤制时间过长，麻皮会自行脱落成腐败状。时间过长过短都会严重影响麻皮的质量。故在麻农中一直流传着“多饮一杯茶，沤坏一池麻”的谚语。

一天，石勒扛着一大捆晒干的麻秆，到山下谷中的涧水中沤麻。当他来到前一天刚刚挖好的沤池边时，却见一个人正赤脚卷着裤腿，把捆成一小捆一小捆的麻秆往池中摆放。那人摆放得非常认真，先顺着把麻秆往水中放上一层，然后再在上面横压上一层。试试水的深浅，又在上面顺压一层。最后，把预先准备在池边的石块，一块块地搬放在池中的麻秆上，防止麻秆浮起。由于他埋头于自己的工作，以至于石勒来到他的身后，他都没有发现。

石勒见状，不由得心头火起。他把肩上的麻秆往地上一摔，厉声喝问：“喂，你是什么人？怎么把你的麻沤在我挖好的麻池里？”

那人听了，缓缓转身站起。石勒一看，见是一个相貌堂堂的小伙子。那小伙子满不在乎地说：“什么你的麻池！这条河自古就在俺的村前流着，啥时成了你的麻池？”

“嗨，你这人咋这么说话？”石勒急了，“这明明是我昨天刚刚挖好的麻池，你吭都不吭一声，就强行占用，是何道理？”

“什么道理不道理？我只知道这条河不是你家的。我先来沤麻，这里就归我使用。”

“河虽然不是我家的，可麻池是我挖好的。你要沤麻，可以到下游或上游去挖池。不能往我的池子里沤。”

“你不睁眼瞧瞧，这条河水量本来就不大，你把最好的地段占了，我那么多麻，得沤到什么时候！你要沤麻，到其他地方再挖去。”

石勒见这家伙蛮不讲理，不由得怒从心头起，恶向胆边生。他捏紧拳头，逼上前去，一字一句地说：“你小子不说人话。看来，需要我教教你如何做人！”

“嗨嗨，”那人毫不畏惧，赤脚走上岸来，“你小子想动粗是不是？我李阳可不是被吓大的。好小子，有啥本事使出来吧。”

这一下，石勒被激得再也无法忍受，他双掌前伸，运气在手，一招“黑虎掏心”向这个自称李阳的胸前拍去，想一击奏效，将对方打下河去。

李阳见状，不慌不忙，等对方双手靠近的一刹那，双肘一抬，自内而外一拨，将对方招式化解，顺势一招“双峰贯耳”，两只拳头向石勒左右太阳穴重重砸来。

石勒心中暗吃一惊，不曾想这家伙身手如此了得。他迅速往下一蹲身，避开对方双拳，同时一记“扫堂腿”去攻击对方下盘。

李阳轻轻一跃，躲过对方攻击，紧接着右手二指戟张，向着石勒双目戳来。

石勒清楚，这一招名叫“二龙夺珠”，下手毒辣，极其凶险。然而，会家不忙，只见石勒身形微侧，让过二指，顺势用右手抓住对方手腕，往回一带，乘对方立足未稳，用肩头重重一击，将李阳撞得连连倒退，“嗵”的一声，仰面朝天掉进了麻池。

石勒一击得手，正在暗暗高兴，不妨李阳一个“鲤鱼打挺”，一跃而起，随着一阵飞溅的水花，右手一扬，一团污泥向着石勒脸上飞来。趁着石勒躲避污泥，李阳纵身扑来，抱住石勒，两人一同滚落尘埃。接下来便你一拳，我一掌，相对厮打，难解难分。

就在两人纠缠不清，相互殴打之际，岸上招来不少人围观。只见一位头发花白的老妈妈走出人群，声嘶力竭地呼叫：“李阳，你给我住手。你这该杀的奴才，又给我惹祸!”

听见呼唤，李阳丢开石勒，一身泥水地赶紧跑过去搀扶母亲。

石勒见状，也不忍趁机出手，放李阳走了。

这时的李阳不免皮破血流，而石勒自然也是鼻青脸肿。

石勒用手揉揉肿胀的眼眶，看着李阳扶着母亲往回走，不由得心生敬意：这小子还是个孝子呢！他又觉得有点好笑，这小子身手不凡，居然能和我打个平手。不曾想这里藏龙卧虎，还有如此功夫的人物，以后找机会还得和他会会。此时，他心中怒气全消，也不再理会被李阳抢占的麻池，弯腰扛起那一大捆麻秆，到下游找地方沤去了。

从此以后，石勒常常借口麻池的事，找李阳争执。李阳自然也是毫不相让，动手回应。两人争来斗去，旗鼓相当，并未分出个明显的伯仲来。这反而使石勒更加对李阳刮目相看，心存好感。这时候两人心照不宣，名义上是在争夺麻池，实际上倒有相互切磋武艺的味道。

那么，李阳何许人也，竟有如此一身功力？原来他是三国时名将李典的后人。李典曾随曹操南征北战，屡立战功。到李阳祖父时，不再入朝为官，退隐山林，以种地为生。他的祖籍本来是在山阳巨野，因连年遭遇蝗灾，他的父亲随祖父逃荒进入太行山，来到武乡落脚定居。他就出生在这条山沟里。由于祖辈相传，李阳自然得了武学真传。前几年，他的父亲患病去世，他跟随母亲回到距此二十里的东田村姥姥家暂住，直到不久前才陪母亲回到老家来。所以，他与在此栽桑种麻兼训练羯人武士已经有相当时日的石勒并不认识。

通过几次较量，李阳对石勒也是打心里佩服。但他碍于男子汉的面子，表面上装得并不服气。于是，在二人之间便不断上演着对手的较量。然而，随着一场天灾的降临，最终给他们的较量画上了句号。

第七回 乱晋廷贾后逞刁
窥国柄诸王称兵

本来，石勒在三台岭栽桑种麻，训练他的羯人武士，每天与娇妻爱子生活在一起，倒也其乐融融，安心惬意。不觉得日换星移，十年时间一晃过去了。然而，在这十年间，大晋朝廷中却发生了一系列的重大变故。由于这一变故与石勒一生的命运干系紧密，所以我们不得不做一概略介绍。

自永熙元年（290）四月，呆太子司马衷在太傅杨骏主持下登上帝位，继皇后杨芷当然升级为太后，同时册立妃子贾南风为皇后。到八月，又册立儿子广陵王司马遹为皇太子。呆皇帝司马衷虽然呆笨如猪，其皇后贾南风可不是个省油的灯。她系为司马氏篡魏为晋，指使成济戕杀魏主曹髦，并因功进位侯爵的贾充之女。贾南风本来生得身短面黑，相貌丑陋，按常理无论如何难以许字皇宫。但俗话说“事在人为”，通过贾充和其妻郭槐的一番运筹，居然说动杨皇后相信其女“貌虽略逊，但德才兼备”，从而在司马衷做太子时，贾南风被纳为妃。虽说是蠢儿丑女，也算是“天配良缘”了。

司马衷继位后，太傅杨骏专权。这时，已经成为皇后的贾南风虽然统领六宫，内权在手，却又想干预朝政。可是由于上有太后，下有杨骏，每每受到牵制，不能为所欲为，因此积怨成仇，便一心要除去这两块绊脚石。

正好殿中中郎孟观、李肇屡屡受杨骏诟斥，对杨骏怀恨在心，贾南风便将其二人引为心腹，让他们编造流言蜚语，说杨骏将要危害江山社稷。为了废掉太后，除去杨骏，贾南风得知大司马汝南王司马亮曾受杨骏排挤，便使人密嘱李肇赶赴许昌，唆使司马亮清君侧。

李肇来到许昌，将贾后之意转达，说动司马亮起兵。谁知这司马亮素来胆小，竟然不敢答应。

李肇见司马亮不敢起兵，便转道去找楚王司马玮。这司马玮年少气盛，性子又凶狠暴戾，便满口答应，当即上表请求入朝。也该着杨骏倒霉，这杨骏本来就对司马玮心存忌惮，虽早想把他征召回来参与辅政，又害怕司马玮勇悍难制，所以一直未下决心。这时见司马玮主动上表请求入朝，遂感到如愿以偿，于是便奏请皇帝司马衷答应他回朝。

永熙二年（291），诏复改元，号为“永平”。这年春，楚王司马玮约同淮南王司马允联袂入朝。贾南风得知司马玮已经入都，便即发难。她唆使孟观、李肇在夜幕的掩护下，悄悄地启奏皇帝，说杨骏要谋反。

呆皇帝司马衷本来就糊涂得可以，他哪里懂得什么利害真假！再加上贾南风从旁蛊惑撺掇，竟然传旨命东安公司马繇率领宫中士兵去包围杨骏的宅第。楚王司马玮也带兵驻屯在司马门。

太后杨芷闻变，为救父亲，亲手写下帕书“救太傅者有赏”，绑在箭上，射出城外。偏偏这封帕书就被严防她救父的贾南风手下拾到。贾南风便借此诬陷，宣布太后与杨骏共同谋反。后来，包围杨骏的兵士烧了杨骏的府第，杨骏逃入马厩，被杀死在马厩中。

杀了杨骏后，孟观、李肇又收捕杨珧、杨济以及段广等杨氏一党，各夷三族，诛杀人数多达数千。

除掉了杨骏，朝廷颁诏大赦，复改永平元年为元康元年。皇后贾南风矫诏把太后与太后之母庞氏徙送永宁宫，暗中却唆使一些大臣上表纠弹太后，最终将太后废为庶人。但是，心如蛇蝎的贾南风并不善罢甘休，又唆使狐群狗党狂吠朝堂，说什么“杨骏造反，家属连坐，不能曲赦庞氏”，竟将白发苍苍的庞老太君当着废太后的面枭首宫门。同时将悲恸欲绝的废太后硬送入金墉城囚禁。其后，又将其侍女全部剥夺，断其饮食，致使太后绝粒八日，奄奄饿死。可怜杨太后死时年仅三十四岁。

太后及太傅杨骏既已除去，贾后随即征召汝南王司马亮为太宰，入朝辅政，与太保卫瓘并录尚书事。同时加封了一批铲除太后与杨骏有功者。其中进楚王玮为卫将军；东安公司马繇为尚书左仆射，晋爵为王。其次如孟观、李肇等一班功狗，自然拜爵重用。

汝南王司马亮入朝后，一改过去胆小怕事、患得患失的本性，渐渐地变得自专自用起来。而楚王司马玮与东安公司马繇也乘势干政，专行诛赏。与此同时，皇后贾南风也大肆起用亲属，盘踞朝纲，树立自己的私党。于是，宗室与外戚双方分峙，自然免不了相互猜忌。司马繇见贾后暴悍，害怕祸及自身，密谋废去悍后。谁知计尚未定，就因小人进谗，被司马亮贬出朝纲。司马繇的被贬，使得宗室势力大为削弱，贾氏权势却越来越盛。太宰司马亮却对日益迫近的危机视而不见，反而因楚王司马玮刚愎好杀，准备夺他兵权，将他遣返镇所。太保卫瓘也赞同此议。可是，一向桀骜不驯的司马玮自恃有功，咋会俯首听命！他见司马亮不容自己，索性接受下属的建议，投靠了皇后贾南风。贾南风当然乐于接受，于是让司马玮领任太子少傅。司马亮与卫瓘见自己的打算落了空，不免心生忧虑。这时偏偏有人通过贾后的宠臣李肇向皇后进言说，司马亮与卫瓘有废掉皇帝和皇后的打算。这本来是空穴来风，即使皇后贾南风也未必相信。可是，卫瓘是一位正派老臣，与贾南风素有积怨。这是因为，当年武帝册立司马衷为太子后，卫瓘深知司马衷不堪此任，曾经借着酒意，指御座向武帝讽谏道：“此座可惜。”后来武帝用尚书疑案来考试太子，太子自然不会应对。还是皇后贾南风急切之中找来一个叫张泓的给事代为具草，又让司马衷照抄，交付武帝，这才糊弄过去。自此，卫瓘诋毁太子的事被贾后知悉，贾后当然对卫瓘怀恨在心。现在，卫瓘与司马亮同掌朝政，又成了自己干预朝政、独断专行的巨大障碍。于是，她便想干脆借此事端，索性将此二人一并除去。主意既定，便自己起草了密书一封，假说太宰与太保欲行废立，让楚王司马玮保卫皇宫并免去二公官爵。然后强迫皇帝司马衷照着抄写一遍，再由贾南风指派黄门，叫他趁夜把这封所谓的“皇帝诏书”交给楚王司马玮让其执行。

司马玮接到诏书，正好借机报复。于是统领本部，又假传皇帝诏书召集三十六军，派兵包围了司马亮、卫瓘的府第，将他们拘捕后乱刀分尸并诛杀了他们的家人。

一夜的腥风血雨，使得太子少傅张华十分担忧朝廷的命运。天一亮，他就通过内侍向皇后进言：“楚王既已诛杀了亮、瓘二公，现在威权在手，试问皇帝、皇后如何得安？应该以专擅诛杀大臣的罪名杀掉司马玮，以绝后患。”

张华此议自然深得贾后赞同。于是派人告诉张华，让他马上行动。张华立即入内奏明皇帝，派殿中将军拿着驺虞幡，驱散司马玮部众，将司马玮捉拿，交付廷尉，一道诏书颁下，说司马玮擅杀二公父子，又要诛杀朝臣，图谋不轨，罪大恶极，将其推出市曹，开刀问斩。

连杀二王之后，朝廷宗室势力遭受到沉重打击，外戚势力便气焰熏天。贾南风更是恣意妄为，无所节制，致使京城内外传遍了她的种种秽闻。这时，她又把打击的矛头指向了太子司马遹。

太子司马遹系司马衷为太子时与才人谢玖生的儿子。幼时倒也聪明伶俐。五岁时的一天夜里，他在武帝身边侍伴，忽闻宫外失火。武帝想登楼察看，司马遹牵住其衣不让上楼，说：“黑夜中容易发生意外，不可让火光照见人主。”这让武帝大为所动，认为他不是一般的孩子，将来必能继承大统。所以，当初武帝立司马衷为太子，也知司马衷呆笨平庸。但他觉得，有孙敏捷如此，不妨让司马衷继位过渡一下。然而，到如今贾南风却不能容忍，必欲除之而后快。

外戚势力中有一个代表人物名叫贾谧。贾谧原本姓韩，叫韩谧，系皇后贾南风妹妹贾午的儿子。因皇后贾南风的父亲贾充死时无子，便由贾充的妻子郭槐做主，奏请武帝批准，过继韩谧做了贾充的孙子，改姓为贾。这样皇后贾南风便由姨母变成了姑妈。贾谧由于深受皇后宠爱，益发无所顾忌。他因与太子有矛盾，便想加害太子。于是便跑去向贾后进献谗言。贾南风本来就视太子如眼中钉、肉中刺，听了贾谧之言，当然心惊。于是开始策划阴谋，准备废黜太子。

首先，她对外宣称自己已经身怀有孕，让宫内准备接生用的物品，并把妹妹贾午刚生的儿子要过来秘密抚养；同时，她吩咐内侍大肆宣扬太子的种种恶行，以便到时李代桃僵。

当一切准备妥当，宫内传出密诏，说是皇帝身体不舒服，令太子立即入朝。太子到来后，却被内侍领到别的房间，用酒灌醉，伪造太子谋逆罪状，唆使皇帝司马衷将其废黜，并将其生母谢玖赐死，将太子所爱美人蒋氏生生杖毙。

越年（300），改元永康。

太子被废，引起群情激愤，朝议沸腾，自然有大臣不顾身家性命，出面为太子鸣冤。这让皇后贾南风深以为虑，于是她唆使宦官自首，说是废太子与他共谋叛乱。致使皇帝将废太子转押往许昌宫幽禁。

终于，有人谋划营救废太子。一个叫司马雅的右卫督，与从督许超、殿中郎士猗等在一块密谋，决定找手握兵权的右将军赵王司马伦来达到既定目的。因为司马伦也是晋室宗亲，现任车骑将军。

再说司马伦这人原本头脑简单，遇事无主见。但他属下有一人名叫孙秀，能言善辩，巧舌如簧，深得司马伦宠信。孙秀随司马伦回京后，看到贾后一党势力强盛，军国重权全在贾后掌握，便唆使司马伦投靠贾后，并取得贾后的宠信。司马伦想弄权，贾后也同意，但却遭到时任司空的张华和仆射裴𬱟的阻挠，于是司马伦便对张华、裴𬱟产生了仇恨。这就为张华、裴𬱟将来的可悲下场埋下了伏笔。

司马雅想借助司马伦的力量营救太子，首先来找孙秀。他对孙秀晓以利害，建议他为赵王设想，废去贾皇后，迎还太子。司马伦一贯对孙秀言听计从，便按照孙秀的意思，做好了起事的准备。

然而，临到起事时，孙秀忽然又生一计。他对司马伦说："太子聪明刚猛，如果回到东宫，必然要寻求报复。您向来亲近贾后，也是路人皆知。如今就算为太子立了大功，太子也未必领情。一有机会，还会加罪。如果能够拖延时间的话，皇后必然会加害太子。到时我们再废掉皇后，为太子报仇，名正言顺，岂不是一举两得吗？"

司马伦一听，立即拍手赞成，连称好计，便将起事的日子推后。

为使计策成功，孙秀到处散布谣言，说朝廷中有人要废掉皇后，迎回太子。又专门去找贾谧，劝他早除太子，以绝众望。贾谧立即入告皇后。贾南风听了，立起杀心，马上召入太医令，让其配制毒药，然后派宦官孙虑带药赶赴许昌，将废太子杀害。

贾南风毒死太子，使孙秀诡计得逞。司马伦立即与时任翊军校尉的齐王司马冏、梁王司马肜通谋，假传皇帝诏书，带三部司马冲进宫去，胁迫皇帝司马衷到东堂，杀死贾谧，将贾后拘押到建始殿中囚禁，随即搜捕诛杀贾后党羽。同时，司马伦趁乱派人把司空张华与仆射裴𬱟抓来，捏造罪名，一起杀害，并夷其三族，以泄其积怨，并将朝廷中有名望的大臣几乎诛杀殆尽。

这时候，皇帝司马衷就如同泥雕木塑般一无作为，任凭司马伦滥杀无辜。头脑简单的司马伦又受孙秀的操纵摆布，唯孙秀之言是从，孙秀说让杀谁就杀谁。根据孙秀的主意，司马伦把皇后贾南风废为庶人，迁往金墉城拘禁。随后，又用孙秀之计，派人带金屑酒到金墉城，将贾南风毒死。

杀了皇后贾南风后，司马伦又依照孙秀之计，拟夺留居京都的淮南王司马允的兵权。司马允自然不会俯首听命，于是发兵反抗。经过一场惨烈血战，司马允兵败被杀。

杀了司马允后，赵王司马伦愈加威风，借口严查司马允一党，将所有与他们意见不同的王公大臣一体诛杀，死亡达数千人之多。其后，又由孙秀等人鼓动，为司马伦加了九锡殊礼。而孙秀更是为所欲为，居然要与帝王家攀亲，为自己的丑陋儿子孙会迎娶了皇帝司马衷的女儿河东公主，又将自己的同族人孙旗的外孙女羊氏献容为帝说合，请册立为继后。此时的皇帝形同虚设，任由孙秀与司马伦为所欲为。还好，这羊献容为尚书郎羊玄之的女儿，生得花容月貌，与贾南风相比，判若天渊，倒也深得皇帝喜爱。

然而，好景不长，新皇后当了仅仅两个多月，羊献容就随同皇帝被囚禁在金墉城中。

原来，司马伦在孙秀的唆使下，经过一番清除异己的杀戮后，自以为时机成熟，突然野心膨胀，就要篡国称帝。于是，他指使手下，逼皇帝交出玺绶，备好车驾，昂然入宫。他表面上尊司马衷为太上皇，改金墉城为“永昌宫”，将皇后、皇帝迁入囚禁起来，他自己做了皇帝，改元建始。任命孙秀为侍中、中书监。由于得国不正，急于培植自己的势力，于是所有党羽，越次超迁，奴仆士卒亦加爵位。一时间，装饰官员帽子的貂尾满足不了需要，只好拿狗尾来替代，演出了“狗尾续貂”的可笑闹剧。

司马伦的倒行逆施，马上就招致宗室诸王的强烈反对。齐王司马冏首先发难，一方面传檄天下，出兵讨伐司马伦；另一方面遣使四出，联络诸王。成都王司马颖、河间王司马颙等积极响应，各自率部出发，兵锋直指京都洛阳。经过颍上、黄桥、溴水等诸场激战，司马伦、孙秀的军队最终被打败。其中成都王司马颖带兵渡过黄河，长驱直下。此时，京城官员将士之中，有好些人痛恨司马伦与孙秀，于是联络三部司马，趁乱攻杀了孙秀及其儿子孙会等人。然后到金墉城迎还皇帝司马衷，将司马伦及他的所有儿子一并拘捕处死。

皇帝司马衷复位，改元永宁（301），遣使慰劳司马颖、司马冏、司马颙三王。自三王兴兵至皇帝复位，先后六十余日，双方战死不下十万。加之清除司马伦与孙秀余党，致使血雨腥风，遍及京都。

司马伦之乱既平，朝廷封赏功臣，授齐王司马冏为大司马，加九锡殊礼，留朝辅政；授成都王司马颖为大将军，都督中外诸军事，假黄钺，录尚书事，亦加九锡；授河间王司马颙为侍中太尉。其他有功人员一并加官晋爵：常山王司马乂为抚军大将军，兼领左军；新野公司马歆晋爵为王，都督荆州诸军事；梁王司马肜为太宰，领司徒；等等。

逆贼被除，海内渴望太平，总道是拨乱反正，从此好重见天日了。谁知天不祚晋，诸王窥视皇权，又在钩心斗角。一时间暗流涌动，阴风四起。

为了对付司马冏，成都王司马颖招来其下属咨议参军兼左长史卢志商量对策。这卢志是司马颖的智囊人物，遇事很有见地。当初司马颖就是听了他的建议，才下了决心起兵响应齐王司马冏讨伐司马伦的。在黄桥激战中，开始，司马颖的部队被司马伦与孙秀的军队打败，伤亡近万人。司马颖想撤军退保朝歌，又是卢志为他定计，让他趁敌人得胜轻敌，选精兵突袭敌军营寨，方才反败为胜，取得了讨伐司马伦的决定性胜利。现在，当他听了成都王的打算后，认为不妥，他劝成都王说，两雄不能并立，应以回去侍奉母亲为名，把大权让给齐王，从而收取天下民心，方为上策。

司马颖素来信任卢志，于是上表称颂齐王功德，建议将国家大事委托齐王，随即告辞回到了镇所邺城。为了进一步收取民心，卢志又建议他上表辞去九锡之礼，举荐参加讨伐司马伦的功臣，并调运河北之米十五万斛赈济阳翟一代的灾民。又打造棺材八千多口，制作丧服，收敛祭祀在黄桥激战中死难的将士，以优厚的待遇抚慰他们的家属。还指使温县令，让其收葬那些战死的赵王司马伦部卒。成都王的这些举动自然收到了显著的效果，一时之间，两河南北交口称颂，都城内外一片赞誉。

成都王一心致力于收取民心，而留朝辅政的齐王司马冏却在穷奢极欲，植党营私。为了久专国政，他将自己的儿子全部封王、亲信将佐均委以重任。如此安排，他可能仍然感到势力不足，便进拜东海王司马越为侍中，不久又进位司空，领中书监，使司马越参与处理政事，以为自己的臂助。同时诏复常山王司马乂为长沙王。

司马冏自作威福，听不进下属的良言忠告，肆意诛杀大臣，并把主要精力放在了严防作为手足的宗室诸王之上。特别是河间王司马颙，在以前曾经依附过赵王司马伦。对于这一点，齐王司马冏一直耿耿于怀。司马伦之乱平息后，司马颙回到关中镇所，而把亲信长史李含推举为翊军校尉，让他作为自己的代表留在京都。这李含与司马冏的亲信属下多有积怨，这时又看到司马冏在刻意提防司马颙，害怕祸及自身，便只身匹马跑回关中。见到司马颙后，李含假传皇帝密诏，令司马颙起兵讨伐司马冏。同时为司马颙出谋划策，让其发出檄文，指使势力远不如齐王的长沙王司马乂去讨伐齐王。以期长沙王被齐王杀掉，到时候，以此为罪状，起兵讨伐齐王。除掉齐王后，再拥立皇室近亲成都王司马颖辅政，从而成就大功。司马颙贪功心切，按照李含之计，一面上表弹劾齐王司马冏，申明自己的主张，一面整顿军队，命李含为都督、悍将张方为前锋，起兵进逼京都。同时，派出使者邀结成都王司马颖、新野王司马歆以及范阳王司马虓一同起兵。

再说司马冏接到司马颙表文，不免惊慌，但他又不愿让权退位。这时，他首先担心的是长沙王成为司马颙的内应。于是急忙派兵袭击长沙王。谁知长沙王司马乂已经走了先着，他带领手下百余人驰入皇宫，关闭所有的宫门，挟持了皇帝，号召卫士出攻大司马府。同时拥皇帝到上东门御楼传旨，说是司马冏聚众谋反。结果两军一连大战三天三夜，最终齐王司马冏战败被俘，被长沙王司马乂杀死。

城内初定，司马乂请皇帝登殿，下诏大赦天下，改元“太安”（302）。于是进长沙王司马乂为太尉，都督中外诸军事，同时传谕河间王司马颙等罢兵。司马颙只得将李含、张方召还。

长沙王司马乂从此执掌了朝政，当然志得意满。然而，他比他的前任汝南王司马亮、楚王司马玮、赵王司马伦、齐王司马冏结局更惨。不过这是后话，容后再叙。

晋王室宗亲之间的八王，为争权夺利，同室操戈，你攻我伐，手足相残，腥风血雨，弄得民不聊生，终至天怒人怨。先是居于巴蜀地区的氐族人李特、李流等聚众造反，攻城略地，声势浩大。李特战死后，其子李雄继承其父之志，率众继续为乱。紧接着，义阳人张昌又在荆襄一带聚众反叛。朝廷派兵好不容易将张昌打败，然而人怨难息，天怒更甚，一场空前的大旱灾，又为晋室王朝从深山之中赶出了一位更为可怕的掘墓人。

第八回　遭饥乱再度离乡
出雁门又获技能

这场大旱灾的主灾区正好在并州大地。早在东汉末，随着曹操迁五部匈奴入并州安置，鲜卑、羯、氐、羌、乌丸等少数民族也随之涌入。到此时，整个并州大地已经成为诸部胡人与汉人的杂居地。我们的主人公石勒所在的武乡羯室，正位于并州的腹地，自然也是这场大旱灾的中心地带。

晋永康二年（301）亦即永宁元年五月，一场罕见的冰雹降临以后，老天便不再下雨，旱得整个大地河干井涸，草木枯焦，庄稼颗粒无收。

大旱的第一年，由于多年经营，石勒与他的部族多少有了一点积蓄，还勉强撑得过去。谁知到了第二年，即“太安”元年（302），大旱仍在继续。黄麻无法下种，桑树都已枯死，养蚕缫丝已经成为昔日的神话，整个部族再也支撑不下去了。特别是处于死亡线上的大批饥民，开始结伙抢劫。一些相对殷实的人家便遭了大难。所有能吃的东西都被抢光，一切能用的东西均遭掠夺。盗贼蜂起，杀人越货，遍地饿殍，到处流血，昔日的三晋大地，转眼间沦为人间地狱。

这期间，整个羯胡部族全赖石勒训练的勇士们竭力维护，抵御了一批又一批的饥民骚扰，才得以保全。就连郭敬、宁驱两位大财主的深宅大院，也多亏石勒派人守护，生命财产未曾遭受大的损失。然而，羯室中的存粮很快食尽。郭敬、宁驱虽然倾囊相助，但由于粮食储存有限，也很快便显得捉襟见肘。二人虽积有大批金银，但由于旱灾面积过大，三百里之内无处购粮。再往远处，又因为条条路上都有由难民演变的强盗剪径，就算买到粮食，也无法运回。

眼见得再难维持下去，郭敬只得忍痛舍弃了他苦心经营了十六七年的庄园，与北原山下的羯胡老乡洒泪告别，带着他的商队远走他乡，去寻找新的活路。宁驱虽然也想搬回阳曲老家，但考虑到阳曲的情况比这里好不了多少，所以一直迟疑未决。

这一天，整个羯胡部落的所有男女老少，都被召集回北原山下的羯室中来。于是，发生在二十多年前的那一幕情景再次重现。

还是在原来的那一处开阔地上，面对眼前场地上黑压压拥挤着的人群，酋长周曷朱沉痛地说："我的族人们，我不知道我们到底做错了什么，上天要如此惩罚我们。连年的大旱，夺去了我们的生活来源，眼下我们已经无法再坚持下去了。走吧，我的亲人们。带着你们的父母和妻子、孩子，带上我们的先知留给我们的宝典《摩西五经》，到外面寻找活路去吧！我只希望大家不要忘记，我们是上帝的子孙。我们到了外地，可以找有钱、有吃的人家去做苦力，用我们的辛勤和汗水去换取食物；也可以乞讨，让人们可怜我们，给我们食物；还可以自卖自身，给别人做奴隶，换取活命的东西，要想尽一切办法活下去。只要留得性命，一切就有希望。走吧，我的亲人们。等到这场灾难过后，大家一定要返回到我们的羯室来。因为这里是一百多年前，我们的祖先根据上帝的指示：向东方，走到太阳升起的地方，从大西海野翘窝一路跋涉，找到这里，为我们子子孙孙开辟的乐土，我们永远都不能忘掉根本。走吧，大家就此解散，各自寻找活路去吧！"说罢，周曷朱带领大家焚香礼拜，告别了这块他们赖以休养生息的热土，扶老携幼，走上了前途茫茫、吉凶未卜的求生之路。

整个羯胡部落的解散，无疑为宁驱大大减轻了粮食供应方面的压力，使得他有可能坚持下去，等待天道轮回，等待有朝一日天降甘霖，使这场灾难平安过去。十六七年的苦心经营，他实在舍不得丢弃这份来之不易的家业啊！

石勒本来也要带着妻子、儿子随父母一起外出逃荒，但妻子英姑不同意。她说，她要带着儿子回娘家去。她悄悄告诉石勒，说她父亲一世精明，家中对防灾、防盗早就做了精心的准备。她娘家的炉灶下面，就是一个不小的地窨子，里面存放着不少粮食。每年父亲以新粮换旧粮，就是预防一旦天年不顺，全家人赖以活命的。前一段时间，咱这里到处发生饥民抢劫，她害怕父母出事，曾经回去探望过。母亲告诉她，在每次遭遇饥民结伙抢劫时，他们都躲在外面，并不在家。家中虽然门锁被撬，屋内屋外被翻得一片狼藉，但饥民们并没有找到她家藏粮的地方，所以也就没有太大的损失。现在，绝大多数的饥民都已经离开了我们这里，到外地逃生去了，结伙抢劫的风头已经过去，他们母子留下来，反而比到外面漂泊流浪要安全得多。再说，她现在有一身功夫，就算有一些饥民找上门来，她也能对付得了。她只是担心公公、婆婆都已经上了年纪，怕他们经不起颠沛流离。所以她希望丈夫能和公婆在一起，一路上也好有个照应。

而这时，宁驱也找上门来，他也希望石勒一家能够留下来。他说：虽然我们现在储存的粮食已经不多了，但由于整个部落的离散，也就不用再发愁需要大批的粮食发放。所以，就我们眼下的存粮，养活我们留下来的少数人，只要省着点用，坚持个一年半载还是没有多大问题的。他说，他相信天无绝人之路，一定会降下甘霖。如果今年再不下雨，我们再外出逃难不迟。

石勒对宁驱的好意表示深深的感谢。但他告诉宁驱：他们家作为整个部落的首领，一定要和他的族人们同生死，共患难。绝不能做任何对不起族人的事。如果听任他的族人在外面呼号挣扎，而自己却躲在家中享福，这不是正经人的行为，上帝也绝不会饶恕这样的人。所以他必须和他的族人一道外出逃荒，一道去寻找活路。他没有特权去作另外的选择。再说，在他们羯胡人的历史上，几次祖国被侵凌，人民被驱逐，一直从大西海流亡到中土，流浪、逃难始终就伴随着他们这个种族，这已经成为常事，族人早已习惯，他也不例外。

石勒的话让宁驱大为感动，也使他进一步看清了石勒的胸怀。亚圣孟子曾说过："天将降大任于斯人也，必先苦其心志，劳其筋骨，饿其体肤，空乏其身……"回顾石勒其人，出生时惊天动地，电闪雷鸣；八岁时大难不死，反获得了一身惊世骇俗的武功；十四岁再次遭祸，却能在朝廷的通缉捉拿中几次逢凶化吉。于是他更加坚信其前程不可限量。这次天降重灾，再听其所言，观其志向，难道不是上天安排，让他在苦难中历练吗！于是他不再坚持自己的意见。他相信，这羯胡小子，将来一定会大有造化。

送走了宁驱，石勒见到正在为离家出走做着准备的父母，告诉他们，他要把妻子、儿子送回到岳父家中。他让父母等他回来后再一起出走。然后带着妻子、儿子向河西村走去。

河西村，刘英姑的父母见女儿、女婿、外孙一块到来，自然是欢喜无比。但听说女婿要随同整个羯胡部落外出逃荒，又不免唏嘘难过。这次出门，又没有个明确的落脚地，前路茫茫，如何能不令人担心！于是，老岳父从地窖中挖出点粮食，让女儿为石勒准备了一些干粮，交给石勒，然后和女儿、外孙一道，送石勒上路。

难以言表的牵挂，无法叙述的眷恋，在难舍难分中，石勒告别了妻子、儿子，急匆匆回到北原山下的老屋。然而，父母并没有等他回来，就和他的族人们一起走了。想到妻子一再嘱咐要照顾好父母，现在父母却不知去向，这使他心急如焚。可是，往哪个方向去追寻父母呢？现在东河沟村已经空无一人，无从打听。在整个北原山一带，也只有宁驱一家尚在，于是他便跑到宁驱家去询问。

宁驱说：临走之前，曾听有人说过，他们打听到北边的旱情可能要小一些，那里也许有活路。但最后到底往哪个方向走了？他也说不清楚。

虽然不得要领，但是石勒别无选择，只能朝着北方一路追寻下去。沿途他目睹了这场大旱所造成的凄惨景象：山野间草木枯焦，河道断流，一派荒凉，毫无生气。节令虽然还是盛夏，但除了赤炎当空，暑热逼人外，举目望去，万物凋零却如同冬日。

由于大小河道中均无水流，天气又热得让人无法忍受，一路上又绝少遇到行人，而沿途的好些村镇大多变成了无人村。在走得口渴难耐的时候，他只能到那些空无人烟的村庄里，寻找深井，汲水解渴。好在石勒这人遇事方寸不乱，一向是谋定而动。在上路之前，他就已经考虑好了逃荒路上可能遭遇的各种情况，做好了充分的准备。比如，汲水用的长绳、便于携带的小瓦罐等。特别是妻子英姑为他准备的那点干粮，为他解决了很大的难题。否则，他就是乞讨，也很难找到施舍的人家。不但是人，就是鸟兽，一路上也绝少见到，就好像整个天下都已经变成了死寂的世界。

有道是："国正天心顺，官清民自安。"大晋朝廷的倒行逆施导致的天心不顺，致使降临的灾难是多么可怕！

石勒在孤独无助中一路北行追寻父母与族人，却始终未能如愿。这一天，他来到了雁门郡。这里的情况要比家乡一带好得多，草木茂盛，山野青翠，显然没有招致旱魃的肆虐。恒山脚下，有一块广阔的牧场，饲养着成千上万的马匹。为了活命，石勒只好暂时放弃寻访父母，在牧场找了一份放马的活计。

牧场内有一位牧师，名叫腾格尔丹，是匈奴人。腾格尔丹是一个技术高超的驯马师，他不仅马上功夫高深精湛，还精通相马术。一天，腾格尔丹喝酒喝得酩酊大醉，跌倒在草地上，吐得身上衣裤一片狼藉。正好石勒牧马经过这里，就把他抱进帐篷，并为他把衣裤擦洗干净，在这里一直陪着他，直至他醒来。从此俩人一见如故，成为莫逆之交。腾格尔丹已经年过五十，孤身一人，没有妻室儿女。自从结识石勒后，就把石勒看作了自己的亲人。

一天上午，腾格尔丹和石勒坐在一块豪饮。闲谈中，得知石勒尚不会骑马，于是摇摇头说：“如今天下兵荒马乱，大丈夫处世，不会骑马咋行？从今天起，我就传你马术！”

腾格尔丹的话使石勒大喜过望。他一直渴望学会骑马，但一直没有机会。如今腾格尔丹要主动传授自己马术，自然是求之不得。于是他急忙起身拜谢。

石勒原本就武功精湛，找准身体的平衡点并非难事。在腾格尔丹的精心指导下，他很快学会了骑马，能在狂奔的马上翻上翻下，行动自如。到后来，他不但能在不配鞍鞯的光身子马上金鸡独立，还能头顶马背，两臂平伸，头下脚上倒立在马背上“拿大顶”。同时，随着石勒对马术的逐渐掌握，腾格尔丹又将驯马的技法与相马的诀窍，毫无保留地统统传给了石勒。于是，在腾格尔丹的精心指导下，石勒练就了一身骄人的马上功夫和一双神奇的相马眼睛。

在牧场干活期间，石勒一刻也没有忘记寻找他的父母和族人。一有时间，他就到附近的街市上去打听羯胡人的消息。可是，一连几个月过去了，却一点头绪都没有，这使他感到无比的焦虑。

终于有一天，石勒又到街市上打探消息，恰巧遇到了几个羯族老乡。族人们异地重逢，自然有一种难以言表的欣喜。老乡们告诉石勒，他们已经得到确实消息，就在前些日子，家乡一带已经普降甘霖了。所以，他们决定返回老家去。虽然眼下回去后还没有粮食，但只要老天下了雨，地上就会长出野菜来。回去后，就算吃草根树皮，也总比在外漂泊要好得多。

当石勒向他们询问父母的情况时，他们说，逃难时，他们和老族长走的不是一条路。现在老族长到了哪里，他们也说不上来。不过，他们听说，有好些族人都已经回去了。说不定老族长他们听说家乡下了雨，也就回去了。他们非常希望石勒能和他们一起回去。

石勒考虑了一下，说："我如今正在给主人干活，咱不能不辞而别。你们可以先回去，我回牧场向主人交代一下，道个别，随后追赶你们。"

和老乡们分别后，石勒立即赶回牧场，向牧场主说明情况，提出辞职。牧场主对石勒几个月来的工作感到十分满意，也想留他继续干下去。但见石勒去意已决，他也理解石勒的心情。于是从优给石勒结算了工钱，并告诉石勒，以后如有机会，希望他还能到此干活。

告别了牧场主，石勒又找到腾格尔丹向他辞行。腾格尔丹见石勒就要离去，心中十分不舍。石勒也舍不得离开腾格尔丹，他知道，他们这一分别，今生是否还能相见？已经无法预测。于是，他专门备了酒菜，与腾格尔丹作临别前的最后一次豪饮。腾格尔丹由于心内惆怅，只喝得酩酊大醉。石勒挂念归程，所以并未开怀畅饮。他见腾格尔丹沉沉睡去，就把腾格尔丹抱到床上，盖好被子。为了不至于临别时难舍难分，便趁着腾格尔丹沉醉不醒，向腾格尔丹深施一礼，毅然走上了归程。

由于一连数月，父母情况不明，石勒自然归心似箭。离开牧场后，他施展轻功绝技，向着家乡一路狂奔。

等到腾格尔丹一觉醒来，已经是第二日的上午。他突然想起，应该送石勒一匹良马代步。于是，他从马群中挑了一匹纯种的汗血宝马牵了，骑上自己的坐骑，一路向南追去。可是，一直追出上百里，也未追上石勒。他只好长叹一声，作罢返回。

再说石勒，一路上晓行夜宿，向南奔行。这一天，他进入武乡地界，眼看得北原山已经遥遥在望，他心中十分欣喜。谁知他跌宕坎坷的命运并未结束，一场更大的凶险又向他袭来。石勒不但未能见到父母，还被像牲畜一样遭受凌辱，贩卖他乡，沦为耕奴。

第九回　赖宁驱劫中获救
遇郭敬绝处逢生

并州刺史府。

刺史东瀛公司马腾，手捧一纸书信，白皙的面部堆满了愁云。书信是他的胞兄东海王司马越专门派遣心腹家人送来的。这司马越原本是曹魏朝廷太傅司马懿的侄子。司马炎篡魏为晋后，追尊其祖司马懿为宣皇帝，让司马越承袭其亡父高密王司马泰爵位，改封东海王。这司马越未进入朝廷之时，名声倒也不错，看上去安守本分，不羡富贵。自从参与政事后，便开始野心膨胀。他见司马氏子侄辈一个个贪权恋位，一旦染指朝政，便颐指气使，为所欲为，于是也开始产生了有朝一日能在朝中独揽大权的幻想。为了达到这一目的，他不但在朝廷中培植亲信，广树党羽，还想在地方上拥有一支自己的军队。所以，他给胞弟司马腾写信，让司马腾在并州大量扩充军队，以备随时调用。

东瀛公司马腾接到胞兄书信后，却犯了难。虽说眼下并州大地遭遇了百年不遇的大旱，遍地饥民，招募兵员并不困难。难的是，扩充军队需要大量的军费开支。可是，现在旱灾肆虐，地无物产，境内人口大量流失，官府赋税都无从征收，这笔军费开支如何解决？

就在司马腾踌躇无计之时，正好自己的心腹部下建威将军阎粹走了进来。司马腾把胞兄书信拿给他看，向他问计。闫粹略加思索，说："我看军费问题可以这样解决。现在太行山以东平原地带十分富庶。据了解，目前那里的财主们正在大量购买奴隶为他们干活，身价十分可观。而我们并州境内居住着大批胡人，这些胡人都是从边远之地迁徙进来的。胡人们本来非我族类，与我们心性不同，加之他们桀骜难驯，是我大晋王朝的心腹之患。如果把他们之中的青壮男丁抓获，卖往冀州，不仅可以解决我们的军费开支，也省得他们一旦时机成熟聚众为乱，岂不是一举两得！"

听了闫粹的妙计，司马腾心中大喜。他知道，从汉代以来，并州地区就不断有胡人迁入。特别是东汉末期，大丞相曹操"挟天子以令诸侯"，实际操控朝廷大权后，出于政治上的考虑，曾将南匈奴单于呼厨泉的部众分为五部，迁入并州安置。其他种族的胡人也趁机迁入。从那时起到现在，经过百年来的繁衍生息，各族胡人已是人口大增。这些人在晋室官僚眼中，也就是一群两条腿的畜生罢了。如果把他们中的青壮年抓获，卖充军实，倒也确实是一条不错的妙计。

司马腾立即召集帐下将军，给他们分派任务，让他们四出抓捕胡人。

巧的是，这时候本来在四处分散逃荒的胡人们，听说旱情解除，正在陆续返回家乡。可他们万万没想到，天灾将歇，人祸又兴，一场更大的浩劫正在等待着他们。

话说石勒离开雁门，一路晓行夜宿，向着家乡而来。眼看着北原山已经遥遥在望，估计再有半日路程，即可回到家乡，与亲人团聚。俗话说"故土难离"，回顾自己这一生，已经先后三次被迫离家出走。现在终于又回来了，他的心中自然充满了一种难以言表的兴奋。

忽然，前面路上尘土飞扬。一队官兵押着一群用绳索拴绑的老百姓迎面走来。队伍中高高举着的旗幡上，写着斗大的"刘"字。石勒心中诧异：官兵捉拿老百姓干什么？却忽然看出，这些被抓的老百姓全是胡人装束。就在这时，他听到被抓的人群中有人高喊："勒子哥，快跑，官兵要抓人了！”

石勒循声望去，只见在这些被抓的胡人中，有不少是他的族人。葵安、桃豹、支屈六、逯明等一班兄弟也在其中。

见自己人被抓，石勒不觉勃然大怒，就要上前解救。然而，还没等他动手，他已经被官兵发现。只见一位骑马的将军抽出腰间长剑，向他一指，喝令手下兵丁：“快把那羯胡小子抓住，别让他跑了！”

随着一声命令，一群官兵挺着长枪、大刀，像恶狼一般扑了过来，将石勒团团包围。石勒手脚并用，在圈中左冲右突，然而，包围他的官兵越来越多。有道是“双拳难敌四手”，尽管石勒武功高强，但面对这群训练有素、凶猛异常的官兵，他又手无寸铁，渐渐感到难以取胜。眼见得族人们解救不了，他又担心自己的父母情况不明，不知是否也已落难，不得已，只好退求自保。于是他施展平生所学，在刀丛枪林中闪转腾挪，一连打倒几十名官兵，得空跳出包围圈，向着北原山一路狂奔。那将军见这羯胡小子居然杀出重围跑了，不觉恼羞成怒。他命令手下步兵继续押着被抓的胡人往前赶路，自己亲自指挥军队中的骑兵去追赶石勒。

前面的一名骑兵马快，不一会儿就追上了石勒。只见他挺起手中长枪，向着石勒的后背狠命刺来。然而，奔跑中的石勒仿佛脑后长有眼睛，就在枪尖堪堪触及后背的一瞬间，身子往旁边一闪，让过枪尖，顺手抓住枪杆，随着骑兵马往前冲，他纵身一跳，跃上马背，正好落在那名骑兵身后。他用枪杆勒住骑兵的脖子，将他控制住，一面用脚踢马快跑，一面问：“你们是什么人？为什么抓我们这些胡人？”

“好汉饶命，”骑兵惊恐万状，“这不关我事，我们都是北泽都尉刘监将军的部下。后面指挥我们的那个人就是刘监将军。听说捉拿你们是要往冀州贩卖。别的我就不知道了。”

石勒本想再问他们一共抓了多少胡人？眼下要押往哪里？可是，后面的追兵已经追了上来，没时间了。他们两人一骑，马力有限，显然跑不快。

于是他松开骑兵，喝一声："下去吧。"将骑兵推落马下，独自骑马狂奔。

石勒骑术高超，很快就和后面的追兵拉开了一段距离。但是，后面的追兵并不放弃，仍然在穷追不舍。

转过一处弯道，就到了北原山脚下。行进间，前面出现了一道高墙。石勒知道，高墙里面就是宁驱家的庄园。他听听后面，激速的马蹄声不断。眼见得追兵无法摆脱，于是他心生一计，起身站立马背，打马顺着高墙一直向前冲。然后他瞅准机会，纵身一跃，跳过墙头，进了宁驱庄园，只剩得那匹空马一直向前奔去。

跳入庄园后，石勒立马来到宁驱卧室。

宁驱正好在家，他见石勒突然来访，既惊又喜，急忙起身相迎。石勒顾不得寒暄，他告诉宁驱，外面的官兵正在捉拿自己，叫宁驱赶快找地方把自己藏起来。

宁驱一听，也不再说什么，走过去挪开靠墙的衣柜，后面出现一道暗门。进入暗门，走下一串台阶，便是一处地下暗室。宁驱让石勒进入后，重新摆正衣柜，端坐家中等待。

再说石勒骑的那匹马，在跑了一段路后，因无人驾驭，便渐渐停了下来。等到后面的追兵转过弯道赶上来时，却发现他们追到的只是一匹空马。都尉刘监气急败坏，于是返回来沿路寻找。当他发现宁驱的庄园后，怀疑这羯胡小子许是进入了庄园，便命令手下骑兵将庄园团团包围，自己带着随从兵丁，找到大门，叫手下上前叩门。

听到庄丁禀报，宁驱整顿衣冠出门迎接。他把将军请入客厅就座后，命家人奉上茶来，小心询问："不知将军光临敝舍，有何见教？"

将军说："我们刚才追捕一名逃跑的胡人，追到这里后，那人就不见了。我想，他一定是跑进了你的庄园。所以想进来看看。"

宁驱做出一副诧异的样子，摇摇头说："这不大可能。我这庄园四面围墙很高，大门一向紧闭，又有人看守，一般人不经允许是进不来的。你们是不是弄错了？”

将军说：“不不不，这家伙武功了得，翻越你这点墙头根本就不在话下。我想让手下在你的庄园中搜查一下，还请庄主见谅。”

宁驱说：“既然是这样，那就请将军费心仔细搜查。这些胡人十分可恶，千万别让他藏在我的庄园里。”

将军立即指派手下，将庄园的各个角落都仔细搜查了一遍，结果什么也没搜到，只好告辞走了。

送走官兵，宁驱关好大门，请出石勒，欲作久别后的长谈。石勒却急切地向宁驱询问父母的消息。宁驱告诉他，这段时间里，外出逃荒的羯人确实回来不少，但他的父母却并未回来。而且，回来的人大多被官兵抓走了。现在的东河沟羯室中，只有一些老人和孩子。宁驱说，他每天都要到东河沟转一转，看一看。他让石勒放心，一旦石勒的父母回来，他会好好照看的。

听了宁驱的这番话，石勒的心略微放下了一些。二人久别重逢，自然有说不尽的话题。当说到这次官兵捉拿胡人之事时，石勒说，他原本想打听被抓的胡人关押何处，好去设法营救。可是，现在他改变了主意。他说，就算能把他们解救回来，可眼下已是秋天，庄稼不能下种，粮食无从收获，他们回来吃什么？与其让他们每天依靠树皮草根，在饥饿中艰难度日，还不如让官兵把他们卖到冀州为奴。在那里或许还能混口饭吃。所以经过再三考虑，他放弃了营救他们的打算。只是，现在自己该做些什么呢？

话说到这里，宁驱长长地叹了一口气，说：“你有一身绝世武功，我觉得你应该前去投军。只有到了军队中，你这一身功夫才有用武之地。凭你的身手上阵杀敌，建立功勋、封妻荫子应该是没有什么问题的。只是不知你想过没有？”

宁驱的提议，让石勒不觉眼睛一亮。老实说，对这个问题他还真没想过。经宁驱这一点拨，他开始动心了。是啊，师傅传自己一身武学，我为什么不到军前效命呢？这样碌碌无为，这一身功夫岂不是白白糟蹋了吗？宁驱说得很对。只是，他该到哪里去投军呢？

宁驱说：“如果你真的决定前去投军，我倒有点门路。我有个故人，名叫李川，现在并州做纳降都尉，也是一名将军。我写封信，将你举荐给他。我想，他会给你安排一份差使。”

石勒一听自然满口答应。于是，宁驱找出一方绢帕，研墨润笔，写了书信一封交予石勒，让他收好。

当天，石勒就住在宁驱庄上。晚上，二人抵足而寝，长谈一宵，不觉得天光已亮。石勒起身告别宁驱，就要上路。宁驱拿出一个包袱让他带上，说：“从咱这里到并州，大约是三天的路程。你把这些干粮盘缠带上，路上好用。到并州找到李川，你一定会得到重用。”说完，二人依依惜别。

石勒离开宁驱庄园向着并州行进。为了避开到处疯狂抓捕胡人的官兵，他不走大路，专拣山中偏僻小道一路潜行。由于他从来没有到过并州，不认得道，在山沟中转来转去迷失了方向。本来是三天的路程，可他已经走了五六天了，却连并州的影子也没见到。宁驱给他带的干粮早已食尽。山中人烟本就稀少，加之这场大旱造成的影响尚未消除，他即便偶尔遇到人家，也绝对讨不出饭来。他只能依靠嫩草充饥。还好一点的是，口渴时，山沟里能找到水，他不用再寻深井汲取。饿得两眼发黑的石勒，向偶然遇到的山里人打听去往并州的路，可是，这些山民自出娘胎就住在山里，哪里知道什么并州？万般无奈，石勒只好摸索着走出山沟，重新回到大路上来。而这时，他已经是一身虚汗，举步维艰。

也许真的如圣人所言，天将降大任于石勒，他命不该绝。就在他拖着疲惫已极的身子，摇摇晃晃地挪上大路时，前面正好来了一支商队。石勒本想上去向他们讨点食物，再顺便打听一下去往并州的路。然而，一阵天旋地转，他便跌倒在地，昏过去了。

行进中的商队，见有人倒地，就有人走过来察看。察看的人撩开石勒披在脸上的凌乱头发，仔细辨认了一会儿，突然回过头高喊：“郭爷，你快过来，是石勒兄弟。”

原来，来的正是郭敬的商队。郭敬自从因灾荒离开北原山后，就带着他的商队一直在冀鲁大地上行贩。近来，他听说并州一带旱情已除，便带着他这支由十来个人、七八匹马组成的商队，带了一批物资，想重返老屋看看。

听到伙计呼唤，走在商队后面的郭敬急忙打马跑了过来。他跳下马，上前一看，果然是石勒。于是他顾不得地上肮脏，蹲坐在地，将石勒轻轻抱在腿上，叫伙计取过水壶，给石勒的口中喂了一点水。

石勒悠悠醒来，睁开眼睛，认出了郭敬。他挣扎着坐起，喃喃地说：“我这是做梦吗？”

郭敬忍不住鼻子发酸，流下泪来。他用手扶住石勒，仔细端详着。见石勒蓬头垢面，衣衫褴褛，不由唏嘘道：“兄弟，你这是咋了，如何落到这步田地？”

石勒下意识地低头看看自己，发现身上的衣衫已经在山里被荆芥拉扯得丝丝缕缕，脚上的鞋子也已开裂。他知现在的自己形同乞丐，长叹一声，禁不住热泪长流说道：“说来话长。只是我现在饿得要死，你们有啥吃的，快给我一点。”

郭敬吩咐伙计取过干粮和一只铜碗，他亲自把干粮揉碎放入铜碗，又取过水壶倒了一点水，把干粮泡软，拿一只汤匙，喂石勒吃了几小口后，便停了下来。郭敬知道，饥饿到了极点的人，切不可让他饱食，那会坏了他的性命。石勒当然也深知这一点。所以，他也不再坚持讨要食物，只是多喝了两口水。

在伙计们的帮助下，郭敬把石勒扶上马。他吩咐伙计们：“就近找一家客栈住下，今天不走了。”

在附近的一个镇子上，郭敬把石勒安顿在客栈里，他出去置办了全套衣服行装，回来后让石勒换了。又给石勒吃了一点食物，然后让石勒好好睡了一觉。当石勒睡醒后，郭敬才开始问他到底发生了什么事？

石勒向郭敬讲述了这几个月来发生的一些情况，他告诉郭敬：“宁驱介绍我到并州找纳降都尉李川，在军前谋个差使。我觉得这主意不错，这样一来，我的这身功夫就有了用武之地。”他一面说，一面伸手入怀，从贴身处掏取宁驱写给李川的信，想让郭敬看看。然而，当他把那方绢帕掏出展开后，却一下子傻眼了。

或许上天降生石勒，就注定了他是西晋王朝的掘墓人，天意不允许他为朝廷效力？那方本来写满文字的绢帕，已被他身上的汗水浸润成黑乎乎的一片，根本辨认不出字迹来。这使石勒感到非常沮丧，情绪一下跌入谷底。他一路上经历了千辛万苦，到头来没了书信，他又不认识李川，这可如何是好！

郭敬见状，也替他发愁。他说：“从这里到并州城，虽说路途已经不远。可是，没有了这书信，事就有点难办了。看来，你还得再回老家一趟，让宁驱重写一封。”

石勒摇摇头说：“现在老家一带，官兵正在抓捕胡人，往冀州贩卖。回去也不会有好果子吃。”说到这里，他忽然灵机一动，一个新的想法跳了出来。

那么石勒到底有何打算？

第十回　遭抓捕饱受殴辱
披枷锁惨遭贩卖

根据羯族人的祖传律法，在天灾人祸降临、生存受到严重威胁的情况下，族人也一定要珍惜生命。为了活命，第一，要设法脱离绝地，到外面寻找活路；第二，也可以自卖为奴，或者让别人收买为奴，给主人家服劳役，从而获取继续生存的机会和条件。眼下，官兵抓捕胡人，往冀州一带贩卖获利，这从一般意义上说，把人当作牲畜来买卖，不能不说是一种令人发指的犯罪行径。然而，对于目前正在饥困中苟延残喘的胡人来说，被卖往冀州富庶之地为奴，倒也不失为继续生存下去的机会。因为人的生命只有一次，只有保留性命，才有可能在机会降临的时候转变命运。如果连性命都无法保留，那一切也就无从谈起。

石勒深谙其中的道理。他认为，既然官兵能卖胡人，我们胡人为什么不可以组织自卖呢？我们把自己卖了，就有了吃饭的地方。同时，卖身的钱还可以寄给家中老小，让他们活命啊！于是他对郭敬说："如今饥荒蔓延，让人们守着穷困，在死亡线上挣扎，不是办法。眼下胡人们都饥饿到了极点，特别是我们羯族人，本来就穷困潦倒，遇上这样的天灾，更是无法生存。现在冀州的财主们都在购买奴隶给他们干活。我想，如果由我们出面，把我的族人和其他胡人诱往冀州，说冀州年成很好，粮食丰收，有饭可吃，他们一定乐于前往。到了冀州后，我们把他们卖给这些财主，胡人有了吃饭的地方，而我们可以把卖他们的钱带回来分给他们的家人。一举两得，对各方面都有好处。”

郭敬听了，连连点头，说：“你这主意不错。只是眼下官兵正在大肆抓捕胡人，如果我们把胡人集中起来，官兵知道后，定会发兵来抢，我们岂不是白忙活一场？这事还需仔细斟酌。”

经郭敬这一提醒，石勒也感到这确实是个难题。两人商量了好些法子，都觉得难以奏效。于是，两人都陷入了深思。

突然，郭敬一拍大腿，说：“有了！”

石勒赶紧侧耳倾听。

原来郭敬忽然想起，他有一个远房兄长，名叫郭阳，就在并州刺史司马腾麾下当差，听说还是一个不小的将军。如果和他联手，共同做这一笔买卖，岂不就能应对官兵的抢夺了吗？多年的行商经验告诉他，要做较大的买卖，必须官商勾结才能行得通，否则将难以成事。郭敬将自己的想法对石勒说了，石勒也觉得唯有此法可行。于是，他让郭敬动身去拜访郭阳，自己在客栈静候佳音。

郭敬叫来商队中的心腹伙计，告诉他，自己到并州军营找族兄郭阳有要事商量，吩咐他照顾好商队，然后牵出马来，骑上马背，飞奔而去。

俗话说冤家路窄，就在郭敬走后不久，石勒所停歇的客栈突然被一队官兵包围。带领官兵前来的人，正是十多年前领着武乡县令到石门村抓捕石勒的李二混子。这小子自从当年离开石门村后，一直就在各地流窜，依靠偷鸡摸狗混日子。这一天，他漫无目的地在路上行走，正好遇到郭敬的商队。这小子便潜迹隐踪，暗暗跟随在商队后面，想伺机下手偷点值钱的东西。路上郭敬救助石勒时，他就潜伏在附近的草丛中。后来，他尾随商队来到镇上，亲眼看见郭敬和石勒他们住进了这家客栈。他知道，连日来官兵正在到处抓捕胡人。于是，他暗暗记下了这家客栈，随即专程去找官兵告发，亲自带领官兵到这家客栈来抓捕石勒。他这样做的目的有二：一是因为当年领着官府抓捕石勒不成，反被武乡县令赏他吃了一顿棍棒。十多年来，这口恶气一直未出，使他心有怨恨。似他这种无耻小人，在侵害别人不成时，他不会反思自己行为不端，而是要把怨恨纠结在被他侵害的对象上，然后寻机发泄。二是他想通过举报，或许能够得到一点赏钱。即使讨赏没有绝对的把握，至少可以跟随官兵混几顿饭吃。无耻之人自有无耻想法，这是一般正直之人无法理解的。

客栈突然被官兵包围，客栈掌柜自然恐慌。他手忙脚乱地迎出门来，向官兵点头哈腰，低声下气地问：小店到底出了什么事，劳烦老总们到此大动干戈？

一名带兵的将军手按腰间剑柄，厉声说："有人举报，说你客栈收留了一个胡人，你赶快把他交出来！"

听到官兵向客栈掌柜索要胡人，石勒就知道这些官兵是冲自己来的。为了不使客栈掌柜为难，他挺身走了出来。虽说这时他已经换上了郭敬为他置办的晋人衣冠，不再是胡人装束，而且通过洗漱，也不再蓬头垢面。可是，他一出现，李二混子立即上前指认："就是他，他就是那羯胡小子。张将军，快叫你的人去抓呀！"

石勒定睛一看，认出李二混子，不由怒火中烧，他大喝一声："原来又是你这混蛋。老子什么地方得罪了你，你一再与老子过不去！别走，看拳！"说着，一记猛拳冲那无耻小人的无耻嘴脸砸去。只一拳，便将那无耻嘴脸砸得五官错位，身子向后飞出，倒在地上抽搐。

那所谓的"张将军"一看这家伙竟然当着官兵的面行凶打人，不觉勃然大怒，喝令手下："给我拿下！"

众兵丁一听，发一声喊，如狼似虎般向石勒扑来。

石勒毫不慌张，只见他将身形站定，双臂一扬，扑上来的兵丁便一齐向后跌出。

“哦呵？还是个硬点子！”那“张将军”解下身上佩剑，交给随身亲兵，往上捋捋袖子，走上前说：“待我和你过过招，看看你小子到底有多大本事！”说着，他侧身错步，左手虚晃一招，紧接着右手二指戟张，迅疾朝石勒的咽喉点来。

石勒会家不忙，只见他身形微动，让过点来的二指，同时上去一步，左手上举，一招“猿猴摘桃”恰恰托住对方的下巴。紧跟着右手握拳，朝着对方的脸上狠狠砸去。

那“张将军”被砸得眼冒金星，连连后退，眼见得口鼻流血，张口一唾，吐出了两颗门牙。

“张将军”气急败坏，把手一挥，喝令手下一起动手。于是众兵丁刀枪并举，向着石勒团团围攻。石勒在重围中左冲右突，一连打倒了数十名官兵。这时，“张将军”向手下下了死命令：“务必将这小子拿下，有敢后退者，斩！”

这命令一下，众兵丁只得拼死攻击。于是倒了一批，又扑上来一批。这些官兵经过长期训练，军事素质较高，一向配合默契。石勒尽管神勇，但时间一长，终因体力不支，最终被官兵制伏后擒获。

押回军营后，“张将军”命令把石勒捆绑在木桩上，他亲自手执皮鞭，将石勒劈头盖脸一顿狠揍，直打得石勒浑身上下血肉模糊。临了，又命令手下把石勒头下脚上倒吊起来。他恶狠狠地说：“叫你小子张狂！要不是看你小子还值几个钱，老子今天非把你揍死不可。让你小子见识一下马王爷三只眼！”

再说郭敬飞马来到并州城寻访郭阳。由于多时未曾走动，他并不知道郭阳所在的营盘。经过好一番周折，他总算找到了郭阳。而且，在郭阳的军帐中，还意外地见到了自己哥哥的儿子郭时。交谈中，他得知侄子郭时在他定居北原山下时，就已经投军，在族兄郭阳帐下担任偏将。由于郭时、郭阳系同宗叔侄，郭时自然被郭阳视作心腹。平时，郭时时常在郭阳帐中走动，帮助郭阳打理军务。

听郭敬说明欲和郭阳联手诱贩胡人到冀州的来意后，郭阳和郭时均感到此事难办。因为抓捕胡人贩往冀州，正是刺史司马腾直接下给他郭阳和张隆两位将军的命令。现在军令在身，如果徇私另起炉灶，一旦事泄，干系非小！他们希望郭敬能够理解。

郭敬满怀希望而来，听郭阳他们这么一说，不免有点沮丧。但他仍然恳求郭阳，是否能够想出个变通的法子来。

正在这时，有军士来报，说是辕门口有人闯营，已被拿下，请示郭将军如何发落。

郭阳说："带上来！"

不一会儿，一个人被两名士卒扭着胳膊推了进来。郭敬一看，原来是自己商队的伙计。郭敬忙问："怎么是你？你来这里干什么？"

那伙计一见郭敬，就说："主人，不好了，石勒兄弟被官兵抓走了！"

郭阳见来人是郭敬的人，便挥挥手，让士卒退下。

郭敬招呼伙计坐下，让他不要慌，慢慢把事情说清楚。

伙计将事情发生的经过详细讲述了一遍。

郭阳又仔细询问了那带队将军的模样装束后，对郭敬说："这个人就是张隆。这是一个性情偏执的家伙，和我的关系也很一般。你的这位兄弟落到他的手里，恐怕要吃点苦头了。"

事情到了这一步，联手贩卖胡人的事自然也就无从谈起了。当务之急是如何解救石勒。郭阳说："不管怎样，既然是兄弟的人被抓，我总不能甩手不管。"于是他答应，陪郭敬到张隆军营走一趟。

在张隆军营，郭敬、郭阳讲明来意，请求张隆放了石勒。

张隆听了大摇其头。他说："这不可能！郭兄，你和我共同受命抓捕胡人，咋能把抓住的胡人再放了？这事我做不了主。你最好去找刺史大人，让他下令放人。否则，我不敢。再说，我抓的这家伙是个硬点子。你看看，”他指着自己的嘴巴说，“我都被他打掉了两颗门牙！你我都是带兵的人，我被这家伙整成这副熊样，一张嘴就露丑，今后还咋在军前发号施令！我不要这小子的性命，就算便宜他了，其他免谈！”

见张隆无法通融，郭敬、郭阳也无他法，最后，他们提出，希望能和石勒见上一面。

对于这一要求，张隆答应了。毕竟他和郭阳在同一处共事，不能一点面子也不给。于是他安排手下将石勒带来。

石勒被捆绑着带了进来。郭敬见石勒被打得鲜血淋漓，心中不忍。他上前抚摸着石勒身上的条条鞭伤，不觉得流下泪来。然而，石勒却显得满不在乎，他大大咧咧地叫着郭敬的字，说：“季子不必如此，没事。这点小伤，就算是给老子挠痒痒了。”

郭敬痛惜地摇摇头。他恳请张隆为石勒松绑，并郑重保证，有他在，石勒不会造次。张隆犹豫了好一会儿，终于点头答应。于是，郭敬亲手给石勒解开了绑绳。

郭敬委婉地向石勒讲明来意，告诉他，眼下将他放还，确有难度。冰雪聪明的石勒自然洞悉其中奥妙。他对郭敬说，现在他已经改变了主意。他说，他知道官兵抓他们是要把他们卖到冀州做奴隶。他也知道，他的许多族人和他是同一命运。能和自己的族人们在一起，也算是不幸中之万幸。他让郭敬放心，古话说“否极泰来”，谁又知道这是不是上帝专门给他安排的一条出路呢？

离开张隆军营后，郭敬吩咐郭阳，一定要设法关注和照顾好石勒。随后，郭敬回客栈将这次商队所带货物全部鬻卖出手，换成银两带上，然后重返并州，把银两交给郭阳和侄儿郭时，让他们到张隆军中上下打点，务求保全石勒性命。

终于，向冀州方面出卖人口的交易达成了。司马腾命令张隆、郭阳等立即押解被抓的胡人向冀州出发。为了预防这些胡人中途逃跑，司马腾下令军中做了大批长枷，将被抓的胡人两人合戴一枷，锁住颈项，再用长绳串联起来，然后在大批官兵的严密监控下，驱赶着向冀州行进。大晋王朝官兵对胡人的这种非人的虐待，自然在石勒心中种下了深深的仇恨的种子，与晋王朝不共戴天的想法，从此在石勒的心中开始萌生。

最为凄惨的是，在翻越天险太行山时，那一幕幕惨绝人寰的景象，给石勒留下了终生难以磨灭的印象。

过太行山没有大路，有的只是蜿蜒曲折地挂在绝壁上的蚰蜒小道。有些路段的形势异常凶险，头顶上怪石嶙峋，脚下是万丈深渊，道路仅容一人紧贴绝壁侧身而过。由于胡人们被两人一枷套着，又被长绳串联，行动异常不便，一旦有人失足，便会连带数人一起掉下深谷，被摔得粉身碎骨。行走间，山谷中不时传来一阵阵凄厉绝望的惨呼声，在回声的作用下，显得异常恐怖，让人心惊肉跳。

好不容易过了太行山，经重新点查被押胡人，十人中仅存四五，多数做了幽谷冤魂。

还是石勒命大，再加上他武功深厚，身手敏捷，总算顺利通过了太行山。同时，晋室官府无视胡人性命的罪恶行径，又在他对晋王朝仇恨的天平上增添了砝码。

一路上，那被打掉两颗门牙的张隆，不断找石勒寻仇报复，一有机会，就对石勒拳打脚踢，或用马鞭狠抽。每次都多亏了郭阳、郭时出面劝解、说和。若遇穿村过镇，还专门买酒买肉，请张隆吃喝。然而，张隆因门牙掉了，破了相，每一忆起，便怒火中烧，总想寻石勒出气。郭阳、郭时由于受郭敬所托，不敢怠慢，只得时时注意，处处提防，随时阻止和化解张隆对石勒施暴。除此之外，每逢石勒饥病，都有郭阳、郭时随时救助。由于两位的精心照料，这一路，石勒总算是有惊无险。

终于，冀州城到了。张隆、郭阳向冀州方面主管人员交割后带兵回去了，胡人们转交冀州方面的官兵监管。临行前，郭阳和郭时专门来看望了石勒，互道珍重后离去。

在冀州官兵的严密监控下，胡人们被押解到一块开阔地上。他们将在这块作为奴隶交易的市场上，等待出售。

这期间，来自冀州各地的富豪们陆续向这里云集。在这些人中，有的是拥有千顷良田的大地主；有的是围海晒盐的大盐商；有的是开山挖矿炼铁的大场主；还有开办各式各样作坊的坊主；等等。这些人都需要大批的奴隶为他们劳作。为了解决劳动力短缺问题，他们都不惜出大价钱到奴隶市场来购买奴隶，所以，这里的奴隶交易市场便显得异常火爆。

被抓的胡人们每三五十人为一拨被分别领开。每一拨都有专门的经纪人和富豪们讨价还价，进行交易。交易时，经纪人把胡人们排成一行，由富豪们挨个上下左右地相看。一旦看中哪一个，便和经纪人谈价。谈价的方式是双方把手伸进衣袖，或者放在衣襟下面，互相掐指头。这种情形，石勒过去曾经亲眼看见过，那是在雁门的牲畜交易市场上。现在买卖他们，就和那里买卖驴马的情形一般无二。很明显，在这些人的眼里，已经把这些胡人们完全看成了牲畜。而主持这场交易的总头目，无疑是冀州官府。所以在石勒心中，对晋王朝的仇恨又升一级。

石勒被一个衣着华贵的富豪看中后买了下来。他和数十个被买的胡人一道，在富豪家丁的押解下来到城内的一家客栈。在这里，石勒意外地见到了蘷安、支雄和逯明。他们也是这个富豪从其他奴隶交易市场买来的。历经劫难后，他乡遇故知，自然是悲喜交集，有说不尽的酸甜苦辣。还好，不管以后他们还会有什么样的际遇，只要兄弟们能够在一起，就让石勒的心中充满慰藉。

已经成为他们主人的这位富豪，看上去倒也和善，在客栈给他们安排了食宿。由于是初次接触，还给他们喝了点酒。主人自我介绍说，他叫师欢，是茌平县人，并告诉说，以后大家将在他的农庄干活。虽说大家是他花钱买来的奴隶，但只要听话，好好干活，在食宿上一定不会亏待他们。

由于预定购买奴隶的数目已经达到，师欢便收拾行装，让家丁押解着这群奴隶，踏上了返回茌平的路程。

然而这一去，却使石勒从人生的最低点开始反弹，最终成为令大晋王朝闻风丧胆的人物。

第十一回　识英雄师欢义释耕奴
谋大举汲桑交结壮士

经过一番跋涉，不一日，石勒他们这群奴隶，在家丁的押解下，来到了茌平县，进了师欢庄园。主人师欢对他们进行了工作分配，有人被安排在碾磨坊推碾拱磨；有人被打发在牲畜圈饲养牲畜；有人被指定在厨房内烧火做饭；有人被安置在作坊里酿酒制醋。石勒和支雄、逯明等一批人因年轻力壮，被安排在农庄里耕作。众奴隶都在家丁的严密监督下从事着不同的劳作。为了让奴隶们有力气干活，师欢倒也说到做到。伙食上尽管粗疏，却也能吃饱喝足。这对于经历了严重饥荒的胡人来说，也算是不幸中之大幸了。所以，石勒他们便心甘情愿地为主人服役，不作他想。他为人诚实，生性磊落，做事从不偷奸使巧，即使做了耕奴也是如此。而令他奇怪的是，自从来到茌平后，在劳作时，耳朵里又常常能听到那“叮”与“铿锵”作响的征铎、鼙鼓之声。而这种声音以前只是在家乡北原山听到过。当时母亲告诉他，说这是因为劳累过度引发的耳鸣，所以他并未在意。那么在这里是否也是因为劳累过度引发的耳鸣呢？如果是这样，那他在蔡岭山避难时，也干的是与这里类似的活，可为什么就没有这种情况出现呢？他把这种情况告诉身边一同干活的同伴，同伴们也都说不出个所以然来。

再说拥有千顷良田的茌平大地主师欢，每天都习惯于到他的田庄上去走走看看。他家大业大，自然处处需要操心。师欢这人与别的大财主不同，他并不高高在上，盛气凌人。只要得便，他还喜欢到那些他花钱买来的耕奴中去坐坐，和他们套套近乎。他知道，人这东西，你只有待他好点，他才会甘心为你服务。如果你虐待他，他会变着法子捣乱，弄得你防不胜防。所以他管理这群耕奴，并不完全依靠家丁监督。家丁只是防止这些耕奴逃离他们各自所在的作业区而已。只是有一种情形使他百思不得其解。那就是，他发现在这群耕奴中，有一个叫石勒的耕奴，身材伟岸，相貌奇异，做事有板有眼，很是不同寻常。特别是每当靠近此人时，总感觉有一种凛然之气让他多少有点悚惧。按说，自己是主人，此人只是自己买来的奴隶，这种感觉无论如何不该发生。他在其他人跟前，就从来没有这种感觉。他实在有点莫名其妙，这到底是什么原因？他总想弄清楚。

师欢庄上有一位老者，据说通晓相面之术。以前师欢曾经请他相过面，老者告诉他，说是他将来会是一县之主。可是，这么些年过去了，他依然只是一个普通的庄园主而已。所以，他对相面这种把戏并不全信。可是自己的这种感觉别人又无法解释，也只有这位老者还算有点见识。于是，他把这位老者专门请来，吩咐老者暗中观察石勒，看看这石勒到底是个什么样的人。

通过对石勒的观察，老者告诉师欢："此人一身豪气，终非久屈人下者。"劝师欢善待此人。除此以外，似乎也没有说出个所以然来。师欢又找来几个和石勒一起干活的奴隶，向他们打听，石勒这人平时都有些什么特别的地方？奴隶们告诉主人：石勒常说，他在干活时，耳朵里常能听到疆场征战时的金鼓之声。石勒还说，他在老家北原山干农活时，就常常听到这种声音。后来到了别的地方，就听不到。现在来了茌平，他又听到这种声音了。石勒怀疑，这里与他的老家北原山不知到底有何牵连？石勒常说，北原山是他的出生地，那他在这里将会发生什么事呢？

听奴隶们这么一说，师欢心里有了底。他感觉，石勒这人可能并不寻常，起码也应该是个英雄，确实应该善待于他。退一步说，就算他是只老虎，也千万不要惹他发毛！这样的话，如果他哪天真的发迹了，也会念着自己的好处。

一天，师欢专门备了一桌酒席，把石勒请来，说有话要对他说。石勒这人本就生性豪爽，尽管师欢是他的主人，他也并不忸怩作态，只是落落大方地端坐在客位，豪吃海喝。师欢恭敬地给他斟上一杯酒，对他说："我观你状貌奇异，气度非常，终非久屈人下者。从今天起，我削去你的奴籍，还你人身自由。以后你想去哪儿就去哪儿，想干什么就干什么。至于我这里，你如果愿意的话，可以看作是你的家，你想来就来，想走就走，想吃就吃，想住就住。如果需要什么帮助，你尽管开口。要钱、要物、要人，要什么都行，我会尽最大的力量来满足你。"

石勒听了呵呵一笑，说："如此说来，主人看俺还有出头之日？"

"何止只是出头，"师欢诚恳地说，"一定会有大的造化。"

石勒豪迈地说："如果真如主人所言，俺一定会重谢于你。"

师欢起身致谢："那我就静候佳音了。"

自此以后，石勒开始在师欢庄上自由出入，不受任何约束。

有一天，石勒离开师欢庄园，到原野上漫步。茌平县是一片一望无际的大平原，石勒早想领略一下平原景色。他站在原野上，头顶，蓝天白云；四周，茫茫一片。他自小就熟悉的山峦，在这里看不到半点踪迹。人置身其间，真正感受到了天地的广阔。微风吹来，更让他感觉心旷神怡。

石勒漫无目的地信步前行。走着走着，他遇到了一处用栅栏围起来的广阔牧苑。牧苑内百草丰茂，成群的马匹在内自由放牧。自从在雁门学会了骑马和相马后，石勒便对马匹产生了浓厚的兴趣。于是，他便沿着栅栏向前行走，想寻找入口，到里面去看看。走了很长的一段路，他终于来到了牧苑的大门口，可是，守门的军士却不让他进去。石勒无奈，只好站在栅栏外，透过栅栏向内观看。

一匹枣红色的马驹子从远处飞奔过来。石勒留神看去，只见这马驹子马头高昂，双目炯炯有神，胸肌发达，四肢强健，不由得脱口喝一声彩："好一匹神骏的龙驹子！"

这时，正好有一位将军模样的人骑着马从外面回来，就要进入牧苑。听到石勒喝彩，便跳下马向他走来，问："喂，你会相马？"

"知道一点。"石勒礼貌地冲着来人点点头。

"好啊！"那将军模样的人上前一把拉住石勒的手，说："来来来，咱们进去谈。"

石勒跟随那军官进了牧苑，经过一段土路，来到了一处军帐。分宾主落座后，那军官首先向石勒作了一番自我介绍说：他名叫汲桑，乃魏郡人氏。此处牧苑名叫"赤龙苑"，往东还有一处，叫"騄骥苑"，这两处均系皇家牧苑，牧养着大批军马。他受朝廷指派，担任这两处牧苑的主帅。然后，他问石勒：姓甚名谁，家居何处，到此有何贵干？

石勒告诉他，自己本是并州人氏，系羯族人，故没有姓，只有名字唤作"石勒"。因并州荒旱，赤地千里，无法生存，逃难在此。如今在师欢庄上做事。

相互介绍后，二人便聊起相马经来。他们越谈越投机，都有一种相见恨晚的感觉。

自此以后，石勒便经常到牧苑中来。有时晚上也不回去，就在汲桑处食宿，作彻夜长谈。通过汲桑，石勒知道了好些国家大事，了解到这几年大晋朝廷司马氏宗族之间骨肉相残，互相攻伐，弄得天怒人怨，民不聊生的种种事情。

原来这汲桑并不是个安分守己的人。他手下虽然掌管着朝廷上万马匹和数千牧卒，然而他却并不安心做一个小小的牧帅。他心中一直蠢蠢欲动，想有一番大的作为。现在司马氏朝廷内你攻我伐，闹得天昏地暗，他便想趁机起事，图谋大举。只是他深知单丝不成线，独木难为林，眼下身边缺乏一帮过命的朋友，害怕画虎类犬，赔了老本，所以一直隐忍未发。自从认识石勒后，通过一段时间的交往，他发现，石勒身上存在一种别人所没有的豪气与胆识。而这种豪气与胆识，是所有办大事的人必备的素质。于是他便开始和石勒作进一步的深交，希望把石勒引为知己，从而辅助自己成就大事。

与此同时，石勒也十分看好汲桑。汲桑这人不但有一定的地位和地盘，更让石勒倾心的是，汲桑此人有理想，敢担当。石勒感觉，和这样的人交朋友十分划得来。由于两人意气相投，石勒便将自己的一生际遇毫无保留地告诉了汲桑。

一天，石勒与汲桑又在一起推杯换盏，聊一些奇闻逸事。聊着聊着，话头就转到当今世道上来。这时，汲桑便将自己的一些想法向石勒和盘托出，说他想趁着司马家族为争权夺利，你攻我伐，骨肉相残，无心旁顾之机，率众起事，干一番轰轰烈烈的大事业。

汲桑的想法，与石勒产生了共鸣。他经过一番仔细思考后说："是啊，大丈夫生于天地之间，就应当有一番作为。有道是'雁过留声，人过留名'，不能白来这世上走一趟。再说，司马朝廷残害我胡人，无所不用其极，将我们看作畜生，我深恨之。有朝一日，必雪此耻。大哥，你说怎么干吧？小弟一定紧跟着你。如果你想举旗造大晋朝廷的反，这正合我意。"

汲桑说："造反是一定的。但是不管将来干什么，我们都需要首先拉起一支队伍。我现在手下就有数千兵丁，可以以此为基础，以后再发展壮大。我所顾虑的是，我们缺乏一帮肝胆相照、可堪大用的弟兄。眼下就你我二人，这显然不行。现在我的手下虽然人数不少，但可以托付大事的却十分稀少。不知在老弟的朋友中，是否有这样的人物？"

石勒说："当年在老家三台岭时，为了保护族人不受侵害，我曾经组织训练过一批年轻人。其中有不少人为人诚实可靠，武功精湛，可堪大用。现在这些人和我一样，大多被司马腾的官兵抓捕卖到了冀州。眼下在我身边的只有葵安、支雄和逯明，其他人都被分散卖到了冀州各地。还有，被官兵陆续卖到冀州的各部胡人累计不下数万。而这些胡人大多年轻力壮，勇猛彪悍。我们一旦举事，设法将这些人解救收编，可以组建一支劲旅。我想，如果能把我的那些弟兄找到，再摸清各部胡人在冀州的分布情况，也许会对我们举事有所帮助。所以，我想到冀州各地走走。”

听了石勒这一席话，汲桑大为振奋，当即点头答应。并慷慨承诺，需要什么，尽管开口，他会为他准备。

石勒摇摇头，说他什么都不需要。每到一地，他会以给人做佣工为名，进入富豪之家。因为这些胡人都是被富豪们买走的，当然也应该在富豪家为奴。再说，他出身胡人，早已习惯了吃苦受累，为人做佣，才方便与奴隶们接触。

尽管如此，汲桑还是为他准备了一些盘缠，吩咐他早去早回，不可使他等待太久。

石勒受命出发，先后几个月足迹踏遍了整个冀州大地。经过一番秘密观察走访，他对被卖胡人在冀州的分布情况已有了个大致的了解。只是，羯室中的那些弟兄，还是没有下落。

这一天，石勒辗转来到武安临水，这里位于太行山东麓，他听说有一户富豪蓄养了大批奴隶，在这个富豪所开办的一个炼铁场内干活。这些奴隶大多被人监管着，在山里采矿、运矿，或者在炼铁炉前从事异常艰苦而又危险的工作。同时，场内也有许多以工价雇用来的佣工，在从事一般性劳作。而佣工们只是每天按定量完成活计，人身相对自由。石勒为了寻找失散的羯室弟兄，便以逃荒做活为由，专门找到这家铁场。场方对他自动上门找活干表示欢迎。因为炼铁场的活计非常辛苦，工价又低，愿意到这里来干活的人不是很多。而场内活计繁杂，常常感到人手不足。所以，在一般情况下，只要有人到此干活，那是来者不拒。

石勒顺利进入了炼铁场，接受了场方所分配的活计。然而，这些在常人看来很难完成的工作，到了石勒手里就变得十分轻松。每天安排的活，他不到半天就做完了。在剩余的时间里，石勒喜欢到各地走走看看。当然，他在场内溜达，目的是寻找失散的弟兄。但他有时候也在获得场方同意后，到场外走一走。他每到一地，都要看看当地的山川面貌，这本来是他的习惯。在同汲桑决定起事后，这种习惯便进一步演变成了一种军事家的素质。只有对地理形势了然于心，将来才好排兵布阵啊！

一天，石勒做完活，又到外面相度地形。他穿过一片树林子，越过一座小山丘，发现前面有一处用木栅栏围着的养鹿场，上百头梅花鹿在里面安详地吃草。对于梅花鹿，石勒以前只是在郭敬、宁驱和师欢这些富人家的客厅画轴上看到过，而真正活生生的梅花鹿，他这还是第一次目睹。于是，他便驻足饶有兴趣地观看起来。

过了好一会儿，石勒感觉时间不早了，便离开鹿场，顺原路往回返。刚走到离树林不远处，突然听到后面传来一阵嘈杂的人声。他回头一看，只见一群大晋王朝的游军正冲着他扑了过来。游军中有人高喊："那里有一个胡人，快把他抓住！"

第十二回　走冀州遍访故旧
乘苑马远掠缯宝

并州刺史司马腾公然大张旗鼓地劫掠胡人向冀州贩卖获利，在冀州军阀中产生了异常恶劣的影响。冀州军阀们从此知道，原来这人也能像野牲口那样被抓来换钱！于是，他们也派出军队四出搜捕胡人，卖往人口市场。然而，冀州不像并州。并州自汉末以来，就是各部胡人的聚居地，到处都有胡人。而冀州的胡人大多是从并州贩卖来的，已经失去人身自由，做了富豪人家的奴隶，而有人身自由的胡人并不多。派往各地的游军虽然穷凶极恶，但却收效甚微。

这一天，一群游军在外面游荡半天，又是一无所获。正在他们垂头丧气之时，突然发现，在他们前面的路上走着一个胡人。这一发现，顿时使他们振奋起来，于是一起鼓噪着向前扑来。

原来，石勒为了方便与胡人奴隶们接触，从而寻找那些失散在冀州各地的过命弟兄，在离开汲桑时，就完全恢复了他的胡人装束。所以这些游军一眼就能认出他是胡人来。

石勒万万没有想到，在冀州也会遇到官兵抓捕胡人。而这时，他却不想和官兵发生正面冲突。他知道，他在此处人地生疏，如与官兵发生冲突，后果会很糟。好在前面是一片树林，他便加快脚步，冲进树林中躲了起来。

游军们见那个胡人进了树林，便发一声喊，将这片树林团团包围起来。

石勒被困树林，一时无法脱身。他只好在林中不停游走，通过树木之间的缝隙观察外面，想寻找机会冲出去。就在这时，他突然看到，一群梅花鹿从树林的旁边奔腾而过，有的游军还被鹿群撞倒。他正感诧异，忽听有人大喊："啊，这么多梅花鹿。快抓！"就见官兵们呼喊着去追赶鹿群，不再顾及于他。

见官兵撤围，石勒便往回走。他刚刚走出树林，就见一位麻衣老者站在路旁。那老者见到石勒，便挥手招呼："壮士，请留步，我有话说。"

石勒停下脚步，施了一礼，问："请问老丈，有何见教？"

老者说："刚才那鹿群，是我专门从我的鹿场放出来救你的。这些官兵穷凶极恶，没有一个好东西。刚才你在我的鹿场看鹿时我就在旁边。我看你是个豪杰，不愿你落入官兵手中遭殃，故而在你遇困时放出鹿来救你。希望你以后小心，千万别再和官兵遭遇。"

老者的话使石勒十分感动，他知道自己今天遇上了好人，连忙大礼参拜，感谢老者相救之恩。他深感愧疚地说："只是老丈为了救俺，失去了鹿群，这便如何是好？"

"不妨，"老者说，"那鹿群经过我的专门训练，官兵抓不到它们。到天晚时，自会走回鹿场。请壮士放心。"

拜别了老者，石勒回到了铁场。他每时每刻都在寻找机会，设法接触那些在富豪豢养的庄丁严密监督下进行繁重劳作的奴隶，想找到自己认识的人。但是，在场内炼铁炉前的那些奴隶中，他没有发现。于是，他就想到那些在大山里钻矿洞采矿的奴隶中去瞧一瞧，看看那里有没有自己认识的人。

一天，他找到铁场领班的工头，向工头提出，他想到矿山去看看。因为他不知道这么坚硬沉重的铁矿石是如何从山上取下来的，很想开开眼界。领班告诉他，那里异常危险。矿洞中经常塌方，差不多每天都在死人。身子自由的普通佣工，没有人会去那里。只有那些被买来的奴隶，才被押解着进洞采矿。领班说，如果他想去看看，可以跟随运矿的奴隶们前去。但是，一般不要进入矿洞。

得到领班的允许后，石勒跟随押解运矿奴隶的庄丁进了山。来到一处狭窄的山沟深处，他被这里险峻的地形惊呆了。头顶上悬岩压顶，只能看到一线云天；山沟里阴风习习，寒气逼人。特别是在沿途山根的碎石荒草中，不断有被雨水冲刷暴露出来的白骨。押运奴隶的庄丁告诉他，这些白骨都是死去的奴隶。奴隶们活着，就是两条腿的牲口，除被强迫劳动外，没有任何自由。死后，就被拖出去草草掩埋。这里需要的奴隶很多，富豪们经常往回买，可是总不够用。

在山脚下，有几眼被人工穿凿的窟窿和坑洞，从里面传出叮叮咚咚的铁钎锻打声。石勒知道，这就是所谓的矿洞。每个洞口都有庄丁守着，不时向洞内吆喝，让里面的人赶快干活，不要偷懒。石勒对其中一个看守矿洞的庄丁说，他想进洞去看看。那庄丁歪着头看了他一会儿，说："不要命你就进去，没人会拦着！"石勒得到允许，便猫腰钻进一个窟窿。开始的时候，黑咕隆咚的什么也看不见。当走到洞的掌部，他才在洞壁悬挂的麻油灯昏暗光线照射下，发现有几个蓬头垢面的人上身脱光了衣服，在抡着铁锤，敲打铁钎，从洞壁上凿取矿石。很显然，他的到来引起了这些人的注意。于是，大家都停下劳作，一起回头看他。突然，其中一人惊呼了一声："咦，是勒子哥吗？你咋来了这里？"说着，丢掉手中铁锤，走了过来。

石勒定睛观看，他一时还认不出这个披头散发、胡子拉碴、满面尘灰的人到底是谁。

那人见石勒只是看他，并不吭声，便大声叫道："咋的，勒子哥，你不认识我了？我是呼延莫呀！"

"啊，呼延莫？你是呼延莫？"石勒一把抓住那人的肩膀，就着麻油灯光仔细审视，可不，此人正是呼延莫。呼延莫虽然出生于鲜卑，但小时候随父母逃难走失，流落在北原山羯室，被羯人收留长大。后来和石勒一起在三台岭栽桑种麻，练习武功，所以也是石勒的发小。于是石勒把呼延莫一把抱住，情绪激动地说："好兄弟，你原来在这里受苦。"

呼延莫在石勒的拥抱下，哽咽不止。好一会儿，他才回过头，对怔怔地站着观看的其他奴隶们说："大家都过来吧，这就是我常给大家念叨的，我们胡人的英雄石勒。"

那些人一听说来人就是石勒，全都丢掉手中的工具，一齐围了过来。大家一起在矿洞中席地坐下，向这位仿佛天上掉下来的亲人倾诉多日来一直压抑在胸中的冤屈。从他们的叙述中，石勒了解到，这些人大多都是来自并州的各部族胡人，在他们之间，已经有好些人在防不胜防的冒顶、塌方或劳碌病痛中死去了。他们这些人还算命大，才坚持到了今天。

听了大家的陈述，石勒的心中感到异常激愤和难过。他沉默了一会儿，问："洞里有监督你们的人吗？"呼延莫说："监督的人一般不会进洞，只在外面吆喝。只有开采的矿石太少，才进来用鞭子抽打我们。要不，就是死了人，他们也会进来看看，指使我们把死人拖出去。"

当石勒知道在场的都是苦命的奴隶后，十分坚定地告诉大家：一定要想方设法活下去。在不久的将来，咱们奴隶解救的日子就要到了！然后，他把他和汲桑准备起事的计划告诉了大家，并嘱咐大家一定要保守机密，同时要在奴隶中相互串通。如果有时机摆脱樊笼，可以到茌平县的"赤龙""騄骥"两个皇家牧苑去找他。如果没有机会，也一定要忍受一切磨难，活着等待他的到来。

离开这些苦难中的奴隶，石勒回到了铁场。又过了几日，石勒找了个理由，向领班结算了工钱，结束了在铁场的工作。此时，可能购买奴隶的冀州有名的大富豪庄园，他差不多都已去看过，基本摸清了从并州掠卖来的奴隶们的分布状况。他想，将来起事成功，解救奴隶，扩充军队就有了方向。于是，他决定先回茌平牧苑，和汲桑商量下一步的行动计划。

石勒一路向着茌平奔行，不觉得金乌西坠，玉兔东升。他正想找一处地方歇宿，忽见前面路旁有几间茅屋，门前长杆上挑着一面招旗，上书“悦来客栈”。于是他便走上去推门进去，要求投宿。店家把他领进一所打着通间地铺的房间，房间内客人很多，汗臭味搅和着铺草的霉味，使人感觉屋内空气异常浑浊。再加上人多语杂，说话的口音南腔北调，更令人烦闷。然而，石勒眼下顾不了许多。这一路奔波，使他感觉相当疲乏，只想尽快找一处地方躺下来休息一下。

“勒子哥!”一声地道的武乡口音。石勒扭头一看，不觉大喜过望：“王阳，你怎么在这里?”说着，连忙扑过去，两人拥抱在一起，引得屋内的其他客人都投来诧异的目光。

一番亲热过后，王阳招呼地铺上的客人往两边挤挤，给石勒让出一点空位来，两人一起坐下倾心交谈。

原来，自从家乡遭遇特大旱灾后，王阳在老家无法生活，便跑到冀州来寻找活路。近来听说老家一带年景转好，便想返回老家去。不曾想在此处遇到了石勒。

王阳把随行的两位朋友叫起来，向石勒作了介绍：“这是我新交的两位朋友，一个叫吴豫，一个叫刘膺。他俩也是咱并州老乡，自幼习武，身手十分了得。他们和我一样，都是因为家乡遭灾，到冀州寻找活路来的。”接着，又把石勒介绍给吴豫和刘膺。

对于石勒的情况，吴豫和刘膺早就听王阳念叨过。什么都门长啸斗官兵啦，争麻池和李阳打架啦，一个人把曹豹带领的一群恶少打得屁滚尿流啦，等等。通过王阳绘声绘色的描述，石勒早已在吴豫和刘膺的心目中成为英雄。现在，他们与这位憧憬中的英雄相见，自然是高兴得情不自禁。

听王阳说想返回老家，石勒深思一会儿，说：“我看你们还是别急着回去。我今在茌平皇家牧苑做事，你们不如随我到牧苑去，那里有好些活计可干。不知你们意下如何?”

“好啊！”能够跟着石勒一起干活，三人自然愿意。于是他们改变主意，决定跟随石勒，同往茌平牧苑。

当夜无话。第二天一早，石勒带领王阳、吴豫和刘膺踏上了通往茌平的道路。路上，石勒对他们讲了他与汲桑的计划，问他们是否乐意跟随他干一番大事业？三人当然热血沸腾，摩拳擦掌，攘臂赞同。

不一日回到茌平牧苑。汲桑见石勒带回三位豪杰，十分高兴，立即设宴款待。席间，石勒叙述了他这次冀州之行后，满怀信心地说：“现在我已经摸清了胡人奴隶们在冀州的分布状况。一旦条件成熟，发动起义后，我们可以先去解救他们，扩充我们的军队。这可是一支战斗力相当强大的队伍啊！眼下，我认为应该趁各处流民大量涌入冀州的有利时机，插起招军旗，招募人马，拉一支部队起来，开始举事了。”

汲桑轻轻摇摇头，说：“从现在情况来看，拉起一支部队并非难事。我所担心的是，我们用什么来养活这支部队。俗话说‘兵马未动，粮草先行’，目前，我们虽然可以依托皇家牧苑。然而，朝廷拨给牧苑的银两也仅够维持牧苑的日常开支。如果拉起的队伍人数不多，不足以成大事。要成大事，就得有一支声势浩大的队伍。而这样一来，就得有足够的粮草储备来保证。再说，还有军队的兵器、服装、盔甲、旗幡等，这都是一笔相当大的开支。当然，我们不用考虑马匹。因为‘赤龙’‘骥’这两处牧苑在我们手里，我们的部队可以随便乘骑。但是，仅仅粮草与装备就需要大量的银子。这才是我眼下最为头痛的事。”

经汲桑这么一说，石勒也感到这是当前的头等大事。如果这些问题解决不了，即使拉起部队来，闹不好也会一哄而散。可是，这么多的银子到哪里找去？席散后，石勒把此事挂在了心上，极力思索解决的办法。

过了一天，石勒来找汲桑，他说：“大哥，我看只有一个办法可以解决我们的军费问题。”

汲桑问：“什么办法？”

“借！”石勒斩钉截铁地说，“向官府衙门和恶霸豪强去‘借’！”

“‘借’？怎么个借法？”汲桑眼睛一亮，“快，说说你的想法。”

石勒说：“不管怎么说，反正我们已经决定举旗造反。一旦举旗造反，也就没了退路，只能拎着脑袋往前闯。所以我想，在举事之前，我们不妨先当一回响马，专拣那些贪官污吏和恶霸豪强去打家劫舍。这些家伙有的是金银细软，而且都是不义之财，拿来为我所用，也算替天行道。我想挑选一些身手敏捷的人，组建一支精悍的小部队，踩好点后，伺机下手。你看怎么样？”

“好！”汲桑一击掌，说，“这办法不错。不过，有几点还需要认真考虑。第一，这支小部队的成员必须个顶个，有很好的身手。第二，选好人员后，要进行严格的训练，掌握应对各种突发情况的能力。特别是每个人必须学会骑马，做到来去一阵风。第三，每次行动之前，必须周密策划，尽可能预想到可能出现的各种情况，想出应对措施。要注意，一旦情况有变，宁可放弃行动，也绝不能把我们的人陷进去。还有，现在的皇家牧苑是我们眼下唯一的据点，在正式举事之前还不能暴露。这就需要我们必须把行动的地点选在茌平县之外，越远越好。行动结束后，回来时一定要注意隐蔽，不能让其他人发现我们的行踪。”

石勒听了，不住地点头，说：“大哥说得好，这些事都交给小弟来办。你是官府中人，各处衙门都可能有认识你的人，所以你不能出面参加行动。你只在牧苑给我们拿主意就行了。”

计划一经敲定，石勒便着手组织人马。王阳自然是首选，因为石勒对王阳十分了解，王阳的武功还是他亲自传授的。接下来便是和王阳一起来的两位朋友刘膺和吴豫。经过几天的接触，发现这两个人的武功底子都很好。然后，石勒专程回到主人师欢庄园，请求师欢豁免葵安、支雄和逯明的奴隶身份，让他带走。对于石勒的请求，师欢自然无不依从，当即派人把葵安、支雄和逯明找来，交给了石勒。

辞别师欢，石勒带着葵安他们回到牧苑。这时，汲桑也从牧苑中选了两人引见给石勒。一个叫冀保，一个叫桃豹。这两人不但武功不错，还是牧苑中的马术师傅，让他们帮助石勒训练小部队的马上功夫。

当汲桑准备将冀保和桃豹介绍给石勒时，不想石勒与桃豹同时惊呼："桃豹（勒子哥），你咋在这里？"扑过去拥抱在一起。这一幕让汲桑十分诧异。于是石勒解释说："其实，桃豹也是我们三台岭的兄弟，只是不知他是如何来到你这里的。"这时桃豹说："是这样。当初我被官兵抓捕掠卖，在翻越太行山时，趁官兵监管松懈，就逃跑了。因为害怕再次抓捕，不敢回老家，就改换行装，隐瞒了胡人身份，在冀鲁大地上流浪。后来我辗转来的茌平，遇上了汲桑大哥，蒙他抬爱，还教会了我骑马。从那时，我就一直待在牧苑。"汲桑点点头："原来是这样。当初我见桃豹身手不凡，人也机灵，和我很对脾气，就让他留在牧场帮我做事。真不知道他是胡人，更不知道他是你的兄弟。这下好了，我们兄弟聚首，事业定会成功。现在你们加紧训练，我还有事，告辞。"于是翻身上马走了。

经过一番特殊的强化训练，石勒手下这支小部队很快战斗力大增。接下来，石勒便率领着这八骑豪杰，开始了最初的群盗响马生涯，"乘苑马远掠缯宝，以赂汲桑"。

第十三回　众豪杰樊笼脱困
“十八骑”风云际会

话说石勒亲自率领着这支由八名武功高强的壮士组成的精悍小部队，乘着从皇家牧苑中挑选的良马，数度外出远掠州县，来去如风，直搞得那些晋朝官府、恶霸豪强惊慌失措，却又防不胜防。每次行动回来，都将劫掠的金银细软统统交给汲桑，让他置办军需物资，为举旗起义做好准备。

这一天，石勒率领着他的勇士们轻骑直奔聊城县城。之所以选择这里，是因为这个县的县令是个民愤极大的贪官。几天前，石勒就已经带着王阳在这里踩好了点，对县衙及周边的地理形势、县令的活动规律、县内衙役兵丁的分布情况等都已经了然于胸。现在，他们飞骑来到这里，就是要对这名狗官实施惩治。

在距县城不远的一片树林中，他们下了马。石勒把大家聚拢在一起，再一次郑重申明：我们的行动目的是劫财，不到万不得已不能杀人。因为只劫财不杀人，一般不会惊动朝廷，引不起官府的重视。而且，那些丢了财物的狗官们，为了不使自己的官帽也随之丢掉，只会打掉牙齿往肚子里咽，他们不敢向上申报。如果我们杀了人，尤其是杀了县官，情况就不同了。那就很有可能惊动朝廷，严令缉拿。这对我们没有好处。

重申了行动原则后，石勒将人员进行了分工。他叫冀保和逯明留下来看守马匹，告诉他们，在一个时辰之后到事先选好的指定地点接应。然后领着其余人员，经过看守城门的官兵盘查后进入县城。

通过商铺林立、游人如织的繁华街道，石勒他们来到县衙。由于他们在事先改换了装束，与县城内的普通人无异，所以，并未引起人们的注意。

县衙大门口，有几个兵丁衙役在守卫。石勒冲葵安和支雄使了个眼色，葵安便上前一把揪住支雄，破口大骂："好小子，原来你在这里。你欠老子赌债跑了，以为老子就找不到你了？拿钱来！"

支雄一面招架，一面说："我说不赌了，你非要和我赌不可。要钱没有，要命老子也舍不得给。"说着，两人就动手扭打在一起。街面上的人们见有人居然敢在县衙门前闹事，纷纷聚拢过来观看，守卫县衙的兵丁衙役也都跑过来喝止。葵安、支雄见有官府中人来，就上前拉住他们，让他们评理，一时间场面混乱不堪。而这时，石勒和另外四名壮士已趁乱溜进衙门，直奔后堂而去。

时间刚好正午，县令和他的一妻一妾正在后堂饮酒作乐。这县令有个怪癖，当他离开大堂退入后堂的时候，是不允许手下人前来打扰的。所以，这里一向显得清净。

石勒他们的突然闯入，使县令大吃一惊。他猛地站起，厉声喝问："你们是什么人？谁让你们进来的！"

石勒一个箭步上前揪住县令。两妻妾刚刚发出一声尖叫，就被王阳和桃豹所控制，直吓得花容失色，浑身颤抖，再也不敢吱声。

石勒从靴子中掏出一把匕首，架在县令的脖子上，说："县太爷不必惊慌，我们不想要你的性命。只是手头有点紧，想向你借点金银。"

县令吓得魂飞魄散，哆嗦着说："好汉饶命，此事好说。"他连忙吩咐妻子，"快拿钥匙，把箱子打开，让好汉们随便拿取。"

县令妻子颤抖着从身上取出钥匙，在王阳的控制下，走到床帐前，拖出床上的一只皮箱打开，箱子内盛满了金银锭子和珍珠玛瑙等贵重物品。

石勒轻蔑地瞥了一眼，手上匕首略一使劲，再次喝问：“哪里还有？快说！否则，这家伙不会答应。”

县令瘫软得站立不住，全凭石勒的控制才没有倒在地上。他语无伦次地说：“床……床下，木……木箱……”

王阳推开县令妻子，弯腰从床下使劲拉出一只木箱，命令县令妻子打开，又是满满一箱金银财宝。

石勒问：“还有吗？”

县令：“没……没有了，都……都在这里了。”

石勒把县令推坐在椅子上，说：“看来县太爷是个敛财高手，搜刮了这么多的民脂民膏。”

县令瘫坐在椅子上卑躬屈膝地说：“请好汉全部拿走，只求不要害我等性命。”

石勒命王阳、桃豹取过床上的床单、被罩，将所有金银财宝分作五份包好。然后找来绳索，把县令和他的妻妾背靠背捆在一起，又拿起床上的手巾，分别塞进他们口中，说：“暂时委屈你们一会儿。打扰了！哈哈。”当一切安排妥当后，叫进在门口把风的刘膺和吴豫，每人背起一包金银财宝，转出后院，打开那扇不常开启的后门，闪身出去，发一声长啸，迅速离开了县衙。

在县衙大门前闹事的夔安、支雄，听到啸声，知道已经得手，便寻机脱身，消失在茫茫人群中。

石勒他们离开县衙，不走大路，专拣偏僻小巷，拐弯抹角地来到一处荒僻的城墙边上。这时，夔安、支雄也已来到。他们爬上城墙，从腰中解下随身携带的钩索，挂在城墙垛口上，垂下城墙，打了一声呼哨。随着一阵马蹄响，冀保、逯明驱马过来。于是众豪杰翻身上马，再发一声呼哨，扬鞭策马，绝尘而去。

路上，他们采取了一系列的措施，确信没有暗探跟踪后，为了缩小目标，九个人分为三拨，分路回归牧苑。

石勒和葵安、支雄一路。正走之间，见前面出现一座村庄。因腹中饥饿，便想进村寻找一家饭馆，休息一下，吃点东西。

就在这时，突闻一阵人声嘈杂，就见有五个人跑出村来。在他们的身后，一群家丁模样的人手持刀枪，在紧紧追赶。前面那五个人，眼见跑不掉了，只听有人招呼一声："和他们拼了！"就见他们反转身来，和追来的家丁打斗在一起。

很显然，那五个人武功底子不错，赤手空拳在枪林刀丛中闪转腾挪，居然一连打倒了数名手持器械的家丁。这时，一个手持利刃、身着箭袖短靠的汉子，指挥众家丁将那五个人团团包围，并发出命令："给我杀！"

众家丁大喊着奋勇冲杀。毕竟他们人多，眼见得被包围的人渐渐露出了颓势，情况大为不妙。

远远看着这一切的石勒他们，正猜不透这是怎么回事，突然，葵安说："勒子哥，你看，那被围的黑衣人好像支屈六。"

石勒定睛一看，果然不假。于是他果断下令："正是支屈六，快去救他！"说着，从马鞍中抽出长刀，大喝一声，纵马扑了过去。葵安、支雄紧跟着加入战团。

石勒他们的突然出现，使众家丁猝不及防，进攻的队形立时大乱。被包围的人意外得救，精神为之大振。他们迅速从家丁手中夺过兵器，拼命回攻。

那身着箭袖短靠的汉子，一开始被这突然出现的情况弄糊涂了，但他很快就发现，冲过来的只有三骑马。于是他又胆大起来，命令家丁："他们人数不多，给我统统杀掉！杀一个，赏银十两。"他一面发布命令，一面亲自舞刀杀了上去。

这箭袖短靠汉子显然武功不弱，而他指挥的这群家丁也确实训练有素。可令他万万没有想到的是，他所对付的这三骑马，却不是普通的武士，而是骁勇异常的蛟龙与猛虎。不一会儿，他手下的家丁就被杀得七零八落。箭袖短靠汉子见势不妙，正想抽身逃走，却被葵安追上，一刀削去了脑袋。

众家丁见头领被杀，发一声喊，便一哄而散，四处逃命去了。

支屈六等人意外获救，一起过来拜谢。这时，支屈六才认出，前来救他们的是石勒、支雄和葵安。

石勒他们跳下马来，上前拉住支屈六，千言万语，一时竟不知从何说起。他们都是北原山羯室中的弟兄，好久不见，异地重逢，自然是百感交集。然而，此地不是说话的地方，他们必须马上撤离。

石勒带领大家迅速转移到了一处较为安全的地方，支屈六这才向他们讲述了分手后的遭遇。

太安年间的那场大旱，他们被迫离开了家乡，流落在外，吃尽了苦头。好容易听说旱情解除，他伙同随行的族人辗转返回了家乡。然而，令他意想不到的是，人祸比天灾更为可怕。就在他们刚刚回到北原山羯室，屁股还未坐稳，就被并州刺史司马腾的兵丁捉拿，披枷戴锁押到冀州，卖给了一户财主做了奴隶。这财主姓刁，人也和他的姓一样，刁钻刻薄，毫无人性。刁财主家开办有一个规模很大的砖瓦场，被买来的几十名奴隶白天都被强迫在这里干非常繁重的活，吃的却是猪狗不如的饭食。晚上收工后，再给这些奴隶们戴上枷锁，赶进几间地上铺着草的房间里，让他们坐在地上，靠墙睡觉。为了预防奴隶们逃跑和反抗，刁财主专门请来了一名武师，训练了一批家丁，不分白天黑夜，严密监视着他们。这些家丁凶残暴戾，见哪个奴隶不顺眼，就拉出来打个死去活来。仅仅不到一年，这些奴隶就被折磨得死了十多个。支屈六他们不甘凌辱，便暗地串通关在同一间房子里的奴隶，想寻找机会，脱离虎口。

就在今天午饭过后，支屈六他们瞅着家丁的监视略显松懈，便发出事先约定的暗号，一起动手，打倒两名家丁后，一齐向村外跑去。但是，他们刚一动手，就被刁财主知道了。刁财主立即命令请来的武师带领家丁追杀，几个落在后面的奴隶弟兄已经被追上杀死。剩下他们五个，虽然跑得快一点，但是也没能逃脱魔掌。眼看就要惨遭毒手，多亏石勒三人及时赶到，才使他们得救。刚才被蘷安杀死的那个短靠汉子，就是刁财主请来的武师。

支屈六说完后，又把随行的几个兄弟向石勒一一作了介绍，他们是：郭黑略、张越、孔豚和赵鹿。并说，这四个人的老家都在并州，但他们不是胡人，而是地地道道的汉人。只是那些官兵为了领赏，就把一些不是胡人的人也胡乱抓来充数。他们四个就是被官兵冒充胡人抓来卖到冀州的。

石勒对他们作了一番安抚后，问他们打算投奔何处？支屈六等五人一齐向石勒跪下，说，他们现在无处可去，只求石勒收留他们，并表示，以后赴汤蹈火在所不辞。

石勒对支屈六自然了解，同时通过刚才的打斗，也对其他四人的武功十分欣赏，当然愿意收留。于是答应了他们的要求，将他们一一扶起。然后向他们详细询问了刁财主家的庄园位置、周围形势、家丁分布以及刁财主的武功造诣等。支屈六他们作了细致回答，告诉石勒：刁财主本人不会武功，但他的身边常常有二三十名家丁保护，基本上是形影不离。

在通过一番思考后，石勒说："弟兄们，我有一个想法。像刁财主这样缺乏人性的恶霸财主，不能让他留在世上继续作恶。现在，我们杀了他的武师和好些家丁后迅速撤离。他一定以为我们人少势单，已经远远逃遁，不会立即回来找他算账。我就想利用他的这种侥幸心理，杀他个回马枪。别看他人多，就看他请来的武师都这么稀松，他手下的家丁也强不到哪里去。大家愿不愿意随我杀回去？"

"愿意！"大家情绪高涨，一个个摩拳擦掌，踊跃响应。于是石勒吩咐大家简单吃点预先携带的干粮，整顿好兵器，并对大家作了详细的布置后，在支屈六他们的带领下，迅速向刁财主庄园扑来。

刁财主果然未来得及作任何防范，他正端坐客厅听逃回来的家丁向他报告刚才的打斗情况。八名壮士如同从天而降，刁财主还没弄请情况，脑袋就搬了家。其他家丁见主人被杀，都被吓得只恨爹娘少生了两条腿，纷纷逃命去了。石勒命令大家仔细搜寻刁家贵重财物，分别带上，又从刁家马厩中选了五匹好马，让支屈六他们乘骑，然后放一把火，将刁家庄园点燃，趁着熊熊大火，发一声呼哨，扬鞭策马，像一阵旋风般去了。

或许是上苍的有意安排，就在石勒和他的八骑弟兄以及支屈六他们五人回到牧苑不久，就见守门兵丁来报，说是有一个名叫呼延莫的人，带了几个人来找石勒。石勒一听，急忙起身出迎。在牧苑大门口，石勒见到了呼延莫。两人热烈拥抱之后，呼延莫将随他同来的其他四名壮士向石勒作了介绍。他们分别是张曀仆、郭敖、刘征与刘宝。石勒将他们五个请进军帐坐好，问他们到底发生了什么事？

通过呼延莫的叙述，石勒了解到：原来冀州的一些官兵自从知道掠卖胡人可以赚钱后，到处搜捕胡人不成，就把目光投向了那些已经被富豪买去做了奴隶的胡人身上。几天前，呼延莫所在的那个财主家的铁场突然遭到了一群官兵袭击，大部分胡人奴隶被官兵劫走。呼延莫与十几个身手矫健的奴隶趁乱冲出，路上又被追来的官兵冲散，最后只剩下他们五个。由于当初石勒在矿洞中曾吩咐呼延莫，一旦脱离樊笼，就到茌平牧苑来找他。所以，呼延莫便带领大家晓行夜宿，辗转前来投奔。

呼延莫五人的加盟，使石勒大喜过望。至此，他的手下已经有了雄赳赳气昂昂的十八位壮士。石勒立即安排牧苑兵丁设宴，欢庆这次外出劫掠成功，以及欢迎十名新入伙的壮士。同时，他派人去请汲桑前来共庆。牧卒报说：汲帅不在牧苑，他昨天就骑一匹快马外出打探军情去了，尚未回来。石勒虽深感遗憾，也只好作罢。

席间，石勒慷慨陈词："今天我们兄弟风云际会，此乃天意。试想我们弟兄，不是做奴隶的胡人，就是生计无着落的穷人。我们这些人受尽了晋室官僚和恶霸豪强的欺凌，在他们眼中，我们就是他们可以任意贩卖奴役和随意杀戮的畜生，他们从来就没有把我们当人看！就这样毫无尊严，屈辱地活着，我们能甘心吗？”

群雄大呼：“不能！”

“是的，我们不能。”石勒说，“所以我们要反抗，用我们的血肉，去争取我们做人的权利。大家知道，我的名字叫‘石勒’，这是我的爷爷给我取的名号。‘石勒’这两个字，在我们羯胡语中是‘战争终结者’的意思。可是，面对强大的敌人，要想终结战争，就要首先拿起‘战争’这个武器，必须运用‘战争’，才能终结‘战争’。因为敌人不会自动放下武器。如今，晋室王朝的骨肉之间正在自相残杀，这正是天道厌晋，给我们以机会，我们一定要不负天意，举旗造反。我们不应自己瞧不起自己。相传当年陈涉起兵反秦时曾说过：‘王侯将相宁有种乎？’眼下我们的身份虽然极低、极贱，但是，只要我们抱成团，打出一片天地，我们也可以做到至尊至贵。弟兄们，愿意跟我一起举事吗？”

群情激愤：“愿意！”

“好！”石勒命手下取过十九只大碗，斟满了酒，又从靴中取出尖刀，刺破手腕，将腕血滴入每一只碗中，然后将尖刀抛在桌上，昂然说道：“愿意者，请与我歃血盟誓。”于是，十八位豪杰一个个用尖刀刺破手腕，挨次将血滴入碗内，一起捧起酒碗，齐声高呼：“我等愿同甘共苦，同生共死，同举大事，共创大业。天日可鉴，永结同心。如有反复，甘遭天谴！”说完，将酒大口喝干。

石勒豪迈地说：“弟兄们，从今往后，你中有我，我中有你，我们的鲜血已经流在一起。晋室王朝就是我们的敌人，眼下我们就是要趁敌人阵营内讧，给这簇烈火多浇几碗油。等汲桑大哥回来后，再寻机起义。”

自此，石勒亲率十八骑，在整个冀鲁平原上跃马驰骋，飞腾而来，呼啸而去，抢劫州县无数，弄得官府豪强焦头烂额而又无从捉拿。

第十四回　长沙王被炙惨死
呆皇帝连遭挟持

就在石勒亲率“十八骑”纵横冀鲁，劫州掠县，为聚众举事筹集军资之时，大晋王朝宗室之间血雨再降，腥风又起。

原来，长沙王司马乂诛杀齐王司马冏，进位太尉，都督中外诸军事，执掌朝政大权，使得河间王司马颙用其长史李含之谋，蛊惑齐王冏杀掉司马乂，然后再以此为口实发兵诛除司马冏，拥立成都王司马颖的计划流产。司马颙倒也罢了，偏偏李含心有不甘。他觉得自己上蹿下跳费尽心机，到头来却给别人做了嫁衣裳，此事绝不能就此罢了。于是不断挑唆司马颙，让其发兵诛除司马乂。司马颙本就专横跋扈，怀有不臣之心，得其挑唆，更是日夕思逞。然而，就在司马颙筹划行动之际，忽闻巴蜀氐人李特、李流等倡乱蜀地。司马颙因有西顾之忧，才不得不将内斗问题暂时搁置，先忙于应付蜀乱。

可谁知蜀乱尚未平定，荆州、襄阳一带的民众又被新野王司马歆的苛政逼反。义阳人张昌聚众起义，自立国号，连司马歆都被杀了。好不容易张昌之乱被南蛮长史陶侃平定，朝廷尚未喘过气来，司马颙为了夺取政权，竟不顾蜀乱未平，便急不可待地与成都王司马颖遥相勾结，同时密使已经升任河南尹的李含，要他联合侍中冯荪、中书令卞粹共谋诛杀司马乂。然而事与愿违，不但司马乂未被杀掉，李含、冯荪、卞粹反被司马乂捕杀了。消息传到长安，司马颙勃然大怒，立即派快马飞奔邺城，约司马颖起兵讨伐司马乂。

前面我们说过，成都王司马颖在除掉篡国逆臣赵王司马伦后，接受参军卢志的建议，有功不居，让权归藩，并做了一系列的善事，赢得了朝野的一片赞誉。现在他怎么会和河间王联合，去讨伐司马乂呢？再说，司马乂是他的亲弟弟，虽然在朝专政，却事无巨细都致函征询他的意见，按说也算对他尊敬有加，他怎么能陡起杀心去诛除自己的亲弟弟呢？这问题对一般人来说难以理解，可是对于那些包藏政治祸心的政客来说就很平常。他们为了达到其政治目的，是可以完全不顾亲情和不择手段的。司马氏宗族之间为了争夺权位，骨肉相残，司马颖当然也不例外。以前的那些所谓的“善举”，实际上是卢志的主张，司马颖只不过是在“作秀”罢了。到现在，他觉得声名已得，物望双收，继续演戏已无必要，所以，本来的狰狞面目也就不再掩饰了。

成都王司马颖正要发兵响应司马颙，这时已经升任左司马的卢志急忙进帐良言相劝。参军邵续也向他进言说：兄弟如手足，再怎么也不能自断手足啊！可这时的司马颖已经利令智昏，谁的话也听不进去了。他一面整顿军马，一面约好司马颙共同上表，逼迫朝廷让司马乂交出政权，并杀掉他们所忌恨的仆射羊玄之和将军皇甫商。

不料事与愿违，皇帝非但没有受其胁迫，还下发诏书，说如果二王胆敢兴兵作乱，他将亲率六军前去讨伐。司马颖、司马颙当然不会甘心，于是司马颙命部下悍将张方率精兵七万，气势汹汹由长安杀向洛阳；司马颖亲率大军进屯朝歌，任命平原内史陆机为前军都督，统领王粹、牵秀、石超等军队二十多万，也向洛阳杀来。

大敌当前，皇帝司马衷果然御驾亲征，领兵出屯十三里桥，派遣皇甫商率兵一万去抵御张方。皇甫商兵至宜阳，被张方打败，羊玄之忧惧而死。

皇帝回驻邙山，转屯缑氏，击败牵秀。

这时，司马颖率兵进屯河南，派兵进逼缑氏。皇帝被迫走归洛阳。陆机麾兵直扑京都，司马乂拥皇帝御驾建春门。司马乂帐下司马王湖将数千匹马绑上大戟，猛然向陆机的军队扑来，陆机军大败。

这陆机本系文士，对军事并不娴熟。司马颖让他统军，位居诸将之上，诸将不服，各行其是。战败后，诸将又将罪责全推给他。再加上司马颖身边宦官与陆机素有积怨，谗言陷害，致使司马颖动怒，派人将陆机连同其兄弟陆云一并杀害，夷灭三族，制造了一起冤案。

长沙王司马乂击败司马颖大军后，转攻司马颙的军队。皇帝司马衷仍亲自督战。张方率军来到城下，手下将士远远看到皇帝的车驾，都很害怕，不顾张方禁令，争相退逃。司马乂乘机率兵追杀，消灭张方前队五千多人。张方退屯十三里桥，部下还想趁夜逃跑，被张方禁止。张方下令趁着夜色，挥军前进数里，修筑了数重营垒，用于固守。

司马乂原以为张方军已被杀退，短期内不会有啥作为，所以未曾防备。第二天一早，闻报说张方复又逼近，慌忙率兵前往攻击。可是，张方军队营垒坚固，根本攻不下来。就在他见进攻无望，率军撤退时，张方却打开营垒，挥兵杀出。司马乂被杀得大败，仓皇逃回京城。

司马乂兵败回城后，未免心慌。这时，城中乏粮，形势十分紧张。司马乂想通过调停的方法来缓解压力。他觉得司马颖和自己毕竟是嫡亲兄弟，会看在亲枝近叶的分上给自己面子。于是委派中书令王衍等出城，说服司马颖息怨罢兵，与他分陕而居。然而，司马颖根本就不顾兄弟情分，悍然拒绝，并率兵直扑京城。

司马乂见调停无望，只得鼓动将士，誓师出城，不断与外兵作战。同时，采纳骠骑主簿祖狄之策，派人密令雍州刺史刘沈起兵袭击司马颙后方，欲使司马颙召回张方，减轻对京城的压力。

相对于司马氏诸王来说，长沙王司马乂还算是一个不错的王。他对皇帝忠心耿耿，从不失礼。在两镇重兵围困京都，粮食严重短缺的情况下，他能和士兵们同吃粗粮糙米，甘苦与共。所以，将士们都听命于他。在与两镇军队的作战中，他屡打胜仗。

成都王司马颖见都城久攻不下，自己带来的军队已经损失了六七万人，士气大衰，胜利无望，心下十分沮丧。而司马颙军队的都督张方，见洛阳无法攻克，也打算退兵返回长安。眼见得司马乂抗击两镇乱军的战争就要取得胜利，可偏偏这时候朝廷中又跳出个东海王司马越。司马越嫉妒司马乂成功，便暗下毒手，诓骗殿中将士说，外敌势大，城破在即，带领他们乘司马乂不备，将其抓获。然后逼迫皇帝下诏，罢免了司马乂官职，将他禁锢在金墉城。下令大赦天下，改年号“永安”（304），打开城门，将司马颖、司马颙两镇军队放进城来。

当外兵入城时，这些殿中将士才发现，原来外兵已经被消灭得七零八落，所剩无多。于是他们大为悔恨，就想救出司马乂来抗拒外敌与司马越。

司马越觉察到情况不妙，非常害怕，就想杀掉司马乂以绝后患。这时有人提醒他，杀司马乂会背负恶名。于是司马越便派人密告张方，让张方动手。

张方本来就是个杀人不眨眼的恶魔，自进军京师以来，又屡遭司马乂抗击，损兵折将，早已对司马乂恨入骨髓。一得到消息，立即派人到金墉城，把司马乂押回军营，剥去司马乂衣服，将其赤身裸体锁在柱子上，命手下在司马乂四周架起炭火，像烧烤一般焙着。可怜司马乂在炭火的炙烤下，惨号之声震天，直到浑身皮肉被烤成焦炭，却还不死！张方营中将士，目睹此惨状，都忍不住流下泪来。只有张方独坐一旁，欣赏自己这惨绝人寰的“杰作”，脸上露着狰狞的笑。

司马乂遇害时，年仅二十八岁。

成都王司马颖进入京都后，马上命部将石超率兵五万，分别把守洛阳城的十二座城门，诛杀了殿中宿卫和所有他忌恨的人，用自己的军队替换了原来的卫兵。他自封为丞相，给自己增加了二十个郡的领地。然后任命司马越为尚书令，自己却不愿留在京师，返回了邺城。

再说雍州刺史刘沈接到朝廷密令后，不知京城已经发生了重大变故，仍起兵向长安进发。司马颙得知刘沈来犯，急召张方回援。张方在临走时，纵兵大掠京城，掳得奴婢万余后，回军向西，正好与刘沈军遭遇。刘沈兵败被俘，司马颙对其进行残酷折磨后将其杀害。

河间王司马颙为了进一步和司马颖相互勾结利用，在长安向朝廷上表，说成都王有大功于朝廷，应该立为皇帝的接班人。并说羊皇后之父羊玄之"怙宠为非"有罪。虽然羊玄之已死，但他的女儿不能再做皇后。而同时，成都王司马颖也从邺城上书，说羊玄之死了，可是没有明确对他的惩罚。必须废掉羊皇后，以暴父罪！皇帝司马衷正爱着羊皇后，心中实在不忍。但面对二王气势汹汹的逼迫，又拿不定主意。就将二王表文拿到朝廷上让大臣们定夺。可是大臣们个个贪生怕死，谁敢得罪二王！再加上东海王司马越与二王表里为奸，于是，大臣们都表示赞同二王之议。皇帝无法，只好将羊皇后废为庶人，迁往金墉城关押。同时把皇太子司马覃仍贬黜为清河王，立成都王司马颖为"皇太弟"，都督中外诸军事兼丞相，所有车乘服饰都寄往邺城。进河间王司马颙为太宰大都督，领雍州牧。

司马颖自从做了"皇太弟"后，更是骄横傲慢，恣意跋扈，眼中根本没有皇帝。他手下的一帮宵小，倚仗司马颖权势，到处横行不法，欺男霸女，干尽坏事。司马颖以前的一番作秀表演，至此已经完全卸妆，恢复了其本来面目。很快，人们便对他大失所望。朝廷中的一些将军，见司马颖已经失去人心，便怂恿东海王司马越去讨伐司马颖。这时，原本与司马颖表里为奸的司马越，为了夺取朝政大权，立刻变得翻脸无情。他与这些将军率兵进入云龙门，以皇帝名义召集三公和百官，在城内戒严，下令收捕司马颖留在京都的部将石超。石超闻讯后，冲出京都，奔回邺城。

司马越迎还羊皇后，然后自任大都督，劫持皇帝北征。沿途，向各地发布檄文，召集兵士，共得十万余人，气势汹汹杀奔邺城。

皇帝御驾亲征，使得邺城大为震恐。司马颖召集幕僚商量应对之策，议论不一，一时难以定夺。这时，因母丧留居邺城的东安王司马繇进帐，劝司马颖主动前去迎驾请罪，遭到司马颖训斥。司马颖立派石超率兵五万，前去迎敌。

东海王司马越本来就不是个将才，他率兵进驻荡阴，只以为有皇帝这面招牌，别人不敢轻易冒犯，竟不加强戒备。哪知石超驱兵杀来，其势汹涌，司马越的军营立时就被攻破。司马越见势不妙，只顾自己逃命，竟扔下皇帝不管，一溜烟逃回东海封地去了。石超的兵士一路攻杀，皇帝的卫士和百官，不是被杀死杀伤，就是抱头鼠窜，连皇帝的脸颊上都中了三箭，痛苦万分。他身边只剩一个侍中嵇绍挺身护佑，也被石超的兵士拉去砍死。单单留下一个被吓得半死的皇帝司马衷，被石超劫回邺城。

司马颖劫得皇帝在手，下诏大赦，改元“建武”（304）。然后逼迫皇帝颁诏东海，命司马越到邺城见驾。司马越不是傻子，当然不会应命。而是写信给自己的弟弟并州刺史司马腾，叫他联络幽州都督王浚，出兵攻击司马颖后路。

司马颖见司马越抗诏不至，又逼皇帝传诏幽州，让幽州都督王浚来邺城见驾。原来这也是为了挟私报复。因为当初司马颖、司马颙、司马乂三王入讨赵王司马伦时，司马颖曾传檄，令王浚起兵相助。可是王浚根本就不理他的茬。司马颖非常恼火，曾派人去暗杀王浚。哪知暗杀不成，派去的人反让王浚给杀了。司马颖从此怀恨在心。现在他逼皇帝下诏，显然是想诱王浚前来，好借机除掉王浚。可是，王浚也清楚司马颖不怀好意，索性纠合鲜卑、乌桓两部番兵，同时约同并州刺史司马腾一起起兵进攻邺城。正好司马腾刚刚接到兄长司马越的书信，自然一拍即合。于是发动两州兵勇及鲜卑、乌桓胡骑共十万余人，直向邺城杀来。

司马颖闻报，立即派石超和中郎将王斌率兵前去迎敌。同时，他担心曾经建议他向皇帝请罪的东安王司马繇成为敌兵的内应，便将司马繇杀害。司马繇哥哥的儿子琅琊王司马睿当时也在邺城，见叔叔被杀，害怕祸及自身，便化装潜逃，回到封地。后来西晋灭亡，司马睿定都建康，成为东晋的开国皇帝。这是后话。

邺城大兵压境，全城惶惧。司马颖召集僚属商讨对策。这时，一位将军走进会议厅，声称他有退敌之策。司马颖一看，原来是冠军将军刘渊。

刘渊本是匈奴人，武帝时被封为匈奴五部都督，但一直住在邺城。后来匈奴部族一致推举他为大单于，并派人告知他。刘渊便借回乡参加葬礼为由，向司马颖请假，司马颖不允许。现在大兵压境，刘渊便借机向司马颖进言说，他可以召集五部匈奴，帮他打败幽州、并州的联军，解邺城之急。此时的司马颖已经仓皇失措，闻刘渊此言，当然大喜，立即封刘渊为北单于，参丞相军事，令他即刻起身。哪知此举却是放虎归山。刘渊回到并州，在离石建立“汉国”，最终将西晋王朝彻底埋葬。此事容后详说。

就在刘渊走后不久，司马腾与王浚的军队杀到。一战败王斌，再战败石超。邺城中大为惊恐。百官奔走，士卒逃散。仓皇中，司马颖带领身边仅剩的数十骑人马，拥着皇帝南归洛阳。上路时来不及携带钱粮食物，皇帝也仅乘一辆小牛拉的破车，一路上受尽了饥困磨难。好不容易过了黄河，才遇到张方派兵前来接应。

大家可能会问：张方已经被司马颙召回，因何又出现在这里？原来，就在司马越北征邺城时，司马颙得知消息，曾派张方率兵前去救助邺城。兵行路上，得知司马越已被司马颖打败并将皇帝劫持。于是司马颙又命令张方折回京都洛阳。张方进驻京都后，专横跋扈，又将羊皇后废去。这时，得知皇帝被司马颖劫持南归，这才派儿子张熊率兵前往接驾。从此，皇帝又落入张方之手。

司马颖撤离邺城后，王浚等纵兵入城，将这座曹魏时期的繁华都城抢掠一空。其中鲜卑部掠得妇女八千人，王浚不让带走，统统被推下易水河中淹死。

再说张方自劫得皇帝后，专横朝政，不但将公卿百官的职权剥夺殆尽，就连“皇太弟”司马颖也没了半点权力。穷凶极恶的张方纵兵，将本来就已经千疮百孔的京都洛阳再次洗劫一遍后，感到再无多少油水可捞，便强行劫持皇帝西迁长安。临行时，他还想把宗庙宫室一概毁掉，还多亏随驾到此的卢志一再劝阻，方才作罢。

皇帝一行离开洛阳，一路西行。时值隆冬，天降大雪，皇帝颠沛流离，受尽苦楚，好容易到得霸上，太宰河间王司马颙前来接驾，这才回到长安。

皇帝到了长安，自然被司马颙控制。这时，司马颙大权在握，立即翻脸。他胁迫皇帝下诏，把由他亲自举荐立为“皇太弟”的司马颖废掉，改立豫章王司马炽为“皇太弟”。在他看来，现在的司马颖已经成为丧家之犬，失去了利用价值，当然不能让他继续当“皇太弟”妨碍自己把持国政！

诏书既下，又是大赦天下，改元“永兴”。太宰司马颙都督中外诸军事，张方为中领军，录尚书事，领京兆太守。一切国政统归于司马颙。同时进任东海王司马越为太傅，让其入关辅政。

哪知司马越不愿入关受职，而是被范阳王司马虓、幽州都督王浚等推为盟主，传檄崤山以东各州郡，纠合义兵，准备西进讨伐司马颙，迎皇帝还都。

恰恰就在这时，魏赵之地有一个名叫公师藩的人，听说废了司马颖的“皇太弟”身份，心中不平，便拉起一支数万人的队伍，独树一帜，声称为司马颖报仇，直向邺城杀来。

第十五回　得姓氏投奔公师藩
败邺城重返牧马苑

话说公师藩乃成都王司马颖部下将军。司马颖“皇太弟”身份被废，立即引起了整个司马颖集团的恐慌。再加上在讨平篡国逆贼司马伦之后，司马颖的“作秀”表演，也在冀州人民心目中树立了“贤王”的良好形象。司马颖被废“皇太弟”，不明真相的冀鲁人民，也就难免会为他鸣不平。一旦有人为他举旗报仇，自然也就有不少人跟风。所以，当公师藩自称将军，举起支持成都王的大旗后，旬日之间，就纠集了士卒达数万之众。

在平皇家牧苑的牧帅汲桑，曾与公师藩旧时相识，也算是一位故人了。听说公师藩在魏赵交界之地举旗起义，便乘了一匹快马，独自一人到公师藩营中去打探消息。这就是当石勒手下“十八骑”际会之时，汲桑不在牧苑的原因。

汲桑风尘仆仆来到公师藩大营。这时，已俨然是一方统帅的公师藩，听门上来报，说皇家牧苑的牧帅汲桑求见，当然满心欢喜。他现在正在招兵买马，扩充军队，知道汲桑手下有数千牧卒，当然垂涎。于是亲自出迎，把汲桑请进军帐。

分宾主坐定后，汲桑讲明来意：“听说将军举旗聚众，意在为成都王雪耻。小弟亦闻成都王讨平逆贼后，让权归藩，以及收葬敌对双方死士遗骨的种种善举。所以愿率牧卒归于麾下。因不知将军能否收纳，故单骑前来打探。”

汲桑的这番话虽然至诚，可背后也隐藏着更高的政治目的。他认为，成都王既然贤名远播，在遇贬时有人为他出面鸣不平，那就一定会有东山再起之日。现在投奔公师藩，实际上等于投奔司马颖。到将来司马颖重掌政权后，论功行赏，这些在他落困之时前来投奔，为他出过力的人，自然会受到重用，获得远比现在当一个牧马人的头子高得多的爵位。这是一笔一本万利的政治投资。汲桑深谙其中的道理。

汲桑主动来投，公师藩自然是喜出望外。他当即答应，只要汲桑率部来投，先以偏将军官位相屈。等将来功成之后，再行封赏。

洽谈异常顺利，汲桑辞别公师藩回归牧苑。

听说汲桑大哥回到牧苑，石勒马上带领“十八骑”弟兄前来拜会，并将勇士们一一向汲桑作了介绍。

见一下子增加了这么多的英雄豪杰，汲桑大喜过望，立即吩咐手下安排宴席，予以隆重欢迎。酒足饭饱之后，众豪杰散去，汲桑把石勒留下，与他商讨投奔公师藩的事宜。当汲桑把他的打算说出后，石勒却显得并不高兴。

沉默了一阵后，石勒说：“聚众起事是我多年的心愿。可我只想造官府的反，造朝廷的反。通过造反去争取我们做人的权利。司马家的人都是一群混蛋！为了争权夺利，根本没有半点人性。现在让我去参加他们的争权夺利，我不愿意。”

见石勒竟然与自己的意见相左，这让汲桑感到意外。但他知道，石勒这人轻易不会放弃自己的主张。他冷静思考了一会儿，耐心地开导说：“石勒兄弟，根据你的人生经历，我很理解你的想法。可是，你想过没有，现在是个皇权至上的时代。如果我们公然打出反对朝廷的旗帜，有谁还敢投到你的麾下？就算有一些奴隶和穷人跟随，可是，面对强大的皇家势力，是不是不等我们举事，就会招致汹汹而来的各种势力绞杀！所以我以为，我们要想举事，还得先依靠朝廷中的一股势力。现在成都王在黄河以北的人们心目中，还算一位贤王，也有可能是未来的皇帝。在他遭遇贬黜后，有人公然为他鸣冤叫屈并起兵扶持，这就说明他一定会重回朝廷，重掌政权。我们现在去投奔他，等他执政后，我们自然会获得相当的势力。等到我们的势力积聚到足以和朝廷抗衡时，再去做你想做的事，是不是更实际一些呢？”

经汲桑的这一番剖析，石勒经过一段痛苦的反思后，觉得汲桑说得也有道理。于是他最终答应汲桑，和他一起投奔公师藩。

说服石勒后，汲桑当然高兴。接下来，他又说：“还有一事和兄弟商量。我们投奔公师藩后，他自然会让我们带兵打仗。但是，带兵的人都要擎自己的旗帜，旗帜上绣带兵人的姓氏。可你们羯胡人没有姓，只有名。而旗帜上是不能把名字绣上去的。我看你不如把名字拆开，干脆姓‘石’名‘勒’。以后不管到哪里都这么叫。你的后代也从此辈辈姓‘石’，就像我们华夏人一样。你看怎么样？”

石勒认真想了一会儿，突然一拍大腿，说：“好啊！从此俺就姓‘石’了。我的儿子、孙子都姓‘石’。就这么定了！”

大事决定后，汲桑下令召集“赤龙”“騄骥”两处牧苑的所有牧卒，准备关闭牧苑，集体投奔公师藩。石勒见状，急忙上前阻止，说：“大哥，不可！牧苑是我们的根本，万不可轻弃。我们此次去投公师藩，前程究竟如何，尚难预料。如果遇到麻烦，还须留有退路。我以为牧苑不能关闭，一定要留下一部分人为我们守着。我看可以先挑选数百名精壮，组成一支骑兵队伍前去。其他人依旧留守牧苑。这样，我们才可以进退有据。如果将来确实需要，我们再关闭不迟。”

经石勒这一提醒，汲桑连连点头：“兄弟所虑极是。那好吧，那就先从两处牧苑挑选精壮七百，让他们自选马匹，明日辰时出发。”

翌日辰时，汲桑、石勒统领“十八骑”和七百精壮，意气风发地向着公师藩营地走来。

汲桑率部如约而至，公师藩万分高兴。他当即兑现承诺，任命汲桑为偏将军。当他见到石勒时，亦对石勒的魁梧奇异相貌和身上那种常人所没有的凛然气质感到吃惊。他有意和石勒攀谈军机战策，石勒约略数语，就使他深深折服。他曾私下对汲桑说：“你的这位兄弟石勒，将来之造化，一定会远远高于你我。”

随着军事力量的日益壮大，公师藩决定发兵进攻邺城。邺城原本是成都王司马颖的镇所，亦是曹魏时期五都之一。成都王在此经营多年，早已成为司马颖集团的老巢。王浚、司马腾联军攻邺，迫使司马颖挟持皇帝南奔洛阳后，王浚放纵鲜卑、乌桓入城劫掠，虽然破坏严重，但城内宫室尚存，当年曹操修筑的铜雀、金虎、冰井三台还在。稍作整修，依然是黄河以北最为富庶繁华的大都会。可恨的是，河间王司马颙劫持皇帝后，逼令皇帝下诏，不仅废掉了成都王皇太弟的身份，还任命平昌公司马模为“宁北将军，都督冀州，镇于邺”，将邺城这一地位无比重要的镇所，生生从成都王手中夺去，交给了司马模，使他们失去老巢。是可忍，孰不可忍！所以，公师藩一定要将这座原本属于他们的重镇夺回来。

由于看好石勒，公师藩在发兵攻邺时，特地提拔石勒为“前队督”，交给他三千人马，让他带领“十八骑”作为先锋官，逢山开路，遇水搭桥，直向邺城杀奔而去。

石勒果然不负所望。他一路披荆斩棘，摧枯拉朽，连拔阳平、汲郡两座城池。太守李志与张延先后被他斩于马下。

由于前锋进展顺利，公师藩的大军很快就进至邺城。

公师藩大军兵临城下，冀州都督平昌公司马模惊恐万状。司马模是东海王司马越的弟弟。他一面派遣将军赵骧率兵抵御，一面急忙派人骑快马向邻近郡县搬取救兵。广平太守丁邵闻邺城告急，立即领兵来救；范阳王司马虓接报后，亦急令兖州刺史苟晞星夜驰援。

公师藩指挥大军猛攻邺城，但邺城城池坚固，再加赵骧率军拼死抵抗，急切之中攻打不下。这时探马来报，说是丁邵、苟晞两路大军杀到。公师藩见破城无望，权衡一下，他一支人马对付三方面人马，众寡悬殊，难以取胜，只得率兵撤离邺城。

尽管攻邺之战未能成功，但石勒的勇猛善战却在全军产生了重大影响。从此，那面绣着斗大“石”字的军旗，便成为所向披靡的醒目标志。

司马模见公师藩引军撤离邺城，立即向其兄司马越献上捷报。司马越见邺城之危已解，便约同范阳王司马虓起兵向西，讨伐河间王司马颙，迎皇帝还都。

此时，太宰河间王司马颙正在为公师藩聚众作乱大伤脑筋。忽又闻司马越挥兵杀来，更觉焦虑。一连几天，他吃不香，睡不稳，思虑再三，别无良策，只得重新起用成都王司马颖。于是他任命司马颖为镇军大将军，都督河北军事，却只拨给他一千人马。同时任命一直跟随司马颖的卢志为魏郡太守，让他继续跟随司马颖镇守邺城，抚慰公师藩。

接受任命后，司马颖心中五味杂陈。他对司马颙的翻云覆雨十分怨恨，早想寻机脱离他的挟制。正好这时司马颙派遣张方为大都督，率兵十万，会集许昌拒敌。同时命令司马颖邀同故将石超出屯洛阳河桥。司马颖留石超把守河桥，趁机进入京都洛阳，关闭城门，督众坚守。没多久，范阳王司马虓与部下刘琨带领的幽州突骑杀到，攻克河桥，石超阵亡。

这时，司马越的联军在许昌击败了司马颙的军队，一路浩浩荡荡，直向长安杀来。张方率兵退屯霸上，关中大震。司马颙见长安形势十分危急，还想让司马颖在洛阳抗击司马越，阻止他西进。于是借皇帝名义屡次传诏，命令司马颖出击。可是，司马颖本来就兵微将寡，无力出击，更主要的是，他对司马颙积怨已深，现在又占据了京都，当然对司马颙的命令置若罔闻。

面对司马越的强大攻势，司马颙一筹莫展，急得像热锅上的蚂蚁。无奈中，他想到与司马越议和，欲与司马越分陕为伯。于是他派亲信去见司马越，说出了自己的想法。司马越因皇帝还在司马颙之手，便答应了司马颙的和议要求。哪知张方听说后却极力反对。张方一向残暴，知道自己罪孽深重，生怕和议一成，朝廷会追究他的罪责。

张方的极力反对，使司马颙犯了嘀咕。他知道张方这人凶悍难制，现在张方又手握重兵，一旦逼急了，什么事都做得出来。权衡再三，只得罢议。谁知部下将军因平时常受张方的侮辱，早想设法除掉张方。此时，他们看出了司马颙心中顾虑，便趁机进言诬陷，说张方久有反心，现在屯兵霸上盘桓不进，就是在等待机会谋反！再说东海王起兵，也是针对张方而来。如果将张方斩杀，东来的军队一定会退去。

司马颙这人本来耳根子就软，缺乏主见。听了将军们的话后，便亲自去调查真伪。这时，将军们已经做好了局，等他上钩，自然将张方“谋反”的罪名坐实。于是，司马颙便设计将张方斩杀。就此，这位让人闻风丧胆的杀人魔王，最终冤死在自己主人之手。

司马颙杀了张方后，将一切罪责归咎张方，派使者提张方首级去和司马越讲和。哪知司马越收了张方首级后，却突然翻脸，拒绝和议。他将使者叱还，将部队分作两支，一支继续西进，到长安去迎接皇帝车驾还都；另一支去夺取京都洛阳。

司马颙见司马越拒绝和议，不退反进，对诛杀张方大为后悔，立即整顿兵马前去迎敌。

司马越的西进部队先后在湖县和霸水击败了司马颙的军队，直逼长安。司马颙惶恐无计，仓皇中丢下城池，单骑逃往太白山中。司马越军队径入长安，烧杀抢掠残害百姓。百官逃散，皇帝在宫中惶惶不可终日。司马越随后到来，接了皇帝，即日东归。

再说司马越的另一支人马直向京都洛阳扑来。司马颖深知自己兵少势孤，难以坚守，便弃城逃跑。他本想西投长安，来到华阴，却听说司马颙与东海王司马越议和。联想到他曾屡次拒绝司马颙的命令，害怕司马颙挟私谋害，不敢继续西进，在华阴逗留下来。后来打听到长安已破，皇帝已经回归洛阳，便折了回来。辗转中无处栖身，只好渡河北上，准备去投奔公师藩。

再说司马越接了皇帝回到洛阳。这时的洛阳城因屡遭兵祸，特别是经张方的数次纵兵劫掠，已经残破不堪。皇帝回来后，连伺候服役的人都所剩无几。皇帝下诏，到金墉城中迎羊皇后还宫，聊慰寂寞。接着，临朝议政，改元“光熙”（306），赏赐迎驾诸臣，进司空司马越为太傅，录尚书事；进范阳王司马虓为司空，令镇邺城；封宁北将军平昌公司马模为镇东大将军，改镇许昌；封幽州都督王浚为骠骑大将军，都督东夷河北诸军事兼幽州刺史；等等。

虽说是朝事初定，但实际上朝政大权又落在了东海王司马越手里。皇帝司马衷一如既往做他的木偶，被人玩弄于股掌之上，随风飘摇。

再说成都王司马颖，他渡河北上，欲投公师藩。一路风尘，进入顿丘地面。正行之间，被闻讯而来的顿丘太守冯嵩率兵拦住，一阵缴杀，手下士卒或死或逃或被俘虏，单单剩下司马颖与两个儿子，被冯嵩擒拿，押往邺城，献给了范阳王司马虓。司马虓下令将其拘禁。

成都王被拘邺城的消息传到公师藩耳中，公师藩勃然大怒，立即率众自白马渡过黄河，杀奔邺城而来，要救主人司马颖。

司马虓闻报，一面加强城防，一面派人速调兖州刺史苟晞前来救邺。

这是一场异常惨烈的战斗。公师藩率众抵邺后，立即下令攻城。他救主心切，尽管伤亡严重也在所不惜，只求早日破城，救出成都王。汲桑、石勒率部在前面攻城，檑木炮石滚滚而下，一批批士卒爬上云梯，又被砸了下来，数次进攻均未能得手。

激战正酣，突然苟晞率部杀到。这苟晞字道将，治军赏罚分明，极为严苛。所以他的部队战斗力极强。再加上他精通韬略，十分善于用兵，历次征战总是胜多败少。这时他从公师藩背后掩袭，突然发动进攻，打了公师藩一个措手不及。

公师藩正在指挥攻城，忽见后军大乱。他正感诧异，就见苟晞率军冲了过来。公师藩急切中来不及招呼部队，只带着身边亲兵百余骑，落荒而逃。

前面正在攻城的汲桑和石勒，忽见后军大乱，知道情况不妙，急令停止攻城，率军回救统帅。可这时邺城守军已在城上望见苟晞军到，一声令下，城门大开，城内军队冲杀出来。汲桑、石勒遭内外夹击，立时陷入重围。好在石勒的“十八骑”训练有素，个个武功高强，能够临危不惧，拼死冲杀，护着汲桑、石勒杀开一条血路，冲出重围，一路狂奔而去。

等到远离战场，到了相对安全的地界，汲桑点视身边人马，发现仅剩三百余骑，且大多挂花带伤。只有“十八骑”，虽然个个血染征袍，但多数是敌人的鲜血，还算完整。这时，他们不知道主帅公师藩到底怎么样了，只得寻找来时道路，往回撤退，一路打探主帅消息。

路上，他们遇到了几个公师藩身边的亲兵，一个个伤残不轻，在相互搀扶着行走。见到汲桑、石勒后，忍不住号啕大哭。经汲桑、石勒询问，方知公师藩逃出后，没走多远，就被苟晞的骑兵追上。公师藩力战身亡，尸体被苟晞骑兵抢去，所跟随的亲兵大多战死，只有他们几个，拼死冲了出来，不知该到哪里。

得知这些情况后，汲桑觉得再往前走已无必要。可是，该到哪里去落脚呢？这时石勒提议：返回牧苑，从头再来。

汲桑长叹一口气，拍了拍石勒的肩膀说：“多亏兄弟料事周密，给我们留下了根本。否则，我们可真成丧家之犬了！”说完，他让手下抬上这些伤兵，走上了重返皇家牧苑的道路。

那么，汲桑、石勒还会有什么举动呢？

第十六回　呆帝驾崩新皇登基 牧苑举旗东山再起

斩杀公师藩后，苟晞被司马虓迎进邺城，大加犒赏。随即，苟晞率部还镇。但经过这一番折腾，司马虓因操劳过度，突然患病，不数日，死在邺城。

司马虓死后，邺城无主。他部下长史刘舆考虑到成都王司马颖在邺城经营多年，人际关系错综复杂。特别是司马颖善于笼络人心，是邺城人心目中的“贤王”，害怕有人趁机将司马颖救出，成为大患，必须立即除掉。所以，他顾不得为司马虓举丧，先安排亲信，化装成朝廷使者，携带由他伪造的“诏书”和金屑酒，到司马颖的拘禁地“宣诏”，逼令司马颖将毒酒饮下。于是，司马颖成为大晋朝廷中为争夺权位丢掉性命的第六位亲王。

与司马颖同时被害的，还有他的两个儿子。

司马颖死后，因部下僚属早已散尽，无人敢来收尸。还亏得卢志从洛阳赶来，不顾身家性命，买来棺木，将司马颖收殓后草草安葬。

卢志为成都王收尸安葬的事传入京城，司马越非但没有降罪，还认为卢志重信义，便将卢志召回，任命为军谘祭酒。而对于刘舆，司马越不但不追究他假传诏命，擅杀重臣的罪行，还对他能防患于未然而大加赏识。于是也将他征调回京，任命为左长史，特别加以宠信。

因范阳王司马虓死后，邺城无人镇守，司马越将刘舆找来，和他商量，该派何人前去镇邺？刘舆这人历来以聪明乖巧著称，当即推荐司马越的亲弟弟并州刺史东瀛公司马腾前去镇邺。

刘舆的推荐，深合司马越之意。司马越深知，自“太安”以来，并州大地屡遭饥乱。特别是自从匈奴人刘渊在左国城建立“汉国”后，屡次率兵进攻司马腾，已经将泫氏、屯留、长子、介休以及太原等诸多城池抢占。司马腾屡战屡败，无力抵抗，已带领并州二万余户，号称“乞活军”，避往太行山以东。而在朝廷执政的他，虽对刘渊的猖獗十分焦虑，可是朝廷内诸王觊觎政权，一个个虎视眈眈，稍一不慎，便会弄得身败名裂，甚至丢掉家身性命。所以，只能眼看着刘渊一天天坐大而无暇顾及。现在并州已成险地，如果将自己的亲弟弟调离并州，改镇相对安全而又繁华富庶的邺城，却是再好不过。只是邺城乃黄河以北第一重镇，历来镇邺都是“王爵”，而眼下司马腾只是一个“公爵”，似乎有点不妥。不过这也不难，给他提升为“王爵”也就是了。好在现在朝廷一切由自己说了算，皇帝只不过是个“摆设”。于是，便接受刘舆的推荐，将此事定了下来。

司马越又征询刘舆：如将司马腾调往邺城，那并州派何人前去镇守？这时候刘舆当然“内举不避亲”，他向司马越推荐了自己的亲弟弟刘琨。司马越微微一笑，他理解刘舆的良苦用心。

于是，司马越以朝廷的名义颁诏，进司马腾为东燕王，领车骑将军，移督邺城诸军事，任命刘琨为并州刺史。

回头再说河间王司马颙逃入太白山中，藏匿多日不敢出头。后来，他的故将马瞻等人，收集流散在各地的部下，化装潜入长安城，将司马越安排留守长安的将军梁柳杀死，夺了城池。然后带领人马进入太白山中，找到司马颙，将其迎接回城。

东海王司马越得知司马颙又回到长安，急忙调兵遣将就要前去讨伐。就在这时，朝廷中发生了惊天大事：皇帝司马衷驾崩了！

按说，皇帝司马衷这一年只有四十八岁，正值人生的壮年。在这之前也未听说有任何疾病，怎么突然就驾崩了呢？

这事说来蹊跷。这天中午，皇帝在宫中用膳，吃的是蜜饯油饼。事先也没有任何征兆。谁知一张油饼刚刚下肚，便觉腹中绞痛难忍。他急令内侍去传御医，可是，说话间就痛得倒在地上翻滚不已。当御医闻讯飞奔而至时，皇帝已经人事不省，躺在地上奄奄一息。

御医来不及叫人把皇帝扶上御榻，就在地上诊视六脉，只觉得指尖下脉象已散如游丝。他翻开皇帝的眼皮看了一下，不由得倒吸一口冷气，脸色惨白，浑身颤抖起来。他连连摇头说："罢了罢了，不可救药了！"宫中内侍上前询问是何症状？御医只是摇头不敢作声。内侍急了，抓住御医领口，一定要他说出症状时，御医嘴角抖动，轻轻吐出两个字："中毒！"

"中毒？"内侍猛然一惊，不由得松开手。御医得空，一溜烟出宫去了。

太傅司马越闻宫中有变，进宫来处理后事。当内侍将诊视结果报给他时，司马越只是看了内侍一眼，并不追究。而是命令宫中侍卫赶快召皇太弟司马炽进宫，立即嗣登大位。

就此，司马衷结束了他十六年的皇帝生涯。他生前庸碌无为，从当上帝位的第一天起就受制于人，后来又屡屡遭受劫持，没有一天真正按照自己的意志行使过权力。死后被谥为"孝惠皇帝"，史称"晋惠帝"。

新皇帝司马炽入承大统，史称"晋怀帝"，自然由司马越辅政。此时司马越所顾虑的头号政敌无疑是河间王司马颙。司马颙一天不除，他一天不得安枕。于是便生出一计，假意顾念手足之情，请新皇帝下诏，征司马颙为司徒，让他回京辅政。而暗中却指使弟弟平昌公司马模安排亲信将士，在司马颙回京的路上将其截杀，以除后患。

司马颙当然不知司马越的险恶用心。他接到诏书后，考虑到自己此时仅剩长安一座城池，孤立无援。如果不从朝命，惹得朝廷生怒，加以讨伐，显然无法坚守。如果应诏回京，向新皇帝呈情，或许可以自解？于是他便收拾行装，带上所有家眷，登车出关，直向京都洛阳而来。

一路上车马劳顿，堪堪来到新安地界。正行之间，突然路边的密林中跳出一伙强人，一个个手执利刃，将车驾拦住。为首的大声喝道："快留下头颅，放你们过去。"

司马颙闻听，大吃一惊，急忙掀起车帘问道："你们是什么人，敢拦我车驾？"

"废话少说，赶快把脑袋留下，免得爷爷动手！"来人毫不通融。

虽然形势险恶，但司马颙还心存侥幸。他向来人说："我是河间王，现在奉诏还京，受职司徒。你们都是大晋的臣民，见本王本该拜谒，怎能如此无礼！"

来人仰天大笑道："你不报家门，我们还担心杀错了人。现在你自己说出，显然是万无一错了。"说着，他一挥手，"弟兄们，上！"将身一跃，跳上车来，把司马颙一把掀翻。

司马颙的家眷们都吓得痛哭起来。车上司马颙的三个儿子见父亲危急，一齐扑过来相救。然而寡不敌众，被汹汹围上来的强人接连拉下车来砍死。司马颙的随从及所有家眷统统被杀，不留一个活口。

车上，那为首的强人用力扼住司马颙的喉咙，对他说："冤有头，债有主，现在我告诉你，我是平昌公的将军梁臣，奉太傅之命，前来取汝性命。你到阎王那里申诉时，千万别报错了名头！"说完，手上加劲。司马颙手脚乱动，一会儿，双腿一伸，死了。

除去了司马颙这一心头大患，司马越感觉大权在握。于是立即加封弟弟司马模为南阳王，进尚书仆射王衍为司空。同时将自己的一批亲信加官晋爵，安排在朝廷的各个要害部门。当一切安顿妥当之后，这才奏请新皇帝为"孝惠皇帝"发丧，将其安葬在太阳陵。这时已是腊尽春来。大年初一，新皇帝在御殿接受群臣朝拜，颁诏大赦天下，改元"永嘉"（307）。这年，新皇帝司马炽二十四岁，尚无子息。由司马越力主，立尚在髫龄的豫章王司马诠为“皇太子”。新皇帝虽心下怏怏，也只得勉强同意。

新皇帝司马炽不同于惠帝司马衷。他不愿做傀儡皇帝，不想让军国大权落入辅政大臣手里。他每日都朝见百官，留意政务，审阅奏疏，孜孜不倦。百官瞧在眼里，都觉得武帝初期的政治风气又回来了。

然而，新皇帝的举动却让司马越很不高兴。他不能公然剥夺皇帝处理军国大事的权力，便考虑出镇外藩。这明显是向皇帝甩脸子，新皇帝当然也能窥透他的用意。于是，经过一番假意挽留之后，见司马越一再上表求去，也就落得顺水人情，允许他原官出镇。同时，新皇帝对司马越两个弟弟的职位作了一番重新调整：调南阳王司马模为征西大将军，都督秦、雍、梁、益四州军事，镇守长安，将许昌空出，让司马越前去镇守；改封东燕王司马腾为新蔡王，都督司、冀二州军事，仍旧镇守邺城。这样对司马越的两个弟弟都加以重用，也好使司马越对朝廷无所怨恨。

有道是“人算不如天算”。尽管司马越挟权谋私，给他的亲弟弟们都安排了上好的地盘，新皇帝也对他弟兄们笼络有加，可谁知这一来反让他的亲弟弟司马腾断送了性命。

回头来再说石勒。自从公师藩阵亡后，他率领“十八骑”，护佑着汲桑返回牧苑。牧苑一切依旧，只是经过这次惨败，部队元气大伤。现在汲桑麾下兵卒，连同这次带回来的三百余骑，加上留守牧苑的，以及在战斗中侥幸生还，陆续返回牧苑的老牧卒，总数也不上两千人。今后该何去何从？

汲桑原本还心存幻想，觉得公师藩虽然死了，可成都王司马颖还被关在邺城。他还想着司马颖能有朝一日东山再起。为此，他专门安排精干细作，潜入邺城打探消息。但细作的回报却让他大失所望：成都王已经被毒死了！

成都王靠不上了，汲桑和石勒商讨今后出路。石勒说：“我觉得，我们用不着考虑去投奔司马家的哪个人了。现在我们虽说仅剩不到两千人马，可我们的根本还在。我们可以充分利用牧苑这个地盘，招兵买马，拉起一支咱们自己的队伍。前些时候，我和‘十八骑’弟兄们劫州掠县，聚集了大量财宝，也购置了大批的粮草与军用物资。当初投奔公师藩时，由于携带不了，你让我带领‘十八骑’弟兄们分散秘密埋藏于牧苑各处。这次回来后，我已经到各个埋藏点巡视过了，都还原封未动。有了这批物资，我们养他个三五万人马不成问题。至于兵源嘛，我觉得也好解决。我记得曾经给大哥说过，在走冀州时，我已经摸清了从并州掠卖来的奴隶们的分布情况。我们可以发兵把他们解救出来。这些奴隶们无家可归，自然会跟着我们。还有，以前我们劫掠州县，目标是缯宝财物。今后我们劫掠州县，要在掠取财物的同时，把重点放在解救各州县监狱里所关押的罪犯囚徒上，用解救出来的囚徒扩充我们的军队。除此之外，我们还要把那些被官府豪强逼得走投无路的穷苦百姓，和啸聚山林的英雄好汉们收编过来。这样用不了多久，我们就可以东山再起了。”

汲桑一面听石勒讲述，一面不住点头。他现在对石勒提出的策略，已经不仅仅是赞同，简直可以说是佩服得五体投地。他不由得想起了公师藩对他说过的话：“你这位兄弟，将来造化远在你我之上。”他又感到非常欣慰，觉得是上天把这位好兄弟送到了自己身边。石勒兄弟虽然没进过学堂，不识字，但却有勇有谋有见地。有这样的兄弟辅助，何愁大事不成？于是，他和石勒约定，由石勒带领“十八骑”和一部分精壮继续劫掠州县，解救奴隶和囚徒，收编山野亡命。他负责镇守牧苑，竖起招募兵勇的大旗，一面招兵，一面加强训练牧苑士卒和新入伍的兵员。

计议已定，在石勒临出发前，汲桑设宴为“十八骑”及所有参加行动的弟兄们壮行。汲桑高举酒杯对石勒说：“兄弟，今后我们就是一支正规的军队了，军队的首领就应该有职衔。我们这次行动，不是和敌人面对面的排兵布阵。我们的目标是州县衙门，我们的行动方式依然是化装潜入，突然袭击，得手后迅速撤离。所以，我给你想了个临时的职衔名称，叫‘伏夜衙门’。你看怎么样？如果同意，就请满饮此杯。”

石勒豪爽地说：“好，就叫‘伏夜衙门’。”说完，接过酒杯，一饮而尽。

从此，石勒的“十八骑”又开始在冀鲁大地上纵横驰骋，直打得官府衙门和恶霸豪强谈“石”色变，惶惶不可终日。一批又一批奴隶和囚徒被解救出来，加入了他们的队伍。同时，由于牧苑插起了招兵旗，吸引大批流民前来当兵吃粮；好些啸聚山林的英雄豪杰，也在石勒的招抚下，焚毁山寨，带着物资和人马，投在了汲桑的麾下。

果然，前后不到半年，“赤龙”“騄骥”两处牧苑就聚集了三万多人马。于是，昔日的皇家牧苑变成了军营，成日里训练士卒杀声震地；所到之处，旌旗蔽日。

劫掠州县的战斗之余，石勒也到军营指导训练士卒。他把自己掌握的凌厉凶悍的霸王鞭法等武功要领传授给士兵，使得部队战斗力得到了很大的提高。

随着军威大振，汲桑、石勒筹划的一场声势浩大的军事行动，马上就要拉开帷幕。

第十七回　新蔡王闻警劳军
司马腾末路授首

看到自己军威大盛，汲桑便考虑要有所作为。这一天，他把石勒找来，说："现在我们军队已经有了。可是，军队是用来打仗的，不能老让它闲着。军队不打仗，数万人坐吃山空，长此下去，我们不但养不起，还容易发生变故。所以我想带领军队出去打几仗。然而，打仗首先要师出有名，无名之师是打不了胜仗的。我考虑了好久，觉得还是打着为成都王复仇的旗号实际一些。因为我们原先投奔公师藩，就是投奔在成都王的麾下。现在成都王被害，我们为他复仇，便是顺理成章。兄弟，你看怎么样？"

石勒深思一会儿，说："大哥既然是这么考虑，就依大哥。我原本很不愿意参加司马家骨肉之间的争权夺利，去为他们卖命。不过，大哥上次对我说的话很有道理。我们现在的势力还很弱小，不能公然打出造反的旗号来，招致强大敌对势力的绞杀。现在依靠皇家的一股势力，为我们积蓄力量创造条件，也是切实可行的策略。我看，就依大哥说的办。"

汲桑点点头，说："那就这样定了。既然我们找到了出师的名义，那么我们的进攻目标也就有了。邺城原是成都王的根本，成都王又死在那里，现在他的尸身也还在那里。我们就去进攻邺城。再说，眼下镇守邺城的是原来的并州刺史司马腾。司马腾当初掠卖你们胡人，与你有仇，此去正好和他算账。”

石勒愤恨地说：“大哥说得对，不杀此老狗，对不起我那些遭他迫害的胡人弟兄！”

事情决定后，选择吉日出师。汲桑自称“大将军”，任命石勒为“讨虏将军”，带着他们的三万人马，高举着“为成都王复仇”的大旗，朝着邺城浩浩荡荡杀奔而来。

再说此时镇守邺城的新蔡王司马腾正踌躇满志，得意扬扬。托兄长的福，他总算离开了连年灾荒、民不聊生的并州大地。特别是，从此后他再不用担心刘渊军队的侵扰，可以高枕无忧了。从并州来到邺城，在他的感觉上就像从地狱升到了天堂。不但爵位由“公”升成了“王”，权力也由一个并州刺史变成了司、冀二州的军事都督。而更主要的是，邺城是黄河以北首屈一指的大都会。当年曹操在此立都，建立了天下闻名的铜雀等三台，其繁华富庶，一直以来并不亚于京都洛阳。虽说前一阵讨伐成都王，他和王浚联军攻克邺城后，王浚曾放纵鲜卑人入城劫掠，也不过是杀了批人、抢了些女子财帛而已。那巍峨壮丽的宫室、金碧辉煌的三台，还有那些玉砌雕栏、亭台楼阁、山水园林等都还存在。只是由于人口的大量流失，城内商贸等景象显得十分萧条和冷落。不过，这个问题不难解决。就在他因抵挡不住刘渊部众的骚扰，率众东下太行避难时，正好并州又发生了比“太安”初年那场大旱还要严重的灾荒。并州两万多户饥民组成了“乞活军”，跟随他到太行山以东来寻求活路。现在正好可以把这些人安置在城内。相信邺城之内只要有了人，昔日的繁华景象一定还会重现。能够镇守此地，实在是无上的荣宠。

然而，司马腾的好梦并没做成。就在他入主邺城不久，一切尚在安顿之中，汲桑、石勒的复仇大军就已经杀到。

警报传入邺城，司马腾不免惊慌失措：这是怎么了？刚刚躲开了刘渊的袭扰，这里咋又冒出了一股贼寇？他来不及犹豫，立即派出飞骑，急调顿丘太守冯嵩，率部移守魏郡，务必将进犯邺城的贼寇堵截在魏郡之外。冯嵩接令，不敢怠慢，立即点起人马，奔赴魏郡。就在他刚刚入城后喘息未定，探马来报，汲桑、石勒大军已经兵临城下。

冯嵩无奈，只得开城迎敌。当他冲出城门，就见敌兵已在城外列阵等待。冯嵩横刀在手，驱马出阵，大喝一声："大胆贼寇，受何人驱使，敢来犯我城池？"

冯嵩话音未落，敌阵开处，走出一位将军。只见他银冠罩头，铁甲护体，手握一枚镔铁长戟，下跨红色战马，年三十余岁，其凛然气势，让冯嵩不免有些吃惊。于是问道："来将何名？"

那将军昂首答道："某乃大将军汲桑麾下讨虏将军石勒是也。成都王无罪遭诛，特来为他报仇。请问将军姓名？"

冯嵩报上姓名后，骂道："成都王有罪无罪干你何事，却要前来为他送死！看刀！"说着，策马挥刀，直取石勒。

石勒自然举戟相迎。可是令冯嵩万万没想到的是，战不及三合，他就有点招架不住。他觉得，这是他从军以来遇到的最强大对手，再战下去，难免会把性命坏在这小子手里。于是虚晃一刀，勒转马头，败回阵去。

石勒见冯嵩落败，将手中长戟一挥，"十八骑"率士卒如急风暴雨般冲杀过去。冯嵩的阵脚立时被冲得大乱。

冯嵩见势不妙，来不及招呼部众，也知道敌人紧随在后，不能回城，只好独自一人打马狂奔，落荒而逃。

石勒纵马追赶一程，看看冯嵩已经逃远，只得勒马返回。这时"十八骑"已经率众将冯嵩的部众完全击垮。于是石勒指挥部队进城，占领了魏郡。

冯嵩兵败的消息传回邺城，司马腾大为恐慌，急令全城士卒登城守御。可是，命令发布后，却见上城守护的士卒寥寥无几，且士气不振。这时，有人奉劝说："自大王来镇邺城，已经四五个月了，还不曾给士兵们发过饷银。现在大战在即，再不犒赏士卒，到时候人心离散，那可就危险了！”

司马腾听后十分焦躁。他这人生性吝啬，平时一个小钱都想掰开来花。他来邺城前，虽说把并州府库中的金银细软席卷一空，全部装车带来了邺城。可他认为，那些东西早已成为自家的私产，不能再作为公用。现在守卫邺城是公事，就应该动用邺城府库中的存银和物资。可是邺城的府库经王浚的鲜卑兵劫掠以后，早已空虚。虽说司马虓镇邺之后广征赋税，又小有积攒，却因公师藩攻邺，又大都用于劳军。他到任后虽一再下令，让辖区内各郡县缴纳税银，可这时正是一年中青黄不接的时候，命令虽然连下，赋税却未收回。这就是他就任后一直没有给士兵们发饷的主要原因。然而，眼下用人在即，如果再不犒赏士卒，只怕真的会酿成大乱。所以他命令库吏，立即清点府库中所有物资，准备忍着割肉般的疼痛，对全城士卒进行一次犒赏。

库吏经过清点后将数字报了上来。司马腾根据在册士卒的数目算了一下，每人平均可分得三尺绢，二升米。他自己也感到数量有点太少。可反过来一想，又觉得，我这可是尽了力了。我现在扫了库底犒赏他们，他们应该理解才是。于是，咬了咬牙，好吧，就这么点东西，全部犒赏下去！

得到新蔡王扫库犒赏的通知后，全城的兵丁士卒都争先恐后地跑来了。在广阔的校场上，大家都怀着喜悦的心情在列队等待。四五个月了，好些士卒的家中早已断粮，揭不开锅了。这新蔡王还算仁慈，尽管在用人之际，总还能体会到士卒们的疾苦。扫库犒赏，这可需要有宽阔的胸怀和非同一般的“大将风度”啊！

终于，颁饷的将军们押着犒赏的物资走进了校场。于是，千夫长、百夫长、十夫长各按所领部众名册点名，叫士卒们挨个上前领取犒赏。

然而，当士卒们将犒赏物品领到手后，却大失所望。于是有人情不自禁地脱口叫道：“就这么点？”

结果所有的士卒都开始起哄：“是啊，我们干的可是卖命的勾当啊！”

“官家锦衣玉食，却拿这么点东西糊弄我们。不干了!”

“对，不干了!”“不干了!”“走他娘的!”

于是所有的士卒一哄而散，宽阔的校场上立时变得空空荡荡。

负责颁饷的将军马上把发生的情况向新蔡王做了汇报。司马腾一听，立时就吓得手脚冰凉。正在这时，探马来报：汲桑、石勒的大军向着邺城冲杀过来了!

没有了军队守护，邺城再坚固也不抵事。司马腾仓皇失措，觉得再不逃命只有死路一条。这时，他再也顾不得携带家眷和那批从并州运来的金银细软，只带着随身亲兵数十名，打开城门，落荒而逃。

司马腾刚出城门，汲桑、石勒大军的前锋就已经杀到城下。走在最前面的骁将李丰，远远看见有数十骑人马出城后在拼命奔逃，便料定这些人中必定有大官，于是立即率领部下紧紧追赶。

马蹄翻飞，迅疾如风。跑在前面的为了活命，在拼命打马；后面追赶的见穷寇丧胆，志在必得。眨眼之间已经跑出了数十里，双方的距离越来越近。司马腾眼见得无法脱身，索性勒转马头，抽出随身佩刀，命手下列阵抵抗。

双方力量悬殊。司马腾和他的几十名亲兵立刻就被包围。刀光剑影，血肉横飞，随着一声声惨叫，司马腾手下亲兵一个个相继跌落马下。司马腾本来已经被吓得魂飞魄散，这时见在劫难逃，于是牙根一咬，心一横，拨马舞刀，直向李丰扑来。

李丰举枪相迎，刀来枪去，交战不上数合，司马腾因心慌手迟露出破绽，被李丰一枪刺中喉咙，翻身跌下马来。这时，司马腾手下亲兵已经悉数被杀。

李丰不认识司马腾，但从衣冠服饰上料定这是一个大官。他跳下马，捡起司马腾的佩刀，割下其首级系在马颈之下，然后打扫战场，率众返回。

这时，汲桑大军因邺城无人守御，已经长驱直入，浩浩荡荡开进了城。

入城后，汲桑、石勒分派部众到各处镇守。此时，李丰将人头献上。汲桑、石勒以前都未见过司马腾，自然不认识。于是找来邺城的旧吏、降将，经辨认，方知此人正是新蔡王司马腾，当然大喜，给李丰记功，赏赐，抚慰有加。当他们从旧吏、降将的口中得知司马腾犒赏士卒的笑话后，也感到大惑不解。他们不相信司马腾会清贫到如此地步，于是立即率众查抄了新蔡王府。结果，抄出的金银细软堆积如山。汲桑命令邺城的官、民、士卒都来观赏。大家看了后，都对司马腾的贪鄙与吝啬感到既气愤又好笑，觉得如此猥琐龌龊之人，岂能不遭败亡！

再说汲桑、石勒的部众进入邺城后，立即为邺城的富丽堂皇所惊呆了。从前面我们知道，汲桑、石勒的部众，包括石勒本人和他的“十八骑”，都是由奴隶、流民、州县系囚和山野亡命之徒所组成。这些人都是穷困到了极致的贫民，自出娘胎以来，就在死亡线上苦苦挣扎，何曾想象到人间还有如此豪华的所在！开始，他们还只是以羡慕的目光在到处观赏。可是渐渐地，心中就产生了不平：奶奶的，同样是人，我们平时连饭都吃不上，凭啥这些狗官们就能在这仙境一般的地方恣意享受，醉生梦死？反正这些东西老子也带不走，邺城也不是我们这些人的久居之地，不如放一把火烧他娘的，省得让这些狗官们再在里面作威作福！于是就有人放火焚烧宫室。一有人挑头，很快就产生了连锁反应。前后不到几个时辰，整个邺城便处处起火，烟焰蔽日。一座座豪华的宫殿、亭台楼阁、曲榭回廊在烈火的焚烧下轰然倒塌。

当汲桑得知情况下令禁止时，已经来不及了，此时的邺城已是一片火海。

事已至此，汲桑只得长叹一声，下令部队撤出城外。

通过知情人，汲桑寻访到埋葬成都王司马颖的冢墓，起出尸身，更换棺木，载于车上，带上从司马腾家中抄没的全部财产，率众离开了邺城。他还要继续借助为成都王复仇的幌子，去号召民众，驰骋天下。

就此，邺城这一座魏晋古都，黄河以北首屈一指的著名重镇，被愚昧无知所葬送。使得在十多年后幡然醒悟的石勒追悔莫及，立志重建邺城，使其再现昔日辉煌。不过，这是后话。

撤离邺城后，汲桑和石勒商量，决定兵发兖州，找苟晞算账。因为是苟晞斩杀了他们原来的统帅公师藩。而公师藩是为了救成都王才着了苟晞的道，惨遭杀害的。现在，既然要为成都王复仇，当然要去找苟晞的晦气！听说这苟晞治军严苛，十分善于打仗。眼下正好趁着攻克邺城后士气高昂，军威大盛的机会，去会一会这位“屠伯”。

再说汲桑、石勒攻陷邺城，司马腾被杀的消息传入许昌，东海王司马越十分震怒。他决定兵发邺城，去剿灭这群贼寇。就在这时，又接探马飞报，说汲桑、石勒已经撤离邺城，从南津渡河，直逼兖州。于是司马越一面飞骑知会苟晞，让他出兵迎击；一面急令将军王赞，率部去支援苟晞。

前面我们已经说过，苟晞字道将，治军十分严苛。现在再说说他为了维护军纪，用法严峻，竟能六亲不认。

苟晞自幼失去双亲，是姨母一手将他带大。做了兖州刺史后，姨母带着儿子前来投奔他。他对姨母供养丰盛，也处处表现出孝心。一天，姨母向他提出，希望他能给自己儿子一个将军来做。苟晞说：“您最好不要让表弟在我的手下做官。我执法严峻，从来不徇私情。如果表弟一旦犯罪，我可不会法外施仁。”但是姨母依然一再请求。苟晞说：“好吧，就给他个将军。只是如果他将来犯了事，您可不要后悔。”姨母答应了。苟晞就让姨母的儿子担任了督护。后来，姨母的儿子果然犯了罪。苟晞审问得实后，就手持节杖，要将姨母的儿子斩首正法。姨母听说后，披头散发跑来向苟晞求情。然而，她头都磕破了，苟晞就是不答应，硬是将姨母的儿子斩了。斩了之后，却又去哭祭表弟，说：“弟弟啊，杀你的人，是兖州刺史。因为你犯了法，法不容情；现在哭你的人是苟道将，因为你是我的弟弟，我是你的亲人。”

由于苟晞治军严苛，毫不容情，部下对他十分敬畏。所以，令行禁止，没有人敢不听从。

汲桑、石勒率部来攻的消息，苟晞早已探悉，已经做好了迎战的准备。司马越派人前来传讯后，苟晞便率兵出城，沿汲桑、石勒的来路主动前去迎击。在阳平这个地方，两军相遇。于是一场声势浩大的战役，便在这里拉开了帷幕。

第十八回　战阳平全军惨败
归牧苑主帅殒命

这一场大会战在一开始的时候旗鼓相当。尽管苟晞的军队纪律严明，训练有素，且久经战阵，可是汲桑、石勒的大军乘胜而来，士气正旺。所以进行了大小三十余场恶战，双方互有伤亡，却未能分出胜负来。

消息传到许昌，司马越见敌势旺盛，害怕苟晞有失，便亲率大军，出屯官渡为苟晞声援。

通过前面的讲述，我们已经知道，这苟晞执法严苛，极善用兵。他见对手风头正劲，久战不下，毅然改变了用兵策略。他下令部众加固营寨，深沟高垒，挂出免战牌。并严令部下，不得将令谁也不准出战，抗命者斩！与此同时，他加派哨探，密切监视汲桑、石勒大军的动向，稍有风吹草动，立即报告。

汲桑、石勒见苟晞坚守不出，挥动大军猛攻苟晞营寨。可是苟晞营寨强弓硬弩，坚如磐石，一次次强攻，士卒死伤惨重，硬是攻不进去。见强攻不成，也改变策略。他们每天带领部众到苟晞营前骂阵，欲刺激苟晞出战。可是所有的脏话、气话都骂遍了，苟晞只是充耳不闻，军营中毫无动静。就这样，一直相持了数月之久。

现在，让我们静下心来，分析一下双方的军事态势，便能预知大战的最后结果。

先说双方统帅。苟晞自幼熟读兵书，精通韬略，足智多谋，久经战阵，具有驾驭战局的丰富经验，且执法严苛；汲桑虽然也懂得一些用兵技巧，也经过几场恶战，但相比之下，临战经验不足，且对部下有所放纵。邺城被焚，就是他对手下放纵的结果。

再说双方士卒。苟晞军作为大晋朝廷的常备武装，平时训练有素，纪律严明，令行禁止，进退有序；汲桑、石勒大军由奴隶、系囚、山野亡命以及流民百姓组成。虽然也经过汲桑、石勒的正规训练，但自由散漫的习气难改，军纪松懈。

三说双方的军事形势。苟晞地处自己的辖区，后面有自己的大本营兖州，同时又有王赞友军的强力配合和司马越大军的声援，军用物资可以源源不断地送往前线，他耗得起；汲桑的军队实际上是一支流寇，孤军深入，没有后方，虽然攻克了邺城和魏郡，还被焚毁和主动放弃，粮草自然供应不上，所以他耗不起。

通过上述分析，我们就可看出，苟晞采取深沟高垒，坚守不战的策略是多么正确！实际上从这一刻起，双方的胜负就已经决定了。汲桑当然也知道自己的优势在于速战速决。所以他催促士卒加紧挑战。可是，任凭他使尽伎俩，苟晞就是不应战。

终于，汲桑、石勒大军所带粮草用尽，士卒们也都感到疲惫，不得不考虑撤军。而这时，他们又犯了一个致命的错误：没有考虑到撤军时，敌人会乘势来袭。

经验丰富的军事家都懂得，在敌我双方对垒的情况下，先撤出战斗的一方最容易为敌所趁。因为撤军时，士卒已无斗志，加上营寨拔去，没有了防守的凭借。所以他们一般采取的方法是，分批次，有步骤，交替进行，徐徐而退。也就是先让一部分军队留下，继续加固营寨，严防敌人来袭，而让另一部分军队拔营后撤。当撤到一定位置后，安营扎寨，加强防守，等待留下的前一部分部队拔寨撤退到它的后面，重新安营扎寨后，再行撤退。这样轮流防守，交替撤退，当退到一个有利的地域后，再考虑整体撤退。或者，采取其他更有效的办法，制造假象，迷惑敌人，让敌人害怕落入圈套而不敢前来追袭。还有，虚设营寨，虚张声势，让敌人摸不清情况，以为仍在坚守，而自己却趁着夜色或大雾，偷偷将人马撤出，使敌人发现时，追赶不及，等等。当然，还可以在准备撤退的路上预先埋伏一支人马，然后大军公然撤退，诱敌来追，引敌入伏，将敌击退。总之，方法多种多样，奇正结合，务使自己的军队在撤退时少受损失或不受损失。

然而，汲桑、石勒毕竟临战经验有限，这些功课他们都没有做。而是一声令下，让所有布下的八个营寨拔寨而起，一起撤退。

苟晞老谋深算，汲桑、石勒大军的一举一动早在他的严密监控之下。一见汲桑拔营，立即驱动大军全线出击。这时，王赞见苟晞出击，也率领部下前来助战。两支大军如潮水般冲杀过来，立时便将汲桑的八个营寨冲得一塌糊涂。

石勒一见情况不妙，一面命令“十八骑”保护汲桑逃跑，一面组织部下拼死抵抗。可这时苟晞、王赞的大军已经冲杀进来，如砍瓜切菜般对他们的士卒狠下杀手。一时杀声震天，头颅乱滚。石勒大吼一声，纵马冲入敌阵，手中镔铁长戟上下翻飞，如虎入羊群。一批又一批敌兵倒在他的戟下。但是，敌兵汹涌而来，倒了一批又上来一批，根本不见败退现象。

石勒见敌兵难以杀退，又担心汲桑有失，只得拨马返身，杀开一条血路，追赶汲桑去了。

再说汲桑在“十八骑”的保护下边战边退，一直跑出数十里方才摆脱追兵。随后石勒赶到，点视所率人马，已经损折大半。于是二人决定，收拾残兵败卒，渡河北上，再回牧苑。

部队刚刚到达赤桥，忽听一声号角响，无数人马从附近的密林中杀出，来势十分凶猛。汲桑、石勒猝不及防，队伍立时被冲得七零八落，死伤无数。

看看组织抵抗已不可能，石勒和“十八骑”只能拼死冲杀，保护着汲桑落荒而逃。

那么，这是一支什么队伍？为什么在这里设伏狙击汲桑、石勒？

原来，就在汲桑大军与苟晞大军在阳平对垒之时，司马越见久战不下，又给冀州刺史丁绍下令，让他率部到阳平增援苟晞。丁绍接令后，一面派出哨马到前面打探军情，一面亲率部下星夜兼程向阳平出发。部队进至赤桥，哨马来报，说汲桑、石勒已被苟晞打败，正带着残部向赤桥走来。丁绍得报，便在这里设伏以待，果然得手，使汲桑、石勒再遭重创。

汲桑、石勒好容易冲杀出来，可是部队损失惨重，身边人马只剩下千余步骑，且多数带伤，士气更是低落。

路上，石勒对汲桑说：“大哥，我看我们不能再回牧苑了。”

汲桑忙问：“为什么？”

石勒说：“你想啊，我们在牧苑招兵买马，训练士卒，闹得沸沸扬扬。牧苑是我们的老巢，已是人所共知。如今我们焚邺城，战苟晞又弄出了这么大的动静。虽说我们是为成都王复仇，可终归是得罪了朝廷。如果朝廷发大军来剿，牧苑就是他们的首选之地。现在我们已经势单力薄，就凭眼下这点人马，根本就无法应对。所以我认为我们不能再回牧苑。”

汲桑听后，愣了好一会儿，问：“那我们还能到哪里去呢？”

石勒说：“我觉得我们应该去投奔汉国。你知道，去年风传匈奴五部统帅刘渊在左国城建立了汉国。我们曾派人到并州打探，探子回报说，刘渊在前年冬就已经举旗立国，志在反晋。既然我们已经不能见容于朝廷，何不去投奔刘渊一起反晋呢？”

汲桑沉默了，一路上都显得心事重重，再未说话。石勒对汲桑非常了解，知道他在考虑自己的意见，所以也就没有再去打扰。毕竟这是决定前途命运的重大抉择，他得让汲桑好好想想。

这天晚上，部队在一处密林中安营扎寨。石勒布置好警戒后，正要回营休息，汲桑派人前来传他，说是有事和他商量。

石勒走进汲桑营帐，汲桑正在独自喝闷酒。见石勒来到，汲桑起身过来拉住石勒的手，一同坐下，说："兄弟，你的意见我已经反复考虑过了，但我不能去投奔刘渊。他是匈奴人，是胡人，我不习惯胡人的生活方式。老实说，我也不想在匈奴人手下做事。我想让你去投奔他，你与他同是胡人。一直以来，我都理解你的志向。你想为你的族人报仇，去为那些可怜的奴隶们争取生存的权利。如今你去投奔刘渊，也许正好可以了却你的心愿。明天，我们就把剩下的这点兵力分开，你我各带一部。我还回牧苑，那里毕竟是我们的根本。我想在牧苑重新招兵买马，再举义旗。你去刘渊那里，凭你的才干，一定会得到重用。如果我能够东山再起，而兄弟你也得到重用的话，我们可以遥相呼应。一旦我有急难，兄弟可以说动刘渊，带兵前来助我；而兄弟如果有事，老哥我也可驰援。这样可以内外配合，进退有据。"

"可是，大哥……"

汲桑把手一举，阻止石勒说下去："兄弟，你听我说，目前没有比这样处理更好的办法了。俗话说'谋事在人，成事在天'，我们都希望得到上天的眷顾，成就大事。我心意已决，就这么定了。"

"不！"石勒说，"在这种情况下，我怎么能离开大哥呢？但不管怎么说，我们都不能再回牧苑。"

汲桑说："是啊，我也不想让你离开。让你去投刘渊，是从我们的长远利益考虑，觉得这样对我们今后的发展可能会更好一些。至于牧苑，那是我们唯一的巢穴，我们没有更好的去处。我也知道，你的担心不无道理。但是请兄弟放心。回到牧苑后，我一定多派探马，密切监视朝廷各路人马的动向，根据情况采取应对之策，我会小心的。"

石勒见汲桑主意已决，沉思一会儿，说："这样吧，大哥，人马你全部带去。现在我们的兵力本来就很单薄，绝对不能再分开。我带几名弟兄，先回并州踩踩路，看看刘渊那里的情况究竟如何，回来后再和大哥定夺。你看怎么样?”

汲桑想了一想，说：“这样也好。”

第二天，石勒点了王阳、葵安、支雄、逯明和支屈六五人随他回并州。这几个兄弟都是武乡羯室中人，如有可能，也想带他们回老家看看。同时，他再三吩咐留下来的“十八骑”弟兄：“要好好保护汲桑大哥，等我回来。”然后与汲桑告辞，踏上了回并州的路。

但是，谁也没想到，这一走，他与汲桑竟成永别!

话说石勒带领五位弟兄一路向西前进。路上，他仔细回忆了阳平、赤桥惨败的全过程，极力思考在指挥军事行动中的各个细节，认真总结这次惨败的经验教训。因为这是他军事指挥生涯中的第一次失败，也可能是最为惨痛的一次。在此之前，他和汲桑跟随公师藩为救成都王攻打邺城时，虽也经历过一场大败，但那时他还不是军事指挥者，只是在执行公师藩的命令，未曾参与军事决策。而这次阳平、赤桥战役，虽说统帅是汲桑大哥，可每次军事决策他都参与了。对于这次战役的惨败，他有不可推卸的责任。如果不能从中领悟到点什么，那数万将士的鲜血和生命不是白白付出了吗?

阳平、赤桥的惨败，确实给石勒上了一堂异常深刻的军事课，尽管这堂课的学费是如此的高昂，但是，却为后来石勒逐步成长为一位高超的军事家奠定了坚实的基础。

再说汲桑送别石勒后，率领余众返回了牧苑。由于眼下军事力量已经十分单薄，他果然异常小心。所以，在回归的路上就派出哨探，对周边各州郡以及京都洛阳方面的军事动向加强了监视。可令他万万没想到的是，这时正有一支人马潜迹隐踪，埋伏在牧苑附近，在伺机向他寻仇。

这支人马不是晋室官兵，而是随司马腾从并州来到冀州的“乞活军”，领头人是田甄、田兰兄弟。他们是为新蔡王司马腾，也是为他们自己来找汲桑晦气的。因为当他们为生活所迫，不得不聚集成军，到冀州来寻求活路时，是司马腾把他们安置在邺城这个远近闻名的大都会，使他们有了最为基本的安身立命条件。司马腾虽然贪鄙，可对他们来说，却是恩重如山。可恨的是，汲桑、石勒攻克邺城后，不仅将司马腾斩杀，还把邺城放火焚毁，使他们刚刚得到的家园成为灰烬。所以，他们便对汲桑、石勒产生了不共戴天的刻骨仇恨。以前，汲桑、石勒的军队声势浩大，他们不敢轻举妄动。当他们听说汲桑、石勒在阳平、赤桥惨败，军队损失殆尽的消息后，认为复仇的机会到了。于是便结集兵力，埋伏于汲桑、石勒的老巢皇家牧苑附近，等待汲桑、石勒返回后下手。

终于，汲桑带领部众回到了牧苑。由于仗打得窝囊，部队情绪十分低落。再加上连日来长途行军，大家都很疲惫，进入牧苑后，只想早点休息。于是，用过饭后，便卸去盔甲，入帐睡觉。

突然，牧苑四周传来了海啸般的喊杀声。汲桑大吃一惊，从床上跳起，来不及披盔挂甲，顺手抓过兵刃，抢出帐外，翻身跃上坐骑。而这时，敌人已经蜂拥杀了进来。部下士卒大多来不及穿衣，就与敌人展开了拼杀。

汲桑挥舞兵刃，左冲右突，接连斩杀了数名敌兵，可是敌兵越杀越多。眼见得部众被分割包围，陷入各自为战的险恶境地，根本无法结阵组织抵抗。他知道大势已去，只得仰天长叹一声："石勒兄弟，你真是料事如神啊！"便拼死冲出重围，落荒而逃。

正在拼死搏杀的"十八骑"剩余勇士，见主帅已经冲了出去，也都奋勇杀开一条血路，从不同方向冲了出去，各自逃生去了。只苦了回归牧苑的千多名士卒，转眼变成了黄泉路上的冤魂。

汲桑冲出牧苑后，心灰意冷，不知该往何处。这时，刘征、刘宝与赵鹿三人从后面追了上来。见了主帅，忍不住唏嘘落泪。

汲桑叹了口气，问："知道袭击我们的是什么人吗？"

刘征说："在冲出敌阵时，我曾抓住一名敌兵问过。敌兵说，他们是从并州来的'乞活军'，领头的名叫田甄、田兰。"

"嗯，"汲桑咬牙说，"记住这两个家伙的名字，以后再找他们算账！"正在说话间，突然后面马蹄声大作。回头一看，只见敌人的大队骑兵追了过来。四人顾不得说话，赶忙打马逃命。

四人在前面狂奔，后面的骑兵穷追不舍。终于，在乐陵这个地方，他们被敌兵追上了。汲桑看看无法脱身，挥动手中马鞭，在刘征他们三人的马屁股上各甩一鞭，命令他们快跑，自己勒转马头，大吼一声，冲入敌阵，舍命拼杀。他要独身挡住追兵，好让兄弟们脱险。

然而，这明显是虎入狼群。虽然汲桑奋力杀毙数敌，但很快就被敌人的骑兵乱刀砍落马下。一世枭雄，惨遭杀害。

刘征等人见汲桑翻身杀入敌阵，正要回救，见汲桑已经阵亡。回救不及，只得忍着满腔悲愤，打马逃命去了。

也多亏了汲桑回身舍命一击，迟滞了敌人的追赶，才为刘征他们赢得了宝贵的逃跑机会，使他们侥幸保全了性命。

脱离险境后，三人别无选择，只好向着通往并州的路上去追赶石勒。于是晓行夜宿，一路朝着太行山走来。

第十九回　返故乡寻亲不遇
找师兄从头再来

石勒兄弟六人一路跨马前行，不一日翻越太行山，进入乐平郡地界。到这里，他们就已经闻到了故乡的气息。因为这时候的武乡县尚属乐平郡管辖。好久没回故乡了，大家都想回老家看看。故乡现在到底怎么样了？听说自他们走后，老家又经受了几次大的灾害，家乡的亲人是否安好呢？石勒说："老家我们一定要回去看看。可眼下我们有要事在身，汲桑大哥还等着我们的消息。所以，我们必须先到左国城去见汉王刘渊。等事情有了个眉目后，我们一道回去瞧瞧。不过，时间不能太久，以免汲桑大哥悬望。"

一路上，他们相互交谈着，观赏着大路两边的山水风光，渐渐地，将阳平、赤桥战败后的沮丧情绪淡化了不少。

正行之间，后面传来马蹄声。紧接着，便听有人高呼："勒子哥，请等一等。"

石勒闻声，回头一看，见是刘征、刘宝、赵鹿三人，不由得心中诧异：他们怎么到了这里？等到三人飞骑跑来，石勒正要发问，就见他们滚鞍下马，放声大哭："勒子哥，完了，我们全完了！"

石勒一惊，飞身下马，上前拉住三人，忙问："你们说什么？完了，什么完了？”

“汲桑大哥阵亡了，我们的部队也打没了！”

“什么？快说，到底是怎么回事儿？”

刘征他们把事情发生的过程详细讲述了一遍。

石勒听完后，痛苦地使劲捶着自己的脑袋号啕大哭：“怨我，这都怨我啊！我为什么不极力阻止大哥回归牧苑？我为什么要在他最需要我的时候离开他？我混蛋啊，我。”

大家都哭了。对于如此沉重的打击，任何人都难以承受啊！可是，大家看到石勒是如此痛心疾首，又都上前劝解：“勒子哥，事情既然已经这样了，急也没有用。现在我们应该想一想今后怎么办。”

终于，石勒停止了痛哭，带着大家爬上了附近的一座山头。在山上，他们掐草为香，朝着东方朝拜，遥祭他们的汲桑大哥和所有阵亡的弟兄们。临了，他们围坐一起，商量今后的路该怎么走。

石勒想了好一会儿，对大家说：“本来我们只剩下一条路，那就是投奔汉王。可是根据眼下情况的变化，我们暂时还不能去。”

大家问：“为什么？”

石勒说：“现在我们的部队没了，就剩下我们这几个人。如果现在就去投奔汉王，人家不会看重我们，只会把我们作为当兵吃粮的一般的投军人员来对待。因为部队是我们的本钱，投奔别人就如同入股做买卖，有本钱，才能得到红利。本钱越大，红利才能越多。现在我们没了本钱，人家咋会看重我们？所以，我们必须重新拉起一支队伍。然后去投奔汉王，才能得到重视。”

大家都发愁了。葵安说：“现在我们一无钱粮，二无地盘，甚至连个落脚的地方都没有，怎么能拉起一支队伍呢？”

“这确实是个难题。”石勒说，“别的法子没有，我们只能重回武乡老家了。大家不是都想回老家看看吗？现在可以回去了。回到老家后，我想到当年学艺的杜家庄去走一趟。那里有我的两位师兄，我得去拜访拜访，和他们商量一下，看能不能帮我们想点办法。”

听说要回老家，大家又都开始振奋起来。刘征、刘宝、赵鹿虽不是武乡羯室中人，当然也要一同前去。于是，兄弟九人走下山来，一起认镫上马，向着武乡前进。

离开老家已经五六年了，现在终于可以回去看一看，大家自然归心似箭。可是，当他们回到北原山下时，原本火热的心情却一下子变得冰冷。东河沟羯族人挖掘的那一排排土窑洞，门破窗垮，已经多数没人居住。那一座座茅草屋与篱笆扎成的小小院落，也都长满了杂草，当年喧嚣热闹的情景已经荡然无存。整个羯室，只有几十个老弱病残在苟延残喘，艰难度日。石勒向他们打听家人的消息，老人们告诉他，自从太安年间那场大旱被迫出走后，就再没见过他的家人。

得不到父母的消息，石勒不甘心。他又跑到宁驱的庄园，想去问问宁驱。然而，宁驱的宅院大门紧锁。从门缝向内张望，院子里蒿草密布，长得比人还高，显然已经多日无人居住了。不得已，他又返回羯室，向人们打听宁驱的去向。有人告诉他，大前年这里又遭遇了一场比太安年间更大的灾荒。本来已经人数不多的羯人部落只好再次整体逃荒。这时候，宁驱的境况也大不如前，在人们外逃时，他也收拾收拾，返回阳曲老家去了。就这几个老弱病残，也多数是最近才刚刚返回。

其他弟兄们的情况，也和石勒一样。

石勒长长叹口气，没有别的办法，只好带着弟兄们来到宁驱宅院，砸开门锁，把里面收拾一番，将弟兄们暂时安顿下来。

得不到父母的讯息，石勒又担心起妻子和儿子。五六年了，也不知他们在岳父家过得如何。于是，他将弟兄们安顿好后，又骑马向河西村走来。然而，情况并不乐观。岳父家的院门紧锁，里面无人。他向村人打听，村人说，大前年他们一家也外出投亲去了。具体到了哪里，人们都不知道。

石勒怀着无比惆怅的心情返回宁宅。这一夜，大家都感到异常难过。

第二天一早，石勒吩咐弟兄们就在宁宅等待，他便骑马到杜家庄去了。

离开杜家庄已经整整二十年了。杜家庄并没有多少明显的变化，只是村上的人他已经大多不认识了。尽管如此，他依然感到无比亲切。毕竟在此生活了六年，那可是他人生最宝贵的少年时期啊！

入村后，他径直向杜府走来。他首先要去拜谒老师娘，然后再去拜见二位师兄。当走近杜府大门时，却听到院内传出阵阵“嗨嗨”的练武声。他感觉诧异，便上前敲响了门环。

开门的是一位十七八岁的小青年。由于不认识石勒，便问：“你找谁？”

石勒施了一礼：“请问小兄弟，这座宅院现在是何人居住？”

“是俺师傅，他叫李怀恩。请问，你是什么人？”

“哦，”石勒点点头，说，“烦你向李师傅通报一声，就说有个叫石勒的求见。”

小青年答应一声，退回去了。

不一会儿就听见院内有人嚷嚷：“勒子，真是我的勒子兄弟吗？”一阵急促的脚步声响过，大门重新打开，怀恩迎了出来。

石勒抬眼望去，见二师兄精神依旧，只是脸上长出了密匝匝的络腮胡须，额头上增加了不少皱纹。

怀恩看见石勒，似乎微微一怔，但很快就认了出来：“果然是我的勒子兄弟！”于是情不自禁地扑了上去，和石勒紧紧地拥抱在一起，“勒子，有二十年了吧？当年的毛孩子，现在长得这么壮实。”他用拳头擂着石勒的背说。

石勒激动的心情难以言表，也用拳头擂师兄的背。

一阵亲热过后，怀恩一把拉住石勒：“走，进屋说去。”

走进院子，石勒看见有几十个小青年正在列阵练武，便问怀恩：“二师兄，你还在操老本行，这些都是你的徒弟？”

“是啊，师傅所教的一些家什不能丢掉，要传下去。再说，这也是为你啊！”

“为我？”石勒感到不解。

“是啊，等咱坐下慢慢说。”

进入堂屋，石勒忽然感觉不对，就问怀恩：“二师兄，你怎么住在这里？师娘呢？”

怀恩拉石勒坐下，说：“师娘在十多年前就已经去世了。你知道的，师傅师娘没有子嗣。师娘临终前，把我和大师兄叫来，将这座宅院和所有的财产都交给了我俩。可大师兄在石门村另有房产和庄园，就让我住了进来，说等勒子回来再做定夺。现在你果然回来了。等一会吃过饭，我们就去见大师兄。”于是他吩咐徒弟们马上准备饭菜。

“可是，”石勒说，“我想先去祭拜一下师傅、师娘。”

怀恩说：“当然要去祭拜。但我们师兄弟应该一起去。”

说话间，饭菜已经摆了上来。吃饭间，石勒问怀恩：“二师兄，你刚才说，教授徒弟是为了我，这是什么意思？”怀恩说：“这事不忙，等见了大师兄，让他给你说。还有你这些年来的情况，我也不问。等见到师兄后你再给我们说。要高兴，大家一起高兴。”

酒足饭饱，二人骑马上路。来到石门村前，远远就看见有一个人在村口张望。石勒仔细看去，依稀认出，此人正是大师兄怀德，便情不自禁地喊道：“大师兄！”跳下马冲了过去。

“你是……”

这时，怀恩也跑了过来，说：“怎么，连勒子师弟也不认得了？”

怀德定睛一看，把石勒一把抱进怀里，说：“真是小勒子！你看，你小子长得连我都认不出来了。”

三人一齐放声大笑。

在回家的路上，怀恩问：“师兄，你刚才在村口站着干什么？”

怀德笑着说："今天一早，就有两只喜鹊在院中树上叫个不停。我寻思，可能有贵客登门。因闲着无事，就到村口转转。没想到是你们两个。看来，人说'喜鹊叫，贵客到'还真有点讲究。"

到家后，二位师兄就问石勒，这些年都到了哪里？干了些什么？石勒便将离别后的所有经历概略地向他们讲述了一遍。最后，他说："经过阳平、赤桥和茌平牧苑的三次恶战，我的部队打没了，身边只剩下八个兄弟。可我并不甘心，返回老家想要东山再起。今天我到这里，一是祭拜师傅、师娘，顺便看看二位师兄；二是因为我现在一无钱粮，二无地盘，看看二位师兄有无法子帮助一二。"

大师兄怀德听了，突然仰天呵呵大笑，说："好吧，那我们现在就去祭拜师傅。"

石勒见大师兄并不言明是否帮他，有点摸不着头脑，但也不好再说什么。于是，由怀德准备了一些祭品，二人骑马相随，向师傅墓地走去。

在师傅、师娘的墓前摆上祭品，三人焚香磕头。这时，怀德突然对着坟头大声说："师傅，您老的话都应验了，全应验了。二十年，今年正好是二十年啊！小勒子果然回来了，就要起兵举大事了，您老放心，您老所托付的事，我将一定办好。"

大师兄的话让怀恩和石勒莫名其妙。他们不知道师傅生前都说了些什么，更不知道托大师兄办什么事。不过，石勒隐约感到，大师兄一定会为他提供帮助。

祭拜结束，三人重回石门。进屋后，怀德说："你俩可能并不清楚，咱们的师傅不但武学造诣高深莫测，他还精通易学。"于是便向二人讲述了二十年前的那段往事。

原来，就在师傅和怀德让石勒领着探察了朱砂洞后，一天夜里，在人们熟睡后，师傅叫上怀德，又牵了几匹马，来到师傅卧室门前。进屋后，怀德看到地上摆放着一溜箱子。箱子不是很大，但却十分沉重。师傅和怀德把箱子驮上马背，趁着夜色来到朱砂洞。他们把箱子拖进洞，安放好，又爬上山顶，找准方位，用事先准备好的工具，把山顶的大小石块、流土统统刨挖滚落下去，将洞口封死。回来的路上，师傅告诉怀德说，在他做将军时，南征北战，平蜀、灭吴，收缴积攒了大批金银珠宝，就存放在那些箱子内。箱子藏放进朱砂洞，只有他两人知道。为什么不让怀恩与小勒子知道？是因为怀恩虽然忠厚豪爽，但却生性好酒，师傅害怕他酒后无意中泄露出去遭遇不测。至于勒子，现在还小，少不更事。然而，将来成大事者，必定是他。现在把这批宝藏存放于此，就是留给他将来有事时使用。古语云，“话不传六耳”，这事在石勒准备起事之前，万不能让第三人知晓！所以，这些年来，师傅藏金的事，在师傅死后，除怀德外，别人并不知道。

大师兄讲述到此，石勒恍然大悟：怪不得那次为躲避朝廷缉拿，他到这里再找朱砂洞时，发现洞口已被掩埋。原来是这样。

这时，怀恩也似乎领悟到，师母去世后，把家产留给他们师兄弟，师兄不去居住的根本原因，是要在此看守宝藏。

可是，刚才师兄在师傅坟前所说“应验了”“二十年”又是什么意思呢？当石勒提出这个问题后，怀德继续讲述二十年前发生的故事。

师傅生病后，由他们师兄弟三人轮流陪侍。那一天轮到大师兄怀德陪侍，师傅看到屋内没有别人，就对怀德说：“你们都不知道，我一生除武学之外，还深研易学。虽不能说登堂入室，但也略知皮毛。我观你小师弟将来必成大器。据我推算，他会在东方举事，但却不会成功。二十年后，他将返回武乡。因为武乡者，尚武之地，兴武之乡也。只有在武乡举事，他方可获得成功。这就是‘得地者昌，失地者亡’的道理。我死之后，你与怀恩一定要广收门徒，将我们的武学发扬光大。当勒子举事时，把你们的徒子徒孙都交给他，以助他成事。而你们的徒弟们也能因此取得富贵功名。只是在勒子举事后，你与怀恩不要跟他走。因为你们的命局决定，你们不宜离开故土，否则会遭遇不测。这话我也要对怀恩说，你们一定要牢记在心。”所以师傅死后，二位师兄便遵照师傅遗嘱，广招门徒。二十年来，他们的徒子徒孙已有好几百人。

这时候，石勒才突然明白，二师兄所说教授徒弟是为了他的真正含义。他心中备受感动，他万万没想到，在他还不知情的情况下，两位师兄已经在这里为他打造了一支战斗力极强的生力军。

接下来的事情就好办多了。石勒赶回宁宅，将弟兄们叫上，来到石门，会同两位师兄，带上工具，找到朱砂洞，把师傅的宝藏取出。然后回到杜家庄，把师傅府第作为统帅部，开始屯集粮草，打造兵器，购置盔甲、旗幡与马匹，竖起招兵大旗，招收兵马。

与此同时，怀德、怀恩两位师傅发出号令，召集远近村寨的徒子徒孙都来报名投军。而各地流民听说招兵，也纷纷来投，很快就形成了一支浩浩荡荡的队伍。石勒将队伍整编后，在附近村寨设立了八个营盘，分别交由他从山东带回来的八名弟兄统领，开始了正规的军事训练。

部队有了，石勒开始考虑投奔刘渊的具体事宜。就在这时，有人反映，在武乡东部山区，还有一支由穷苦胡人为生活所迫、啸聚山林组成的军队，部落大人名叫张訇督。石勒想收编这支队伍，带着他们一同投奔刘渊。他将部队暂时交给两位师兄统领，自己单骑进入太行山中，去寻找这支人马。

石勒此去又会遇到什么？请看下回分解。

第二十回　较技艺折服胡部大
陈利害说动张㔨督

话说当年并州刺史司马腾下令，在境内大肆抓捕胡人，押往冀州贩卖牟利。这一天，一队官兵押着一群被抓获的胡人往回走。路过一个村镇时，因天色已晚，官兵们把被抓的胡人塞进几间空房关押，便在此处宿营歇脚。关押的胡人中，有一名黑大汉子，名叫张㔨督。他趁官兵熟睡后，用力挣断缚绳，再给同室难友全部松绑，卸下门窗，逃了出来。当官兵发现追捕时，他们发一声喊，一齐向村外跑去，在夜色的掩护下，逃进了深山。

在这群逃跑的胡人中，还有一名壮士，名叫冯莫突。他觉得家已经不能再回去了，就和张㔨督商量，不如干脆和这些难兄难弟一起，在深山中搭建茅棚，居住下来，开垦山地兼打家劫舍，想法活下去。张㔨督当然同意，于是便领着这数十名无家可归的胡人，啸聚山林之中。后来又有躲避抓捕的胡人以及穷苦流民陆续入山来投，人数越来越多。张、冯二人便把他们聚集起来，组成一支队伍，开始和官兵对抗。五六年来，部队不断发展壮大，到这一年，他们已经聚集了四五千人。

随着部队的不断壮大，为了便于管理，张、冯二人把部队分成两拨，在山上依山据险，建立了东、西两个寨堡，呼作“东堡”“西堡”，分别由张㔨督和冯莫突统领，形成掎角之势，以便在官兵进击时相互策应。同时在各条路上都布置关卡，修筑工事，专门用于对付官兵。

俗话说“天旱雨淋山”，尽管并州大地屡遭荒旱，他们在深山里的境况却要相对好一些。自己生产的粮食尚可糊口，再加上瞅准机会便率人下山掳掠，所以军心稳定，日子过得也还算不错。

再说这一天，石勒要单骑入山会见张訇督。临行前，两位师兄和弟兄们都劝他多带些人马，以防不测，但被石勒拒绝了。石勒说：“我今前去，目的是收编他们，而不是和他们对阵打仗，所以不需要人马。我和他们一样，都是穷苦胡人。只要我晓之以理，动之以情，相信他们是会听我的。退一步说，就算他们不听我，由于我是单人独骑，对他们构不成任何威胁，也绝对不会伤害我。如果带领人马前去，反而容易产生误会。大家放心吧，我不会有事。”说完，便向着东山走来。

根据知情人的描述，石勒找到了入山的沟口，驱马而进。正行之间，山路两边的荆棘丛中突然跳出一群人来。他们手挺矛枪，将石勒团团围住，喝问道：“什么人，到此何干？”

石勒从容跳下马来，上前答道：“俺叫石勒，特来拜会张訇督部大。”一面说，一面将马缰绳交给来人，自己从身上掏出一条事先准备的黑布条，将眼睛蒙上。

来人见他熟悉入山规矩，便将枪柄递过来，让他抓着，然后牵着他向山中走去。

弯环转折，经过几道关卡，又上了一串台阶，牵他的人告诉他：“到了。”接着，就听有人报告：“部大，此人说他叫石勒，是专程前来拜访您的。”

“嗯!”随着有人答应，石勒蒙在眼上的布条被除去了。石勒定定眼，看清了他已经来到一个大厅堂内。在他的周围，站满了穿着各色衣裤，手持各种兵刃，姿势各异的青壮年。抬眼望去，只见大厅正面高台之上，一位豹头环眼的黑大汉子，坐在一张铺着金钱豹皮的座椅上，一声不吭，两眼直瞪瞪地盯着他，呈现出一种威不可犯的神情。

石勒微微一笑，对着黑大汉双手抱拳道："部大请了，俺石勒特来拜山。"

"拜山？"黑大汉冷冷说道，"有何见面礼品？"

"有一份大富贵送予部大，但不知部大是否愿接？"

"什么大富贵？"

"带部大去投奔汉王，让汉王给你拜将封侯。"

"唔？原来你是刘渊派来收编我们的说客。"黑大汉猛地站起身，"你小子有何本事？莫非吃了熊心豹胆，敢来独闯龙潭！"

石勒从容不迫道："本事谈不上，本人也不是什么汉王的说客。只是本人手下也有上万弟兄，要带他们去投奔汉王。听说部大也是一名豪杰，怕部大错过机会，在这里吃了大亏，故想和你结伴同行。"

"哦？"黑大汉似乎明白了什么，说，"听说有人在西乡招兵买马，是不是你小子？"

"正是在下。"

"这么说来，你小子可能有点本事。那行，只要你小子能赢了我这一双拳头，咱啥话都好说。否则，只怕你出不了这个大厅。"

"好吧，"石勒笑了一下，说，"既然部大有心抬举，俺遵命就是。"

"那好，弟兄们退下，把场地让开！"

大厅上的青壮年一齐退到墙根，大厅中间空出一块场地来。

黑大汉一个箭步扑了过来，一招乌龙出洞，挥拳直向石勒门面砸来。

石勒将身微微一侧，顺势抓住黑大汉手腕，借黑大汉前冲之力往回一带，黑大汉忽觉两脚离地，身子悬空，重重地跌趴在地。

"咦！"大厅内人们不由自主地发出一声惊呼。

呼声未落，只见那黑大汉一个怪蟒翻身从地上跳起，右手化掌为刀，狠命向石勒的顶门劈下。与此同时，左手突然伸出，直取石勒咽喉。

石勒会家不忙，抬左手封住劈来的掌刀，右手突伸，抓住对方脉门。

黑大汉双手被封，抬膝就撞石勒下身。可是还没等他用劲，石勒指尖一收紧，黑大汉突然感觉左臂像触电般一阵麻痛，整个身子便僵在那里，动弹不得。

仅仅两个回合，黑大汉便被石勒制住了。

黑大汉深深叹口气，说："好汉果然身手了得，俺张訇督甘拜下风。"

石勒松开手，向张訇督抱拳施礼，说："承让。其实部大功底扎实，出手迅疾，堪称高手。只是……"

张訇督不耐烦地挥挥手，说："不不不，咱家输了就是输了，说这些没劲！咱家当年曾经发过誓，只要是绿林好汉，谁若赢了俺，俺就拜谁为师。现在你赢了，那就请上座，受徒弟一拜。"边说边抓住石勒，往豹皮交椅上推。

"这可使不得！"石勒急忙推辞，"我与你平辈同气，咋能做你的师傅？若部大抬爱，我倒想和部大结拜金兰。"

"好啊！"张訇督是个急性子，"那咱就摆香案，焚香结拜。"

"这事不忙。"石勒说，"我与你素昧平生，是否先相互了解一下？"

"嗯，也对。你先说，你到底是啥子来路？"

石勒说："俺本是北原山下羯室中人……"

"啊？"张訇督一听，性急地打断了石勒，"原来你也是个羯族人？"

"是啊，怎么？"石勒有点诧异。

张訇督哈哈大笑："俺也是羯人，咱们是同族。"

"是吗？"石勒来了兴趣，"那部大家住哪里？"

"就在东山脚下，"说着，张訇督摇摇头，"不过，由于连年天灾，再加上司马腾的人祸，早已家不成家了。"说到此，他赶紧叫手下喽啰打坐，请石勒坐下，自己也坐了下来。然后又问，"当年司马腾抓捕胡人时，你是怎么躲过去的？"

“躲过去？”石勒摇摇头，便将当年如何被掠卖，如何在山东举旗起事，如何失败后返回武乡招兵买马重举义旗的经历向他讲述一遍。

听着石勒的讲述，张訇督一会儿点头，一会儿摇头。当石勒说完后，他说：“司马腾这条老狗死了，好！只是你们参与他司马家族的争权夺利，让那么多的兄弟送命，这仗打得窝囊。朝廷、官家都不是好东西。为他们卖命，不值！对了，石勒兄弟，你还不如把你招募的那些弟兄都带到我这里来，我把这把交椅让给你，你来做部大。咱们在此占山为王，天老大，地老二，咱们老三，不受任何人节制，岂不逍遥快活？还去投什么刘渊！”

石勒说：“部大此言差矣。占山为王，打家劫舍，寻求暂时活命尚可，终归成不了大事。我们不能光图眼下快活，应该把眼光放长远一点。现在，汉王刘渊在左国城建立了汉国，竖起了反晋的大旗。刘渊虽然是匈奴屠格人，可是，他和他的族人的遭遇与境况，与我们没有两样。再说，匈奴人也是胡人，与我们同气相投，并不歧视我们。如今他已经为我们胡人创建了我们自己的国度，我们为什么不去投奔他，在他的大旗下，为争取我们做人的权利而出一把力呢？难道堂堂大丈夫，就这样在深山老林里自生自灭吗？”

石勒的这一番话，说得张訇督脸上发烧，不觉低下了头。

石勒继续说：“再说，现在大晋王朝骨肉相残，内讧激烈，已经腐败透顶，灭亡已成必然。而汉王举旗反晋，顺应天意人心。眼下兵强马壮，如旭日初升，兵锋所指，已连下晋朝数十州县。照此下去，打败晋廷取而代之为期不远。如此气势，岂能容你在此独占山头！现在，汉王布告天下，以重金招募兵勇。据我所知，你的属下已经有人与汉王部下暗通款曲。如果他们接受汉王招募，叛你而去，你当如何？就算他们顾念情义，不取你性命，到时单单剩下你孤家寡人，尚能独立吗？”

听到这里，张訇督不觉背心发凉。他最害怕的就是部下叛离。其实，最近一个时期，他已经发现有一些下属在私下议论刘渊与汉国。毕竟落草为寇不是长远之计，而追求富贵荣华才是人心所向啊！如果真有一天部下叛离投汉，那他可就惨了！看来石勒说得有理。率部投奔刘渊，才是最好的选择。最起码背靠大树好乘凉啊！于是他对石勒说："你说得对。我孤军在此，确实独力难支。好吧，就听你的，咱投汉王去。"

大厅内的弟兄们一听部大决定投汉，一齐欢呼起来："对，投汉，投汉，投汉。"

"这就对了。"石勒说，"不过，在大事决定之前，还应与冯莫突将军商量一下。"

"这个自然。"张訇督大大咧咧地说，"他就在东堡，派人把他唤来告诉他就行。我决定了的事，他从来就不反对。"说完，马上派手下去请冯莫突。

在等待冯莫突的时间里，张訇督与石勒随便聊一点武功韬略。不料石勒寥寥数语，就让张訇督佩服得五体投地。张訇督深深感到，自己不但在拳脚功夫上与石勒相去甚远，在带兵打仗上更是难以望其项背。从这一刻起，他就已经决定，以后一定死心塌地追随石勒，再不动摇。

冯莫突到了。张訇督把准备率部投汉的想法说出后，冯莫突连连叫好。他说他早有归汉的意图，只是还未作最后的决定，所以没来找他商量。张訇督听了，不免暗吃一惊：连冯莫突都有归汉之意，看来部下确实存在叛离之心！这石勒真是来得太及时了，否则，后果还真的难以设想。

投奔汉王刘渊的大事已定，张訇督催促要与石勒正式结拜。石勒有言在先，自然痛快答应。他说："在举行结拜仪式之前，还有一事和你商量。你知道，咱们羯人与土生土长的华夏人有一点不同。咱羯人原本只有名字，没有姓氏。而我现在可是既有名字，又有姓氏。"于是便将在山东拉"十八骑"起义，投奔公师藩前，汲桑将他的名字进行分解，拆"石"为姓的详细情况讲述一遍。他告诉张訇督，现在刘渊建立的汉国，一切都遵循汉朝的制度和做法。包括姓名，也不再沿用匈奴人的传统，而是仿效华夏人，确立姓氏，并承接汉统，定为刘姓。同时，自古以来，领兵的将军们，都要在军中设立旗幡，将自己的姓氏绣在旗幡上。他建议张訇督，也将名字分解，立姓为“张”。

张訇督听了，大摇其头，说：“不不不，我与你是兄弟，既然你姓‘石’，那俺也姓‘石’。至于名字嘛——”他想了一下，说，“我与你有缘来会，干脆改名为‘会’。从今往后，俺不再叫张訇督，就叫‘石会’得了。”

石勒哈哈大笑，说：“好好好，就叫‘石会’。你说过，我们同族、同宗，现在又同姓，今后我们还要同甘共苦，同创伟业。就这么定了！”

接下来便是摆香案，焚香祭拜，告天地神灵，不求同年同月同日生，但求同年同月同日死。然后序各自生辰八字，论定长幼。生辰序出，张訇督，不，石会，与石勒同岁。石会生于四月初四，石勒生于五月初五，自然石会为兄，石勒为弟。

结拜仪式结束，石会传令，命东、西两堡弟兄大摆筵席，举寨同庆。收编这支部队的既定目的已经达到，石勒应石会之请，在山寨中盘桓数日。因投汉之事尚未与汉王刘渊进行接洽，便邀同石会，把寨中事务交给冯莫突管理，二人离寨下山，直奔汉国都城而去。

二人投汉之事究竟如何？且听下回分解。

第二十一回　刘渊立国称汉王
石勒起兵遇亲人

话说刘渊抓住晋朝宗室之间为争权夺利相互残杀，把全部精力用于内耗，无暇外顾的有利机会，说动成都王司马颖，放他回归离石搬兵救邺。刘渊回到离石后，却在匈奴部族的拥戴下建立了汉国，竖起了反晋大旗。

那么，刘渊到底何许人也？我们有必要回过头来，做一系统介绍：早在东汉中叶，盘踞北方的匈奴分裂为南、北两部。到了东汉末，南部匈奴蜂拥南下，进入并州。建安二十一年（216），南匈奴单于呼厨泉到邺城朝见汉丞相魏王曹操。他因匈奴历代与汉和亲，便自称汉甥，让哥哥的儿子改姓为刘，唤作“刘豹”，欲与汉朝改善关系。曹操为了控制匈奴部族，就把呼厨泉留在邺城，不让回去，却派单于手下右贤王去卑回去管理他的部族。同时分南匈奴为五部，每部都由朝廷委派汉人为司马，对他们进行严密督管。

左部帅刘豹所率领的部族，是匈奴中最为强悍的一支。到了三国时期的魏嘉平三年（251），实际掌控曹魏政权的大将军司马师，听从城阳太守邓艾之策，再分左部为两部，另立去卑的儿子为右贤王，让其居住雁门；立刘豹为左贤王，留居离石。刘豹的儿子就是刘渊，字元海。刘渊自幼聪明俊秀，向慕华风，曾拜上党人崔游为师，学习经史。刘渊素有大志，尝对同学言道：“我常耻随、陆无武，绛、灌无文。随、陆遇高祖不能立业封侯，绛、灌遇文帝不能兴教劝学。岂不是一大遗憾吗？”于是他开始文武兼修，白日学文，晨昏习武。长大后武功精湛，体力超群，身体相貌魁梧壮伟。当时，他被作为人质留在京师。安东将军王浑父子屡次向晋武帝推荐，说他文武兼长，可为东南统帅。晋武帝也很喜欢他，却又担心他是匈奴人，委以兵权会成为后患，所以未曾任用。后来，刘渊的父亲刘豹去世，晋武帝任命刘渊接任左部帅，却并不放他回去。再后来，成都王司马颖表奏朝廷，进任刘渊为匈奴五部大都督，却让他带着亲兵留住邺城，不让他回到匈奴部落。可见从汉、魏再到晋，历朝都对匈奴怀有高度戒心。

其实，尽管朝廷对匈奴防范森严，而匈奴人却并没有放弃做他们民族复兴的大梦。刘渊的堂祖父名叫刘宣。他看到刘渊文韬武略都很高超，便在族人中进行游说：“自从汉朝灭亡后，我们的单于就变得徒有虚名，而不再有一尺土地。我们匈奴的王侯，地位下降得就如同普通百姓。再往下就更不用说了，连起码做人的尊严都没有，变成了可供他们随意奴役和买卖的畜生。难道我们就永远这样下去吗？到现在，我们虽然衰败了，可我们部族的人数却还不少，咋能甘心受人奴役呢？眼下，我们的大都督英武过人，这就是天意，是上天要我们匈奴复兴啊！否则就不会白白生出这个人来。如今司马氏骨肉相残，四海沸腾，光复呼韩邪事业的时机已经到来了，我们千万不能错过时机啊！”

匈奴人都知道，刘宣所说的呼韩邪，是指西汉宣帝和元帝时期的匈奴大单于。在他的领导下，曾经恢复了对匈奴全境的统治，并与汉朝保持了六七十年的和好关系。汉元帝将王昭君嫁给了他，留下了“昭君出塞”的著名故事。

通过刘宣的游说鼓动，匈奴五部共同谋划，一致推举刘渊为大单于。并派遣呼延攸秘密前往邺城，告诉了刘渊。刘渊听说后，自然归心似箭，便借口族中有重大丧事，说要回去奔丧，向司马颖请假。但是，司马颖拒不允许他离开邺城。可见，这时候的大晋王朝对匈奴依然保持高度戒备。

等到成都王司马颖在荡阴击败司马越大军，将晋惠帝司马衷挟持到邺城，引发幽州、并州联军进攻邺城，司马颖无计可施，十分恐慌时，刘渊觉得脱离樊笼的时机已到。他便赶紧去见成都王，说："如今幽、并二镇跋扈，麾兵十万来攻，只怕不是邺城及附近郡县的兵马所能抵御的。我现在是匈奴五部大都督，请您让我回去，带领五部匈奴来解救国难。"

司马颖听了，依然犹豫不决。过了半晌，他才答道："五部果真可以调发吗？就算能够调来，也未必能抵挡住鲜卑、乌桓的铁骑啊！我想奉皇帝返回洛阳，再以皇帝名义传檄天下，号召各路人马来抵制叛逆。你看怎么样？"

刘渊见成都王仍然不放自己，并不甘心。他进一步说："殿下乃是武帝的亲儿子，有功皇室，恩威远著，哪个人不愿为殿下效命出力呢？何况匈奴五部接受招抚已久，·经调发，必然前来。幽州王浚，只是一名奴仆；并州司马腾虽系王室，但与您相比，已经疏远，怎能和您抗衡呢！如果殿下离开邺城，就是向人示弱，能不能走到洛阳都是个问题。就算能够到得洛阳，寄人篱下，威权已经丧失，您还能有什么作为？不如就镇守这座城池，抚慰鼓励将士全力抵抗，等我发动五部匈奴前来，王浚、司马腾这俩小子的脑袋指日就可取得，还有什么可忧虑的呢？"

听了刘渊的这一番话，司马颖心动了。于是高高兴兴地拜刘渊为北单于，领参丞相府军事，命令他马上出发，召集五部匈奴，来解邺城之危。

刘渊困龙出渊，总算脱离樊笼，回到了自己的部族。在左国城，刘渊接受了大单于尊号，旬日间便聚集了部众五万。

有了部众就有了施展抱负的资本。刘渊在离石建立了都城，继续聚集部众，做"飞龙在天"的准备工作。他当然不会率五部匈奴去援助司马颖，但也不能不做做样子。于是派遣部将刘宏，率骑兵五千去支援邺城。然而，刘宏的骑兵还未走到邺城，邺城就已经沦陷。刘宏便以驰援不及为由，引众返回。

接到刘宏归报，刘渊慨然说道："司马颖不听我话，放弃邺城南逃洛阳，这哪里是个将才，倒是个彻头彻尾的奴才！不过，他保举我做了冠军将军，我受过他的恩惠。寓居邺城后，他也待我不薄。回归之前，我答应率五部匈奴去救邺城，可是他却撤走了，致使邺城遭受鲜卑部众的劫掠。我现在就发兵讨伐鲜卑，也算为他出气。"于是，便命令右于陆王刘景，左独鹿王刘延年率步骑二万，去进攻鲜卑。

听说刘渊要发兵讨伐鲜卑，刘宣急忙跑来劝阻。他说："晋人无道，把我们胡人看作奴隶，我们正恨无力报复。如今他们骨肉相残，互为鱼肉，这是上天厌恶大晋朝廷的德行，授予我们重新振兴的机会。鲜卑、乌桓也是胡人，与我们同类，正是我们团结依靠的力量，怎么能发兵攻打他们呢！何况自从大单于就位以来，我们五部匈奴事业方兴，威名远播，如果采取怀柔外部，进而控制中原的政策，就算当年呼韩邪的基业也可以恢复了啊！"

刘渊听了哈哈大笑，说："你的这番话很有见识，今后我们就要把团结天下被压迫、被奴役的民族和穷苦百姓，一起来反对腐朽的晋室司马氏集团，作为我们的立国宗旨，建立我们自己的国度，取代腐朽的晋室王朝。而您所说的恢复呼韩邪基业，还是显得气量小了一点。据说大禹出生在西戎，周文王诞生在东夷。华夏人将东夷、西戎、南蛮、北狄称为'四夷'，都叫'胡人'。然而，大禹、文王都做了华夏的帝王。可见帝王并不一定是华夏的常种。而我们匈奴狄亭正好就是'北狄'。如今我们的部众已经超过十万，且一个个身手矫健，一旦发兵向南，与晋争锋，定可以一当十，摧枯拉朽。到那时，就算是汉高祖那样的基业也可到手。我们北狄也能出一个华夏的帝王。再不济，也不会比魏武帝曹操差。呼韩邪那点基业算得了什么！"

刘渊的这番话使部下深受鼓舞。在刘宣的带动下，大家一起跪地磕头，说："大单于英武过人，见识广博，志向高远，明见万里，不是我们这些平庸之人所能企及的。请趁我们事业方兴，居位称尊，以慰我等众人所望。"

然而，刘渊却并不着急。他缓缓言道："既然大家都认同我的想法，我又何必发兵去帮助司马颖呢？好吧，我们还是返回左国城再作计较。"于是下令迁居左国城。这期间，各地胡人和穷苦流民闻讯前来归附的又有数万之众。

随着各方势力的迅速增长，刘渊开始着手准备立国称王的具体事宜。这时候，突然传来一个消息：氐人李雄已先他一步，在蜀地成都立国称王。

原来，李雄系李特的儿子。李特在进攻成都时中了敌人的诈降计，不幸身亡。后来李雄夺取了成都，奉叔父李流为主。继而李流病死，部众推举李雄为主帅。李雄自称"成都王"，立国号曰"成"，纪元"建新元年"。

李雄抢先一步据地称王的消息，使匈奴人受到了很大刺激。当下由刘宣率众将佐奉书刘渊，劝他赶紧筑坛即位，立国纪元，不可再等。刘渊接受了大家的推奉，笑着说："当年大汉朝夺得天下，立世久长，恩结人心。所以，到昭烈帝刘备时，仅仅占据了益州这一块地方，还能与魏国、吴国相抗衡至数十年。而大汉朝与我匈奴历代和亲，相约为兄弟，我们本来就是大汉朝的外甥。我的祖上放弃本族氏姓，改而姓刘，就是因为与大汉朝有着相同的血统。现在，大汉朝亡了，作为兄弟，我们当然要继承大汉朝的事业。我今就称'汉王'。"于是，传下号令，就在南郊筑台，祭告天地。

登台这一天，五部胡人都来拜贺。刘渊命竖起大汉旗帜，颁下就位诏书，改易正朔，立国号为"汉"，纪元元熙元年（304）。同时筑庙祭祀高祖以下三祖五宗神主，追尊安乐公刘禅为"孝怀皇帝"，一切立国体制，习依两汉。立妻呼延氏为王后，长子刘和为世子，儿子刘聪为鹿蠡王。族子刘耀相貌奇异，文武兼长，授建武将军。任命刘宣为丞相，召自己的老师上党人崔游为御史大夫，后部人陈元达为黄门侍郎。其他如刘宏、刘景、刘延年等族人并授要职。只是崔游不愿从政，固辞不受。

国事初定，刘渊便向晋王朝开战，发兵攻击并州。当时的并州刺史司马腾命将出拒，被汉军打得大败。司马腾得到败报，大为恐慌，便率领并州二万户逃到太行山以东躲避，致使泫氏、屯留、长子、介休等郡县相继落入刘渊之手。

逃到太行山东的司马腾不甘失败，又遣部将马瑜、周良、石鲜等统领部众，再攻离石。刘渊守将刘欣率众迎敌，一连四战，杀得司马腾部众大败亏输，仓皇逃归。

至此，刘渊的汉国雄踞北方，根基逐渐稳固，成为当时中国北部最强大的政治军事力量。

就在刘渊踌躇满志，命将四出攻城略地，一步步朝着既定目标发奋努力的时候，石勒偕同石会来到了汉国。

这一天，刘渊正在殿堂处理政务，门上士卒来报，说有一个名叫石勒的人求见汉王。刘渊一听，心中大喜。他自从做了汉王后，为了把握天下大势，不断派遣侦骑四出打探消息。哪里发生战事，以及战事的起因与结果，他无不知晓。汲桑、石勒在山东冀州的所作所为，他早有耳闻。石勒的骁勇善战，更使他心仪不已。他早想把石勒这样的悍将收归麾下，可一直不得其便。后来听说汲桑、石勒兵败阳平，部众损失殆尽，统帅汲桑回到牧苑后，被“乞活军”斩杀，而石勒却从此不知下落。现在既然有一个名叫石勒的人前来求见，他虽然不知这个石勒是否就是自己心目中的那个石勒，可是眼下正是用人之际，自然要礼贤下士，于是立即传令：“请!”

石勒偕同石会昂然走进大殿，向刘渊施礼，并自报名号。

刘渊放眼看去，只见石勒仪表堂堂，行为举止超越凡人，不觉肃然起敬，忙命手下看座。

二人入座后，石勒讲明此行来意，欲投汉王旗下效命。

刘渊因不知此石勒是否彼石勒，便借故探问山东战事。石勒便将牧苑起义、两攻邺城、再战阳平、失机兵败的整个过程讲述一遍。

刘渊一听眼前的这个石勒正是他心目中的那个石勒，不觉大喜过望，立即离座相迎，安排手下大摆筵席，为二位接风。

与刘渊讲好率众来投的日子及部队整编的一切事宜后，石勒、石会向刘渊告辞。路上，石勒吩咐石会回寨，召集部众前来杜家庄会齐，然后一起投汉。二人分手后，石勒一路风尘，回到了杜家庄。

闻听石勒回来了，两位师兄与众弟兄都过府前来探望。石勒向大家讲述了收服张訇督并与其结拜，以及到左国城拜见汉王的详细过程。大家听了十分振奋。

就在石勒与众弟兄热烈谈论之时，忽然门上来报，说有一个自称英姑的妇女带着一个孩子要见石勒。

石勒一听，跳起身便抢了出去。众弟兄见状，也都相随着跟了出来。

大门口，一个农家装束的妇女和一个约十四五岁的孩子见石勒走了出来，竟一时不知所措。

石勒略微一怔，急忙跑过去拉住那妇女和孩子，说："英姑，你让我找你们找得好苦！好，现在总算来了。走，进屋说去。"便拉着妻儿往回走。众弟兄也都跟了进来。

大厅内，石勒把妻子、儿子向众弟兄做了介绍，又将众弟兄向妻子、儿子做了介绍。英姑虽然不认识大家，但她很早就听石勒说起过他的两位师兄。于是拉着儿子走上前去，给大家施礼。

寒暄过后，众弟兄为了给他们夫妻、父子留下说话的空间，便知趣地走出大厅。

石勒激动地将妻子、儿子搂进怀抱，三人喜极而泣。石勒问英姑："我一回来就去河西村找你们，你们去哪里了？"

英姑告诉他，大前年的那场天灾，村里人都逃荒走了。她一家孤立无助，也到襄垣城去投奔姑妈。到那儿之后不久，父母双双病故，她和儿子回不了家，便滞留在姑妈家。前些日子，听人传言，说有个叫石勒的在武乡杜家庄招兵，估计是你回来了，这才和儿子一路寻来。

石勒又向她打听父母的消息，英姑摇摇头说，她也一直在打听，但始终未果。

石勒长叹一口气，抚摩着儿子的头，深情地说：“孩子，你长大了。记得你出生后，我为你取名小石头。按照咱羯人的规矩，十三岁就该有大名了。你十三岁的时候，我不在家，没能给你举行成人礼。现在，咱也像华夏人一样，有了姓氏。从我开始，咱祖祖辈辈都姓‘石’。”于是便将他拆名为姓的由来向妻儿讲述一遍。然后接着说，“如今我在此招兵举事，欲去投奔汉王刘渊，为咱们所有胡人闯出一条路来。我希望我们的事业兴旺发达，欣欣向荣，蒸蒸日上。所以，我给你取一个正式的名号，就叫石兴。因为我近日就要率部去投汉国，事务繁忙，不能另选日子给你举行成人礼。所以，我想在今天就给你成礼。”

取得妻子和儿子同意后，石勒出去，把师兄和众位弟兄请来，向他们说明原委。然后由自己亲自主持，在两位师兄和众弟兄的参加下，按照羯族人的传统，祭拜天地，为儿子举行成人礼仪式，当众宣布，儿子大名为“石兴”。

亲人团聚，为石勒率众投汉增添了喜庆。当一切准备就绪，石会率领部众也已到达。于是石勒一声令下，全军拔寨起行。这时，两位师兄因有师傅遗嘱在先，加之他们本来就淡泊名利，不愿入朝为官，也不求闻达于世，更不愿受行军征战之苦，只想留在老家继续授徒，以便不断向石勒提供兵员干将，所以，并不跟随石勒而去。石勒自然理解他们，于是，拜别两位师兄，带着妻子儿子，率领大队人马，浩浩荡荡向汉国进发。

第二十二回　石勒诈降乌丸寨　刘琨清啸晋阳城

石勒亲率大军来投，刘渊异常高兴。当即就封石勒为辅汉将军、平晋王；封石会（张訇督）为亲汉王。同时封石勒妻刘英姑为平晋王妃；封石兴为骠骑副贰；封冯莫突为都督部大。为了表示对石勒的高度信任，他把石勒、石会带来的两支人马全部交由石勒统领。封赏事毕，刘渊传令在都城起造平晋、亲汉两座王府，供石勒、石会等人居住。从此，石勒便死心塌地为他心目中这个被奴役、被剥削与被压迫的民族所建立的国度，去冲锋陷阵，去赴汤蹈火而义无反顾。在整个汉国存续期间，他都一如既往地用行动表现了对这个国度的无比忠贞。

一天，石勒听说，有一支乌丸人的武装，约两千人，盘踞在乐平的大山之中，领头的名叫张伏利度。这支武装依山筑垒，靠四出劫掠为生。因乌丸人骑射技术精湛，战斗力极强，刘渊多次派人前去收编他们，但却屡遭拒绝，至今未能如愿。有人提议发大军围剿，但刘渊顾虑他们也是胡人武装，不愿同类相残，故此事一直拖着。

在了解了整个事情的经过后，石勒向刘渊进言："要收编张伏利度，须得选派得力之人打入他们内部，并取得他们信任后再见机行事。我投汉之后尚无功劳，请允许我使用诈降计打入张伏利度寨堡。不出两月，我将把这支队伍带回汉国。”

刘渊听了十分高兴，问他如何施行诈降计。

石勒如此这般讲述了一番。

刘渊点点头，说：“此计甚好。只是你的妻儿和一帮好兄弟要受委屈了。”

石勒说：“我会对他们进行安顿，大王也可以私下给他们说明原委，别让他们产生误会。我想，张伏利度的细作就在我们周围。这里发生的事，张伏利度很快就会知道。不如此，张伏利度不会相信。请大王不必犹豫。”

刘渊点头答应了。

这一天，石勒借故离城外出，不在府中。突然，一队御林军包围了平晋王府和亲汉王府，把石勒的妻子、儿子和石会及八名弟兄一并抓获，下了大狱。说是有人举报，石勒率众来投，是他与并州刺史刘琨共同制定的诈降计。目的是内外配合，颠覆汉国。平晋王府中自然有人趁乱逃出，飞报石勒。石勒得报，便不回城，拨转马头，带着报信人直向乐平大山之中而去。

经过一番打听，石勒终于找到了张伏利度的壁垒。按照入山的规矩，石勒被蒙着眼睛带到了张伏利度的面前。除去眼罩，石勒发现，在他的周围有数十名手执兵刃的壮汉正虎视眈眈地盯着他。抬头望去，对面高台之上，一个黑面虬髯的将军坐在交椅上，两眼瞪着他，一言不发。石勒知道，此人就是张伏利度。于是，双手抱拳，向上行礼，说：“在下石勒见过首领。”

张伏利度并不还礼。他态度倨傲地问：“你是何人，因何到此？”

石勒微微一笑，说：“某本是大汉国平晋王，因遭小人诬陷，获罪于汉王，侥幸逃奔到此，欲投部大麾下效命。不知部大可容纳否？”

听说此人到此是想投奔自己，张伏利度立即转换态度，命手下给石勒看座。然后慢慢地向石勒询问一些有关情况。他并不说是否接纳石勒，石勒也并不着急。直到有喽啰进来，对着张伏利度的耳朵说了些什么，张伏利度这才呵呵笑着，起身招呼石勒说："平晋王英雄豪杰，俺张伏利度早有耳闻。可笑刘渊小子糊涂瞎眼，白白放跑了一员虎将。如此气量，也想成就大事，呸！来来来，请平晋王上座。你今前来投我，算是来对了。在这里，老子就是天。不看别人脸色，不受他人节制，要多快活有多快活。从此以后，我们就是兄弟，这堡寨的二把手就归你了。我们一起大块吃肉，大碗喝酒，再不用受谁的窝囊气，只管快活好了。"

石勒知道，他的计策已经见效，连忙起身道谢："既然大哥如此抬爱，俺遵命就是。今后定为堡寨尽心竭力。"

接下来，张伏利度命手下设宴，为石勒洗尘，对石勒前来入伙表示欢迎。

通过这一番运作，石勒成功地打入了张伏利度阵营。但他心中十分清楚，张伏利度手下张三、李四、王五、赵六等一班干将并不见得就很服气。这些人一定认为，一个被主人赶出门的"丧家之犬"，到这里寸功未立，一下子就坐上了第二把交椅，将他们这些为堡寨成天刀尖上舔血，出生入死的弟兄统统压在下面是很不公平的。而这些人的这种情绪能否得到有效遏制，将决定他能否完成收编这支队伍的任务。他必须降伏这些人。而降伏这些人最有效的手段就是拳头上见高低。

于是，在进入堡寨的当天，石勒便和这些部众混在一起，与他们切磋武功，谈论兵法。这些人对兵法知之甚少，也不大喜欢谈论。然而，他们对武功却相当感兴趣，人人都愿和石勒比试一番。但他们不论何人，与石勒交手都过不了三招。从此，他们对石勒开始刮目相看。

这一天，山下喽啰来报，说有一队官兵押运一批物资从山下经过。张伏利度一听是官兵押运，便挥挥手，决定听其过去，不予劫掠。

石勒未解其意，他把报信的喽啰叫过来，详细询问了山下情况，得知这队官兵人数和所经过的路线后，决定率众下山劫掠。

前面我们已经说过，石勒这人有个特点，凡是他所到过的地方，都要对该地方的山川形势做一番细致研究，并牢记在心。根据报信喽啰的描述，他知道，这队官兵所走的道路，正是前一段他从山东返回并州时走过的路。而对这条路的地理形势，他早已了然于胸。于是，他向张伏利度说："大哥，小弟自投奔以来，寸功未建。现在好事送上门来，我们不能让他从眼皮底下过去。请大哥拨给我五百人马，让我下山把这批物资劫来，也算为堡寨做点贡献。"

张伏利度摇摇头说："兄弟，我看这官兵咱们还是不去招惹的好。官兵一向训练有素，领兵的将军又都是行伍出身，武功高强，我们很难赢他。就算劫掠成功，也不知得赔多少弟兄的性命，很划不来。再说，得罪了官府，若是发大军来剿，会给我们造成灭顶之灾。"

石勒微微一笑，说："大哥此言差矣。大丈夫行事当轰轰烈烈。如果一见官兵就龟缩不前，只会欺侮一些行商走贩和普通百姓，咋能成得了大事！大哥只需借我五百兵丁，我保证事成之后，毫发无损交还于你。我现在就给你立下军令状，如果事情不成功，或士卒伤亡过重，愿拿项上人头赎罪！"

张伏利度见石勒如此坚持，且话中不乏对他小瞧之意，不好继续拒绝，便说："这倒也不必。我深知兄弟英雄了得，既然有必胜把握，那就烦兄弟下山走一遭。"说完，唤过张三、李四，让他们带领本部人马，跟随石勒下山。并一再叮嘱，要小心谨慎，宁可劫不来物资，也要尽量避免人马损失。

得到张伏利度同意，石勒安排张三、李四，让部众多带弓箭，一切听从他的指挥。当准备妥当，立即率众下山，选几处险要地段埋伏，专等官兵前来。

现在，我们让石勒暂时在此埋伏等待，回头再说说晋并州刺史刘琨。刘琨字越石，乃当时名士。他在哥哥刘舆的举荐下，被任命为并州刺史，加振威将军，领匈奴中郎将。接受任命后，他立即动身赴任。然而，当他一踏入并州地界，就被这里田园荒芜、人口流失、盗贼塞路、白骨弃野的凄惨景象所震惊。好不容易，他沿途招募了一千来人作为兵勇，一路战斗着向并州首府晋阳前进。路上，他通过多方调查，得知原刺史司马腾为躲避刘渊汉军的打击，早将晋阳丢弃，府库财物席卷一空，避往太行山以东，后来接受朝廷任命，直接去邺城上任去了。同时，并州境内的青壮年，也大多参加"乞活军"随司马腾下了太行。眼下偌大的并州大地，所存人口尚不满两万户，且大多是老弱病残，在死亡线上苦苦挣扎。面对如此破败的烂摊子，刘琨感到十分焦虑，不得已向朝廷上疏，请求支援。疏曰：

臣以顽蔽，志望有限，因缘际会，遂忝过任。九月末得发，道路山峻，胡寇塞路，辄以少击众，冒险而进，顿伏艰危，辛苦备尝，即日达壶口关。臣自涉州疆，目睹困乏，流移四散，十不存二，携老扶幼，不绝于路。及其在者，鬻卖妻子，生相捐弃，死亡委危，白骨横野，哀呼之声，感伤和气。群胡数万，周匝四山，动则遇掠，开目睹寇。唯有壶关，可得告籴。而此二道，九州之险，数人当路，则百夫不敢进，公私往反，没丧者多。婴守穷城，不得薪采。耕牛既尽，又乏田器。以臣愚短，当此至难，忧如循环，不遑寝食。臣伏思，此州虽云边朔，实迩皇畿，南通河内，东连司冀，北捍殊俗，西御强虏，是劲弓、良马、勇士精锐之所出也。当须委输，乃全其命。今上尚书，请此州谷五百万斛，绢五百万匹，绵五百万斤。愿陛下时出臣表，速见听处。

疏文写好后，刘琨委派得力手下回京上奏，自己率众赶赴晋阳。不一日进入晋阳城，而他在城内看到的情景更为凄惨。整个城内府衙寺庙焚毁已尽，僵尸遍地，恶臭熏天，幸存的人们由于疾病、饥饿而面无人色。满城荆棘丛生，以吃死人为生的豺狼到处乱窜，昔日大都会的景象已经荡然无存。刘琨亲率手下，动员城内仅存的百姓，清除荆棘，驱赶恶狼，收葬尸骨，建造府第，修缮市场牢狱，力图恢复。此时，由饥民演变的盗贼轮番前来侵袭，他们经常以城门作为战场加以抵御。为了让百姓尽快恢复生产，刘琨安排手下兵丁，带着盾牌、弓箭等武器，帮助百姓耕田耨地。而对于返回家园的民众和前来投奔的人民，刘琨都亲自加以慰劳和安抚，受到了人民群众的拥护和爱戴。

刘琨重建晋阳的消息传到了左国城，汉王刘渊深为自己当初没能趁司马腾撤离，及时夺占晋阳而十分懊悔。现在他想趁刘琨立足未稳，发兵夺取晋阳。于是他命令一位将军，率步骑两万，前去进攻晋阳。

匈奴兵突然将晋阳城团团包围，使得刘琨十分惊恐。他立即传命城内军民一起登城守御，自己亲自趁着月色登上城楼观察敌情，指挥防御。他深知自己眼下兵微将寡，城内又粮草不济，形势异常险恶。他想向朝廷请求救援，可又知道附近州郡无兵可调，而再远处又感觉驰援不及，所以深以为忧。他想到自己一生抱负却屡屡受挫，壮志难伸，不由得发出一声清越的长啸。

刘琨的啸声传到城下，不知什么原因，在围城的敌营中产生了一阵骚动。或许是刘琨入并后的种种善举使他们深受感动？或许是他们深知晋阳城中早已财物荡尽，无物可劫，而对于热衷于劫掠的士兵来说，已经没有了吸引力，从而也就丧失了进攻的积极性？总之，不论什么原因，敌营中的士兵听到刘琨的啸声后，都为他凄然长叹。

敌营中的这种异动，立即被刘琨所觉察。他感到有机可乘，便极力思索应对之策。忽然，他想起当年西楚霸王被围垓下，汉军四面楚歌，使项羽陷入绝境的故事，他决定反其道而行之。刘琨精通音律，此时突然灵感出现，他联想到北方地区历经战乱，人民颠沛流离有家难归，在死亡线上苦苦挣扎的凄惨景象，一首首充满思乡爱国情怀的曲子在脑海中喷涌而出。他急命手下取来纸笔，谱写了《登陇》《望秦》《竹吟风》《哀松露》《悲汉月》五首琴曲。曲中加入北方游牧民族的音律风韵，改由胡笳吹奏，取名

《胡笳五弄》。曲谱创作完成后，他亲自持笳在城头演奏一遍，观察敌军有何反应。

果然，刘琨的吹奏在敌军中引起了强烈反应，不少士兵闻乐曲之声而唏嘘落泪。刘琨见状，于是下令在军中和城内寻找会吹胡笳的人，把他们集中到中军大帐，由他亲自传授演奏技法，然后组织了若干支演奏乐队，分赴四面城头，专向敌军吹奏。

刘琨的这一举动，很快就大见成效。城外敌军听了哀伤凄婉的胡笳演奏，引发了他们思念家乡亲人的强烈情怀，不由得啼泣落泪，甚至有人号啕大哭。匈奴领兵的将军见军心已经动摇，不能再战，再加上对城内情况虚实不知，继续进攻胜负难料，只好下令撤围而去。于是刘琨在历史上留下了“清啸退敌”“吹笳退敌”的千古佳话。

敌军退走后，刘琨采取多种措施怀柔百姓，使得流亡在外的百姓陆续返回故里。仅仅几个月，境内的各个村落间，就又能听到鸡鸣狗吠的声音了。凄惨荒凉的并州大地开始走向复苏。

回过头来我们再说说石勒设伏等待的这队官兵。

原来，刘琨请求支援的疏表上奏后，引起了晋室朝廷的高度重视。考虑到并州面临的困境，朝廷便向并州附近的幽州、司州等地颁发诏书，命他们按照朝廷下拨的指标，分期分批向并州运送救援物资。即将从山下经过的官兵，正是奉幽州都督王浚之命，押运发往并州之军用物资的部队。负责押运的将军名叫孙纬，系王浚部下督护。因为长期以来，官兵走这条路从未遇到过大的麻烦，孙纬并不担心路上会出事。所以他只带了五百兵丁，押运着上百辆马车的粮草军资，向着并州走来。路上，他饶有兴趣地观赏着太行山的峰峦叠嶂、危崖怪石，浏览着松涛流泉、幽谷深渊。太行山的旖旎景色，令他目不暇接，心情格外愉悦。

进入了一条崎岖狭窄的山谷，正行之间，突然前面的军士一阵骚动。孙纬举目一看，只见前面有一壮士，骑一匹枣红马，手执镔铁长戟，站在道路中间，挡住了车辆去路。孙纬吃了一惊，驱马挺枪上前喝问：“何方蟊贼，敢挡官兵去路?”

那壮士并不理会，只是把手中长戟向上一举，就听得山谷中一阵铜锣响，道路两旁山坡崖畔的荆莽丛中，突然钻出大队人马，一个个张弓搭箭，直对着孙纬和他的士卒。

孙纬大惊失色，连忙喝问：“你们要干什么?”却已是色厉内荏。

那挡路的壮士正是石勒。只见他对押运车辆的官兵大声喝道：“要命的丢下车辆赶快滚蛋；不要命的滚上前来受死!”石勒本来练过“狮子吼”，嗓门很大，再加上山谷回音，更让人感觉如霹雳惊天，气吞山河。

押运车辆的官兵虽然慌乱，却并未退走。孙纬心知遇到了劲敌。可是丢了车仗干系甚大，他回去无法交差。于是一横心，驱马挺枪，朝着石勒的咽喉狠命刺去。

石勒不慌不忙，就在孙纬枪尖及体的一瞬间，用长戟一格，拨开枪身，借助对方马向前冲，轻舒猿臂，一把就将孙纬擒过马来。前后交手不及一回合。

众官兵见主将被擒，发一声喊，向着来路争先恐后逃命去了。

在石勒的指挥下，山坡崖畔上的喽啰走了下来，赶着马车，将物资运回堡寨。

这一仗打得干净利落，真可谓兵不血刃。

等到物资全部运走，石勒命身边士卒把孙纬的马牵了过来，对垂头丧气的孙纬说：“将军受惊了，谢谢你给我们送来的物资。现在你也可以走了。”

孙纬面红耳赤，接过缰绳，口中哼了一声，也不道谢，飞身上马，顺着来路，一溜烟跑了。

石勒对着孙纬的背影，不禁摇了摇头。

通过这一仗，石勒在堡寨中威信陡涨。在大家的眼中，石勒简直就是天神下界，都对他佩服、敬畏得不得了。张伏利度更是高兴得手舞足蹈。但此时的石勒却并未被胜利冲昏了头脑。一连几天，他都带着几个当地土生土长的士卒，围绕着堡寨周围的山头转来转去，在相度地形。终于，他对张伏利度说："大哥，现在还不是我们高兴的时候。官兵失了军资，一定会发大军来剿。我们应该发动士卒，在通往堡寨的道路山坡上布置檑木炮石和强弓硬弩，以阻止敌人的进攻。同时，还要考虑到，敌人在攻山失败后，必然会采取重兵围困的办法，切断堡寨通往山下的所有道路，妄图把我们困死在山上。特别是，我们的几处主要水源，都在堡寨下面的几条山沟里。平时，我们通过沟口进去取水。如遭围困，沟口去不了，水也就取不回来。堡寨中一旦断水，我们就会不战自乱。所以我们必须未雨绸缪，在堡寨通往水源的崖壁上开凿小道，以应急需。另外，在通往水源的沟口挖掘陷坑，并派人日夜守护。这样，在敌人妄图切断我们水源时，给他们以沉重打击。"

听了石勒的这一番议论，张伏利度真是佩服得无以复加。他一向大大咧咧，从来不愿把事情往更深更细处想。现在经石勒这么一提醒，才感觉到事情的严重。这时，他方从石勒身上，领悟到一个军事家应有的品格。于是他吩咐手下所有将佐，一切听从石勒的指挥，放手让石勒按照他自己的意图去安排布置。

果然不出石勒所料，过了十多天，孙纬带了大队人马前来报复。这一次，他为了必胜，居然挑选了五千精兵，在乐平张伏利度堡寨的山下扎了大营。随即，他率领士卒仰攻堡寨，却遭到了檑木炮石和强弓硬弩的剧烈打击，士卒损失惨重。看看进攻不成，孙纬命令士卒撤下山来，分派数路人马到山沟中寻找水源，欲切断山上供水，将堡寨中人活活困死。哪知又有大批人马落入陷坑，被坑内埋设的尖桩木刺捅死捅伤。在遭受重创之后，孙纬一筹莫展，只好指挥部众将堡寨所在的山头团团包围，等待时机，再作打算。

然而，石勒却不会给孙纬从容谋划的时间。就在孙纬连续进攻惨败之后，一天夜里，石勒亲自带领二百多名精心挑选的勇士，带着长刀大斧，趁着月黑风高，用绳索垂下绝壁，悄悄逼近孙纬大营，发一声喊，砍开营寨围栏，冲了进去。这一下如虎入羊群，勇士们见人就杀，就如同砍瓜切菜一般。与此同时，张伏利度也率领堡寨中喽啰蜂拥冲下山来，一时喊杀连天，声震寰宇。

孙纬从睡梦中惊醒，跳起身，冲出大帐一看，整个营寨已经乱成了一锅粥。夜色中，敌人正向着他的中军大帐冲杀过来。他来不及披盔挂甲，抢过一匹马来，飞身跃上，用拳头连击马臀，朝着喊杀声稀少处冲了出去，落荒逃命去了。只可怜了那些士卒，腿脚稍慢的，便做了无头冤鬼。

第二十三回　克平阳刘渊称帝
谒军门张宾提剑

这次反围剿的辉煌胜利，使石勒的威望在整个堡寨中达到了极致，部众都把他奉作神明。然而，石勒这人从来不摆架子，恃才傲物。他喜欢混迹于士卒之间，和最基层的喽啰交朋友。尽管如此，他身上那种与生俱来的凛然之气，仍让周围的人感到既可亲又可敬。

通过和喽啰们的亲密接触，石勒完全掌握了堡寨内人们的心态，知道大家的心都已经归向了自己。于是，他开始实施计划中最后也是最关键的步骤。一天，他与堡寨中的一班弟兄在一块聚会，借着酒意，他问道："你们到底愿意一辈子在这山沟里做土匪，还是愿意到外面去干一番大事业呢？"

对于这一问题大家似乎都没有想过。沉默了一会儿，有人说："不管做土匪还是干大事，只要让我们跟着你就行。"

这个回答让石勒多少感到有点意外。于是他装作酒醉，又问："这么说，我让你们干啥都行。如果我让你们把大哥绑起来，你们也干？"

大家说："只要你答应做我们的首领，我们现在就把他绑来。但是，张伏利度虽然本事不大，却是个好人，我们不能坏他性命。你可以和他换一下，你做老大，他做二哥。"

石勒哈哈大笑，说："那好，你们现在就去把大哥给我请来。"

大家答应一声去了。不一会儿，张伏利度就被五花大绑押了过来。石勒一看，急忙起身上前松绑，并责怪道："我让你们把大哥请来，你们怎么把他给绑来了？"

众人一起跪下，说："请二哥做我们的首领。"

张伏利度见众人已心向石勒，再思自己，威望能力均不如石勒，也跪下请求说："我愿将首领之位让给石勒兄弟，请兄弟不要推辞。"

石勒上前一个个把大家扶起，说："好吧，我还有事和大家商量。"

当大家重新坐定，石勒说："既然大家愿意听我的话，那么我提议，张伏利度仍然是我们的首领，我们大家的大哥，这一点不能动摇。只是我们不能只顾眼前快活，一辈子钻山沟做土匪。如今刘渊在左国城建立了大汉国，这是我们胡人自己的国家。将来消灭大晋，取代天下者，一定是大汉国。我想带领大家投奔汉王，干一番轰轰烈烈的大事业，不知大家意下如何？"

大家一听石勒要带他们投奔汉国，一时摸不着头脑。张伏利度疑惑地问："兄弟，你不是开罪了汉王刘渊，才逃命到此的吗？怎么又去投奔汉王，这到底是咋回事儿？"

石勒笑了，说："汉王十分爱惜你们这支乌丸武装。可是几次派人前来招抚，都被你们拒绝了。如果发大军来剿，又怕给你们造成伤害，所以他于心不忍。考虑到你们拒绝招抚，一定是对大汉国不了解，存在误会。所以才派我用计投奔你们，从而寻找机会，让你们真正了解汉王和汉国。我告诉你们，汉王非常英明，远非你们的想象。我的这点本事，你们都十分佩服。拿我和汉王相比，那可差老鼻子了。我是深感自己无法自立，才死心塌地归附汉王的。所以我希望你们和我一起去投奔汉国，为我们这些在大晋王朝眼中只配做奴隶的胡人去开天辟地，去为创建自己的乐土建功立业。"

石勒的这番话，使得这班乌丸豪杰大开眼界。让他们的思想从单纯为生存而战，升华到有一定的奋斗目标。于是这班豪杰一个个热血沸腾，都愿跟随石勒投汉，去干一番轰轰烈烈的大事业。

至此，招抚这支乌丸武装的任务圆满完成。石勒和大家商定日期，拔寨下山，浩浩荡荡奔汉国而去。

石勒胜利归来，汉王刘渊非常高兴。为表彰石勒的功绩，特加封石勒都督山东征讨诸军事。并将新招抚的张伏利度部众，一并划归石勒管辖。石勒的势力迅速发展壮大。

就在石勒招抚乌丸部众回国不久，又有两支人马前来投汉。一支的首领名叫王弥；另一支首领名叫刘灵。

这王弥原本是汉王刘渊的故旧。当年刘渊留居洛阳时，二人成为至交密友。每有心事，刘渊总喜欢向王弥倾诉。后来，王弥做了泓县令刘伯根的长史。刘伯根曾经举旗反晋，被幽州都督王浚讨平杀害。王弥便收集刘伯根旧部，继承刘伯根遗志，出没于青、徐之间，继续与晋王朝对抗。他曾经率众从间道突入许昌，进逼京师洛阳，在轩辕打败司徒王衍的朝廷大军，使得晋王朝惊恐万状，急调大军入卫京师。其后，王弥被凉州兵打败，这才率领余众来投汉王刘渊。刘渊自然大喜，立即派出使节到郊外迎接，并传话给王弥："孤已亲自到客馆，打扫座席，洗刷酒爵，恭敬地等待将军的到来。"当王弥来到后，刘渊亲自接待，当即封王弥为司隶校尉，加官侍中。

刘灵本是阳平的一个贫苦农民。他生得力大无穷，能与犍牛较劲，能和快马赛跑，可是却一直得不到人们的赏识。为此，他曾经仰天大呼："老天，老天，我空有一身气力，却穷困到如此地步，莫非是想让我造反吗?"当他听说王弥举旗反晋的消息后，便也召集穷苦流民和山野亡命之徒揭竿而起，自称"大将军"，抄掠赵、魏。后来他被王赞打败，只好暂时潜伏起来。当王弥投奔汉王的消息传来，刘灵审时度势，觉得只有归附汉王才有出路。于是亲自前去拜谒汉王，被封为平北将军。

刘渊自得王弥、刘灵两股人马来投，军势大盛。麾下将佐进议：“殿下起兵已历一年，乃专守偏方，王威未振，实在可惜。应趁我兵力强盛，主动出击，建立大汉鸿基。”

刘渊闻言大喜，曰：“此议正合吾意！”便祭祀军中大旗，趁着秋高马肥，亲自督领大军，誓师出发，兵锋直指平阳。

平阳太守宋抽，听说刘渊亲率大军来夺平阳，惊慌失措，吓得丢弃城池逃跑了。

刘渊兵不血刃，轻取平阳。然后再入河东，斩太守路述，连拔数郡，移居蒲子。此时又得上郡四部鲜卑陆逐延与氐族酋长单征率部归降。胜利一个接着一个，士气空前高涨。于是派遣王弥、石勒分领部众东下太行去进攻邺城。

此时的邺城作为河北重镇、魏晋名都，实际已经名存实亡。晋廷也不再任用亲王重臣前来镇守，只打发了个征北将军和郁在此驻扎。和郁本来贪生怕死，一听说汉军来攻，吓得屁滚尿流，根本不敢与汉军对阵，丢下城池，一溜烟跑到卫国去了。

石勒率大军进入邺城。这已经是他第四次兵临邺城了，对此他感慨良多。而令他欣喜的是，当初被“乞活军”袭击牧苑打散的“十八骑”弟兄，以及牧苑士卒中的幸存者，听说石勒重又回来了，纷纷从各处赶来投奔。故友相逢，生离死别，恍如隔世，自然免不了一番唏嘘。好在弟兄们又能重新会聚，劫后余生，都感到无比喜悦。

邺城被攻克的捷报传到蒲子，汉王刘渊大喜。至此魏晋五大名都，汉国终获其一。他虽不打算移驾邺城，但邺城到手就意味着自己有资格居位称尊了，于是接受将佐百官的拥戴，燔柴告天，颁诏大赦境内，改元永凤（308），做了大汉国的皇帝。登基日，他册封嫡长子刘和为大司马、梁王；加封尚书令刘欢乐为大司徒、陈留王；御史大夫呼延翼为大司空、雁门郡公；等等。同时，派遣使者到邺城，加授石勒持节、平东大将军，并保留了过去的一切封赏。

刘渊称尊做了皇帝，就把蒲子城定为汉都。而当年先他称王建立“成”国的氐酋李雄，早在两年前就已经称尊做了皇帝，并改元“晏平”。至此，华夏大地上包括晋廷，就同时出现了三个皇帝。

刘渊登基称帝的消息传到洛阳，晋廷感到了巨大威胁，急调各路人马严加防范。此时刘渊得步进步，乘胜前进，又派遣石勒、刘灵率众三万，进攻魏郡、汲郡与顿丘。石勒领命，首攻魏郡。魏郡太守王粹出兵抵御，被石勒一战生擒，押至三台斩首。其后，采取军事打击与政治招抚相结合的手段，使三郡百姓闻风归降，连下壁垒五十多座。石勒上书刘渊，授予归降的各个垒主将军、都尉印绶，让他们作为汉国的官吏，仍旧管理各自的壁垒。对于此举，垒主们自然高兴，百姓也人心大悦。而同时，石勒从各个壁垒中挑选了青壮年五万多名，扩充到自己的队伍中，使自己的军事实力大大增加。

再说汉都蒲子城。转眼间腊尽春来，大年初一，刘渊设宴与百官共庆佳节。畅饮中论及时势，太史令鲜于修之离席奏称：“陛下虽然龙兴凤翔，接受了天命，但我们的都城蒲子地形崎岖，实在是太狭小了，不能作为久安之地。眼下晋室未灭，我们还任重道远。我夜观天象，见荧惑星入犯紫徽，料定不出三年就会攻克洛阳。而平阳近来有紫气笼罩。那里原是古代陶唐氏的都城，地理位置靠近洛阳，方便我们指挥灭晋。请陛下迁都平阳，以应天地气象。”

刘渊听了大为高兴，于是颁令迁都平阳。恰恰这时，有人在汾河中捞得一块玉玺，上有篆文“有新保之”。得玺之人知道此乃王莽新朝之物，便灵机一动，在其上面增刻“渊海光”三字，把玉玺献给了刘渊。刘渊得玺大喜过望。他表字元海，认为这是自己的瑞兆，便在迁都之后，改年号为河瑞（309）。

刘渊迁都平阳，万象更新；石勒也在魏赵大地纵横驰骋，所向无敌。就在石勒为了自己所效命的国度尽忠竭力之际，却有一位高人正在密切关注着他的一举一动。

这位高人名叫张宾，字孟孙，系赵郡中丘人氏。他的父亲张瑶曾做过中山太守。张宾自幼好学，博览经史。他为人豁达大度，学习也是如此，不爱寻章摘句，探求微言精义，而是十分注重鸿篇大旨。他常常对自己的兄弟们说："我觉得我的智谋策划与把握政治形势的能力并不比汉初的张良差，但遗憾的是没有遇到像汉高祖那样的主子。"曾有一段，他在中丘王帐下做都督。但他发现中丘王十分平庸，不能成就大事，便假托身体有病，辞官不做，回到老家。

就在石勒进军魏郡、汲郡、顿丘的征战中，张宾听说这支汉军纪律严明，对百姓秋毫无犯。连下壁垒五十多座，却能任用原来垒主，并对老弱妇孺加以抚慰，致使民心大悦，纷纷归附。张宾觉得，这是一支仁义之师，统率这支部队的一定是一位政治上的明白人，便产生了要亲睹一下这位统帅的想法。

这一天，石勒移师攻打巨鹿、常山，率众路过中丘。张宾得知消息后，就偕同亲友前去劳军。当石勒骑着他的枣红马，在众将护卫下从他的面前经过时，他一眼就看出了这位统帅的与众不凡，当即对身边的亲友说："历年来，我所见过的将军数不胜数，可从来没有人能比得上这位胡人将军的气度。这才是我心目中的'汉高祖'。我准备去投奔他，和他共同成就一番大事业。"于是他一路跟行，当军队驻屯之后，便提着他那把随身携带的长剑，来到石勒军门。他不去求守门军士入内通报，而是直接对着守军大声呼喊："喂，那看门的，快去报告石将军，就说中丘人张宾要见他，让他到军门迎接。"

此时，石勒正在中军帐与众将议事。听到守军禀报，心中不免有点好笑："是何狂徒敢命本帅亲自出迎！"转念一想，莫非此人有点来头？于是微微一笑，偕同众将走出。

张宾见石勒果然亲自出迎，并不感到意外。他上前拱拱手，说：“中丘人张宾见过石将军。”

石勒见状，抱拳还礼，说：“张先生，请！”

张宾点点头便昂首阔步，进入军门，直向中军帐走来。

入帐后，石勒命手下看座，请张宾坐了，然后躬身问询：“先生前来，有何见教？”

张宾呵呵一笑说：“某乃一介书生，慕名前来投奔将军，欲在将军麾下效力，不知将军肯容纳否？”

“哦，原来如此。”石勒暗忖：此人前来投奔于我，却摆这么大的谱，胆子倒也大得叫人羡慕。所以他说：“那好吧，既然你是读书人，那就留在我的身边，等我有空的时候，给我读读《史记》《汉书》，你看如何？”

张宾知道，此时的石勒对自己并未加以赏识，但只要能留在他的身边，不愁没机会让他见识自己的文韬武略，于是便痛快答应了。

自从收了张宾，石勒每有空闲，就让张宾读史书给他听。石勒出身于穷困潦倒的羯胡家庭，没机会上学读书，不识字，但他却雅好文学，热爱历史。张宾给他读史时，每每能凭借自己的理解，准确判断历史上当权者决策的善恶得失。这令张宾对他更加刮目相看。一次，张宾给他读《汉书》，当读到郦食其劝汉王刘邦册立六国后人，使他们各自回去经营自己的封国时，不由惊讶道：“这主意很臭。立了六国，人心离散，却又是凭借什么取得天下！”再听到留侯张良闻讯赶来，陈述利害，力劝刘邦收回成命时，他才点点头说：“对呀，全赖这一劝。否则，后来的大汉天下就不会有了。”石勒的天资如此英达，更坚定了张宾辅助他共创大业的信心和决心。

石勒大军进入赵郡，立即引起了赵郡境内各军事势力的恐慌。冀州西部都尉冯冲纠合盘踞在中丘一带的“乞活军”郝亭、田禋，一起发兵前来围剿。

军情紧急，石勒立即召开军事会议商量对策。众将佐均主张深沟高垒，用强弓硬弩坚守，以逸待劳，消磨来敌的锐气。等敌军疲惫师老之后，再伺机出击，可保必胜。独有张宾不同意这种打法。他说："冯冲系本地军阀；郝亭、田禋的'乞活军'盘踞中丘已久。他们均有强大的后方保障。我们作为客军，远离本国。虽然攻克魏、汲、顿丘三郡，却并未在此建立巩固的根据地。如被敌人包围，被动挨打，粮草供应不上，很难持久坚持。所以我认为，我们应主动出击，在敌军的来路上据险设伏，出其不意，将来敌一举击溃。"

"好好好。"石勒听了拊掌大笑道，"张先生此计甚妙，就是这种打法！"接着，他征询张宾："先生系本地人，想来熟悉当地地理。先生可否告诉我在何处设伏为佳?"

张宾从怀中取出一卷画在羔羊皮上的赵郡地图，置于案上，在上面指指点点，如此这般地讲述了一遍。

石勒听了非常高兴，立即按照张宾的方略调兵遣将。

再说冀州西部都尉冯冲联合郝亭、田禋的"乞活军"，一路奔波，向石勒的驻地扑来。由于距离石勒大营尚远，未作任何的战斗准备。加之路途劳顿，人困马乏，所以部队显得疲沓拖拉，队形不整。正行之间，只听得一声号炮，石勒的大队人马从道路两旁的密林中杀出，将敌军冲作数段，分割包围。冯冲、郝亭、田禋急忙指挥部众迎敌，但已经来不及了。他们相互间失去了照应，部队也乱作一团，冲突中先后落马被杀。他们的部众除战死的以外，全部做了俘虏。

这一仗打得干净利落，取得了彻底胜利。从此，石勒对张宾开始青眼相加，拔张宾为军功曹，遇事便向张宾咨询，二人相处甚好。其后，石勒采用张宾之策，攻克巨鹿、常山。同时利用张宾在冀州的人望，派张宾招抚冀州各地堡壁，先后有一百多座壁垒归顺石勒，使石勒的部队迅速发展到十几万人。捷报传到平阳，刘渊再次加授石勒为安东大将军、开府，置左右长史、司马、从事中郎。

石勒本来就对读书人心存好感，自得张宾辅助，使得他对读书人更加重视。一天，他和张宾交谈，说是他想让张宾为首，在军中设立“君子营”。希望张宾替他在军中和社会上物色和招募一批读书人，把他们组织起来，成为自己的军政智囊团。他还说，我们的队伍正在扩大，我们的汉国也需要各方面的人才。有了这个“君子营”，也就有了可靠的人才储备。将来如果哪里需要什么人，都可以从我们的“君子营”中选拔。

听了石勒的这番打算，张宾被他的这种政治家特有的远见卓识和深谋远虑深深折服。他庆幸自己跟对了人。他坚信，将来成就天下大事者，必定是石勒。于是，他便按照石勒的吩咐，开始用心发现和物色具有真才实学的读书人，把他们引入门墙，推荐给石勒。没多久，徐光、王子春、董肇、刁膺、范坦、张敷、王修、傅畅、杜嘏、任播、庾景、崔睿、张离、张良、刘群、刘莫等一大批饱学之士齐集石勒麾下。还有程遐，来投石勒时，把自己的妹妹程姑娘也带来了。而此时，石勒因统领大军征战在外，妻子英姑和儿子石兴均留质汉都，不曾随军，身边无人照顾。程遐便将妹妹献给石勒，让她伺候石勒起居。石勒也不推辞，他爱程姑娘年轻貌美，且聪明伶俐，善解人意，便收她做了平晋王侧妃。

从此，石勒身边人才济济，武将有“十八骑”众豪杰，文佐有张宾的“君子营”。这些人个个抱荆山之玉，人人握灵蛇之珠，为日后石勒纵横寰宇，创建后赵宏基奠定了坚实基础。

石勒开始考虑下一步的进军方向。为此，他专门征询张宾的意见。不料张宾笑着摇摇头，说：“将军不必费心了。如果我所料不错的话，不出数日，汉帝将诏令您回师太行。”

石勒十分奇怪，便问：“你是怎么知道的，是不是得到了什么消息？”“消息倒是没有。”张宾说，“不过，根据形势分析，目前汉国周边的好些郡县尚未克服，还依然控制在并州刺史刘琨手里，却让将军翻越太行，到冀鲁大地上来攻城略地。攻克郡县后又不委派官吏固守管理，随克随弃。这样终久对汉国益处不大。汉帝刘渊英明睿达，不会不明白其中的道理。所以，他很快就会给你传诏，命你回军太行。”

石勒尚是半信半疑。然而，仅仅过了两天，石勒果然接到刘渊命令，让他率部为前锋，移师进攻壶关。石勒不由对张宾的神机妙算深深佩服。

于是，石勒下令，全部人马回师太行，直向壶关杀来。

第二十四回　临大丧汉国易主　倾国力权相出师

话说汉国皇帝刘渊诏令石勒回师太行，进攻壶关。为了确保必胜，又授予王弥征东大将军、领青州牧，与自己已改任楚王的儿子刘聪一同出兵，作为石勒的后援。

石勒奉命率部回师，此时，他的部众已达十数万人。进抵壶关附近，石勒将部众分设两座大营。一处设在襄垣与武乡交界地带，由他亲自统领。并在大营附近修筑城池，用以屯粮积草，号为“西大营”（遗址在今襄垣县西营镇及相邻的城底村）。而他的军事指挥部就设在大营以北的山谷之中（即今武乡县王家峪村，“王家峪”因此得名。该村在抗日战争中曾为八路军总部驻地）。另一处设在壶关以东，黎城县南（现已划入平顺县），也在附近修筑城池，屯粮积草，号为“东大营”，由王阳、蘷安负责统领。石勒在西大营运筹帷幄，调兵遣将，加紧做进军壶关、攻克上党的准备工作。

壶关乃上党首府，京都洛阳的门户，地理位置十分重要。并州刺史刘琨得报，急忙派遣将军黄肃、韩述，分领两支人马前来救援壶关。

黄肃驱兵急进，在封田与石勒大军相遇。两军排开阵势，黄肃出马挑战，石勒亲自应战，你来我往，斗了数合。石勒故意漏一破绽，放黄肃挺枪刺来，一手用大戟格开长枪，一手从鞍韂上拔出钢鞭，只一鞭，就将黄肃脑壳击碎，一命呜呼。见主将阵亡，余众一哄而散。

韩述的另一支人马走到西涧，与刘聪遭遇，也兵败身亡。

刘琨派遣的两路人马先后败亡，石勒乘胜进军，直扑壶关。上党太守庞淳一面驱赶军士坚守城池，一面派人向朝廷上表告急，请求朝廷发兵救援。

晋太傅司马越接报后，命令内史王旷率将军施融、曹超统兵往救。大军翻越太行山驻屯长平坂。这时，刘聪、王弥两路人马杀到，直捣王旷大营。王旷、施融、曹超全部阵亡，晋军大败。刘聪、王弥乘胜前进，相继攻陷屯留、长子，斩获敌人头颅一万九千多级。

上党太守庞淳见朝廷救兵连遭败亡，而眼下石勒部众攻势猛烈，感觉坚守不住，只好献出壶关，向石勒递上降表。

攻克壶关后，刘聪奉命率众向洛阳进军。石勒则继续留在并州境内，招抚山北一带的胡人武装，进一步壮大自己的势力。

越年便是晋永嘉四年（310），石勒与刘灵再次率部进攻常山。幽州都督王浚急调将军祁弘率部，会同鲜卑酋长务勿尘铁骑十万前来讨伐。为了避敌锋芒，石勒退至飞龙山据险列阵，转入防御。祁弘进逼石勒营寨，数次进攻，均未能得手。看看无隙可乘，便心生一计：让务勿尘率本部人马暗暗前往石勒军营寨后面的山上，等待时机，从山上向下攻击，直压石勒大营；自己率众从正面攻击，和石勒展开决战。

听到祁弘在营前叫战，石勒不知是计。他让刘灵固守营寨，自己率众杀出，与祁弘交战。双方都是战斗力极强的朔方劲旅，旗鼓相当，一直酣战了两三个时辰，也未决出胜负来。这时，务勿尘的鲜卑铁骑已经潜行上山，布置停当。随着一声号令，如泰山压顶般冲杀下来。刘灵指挥部众奋力抵抗，但敌人来势太猛，一时抵挡不住，被踹破营寨，杀了进来。刘灵眼看大营不保，只得且战且退，到前面来和石勒会合。石勒部众看到大营被敌人踹破，人人心惊，立时乱了阵脚。石勒见败象已现，难以挽回，只得招呼部众，驱马南奔。刘灵为掩护部队撤退，亲自殿后，不提防被祁弘追上，从后掩袭，一枪从后背贯穿前胸，落马阵亡。可叹刘灵这位贫民英雄，就此身亡。

这一仗，石勒损失人马一万有余。然而，从战争中学会战争是石勒的信条。再次惨败，又使他从中领悟到不少战争的道理。

石勒退保黎阳，麾兵固守。祁弘指挥幽州、鲜卑联军数度进攻，均不得手。看看再也讨不到便宜，只得率众撤退。这时，石勒趁机挥兵掩袭，将祁弘打得大败。接着乘胜追击，接连攻陷堡寨三十多座，引兵直逼信都。新任冀州刺史王斌率众抵抗，一战败亡。晋廷闻得败报，急调车骑将军王堪、北中郎将裴宪联军来攻石勒。石勒兵出黄牛垒进攻魏郡。魏郡太守刘矩自知不是对手，举城投降。石勒收得大批粮草军械，军势大振，回军进攻裴宪。裴宪不防石勒杀他的回马枪，一时惊慌失措，丢下部众逃往淮南，致使王堪孤掌难鸣，不得已退保仓垣。石勒从石桥渡河，攻陷白马，复东袭鄄城，再攻仓垣，王堪兵败被杀。石勒回军与王弥合兵，连下广宗、清河、平原、阳平等多座县城。捷报传到平阳，刘渊加封石勒为镇东大将军兼汲郡公。石勒坚辞汲郡公不受，表现了他谦虚谨慎、懂得进退的良好品格。

刘渊又命令刘聪与侄子刘曜率兵配合石勒进攻河内。河内太守裴整，见汉军势大，料难坚守，飞报朝廷请求救援。朝廷任命宋抽为扫虏将军，领兵往援。石勒闻讯，率兵于中途袭击，将宋抽斩杀。河内人民不愿与汉军为敌，自发将太守裴整捉拿，绑送石勒军营，河内被克。接着，麾军连克武德、长陵。就在石勒所向披靡，进军顺利之时，突然接到国内诏命，令所有在外的将军停止一切军事行动，立即率部回国。

原来，大汉国内发生重大变故：皇帝刘渊重病不起，急于安排后事。

这刘渊本来聪明睿智，堪称一代英主。只是和天下所有帝王一样，有一个致命的毛病：好色。还在他称汉王时，氐族酋长单征率部归降。单征有一女，正值妙龄，生得妍丽无比，美艳无双。刘渊见了喜爱，便将该女收纳为妃。该女自入宫后，便获得了刘渊专宠。刘渊后宫虽然美女如云，但他却感觉无人能比单女可人。不久，单氏生子刘乂，更让刘渊偏爱有加。偏偏这时皇后呼延氏病死，于是便将单氏女越级超升，封为继后，同时封单氏之子刘乂为北海王。单氏女为了感恩，便整日里打起精神，服侍刘渊。然而，单女还系少女，而刘渊已成老夫，怎奈为色所迷，欲罢不能，因贪欢无度，以致羸病缠身。先是整日里咳嗽唾痰，继而便卧床不起。虽有御医千方诊治，但却奈何百药无效。眼看着回天无术，去日无多，这才诏令四方将领回国待命。

这一天，刘渊强撑病体，开始安排托孤事宜。他封长子梁王刘和为太子；次子齐王刘裕为大司徒；三子鲁王刘隆为尚书令；四子刘聪为大司马、大单于，并特别命令在平阳城西置单于台作为刘聪的任所，表示对刘聪的格外器重。接下来，他又封小儿子北海王刘乂为抚军大将军领司隶校尉；侄子始安王刘曜为征讨大都督兼单于左辅；廷尉乔智明为冠军大将军兼单于右辅。尤其是他身边的同姓老臣，堂祖父丞相刘宣已去世有年，现只剩陈留王刘欢乐、长乐王刘洋和江都王刘延年尚健在。于是他进刘欢乐为太宰，进刘洋为太傅，进刘延年为太保，使三人位列三公，赋予重任，命他们拥立太子，同心辅政。当一切后事交代完毕，又迁延数日，便龙驭归天，与世长辞了。共计他称王三年，称帝四年，总共在位七年。

按说，刘渊为了自己开创的大汉国长治久安，这样安排是颇费了一番心血的。他将自己的亲枝近叶和久经考验的忠直老臣，都安排在关键要害部位，希望他们匡扶大业，传世无穷。然而，权力这东西实在可恶。为了权力，什么亲情、友情以至于爱情，统统可以转化为无情。大晋朝司马氏是如此，历朝历代的帝王宗室也是如此，大汉国刘氏宗室也不例外。

刘渊死后，太子刘和还未登基，就觉得几个弟弟手握重兵，对自己不利。这时，偏偏有人因私欲未逞心存怨恨，便趁机撺掇他除掉自己的这几个弟弟。于是刘和不顾父丧在宫，立即密召心腹，紧急部署，突然袭击，将齐王刘裕、鲁王刘隆杀害。然而十分侥幸的是，被派去杀害北海王刘乂的人良心未泯，不但未下毒手，反而乘便把刘乂救出，斩关急走，赶往单于台，向楚王刘聪报明内变。刘聪得报，立即率兵反击。结果，太子刘和以及他的同谋、亲信全部被杀。刘和用心不良，噬人反被人噬，也算是罪有应得。太子已死，大汉国无主，群臣一致拥立刘聪。刘聪因北海王刘乂系单皇后所生，子以母贵，意欲立刘乂为帝。此时，刘乂自知年纪幼小，难孚众望，跪请刘聪即位。百官也一起跪请。刘聪不便固辞，这才答应暂代刘乂登基即位。待刘乂长大后，再行归复。

回头再把刘聪作一交代。刘聪系刘渊小妾张夫人所生。张夫人怀孕时，曾梦见红日入怀，醒后告诉刘渊。刘渊认为此系吉兆。张夫人妊娠十五个月，方才产下一子。此子长大后形体伟岸，左耳有一白毛，长二尺有余，闪闪有光，所以被刘渊赐名为“聪”。刘聪果如其名，自幼敏悟过人。十四岁就博通诸家经书，熟读孙吴兵法，且文才出众。十五岁演习骑射，能挽三百斤劲弓，臂力骁捷，武艺超群。在刘渊创立大汉国前后，屡次统兵征战，功勋卓著。所以刘渊对他十分钟爱。只是因生母并非皇后，谓之“庶出”，身份便低了一等。再加上不是长子，在“非长勿立”的传统观念下，刘渊只能册立皇后呼延氏所生，且为长子的刘和为太子。尽管如此，刘渊依然深信，刘聪的前途不可限量。到如今，他果然得登大位。

刘聪做了大汉国皇帝，改元光兴（310），尊单后为皇太后；尊生母张氏为帝太后。立小弟刘乂为帝太弟，领大单于、大司徒。立妻呼延氏为皇后。封子刘粲为河内王，领抚军大将军，都督中外诸军事。其余诸子统皆封王。封赏之后，乃为父发丧，号刘渊墓为永光陵，追谥光文皇帝，庙号高祖。

国事初定，刘聪便继承刘渊之志，再次发兵，大举图晋。他命儿子刘粲偕同始安王刘曜、王弥率兵四万进攻洛阳。加授石勒征东大将军、并州刺史、汲郡公，并保留以前的封爵，让他统领骑兵四万，押着粮草辎重，配合刘粲等进攻。石勒辞去大将军封号，率兵出发。留长史刁膺统步卒九万徙辎重于重门，自己亲率精骑二万，在大阳与刘粲会合。进至渑池，击溃晋廷监军裴邈的军队。行至洛川，与刘粲分兵。刘粲兵出轩辕，石勒兵出成皋，一路摧枯拉朽，势如破竹。

再说晋太傅东海王司马越，在毒死晋惠帝司马衷后，拥立司马炽做了皇帝。但他却一丝一毫也未放松对朝廷的控制。起初，他为给新皇帝甩脸子，出京就藩许昌，后又因为兖州为“东方要冲”，硬将兖州刺史苟晞调往青州，自为丞相，领兖州牧。再后来又经鄄城、濮阳驻屯荥阳。但他无论到了哪里，却始终把朝政大权牢牢掌握在手。在他眼里，皇帝只是由他摆弄的一只木偶而已，绝不允许皇帝有半点自主。朝中无论大事小事，一律由他裁决。他风闻有人欲把被废的司马覃重新立为太子，便矫诏将司马覃幽禁，后来还不放心，索性派人用鸩酒将其毒死。扬州都督周馥因汉军逼近京都，京都危急，上书皇帝，请求迁都寿春。司马越得知后，认为周馥不先禀报自己就直接上书皇帝，大为恼怒，想要设法除掉周馥。诱捕不成，便命将进攻寿春。周馥被迫出走，被司马越从子新蔡王司马确拘住。周馥愤懑难泄，竟自气死。特别是司马越得知皇帝身边有几名大臣，包括皇帝的舅舅散骑常侍王延在内，深得皇帝信任，这也不能容忍，便自荥阳亲自率甲兵三千入朝，扬言清君侧，逼令皇帝将这些人交付廷尉，然后由他亲自命令廷尉，把这些人全部处死，一个不留。

司马越嚣张跋扈，不可一世，但却专务防内，把自己的血亲看作寇仇，却不知防外，直至放纵胡骑如同决堤的洪水，铺天盖地，汹涌而来，大晋朝面临灭顶之灾时，这才慌了手脚。于是，他穿一身戎装，进宫告诉皇帝，说他要亲自带兵去讨伐石勒。

皇帝听了，悲怆地流着眼泪说：“眼下胡骑已经逼近京都，朝廷内部人心惶惶，江山社稷全靠你一人维持。如果你离京远出，那京城怎么办呢？”

司马越说："我这次出征的目的，就是消灭贼寇。只有消灭了贼寇，国威才可振兴。到那时，四方的进贡自然也就顺畅了。如果坐困京城，独守穷困，只怕贼势汹汹，四面来逼，情况会更加糟糕。"

皇帝见他如此说法，也就不再苦留。其实，皇帝更希望他能远离自己。自登基以来，自己时时处处受这家伙胁迫，何曾做过一天真皇帝？如果这家伙真能离开，自己或许可以自由一点！所以，任由司马越自己决定，不再挽留。

哪知司马越早已包藏祸心。他把京城中所有的名将劲卒，以及朝廷中比较有见识、有名望的大臣佐吏，一股脑儿编入他的军伍，全部带走了。同时还请了代表中央政府的"行台"随军。只给京城内留下几个无名、无能、无用的朝臣和几个老迈无力的将官以及一些老弱残兵。显见得他已经不管皇帝死活和京城安危了。不仅如此，他为了在自己走后能继续控制朝廷，还把自己的世子司马毗和亲信龙骧将军李恽、右卫将军何伦留在京城，名为守卫京师，实则监督皇帝。李恽、何伦把皇帝身边的宿卫，统统更换成自己的部众，白天黑夜监视着皇帝的一举一动，就像看守囚犯一般。并公然恃强抢劫公卿财物，入宫侮辱公主。面对李恽、何伦的悖逆恶行，皇帝除了叹息，一筹莫展。

司马越统倾国之兵出屯项城，向各地传送檄文，要求各地发兵助他讨贼。然而，檄文发出后却无一响应，都把他的命令看作放屁。而这时，石勒大军已经转战襄城、南阳，攻陷江西垒壁三十余座，经江夏而北攻新蔡，斩新蔡王司马确于南顿，进而杀死东平将军王康，攻占了许昌，兵锋直指京都洛阳。

司马越发送的檄文无人响应，却等来了青州刺史苟晞历数他司马越罪状，约同各郡州起兵讨伐他的檄文。这倒大大出乎他的意外，使他吃惊得不可名状。

原来，苟晞自从被司马越免掉兖州刺史，改任青州后，便与司马越产生了嫌隙。恰在这时，又接到皇帝因京师危急，令河北各镇入京勤王的诏书。苟晞认为，使国家陷入混乱的原因，完全是司马越为相不道造成的。所以他便向各郡州发布檄文，号召各地“入诛国贼，与诸君子共建大功”。

苟晞声讨司马越的檄文传入京都，皇帝司马炽阅后甚为嘉许，觉得总算有人敢出头与司马越抗争了。于是连续给苟晞颁下密诏，命他出兵到项城，削除司马越的权力。苟晞见皇帝连续给自己颁诏，辞意恳切，便向皇帝上表，答应戒期出兵。谁知送表人中途被司马越部下游骑截住，押往项城，表文被搜出。司马越大怒，便命将去攻打苟晞。而苟晞却密遣骑士入京，抓了司马越的党羽尚书刘曾和侍中程延，予以斩首。至此，司马越感觉内见责于皇帝，外受困于苟晞，在朝廷中已经众叛亲离，失去人望。再加上汉兵逼近，内外交困，智穷力竭，无法应对，一气之下便卧床不起，眼见得要向阎王报到去了。临死前，他把太尉王衍叫来，将一切军国大事托付给他后，便两腿一伸，跟随黑白无常走了。

再说王衍，平素只知聚众清谈，讨论玄学，信口雌黄，并无真才实学。只因他出生门第高贵，善于巴结奉迎，且得一班清谈宾朋、文坛“二十四友”等狐朋狗友的帮衬，才一直在朝中身居高位，历任中书令、尚书令、司徒、司空等要职。眼下他官居太尉。司马越这次倾国出师，又特别任命他为军司。然而，此人虽官居太尉，却并不懂统兵之道和用兵之术。特别是他一向在朝中身当重任，却专谋自保，对军国大事并不上心。现在司马越死了，却把千斤重担推给了他，使得他不知如何是好。就在这时，所有的文武将佐都公推他担任统帅。可他知道自己的斤两，根本就不敢接受。他想把统帅大权交给襄阳王司马范，可司马范把脑袋摇得像拨浪鼓，也不敢接受。没奈何，他只好把司马越的尸体装殓入棺后，载于车上，秘不发丧。然后统领大军，保护着丧车，从项城起身，一直向东海走去，想把司马越安葬回他的封地。谁知这一来，却把西晋朝廷最后的一点家当葬送了个精光。

第二十五回　战苦县歼灭晋主力
擒宗室终结八王乱

太傅司马越病死军中，尽管王衍等秘不发丧，但消息却不胫而走，很快就被石勒派出去的侦骑获悉，飞报石勒。

此时，石勒攻克许昌，正与张宾等一班将佐在研究下一步的军事行动方案。得到侦骑回报后，张宾建议石勒，应趁晋军主帅新亡，军心不稳之际，率轻骑奔袭，必获大胜。

石勒欣然赞同，立即点起精骑十万，一律轻装，由他亲自率领，便道前进，飞骑追击。

再说太尉王衍率领大晋朝廷最后的主力部队二十万众，保护着司马越的丧车，一路浩浩荡荡向着东海郡行进。王衍不知用兵，路上未作任何防御部署，就像驱赶羊群一般。这一天刚刚来到苦县宁平城，就被石勒的飞骑追上。一霎时，石勒大军如山崩海啸般杀来，晋廷的二十万大军立时乱作一团。因军中无统帅，号令不行，晋军人人贪生，个个怕死，为了逃命，相互践踏，不等汉军进攻，就已经死伤无数。面对如此局面，王衍、司马范等高官显宦，只是你看我，我看你，不知该如何处置。还好有一位名叫钱端的将军，有一点临战经验，眼看形势危急，指挥自己部众冲上前去迎敌。偏偏迎面遇到石勒，交手不及一合，就被石勒一戟刺中咽喉，挑落马下。余众一见，都吓得魂飘魄散，哪个还敢上前抵抗？只顾狼奔豕突，哭爹喊娘。很快，这支大军就被石勒的铁骑团团包围。

石勒下令，四面攒射，不使一人走脱。立时箭如飞蝗，晋军纷纷倒毙。王衍等高官显宦，看看大势已去，只得围坐在地，闭目等死。

很快，二十万大军死伤殆尽。石勒率铁骑闯了进来，将这些高官显宦就像捆绑猪狗一般捆上绳索。然后打扫战场，传令就地安营。

这一仗，石勒大获全胜，收缴的军械、粮草、物资堆积如山。

石勒回到大营，众将都来道贺。大家都说，这是出师以来最大的一次胜利，一举消灭晋军主力二十万众，大晋王朝的灭亡已是指日可待。此时的石勒神采奕奕，意气风发，进入中军帐坐定后，命将一干晋朝高官押上来，下令给他们松绑、看座。他要好好看看这些平日里威风八面，能够左右乾坤运转的大官巨僚到底是些什么货色。

太尉王衍、襄阳王司马范、任城王司马济、武陵王司马澹、西河王司马喜、梁王司马禧、齐王司马超以及吏部尚书刘望、廷尉诸葛铨、前豫州刺史刘乔、太傅长史庾杲等一班晋室王朝的王公大臣依次坐在石勒为他们安排的座位上。

石勒逐个打量着他们。只见这些人因平时养尊处优，保养得肥头大耳，白净肥硕。再加上华贵的衣着装束，更显得富贵不凡。只是因沦为阶下囚，一个个垂头丧气，萎靡不振。老实说，在此之前，石勒还从未接触过高居朝廷庙堂如此显贵的大官巨僚。他身为汉国平晋王，虽然也是王爷；他的主子刘渊、刘聪尽管也是皇帝，可由于他们出身胡人，平日里并没有养尊处优，所以不论体态相貌，还是衣着装束，均无法与这班高官显宦相比。联想到战场上屡屡与晋军将佐相逢，但那大都是赳赳武夫，也比不上这班高官的肥硕丰腴。石勒看着眼前的这批已经沦为俘虏的晋室高官，心中有一种难以言表的感觉。

“你们中间谁是太尉王衍？”石勒问道。

“在下就是。”王衍从座位上站起，躬身点头。

石勒挥挥手让他坐下。看着眼前这个面皮白皙、身材伟岸的美男子，他的眼前又浮现出十四岁那年行贩洛阳，在上东门长啸的那一幕情景。在他的记忆中，那顶在军士护卫下的高大官轿轿帘掀开，探出头来指挥官兵捉拿他的高官，还是一位面白唇红、乌须黑发的青年。一晃，二十三年过去了。原来的年轻高官，现在已经须发花白，神情苍老。不知他是否还记得，当年那一声长啸使他大惊失色的“胡雏”，就是如今的自己。石勒本想问问王衍，还记得那一声都门长啸吗？但转念一想，觉得并无实际意义。再说，他之所以知道官轿中的高官正是当时的中书令王衍，也是郭敬从别处听来告诉他的。现在与他对质，实在没有意思。眼下他所关心的是另外的问题。

“王太尉，”石勒问，“你身为太尉，位高权重，怎么让大晋王朝动乱腐朽到如此地步？”

王衍点头哈腰支吾道：“我王衍从小就对当官没有多少兴趣。虽然我在朝中有一定的地位，可朝中的一切政权均由亲王掌控。就连这次从军，也是在太傅司马越的安排下不得不来。要说到晋室动乱，实在是天意要大晋灭亡，借将军您的手来执行罢了。将军您正可以顺天应人，利用这场动乱来消灭大晋，建立您自己的国家，登基称帝。眼下可正是时机啊！”

石勒用手抚摩着他那一把浓密的胡须，看了王衍一眼，冷笑说：“你少年得志，入朝做官，迁延至今须发都已经白了，一直身居高位，肩担重任，名声远播四海，这能说你对当官不感兴趣吗？破坏朝纲，使天下陷入动乱的，正是你们这些人！你还抵赖什么？我虽出身胡人，对你们所谓的‘非我族类其心必异’的罪恶论调，还有你们把我们胡人完全看作畜生，不择手段地加以迫害的罪恶行径深恶痛绝，但我却不愿看到天下动乱，生灵涂炭。可你们为了一己私利，不惜向自己的亲人开刀，挑起了一场又一场的腥风血雨，害得天怒人怨，民不聊生，这不是你们的罪责又是什么？”

王衍无话可说，不觉深深低下他那颗一向自以为高贵的头颅。

石勒命人将王衍扶了出去，又问其他被俘的晋室高官：“你们还有什么话要说？”

这些高官纷纷跪地磕头，乞求道：“请将军开恩，饶恕我们性命。”

“请将军一定不要杀我们，我们愿意为将军牵马坠镫。”

“对对对，我们愿意为将军效命。”

看着这些平素高高在上、不可一世的高官显宦，到了此时却变得如此卑微，石勒心中不由对他们产生了深深的厌恶。他原本还想留用这些人，因为他觉得这些人久居朝堂，必然精通典章制度与律令条文，说不定将来自己会用得上。可谁知他们却是如此的没有血性和缺乏气节。于是他对自己的想法产生了动摇。

只有一个人让石勒觉得还多少有点骨气，这个人就是范阳王司马范。在大家纷纷跪求饶命时，独有他正襟危坐，一声不吭。到后来他看到这些人竟然不顾大臣体面，一副奴颜婢膝、摇尾乞怜的丑态后，便忍不住对他们发出了一声断喝：“事情已经落到如此地步，还嚷嚷个什么！”为此，石勒不由对他多看了两眼，点了点头。

石勒命手下把这些晋室官宦押出大帐，回头问身边站着的孔苌：“我自从山东起事以来，南征北战，东挡西杀，足迹走过了半个天下，还从未见过像他们这样显贵的人物。你认为是不是可以让他们活着呢？”

孔苌摇摇头说：“这些人都是大晋王朝的王公大臣，别看他们现在奴颜媚骨，终究不会为我所用。不如将他们全部处死。”

“那范阳王司马范呢？”石勒又问。他对司马范或多或少产生了一些好感。

“作为晋室亲王，我觉得司马范一样留不得。”孔苌回答。

石勒不再发问。他独自沉吟了好半天，最后咬咬牙，说：“你说得也对。不过，不要对他们加以锋刃，给他们留个全尸吧。”说完，便下令把这些王公大臣，押入一所老百姓破败的房屋里关押起来，四面布置重兵守卫。

到了夜半，石勒命令士兵合力将民房墙壁推倒，压入屋内，把这些高官显宦全部压死。只有王衍在临死之前幡然醒悟，对众人说：“就我们的才智能力来说，虽然比不上古时候的那些圣贤，但如果不是崇尚玄虚，清谈误国，而是勠力同心，匡扶朝廷，应该不会落得今天这般下场。”说到这里，屋顶巨石压下，死于非命。

石勒见这些晋室高官已经全部被压入废墟，干脆命令士卒运来乱石泥土，就此筑成一个大坟塚，让这些生前同朝为官的巨宦，死后也同穴为鬼。但不知怎么，他心中五味杂陈，无论如何也高兴不起来。

石勒准备回去了。然而，他一转身就看到在空旷的场地上，还停放着一口巨大的棺椁。他当然知道，这棺椁内装着晋太傅司马越的尸体。石勒不由得怒气上升。就是这个居心叵测的家伙，与他前面的七个王，为了自己的一点私利，相互争夺，掀起了“八王之乱”的腥风血雨，把天下搞得乌烟瘴气，混乱不堪，使得民不聊生，生灵涂炭。十六年来，前面的七个王均不得善终。只有这个司马越，虽说是死在军中，却也算是寿终正寝，未被诛戮。不能便宜了这小子！于是他命令士卒把司马越的棺椁劈开，拖出里面的尸体，架起大火，焚烧成灰，让士兵们拿了，随处扬撒。石勒当众宣布：“把天下搞乱的就是这个家伙！我现在为天下人泄愤，所以将他焚骨扬灰，以告天地。”

再说司马越死于军中的消息传回洛阳，何伦与李恽大为惊恐。他们平时像对待囚犯一样对待皇帝与众公卿，凭仗的就是司马越这个靠山。现在靠山倒了，他们自然也就失势了。他们深知，从皇帝到臣僚，人人都对他们充满了怨恨，随时都想剥他们的皮，吃他们的肉，他们不能继续留在京都。同时，他们也很清楚，司马越出师时，把京城内有战斗力的兵员已经全部带走，现在的京都实际上是一座空城。如果汉兵杀来，仅凭自己手下的这点人马，无论如何都难以应付。不如趁敌兵未到，先期离开这块是非之地，去和王衍统领的主力大军汇合，同回东海。于是，他们便带着自己的家眷，拥护着司马越的王妃裴氏和世子司马毗，撤离京城，一路向东走来。

何伦与李恽的这一举动，立即引起了整个京师的恐慌。京城内的人们都以为敌兵已经杀到，京师即将沦陷，好多人都跟着他们仓皇出逃。更有留居在京的大晋宗室四十八位亲王，也手忙脚乱地带着家眷，跟着他们一起逃离京师。京都洛阳一时之间变得空空荡荡。朝廷内只留下皇帝司马炽与一些太监、宫人和身边可怜巴巴的几个大臣。

面对如此凄凉境地，皇帝司马炽认为，这都是太傅司马越的罪过。于是一怒之下，下诏追贬司马越为县王。同时，他纵观眼下整个大晋王朝，只有苟晞还有一点实力，且忠于朝廷，便下诏授苟晞为大将军、大都督，督领青、徐、兖、豫、荆、扬六州军事。特别是，因司马越已死，作为皇帝的自己总算可以做回主了，便亲自主持，重新调整朝廷班子。进太子太傅傅祗为司徒，尚书令荀藩为司空；进幽州都督王浚为大司马，都督幽、冀诸军事；进南阳王司马模为太尉；进凉州刺史张轨为车骑大将军；进琅琊王司马睿为镇东大将军，兼督扬、江、湖、广、交五州诸军事；等等。然而，这些新晋升的朝廷重臣，如苟晞、王浚、司马模、张轨、司马睿等，凡是拥有军事力量的，都不在京师，而在他们各自的镇所。现在京师空虚，随时都面临着被敌人攻陷的危险。所以在向他们传达朝廷任命的同时，更向他们颁诏，命令他们立即率兵回京勤王。可是虽然任命下达，诏书颁发，之后又一再下诏催促，却始终不见有一兵一卒回京。原因是眼下的两河南北到处都是胡人铁骑在纵横驰骋，各镇将领自顾尚且不暇，哪里还能率众入卫京师！所以，尽管皇帝司马炽焦急得如热锅上的蚂蚁，也只能徒叹奈何。

回头再说何伦和李恽，他们保护着裴妃与世子司马毗以及自己的家眷出京东行。在他们的后面紧跟着大晋的宗室亲王及其家眷。再后面便是跟随他们一起逃难的京城百姓。一路上车水马龙，浩浩荡荡，但却并无实际战斗力。好容易行至洧仓，恰恰与石勒的西进大军迎头撞上。石勒大军发一声喊，就像山崩海啸般冲杀过来。眼见得是羊入虎口，没了希望。李恽咬咬牙，狠心拔出佩刀，把自己的妻子儿女杀死，只剩下孤身一人，仓皇逃往广宗。何伦见势不妙，也丢下裴妃母子不顾，驱马逃往下邳。晋室四十八位亲王及司马毗等朝廷贵胄，统统做了俘虏。只有司马越的王妃裴氏，因为年纪老迈，无人注意，在混乱中趁机走脱。后来又遭土匪劫掠，被卖为佣，直至司马睿在江东建立了东晋朝廷，才辗转渡过长江，投靠了司马睿，侥幸逃得性命。

至此，大晋王朝历时十六年的“八王之乱”终于结束了。但大晋王朝的元气却因此丧尽，再无振兴之日。

第二十六回　回眸八王之乱　再看祸起萧墙

西晋王朝的“八王之乱”宣告结束了，但它留给历史上的话题却是异常沉重的。由这场动乱引发的“五胡乱华”，已成为我们永远难以磨灭的惨痛记忆。当年，晋武帝司马炎出于维护皇室统治地位的目的，大封宗室子弟为王，使他们个个握有军政实权，谁知弄巧成拙，反为西晋王朝的垮塌埋下了深深的隐患。现在我们返回头来，将“八王之乱”重新梳理一遍，看看在这次旷日持久的特大动乱中，所参与的元凶们都干了些什么，以及他们各自的最后下场。

在这场动乱中第一个登场的应该是楚王司马玮。当年，悍后贾南风为了干预朝政，蓄意剪除主持国政的太傅杨骏，废掉太后杨芷。她指使心腹李肇赶赴许昌，唆使遭受杨骏排挤的汝南王司马亮清君侧。然而，司马亮胆小怕事，不敢答应。于是李肇转道去找楚王司马玮。司马玮年轻气盛又凶残暴戾，不顾后果，毅然答应。晋永平元年（291）春，司马玮与淮南王司马允联袂入朝。悍后贾南风得知后当即发难。她唆使心腹孟观、李肇夜启惠帝，诬陷杨骏谋反，请求发兵讨伐。惠帝司马衷在贾南风的蛊惑撺掇下，传旨东安公司马繇带兵包围杨骏府第，司马玮带兵驻屯司马门。杨太后闻变，为救父亲，写下帛书“救太傅者有赏”用箭射出城外，被贾南风手下拾到。贾南风借此诬陷太后与杨骏共同谋反。随后，杨骏被杀死在马厩中，杨太后被废，囚禁在金墉城中绝粒饿死。除去太后和杨骏后，朝廷征召汝南王司马亮入朝辅政。司马亮执掌政权，又成为贾南风干预政事的巨大障碍。于是悍后便借有人诬陷司马亮有废立意，胁迫皇帝司马衷传密诏给司马玮，命其带兵削夺司马亮官爵。司马玮受命后，为泄私愤，进揽朝纲大权，发兵包围了司马亮府第，将司马亮抓获后乱刀分尸。杀了司马亮后，贾南风采用太子少傅张华之策，诬陷司马玮“矫诏擅杀朝廷重臣”，将司马玮开刀问斩。司马玮甘心为虎作伥，最后反为虎噬，所以，他应该是西晋“八王之乱”中的第一个元凶。

再说汝南王司马亮。他原本胆小怕事，无所担当，可是自从入朝辅政后，却渐渐变得骄奢自专起来。本来，在除掉杨骏之后，以贾后家族为代表的外戚势力与以他为代表的宗室势力已经形成对立，势同水火，可他却对潜在的危险视而不见，而是听信谗言，免去东安公司马繇的官爵，并将东平王司马楙排挤出朝纲，致使宗室势力大为削弱，外戚势力权焰日盛。这还不算，他又因楚王司马玮桀骜不驯，刚愎好杀，难以驾驭而决定削去其兵权。司马玮自恃有功，当然不会俯首听命！于是索性投靠悍后贾南风，被贾南风授予太子少傅之职，拿他作为向宗室势力开刀的利器。其后，贾南风便借有人诬陷司马亮欲行废立，指使司马玮将其诛杀。司马亮才庸器小，本来不堪大用，然而本人却无自知之明，反而自专自用，自以为是，最终成为“八王之乱”中第一个丢了性命的王。

“八王之乱”中第三个登场的是赵王司马伦。司马伦其人虽然阴险诡诈，野心勃勃，但却头脑简单，遇事无主见，全靠心腹手下孙秀为他捉刀。元康六年（296）匈奴部落郝元度在北地起兵作乱，他被任命为征西大将军率部平乱。可他根本不懂军事，不仅平乱无功，反激得羌胡蜂起。后来朝廷将他召还回京，他又听孙秀之言，投靠了悍后贾南风，成为悍后心腹。贾南风设计废掉太子司马遹后，右卫督司马雅为救太子，通过孙秀说动司马伦废掉贾后，迎还太子。司马伦于是毅然背叛贾后，欲行起事。后来又听孙秀诡计，将起事日期推延，专门留待贾南风将太子毒杀后，这才联络齐王司马冏、梁王司马彤假传诏书，杀死贾谧，将悍后贾南风拘禁后毒死。除去贾南风后，司马伦册立司马臧为皇太孙，自任太孙太傅。此时，他又决定削夺当初与楚王司马玮联袂入朝的淮南王司马允的兵权。司马允识破其用心，悍然发兵反抗。不幸的是司马允并未成功，兵败被杀。杀了司马允后，又经过清除异己的大杀戮，司马伦和孙秀自认为时机成熟，突然野心暴涨，逼迫皇帝交出玺绶，将皇帝囚禁，废掉由他亲自册立的皇太孙，自己登基做了皇帝。司马伦的倒行逆施，立即招致宗室诸王的强烈反对。齐王司马冏联络成都王司马颖、河间王司马颙等发兵讨伐，经过颍上、黄桥、溴水等诸场血战，司马伦、孙秀军队最终被打败，孙秀被杀，司马伦被囚禁。后来皇帝复辟，下诏用金屑酒将其处死。

“八王之乱”中第四个登场的是齐王司马冏。平定司马伦之乱后，朝廷论功行赏，授齐王司马冏为大司马，加九锡殊礼，留朝辅政。然而，执掌了朝政大权的司马冏却耽务纵欲。他给自己建造的府第堪比西宫，又凿通千秋门墙得达西阁，后房遍设钟悬，前厅屡舞八佾，沉湎酒色，常不入朝。为了久专国政，他把自己的儿子全部封王，亲信将佐均委以重任。因此时皇孙都已死亡，以亲疏而论，应立成都王司马颖为皇太弟，可他担心成都王对自己不利，于是选择了皇帝司马衷八岁的侄子清河王司马覃为太子，自己担任了太子太师。为了加强自己的势力，他拜东海王司马越为侍中，随后又进位司空，领中书监，让司马越参与处理政事。同时诏复常山王司马乂为长沙王。他自作威福，不入朝觐见皇帝，只是坐在家中接受百官朝拜，用符节向三台发布命令。他选官不公，任用小人。他的这种行径引起了有识之士的担忧，便有人劝他功成身退，主簿王豹更劝他谢政归藩。他非但不接受，反听信长沙王司马乂的蛊惑，将王豹推出东市，用鞭打死。这还不算，因为河间王司马颙以前曾经依附过赵王司马伦，所以他一直对司马颙耿耿于怀，并刻意提防。他的所作所为使得司马颙回镇关中时留在京都的亲信长史李含非常恐惧，李含便只身匹马跑回关中，假传皇帝密诏，命司马颙起兵讨伐司马冏。司马颙贪功心切，便采用李含之计，发出檄文，企图蛊惑势力远不如司马冏的长沙王司马乂去讨伐司马冏，以期长沙王被司马冏杀掉后“名正言顺”地讨伐司马冏，将其剪除。同时，他一面上表弹劾司马冏，一面整顿军队，邀结成都王司马颖、新野王司马歆以及范阳王司马虓一同起兵。面对司马颙的强大攻势，司马冏虽然惊慌，却又不愿让权退位。他只是担心长沙王司马乂成为司马颙的内应。于是急派心腹将军董艾领兵去袭击长沙王。却不料长沙王已经走了先着，带兵驰入皇宫，关闭宫门，挟持皇帝，号召卫士出攻大司马府。这时，董艾纵火烧了千秋、神武诸门，引起城内大乱。司马冏乘机宣称司马乂矫诏为乱，率众进攻。司马乂却拥皇帝到上东门御楼传旨，说是司马冏聚众谋反。而粗暴鲁莽的董艾不顾利害，望见天子麾盖，竟然下令仰射，致使矢集御前，侍驾诸臣多被射伤。京都内各路军队见状，认定司马冏谋反是实，一起率兵进攻司马冏。最终，司马冏战败被杀，董艾被夷灭三族。

“八王之乱”中第五个登场的是长沙王司马乂。诛杀司马冏后，司马乂被进位为太尉，都督中外诸军事，留朝辅政。这让河间王司马颙的亲信长史李含大为失望。这李含上蹿下跳费尽心机，原以为让长沙王去讨伐司马冏，司马乂不是司马冏的对手，一定会被司马冏所杀。到时候再以此为口实，发兵诛除司马冏，同时废掉皇帝，迎立成都王司马颖，由河间王司马颙为相，自己也好辅助司马颙参与政事。哪知事与愿违，反助司马乂灭了司马冏，使得政权落入司马乂之手。他心中不服，便设法挑唆司马颙剪除司马乂。司马颙本来就专横跋扈，怀有不臣之心，受李含挑唆，更是日夕思逞。于是他与成都王司马颖遥相勾结欲谋夺取政权。与此同时，他密令已经升任河南尹的李含，联合侍中冯荪、中书令卞粹共谋诛杀司马乂。可是司马乂未被杀掉，反而李含、冯荪、卞粹被司马乂杀掉了。司马颙勃然大怒，立即派手下悍将张方，率精兵七万进攻京师，同时约会司马颖一同起兵。经过几场血战，司马颙、司马颖两镇军队损失惨重，司马乂胜利在望。偏偏这时候朝中跳出个东海王司马越。司马越嫉妒司马乂成功，诓骗殿中将士，说是外敌势大，城破在即，带领他们趁司马乂不备，暗下黑手，将司马乂抓获，逼迫皇帝下诏免了司马乂官爵，禁锢在金墉城中。然后打开城门，放司马颙、司马颖军队进城。而这时，殿中将士方发现所谓的两镇军队已经被消灭得七零八落，所剩无几。他们发觉上了司马越的当，大为悔恨，就想救出司马乂来对付外敌和司马越。司马越觉察到情况不妙，非常害怕。他知道司马乂一向和将士们同甘共苦，在军中威望很高，就想杀掉司马乂以绝后患。可是又担心杀司马乂会背负恶名。于是便派人密告张方，让张方动手。张方本就是个杀人不眨眼的恶魔，这次进攻又屡屡受挫，军队损失惨重，早对司马乂恨入骨髓。于是将司马乂押回军营，剥去衣服，绑在柱上，四面架起炭火，将司马乂慢慢炙烤，直至焙得乌焦巴弓，方才死去。纵观作乱晋廷的八王之中，相比之下，长沙王还算贤良，可他的下场却最为凄惨。

“八王之乱”中第六个登场的是成都王司马颖。本来，在当年诛除篡国逆贼司马伦后，司马颖接受卢志建议，有功不居，让权归藩，并办了一系列的善事，赢得了朝野的一片赞誉。然而这一切他都是在作秀，他们家族中一脉相承的为追求权位反面无情的本性是难以更改的。这一次，他毅然接受河间王的邀约，不顾卢志的良言相劝，更不顾司马乂是他的亲弟弟，并一向对他敬重有加的情谊，一把撕去伪装，亲率大军向京师杀来，要将亲弟弟置于死地。特别令人齿冷的是，在恶魔张方残忍折磨司马乂时，他竟能听任嫡亲弟弟在炭火的炙烤下惨呼哀号而毫不动心！攻克京师后，他在司马颙的举荐下被册立为皇太弟，都督中外诸军事兼丞相。可是，他却不愿意留朝辅政，只是在诛除了异己后，自己给自己增加了二十个郡的领地，然后任命东海王司马越为尚书令，让司马越留朝辅政，他自己返回邺城，在邺城遥控指挥，胁迫皇帝废掉羊皇后。他不仅自己骄横傲慢，恣意跋扈，还放纵手下一帮宵小欺男霸女，横行不法，坏事干尽。然而，人心叵测，原本与他表里为奸的东海王司马越，为了独掌朝政，毅然翻脸，挟皇帝御驾亲征，一路气势汹汹杀奔邺城前来讨伐。荡阴一战，他侥幸取胜，司马越被他杀败逃走，他把皇帝挟持在手，从此更加为所欲为。他胁迫皇帝召见司马越和王浚，欲图挟私报复。可是事与愿违，反招来并州、幽州两镇联军大举进攻邺城。为救败亡，他让刘渊搬取五部匈奴前来救邺，结果放虎归山，反让刘渊公然亮出了反晋的大旗，拉开了“五胡乱华”的沉重大幕。情急之下，他挟帝南奔，又将皇帝送入河间王司马颙之手，被司马颙挟往长安。从此他丧权失势，皇太弟身份被废，成为丧家之犬。好容易脱离司马颙控制，出镇洛阳，又遭受司马越大军的打击。他被迫弃城出逃，辗转中北渡黄河，欲投部将公师藩，路上被顿丘太守冯嵩抓获，押送邺城，被范阳王司马虓囚禁。司马虓死后，他被长史刘舆矫诏杀害。

“八王之乱”中第七个丢了性命的是河间王司马颙。按说，早在剪除篡国逆贼赵王司马伦时，他就与成都王司马颖结成了同盟。后来在讨伐齐王司马冏和长沙王司马乂等诸场内乱中，二人一直在互相勾结，遥相策应，共进共退。特别是炙杀长沙王司马乂后，他向朝廷上表，称“成都王有大功于朝廷”，亲自举荐司马颖当上了皇太弟。然而，当他一旦将皇帝挟持在手，掌控朝政后，便立即翻脸，将失势的司马颖皇太弟身份废掉，一脚踢开，自己独揽大权。后来公师藩起兵河北，而东海王司马越联合范阳王司马虓又西向前来讨伐他时，他迫于形势，又不得不重新起用司马颖。然而，司马颖对他积怨已深，自然不为所用。再后来，他面对司马越的强大攻势，无计可施，为了与司马越议和，竟然自断臂膀，斩了部下悍将张方，献首司马越，欲将一切罪责归咎张方。哪知司马越收了张方首级后突然翻脸，拒绝和议，并发兵向他进攻。他抵敌不住，丢弃长安，单骑逃往太白山中，皇帝也被司马越接回洛阳。司马越大军撤退后，部下袭夺长安城，将他接回。至此，他所能控制的，仅剩长安一座孤城。尽管如此，司马越依然不放过他。为了除掉他，司马越假借顾念手足之情，征召他为司徒回京辅政，而暗中指使弟弟平昌公司马模安排亲信将士，扮作强人，将其拦路截杀。

“八王之乱”中最后一个登场的是东海王司马越。这家伙在西晋诸王中最为阴险歹毒。他不仅背后下黑手抓获了长沙王司马乂，并交由恶魔张方用人间最为残忍的手段害死，还翻脸无情发兵讨伐提拔重用他的恩公司马颖。而在进攻失败的危急关头，他竟能把由他挟持“御驾亲征”的皇帝扔下不管，只顾自己逃命。更为可恶的是，在攻下长安，接皇帝返回洛阳掌控政权后，却不愿再为这个倒霉的木偶皇帝捉刀了，他要另立新君。于是再下黑手，将皇帝司马衷毒死，立司马炽为帝，由他辅政。然后他假意顾念亲情，召司马颙回京，却暗中安排杀手在半路将其截杀。他看不起皇帝司马衷的庸碌无能，却又不能容忍新皇帝的有所振作。他一直把自己凌驾于皇帝之上，像对待囚徒一样管控着皇帝，不允许皇帝有丝毫的权力。他还不能容忍皇帝身边有皇帝信得过的人存在，一旦发现就大开杀戒。他嚣张跋扈，不可一世，专把同宗血亲当作寇仇，刻意防范，多方加害，却对外部敌对势力放任不管。当放纵的胡骑如决堤洪水般汹涌而来，晋室王朝面临灭顶之灾时，他居然不管京城安危，皇帝死活，社稷存亡，借口出兵讨贼，把京城中所有名将劲卒以及有点见识的大臣佐吏一股脑儿编入军伍，连同代表朝廷的“行台”全部带走，用于保卫自己。他极端自私，无半点公心，不懂政治，不知军事，无智无算，只知道专横跋扈，只闹得众叛亲离，敌兵压头，国势再也无法收拾之时，这才两腿一伸撒手人寰。可恨的是，这样罪大恶极的祸国奸雄，居然至死都没能受到惩处！这就难怪石勒要将其焚骨扬灰了。

纵观晋室八王，人人为逞私欲，个个翻脸无情，以致祸起萧墙，骨肉相残，搞得天怒人怨，腥风血雨，山河破碎，民不聊生。而到最后个个身败名裂，下场凄惨，直落得臭名昭著，千秋诟骂，纵死不得超生！

“八王之乱”终于结束了。但随着“八王之乱”的终结，整个大晋王朝的大厦也将面临全面坍塌。

第二十七回　陷洛阳晋帝被俘
破阳夏王赞遭擒

“石勒”，按照羯胡语的语义，它包含着“战乱终结者”之意。为时长达十六年的西晋“八王之乱”，也终于在石勒“以战争消灭战争”手段的一连串打击下得到了终结。所以，石勒是名副其实的“八王之乱”终结者。

在消灭了西晋朝廷的最后主力之后，通往京都洛阳的大门已经完全洞开。于是石勒率精骑三万，挥军西进，入成皋关。然后从成皋关发兵，径取洛阳。

此时的京师洛阳，已经陷入内无粮草、外无救兵的危险境地。原来仅存的一点兵力，也被何伦、李恽带走，城防守卫已经名实俱亡。皇帝司马炽焦虑万分，惶惶不可终日。就在这时，被他新近晋升的大将军大都督苟晞，派遣从事中郎刘会，押运数十船谷米和宿卫士卒五百人来到洛阳。同时，苟晞给皇帝上了一道奏表，请求皇帝离开危城，迁都仓垣。

读了苟晞的奏表，皇帝司马炽一时委决不下，便将目前尚且留在京师的公卿臣僚招来，共同研究是否迁都。可是，自从司马越把京师中的名将劲卒以及朝臣中有点见识的人全部编入军伍带走后，留在京师为数不多的臣僚，都是一些无智无能的糊涂虫。靠他们能做出什么决定！加之身边的一些宦官、侍卫，见苟晞给他们运来了谷米千斛，眼下又能揭开锅吃几顿饱饭，也不愿离开京师这个安乐窝去远走他乡。这些人都是鼠目寸光，他们哪里知道京师即将面临的险恶形势！因此，关于迁都之事，一连几天都定夺不下来。

然而，尽管苟晞送来了谷米千斛，尽管京师中已经有一大批人跟随何伦、李恽离京出走，但京师毕竟是京师，眼下留在洛阳城中的百姓士卒、官僚家属、皇室宦官侍卫以及宫人等，总人数尚不下数万。区区千斛谷米，能够维持几日？果然，不数日谷米食尽，整个京都洛阳陷入空前的饥困之中。以至于人们为了争夺食物，相互残杀，死尸遍地；盗贼蜂起，随处劫掠。最后竟然发展到活人吃死人，强壮之人杀食柔弱之人的惨烈地步。

皇帝司马炽再也待不下去了。他再次召集臣僚，不再和他们商讨，便宣布自己的决定：即日起身，迁都仓垣。可是，就在启程时，不但跟随他的侍从寥寥无几，就连乘坐的车子也没有。没奈何，只得派遣司徒何祇到河阴去整治舟船。他自己带着朝臣、侍从总共几十个人，步行出了西掖门，到河阴去登船出行。哪知他们刚刚来到铜驼街上，就看见前面有一群强盗在打劫行人。皇帝知道，这群强盗原本也是京师百姓，只是饿急了，便铤而走险，不惜杀人越货。在这种时候，他们哪里还管什么皇帝大臣！走过去也是白白送命。眼见得此路不通，只好返回宫中。此时的皇帝不禁心中酸楚，昔日花团锦簇的京都洛阳城，如今却沦为人间地狱，究竟是何人之罪？

还好，度支校尉魏浚率领着一些兵士，在河阴硖石一带抢劫到一些谷麦献进宫来。这时皇帝已经饿得前心贴后背，也顾不得这些谷麦来路正与不正，就将这些谷麦交予宫人，让他们赶紧治膳充饥。并为了表彰魏浚雪中送炭，进封魏浚为扬威将军，让他仍领度支，设法再去筹集粮食，供应朝廷。

再说石勒的大军还在进军途中，而汉国的另一支人马在大将军呼延晏的率领下，已经攻到了洛阳。尽管当时呼延晏统领的部众只有二万七千余人，但洛阳城已经没有兵力守卫，他很容易就攻入都门，在京城之中杀人放火，大肆劫掠一番。不过，此时他还不知道大晋王朝的最后主力已经被石勒消灭殆尽。他入都后，仍然担心大晋王朝的军队会从什么地方突然杀出，打他个措手不及。所以他不敢进攻内城，只在外城骚扰一番，就率部撤出。

呼延晏的汉军这一骚扰，使得皇帝大为惊恐。在汉军暂退之后，急令司空荀藩和他的弟弟荀组再赴洛水去整治舟船，准备离京东去。荀藩、荀组两兄弟来到渡口，东拼西凑，好容易才弄到船只数十条，哪知汉军又复杀来，把他们筹集到的船只一把火烧了个精光。荀藩、荀组侥幸逃得了性命，觉得回去难以交差，不得已逃往轩辕去了。

原来，烧毁朝廷船舶的，依然是呼延晏的部众。呼延晏从京师撤出后不久，王弥和刘曜统领的两支人马相继杀到。呼延晏见有了强大后援，立时胆壮，便率部再来攻打京都。途经洛水，见河中备有舟船，料定是大晋皇帝想从这里乘船出逃，便命令士卒将船只烧毁，以断绝皇帝的出逃之路。然后与王弥合兵一处，向宣阳门进攻。此时京城已经残破，哪里还有人守御！汉军一攻即入。本来守卫内城的朝廷卫士，见状纷纷逃窜，根本无人抵抗。呼延晏、王弥率众直入南宫，登太极殿纵兵大肆抢掠，所有宫中妇女与府库珍宝，被劫夺一空。

事情到了这般地步，皇帝司马炽再也不能不走。他急忙带着太子司马诠与吴王司马晏、竟陵王司马楙等亲人，仓皇逃出华林园门，想西奔长安去投南阳王司马模。正走之间，偏偏迎头撞上刘曜率部从西明门杀了进来。皇帝逃无可逃，立即被刘曜部下拿住。可怜一代帝王，至此做了俘虏。

刘曜拿了皇帝，心中大喜。命手下将其押往端门拘禁。同时命令部下在京城展开大搜捕，抓获了大晋王公以下百余人，全部杀戮。太子司马诠、吴王司马晏、竟陵王司马楙等皇帝亲贵也一同被杀。只留下侍中庾珉和王俊，让他们陪侍晋帝司马炽。此时，整个京师洛阳城，汉兵汹汹杀掠，晋廷官属百姓死亡达三万多人。刘曜命令士卒，将死尸迁送到洛水之北，堆积在一起，筑成高大圆丘，号为“京观”。刘曜又命令部下搜寻京城财物，然而，京城在屡遭洗劫之后，现在所剩财物实在寥寥无几。刘曜不死心，就命令部下挖掘大晋王朝历代帝王陵墓，并放火焚烧大晋宫廷宗庙。最后，他把全部抓获的皇宫后妃分赏诸将，自己单单挑了个羊皇后，强娶过来，纳为自己的妃妾。可怜羊皇后数度起落，最终沦为刘曜的玩物。

至此，西晋王朝实际上已经灭亡。以后所建的各个“行台”只不过是残灰余烬而已。

攻占京师洛阳后，王弥主动来找刘曜献议。他说：“洛阳为天下中州，四面有山河环围，城池、宫室都很完备，用不着重新营建。殿下应该向咱们的主上报送表文，建议他把都城从平阳迁到洛阳来。这样，就可坐镇中原，控制整个华夏。”

按说，王弥的这一献议很有道理。哪知此时的刘曜却对他窝着一肚子的火，哪里还听他的献议！原来，攻陷洛阳后，王弥先他入的城。刘曜在城内没能搜刮到足够的财物，便怀疑京师财帛都被王弥掠去了。现在他来献议，正好对他发泄，便愤然说道：“你懂得什么？洛阳城四面受敌，难以固守。再说，城里的珍宝财物都已经被你抢了个一干二净，只剩下一座空城，还有什么用？”

王弥见话不投机，自己的热脸贴了个冷屁股，也不由得怒从心起。他将袍袖一拂，扭头就走，边走边骂：“好你个屠格子，我好心献议，你竟如此辱我。你不让迁都到此，莫非想自己在这里做皇帝不成！”一气之下，率领本部人马离开洛阳，驻屯到项关去了。从此，他与刘曜反目。

王弥走了，刘曜也不愿留在洛阳。他派遣呼延晏押着晋帝司马炽以及庾珉、王俊回平阳向汉帝报捷。然后下令将大晋王朝的宫室殿宇放火烧毁，带着羊皇后，率领大军北上，去进攻蒲阪去了。

再说石勒率部赶赴洛阳时，洛阳城已经被刘曜、王弥攻克，刘曜派遣将士押送皇帝司马炽回平阳报捷请功。石勒部下将士都不服气，他们说："在整个灭晋战争中，我们消灭了大晋王朝的最后主力二十万，才使得京师空虚。他们不费一兵一卒，白白捡了个便宜。现在却由他们回去报功请赏，那我们的功劳该怎么计算？"

石勒说："算了算了。我们受汉皇差遣，消灭腐晋，功劳有目共睹，何必要计较哪个回去报功请赏呢？现在虽说是大晋朝廷垮了，但是大晋的残余势力还很强大，随时都有死灰复燃的可能。我们应该把眼光放远一点，同心协力去继续战斗。等彻底消灭了大晋的残余势力，让大汉国归于一统，天下太平，这才是我们所追求的目标啊！"

说服了将士们后，石勒看看昔日富丽堂皇的京都洛阳已经变成了一片废墟，他心中感慨万千。于是率部出辕关，回屯许昌，准备去攻打盘踞在仓垣的荀晞军事势力。

随着洛阳的沦陷，西晋朝廷的大厦虽说暂时塌垮了，但还有三股势力仍在做他们的复辟梦。第一股是年仅十二岁的秦王司马邺，在洛阳陷落时侥幸逃脱，向南跑到密县，遇到了他的外公荀藩。荀藩知道京师沦陷，皇帝被俘，便尊他为主。后来历经辗转，随雍州刺史贾疋等人西行入关，在长安建立行台。再后来，当皇帝司马炽在平阳遭汉国皇帝刘聪杀害后，便在长安即位称帝，史称晋愍帝。当然这是后话，容后再说。

第二股是琅琊王司马睿。当年在幽并联军进攻邺城时，他从邺城微服逃出，还归封国。司马越发兵向西进攻长安时，命他率部屯守下邳，接济军需。他因十分器重王导，就请求将王导留下做司马，从此身边有了强辅。后来他被朝廷任命为安东将军，都督扬州诸军事，镇守建业。这时，全国各地一片混乱，唯有他镇守的江东一隅尚无战事，独得偏安。江北豪门大族为避乱纷纷南迁至此。他在王导的辅助下，依靠这些大族，联合江东豪门顾容、贺循等，招贤纳士，成为大晋残余势力中最为强大的一支。再后来，刘曜攻破长安，擒获晋愍帝司马邺，押回平阳，被刘聪杀害，他便在建业登基称帝，建立了东晋政权，史称晋元帝。只是传闻，他系小吏牛金与其母夏姬私通所生。故有玄石图记“牛继马后”的逸闻。这也是后话。

第三股是太子司马佺的弟弟司马端。在京师沦陷时，他化装混入逃难的百姓中，潜出洛阳，向东跑到仓垣，投奔大将军苟晞。苟晞得知京城沦陷，皇帝被俘，便尊司马端为皇太子，迁徙蒙城，建立行台。苟晞自领太子太傅，都督中外诸军事。

在大晋王朝这三股残存势力中，对石勒来说，苟晞这股势力首当其冲。所以，石勒决定先灭苟晞，然后再图司马睿。

再说苟晞，他本来出身微贱，又刻薄寡恩，治军特别严酷。平时他只知道杀人立威，对下从不体恤。在政治上既缺乏远见，又无经验，实在说不上是一位成熟的政治家。这次他尊奉司马端为皇太子，掌控行台，一下子平步青云，成为独揽大权的辅政大臣，便感到志得意满，免不得趾高气扬，目中无人。他一意孤行，颐指气使，见哪个僚佐稍不顺眼，便大加责罚。轻者被打个半死，重者则被砍去头颅。再加上他的一班私党横行不法，强征暴敛，荼毒百姓，致使将士离心，民怨沸腾。

辽西太守闫亨对苟晞的苛虐残暴很是担心，便极力上书，要他加以注意。哪知苟晞览书后却勃然大怒，说：“一个小小的太守，吃了熊心豹胆，竟敢对我说三道四，简直反了！”于是便设计把闫亨诱骗回蒙城，诬以诽谤朝政的罪名，砍去了脑袋。

从事中郎明预，本来有病在家，听说辽西太守闫亨因进献忠言而被斩首，十分震惊。他挣扎着从床上爬起，让家人用车拉着，来见苟晞，说：“现在大晋朝已经危乱到了如此地步，皇帝都被人俘虏了，天下生灵正在遭受涂炭。明公你身负恢复宗庙社稷的重任，应考虑为国家拨乱反正，除暴安民。闫亨一片忠心，本为善士，你怎么反而把他杀了？我实在不知道你是什么想法，只好拖着重病的身子来向你请教。”

苟晞怒叱道：“我杀闫亨干你啥事，竟然抱病体前来骂我？你是不是也活得不耐烦了！”

明预没有被苟晞的威势吓到，他从容言道：“明公曾经以礼待我，我也应以礼回报。现在你对我发怒，这并不可怕。我怕的是天下人对你发怒。从前尧、舜之所以兴隆，就在于能虚心接受别人的意见，上下和合，同心同德；桀、纣之所以败亡，就因为他们总是以为自己正确，设法掩盖自己的错误，而把失误的原因归罪于别人。贵为天子的人尚且如此，何况做臣子的人呢？我希望明公暂时把你的威风收起一些，冷静考虑一下我所说的话。”

明预的话让苟晞无言以对。他本想把明预杀掉，可一时也找不出个杀他的理由来，嘀咕半天，只得稍作收敛，对他敷衍几句，打发他回家了事。而对明预说的话，苟晞想都未想，照样我行我素。

苟晞的苛虐政策，最终导致恶果产生，先是部下好些将军率部叛离，引发军心动荡。紧接着，蒙城一带瘟疫流行，天灾叠降，人民九死一生。而对面临的危险局面，苟晞却并不关心。他只是担心汉军来袭，所以特地委派得力悍将王赞率部戍守阳夏。他自己在家中蓄养着美妾数十，奴婢千人，整日足不出户，在美女群中厮混。

对于苟晞的行径，石勒早已派人侦察清楚。在每次采取军事行动之前，石勒都要力求做到知己知彼，这已经成为他的一贯作风。现在他感到，攻取蒙城的时机已到，于是召开军事会议，研究攻打蒙城的具体方略。

要取蒙城，首先必须攻取阳夏。而阳夏的守将王赞却不好对付。此人身经百战，骁勇异常。加之阳夏城池坚固，如果硬攻，不但费时费力，损失惨重，还会惊动苟晞。苟晞将会在发兵救援阳夏的同时，加强蒙城的防御。所以，张宾主张智取，把王赞诱出城来，将其消灭。只是要选一位能够把王赞诱出城来的将军，却是颇费周折。一是这位将军的身份地位要使王赞觉得值得出城一战；二是要让王赞认为战胜这位将军有一定的把握。只有这样，王赞才可能开城出战。否则，具有相当临战经验的王赞是不会轻易上当的。

到底派谁去比较合适呢？石勒与张宾扫视着帐下众将，一时委决不下。

就在这时，帐后转出一位女将军，朗声言道：“末将愿去诱敌。”

大家闻声一看，原来是嫂夫人刘英姑。只见她绢帕包头，一身紧身软靠，显得英姿飒爽。

石勒见英姑进帐请战，很不以为然。他正要斥责，不料张宾却拊掌大笑道：“好好好，有嫂夫人出面，吾计成也。”他看了一眼石勒，便把英姑叫了过来，如此这般地向她作了一番交代，然后分派众将，做了精心布置。

那么，英姑为什么会出现在军中呢？原来这次石勒奉汉国新皇帝刘聪的命令，率部出征时，因程姑娘有了身孕，不能随军。刘英姑便说服石勒，要求随军。这一来是英姑自恃有一身武功，不甘寂寞，也想上阵立功；二来她女人家心性，不希望石勒再给她弄一个什么马姑娘、罗姑娘为侧妃回来。所以，她就把程姑娘和自己的儿子石兴留质平阳，自己跟随石勒出征了。当然，石勒深知妻子武功了得，也愿意身边有人照顾，所以就把她带在了身边。哪知她竟然要亲临战阵！一开始他有点担心，但听了张宾的一番布置后，也就放心了。

翌日，刘英姑结束齐整，率一支人马来到阳夏城下。她见城门紧闭，吊桥高悬，便对着城头上的守军高呼道：“那守军听着，告诉你家将军王赞，就说石勒的夫人刘英姑请他前来受死！”

守城军士急忙禀报王赞。王赞一听是石勒夫人前来挑战，感到十分好奇。他知道石勒这家伙勇猛彪悍，不好对付，却不知道他的妻子也能上阵打仗。于是便登上城头去看个究竟。

王赞上得城来向下望去，果然见一位女将，领着一队人马在城外叫战。再往远处望望，也未发现有大军接应。他想，既然这女将是石勒夫人，不如将其擒获。这样，一来可以让石勒的颜面扫尽；二来还可用她作筹码，要挟石勒退兵。想到这里，便传令开城，亲自率领一支人马杀出城来。

两军对阵，王赞策马上前，指着英姑问："好你个胡婆子，你难道没有听说过王赞的名头吗？也敢前来送死！"

英姑冷笑一声说："有本事放马过来，光要嘴皮子管什么用！"

王赞大怒，纵马挺枪来战英姑。英姑舞动一双绣鸾刀，与王赞展开搏斗。堪堪战了三合，刘英姑虚晃一刀拨马跳出圈外，大喊一声："喽啰们快撤，这王赞果然厉害！"打马就跑。

王赞不知是计，见女将如此不禁打，一时兴起，策马就追。此时，他见女将和她的部下丢盔弃甲，只顾逃命，更是志在必得。不觉得已经跑出数里之遥。他只顾追赶，突然一声响亮，连人带马跌入陷坑。道路两边伏兵齐出，杀散追兵，伸挠钩将王赞搭出坑来。刘英姑勒马返回，指挥士卒把王赞绑了，押着他凯旋回营。

第二十八回　袭蒙城锁拿苟晞
设圈套计杀王弥

就在王赞追赶英姑而去的当口，石勒亲率大军，就像从地下冒出来一般，迅速将蒙城围了个水泄不通。此时，城中没有主将，守军慌作一团，在石勒大军凶猛的攻势下，城池很快就被攻破，汉军汹涌而入。石勒传令，严密封锁消息，阳夏城只许进不许出。

入城后，石勒端坐在王赞的大堂之上，各路将官前来禀报战况。英姑押着王赞进入大堂，向石勒交令。石勒看着垂头丧气的王赞，呵呵笑道："王将军受惊了。"说着，他起身亲自为王赞松绑，让手下看座，让王赞坐了，说，"大晋朝气数已尽，将军英武，还望将军能归顺我大汉，共创大业。不知将军意下如何?"

王赞此时已经沦为阶下囚，知道对抗无益，他还想寻找机会脱身，所以点头答应。

石勒见王赞答应，十分高兴，当即任命王赞为从事中郎，随军听用。

攻克阳夏，通往蒙城的门户已经洞开；生擒王赞，又为袭取蒙城创造了有利条件。然而，石勒深知王赞作为大晋名将，并未真心降服，而是在等待机会反水。对于这一点，石勒并不担心。他要用王赞作为筹码，开展下一步的军事行动。

石勒传令安排酒席，为王赞接风压惊，庆贺他弃暗投明。席间，石勒与众将佐轮番向王赞敬酒。王赞因心情沮丧，也乐得借酒浇愁，不一会儿便喝得酩酊大醉。

石勒一见王赞已醉，立即点起轻骑五千，全部换上王赞军士的服装器械。他自己亲率“十八骑”弟兄，化装成王赞的贴身护卫。将深醉不醒的王赞扶坐马上，打着王赞的旗号，直向蒙城奔来。同时命孔苌、张宾指挥大军随后跟进。

到了蒙城城下，石勒命军士向守军喊话，说王赞将军有要事和苟太傅商量，让赶快打开城门。

守城将军听报后，登城观看。他虽然不认识其他人，但对王赞将军却非常熟悉。他见王赞将军骑在马上，虽说萎靡不振，却真真切切是他本人，于是立即下令开城。

一见吊桥放下，城门大开，石勒将手中长戟一举，“十八骑”纵马前冲，抢先夺门。紧接着众铁骑蜂拥而入。守将一看势头不对，但此时城门已经无法关闭。惊慌失措中，守将认出夺门而入的正是汉将石勒。事态紧急，他来不及多想，急忙飞奔向苟晞禀报。

再说此时的晋太傅苟晞正安坐家中，与众姬妾饮酒调情。他觉得，有王赞镇守阳夏，只要阳夏不失，这里便稳如泰山。所以，根本就未作任何军事上的防御部署。当他听说汉军已经杀入城内，立时慌了手脚。他连忙推开姬妾，跑到校场，抢上将台，猛擂聚将鼓准备调兵遣将。然而，一切都已经晚了。他的军将尚未聚来，将台已被蜂拥而至的汉军团团包围。眼看着继续挣扎已经无益于事，只好束手就擒。

豫章王司马端自然也未能幸免。一并被擒的还有苟晞的弟弟苟纯。

军士将苟晞押至中军大帐，石勒高坐不起。他冷眼看着苟晞说：“苟道将堪称大晋朝第一名将，今日落入某手，不知有何感想？”

苟晞无言以对，只是将头别向一旁。

石勒继续说：“想当年你斩公师藩于鄄城，败汲桑与我于阳平，那是何等的威风！现在你又扶持豫章王建立行台，妄图扶腐朽的晋廷大厦于既倒。你逆天行事，狂妄得无以复加。我本应该砍下你的头颅，为公师藩与汲桑大哥祭灵，可我又不想杀你。且任命你为我的左司马，给我执鞭坠镫，以偿还你当年斩杀公师藩和败我于阳平之罪。”说完，命令士卒取来铁链，把苟晞的颈项锁上，牵着走出大帐，系于马左，飞身上马，率亲兵数百，去游览蒙城，巡视防务。走之前，他吩咐张宾撰写表文，上报平阳，向汉帝刘聪献捷。

石勒牵着苟晞，遍游蒙城的大街小巷，蒙城百姓观者如堵。看到平时威风八面、不可一世、对百姓百般毒虐、杀人不眨眼的“屠伯”，今日却像狗一样被牵着游街，大家都感到十分解气。人群中不时有杂物飞出，抛打苟晞。苟晞羞愧难当，无法躲避，更显得狼狈不堪。

不数日，平阳派来使臣，宣布汉帝刘聪对石勒的表彰：加授石勒为征东大将军、幽州牧。石勒一如既往，上表坚辞大将军，独领幽州牧。

石勒袭破蒙城，擒获苟晞，任命其为左司马的消息传到项关。王弥听到后，不知石勒的真实用意，心中不由妒火升腾。

在刘汉朝廷中，王弥与石勒同样受皇帝器重，两人的政治、军事地位也不相上下。但王弥早有异图，不为人知。攻克大晋京都洛阳后，他与刘曜反目，率部出屯项关。部下刘暾对他说：“青州乃将军桑梓之地，将军应趁现在重兵在握，回到青州去立国称王。”其实，不用刘暾说出，他心中早有这种打算。之所以没有付诸行动，只是担心石勒罢了。石勒此时兵势正盛，所向披靡，如果横加阻挠，实在不好对付。所以，要做青州王，首先必须除掉石勒这块绊脚石。可是，从目前的军事力量对比来看，却没有任何胜算。王弥思虑再三，决定把自己的亲信悍将曹嶷召回。现在曹嶷在齐地活动，兵力雄壮。召回曹嶷，自己在军事力量上将会取得明显优势。于是，王弥修书一封，派刘暾专程去齐地，征召曹嶷率部来项关汇合，共同对付石勒。

刘暾收好书信，骑快马向齐地出发。不巧的是，在经过石勒的防地时，被石勒派出去的游骑截获，押送石勒。石勒命手下仔细搜身，果然从刘暾身上搜出王弥写给曹嶷的密信。知道王弥有意图谋自己。于是喝令将刘暾推出斩首。石勒从此对王弥产生了戒心。

由于石勒严密封锁了消息，王弥不知道刘暾已被斩杀。他还在翘首盼望曹嶷的到来。哪知曹嶷没盼来，却传来石勒袭破蒙城抓获苟晞的消息。他本来就对石勒心存妒忌，现在见石勒又立了如此大功，心中十分不是滋味。偏偏这时，部将徐邈又叛他而去，带去了好大的一部分兵力，使他的兵势一下子削弱了许多。这让他对石勒更加忌惮。所以，他专门给石勒写了一封书信，假意对石勒擒获苟晞表示祝贺，实际在试探石勒对自己的真实意图。

收到王弥的来信，石勒交给张宾来读。张宾展信读道："明公一鼓而擒苟晞，赦其罪而任命为司马，真是神妙极了。猛以济宽，令我王弥佩服得五体投地。如果让苟晞做你的左司马，我王弥做你的右司马，平定天下还有什么难的呢!"

听了王弥的来信，石勒冷笑一声，说："王公位高权重，不在我下，言语却如此谦卑。看来，这家伙没安好心！只怕此前对曹嶷传达的意图就要付诸实施了。"

张宾点点头说："主公所言极是。据我观察，王公久有称王青州之意。当然，青州是王公的桑梓之地，想回自己家乡去做主称王，也是人情所向。难道主公就没有入主并州的想法吗？王公之所以迟迟没有回青州去施展自己的抱负，就是害怕您不答应啊。所以他早就产生了除掉您的想法，只是还未找到下手的机会而已。如果我们不抓紧将他除去的话，只怕等曹嶷到来后，他羽翼丰满，我们就后悔莫及了。我以为，应该趁着徐邈叛离，他的势力被削弱的有利时机，定计将其诱杀。"

石勒十分赞成张宾的主张，只是苦于没有机会，他想等待一个合适的时机。

为了暂时稳住王弥，石勒让张宾替他回书一份，告诉王弥：自己愿意与他结好，帮助他回老家青州称王。同时，也希望他能支持自己回老家并州去做主。

接到石勒的回书，王弥彻底放心了。他开始美滋滋地做他称王青州的白日梦去了，从此不再对石勒设防。

拿下蒙城后，石勒率部转战，去攻取蓬关。蓬关守将陈午闭城固守，拒不出战。因蓬关城池坚固，石勒在急切间未能攻克，战事处于僵持状态。

石勒虽然在攻取蓬关的军事行动中没能取得明显进展，但却迎来了剪除王弥的良好机会。就在石勒进攻蓬关的同时，王弥同一个名字叫作刘瑞的人所率领的一支军事力量也进入了对峙。本来，刘瑞的这支部队兵力并不算十分强大。可是，由于徐邈的叛离，使得王弥兵力大为削弱。所以，面对刘瑞的步步进逼，王弥十分头疼。急切之下，王弥只得向石勒求救。

王弥居然前来求救，这使得石勒感到十分好笑。他正愁没机会除掉王弥，现在王弥面临危机，他高兴还来不及呢，咋会出手相救！再说，眼下与陈午相持于蓬关，尚嫌兵力不足，到哪里去抽调兵力救他。

一见石勒要拒绝来使，张宾急忙走过去把石勒拉到一旁，对他说："对王弥的请求，主公千万不要拒绝。王弥乃人中豪杰，区区刘瑞绝不是他的对手。眼下他在军事上只是暂时失利。以他的智慧，即使您不去救他，他也一定能够扭转战局，脱离险境。这只是个时间的问题。您不是一直找不到对付他的机会吗？我们正好可以利用这件事创造机会呀。您去帮他解了围，他可能不会彻底消除对我们的敌意，但却会以为我们对他没有敌意，从而不再对我们设防。这样，机会不就来了吗？至于陈午，相对王弥来说，那只是一个小孩子而已，对我们形不成什么威胁。请主公一定要考虑清楚。"

经张宾这一剖析，石勒心中豁然开朗。于是他痛快地答应了王弥的请求，立即抽调精骑一部，由自己亲自率领，前去救助王弥。

石勒命令部下偃旗息鼓，衔枚疾走，悄悄接近刘瑞营寨，从后面突然发起攻击。刘瑞一心用于对付正面的王弥，不提防后面来袭，一时全军大乱。前面王弥一见救兵到了，不失时机地率众反击，将刘瑞围在核心。刘瑞左冲右突，但大势已去，最终战死在乱军之中。

石勒亲率大军来救，使王弥大喜过望。从此，他不再怀疑石勒。

消灭刘瑞之后，石勒马不停蹄回师再战陈午，将打扫战场的美差一并让给王弥。所谓“谋大事不为小量”，他要让王弥高兴个够。

再说陈午，他自知不是石勒的对手，已经趁着石勒分兵去救王弥，对蓬关攻势大减的有利时机，拼死冲出蓬关，逃到了肥泽。石勒移师再攻肥泽。陈午见石勒追逼甚急，便派自己的司马李头去游说石勒。

李头见到石勒后，告诉他，陈午所率领的是一支由上党流民组成的队伍，请求石勒看在乡党的份上放他们一马。李头说：“明公天生神武，救赎天下苍生的宗旨传之四海。四海的穷苦百姓早已盼望明公救他们于水火涂炭之中。现在有人要阻止您的宏图大举，与您争夺天下，您不去对付他们，却来与我们这些穷苦百姓的军队作对。我们与您同为乡党，终久会寻找机会投奔于您，何必逼人太甚呢！”

李头的这番话，果然引发了石勒的同情心。于是，石勒不再进攻陈午，引军退回。

石勒与张宾开始研究解决王弥的行动计划。经过一番周密的安排部署，石勒大摆筵席，派人去请王弥前来赴宴，声称要和他商量助他回青州称王、自己回并州做主的有关事宜。

接到石勒的邀请，王弥高兴得无以复加，准备立即动身前往。下属长史张嵩却心存疑虑，提醒他最好不要前去，以防有类似春秋时期吴国“专诸刺王僚”之事的发生。王弥不听，反斥责张嵩多虑。事到如今，王弥那颗本来睿智的头颅已经被石勒糊弄得变成了石头，他的心中只想着好事，全然不想还会有不利于自己的事情发生。所以，他只带了亲兵警卫数十人，便昂然赴宴去了。

石勒率众将早已在营外恭候。见王弥到来，急忙迎上去把手言欢，表现得无比热情。石勒将王弥迎入大帐，推到上座，由自己与孔苌左右相陪。并安排“十八骑”弟兄与自己的亲兵悉心照顾王弥的亲兵警卫。

席间，石勒与众将佐高度赞扬王弥首先进入洛阳城，攻陷大晋王朝首都的丰功伟绩。大家轮番向王弥敬酒，陈述对王弥的仰慕之情。王弥高兴得手舞足蹈，整个儿陶醉在成功的喜悦之中。就在此时，石勒拔出腰间佩剑，只见白光一闪，王弥的人头滚落在地，脸上还带着笑容。出手之快，令人匪夷所思。

事发突然，王弥的亲兵猛吃一惊。但还没等他们醒过神来，就被“十八骑”勇士和石勒的亲兵牢牢控制住，动不了了。

杀了王弥后，石勒立即挥军出营，带着王弥的首级，到王弥军营中，向王弥属下的众将佐宣称：“王弥图谋不轨，背叛大汉，要到青州称王，建立独立王国。现奉汉皇密诏，已将王弥斩首。王弥罪在不赦，与其他将佐无关。根据汉皇密诏，王弥部众一并归石勒统领。如有不遵，格杀勿论。”

王弥部众不明就里，哪里还敢反抗？只好俯首听命。

石勒便将王弥的部队重新整顿，与自己的部众进行混编，另行任命各级将佐，将部队牢牢控制在自己手里。

兼并了王弥部众后，石勒兵势激增，已经到了无人可以控驭的程度。此时，他具表上奏汉皇刘聪，声称：王弥图谋背叛大汉，称王青州，其反形昭彰，罪证确凿。为了不使大汉国分裂，现已将其诛杀，云云。

汉国皇帝刘聪接到石勒奏表后，大发雷霆，立即派遣使者到石勒大营，当面斥责石勒擅杀公辅大臣，目中没有皇帝的错误行为。石勒再次上表力辩，说事发突然，如不当机立断，将会后患无穷，故来不及事先请旨。

刘聪痛失一员大将，但事已至此，他只得接受既成事实。他下诏加封石勒为镇东大将军，督幽、并二州军事，领并州刺史，并保留以前的一切封爵和封赠，以此来安抚石勒。

王弥的问题得到了圆满解决，石勒踌躇满志，开始运筹下一步的行动计划。按照石勒的既定方针，他准备南渡长江，去进攻大晋王朝的另外一股残余势力，即盘踞于建业的司马睿江东集团。然而，张宾却并不赞成。他对石勒这种南征北战，东攻西讨，随攻随弃，流寇式的作战策略心存顾虑。他说："自出师以来，我们克敌无数，攻取的州县城邑数不胜数。然而，直到今天，却没有一城一地属于我们自己。照如此打下去，什么时候是个头啊！我认为，我们必须拥有自己的地盘。只有有了自己的地盘，一切才能得到保障啊。"

对于张宾的主张，石勒虽然觉得言之有理，但他有自己的想法。第一，他认为，作为大汉国的臣子，他不应该像王弥那样，心存建立自己独立王国的念头；第二，眼下大晋王朝的残余势力还很强大，如不乘胜追击，将他们彻底消灭，一旦让他们死灰复燃，那么之前的一切努力都将付诸东流。所以他坚持自己的主张：渡江南下，去消灭大晋王朝的有生力量。

见石勒不听劝谏，张宾无奈地摇了摇头。

石勒着手制定南下的进军方略。他日以继夜，每天都在大帐中忙碌，甚至晚上也不归宿，就在大帐中和衣而眠。然而，令他没有想到的是，一场危险正在悄悄向他逼近。

第二十九回　平暴乱苟王授首
屯葛陂母子重逢

刘英姑自从跟随石勒出征以来，并不甘心只做一个妻子。她也要建功立业，做一个人人敬仰的女英雄。有了这种想法后，在随军征战中，她专门招收了许多流民之中的年轻女子，组建了女兵营。并由她亲自传授武艺，训练军事技术，演习排兵布阵。她一心要把女兵营锻造成为一支由她自己统领的，能征惯战的巾帼生力军。在暂无战事的空余时间里，她每天坚持亲自指导训练，从不间断。

这一天，刘英姑带着几个贴身的女护卫，离开石勒大帐，向女兵营驻地走去。在经过一个地方的时候，她发现，有一些士卒在一起交头接耳，行动鬼鬼祟祟，似乎在密谋什么。刘英姑一向心细如发，于是她立即警觉起来，安排手下去秘密调查这些士卒都是些什么人。很快，消息反馈回来，原来这些士卒都是收编的苟晞、王赞部下。那么这些人想要干什么？刘英姑开始对他们进行秘密监视。

再说苟晞，自从被石勒铁链锁颈，牵着巡游了整个蒙城，使他蒙受了前所未有的奇耻大辱后，便对石勒产生了刻骨的仇恨。尽管巡游结束，石勒就给他解除了禁锢，并真正任命他为左司马，而且发还一部分他的旧部让他统领，显示了石勒虚怀若谷的大将风范，但苟晞却并不领情。他觉得，他现在已经是大晋行台的首辅大臣，扶大晋王朝于既倒是他的历史使命。被擒后，他之所以苟且偷生，就是要寻找机会，给石勒以致命打击。为此，他做好了两手准备：如果上天眷顾，他的计划能够成功，这也许是大晋王朝命运的伟大转折。从此低谷反弹，逐步发展壮大，使大晋王朝走向中兴。到那时，他将作为大晋王朝的中兴功臣而载入史册。如若天不佑晋，他不幸败亡，也不失为以身殉国的晋室忠良。开始的时候，他对王赞投靠汉军，亲自带领汉军赚开城门，造成蒙城失守的行为感到异常愤恨。但经过详细了解，知道王赞是被灌醉后劫持到蒙城的，他才释怀。他与王赞共事多年，深知王赞是一条铁骨铮铮的汉子。失败后，他可能会像自己一样，虚与委蛇，以求留得性命，从而寻找东山再起的机会，但绝不可能真心降汉。正所谓“留得青山在，不怕没柴烧”嘛。现在他们俩都在石勒的阵营之中，也还保留有一定的行动自由。所以，他一直在考虑，如何才能与王赞联手，利用这种特殊的机会，反客为主，在石勒的腹心之内发动一场突然暴动，一举将石勒剪除，成就盖世功勋。同时也可借此机会，洗刷自己被擒被侮的奇耻大辱！

当然，苟晞十分清楚，石勒把他和王赞分开在不同的地方驻扎，就是防止他们相互串通。他也深知，石勒对他们并未放松监视与掌控。在自己的身边，一定有不少石勒的眼线。所以，他的一切活动，必须在绝密中进行。

苟晞首先安排与自己一同被擒，然后又获释的亲信部下，秘密化装出营，与王赞取得联系。继而，两人又分别委派做事精细、行动诡秘的可靠部下，分头联络他们原来的亲兵旧部，一旦时机成熟，就按照约定的暗号，迅速到指定位置集结，突然爆发，腹地开花，打石勒一个措手不及。打算杀了石勒，趁乱掩护豫章王冲杀出去，然后寻找地方，重建行台，号召晋室旧部，勠力同心，以求恢复。

这一天刘英姑所看到的，正是苟晞、王赞部下在进行暗地联络。为防意外发生，她把这种反常情况立即告诉了石勒，让他有所警觉。

终于，苟晞认为的时机来到了。他发现，一连几天，石勒和张宾、孔苌等几个重要将佐都在中军大帐议事，夜里也不归宿，就在帐中和衣而眠。今天看来更是忙碌，仍会留宿军帐。于是他立即通知王赞做好准备，约定夜半时分，率部向中军大帐发起攻击。为了预防走漏风声，在傍晚的时候，他们就把联络好的人召集进各自的营寨，传令封锁寨门，不许一人随意走动。然而他们哪里知道，他们的一切举动，都在石勒的严密掌控之中。

半夜时分，苟晞、王赞率领部下，借助夜色掩护，偷偷逼近中军大帐。举目望去，军帐内灯火通明，石勒、张宾、孔苌等几个特别重要的人物在伏案酣睡。显然，他们因操劳过度，已经疲乏得扛不住了。就连守卫大帐的士兵，也都坐卧在地或倚柱而眠。看来，他们一定以为这里是军中最为安全的地方，未作任何防范。

“机不可失，时不再来”，苟晞将手中长剑一挥，喊一声：“杀!”便率先扑进大帐，朝着正在酣睡的石勒狠下杀手。

“霍然”一声，石勒尸身倒地。苟晞定睛一看，见被他砍翻的只是一个用石勒衣装甲胄装填起来的草人。再看看被王赞等人砍翻的张宾、孔苌等也都一样，全是草人。苟晞大呼“中计!”急令退兵，但是已经晚了。只听得一声炮响，军帐四周伏兵四起。在突然亮起的无数火把照耀下，一片枪林刀丛直向他们逼压过来。他们已经陷入重围，无路可逃了。

“苟晞老儿，你敢给老子玩阴的!”说话的正是石勒。只见他把手中钢鞭一指，命令道：“杀!”挥鞭直取苟晞。

事已至此，苟晞、王赞只能以命相搏，以求鱼死网破。但不论如何挣扎都难逃厄运，不到一刻钟，苟晞、王赞连同他们所带领的人马全都横尸在地。可叹苟晞、王赞一心忠于晋室，终因志大才疏，落得身首异处而于事无补。

斩杀苟晞、王赞后，石勒马不停蹄，立即抓捕苟纯和豫章王司马端予以处死。尽管司马端在京师洛阳沦陷时侥幸逃过一劫，但最终没能保住性命。

苟晞、王赞暴乱得以平定，石勒挥军南下，一路摧枯拉朽，攻州略县，一直打到长江边上。眼看着大江滔滔东去，一时难以飞越，只得回军驻屯葛陂。此时，他回想张宾对自己的劝诫，也觉得应该有一块自己的地盘，好让部队休整和获得军需物资。现在既然已经屯兵葛陂，他决定，就在江淮一带开辟和建立自己的地盘。于是他传令三军，立足当地，建造宫室营房；向老百姓征收赋税，打造战船，加紧渡江作战的准备工作。一旦时机成熟，即挥师飞越长江，去消灭司马睿的晋廷江东残余势力。

就在这时，晋并州刺史刘琨，派他的亲信幕僚张儒为使者，来到了石勒军中。张儒此行不仅带来了刘琨写给石勒的一封辞意恳切的书信，更令石勒意想不到的是，还给他送来了失散多年，让他一直在苦苦寻找的母亲和侄子虎娃子。

母子久别重逢，自是唏嘘不已。可奇怪的是，母亲来了，却不见父亲同来。这令石勒心中忐忑，产生了一种不祥的感觉。他问母亲："我爹呢？怎么，他没有和你们在一起？"

一听儿子提及父亲，母亲不由得悲从中来。她哭着告诉石勒："你爹他，他已经死了！"

"什么？"石勒听了，仿佛当头挨了一棒，浑身一阵剧烈震动。他急忙问："死了？他是怎么死的？"

母亲忍着悲痛，给他讲了一段不堪回首的往事。

太安年间的那场大旱，迫使整个羯族部落举族外逃去寻找活路。本来石勒和父母是可以一起上路的。只因石勒要送妻子和儿子回岳父母家，耽误了出行的时间。周曷朱见整个部落都已经行动开了，而石勒还不见回来。作为酋长，他必须随大伙一起走，不能为了等待儿子而丢掉部落族人。同时，他也知道，石勒已经成熟，且多次经历坎坷，完全能够照顾自己。所以他不再等待儿子归来，就携同妻子和兄弟寇觅一家，与部落族人一同出发上路了。

他们一路向北（与石勒追寻父母的方向一致），恓恓惶惶相互拉扯着逃到了虑虒（今五台。而石勒却一路追寻到了雁门，所以始终未能追上）。在经历了一段难以忍受的艰难困苦之后，听说家乡一带天降甘霖，旱情已解，就又扶老携幼归返故土。哪知在回来的路上遭遇官兵掠卖胡人。周曷朱为保护族人奋起反抗，被官兵杀害。寇觅和族中的男人都被官兵抓走，从此再无音讯；族中的年轻女人多被官兵掳去，也都生死不明。母亲带着寇觅的儿子虎娃子趁乱钻进一条山沟的荆棘丛中，才侥幸逃过一劫。当官兵走后，她走出山沟，找到丈夫的尸体，和虎娃子一起，就地挖了个浅坑，将丈夫草草掩埋。此后她就带着虎娃子到处乞讨。都到过什么地方，连她自己也说不清楚。

听母亲说到这里，石勒忍不住号啕大哭。继而一股强烈的仇恨从心底升起。回想他的家庭，爷爷死于晋廷乱兵，父亲死于晋廷官兵，自己屡遭官府追杀，最后被他们像牲畜一样凌辱、贩卖，九死一生。晋廷已经欠下了他家三代血仇。他不能理解，同样生于天地之间，胡人为什么就不能有尊严，有做人的权利？为什么各个民族就不能和谐相处，共同存在？晋廷的这种对胡人的歧视政策实在令人深恶痛绝。这样的朝廷如不彻底推翻，实在是天地不容！

哭了一阵后，石勒问母亲："你们是如何落到刘琨手里的？"

母亲告诉他，就在前不久，她带着虎娃子辗转回到了北原山羯室。刚进家还没来得及收拾，就有几个当官的来到家中。她当时惊慌失措，不知如何是好。然而，这些当官的却并没有为难他们，只是说，并州刘刺史请他们前去坐坐。然后就用轿子抬着她和虎娃子上路了。一路上对他们管吃、管喝、管住宿，招待得十分热情。母亲大惑不解，不知此行是祸是福。

路上走了约莫三四天的光景，他们进了一个大城市。通过轿子的窗口，她看到了宽宽的街道、高高的房屋、来来往往的人流、各式各样的摊贩和好些她叫不上名来的事物和景观。总之，她来到了一个从来没有到过的地方。

后来，他们被抬进一座宽敞漂亮的“大庙”里。当官的告诉她，刺史府到了，请他们下轿。迎接他们的，看样子是个很大的官，人们都称他刺史大人。那刺史大人专门安排了好多女孩子伺候他们梳洗打扮，给她和虎娃子都换上了她以前从来没见过的漂亮新衣服，还请他们吃他们见都没见过的好饭好菜。刺史大人说：“老人家，一路辛苦了。您儿子是一位了不起的大英雄，我很想结交他。听说他是我治下的武乡羯室人。也听说他和家人失散多年，一直在寻找家人。我也派人到处打听你们的下落，帮助他寻找。我派去羯室的人没找到你们，我就让他们留下来等你们回来。这回总算把你们等回来了。老人家，您暂时就住在我这里。等我得到您儿子的确切消息后，就把您送过去。”就这样，她在刺史大人的府中过了一段锦衣玉食的神仙生活后，就被送到了这里。

这时，石勒想起了刘琨的来信，便命人去传张宾。张宾尚未到来，刘英姑却跑来了。她听说婆婆到了，急忙前来拜见。婆媳二人相见，紧紧抱在一起，喜极而泣，一时无数话语，不知从何说起。

张宾到了，石勒让英姑把母亲搀入后堂畅叙。然后取出刘琨来书，交给张宾，让张宾读给他听。

按说，此时的石勒已经今非昔比。自从张宾到来，不但经常读史书给他听，还教他认字、写文章。石勒聪慧非常，到现在，他已经能够阅读军中的一般文书和写一些简单的文章了。只是刘琨的这份来信词意深奥，有不少字他不认得。所以，还需张宾读给他听。

张宾接过书信看了一下。他知道石勒这人注重实务，不尚虚浮，便略去书信开头那些恭敬虚浮的客套话，直奔主要内容，朗声读道：

将军发迹河朔，席卷兖豫，饮马江淮，折冲汉沔，虽自古名将，未足为谕。所以攻城而不有其人，略地而不有其土，翕尔云合，忽复星散，将军岂知其然哉？存亡决在得主，成败要在所附。得主则为义兵，附逆则为贼众。义兵虽败，而功业必成；贼众虽克，而终归殄灭。昔赤眉、黄巾横逸宇宙，所以一旦败亡者，正以兵出无名，聚而为乱。将军以天挺之质，威振宇内，择有德而推崇，随时望而归之，勋义堂堂，长享遐贵。背聪则祸除，向主则福至。采纳往诲，翻然改图，天下不足定，蚁寇不足扫。今相授侍中持节车骑大将军，领护匈奴中郎将襄城郡公，总内外之任，兼华戎之号，显封大郡，以表殊能。将军其受之，副远近之望也。自古以来，诚无戎人而为帝王者。至于名臣建功业者则有之矣。今之望风怀想，盖以天下大乱，亟须雄才。遥闻将军攻城野战，合于神机，虽不视兵书，暗与孙吴同契，所谓生而知之者上，学而知之者次。但得精骑五千，以将军之才，何向不摧！至心实事，皆张儒所具之，合当面述，伫待复音。

听张宾读罢刘琨来信，石勒习惯地用手掀起他那一大把浓密的胡须呵呵大笑。他觉得刘琨这家伙简直就是一个白面书生，迂腐得有点可笑。想用这种方法劝我归降，这怎么可能？试想长期以来，晋廷和他们的官府从来就没把我们当人来看。在他们的眼里，我们就是一群两条腿的畜生。如果不是把他们打痛，他们也不会把我看成“威震宇内”的“雄才”。晋廷腐朽透顶，他们亲骨肉之间都相互残害，没有半点人性，算什么“有德”“时望”之主！我就是要把这个腐朽的司马氏集团彻底消灭干净，为大汉国开疆拓土，让大汉国一统天下。什么“自古无戎人而为帝王”？现在大汉国的帝王不就是他们眼中的戎人吗？本来同样生于华夏大地，却不能一视同仁，至今仍把我们看作戎夷，这是一种什么心态！娘的，戎夷就戎夷吧，想让我背汉投晋，那是白日做梦！就这么一纸书信已将他的真实意图和盘托出，还用什么“张儒所具，合当面述”。我才不愿去听那些废话呢。

于是，石勒命张宾代笔，由他自己口述，给刘琨回书一封：

事功殊途，非腐儒所闻。君当呈节本朝，吾自夷，难为效！

书信写好后，石勒也不再召见使者，就让张宾将书信交予张儒给刘琨带回。然而，石勒不是无情之人，他托张宾代替自己设宴厚待张儒。在张儒回归并州时，专门打点了一份厚重的礼物，并取名马珍宝，统统交给张儒，让给刘琨带去，以感谢刘琨帮他找回母亲，使他们母子团圆的这一份难能可贵的情谊。

也就从这时起，石勒对人们称他们为“胡人”感到有一种难以言表的厌恶。他传令军中，从即日起，不许任何人再称他们为“胡人”！

母亲的到来，给石勒的心中增添了不少慰藉。过了不久，他的军中又迎来了一位旷世高人。

那么这位高人是谁？且看下回分解。

第三十回　访高僧佛图澄献技
脱困境张孟孙进策

石勒屯兵葛陂整军备战的消息，令司马睿的江东集团惊恐万状。琅琊王司马睿立即调遣大批兵力集于寿春，任命镇东长史纪瞻为扬威将军加以统领，以抵御石勒的进攻。

兵法云：“知己知彼，百战不殆。”为了深入了解晋朝江东集团的这股残余势力的兵力部署和战斗能力，石勒派亲兵给驻扎在前沿阵地的“十八骑”骁将郭黑略传达命令，让他找机会率部冲击一下麇集于寿春的敌兵阵营。郭黑略接令后，经过一番精心准备，然后集合部队，进行安排部署。郭黑略对部下众将说：“我们这次的战斗任务异常凶险。在进入寿春地界后，我们很有可能招致敌人的重兵包围。但是，大家不要害怕。当敌兵将我们包围后，千万不要惊慌。只要集中兵力向东南方向冲杀，就可以化险为夷。请大家一定要辨清方向，不可任意行事。”

部下有人提出质疑：“寿春东南乃敌人的后方纵深，我们深入进去，岂不更为凶险？”

郭黑略说：“请大家尽管放心。我们突出去后，自然有人接应。”

部队出发后，立即有人将郭黑略的部署飞报石勒。石勒听了郭黑略的这番安排之后，心中大惑不解。寿春东南便是敌军腹地。郭黑略将部队带入那里，究竟想干什么？作为与自己有过命交情的“十八骑”弟兄，郭黑略不可能存在异心而叛己投晋。但是，一旦把部队带进去，形成孤军深入，那要比在寿春城下遭敌围困更加凶险万分！这郭黑略简直是胡闹。

石勒感觉事态严重，马上命令王阳、夔安各率本部人马，立即出发，迂回到寿春东南去接应郭黑略。两位将军领命出发后，石勒仍不放心，便亲率大军直指寿春。他要用大军压境的态势，把敌人的重兵吸引过来，从而减轻敌军对东南方向的压力。

再说郭黑略率部直向寿春扑来，还未到达寿春城下，忽听一声炮响，敌人四面伏兵齐起，喊杀之声震天动地，向着他们直压过来。敌人果然防备森严，他们陷入了敌军重围。好在事先有所准备，郭黑略他们并不慌乱，立即调整兵力，向着东南方向冲杀。幸运的是，由于东南方向系敌军后方，这里的兵力部署相对薄弱，郭黑略很容易就冲出重围。但是，敌人很快就组织重兵，对他们进行追击。就在万分危急之际，王阳、夔安两支部队杀到。郭黑略一见自己人前来接应，马上指挥军队返身拼杀。王阳、夔安也立即挥军奋战。三股人马集中在一起，兵势大盛。然而，敌人自以为占据着有利地位，攻击也很顽强。就在双方酣战之时，石勒率大军杀到。寿春守将纪瞻紧急传令，命追击郭黑略的部队马上回军救援寿春。敌军接令后被迫后撤，反被郭黑略、王阳、夔安乘势掩击，杀得大败。

各路汉军会师寿春城郊。石勒见郭黑略、王阳、夔安平安归来，传令停止进攻，率部撤回葛陂。通过这一战，石勒已经初步摸清了敌人的兵力部署和战斗力。由于整军备战刚刚开始，各方面准备尚不充分，攻取寿春的时机未到，所以见好就收。

回到驻地，石勒立即传问郭黑略：“你怎么知道此次出兵定陷重围？又为什么要向东南方向突围？”

郭黑略憨憨一笑，说：“其实，我哪有如此神通。这都是有高人为我支的招。”

“高人，什么高人？”石勒感到奇怪。

郭黑略说：“这高人名叫佛图澄，是个西域和尚，已经八十岁了，能服气摄生，连日不食，持颂神咒，役使鬼神。他的腹旁有一孔，平时用絮塞着，夜间拔絮，光照一室，并常常到流水边，从孔中取出脏腑，就水洗净，还纳腹中。前些时他来到我的军营，说他有未卜先知的本领，能给我指点迷津，让我逢凶化吉。还说他与大哥你有宿世之缘。我当时就要领他拜见大哥，他不让，说是目前机缘尚未到来，机缘一到，自会相见。他就住在我的军营内，我一有时间就去听他讲经说法，感觉很是受用。现在我已经拜他为师，跟随他学习佛法。大哥，我这么做没有什么不妥吧？”

“也就是说，你已经做了和尚？”石勒感到有点出乎意外。

“是啊。”郭黑略脱掉头盔，露出光秃秃的脑袋，脑门上果然有九个用香火点烫的疤痕。郭黑略真的已经摩顶受戒。

“嗯，你继续说下去。”石勒说。

郭黑略接着说：“我有什么行动，都请他预测结果，差不多每次都能被他说准。前天你给我传令，让我找机会冲击一下寿春之敌，我就请他给我预测一下此行吉凶。他说是此行必陷重围，只有向东南方向突围，才能脱离险境。我当时也表示怀疑，可他说，‘你只管这样安排部署，到时自会有人相救’，结果又被他说准了。”

听了郭黑略的这番话后，石勒将信将疑，说：“真有如此本领？那你把他领来见我。”

“好。”郭黑略答应一声转身欲去。

“慢！”石勒突然又把手一摆，想了想，说，“既是高人，那就唐突不得，我还是亲自前去拜见为好。你还是领我去吧。”

来到郭黑略军营，石勒看到，在郭黑略的军帐旁边，专门搭建有一座小篷屋。石勒在郭黑略的引领下进入篷屋，见一位须发俱白的老和尚在闭目打坐。石勒知道，这就是郭黑略所说的高人佛图澄了。这时候，郭黑略显然不敢惊动老和尚，只是轻手轻脚取过一把座椅，请石勒坐了，自己却双手合十，躬身垂首站在老和尚的旁边，恭恭敬敬地等待老和尚醒来。

现在我们趁老僧入定，回头说说佛图澄。

这佛图澄俗姓帛，西域龟兹国人。九岁时出家修行，是一位得道高僧。数年前他筚路蓝缕来到华夏，意在弘法传教。他知道，要想弘扬佛教，推行自己的学说，必须取得统治者的支持。所以进入华夏后，他首先来到大晋王朝的京都洛阳，不巧的是正逢永嘉乱起。他了解到，此时的皇帝不仅不能支持他弘法，而且连自身都受人摆布，根本做不了任何主。永嘉四年（310），他渡过黄河北上平阳，想到大汉国去寻求支持。谁知恰恰又遇汉主刘渊病逝，汉国发生内乱。后来，内乱虽然平息，他却感到这里并不是他理想的弘法之处。就在他决意离去时，他看到了奉调回京的石勒。他心中一动，感觉他与此人应该有很深的佛缘。然而，此时的石勒还仅仅是一名将军，而能否助他完成宏愿，这要看此人将来的造化。但是，要想知道一个人有无造化，造化大小，就要对这个人有一个全面的了解。于是，从此他把注意力集中到石勒身上，开始收集有关石勒的一切信息。当他对现在的石勒有了初步的了解后，他还想知道石勒的过去，特别是孩提时候的石勒，有无什么过人之处。因为只有了解了现在和过去，才能准确地预测将来。所以，后来他离开平阳，辗转来到了石勒的出生地武乡北原山附近，在与北原山隔漳河相望的南山一处山洼里，搭建茅棚，住了进去，在修行传教的同时，打听石勒的有关情况。当他对石勒的全部情况包括石勒身边的将佐都了如指掌后，这才来到葛陂，寻找与石勒接触的最佳时机。此时他已经胸中有数，知道石勒将来必成大器。而只要石勒能够取得一块较为稳固的地盘，那他弘法传教便有了条件。

来到葛陂后，佛图澄首先来找郭黑略。这是因为通过多方了解，他得知郭黑略为人老实厚道，与佛有缘，可以成为佛门弟子。同时，郭黑略是石勒的“十八骑”弟兄，与石勒有过命的交情，通过郭黑略去接触石勒比较方便。所以，他一到葛陂，就住进了郭黑略的军营。

佛图澄很清楚，为了将来佛教的顺利传播，首先必须让石勒知道自己有大智慧、大神通、大本领，从而看重自己。所以来到葛陂后，他并不主动去找石勒，而是在等待时机，让石勒主动亲自前来见面。郭黑略接受军令率部去冲击寿春，他为郭黑略支招，是因为他知道，寿春守敌面对石勒的大军压境，不可能不严密布防。郭黑略率众进攻必遭重兵围困这是显而易见的事。至于他让郭黑略向东南方向突围，则是出的奇招。通过对石勒的了解，他知道，石勒绝不会让自己的兄弟去孤军犯险，而一定会密切关注郭黑略的一举一动，随时做好接应的准备。由于他细密掌握着这一切情况，自然也就收到了出奇的效果。

现在机缘到了，石勒果然亲自前来了。而他还要运用他所精通的佛门幻术，给石勒的心灵来一次更大的震撼，让石勒对自己的神通与智慧心服口服。而为了这一刻，他已经做了精心的准备。

于是，佛图澄开始从入定中悠悠醒来，微启双目，宣了声“阿弥陀佛”说：“有贵人光临，郭将军为何不将老衲唤醒？”

郭黑略轻声说：“弟子不敢。”

一见老和尚醒来，石勒急忙走过去作揖行礼：“不知高僧驾临，石勒迎接来迟，还望高僧见谅。敢问高僧法号？”

老和尚颔首言道：“善哉善哉，老衲乃佛图澄是也。将军当为老衲之主，何云来迟？”

石勒怔了一怔，感觉似懂非懂。于是他再次躬身行礼：“石勒愚昧，愿闻法师妙音。”

佛图澄笑道：“将军目净修广如青莲，且看青莲光辉。”说罢，命郭黑略取过钵盂，盛满水端上来。佛图澄将钵盂安放在座前案上，取香三炷点燃，口中念诵咒语。须臾，便见那钵盂之中生出一个青色的莲花骨朵。随着和尚的念咒声，那骨朵越长越大，越长越大。然后渐渐开放，竟然有面盆一般大小。

佛图澄匪夷所思的神技，让石勒惊诧得张口结舌，简直不敢相信自己的眼睛。谁知更加神异的还在后面，就在青莲花完全开放之后，突然从莲花蕊中放射出万道光华，其亮度竟可与旭日争辉。

面对如此情景，石勒一时呆若木鸡，不知所措。耳中只听老和尚说道："果如老衲所言，青莲花光辉无限，将军前途无量。请将军好自为之，今日老衲言尽于此。将军军务繁忙，不应在此久留，可以请便了。"说完复又闭目入定，不再说话。

石勒见状，只好躬身退出。然而，尽管老和尚的神技令人匪夷所思，可石勒仍然心存疑惑。他还想进一步了解一下这个老和尚到底有多大神通。于是，当天晚上，他穿上全副盔甲，手执兵器端坐军帐，然后派使者去找佛图澄。他让使者说，大将军不知去向，希望高僧运用神通帮助寻找。使者领命去了。哪知使者见了佛图澄，还没来得及开口，佛图澄就说："平静安居，无敌无寇，何故在夜间戒严？"石勒听了使者的回报后，心中暗暗吃惊。他想，此人如此明察秋毫，我的一举一动他都清楚，这还了得！如果他想要加害于我，岂不防不胜防？于是便产生了除掉佛图澄的想法。

选了一个合适的时机，做了一番安排，他派人去请佛图澄，想要动手。可是，老和尚却遍寻不见。问老和尚身边的人，都说不知去向。派去的人回来告诉石勒，而此时石勒也已经心生悔意。他觉得自己以如此卑劣的心胸对待高人，实在不是光明磊落的大丈夫行径。现在这高僧一定是看我卑鄙，弃我而去了。像他这样的高人实属难得，就这样失之交臂，使他感到无比懊悔，一整夜都睡不着觉。

第二天一早，他刚刚起身，就有卫士前来报说：佛图澄求见。他大喜过望，立即亲自出门迎接。入帐坐定后，石勒问："高僧昨日何处去了？"

佛图澄说："昨日主公生我的气，姑且回避一时。如今主公改变了主意，所以才敢回来。"

石勒听了，感到无比惭愧。于是诚恳地向佛图澄道歉。

从此，石勒便尊称佛图澄为圣师大和尚，遇之便顶礼膜拜，敬如神明。也是从此开始，佛图澄一有机会，就向石勒讲述“四谛”“八正道”“十二因缘”等佛学经典，劝导石勒施行“德化”“不为暴虐”“不害无辜”，石勒深受其教，在心灵中对佛教产生了极大的信仰。

石勒一心要消灭大晋在江东的残余势力。他除了督促将军们加紧整军备战外，每天废寝忘食，亲自深入各个环节去检查指导，忙得不可开交。为了激励将士们的战斗意志，他向全军提出了“打过长江去，消灭司马氏”的口号。全军上下同仇敌忾，士气十分高涨。

然而，偏偏天公不作美，江淮一带连降大雨，经月不停，给石勒的整军备战造成了巨大困难。一直以来，石勒基本上是无后方作战，军需供应本来就很紧张。平时军中给养多系打一处吃一处，依靠就地解决。眼下虽说以葛陂为中心开辟了一块根据地，但由于区域范围有限，又是新区，各种管理机构还在建设之中，短期内还难以发挥作用。所以军中粮草出现短缺，一时难以征集。而最令人头疼的是，石勒所率领的军士，大多是北方人，来到江淮一带，不服水土。加上一连数月天降大雨，阴冷潮湿，致使军中瘟疫快速流行，非战斗减员大量增加。没过多久，就有约半数人员病倒或死亡。眼看原定作战方案已经难以实施，石勒终日忧虑，愁肠百结，不得已，只好召开军事会议，与众将佐商议应对之策。

会上石勒将面临的局势向大家做了说明，征求大家的意见。大家都还沉浸在思考之中，这时，右长史刁膺说：“现在我们形势危急，我看不如放下架子，以真诚的态度派遣使者，以扫平河朔为条件，与江东讲和，暂时向他们送款。等待形势变化之后，再作新的打算。”

听到刁膺竟然提出如此屈辱的解决方案，石勒深感失望，不由得愀然长叹。

“刁长史不要胡说。”石勒叹声未绝，帐下一下子站起三十多名将军，由孔苌领头喊道，“我军与敌军对峙，并未失败，咋能言和？我们情愿各带三百名步卒，乘船三十余条，趁着夜色去袭取寿春。等我们斩将得城后，寿春城内不乏粮草，何患我军粮草供应不上？然后再乘胜下丹阳，定江南，生擒活捉司马家儿孙。不出一年，就可成功。刁长史你就等着瞧吧！”

听了众将这番慷慨激昂的言论，石勒高兴了。他说：“这才不愧为勇将啊！为了表彰你们的忠勇，我决定赏赐你们每人铠甲马匹各一。不过，你们所说的办法不行。寿春城高池深，守备森严，偷袭很难奏效。”他招呼众将坐下，继续说：“我们应该重点考虑，如何才能摆脱眼前的不利形势。”

夔安考虑了一会儿，提议说：“现在葛陂湖水上涨，我军所处位置地势较低。我看应该把营寨迁往高地避水。不然，湖水如继续上涨，我军将受困于水。若纪瞻乘势来攻，情况不妙。”

石勒扫了夔安一眼，说：“将军太过胆小了。虽说老天连降大雨，但湖水离我军营尚远，一时半会还淹不到我军。如果现在迁营，大军一动，反倒容易为敌所趁。那时进退失据，会更危险。”

议论来，议论去，一直拿不出个好的办法来。石勒回头看看张宾，希望他能出个好的点子，可张宾坐在那里一言不发。石勒好生奇怪，便走过去向他当面提问：“孟孙先生，你有何高见呢？”

张宾见问，叹一口气说：“我以前曾给主公进言，我们应该拥有自己的地盘。主公渡江南下的战略决策我并不赞成。刘琨给主公的信中说得很明白：‘攻城而不有其人，略地而不有其土，翕尔云合，忽复星散’，这到什么时候是个头啊？江淮一带，我们北方人并不适应。在此立足，弊多利少。至于说到降晋，那就更荒唐了。试想我们攻陷京都，囚执天子，杀害王公大臣，劫掠嫔妃公主，在晋廷的眼中，就算把头发全部拔下来数，也数不完我们对大晋王朝所犯的罪行啊！怎么还能再向他们称臣去侍奉他们呢？去年除掉王弥之后，我们就不应该到这里来。现在方圆数百里都在大雨的浸淋之中，这就是老天在告诉主公，不能继续留在这里。我们最好还是回到黄河以北。特别是邺城，那里有三台之固，西接我们的都城平阳，四面有山川河流作为屏障，地理位置十分优越。我们到那里去开辟根据地，安抚百姓，平息叛乱，首先把黄河以北安定下来。到那时，有谁还能再与主公相抗衡呢！说到大军一动，容易为敌所趁，这话不假。但也要看具体情况。现在晋廷派大军驻守寿春，是因为害怕主公南下去攻打他们。一旦他们听说主公回师北去，他们高兴还来不及呢，哪里会趁机攻击我们呢？当然，我们也不能不做防备。我们可以先把辎重送往北去的道路，同时派一支军队去进攻寿春。等辎重走远，大军再分批次徐徐撤退，还怕什么进退无据呢！”

张宾的这番话说得慷慨淋漓，其中不乏对石勒南下决策的批评之意。然而，石勒听了却十分受用。等张宾说完，他振衣而起，用手托着他那一大把胡须说：“孟孙先生的主张太好了！我们确实应该这么办。”说到此，他回头批评刁膺道：“我把你看作我的重要助手，你就应该全力辅助我建功立业，怎么能劝我去投降敌人呢！按说，出这般馊主意就应该斩首。但我知道你一向胆小，所以也就不再深究。看来右长史这一职位你并不适合，你还是去做你的将军吧。”

撤掉刁膺右长史职务后，石勒当即提拔张宾为右长史加中垒将军。从此，石勒便称呼张宾为右侯，不再直呼其名和字，以示对张宾的尊重。

会上，石勒根据张宾的建议，对回师北上的军事行动作了详细的部署。但是，派哪一员大将去进攻寿春，担任掩护大军撤退这项凶险而艰巨的任务呢？这时，忽然有一个人出现在他的脑海。

第三十一回　勇石虎临危不惧
蠢向冰拒敌失机

出现在石勒脑海中的这个人便是与母亲一起来到葛陂的虎娃子。

自从侄子虎娃子来到身边，石勒对他异常亲昵。他对虎娃子说："你是我的从子，所以我希望你能够像我。我们的祖先虽然来自大西海，晋人说我们是胡人，对我们极尽歧视与奴役。可我认为，我们都出生于华夏大地，就是典型的华夏人。华夏人都有名有姓还有字，我们一样要有名有姓有字。现在我姓石，你也应该姓石。我给你取个正式的名字，就叫石虎。即姓石名虎。至于字嘛，我字世龙，系当今世上的一条猛龙。你也应该是一条龙，一条小龙。所以我给你取字季龙。伯、仲、叔、季，季为小，故称季龙。你觉得如何？"

虎娃子当然拜受。从此虎娃子便改称石虎，字季龙。

然而，令石勒想不到的是，他对石虎寄予厚望，石虎却给他招惹了不少麻烦。这一年石虎十七岁，整日里游荡无度，到处惹是生非。石虎喜欢骑马打猎，且生性非常残忍。对猎获的动物常常施以匪夷所思的残酷手段虐杀至死，而他却饶有兴趣地欣赏着这些动物无比痛苦的死状而高兴得手舞足蹈。这也罢了，他还特别喜欢用弹弓弹人。军中士卒每每被他弹伤、弹死。大家都把他看作一大毒患，不时有人向石勒告状。为了安定军心，石勒决定将其除去。但考虑到这孩子系母亲一手带大，祖孙情深，不能不先禀告母亲。所以石勒专门选了一个时机，把石虎的种种劣迹告诉母亲，并说出自己的打算。

母亲听石勒说完后摇了摇头，说："对这孩子我比你了解。他是顽皮，但不是不可救药，再长大一些就会好起来。一头矫健的好牛，在还是犊子的时候，往往不受约束。你让它拉车，它多数时候会把车子弄坏。我看虎娃子就像一头好牛，将来他会助你成就大事。你还是暂时忍忍吧。"

既然母亲持如此态度，石勒也不好再说什么。只是把石虎找来，痛斥一番了事。

眼下，大军就要从葛陂撤离。但石勒深知，在两军对峙时，大军撤离是会有凶险的。当年他与汲桑在阳平惨败的教训使他记忆犹新，他不能重蹈覆辙。所以，派一支人马向寿春进攻，拖住敌人，以掩护大军撤退，也是不得已的办法。可是如此一来，这支派出去的人马要想全身而退，几乎是不可能的事，往往会全军覆没，片甲无存。他想让石虎来承担这项任务，就是作了最坏的打算。如果石虎真的是一头好牛，能够侥幸生还，那他的身边就平添了一员虎将，可喜可贺；如果不是，那就很难从纪瞻强大的军事防御中逃脱。这样也可以借此平息石虎在军中造成的怨恨，消除其不利影响。

计议已定，石勒传石虎前来听令。命他率领两千骑兵去进攻寿春。出发前，又把石虎叫来，向他详细交代了进攻和撤退的策略。毕竟血浓于水，不忍让他就此冒险。

再说石虎一听石勒居然派自己率兵去进攻寿春，当时就高兴得手舞足蹈。他生性好动，加之初生牛犊不怕虎，根本就不知道战阵的凶险。现在平步登天，一下子做了领兵的将军，当然要好好表现一下。接令后，他率领石勒给他精心挑选的两千骑兵，又经过他自己独出心裁的一番调整料理后，便一路呼啸着直向寿春杀去。

石虎似乎天生就有驾驭部众的本领。经过他三下五除二地调教训练，两千骑兵变得更加整肃。将士们见石虎人虽年轻，却指授有方，安排布置严厉而不烦琐，都从心眼里头佩服他。再加上他身上那种与生俱来的昂然气质，使得大家都对他毕恭毕敬，没有人敢对他的命令稍有违抗。

石虎率领两千骑兵一路飞奔冲到了巨灵口。放眼望去，只见江中数十艘船舶满载着粮米和布匹正在靠岸。石虎这愣小子初次领兵，没有临战经验，根本不知凶险。一见有这么多的好东西就在眼前，便命令部众登船去抢。

突然一声炮响，江岸隐蔽处及船舱之中杀出大批伏兵。最先下马登船的五百余名士卒一下子陷入敌阵，纷纷被砍落江中，无一人走脱。

原来纪瞻早已在此作了精心布置，安排下伏兵，就等着汉兵前来上钩。眼见得敌兵排山倒海般冲杀过来，剩余的骑兵已经陷入重围。这石虎确实不同凡响，面对如此险恶形势，他并不慌乱，而是镇定自若地指挥部众停止抢船，就在岸边结阵抵御。俗话说“主将是军队的灵魂”，将士们见主将临危不惧，自然信心陡增。这些将士本来就是石勒亲手调教训练出来的勇士，军事素质极高，均能以一当十。现在又身陷绝境，背水结阵，除了拼死突围之外，已别无他路可走。这就正应了兵书上那句“兵临死地而后生”的名言。所以这剩下的一千四五百名骑兵，突然变成了一千四五百只猛虎，一个个执械在手，跟着石虎勇猛冲杀。

有道是：“一夫拼命，万夫莫敌。”一向养尊处优的江东将士，尽管人数众多，可他们哪里见过如此不要命的打法！在石虎骑兵的凌厉攻杀下纷纷败退。致使铁桶般的重围，竟然被撕开了一个很大的口子，让石虎骑兵冲了出去。等到纪瞻闻讯，驱动大军前来增援时，石虎他们已经冲出重围走远了。

纪瞻一见煮熟的鸭子竟然飞了，一时恼羞成怒，立即亲率大队骑兵从后追击。只见马蹄翻飞，尘土蔽日，很快就追出一百多里。奔跑中，纪瞻突然发现前面大路上，石勒的大军已经列阵以待，于是急忙传令停止追击。经过多次交手，纪瞻深知石勒大军的厉害，不敢继续靠近，只能眼睁睁看着被他追击的人马进入对方阵营。追击没有得手，纪瞻害怕石勒对他突然发起攻击，便命令部众前队改后队，迅速撤退，返回寿春去了。

石勒见纪瞻退走，也收兵北走。当他通过多方了解，知道了石虎这次出兵的详细情况后，不由得对石虎刮目相看。看来母亲说得没错，石虎确实是头好犊子。尽管他折损了五百多人马，但这本来就在预料之中。难能可贵的是，一个年仅十七岁的娃娃，能够在突然发生的异常险恶环境中临危不惧，奋起反击，不但本人全身而退，还率部杀出重围，这实在是一位难得的将才啊！从此以后，他不再嫌弃石虎，而是抽空就给石虎传授武功绝学、兵机战策及带兵之道、用兵之术。一有军事行动，就委以石虎先锋职务，让他在残酷的战争环境中接受历练。石勒对石虎寄托了厚望。

在经历了这场浴血奋战之后，石虎也似乎变得成熟了许多。他开始折节下士，善待部众，逐渐在军中消除了以前留下的不良影响，还赢得了很高的声誉。在以后的岁月中，他披荆斩棘，亲冒矢石，冲锋陷阵，立下了丰功伟绩。遗憾的是，石虎其人生性残暴，刻薄寡恩，一旦得志，专横跋扈，为所欲为，也给后来石勒的大赵朝廷造成了灭顶之灾，直至把石勒辛辛苦苦创建的大好基业完全葬送，给后人留下了“养虎遗患”的历史典故。不过，这已经是后话了。

再说石勒率领大军撤离葛陂，一路北上。这时，因沿途村镇都在坚壁清野，部众无从取食，致使军中大饥。但由于石勒平时体贴将士，能和部众同甘共苦，征途中尽管困难重重，但军心还算稳定。

部队一路跋涉，好不容易来到黄河边上的东燕，面对滔滔黄水，渡河却成了问题。石勒一连派出数路人马，沿黄河南岸仔细搜寻，却找不到一只渡船。经访问当地居民，方知所有渡船，都被率部驻扎在枋头的汲郡太守向冰，强行征集到对岸去了。此时，石勒的几十万大军已经疲惫至极，战斗力急剧下降，如果向冰乘机率众渡过河来，向他发动攻击，情况会很糟糕。为了寻找应对之策，石勒召集众将佐前来商量。

听了石勒对当前形势的分析后，众将佐均无言以对。这时，张宾却突然鼓掌大笑说："这有何难，不就是想要渡河找不到船吗？为什么不问向冰去借呢？"

听张宾这么一说，众将佐都笑了。就连石勒也觉得张宾这话说得有点不着边际。都什么时候了，还有心情开这种玩笑！向冰明明是我们的敌人，就是打探到我们大军到了，为了阻止我们渡河，才把船只全部收走，他怎么会借船给我们！

张宾见大家都对他的话不以为然，接着说："大家不要笑。我说的是真的。通过多方走访勘察，我已经知道，被向冰征集的船舶都还在河的对岸，没有被拖入枋头。只要我们选派一支人马，秘密潜往上游，砍树造筏，悄悄渡过河去，袭击守船军士，把船抢过河来，我们不就有船了吗？有了船，大军就可渡河。大军一旦过了河，还怕什么向冰呢！"

张宾的这一妙计，使石勒大为振奋。他立即依计而行。命令孔苌、支雄率领本部人马，隐蔽潜入黄河上游文荔津，在那里砍树造筏，过河去夺取船只。

孔苌、支雄遵令而行。当木筏造好后，利用夜色掩护，挑选水手乘筏过河。果然向冰未做防备，大批被收集来的船只都停靠在黄河北岸，只有少数兵丁看守。孔苌、支雄隐蔽靠近，突然发起攻击，守船士卒猝不及防，尽数被杀。孔苌、支雄指挥部众，将所有船只一股脑儿撑回南岸。

当向冰得到渡船被劫的消息时，已经是第二日的凌晨了。他急忙点起兵马，奔向河边拦截，但是已经为时太晚。晨光中，他遥遥望去，只见渡船早已抵达南岸，汉军正在组织登船强渡。他抬头看看风向，此时南风正劲。他知道汉军渡河正得天时，如果南岸千帆竞发，凭借汉兵的骁勇善战，即使他沿河组织抵御，只怕也很难阻止汉军登岸。现在唯一的办法是固守枋头。于是他下令让所有部卒撤出河防工事，回军枋头，深挖壕沟，加固城墙，准备婴城据守。

由于向冰的主动撤离，使石勒大军在未遇任何抵抗的情况下顺利登岸。石勒下船后行走在向冰的河防工事上回望黄河，不觉仰天大笑，说：“向冰啊向冰，你比猪还要愚蠢。放着黄河天险这么重要的自然屏障不守，却要退守枋头。现在我数十万大军遍地联营结集于黄河北岸，单凭一个区区枋头咋能抵挡得了?”

渡过黄河后，大军安营扎寨。当天夜里，郭黑略进帐，他向石勒说：“刚才圣师大和尚让我来告诉你，说是不一会儿贼兵要来偷袭，他让你早做准备。”

石勒听了，立即安排部署。半夜时分，果然向冰率大军前来袭营。结果被石勒打得大败。向冰侥幸得了性命，仓皇逃回枋头，紧闭城门，婴城固守。

石勒准备向前发动攻击，然而，他却并不想用将士的性命去攻克坚城。他要把向冰诱出城来，在野战中将其歼灭。经过一番调兵遣将，在枋头城外三面设下埋伏，然后招主簿鲜于丰授予计谋，命他率领一支人马到枋头城下叫战。

向冰闻报汉军杀到，急忙登城观望。见汉军在城下叫战，一开始他并不理会。只是传令守军准备强弓硬弩、檑木炮石，用以对付汉军攻城。

鲜于丰见向冰拒不出战，便命令部下轮番到阵前叫骂，什么话难听就骂什么。经过几番极尽侮辱的叫骂之后，向冰这个草包匹夫终于沉不住气了。他看到前来进攻的敌军人数不是很多，于是一怒之下放弃坚城不守，冲下城来，认镫上马，下令打开城门，他一马当先，率领部众像旋风般杀出，挺枪直取鲜于丰。

鲜于丰见向冰杀来，自然上前迎战。交手战了三合，鲜于丰假装不敌，拨马就走。向冰见来将被他杀败，也不追击，传令收兵回城。

鲜于丰见向冰收兵，复又返身杀回，迫使向冰再战。如此三番，激得向冰勃然大怒，于是不顾一切地率领部众对鲜于丰穷追不舍。

一见向冰率众来追，鲜于丰命令士卒将盔甲、旗帜、兵器沿途丢弃，只顾逃命。他自己也拖着长刀伏在马上，做出一副落荒而逃的架势。

向冰见汉兵如此不经打，便怀疑此前江湖传言石勒的汉军勇猛善战都是空穴来风。于是他一时兴起，务必要将这股敌人消灭。他只顾策马猛追，突然一声惊天炮响，把他吓了一跳。回头一看，只见汉军伏兵齐起，海啸般向他杀来。直到此时，他方知中计。看看后路已被切断，无法回城，只得拼死杀开一条血路，落荒逃命去了。

石勒率军进入枋头。经过清理，发现城中屯集了大批粮草与军用物资。石勒大喜，传令犒赏三军，以缓解多日来的困乏。经过短暂休整，然后把粮草物资全部装运，率部继续向北进发。

第三十二回　还故土城筑北原
定大局兵进襄国

本来，大军开拔的既定目标是邺城。但是在过了黄河后，石勒却有了新的想法。此时他回忆起大师兄给他说过的师傅临终遗言："武乡者，尚武之地，用武之乡也。只有在武乡举事，方能获得大成。这就是'得地者昌，失地者亡'的道理。"想当年他阳平战败后回到武乡，重新举事，投奔刘渊，实现了他军事上的第一次大转折。从此，他发迹河朔，席卷兖豫，饮马江淮，部队日益发展壮大，到现在已成为纵横宇内的强大雄师。这次葛陂受挫，被迫北返，是不是也应该重回武乡，以借地利，实现军事上的第二次转折呢？想到此，他决定将部队分成几股，让得力将佐各领一股，到冀鲁大地去攻城略地。而他自己统领其中一股，保卫他的指挥中枢，再回武乡。他把这种想法告诉张宾，张宾也表示赞同。

大晋永嘉六年（312）春，石勒率部翻越太行，回到了武乡老家。将大军驻屯在北原山前的南亭川上。

随军行动的圣师大和尚佛图澄也回来了，重新住进了他曾经在此修行的南山茅棚。他想就此机会在这里建立他来到华夏中土后的第一座寺院。而此时的石勒已经对他顶礼膜拜，言听计从，自然会为他提供各种方便。同时，通过他的不懈开导，石勒已经对佛学原理有所领悟，也希望佛图澄能够运用佛法去教化自己的家乡人民。

石勒将部队安顿好后，带着亲兵陪同母亲回到东河沟的羯室老屋，来看望久别的乡亲族人。

近年来，羯室的人口较前有所恢复，但却远没有达到太安以前的气象。原来朝夕相处的老邻居、老故人已经为数不多。大家听说石勒母子归来，都争相跑来探望，废弃多年的老窑洞又变得热闹非凡。恋旧的老母亲执意要住原来的老屋，石勒拗不过她，只得听任众乡亲和亲兵动手，将窑洞很快收拾出来，让母亲住了进去。乡亲们见当年的訇子，如今已成为统率千军万马的大将军时，话题自然提到了石勒小时候的种种淘气顽皮往事，引起了大家的一阵阵笑声。

安顿好母亲后，石勒在张宾等重要将佐的陪同下登上了北原山。他要好好浏览一下他自幼在此生活的家乡景色。老实说，他虽然自幼在此生活，却还并未对这里的风光认真欣赏过。八岁前他少不更事，八岁后他离家出走，直到十四岁方才回来。回来后他为郭敬、宁驱打工，虽多次登临北原山，但为生活所迫，哪有心情欣赏山水风光！再后来他再次被迫离家避难，十七岁重回家乡后，又将绝大多数时间花在三台岭栽桑种麻和训练他的羯胡武士上。所以说，他对家乡景色是既熟悉而又陌生的。

站在北原山巅放眼四望，他看到，北原山脉从太行大山派生而出，一路蜿蜒南下，到了此处陡然隆起，形成主峰。山下滔滔武乡水自北向南流来，绕过前面山脚弯环东而去，再折而向南钻入东南群山之中。越过河水再向前，南亭川数千亩范围地势平坦，开阔舒展，在群山的环绕下，是一块富庶的小盆地。此时，他的军营就驻扎在这块小盆地上，威武整肃，旗幡闪闪，很是壮观。再往南，便是层层叠叠的连绵群山。家乡山水如此多娇，使他的心情十分畅快。

石勒信步来到北原山东边，悬崖下是一条小山沟，一条清澈的小河流从北面沟中钻出，一直往南汇入武乡水。河的东岸是数亩大小的田地。听人们说，母亲就是在那里采野菜感觉腹痛才生下他的。再往东南，越过那几亩田地，是一座不大的土丘，土丘的向阳面有一眼人工挖掘的土窑洞，那就是他的家。现在他的母亲就住在里面。从山上俯瞰，此时正有人们进进出出。他知道，这些人都是来看望他母亲的。看着眼前的这一切，石勒感到无比的亲切。

石勒在山头信步游走，忽然，他的心中产生了一个想法：这里居高临下，如果环绕北原山主峰建一座城池，把他的军事指挥中枢设在这里，是否可以呢？于是他将自己的想法告诉了随行的张宾，征询张宾的意见。

张宾听了后，非常赞成石勒的想法。他是一个术数大家，他从堪舆学的角度，又给石勒鼓吹了一番在此处建城的种种好处。这就更加坚定了石勒的想法，于是石勒就把建城事宜交由张宾全权承办。

受命后，张宾亲自规划设计，指挥数万大军采石动土，开始施工。先后用时一月有余，一座雄伟壮观的石头城便依山势拔地而起。与此同时，张宾简选能工巧匠，在城内最高处建造了高耸入云的天星楼，并在城的各个部位修建了城楼、殿宇、庙堂以及一应设施，使得整个城池布置有序，各个建筑交相辉映，成为当时当地的一大杰作。

竣工之日，石勒登上了这座新建的北原城头，怀着无比欣慰的心情视察城池。下一步就要把他的中枢机构迁入城内。这里将成为他指挥整个黄河以北各个战场，平定北方，建立稳固根据地的总部。他将从这里出发，完成他军事生涯中的第二次伟大转折。

石勒踌躇满志地在城头上信步游走。忽然，他的耳中又响起了战鼓征铎的声音。而这种声音，他已经有好长时间没有听到过了。记得年轻时，他为郭敬、宁驱耕作农田，每上北原山，都能听到这种声音。后来他被卖到茌平做了师欢的耕奴，在那里也能听到这种声音。而在其他地方，这种声音似乎并未出现过。不知这种声音的出现是地理上的一种感应，还是什么。根据以前这种声音的出现推断，或许又在预示他的人生将要发生重大变革?

站在高高的城头上，眼前远山近水风光无限，引发了石勒的无限遐想。在不久的将来，平定北方以后，他将移师他去。这座城池将留作他羯室族人的居住地。这里地势高耸，城池坚固，他的族人再也不用害怕乱军盗贼的侵扰。这也算是为家乡父老办了一件好事吧。只是……突然，一个重大的发现使他的心中一阵悸动。这城池高筑在山头之上，如果敌人来攻，把城池团团围困，内外隔绝，信息传不出去，救兵搬调不来，加之城内没有水源，岂不将城内的人活活困死！常言道“防患于未然”，这个问题必须立即解决。

此时，张宾一直跟随着他视察，他对张宾说出了自己的担忧。张宾听了后，感到他的担忧十分有理。同时佩服石勒对每一件事都能做到深谋远虑。

经过一番思考，张宾提议，在城下开挖地下暗道，直通城外远处和水源。这样，在城池一旦遭遇围困，即可通过暗道汲取用水或向外传递信息。必要时，还可将城内人员转移出去。

石勒点头同意，责成张宾继续领导完成此项工程。

这一次，张宾仔细考虑了一切可能出现的情况，把地道设计得纵横交错，环环相扣。为防备敌人发现地道后，通过地道进行攻击，还在地道内设置了重重机关锁钥，让进入地道的敌人随时遭受打击，寸步难行。

好在北原山是一座土山，施工难度并不很大。又经过一段时间的紧张施工，北原城下的暗道网络终于形成。主暗道、支暗道攻防有序，相互策应，最远处一直通往城外数十里。

至此北原城的一切设施均告完备。石勒将他的指挥中枢搬入城内，在此发号施令，指挥着远在冀鲁大地上的大决战。

正因为石勒这一划时代的举措，为我们留下了一笔异常珍贵的历史文化遗产。致使这座石赵古城，穿越一千七百多年的时空，至今屹立在北原山头。眼下依然四周轮廓清晰，部分城墙保存完好。特别是修筑于北原城下的暗道机关，经当地人发现报道后，引起了有关单位和专家学者的高度重视。2014 年 4 月 29 日、30 日，中央电视台第十频道《探索发现》栏目以“暗道疑踪”为题，分上下两集，播放了这一重大发现，在国内产生了轰动效应。央视以异常审慎的态度，通过一系列的考证，最终拨云见日，认定这就是石勒留下的历史遗迹。同时，明成化版《山西通志》、清康熙版《武乡县志》等一系列历史典籍，均有“石勒城：在武乡县北原山上半里，周围四百六十步。晋永嘉末，勒屯兵于此”的记载。晋永嘉六年（312），石勒从葛陂撤军返回武乡的历史事实无可辩驳。

就在石勒将他的军事指挥中枢移驻北原城中，在此运筹帷幄，指挥着数十万大军，在冀鲁大地上纵横驰骋，横扫大晋王朝在黄河以北的残余势力之时，这一天，率部在邺城前线作战的将军孔苌突然回到武乡，向石勒报告军情，征求攻取三台的策略。

原来，在渡过黄河后，孔苌率领一支大军长驱直入，直捣邺城。邺城守将中郎将刘演，乃是并州刺史刘琨的侄子。他见汉军来攻，便收缩兵力，退守三台，利用三台地形险固，坚守不战。孔苌在扫除三台外围的战斗中，收降了刘演部将临深、牟穆之后，再攻三台时，却一再遭受挫折，一连数月寸步未进。不得已，孔苌传令部队暂缓攻击，自己骑马奔回武乡，想向石勒、张宾商讨一个有效良策。

听了孔苌的军情汇报后，众将佐都表示愿意率领本部人马，配合孔苌去攻取三台。唯独张宾大摇其头，表示反对。

石勒见状，就问张宾：“右侯有何高见？”

张宾说：“刘演收缩兵力固守三台，三台地形险固，本就不易攻取，我们何必在那里劳师费时呢？再说刘演小竖，也对我们形不成什么威胁。我认为，三台攻取不易，不攻反而会自行崩溃。眼下我们的大敌是盘踞并州的刘琨和坐镇幽州的王浚。要进攻，也应该先去进攻这两个地方。然而，现在我们屯兵武乡，武乡乃并州属地，刘琨一定已经得到了消息，加强了防御。这样，我们进攻有备之敌就不太容易。再说，据可靠情报，我们的大汉皇帝刘聪已经派刘粲、刘曜出兵去攻打并州。所以，我们也就没有必要再去凑这份热闹。即使去了，由于有刘粲、刘曜两位亲王在上，功劳也与我们无缘。进攻幽州，路途又有点遥远，目前条件还不具备。以我之见，眼下我们的当务之急是先找一个立足之地。北原山这里虽不错，却不是立都之地。这里峰峦叠嶂，地势逼仄，设一郡县尚可，建立都会不行。不但营建难以安排，就连防守也不好部署。现在，我们应该下太行，向冀州方向发展，在那里寻找立足之地，广积粮草，整军备战。当一切准备就绪，再派使者西入平阳，向汉帝禀报，挥兵扫平幽、并。这样就可以创建春秋五霸之中齐桓公、晋文公那样的基业了。再说，如今天下大乱，争战才刚刚开始。我们如果继续领着数十万大军到处游行，作客他乡，人心安定不下来，我们自身的安全都得不到保障，又怎能控制天下呢？”

“说得好！”石勒对张宾的这一番策论深深赞同，他说，“右侯此论高屋建瓴，思虑深远，堪比诸葛孔明隆中之对。请继续说下去。”

张宾接着说：“主公应该懂得‘得地者昌，失地者亡’的道理。所以我坚持认为，我们首先要选择一处要地，建立我们稳固的根据地。然后再向外拓展。”

“对对对，右侯所言极是。那么右侯认为应该到何处落脚为佳？”石勒问。

张宾说：“邯郸、襄国都是战国时期赵国的都城，依山凭险，地理位置十分优越。主公可以在这两处之中选择一处，建立都城。然后命将四出，教给他们出奇制胜的方略，扫除群雄，兼并地盘，这样就可成就我们的王霸基业了。”

听了张宾的这番策论，石勒深为赞同。于是决定移师东下太行，到冀鲁大地上去开辟基业。经过一番认真的权衡对比，他选择了襄国作为开辟根据地的中心。

这就是当地传颂千古的“鼙山对策”。“鼙山”即北原山。因石勒微时，曾在此躬耕，耳中常闻鼙鼓之声，故历史上曾有人一度将北原山改称“鼙山”。时至今日，“鼙山”“北原山”两种称谓并存。

按说，“鼙山对策”的动议，是张宾在葛陂，甚至在去葛陂之前就已经提出的。但是，它的最后敲定，却是在武乡的鼙山完成的。所以，我们仍然称之为“鼙山对策”。

“鼙山对策”之后，石勒便率领他的军事指挥中枢，撤离了驻屯半年之久的武乡，挥师东下，于晋永嘉六年（312）的秋天，向冀州的襄国进发。

石勒大军压境，襄国守将异常惊恐。他自知城池难守，率部弃城而逃。石勒兵临城下，见城池无人守御，挥兵入城，轻松取得了襄国。至此，石勒完成了他军事生涯中的第二次伟大转折，定都襄国，为之后大赵国的创建奠定了坚实的基础。

取得襄国后，石勒贴出安民告示，开始整顿社会秩序，修筑城池，布置防务，建造营房，打造器械，做长期驻守的准备。这时，张宾又向他进策：“今主公据此为都，刘琨、王浚一定甚为忌讳，必然会派遣大军前来进犯。我所担心的是，不等我们城池修好，粮草物资准备充足，他们就会杀来。所以要预先做好安排。我已经派人到附近郡县进行了勘察，现在广平一带的秋庄稼都已成熟，主公应立即分派诸将去抢收谷豆，运载回襄国，作为军粮进行储备。同时要马上派人回平阳向汉帝报告，说明我们在此立足，并不是要叛汉另立。而是要以此为据点，控制冀鲁，进而攻取幽、并，平定黄河以北，为大汉国开疆拓土。不要让汉主生疑，做出不利于我的举措来。这样才可缓急有恃，无后顾之忧，确保万全。”

石勒听了，深相嘉许，笑道：“右侯心细如发，思虑周密，真可谓诸葛重生，子房再世也。”于是立即调兵遣将，四出攻伐，将周边郡县尽行收入版图，把从各郡县收获的谷豆粮食陆续运回襄国，加以储备。同时派遣心腹干吏携带表文，回平阳向汉帝刘聪做了汇报。

汉帝刘聪接到石勒表文后，龙颜大悦，当即加以表彰。任命石勒使持节散骑常侍，都督冀、幽、并、营四州杂夷、征讨诸军事、冀州牧，晋封本国上党郡公，食邑五万户。同时，开府、幽州牧、东夷校尉等待遇和职务依然保留。

事情的发展果如张宾所虑。石勒进驻襄国，使得幽州刺史王浚深感忧虑。偏偏这时王浚又得到报告，说石勒部下葵安、支雄等七将率兵袭击了幽州的外围苑乡。虽然苑乡未失，却被他们打破了外部壁垒。王浚感到了一种前所未有的巨大的威胁。他必须采取行动，不能眼睁睁看着石勒坐大，然后逐步将自己蚕食以致吞并。再说，此时的王浚还有更大的想法。

自从京师洛阳沦陷，大晋孝怀皇帝被汉军俘虏之后，王浚见天下暂无皇帝，便野心膨胀，产生了不臣之念。但他深知，眼下就宣布登基称尊，时机还不成熟。他必须继续祭起大晋的亡灵来号召天下。等时机成熟之后，再把大晋的亡灵踢开，自己君临天下。为此，他在幽州设坛祭天，找人冒充晋室血脉，立了一个假太子，把自己晋封为尚书令，设立了行台。同时，他布告天下，谎称接受了皇帝密诏，让他辅助太子承接帝统，备置百官，列署征镇。这假行台还真具备欺骗性，致使不少大晋王朝的遗老遗少前来投奔。其中前豫州太守裴宪，在与王赞联军进攻石勒失败后潜逃至淮南。京师沦陷后，听说太子在幽州建立了行台，以期恢复大晋基业，便专程北上，前来投奔。王浚当然高兴，便将裴宪和自己的女婿枣嵩一同任命为尚书。从此，王浚大张威令，专行征伐。现在石勒屯军襄国，对自己造成了巨大威胁，自然是征伐的首选对象。于是便派遣督护王昌，联合辽西鲜卑部落的段疾陆眷、段匹磾、段末柸等，率众五万，出兵讨伐石勒。

第三十三回　出奇兵大胜鲜卑众
伸大义恩释段末柸

幽州发大军来攻的消息传回襄国，而此时襄国的城防依然尚未完备。为了对付敌人，石勒下令在城外设置隔城重栅和障碍物加以防守。

王昌和鲜卑部落的联军一路南下，驻屯在渚阳。在这里打造攻城器械，准备强攻襄国。

石勒得知幽州联军驻屯渚阳，便派遣诸将轮番前去攻击。哪知鲜卑铁骑果然厉害，进攻屡屡受挫。通过几次交锋，石勒认识到，这股敌人的战斗力不可小觑，必须慎重对待。

这一天，石勒召集众将佐商讨御敌之策。他环顾众将说：“现在敌人大兵压境，而我们大部分作战部队都远征各地，不在襄国，留守襄国的兵力严重不足。在敌众我寡的情况下，如果敌人猛扑过来，将襄国城团团围困，外部救兵又赶不回来，时间一长，军心涣散，只怕是孙武、吴起这样的兵家鼻祖重生，也难以挽救败局。所以，我想把部队全部撤出城外，在原野上排开大阵，与敌人进行一次大决战。大家以为如何？”

对于石勒提出的战法，诸将都不赞成。他们说：“敌人远道来袭，利在速战。我们外出列阵，正对了敌人的胃口。现在襄国城内粮草充足，有利固守。虽然我们城防尚不坚固，但总也有所凭依，敌人未必能够攻得下来。

只要我们坚守不出，时间一长，敌人必然师老疲惫，自然就会撤退。等敌人撤退时，我们再进行追击，一定会大获全胜。”

石勒见诸将均不赞成自己的战法，呵呵笑了。其实，他的这种说法并不是自己的本意，他只是为了激励众将士多用心智思考罢了。他回头看着张宾和孔苌问：“您二位以为如何？”

张宾和孔苌都说：“根据可靠情报，敌人下月上旬将来攻打我们的北城。眼下他们已经探知我们兵力不足，一定以为我们不敢出战。经过在渚阳前线的几次交锋，他们连连取胜，这就更增加了他们的骄奢懈怠。根据我们掌握的情况，幽州联军中，作战主要依靠鲜卑段氏。而段氏之中，段末柸最为勇悍，鲜卑部众的精锐也都在段末柸这里。所以，我们料定他们出兵打头阵的，一定是段末柸。我们可以这样：当敌人来攻时，一定要表现出我们确实寡弱，不堪一击，增加敌人的骄纵气势。兵法云‘骄兵必败’，只要敌人士气懈怠下来，我们就有机可乘。而我们则暗中在北城墙上挖掘数十道通道，直至城墙外沿，只留薄薄一层城皮，敌人从外面发现不了，却可以一突即破，唤作‘突门’。再在‘突门’的上部城头预备沙袋土囊，以备必要时将‘突门’迅速封堵。等敌人来到准备攻城时，我们冲开‘突门’，率领精骑出其不意突然杀出，直扑段末柸军帐，敌人必然慌乱，来不及抵抗，这就叫‘迅雷不及掩耳’。我们知道，段末柸还是少年，‘初生牛犊不怕虎’。再加上他从军以来尚未遇到过对手，心高气傲，一见部下溃败，必然发怒，就会找我们的主将拼命。这时，我们可以佯败，将其诱入城来，将其擒获。只要擒住了段末柸，不仅打败这股联军不在话下，即使王彭祖的幽州也可不日平定了。”

听了张宾、孔苌的这番分析，石勒用手摸着他那把大胡须笑着点点头。在他的心目中，最看重的就是这两个人。他说：“这就对了，就按二位说的去办。”于是当即任命孔苌为攻战都督，直接指挥这场战役。由张宾协助，造“突门”于北城。同时，为方便突击，下令将北城外部设置的重栅叠嶂全部清除。

到了预定日期，段疾陆眷果然率领大军杀奔而来，其前锋正是段末柸。来到襄国城下，段末柸仰望城头，见上面守军稀稀拉拉，大多是老弱残兵。而这些老弱残兵见他们杀来，都显得惊慌失措，毫无士气可言。段末柸感到胜券在握，也不急于攻城。由于从渚阳一路急行军到此，部众都很疲惫，便命令部众就地休息，等养足精神，好一鼓作气，攻克襄国。

此时，石勒就站在城头上观望。他见鲜卑大军来到城下却并不攻城，而是下马休息，甚至有不少将士躺在地上睡大觉，知道这些鲜卑兵确实太疲惫了。因为这时已是腊月隆冬，天气寒冷，如不是行军疲乏至极，谁会躺倒睡觉？这机会实在是太好了！于是他立即传下命令，让孔苌马上出击。

孔苌接到命令，马上指挥人马把“突门”冲开，率领数十路精骑，如旋风般卷向段末柸的鲜卑大军。

这时候，段末柸的注意力完全集中在城门上，根本没有意识到汉军会破城而出。一时猝不及防，被汉军冲入军阵，好些将士来不及起身上马，就被削去了脑袋。没死的，翻身爬起就逃，有许多将士连兵器都丢了。

孔苌率领大军只冲杀了一阵，见敌兵溃散，也不追赶，发一声号令，又从原路返回。

段末柸见部下溃散，汉军却撤退回城，以为汉军害怕，不敢追击，不觉勃然大怒，独自一人挺枪直取孔苌。孔苌不予接战，拍马在前，通过“突门”进入城内。段末柸马快，又挟怒而来，不假思索就尾随孔苌杀入“突门”。突然一声梆子响，城头上土袋砂囊滚滚而下，“突门”很快就被封死。

段末柸猛吃一惊，心知中计，但后路已被切断，只能拼死冲杀。这时，周围数十名汉将猛冲过来，孔苌也回身返杀，将段末柸团团围在核心。段末柸左冲右突，无法脱身。不一会儿，坐骑受伤倒地，段末柸摔落马下，被汉军生擒。

捉了段末柸后，孔苌再传将令，命各位其他“突门”骑士复从未封堵的突门杀出，直扑段疾陆眷大军。同时，石勒也亲率大军大开城门随后跟进。

再说段疾陆眷率领大军紧随段末柸之后杀奔襄国。立足未稳，便望见段末柸的前锋部队被汉军冲散，段末柸身陷襄国城中。他虽心知不妙，但还侥幸希望段末柸能全身而退，杀出城来。他约束住溃败的前锋部队，指挥大军迅速列阵。但是，还未等他阵势成形，汉军复又从“突门”杀出，直向他的军阵扑来。本来就惊魂未定的鲜卑部众，一见汉军如群狼般向他们扑来，一个个吓得屁滚尿流，争先逃命，尚未成形的阵势立即土崩瓦解。段疾陆眷与段匹磾见大势已去，也顾不得部众，慌忙打马狂奔，总算捡回了性命。

石勒大军乘胜追击，杀得鲜卑部众尸横三十余里。这一战，汉军大获全胜，缴获战马五千多匹，铠甲、军械以及物资无数。

段疾陆眷与段匹磾甩掉追兵后，收拾残兵败将，还屯渚阳。由于折了段末柸这一主力悍将，心中十分沮丧。他们深知继续进攻襄国已无胜算，也顾不得王昌做何感想，只得从军中收集铠甲、金银作为礼物，派遣使者，向石勒求和。同时用段末柸三弟为人质送来襄国，以求换回段末柸。

战斗胜利结束，襄国诸将唱凯而还，齐集军中大帐，一致要求石勒斩杀段末柸。他们说：段末柸乃鲜卑段氏第一骁将，斩段末柸可使鲜卑部众士气尽丧。然后我们再发大军向其攻击，打败辽西鲜卑不在话下。然而，石勒听了众将的建议后却大摇其头。此时的石勒已不仅具备了高超的军事指挥能力，而且也已经具备了政治家应有的眼光和气度。他说：“辽西鲜卑国力强健，不但历来与我无仇，还和我们一样，都是晋人眼中的‘胡’。如今前来击我，是被王浚利用了，根本敌人不是他们。我们杀段末柸一人而结怨一国，十分划不来。再说同气相击等于自断手足，于我大为不利。如果放他归国，我想他会感激，也就不会再为王浚利用了。”

听石勒如此一说，诸将都对石勒的深谋远虑十分佩服，一齐点头称是。鲜卑段氏的使者到了，献上礼物，说明来意。石勒收了礼物并留下段末柸三弟为质，准其和议。同时派遣石虎随同来使前往渚阳，与段疾陆眷缔结盟约，拜为兄弟。答应他们将选取吉日送段末柸回国。

段疾陆眷率领部众还归辽西。王昌见鲜卑大军退还，自己孤军不能成事，也撤回幽州。

经此一役，襄国保卫战取得圆满胜利，石勒十分高兴，传令犒赏三军，上下同庆。宴会中他专设一席，请被擒的鲜卑骁将段末柸前来和他同饮。借此机会，石勒与段末柸进行了一场开诚布公的谈话。

石勒说："我们羯人与你们鲜卑人，还有匈奴、氐、羌这些来自边陲地带的民族，在晋室王朝的眼中都是'胡'，是异类。一直以来，晋廷的统治者遵循'非我族类，其心必异'的罪恶教条，剥夺了我们做人的权利，把我们看作下贱的奴隶和可供他们随意买卖的牲畜。可我认为，不管我们的祖先出身于什么民族，都应该和平共处，和衷共济。既然大晋王朝不让咱们做人，咱们当然不会甘心，就要反抗，就要用咱们的热血和力量来争取咱们做人的权利。现在大晋王朝的倒行逆施惹得上天震怒，在他们的宗族之间掀起了腥风血雨，这就给咱们这些被压迫、被剥削的奴隶和穷苦百姓创造了崛起的机会，咱们怎能相互攻伐，自相残杀呢！咱们应该联合起来，对付我们共同的敌人。这个敌人就是大晋王朝。"

石勒还说："幽州刺史王浚，本是晋廷豢养的一条走狗，但却心怀叵测，人格极坏。他作为大晋王朝的臣子，在京师洛阳遭遇攻击时，竟能坐拥强兵，不加救援，眼睁睁看着京师沦陷，皇帝被俘，而他却在做乘机取代晋廷，据位称尊，君临天下的美梦，此为不忠；他为了实现自己的罪恶目的，逼人从奸，如果不从，即坐罪诬杀。如燕国高士霍原，不愿到王浚手下做官，就被王浚强加上'谋反'的罪名杀害，此为不义；近年来，幽州一带屡遭蝗旱，百姓民不聊生，王浚囤积了大量粮食，不但不拿一粒赈济灾民，反而纵令女婿枣嵩等一班奸贼对百姓横征暴敛，极尽荼毒，此为不仁；他看不清天下大势，却痴心妄想，逆天行事，此为不智。似这等不忠、不义、不仁、不智的败类，本应人人得而诛之，怎能再辅助他为害天下！就算你们段氏与他是甥舅至亲，也不该助纣为虐。”

再说段末柸被擒以后，早已万念俱灰，自忖必死，想不到石勒竟然如此善待于他。听了石勒的这番论述，他如梦初醒。在此之前，他只知道跟随父兄上阵杀敌。至于为什么打仗，为谁打仗，他似乎连想都没有想过。现在，他好像有点明白了，连忙离席跪拜，表示接受教诲。

石勒上前将他扶起，亲昵地对他说：“你还太年轻，岁数还没有我的儿子石兴大，阅历尚浅，对一些大事认识不清，情有可原。再说你受人驱使，责不在你。不过，以后一定要明辨是非，切忌盲从。”

段末柸点点头。

石勒接着说：“还有一事想和你商量。今我有心收你为义子，并为你在大汉国中谋一爵位，然后放你还归辽西。从此我们羯人与你们鲜卑段氏世代友好，两国之间互不侵犯，如有急难，我们相互支援。你看如何？”

段末柸一听，大喜过望，连忙跪地磕头，口称：“父亲大人在上，请受孩儿一拜。”

石勒呵呵笑着，将段末柸扶起。然后命参军闫综修具表章回平阳就襄国保卫战的胜利向汉帝刘聪报捷，并为段末柸请求封爵。

闫综领命去了。过了几天，闫综从平阳返回，带回汉帝刘聪的诏书，敕封段末柸使持节、安北将军、北平公。于是石勒传令设宴，为段末柸举行了隆重的告别仪式，送他北上还归辽西。

段末柸含泪，依依不舍地拜别石勒，跨马北归去了。石勒的宽阔胸襟和对自己的深情厚谊使他备受感动。途中，他每日三次面朝南方跪拜，以感谢石勒对他情同再造的深厚大恩。从此，他一心归附石勒不再为王浚所用。

第三十四回　坑“乞活”巧逢郭季子
弘佛教尊崇佛图澄

襄国保卫战胜利不久，便已冬残腊尽，大汉国嘉平三年（313）的元旦降临。新春佳节，在首都平阳却传出了一股不和谐气氛。

原来，大晋王朝的京师洛阳沦陷后，皇帝司马炽被俘送平阳。开始时，汉帝刘聪也给了这位亡国之君一定的礼遇，授司马炽仪同三司，封会稽郡公，还把自己的宠姬小贵人刘氏赏给司马炽，以示笼络。然而，好景不长，司马炽这种苟且偷生的日子仅仅过了一年半。

这一年正月初一，汉帝刘聪在光极殿大宴群臣。此时，为了显示自己的威严，刘聪竟然别出心裁，命令这位被俘的大晋皇帝脱去朝服，着青衣小帽，手持酒壶向群臣敬酒劝饮。试想，司马炽贵为天子，哪里受得了这番羞辱！只见他满面羞惭，却不得不勉强为之，持壶上前，恭恭敬敬。昔日高高在上的天子，如今成为低声下气的奴仆。

谁知这一来，司马炽还能忍受，而一直伴随在他身边的庾珉、王俊两位臣子却怎么也看不下去了。他们眼见得主子遭受如此屈辱，便忍不住放声大哭起来。

他们这一号哭，使得正在兴头上的汉帝刘聪大为震怒。刘聪厉声呵斥，把庾珉、王俊逐出大殿，命令司马炽继续行酒。司马炽不敢违抗，只好躬身低首挨个给群臣献酒。好容易一轮酒敬完，刘聪不耐烦地挥挥手，也让他滚蛋。司马炽只得胆战心惊地退出大殿。

从此，刘聪对司马炽极端厌恶。不久，有人举报，说庾珉、王俊暗中勾结并州刺史刘琨，要来袭击平阳。刘聪也不问真伪，便派人赏赉鸩酒，强迫司马炽饮下，将其毒死。同时将庾珉、王俊一并收捕斩杀。司马炽总计在位四年多，一直受制于太傅司马越。司马越死后，尚未来得及施展抱负，便做了汉国俘虏。又一年半，被刘聪毒死。死时，年仅三十岁。

晋帝司马炽在平阳遇害的消息传到长安，已经在此建立行台的皇太子司马邺为其举丧哀悼，谥号孝怀皇帝，史称怀帝。司马邺在群臣的辅弼下，加冠冕正式即位称帝，改元建兴（313）。然而，此时的长安城还不足一百户人家，到处荆芥蒿草丛生，一派荒凉景象。司马邺虽然当了皇帝，但却窘困至极。整个长安城中，公私车乘加在一起只有四乘。属下百官也无章服印绶，只能取桑木削板，署上官府名号聊以替代。这且按下不表。

回头再说石勒，自从进驻襄国后，对南面不远的邺城尚未攻取而常常挂怀。这年四月，经过与张宾的一番运筹帷幄，招来石虎，授以策略，命他率众攻取邺城。石虎依计而行，果然一举攻下三台，夺了邺城。邺城守将刘演仓皇逃往廪丘。

攻下邺城，也就解除了对襄国的南部军事威胁，石勒便可腾出手来，集中力量向北发展。他首先率轻骑袭击了苑乡，活捉了苑乡守将游纶。由于游纶的哥哥游统镇守幽州的门户范阳，游纶还有用处，所以石勒不但未将游纶斩杀，还任命其为军中主簿。

攻取苑乡后，石勒正要寻找新的打击目标，恰好探马来报，说有一支“乞活军”盘踞上白，领头的名叫李恽。

从前面我们知道，两年前，李恽与何伦护着东海王司马越世子司马毗及晋室四十八王逃离洛阳，在仓洧遭遇石勒西进大军截杀，情急之下，杀掉妻子、儿子，独身逃往广宗。在广宗，李恽偶然遇到了一支来自并州的

“乞活军”，便将这支军队收编，自己做了统领。从此，李恽率领这支军队，开始在冀州地面上游走，也不知何时到了上白。

石勒一听“乞活军”三字，不由勾起了胸中怒火。当年汲桑大哥就是死在“乞活军”之手！于是，他当即决定，移师上白，消灭这支“乞活军”，为汲桑大哥报仇。

这支“乞活军”本来就是由难民组成的乌合之众，再加上李恽能力平庸，怎能敌得过石勒的百战雄师！在遭受石勒大军的猛烈打击下，立即土崩瓦解。李恽当场阵亡，没死的，全部做了俘虏。

由于石勒对“乞活军”积怨已深，一直想寻机报复。现在这支“乞活军”虽然已被缴械，做了俘虏，但他依然不准备放过他们。在仇恨之火的烧烤下，他的心突然变得像铁一般坚硬。他下令部下就地挖掘大坑，要将这些俘虏全部活埋。

军令如山，大坑很快就挖好了。俘虏们被押到大坑边上，就等着被推入大坑了。行刑前，石勒亲自到现场巡视。他要亲眼看看这些被他送上黄泉路的人，告诉他们：冤有头，债有主，是我石勒把你们送入阴司的。谁要化鬼索命，就来找我石勒，千万别找错了对象！

石勒骑着马，一路走去，挨个看着这些将死的人。这批人年龄相差甚远，既有年过花甲的老头，也有十几岁的少年；体质强弱不同，既有弱不禁风的病夫，也有强健如牛的壮汉。只是他们一个个面如死灰，完全失去了对生的希望，单等着噩运降临。

石勒一路走，一路看，突然，一个异常熟悉的身影进入他的眼帘。他心中猛然一动，就要走过去。那人似乎也发现石勒在看他，便转身过去，只把背影留给石勒。

石勒慌忙跳下马，快步上前，站在那人身后，轻声发问：“足下是郭季子吗？”

那人见问，慢慢转过身来，一言不发，只是沉沉地点了点头。

石勒一看，果然是郭敬，只觉得鼻子发酸，忍不住流下泪来。他扑过去将郭敬一把抱住，问："恩公因何落到如此地步？"

郭敬面无表情地看着石勒，说："你还认得我吗？既然这样，就请不要杀害这些俘虏，我有话要说。"

石勒立即传令："停止行刑！"他亲手解开捆绑郭敬的绳索，拉住郭敬的手说："今日在此得遇恩公，这难道是天意安排吗？"于是拉着郭敬进入临时军帐坐了，问郭敬别后情形。

郭敬告诉他，自从与他分别之后，一直以行商维持生计。但近年来天下大乱，商队一连几次遭遇流民和游军劫掠，家产荡尽，血本无归。不得已将商队解散，伙同一些人投身"乞活军"到冀州来寻求活路。郭敬问石勒，为什么要用如此残酷的手段来对付这些可怜的俘虏？

石勒便把当年"乞活军"偷袭牧苑，追杀汲桑的详细情况讲述了一遍。

听了石勒的讲述，郭敬摇了摇头。他告诉石勒，他所在的这支"乞活军"，有好多人是武乡老乡。而且来到冀州的时间并不长，绝对没有参与过袭击牧苑和杀害汲桑。

听郭敬如此一说，石勒心中大为震动。一直以来，他被仇恨冲昏了头脑，竟然连想都没想过，在这些来自并州的"乞活军"中会有自己的乡党。现在幸亏遇到了郭敬，否则，他极有可能因虐杀无辜乡党的错误行径而负罪一生。于是他再传将令，将所有俘虏全部释放。

石勒对郭敬说："既然来到我这里，就哪儿也别去了，和我一起干吧。那些被释放的'乞活军'全交给你，由你统领。希望我们能够同甘共苦，共创大业。你看如何？"

郭敬自然答应。于是石勒拜郭敬为上将军，赐给衣服车马。并委派得力干将，协助郭敬对这支部队进行整编、训练，要将这支来自桑梓之地的部队打造成一支铁军。

交谈中，石勒曾问郭敬，是否有宁驱的消息？郭敬说，自从宁驱回到阳曲之后，就再没了宁驱的消息。宁驱现在怎么样了，不得而知。石勒听了，心情十分惆怅。

石勒立足襄国，开辟了以襄国为中心的根据地。这时，在横跨司、冀两州的广大区域内，尚有两支敌对势力存在。一支是盘踞在定陵的兖州刺史田徽，另一支是渤海太守刘既。石勒命孔苌率部攻克定陵，将田徽斩杀。正要选将进攻渤海，恰好乌丸人薄盛活捉了刘既，率领渤海五千户前来归降。至此，司、冀二州平定。

捷报传到平阳，汉帝刘聪十分高兴，加封石勒为侍中、征东大将军，保留以前的一切封赠。同时，为了表彰和笼络石勒，特拜石勒母亲王氏为上党国太夫人，封石勒妻刘英姑为上党国夫人，章绶首饰等同王妃。王氏、英姑这一对受尽颠沛流离的苦难婆媳，得石勒荫庇，从此平步青云，受到了无上尊崇，也算是苦尽甘来，福祚无穷了。

有了稳固的根据地，石勒开始在辖区内建立政权、整顿赋税、加强治安管理等，进行最初的国家体制建设。此时，尽管在张宾等人的心目中，已有了更高的追求与辉煌的蓝图，然而，石勒却还没有产生独立割据、称霸一方的想法。他还在致力于为他所投身的刘汉王朝开疆拓土，扫平群雄，建立混一天下、雄霸宇内的大汉王国而呕心沥血。根据地各项设施的建设，无一不是冲着这一既定目标而开展的。

由于从小没有进过学堂，吃尽了文化知识不足的苦头。特别是，通过残酷的战争实践，让石勒深深懂得了文化知识对军事、政治以及社会各方面都异常重要。所以，在狠抓政权建设的同时，他还特别注重文化队伍的建设。在张宾等人的影响下，他深深感受到孔子创立的儒家学说，在治国理政方面具有无可替代的作用，于是他在襄国创立了太学，选拔任用了一批通晓儒家经典，善于写作的官吏为“文学椽”负责教授，挑选了将佐子弟三百人，让他们入太学读书。他要培养自己的人才队伍。

与此同时，他看到辖区内胡、汉百姓杂居，人们的文化理念、思想意识与生活习俗五花八门，十分混杂，很不统一。而由此引发的矛盾冲突和各类社会问题也十分繁杂和难以解决。用一种什么方法才能把人们的思想融合在一起呢？此时，他想到了圣师佛图澄给他讲过的佛学原理。他觉得，也许用佛教文化来统一人们的思想认识，能产生一定的效果。于是他派专人回到老家南山，特请佛图澄来襄国建寺设坛，向人民灌输佛教思想。

接到石勒的邀请后，佛图澄当然万分高兴。他筚路蓝缕不远万里从天竺国来到华夏中原，就是为了弘佛传教。为了这个目的，他物色了石勒作为他实现宏图大愿的基石，在石勒身上花费了不少心血。现在终于有了回报，石勒不仅支持自己在他的家乡建寺传教，还要请他去襄国设坛讲法，这对佛图澄来说，实在是求之不得的天赐良机啊！他想立即赶赴襄国。

佛图澄从天竺起身来中原时，原本带着两名弟子，即僧郎和竺法雅。来到华夏中原后，又收了道安、法首、法常等几位弟子。现在，这些弟子均跟随在自己身边，协助他在南山建寺传教。由于眼下南山寺的建设尚未完竣，他又急于奔赴襄国，于是便把法首留下，让法首继续主持建寺，而他带着其他弟子，一路风尘来到襄国。

佛图澄非常清楚，在一个佛教影响尚未到达的新区传教，必须首先使受众的心灵得到震撼，让他们感觉到传教者具有大智慧、大神通和大法力，这样才能让他们顶礼膜拜，笃信不疑。所以，他来到襄国后，没有急于去谒见石勒，而是带着弟子对襄国的地理环境做了一番认真的考察，做了一些必要的安排和布置。他要用他妙通的佛门玄术，让人们相信他神通广大，法力无穷。当一切准备工作完成后，这才去谒见石勒。

见佛图澄远道而来，石勒非常高兴，他亲自出门迎接，安排为佛图澄师徒接风洗尘。其后又亲自陪同佛图澄选择建寺地址，在财力、物力、人力上给予了极大的支持。

佛寺的建设在紧张的筹备之中，佛图澄却要开坛讲法了，石勒为了让佛学教义能够在他的辖区内顺利传播，他不仅鼓动他的将佐们前去听讲，还以弟子之礼表示对佛图澄的无上尊崇。由于石勒的以身垂范，所以，佛图澄每次开坛说法，听众都很多。

就在这时，一个奇怪的现象出现了。原来，石勒在修建襄国城时，在城的四周开挖了深深的护城河。可是不知什么原因，这几天护城河内的水日渐减少，直至干涸。这对襄国的城防造成了巨大影响。这一天，佛图澄照常讲法。中间休息的时候，石勒上前请教说："襄国城壕骤然干涸，不知何因。请问圣师大和尚，有无法子补救？"

佛图澄笑着对他说："城壕无水，可以敕龙去取嘛。"

当时，石勒以为佛图澄在开他的玩笑，于是也呵呵一笑，说："我的字虽然唤作'世龙'，但我这条'龙'却不能取水。所以才求高僧相助。"听了石勒的话，佛图澄忽然变得异常严肃，他说："出家人不打诳语，老衲所说，并非戏言。水泉无论大小，必有神龙居住。襄国城壕的水源，就在西北五里之团丸祠下。如不敕龙去取，水从何来？好吧，老衲现在就去敕龙取水。"说完起身，带领他的弟子，径直来到团丸祠。

一听说和尚要去作法取水，所有在场的人都蜂拥跟着前去，想亲眼看一看老和尚是如何施展神通的。而襄国城内其他未来听讲的百姓，听说此事，也前呼后拥地跟了去，来看稀罕。一时之间人山人海，观者如堵。

佛图澄来到团丸祠，设下警戒线，命弟子把人们阻拦在警戒线之外，然后搭起绳床，上去坐了，将从西域带来的安息香点燃，口中絮絮叨叨地念起咒来。一连三日三夜，人们看到，祠下开始有小水流出，一条长五六寸的小龙随水出没，游动其中。约莫又过了半日，水势骤涨，变得汹涌澎湃，直向护城河流去。很快，城壕水满，龙也不知去向。

老和尚的这套法术，把所有的人都惊呆了。从此，人们笃信佛图澄是真仙降世，活佛临凡。所以，前来追随佛图澄学习佛经的信徒络绎不绝，佛教在石勒所控制的区域内迅速传播，各民族的意识形态开始朝着一个相同的方向发展。

由于石勒的不懈努力，在他所开辟的这块新的根据地内，政治、军事、文化以及社会各方面的建设均走上了正轨。辖区内官民上下一心，风清气正，各项工作都开展得如火如荼。

然而，就在此时，一个噩耗降临：石勒的母亲，上党国太夫人王氏去世了。这对于石勒来说，无疑是精神上的巨大打击。他与母亲失散多年，好不容易才盼来了母子团圆。哪知这种温馨的日子没过几天，母亲就撒手人寰，与他永诀，怎能不让他撕心裂肺，痛苦异常！回想母亲一生穷困潦倒，颠沛流离，受尽了人间辛酸。这才刚刚过上了好日子，就孑然西去，石勒的悲痛难以言表。为了告慰母亲的在天之灵，石勒按照王妃的最高规格，特备九命之礼，给母亲举行了盛大的丧葬仪式，将其安葬在襄国城南。

根据地内的各项建设正在逐步落实，石勒开始考虑攻取幽州的步骤和方略。为了做到知己知彼，他派遣大量细作潜入幽州城中和幽州的各个军事要塞，去打探情报和对幽州军政人员进行策反。不久，来自幽州城内的各种情报就源源不断地汇集于石勒的案头。同时，对幽州军政人员的策反工作也取得了成效。原为王浚部下的乌丸人审广、渐裳、郝袭等背叛了王浚，秘密派遣使者前来投降石勒。石勒自然厚加抚慰。

进攻幽州的条件逐步趋向成熟。石勒将如何攻取幽州？

第三十五回　石勒礼贤得人心
王浚杀人立威权

经过一系列腥风血雨的历练，此时的石勒已经由一名成熟的军事家，进一步成长为具有远见卓识的政治家。在对幽州采取行动之前，他对自己这块新开辟的根据地进行了一次全面的巡回视察。他要直接掌握辖区内的民情风俗以及政治、经济、社会等各方面的情况，为今后的治理提供决策依据。同时，他还要对全境的军事布防情况进行深入了解，发现问题及时解决，以防在对幽州采取行动时后院起火，使行动受到牵制。在视察中，他还特别注重体察民情，每到一地，都要开仓放粮，赈济灾困，赢得了辖区内百姓的高度拥戴。

这一天，石勒带着陪同视察的人员来到邺城。在这里，他亲眼看见了这座当年的魏晋名都已经风光不再，到处是断壁残垣，一片荒凉景象。回想六年前的那个夏天，他和汲桑率领牧苑义军，斩杀司马腾夺取邺城后刚入城时的情景，不由得心中感慨。那时，这里宫室殿宇金碧辉煌，亭台楼阁分布有致，曲榭回廊巧夺天工。还有假山湖水、商铺酒肆等都安排得井井有条。这一切，在他们这些山野亡命、耕夫奴隶的眼中，哪里是人住的地方，简直就是神仙们的境域啊！然而，这样的仙境现在却看不到了，它变成了一堆又一堆的废墟和一处又一处的荒丘。而将仙境化作荒丘的不是别人，正是他的那些和他一样出身穷苦的牧苑弟兄。弟兄们为了宣泄心中的不平之气，放了一把火，就变成了眼前的这个样子。现在看来，当年的举动是多么愚昧和荒诞啊！尽管这把火并不是他和汲桑下令放的，但他当时却没有明令禁止，还感觉解气，这都是由于当时在认识上存在严重缺失造成的。如今重新审视当年的鲁莽举动，他心中不由得产生了一种深深的负罪感。此时，他开始有了想法：在我的手中，一定要重建邺城，使之恢复昔日的辉煌。

视察结束后，石勒回到襄国。在和张宾谈起这次巡视的感受时，他说："邺城乃曹魏时期的五都之一，更是黄河以北最为富庶繁华的大都会。可惜，当年我们把它烧毁了。现在想来后悔莫及，我想在条件成熟后重新营建。只是邺城所在的魏郡地区人口繁多，风俗繁杂，须得选派一位有能力、有威望、会办事的贤德之人前去镇守和安抚。右侯以为谁可担此重任？"

张宾想了想，说："眼下倒是有这么一个人，聪慧敏捷且忠厚老实，具有辅助时政的卓越才能。只是此人并非我们阵营中人。不知主公会不会任用？"

石勒："你且说来听听。"

张宾："此人名叫赵彭，南阳人，曾经做过大晋的东莱太守。主公若能任用此人，一定能够处理好各种关系，达到主公所期望的目的。"

"此人现在何处？"石勒问。

"就在襄国城中。"张宾答。

石勒说："好。用人不可拘于一格，就让他代理魏郡太守，尽快上任。"

再说原东莱太守赵彭，一向忠于晋室王朝，但由于不愿攀附权相司马越，所以一直受司马越的挤对。赵彭一气之下挂冠而去，隐居在襄国城中。后来听说司马越死了，便想重新出山，恰又听说京师陷落，皇帝被俘。他心中悲恸欲绝，常常面向南方朝着京都洛阳啼哭落泪。

石勒占据襄国后，他更是深居简出，隐匿不露。哪知张宾这人一向心细如发，出于对驻地安全的考虑，常常要明察暗访，严密掌握驻地的各种情况。赵彭虽然隐居，却也难逃张宾法眼。他的情况，早被张宾了解透彻。所以，张宾才将他推荐给石勒。

本来，在晋王朝大厦倾塌之后，赵彭就已心灰意冷，绝了继续仕进的念头，只想以一个普通人的身份默默无闻地度过余生。令他没有想到的是，现在石勒竟然要征召他出任魏郡太守。接到任命后，赵彭当即感到诚惶诚恐，急忙整顿衣冠，跑去觐见石勒。见到石勒后，他哭着拜伏在地，说："明公不念赵彭乃敌国之臣，如此器重，实令赵彭感激不尽。然而，赵彭原是大晋的官吏，已经享受了大晋的俸禄。俗话说'忠臣不事二主，好女不嫁二夫'，就算是一匹马，一只狗，都会留恋旧的主人，我咋敢忘记大晋对我的恩惠呢！尽管我也知道，眼下大晋的宗庙已经沦为一片茅草。可我也应该像东流的洪水，一去不返。现在明公应天符命，将来必成大功。这对于一般人来说，正是积极投靠、攀龙附凤的大好时机。但对我来说却不然。我已经接受了人家的荣崇与恩惠，怎么能失去节操，再去侍奉别的姓氏呢？恐怕明公也不会赞成这种失节的行为。如果明公能够赏给我生命中剩下的这点年月，让我苟延残喘于世，成全我的这点微小的愿望，那便是明公对我的再造大恩了。"

赵彭的这番话大大出乎石勒的意料，没想到他这么器重赵彭，赵彭却不给面子，而是一心要做那个已经倒塌了的腐朽王朝的忠臣。他想发怒，可又怒不起来。他虽然从心底里佩服赵彭的忠心和气节，可又对他不愿为自己所用而深深遗憾。他感觉有点难堪和下不来台，于是默默地坐在那里，一言不发。

这时，陪侍在旁的张宾却拍手叫好。他对石勒说："自从主公出师以来，我们的军旗不论指向哪里，那些衣冠楚楚的晋室官吏和士人，无不变节归降，还没有遇到能够以大义为准则而决定进退的人，唯有赵彭能够达到如此贤德的地步。他把主公比作汉高祖，把自己比作'商山四皓'，虽然不接受征聘，却反而说明了君臣之间的相互理解和心心相印。从而也就更彰显出主公超越世人的高明之处。既然这样，我们又何必一定要他出来做官呢！”

石勒听后，呵呵笑了，说：“右侯的这番话正好说到了我的心里。好了，赵彭忠心可嘉，不能让贤人受苦。”于是赏给赵彭安车驷马，以卿士的标准给以俸禄，供他颐养天年。

既然赵彭不去邺城，只能再派将帅前去镇守。经再三考虑，石勒决定任命石虎为魏郡太守。因为这时，他对他的这位侄子十分看好。他认为石虎智勇双全，驭下有方，是一个十分难得的将才，应该委以重任。然而，尽管石勒一生英明睿智，却以亲情为重，在任用石虎的问题上严重走眼。不过，这是后话。

石勒心胸坦荡，善待士人，以政治家的远见卓识处理军国事务，赢得了军民士庶的高度赞誉。而与石勒的所作所为大相径庭的是幽州刺史王浚。

王浚在幽州经营多年，军事力量十分强大。再加上与辽西鲜卑段氏系甥舅关系，同时又笼络了乌丸部落，每有行动，均能得到这两股势力的支援。所以他拥兵自重，野心也开始膨胀。京师洛阳困顿之时，皇帝曾多次下诏促令他回京勤王，他却置之不理。直至京师沦陷，皇帝被俘，他看到天下一时无主，便想入非非，做起了荣登九五、君临天下的美梦。为此，他把燕相胡矩找来商量，希望得到胡矩的支持。谁知胡矩听了他的想法后，向他指古论今，讲了好多典故，劝他一定要慎之又慎。尽管胡矩说得十分委婉，没敢公然反对，但他已经明确感觉到，胡矩并不支持他的想法。这使他异常恼怒，便找了个由头贬去胡矩的燕相职务，将其外调。

王浚见胡矩不为所用，又想到了一个人。此人名叫霍原，是燕国有名的高士。只是此人一向孤傲，从不趋炎附势，是块难啃的骨头。自从王浚都督幽州以来，曾多次征召他出山做官，但都被他借故推辞掉了。王浚虽然十分恼火，可怯于他在民众中的崇高声望，也没有采取进一步的强硬措施。此时王浚想，既然他不愿做官，那么借助他在民众中的广泛号召力，让他牵头上一封拥戴自己的“劝进表”总该可以吧？于是王浚委派心腹，找上门去，对霍原采取软硬兼施、威胁利诱等手段，迫使霍原写表劝进。哪知霍原是个“一根筋”，竟然不顾家身性命，当面断然拒绝。王浚听了回报，立即恼羞成怒，捏造了个阴谋造反的罪名强加在霍原头上，下令将霍原拘捕，押回幽州，严刑拷打，摧残半死后，砍了脑袋。

北海太守刘搏与司空掾高柔闻知霍原被拘，相继跑来向王浚进谏，要求王浚法外施仁，赦免霍原。王浚见刘搏、高柔竟敢为了一个霍原来找自己说三道四，感到大拂己意，指责二人与霍原同为一党，喝令推出斩首。可怜二人救人不成反送了自家性命。

王浚丧心病狂，大肆推行“顺我者昌，逆我者亡”的残暴政策，妄图通过杀人来震慑下属，树立自己的威权。

在王浚的手下，有二个人最为得宠。一个是他的女婿枣嵩，王浚无子，视枣嵩如同亲生，所以对他十分放纵；另一个是掾属朱硕，朱硕表字丘伯，虽然没什么才干，却十分善于谀媚取宠，所以深惬王浚之心；还有一个名叫田峤，也是一个专以阿谀奉迎为能事的卑鄙小人。三人背靠王浚，朋比为奸，采取一切手段，压榨百姓，搜刮民脂民膏，中饱私囊。当时幽蓟一带连岁饥馑，旱、蝗、涝交侵，百姓本来就已经生活在水深火热之中，但王浚不管这些，仍然纵令枣嵩等人对百姓横征暴敛，逼得老百姓卖儿卖女，投河上吊，流离失所。当时幽州一带流传民谣云：“府中赫赫朱丘伯，五囊十囊入枣郎”“幽州城门似藏户，中有伏尸王彭祖”，这些深深反映了人民群众对他们的怨恨。

本来，中原战乱以来，河洛一带百姓纷纷北上避乱，投奔幽州。可是，由于受不了王浚的高压盘剥和无情荼毒，又纷纷逃离幽州，跑到塞外去投奔鲜卑慕容廆去了。

王浚的倒行逆施使得君子寒心，人民离散。幽州从事韩咸眼看着幽州日益凋敝，危机四伏，他心中不忍，就想向王浚进谏。可他又深知王浚听不进忠言，就想了个委婉的法子，希望王浚能够从中受到启发，引起注意。

一天，韩咸专门去谒见王浚，说："近日我曾出访塞外，到了慕容廆部落，我发现慕容廆部落十分昌盛。通过进一步考察，得知慕容廆此人具有雄才大略，不但政事修明，也深得民众爱戴。他十分热爱华夏文化，令儿子慕容皝拜华夏宿儒为师，学习儒家经典，想用华夏礼乐来取代夷狄陋俗，可见此人见识深远。慕容廆非常爱惜人才，手下聚集了一大批人物，大多是华夏人。如河东人裴嶷、代郡人鲁昌、北平人杨耽、广平人游邃、北海人逢羡、渤海人封抽、西河人裴开、平原人宋该，等等等等。由于慕容廆重视人才，所以这些人也乐于为他效命。特别是，慕容廆还非常爱护百姓。他尽最大的力量减轻百姓负担……"

"够了！"韩咸正滔滔不绝讲得起劲，却被王浚一声断喝打住。王浚说，"原来你私通外族，卖主求荣。来人，给我拖出去斩首示众！"

韩咸还想分说，王浚不听。可怜韩咸将一腔忠义泼在了臭水沟里，连一点涟漪都未激起。

王浚的种种倒行逆施很快就被石勒打探得清清楚楚。这天，他召集众将佐商讨对付王浚的良策，恰巧张宾因患病未能到来。石勒将幽州当前的这种情况向大家讲了一遍，征求对付幽州的方略。

经过一番热议，大家认为：目前晋廷在黄河以北的势力，以幽州最为强大。虽然王浚的统治集团腐败透顶，可幽州兵精粮足，其军事力量不容小觑。眼下进攻幽州，胜算不大。不如仿效当年晋大将军羊祜与吴国大司马陆抗两军相持的旧例，致书王浚，怀柔通使，先和幽州结成友好邻邦，等待时机成熟后再行征讨。

听了大家的意见，石勒未作任何表态。散会后，他专程去张宾府上探望，把将佐们的意见说了，征求张宾对此事的看法。

张宾思索良久，对石勒说："王浚凭借幽州、鲜卑、乌丸三部之力，早有南面称尊的野心。他虽然是大晋王朝的藩臣，其实一直想取代晋帝。他之所以迟迟未付诸实施，只是害怕天下英雄豪杰不买他的账。他现在迫切希望英雄豪杰去投奔他，为他所用。如今主公威震天下，您去帮助谁，谁就存；您与谁为敌，谁就亡。所以，王浚想得到主公，就像当年楚汉相争，霸王项羽想招抚韩信归降自己那样迫切。如果现在采取诡诈的权宜之计，派个使节，去上一封书信，缺乏真诚的表现，倘或让他产生怀疑，暴露了我们的真实意图，以后就算有什么奇谋妙策，只怕也无所施展了。”

石勒认真听着，不住点头：“右侯所言极是。”

张宾继续说：“要想成就大事，首先自己要表现得低下一些，这就叫‘蓄势待发’。我认为，既然王浚一心想当皇帝，主公就应该推奉他，支持他，主动向他投靠称藩。即使这样，王浚也不一定会相信。仿效羊祜、陆抗的做法，我觉得不大妥当。”

听了张宾的这一番分析，石勒拍手称赞道：“右侯之计非常高明。你好好将养身体，我这就去安排布置。”

石勒回到府中，立即派人到“君子营”去传王子春、董肇二人前来听令，他要安排这二人出使幽州。石勒之所以选派他们二人，是因为他深深了解自己的每一个部下，知道这二人都是饱学儒士，且忠贞不贰。尤其是王子春，不但学贯古今，而且能言善辩，系他阵营中首屈一指的说客。

王子春和董肇来了，石勒向他们交代了此行的目的和意义。三人经过逐字逐句地仔细推敲，以石勒的名义拟写了一份词意恳切的书信，让王子春面呈王浚。又精心挑选了一批奇珍异宝，分作两份，让他们一份明献王浚，一份暗送枣嵩。当然，三人谁都清楚，这些奇珍异宝只不过是暂时寄放在幽州而已，到时候它将会变作千倍、万倍再回到手中。所以此时他们表现得十分慷慨。

当一切准备工作完成后，王子春和董肇便上路了。

第三十六回　受麈尾毕恭毕敬　做美梦如醉如痴

话说王子春、董肇领命启程，一路上朝行暮宿，非止一日，来到幽州。通过传报，王子春、董肇被宣召入殿。向上看去，只见一位峨冠博带，满脸横肉，长髯飘拂，年约五旬开外的男子端坐于大堂之上。王子春、董肇自然明白，此人就是王浚，便上前施礼。

王浚态度倨傲，见二人走进，虎视眈眈地盯着二人。良久，方开口发问："你二人到幽州前来见孤，有何要事？"

王子春答道："我家主人石勒久慕王公威名，有心投身报效，故委派我二人前来通款。"说着，便将石勒书信取出，托于头顶。

"哦？"王浚一听，感到事出意外。他示意手下将书信取来呈上，拆封取笺，展开一看，只见信中写道：

勒本小胡，出于戎裔。值晋纲弛御，海内饥乱，流离屯厄，窜命冀州，共相帅合，以救性命。今晋祚沦夷，远播吴会，中原无主，苍生无系。伏惟明公殿下，州乡贵望，四海所宗。为帝王者，非公复谁？勒所以捐躯命、兴义兵、诛暴乱者，正为明公驱除尔。伏愿殿下应天顺时，践登皇阼。勒奉戴明公如天地父母。明公当察勒微心，慈眄如子也。谨此表闻。

王浚手持书信，辗转反复看了数遍。他渴望四海英雄前来投奔推奉，如久旱禾稼盼望云霓。而放眼四海，石勒又最为英武。如果能得到石勒前来投奔拥戴，帝王之位岂不唾手可得！但他又疑窦丛生：现在石勒横行宇内，摧枯拉朽，如入无人之境。就在不久前，还将我进攻襄国的幽州、鲜卑联军打得落花流水。在这种情势之下，他难道真的会前来投我？实在让人难以理解。于是他问王子春：“石公乃当世英武之士，眼下又占据了赵国故都，与孤已经形成了鼎足对峙之势，为什么又要向我称藩？这难道可以相信吗？”

王子春呵呵一笑，说：“明公不必多疑。石将军英才俊拔，兵马雄壮，正如明公所言。只是仰慕明公出生于名门贵望之家，累世地位显赫，功德辉煌，勋业昭彰。如今明公又像山岳般镇守在外，威名传播八方之外极远之处。就连北胡、南越的人都敬佩您的风范；西戎、东夷的人都歌颂您的德行。难道只有一处区区微小的府第，就敢不去整顿衣冠朝拜神圣的宫阙吗？过去陈婴、韩信他们难道是因为小瞧王位而不称王，看不起帝位才不称帝吗？不是。因为他们都知道，帝王之位不是仅仅凭借智慧和勇力就可以争得来的。如果拿石将军和明公您来相比，那就好比拿月亮的光和太阳相比。又如同拿长江、黄河之水和浩瀚的大海相比。项籍、子阳覆灭的时代并不十分遥远，这就是石将军的前车之鉴。明公有什么可以奇怪的呢？再说，自古以来，在华夏大地上，胡人作为著名臣子的确实是有，但成为帝王的则还没有过。石将军也不是因为觉得帝王的位子讨厌才让给您的。他只是担心自己做帝王会引起人神共愤，天地不容。所以希望明公不要胡乱猜疑。”

王子春的这番话说得王浚心花怒放。但事关重大，而且这天大的好事来得也确实有点突然，令他有点始料不及，他不能不作认真的思考。于是他对王子春、董肇说：“好吧，请二位暂回馆舍安歇，孤当善为处之。”

“遵命。”王子春向外一招手，随从出使的人便将一个大箱笼抬进大殿。

王子春说："石将军的一点心意，还望明公不计寒酸，予以笑纳。"说着，便将箱笼打开。

王浚往箱中一看，只见明珠、美玉、玛瑙、翡翠等稀世奇珍五光十色满满一箱，每一件都是价值连城。王浚心中大喜，自然照单全收。

离开大殿回到馆舍，王子春、董肇带上另外一箱珍宝去拜见枣嵩。此时枣嵩正好刚刚回到府上。闻听门上来报，说襄国使者造访，便知道有好事上门，于是亲自起身出门迎接。

王子春、董肇与枣嵩见礼寒暄过后，随枣嵩进入厅堂，将所带宝物献上。枣嵩打开箱笼看了，心中异常欢喜，连忙命手下看座。宾主坐定后，王子春说："石将军深知枣郎乃幽州之梁柱，故令我等特来拜谒。石将军投诚之事，还望从中妥为周旋。"

枣嵩得了贿赂，自然满口答应，说："两位使者尽管放心，此事包在我身上。石将军英雄盖世，能够来投，乃我幽州之福。等一会儿我就去见我岳丈，劝他一定接纳。"

"如此甚好，那就拜托了。"王子春、董肇于是拱手告辞。

送走襄国使者，枣嵩脚不旋踪就去入见王浚。枣嵩问："石勒主动前来投诚推奉，此乃天大的好事，岳父大人因何对接纳石勒迟疑不决?"

"石勒能够归顺，我当然求之不得。"王浚说，"我只是觉得此事有点蹊跷，不知石勒是真心来降，还是玩弄什么花招。故而一直委决不下。"

枣嵩说："岳父大人过虑了。王子春已经将利害阐述清楚，我看不会有假。我只是担心，如果石勒见岳父心存疑虑，绝了投诚之念，改而去并州投奔刘琨，岳父非但不能称尊，只怕幽州也就危险了。还望岳父三思。"

听枣嵩这么一说，王浚心中暗暗吃惊。他虽与刘琨同为晋室藩臣，但二人关系并不融洽。当年刘琨被司马越任命为并州刺史，上任后，因强敌环伺，并州寡弱，不得已和盘踞在代郡的索头部落拓跋猗卢结盟，并送长子刘遵到猗卢处为质，希望得到猗卢的支援。为了笼络猗卢，刘琨表请朝廷将代郡封给了猗卢。而代郡属幽州管辖，幽州都督王浚当然不允，便发兵攻打猗卢。哪知反被猗卢打得大败。从此，王浚便对刘琨产生了怨恨。后来二人矛盾越闹越大，直至发展到形同水火。现在经枣嵩这一提醒，王浚当然吃惊。他绝不愿刘琨的势力壮大使自己受到威胁。所以他不再犹豫，决心接纳石勒。

就在这时，王浚又接到石勒派人送来一封书信和一只木函。打开木函，里面是一颗血淋淋的人头。王浚大吃一惊，急忙拆信阅读，方知是他派往镇守范阳的亲信游统，阴谋投降石勒，派使者与石勒通款。石勒杀掉使者后，函首给他送来，表示自己已经归顺，别无二心。

王浚弄清原委后，不知出于什么考虑，并未降罪游统。但是更加深信石勒对自己是真心拥戴，一切疑虑从头脑中一扫而光。

几天后，王浚登堂理事，传命襄国使者觐见。他对王子春、董肇说："既然石将军真心拥戴，我将与石将军共有天下。我这里特设'一字并肩王'之位，以待石将军的到来。同时念你二人前来出使，成就大功，特拜你二人为列侯。待石将军归顺之日一并封赏。"此时的王浚俨然已经是君临天下的帝王，可以由他随意封王拜侯了。

王子春、董肇立即山呼万岁，朝上拜谢。

王浚厚赠王子春、董肇路费与礼物，安排使臣随同王子春、董肇回襄国复命，具体协商石勒前来投诚拥戴的有关事宜。

出使幽州的使命圆满完成，王子春派遣手下先行回襄国报捷，然后收拾行李，陪同幽州使节回到襄国。

得知王浚使者要来襄国，石勒将精兵强将与良好的铠甲器械转移隐藏，只让一些手持残破兵刃的老弱羸兵留守军帐，然后率领众将佐出城迎接。见到王浚使臣，石勒毕恭毕敬，亲自陪同，把使臣迎进帅府。使臣拿出王浚写给石勒的书信，欲交付石勒。石勒不接，却安排使臣在帅府正位面南而站，开启宣读。而他自己则面北跪拜，俯首聆听。

使臣见石勒如此谦恭，不再相让，便像宣读圣旨一般，宣读了书信。又取王浚回赠石勒的一枚麈尾，交给石勒。

石勒见王浚有物回赠，益发表现得诚惶诚恐。他说自己卑微之手，不敢亵渎王公所赠圣物。他恳请使臣把麈尾悬挂于中堂之上，对之礼拜再三，说："我不能见到王公，今见王公所赠之物，就如同见到王公一般。我当每日朝夕跪拜。"说着，传命设盛宴款待使臣。此后日日盛宴，极尽殷勤，一连款留数日，最后厚礼相赠，恭送使臣回还。同时修"劝进表"一道，让董肇陪同使臣同至幽州，向王浚上表劝进。约定到三月开春之时，由他亲自前往幽州，拥戴王浚登极称尊。

此外，石勒为把事情做得滴水不漏，在送别使臣时，又拿出书信一封，嘱咐董肇面呈枣嵩。

望着使臣渐渐远去，一场惟妙惟肖的戏剧表演暂时告一段落。石勒唤过王子春，向他了解幽州的内部情形。王子春说："自从幽州去年发生特大涝灾之后，土地绝收，百姓断了口粮。王浚囤积着几百万石粮食，却不肯拿出一粒来赈济百姓。这也罢了，反而政令刑法苛刻残酷，赋税劳役又繁又重，将人民推入水深火热之中。同时，王浚虐杀陷害贤良之士，诛杀贬斥忠直之臣，弄得下属寒心，流叛略尽。现在幽州总的情况是，鲜卑、乌丸离二于外；枣嵩、田峤贪暴于内，人心沮丧忧虑，士卒羸弱疲惫，危机四伏，势如累卵。然而，王浚对这些全然不顾，为了自己的野心，还在大肆营建台阁宫室，设计布列百官僚属。他到处自我吹嘘说，他的功德威望就连汉高祖刘邦和魏武帝曹操都比不上。真是狂妄得无以复加。另外，幽州谣言怪异现象特别多，听到的人无不为之感到寒心。可是王浚却神态自若，踌躇满志，一点担心的样子都没有。这些都预兆他的灭亡之日快要到了。"

听了王子春的这番陈述，石勒手捋虬髯朗声大笑："王彭祖真的可以擒获了！"

再说董肇随同幽州使臣重返幽州，向王浚呈上“劝进表”。见王浚的乘龙快婿枣嵩侍立在旁，又取石勒给他的书信奉上。

王浚读过表文，心中大喜。他安排董肇下去歇息，叫过使臣，询问襄国情形。使臣便将这次襄国之行的整个过程向王浚详细讲述一遍，说石勒对王浚佩服得五体投地，已决心归附，并无二心。使臣还说：“外面盛传石勒兵强马壮，其实也不尽然。吾观石勒营中士卒，多为老弱病残，形势寡弱，士气不高。如不依附我主，前程其实堪忧。所以，石勒向我幽州投诚，亦为情势所迫，款诚无二。我主完全可以放心。”

就在此时，枣嵩已经把石勒写给他的书信读过。他手持信笺向王浚递上，越过前面那些歌功颂德、阿谀奉迎的字句，指着其中的一段让王浚看。只见信中写道：“王公所许‘一字并肩王’，勒自忖德能，实不敢望。唯望枣相在我主登极之后，念勒一片赤诚，代为周旋，赐封勒为并州牧、广平公于愿足矣。如允附所愿，勒将肝脑涂地，听从差遣，以报大德……”

看到这里，王浚、枣嵩翁婿二人高兴得手舞足蹈，如醉如痴。特别是枣嵩，石勒在信中已经明确称他为“枣相”，更令他如腾云驾雾，不知身在何处了。一时之间，翁婿二人沉浸在为帝为相的春秋大梦之中不能自拔。

转眼间春暖花开，三月已到。石勒整顿队伍，约期出发。但到了出兵的日子，却又迟迟不下命令。这让张宾感到十分奇怪：石公一向做事果断，今天这是怎么了？部队早已整装待发，却经日不见行动，这实在不是石公的作风啊！转而一想，他便明白了其中的原因。他急忙去见石勒，说：“主公意图袭击敌人，当出其不意，攻其不备。现在大军早已准备就绪，却不见主公下令出发。莫非主公担心鲜卑、乌丸、刘琨三方面的力量会趁我大军北上，襄国空虚，前来袭击我们吗？”

石勒皱着眉头说：“是啊，这正是我所担心的。右侯有何妙策？”

张宾微微一笑，说：“主公过虑了。王彭祖据守幽州，主要靠乌丸、鲜卑和他幽州自身的力量。而鲜卑方面，在一年前的襄国保卫战后，段疾陆眷已与我们结盟，言明互不侵犯。且据可靠情报，当初段疾陆眷回到辽西，王浚又令枣嵩出屯易水，复召鲜卑段氏，想再次联兵向我进攻，遭到段疾陆眷拒绝。王浚因此痛恨段氏，又派使者带重金去贿赂代公猗卢，请猗卢出兵讨伐段氏。猗卢派遣儿子六修去攻打段氏，反被段疾陆眷杀得大败，退回代郡。从那时起，鲜卑段氏就已叛离王浚，成为仇敌，当然不会再帮王浚。至于乌丸方面，前一段审广、郝袭、渐裳都已经暗中叛离王浚，派使者来向我们投诚，他们怎么会再去帮助王浚呢？现在王浚依靠的外部力量，都已经不可能和我们为敌了。再看幽州方面，人们无粮可食，只能靠树皮草根维持生命，都对王浚的统治集团恨之入骨，谁还会为王浚出力？而幽州的军队本就寡弱，又士卒离心，王浚的内部也无强兵来抵御我们。现在王浚面临的实际是内外交困的恶劣局面。只要我大军一到幽州城郊，王浚的统治集团就会土崩瓦解。眼下虽说鲜卑、乌丸和刘琨三方尚未平定，但主公尽可悬军千里去征幽州，而且一点问题也没有。我们可以算一下，我军轻骑往返，不会超过二十天。就算上述三方得到消息，想要有什么行动时，我们已经得手后返回来了，足能赶得上对付他们。所以，兵贵神速，主公应像闪电般快速出发，千万别错失良机。如果主公仍然担心刘琨离我们近，害怕变生意外，为什么不假意向刘琨求和修好呢？刘琨与王浚有仇，这您是知道的。当年代郡、广宁、上谷三郡人民为躲避王浚苛政，趋附刘琨。王浚发怒，派兵攻击刘琨，掠回三郡士女，全部驱逐出塞，颠沛流离，奄毙道旁，从此刘琨对王浚恨之入骨。现在就算刘琨知道我们去袭取幽州，也一定不会发兵救援，只会坐观其灭亡。所以，我认为眼下主公应修书一封给刘琨，送上人质，请求与他和好。刘琨肯定非常愿意与我们修好，也非常希望王浚灭亡。他绝不会去救援王浚而袭击我们。”

听了张宾对此行利弊的一番分析后，多日来困扰石勒的忧虑一扫而空，石勒不由得连连拍手说：“好啊！我所担忧的问题，右侯都为我解决了，这还有什么可顾虑的呢。”于是他让张宾代替自己向刘琨修书一封，表示自己过去罪孽深重，悔不该在葛陂拒绝了刘公的一片好意。现在已经幡然醒悟，想重新归附刘公，同为朝廷出力。他请求出兵讨伐图谋不轨的奸雄王浚，以此来洗刷自己的罪恶，彰显对朝廷的忠诚。请刘公一定予以理解，支持他的行动。

书信写好后，石勒派遣张虑出使并州，与刘琨修好。同时一声令下，率轻骑打着火把，连夜出发，浩浩荡荡杀奔幽州而去。

第三十七回　袭幽州王浚被执 变孤旅刘琨忧惊

话说张虑来到并州，见过刘琨，讲明此行来意，将石勒书信呈上。刘琨阅信后，大喜过望。累年以来，他一直致力于说服石勒归顺朝廷，希望将这个对朝廷威胁最大的巨寇，转化为帮他扫除群雄，重振晋室的力量。然而，这个愿望一直未能实现。现在，石勒终于接受了自己的忠告，改邪归正，还主动要求带兵去拔取幽州，消灭这个虽与自己同朝为藩，却素为宿敌的奸雄，这是天大的好事啊！俗话说“精诚所至，金石为开”，看来，大晋朝气数未尽，复兴有望，当然应该予以支持，提供方便。于是立即传檄所辖州郡，说石勒知天应命，已经痛改前非，归顺朝廷，效善将来。眼下石勒挥师幽州，沿途各地都要提供犒赏，任其通过，不得横加阻拦。

张虑出使并州成功，立即将此消息快马报知石勒。此时，石勒的人马已经到了柏人，接报后，多日悬着的心终于放了下来。由于这次军事行动的成败在于能否严守机密，他将游纶秘密斩杀。因为游纶的哥哥游统镇守着幽州的门户范阳，害怕他向游统走漏消息。当然，更主要的原因是石勒对游纶、游统这种朝秦暮楚、见利忘义、背主求荣的卑鄙小人十分厌恶。

石勒兵至易水，守将孙纬一面派快马向王浚禀报，一面紧急调兵，借易水之隔布置防御，阻止石勒北上。镇守范阳的游统闻知，下令禁止孙纬的军事行动。

孙纬的急报传到幽州，王浚部下将佐都对石勒的意图心存疑虑，一致要求发兵阻击。可是王浚、枣嵩仍然深浸在为帝为相的大梦之中，迫切盼望石勒前来拥戴推奉，见部下聒噪，不禁勃然大怒。王浚说："我与石公有约在先，石公此来，正欲拥戴于我，偏尔等节外生枝，横加阻挠，是何居心！有再敢言出击者，斩!"

众将佐唯唯诺诺，不敢再言。

王浚派人传令，命孙纬劳军放行。同时安排盛大宴席，准备迎接招待石勒。

大军顺利通过易水后，石勒命令部下，沿途大量收购牛羊牲畜，扬言向王浚进献。一路尘土蔽日，驱赶着直向幽州而来。

晋建兴二年（314）三月三日凌晨，石勒兵至幽州城下。因天色尚早，城门未开，石勒命军士叫门。由于守军事先得到王浚命令，让他们等石勒一到，立即开门迎接。于是，当问清楚确系石勒军马到了，便大开城门，放石勒大军入城。然而，一向行事谨慎的石勒并不急于贸然入城。他知道人心深不可测，什么事都有可能存在万一，为了提防王浚在城内设伏，他命令部下将沿路收购来的上千头牛羊牲畜先行驱赶进城，借以堵塞街巷，阻止伏兵出击。待弄清城内确无伏兵后，立即命令大军快速进城，分头抢占城内各处军事要地，控制全城。

石勒大军出其不意的行动，使得整个幽州城鸡飞狗跳，一片惊恐。消息马上传给了王浚，王浚也感到情况不妙。他一会儿站起，一会儿坐下，显得六神无主。身边将佐又要求发兵抵御，可王浚还心存侥幸，迟疑不决。

就在王浚犹豫之际，随着大殿外传来海啸般的呐喊声，无数汉兵冲了进来。大殿中所有人都被兵刃加颈，控制得不能动作。

石勒昂然走进大殿，升堂上座，命部下入内堂搜索，牵出王浚妻妾数人。石勒问清王浚继妻是谁后，见其年纪未老，尚有娇容，便拉过来让她坐在自己身边，借以羞辱王浚。然后命甲士将王浚押上来。

王浚被推了上来。这时，他虽然满面羞惭，却也怒不可遏，两眼直瞪着石勒骂道：“胡儿奴才，竟敢戏弄你家老子！为何凶逆到这种地步？”

石勒冷冷一笑，说：“你说我凶逆？咱们看看到底是谁凶逆！”于是对身边的徐光说，“你来摆一摆王浚的凶逆罪状。”

徐光走过来指着王浚斥责道：“你身为大晋藩臣，地位高冠元台，封爵列于上公，据守着幽蓟骁悍之国，掌控着全燕突骑之乡，手中握有强兵，却能坐视京师沦陷，朝廷倾覆而不发一兵去拯救天子，反而丧心病狂地自己要做皇帝，这不是大逆是什么？你处心积虑，专任奸贪，暴虐百姓，残害贤良，肆情恣欲，毒遍燕蓟，这难道不是大凶吗？你今天落到如此地步，完全是咎由自取！你还有什么话说？”

面对徐光的责骂，王浚无言以对，只是咬咬牙“哼”了一声。

石勒命部将王洛生率精骑五百，押送王浚先回襄国监押。等自己处理完幽州事务，回去后再行发落。

王浚被甲士捆绑后押上马背，走出幽州城来。王浚知道此一去必死无疑，在过吊桥时，趁押解他的汉兵稍不留神，从马背跃下，一头栽入护城河内，想一死了之，少受折磨。王洛生急令部下跳入城壕，将其打捞上来。此时的王浚真正成了一条落水狗。为防止再发生意外，王洛生下令给王浚上了脚镣手铐，严令部下加强防范，率众匆匆而去。

石勒取得幽州，将王浚统治集团的大部分成员当场控制。但也有一些王浚的爪牙趁乱逃脱，潜伏下来。这些人当然不会甘心灭亡，他们纠集残部，在幽州城内到处杀人放火，掀起了一次又一次的动乱，搅得鸡犬不宁，妄图恢复他们失去的天堂。这种情况，迫使石勒不得不腾出手来，进行镇压。经过重拳出击，搜捕乱党一万多人，全部斩杀，方将幽州局势稳定下来。此时，石勒出榜安民，敦促王浚属下自首投诚。

眼看继续挣扎徒劳无益，王浚的僚属也顾惜身家性命，不得不争相跑到石勒的军帐谢罪投诚。

石勒清点王浚属下将佐，发现只有尚书裴宪和从事中郎荀绰尚未前来谢罪。石勒不免发怒，命令手下把二人拘来，当面训斥道："王浚暴虐，孤亲自率部前来讨伐，现在首恶已经被擒，王浚属下都来谢罪庆贺，唯独你二人甘心与王浚同恶，难道你们就不怕死吗！"

裴宪上前答道："我们世代做晋朝的官吏，享受着大晋给予我们的荣华和俸禄。王浚虽然粗暴凶悍，可他毕竟是晋朝的藩臣，我们服从他并无二心。如果明公不修德义，专尚威刑，我们无话可说。自古君辱臣死，如今皇帝遭擒，我们做臣子的自应去死，不求你的赦免。"说罢，昂首转身向外走去。

石勒见状，急忙起身呼唤："先生请留步。"走上前拉住裴宪说，"是孤不察，唐突了先生，还望先生见谅。"

裴宪没想到石勒竟能如此屈尊待人，一时愣住了。有如此胸怀者必非常人，他被深深感动了，于是伏身下拜，向石勒谢罪。

石勒呵呵笑着将裴宪扶起，命令手下看座，以客礼待之。接着回身把脸一沉，喝令："甲士何在？速将枣嵩、朱硕、田峤三人拿下！"

堂下甲士答应一声，立即将枣嵩、朱硕和田峤三人拿住，推到石勒面前。

石勒指着枣嵩等三人，痛斥他们收贿乱政，欺压良善，暴虐百姓的种种罪行，命甲士推出斩首。枣嵩、朱硕、田峤终因恶贯满盈，得到了应有的报应。

这里刚刚将枣嵩等斩讫，恰好游统自范阳前来拜见石勒。他自以为已经背叛王浚，投靠石勒，现在石勒取了幽州，自己也有功劳，满希望封爵领赏。所以他满面春风地上前自报名号，施礼下拜。哪知石勒目不转睛地盯着他看了半天，突然冷笑一声，说："你就是游统？似你这等为将不忠，背主求荣，反复无常的小人，留着何用？"喝令甲士推出斩首。

游统一听，吓得魂飞魄散，狂喊求饶。石勒不耐烦地挥挥手，游统被甲士倒拖着拉了出去，一道刀光闪过，立时身首异处。

石勒顷刻之间连斩四人，使前来投诚谢罪的幽州官吏一个个吓得浑身颤抖，面如土色。

石勒下令稽查王浚僚属亲戚的家，发现大多集资巨万。只有裴宪、荀绰两家，各有书籍百余箱，盐米十余斛，其他资财十分稀少。石勒对此甚为感慨，命令将查出的巨额资财全部没收。他对身边人说："裴宪、荀绰清廉到如此地步，十分难得。在这次军事行动中，我对取得幽州并不感到有多么兴奋，但得到这两位贤人却让我高兴异常。"于是任命裴宪为从事中郎，荀绰为参军。

幽州大事已定，石勒分遣流民，妥为安置。班师之前，他从投诚的幽州官吏中选择任命了一个名叫刘翰的晋朝前尚书为幽州刺史，让他管理幽州。命令部下放火烧毁王浚为做皇帝而修建的宫室殿宇。因担心襄国空虚，不敢久留，传令旋师。不提防途中遭遇王浚部将孙纬的伏击，折损了不少人马。这使得石勒异常恼怒，回到襄国后，立即将王浚斩首，用木函装了王浚的脑袋，派遣使者前往平阳向汉帝刘聪报捷。

汉帝刘聪得报，派专使持节赴襄国，加封石勒大都督，都督陕东诸军事、骠骑大将军、东单于，侍中、使持节、开府、校尉、二州牧、公如故，加金钲黄钺，前后鼓吹二部，增封十二郡。石勒固辞，只受二郡。

石勒得了封赏，当然不忘部属。他对属下也大加封赏，提拔张敬等十一人为伯、子、侯，所有文武将佐都有进位。

然而，令石勒想不到的是，从幽州班师时，因时间仓促，未能详细考察，他所任命的幽州刺史刘翰并未真心归降。就在他回师襄国不久，刘翰反叛，举幽州献给辽西鲜卑的段匹碑。这也是石勒在用人问题上的重大失策。尽管如此，由于消灭了王浚的军事集团，也就基本消除了来自襄国北方的巨大军事威胁。

再说段匹磾，他本是段疾陆眷的弟弟。当初他们进攻襄国失败后，段疾陆眷被迫与石勒订立城下之盟，段匹磾就不愿意。只是因段末柸被擒，段疾陆眷急于救回段末柸，他也不好坚决反对罢了。段匹磾与并州刺史刘琨私交甚好，二人一直保持着书信往来。通过刘琨的影响，段匹磾也对大晋王朝心存好感，并自命为晋室忠臣。王浚集团被消灭后，乐陵太守邵续迫于形势归附石勒，石勒任命邵续的儿子邵乂为督护留质襄国。段匹磾进据幽州，给邵续写信，奉劝邵续背叛石勒，重归晋室。恰好渤海太守刘胤在石勒袭取幽州后弃城潜逃，投奔了邵续，此时也劝邵续保全名节，做晋室忠臣。邵续在段匹磾与刘胤的轮番劝说下，只得挥泪狠心，不顾儿子死活，答应下来，派刘胤往报江东。琅琊王司马睿得报，遥授邵续为平原太守。

邵续的始降复叛，令石勒大为震怒。于是杀掉邵乂，发兵进攻乐陵首府厌次。邵续得报，急向段匹磾求援。段匹磾派遣弟弟段文鸯率兵赴救。石勒引兵退还。

幽州失陷，王浚被擒的消息传到并州，刘琨开始还觉解气。但不久他就意识到上了石勒的大当，开始懊悔不已。他知道，此时的黄河以北，实际上就剩下并州他这一支孤旅在独力支撑。尽管占据蓟城的段匹磾与占据厌次的邵续等石勒的敌对势力还有一些，但都是强弩之末，难成大事。现在并州已经成为石勒的首选目标，随时会遭受重兵攻击。为了扭转危局，他不得不派遣使者出使代国，约同代公猗卢出兵进攻汉国。

使者到了代国，见过猗卢，将来意说出。猗卢正要起兵赴约，忽然接到密报，说部下将士中有人密谋率众投奔石勒。因事起仓促，只好暂缓发兵，先肃清内患。谁知内患刚刚平息，长子六修又成为他的心腹大患。原因是猗卢的长子拓跋六修本来是猗卢的法定继承人，但猗卢偏偏又喜欢上了幼子比延。为了册立比延，猗卢让六修出居新平城，随之又把六修的母亲废去。六修不甘心失去继承权，又恨猗卢将自己的母亲废去，于是积蓄力量，随时准备反扑。猗卢知道国内危机暗藏，根本不敢离开半步，也不敢派遣军队外出。

使者将代国的情况回报刘琨，刘琨一筹莫展，整日里坐立不安，忧心如焚。对于当时的形势与刘琨的心情，在刘琨给晋帝司马邺上的一封表文中显露得十分清楚：

……臣前与鲜卑猗卢约讨平阳，适羯奴石勒以诡计掩入蓟城。大司马王浚受其伪和，为勒所虏。勒势转盛，欲来袭臣，城坞骇惧，唯图其守。又猗卢国内适有变患，卢虽得诛奸臣，已愆成约。臣所以泣血宵吟，扼腕长叹者也。勒居襄国，与臣隔山，寇骑朝发，夕及臣城。同恶相求，其徒实繁。自东北八州，勒灭其七，先朝所授，存者唯臣。是以勒朝夕谋虑，以图臣为计，窥伺间隙，寇抄相寻。戎士不得解甲，百姓不得在野，天网虽张，灵泽未及。唯臣孑然与寇为伍，自守则稽聪之谋，进讨则勒袭其后，进退维谷，首尾狼狈，徒怀愤踊，力不从心……

当然，表文送达长安，皇帝司马邺也无能为力，徒叹奈何。他孤守关中，正在遭受汉将刘曜的轮番攻击，还望眼欲穿地盼着刘琨前来勤王救驾，哪有余力去帮助刘琨？可是现在的刘琨已经是大晋朝廷在黄河以北的唯一希望，眼下困厄如此，又不能不加以抚慰。别无他法，只能再开一张“空头支票”，派遣大鸿胪赵廉带着诏书，到并州拜刘琨为司空，都督并、幽、冀三州军事。同时加封代公猗卢为代王。刘琨辞去司空，拜受都督，从此更加忠于晋室。

再说石勒攻厌次不克返回襄国，命石虎率部进攻廪丘。廪丘守将刘演不是石虎对手，战败后逃奔段氏去了。石虎进入廪丘，擒获了刘演的弟弟刘启送往襄国。

石勒接见刘启，看到刘启年岁尚幼，还是孩童。询问中，得知刘演、刘启都是刘琨哥哥刘舆的儿子。联想到刘琨与自己虽然身处敌对的两个阵营，但刘琨对自己十分器重，却使他不能不有所感动。特别是当年刘琨帮助自己寻回母亲，善加抚慰，并派遣张儒送往葛陂，让他们母子团圆，这段情谊实在难以忘怀。

石勒是一个恩怨分明，重情重义的旷世英雄。他与刘琨可以“上疆场彼此弯弓月”，但疆场之外，他却不忘以德报恩。既然刘琨能够善待自己的母亲，那么他的侄子也理应受到善待。于是，他赏赐给刘启田园宅院，安排专人加以照顾。又送刘启入太学读书，指定儒官教授其经义。他决心把刘启抚育成人并培养成才。至于刘启将来何去何从，则由刘启长大后自行选择。“无情未必真豪杰”，石勒才是真正的豪杰。

由于幽州、冀州大部分已经平定，石勒开始在辖区内开展大规模的户籍普查。通过普查，阅实人户，从而整顿赋税，计量征收。规定每户上缴绢二匹，租二斛，用于根据地的建设和各项开支。

经过一番努力，辖区内逐渐趋于安定。为了进一步扩大地盘，石勒命将四出，向兖州、豫州方向发展。接着，逯明攻宁黑于茌平，降之。进而攻破东燕酸枣，迁酸枣二万户于襄国；大将葛薄斩杀濮阳太守韩弘，收取濮阳等，一系列捷报相继传来。

捷报传入平阳，汉帝刘聪大喜，派遣特使范龛持节赶赴襄国，赐给石勒弓矢，加封陕东伯，得专征伐。赋予石勒可直接拜封刺史、将军、守宰、列侯，到年终集中上报皇帝的特权。同时署石勒的长子石兴为上党国世子，加翼军将军，为骠骑副二。

各处战场进展顺利，石勒决定亲自率兵进攻厌次，去收拾那个反复无常、令他异常恼火的邵续。

第三十八回　石勒败箕澹复取并州　刘曜破长安又虏晋帝

石勒亲率大军一路杀气腾腾向厌次而来。正行之间，忽有探马飞骑来报，说刘琨部将王旦率部来犯中山。中山太守秦固战败，中山失陷。石勒闻报，急调部将刘勔率部去救中山，自己率领大军继续向厌次进发。

刘勔一路急行军赶到中山，王旦战败被擒，中山收复。

石勒挥军东进的消息传到厌次，邵续害怕被困孤城，调集全部人马西向迎敌。兵至乐陵，两军相遇。然而，邵续根本不是石勒对手，只一战，就被打得落花流水。邵续见势头不对，急忙收拾残兵败将，逃回厌次，紧闭城门，婴城固守。

石勒大败邵续，正要发兵攻城，收复厌次，忽接数处警报，说是章武人王昚聚众起事，扰乱河间、渤海诸郡。更为严重的是，中山丁零翟鼠反叛，进攻中山、常山，兵锋直指襄国。

军情紧急，必须立即回军平叛。石勒考虑到，邵续经此一战，兵力大损，短时间内难以恢复，决定再次放过邵续。他任命扬武将军张夷为河间太守，参军临深为渤海太守，让他们各率步骑三千，去镇压王昚。同时命令长乐太守程遐，率领本部人马驻屯昌亭，作为他们的后盾，以保证军事行动顺利进行。安排布置完毕后，石勒率军回讨翟鼠。

翟鼠不意石勒突然回军讨伐自己，立时胆战心惊。他自知不是石勒的对手，连妻子、儿子都来不及接走，慌忙退守胥关。石勒追到胥关，翟鼠深知石勒手段，考虑胥关难守，只得放弃胥关，带着亲信卫士，逃往代郡去了。

石勒顺利收复中山、常山。此时大军驻屯常山，紧邻并州乐平。石勒决定，趁着大军已经发动，就近攻夺乐平，向并州发展。恰好此时又接汉帝刘聪诏令，说是已经派遣刘曜进军长安，命他全力配合这次重大的军事行动，同时攻打并州，以牵制刘琨不得入援长安。

汉帝的诏命来得真是太及时了，石勒当然乐于奉命。于是他立即挥军翻越太行山，直向乐平杀来。

乐平太守韩据闻石勒来攻，自知兵力寡弱，难以对敌，急派使者向刘琨求救。

再说并州刺史刘琨，自从入主并州以来，一向兵力不振，全仗代王拓跋猗卢的强力支援，才勉强支撑下来。为了笼络猗卢，他不惜与王浚翻脸，一再上表朝廷，对猗卢加封。这还不算，他又送嫡长子刘遵入代，作为人质，长期侍奉猗卢。晋建兴四年（316）春，代王猗卢为立幼子拓跋比延继承王位，出兵讨伐长子拓跋六修，不料兵败，猗卢反被六修杀死。本来，代众见猗卢废长立幼，都同情和支持六修。可是当六修杀死父亲后，代众哗然，又倒戈反对六修。猗卢从子拓跋普根乘势攻击六修，六修连战皆败，被普根斩杀，代郡国内大乱。代王属下将军卫雄、箕澹护着刘遵，带领代地三万余户人口及马、牛、羊十万多头前来归附刘琨。刘琨从此势力大增。

刘琨一直有心讨伐石勒，只苦于势单力薄，无法实施。现在得了代地铁骑，军事实力大大增加，正想发兵讨伐，恰遇乐平太守前来求救，于是立即命令箕澹率领代众为前锋，前往救援。

然而，箕澹此时却忧心忡忡。他对刘琨说：“代众新近归附，还没有感受到你的恩德，也不了解你的信义。现在就驱赶他们前去作战，只怕难以为我所用。我看不如封闭关口，扼守险地，阻止敌人进犯。让这些代众暂时从事农耕，不要打仗。等安顿一段后再行征用。”

听了箕澹的这番话后，刘琨大不为然，他说：“将军乃代王属下骁将，莫非也惧怕石勒不成？代兵骁勇，天下皆知，怎么就不能为我所用？况眼下乐平危急，亟待救援，怎能闭关守险，眼睁睁看着乐平落入羯胡之手？如将军怯战，不愿前往，我可另选良将。”

箕澹见刘琨话锋不善，不好再说什么，只得接受命令，尽起代众中精骑二万，一路浩浩荡荡，杀奔乐平而来。

刘琨见箕澹领兵去了，也调集大军，进驻广牧，声援箕澹。他想通过这次战役，一举将石勒消灭，从此根绝后患。

箕澹率领代兵来救乐平的消息被侦骑获悉，飞报石勒。石勒立即聚将安排拒敌。这时，有一人慌慌张张跑来说：“听说箕澹乃代之骁将，勇冠三军。麾下代兵异常精悍，锐不可当。不如修筑深沟高垒以避之。等他们师老疲惫，士气削弱时，再攻击他们，可保万全。”

石勒闻声望去，不觉勃然大怒，他指着此人申斥道：“胡说！箕澹率众远道而来，一路上已经走得筋疲力尽，再加上犬羊乌合，号令不齐，可一战而擒之，谈什么精悍？现在敌人马上就要来临，哪有时间修筑深沟高垒？再说大军一动，箕澹乘势来攻，再想恢复战阵还有可能吗？这分明是自取灭亡之道。这家伙一向临阵畏怯，进攻在后，退却在前，现在又畏敌如虎，胡言乱语，乱我军心。甲士何在？给我拉出去，斩！”

帐下甲士答应一声，立即将此人拖了出去。

石勒任命孔苌为前锋都督，指挥大军在箕澹来路上依山据险，分头设下埋伏。同时传令三军，接到进攻命令时，要人人奋勇，个个争先，畏敌后出者，斩！

一切布置停当，石勒提戟上马，率领轻骑数百，顺着箕澹来路迎了上去。

转出山口，行走不远，就望见前面尘土蔽日，敌人已经杀到。石勒约束部众在山路上列阵以待。

不一会儿箕澹到了，见有人拦路，便上前喝问道：“来者何人？因何阻拦我大军前行？”

石勒呵呵一笑，说：“某乃汉将石勒，来者莫非箕澹将军否？”

箕澹一听此人就是石勒，不觉冷笑一声，说：“我正要取汝性命，汝却主动前来送死，不要走，看刀！”说着打马举刀冲了过来。

石勒举戟相迎，二人刀戟交加，你来我往，战作一团。

几个回合过后，石勒虚晃一戟，跳出圈外，大叫一声：“这家伙力大刀沉，果然厉害。撤，快撤！”说着拨转马头，顺着来路落荒而逃。

这一下倒叫箕澹傻了眼。他一向以为石勒名震天下，一定骁勇异常，所以与他交手十分小心。哪知道这么不经打。真是闻名不如见面，见面却也稀松！于是雄心陡涨，指挥大军紧紧追杀，一定要将石勒生擒活捉，从此扬名天下。

箕澹盯着石勒的背影奋力追击，不知不觉进入山谷。而前面的石勒因山路崎岖，马也跑得并不很快。眼看着距离越来越近，马上就能将石勒擒获。突然，箕澹感觉不对。他发现两边山势陡峭，脚下的道路越走越窄，立即意识到，石勒是在用计赚他，说不定已经陷入石勒布下的埋伏之中了。于是赶紧勒住马，传令大军停止前进，立即后撤，但是已经晚了。他的部众飞骑而来，一时禁止不住，前面的得到命令已经停止前进，开始后撤。后面的依然蜂拥赶来，反而将自己的部队冲撞得乱作一团。

就在这时，忽听得一声铜锣响，两边山上突然涌出大队人马，呐喊着顺山坡冲杀下来。箕澹的部队本来就已经大乱，现在更是相互践踏，混乱得一塌糊涂。箕澹一见大势已去，也顾不得部众，仗着自己武功高强，坐骑雄健，奋力杀一条血路，冲出山谷，独身逃命去了。

石勒部众冲杀下来，前堵后截，将箕澹大军团团包围。一场血战，全歼来敌，缴获战马铠甲数以万计。

乐平太守韩据听说前来救援的箕澹大军全军覆没，吓得胆战心惊。他知道乐平失陷已成定局，于是弃城而去，跑到广牧投奔刘琨去了。

刘琨驻屯广牧，日夕盼望箕澹的捷报佳音，哪知韩据却给他带来了箕澹全军覆没的可怕消息，一时惊得目瞪口呆。他马上想到，石勒一定会乘胜向他发动攻击，便立即传令部队修筑深沟高垒，据险设防。

然而，刘琨想错了。石勒在取得乐平战役胜利后，并未向广牧进军。而是命孔苌率一支人马去追击箕澹，自己直接去夺取刘琨的并州老巢晋阳。他已经派人侦察清楚，刘琨将大军带往广牧，晋阳已经是一座空城。于是他在原地布设疑阵，迷惑刘琨，暗地里率一支轻骑兵，乘虚而入，从间道直扑晋阳。

留守晋阳的并州长史李弘，万万没想到石勒大军突然兵临城下。此时城内空虚，眼见得无力抵御。李弘权衡再三，别无他法，只得开城出降，将晋阳献给石勒。

石勒兵不血刃，轻松取得晋阳。紧接着，他马不停蹄，挥师广牧，去寻战刘琨。

刘琨驻屯广牧，深沟高垒，等待石勒来攻。不曾想留在晋阳的亲信飞马来报，说是晋阳失守。这消息就如同晴天霹雳，惊得他手足无措。恰恰这时，又有探马来报，说是石勒大军正向广牧杀来。此时，刘琨因老巢被端，进退失据，部下惊恐万状，军心已经动摇，迎战石勒已无胜算，只得传令拔寨起营，率领部众东下太行，到幽州蓟城投奔段匹磾去了。

刘琨逃走后，并州无主，各郡县纷纷望风归降。至此，并州被收入大汉国治下。石勒派遣左长史张敷赴平阳向汉帝刘聪报捷。

再说孔苌追击箕澹，一直追到了桑干方才追上。此时箕澹人困马乏，心力交瘁，见汉兵蜂拥追来，知道无法逃脱。于是率性咬咬牙回身扑入敌阵，在连毙汉军数人后，壮烈阵亡。

斩杀箕澹后，孔苌看看已经深入代地，干脆顺势挥兵收复了代郡。

就在石勒挥师进入并州大地的同时，大汉国的另一支大军在中山王刘曜的率领下直扑长安。西晋王朝的最后一个皇帝司马邺，在内外交困中走向穷途末路，哭泣着向刘曜投降。

此事还须从头说起。

原来司马邺在怀帝死后，虽然加冕做了皇帝，却因势穷力竭一直没有大的作为。再加上汉军不断进攻，长安城始终处于风雨飘摇之中。司马邺终日忧心忡忡，这皇帝也做得十分恓惶。自登基以来，他曾多次下诏，加官晋爵，渴望盘踞在江东的琅琊王司马睿和镇守秦地的南阳王司马保以及镇守各地的晋室封疆大吏能够前来勤王护驾。然而，司马睿偏安江东，不愿重涉险地，一直无心北上；司马保兵微将寡自身难保，也无力顾及长安。其他官吏因种种原因也都没能前来。

建兴四年（316）秋，刘曜率部围攻北地。晋廷派遣仆射麹允率兵去救，不料中了刘曜之计被打得大败，致使北地失守。刘曜大军进至泾阳，渭北各地全部溃败。冬十一月，刘曜进逼长安。恐慌中，皇帝司马邺朝使迭发，四面征兵，却只有凉州刺史张寔派部将王该率领步骑五千来援。其他如安定太守焦嵩、新平太守竺恢与弘农太守宋哲等，虽说也领兵来了，但听说刘曜兵力雄壮，不敢前进，只是驻屯霸上“作壁上观”。

晋朝勤王之师的畏缩不前，使得刘曜看清了他们不会有所作为。所以也就对他们置之不理，只是指挥大军猛攻长安。

此时，皇帝司马邺所能依靠的只有仆射麹允和太尉索綝。然而，因长安城内兵微将寡，在刘曜大军的猛烈攻击下，很快外城就被攻破，麹、索二人被迫退守内城。

攻下长安外城，刘曜当然不会罢休，他指挥大军复攻内城，将内城围得水泄不通。

皇帝困守内城，还多亏了张寔派来的五千凉州兵勇。这些凉州兵忠贞不贰，尽管在守卫外城的惨烈战斗中多数阵亡，但退守内城的仍然还有一千多人。他们用生命和鲜血勉强支撑着残局，才使得内城暂时未被攻破。但是，一个可怕的现象出现了。城内粮食很快耗尽，人们开始成批饿死。没死的，有的从城墙上垂下逃亡，有的干脆割死人的肉吃，内城沦为了人间地狱。

此时正值隆冬季节，皇帝饥寒交迫，惶惶不可终日。听着外面的催命征鼓声声传来，更让人心惊肉跳。无奈之下，皇帝把麹允、索綝招来，向他们征求办法。可是，麹允只是啼泣落泪，显得一筹莫展。只有索綝眼珠子转了半天，咬咬牙从唇缝中蹦出一个字："降！"

"降！"司马邺脑袋"嗡"的一声，随即他便号啕大哭起来。他历尽艰辛，苦苦支撑，实指望上天垂怜，能有一线转机，扶王朝大厦于将倾，哪知自己却成了亡国之君！看来大晋王朝确实气数已尽，再无回天之机了。于是他哭着说："罢了罢了，我们已经困厄到了如此地步，外面又无救兵，也只能忍耻出降了。或许借此还能让城内百姓少受杀戮。"

麹允、索綝默然无语。正在这时，外面传来可怕的喧嚣之声。有士卒来报，说汉军又开始攻城。索綝一听，借机溜了出去。麹允见状，也跟着退出。

司马邺见二人就这样不辞而别，仰天长叹道："误我国事者，就是这两人啊！"于是唤过侍中宗敞，叫他写下降表，送往刘曜军营。

宗敞捧着降表将要出城，恰好遇到索綝。索綝要过降表看了一遍，便让宗敞少安毋躁，不要急于投降。且到府上暂时歇息，让他再想想还有什么另外的法子。

老实的宗敞当然希望有回天的奇迹出现。可他绝不可能想到，索綝此举包藏着不可告人的祸心。索綝稳住宗敞后，马上叫来自己的儿子，对他咬了半天耳朵，吩咐他悄悄出城，去见刘曜。

索綝的儿子潜出内城，来到刘曜军营，对刘曜说："现在长安内城存粮很多，足够支撑一年。将士们也很齐心，都甘于效命。你们急切之间是攻不下来的。如果您能答应让索淋做车骑将军，封他万户郡公，索淋会立即献出城池，胁迫皇帝投降。”

听了这家伙的这番话后，刘曜不由得好笑又好气。他在当世也是数得上的英雄豪杰之一，聪明睿智，有勇有谋，哪会被这等拙劣的把戏蒙骗？他指着这家伙怒斥道：“帝王之师所到之处，遵循的只是一个‘义’字。孤统率大军已经十五年了，从来不用诡计去骗人。两军对垒，必待对手兵穷势竭，消耗殆尽时才去进取。现在索淋说出这样的话来，分明是想借亡国之际出卖皇帝，为自己捞取政治资本。这对大晋来说，就是罪大恶极的奸臣！天下无论哪个国家，对不讲忠义的乱臣贼子，人人得而诛之。如果真像你所说的，粮食充足，将士齐心，那你们尽可以继续坚守啊。如果不是这样，你们的粮食已经耗尽，士卒也寡弱疲惫的话，那就应该早知天命，赶快前来投降，何必欺骗我呢？”于是喝令左右将其推出斩首。然后命军士挑着这颗脑袋绕内城转了一圈，让城上的守军看清楚，再把这颗脑袋送回内城。

索淋万万没有想到，他把活生生的儿子送出城去，而被送回来的却只是一颗血淋淋的人头。他机关算尽，不曾想反送了儿子性命。然而，他虽然哀痛懊悔，却也不想走上极端，他还要顾惜自己的性命。天下所有奸贪之人，无不把自己的性命看得至为贵重，索淋也不例外。为了留有余地，他只好把宗敞唤出，让他带着皇帝降表出城，到刘曜那里乞降。

宗敞来到刘曜军营，献上降表。刘曜收了降表，安排宗敞回城禀报，让晋帝即日出降。

皇帝司马邺得到宗敞回报，起身哭着拜别太庙，口中衔着玉玺，乘坐羊车，叫人用车子拉着棺材，走出东门向汉军投降。晋室群臣号泣着跟随出降，哭喊之声震天动地。

作为一代王朝，虽然不乏奸佞之人坏事，却也必然会有忠义之士，将王朝的兴亡盛衰与自己的身家性命紧紧联系在一起。一个名叫吉朗的御史中丞，感到难以面对大晋沦亡，掩面号泣着拜倒在地，磕头出血，对皇帝说："我智不能转变国运，勇不能为国战死，难道就这样随陛下去北面服侍胡虏吗？不！只愿陛下好自珍重，恕臣不能追随陛下。臣现在就死在这里，终不失为大晋臣子！"拜毕起身，一头撞向城门，脑浆迸裂，倒地而亡。吉朗的死，也算给大晋的沦亡增添了一点悲壮的色彩。

司马邺到了刘曜军营，刘曜按照古代的礼仪，接受了皇帝玉玺，叫手下将棺材烧掉，然后让宗敞侍奉皇帝依然还宫，收拾行装，准备东行到平阳谒见汉帝刘聪。

过了一宵，刘曜进入长安内城，检点府库图籍，命军士将司马邺君臣一干人押回军营。又过了一天，便派兵遣将，把他们送往平阳。

第三十九回　寄书信末杯感恩
振军纪张越伏法

大晋皇帝又被俘虏的消息，在平阳城引起了巨大轰动，人们塞街堵巷争相跑来观看。汉帝刘聪在光极殿召见司马邺，司马邺极尽谦恭地向刘聪行礼。

看到自己极力扶持的皇帝今天竟然沦落到如此屈辱的地步，麹允忍不住伏地大哭起来。刘聪见状，大为震怒，喝令将麹允押入监牢。

麹允下狱后万念俱灰，不愿苟活，撞墙而死。

狱卒将麹允死情报告刘聪，刘聪深为嘉许。为旌扬忠节，追赠麹允为车骑将军，谥节愍侯。同时斥责索𬘭为臣不忠，卖主求荣，命甲士押往东市处斩。

按照惯例，刘聪册封司马邺为光禄大夫、怀安侯。同时为表彰灭晋大功，进封刘曜假黄钺大都督，统领陕西军事，官拜太宰，改封秦王。下令大赦天下，改元麟嘉（316）。

至此，西晋王朝洛阳、长安两都先后沦陷，司马炽、司马邺两个皇帝相继做了刘汉王朝的俘虏，西晋灭亡。总计自晋武帝司马炎篡位称尊，传国三世，共历四主，凡五十二年。

西晋灭亡后，各地残存的晋室势力，一致推举偏安江东的琅琊王司马睿据位称尊，继承大统。司马睿先称晋王，建立宗庙，改元建武。同时将建业改称建康。

一年后，司马邺在平阳被汉帝刘聪杀死，时年一十八岁，史称晋愍帝。

消息传到建康，司马睿为其发丧。越年（318）二月，司马睿接受群臣的劝进，登上帝位，成为开创东晋王朝的第一代君王，史称晋元帝。

话说石勒大军赶跑刘琨收复晋阳后，司、冀、并、兖四州的大部分土地都被控制。然而，因天灾和战乱，迫使数万户百姓成为流民失去家园，逃窜辽西。当时流民中涌现出两个人物，一个叫马严，一个叫冯褚。两人将流民中的一部分青壮年组织起来打家劫舍，成为强盗。

为了让这些流民还归故土，石勒在孔苌收复代郡后，命他移师东向，去打击马严、冯褚。孔苌率部来到辽西后发现，这股强盗队伍聚散无常，飘忽不定，要寻找他们的主力并非易事。尽管孔苌劳师费时，想尽办法，却一直没有明显进展，使战争处于胶着状态。

接到前方战报，石勒深为忧虑。于是亲自到张宾府上，向张宾问计。

听石勒讲述了前方战况，张宾经过一番思考后说："我看主公不如将孔苌召回，停止对马严、冯褚的军事行动。"

石勒问："为什么？"

张宾说："马严、冯褚与主公不存在深仇大恨，流落在辽西的流民也都有思恋故土的情结。如果我们撤回部队，选派一个贤良爱民的牧守，让他们像汉代的龚遂、黄霸那样，打破常规，放手施为，对流民施仁泽，扬武威，不拘一格去招抚流民。这样，幽冀一带的盗寇很快就会平息，辽西的流民用不了多久就会回归。"

石勒听了后连连点头说："右侯说得很对，就应该这样办。"于是传令让孔苌收兵班师。同时任命武遂县令李回为易北都护、振武将军、高阳太守。

石勒之所以越级起用李回，是因为他对李回非常了解。李回先前曾经做过李潜的长史，十分擅长抚慰部众，在民众中享有很高的声誉。而马严的强盗部队中，有一部分士卒原来是李潜部下军人。这些士卒一向敬佩李回的为人，慑服李回的威德。派李回去招抚流民最为合适。

果然，李回到任后，流民们听说李长史前来招抚，纷纷叛离马严，争相归附李回。

马严见部众迅速离散瓦解，再也约束不住，感到非常害怕。无奈之下，他想去幽州投奔段匹磾。不幸的是，在逃往幽州的途中路遇一条大河，不意马蹄踏空，掉进河中淹死了。

马严死去的消息传了回来，冯褚更加恐慌。他不敢继续与汉军作对，率众投降了汉军。

李回移驻易京，流民们闻讯来投的络绎不绝，每年都有数千之众。

李回的为政能力得到了石勒的高度嘉许，李回被封为弋阳子，赏给食邑三百户。同时，为表彰张宾高明的见解和突出的贡献，加封张宾食邑一千户，进位前将军。然而，张宾坚辞不受。这令石勒对张宾更加敬重。

再说刘琨因并州丢失，无家可归，不得已到幽州投奔段匹磾。段匹磾见刘琨来投，大为高兴，摆下盛宴为他接风压惊。席间叙及历来情谊，更觉倾心，便与刘琨歃血为盟，结为兄弟。这还不算，为了表示亲密无间，干脆两家儿女婚配，结成了儿女亲家。二人约定，一定同心协力，恢复晋室王朝。当长安城破、皇帝被掳的消息传来，他们便出面邀同散布在各地的晋室残余势力，以及鲜卑各部落首领，联名向偏安江东的司马睿上表劝进。随即，段匹磾推举刘琨为征讨大都督，通知段疾陆眷、段涉复辰、段末柸等鲜卑段氏首领同至固安，商讨共同讨伐石勒；同时传檄各地晋室残余势力，会师襄国。

哪知刘琨、段匹磾还在紧锣密鼓地作进攻襄国的准备，消息却已经被石勒侦知。然而，石勒只是轻蔑地付诸一笑，并未十分上心。他把参军王续传来，写了一纸书信，准备了一些礼物，命王续带了，到辽西去找段末柸，以表示对段末柸的思念和慰问。

王续到了辽西，见到了段末柸。此时，段末柸正准备起身到固安去和刘琨等会面。读了石勒的书信，段末柸深受感动。回想起当年石勒对自己的种种恩德，一直以来无以为报，使他深感愧疚。现在刘琨、段匹磾却要驱赶自己去攻打自己的恩公，他越想越觉得绝不能做这种忘恩负义的蠢事。同时，当年段疾陆眷与石虎歃血为盟，结为兄弟，也不能让他去做这种不义之事。他必须去制止他们，可他们已经出发到了固安。于是段末柸立即骑快马向固安而来。

在固安，段末柸见到了段疾陆眷和段涉复辰。段末柸对他们说："当年我们受王浚蛊惑，轻率地去进攻襄国，结果被石勒打得大败。石勒因为我们同是胡人，不杀我们，反与我们认作父子，结为同盟，言明互不侵犯。怎么能出尔反尔，失信于天下呢？"

见段末柸质问，段疾陆眷也深感赧颜，心生退意。只是段涉复辰碍于段匹磾的面子，一时委决不下。

段末柸又对段涉复辰说："您是我们的叔父，段疾陆眷是我们的兄长。段匹磾只是我的兄长。你们以父兄的尊贵身份，却要去服从段匹磾这个子弟，带着我们深入险境，去做没有任何胜算的蠢事。我认为这是一种耻辱。"

段涉复辰经过一番思索，觉得段末柸说得很有道理。他也知道，如今的石勒兵强马壮，所向无敌，又占据了司、并、冀、兖四州的广大地盘。现在发兵去讨伐他，到底能有多少胜算呢？实在是心中无底。再说，与之结盟又出兵讨伐，此乃不义之师。师出不义，必遭败衄，这道理并不深奥。想到这里，段涉复辰决心已定，便和段疾陆眷商量决定，接受段末柸的劝诫，率部撤离固安，返回自己的驻地。

段匹磾与刘琨见段疾陆眷、段涉复辰、段末柸均不辞而别，返回了驻地。而其他的晋室所存势力在接到檄文后也都持观望态度，没有一人响应。

眼看进攻襄国的计划已经胎死腹中，只好长叹一声，率兵返回幽州。

就这样，石勒仅凭一纸书信，就将一场惨烈的战争化解于无形。这不能不说当年石勒不杀段末柸，并与之结盟，在政治上具有超人的远见卓识。粉碎了刘琨、段匹磾进攻襄国的计划后，周边其他的晋室残存势力和各种反对力量，虽然还存在一些，但均不够强大，对石勒新开辟的司、并、冀兖根据地造不成太大的威胁。根据地出现了一派相对安定的局面。这种局面的出现，对于根据地政治、经济以及社会各方面的建设和发展均有好处。但是，对于军队来说，却并不见得一切都好。由于无所事事，加之军队生活枯燥乏味，部队纪律逐渐松弛。士卒们为寻求刺激，便开始在军中赌博。而且此风愈演愈烈，由此引发打架斗殴，持械火拼，进而形成人员伤亡的事也时有发生。

为了遏制这种不良风气的继续蔓延，防止使之影响到军心与士气，石勒严令，禁止在军中赌博。然而，禁令虽下，却收效甚微。于是，石勒决定下大力气来整顿军纪。

恰恰就在这时，有人举报，说是在广威将军张越营中有人聚众赌博，并因为怀疑参赌者出老千耍赖而打了起来。双方参与的人越来越多，打斗场面越来越大，目前已经造成数十人死伤。

石勒听了十分恼火，他问："张越何在？"

举报人说："张将军喝了酒，现在醉卧营中。"

石勒大怒，便亲自带人到张越营中查看。

再说张越对部下将士历来比较放纵。军中发生赌博的事，他是知道的。他认为，将士们在战场上出生入死，很少有娱乐的机会。战斗间隙得空赌博玩玩，也算一种消遣。尽管石勒有严令在先，但他却不以为然。所以对此禁令，他实际上并未在军中传达。这次因赌博引发大规模械斗，他因醉酒而浑然不知。直到石勒来到军营，他身边的亲兵才使劲把他摇醒。

一听说石勒挟怒而来，张越慌了手脚，急忙出帐相迎。自从当年"十八骑”起义后，他一直跟随石勒。十多年来，他深知石勒言出必行，在执行军纪上容不得半点含糊。这次虽说是自己的部下犯了禁令，但若追究起来，根子却在自己这里，干系非小！由于慌乱，出门时被门限绊倒，摔断了小腿。就在这时，石勒已到，见到张越倒在地上，便喝令随身力士将其拿下。

进入军帐后，石勒传令所有参与赌博和斗殴的将士主动前来出首。将士们哪敢不从？一起跑来跪在帐外等候发落。

石勒走出军帐，质问他们，知不知道军中有禁止赌博的命令？

众将士面面相觑，一言不发。

张越见状，也顾不得摔断的小腿疼痛，便如实向石勒坦白，说这条禁令他并未传达。他原以为这禁令有点小题大做，也就没当回事儿，没想到却酿成如此大祸，他感到非常懊悔。

石勒听了，更加怒不可遏。他骂张越说：“军队纪律乃是军队的性命。有令不行，有禁不止，还怎么带兵？现在酿出如此恶性事件，你懊悔又有什么用？”于是命手下速传军医，将张越摔断的小腿作了处理，又说，“既然张越不遵禁令，那就休怪军法无情！”将张越下了大牢。然后重申禁令，严厉处分了肇事官兵。

回到府中，石勒心中十分纠结。他非常清楚，“军不斩不齐”，要整顿军纪，必须拿具有相当身份地位的人开刀，才有震慑力。张越身份地位特殊，现在公然违反禁令，在军中造成了如此恶劣的影响，按律当斩！这样正好教育全军严格遵守军令，勿得违反。可是，张越自从当年“十八骑”起义以来，一直跟随自己，历尽艰辛，立下了赫赫战功。再说，张越娶了叔叔家的女儿，还是自己的姐夫。于公于私他都下不了手啊！可是，现在军纪整顿箭在弦上，偏偏是他来触了这个霉头。所以，在如何处分张越的问题上，石勒一直委决不下。

石勒的堂姐珍娘听说丈夫下了大牢，在英姑的陪伴下哭着来向石勒求情。石勒好言抚慰，但他作为军中主将，却不能法外徇私，只能让英姑扶她回去，好生照顾。最后，珍娘见乞求无望，号哭着走了。

石勒命厨师准备了一桌上好的饭菜，让手下用食盒挑了，自己拿一坛陈年老酒，到狱中探望张越。此时，张越的小腿经军医用夹板固定后，已经能够站起。他见石勒前来看他，感到十分愧疚。他已经想明白了自己所犯错误的严重性，所以也能坦然面对。

石勒叫狱吏打开牢门，进去将饭菜摆好，扶张越坐下，说："现在不在军中，我叫你一声姐夫。我想知道，你对所犯罪行有什么想法？"

张越说："我知道我犯了不可饶恕的重罪。我更知道兄弟要整顿军纪，就会有大将倒霉。我命运不济，偏偏让我给撞上了。兄弟拿我开刀，我并无怨言。只是你姐珍娘和孩子们，还望兄弟能够善加抚慰，这样我就死而瞑目了。"

石勒斟酒递给张越，说："你是我的姐夫，又跟随我出生入死征战多年，功勋卓著。论亲情，我不能杀你；论义气，我也不能杀你。可是，论军法，你严重违反禁令，又不能不杀你。这使我心中好生难过。由于委决不下，故而前来听听你的想法。"

张越端起酒杯一饮而尽，豪爽地说："当年我们'十八骑'起义，立志要闯一番大事业。为了这个目标，就要有赏罚严明的军纪。兄弟曾经说过，纪律是军队的灵魂。纪律不严明，军队怎能打胜仗？现在我犯了军纪，实在是咎由自取。我甘心为严肃军纪献出首级！兄弟不必忧虑，张越是条汉子，活着是你的部下；死了，魂魄也会跟着你。"说完，便大吃大喝起来。

石勒禁不住一阵心酸，走过去一把抱住张越，失声痛哭起来。

第二天，石勒召集众将佐，再次严明军纪，命将张越绑赴刑场斩首。当年的"十八骑"弟兄以及张宾、孔苌等一起跪地求情，石勒也泪流满面。张越见状，大声喊道："弟兄们不必为我求情，我张越违反军纪，罪在不赦，甘心受戮，以助重振我军纪。石勒兄弟，你是对的，军不斩不齐，不可有妇人之仁。我相信，有你领着，我们一定会成就大事。我去了!”说完，哈哈大笑着走向刑场。

石勒双手掩面，不忍亲睹。

三军肃穆，将士股颤。看来只要犯了军纪，就连张越这样身份地位显赫的人都得开刀问斩，还有哪个能不害怕?

张越死后，石勒对其盛殓入棺，请佛图澄相好了一块吉地，由“十八骑”弟兄亲自抬着送往坟茔。

从此，石勒军纪整肃，有令即行，有禁即止，再无违禁犯纪者。

(对于张越的死，有典籍作了如下记载：“勒姊夫张越与诸将蒱博，勒亲临观之，越戏言忤勒。勒大怒，叱力士折其胫而杀之。”笔者以为此记载不合情理。纵观石勒一生并不残暴，而是一个有情有义、知恩图报的人。特别是他志向远大，抱负不凡，是一个具有远见卓识的政治家和军事家。他不可能为了一己私愤去擅杀大将，尤其是像张越这样在他起事之初就跟随他出生入死，和他一起打天下的“十八骑”弟兄，甚至还是他的姐夫。所以，对于这一点，笔者不能认同。尽管笔者写作此书的宗旨，首先注重历史研究，其次才是文学创作，但对这一段历史记载却不太认同。)

斩了张越后，石勒经过认真反思，认识到，军中赌博之风盛行，其根源是军旅生活的枯燥乏味。所以，在军中开展一些有益的文化娱乐活动是十分必要的。而如果能把军事训练和文化娱乐结合起来，那将会产生一举两得的效果。于是石勒决定创造一种舞蹈，使之在音乐鼓点的配合下，让士兵们参与进去，开展活动，把枯燥乏味的军旅生活变得有声有色。

经过一番琢磨，他首先将师傅传授他的“霸王鞭法”中的招式，按照舞蹈的手法、步法要求，进行了拆解重组，使之能根据音乐鼓点的节奏进行表演。他之所以选择“霸王鞭法”来改编舞蹈，是因为这套鞭法在当年在平起义之初，就传授给了他的“十八骑”弟兄。后来，又在历次军训中推广到了全军。他的军队之所以所向披靡，在一定程度上与这套刚劲凌厉的鞭法很有关系。因这套鞭法在军中几乎人人都会，改编后推广比较容易。

果然，石勒根据“霸王鞭法”创造的“霸王鞭”舞蹈，很快就在军中收到了良好效果。由于这套舞蹈不受人数限制，一人可以表演，即使千人、万人，只要有足够的场地，一样能按照统一的音乐节奏进行表演。所以，将士们立刻就喜欢上了。在没有战事的空余时间，将士们聚在一起，奏起音乐，敲响鼓点，在场地上挥鞭起舞，既荒疏不了武功技能，又使身心得到了愉悦。整个军营因此而变得生机勃勃。

石勒还鼓励将士们多想办法，创造和开展多种形式的文体活动。在他的倡导下，军中先后出现了“顶灯舞”“胡秋千”等文娱活动。这些活动，在他的军中形成了一道生气勃勃的景象，从而军心稳定，士气高涨，战斗力得到了空前加强。

石勒以张越的生命换来了军纪的整肃，而他的心却因此沉浸在无休止的伤痛之中。

第四十回　杀刘琨匹磾失人心
责赵固石勒伸大义

话说石勒为了整肃军纪，不得不挥泪斩张越。然而，每一次忆起张越这十多年来，与他一起风雨同舟，出生入死，就会使他的心中如刀绞般的疼痛。而时隔不久，前线又有噩耗传来：将军石越阵亡！

石越将军虽不在“十八骑”之内，却也是茌平起义的众兄弟之一。十数年来随石勒南征北战，冲锋陷阵，从普通士兵一直做到了将军，可谓历经战阵，血染征袍。现在战死疆场，自然使石勒无比痛惜。同时，他通过石越又联想到了张越。张越征战一生，没能死在疆场，却让他送上了黄泉路。如今张越、石越相继离他而去，更让他哀痛不已。所以，当石越的遗体运回后，石勒便传令三军，在三个月内禁止一切娱乐活动，以示哀悼。

那么石越是如何阵亡的呢？这话还须从头说起。

就在石勒给鲜卑部族段末柸一纸书信，粉碎了刘琨、段匹磾图谋进攻襄国的计划后，段匹磾与段末柸便成了仇敌。当时，辽西鲜卑单于截附真乃段匹磾的兄长。段末柸还归辽西后，将截附真杀死，拥立忽跋邻做了单于。消息传到幽州蓟城，段匹磾痛怒交加，便亲率幽州之众，以回去奔兄长之丧为名，去进攻段末柸。临行时，刘琨亲自前来送他，并派自己的嫡长子刘群率领一部分并州之众，随段匹磾同归辽西。哪知，段匹磾刚刚进入辽西，就中了段末柸的埋伏，被打得大败。段匹磾仓皇走脱，逃回了幽州，而刘群却没能走脱，被段末柸生擒活捉。

段末柸俘虏刘群后，学着当年石勒对待他的样子，给了刘群很高的礼遇，说服和感化刘群弃暗投明。在此基础上，段末柸还让刘群给其父刘琨写书信一封，劝刘琨背离段匹磾，和段末柸联盟，并答应事成后推举刘琨做幽州刺史。当时，不知刘群是受了感化真心归附，还是情势所迫出于无奈，便按照段末柸的意思给父亲写了书信，要父亲充当内应，等待段末柸大军到达后，内外夹击，夺取幽州。

书信写好后，段末柸便派遣密使，让其带着书信赶赴幽州去秘密会见刘琨。

再说段匹磾败回幽州后，为了防备段末柸前来袭击，派出侦骑数路，在辽西通往幽州的各条道路上严密侦查。段末柸派往幽州的密使被段匹磾派出的侦骑截获了。侦骑将密使押回幽州，推送到段匹磾面前。段匹磾命手下细搜其身，刘群给刘琨的书信被搜了出来。

读了书信后，段匹磾大惊失色。于是命身边亲兵去请刘琨，说有要事相商。

当时，刘琨带领他的并州部众投奔幽州后，被段匹磾安排在幽州的征北府小城驻扎。此时见段匹磾派人来请，不疑有他，只带了亲随数人，欣然赶到段匹磾府上。

段匹磾见刘琨来到，既不出迎，也不说话，只是将刘群的书信拿给他看。

刘琨见段匹磾态度不同往常，狐疑地取过书信一看，不由得大为惊讶。他对段匹磾说："这是怎么回事儿？我与您义结金兰，又为同盟，只是希望能和您共同匡扶王室，更希望仰仗您的威力为国雪耻。就算我的儿子把书信秘密送到我的手里，我也知道这是段末柸使用的反间计，目的是想让你我二人相互猜疑，互相攻击，从而破坏我们的联盟。不管您相信与否，我最终也不会因为一个儿子而背叛您和忘记大义啊！”

段匹磾听刘琨这么一说，这才哈哈一笑道：“我就是因为对你没有任何怀疑，所以才把这件事情告诉你。既然这样，我们还是好兄弟，你也不必挂怀。这件事就算过去了。”说完，就准备让刘琨还归征北小城。

此时，一直跟随在身边的段匹磾弟弟段叔军，见段匹磾有意放归刘琨，急忙把段匹磾拉过一边，轻声说：“兄长切不可放刘琨回去。您别忘了，我们都是胡人，一向遭受晋人的歧视和奴役。在他们眼里，我们都是供他们驱赶的畜生。现在，像刘琨这样的晋人，只是在失势后，害怕我们人多势众，才来屈尊俯就。如果我们骨肉之间相互寻仇，构成祸患，他们发现有机可乘，便会图谋我们。现在放刘琨回去，一旦有人推奉，他再找准机会向我们发难，只怕我们鲜卑段氏就将从此绝种了！”

听了弟弟的这番话，段匹磾心中也犯了嘀咕。他想了一想，回来对刘琨说：“兄长暂时不忙回去，就住在我这里，与我共同商量如何对付段末柸。”说完，也不管刘琨是否答应，就命手下收拾房间，安顿刘琨住下。

见段匹磾不放自己回去，刘琨心中明白，自己已被软禁。可他又一时找不出拒绝的理由来，只得听天由命，勉强答应了段匹磾。

刘琨身边的一名亲兵看出事情不妙，便寻机脱身，逃回征北小城，将刘琨被段匹磾软禁的消息告诉了留在小城的刘琨庶长子刘遵。刘遵立即招来刘琨的左长史杨桥、并州治中如绥商量应变的办法。因一时想不出良策，只得下令关闭城门，坚守征北小城。

段匹磾软禁刘琨后，也担心驻屯在征北小城的并州人武装哗变，便派人前去安抚。不料被刘遵拒之城外。段匹磾闻报，勃然大怒，便发兵前去攻打。刘遵驱兵严防，一连数十日，小城内粮食消耗殆尽，却又无处搬兵解救。守将龙季猛眼见小城不保，便暗暗潜出城去，向段匹磾投降。段匹磾授予密计，让其重回城中，伺机除去杨桥、如绥，擒捉刘遵。

龙季猛回到小城后，经过一番精心准备，趁杨桥、如绥不防，下黑手将二人斩杀，又率部抓获刘遵，然后大开城门，放段匹磾部众入城。

段匹磾部众入城后，接管了小城的一切防务，并将刘遵带回蓟城关押。这一来，便让那些随同刘琨投奔幽州的并州将佐们感觉惶恐不安。代郡太守辟闾嵩、雁门太守王据与后将军韩据，悄悄聚集在韩据府上，密谋发兵袭击段匹磾，救出刘琨。谁知事机不密，走漏了消息，竟招致杀身之祸。

原来，韩据随刘琨投奔幽州后，将自己的女儿嫁给了段匹磾的儿子为媳。就在他们密谋营救刘琨的时候，正好韩据的女儿回来探视父母。不意他们的全部计划被韩据的女儿偷偷听到了。韩据的女儿经过一番激烈的思想斗争，最后决定牺牲父亲，营救丈夫一家。于是她悄悄离开韩府，将父亲他们的谋划告诉段匹磾。而此时，韩据他们却浑然不知。

段匹磾得到举报后，经过一番安排布置，命人去请韩据、辟闾嵩、王据过府议事。韩据等不知秘密已泄，昂然前来。结果一进门就被段匹磾的刀斧手拿下，押出去砍了脑袋。恰恰这时，段匹磾又收到了东晋江州牧王敦的来信。信中，王敦陈述利害，唆使段匹磾杀掉刘琨。而段匹磾经过这一番变故，也害怕刘琨的并州部众和原来幽州的王浚部众联合，推举刘琨发动兵变，便假称接到建康晋元帝司马睿诏命，让他处决刘琨。于是派手下将刘琨及其所有子侄一并勒死。可怜刘琨对大晋王朝一腔忠义，最后却落得如此可悲的下场。

刘琨被段匹磾杀害，在幽州上下引起了一片哗然。刘琨部下的并州别驾卢湛，率领刘琨部众叛离幽州，到辽西投奔段末柸，推举刘群为主，暂住辽西。幽州原来的王浚部众见段匹磾无义，也都不服，相率叛去。这一来，使得原本强盛的段匹磾势力，一下子削弱了大半。

段匹磾见自己失去人心，势力也由盛转衰，十分忧虑。而这时，段末柸也连续向他发动进攻，更让他感觉难以招架。眼看自己独守蓟城，孤立无援，而幽州人又对自己不服，城内城外杀机四伏，继续守下去难免有祸乱发生，便决定撤离幽州到乐陵去投奔冀州刺史邵续。

经过一番准备，段匹磾率领他的鲜卑部众撤离蓟城，一路南下，直向乐陵走来。当走到渤海郡高城附近的盐山时，忽然有一彪人马杀出，阻住了他的去路。率领这支人马的，正是石勒麾下大将石越。此时段匹磾部众远道跋涉，已经走得筋疲力尽，被石越大军一阵冲击，打得大败。仓皇之下，段匹磾只得收拾残兵败卒沿着来路往回逃窜。石越见段匹磾兵败，便指挥大军乘胜追击。段匹磾为了脱身，急命弓弩手殿后，组织攒射，掩护部队撤退。

石越一向勇猛果敢，从不惧险。此时为了追歼穷寇，他一马当先，冲在了最前面。不提防一支流矢飞来，躲闪不及，被射中咽喉，跌下马来。石越部众见主将落马，顾不得再追穷寇，慌忙下马营救，但是，石越已经阵亡。段匹磾得此机会，率领残兵败卒重新缩回蓟城。

石越遗体运回襄国，石勒在悲痛之余，为其举行了盛大的追悼仪式，传令三军，屏乐三月，追封石越为平南将军。

回头再说大晋王朝的京师洛阳，自从永嘉五年（311）六月被汉军攻破，刘曜擒获怀帝司马炽后将其押送平阳，随后刘曜在撤离时放了一把火，将这座大晋帝都烧成了一片废墟。汉帝刘聪得知，虽未对刘曜加以责备，但也不以为然。他考虑到，尽管洛阳已经残破，但毕竟是魏晋名都，既然已经攻取，入了大汉版图，就不能轻易放弃。于是便派将军赵固，率部前去镇守。

这赵固原本就是一个重利轻义、反复无常的小人。刚开始接受汉帝任命时，高兴得手舞足蹈。因为他知道，洛阳这座东周王城，汉魏名都，是当时天下最为繁华富庶之地。出镇洛阳，自然大大的有利可图。可当他率部来到洛阳时，却使他大失所望。他所看到的不是花团锦簇的帝都王城，而是到处断壁残垣，遍地荒草丛生，人烟稀少，物资匮乏的一座荒丘。现实与他的期望所形成的巨大反差，在他的心里产生了莫名的烦恼。他开始怀疑汉帝并不是对他重用，而是在给他小鞋穿，将他“发配”到这里是对他的惩罚。由此，他对汉帝刘聪产生了深深的怨恨。

就在这时，大晋王朝的残余势力——荥阳太守李矩，派人前来游说，劝赵固归顺晋廷。李矩与赵固原本是同窗好友，少时相交甚厚。听了游说后，赵固便产生了叛汉降晋的想法，开始和李矩频繁联系，准备等待时机成熟后，举洛阳归晋。此时，他所担心的是，他的背叛行径不仅会引发来自平阳方面的重压，更会招致石勒的沉重打击。如何应对这双重打击呢？赵固在经过一番苦苦思索后，终于想出了一条毒计。

通过一番搜肠刮肚的寻章摘句后，赵固终于修成书信一封。书信中，他盛赞石勒英武绝伦，力贬刘聪荒淫无道，奉劝石勒发兵讨伐刘聪，他将拥戴石勒据位称尊。当然，赵固的真实用意是要挑起石勒与刘聪的对立，让他们鹬蚌相争，从而寻找叛汉降晋的机会。

书信写好后，赵固派遣参军高少，到襄国向石勒献书。

高少来到襄国，拜见石勒后，将书信呈上。

石勒读了赵固的书信后，不觉勃然大怒。他将书信撕碎，掷之于地，对高少说："赵固身为汉国大将，镇守一方，却心怀奸诈，挑拨离间，分明是奸邪小人罢了。为人臣子，唯有'忠义'二字最为要紧，岂能做这等背主叛逆之事！当年我主刘渊，为了解救天下被无道的大晋王朝所欺凌奴役的弱小民族与奴隶、贫民，举旗反晋，创建了大汉国。我原本是一名耕奴，为救天下苍生，同时也为了自救，才举旗起义。失败后，仰慕刘渊之高义，投其麾下。现在汉帝刘聪依然坚持推翻腐朽没落的大晋王朝，匡扶天下，继承和发扬了先主建国之初衷，并未变更既定之国策，为什么要背叛他呢？赵固信中口口声声尊奉于我，却与荥阳太守李矩暗中勾结，欲图叛汉投晋。别以为我不知道，采用如此卑劣手段前来欺我！"

高少见石勒发怒，吓得趴在地上连连磕头，什么话也说不出来。

石勒冷冷看着高少，继续说："大晋王朝是一群什么东西？司马炎篡位得国，手段卑鄙，为人所不齿。统一天下后，一人独霸万名姬妾，整日里不理朝政，乘羊车游荡于后宫，这才是名副其实的荒淫无道。他死后，司马家儿为了争权夺利，大呈私欲，竟然不顾血肉亲情，你攻我伐，互相残杀，掀起了一场又一场的腥风血雨，将人民拖入了连年战争的苦难深渊，弄得举国哀鸿遍野，民不聊生。我大汉国就是要彻底推翻司马氏腐朽没落的权贵，取而代之，还天下苍生一个太平天地，朗朗乾坤。他赵固把我石勒看成了什么人？我石勒是堂堂正正的大丈夫，从不做卑鄙龌龊之事。只要大汉国不改变既定之国策，我就是大汉国的忠实臣子，绝不会叛汉自立。我名叫‘石勒’，在我们羯语中，那就是‘战乱终结者’。而终结战争，只能采取战争的手段。我就是要用正义的战争来消灭一切非正义的战乱，救天下苍生出苦海。”他顿了一顿，看着魂不守舍的高少，接着说，“本来，你作为叛臣之使，我就该将你斩首正法。我现在不杀你，留着你这颗脑袋，好回去告诉赵固，让他赶紧悬崖勒马，扯断与晋室余孽的一切联系，洗心革面，为大汉国守好洛阳。如果他胆敢背叛，我将发大军进剿，让他死无葬身之地！好了，你可以回去了。”

本来已经魂飞魄散的高少，一听放他回去，知道得了性命，连忙趴在地上磕了几个响头，起身一溜烟跑了。

高少逃命一般跑回洛阳，向赵固报告了出使襄国的详细过程。赵固闻听石勒不但不接受自己的劝告，还把自己怒斥了一番，不觉恼羞成怒。他干脆一不做，二不休，立即派人到荥阳，向李矩递上降表，举洛阳全境投降了东晋。

接到赵固降表，李矩大喜，马上具表申报朝廷。东晋元帝司马睿接表后，颁诏命令赵固联合河内太守郭默发兵进攻汉国。

赵固接受晋元帝诏命，率部进驻小平津。然后调兵遣将，攻掠汉国的属地河内、汲郡。

警报传入平阳，汉帝刘聪闻赵固叛变投敌，现在又反戈来攻，不禁大怒。此时，他已经听信嫡长子刘粲和奸臣靳准的谗言，将太弟刘乂废掉，立刘粲为太子。现因军情紧急，便命刘粲率部前去，向赵固发动反击。

刘粲发大军围赵固于小平津。荥阳太守李矩急遣郭默、郭诵前去救援。汉又派太尉范隆率骑兵增援。然而，骑兵尚未赶到，赵固已被郭默、郭诵救出，突围逃到了虎牢。

石勒得知赵固果然叛汉投晋，便派出一支奇兵潜入虎牢，趁夜袭击了赵固营寨，将赵固斩杀。最终，叛国贼得到了应有的下场。

不久，有噩耗传到襄国：汉帝刘聪驾崩了！

第四十一回　贪美色刘聪亡身
屠帝族靳准逞凶

上回提到，大汉国皇帝刘聪在平阳驾崩。因何驾崩？此事还须从头说起。

刘聪在登基做皇帝之前，也算得上是一位智勇双全的人杰。只是此人过分贪恋女色。做了皇帝后，先是垂涎于皇太后单氏年轻貌美，便不顾名分伦常，母子通奸，与其连夕烝淫，致使秽声传遍皇宫内外。单氏乃皇太弟刘乂之母。刘乂虽然年岁幼小，却聪明颖悟。他受不了人们嘲弄的目光，屡屡入宫劝诫母亲。对此，单氏倒也深感羞愧，然而，她无法也不敢拒绝新皇帝的纠缠。她由于愧恨交加，心情忧郁，致使疾病缠身，不到一年，便与世长辞了。

单太后死后，刘聪异常悲痛。听说单氏患病，系因刘乂规谏所致，心中便对刘乂产生了隔阂，只是追忆与单氏的恩爱，不忍废去其皇太弟的身份而已。

单太后死去不久，皇后呼延氏又得病身亡。刘聪原本好色，耐不得寂寞，便下令广选名家女子，充入后宫，供其淫乐。一时间身边美貌少女云集，而有贵人、贵妃等显赫名分的就有六七个。

中护军靳准见皇帝好色，为了讨好皇帝，给自己铺垫晋升之阶，便将自己的两个女儿靳月华、靳月光进献给刘聪。月华、月光貌若天仙，自然深得刘聪宠爱。特别是靳月光，妖媚无比，无体不骚，竟得被封为上皇后。同时，刘聪还另外册封了左、右两位皇后，演绎了“三后并立”的天下奇闻。后来，上皇后靳月光因红杏出墙，私引美少年入宫苟合，被御史大夫陈元达查出举报，遭到刘聪的严厉斥责后羞愧自杀。靳月光死后，刘聪索性广选宫中美女，统统封为皇后，竟使后宫佩戴皇后玺绶者多达七人。这还不算，身边宦官为讨他欢心，又到民间搜寻美女进献给他。就这样，刘聪身边常有八九个年少娇娃争相供御。再加上后宫粉黛数以千百，刘聪整日里浸泡在粉蝶丛中，陶醉于温柔之乡而不能自拔。

刘聪整日整夜忙于与美女交欢，自然无暇处理国事。为此，他特别任命嫡长子刘粲为相国，加封晋王，将一切国事交由刘粲去处理，由刘粲总揽百揆。

刘粲这人虽然智商不高，但野心却很大。他不仅想继承其父做汉国皇帝，还梦想做一个统御天下的华夷大皇帝。可是他非常清楚，当年祖父刘渊死后，内乱平息，这汉国的皇帝本应由出身更为高贵的刘乂来做。只是刘乂年纪幼小，肩膀稚嫩，挑不起这副担子，才主动让位给兄长刘聪。而兄长刘聪也明确表示，自己只是暂时代替刘乂掌管国政，等刘乂长大后，他会把皇位让出。为此，特别册封刘乂为“皇太弟”，使刘乂成了法定的皇位继承人。此时刘粲存心要代父统，刘乂便成了他通向权力巅峰的巨大障碍。为了除去刘乂，刘粲与靳准合谋，定下毒计，设下圈套，构陷刘乂。刘乂毕竟年幼，涉世未深，果然中计。最终，刘乂的皇太弟身份被废，随后，又被刘粲和靳准用鸩酒毒死。

刘乂死后，刘粲便如愿以偿地被册立为皇太子。

汉帝刘聪日夜宣淫，最终导致精髓耗空，疾病缠身，卧床不起。生病期间，他神志恍惚，耳中常闻鬼哭，目中晃见鬼影。他自知去日无多，便召太子刘粲入宫安排后事。他让刘粲颁发诏令，征刘曜为丞相，石勒为大将军，并录尚书事回朝辅政。然而，诏书颁发后，刘曜、石勒均坚决推辞。刘聪见二人不愿回朝辅政，只得改令刘景为太宰，刘骥为大司马，刘凯为太师，朱纪为太傅，呼延晏为太保，并录尚书事。同时封范隆守尚书令，仪同三司；靳准为大司空，领司隶校尉，让他们轮流决断尚书奏事。国事安排完毕，刘聪对刘粲说："现在天下未定，你不必据守古制。我死之后，立即装殓入棺。也不可停放太久，旬日之间就出葬好了。"说完后，又勉强支撑了几日，便在浑身剧烈的疼痛中气绝身亡了。

总计刘聪在位九年。

刘聪死后，刘粲即位做了汉国皇帝。他遵循刘聪遗命，旬日内就出殡安葬，追谥刘聪为昭武皇帝，庙号烈宗。册立妻靳氏为皇后，儿子刘元为太子，改元汉昌（318）。

纵观刘聪作为汉国皇帝，虽然纵欲无度，但却尚能秉承刘渊遗志，致力于推翻大晋王朝的腐朽统治而矢志不渝。特别是他用人不疑，放手让石勒、刘曜这些征战在外的大将建功立业而不加牵制，使大汉国逐步发展壮大，成为当时雄镇北方的强国。这便是他真正的聪明之处。

刘粲继位后，却是一个十足的混蛋。刘聪死后留下的多位皇后，虽然均被册封为太后，却都还是未满二十岁的妙龄少女，一个个天姿国色。刘粲别的长处没有，偏偏继承了乃父的乱伦本性，成日里在后宫与多位"母亲"烝淫鬼混，全然不顾廉耻。

大司空靳准早有异志。还在做中护军的时候，他就产生了颠覆大汉朝廷取而代之的阴谋想法，只是那时职位低微，心有余而力不足罢了。为了谋取高位，他不但把自己的两个女儿献给了皇帝刘聪，还专门挑选靳家女子许配给当时的太子刘粲。刘聪临终，他终于如愿以偿，成了新皇帝的顾命大臣之一。然而，虽说位高权重，可要篡夺皇位，时机还不成熟。因为在他的前面，还有太宰刘景、太师刘凯和大司马刘骥等宗亲王公大臣挡着，令他无法逾越。他急于除去这些挡道的宗亲大臣，为自己夺取最高权力开通道路。于是，特地编了一套说辞，跑去向刘粲进谗：“我听说诸位宗室王公要仿效商朝伊尹和汉朝霍光的做法，杀掉太保和我，另外推崇大司马刘骥来统摄朝政。陛下如果不先下手将他们除去，老臣我担心很快就会有祸乱发生。”

刘粲听他这么一说，先是一阵愕然，继而摇摇头，说：“哪里会有这样的事？不要胡乱猜测。”

刘粲的这种态度，大大出乎靳准的意料之外。他原本以为刘粲是个愚昧糊涂的昏君，只知道待在后宫淫乐，最好欺哄，哪知他竟然没有上当。他感觉自己把事情想得太简单了，如果刘粲把自己的这番话告诉那几个宗室亲王，岂不是给自己招来杀身之祸吗！此时，他后悔得只想抽自己的嘴巴。他借故从刘粲那里退出后，只觉得后背发凉。想来想去，他决定，这种话既然已经说出，那也就没有了回旋的余地，无论如何要让刘粲相信自己说得是真的。于是他当机立断，立即到后宫去和太后、皇后两个靳家女子商量。

靳准进入后宫，首先来找自己的女儿太后靳月华，正好皇后靳氏也在月华宫中。靳准让她们屏退左右，对二后如此这般地悄悄捏造了一套说辞，吩咐她们设法将皇帝蛊惑住。二后当然唯命是从。

这天夜里，刘粲又到月华宫中行乐。靳月华搔首弄姿，摆弄出种种风情引诱刘粲。就在将刘粲挑逗得欲火焚身，急于进幸之时，她却突然趴在几案上哭泣起来。刘粲非常奇怪，就问月华因何啼哭？靳月华便将诸位宗室亲王如何设谋，如何准备废掉皇帝另立新君等一套靳准捏造的谎言，煞有介事地告诉了刘粲。她哭着说：“宗室大臣之所以密谋废掉皇上，无非是因为皇上与臣妾亲热欢爱而引起来的。皇上要想脱免此祸，就请再不要到臣妾的宫中来。臣妾愿与皇上活着分手，以求安然，不愿皇上因我而招来祸端。”

刘粲这时已经和靳月华鬼混得如胶似漆，哪里还能分拆得开！但听了月华的这番哭诉，心中虽然懊恼，却还有一丝疑惑。后来他到了皇后宫中，恰恰又听到了相同的话语。于是他勃然大怒，立即传下诏旨，命靳准去搜捕诸位宗室亲王，将他们全部斩首正法。

接到诏命后，靳准当然不会怠慢，马上带领人马将太宰上洛王刘景、太师昌国公刘凯、大司马济南王刘骥、大司徒齐王刘劢等一干宗室王公全部抓获，直接押赴刑场斩杀了事。大司马刘骥的弟弟车骑大将军吴王刘逞也被连坐诛杀。

刘景、刘凯、刘骥等顾命大臣突然被逮捕诛杀，令太傅朱纪、太保呼延晏、太尉兼尚书令范隆大为惊恐。他们不明白事情的原委，也不敢去深入调查，只觉得逃命要紧。于是慌忙逃出平阳，潜伏在民间，准备伺机去长安投奔刘曜。

至此，靳准的阴谋全部得逞。刘聪临终安排的托孤大臣死的死，逃的逃，仅剩他一人。

刘粲诛杀了宗室亲王后并不想收手，他还要除去一人，这个人就是石勒。一直以来，刘粲就对石勒存有成见。刘粲认为，石勒虽然也是胡人，可他既不是匈奴屠格人，也非刘氏宗亲，却受到了祖父刘渊、父亲刘聪两代皇帝的重用，致使他位高权重，尾大不掉。自己要做皇帝了，诏命他回朝辅政，他竟然推辞不就。显见得他眼中没有我这个新皇帝。当然，刘曜也拒绝回朝辅政，可石勒与刘曜不同。刘曜是刘氏宗亲，情有可原。况且作为刘氏宗亲，让刘曜镇守长安，比让他回到朝廷威胁皇权更为放心。石勒呢，既然敢于抗上，那就休怪我对你不客气！于是刘粲下诏，册封刘曜为相国，都督中外诸军事，留镇长安；授靳准为大将军，录尚书事。传令阅兵于上林，扬言要出兵襄国，讨伐石勒。

刘粲准备讨伐石勒的消息，马上就传到了留质平阳的石勒长子石兴的耳朵里。石兴知道，刘粲在发兵进攻襄国之前，必然要先行抓捕石勒留在平阳的亲人。于是他来不及犹豫，立即决定举家逃离平阳，到襄国去投靠父亲。他知道，以他们现在的身份是无法脱逃的，必须化装成普通老百姓，才有可能潜出平阳城。经过一番布置，他安排家人保护着姨娘程夫人和弟弟石弘，分批潜出平阳南门，到指定地方会合，然后再向襄国前进。而他本人也早已成家，有了自己的妻子、儿子。为了防止被朝廷发现追捕时一网打尽，他必须与姨娘、弟弟分开出逃。所以，在送走姨娘和弟弟后，他带着自己的妻子、儿子穿着普通老百姓的麻衣布履，从平阳北门出城，逃离了平阳。

然而，石兴并不知道，在他们逃走后，刘粲并没有发兵追捕他们。因为差不多在他逃离平阳的同时，刘粲就已经一命呜呼了。

刘粲刚刚当上皇帝没几天，怎么就死了呢？

原来，靳准唆使刘粲除掉了除他自己之外的所有顾命大臣后，又买通了刘粲身边的内侍，让他们劝告刘粲：应该把朝廷杂事交给靳准去处理，皇帝高贵无比，用不着劳神费心，只在后宫享乐就行。

刘粲此时正迷恋于后宫佳丽，巴不得有如此贤良的大臣代主国事，好让他安心在后宫淫乐。于是他颁下诏书，命靳准全权处理一切军国事务。

靳准接到诏命，迅速控制了朝政后立即凶相毕露。他为了达到蓄谋已久的险恶目的，真可谓是处心积虑。他知道汉主刘聪英明睿智，不好对付，于是制订了三步实施的阴谋计划。先是他利用刘聪好色的特点，将自己的两个亲生女儿月光、月华进献给刘聪，用于换取重权和地位。继而蛊惑朝臣向刘聪大肆进献美女，以期用美色来掏空刘聪性命，使其英年早逝。同时他利用刘粲的野心，和刘粲合谋，除掉了“皇太弟”刘乂。当上述目的达到后，他又利用刘粲的愚昧无知，剪除了刘汉朝廷的主要柱石群臣。现在，他的这些阴谋均已得逞，他便要实施他罪恶阴谋中的最后一环：弑杀刘汉新主刘粲，僭位称尊了。首先他假传刘粲旨意，封自己的从弟靳明为车骑将军，靳康为卫将军，将宫廷和都城平阳的防务，统统控制在他们三人之手。当一切安排就绪，就要向皇帝发难。可是，靳准又想到，杀了刘粲后，要想登上“九五”，还须有朝中大臣拥戴。否则名不正言不顺，此事难成。经过一番思索，靳准觉得紫金光禄大夫王延在朝中德高望重，具有相当的号召力，由他出面拥戴最为合适。于是便派身边亲信，到王延府上去游说王延，让他牵头拥戴靳准登基。

王延听了来人的游说后大惊失色，认为此举大逆不道。他设法支走来人后，立即动身入宫去向刘粲告发。哪知靳准已经在他的身边布下了眼线，监视着他的一举一动。还没等他走到半路，就被靳康劫持，押送到靳准面前。

靳准一见事情到了这般地步，觉得不能再等。他将王延拘押在自己府中，立即率兵入宫。此时宫中自然无人阻拦，任他闯入，直登光极殿。靳准在龙床上坐了，命令手下甲士去捉拿刘粲。

此时，皇帝刘粲正在太后宫中与靳月华饮酒调情。见一队甲士擅自闯入，以为是被他诛杀的宗室王公部下来向他寻仇，吓得一头钻进靳月华的床下不敢出来。

甲士们见状，都觉得好笑。其中一人走过去掀起床帏说：“大司空有令，请主上升殿。”

一听“大司空”三字，刘粲立刻放下心来。他从床下爬出，整整衣冠，重新摆出皇帝的架子，命甲士带路，昂首阔步向光极殿走来。进入大殿，刘粲向上望去，只见靳准竟然高坐在他的御座之上，瞪着两只三角眼在恶狠狠地逼视着他。刘粲正感诧异，就听靳准声色俱厉地怒斥他淫乱宫中，不顾廉耻，败坏纲常，罪在不赦云云。

到了这时，刘粲才感到恐惧。他再也顾不得皇帝尊严，腿一软，双膝跪在地上，连连磕头，请求司空饶他一命。

靳准见这个趾高气扬的皇帝一下子变成了卑鄙龌龊的奴才，不由得一阵恶心。他当然不会动恻隐之心，只是喝令手下：“还不动手？”

甲士答应一声，一刀插入刘粲胸腔。刘粲哀号一声，倒地而亡。

杀了皇帝刘粲后，靳准索性下令，将整个刘氏帝族不分男女老幼，全部逮捕，押到东市，一起屠杀。只留下太后、皇后两位靳家女子。就此，靳准还不收手，又亲自率部挖掘了刘渊、刘聪的坟墓，将挖掘出的帝王、后妃尸骨抛掷荒野，并对新死的刘聪枭首戮尸。随后，命令手下放了一把火，将刘氏宗庙烧成了一片白地。

靳准的这一番大屠杀，将平阳城内的刘氏帝族剪灭殆尽，只有一个征北将军刘雅侥幸逃脱，跑到了平西。

屠灭了刘氏帝族，靳准本想据位称尊，但由于缺乏有威望的大臣拥戴，他不敢贸然行事。经过一番苦苦思索，他把自己册封为大将军、汉天王，代行皇帝职权，控驭朝政，署置百官。就这样，他也觉得难以维持。因为他非常清楚，刘曜、石勒统大军在外，得知消息后，不会不来找他的麻烦。思来想去，他最后决定投靠晋室王朝。他认为，眼下江东的司马睿集团势力还比较强大，就连平阳所在的司州，也还有他们的势力。原来的荥阳太守李矩，最近已被提升为司州刺史。尽管李矩所控制的地盘有限，可他后面有江东集团的支持，距离平阳又最近，关键的时候，可以向李矩寻求救援。于是他取出从皇宫中搜缴的传国玉玺，又召来一位名叫胡嵩的汉国臣子，对他说："从古至今，从来就没有胡人做天子的。我靳准也不敢据位称尊。现在我派你为使，将传国玉玺送还给晋家朝廷。"

胡嵩听了，连连摇头，说："你还是派别人去吧，这种叛国的事，我胡嵩做不来。"

靳准见胡嵩公然抗命，勃然大怒，立命将胡嵩推出斩首。然后，另外派人出使司州。

晋司州刺史李矩闻平阳有使前来，不知何故。当见到来使后，来使说："刘渊这位匈奴屠格小丑，趁着大晋朝发生内乱，起兵犯上，假称天命，致使大晋朝的两位皇帝相继蒙难北廷。现在大将军汉天王靳准为大晋报仇，已经将刘氏宗族全部屠灭，将率领部下恭送二位皇帝的梓宫归还大晋。请代为奏报晋帝知道。”

李矩一听，感觉此事甚大，不敢怠慢，立即写好奏表，派快马到建康奏报皇帝。

晋帝司马睿接到奏表后，派遣太常韩胤等大臣，带领人马到平阳去奉迎梓宫。

韩胤等大臣奉命向平阳出发，走到半路，忽接探马来报，说刘曜、石勒已经发动大军东、西对进，到平阳去讨伐靳准。韩胤等不敢继续前进，只好把人马驻屯在路上观望消息。

再说靳准虽然安排使臣与晋廷勾结，且声称不敢据位称尊，其实他并未放弃做皇帝的念头。他居住在宫禁之中，大肆提拔私党，诛除异己，还把王延释放出来，让王延仍然担任光禄大夫，满希望王延能够在威逼利诱之下改变主意，推奉自己。却不料王延毫不领情，指着靳准怒骂道：“屠格逆奴，我怎能做你的逆臣呢！你赶快把我杀死，将我的两只眼睛剜下来，左眼放在西阳门，右眼放在建春门，好让我看着相国刘曜和大将军石勒入都，一同来诛杀你这个逆贼！”

靳准见王延不为自己所用，还大骂自己，不由得恼羞成怒，命甲士将其杀死。

回过头再说石兴，自从逃出平阳后，一路潜迹隐踪，翻山越岭，向着襄国方向行进。

那么，石兴此去又会遇到什么事呢？

第四十二回　石兴隐藏避祸传羯语
秀才嚼字演绎烂柯仙

上回说到，石兴携带着妻子、儿子逃出平阳城，到襄国去投靠父亲石勒。此时他并不知道，就在他刚刚逃离平阳后，平阳城就已发生了翻天覆地的变化。他只担心姨娘程夫人和弟弟石弘他们能否逃脱刘粲官兵的追杀，顺利到达襄国与父亲团聚。

有一点是石兴始料未及的。这就是，由于他们是化装成普通老百姓出逃的，所以既不能骑马坐轿，也不能乘车，必须一路步行。这对于石兴来说，问题还不算大，可这一来却苦了石兴的妻子。她出身豪门贵族，自幼锦衣玉食，出入都有人照顾，何曾经历过颠沛跋涉！加之为了躲避官兵追捕，他们不能走阳关大道，专走乡间小路，且石兴妻子身上还背着幼小的儿子，这就更加苦不堪言。在逃离平阳后不到半天，她就已经走得两只脚满是血泡，疼得她龇牙咧嘴，寸步难行。但为了逃命，她不得不苦苦支撑。实在走不动时，只得由石兴背着她娘俩向前行走。就这样走走停停，好容易来到永安（今霍州）地界，进入了一个小山村里。还好，在这里，他们意外地遇到了一户羯族人家。此时，石兴的妻子再也走不动了，只好在这里暂时住下。

在小山村住了两天，石兴急于到襄国寻找父亲，可看到妻子实在受不了长途跋涉之苦。而从这里到襄国，路途还十分遥远，便决定把妻子、儿子暂时安顿在这里，由他独自一人前往襄国。等找到父亲后，再带领人马前来接他们。由于同气相投，经过与这户人家商量，这户人家倒也乐意收留她们母子。于是，石兴把妻子、儿子安顿好后，便独自上路了。

爬上霍太山，穿越绵上，翻过谒戾山，非止一日，石兴辗转来到了涅县。经过向当地土人打听，知道再有不到一天的路程就到他出生的武乡北原山了。石兴十分高兴，多年没有回老家看看了，他很想回去。可是转念一想，他又放弃了回去的念头。因为他想到，武乡依然是大汉国的腹地，官兵没有抓到他们，必然会去他的老家进行搜捕，回老家存在一定的危险性。而这里离老家很近，已经不能继续前行，必须找一处隐秘的地方先躲起来，等摸清情况后再决定行止。他抬头看看，见眼前正好有一座高山，山峰耸入云霄，山上怪石嶙峋。土人告诉他，这座山名叫大石山。于是石兴便寻路向山中走去。

此时正是金秋八月。石兴登上山峦，回头眺望，见山下滔滔涅河水奔流东去。涅河北岸，是经河水长年冲刷形成的一马平川。平川内，茂盛的庄稼已趋成熟，呈现出一片金黄。越过平川往北，在靠近山岭的根部，有几处村落散布其间。村落内炊烟袅袅，气象祥和。再往西北方向望去，隐约可见涅县县城高大的城墙，坐落在平川中央。

石兴为质平阳时，曾读过《史记》，知道这里就是春秋末期晋国大夫智伯向赵襄子索求的皋狼之地。真是人心贪欲，世事无常。想当年智伯贪得无厌，仗着自己势力强大，强迫赵襄子将这块物产富饶的领地割让给他，遭到赵襄子拒绝。智伯恼羞成怒，轻起刀兵，联合韩、魏两家，向赵襄子发动进攻，追赵襄子到晋阳，将晋阳城团团围困，迫其就范。赵襄子仍不屈服，智伯便决汾河水倒灌晋阳城。大水距城头仅剩三尺，眼见得城破在即。危急关头，赵襄子派人游说韩、魏两家，秘密结成联盟，最后反戈一击，灭了智氏。然后韩、赵、魏三家分晋，从此，历史从春秋进入战国。所以，从这个意义上来说，皋狼之争，实在是一个划时代的争端啊！

当然，此时的石兴还无心抒发怀古之思，他的当务之急是尽快找一处地方，先将自己安顿下来。

石兴不停地在山中转悠，终于，在山峰的东面，他发现了一处山崖洞穴，上面危岩压顶，洞穴内有一块大石高出地面，呈卧榻之状，正好可供一个人躺卧。石兴打量一番，见此处背风向阳，倒是一处不错的安歇之所。他出外采来一把蒿草，将洞穴细细打扫清理一番，将随身携带的行李物品放置其中，稍事休息一下，又起身下山了。他必须到山下村落中去购买食物及必要的生活用具。特别是，他已经知道，这里离他的老家北原山羯室只有五六十里，羯族人很有可能会到这一带活动。他要传一个信息出去，即石勒的大儿子已经逃出平阳，就隐藏在此处的山中。他希望他的族人能将信息带给父亲，好让父亲派人来寻找自己。

在山下一个叫作三交沟的村落里，石兴用随身携带的银两购买了一些食物和生活用具。当地人见他面生，便问他："客官，你系何方人氏，到俺这里有何贵干？"

石兴笑笑，说："我是落难之人，不必问我来自哪里。你们只要记住这几句话就行：'烂柯，王质，柯烂，辛安'。"

"'烂柯，王质，柯烂，辛安'，这是什么意思？"问的人都笑了。他们打量此人，见他神清气爽，相貌堂堂，不像是个疯子在胡言乱语，都感到莫名其妙。

石兴还是笑笑，也不回答，便收拾东西走了。

这人来得蹊跷，说的话又稀奇古怪，当地人便传为笑谈。每逢村中有生人出现，他们便会笑问："你是不是又一个'烂柯，王质，柯烂，辛安'？"往往将来人问得一头雾水，而他们则哈哈大笑。

吉人自有天相，几天之后，果然有一个羯族商贩到这里收购当地的山货、土产。当地人便开他的玩笑说：“你是‘烂柯，王质，柯烂，辛安’吗?”

羯人商贩听了这句话后，心中不禁暗暗吃惊，这分明是句羯胡话，意思是“大石头，躲藏在，山洞里，很安全”啊！这里的人咋会说这句话?这里面到底隐藏着什么秘密呢?商贩当时不动声色，而人们也只是哈哈一笑，并未指望他回答。

商贩回到东河沟羯室，立即将这一奇怪发现汇报给了族中长老。长老们聚在一起再三研究琢磨，认为既然“大石头”躲藏在山洞里，那这“大石头”一定是人。而在羯族中称得起“大石头”的，那就只能是石勒了。莫非石勒那里出了什么事?否则他咋会躲藏在山洞里?石勒的安危对于整个羯族来说，那可干系非小！于是他们立即派遣该商贩赶赴襄国去看个究竟。

商贩择近路翻越太行山，直向襄国而来。进入襄国城后，见并无异样。可他并不放心，便直接向石勒的府第走来。

再说汉国新皇帝被弑，皇室一族均遭屠戮的噩耗，已有人从平阳飞骑来报石勒。石勒马上就要调兵遣将，赶回平阳平乱。恰好这时，程夫人带着小儿子石弘逃来襄国。石勒和一直跟随着石勒的英姑，见程夫人和小儿子平安归来，却不见大儿子石兴，都很感诧异。听程夫人讲了离开平阳时的情景，方知石兴一家走了另外一条路。石勒尽管很惦念儿子，但石兴眼下情况不明，而入都平乱事大，只得暂时放下石兴，将程夫人母子交由英姑安顿照顾，自己回军营调兵去了。

石勒召集众将，命张敬为先锋，率精骑五千先行出发，他自己亲率大军五万随后跟进。

就在张敬奉命出发，石勒检阅大军准备誓师开拔的时候，忽然英姑派身边亲随来请石勒回府，说有要事。

原来，那羯胡商贩见到了英姑，就把他的发现，和奉族中长老之命前来了解情况的原委，向英姑详细讲了一遍。

英姑一听说“大石头躲藏在山洞里很安全”，立即意识到这是石兴发出的信号。“大石头”即石家大儿子，这很好理解。于是她急忙请石勒回府，商量如何寻找石兴。

石勒回府询问了事情的详情后，也认定石兴就在他传出羯语的附近山里。于是传令葵安，命他率一支人马，跟随商贩回涅县山中去寻找石兴。之所以要将这份差使交给葵安，是因为他知道，葵安与石兴很熟，寻找起来方便。

葵安领命去了，石勒也率领大军赶赴平阳。

回头再说石兴，自从下山传出那句羯语后，每日在山头眺望，期盼父亲派人前来接他。然而，令他没有想到的是，他所传出的那句羯语，到后来却被演绎成了一篇传颂千古的著名神话故事。

原来，人们对自己所不理解的事，往往都会因好奇而到处流传。石兴传出的那句羯语“烂柯，王质，柯烂，辛安”也被人们作为笑谈传得沸沸扬扬。不久，这个笑话就被涅县城里的一名秀才听说了。这秀才咬文嚼字，经过推敲来琢磨后认为，“柯”即木制的斧柄，“烂柯”“柯烂”当然是指把木制的斧柄烂掉了。而“王质”应该是一个人的名字。至于“辛安”或“心安”是什么意思？不得其解，姑且不去理它。但“王质”是否真有其人呢？如果有，那他因为什么会把斧柄烂掉呢？为了解释心中疑问，秀才专门跑到三交沟村走访当时的见证人。当他得知说这句话的人神清气爽，相貌堂堂，虽然穿着麻衣布履，却明显不是山里人或庄稼汉时，心中不由产生了一种冲动：莫非其人系神仙临凡？遍访当地土人并翻阅他们的家谱，还真有了重大发现。在一家王姓的族谱内，记载着有一个名叫王质的人，在一百多年前离家外出后失踪了，而他的子孙们却繁衍了下来。

这一发现，使得这位秀才立即兴奋起来。经过联想，他认定说这句奇怪话的人，就是已经失踪一百多年的王质又回来了。于是他回去后，发挥他那丰富的想象力，将这句话演绎成了一篇生动的故事。

三交沟王质入大石山采樵。在山里，见有几个孩童在一起唱歌，下棋。王质被吸引住了，就坐在旁边听歌，看棋。其中有一位孩童给了他一枚像枣核一样的东西，让他含在嘴里，于是王质就不再感觉饥饿。过了一会儿，那送他枣核的童子问他："你怎么还不走？"王质这才起身寻找他的斧头，准备离去。这时他发现，他的斧头已经朽坏，木柄早烂得没有了。当他回到村里时，却见村庄面貌大变，他离村进山时的那些人一个都不见了。他凭着印象，找到自己居住的家，可是他原来居住的房屋已经翻修变了样子，房屋里面的人他一个都不认识。后来他发现屋内有一个须发尽白的老头，就走过去问："你们怎么住在这里？"那老头说："我自出娘胎就住在这里，从来就没有住过其他地方。"王质感到十分奇怪，又问："你们知道有个叫王质的人吗？他才是这里的真正主人。"老头说："你说的王质，那是我的先祖。听我爷爷的爷爷说，我先祖王质进山砍柴，一去就再没回来，不知是否在山中遭遇了豺狼虎豹。不过，这事发生已经很久了，到如今已经过去一百多年了。"王质这才恍然大悟，知道在山中遇到的那群孩童都是神仙。有道是"山中方一日，世上已千年"嘛。于是他不再犹豫，又跑回山里去寻找那几个神仙去了。这一去，他得到神仙点化，修成了"烂柯仙"。

秀才写完这篇故事后，自己越品味，越觉得精彩。只是那句奇怪话中"辛安"二字没有得到合理的解释，使他十分惆怅。一天，秀才约同几个同年学子一起欣赏他的这篇杰作。当他述及故事的素材来源和他的采访经过时，又提出"辛安"二字让他十分费解。这时，他的一位同学说："'辛安'二字应该是地名。我曾经听老辈人说过，三交沟在古时候不叫三交沟，而是叫信安村。"

同学的这句话让秀才大为振奋。"辛安""信安"只是在语气的轻重上稍有差异而已，读音却基本相同。说不定那人原本说的就是"烂柯，王质，柯烂，信安”，只是人们在口口相传中出现了误差罢了。至此，那句奇怪的话已经全部得到了合理解释，秀才立即将故事开头的三交沟换成了信安村。

正好，那位给秀才提供地名的同学也在收集故事，编写《涅县异闻录》，就将秀才的这篇精彩神话故事抄了去，收录在《涅县异闻录》内，使其流传下来。

又过了大约一二百年，到了南北朝时期。南朝的祖冲之在编写《述异记》时发现了这篇故事，就将其收录了进去。不过，他在收录这篇文章时，又一次做了改动，写成了如下文字：

信安郡石室山，晋时王质伐木，至见童子数人，棋而歌，质因听之。童子以一物与质如枣核，质含之不觉饥。俄顷，童子谓曰：“何不去?”质起，视斧柯烂尽。既归，无复时人。

祖冲之的这一改动，虽然关键处只有两个，即将“大石山”改为“石室山”，“信安村”改为“信安郡”，但这一改，却使得这篇故事的发源地在历史上引发了无数争议，以至于根据这个故事所命名的“烂柯山”在全国就出现了二十多处。其中当然也包括当时的涅县“大石山”，后来也改称“烂柯山”。但无论怎么说，这都是石兴这位“烂柯仙”给华夏文明史上留下的一则有趣的传奇故事，广传于世。

需要特别说明的是，这座烂柯山位于现在武乡县故城镇与沁县接壤处。在进入烂柯山的必经之路上有一个村庄，叫狮子沟。而狮子沟原来叫石子沟，是石赵时期有人到此定居，并逐渐发展形成了村落。人们为了纪念石勒儿子曾经在此处山中避难，故将村名取为石子沟。但时间长了，人们讹传成了狮子沟。

话扯远了，我们回过头来再说石兴。石兴每日站在山头翘首以望，盼着父亲打发人马前来接他。这一天，他终于望见有一队人马来在山下的平川内安营扎寨。他下得山来，小心地走近一看，见这支队伍所打着的旗幡上，有一个大大的“葵”字。再看看这支队伍的部众，确实是他父亲部下的装束打扮。此时他已经料到，率领这支部队的，一定是他的葵安叔叔。于是他不再犹豫，直接走进了营寨，见到了葵安。

令人遗憾的是，葵安听石兴讲述了此次出逃的详细经过后，带领人马，跟随石兴返回永安境内寻找那座他留下妻子、儿子的小山村时，却不知什么原因，鬼使神差地一直没有找到。这让石兴无比挂念，也一直不能释怀。然而，也多亏了这样一次意外失散，才使得十六年后，石虎篡夺后赵政权，尽屠石勒子孙时，为石勒保留了一支血脉。或许，这是上苍垂怜，不忍石勒这位旷世豪杰绝后而所做的特意安排？

还有人说，石兴的妻子是一位具有超人见识的奇女子。她出身高贵，自幼接受了良好的教育，深谙历史。在石勒做了赵王后，本想带着儿子去襄国与丈夫团聚，但打听到，此时丈夫石兴已经不在人世了。而她通过研究历史，知道所谓的帝王之家，看上去冠冕堂皇，显赫无比，实际上却无时无刻不是生活在剑丛之中，刀尖之上！特别是当她知道了刘汉王朝的惨烈下场后，更加坚定了她的这种想法。既然丈夫已经去世，她也不愿再到深宫中去遭受寂寞。所以，她一直坚守在这座小山村内，抚养和教育儿子成长。当然，她也时刻关注后赵政权的兴衰成败，并将她打听到的事情告诉儿子，让他了解世事，认识世界。由于她淡泊名利，清心寡欲，从而赢得了长寿，一直活到九十开外，最后无疾而终。这期间，当冉魏王朝灭亡之后，她带着已经成年的儿子寻回到北原山下东河沟羯室，在老祖宗的地盘上生活，致使石勒这一旷世豪杰有一支血脉流传下来。

当然这些都是后话。

再说石兴寻找妻子、儿子不果，跟随葵安回到襄国。由于心情忧郁，再加上在涅县大石山中隐匿的那段时间，受山岚瘴气的侵袭，严重损害了身体，所以时间不长就患病去世了。这不能不令人扼腕叹息。

石兴的故事讲完了，现在该说石勒了。石勒亲率大军一路西进，不一日到了襄陵北原。

那么，石勒将要如何平乱？

第四十三回　灭靳氏刘曜易帜
杀特使胡羯反目

话说石勒率部进军平阳，驻扎在襄陵北原。他没有立即向靳准的反叛集团发动进攻，而是在此深沟高垒，加固营寨，做好了坚守的准备。同时，派快马寄书刘曜，约同他发兵共同讨贼。在等待刘曜大军到来的这段时间，散居在这一带的羌族人和羯族人，听说他们心目中的大英雄石勒到了，都争相前来投奔，不数日，石勒就得众四万余户，军势更加雄壮。

石勒屯兵襄陵北原，使得靳准异常惊恐。他连忙调兵遣将，想趁石勒立足未稳，将其一举打垮。然而，石勒任其百般挑战，只是指挥部众强弓硬弩坚守营寨，并不出击。致使靳准徒折了许多人马，无收尺寸之功。

再说靳准乱国的消息传入长安，刘曜立即亲率大军回京讨贼。他从龙门渡过黄河，行至赤壁，正好与逃出平阳欲投长安的太傅朱纪、太保呼延晏、太尉范隆相遇。原来，朱纪等三人逃出平阳城后，隐居乡下，秘密派人回城打探消息。不久，就得到了刘粲被靳准杀害，整个刘氏皇族均遭屠戮的噩耗。此时见到刘曜，便将国中惨状向他禀报。并告诉刘曜，他的老母和哥哥也一并惨遭毒手。

刘曜听了，不禁大放悲声，切齿发誓，必报此仇！

朱纪等人请刘曜登基称帝，他们说：“国不可一日无主，现在皇族一门，唯有殿下有资格继承大统。应该马上继位称尊，以系万众仰望。否则民心无所归依，恐生变乱。”

刘曜接受请求，就在赤壁设坛祭天，举行了登基大典。就在这时，石勒的信使到了。刘曜读了石勒的书信后，得知石勒已经兵进襄陵北原，心中倍感欣慰。

刘曜颁诏大赦境内，唯靳准一门不得赦免。改元光初（318），拜朱纪为大司徒，呼延晏为大司空，太尉范隆以下各领旧职。派遣专使到襄陵北原拜石勒为大司马、大将军，加九锡，增封十郡，晋爵赵公。

石勒对平阳发动攻击。刘曜传檄逃往西平的征北将军刘雅，率领西平之众，联合镇北将军刘策进屯汾阴，作为声援。

石勒首先进攻平阳小城。驻守小城的平阳大尹周置，因痛恨靳准的所作所为，趁机率小城百姓六千余户投降了石勒。这时候，又有巴人首领及羌、羯百姓十万余人前来投奔。石勒把他们分别安置在自己所辖区域的各个郡县，给以田地、房屋，并加以抚慰。

面对石勒、刘曜两支大军的进攻，靳准感到十分恐慌。他思索再三，终于想出了一条计策。他特地委派侍中卜泰，带着皇帝专用的乘舆服御，到石勒营中请和。

卜泰来到石勒营中，献上乘舆服御，向石勒表达了大司空靳准愿与结盟修好之意。

然而，石勒一眼就看穿了靳准的把戏。石勒知道，靳准之所以要和自己修好，是为了挽救他濒临灭亡命运所施的诡计。如果和议修成，他靳准当然就不再惧怕刘曜。如果和议不成，他也可以通过这一举动，引发刘曜对自己的猜忌，从而离间他们之间的关系。只要刘曜与自己产生嫌隙，他靳准就会充分利用这种嫌隙，寻找对付他们的办法。

但是，靳准并不知道，石勒对刘汉王朝一向忠诚。刘曜登基后，他依然一如既往地尊崇这位新皇帝，从无二心。此时，石勒只希望刘曜称尊后，能够牢牢遵守大汉国的既定国策，反晋到底，为天下被奴役、被凌辱的民族和穷苦百姓伸张正义，将刘渊开创的大汉基业发扬光大。他不会为了自己的一己私利去出卖大汉国，更不会和靳准这样颠覆大汉国的奸贼去勾结。

为了粉碎靳准的阴谋，石勒命手下将卜泰绑了，派得力将士用囚车送往赤壁，交由刘曜亲自裁决。

卜泰被押到赤壁后，又向刘曜表达了靳准愿与修好之意。刘曜听了，眼珠一转，计上心来。他亲自上前为卜泰松了绑，请卜泰坐了，和颜悦色地对卜泰说："先帝到了晚年，确实毫不检点，乱了大伦。大司空能够仿效伊尹、霍光那样行事，使朕有机会登上大位，不仅无罪，且有大功。如果他能早一点奉迎大驾，朕将以国事相托。你现在就替朕回去，向大司空具体传达朕的意思。"

卜泰回到平阳，向靳准详细讲述了此行经过。

听了卜泰的讲述，靳准知道石勒那边已经拒绝了和议。但他对刘曜所说的话却不敢相信。在诛杀刘氏皇族时，他对刘曜的亲人也并未留情，一并诛杀了。刘曜哪会轻易把他放过并委以国事呢！这分明就是个圈套，他可不会上当。可是，现在大军压境，兵临城下，自己该怎么办呢？原来投降晋廷，实指望大晋王朝能在危急关头加以援手，现在看来是指望不上了。根据探马来报，晋廷委派韩胤等大臣来平阳迎接怀帝、愍帝梓宫的队伍，本来已经走到半路，一听说石勒、刘曜兴兵来犯，便吓得龟缩在路上再也不敢前进，真的是一群尿货！他悔恨自己当初走了一步臭棋，弄得现在骑虎难下，绝了退路。既然事已至此，看来只能死守平阳，与刘曜、石勒争个鱼死网破了！于是，他传下命令，让全城将士衣不卸甲，日夜坚守，不得懈怠。

靳准的命令传达下去了，可平阳城却没有一人响应。面对东、西两支劲旅的强大攻势，将士们都不愿为了一个毫无胜算的篡国奸贼去赔上自己的身家性命。而造成如此恶劣局面的，都怪靳准一人。于是，将士们愤怒了，都要求杀靳准以泄恨。

此时，靳明、靳康两位帮凶，见将士们不服靳准，军心大乱，已经难以控制，知道如果不立即改弦更张，牺牲靳准，自己的身家性命也将不保。于是，他们联合车骑将军乔泰、王腾与将军马忠等，向靳准发起进攻，将靳准杀死。可恨靳准图谋不轨，包藏祸心，最终却落得身首异处，遗臭万年。

杀了靳准后，将士们参不透靳明、靳康的真正意图，见他们能在关键时刻大义灭亲，都很感动。便一致公推靳明为盟主，让他主持拨乱反正的一切事宜。

靳明当然不会推辞。他正想取悦新皇帝刘曜，以求得自身的安稳和荣升，便欣然接受，坐上了盟主之位。他将抄灭刘氏皇族时，从宫中搜出的传国玉玺取出，命卜泰出使赤壁，把玉玺献给刘曜。

卜泰再赴赤壁，将玉玺献上。刘曜接过玉玺，十分高兴。他对卜泰说："靳盟主果然深明大义，及时献上传国玉玺，建立帝王大业，全赖你们的力量啊。朕一定要对靳盟主重重嘉奖。"说完，重赏了卜泰，让他回平阳向靳明禀报。

石勒对靳明与刘曜私下交通的事并不知情。他见平阳城一直没有动静，便发兵攻打平阳。此时，靳明自以为得到刘曜的支持，当然不惧怕石勒，便率众开城迎敌。哪知一交手就被石勒杀得大败。靳明只得丢下满地死尸，仓皇逃回平阳，紧闭城门，婴城固守，并派人向刘曜求救。

刘曜命靳明率平阳百姓到赤壁前来归降。并派征北将军刘雅和征东将军刘畅前去接应。靳明无法，只得驱赶平阳全城百姓一万五千余户，哭哭啼啼，拉家带口，离开平阳，在刘雅、刘畅两位将军的接应下，来到赤壁，进了刘曜军营。

一听说靳明到了，刘曜立即翻了脸。他一直以来虚与委蛇，就是等待这个时刻。他命令手下甲士做好准备，自己端坐大帐之内，专等靳明前来授首。

靳明来到赤壁，一心想着刘曜通过卜泰对自己的承诺，满心希望得到刘曜的优厚奖赏，所以，一进军营便兴冲冲地前来拜见新皇帝。他进入刘曜大帐，正要山呼万岁，向上叩拜，忽听得刘曜一声断喝："给我拿下，推出去砍了！"紧接着，双手就被人牢牢攥住。还未等他醒过神来，就被倒拖着拉出大帐。一阵刀光闪过，便身首异处。

刘曜斩了靳明后，又下令拘捕靳氏满门，一起押赴刑场，全部诛杀。就连太后靳月华和皇后靳氏也不赦免。随后命人进平阳城，寻回母亲胡氏和哥哥的尸体，回师粟邑，进行安葬。谥封母亲为宣明皇太后。遂弃平阳，移驾长安。

刘曜回到长安，将长安定为都城，追尊三代为皇帝，前筑光世殿，后筑紫光殿，册立从洛阳虏回的晋惠帝继后羊氏为皇后，立羊氏所生的长男刘熙为太子。同时改旗易帜，不再沿用大汉国国号，重定国号为大赵（史称"前赵"），改元光初。这一年正是东晋大兴元年（318）。

刘曜在政治上的这一重大变更，完全抛弃了刘渊创建大汉国的立国宗旨。

再说石勒率部进入平阳，首先去拜谒刘渊、刘聪两位先帝陵寝。他看到，整个陵区已被破坏得一塌糊涂。两位先帝尸身被人从棺木中拖出，遗弃在光天化日之下。特别是刘聪，遭遇戮尸后更是身首异处，支离破碎。所有先前去世的后妃及皇帝族亲的尸骨，以及被靳准屠戮的刘粲以下刘氏皇族的尸骨，均被丢弃得乱七八糟，遍布陵区。石勒看着于心不忍，命裴宪、石会带领人马，购置棺木服御，将两位先帝及所有皇族人员的尸骨计一百多具，重新收拾入殓予以安葬。然后将陵墓陵园修复如初，并派专人戍守。

石勒巡视了整个平阳城，见这座昔日繁华热闹的大汉国都城，如今已经人去城空，萧条冷落，完全没有了皇城气象。当进入空荡荡的皇宫大内时，见代表皇家威仪的浑天仪和礼器、乐器都还原样摆放着，却再也不会有人使用，石勒便安排手下，将这些东西全部运回襄国。

走出皇宫大内，回望这些巍峨壮观的殿宇宫室从此无人居住，石勒不由得感慨万端。于是心一横，命令手下干脆放一把火，将其一焚了事。

石勒将收殓安葬皇族遗骸，修复二帝陵寝的事写成奏表，安排左长史王修为特使，到长安向皇帝刘曜奏报，同时对刘曜登基称帝表示祝贺。然后率领部众撤离平阳，回归襄国。

王修奉命到了长安，拜谒刘曜，跪地称臣，将石勒表文呈上。

刘曜自登上皇位后，一直担心石勒兵强马壮，势力强盛，害怕他心中不服，与自己分庭抗礼。现在见石勒有表文呈上，急忙命人取过，细细观看。见石勒妥善修复皇陵，安葬遇难皇族，倒也感觉欣慰。再看表文中祝贺自己登基，用词谦恭得体，甘心位列臣僚，于是大为高兴。他对王修盛宴款待后，安排王修回馆舍歇息，另外派遣侍中郭汜持节出使襄国，册封石勒为太宰，领大将军，晋爵赵王，增封七郡，并前二十郡，出入警跸，冕十二旒，乘金根车，驾六马，完全仿照当年魏王曹操做汉献帝丞相时的标准来对待石勒。同时册封石勒的夫人为王后，世子为王太子。

但这世上有些事物在发生和发展的过程中往往会节外生枝。就在郭汜奉皇帝刘曜差遣，持着符节刚刚离开长安，就有小人跑来向刘曜进献谗言。此人名叫曹平乐，他原本是石勒身边的舍人，能言善辩，深得石勒信任。前一段被石勒派往长安办事，刘曜见他能说会道，善解人意，便把他留在身边，让他服侍自己，不再遣归。刘曜对石勒的封赠，他听得一清二楚。但不知出于什么原因，等到刘曜处理完国事，回到后宫，他便尾随而至，对刘曜说："大司马派王修前来，表面上看起来十分诚恳，实际上是来刺探皇上虚实的。等王修一返回去，他就会率大军西来，向皇上发动攻击。羯人从来不讲信誉，皇上不得不防。"

听了曹平乐的话，刘曜不禁矍然吃惊。他本来就对石勒的军事才华心存忌惮，而这时他的军事实力也远远不如石勒。如果真让石勒摸清了长安的底细，率众来攻的话，确实难以对付。于是他点点头说："你说得很对，朕差点上了这家伙的圈套。"于是立即派快马去追赶郭汜，停止对石勒的一切封赏。同时派甲士到馆舍去捕杀王修和他的使团，一人不许放归。

再说王修手下有一位随从官员名叫刘茂。他有一个至交好友在刘曜宫中担任内侍。因多时未见，便趁王修进殿上表的机会，请假到内侍的家中拜会。正好内侍入宫值班不在家中。因往日交情甚厚，刘茂也不避嫌，就在内侍家人的陪同下，吃茶等待内侍下班回来。

终于，内侍回来了。他当日一直在刘曜身边陪侍。现在见到刘茂，自然十分欢喜。当他得知刘茂是特使王修的随从后，大惊失色，便将当日发生的事告诉刘茂，劝刘茂赶快逃命。

刘茂听了大吃一惊，急忙告辞，赶回馆舍去通知王修。但是已经迟了。未等他回到馆舍，便远远望见王修和随同出使的人们被甲士押着走了出来。刘茂不敢声张，只是暗暗跟随在后，想看一看究竟要将王修他们押往哪里。

王修一行被甲士押着一直走到刑场，三通鼓响过后，一起被砍了脑袋。刘茂见状，不敢怠慢，悄悄潜出城去，路上买了一匹快马，一路飞奔，赶回襄国报讯。

再说石勒从平阳撤军后，一直有个疑问解不开：刘曜继位做了大汉国皇帝，却不进大汉国京都平阳城，也不去拜谒先帝皇陵。同时，他明知先帝皇陵惨遭靳准破坏，先帝尸身暴露荒野却不管不顾，只是把他自己母亲和哥哥的尸体收拾运走，这到底是为了什么？而且还听说刘曜在诛灭靳氏一门时，还特地赦免了靳康的一个儿子，让他奉祀靳氏宗祠。他的葫芦里卖的什么药？他为什么会对靳氏心存感激？此时，石勒隐约感觉到，刘曜这家伙不地道，很有可能会抛弃大汉国的立国宗旨而另来一套。

果然，刘茂带回的消息印证了石勒的怀疑。当得知刘曜不仅停止了对自己的太宰、赵王之封，杀了自己的特使，还将国号改称大赵后，他彻底愤怒了。他说："当年我主为救天下黎庶，创立大汉，志在继承高祖、武帝之遗德，歼灭腐晋，以求华夏、夷狄成为一统，期冀生灵复苏，天下太平。今刘曜擅改国号，完全背叛了我主的立国宗旨。孤当年投奔大汉，就是仰慕我皇之高义，为拯救饱受欺凌压榨的弱小民族和穷苦百姓才这么做的。所以孤一心忠于大汉朝廷，血染沙场，义无反顾。哪知刘氏宗族竟有如此不肖子孙。先是刘粲，一旦得国，便丧心病狂，想要兴师伐我。不料天不助恶，借用靳准之手，阻止了他的恶行。刘曜登基，孤原本期望他重走先主之道路，再续大汉之国策，将大汉基业发扬光大。故而孤依旧推崇他为令主，希望他能像先主那样对待孤，孤也决心像尊奉先主那样尊奉他。不料他长恶不悛，杀孤诚心诚意去崇奉他的特使，把孤视为仇敌！既然他已经叛汉另立，那孤又何必上他这一只走入歧途的破船呢？他立都长安，据守秦地，却称'大赵'，何其荒唐！孤据居赵地，赵王、赵帝孤自取之，他又能奈何于孤？现即告示天下，从今以后，孤与刘曜绝好，不再受其所节。"

石勒下令捕杀曹平乐在襄国的家人，夷灭其三族；追赠王修为太常，对其家属给予了优厚的抚恤。

既然石勒宣布与刘曜决裂，那他将何去何从？

第四十四回　纳众谏立国称赵王　破乐陵重义释对手

石勒公开宣布与刘曜决裂，得到了麾下将佐的一致拥护。当下由石虎挑头，左长史张敬、右长史张宾、左司马支屈六、右司马程遐以及文武将官一百多人齐集大殿，都劝石勒上尊号建立自己的国家。但是，被石勒拒绝了。因为一直以来，他都在致力于为大汉国开疆拓土，建功立业，从来就没有想过要自己称尊。他只想把自己的辖区建设得井井有条，为老百姓提供一块休养生息的乐土。现在大汉国没了，他当然也要考虑在辖区设立一些必要的国家设施和官署。他首先在襄国设立了太医令、尚方令、御府令等机构和属官，命令参军晁赞负责建造正阳门。同时下令在襄国四门创建了宣文、宣教、崇儒、崇训等小学十余所，挑选麾下将佐及襄国豪门大户子弟一百多人，让他们入学读书，自幼接受教育，为以后培养人才。此外，还在襄国布置了巡夜打更的守卫，加强了对城内的安全防御；设立挈壶署，统一管理辖区内的酿造工艺行业；铸造丰货钱，集中整顿辖区内的财政与金融等。

刘曜的叛汉另立与无情反目，使得石勒的心情无比郁闷。他虽然在盛怒之下说了“赵王、赵帝孤自取之”的话，但在心底里却一直怀念他十几年来为之奋斗与献身的大汉国。可是，现在汉国没了，令他报国无门。今后的路该如何走下去，他心中无数。虽然众将佐都劝他立国称尊，可他总觉得自己德望浅薄，难以胜任。多日来，这种心情一直在困扰着他，弄得他喜怒无常。

恰恰这时，手下来报，说刚刚建成的正阳门突然崩塌了。糟糕的心情遇上这倒霉的消息，使得石勒勃然大怒。他不假思索地断然喝令身边甲士，将督造正阳门的参军晁赞拉出去斩首。

过了一会儿，石勒突然意识到自己对这件事处理得过于草率，失了原则。于是立即传令："停止行刑！"可是已经迟了。他的话音刚落，就见行刑的甲士捧着晁赞的首级前来复命。

石勒大为懊悔，对自己的鲁莽与冲动痛心疾首。他亲自捧着晁赞的首级走向刑场，亲手用针线把晁赞的首级与尸身缝合在一起，哭着祭奠一番，追赠晁赞为大鸿胪，命手下购置棺木，将晁赞盛殓入棺后予以安葬。

这期间，也不断有好消息传来。先是蓬陂坞主陈川率众来降。紧接着，北线又传来捷报：孔苌讨平幽州诸郡，迫使段匹磾丢弃妻子儿女，与弟弟段文鸯逃出蓟城，跑到乐陵去投奔邵续去了。同时，河西鲜卑日六延发动叛乱，石虎率众平叛，大败日六延于朔方，斩首二万余级，俘虏三万余人，缴获牛马十万多匹。

前线捷报频传，众将佐趁石勒心情好转的时机，又来劝他立国称尊。石勒不胜其烦，干脆避而不见。只是让身边亲兵传出书信一封，让众将佐传看。书曰：

孤猥以寡德，忝荷崇宠，夙夜战惶，如临深薄，岂可假尊窃号，取讥四方！昔周文以三分之重，犹服侍殷朝；小白居一匡之盛，而尊崇周室。况国家道隆殷、周，孤德卑二伯哉？其亟止斯议，勿复纷纭。自今敢言，刑兹无赦！

张宾等人看了书信，见石勒依然深深迷恋着大汉国而不能自拔，不由得暗暗叹息："现在我们连国家都没了，还谈何'国家道隆殷、周'呢？"可是，既然石勒让他们"亟止斯议，勿复纷纭"，否则将"刑兹无赦"，知道石勒言出法随，怕惹得他发怒，丢了性命，便不敢再劝。

石勒又传出指令，说"经过天下大乱，我们亟待用法律来规范我们的辖区。可是，我们现在使用的律令十分烦琐，而且各地也不统一。应该把汉、晋以及历朝历代的律令进行综合研究，取其精华，去其糟粕，形成我们自己的律令。特别是要把我们羯室传统风俗习惯进行改革，使之与华夏文化相融合，以法律的形式固定下来，在我们的辖区内颁行实施。"为此，他把这项任务交由法曹令史贯志来完成。

史贯志受命后，经过潜心研究，结合当时当地的具体实际，终于完成了石勒政权的第一部法律《辛亥制度》五千文的制定。致使这部法律在整个石勒执政的时期内，维护了国家的治安与稳定。

也就在史贯志研究制定《辛亥制度》的这段时间里，经张宾、张敬等文武将佐的逐步开导和善意提醒，才使得石勒从对大汉国深深迷恋的感情旋涡中，慢慢抽出身来，开始理智地考虑问题。这时，他已经清醒，明白了他所为之奋斗与献身的大汉国真的不存在了。刘曜的大赵国并不是真正继承的汉统，不是刘汉王朝的延续，而是刘曜新建立的又一个割据王朝。再说，刘曜已经断然与自己决裂，自己也就没必要继续为他抱残守缺。

此时，又有喜事临门：晋泰山太守徐龛背叛晋室前来投诚。

至此，大家都感觉向石勒劝进的条件已经成熟。于是，由石虎、张宾、张敬、支屈六、程遐等重量级人物牵头，联合文武将佐一百二十六人，集体向石勒上疏。疏曰：

臣等闻有非常之度，必有非常之功，有非常之功，必有非常之事。是以三代陵迟，五霸迭兴，静难济时，绩侔睿后。伏维殿下天纵圣哲，诞应符运，鞭挞宇宙，弼成皇业，普天率土，莫不来苏。嘉瑞征祥，日月相继。物望去刘氏，威怀于明公者十分而九矣。今山川夷静，星辰不孛，夏海重译，天人系仰，诚应升御中坛，即皇帝位，使攀附之徒蒙尺寸之润。请依汉昭烈在蜀，魏王在邺故事，以河内、魏郡、汲郡、顿丘、平原、清河、巨鹿、常山、中山、长平、乐平十一郡，并前赵国、广平、阳平、章武、渤海、河间、上党、定襄、范阳、渔阳、武邑、燕国、乐陵十三郡，合二十四郡，户二十九万为赵国。封内依旧，改为内史。准《禹贡》、魏武冀州之境，南至盟津，西达龙门，东至于河，北至于塞垣，以大单于镇抚百蛮。罢并、朔、司三州，通置部司以监之。伏愿钦若昊天，垂副群望也。

石勒读过奏疏，见麾下将佐一致推奉他即位，但他依然心存顾虑。于是起身西向推让五次，又南向推让四次。众将佐见他一再推让，一起跪在地上磕头固请。石勒见推辞不了，这才点头答应。他说："孤本来就是名副其实的大汉国赵王，现在大汉国虽然不存在了，但孤也只做赵王。我们据居赵地，就以赵王开国，不当皇帝。"或许，他此时还心存侥幸，幻想刘氏宗族在某一天能突然产生一位明君，重新恢复被遗弃的大汉国基业，重走刘渊、刘聪之道路，届时他好重新做大汉国的忠臣？

不管怎么说，石勒总算答应立国称王了。于是大家山呼万岁，择定吉日，公推石勒做了赵王。

这一年系晋大兴二年（319）。石勒依照春秋列国及汉朝初期侯王每世称元的故例，改称赵王元年，定襄国为都城。而这时距离刘曜在赤壁登基已经晚了一年。所以，史学家称刘曜建立的赵国为前赵，将石勒创建的赵国称为后赵。

石勒即位称王后，下令赦免死刑以下的全部系囚，特许境内大宴七日，举国同庆。接着，建社稷，立宗庙，起造东、西宫。任命从事中郎裴宪，参军傅畅、杜嘏并领经学祭酒；参军续咸、庾景并领律学祭酒；任播、崔濬并领史学祭酒。号胡、羯为“国人”。任命中垒将军支雄、游击将军王阳并领门臣祭酒，负责对“国人”的管理和处理他们的官司诉讼。任命张离、张良、刘群、刘谟为门生主书，掌管“国人”出入，严禁“国人”凌侮华夏人。同时派遣专人到各州、郡、县巡回检查，鼓励农民耕田种地，栽桑养蚕，完成国家赋税。加封张宾为“大执法”，专总朝政，位冠僚首。暂任石虎为单于元辅，都督禁卫诸军事，加骠骑将军，赐爵中山公。任命前将军李寒领司兵勋，负责教授将佐及贵族子弟武功及兵法。命左明楷、程机撰写《上党国记》，中大夫傅彪、贾蒲、江轨撰写《大将军起居注》，参军石泰、石同、石谦、孔隆撰写《大单于志》。从此，举行朝会之时，常以天子礼乐与众共享，威仪冠冕从容可观。

再说张宾自从做了大执法后，权倾朝野，位极人臣，宠遇十分优厚。按说，他会多多少少有一点高高在上的优越感。然而，张宾却一点架子没有，一直保持谦虚谨慎的态度，一如既往地真诚对待同僚与下属，从不倚势凌人。他处理国事，以身作则，杜绝私情。上朝时，尽心规谏，下朝后将美誉归于主上。这样，不仅受到同僚下属的一致敬重，同时也赢得了石勒对他的高度器重。每逢见到他，石勒就会端正容貌，修饰辞令，对他只称右侯，从不直接呼唤他的名和字。

石勒做了赵王，自然不会忘记跟随他出生入死，立下汗马功劳的将佐臣僚。而更让他缅怀的，是那些为了大赵国的创建，血洒疆场，命归黄泉的英烈们。他说：“孤自从在平牧苑举旗起义，到现在已经十六年了。大家跟随孤南征北战，东挡西杀，每次战斗莫不是冒着刀林剑丛，飞石箭雨，备尝艰险，从侥幸中捡回了性命。尤其是通过葛陂那次战役，回师经营黄河以北，才使我们从根本上得到了转折，从此有了我们自己的地盘。现在我们成立了国家，理应对大家加以封赏。可是，我们绝不能忘了那些为了我们今天的胜利，而牺牲了性命的先烈们。我们现在活着的人，要根据功劳大小给予爵位和赏赐。而对于牺牲的烈士亲人和遗孤，赏赐要再加一等。

这样才可告慰烈士的在天之灵，也让孤的心里好受一些。”

群臣见石勒如此重义，于是一起跪拜在地，山呼万岁。

石勒下令，以张宾牵头，组织人员对全国的大小官员清定品级，以品级对应选拔任用各级行政机构的管理人员。开始的时候，拟定了五个品级，但经石勒审阅后，觉得过于粗疏，便指示张宾参照魏、晋两朝的制度，重新制定为九个品级，实行官员任命“九品中正制”。

石勒又任命张班、孟卓为左、右执法郎，典定世族，负责从中发现和选拔人才。同时，传令所有臣僚和各州、郡每年要举荐具有文学才华的；对长辈恭顺孝敬的；为人清正廉洁的；人品端庄正直有才学的；性情耿直敢于言事的以及具有一定武学造诣的人才各一人上报国家，作为国家的人才储备，候补任用。

当国事粗定，石勒念及整个河朔地区尚有乐陵郡仍被晋室残余势力占据着。这让石勒如刺在背，如鲠在喉。卧榻之旁岂容他人酣睡？而恰恰在此时，又得侦骑报告，说幽州刺史段匹磾投奔邵续后，请了乐陵一支部队，去攻击报复段末柸。石勒为救段末柸，同时也想趁邵续兵力分散，乐陵军力寡弱之际收复乐陵，于是传令石虎、孔苌，率部去进攻邵续。

石虎、孔苌接受命令后，各率本部人马，直向乐陵杀奔而来。路上，二人商量，邵续据守的乐陵首府厌次，城池坚固，如果强行攻打，不但耗时费力，还会造成士卒的重大伤亡。不如将其主力引出城来，在野战中予以消灭。于是二人经过一番精心谋划，由石虎率众去袭击邵续设在城外的十一座营寨，诱邵续出救。由孔苌率部埋伏在途中，伺机出击。

石虎一向善于统兵，所率部众训练有素，厌次城外的邵续营寨接连被他攻破。急报传进城内，邵续一面向建康的晋室朝廷求救，一面点起厌次城内兵勇，亲自率领出城营救。

邵续这次之所以敢于亲自率众出城迎敌，是因为在此之前，乐陵曾经遭受过石勒大军的两次打击，而两次都是由石勒亲自率领。这一次却不同，据探马回报，做了赵王的石勒并未亲自前来，只是派了个乳臭未干的年轻人石虎率众来攻。邵续对石虎并不了解，只是觉得石虎比较年轻，临战经验一定不足。所以他并不把石虎放在眼里。

果然，当邵续率领大军杀出城来，石虎稍一接战便大败亏输，带着部众仓皇逃跑。邵续见了，自然不会放他逃命，立即指挥大军随后紧追。邵续深知，现在的乐陵已经成为大晋王朝残存在黄河以北的唯一军事依靠。如果这次不把来犯之敌彻底打垮，局势得不到扭转的话，以后乐陵会更加孤危。所以一见敌人败退，觉得机会难得，便麾众穷追，务求全胜。

石虎率众在前拼命逃跑，邵续大军在后紧追不放。转眼间就跑出了数十里之遥。眼看距离石虎越来越近，邵续信心倍增，志在必得。

突然背后一声炮响，邵续吓了一跳。回头望去，只见石勒麾下大将孔苌，率领一支精骑出现在他的队伍后面，已经将他的来路切断。

邵续心知中计，不免着慌。他急令部队停止追击，返身夺取退路。此时，石虎听到炮声，率部返身杀回。邵续大军遭遇前后夹击，顿时大乱。混乱中，邵续被一支飞矢射中，跌落马下，被石虎部下生擒。邵续部众除少数侥幸逃命外，大多战死或被俘。

邵续被押到石虎面前。石虎说："我不杀你，希望你劝告厌次守军开城投降。你愿意吗？"

邵续点点头。

石虎命部下将邵续押至厌次城下，让他向城内喊话。不料邵续却对着城内大声喊道："邵洎、邵竺你们听着。我立志报效国家，没想到会落到现在这般地步。你们不要管我，一定要努力坚守城池，尊奉段匹磾为主，千万不可有二心！"

石虎见邵续居然鼓动守军继续顽抗，急令将邵续拉回。解送襄国，交由石勒亲自处置。

乐陵主帅被擒，石勒十分高兴。由于他对邵续的始降复叛行为难以理解，便派人去质问邵续：“你既然已经归顺，为何又要反叛？国有常刑，你愿意接受惩罚吗？”

邵续说：“我本来就是大晋臣子，应该为大晋尽忠献节。前次我把性命托付给你们，是为了保全我辖区百姓不受兵燹之灾罢了。大王对我不能理解，还把我的儿子杀了，使得我不能早一点去敲开天宫的大门。这是大王辜负了我邵续，不是我邵续辜负了大王。大王如要杀我，我自然心甘情愿去死，没有别的话可说。”

得到邵续的如此回答后，石勒对身边的张宾说：“孤本以为邵续是我们的死敌，没想到他的话说得如此忠诚恳切，这反倒让孤感觉有点惭愧了。对这样的忠臣义士，我们应该善待。请右侯代替孤去好好招待他吧。”同时向石虎传令，今后攻克敌城，对俘获的士人不得擅杀，一定要活着押送回襄国。

张宾奉命，为邵续安排了专门的馆舍，在生活上给予优厚的待遇。过了不久，石勒又任命邵续为从事中郎，希望邵续能够接受感化，为赵国所用。然而，邵续不愿在石勒手下做官，而是自己找地方开垦了一块菜园，种植蔬菜，亲自上市出售，用以养活自己。

石勒将邵续称为高士，多次在朝堂上讲述邵续的高风亮节，激励臣僚向他学习。

回头再说段匹磾。由于段末柸死心塌地归顺石勒，使他吃尽了苦头。特别是段末柸积极配合孔苌扫荡幽州诸郡，迫使他丢掉蓟城及妻子儿女，丧失了最后的一块地盘，不得不委身投奔邵续。所以，他对段末柸产生了刻骨的仇恨。为此，他向邵续请了一支军队，连同自己的部曲，重新返回，去寻段末柸复仇。哪知战事进行正酣，忽接厌次军报，说石虎率众进攻乐陵，邵续中计被擒。这一消息就像晴天霹雳，惊得段匹磾目瞪口呆。如果乐陵再要失守，那他段匹磾可就真正成了无处可去的丧家之犬了。事关重大，段匹磾与弟弟段文鸯立即撤出战斗，率众回师还救乐陵。

一路急行军，好不容易进入乐陵地界，却遭遇石虎大军的拦截。一场恶战，部下士卒伤亡惨重，侥幸活着的，也大多逃散。还多亏段文鸯力大勇猛，率领身边亲兵数百名拼死冲杀，才保护段匹磾进入厌次城。匹磾、文鸯来不及喘息，便与邵续之子邵缉一起，登城据守。

石虎、孔苌见段匹磾进入城内，发兵猛攻，但收效甚微，于是下令暂缓攻击。

不料半夜时分，段文鸯亲率数百名勇士沿绳索垂下城来，猛扑孔苌军营。一阵乱砍乱杀，使孔苌损折了好些人马。孔苌急令退兵，文鸯也不追击，复又沿绳索攀回城里。

经此一番折腾，石虎、孔苌见厌次城急切难下，便改变策略，指挥大军将厌次城团团围困，不放一人出入。同时命令部下将城郊附近居民全部迁走，物资清空，断绝城内补给。

如此相持数十日，眼见得厌次城内粮食耗尽，再也无法坚守。段文鸯向段匹磾说："我以勇力闻名天下，故而得到民众的倚重。如今不能救民，已令民众失望。眼下我们内无粮草，外无救兵，守也是死，战也是死，总归是死，何如出城一战，倒还好杀死几个敌人！"说罢，便率领数十名壮士，开城杀出。

到底此一去胜负如何？

第四十五回　擒匹磾河朔平定
和祖逖边境息兵

上文说到，段文鸯见厌次城已经陷入困境，再难据守，便抱定了必死之心，带领数十壮士，开城杀出。

城外石虎见段文鸯冲杀过来，立即指挥部众将段文鸯团团包围。段文鸯果然厉害，只见他在重围之中手执长槊左挑右拨，往来冲突，就如同天神临凡。石虎部众纷纷被他挑落马下，死伤惨重。然而，由于石虎一向治军严酷，部下虽遇强敌，却无一人敢临阵退却。于是倒了一批又扑上来一批，直杀得天昏地暗，日月无光。一连血战了数个时辰，段文鸯所带壮士全部战死。文鸯虽然尚能坚持，但是胯下马却跑不动了，段文鸯只好伏鞍稍事休息。

石虎见段文鸯暂缓攻击，也约束部众围而不攻，上前高呼道："兄长与我同为夷狄，我早就想和兄长成为一家人。今日老天见怜，使我得见兄长，何必如此苦战？请兄长放下武器，咱们好好叙谈叙谈。"

段文鸯却毫不领情，他戟指怒骂道："你们本是一伙贼寇，早就该死！我咋能和你称兄道弟？可惜老天偏心，不保佑我们，使得我们兄弟反目，骨肉相残，反让你们得志称雄。我今宁愿战死，也不会向你屈服。"说罢，跳下马，徒步再战。

石虎见状，不觉摇摇头，长叹一声。

段文鸯在重围中左冲右突，忽然手中长槊折断。他扔掉长槊，拔出腰间佩刀，继续战斗。从辰时一直战到申时，终因腹中极度饥饿，力气再也提不上来，被石虎部下击倒后活捉。

乐陵守军在厌次城头上望见段文鸯力竭被擒，一时士气尽失。

段匹磾见已经回天无术，但他仍然不甘心投降。此时，厌次城内还有一位来自建康的东晋使者，名叫王英。原来石虎、孔苌进攻乐陵时，邵续曾派人到建康向司马睿求救。司马睿担心路途遥远，赴救不易，一直迁延未发。继而又得报说乐陵太守邵续战败被擒。于是司马睿便派遣王英持节到厌次传诏，令邵续之子邵缉承袭乃父的爵位官职，继续据守乐陵。哪知王英刚刚到了厌次，就被围困城中，回不去了。此时，段匹磾见孤城将破，便想保着王英突围出城，同回建康。可是，他的这点愿望也已经实现不了。

厌次城的被困，加之段文鸯出战被擒，让邵续的弟弟邵洎感到无比恐慌。他觉得，如果再不投降，势必会落得玉石俱焚。所以，他拒绝段匹磾出城，并要将王英押送给石虎。这令段匹磾十分寒心，然而却毫无办法。

在与石虎沟通后，邵洎胁迫邵缉用车子拉着棺材，大开城门，向石虎投降。石虎接受投降，整队入城。当他见到段匹磾后，忆及当年在渚阳曾与段疾陆眷结拜，故也以兄长之礼参见。

段匹磾见石虎向他施礼，却并不还礼。他说："我受大晋朝恩惠，立志要消灭你们。不幸的是我国中自乱，使我落到如此地步。我既不能死，可也不能对你表示敬意。"

对段匹磾的傲慢无礼，石虎并不见怪。他遵照石勒给他的命令，安排将士，把匹磾、文鸯送回襄国。

石勒见到段匹磾和段文鸯后，念及当年曾与鲜卑段氏结盟，所以并不计较他们现在与自己为敌。他一向重情重义，总想着化敌为友。为此，他给予匹磾、文鸯优厚的待遇，并任命段匹磾为冠军将军，段文鸯为左中郎将。

乐陵郡被攻克，除去了石勒的一块心病。他委派人员对乐陵郡的三万余户流民进行了妥善安置，同时选派官吏对他们加以抚治。至此，整个河朔大地直至辽西，全部归入石勒的大赵国版图，再无晋室残余势力。

再说段匹磾虽然留居襄国，得到了石勒的种种优待，但他却并未接受感化。他每天穿着晋朝的官服，拿着晋朝的旌节，自命为大晋王朝的忠实臣子，以此来表示对石勒并不臣服。石勒见了，也不加制止，任由他自行其是。就这样过了一年有余，段匹磾的原来旧部与段文鸯、邵续暗中合谋，推举段匹磾为主，要在襄国发动叛乱。然而，他们的阴谋很快就被石勒掌握。石勒见这些人铁心与自己为敌，根本无法感化，万不得已，只好长叹一声，赐给他们鸩酒，让他们自尽。然后购置棺木，把他们盛殓安葬。

河朔平定，幽州、冀州、并州乃至辽西联为一体，石勒的大赵国根基已固。然而，南面的战事却进展得并不顺利。当初蓬陂坞主陈川，之所以来投石勒，就是因为兵败势穷，走投无路，才来向石勒寻求救助的。而打败陈川的主将，乃东晋的豫州刺史祖逖。祖逖其人不仅军事指挥才能出众，政治智慧也很卓越，系石勒出道以来十分鲜见的对手。自祖逖入主豫州后，采用军事打击与政治招抚的双重手段，赢得了当地群众的拥戴，致使石勒辛辛苦苦打下的黄河以南大片土地又大多丢失，重归晋室，成为祖逖的辖地。这使得石勒十分头疼。

那么祖逖究竟何许人也？在这里有必要作一概略介绍。

祖逖原籍幽州范阳，年轻时就有大志。他曾与刘琨一同出任司州主簿，二人交情深厚，同屋居住，同被共寝。他们的院子里饲养着一只奇怪的雄鸡，每到夜半就打鸣，被人们称为“荒鸡”，视作不祥之物，而这样的鸡鸣声自然便视为“恶声”。但是祖逖却不这样认为。他说：“这并非‘恶声’，它能唤醒世上梦中人，是催我们奋发的号角啊！”于是，每当听到鸡鸣，就用脚将刘琨蹬醒，二人一同起床，到庭院中舞剑。由于长期坚持不懈，二人均练就了一身武功。这便是“闻鸡起舞”典故的来历。

后来，祖逖跟随司马睿渡江南下，被司马睿任命为军谘祭酒，戍守京口。祖逖素有匡复大晋王朝的雄心，便在这里聚集训练了一批骁勇强健的壮士，随时准备为国出力。当晋愍帝困守长安，惶恐无措，连续两次下诏征司马睿北伐勤王时，司马睿却偏安江东，不愿重涉险地，故两次均未奉诏。祖逖听说后，便毅然去见司马睿，向他说：“如今国家丧乱，并不是因为君主无道引发的臣下叛乱。而是因为宗室争权，自相残杀，才使得戎狄入侵，祸及中原。现在大晋王朝遗留的百姓，均不堪忍受胡骑暴虐，都想奋起抗争。大王如果能发布命令，委派像我这样的人统领军队去收复中原，各地英雄豪杰必定望风响应。这样，中原可复，国耻可雪。愿大王毋失时机。”

此时已经升任左丞相的司马睿，自己虽然不愿涉险北伐，但既然有人主动请缨，且又说得如此义正词严，慷慨激昂，倒也不好反对。于是便顺坡下驴，任命祖逖为奋威将军，领豫州刺史，拨给他一千人的粮饷，三千匹布，不给一兵一卒，也不给铠甲军械，让他自己去招募兵勇，筹集军械，北上收复中原。

祖逖受命后返回京口，带上他所聚集训练的那一百多名壮士，乘舟渡江北上。船至中流，他意气勃发，用船桨击打着江水，慷慨发誓说：“我祖逖此去，如果不能恢复中原，就让我像这江水一样，一去不返！”部曲们受他的这种豪气感染，人人奋勇，个个争先，都勇于效命。

祖逖率领大家到了淮阴，便驻屯下来，在这里建炉熔铁，打造兵器，又招募了兵勇二千余人，然后继续北上，占据谯城。这里已经是豫州的腹地了。

祖逖渡江北上的消息传到并州，当时已经被晋愍帝司马邺拜封为大将军的并州刺史刘琨曾感慨道：“在讨灭夷狄的这场战争中，我一直顾虑祖生会先我着鞭。果然，如今祖生的鞭已经领先了！”

祖逖进驻谯城，引起了石勒的高度关注，他命令石虎率部前去攻打。石虎指挥大军将谯城团团围困，每日都发动强烈攻势。但是，由于祖逖防守得法，致使石虎耗时费力，损兵折将，却久攻不下。后来晋室南中郎将王含率兵来救谯城，石虎被迫撤围，无功而返。

谯城保卫战的胜利，使祖逖站稳了脚跟。此时，原本接受祖逖招抚的蓬陂坞主陈川突然反叛，率部大肆劫掠豫州诸郡。祖逖闻报，派兵将陈川打败。陈川害怕祖逖进讨，这才奉书襄国，请求石勒救援。

石勒接受了陈川的降书，派石虎率领大军五万去支援陈川。正好祖逖也领兵前来攻打蓬陂。两军相遇，自然免不了一场大战。当时祖逖兵少势孤，难以取胜，只好退驻梁国。随后，石勒又派桃豹率精骑前来增援。石虎、陈川、桃豹三军汇合，势力大增，于是由石虎率部担任前驱，一同去进攻祖逖。不妨中了祖逖的埋伏，石虎的前驱部队被打得大败。

石虎退回到蓬陂，让陈川率部与自己同回襄国，留下桃豹据守蓬陂。祖逖设计劫夺了石勒运送给桃豹的军粮，迫使桃豹连夜撤离蓬陂，退守东燕。祖逖趁机率部进屯雍丘。

祖逖为人宽厚，能够礼贤下士，屈己待人，与将士同甘共苦。特别是，他善于招降纳叛，致使石勒大赵国戍守在黄河以南坞堡的士卒纷纷叛投。同时，他积极安抚民众，鼓励扶植农桑，受到了当地人民的普遍拥戴。在此基础上，他又广积粮草，招兵买马，加强训练士卒，做攻取黄河以北的准备工作。

面对军事、政治才能都很高超的祖逖，石勒感到遇上了真正的对手。他思虑再三，觉得现在要想继续向南发展，阻力太大，困难太多。如果对祖逖采取军事行动，也不是明智的选择。当前最紧要的工作是缓和南部局势，以求得南部边境的相对稳定。所以，他要对祖逖采用一种更为高明的手段，恩结其心，化敌为友。

经过对祖逖其人的详细侦查，石勒了解到，祖逖祖籍就在国内的幽州范阳。其父、祖陵墓俱在，但因阵营阻隔，祖逖常常为一直不能归省祭扫而深感遗憾。于是，石勒下书范阳守吏，命令其对祖氏坟墓加以修葺。书曰：

祖逖屡为边患。逖，北州士望也，傥有首丘之思。其下幽州，修祖氏坟墓，为置守冢二家。冀逖知赵施感恩，辍其寇暴。

范阳守吏得书后，不敢怠慢，立即纠集工匠，对祖氏坟墓进行了一番大的修葺。完工后，迅速上报石勒。

石勒接报后，便给祖逖去信，将为他修葺陵墓一事告知。同时提议开放两国边境，互通使节和往来贸易。

祖逖接到石勒来信，细细阅读后，知道石勒为他修葺陵墓，并安排专人守护，心中大为高兴。他精选了一批当地的土特产，派遣亲信参军王愉带了，专程出使襄国，向石勒致谢。但对石勒开放边境和互通使节的提议未作一字答复。

对于这一点，石勒心如明镜。他知道，开放边境和互通使节，此乃国家大事，应由朝廷决策，不是一个作为刺史的地方官可以随意决定的。但只要祖逖不明确反对，那就是默许。现在祖逖对此事一字不提，说明祖逖头脑清醒，虑事周密。于是石勒以特别优厚的礼遇招待了王愉，然后挑选良马百匹，金五十斤，派遣左常侍董树，随同王愉到祖逖处回报。同时，他首先在自己这边开放边境，在两国交界处设市，组织贸易。而祖逖也不加阻止，任由商人自由往来。只是在边境的自己这边安置税吏，按商贩货值课税，获取了超出过去十倍的税利。

就在南部边境局势逐步趋于缓和的当口，祖逖的牙门将军童建，因私仇杀害了新蔡内史周密，叛逃到襄国来投奔石勒。石勒从两国关系的大局考虑，将童建逮捕后予以斩首，然后派人将童建的首级函送祖逖。并向祖逖致书说：

天下之恶一也。叛臣逃吏，吾之深仇。将军之恶，犹吾之恶也。建负将军，胆敢叛亡，我国非逋逃薮，亦与将军同恶。故枭恶以闻。

接到石勒的来书后，祖逖对石勒深明大义、诚心修好的态度十分赞赏。于是将童建的首级悬之高杆示众，并安排专使赴襄国，向石勒表示感谢。从此以后，如有赵人叛逃来投，祖逖一概不予接纳，同时严令部属不许侵害欺凌赵国百姓。就这样，两国边境出现了息兵罢战，政治稳定，经济发展的良好局面，人民得到了休养生息。这种局面一直延续到祖逖去世。

稳定了南部局势以后，国内形势大为好转。此时又有捷报传来：西晋故都洛阳已被收入版图。

原来，洛阳在当年被汉军攻克后，又被刘曜主动放弃。后来汉主刘聪派赵固前去镇守。赵固叛汉投晋直至败亡，其后，洛阳一直无人驻守。刘曜登基后，派尹安、宋始等四支军队驻扎洛阳。不料尹安等人也像赵固一样，背叛刘曜，投降了东晋的司州刺史李矩。李矩派颍川太守郭默进驻洛阳。石勒麾下大将石生率部进攻洛阳，俘获了宋始的军队，迫使郭默逃离洛阳。而石生也率部回到黄河以北，洛阳便成了一座空城。石勒巡视洛阳，见铜马、翁仲、晷影等皇家重器尚在，便将其运回襄国，将铜马、翁仲列之于永丰门，晷影安置在单于庭。同时简派将士驻守洛阳。

至此，魏晋五都已有两都被收入石勒的大赵国版图。石勒雄心勃勃，意气风发，为实现自己的宏图大愿，开始致力于国家的政权建设。他十分清楚，政权是一切工作的保证，只有牢牢抓住政权，才能推动各项工作的有效开展。第一步，他确立了自己在大赵国的最高统治地位，以天子礼仪，制作了轩悬之乐、八佾之舞以及金根大辂、黄屋左纛的车驾等礼乐仪仗；第二步，他将朝臣中掾属以上官吏的家属三百余户，全部迁入襄国城内崇仁里进行集中安置，并委派公族大夫对他们进行管理；第三步，利用山洪暴发，漳水泛滥，从太行山上冲刷下来的大量苍松巨柏，派遣得力干吏鸠工庀材，起造朝见百官，处理国家大事的集中办公场所建德殿。同时安排以张宾为首，张班、孟卓为左右执法郎，清定官员品级，选拔任用官员。他决心按照自己的意愿，把他所创建的大赵国，真正建设成为一个人人安居乐业，个个心情舒畅的理想国度。作为一个出生贫苦的奴隶领袖，他绝对不允许他的朝廷像司马氏的大晋朝廷，只顾帝王家族的恣意妄为、穷奢极欲而不顾天下苍生死活。所以，他对国内人民的疾苦，一向高度重视。

石勒颁令国内，拿出百姓所缴纳田租赋税的一半，用于奖赏孝敬老人、友爱兄弟的孝悌之士和农夫中勤于耕作、多产粮食的生产能手，以及在大赵国建立过程中牺牲的烈士亲属。同时，对国内失去劳动能力的鳏寡孤独，每年每人赏谷三石，让他们安度晚年。

凡此种种，不一而足。

石勒在决策军国大事时意志如刚，但在对待穷苦百姓的问题上，却又柔情似水。

黎阳县有一个名叫陈武的农民，妻子十月怀胎，一朝分娩，竟然生下来三男一女四个婴儿。这本是添人进口的好事，却把他夫妻俩给愁坏了。他们原本家境贫寒，一下子添了四个嗷嗷待哺的娃儿，弄得夫妻俩手忙脚乱，根本无法干活，断绝了经济来源。再加上妻子奶水短缺，使得好事变成了愁事，一家人痛苦不堪。惶急中，陈武想起赵王曾颁布法令，不许国内有一人饿死。于是他用一根扁担挑着月子中的妻子和四个儿女，一路跋涉，讨饭到了襄国。他想斗胆去寻找赵王，看看这位人们传说中的仁慈君主会不会给他一点帮助。

陈武到了襄国，求人写了一篇呈文，挑着妻子儿女，打听着来到了建德殿，央求守门兵丁将呈文呈献给赵王。兵丁因赵王“凡有人来找，不得阻拦”的严令在先，当然通报。

石勒接过呈文看了，不觉捋髯大笑道："一胞产下四个娃儿，这是阴阳二仪谐畅，天地氤氲和气所致，预兆我大赵兴旺发达，繁荣昌盛。这个叫陈武的小子现在哪里？快快请来。"

陈武进入大殿，诚惶诚恐，双膝跪拜在地，不敢昂视。

石勒呵呵笑着走了过来，将陈武一把拉起，说："你小子厉害啊！让你妻子一下子生了四个娃儿，不简单哪。你妻子、娃儿现在何处？"当得知他们就在殿外时，立即命手下把他们接进大殿。

石勒看过四个可爱的小家伙粉嘟嘟的小脸蛋和他们疲惫瘦弱的母亲后，大加赞许。他吩咐手下去寻访一位生子夭折、奶水旺盛的乳母，由朝廷拨给薪俸，命她帮助陈武妻子共同哺育四个婴儿。同时传令有司，赏给陈武谷麦一百石，杂色彩绢四十匹，让陈武安心抚育娃儿们健康成长。然后安排专人，用车驾送陈武一家返回黎阳老家，妥为安顿。

第四十六回　爱下属宽宏大量
宴父老情深义重

石勒安抚陈武一家，在大赵国一时成为美谈。然而，石勒作为一个杰出的奴隶与贫民领袖，对敌人冷酷无情，整顿吏治言出法随，执法如山，但他更有包容天地的广博胸襟。

一天，石勒闻报，在襄国城中新修建的宫室门楼已经竣工，便亲临视察。当他快到止车门时，远远望见有一个人骑马发飙，跑进了止车门。石勒十分恼火，便命手下把守门的小执法官冯翥叫来，严厉训斥道："孤有严令，禁止在宫门重地驰车走马，你为何拒不执行？作为君主颁布法令，天下人都要严格遵循，不许违抗，何况在宫禁重地？那个骑马跑进宫门的是什么人？你为什么不加以制止？"

冯翥身份低微，见到赵王后本来就很紧张，现在见赵王又如此发怒，早已战战兢兢。惶急中，他脱口说道："刚才那是个胡人。他喝醉了酒，骑马乱跑，闯入宫门。我大声呼喊，极力制止，可是那胡人，根本就无法和他搭话。"说到此，他突然意识到自己已经失言，直吓得面无人色，慌忙辩解道，"不不，我说错了，我，我不该说胡……"

原来，石勒对晋室王朝把他们这些祖上来自边陲的民族统称为"胡"，肆意加以奴役和凌辱的行径早已深恶痛绝，所以对"胡"字十分忌讳。立国后，他首先把他自己所属的“羯胡”民族的“胡”字去掉，直呼为“羯”。同时颁令全国，将匈奴、鲜卑、氐、羌，包括自己所属的羯人等这些在晋人眼中的所谓“胡人”，统称“国人”，严禁再称他们为“胡”。对于这一点，冯翥原本是知道的，可是在惶急中竟然忘了，以至于信口开河，触犯了赵王大忌。他更知道赵王言出法随，执法如山。如今大错已经铸成，难逃赵王惩罚，只得跪倒在地，等着厄运降临。

哪知石勒看了冯翥那副惶急无措的样子，反而笑了。他知道冯翥只是口误，并不是有意犯禁，所以，也就不再计较。他说：“是啊，这胡人本来就难和他们搭话。算了，你起来吧，没你的事了。以后好好履行你的职责。”

笔者读史至此，不由得心生感慨。按说，一个醉胡骑马乱闯，进入宫门，守吏遭到训斥，似这等小事在人类历史上发生的何止恒河沙数，谁又留意过？而在这里，史家却以异常凝重的笔力，将这件看似微不足道的小事载入史册，那就一定具有非凡的意义。所以我想，史家是想通过这件小事，来折射石勒这位旷世英雄身上那种恢宏的人格魅力与人性光华。而这种魅力与光华，恰恰是历代统治者身上所严重缺乏的。试想，有哪个统治者会容忍一个微末小官来犯自己的大忌呢？史家一定是要通过这件事告诉后来的统治者，不可为了自己的面子逞一时之快而去草菅人命。同时也说明，史家对石勒的人格品德是高度赞赏的。

其实，还有比这更为严重的犯忌行为，一样得到了石勒的宽恕和谅解。

石勒手下参军范坦，为人一向坦诚朴实，被石勒看中，提拔出任章武内史。上任之前，范坦来向石勒辞行。石勒见范坦穿戴的衣服鞋帽破烂不堪，像个叫花子，不觉大为惊异，就问：“范参军怎么贫穷没落到如此地步？”

范坦见问，下意识地低头看了一下自己的服饰，连想都没想，脱口说道：“都怪羯贼无道，把我的家给抢了，弄得我什么东西都没了，只好如此将就。”

范坦当着石勒的面直呼“羯贼”，不亚于指着石勒的鼻子骂娘。一般人都觉得石勒一定会勃然大怒，不由替范坦提心吊胆。然而，石勒只是表现的略感错愕，并未动怒。随即，他哈哈一笑，说：“既然‘羯贼’这么粗暴地抢劫了你，那我这个羯贼头子就应该向你赔偿了。”

听石勒这么一说，范坦突然意识到自己犯了大忌，一下子吓得瘫跪在地，连连磕头道歉。

石勒离座上前把范坦扶起，说：“没事，你不用害怕。孤制定律令，主要是针对那些粗俗之人，以防止他们犯禁。不关你的事。你们这些老书生一时改不了口，情有可原，以后注意就是。”说到这里，他再次颁令重申“不准‘国人’欺凌侮辱华人”，并严令执法官严密监督，一旦发现，严惩不贷。然后吩咐有司，赏赐给范坦车马衣服，并资给范坦大赵境内流行的丰货钱三百万，以戒励范坦就任后不至于因家境贫寒而产生贪俗之念。这会不会是石勒开了中国历史上“高薪养廉”的先河呢？

由于石勒的精心治理，使得大赵国境内开始出现了政治清明、经济繁荣、社会稳定的升平景象，石勒也深深为他亲手创建的这个奴隶与贫民的国度而自豪。一日，他手捧《史记》再次阅读。此时，他已经不再用人给他读史了，他自己就能看懂。当读到汉高祖刘邦当了皇帝后，回到老家沛县丰邑宴请乡党的情节时，不由勾起了自己强烈的思乡情怀。武乡，这块令他魂牵梦绕的土地，不仅是生他养他的母土，也是他走向兴旺发达的起点。特别是他军事生涯中的两次重大转折，实际上都是在武乡完成的。武乡就是他的“丰沛”，他熟悉这里的一山一水，一草一木。他更思念他的那些忠厚朴实，和他一起经历了饥寒交迫的羯室老乡。物生不能无根，人生岂可忘本！他也想仿效当年汉高祖，回到他的北原山下东河沟羯室和他所躬耕的三台岭桑麻之地，以及他幼年学艺的杜家庄去亲自走一走，看一看，重温一下当年的情景，和父老乡亲们把酒言欢。

为了实现他的这种强烈的思乡愿望，石勒向身边的几位重要大臣征询意见。没想到却遭到张宾等人的极力反对。张宾说，现在大赵国刚刚建立，百废待兴，百业待振，各种事情千头万绪。特别是国境四面强敌环伺，都在寻找机会进攻赵国。作为一国之主，怎能轻易离开都城！当年高祖还乡，是在天下归于一统、国家根基稳固的情况下。而我们眼下根基尚欠稳固，切不可起驾离京。诸位大臣也都劝石勒暂时放下思乡之念，等国家真正安定之后，再行衣锦还乡。

看着石勒依然难以释怀，最后张宾提议，如果主上十分思念乡党，我们不妨把他们请到襄国来，在这里把酒言欢，一样可以寄托思乡情怀。

张宾的提议，得到了石勒的赞同。尽管他觉得这样做并不能尽如人意，但根据眼下情势，也只有此法可行。于是，他把邀请家乡父老前来襄国的使命，交由张宾亲自办理。

张宾受命后，首先致函武乡县令，让他负责组织北原山、三台岭、杜家庄一带乡亲，每户安排一至二人，做好准备，到襄国去和赵王会晤。然后择定吉日，组织上千辆车马，由张宾亲自率领，简选郭敬、支雄率部护卫，一路浩浩荡荡向武乡进发。

临行前，石勒特别对郭敬和支雄做了安顿。他让郭敬到了武乡后，如果宁驱尚未返回北原山，一定要派人到阳曲前去寻找，务必把宁驱请到襄国来。同时他吩咐支雄，让他代表自己，亲自到杜家庄和石门，去邀请怀德、怀恩两位师兄。考虑到两位师兄年事已高，路上一定要安排专人，妥为照顾。

再说故乡人民得知赵王要请他们到襄国聚会，整个儿都沸腾了。人们欢呼雀跃，奔走相告，穿上所能拿出来的最好衣服，准备好行装，带上家乡最好的土特产，等待石勒派人来接他们共赴襄国。他们早想看一看他们民族中的这块“大石头”、大英雄，在做了赵王后的神奇风采。现在赵王主动前来邀请他们，怎能不令他们激动万分！

在指定的日子和指定的地点，人们终于坐上了前来接他们的马车，风风光光地走出家门，一路观赏着沿途景色，憧憬着到了襄国后的种种际遇，兴高采烈，谈笑风生。

襄国城到了，所有的乡亲们都被请进了赵王府。无比宽阔的大院内，安放着数以百计的桌椅。有许多兵丁和差役在照顾和服侍他们，按照年齿的长幼和辈分的高低，他们被分别请到不同的桌椅上入座。此时，他们怀着十分好奇的心情，看到大院的正面是一座高大巍峨、金碧辉煌、气象庄严的大殿。大殿前面宽阔的轩台上，彩灯高挂，红毡铺地，上面安放着整齐的几案，有几个军士站立左右，一动不动。大院的东西两厢，也都是高大恢宏的殿宇，廊下是盛大的宫廷乐队，操持着他们从未见过的礼乐仪器。此时他们身临其境，就如同进入了传说中的天宫，处处新奇，目不暇接。

王阳、夔安、支雄、支屈六等一班当年跟随石勒出走，现在都已经成了气候的武乡人首先进入会场。他们一路挨个走过去，向来自家乡的亲人们问询，打招呼，使得整个王府大院笑语喧哗，热闹非凡。

随着三声禁鞭响，大院内安静了下来。随之，乐队奏响了音乐。那音乐是那么悦耳，简直是仙乐缭绕，让这些来自乡下的老乡们听得如醉如痴。

就在乡亲们陶醉在这神仙般的情景中时，一队甲士从正面大殿中走出，分别站在轩台的两侧。接着，好多高官鱼贯走出，也分别站在轩台的两侧。最后，石勒和英姑走出来了。然而，石勒和英姑并不是乡亲们想象中那样峨冠博带，凤冠霞帔，威风八面的王者气象，而是穿着和他们在老家一起耕田种地时一样的麻布衣裤，显得特别平易近人。当然，老乡们并不知道，为了这身装束，在此之前，朝廷上还发生过一场小小的争论。

就在乡亲们到赵王府聚会，石勒准备出见时，有大臣提议，赵王应该以国主威仪，展现在老乡面前，只有这样，才能收到衣锦还乡的效果。当时正好英姑也在场，因为她听说老乡们到了，便迫不及待地跑来，等候和老乡们会面。听了大臣的提议后，英姑说：“这样会不会让老乡们感觉生分？”

英姑的话使石勒大为赞赏，他说：“对对对，孤今会见的是父老乡亲和一起光屁股长大的发小，又不是去接见外国使团，显摆什么国主威仪？孤不是陈涉，不会一旦发迹就嫌弃旧日患难的弟兄。更不会害怕他们说我穷困时的那些不雅往事。那些礼乐仪仗，你们尽可摆出，乡亲们从来没有见过这些东西，可以让他们开开眼界。至于孤和英姑，就以常服出见，这样方能和乡亲们拉近距离。”

于是，根据英姑的建议，为了使老乡们感觉亲近，就完全恢复成当年在老家耕田种地时的模样，到乡亲们中间去，一起把酒言欢，以示和乡亲们平起平坐。

这就是今天石勒和英姑如此打扮的原因。

此时，石勒拉着英姑走到轩台前面，向着乡亲们大声说：“父老乡亲们，我石勒想你们哪！本来，我应该回老家去探望你们，可是因为国事繁杂，脱不开身，只好把大家请到这里来聚聚。我很感谢大家不顾颠仆之苦，到这里来看我。今天，这里没有赵王，也没有王后，只有石勒和英姑。我希望大家不要拘束，放心大胆，畅所欲言；放开肚子，大吃大喝。然后在这里多住些日子，到襄国城各处去走走看看。”说到这里，他回头对英姑说，“走，咱们也下去，到乡亲们中间去，和大家拉拉家常”。说着，两人下了轩台，来到了乡亲们中间。

整个王府大院内响起了热烈的欢呼声和喝彩声。

酒端上来了，菜端上来了，石勒和英姑来到年岁最长、辈分最高的乡亲们桌上，和大家把酒共饮。其他各桌，则由蘷安、支雄等武乡籍将佐以及张宾、郭敬等重臣分别陪饮。

席间，石勒和大家共话当年的种种情事，气氛热烈而欢畅。然而，在石勒的内心深处，却有一种隐隐的哀痛。因为他最为关心的两位师兄怀德、怀恩和他的恩公宁驱均没能到来。听郭敬和支雄回报，郭敬此次亲自到阳曲去接宁驱，方知宁驱在十年前就已经去世；而支雄到了杜家庄后，才得知两位师兄也于两年前双双作古。这让石勒异常痛心。但此时，他只能强压着心中的悲痛，和乡亲们开怀畅饮。

前来参加聚会的父老乡亲均是清一色的男子汉。因为根据家乡风俗，未经朝廷册封的女人是不上席面的。所以，家乡的妇女无一人前来，这使得英姑有点孤单。好在英姑生性豪爽，和大家一样谈笑风生，并无不适。

叙谈中，英姑打听了当年和她一起养蚕缫丝的姐妹们的生活状况，乡亲们一一做了回答。话语间，也提到了那个当年欺负她的恶棍曹豹。乡亲们告诉她：曹豹自从其父曹老财死后，家境迅速衰落。后来曹豹不知何故成了疯子，到处乱跑，最后跌下深沟摔死了。英姑听了，长吁一口气说：这也算恶有恶报！

石勒也和大家谈起了当年的一些往事，提及在京都洛阳上东门长啸惹祸，到石门躲避。李二混子带领官兵前去抓捕未果，李二混子遭县令责打。再后来，他逃荒归来，去投纳降都尉李川途中，正遇官兵抓捕胡人贩卖，又被李二混子带领张隆将他抓去，受尽了种种折磨后将他卖到山东做了耕奴。因为这个李二混子对他的人生影响甚大，所以至今还记得其人。他向乡亲们打听，此人近况如何？乡亲们告诉他，李二混子自从被武乡县令责打后，离开老家再没回来。只是听人说，后来李二混子跑到阳邑，因穷极，到一户财主家偷盗，被护院家丁抓住打死了。

石勒听了，只是摇摇头，叹了一口气。

三台岭一带的乡亲们过来给石勒敬酒，话题自然提到了当年的麻池之争。这时石勒突然想起，他还一直没有见到当年的对手李阳。于是他站起来环顾整个大院，并大声呼喊："李阳，李阳呢？这家伙躲哪去了？"

乡亲们见状，告诉石勒说，李阳没有来。

石勒感到奇怪，便问："他为什么不来？"

乡亲们说："当年为了争池沤麻，和您不知打过多少次架。如今您做了赵王，他哪里还敢前来见您？"

听了乡亲们的这番话后，石勒笑了。他说："看来，李阳他小瞧我了。争麻池，那是我作为普通百姓时做的一点遗憾事。你们不说，我早把它忘了。我如今正在推行仁信于天下，怎么会与一个普通人去计较这么点微不足道的小事呢？其实，李阳这家伙很不错，他一身武功，是个难得的壮士啊！他怎么能不来呢？无论如何要把他请来。"说罢，石勒唤过王阳，吩咐他骑快马速回三台岭，请李阳前来聚会。

王阳领命去了。

两天后，石勒正在建德殿处理公务，王阳领着李阳走了进来。一见到石勒，李阳就跪在地上磕头请罪。石勒见了，从座位上站起，呵呵笑着说："李阳老弟，你总算来了。"说着走了过去，双手把李阳扶起，憨谑道，"怎么，现在害怕老子了？想当年你小子的老拳头可不吃素啊！"他拉着惶恐不安的李阳手臂，又说，"不过，你小子那时也饱尝了老子的毒手，我对你小子可并没手下留情。你一身的好功夫，老子早就想叫你前来。现在你哪也别去了，就跟着老子干吧，这里有你的用武之地。怎么样，愿不愿意？"

李阳大喜过望，急忙伏地拜谢。

于是，石勒赏赐给李阳一套显贵的豪宅，拜李阳做了参军都尉。

转眼间半月已过。这一天，石勒又举行盛宴招待父老乡亲。酒酣之际，石勒感慨地说："武乡就是我的丰沛啊。俗话说'落叶归根'，等到千秋万岁后，我的魂魄是要回归的。所以，不能苦了我的乡人。传令有司，免去武乡三代人的赋税徭役，让乡亲们的日子过得好一点。"同时，他吩咐乡亲们，回去后一定要开办书社学堂，尽可能让孩子们读书。

通过半月来与乡亲们的无间接触，石勒了解到，眼下百姓们生活还很艰苦，收获的粮食往往不够吃。同时，他也考虑到，现在国家的粮食储备也还存在缺口，而酿酒行业却要消耗大量粮食。所以，他严令国内禁止酿酒。但考虑到祭祀宗庙时，传统上都是用酒，便对这项活动进行了改革。规定今后祭祀时以醴（一种甜水）代酒，节省下粮食以保障民生。

时间一晃而过，乡亲们就要回去了。石勒赠予他们一些钱物，安排车马送他们还乡。然而，他的思乡情怀却愈加强烈。为了寄托对家乡的感情，在他的主持下，割上党和乐平两郡数县，以武乡为中心增设武乡郡，使武乡由县提升为郡。同时，他亲自到襄国城郊相度地形，选择地形地貌类似故乡山水风光处，修筑了“桑梓园”，通过人工改造的方法，将北原山、三台岭等处景色浓缩其中。再将家乡的左邻右舍和亲朋好友召来入住其内。每逢闲暇，他都要进去走走，留恋一下故乡景色，和亲朋好友会会面，以此来宽慰自己。

经过上述活动，石勒的思乡情怀暂时得到了缓解。于是他开始部署兵力，向外扩张。

第四十七回　惩叛敌冷眼铁腕
哭张宾痛心疾首

石勒首先选定的进攻目标是位于大赵国东南方向的兖州和青州。他之所以选定这两处地方，是因为兖州和青州始降复叛，实际上并未归入大赵国版图。由此，他对盘踞在此的泰山太守徐龛与镇守青州的曹凝无比痛恨。

先说徐龛，他本是晋王朝的泰山太守。先是晋彭城内史周抚背叛晋朝投降了石勒。晋元帝司马睿下诏，命下邳内史刘遐与泰山太守徐龛去讨伐周抚。周抚战败逃跑时被徐龛部将追上斩杀，徐龛自觉居功至伟。但在朝廷论功行赏时，刘遐得到的赏赐却高于徐龛。徐龛大怒，便率泰山全郡投降了石勒。晋元帝得报，派遣太子左卫帅羊鉴与徐州刺史蔡豹等讨伐徐龛。徐龛被蔡豹打败后，派人向石勒求救。石勒派遣将军王步都为先锋，先期与徐龛会合，随后使张敬率精骑跟进，去支援徐龛。当张敬到达东平时，徐龛忽然怀疑张敬此来是要袭击和吞并自己。于是便将王步都及其部下三百多人一齐斩杀，然后复又投降东晋。然而，东晋朝廷拒不接受徐龛的投降，又命蔡豹统兵向徐龛发动进攻。徐龛进退维谷，不得已又派长史刘宵出使襄国，并送自己的妻子、儿子为人质，向石勒投降。石勒接受了他的投降，派遣石虎统兵四万去进攻蔡豹。蔡豹战败后被晋廷处死，石虎凯旋。徐龛见危困已解，便再次背叛了石勒，投降了晋朝。而这一次，晋廷没有再拒绝他的投降。石勒对如此反复无常的小人，当然切齿痛恨。

再说曹凝。曹凝本为汉国大将，当年汉帝刘聪发布命令，向大晋王朝大举进攻时，石勒进军中原，兵锋直指洛阳。而曹凝则率部向青州一带挺进，先后攻克了东平、琅琊。晋永嘉五年春正月，曹凝打败了当时的青州刺史苟晞占据了青州。曹凝立稳脚跟后，就背叛了汉国，投降了晋廷，并在司马睿登基前，联合冀州刺史邵续、宁州刺史王逊等向司马睿上表劝进。后来考虑到青州距离建康路途遥远，一旦石勒向他发动进攻时，依靠不上，便又背叛晋朝投降了石勒，被石勒授予东州大将军、青州牧、琅琊公。再后来刘琨丢掉并州，出奔幽州，曹凝又归附了刘琨，成了晋朝的臣子。就这样，曹凝在各个势力的夹缝中朝秦暮楚，左右摇摆。所以，石勒也对他痛恨有加。

赵王四年（322），亦即晋永昌元年，石勒派遣石虎率精兵四万去讨伐徐龛。徐龛依托泰山之险坚守不战。在数度进攻无果后，石勒命石虎筑室反耕，列长围以守之，对徐龛进行了长期的围困战。这一招很见成效，一连数月的围困，使徐龛军中粮草耗光，部下军士逃散略尽。至此，石虎发动强大攻势，终于突破徐龛防线。徐龛兵败如山倒，最终被石虎生擒活捉。

徐龛被押解回襄国，石勒决定采取铁腕手腕，对他施加极刑。临刑前，石勒让被徐龛冤杀的王步都妻儿亲人以及与王步都一同遇害的三百多名士卒的亲人亲临刑场观刑。然后命力士将徐龛五花大绑，塞入布囊，抬上百尺高楼，从楼顶直贯下来，将其撮杀。

王步都妻儿以及部下的亲人们，早对徐龛恨之入骨，都在等着宣泄心中的仇恨。一见徐龛被从高楼撮落，便一哄而上，也不管徐龛是否已死，就将布囊撕裂，把徐龛拖出，用随身携带的刀具，刳割徐龛身上的肉而争相食之。石勒面如寒冰，冷眼看着他们恣意宣泄而不加制止。

泰山已克，晋兖州刺史刘遐被吓得魂飞魄散，急忙率部退往下邳。琅琊内史孙默举郡投降，兖州平定。

此时，晋豫州刺史祖逖因病去世，晋廷诏命祖逖之弟祖约代领豫州。祖约无驭众之能，致使士卒离心。石勒因祖逖已死，前约自然废弃，于是命将向豫州发展，派征虏将军石他败晋师于鄮西，擒获晋将卫荣。祖约自知难敌，率部退屯寿春。石勒派将军王阳率部进驻豫州，重新收复黄河以南。

石勒命石虎率精骑移师攻打青州，讨伐叛敌曹凝。同时任命将军刘征为青州刺史，随军赴任。

石虎挥师直取广固，将广固城团团围困。晋东莱太守刘巳、长广太守吕披等郡县长官迫于大赵国军威而纷纷投降。曹凝得不到外援而又走投无路，只好开城投降，被石虎遣送襄国。

石虎其人生性残忍嗜杀。被他攻克的地方大都惨遭屠城，民众鲜有存活者。进入广固城后，他下令把曹凝手下本已放下武器的三万余部众挖坑活埋，还要将城内百姓全部诛杀。此时，随军赴任的青州刺史刘征找来，他对石虎说："赵王任命我为刺史，是让我来管理此处老百姓的，现在将军却要将百姓全部诛杀。若是没有了老百姓，我留在此处还有何用？请将军允许我和你一同回去。"

石虎见刘征前来责问，于是命手下从抓获的百姓中挑选男女七百名，交由刘征统领，其余百姓全部诛杀。

再说曹凝被押回襄国，石勒历数其为将不忠、反复背叛的种种罪行后，将其斩首。

至此，青州也复归大赵国版图。

就在石勒大举向周边进军，攻城略地，扩张地盘的时候，突然噩耗降临：大执法张宾与世长辞了！

这一噩耗对于石勒来说，无疑是当头一棒。长久以来，右侯一直身体欠佳，常常闹病。但每次生病都是吃点药，卧床休息一段，挺一挺就过去了。这次生病，石勒也曾前去探视，原以为和过去一样，吃点药，休息休息就会好的。没想到，右侯竟然一病不起，以至于送了性命。石勒顿感如断手足般的疼痛。回想在整个大赵国的创建过程中，处处凝聚着右侯的智慧与心血。特别是建国以后，右侯身居高位，任遇优显，却一向谦虚谨慎，从不居功自傲。他开襟下士，肃清百僚，入朝见驾，坦诚奉献真知灼见；下朝之后，却将一切美誉归于王上。他一身正气，两袖清风，其气度常常令身为一国之主的自己肃然起敬。现在大赵国振兴在望，正需要他的聪明才智，不料他却撒手人寰，离自己而去，咋能不令人肝肠寸断？

石勒亲自到张府前去哭祭，其哀恸之状让所有人都为之动容。祭后，石勒特别追封张宾为散骑常侍、右光禄大夫、仪同三司，谥号曰“景”。发丧之时，石勒亲自送张宾之棺到正阳门。望着送葬的队伍渐渐远去，他禁不住痛哭流涕，仰天大呼道：“老天啊，难道您不想让我成就大事吗？为什么要早早把我的右侯夺去呢！”

始终伴随在身边的程遐上前劝石勒起驾还宫。石勒看看程遐，心中更生出无限烦恼。因为他已经意识到，张宾的死与程遐有着直接的关系。

原来，石勒立国称赵王后，因长子石兴英年早逝，便册立次子石弘为世子。石弘并非王后刘英姑所生，他的生母是程遐的妹妹程夫人。程夫人母随子贵，被册立为妃，于是作为世子的舅舅，程遐自然也就身价百倍，权势熏天。

程遐部下有一位长史，乃系清河人氏，名叫张披。张披自幼饱读经史，颇具才智，但他性格低调内向，从不张扬，所以鲜为人知。张披在程遐帐下多年，程遐作为大赵国重臣，廷议中每每进献具有相当价值的建设性意见，实际上都是张披事先为他谋划好了的。所以程遐对张披十分倚重，也非常喜爱。但是，在程遐的眼中，张披只是自己的幕僚与仆从，只能为自己本人所用，而不愿让张披闻达于世。

一日，张披过张宾府上办事。交谈中，张宾发现张披其人学识非凡，智慧超群，这令他非常高兴。因为他长期以来身体欠佳，而国家事务十分繁重，尽管他日夜操劳，却依然感到顾此失彼，力不从心。他早想物色一名帮手，替他分担一些国事。但纵观整个朝堂之上，虽然人才济济，各有所长，但却缺乏具有真知灼见、政治清明、抱负经国之能的理想人才。为此，常使他扼腕叹息。如今张披的出现，使他眼前一亮：这不正好是他苦苦寻觅的经国之才嘛！于是他便说服张披留在自己身边，保举为别驾，协助自己共同处理军国事务。

张披自然满口答应。他虽然低调内向，却也不愿自己的才华被永远埋没。于是他回到程府向程遐告辞。

面对张披的告辞，程遐虽然一万个不愿意，可他一时也想不出办法加以阻止。或许他自认为身份显赫，不能在“下人”面前屈尊降贵加以挽留？总之他未加阻止。但在他的心底却十分不快。如果张披离开自己改投别处倒也好说，可他偏偏要去投靠张宾，这让他很难接受。一直以来，他就对张宾深得主上宠信，处处高出自己一头心存怨恨。现在见张宾又将自己的智囊从身边挖走，这让他更难容忍。于是他决定除去张披，借以对张宾形成打击，从而收威重于朝，让群臣畏服并看重自己。

程遐欲借赵王之手除掉张披，但他又深知，此事不能由自己出面去向赵王进献谗言。于是便入宫去找自己的亲妹妹，即世子的母亲程妃，如此这般地教给她一套说辞，让她得便去蛊惑石勒。

这天，石勒驾临西宫看视程妃。一番亲热过后，程妃对石勒说：“近日来妾身留意朝臣，发现朝中众臣皆依附张宾，赵王府反而显得冷落。这恐怕并非好事。特别是妾听说张宾新近又收得一个助手，名叫张披。这张披朝秦暮楚，为人极不忠实。而张宾与张披同为游侠出身，心不可测。如果张宾赢得众望所归，这对大赵国的江山社稷势必形成威胁。望赵王除去张披，抑损张宾之势，这样方能有利于国家。”

程妃的话引起了石勒的高度警觉。他知道，历史上相权过重威胁王权，甚至颠覆王权的事屡见不鲜。他绝不能允许这种情况在他的大赵国发生。

由于他与张披从未有过正面接触，对张披并不了解，更不知道张披是位身怀绝学的经国人才。听了程妃的话，只觉得张披其人可恶。于是他决定接受程妃的进言，设计除去张披，同时对张宾的权势予以适当削减。

翌日，石勒召开紧急军事会议，特命张披参会议事。

接到通知的张披被弄得一头雾水。因为此前他并未参加过赵王亲自主持的任何会议，所以一时有点摸不着头脑。就在他迟疑犹豫之际，赵王催他赴会的命令又到。他只好满腹狐疑地跟着传令之人前去赴会。哪知，当他刚刚步入会场，就听得赵王一声断喝："给孤拿下！"紧接着，他就被扑上来的甲士执住，动弹不得。

"常言道'兵贵神速'，传汝到会汝却拖延不到，军法岂容你如此小觑？拖出去，砍了！"

甲士们答应一声，不由分说，就将张披拖了出去，一阵刀光过后，张披人头落地。

张披被杀的消息很快传到张府。此时张宾正卧病在床，听说后立时被惊得目瞪口呆。随即他便明白过来，知道这是程遐在捣鬼。多时以来，他就发现程遐对自己怀有成见。这次他把张披从程遐身边调来，实在是百密一疏，忘了顾及程遐的感受。他本想强撑病体，去找赵王理论一番，但转念一想，现在张披已经死于赵王之手，施救不及，徒惹赵王震怒，弄不好会祸及己身。再说，他虽知此事系程遐所为，但又没有任何证据。眼下程遐作为世子的亲娘舅，深得赵王宠信，赵王哪会听他的？俗话说"疏不间亲"，毕竟人家血浓于水啊！所以，张宾思虑再三，被迫选择了隐忍不发。然而，张披这样一位十分难得的经国奇才，却因为自己而无端冤死，这让他心中哀痛难忍，病势因此更加沉重。

有道是"福无双降，祸不单行"，过了没几天，张宾又得到消息：程遐被提拔为右长史，总摄朝政。从此程遐威权日隆，当初麇集在他张府的朝臣们又都趋附于程府，使得张府一下子变得门可罗雀。张宾知道，这是赵王有意在冷落自己。于是他心灰意冷，加上病情本就不轻，在这一连串的精神打击下，终于彻底垮了，喝下去的药如浇石上，病得再也起不来了。

再说赵王石勒让程遐暂时总摄朝政，并不完全是出于世子娘舅这一层关系。他聪明绝顶，历史上外戚掌权引发的一系列惨剧他并非不知。他更看重的是程遐的“才华”。在历次廷议中，他发现，程遐的进言往往能切中时弊，具有十分可取的建设性。所以，他想在张宾患病期间，委程遐以重任，好让程遐充分发挥聪明才智。然而，令他万万没有想到的是，程遐在总理朝政后，几次与他研究军国大事时，以前的那种卓越见地再也没有表现出来。甚至给他的感觉是，此时的程遐简直就是草包一个。这令他大失所望。经过进一步的深入了解，他才知道，被他斩首的张披，原来一直在程遐部下担任长史，最近才被张宾调到身边，协助张宾处理国事。通过这么前后一联系，石勒恍然大悟，程遐原来的那些高见，是有高人在为他捉刀，而张披就是那个高人。现在高人没了，程遐自然原形毕露。他突然意识到自己被程遐耍了，致使自己在政治上犯了一个绝大的错误。然而，他又不能降罪于程遐，因为程遐没有任何把柄落在自己手里。他只能痛悔自己做事草率和粗疏。他开始在心里为被他蒙冤屈杀的张披而深深忏悔，同时为张宾感到担心。于是他立即起驾直奔张府，亲自去探望张宾。

此时的张宾已经进入弥留之中。被家人唤醒后，他吃力地睁开眼，看到赵王前来探视，便用尽浑身之力，挣扎着向赵王行礼，似乎还想对赵王说点什么。可是，此时的张宾已经说不出话来了。经过这一番拼命挣扎，终至最后的一点体能耗尽，于是头一歪，撒手而去了。

石勒见状，顿感痛心疾首，不由得抱着张宾的遗体号啕大哭。

石勒当然不会原谅自己的过失，同时也对程遐产生了看法。他曾多次在与程遐商讨国事时，对程遐的浅薄无知感到厌恶，竟然当着程遐的面说出这样的狠话来：“右侯丢下孤走了，却让孤与此等庸碌之辈共事，这难道还不算残酷吗？”弄得程遐面红耳赤，无地自容。

不管怎么说，张宾已死，不能复生。而他石勒必须从悲痛中振作起来，率领大赵国继续前进。

就在这时，东晋王朝连续发生叛乱。这对于大赵国来说，无疑是向外扩展的天赐良机。于是赵王石勒调兵遣将，在连夺司、豫、青、兖、徐诸州之后，又挥兵南下，直取寿春。

那么东晋因何发生叛乱？

第四十八回　东晋朝迭遭叛乱 前赵主大举入侵

话说当年琅琊王司马睿出任安东将军，都督扬州江南诸军事，在王敦与堂弟王导的辅佐下出镇建康，依靠中原避难江东的南迁大族，联合江南豪族，建立了东晋政权。司马睿被拥戴做了皇帝，史称“晋元帝”。开始的时候，司马睿为了坐稳皇帝宝座，也对王敦、王导推心置腹地加以任用，让王敦执掌兵权，总管征战讨伐；让王导总理朝政，独领机要政务，由此形成了“王与马（司马）共天下”的独特局面。但是，这种局面是难以长期维持的。因为任何统治者（晋惠帝除外）都不希望大权旁落，自己只做傀儡。加之王敦执掌兵权后，自恃有功，开始变得骄横放纵，不把皇帝放在眼里，这更让司马睿害怕和憎恶。为了压制和削弱王氏权势，司马睿对丹阳尹刘隗和尚书左仆射刁协特别加以重用，任命刘隗为镇北将军，都督青、徐、幽、平四州军事；任命刁协为尚书令，欲用他二人与王氏兄弟相抗衡。同时，元帝对王导也从疏远开始，逐步发展到排斥，军国大事只与刘隗商议，不让王导参与。

面对降临的失势与冷落，性情较为淡泊的王导尚能忍受，但性情刚烈的王敦却大为不满。王敦在上疏为王导鸣不平的同时，也致书刘隗，试探刘隗对自己的态度。当他从刘隗的来信中看出刘隗与自己并非一路时，勃然大怒。于是他一面上表弹劾刘隗“前在门下，邪淫谄媚，谮毁忠良，疑惑圣听。遂居权宠，扰乱天机，威福自如，中外杜口”，一面督率水陆大军，从武昌出发，以“清君侧”为名，发兵造反，直捣建康。兵至芜湖，王敦又上表罪状刁协，迫令加诛。

面对王敦的反叛，司马睿虽多方调兵遣将加以抵御，但最终没能挡住王敦的进攻。王敦很快就攻克石头，纵兵入掠都下。

到了此时，元帝司马睿一筹莫展，只得挥泪安排刘隗、刁协外逃避祸。而他自己则闷坐朝堂，听天由命。

刘隗离开皇宫，回家带上妻子儿女，北上襄国投降了石勒，被石勒用为从事中郎。而刁协则没有这么幸运，他因年纪老迈，不善骑马，平素对下属又缺乏恩惠，所以一出都门，从人散尽，单剩他一人一骑，被王敦手下抓住杀死，献首王敦。

按说，刁协已死，刘隗外逃，王敦“清君侧”的目的已经达到，就该收手撤兵。然而，王敦并不罢休，当下据守石头，按兵不朝，志在胁迫皇帝。司马睿毫无办法，只得传令朝中公卿百僚，一起到石头去好言奉劝王敦罢兵。同时颁诏大赦，进王敦为丞相，都督中外诸军事，录尚书事，封武昌郡公，领江州牧。

王敦拒绝朝廷封赠，以一国主宰自居，擅自命令部下把与自己有过节的朝廷重臣周顗、戴渊等抓来砍了脑袋；不经皇帝允许，完全按照自己的意愿，改易更换了朝中文武百官的职位；转、徙、黜、免，调整了各个军镇的将佐，这才打算率部西还武昌。此时有人劝他入朝觐见皇帝，以消除君臣嫌隙，遭到王敦断然拒绝。王敦原本要取代皇帝而自立，可能感觉眼下条件尚未成熟，于是率部还镇武昌。

经此一番折腾，元帝司马睿见整个国家外遭两赵侵凌，内受权臣胁迫，自己名为江东天子，号令几乎不出国门。于是终日穷愁，无可告语，终至忧郁成疾，卧床不起。随即病势加剧，一命呜呼。离世之前，他回顾整个朝堂之上，都是王氏党羽，后事无所托付，万不得已，只好把王导召入，嘱授遗诏，让他辅助太子。是夕元帝司马睿驾崩，总计在位五年，享年四十七岁。

太子司马绍灵前继位，史称晋明帝，越年（323）改元太宁。

司马绍即位后，王敦并未放弃篡位的打算。他假借上表称贺，暗示新皇帝征他入朝辅政，以便趁机引兵犯阙。王敦属下有一心腹将佐，名唤钱凤。由于篡逆之心日益迫切，难以按捺，王敦便与钱凤密谋举事的具体方略。不料密谋泄露，为王导、王舒获悉。王导、王舒虽与王敦同宗，却不愿背晋助逆，便将王敦阴谋告发，请晋帝司马绍预作准备。

司马绍闻警，采取了一系列措施加以防范。同时为了暂时稳住王敦，对王敦的所有要求均予以满足，并亲笔书写诏书，加王敦黄钺班剑，奏事不名，入朝不趋，剑履上殿，征王敦入朝辅政。

王敦趁机率部东进，移镇于建康的门户姑孰。在这里，他不再贸然前行，只是加紧诛除异己，调兵遣将，做进攻建康的准备工作。

然而，天不助奸，就在欲图兴兵犯阙的紧要关头，王敦突然患病，而且病势迅速加剧。眼见得自己不能亲率人马前行，王敦便命令钱凤等心腹率兵直取京师，同时让其兄长王含为元帅代己出征。临行前，钱凤请示王敦："事成之后如何处置天子？"王敦双眼一瞪，说："还没有南郊祭告天地，算什么天子？你只管竭尽兵力行事，其他无须多顾！"

晋太宁二年（324）秋，王含统率水陆大军五万，攻至江宁西岸。这里距京师只隔一条秦淮河。

明帝司马绍见贼兵杀到，亲自率兵出征。他任命王导为大都督，督率各军拒敌。好在事先已有充分准备，征调的各路勤王大军均已陆续赶到。为了避敌锋锐，他命令各军筑垒坚守，不得出战。

钱凤、王含屡次出兵讨战，均不得交锋。一来二去，军心逐渐松懈下来。看看时机已到，朝廷招募敢死勇士千人，趁着黑夜潜过秦淮河，突入王含营中，大刀阔斧，放手砍杀，斩王含前锋将军何康及其部众首级千余，王含军营大乱。敢死队一直杀到天明，然后渡江归营。

王含经此一败，被迫撤军后退。在此之前，王敦已经派遣他的另一心腹大将沈充率兵攻占了会稽，为夹击京师做了准备。此时，王含便派快马急召沈充率兵北上，以期会师后再图进攻。

王含兵败江宁的消息传到姑孰，正在卧病休养的王敦大为吃惊。他强撑病体，挣扎着从床上爬起，就要亲自上阵。不料一阵天旋地转，跌倒在地，不省人事。

帐下一班党羽见王敦突然晕倒，急忙紧急抢救，王敦才渐渐苏醒。知道自己已经死到临头，只好安排后事。王敦没有子嗣，系将哥哥王含的儿子王应过继为儿。此时便嘱咐王应说："看来我是活不成了。我死之后，你马上即位称帝，先设立朝廷文武百官，然后再办理丧事。这样才不辜负我的一番经营。"交代完后事，又勉强支撑了一宵，两腿一伸，死了。

再说沈充接到王含急召，立即率兵北上。在与钱凤合兵后，从竹格渚渡过秦淮河，直扑京师。朝廷守军抵敌不住，退至宣阳门。钱凤、沈充乘胜进击，形势异常险恶。就在这千钧一发之际，兖州刺史刘遐与临淮太守苏峻各领精兵万人杀到，将钱凤、沈充的叛军拦腰冲断。这时，各路勤王部队一起杀上前来助战，直杀得钱凤、沈充大败亏输，落荒而逃。

王含见大势已去，仓皇逃回姑孰，偕同王应一起逃到荆州，被荆州刺史王舒擒获，绑住手脚，沉入江底喂了鱼鳖。

钱凤战败后逃至阖庐州，被浔阳太守周光斩杀，携首回京。

沈充在逃跑途中被人诱杀，传首京师。

至此，王敦之乱彻底平定。晋帝司马绍按照惯例论功行赏，安抚百姓，不在话下。

叛乱平息，晋帝司马绍整顿朝纲，调整军镇，正要有所作为的时候，却突然暴病缠身。虽然百般医治，一直不见效果。眼见得生命垂危，只得急召朝廷重臣安排托孤事宜后，与世长辞。总计司马绍在位两年零九个月，死时年仅二十七岁。

太子司马衍即位称尊。然而，司马衍还仅仅是一个五岁小童，不能亲政，大臣们便尊其母庾氏为皇太后垂帘听政。皇太后命王导录尚书事，与中书令庾亮一起辅助小皇帝。庾亮系皇太后亲兄，小皇帝的亲舅舅，太后当然十分倚重。加之王导遇事退让，而庾亮却性喜揽权，所以军国重事全归庾亮一人裁决。庾亮其人一旦大权在手，便排斥异己，诛戮大臣，任性施为，惹得众人大为不满。而对这些，庾亮全然不顾，只要他觉得谁不顺眼，便设法加以排斥。特别是历阳内史苏峻因平叛有功，言行上有所骄恣，被庾亮获知，庾亮深以为恨。偏偏此时，被他诛戮的王公大臣党羽中，有人逃亡到了历阳。庾亮派人前去追捕，被苏峻藏匿，这更增加了他对苏峻的仇恨。

还有，豫州刺史祖约，本来就因为自恃功高位重，但明帝临终托孤时却未能参加顾命，由此而怀疑庾亮从中作梗。恰恰遇到后赵发兵进攻寿春，祖约派人向建康求救，庾亮却因对祖约怀有私人成见而拒不发兵救援。这也罢了，他还要引发滁河之水修筑涂塘，将寿春隔开，以阻止后赵大军的进攻。这样一来，也就等于将祖约连同寿春一起弃之不顾。祖约大为愤恨，便与苏峻私下串联，欲图抗命。庾亮得知后，便以此为借口，不顾朝廷大臣反对，强行颁诏让苏峻回朝就任大司农，意图削夺苏峻兵权。

苏峻接到诏命后，遣使与庾亮婉商，说自己不擅内辅，要求外任，庾亮不许。又要求移镇荒郡，庾亮依然不允。苏峻见庾亮对自己疑忌颇深，难以通融，索性与祖约联合，推祖约为盟主，起兵造反，讨伐庾亮。

庾亮原本不知兵法，却刚愎自用，一意孤行，听不进别人的意见。在逼反苏峻后，又迟疑不决，屡次失去战机，致使苏峻一路东进，势如破竹，直入京师。庾亮无法可施，只得仓皇驾舟逃往浔阳，将小皇帝与太后丢下不顾。还多亏了司徒王导等入宫护卫，加之苏峻素来敬重王导，才使小皇帝免遭兵祸。只是庾太后经此一番惊扰，得病身亡，死时年仅三十二岁。

苏峻得逞，挟持皇帝，专擅朝政，纵兵劫掠，弄得京城一片混乱。

再说庾亮逃至浔阳，宣太后诏旨，任命江州刺史温峤为骠骑将军，开府仪同三司；加封徐州刺史郗鉴为司空，让他们起兵讨伐苏峻。温峤遣使约同荆州刺史陶侃同赴国难。然而，陶侃也对庾亮怀有很深的成见。所以一开始拒绝出兵。后来听说自己的儿子庐江太守陶瞻在抵抗苏峻军队的进攻时战死沙场，为报杀子之仇，这才投袂而起，率部赴约。

其后，总算温峤、庾亮、陶侃消除成见，勠力同心，共赴国难，又得四方勤王部队的有力配合，方将叛军击败。祖约逃往历阳，带领家眷到襄国投降了石勒。而苏峻则战死在军阵，叛众悉被扫平。其中详情不再赘述。

东晋王朝经此连续两次叛乱，内顾不暇，根本无力对外。石勒趁机发兵进攻，连夺司、豫、青、徐、兖诸州后，又攻陷寿春，将疆域一直扩展到淮河以南。

与此同时，石勒令石虎率精兵四万，从轵关西进，去攻击前赵。石虎一路摧枯拉朽，很快攻克河东五十余县，直迫蒲坂。

再说前赵主刘曜自从即位后，起初也还从善纳谏，采取了一些惠民政策，尊经讲道，用华夏文化逐渐取代匈奴夷族文化，发兵讨平氐、羌，在军事、政治等方面均有一定的建树。只是因与石勒已成仇隙，致使两赵边境屡屡发生军事冲突。这且不说，随着刘曜御驾亲征，在取得征服仇池王杨难敌，讨平秦州刺史陈安之乱，平定凉州迫使赤亭羌酋姚弋仲投降称臣等一系列重大胜利之后，便开始变得骄奢淫逸，不仅沉湎酒色，而且穷兵黩武，最终导致天怒人怨。先是终南山崩，出现了许多不祥征兆。继而又天降大旱，造成人民生活窘迫。然而，刘曜却对老百姓毫不加以轸恤，依然横征暴敛，以维持他穷兵黩武的庞大军费开支，弄得国内民力枯竭，怨声迭起。

石虎兵进蒲坂的消息，使得刘曜异常震怒。于是他亲自督领水陆大军十万，从卫关渡过黄河，一路急进，向蒲坂杀奔而来。

刘曜亲率大军来救蒲坂，使得石虎大为惊恐。按说石虎身经百战，勇悍异常，本不应该惊慌失措。只是因为他深知刘曜曾经两次攻克大晋王朝都城，先后擒获怀帝、愍帝两位大晋皇帝，声名远播，使得他自觉刘曜的军事指挥才能远在自己之上。再加上这次刘曜来攻，兵力又远远超过自己，所以，他自知难以抵敌，急忙传令撤围退兵，从原路返回。

主将未战先怯，致使军中产生了巨大恐慌。一接到撤退命令，大家争相退走，使得撤退形成了溃逃。刘曜一见有机可乘，一面率轻骑乘势追击，一面命大军随后跟进。一直追到高堠，终于被他追上。此时，石虎部众只顾逃命，已经士气全消。而刘曜大军挟势而来，士气正旺。两下里一交兵，石虎军大败，偏将石瞻战死，部众也伤亡大半，死尸横七竖八，绵延达二百余里，军中物资丢失不可胜数。石虎仓皇逃往朝歌。这一来，不仅先前所取前赵五十余县全部丢失，还使得西部国门洞开，引得敌人如潮水般大举侵入。

刘曜在高堠大败石虎后，率大军乘胜追击。兵至大阳，见石虎已经逃远，索性渡过黄河，改而攻取洛阳。大军一路势如破竹，一直攻到了金墉。因金墉城乃洛阳西北门户，战略位置异常重要，刘曜便指挥大军，将金墉城团团包围，四面猛攻。

金墉城守将乃石赵国大将石生。石生一见刘曜大军杀到，便命令关闭城门，率城内军民登城守御。这金墉城池虽然不大，但魏、晋两朝所有被废的帝王、后妃都被安置在此，所以修筑得异常坚固。加之石生指挥有方，防守得法，致使刘曜屡次攻击都被打退。

刘曜见金墉城难以攻克，便指挥大军凿穿千金堨，引堨外流水灌入城中，欲图借水力破城。一时间大水汹涌而来，城内变成一片汪洋。

石生临危不惧，指挥守军帮助城内百姓登高避水。还多亏金墉城池坚固，虽经大水浸泡，却也不曾坍塌。石生安排军民轮番登城防守，不给刘曜任何可乘之机。

金墉城久攻不克，刘曜不得不改变策略。他分出一部分兵力继续围困金墉城，以期城内粮草用尽，届时自然崩溃，而将另外兵力用于转攻河内、汲郡。

面对刘曜的强大攻势，石赵国荥阳太守尹矩、野王太守张进抵敌不住，相继投降了刘曜。刘曜势力大增。

刘曜军队的大举入侵，在石赵国内引起了巨大恐慌。

究竟石勒如何应对刘曜的进攻？

第四十九回　佛图澄妙术测胜负
后赵主奇兵过巩訾

石虎兵败高堠，刘曜乘胜长驱直入，连下荥阳、野王，金墉城遭重兵围困，危在旦夕。警讯传入襄国，引起了朝野震动，国内人心惶惶。形势险恶，石勒经过再三斟酌，决定亲自率兵去救金墉。

右长史程遐与司马郭敖，一见赵王想要御驾亲征，急忙上前进谏。他们说："刘曜此次乘胜而来，兵强马壮，风头正劲，此时前去，难以与之争锋。而金墉城池坚固，城内粮草充足，敌人急切之下难以拔取，可以坚守。刘曜大队人马悬军千里奔袭到此，后勤供应一定难以为继，所以持久不了。等到刘曜大军师老疲惫，自然就会退走。大王乃一国之君，切不可轻易赴险。如果大王率军亲去，一旦有个什么闪失，那么大势也就去了。我们辛辛苦苦创立的大赵基业，就会毁于一旦。"

听了程遐等人的这一番劝谏，石勒不以为然。尤其是程遐，石勒已经对这个表面光鲜的绣花枕头大失所望。更令他不能释怀的是，由于程遐的原因，使他误斩张披，害得右侯张宾受了刺激，从而病情加重，撒手人寰。如果右侯健在的话，一定会有奇谋妙策，帮自己化解难题。想到这里，石勒不由得眼眶湿润。于是他挥挥手，不让程遐他们继续说下去。

然而，程遐却并不知趣，走上前来还要进谏。赵王石勒勃然大怒，手按剑柄呵斥道："滚出去！"

程遐、郭敬等人见赵王发怒，不敢再言，低着头退出了大殿。

斥退了程遐等人，石勒感到十分怅惘。如此重大的军事行动，他实在需要找一位有见识的人商量商量。可是，张宾已经去世多时，人死不能复生，再惋惜也无济于事。可是，除张宾之外，纵观帐下将佐，却又没有一个人能够入他的法眼。思来想去，忽然有一个人跳入了他的脑海，使他的心情为之一振。

此人名叫徐光，原是赵王属下的记室参军。他博通经史，见识超群，一向深得石勒青睐。只是此人一向恃才傲物，有点不大恭顺。有一次赵王要到苑乡视察，召徐光随驾。哪知徐光却喝酒喝得烂醉如泥，喊都喊不醒。这使得石勒十分光火。加之徐光平素自恃才高，常常表现出一种怀才不遇的不满情绪。于是石勒决定压制他一下，让他有所反思、有所收敛，便将徐光贬为牙门。

石勒从苑乡回来后，又要到邺城巡视。因为自从当年他与汲桑首次攻取邺城后，牧苑弟兄心中不平，放火将这座魏、晋名都烧毁。为此，他一直深感愧疚，总想着一旦条件成熟，就要重建邺城，使之恢复原来的繁华气象。到现在，他所创建的大赵国内部稳定，景象升平，已经具备了一定的条件，所以，他想把这件事提上议事日程。但是，在决议形成之前，他要亲自到邺城去做一番考察，以便做到胸中有数。

正好，此次去邺城轮到徐光随侍。可是，徐光因为对赵王将他贬为牙门心存怨气，当见到赵王时，竟然故意捋着袖子，敞开衣服，仰视不顾，公然表示他有情绪。这让石勒十分反感，对他批评道："孤做了什么对不起你的事，你竟敢对孤如此怏怏怨恨呢？"于是一怒之下，将徐光连同他的妻子、儿女一起下了大牢，让他在狱中深刻反省。

石勒用人一向注重主流，从不因为枝节问题而抹杀人才。徐光尽管书生意气十足，平素爱发点脾气，使点小性子，毛病不少，但石勒依然认为他是一位十分难得的人才。所以在决定这次重大的军事行动之前，他很想听听徐光的意见。于是他让手下传令，释放徐光一家出狱。

按照惯例，徐光获释后，直接来向赵王谢恩。等到徐光进入大殿，跪拜道谢之后，石勒问他："这段时间在狱中过得如何？"

徐光见问，磕头在地，说："都是小人意气用事，咎由自取，以后再不敢了。"

"这就对了嘛。"石勒笑笑说，"恃才傲物本来就不可取，何况有意冒犯尊长！起来吧，以后注意就是。"等徐光站起后，又命手下打坐，让徐光坐了，接着说，"有一件事，想听听你的意见。"于是便将当前大赵国面临的形势，朝中大臣们的主张向徐光讲述一遍。他说："刘曜乘着高堠胜利的势头，围困金墉，进取洛阳，一般人都认为其锋正劲，锐不可当。然而孤以为，刘曜带领精甲十万，攻一城而百日不克，实际上已经师老卒怠了。如果孤亲率精锐之师，去攻击刘曜的疲兵怠卒，一定会取得胜利。反之，如果等到刘曜攻克金墉，洛阳失守，那么刘曜必定会渡过黄河，向北一路席卷而来，直至冀州。到那时，我军将会被刘曜的声势所震慑，不战自溃。那么，我们的大势也就去了。所以孤想亲自统兵去救洛阳。但是，程遐等人却持相反意见，不想让孤去以身犯险。你对此事有何看法？"

徐光说："我觉得大王您的想法是正确的。试想，刘曜在高堠大败我军后，不乘势来取我都城襄国，反而去进攻金墉，这在战略上是严重的失策。特别是他远离后方，悬军三时，却没有取得应有效果，显见刘曜不是一个很有能力的人。如果大王亲自督兵讨伐，刘曜的部众慑于您的威名，一定会闻风丧胆，望旗奔败。平定天下在此一举，希望大王千万不要错过。"

石勒笑了，点点头说："你说得很对。"

徐光退下后，石勒依然有所顾虑。因为此次行动的成败，直接关系到大赵国的前途命运，他不得不慎之又慎。尤其是他的对手刘曜，不论在政治上，还是军事上，都是十分成熟的老手，他丝毫不敢掉以轻心。他仔细回想了程遐和徐光这两种截然不同的意见，考虑了此行可能出现的种种情况，设想了一系列的应对措施，力争做到有备无患。但他很清楚，险恶的战场形势瞬息万变，什么意想不到的事都有可能发生。最终的结果到底如何？很难预料。

谁能将最终的结果告诉自己呢？他想到了国师大和尚佛图澄。因为他对佛图澄的神机妙术一向佩服得五体投地。他记得，那一年春天襄国大旱，寸草不生。眼见得立夏已过，如果老天再不下雨，那他的大赵国人民将会遭遇特大旱灾，对他的统治造成极大影响。为此，他亲自去请大和尚设坛祈雨。然而，佛图澄告诉他，祈求无益，另有他法。说罢，佛图澄率领众弟子来到襄国城外石井岗上，指定一处地方，令弟子动手挖掘。不一会儿，挖出死龙一条，长一尺有余。佛图澄取盆盛水，将死龙放置其中，然后作法颂咒，用酒祭奠。须臾，就见那条龙逐渐复活，从水盆中一跃升空，腾天而去。紧接着，原本朗朗的天空便阴云四起，雷声滚滚，大雨倾盆而降。等到雨住云散，整个大赵国境内已经田野饱和，旱情全消。这一年，大赵国获得了前所未有的大丰收。为此，他曾颁令，将石井岗改称“天龙岗”。

更让他不能忘却的是当年的襄国保卫战。那时他初定襄国，连城防尚未来得及加固，就遭到幽州刺史王浚与鲜卑段氏的联合进攻。当时的形势也很险恶，在商定了对敌策略后，他仍不放心，就去拜访佛图澄。佛图澄未等他开口，就告诉他：“昨日寺中铃声鸣响，说是明日早晨鲜卑骁将段末柸将被擒获。”同时，佛图澄还特别嘱咐他，一定要宽恕和善待段末柸，将来会有大用。而后来的事实正如大和尚所言，一毫不爽，最终都得到了应验。

还有一次，刘曜派刘岳领大军前来进犯，他命石虎率兵前去抵御。那天，他正在听佛图澄讲授佛经。休息的时候，佛图澄忽然无端发出一声叹息，说：“刘岳可怜。”当时，弟子法祚询问缘故。佛图澄说：“昨日亥时，刘岳被活捉了！”而事实果然如此。

这类事情还有很多。

佛图澄技通鬼神，对世事未来洞若观火。那么，他会将这次军事行动的最终结果告诉自己吗？石勒专门准备了一些法物，亲自向佛图澄住持的寺庙走来。

在大雄宝殿释迦牟尼高大庄严的塑像前，佛图澄正端坐蒲团潜心参禅。对于赵王造访的来意，他心明如镜。当石勒走进大殿，不等开口，就告诉说：“国主欲问洛阳之行胜负，相铃音云：‘秀支替戾冈，仆谷劬秃当。’”

佛图澄说得莫名其妙，石勒听得一头雾水。在一阵愣怔之后，石勒请求圣师释明意义。

佛图澄说：“‘秀支替戾冈，仆谷劬秃当’是一句屠格语，也就是当今匈奴刘氏一族的祖语。‘秀支’乃‘军队’也；‘替戾冈’系‘出发’也；‘仆谷’指刘曜之胡位；‘劬秃当’则为‘擒捉’。这句话的整体意思便是‘军队出发刘曜当被擒捉’或‘军队出发捉获刘曜’。”

这话说得太过玄妙，石勒不知该不该相信。试想刘曜久经战阵，熟谙军事，此次又统领精兵十万，就算被我们打败，怎会轻易遭擒？可是，佛图澄的神机妙术又屡屡应验，不容他怀疑。所以，他一时有点迟疑不决。

佛图澄见赵王将信将疑，从蒲团上站起，说：“还有一法，可以觇见未来。只是需展期七日。”

石勒即请圣师如法施行。

佛图澄选了一名九龄童子，让他焚香沐浴，斋戒七日。斋期一到，便带着童子来见赵王。他令弟子取来麻油、胭脂，将二物混合后涂于掌心，然后双掌使劲摩搓。好一会儿，将两掌展开。此时，石勒但见大和尚掌中灿然发光，却看不出什么名堂来。佛图澄又让那位经过斋戒的童子来看。

那童子走上前向掌中一看，不由惊异道："里面有好多好多的兵马，捉住了一个白脸长胡子的大人。"

佛图澄说："这就是刘曜。"

石勒大喜，马上走向军营，敲响了聚将鼓，升帐发布号令。他命石堪、石聪会同豫州刺史桃豹，各率本部人马迅速到荥阳集结待命；又派遣传令兵向石虎传达命令，让他率部进据石门。同时严令部属："有再敢进谏，乱我军心者，斩！"然后自统步骑四万，一路浩浩荡荡杀奔洛阳而去。

不一日，部队来到黄河边上的大堨渡口。此时正是腊月寒冬，北风呼啸，冷如刀割。黄河河面上流冰簌簌，船只根本无法摆渡。然而，令人奇怪的是，当石勒大军到来时，天气却突然转变得异常晴和温暖，天空中无云无风，黄河河面上的流冰也绝了踪迹。

石勒见状，立即组织部队强渡黄河。当最后一船军士刚刚登岸，天气突然又变得阴云密布，狂风大作，黄河上游的浮冰滚滚而下，瞬时间塞满了整个河面，再也不能摆渡。

这一现象让石勒大为感慨。他以手加额说："天助我也！"于是颁令，将大堨渡改名"灵昌津"。

顺利渡过黄河后，石勒对随同他一起出征的徐光说："刘曜一向善于用兵。现在他得知孤出兵，会用什么策略来对付孤呢？孤以为，他如果移兵成皋，据住关口，阻我西进，方为上策。若是依洛水为营，想利用洛河之水阻挡我军的进攻，乃是下策。如果坐守洛阳，等着我们去捉拿他，便是无策了。"说罢，指挥大军迅速向成皋逼近。

兵至荥阳，石勒所调遣的各路大军均已到达。会师后，共得步兵六万，骑兵二万七千。石勒指挥大军继续西进，很快到达成皋。

成皋位于大伾山上，即春秋时期之虎牢关，形势极其险要。如果刘曜预先在此布兵设防，石勒要想逾越，确需颇费一番周折。所以，石勒率部到此，显得异常谨慎。然而，当石勒派出哨探侦察时，却发现这里并无一兵一卒加以防守。这使得石勒大喜过望，情不自禁地举手上指，口中连呼苍天。

大军顺利通过成皋，为了出其不意接近敌军，石勒下令全军撇开大道，将士衔枚，马摘銮铃，偃旗息鼓，从巩县訾地的小道中隐蔽前进。不分昼夜，一路急行军，直向洛阳扑来。

再说刘曜自从金秋八月围困金墉城，直到隆冬腊月，并未取得任何进展。然而，刘曜却固执地认为，眼下金墉城被他围困得水泄不通，城内物资储备有限，总有一天会粮草耗尽。到那时城内将会不战自乱，自行崩溃。所以，他整日里与身边的一些宠臣饮酒摶戏，等待着这一天的到来。可是这一来却苦了那些围城的士卒。由于出发时天气尚暖，军中未曾携带冬装。现在到了三九寒天，士兵们在凛冽的寒风中被冻得瑟瑟发抖，苦不堪言。为此，曾有属下将佐向刘曜进谏，说一直这样耗着不是办法，应该采取积极有效的措施加快战争的进程。哪知刘曜听了勃然大怒。他说："混账，眼下金墉城已经困乏到了极致，只要我们再坚持一段时日，就会崩溃。你却在这里妄言乱语，惑乱军心！刀斧手，给我拉出去砍了！"可怜进谏之人无端丢了脑壳。

接着，又有人提醒刘曜，说金墉城被困已久，石勒不可能坐视不管，要预做准备，防止石勒发兵来救。可是刘曜却发怒道："你懂什么？现在北风正劲，黄河上流冰滚滚，根本无法摆渡，难道石勒大军会插翅飞过来吗？就算他有心来救，也须等到来年开春。到那时，金墉城早已落入我手，还怕他什么？你这样无端扰乱军心，用意何在？"说完，喝令推出去斩首。

就在这时，又有下属来报，说据可靠情报，石勒已经率大军飞越黄河，过了成皋，正向洛阳挺进。这消息倒使刘曜十分震惊，于是立即派出探马，沿大路向成皋一路侦查。然而，得到的消息是，在通往成皋的路上并未发现任何敌情。为此，刘曜又以谎报军情罪，将该下属斩首。

斩了下属后，刘曜在醉意朦胧中似乎也意识到，应该加强对洛阳以东的防御，特别是对成皋的防御。因为他毕竟久经战阵，知道在战争形势下，什么意想不到的事都有可能发生。就在他调兵遣将，准备派大军前往成皋驻防时，突然派出去的游骑押着一名后赵士兵闯了进来，报说石勒大军已经杀到洛水以东。

原来，在大部队行进时，总有一支负责侦察的小股部队走在整个部队的最前面，一旦发现敌情，立即返报，称之为“斥候”；而在大军驻扎后，又有数支负责警戒的骑兵在远离营地的四周巡逻，称之为“游骑”。就在刚才，刘曜的游骑与石勒大军的斥候遭遇，交战中擒获后赵斥候一人，赶紧押来禀报。

刘曜将信将疑，立即提审这名斥候。当这名斥候告诉他，大军真的到了时，他还问：“果然是大胡石勒亲自来了吗？他带了多少人马？”

被擒的斥候说：“不知道多少人马，只看见漫山遍野都是，一眼望不到头。”

刘曜听了，这才大惊失色，紧急调兵布防。现在再陈兵成皋已不可能，不得已急传将令，撤去金墉之围，把部队调往洛水以西，凭借洛水，结阵防御。

再说石勒出间道奇兵，隐蔽突袭至洛水以东，已经无须继续隐蔽，便传令部队张旗擂鼓，先声夺人，鼓噪前进。行进中，远远望见刘曜大军驻扎在洛水对岸，联营十数里，足足有十多万人马，果然取了他所分析的下策。石勒心中大喜，对身边的将佐说：“刘曜徒有其名，实际却也平庸。诸位，我们已经胜券在握，大家可以向孤祝贺了！”

随行的将佐一起上前向赵王祝贺，整个部队士气大增。

此时，正在金墉城头指挥防御的大将石生，忽见刘曜大军撤围而去，全都跑到洛水西岸列阵，正感诧异，不知敌人葫芦里卖的什么药。继而回头望见东边大道上旌旗蔽日，鼓角齐鸣，大队人马杀奔而来，中军大旗上显现着一个醒目的“石”字。石生知道，赵王亲自率领大军前来救援，不禁喜出望外。其实，眼下的金墉城确实已经山穷水尽，很难继续支撑下去了。救兵的到来，使他深感绝处逢生。于是急忙传令，大开城门，迎接石勒大军的到来。

第五十回　战洛阳刘曜遭擒
离长安前赵灭亡

话说后赵王石勒扬鞭得意，在石生的迎接下，督领部众进入宣阳门，登上太极前殿，传令犒赏三军。酒足饭饱之后，他命令将士好好休息，养精蓄锐，然后秣马厉兵，整顿器械，做好临战前的准备工作。

第二天，石勒升殿，开始调兵遣将。他命令石虎，率步兵三万，从北面出城，转而向西，去攻击刘曜中军；命令石堪、石聪，各领骑兵八千，从西面出城，转而向北，去攻击刘曜的前锋；自己亲率其余部众，作为三军后援。同时命令，翌日五更造饭，黎明饱餐，以炮声为号，开城出战。石勒这一边已经完成部署，只等时间一到，准时发动攻击。而刘曜那边却还尚无布置。刘曜一生嗜酒如命，老来更甚。石勒大军的突然出现，打乱了他的原定计划，使他心中无比烦闷，于是便拼命喝酒，借以消愁，全然不顾形势的险恶。按说，刘曜自幼聪明睿智，曾被汉主刘渊称为“我家千里马”。后来又带兵久经战阵，在政治、军事等各方面均有很高的造诣，不至于昏庸糊涂到如此地步。或许是前赵国气数将尽，天夺其魄，才使他昏聩至此，也未可知。

临战的早晨，随着惊天动地的号炮声响，石虎与石堪、石聪三支人马分左右两路，一齐开城向刘曜军营杀去。

此时，刘曜虽然耳听得营外喊杀声大起，却还要饮酒数斗，直至喝得醉醺醺，方才披甲上马，准备应战。但奇怪的是，平时那匹神骏的龙驹，这时不知中了什么邪，只是连连嘶鸣，却站着一动不动。刘曜挥鞭猛抽，那马不进反退。再加力抽打，那马干脆尥起了蹶子，险些将刘曜掀翻。还多亏左右人多，出手护持，才没让刘曜摔到地上。

刘曜没法，只得换马改乘。上马后，他又怀疑自己是酒力不足，才使得坐骑作怪。于是命令属下再取酒一斗，一气喝干，这才策马出营，朝着西阳门驰来。

转眼间，石勒大军已经汹涌杀到。那条刘曜原本赖以阻御攻击的洛水，此时已冰封得坚如铁石，非但没能阻御攻击，反而为石勒的进攻铺设了坦途。石勒的人马如旋风般冲了过来，刘曜部众抵敌不住，纷纷溃退。而刘曜此时已经烂醉如泥，不知进退，依然策马前行。

再说石勒顶盔贯甲，手执他那支沉重的大戟，亲率大军出阊阖门，绕至西阳门，向刘曜大军发动进攻。正行之间，迎头撞上刘曜。石勒大喝一声：“刘曜快来受死！”挥动大戟杀了过去。

石勒这一声断喝，如晴天霹雳。刘曜猛然一惊，十分酒意吓退了三分。醉眼朦胧中，只见随他冲出的将士纷纷落马，身边头颅乱滚，刘曜这才着了忙。他勒转马头，往回逃奔。慌乱中不择路径，只顾沿着洛水边奔跑。忽又听到有人大叫：“刘曜休走！”紧接着身后箭如飞蝗一般射来。刘曜无法躲避，背上连中三箭。为了逃命，他顾不得疼痛，依然策马狂奔。可叹的是，此时胯下马也连中数箭，负痛跳跃，致使马蹄陷入石隙拔不出来。刘曜猛提马缰，坐骑拼命上跃，终将马蹄拔出，但那马力气已经用尽，瞬间轰然倒下，口吐白沫，在哀鸣中死去了。

刘曜被重重摔在冰面之上，疼痛得不能动弹。此时，身边士卒死的死，伤的伤，没死没伤的也已经逃得不见了踪影。刘曜无人救助，只能倒卧在冰面上等待噩运降临。眨眼工夫，他就被石勒的军士团团围住，数十支枪刺、挠钩向他搭来，刘曜的身上又平添了十多处创伤，更加动弹不得，只能任由他们下马捆绑。这时，刘曜勉强睁开眼睛，只见眼前一匹高头大马上，端坐着一员大将。这员大将刘曜认识，他正是石勒麾下都尉，名唤石堪。

原来，石堪率骑兵冲杀到此，忽见刘曜策马逃跑，便率部紧紧追来，用箭将刘曜射倒，活捉了去。

石堪正要押着刘曜前去报功，恰好石勒率部赶到。一见刘曜已被擒获，石勒大喜。他抬头望望整个战场，见刘曜军阵大乱，自己的部众正在奋勇追杀逃敌。见此情形，石勒恻隐心动，急忙传令三军："孤要擒获的只是一人。现在这人已经被擒，所以命令你们，立即收住手中兵刃，不要再行杀戮，以免伤了上天的仁和之德。放开他们的归命之路，让他们逃生去吧。"

尽管赵王即时传令罢杀，但刘曜的十万大军已经死伤过半，致使整个战场尸横遍野，血流成河。

石勒鸣金收兵，率领大军进入洛阳。在洛阳犒赏三军，一连欢庆三日，方才传令班师。他命令石虎的长子，征东将军石邃负责押解刘曜，同回襄国。因刘曜伤势严重，不能行动，便用马车载着，同时命金疮医师李永与刘曜同乘一车，随时加以疗治。

车辆刚刚行至北苑市上，忽有一位须发俱白的老头，自称是三老孙机，拦住赵王车驾，请求面见刘曜。得到石勒的允许后，老头取过身边酒坛，满斟一大觥，走到刘曜车前，口中念念有词道："仆谷王，关右称帝王，当持重，保土疆；轻用兵，败洛阳，祚运穷，天所亡；开大量，进一觥。"念罢，双手捧觥，献于刘曜。

刘曜从马车上挣扎着欠起身来，见这老头龙眉皓首，须发似银，也觉肃然起敬。他接过酒觥，说："老翁你已年近百岁了吧？却还如此壮健，我当为公满饮此觥。"说罢，仰首喝干，将酒觥交还老翁。那自称孙机的老翁接过酒觥退了下去。

此时，在一旁冷眼看着这一切的石勒心有感触。他走过来对刘曜说：“亡国奴，真该让老叟好好数落一下你的罪行。”

刘曜听了满面怀惭。或许，直至落到如此地步，他才会对自己的一贯行为有所反思？

非止一日，石勒率部回到襄国。他把刘曜安置在永丰小城，将俘获的刘曜歌伎侍妾发还给刘曜，让她们侍候刘曜起居。只是派兵守护着，不让刘曜自由出入。

安置好刘曜，石勒又将先前两赵冲突中俘获的前赵中山王刘岳和将军刘震等人传来，让他们去拜见他们的故主刘曜。

刘岳、刘震等人来到永丰小城，刘曜见到后感到十分惊讶。他说：“你们还活着吗？我以为你们早已变成了灰土！没想到石王如此仁厚有度量，对你们未加刑诛。而我呢，当年擒获了石王的宗族大将石佗，却无情地把他诛杀了。两相对照，我确实有愧于石王。难怪我会遭今日之惨祸呢！”于是留刘岳、刘震他们饮酒叙谈，直至深夜。

前赵国主被擒，石勒自然想要兼并前赵版图，使之与自己创建的大赵国融为一体，从而结束两国之间的纷争，还老百姓一个太平日子。为此，他派专使去说服刘曜，让刘曜给留守长安的太子刘熙写信，劝刘熙尽早归降，免得再动刀兵，造成生灵涂炭。

然而，作为一国之君，刘曜考虑的不仅仅是自己的生死荣辱。他更关心的是，他的基业在他身后能否继续存在下去。此时他想到，自己虽然失去了自由，甚至还有可能失去生命，但是他的大赵国尽管兵力损失惨重，却国土完整，元气尚在。只要太子刘熙能够继承他的遗志，奋发图强，倒也不失为不幸中之大幸。于是他便借机给刘熙修书，嘱咐刘熙一定要与诸大臣同心协力，“以社稷为重，匡扶维护国家，不要因顾虑我而改变主意”。写好后，将书信封固，交予来使。

对于刘曜的书信，石勒当然要加以审查。当他发现刘曜并未按照他的意思写信，而是依然坚持与他为敌的立场后，感到大失所望。于是过了几天，便找个借口将刘曜处死了。总计刘曜在位十三年。

刘曜洛阳兵败被擒的消息传到长安，太子刘熙被惊吓得目瞪口呆。刘熙虽然贵为太子，毕竟只有十六七岁，加之他出生在皇宫，自幼锦衣玉食，从未经过大事，当然毫无主张。他急忙把南阳王刘胤找来商量办法。

那么，刘胤又是何许人也？

原来，刘胤是刘曜的嫡长子，系刘曜的原配卜氏所生。当年刘曜作为大汉国的中山王镇守长安时，刘胤被留在汉都平阳。后来靳准作乱，尽屠刘姓宗族，刘胤侥幸逃出，躲避在邻近的郁鞠部落。等到刘曜做了前赵皇帝，定都长安，才被郁鞠送归刘曜。当时，刘曜见他身长力大，还想立他为太子。只是那时他已经册立了羊皇后所生的儿子刘熙，身边的诸大臣包括刘胤的亲舅舅卜泰，均认为不宜废立。再加上羊皇后虽说是他当年攻破洛阳后俘虏的晋惠帝皇后，但二人相处感情颇深。尽管现在羊皇后已经去世，但想起她生前的种种恩德，刘曜也不忍把刘熙废掉。同时，刘胤也哭着坚决推辞，表示心甘情愿辅助弟弟刘熙。刘曜这才打消了废立的念头，册封刘胤为王，号为皇子，追谥已死的原配卜氏为元悼皇后，进卜泰为太子太傅，仪同三司。这次刘曜外出讨伐，又专门任命刘胤为大司马，让他辅助太子据守长安，将一切政事交由刘胤裁决。

然而，刘胤虽然深得父亲刘曜赏识，其实也是徒有其表，并无多少真才实学。现在刘熙把他找来商量办法，他竟然说：“长安难以守御，不如退保秦州。”

刘胤的这一主张荒唐至极，立即遭到了尚书胡勋的极力反对。胡勋说：“我国虽然没了主子，但国土依然完整，整个国家机构尚未残损。而且，我们的兵力不下数十万，正可以勠力同心，凭险扼守，以堵御石氏的进攻。现在石氏还没有向我们发动进攻，我们怎能自乱阵脚，轻易放弃都城呢？

就算石氏前来攻击，我们真的抵挡不住，到那时再走也不迟呀！”

其实，胡勋的话说得至为中肯，但刘胤听了却大为震怒。刘胤认为，自己刚刚主持国政，第一次决策就遭到反对，长此下去怎么得了？为了维护自己的权威，他把脸一沉，呵斥道：“你敢阻挠众心吗？”于是喝令武士将胡勋退出斩首。

胡勋无端冤死，其他人自然不敢再说什么。只能跟随刘胤离开京师，撤往上邽。

京师一动，立即引起了全国恐慌。许多宗室王公放弃了自己镇守的要地，相率向西逃奔。结果关中大乱。

前赵将军蒋英、辛恕，掌管着十数万人马的强大兵力。他们见朝廷弃京西奔，便趁机入据长安。此时，他们已经看清了刘熙、刘胤的怯懦与无能，觉得继续为他们效命不会有好结果，便派遣使者奉表襄国，举长安投降了石勒。

接到蒋英等人的降表后，石勒大喜过望。他立即派快马传令，命镇守洛阳的大将石生率部西行，去占领长安。

石生接令后马上行动，一路上竟然没有遇到任何阻拦，部队直接开进了长安城。

主动放弃长安撤退到上邽的刘胤，得知石赵人马占据了长安，却又率领数万人马从上邽出发，前来争抢。陇东、武都、安定、新平、北地、扶风、始平等郡的胡人也都奋起响应。刘胤让诸郡胡人担任前部先锋，一路浩浩荡荡，杀奔长安而来。

石生得知刘胤要来攻夺长安，一面加强城防，一面派快马回襄国求救。石勒得知长安危急，立即派遣石虎率精骑两万，星夜前去救援。

石虎接令后，很快赶赴长安，但在长安未见敌兵。经侦骑打探，得知刘胤大军尚在仲桥一带驻扎。于是传令所部，向仲桥开进，他要主动寻找敌人决战。

石虎其人，原本骁勇善战，指挥军队更是严而不繁，令出如山，手下人绝无敢不用命者。上次高堠之败，完全是因为他怯于刘曜的名气，判断失误所致。这次不同，这次他率领的是一支经过精挑细选的百战精骑，一个个猛如貔貅，均能以一当百。再者，他已经料定刘熙的麾下再无良将，所以他信心十足，胜券在握。

石虎率众行到义渠，正好与刘胤的前锋部队遭遇。石虎一声令下，两万铁骑冲入敌阵，就像虎入羊群，挡者辄死。诸部胡人本来就是乌合之众，根本不值一扫。很快便死的死，逃的逃，没了踪影。消灭了刘胤的前锋部队后，石虎传令，马不停蹄，乘胜向仲桥进攻。

再说刘胤接到前锋败报，已是心胆俱怯，继而又闻石虎挥兵杀来，只得硬着头皮整队出迎。刚刚摆好阵势，石虎铁骑已到。两阵对圆，石虎便指挥铁骑如旋风般冲了过去。一时间刀光剑影，喊杀连天，刘胤部众的人头纷纷落地，刚刚布好的军阵被冲得一塌糊涂。石虎的骑兵在刘胤混乱的军阵中纵横驰骋，任意砍杀，就像进入无人之境。刘胤的数万士卒在这场疾风暴雨般的打击之下，根本无力还手，只能拼命逃奔。

刘胤自出娘胎以来，还从未见过如此凌厉的战法。他只见眼前人头滚滚，而被杀的都是他的部众，早吓得魂飞魄散，慌忙拨转马头落荒而逃。

石虎指挥铁骑穷追不舍，只杀得尸横遍野，血流成渠，一直追杀到上邽城下。

刘胤狼狈不堪地逃回上邽，身边仅剩少量残兵败将。入城后，他急令关闭城门，迫令城内军民登城防守。可是人们看到他战败逃回，全都惊慌得不知所措，哪里还敢抵抗！很快，城池就被攻破。石虎指挥大军登城，抓获刘熙、刘胤以及王公卿校三千余人，全部斩杀。然后把前赵朝廷的文武官员、关东流民、秦雍大族九千余人遣送襄国，又将抓获的五部胡人五千多人全部坑杀。至此，前赵彻底灭亡。总计从刘渊创建大汉国开始算起，到前赵灭亡，共历三传，凡三十五年。

接下来，石虎又充分利用剿灭刘赵胜利所形成的巨大震慑力，攻克集木且羌于河西，征服氐王蒲洪、羌酋姚弋仲以及晋凉州牧张骏等秦、陇割据势力，并将氐、羌十五万村落的百姓迁徙到司州、冀州进行安置，秦州、陇西全部平定。

随着前赵灭亡及秦、陇的平定，石勒的大赵国版图剧烈增加。西至陇西，东至大海完全连成了一片，整个华夏北方基本归于统一。

石虎剿灭了前赵，平定了秦雍，率领得胜之师唱凯而还，向赵王禀报了此次出征战况，献上了从前赵宫廷中缴获的传国玉玺。石勒大喜过望，给予了石虎以及所有出征将士优厚的奖赏。

兼并了前赵，使石勒的大赵国一下子变得幅员辽阔，雄霸整个华夏北方，国力达到了前所未有的强盛。此时，大赵国的臣僚将佐们又上表劝进，推奉石勒据位称尊。然而，石勒却坚决加以拒绝。同时，他严令全国所有州、府、郡、县，仔细寻访故主刘渊的嫡系子孙。在他的心目中，他依然是刘汉王朝的忠实臣子，他还要虚位以待自己主子的出现，他依旧做他的赵王，竭智尽忠，加以辅助。

那么，大赵国还将有何作为？

第五十一回　彰顺逆祖约伏法
据大位石勒称尊

转眼腊尽春来，到了赵王太和三年（晋咸和五年，330）的二月，臣僚们再次苦苦进谏，劝石勒为了天下苍生，丢掉幻想，以正大位。石勒不忍一再拂大家的意，这才答应再进一步，做了大赵天王，暂时代替皇帝，处理军国一切事务。同时进封妻子刘英姑为天王后；进世子石弘为太子；任命儿子石宏为骠骑大将军、都督中外诸军事、大单于，封为秦王；任命石斌为右卫将军，封为太原王；任命石恢为辅国将军，封为南阳王；任命石虎为太尉，尚书令，进中山公为中山王；任命石虎的儿子石邃为冀州刺史，封为齐王；任命石宣为左将军；任命石挺为侍中，封为梁王；封石生为河东王；封石堪为彭城王；进左长史郭敖为尚书左仆射；进右长史程遐为右仆射兼吏部尚书；任命左司马葵安、右司马郭殷、从事中郎李凤、前郎中令裴宪均为尚书；任命徐光为中书令领秘书监。其余文武官员按照等级差别、贡献大小均进行了封赏，共敕赐爵位开国郡公文武二十一人，侯二十四人，县公二十六人，侯二十二人。封赏完毕，天王颁诏："从今后国有疑难大事，仆射、尚书等朝廷八座，要提交东堂共同裁决。下面如有军国要事须要禀报，不分昏夜寒暑，随时入陈，毋得有误。"

对于大赵天王的封赏，文武百官都很高兴，唯有石虎感到失望。散朝后回到府第，他对儿子齐王石邃说：“主上自建都襄国以来，只是端身拱手发布命令。每遇战事，全靠我冒着飞石流矢冲锋陷阵。二十多年来，我南擒刘岳，北赶索头，东克齐、鲁，西平秦、雍，打下十三座州郡。成就大赵基业者是我，不是别人。大单于的爵位本应授予我，没想到却授给了奴婢生的黄嘴小儿。每一想起此事，就气得我吃不下饭，睡不着觉。等到将来主上驾崩归天之后，我一定要将他们斩草除根，一个不留！”

当然，这只是石虎父子之间的私房话，石勒不会知道。由于石勒十分看好石虎，所以自始至终对石虎保持高度信任并加以特别重用。也正因为如此，才造成了他身后妻儿子孙的灭顶之灾，给历史上这位聪慧睿智、英武绝伦的帝王蒙上了养虎遗患的巨大阴影。不过，这是后话。

石勒做了大赵天王，因国事初定，国内秩序需要加以整顿，诸多国事都需要制定相关的政策进行规范和约束，所以他召集朝廷大臣进行商讨。会上，右仆射程遐进言道：“现在大半个天下均已平定，我大赵国境内晏清。我们应该彰明善恶顺逆，惩恶扬善，让百姓知道，为逆为恶必无好报；为善为顺方可安命。当年汉高祖斩杀丁公而赦免季布就是这个意思。大王自起兵以来，不也一直是见到忠义之士就褒奖，遇到叛逆之人就诛除吗？大王曾经说过：‘叛臣逃吏，吾之深仇’，这也是我们所坚持的一贯主张。正因为有了这个主张，天下人心才归向我们。可是江左叛臣祖约跑到我国后，不但一直没有受到任何惩罚，还常常引见宾客。尤其是，他还回到幽州故籍，占夺先人田里，害得当地人对他怨恨切骨。我很难理解，大王为什么对他姑息容忍而不申天罚呢？”

对于程遐的进言，石勒一向是不屑一顾的。但是这一次，石勒感觉他说得还是有点道理。当初祖约在东晋叛乱失败后逃来襄国，石勒虽然容留了他，却对他的行为非常鄙薄和反感。所以一直未曾接见他，还特地委派记室参军王波代替自己去对他当面斥责：“你到了穷途末路，才跑来寻求活命，难道我大赵国是专供负罪逃亡之人聚集的地方吗？你就不觉得脸上害躁吗?”并将祖约在东晋发动叛乱时发布的檄文摔给他，弄得祖约无地自容。当时石勒之所以不杀祖约，是怀念祖逖的旧情，希望他接受教训，从而能够夹着尾巴做人。哪知祖约脸皮竟然厚到了如此地步！所以，石勒决定接受程遐的意见，以祖约为惩恶的对象，彰明顺逆，宣示天威。

再说祖约自从叛乱失败之后，率全家百余口人仓皇逃到襄国，原指望石勒能够善待于他。没想到石勒虽然容留了他，却对他明显地表示鄙薄，这让他心中终日惶恐不安。更让他尴尬的是，由于是仓皇出逃，身边所带资财有限，家中人口众多，开销很大。加之新到襄国，为了今后的生存与发展，他必须与大赵国的高官显贵结识交往。而这些都需要大量的钱财，尽管石勒对他一家的生活给予了安置，可却没有余财供他挥霍。他在襄国人地生疏，无处可以告贷，只好回幽州范阳祖籍去想想办法。但是回去后却发现，祖上的所有田产，除一部分被官府用于维修保护他家的祖宗陵墓外，均已划归当地土人经营。由于他现在落魄窘困，再无他法可想，这才想要夺回祖上田产。这便是程遐举报他“引见宾客”“占夺先人田里”的由来。

祖约朝思暮盼，希望石勒召见自己。这一天终于被他盼来了。有专使前来向他传达天王谕旨：

祖侯远来，未暇欢叙。今幸西寇告平，国家无事，可率子弟来会，借表积诚。

专使在传达了天王谕旨后，告诉了他具体的朝觐日期。

接到石勒的谕旨，祖约高兴得手舞足蹈，他苦苦盼望的这一天终于来到了。石勒能够召见自己，说明自己在赵天王的心目中还是有一定价值的，这对于今后的发展大有好处。朝觐的日子一到，他便带领自己的亲信弟子，早早来到大殿前恭候。但是，好几个时辰过去了，却不见天王宣召。等来等去，等出一个右仆射程遐来。程遐告诉他，天王偶然患病，不能出见，让自己代为接待。于是程遐把祖约邀请到一处偏殿，和他摆酒共饮。暗中却派人到祖约的居住地，假托祖约前来传话，让所有家人一起去接受天王的召见。祖约的家人当然不疑，于是随同来人一起去朝觐天王。

正在与程遐喝酒叙谈的祖约，听得殿外人声鼎沸，回头一看，见是他所有的家人一起到了。这使他感到异常惊疑：他们都到这里干什么？忽又见许多手执兵刃的甲士列队奔了过来。他突然明白，他的末日到了！他自知现在已经无法脱身，又不忍眼看着自己的亲人家眷惨遭刑戮，于是低下头拼命喝酒，想让自己立即醉死，省得到时候心肠痛碎！

此时，在一旁冷眼瞧着他的程遐，显然看穿了他的心思。所以，待祖约酒至半酣，便起身宣布说："天王有令，祖约身为臣子，叛国不忠，罪应诛夷！"于是喝令甲士将其拿下。祖约的亲信弟子及所有家眷亲人一同被执。

祖约痛恨自己没能醉死，本就心如刀绞，此刻耳中又听得亲人们一片惨呼号哭声，两腿一软，差点晕厥过去。只是身子已被甲士牢牢执住，才没摔倒在地。忽然，一个五六岁的小男孩从人群中钻出，跑到祖约身边，用手牵着祖约的衣襟，哭着喊叫外祖。祖约使劲挣脱甲士，将小孩一把抱起，仰面哭喊道："外孙外孙，你的外祖不该叛国，害得你们遭此惨祸！"然而，尽管他悔恨得无以复加，但一切均已晚矣。祖约和他的弟子亲人中所有男子均被押赴刑场，开刀问斩，女眷们则全被籍没为奴。

祖约作为不忠不义的代表被明正典刑，而石勒对大汉国的一腔忠义却可对日月。做了大赵天王后，他一再敕令各地官府加紧寻访刘渊遗孤，但却始终没有结果。到了这年九月，群臣又集体上表，坚决要求石勒正名位，加帝号。到了这时，石勒也不得不承认，他所忠于的那个刘汉王朝已经退出历史舞台，再也不可能复兴。而他亲手创建的大赵国，已经正式成为这个历史舞台的主角。他必须责无旁贷地领导她走向繁荣昌盛。于是他答应了群臣的请求。

经过一番慎重的准备后，择定吉日，在南郊燔柴祭天，举行了盛大庄严的登基仪式，石勒正式即位称尊，做了大赵国的开国皇帝。他颁诏大赦境内，改元建平，效法华夏历朝的传统做法，追尊其高祖为顺皇，曾祖为威皇，祖父为宣皇，父亲为世宗元皇帝，母亲为元昭皇太后。册立妻子刘英姑为皇后，太子石弘为皇太子。文武官员按照级别晋职擢升。然后把大赵国的都城由襄国迁往临漳。

石勒一生重义讲情，对于帮助过自己的人，他会铭刻在心，念念不忘。早在他定都襄国，东进收复茌平后，就寻访到他做耕奴时的旧主人师欢，让师欢做了茌平县令。而师欢做了县令后，也一门心思地忠于石勒，尽心尽责，将茌平县治理得风清气正，井井有条。

特别是恩公郭敬，在石勒一生成长过程中起过至为重要的作用。后来郭敬的商旅生涯因天下大乱被迫中止，不得已投入“乞活军”东下太行到了冀州。“乞活军”战败被石勒收编，郭敬巧逢石勒，被石勒提为将军。由于不同寻常的友情，石勒对郭敬时时处处予以关怀。石勒称尊后，得知已经成为荆州监军的郭敬，联合南蛮校尉董幼欲行谋取襄阳，这让石勒深为担忧。对于郭敬其人，石勒当然十分了解。郭敬率领他的商队长期行走江湖，自有一身不错的武功，而且郭敬的驭众能力也足以使石勒放心。他所担忧的是，郭敬在用兵方面，智虑略显不足。攻取襄阳，如此重大的军事行动，郭敬是否已经有了周密的安排部署了呢？襄阳守将周抚，虽不是百战名将，却也并非泛泛之辈，郭敬能是他的对手吗？经过一番思考，石勒派专使乘快马赶赴郭敬军中，交给郭敬锦囊一个，让郭敬依囊中之计而行。再说郭敬，决定进攻襄阳，也只是凭借一股豪气而已，并未周密详尽的安排部署。接到赵王敕赐的锦囊后，他大喜过望，于是严格按照锦囊中所授妙计，遵嘱而为。

首先，郭敬率部退回樊城，关闭城门，偃旗息鼓，实行全城戒严，禁止城内消息外泄，迫使周抚无孔不入的谍报人员，急于探知城内情况而到处打听。这时，郭敬通过特殊渠道告诉对方细作：“你们应该珍爱自己，加强防守。再过几天，大赵国的骑兵大队就到了。到时候与这里的赵军联合攻取襄阳，你们就再也跑不掉了。”消息放出去后，郭敬又命令自己有限的骑兵轮番到汉江渡口洗马，周而复始，绵绵不绝，昼夜不停，造成一种有无数骑兵到达的假象，欺蒙敌人。

周抚果然上当了。他的谍报人员早就注意上了这个渡口。经过一连几天的观察，他们发现到此洗马的大赵骑兵无头无尾，络绎不绝，认为大赵国的骑兵大队已经到达，于是慌忙向周抚做了汇报。周抚听了大为惊恐，他深知大赵国骑兵战斗力特别强，一旦发动攻势，无人可敌。为了避免全军覆没，他只好率部仓皇撤离襄阳，逃奔到了武昌。

郭敬遵循石勒的锦囊妙计，兵不血刃，轻取襄阳。部队入城后，郭敬严申军纪，禁止部众侵扰百姓，受到了襄阳人民的拥护。这时，又有一支东晋军队从石城前来投降郭敬，郭敬势力大增。为了加强对襄阳地区的全面控制，郭敬迁襄阳百姓到汉江以北进行安置，然后毁掉襄阳城，在樊城筑垒戍守。捷报传回都城临漳，石勒大为高兴，提升郭敬为荆州刺史，领秦州牧。

就在这时，陇西氐、羌发动叛乱，石勒命石生西行平叛，一举荡平。大赵国军威远播，致使高昌、于阗、鄯善、大宛等西域各国都派遣使者，到大赵国来纳贡修好。

至此，大赵国走向空前鼎盛。然而作为皇帝的石勒却更加谦虚谨慎。他非常清楚，权力这东西，如果不加以有效监督，很容易因滥用而造成重大失误。所以他特地颁诏，告诫臣僚：“从今以后，处理一切事务，都要严格遵循大赵国的律令。作为皇帝的朕也不例外。如果朕一旦因情绪失控，盛怒之下做出错误的裁决，门下臣僚要奏闻制止。特别是对那些德高望重之人，以及为国家做出过显著贡献的人和烈士遗孤，这些人在一般情况下都不应该受到责罚。如果朕在对待他们的问题上做得不好，大家可以将情况说明，奏报给朕，朕当充分考虑，慎重对待。”

做了皇帝的石勒更关心人民群众的疾苦，力求革除陋俗，改革弊政。当时，大赵国境内有一传统风俗，叫作过“寒食月”，即在每年的农历三月，不论官民都不举火做饭，只吃事先准备好的冷食和干粮。这个风俗形成的源头，系在春秋时期。那时晋国发生祸乱，晋公子重耳为避祸外出流亡，有好些人跟从。一天，他们到了一个地方，重耳饿得要死，可是无处寻取食物。这时，从龙诸君子中有一个人名叫介子推，他将自己大腿上的肉割下一块来，做熟了给重耳吃，使他挺过了这次磨难。后来，重耳他们辗转多国后到了秦国，秦国发兵帮他回晋国做国君。在过黄河时，随从中有人觉得自己从龙十九载，既有功劳也有苦劳，便和重耳讨价还价，让重耳立下誓约，答应归国后善待自己。但是介子推认为，重耳之所以能够回国为君完全是上天的意志，不是靠哪个人的力量。他感到此人可耻，不愿再和他共事，就隐秘地渡过黄河，独自回家侍奉老母亲去了。重耳回到晋国做了国君，就是晋文公。巧的是，晋文公赏赐随从他流亡的人，功劳大的封给食邑，功劳小的奖给爵位，可是恰恰就没有介子推的赏赐。子推母亲让子推去邀功请赏，然而子推不仅不愿“贪天之功为己力”，不求封赏，反而感觉下面的臣子贪冒罪过，上面的君王赏赐奸邪，上下欺蒙，实在难和他们相处，便背着母亲隐居去了。这时，有知情人认为赏罚不公，就在宫门上贴出“小字报”替介子推鸣不平。晋文公这才派人召见子推，但子推已经走了。晋文公打听到介子推背着母亲到了绵上山中，便带领人马追到绵上。可是，绵山那么大，又地形复杂，草木茂盛，到哪去找介子推？这时有人出主意，让他放火烧山，说是这样介子推就会自己跑出来。于是晋文公就下令放火烧山。结果，整个绵山烧完了，也不见介子推母子出来。晋文公派人入内寻找，这才发现介子推母子相抱着，被烧死在一棵大柳树之下。这使得晋文公为自己的错误决策深为悔恨，于是将绵上改为“介休”，作为介子推的禄邑，并建庙祭祀，绵山自然也改称介山。同时下令，每年到介子推烧死的这个月，全国停止举火，吃饭也只能吃事先准备好的果蔬与干粮、冷食。从那时起，“寒食月”这一习俗就一直流传下来了。

石勒认为，过“寒食月”严重损害人们的身体，是一种陋俗，于是下令在全国禁止寒食。但是，禁寒食令颁布一年后，大赵国境内就发生了一场特大的雹灾。这次雹灾起于西河介山，途经太原、乐平、武乡、赵郡、广平、巨鹿，达一千多里，平地三尺，树木摧折，庄稼绝收。当时大臣中有人认为，这是因为禁寒食惹得神灵介子推发怒所致，请求恢复寒食。但同时也有大臣认为，雹灾在介子推之前就有，介子推作为古之贤者，不会如此暴害，雹灾与介子推无关。然而，介子推历代攸尊，寒食之俗不应彻底废除。于是石勒综合大家的意见，下令寒食之俗只在并州保留，其他地方仍然禁止。并把“寒食月”缩改为“寒食节”，钦定每年清明节的前一天为“寒食节”，并州百姓只在这一天停止举火，以纪念古之圣贤介子推，其他时间不准寒食。这样，就避免了人们因久吃冷食而导致疾病产生的弊端出现。

石勒有一块心病，一直困扰了他二十多年，那就是重新营建邺城。这二十多年来，他无时无刻不在为当年的愚昧无知，放纵他的牧苑弟兄放火烧毁邺城的愚蠢行为而痛心疾首。他总想在条件成熟的时候，重新营建邺城，使之恢复昔日的繁华景象。现在大赵国国力强盛，条件已经成熟，所以他决定营建邺城。而这也是他将大赵国都城由襄国迁来临漳的主要原因。没想到，他的这一决定刚刚做出，就遭到了廷尉续咸的坚决反对。续咸列举种种理由，说明在这时大兴土木的不宜，上书切谏，劝石勒放弃营建邺城的想法。

石勒多年酝酿的热情之火被续咸浇了一盆冷水，当然十分震怒。他说：“营建邺城是朕多年的夙愿，偏偏这老家伙出来和朕唱反调。看来不斩这老家伙，朕营建邺城的计划就无法推行。”于是下令将续咸打入大牢。

中书令徐光见状，急忙向石勒进言道："陛下天资聪睿超过了唐尧、虞舜，怎么就不愿听忠臣之言呢？难道您是夏桀、商纣那样的人吗？续咸一向老实，不理解您的苦心，故而直言不讳。对他的话，可用则用之；不可用，则不用。但也应允许人家说话呀！怎能因为进献忠言就斩杀朝廷重臣呢？"

石勒听了长叹一口气，说："看来做了皇帝，也不能独断专行。"他解嘲地摇头笑笑说，"朕难道不知道他进献的是忠言吗？刚才那不过是故意和他开个玩笑罢了。"他顿了一顿，又说，"不过，一般的普通百姓，家中有了一百匹绢的资财，还想要另外买一处住宅，何况作为富有天下，万乘之尊的皇帝呢？再说，邺城系魏晋五都之一，曾经是黄河以北最为繁华的大都会。所以，邺城朕是一定要营建的。暂时不做决定，只是为了成就续咸这位老臣的忠直之气而已。"于是传令赦免续咸，并赏赐给他一百匹绢与一百斛稻谷，表示对续咸的褒奖。

见皇帝做出如此处分，徐光感到十分欣慰。他之所以敢于直言不讳地批评皇帝，不仅仅是因为皇帝曾颁诏"朕因情绪失控，盛怒之下做出错误裁决，门下臣僚要奏闻制止"。最主要的是他对自己的主子十分了解。而在主子做皇帝前，就曾经自我纠正和自我反省过好些错误。他清楚地记得，有一次石勒要到郊外打猎，遭到了主簿程琅的极力阻止。程琅说："现在刘曜和司马氏集团的刺客在暗中分布得如同树林，都在寻找机会对大王下手。如果事发突然，脱离了大众的护卫，就算帝王，也只是一个人的力量罢了。当年小霸王孙策所遭遇的惨祸，难道不应该引以为戒吗？再说，狩猎场内，干枯的树枝，腐朽的树桩，都有可能造成伤害。在这种地方骑马飞奔，自古到今，从来就是不可取的。"

石勒听了，勃然说道："孤自认为力量和武功都还说得过去，遇到突发事件，足以自行应对。你只管把你的文书事务处理好就行了，不需要到这里来说这些没用的话。"于是率然出发狩猎去了。哪知，果如程琅所言，石勒在追逐野兽时，马被树桩绊倒，马腹被枯枝刺穿而死。石勒被重重摔了出去，差点丢了性命。被人救回后，石勒深有感触地说："不听忠臣劝告，孤是咎由自取啊！"于是赏给程琅朝服与锦绢，赐爵关内侯。

由于知道石勒善于接受教训，勇于改正错误，且有海量胸襟，从不计较属下出言不逊，徐光才有底气，敢于对皇帝直面批评。否则，有谁吃了熊心豹胆，敢去逆批龙鳞呢？

或许，上天也有意帮助石勒完成夙愿？这年夏天，一连数场大雨降下，中山西北洪水暴涨，将太行山中的上百万根苍松巨柏冲刷而下，淤积在邺城一带的漳河两岸。石勒亲临视察，不觉大喜过望。他对臣僚们说："你们知道吗？这不是天灾，这是上天有意让朕营建邺城，给朕送来的建材啊！"于是简选少府任汪、都水使者张渐等，组成了专门的领导班子，负责营建邺城的准备工作。石勒自己亲自制定规模，绘制蓝图。到了九月，各项工作准备就绪，于是开始施工。至此，石勒多年的夙愿，终于得以实现。

那么，石勒接下来还会有什么举动？

第五十二回　论古今自我定位
立遗诏豪杰归天

大赵国的创建，为石勒大展宏图奠定了基础。接下来，他要使他的大赵国真正走向繁荣昌盛，让他的大赵臣民人人安居乐业，个个心情舒畅。他非常清楚，整个国家就是一部庞大的机器，任何部位都不能出现问题。而要保证这部机器的正常运转，就需要有一支自己的干员队伍，到各级各部门去负责管理，去贯彻执行朝廷的决策和决定。只有这样，才能让他的国家按照自己的意图向前发展。为此，他专门给朝廷百官颁下诏命，让他们每人每年都要向朝廷举荐有一定学识的贤良之士、品行端庄正派的方正之士、性情耿直敢于言事的直言之士、有特殊才能的秀异之士、任劳任怨一心孝敬尊长的至孝之士、不贪不占洁身自好的廉清之士各一名，到都城来参加由朝廷组织的对策活动。通过对策，来衡量他们的政治水平与政治倾向。并将对策评选结果分为上、中、下三等。答策上等者拜为议郎，答策中等者拜为中郎，答策下等者放为郎中。根据评选结果，把他们分别安排到相应的部门和各级官府任职。通过这种方法，调动了天下士子参与管理国家事务的积极性。被任用的人又相互推举引介，于是凡有一技之长的人，都踊跃参与朝廷策问，使得招贤之路广开，一支生机勃勃的干部队伍由此形成，保证了大赵国各项工作的有效开展。

与此同时，石勒更致力于培养自己的人才队伍。他诏令各郡县，都要建立学宫。规定每个学宫要设立祭酒二人，负责管理学宫，聘任教授。每个学宫要招收学员弟子一百五十名。在修学期间，所有学员要先后经过三次考试，全部合格后，被视为学业修成。然后把修成的学员安排到朝廷重要部门任职。这就是所谓的“三考修成，显升台府”。

通过上述一系列措施，保证了大赵国政令畅通，管理有序，各行各业均呈现出一派欣欣向荣的形势。

大赵国的一切事业都在遵循自己的意志按部就班地向前推进，石勒作为皇帝，自然是踌躇满志，意气风发。然而，他却并不像历史上的有些帝王那样，有了一点成就便趾高气扬，狂妄得不可一世。他对自己的才略始终保持着自知之明。

一次，高句丽国派遣使臣前来纳贡，由石勒亲自设宴款待。席间，高句丽大使连同被邀赴宴的所有外国使节，一齐盛赞石勒所取得的辉煌成就，石勒当然也感欣慰。由于喝了不少酒，石勒似乎有点忘情。这时，他问身边陪侍的徐光：“你说，朕与历史上所有开基立国的帝王相比较，类似于哪一个呢?”

徐光认真地思考了一会儿，说：“陛下的神武与韬略超过了汉高祖刘邦，而特出的才华与雄奇的指挥艺术又远在魏武帝曹操之上。自夏、商、周三朝以来的所有帝王，都无法与陛下相比。是不是仅次于轩辕黄帝呢?”

石勒听了，不觉哈哈大笑。他摇了摇头，说：“为人者，哪能没有一点自知之明呢？你的话言过其实。”他喝了一口酒，继续说，“朕如果出生在秦末汉初，能够遇到高祖刘邦，我会向他北面称臣，倾全力来辅助他，与韩信、彭越这些人来竞鞭争先，比个高低；如果和汉光武帝刘秀生于同一时代，朕会与刘秀在中原并马逐鹿，争个高下输赢，那么究竟鹿死谁手，谁是最后的赢家，可就说不定了。”说到这里，他顿了一顿，接着说，“大丈夫行事，应当光明磊落，像太阳和月亮那样皎然明白。绝不能像曹操以及司马懿父子，欺负人家孤儿寡母，采用卑鄙龌龊的手段来窃取天下！如果让朕自己评定，朕觉得，朕的才略应该在刘邦与刘秀之间。轩辕乃上古圣人，朕哪敢和他相比拟呢？”

听了皇帝的这一番精准的自我评价，在场的所有大臣和各国使节都佩服得无以复加。于是大家一起跪拜在地，口称万岁。

然而，雄才大略的石勒皇帝，亦有一事使他至为忧虑，那就是对太子石弘。石弘小字大雅，自幼仁孝，谦恭自守，行为儒雅，喜欢文士。他从小受学于杜嘏、续咸，具有典型的文人气质。这对于一般人来说，并非坏事。但对于将要继承大统的太子而言，却不尽然。石勒说：“现在天下尚未统一，世道还不太平，不可专以文业为教，也要注重武学修为。”于是特地委派刘征、任播向太子传授兵书战策；让王阳教授太子击刺之术。可是，太子性格使然，终究不脱文人气象，每天所接触的都是一些文人儒士，这让石勒深感忧虑。

一日，石勒与徐光商谈国事，话语间提及太子。石勒不无遗憾地说：“大雅这孩子，性情安静和悦，一点都不像将门之子。”说着便摇了摇头。

对于这一点，徐光却有自己的看法。他说：“当年汉高祖以马上取天下，到了孝文帝刘恒时，则采用道家无为而治的策略，使天下得到了休养生息，这才出现了前所未有的文景盛世。我认为，在圣人平定天下之后，必定会产生能够修复国家因战乱而遭受残损的君主。这便是天道，陛下又何必无端自忧呢？”

听了徐光的这番话，石勒想想，也觉有一定的道理。于是，忧郁的心情开始有所释然。

徐光又趁机进言说：“皇太子仁孝恭温，中山王却雄暴多诈。如果陛下千秋万岁之后，臣担心他会做出对社稷不利之事。所以应该考虑逐渐削夺他的权力。同时，应该让太子及早参与处理朝政事务，锻炼其君临天下的能力。”

石勒点头称是。于是让太子亲自处理各类奏章及朝廷事务。同时安排中常侍严震协助太子，为太子提供参谋。明确宣布，除了军队调动和重大刑狱案件这些大的事项之外，都放手交由太子去处理。只是在削夺石虎权力的问题上，石勒却并无任何行动。这主要是因为，石虎在大赵国的创建过程中，屡立大功，现在无端削减其权力，石勒于心不忍。再说，石虎毕竟是石氏子孙，从小由母亲一手拉扯长大，从军后，自己又给予了他足够的信任和特别的重用。石勒觉得，无论从哪方面来说，石虎都不可能会做出有损国家社稷的事情来。还有，石虎自小颠沛流离，与自己有着许多相同之处。他相信石虎也应该能像自己一样，对自己的国家尽心竭力。所以，石勒对徐光的话并不完全相信。

紧接着，右仆射程遐也来进言。程遐说："中山王勇武非凡，其掌控局势的能力与智慧，满朝文武没一个能够与他相比。可是，看他平日表现，除陛下一人之外，对所有的人他都统统蔑视。到现在，他已经领兵专事征伐这么长时间，威震朝野。可他却缺乏仁恕，残暴好杀。加之他的儿子们都已经长大成人，手中都握有兵权，这更让他如虎添翼。陛下您健在之时，他慑于您的威势，倒也不至于发生变故。只是将来他一定会嚣张跋扈，不甘心做少主的臣子。所以，还请陛下未雨绸缪，及早采取措施，消除隐患。"

对于程遐的进言，石勒却大不以为然。当初，由于程遐的原因，使他错斩张披，造成他终生无法弥补的遗憾，他对程遐本就存有成见。现在见程遐又来挑拨离间，于是勃然变色道："现在天下尚未平定，兵戈之难随时都有可能发生。太子大雅年少，正需要得到强有力的辅弼。中山王系朕的佐命功臣，与太子亲同鲁卫，朕正准备委他以更高的权力，让他像伊尹、霍光那样倾心辅助太子。何至于像你说得这么不堪！你如果担心少主正位之后，因为中山王而不得专擅帝舅之权的话，朕也可以让你参与顾命，你大可不必担心。"

石勒的话让程遐非常伤心。尽管他缺乏经世才学，可他对大赵国却并不存在二心。他哭着说："臣的话出于一片公心，陛下却疑臣有私而听不进忠言。中山王虽然是太后一手抚养长大，究竟不是陛下亲生骨肉，所以很难说存在恩义。他仰仗陛下所授方略，建立了一点功绩，但陛下已经赐给他非常尊贵的爵位，甚至连他的儿子们也都给予了无上的尊崇和荣耀，这难道还不够吗？想当年魏主过度宠任司马懿父子，最终落得政权被篡，国祚沦移。前车之鉴不远，我们怎能不防呢？臣屡屡接受皇帝的荣宠，又与东宫太子有因缘瓜葛，如果我不来竭尽忠言，还能指望谁呢？陛下如果现在不除掉中山王，只怕我们的社稷宗祠，以后不会有人再来祭祀了！"

尽管程遐说得情恳意切，但石勒却一点也听不进去。无奈之下，程遐只好哭着告退。

程遐从皇帝那里出来后，正好遇到徐光。他将方才向皇帝进言的情况告诉徐光，说："主上如果一直这样的话，太子必然面临危险。有什么办法呢？"

对于这一点，徐光同样深以为忧。他说："中山王一见到你我二人，便怒目切齿。这恐怕危险的不仅仅是国家，也是你我两家的祸殃。为了保国安家，我们绝不能坐视不顾。"

程遐苦着脸问："君有良策吗？"

徐光想了好一会儿，说："中山王手握强兵，威势正盛。我等无拳无勇，很难对付。看来也只好继续进谏，以期唤醒皇帝。只有这样，方能转祸为福。"

程遐摇摇头说："恐怕主上不会相信。"

徐光说："等我再去试一试吧。"

过了几天，徐光找了点事由去见皇帝。他见石勒面带愁容坐着发呆，便上前询问："陛下廓平八州，控驭海内，正是春风得意之时，怎么反而面带忧愁，神色不悦，这是为了什么？"

石勒叹了一口气，说：“朕当年起兵投奔刘渊，志在消灭司马氏统治集团，解救天下苍生，重新整理天下。可是，这么多年过去了，到现在，吴、蜀两地仍未平定。特别是司马家儿依然盘踞在丹阳一带。如果就此罢手，朕壮志未酬，只怕后世之人也会怀疑朕未应符箓，不是真命天子。所以心中忧郁，不觉得便愁形于色了。”

徐光听了，大不为然地说：“臣以为陛下忧虑的是心腹之患，哪知您却有闲心去忧及四肢。从前魏承汉运，当然是正朔帝王。就算刘备打着汉朝的旗号，兴起于巴蜀，也不能说大汉朝就没有灭亡。吴国虽然跨据江东，却也无法影响大魏的正统地位。如今陛下囊括了洛阳、长安两座两汉时期的首都，这才是正儿八经的中国帝王。而司马家儿重起江东，正像当年的刘备；而盘踞蜀地的李氏氐族政权，也与当年的孙权相类似。符箓不在陛下，还能跑到哪里？总的来说，这些都是极其轻微的四肢小毛病，大可不必忧虑。可是，中山王凭借陛下指授神策，靠着陛下的威灵纵横天下，天下人都说其英武仅次于陛下。可惜他残暴多奸，见利忘义，迹同管蔡，情异伊霍。他父子权位并重，势倾朝野，却依然常怀不满之志。最近，太子在东宫设宴款待群臣，他便表现得傲慢不恭。这些，我想陛下也应该有所察觉。如果陛下继续容忍下去，臣害怕在陛下万岁之后，宗庙将被荆棘荒草笼罩。所以，臣觉得这才是心腹大患，希望陛下引起重视，及早设法。”

听了徐光这番话后，石勒未作任何表示，只是默然而坐，一声不吭。

徐光见进谏无效，不由得仰天长叹一声，默然退下。

其实，此时石勒的心里正在备受熬煎。他知道，徐光的担忧并非全无道理。石虎的凶残暴戾与刻薄寡恩他是知道的。石虎对太子表现出的傲慢，他也看在了眼里。他也担心石虎成为他家族统治的潜在危险。可是，直到目前，他还没有发现石虎有任何的犯罪迹象，而石虎对大赵国所建立的卓越功勋却是有目共睹的。总不能仅凭分析将来可能就大开杀戒去诛杀功臣吧？当然，他并不担心石虎现在已经羽翼丰满，控制不了，也不是找不到诛杀石虎的理由。“欲加之罪，何患无辞”，这些他都懂。可他更知道，诛除石虎就算能找到一万条理由，也都是苍白无力的。这样做不但不能服众，还会引起朝臣们的寒心，使他们与朝廷离心离德，严重时，还很可能引发内部分裂和动乱，给江山社稷造成更大的灾难。再说，他非常不忍心为了自己的一家私利去卸磨杀驴、过河拆桥，成为残酷对待功臣的暴君。还有，就眼下大赵国的形势来说，虽说国内相对安定，可是周边的国际环境并不乐观。南面的司马氏东晋集团虎视眈眈，随时都有可能向大赵国发动攻击；西面李雄的氐酋政权也在蠢蠢欲动，寻机东犯；北面鲜卑慕容氏正在崛起。这些来自周边的威胁只要不消除，像石虎这样的悍将就得依靠和重用。所以，这也是他不能诛除石虎的原因。可是，继续重用石虎，又可能给太子将来留下隐患。他现在是进退维谷，左右为难。他只能寄希望于侥幸，或许石虎并不像他们所担心的那样，而有可能像伊尹、霍光一样，在他身后辅弼太子继往开来？

这就是他面对徐光的劝谏一味沉默的原因，其中原委难以明言。

石勒极力主持的邺城重建工作进展顺利，已经大见成效，昔日黄河以北首屈一指的大都会地位正在逐步得以恢复。此时，石勒又想趁着大赵国国泰民安的有利时机，重新整建洛阳、长安这两座历史名城。特别是洛阳，地处中州，乃成周时故都，汉、魏、晋旧京，他早有迁都此地的想法，所以将洛阳命名为南都，并在这里设立了行台。只是这里在晋永嘉五年（311）被刘曜一把火焚毁之后，一直没有得到根本性的修缮，残损得十分严重，修复起来难度较大。而西都长安，虽然也屡遭兵燹，但宫室尚存，城内基础设施基本完好，修复起来相对容易一些。所以，石勒决定先着手修建长安。

然而，石勒的这些宏伟设想，却因天不假年，让他再也无法亲手实现了。

大赵国建平四年（333），石勒从临漳起驾，到长安视察。在游历沣水宫时，偶感风寒，引疾上身。继而病情加重，导致卧床不起，只得紧急还都。

就在这时，在襄国寺庙中修行的国师大和尚佛图澄却得到警讯，预感不妙。那日红日当空，寂静无风，寺中宝塔之上有一铃偏偏独自鸣响。佛图澄侧耳一听，不觉哀叹道："寺铃无风自鸣，言说今年国有大丧，奈何？"

几天后，又有异象：一颗硕大的流星光芒四射，划破天空，坠入邺城河中，发出巨大声响，大地为之震动。这一异象使得病中的石勒深感不祥。恰在此时，爱子石斌突然暴亡。石勒哀痛之余，觉得石斌之死上应天象，无可奈何，便命人备棺盛殓，准备择吉安葬。

就在宫人们给已亡的石斌梳洗穿戴整齐，举尸入棺的当口，忽然佛图澄从襄国赶到，直闯宫中。他见状急呼："小殿下尚未死，为什么要将他放入棺材？"

听了佛图澄之言，石勒不由惊叹："朕听说战国时扁鹊能起死回生，救了虢国太子，莫非大和尚也善此术？"

佛图澄点头："是。"走过去取水一盂，口中念动咒语，用杨枝蘸水，向石斌尸身泼洒。须臾，石斌尸身稍动。继而，手足开始屈伸。这时佛图澄上前握住其手，说一声："起来吧。"随着话音，只见石斌一跃坐起，宛如刚从大梦中醒来一般。

整个宫室欢声雷动。

佛图澄的神技妙术，使石勒深深叹服。所以，当佛图澄告辞欲去时，他把石斌交付佛图澄，托他带回寺中照看。佛图澄欣然领命。

石斌死而复生，但石勒的病情却越来越重。勉强挨至七月，更是汤水难进。几次昏迷之后，石勒自知病势难起，去日无多，便欲颁诏安排后事。直至此时，他才发现，满朝文武俱不在身边。宫室之中，除去后妃宫女以及内侍之外，只有石虎与太子石弘。而石弘，似乎也是刚刚被石虎唤来，显得十分痛苦与拘谨。

原来，当石勒病重之时，曾诏命太子石弘、中常侍严震与中山王石虎一同入宫侍疾。石虎接诏后，立即率先入宫，假传皇帝诏命，拒绝石弘与严震进宫。同时，用自己的亲信部曲替换了整个宫廷宿卫，将皇宫严密控制起来。所以，皇帝的病情发展，朝臣中无人知晓。

事情到了如此地步，此前程遐与徐光的担忧已成事实。当然，石勒心中更清楚眼前的局势，他知道，他现在已经完全失去了对石虎的控制能力，只能听天由命了。所以，他什么也不说，什么也不问，只是命内侍秉笔，记录他的遗诏："死后三日即葬，内外臣僚在丧事办完后，立即除去丧服。举丧期间，不得禁止百姓婚娶、祭祀以及饮酒、食肉。各镇牧守不得擅离职守回京奔丧。装殓入棺时，要穿戴平时所穿戴的衣服，不得另置盛装。墓室中不得随葬金银器玩。"叙述到此，他把太子石弘和中山王石虎叫到近前，长叹一声，接着说，"大雅文弱，年岁又小，只怕难以继承朕的意志。中山王以下要各司其职，不要违背了朕的殷切期望。大雅与斌等兄弟要好好相处，相帮相扶，厚道和睦。否则，司马氏就是你们的榜样。"最后，他两眼直瞪瞪地看着石虎，语气异常凝重地说，"中山王，你要深深考虑前朝的周公与霍光，仿效他们的做法辅助太子，千万不要给后世留下什么话柄！"说完便咽了气。

听石勒如此一说，石虎本就感到恐慌，现在见石勒虽然咽了气，可两眼依然瞪视着自己，更觉得毛骨悚然。他急忙上前，用手将石勒的双眼合上，然后指挥内侍、宫人将石勒装殓入棺，当夜便悄悄抬出宫去，厝埋在一处无人知晓的山谷里。

又过了数日，由石虎主持，在首都临漳为石勒大办丧事，虚葬了多处疑冢。其中在临漳城外修筑了一座高大陵墓，号曰高平陵，用于祭祀石勒，尊石勒为高祖明皇帝。

至此，石勒这位旷世豪杰走完了他金戈铁马的一生。

令人遗憾的是，果如程遐、徐光所言，石虎在石勒死后，专横跋扈，胁迫石弘收捕程遐、徐光下狱后杀害，随后又逼杀太后刘英姑，废新皇帝石弘为海阳王。最后索性将石弘及石勒的子孙后妃全部诛杀殆尽，自己做了大赵之主，使大赵国人民重新沦入穷兵黩武、劳役繁重、民不堪命的水深火热之中。不过这是后话。

纵观石勒一生，从二十八岁被掠卖到山东沦为耕奴，在皇家牧苑与汲桑举旗起事，失败后投奔刘渊，开始走上反晋的道路，南征北战，东挡西杀，到四十五岁建立赵国，做了赵王，五十六岁登基称帝，六十岁与世长辞，共计戎马三十二年，在位十五年。

尾　声

1700多年前，石勒，一个沦落为耕奴的羯人，不甘忍受奴役，奋起反抗，历经坎坷，最终建立后赵政权，成为中国历史上由奴隶成为皇帝的特例，受到历代政治家的高度重视。

然而，对于石勒其人，历代的史学家对他并非全面肯定。由于石勒出生于羯族，而史学家们一向把“五胡乱华”这段历史视为华夏史上最为“黑暗”的时期。此后一千多年的历史长河中，石勒被看作乱世枭雄。尽管如此，史学家在记录这段历史的时候，依然掩饰不住对石勒的人格、智慧以及卓越才华和为政理念的由衷赞叹：

观其对敌临危，运筹贾勇，奇谟间发，猛气横飞。远嗤魏武，则风情慷慨；近答刘琨，则音词倜傥。焚元超于苦县，陈其乱政之愆；戮彭祖于襄国，数以无君之罪。于是跨蹑燕、赵，并吞韩、魏，仗奇才而窃徽号，拥旧都而抗王室。褫毡裘，袭冠带，释介胄，开庠序。邻敌惧威而献款，绝域承风而纳贡。则古之为国，曷以加诸！虽曰凶残，亦一时之杰也。

在这段文字中，史家毫不隐讳地对石勒的雄才大略、人格风范、卓越建树和为政理念作了充分的肯定，认为“古之为国，曷以加诸”，历史上的统治者，没有哪个能比石勒做得更好！

当然，史家也对石勒这位旷世奇才的奴隶皇帝，在临终托孤中的重大失误，表示了深深的遗憾：

而托授非所，贻厥无谋，身陨嗣灭，业归携养，斯乃知人之暗焉！

也许，这世上无论任何雄才大略的伟人，都不可能将任何事情都处理得十分完美。因为这宇宙中本来就不存在完美，石勒也不例外。

石勒年表

西晋泰始十年（274），石勒出生于武乡县北原山下东河沟村。

西晋太康二年（281），石勒八岁，逃荒路上与亲人走散，被老武师杜元凯从死亡线上救起并收为徒弟，开始拜师习武。

西晋太康八年（287），石勒十四岁，师傅去世。石勒回到东河沟羯室，为地主郭敬、宁驱佣耕，登北原山，闻鼙鼓之声。该年，随商队行贩洛阳，因见义勇为，长啸上东门，惊动朝廷，被官府通缉捉拿，被迫外出避难。

西晋永熙元年（290），晋武帝去世，惠帝司马衷即位，大赦天下，石勒回到家乡，开始在三台岭栽桑种麻，训练羯胡武士。其后与英姑结婚、生子；与李阳争沤麻池。田园牧歌，先后十余年。

西晋太安元年（302）至永兴二年（305），天大旱，并州饥乱，羯人举族外逃寻求活路，石勒北上雁门，在一牧场替人劳作，学会了骑马、相马。该年从雁门返回，遭遇司马腾掠卖胡人，石勒躲入宁驱庄园。随后在投军途中迷路，巧遇郭敬救助。其后又被官兵抓获，卖给山东茌平大地主师欢做了耕奴。师欢免其奴籍，石勒重获自由。石勒交结皇家牧苑牧帅汲桑，策划起义，走冀州遍访故友，“十八骑风云际会”“乘苑马远掠缯宝”，筹集军资。

西晋永兴二年（305），石勒与汲桑率领牧苑七百骑投奔成都王部将公师藩。汲桑让石勒将名字分拆，以“石”为姓，“勒”为名。该年随公师藩首攻邺城，未克。

西晋光熙元年（306），公师藩二打邺城，兵败被杀。石勒、汲桑重返牧苑，举旗招兵，东山再起。

西晋永嘉元年（307）夏，石勒、汲桑三打邺城，斩杀新蔡王司马腾，放火烧毁邺城。转攻兖州，在阳平与兖州刺史苟晞相持。该年秋，石勒、汲桑被苟晞打败。汲桑返回牧苑，被“乞活军”杀害。石勒回到故土武乡，在两师兄帮助下重新聚众起事。石勒收服盘踞在武乡东部山区的胡部大张訇督、冯莫突一起投奔汉王刘渊。

西晋永嘉二年（308），石勒诈降乌丸寨，收编伏利度武装。同年，石勒下太行四打邺城，克之。当年被打散的十八骑弟兄与牧苑士卒闻讯来投。冬十月，刘渊在蒲子做了大汉皇帝，改元永凤。十二月，石勒、刘灵进攻魏郡、汲郡。

西晋永嘉三年（309）春，汉迁都平阳，改年号河瑞。石勒率部进攻赵郡，谋士张宾来投。石勒命以张宾为首设立君子营。同年，石勒回师太行，进攻壶关。

西晋永嘉四年（310），汉帝刘渊去世，刘聪继位，再次发兵，大举图晋。石勒兵出成皋，转战河南。晋太傅司马越举全国之兵出屯项城。

西晋永嘉五年（311），晋太傅司马越死于项城，太尉王衍率大军奉司马越灵柩回东海。石勒闻讯率轻骑追击，灭晋朝最后主力部队二十万于苦县。随后西进，在洧仓俘虏晋室四十八王，结束了长达十六年的“八王之乱”。京师洛阳空虚，被汉将呼延晏、王弥、刘曜攻破，晋怀帝被俘，解送汉都平阳。同年，石勒破阳夏，袭蒙城，擒晋将王赞、苟晞。冬十一月，诱杀王弥，兼并了王弥部众；苟晞、王赞为乱被杀。石勒屯兵葛陂。

西晋永嘉六年（312），并州刺史刘琨送石勒母亲、侄子石虎到葛陂；

石勒初会西域高僧佛图澄。石勒因天雨进攻受挫，撤离葛陂，回师黄河以北，分兵进攻冀、鲁，他带领指挥中枢返回武乡，营建北原山。同年秋，进攻襄国（今河北邢台襄都区），以襄国为中心建立根据地。十二月，击败王浚与鲜卑联军，擒段末柸，收为义子，与鲜卑段氏结盟，取得了襄国保卫战的胜利。

晋建兴元年（313）春，晋怀帝司马炽在平阳遇害。四月，石虎攻克邺城。石勒率轻骑袭击苑乡，随后移师上白，坑“乞活军”，巧遇郭敬，拜郭敬为上将军。同年，石勒请佛图澄到襄国设坛传教。十二月，图谋袭取幽州，用张宾之策派王子春、董肇向王浚上表，假意归附。

晋建兴二年（314）正月，石勒向王浚上表劝进，约定三月亲自到幽州拥戴王浚称帝。三月，石勒悬军千里袭幽州，打掉王浚军事集团，擒获王浚，押回襄国斩杀，献首平阳。

晋建兴四年（316），石勒命石虎进攻廪丘，擒获刘琨之侄刘启。石勒善待刘启，以报当年刘琨送母之情。同年冬，刘曜陷长安，擒晋愍帝司马邺，解送平阳。石勒率部进攻乐平，并州刺史刘琨派代将箕澹率众救援，被石勒设伏打败。箕澹逃走后，被孔苌追上斩杀。石勒间道袭晋阳，晋阳长史李弘举城投降。刘琨逃往幽州投奔段匹磾。并州被攻克。

晋建武元年（317），石勒寄书段末柸，粉碎了刘琨、段匹磾进攻襄国的图谋。该年，斩张越，整肃军纪。十二月，晋帝司马邺在平阳遇害。

晋太兴元年（318）五月，刘琨被段匹磾杀死。七月，汉主刘聪去世，太子刘粲继位后被靳准杀害，汉国大乱。八月，石勒入都平乱。十月，刘曜在赤壁称帝，随后返回长安，改国号为赵（史称前赵）。十二月，石勒进入平阳，收葬皇族遗骨，修复先主陵墓，将平阳城宫室焚毁，率部返回襄国。

晋太兴二年（319）春，刘曜斩杀石勒使臣王修，从此胡、羯反目。十一月，石勒在襄国即赵王位，建立大赵国（史称后赵。）

晋太兴三年，后赵赵王二年（320），石勒命石虎、孔苌进攻乐陵，先后擒获晋冀州刺史邵续、幽州刺史段匹磾，送往襄国，受到石勒优待。河朔平定。同年，石勒与晋豫州刺史祖逖修好，稳定了南部边境。后赵制定九品官阶，诏令各郡县举荐六科人才。

晋太兴四年，后赵赵王三年（321），石勒宴请家乡父老，拜李阳为参军都尉；颁发禁止酿酒令。

晋永昌元年，后赵赵王四年（322），后赵攻克泰山，杀徐龛；同年晋豫州刺史祖逖去世，后赵进攻黄河以南。冬，大执法张宾去世。

晋太宁三年，后赵赵王七年（325），前赵派刘岳等围困金墉，石勒派石虎往救，擒刘岳。至此，司、豫、徐、兖诸州大部归入后赵版图。

晋咸和三年，后赵太和元年（328），石虎进攻前赵蒲坂，刘曜率兵十万来救，在高堠大败石虎，继而围困金墉，后赵举国震动。冬十二月，石勒亲自统兵去救金墉，两军交战于洛水，刘曜兵败遭擒，被石勒押回襄国后斩杀。

晋咸和四年，后赵太和二年（329），前赵太子刘熙撤离京师长安，退往上邽，将军蒋英等举长安投降石勒。前赵刘胤反攻长安，石勒命石虎率骑兵往救，在仲桥击败刘胤，乘胜追击，攻陷上邽，杀死刘熙、刘胤，前赵灭亡。

晋咸和五年，后赵太和三年（330）二月，石勒称大赵天王。为彰明顺逆，诛除投奔后赵的东晋叛臣祖约。秋九月，石勒登基称帝，改元建平。

晋咸和六年，后赵建平二年（331），石勒下令公卿以下官员每年举荐贤良方正人才，扩大求贤之路。秋九月，开始修复营建邺城。

晋咸和七年，后赵建平三年（332）春正月，石勒接待高句丽使臣，大宴群臣，将自己的德能定位在“二刘”（刘邦、刘秀）之间。

晋咸和八年，后赵建平四年（333）秋七月，石勒逝世。

主要资料来源及参考文献

北齐·魏收著《魏书》

唐·房玄龄等著《晋书》

宋·司马光著《资治通鉴》

清·吴乘权主编《纲鉴易知录》

清·康基田编著《晋乘蒐略》

明成化版《山西通志》

明万历版《潞安府志》

清雍正版《山西通志》

清光绪版《山西通志》

清顺治版《潞安府志》

清乾隆版《潞安府志》

清康熙版《山西直隶沁州志》

清乾隆版《沁州志》

清雍正版《泽州府志》

清乾隆版《和顺县志》

清乾隆版《榆社县志》

清康熙版《武乡县志》
清乾隆版《武乡县志》
清光绪版《武乡县续志》
民国十七年版《襄垣县志》
民国十八年版《武乡新志》
蔡东藩《两晋演义》
石旭昊《石勒与羯胡人之谜》
陈琳国《中古北方民族史探》

后 记

为了全面准确地了解我桑梓历史上的传奇英雄石勒，在进入21世纪的第一年，我就开始了对石勒的研究，至今已有十数个年头了。这期间，我翻阅了一系列的历史典籍，查看了当地《志》书，收集整理了当地有关的民间传说，读了当代一些专家学者的有关论著，使我对石勒以及羯胡民族的来龙去脉，在头脑中逐渐变得清晰了。这期间也在书刊报纸上发表了一些有关文章。其中与同人联名发表的几篇文章都引起了媒体的注意，中央电视台，个别省、市电视台和《三晋都市报》等多家媒体专程到武乡县采访和录制节目，在省内外产生了一定的影响。

2011年我退休后，就想把多年来对石勒的研究作一系统总结，于是便开始了这部书稿的写作。最初，我想写成小说。但写着写着，感觉不好。因为在一般人的心目中，小说是虚构的东西，尽管读起来津津有味，却不令人信服。而我笔下的石勒和他的一系列事迹，却是历史上的真实存在，不容怀疑。我现在的使命，则是要把石勒一生的成长历程，按照当时的历史状态尽可能完整地呈现出来。于是我立即调整写作方向，把它写成传记。

在写作过程中，我又逐渐产生了一个新的想法。我发现，沦为耕奴的石勒在山东牧苑纠集山野亡命、州县系囚、穷苦流民举旗起义，其壮举完全可以与前73年发生在意大利的斯巴达克起义相媲美。于是便突发奇想，要为这部书提炼一个中心思想。而这个中心思想就是伟人毛泽东的两句诗“红旗举起农奴戟，黑手高悬霸主鞭”。基于这个想法，我把书名定为“农奴戟·后赵皇帝石勒传”。同时，为了体现这个中心思想，便在有关章节有意加入了我本人的观点，梦想通过自己的笔，把石勒提升为世界级风云人物。这样，自然就在许多地方出现了人为美化拔高的痕迹。

由于写这么大部头的作品我还是第一次，同时为了不违背史实，需要调查流传于武乡一带的民间传说，需要大量检索历史典籍，阅读专家学者的论著，对照和核实书报刊资料，这就十分费时费力。再加上家庭和社会事繁，往往形成干扰，使我不能专注于写作，所以进展缓慢，使得该书稿一直到2015年秋末才告完成，历时将近五年。

书稿完成后，当然要考虑发表。为此我找过县里的领导，未果。于是我拨通了石旭昊的电话。石旭昊是我的朋友，他系石勒第69世嫡孙，现任某外国企业驻华高管，也一直在研究石勒，曾出版了《石勒皇帝与羯胡人之谜》一书，是一位在研究方法、研究领域、研究成果方面均极为独特的学者。我书稿中的许多重要资料取之于他的这本书。我与他一直保持着联系。所以，我想问问他有无发表的路子。石旭昊告诉我：山西省启动了“三晋百位历史文化名人传记丛书”写作工程，曾向他约稿，他拟写十编，已经完成了六编。他让我把书稿送交北岳文艺出版社试试。直到此时，我方知省内有这么一项工程。因为我退休后一直在乡下老家，整天钻在故纸堆里，与外界基本处于隔绝状态，消息并不灵通。听了石旭昊的建议，我当时深感为难，为了自己发表作品而挤占别人的机会，感觉很不道德，但石旭昊一再坚持让我把书稿送去。然而，朋友把机会主动让给了我，可我却在出版社没有熟人。再说，我也不是名人，担心出版社不会接洽。踌躇良久，我又拨通了程原生老师的电话，请他帮助介绍。程原生是山西省委宣传部山西省文化产业研究发展中心原副主任、央视第十套节目编导，兼着多家研究会、协会秘书长、顾问、理事、会员，当然是名人。在我研究石勒过程中曾给予过诸多的指导和帮助，所以他既是我的老师，又是我最可信赖的朋友。果然，通过他，我把书稿顺利交给了北岳文艺出版社。

接下来便是焦急等待。终于，在临近春节前，通过网络我收到了丛书专家审读小组陈为人老师的文章《阅〈后赵皇帝石勒传〉》。陈老师在文章中说：

“李驰骋的《后赵皇帝石勒传》读过，让我很是踌躇斟酌了几天。要中肯准确地评价一部作品很不容易。

“我能够体谅和理解基层作者创作的不易。本书稿可以看出作者下了一番功夫，在梳理历史方面，参阅了《晋书》《魏书》等许多历史典籍以及野史和民间传说。把石勒跌宕起伏风云变幻沧海桑田的人生历程，置于西晋八王之乱，十六国争雄竞霸的大背景下诉说，写出‘时势造英雄’的历史逻辑。本书稿讲述条理清晰流畅，以人物的命运为纲，把每个转折节点的来龙去脉都梳理得井然有序。作者有一定的写作功力，文笔夹文夹白，可读性较强。

“书中的描写也有许多精彩之处：如石勒与英姑之婚事，写得峰回路转，很是引人入胜；石勒为整肃军纪而斩杀姐夫张越一节，也写得催人泪下，令人唏嘘；等等。

“然而有两个关键性问题值得商榷：

“按照‘成王败寇’的封建史学观，如蔡东藩的历史演义，把石勒是作为‘五胡乱华’的流寇来描绘。今天，作者以毛泽东‘红旗举起农奴戟，黑手高悬霸主鞭’的历史史观为基准，把‘被颠倒的历史重新颠倒过来’，试图写出一个反叛腐朽晋朝的农奴造反形象。然而历史不是一个任人涂脂抹粉的京剧脸谱，只应该把人物置于真实的历史场景中。不能从一个极端走向另一极端，过犹不及。为了塑造一个农奴领袖的‘光辉形象’而对其历史局限性刻意美化，多方辩解，违背了客观的历史唯物主义。如写到石勒投奔汉王刘渊前对张訇督、张伏利度的游说；如为报宿仇对‘乞活军’的集体屠杀；再如石勒‘黄袍加身’前后，群臣的拥戴劝进和他本人的若推若就，都有人为美化的痕迹。

“自汉代以来，‘授命说’盛行。为证实一个‘真龙天子’执政的合法性，总要演绎出许多‘天人异象’来。石勒作为开国君主后赵皇帝，在史籍中自然也有许多‘奇异’的记述。怎么看待分析这类现象？我们今人不能完全沿袭古人的观念。作者在书稿中多有这方面的描绘：如第一回‘东河沟石勒出世，端阳节稚子推墙’；第三十回‘访高僧佛图澄献技，脱困境张孟孙进策’等章节中，对史书和民间传说中的此类记载，都照搬了取信的态度。

“这类‘硬伤’，应该在修改时予以纠正。

“……”

老实说，对陈老师指出的两处“硬伤”，一开始我并不接受。因为第一处是我精心提炼出的中心思想，我舍不得；而第二处是我根据典籍中相者、老父的预言和《志》书中的有关记载，刻意演绎出来的情节，目的是借此增加作品的浪漫色彩和可读性。而这两处所谓的“硬伤”，恰恰是我自认为的“最得意”之笔。于是，我找了许多“理由”写成文章，准备和陈老师真正展开“商榷”。

文章写好后，我却不敢给陈老师传过去。因为我不知道这个“理由”能否站得住脚。同时也担心会不会因我的“狂悖”引起陈老师的厌恶。犹豫再三，我决定还是先征求一下程原生老师的意见。于是我把我的文章连同陈为人老师的读后意见，一并给程原生老师传了过去。

终于，程老师的电话打来了，他说他结合我的书稿，仔细分析了我传过去的两篇文章，他认为陈为人老师的意见是完全正确的，他不赞成我的那些所谓“理由”。他郑重地告诉我，对一个历史人物任意拔高，是一种极不负责任的态度，绝不可取！而那些“天授神权”的预言也往往是后人的附会，绝不可信！他劝我一定要把思想端正过来，运用历史唯物主义的观点，客观地实事求是地分析问题。否则，书稿是改不好的。

挂断电话后，他可能还不放心，于是又给我发来了短信，再次告诫我：

“封建糟粕不可取，戴帽拔高也绝不可取！还历史本来面目。我们遇到了文艺走上正确道路的时代，应该庆幸。按此考虑自己的创作，这是正道！”

既然两位宗师的意见如此高度一致，我就不能不冷静下来认真加以考虑。经过一段时间的痛苦反思，我放弃了我的那些幼稚想法，严格按照陈为人老师的意见开始修改书稿，删去了那些人为加进去的内容和观点，以客观可信的态度去对待历史。或许是思想转变的缘故，我感觉书稿修改起来愈来愈顺手。同时也渐渐体会到，两位宗师的思想境界和认识水平确实高出自己许多许多。我为我能够遇到这么两位文坛正直的老师，感到非常庆幸！

书稿修改好了，我正要送去，恰好接到出版社孙茜女士的电话。她告诉我，3 月 10 日召开“三晋百位历史文化名人传记创作交流恳谈会”，让我带着书稿前去参加。

这是一次高规格的会议，参会的有许多是省内文坛高才、学界专家。听了他们的高论，我自然受益匪浅。

会后，我把书稿留下，回去静候回音。

终于，专家审读组的意见又出来了。这次审读的是降大任老师。降老师我并不陌生，在当年的石勒籍贯论争中，他曾给我和我的同人来过亲笔信，表明他的观点，也对我们的研究做出了重要指导。后来我们的书《石勒·武乡千古一帝》出版后，送书时还和他有过一面之缘。打开书稿发现，降老师已经用红笔将书稿中不妥帖的字、词、句甚至段落进行了修改。同时还另外亲笔书写了《〈石勒传〉审读意见》。他说：

“此书著者对石勒有关资料（时代背景，有关人物及参与的历史事件）了解得比较全面详细，对十六国史及八王之乱这一段纷乱的史实具有较明晰的把握，基本做到了忠于史实。从小说艺术角度讲虽然故事性较弱，但人物塑造个性鲜明，有一定的可读性，是一部较好的传记作品，是比较成功的创作，建议出版发行。但也需要做一定的修改。在通阅全稿过程中，已把不甚妥帖的字词做了必要的调整修改。只是在一些较大的情节设计上仍需作者做必要的改写。”接下来他提了七条意见。

由于降老师提的意见非常具体，修改起来就很容易。甚至我感觉，这不像是在修改，倒像是在给作品润色。

我写上述这一大篇文字的目的，只是想说，这部书稿之所以能够顺利出版，里面浸润的不仅仅是我自己的汗水，更包含了专家学者和朋友们的智慧、心血和付出。如果把这部书比作树上一颗比较成熟的果子，我能够摘取到手，不是因为我个子高，而是因为我站在了专家学者们的肩膀上，是宗师泰斗和朋友们扛着我摘取到的。因此，想通过这篇文字，对他们表示衷心的感谢！

由于本作者水平有限，书中很可能存在欠缺和不当之处，敬请专家、学者和读者朋友们批评指正。

作　者

2016 年 6 月

附录　石勒史料汇编

郝雪廷　编

崔　鸿　（478—525），字彦鸾，齐州清河（今山东临清）人，北魏史学家。少好读书，博综经史，历官尚书兵部郎中、司徒长史，孝明帝时诏以本官缉修国史。孝昌初年，拜给事黄门侍郎，寻加散骑常侍、齐州大中正。卒赠镇东将军、度支尚书、青州刺史。著有《十六国春秋》。

石勒上

石勒，字世龙，初名訇，上党武乡羯人也。其先匈奴别部羌渠之胄，分散居于上党羯室，因号羯胡。祖耶奕于，父周曷朱，一名乞翼加，并为部落小率。勒生时赤光满室，白气自天属于中庭，见者咸异之。年十四随邑人行贩洛阳，倚啸上东门。王衍见而奇之，顾谓左右曰："向者胡雏，吾观其声视有奇志，恐将为天下之患。"驰遣收之，会勒已去。长而壮健有胆略，雄武好骑射。曷朱性凶粗，不为群胡所附，每使勒代己督摄部胡，部胡爱信之。所居武乡北原山下，草木皆有铁骑之象。家园中生人参，花叶甚茂，悉成人状，父老及相者皆曰："此胡状貌奇异，志度非常，其终不可量也。"劝邑人厚遇之。时多嗤笑，惟邬人郭敬、阳曲宁驱以为信然，并加资赡。勒亦感其恩，为之力耕。每闻鼓角之声或在前后，勒私异之，归以告母。母曰："作劳耳鸣，非不祥也。"因于所耕地得一刀，铭曰"石氏昌"，隶书。私心自喜。居与邑人李阳相近。阳性刚愎，每轻勒，与争沤麻池，共相打搩，互有胜负。

太安中，并州饥乱，勒与诸小胡亡散，乃自雁门还依宁驱。北泽都尉刘监欲缚卖之，赖驱匿之，获免。勒于是潜诣纳降都尉李川，路逢郭敬，泣拜，言饥寒。敬对之流涕，以带货鬻食之，并给以衣服。勒谓敬曰："今者大饥，不可守穷。诸胡饥甚，宜诱将冀州就谷，因执卖之，可以两济。"敬深然之。会建威将军阎粹说并州刺史、东瀛公司马腾执诸胡于山东，卖充军实，腾使将军郭阳、张隆掳群胡将诣冀州，两胡一枷。勒时年二十余，亦在其中，数为隆所殴辱。敬先以勒嘱其族兄阳及兄子时，是以阳、时每为解请，道路饥病，赖阳、时而济。东至平原，卖与茌平人师欢为奴。有一老父谓勒曰："君鱼龙发际上四道已成，当贵为人主。甲戌之岁，王彭祖可图也。"勒曰："若如公言，弗敢忘德。"忽然不见。每屯耕于野，常闻鞞铎音。勒以告诸奴，诸奴亦闻之。因曰："吾幼来在家，恒闻如是。"诸奴归以告欢，欢亦奇其状貌而免之。欢家邻于马牧，勒与牧帅魏郡汲桑往来，勒以能相马自托于桑。尝佣于武安临水，为游军所囚。会有群鹿旁过，军人竞逐之，勒乃获免。俄而又见一老父，谓勒曰："向来群鹿者我也，君应为中州主，故相救尔。"勒拜而受命，遂招集王阳、夔安、支雄、冀保、吴豫、刘膺、桃豹、逯明等八骑为群盗。后郭敖、刘征、刘宝、张噎仆、呼延莫、郭黑略、张越、孔豚、赵鹿、支屈六等又赴之，号为"十八骑"。复东如赤龙、騄骥诸苑中，乘苑马远掠缯宝，以赂汲桑。

永兴元年，成都王司马颖败乘舆于荡阴，逼帝如邺宫。王浚以颖幽辱天子，使鲜卑击之。颖惧，挟惠帝南奔洛阳。帝复为张方所逼，迁于长安。关东所在兵起，皆以诛颖为名。河间王司马颙惧东师之盛，欲辑怀东夏，乃奏议废颖。是岁，刘渊称汉王于黎亭。其二年，颖故帐下督公孙藩、楼机、郝昌等自称将军，起兵赵魏之清河、鄃县，欲以攻邺，众至数万。勒与汲桑帅牧人乘苑马数百骑赴之。桑始命勒以石为姓，勒为名。藩拜勒为前队督，从攻掠郡县，杀二千石长吏，转前攻平昌公司马模于邺。模使将军冯嵩逆战，败之。藩济自白马而南，模甚惧，广平太守焦国丁邵率众救模，范阳王司马虓又遣兖州刺史濮阳太守苟晞救之，藩众散走。勒与汲桑亡潜苑中。颖之将如河北也，汲桑以勒为伏夜牙门，帅牧人劫掠郡县系囚，又招山泽亡命，多起附勒。勒率以应之，屯于平石。

晋怀帝永嘉元年春三月，公孙藩既死，汲桑逃还苑中，复聚众劫掠，自称大将军，声言为成都王颖报仇，诛东海王越、东瀛公腾为名，乃出成都王棺载之车中，每事启灵，以行军令。桑以勒为前锋，屡有战功，署为扫虏将军、忠明亭侯。遂与张泓故将李丰等进攻邺城，署勒为前锋都督。夏五月，桑攻破魏郡太守冯嵩，长驱至邺。时邺中府库虚竭，而东瀛公腾资用甚饶，性尤吝啬，无所振惠，临急乃赐将士米各数升，帛各丈尺，是以人不为用。桑遂入邺攻腾，腾曰："孤在并州七年，胡围城不能克，汲桑小贼何足忧也。"及勒等至，腾不能守，率轻骑而走，为李丰所杀。腾子虞有勇力，腾之被害，虞逐丰投水死。是日，虞及弟矫、绍并巨鹿太守崔曼、车骑长史羊桓、从事中郎蔡充等，又为丰余党所害，诸名家流移依邺者，死亡略尽。遂烧邺宫，火旬日不灭，杀万余人，掠妇女珍宝以巨万计。济自延津，南击兖州。太傅东海王越甚惧，使抚军兖州刺史苟晞及陈留内史王赞等来讨。

桑、勒攻幽州刺史石尠于乐陵，尠与战，败死。乞活田禋帅众五万救尠，勒逆败禋，与晞等相持于平原、阳平间数月，大小三十余战，互有胜负。晋山阳公刘秋死之。山阳公，汉献帝曾孙也。秋七月己酉朔，越惧，进次官渡，为晞声援，以讨桑。勒命晞为前锋。桑素惮晞，乃于城外为栅自守。晞将至，顿军休士，先遣单马示以祸福，桑众大震。八月己卯朔，晞击败桑、勒于邺。九月戊申，晞追击桑、勒于东武阳，大破之，陷其九垒，死者万余人。桑与勒弃栅宵遁，退保清渊，婴城固守，乃收余众将奔刘渊。冀州刺史丁绍邀之于赤桥，又大败之。桑奔马牧，勒奔乐平，胡部大张訇督、冯莫突等拥众数千，壁于上党。勒往从之，深为所昵，因说訇督等曰："刘单于举兵击晋，部大拒而不从，自度终能独立乎?"曰："不能。"勒曰："如其不能者，兵马当有所属。今部落皆已受单于赏募，往往聚议，欲叛部大而归单于矣，宜早为之计。"訇督等素无智略，惧部众之贰己也，从之。冬十月，訇督等随勒单骑归于刘渊。渊署訇督为亲汉王，莫突为都督部大，以勒为辅汉将军、平晋王以统之。勒于是命訇督为兄，赐姓石氏，名之曰会，言其遇己也。

乌丸张伏利度亦有众二千，壁于乐平，渊屡招不至。勒伪获罪于渊，往奔伏利度。伏利度喜，结为兄弟，使勒帅诸胡寇掠，所向无前，诸胡畏服。勒知众心附己，乃因会执伏利度，谓诸胡曰：“今起大事，我与伏利度谁堪为主?”诸胡咸推勒。勒于是释伏利度，帅其部众归渊。渊加勒督山东征讨诸军事，以伏利度之众配之。十二月戊寅，并州人田兰、薄盛等起兵，为东瀛公腾复仇，斩汲桑于乐陵，弃成都王颖棺于故井中。颖故臣收葬之。

永嘉二年春二月庚子，勒寇常山，晋安北将军王浚出兵击讨，为浚所败。夏四月，渊使刘聪攻壶关，命勒率所统七千为前锋都督，刘琨遣护军将军黄秀等救壶关。勒败秀于白田，秀死之，壶关失据。秋九月，勒寇赵郡，征北将军和郁自邺奔于卫国，晋遣车骑将军王堪屯兵东燕以拒勒。冬十月，勒与刘灵、阎罴等七将帅众三万，寇魏郡、汲郡、顿丘，百姓望风降附者五十余垒，皆假垒主将军都尉印绶，简其强壮五万为军士，其余老弱安堵如故，军无私掠，百姓怀之。刘渊僭称尊号，遣使授勒持节、平东大将军、校尉、都督、王如故。己酉，勒入寇邺，魏郡太守王粹死之，进寇赵郡，杀冀州西部都尉冯冲，攻乞活赦亭、田禋于中丘，皆杀之。

永嘉三年春三月，渊授勒安东大将军，开府，置左右长史、司马、从事中郎。夏四月，勒进军攻巨鹿、常山，杀二郡守将。陷冀州郡县堡壁百余，众至十余万，集衣冠文物，别为“君子营”。引赵郡张宾为谋主，始署军功曹，以刁膺、张敬为股肱，夔安、孔苌为爪牙，支雄、呼延莫、王阳、桃豹、逯明、吴豫等为将帅，使别将张斯率骑诣并州山北诸郡县，说诸胡羯，晓以安危。诸胡惧勒威名，多来降附。秋九月，进军常山，分遣诸将攻中山、博陵高阳诸县，降者数万人。晋安北将军王浚遣天水将军祁弘，帅鲜卑段务尘等十余万骑来讨，大败勒于飞龙山，死者万余。勒退屯黎阳。浚因分遣诸将攻诸未下，及叛者降三十余壁，置守宰以抚之。冬十一月，勒寇信都，陷长乐，杀冀州刺史安北将军王斌，因屠黎阳。王浚自领冀州。诏车骑将军王堪、北中郎将裴宪自洛阳帅众讨勒。勒烧营并粮，回军拒之，次于黄牛垒。魏郡太守刘矩以郡降勒，冀州郡县百余壁皆陷没，勒使矩统其垒众，为中军左翼。勒至黎阳，裴宪弃军奔淮南，王堪退保仓垣。十二月，渊授勒镇东大将军，封汲郡公，持节、都督、王如故。勒固让公不受。与阎罴攻睹圈、苑市二垒，皆陷之。罴中流矢死。勒并统其众，潜自石桥济河，攻陷白马，坑男女三千余口。乙亥夜，洛阳有白气如带，自地升天，南北各二十丈。

永嘉四年春正月，王弥以三千众会勒，攻寇徐、豫、兖州。二月，勒东袭鄄城，兖州刺史袁孚战败，为其部下所杀。因攻仓垣，袭陷白马，杀车骑将军王堪，遂北济河，攻冀州、广宗、清河、平原、阳平诸郡，民从之者九万余口。夏五月，勒寇汲郡，执汲郡太守胡宠。复南济河，荥阳太守裴纯奔建康。六月，幽、并、司、冀、秦、雍等六州大蝗，食草木牛马毛皆尽。秋七月，刘聪围河内太守裴整，勒率骑会之，攻冠军将军梁巨于武德。怀帝遣征虏将军宋抽救巨。勒留诸将守武德，与平北大将军王桑逆击巨于长陵。巨惧，请降勒，勿许。巨逾城遁走，为军士所执。勒驰如武德，坑降卒万余，数梁巨罪而杀之。王师退还，河北诸堡壁大震，皆请降送任。九月，河内人乐仰执裴整叛降于勒。时刘渊死，刘聪即位，授勒征东大将军、并州刺史、汲郡公、持节、开府、都督、校尉、王如故。勒固辞将军，乃止。冬十月，汉河内王刘粲、始安王刘曜及王弥率众四万攻洛阳，勒留长史刁膺统步卒九万，徙辎重于重门，率轻骑二万会粲等于大阳，败晋监军裴邈于渑池，长驱入洛川。粲出轘辕，掠梁、陈、汝、颍间，勒出成皋关。壬寅，勒围陈留太守王赞于仓垣，为赞所败，退走河北屯汶石津。壬子，东海王司马越羽檄征天下兵，帝谓使者曰："为我语诸征镇，若今日，尚可救，缓则无及矣。"既而莫有至者。勒攻陷襄城，太守崔旷于繁昌杀之。将至宛北，攻幽州。幽州刺史王浚遣鲜卑段文鸯帅骑救之，退还河北。浚又遣别将王甲始帅辽西鲜卑万余骑，败勒于汶石津。勒乃烧船弃营，引兵向柏门，迎重门辎重，合于石门、济河，攻豫州刺史冯嵩于陈郡，不克，引兵而北。将趣南阳时，雍州流民京兆王如举兵反于宛，杀害令长，自号大将军，领司雍二州牧，大掠汉沔、长安。侯脱、冯翊、严嶷、南安庞寔等各起兵江淮间，受聪官位，各帅其党攻诸城镇，多杀令长以应之。未几，众至四五万。如等闻勒之往，惧，遣众一万屯襄城拒勒。勒击败之，尽俘其众，进至南阳，遂屯宛北。侯脱据宛，王如据襄。如素与脱不协，惧勒之攻襄，遣使送珍宝车马犒师，结为兄弟，勒亦假其强而纳之。乃说勒曰："侯脱虽名汉臣，其实汉贼，如常恐其来袭，兄宜备之。"勒素怒脱贰己，惮如唇齿，故不攻之。及闻如言，甚悦，遂夜令三军蓐食，俟鸡鸣而驾，后出者斩，晨压苑门攻之，旬有二日而克。严嶷率众救脱，至则无及，遂降于勒。勒斩脱，囚嶷，送于平阳，尽并其众，军势弥盛。南寇襄阳，攻拔江西垒壁三十余所。留刁膺守襄阳，躬帅精骑三万还攻王如。惮如之盛，遂趣襄城。如知之，遣弟璃率骑二万五千，诈言犒师，实欲袭勒。勒逆击，灭之，复屯江西。十一月，东海王司马越专权擅政，怀帝恶之，乃诏征东大将军青州刺史苟晞曰："朕以不德，戎车屡兴，上惧宗祖之累，下愍兆庶之困，当赖方岳，为国藩镇。公威振赫然，枭斩藩桑，走降乔朗，魏植之徒，复以诛除，岂非高识明断，朕用委成。加以王弥、石勒为社稷之忧，故有诏委统六州。而公谦分小节，稽违大命，非所谓与国同忧也。今复遣诏，便施檄六州，协同大举，剪除国难，称朕意焉。"晞得诏，遂移檄诸征镇州郡曰："天步艰险，祸难殷流，刘元海造逆于汾阴，石世龙阶乱于三魏，荐食畿甸，覆丧邺都，结垒近郊，仍震兖豫，害二刺史，杀二都督，郡守官长，堙没数十，百姓流离，肝脑涂地。晞以虚薄，负荷国重，是以弭节海隅，援枹曹卫。猥被中诏，委以关东，督统诸军，钦承诏命。克今月二日，当西济黎阳。即日得荥阳太守丁嶷白事，李恽、陈午等救怀诸军与羯大战，皆见破散。怀城已陷，河内太守裴整为贼所执。宿卫阙乏，天子蒙难，宗庙之危，甚于累卵。承问之日，忧叹累息。晞以为先王选用明德，庸以章服，所以藩固王室，无俾城坏。是以舟楫不固，齐桓责楚；襄王逼狄，晋文致讨。夫翼奖王家，勠力帝室，虽蹈汤火，大义所甘。加诸方牧，俱受荣宠，义同毕力，以报国恩。晞虽不武，首启秣马裹戎粮，以俟方镇。凡我同盟，宜同赴救。显立名节，在此行矣。”勒得移檄，乃大怒曰：“誓不与此贼共生天壤间也！”十二月，勒遣别将曹嶷破琅邪，北攻齐地。苟纯闭城自守。嶷众转盛，连营数十里。苟晞还，登城望之，乃有惧色。与嶷连战，嶷辄破败。后简精锐，与嶷大战。会大风扬尘，晞遂败绩，弃城夜走。嶷追至东山，部众皆降于嶷。晞单骑奔高平，收邸阁，召募得数千余人。

永嘉五年春正月，勒谋据江汉，右长史张宾以为不可，劝勒北还，勒弗从。以宾为参军都尉，领记室，位次司马，专居中总事。怀帝虑勒南寇，使王导率众讨勒。勒军粮不继，死疫太半，纳张宾之策，乃焚辎重，裹粮卷甲渡沔。癸酉，转寇江夏。江夏太守杨岠弃郡奔武昌。勒因进攻夏口，晋明威将军朱伺铁面自卫，以弩的射勒，大帅数人皆被杀，军士并以礧石、弓箭如雨，所向摧破。勒众抛船上岸，于水边作陈，逐水上下以邀伺军。伺身被数十箭，气色不变。诸将寻至，勒兵崩退，皆弃船投水，死者百数。勒还长沙，伺追至蒲圻，不及而返。二月，勒北寇新蔡，杀新蔡王确于南顿，朗陵公何袭、广陵公陈眕、上党太守羊综、广平太守邵肇等率众降勒。进陷许昌，杀平东将军王康。又攻汝南，汝南王佑奔建康。夏四月戊子，太傅东海王越率洛阳之众二十余万讨勒，越薨于军。军人推太尉王衍为主，率众东下。勒轻骑追之，及于东郡苦县宁平城。衍遣将军钱端出兵拒勒，为勒所败，端死，衍军大溃，于是数十万众，勒分骑围而射之，相践如山，王公士庶死者十余万，无一人得免者。遂执衍及襄阳王范，任城王济，武陵王澹，澹子散骑常侍、哀王喆，西河王喜，新野王劭，梁怀王禧，齐王超。吏部尚书刘望，廷尉诸葛铨，尚书郑豫，豫州刺史刘乔，太傅长史庾凯等坐之幕下，问以晋故。衍具陈祸败之由，云计不在己；且自言少无宦情，不豫世事。因劝勒称尊号，冀以自免。勒曰：“君少壮登朝，名盖四海，身居重任，何得言无宦情耶？破坏天下，非君而谁！”命左右扶出，众人畏死，多自陈说。独襄阳王范神色俨然，意气自若，顾呵之曰："今日之事，何复纷纭！"勒甚奇之，谓孔苌曰："吾行天下多矣，未尝见此辈人，当可存乎？"苌曰："彼皆晋之王公，终不为吾用。"勒曰："虽然，要不可加以锋刃。"于是，引诸王公卿士于外，夜使人排墙填杀之。剖越柩，焚其尸，曰："此人乱天下，吾为天下报之，故焚其骨以告天地。"王弥弟璋焚其余众并食之，左卫将军何伦、右卫将军李恽闻越之死，秘不发丧，奉越妃裴氏及世子毗出自洛阳，从者倾城，所经暴掠。勒逆毗于洧仓，军复大溃，执毗及宗室四十八王并公卿士，皆斩之。何伦奔下邳，李恽杀妻子，奔广宗，裴妃为人所掠，卖于吴氏，久之渡江。六月癸未，勒率精骑三万入自成皋关，会刘曜、王弥，同寇洛阳，晋师屡败，死者甚众，洛阳遂空。勒引兵还，时有田六出者，愍怀太子妃王氏进贤侍儿也，勒掠进贤，渡孟津，欲妻之。进贤骂曰："我皇太子妇，司徒公女，义不为逆胡所辱。胡羌小子敢干我乎？"言毕投河。六出曰："大既有之，小亦宜然。"复投河中。刘聪署勒征东大将军、幽州牧、并州刺史，勒固辞不受。秋七月，平阳李洪聚众数千垒于舞阳，苟晞假洪雍州刺史。勒进寇谷阳，杀冠军将军王滋。九月，勒攻王赞于阳夏，擒之，以为从事中郎。癸亥，袭破阳夏，至于蒙县，执大将军苟晞及豫章王端。锁晞颈，以为左司马。河东太守邓攸时亦被擒。勒宿忌诸官长二千石，闻攸在营，驰召将杀之。攸至门，门干乃攸为郎时干，识攸，攸求纸笔作辞。干候勒和悦，致之。勒重其辞，乃命勿杀。长史张宾先与攸比舍，重攸名操，因称攸于勒。勒召至幕下，与语，悦之，以为参军，给车马。勒每东征西伐，置攸车营中。勒夜禁火，犯之者死。攸与胡邻毂，胡夜失火烧车。吏按问，胡乃诬攸。攸度不可与争，遂对以弟妇散发温酒为辞。勒赦之。既而胡人深感，自缚诣勒以明攸，而阴遗攸马驴，诸胡莫不叹息宗敬之。

及勒过泗水，乃斫坏车，以牛马负妻子而逃。勒与王弥外相亲而内相忌。弥纳刘暾之说，将先诛勒，东王青州，乃为书使暾征其将曹嶷于齐，且邀勒共向青州。暾至东阿，为勒游骑所获，得弥所与嶷书，潜杀暾而弥不知。会弥将高梁、徐邈辄引所部兵去弥，兵渐弱。及闻勒获晞，弥心恶之，伪卑辞使贺勒曰："公获苟晞而赦之，何其神也！使晞为公左，弥为公右，天下不足定也。"勒谓张宾曰："王弥位重而言卑，恐其遂成前狗意也。"宾曰："观王公有青州之心，桑梓本邦固人情之所乐，明公独无并州之思乎？王公迟回未发者，惧明公踵其后，已有窥明公之志，但未获便尔。今不图之，恐曹嶷复至，共为羽翼。后虽悔之，其何所及！邈等既去，军势稍弱，观其控御之怀犹盛，可诱而灭之也。"勒从之。时勒与乞活陈午相攻于蓬关，弥亦与刘瑞相持甚急。弥请救于勒，勒未之许。张宾进曰："明公常恐不得王公之便，今天以王公授我矣。陈午小竖，何能为寇？王公人杰，将为我害，当早除之。"勒因回军击瑞，斩之。弥大悦，谓勒深心推奉，不复相疑。勒引师攻陈午于肥泽，午司马上党李头说勒曰："公天生神武，当平定四海，四海士庶皆仰属明公，望济于涂炭。有与公争天下者，公不早图之，而返攻我曹流人。我曹乡党，终当奉戴，何遽见逼乎！"勒心然之，诘朝引退。乃问计于张宾，宾曰："英雄不并立，宜早除之。"冬十月，勒诡请王弥燕于己营。弥将行，长史张嵩谏曰："石公卑，甚言甘，不可信也。愿公勿往，自可保，固恐有专诸、孙峻之祸及尔。"弥曰："石勒一竖子尔，何能为也。"不听，遂入。酒酣，勒手斩弥而并其众，启聪称弥叛逆之状。聪大怒，遣使让勒，专害公辅，有无君之心。然犹加勒镇东大将军、督并幽二州诸军事、领并州刺史、持节、征讨都督、校尉、开府、幽州牧、公如故。

时将军郭黑略获天竺沙门佛图澄，以其有道术，甚尊重之，略每从征伐豫克胜负。勒疑而问曰："孤不觉卿有出众智谋，而每知军行吉凶，何也？"略曰："将军天挺神武，幽灵所助。有一沙门智术非常，云将军当略有区夏，己应为师。臣前后所白，皆其言也。"勒喜曰："天赐吾也。"遂召见之，问曰："佛道有何灵验？"澄知勒不达深理，正可以道术为征，言曰：

"至道虽远，亦可以近事为证。"即取钵盛水，烧香咒之。须臾，钵中生青莲花，光彩曜日。勒遂信服。澄因进曰："夫王者德化洽于宇内，则四灵表瑞，政敝道消，则彗孛见于上，恒象著见，休咎随行。斯乃古今之常征，天人之明诫也。"勒于是敬信甚笃。苟晞、王赞潜谋叛勒，勒遂攻阳夏。灭王赞，驰袭蒙城，执苟晞及弟纯，月余杀之。以将军左伏肃为前锋都尉。十一月，勒引兵攻掠豫州诸郡，临江而还，屯于葛陂。降诸夷楚，署将军二千石以下，税其义谷，以供军士。

初，勒被鬻平原，与母王氏相失，刘琨得之。至是，遣长史张儒并其从子虎送之于勒。因遗勒书曰："将军诞禀，雄姿勇略，自然大呼于纷扰之中，奋臂于骇乱之际，发迹河朔，席卷兖豫，饮马江淮，折冲汉沔，自古名将，未足为谕。所以攻城而不有其民，略地而不有其土，聚徒百万而莫为已用，翕尔云合，忽复星散，周流天下，而无容足之地，百战百胜，而无尺寸之功，将军岂知其然乎？存亡决在得主，成败要在所附；得主则为义兵，附逆则为贼众。义兵虽败，而功业必成；贼众虽克，而终必殄灭者也。昔赤眉盛于东海，黄巾连带三州，张昌、李辰僭逆荆豫，或拥众百万，横逸宇宙。所以一旦败亡，正以兵出无名，聚而为乱。刘聪父子，戎狄凡才，乘衅肆毒，寇虐人神，杀父害弟，偷窃位号，自古及今，岂有聪比而可以正天下者乎？见将军明鉴灼然，所宜悬了者也。况附聪之弊，渐以彰著，资财不为已用，名位不可得守，有若晨霜秋露雰雾之气，虽朝凝而夕消，暂见而寻没也。今将军附贼，而望为民主，不亦难乎？将军以天挺之资，威振宇内，择有德而推崇，随时望而归之，勋义堂堂，长享遐贵。背聪则祸除，向主则福至。采纳往诲，翻然改图，天下不足定，蚁寇不足扫。成败之数，有似呼吸，吹之则寒，嘘之则温。今相授侍中、持节、车骑大将军、领护匈奴中郎将、襄城郡公，总内外之任，兼华戎之号，显封大郡，以表殊能，将军其受之，副远近之望。自古以来诚无戎人而为帝王者，至于名臣建功业者，则有之矣。今之迟想，盖以天下大乱，当须雄才。遥闻将军攻城野战，合于神机，虽不视兵书，暗与孙吴同契，所谓生而知之者上，学而知之者次。但得精骑五千，以将军之才，何向不摧！至心实事，皆张儒口陈。”勒得书，报琨曰：“事功殊途，非腐儒所闻。君当效节本朝，吾自夷难为效。”遗琨名马、珍宝，厚礼其使，谢而绝之。是年勒复置雍州。

永嘉六年春二月，勒于葛陂缮宇室，课农造舟，将攻建康。会大雨历三月不止，勒军中饥疫死者大半，时前赵嘉平二年也。晋帝使诸将率江南之众，大集寿春，以镇东长史纪瞻为扬威将军，都督诸军讨勒，汝阴王熙为勒所害。三月癸丑，镇东大将军琅邪王睿上尚书檄四方以讨勒，檄书朝夕继至。勒集将佐议之，右长史刁膺请先送款于帝，求扫平河朔以自赎，俟其军退，徐更图之。勒愀然长啸。中坚将军夔安劝勒就高避水，勒曰：“将军何怯乎！”孔苌、支雄等三十余人进曰：“及吴军未集，苌等请各将三百步卒，乘船三十余道夜攻寿春，斩吴将头，据城食粟，要以今年破丹阳，定江南，尽生缚取司马家儿辈。”勒笑曰：“是勇将之计也。”各赐铠马一匹。顾谓张宾曰：“于君意何如？”宾曰：“将军攻陷京师，囚执天子，杀害王公，妻略妃主，擢将军之发，不足以数将军之罪，奈何复还相臣奉乎！去年既诛王弥，不宜来此营建；今天降霖雨于数百里中，示将军不应留此也。邺有三台之固，西接平阳，山河四塞，有喉衿之势，宜北徙据之，伐叛怀服，经营河朔。河朔既定，天下无处将军之右者矣。晋之保寿春，惧将军往击之尔。彼卒闻回军，必欣于敌去，喜于自全，何暇追袭吾后，为吾不利耶！将军宜使辎重从北道先发，将军引大军向寿春。辎重既远，大军徐还，何忧进退无地乎！”勒攘袂鼓髯曰：“张君计是也！”责刁膺曰：“君共相辅佐，当规成功业，如何忽忽便相劝孤降？此计应斩。然素知君怯，特相宥尔！”于是，黜膺为将军，擢宾为右长史，加中垒将军，号曰“右侯”。勒引兵发葛陂，还河北，过枋头。枋头人夜欲斫营。佛图澄谓郭黑略曰：“须臾贼至，可令公知。”果如其言，有备不败。勒遣石虎率骑二千向寿春，遇晋运船，获米布数十艘，将士争取之，不复设备。晋伏兵大发，为纪瞻败于巨灵口，赴水死者五百余人。追奔百里，前及勒军。军中震扰，谓王师大至，勒结阵待之。瞻惧有伏兵，不敢进击，退保寿春。

夏六月，勒自葛陂北行，所过路次皆坚壁清野，掳掠无获，军中大饥，士卒相食。行至东燕，闻汲郡向冰聚众数千，壁于枋头。勒将于棘津北渡，恐冰邀之，集诸将问计张宾，曰："如闻冰船尽在渎中，未上枋内，可简壮勇者千人，诡道潜渡，袭其船以济大军。大军既济，冰必可擒也。"勒从之，秋七月，使支雄、孔苌等自汶石津缚筏潜渡，取其船。勒引兵自酸枣向棘津济河。冰闻勒军至，始欲内其船。会雄等已渡，屯其垒门，下船三十余艘以济其军，令主簿鲜于丰挑战，设三伏以待之。冰怒，乃出军，将战，三伏齐发，夹击攻之，大破冰军，得其资储，军势复振。遂长驱至邺，晋并州刺史振威将军刘琨以兄子北中郎将刘演镇邺口。勒既济河，演保三台以自固。演部将临深牟穆等率众数万降勒。勒诸将佐议欲都邺，将攻取三台以据之。张宾曰："刘演虽弱，众犹数千，三台险固，急而攻之，未易猝拔，舍而去之，彼将自溃。方今王彭祖、刘越石，公之劲敌也，宜及其未有备，密规进据罕城，广运粮储，西禀平阳，扫定并冀，桓文之业可以济也。且天下鼎沸，战争方始，明公虽拥精兵，游行羁旅，人无定志，非所以保万全制四方也。夫得地者昌，失地者亡，邯郸、襄国，赵之旧都，依山凭险，形胜之国，可择此二邑而都之，然后命将四出，授以奇略，推亡固存，兼弱攻昧，则群凶可除，王业可图矣。"勒曰："右侯之计是也。"遂进据襄国。宾复言于勒曰："今我都此，越石、彭祖所深忌也。恐城堑未固，资储未广，二寇交至，送死于我。闻广平诸县秋稼大成，可分遣诸将收掠野谷。且遣使至平阳，具陈镇此之意。"勒然之。于是上表刘聪，分命诸将攻冀州郡县，壁垒多降，运粮以输襄国。先是，勒为郭敬客时，襄国有谣曰："革在左力在右，让去言或入口。"至是勒始都之。秋七月，刘聪署勒使持节散骑常侍，都督冀、幽、并、营四州杂夷，征讨诸军事、冀州牧，进封本国上党郡公，食邑五万户，开府、幽州牧、东夷校尉如故。

冬十二月，广平游纶、张豺拥众数万，受冀州刺史王浚假署，保据苑乡。勒使夔安、支雄等七将攻之，破其外垒。浚遣督护王昌、中山太守阮豹率辽西公鲜卑务尘世子段疾陆眷，与眷弟匹磾、文鸯从弟末柸部众五万余攻勒于襄国。时城隍未修，乃于襄国筑隔城重栅设障以待之。疾陆眷屯于渚阳，勒分遣诸将连出挑战，频为疾陆眷所败。勒走南阳，复帅众攻冀州。疾陆眷大造攻具，将以攻勒。勒闻之甚惧，顾谓诸将佐曰："今城堑未固，粮储不多，寇来转逼，彼众我寡，恐攻围不解，外无救援，内粮罄绝，纵孙吴重生不能固也。吾将简练将士，大陈于野与之决战，何如?"诸将皆曰："宜固守以疲寇，彼师老自退，追而击之，蔑不克矣。"勒顾谓张宾、孔苌曰："君以为何如?"宾、苌俱曰："闻疾陆眷克来月上旬攻北城。彼大众远来，战斗连日，谓我军势寡弱，不敢出战，意必懈怠。今鲜卑之种段氏最为勇悍，而末柸尤甚。其卒之精锐，悉在末柸所，可且勿出战，示之以弱。速凿北垒为突门二十余道，候贼来至，列守未定，出其不意，直冲柸帐，敌必震惶，计不及设，所谓迅雷不及掩耳，破之必矣，末柸既奔，余自摧散。擒末柸之后，彭祖可指辰而定也。"勒笑而纳之，即以孔苌为攻战都督，造突门于北城。既而疾陆眷攻城，勒登城望之，见其将士或释仗而寝，乃命孔苌督锐卒自突门出击之，鼓噪于城上，以助其势。苌攻末柸帐，不能克而退。勒惧，问于佛图澄，澄曰："昨日寺铃鸣云，明旦食时当擒末柸。"勒登城，视末柸军不见前后，失色曰："军行地倾，柸岂可是公安我辞尔。"更遣夔安问澄。澄曰："已获柸矣。"未几，末柸逐北，入其垒门，伏兵俱出，遂生擒之，疾陆眷等众皆奔散。苌乘胜追击，枕尸三十余里，获铠马五千匹。疾陆眷收其余众，还屯渚阳。勒质末柸，遣间使求和于疾陆眷，疾陆眷许之。文鸯谏曰："今以末柸一人之故而纵垂亡之虏，得无为王彭祖所怨，且有后忧，必不可许。"疾陆眷不从，送铠马二百五十匹，金银各一簏，并以末柸三弟为质而请末柸。诸将并劝勒杀末柸以挫之。

勒曰："不然，辽西鲜卑健国也，与我素无怨仇，为王浚所使尔。今杀一人而结怨一国，非计也。归之，必深德我，不复为浚用矣。"乃纳其质，厚以金帛报之，遣虎与疾陆眷盟于渚阳，结为兄弟。疾陆眷等引归，王昌等不能独留，亦引兵还蓟。勒召末柸与之燕饮，誓为父子，署为使持节安北将军、北平公。时佛图澄力劝勒，遣柸还辽西。柸感勒厚恩，在途日南向而拜者三。由是段氏专心附勒，王浚之势遂衰，游纶、张豺请降称藩。勒将袭幽州，务养将士，权宜许之。皆署为将军，遣众寇信都，杀冀州刺史王象、王浚，复以邵举行冀州刺史保信都，又遣天水将军祁弘讨勒，及于广宗。时大雾四塞，弘引军就道，卒与勒遇，为勒所杀。勒遣参军阎宗献捷于刘聪，使王述煮盐于角飞城。是年，青州临淄城中有阿育王寺，其形像露盘，在深林巨树下。佛图澄知之，令人往取，入地二十余丈获之，遂大兴佛事。（录自《十六国春秋·后赵录》）

石勒中

晋愍帝建兴元年夏四月，勒使虎攻邺三台，邺溃。北中郎将刘演奔廪丘，刘琨遂以演为兖州刺史，镇廪丘将军谢胥、田青、郎牧等，率三台流民皆降于勒。勒以桃豹为魏郡太守抚之。勒袭苑乡，执游纶以为主簿，攻龙骧将军乞活李恽于上白，恽败死之。将坑其降卒，见郭敬而识之，署上将军，悉免降人，配之。王浚复以乌丸薄盛为青州刺史，使枣嵩督诸军屯易水，召段疾陆眷，欲与之共击勒。疾陆眷不至，浚重赂魏穆帝，共讨疾陆眷。穆帝遣子六修将兵会之，为疾陆眷所败。五月，勒使孔苌击定陵，杀兖州刺史田徽、青州刺史薄盛，执渤海太守刘既，率户五千降勒。山东郡县相继为勒所取。刘聪授勒侍中、征东大将军，余如故。拜勒母王氏为上党国太夫人，妻刘氏上党国夫人，章绶首饰一同王妃。段末柸任弟亡归辽西，勒大怒，所经令尉皆杀之。

乌丸审广、渐裳、郝袭背王浚，密遣使来附勒，厚加抚纳。司冀渐宁，人始租赋。立太学，简明经善书吏署为文学掾，选将佐子弟三百人教之。勒谓张宾曰："邺魏之旧都，吾将营建。既风俗殷杂，须贤望以绥之，谁可任者？"宾曰："晋故东莱太守南阳赵彭忠亮笃敏，有佐时良干。将军若任之，必能允副神规。"勒于是征拜彭为魏郡太守。彭至入见，泣而辞曰："臣往曾策名晋室，食其禄矣。犬马恋主，切不敢忘。诚知晋之宗庙鞠为茂草，亦犹洪川东逝，往而不返。明公应符受命，可谓攀龙之会。但受人之荣，复事二姓，臣志所不为尔。岂惟愚臣之狷志，恐亦明公之所不许。有死而已，未敢闻命。若赐臣余年，全臣一介之愿者，明公大造也。"勒默然。张宾进曰："自将军神旗所经，衣冠之士靡不变节，未有能以大义进退者。至如此贤，以将军为高祖，自拟为四公，所谓君臣相知，此亦足成将军不世之高，何必吏之。"勒大悦曰："右侯之言得孤心矣。"于是赐安车驷马，养以禄秩，辟其子明为参军。勒以虎为征虏将军、魏郡太守，代桃豹镇邺三台。虎篡夺之萌兆于此矣。

冬十一月，幽州牧王浚以其父字处道，自谓应当涂高之谶，谋称尊号。前渤海太守刘亮、北海太守王抟、司空掾高柔切谏，浚皆杀之。燕国霍原，志节清高，屡辞征辟。浚以尊号事问之，原不答。浚诬原与群盗通，杀而枭其首。于是士民骇怨，而浚矜豪日甚，不亲政事，所任皆苛刻小人，枣嵩、朱硕，贪横尤甚。北州童谣曰："府中赫赫朱丘伯，十囊五囊入枣郎。"又幽州童谣曰："幽州城门似藏户，中有伏尸王彭祖。"浚始者惟恃鲜卑、乌丸以为强，既而皆叛。加以亢旱灾蝗，士卒衰弱。勒欲袭之，未知虚实，将遣使觇之。参佐皆曰："宜如羊祜与陆抗故事，致书相闻。"时张宾有疾，勒就谋之，宾曰："王浚假三部之力称制南面，虽曰晋藩，实怀僭逆之志，必思协英雄图济事业。将军威声震于海内，去就为存亡所在为轻重。浚之欲得将军，犹楚之欲招韩信也。今以将军之威权，谲遣使无诚款之形，脱生猜疑，图之兆露，后虽奇略，无所设也。夫立大事者必先为之卑，当称藩推奉尚恐未信。羊陆之事，臣未见其可。”勒曰：“善！”十二月，勒遣舍人王子春、董肇等多赍珍宝，伪卑辞推，奉浚为天子。曰：“勒本小胡，出自戎裔，值晋纲弛驭，海内饥乱，流离屯厄，窜命冀州，窃相保聚，以救性命。今晋祚沦夷，远播吴会，中原无主，苍生无系，伏惟明公殿下，州乡贵望，四海所宗，为帝王者，非公复谁！勒所以捐躯命、兴义兵，诛讨暴乱者，正为明公驱除尔。伏愿明公殿下应天顺人，践登皇祚。勒奉戴明公如天地父母，明公察勒微心，亦当慈盼如子也。”又遗尚书枣嵩书，而厚赂之。

浚以疾陆眷新叛，士民多弃己去，闻勒之附己甚喜，谓子春等曰：“石公一时英武，据赵旧都，成鼎峙之势，何为称藩于孤，其可信乎？”子春对曰：“石将军英才俊拔，士马雄盛，实如圣旨，仰惟明公，中州贵望，累叶重光。出镇藩岳，威振八表，固以胡越钦风，戎夷歌德，岂惟区区小府，而敢不敛衽神阙者乎！昔陈婴岂其鄙王而不王，韩信薄帝而不帝哉？诚以帝王不可以智力争故也。石将军之拟明公，犹阴精之比太阳，江河之比洪海尔。项籍、子阳覆车不远，是石将军之明鉴，所以远过于人也，明公又何怪乎！且自非世族为辅佐，名臣则有之矣，未有为帝王者也。石将军非恶帝王不为，而让于明公也。顾以帝王自有历数，非智力之所取，虽强取之，必不为天人之所许尔，愿明公勿疑。”浚大悦，封子春等为列侯，遣使报勒，答以方物。浚司马游统时镇范阳，叛浚，阴驰使降勒。勒斩其使，送于浚以表诚实。浚虽不罪统，益信勒为忠诚，不复设备。

建兴二年春正月壬辰，王子春等与王浚使者至襄国。勒命匿劲卒精甲，虚府羸师以示之，北面拜使而受浚书。浚遗勒麈尾，勒阳不敢执，悬之于壁，朝夕拜之，曰：“我不得见王公，见王公所赐如见王公也。”复遣董肇奉表于浚，期以三月中旬，亲诣幽州奉上尊号；亦修笺于枣嵩，乞并州牧、广平公，以见必信之诚也。勒将图浚，引子春问之。子春曰：幽州去岁大水，人不粒食。浚积谷百万，不能赡恤，刑政苛酷，赋役殷烦，贼害贤良，诛斥谏士，下不堪命，流叛略尽。鲜卑、乌丸离贰于外，枣嵩、田矫贪暴于内，人情沮扰，甲士羸弊。而浚犹置立台阁，布列百官，自言汉高魏武不足为比。又幽州谣怪特甚，闻者莫不为之寒心。浚意气自若，曾无惧容，此亡期之至也。”勒抚几笑曰：“王彭祖真可擒也。”浚使者还幽州，具陈勒形势寡弱，款诚无二。浚大悦，以勒为信然。日益骄怠，不复设备。二月，勒募兵戒期，将袭王浚，惧刘琨及鲜卑、乌丸为其后患，犹豫未发。张宾进曰：“夫袭敌国，当出其不意。今军严经日而不行者，岂顾有三方之虑乎？”勒曰：“然。为之奈何？”宾曰：“彭祖之据幽州，惟仗三部，今皆离叛，还为寇仇，此则外无声援以抗我也，幽州饥俭，人皆蔬食，众叛亲离，甲旅寡弱，此则内无强兵以御我也，况三方勇智无及将军者。若大军在郊，必土崩瓦解。今三方未靖，且彼未谓将军便能悬军千里以取幽州也。轻军往返，不出二旬，纵使三方有动，势足旋趾，且刘琨、王浚虽同名晋藩，实为仇敌，若修笺于琨，送质请和，琨必喜我之服，快浚之亡，终不救浚而袭我也。用兵贵神速，勿后时也。”勒曰：“吾所未了，右侯已了，吾复何疑！”于是，轻骑袭幽州，以火宵行。至于柏人，杀主簿游纶，以其兄统在范阳，恐泄军谋故也。遣张虑奉笺于刘琨，自陈罪过深重，请讨浚以自效。琨既素疾浚，大悦，乃移檄州郡，称已与代公方谋讨勒，勒走伏无地求拔幽都，效善将来，今当便遣六修南袭平阳，除僭伪之逆类，降知死之逋羯，顺天副民，翼戴皇家，斯乃曩年积诚灵佑之所致也！其听所请受任。通和三月，勒军至易水，浚督护孙纬疑其诈，驰白浚，将引军拒勒，游统禁之。浚不听，使勒直前。将佐咸曰：“勒贪而无信，必有诈计，请出击之。”浚怒曰：“石公来正欲奉戴我，尔敢言击者斩！”众遂不敢复谏，乃盛张设以待勒。壬申，勒晨至蓟，叱门者开门。犹疑有伏兵，先驱牛羊数千头，声言上礼，实欲填诸街巷，使兵不得发。浚始惧，或坐或起。勒既入城，便纵兵大掠。左右复请御之，浚犹不许。及勒登厅事，浚乃走出堂皇。勒众执以见。勒召浚妻，与之并坐，立浚于前。浚骂曰：“胡奴调汝公，何凶逆如此!”勒使徐光让之曰：“君位冠元台，爵列上公，据幽都骁悍之国，跨全燕突骑之乡，手握强兵，坐观京师倾覆，曾不救援，乃欲自尊为天子，非凶逆乎！又专任奸暴，杀害忠良，肆情纵欲，毒徧燕壤，自贻于此，谁之罪也!”并责以百姓馁乏，积粟五十万斛，而不赈给。遂使别将王洛生以五百骑，先送浚于襄国。浚自投于水，束而出之。收浚麾下精兵万人尽坑之，焚烧宫殿，停蓟二日。孙纬率众遮击，勒仅而得免。分遣流民，各还桑梓。擢荀绰、裴宪等官资给车服，数朱硕、枣嵩、田矫等以纳贿乱政，为幽州患，责游统以不忠所事，皆斩之。迁乌丸审广、渐裳、郝袭、靳市等于襄国，署晋尚书燕国刘翰为宁朔将军，行幽州刺史，戍蓟置守宰以抚之。刘翰不欲从勒，乃奔段匹磾。勒还襄国，斩浚于市。浚不为之屈，大骂而死。遣东曹掾傅遘兼左长史封王浚首，献捷于刘聪。聪以平幽州之勋，遣使人柳纯持节，署勒大都督，督陕东诸军事，骠骑大将军东单于侍中使、持节、开府、校尉二州牧、公如故。加金钲黄钺，前后鼓吹二部，增封十二郡。勒固辞，受二郡而已。勒封左长史张敬等十一人为伯、子、侯，文武进位有差。夏，襄国大饥，谷二升直银一斤，肉一斤直银一两。秋九月，支雄攻北中郎将刘演于廪丘，为演所败。演将军韩弘、潘良袭顿丘，克之，斩勒所署太守邵攀。支雄追击弘等，杀潘良于廪丘。冬十月，刘琨遣乐平太守焦球攻勒常山，斩太守邢泰。琨司马温峤西讨山胡，勒将逯明要之，败峤于潞城。勒以幽、冀渐平，始命州郡阅实人户口，每户出帛二匹，谷二斛。勒将陈午以浚仪叛勒。逯明攻宁黑于茌平，降之。因破东燕酸枣而还，徙降人二万余户于襄国。

建兴三年秋七月，勒使将军葛薄寇陷濮阳，杀太守韩弘。九月，刘聪使大鸿胪范龛持节策命勒，赐以弓矢，加崇为陕东伯，得专征伐，拜封刺史、将军、守宰、列侯，尽岁集上。署勒长子兴为上党国世子，加翼军将军，为骠骑副贰。刘琨遣王旦攻中山，逐勒所署太守秦固。勒将刘勔拒之。旦败，勔执之于望都关。

建兴四年夏四月，勒袭浚假署绥节将军邵续于乐陵，续尽众逆战，败走，以孤危无援，权附于勒。勒以续子乂为都护。既而浚所假署渤海太守东莱刘胤弃郡依续。谓续曰："凡立大功，必仗大义。君，晋之忠臣，奈何从贼以自污乎！夫田单、包胥齐楚之小吏尔，犹能存已灭之邦，全丧败之国。今将军仗精锐之众，居全盛之势，如何坠将成之功于一篑，委忠信之人于豺狼乎！且项羽、袁绍非不强也，高祖缟冠，人应如响，曹公奉帝而诸侯绥穆，何者？盖顺逆之理殊，自然之数定也。况凶人恶类，屯结无赖，虽有吞噬之威，终有庖宰之患。而欲托根结援，无乃殆哉!"续曰："若如君言，计将安出?"胤曰："琅邪王以圣德钦明，创基江左，中兴之隆可企踵而待。今为将军计，莫若抗大顺以激义士之心，奉忠正以励军人之志。夫机事在密，时至难违，存亡废兴，在此举矣。"会段匹磾在蓟，以书邀续同归江东，续从之。其下皆曰："今弃勒归匹磾，其如乂何?"续泣曰："我出身为国，岂得顾子而为叛臣哉!"杀异议者数人，遣刘胤还江东，举兵叛勒。勒闻之大怒，杀乂，遣兵围续。续惧，求救于匹磾。磾遣弟文鸯救之。文鸯未至，勒已率八千骑围续。勒素畏鲜卑，及闻文鸯至，乃弃攻具东走。续与文鸯追勒至安陵，不及，虏勒所署官并驱三千余家，又遣骑人散勒北边，掠常山二千余家，勒大败而还。章武人王眷起兵于科斗垒，扰乱勒河间、渤海诸郡。南和令赵领等率广川、渤海千余家背勒归之。勒以扬武将军张夷为河间太守，参军临深为渤海太守，各率步骑三千以镇抚之。使长乐太守程遐屯于昌亭，为之声援。徙平原乌丸展广、刘哆等部落三万余户于襄国。使虎袭乞活王平于梁城，败绩而归。五月，刘琨将讨勒，复以刘演为辅国将军，魏郡太守领勇士千余人，行北中郎将、兖州刺史镇廪丘。勒率众攻之，演出拒战，勒退。支雄、逯明击宁黑于东武阳，陷之。黑赴河而死，徙其众万余于襄国。虎围刘演于廪丘，演求救于邵续。续使文鸯救演，虎退至卢关津以避之。文鸯弗能进，屯于景亭，兖豫豪右张平等起兵救演。虎夜弃营，设伏于外，扬声将归河北。平等以为信然，入于空营。

虎回击败之，廪丘陷没。演奔文鸯军。获演弟启，送于襄国。勒以琨抚存其母，德之，赐启田宅，令儒官授之以经。六月，大蝗，食百草，无遗秋。七月，河东平阳大蝗，中山、常山尤甚。中山丁零翟鼠叛勒，攻中山、常山。勒率骑讨之，获其母妻而还。鼠保于胥关，遂奔代郡。冬十月，勒攻乐平，太守韩据于坫城，据请救于刘琨。琨自以士众新合，欲因其锐气讨勒。将军姬澹、卫雄谏曰："此虽晋民，久沦异域，未习明公之威信，难以法御，恐其难用。今内收鲜卑之余谷，外抄胡贼之牛羊，且闭关守险，务农息兵，待其服化感义，然后用武则功可立也。"琨不从，悉发其众，命姬澹率步骑二万为前驱，琨屯广牧为之声援。勒闻澹至，将逆击之，或谏曰："澹兵马精盛，其锋不可当，不若且引兵避之深沟高垒，以挫其锐，攻守势殊，必获万全。"勒曰："澹大众远来，体疲力竭，犬羊乌合，号令不齐，可一战而擒之，何强之有！今寇敌垂至，胡可舍去；大军一动，岂易中还。若澹乘我之退而追逼之，顾逃溃不暇焉，得深沟高垒乎？此为不战而自灭亡之道也。"立斩谏者。以孔苌为前锋都督，令三军后出者斩。勒先据险要，设疑兵于山上，前分二伏，出轻骑与澹战，伪为不胜，收众而北。澹纵兵追之，入于伏中，前后伏发，遂夹击之。澹军大败，获铠马万计。澹帅千余骑奔代郡，韩据弃城，奔刘琨，并土震骇。十一月，司空长史李弘以并州降勒。刘琨进退失据，不知所为，段匹磾遣信邀之。己未，琨率众从飞狐奔段匹磾。勒分徙阳曲、乐平户于襄国，置守宰而还。孔苌追姬澹于桑干，至于代郡杀之。十二月，勒遣兼长史张敷献捷于刘聪。勒征乐平，南和令赵领复合广川、平原、渤海、河间数千户奔于邵续。勒攻下冀州诸县，以右司马程遐为宁朔将军，监冀州七郡诸军事。司冀并兖州流民数万户在辽西，迭相招引，民不安业。孔苌等攻马严、冯睹，久而不下。勒问计于张宾，宾曰："冯睹等本非明公之深仇，辽西流民皆有恋本之思。今宜班师息甲，差选良牧守任之，以龚遂之事，不拘常制，奉宣仁泽，扬威奋武，则幽冀之寇可翘足而静，辽西流民将相率而至矣。"勒曰："右侯之计是也。”召苌等归，以武遂令李回为易北督护、振武将军兼高阳太守。马严士众多李潜军人，回先为潜府左长史，素服回威德，多叛严归之。严以部众离二，惧，奔于幽州，赴水而死。冯睹率众降勒。回徙居易京，流民降者岁常数千，勒甚嘉之，封回弋阳子邑三百户，加宾邑一千户，进位前将军，固辞不受。

晋元帝建武元年夏六月，勒遣石虎围祖逖于谯城，晋南中郎将王含遣参军桓宣救之。未至，虎已为逖所败。己巳，帝传檄天下，曰："逆贼石勒，肆虐河朔，逋诛历载，游魂纵逸。复遣凶党石虎犬羊之众，越河南渡，纵其鸩毒。平西将军祖逖帅众讨击，应时溃散。今遣车骑将军、琅邪王裒等九军，锐卒三万，水陆四道，径造贼场，受逖节度。有能枭虎首者，赏绢三千匹、金五十斤，封县侯，食邑三千户。又贼党能枭送虎首，封赏亦同之。"秋七月，大旱，河朔大蝗，初穿地而生，二旬则化状若蚕，七八日而卧，四日蜕而飞，弥亘百里，唯不食三豆及麻，并、冀、青、雍等四州尤甚。勒又竞取百姓禾，时人谓之"胡蝗"。虎济自长寿津，寇陷梁国，内史荀阖死之。时刘琨与段匹䃅期共讨勒。匹䃅推琨为大都督，歃血载书，檄其兄辽西公疾陆眷及叔父涉复辰、弟末杯等俱集襄国。琨、匹䃅进屯固安，以会众军。勒使参军王续赍金宝遗末杯以间之，末杯既思有以报勒，又忻于厚赂，乃说辰、眷等曰："以父兄而从子弟，耻也；且幸而有功，匹䃅独收之，吾属何有哉！"各引兵还。琨、匹䃅遂以势弱，不能独留，亦退如蓟。邵续使兄子济攻勒渤海，虏三千余人。八月，刘聪将赵固以洛阳归晋，恐勒袭之，遣参军高少奉书推崇勒，请师讨聪。勒以大义让之，固深恚恨，与郭默攻掠河内、汲郡。九月，勒杀京兆太守华辑。冬十月，虎攻临淮，平原内史刘遐弃郡走。遐性果毅，尤便弓马，开豁勇壮，值天下乱，遂为坞主，每击贼，率壮士陷坚摧锋莫此当，时方之"飞羽"。邵续深器异之，以女妻焉。壁于河济之间，遐妻骁果有父风，遐为虎所围，妻单将数骑，拔遐出于万众之中。其后田防等欲为乱，遐妻止之，不从，乃密起火烧营，甲仗多尽。

太兴元年春正月，辽西公疾陆眷卒，其子幼，叔父截附真自立为单于。夏四月乙酉，西平地震如雷，段末柸杀截附真，立忽跋邻为单于。段匹磾自幽州攻末柸，末柸率众迎击匹磾而败走之。匹磾奔还幽州。太尉刘琨子群为末波所执，末波厚礼之，许以琨为幽州刺史，共结盟而袭匹磾。密遣使赍群书请琨为内应，为匹磾逻骑所得。琨时屯故征北府小城，不知也。因来见匹磾，匹磾以群书示琨曰："意亦不疑公，是以白公尔。"琨曰："与公同盟，志奖王室，仰凭威力，庶雪国家之耻。若儿书密达，亦终不以一子之故，负公而忘义也。"匹磾雅重琨，初无害琨意，将听还屯中。弟叔军好学有智谋，为匹磾所信任，谓匹磾曰："吾胡夷尔，所以能服晋人者，畏吾众也。今我骨肉构祸，是其良图之日。若有奉琨以起者，吾族尽矣。"匹磾遂留琨，被拘经月。其所署代郡太守辟闾嵩，与琨所署雁门太守王据、后将军韩据、左长史杨桥等连谋，密作攻具，欲袭匹磾。而韩据女为匹磾儿妾，闻其谋而告之匹磾。于是执王据、辟闾嵩及其徒党，悉诛之。会王敦密使匹磾杀琨，匹磾又惧众反己，遂称有诏收琨。琨闻敦使至，谓其子曰："处仲使来而不告我，是杀我也。死生有命，但恨仇耻不雪，无以下见二亲尔。"因欷歔不能自胜。匹磾称诏，遂缢杀之，并杀其子侄四人。琨将佐相继降勒。末柸遣弟骑督击匹磾于幽州，匹磾率其部众数千，将奔邵续。勒将石越要之于盐山，大败之。匹磾退保幽州。越中流矢死，勒为之屏乐三月，赠越平南将军。曹嶷据有青州。五月，叛汉归晋，又以建康悬远，势援不接，惧勒袭之，复遣使通和于勒。勒授嶷东州大将军、青州牧、封琅邪公。秋七月，刘聪疾甚，驿召勒为大将军，录尚书事，受遗诏辅政。勒固辞，乃止。寻又遣使持节署勒大将军、持节钺、都督、侍中校尉、幽冀二州牧、公如故，增封十郡。勒辞不受。八月，刘聪死，子粲嗣位，治兵于上林，将谋讨勒。大将军靳准杀粲于平阳。勒命张敬率骑五千为前锋讨准，勒统精锐五万继之，进据襄陵北原，羌羯降者四万余落。准数挑战，勒坚壁以挫之。是时，冀、徐、青三州大蝗。冬十月，刘曜自长安屯于蒲阪，复僭伪号署勒大司马、大将军，加九锡，增封十郡并前十三郡，进爵赵公。勒召幽、冀之众十余万人，造攻车飞梯，进攻准于平阳小城。晋遣骑万五千曳柴扬尘，噎于山谷，寻汾州向平阳内外击之，勒师败绩。俄而平阳大户周置等帅杂户五千降勒，巴帅及诸羌羯降者十余万落，勒皆徙之于所部郡县。十一月，靳准使侍中卜泰送乘舆、服御，请和于勒。勒与刘曜竞有招怀之计，乃囚泰送曜，使知城内无归曜之意，以挫其军势。曜潜与泰结盟，使还平阳宣慰诸屠各。勒疑泰与曜有谋，欲斩泰以速降之，诸将皆曰："今斩卜泰，准必不复降，就令泰宣汉要盟于城中，使相率诛靳准，准必惧而速降矣。"勒初未许，久之乃从，诸将议遣之。十二月，泰入平阳，与准左右车骑将军乔泰、马忠、王腾，卫将军靳康等起兵杀准，推尚书令靳明为主，因遣卜泰及卜玄奉传国六玺降曜。勒大怒，遣令史羊升使平阳，责明杀准之状。明怒，斩升。勒怒甚，进军攻明。明出战，勒击败之，枕尸二里。明筑城门坚守，不复出战。是年，晋彭城内史周抚杀沛国内史周默，帅众降勒。勒檄虎率幽冀州兵会攻平阳。靳明屡败，遣使求救于汉。刘曜遣征东将军刘畅、征北将军刘雅、镇北将军刘策救之。勒命舍师于蒲上，明率平阳士女万五千人奔汉。勒焚平阳宫室，使裴宪、石会修复永光、宣光二陵，收汉主粲已下百余口葬之，置戍而归。徙浑仪乐器于襄国。时刘曜西奔粟邑，平阳已东地尽为勒有。勒于离石县荒废处置永石郡，又别置武乡郡。（录自《十六国春秋·后赵录》）

石勒下

赵王元年春二月，勒遣左长史王修、主簿刘茂献捷于汉。刘曜遣兼司徒郭汜等持节署勒太宰，领大将军，进爵赵王，增封七郡，并前二十三郡，加殊礼，出入警跸，冕十有二旒，乘金根车，驾六马，如魏武辅汉故事。

夫人为王后，世子为王太子，拜王修及刘茂皆为将军，封列侯。修舍人曹平乐从修至粟邑，因留仕汉，言于曜曰："大司马遣修等来，外表至虔，内觇大驾强弱。俟其复命，将袭乘舆。"时汉兵寔残弊，惧修宣之，大怒，乃追汜等还，斩修于粟邑，停太宰之授。三月，勒还至襄国，刘茂逃归，言修死状。勒大怒，诛曹平乐三族，赠修太常。又知追停太宰赵王之授，怒甚，下令曰："孤兄弟之奉刘氏于人臣之道过矣。彼之基业皆孤所为，若微孤兄弟，岂得南面称朕哉！今既得志便欲相图，天不助恶，使假手靳准。孤惟事君之体，当资舜事瞽瞍之义，故复推崇今主，修好如初。何图长恶不悛，杀奉诚之使。帝王之起复何常耶！赵王赵帝，孤自取之，名号大小，岂尔所节乎！"于是置太医、尚方、御府诸令，命参军晁赞成正阳门，俄而门崩。勒大怒，斩赞。既怒刑仓卒，寻亦悔之。赐以棺服，赠大鸿胪。

夏四月，晋太山太守徐龛自称交州刺史，寇掠济岱，叛降于勒。龙骧将军陈川以浚仪降勒。晋北平将军祖逖攻川于蓬关，勒遣虎将兵五万救川，战于浚仪。逖兵败绩，退屯梁国。勒又遣桃豹将兵至蓬关，逖退屯淮南。虎使扬武将军左伏肃攻之，徙川部众五千户于广宗，留豹守川故城。勒增置宣文、宣教、崇儒、崇训十余小学于襄国四门，简将佐豪右子弟百余人以教之，且备击柝之卫。置挈壶署，铸丰货钱。河西鲜卑日六延叛勒，虎讨之，败延于朔方，斩首二万级，俘虏三万余人，获牛马十余万。孔苌攻幽州诸郡，悉取之，时段匹磾部众饥散，欲移保上谷。魏平文帝勒兵将击之，匹磾弃妻子奔乐陵，依邵续。曹嶷遣使来聘，献其方物，请以河为断，勒许之。秋九月，平北将军祖逖使督护陈超袭勒将桃豹，超败，没于阵。

冬十月，征虏将军虎与左长史张敬、右长史张宾、左司马张屈六、右司马程遐及诸将佐百余人，劝勒称尊号。勒下书曰："孤猥以寡德，忝荷崇宠，夙夜战惶，如临深薄，岂可假尊窃号，取讥四方！昔周文以三分之重，犹服事殷朝；小白居一匡之盛，而尊崇周室。况国家道隆殷周，孤德卑二伯哉！其亟止斯议，勿复纷纭。自今敢言，刑兹无赦！"乃止。勒又下书曰："今大乱之后，律令烦滋，其采集律令之要，为施行条制。"于是命法曹令史贯志造辛亥制度五千文，施行十余年，乃用律令。十一月，勒文武将佐等一百二十九人，复上疏曰："臣等闻有非常之度，必有非常之功，有非常之功，必有非常之事，是以三代陵迟，五伯迭兴，靖难济时，续侔睿古。伏惟殿下天纵圣哲，诞应符运，鞭挞宇宙，弼成皇业，普天率土，莫不来苏，嘉瑞征祥，日月相继，物望去刘氏、威怀于明公者十分而九矣。今山川夷静，星辰不孛，夏海重译，天人系仰，诚应升御中坛，即皇帝位，使攀附之徒，蒙尺寸之润。请称大将军、大单于、领冀州牧赵王，依汉昭烈在蜀魏王在邺故事，以河内魏郡、汲郡、顿丘、平原、清河、巨鹿、常山、中山、长乐、乐平十一郡，并前赵国广平、阳平、章武、渤海、河间、上党、定襄、范阳、渔阳、武邑、燕国、乐陵十三郡，合二十四郡，户二十九万为赵国。封内依旧改为内史，准禹贡复冀州之境，南至盟津，西达龙门，东至于河，北至于塞垣，以大单于镇抚百蛮。罢并、朔、司三州，通置部司以监之。伏愿钦若昊天，垂副群望也。"勒西向而让者五，南向而让者四，百僚皆叩头固请，勒乃许之。戊寅，僭即赵王位，大赦境内殊死已下，均百姓田租之半，赐孝弟、力田、死义之孤帛各有差，孤老鳏寡谷人三石，大酺七日。依春秋列国、汉初侯王每世称元，改称赵王元年，时晋大兴二年也。始建社稷，立宗庙，营东西公署。从事中郎裴宪、参军傅畅、杜嘏并领经学祭酒，理曹参军上党续咸及庾景为律学祭酒，任播、崔浚为史学祭酒，中垒将军支雄、游击将军王阳并领门臣祭酒，专明胡人辞讼。以张离、张良、刘群、刘谟等为门生主书，司典胡人出内，重其法禁，不得陵侮衣冠华族，号胡为国人。遣使循行州郡，劝课农桑。朝会始用天子礼乐飨其群下，衣冠仪物从容可观矣。加张宾大执法，专总朝政，位冠僚首。署虎为单于元辅，都督禁卫诸军事，寻加骠骑将军、侍中、开府，赐爵中山公。自余群臣授位进爵各有差。署前将军李寒领司兵勋，教国子击刺战射之法。命记室佐明楷、程机撰《上党国记》。大中大夫傅彪、贾满、江轨撰《大将军起居注》。参军石泰、石同、石谦、孔隆撰《大单于志》。群臣议请论功，勒下令曰："自孤起军，十六年于兹矣。文武将士从孤征伐者，莫不蒙犯矢石，备尝艰苦，其在葛陂之役，厥功尤著，宜为赏之所先。若身见存，爵封轻重，随功位为差，死事之孤，赏加一等，庶足以慰答存亡，申孤之心也。"勒遣使乞和于魏，请为兄弟，平文帝斩其使以绝之。是年，涂中有大石二丈许自立，勒命断之，有鱼羊之文，于是字玄羊。先是，太康中有山石，似蹲狗之状，行者过辄咬之。

赵王二年春正月，勒下书禁国人不听报嫂，及在丧婚娶，至于烧葬，令如本俗。段末柸攻段匹磾，破之。匹磾谓平北将军、冀州刺史邵续曰："吾本夷狄，以慕义破家。君不忘久要，请相与共击末柸，君之惠也。"续曰："赖公威德，续得效节。今公有难，岂敢不俱。"遂共击末柸，大破之。匹磾与弟文鸯攻蓟。勒知续势孤，遣中山公虎将兵乘虚围厌次，孔苌攻续，别营十一，皆下之。二月辛未，虎至城下掠其居人。续自出击虎，虎伏骑断其后，遂执续，使降。续呼兄子竺等谓曰："吾志欲雪国耻，以报所受，不幸至此。汝等努力自勉，奉匹磾为主，勿有二心。"时尚书吏部郎刘胤闻虎攻厌次，言于元帝曰："北方藩镇皆没，惟余邵续而已。如使复为石虎所制，则孤义士之心，阻归本之路，愚谓宜存救援。"帝将遣兵救之，闻续陷没而止。匹磾自蓟还，未至厌次，知续已没，众惧而散，复为虎所遮。文鸯以亲兵数百，力战始得入城，与续子缉、兄子存竺等婴城固守。虎送续于襄国，勒使徐光让之曰："国家应符拨乱，八表宅心，遗晋怖威，远窜扬越。而续蚁封海阿，跋扈王命，以吾为不足为君耶？何无上之甚也！国有常刑，于汝甘乎？"续对曰："晋末饥乱，奔控无所，保合乡宗，庶全老幼。属大王龙飞之始，委命纳质，精诚无感，不蒙慈恕，言还遗晋，仍荷宠授，担节尽忠，实无二心。且受彼厚荣，而复二三其趣者，恐亦不容于明朝矣。周文王生于东夷，大禹出于西羌，帝王之兴，盖惟天命所属，德之所招，当何常耶！伏惟大王圣武自天，道隆虞夏，凡在含生，孰不延首神化，耻隔皇风，而况囚乎！使囚去真即伪，不得早叩天门者，大王负囚，囚不负大王也。衅鼓之刑，囚之恒分，天实为之，谓之何哉！”勒曰：“其言慨至，孤愧之多矣。夫忠于其君者，乃吾之所求也。”命张宾延之于馆，厚抚之，寻以为从事中郎。因下令自今克敌获俘，必生致之，无得擅杀，冀获如续之流。续既为勒所执，身灌园鬻菜，以供衣食，勒屡遣察之，叹曰：“此真高人矣。不如是，安足贵乎！”嘉其清苦，数赐谷帛；每临朝嗟慨，以励群臣。

三月，赵将尹安、宋始、宋恕、赵慎四军并据洛阳，各相疑阻，莫有固志。司州刺史李矩、颍川太守郭默各遣千骑，至洛以镇之。安等乃同谋叛降于勒，勒遣石生率骑五千赴之，矩、默军皆退。安等复叛勒，遣使乞降于默。默又帅步骑五百入洛阳。石生以四将相谋，不能自安，乃掳宋始一军，渡河而北。河南之民相率归于李矩。勒亲帅大众袭矩。矩假为荥阳太守，招怀离散，远近多附之，乃遣老弱入山，令所在牛马散野，因设伏以待之。勒军士争取牛马。伏发齐呼，声动山谷，勒众大败，失首虏甚众。勒乃还。夏五月，晋徐州刺史蔡豹败徐龛于檀丘。龛帅众叛勒，复降于晋。勒大怒，命张敬据守要害。时大雨霖，中山、常山尤甚，滹沱泛溢，冲山陷谷，巨松摧拔，浮于滹沱，东至渤海原隰之间，皆如山积。六月，孔苌攻陷匹磾十余营，苌恃胜而不设备。文鸯夜击之，大败而归。秋七月，祖逖将韩潜与勒将桃豹分据陈川故城。豹居西台，潜居东台，豹由西门，潜由东门，出入相守四旬。逖以布囊盛土如米状，使千余人运以上台，又令数人担米，伪为疲极而息于道。豹兵逐之，皆弃担而走。豹兵久饥，得米，以为逖士众丰饱，益惧，无复胆气。勒将刘夜堂以驴千头运粮馈豹。逖遣韩潜及别将冯铁卫策等邀击于汴水，尽获之。豹宵遁，屯东燕城，逖使潜进屯封丘以逼之。冯铁据二台，逖镇雍丘，数遣兵要截勒兵，勒屯戍渐蹙。候骑常获濮阳人，逖厚待遣归，咸感逖恩德，率乡里五百家降逖。勒又遣精骑万人拒逖，为逖所破，勒镇戍归逖者甚多。逖将平中原，善于抚绥，自河以南多叛勒归逖。勒患之，不敢窥兵河南，乃下书曰：“祖逖屡为边患，逖北州士民望也，倘有首丘之思，其下幽州成皋县，使修逖祖父墓，置守家二家，冀逖如赵佗感恩，撤其边寇。”逖闻之甚悦，勒因与逖书，求通使及互市。逖不报书，而听其互市，收利十倍。逖牙门将童建杀新蔡内史周密降勒，勒斩之送首于逖，曰：“天下之恶一也，叛臣逃吏吾之深仇，将军之恶犹吾恶也。”逖深德之。遣参将王愉使勒，赠以方物，修结和好。勒厚宾其使，遣左常侍董树报聘，以马百匹、金五十斤答之。自是勒之叛归逖者，逖皆不纳，禁诸将不得侵暴勒民，兖、豫之间，稍得休息。八月，常山崩，陷千余家，勒始制轩辕之乐，八佾之舞，作金根大辂，黄屋左纛，天子车旗，自是礼乐备矣。九月，勒使中山公虎率步骑四万讨徐龛。龛遣长史刘霄诣勒乞降，送妻子为质纳之。冬十月，徐州刺史蔡豹屯于谯城，虎进攻豹，豹夜遁退守下邳，为徐龛所败。虎引军城封丘而还，徙朝臣掾属以上士族者三百户于襄国崇仁里，置公族大夫以领之。勒宫殿及诸门始就，制法令甚严。十一月，中山公虎击托候部掘咄哪于岍北，大破之，俘获牛马二十余万。勒清定五品，以张宾领选。后更定九品，署张班为左执法郎，孟卓为右执法郎，典定士族，副选举之任。命公卿及州郡岁各举秀才、至孝、廉清、贤良、直言、武勇之士各一人，置署都部从事各一部一州，秩二千石，职准丞相司直。

赵王三年春正月，勒下令曰：“去年水出巨材，所在山积，将皇天欲孤缮修宫宇也。其拟洛阳之太极起建德殿，遣从事中郎任汪帅使工匠五千采木以供之。”二月，黎阳人陈武妻一产三男一女，武携其妻子诣襄国，上书自陈。勒下令曰：“昔周之兴也，四乳八子，今武妻一乳四子，可为庆过姬祥，美比曩日。二仪谐畅，和气所致。其赐乳婢一口，穀一百石，杂彩四十匹，庶以肃迎嘉祥。”三月，中山公虎攻抚军将军、幽州刺史段匹磾于厌次。孔苌攻拔匹磾部内诸城。匹磾召弟文鸯还厌次。虎先纵骑抄掠城左右，文鸯登城临见，不胜其忿，欲出击之，言于匹磾曰：“我以勇闻，故为民所倚仗，今见民被掠而不救，是怯也。民失所望，谁复为我致死乎！”遂帅壮士数千骑出战，杀伤甚众，马乏伏不能起。虎呼之曰："大兄与我俱是夷狄，久欲与兄同为一家。今天不违愿，于此得相见，何为复战，请释仗。"鸯骂曰："汝为寇贼，当死日久。吾兄不用吾策，故令汝得至此。我宁斗死，不为汝屈。"遂下马苦战，槊折，执刀力战不已，自辰至申，勒兵四面解马，罗披自鄣前捉鸯。鸯力竭，杀数人而后被执，城内夺气。匹磾欲单骑归朝，邵续之弟乐安内史洎勒兵不听，洎复欲执台使王英送于虎。匹磾正色责之曰："卿不能遵兄之志，逼吾不得归朝，亦已甚矣，复欲执天子使者。我虽夷狄，所未闻也。"因谓英曰："匹磾世受重恩，不忘忠孝。今日事逼，欲归罪朝廷，而见逼迫，忠款不遂。若得假息，未死之日，心不忘本。"遂渡河南，既而势穷。洎及兄子缉竺等舆榇出降。匹磾朝服持节宾从，出见虎曰："我受晋恩，志在灭汝，不幸丧国，因以至此，既不能死，又不能为汝敬也。"勒与虎素与匹磾结为兄弟，虎即起拜之，送之襄国。勒署匹磾为冠军将军，文鸯为左中郎将，卫麟为右中郎将，皆金章紫绶，散诸流民三万余户，复其本业，置守宰以抚之。于是，冀、并、幽州，辽西、巴西诸屯结皆陷于勒。匹磾不为勒礼，常着朝服，戴晋冠持晋节。久之，与文鸯、邵续等谋于国中，推为盟主，事露被杀，文鸯、邵续亦遇鸩死。秋七月，从事中郎刘奥坐营建德殿并木斜缩，斩于殿中。寻悔之，赠太常。建德校尉王和掘得陨石，铭曰："律权石，重四钧，同律度量衡，有新氏造。"议者未详，或以为瑞。参军续咸曰："王莽时物也。其时兵乱之后，典度堙灭，遂命下礼官为准程定式。"又得一鼎，容四斗，中有大钱三十文，曰："一当百，百当千，千当万。"鼎铭十三字，篆书不可晓，藏之于永丰仓。因此令公私行钱，而人情不乐，乃出公绢市钱，限中绢匹一千二百，下绢八百。然百姓私买中绢四千，下绢二千。巧利者贱买私钱，贵卖于官，坐死者十数人，而钱终不行。勒徙洛阳铜马、翁仲二于襄国，列之永丰门。冬十月，勒悉召武乡耆旧赴襄国，既至，亲与乡老齿坐欢饮，语及平生，因以武乡比之丰沛，万世之后，魂灵当归之。其复之三世。十一月，勒以百姓始复业，其资储未丰，于是重制禁酿，郊祀宗庙皆用醴酒，行之数年，无复酿者。寻署虎为车骑将军，率骑三万，讨鲜卑郁粥于离石，俘获男女及牛马十余万。郁粥奔乌丸，悉降其众城。

赵王四年春二月，勒世子兴死，立子弘为世子，署为领中领军。遣中山公虎统中外精卒四万击徐龛，龛坚守不战。虎筑室返耕，列长围守之。夏四月，晋镇北将军刘隗降勒，拜镇南将军，封为列侯。是时，祖逖已死，其弟约代兄领豫州镇谯，以术士戴洋为中典军。庚辰，禺中时忽有大风起，自东南折木，洋谓约曰："十月，必有贼到谯城，东至历阳，当严守以备之。"六月，大旱。秋七月，虎攻陷太山，执守将徐龛，送之于襄国。勒盛之以囊于百尺楼，自上暴杀之，坑其降卒三千人。晋兖州刺史郄鉴为虎所逼，惧，自邹山退屯下邳。八月，琅邪内史孙默以郡叛降于勒。冬十月三日，勒遣别将寇河南，骑兵至谯城东，戴洋言于祖约曰："贼必向城父，可遣骑水南追之，步军于水北断其要路，贼必自败。"约竟不从，乃掠城父妇女辎重而还。约将鲁延请追之，洋曰："不可。"约又不听，使兄子智与延追之。勒将伪弃妇女辎重走，智与延等争物，复还掩击，智延仅以身免，士卒皆死，遂陷城父。约不能御，退屯寿春。勒将转寇陈留，拔之徐、兖间垒壁，多送任请降，皆就拜守宰。先是，清河张披为程遐长史，遐甚委昵之。张宾举为别驾，引参政事。遐疾披去己，又恶宾之权盛。勒世子弘，即遐之甥也，自以有援，欲收威重于朝，乃使弘之母谮之曰："张披与张宾为游侠，门客百余乘，物望皆归之，非社稷之计也，宜除披以便国家。"勒以为然。至是急召披，不时至，因此杀之。宾知遐之间己，遂弗敢请。十二月，濮阳景侯张宾卒，勒哭之恸。乃以程遐为右长史，总执朝政，自是朝臣莫不震惧，赴于程氏矣。勒征虏将军石他败王师于酂西，执将军卫荣而归。境内大疫，死者十有二三，乃罢徽文殿作，遣将军王阳屯于豫州，有窥觎之志。于是兵难日寻，梁、郑之间骚然震动。是年，魏平文帝崩，烈帝立，未亲政事。太后临朝，遣使与勒通和，时人谓之"女国使"。

赵王五年春三月，勒寇彭城、下邳，徐州刺史卞敦与征北将军王邃退保盱眙。夏四月，勒遣使结好于慕容廆，廆执送建康。五月，大旱，佛图澄于石井岗掘得死龙，长尺余。渍之以水，良久乃苏。既而咒之，祭之以酒，龙腾空而上。须臾天遂晦，暝雨乃大降，因名“龙岗”。秋八月，勒遣中山公虎统中外步卒四万击安东将军、青州刺史曹嶷。嶷议欲徙海中，保根余山，会疾疫甚，计未及就。虎进围广固，东莱太守刘巴、长广太守吕披皆以郡降。虎以石他为征东将军，击羌胡于河西。左军将军石挺济师于广固，嶷遂出降，送于襄国，杀之。虎欲尽杀嶷众，青州刺史刘征曰：“今留征使牧民也，无民焉牧。”征将归尔，乃坑其众三万，留男女七百口，配征使镇广固。青州诸郡县垒壁尽陷。勒司州刺史石生遣骑攻扬武将军郭诵于阳翟。诵多计略，辄设伏以破生骑，掳掠无所得。生怒，乃自率四千余骑暴掠诸县，因攻诵垒接战。须臾，退军堮坂。诵率劲勇五百追生，及于盘脂故亭，生复大败，进寇襄城，俘获千余而还。冬十一月，勒以参军樊坦清贫，擢授章武内史。

赵王六年春正月，勒将兵都尉石瞻寇下邳，败晋将军刘长，遂寇兰陵，攻彭城内史刘续，续败遁走。东莞太守竺珍、东海太守萧诞以郡降勒。二月朔，勒亲临大小学，考诸学生经义，尤高者赏帛有差。勒手不能书，目不识字，然雅好文学，虽在军旅之中，常令儒生诵读《春秋》《史》《汉》诸传而听之，皆解其意。每以己意论古帝王善恶，朝贤儒士听者莫不归美。尝使人读《汉书》，闻郦食其劝立六国后，大惊曰：“此法当失，何以遂得天下！”及闻留侯谏，乃曰：“赖有此尔。”其天资英达如此。勒征徐扬州兵，会将兵都尉石瞻于下邳，因寇兖州。兖州刺史刘遐惧，自下邳退保泗口。石生攻赵河南太守尹平于新安，斩之，陷垒壁十余，掠五千余户而归。自是刘、石祸结，兵戈日交，河东、弘农间民不聊生矣。夏四月，以右常侍霍皓为劝课大夫，与典农使者朱表、典劝都尉陆充等循行州郡，核定户籍，劝课农桑，农桑最修者赐爵五大夫。使石生自延寿关出寇许颍，俘获万余，降者二万。生遂进陷康城，复攻扬武将军郭诵于阳翟。诵与战，生大败，死者千余。生收散卒，退守康城。勒汲郡内史石聪闻生败，驰救之，进攻颍川太守郭默，俘获男女二千余人，攻陷司州刺史李矩。勒又遣别将石良帅精骑五千掩袭矩营，矩逆战不利。执矩外甥郭诵之弟元。遣元作书以遗矩曰："去年东平曹嶷、西宾矩如牛角，何不归命?"复遗诵麈尾、马鞭，以示殷勤，因与诵书曰："宾礼贵弟相同，断金往物为信。"矩以示诵，诵曰："昔王陵之母在，贼犹不改意，弟当何论?"不答。冬十月，石生屯据洛阳，豫州刺史祖约退保寿春。

赵王七年春正月，勒数出游猎，每亟驰骋将狩于近郊。主簿程琅谏曰："刘马刺客杂布如云，变起仓卒，帝王亦一夫之敌尔，孙策之祸可不虑乎！枯木朽株尽能为害，驰骋之弊，今古戒之。"勒勃然曰："吾干力自可，足能裁量。但知卿文书事，不须白此辈也。"驰逐自若。是日逐兽，草间有木，马误触之即死。勒亦几殆，体小不稳。还宫叹曰："程琅忠臣也，不用其言，以至于此。吾之不善，追之何及。"乃赐琅朝服、锦绢，爵关内侯。于是朝臣谒见，忠言竞进矣。二月，勒加宇文乞得归官爵，使之击慕容廆，乞得归为燕所败弃军走。三月，北羌王盆句除附于刘曜，勒将石他自雁门出上郡袭之，俘斩三千余落，获牛马羊百余万而归，晋都尉鲁潜以许昌叛降于勒。夏四月，勒将兵都尉石瞻寇晋。兖州刺史檀斌于邹山，斌力战死，勒西夷中郎将王腾袭杀，并州刺史崔琨、上党内史王脊据并州叛，降刘曜。五月，石生屯洛阳，寇掠河南，司州刺史李矩、颍川太守郭默军数败，又乏食，乃遣使附于赵。刘曜遣将刘岳帅众万五千，东会矩、默，共攻生，克孟津、石梁二戍，俘斩五千余级，进围生于金城。虎帅步骑四万，入自成皋关，与岳战于洛西。岳兵败绩，身中流矢，退保石梁。虎作堑栅环围之，遏绝内外。岳众饥甚，杀马食之。虎又击斩其镇东呼延谟。曜自将兵救岳，虎帅骑三万逆战，曜前军刘黑击破虎部将石聪于八特阪。六月，虎拔石梁，执岳及其将佐八十余人，氐、羌三千余人，皆送襄国，坑其士卒九千余人。击斩王腾于并州，坑其士卒七千余人。郭默复为石聪所败，弃妻子南奔建康。李矩以刘岳之败大惧，所领将士有阴欲归勒者。矩知众之去己，乃率众自荥阳遁归。矩长史崔宣率众二千降勒。于是尽有司、兖、豫三州之地，青、徐、滨、淮诸郡县皆来降附。勒既平朔方，遂置朔州，命徙洛阳晷影于襄国，列之单于庭，铭佐命功臣三十九人于石函，置于建德前殿，立桑梓苑于襄国。

赵王八年春三月，勒夜微行，检察营卫，赍缯帛金银以赂门者求出。永昌门门候王假欲收捕之，从者至，乃止。旦召假以为振忠都尉，爵关内侯。夏四月，石生攻汝南。汝南人执内史祖济以郡叛降。退记室参军徐光为牙门，寻并其妻子幽之于狱，语在光传。冬十月，勒既将营邺宫，又欲以世子弘为镇，密与右长史程遐谋配禁兵万人，车骑所统五十四营悉配之，以骁骑将军领门臣祭酒王阳专统六夷以辅之。中山公虎自以勋效之，重仗邺为基，雅无去意，乃修构三台，迁其家室，由是深恨遐。遣左右数十人，夜入遐室，奸其妻女，掠衣物而去。十一月，石聪攻寿春，祖约屡表请救，朝廷不为出兵。聪进寇逡遒、阜陵，杀掠五千余人，京师大震。加司徒王导大司马、假黄钺、都督中外征讨诸军事以御之，军于江宁、历阳。内史苏峻遣其将韩晃击聪，走之。十二月，晋济岷太守刘闿、将军张阖等叛，杀下邳内史夏侯嘉，以下邳降勒。石瞻攻河南太守王羡于郗城，拔之。晋彭城内史刘续复据兰陵、石城，石瞻攻陷之。勒令州郡，有坟发掘不掩覆者推勘之，骸骨暴露者，县为备棺衾之具。以牙门将王波为记室参军，典定九流，始立秀、孝试经之制。

赵王九年春二月，中山公虎率骑五千侵魏。炀帝御之于句注陉北，魏兵败绩，徙都大宁以避之。是岁，勒复击破赵兵。凉州牧张骏闻之，乃去赵官爵，复从晋制。太和元年春二月，在平令师欢获黑兔，献之于勒。勒下令曰："案记应白兔为瑞，此黑兔何祥，外检旧典，程遐等以为黑兔见，水德之祥。往公孙臣以为汉家土行，当有黄龙为瑞。后黄龙见于成纪，遂从土德。今大赵龙飞革命之祥于晋，以水承金。夫兔阴精之兽，玄为水色，黑色见以表应，行以推之。此示殿下，宜速副天人之望也。”于是以晋咸和三年改元太和，大赦境内殊死已下。夏四月，石堪攻宛，南阳太守王国以郡降。堪进攻祖约于寿春，屯师淮上。晋南阳都尉董幼叛，率襄阳之众降堪，祖约诸将佐皆遣使附勒。约将颍川陈光起兵攻约。约左右阎秃，貌类约，光谓为约而擒之。约逾垣免，光遂奔勒。堪与石聪引兵济淮攻寿春。秋七月，约众溃奔历阳、寿春，百姓陷于堪者二万余户。中山公虎帅众四万，自轵关西入，击赵河东，应之者五十余县，进攻蒲阪。刘曜遣河间王刘述，发氐羌之众，屯秦州以备。张骏、杨难敌自将中外精锐水陆俱进以救蒲阪，自卫关北济。虎惧，引退，曜追击之。八月，战于高侯，虎败，石瞻死之，枕尸二百余里，失其资仗，不可胜计。虎奔朝那，曜济自大阳，围石生于金墉，决千金堨以灌之。分遣诸将攻汲郡、河内。勒荥阳太守尹矩、野王太守张进等皆降于曜。襄国大震。冬十一月，勒欲自将救，洛阳左右长史司马郭敖、程遐等固谏曰：“刘曜乘胜雄盛，难与争锋。金墉粮丰，攻之未可卒拔。曜悬军千里，势不支久。不可亲动，动无万全，大业去矣。”勒大怒，按剑叱遐等出。乃赦徐光，召而问之曰：“刘曜乘高侯之势，围守洛阳，庸人之情皆谓其锋不可当。然曜带甲十万，攻一城而百日不克，师老卒怠，以我初锐击之，可一战而擒也。若洛阳不守，曜必送死冀州，自河已北，席卷南向，吾事去矣。程遐等不欲我行，卿以为何如?”光曰：“曜乘高侯之势不能进临襄国，更守金墉，此其无能为可知也。悬军三时，亡攻战之利。今以大王威略，鸾旗亲驾，彼必望旌奔败。平定天下，在今一举，此之机会所谓天授。授而弗应，祸之攸集。”勒笑曰：“光言是也。”以问佛图澄。澄言于勒曰：“昨轮铃音云，秀支替戾冈，仆谷劬秃当，此羯语也。秀支，军也；替戾冈，出也；仆谷，刘曜胡位也；劬秃当，捉也，言军出捉曜也。”又令童子洁斋七日，取麻油合胭脂自研于掌中，举手示童子，粲然有辉。童子惊曰：“有军马甚众。见一人长大白皙，以朱丝缚其肘。”澄曰：“此即曜也。大军若出，必擒刘曜。”勒甚悦，乃使内外戒严，有谏者斩，留世子弘与澄共镇襄国，命石堪、石聪及豫州刺史桃豹等各统见众会荥阳。使石虎进据石门，以右卫将军石邃、都督中军事时石生为卫将军，领三千人镇洛金墉城。曜攻之不能下，不觉勒军卒至。天晓，复来攻城。勒自统中军步骑四万直赴金墉，济自大堨。先是流澌风猛，军至而冰泮清和，济毕流澌大至。勒以为神灵之助，命曰“灵昌津”。勒顾谓徐光曰：“曜盛兵成皋关，上计也。阻洛水，其次也。坐守洛阳，此成擒尔。”十二月乙亥，诸军集于成皋，步卒六万，骑二万七千。勒见曜无守军，大喜，举手指天，又自指额曰：“天也。”卷甲衔枚，诡道兼行，出于巩、訾之间。曜陈军十余万于洛西南北十余里。勒望见益喜，谓左右曰：“可以贺我矣。”乃统步骑入自宣阳门，升故太极前殿。己卯，虎引步卒三万，自城北而西，攻其中军，石堪、石聪等各以精骑八千，自城西而北，击其前锋，大战于西阳门。勒躬贯甲胄，出自阊阖门夹击之。曜军大溃，石堪执曜送之，以徇于军，斩首五万余级，枕尸于金谷。获名马二百匹，赤剡金银步乂弓鞬三十具。勒下令曰：“所欲擒者一人，尔今已获之，其敕将士，抑锋止锐，纵其归命之路。”乙酉，勒乃旋师，使右卫将军石远等帅骑卫曜。而北晋冠军将军赵胤遣将军甘留讨祖约于历阳。约举兵逆战，败，以左右百余人奔降于勒。其将牵腾帅众降于苏峻。勒使王波让约曰：“卿逆极势穷，方来归命，吾朝岂逋逃之薮耶？而卿敢有腼面目也。”示之以前后檄书，乃赦之。

太和二年春正月，具礼乐，朝群后。侍郎邵恭执麾不降，常侍眭洪执乂不弹，皆下理官。二月壬寅，刘曜太子熙闻曜被擒，大惧，帅百官去长安，奔于上邽。勒遣中山公虎讨之，将军蒋英、辛恕拥众数十万据长安，遣使降勒。勒遣石生帅洛阳之众赴之。勒巡行冀州诸郡，引见高年、孝弟、力田、文学之士，班赐谷帛有差。令远近牧守宣告属城，诸所欲言，靡有隐讳，使知区区之朝虚渴谠言也。秋八月，曜南阳王刘胤率众数万，自上邽趣长安、陇东诸郡，夷夏皆起兵应之。胤军于仲桥，石生婴城自守，虎率骑二万救之。九月，虎大破胤兵于义渠。胤奔还上邽，虎乘胜追击，枕尸千里，上邽溃，执太子熙、南阳王胤及王公卿校以下三千余人，皆杀之。徙其台省文武、关东流民、秦雍大族九千余人于襄国。遂屠上邽，尽灭刘氏。又坑五郡各五千余人于洛阳。遣主簿赵封送传国玺、金玺太子玉玺各一于勒。进攻集木且羌于河西，克之，俘获数万，秦陇悉平。遂置永石郡于河西国。虎又攻氐，帅蒲洪、羌酋、姚弋仲俱降之。虎表洪监六夷诸军事，弋仲为六夷左都督，徙氐羌十五万落于司、冀二州。是年，勒遣使求和于魏烈帝，遣弟昭成帝如襄国，从者五千余家。

建平元年春二月，勒群臣议以勒功业既隆，祥符并萃，宜时革徽号以答乾坤之望。于是虎等奉皇帝玺绶上尊号，勒不许，群臣固请，乃许之。遂以晋咸和五年，僭号大赵天王，行皇帝事。尊祖邪曰宣王，父周曰元王，立妻刘氏为王后，世子弘为太子。署子宏为持节、散骑常侍、都督中外诸军事、骠骑大将军、大单于、封秦王；斌为左卫将军，封太原王；小子恢为辅国将军，封南阳王；中山公虎为太尉，守尚书令，中山王；养子石生封河东王；石堪封彭城王；虎子邃为冀州刺史，封齐王，加散骑常侍，武卫将军；宣为左将军；挺为侍中，封梁王。署左长史郭敖为尚书、左仆射，右长史程遐为右仆射、领吏部尚书，左司马夔安，右司马郭殷，从事中郎李凤，前郎中令裴宪皆为尚书，共参军事；徐光为中书令领秘书监。论功封爵，开国郡公文武二十一人，侯二十四人，县公二十六人，侯二十二人，其余文武封拜各有差。侍中任潘等参议，以赵承金为水德，旗帜尚玄，牲牡尚白，子社丑腊，勒从之。勒下书曰："自今有疑难大事，八座及委丞郎齐诣东堂，诠详平决。其有军国要务须启者，有令仆尚书随局入陈，勿避寒暑昏夜也。"勒以祖约不忠于本朝，薄其为人，不见者久之。右仆射程遐言于勒曰："天下初定，当显明顺逆，故汉高祖斩丁公、赦季布也。大王自起兵以来，见忠于事君者，无不褒擢，背叛不臣者，无不诛夷，此天下所以归伏盛德也。今祖约犹存，臣窃惑之。且约大引宾客，又占夺先人乡里田地，地主多怒。”安西将军姚弋仲亦以为言。勒从之，乃诈约曰：“祖侯远来，未得欢喜，可集子弟一时俱会。”至日，勒辞之以疾，令遐请约及其宗室。约知祸及，大饮致醉，既至于市，抱其外孙而泣，遂诛之。并杀其亲属中外百余人，妇女妓妾班赐诸臣。夏五月，勒将刘征帅众数千，浮海抄东南诸县，杀南沙都尉许儒，进攻海虞。秋八月，群臣又固请，以名位不正，宜即尊号。九月，勒僭即皇帝位，大赦境内殊死已下，改元建平，自襄国都临漳。追尊高祖曰顺皇，曾祖曰威皇，祖曰宣皇，父曰世宗元皇帝，母曰元昭皇太后，立妻刘氏为皇后，太子弘为皇太子，自余文武封进各有差。又定昭仪、夫人位视上公，贵嫔、贵人视列侯，员各一人。三英、九华视伯，淑媛、淑仪视子，容华、美人视男，务简贤淑，不限员数。其年，造刀一口，用五百金，工用万人，头尖，长三尺六寸，铭曰“休瑞并臻，遐方慕义，建平”，隶书。勒遣荆州监军郭敬与南蛮校尉董幼寇襄阳。晋南中郎将周抚，不能自固，率所领退归武昌，襄阳遂陷。中州流民，悉降于勒。平北将军魏该弟遐等率其部众自石城降敬。敬遂毁襄阳，徙其百姓于沔北城樊城以戍之。署敬为荆州刺史。秦州牧休屠王羌叛勒，刺史临深遣司马管光帅州军讨之，为羌所败。陇右大扰，氐羌悉叛。勒遣河东王生进据陇城。王羌兄子擢与羌有仇，生乃赂擢，与犄击之，羌败奔凉州。徙秦州夷豪五千余户于雍州。勒下书曰：“自今诸有处法，悉依科令。吾所忿戮怒发中指者。若德位已高，不宜行罚。或服勤死事之孤，邂逅罹谴，门下皆各列奏之，吾当思择而行也。”堂阳人陈猪妻一产三男，赐其衣帛廪食，乳婢一口，复三岁勿事。时高句丽、肃慎致其楛矢，宇文屋孤并献名马。凉州牧张骏遣长史马诜奉图送款，入贡称臣，高昌、于阗、鄯善、大宛遣使各献方物。晋荆州牧陶侃遣兼长史王敷来聘，致江南之珍宝奇兽。秦州送白虎、白鹿，荆州送白雉、白兔，济阴木连理，甘露降苑乡。勒以休瑞并臻，遐方慕义，赦三岁刑已下，均百姓去年逋调，特赦凉州殊死已下。凉州计吏皆拜郎中，赐绢十匹，绵十斤。

建平二年春正月癸巳，刘征复寇娄县，掠武进。乙未，司徒郄鉴击陶侃亦送货物却之。勒南郊有白气，自坛属天。勒大悦，还宫，赦四岁刑。遣使封张骏武威郡公，食凉州诸郡。勒亲耕藉田，还宫，赦五岁刑，赐公卿以下金帛有差。三月壬戌朔日，有食之。勒以日蚀，避正殿三日，令群公卿士各上封事。禁州郡诸祠堂非正典者皆除之，其能兴云致雨，有益百姓者，郡县更立祠堂，殖嘉树，准岳渎已下为差等。勒如邺，拟营新宫，廷尉续咸上书切谏曰："臣闻唐虞之治，采椽茅茨，土阶三尺，彰美于诗书；汉文惜百金，不营露台，称之于千古。迨夏商之琼台瑶陛，楚之章华、秦之阿房，资财内竭，华夷外叛。"勒大怒曰："不斩此老臣，朕宫何由得成也!"敕御史收之。中书令徐光进曰："陛下天资聪睿，超迈唐虞，而更不欲闻忠臣之言，岂夏癸、商辛之君耶？咸言可用用之，不可用亦当容之，奈何一旦以直言斩列卿乎!"勒叹曰："为人君不得自专如是，岂不识此言之忠乎？向戏之尔。匹夫家资满百匹，尚欲市别宅，况有天下之富，万乘之尊乎！此宫终当缮之，且敕停作，以伸吾直臣之义也。"因赐咸绢百匹，稻百斛。又下书令公卿百僚，咸荐贤良、方正、直言、秀异、至孝、廉清各一人，对策上第者拜议郎，中第中郎，下第郎中。仍令举人，得递相荐引，广招贤之路。起明堂、辟雍、灵台于襄国城西。秋七月，大雨霖，中山西北暴水，流漂巨木百余万根，集于堂阳。勒大悦，谓公卿曰："诸卿知不？此非为灾也，天意欲吾营邺都尔。"于是，令少府任汪、都水使者张渐等监营邺宫，勒亲授规模。时蜀梓潼、建平、汉固三郡巴蛮来降。勒以成周土中，汉晋旧京，复欲有移都之意，乃命洛阳为南都，置行台，治书侍御史于洛阳，以太尉中山王虎为大司马，程遐为开府仪同。

建平三年春正月，勒飨高句丽，宇文屋孤使，因大会群臣于建德前殿。酒酣，谓中书令徐光曰："朕可方自古开基何等主也？"对曰："陛下神武谋略过于汉高，雄艺卓荦超绝魏祖，自三五已来无可比者，其轩辕之亚乎!"勒笑曰："人岂不自知，卿言太过。朕若遇汉高祖，当北面事之，与韩彭竞鞭而争先尔；若遇光武，当并驱中原，未知鹿死谁手。大丈夫行事当礌礌落落，如日月皎然，终不能如曹孟德、司马仲达，欺人孤儿寡妇，狐媚以取天下也。朕当在二刘之间尔，轩辕岂所拟乎！”群臣皆顿首称万岁。三月，晋西中郎将赵胤、司徒中郎匡术攻克马头坞，彭城王堪遣将军韩雍救之，至则无及，遂寇南沙及海虞，俘获五千余人。初，郭敬之退据樊城也，晋师复戍襄阳。夏四月，敬又攻陷之，留戍而归。勒时断寒食，忽暴风大雨，雷震建德殿端门，襄国市西门，倒杀五人。雹起西河介山，大者如弹丸，平地水深三尺，洿下丈余，行人禽兽死者万数，历太原、乐平、武乡、赵郡、广平、巨鹿千余里，树木摧折，禾稼荡然。勒大惊，正服于东堂，问徐光曰：“历代已来有斯灾几也？”光对曰：“周汉魏晋皆有之，虽天地之常事，然明王未始不为一变，所以敬天之怒也。俗以介子推五月五日烧死，世人为其忌，故不举饷食，去年禁寒食，非也。且介子推帝乡之神也，历代所尊，或者以为未宜替也。一人吁嗟，王道尚为之亏，况群神怨憾而不怒干上帝乎！纵不能令天下同尔，介山左右，晋文之所封也，宜任百姓奉之。”勒乃下书曰：“寒食既并州之旧风，朕生其俗，不能异也。前者外议以子推诸侯之臣，王者不应为祀，故从其议，傥或由之而致斯灾乎！子推虽朕乡之神，非法食者亦不得乱也。尚书其速检旧典，定议以闻。”有司奏以子推历代攸尊，请普复寒食，更为植嘉树，立祠堂，给户奉祀。黄门郎韦谀驳曰：“按春秋藏冰失道，阴气发泄为雹。自子推已前，雹者复何所致也？此是阴阳乖错所为尔。且子推贤者，曷为暴虐如此！求之冥趣，必不其然。今虽为冰室，惧所藏之冰不在固阴冱寒之地，多皆川池之侧，气泄为雹也。以子推忠贤，令绵、介之间奉之为允，于天下则不通矣。”勒从之，于是迁冰室于重阴凝寒之所，并州复寒食如初。勒令太子弘省可尚书奏事，使中常侍严震参决可否，惟征伐刑断大事乃呈之。自是震威权之重侔于主相。中山王虎之门可设雀罗，虎愈怏怏不悦。秋七月，勒荆州刺史郭敬南掠江西，晋太尉陶侃遣其子平西参军斌及南中郎将桓宣乘虚攻拔樊城，悉俘其众。敬旋师救樊，宣追战于涅水。敬军败绩，宣亦死伤大半，尽收所掠而去。侃复遣兄子南阳太守臻、竟陵太守李阳共攻新野，拔之。敬惧，遁走。遂平襄阳，侃因留宣戍之。勒如邺，临虎第，谓之曰："功力不可并兴，待宫殿成后，当为王起第，勿以卑小悒悒也。"虎免冠拜谢。勒曰："与王共有天下，何所谢也。"勒为虎名，故改称白虎幡为天鹿幡。

建平四年春正月，勒遣使致帛，修好于晋。晋下诏焚之。夏四月，天静无风，而塔上一铃独鸣。佛图澄叹曰："铃音云，国有大丧，不出今年矣。"五月，有流星大如象尾，足似蛇形，自北极西南流，五十余丈，光明烛地，坠于河，声闻九百余里。黑龙见邺井中。勒亲往观之，有喜色，朝群臣于邺，命郡国立学官，每郡置博士、祭酒二人，弟子百五十人，三考修成，显升台府，于是擢拜太学生五人为佐著作郎，录述时事。六月，大旱，勒亲临廷尉，录囚徒五岁刑已下皆轻决遣之，重者赐酒食，听沐浴，一须秋论。还未及宫，澍雨大降。时淳觚白羌妇产一卵，大如盂，剖之有虫，如巨蚁，二足，立行。雍州刺史石生上言，西乡行尸，蛇与鼠斗于安定府间，二日蛇死。临泾马生角，长安城中鸡鸣，音皆曰"基慈"。安定厅事前后，有天神降，闻诵书声，求之不得，七日乃止。时有传者并皆讹废陨石于肥乡，县令韩强在长城县西山岩谷阙中，得玄玺一枚，方四寸，厚二寸，献之中山王虎，以为县瑞。秋七月，勒如洋水宫，因寝疾而还，召中山王虎与太子弘，中常侍严震等，侍疾禁中。虎矫命绝弘、震及内外群臣，亲戚皆不得入，疾之增损，莫有知者。时秦王宏、彭城王堪将兵在外，又矫诏召还襄国。勒疾小瘳，见宏惊曰："秦王何故来耶？吾使王处藩镇，正备今日，有召王者耶？将自来也？有召者，当按诛之。"虎大惧曰："秦王思慕，暂归尔，今即遣之。仍留不遣。"数日，复问之。虎曰："奉诏即遣，今已半道矣。"更谕宏在外，遂不遣之。广阿有蝗，虎密遣其子冀州刺史邃率骑三千，游于蝗所。俄而黄雾四塞，人不相见，荧惑入昴，星陨于邺，大如象尾，东北六十里初赤黑，黄云如幕，长数十匹，交错声如雷震，坠地气热如火，尘起连天。良久时，有耕者往视之，土犹燃沸，见有一大石，方尺余，青色，轻击之，其音如磬。戊辰，勒疾转笃，遗令："三日而葬，内外百僚既葬除服，无禁婚娶，祭祀、饮酒、食肉。征镇牧守，不得辄离所司以奔丧。敛以时服，载以常车，无藏金宝，无内器玩。大雅冲幼，恐非能构荷朕志。中山已下其各司所典，无违朕命。大雅与斌宜善相保，司马氏汝曹之殷鉴，其务于敦睦也。中山王宜深三思周霍，勿为将来口实。"遂以是日死，时年六十，在位十五年。勒死，夜瘞山谷，莫知其所。己卯，使大臣子弟六十，人为挽歌郎引锦一匹，备文物仪卫虚葬于高平陵，伪谥明皇帝，庙号高祖。先是建平二年十一月，荧惑守胃昴，至今年七月，积六百余日。昴，赵之分野，至是勒死，荧惑遂退。

（录自《十六国春秋·后赵录》）

石 弘

石弘，字大雅，勒之第二子也。幼有孝行，以恭谨自守，受经于杜嘏，诵律于续咸。勒曰："今世非承平不可，专以文业教也。"于是使刘征、任潘授以兵书，王阳教之击刺，立为世子，领中领军，寻署卫将军，使领开府，辟召后镇邺。勒僭位，立为太子。虚襟爱士，好为文咏，其所亲昵，莫非儒素。勒谓中书令徐光曰："大雅愔愔，殊不似将家子。"光曰："汉祖以马上取天下，孝文以玄默守之。圣人之后，必有胜残去杀者，天之道也。"勒甚悦。光因说曰："皇太子仁孝温恭，中山王雄暴多诈，陛下一旦不讳，臣恐社稷非太子所有也。宜渐夺中山王威权，使太子早参朝政。"勒纳之。

左仆射程遐言于勒曰："中山王勇悍机略，群臣莫及。观其志度，自陛下之外视之蔑如。兼以专征岁久，威振内外，性又残贼，安忍无赖。诸子并长皆预兵权。陛下在自当无他恐。其怏怏不可辅少主也，宜早除之，以便大计。"勒曰："今天下未平，兵难未已，大雅冲幼，宜任强辅。中山王佐命功臣，亲同鲁卫，方当委以伊霍之任，何至如卿所言也。卿正恐辅幼主之日，不得独擅帝舅之权尔，吾亦当参卿于顾命，勿过惧也。”遐泣曰：“臣所虑者至公，陛下乃以私计拒之，岂明主开襟纳说，忠臣必尽之义乎？中山王虽为皇太后所养，非陛下天属，不可以亲义期也。仗陛下神规，微建鹰犬之效，陛下酬其父子恩荣亦已足矣，而志愿无极。魏任司马懿父子，终于鼎祚沦移。以此而观中山，岂将来有益者乎？臣因缘多幸，托瓜葛于东宫，臣而不竭言于陛下，更谁言之陛下？若不除中山，臣已见社稷不复血食矣。”勒不听。遐退告徐光曰：“主上向言如是，太子必危，将若之何？”光曰：“中山王常切齿于吾二人，恐非但国危，亦将为家祸，当为安国宁家之计，不可坐而受祸也。”他日，光复乘间言于勒曰：“陛下廓平八州，帝有海内。而陛下神色若有不怡者，何也？”勒曰：“今吴蜀未平，书轨不一，司马家犹不绝于丹阳。吾恐后世谓吾不应符录，不以吾为受命之主。每一思之，不觉见于神色。”光曰：“臣以陛下为忧腹心之患，而何暇更忧四支乎！何则？魏承汉运，为正朔帝王，刘备虽绍兴巴蜀，亦不可谓汉不灭也。吴虽跨据江东，岂有亏魏美？陛下包括二都，平荡八州，彼司马家儿复何异玄德，李氏亦犹孙权。帝王之统不在陛下，竟欲安归？此四支之轻患尔。中山王藉陛下指授神略，所向辄克。天下皆言其英武亚于陛下，兼其残暴多奸，见利忘义，无伊霍之忠。父子并据权位，势倾王室。观其耿耿，常有不满之心。近于东宫侍燕，有轻皇太子之色。陛下隐忍容之。臣恐陛下万年之后，宗社必生荆棘，此腹心之重疾也，惟陛下图之。”勒默然，而竟不从。

及勒死，虎执太子弘使临轩，收程遐、徐光下廷尉，召其子邃将兵入宫宿卫，文武靡不奔散。弘大惧，自陈劣弱，不堪重寄，乃让位于虎。虎曰：“君薨而世子立，理之常也，臣安敢奸之？”弘泣涕固让。虎怒曰：“若其不堪重任，天下自当有大义，何足预论？”遂以晋咸和八年逼立之，大赦，改元曰延熙，文武百僚进位一等。诛程遐、徐光。八月，弘策拜虎为丞相、魏王、大单于，加九锡，以魏郡等十三郡为国，总摄百揆。虎伪固让，久乃受命，赦其境内殊死已下。立妻郑氏为魏王后，子邃为魏太子，加使持节、侍中、大都督中外诸军事、大将军、录尚书事；次子宣为使持节、车骑大将军、冀州刺史，封河间王；韬为前锋将军、司隶校尉，封乐安王；遵齐王，鉴代王，苞乐平王；徙太原王斌为章武王。勒文武旧臣皆补左右丞相闲任，虎之府僚旧昵悉署台省禁要。更命太子宫曰崇训宫，勒妻刘氏已下皆徙居之。简勒宫人美淑及车马、珍宝，服御之上者，皆入丞相府署。镇军将军夔安领左仆射，尚书郭殷为右仆射。

刘氏与彭城王堪密谋，堪请出兖州，据廪丘，挟南阳王恢为盟主，宣太后诏讨虎。事泄，虎炙杀堪，征恢还襄国，因废刘氏，寻逼杀之，尊弘母程氏为皇太后。冬十月，河东王生镇关中，朗镇洛阳，起兵于二镇以讨丞相虎。生自称秦州刺史，遣使降晋。虎留子邃守襄国，统步骑七万，攻朗于金墉，城溃获朗，刖而斩之。进攻长安，以挺为前锋大都督。生遣将军郭权率鲜卑涉璝部众二万为前锋拒之，生统大军继发，次于蒲阪。权与挺战于潼关，败绩，挺及丞相左长史刘隗皆死。虎退奔渑池，枕尸三百余里。鲜卑密通于虎，背生而击之。生时停蒲阪，不知挺已死，惧，单马奔长安。郭权复收众三千，与镇西将军越骑校尉石广相持于渭汭。生遂去长安，潜于鸡头山。将军蒋英据长安拒守。虎闻生之奔也，进师入关，遂攻长安，旬余拔之，斩蒋英等。徙秦州华戎十余万户于关东。生部下斩生以降，权奔陇右。虎分遣诸将屯于汧。陇遣将军麻秋讨蒲洪，洪率户二万迎降。虎拜洪光烈将军护羌校尉。洪至长安，说虎宜徙关中豪杰及氐、羌内实京师，虎从之。徙雍秦民及氐羌十余万户于关东，以洪为龙骧将军、流民都督，使居枋头；以羌帅姚弋仲为奋武将军、西羌大都督，使帅其众徙居清河之滠头。虎还襄国，大赦，讽弘命己建魏台，一如魏武辅汉故事。十二月，郭权以生败，据上邽，归晋。

延熙二年春正月，晋成帝诏，以郭权为镇西将军、秦州刺史。于是京兆新平、扶风、冯翊北地皆起兵应之。弘镇西将军石广，复与权战，败绩。三月，虎遣将军郭敖及子章武王斌等，率步骑四万讨权于郿，次于华阴。夏四月，上邽豪族杀权以降，徙秦州三万余户于青、并二州诸郡。南羌氐杨难敌等送任通和。长安人陈良夫奔黑羌，招诱北羌四角王簿句大等侵扰北地冯翊，与章武王斌相持。乐安王韬等率骑犄句大之后，与斌夹击，败之。句大奔马兰山。郭敖等乘胜追击，悬军深入，为羌所败，死者十有七八。斌等收军，还于三城。虎闻而大怒，遣使杀郭敖。秦王宏颇有怨言，虎幽之于别室。冬十月，弘自赍玺绶亲诣魏宫，谕禅位之意。虎曰："帝王大业，天下自当有议，何为自论此耶?"弘流涕还宫，对太后程氏曰："先帝种真无复遗矣。"于是尚书奏魏台，请依唐虞禅让故事。虎曰："弘愚暗，居丧无礼，不可以君君万国，便当废之，何禅让也?"十一月，遣郭殷持节入宫，废弘为海阳王。弘安步就车，容色自若，谓群臣曰："庸昧不堪纂承大统，顾惭群后。此亦天命去矣，又何言!"百官莫不流涕，宫人恸哭。群臣皆诣魏台请进。虎曰："皇帝者盛德之称，非所敢当。且可称居摄赵天王。"遂以晋咸康元年，幽弘及太后程氏，并秦王宏、南阳王恢于崇训宫，未几密遣人贼杀之。是时，西羌大都督姚弋仲称疾不贺。虎累驰召之，及至，正色谓虎曰："弋仲常谓大王命世英雄，奈何把臂受托而返夺之耶?"虎曰："吾岂乐此哉！顾海阳年少，恐不能了家事，故代之尔。"心虽不平，然察其诚实，亦不之罪也。弘在位二年，时年二十二。

（录自《十六国春秋·后赵录》）

石虎上

石虎，字季龙，勒之从子也。祖曰訇邪，父曰寇觅，寇觅有四子，虎第四。勒父曷朱，幼而子之，故或谓之为勒弟也。年六七岁，有善相者遇之于路曰："此儿貌奇，有壮骨，贵不可言。"晋永兴中，与勒相失。永嘉五年，刘琨送勒母王氏及虎于葛陂，时年十七矣。性残忍，好驰猎，游荡无度，能左右射，尤善弹，数弹人，为军中患。勒怒之，白母王氏曰："此儿凶暴无度。使军人杀之，声名可惜，不若自除之。"勒母曰："健犊须走车破辕，良马须逸鞭泛驾，然后能负重致远。且当小忍，勿便杀也。"至年十八，稍检摄恭谨，严重爱士，身长七尺五寸，趫捷便弓马，勇冠当时。至于降城陷垒，不复别断善恶，坑斩士女，鲜有遗类。勒虽屡加诲责，而行意自若。然御众甚严，莫敢犯者；指授攻讨，所向无前，故勒宠信弥隆，委以专征之任。所在立功将佐、亲戚莫不敬惮，勒深嘉之。拜征虏将军，性尤酷虐，所为无道，军中有勇干策略与己侔者，因猎戏辄以事害之，前后所杀甚众。勒之居襄国，刘聪以虎为魏郡太守，镇邺三台，后封繁阳侯，食邑三千户。勒即大单于赵王位，署为单于、元辅都督、禁卫诸军、加侍中开府，进封中山公。及勒僭称尊号，授太尉守，尚书令，进封中山王，食邑万户。虎自以勋高一时，谓勒即位之后，大单于必在己，而更以授其子弘，乃深恨之。私谓其子邃曰："主上自都襄国以来，端拱指授，以吾身当矢石二十余年，南擒刘岳，北走索头，东平齐鲁，西定秦雍，克殄十有三州。成大赵之业者，我也。大单于之望当以授我，今乃以与黄吻小儿，每一忆此，令人气塞，不能寝食。待主上晏驾之后，不足复留种也。"

建武元年春正月，虎废勒子弘，群臣已下劝其称尊号。虎下书曰："王室多难，海阳自弃，四海任重，故俛从推逼。朕闻道合乾坤者称皇，德协人神者称帝，皇帝之号非所敢称，且可称居摄赵天王，以副天人之望。"于是大赦境内殊死已下，改元建武。以夔安为侍中、太尉、守尚书令，郭殷为司空，韩晞为左仆射，魏槩、冯莫、张崇、曹显为尚书，申钟为侍中，郎闿为光禄大夫，王波为中书令，自余文武封拜各有差。立子邃为太子。虎以谶文天子当从东北来，于是备法驾行自信都而还以应之，分廮陶之柳乡立停驾县。又分司州之河南、河东、弘农、荥阳，兖州之陈留、东燕为洛州。又改陈留郡为建昌郡，属洛州。虎讳言勒，呼马勒曰"辔"，罗勒曰

“香菜”。时徐州从事兰陵朱纵杀刺史郭祥，以彭城归晋，虎遣将军王朗讨之，纵奔淮南。虎荒淫废政，外耽营缮，使太子邃省可尚书奏事，选牧守，祀郊庙，惟征伐刑断乃亲览之。鹳雀台崩，杀典匠少府任汪，复使修之，倍于常度。夏四月癸卯，虎率众南游至临江而还，有游骑十余匹至历阳。历阳太守袁耽甚惧，表闻于晋，不言骑多少，京师大震。遣司徒王导加大司马，假黄钺、都督、征讨诸军事以御之。癸丑，晋帝观兵于广莫门，分命诸将，遣将军刘仕救历阳，平西将军赵胤屯慈湖，龙骧将军路永戍牛渚，建武将军王允之戍芜湖，司空郗鉴使广陵，相陈光帅众卫京师。俄闻赵骑至少，又退向东阳，戊午解严。遂以桓宣为都督江沔前锋，征讨诸军事；平北将军、司州刺史假节镇襄阳。虎后遣征虏将军石遇率骑七千，渡沔寇中庐，围桓宣于襄阳。辅国左将军毛宝、南中郎将王国、征西司马王愆期等率荆州之众来援，屯于章山，遇三面为地窟攻城。宣募精勇，出其不意，杀伤数百，多获铠马。攻守二旬，遇军饥疫，不克而还。宣遣步骑收南阳诸郡，百姓陷没者八千余人。诏以宣为南阳、襄阳、新野、南乡四郡诸军事。梁州刺史毛宝为征虏将军，戍郏城。虎以租入殷广，转输劳烦，令中仓岁入百万斛，余皆储之水次。晋将军淳于安攻琅邪费县，俘获数千人。虎下书令刑赎之，家得以钱代财帛，无钱听以谷麦，皆随时价输水次仓。秋八月，冀州八郡雨雹，大伤秋稼，谷价腾贵，银一斤值米二斗。下书深自咎责，遣御史所在发水次仓麦，以给秋种，尤甚之处差复一年。鹳雀台成，赐匠各有差。九月，虎迁都邺宫，尚书请太常告庙，虎曰：“古者将举大事，必告宗庙，而不列社稷，尚书可详议以闻。”公卿乃请使太尉告社稷，从之。时自去年至九月，十一月不雨，及入邺宫，澍雨周洽，虎大悦，赦殊死已下。始制散骑常侍已上得乘轺轩，王公郊祀乘副车，驾四马，龙旗八旒，朔望朝会节乘轺轩。冬十月，羌薄句大犹保险未服，遣子章武王斌帅精骑二万，并秦、雍二州兵讨平之。虎如长乐、卫国，有田畴不辟、桑业不修者，贬其守宰而还。是年，奉天竺佛图澄于邺城。

建武二年春正月，使牙门将张弥徙洛阳钟虡、九龙、翁仲、铜驼、飞廉于邺。虎大悦，为之赦二岁刑，赉百姓谷帛，百官爵一级。下书曰："三载考绩，黜陟幽明，斯则先王之令典，政事之通塞。魏始建九品之制，三年一清定之，虽未尽弘美，亦缙绅之清律，人伦之明镜。从尔以来，遵用无改。先帝创临天下，黄纸再定。至于选举，铨为首格。自不清定，三载于兹。主者其更铨论，务扬清激浊，使九流咸允也。吏部选举，可依晋氏九班选制，永为揆法。选毕，经中书、门下宣示三省，然后施行之。其著此诏书，于令铨衡，不奉行者，御史弹坐以闻。"冬十一月，索头郁鞠率众三万来降虎，署郁鞠等十三人为亲通赵王，皆封列侯，散其部众于冀、青等六州。时众役烦兴，军旅不息，加以久旱谷贵，百姓饥馑，野无生草，金一斤直米二斗，银一两直肉一斤，流亡死者十有六七，百姓嗷然，无所生赖，或掘野鼠捕蛰燕而食之。配饥人以食之，公卿以下出谷以助赈给，奸吏因之侵夺无已，虽有贷赡之名而无其实。先是，孟津、河东去邺城五□里，有济北郡谷城县谷城山，是黄石公所葬处。有人登此山，见崩土中有文石，石文鲜明，诣邺献之。使采取以治宫殿，遂免谷城令，以不奏闻故也。虎大起宫殿于邺都，遂于邺西文昌故殿处，造东西太武二殿，采谷城山文石为基。基下五百武直宿卫，屈柱趺瓦，悉铸铜为之，金漆图饰焉。又徙长安、洛阳铜人，置诸宫前，以华其国。城之西北有三台，皆因城为基，巍然崇举，其高若山。又建九华宫，以三三为位，谓之"九华"。北建逍遥楼，东北建披云楼，城门上建玳瑁楼，纯用金银装饰，悬五色珠帘，白玉钩带，内有瑜石床，以玳瑁为龟甲文，铺以十色锦绣，故名玳瑁楼。其太武殿悬紫绶于梁柱，缀玉璧于绶。又造东西宫，邺宫南面三门。西凤阳门，高二十五丈，上有层楼。向阳安金凤凰二头，于其上镇之，其头高一丈六尺。东城上立东明观，观上加金博山，谓之"锵天"。北城上有齐午楼，超出群榭，孤高特立。其城东西七里，南北五里，饰表以砖，百步一楼。凡诸宫殿门台隅雉，皆加观榭，层甍迭宇，飞檐拂云。图以丹青色，以轻素门窗户宇朱柱白壁。未到邺城六七十里，遥望苕亭，便见此门巍若仙居。邺城东门石桥，有两石柱，制作精妙。柱侧悉镂云炬，上作蟠螭，甚有形势，信为巧工。太武殿基高二丈八尺，以文石綷之，下穿伏室，置卫士五百人于其中。东西七十五步，南北六十五步，皆以漆灌瓦，金铛银楹，珠帘玉璧，穷极伎巧。又于太武殿前起楼，高四十丈，结珠为帘，垂五色玉佩，风至铿锵，和鸣清雅。盛夏之时，登高楼以望四极，奏金石丝竹之乐，以日继夜。于楼下开马埒射场，周回四百步，皆文石丹砂及彩画。于埒旁聚金玉钱贝之宝，以赏百戏。四厢置锦幔，屋柱皆隐起为龙凤百兽之形，雕琢众玉，以饰楹柱，夜中往往有光明。集诸羌氐于楼上，或时亢旱，舂杂宝异香为屑，使数百人于楼上吹散之，名曰“芳尘”。台上有铜龙，腹可盛数百斛酒，使胡人于楼上噀酒，风至，望之如露，名曰“粘雨台”，引以洒尘。楼上戏笑之声，音震邺中。又造梁马台，一名笑马台，一名戏马台，一名阅马台。在城中漳水之南约次，为台基高五丈，列观其上。虎常于此台练简骑卒武牙，宿将云腾。黑稍骑五千，每月朔晦，阅马于此台。虎每讲武于其下，升观以望之，乃于漳水之南，张帜鸣鼓，列骑星罗。虎登台射哮箭一发，五千骑一时奔走，从漳水之南，齐至于台下。队督以下，皆有班赉。虎又射一箭，五千骑又一时奔走，至于漳水之北，其五千流散攒促，若数万人骑，皆以黑稍从事，故以“黑稍”为号。又以介羽漆砂，即名斗鸡台，以斗鸡为戏。其北有临漳宫，东有永乐宫，西有黎园宫，东南有赤桥宫，西北有紫陌宫。又有御龙、宣武、凌霄、如意四观，皆虎游猎燕息之所。又有圣寿堂，用玉珂八百具，抱桂丁香末以涂壁，胡桃油以涂瓦，垂金铃万余个，若微风至，则声闻十余里。又于铜雀台更增二丈，立一屋，连栋接檐，弥覆其上，盘回隔之，名曰“命子窟”。又于屋上起五层楼，高十五丈，去地二十丈。又作铜雀于楼巅，舒翼若飞。南列金雀台，高八丈，有屋一百九间；北曰“冰井台”，亦高八丈，有屋百四十间。上有冰室，室有数井，井深十五丈，冬月藏冰，三伏之日，以冰赐大臣。及藏石墨，石墨可书，又燃之难尽，亦谓之石炭。又有粟窖及盐，以备不虞，今窖上犹有石铭存焉。又起灵凤台九殿于显阳殿后，选百官州郡民女以充之。又于正会殿南面临轩殿上，施白玉床流苏帐，皆窃拟礼制，整法服，冠通天，佩玉玺，玄衣纁裳，画日月火龙，黼黻华虫粉米。改车服着远游冠，临轩大会着丹纱袍，猎着金缕合欢袴，改虎头鞶囊为龙头鞶囊。又改直荡冠为龙腾冠，以绛帻于襄国。又作金华殿，殿前有白龙樽，作金龙于东厢，西向龙口。又安玉盘，受玉十斛。又安金博山，蝉翼单纱里服。天晓行礼，公执圭，卿执羔，大夫执雁，士执雉，一如旧礼，充庭车马。四月八日，九龙衔水浴太子之象。

太武殿前，沟水注之。浴时，沟中先安铜龙以疏其水，相去六七步，注之断水。又安铜龟饮秽水，出后脚下，入诸公主第。沟水亦出建春门。又有皇后浴室三间，徘徊侧宇，栌檘隐起，雕彩刻镂，极尽粲丽；室中临池，上有石床，别为浴台。有四时浴室，皆用瑜石珷玞为堤岸，或以琥珀车渠为瓶杓，夏则引外沟水以纳于池。池中皆以纱縠为囊，盛百杂香，渍于水底。或用葛为囊。严冰之时，作铜屈龙数千枚，各重数十斤，烧如火色，投于水中，则池水恒温，引浴室中，名曰“燋龙温池”。又用文锦步障萦蔽浴所，与宫人宠嬖者，解媟服宴戏，弥于日夜，名曰“清嬉浴室”。浴罢泄水于宫外，水流之所，名“温香渠”。渠外之人争来汲取，得升合以归其家人，莫不怡悦。浴室中种二长生树，枝条交于栋上，团团作车盖形，冬日不凋，叶大如掌，至八九月乃生华，花色白，子赤，大如橡子，不中啖也，世人谓之“西王母长生树”。又安盘带十斛于二树之间，冬月施蜀锦流苏斗帐，又用明光锦以白缣为里，名曰“复帐”。帐之四角，安纯金银，凿镂香炉，爇以百和香，安金莲花以冠帐顶。帐之四面，皆作十二章相，采色耀烂。又作沉苏帐，帐顶亦安金莲花，花中悬金薄，织成綩囊，裹受三升，以沉香注帐之，四面上有十二香囊，彩色亦同。又安纯金龙头衔五色沉苏，或用黄绨博山文锦，或用紫绨及大小明光锦。大约春秋施锦帐，表以五色丝为夹帐，夏用单纱罗或綦文单罗，或縠文罗为单帐。织锦罗在中，尚方三署皆数百人，锦有大登高小登高、大明光小明光、大博山小博山、大茱萸、小茱萸、大交龙、小交龙，蒲萄文锦、班文锦、凤凰锦、朱雀锦、韬文锦、桃核文锦，其御罽有豹头文罽、鹿子罽、花罽，或青绨、或白绨、或黄绨、或绿绨、或紫绨、或蜀绨，工巧百数，不可尽名。又作云母五明金薄莫难扇，此一扇之名也。薄打纯金如蝉翼，二面彩漆图画，列仙奇异鸟兽。其五明方中，辟方三寸或五寸，随扇大小，云母帖其中，细缕缝其际，虽掩尽而彩色明彻，看之如谓可取，故名“莫难”也。虎出时，常以此扇挟乘舆，或用象牙及桃枝扇，其上或作绿沈色，或作木兰色，或作紫绀色，或作郁金色。又作金银钮屈膝屏风，衣以白缣，画文人、义士、仙人、禽兽之像，赞者皆三十二言。高施则八尺，下施则四尺，或施六尺，随意所欲高下。文驾有金银辇、云母辇数百乘，皇后出乘嵩辂，或乘文武玉辂，或乘朱漆卧辇，以云母代纱，中外四梁皆通彻明亮。虎正会上御食游盘两重，皆金银参带，百二十盏，雕饰并同。其参带之间，茱萸尽微。如被发，近看乃得见动，游带则圆转也。御床独方三丈，其余床皆局脚高下六尺，后宫别妾房中，有小形玉床。又有转开床以射鸟兽，其作褥，周三丈，用锦缘之，作席以锦，杂以五香，施以五彩线，编蒲皮缘之，名“五彩席”。所以祭天御坐几，悉雕漆画，皆为五彩色，又有三人台，及宫内中镜有径二三尺者，纯金蟠龙雕饰，又有大小镜二万余枚，又为曲镜。又以胡粉和椒涂壁，名曰“椒房”。后庭服绮縠、玩珍奇者万余人，内置女官十有八等，教宫人星占及马步射。置女太史于灵台，仰观灾祥，以考外太史之虚实。禁郡国不得私学星谶，敢有犯者斩。正会置三十部女鼓吹，三十步辄置一部，一部十二人，皆在平阁上，去地丈余。又置女尚书官属，皆着紫袴，佩玉羽仪，杂伎工巧，皆与外侔。正会殿前作乐高絙，龙鱼凤凰安息玉案之属，莫不毕备。额上缘橦，至上鸟飞，左回右转，又以橦着口齿上，亦如之。设马车，立木橦其车上，长二尺，橦头安两木，伎儿各坐木一头，或高飞，或倒挂。又依伎儿作猕猴之形走马上，或在胁，或在头，或在尾，马走如故，名为“猨骑”。有二铜驼，如马形，长一丈，高一丈，足如牛尾，长二尺，脊如马鞍。在中阳门外，夹道相向。铜钟四枚如铎形，高二丈八尺，大面广一丈二尺，小面广七尺，或作蛟龙，或作鸟兽绕其上。又宫妓数千人，尽着皂构，头着神弁，如今之礼贤冠也。虎左右置直卫万人，皆着五色细铠，光曜夺目。虎与皇后出，常以女骑一千为卤簿。冬日皆着紫纶巾，织熟锦袴，腰中皆着金银镂带。手持雌黄，宛转角弓。脚着五彩织成靴，随时游于戏马台。虎与皇后在台上，有诏书，以五色纸着凤凰口中。凤既衔诏，侍人放数百丈绯绳，辘轳回转，状若飞翔，飞下端门。凤以木作之，五色文身，脚皆高用金。每年三月三日，虎及皇后会公主妃主，名家妇女无不毕出。临水施设帐幔，车服灿烂，走马步射，饮宴终日。又令左校令成公段造庭燎于崇杠之末，高十余丈，上盘置燎，下盘置人，缰缴上下。虎试而悦之。正会殿庭中、端门外及阊阖门前，设百二十枚灯，以铁为之，高皆一丈六尺。是年，魏烈帝出居于邺，虎奉第宅伎妾奴婢什物。

建武三年春正月庚辰，太保夔安等文武五百九人，劝虎上皇帝尊号。安等方入，庭燎油灌下盘，死者二十余人。虎恶之，腰斩成公段于阊阖门。辛巳，虎依殷周之制称大赵天王。初，虎衣衮冕，将祀南郊，照一大镜，不见其首，乃大恐怖，遂不敢称皇帝，自贬为王。至是又僭称大赵天王，即位于南郊，大赦境内殊死已下，追尊祖訇邪为武皇帝，父寇觅为太宗孝皇帝，立后郑氏为天王皇后，太子邃为天王皇太子，诸子为王者皆贬封，郡公宗室为王者降为县侯，百官封署各有差。太原徙人有五百余户叛入黑羌。武乡长城徙人韩强获玄玉玺，方四寸七分，龟钮金文，诣邺献之。拜强骑都尉，复其一门。使人采药于华山上，得玉版一枚，其色黑，文曰：“岁在申酉，不绝如线；岁在壬子，真人乃见。”虎以为应符之兆，大悦。夔安等又劝进曰：“臣等谨案大赵水德，玄龟者水之精也，玉者古之宝也，分之数以象七政，寸之纪以准四极，昊天成命，不可久违。辄下史官择吉日，具礼仪，谨昧死上皇帝尊号。”虎下书曰：“过相褒美，猥见推逼，览增恧然，非所望也，其亟止兹议。今东作告始，自非京城内外，皆不得表庆。”中书令王波上《玄玺颂》以美之。虎以石弘时造此玺，强遇而献之。太子邃既总百揆，淫虐无道，河间公宣、乐安公韬皆有宠于虎，邃疾之如仇。虎又荒耽内游，威刑失度，邃以事为可呈呈之。虎恚曰：“此小事，何足呈也。”时有所不闻，复恚曰：“何以不呈?”诮责笞捶，月至再三。邃甚恨之。秋七月，邃潜谋为逆，乃称疾不视事。虎闻邃有疾，欲往视之，先遣所亲任女尚书往察，邃呼前与语，抽剑击之。虎闻大怒，收中庶子李颜等诛之，幽邃于东宫，废为庶人，其夜杀邃，并其妃张氏及男女二十六人，合一棺埋之，宫臣支党二百余人皆伏诛，废邃母郑氏为东海太妃。立河间公宣为天王皇太子，宣母杜昭仪为天王皇后。冬十一月乙丑，太白犯岁星于营室。是年，虎将李穆率骑五千，送魏烈帝于大宁。其故部落多归附之国，人复奉烈帝为代王，城盛乐而居之，以其弟昭成帝为质于赵。

建武四年春正月，虎将伐鲜卑段辽于辽西，募有勇力者三万人，皆拜龙腾中郎。会辽遣从弟段屈云袭幽州。幽州刺史李孟退奔易京。虎以桃豹为横海将军，王华为渡辽将军，统舟师十万，出漂渝津；支雄为龙骧将军，姚弋仲为冠军将军，统步骑十万为前锋，以伐段辽。三月，进次金台，支雄前驱入蓟，段辽所署渔阳太守马鲍、代相张牧、上谷相侯龛等四十余城并率众来降。北平相阳裕帅其民千余家，登燕山以自固。雄攻安次，斩其部大人那楼奇。辽惧，率妻子宗族豪大千余家，弃令支奔密云山。辽左长史刘群、右长史卢谌、司马崔悦等封其府库，遣使请降。虎遣将军郭泰、麻秋等帅轻骑二万追辽，及之，战于密云，获其母妻，斩级三千。辽单马窜险，保于平岗，遣子乞特真送表及献名马，虎纳之。遂入令支迁其户二万余于雍、司、兖、豫四州，士大夫之有才行者皆擢叙之。先是，北单于乙回为鲜卑敌那所逐，既平辽西，遣其将李穆击敌那破之，复立乙回而还。虎入辽宫，论功封赏将士各有差。阳裕诣军门降，即拜北平太守。夏四月，初，慕容皝与段辽有隙，遣使称藩于虎，陈辽宜伐，请尽众来会。及军至令支，皝师不出。虎以皝不会兵攻辽而自专其利，谋将伐之。佛图澄曰："燕福德之国，未可加兵。"虎作色曰："以此攻城，何城不克；以此众战，谁能御之。区区小竖，何所逃也！"太史令赵揽固谏曰："燕地岁星所守，行师无功，必受其祸。"虎怒，鞭之，出为肥如长。虎遣使四出，招诱民夷，燕成周内史崔焘、居就令游泓、武原内史常霸、东夷校尉封抽、护军宋晃等皆应之，凡得三十六城。戊子，进逼棘城，不拔。壬辰，引退，皝遣子恪率胡骑三千，晨出挑战，诸门皆若有师出者，四面如云。虎大惊，弃甲逃遁。惟游击将军石闵一军独全，于是，召赵揽复为太史令，虎还自令支，过易京，恶其固而毁之。因谒石勒墓，朝其群臣于襄国。建德前殿，复从征文武有差。至邺，设饮至之礼，赐俘遍于丞郎。以刘群为中书令，卢谌为中书侍郎，蒲洪以功拜使持节、都督六夷诸军事、冠军将军，封西平郡公。石闵言于虎曰："蒲洪雄俊骁果，其诸子并非常才，宜密除之。"虎不纳，待之愈厚。虎谋伐昌黎，遣渡辽将军曹伏将青州之众渡海，戍蹋顿城，无水而还。因戍于海岛，运谷三百万斛以给之。又以船三百艘，运谷三十万斛诣高句丽，使典农中郎将王典率众万余屯田海滨。又令青州造船千艘，以谋击燕掠缘海诸县，所在杀戮。五月，使太子宣率步骑二万，击朔方鲜卑斛摩头，破之，斩首四万余级。

六月，冀州八郡大蝗，司隶请坐守宰，虎曰："此政之失和，朕之不德所致，而欲委咎守宰，岂禹、汤罪己之义耶！司隶不进谠言，佐朕不逮，而欲妄陷无辜，所以重吾之责也。可白衣领司隶。"加子司徒韬金钲黄钺，銮辂九旒。虎使襄城公涉归、上庸公日归率众戍长安。二归告，镇西将军石广私树恩泽，潜谋不轨。虎大怒，追广至邺，杀之。冬十二月，段辽自密云山遣使诈降，虎信之，使征东将军麻秋率众三万百里郊迎，敕秋曰："受降如待敌，将军慎之。"乃以尚书左丞阳裕，辽之故臣，使为秋司马。辽又遣使降于慕容皝，曰："胡贪而无谋，吾今请降求迎，彼终不疑也。若伏重军以要之，可以得志。"皝遣慕容恪伏精骑七千于密云山，大败秋于三藏口，死者十六七。秋步走得免，阳裕为燕所执。虎闻秋败，惊怒，方食吐哺，削秋官爵。是时，百姓因佛图澄率多奉佛，皆营造寺庙，削发出家。虎以真伪杂揉，多往愆过，乃下书问中书令曰："佛号世尊，国家所奉。闾里小人无爵秩者，应得事佛与否？又沙门皆应高洁贞正，行能精进，然后可为道士。今沙门甚众，或有奸宄避役，多非其人。可料简详，议真伪。"中书著作郎王度等奏曰："夫王者郊祀天地，祭奉百神，载在祀典，礼有常飨。佛出西域，外国之神，功不施民，非天子诸华所应祠奉。往者汉明感梦，初传其道，惟听西域人得立寺都邑，以奉其神。其汉人皆不得出家，魏承汉制，亦循前轨。今大赵受命，率由旧章，华戎制异，人神流别，外不同内，享祭殊礼，华夏服礼不宜杂错，国家可断汉人悉不听诣寺烧香礼拜，以遵典礼。其百辟卿士下逮众隶，例皆禁之。其有犯者与淫祀同罪。其赵人为沙门者，还从四民之服。"中书令王波同度所奏。虎以澄故，下书曰："度议云，佛是外国之神，非天子诸华所可宜奉。朕生自北鄙，忝当期运，君临诸夏。至于飨祀，应从本俗。佛是戎神，所行兼奉。夫制由上行，永世作则。苟事允无亏，何拘前代。其夷赵百姓，有舍于淫祀乐事佛者，悉听为道士。"于是慢戒之徒，因之以励。是年，魏烈帝疾病，命诸大人迎昭成立之。既卒，诸大人梁盖等以新有大故，昭成在远，来未可必；比至之间，恐生变乱，宜立长君，以镇众望。而烈帝次弟屈，刚猛多诈，不如屈弟孤宽和仁厚，乃相与杀屈而立孤。孤曰："吾兄居长，自应继立，吾安可越次而居大业。"乃自诣邺，奉迎昭成，请身留为质。虎义而俱遣之。

（录自《十六国春秋·后赵录》）

石虎中

建武五年春正月，虎下书令诸郡国立五经博士。初，勒置大小学博士，于是复置国子博士、助教。虎以吏部选举斥外耆德，而势门童幼多为美官，免郎中魏夐为庶人。夏四月辛未，晋征西将军庾亮遣参军赵松击巴中江阳，获蜀将李闳、黄桓等。又欲率众十万移镇石城，遣诸军罗布江沔，为伐赵之规。帝下其议，时晋咸康五年也。丞相王导请许之。太尉郗鉴以为资用未备，不可大举。太常蔡谟议曰："时有否泰，道有屈伸，暴逆之寇，虽终灭亡，然当其强盛，皆屈而避之，是以高祖受黜于巴汉，忍辱于平城也。若争强于鸿门，则亡不终日。故萧何曰：'百战百败，不死何待。'原始要终，期于大济而已。岂与当亡之寇争迟速之间哉！夫惟鸿门之不争，故垓下莫能与之争。文王身圮于羑里，故道泰于牧野；句践见屈于会稽，故威伸于强吴。今日之事，亦由此矣。贼假息之命垂尽，而豺狼之力尚强，宜抗威以待时。或曰：'抗违待时，时已可矣。'愚以为时之可否在胡之强弱，胡之强弱在虎之能否。虎之能否，可得而言也。自勒初起，虎常为爪牙，百战百胜，遂定中原，境土所据，同于魏世。勒死之日，将相内外悉欲诛之。虎独起于众异之中，杀嗣主，诛宠臣。内难既定，千里远出，一攻而拔金墉，再战而斩石生，禽彭彪，杀石聪，灭郭权，还据根本，内外并定，四方镇守，不失尺土。详察此事，岂能乎？将不能也！假令不能者为之，其济乎？将不济也！胡前攻襄阳而不能拔，诚有之矣。不信百战之效，而执一攻之验，弃多从少，于理安乎？譬若射者，百发而一不中，可谓之拙乎？且不拔襄阳者，非虎之身也。桓平北，守边之将尔。贼前攻之，争疆场尔，得之为喜，不得则止，非其所急也。今征西之往，则异于是。何者？重镇也，名将也，中国之人所闻而归心也。今而西渡，实有席卷河南之势，贼所大惧，岂与桓宣同哉！虎必率其精兵，身来拒战。若欲与战，战何如石生？若欲城守，守何如金墉？若欲阻沔，沔何如大江？苏峻何如虎？凡此数者，宜详校之。愚谓石生猛将，关中精兵，今征西之战不能胜也。金墉险固，刘曜十万所不能拔，今征西之守不能胜也。又是时兖州、洛阳、关中皆举兵击虎。比今，三处反为其用，方之于前，倍半之举也。昔石生不能敌其半，而征西欲当其倍，愚所疑也。苏峻之强不及虎，沔水之险不及大江。大江不能御峻，而以沔水御虎，又所疑也。昔祖士雅在谯，佃于城北，虑贼来攻，因以为资，故豫安军以御其外。谷将熟，贼果至，丁夫战于外，老弱获于内，多持炬火，急则烧谷而走。如此数年，竟不得其利。是时贼惟据沔北，方之于今，四分之一尔。士雅不能捍其一，而征西欲御其四，又所疑也。或云：'贼若多来，则必无粮。'然致粮之难，莫过崤函。虎昔涉此险，深入敌国，平关中而后还。今至襄阳，路既无险，又行其国内，自相供给，方之于前，难易百倍。前已经至难，而谓今不能济其易，又所疑也。然此所论，但说征西既至之后尔，尚未论道路之虏也。自沔以西，水急岸高，鱼贯溯流，首尾百里。若贼无宋襄之义，及我未阵而击之，将若之何？今王士与贼，水陆势异，便习不同，寇若送死，虽开江延敌，以一当千，犹吞之有余，宜诱而致之，以保万全。弃江远进，以我所短，击彼所长，恐非庙胜之算也。"朝议同之，故亮不果移镇。

亮弟怿时为辅国将军，梁州刺史假节镇魏兴，遣牙门霍佐迎将士妻子，佐驱三百余口奔降于虎。燕复遣别将来攻辽西，虎以石成为镇远将军，帅积弩将军呼延晃、建威将军张支等击之。晃、支为燕所杀，俘获数千家而去。秋七月，虎以太子宣为大单于，建天子旌旗。八月，以夔安为征讨大都督，统石鉴、石闵、李农、张貉、李菟五将军，帅步骑五万，寇荆扬北鄙。九月，石闵败晋师于沔阴，杀将军蔡怀。夔安、李农，攻陷沔南。太子宣将朱保败晋师于白石，杀将军郑豹、谈玄、郝庄、随相、蔡熊等五人。张貉攻邾城，败晋征虏将军毛宝于邾西。宝求救于庾亮，亮以城固，不时遣军。郏城遂陷，死者万余人。西阳太守樊峻与毛宝率左右突围出走，赴江溺死。夔安进据胡亭，因寇江夏，晋义阳将军黄冲、历阳太守郑进以郡迎降。安等进围石城，竟陵太守李阳拒战，安败石首，掳五千余级，乃潜师而退。遂掠汉东，拥七万余家迁于幽、冀。是时，豪戚侵恣，贿托公行，虎患之，乃擢殿中御史李巨为御史中丞，特加亲任。自此百僚震慑，州郡肃清。虎曰："朕尝谓良臣如猛兽高步通衢而豺狼避路，信矣哉李巨是也！"赏赐甚厚。巨竟以疾卒。镇远将军王擢表雍、秦二州族望，自东徙已来，遂在戍役之所，既衣冠华胄，宜蒙优免，从之。自是皇甫、胡、梁、韦、杜、牛、辛等十有七姓蠲其兵贯，一同华族，随才铨叙，思欲还桑梓者听之。其非此等，不得为例。冬十月，以抚军将军李农为使持节、监辽西北平诸军事、征东将军、营州牧镇令支农率众三万，与征北大将军张举攻燕凡城。虎以辽西迫近燕境，数遭攻袭，乃徙其民于冀州之南。十二月丁丑，太保桃豹卒。

建武六年春二月，虎将石成与慕容皝战于辽西，大败，引归。夏六月，大旱，白虹经天，自正月至六月不雨。虎遣太子宣诣临漳滏口祈之，久而不降，乃下书曰："朕在位六载，不能上和乾象，下济黎元，以致星虹之变。其令百僚各上封事，解西山之禁，蒲苇鱼盐除岁供之外，皆无所困。公侯卿牧不得规占山泽，夺百姓之利。"又下书曰："前以丰国、渑池二治初建，徙刑徒配之，权救时务，而主遂为恒法，致起怨声。自今犯罪流徒，皆当申奏，不得辄配也。京狱见囚，非手杀人，一皆原遣。"又命佛图澄自行祈雨，俄有白龙降于祈所。其日澍雨，方数千里，是年大收。秋七月，虎遗汉主李寿书，欲与之连兵入寇，约中分江南。九月，尚书令夔安卒，虎将讨慕容皝，命司、冀、青、徐、幽、并、雍七州兼复之，家五丁取三，四丁取二，合邺城旧军满五千万，具船万艘，自河通海运谷豆千一百万斛于乐安城，以供军征之用。徙辽西、北平、渔阳万余户于兖、豫、雍、洛四州之地。自幽州以东至白狼、大兴屯田，以国内马少，悉括取民马，有敢私匿者腰斩，凡收百姓马四万余匹以入于公。虎僭位之后，有所调用，皆选司拟官，经令仆而后行。不得其人，按为令仆之责，尚书及郎不坐。至是，吏部尚书刘真以为失铨考之体，上书言之，虎怒责王者，加真光禄大夫，金章紫绶。虎如宛阳，大阅于曜武场。冬十月，慕容皝袭幽、冀。幽州刺史石光拥兵数万，闭城不出。皝入自蠮螉塞，戍将当道者皆斩之，直抵蓟城，进破武遂津，入高阳，所至焚烧积聚，略三万余家而去。光坐懦弱征还，赐征士辛谧几杖衣服，谷五百斛，敕平原为起甲第。是月，挹娄国遣使通贡，虎召其使而问之，答曰："每候牛马向西南眠者三年矣，是知有大国所在，故重译来云。"初，李寿将李闳自晋来奔寿，致书请之，题曰："赵王石君虎不悦，付外议之，多有异同。"中书监王波议曰："今李闳以死自誓，若得返魂蜀汉，当鸠率宗族，混同王化。若遣而果也，则不烦一旅坐定梁、益。若有前却，不过失一亡命之夫尔，于赵何损？寿既号并日月，跨僭一方，今以制诏，与之彼必酬反，取诮戎裔。不若直书答之，因请以挹娄国所献楛矢石弩，遗寿曰，使其知我能服遐荒也。"虎从之。于是遣闳归报备物以酬之。闳既至蜀汉，李寿欲夸其境内，下诏曰："羯使来庭贡其方物。"虎闻之怒甚，黜王波以白衣领职。虎以秦公韬为太尉，与太子宣迭日省可尚书奏事，专决刑赏，不复启白。司徒申钟谏曰："庆赏刑威，后皇攸执，名器至重，不可假人，所以防微杜渐，以示轨仪。太子国之储贰，朝夕视膳，不当豫政。庶人邃往，以闻政致败。殷鉴不远，宜革而弗遵。且二政分权，鲜不阶祸。周有子颓之衅，郑有叔段之难，此皆由宠之不道，所以乱国害亲，惟陛下览之。"虎不从。凉州牧张骏惮虎之盛，遣别驾马诜来朝。虎初大悦，及览其表辞颇蹇傲，由是大怒，欲斩诜，侍中石璞谏止之。建武七年冬十月，匈奴刘务桓入贡。虎以务桓为平北将军、左贤王。遣横海将军王华帅舟师自海道袭燕安平，破之。又遣北中郎将始筑卢奴小城，兴起北榭，立宫造殿。

建武八年夏四月，虎志在穷兵，以国内马少，乃下令禁民畜马，匿者腰斩，收百姓马四万余匹以入公府。秋七月，虎大兴宫室，自襄国起阁道至邺，二百里中，四十里辄一宫，有一夫人，侍婢数十，黄门宿卫。虎下辇即止。凡虎所起内外大小行宫，夹道树榆，盛暑之月，人行其下。冬十二月，作台观、行宫四十余所。又营长安、洛阳二宫，作者四十余万人。邺城东七里有赤桥之宫。敕河南四州治南伐之具，并、朔、秦、雍严西讨之资，青、冀、幽州为东征之计，皆三五发卒。诸州军造甲者五十余万人，船夫十七万人，为水所没，猛兽所食者三分居一。兼之公侯、牧宰竞兴私利，侵扰黎元，庶民失业，得农桑者十室而三。贝丘人李弘因众心之怨，自言姓名应谶，连结奸党，署置百僚。事发诛之，连坐者数千家。

虎驰猎无度，晨出夜归，又多轻行，躬察作所。侍中韦谀谏曰："臣闻千金之子，坐不垂堂，万乘之主，行不履危。陛下虽天生神武，雄据四海，乾坤冥赞，万无所虑者也。然白龙鱼服，有豫且之祸；海若潜游，罹葛陂之酷。愿陛下清宫跸路，思二神为先鉴。不可忽天下之重，轻行斤斧之间。猝有狂夫之变，龙腾之勇不暇施也，智士之计岂及设哉！又自古圣王营建宫室，未始不以三农之隙，所以不夺农时也。今或盛功于耘艺之辰，或烦役于收获之月，顿毙盈途，怨声塞路，诚非圣仁所忍为也。昔汉明贤君也，钟离一言而德阳役止。臣诚识惭昔士，言无可采，陛下道越前王，所宜哀览。"虎善之，赐以谷帛，而兴缮滋繁，游察自若。秦公韬有宠于虎，太子宣恶之，右仆射张离领五兵尚书，专总兵权，欲求媚于宣，因说之曰："今诸公侯吏兵过限，宜渐削弱，以壮储威。"宣悦其言，使离奏夺诸公府吏、秦、燕、义阳、乐平四公，听置吏一百九十七人，帐下兵二百人，自是以下三分置一，余兵五万，悉配东宫。于是诸公咸怨，嫌隙渐深矣。遣征北将军张举自雁门讨索头郁鞠，克之。课责征士五人出车一乘，牛二头，米各十五斛，绢十匹，诸役调有不办者皆以斩论。将图江表，百姓穷窘，率多鬻子以充军需，犹不能给，乃自经于道树死者相望，而求发无已。会青州上言，济南平陵城西北石虎，一夕忽移于城东南善石沟，上有狼狐千余迹随之，迹皆成蹊。虎大悦曰："石虎者，朕也。自西北徙而东南者，天意欲使朕平荡江南也。天命不可违，其敕诸州兵明年悉集。朕当亲董六军，以奉天命。"群臣皆贺，上皇德颂者一百七人。时妖怪尤多。上党孟门上有神人之象，坐于山上，三日而去，遣使以太牢祀之。武乡送雄虎变为雌，产一狼子，即噬虎脑而杀之。后三日，狼子亦死。石然于泰山，八日而灭。东海有大石自立，旁有血流。邺西山石间血流出，长十余步，广二尺余。太武殿初成图画，自古圣贤、忠臣、孝子、烈士、贞女，皆变为胡状。旬余，头悉缩入肩中，惟冠祄彷佛微出。虎大恶，秘而不言。佛图澄对之流涕。

建武九年夏五月，虎帅众伐慕容皝，为皝所败。时晋建元元年也。秋七月，晋都督江荆等诸军事庾翼以灭胡取蜀为己任，遣使东约慕容皝，西约张骏，刻期大举。朝议多以为难，惟车骑将军庾冰意与之同，而桓温等赞成之。至是诏议经略中原，翼欲悉众北伐，表桓宣督诸军，趋丹水，温为前锋水督，帅众入临淮，并为所统。虎汝南太守戴开帅数千人奔降。丁丑，康帝诏曰："慕容皝摧殄羯寇，乃云死没八万余人，将自其天亡之始也。中原之事，宜加筹量。且戴开已帅部党归顺，宜加慰劳。"又檄石虎文曰："石勒因衅，前覆旧京，穷凶极逆，伪号累祀。百姓受灰没之酷，王室有黍离之哀。不为少康之隆，孰能祀夏？不有宣王之兴，谁克旧物？羯帅石虎，僭袭凶叶，负恃其众，陆梁河朔。每念俯之士，怀仁抱义，食胆饮血，罹其祸酷，心存倒悬，而力不能奋。今遣使持节、荆州刺史、亭都侯翼，高旗连云，组练映日，运孙吴之筹，按尚父之略，莫不张胆咀铁，人思自奋。以此众战，其犹烈火之燔秋蓬，衡飙之扫落叶也。"八月，太白犯岁星，岁星在轸。虎遣宁远将军刘宁攻武都狄道，陷之。太子宣讨鲜卑斛谷提，大破之，斩首三万级。中谒者令申扁有宠于虎，宣亦昵之。扁聪辨明断，专掌机密之任。虎既不省奏案，太子宣荒酒内淫，秦公韬沉湎好猎，生杀拜除皆扁所决，权倾内外。刺史二千石多出其门，九卿已下望尘而拜。惟侍中郑系、王谟，常侍卢谌、崔约等十余人与之抗礼。虎又取州郡吏马一万四千余匹，以配曜武关将，马主皆复一年。九月，宇文逸豆归执送段辽弟兰来降，并献骏马万匹。虎命兰帅所部鲜卑五千人屯令支。冬十二月，虎以平西将军张伏都为使持节、都督征讨诸军事，帅步骑三万击凉州，张骏伏都济河，与骏将谢艾战于河西，大败而还。虎虽昏虐无道，而颇慕经学，遣国子博士，诣洛阳写石经，校中经于秘书。国子祭酒聂熊注《穀梁春秋》，列于学宫。

大司马幽州牧燕公斌淫酒荒猎，常悬管而入。所聚群凶因以肆虐，征北将军张贺度严卫驰白之。虎遣尚书张离持节，召斌鞭之三百，免官归第。建武十年春正月，虎飨群臣于太武前殿，有白雁数百翔集马道之南，虎命射之，皆不获。时诸州兵集者百余万，太史令赵揽密言于虎曰："白雁集庭，宫室将空之象也，不宜南行。"虎信之，乃临宣武观大阅而解严复，以燕公斌为使持节、侍中、大司马、录尚书事，置左右戎昭、曜武将军，位在左右卫上。东宫置左右统将军，位在四率上。置上、中光禄大夫，位在左右光禄上。置镇卫将军，位在车骑将军上。二月，遣使征天水杨轲。轲少好易，长而不娶，学业精，养徒从数百，常食粗饮水，衣褐缊袍，人不堪其忧，而轲悠然自得，疎宾异客，音旨未尝交也。虽受业门徒，非入室弟子，莫得亲言。欲所论授，须旁无杂人，授入室弟子，令递相宣授。刘曜僭号，征拜太常，固辞不受，曜亦敬而不逼，遂隐于陇山。勒既禽曜，秦人东徙，轲留长安。至是，虎备玄纁束帛，安车征之不应，亲驾往视，亦高卧不起，迫之，乃发。既见，不拜；与语，不言，命舍于永昌乙第。有司以轲倨傲，请从大不敬论，虎不从，下书任轲所向。轲在永昌，虎每有馈饩，辄口授弟子，使为表谢，其文甚美，览者叹其有深致。虎欲观其真趣，乃密令美女夜以动之，轲萧然不顾。又使人将其弟子尽行，遣魁壮羯士衣甲持刀，临之以兵，并窃其所赐衣服。轲视而不言，了无惧色。常卧土床，覆以布被，裸寝其中，下无茵褥。颍川荀铺，好奇之士也，造而谈经，瞑目不答。发轲被，露其形，大笑之。轲神体颓然，无惊怒之状。于是咸以焦光之徒，未有能量其深浅也。后上疏陈乡思，求还。虎送以安车蒲轮，蠲十户供之，自归秦州，教授不绝。其后秦州兵乱，轲弟子以牛负轲西奔，为戍军追禽，遂为所害。

夏四月，凉州牧张骏遣将张瓘攻王擢于三交城，擢败，奔还。太子宣淫虐日甚，莫敢以告。领军将军王朗言于虎曰："今隆冬雪寒，而皇太子使人斫伐宫材，引于漳水，功役数万，士众吁嗟。陛下因出游罢之。"虎如其言，宣知朗所为，怒欲杀之而无因。会荧惑守房，太史令赵揽承宣旨言于虎曰："昴者，赵之分也，荧惑所在，其主恶之。房为天子，其殃不小。宜以贵臣姓王者当之。"虎曰："谁可当者？"揽久而对曰："无复贵于王领军也。"虎意惜朗，且猜之，曰："更言其次。"揽无以对，因曰："其次惟中书监王波尔。"虎乃下诏追波前议楛矢事，腰斩之。并其三子投尸漳水，以厌荧惑之变。寻愍波之无罪，追赠司空，封其孙为侯。平北将军尹农攻燕凡城，不克而还。黜为庶人。时大旱，自正月不雨。至六月，又白虹出自太社，经凤阳门东南连天，十余刻而灭。虎下书曰："盖古明王之理天下也，政以均平为首，化以仁惠为先，故能允协人和，缉熙神物。朕以眇薄，君临万邦，夕惕朝乾，思遵古烈，是以每下书蠲除徭役，休息黎元，庶俯怀百姓，仰禀三方。而中年以来变眚弥显，天文错乱，时气不应，斯由人怨于下，谴感皇天。虽朕之不明，亦群后不能翼奖之所致也。昔楚相修政，洪灾旋弭，郑卿励道，氛祲自消。皆股肱之良，用康群变，而群公卿士各怀道迷邦，拱默成败，岂所望于台辅百司哉！其各上封事，极言无隐。"于是闭凤阳门，惟元日乃开。立二畤于灵昌津，祠天及五郊。李寿以建宁、上庸、汉固、巴征、梓潼五郡来降。冬十一月，虎初起河桥于灵昌津上，采石为中济，石无大小，下辄流，去工五百余万，而桥经年不成。虎如灵昌津亲阅作工，遣散骑侍郎崔收沉璧于河。

明日所沉之璧流于渚上，波荡上岸，地震水涌，楼台殿观莫不倾坏，压死者百余人。虎恚甚，遂斩工匠，罢作而还。太子詹事孙珍问侍中崔约曰："吾患目疾，何方疗之?"约素狎珍，戏之曰："溺中则愈。"珍曰："目何可溺?"约曰："卿目睕睕，正耐溺中。"珍恨之，以白宣。宣于兄弟中最胡状目深，闻之大怒，诛约父子。珍遂有宠于宣，颇预朝政，公卿已下惮珍侧目。

建武十一年春正月，虎子义阳公鉴镇关中，役烦赋重，失关右之和。其友李松劝鉴文武有长发者，辄拔为冠，余以给宫人。长史取发白之，虎大怒，以右仆射张离为征西左长史、龙骧将军、雍州刺史察之，信然，征鉴还邺，收松下廷尉，以乐平公苞代镇长安。二月，发雍、洛、秦、并州十六万人城长安未央宫。虎性好猎，后体壮大，不堪乘马跨鞍，乃遣司农中郎将费霸帅工匠四千，于东平罡山造猎车千乘，辕长三丈，高一丈八尺，置格兽车四十乘，立三级，作楼二层于其上。其车使二十人舁之，如今之步辇，上安徘徊曲盖。当坐处施转关，若射鸟兽，直有所向，关随身而转。虎善射，矢不虚发，克期将校猎。自灵昌津南至荥阳东极阳都数千里为猎场，使御史监司其中禽兽，民有犯者，罪至大辟。御史因之擅作威福，民有美女好牛马者，求之不得，便诬以犯兽，论死者百余家。海岱、河济之间，民无宁志矣。又发豫、荆、兖诸州二十六万人修洛阳宫，发百姓牛二万余头配朔州牧官。增置内官二十四等，东宫十有二等，诸公侯七十余国皆为置女官九等。先是，大发百姓女二十已下十三已上万余人，为三等之第以分配之。郡县要媚其旨，务于美淑，夺人妇者九千余人。百姓妻有美色，豪势因而胁之，率多自杀。太子及诸公又私令采发者，亦垂一万，总会邺宫。虎临轩简第诸女，大悦，以使者为能封十二人皆为列。自初发至邺，诛杀其夫及夺而遣之，缢死者三千余人。荆、楚、扬、徐之民流叛略尽，宰守坐不能怀绥，下狱诛者五十余人。金紫光禄大夫逯明因侍切谏，虎大怒，遣龙腾拉而杀之。自是朝臣杜口相招，为禄仕而已。秋八月，晋豫州刺史路永以郡来降虎，署为征西将军，屯于寿春。冬十二月，以冠军将军姚弋仲为持节十郡六夷大都督、冠军大将军。使征东将军邓恒将兵数万屯乐安，治攻具，为取燕之计。是岁，晋梁州刺史桓宣伐虎，将李罴军次丹水，为虎所败。（录自《十六国春秋·后赵录》）

石虎下

建武十二年夏五月，尚书朱轨与中黄门严生不协，会大雨霖，道路陷滞不通。生因谮轨，不修道路，讪谤朝政。虎怒囚之，冠军将军蒲洪谏曰："臣闻圣王之御天下也，土阶三尺，茅茨不剪，食不累味，刑措而不用。亡君之驭海内也，倾宫琼台，象箸玉杯，截胫剖心，脯贤刳孕，故其亡也忽焉。今陛下既有襄国邺宫，足康帝宇，又修长安、洛阳宫殿，将何以用之？盘于田游，耽于女色，三代之亡，恒必由此。而忍为猎车千乘，环数千里，以养禽兽，夺人妻女十余万口，以盈后宫，圣帝明王之所为，固若是乎？尚书朱轨，纳言大臣，今以道路不修，将加酷法。此自陛下德政失和，阴阳灾沴，天降霖雨，七日乃霁。霁方二日，虽有鬼兵百万，亦未能去道路之涂潦，而况人乎？刑政如此，其如史笔何？其如四海何？愿止作徒，罢苑囿，出宫女，赦朱轨，以副众望。"虎省之，不悦，惮其强直，寝而不纳，弗之罪也。为之停长安、洛阳作役。于是立私议之条，偶语之律，听吏告其君，奴告其主，威刑日滥，公卿以下，朝会昃目，吉凶之问，自此而绝，不敢复相过从谈语。六月，将军王擢击张重华，袭武卫，执护军曹权、胡宣，徙七千余户于雍州。又使凉州刺史麻秋、征西将军张伏都攻金城，太守张冲降之。重华遣中坚将军谢艾将步骑五千来拒，秋败，奔还。是年，虎昼寝永安宫，梦群羊从东北负鱼而来，邺东北土高丈余，木斗满其上。寤而问佛图澄，澄曰："此不祥也。鲜卑其有中原乎！"

建武十三年春正月，虎率三公九卿，躬耕藉田于桑梓苑。邺城南地多桑梓，因以筑之，故名桑梓苑。苑有临漳宫，三月三日及始蚕之日，虎率皇后及夫人采桑于此。虎后杜氏祠先蚕于近郊，遂如襄国谒勒墓。夏四月，遣凉州刺史麻秋等伐张重华，以中书监石宁为征西将军，率司、并州兵二万余人为秋后继。凉将宋秦等率户二万来降，河湟间氐羌十余万落与张据相首尾。麻秋惮之，不进。凉别将张瑁自间道引兵截秋军后。秋退，凉将谢艾乘胜追击，将军杜勋鱼汲死之，失军士三千余人。秋单马奔大夏，寻与石宁进次曲柳。刘宁、王擢进攻始兴、武街，重华使将军牛旋、杨康等来御，与宁战于沙阜。宁等败绩，引还金城。秋七月，虎复遣征西将军张伏都、将军刘浑率步骑二万会秋等，长驱济河，以击重华，遂城长最。重华大惧，复遣谢艾帅众来拒。八月戊午，秋逆战败绩，退归金城。

九月，地震，天裂七丈，又雨血于邺城，广十余里。虎贪而无礼，既据十州之地，聚敛金帛及外国所献珍异，府库财物，不可胜纪，犹自以为不足，悉发前代帝王及先贤陵墓，取其宝货。邯郸城西石子岗上，有赵简子墓。虎令发之，初得炭深丈余，次得木板厚一尺，积板厚八尺，乃及泉，其水清冷非常。作绞车以牛皮囊汲之，月余而水不尽，不可发而止。又使掘秦始皇冢，取铜柱铸以为器。时沙门吴进言于虎曰："胡运将衰，晋当复兴，宜苦役晋人，以厌其气。"虎使尚书张郡发近郡男女十六万人，车十万乘，运土筑华林苑及长墙于邺北，广长数十里。又因沙门言，以五月发五百里内男女六十万人，重修芳林园。至八月，天暴雨雪，雪深三尺，大寒，行旅作役冻死者数千人。太史奏："作役非时，天降此变。"虎乃诛尚书令宋轨，以塞天灾。又于华林苑中千金堤上，作两铜龙，相向吐水，以注天泉，池通御沟中。又种名果奇花，民间有名果，虎作虾蟆车，四围掘根而去一丈，深一丈，合土载之，植之无不生。又有西王母枣，冬夏有叶，九月生华，十二月乃熟，三子一尺。又有羊角枣，亦三子一尺；勾鼻桃，重二斤半，春李冬花春熟；安石榴子，大如碗盏，其味不酸。赵揽、申钟、石璞等上疏言："天文错乱，苍生凋敝。"及因引见，又面谏，辞旨甚切，虎大怒曰："使苑墙朝成，吾夕没无恨矣。"促张郡使燃烛夜作，起三观、四门，三门通漳水，皆为铁扉。暴风大雨，死者数万人。扬州献黄鹄雏五，颈长一丈，声闻十余里，泛之于玄武池中。俄化为龟，故或又名玄武池。以此郡国前后，送苍麟十六、白鹿七。虎命司虞张曷柱调之，以驾芝盖，大朝会列之于殿庭。又凿北城引水于芳林园，城崩，压死者百余人。是时，虎在邺，有一妖，马尾有烧状，入中央门，出显阳门东首，东宫皆不得入，走向东北，俄尔不见。佛图澄闻而叹曰："灾其及矣。"秋九月，命太子宣出，祈福于山川，因行游猎。宣乘大辂，羽葆华盖，建天子旌旗，十有六军，戎卒十八万，出自金明门。虎于后宫升陵霄观望之，笑曰："我家父子如此，自非天崩地陷，当复何愁！但抱子弄孙，日为乐耳。"宣驰逐终夕，所在陈列行宫，四面各以百里为度，驱围禽兽，至暮皆集行宫，文武跪立，围守重行，烽炬星罗，光烛如昼，命劲骑百余，驰射其中。宣与嬖姬显德美人乘轺车临观，嬉娱忘反，兽尽而止。或兽有屏逸，当坐守者有爵则夺马步驱一日，无爵则鞭之一百。峻制严刑，文武战怀，士卒饥冻死者万有余人。宣弓马衣食皆号为"御"，有乱其间者，以冒禁罪罪之。所过三州十五郡，资储皆无孑遗。虎复命秦公韬出自并州，游于秦、雍，亦如之。宣数恶韬秉政，终有代己之意，是行也，嫉之弥甚。宦者赵生得幸于宣，而无宠于韬，微劝宣除之，于是相图之计起矣。冬十月，麻秋又袭张重华将张瑁于河陕，败之，斩首三千余级。枹罕护军李逵率众七千来降，自河以南，氐羌始皆来附。

建武十四年夏四月，秦公韬有宠于虎，欲立之以太子，宣长，犹豫未决。宣尝忤旨，虎怒曰："悔不立韬也。"韬由是益骄。五月，荧惑入娄，犯填星。占者以为灾在赵，兵大起，国有丧。六月，韬起堂于太尉府，号曰"宣光殿"，梁长九丈。宣见之大怒，斩匠、截梁而去。韬怒，增之至十丈。宣闻之，恚甚，谓所幸力士巨鹿杨杯及牟皮、牟成、赵生等曰："韬凶竖勃逆，敢违我如是！汝等能杀之者，吾入西宫，当尽以韬之国邑分封汝等。韬死，主上必亲临丧，吾因行大事，无不济矣。”杯等许诺。秋七月，宣将杀韬，乃先诣寺，与佛图澄同坐塔上，一铃独鸣。澄谓宣曰：“解铃音乎？铃云胡子洛度。”宣变色曰：“是何言欤？”澄谬曰：“老胡为道，不能山居无言，重茵美服，岂非洛度乎！”及韬后至，澄熟视良久。韬惧而问澄，澄曰：“怪公血臭，故相视尔。”虎梦龙飞西南，自天落地，旦而召澄问之。澄曰：“胁下有贼，不出十日，自浮屠以西，此殿以东，当有血流，慎勿东行。”杜后曰：“和尚耄耶，何处有贼？”澄易语云：“六情所受，悉皆是贼。耄但使少者，不惛惛即好尔。”自此以后，澄便寓言，不复彰显。八月社日，东南有黄黑云，大如数亩，稍分为三，状若匹布，东西经天，色黑而青，酉时贯日，日没后分为七道，每相去数十丈，间有白云如鱼鳞，子时乃灭。韬素解天文，见而恶之，顾谓左右曰：“此变不小，当有刺客起于京师，不知谁定当之？”是夜，韬与僚属燕于东明观，乐奏，酒酣，愀然长叹曰：“人居世无常，别易会难。各付一杯，开意为吾饮，令必醉，知后会复何期而不饮乎！”因泫然流涕，左右莫不歔欷，因宿于佛寺中。宣遣杨杯、牟皮、牟成、赵生等十余人夜缘猕猴梯而入，斫杀韬于精舍，置其刀箭而去。旦日，宣奏之。虎哀惊气绝，久之方苏。将出临其丧，司空李农谏曰：“害秦公者未知何人，恐在萧墙之内，虑生非常，銮舆不宜轻出。”虎以佛图澄仅先诫，乃止。遂严兵发哀于太武殿。宣乘素车，从千人往，临韬丧，不哭，直言呵呵，使举衾观尸，大笑而去。收大将军记室参军郑靖、尹武等，将委之以罪。

虎疑宣杀韬，欲召之，惧其不入，乃诈言其母杜氏哀过危惙。宣不谓见疑，入朝中宫，因而留之。建兴人史科知其谋，告称：“韬死夜，宿东宫长上杨柸家。柸夜与五人从外来，相与语曰：‘大事已定，但愿大家老寿，吾等何患不富贵。’语讫便入。科寝暗中，柸不见也。科寻出逃匿。俄而柸与二人出求科不得，柸曰：‘宿客闻人向语，当杀之断口舌。今而得去，作大事矣。’科逾墙获免。”虎驰使收杨杯、牟皮、赵生等，柸、皮皆亡去，执赵生诘之，生具首服。虎悲怒弥甚，幽宣于席库，以铁环穿其颔而锁之，作数斗木槽，和以羹饭，以猪狗法令食之。取杀韬刀箭舐其上血，哀号之声，震动宫殿。佛图澄谏曰：“宣、韬皆陛下之子，今为韬杀宣，是重祸也。陛下若含怒加慈者，福祚犹长，尚有六十余岁。如必诛之，宣当为彗星，下扫邺宫也。”虎不从，乃积柴于邺北，树标其上，标末置辘轳，穿之以绳，倚梯柴积，送宣于标所，使韬所幸宦者郝稚、刘霸拔其发，抽其舌，牵之登梯上于柴积。郝稚以绳贯其颔，辘轳绞上。刘霸断其手足，斫眼溃腹，如韬之伤。四面纵火，烟炎际天。虎筑中台，从昭仪已下数千人登中台以观之。火灭，取灰分置诸门交道中，杀其妻子二十九人。宣少子年才数岁，虎素爱之，抱之而泣，儿曰：“非儿罪。”虎欲赦之，大臣不听，遂于抱中取而杀之。儿挽虎衣大叫，至于带绝，时人莫不为之流涕。虎因此发病，废其母杜氏为庶人，诛其四率已下三百人，宦者五十人，皆车裂节解，弃之漳水。洿其东宫以养猪牛，东宫卫士十余万人皆谪戍凉州。先是，散骑常侍赵揽言于虎曰：“中宫将有变，宜防之。”及宣杀韬，虎疑其知而不告，亦诛之。贵嫔柳氏，尚书耆之女也，以才色特幸，坐其二兄有宠于宣，亦杀之。虎追念其姿色，复纳耆少女于芳林园。九月，虎议立太子，太尉张举曰：“燕公斌、彭城公遵并有武艺文德，陛下神齿已衰，四海未一，请择二公而树之。”虎曰：“卿言正合吾意。”戎昭将军张豺曰：“燕公母贱，又尝有过，彭城公母前以太子事废之，今复立之，恐不能无微恨，陛下宜审思之!”初，虎之破上邽也，张豺获刘曜幼女安定公主，年十二，有殊色，纳于虎。虎嬖之，生子世，封齐公。豺以虎年长多疾，欲立世为嗣，冀刘氏为太后，已得辅政。乃说虎曰：“陛下再立储宫，其母皆出自娼贱，故祸乱相寻。今宜择母贵子孝者立之。”虎曰：“卿且勿言，吾知太子处矣!”虎再与群臣议于东堂，曰：“吾欲以纯灰三斛自涤其肠，何为专生恶子，儿年二十余辄欲杀，公今世方十岁，比其二十，吾已老矣。”乃与张举、李农定议，敕公卿上疏请立世为太子。大司农曹莫不肯署名，虎使张豺问其故，莫顿首曰："天下重器，不宜立少，故不敢署。"虎曰："莫忠臣也，然未达朕意。张举、李农知吾意矣，可令谕之。"遂立世为皇太子，以昭仪为皇后。召太常条攸、光禄勋杜嘏谓之曰："烦卿傅太子，实希改辙。吾之相托，卿宜明之。署攸为太傅，嘏为少傅。冬十月，虎使苻健寇竟陵。十一月，享群臣于太武前殿，佛图澄殿上褰衣而行，吟曰："殿乎，殿乎，棘子成林，将坏人衣。"虎令发石下而视之，有棘子生焉。十二月辛巳，大雨霖。虎问佛图澄，澄曰："其为我乎！"至戊子而澄卒。是年，造刀一口，长五尺，铭曰"皇帝石氏"，隶书。

太宁元年春正月，虎疾瘳，遂以晋永和五年，僭即皇帝位于南郊，大赦境内，改元太宁，百官增位一等，诸子进爵为王。以尚书张良为右仆射，故东宫高力等万余人谪戍凉州，行达雍城，不在赦例。敕雍州刺史张茂送之。茂皆夺其马，使之步推鹿车，致粮戍所。高力督定阳梁犊等因众心之怨，谋起兵东还，阴令胡人颉独鹿微告戍者。戍者皆踊跃大呼。犊乃自称晋征东大将军，率众攻拔下辨，逼张茂为大都督、大司马，载以轺车。安西将军刘宁自安定击之，为犊所败。秦、雍间城戍无不摧陷，斩二千石长史，长驱而东。高力等皆多力善射，一以当十，虽无兵甲，所在掠民斧，施一丈柯，攻战若神，所向奔溃。戍卒皆随之。比至长安，众已十万。乐平王苞时镇长安，尽锐拒之，一战而败。犊遂东出潼关，进趣洛阳。虎遣李农为大都督，行大将军事，统卫军将军张贺度、征西将军张良、征虏将军石闵等，率步骑十万讨之。战于新安，农等大败。又战于洛阳，又败，退壁成皋。犊遂东掠荥阳、陈留诸郡。虎大惧，以燕王斌为大都督，督中外诸军事，帅精骑一万，统冠军大将军姚弋仲、车骑将军蒲洪等讨之。弋仲将轻骑八千余人至邺，求见虎，时寝疾，未之见也，引入领军省，赐以己所御食。弋仲怒曰："国家有贼，召我击之，宜当见我，面授方略破贼，而以食食我，我来觅食耶？且主上不见我，我何以知其存亡也。"欲引还，虎力疾见之。弋仲让虎曰："儿死，愁耶，何为而病？儿幼时不择善人教之，使至于为逆。既为逆而诛之，又何愁焉！且汝久病，所立幼儿，汝若不愈，天下必乱。当先忧此，勿忧贼也！犊等穷困思归，相聚为盗，所过残暴，何所能至，老羌为汝一举了之！"弋仲性狷直，人无贵贱皆汝之，虎亦不之责。于坐授使持节、征西大将军，赐以铠马。弋仲曰："汝看老羌堪破贼否！"乃被铠跨马于中庭，因策马南驰，不辞而出。遂与斌等击犊于荥阳，大破之，斩犊首而还，尽灭其余党。虎命弋仲履剑上殿，入朝不趋，进封平西郡公；蒲洪为侍中、车骑大将军、开府仪同三司、都督秦雍州诸军事、雍州刺史，进封略阳郡公。

二月，晋征北大将军褚裒使部将王龛来伐，拔其沛郡，获将军辎重。始平人马昂起兵于洛氏葛谷，自称将军。乐平王苞攻灭之，诛三千余家。荧惑犯积尸，又犯昴、月，荧惑北犯河鼓。洛阳城西北九里石牛左青山硖上，夜忽鸣唤，声闻三十里，遣人打落两耳及尾，以铁钉钉四脚。夏四月乙卯，虎病甚，以彭城王遵为大将军，镇关右；燕王斌为丞相，录尚书事；张豺为镇卫大将军、领军将军、吏部尚书，并受遗诏辅政。刘后恶斌辅政，恐不利于太子，与张豺谋去之。矫诏称斌无忠孝之心，免官归第，寻复使豺弟雄矫诏杀之。乙丑，彭城王遵自幽州至邺，敕朝堂受拜，配禁兵三万遣之，遵涕泣而去。是日，虎疾小瘳，问："遵至未？"左右答曰："去已久矣。"虎曰："恨不见之！"虎临西阁，龙腾中郎三百余人列拜于前。虎曰："何所求也？"皆曰："圣体不安，宜令燕王入宿卫，典禁兵马。"或言："乞以为皇太子。"虎不知斌之已废，责曰："燕王不在内耶？呼来。"左右言："王酒病，不能入。"虎曰："促持辇迎之，当付玺绶。"亦竟无行者。寻惛眩而入。戊辰，刘后矫诏以豺为太保，都督中外诸军，录尚书事，加千兵百骑，如霍光辅汉故事。侍中徐统叹曰："祸将作矣，吾无为豫之。"仰药而死。己巳，虎薨于金华殿。及遵僭立，葬于显原陵，伪谥武皇帝，庙号太祖。虎以晋咸康元年僭位，至晋太和五年死，在位十五年。

（录自《十六国春秋·后赵录》）

石 世

石世，字大业，虎之幼子，刘曜幼女安定公主所生也。宣等被杀，张豺劝立之，虎死即伪位，尊母刘氏为皇太后。刘氏临朝称制，进张豺为丞相，豺辞不受，请以彭城王遵、义阳王鉴为左右丞相，以慰其心。刘氏从之。豺与太尉张举谋诛司空李农。举素与农善，密以豺谋告之。农惧，将骑百余奔广宗，帅乞活数万家堡上白，刘氏使张举统宿卫精卒围之。豺以张离为镇军大将军，监中外诸军事，司隶校尉以为己副。邺中群盗大起，迭相劫掠，彭城王遵先镇关右，至是闻丧，屯于河内。时冠军大将军姚弋仲、车骑大将军蒲洪、安西将军刘宁、征虏将军石闵、武卫将军王鸾、宁西将军王午、立义将军段勤及石荣王铁等，讨梁犊还，遇遵于李城，共说遵曰："殿下长而且贤，先帝亦有意以殿下为嗣，但以末年惛惑为张豺所误。今女主临朝，奸臣用事，上白相持未下，京师宿卫空虚，殿下若声张豺之罪，鼓行而讨之，其谁不倒戈开门以迎殿下者耶?"遵从之。五月，遵自李城举兵还趣邺，洛州刺史刘国等率洛阳之众往会之，传檄至邺，张豺大惧。驰召上白之军。丙戌，遵次于荡阴，戎卒九万，石闵为前锋。都督豺将出拒之，耆旧羯士皆曰："天子儿来奔丧，吾当出迎之，不能为张豺守城也。"逾城而出，豺斩之不能止。张离亦率龙腾二千斩关迎遵。刘氏惧，召张豺入，对之流涕曰："先帝梓宫未殡，而祸难繁兴至此。今皇嗣冲幼，托之将军，将军将若之何?欲加遵重官，能弥之乎?"豺惶怖失守，无复筹计，但云唯唯。刘氏乃下令以遵为丞相，领大司马、大都督，督中外诸军，录尚书事，加黄钺九锡，增封十郡，委以阿衡之任。己丑，遵北至安阳亭，张豺惧而出迎，遵命执之。庚寅，遵贯甲曜兵，入自凤阳门，升太武前殿，擗踊尽哀，退如东阁。斩豺于平乐市，夷其三族。假刘氏令曰："嗣子幼冲，先帝私恩所授，皇业至重，非所克堪。其以遵嗣位。"遵伪让至三，群臣敦劝，乃受之，僭即尊位于太武前殿，大赦殊死已下，罢上白之围。辛卯，封世为谯王，邑万户，待以不臣之礼。废太后刘氏为太妃，寻皆杀之。世立凡三十三日。（录自《十六国春秋·后赵录》）

石　遵

石遵，字大祗，虎第九子也。初封齐王，虎僭立，改封彭城王。虎死世嗣伪位，遵废世自立，尊母郑氏为皇太后，立妃张氏为皇后，故燕王斌子衍为皇太子，大司马义阳王鉴为侍中，太傅沛王冲为太保，乐平王苞为大司马，汝阴王琨为大将军，武兴公闵为都督中外诸军事，辅国大将军录尚书事辅政。李农归，请罪，遵复其位，待之如初。遵立七日甲午，邺中暴风拔树，震雷雨，雹大如盂升，水火俱下，灾太武晖华殿及宫内府库，至于阊阖诸门观阁荡然无余。乘舆服御，烧者太半，光焰照天，金石皆尽，火月余乃灭。乙未，雨血周遍邺城。时沛王冲镇蓟，闻遵杀世自立，谓其寮佐曰："世受先帝之命，遵辄废而杀之，罪逆莫大！其敕内外戒严，孤将亲讨之。"于是留宁北将军沐坚戍幽州，帅众五万自蓟南下，传檄燕赵，所在云集。比至常山，众十余万，军次苑乡。遇遵赦书，冲谓左右曰："皆吾弟也，死者不可复追，何为复相残乎？吾将归矣！"冲将陈暹曰："彭城篡弑自尊，为罪大矣。王虽北旆，臣将南辕。俟平京师，擒彭城，然后奉迎大驾。"冲乃复进。遵驰遣王擢以书喻冲，冲弗听。遵假武兴公闵、黄钺金钲，与司空李农等率精卒十万讨之，战于平棘，冲兵大败。获冲于元氏，赐死，坑其士卒三万余人。是月，遵遣中黄门竺昌蒲，请道安入华林园，广修房舍。安以石氏之末，国运衰危，乃西适牵牛山。六月，晋征西大将军桓温闻赵之乱，出屯安禄，遣诸将经营河北。遵扬州刺史王浃举寿春归晋。秋七月，晋征北大将军褚裒上表，请伐赵。即日戒严，直指泗口。朝议以裒事任贵重，不宜深入，可先遣偏师。裒重陈前所遣，前锋督护王颐之等径造彭城，示以威信，后遣督护麋嶷进军下邳。贼即奔溃，嶷率所领据其城池，今宜速发，以成声势。于是，除裒征讨大都督，率众三万，径进彭城，使西中郎将陈逵进据寿春、河朔，士庶归降者日以千计。裒抚纳之，甚得其欢心。又遣督护王龛伐沛，获遵伪相辎重，郡中二千余人归降。鲁郡山有五百余家，亦建义请援。遵以李农为南讨大都督，率骑二万拒之。裒遣王龛、李迈领锐卒三千，来迎龛等，违裒节度，军次代陂，为农所败，李迈死之，士卒死伤大半。龛执节不挠，寻亦被害，裒遂不能进。八月，退屯广陵。陈逵闻之，惧焚寿春积聚，毁城遁还。乐平王苞时镇长安，谋率关右之众攻邺。左长史石光、司马曹曜等固谏。苞怒，诛光等百余人。苞性贪而无谋，雍州豪帅知其无成，并驰使告晋。晋梁州刺史司马勋率众赴之。仇池公杨初袭破西城。九月，勋出骆谷，破遵长城戍，壁于悬钩，去长安二百余里。遣治中刘焕攻长安，斩京兆太守刘秀离，又拔贺城。三辅豪杰多杀太守令长以应勋，凡三十余壁，众五万人。苞乃辍攻邺之谋，使其将麻秋、姚国等，率骑拒勋。遵遣车骑将军王朗率精骑二万，外以讨勋为名，因劫苞送邺。勋以兵少，未能自固，畏朗不敢进。冬十月，遵将石遇攻宛，陷之，执南阳太守郭启。司马勋释悬钩，复攻拔宛，杀遵南阳太守袁景，退还梁州。初，遵之发李城也，谓武兴公闵曰："努力，事成当以尔为储。"既而立太子衍闵，甚失望，自以勋高一时，规专朝政，遵忌而不任。闵素骁勇，屡立战功，夷夏宿将皆畏惮之。既为都督，总内外兵机，乃怀抚殿中将士，及故东宫高力万余人，皆奏为殿中员外将军，爵关外侯，赐以宫女，树己之恩。遵弗之猜，而更题名善恶以挫抑之，众咸怨怒。中书令孟准、左卫将军王鸾劝遵稍夺闵兵机。闵益恨，望准等咸劝诛之。十一月丙辰，遵召义阳王鉴、乐平王苞、汝阴王琨、淮南王昭入，议于郑太后前，曰："闵不臣之迹渐著，今欲诛之，如何？"鉴等皆曰："宜。"然太后曰："李城还兵，无棘奴，岂有今日？小骄纵之，何可遽杀也。"鉴出，遣宦者杨环驰以告闵。闵遂劫司空李农及右卫将军王基。密谋废遵，使将军苏彦、周成率甲士三千人执遵于南台如意观。遵方与妇人弹棋，问成等曰：“反者谁也?”成曰：“义阳王鉴当立。”遵曰：“我尚如是，汝等立鉴复能几时?”遂杀之于琨华殿，并诛郑太后、张皇后及太子衍、上光禄大夫张斐、中书令孟准、左卫将军王鸾等。遵在位一百八十三日。

（录自《十六国春秋·后赵录》）

石　鉴

石鉴，字大朗，遵之兄，虎第三子也。初封义阳王，杀遵自立，年号青龙，大赦殊死已下。以武兴公闵为大将军，封武德王；司空李农为大司马，并录尚书事；张举为太尉郎，闿为司空，秦州刺史刘群为尚书左仆射，侍中卢谌为中书监。鉴使乐平王苞及中书令李松、殿中将军张才等，夜攻闵及农于琨华殿，不克，禁中扰乱。鉴恐闵为变，伪若不知者，夜斩松、才于西中华门，并诛苞。新兴王祗，虎之子也，时镇襄国，与姚弋仲、蒲洪等通和，连兵移檄中外，欲共诛闵、农。鉴遣汝阴王琨为大都督，与太尉张举及侍中呼延盛率步骑七万人讨祗等。中领军石成、侍中石启、前河东太守石晖谋诛闵、农。闵、农皆杀之。龙骧将军孙伏都、刘铢等结羯士三千人伏于胡天，亦欲诛闵、农。鉴在中台，伏都帅三十余人将升台挟鉴以攻之。鉴见伏都毁阁道，临问其故。伏都曰：“闵、农等反，已在东掖门，臣欲严率卫士讨之，谨先启知。”鉴曰：“卿是功臣，好为官陈力。朕从台上观卿，勿虑无报也。”于是，伏都、铢等率众攻闵、农，不克，屯于凤阳门。闵、农率众数千毁金明门而入。鉴惧闵、农杀己，驰招闵、农，开门内之，谓曰：“孙伏都反，卿宜速讨之。”闵、农攻斩伏都等。伏都有膂力，善尺牍。自凤阳门至琨华，横尸相枕，流血成渠。宣令内外诸夷敢称兵仗者斩。胡人或斩关，或逾城而出者，不可胜数。闵使尚书王朗、少府王郁帅众数千，守鉴于御龙观，悬食以给之。下令城中曰："近日孙刘构逆，支党伏诛良善，一无与也。今日已后，与官同心者留，不同心者各任所之。"敕戒城门不复相禁。于是，赵人百里内悉入城，胡羯去者填门。闵知胡人不为己用，颁令内外赵人，斩一胡首送凤阳门者，文官进位三级，武官立拜牙门。一日之中，斩胡首数万人，闵亲率赵人以诛胡羯，无贵贱男女少长皆斩之，胡人死者二十余万。于时有高鼻多须者，无不滥死，尸诸城外，悉为野犬豺狼所食。其屯戍四方者，闵皆以书命赵人为将帅者诛之。太宰赵鹿、太尉张举、中军将军张春、光禄大夫石岳、抚军将军石宁、武卫将军张季及诸公、侯、卿、校、龙腾等万余人，出奔襄国。汝阴王琨奔据冀州，抚军将军张沈据滏口，张贺度据石渎，建义将军段勤据黎阳，宁南将军杨群据桑壁，刘国据阳城，段龛据陈留，姚弋仲据混桥，蒲洪据枋头，众各数万，皆不附于闵。王朗、麻秋自长安赴洛阳。秋承闵书，诛朗部胡千余人，朗奔襄国。秋帅众奔蒲洪。姚弋仲子曜武将军益、武卫将军若帅禁兵数千斩关奔滠头。弋仲帅众讨闵，军于混桥。汝阴王琨及张举、王朗率众七万伐邺，闵帅骑千余拒之，战于城北。闵执两刃矛驰骑击之，所向摧陷，斩首三千级，琨等大败，奔归冀州。闵与李农率骑三万，讨张贺度于石渎。鉴密遣宦者赍书召抚军张沈等，使乘虚袭邺。宦者以告闵、农。闵、农驰还，废鉴杀之，诛虎孙二十八人，尽殪石氏。鉴在位一百三日。虎小男混，永和八年将妻妾数人奔京师，敕收付廷尉，俄而斩之于建康市。虎十三子五人为冉闵所杀，八人自相残害，混至此又死。初，谶言灭石者陵，寻而石闵徙封兰陵公。虎恶之，改兰陵为武兴郡。至是终为闵所灭。始勒以晋成帝咸和三年岁在戊子僭立，二主四子，凡二十三年，以晋穆帝永和六年岁在庚戌灭。（录自《十六国春秋·后赵录》）

石　闵

石闵，字永曾，小字棘奴，虎之养孙也。父瞻，字弘武，本姓冉，名良，魏郡内黄人。其先汉黎阳骑都督，累世牙门。勒破乞活、陈午，获瞻，时年十二，长而勇悍，便弓马，临阵不顾。勒奇之曰："此儿壮健可嘉。"命虎子之。骁猛多力，所向无前，历位将兵都尉、左积射将军、封西华侯。高侯之战，败死于阵。闵时甚幼，聪慧异常，临事果锐，虎抚之如孙。及长，身长八尺，善谋策，勇力过人。拜建节将军，徙封修成侯，历位北中郎将、游击将军。虎之败于昌黎，闵军独全，由此功名大显。及败梁犊之后，威声弥振。晋永和六年，闵既杀鉴，司徒申钟、司空郎闿等四十八人共上尊号。闵固让李农，农以死固辞。闵曰："吾属故晋人也，今晋室犹存，请与诸君分割州郡，各称牧守公侯，奉表迎晋天子还都洛阳何如？"尚书胡睦进曰："陛下圣德应天，宜登大位。晋氏衰微，远窜江表，岂能总驭英雄，混一四海乎！"闵曰："胡尚书之言，可谓识机知命矣。"于是僭即皇帝位于南郊，大赦境内殊死已下，改元曰永兴。闵欲灭去二石之号，下令曰："孔子曰死姓而王七月者，七十有三。国继赵冉，谶书炳然。且德星镇魏，宜改国号曰魏，复姓冉氏。"追尊祖隆元皇帝、考瞻烈祖高皇帝，尊母王氏为皇太后，妻董氏为皇后，子智为皇太子，封子胤为太原王，明为彭城王，裕为武兴王。以司马李农为太宰，领太尉录尚书事，封齐王。农诸子皆封为县公。文武进位三等，封爵有差。遣使者持节赦诸军屯，皆不从。新兴王祗闻鉴之死，僭称尊号于襄国，改元永宁，以汝阴王琨为相国，六夷据州郡拥兵者皆应之。以姚弋仲为右丞相，亲赵王待以殊礼。夏四月，祗遣汝阴王琨及张举、王朗将兵十万伐魏。闵遣使临江，告晋曰："逆胡乱中原，今已诛之，若能共讨者，可遣军来也。"朝廷不应。

闵诛李农及其三子并尚书令王谟、侍中王衍，及中常侍严震、赵升等。

五月，晋卢江太守袁真攻魏合肥，执南蛮校尉桑坦，迁其百姓而还。六月，汝阴王琨率众伐邺进据邯，战祗镇南，将军刘国自繁阳会之。闵遣卫将军王泰率兵迎击，琨众败绩，死者万余人。琨归邯郸，刘国还屯繁阳。秋八月，苻健率众自枋头入关，与张贺度、段勤、刘国、靳豚等会于昌城，将共攻邺。闵遣尚书左仆射刘群为行台都督，使其将王泰、崔通、周成等帅步骑十二万次于黄城，闵躬统精卒八万继之，战于苍亭，贺度等大败，死者二万八千人，追斩靳豚于阴安乡，尽俘其众，振旅而归。闵戎卒三十余万，旌旗征鼓绵亘百余里，虽石氏之盛无以过也。闵至自苍亭行饮至之礼，清定九流，准才授任，儒学后门多蒙显擢，于时翕然方之为魏晋之初。遣使备礼征陇西人辛谧。谧字处道，少有志尚，博学善属文，工草隶书，为时楷法，性恬静，不妄交，游长安，既陷没于刘聪。聪拜为大中大夫，不就，勒、虎之世，并不应辟命，虽处丧乱之日，颓然高迈，视荣利蔑如也。至是，闵复征之，谧遗闵书曰："昔许由辞尧，以天下让之，全其清高之节；伯夷去国，子推逃赏，皆显史牒，传之无穷，此往而不返者也。然贤人君子，虽居庙堂之上，无异于山林之中。斯穷理尽性之妙，岂有识之者耶？是故不婴于祸难者，非为避之，但冥心至趣而与吉会尔。谧闻物极则变，冬夏是也；致高则危，累棋是也。君王功已成矣而久处之非，所以顾万全、远危亡之祸也。宜因兹大捷，归身本朝，必有许由、伯夷之廉享，乔松之寿，永为世辅，岂不美乎？"因不食而卒。冬十一月，闵率步骑十万攻祗于襄国，署子太原王胤为大单于、骠骑大将军，以降胡一千配之为麾下。光禄大夫韦谀谏曰："今降胡数千，接之如旧，诚是招诱之恩。然胡羯本为仇敌，今之款附，苟存性命尔，或有刺客，变起须臾，败而悔之，何所及也。古人有言，一夫不可狃，而况千乎？愿诛屏降胡，去单于之号，深思圣王苞桑之诫也。"闵志在绥抚，锐于澄定，闻言大怒，遂诛之，并杀其子伯阳。

永兴二年春正月，闵攻围襄国百余日，为土山地道，筑室返耕。祗急近大惧，乃去皇帝之号，改称赵王，遣太尉张举乞师于慕容俊，许送传国玺。中军将军张春请救于姚弋仲。三月，汝阴王琨自冀州救祗，弋仲复遣子襄率骑三万八千至自聂头，俊遣将军悦绾率骑三万至自龙城，三方合劲卒十余万。闵遣车骑将军胡睦拒襄于长芦，将军孙威拒琨于黄丘，兵皆败绩，士卒略尽，睦、威单骑而还。琨等军且至，闵将出击。卫将军王泰谏曰："今襄国未平，外救云集，若我出战，腹背受敌，此危道也。不若固垒以挫其势，徐伺其衅而击之。且陛下亲临行阵，如失万全，则大事去矣。请慎无出，臣请率诸将为陛下灭之。"闵将止，道士法饶进曰："陛下围襄国，经年无尺寸之功，今贼自至又避不击，将何以使将士乎？且太白入昴，当杀胡王，百战百克，不可失也。"闵攘袂大言曰："吾战决矣，敢沮众者斩！"乃悉众出，与姚襄战。琨及悦绾适以兵至，去闵军数里，疏布骑卒，曳柴扬尘，闵军望之恟惧，襄、琨、绾等三面攻之，祗冲其后，闵军大败。潜还襄国行宫，与十余骑奔邺。降胡栗特康等执大单于胤及左仆射刘琦等，送于祗，尽杀之，司空璞、尚书令徐机、车骑将军胡睦、侍中李绯、中书监卢谌、少府王郁、尚书刘钦、刘休等及诸将士死者凡十余万人。于是人物歼尽，盗贼蜂起，司、冀大饥，人自相食。时闵已潜还，人无知者，内外恟恟，讹言闵已败没。射声校尉张艾请闵亲郊以安众心，闵从之，讹言乃息。遂诛法饶父子，支解之。初，闵之为丞相也，尽散仓库以树私恩，与羌胡相攻，无月不战。所徙青、雍、幽、荆四州之民，及氐羌胡蛮数百万口，以赵法禁不行，各还本土。道路交错，互相杀掠，饥疫死亡其能达者十有二三。诸夏纷乱，无复耕者。闵悔之，追赠韦谀大司徒。时段末波之子立义将军段勤，鸠集胡羯得万余人，自称赵王。闵遣将击败之，徙于绎幕。祗遣其将刘显帅众七万攻邺，次于明光宫，去邺二十三里。闵惧，召卫将军王泰欲与之谋。泰恚前谋之不从，辞以疮甚。闵亲临问之，固称疾笃。闵怒还宫，谓左右曰："巴奴，乃公岂假汝为命耶！"要将先灭群胡，却斩王泰。乃尽众而战，大败显军，追奔及于阳平，斩首三万余级。显惧，密遣使请降，求杀祗以自效。闵振旅而归，会有告王泰招集秦人，将奔关中。闵怒，诛泰，夷其三族。夏四月，刘显杀祗及丞相乐安王炳、太保张举、太宰赵鹿等十余人，传首于邺，送质请命。闵拜显大将军、大单于单州牧。祗、炳皆虎之庶子也，骠骑将军清河王宁奔柏人，闵命焚祗首于通衢。五月，祗兖州刺史刘启以鄄城归晋。秋七月，刘显复率众攻邺，闵击败之。八月，闵兖州刺史魏统、豫州牧张遇、荆州刺史乐弘皆以城归晋，平南将军高棠、征虏将军吕护执、洛州刺史郑系以三河归晋，慕容彪攻陷中山，杀闵宁北将军白同。幽州刺史刘准降燕。赵郡太守李邽亦以郡降燕，时有云黄赤色，起东北，长百余丈，一白鸟从云间西南去，占者恶之。赵故将周成屯廪丘，高昌屯野王，乐立屯许昌，李历屯卫国，皆相次归晋。是年，魏昭成帝谓群下曰："石胡衰灭，冉闵肆祸，中州纷扰，莫有匡救。吾将亲率六军，廓定四海。"乃敕诸部各帅所统，以俟大期。诸部大人谏曰："今中州大乱，诚宜进取。如闻豪杰并起，不可一举而定。若或留连，经历岁稔，恐无永逸之利，或有亏损之忧。"乃止。永兴三年春正月，刘显僭帝号于襄国，率众伐常山。常山太守苏彦告急于闵。闵留大将军蒋干等使辅太子智守邺，亲率骑八千救之，显所署大司马清河王宁以枣强降。闵收其余众，击显，败之于常山，追奔至襄国。显大将军曹伏驹开门为内应，遂入襄国，诛显及其公卿已下百余人，焚襄国宫室，迁其民于邺。汝阴王琨以其妻妾奔晋，斩于建康市，石氏遂绝。显领军将军纪路率众千余，斩关奔枋头。三月，闵既克襄国，因游食常山、中山诸郡，立义将军段勤聚胡羯万余人，保据绎幕，自称赵帝。夏四月甲子，慕容俊已克幽、蓟，略地至冀州。闵率骑击之，与慕容恪遇于魏昌城。闵大将军董闰、车骑将军张温谏曰："鲜卑乘胜气劲，其锋不可当。且彼众我寡，宜请避之，以溢其气。俟其骄惰，然后济师以击之，便可擒也。"闵怒曰："吾成师以出，将平幽州，斩慕容俊。今遇恪而避之，人谓我何？"司徒刘茂、特进郎闿相谓曰："吾君此行，必不返矣。吾等何为坐待戮辱？"皆自杀。闵素有勇名，所将兵又精锐，燕众惮之。进与恪遇，十战皆败之。恪乃简善射，鲜卑勇而无刚者五千，以铁锁连其马，为方阵而前。闵所乘赤马曰朱龙，日行千里，闵左仗双刃矛，右执钩戟，顺风击之，斩鲜卑三百余级，望见大幢，知其为中军，直冲之。俄而燕骑大至从旁夹击，大破之。围之数周。闵众寡不敌，跃马溃围东奔二十余里，朱龙忽毙，为恪所擒，杀仆射刘群并执董闰、张温等，送之于蓟。俊立闵而问之曰："汝奴仆下才，何自妄称天子?"闵曰："天下大乱，尔曹鲜卑桀骜不驯，尚欲篡逆，我一时英雄，何为不可作帝王耶?"俊怒，鞭之三百，复送之龙城。闵子操奔鲁口。五月，慕容评率众攻邺，刘宁及弟崇帅胡骑三千奔晋阳，苏彦弃常山奔新兴，邺中大饥，人相食，虎时宫人被食略尽。冉智尚幼，蒋干遣侍中缪嵩詹事刘猗，奉表归晋。且乞师于西中郎将谢尚，时晋建威将军濮阳太守戴施自仓垣次于棘津，止猗不听进，责其传国玺。猗使嵩还邺复命。干谓尚已败，虑不能救己，犹豫不许。六月，施遣参军何融率壮士百余人入邺，登三台助戍，谲之曰："今凶寇在外，道路梗涩，玺亦未敢送也。须得玺，当遣单使驰白天子耳。卿且出以付我，天子闻玺已在吾所，知卿等至诚，必遣重军相救并厚相饷。"干以为然，出玺付之。施因宣言使何融迎粮，阴令怀玺驰还枋头，尚遣振武将军胡彬率骑三百迎玺致诸京师。秋八月，长水校尉马愿、龙腾将军田香开门降，施、融、蒋干悬缒而下，奔于仓垣。评送闵后董氏、太子智、太尉申钟、司空条攸、中书监聂熊、司隶校尉籍罴、中书令李垣及诸王公卿士于蓟。尚书令王简、左仆射张干、右仆射郎肃皆自杀。辛卯，闵至龙城告廆㒈庙，斩于遏陉山，山左右七里草木悉枯。会大旱，蝗虫大起。自五月不雨，至于十二月。俊谓闵为灾，遣使祀之，谥曰武悼天王。其日大雪。是岁永和八年也。

（录自《十六国春秋·后赵录》）

石 肇

石肇，勒之昆弟也。勒既贵显，肇在军中不能自达，军士共送诣勒。勒哀之，拜建威将军。以肇无才力，每高选参佐辅之，为聘广川刘典兄女，肇甚惧之。后拜长乐太守，治官每入门，动称“阿刘教可尔不可尔”。时人以为□谣。 （录自《十六国春秋·后赵录》）

石 邃

石邃，字大渊，小字阿铁，虎之长子，母郑氏所生也。少而雄慧，及长骁勇，虎深爱之。勒署为左卫将军都督中军事，迁征东将军，转冀州刺史，加散骑常侍，封齐王。及弘嗣位，虎为丞相，魏王拜邃为魏太子，加使持节侍中大都督，督中外诸军，大将军录尚书事。虎僭称天王，册立为天王皇太子，使省可尚书奏事。邃保母刘芝初以巫术进，既养邃有深宠，通贿赂，预言论，权倾朝廷，亲贵多出其门，因封芝为宜城君。虎每顾左右曰：“司马家父子兄弟自相残灭，故使朕得至此。若其不然，吾岂有今日？如朕当有杀阿铁理否？”左右皆曰：“陛下父慈子孝，何言至是也？”邃有一子在襄国，佛图澄语邃曰：“小阿弥比当得病，可往迎之。”邃即驰信往视，果已得病。太医殷腾及外国道士自言能治，澄语弟子法牙曰：“正使圣人复出，不愈此病，况此等乎？”后三日而死。邃信澄弥笃。邃自总百揆之后，荒耽酒色，骄恣无道，不堪储嗣，或盘游于田，悬管而入，或夜出于宫臣家淫其妻妾，妆饰宫人美淑者，斩首洗血置于盘上，与宾客传共视之。又内诸比丘尼有姿色者，与其交亵而杀之，合牛羊肉煮而食之，亦赐左右，欲以识其味。尝奏事忤旨，虎笞责之。邃甚愠恨，将图篡逆，私谓内竖曰：“和尚神通广大，倘发吾谋，败乃事矣。明日来者，当先除之。”

澄月望将入觐虎，谓弟子僧慧曰："昨夜天神呼我曰：'明日若入，还勿过人。'倘有所过，汝当止我。"澄入必过邃。邃知澄入，要候甚久。澄将上南台，慧引衣止之。澄曰："事不得止。"既入坐未定便起，邃固留不住，所谋遂寝。邃于是谓中庶子李颜等曰："官家难称，吾欲行冒顿之事，卿从我乎？"颜等伏不敢对。邃称疾不视事，潜与宫臣文武五百余骑宴于颜别舍，因谓颜等曰："我欲至冀州杀河间公，有不从者斩！"颜叩头固谏，不听。行数里，骑皆逃散。邃亦昏醉而归。虎闻邃有疾，将往视之。佛图澄言曰："陛下不宜数往东宫。"虎思澄言而止，既而瞑目大言曰："我为天下主，父子不相信乎！"乃遣所亲信女尚书往觇之。邃母郑氏闻之，亦私遣中人切责，邃怒，皆杀之。虎闻大怒，收颜等诘问，颜具言始末，诛颜等三十余人。幽邃于东宫，既而赦之，引见于太武东堂。邃朝而不谢，俄顷便出。虎遣使谓之曰："太子应入朝中宫，何以便去！"邃径出不顾。虎怒益甚，乃废邃为庶人。其夜杀之。并其妻张氏及男女二十六人，同埋于一棺之中。诛东宫党与二百余人，废郑氏为东海太妃。先是，佛图澄尝叹曰："太子作乱，其形将成；欲言难言，欲忍难忍。"乃因事从容箴虎，虎不能解。未几事发，其言始悟。　　　　（录自《十六国春秋·后赵录》）

石　斌

石斌，虎之庶子，母齐氏所生，本娼也，以贱故不甚宠爱。勒取以为儿，爱之甚重，忽暴病死，三日将殡。勒叹曰："朕闻虢太子死，扁鹊能生之，今大和尚国中之神人，可急往告，必能致福。"乃令人告佛图澄。澄取杨枝沾水洒而咒之，因执斌手曰："可起矣。"斌乃苏活，有顷平复。建平元年署为左卫将军，封太原王。弘嗣位，徙封章武王。及虎僭称天王，诸王皆降爵为公，遂为章武公，累迁大司马都，督边郡、幽州牧，改封燕公。斌淫酒荒猎，常悬管而入，群凶凑聚，因以肆暴。征北将军张贺度以边防宜警，屡裁谏之，斌怒，辱贺度。虎闻大怒，遣主书礼仪持节监之。斌行意自若，仪持法呵禁，斌怒杀之。又欲杀贺度，贺度严卫驰白。先是，佛图澄戒虎曰："天神昨夜言，疾收马还。至秋，齐当痈烂。"虎不解此语，即遣诸处牧马送还。至是贺度告斌于虎，虎敕尚书张离持节帅骑召斌，鞭之三百。杀其所生母齐氏。虎弯弓稔矢，自视行斌罚。罚轻，乃手杀五百。澄谏曰："心不可纵，死不可生，礼不杀亲以伤恩也，何有天子手自行罚乎？"乃止。免官归第，诛其亲任十余人。未几，复以为使持节侍中大司马录尚书事。虎既诛宣，议欲立斌为太子。张豺谏止之，乃立世为太子，进斌爵为王，寻迁大都督，督中外诸军事，帅精骑一万，斩梁犊于荥阳东。虎既寝疾，迁丞相录尚书事，与张豺等受遗辅政。刘后惧斌之辅政，将图害世，乃与张豺谋诛之。斌时在襄国，不知虎疾。遣使诈谓斌曰："主上疾已渐愈，王须猎者可小停也。"斌素嗜酒耽猎，遂游畋纵饮。刘氏矫诏，称斌无忠孝之心，免斌官，以王归第。使豺弟雄等率龙腾五百人守之。未几，复使雄矫诏杀之。（录自《十六国春秋·后赵录》）

魏　收　（506—572），字伯起，巨鹿下曲阳（今河北平乡）人，北齐史学家、文学家。初以父功，任北魏太学博士。东魏时任中书侍郎，转秘书监。北齐时，官至尚书右仆射。齐文宣帝天保二年，奉命著《魏书》，四年完书。

羯胡石勒

羯胡石勒，字世龙，小字訇勒。其先匈奴别部，分散居于上党武乡羯室，因号羯胡。祖邪弈于，父周曷朱，一字乞翼加，并为部落小帅。周曷朱性凶粗，不为群胡所附。勒壮健，有胆略，好骑射，周曷朱每使代己督摄部胡，部胡爱信之。

并州刺史司马腾执诸胡，于山东卖充军实，两胡一枷，勒亦在中。至平原，卖与师氏为奴。师家邻于马牧，勒与牧帅汲桑往来相托，遂招集王阳、夔安、支雄、冀保、吴豫、刘膺、桃豹、逯明、郭敖、刘徵、刘宝、张噎仆、呼延莫、郭黑略、张越、孔豚、赵鹿、支屈六等，东如赤龙、騄骥诸苑，乘苑马还掠缯宝以赂汲桑。成都王颖之废也，颖故将阳平人公师藩等自称将军，起兵赵魏，众至数万，勒与汲桑率牧人，乘苑马数百骑以赴之。于是桑始命勒以石为姓，以勒为名。藩拜为前队督。藩战败身死，勒与汲桑亡潜苑中。颖之将如河北也，汲桑以勒为伏夜牙门，率牧人劫掠郡县系囚，合军以应之，屯于平石。桑自号大将军，进军攻邺，以勒为前锋都尉。攻邺，克之。寻为晋将苟晞所败。

勒往从刘渊，拜为辅汉将军、平晋王。刘聪立，以勒为征东大将军、并州刺史、汲郡公。刘粲攻洛阳，勒留长史刁膺统步卒九万，徙辎重于重门，率轻骑二万会粲于大阳，大败晋监军裴邈于渑池，遂至洛川。勒出成皋，围晋陈留太守王谮于仓垣，为谮所败。屯文石津，将北攻晋幽州刺史王浚。会浚将王甲始率辽西鲜卑万余骑败刘聪安北大将军赵固于津北，勒乃烧船弃营，引军向柏门，迎重门辎重，合于石门而济。南攻晋豫州刺史冯嵩于陈郡，不克，进攻襄城太守崔广于繁昌，斩之。

先是，雍州流民王如、侯脱、严嶷等，起兵江淮间，受刘渊官位。闻勒之来也，惧，遣众一万拒于襄城，勒击败之，尽俘其众。勒至南阳，屯于宛之北山。王如遣使通好。勒进攻宛，克之，斩侯脱，降严嶷，尽并其众。南至襄阳，攻克江西三十余垒，有据江汉之志。勒右长史张宾以为不可，引军而北。

晋太傅、东海王越率洛阳之众二十余万讨勒。越薨于军，军人推太尉王衍为主，率众而东。勒追击，破之于苦县。勒分骑围而射之，相登如山，杀王衍及晋襄阳王范等十余万人。越世子毗闻越薨，出自洛阳，从者倾城。勒逆毗于洧仓，破之，执毗及晋宗室二十六王并诸卿士，皆杀之。与王弥、刘曜攻陷洛阳，归功弥曜。遂出轘辕，执晋大将军苟晞于蒙城，以为左司马。刘聪授勒镇军大将军、幽州牧，领并州刺史。用张宾之计，自汝南葛陂北都襄国。袭幽州，擒王浚，杀之。刘聪加勒陕东伯，得专征伐，封拜刺史、将军、守宰、列侯，岁尽集上。

及刘粲为勒准所杀，勒率众赴平阳。曜称尊号，授勒大司马、大将军，加九锡，增封十郡，并前十三郡，进为赵公。勒至平阳，靳明出与勒战，勒大破之，遣兼左长史王修、主簿刘茂献捷于曜。明率平阳之众奔曜，曜西如粟邑。勒焚平阳宫室，置戍而归，徙浑仪乐器于襄国。曜遣使授勒太宰，领大将军，进爵赵王，增封七郡，并前二十郡。出入警跸，冕十有二旒，乘金银车，驾六马，如魏武辅汉故事。王修舍人曹平乐留仕曜朝，言于曜曰："大司马遣修等来，外表至虔，内觇强弱。"曜实残弊，惧修宣之，大怒，追还策命而斩王修。刘茂逃归，言修死状。勒大怒，诛曹平乐父兄，夷其三族。又知追停太宰、赵王之授，怒曰："帝王之起，复何常也？赵王、赵帝，孤自取之，名号大小，岂尔所节乎！"勒乃自称大都督、大将军、大单于、赵王，以二十四郡为赵国，号为赵王元年，平文三年也。

勒遣使求和，请为兄弟，斩其使以绝之。自是朝会，常僭天子礼乐，以飨群臣。烈帝元年，勒又遣使求和，帝许之。

二年，勒僭称皇帝，置百官，年号建平。虽都襄国，又营邺宫，作者数十万人，兼以昼夜。五年，勒死，子大雅僭立。

大雅，名犯显祖庙讳。大雅立，号年延熙。石虎废大雅为海阳王而僭立，寻杀之。

虎，字季龙，勒之从子也。祖曰匐邪，父曰寇觅。寇觅有七子，虎第四。勒父幼而子之，故或谓之为勒弟也。晋永兴中，与勒相失。永嘉五年，刘琨送勒母王氏及虎于葛陂，时年十七矣。性残忍，游猎无度，能左右射，好以弹弹人，军中甚患之。勒白母曰："此儿凶暴无赖，使军人杀之，声名可惜，宜自除也。"王曰："快牛为犊子时，多能破车。为复小忍，勿却之。”至年十八，身长七尺五寸，弓马迅捷，勇冠当时。将佐亲戚，莫不敬惮，勒深嘉之。而酷害过差，军中有壮健与己齐者，因猎戏谑，辄杀之。至于降城陷垒，不复断别善恶，坑斩士女，鲜有遗类。御众严整，莫敢犯者；指授攻讨，所向无前。故勒宠信弥隆，仗以专征之任。

刘聪以虎为魏郡太守，镇邺三台；又封繁阳侯，食邑三千户。勒为赵王，以虎为车骑将军。加侍中、开府，进封中山公。勒称尊号，为太尉、守尚书令，封中山王，食邑万户。

勒死，虎擅诛右光禄大夫程遐、中书令徐光，遣子邃率兵入大雅宫，直御文武皆奔散。大雅大惧，自陈弱劣，让位于虎。虎曰：“若其不堪，天下自当有大义，何足豫论。”遂逼立之。自为丞相、魏王。虎以勒文武旧臣，皆补丞相闲任，其府僚旧昵，悉居台省禁要。改勒太子宫曰崇训宫，徙勒妻刘氏已下居之，简其美淑及车马服御，皆归虎第。刘氏谓其彭城王石堪曰：“丞相便相凌蹈，恐国祚之灭不复久矣，真可谓养虎自残者也。王将何以图之?”堪曰：“先帝旧臣，皆以斥外，众旅不复由人。宫殿之中，亡所厝计。臣请出奔兖州，掳廪丘，扶南阳王恢为盟主，宣太后诏于诸牧守、征镇，令各率义兵同讨恶逆，蔑不济也。”刘氏然之。既而堪计不果，虎炙而杀之，又杀刘氏。石生先镇长安，石朗镇洛阳，并起兵讨虎，为虎所灭。

虎遂自立为大赵王，号年建武，自襄国徙居于邺。乃杀大雅及其母程氏，并大雅诸弟。初，虎衣衮冕，将祀南郊，照镜无首，大恐怖，不敢称皇帝，乃自贬为王。使其太子邃省可尚书奏事，唯选牧守、祀郊庙、征伐、刑断，乃亲览之。虎又改称大赵天王。邃以事呈之，恚曰：“此小事，何足呈也!”时有所问，复怒曰：“何以不呈!”诮责杖捶，月至再三。邃甚愠恨，私谓中庶子李颜等曰：“官家难称，吾欲行冒顿之事，卿从我乎?”颜等伏不敢对。虎闻而大怒，杀邃及其男女二十六人，一棺埋之，诛其宫臣支党二百余人。立次子宣为太子。

虎于邺起台观四十余所，营长安、洛阳二宫，作者四十余万人。又欲自邺起阁道，至于襄国。敕河南四州具南师之备，并、朔、秦、雍严西讨之资，青、冀、幽州三五发卒。诸州造甲者五十万人。扰役黎元，民庶失业，得农桑者十室而三。船夫十七万人，为水所没，为虎所害，三分而一。课责征士，五人车一乘、牛二头、米各十五斛、绢十匹。诸役调有不办者，皆以斩论。穷民率多鬻子以充军制，而犹不足者，乃自经于道路。死者相望，犹求发无已。太武殿成，图画忠臣、孝子、烈士、贞女，皆变为胡状，头缩入肩。虎大恶之。

遣司虞中郎将贾霸率工匠四千，于东平、冈山造猎车千乘，辕长三丈，高一丈八尺，置高一丈七尺；格虎车四十乘，立行楼二层于其上。南至荥阳，东极阳都，使御史监司。其中禽兽，民有犯者罪至大辟。御史因之，擅作威福，民有美女、好牛马，求之不得，便诬以犯兽论，民死者相继，海岱、河济之间，民无宁志矣。又发民牛二万余头，配朔州牧官。增内官二十四等，东宫十二等，诸公侯七十余国，皆为置女官九等。先是，大发民女二十已下、十三已上三万余人，为三等之第，以分配之。郡县有希旨，务于美淑，夺人妇者九千余人。民妻有美色，豪势因而胁之，率多自杀。太子、诸公私令采发者，亦垂一万。

建国九年，虎遣使朝贡。

虎使其太子宣及宣弟秦公韬递日省可尚书奏事。宣恶韬侔己，谓嬖人杨柯、牟成等曰："汝等杀韬。吾入西宫，当以韬之国邑分封汝等。韬既死，上必亲临，因行大事，亡不济矣。"柯等许诺，乃夜入韬第而杀之。虎将出临韬丧，其司空李农谏，乃止。翌日，有人告之，虎大怒，以铁环穿宣颔而锁之，作数斗木槽，和以羹饭，以猪狗法食之。取害韬刀仗，舐其上血，号叫之声，震动宫殿。积柴城北，树标其上，标末置辘轳，穿之以绳。送宣于标所，使韬所亲宦者郝雅、刘灵拔其发，抽其舌，以绳贯其颔，辘轳绞上之。刘霸断其手足，斫眼溃腹，如韬之伤。四面纵火，烟焰祭天，虎从昭仪已下数千人，登中台以观之。火灭，取灰分置诸门交道中。杀其妻子二十九人，诛其四率已下三百人、宦者五十人，皆车裂、节解，弃之漳水。洿其东宫，以养猪牛。

十二年，虎自称皇帝，年号太宁。

虎死，少子世僭立。虎养孙闵杀世，以世兄遵为主。遵以闵为大将军辅政。遵立七日，大风、雷震、昼昏，火水俱下，灾其太武殿，延及宫内府库，至于阊阖门。火月余乃灭。

遵兄鉴，又杀遵而自立，号年青龙。鉴弟苞与胡张才、孙伏都等谋杀闵，不克而死。自凤阳门至琨华殿，积尸如丘，流血成池。闵知胡人不为己用，乃闭邺城四门，尽杀诸胡。晋人貌似胡者多亦滥死。闵乃杀鉴而自立，尽灭石氏。

闵本姓冉，乃复其姓。自称大魏，号年永兴。寻为慕容俊所擒。

（录自《魏书·列传第八十三》）

张大龄 （生卒年不详），字玄羽，四川眉山人。明万历年间官员，著有《史论》四卷、《说史隽言》十八卷、《晋五胡指掌》六卷、《唐藩镇指掌》六卷、《随笔》八卷、《支离漫语》四卷。

羯石氏

石勒，羯虏也，世居上党之武乡，有胆力，善骑射。并州大饥，东瀛公腾执诸胡，于山东卖充军实。勒亦被掠卖，为茌平人师欢奴。欢奇其状貌而免之。幼尝随人负贩京师，登上东门，长啸。王衍闻而异之，曰：“此胡雏非常人也。”遣骑追之，逸去。惠帝末，诸王相攻，海内大扰。勒与汲桑结为盗，桑命勒以石为姓。公师藩叛，寇赵魏，桑、勒往从之。兖州刺史苟晞击斩藩、桑等，逃还，更聚众，以勒为前锋，所向辄克。进攻邺，杀新蔡王腾，大掠而去。苟晞击桑，走死，勒降于汉。至常山，众十余万，集衣冠人物，别为君子营。中丘人张宾，好读书，阔达有大志，常自比子房。见勒，喜曰："吾历观诸将，无如此胡将军者，可共成大事。"乃提剑大呼"军门请见"，勒亦未之奇也。后数以策干勒，皆如所言，由是奇之，呼为"右侯"而不名。又用刁膺为股肱，夔安、孔苌、支雄、桃豹、逯明为爪牙。

永嘉五年，太尉衍送太傅越丧还葬，勒帅轻骑追之，及于苦县，晋兵大败，纵轻骑射之，无一脱者。执衍，问以晋故。衍具陈祸败之由，云计不在己，且言少无宦情。又劝勒称尊，勒曰："君少壮登朝，名著四海，身居重位，何得言无宦情耶！破坏天下，非子而谁！"命引出。众人畏死，多自陈述，独襄阳王范神色俨然，顾呵之曰："今日之事，何复纷纭。"勒谓孔苌曰："吾行天下多矣，未尝见此辈人，当可存乎？"苌不可。勒曰："虽然，要不可加以锋刃。"于是俱排墙杀之。剖越棺，焚其尸，曰："乱天下者，此人也。"世子毗及宗室四十八王皆死，晋兵死者十余万人，裴妃亦为人掠卖。又陷蒙城，执苟晞及豫章王端。锁晞颈，以为左司马。

冬十月，勒诱杀汉大将军王弥。初，勒与母相失，并州牧刘琨得之，及其从子虎遣使送还勒，因以书招怀。勒厚谢刘琨而书以绝之。虎年十七，残忍无度，勒白母除之。母曰："快牛为犊，多破车，长便不然。汝小忍之。"及长，勇冠三军，每屠城，鲜有遗类，指授攻讨，所向无前。勒更宠任之。六年，引兵据襄国，用张宾之谋也。王浚等攻襄国，大败而还。石虎攻陷邺郡，据之。时王浚兵犹强，谋称尊。勒欲袭之，张宾劝勒卑辞于浚，又劝勒奉表，言欲以三月中旬诣幽州奉上尊号。浚益骄怠，不复设备。勒纂严将袭浚而未发，张宾曰："岂非畏刘琨及鲜卑、乌桓为后患乎？"曰："然。"宾曰："三方智勇，无及将军者，必不敢动。吾轻车往返，不出二旬。待彼谋议出师，我已还矣。今宜修笺于琨，纳质请和。琨必喜我之服，而快浚之亡，岂暇袭我！兵贵神速，勿后时也。"勒曰："吾所未了，右侯已了之。”遂以火宵行，达易水。督护孙纬驰白浚，浚将勒兵拒之，而为游统所给。浚曰：“石公来奉戴我耳。”设飨以待勒。晨至蓟，叱开门，犹疑有伏。先驱牛羊数千头，声言上礼，实欲塞诸街巷。勒升其厅事，执浚于前，数之曰：“公位冠元台，手握强兵，坐观本朝倾覆，曾不救援，乃欲自称尊乎！”即送襄国，斩之。中郎荀绰不屈，勒待以客礼。斩朱硕、枣嵩之乱政，戮游统之不忠，籍没相佐亲戚，家赀皆巨万。惟裴宪、荀绰止有书十余箱，盐米十斛。勒曰：“吾不喜得幽州，喜得二子。”以为中郎参军。勒以刘翰镇幽州。勒还，翰归段匹磾。匹磾遂据蓟城。

时刘曜篡汉，改国号赵。勒亦自称赵王。祖士雅进屯雍丘，恩威大著，自河以南，多叛勒归士雅，练兵积谷，有取河南之志。勒患之，乃下幽州，为士雅修祖父墓，通书求互市。士雅不报书，而许互市，收利十倍。士雅将士降赵，勒斩其首，曰：“叛臣逃吏，将军之恶，犹吾恶也。”自是士雅不纳降人，边境休息。泰兴四年，石虎拔幽州，杀段匹磾。永昌元年，张宾卒，勒哭之恸，每与群臣谋议不合，思宾则流涕弥日。与刘曜岁相攻战。咸和三年，曜自将击破勒兵，襄国大震。勒亲帅兵救之，入洛阳，杀刘曜，追曜太子熙于上邽，又杀之，汉地尽入于勒。即赵天王位，子弘为太子，虎等进爵为王，子弘为大单于。虎以不得大单于，望曰：“吾身当矢石，成大赵之业，使黄吻婢儿为大单于。上晏驾，不足复留种矣！”

咸和五年，勒称皇帝。一日，大飨群臣，谓徐光曰：“朕可方自古何等主？”对曰：“陛下神武，谋略过于汉高。”勒笑曰：“人岂不知，卿言太过。朕若遇高祖，当北面事之，与韩、彭比肩。若遇光武，当并驱中原，未知鹿死谁手。大丈夫行事，当磊磊落落，如日月皎然，终不效曹孟德、司马仲达，欺人孤儿寡妇，狐媚以取天下也。”勒虽不学，好使诸生读书而听之，时以意论古今得失，闻者悦服。其聪明英特，盖性成也。太子弘好属文，敬儒素，勒谓徐光曰：“大雅（太子小字）愔愔，殊不似将家子。”光曰：“汉祖以马上得天下，孝文以玄默守之。太子直胜残去杀之主也，但中山雄暴多诈，宜渐夺其权。”程遐亦以为言，勒皆不听。他日，徐光又曰：“今国家无事，陛下若不怡，何也？”勒曰：“晋蜀未平，恐后世不以我为正统。”光曰：“陛下包括二都，平荡八州，帝王之统，不在陛下，当复在谁？且陛下不忧心腹而忧四肢乎？中山资性不仁，父子复据权位，而怏怏不平，东宫侍宴，有轻皇太子色。臣窃忧之。”勒默然，始命太子省可尚书事，而虎之门可张雀罗矣。虎愈不平。

咸和八年七月，勒卒，太子弘立。虎收程遐、徐光于狱，召其子邃将兵入宿卫。遐、光被杀。夜以勒丧潜瘗山谷，乃备仪卫虚葬于高平原。虎弑刘后，次年弑弘自立。太子邃谋反，诛，立子宣为太子。蒲洪、姚弋仲皆归之。

冉氏子闵，骁勇善战，多策略，虎养以为子，爱比诸孙。虎为慕容恪所败，斩三万余级，诸军皆溃，惟闵独全。穆帝永和元年，发诸州四十余万人治未央、洛阳宫，造猎车千乘，置女官二十四等，取民女三万余人充之。光禄大夫逯明切谏被杀，财帛山积，犹发前代陵墓，掠其金宝。沙门胡进言于虎曰：“胡运将终，晋当复兴，宜苦役晋人以厌之。”乃发近郡男女十六万人，车十万乘，筑华林苑，燃烛夜作，死者数万。得苍麟十六，白鹿七，以驾芝盖，命太子宣祈福于山川。宣乘大辂，建天子旌旗，戎卒十六万，出金明门。虎升凌云观望之，曰：“我家父子如此，自非天崩地陷，当复何愁！但抱子弄孙为乐耳。”秦公韬有宠于虎，虎欲立以为太子，犹豫未决。宣谋杀韬，待虎临丧，因行大事。韬死，虎惊气绝。方苏，欲出临，司空李农止之。事觉，虎囚宣，杀之邺北，穷极惨酷，火焚弃灰，杀其妻子九人。宣幼子才数岁，虎素爱之，抱之而泣，欲赦之，大臣不可。儿挽虎衣大叫，至于绝带。虎因发病。

永和五年称皇帝，大赦，而东宫谪戍不在赦例。梁犊因众作乱，攻拔下辨，掠民斧，施一丈长柯，攻战若神，所向崩溃。长驱至长安，众已十万，遂东趋洛阳。李农等统步骑十万讨之，大败。虎惧，以燕王斌同蒲洪、姚弋仲讨之。弋仲将精锐八千至邺，求见虎。虎病，未之见，引入赐食。弋仲怒曰："主上召我来击贼，当面受方略，我岂为食来耶！且上不见我，我何以知其存亡。"虎力疾见之，弋仲让虎曰："儿死愁耶，何为而病！儿幼时不择善人教，使至于为逆。既诛之，又何愁焉？且汝久病，所立儿幼，若不愈，天下必乱。当先忧此，勿忧贼。犊等困穷思归，相聚为盗，老羌为汝一举了之。"弋仲峭直，人无贵贱皆敬之，虎亦不之责，赐以铠马。弋仲曰："汝看老羌能破贼否？"乃被铠跨马于庭中，策马南驰，不辞而去。遂与斌等击斩犊。

夏四月，虎卒，以彭城王遵、燕王斌、张豺等受遗，立太子世。豺等以太后令杀斌逐遵。而石闵等讨贼归，遇彭城王遵于路，说之长驱入京师，斩豺，废太子世，杀刘后而自立。遵许事成之后，舍其子而立闵为太子。至是立子衍，闵乃杀遵及衍，而立义阳王鉴，又杀胡羯二十万人。并杀鉴自立，国号魏，复姓冉氏。又杀赵王虎三十六孙，尽灭石氏。石祗据襄国称帝，冉闵围之。燕王俊与姚弋仲子襄救祗，大败，冉闵几获之。而祗竟为其将刘显所弑，石氏亡。永和八年，燕慕容恪击冉闵，杀之，尽取赵地。

玄羽逸史曰：石世龙贫贱羯胡，辱在厮养，当其殍丐负贩，羁旅京邑，顾瞻宫阙，凄然长啸，尝亦有刘、项纵观祖龙之志乎，何王夷甫骇耳而怵心也？九州之地，几有其八，岂曰偶然。顾其人恢廓倜傥，外屈身于祖生，内降心于右侯，而至于责王衍，数王浚，其言侃侃有烈丈夫之风，五胡中俱无此规模矣。一传而歼于虎，是胡运之当然，岂人谋哉！虎也穷凶极暴，天假手于冉氏子，至使羯种二十万人，同饱乌鸢。呜呼！惨矣。然当勒追越柩于苦县时，十万晋兵无一脱者，冉闵竟足以报之。古之建国者，深仁厚泽，累数十世，犹力守臣节，不得已而后取，盖杀一不辜而有天下所不为，此三代所以长久也。司马氏手刃其主，夺之寡妇之怀，安得不生此凶残以鱼肉之耶！假令宁馨之计得行，杀一勒，生一勒，况徐光辈乃欲阴翦中山以安石氏，不亦愚乎？然而早见预防，不失为臣子之道矣。

（录自《晋五胡指掌》卷上）

图书在版编目(C I P)数据

石勒传 / 李驰骋著. — 北京：中国文史出版社，
2024.7
（武乡现当代文化集萃）
ISBN 978-7-5205-4702-4

Ⅰ. ①石… Ⅱ. ①李… Ⅲ. ①传记文学 – 中国 – 当代
Ⅳ. ①I25

中国国家版本馆CIP数据核字(2024)第102425号

出 品 人：彭远国
责任编辑：秦千里

出版发行：中国文史出版社
社　　址：北京市海淀区西八里庄路69号院　邮编：100142
电　　话：010-81136606　81136602　81136603（发行部）
传　　真：010-81136655
印　　装：山西人民印刷有限责任公司
经　　销：全国新华书店
开　　本：16开
印　　张：247.25
字　　数：3500千字
版　　次：2024年7月　第1版
印　　次：2024年7月　第1次印刷
定　　价：1000.00元（全七册）

WUXIANG WENHUA JICHENG
WUXIANG XIANDANGDAI
WENHUA JICUI

武乡文化集成·卷三

陈建祖 主编

武乡现当代文化集萃

武乡地名故事 武承周 李绍君 主编

武乡地名典故钩沉 李驰骋 编著

中国文史出版社

《武乡文化集成》编委会

主　　编　陈建祖

执行主编　张继红

委　　员　石永兵　张碧玉　安志伟　郝雪廷
杜　煜　温海明　张红伟　方小玲
刘晓芬　韩炳祥

总 序

甲辰之岁，万象更新。武乡热土上，乘新时代之春风，政治、经济、文化一体推进，正所谓政通人和，百业俱兴。

自古以来，莫不盛世修书，藉以兴文化俗。今有《武乡文化集成》之问世，摘精选要，撷英荟萃，乃国内县域文化系统整理出版之巨创，亦寻祖根，追文脉，固根基，增强文化自信之壮举，可庆可贺也！

文化之兴，缘于地理；或曰据于地理，乃出人文。

太行逶迤，上党巍巍，雄视华北，俯控中原，自古乃兵家必争之地。元人熊戴歌咏曰：“天下多名山，太行居第一。泽潞伯仲间，上党天下脊。屹立界中原，形势控南北。”武乡踞上党北缘，乃千年名邦，抗战圣地。其东有板山竦立，如长城蜿蜒；其中有漳河流金，泽润乡里；其西则俯视晋中，藏风聚气。此土此境，古有商周遗物，有石勒要寨，有寺院林立，绵绵不绝，而民风俭啬，勤于耕读，崇尚勇武，远近闻名。清代乾隆《武乡县志》“风俗篇”云：“武乡之为县，在万山中，金玉珠贝无所产，商贾舟车不至，民安于畎亩、诵读，无逐末游食、猎取富贵之人。”“其民质而不瞢，其俗俭而不猥。”此乃武乡传统文化之概要，民风之底色，文化渊源之所自。追溯千余年传统文化，不亦绵长醇厚乎！

帝制灭而共和兴，社稷衰而危亡存，仁人志士，前赴后继，奋起斗争。武乡籍共产党人、革命先驱李逸三、史怀璧、武三友等，建立中共武乡县委员会，组织“五抗”，风起云涌，艰险曲折，板山漳河间，闪耀赤色曙光。全面抗战始，抗日烽火燃烧在太行山上，八路军总部、中共中央北方局、一二九师师部开进武乡，先后驻武乡王家峪、砖壁诸地，朱德、彭德怀、左权、刘伯承、邓小平、杨尚昆等在此指挥抗战，武乡乃成太行根据

地之重镇。长乐村战斗，歼寇两千；百团大战，威震敌胆。柳沟设兵工厂，肇始军火生产，装备抗日武装；抗大、鲁艺，学校遍及山乡僻壤，培植红色基因。武乡儿女，慷慨参军，牺牲何止千万；家乡父老，纳鞋交粮，自愿支援前线；太行奶娘，忘我取义，哺育革命后代。仰望太行之巅，遍布民族脊梁；回首抗战圣地，鲜血浸染。《少年先锋》，如诗华章；抗战篇章，辉煌绚烂。此乃武乡近世文化之鲜明本色。回首武乡之红色文化，不亦感人至深乎！

斗转星移，国运昌隆；改革开放，其命维新。武乡大地，文脉绵延，异彩纷呈。其初有高沐鸿之《太行吟》，冈夫之《故城谣》，张万一之剧作《小二黑结婚》，歌咏烽火岁月，隽永悠长；继之有寓真之《行道集》，赓续家国情怀，书写不尽之乡愁。抗战文化则梳理备至，书写将军之百战智勇，战士之慷慨赴死，军火之急急生产，民众之纷纷支前，友邦之慷慨资助，红色文化，洋洋大观。作者群起，深研备至，提炼太行精神，表彰抗战英模，可歌可泣，化育万民，进而为新时代不忘初心、继续前进之强大动能。回首七十年文化景象，不亦壮观乎！

武乡文化，厚重绵长，总而成之，采而辑之，舍我其谁！县委县政府下决心，定大计，集贤能，编方案，以规范性、系统性、权威性为基准，博采旁搜，摘取英华，卷次三分。首卷为历史文化，通览千载；继之以红色文化，特色引领；卷三是现当代文化，文苑集萃，遂成20册，汇千万字，煌煌然为武乡文化史上之空前巨著。武乡文脉，一以贯穿，高如板山，长若漳河，实乃空前之壮举，既为资政要览，亦成万民寻根溯源、永久承传之宝典，具彰往而昭今之效，其价值、意义不言而喻，无庸赘述焉。是为序。

中共武乡县委员会

武乡县人民政府

2024年6月

凡 例

一、本丛书以马克思列宁主义、毛泽东思想、邓小平理论、“三个代表”重要思想、科学发展观、习近平新时代中国特色社会主义思想为指导，选取武乡文化精华，编纂而成。

二、本丛书以基础性、系统性、权威性为基本编纂标准。

三、本丛书以武乡籍贯的作者为主要选取对象，以描写或记述当今武乡地域范围内的文化为内容选取标准。

四、本丛书选取的著作体裁不限，主要选取学术著作和文学作品。为了全面记述武乡的历史文化，特别组织作者新撰了武乡历史文化的通览性著作。

五、本丛书按照历史通览、文化特色、时代新篇为基本分卷依据，分武乡历史文化通览、武乡红色文化撷英、武乡现当代文化集萃3卷，共33种著作，编为20册。

六、本丛书为集成性著作，尊重原著内容的完整性，一般不作增删；为保持观点正确、内容准确、体例统一所做的修订，均经作者完成，并经专家予以审定。

七、本丛书对每一部入选著作的内容及其作者均予简介，以便阅读和使用。

八、本丛书根据各书特点而区别整理方式，涉及古文、文献等，予以标点，并适当注释；涉及文化遗产等内容，则以图文结合的方式予以记述。

目 录

武乡地名故事

武承周 李绍君 主编

武乡地名典故钩沉

李驰骋 著

武乡地名故事

武承周　李绍君　主编

【作者简介】

武承周，1943年生，山西省武乡县枣烟村人。退休前任武乡县人民政府宾馆经理兼党支部书记。主要作品有《枣烟村志》《武乡新华书店志》《武乡县旅游纪事》（与人合作）、《武乡士绅传略》（与人合作）、《烽火武乡太行奶娘》《祖国辉煌70年》《武三林小传》《凡人轶事》《晚稻》等。

李绍君，1955年生，山西省武乡县丰州镇胡家垴村人。曾任武乡一中副校长、县人大文卫工委主任。现任武乡县三晋文化研究会副会长兼秘书长。主要代表作有《中共武乡县委组织史》《抗战精华遍武乡》（与人合作）、《武乡地名故事》（与人合作）等。

【内容简介】

《武乡地名故事》由武承周、李绍君主编，组织近60位作者历时7年完成，2019年12月，由三晋出版社出版。全书分八章，依次为山脉、河流、洞穴、红色革命纪念地及旧址、村镇、石勒皇帝留踪地名、古建、交通，涉及213处武乡地名。书前有武乡综述、武乡地名沿革及县名来历，是武乡地名综合性的知识，是读懂全书的导引。其具体故事，采自历史文献、民间传说，是武乡历史文化的珍贵记忆，其内容对研究武乡历史有参考价值，亦有益于读者对武乡的了解和热爱。毋庸讳言，其中或有荒诞不经之传说，然瑕不掩瑜，值得珍存、传播。诚如本书序言的作者王宝库所言："武乡县所在之上党太行晋东南，是中国历史最悠久、中华文化最丰厚的圣地。知晓了这一方水土，自然会弄通山西，读懂中国。"各章地名故事，其基本依据是2019年前的武乡县建置，计为14个乡镇、1个开发区，328个行政村、942个自然村，本次重版，未对近年来因区划设置而变更的地名加以更新。特此说明。

序

王宝库

武乡县的一位陌生朋友武承周先生编纂了一部30余万字的新书《武乡地名故事》，通过山西省三晋文化研究会约我为之作序。

本已年逾古稀，散淡于心，也怠惰于行，懒于应酬，谢绝为他人评书、作序诸如此类的活动。但是对于武先生所求，我却满口应承，慨然允诺。

本人祖籍阳城县。该县虽然今属晋城市管辖，但是与长治市所辖武乡县皆曾经同属晋东南行政公署，彼此乃晋东南老乡。对于乡党所求，不可拒绝，此其一也。我问他为何约我作序？他说曾经在不记得什么名称的报刊上读过我的文章，因而知道我对地名和地名学有所涉猎或研究。我可以说，我是中华人民共和国第一代地名工作者，长期担任山西省地名委员会办公室主任，直至该机构并入省民政厅区划地名处为止。据此看来，武先生或许堪称我等地名爱好者的知音，此其二也。武先生终生奋战于基层，对于各类地名的来龙去脉兴趣极浓，但有所闻，便随时摘记，日月积累，终成巨著。对于这样一位老黄牛般勤恳耕耘之人，我心存敬畏，自当不忍心拒其所求，此其三也。基于这三条理由，本人遂不顾及冗杂事务缠身而抽暇为其书作序，以表敬意，以践承诺。

地名人人皆知、皆用，但是对于它的深邃内涵及其相关的形形色色，大多数人却不甚了了。

譬如“武乡县”此一名号，其来历、含义、源流、沿革、演变等究竟若何？弄清楚它的来龙去脉，差不多就知晓了武乡县的历史乃至文化。其意义之重大，无与伦比。

武乡县境于西汉王朝置涅氏县，迄东汉时改名“涅县”，以县境内有涅水流淌而得名。西晋时属武乡县地，兼有辽阳县地和涅县地。北魏永安中年置阳城县，与本人祖籍地同名。县境于东魏时曾置南恒州，不久改为丰州，北周废，故治在今故县村。隋初改阳城县为甲水县，以甲水河发源于县境之北滑山而得名。大业年间甲水县并入铜鞮县，该县与乡县并存。唐初复为甲水县，后废。武周时期乡县沿用武乡县名，神龙初年复称乡县，景龙初年仍复武乡县故名，至此之后县名基本稳定而极少改动。

武乡之“武”，《说文·戈部》曰：“武，楚庄王曰：‘夫武，定功戢（读jí，收敛，收藏）兵。’故止戈为武。”“乡”繁体作“鄉”，《说文·邑部》曰：“鄉，国离邑，民所封也。啬夫别治，封圻（读qí，地之边界）之内六乡，六乡治之。从邑，皂声。”

武乡之“武”，非耀武扬威而嗜战也，而是如斯字所示“止戈为武”也。此即《孙子兵法》所云：“百战百胜，非善之善者也。不战而屈人之兵，善之善者也。”武是为了不武，战是为了非战，以和平、和谐、和睦为最高追求，这就是中华文化和中国精神。

“武乡”者，武士、武夫、武人之乡或全民武装之乡也。此名称极灵验，并且屡有兆示，最显赫者计有两次。其一是东晋末年的五胡十六国时期，武乡县出现了一位声名卓著的武夫，在马背上争抢天下和治理天下，走过了一条从奴隶到皇帝的光明大道，此人就是彪炳史册的后赵天子石勒。其二是抗日战争时期，八路军总部先后进驻该县砖壁村和王家峪村，与日寇浴血奋战，谱写了全民抗战的壮丽诗篇，武乡县成为全民武装之乡和抗日救亡的一面旗帜，声名超越太行山而远扬全国乃至全球。

话扯远了，再说回来。武承周先生所编所写之《武乡地名故事》，内涵宏丰，涉猎广泛，举凡自然山水、村堡古寨、雄关险隘、佛寺道观、交通街巷、名人遗踪，乃至红色革命纪念地，均有所涉及，以各种类型的地名为平台，讲述生动鲜活、丰富多彩、乡土特色浓郁的中国故事，娓娓道来，引人入胜。

武乡县所在之上党太行晋东南是中国历史最悠久、中华文化最丰厚的圣地。知晓了这一方水土，自然会弄通山西，读懂中国。

读者诸公倘有雅兴，不妨读读以武乡为载体、以地名为由头的这部乡土杰作，必定会生感触、添情趣、有收获。

是为序。

2018 年 4 月 16 日匆草于晋阳大卤龙潭居般若斋

王宝库，男，1945 年 5 月出生于山西阳城县，山西省人民政府文史馆馆员。大学本科学历，长期担任山西省地名委员会办公室主任，是山西省地名文化研究学术界的专家。中国地名研究会理事、山西省省情研究会理事、山西省家谱协会理事兼秘书长、山西省三晋文化研究会理事兼副秘书长。代表作有《晋祠文化研究》《晋商文化之旅》《山西宗教文化旅游》《五台山佛光寺》《陈廷敬和康熙皇帝》等。

武乡段村新貌

综　述

武承周

武乡县位于太行山西麓、山西省东南部、长治市北部，为上党盆地的北大门，雄踞华北大地。

武乡县地理坐标为东经 112° 26′ —113° 22′，北纬 36° 39′ —37° 08′。东邻黎城县、左权县，以大界峡、锅窑岭为界，界长 69 千米。西接祁县、平遥县，以南关阴辿山、墓峪头为界，界长 49 千米。北与榆社毗邻，以关鏊口为界，界长 54 千米。南与沁县、襄垣接壤，以涅河、高岭、南漳为界，界长 115 千米。在平面图上，界线总长为 287 千米。全境状若如意，绵亘于太行、太岳两山之间，地理位置险要，历来为兵家必争之地。所以康熙版《武乡县志》就有武乡“北枕鞶山，南临漳水，西接铜鞮，东接太行，峰峦环叠……为一方之壮”之说。县境东西长 150 千米，南北最窄处仅有 10 千米。总面积 1610 平方千米，约合 16.1 万公顷。其中农耕面积 3.15 万公顷。

武乡县现辖 14 个乡（镇）、1 个开发区，分别是丰州镇、洪水镇、蟠龙镇、监漳镇、故城镇、墨镫乡、韩北乡、大有乡、贾豁乡、上司乡、故县乡、石北乡、涌泉乡、分水岭乡和石盘农业开发区。下辖 328 个行政村，942 个自然村。

武乡县历史悠久、文化深厚、关山伟固、资源丰富、人杰地灵、贡献突出。

历史悠久

1961 年，在武乡故城镇五峪村一带发现了石斧、石铲、骨针等新石器时期的遗物，不久又发现了涅币。因此，山西大学历史系教授李裕民先生在武乡讲学时曾说过：“武乡是一个古老的县城，现在发现涅币，且周围 10 千米左右都有涅币存在，这充分说明春秋时期武乡称涅县是有科学依据的。”

1972 年，石门公社在牛鼻湾附近修建公路时发现了石碾盘和石擀杖，还有一些骨器、骨针等。经专家鉴定，这两件石器是新石器时期的文物，至今已有 7800 多年历史（现在这两件文物被山西省博物院收藏）。山西考古专家王克林先生说：“武乡这套出土文物均为粗红砂石制成，碾盘为圆角长方形，前低后高，底部置横圆柱状盘足，表面非常光滑，由于长期使用已经磨损，中部明显下凹。石擀杖中间粗，两头细，明显是作为一件生活工具使用的。这套至今已有 7800 年的文物，说明我们的祖先不仅早就有了用手工制造石器的技术，而且有了‘立四柱’的观念。”

2004 年 2 月 24 日《长治日报·农家周刊》记者郭振海报道：太长高速公路施工人员在武乡关河水库西侧，当地人称“老坟坡”的地方，出土了一些破碎的瓦钵、陶瓷片，还有经人打磨过的一些日用石器。经山西省考古研究所鉴定，这些出土文物都是新石器时代的产品，距今有 6000 年左右，属于龙山文化早期。不久，又在此处发现了一具完整的属远古时期的人骨。

地下出土文物证实了武乡历史悠久。贾豁乡古台村至今仍存有古代用于“观测天象”的古观象台遗址，也充分表明武乡历史久远，源远流长。

文化深厚

武乡历史文化深厚，其中地名故事、传说颇多。不仅有尧王山、尧王庙，还有许多禹王治水的传说，及女娲补天的传说，并留下女娲和伏羲举行合扇成婚的碑刻与全国独一无二的“合扇庙”。有女娲采玉石补天的玉石沟（墨镫乡），有女娲补天炼五色石的大小石料场（板山），有天塌陷时砸下的村庄“天凹”（洪水镇）。有神农尝百草的“神农祠”，还有后稷撒“百谷”留下的村庄“百谷村”（今蟠龙镇陌峪村），以及古建“百谷塔”。到了春秋战国时期，武乡流传的故事就更多。如一代霸主晋文公（重耳）在“骊姬之乱”中逃出宫外，在外逃难流亡整整十九年，其中有近两年时间在武乡境内，因此，不仅留下了有关他的许多传说，还留下了纪念他的两个舅父狐偃和狐毛的“狐偃庙”，及贾豁乡、大有乡的两个同名村“狐偃沟”。至今庙碑仍在武乡故城镇阳公岭村。陪同重耳来武乡躲难逃亡的著名将领姬先轸，于约公元628年因与北方白狄族在武乡县境内“箕地”（箕地，一说在武乡与榆社交界处，一说在砖壁村。砖壁村老百姓叫的“小松山”，其实正是“箕山”，地图可以查到，箕山后面的大山叫黄纪堖）作战，他脱掉军装赤身上阵，被狄军乱箭射死。但他死后身体不倒，双眼大睁，吓得狄军不战而退。狄军首领对先轸十分敬佩，最后只好将先轸首级和遗书送归晋国。武乡人民对这位忠心耿耿的大将十分敬重，先后在武乡东（北社）、中（灵水坪）、西（涌泉蓬莱山）三地建起了“护国显济王”神庙。汉高祖刘邦打天下时曾留踪武乡，并在板山花儿堖山之南留下“纱帽圪台”，为感谢武乡人民支持，登基后御口发誓许下武乡要出三斗三升芝麻官（县太爷）。汉光武帝刘秀在被王莽追杀时曾逃难武乡，并在武乡崇城山的岑彭寨和马武寨，接收了岑彭和马武两员大将。在两位大将的协助下，刘秀最终登基，恢复了汉室江山。北魏、东魏两朝丞相高欢（河北景县人）于公元528年，因追杀叛臣尔朱兆，在武乡崇城山避暑修建了“高欢避暑亭”，并亲手书写“太行天险”石匾。后赵皇帝石勒诞生在武乡故县东河沟。他的活动遗迹更是星罗棋布。隋朝瓦岗寨英雄王伯当，争夺天下时，曾屯兵武乡石门寨，发明了“铁蒺藜”，在史书上留下了“石门寨”和“蒺藜坪”两个村名。唐朝武则天登基后亲自在“乡县”之前加上“武”字，恢复了武乡县名，并在巡视武乡时封涌泉村一座高山为“天顶上”。李隆基在潞州任别驾时曾来武乡南神山朝拜，留下赞词和蛇道岭村（现称行道岭村）及蛇道沟两个村名的传说。李闯王进北京，在故县老城活捉明朝大将赵克宽将军（武乡故县村人，明朝大文人赵廷汴之父，赵天麒之祖父），劝赵将军投降，赵誓死不从，后跳井自杀，留下故县史上有名的“不易井”一口。

历史到了近现代又再次选择了武乡，使古老的武乡更加辉煌。1933 年，武乡就有了百余名地下共产党员。同年 8 月，中共武乡县委在故县诞生。县委成立后，紧接着成立了以“抗粮、抗税、抗债、抗租、抗丁”五抗为主的“抗债团”。抗债团如同黑暗中的一把火炬，让广大穷苦人民从黑暗中看到光明。

1937 年“七七”事变后，中日战争全面爆发。为了抗击日本侵略者，党中央立即电告全国，提出“全民族实行抗战”。共产党的正义主张促成了国共两党第二次合作。党中央将红军主力部队改编为八路军，并由八路军总司令朱德、副总司令彭德怀、副总参谋长左权，129 师师长刘伯承、政委邓小平，中共北方局书记杨尚昆等老一辈革命家亲自率领八路军总部机关和 129 师、120 师、115 师三师之众，东渡黄河，挺进太行，奔赴华北抗日战场。八路军总部机关曾先后在武乡义门、寨上、王家峪、砖壁等地驻扎，并在武乡指挥了 6300 多次战役，特别是指挥了震惊中外的“百团大战”。经过浴血奋战，最终将侵华日军彻底打败。抗日战争中武乡人民作出了巨大牺牲和贡献，成为晋冀鲁豫“模范县”、华北敌后“小延安”“子弟兵的摇篮，八路军的故乡”“抗战圣地，红色武乡”。

1951 年，毛泽东主席派华北人民政府主席杨秀峰来武乡访问，并带来他的亲笔题词“发扬革命传统、争取更大光荣”。1982 年，时任中央军委主席邓小平为八路军太行纪念馆题写了馆标“八路军太行纪念馆”。1995 年 7 月，原国家主席杨尚昆来武乡访问，并留下题词“光荣太行山、光荣八路军”，还为武乡宾馆题写了馆标“武乡宾馆”。2001 年 8 月 20 日，时任中共中央总书记、国家主席、中央军委主席江泽民，来武乡访问时留下题词：“我们一定要发扬老八路光荣传统，为中华民族的伟大复兴而奋斗。”2005 年 7 月 29 日，时任中共中央总书记、国家主席、中央军委主席胡锦涛来武乡考察时，在八路军总部王家峪旧址接见武乡老八路、老党员、老干部和老支前模范时指出：“我们一定要继承光荣传统，弘扬民族精神，为全面建设小康社会，实现中华民族的伟大复兴而团结奋斗。”2009年5月25日，时任中共中央常委、中华人民共和国副主席习近平来武乡考察时作出重要指示：“始终保持对党对人民对事业的忠诚；始终保持同人民群众的密切联系；始终保持知难而进奋发有为的精神状态；始终保持艰苦奋斗的优良作风。”

领袖的关怀给英雄的武乡老区人民以最大的鼓舞和支持，武乡的知名度会越来越高，武乡的路会越走越远，走向全国，走向世界。

关山伟固

武乡东依太行山，西连太岳山，东、西部山大沟深，关隘、山寨到处都是。如南关、昂车关、云斗寨、崇城寨、权店、石门隘口、墨镫隘口，这些关口隘寨历来都是兵家必争之地，独特的地理位置优势，更适宜八路军开展游击战，八路军总部为什么“四进四出”砖壁村？因为砖壁村地理位置是三面临沟、一面靠山，地势险要，易守难攻，敌人只要钻进山沟，就如同飞蛾入网，插翅难飞。凭借砖壁村这个天然屏障，朱、彭两位老总在此运筹帷幄，镇定地指挥了多个战役，把来犯日军弄得晕头转向，摸不清八路军的主力到底在哪里。毛泽东带领红军导演了“四渡赤水”的不朽战术，朱、彭二老总在华北战场上导演了“四进四出砖壁村”，敌人始终没有找到八路军的主力部队。就连震惊中外的“百团大战”也是在砖壁村指挥的。还有板山天险花儿垴，黄崖洞保卫战曾在这里打响。1941年11月，5000多名装备精良的日军兵分多路围攻黄崖洞，八路军总部特务团以不足1000人的兵力，凭借板山天险和坚固的工事，英勇抗击，经过八个昼夜激战，歼灭日军1000余人，以敌我伤亡6∶1的辉煌战果，开创了中日战争史上空前未有的新纪录，取得了震惊中外的黄崖洞保卫战的伟大胜利。还有故城镇南关是古代潞州通往晋阳的必经之路，也是武乡西部山区一个著名的关口，历史上曾有“南关锁钥”之称。1938年日军通过白晋铁路进驻南关村，并在南关建设了小型火车站，而且派重兵把守，把南关视为自己的大本营。1940年，根据八路军总部安排，为了打胜“百团大战”，拔掉日军在南关这个据点，命令武西独立营配合八路军主力，充分利用当地游击队熟悉地形的优势，采取“深入内部，各个击破”的战术，经过一周与敌人周旋作战，成功端掉日军的3座碉堡，炸毁白晋铁路南关大桥和南关车站，创造了破袭战的经验，拉开了“百团大战”的序幕。

资源丰富

武乡中部地区是粮食主产区，玉米、谷子、小麦、大豆、高粱品种齐全，尤其是汾州香小米，色泽金黄，味道鲜美，1995年在北京召开的全国农产品博览会上曾荣获金奖。东、西山区宜林、宜牧，而且东部山区地下矿产资源丰富，已探明的矿产主要有煤、铁、铅、硫黄、油页岩、石膏、硅藻土、白云岩、大理石等10多种。其中煤炭储量最大，煤田面积128平方千米，已探明储量为28.6亿吨，分布在墨镫、洪水、蟠龙、韩北等乡镇。1987年武乡被国务院列为全国100个重点产煤县之一。白云岩储量1.8亿立方米，分布在墨镫、洪水、蟠龙、韩北等乡镇。油页岩储量1400万立方米，主要分布在丰州、涌泉、石北等乡镇。硅藻土储量为1亿多立方米，主要分布在石北乡一带，占全国探明储量的1%。

水资源特别丰富，可利用量为6690万立方米，实际利用量1046万立方米，人均占有量为854立方米，超过全省人均占有量的近一倍，属富水县。

林业资源也比较丰富。据2011年统计，全县林业用地面积73763.1公顷，占国土总面积的45.64%，森林面积20753.2公顷，造林面积2640公顷，森林覆盖率24.2%。

红色旅游资源更加丰富，革命遗址遍布全县，红色景点颇多，有八路军太行纪念馆，八路军总部义门、寨上、王家峪、砖壁旧址和八路军文化园、八路军游击战体验园、大型实景剧《太行山》演出地等许多著名景点，与井冈山、延安、西柏坡齐名，在全国享有盛名，被誉为“八路军的故乡、子弟兵的摇篮”“抗战圣地、红色武乡”。近年来，武乡被国家授予“全国红色旅游重点县”“全国红色旅游先进县”“中国优秀旅游目的地”等荣誉称号。

自然景观引人入胜。武乡是太行山精华所在地，雄奇秀丽的板山巍峨挺拔、层峦起伏、气势磅礴、景色壮观。板山还有许多富有传奇色彩的革命故事和历史人文逸事，将其装扮得有血有肉，既有灵气又有神气，让游客听着动人，看着诱人。如大砚池、笔架山、道闯沟、桃花寨、茶壶山、八牛村、纱帽圪台、水花崖、神泉沟与圣人泉，以及“花儿垴上三壮士”。还有绝壁万仞的崇城山，悬崖千寻的岑彭寨，这些大自然的佳作，堪称“太行天险”。太行龙洞，溶石晶莹、千姿百态、回旋曲折，景观奇特。太行龙湖，绿茵怀抱、碧波荡漾，艇帆竞发、鱼翔鹭飞，气势磅礴。这些景观都使游人流连忘返，感叹神奇。

历史文物遍布全县，五彩斑斓。武乡境内目前已被列为国家级、省级、市级和县级保护单位的有：东汉时期的“离相寺”和“圣泉寺”，后赵时期的“南神山”和“石勒寨”，北齐时期的故城“大云寺”和北良侯“石刻造像”，宋代的监漳五龙山“应感庙”、土河村“真如寺”和大有村“眺远阁”，金代的监漳“会仙观”和东良“洪济院”，明代的下合村“娲皇圣母庙”，清代的段村（今县城）“千佛塔”等。因此，武乡有“帝王之乡、抗战圣地、绿色名城及三教（道、儒、释）之家”的美称。

人杰地灵

武乡历史上名人辈出，灿若繁星。据武乡康熙、乾隆、光绪、民国四版合一的《武乡县志》记载统计，武乡共出进士 49 人（其中文进士 40 人，武进士 9 人），拔贡、岁贡、恩贡、例贡 498 人，举人 140 人（其中文举 92 人，武举 48 人），尚书、侍郎、将军几乎历朝历代皆有，东晋时期的后赵皇帝石勒出生于武乡故县东河沟，毛泽东同志称他是“一位很有军事统率能力和政治远见的少数民族政治家”。北魏时期有王文谟（马堡人），隋朝有崔弘度（南关人），唐朝有焦旺禄（长乐里人）、闾丘珦、李宁（砖壁人），金代有王师正（新村人），元朝有武建（段村人），明朝有任原（监漳人），庞清（涌泉人），王敏（长乐人），窦明、窦一桂（沙河头人），吴琦（陌峪人），及魏国模、魏之翰、魏兼、魏光绪、魏云中（魏家窑人），程启南、程康庄（信义人），赵天麒（故县人），段武侯（东村人），清朝有郝廷栋（圪嘴头人）、白祖乙（茅庄人）、郝壬照（南沟人）、程林宗（信义人）、李青琦（墨镫人）、李重华（玉品人）、籍文学（松庄人）、武海青（王家沟人），其中明朝程启南被皇上御封“天下第一廉吏”，庞清被御封“天下第一清官”。民国时期有李作桢（砖壁人，日本留学生）、王缙（新庄人，日本留学生）、苏效泉（东坡人，日本留学生）、郝宝桐（南沟人，日本留学生）、张思忠（寨坪人，日本留学生）、史标青（东堡人，曾任阳曲、平遥、祁县、大同、寿阳、盂县、平陆、垣曲、闻喜九县知县）。中华人民共和国成立后，武乡又出了 1 个国务院副总理——纪登奎，7 位省部级领导，即兵器工业部原副部长来金烈、民政部原副部长史怀璧、煤炭工业部原副部长张超、国务院原参事李逸三（正部级）、陕西省原常务副省长姜一、山西省政协原主席武光汤、陕西省军区原政委王兰江（正军级）。据说，1962 年中央召开七千人大会，俗称“家底会”（全国县委书记以上有关干部参加），其中武乡籍县委书记就达 70 余人。可见称武乡“人杰地灵”一点儿也不夸张。

贡献突出

据《武乡县志》记载，武乡虽为一个山区小县，但在各个时期都做过贡献。特别是抗日战争年代，武乡当时人口仅有 13.5 万人，但却有 9 万余人都参加了各种各样的抗日武装组织，如农救会、青救会、妇救会、民兵自卫队、游击队、抗日儿童团等。有 14600 余人参加了八路军，参战 6368 次，牺牲民兵、群众 25300 余人，向外输送抗日干部 5400 余人，如再加上太行二中、三中，抗日军政大学、北方大学等学校毕业分配工作的武乡籍人在内，共输送出干部 6000 余人。因此在史书上留下了“武乡出兵、出粮、出干部、出英雄”和“五千干部一万兵”的佳话。

在晋冀鲁豫边区召开的两届群英会上，被评为腹地“杀敌英雄”一等功、二等功共计 11 人，武乡占了 3 人，一等“杀敌英雄”关二如，二等“杀敌英雄”王来法、李兴云。被评为边区“劳动模范”的，腹地共有20人，武乡占了4人，一等功有李马保，二等功有史成富、王海成、王桃梅。而且武乡在抗战中，共支援八路军粮食2.5亿斤，大洋1400万元，开荒地8.3万亩，支前出工387万余个，供应八路军蔬菜、副食、食油507万余斤，煤炭、木材等燃料30亿余斤，服装87万余套，布匹145万余匹，军鞋49万余双，挎包、米袋107万余件。在战火纷飞的年代，武乡确实是家家住过八路军，户户出过子弟兵，父送子、妻送郎的故事几乎每天发生。而且在抗战时期，武乡老百姓嘴边经常挂着两句话：“最后一升粮，留下送前方”“最后一丁儿，送他上战场”，充分表达了武乡人民抗击日寇的决心和勇气，也表达了当时军民的鱼水之情。因此称武乡为“八路军的故乡，子弟兵的摇篮”“抗战圣地、红色武乡”一点儿也不夸张，而是名副其实。

特别是在1949年2月，武乡广大干部积极响应党中央和毛主席“打过长江去，解放全中国”的号召，百名优秀干部告别家乡父老，加入中国人民解放军长江支队，南下福建，接管政权，建立新区。中华人民共和国成立前夕，武乡县委选调优秀干部到太原、北京、天津等地支援新区工作。1944年至1949年，武乡先后派出八批干部南下北上，为豫、皖、鄂、湘、闽、粤、京、津等地解放与建设作出了重大贡献。

有一位红史研究专家曾这样评价武乡：

太行精神在这里孕育诞生，人民军队在这里发展壮大，民族脊梁从这里挺起，人民共和国从这里走来。不愧为“抗战圣地，红色武乡”。

武乡建置沿革及县名来历

刘承国

据《禹贡》和“二十四史”记载：在夏商时期，武乡属冀州管辖。禹王治水成功后，将中国分为九大州，即冀州、兖州、青州、徐州、扬州、荆州、豫州、梁州、雍州。当时冀州辖今河北省西南部、河南省北部、山西省东南部。这样看，武乡属冀州是正确的。

西周时期武乡称“皋狼国”或“皋狼地”。春秋时期，武乡属晋地，仍为“皋狼之地”，也有史书记载称“蔡皋狼之地”。还有“甲氏国”的传说。战国时代名“涅氏”，城邑在今故城镇，先属韩，后属赵（见民国版旧县志第413页）

秦始皇统一中国之后，废九州，实行郡县制，全国分为36个郡，若干个县。武乡属上党郡。县城在今故城镇，区域包括今武乡（涅县）、榆社、左权全部及沁县北部、祁县东南部。故古人称当时武乡为“巨县”。

两汉、三国时期，武乡称涅县。

西晋，武帝泰始年间（265—274）涅县分为三县，即武乡县、辽阳县（今左权）和涅县，从此有了武乡县，至今已有1750多年的历史。

关于武乡县名来历，至今有史书记载共4个版本：第一个版本说，在《汉书补注·地理志八·上党郡》中记载：武乡境内有武山（现名八赋岭，在榆社县北），还有武乡水，今称浊漳北源，由榆社北流入我县后入涅水，然后流向东南入襄垣县合河口村的浊漳地，汇为浊漳河。武山和武乡水合称武乡县。第二个版本同样说，武乡县名来源于武乡境内有“武山”与“武乡水”

而得名（武山在今权店与故城中间，武乡水出自武乡覆甑山，《地形志》讲阳城有覆甑山，涅水出也，合东南称武乡水），武山与武乡水合称武乡县（见乾隆版旧县志第 241 页）。第三个版本是唐朝武则天天授元年（690），因当时武乡改为“乡县”，武皇则天亲点“加武”，恢复武乡县（见民国版旧县志第 914 页）。第四个版本是，一些现代学者，他们在各类文史杂志上发表文章，称：武乡是崇武尚武之乡，是英雄用武之地，所以才称武乡县。

十六国时期武乡先属前赵，后属后赵。石勒皇帝于公元 319 年改武乡县为武乡郡，郡治辖沾（今和顺县、昔阳县西部）、涅、武乡、辽阳等四县。

北魏延和二年（433）武乡郡去武改为乡郡。太和十五年（491）武乡县县城由今榆社县社城迁至南亭川（今武乡故县），后称南堰州，之后又称丰州。

隋开皇三年（583）废乡郡。武乡县改乡县，属上党郡。隋大业元年（605）乡县又分出榆社县，至此，武乡的区域基本形成今天武乡县的规模状况。

唐太祖李渊登基三年后即唐武德三年（620），将武乡、榆社再次合并，改称偃武县。偃武是去武，不要战争，偃旗息鼓，盼天下再不发生武战，永远太平。偃武县归属河东道韩州。直到武则天登基改国号为“周”，改年号为天授元年（690），又恢复武乡县。唐中宗李显复唐国号，神龙元年（705）又恢复了乡县。但到了睿宗李旦（武则天的儿子）执政时景云元年（710）又恢复武乡县，从此再未改变，一直叫到现在。

五代十国时期，武乡先属后唐、后晋、后汉的潞州，后属北汉。

宋代，武乡属河东路威胜郡（治所在今沁县段柳）。

金代，天会六年（1128）改威胜郡为沁州，武乡属河东南沁州。

元代，武乡属中书省晋宁路沁州。世祖中统三年（1262）武乡县并入铜鞮县。

明初，武乡属山西（省）布政司冀南沁州。万历二十三年（1595）废沁州，武乡属汾州（今汾阳）。万历三十二年（1604）复立沁州，武乡仍属沁州。

清代，武乡属山西省冀宁道。

民国十九年（1930）武乡直属山西省。

抗日战争爆发后，1937 年 9 月，山西省划分为七个行政区，武乡属第三行政区，行署驻沁县。

1939 年 7 月，日寇侵占白晋铁路（太谷白圭镇至晋城）。同年，阎锡山制造了“十二月事变”，从此，武乡脱离了山西省旧政权的领导，属太行抗日根据地第三分区（简称三分区）专署领导。当时三专署和第三军分区因战事流动于本县蟠龙、中村、洪水一带，领导军民抗日，并在根据地建党建军建政。

1940 年 6 月，日寇侵占段村，为适应对敌斗争形势需要，武乡县分为武东、武西两个抗日县。武东、武西两县均属冀南太行联合办事处专署领导。1941 年 7 月起，两县又均属晋冀鲁豫边区太行三专区领导。1945 年 8 月 25 日段村解放，9 月武东、武西两县合并，恢复了武乡县。1947 年 7 月，武乡县政府由故县（旧城）迁驻段村，至今已整整 70 余年。

1949 年 10 月中华人民共和国成立后，武乡县属长治行政督察专员公署管辖。1958 年，长治行政区改为晋东南专区，专署仍驻长治。1958 年 11 月，榆社县与武乡县第四次合并，称武榆县，属晋东南专区。1959 年 7 月，武榆两县又分治。1985 年，撤销晋东南地区，分设长治市与晋城市，武乡属长治市管辖至今。

皋狼国之说

武乡在西周时期称皋狼国。皋狼二字是如何来的？其实“皋”与“狼”是两个不同性质的东西，“皋”可以解释为在水边或河边高地上的建筑物，是指地理位置与物体形状。“狼”是一种凶残的动物。狼以群居，而且它们的团队精神很强，组织纪律性也很严密。“皋”与“狼”合在一起可以解释为一只昂首引颈怒吼、双目大睁的狼站在河边的高地上，向人们展示着自己的威武形象和不可侵犯的自卫能力。

据《长治史话》一书记载：西周时期上党武乡、沁县、屯留、沁源、襄垣都曾经被赤狄族统治或占领过。《通志》上讲，交口以北至祁县团柏、子

皋狼图腾

洪大抵皆为蔡皋狼之地。狄族是我国北方一个少数民族。狄族又分白狄和赤狄两种，白狄人当时主要活动范围在山西和顺、辽州（今左权县）、昔阳一带。晋国大将姬先轸战死箕地就是同白狄人作战而亡。

据传，赤狄人长着红头发、红眉毛、蓝眼睛，因此被称为“赤狄”。赤狄人很羡慕狼的团队精神，也很欣赏狼的组织性和纪律性。他们学习狼、崇拜狼。因此，在赤狄人统治区和占领区，都在河边的高地上专门雕塑一只大狼的雕像，用以展示他们这个民族的威武形象和防卫能力。在赤狄人的议事大厅中央，也会挂一幅巨狼的图腾，来表达他们崇拜狼、敬仰狼的心情。

武乡西部地区长期被赤狄人占领统治，他们自称为国，并以狼的图腾代表国家形象，将狼的雕像矗立在河边的高地上。对外称皋狼国。

皋狼国的国都曾先在南关，后迁故城。直到春秋战国时期，赤狄人被晋人消灭，皋狼国也随之灭亡。（武承周）

蔡州国之说

武乡县城西20里处的河畔，有个依山傍水的村子叫祁村，俗称“凤凰村”。这里有很多古建筑遗址和悠久的历史传说。

“蚂蚁糟倒蔡州城”，在当地千古流传至今。凹里、何家庄、松树庄、西城等邻村亦同样有此传说。可见，历史上蔡州城的存在是不容置疑的，此传说还可能继续流传下去。那么，蔡州城究竟在何处呢？

2017年7月，三晋文化研究会的李绍君、王五堂、武承周三人专门到祁村的南大沟进行了实地考察。

南大沟（地名）是祁村八道沟中最大的一道沟，这里群山环抱，山势奇特，好一处天然屏障、虎踞龙盘的风水宝地。商周时代的蔡州城就坐落在这里。至于蔡州城当时的原貌，因年代久远，无法考证。但现在，此沟的一段土城墙遗址仍存。这道土城墙是东西走向，东高西低，长 300 多米。土城墙中间一段白灰仍然清晰可见。沟的北面叫城墙岭，岭高突兀。在城墙岭农民耕种的地块里曾发现有不少形似帽顶的瓦砾。再北面地名有大监沟、小监沟，相传为蔡州国的监狱，监囚犯人之地，至今种地户在地里经常会发现一具一具的尸骨。小监沟的北面叫瓜圪塔（地名），是蔡州城的一线护城寨堡，后面俗称乱葬坟。1999 年一农户在此建房，发现曾被盗过的古墓一座。村东的寨圪塔相传为蔡州城的寨堡，是屯兵要地，因地势高峻险要，站在高崖处，可观周围的山川田野及军事形势，一览无余。据传，寨圪塔兵士当年与入侵之敌奋力厮杀，击鼓助威，鏖战不凡，战役之大，伤亡惨重。如今，在高崖下，常常会发现有尸骨和武器的残迹。

蔡州城遗址

众所周知，我们中华民族是一个具有 5000 年历史的文明古国。早在公元前 2500 多年前，华夏部落分布在黄河流域，武乡涅河流域亦属华夏文明的发祥地之一。那时，随着商朝的灭亡和西周的建立，西周的周武王为了巩固奴隶主政权，实行分封制，把土地和人民分给亲属、功臣等，封他们为诸侯，建立起众多的诸侯国。尽管国家大小不一，势力有强有弱，但都为了各霸一方，便修建城堡，安营扎寨，屯兵拓疆，防止外来入侵。地处涅河流域的古老而神奇的武乡，在商末和西周之间 100 多个诸侯国中，属蔡州国，城邑就在祁村，辖属至今故城一带。这样一来，追溯武乡古老的历史，商末、周初为蔡州国，蔡州国灭亡后，西周称蔡地为皋狼之地。皋是水边的高地。皋狼之地属蔡州国的领地，为涅河水的东岸而得名。乾隆五十五年版《武乡县志》有蔡皋狼之地的简论。

相传，蔡州城的失陷，是由马毅将军率领千军万马攻破的，由于几千年的流传，讹传为“蚂蚁糟倒蔡州城”，并且越传越添上了神话色彩。人们说，蔡州城的蚂蚁有水桶那么大；亦有人说，当年攻打蔡州城的将军率领千军万马，如同蚁群似的齐拥而上攻城。传说毕竟是传说，至今，蔡州城下有一个大土丘，蒿草丛生，辈辈相传为“王墓”，世人不晓得究竟是哪位国王的陵墓，政府及文物部门也从未进行过挖掘考证。

关于武乡蔡州城，有一位学者叫郭安廷，他写了一篇文章《商朝时期上党古国》，登在2017年《长治方志》（第二期）其中有一部分内容提道：武乡在商朝时代，曾有蔡纣国，国都在武乡祁村，立国时间约在商中后期或周初期，主要人物称蔡纣。在商武丁时期，朝廷封氏族方国首领蔡纣为侯，建立蔡纣国，封地在今武乡“凤凰村”（祁村），蔡纣在当地建有城池，原称“蔡纣城”，但后来人们讹传为“蔡州城”。蔡纣国一直延续到西周。后来周武王派一位叫马毅的大将攻打蔡纣城，被人们讹传为“蚂蚁糟倒蔡州城”。马毅攻下蔡纣城后，蔡纣国也从此灭亡。这篇文章说明武乡有蔡州城是真的，但不是蔡州城，而应该称“蔡纣城”。蚂蚁糟倒蔡州城应称“马毅攻打蔡纣城”。

有关蔡纣城的建立，祁村有位姓郝的老农，曾保存有一本厚厚的石印图书，书中详细记载着蔡州国的兴衰，可惜老农早已谢世，书已失传，也不知何人还有此书，有待后人进一步挖掘、考证。

2017年12月31日上午，笔者偶然在中央电视台四频道上看到《国家宝藏》节目。其中讲道：1972年在河南省贾湖村出土了一件珍贵文物——骨笛（用一只巨鹤翅膀的骨头制成的笛子），因在贾湖发现所以称贾湖骨笛。当时这根骨笛就能吹出7个不同的音阶，距今已有8800余年。贾湖骨笛来自北方一个少数民族，这个民族称蔡族。蔡族原来人数较多，有两万余人，也比较强大。后来不知怎么受到周边各少数民族的群攻，结果被打得只剩下百余人，一路逃奔，一直逃至河南贾湖才躲藏下来。在幸存者中，有一个叫老蔡的人，他身带一根骨笛，在走投无路时，就偷偷拿出骨笛吹奏一段音乐，很快树林子里的狼虫虎豹及飞鸟都会围过来听他吹奏。老蔡就把自己的苦衷讲给动物们听，动物们能听懂他的话，并很快给他提供逃亡路线。这样，他就带着其他幸存者按照动物们指的方向、路线跑，结果一次又一次逃过劫难。同伴们为了感激老蔡，都尊称他为“蔡奏”（老蔡吹奏神笛，是大家生存的号令），这个“蔡奏族”渐渐又发展壮大了。他们中有一部分又返北方，武乡蔡州城与蔡纣国是不是与这个“蔡奏”有关，仅是笔者猜想，以待后人考证。

（刘建新）

甲氏国之说

武乡，历史悠久，古老神奇。根据史料记载和民间传说，早在商末周初，武乡地区曾先后有过蔡纣侯国、皋狼国和甲氏侯国等三个诸侯小国。现将有关甲氏诸侯小国的史料记载和传说，粗略简述如下。

春秋时期（前 770 —前 476），是幅员辽阔的华夏大地上各诸侯国之间尔虞我诈、相互拆台兼并与大国逐鹿抗衡争霸的时代。

甲氏国图腾

春秋早期，我国西北地区的少数民族戎、狄部族势力极为强盛，一路势如破竹，讨伐中原，活动于黄河流域，锐不可当。黄河流域 200 多个诸侯小国，都受到他们较大的威胁，战争连绵不断，百姓民不聊生，就连当时强大的晋国和齐国也不断遭到骚扰、侵伐。

戎、狄势力，狄为最大。狄又分赤狄和白狄，赤狄尤为强盛。东山皋落氏又是赤狄中较强的部族，长期聚居于长治上党门一带，活动于今晋东南地区。

晋献公时，赤狄中东山皋落氏部族集结兵力，占领了武乡西部蔡纣侯国，并在故城修城筑堡，以威武、刚强之“皋狼”形象为图腾，立下皋狼侯国，并统领蔡地，以此凭武乡西部南下北上，通途要塞，屡屡进犯晋国。晋国将部族视为眼中钉，肉中刺。晋国君王召集卿大夫密谋出策，决心在扩张争霸过程中，冲在最前面，将东山皋落部族势力狠狠教训一番。

晋献公夫人骊姬说：“以皋落狄之朝夕苛我边鄙，使无日以牧田野。”在晋国强大的讨伐行动中，东山皋落氏部族招架不住猛烈的攻击，队伍顷刻间土崩瓦解，被迫解体。解体后的各小股势力分别为赤狄潞氏、留吁、铎辰、甲氏、廧咎如等5个小部族，并各自占地，建起5个诸侯小国。当时的长治有黎国（今长治县与黎城县），赤狄潞氏建有潞子国（今潞城县古城），甲氏小部族在今武乡分水岭一带建有甲氏诸侯小国，经常活动于武乡分水岭地区。潞氏部族最为强盛，而狄为最，诸狄之中赤狄为最，赤狄之中，潞氏为最(《春秋大事・春秋四裔表叙》）。潞氏国，隗姓，是赤狄中仰慕华夏文明的部族。据传，赤狄潞氏为炎帝之后裔，解体离狄内附，封为爵，甲氏国为潞子国所属。其都城建在何处，现在已经无从考证，当然也不可能建在今故城。

在与晋国逐鹿抗衡中，潞子国与甲氏国心心相印，结为一体，统一部署，联盟行动，妄图发展壮大，东山再起。结果在晋国强大的攻势面前，被打得落花流水，一败涂地。晋灭潞子国后，余民散入另一赤狄别部廧咎如部族。晋景公又派士会（范武子）和正卿荀林父南下讨伐甲氏、留吁、铎辰等诸侯小国。晋景公十二年（前588），晋郤克与卫国孙良夫配合行动，讨伐廧咎如部族，并扫荡赤狄残余势力。从此，赤狄解体后各个诸侯小国全部被晋国吞并消灭。

晋国作为中原霸主，成了拥有50多个诸侯小国的晋阳大国。赤狄人散逃于北方，成为后来汉代的高车族。

春秋战国时期的武乡，蔡纡侯国、皋狼侯国为弹丸小国，地盘不大，方圆二三十里。甲氏小国更是小弹丸之国，方圆仅十几里。如今武乡县西部的分水岭古称护甲山，又称侯甲山、护甲岭。由此发源的昌源河，古名称护甲水。这些带“甲”的地方正是当年甲氏国的故地，《山西通志》载：“盖即春秋赤狄甲氏故地矣。”西汉时刘歆的《遂初赋》中有“越侯甲而长驱”之句。正因为甲氏国为当时潞子国之属小国，所以小国之史还有待今后进一步发掘考证。

（刘建新）

武乡板山风光

第一章　山脉篇

武乡绵亘于太行、太岳两大山脉之间，境内山大沟深，关隘、山寨到处皆是。据 2017 年全国第二次地名普查统计，武乡被列入重点山脉、关隘、山寨的词条就有 240 多条。这里选登的只是其中的一小部分。

第一节　山　脉

双峰山

双峰山位于墨镫以北，海拔 1521 米，距县城 70 千米。相传很早以前，近村有一对情人，他（她）俩从小青梅竹马，恩爱情重。到了婚嫁年龄，男方到女方家求婚，却遭到了女方家的拒绝，理由是男方家里太穷，不“门当户对”。男方几次托人登门求婚，均被拒之门外。

这对情人万般无奈，在一个伸手不见五指的漆黑夜晚，逃出家门跑到这座大山上，开始过着野人般的生活。但有一年冬天，气温大降，大雪纷飞，两个人自感体力不支，干脆走出洞穴，登上山顶，仰天大呼：“苍天啊！你如何这样不公，拆散我俩婚姻！”呼罢便挺身而亡。久而久之，变成了两座顶天立地的山峰，被后人称为“双峰山”。（武承周）

王成垴

王成垴又名望城垴。传说很古以前有一小国突发政变，国王在一位心腹大将军的掩护下避难于此。后来在此招兵买马。力量壮大后，又杀回本国，复得王位。为了纪念此山的恩赐，这位国王颁发诏令，将此山命名为“王成垴”，意思是本王在此山避难，又获得成功，复得王位。

还有一个传说，是这座山峰南侧有一个天然洞穴，俗称“无底洞”，这个无底洞可直通辽县（今左权）的龙窑寺，洞深 15 千米。这位国王和他的爱将通过这个无底洞到达“龙窑寺”，并受到龙窑寺住持高僧的指点才复得王位。

左权龙窑寺是真实存在的，到了明朝弘治元年（1488）武乡段村出了一个出家人，姓武名元年，法号悟道，他在龙窑寺当了住持，并将龙窑寺改名为雷音寺。悟道传佛行医，普度众生，而且能远观天象，预测风雨，人近相面，十有九准。消灾解难，手到病除，风水脉络，一点就灵，有德有道，六十六岁时自言某日应当圆寂，遗嘱火葬，舍利藏塔。到了时间果然是这样，而送葬者达千人之多（武乡旧县志有文记载）。

（武承周）

崇城山

崇城山俗名棚棚寨，也叫岑彭寨，后来亦称进士寨。在王成垴山之东，距县城 70 千米，海拔 1533 米。悬崖峭壁上，有一天然半圆形石洞，内深达数十米。洞内有一石香炉，状如石舀，内有泉水外溢，取之不尽，饮之清凉入心，浑身凉爽。

有史书记载，东汉开国元勋岑彭、马武曾在此地屯兵，各自有寨，争斗不休。刘秀逃避王莽追杀，曾逃难于此，与岑、马二位相识，劝说他俩入伙，一道举兵复汉。后二人追随刘秀，终使刘秀登基，恢复汉室天下。东魏大丞相高欢于公元 532 年 7 月追杀叛军尔朱兆时路经崇城山，也曾在此山避暑，还建有“高欢避暑亭”及入寨石门，石门镌刻石碑一块，上书“太行天险”

岑彭寨旧址

四个大字。明朝嘉靖年间，曾在此山崖之中建有圣泉寺。

民间有神奇传说：棚棚寨曾出过一位良家闺秀，死后变作人参，为山寨中无钱穷人医治疾病。后被山中恶贼发现，恶贼为独吞“人参”，一镢刨下将“人参”拦腰铲断。人参便觉疼痛难忍，一怒之下，从土底下穿山越岭逃至东北吉林的长白山中出土后变成长白山人参。所以，在中国医学界便有了“人参原产上党，后居辽东”一说。

总之，崇城山是一座奇山，古代名人墨客有诗赋碑碣，表达赞赏之情。2003年，武乡县委、县政府主要领导就亲自徒步上山勘测，并拨巨资修复了“圣泉寺”这座古老寺院，使之重放异彩。2013年又将崇城山作为武乡自然保护区加以保护，供广大游客来此领略大自然的美景。（王照骞）

板 山

板山又称黄纪垴，亦名花儿垴。位于左会村东南，距县城60千米，海拔2008.5米。为武乡最高山峰。

这里山山有景，步步神奇，是武乡古十二景之一的“羊径樵云”所在。明高光谦曾有诗赞曰：“嵯峨千嶂合，一山界东西。路向林端觅，云同马足齐。迂回峰远近，磐曲磴高低。自是神工劈，看余度石梯。”三晋名士傅山先生在武乡隐居期间，亦登临其山之大井（当地因其高俗称“天井”），触景生情，写下了“风雨诗何壮，冈峦气不奴”的脍炙人口的豪壮诗篇《太行霜》，表现了他反清复明的抱负和情怀。

立于鏊口眺望，东矗板山（军事上称北山）主峰，壁立千仞，雄伟奇险；西系花儿垴（海拔2008.5米，地图上是黄烟山，军事上称南山），上有百种奇花异草，争奇斗艳。极目远眺，那令人瞩目的八百里太行莽莽苍苍，千山万壑犹如大海的波涛汹涌；俯视群山，沟壑纵横，深不可测，奇峰怪石，千姿百态。万山逶迤驰奔马，高天坦荡走飞云。晴空万里，人们来板山看日出；

板山风光

薄雾缭绕，人们来板山看云海；金秋十月看板山红叶，数九隆冬有山舞银蛇。

雄奇壮丽的板山是太行山的精华，板山的日出可与泰山媲美，板山的红叶可与香山争艳……一家电影制片厂的导演来此采风时，曾感慨地说："早知有这样绝好的自然景观，我们拍《天仙配》真不该到那黄山。"解放军画报社原社长、中国摄影家协会原主席、抗战期间一直跟随刘邓首长转战太行的老摄影家高帆，来此故地重游时说："能有这块风水宝地，实在是武乡人的福气。"曾长期驻总部拍摄《延安与八路军》的原延安电影团的徐肖冰和夫人、毛主席的摄影师侯波都来这里拍下了一个个激动人心的镜头。从20世纪80年代起，中央电视台曾多次来板山拍摄日出和日落等胜景，在《百年中国》等专题片中播放。不少文学家、摄影家、艺术家、诗人及新闻媒体到此采风，摄影、写生，他们赞美板山有泰山之雅、华山之险、黄山之秀、庐山之美。

板山雄伟壮观，奇居太行，文化底蕴深厚，民间故事甚多。不仅仅有上述几处传说，还有道闯沟、笔架山、老虎洞和花儿垴上壮士崖等许多悲壮故事。

武乡红色旅游局成立后，逐年在板山上投资开发。如今这里已建起入山寨门、停车场、接待站、观景亭、攀登岩等多处景观。游客不仅可以观赏大自然风光，还能在这里食宿采风。游客逐年增多，板山风光也越来越引起众多文人墨客的关注。

2018年，武乡年轻诗人王刚，一篇《板山赋》一炮打响，获得《汾酒杯·山西赋》征文二等奖，使得武乡板山风光叫响山西，走出太行，走向全国。下面附王刚的《板山赋》。（王照骞）

附录：板山赋

王　刚

夫板山者，蜚声上党，镶玉太行。名缘兀立如玉板，望出摩接于穹苍。峰仪伟巍，雄纵天下之脊；物华璀璨，瑰富苍生之乡。

岁序丁酉，节暨重阳。承诸子之雅望，同清览于美疆。砌石为蹬，云径堪通绝顶；榫木连枋，翼亭以接扶桑。观夫混沌一线，挥盘古之凿斧；屏帐五彩，浣织女之霓裳。汤谷十日出浴，半掩朱丹；羲和六龙徘徊，浮摇赤芒。斯时也群山黔首，浮槎沧海；秋岚盈袖，濯足河漳。俄尔峰头泛火，数点胭脂蘸碧落；石壁漪霞，一袭赤锦衣重冈。继则鲛绡渐褪，金轮大光。大佛慈颜酣卧，眷侣裾角飞扬。焦神斩恶，龙爪左右零落；周公降女，桃花上下徜徉。擎天一柱，嵘竖屹崒；太渊千寻，幽邃沆砀。迷羊径之樵云，沁茶壶之茗香。千岩壁立齐俯首，万壑鹜趋竞华裳。

若夫草擎仙露，虫鸣幽篁。商调轻吟，长天雁归犹字；松泉乱沸，幽廊叶瘦仍苍。秋叶之绮美，艳同染血；林木之深秀，变乃经霜。映千林之焰焰，缀一径而煌煌。傲严霜以绚烂，发万类之华章。

忆往昔云啸鸣镝，鲁阳挥戈返日；风卷大纛，周武坚冰渡黄。抗日救国，揭竿周凝万众；保家守土，烽火遍燃千嶂。尔其意疏狂，语铿锵。融犁铸剑，斫木为枪。即墨火牛，黄崖洞敌顽献首；海岛田客，花儿垴壮士流芳。险峰峻极，志士纵横驰骋；铁壁岿然，强梁辟易胆丧。丹心秉正义以恢宏，石堡证岁月之沧桑。身共皮囊之朽化，气同山岳以恒长！

嗟乎！鳞伤之士，凛凛而壮；扶疏之木，灼灼而彰。何则？盖志所冀望，心若明光也。夫冀望之所归，亡其艰而趋其的；明光之所守，却其懦而举其刚。翳雾茫茫乎既尽，行路漫漫其未央。御浩宇之长风，法乾行健；化空山之灵雨，厚德载常。

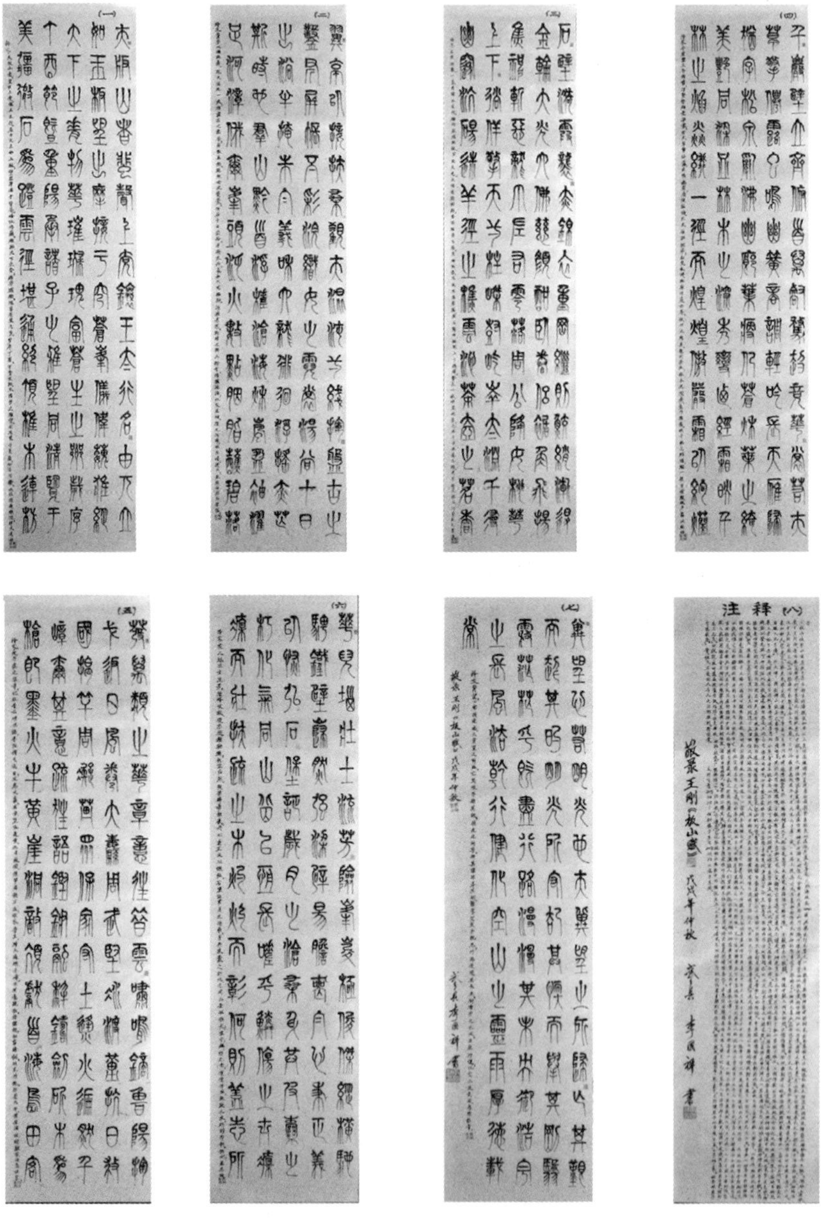

武乡老年书画协会副会长李国祥用悬针篆体字书写的王刚《板山赋》

石柱山

石柱山位于板山东侧，地图上叫化山。化山绵延数里，苍劲伟岸，似天然长城，若虎踞龙盘。山脊有一柱体危岩崛起，高达数丈，粗可三围，古称女娲的擎天石柱。所以，人们又把化山叫石柱山，也称天柱山。

相传，远古时候，有一天撑天的四根大柱突然折断，明朗的天幕塌了一个大窟窿。这时，九州的土地裂开，洪水泛滥，大火燃烧，猛兽从森林里跑出来到处吃人……天神女娲见自己创造的儿女们蒙受灾难，便决定把窟窿补上。于是，她亲手熔炼五色石子，把苍天补好，还把大乌龟的腿砍下来，将天空支撑住。这根擎天石柱就是大乌龟的一条腿；化山根的大石料场、小石料场，就是女娲堆放五色石子的场所；斗仓，就是女娲补天盛放五色石子的容器。据说，你只要留点神，在石料场还能捡到五色小石子呢！

（王照骞）

烂柯山

在武乡县故城镇山交村涅河南岸，有一座山叫烂柯山。这个山在两千多年以前叫万高山，后来改称烂柯山，与武乡县康家岩村出生的烂柯爷有直接关系。

后晋天福七年（942），涅河北岸武乡县康家岩有一樵夫，姓王名质，酷爱下棋。每当深冬初春的农闲季节，他就上万高山砍柴。有一日刚上得山来，看见两位神仙童子在山后对弈。他蹲于南侧，静心观看下棋人的棋路。下棋

烂柯山

人也不理他，一边下棋一边吃仙果。王质静心地看着，饿了就捡起仙童们扔下的桃果核充饥。只见那山涧的桃杏花开了谢，谢了又开；山坡的野草绿了又黄，黄了又绿。那远际的田野时而白雪茫茫，冰天雪地，时而绵雨霏霏，绿禾青青。王质觉得这是他有生以来过得最舒服的一天，既不冷也不热，浑身轻飘飘的，毫无杂念，也无世俗之虑。品那桃果核也不觉饥饿，且味道特别香甜，他此前吃过的美食，都难与之相比。

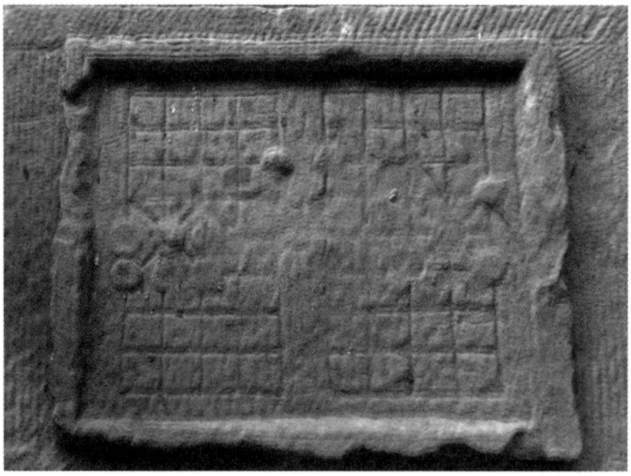

烂柯山石棋盘

六七天过去了，可两位仙童仍在对弈之中，王质是越看越着迷。这时一个仙童对他说："你已成为隔世之人，还不回去。看你身上的绳子和斧柄。"王质低头一看，绳子已烂成灰，斧把也经不起手摸而一触即碎。他心里想，是该回家了。几天来不见母亲，也不知她急成什么样子了。王质回到康家岩村一看，村里根本不是他走时那个模样了，家也不是他走时的那个家，不但见不到母亲的影子，而且房子也成了残垣断壁，院里杂草丛生。他所见过的人一个也没有了，问村上人家里的情况，村里的一位老者说："听老人们说，王家的一个儿子外出砍柴，从此就没有回来过，也不知死在什么地方了。已过去几百年了。"王质听后心想，怎么自己才走几天，村里人却说有几百年了？看来仙童所说"隔世之人"说的是山中一日，世间百年啊。自己还是到万高山看仙人下棋，吃些桃果核充饥度日，且清闲自在，有缘的话，求他们一些得道成仙的真经，寻求正果，或跟着两位仙童下棋，不也是很快乐吗！于是，他又重返万高山顶。仙童们的棋局已经结束了，正准备起身离去。王质抱着一线希望，苦苦哀求两位仙童带他去修炼，仙童戏言说："我拉下的屎你若吃了，就带你。"言罢，用手一指说："就在那边。"王质走过去，跪于屎前，满目流出心酸凄凉之泪，刚用左手指扒拉了一下，抬头一看，那两位仙童已双双驾着祥云飘飘而去。他急忙起身追赶，连喊："仙童等我，仙童等我。"不料追到万高山东侧的一个坡上，失足一滑，滑下五丈余深的坡底而亡，他的灵魂已被仙童带去修炼成仙了。

因王质是用一个指头扒拉屎，故得名"一指仙"。仙童拉屎和王质跪求的地方，乃是万高山的平原地带，因王质羡慕仙境，在此跪求仙童成就夙愿，后人便将此地称为王质坪。王质失身的山崖，是五丈余高的坡崖，后人称其为闪身崖。因崖上草是倒着长的，也叫倒草坡。有后人描述王质的诗句：

王质去求仙，丹成八九天。
山中方七日，世上几百年。

民国初年，在山西省立法政学院攻读的学士秦肇凯登烂柯山留诗一首：

斧烂柯消局未澜，方知仙鹤下瑶坛。
归来细问生前事，数世儿孙骨已寒。

后人为了纪念王质，将万高山更名为烂柯山，用几块石头将仙童下棋、王质观棋的模样刻下来，并在此修了庙宇，称王质为"烂柯爷"。现如今人们花费百万巨资在此山上重新修建庙宇，塑有佛像、菩萨像、夫子像、烂柯爷像。每逢农历三月十五或六月十九，三县（武乡故城、涌泉、松村、丰州、石盘一带及沁县、榆社县）的人们来烂柯山集会，一来游览烂柯山的风光景色，观看王质坪、闪身崖、倒草坡等地貌景观，回味那动人的传说；二来拜谒烂柯爷、夫子爷、佛菩萨等神像。烂柯山上还有许多动人的传说和若干处景观。

（武保秀）

兴隆山

兴隆山（又名红山、紫山凹）位于故城镇西郊沟村。

传说古代兴隆山，曾有一个小诸侯国建都城于此，此国为兴隆国。山城东面是东郊，山城西面叫西郊，后来由于地势的变化，东郊的“东”加了个耳朵，叫作陈村。西郊因雨水冲刷，地势低凹，更名为西郊沟。

原来的兴隆山上，曾有一座规模宏大的庙院。院内正面修有龙王庙、菩萨庙、关帝庙、女娲庙，东、西修有廊房与和尚居住的斋房，南面有大戏台，庙院东南有巨石砌成的四孔神仙洞，洞内有石凳、石桌、石炕、石几，神仙洞的窗户也是用石雕制作而成，颇有一番古味。

兴隆山寺庙虽不大，但香火旺盛，也很灵验。祈子者，喜得贵子；治病者，求药后药到病除。每年农历六月二十八为兴隆山庙会之日。庙会时还搭有赛神台，赛神台依山就势，玉带式排列，似现在公园中的亭台长廊，到赛神时节前来参与赛神的香客和善男信女相聚于此，将南来北往的各路神仙及佛家塑像请到赛神台上，以供前来观赏朝拜的人们拈香祭奠。赛神节当天，还专门聘请和尚、道士念经奏乐。在赛神日子里，兴隆山上下张灯结彩，人山人海，男女老幼围得水泄不通。赛神时还要唱赛神戏，其内容全与各路神佛有关，如《汉帝梦佛》《关公显圣》《老君下凡》《蟠桃盛会》《八仙过海》等。赛神殿上供奉着各种装饰精致的塑像，硕大的香案上，灯火通明，香烟袅袅，经声、磬声、佛声，声声不绝；叩拜、跪拜，一拜再拜。山腰间绿树红花相互映衬，鸟语花香，白云蓝天，一派和谐吉祥气氛，令人应接不暇，流连忘返。在赛神会上还有说书的、算命的、耍猴的、卖唱的、做买卖的，叫卖声此起彼伏。卖吃喝的更是数不胜数，应有尽有，当时饭食有油糕、枣糕、油饼、油条、饸饹、灌肠、凉粉、莜面、荞面、擦面、抿面、肉炒面、炒饼、蛋汤、三合面，来到小吃市场，杯盘声、锅瓢声、碗筷声，叮当作响，与游客的欢笑声、生意人的吆喝声融为一体，形成一曲回荡天际的交响乐。

赛神活动是武乡西乡的传统文化习俗，是民间习俗的一大奇观。虽曰赛神，实质是一种文化，完全是民俗文化博大精深的体现。此活动是由来已久的一项自发的群众性活动，展示了中华民族的文化传统与生活习俗，当然其中也夹杂着部分封建迷信陋俗。随着社会的不断前进，科学不断发展，赛神活动的意义也有所变化。为弘扬中华传统文化与保护非物质文化遗产，挖掘拓展旅游事业，武乡西乡兴隆山的赛神活动也将逐步恢复。赛神活动恢复之前，应对原来的庙宇及赛神台做一修葺，以便再现当年赛神时节的繁荣盛况。

（李志明）

墓岭山

在太行龙洞东面的太行山脉有一座主峰，叫墓岭山。传说从前并不叫这个名字，而是叫蟒岭山。山的更名还有一个故事。

原来这座山上住着一条巨蟒，传说是由乌蛇变化而成的。它与黑蛇发生争执来到这座山上以后，占山为王，招兵买马，拦路抢劫，抢占民女，行凶作恶。它凭借自己修炼的神力，调动天下大批妖魔鬼怪，在此修下洞府，并自封为“天赐神王”。由于巨蟒的盘踞，周围五州七县百姓都遭了殃。这蟒岭山上原有一条晋冀相通的大道，可是自从被蟒蛇占据后，过往行人女被霸占，男被伤身，一条大道就这样被切断。巨蟒还常常到周围的州县去胡作非为，不仅劫来无数珍宝，而且寻尽了各州县美女来当它的妃子。

巨蟒的所作所为，焦龙王看在眼里，恨在心上，为了百姓，他决定亲自到蟒岭山上走一遭。这一天，他来到蟒岭山上的洞府前叫阵。乌蟒出来说：“你要是也想享受人间欢乐，兄弟请你入洞，咱俩平分天下，共做一字并肩王。你要是专门来坏我的好事，别怪本王不客气，本王和你大战三百回合，用你的龙骨来制作天赐神王的交椅，用你的龙皮来制作天赐神王的披风。”

焦龙王一听，气得满腔怒火，他原来想解劝对方回心转意，没想到，事隔千年，乌蟒不仅没有丝毫收敛回转，而且变得更为恶毒无比。他决心抛开兄弟手足之情，为民除害。于是，就在蟒岭山前，开始了一场龙蟒大战。这场战斗好生厉害，直战得乌云滚滚，电闪雷鸣。焦龙王凭借自己的正义力量和数千年的修炼功力，每每占据上风。可是乌蟒也有数千年的功力，再说它千余年常吸食人的精血，元气正旺，何况它手下还有大批的妖魅鬼怪，此时也倾巢出动，都来助战。焦龙王无法速胜，但是他已抱定战胜乌蟒的决心，不除妖孽决不回洞。就这样龙蟒大战十个昼夜，仍不分高低。就在这时，附近有一只扑天雕飞来助战，它飞过去落在乌蟒头上，两只利爪深深地抓在乌蟒的肉中，并用自己的尖嘴将乌蟒的双眼啄瞎，乌蟒疼得在地上打起滚来。焦龙王一看时机已到,使尽神功,一尾巴将乌蟒打下山崖,终于为民除了一害。

蟒岭山上没有了巨蟒，道路上又人来人往。此山被改叫蟒岭山，由于叫起来别扭，人们又将“蟒”字选了一近音的“墓”字来替换，此后就叫作墓岭山。

（王照骞）

蓬莱山

蓬莱山，属太行余脉，位于武乡县西北部约20千米的涌泉乡蒲池村，海拔1116米，为东岳大帝的古道场。对此，《武乡县志》中专门有记述：“山势奇特，景色幽雅，古有庙宇、池塘，曾为一方之胜景。”的确，峭然突起的蓬莱山四面环山，一峰独秀，悬崖陡峭，古刹祥云，趣闻逸事，引人入胜，集险、奇、神、雅为一体，以其特有的自然风光和人文景观被世人所瞩目，称之为“小泰山”。

蓬莱山

远眺蓬莱山头，那座古庙院酷似一艘扬帆的大船，远航于峰头山浪之中。从后山根起步，沿着长满苍松翠柏的曲径小道盘旋而上，绿荫葱葱，小溪潺潺，鸟鸣声声，松涛阵阵，使人有如在画中之感。不知不觉地左转右曲，节节攀高，渐渐地离山头近了。此时路更弯、坡更陡，那些山顶寺庙脚下的奇峰怪石也渐渐显露出来。有的似猛虎抖威，有的似雄狮沉睡，也有的似饿豹扑食……形态各异，无奇不有，时隐时现，令人称奇。仔细端详这些“怪兽”之上的蓬莱古寺，可领略到人们常说的“百兽托庙”之势，这真是鬼斧神工。爬过了“百兽群”，登上了石台阶，就到了山顶古寺庙。这座古寺建于两晋时期，与其他庙院有所不同。一道山门，两座寺院，东为东岳庙，西是蓬莱寺，两庙随山势而建，相互交错，各有千秋。状如船形的庙院虽然不算十分开阔，却也雄伟壮观，宝殿厢房，亭台楼阁，石阶曲道，各具特色。据说东岳大帝庙和蓬莱寺这两座古道场落成后，山顶曾夜现光环，耀眼夺目。更奇的是每年农历三月间定有大鹏展翅而来，落于院内，真是佛地有灵，瑞兆吉祥。所以这里原先定名为“鹏来山”“鹏来寺”。至此众僧云集，挂单朝拜，善男信女，络绎不绝，一时名声大震，香火鼎盛。相传到了唐代，武则天称帝前曾路经太行，带着李义府、徐敬宗等心腹重臣慕名上山，致拜后凭栏远望，心旷神怡，感慨万千，情不自禁地脱口而出：“真乃蓬莱仙境也。”此后，“鹏来山”“鹏来寺”借女皇一语便更名为“蓬莱山”“蓬莱寺”了，并且一直沿用至今。

寺前半山腰，有处石砌鱼池，池内山泉清澈，水草茂盛，其间红、黄、黑、绿、白五色鲤鱼清闲游荡，尽情戏水，这就是县志中提到的那个有名的“池塘”。鱼池的奇特不仅在于“半山涌清泉，五色金鱼现”，更为神奇的是自古以来，曾不知有多少人将五色鱼视为珍品，将“蓬莱金鱼”迁往他乡，精心喂养，却无法存活。千百年来鱼池也多次惨遭人为破坏，放水取鱼。但奇怪的是很短时间内水又自溢，鱼又自生，恢复如旧，不减分毫。难解的自然现象给池中的鱼带上了神秘的色彩，都说是南海观世音菩萨“放生蓬莱”，故被称为“五色神鱼”。在鱼池东侧山涧，建有龙王庙，庙下有眼八角井。每当山洪暴发，洪水漫溢，井水随势而升，随势而降，清浊分明，从不混淆，所以人们俗称为“分水井”。直到今天，井壁虽年久失修，布满苔痕，但井水仍旧清澈透明，甘甜如露，前来朝山的人们总想多喝几口井水，了结清心祛病的心愿。

蓬莱古寺几经风雨剥蚀，战火焚毁，但山上那仙境似的自然风光总是令人心驰神往。如今欣逢盛世，国泰民安，党的宗教政策贯彻落实，使得蓬莱仙境重放异彩。五台山先相大师云游途中，慕名而来，入寺住持，这里香火又旺盛起来，游客络绎不绝，农历三月二十八的古庙会也恢复了。在多方的努力下，古寺重修后大放异彩，北京广化寺、陕西九华山等名刹古寺的高僧大师都慕名而来，朝山拜佛，蓬莱山正以崭新的风姿迎接八方来客。

（赵兰舟）

火焰山

火焰山位于蟠龙镇汉广村的正南面，与村隔河相望。这座山虽然不大，却很奇特，而且山名来历不凡，很富传奇色彩。

从远处看火焰山和别的山没什么区别，但走近便会发现它的奇特。这座山的顶部中间有一道长约 10 米、宽约 2 米、高约 3 米的土墙，土墙从根部到顶部全是用土夯成的，就是人们常说的“干打垒”。当地老百姓将这道土墙称之为“镇山寨”。“镇山寨”将这座山从中间一分为二，其中山上一半的沙土全是棕红色，另一半全是棕黑色，红、黑分明十分清晰。更为奇特的是，山上的红沙石与黑沙石汇聚成一股，当流到山脚下小河里时就会马上分开，在清澈的河水里，宛如两条红黑色的丝带十分艳丽。

火焰山有如此特色，在当地民间有一个神奇的传说。

相传在明朝洪武年间，有一年夏天的一个中午，天气异常闷热。午饭后，人们热得无法入睡，都在大树底下乘凉闲聊。突然，天空阴云密布、狂风大作、电闪雷鸣，一阵雷声响过，瓢泼大雨顷刻而下，大人、孩子赶紧往家跑，不少人紧跑慢跑就被雨水打湿了。闪电一道道划过、雷声一阵阵轰鸣，胆小的孩子吓得直往妈妈怀里钻。

忽然，一道刺眼的电光划破天空，紧接着一声沉闷的惊雷响过，天空落下两个火球，一个红色，一个黑色，不偏不倚正好落在村正南的山顶上。

火球落到山顶之后瞬间变成两个身高八尺、臂阔三尺、面目狰狞的妖魔。一个满头红发、红眉红脸，遍身红毛；另一个满头黑发、黑眉黑脸，浑身黑毛。两个妖魔都有呼风唤雨、口中喷火的本领。只见他们手中各持兵器，相互打斗，互不相让，一时胜负难分。

两个妖魔越打越凶、越战越猛，打得昏天黑地、地动山摇。恼羞成怒的黑妖魔使出最后的绝招，只见他口吐怒火，直喷红妖魔。红妖魔被烧得疼痛难忍，“吱、吱”乱叫就地打滚……红妖魔不甘下风，也使劲喷出怒火直射黑妖魔。两个妖魔都不肯示弱，你喷他吐，喷出的怒火将山上的树木燃着，火势借着风力越燃越旺，不一会儿整座山就变成了一片火海。山上的花草树木、飞禽走兽都被大火吞没。俩妖魔拼得你死我活，火光冲天，忽然一股火苗冲向天空、直插云霄。这下惊动了天宫的玉皇大帝。他觉得人间一定是出了大事，便顺手抓起龙案上的惊堂木掷下人间。惊堂木落地变成了一道坚实的土墙，把两个妖魔死死地压在了下面。

土墙就是今天人们看见的“镇山寨”。

被压在“镇山寨”下面的两个妖魔，顿时身首异处、气绝身亡，从“镇山寨”两侧喷射出两股血浆，血浆如同喷泉一般，流满整座山。血流过后，大火慢慢熄灭了，山体居然变成了红、黑两种颜色，而且光秃秃的多年寸草不生。

若干年后，山上才又慢慢地长出了草木，但山体的颜色至今未变，仍然红黑分明，山体经风化而成的沙石也是红黑两种颜色清晰可辨，不相融合。当地老百姓认为山体的颜色是俩妖魔的血染成的，打趣地说：“这俩妖怪是天生的一对冤家，生前相互残杀，死后也不相融。” （武红梅）

北原山

北原山（也称鼙山），位于故县乡故县村旧县衙的正北面。北高南低，形似罗圈，东倚天农坛，西扼昂车关，南临漳河水，眼观南亭川，真可谓聚气藏风的风水宝地，藏龙卧虎的吉星之壤。

据清乾隆版《武乡县志》载《唐太宗御制石世龙传节略》所记：“后赵石勒，字世龙，上党武乡人也。出生时满室赤光，忽见一道白光从天空直射

鼙山

于中庭。”石勒诞生了。他幼时随母入田，常见北原山下草木皆变成兵，而且耳闻鼓角齐鸣，兵马操练一片杀声。人们觉得石勒从小志气非凡，会终成大业。石勒成人后虽被人贩卖为农奴，但后靠十八骑起家，南征北战，骁勇厮杀，最终灭掉西晋王朝，登上了皇帝的宝座，建立了后赵。执政时期政绩显著，人民拥护。伟大领袖毛泽东曾称他是少数民族中一位有作为的政治家与军事家。人们为宣扬北原山的人杰地灵，附会“鼙铎之音”是石勒成功之吉兆，将北原更名为“鼙山”。（武承周）

金牛山

在大有乡枣烟村西北处有一座山，从远处看宛如一头横卧的公牛，当地人取美名为“金牛山”。遗憾的是，不知什么时候，金牛山被毁了，美名也随之消失，取而代之为“蛮蛮坡”。这究竟是怎么回事呢？在当地民间流传着这样一个神奇的传说。

很久很久以前，金牛山是一座很大的山。山上植被旺盛，苍松翠柏、绿树成荫、郁郁葱葱，一派生机。山脚下有一条清澈的小河由北向南，奔流不息。

据说，当时没一个人敢独自进山。山里阴森可怕、寒气逼人，山猪、土豹、豺狼、毒蛇经常出没林间，当地人视这座山为禁地，多少年来演绎出许多古怪而又诡异的传说。

金牛山的得名不只是因为它的外形像一头公牛，更奇怪的是每逢初一、十五夜深人静时，人们就能听见山里有碾子滚动的声音，还伴随有“哞哞”的牛叫声，尤其是正月十五元宵节和八月十五中秋节，牛的叫声更加清晰、洪亮。

有一年中秋节的晚上，皓月当空，月光如水，人们怀着丰收的喜悦，摆出各种瓜果和月饼准备祭拜月神。突然，金牛山山顶闪闪发光，一道道金光直射月宫。一时，月光、金光交相呼应，整个天空如同白昼。

人们欣喜若狂、欢呼雀跃，这时天空又浮现出一幅绝美的画面：一头金光闪闪的壮牛拉着一架金色碾子不停滚动，金牛不时地发出“哞哞……”的叫声。金色碾子下面铺满了金灿灿的豆子，被金碾子压得嘣蹦直响，同时闪出一道道金光射向地面……

说来也怪，金豆迸发出的金光射向哪里，哪里的土地就特别肥沃，所以枣烟村土地肥沃，粮食产量很高，家家余粮满仓，丰衣足食，很早以前就是大有一带出了名的富裕村。

过了十几分钟，人们还在看得发呆，金牛、金碾子、金豆子却不见了，金牛山顶的金光也消失了。只有天空的皓月依旧平静地散发着清辉，仿佛什

金牛山

么也没发生过。

这件奇事很快就传遍了周围的十里八村，一传十、十传百，越传越广、越传越神……

从此，人们笃信金牛山为神山。为了祈祷风调雨顺，每年正月十五和八月十五，村民都要带上供品到金牛山脚下朝拜，向金牛祷告，企盼保佑岁岁平安、年年丰收。

金牛山的神奇不仅仅只是金牛的现身，还有山脚下神奇的小河。这条小河一年四季清澈见底，每年夏季山洪暴发的季节，奔腾的洪水像一匹脱缰的野马，咆哮着汹涌而来，横冲直撞，冲走了牲畜、冲毁了田地、冲垮了堤坝，淹没了村庄……谁也控制不了它的野性。但无论多么凶猛的山洪，流经金牛山脚下，就突然变得温和安静。一泻千里的山洪顿时就变成涓涓细流，清澈而平静，如同一位羞涩的少女。过了金牛山就又恢复了野性，兽性大发，奔流不息，咆哮而去。当地人把金牛山脚下的这段小河称作“澄沙池”，也叫“饮水槽”。据说，金牛是不喝洪水的，龙王也不敢让它喝洪水，生怕它喝了洪水变得凶猛残忍，给村民带来灾害，还会直闯龙宫，闹得龙宫也不得安宁。金牛的现身，神奇的小河，都为金牛山增添了太多的神秘感。

斗转星移，花开花落，不知过了多少年。一天，金牛山下来了两个南方人，他俩鬼鬼祟祟，带着罗盘在山的周围不停地转悠，还不时地在地上测量计算。后来人们才知道，这俩人是听到金牛山的神奇，一心想把山里的金牛盗走。传说，他俩学问很深，本领高强，在监漳五龙山修炼了多年，还偷了五龙山住持法空大师珍藏的《宝藏天书》。天书秘传曾写道：

欲盗金牛难上难，
金丝一对脑袋换。
童男玉女头一双，
抛到山根钥匙见。

意思是：想要找到金牛山的开山钥匙，必须找两个金发的童男童女，残忍的是要砍下他们的头颅，然后从金牛山顶向山脚抛去。两颗头颅停落处，便可找到开山钥匙，凭钥匙上的秘诀就可将金牛山打开。

这俩南方人得到《宝藏天书》秘诀之后，亲自上金牛山查看地形。他们仔细地进行了测量、定位，对山里的宝藏探测了好多次，并选好了通往山顶的捷径。

数月之后，两个南方人拐骗来一对金发童男童女。男童年方四岁，女童只有三岁。他们金发碧眼粉面，样子十分可爱。一个漆黑的夜晚，两个家伙将一对孩童惨无人道地杀害了，掩埋好尸体，他们带着人头兴冲冲地向金牛山走去。

费了九牛二虎之力，两个南方人终于到达了山顶。他们顾不上喘息，急匆匆地将人头从山顶抛下。随着一声巨响，一道蓝光闪过，风景秀丽的金牛山顿时山体崩裂，乱石飞空，地火冲天，瞬间变为一片火海，金牛一声怒吼冲出老远，不知去向……

自古道："不义之财君莫取，作恶多端必自毙。"两个南方人一心只想着发财，不惜图财害命，结果却葬身火海，罪有应得。

可惜从此以后，金牛不见了，金牛山山体崩裂，乱石成堆，寸草不生，一片荒凉，失去了往日神秘的光环。面对此景，人们恨透了那两个南方人，同时又十分懊悔没有保护好美丽的金牛山。为了记住这惨痛的教训，就把金牛山叫作"南蛮坡"（意为被南方人破坏了），久而久之就演变成今天的"蛮蛮坡"了。（武红梅）

马鞍山

马鞍山位于大有乡王庄沟村西北处，距县城 25 千米。因整座山的形态，似如一副马鞍子，所以称作"马鞍山"。在马鞍山正中央还有一个很深的洞穴，洞穴入口处建有一座富丽堂皇的庙宇，庙宇正门中央镌刻着三个大字"聚贤洞"。

说起马鞍山的来历，在当地民间流传着这样一个美丽而神奇的传说：很早以前，武乡县城南亭川出了一个能骑善射的少年，他的名字叫马晓驰，他还养了一匹骏马。他每天骑着这匹骏马在南亭川的广阔原野上奔跑，训练马术，在马背上射箭。

不料有一天，他骑马奔跑，被马王爷看见了，很是眼红，就叫人拿了银子来买这匹骏马。来人到了少年家里，说明来意，少年说："我和这匹马相依为命，不能卖。"来人以为少年是嫌银子少，就一再追加，可少年说："就是抬座银山来我也不卖！"来人碰了一鼻子灰，回去向马王爷禀报。马王爷听了十分震怒，骂道："这个不识抬举的娃娃，真不识马王爷有几只眼睛。我要把你的骏马变成一座山！"

很快到了冬天。在一个风雪满天的傍晚，少年骑着骏马从外面回来。走到离家还很远的一处山梁上，迎面突然刮来一阵怪风把他掀下马来，他跌到雪地上。怪风卷起一团团的雪花，打得少年一双眼睛什么都看不见。等到怪风止息，他从雪地上爬起来时，发现骏马早已不见了。少年急了，连忙爬到山梁高处向四方呼唤，可就是没有他熟悉的回应声。少年急得直哭，他不顾天色已黑，顶风踏雪，爬山过沟，四处寻找。整整一夜，村里的人们都能听到少年凄惨的呼叫声。

第二天一早，村里人们很吃惊地发现，村前多出一座高峻的山岭。山岭上盖满了白雪，形状活像一匹马，分得出马头、马背和马屁股，马背上还有马鞍子。有人惊奇地说："这不是南亭川里少年的那匹骏马吗？"人们听了，越看越觉得像，简直是活灵活现。很多人这才想起，昨天夜晚听到的少年哭叫声，他们忙跑到少年家中，看发生了什么事。只见少年家中房门紧闭，没有人。人们心想，少年十有八九出事了，便分头上山，四处寻找，最后终于在一处山岩下找到了少年的尸体。看样子，少年是一夜寻找骏马跑得筋疲力尽，最后不慎失足坠崖而亡。

村里的人们含着眼泪，把少年埋葬在那座新出现的形似骏马的山岭上。后来，人们便把这座山称为马鞍山，一直叫到现在。（白国清）

八角山

相传很久以前，故县八角山常有回音哗哗作响，山仿佛是空的。

一日，有个南方来的风水先生路经此地，见这八角山有点奇特，便绕山转了一圈，晓得了这八角山中有一宝物，是一只价值连城的金老鼠。他便重金买来一个小孩，将小孩的脑袋砍下作开山钥匙，从八角山顶顺坡滚下。只听得"轰隆隆"一声巨响，八角山裂开一条缝，一只闪着金光的老鼠，猛地冲了出来。南方人见状，急忙从山顶奔下来就去抓这只金鼠。只听惊天动地一声雷吼，金鼠逃之夭夭，不知去向，八角山又豁然合上。从此，八角山也就失去了灵性，再也没人能打开。只有一条当年未合严的山缝，至今还能看见。（段德如）

狐偃山

狐偃山，原称白马山。位于武乡故城镇阳公岭村。

狐偃山既非大山，也非名山，但它的来历却与名人有关，现在此山尚存一通石碑，碑名为“护国利应侯铭”。碑高 190 厘米，碑首宽 84 厘米，碑身宽 74 厘米，厚 28 厘米。碑的材质为黄沙石质。碑阳上面正中有篆额“护国利应侯铭”。碑两侧各雕两条盘龙，雕工精致，栩栩如生。碑阳右边上刻“沁州公公据使衙帖准奉。尚书刑部符承、部首例行、奏奉”字样。落款在碑左，刻有“昭信校尉沁州军事判官周武公将军同知州军州事诸甲”字样。另起一行又有 4 字“刺史关昭”。落款时间为金大定二十年（1180）六月。立碑时间距今已有 800 多年历史。

狐偃山

据史书考证，狐偃山是为纪念晋文公重耳的舅父狐偃而得名。护国利应侯是晋文公给舅父的封爵号，此山原建有护国利应侯庙宇，此碑就立在庙内。遗址现仍然存在。

那么，狐偃究竟是一个什么样的人，又怎么能享此厚待呢？故事还得从公元前600多年讲起。

春秋战国初期，山西全境都属晋国统治。而且晋国正处强盛时期，除楚国之外，是地盘最大的国家。时任国君称晋献公。后来的晋文公重耳是晋献公的公子之一。

护国利应侯碑

本来重耳可以快快乐乐地当一个大国的公子，和他的弟兄们共同享受荣华富贵，可是历史却跟他开了一个天大的玩笑，眨眼之间，他的命运突然全变了。

导火线就是历史上有名的“骊姬之乱”。雄才大略的晋献公，被年轻美貌的宠妃骊姬所蛊惑，非要让他宠爱的小儿子奚齐做继承人。为了消除可能的阻碍，晋献公与骊姬逼死太子申生，还要赶走重耳等人。

重耳面对危境，在和他相处甚好的一伙小弟兄中挑了几个铁杆弟兄偷偷跑出京都，四处流浪以待命运转折，东山再起。随同他一起逃亡的兄弟有：后来史称中国兵学开山始祖的姬先轸，对他忠心耿耿的大文臣介子推，名将赵衰、胥臣，以及他的两个亲舅舅狐偃、狐毛。

重耳虽然有几个铁杆小弟兄和两个舅舅的护扶，但却受尽磨难，缺吃少喝，被人追杀，受人驱赶，遭受白眼。有一次饿得晕倒在路上，对他忠贞不贰的介子推，瞒着他，将自己小腿肚上的肉剜下来，熬了肉汤让他喝，他才又有了精神。经过十九年的艰苦逃亡生涯，重耳最终盼到了东山再起的机会，并顺利当上了晋国的国君。这就是赫赫有名的晋文公。

晋文公登基后，为了表彰对他忠贞不贰的小弟兄及他的两个舅舅，下令敕封开国元勋姬先轸为护国显济王（护国显济王碑现保存完好，仍立于监漳镇北社村路边庙内），他的二舅狐偃被封为护国利应侯，封地在武乡故城一带；大舅狐毛被封为护国神君，封地在平遥境内。（武承周）

卧龙山　白鸡水

岸北村的东面有座大山，相传很早以前，有一条巨龙因遭雷击，落卧此山，又被山神镇压，久而久之便叫成了卧龙山。

卧龙山下有条小河，因为水流经过后，留下的沙石为白色，而且这条小河流水潺潺，流水声有时就像公鸡打鸣一般，所以人们就把这条河称之为白鸡水。

卧龙山与白鸡水，有不同的传说。当地老百姓说，在抗日战争时期，日本鬼子经常来村扫荡，老百姓多次遭殃。后来永宁寺老和尚慧能，给村民传授了一条避难密语："要想全家安，躲进卧龙山。要想得安宁，听白鸡水叫鸣。"说也奇怪，凡是敌人要出发扫荡，白鸡水的叫声就会特别大，人们听到白鸡水的叫声就起身逃难，往卧龙山的山洞里躲藏，每次都会安然无恙。虽然这都是民间传说，但老百姓都说得绘声绘色，并认为这是真的。

（武承周）

牛鼻湾

在蟠龙镇石门村与石瓮村中间一个拐弯处有座大山，此山的底部形状酷似牛的大鼻子，所以人们就将这座山称之为牛鼻山。牛鼻山地处一个拐弯处，人们又将此处称之为牛鼻湾。

说起牛鼻湾的来历，在当地民间还流传着这样一个美妙神奇的故事。

一天，玉皇大帝带着文武大臣去往山东蓬莱。路经武乡石门、土河与石瓮的上空时，忽见脚下紫光冲天，有朵祥云出现。他觉得此处是吉壤宝地，具有建设人间京都的条件。回去之后，便派了金牛仙翁下界，用石碾子将此处山峦碾平，以便将来建都。

但金牛仙翁天天碾动山峦的声音，惊动了此处不少山神鬼怪。它们觉得自己的领地受到侵犯，又整天巨声不断，很是不安，所以就秘密联合起来用重金请来“风火天师”。

风火天师下凡之后，使尽浑身力气，照着金牛仙翁猛烈喷射真火。金牛仙翁面对烈焰，一时害怕，便钻进大山。进山之后又觉得很憋气，便把头从山底下伸出来吸气。久而久之，金牛就死在山里，它的大鼻子也慢慢化作山峰。这才有了牛鼻山与牛鼻湾的称呼。

1972 年，石门村民工在牛鼻湾一带修筑公路，无意之中挖掘出一块石制的案板和一根石擀杖，还有一些石斧、石镰、石刀等文物。经专家鉴定，这些出土文物，均属新石器时代。这说明 7800 多年前，这个地方就有了人类活动。这一下子就把武乡的历史追溯到 7800 多年前。后来，石案板和石擀杖都被山西省博物院收藏。（郝雪廷口述 / 武承周整理）

佛爷顶和狐爷山

佛爷顶和狐爷山是武乡县境内的两座山，佛爷顶山势巍峨、直插云霄，山上苍松翠柏景色优美。狐爷山虽没有佛爷顶挺拔，但也奇绝无限，处处充满生机。这两座山相距不远，却属于两个乡镇，前者是上司地界，后者却处于丰州镇南亭村。这二者又是怎样联系在一起的呢？说起来还有一个动人的传说。

相传，老佛爷云游四方，相中了上司这块风水宝地，便落脚在此处。于是，这里的最高处就被称为佛爷顶。明朝时期，佛爷顶已经是香火旺盛之地，整个武乡甚至周边各地都来上香拜佛，祈求安康，每天信徒不绝，香火不断。许多拜佛上香的人都认为此地物华天宝，绝非等闲之地。不久，更有人传说，这里埋着一个金香炉，金香炉是用纯金制成的，用漆布包裹，是价值连城的宝物，谁要得到它便可富甲天下，并有诗为证：“里七步（漆布），外七步（漆布），七步（漆布）里头金香炉，谁能得到金香炉，富甲天下胜王侯。”消息不胫而走，远远近近更多的人慕“金”而来。他们针对诗里的“七步”做文章，把老佛爷塑像周围七步远的地方都翻了个底朝天，但依然一无所获，都扫兴而归。

却说，和武乡相邻的沁县砖队村有一户张姓人家，有子名曰张福贵。张福贵自幼聪明过人，读书能过目成诵，深受其父喜爱。十八岁时，他长得膀阔腰圆，勇力过人。眼看就能跟着父亲学习铁匠手艺继承家业，可不巧父亲却得了伤寒病，不到十日便一命呜呼了。张福贵含泪安葬了父亲，但此时家中积蓄已花去大半，以后靠什么养家糊口呢？在老母亲的一再催促下，张福贵前往武乡的佛爷顶祈愿求财。

秋季日短，张福贵到达佛爷顶时已近中午。只见佛爷顶庙宇轩昂，气势不凡。张福贵隐隐感到有一股灵气在心头升腾。他缓缓地点燃了香，虔诚地叩了三个头，心中默念自己的发财梦想，希望老佛爷能保佑自己如愿。就在张福贵把香插入香炉之时，他呆住了，眼前这个不起眼的香炉，虽肮脏漆黑，泥迹斑斑，却玲珑大方，给人不俗之感。张福贵不禁想起了有关金香炉的传说，难道这就是那个金香炉吗？张福贵喜不自胜，禁不住随手拿起香炉把玩。他沿着表面漆布的一道条纹顺势一撕，露出一幅美丽的画，上面写着几个字——“得者富”。张福贵又沿着画的一角掀起一个小口，果然露出了黄灿灿的金香炉的真面目。张福贵恍然大悟：这“漆布里头金香炉”果不其然呀。张福贵火速回家，连夜赶做了一个铁香炉，偷梁换柱，占有了佛爷顶的金香炉。此后几年里又经过不懈打拼，张福贵拥有了千顷良田，万贯家产，成了远近闻名的大财主。

再说老狐爷本是上天掌管下雨之神，因为犯了小错，被玉皇大帝贬下界来，落脚在狐爷山，他虽失势，但仍有三成雨水可自行支配。他经常急人们所急，庇佑着武乡方圆百里的百姓，使武乡风调雨顺连年丰收。老百姓也记着老狐爷的恩德，年年的七月十五上香跪拜、唱戏报恩。可有一年的七月十五，狐爷山却门庭冷落，上香的人寥寥无几。老狐爷好生奇怪，后来才得知，多数人都到佛爷顶了。老狐爷心生不快，决心惩治一下当地百姓。于是从当年的七月起到第二年的五月滴雨未下，老百姓别说种庄稼，就连喝的水都没有了。大家赶紧到狐爷山上香祈雨，可仍无济于事。这件事惊动了砖队大财主张福贵。张福贵决定亲自到狐爷山烧香求雨。

五月的太阳毒辣辣地炙烤着大地，树木都被晒蔫了。张福贵满怀信心地跪在老狐爷塑像前，心中不断地默念祈祷。可太阳更毒了。张福贵整整跪了两个小时，浑身燥热心中忧闷，一股无名之火呼地直窜顶门，于是开口大骂："老狐爷，你真的不识抬举！我虔诚求雨是为了所有百姓。光说我，你十年不下雨，照样饿不死。"他还念了一首小诗："张福贵，家财丰，米麦黍豆数不清。你若十年不下雨，我犁耧耙耢高搁起。吃十年护十村，气得狐爷手抽筋。"

老狐爷一听张福贵口出狂言，决心治治这个人。他施展法力，只见砖队上空乌云密布，一声炸雷电光闪闪，倾盆大雨不期而至。张福贵望望砖队，只见房顶、山头挂满"瀑布"，全村鸡飞狗跳，哭成一片。张福贵知道自己的粮食漂走了不少，但还嘴硬："老狐爷不仗义，你和福贵耍脾气，你漂了我囤里的，你漂不了我窖里的。"雨下得更大了，瞬间，暴雨如注，茫茫一片，就连狐爷山下河里的水也涨了两丈多高。雨势越来越猛，根本没有停的迹象。这时张福贵心里才着实害怕起来。他赶紧又跪到老狐爷面前，不住地祈祷："老狐爷，我真是有眼不识泰山，冒犯了你老人家。请你为了老百姓，收住这雨吧。你可漂了我的任何财物，可别漂了我的老娘。"老狐爷一听这小子还是个孝子，于是才渐渐收了雨。

下午福贵回到家，自己家里已空无一物，只见老母亲拿着一个碗正要到邻家去借米。从此，"发迹在佛爷顶，倒霉在狐爷山"的传说，就渐渐传开来。

（赵俊矗）

天顶上

涌泉村以北毓龙山顶，古地名叫“天顶上”，此处地形奇特，四面正好有四座名山：东为五龙显灵的“五龙山”，南见仙家汇聚的“玉皇山”，西望王质遇仙成名的“烂柯山”，北有大鹏祥落之地“蓬莱山”，形成了“四山护顶”之势。大自然的鬼斧神工，造就了这样的奇观，这里不仅留下四兽拖山的故事，还有一个女皇亲临的传说。相传有一年，武则天带领重臣到蓬莱山朝拜，途中来到村北不远处的一处制高点，远眺四周，面对美景感叹不已。俯视眼前，脚下是绿树丛中的“五龙庙”，清流环绕着展翅欲飞的“凤凰村”，村中有“卧龙池”，村前有俗称小龙的“大神龟”，形成了罕见的“龙凤呈祥”之势。女皇触景生情，感慨万端，不由得脱口而出：“实在是瑶池仙境的天顶上。”随之就有了这“天顶上”的古地名，并且一直叫到今天。（武保秀）

第二节　山　寨

凤凰寨

凤凰寨位于板山主峰西侧面，与左会村隔沟相望。这里，一道山梁突兀而起，势如凤凰展翅，故古称双凤山，山上有一古寨，名曰凤凰寨。

大约在 12 世纪 30 年代，金兀术联合宋军消灭辽兵后，转而南下，攻打宋军，进取中原。宋朝腐败无能，奸臣当道，百姓叫苦，宋军士气低落，屡战败北，大部南撤。宋营中小将朱昆，不甘被俘，带兵分南北两路，来太行山深处安营扎寨，积蓄力量，等待时机，以求一逞。朱昆带着南路军，先到板山西南一道深沟里的草坪上，把马拴在树上，自己上山去察看地形。后来这里渐渐建成村庄，人们就将这个村叫作“拴马”。经过察看，朱昆决定在拴马北面的双凤山立寨。这山上有天然石窟，可作为寨主安息和商议军机大事的场所。之后，朱昆便和北路副将李玺在寨左侧的草坪上会合，这便是后来“左会”村名的来历。他们还在这里筑起寨墙、寨门。寨门坐南朝北，寨门上刻了“凤凰寨”三个大字。

十多年后，北宋灭亡，金与南宋形成对峙。金兀术为巩固北方的统治，便派重兵前来清剿。朱昆虽经多次英勇奋战，但终因寡不敌众而节节败退，金兵穷追不舍，一直追到双凤山下。后来，凤凰寨失守，朱昆便带领残部百余人，进驻花儿垴南坡的申家掌。

秋去冬来，山里寒风刺骨，野草野果枯竭，朱昆实在无法支撑，便到花儿垴后的一个山崅里召开紧急会议，会议决定：一、分散隐蔽，保存力量；二、“复我大宋江山”矢志不渝；三、一旦事业成功，必谢太行山救命之恩。同时，他们还在草坪上定了一个突围后的联络暗号，是把“朱”字拆开——“八牛”，并将此草坪叫作“八牛”。这正是如今板山脚下的八牛村（八牛村现属黎城县管辖）。

200多年以后，朱昆的后代朱元璋参加了反抗元朝的义军，并发表讨元文告。经过十多年的战争，推翻了元朝统治，建立了明王朝。朱元璋登基后，不忘祖训，带了府、县官的乌纱帽，千里迢迢来太行祭山，祈祷太行山人杰地灵，多出官，出好官。因当时这一地段属武乡县管辖，所以后来才有“武乡要出三斗三升芝麻官”之说。现在朱元璋祭山的乌纱帽已荡然无存，“纱帽圪台”的名字却久传不衰。

抗战爆发后，又是一位姓朱的总司令——朱德，带领八路军开赴抗日前线，他所领导的总部特务团、炮兵团、129师卫生部就曾住在板山脚下的左会村，他还亲自上山勘察地形，建立了华北最大的军工基地——黄崖洞兵工厂，为抗日战争立下了汗马功劳。（王照骞）

桃花寨

由板山鏊东望，莽苍苍的崇山峻岭中有一座孤峰突起，那便是著名的桃花寨（今属黎城）。世人都叫桃花寨，为何寨上无桃花？这是因为桃花寨不是因桃花得名，而是因一位占山为王的桃花女。据武乡旧志记载，上古时候，本县周家坡周公，与沁州桃花女同善阴阳幻术，两村相距两里多。据说桃花女是彭祖的外甥女，因每破周公之卦，而被周公切齿痛恨。所以周公倚仗权势，想娶桃花女为妻，欲以法术将桃花女压死。桃花女为反抗周公，愤而出走，来板山以东的一个山头上安营扎寨，聚众造反。从此，这个兵寨便因桃花女而叫成桃花寨了。

这位桃花女不仅长于星相之术，而且精通武艺，熟知兵法；下察民间疾苦，上知朝廷弊政；采百药医民疾，言吉凶，常无误。因此她深得民心，远近百姓都纷纷来参加她的义举，队伍一天比一天壮大。权臣周公得知后，便勾结官府，亲率重兵围剿桃花寨。桃花女据守寨堡，奋起抗击，双方历经三昼夜厮杀，直杀得尸陈遍地，血染山谷。如今桃花寨下“赤峪村”的村名便是由此而来。后来一说桃花女因寡不敌众，兵败战死；一说桃花女孤身脱险，修道成仙后，奔元帝庙立化于左。周公也随之至元帝庙立化于右。当时各有像存，如今却只剩传说中的元帝庙遗址。　　　　（王照骞）

云峰寨

云峰寨位于武乡监漳镇麻池沟村西北处，是武乡四大古寨之一。据遗留石碑考证，云峰寨建于西晋年间，至今已有 1700 余年的历史。

据当地老年人口口相传：云峰寨地处三台岭之中，岗峦起伏，绿树成荫，三面靠山，虎踞龙盘，清漳河从脚下流过，宛如玉带缠身，是千年龙兴宝地，是天赐贵人之宅。云峰寨全是砖木结构，依山就势，随岗登高，错落有序，木刻砖雕，聚风藏气，紫气缭绕，气势非凡，非常壮观。那么，云峰寨究竟是何人，又是如何将此宏大建筑修在一个小小的山庄，又为什么不称庄园，

云峰山

而称云峰寨呢？要知道它的来历，我们还得从当地流传的民间故事说起。

原来，云峰寨的寨主叫王延秋，祖籍是山西五台县。他自幼酷爱武术，成天舞枪弄棒，踢腿扬脚，后经名人指点，练就一身功夫。但未成家立业，父母相继离世，家产被他挥霍一空。当时又正逢乱世，他只好背井离乡，去投军求生。凭他的一身武功，很快在军中有了名头，10年之后，被提升为将军。西晋后期天下大乱，各路起义军蜂拥而起。有一天，洛阳城被起义大军围得水泄不通。王延秋脱去军装，扮成百姓模样，身背皇子在混乱中逃出城外，与外戚皇家军队的尚将军会合，趁黑夜走水路逃往建康（今南京），并立皇子为新君，国号建武，史称东晋。

新皇论功行赏，封王延秋为护国神武大将军。但王延秋此时厌战情绪出现，他不想在朝为官，更不想南征北战，他想返回家乡隐居山林，带妻儿过平静自由的普通百姓日子。所以，他以自己身体不好为由，千方百计做通皇上工作，取得恩准后，择日启程从南京返往山西直奔五台县老家。

但有一天，他走得人困马乏、筋疲力尽时，突然看见前面不远处山头上有座寺庙，他便吩咐手下：“咱们打起精神来，到前面寺庙中休息用餐。”

不知是否是天意，该寺院的住持法号性本，交谈之中都是王姓一家，而且也是五台县人，是从五台山出家之后来此地落脚的。更主要的是，他向王延秋透露说：“你的老家王家庄不能回去了，因为咱们王丞相受了奸臣诬告，被皇上判了满门抄斩之罪，王家庄老小上百口人都被斩尽杀绝，你回去探视祭祖大为不吉，我看你还是另图他乡，躲避一下为好。”

听完此话，王延秋沉默不语，好一阵子才反应过来，他问道：“既然这样，师父，你就给我们一家指一条生路吧！”性本想了一下说：“离此地不远，有个武乡县，出县城东门行30里路，有一个村庄叫桑麻乡，因那里盛产桑麻而得名，后改称麻池沟村。那里有座寺院叫慈恩寺，寺里的住持也姓王，法号性净。他是我的同行，又是我的好友，为人仗义。有我的举荐，他定会全力帮助。”

王延秋听后立即站起身来道谢。性本也连忙说：“免礼！免礼！”休息三天之后，王延秋带领全家启程北上，直奔武乡。

经过十多天的晓行夜宿，终于来到武乡并找到了桑麻乡进入慈恩寺。慈恩寺住持性净看了好友性本来信，笑着对延秋说：“将军辛苦了，你先在本寺住一段时间，我会帮你找一个好住处，保证让你满意。”王延秋忙说：“谢谢师父了。”

半个月之后，性净带着王延秋将军来到三台岭云峰山岗上帮他找阳宅。性净师父不仅善道功深，而且精通天文地理，风水脉络。他把云峰山脉水势，讲得头头是道。王延秋将军听得口服心服，心花怒放。最后，他笑着说：“我虽不懂什么阴阳学术和地理风水，但我看此处宜安营扎寨，易守难攻，是兵家难得的风水宝地。我看很好，以后，此处就叫‘云峰寨’吧。”

地址选定之后，王延秋立即找来各类匠人，设计、绘图、开基、打夯，云峰寨的建设从此拉开序幕，并逐步进入高潮。经过王将军三代人的努力，才有云峰寨宏大的规模。云峰寨不仅山清水秀，而且人杰地灵，老百姓说从云峰寨走出许多名人志士和文官武将。其中同石勒争夺沤麻池的李阳将军就出自云峰寨上。其他名人，史书无记载，但到了明朝，又出来两位三品官员，一个叫王璋，一个叫王琯，均在武乡旧县志上留下英名。

那么，云峰寨毁于何年？又是因什么原因被毁的？麻池沟农民、文学爱好者王效清先生在他编纂的《云峰寨传奇》一书中是这样记载的：明朝末年，内忧外患，西北有闯王李自成起义造反，正北方有满人举兵入侵。朝内奸臣当道，贪污腐败横行。李闯王很快攻下北京，继而又被满人攻破，大明朝 200 余年的历史终结。清王朝又像一轮红日出现在华夏大地上。此时明朝的残兵败将，李自成的游勇散兵，满人的骁勇悍将到处杀人放火，抢夺财物。一夜之间有 400 多名残兵败将，蜂拥云峰寨上，他们杀人放火，哄抢财物，将好端端的一个雄伟的云峰寨洗劫一空。失去人性的一小撮散兵、盗匪，还一把大火将云峰寨烧毁，只留下一堆陈砖破瓦，点点滴滴给后人讲述着历史的悲剧。（王效清）

人参寨

很早以前，在武乡东部山区有一个小村寨，名叫“盆盆寨”。后来因出产人参，所以改称“人参寨”。

人参寨上一共住着 12 户人家，男女老少加起来，总人口也超不过 50 口。这十几户人家祖籍都不是武乡，而全是河南林县（今林州市）。他们都是从河南林县逃荒要饭到此地安家落户，开荒种地，以砍柴为生的。寨东头住着一户人家，当家的姓林，名叫爱山，年纪已有五十开外。女主人姓杜，名叫金花，年纪已有四十七八。两口子结婚已有 20 多年，恩恩爱爱，和睦相处，从来不生气吵架。但就有一件不如意的事，一想起来，两口子就泪流满面。这就是他俩自结婚以来未曾生育过一个孩子。如今林爱山已年过五十，转眼就到花甲之年。杜金花已经四十七八，很快就到了女人断经绝育之年，这两口子怎能不着急。有一天晚上，金花流着泪对爱山说：“爱山啊，我真对不起你，咱俩结婚 20 多年来，你对我百般疼爱，但我却不争气，给你生不下一个孩子，男孩子生不下，生个女孩子也可以……如今我已快到断经之年，真不忍心断了咱们林家香火，所以，我真心诚意想让你再娶一房，为咱林家传宗接代，我会甘心情愿侍候她……”爱山一听妻子这番话，顿时失声大哭起来，他对金花说：“金花呀！你怎么能给我出这种馊主意？自古道，生儿育女全是命中注定，我怎能怨你一个人呢？况且世上无儿无女之人也不是咱们一家。咱俩只要能白头到老，生能同衾，死能同穴就行了，以后再不准你讲这样的话。”说完，他把金花紧紧抱在自己怀里。

人参寨

说也奇怪，当天晚上金花清清楚楚地做了一个奇怪的梦。她梦见上山砍柴，走到半山上，忽然看见一个白发苍苍的老头子倒在地上呻吟……于是她走过去问：“老大爷，你家住哪里，为何到此？”老大爷听到有人问话，将眼睛慢慢睁开，见眼前是一位农家妇女，于是老头子便少气无力地对她说：“孩子啊！我一看就知道你是个老实厚道人，所以，我就给你实话实说吧，你家住在东山，我家住在西山，虽然只隔一道沟，但相距却有百十里。我今年已有七十五岁了，但膝下无儿无女，现在家中只有一个比我小三岁的老伴儿。最近，老伴儿不知得了一种什么病，嘴馋得特别厉害，成天问我要什么‘映山红’果子吃。我跑遍了整个西山也没找到。后来方听人们说你们东山盆盆寨就有这种酸果子。因此，我走了整整八天七夜，才走到此，忽然觉得眼前一黑，身不由己倒在地上。想起来自己一生如此命苦，还不如一死了之。”说完老头子痛哭起来……

金花本来就有心病，听老头子这么一说，更是同病相怜，不由得眼泪就像断了线的珠子滚落下来。于是她搀扶起老大爷说：“大爷，我们都是命苦人，如果你不嫌弃，我情愿做你的干闺女。你把大娘接过来，我们一块儿过日子，我会好好侍候你们二老的。告诉你，再走百十步，那山顶上就有‘映山红’果子，现在就让我扶你一同上山吧。”

这老头子一听有了映山红果子，顿时觉得来了精神，于是他爬起来，由杜金花搀扶着一步一步向山顶走去……老大爷走得太慢，杜金花心里着急，为了赶时间，金花就同老大爷商量说："大爷，你走得太慢了，干脆让我背你上山吧，反正也不远了。"这老头一听，内心十分感动，便说："孩子呀，世上真是少有你这样的好人。那我就不客气了。"于是他趴在金花背上，由金花背着他往山顶上走。到了山顶，金花已累得满头大汗，气喘吁吁……老头子看到把金花累成这个样子，很不忍心，于是他对金花说："孩子啊！你真是世上最好心的人。古人说善有善报，恶有恶报，你将来一定会有好报。今天，你帮了我这么大的忙，我没有什么好礼物送给你，现在送你一件东西，望你妥善保存。"说完，他从怀里取出一个红布包，双手塞给了杜金花，然后化作一道清风而去。金花将红布包打开一看，原来是一个金光闪闪的胖娃娃，她很高兴。但回头一看，老大爷早已不知去向。正在纳闷，便一觉醒了。醒后，她将自己的梦，原原本本给爱山说了一遍，爱山听了也觉奇怪，最后只好说："但愿梦能成真，盼老天爷给咱们送个胖小子。"说也奇怪，杜金花从做梦那天起肚子就一天比一天大起来……很快十月胎满，第二年八月初三，金花为林家生了一个又白又胖的男孩。林爱山觉得这个儿子来之不易，又来得迟，所以给孩子起了个名字叫林晚生。

真是有小不愁大，就怕养不下。不知不觉，又过了 17 个春秋，林晚生已长成一个血气方刚的小伙子。他不仅人才出众，体魄健壮，而且十分孝敬自己的父母。一日三餐，必让父母先用，对父母唯命是从，同时担水、劈柴、生火、做饭样样家务都会干。

有一天，晚生告别父母独自上山砍柴。走到半山腰，忽然听到前面不远处有人在喊："救命啊！快来救命啊！……"听到喊声他快步向前跑去，只见一名女子，被一条碗口粗的大蟒蛇缠住，一动也不能动。于是他从腰间拔出镰刀，奋不顾身走上前，照准蟒蛇的头部狠狠砍了下去……蟒蛇顿时头断血流，躺在地上一动也不动了。但那位被缠的姑娘连一声道谢也没说，就一溜烟跑了……

林晚生是个朴实的庄稼汉，心中也不计较这些事。于是，他拿起镰刀继续上山砍柴去了。在返回来的路上，他忽然发现一块红色的小手帕，顺手捡起来一看，上面还绣着一只鸳鸯，而且还连着一条红线。他正在寻思，忽然觉得有什么东西把自己的手腕缠住了，一看才知道这条红线很长，一直向前延伸着。年轻人好奇心强，他干脆放下工具和柴担，沿着红线方向，向前走去。

走了大约半个时辰，来到一个比较平坦的山洼里，举目一看，原来是一个大户人家的庄园。整个庄园坐北朝南，青砖灰瓦，粉白墙壁，显得大方而又气派。院子前面是一个花园，花园里奇花异草，争奇斗艳。脚下有一条宽阔的人行道，全是用青石子铺成。林晚生跟着红线一直到了这家大门上。

他看得正出神，忽听里面有人喊："母亲，救命恩人到了。"又听到老妈妈说："还不快请人家进来，愣着干什么。"话音刚落，从院子里出来两位年轻的女子把林晚生迎了进去。

晚生被引至一个正房客厅，正面椅子上坐着一位五十开外的老年妇女，东侧椅子上坐着一位穿粉红衣服的妙龄女子。晚生是个山里汉，从未见过这种场面，不知该说什么好，只好呆呆地站着。不一会儿，坐在对面的老妇人开口说话了，她对那位年轻姑娘说："山杏啊！你的救命恩人到了，你怎么不和人家打招呼呢？"这时，那位穿粉红衣服的姑娘，慢慢抬起头来，看了晚生一眼说："救命恩人，快请坐下，那天因我害怕，只顾逃命，所以连句道谢话也未说一声就走了，实在对不起，请原谅。"说完，她让晚生坐下，并倒了一杯茶水放到晚生跟前。这时晚生才发现，这位女子手中也拿着一块红色的小手帕，于是他想到自己拾到的这块小手帕一定是这位姑娘的，应该还给人家。于是他将自己手中的小手帕递给这位姑娘，姑娘含羞地接过手帕。只见她把两块小手帕往地上一丢，手帕立刻变成一对鸳鸯，相伴着从客厅走了出去。

晚生看呆了，他只顾看，什么也不敢说。这时老妇人又开口说话了："恩人啊！你看我们只顾说话，还没问恩人叫什么名字？多大年纪？家住在什么地方？家中还有什么人？是否成了家？"晚生见老者问话，便答道："本人叫林晚生，今年刚十七岁，家住附近山上盆盆寨，家中有父母，本人尚未成家。”老妇人听罢晚生回话，高兴地说：“孩子啊！这真是缘分，你救下的这位姑娘，名叫山杏，她是我的三女儿，今年十五岁了，尚未许配人家。如果你不嫌弃的话，我就把她许配给你，你看如何？”听完这些话，晚生同山杏不由得互相对视了一下，双方都红了脸。晚生说道：“感谢老妈妈的关爱，但婚姻是终身大事，我家中尚有父母，待晚生回去，告知父母大人，征得二老同意后，我再来回话。”

老妇人同山杏一听，就觉得晚生是个孝敬父母、懂理懂事的好孩子，所以很高兴地答应了。

林晚生回去，把遇到的事情给父母亲如实说了一遍，父母听了十分高兴。于是林家选定良辰吉日，热热闹闹地将山杏姑娘娶回家。全寨人看到山杏长得天仙似的，都为林家感到高兴。

第二年七月十五，山杏为林家生了一个活泼可爱的小姑娘，起了个名字叫林青。谁知好景不长，小青儿刚满一周岁时，突然得了一场重病离开了人间。这对林爱山夫妇来说可真是晴天霹雳。两位老人经受不住这个打击，从此躺在床上，一病不起。虽然晚生与山杏十分孝敬二老，又到处求医治疗，但也无济于事。

有一天晚上，林晚生梦见了自己的小青儿，小青儿对他说：“父亲你不用为祖父、祖母的病发愁了，我能治好他二老的病，因为我死后已变成了人参，你们就叫我人参姑娘吧，我可以给人们补身体，治疗好多病。明天早上，你到埋我的地方，将坟堆上那株开粉红色花的小草刨出来，回来后用水洗净熬上，让二老喝了，他们的病就会好转。但你千万要记住，刨起来之后，要把小草的头部切下来，埋在土里，小草还能继续生长，为更多的穷人治病。小草的头部有毒不能喝。”说完，给晚生磕了一头，就不见了。这时晚生一觉醒来，并将自己的梦给山杏说了一遍。山杏听了，高兴地对晚生说：“如果是真的，那就好了。”第二天早上，晚生带了一把镢头，到了埋青儿的地方，果然见长着一株开着粉红色花的小草。晚生轻轻用镢头把小草刨出来，真像一个胖娃娃。他小心看了一遍，然后按照青儿梦中所嘱，把小草的头切下来，埋入土中，把身子带回家中，洗干净之后用水熬上，熬好之后让两位老人喝了。

两位老人服下之后，奇迹出现了，他们顿时觉得身体好了许多，而且心情也舒畅了。晚生与山杏，看到爹娘身体好了，也十分高兴。第三年秋天，山杏生了一个又白又胖的男孩。从此，林家一家5口人，和睦相处，日子过得很顺心。

“人参姑娘”能给人治病的消息慢慢传开了。后来寨上不管什么人得了病，都去找晚生，林晚生也毫不吝啬，都要亲自把人参刨回来，送给患者。这样一传十，十传百，传来传去，人们都知道了“人参姑娘”能治百病，盆盆寨也被人们改称“人参寨”了。

这个消息传到了大山脚下一家大财主家。这位财主也姓林，名叫聚山。因为他心狠手毒，到处称霸，所以人们不叫他聚山，而叫他霸山。有一天，林霸山带了5名家丁，怒气冲冲来到盆盆寨上，找到林爱山说：“你们占的这座山，在我爷爷手里就是我家的，听说你家种了一种药材，叫‘人参’，能治百病。现在你们就给我交出来，如果不交出来，就赶你们统统下山，离开这个地方。”林霸山这种霸道行为，激起了盆盆寨人们的愤怒，大家一起出来同林霸山进行斗争。林霸山见他们人多势众，怕吃了亏，所以只好退下山来。但他并不死心，隔了几天，他带了20多个家丁上山找人参，而且在盆盆寨周围到处寻找，找了整整一个上午，最后终于找到了。这个林霸山真的心狠手毒，他发现人参后，就用力去刨，结果因下手太狠，将“人参姑娘”的头部刨断，血染全身，她忍着痛从土底下跑走了，而且跑得很远很远，跑到了东北长白山上。经过多年的修炼，又从土里长出来，成了名扬中外的“东北人参”。因此，在我国医药界有个说法：“人参先产上党，后居辽东。”

林霸山刨了人参，回家熬了就喝，但他连人参的头一起喝了下去，结果中了毒，一命归西，见了阎王。

自从林霸山刨走人参之后，盆盆寨上的人再也见不到人参了。但几年之后，在埋小青儿的地方又长出了一株小草，他们刨出来一看，样子虽不像人参，但喝下去，对身体照样有滋补功能。山上人们觉得这种药材产于上党，所以给它起了个名字叫“党参”。后来，人们还大量种植这种药材，久而久之，武乡东山一带党参也就出了名。（武红梅）

权店寨

权店寨位于武乡西南部，东经 112° 35′，北纬 36° 58′。现与勋欢组成一个村委会，属故城镇管辖。权店村子不大，人口不多，地下无矿产资源，地上也不宜种植粮食。但在古代，因处在深山密林之中，又属上党通往晋阳之咽喉要道，所以是历代兵家必争之地，历代政府必设关卡。乾隆版旧县志在“兵防”一节中称武邑权店北接太原，南通上党，万山交束，最为严险，为冀南之牖户，潞泽之咽喉。

权店寨在北宋以前称“黄花寨”，因当地大山上到处长满野黄花菜，当地人称“金针”，一到春天，漫山遍野开满黄花。

权店寨

1115 年，北方少数民族完颜氏入侵南下，通过武乡南关、权店很快南下中原，北宋结束，金朝建立。北宋皇族赵构逃往杭州建都称帝，史称南宋。金兵看到武乡南关、权店的险要地位，便在这两处设立寨卡。从此有了南关寨与权店寨。但当时只设寨无专人管辖，故无署。直到明洪武三年（1370）明太祖朱元璋亲自下诏在权店设兵营，派驿丞（官员）驻守，增派马步战守兵丁 117 名。同时设有马棚、鞍镫厂、兵营房、食堂等基础设施。因这里有了官府和官家开办的商店、旅店、饭店，从此，黄花寨改称“权店寨”。

明朝天启年间（1621—1627）武乡程启南在朝为官，且官居工部尚书。当时南关而下、交口而上出现盗匪，隔三岔五强夺客旅，甚至产生凶杀，尸骨不绝于路。针对这种情况，程启南上奏朝廷，要求朝廷设一守备治，驻守警备增至300余人，从此盗以平息。权店驻军由寨升为营总，首领称驿丞及“营把总”。原来的驻所地逐渐扩大，且初具规模。增设大堂三间、大门三间、后西厅三间、南北房各两间、内书房三间、南书房三间、正库房三间（存放刀枪盔甲）、火药库房三间（在大门外新设）。后来又逐渐增设了递运所（邮电所）、差役所、牛市铺等。这时权店已逐渐形成一个商业繁华、人口众多，每日过往客商、差役少至百人，多则千人以上的大镇。

清朝康熙四十九年（1710），给权店驿站营总驻军增设马匹32匹，权店递运夫（邮递人员）增至97名。又在权店增设小察院、大察院，增前堂三间、皂隶房两间，退省厅三间，吏房、厨房各两间。又专门为驻军邮所、差所等机构增设厨房五间，用厨师10人，开辟菜圃3.5亩。后来又增建了戏台、庙宇，新开了“牛市”（骡、马、牛、羊交易市场）。沿街两行招来不少商铺、旅馆，使权店这一弹丸小镇，经济非常活跃，社会秩序也很稳定。

乾隆版旧县志，对权店历任驿丞和营把总的姓名也详细记录在史册上。在此，摘记于《武乡地名故事》书中，以示权店昔日辉煌。

驿丞14人：崔泰，富平人，吏员。陈金龄，青阳人，吏员。郑忠，上元人，吏员。黄元变，余姚人，康熙二十年任。张秋，监漳人，吏员。张启洙，霸州人，吏员。张重光，霸州人，吏员。楼映斗，大兴人，吏员。赵吉，华州人，雍正九年任。高伦，山阴人，雍正十二年任。王朝仁，山阴人。王充治，宛平人。郭帮治，宛平人。李霖，山阴人。

营把总41人：和明节，汾阳人，行伍，顺治二年任。冉明，太谷人，行伍，顺治四年任。萧氏泰，信山人，行伍，顺治六年任。王大有，宁国府人，顺治七年任。张烘，汾阳人，武举，顺治十一年任。段相，阳曲人，行伍，顺治十二年任。郭梦麟，徐沟人，顺治十七年任。任国用，阳曲人，顺治十八年任。薛君受，赵城人，康熙元年任，后升沁州城守营千总。李养俊，延安府人，康熙十七年任。李进威，宁武所人，康熙十六年任；王征，阳曲人，康熙二十五年任。赁桂，花马池人，行伍。武镇国，平阳人，武举，康熙四十六年任。张麟，阳曲人，行伍，康熙五十五年任。王泽，阳曲人，行伍。王之鸿，阳曲人，行伍军功，乾隆元年任。张仪，阳曲人，行伍。赵漪，平阳府人，行伍。甫成富，平阳人，行伍。陈震威，平阳府人，行伍。赵建勋，直隶武举。刘华，平阳府人，行伍。张树立，陕西武举。张庆元，平阳府人，行伍。城守司外委把总（雍正三年设）侯永旺，汾阳人，行伍。刘正，张月、刘进义、郝成斌、李祥光，汾阳人。靳大忠，阳曲人，乾隆五十七年任。韩升，右玉人，嘉庆七年任。赵万选，阳曲人，道光二十年任。王长春，临汾人，道光十一年任。张国仁，阳曲人，咸丰二年任。畅珠，字玉卿，临汾人，营把总，同治六年任。于耀，临汾人，嘉庆十三年任。王金声，阳曲人，道光元年任。许得胜，赵城人，咸丰二年任。郑禄，临汾人，咸丰六年任。杜永胜，字勋卿，洪洞县人，同治十一年任。

改革开放以来，权店人民以保护自然环境为重。他们以山养山，大力种植梅杏，近几年来又相继推出梅杏赏花节和梅杏采摘节，发展生态旅游，逐渐开办农家乐，不仅吸引了不少游客，还吸引了许多摄影记者和文人墨客。他们把权店的梅杏节宣传得有声有色，使权店逐步走出山沟，走出太行，有力推进了权店村的脱贫攻坚工作，加快了全面奔小康的前进步伐。相信权店人民，定会守住自己的绿水青山，大力开发绿色产业，致富增收，再铸历史新辉煌。

（武承周）

云斗寨

云斗寨位于洪水镇寨坪村东北山上。四周郁郁葱葱，绿树成荫。云斗寨长约一里，宽约半里，是一个长方形的山寨。

云斗寨建于云斗山上。云斗山原来不是座孤山，它与村东面的北反头山相连，绵延太行山狮子峰。云斗山两面临水，一面是洪水河（如今称蟠洪河），一面是北反头河（俗称山河），北反头河发源于太行山狮子峰下的白草坪，由东向西流经30余里，在云斗山前转了一个九十度的大弯，又调头向南流入蟠洪河。落差大，水流急，大约到了明朝中期，由于山洪暴涨，逐渐在转弯处冲开一个大口子，把云斗山割断，使之成为一座孤山。

据传，云斗寨建于唐朝会昌三年（843），与洪水寨同时建立，起因都是因为刘稹屯兵潞州（今潞城）举兵反唐。他派部将康良佺驻扎在武乡县城（今故县），并派河东节度使刘沔、兵马使王峰壁驻榆社负责坚守昂车关（今武乡关河水库上下关一带）。

唐武宗速派大将李德裕率军讨伐刘稹，与昭义军会集武乡横水（今洪水），并在横水和寨坪云斗山上各设一寨，常驻守军。20世纪70年代，村民在云斗寨修大寨田时，还曾挖出过一座古墓，而且棺椁尚未全腐，打开一看，死者身上穿着官袍，而一些上年纪人都说官服是唐朝武将服装。从这点证明，云斗寨上曾驻有唐军一说是比较客观的。而且在云斗寨南面还有一片平地，人们称校场坪，也有人称校场沟。后来立村时，正好立在云斗寨脚下的平坦地上，所以把村名叫成寨坪。　　（张晋先）

阏舆寨

阏舆寨（也称阏舆城），位于皋狼古都故城镇南面，是一座交通闭塞、宜守难攻的小城，它与沁县南涅水村隔河相望，春秋战国时期属晋地。虽然寨子小，但它是兵家必争之地。

据文献记载，秦国因国内受灾而缺粮，派人到晋国借粮被晋国拒绝，被惹恼。秦国举兵攻打晋国时，祸及武乡（当时称皋狼），阏舆城守军，几经交战，难敌秦军，危在旦夕。晋文公特派大将赵盾率兵救援（赵盾是山西阳泉藏山人）。赵盾利用四面突围，分段拦截，重点深入，各个击破的战略战术，将秦军击溃，大破秦兵，使阏舆城转危为安。后被写入史册，流传至今（见康熙版旧志第63页）。赵盾是晋国著名将领赵朔的父亲，赵朔被奸臣屠岸贾害死后，屠岸贾又继续追杀赵朔的儿子赵武。赵武母亲将幼儿托付给程婴，程婴大忠、大义、大智，为了保下忠良赵朔之后，他将自己与赵武同龄的儿子亲手摔死，一心一意抚养赵武，直到赵武长大之后为父报仇雪恨。这就是历史上有名的传奇故事《赵氏孤儿》。（武承周）

烽烟台

烽烟台是分水岭村最古老的一个人工建筑物。它上窄下宽，底座每边长4.5米，顶端每边长3米，高7米，顶端长着一棵大榆树，显得特别苍老，树龄有70余年，荫冠四周近50平方米。

烽烟台在分水岭村永固门以北，是古代战乱时的一种报警设施。它的作用是专门传递信息。因为分水岭地势高，又是从晋中进入晋东南的重要关卡，所以南关燃起烟火，从分水岭就可以看到。分水岭就马上燃放烟火，烟火冒烟就能传给权店、故城等地。老百姓看到烽烟台冒烟就知道战事发生，该躲的就躲，该藏的就藏，能及早防范，减少损失。据老者讲："大宋开始，要求各地五里一铺、十里一台。"铺的作用就是让路过的差徭饮马小憩，台的作用就是点燃烽火传递信息。烽烟台历经沧桑，但它却是分水岭大事小情的"见证者"。

烽烟台究竟建于什么朝代，一时无法考证。直到2017年5月16日，长治市政协邢主任来武乡南关考察时，顺便来分水岭看了一下烽烟台，又听了本村杨兆兴先生的讲解。邢主任在烽烟台四周土墙夹缝中又发现了一些瓦片和砖头，凭他的经验初步判定，该烽烟台大约是建在宋朝年间，至今已有800余年的历史。邢主任的判断与武乡《走近老区》记载南关镇的一段史料极其吻合。

分水岭的烽烟台是分水岭历史的"见证者"。早在1938年之前，分水岭村有一条直南直北、长达484米的大街，街的两边有粮行、绸缎行、药铺、饭店、牛马店等，有大佛殿、大圣殿，有大戏台，戏台两边有彩楼厢房，殿内供奉着12尊刻工精致的大石佛，可惜12尊大佛失盗10尊，现在还有两尊但有身无头，静静地立在学校的教学楼后面。村里原先建有的四合院比比皆是。

1938年2月11日，万恶的日本鬼子进驻分水岭，熊熊大火整整烧了三天，把分水岭的房屋烧了个精光，老百姓到处逃难，东躲西藏，不得不在山坳里、土崖下挖窑洞栖息，使分水岭村由一个完整的大村解体成11个小自然村。

（杨兆兴）

第三节　关　隘

南　关

南关曾是涅的原都（皋狼国都），也是武乡八小镇之一，位于武乡县城西北120里处，北邻祁县，西邻平遥，四面嶙岩陡峭，山绝路险，208国道和平榆高速路沿村而过。旧时，逢二、五、八赶集，太谷、祁县、平遥等地的商贾，在南关开设当铺、杂货铺、染坊等。祁太的布匹、干果、绸缎等货物在南关上市交易。南关周边村里的牛羊、骡马和山珍山货、药材等出售到祁、太、平等地，南关成为晋中、晋东南货物流通的重要集散地。

南关

南关，又是太原通往晋东南的要塞，又潞泽之咽喉，称冀南之牖户。宋朝靖康元年（1126）金兵侵宋围攻太原未能取胜。二月副帅粘罕率兵南下，路经南关阴辿隘时，仰天叹曰：“关险如此艰险而放我过去，南朝可谓无人也。”接着又说：“此处天险‘一夫当关，万夫莫开’。”粘罕通过南关，很快取威胜军（今沁县）攻下隆德府（今长治），宋知府张确战死，城陷。6月，宋兵部侍郎李纲率兵救太原时，派部将范琼驻兵把守南关，同时与金兵决战南关。金天会六年（1128）改威胜军为沁州。元光二年（1223）沁州升为节镇。统领四县：铜鞮、武乡、沁源、绵上（隋文帝开皇十六年〔596〕置沁州，州北置绵上县）。南关升为大镇与当时县级平。同时也有了“南关锁钥”之称。

为了加强南关重镇的建设，又增设了驿站、差徭局。南关确属武乡最古老的村庄之一，距今已有4000年的历史。曾是皋狼国的国都，之后才迁至故城。清代著名诗人吴琪诗云：

晓走南关道，霜华拂鬓斑。
水声号怒石，月色淡深山。
转仄千层磴，迂回百折湾。
渐看红日上，情在五云间。

清代武乡诗人范士熊《南关道中》诗云：

一

高低蟠曲磴，穿石入云根。
经转乾坤仄，溪流日月昏。
幽并连北辙，泽潞接南辕。
谷口当冲要，朝朝马足奔。

二

一水回环渡，山多路易穷。
危岩头上压，断岸足边空。

高鸟飞难度，单车辙不通。
可怜宋君相，坐失此关雄。

两首诗都在描写南关的地势险要，因此，南关历来都是兵家必争之地。

（杨兆兴）

昂车关

据乾隆版《武乡县志》记载，昂车关在县北三里处，唐置，今废。在漳川乡下关村有旧址。《山西志辑要》记：昂车关，县西北三里，《唐志》有昂车关，其故址在漳川乡下关村，漳水经此。

下关村离武乡县城（故县村）不远，在其西北三里处比较准确，现在县城迁址，又变成了在县城东北六里处，就在高速出口处，距离很近。近几年，武乡除了开放八路军纪念馆外，大型实景演出《太行山》也做得有声有色，演出场地就在下关村。

下关村曾因关河水库的修建，三易其址。在一条乡间小路上沿着关河水库七拐八绕，在离《太行山》实景演出场地不远的地方，是下关村的原址。

在地图上找关河水库，只见一片浅蓝色的水域就像一条龙横卧在浊漳河北源，龙角、龙爪、龙鳞栩栩如生，也不枉武乡人把它叫作龙湖。浊漳北源发源于榆社柳树沟，从龙湖的北面入武乡境，又缓缓地向襄垣流去，赶着去与西源、南源汇合，一起向海河奔流。《清一统志》记载：县（武乡）西关外有下关村，小漳河所经，相近又有上关村，即古昂车关故址。往东北大概几十米，河水拐了个小弯，在凹下去的龙身处，就是上关村。今已不复存在，当然也和修建关河水库有关系了。关河水库没有修建之前，这里的河道狭窄弯曲，如同乡间小径，如果我们今天能看得到，自然就能理解，那处于两山之间逼仄的地形就是设立关隘的所在，只是现在的水位比过去高出了20—30米。

《山西志辑要》成书于清朝，言明《唐志》有昂车关，至于唐代什么年间，没有找到记载。昂车关又名芒车关、仰车关，在历史上曾因避唐文宗李昂讳，改为芒车关，后又改回来，那么昂车关至少在唐文宗（809—840）之前已经存在。也有说法是建于唐初，笔者认为也是有道理的。这条古道从长治市起，经潞城店上，襄垣王桥、王村，到武乡，往北到榆社、太谷，再到太原。

《长治市交通志》中记载唐初便有的相当于现在的102省道的古道。李渊起兵于太原，从而建立了唐王朝，以太原为中心东征西讨，自然需要有沟通东西南北的要道。后来太原成为北都，唐玄宗别驾于潞州，也要从长治往返于太原或者西安。武则天迁都洛阳以后，从洛阳到太原或者西安，都要有交通线的，除了路过南关的那条潞安晋阳道外，开发新的道路也在情理之中。唐初就有这条古道，在道上设关隘也在意料之中，一来镇守潞州，二来可作长安或洛阳的军事屏障。

在关河水库东边的山脉背后，就是后赵皇帝石勒出生的地方，是石勒的故乡，也许是他开发了这条顺着浊漳河的古道。后赵王朝在唐朝之前，也就是说唐建立时，已经有了这条古道。不过，这只是猜测，没有文字来佐证。

还是从唐朝说起吧。昂车关，在唐朝曾经发挥过重要作用，这里隐藏着一个重大的历史事件，即“唐平泽潞之乱”。

昂车关旧址

“泽潞之乱”发生于唐会昌三年（843）。会昌是唐武宗的年号。唐武宗对历史的重大贡献就是灭佛运动。他迷恋仙丹，指望延年益寿，却年纪轻轻的33岁时就死去了。在他短短的一生以及当皇帝的6年里，仿佛他只做了一件事，因为历史也就只记下了一件事，就是平泽潞之乱。

唐武宗时，唐政权已临近尾声，好像一出戏剧就要谢幕了。唐朝末年的藩镇割据现象特别严重，各方节度使拥兵自重，已经威胁到了帝王的江山社稷。节度使的权力过大，使许多人铤而走险，安禄山就是一个例子，武宗朝的昭义（泽潞沁）节度使刘稹也是这样一个人。昭义节度使本来是刘从谏，刘稹只是他的侄儿。会昌三年四月，刘从谏病死，刘稹秘不发丧，自领军务，想割据一方。其时，唐刚与回纥交战，朝臣对泽潞之乱的处理办法，或战或和意见不一。武宗的重臣李德裕认为昭义邻近京师，地处国家中心位置，焉能让节度使割据，那将会再次上演安史之乱。于是五月武宗下诏，令王元逵为泽潞北面招讨使，何弘敬为南面招讨使，与河中节度使陈夷行、河东节度使刘沔、河阳节度使王茂元合力攻讨刘稹。其余几路招讨我们不提，我们要说的是这个河东节度使刘沔。当时的河东节度使是为防御突厥而设立的，统辖相当于现在的太原及太原以北地区。刘沔是第51任节度使，从712年到刘沔接任的843年，一百多年间河东节度使更换了50多任，可见此位置的重要性（臭名昭著的安禄山也曾任河东节度使）。这一次刘沔的任务就是协同平刘稹，他带兵就曾驻在昂车关。当时的官军和叛军像拉锯似的，一会儿官军有人反叛，一会儿叛军又有人投降，乱纷纷闹哄哄。刘沔一直据守在昂车关和昂车关以北榆社的石会关，这是南下讨刘稹的必经之路，也是潞州北上的必经之路，昂车关和石会关在刘沔和刘稹之间也是几易其手。这场叛乱最后以刘稹的部将归降而告终。会昌四年，泽潞之乱平息。

泽潞之乱的后期，忽然就不见了刘沔的身影，他哪里去了呢？刘沔是唐朝的著名将领，骁勇善战，尤善骑射，在西北边境上屡建奇功，泽潞之乱中调任郑滑节度使，估计也和昂车关曾入刘稹手有关。会昌五年，李德裕镇潞州，刘沔授太子太保衔。会昌六年，刘沔死。

刘沔的任期只有一年，在这一年的时间里，唐武宗朝发生的唯一事件，就都巧合在昂车关了。历史的偶然铸成必然，一站一点也足以永恒。这个历史的节点以昂车关的存在，鲜活地存在于历史长河中。

之后，后梁皇帝朱温也曾降潞州，过此关进攻晋阳。

曾有说法，武乡的昂车关有上关和下关之分，上关村和下关村便是见证。现在我们能明白，昂车关就是一个关，并没有上、下之说，若有，便指的是榆社的石会关。石会关在榆社西南角，离昂车关并不远，就在这条古道上，且同建于唐，发生在昂车关的事情，石会关都在经历，老话说得好，一条线上的蚂蚱——谁也跑不了。

关于昂车关的位置，历史记载不一。《山西志辑要》说在下关村，《清一统志》说在上关村北 12 里的关鏊口。到了现在的《武乡县志》就成了两个关口，到底哪一个对呢？我比较倾向于《清一统志》的说法，即在上关村。一来《清一统志》是官方修订，政府派大儒统修，自然是相对严谨的；二来我认为关鏊口只是一个地形上的口，《武乡县志》关于关鏊口的记载是：两山环束，俯临漳水，迤逦逼仄，仅容一径，到此豁然一开，界连榆社。“豁然一开”便是设关的所在了。

上关村再往北，龙湖上坐落着关园则村。不知道这关园则村和昂车关有什么样的关系，也是屯兵之处吗？

昂车关置于唐，又废于何时呢？最起码在抗日战争中，日军对晋东南地区实行九路围攻时，日军的第 117 联队曾经几次经过此关，在榆社和武乡之间往返，那个时候已经没有关的踪迹了。再早会在什么时候，笔者认为是在唐末宋初就已经废置。宋朝开始，就在通过南关的古道上设立驿站了，经商的、传递关文的、进京赶考的，都走此道，所以金粘罕才通过南关古道攻宋，这条道就不是主干线了。明清时对此道有过修复，也只是武乡和榆社之间的往来要道。中华人民共和国成立后修建了 102 省道，作为长治交通网的干线。现在新修的太长高速通过此处，说明此地在地理位置上还是有着它的优越性的。

（王芳）

浊漳河（故县段）

第二章　河流篇

武乡虽属山区，山大沟深，但地下、地表水资源都比较丰富，河流、泉水星罗棋布。1982 年版《武乡县水利志》记载，武乡境内有大小河流 140 余条，小型水库 9 座，地下泉水 24 处。1960 年普查统计，全县地表水来水量为 2.26 亿立方米（包括外县流入量）；1981 年普查统计，地表水总量为 3.04 亿立方米（其中外县来水量为 1.5 亿立方米），是山西省的富水县。这里我们择重点简介。

第一节　河　流

武乡县水系集中，支流密布，河床宽阔，比降较大，径流较多，故有浊漳北源之称。境内主要河流有浊漳北源干流、涅河、马牧河、昌源河、云簇河、蟠洪河。按其流域归属分为黄河、海河两大流域，归汾河、南运河两条水系。其中：分水岭乡的昌源河，在武乡县流域面积为 85 平方千米，占全县总面积的 5.3%，属黄河流域汾河水系；其余河流均为海河流域的南运河水系，在武乡县境内流域面积为 1525 平方千米，占全县总面积的 94.7%。在南运河水系中，属清漳河的桐峪河经武乡县流域面积为 23 平方千米，属浊漳河的流域面积为 1502 平方千米。

浊漳河（含清漳水）

浊漳河

古称武乡水，俗称关河。属浊漳河（北、南、西）三源之一，是全县第一条大河。入境后由北流向东南，途经我县丰州、故县、上司、大有、监漳等乡镇，流入襄垣西营，境内全长 30 千米，流域面积 620.8 平方千米（包括云簇河面积）。沿途有南亭河、贾豁河、大有河、活庄河、监漳河等支流汇入。一般时间流量为 2 立方米 / 秒，枯水期流量为 0.5 立方米 / 秒。1958 年修建关河水库后，流量有所减小。在干流和支流沿岸，村庄和人口居住密集，有广阔的河滩地。（武承周）

涅 河

涅河，古称涅水、甲水。位于县西部，是浊漳北源较大的一级支流，发源于分水岭五里铺村，河水由西流向东南，在关河水库下游汇入浊漳北源干流，途经故城、南涅水（属沁县）、涌泉、松村（属沁县）、丰州等乡镇。境内全长 48 千米，流域面积 424 平方千米（包括马牧河）。沿途有西汤河、高寨寺河（古称白鸡水）、南涅水河、涌泉河、松村河、姜村河、马牧河等支流汇入。属古老河床，河道宽阔且稳定，沿岸资源丰富且土地平坦。涅河水一般流量为 1 立方米 / 秒，1958 年上游修建了故城、灰咀等小型水库，水量有减。水质无污染。（涅河来源详见《龙舟洞的传说》。）

（武承周）

蟠洪河

蟠洪河，古称洪水河。在我县东部，是浊漳北源一级支流，上游有两条源流，一条发源于左权祁家岩，一条发源于左权温城附近，分别经佛口、南台和河神堙、马堡等村，汇合于白和村下，流经洪水、蟠龙、监漳等乡镇，至襄垣南漳村入浊漳河北源干流。境内全长 33 千米，流域面积 442.5 平方千米。沿途有广志河（古称黄岩水）、窑湾河、石门河、陌峪河汇入。河道开阔，坡降较大，冲刷严重，沿岸人民为了整治河道，垫滩造地，曾付出过很大代价。一般河水流量为 0.5 立方米 / 秒。（武承周）

昌源河

古称龙舟水。发源于分水岭乡的护甲山，流经南关村入祁县境内，流归汾河，境内全长 15.5 千米，流域面积 85 平方千米，一般流量为 0.07 立方米 / 秒。（昌源河来源详见《龙舟洞的传说》。）

（武承周）

马牧河

马牧河源头

马牧河，古称段村河，俗称西河。位于我县西北部，发源于石北乡楼则峪村闹铃沟，流经石北，至丰州入涅河。全长 28 千米，流域面积 125 平方千米，型庄村以上为岩石河床。沿途有神西河、西河汇入。一般流量为 0.3 立方米 / 秒。

沿岸为河谷冲积层，有丰富的地下水资源。（武承周）

云簇河

云簇河，古称西川河。位于我县西北部，发源于分水岭乡明沙岩一带，流经胡庄、石盘等村入榆社县境内，汇流于浊漳河北源。境内全长 16 千米，流域面积 127.5 平方千米，沿岸有 5000 多亩滩地，一般流量为 0.1 立方米 / 秒。（武承周）

七星河

监漳镇有一条河流，经过吴村、录村、任村，一直从西向东流出监漳，然后汇入浊漳河，沿途养育、滋润了一方百姓。这条河人们叫它七星河，据说来历还不小呢。

七星河

相传古时候，天上的玉帝安排他的十个儿子做太阳神，每天轮流到天空值班，发散光和热。老百姓春种秋收，安居乐业。可是有一天，这十个哥们儿却童心大起，想一起出来看看世界。这下可了不得，天空十个大火球一起炙烤着大地，须臾间河流干涸，土地干裂，森林起火，人间生灵全都在火海里挣扎，哭声震动了天庭。

这可是犯天条的事情。玉帝闻报，天威震怒，命令二郎神去捉拿十个太阳神。二郎神领命，带了天兵天将前去缉拿。这十个太阳神一听，吓得四处逃跑，只见十个火球东闯西撞，地上更是焦热难耐。

二郎神一见，觉得这样实在不是个办法，扭头看看，只见旁边两座大山巍然矗立，于是决定担山追日，把太阳神全压在山下。没有扁担，他就随手取了点灯用的一根麻秆；没有绳索，便伸手拔下自己的两根头发系住两座大山，就这样，二郎神担着两座大山去追赶太阳。

二郎神大步流星猛追，不久便追到两个太阳，一手一个捉将过来，然后压在了大山底下。余下八个太阳见状，更是慌了神，生怕自己从此永压山底，再无出头之日，于是一路向东狂奔。

二郎神担着两座大山也是健步如飞，不长时间便又将七个太阳全部压在山底，只剩下玉帝最小的儿子还在狂奔。小太阳跑啊跑，跑啊跑，一直跑到了东海，走投无路，只好一头扎进了东海。

天空中一个太阳也没有了，天地黑咕隆咚，伸手不见五指。老百姓刚刚摆脱了酷热，却又一下子陷入了黑暗和寒冷之中，叫苦不迭。

虽然漆黑一片，二郎神的第三只眼可不是白长的，只见他的头顶金光一闪，天眼大开，看到小太阳躲在了东海底下。于是，他担着两座大山也向东追过来。行走到武乡地界，在监漳附近的五龙山下，突然遇到了一位穿孝服的妇女。这位白衣妇女伸手一指二郎神，哈哈一笑说："看这个三只眼的大汉，居然能用麻秆、头发担山，了不起啊！"

二郎神虽然是天上神仙，可是他的法力却不能被人说破。现在被白衣孝妇说穿，他的法力一下子就消失了，两座大山轰然坠地，化作两块大石头，一块雄踞山坡，一块孤立河道。这就是监漳村两个"大立石"的来历。

两块大石坠地之时，无数小块碎裂开来，飞溅出去，散落在了监漳的七处河湾。石头散落之地，立即出现了清凌凌的水瀹，形状各异。后人根据形状的不同，给这些水瀹取了名字：有的像高潔（武乡人对厕所的别称），就叫高潔瀹；有的像扁担，就叫扁担瀹；像瓦钵的叫瓦钵瀹；像石牛的叫石牛瀹；会仙观门前的水瀹，像是倒灌进家门，就叫灌门瀹；高潮桥前的水瀹最小，叫小瀹；监漳河南处的形状像三角，叫三角瀹。

说来也怪，这七处水瀹一形成，天上就立即出现了北斗七星，老百姓终于得救了。从此，监漳一带人就把这条河叫作七星河。

二郎神定睛一看，才发现那个白衣孝妇可不是一般人，而是南海观音大士。原来，观音眼见十个太阳都要被压到山底，人间将没办法繁衍生息，于是扮作一妇人前来搭救最后一个太阳，以普度众生。

从此，天空中又悬挂起一个太阳，每天早晨从东方升起，傍晚从西方落下。人间百姓世世代代又开始了日出而作、日落而息的生活，武乡县的监漳也留下了关于七星河的美丽传说。（李文英）

第二节　泉　水

南沟泉

南沟泉

南沟泉位于故城镇南沟村西北处。当地老百姓叫“上升泉”，也叫“金龟吐水”，后来建了八角池，将溢出的水，用一只石雕龙头引出，所以现称“龙泉”。

龙泉出自该村西北面的龟山脚下。因这座大山形似一只千年老龟，所以起名叫龟山。说起龟山的来历，又引出大禹治水时发生在当地民间的一段故事。

大禹治好山西壶口瀑布之水后，继续分段治理，当治到武乡与祁县、平遥、太谷四县交界处，发现一支洪峰久治未平，仍在兴风作浪，祸及村民。于是他奋不顾身，跳入洪峰与山洪搏斗，逼山洪退路，让山洪进入他设计的水道中，但山洪是来自南海的一条苍龙，它毫不示弱，与大禹搏斗。这种情景被一位巡海的夜叉发现了，它急忙回到龙宫向龙王爷作了汇报。龙王一听是自己的七子苍龙在同大禹作对，他想这可不行，大禹治水是玉帝的旨意，天下民心所向，自己如果放任不管，被玉帝知道，将祸及整个龙宫。所以他速派自己的护卫千年老龟捉拿苍龙，如果不服可以就地处决，不得有误。老龟接旨后火速赶到，但苍龙非但不听劝告，反而使出浑身力气与大禹决战。老龟这时想到龙王的嘱咐：“如若不服，就地处决。”于是它念动法语，使尽全身力量，变成一座大山腾空而起，接着猛地降落下来，把苍龙镇在山下，但自己也口吐鲜血而亡，与苍龙同归于尽。老龟死后变成一座龟山，而苍龙死后变成一股泉水，年代久了憋得不行冒出地面形成了南沟山的“上升泉”。因这股泉水出自龟山脚下，所以当地人也叫“金龟吐水”。

南沟泉是一处天然的地下泉水，经化验，泉水的含硒量超过国家标准的好几倍，对人体健康大有益处，因此开发南沟泉具有很大经济价值，是南沟人民脱贫致富的一种自然优势。（武承周）

泉之头泉

泉之头泉位于石盘开发区泉之头村。这个村因有一股地下泉而得名。泉之头泉，甘洌可口，清心健脾，含硒量高，对人体健康非常有益，曾有一位学者写了一篇文章，称该泉为“华北第一泉”。

泉之头村

因为泉之头泉的泉水清甜甘美，所以传说它曾被八洞神仙之一的铁拐李盗过，幸遇禹王把他拦住，才将这股神泉归还给当地老百姓。那么铁拐李是如何盗泉，又是如何被大禹拦住的？故事还得从头说起。

很古时候有一年的夏天，北方久旱无雨，气候炎热，非常干燥。有一天中午，铁拐李从蓬莱一路奔来，路经太行来到太岳山区。因为天气炎热，走得又累，他感到口干舌燥，浑身难受。来到泉之头村，发现地下有股清泉直冒上来，正想去喝口水解渴，忽见一位农妇挑着水桶，拿着水瓢来到泉边挑水。铁拐李笑着对这位农妇说：“大嫂，我是一个过路人，走得又累又渴，能借用你的水瓢喝点水吗？”村庄农妇善良纯朴，便不假思索回话说：“水多得是，想喝就喝吧。”说完，还把自己手中的水瓢递给了铁拐李。谁知这位铁拐李，肚子很大，又很贪心，他把水喝饱之后，又将自己腰中挂的宝葫芦解下，然后一瓢一瓢不断往自己葫芦里灌水，这样喝饱灌满之后，才将水瓢还给农妇。接着连一声答谢的话也没说，就腾云驾雾走了。农妇拿起水瓢开始往自己水桶里灌水。但还未灌满一只水桶，泉水忽然就没有了。这时农妇才恍然大悟，泉水被刚才这位客人盗走了。于是大声喊：“乡亲们，快出来呀！咱们的泉水被人给盗走了！”乡亲们听到喊声，很快都围过来，都仰天大哭：“是什么人这么不讲道德，把苍天赐给我们的泉水给盗走了呀！没有泉水可让我们怎么活呀！”

说巧正巧，盗客难跑。铁拐李正哼着小调幸灾乐祸向西天瑶池奔跑，路上，被治水大圣大禹给挡住了。大禹问他：“你身负这么多水要去哪里？”铁拐李忙答：“我没有带什么水，只是喝了几口。”“请打开你的宝葫芦让我看看。”大禹又说。铁拐李做贼心虚，宝葫芦一打开真相会马上暴露，所以，他没有回大禹的话，拔腿就跑。大禹眼疾手快，拿出自己腰中挂的开山引水的斧锤，猛地向铁拐李的左腿砸去。这一锤可砸得不轻，将铁拐李的左腿砸成重伤，铁拐李从此成了拐子（瘸子），被叫成铁拐李，而且他的宝葫芦也被砸坏了。宝葫芦掉入人间落回原地，泉水流入地下，慢慢又冒出地面，泉水又回到了人间。自此，泉水再未被人盗过，一直流到今天。

（武承周）

暖水头泉

暖水头村在分水岭乡东北 22 千米处，与榆社县是近邻。全村三十几户人家，百十口人，山大坡广沟深，宜林宜牧。

暖水头村的村前大山脚下有一眼温泉，一年四季长流不息。人类在此定居，全靠暖泉养育，所以便将村名称为暖水头村。

不过，在当地民间说起这眼暖泉，还有一个美丽的传说。

很早以前，这里就有了人类活动，有一年冬天大雪封山，天寒地冻。这一天，正好南海观音菩萨路经此地要去西天见如来佛祖。她忽然看见有一位农妇，衣衫破烂，在山泉边洗衣服，农妇的双手被冻得通红。菩萨见之感动，便化作一位普通农妇，来到洗衣农妇身边说："大姐，这么冷的天，你为何不在家里烧点儿热水洗衣还来河边？"农妇抬起头来落泪说道："我家丈夫常年有病，孩子又小又多，家里常常穷得连锅都揭不开，哪有钱买柴烧水。冷天外出洗衣也实在是被迫无奈啊。"听了农妇这番话，观音菩萨笑着说："大姐，你看后边是谁来了？"就在农妇扭头这一刹那，菩萨用自己身带的一把火匙在冰冷的泉水中搅了几下，冰冷的泉水顿时变成了暖泉。当农妇转过头来，观音菩萨早已离去。当她再伸手去洗衣时，泉水不再冰冷，而变成了不冷不烫的"暖泉"。（武承周）

北良侯泉

北良侯泉（也叫福源泉）原先位于北良村的棋盘街北段。泉水长流不息，世世代代养育着北良村人民，因此村民称这股泉水叫"福源泉"。但"福源泉"曾差点被人盗走，幸亏被石佛爷爷发现才保留下来。是什么人想把这股泉水盗走呢？民间传说是这样的。

北良侯泉

有一天，村里来了一个南方人，看到泉水边有个妇女正在洗菜，南方人就指着泉水恳求说："大嫂，我走路渴了，想喝口泉水可以吗？"妇女不假思索说道："水多得是，你想喝就喝吧。"谁知这个南方人，本事很大，又很贪心，他张开大口，使劲喝了一阵，泉水一下就断流了。洗菜妇女一看大惊，便大喊："南方人把水喝干了，快来救泉水呀！"村里人听到喊叫声都立马出来。南方人这时也慌了，赶快拔腿就跑。在路经石佛寺前时，被石佛爷爷一棍子打得趴在地下，肚子里的水全部吐了出来，一直流了三天三夜。福源泉恢复了原来的样子，但位置改变了，变成了现在的石佛寺前。（武承周）

圣水泉

圣水泉位于武乡东部板山脚下，左会村东南面的“水花崖”寺院后面的半山腰。这里是千仞绝壁，万丈悬崖，只有一条羊肠小道，可通向圣水泉。

圣水泉不是山间泉水，而是出自山崖中一处天然洞穴之内。此洞穴立不展人，大人只能猫着腰进入，行进 10 米左右，会发现有一片光滑的大石板（可能是因爬行的人多将石板磨光了），在大石板中间有一个直径约 20 厘米的小洞，圣水就从此洞内流出，但它的高度一直保持与洞口齐平，天旱不会下沉，天涝也不会溢出。相传是八仙中的铁拐李，一次云游太行山行至此处，将身上盛水的葫芦宝瓶不慎掉下，落到山脚便砸了一个大洞，随之山门紧闭，将铁拐李的宝葫芦水瓶密封于山中。过了两万多年之后，有一天，忽然地动山摇，接着山崩地裂，此山裂开一个大口，似一张人的嘴。

圣水泉

一天，有一位樵夫，上山砍柴，他又饥又渴，坐到此山根休息时，忽听洞中有滴水声，出于好奇，他猫着腰进去，发现石板上有一洞口，细看只见里边是清亮透明的泉水。他用手掬了一捧水喝下去，顿觉全身凉爽，连续喝了几大口，便觉精神饱满。这位樵夫回去，把这个消息传开，这样一传十、十传百，不知传到何年何月，人们都知道这里有了一股天然泉水，因为此泉与八仙铁拐李有关，所以才叫成“圣水泉”。（武承周）

珍珠泉

珍珠泉位于武乡县故县乡东河沟村一座小山上。据传，此泉的泉水喷出来好似珍珠，晶莹透亮，光彩照人，而且到了中午在阳光照射下，会呈现出五颜六色，形成彩虹，更加耀眼夺目。

地下泉水流出后，怎么会形成颗粒状，似如珍珠？究其原因，在当地民间有着这样一个神奇的故事。

有一天，观音菩萨带着她的两个善财童子，去往东途参加一个盛会，路经上党武乡旧县城故县上空时，忽见脚下祥云呈现，百花齐放，一派吉祥的美景。这时，一位善财童子一不小心，将手上的一串珠子脱落下来，掉下凡间。珠子落地后，变成千斤重石，将东河沟一股小溪砸下一个很深的洞穴，砸透地下一股暗泉，使这股地下泉水迅速喷发出来。由于喷发力过强，加上珠子有阻力，泉水喷出地面形成珍珠状，因此人们将这股奇特的泉水称作“珍珠泉”。

这股珍珠泉一直喷发了数千年，后来因为北方经历了一场人间罕见的大地震，观音菩萨怕把善财童子的这串乾坤珠子毁了，所以，她使出法力将珠子收了回去。从此，再也看不到这股神奇的珍珠泉，只留下一股小溪至今仍在不断流淌。但珍珠泉的传说不仅流传民间，也被记载于武乡旧县志上，并传播开来。

（武承周）

第三节　水　井

故县“不易井”

在武乡故县村有一口水井，人们叫它“不易井”。还说：“不易井留后人，不易学不易取。”那么，这口“不易井”是怎么来的呢？

原来故事是这样的：明朝末年，武乡故县赵氏家族中出了一名将军，他的名字叫赵克宽。赵克宽的儿子叫赵廷汴，赵廷汴有两个儿子，长子赵天麒，次子赵三麒，都是进士出身，武乡文化名人。明朝末年官场腐败，民不聊生，官逼民反，陕西米脂县出了一名农民起义领袖，他的名字叫李自成，因为他敢闯敢干，英勇善战，所以老百姓都尊称他为“闯王”。闯王所到之处农民欢迎，青壮年投奔，人们还编出歌谣加以赞颂。歌谣唱道：“开开大门迎闯王，闯王来了不纳粮。官逼民反是天理，穷人欢迎李闯王。”

有一天，李闯王带领起义大军杀至武乡城内，正好赵将军也在家休养。赵克宽忠于明朝，宁死不降，亲自挂帅与闯王厮杀。因寡不敌众，很快被起义军抓捕。一开始，李闯王念他是一位久经沙场的老将，不愿将他杀害，所以答应他只要投降，日后取得胜利，仍拜他为大将军。但这位赵将军宁死不屈，抽空逃脱，跳入本村水井，自杀身亡。

后来明朝灭亡了，李闯王进京当了皇帝。当地老百姓都替这位忠心耿耿的老将军感到惋惜，觉得他这种行为不易学也不易取，所以把这口水井称为“不易井”。（赵子明口述 / 武承周整理）

上庄“马莲井”

蟠龙镇有个小自然村叫上庄村，上庄村有一口水井叫“马莲井”。

这口马莲井至今仍在，它有两丈多深，井壁用石头砌成。古时人们为了方便淘井（取出井中积垢或杂物），在砌井时，在水井两旁要留下石梯，让以后淘井的人上下井时能踩着用。

上庄村

这口水井究竟是什么朝代挖掘的，没有任何文字记载，但有一个神话传说。

有一年的春天，老天大旱，久不见雨，地处山区的上庄，见水更难，水比油贵。一天，正值正午时分，农民们正在吃午饭，有一白发老翁路过此地，口渴难忍，便向前问一位老农说：“我口渴得很，能给点水喝吗？”老农头也没抬，没好气地说：“没看见我也在吃干饭吗？天不下雨，老天大旱，我们这地方水比油贵，去哪里给你找水喝？”白发老翁说：“怎说没水，是你们没有发现。”接着他用手指向不远处一棵大树旁长着的一片马莲。马莲长得很茂盛，而且还开着鲜艳的花。说完，一阵清风，白发老翁不见了。后来，村里人按照老翁指的地方去打井，真的打出一口深井，因深井旁长有马莲，所以这口水井被称为“马莲井”。水井两旁的石梯，被人们上下踩得磨了三寸多深。由此可知，这口水井可真的有些年代。据当地老年人口口相传，这口井距今至少也有两三千年历史，是武乡尚存的一口千年古井。（郝雪廷口述／武承周整理）

马莲井

南山“观音井”

“观音井”位于今南神山普济寺原来的观音堂内。堂内泉水是南神山天然的地下泉。此泉水甘洌清甜，清凉爽快。泉水流出后入南山“八角池”内，内养各色小鱼，冬不结冰，夏不入尘，是武乡特有的地下矿泉。

佛图澄始建南山寺时，观音菩萨曾托梦给他，让他在南山给她修建一座佛堂，佛堂中心要造在南山泉水发源地的中央。佛图澄遵照观音菩萨旨意，便将南山泉修建在“观音堂”内，观音菩萨的莲花座下，使得南山泉更加神奇珍贵。因泉建在观音堂内，故将它起名叫“观音井”。

南山的观音井如能恢复，无疑会是南山的一大亮点。（武承周）

第四节　水　库

关河水库

关河水库（现称太行龙湖），在县城东面两千米处浊漳北源的关河峡口。长太高速公路通过这里，在此设有服务区。随着太行龙湖开发规划的实施，这里已成为集游览、滑冰、泛舟、垂钓于一体的旅游胜地，令人向往的“太行水乡”。

往事如烟，令人触目惊心。这里曾经是高山耸峙，峡谷幽深，乱石滚滚，河流湍急，古称昂车关，是晋中与上党之间的雄关锁钥、咽喉要地，历史上多有惊心动魄的战事在此发生。那烽火连天的战祸、无休无止的水患，千百年来给人民带来无穷的灾难。历史进入 20 世纪 50 年代末。在党的领导下，勤劳勇敢的武乡人民，以革命战争年代的那股干劲、那种精神，自 1958 年 8 月 1 日起动工，经过两年零一个月的艰苦奋战，一条横空出世的大坝（坝顶长 687 米，坝高 33 米）迎头拦住了奔腾咆哮的“恶龙”，浩浩渺渺的河水像一条被驯服了的白龙横亘于千山万壑间。这就是山西六大水库之一的关河水库，总库容量 1.4 亿立方米，控制流域面积 1745 平方千米。进水塔亭上镌刻的“智锁蛟龙”的横额，醒目雅致，集中展现了老区人民的奋斗精神和聪明才智。

关河水库航拍图

可谁会想到当年修筑关河大坝时，还有一段惊心动魄、鲜为人知的故事。1959 年夏季，关河水库大坝就要合龙了。偏在这时，连日大雨，天不见晴，库区内积水猛增。一旦决口，下游10多座水库将被冲毁，且天津地区也将被淹没在洪水之中。在这紧急关头，国务院曾派人亲临武乡，并责成华北局、山西省委、晋东南地委主要领导亲临关河大坝，组织抢险护坝。武乡数万民工在关河水库总指挥、县委副书记马名骏同志的带领下，昼夜不停地在大雨中运土固坝。但是库内水位上涨迅猛，很快就突破了最后的警戒线，眼看一场横祸就在眼前。于是国务院、华北局、山西省委、晋东南地委亲临大坝的四级领导，当机立断，命令马名骏同志执行国务院“顾全大局，炸坝放水”的指示。马名骏同志听了这一命令，脚步沉重地徘徊在大坝上。他严肃地说：“请领导再给我5分钟考虑时间，或许会想出什么好的办法来。”这好的办法，果然让马书记给想出来了。原来大坝的东边500米处有一个山岗，山岗又正好呈东西高、中间低的马鞍形。马名骏说：“从这个山岗的凹形断面挖一条溢洪道，把水库里的水放出去，不就能保住大坝，保住下游的水库和天津吗！”在场的四级领导同意了马名骏同志的意见，并立即打电话向国务院报告了情况。于是马名骏亲自指挥，组织轮班爆破，很快挖通了一条5米深、5米宽的溢洪道，关河水库大坝保住了。后来溢洪道扩宽为45米，防汛标准为500年一遇。这太行龙湖来之不易啊！

龙湖胜景，以水取胜。黎明，白色晨雾为它罩上一层薄薄的面纱；日出，满天彩霞又将它映得一片通红；中午，烟波浩荡，一望无际，苍山、远村、白云在水中时隐时现；近处，花香鸟语、碧波荡漾、鹅鸭云集，金鳞戏游；远处，那造型别致的放水亭，雄伟壮丽的纪念塔和两岸的松柏、刺槐、白杨、垂柳在水中倒映，令人仿佛置身于江南水乡。入夜，皓月当空，两岸万家灯火若天街闹市，甚是壮观。游人或登山远眺，或伫立林间，或泛舟于水面，或嬉水于岸边，他们的精神是那样的振奋，心情是那样的舒畅……

一位游人曾留诗赞曰：

杨青柳软泛扁舟，太行认作江南游。
白露刺破青天去，鹜鸭嬉戏蝉啾啾。

平湖如镜出高峡，汛龙回首舞姿流。
下榻湖滨凭栏晚，疑似天街官灯稠。

美丽的景色令许多游人如醉如痴，他们或站在山岩上，或坐在柳荫下……那山坡上盛开的一片片争奇斗艳、五光十色的鲜花，那悠悠小舟在碧澄澄的水面上泛起的一道道粼粼波光，在不停地闪烁着、变幻着、叠映着。一幢幢既有民族风格，又有时代气息的会议室、游艺厅、图书室在郁郁葱葱的林间崛起；游泳池、旱冰场、跳水台、钓鱼台吸引着熙熙攘攘的游人；山坳里，一座座僻静雅致的别墅，矗立在绿树间。（武承周）

故城水库

故城水库位于故城镇南沟村北500米处，距县城30千米。属海河流域浊漳北源水系涅河支流，地理坐标为东经112° 36′ 5″，北纬36° 57′ 5″，是一座以防洪灌溉兼养鱼综合利用的小型水库，坝址以上流域面积30平方千米，流域长度12.5千米，流域平均宽度2.4千米，流域坡降2.68%，多年平均年径流量248万立方米。河段为山区河道，地势较高，海拔一般在1000米以上，流域地貌主要以石山区、土石山区为主，自然生态环境较好，植被一般。

故城水库始建于1957年12月，竣工于1958年7月。1972年增设了1米高的防浪墙。坝身主要由大坝、输水洞、溢洪道等组成，坝型为碾压式黏土心墙坝。坝高23米，坝顶宽3米，坝长218.13米，上游坝坡平均比1 ∶ 2.4，下游坝坡平均比1 ∶ 2.13—2.29。设计洪水位1048.04米，校核洪水位1049.40米，汛限水位1045米，死水位1039.70米，坝前淤积高程1039米。总库容274万立方米，其中兴利库容82万立方米，调洪库容128万立方米，死库容64万立方米。

溢洪道为开敞式宽顶堰，位于大坝右岸，由引渠段、控制段、泄槽段、出口效能段四部分组成，最大泄洪量为236立方米/秒，断面尺寸为16×5

米（宽 × 高），堰顶高程 1045 米。

输水洞，结构形式为涵卧管，位于大坝左端，涵洞为拱形，长 80.5 米，底宽 1 米，高 1.5 米，涵洞进口底高程为 1087 米，卧管为圆形，单排单孔 26 级，其中死水位以上 17 级，孔径 0.5 × 0.6 米，最大泄洪量为 1.3 立方米 / 秒。

故城水库属温带大陆性气候，夏至常有大雨不均现象，多年平均降雨量 519 毫米。库区处在暴雨中心，暴雨来势凶猛，历时短，洪峰流量大，多出现在六月、七月、八月，九月次之，持续日数在三天以内，一日最大降雨量达 110—140 毫米，三日最大降雨量达 160—175 毫米。河川径流主要由降雨产生，而且大部分集中在 6—9 月，流入库区洪水径流量为 0.79 立方米 / 秒。

故城水库于 2011 年 8 月至 2012 年 8 月对大坝、溢洪道、放水洞进行了除险加固改造，设计洪水标准达 30 年一遇，洪峰流量为 268 立方米 / 秒，设计洪量为 265 万立方米，校核洪水标准达 300 年一遇，校核洪峰流量为 433 立方米 / 秒，校核洪量为 512 万立方米。

故城水库交通便利，在马权线路旁，距 208 国道有 1.5 千米。

（魏大鹏）

砖壁提水站

1982 年，彭德怀夫人浦安修回访武乡，为解决老区群众吃水困难问题，曾写信给中央，要求为砖壁一带群众上一个引水工程项目。经中央批示山西省委，1985 年 2 月，“砖壁提水工程”被列入省水利基建项目，同年 8 月动工，1987 年主体工程建成，为四级提水工程，将蟠洪河清澈的潜水引上砖壁和韩北一带。

1994 年，县委、县政府决定将“砖壁提水工程”扩大供水范围，更名为“蟠洪河集中供水工程”，责成县水利局于 1996 年 3 月正式施工。

该工程净扬程 420 米，主体工程一井五站，总装机 335 千瓦，埋设输供水管道 264 千米，自来水入户 4100 户，总工程量 56 万立方米，总投工 57 万个，总投资1015万元，其中国家投资823万元。工程设计科学，规模宏大，质量优良，再现了人民改造自然、战天斗地的英雄气概。

千年期盼，梦想成真。自工程投入运行以来，原韩北、蟠龙、石门3个乡镇的80个村和7个企业厂矿的2.6万多口人，3000余头大牲畜，1.5万只猪羊饮用上了清澈的自来水，从此告别了缺水的历史。

砖壁提水站建成使用，充分体现了党中央对武乡革命老区人民的关怀和厚爱，也说明彭总夫人浦安修同志始终没有忘记武乡人民，心中永远装着太行山，也永远装着勤劳勇敢、艰苦奋斗的武乡人民。　　　　（魏大鹏）

第三章　洞穴篇

武乡由于山大沟深，所以洞穴也很多。这里我们选择几个有来历的重点洞穴向读者简介如下。

太行龙洞

太行龙洞位于县城东 50 千米处的蟠龙镇石泉村，是华北地区规模较大的、独具特色的喀斯特溶洞。太行龙洞已经开发、开放，经市场运作，整体

出让，现由全国知名企业家韩长安的潞宝集团经营。

太行龙洞清幽奇特，气吞山河。传说古代此地为茫茫大海，太行龙洞是东海龙王的宫殿，殿内热闹非凡。后来大海中升起一座高山，即现在的太行山，东海龙王从此另选宫殿。有人曾见过彩色巨龙从洞中出入，从此百姓把此洞叫作太行龙洞，一直流传至今。

太行龙洞位于沁水凹陷的东部边缘地带。区域内出露地层主要有元古界长城系，古生界寒武系、奥陶系、石炭系、二叠系，中生界三叠系，新生界第三系、第四系等。太行龙洞就发育在上寒武系白云岩地层中，形成于5.7亿年前。由于溶洞气候干冷，岩溶作用强度和规模较小，龙洞沉积了大量的钙华，形成现在独特的景观。龙洞上下共分4层，总长2000多米，共有400多处景点，目前对外开放的有3层，长度为314米，300多处景点。一、二层洞有三个大厅，洞长约90米，高约30米；三层溶洞长度为224米，分两厅两洞，长度为25—30米，洞的高度为3—4.5米。洞内温度适宜，空气新鲜。有石花、石柱、石钟乳、石瀑布、石笋丛、石蘑菇群、石帘、石塔、石钟、石葡萄、石幔、石狮、鹅等各种造型奇特的钙化景观，流光溢彩，具有较高的科研价值和观赏价值。

一层洞有全国少见的岩溶石柱、造型奇特的“公主观瀑”和景色奇特的绿色石花坡。二层洞犹如水晶宫，令人流连忘返。洞顶处处是石钟乳镶成的吸顶银灯，洞中的“菇丛塔林”造型优美、形态各异，“群英荟萃”是由石柱、石钟乳、石瀑布、石笋等组成的。三层洞中的“护洞金狮”神态逼真；“迎宾花塔”对称竖立在2号洞口，高低相同，粗细不一，造型各异，呈浅黄色，散发油脂光泽；“石笋蜡烛”塔身布满燃烧时流下的蜡痕，好似正在燃烧的黄色蜡烛，给人以“燃烧自己、照亮龙洞”之感；“百乳争艳”是由密集钟乳构成的景观，气势壮观；“钙华花丛”为2号大厅的地面景观，由在地面的黄色石花钙化而成，从较低处看好似乳泉从石花中涌出，景色壮观迷人；“笋乳天地”中各种形状的石钟乳、石笋及石柱可走近观赏，美得令人惊叹。山西省高级人民法院原院长、诗人李玉臻游览此洞后，欣然命笔，留词赞曰：

造山运动越从头，壮丽奇观洞底留。
多少名山总平淡，惊心动魄此中游。

（摘自《武乡旅游纪事》）

八仙洞

八仙洞位于武乡县大有乡许家垴村的凤灵山下。此处原先建有一座小庙称“山神庙”。但过了不知多少春秋，有一天晚上，山神庙住持悟竹老和尚忽然梦见八洞神仙铁拐李、汉钟离、张果老、吕洞宾、蓝采和、何仙姑、韩湘子、曹国舅等忽然降落人间，来到此庙与他一道谈经论道。八大神仙都异口同声称赞此地山清水秀、人杰地灵，但也有不少人不讲人伦道德，常为自己私利而胡作非为，给人间带来灾难。他们在天上领了王母娘娘圣旨，肩负向世人阐明教化重任，想把此地作为教坛……悟竹忽然一梦惊醒。醒后他三天闭门不出，深思八仙托梦之情。经过深思熟虑，他决定将山神小庙让出，改为进化坛八仙洞，洞内塑了八仙像，让后人接受教化，弃恶从善。从此，有了许家垴进化坛八仙洞，洞口还竖了纪念碑，至今碑文清晰可见，善男信女络绎不绝，香火旺盛。（李振祥）

聚仙洞

在大有乡王庄沟村的西北面有一座大山叫马鞍山。在马鞍山的正中间有一个很深的洞穴，在洞穴入口处，修建有一座富丽堂皇的庙宇，庙宇大门上方中央的匾额，蓝地金字，书写着三个大字“聚仙洞”。

聚仙洞始建于什么朝代，已无据可查，但据当地人一代一代口传，已有上千余年的历史。为什么叫“聚仙洞”呢？因为民间代代口传说：武乡凡是有本事的人，不管铁匠、银匠、木匠、石匠，还是油匠，不管商人、官吏，还是文人墨客，只要有点本事，有一技之长，死后都必须到马鞍山聚仙洞报到。除个别人另有任用，派往他处外，大多数人都留在聚仙洞里服务。因此，这个洞开始叫“聚贤洞”，后来越传越神，便将贤人变成了神仙。在唐朝永昌元年（689），对庙宇进行重建时，改称“聚仙洞”，距今已有1300多年历史。

因为“聚仙洞”是神仙洞，所以凡间不少人都很向往，都想自己死了以后，到这里落户。甚至有的人活着就去祈祷，想及早报到，但一去祈祷果然灵验，回来之后不是肚疼得要命，就是头疼得昏迷过去。胆小的人感到死去可怕，又很后悔，所以，立刻又去向洞主道歉，让洞主原谅他的无知无能，希望让他多活几天。这种笑话不少，下面举上三例。

马鞍山腰有个王家沟，村里有个人叫陈来焕。这人生得唇红齿白，儒雅风流，且打得一手好算盘，又精明过人。一天，陈来焕忽然想做神仙了，就备办了黄纸、香火、点心来到马鞍山洞前，磕头跪拜说：

我名叫作陈来焕，
又能打来又会算。
马鞍仙家若用人，
及早请我陈来焕。

陈来焕晚上归家，梦见一个白胡子老汉对他说：“久闻先生大名，我那里尚缺一位管账之人，欲请先生赴任。先生若允，可速速到来，迟则不可得也。”言毕，只见一道金光，倏然不见。陈来焕醒来，原是南柯一梦。只觉得浑身瘫软，如无筋骨，便让家人料理后事。第二天晚上睡下之后，便再也没醒来。后来，有个人在山上砍柴，碰见陈来焕，陈来焕让他转告家人，说他在马鞍山聚仙洞里当了管账先生。

马鞍山下有个大有镇，镇上有个秀才叫董过谦。虽说是个秀才，微有功名，却时运不济，落魄成一个穷吹鼓手与理发匠。因此老婆和他常常吵闹，弄得他更是憋气。一天，他听说了陈来焕到马鞍山聚仙洞成仙的事，便也动了心思，急忙备办了香火，照猫画虎来到洞前祷告：

我是大有董过谦，
打拉弹唱还会吹。
阴阳八卦全都会，
天文地理识得全。
满腹经纶无处用，
头发长了还会推。
聚仙洞前把仙求，
优先考虑董过谦。

唠叨一番，心里美滋滋地做起了神仙梦。谁知刚一起身，脑后一股阴风骤起，似有人在后面追赶，吓得他毛骨悚然，拔腿就跑。原来这个董过谦想做神仙，却最怕死。回到家里，便病恹恹的，眼看是不行了。于是赶忙又备办了些贡品，跑到聚仙洞前央告：

我是大有董过谦，
生来最怕做神仙。
文不会读甲乙丙，
四两力气武不全。
吹拉弹唱难成调，
聚仙洞前拜上仙。
过谦是个无用人，
千万别用董过谦。

唠叨罢，又说："请老人家另择贤能吧，我董过谦这两天实在没有工夫。不过我老婆最好使唤，还常和我吵闹打架，仙家最好用了她吧。"

大有村里还有一个人，名叫小生旺。他在戏班子里住过，东西场口上练过乐器、锣鼓，缺了演员他也能上台演戏。而且还有一门手艺，会烧砖瓦，能干泥瓦匠。因此人们说："小生旺八艺全。"

有一年，小生旺也是因为一件小事和家里人闹矛盾，一气之下便到了马鞍山聚仙洞，去了就跪下说：

我是大有小生旺，
会弹乐器也会唱。
冬天帮你搞文艺，
热天我当泥瓦匠。
老人家你要缺人，
干脆叫我小生旺。

小生旺祷告罢，回到家一进门，就肚子疼。他娘问他怎么了，他哭着说："我刚才到马鞍山向老人家祷告，让人家要我去。娘呀，儿可能活不成了，赶快准备后事吧！"他娘一听，顿时吓得瘫倒在地，赶紧叫生旺他爹，快去马鞍山向老人家祷告，赔礼道歉。这一招也很灵验，生旺的肚子果然不疼了。

但有好长一段时间，真的没有人敢去向马鞍山聚仙洞里的老人家祈祷了。

（武承周）

龙舟洞

龙舟洞位于武乡县分水岭村的护甲山上。龙舟洞内同一处出水，但水一出洞便各分一头，一股水流向南面，形成涅水也叫涅河；另一股水流向北面，形成昌源河流入汾河。

同出一洞水，为何分两河？民间有如此传说。

东海龙王有两个儿子，一个叫涅龙，一个叫昌龙。有一天兄弟二人走出龙宫玩耍，忽见海边停放着一艘龙舟（船）。二人非常好奇又贪玩，便不约而同都上了龙舟，分坐两旁拿起桨板划着向东出发了。二龙划舟轻如鸿毛，快如电驰，朝着浩瀚的大海，乘风破浪，一直向前。

天有不测风云，龙也有旦夕祸福。当涅龙与昌龙两条龙一路顺风划着龙舟驶向大海时，海上突然刮起十级大风。两条未经过大世面的小龙也顿时乱作一团。他俩用力调转龙舟准备从原地返回，但在返回途中风越刮越大，大海波涛汹涌，浪高万丈。就在这时，一个龙卷风将两条小龙连舟一起卷入百米高空，而且一直卷到太行山西麓属晋地管辖的皋狼国附近的一座大山脚下。

涅龙与昌龙都被这股龙卷风折磨得筋疲力尽，双目难睁，一头倒在地上就睡着了。

一觉醒来，他们发现龙舟和他俩都被刮到一山洞前。他们无法回到龙宫，只好暂住山洞，练功修行。

经过上千年的洞内修炼，涅龙和昌龙终成正果，两人商定，决心弃舟化河，靠自身力量，遇沟通行，遇山穿洞，南北两路分头行动，流入大海返回龙宫。

一天，晴空万里、红日高照，两条巨龙决定同时发力，他们双手推开洞前大山，变成两股清泉。涅龙化作涅河，昌龙化作昌河，凭着各自功力、意志和执着，一路奔流而去，永不回头，历经千难万险，冲破层层阻碍，最终都流入大海，回到龙宫，完成了他们的冒险之行，也给武乡这块圣地留下了一个美丽的龙舟洞和两条清澈的河流（涅河和昌河），滋润了武乡的沃土，养育了武乡的人民，还留下一个动人的传说，为武乡历史文化和地名文化增添了光彩的一笔。

（武承周）

龙囤洞

据武乡旧县志记载：在武乡县东部90里处（洪水镇东部大山上）有一个深不可测的山洞叫“龙囤”，即龙王用来囤积粮食和财物的地方。每遇干旱之年，周围百姓到此求雨，十分灵验，有时当天就会普降甘霖，最迟三天之内也会普降一场大雨。当地老百姓很是虔诚，前来进香者络绎不绝，香火格外旺盛。

龙囤不仅求雨灵验，还有一奇特功能。有一年，一位年近七旬的老翁，因久旱无雨家中颗粒无收，眼看断炊，而且老伴儿也一病不起，真是雪上加霜。万般无奈之下，老翁来龙囤前求雨。老人家跪地祈求，声泪俱下，感动了洞内神灵。拜着拜着，洞内忽然流出许多粮食，有小麦、玉米、大豆、谷子，还有薯类之物。老人家看着很是高兴，连声祷告，口口声声感谢龙王爷的救命之恩。叩拜之后，装了少许粮食满心欢喜地回家了。

龙王爷送粮救命一事，在民间很快一传十、十传百传开了。有一个贪心的富人（当地人都叫他“贪虫”）心想这下好了，龙王爷既送雨，还送粮食，真是有求必应，那我也去祈祷。于是，他化装成一个衣衫褴褛的穷人，一早起来就到了龙囤求龙王。他向龙王说了许多假话，说自己身无分文，粮食颗粒无存，经常三天两头揭不开锅，求龙王给他一点粮食。他跪地不起，等着粮食流出。话音刚落，洞中粮食就像流水一样滚滚而出，这个贪心不足的家伙，装满一袋又一袋，一直装了上百袋，最后命令家丁用牲口驮走。

走到半路，“贪虫”发现谷子和小麦少了点，于是又立马返回，跪地向龙王祈祷。等了老大一阵，不见洞内有粮食流出。他很是不耐烦，便大声吼道：“龙王爷，我家有急事，如果您老人家今天手头粮食不足，就等我下次来取吧。”说完，站起来扭头就走。忽然洞内响起哗哗的流水声，而且声音特别大。他回头一看，发现洞内竟然流出许多金银元宝来，这个“贪虫”顿时欣喜若狂，高兴得手舞足蹈。他大声叫伙计们，让他们来装，口袋不够用，就脱下衣裤来装，直到装不下才住手。

“贪虫”领着他的家丁们满心欢喜地背着金银元宝往回走，走到半路觉得越走越累，背上的金银越来越沉，一个个累得汗流浃背，倒在地上直喘粗气。“贪虫”觉得不对劲，打开口袋一看，顿时傻眼了！所有的金银都变成了坚硬的石头蛋。“贪虫”气得浑身发抖，两眼发黑，一时怒气攻心，犯了心绞痛，不大一会儿就一命归西了。

从此，龙囤里再也没有粮食流出，但龙囤的故事却一直流传至今，还载入《武乡县志》之中。

（武承周）

龙池洞

在枣烟村的西沟有一座金牛山，东沟有个龙池洞。这个洞只有 20 平方米大小，看上去也没什么特别的地方，但就是这么个不起眼的小洞，却曾经发挥过神奇的作用，演绎出一段不平凡的故事。

龙池洞的神奇就在于它久旱不干，即使遇到大旱之年，大河中断、小河

龙池洞遗址

干涸，龙池洞里的水也不会减少一点儿，并且每当正午时分龙池洞里的水还会像开了锅似的，翻腾起一米多高的水花，十分壮观。

明英宗三年，北方遭遇了百年不遇的大旱。据老年人说，那年地里寸草不长，庄稼颗粒无收。不少百姓人家只能吃草根、树皮，有的人家甚至吃观音土（一种白色细腻的土），还有的携儿带女外出逃荒，一路上病死、饿死的不计其数。枣烟村因为有这个神奇的龙池洞，全村老百姓靠着这个洞里的水浇地、种菜，平安度过了荒年。全村无一人饿死，也没一家外出逃荒讨饭。为了感激龙池洞的恩泽，村民们自发在龙池洞旁边立了一块石碑，碑上镌刻着八个大字："天赐恩泽，救命神洞。"

龙池洞为什么能久旱不干？它的水源从何处而来呢？洞里的水究竟有多深？这一系列的问题谁也说不清。传说，明朝嘉靖年间，村里曾有两个水性极好的年轻人，下去试探过水的深浅。可惜的是第一个人下去就没见上来，最终连尸体也未找到。第二个人下去，发现洞的东面有一个巨大的隧洞。隧洞里面有一股强大的旋涡，水流湍急，水声轰鸣。幸亏他身强力壮，水性极好，逃脱及时，才幸免于难。但从洞里爬出来时吓得面如土色，战战兢兢，两腿颤抖得根本无法站立，回家之后还大病了一场，差点儿命归西天。从此以后，再也无人敢下洞中了，龙池洞也就越传越神了。人们都说龙池洞的水源自北海龙宫，所以源源不断……一个小小的池洞为何被称为龙池洞？难道洞里的水真的直通北海龙宫？流传在当地民间的一个美丽传说也许是最好的佐证。

很早以前，有一年夏季，在一个异常闷热的中午，吃过午饭，大人们在午休，贪玩的孩子们悄悄地溜出院子，来到村中的大槐树下玩要嬉闹。

忽然，一阵狂风刮来，大槐树的一枝主干被狂风吹断，孩子们吓得直往家跑。狂风过后，天空阴云密布、电闪雷鸣，顷刻暴雨滂沱而下。

一道道刺眼的闪电划过天空，一声声惊雷响彻云霄，雨越下越大、越下越猛，丝毫没有停下来的迹象，人们焦急地趴在窗户前注视着雨情。忽然看见天空中出现了一条蟒蛇状的怪物，在空中翻滚了几下就降落到村东面的山沟里。人们吓得目瞪口呆，谁也不敢吱声，只当自己看花了眼。

大约过了一个时辰，雨停了，天晴了，一道彩虹出现在天空。这时人们也纷纷走出了家门，三三两两聚在一起，有人开始窃窃私语，说自己下雨时看见了怪物。起初，大伙都以为看花了眼，现在有人这么一说，才知道看见怪物的不只自己，而是好多人。

怪物究竟是什么呢？是不是真的落到了村东面的沟里？几个胆大的年轻人出于好奇想探个究竟，于是就相约一起朝东面的山沟里跑去。

去了一看，可把他们吓蒙了。只见一条 3 丈有余，水桶般粗细，通体白色，头上长着须角，身上长有五爪，浑身披着鳞甲的蟒蛇状怪物静静地躺在山沟里，一动也不动。

他们没敢靠近看个清楚，扭头跑回村里向人们述说看到的情景。人们议论纷纷，你一言我一语，谁也说不清这个怪物究竟是何物。

经过一番议论，在几位长辈老者带领下，全村人壮着胆儿一起涌向东沟看这个从天而降的怪物。人们蹑手蹑脚地慢慢挪动脚步向怪物靠近，生怕惊动了它受到袭击。

村里的几位年长者先行一步缓缓向怪物靠近，只见它遍体鳞伤，身体有几处部位还在流血，而且伤势很重。这时一位老者说话了，他喊道："大家不用害怕，快过来吧。这不是什么怪物，是一条真龙，一条落难的真龙。"听了老者的话，村民们都放心大胆地向真龙拥去。

"让我们为它祈祷吧！祈求苍天保佑这条真龙平安无事，早日康复，及早返回龙宫。"老者双膝跪地，朝着天空虔诚地祷告起来，村民们听了也跟着齐刷刷地跪在地上，双手合十一起为它祈祷……

为了抢救这条受伤的小白龙，在老者的指挥下，几位年轻人回村里拿来棉花、水桶为小白龙擦洗干净伤口，从山上采来止血药敷上，还给它盖上竹席子，不停地往它身上泼水，以防太阳暴晒。

第二天，小白龙的伤口就不流血了，但龙头不停地晃动，身体不断地翻滚，看似在痛苦地挣扎，又仿佛在向人们求救……大家明白了，赶紧把小白龙抬进不远处的龙池洞里。

游龙得水，犹如猛虎归山，小白龙顿时活跃起来，它一边戏水，一边频频向村民们点头致谢。

为了让小白龙尽快养好伤，村民们还杀猪宰羊，供它食用。经过一段时间的精心调养，小白龙的身体很快得到了康复。在一个大雨滂沱的夜晚，小白龙离开了枣烟村东沟的池洞，回到了龙宫。从此，人们就把那个小池洞称为龙池洞。

那么小白龙是因何遭此大难落入人间的呢？据当地老百姓传说，这条小白龙是北海龙王敖顺的小儿子，因天性顽皮，桀骜不驯，不听家人管教，偷出龙宫珍宝夜明珠玩耍时不慎失手打碎，惹怒了北海龙王。龙王盛怒之下将小白龙毒打一顿。小白龙一气之下逃出龙宫飞向天庭，恰遇天降暴雨，遭遇雷电劈伤，体力不支才落难于枣烟村东沟里，幸好及时得到村民救治。

小白龙重返龙宫后，向父王承认了自己的错误，又将它落难之苦和当地村民救命经过一一讲述给父王。北海龙王听了儿子的诉说，心中的怒火顿时烟消云散，他被当地老百姓的善举深深感动。父子俩为答谢枣烟村老百姓的救命之恩，就把龙宫中的水引入村东沟的池洞里，于是池洞里的水源远流长、取之不尽、久旱不干。龙王还常年为枣烟村及时布雨，村里年年风调雨顺，庄稼喜获丰收，老百姓的日子过得富裕、安稳，这种日子一直延续了好多年。

可天有不测风云，不知哪一年，山西东南部发生了一场大地震，此次地震也波及枣烟村。地震过后，久旱不干的龙池洞也变得干涸，从此变成了一个乱石滩。更让人不解的是，龙池洞旁边竖的石碑也在同一天夜里消失得无影无踪。但龙池洞的故事却久传不衰。（武红梅）

焦龙洞

焦龙洞位于韩北乡小窝铺与银地沟之间。当地有人称沼泽龙洞，也有人称海渎龙王水府，但大多数人称焦龙洞。

焦龙洞分南洞与北洞，两洞近在咫尺，分别向南、北延伸。洞口处林荫遮蔽，危岩绝壁，高峰插天，状态万千，阴森寒冷。

入北洞往里行，途经大牛口、小牛口、上刀山、登天梯、攀天柱、下天梯、反水井、天仙桥。入横河，听水声，但难见其源，不见流终。洞内空旷浩然，水流硠硠有声。据说源头在辽县（今左权），出口在河北涉县更落村。但未有人考察过，只是民间传说。

南洞全在武乡境内，但里边规模也很大，而且是怪石林立，形态各异。洞外有一条石路，据史书记载，是明嘉靖十三年间修筑，专供民间百姓登山祈雨而行。因此，也称“上天梯”。老百姓代代相传：焦龙洞是焦老爷最后一处修行的地方，他在南洞读书，北洞练功，最终脱俗成仙，成为沼泽仙翁。

焦老爷，姓焦，名旺禄，幼名失其。其父为县衙吏，负责民间司法工作。母亲杨氏，上司乡小店（当时叫店则渠）人，年轻时貌美出众，风姿绰约，是方圆百里的大美人。

焦老爷于唐懿宗咸通九年（868）农历七月初五生于武乡县长乐里司徒村。他出生的当日晚上，室内香气盈盈，经夜不散。他在七岁前一言不发，两手不能伸展，看上去呆头呆脑，如同痴人一般。七岁那年正月初一，他忽然两手伸展，神采焕发，叫爹叫娘语言顺畅，活蹦乱跳，同前判若两人。13岁时，他对天文、地理、易经、八卦，过目不忘，熟记于心。景福二年（893）时年25岁，五月初八，夜间梦见神人捧着灵符交给他说：“我奉帝命，将此交于你，望熟读常练，必有镇妖魔，除反怪的本领。”醒后，果见有一本天书，于是先后在南神山、店则渠、悬窑上、焦龙洞等地勤学苦练，并经人指点，本领渐增，镇妖辟邪，腾云驾雾，奇出神功。并与一位常姓和尚同游龙山洞穴，得到宝剑一把，从此，法力大增，曾在西乡蓬莱山上斩蛇妖，板山壑里除恶龙，潞州城上空降雨，百谷山（长治老顶山）降虎，做了许多有益于乡民的大事好事。所以被朝廷封为“风雷将军”。

关于焦老爷出生的传说，在武乡境内有好多个版本并传得神乎其神。这里择三个版本讲给读者，让大家细细品味。第一个版本说：焦老爷原本是天上一条黑龙，但因其继母心狠手辣，常常虐待他，却惜爱自己的儿子白龙。

天庭玉皇大帝，也一时犯糊涂，听信了黑龙继母的话，将小黑龙贬下凡间，幸遇太白金星指点，让他投胎于武乡长乐里司徒村。关于焦老爷的投胎还俗说法，在当地民间又有两个版本：一说焦旺禄的母亲杨氏，原是上司店则渠村一姓杨的员外之女。有一年的春天，杨氏女跟随嫂嫂一同外出摘野菜，偶然走进一座坟茔。只见坟里有四根像笔头一样的石柱子（在中国古代，家里出了文人，按照等级不同会在自己坟茔中立石柱以示荣耀，石柱子头上有明显规定。即举人狮子，进士猴，秀才顶着笔头头。这样可以断定这座坟茔是秀才之家的），杨氏小姐看到石柱子，不由心生好奇，她对嫂嫂说："嫂嫂，我俩做个游戏可不可以？"嫂嫂问："做什么游戏？"杨氏说："我俩同时把自己手中的竹篮子抛向石柱子头上，谁的篮子能挂在石柱子上，谁就为胜。"嫂嫂当时也正值青春，喜欢玩耍，于是她马上回答说："可以。"就这样，姑嫂二人站在一起，都把手中的竹篮向两个石柱子抛去。嫂子的竹篮落空了，但杨氏小姐的竹篮子不偏不倚，挂在了石柱子上。她高兴地对嫂嫂说："好！我赢了。"但从此，杨氏小姐怀孕了，而且肚子一天比一天大起来……

第二个传说是：杨氏小姐在十六岁那年，经人介绍同司徒村焦氏一家大户人家之子定了亲，但还未过门时，有一天她同嫂嫂一同到河边洗衣服，忽见清澈的河水中，漂来一颗红色的小樱桃，杨氏小姐看见顿觉口馋，便将水中樱桃用手捞起，塞进自己口中。从此，她的肚子一天比一天大起来……

两种怀孕传说，同样是悲惨的结局。因为杨员外好歹也是个员外，女儿不嫁先孕这种伤风败俗的事情发生在自己家，他觉得以后没有什么脸面去见人。因此，在一个伸手不见五指的漆黑夜晚，杨员外吩咐两个心腹家丁用黄表纸贴在小姐脸上将她闷死。谁知不久怪事又发生了。有一天，太阳刚刚落山后，杨员外一个人到南长乐村（麻池沟对面）一家饼子铺去买饼子，打饼子老板一见杨员外，便惊讶地说："杨员外，今天是怎么了，你家女儿刚刚在我这里买走两个饼子，你怎么也来买饼子？"员外听后不由一惊，但他马上恢复常态，笑着说："是吗？我怎么没有碰见，可能是她母亲打发她来的。"

老板听了接着说："你家姑娘也真怪，放着家里山珍海味不吃，天天下午来我这里买饼子吃，而且总是太阳落山后才来，一次只买两个，不多不少，天天如此。"员外听了，无话可说，只好说："真的吗？我回去问问。"说完扭头走了。

当天晚上，夜深人静时，杨员外将自己买饼子时遇到的事向老伴儿讲了。不讲没事，一讲，深深触动了慈母心。女儿是娘的心头肉，说到痛处，夫人顿时号啕大哭，并埋怨老头子心太狠，不该对自己女儿下毒手。杨员外听了也一时没有好办法。但过了一阵儿他劝老伴儿说："我的好夫人，这件事是怪我，你先不要急，明天晚上，我亲自到女儿坟上看看，如果她真的还活着，我也不顾什么脸面了，一定把她引回来。"老伴儿听了说："这才像个父亲。"

第二天晚上，夜深人静后，杨员外手提灯笼叫了两个心腹家丁亲自去了女儿坟上。他让手下家丁很快将坟墓刨开，打开棺木一看，奇迹出现了，一个又白又胖的小子，正趴在女儿身上吃奶。杨员外一见此景，情不自禁猛扑上去，将胖小子抱在自己怀中，但小儿一离开母体，小姐的身体立马化作一堆枯骨。杨员外下令叫家丁把土填好后，用自己的衣服裹好孩子，很快返回家中。他还给小外孙起了幼名叫"还阳"。

从此，杨员外放下身段，和老伴儿一心一意抚养小还阳。在还阳刚满七岁时，将他送到长乐"三圣寺"，由老和尚慧能法师度化成人，长大后便成了有名的焦老爷。（韩炳祥）

闭关洞

武乡县大有乡枣烟村有个圪台院。在圪台院的西北角处有一个很深的洞穴，村民们称这个洞穴叫"闭关洞"。

闭关洞不是人工挖掘的，而是大自然鬼斧神工造就的。它究竟有多深，至今无人敢进去探个究竟，只是传说，它东面通至王庄沟的马鞍山，西面通至大有东面的无影山。而且洞里是大洞套小洞，共计 8 个洞，如果画出图来，展开就是一张"八卦图"。因此，也有人称"八卦洞"。但多数人说，太上老君曾在此洞修炼过，因此才叫“闭关洞”。

这个洞究竟是怎么来的，我们无法考证。但有一个公认的事实，是这个洞是实实在在存在的。1975 年春天，一户村民在此处打窑洞时无意将闭关洞打透，在里面还找到一百多个陶制小灯盏。这充分说明里边确实住过人。

走进闭关洞，在洞的两侧，距离地面约 1.2 米高处，均匀地凿有 54 个小洞，小洞里安放着 54 盏陶制的小灯，两侧加起来共计 108 盏。放这 108 盏灯寓意何在？有何作用？追寻这一系列的问题，在当地民间流传着这样一个美丽而神奇的传说。

很早以前，枣烟村山川秀丽，林茂草丰，自然环境优美，气候也非常宜人。有一天，太上老君云游到此，发现了这个天然的洞穴。于是他暂停行游，进洞修行，据说闭关洞的名字是他给起的。洞内 108 盏灯用于照明，他在洞内修行了 108 天。

为了静心修炼，太上老君还定下了三条戒律。一是进洞练功时，必须将洞门关闭，不准同外界人接触，更不能同外界人答话。二是进入洞内练功时必须一口气将洞穴两侧的 108 盏灯点亮，中间不许换气。练功结束时也要一口气将 108 盏灯吹灭。三是练功时要双手合拢，两掌心相对，双手对准心口，双腿盘龙，席地而坐。然后闭目、闭口、闭气。去掉一切烦念，净心安坐一个时辰（两小时）。闭气之后，要让气先入丹田，然后再流入五脏六腑，并逐渐达到气随人意，运转全身。这叫过五关、闯六腑。因此，太上老君把此洞命名为闭关洞。

但闭关洞并非光用于练气功，也用于练习各种武功及其他法术本领，如轻功、武术、阴阳五行、八卦神功、看相治病，等等。据说枣烟村曾有不少人都进闭关洞里学过武艺，但成功者甚少，独有魏名扬一人，受益匪浅，武艺超群。魏名扬如何在闭关洞里学艺？说起来也有一段神奇的传说。

魏名扬小时候并不叫名扬，而是叫金堂。他出生在枣烟村一个极其贫苦的农民家庭。父亲是一个勤劳善良、忠厚老实的庄稼汉。为了撑起这个家，他每天天不明就上地劳动，直到天黑得什么也看不见了，才肯收工回家，而

闭关洞

且回家时还要身背一块大石头，给门前头砸院子用。但由于劳累过度，在金堂 13 岁那年，刚刚 30 岁出头的父亲便含着泪离开了人间。

魏金堂自小脾气倔强，天生个性顽皮，爱好舞拳弄棒，更爱打抱不平。有一天，他发现邻家一个小孩，被本村王某家的孩子欺负，于是他出手将王某的孩子打了一顿。不料出手太重，将王某小孩的胳膊给打坏。中午时分，王某手提菜刀，气势汹汹找到魏金堂的母亲，声称要将小金堂的胳膊砍掉，替自己的孩子出气。金堂的母亲一边流泪，一边给人家赔情道歉。这时，金堂也知道自己闯下了大祸，于是他偷偷从家里跑出来，趁人不注意，躲进闭关洞里。

魏名扬自从在闭关洞习艺之后，更加酷爱武术，随着年龄的增长，他的名声越来越大。他在21岁那年，干脆在自己家中开办了拳房，办起了“国术团”，带领一帮小弟兄们舞刀弄枪练起武来。很快，魏名扬武艺精湛，艺压群芳，特别是双手盘刀，舞起来更叫人眼花缭乱，惊叹不已。有一次，天下着小雨，魏名扬借雨磨刀，大显身手，只见双刀飞转，寒光闪射，刀劈雨闪，一团雾气。舞了好大一阵，停下来，人们一看，名扬头上滴水未沾。惊得在场人连声叫好，连连伸出大拇指称赞。

1933年，武乡有了地下党的组织。魏名扬当年由峪口村赵恩全介绍加入了中国共产党。接着，党组织利用“国术团”作掩护，大力发展共产党员，不断壮大党的组织。魏名扬利用自己的武术特长，不仅在本村发展了一批党员，同时经常活动在贾豁、大有、监漳、长乐、李峪、上司、蟠龙、姚庄、活庄、王庄沟一带，秘密发展共产党员，为发展党的组织，壮大党的力量，作出了很大的贡献。曾任过武乡县委书记的李友久在回忆录中写道：“1933—1935年，魏名扬发展的党员，占了武乡共产党的半壁江山。”

抗日战争爆发后，魏名扬遵照武乡县委指示，利用自己的武术特长，六次组建游击队，密切配合八路军抗战、支前，并为八路军输送兵员3000多名。名扬游击队配合八路军参与大小战役200多次，而且屡建奇功。1940年春天，在韩北召开的军民联欢大会上，受到朱德总司令的表彰。朱总司令还将他组建的游击队正式命名为“太行名扬游击队”，并亲授队旗一面。魏名扬在抗战中，多次创建党的地方武装，密切配合八路军抗战，为中华民族的解放事业作出了不可磨灭的贡献。

在史无前例的“文化大革命”中，魏名扬坚持实事求是的原则，不顾个人安危，利用自己的特殊身份，保护了一大批共产党员和革命干部。他德高望重，高风亮节，深受广大人民群众的爱戴与拥护。他的光辉事迹，将会永远载入中国共产党和共和国的光辉史册。他的名字也名副其实，威震太行，名扬全国。

据村民们说，进闭关洞里学本事的还有本村武成旺、武二秃（老善人）等人。武二秃还从闭关洞里得到两本《善书》。但他们却没有学成像魏名扬一样的武术本领，只是学会了一些小小法术。能给村里孩子看些小病，配制些简单草方或用手揉揉肚子，摸摸胸口，念些法经，虽然本事不大，但在当时农村缺医少药的情况下，也确实起到了一定的作用。

枣烟村“闭关洞”不仅在当地有名，而且在整个太行山区也曾颇有名气，在民间有上党“九宫道”，枣烟“闭关洞”一说。

武乡籍华道真人，出身于道家武术世家，是武乡道教武术的第五代传人，全国武术大师，当代中国道学一代宗师。专著有《华道道家太极拳一〇八势》《河图洛书黄帝内经与华道功夫》《华道道家太极拳十三势》《山西太少八形拳》等多部。2011 年 7 月，83 岁的华道真人又出新著《华道内功论》。在这篇专著中，他也提到了枣烟村的“闭关洞”，他是这样写的：

华道祖传道家内功，相传有三百余年历史。华道的故乡在太行山区武乡县。该县旧城（故县镇）东面有一山村叫枣烟村。枣烟村山上有一“闭关洞”，曾是习武之士修法练功的地方，洞内两旁各有五十四个灯台，共一百零八个灯台。相传太上老君云游此地时，曾在“闭关洞”放灯一百零八盏，练功化丹一百零八天。此一传说无法考证，但在当地民间广为流传。太行山上党“九宫道”据说也与之有关。武乡枣烟村有个抗日游击队长叫魏名扬，是1933年入党的老红军，他一生爱武，武艺高超。他说就在枣烟“闭关洞”修炼过。华道小时候也曾去过枣烟村，进过“闭关洞”。但因年龄小，还不太懂事，也就谈不上在洞内修炼了。后来听先辈们说，老子在洞内练的是转周天功。即静坐点灯，行青龙白虎咒，以心领意，以意导引，气行丹田轮回，由中到外，再由外到中，行咒：“白虎隐东方，青龙潜西方。”由中到外三十六圈，再由外到内，行咒：“青龙潜西位，白虎隐东方。”转三十六圈。直到由有意旋转到无意旋转，最后达到自动旋转。根据华道多年实践，这一功法行之有道，行之有效，体内真气腾然，“全身是道”“神云云，气云云”。进而发展“四田运转”，也叫“转周天”“运四田”。四田指大丹田（脐下）、二丹田（腋下）、三丹田（两手心）、四丹田（两脚心）。先心意引气，意到气到，再无意自转，四田通气，同时转动实乃玄妙也。

华道真人对枣烟村“闭关洞”如此描述绝非空穴来风。我们相信，枣烟村“闭关洞”确实是一个富有传奇色彩的神秘洞穴，有待于我们去探索与挖掘。（武承周）

玉华洞

玉华洞位于武乡县蟠龙镇南郊村。在该村的墓岭山中，曾有一洞穴。洞穴深邃，寒气逼人，但里面有许多钟乳石，形态神奇，数目可观。明朝进士魏光绪①曾亲自下此洞中目睹钟乳石，不久亲笔写下《玉华洞三石笋赋》一首（见旧县志第63页），并将此洞命名为“玉华洞”。意思是洞内钟乳石像玉石一样晶亮华丽，光彩夺目。

玉华洞是亿万年前形成的天然洞穴，同“太行龙洞”一样，大有开发前途与开发价值。（武承周）

附录：玉华洞三石笋赋

访仙踪于乳穴，铲玉芷于瑶林。作三山之砥柱，像五岳之嵚嵚。剑倚天而耿耿，笋出林以森森。宝气茏葱并倚珊瑚之树，云鬟发髻齐参玳瑁之簪。尔其拔地抽茎，排天耸干，华表撑空，觚棱插汉。爠兮若芙蓉之如华，嵯兮若圭璋之未判。其高低之骈罗也，若伯仲雍穆以追随，其后先之辉映也，若主宾拱揖而燕行。其清风之披拂也，依稀郁林之载归，其素影之璘玢也，仿佛南山之犹烂。乐我城隅，画栋金铺，花林覆顶，文瓮承趺。竹涓涓而

① 魏光绪：武乡魏家窑村人，明进士，曾官居云南道御史、福建道御史，巡按，直隶顺天府丞，都察院副都御史。

始翠，花袅袅以四敷。鱼在藻而有跃，鸟巡檐而相呼。茶烟飏而紫雾，庭草翠而绿芜。檐过雨而挂瀑，池积涨以成湖。眷亭皋之丽景，洵有美而可娱。又何如吊影荆榛之侧而溷迹鼪鼯之涂者乎？若夫无为，下南宫之拜寒山，共庾信之语。平泉以醒酒得名，松风以迎凉见诩。金陵则见梦于吴公，灵壁则句封于宋主。或龙蟠而鹊起，或燕翔而雁翥。或兴雨以兴云，或堪鞭而堪煮。或镜挂月林之国，或华艳芙蓉之渚。或铸刃而切琬琰，或刻鲸而吼风雨。并皆士绅儒雅之林，而变化神灵之府。予又何能不借攻错于他山而望磨砻于玉女。

灵湫洞

武乡东部的山里，有一个石洞，叫“灵湫洞”。据说这个洞深三里，宽二里，里边又是一重天。在这个石洞里，住着一位非常爱护老百姓的蛟龙爷。在过去，每年春天一旱，武乡东部的老百姓就要到这里祈雨。由于祈雨的人很多，自然形成了先来后到的规矩。这里面却有一件奇怪事，就是离“灵湫洞”四五十里外的宋家庄人一到，就得先让他们进洞祈雨，因为从前发生过这样一件事……

太行山脚下的宋家庄，村前有一座大山，山上长着茂密的松柏，四季时有常开的花卉，一眼望去与众山不同。传说这座山下盖着一口深潭，直通南海。潭里的水一年四季满满的，溢出来，沿着一条石缝终年往外流。老人们说，如果半夜将耳朵贴到石壁上，还能听到里边的哗哗水声呢。

宋家庄有个宋长发，膝下无儿，只有一个女儿名叫桃花，桃花姑娘生得要多美有多美，要多俊有多俊。人们说桃花姑娘的眼明得就像山里流出来的水，脸俏得像山上初开的桃花。这个桃花姑娘也真怪，不要穿，不要戴，就爱山上的桃花。每年阳春三月，桃花一开，桃花姑娘每天都要爬上山插满一头桃花回来，站在那清澈见底的溪水边“照镜子”。

一年一年过去了，桃花姑娘十八岁了。这一年春天，她又到山上戴了一头桃花归来，照例到溪水边上去梳洗。这一照，让她大吃一惊：只见透明的溪水里边，有一个英俊的小伙子正含情脉脉地望着她。姑娘的脸红了，红得胜过头上戴的桃花。忽然水中的小伙子给她抛出一个红桃子，桃花姑娘这时感到很口馋，张开嘴就把这只红桃子给吃了。从这一天起，桃花姑娘每天都要到溪边去，还有人看见她望着溪水自个儿说话呢。

过了些时日，桃花姑娘的肚子渐渐大了起来。有一天夜里，宋长发做了一个梦，梦见村前的大山开了一道石门，从门里出来一队人马抬着轿子到他家迎亲来了。这时忽然一声炸雷将他惊醒，屋外大雨连天，耳朵里还能听到锣鼓喧天。第二天，桃花姑娘竟不见了，炕上留下一个胖胖的小男孩。当天夜里，宋长发又做了一个梦，梦见女儿回来了，告诉他说，自己做了小龙的媳妇，请父亲照顾好孩子小蛟，桃花和小龙忘不了他的恩情。

一年又一年，小蛟长大了。宋长发不能让这十二三岁的孩子吃闲饭，就让小蛟去放牛。一个小小的孩子，赶着两只牛，在一条没有水和草的石山沟里发了愁。他抓起一把土来扔到一块石板上，心里想：要是一块地就好了。果然，石板变成了平展展的一块地。他高兴极了，折了根青草插在地里，转眼长出了鲜嫩鲜嫩的青草。牛儿吃饱了，小蛟又用树枝在地下划了一道，立刻流出了一股清凌凌的泉水来。

这件事让宋长发知道了，他想："我缺的就是地，何不让小蛟多造几亩地呢？"第二天，他领着小蛟走过这条沟，翻过那道梁，小蛟照着宋长发的意思，撒一把土，就是平展展的一块地……

宋长发发财了，地有百顷，粮食堆得像座小山，牲口多得数不清。可是他也发愁了，他想：地是小蛟造出来的，以后小蛟长大要与自己分家当，那该怎么办呢？他左打右算，最后想了一个坏点子。七月初一那天，宋长发和小蛟一块喝酒，宋长发左一杯右一杯直让小蛟喝。小蛟也是好酒量，一杯接一杯直喝，天黑下来了，小蛟醉了。宋长发轻轻地抱起小蛟走到了村边上桃花姑娘照脸的小水潭边，狠命地将他扔了下去。这小蛟一到水里，咕咚咕咚喝了几口水，将身一翻，竟变成了一条青黑色的蛟龙。身长数丈，二目如电，玉鳞巨爪。一个喷嚏，就是一声霹雳。它腾身跃起，接连在空中转了几圈，大口一张，一股大水从天而降。大水照准宋长发泼去。大水过后，小蛟龙便摆尾飞向了东山的“灵湫洞”。

直到现在，宋家庄一带每年七月初一总要下雨。人们还能闻到雨里边带着的酒气呢。（武承周）

瓦钵滃

在枣烟村西沟有一条小河。它由北向南淙淙流淌，最后流经峪口村汇入浊漳河内。这条小河流经枣烟与王海峪村的交界处，由于地势落差，涨大河时被大水冲刷下两个十几米深的积水潭，因为它们的形状就像旧社会庄户人家盛米面用的瓦钵，所以当地老百姓就把这两个积水潭称为上、下瓦八滃。

下瓦钵滃比上瓦钵滃水深，面积也大，每年夏天在下瓦钵滃里耍水的人比较多，但却从来没有淹死过人。反而是上瓦钵滃却经常会淹死人。据老年人说，上瓦钵滃在旧社会每隔三年五载就会淹死一人，中华人民共和国成立后虽然死的人不像以前那样多，但每隔八九年也照样会淹死人。而且最奇怪的是，在上瓦钵滃淹死的人，大多数是自己寻死的。2003年夏天，石科村有一个三十多岁的妇女，不知因为什么事，受了什么气，一时想不开，丢下两个孩子，在上瓦钵滃寻了短见。因此，当地人都说上瓦钵滃很惊（读作紧，惊怕的意思）也很馋，隔几年就得吃一个人。

为什么上瓦钵滃经常会死人？究其根源，在当地民间流传着这样一个不幸的传说……

很早以前，在上、下瓦八滃附近有两个村庄，一个叫东湾村，另一个叫南湾村。在东湾村有一户大财主，主人叫张顺发，张顺发家是大富之家，骡马成群。究竟张家有多少土地，多少财产，人们谁也说不清楚，只知道人家光雇用的长工就有三十多个。并且在西营和蟠龙两地还开设有钱庄和当铺。张财主要钱有钱，要势有势，吃穿不愁，财大气粗，应该活得痛快，但他却成天愁眉苦脸，唉声叹气，头也抬不起来。是什么原因让张财主这样发愁呢？

原来是张财主虽然家财万贯，并娶有三房太太，但三个太太谁也没给他生下个儿子，眼看张财主年纪已过五旬，如果再生不下儿子，张家就断了香火，几代人辛勤创下的丰实家业，就无人继承，会毁于一旦。一想到这里，这位张财主就怎么也高兴不起来。

有一天，村里来了一位算命先生，张财主便把这位算命先生请到自己家中，并以好酒好饭加以款待，让先生给他好好算上一命。这位算命先生先是抽签，接着给看相，又在张家院子里认认真真地看了一遍，最后对照卦书仔细推敲，然后一本正经对张财主说："老东家你命中该有一子，但这位公子不请不来。听说枣烟村有个娲皇圣母庙，每年三月初一，人们都要到庙上进香，你想要儿子，等明年三月初一，你早早去烧上一炷头炉香，并向圣母娘娘祷告，让她老人家给你送个儿子。如果灵验，你必须连续三年到庙上还愿……"张财主听了算命先生这番话感到十分高兴，他说："只要圣母娘娘能给我送个儿子，我一定要为她老人家重塑金身，重装庙宇。"然后他给了算命先生一大笔赏银，并亲自把他送出了村。

第二年三月初一，天不明，张财主就到枣烟村奶奶庙上，当天的头炉香也真让他给抢了。张财主烧了香，磕了头，跪在地上足足向圣母娘娘祷告了一个多时辰。并向圣母娘娘许下大愿，如果圣母娘娘真的能给他送个儿子，他一定要为圣母娘娘重塑金身，重装庙宇。

神灵、神灵，心诚则灵。张财主向圣母娘娘许下大愿，圣母娘娘听了也颇为感动。当年三月初一烧了香，四月底他的三太太也就真的怀了孕。第二年正月十五，张财主家也真真实实有了一个又白又胖的儿子。张财主高兴得手舞足蹈，眉开眼笑。为了报答圣母娘娘的送子之恩，第二年三月初一，他也确确实实为娲皇圣母娘娘重塑了金身，并将奶奶庙装修一新，还给圣母娘娘唱了一台好戏，使得当年的庙会格外热闹、隆重。

俗话说，有小不愁大，但怕养不下。转眼之间，张财主的儿子已长大成人。为了让儿子好活，他专门给儿子起了个好名字，叫长锁（意思是经常锁着，永不丢失）。长锁长得眉清目秀，鼻直口方，身材匀称，一表人才。光从外表上看，这位公子叫谁看，谁也看不差。但这位公子因为是独苗一根，从小娇生惯养，好逸恶劳，长大后，更是游手好闲，不务正业。张财主虽然也知道自己养的这个儿子不争气，但一想到这是一根独苗，也就不说什么，只好由他放纵。久而久之，这位公子的毛病越来越多。他不学创业，也不学守业，而是成天吃喝嫖赌，东游西荡。因此，老百姓给他送了一个绰号，叫“败家子”。

再说南湾村，有一户穷苦人家。东家姓李，名字也叫顺发。但李顺发一辈子过得既不顺，也难发。虽然成天辛苦劳作，但日子过得老是紧巴巴的。心里老想发财，但总是发不了家。他有一个儿子，三个姑娘。大姑娘取名金花，二姑娘取名银花，三姑娘取名荷花。三个姑娘一个比一个长得漂亮，因此，人们把李家三个姑娘称为南湾村的“三朵金花”。尤其是荷花，年方十六，长得像一株出水荷花，亭亭玉立，含苞欲放。特别是她那双大眼睛，水灵灵的，令人动情。

张财主的儿子张长锁，早就看中了李荷花。他隔三岔五就往南湾村李家跑，并千方百计讨好荷花，想把荷花娶过门做自己的媳妇。按理说，一个穷人家的闺女，被一个财主家的儿子相中，这门婚事，就是打上灯笼也找不着。可是因为长锁名声太坏，李家虽穷，但穷得有骨气，不想让闺女跟这种人鬼混一辈子，所以就以种种理由为借口拒绝了这门亲事。

张长锁看软的不行，干脆仗着自己财大气粗，便花钱雇用了四个彪形大汉，在一个月黑风高的夜晚，硬把荷花抢了过来。自古道，强扭的瓜不甜。荷花虽穷，但脾气很犟。新婚之夜，她趁张家一时不注意就跑了出来。张长锁亲自带领一帮人，打着灯笼、火把到处寻找荷花。他们原以为荷花一定是跑回了娘家，但到南湾村一打听，才知道荷花并未跑回娘家。能到哪里去呢？张长锁一时也摸不着头脑。其实，荷花跑出来，开始也想跑回娘家，但她想，跑回娘家也不是个办法。况且跑了和尚跑不了庙，张长锁一定会找到。而且人家有钱有势，最终还得乖乖地跟着人家回来。想到这里，她改变了主意，一念之差，便产生了寻死的念头。她想人活百岁总有死，不如早死早转生。于是她一口气跑到了上瓦钵瀹，什么也顾不上想，一头栽进瓦钵瀹里……

张长锁带着十几个人，整整折腾了一夜也未找着荷花。他累了，而且他想，一个小小女子，能跑到哪里，等天亮之后再说吧。于是他回家睡大觉去了。

第二天中午，家人慌慌张张跑来向张长锁禀报说："少东家，大事不好了，荷花跳进上瓦钵瀹自杀了……"听到这个噩耗，张长锁浑身像着了火一样，急忙向上瓦钵瀹跑去。当他刚跑到上瓦钵瀹崖头上，忽然听见瓦钵瀹里有一位女子在声嘶力竭地大声喊叫："张长锁，你快进来！你进来，我出来……"听到这一喊叫声，张长锁吓得两腿打战，两眼发黑。他正准备扭头往回跑，忽然从河岸上刮起一股旋风，这股旋风像巨人一样，把他推进瓦钵瀹里。后来，连个尸首也未找到。第二年，上瓦钵瀹周围开满了鲜艳的荷花，人们都说这是李荷花变的，张长锁也是荷花叫走的。

三年之后，有一天中午，有一位老农在上瓦钵瀹附近耕地，忽然听到上瓦钵瀹里有一个人在大声吼叫："铁帽儿秀才，你快快进来，只有你进来，我才能出来……"起初，这位老农以为自己听了空，没有当回事，但紧接着又听到同样的喊声。这位老农胆子也真大，他没有被吓跑，反而非要看个究竟，看看什么是铁帽儿秀才。到了正午时分，忽然看见有一个人头上戴着一个屈煞（当地人也叫捣则，是担大囿用的工具），手中拿着一根小木棍，一边走，一边用木棍敲头上的屈煞。嘴里说："我是铁帽儿秀才，我马上就要进来，我进来，你就能出来……"这个人走到上瓦钵瀹崖上，正准备往下跳，这时耕地的老农大喊一声："你不要命了！"这一喊，把铁帽儿秀才给吓醒了。他脱了头上的屈煞，跪在地上向老农哭诉说："我是一位教书先生，因为和家人生了气，一时想不通，想一死了之。昨天晚上我做了一个怪梦，梦见上瓦钵瀹里有个淹死鬼，在瀹里足足等了我三年，他说，我是他的替身，只有我进去，他才能出来转生……今天幸亏遇上好心的大哥把我救了，不然我就真的成了替死鬼。"说完，他向这位老农连磕三个头，然后把屈煞扔进上瓦钵瀹里，扭头跑回了家。

铁帽儿秀才走后，紧接着老农又听见瓦钵滃里那个人在大声喊：“凡人啊，你不该多管闲事，我苦苦等了三年让你一句话给吹了……”老农听了这话，忽然觉得害怕了，于是他连忙赶着牛往家中返。一进门就肚疼起来，而且疼得十分厉害。他浑身冒汗，在地上打滚。老婆一见此状，感到非常害怕，好好的一个人，怎么忽然就肚疼起来？于是她问自己男人，是不是在外边乱吃了什么东西，或是喝了河里的冷水……老农告诉她说不是。接着他把自己中午遇到的怪事给自己老婆讲了。老婆听了说：“老汉呀！你真是吃的阳间饭，管的阴间事。自己给自己找麻烦。”但不管怎么说，总是自己丈夫，她生怕瓦钵滃里的淹死鬼把自己男人叫走，于是她赶紧准备了一桌供菜，到上瓦钵滃崖上，烧了香，磕了头，并向淹死鬼讲了半天好话，承认了自己男人的不对。没想到这一招还真灵，烧香祷告之后，这位老农的病全好了。

又过了三年，不知从哪里又来了一位铁帽儿秀才，头上戴了一口小铁锅，一边走，一边唱：“我是铁帽儿秀才，我马上就要进来，只有我进来，你才能出来……”这个铁帽儿秀才，没有人敢去救他，他头也不回地跳进了上瓦钵滃里。

据传说，上瓦钵滃里的淹死鬼就是张长锁。因为他强占民女，作恶多端，阎王爷将他打入十八层地狱。不许他转生，让他死等，啥时有了替死鬼，他才能转生到阳间。就这样，上瓦钵滃所有的淹死鬼、寻死鬼，都成了替死鬼。这些死鬼在阴间有的等三五年，有的等八九年……恶性循环，始终如此。

（武红梅）

响水滃

在 208 国道线的南关和窑儿头中间的旧公路上，有一处既神秘又恐怖的路段，这段公路从南到北顺河道修成。公路的东西两面高山耸立，中间的距离间隔 50 米，公路下面的昌源河水终年长流不息。由于河水的常年冲刷，有一处南北流向的河床特别狭窄，而且落差很大，所以形成高约 15—20 米

响水滃

的瀑布，水从高处直冲到下面的一个水坑里。这处水坑圆圆的像农家的小院子那么大，但水深不见底，无人敢下水探个深浅。水从高处直冲水坑，发出“咚”“咚”“咚”的冲击声，非常刺耳，所以人们把这个水坑叫“响水滃”。

传说，早年间，当夜深人静时，相距响水滃两三里地的南关和窑儿头村里的老百姓，夜晚都被震得难以入睡。特别是夏天雨季，山洪暴发，河水暴涨，声音会更大。后来，南关村来了一个南方人，这个人懂阴阳风水，他住到南关的一个小旅店，夜间听到这种声音。通过访问村里的群众，并亲自到响水滃作了实地观察和测量。他知道响水滃里藏着一对金锣、金钹，才发出这么大的声音。这对金锣、金钹价值连城，是人间珍宝。所以，他在南关秘密地找到了一个身材高大、胆量过人的中年汉子。他把这个中年汉子引到响水滃后，指着这个响水滃对这个汉子说：“水坑里有金锣、金钹才发出这么大的声音。我下水后如果能取出这对宝贝，我给你白银一百两。但我下水后，你必须牢牢抓住我的左手，不论我的手长到多大，你也不能松手。”南关的汉子一心想得到这百两白银的报酬，再加上他胆大，就满口答应。南方人下水后，手也越长越大，到后来长到像农村老百姓家碾米、磨面、放粮食的“不落大”，而且越来越难以抓住。南关大汉的心里着了怕，“呀”地喊了一声，放开了这只手。这样，南方人的右手被瀹里的金钹夹住，也就淹死在响水瀹中，再没能上来。但从此响水瀹里的金锣、金钹也不响了，流水声也就再没有以前那么大了。（柳广辉）

八路军太行纪念馆外景

第四章　红色革命纪念地及旧址篇

武乡既是贫困山区，也是革命老区。早在1933年，中共武乡县委就在这里诞生。1935年，武乡全县有20个农村党支部，共有党员1400余人。1937年“七七事变”后，抗日战争全面爆发，1938年4月八路军总部就来到武乡，并在武乡指挥了著名的“九路围攻”和震惊中外的“百团大战”。抗战时期，武乡几乎村村住过八路军，户户出过子弟兵。据统计，八路军团以上单位在武乡驻扎过的村庄就有240余个。因为在“八路军系列丛书”之一的《红色驻地》一书中，有详细记载，故本书只讲五个八路军总部旧址和以抗日烈士的名字命名的村庄、地名及红色旅游景点景区。

第一节　红色革命纪念地

八路军太行纪念馆

八路军太行纪念馆坐落在山西省武乡县城西凤凰山脚下，它的前身是“武乡县革命纪念馆”。1979年武乡县委决定修建一座八路军总部纪念馆，并将馆名拟定为“八路军总部太行纪念馆”。1979年8月28日，武乡县委起草了中共武乡县委《关于修建八路军总部太行纪念馆请邓小平同志题写馆标的请示》，并将此请示邮寄给彭总夫人浦安修同志，拜托浦老尽快转交给邓

纪念馆前的八路军将军雕像

小平同志。1979 年 9 月 28 日，邓小平同志认真看了武乡县委的请示，经过斟酌，将“八路军总部太行纪念馆”的“总部”二字去掉，在雪白的宣纸上亲手写下了苍劲有力、气壮山河的八个大字“八路军太行纪念馆”。这是我国唯一的一座全面反映八路军抗战历史的大型革命纪念馆，国家级抗战纪念设施。该馆从 1980 年 3 月破土动工兴建，历经 8 年建设，于 1988 年 9 月开馆，2005 年进行了大型改扩建，占地面积 14.8 万平方米，建筑面积 1.6 万平方米，展陈面积 1.2 万平方米，馆藏珍贵抗战文物 8300 多件，其中三级以上珍贵文物 514 件，一级文物 111 件。主要由八路军抗战陈列馆、八路军将领馆、百团大战半景画馆、窑洞战景观、八路雄风碑林公园等参观景点组成，是一处集收藏、展示、研究、宣传、旅游观光为一体的综合性红色旅游经典景区。

开馆以来，纪念馆先后接待了江泽民、胡锦涛、刘云山、刘延东等党和国家领导人，以及宋平、刘华清等老一辈革命家，年均接待观众 80 万人次。多次受到上级部门表彰奖励，被授予“全国中小学爱国主义教育基地”“全国爱国主义教育示范基地”“全国红色旅游经典景区”“国家一级博物馆”“国家AAAA级旅游景区”“国家国防教育示范基地”“全国廉政教育基地”“国家级抗战纪念设施”等荣誉称号，全国300多家机关团体、企事业单位在此挂牌，设立爱国主义、党风廉政、精神文明等各类教育基地。

陈列展览。围绕中心，服务大局，认真贯彻落实新形势下党中央对宣传思想和文物工作的新指示、新要求，推出多个弘扬主旋律的专题展览。如“太行精神光耀千秋”“八路军总部在太行”“八路军抗战文化掠影”等专题展览。

学术研究。先后编撰出版了电子多媒体历史文献《八路军》（荣获第三届中国出版政府奖、第四届中华优秀出版物奖）、《八路军简史》《太行山上的秘密战》《八路军序列沿革研究》（省级重点课题）等。

宣传教育。1988年至2016年，累计接待观众1500万人次，讲解10万余次；利用“五一”“七一”“八一”“十一”、国际博物馆日、中国文化遗产日、抗战胜利纪念日、烈士纪念日等重大节庆纪念日，开展社会教育和系列宣传活动，承办了多场大型活动。“小小八路讲解员”活动被列入国家文物局“完善博物馆青少年教育功能试点”。由讲解员组成的“八路军精神宣讲小分队”，长年活跃在部队、学校、机关、厂矿、社区，宣传八路军抗战历史、传播爱国主义精神，累计演出682场。（史永平）

第二节　红色革命遗址

八路军总部义门旧址

八路军总部义门旧址，位于县城西20千米的石北乡义门村。

1938年4月14日，八路军总部由沁县小东岭进驻义门村。义门村四面环山，地形十分隐蔽。进驻义门村后，司令部设在李永生家西楼与南房，朱总司令住任迎秀家西窑，彭德怀副总司令住任志忠家楼房。

总部在这里指挥129师主力和115师一部进行了著名的长乐村战斗，彻底粉碎了敌寇对晋东南抗日根据地的“九路围攻”。

1938 年 4 月 20 日，总部机关离开义门，移驻涌泉乡寨上村。

1980 年 8 月 1 日，八路军总司令部义门旧址被列为县级重点文物保护单位。（郝雪廷）

八路军总部寨上旧址

八路军总部寨上旧址，位于县城西北 7 千米的寨上村。

1938 年 4 月 20 日，八路军总司令部进驻寨上村。此前，总部驻扎义门村时，野战政治部就驻扎于寨上村，并在寨上村召开了“反九路围攻祝捷大会”。

祝捷大会上，朱总司令、彭副总司令作了重要讲话，刘伯承师长介绍了长乐村急袭战战况，左权副参谋长做了题为“全民参战，抗战必胜”的动员报告。大会结束后，八路军宣传队表演了文艺节目，有歌舞、小话剧、快板等。在会场东侧，专门设置了陈列区，堆满了长乐战斗中缴获的战利品，有各种长短枪、机关枪、大炮、炮弹、子弹、马匹车辆、无线电设备等。参加大会的广大军民参观了展览。

八路军总司令部在寨上村驻扎期间，总司令部设在村北的殷家场大院。朱德总司令住在西楼院殷玉书家正楼西屋；总司令部设在中楼院；彭德怀副总司令住村东李相林家楼院，此为三合院，彭总住正楼两间，警务人员住东小楼；左权副参谋长住村北端的殷家后院殷苟孩正楼，此院宽阔向阳；参谋处设在东楼；总部直属政治处主任康克清住新楼院正楼；马夫、勤务人员住新楼院西院，这里有喂养马匹的马棚。

此间，还有两件事值得特别提出：一是总司令部在此派出八路军干部，到型村、里庄等地举办了游击战培训班和政治培训班，为地方培养游击战干部。这为发展抗日民族统一战线，开展敌后抗日游击战起到了积极的作用。二是朱德总司令在此治好了小腿上的疮病。朱总未到寨上村前，因指挥战斗到处奔波，生活不规律，营养条件差，左小腿生了一个大疮并已化脓感染。到寨上村后抗日村长李诚（寨上编村第一任党支部书记）给总司令介绍村情时，发现他疮疾严重，就为他举荐了本村治疮名医弓茂昭。弓医生采用外敷、内服双管齐下的治疗方法，每天晚上去为总司令除脓血、脱毒，经过近二十天的精心治疗，总司令腿疮痊愈，扔掉了竹杖。

5 月 20 日，八路军总司令部离开寨上村，转移到沁县南涅水村。

1980 年 8 月 1 日，八路军总部寨上旧址被列为县级重点文物保护单位。

（郝雪廷）

八路军总部王家峪旧址

王家峪，位于武乡县城东 35 千米处的丘陵山区。王家峪虽然名叫王家峪，但自古至今连一户姓王的人家都没有。但它为什么叫王家峪村？据当地村民口口相传，是与后赵皇帝石勒有关。据史料记载，西晋末年，石勒靠十八骑造反起家，公元 312 年在革坡受阻之后，他回到自己家乡——武乡县，招兵买马壮大队伍，曾把王家峪当作自己操练队伍的指挥中心，并在王家峪村四周设立了东、西、南、北四个兵营。

如今的襄垣县西营镇就是西营盘，而且这个西营一直叫到现在，东营无人居住，南营现在改叫南庄，北营改为下北漳，南庄和下北漳这两个村庄现在都属监漳镇管辖。

经过多年东拼西杀，南征北战，石勒终于推翻了西晋王朝，建立了后赵，由奴隶当上了皇帝。为了纪念石勒的功勋，后人就把这个指挥中心起名叫王家圩，之后又逐步演变成现在的王家峪。

王家峪在抗日战争时期曾是八路军总司令部所在地。朱德、彭德怀、左权、邓小平、刘伯承、杨尚昆、陆定一、杨立三等老一辈革命家曾在这里长期生活、战斗过，并指挥了华北各抗日根据地的游击战争和抗日斗争。

1939 年 10 月 11 日，八路军总司令部从砖壁进驻王家峪，当时朱总司令住在王家峪张昌绪家院内东屋，左权副参谋长住在南屋，彭副总司令住在东院张富生西房。

总部在王家峪期间，朱德、彭德怀指挥太行军民进行大小战斗共 135 次，进一步巩固了太行山抗日阵地。1939 年 12 月 21 日，朱总司令在王家峪总部接见了毛主席从延安派来的印度援华医疗队的柯棣华、巴苏华、爱德华等国际友人。

是年冬，朱总司令在此写下了《寄语蜀中父老》这首诗：

伫马太行侧，十月雪飞白。
战士仍衣单，夜夜杀倭贼。

总部在王家峪驻扎期间，为了粉碎日、伪、顽的经济封锁，解决根据地的经济困难，朱德总司令、彭德怀副总司令和左权副参谋长带领军民开展生产自救，并创办了黄崖洞、柳沟、梁沟、高峪沟等八路军兵工厂。

1940 年清明节前后，朱德、彭德怀带领总部机关和抗大学员，开展植树造林运动，仅在王家峪一带就植树两万余株。朱总司令还亲手在王家峪的寨湾栽下一棵白杨树。

1956 年至 1980 年，县文物局、县文化馆先后对八路军总部王家峪旧址进行五次维修。在寨湾，朱总手植杨树处筑起拦洪石坝，并建造了石桥、碑亭。1961 年 3 月 4 日，此处被国务院公布为第一批全国重点文物保护单位。1964 年复原旧址陈列，对外开放，先后接待亚洲、非洲、拉丁美洲等地 80 多个国家的外宾和大批国内参观者。进入 21 世纪后，特别是 2005 年抗日战争胜利 60 周年前，总部旧址又进行了较大规模的维修改造和陈列布展，使这块革命纪念地生动地再现了八路军总部的风貌，每年都吸引着无数的中外游客。特别是朱总亲手种植的白杨树，树身笔直挺拔，树冠枝繁叶茂，在小桥、流水、碑亭、松柏、垂柳的点缀下更显得威武雄壮。更为神奇的是，树枝的横断面有一颗鲜艳的红五角星，当地人亲切地称之为“红星杨”。老百姓说，这是朱老总把自己的心留在了太行山。“红星杨”也由此成为武乡的一大奇观。（郝雪廷）

八路军总部砖壁旧址

（百团大战总指挥部旧址）

八路军总司令部砖壁旧址（百团大战指挥部旧址），位于距县城 47 千米的东部山区。砖壁村是一个典型的三面临沟一面靠山的山村。村子虽然不大，但在旧社会却出了好几家大户人家及名人名家，如在唐朝中宗年间，武乡县太爷李宁就是砖壁村人。公元 708 年，他曾陪同唐玄宗李隆基在武乡南神山考察，还相互作诗配词。清朝末年还出了一名留学于日本东京明治大学政法系的高才生，他的名字叫李作桢。

但在明朝嘉靖年间，这个村子突然遭到了一伙匪徒的抢劫。幸亏本村有一位武功高强的武举，带领手下一帮习武练功的小兄弟与全村所有强壮劳力，团结一心，狠斗盗贼，最终将盗匪打败，使村子避免了一场灾难。

为了防卫，村里有四家大户在一起商讨办法，还请了当地一名风水大师加以指点。这位风水大师看了砖壁村地形说：“你们这个村山大沟深，易守难攻，是一个好村庄。我建议你们四大家在东、南、西、北四个方向的山岗

上用本地烧的钢砖（陶瓷质）各建一个防卫工事，这个工事上要有哨眼、瞭

砖壁村八路军总部旧址

望台、火炮台、弓箭孔。一旦发现敌情，可以从四面八方一起攻打。”后来的实践证明，这个办法很好，防卫工事建成后，无论多么强大的来犯之敌都难以入村。因此，老百姓还编了一段顺口溜说：“山大沟深砖壁寨，铜墙铁壁永无坏。敌人好进不好出，无人敢欺砖壁村（四面有砖壁挡墙）。”因此，人们就把这个村叫成砖壁村（含义为铜墙铁壁）。

1937年抗日战争爆发后，朱、彭两位老总带领八路军总部四进四出砖壁村，并在这里指挥了震惊中外的“百团大战”，给了日军以沉重的打击。因此，曾在砖壁村战斗过的不少老一辈革命家后来回忆说：“毛泽东带领中国工农红军在长征时期曾‘四渡赤水’摆脱了蒋介石百万大军的围攻堵截，创造了战争史上的奇迹。朱德、彭德怀两位老总曾带领八路军将士‘四进四出’砖壁村，指挥了震惊中外的‘百团大战’，粉碎了日军的‘囚笼政策’，使八路军整个战役由防御转入进攻，为抗日战争的胜利，奠定了坚实的基础。”

1939年7月15日，正当日寇对晋东南抗日根据地发起第二次九路围攻之际，总部机关由潞城北村经黎城霞庄进驻砖壁村。总部在砖壁指挥八路军

粉碎日寇对晋东南的围攻和“扫荡”后，除少数人员留守砖壁外，总部机关于1939年10月11日迁至西南10千米处的王家峪。1940年6月敌占段村后，总部于6月27日又返迁砖壁，并由彭德怀副总司令和左权副参谋长在此指挥了震惊中外的“百团大战”。1940年11月4日，总部机关转移至辽县（今左权县）的武军寺。1942年5月反“扫荡”后，彭副总司令又率领总部机关第四次进驻砖壁村，并在此召开了左权烈士追悼会，不久即赴太岳区，后又返麻田武军寺。

从1939年7月15日第一次进驻，到1942年6月17日最后一次离开，八路军总司令部“四进四出砖壁村”，总计驻扎229天，这是历史上八路军总部驻扎次数最多的一个村庄。

八路军总部在砖壁驻扎期间，总司令部设在玉皇庙，参谋处办公室设在玉皇庙正殿，总部会议室设在玉皇庙南殿，一科（作战科）参谋人员在玉皇庙东西配殿，总部秘书长办公室和秘书处下设的参议室设在玉皇庙戏台的东西耳房，三科（通讯科）在马魁元家，四科（管理科）在旧楼院李水秀家（代号“西湖”），五科（机要科）在王进才家（代号“芜湖”）；朱德总司令住在离玉皇庙不远的新楼院，彭德怀副总司令住在紧靠玉皇庙的李家祠堂，左权副参谋长住在玉皇庙后面的奶奶庙，后勤部设在马国英家（代号“新昌部”），电台设在张生尧东房（代号“巫山部”），总部特务团六连设在小场的东西两串院，手枪排设在李冯贵家，六连和手枪排负责警卫司令部机关的安全。哨所则分别设在村周围的官地圪梁、风神庙、池岭上、龙王庙、小松山、文昌庙、望乡台和葫芦嘴等关口要塞。中共中央北方局及其他党政军机关分别驻在砖壁周围的村庄。从此，砖壁这样一个普普通通的太行山区村庄，便成为华北抗日前线的司令部。刘伯承、邓小平、徐向前、陈赓、杨尚昆、陆定一、傅钟、杨立三等八路军领导人经常来总司令部参加党政军重要会议。总部在砖壁驻扎期间，指挥华北八路军进行了一系列著名的战役和战斗。

1940年7月，彭德怀、左权、罗瑞卿和刘伯承、邓小平、徐向前、聂荣臻、吕正操等八路军领导人，在此部署和指挥了震惊中外的“百团大战”。“百团大战”是抗日战争中八路军在华北地区发动的一次规模最大，持续时间最长的战略性的进攻战役，也是在砖壁村指挥时间最长的一次战役。“百团大战”严重地破坏了日军在华北的主要交通线，收复了被日军占领的部分地区，粉碎了日军的“囚笼政策”，给了侵华日军以强有力的打击，推迟了日军的南进步伐。“百团大战”对坚持抗战，遏制当时妥协投降的暗流，争取时局好转起了积极作用，进一步鼓舞和增强了全国人民夺取抗战胜利的信心，用事实驳斥了国民党顽固派对共产党、八路军“游而不击”的污蔑之词，提高了中国共产党和八路军在全国人民心目中的地位和声望。

由于“百团大战”持续时间长，战场分布广，从客观上拖住了侵华日军的后腿，使日军无法抽出兵力去支援对其他国家的侵略战争，为第二次世界大战的胜利起到了很重要的作用。

1961 年 3 月 4 日国务院公布砖壁村为全国第一批重点文物保护单位。1979 年，由国家文物局拨款，组织了省、地、县有关部门，对总部旧址新窑院、李家祠堂、佛爷庙、奶奶庙、玉皇庙等建筑都先后进行了揭顶翻修，拆除重建和复原新建，并进行室内原状陈列。1980 年 10 月 1 日正式开放，接待参观者。从此，砖壁这个山区小村因之成为革命圣地而闻名全国。

近年来，随着武乡县旅游事业的发展，特别是八路军游击战体验园在砖壁村建成开放后，游人与日俱增，村民在省、市、县有关部门的支持下纷纷搞起了“农家乐”、旅游纪念品专业合作社，极大丰富了旅游内容，提高了接待能力。目前，砖壁已成为全国知名的红色旅游精品景区。

（郝雪廷）

第三节　乡村纪念馆

李峪村“地雷大王”王来法纪念馆

李峪村“地雷大王”王来法纪念馆，位于武乡县城东23千米的李峪村。

抗日战争时期，李峪村自卫队队长王来法带领李峪村民兵活动于蟠武公路上，在上级调拨武器不足的情况下，他们集群众智慧，想方设法，就地取材，自己制造地雷，利用当地山石，凿开石头，自配土炸药，制成石头雷，在李峪村一带桥房滩大摆地雷阵，给日寇以沉重打击。他们配合我主力部队，粉碎敌人上百次“扫荡”，他们制造的“踏板雷”专炸日军的汽车，“碎石雷”专炸整体行进的日军部队。气急败坏的日军，调来工兵，用探雷器进行排雷。为了迷惑敌人，他们又研制出了“头发丝雷”“真假雷”，专门对付排雷的工兵，使日军束手无策。同时，他们在村里家家户户的每个角落都埋上地雷，进村“扫荡”的鬼子一推老乡的门，地雷响了，一掀锅盖，地雷又响了，炸得日军寸步难行，无处躲藏。

王来法纪念馆

1943年6月14日，日军进占蟠龙，进一步蚕食我太行抗日根据地腹心地区。为了彻底粉碎敌人的罪恶阴谋，太行区党、政、军各级领导，成立军民联防指挥部，组织广大军民，围困蟠龙敌人。李峪村自卫队队长王来法带领本村民兵多次在村东官道坡公路上巧布地雷阵，阻断了蟠龙日军与段村据点的联系。有一次巧设了“踏板雷”“梅花雷”，炸毁日军两辆汽车；还有一次巧摆“地雷迷魂阵”，用 22 个地雷炸死 28 个日军、两匹马。在我抗日军民的沉重打击下，蟠龙据点之敌被迫于 1944 年 2 月 28 日，逃回段村据点。在整个抗日战争中，该村民兵在王来法的带领下运用地雷战的形式，先后毙敌 123 名，俘敌 40 余名。1944 年 11 月，王来法在太行首届群英会上荣获“地雷大王”的光荣称号，武乡县抗日人民政府赠给他“杀敌功臣”金字大匾，晋冀鲁豫边区奖给他“抗战柱石、建国先锋”锦旗一面。

1962 年，以李峪村等地的地雷战故事为题材拍摄的电影《地雷战》，被部队当作教学片，地雷战成为我军最重要的作战方法之一。王来法的地雷战扬威太行，令日军闻风丧胆，在中国革命抗战史上留下了辉煌壮丽的一页。

1964 年位于武乡县东部沁涉公路上的李峪村地雷战遗址对外开放，接待了来自亚、非、拉等地的外宾。20 世纪 70 年代初在村西建起王来法英雄事迹陈列馆。（摘自《武乡旅游纪事》）

枣烟村乡村记忆馆

枣烟村乡村记忆馆坐落在枣烟村中心（南院），中华人民共和国成立前曾是一家富户的四合院，占地面积约 340 平方米。正面是青砖挂面窑洞三眼，东西各建土木结构房屋三间，并建有古街门一座。这座院落始建于民国八年（1919），至今有百年历史。2007 年村里将此院进行了翻修改造，开始计划创办游击队长魏名扬故居陈列馆。2016 年根据上

枣烟村乡村记忆馆

级有关部门指示，将此院改建为乡村记忆馆，并于 2018 年 9 月 30 日正式对外开放。

乡村记忆馆陈列内容共分六大部分，第一部分叫“历史遗存”，介绍了枣烟村出土文物，从而进一步引出了“皇路顶”“闭关洞”“龙池上”“金牛山”等诸多故事传说。说明了枣烟村历史悠久，文化深厚。

第二部分叫“黎明曙光”。这部分内容主要展示了 1933 年武乡有了共产党组织，枣烟村当年就发展了 9 名党员，他们是共产党在本村的创始人。1935 年武乡有了 20 个农村党支部，枣烟村就占了两个。在党的领导下，武乡“五抗”运动，如星火燎原，迅速燃烧，给广大劳苦大众带来光明，让他们在黑暗中看到了黎明的曙光。

第三部分叫“烽火年代”。主要讲述在抗战年代魏名扬六次组建游击队，武乡独立营在这里创建并发展壮大的过程及首长关怀游击队，朱德表扬赠送队旗，王树声亲自视察总结游击队经验的事迹。还通过展示大洋刀、手枪、军大衣等遗物来讲述游击队越战越勇，越战越强的故事。同时也反映了枣烟村作为抗日模范村，涌现出的民兵、奶娘等英雄人物，为了民族解放和独立而付出的巨大的牺牲精神。

第四部分叫“激情岁月”。这部分重点反映 1951 年枣烟村魏名标积极创办农业初级社的过程。即：试办初级社爱国丰产走在前，做农业战线排头兵。旱地小麦丰产经验，土地要进行加工等先进经验在全省、全国推广。1953 年倡议全国十二个互助组开展小麦爱国丰产竞赛活动，以及枣烟村一直走在农业合作化道路前列的先进事迹。

第五部分“改革春风”。这部分主要反映改革开放以来，枣烟村各方面的变化，如修路、架桥、通自来水、铺油路，还有新农村建设及创办“养鸡场”，退耕还林种植核桃树，等等，给村民带来的幸福感。

第六部分叫“精英荟萃”。重点反映了三部分英雄人物。第一是抗战中参军参战，后跟随刘邓大军南下参加了全国解放战争，涌现出的 7 位副厅级以上国家干部；第二部分是一名全国劳模和六名省劳模的先进事迹；第三部分是抗日战争和解放战争中为国牺牲的十四名革命烈士为国捐躯的事迹。

总之，枣烟村“乡村记忆馆”以丰富的史料、生动的故事、真实图片，向游人讲述了该村的光辉历史，是当前学习十九大精神的一个较好的宣传阵地，也是教育青少年健康成长的爱国主义教育基地。中共武乡县委组织部在此挂牌作为全县党性教育基地。（武承周）

第四节　红色地名

蟠龙镇尚元村

武乡县蟠龙镇尚元村，原名皮堙村。相传古时有姓皮的人最早建村，村里地势因东西高、中间低而得名“皮堙”。1947 年，为永久性纪念本村抗日烈士王尚元，武乡县委应当地群众要求，将皮堙村改名为尚元村。

王尚元，1922 年出身于皮堙村的一户贫苦家庭。在他还不到 10 岁时，父亲因劳累而死。尚元母亲没明没黑地干活，欠地主的债却越来越多，母亲只好让尚元去给地主家放牛，跟着大人到大陌村去担煤，挑到蟠龙镇去卖。1939 年冬，抗日战争进入相持阶段，17 岁的王尚元要求当民兵，组织上考虑到他年龄还小，家里还有一个老母亲需要照顾，就让他承担送信送情报的任务。1941 年王尚元参加了民兵组织，1942 年 7 月加入了中国共产党。

1943 年，日军小林支队占据了蟠龙镇。为了打败日军尽快解放蟠龙，武乡沿线开展了“蟠龙围困战”的斗争，并将蟠龙附近 30 多个村庄的 7000 多群众分散转移到东沟、贾豁、大有、洪水等老根据地内的村庄，实行坚壁清野。广大民兵开展游击战，神出鬼没打击敌人，用地雷封锁据点和路口，对出扰之敌，小股歼灭，大股袭击，破路断道，敌退时实行跟踪，敌攻时躲进山沟。在围攻蟠龙战斗中配合八路军袭击敌人。

1943 年 6 月，王尚元参加了区民兵队的警戒组，担任放哨任务，他每天吃在山上，睡在山上。一天深夜，敌人悄悄出动，当王尚元发觉时，敌人已经离得很近。他扣动扳机毅然决然地和敌人交上了火。面对成群的敌人，尚元毫无畏惧，子弹打光了，他把仅有的一颗手榴弹投向敌人。敌人端着上了刺刀的步枪包围了他，他从地上一跃而起，手抓着枪管，抡起步枪就冲向敌群。终因寡不敌众，壮烈牺牲，年仅 21 岁。

1944 年，在晋冀鲁豫边区召开的太行首届杀敌英雄大会上，王尚元被追授“杀敌英雄”称号。

王尚元牺牲后，皮堙村群众强烈要求用改村名的方式纪念这位抗日英雄。1947 年，县委批准了群众的请求，政府召开了追悼会，从此，皮堙村改为尚元村，也成为武乡唯一的一个用抗日英雄的名字命名的村庄。

（张高明）

密顶神村士敏山

士敏山，位于蟠龙镇陶家沟村。此山原称“黄岩垴”。1943 年，五区政委殷士敏带领民兵和游击队在掩护群众安全转移途中与日军在陶家沟村黄岩垴山岗上发生正面交锋，激战多时，终因武器落后，寡不敌众，在他冲向敌群，与敌人肉搏时壮烈牺牲，死时年仅 34 岁。

殷士敏牺牲后，武东抗日政府及五区区委在陶家沟村为他举行了追悼大会，并将他的尸体入棺，暂葬于黄岩垴山岗。

1945 年 4 月 5 日的清明节，武东县抗日政府在蟠龙镇召开在抗战中牺牲的 356 名抗日烈士的公祭大会。殷士敏尸骨被重新安葬在蟠龙镇奶奶凹死难烈士纪念碑下，此碑现改为武乡抗日英雄纪念碑。在送葬途中，县委书记姜一、县长武光清等县区领导亲自为他抬棺、执绋送他最后一程。

1946 年，武乡全境解放后，陶家沟村广大群众和五区区委，为永久性纪念殷士敏烈士的功绩，向武乡县委、县政府写了书面报告，经批准，将烈士牺牲的地方——黄岩垴，改名为“士敏山”。

1984 年，殷士敏的家乡故城镇茅庄村，又将殷士敏烈士的遗骨从蟠龙镇烈士岗迁回原籍，让烈士魂归故里。

但“士敏山”这座红色山峰，像一座不朽的丰碑，永远载入武乡革命史册。（武承周）

故县乡胡家垴

胡家垴村是故县乡一个小自然村，全村只有6户人家36口人，因为全是胡氏一族，所以村名叫胡家垴。武乡政法委办公室主任王文焕生前曾给本书主编说过：故县胡家垴的胡氏是从长乐村胡家寨迁过来的，时间大约是清道光年间。

胡家垴村子不大，人口不多，但1938年4月12日，里庄滩大战之后，八路军不少伤员曾就近转移到该村进行医治养伤，再加上医务人员、看护人员、烧火做饭人员，还有附近村庄来探亲访友的避难人员，有150余人。

里庄滩大战是日军初进太行实行“九路围攻”的第一个战役。这次战役中，日军伤亡也很惨重，据史书记载，日军死亡2200多人。日本鬼子不甘心失败，千方百计伺机报复。4月16日这一天，一架日军飞机呼啸而来对胡家垴村进行了侦察。八路军发现敌情后，立即通知老百姓转移，但刚刚转走一小部分八路军伤员，20多名日本鬼子就像一群疯狗向胡家垴扑来，用机枪封锁了路口，包围了村庄，一场惨绝人寰的大屠杀开始了……

鬼子用机枪扫射八路军伤员和村里的男人们，用铁丝捆绑住妇女和儿童，奸淫手无寸铁的妇女，残害嗷嗷待哺的幼儿……不到两个小时，全村36口人，只有2人幸免于难，存活下来。一名是13岁的胡国珍，一名是胡国珍的二大爷。胡国珍被鬼子连刺七刀昏死过去，后被躲进地窖里的二大爷发现，将他及时背送到八路军医院。在朱德总司令的亲切关怀下，医院全力救治好这个生命垂危的孩子。村里34名胡氏族人和20多名重伤员都死在鬼子的屠刀下。

从此，这个历经96年（1842—1938）风雨沧桑的小村庄就在武乡县的版图上消失了。

2017年，武乡开展第二次地名普查工作，笔者有幸从马庄村一位老者的讲述中得知：那位在朱总司令亲切关怀下，被八路军医护人员救活的胡国珍后来参加了八路军，抗战胜利后他随刘邓大军南下，参加了全国解放战争。中华人民共和国成立后，他还先后担任过湖北省农机局局长和省计划委员会主任。胡老深情的讲述，感染了在场的每一位同志，而且他一再要求将胡家垴村发生的悲惨史实写进《武乡地名故事》，让历史记住胡家垴，让世人记住胡家垴，让后人勿忘国耻，铭记历史。（马生旺）

左会村“圣人泉”

1941 年春天，随着日、伪、顽的军事进攻和经济封锁，百年不遇的大旱又在太行山上蔓延开来，抗日战争进入最艰难的岁月。

一天上午，八路军副总参谋长左权将军和警卫员沿着崎岖的山路，向八路军 129 师卫生部医院驻地左会村走来。刚进村口，左权将军就看见申水山大叔坐在老槐树下发愁，眉头紧皱。

“大叔，你身体不舒服吗？”左权走过来坐在老汉身边问。

“不是”，水山大叔叹了口气说，“旱呀，这里本来就十年九旱，遭了今年这个鬼天，这两天地都干了，庄稼能当柴火烧……”

“自古就是这样吗？”

水山大叔若有所思，仰望高耸入云的水华山，给左权将军讲了这样一个故事。

很早很早以前，水华山上原有一股清澈的泉水，一年四季长流不绝。人们说，要是水华山的水断了，那保管全世界的人都得渴死。

一天，二郎神担山赶太阳路经此地，在山上住了一宿。当时，村民们正在睡觉，一天劳累无人醒来，因此也就没有一个人出来接应，这下可把二郎神惹恼了，他从鞋底里取出一粒石子，朝天空一抛，顷刻间化作一座大山压了下来，泉水不见了，山崖上却留下两句话：“欲得水长流，等到圣人来。”

后来，由于村民们盼水心切，便在这里盖起了一座二郎神庙，每天香火不断，祈求二郎神降下恩惠，流出水来。可是千百年来，不管人们怎样祈求祷告，圣人始终不曾进得山来，左会照样是十年九旱，水贵如油。

从此，一首悲壮的民歌便伴着这段神话流传下来：

圣人泉，圣人泉，
埋在山底几千年。
有朝一日圣人来，
泉水滚滚浇田园。

左权将军听完这个故事，站起来说：“这不过是个神话罢了。依我看这山势地形，山底一定会有水。”

左权将军把左会村缺水的事记在心上，回到总部和朱、彭两位首长一商量，便决定由他带人上山找水。

申水山大叔一听八路军要来找水，就主动给左权将军带路。左权将军和战士们走遍了水华山的每一个山洞，每一座山头，他累瘦了，嘴裂开好长的口子。警卫员劝他歇一歇，他却说：“水还没有找见，怎好休息呀，多少老百姓可在眼巴巴地等水呢。”

警卫员不高兴了：“医院换个地方不就行了，怎非得在这干山里住？”

左权将军拍拍他的肩膀说：“小同志啊，咱们转移好办，可老百姓呢？没有老百娃，我们能打胜仗？可要好好想想啊。”

在两个山头的断崖处，左权将军发现这里树木葱茏，花草茂盛，拨开草丛一看，见有湿润的泥土。他仔细察看了一番，就高兴地对大家说：“俗话说，两山夹一嘴，地下必有水。我看这儿一定有水。”

一连几天，将军和战士们，还有附近赶来帮忙的老百姓，顶着烈日，开石挖山。挖着，挖着，突然“哗”的一声，一股清汪汪的泉水从石缝中喷涌而出。将军掬起一捧甜丝丝的泉水，敬给水山大叔。

一连几天，战士们开山凿石，修了一条五里长的水渠，用木槽把水从山顶引到左会村里来。

“水来了，水来了！”人们欢呼雀跃，捧起泉水，眼泪却流了出来……

水山大叔握住左权将军的手，颤抖着说："我们祖祖辈辈烧香磕头，也没把圣人盼来，左权将军你可真是圣人啊！"

从此，太行山老乡们亲切地称左权将军为"左圣人"，把这口井叫作"圣人泉"。太行山里也因此流传着这样一首民谣：

圣人泉，圣人泉，
喷出来的泉水清又甜。
滚滚泉水流不断，
浇出太行"小江南"。
圣人泉，圣人泉，
千回百绕流下山。
八路军功劳高过天，
将军英名万代传。

（王照骞）

枪杆背

枪杆背是一座大山，位于武乡韩北与黎城交界处，海拔1800多米，因山的形状远看像一支竖立着的步枪，又地处背阴处而得名。

枪杆背山高坡陡，有一条羊肠小道，是武乡东部山区通往黎城的一条近路。旧社会每当年近腊月，就有人沿着这条羊肠小道翻过山到黎城贩运柿子，回来沿村串户叫卖，赚点辛苦钱好过年。

枪杆背不仅山路崎岖难以通行，而且到了冬季寒风凛冽，山顶气温最低可达零下40摄氏度。过去人们缺衣少食，多数人衣不裹体、食不果腹，又缺乏防冻知识，经常有人冻僵手指，冻掉耳朵，落下残疾。甚至有的人因冻得腿脚不听指挥，失足掉入山底送了性命。因此，在当地流传着一首凄惨的民谣：

上了枪杆背，如进阎王殿。
下了枪杆背，长长两行泪。
去时同相跟，回来难见面。

抗日战争爆发后，日本侵略者对抗日根据地的军民实行残酷的“烧光、杀光、抢光”政策，同时还实行“囚笼”政策，将铁路、公路、桥梁封锁，企图断绝八路军的后勤供给。勇敢、智慧的武乡人民巧妙地避开敌人的封锁大道，充分利用各种关隘、山洞、山道、峡谷源源不断将衣食、弹药送到八路军主要驻地和前线。其间，枪杆背山上这条崎岖小道就发挥了很大的作用。游击队带领老百姓以人背、肩挑接力棒式的传递方式从这条小道将军火物资、粮食源源不断地送往武乡、黎城两地。

枪杆背这座山，在战争年代为我军夺取胜利发挥了重要的作用。为此，我们将其载入史册，让后人永远记住其历史功绩。（武红梅）

烧高堎村

烧高堎是武乡县韩北乡一个小自然村，这个小村庄坡陡沟深，交通不便。但就是这个名不见经传的小山村，在20世纪60年代末却在全国出了名。原因是这个村出了一名赤脚医生，他的名字叫杨银喜。

杨银喜当时是一个年近30岁的小伙子，他牢记伟大领袖毛主席“把医疗工作的重点放到农村去”的指示，成天身背药箱，走遍烧高堎大队及周围20多个村庄，为广大群众治病。更令人刮目相看的是，他在当时农村最艰苦的年代里，率先在贫困山区创办了武乡第一家农村合作医疗的试点，开创了全省乃至全国合作医疗的先河。

杨银喜的举措和为民治病的模范行为，很快被县卫生系统推广，也很快得到卫生部的重视。《红旗》杂志社记者也及时来烧高堎考察调研，并于1969年12月，在第12期《红旗》杂志上以《身背药箱闹革命，踏遍青山为人民》为题，做了关于武乡烧高堎赤脚医生杨银喜的长篇报道，在当时引起很大反响。《山西日报》《人民日报》等多家媒体争相转载。周总理看了报道后，亲自点名让杨银喜赴京参加全国卫生工作先进分子代表大会。

1971 年 3 月 12 日，杨银喜满怀豪情，在首都北京中南海会议室里，见到了敬爱的周总理和时任卫生部副部长谢华同志。杨银喜被周总理亲自点名，坐在主席台前三排。总理还走到他身边，亲切地对他说：“小杨，你干得不错，你的事迹我看过了。”接着又关切地问杨银喜说：“你们公社有多少个赤脚医生？你们赚多少工分？是赚工资吗？工资行吗？”杨银喜对总理的提问一一做了如实的回答。

40 多年过去了，如今的杨银喜已是一个 70 多岁的老头了，他连续当了 10 多年武乡县委委员。但他一生行医从未间断，更未牟取私利，未向党和政府要过任何的报酬。

他的先进事迹和烧高堎这个村一样，应写进武乡史册，传承后代。

（武承周）

安乐庄村

安乐庄村是武乡县东部山区的一个小山村，现属蟠龙镇管辖。

安乐庄村原来不叫安乐庄而叫“圪窿郊”，为什么叫“圪窿郊”呢？因为这里山大沟深，出门就爬坡，见的石头多。而且从外边进入山庄，必须通过一个人工打透的石窟窿，因此村名就叫“圪窿郊”。

1937 年“七七事变”，中日战争全面爆发，这场战争，给中华民族带来了巨大灾难，但也给苦难深重的中国人民带来了争取民族独立、翻身解放的机遇。在中国共产党的领导下，中国人民奋起反抗，英勇杀敌，中华民族的历史从此翻开了新的一页。

平时多见石头少见人，祖祖辈辈过穷日子的圪窿郊村，也看到了翻身的曙光，迎来了帮助他们翻身解放的亲人——八路军。

1939 年秋天，朱德总司令带领新华日报社社长何云与报社编辑部、印刷厂，还有太行文化教育出版社等单位进驻圪窿郊村，因为这里山大沟深，好进好躲，易守难攻，具有得天独厚的地理条件，最适合开展工作。

开开大门迎老总，老总来了见光明。
穷人日子熬到头，终于盼来大救星。

这是圪窿郊人民的期盼，也是圪窿郊人民的心声。在村民的支持和帮助下，军民共奋战，日夜不消停，很快打通了一条新路，挖掘了一口水井。行路再不钻圪窿，吃水就近在本村。老百姓自动在新打的水井旁立了一块石碑，上面写着："吃水不忘挖井人，时刻想念八路军。"

1939 年 9 月 16 日这一天，是圪窿郊人民改天换地的日子。这一天，晴空万里，红日高照。这一天，我们的朱老总再次来到圪窿郊村，当他看到这里路通了，水有了，便高兴地对圪窿郊人民大声说："广大父老乡亲们，看到你们村的变化和大家脸上的笑容我很高兴，我衷心希望，我们的军民一定要紧密团结，奋勇杀敌，把小日本尽快赶出中国，让我们国家独立，让我们人民翻身！最后，让我告诉大家一个好消息：你们圪窿郊从今天开始，要更换新村名，不再叫'圪窿郊'，而要叫'安乐庄'。就是希望你们以后要平安快乐过日子。"朱总话音刚落，整个小山庄里响起一片欢呼声。

从此，圪窿郊改叫"安乐庄"，一直叫到现在。　　（白梦祥）

堙里村

堙里村，地处北纬 36° 45′，东经 113° 13′。全村共有 68 户，237 口人，耕地面积为 1017 亩，山大坡广、沟深，宜林宜牧，交通不便，现属蟠龙镇管辖。堙里村因地处沟汉中间，所以叫堙里。

堙里村虽然不大，但在武乡也是名村之一。

1937 年"七七事变"，抗日战争全面爆发。1939 年 7 月初，日军纠集 5 万余人，分九路对晋东南抗日根据地进行大规模的"扫荡"，企图将初上太行、立足未稳的八路军主力部队全部歼灭。为了避开日军锋芒，7 月 7 日，

北方局堙里旧址

八路军总部机关离开龙泉山，经襄垣县普头村，黎城县河南村、霞庄村，于7月15日进驻武乡。八路军野战政治部、八路军总部直属政治处驻扎在堙里村。之后，中共中央北方局也曾有一段时间在这里驻扎。

野战政治部主任傅钟、副主任陆定一及抗大副校长罗瑞卿、北方局书记杨尚昆等老一辈革命家曾长期在这里工作、战斗过，同时在这里先后发表了《八路军野战政治部关于广泛开展游击战争的命令》《关于保卫秋收之训令》《发展农村统一战线》《关于克服困难、坚持敌后抗战致八路军各兵团电》《正太战役政治工作指示》等一系列重要指示和电文，对抗日根据地建党、建政、建军，发动群众参军，支援抗战，扩大战果都起到了极其巨大的作用。因此说堙里村虽小，但它在抗日战争中的贡献还真大。它在中华民族独立与解放的伟大事业中，功不可没，将永载史册。

1995年7月8—9日，原国家主席杨尚昆，重返太行来武乡访问时，因时间关系未能亲自去砖壁和堙里村看望那里的老百姓，他让这两个村各派6名代表到县城宾馆，亲自接见了他们并与他们进行了两个多小时的亲切交谈。他问寒问暖，详细询问，非常动情。座谈结束后，他老人家仍然觉得未能去砖壁、堙里实属遗憾，所以让随行秘书蒋省三给砖壁、堙里乡亲们写了一封短信，让代表们带回去转达给乡亲们以表达自己的心意。信是这样写的：

亲爱的砖壁村、堙里村乡亲们：

大家好！

重返太行，看望老区人民是我多年的心愿，这次如愿以偿，我非常高兴。

砖壁、墠里是我工作和生活过的地方，这次回来没能看望到乡亲们，深以为憾！借此信笺带去我的问候，衷心祝愿你们尽快走上富裕之路，愿我们永远心相通、情常在。

致礼

八路军老兵敬礼！

杨尚昆

1995年7月9日

（武承周）

枣林村

枣林村现属韩北乡管辖，距乡政府8千米。该村与襄垣县相邻。全村147户，549口人，耕地面积1407亩，坡大沟深，但土地肥沃，特别适宜枣树的生长。所以在旧社会家家户户房前屋后都种满了枣树。村里到处是一片枣树林，秋天大红的枣儿挂满树上，在墨绿的枣叶映衬下，耀眼美丽，好一片田园风光。因此先祖们把村名称之为枣林。

日本友人前田光繁（中）与枣林老房东合影

枣林人，虽说大多是农民出身，但据史书记载，也出过不少唱戏及说古书之类的民间艺人。还说武乡秧歌的第一个戏班子，就是下合和枣林人发起组建的。如武乡秧歌剧团著名的演员韩希江就是枣林人。

1939年10月11日至1940年10月5日，八路军总部后勤直属队驻枣林村，直属队政治处主任康克清住在枣林圪崂院李兰花家。在驻扎期间，康克清同志夜以继日开展大量的秘密对敌斗争工作，给枣林群众留下了难忘的印象。

2005年8月，在纪念中国人民抗战胜利60周年时，日本反战同盟协会负责人前田光繁先生，在日本友人水野正昭与河北电视台记者殷占唐的陪同下，重返太行，来武乡县八路军太行纪念馆参加纪念抗战胜利60周年的活动，并与时任县委书记阎建书同志亲切交谈。

第二天，前田光繁在县里有关领导的陪同下，专程到枣林村回访了老房东的孙子，并给枣林村捐助4000元人民币，让上学的孩子们买纸笔等文具。返回县城途中，他参观了王家峪朱德总司令栽植的红星杨，并带了好几根树枝回日本留作纪念。

8月18日，前田光繁要告别武乡，在送别宴会上，武乡县委、县政府领导提前40天给他过了89岁的生日，他激动地说："武乡是我放下屠刀、立地成佛，获得新生的圣地，也是我的第二故乡。今后，我要尽力而为，多为我的第二故乡做点实事。"

2013年8月，殷占唐同水野正昭先生再次看望了90多岁的前田光繁，并在他家合影留念。临走时，前田光繁还一再对殷占唐同志说："枣林人民是勤劳朴实的人民，也是勇敢有智慧的人民。如果你有机会到枣林，一定要转达我对那里父老乡亲们的问候。我前田光繁，今生今世会永远记住他们，记住枣林。"

（武承周）

壮士崖

花儿堖是武乡板山的主峰，海拔2008.5米。抗日战争时期八路军黄崖洞兵工厂就在花儿堖脚下黎城和武乡交界处的深山沟里。

1938年11月，根据党中央和毛主席关于"每个游击战争根据地都必须尽量设法建立小的兵工厂，办到自制弹药、步枪、手榴弹等的程度，使游击战无军火缺乏之虞"的指示，1939年八路军在黎城县和武乡县都有了自己的军工生产部门和铁厂。同年，又将榆社的韩庄铁厂迁到黎城县黄崖洞进行扩建。

为了尽快建成投产，八路军总部还专门成立了防区工事构筑委员会，工厂代号为“黄山”。左权参谋长任主任，特务团团长欧致富和炮兵团团长武亭（朝鲜人）任副主任，特务团政委郭林祥、副团长陈波、参谋长郭双江、总部管理科科长朱早观、作战科科长王政柱、兵工厂厂长徐长勋为成员。工筑委员会设在板山附近的左会村。当时组织了特务团600人，129师的300人，炮兵团的100人，共计1000人的施工队伍。

黄崖洞兵工厂工事建筑总体要求为八个字，即隐蔽、莫测、坚固、实用。建设期间，统一指挥，分区负责，职责明确，任务到人，期限确定，必须完成，以团为指挥所，营为守备区，排为阵地，班有工事，人有定点，政令畅通，各自为战。而且兵工厂主要入口的工事位置都按作战要求进行设计，可形成仰射、俯射、侧射，上、中、下三层火力能互相策应、有机配合的立体火网，从而达到“进可取”“退可守”“能打能防”“能生产”“能生活”的特种优势工事水平。左权将军利用这种工事，“以近代远，以逸待劳，以静制动，以守为攻”，在黄崖洞保卫战实践中，创造性地发挥和发展了“以虞待不虞者胜”的我国古代孙子兵法的作战思想，在我军战略史上占有非常重要的位置。

自1941年4月起，黄崖洞兵工厂制造五〇小炮和炮弹，每年可装备16个团，使八路军对日作战的火力又上升到了一个新的起点，极大地增强了八路军的战斗力。

为了保卫黄崖洞这个有较大实力的兵工厂，八路军总部在板山各重点区域，建起指挥所、瞭望所，步枪、机枪阵地，山炮阵地，地雷阵地等核心工事72处，连接各工事的明、暗交通战壕长达6千米。

根据地军事工业的蓬勃发展，成为日军的心腹大患。日军的每次“扫荡”，都把八路军的兵工厂作为进攻的重点目标。

1941年11月，5000多名装备精良、气势汹汹的日本鬼子，兵分多路强攻黄崖洞。八路军总部特务团以不足1000人的兵力，英勇抗击，经过八个昼夜的激战，歼灭日军1000余人，以敌我伤亡6：1的辉煌战果，开创了中日战况史上敌我伤亡对比空前未有的新纪录，取得了震惊中外的黄崖洞保卫战的重大胜利。

在黄崖洞保卫战中，坚守在板山花儿垴的机枪连战士打得特别出色，为了保卫花儿垴的团指挥所，他们在连长温德盛同志带领下，一次又一次击退敌人密集的重炮袭击和飞机轰炸。他们同敌人周旋作战，斗智斗勇。但由于敌我兵力悬殊，机枪连打到最后，只剩下连长和战士共 3 个人。他们将敌人火力逐渐引向花儿垴东南边的悬崖上，在弹尽粮绝的情况下宁可身亡，绝不当俘虏。在连长温德盛带领下，他们纵身跳下千米悬崖，壮烈殉国。由此，成就了自“狼牙山五壮士”之后又一气吞山河的伟大壮举。

2005 年，在纪念抗日战争胜利 60 周年之际，县有关部门将板山花儿垴三壮士跳崖殉国的山崖命名为“壮士崖”。（李绍君）

漆树坡“英雄沟”

英雄沟位于上司乡漆树坡村南面一条山沟里。这条沟既不深，也不险，但人们都称它为英雄沟，这是为什么呢？要想知道英雄沟的来历，还得从日本帝国主义发动的那场侵华战争说起。

1940 年，在日军占领武乡段村之后，为了方便抗日斗争，武乡分为武东、武西两县。武东县一开始驻扎王庄沟村，后移迁姚庄。1943 年日军占据蟠龙后，当时漆树坡村是武东县抗日前方指挥部和路南办事处，办事处主任李甫堂。为指挥抗日工作，县委书记姜一、武委主任李尚春、游击队长魏名扬等领导同志，经常驻扎在漆树坡村。

1943 年农历六月十四，驻扎在段村的日伪军，集中精锐力量，向漆树坡村进行扫荡。武志芳带领民兵干部立即组织群众向安全地带转移，最后，狡猾的敌人还是发现了桑树沟窑洞里藏有不少群众。

一场窑洞保卫战打响了。武志芳身先士卒，奋勇向前，拿掉进入窑洞的木梯，然后带领八九位民兵，隐蔽在洞口附近的山腰里，密切监视敌人的活动。当看到有两个鬼子发现洞口正准备向上爬时，武志芳眼明手快立即扣响扳机，将两个鬼子打死。后边敌人听到枪声立即向洞口包围过来，又有两个鬼子爬上洞口，刚准备进洞时，被洞内民兵用枪打死。洞外鬼子对着洞口用机枪胡乱扫射了一阵子，他们不知洞内究竟藏有多少人，有多少民兵，所以不敢闯进去，便点燃柴火用烟熏，还放了两颗毒气弹。武志芳看到此景，为了把敌人引开，保护洞里的群众和民兵，便挺身而出，对着敌人开了两枪，接着甩出两颗手榴弹。这时，敌人反扑过来，同武志芳等人展开了一场激烈的肉搏战。最终因寡不敌众，武志芳和五名民兵被日军杀害。

武志芳同志把敌人引开，使藏在窑洞里的群众和民兵争取到了逃生机会，大多数人从窑洞另一个出口处逃走了，但有十多名老弱病残者和妇女儿童来不及逃脱，被敌人的毒气弹给活活呛死了。这就是日寇制造的“漆树坡窑洞战惨案”。

第二天，武东县抗日前方指挥部，为漆树坡窑洞保卫战死难烈士和群众举行了追悼安葬大会。追悼会上，县委书记姜一和前方总指挥李甫堂讲了话。大会还决定，将桑树沟命名为“英雄沟”。

1989 年，武乡县人民政府在漆树坡村竖立了“漆树坡窑洞保卫战纪念碑”，武志芳等烈士的英名镌刻在此碑上，聂荣臻、陆定一和鲁瑞林、钟明锋、姜一等领导给“漆树坡窑洞保卫战纪念碑”题了词。

1996 年 7 月 5 日，日本友人相马一成（日本专门研究日军侵华战争中使用毒气弹的史实专家），专程来武乡漆树坡窑洞保卫战现场进行实地考察，采访了窑洞保卫战幸存者武来水夫妇，还亲自到窑洞内进行了摄像，回国后写了一本专著叫《废置的毒气弹》，介绍了窑洞保卫战经过和武志芳烈士牺牲的情景。

（王照骞）

第五节　红色旅游景区

八路军文化园

八路军文化园位于武乡县城，距太长高速武乡出口 1 千米，背靠凤凰山，紧邻全国唯一一座全面反映八路军和华北各根据地抗战史实的大型军事专题纪念馆——八路军太行纪念馆。园区主要分为三大景观：八路村、军艺社、胜利坛。通过还原抗战时期八路军生活、工作、战斗、娱乐的真实场景，向游客展示抗战文化和实物的同时，深刻表达了八路军与当地百姓的军民鱼水之情。三大演艺：情景剧《反扫荡》、影视蒙太奇体验剧《太行游击队》及欢庆胜利大巡游。分别以独特的表演形式，演绎出一段段抗战传奇故事，并邀请游客亲自参与其中，震撼体验战争的悲壮、民族奋斗精神的伟大以及抗战胜利的喜悦。三大拓展：水面、陆地、高空加入丰富的竞技游戏，历史与时尚相结合，让游客在体验八路军军旅生活之时，不断提升个人身体技能与团队合作精神。三大会址：其中多功能大厅（容纳 350 人左右）、抗大分校（容纳 150 人左右）、识字班（容纳 80 人左右）。经过抗战时期的风格包装，已形成了具有一定规模的、专业的、全方位的会议培训场所。另外，八路军文化园还设有八路军大食堂和八路村客栈两大服务机构，其中大食堂可接待 400 人同时就餐，客栈可满足 164 人住宿休息。整个村落按照抗战时期的建筑结构、历史文物、生活用品来装点装饰。游客可吃一顿八路军饭、尝一回小米加步枪套餐、住一宿八路军客栈，穿越历史时空真正体验抗战生活、感受八路军文化。

通过物化八路军文化，使参观者在思想上更进一步了解八路军如何在艰苦的环境中发展壮大，经过艰苦卓绝的抗日战争走出太行，走向全国，解放全中国。从而激发游客的爱国心、民族情，增强民族自豪感，坚定建设社会主义伟大祖国的决心和信心。

八路军文化园是全国唯一的八路军文化主题公园，国家AAAA级景区。

整个景区由前广场、游客咨询服务中心、胜利大道、军艺社、胜利坛、实景剧场、八路村等七部分组成。园内三场常态演出：实景剧《反扫荡》、影视蒙太奇体验剧《太行游击队》、军民欢庆胜利大巡游，通过声、光、电等科技手段，幽默诙谐的表现形式，喜庆热闹的民俗风情，生动再现了八路军将士与当地老百姓军民同心、共同抵制日寇的历史场景。同时，还可以参与“当一天八路军”的角色扮演活动，亲身体验八路军当年战斗、生产、工作、学习、生活、娱乐的场景以及八路军与当地民众鱼水情深的军民情谊。

军艺社：军艺社建筑总体鸟瞰呈“军”字形，由数字体验休闲区、多功能大厅和互动展览区三大部分组成。社内主要通过高科技的数字互动技术，对八路军战斗生活的场景进行包装，展示八路军在根据地开展文艺宣传的成果，展现八路军亦文亦武的抗战面貌，反映八路军文化的巨大作用和深远影响。

拓展项目区：园内共设置了水面、高空、陆地三大拓展区，可供参加“当一天八路军”活动的游客朋友们进行军事训练和团队精神锻炼。通过参与拓展项目，游客可以认识自身潜能，增强自信心，改善自身形象，克服心理惰性，磨炼战胜困难的毅力，启发想象力与创造力，提高解决问题的能力。

《反扫荡》实景剧：把握年代及社会背景，运用电影制作手段，通过舞台剧与实景相结合的表现形式，以山西本土文化特色为主调，以轻松愉悦的表演风格，动感谐趣的打斗设计以及令人震撼的特技、特效场面贯穿全剧来演绎“反扫荡”前夕，八路军和游击队突袭及缴获一批日本军队准备用来进行“反扫荡”的军用物资，以保障“反扫荡”取得胜利而发生的一段故事。

欢庆胜利大巡游：胜利广场上，孩童奔跑欢呼，男女老少奔走相告，反映了抗日战争时期，中国人民经过长期的坚持抗战，终于取得了抗战胜利，全民欢呼、庆祝胜利的喜庆场景。游客朋友们可换装亲自参与其中，挥动双臂、喜舞彩绸，挥出对抗日英雄真真的情、舞出对八路军浓浓的意，真实再现军民热烈庆祝反法西斯抗战胜利的热闹欢快的场景……

影视蒙太奇体验剧《太行游击队》：在军艺社多功能厅上演，此节目表现形式鲜明、表演手段丰富，融参与性、体验性、互动性、娱乐性、刺激性、知识性等要素为一体。演员邀请游客参与互动，以游客现场参与表演为亮点增加喜剧幽默的娱乐元素，同时融入影视拍摄和后期制作的"蒙太奇"手段，让演员和参与表演的游客通过舞台现场进入屏幕，参与到战火纷飞的峥嵘岁月，在屏幕里发生大场面的战斗故事，所有人物再从屏幕中返回到舞台现场，让游客在虚实结合的表演中感受"蒙太奇"的神奇……

八路村：八路村村落建筑总体鸟瞰呈"路"字形，这里高度浓缩八路军的战斗精神和光辉业绩，是一个继承和发扬八路军文化、进行爱国主义教育及精神文明教育的生动课堂，突出八路军的军旅生活、文化生活，文艺创作、抗战宣传、文化教育，及军工生产、政权建设、新闻出版和商贸服务等内容。

八路村根据不同的展示内容和互动功能划分为工商贸易区、宣传教育区、军工生产区、根据地区、军旅生活区、英雄模范区等 6 个区域，在村内每个区域还按照八路军风格布置有 50 多间客房和一间八路军大餐厅，游客可以在此入住并报名参加"当一天八路军"活动。通过穿一身军装、照一张军像、扛一次步枪、吃一餐小米饭、住一回土窑洞、唱一首抗战歌、看一部抗战剧、观一场怀旧电影，让身心回到抗战年代，深度体验八路军文化内涵，传承八路军艰苦奋斗、不怕牺牲的精神，接受一次不同以往的体验式红色革命传统教育。

胜利大道：以雕塑的形式全面反映抗战时期八路军战士英勇抗战，与日军斗智斗勇，最终取得胜利的故事。内容包括：地道战、地雷战、小兵张嘎、鸡毛信、铁道游击队、雁翎队、狼牙山五壮士、板山壮士崖八勇士、白求恩、聂耳（义勇军进行曲）、党的儿女、欢庆胜利、支援前线、双枪李向阳、百团大战、送子参军、消息树、红灯记等。

飞板影院：以现代化的飞板影院技术为载体，包装传统文化，以太行山风光与抗战情节为主要内容，制作电影《太行战歌》，电影演出时间约为每

场 30 分钟，每场演出可容纳 60 人。（摘自《武乡旅游纪事》）

大型实景剧《太行山》

表演《太行山》实景剧

大型实景演出《太行山》演出地，位于武乡县城东 5 千米处，距太长高速武乡出口仅 2500 米，面向八角山，背靠桃花寨，紧抵太行龙湖，依山傍水，景色宜人。

《太行山》实景剧以抗日战争为背景，以太行山水为依托，利用现代化的声、光、电相结合的方法，讲述了当年八路军将士与太行山人民浴血奋战，共同抗击日寇的感人史实。全剧由当地 600 多名群众共同演绎，融观赏性、教育性于一体，规模之大、样式之新，独树一帜，是一部伟大的红色历史实景剧。

实景剧《太行山》真实地反映了抗日战争时期，太行儿女与八路军将士同仇敌忾、浴血奋战的感人故事，是弘扬太行精神，传承八路军文化，打造全国红色旅游第一品牌的力作。该剧特邀中国电影家协会主席、著名电影导演李前宽担任总导演、总策划，众多专家加盟，强力打造我国北方第一部以革命历史题材为内容的大型实景剧。该剧演出主题及内容主要有"太行血""太行魂""太行泪""太行情""太行剑"等五部分。

实景剧《太行山》于 2011 年 8 月试运营，2012 年 4 月 15 日正式对外开放。该剧情节生动，气势恢宏，感染力强，游客反响强烈，获得一致称赞。

（摘自《武乡旅游纪事》）

游击战体验园

八路军游击战体验园位于八路军总部旧址、百团大战指挥部所在地——蟠龙镇砖壁村，离县城约42千米。

园区主要依据八路军十大游击战法，在三面悬崖的险要地势设地雷战、地道战、追击战和围困战等军事体验区以及亚洲最大的CS体验基地，游客可以手握机枪、高举手雷、隐埋地雷，打一场游击战，来一场真人CS对抗赛，重温抗战峥嵘岁月，当一回真正的抗日英雄。

游击战体验园

体验园再现了八路军总部、中共中央北方局、129师、抗日军政大学、晋冀豫边区党政首脑机关带领广大太行军民同仇敌忾、共赴国难的历史，以及朱、彭、刘、邓等老一辈革命家的光辉形象和丰功伟绩，讴歌了太行山人民为中华民族的解放事业所做出的巨大牺牲和卓越贡献，弘扬了伟大的太行山精神。

八路军游击战体验园以朱德总司令提出的“八路军十大游击战法”为主题设计，主要由地雷战、地道战、追击战和麻雀战等战术以及勇士扣篮秀现场情景表演、军事对抗体验区、儿童军事体验区等景点和项目构成，利用机械、声、光、电等高科技手段，生动再现八路军与日寇斗争的历程，游客可以亲自参与到“打一场游击战”的角色扮演活动中，真正当一回抗日英雄，体会烽火年代那硝烟弥漫的战争场景。

地雷战体验区：集地雷战术、袭击战术、麻雀战术、破坏战术、围困战术等战术于一体，游客可乘坐特色轨道车穿行于“敌人”的后勤区域，用红外线枪对“敌营”进行射击、焚烧粮食仓库、拆除火车铁道与桥梁、炸毁“敌人”油库、阻断“敌人”的一切后勤补给，在体验地雷战的惊险与刺激的同时再现八路军抗战奇迹。

麻雀战体验区：设有陡坡、山顶、山洞和碉堡，游客乘坐过山车可伏击敌人、炸毁碉堡，通过声、光、电等特效手段，产生强烈的战场效果，使游客全身心回归到那战火纷飞的峥嵘岁月。

地道战体验区：以地道战战术为策划思路，分地道、地面、屋顶三个层次，生动再现当年八路军的地道战场景，游客在缆车上钻入地道，划过地面，穿出窗口，飞上屋顶……通过三个层面穿梭不同的变化，来体验当时的战斗场景，惊险刺激而又令人回味无穷。

追击战体验区：主要设有轨道、打枪区、残墙、鬼子据点等。在追击歼敌、夺取鬼子据点的过程中，充分感受当年八路军齐心协力打击日寇的团队合作精神。

参与者分组，手动缆车快速到达目的地，用时最短者将获得胜利。

儿童体验区：为满足不同年龄段游客的需求，在指挥所前面、麻雀战体验园与追击战体验园后面的地段上设置了儿童游乐设施，少年儿童可驾驶木飞机穿梭欢乐城，攀爬吊环、开动水车、嬉戏沙坑，尽情玩乐。

军事对抗体验区（CS）：阵地战体验区盘山而建，是整个园区的制高点，这里有沙袋、弹药箱、手雷、机关枪、大炮及枯树桩、铁丝网、碉堡、暗堡等，根据战壕地形，引进最先进的真人CS射击游戏设备，利用现代的激光枪进行对抗性的团队实战模拟演练，让游客亲身体验人民战争那辉煌的战斗场景。

（摘自《武乡旅游纪事》）

玉品村全景

第五章　村名篇

目前，武乡县共设14个乡（镇）、1个农业开发区，下辖328个行政村，942个自然村。经查史志、访村民，本书辑成一批村名故事。从一些线索看，挖掘武乡地名故事资源的潜力还很大，有待后人进一步挖掘整理。

第一节　武乡古代四大镇八小镇

一、四大镇

洪水镇

洪水镇位于武乡东部，北纬36° 52′，东经113° 13′，距县城60千米。北通左权县，东邻黎城县，西接榆社县。是武乡东部交通枢纽和集市贸易中心。

洪水，古称横水。据《唐史》记载，唐会昌三年（843）刘稹屯兵潞州（今潞安）举兵反唐，派遣部将康良佺居武乡城（今故县），并遣河东节度使刘沔、兵马使王峰壁驻榆社负责坚守昂车关（武乡关河水库上、下关一带）。

唐武宗速派大将李德裕率军讨伐叛军刘稹于昭义军，会兵

武乡横水（今洪水）。刘稹闻讯后速逃太原。李德裕发兵横水，赴榆社攻打刘沔与王峰壁（据《武乡地名志》）。这段史实说明唐以前洪水称横水。

还有民间传说：不知什么年代横水镇上来了个水怪，他青面獠牙，红胡子，蓝眼睛。有一天他突然发怒，对着苍天狂呼乱叫，一时闹得昏天黑地。一声惊雷响过之后，大雨铺天盖地下起来了。不大一会儿，洪水泛滥，横冲直撞，整个横水镇上到处是洪水。老百姓面对这突发灾难，携儿带女，一起向高山坡上逃命。

过了好长一阵儿，又是一声惊雷，天空忽然晴朗，出现一朵祥云，只见观音菩萨手持净瓶，将瓶中一根槐枝投下凡间，顿时横水镇街当中出现一个无地深洞，所有洪水都向这个深洞急速流去，那头水怪也不知怎么钻进洞里，不见了踪影。

第二天一早，奇迹出现了，横水街上忽然有了一棵大槐树，它长得又高又大，枝叶十分茂盛。有几个识字人走近槐树跟前一看，还发现在大槐树身上写着三个大字“槐安镇”。人们这才都明白，是观音菩萨救了洪水中的黎民百姓，她用千年古槐把水怪镇在了横水街上，让百姓永远安宁，不再受害。从此，横水镇改称槐安镇，这条大街至今仍称槐安街。

但到了北宋仁宗年间，槐安镇连降暴雨，山洪暴发，水患成灾，数十丈高的洪峰，席卷槐安。老槐树底下的水怪又出来作怪。洪水镇上老百姓聚集山头，向苍天祈祷保百姓平安，忽听一声惊雷巨响，空中出现 9 条巨龙，它们各显神通与洪水搏斗，最终将水怪消灭，9 条龙也斗得筋疲力尽。镇上又恢复了原来的平静。

老百姓为了报答九龙治水的恩德，自动集资，在镇上修建了一座九龙庙，并塑了 9 尊不同颜色的龙像，供百姓祭祀。也为了铭记这场洪灾给百姓造成的灾难，将槐安改名为“洪水”，希望以后老百姓能大走红运，发家致富，幸福安康。

洪水镇现在不但是全县最富裕的乡镇之一，而且历史悠久，也是武乡千年古镇之一。该镇在晋冀鲁豫也很有名气，是武乡县东部最大的交通枢纽和集市贸易中心，也是武乡四大镇之首。早在明末清初，集贸市场、商业活动已颇具规模，号称日进斗金，财源滚滚。当时洪水镇有店铺、作坊、饭馆等共计 70 余家。

比较有名的当铺有两家，分南、北当铺。南当铺老字号为“恒泰诚”，由河南开封府人兴办。一串院，十几间房屋，前面是转角楼，经营范围广，后来还扩展到西营、蟠龙一带。北当铺老字号为“恒真当”，转角楼院，东家为墨镫河神堙的李保和。

有名气的店铺有 21 家，其中粮店 1 家，旅店 4 家。洪水张书田办的旅店最大，一串大院，设有 6 个牲口槽，也叫骡马店。

理发店 1 家，长子人开办。饭店有 5 家，多为外地人开办。每逢集市，街上的饭摊很多，卖枣糕、饸饹、蒸饺、莜麦面、干面饼、煎饼等，花样繁多，规模也不小。

做衣铺 1 家，东家为贾豁董泰安，主要经销绸缎、寿衣、送终衣布。

烟铺 1 家，东家为上北台人，主要经营烟草，推制水烟、烟丝等。

药铺 2 家。早在明初，洪水镇张家为中医世家，张伯能、张伯全兄弟俩人为当地乡民看病，并经营药材，在镇上南边居住的地方开办有南药铺、商铺，生意兴隆。另外一家药铺商号为“同仁泰”，由河南沁阳人经销中西药。

杂货铺 5 家，最有名气的是邢台人张智慧（幼名娃儿）开的杂货铺，商号为“顺泰昌”，用人二三十个，在洪水西街有两串院，楼上楼下货很多，批发零售铁货、棉花、布匹、香纸，样样俱全。其次是本县上北漳人郝希珍办的杂货铺，规模也不小，主要经营日用杂货。

铁货铺 2 家，潞城人开办一家，河南林县（今林州市）铁匠杨侯贵开办一家，主要加工和经营锨、镢、镰刀等铁器。

另外，还有作坊 15 家。酒坊 3 家，老字号“万盛园”酒坊，东家为襄垣人，四串院，生意兴隆。四成酒家，由太谷人开办。醋坊 1 家，由王福锁开办，刘海金经销，街上设有门市部。粉坊 1 家，由大西岭人王金则经办，喂有 20 多头猪，生意挺好。染坊 3 家，分上染坊、下染坊、西染坊，均为河北邢台人开办。皮坊 1 家，东家为邢台人，主要加工皮革，有熟羊皮、牛皮、猪皮等。油坊 1 家，在登桥园开设。

此外，寨坪人张肃在洪水镇办有钱庄，并开办有各种作坊、商铺，如酒坊、醋坊、酱坊、染坊等。还有寨坪的张一汉、张云汉和张亭汉兄弟三人在洪水购买了多家商铺，开办了“自盛永”“自盛德”“德泰兴”等商号，经营布匹、烟酒、火柴等日杂货物。

洪水镇古代既是兵家争夺之地，又是繁华热闹的集贸盛地。在抗日战争时期，八路军总部也在这里设立了不少重要机关，如后勤部、交通站、新华书店华北第三分店等。

1939 年 8 月，洪水街上“德泰兴”商铺成为八路军总部地下交通站，负责向武乡、榆社、左权等发送情报，也为群众生活提供方便。

1939 年 12 月，八路军总部后勤部第三分部在洪水成立，部长是蔡生财，采购员是赵林田（武乡上司新庄人，中华人民共和国成立后任中商部小百货批发局局长）。

1943 年 8 月，武光汤同志担任三专署专员之后，太行三专署驻扎洪水村，专署办公地点就设在九龙庙。三专署教育科科长是圪嘴头村郝培兰，他是武乡“八小家”之一。

1944 年 3 月，武乡新华书店在洪水镇成立，当时称“武乡文化合作社”。不久发展成为当时华北地区三大书店之一，被八路军收编，统称“华北书店”，武乡称“第三分店”。

（武承周）

蟠龙镇

蟠龙镇位于武乡东部，北纬 36° 47′，东经 113° 7′，东邻黎城县，南接襄垣县，距县城 35 千米，是武乡古代四大镇之一，历史悠久，文化灿烂，当地有许多经典传说。

蟠龙镇原来不叫蟠龙而称“古永丰”，但古永丰这个镇名也只有上年纪的人才知道，没有任何史料记载。直到2013年由退休老人安书珍和安效堂两位同志专门采访了该村6位70岁以上的老人，最终从本村村民程四海老汉（77岁）家中，找出他保存了近60年的一块从蟠龙大东门上拆下来的“碑铭”。这块碑铭长0.62米，宽0.40米，厚0.15米，由石灰石制成，上书三个大字“古永丰”。

文物的出现，证实了蟠龙古镇之前确实称“古永丰”。

那么，什么时候改称蟠龙的呢？这里有一个神奇的传说。

记不得什么朝代，什么年代，忽然有一天，晴空霹雳，金光四射，一条白龙从天而降，落于该村“法云寺”院内。村民们闻讯赶来观看，发现白龙龙体发光耀眼，四爪如鹰，眼似铜铃，粗得像桶一样，盘卧于院中，如碾盘之大，头竖中央，神气十足。

在这大旱之年，地面酷热，烧烤干烫。寺院众僧和村上百姓见此大发慈悲，纷纷回家端水、抬水，向白龙身上泼洒，为龙体解除酷暑之热。白龙浑身扭动，摇头摆尾，像是感谢百姓与众僧。不到一个时辰，天空又一声巨响，白龙腾空而起，伴随着金色的光环飞越南山，杳无踪迹。霎时，天空乌云密布，雷电交加，下起了倾盆大雨，给该村和周边的村庄解除了旱情。白龙现身显灵，令百姓大为震惊，远传四方，名扬天下。自此，该村和周围邻村，年年风调雨顺，五谷丰登，民心欢乐。为了纪念这一奇特现象，村民们在白龙飞去的南山上盖起了一座“白龙庙”，作为对“龙”的永久性纪念。同时，又将“古永丰”村改名为“蟠龙”村。这就是蟠龙二字由来的一段神奇传说。另外，老人们还在畅所欲言中，你一言，我一语，回忆着他们的长辈传下来的顺口溜，即：“蟠龙原名古永丰，龙落法云改蟠龙。祥龙降村震天下，黎民代代是传人。”

在这个有着神话传说的古老的蟠龙村，有许多关于龙的故事和龙的区域名称，如白龙庙、白龙洞、白龙泓、白龙滩、倒骑龙、黄龙岗、卧龙岗、黑龙庙，等等。至此，蟠龙村就顺理成章地成了龙的故乡，村民们祖祖辈辈一直传承着龙的文化，特别是每逢正月十五，村上挂龙灯、滚龙舞，敬龙香、垒龙火，赶庙会、祭龙祖的古老风俗生生不息，代代传承，一直至今。

蟠龙镇不仅交通方便，集市贸易繁荣，是古代武乡四大集镇之一，而且也是历代兵家必争之地。抗日战争时期，蟠龙镇地理位置显得更加突出，它是通往晋冀鲁豫根据地的咽喉与交通枢纽。1940 年 2 月，抗日军政大学总校迁来武乡，驻扎在蟠龙镇，同年 4 月 25 日抗大总校第六期在蟠龙镇南河滩举行了开学典礼，朱德总司令、彭德怀副总司令、野战政治部主任傅钟都出席了开学典礼，并作了重要讲话和指示。

1943 年 6 月 14 日，日军 36 师团葛目连队小林大队 600 余人，带领伪绥靖军第一师赵瑞（沁县人）、段炳昌（武乡人）所部约 2500 人，占领了蟠龙，紧接着蟠龙围困战逐渐打响，1944 年 2 月，蟠龙镇解放，又回到人民手中。

1944 年 3 月 4 日，太行第三军分区在蟠龙镇举行万人庆功大会，在蟠龙围困战中的英雄们都受到军分区表彰奖励，也受到群众的敬仰。其中有英雄营长钟明峰，英雄排长王凤才、靳小瑞，民兵英雄关二如、马应元、王来法等。

1945 年 4 月 5 日，武东县党、政、军各界代表群众数千人在蟠龙镇举行公祭大会。公祭在过去 7 年抗战中牺牲的 352 名烈士，并在蟠龙镇对面的奶奶凹黄沙岗上，竖立了烈士碑，碑名称“死难烈士纪念碑”，黄沙岗也改称烈士岗。《新华日报》太行版以《武乡各界 2000 余人公祭抗战七年死难烈士》为题做了报道。武东县各区、村及烈士家属都派代表和附近群众共计两千余人参加了本次公祭大会，公祭大会上武光清县长、姜一政委（新任县委书记）等县区主要领导干部，为烈士拉灵执绋。在烈士岗上安葬的烈士有十四团二营营长王明普，武乡独立营战士任其和，太行区民兵杀敌英雄马应元，五区政委殷士敏。

会上还枪决了大汉奸柴三旺，为死难烈士进行血祭。

2005 年抗战胜利 60 周年，国家拨款重修了黄沙岗“死难烈士纪念碑”，并将碑名改为“抗日英雄纪念碑”。

古镇蟠龙是红色的蟠龙、英雄的蟠龙、辉煌的蟠龙，将永远载入共和国的史册。（安书珍）

故县镇

故县位于武乡县城东，北纬36° 49′，东经113° 35′，距县城5千米。

故县目前虽是武乡县最小的乡镇，但它历史悠久，文化深厚，人杰地灵，贡献突出，是武乡历史文化古村，也是最具特色的名村。

故县是武乡县的旧县城，也是后赵石勒皇帝的家乡。公元491年（北魏孝文帝太和十五年）由榆社县社城迁来建立县治，1947年由县城迁至段村。县城迁至段村后，改名故县，现在是故县乡政府所在地。故县原是一座美丽的城镇，南临漳河，背靠鼙山，西有八角山，东靠天农坛，山环水绕，景色优美。城南广阔的漳河滩，土地肥沃，古称“南亭川”，古代武乡有人常称自己是南亭人或南亭居士，盖出于此。整个城池，南低北高，形如簸箕，东西两山，状如鸟翅，故有“凤凰城”之称。

城内建筑历经千百年历史，到清末已是一座典型的、完整的古城堡。四周城墙坚固，全用石头砌成，方圆9千米。东、西、南3个城门很高，城门上都建有楼阁。距东门不远，有瓮城一座，上建观音阁，门额题“耀武东风”四字。城北居于最高点，明崇祯三年（1630），始修凉河楼，高3丈，周长20余丈。每逢盛夏酷暑，站在凉河楼上乘凉，山城景色尽收眼底，使人心旷神怡。城的半腰建有尊经阁一座。再往南便是龙门。龙门前为文昌阁，后为观音阁。相传后赵太和元年（328）石勒在此修筑龙门，并筑石勒寨，巍然屹立城中。

历代县府衙门均建在龙门下的广场上，一整套县府办公的建筑，共有1000余间房屋。

县府南面，有从东到西一条大街，为城内繁华的商业贸易中心。各业商号均设在街的南北。每逢单日赶集，商贾云集，为晋东南繁华集镇之一。

故县又是武乡历代的政治、经济、文化中心。县府设有鼙山书院。辛亥革命后，开始建立小学；抗战前，设有高等小学、女子高校、县立师范等学校。

故县又是具有光荣革命传统的武乡革命策源地。30年代初，李逸三、高沐鸿、武光汤等先进知识分子，在这里发起创办《武乡周报》，组织“武乡通讯社”“石印合作社”“流通图书馆”，传播马克思列宁主义；1933年8月，中共武乡县委在这里诞生。

1938年4月16日，日军“九路围攻”败退途中，将故县城一把大火付之一炬。

我们相信，英雄的故县人民，一定会在党的新时代思想指导下，有新作为、新业绩，利用自己得天独厚的深厚文化资源和红色文化资源，开发新项目，尽快脱贫，走向富裕，再铸故县新辉煌。（武承周）

故城镇

故城镇位于武乡县城西，北纬36° 56′，东经112° 39′，是武乡县四大古镇之一，东距县城25千米。故城原称古城，西周时称皋狼城。

这里山环水绕，地势平坦，水源充足，土地肥沃，素有“故城地区小平川，肥沃土地三万三”的说法。为本县历史最悠久的古镇。相传西周时期为皋狼城邑。春秋时，仍为皋狼之地。西汉至隋先后为涅县、阳城县的县城。唐代后，涅县并入武乡县，旧城邑从此改称“故城”。抗日战争时期，武乡分成武东、武西两县，故城为武西县的军事、政治、经济、文化中心。2001年1月，将原故城镇、东良乡合并重新组建今故城镇。现为镇政府所在地。

故城镇镇门牌坊

从现存古城墙遗址和不断发现的秦砖汉瓦来推断，两汉以前的故城已颇具规模。建于唐代的大云寺坐落于镇东，历代屡经修葺，保存完好，为国家重点文物保护单位。旧时，这里市场繁华，店铺林立，两条街道相交，构成东西南北十字形。有“晋胜太”“万长久”“四和厚”“长发祥”“光源隆”“广元魁”“太和德”“全盛李”“翠丰裕”“天泰恒”“义合全”“万盛成”“永和堂”“清香远”等商号，还有“晋太顺”“福民祉”“利和育”三大当铺和饭铺、车马店、理发店等。每逢三、六、九日，周围数十里的群众云集于此，进行粮食、土特产和日用商品交易。

民国初年，在西街城隍庙设立武乡县第四高小，镇东南关帝庙南设故城初级小学，镇东设女子初级小学。1939 年，原第四高小改为民族革命小学，学生近百人。从此，故城逐步成为武西地区文化教育的中心。

1937 年秋冬，抗日决死队驻防故城，到周围各村组织、训练抗日自卫队，开始建立抗日地方武装，工、农、青、妇各救亡团体相继成立。武乡县第一任抗日自卫大队大队长兼任中共武乡县临时工委书记、著名诗人冈夫（王玉堂）就是故城村人。日寇侵占南沟后，不断对故城进行骚扰和轰炸，村镇建筑受到严重破坏，集市贸易随之停止，这里成为敌我双方争夺的游击区。

中华人民共和国成立以来，党和政府对古镇的建设十分重视。在此设有县级直属百货批发站、贸易转运站、地区医院、中学及法庭、派出所、邮电支局等区域性机构，仍为本县西部地区的政治、商贸、文化中心。特别是古镇从自己的实际出发，发挥优势，坚定不移地走产业经营之路，经济社会有了很大的发展。

清末举人范士熊，曾留诗十首赞武乡古十景，其中一首叫《故城都会》，写的就是故城商贸繁盛的情景，诗曰：

万山中辟一名区，
郁郁葱葱此故都。
东马至今犹络绎，
城垣历久半模糊。
腴分绿野连千亩，

软踏红尘达西衢。
莫作西京叹木黍，
当年闹市未全殊。

（武承周）

二、八小镇

监漳镇

监漳村位于武乡县中部，地平水浅，交通方便，自古有“监漳滩米粮川”的美称，是武乡县粮食主产区之一。现在监漳村和花连角、观庄、泉江、南凹五个自然村合为一个村委会。全村465户，1730余口人，耕地面积3660亩。海拔830米，气候温暖，日照时间较长，适宜人居和粮食作物生长，是武乡目前五大镇之一监漳镇镇政府所在地。

据史书记载，监漳是我县千年以上的古村庄之一，唐代属陵川县，古城遗址现仍可见。监漳村的地理位置和自然风光都属武乡优势。在武乡康熙版旧县志中，邑人赵三麒是这样描写监漳的：“长河包络（指漳河环绕），千篌紫翠，怪石壁立（大立石），截断红尘。左侧三陇云蒸（指五龙山），龙从火出也，右侧石牛瀑布（石牛滃），虎向水生也。即一丘一壑可证五雷五宝，青龙白虎，龙虎盘踞，系武乡风水宝地。昔贾志韬会仙于此，因此名观（会仙观）也。……参三景于丹台，访图澄（佛图澄）之遗迹，则知神仙者英雄之退步也。”看了监漳的古建和自然景观，神仙和英雄也只好退让。

赵三麒之描述，说出了监漳的四大景观（大立石、五龙山、石牛滃、会仙观）。监漳也是武乡古代八小镇之一，本镇逢集二、五、七、十为集日，产品以农产品交易为主。镇上曾有“元庆昌”“长义名”“德信和”等3家主要商号。民国时期的官盐店主要在监漳，而且官盐店店主是武乡“八小家”之一的暴来庆。

抗日战争时期，太行三专署机关工作人员和八路军在监漳村兴修水利，为民造渠，长达5里。专员刘亚雄同志为水渠石匾题写了“人力胜天然”五个大字，至今醒目可见。解放战争中这里曾是解放军的后方医院。

监漳镇牌楼

中华人民共和国成立之初，1951年春，长治地区试办初级农业生产合作社，全区共试办10个，武乡占了4个，监漳就办了两个（东社、西社），受到了党中央和毛主席的高度赞扬。人民作家赵树理曾在监漳长期体验生活，并在这里写出了名著《三里湾》和《李有才板话》。如今监漳暴永庆又以“三里湾”为名创办了新时代引领农民致富的“三里湾”合作社，而且越办越好，名震全县。

那么，监漳村名是怎么来的，史书没有详细记载，只是听人传说：为了监视漳河发大水，防止水患，从元朝开始，历代政府都会在此专设水文观测站，设专人在汛期监测漳河水讯，因此人们就把村子叫成“监漳”了。

（武承周）

大有镇

大有村至今已有上千年的历史，但开始叫皋阳，一直到了宋朝赵匡胤时期（962），因大有附近有一家大户私养了龙驹宝马，被皇上知道后满门抄斩，皋阳老百姓因平时受这家大户恩惠不少，为感恩，所以将皋阳村名改称大屈。到了清朝咸丰年间（1853），时任县太爷因有件积案私访到了大屈村，听了村民汇报后，这位好心的县太爷觉得大有老百姓有善心，但大屈叫得让人听了太寒心，所以他建议将大屈村改名为“大有村”，至今一直未变。

大有镇

关于大有村设镇，在旧县志上曾有记载，但没有准确时间，在当地民间有这样一个传说。

清朝道光年间，武乡县衙来了一位新县令，他的名字叫陈曾翰，浙江杭州人士，举人出身。这个人很尊崇儒、道二教。有一年四月十八日，他听说大有村泰山庙会很有特色，所以便去泰山赶庙会。泰山庙住持道清接见了他，并向他讲了泰山庙的来历。后来还陪他到大有街上跑了一趟。陈县令看到大有庙会的集市贸易搞得很好，有几家商铺也办得不错，于是第二天，便通知当时大有周边村的里甲长及周边村的十几家大户人家，都来大有眺远阁。（“眺远阁”，老百姓称“老爷阁”或“佛爷阁”，始建于明朝永乐年间，即约1419年，至今已有600年的历史。因此，在武乡民间有“先有大有老爷阁，后有段村千佛塔”之说。“眺远阁”不仅历史久远，而且构造特殊，它的整个造型就像老百姓过去担庄稼、担粪土用的“箩头”，由四根支柱作为承重主体。眺远阁有东、西、南、北4扇大门，呈拱圆形，石条根基齐腰高，用青砖砌碹，最后四口合一在中央有机对接，真是天衣无缝，巧夺天工，堪称古建史上的奇迹。）陈县令在眺远阁上开了一次以“兴办集市，发展贸易，促进生产发展，增加村民收入”为主题的“经济工作会议”。当时也请了四大家族，即大有村裴家（裴玉澍）、王庄沟马家（马兴伟）、上却净村董家（董尚儒）、赵家庄赵家（赵太和），参会人员“一致通过”将大有村改为大有镇，并规定每逢四、七日是集市日（后来发展到每逢一、四、七日），让裴、马、董、赵四家大户，带头在大有镇上开办商铺。从此，大有村改为大有镇。

办镇之初，四大家在镇上都开设有店铺，但旧社会经济发展历来是“大鱼吃小鱼，小鱼吃虾米”，裴家倚仗自己财大气粗，又是本地人，强龙难压地头蛇，其他几家都慢慢被裴家挤垮了。而裴家的商铺越来越多，越办越大，据史书记载，有“恒德义”“复恒泰”“晋丰泰”“德生昌”“广誉远”“三晋达”，还有“利和春”票号等。经营产品种类多达上百种，大到生产工具、家具、木器，小到盐油酱醋、针头线脑、烟酒糖果，应有尽有，特别是到了近代还有钱庄、当铺，并发展到黎城、襄垣、榆社、太谷、平遥、祁县。裴家的生意兴隆也给大有镇带来了经济的繁荣，大有镇遂成为武乡“八小镇”之一。

（董存林口述 / 武承周整理）

贾豁镇

贾豁村原称贾河村，是武乡古代八小镇之一，逢集日是二、五、八日。现在是贾豁乡人民政府所在地。贾豁村北邻榆社县，两县地土相参，相互交往甚多。旧社会榆社县有不少商人曾在贾豁街上开有商铺、当铺，与当地人贸易往来。

贾河改为贾豁时间并不大长，是本村一位清末举人改的。这位举人姓高，人们都尊称他为高先生。高先生的长女嫁给赵家庄赵太和的哥哥赵子善。赵子善字保仁，幼名太中，未留下后人。

高先生将贾河改为贾豁的理由是：“贾”字是双重音，也可以读作gǔ，即做买卖之意，用于商道。“豁”可解释为豁达开放，寓意商道畅通，贸达三江。“贾、豁”二字连在一起，意思是贸易畅通，市场繁荣，生意兴隆，财源滚滚。群众认为用意很好，也有利于贾豁将来的发展，便一致同意将贾河改称为贾豁。

贾豁村不仅是武乡县的粮食主产地之一，也是抗日战争时期八路军主要机关的红色驻地村。决死三纵队七团、一一五师三四四旅六八八团，平纵第三团、新十旅三十团等机关曾经长期驻扎贾豁村，为中华民族的独立与解放作出了卓越的贡献。我们相信，贾豁村人民会珍惜这份荣誉，发挥“古镇”优势，把各项产业做大、做强，尽快脱贫致富，再铸新的辉煌。

（武承周）

段村镇

段村镇

段村现称城关村，是武乡古代八小镇之一。1947年武乡县城由故县（旧城）迁来段村。段村现在是武乡县委、县政府和丰州镇的所在地，也是武乡政治、经济、文化、教育的中心。

据武乡《城关村志》一书记载：段村立村至今已有两千多年的历史，所以叫段村，是因为立村始祖是段氏。直到元朝至正元年（1341）沁州知事武建（原籍太谷韩村）来段村私访时，发现该村三水（涅河、马牧河、关河）交汇藏风聚气，是一个适宜人居的好地方。回去之后他又请了涉县武安一带和襄垣县北关两位风水大师来段村仔细查看了一番。两位风水大师观察之后觉得段村这个地方确实不错，人杰地灵，所以回去后将段村的好处说得锦上添花。这样，更加坚定了武建迁居段村的决心。于是当年10月，他就回到原籍太谷韩村，告别了家乡的父老乡亲，带着他的3个儿子武祯、武祥、武禧和妻子李氏，落户武乡段村。（武建共有4子，其中第四子武成未来武乡，而是迁居四川成都）

武建落户段村后，家族发展很快，而且人才辈出，代代出官，官场势力逐渐扩大，逐渐将段氏一族挤迁东村。

武、段两姓虽然因争夺地盘结下矛盾，但从史书记载来看，并没有形成大的仇怨，反而两姓相互结亲联姻之事几乎每朝每代都有。当然小矛盾也会时有发生，流传下来的一个最明显的矛盾就是每年正月十五举行“顶灯”活动，东村和段村总会有些好斗的年轻人，因“顶灯”争抢路线，互不相让，打斗闹事。这个事件在历史上被称为“顶灯事件”，持续多年。

直到民国十八年（1929）正月，东村与段村又因“顶灯”，形成武斗，这次闹得有些过分，双方打得头破血流。东村段氏不服，一纸诉状将段村武氏告到县衙。时任县长叫张扬祚。他接到状纸，亲自到民间做了调查，经过深思熟虑，做出如下判决：第一，对两家“顶灯”路线做了规划，以后各走各路，不可在同一道上顶灯。汇集点都在宝塔跟前，但段村在宝塔以西 50 米为界，东村在宝塔以东 50 米为界，不得超越。第二，武、段两家以后不得再为段村而争夺。东村以后称东段村，武氏不可将原段村改名，但日后要改称西段村，就这样将“顶灯事件”平息。从此，段村永留史册，村民也再未发生大的矛盾，但从此在民国版志书上出现了东段村和西段村的村名。

1947 年，武乡县政府从故县迁回段村，但村名不叫段村而改称城关。

1958 年 8 月 25 日，全国撤销乡村制成立了新的行政体制——人民公社制。村委会改称生产大队，城关村成为城关人民公社所在地。

1984 年 3 月，全国撤销人民公社和生产大队，恢复建立乡镇人民政府。城关村又成为城关村民委员会。

2001 年，因并乡扩镇，全国使用“城关”二字的村名太多，故将城关镇恢复为丰州镇（北魏太和十五年，即公元 489 年，武乡县城由榆社社城迁南亭，即今故县，后又称南堰州，之后又称丰州。实际上丰州过去曾是武乡的县名，不是一个镇的名称）。城关镇改称丰州镇之后，城关村村名未改，一直叫到现在。

清朝康熙年开始直至中华人民共和国成立之前，段村一直是武乡八小镇之一。它的集市日是单日，即每逢一、三、五日便是集市日。当时以宝塔和玉贞观为中心，东街道路两旁商铺林立，贸易繁荣。有日杂货铺、饭店、当铺、肉铺、酒坊、醋坊、粉坊、车马店共计 40 多家。每逢集市日，不仅有周边邻县如榆社、太谷、平遥、祁县、沁县、襄垣、黎城、左权等县，还有跨省的河北、山东、河南等地客商来此进行商品互换。当时真是商贾云集，热闹非凡。

段村不仅是一个古集镇，而且也是武乡红色革命的发源地。早在1933年武乡建立党组织初期，爱国民主人士武灵初（段村人）[①]就从省城返乡，传播革命火种，宣传马克思列宁主义思想，并组织学潮，发动学生向旧社会贪官污吏宣战，赶跑旧县长张扬祚。用石头砸烂旧县衙门上的“廉政亲民”牌匾，后来又有武光汤、武光青、武华等一批热血青年，投身革命运动，为中华民族解放事业作出了不可磨灭的贡献。

1940年，日军虽然占据了段村，但在中国共产党的领导下，段村人民从未向日军屈服，并以多种形式同日军进行英勇不屈的斗争。直到1945年8月，段村解放。（武承周）

附录：丰州镇

丰州镇由原来的城关镇和曹村乡撤并而建。北纬36°50′，东经112°51′，位于武乡中部。南连襄垣县，西接沁县，北邻榆社县，山环水绕，交通发达，铁路、公路交叉通过。全镇47个行政村107个自然村，总面积162.4平方千米，14583户，45017口人。地处我县政治、经济、文化、教育的中心。

丰州镇人民政府驻地城关村（原名段村）。1949年属武乡五区管辖。1958年人民公社化时期改为城关公社。1984年4月撤销人民公社恢复乡村制改称城关镇。2002年撤并乡镇时原曹村乡撤乡并入城关镇，改名为丰州镇。

丰州镇是武乡县委、县政府、县人大、县政协所在地。名胜古迹有千佛

① 武灵初：游击队长武华之父，他的女儿叫武铭，是武乡县首任妇救会主任，武铭的丈夫叫杜昕，也叫杜野坪。夫妻二人同为名扬游击队第一批队员。抗战时期杜野坪曾任河南省辉县县委书记。中华人民共和国成立后任安徽省农业厅厅长。武铭现仍健在。

塔、玉贞观，红色革命纪念地有八路军太行纪念馆、八路军文化园，自然景观有太行龙湖。

丰州镇现辖4个社区：河西社区、太东社区、东坪社区、宝塔社区。4个社区内分别管辖着10个城镇的居民小区：阳光小区（A区、B区、C区）、景兴花园小区、兴隆小区、裕丰园小区、普惠小区、舒香门邸小区、滨河花苑小区、南泊湾小区、富民苑小区、怡水园小区、惠民小区、和平小区、太行小区、汇宝佳园小区、东声花园小区、城关村小区、下城村小区、上城村小区、怡水园小区。（武承周）

石北镇

石北镇位于武乡的西部，县城以北，和榆社县紧邻，距县城只有13千米，与石北乡政府所在地东河只有1千米。清末民初时期这里曾是武乡八小镇之一，集市日先为三、六、九日，后改为二、五、八日。小镇上曾有“德泰业”“兴隆当”“三江源”“三和昌”“德裕隆”等10多家店铺，其中“清香远”酒坊不仅在当地有名，甚至在榆社、太谷也有一定市场。1958年成立人民公社，石北村曾是石北人民公社所在地。因本村地处山沟交通不便，1967年公社将办公地点迁往榆黄公路大道旁的东河村，但公社名称一直未变，1984年撤销人民公社改称乡，但“石北”二字仍一直沿用至今。

据20世纪60年代考古学家考证，石北乡境内藏有丰富的鱼化石，其品类之多、储量之大，是山西之最。如开发这个项目，建造一座“鱼化石馆”，供考古研究和游人参观，是一个很好的项目。

石北不仅有丰富的鱼化石，而且还有一个美丽的传说。

石北村原来叫石壁村，再远一点叫石鼻村。

很久以前，在西天有座大雷音寺，佛祖如来就住在这里。雷音寺寺院大门两旁卧着一对石狮子，面目狰狞威严。

这对石狮子每天坚守佛地，在如来佛祖身边，自然就有了灵气，又经过上千年的修炼感悟，慢慢都进化成灵性十足之物。

一天，夜深人静，黑夜难熬，左边的石狮子忽然对右边的石狮子说：“兄弟，你我忠心耿耿日夜在此苦守多年，却一直得不到佛祖的赏识，封神也无望。我想下凡间跑一趟，看一下人间的繁华。如果门君问起，请你给我周旋一下，我从人间带回美食一定与你分享，你看可否？”右边的狮子看着同伴答应道：“行呀，不过望老兄快去快回，万万不可久留。”“谢谢兄弟！”左边的狮子欣喜若狂，抱拳道谢，乘着月色，一个跟头降落人间。

石狮子下凡后，摇身一变，化作一位身材魁梧的大将军，他骑着一匹枣红大马，手持一支丈八长矛，耀武扬威。白天横行街头欺行霸市，见什么好就拿什么；夜间闯入民宅欺男霸女，弄得好多人家妻离子散家破人亡。谁站出来说句公道话，他就二话不说用长矛刺入，让人瞬间一命呜呼。一时闹得人心惶惶，百姓苦不堪言。

有一天，佛祖正在禅坐，忽然感觉心潮涌动，立马出门查看，不见左边狮子，便询问右边狮子。右边的狮子深知瞒不过佛祖，便说出了实情。佛祖听了心中大为不悦，把袖子一甩将右边的石狮子打入十八层地狱。然后驾起祥云，去了天宫凌霄宝殿，参见玉皇大帝，向玉帝参奏了左边石狮子犯下的罪恶。

玉帝听了大怒，派东西南北中五位雷公电母，立刻下凡捉拿石狮子，如不服法，则雷电相加，当场击毙。五方雷公电母不敢耽误，立马动身，下到凡间，正好遇到这头石狮子。雷公宣读了玉帝旨意，动手就要实施抓捕。石狮子倚仗它在西天修行多年，不甘心就地服法，立刻现出原形，凶相毕露，大显魔力，同雷公电母展开一场恶斗。直打得天昏地暗，日月无光。为不伤及人间百姓，雷公电母有意将石狮子引入高空，寻找有利时机同时发力。刹那间雷电交加，一声巨响后，石狮子被炸得五体分裂。狮子头掉入人间落入武乡监漳，头的印堂还崩裂出一道大缝，如今被安装在监漳的渡桥中央，四肢和马匹落在武乡胡峦岭一座山上，鼻子掉落在武乡石北村前一座大山上，长年累月形成了一座形似鼻子的石鼻山，山下的村子就称作石鼻村，后人因

“鼻”字写起来麻烦费劲，为了方便将“鼻”字用“壁”字代替，再后来为了更省事就将“石壁村”变成今天的“石北村”了。（武承周）

龙泉镇

龙泉古镇便是如今的涌泉村。清末民初时，这里只是一个有着300多户居民，1000多口人的山区古镇，但却是闻名的繁华之地，这和一条消失的古官道分不开。清代之前，这条古官道从武乡县城（今故县）到权店官府驿站，弯弯曲曲、坡上坡下共计有80里的路程，龙泉古镇正处于中间地段，行人、车马到这里停歇打尖是唯一的最佳选择。因古官道带来的人往车行，促进了信息与物资的流通，龙泉古镇长时期车水马龙，商贾云集，形成了农历逢初一、初四、初七的传统集会，为武乡西部重要的货物集散地。直到抗日战争前夕，因道路的更改，“古官道”早已大大削弱了原有的功能，但龙泉仍然是方圆几十里的商贸中心，拥有古楼院80多座，商铺、作坊70余家，古街上日用杂货、当铺客栈、粮店饭馆、布店药店等应有尽有、样样俱全，“三达德”“义恒元”“日升昌”“恒足源”“智荣堂”等各家老字号，生意还是那样的红火。车马店、客栈就有4家：天池北面的“高升店”、西石坡南面的“南楼院”、文庙街西的“郭家客栈”、南街的“恒兴诚”；药店有3家：窑圪道的“同心德”、古戏台根的“紫气院”、张家圪塔的“百草堂”，还有4家饭店、3家染布坊、两家当铺、两家银匠铺，等等。如村人郭文林（生于道光二十六年），便是经商的典范。郭文林他家原先生活并不富裕，但是这位先辈能吃苦，有心计，跑太谷搞贩运，凭脚板和汗水积攒了一点资金，便在村里开了“万源昌”和“义恒源”两家杂货店，不久之后又开了一家油坊、一处当铺、一家车马店、一家染坊，人称“万油坊”。在光绪三年，山西大旱，庄稼颗粒无收，当地百姓流离失所，遍地都是拿着空碗讨吃的饥民。郭文林看见眼下的秋禾不接，人们苦不堪言，便在村头开了个“粥棚”，不定时地周济灾民。当地人纷纷前来喝粥。就是因为舍家赈灾，他被官府授予“从九品登左侍郎”官衔。

龙泉古镇曾经繁华的古街道，那些陈年老宅古楼院（80座古楼）、兴隆的老字号（70多家），星罗棋布古庙群（17座古庙），形成了独有的地方特色，成为太行山里一颗璀璨的明珠。龙泉不知什么年代改为涌泉，现在是涌泉乡政府所在地。（武保秀）

石盘镇

石盘镇位于武乡西部，是武乡古代八小镇之一。是武乡、榆社、祁县的驮运咽喉要地。镇内曾有骡马店8家，商店作坊6家，市场主要以牲畜交易为主。每逢三、六、九日是集市日。农历七月十五是交易骡马数量最多、规模最大的骡马交易大会，有“山西第二五台山骡马交易会”之称。

1958年成立人民公社，石盘是石盘人民公社所在地。1984年撤销人民公社恢复乡村制，石盘归分南乡管辖。2001年，石盘又单独划分改称石盘农业开发区。现有人口1200余人，耕地2418亩。这里地肥水足，宜耕宜林宜牧，是一个适宜人居住的好地方。

说起石盘村的来历，民间有这样一个传说：在石盘村和玉品村以西，有一座大山叫臼山。在臼山以东又有一座大山叫候甲山。两座大山分别由两个山神管辖。不知什么原因，两个山神产生矛盾，而且矛盾越来越深，最后发生武斗。他们经常为了争夺地盘，打得不可开交。有一年正值盛夏，两个山神又打斗起来了。打得天昏地暗，乌云蔽日，两股怒火直冲云霄，惊动了玉皇大帝。

玉皇大帝便派千里眼出南天门观看，才见是两个小山神在打斗。他一怒之下，将自己桌子上放的一只玉盘扔下了凡间。顿时，两个山神被砸成肉饼，压在山下。由于用力过大，玉盘打碎，有三块碎片，一下砸了三个小洞，形如“品”字，因此就有了后来的“玉品村”。玉盘落下将臼山砸平，似如盘状，故称作“石盘”。当地老百姓还编了一句顺口溜：玉帝大怒镇山神，一盘砸出两个村。一个村名叫石盘，一个村名叫玉品。这个故事一直流传至今。（武承周）

南关镇

南关曾是涅的原都（皋狼国都），也是武乡八小镇之一，位于武乡县城西北 120 里处。北邻祁县，西邻平遥，四面嶙岩陡峭，山绝路险，208 国道和平榆高速路沿村而过，旧时逢二、五、八赶集。太谷、祁县、平遥等地的商贾，在南关开设当铺、杂货铺、染坊等。祁太的布匹、干水果、绸缎等货物在南关上市交易。南关周边村里的牛羊、骡马和山珍山货、药材等出售到祁县、太谷、平遥等地。南关成为晋中、晋东南货物流通重要集散地。

南关锁钥

南关，又是太原通往晋东南要塞，古称冀南之牖户，潞泽之咽喉。宋靖康元年（1126）金兵侵宋围攻太原未能取胜。二月，其副帅粘罕率兵南下，路经南关阴辿隧道时，仰天叹曰：“关险如此艰险而放我过去，南朝可谓无人也。”粘罕通过南关，很快取威胜军（今沁县）攻下隆德府（今长治），宋知府张确战死，城陷。6月，宋兵部侍郎李纲率兵救太原时，派部将范琼驻兵把守南关，同时与金兵决战。金天会六年（1128）改威胜军为沁州。元光二年（1223）沁州升为节镇，统领四县：铜鞮、武乡、沁源、绵上（隋文帝开皇十六年，即公元596年置沁州，州北置绵上县）。南关升为大镇与当时县级平级，同时也有了“南关锁钥”之称。

为了加强南关重镇的建设，政府又增设了驿站、差徭局。南关确属武乡最古老的村庄之一，距今已有4000年的历史。曾是皋狼国的国都。之后才迁至故城。古代著名诗人元好问曾作《南关》诗：

风里秋蓬不自由，
一生几度过隆州。
无情团柏关前水，
流尽朱颜到白头。

这首诗描写了南关地势的险要。由此可看出，南关历来都是兵家必争之地。（杨兆兴）

第二节　村　庄

铺上村

铺上村，位于北纬36° 45′，东经112° 55′。距上司乡政府3.5千米，地处武乡南岭制高点。南与襄垣接壤，西离沁县不远。乡镇公路经村通过，交通十分方便。全村313户，125口人，耕地面积2623亩，人均耕地之多属武乡之最。是武乡粮食主产区之一。本地特产是小米、黄梨。

该村原称二十里铺，是指从古县城故县一直到铺上，正好有20里地，

铺上村

而且沿途商铺林立、生意兴隆，故称二十里铺。

该村位于武乡县南部佛爷山脚下，海拔 1200 米，南承檀山大脉，北临漳河秀水，是具有上千年历史的文化古村落。远至北魏孝文帝太和十五年在南亭川（今故县）立县，于此开通了南通道（武乡到长治），称乡郡官道，成为当时的交通命脉。铺上距县城 20 里，是武乡至长治的必经之路。先人们便在官道旁做起了生意，开了饭铺、商铺、杂货铺、客栈、货栈、车马店等，服务于往来的客商。从此，这里车水马龙，商贾云集，繁华若市。

这里风光秀丽，山路崎岖，土壤肥沃，植被丰富，梯田层层，重山叠翠，鸟语花香，莺歌燕舞，空气清新，气候宜人。土窑洞里冬暖夏凉，舒适宜居。这里可以早观日出、晚看彩云，春来百花齐放，夏至郁郁葱葱，秋到漫山红遍，冬来银装素裹。有着古朴的村落，幽静的农家小院，朴实的农家生活，传统的农耕方式；更有山涧羊肠小道弯弯曲曲和说不完的神话故事。现今通信便利，交通无阻，是艺术家写生、采风的最佳选择，更是游览休闲、体验生活的理想去处。

这里有着久远的文明历史与古老的农耕文化，有了得天独厚的条件，就带来了商机与财富。虽然是山庄窝铺，但先人们凭着勤劳与智慧兴办起了各种作坊，如张记酱坊、张记染坊、贾记酒坊、贾记粉坊、挂面坊、魏记弹花坊、草帽加工以及砖瓦场。能工巧匠五花八门，木匠、石匠、小炉匠、编织、纺绳、钉鞋匠、说书唱道情等几乎样样都有，在农耕时代该村的小农经济已经进入鼎盛时期。更具有晋商文化特色的是，张福林和张禄林兄弟俩的票号“双和张”“双和成”誉冠三县（武乡、襄垣、沁县）。张家大院有保存完整的清代民居，三进院格局，错落有致。兄弟两家，东、西两院和谐共处，牛马成群，猪羊满圈，良田百亩，家产万贯。先人们很有经济眼光，因地制宜种植梨果树，漫山遍野比比皆是，号称梨果之乡。每到收获季节，通过驼铃古道流通外地。古道的便利，使得这里的产品由原来的自产自销、自供自给转变为城乡交流，南北互通。

张盆孩和杜春和搭伙搞起了贸易货栈，字号“三盛唐”，把当地的土特产品（山货）及猪、羊、鸡、蛋收购起来，用驴驮、马拉、人挑运往太谷、太原、长治等地的批发商，再购回日杂小百货布匹（人称洋货）等销给当地的人们。抗战时期，随着历史的沿革，货栈扩大，在圪佬湾成立了“高岭联乡社”，凭鸡鸣闻三县（武乡、襄垣、沁县）的地理位置，发展至全县三大贸易中心之一。也就有了更多的长长的骆驼队和数不完的老牛车穿梭于古道间进行物资运输。

奇迹总是出于人类的创造，每一种文化和文明最基本的特征在于传承和发展，并获得价值。优秀的文化总能在过去和现在及将来的历史发展中彰显其特色地位和潜在作用，愿远古的民俗文化与农耕文明源远流长。更愿铺上村民，传承老辈们的勤劳俭朴风尚与诚信讲义的经商意识，再创新的辉煌，早日步入小康。（张兴田）

陌峪村

陌峪村位于武乡中部地区。现有 182 户，656 口人。总耕地面积 2274 亩，其中良田 1117 亩。村域总面积约 5 平方千米。现属蟠龙镇管辖。

据《陌峪村志》记载，该村立村时间较早，应追溯到晚唐时期（约

陌峪村

590）。一开始村名叫“柴树庄”，因村种有柴树而得名。到了宋朝又改称“百谷村”。为啥改名为“百谷村”？在当地民间有这样一个传说。

陌峪村东面山脚下有一座古寺院叫清泉寺，寺内住持法号叫悟道。有一天晚上，悟道做了一个有趣的梦，梦见整个清泉寺内祥云朵朵，赤光四射，百花盛开，紫气缭绕。他面对此景顿觉心旷神怡，无比兴奋，便双手合十，面向苍天拜曰：“阿弥陀佛！”忽见神农后稷，手持金盆，将金盆内的百谷（五谷杂粮）撒向人间。且口中不停叨念：“百谷丰登，万民安乐！”悟道急忙随应：“感谢苍天恩赐，小僧代民接福。”然后不停呼曰：

"阿弥陀佛！阿弥陀佛！"忽然一阵清风刮来，神农后稷拂袖而去，悟道也一梦醒来。

悟道醒来之后，连续三天三夜闭门不出，他一直在思考梦中之意，最终他想到神农后稷将百谷播撒人间，一定是告诫小僧，让小僧劝告万民要以农为生，种好庄稼，多打粮食，力争百谷丰登，万民同乐。

想通之后，他做的第一件事，就是四处化缘，在清泉寺旁边修建了一座石塔，在塔顶上镌刻了两个大字"百谷"。并劝说柴树庄村民将"柴树庄"改名为"百谷村"。从此，百谷村年年风调雨顺，五谷丰登。清泉寺也香火旺盛，面貌焕然一新。但不知什么朝代，什么原因，百谷村又变成现在的陌峪村了。（武承周）

大道场与小道场

大道场与小道场，是两个小自然村。大道场属团松村村委，小道场属陶家沟村村委。现均属蟠龙镇管辖。两个小村子虽然不大，但都有来历。

道场是佛教徒传播佛教，弘扬佛法的讲堂（讲坛），为什么蟠龙镇有了大小两个道场呢？究其根源，这都与一个人有关，这个人叫武大戒。

武大戒开始并不叫大戒而是叫大财。他出生于武乡县故县乡东关村，他的父亲名叫武培化，是明代一介书生（生员）。祖父叫武韶，为明代拔贡，后升为安徽广德州吏目。曾祖叫武怿（yi），字彦华。高祖武钧为明代武乡县教谕。武大财出身于书香门第，幼年天资聪明，酷爱读书，特别喜欢读佛教一类书籍。有一年，他的祖父武韶从安徽广德做官回乡，顺便从九华山寺院给他带回两本佛教书，一本叫《空门悟真》，一本叫《觉与悟》。大财读了这两本书后更加痴迷上了佛教。长大之后便生了出家修行的念头。但他父亲培化得知后，死活不让他出家。他哭着对大财说："儿子啊！不是为父不让你出家。因为你是咱家独苗一根，你出家当了和尚，为父就断了根苗，咱武家也就断了香火，你叫为父今后怎么生活？"大财是个孝子，听了父亲这一番哭诉，便取消了出家的念头。但他学佛、念佛、信佛的信心并未动摇，反而更加用功。

有一天晚上，武大财做了一个梦。他梦见佛祖如来笑着对他说：“大财啊！你今生与佛有缘，但你是孝子，百行之首，孝行为大。孝字上面是老字，上下一体，血脉传承、永为一体，无法分离。孝字没有代沟，过去还有过去，未来还有未来，过去无始，未来无终，本是一体。佛法‘竖穷三际，横遍十方’，人生一世，孝字当先。因此，你难断红尘。现在我送你一个佛号叫大戒。你可离家到外地，开辟一个道场，为光大佛教做些实业。阿弥陀佛。”

大财醒来，把自己的梦中之事给父亲如实讲了。父亲听了，叹了一口气说：“孩子啊！既然是佛祖给你托了梦，为父也就不阻拦你了，况且你现在已有了家眷，那就随你便吧。”

从此大财改名为大戒。第二年春天，春暖花开，他挥泪告别父母，带着家眷离开故县东关村到了原东沟乡团松村的东北处，坐北朝南打了3眼窑洞，从此安下了家，并将村名定为大道场。后来大戒在道场村修建了佛堂，塑起了佛祖的圣像，并广收教徒，热心传教，很快出了名。跟他学佛、念佛的人越来越多。其中有个徒弟叫李广圣，因为他学得专，学得精，悟性强，办事诚，深受大戒喜爱。3年之后，有一天，大戒把广圣叫到跟前说：“广圣啊！我看你为人老实，对佛祖一片真心。为师想让你到别的地方再开辟一个道场，并赐你一个佛号，为师叫大戒，你可叫小戒，此处叫大道场，你开辟的地方可以叫小道场，我们师徒二人虽分两处，但对佛祖都有一片真心，善有善报，恶有恶报，积德行善，必有好报。阿弥陀佛。”广圣听了大戒一番肺腑之言，感动得跪在地上连磕了三个头。第二天早上，师徒二人挥泪而别。李小戒离开大道场，按师父的嘱咐在东沟乡后沟开辟了一个道场叫小道场。就这样，现在蟠龙镇就有了大、小两个道场村。

武大戒如愿出家当了和尚，更加真心学佛，热心传佛。佛讲因果报应，他最终得到好报。他的独苗一根便有了三个儿子——武策、武第、武节。到了孙子辈上有十二人，因有两人无子，小弟兄分为十门，成为武氏家族中的望族“东十门”。东十门的兄弟们后来又分别迁徙到小西沟，及大有乡枣烟村，上司乡兰家垴、漆树坡村等地，使得武氏一门，人丁兴旺，人才辈出。

（此文根据枣烟村武氏家族大谱册中记载的故事加工整理而成。）

（武承周）

墨镫村

墨镫村是武乡的东大门，与左权县紧邻。全村 345 户，1279 口人，耕地 1762 亩，是墨镫乡政府所在地。

墨镫村的来历有两种版本：其一说墨镫村曾住过一家姓李的人家。李家家训只有两句话，即：“文治有德，武治有功。”所以李家要求子孙必须文武兼学，文要能作文赋诗，武要骑马鞍镫。因此，村名便称墨镫，文武兼治，传承后世。

其二是：很久以前，武乡墨镫村后面有个小土山，因这山很像个“凤凰”，所以，人们就把它叫作“凤凰山”。这个“凤凰”大得很，嘴朝连北村，屁股向着墨镫村。那时，连北村很穷，而墨镫村比较富裕。因此，连北村的人说：“这凤凰是吃连北屙墨镫，把连北的东西都倒到墨镫去了。”

连北村的百姓们为了不永远被凤凰吃得穷下去，决心把凤凰处死。一天清早，连北村的一个老汉扛着把镢头，来到凤凰山跟前说：“你真可恶，把俺们连北吃得穷叮当，今天俺非把你这坏东西刨死不可。”于是，老汉就从凤凰的脖颈上刨起，想把凤凰脖颈刨断。

老汉从早上一直刨到太阳落山，也没见凤凰脖颈流血，倒把个老汉累得精疲力竭，气喘吁吁。老汉叹了口气说：“这凤凰成了精，保不准早就躲起来了。刨不着，就算了吧。”说完，扛起镢头就离开了。他刚走到一个不远的小坡下，就听见在山上放羊的羊工喊道：“快来刨呀，凤凰说话了。它说‘真危险，差一点就没命了’，快来刨呀……”

老汉听见了，赶紧往回跑，照准凤凰的脖子狠刨几下。只听得一阵惊天动地的哀鸣声，接着滚滚的灰红色血浆像喷泉一样涌出来，成了一条大血河。

当血河流到现在的墨镫时，河水变成墨汁一样黑，所以叫作“墨镫”；当流到现在的马堡村时，血色变成黄马尿色，所以叫作“马布”；当流到现在的白和村时，河水变成白色，所以叫作“白河”……血河一直流到现在的蟠龙镇时，就来回翻滚，聚在一起，不再往下流了，而像龙一样盘绕起来，所以有了“盘龙”。

（白国清）

小良与大良

小良与大良是武乡西部的两个村子，小良在石北乡，大良在涌泉乡。而且两村相距 20 多里。但这两个村来历同属一个典故。

很早以前，武乡神西村出了个任知县，在陕西潼关做官。一天升堂，公差推上一人，说他犯了咒骂官员之罪。此犯是武乡小凉人，论说还和任知县是同乡。听说任老爷是同乡，这人急忙使劲喊冤。任知县看过案卷，皱皱眉头，沉吟不语。他不想杀害这个小老乡，但他也不想在差人面前丢了自己的面子，所以想了一个办法。只见他忽然剑眉一挑，怒声喝道：“你是武乡小凉人？”人犯忙答道：“是，和老爷同乡。”“胡说！”任知县惊堂木一拍：“你这刁民，竟敢巧言蒙蔽本官，真是该死。左右的，与我将这该死的罪犯押解回大凉冻死。”

两名公差押着人犯，走了多日路程，终于到了武乡地界。此时正值隆冬季节，朔风凛冽，大雪飞扬，冰天雪地。解差二人早冻得够呛，心想，刚到小凉，已冻成这样，若到了大凉，岂不把我们两个冻僵了？于是，便对犯人说：“你一人到大凉去吧，我们回去复命了。”犯人满心欢喜，回老家种地去了。

从此，武乡便有了小凉、大凉。久而久之，现在又变成“小良与大良”了。

（白国清）

大有村

大有村，位于北纬 36° 51′，东经 113° 4′，是大有乡政府所在地。大有村立村时间较长，据武乡四大家之一的裴玉澍生前保存的《武乡裴氏族谱》

记载，大有立村时间可追溯到晚唐昭宗年间（约890），距今已有1127年历史。

大有村

现在的大有村以前不叫大有而是叫大曲（屈），再以前叫皋阳。为什么两次改名叫成大有？在当地民间流传着这样一个美丽神奇的传说。

很早以前，从大有沿沟往进走，还有一个村庄叫“尚大曲村”。尚大曲村没有别的姓氏，只有姓尚的一家。但这一家人不是一个普通人家，而是大富大贵、骡马成群，有着上百口人的大户人家。这个大户人家什么都有，什么都不缺，因此，当地老百姓就称这家叫“万样儿家”。

这户人家的主人名叫尚志远。据说尚志远自小天资聪明、手脚勤快、很有头脑，长大之后，更是知书达理，并且很会协调人际关系。所以，在他父亲下世时就把尚家这份家业托给了他。

尚志远为了壮大尚家的家业，不仅发展农业与牧业，而且充分利用家庭的资本积累，开办了酒坊、醋坊、当铺、药店，还开办了私塾学校。为了取得民心，他给药店还定了一条专门为穷人赊账治病的规矩，学校招收学生也为穷孩子减免一半学费。这两条措施深得民心。因此，当地老百姓就叫他“尚善人”。

有一天，尚志远到蟠龙当铺收银钱，在返回的路上看见一位衣衫褴褛、满脸污垢的老者卧倒在当路上。他上去叫了几声也不见答应，用手一摸，觉得老者烧得厉害。他想这老者一定病得很重，得赶快抢救，不然会有生命危险。想到这里，他什么也不顾，把老头子背起来，一股劲儿背回自己的药店。经过一番精心治疗，第二天早上老头子终于醒了过来。

尚志远见老人醒了过来十分高兴，他让家人打来热水并拿来一套干净衣服，亲自给这位老者洗了脸与手脚，并让他换上了干净衣服。

俗话说："人靠穿装，马靠鞍装。"洗干净换了衣服之后，尚志远看这位老者相貌非凡、仪表堂堂，非同一般常人。于是他上前向老者施礼下拜，并问老者说："老大爷，你大难不死，必有后福。请问老大爷尊姓大名、家住何处？告诉我，我好派人送你老人家回去，免得家人牵挂。"

老人看了一下尚志远说："你是我的救命恩人，我还没有来得及上门感谢你，怎么就能回自己家去，现在请你带我到你家中一趟，有什么话我俩可到你府上慢慢说。"说完，老人跟着尚志远到了尚家。

尚大曲是一个三面靠山，一面靠河的小村庄。整个村庄坐北朝南，由低到高顺山势而建。看上去是楼靠楼、院套院，草坪、花园、曲径、长廊设计奇特，错落有序，虽然都是砖木结构，但看上去却十分壮观美丽。

尚志远的正房是一个五间套房，中间是客厅，东边是卧室，西边是书房。客厅正中挂着一幅名人的山水字画，中间摆着一张八仙桌，西侧摆放着两把朱红太师椅子。整个客厅显得十分清静、优雅。

进了客厅，尚志远把老者请在上位坐下，然后亲自给他倒了一杯茶水放在他面前。这位老者也未推让，他喝了一口茶便开口说："救命恩人，实话对你讲，我不是一般凡人，而是八洞神仙中的张果老，是我到瑶池参加宴会时，路经此地，脚下祥云被一股紫气冲开。我觉得紫气升空必有贵人，所以下凡验示，果见先生不凡。现在我送你一件宝物，它能帮你解决忙中之忙，急中之急。它是一匹龙驹马，望你精心饲养不得外传。并千万记住，龙驹马升空之后不能让人朝后泼脏水……"说完他带尚志远出来，走到后山一个洞穴跟前，只听张果老叫了一声："龙驹马快出来！"呼的一声，一头怪兽出现在尚志远面前。这头怪兽样子十分可怕，龙头虎脸，马身马尾，两眼闪着蓝光，门牙露在外面。张果老见尚志远一脸惊怕的样子，便对他说："龙驹马样子虽然生得可怕，但它却十分忠于自己的主人，对自己主人百依百顺，你不必害怕。”说完，早已升空，尚志远举目看时他已进入云端。

尚志远得了龙驹马之后，十分高兴。他专门在后院盖了一个马棚，并安排了一名心腹家丁精心喂养，不让外传。但时间久了，当地老百姓还是知道他家养了一只怪兽，人们都叫“地盲牛”。

尚家究竟有多少土地、多少牛羊，开办了多少作坊？当地老百姓谁也说不清楚，只知道光长工、用人就有一百四五十人。

有一天，眼看到了中午时分，管家问长工头儿说：“领工头儿，咱们今天中午吃什么好饭？”领工头儿心想，快到晌午时分了还没给做饭，反而问我吃什么好饭，这不是开玩笑吗？现在我挑一种好吃的，说出来看你能不能办到。所以他开口便说：“我们想吃潞安府的包子，就怕东家做不出来。”领工头儿想，我这么一说，肯定会把管家难住，让他在老东家面前不好回话。不料管家却笑着回答说：“好！请转告弟兄们，让大伙儿好好干活，今天中午，咱们吃潞安府的包子。”

到了中午开饭时，果然是正宗的潞安府包子，大伙儿吃得高兴，但又觉得纳闷，二三百口人，又没见早动手做，从哪里弄来这么多包子？但纳闷归纳闷，谁也不敢问，大伙儿就只顾吃包子了。

当然，谁也不会知道，所以能吃上潞安府包子，正是龙驹马起的作用。据说那天管家问领工头儿的话也是尚志远出的主意。他想试试龙驹马的本领。于是管家回话之后，尚志远到了后院，亲自牵出龙驹马，上了坐骑，说了声：“我们到潞安府去！”接着两腿一夹，只听“呼”的一声，龙驹马腾空而起，转眼之间就到了潞安府城。据人们传说，这龙驹马一步就跨四十里地，从武乡到潞安府（现在叫潞城）也就用三两步就到了。龙驹马的脚印曾在不少地方留下过。王海峪村河边的石板上，监漳香水温河渠的石板上，都有过龙驹马的脚印。这个脚印直径有半米多长，深度有一米多深，而且脚印中常年有水，久旱不干。

自从尚家有了龙驹马，长工们想吃什么就吃什么，近到段村街上的枣糕、平遥古城的凉糕、潞安府的包子，远到天津十八街麻花，北京全聚德烤鸭……

有一年八月十五中秋节，尚志远又骑着龙驹马到了潞安府城买包子。临走时他对店家说：“掌柜子，我走后你千万不要朝后向我泼脏水。”说完就走了，但他走后，店家却寻思：这位顾客每次走时都要吩咐我不要朝他身后泼脏水，是什么原因呢？出于好奇，他想，这次我专向他泼一次脏水，看能怎么样？想完，他顺手端起一盆脏水朝尚志远走的方向泼去……这一泼可真厉害，龙驹马听到泼水声，顿时成为一匹脱缰的野马，只听它一声惊叫，把尚志远甩了下来，接着四蹄生风，朝天飞去……

龙驹马一股劲儿飞到当时的京都汴梁，才降落下来。那时正是宋朝第一任皇帝赵匡胤登基。龙驹马降落京都的事很快就传到这位开国皇帝耳中。按照封建社会的国法规定，龙驹马属于国宝，只能属于当今皇上拥有。民间百姓根本无权收养，如若喂养，一旦让皇上知道了，就被视为“私藏国宝，欺骗皇上”之罪，要满门抄斩、株连九族。

赵匡胤得知龙驹宝马降落京都的消息之后，立即派人到民间查访，调查龙驹宝马的来历……

这一访很快就访到了山西武乡大曲村。接着尚家一家一百多口人统统成了皇上的刀下之鬼。一夜之间官兵把尚家杀了一个鸡犬不留，只见尸横遍野，血流成河。血流到上、下却净（当时叫上、下血净），血流到王海峪村（当时叫血海淤村），血流到峪口村（当时叫血淤口村），大曲整个村庄也被官兵放火烧光。从此这个美丽而富饶的小村庄就永远消失了。

尚志远当然也逃脱不了这场厄运。但皇上能杀了尚志远一家，却杀不了周围的老百姓。受尚志远恩惠最多的皋阳村老百姓，等到官兵走了之后，他们都主动去大曲村，把尚家一家上百口人的尸体掩埋好，并在尚志远坟头立了一块碑，碑名叫作“尚大屈”，意思是大曲人死得太冤屈了。后来还嫌不过瘾，为了纪念这位德高望重的大善人，经多数村民提议通过，干脆把皋阳村改名为大屈村。意思是尚志远一家死得太冤枉了，是天下最大的冤案。

大屈村的这个村名从宋初开始一直叫到清朝乾隆年间，当时武乡县来了一位知县，他是河南人。有一次，他到大屈村暗访一件事，无意之中，从老百姓那里听到了关于尚志远因私养龙驹马而全家惨遭杀害的故事。这位有良知的知县，一方面觉得大屈村的老百姓可爱、可敬，另一方面又觉得大屈这个村名不太好听，叫起来让祖祖辈辈人感到心寒。于是，他就叫手下人，把当时大屈村的头儿叫来，然后他对这位头儿说："你们大屈村的名字我觉得不太好听，我给你们改一下，以后不叫大屈，叫大有吧！意思是以后你们村大有作为、大有出息、大有希望。"大屈村老百姓听说是县太爷给改村名，所以都一致同意。从此，大屈便改成大有，而且一直叫到现在。

（武承周）

先生坡

先生坡是洪水镇洞上村委会的一个小自然村。村子虽然不大，但却有些来历，所以把它收录于本书之中。

相传在清朝康熙年间，太谷县有一大户人家，东家姓徐，人称徐员外。徐员外有三个儿子，老大叫徐文海，老二叫徐文亮，老三叫徐文静。

徐文静从小就很喜欢读书，而且天资聪颖、记忆非凡，14 岁时便能背诵近 200 首唐诗，人称小神童。但徐文静十六岁时到省城参加会试，未能考取举人，这让他受到巨大打击，几天闭门不出，陷入沉思后做出决定：放弃仕途之荣，钻研医学、《易经》，学些真本事，为普通百姓服务。并以此养家糊口，踏踏实实做个小老百姓就好。主意打定，他就立马到书摊上买了几本医学书和《易经》《神相全编》等。回来之后，三年闭门不出，苦心钻研。

他在 19 岁时基本学成，开始浪迹江湖、周游四方，行医卜卦，为人消灾除难，且慢慢有了些名气。因为他姓徐，人们尊称他为徐先生。

不知何年何月，这位徐先生从榆社东南翻山越岭，游至武乡县洪水洞上。因为一路长途跋涉，劳累过度，加之途中又未进食，便昏倒在洞上附近一道山坡上，不省人事。在昏迷之中，徐先生梦见一位童颜白发的老翁笑着对他说："小伙子，此处向阳避风，藏风聚气，适宜人居，你就在此处落脚扎根吧，省得到处乱跑，忍饥挨饿，劳心费神。”说完，化作一道清风而去。徐先生也从昏迷中醒来。这时正好山坡上走来两个年轻人，他们见徐先生又饥又饿，便搀扶他到了洞上自己家中，让他上炕休息，为他开灶做饭。

睡醒吃饱之后，徐先生顿觉精神倍增、浑身有劲。他非常感激这两个年轻人，看到他们的年纪和自己不相上下，便和他俩称兄道弟，很快成了熟人。原来这两个年轻人是亲兄弟，哥哥叫石柱（小名柱子），弟弟叫石梁（小名梁子）。徐先生给他俩讲了自己的吃饭本领，一传十，十传百，很快就有了上门客。徐先生医术精湛、态度也好，看相面、看风水也准，很快就出了名。

在洞上村住了几个月，徐先生忽然想起梦中那位白发老翁所讲之事，并觉得自己也该有个落脚之地，况且年龄也不小了，该成家立业、生儿育女了。于是他把自己的想法告诉柱子和梁子。这两个小兄弟很讲义气，动员村里一帮小伙子，很快为徐先生在他昏倒的山坡上，挨土墙根底坐北朝南打了两孔土窑洞。装修好之后，徐先生择取良辰，搬进新居，并将此处定名为“先生坡”。

后来，徐先生在此娶了媳妇，又生了 3 个儿子和两个姑娘。

3 个儿子长大之后，各自成家，并分为三门，西头为长门，羊圈为二门，后沟为三门，各自成家繁衍生子，不断发展。历经 300 多年的传宗接代，至今这个小村子里已有了 170 多人。其间，有的人迁居到本县上司小店和东沟汉广、前张庄、广志等村。　　（武金山）

魏家窑村

魏家窑村，位于丰州镇以南 3 千米处，与西寨底组成一个村委会。全村 220 户，824 口人，1616 亩耕地。村庄依山傍水，风景秀丽，滩地肥沃，人杰地灵，宜耕宜林宜牧，农业资源丰富。

魏家窑村由武乡魏姓始祖魏成甫创立。魏成甫，河南归德府虞城人，为人果敢尚义，有气节、有作为。元末明初国乱之年与其乡邻徐、吴二姓，过黄河入太行，最后定居武乡魏家窑开辟村落，以姓取名为“魏家窑”。至今已有近800年的历史。

魏家窑村

800年来，魏氏一门文治有德、武治有功，文武双全，人才聚集，人丁兴旺，终成大族。据1964年人口普查统计，魏姓属武乡九大姓氏之一，共有1455户，人口近7000人。而且魏族名人、文武官员历代皆有，灿若繁星，令人敬仰。据武乡《魏氏族谱》统计：文进士5人、武举人31人、副榜恩拔贡生共12人、例贡37人、岁贡41人、掾吏7人、助赈议叙加衔14人、胄武20人、杂进52人、高校毕业生及其他13人等共计300多人。最著名的人物有：魏云中（进士），位居宁夏巡抚，宣大总督，兵部尚书；魏光绪（进士），位居云南道御史，福建道御史，巡按，山东顺天府丞，都察院右副都御使；魏令望（进士），河南商丘知县；魏名大（进士），历任陕西宝鸡知县、山东昌邑知县；魏凤书，国子监学正，历任潞安、平阳两府教授。

名人如此之多，武乡再无二村。魏家窑村可谓“武乡名人第一村”。

（武承周）

枣烟村

枣烟村，位于北纬36° 48′，东经113° 2′，属大有乡管辖，距大有乡政府6千米，离县城20千米。枣烟和大贝、峰背、后脑、石桥沟、胡家庄、青草脚合为一个村委会。全村174户，750口人，耕地1875亩。因山势连绵起伏，沟壑纵横交错，枣烟有坪有沟，梯田颇多，宜粮宜林，土地肥沃，是我县粮食的主产区之一。

枣烟村历史久远，人杰地灵。据《枣烟村王氏族谱》记载：宋朝末年度宗（赵禥）乙丑年（1265）有长乐王氏兄弟两人迁居枣烟村，先称“红土沟”，后称“枣树庄”，再称“枣烟村”，至今已有750余年历史。

枣烟村“党在我心中”标识

据《枣烟村志》记载，枣烟村一开始并不叫枣烟村，而叫“枣树庄”。枣树庄因枣树多而得名。人类开始到枣烟立村时，发现此地地广土厚，土质也好，最适宜枣树生长，所以人们把大量枣树移植到这里。这里甚至还有一种特殊的习俗：无论谁家娶媳妇，娘家人必须给闺女陪嫁两棵小枣树。就这样，枣树越来越多。枣树的特点是耐旱、耐冻、挂果早、抗病能力强，枣儿则有补气、壮身、健胃、生津等功效。当地老百姓还有另一种解释：枣儿枣儿，谁种下枣树，谁就能早生儿子。枣树种得越多，子女也会越多。旧社会人们视多子为多福，只要子女多，家业就会兴旺。遇到灾荒年头，人们还会把枣儿与糠和在一起，加工成面粉，蒸成干粮，不仅口感香甜，而且可补气壮力。所以，古人把枣树视为“吉祥树”，把枣儿视为“人参果”。鉴于这些原因，枣烟村祖祖辈辈就有了种枣树的好传统。每年清明节前后，几乎家家户户都要种枣树。一进枣烟村便会看到坡坡岭岭、沟沟壑壑到处都是高大的枣树。到了秋天枣儿收获的时节，整个枣烟村就像一幅美丽的画卷，茂密的枣林像一块绿色的地毯，红色的大枣在金色阳光的照耀下闪闪发光，就像一颗颗红宝石镶嵌在绿色的地毯上。家家户户屋顶上都晒满了红枣，院子里的墙上、屋子里的墙上，都挂满了一串串的红枣。整个枣树庄是一片红色的海洋。

枣树庄怎么又改称枣烟村呢？究其根源，在当地民间还有这么一个美丽的传说。

有一天，不知道从什么地方来了一位云游高僧。他走到枣树庄，想找口水喝，又看不见人家。正纳闷，忽然看见枣林中冒出缕缕轻烟，还伴有农家的饭香。这时他才知道，原来农户都隐藏于茂密的枣林之中。他一时心血来潮，诗兴大发，便在一棵大枣树上留下了一首打油诗："远看近看皆枣林，只见枣林不见村。偶尔青烟缕缕冒，方知村在枣林中。此处人杰地亦灵，村名宜叫枣烟村。"从此枣树庄改称枣烟村，一直至今。后来，枣烟村确实出了名，不仅出了不少优秀人才，而且从抗战开始一直到"文化大革命"之前，都是武乡县知名度较高的模范村。

抗日战争时期，枣烟村曾是八路军独立团团部驻扎地。团长阮官华（也叫冉光华）还成为枣烟村的女婿。

赫赫有名的游击队长魏名扬也是枣烟村人，抗战时期他曾 6 次组建游击队，给八路军输送了 3470 余名合格兵员。朱总司令曾亲手将八路军总部做的"太行名扬游击队"队旗，赠送给魏名扬同志。

1951 年，长治地区创办了 10 个农业初级合作社，武乡就占了 4 个，枣烟村魏名标初级社就是其中之一。魏名标初级社创办第一年，枣烟村旱地小麦亩产就达到 700 余斤，当年魏名标就被评为旱地生产"小麦大王"和全国劳动模范，受到国务院和农业部的奖励。1952 年 10 月，魏名标作为全国农民代表，光荣地出席了国庆三周年观礼活动。9 月 30 日晚，在与毛主席、朱总司令、周总理等党和国家领导人同桌吃饭时，魏名标还代表全国农民给毛主席敬酒。

为了中华民族的独立和解放，枣烟村曾有民兵、干部共 20 余人牺牲在日军屠刀下，其中 14 名同志被追认为烈士，载入了共和国的英烈史册。14 名热血青年随刘邓大军南下，参加了全国解放战争。3 名青年参加了抗美援朝战争，并荣立战功。据《枣烟村志》记载，枣烟村在外工作人员共计 540 余人。其中，副厅以上干部 7 人，副处以上干部 37 人，副科以上干部 54 人；具有副高以上技术职称人员 7 人，中级职称人员 45 人；在外留学生 7 人，硕士研究生 12 人，定居国外人员 2 人。志士名人灿若繁星，文化深厚，人杰地灵，枣烟村声名远扬。（武承周）

大贝村

大贝村原是枣烟村委会的一个小自然村。据《枣烟村志》记载：明万历三十五年（1607）有武氏一族兄弟三人从现在的蟠龙镇大道村，迁来大贝居住，发展至今已有 400 余年历史。

大贝，这个村子虽然不大，但它却很有来历，我们特予以整理，载入本书，以传承后人。

明朝万历三十五年，武氏十一世祖武典世，带领他的三个儿子加福、加禄、加祯离开蟠龙镇大道场村，来到枣烟大贝村安家落户。当时大贝荒无人烟，开始立村时并不叫大贝，而是叫阳坡庄。

有一年春天，武典世在皇路顶开荒种地时，刨出一枚手掌大的贝壳（当地人叫海巴巴）。贝壳在远古时代曾经作为货币，是万能之物，不仅可以买到一般生活用品，而且还可以买到稀世珍宝。古人把贝壳视为吉祥宝物，有了贝不愁宝，有了宝，也可以得到贝。后来，人们把两者联系在一起，称之为“宝贝”。

武典世读过小学，识几个字，肚子里有点文化，加之他还懂点风水，拾到这样大的贝壳心中十分高兴。他想：这一定是天赐之宝。此地是聚财生宝之地。我武氏家族在此安家落户，将来必定人丁兴旺，财源茂盛。当天晚上，他把三个儿子叫到一起，给他们说明了贝壳的来历，并就贝属宝贝之意，想将阳坡庄改为大贝，寓意大贝村将来一定会发大财、有大的变化（贝与变同音）。三个儿子听了父亲的一番讲述，都很高兴，并一致同意，阳坡庄遂改称大贝，而且一直叫到现在。如今，因大贝村吃水困难，交通不便，从 2005 年开始，这个小村庄的村民就陆续迁移外出，到 2007 年就再无人居住了。（武承周）

石瓮村

石瓮村地处武乡东部山区，位于东经 113° 15′，北纬 36° 47′，与大石脚、向阳、蒺藜坪、石泉、上庄、大塘 6 个自然村组成一个村委会。现属蟠龙镇管辖，距蟠龙镇政府 18 千米。

有一年秋天雨水过盛，山洪暴发，大水过后，人们在村前忽然发现有一口大石瓮，瓮里盛有清水，清水里面还能看到五谷杂粮。对于这口石瓮，不少村民说这是苍天恩赐给村子的吉祥宝物，以后，村中必然是风调雨顺、五谷丰登。所以，大家一致同意将村名定为石瓮村。

但过了几十年，又是一场大雨，山洪暴发之后，石瓮不见了。又过了几十年，一场洪水过后，石瓮又出现了。后来，这种奇特现象循环往复，"石瓮"时隐时现，让人捉摸不透。但不管"石瓮"是否出现，石瓮村名从未更改，直到现在。（张起书）

蒺藜坪

蒺藜坪，是一个小自然村，现属石瓮行政村，由蟠龙镇管辖，距蟠龙镇政府 18 千米。

相传隋朝末年，战乱不息，天下英雄豪杰聚众起义，都想推翻隋朝统治，改朝换代，另立江山。瓦岗寨好汉王伯当就是其中之一。他在武乡太行山区举旗造反，建立起属于自己的一片天地。此处三面被大山包围，易守难攻，地势险要，唯有中南部的峡谷可以进入。为了防备来敌入侵，王伯当派人打造了一批铁蒺藜（带刺的铁钉），铺在这条峡谷的路上。这一招果然有效。有一天夜晚，一伙强盗顺着这条峡谷朝王伯当的大本营奔来，当进入铁蒺藜地段时，所有人都脚底流血、疼痛难忍，仔细一看，才发现脚下铺满了铁刺钉。见很难进入，匪首便下令撤退。从此，再无人进入此地。

人强马壮之后，究竟应该投向何方，王伯当一时无法预测天下大势，于是他到附近大塘村的铁佛寺请住持长老明示。长老将他上下打量了一番后，双手合十双目紧闭，慢慢向他说："天下大乱，必出英才，哪里有甜可尝，将军可投奔哪里，但不要舍近求远。"然后便用手一挥，"将军去吧。"

王伯当返回营地仔细一想，认为当时势力雄厚的只有两个人，一个是李渊，另一个是李密。根据老住持的暗语，他立刻想到李密的"密"字和"蜜"音同，而蜂蜜最甜，便带着手下人马投奔了李密。但李密后来失败了，王伯当也成为败将。李渊最终取得了天下，称为"唐王"。王伯当给他手下将领说："我不该听老住持的话，是这位住持误导了我。"但手下一位将领却说："王将军，不是老住持误导了你，而是你没有识破天机，既没有看到眼前，又未想到长远。如果我们想到铁佛寺就在大塘村里，老住持暗示我们将来天下归大唐，我们如果投奔了李渊，李渊成了唐王，'唐'与'糖'同音，糖不是也很甜吗？况且老住持告诉你不要舍近求远，大塘就在我们眼前。"王伯当这才醒悟过来，他用手拍了一下脑门说："对呀！我怎么没想到糖与蜜是一样甜呢。"

王伯当走后，他的老本营慢慢住上了人，发展成村庄。为纪念王伯当，便将这个小村庄起名叫"蒺藜坪"，而且一直叫了一千多年。

（郝雪廷口述／武承周整理）

李峪村

李峪村位于武乡中部，现属大有乡管辖。该村地平水浅，交通方便，是抗日战争时期"地雷大王"王来法的家乡，现已成为"中国魔术第一村"。

据李峪村老百姓口口相传，李峪村一开始叫“李裕”。“裕”与“峪”虽只是一个偏旁之差，却包含了李峪村一段不平凡的历史。

相传唐会昌三年（843），唐朝大将刘稹曾屯兵潞州（今潞城市），后来不知受了何人指使，突然举兵反唐，并派遣手下部将康良佺居武乡县城（今故县），还遣河东节度使刘沔、兵马使王峰壁驻兵榆社，负责坚守昂车关（今关河水库上下关一带）。

唐武宗皇帝速派大将李德裕和他弟弟李孝裕率军讨伐叛将刘稹，与昭义军会兵武乡横水（今洪水），刘稹闻讯后迅速逃往太原。李德裕和李孝裕率兵沿现在南沁线一路向东奔赴横水（现在的洪水）。

当大军行至现在李峪进入龙湍这段路上，准备抄近路官道坡，上胡峦岭到横水时，李孝裕突然患了急性痢疾，腹痛难忍，拉痢不止。为了不耽误大军行程，李德裕只好将弟弟就地安排，并留下一位随军郎中和一队人马伴随他治病养身。

当时李峪村刚立村不久，只有十几户人家，而且都是王姓，村名最早叫“王庄”。李孝裕在治病养身期间同王庄村老百姓相处甚好，并让手下士兵为老百姓打井、修路、开荒种地，老百姓也给官兵们提供蔬菜、粮食。

3个月之后李孝裕身体康复。但当他准备率军到太原援助长兄平叛时，忽然接到长兄从太原发来的一封密信，告他平叛成功，取得胜利，让他就地不动，招兵买马，待长兄大功告成、班师回京时，再一同回京。李孝裕按照长兄信中嘱咐，在武乡招兵买马，壮大队伍，待时返京。可不久，又接到长兄发来的密信，说武宗皇帝急召回京，共商国是。所以，长兄未到武乡抄近路返回长安，并告李孝裕，兄弟二人因平叛有功，均已封爵，李德裕被封为护国大将军，李孝裕也被封为大都尉（相当于省军区司令员）。

后来，因不见长兄来信，李孝裕便命手下将士在营地修房盖屋，成家生子。并将王庄村改称李裕村（他的名字中间去了孝字），从此有了李裕村。后来为啥又改成李峪了，民间则有这样的传说。

在李孝裕悉心经营下，李裕村发展很快，仅十年便由一个小村变成一个上千人的大镇，叫李裕镇。他命手下人，在镇前大门上竖了一块大石碑，上面刻着："文官入镇下轿，武官进寨下马。"

有一年，京城一位大官来到李裕镇，见到此碑十分愤怒，他想：此处住着什么鸟人，竟敢这样胡作非为？便让手下将门卫一帮人打了。但没想到这帮门卫平时训练有素，身手不凡，反而将这位官员的手下人打得头破血流。这位官员见势不好，只好调头绕道逃走。

过了几个月，这位官员完成任务回到京城，一本奏折把李孝裕告下。当时武宗皇帝已故，新皇上一道圣旨，派了一员大将去李裕村抄家。这位大将未来过太行山，并不知道李裕村在什么地方。当行至辿湾对面的南长乐村时，手下一员副将告诉他此处就是李裕村。于是，官兵不分青红皂白就将南长乐村一村踏平，杀个精光。

李裕村离南长乐只有两里之遥，听到这个消息后全村马上转移，鸡狗未留。当这员大将发现杀错人时，立马改道李裕，但进村一看，已人去楼空，便下令一把大火将李裕的几十个大院烧了个精光，之后他仰天长叹："不是本人太无能，是老天不灭李裕人。"他觉得对不起南长乐村民，便命手下在南长乐修建了一座富丽堂皇的大阁，起名"亏心阁"，意思是他做了一件亏心事，此阁留下，以表悔意。

官兵走后，李裕村村民返回村中，在一片废墟上重建家园，并将村名改为现在的"李峪"。　　　　（王庆方）

下合村

下合村和王家峪村只有一里之遥，地土相参，人心相连。下合村和西垴组合为一个村委会，全村298户，1086口人，耕地面积2424亩。地势比较平坦，水源比较充足，土地肥沃，宜林宜农，地下有煤，交通方便，现属韩北乡管辖，是武乡县自然条件较好的村庄。

据下合村娲皇圣母庙碑文考证，下合村立村至今已有上千年的历史，说到村名来历，有这么一个故事。

下合村

很早以前，有一年夏天正午时分，老百姓都在家中午休，忽然一声惊雷，天空阴云密布，紧接着瓢泼大雨铺天盖地而来。不大一阵儿，雨过天晴，天空出现了一道亮丽的彩虹，人们都从家中跑出来观看。忽见一对丹顶鹤从天空降落下来，而且不偏不倚正好落在娲皇圣母大庙中心院里。庙里众僧都出来观看。只见白鹤身上流血，气息奄奄，可能是被雷击中而受伤。众僧大发慈悲，急忙给白鹤擦血敷药，喂水进食。7 天后，晴空万里，阳光普照，两只痊愈的白鹤在庙院中翩翩起舞，好像在感谢众僧的救命之恩。舞了好大一阵儿，两只白鹤又面对众僧点头示好，接着“咯！咯！”叫了两声，展翅腾空，飞向远方。

从此，人们把村名改称“下鹤”，意思是天降白鹤。后来有一段时间人们把下鹤改成“下郝”。随着岁月的流逝，最终演变成今天的“下合”了。不管故事是真是假，有了传说，就给下合村增添了一些神秘感。

下合村的真正辉煌和贡献是在抗日战争时期。

1939 年 7 月，八路军野战政治部和军法处、129 师 385 旅 14 团（独立 2 团）、129 师 386 旅 17 团等重要机关都驻扎在下合村。八路军总司令朱德，副总司令彭德怀，129 师师长刘伯承、政委邓小平及北方局书记杨尚昆、野战政治部主任傅钟、副主任陆定一等八路军高级将领都曾在这里生活，并指挥了许多战役及战斗，为建立华北抗日根据地、消灭日军、壮大人民军队作出了很大贡献。

特别是 1936 年冬，大汉奸汪精卫和日军签订了卖国密约《日支新关系调整纲要》，投降危机十分严重，全国人民义愤填膺。为了声讨汪贼，肃清内奸，抗战到底，1940 年 3 月 1 日，八路军总司令部、野战政治部在下合村南城墙根的一片空地上召开了晋东南地区各界反汪拥蒋大会。

会议由傅钟主持。大会推选林森、蒋介石、阎锡山、卫立煌、毛泽东为名誉主席。会议主席团有朱德、彭德怀、杨尚昆、傅钟、陆定一、罗瑞卿、李一清、徐国华、王贵灵等。晋察冀军区司令员聂荣臻、冀中军区司令员吕正操率部来太行山参加反汪大会，也被选入主席团。

朱德总司令致开幕词，痛斥了汪精卫的卖国行径。彭德怀副总司令在大会上讲了话。聂荣臻以及青年、妇女和抗日团体代表都争先恐后进行了演讲。

最后，大会以军政民的名义通电全国各界同胞，加强团结、声讨汪贼、肃清内奸、抗战到底，把抗战运动推向了高潮。下合村也作为红色村庄写进了共和国的史册。（武承周）

沙河头

沙河头村，位于北纬 36° 47′，东经 112° 47′，现属丰州镇管辖。距丰州镇政府 7 千米，和沁县相邻。全村 70 户，300 口人，耕地面积 480 亩，坡大沟深，水源充足，宜耕、宜林、宜牧，交通也比较方便。

因该村地处松北、半崖、柳泉沟三条小河的交汇处，所以称为“三河头”。后因武乡方言中“三”也称“仨”（读作沙），村名逐渐由“三河”“仨河”变成今天的“沙河头”了。

沙河头村虽然不大，但却声名远扬。因为该村在近代史上出了两位名人，他们是亲兄弟，即窦氏老三桂馨、窦氏老五桂五。

窦桂馨，字乙山，出生于 1884 年，卒于 1961 年，享年 77 岁。

据《武乡县窦氏族谱》记载，窦桂馨的曾祖父叫窦秉璧（17 世），娶妻沁县松村骈尔肃之女骈氏。秉璧英年早逝，骈氏立志守节，誓不改嫁，并将幼子窦训培养成才。光绪五年（1879）蒙学政朱题奖匾额，上书“金石盟心”。窦训娶妻武氏，系段村人。她同其婆母一样受学政奖“昆玉秋霜”匾以旌之（见旧县志第 782 页）。

父亲窦尚文，字蔚斋，清佾生。民国十三年（1924），由省长阎锡山题奖“潜德幽光”匾额（旧县志第 899 页）。

尚文共生 5 子，长子窦桂芳，从小天资纯朴，赋性孝友。因早年丧父，4 个弟弟又尚未成年，桂芳责无旁贷，挑起家庭重担，除孝敬母亲之外，操持家务，节衣缩食，供养三弟桂馨、五弟桂五攻读儒业，终使两个弟弟立于学、军两界，各著蜚声。而桂芳却因积劳成疾，英年早逝，终年四十。被后人称颂，推为名贤，入编县志（县志第 761 页）。

次子窦桂馥，在村务农。

三子窦桂馨，字乙山，附生。民国元年（1912）在山西优级师范理化科毕业。民国政府奏奖举人。曾任第四师范学校教员，历任学监、督学、兵团教员，第八中学教员。民国十二年（1923），因教学成绩卓著，任事勤慎，管理有方，被山西省教育厅厅长虞何钦给予三等褒奖。民国十三年（1924）山西省教育厅厅长以其“任事年久，颇著勤劳”给予二等褒奖（旧县志第 832 页、第 874 页）。

窦桂馨在省城任教期间，曾精心培养过段村武光汤（当时叫兴周），是武光汤的恩师。

窦桂馨为人豪爽，结交正义，看不惯官场污浊，所以很早就弃官返乡，持家孝母。

1937 年，抗日战争爆发后，窦桂馨拥护共产党的抗日政策，积极支持抗战。武乡县抗日政府提出囤积 6 万担公粮后，村干部找到桂馨筹粮，他马上说：“国家有难，匹夫有责，需要多少，你们随便去拿，我完全支持。”同时，在当时兵荒马乱之年，本村和附近村庄老百姓只要到他门上求助，窦桂馨便出手大方，毫不吝啬，被老百姓誉为开明绅士。

1946 年土改运动开始后，窦桂馨带着儿子窦咸和儿媳郝红兰（郝泉香之妹）逃跑，一直跑到省城太原，找到他的学生武光汤，被武保护起来。后来被安排在太原双塔寺文庙担任门票管理员。1956年，武光汤又因窦桂馨为民主人士身份，推荐其到省政府担任要职，直到1961年病故。窦桂馨逃跑后，他的妻子在土改中被群众打死。

中华人民共和国成立后，窦桂馨的儿子窦咸（又名虎孩）被安排在省城一家工厂当了工程师。窦咸死后，他的妻子郝红兰带着养子窦应生返回南沟一直生活至今。

窦桂馨的女儿叫窦青（幼名女孩），成人后嫁给魏家窑村的魏人镜。

四子窦桂祥（夭折）未留下任何资料。

五子窦桂五，字翘之。民国三年（1914）在北京陆军中学堂毕业，优贡生。后升入河北保定军官学校，毕业后任北方国民革命军第一兵站司令官，享陆军上校待遇（旧县志第834页）。之后又任晋绥军兵团司令。阎锡山为了培植军官，壮大自己的势力，在晋绥军内部成立了学兵团。学兵团按军事编制，训练特别严格，对招收的学员素质要求也很高。其间，学兵团为招募人才，贴出布告，新招生员。这一消息让陕西的谢浩如（字子长，后成为陕北红军的创始人之一）得知后，他只身一人，徒步跋涉，不顾千里之遥，来晋报考。但因他本人身材瘦小、貌不惊人，未被录取。谢子长满怀悲愤，写下檄文，贴于学兵团大门上。后被窦桂五等人发现，见此文文字激扬，饱含鸿鹄大志，有指点江山之势，便在校长面前力保子长，最终批准子长为学兵团的学员。谢子长被编入窦桂五任连长的二营六连（六连共有78人）。谢子长勤学苦练，立志报国。窦桂五伯乐识马，苦心培养。谢子长很快以优异成绩毕业。毕业后，窦桂五又保荐他到河北保定陆军军官学校继续深造。临别时，窦桂五还亲笔给谢子长写了两首小诗，作为鼓励。

其一

祖逖鞭先独让君，更期学术冠全军。
他年鹏翮凌云愿，一举能惊四座闻。

其二

两载同仇一旦分，殷殷海誓与山盟。
将来有事边防日，弹雨硝烟叙别情。

不出窦桂五所料，后来谢子长大展宏图，先后一人到河南、北京、天津等地考察，探索救国救民的道路，最后成为陕北红军的创始人之一，为中国共产党和中国工农红军的发展壮大作出了不可磨灭的贡献。

沙河头村窦桂馨、窦桂五兄弟二人，一文一武，功名卓著。桂馨教出了一个大文官——山西省副省长、省政协主席武光汤，桂五培养了一个大武官——陕北红军创始人谢子长。这不仅是武乡县沙河头村窦氏家族的荣耀，也给武乡老区增添了光彩。（武承周）

石门村

石门村位于武乡县东部山区，山大沟深，林茂草丰，由石门与石门寨两个自然村组成一个村民委会，曾是原石门乡政府所在地，现属蟠龙镇管辖，距蟠龙镇政府 9 千米。

石门村的来历源于一个古老的传说。相传大禹治水开始于山西壶口。他逢山开道，遇河疏通，勤政为民，毫无私心。因为治水，他曾三过家门而不入。他的行为既感动了百姓，也感动了天宫的玉皇大帝。为了帮助大禹尽快治好水患，玉皇大帝给凡间所有山神下了一道御旨，让他们不得阻挠大禹开山、移山，还派遣二郎神下凡，帮助大禹治水。

在玉皇大帝的大力支持和二郎神的帮助下，经过 13 年的辛苦治水，大禹共开通了 9 条山脉，疏通了 9 条河流，终于将水引入大海，人间从此再无水患，黎民百姓过上了太平日子。

治理水患期间，二郎神担着两座大山，准备运往东海岸边，途经太行山武乡东部山区时，遇到一位身穿重孝的农家妇女。这个妇女突然发现眼前有一位身高丈八的大汉，用麦秆挑着两座大山，而且行走如飞，她便不由得“啊呀”一声惊叫起来。这一叫也把二郎神惊了一下，他停下了脚步。这一停，肩上的麦秆也随之“咔嚓”一声断成两截，两座大山不偏不倚落在道路两旁。远看似山，近看似门，担山时的穿孔就像门上的门环。从此这个地方就叫石门。由于地势原因，这里成为武乡东部的关隘，历代在此处设寨把守，便有了石门寨。

武乡东、西部就有了两个重要的关隘，即武西南关、武东石门（武乡旧县志均有记载）。

抗日战争时期，石门曾是八路军不少主要机关的驻扎之地，分别有：决死一纵队三十八团、中国人民抗日军事政治大学二团、太行第三军分区修械所、太行第三军分区炸弹所、野战医院。特别是震惊中外的百团大战动员会，曾在石门村老爷庙举行。因此，石门不仅是千年古村，还是红色名村。

（郝雪廷）

会同村

会同村曾属分水岭乡管辖。2001 年 6 月，武乡专设石盘农业开发区后，会同村成为石盘开发区的所在地。

目前，会同和东沟、长谐三个自然村组合成一个村委会。全村共有 140 户，427 口人，耕地面积 1802 亩，土地肥沃，水源充足，宜耕、宜林、宜牧，而且交通方便。

说起会同的来历，民间有这样一个传说：宋庆历二年（1042），这里就开始有人居住。而且时间不长就有了刘、王、张、陈、常 5 家姓氏。一开始 5 家姓氏都能相互包容、和睦相处。但随着人口发展和经济兴衰，及物质分配与人口渐增等各种原因，不断出现矛盾，结果 5 姓互不相让，常发生争吵，以致打架斗殴，村民之间很不和谐。

有一年，王、张两大姓氏发生争执，王氏提出村名应叫“王村”，而

会同村

张氏提出村名应叫“张庄”，同时，其他刘、陈、常3家姓氏也趁火打劫，要以刘、陈、常三姓氏为村名。5姓互不相让，直到对簿公堂，并由当时的县太爷出面解决。

经县太爷努力协调，最终达成协议，将村名定为“会同”：“会”即会集大家意见；“同”为同心协力，团结一致向前看，共同发展，共同繁荣，有福同享，有难同当。把会同治理好，让人民得安康。

如何产生村官呢？县太爷也想出一个办法：村里一把手任期为5年，由5姓各出一个代表，进行抓阄，谁抓上谁当。村管理层由五大姓氏各出一名委员组成，凡遇大事，5人共议，然后举手表决，以多为胜，谁也不得反悔。

这两个办法，深得民心，姓氏矛盾很快化解，村民长期和谐相处，后来还发展了一个小村称长谐村（经常和谐），会同也日渐兴旺。直到今天五大姓氏和睦相处，遇事共商、共建、共赢。会同发展形势很好。

（武承周）

响水滃

响水滃是监漳镇成家庄村委会的一个小自然村。村庄虽然不大，但来历却不小。

响水滃原来不是村名，而是一个池名，叫玉妃池，后来改名香水滃。相传很早以前，天宫瑶池王母娘娘带着她的7个仙女去往山东蓬莱游览。路经太行山西麓，忽见脚下祥云朵朵，光芒四射。她拨开云层一看，发现此处山清水秀，绿草茵茵，鲜花盛开，紫气缭绕，而且香气扑鼻，令人陶醉。七仙女看到此景也都想停住下凡，游览一番。王母娘娘被人间美景吸引，加之七仙女的动员，便携七仙女一起落下凡间。

当时正值盛夏，天气很热，七仙女游览之后，都想借清凉的河水痛痛快快洗个澡，然后再去赶路。王母娘娘同意了她们的请求。

七仙女脱下衣服，逐一跳入玉妃池中。她们都非凡人，都是金枝玉体，越洗越亮，而且体香纯正，香味令人陶醉。

洗完澡后，七仙女跟着王母娘娘走了。但玉妃池中的香味，从此不断散发。周围老百姓路经此地，都能闻到扑鼻的香气，时间长了，老百姓干脆就把玉妃池叫成香水滃。

斗转星移，沧桑巨变。随着时间的流逝，香水滃的香味渐渐消失，但它的水量却渐渐增加，老远就能听到流水声。所以，人们就慢慢地把“香水滃”改为“响水滃”。（武承周）

拴马与左会

拴马与左会两个行政村相距不远，均属洪水镇管辖。

拴马与左会虽然村名不同，但两个村名的来历都与发生在武乡境内的一段战争有关。

北宋靖康元年（1126），金兵攻破汴京，宋徽宗、宋钦宗成了亡国之君。主战派李纲与部下副将朱昆、李玺不甘心投降，分两路来到太行山武乡县安营扎寨，积蓄力量，以待时机东山再起。朱昆带的右路军来到武乡板山脚下，把马拴在一个小村的大树上，然后与手下将士登山察看地形，日日如此。慢慢地人们就把朱昆拴马的这个小村叫成拴马村。副将李玺住在板山脚下的申家掌（现在的左会村），村前面有座庙，庙左边有一间可容纳 20 多人的厢房，朱昆与李玺经常召集部下一些将士在这间厢房内开会，而且把召开军事会议的“暗语”，称之为“左会”（意思是到大庙左边的会议室开会）。这样，他们与金兵在太行山转战达 10 年之久。久而久之，人们将“左会”这句暗语代替了申家掌，将村名叫成“左会”，一直叫到现在。

抗日战争爆发后，左会村又变成八路军的驻地，八路军卫生部、129 师、卫生院、特务团团部等主要机关都驻扎在这里，卫生部部长钱信忠、特务团团长欧致富等人曾长期在这里工作、战斗。

特别是 1941 年夏天，八路军总部副总参谋长左权将军来左会了解八路军卫生院有关情况，发现这里水井干涸，溪水断流，水源奇缺，老百姓没有水吃，卫生员给伤员洗衣服、洗绷带得跑二三里的山路找水。他又听到民间传说：“二郎神担山时因村民不敬他而把圣水压到山里。”还有句老百姓唱的歌谣：“要想看到水出来，除非圣人过山来。”

左权参谋长受民间传说和歌谣的启发，带领部队懂水文和地质的技术人员上山找水。很快在水华崖山下找到水源。接着左权将军组织人员将水源挖开，沿山修渠，用渡槽引水，将山泉引入左会村里，使老百姓吃上甘甜山泉，也解决了部队用水困难问题。

为了纪念左权将军的功德，左会老百姓将这处山泉称之为“圣人泉”，并且编了一首新歌谣，唱道：“左会村民盼泉水，左权将军来找水。军民团结齐上阵，终于引来圣泉水。”

左会村的东、西两座大山又称无名烈士山。抗战时期，许多在战场上受伤的战士被送到驻扎在这里的医院治疗，但因伤势过重，加之当时医疗条件太差，医药奇缺，所以有不少光荣牺牲，分别埋葬在东、西两座山上。因此，当地群众就把这两座大山称为无名烈士山。

2015 年 8 月 28 日，在武乡新建的八路军烈士陵园，第一批零散烈士的安葬仪式隆重举行。在第一批 1724 名零散烈士中，就有 101 名烈士来自左会村东、西两座无名烈士山上。

左会村是英雄的故乡，也是红色革命的圣地。　　　　（武承周）

韩北村

韩壁村牌楼

韩北村位于武乡东部山区，是一个历史悠久、文化底蕴深厚的村庄，现为韩北镇政府所在地。

据《韩北村志》记载，韩北村原名通化乡。通化乡来历无证可考，只是一个村民口口相传的故事。北魏和平年间大约公元 465 年，有河南南阳（今修武以南 30 里处）南桓王韩备，为逃避战乱，携带家口来通化乡定居。后来发家致富，人丁兴旺，才将通化乡改为韩备村（备与北近同音）。之后，韩氏后辈觉得叫“韩备”有损祖上声誉，而“壁”有铜墙铁壁、坚不可摧的意思，又改称韩壁村（壁与备也为谐音）。但随着时间的推移，后人觉得壁字写起来比较费劲，又将韩壁改为韩北。这样考证下来，韩北从“通化”开始至今已有 1500 多年的历史。

韩北村，自古以来是兵家必争之地。据史书记载，1126 年，东北的女真族统治者倚仗灭掉辽国以后的强大武力，一举南下攻破汴京，徽、钦二帝被俘，北宋王朝宣告灭亡。康王赵构（宋高宗）逃至江南，在杭州建立了南宋。女真族则在长江以北建立了金国。

13 世纪初，金王朝由盛而衰，走上下坡路。这时，原居温都尔汗一带的蒙古贵族崛起，不断向金发动进攻，金难以抵挡，于 1214 年由中都（今北京）迁移汴京（今河南开封）。1216 年，蒙古军攻占太原之后挥兵南下。就在这一年，蒙军因追杀一支金兵包围了韩北村。为保卫家乡，村中男女老少拿起刀枪参加战斗。但寡不敌众，只得选出 200 名青年男子退守南寨。蒙古军连续攻打七天七夜，扼守南寨的壮士杀退蒙古军多次进攻，十有八九壮烈牺牲。恼羞成怒的蒙古军在村里大肆烧杀，使村中人口锐减。据韩北村

《韩氏族谱》记载：“贞祐中，干戈日，寻亲族五百余家，选壮士二百余人，聚处村南寨中以避其难，会一国兵来攻克七日，屠戮几尽，幸而获免者十无一二。”

1938 年 4 月 17 日，日军由黎城窜至韩北村五里圪廊岭口一带，与国民党军曾万钟部相遇。曾部居高临下，装备又精良，凭着这两点优势将日军打败，使之退回黎城。

1941 年，八路军 129 师 386 旅直属机关在陈赓旅长率领下进驻韩北村。1 月 26 日，武乡、沁县日军先后到达蟠龙、西营一带。27 日（农历正月初一）凌晨 6 时，蟠龙日军沿柳沟窜至韩北东侧，西营日军经护驾脑流窜至韩北西侧，形成两侧夹攻之势，企图消灭我 386 旅旅部。陈赓旅长和政治部主任苏精诚发现被敌人包围，迅即指挥部队突围。经数次肉搏激战，上午 8 时，突围成功，我军转至土河、李坪、朱家山一带山区。但 386 旅政治部主任苏精诚光荣牺牲，年仅 29 岁。

1942 年秋，为粉碎日军“秋后扫荡”，八路军 385 旅 14 团在马忠全团长和赵兰田政委率领下，在韩北一带开展小部队活动，配合民兵游击队打击敌人。10 月 21 日，部队在八路军 14 团 3 营营长钟明峰带领下，由韩北村民兵配合，埋伏在村西北的“风口阁”（关羽阁）周围，严阵以待，消灭来犯之敌。

当不可一世的来犯之敌顺着蒿角坡、西江沟坡吃力向上爬行时，钟营长一声令下，八路军和民兵一齐向下开火，打得敌人晕头转向，倒下一片。经过两个多小时的激烈战斗，我军大获全胜，共消灭日军 50 余人、战马两匹，缴获枪支 20 余支。

战后，太行第三军分区在韩北村召开了庆功大会，会上韩北村民兵韩圣武被评为“杀敌英雄”，受到军分区首长陈锡联和彭涛的表扬。《新华日报》记者还对此次战斗做了详细报道。

韩北村物产丰富，人杰地灵，文化深厚，地下资源丰富，是武乡重点产煤乡镇之一；地面土地肥沃，又是武乡产粮大村，全县闻名。从北魏至 2002 年，韩北村秀才、拔贡、恩贡、举人、进士、宰相，科级、处级、省部级一类官员及诗人、作家、医生、教师、演员等多达120余人，革命烈士24名。在抗日战争时期韩北村是“抗日模范村”，在社会主义革命和建设时期，韩北是“先进村”“文明村”。韩北村既是武乡重点村，又是武乡红色村，应永远载入共和国的史册。（武承周）

北良侯

北良侯村位于武乡西部，距县城35千米，现属故城镇管辖。东邻信义、东良，西接李家山、西良；北面是大山，隔山是石盘开发区的胡庄、内义，南至界河、大寨湾。全境北高南低，山多地少，一条小河流贯全境，土地含沙量大，农作物产量低，自古为贫瘠之地。

据《北良侯村志》记载：北指方位，良应为梁（姓氏），侯是古代的爵位。古代爵位分为五等，即公、侯、伯、子、男。侯为二等爵位。梁侯是梁姓侯爵。

据史书记载，东汉顺帝时，外戚梁氏掌权。顺帝的岳丈梁商，大舅哥梁冀相继任大将军，历任顺帝、冲帝、质帝、桓帝四朝。梁冀原是贵族，从黄门侍郎直升至大将军、录尚书事职位。

在梁冀执政的24年（136—159）中梁氏一门出了7侯、3皇后、6贵人、2大将军乃至卿相尹校共计57人。梁家宾客遍布各地，权高势大，胡作非为，直到延熹二年（159）梁太后逝世，桓帝与中常侍郎单超等人合谋，最终除掉梁冀。梁氏7侯中有4侯曾先后封地在武乡，地盘分别叫东梁侯、西梁侯、南梁侯、北梁侯。

由此考证，北良侯立村年代可推到东汉顺帝永和元年（149）距今有1800多年之久。但北良侯村的村名也几经变异。20世纪70年代，在东良村洪济院内发现一块石碑，上书不是东良侯而是良侯东，即地方位置在后，由此可见此处即是梁侯的古村址。正东村应称梁侯东，正西村称梁侯西，南面称梁侯南，北面称梁侯北，即现在的北良侯。

历史在延伸，村名在演变。据历史推算，梁字应用的时间不会太久。因为梁冀被除后很可能灭门，为避难而将梁字改为良字。良侯村一直沿用至清朝乾隆年间。查阅李氏四甲谱时，清朝嘉庆年又开始称北良侯村。1965年，“四清”运动开始，因政治意图，将村名改为“四清村”，但群众不习惯。1969年，中央下发通告，全民实行“备战”，为航空设标，才又恢复北良侯村名。但当时正值“文革”时期，“破四旧，立四新”“灭资兴无”闹得凶。行政村改为生产大队，并将侯字去掉，改称北良生产大队（公章、印件均称此名）。直到1985年人民公社撤销恢复乡村制时，才又复称北良村。到1999年，北良村村委编撰村志时，又将北良侯村名恢复至今。

北良侯村历史悠久，文化深厚，人杰地灵，贡献突出。

历史悠久。北良侯立村至今已有1800多年的历史，实属武乡古老村庄之一。

文化深厚。这里有北齐天保年间释迦牟尼石刻造像一尊，距今已有1460余年的历史。尚存残碑半块，记载了瑞云禅师重修佛祖寺院殿堂的史实。

还有东汉时期的梁侯和三国时期的名将袁绍之子袁尚在此整军扩军的民间传说，以及古老遗址“教场坪”“源上屯”等地名。

人杰地灵。从这里曾走出武乡中共党组织的创始人、中共武乡县委第一任书记——李逸三同志。他曾参加过广州起义。1932年10月，他奉上级党组织指示返回家乡，秘密发展党员。1932年底，在故城城隍庙发展了第一个党员李义和。1933年初又发展了李尚文、李华英、李含明3名党员。至当年8月，共计发展党员13名（全是北良侯人），接着又在本村秘密召开了第一次党员大会，成立了党支部，选出了党支部委员，并明确提出了“打击土豪劣绅，发动群众抗债”。武乡土地革命的星星之火在此燎原。

中共武乡县委成立后，李逸三担任县委书记，李尚文担任武乡抗债团团长。从此，如火如荼的“五抗”运动在武乡各地掀起，反帝反封建的革命烈火在武乡大地燃烧。

贡献突出。在中国共产党的领导下，无论在建党初期、“五抗”时期，还是在抗击日本侵略者、民族解放斗争最艰苦的时期，英雄的北良侯人民奋勇杀敌，演绎了一个个可歌可泣的动人故事，作出了很大牺牲和巨大贡献。据资料查证：该村共涌现出正处级以上干部 17 人，参军参战人员 36 人，革命烈士 17 人。真可谓人杰地灵，贡献突出。北良侯的辉煌将永载革命史册。（武承周）

圪佬湾村

圪佬湾，位于上司乡佛爷顶，海拔 1200 米，地处武乡、襄垣、沁县三县交界处，有“一鸡鸣三县，古代三岔口”之称。现归铺上村委会管辖，随着移民搬迁，新农村建设，千年古镇圪佬湾改了名，叫北高岭村。但人们对圪佬湾这个地名却一时还不曾忘记。所以，在全国第二次地名普查中，仍把它作为武乡特色地名收编在册，让这个历史上曾有过辉煌的小古镇永远留在人们的心中。70 岁高龄的摄影家、武乡摄影协会会长张兴田先生近期专门撰文，记叙幼时听到和看到的圪佬湾的繁荣景象。现将该文作为圪佬湾的简介。

在太行之脊，武乡县南部的佛爷山上有一座佛爷庙，庙的前院有长治市

圪佬湾村村貌（局部）

上司电视转播台，雄伟的电视信号塔高入云端，周边近百里都能看得见，无形中成了佛爷山的标志。西面石西公路与榆黄公路衔接处有汉白玉龙凤门巍然耸立,是进入上司乡的必经之门。东面有一个以古戏台为中心的小集镇——圪佬湾，属上司乡铺上村所辖。相传，这里曾是专门为老佛爷祝寿用的戏场，后来发展成小镇，民居都是围绕老佛爷庙依山而建，遥相呼应。南承檀山大脉，北接漳河之灵运，石西公路从面前逶迤而过，交通便利，通讯无阻，是个神圣而祥和的地方。

圪佬湾很神奇。据说因佛光普照，这里年年风调雨顺，五谷丰登，岁岁国泰民安、万事如意。地方虽不大，名声可不小，且久负盛名，越传越神。一个名不见经传的小镇有着上千年的文明历史与传奇色彩。远至北魏孝文帝太和十五年在南亭川（今故县）立县——武乡县，于此开通了南通道（武乡至长治），称乡郡官道，是当时的交通要道。圪佬湾北坐武乡，南接襄垣，西邻沁县，位于古道的三岔口处，是一个鸡鸣听三县的独特地方。三县人民交叉种地，甚至同吃一井水、同乘一树凉。圪佬湾是武乡的大南门，历来是兵家商家必争之地。至于集市始于何时，年代久远，无法考证，只是听说从爷爷的爷爷记事起就有这么个小集镇，而且是周边唯一的，也是最大、最火的农贸集市。

有了名就有了利，有了得天独厚的条件，自然就带来了商机与财富。在过去每逢三、六、九日集市大开，车水马龙，商贾云集，繁华若市。五州七县，南来北往，远至河北、河南、山东、内蒙古，近至周边县邻的商客和赶集人云集于此。特别是太谷县做买卖的人较多，他们的衣着和当地人不一样，头上反扎条白毛巾，身上穿着羊皮袄，和陕北人有相似的风格，所以便有了儿时的童谣：“圪蹬蹬骑驴则，哪里的，太谷的，进来哇，怕狗则，狗则咬着算我的……”你挑着担，他牵着马，有的赶着长长的骆驼队，有的坐着摇摇摆摆的老牛车，响着悠悠驼铃声和咕咚声，沿着乡郡古道接踵而来。那时候现金交易不多，主要是靠兑换。过去的人精细得很，把走路的工夫都利用上，人不白走，车不空行，把拉来的东西卖掉，再把所买的货物拉回，所有赶集的人大都背着个“钱岔则”，到市场作价兑换回所需物品，买进来又卖出去，这就叫作买卖。这里有饭铺、当铺、医药铺、货栈、客栈、车马店、醋坊、酱坊、酒坊、粉坊、弹花坊等。中华人民共和国成立后又成立了供销合作社、农副产品收购站、禽畜收购屠宰站等，是当时全县三大贸易中心之一。

特别是每年四月初八老佛爷生日这天，是具一定规模的传统庙会，有戏班唱三天大戏专为老佛爷贺寿，热闹非常。佛爷庙前香火旺盛，鞭炮声震天，人们烧香拜佛，还香许愿，祈祷平安，各有所求。

一年成败全看今日。在原集市的基础上人流暴增，游商小贩、地摊不计其数，打拳卖艺、跑马卖秀（马戏团）、猴儿耍把戏、西洋镜、木偶戏、说书唱道情、拍蚂蚱（赌博）、江湖郎中、卖狗皮膏药、八字算卦相面的比比皆是，镶牙照相的、剃头匠、金银首饰匠、补锅钉缸小炉匠、针头线脑小货郎、张箩绞簸箕的、磨剪子戗菜刀的拾遗补阙。瓦钵、砂锅、黑白陶瓷、锅碗瓢盆勺、案板擀杖刀要甚有甚，锹镢镰斧耙、犁耧耙耢铧、箩筐、竹篓、拾菜篮、家具、车马挽具一应俱全。粮食上市、牛马交易、卖生猪买猪娃，牙行（交易员）、劁猪骟蛋、铲蹄钉马掌的大显身手。棉花布匹日用品、油盐酱醋调味料、大小百货样样全。凉粉灌肠红脸饼、豆腐挂面胡辣汤、麻叶油糕砍三刀、拉面削面水煎包、枣糕黄蒸栲栳栳、瓜桃李果糖葫芦……地方风味闻香下马，传统小吃知味停车。真可谓逛遍市场身疲惫，小吃摊前品百味。大市场也给姑娘、小伙们相亲创造了机会，他们只能偷偷摸摸，不敢公开。三教九流、五花八门、七十二行琳琅满目应有尽有。戏班的唱腔与锣鼓声、商贩的叫卖声、卖艺的吆喝声、赶集人的熙熙攘攘声乃至驴嘶马叫声、捉猪娃的尖叫声汇集一处，响彻云霄。朝来夕往人海中，瞧戏赶会一天整，声势浩大，热闹非凡，看起来人多杂乱，实际上各有渠道，市场繁荣至极。“生意兴隆通四海，财源茂盛达三江”是当时情景的真实写照，真正彰显出民俗文化的特色。

圪佬湾有远古的农耕文明与晋商文化，又有光荣的红色历史。抗战时期，日本鬼子大都盘踞在各地县城，这里离三个县的县城较远，基本属于三不管的地方，加之山势较高，沟壑纵横，便于撤退和隐蔽，所以八路军选中了这块战略要地，凭借地理位置优势，依靠地方群众，在这里设立了太行太岳秘密交通站——武乡路南办事处、后勤供给部、新华工厂等机构。这里也是我党红色交通线的节点，由此往东连接禄村八路军野战医院至王家峪八路军总部，西面通往前线——白晋线。圪佬湾在当地抗日政府“新八区”的积极配合下，组织武委会、妇救会、儿童团，全民动员，开展了轰轰烈烈的大生产运动，开荒种地、收购军粮、纺花织布、缝军衣、做军鞋，生产“虎头牌”香烟、草帽等日用品，筹备军用物资，源源不断运往前线，为抗战胜利作出了积极贡献。支前氛围如火如荼，当时陕北有“南泥湾”，武乡有“圪佬湾”，广为流传。老一辈革命家邓小平、薄一波、陆定一、陈锡联、李德生、杨秀峰、姜一等人均在这里留下了光辉的足迹。著名的“漆树坡窑洞保卫战”就发生在这块红色热土上。当年漆树坡民兵英雄武志方等七人五枪，力敌百余，血战三日，保卫了抗日机关与民众，创造了华北窑洞保卫战之光辉战例，堪称抗战史上不朽之一笔。其伟大的民族精神与日月同辉，共山水长存，可谓壮烈撼天地、浩气传千古。为缅怀英烈、铭记历史，圪佬湾竖立了人民英雄纪念碑，以诏示后人，光耀千秋。

这里风光秀丽，景色迷人，重峦叠嶂，梯田层层，土壤肥沃，植被丰富、似人间仙境，如诗如画，堪为鬼斧神工之作。有着古朴的农庄村落，经典的农家小院、朴实的农民生活、传统的农耕方式，更有山涧羊肠小道弯弯曲曲和说不完的神话故事与古老传说。物华天宝，人杰地灵，民风淳朴，勤劳耕读，实为文脉灿灿之所、革命传统之乡。生机亦焕发，民生又谱新曲。近些年来，人们又在寻求回归自然，返璞归真，调整生态文化产业，倡导人与自然和谐。当地农民大量种植绿色产品，甘甜多汁的大黄梨享誉华夏，历代贡品小米由来已久，成为上党地区有机小杂粮种植基地。每年节日不断：杏花节、梨花节、黄杏采摘节、大黄梨采摘节……走进绿色田园，感受自然生态，体验农家生活，尽享民俗风情。文人墨客穿梭其间，美术与摄影写生基地天然形成，避暑山庄悄然兴起，是有识之士发现的又一新大陆。集红色、古色、绿色、人文风光为一体，是休闲养生、避暑度假、采风写生、观光旅游的理想去处。圪佬湾正以崭新的姿态迎接四方宾朋的到来。 （张兴田）

白和村

白和村位于山西省武乡县东部山区，是洪水镇辖区内的一个大村。东邻当城村，南接庄里、苏峪两村，西望南台村，北与新村相连。全村 342 户，1062 口人。1938 年建立中共党支部，现有党员 61 名。

白和村地处黄土丘陵山区，总面积 3.4 平方千米，其中耕地面积 1671 亩。蟠洪河流经村庄，南沁公路穿村而过，风景秀美、交通发达，地下矿产资源丰富。

白和村

白和村历史悠久，建村已有 1000 多年。关于村名的来历，民间流传着两则传说，一曰：白和村中的河流一遇大雨就山洪暴发，河水猛涨。一次，在一个漆黑的夜晚，突然下起大暴雨，河水沿岸汹涌而下，只听得天空中有人喊道："接河神啦，接河神啦！"喊声划破夜空。但村人正在酣睡，无一人出门迎接河神。凶猛的洪水在村北边越积越多，实在憋不住了，只好由河床钻入地下，流向下游，到洪水村才有人接河神，洪水又窜上河床来。大水过后，村得名为"憋河"。二曰：白和村自古就有烧石灰的习惯。在河道两旁建有多座石灰窑，村民利用河滩中的石灰石，加工烧制石灰。一遇下大雨，石灰被雨水浸泡冲刷，流入河中，化入满滩，整个河床全是白茫茫的一片，故村名为“白河”。两种传说都与下雨和河流有关。查阅《武乡县志》，历次版本都叫“白河村”，可见第二种传说较为可靠。直到民国十八年编修的《武乡新志》中，才出现了“白和村”的记载。由此可以推断，真正改为“白和村”当在 1879 年到 1929 年的 50 年中。

“河”改“和”，一字之差，可能是白和村在三大姓的基础上逐渐迁来二十几个小姓氏之后，先祖们为了多个姓氏能和睦团结，以和为贵，才改“白河”为“白和”，以期告诫子孙后代：“清清白白做人，和和睦睦处事。”其村风民俗代代传承，源远流长。

抗日战争时期，八路军 129 师曾在白和村建有煤矿和硝磺所，此村成为敌后兵工基地之一，为抗战做过很大的贡献。村民英勇杀敌，创办“拥军招待所”，被评为全县抗日模范村。改革开放以来，村里经济快速发展，村民生活逐步改善，曾被表彰为全县十个红旗村之一。

白和村将不忘初心，继续前进，续写革命老区的新辉煌。

（孙如珍）

朱家庄

朱家庄是监漳镇西岭村委会管辖的一个小自然村，人口最多时，全村也没有超过 200 口人。村子不大，却有来历。

相传在明朝嘉靖年间，有一位落榜书生路经此地，肚子饥饿难忍，想讨口饭吃。他在一个员外家的院外被拦住，护门人说：“早饭已过，午饭未到，想要吃饭，请耐心等。”书生听了只好耐心在门外等着。过了好大一阵儿，里面走出一个人来，手中端着一碗粱谷米饭，雪白透亮，米香扑鼻。书生以为是送给他的，便急忙伸手去接。不料这个端饭人却没好气地大声说：“躲一边去！这是送给为我家做生意的铁匠大哥吃的，没你的份儿。”

书生听了顿感羞愧万分，他红着脸大声吟道：

梁谷米饭白似雪，馋得寒士双手接。
只说读书是好事，不如烧红去打铁。
虎落平川狗也欺，十年寒窗算白搭。

吟罢书生拂袖而去。门人禀告员外，员外大惊，他想：这位寒士绝非一般人，急忙派人去追赶。不大一会儿，便追了回来。员外仔细询问，才知此人姓朱名奇，南方人氏，赶考落榜，盘费花尽，无力返乡，才讨饭上门。员外见此人天庭饱满，鼻直口方，将来必有出息，所以有心留下为婿，便进屋与夫人商量。夫人说："咱家秀女也该嫁人了，我没有什么，要看女儿怎样。"员外又把丫鬟叫来，让她禀告小姐说有位相公来门上求婚，看她有意无意。丫鬟听了立马去禀报小姐，小姐听了吩咐说："你去告知我爹，我有两副对联，如果这位相公能对上，我便认了。"说完，她挥毫写下两副对联的上联，让丫鬟带出去，交给父亲。

员外带着女儿的对联，直截了当对朱奇说明本意，然后问朱奇说："相公如有意，便对此下联。如果不中意，老夫也不勉强。"朱奇听后，打内心欢喜，但又不敢妄动，故谦虚地说道："小生虽为文人，但家中父母又相继过世，家中一贫如洗，担心小姐跟着我要受苦，让二老不放心。"员外听罢笑着说："人生一世虽有命运，但立命在天，承运在人。自古天道酬勤，贫穷并不可怕，全在后人运作，只要心存大志，坚持不懈努力，贫穷是会改变的。况且，你看老夫是嫌贫爱富的人吗？"朱奇听罢连忙道谢，便双手接过小姐的对联。过目一看，一副上联是"凤飞双翼展"，他立马写下"龙腾八爪开"。又一副上联是“风吹竹叶头点地”，他立马写下“雨洒牡丹面朝天”。丫鬟将朱奇的对联送给小姐过目，小姐一见字写得龙飞凤舞、对仗工整，当下便更衣出来迎婿。三天之后两人完婚大吉。

一年之后，朱奇迁出员外府在本地东坡上新建家园，取名叫“朱家庄”。朱奇果然有鸿鹄大志，他边耕边读，苦读圣贤书，三年之后，再次赴京赶考，金榜题名，被皇上钦点当了大官。（王效清）

马家沟

马家沟村位于浊漳河南岸，位于北纬 36° 46′，东经 112° 57′，现属上司乡管辖，有 89 户，362 口人，耕地面积 951 亩。坡大、沟深、土地肥沃，宜耕、宜林、宜牧，交通不便。

马家沟村原来叫田庄，是因当时全村都是田姓。田庄后来出了几家大户，还出过举人，建过旗杆院。

后来，外地马氏亲兄弟 3 人因家庭贫困无法生存，来田庄村做长工。马氏兄弟 3 人勤劳朴实，深受东家喜爱。3 年之后，田东家干脆让马氏 3 兄弟落户田庄村，并将对面一座荒山送给他们，让他们开荒种地，养家糊口。

但不知是天意还是人为，200 年之后，马氏人丁兴旺，田产渐增，而田氏却人口锐减，死的死，迁的迁，不久，田庄再无田氏，马姓成了田庄的主人。马姓得势之后干脆将田庄村改为马家沟。

田氏为什么败在马姓手下？据后人传说，有一位风水先生曾给田氏一位大户掐算过，说：“田地里长的是庄稼和苗，而马是吃草与粮，田氏之所以败于马氏，是马把田逐渐吃掉了。”

这当然是一个迷信说法。没有任何科学依据，但古代人缺乏科学常识，他们相信迷信，相信天意，而且还把这件事刻在马家的一块石碑上。后来马家沟的马氏也出过一位举人，建过旗杆院，还出了许多名人志士。

（马生旺）

龙湍村

龙湍村，位于北纬 36° 47′，东经 113° 3′，现属蟠龙镇管辖，距蟠龙镇政府 9 千米。全村 185 户，594 口人，耕地面积 1507 亩，交通便利，水源丰富，宜林宜耕，山清水秀，适宜人居。

龙湍村虽然不大，但历史久远，文化深厚，人杰地灵，故事颇多，是我县千年古村之一。

据说龙湍村开始不叫“龙湍”，而叫“龙潭”。因村中有个水潭很大很深，直通东海龙宫，是龙经常戏水、洗澡的地方，所以将村名称为“龙潭”。

一位农民文友撰写了一本小书，叫《云峰寨传奇》。这本小书虽然字数不多，但其中的八九个小故事情节生动，让人看了颇有感触。其中一个故事叫“五龙坪来历”，讲到“五龙身世”。传说五龙出生于武乡蟠龙镇龙潭村。

很早以前，龙潭村有一对年轻夫妇，男的叫郝龙生，女的叫赵龙英，日子过得美满幸福。但凡事都有美中不足，二人结婚多年就是不见生育，这叫他们常常感到烦恼。

有一年夏天，夫妻二人在收工回家途中，感到很闷热且口渴难忍。这时，龙生说：“咱们到龙潭洗个澡吧。”“可以。”龙英高兴地回答说。说完，夫妻两人加快步伐，不大一会儿就到了本村小河上的龙滃边，见到清澈透明的河水，两人顾不上洗澡，首先用双手捧水，大口大口喝起来。就在喝水过程中，龙生没有看见什么，但龙英却看见水中有两条黑白分明的小蛇正在“接孕”（武乡人把蛇交配称作接孕）。她心有疑惑，而且肚子里突然觉得“咯噔”一下，好像有东西动了一动，但龙英并未在意，也没有当下对龙生说。喝罢水之后，两人还在龙滃里痛痛快快洗了个澡。回来时，夫妻二人感到心情愉快，精神倍增。

龙英自从在龙滃里喝了蛇“接孕”的河水之后，肚子一天一天大起来，而且 3 年生了 5 个孩子，前两胎都是双胞胎，最后一胎是单胎。5 个孩子都是男孩，一个比一个活泼可爱。全村人都很羡慕，两口子也乐在眉梢，喜在心间。

但好景不长，随着5个孩子一天一天长大，他们的饭量也越来越大，这对于一个农民家庭，困难可想而知。特别是到了冬天，因为家中贫穷，5个孩子只有两条裤子，只好是谁出门谁穿，在家的几个人伙盖一条被子取暖。家庭生活过得异常艰难，常常连锅都揭不开。作为父亲的龙生，被困难压得喘不过气来，无奈之下，自寻短见，投河自尽了。

母亲龙英忍着巨大的悲痛把家庭的重担挑了起来。她一个女人，又得上地，又得做家务，起早摸黑，没明没夜地干，有时累得连腰都直不起来。但凭着坚强和毅力，她还是把5个孩子都拉扯大了。

5个孩子也非常懂事、非常孝顺，长大之后再不让母亲上地劳动，而是让她做些力所能及的事情。同时日子也逐渐好转，再不为吃穿发愁了。龙英脸上又开始有了笑容。

有一年夏天，天气很热。一天，兄弟5人都去地里干活，快近午时，弟兄5个觉得很闷热。这时，老五说："各位哥哥，天气这么闷热，我看咱们今天早点收工，一起去龙滃洗个澡吧。"4个哥哥一听，觉得小弟说得有理，便齐声接应说："可以。"说完兄弟5人放下手中工具，一起到了龙滃洗澡。

再说母亲龙英，把午饭做好后，左等右等不见五个孩子回来。自古道，慈母总为儿操心。她等了老大一阵儿，不放心，就亲自上地里去找孩子们。但到了地里一看，一个孩子也没，只看见劳动工具都整齐地摆在地头。她转念一想，是不是天太热，孩子们都到龙滃洗澡去了。于是她三步并作两步行，快速赶到龙滃边。到了龙滃一看，天哪！不见5个孩子，只见5条不同颜色的巨龙，在水中来回翻滚，相互戏水、打闹，腾起的水浪有一人多高。龙英顿时吓呆了，眼前一黑，"扑通"一声跌倒在地上。这时，五条龙看见母亲摔倒了，便立马现出人形，赶紧穿好衣服，去抢救母亲。经过抢救，龙英终于从昏迷中醒来。

从此，这个消息慢慢地传开了："龙生与龙英的5个孩子不是人，而是龙！”龙英自从受了那场惊吓，也慢慢醒悟过来，她想起当年自己喝了那一肚子水后怀孕，是怀上了龙种。她也深感自己不久于人世了。临终前，她把5个孩子叫到跟前，吩咐他们说：“孩子们，我把你们养大了，你们应该去办你们的事情。但你们要时刻记住，你们是龙的传人，心中要时刻想着老百姓，要及时给老百姓布雨，保老百姓平安，年年风调雨顺，让百姓过上好日子。”说完，便永远地闭上了眼睛。

5个孩子把母亲与父亲合葬后，返回龙宫接受玉皇大帝派遣。不久，玉帝将兄弟5人，一起派往庙岭村的五龙坪。但他们没有忘记家乡龙潭村，兄弟5人每年有一人，会轮流回到龙潭，为龙潭村的老百姓及时布雨，确保这方水土风调雨顺、五谷丰登。

但不知什么时候，又是什么人，将原来的龙潭村改为龙湍村。不管改成什么，龙湍村是龙的故乡，龙湍村的子孙后代都是龙的传人。

目前，龙湍村两委班子团结，百姓勤奋，村貌村容变化很大，而且人杰地灵、人才辈出，大家都在撸起袖子大干，努力为奔向小康，创建文化名村而奋斗。2017年龙湍村被评为武乡县“红旗村”。　　　　（武承周）

河神堙

河神堙村，位于洪水镇东北10千米处，与左权县紧邻。南沁公路、墨左（墨镫—左权）铁路从村旁通过，交通方便。地下产煤。全村70户，244口人，耕地面积仅有825亩。

改革开放初期，该村党支部和村委会发挥优势，发展自己，从银行贷款，率先办起了村办煤矿，依靠煤炭资源优势，让村民很快富裕起来，集体资产、资金也大幅度积累，并于20世纪90年代中期，设计规划了新农村建设方向。短时间内，使全体村民搬迁新居，住进了一家一户的小二楼，实现了全村整体脱贫，成为武乡乃至长治市最早实现新农村建设的文明、富裕村庄。

河神堙虽然村子不大，但历史悠久、文化深厚，这里山水秀美、资源丰富、交通方便。

相传，河神堙开始不叫河神堙，而叫“河神淹”。前“堙”与后“淹”同音不同意，前者是指河神所在的地理位置，而后者是说河神被水“淹”了。

河神是古代管理河流的神仙，被老百姓尊称为“河神爷”，相当于今天的“河长”。河神不是什么大官，他和土地爷、山神爷一样，是安定一方水土山脉的小神。

为什么河神堙村开始叫河神淹呢？故事还得从头说起。据《史记·夏本纪》记载，尧帝在位时，洪水滔天，水患成灾，淹没家园和农田，老百姓无法生存，叫苦连天。尧帝先派鲧（鲧是禹的父亲）去治水，结果耗时 9 年未见成效。后又派鲧的儿子禹接替父任继续治水。禹很聪明又善于发挥手下人的智慧，并注重实践。他上任以后，吸取父亲的教训。首先带领手下一班人，进行实地考察，每到一处找来当地老农或略懂水文地质的民间学者进行走访座谈。经过为期 1 年的深入调查，他又将治水分步骤做了具体规划，形成统一的治水方案。

大禹治水的方案首先是从源头抓起，具体办法是变“堵”为“疏”。他父亲治水失败的原因是以“堵”治流，哪里有水去堵哪里，结果越堵水势越大，所以 9 年治水无功。禹采取的办法是“疏”，即疏通河道让水顺势而流。

经过实地考察，大禹把治水的首选地方定在山西吉县的壶口。壶口当年有座大山，挡住了黄河水，使黄河水到处奔流。大禹带领手下劳工锤砸手搬，硬是将大山搬掉，还深深地挖掘了一道峡口，使黄河水顺着挖通的渠道东流入海。

大禹在治水期间还坚持以身作则，经常深入工地，同治水民工同吃、同住、同劳动。他曾三次路过自己的家门，并听到自己儿子与妻子的对话。手下劝他进去看一下，但他坚决不去，并说：“参与治水的所有劳丁哪个没有妻室、没有父母、没有亲人，如果我带了这个头，大家路过家门都要回去看看，叫我如何答应。治水是国家大事，也是人民的大事，我们一定要以国为怀、以民为主，把自己的事放在后面，这样才能把国家和人民的事办好。”说完他头也不回，继续向前走了。

在禹这种大公无私精神的鼓舞下，经过10多万民工的13年治水、改水，共开通了9条山脉，疏通了9条河流，将肆意横行、泛滥成灾的洪水最终引入大海。从此，九州大同、四方安定，九州大川之水畅通，四海之内归服统一，天下太平，民心归夏。

大禹因治水有功，德高功大，后被百姓举荐为大王，建立了我国历史上第一个王朝——夏朝。所以，人们将大禹称为“夏禹”。

禹王治水成功以后，为将河流管好，使其顺自然之道流通，惠泽万民，还给所有大江大河主要河流分派了专职领导——河长。随着历史的沧桑巨变，人们将这些河长神化为河神爷。

当时，河神堙村边的河流流经太行山一个主要关隘，地形复杂，地位重要，所以禹王给当地派了一个非常负责的河长。河神堙这位河长爱岗敬业，勤劳奉献。当时没有退休制，都是终身制，所以老河长70多岁了，仍然坚持在工作第一线。

有一年，北方雨水太多，山洪暴发，多处河道又出现水灾。有一天，数以丈高的洪峰像脱缰的野马朝河神堙直奔而来，老河长不顾自己年高体弱，奋力与洪峰搏斗，终因体力不支被洪峰卷走而殉职。所以，老百姓就把这个地方叫成“河神淹”了（河神爷被水淹了）。

为了纪念这位德高望重、人民拥护的好河神，当地群众自发筹资、官府出面资助，在河神被淹处建起一座富丽堂皇的河神庙，以供后人祭拜、瞻仰。又过了若干个历史朝代，这里开始住上了人。为了不忘老河神的功德，来这里落户立村的村民们，将村名定为“河神堙”。（武承周）

内 顷

内顷属于韩北镇管辖，距乡政府只有3千米。内顷村和西内顷组成一个村委会。全村107户，407口人，耕地面积1268亩，山岭起伏，坡大沟深，但岭地面积广阔，宜耕、宜林、宜牧，是武乡县粮食主产区之一。

内顷村一开始叫“内坪”。因地势比较平坦宽阔，所以称之为内坪。后来人口不断发展，又分出一个小自然村，因在内坪西侧，便叫“西内垴”。据老人们回忆，内垴开始叫“内坪”，之后叫过“雁情”。为什么叫“雁情”呢？原来这里曾演绎过一个有关人与大雁的民间故事。

很早以前，有一年春天，漳河刚刚解冻，大雁由南向北迁徙，飞来北方繁衍生息。有一天，一群大雁排着“人”字形队在天空飞翔。当飞行在内坪村上空时，突然有两只大雁从空中降落下来，不偏不倚落在内坪村当中，引来不少人观看。这时有位老年人走上前查看，发现有一只大雁的翅膀受了重伤。另一只没有受伤，可能是受伤大雁的伴侣，是为看护它而落下来的。于是，老者大声说：“乡亲们，这是一只受伤的大雁，另一只没有受伤，是为了看护它才落下来。大雁是一种很讲感情的飞禽，尤其是结成伴侣后，一只如果死掉，另一只也不会活多久。我们赶快救救这只受伤的大雁吧。”说完，他回家取来热水和药酒及棉布，细心给受伤的大雁清洗伤口并用干净的白布将伤口包好。有的老乡则把家里的剩饭端来喂给大雁吃。经过村民们 7 天时间的精心照料，受伤的大雁终于恢复了健康。直到有一天，一群大雁又从南方飞来，路经内坪上空时，这两只大雁叫了两声，展翅高飞，冲向天空，跟着这群大雁飞走了。

就在当年，北方的天气渐渐变冷。大雁为了过冬，带着新生的小雁，排着队，又要从北方飞往南方。正当内坪村老百姓举目观看时，突然有两只大雁离开队伍，朝着内坪村降落下来。

两只大雁看到乡亲们非常兴奋，不停地叫唤，翩翩起舞，点头示好，好像在感激他们。这时，那位老者走上前扒开一只大雁的翅膀一看，果然是春天那只受伤的大雁。这真是人间有爱，大雁有情，凡是有生命的东西，都会有情义存在。

正当村民们不停观望和议论时，两只大雁引颈长鸣，接着从口中吐出 10 多粒像南瓜子一样的东西。吐完之后，两只大雁向乡亲们点了点头，然后展翅腾空，跟着大雁群飞走了。

大家搞不清大雁吐出的是什么东西，最后还是那位老者说话了，他说：

"大雁吐出的瓜子，是北方的瓜子。究竟是什么瓜子，我们无法知道，等明年春天，我们种上它，到秋天结下瓜再看吧。"

第二年秋天，奇迹出现了，大雁吐出的种子结出了南瓜，但这种南瓜，南方没有，北方也少见，它又大又圆，深红的颜色，光滑透亮，口感又甜又沙。内坪老百姓这时才明白，这是大雁有情，对人们的感恩和回报。为了记住大雁这份情感，倡导人与自然、人与万物和谐相处，村民一致同意，将内坪村改名为"雁情"村。但不知什么年代，什么人的主意，又将"雁情"改为"内顷"。但不管怎么说，内顷人民不仅勤劳善良，而且有情有义。

（武承周）

潘家沟

凡是看过古典小说《杨家将》和戏曲《大战金沙滩》《杨六郎挂帅》《杨门女将》的人，都知道有个奸臣叫潘仁美。在《中国历史名人大辞典》一书中也有潘仁美的名字，但却不知他是哪里人。

在康熙、乾隆、光绪、民国四版合一的《武乡县志・康熙版》第 146 页中，明确记载着：潘美，字仲询。在卷三第 120 页《茔墓叙》中记叙：宋潘美墓在县西一百二十里的贾封村楼子沟底潘家沟（今分水岭村）。

据 78 岁的文学爱好者杨兆兴回忆，他幼年常听老辈人口口相传，说宋朝潘仁美是潘家沟人。潘家沟是分水岭最北端贾封村的一个小自然村，这里有潘家沟、潘家岭和潘王墓等地名。因紧靠平遥，20 世纪 50 年代，为便于开展工作划归平遥县管辖。

据史书记载，潘美，字仲询，出生于后唐明宗天成元年（926）。父亲潘璘，出生将武之门并在军中任职，驻守常山。潘美年轻时长得英俊貌美，而且为人仁善，故取名潘美，选字仲询，加号仁美。

潘仁美一开始在府中任典谒之职，虽年少但智勇双全，在周世宗柴荣为开封府尹时，潘仁美依附于柴荣，与赵匡胤等交情深厚。周世宗即位后，潘仁美出任供奉官，随后与周世宗在北汉的高平之战中取得成功，其官职也迁西上阁门副使，后担任出监陕州监军，改引进使。赵匡胤“陈桥兵变”时，潘仁美积极协助，并由他诏谕天下改朝换代。

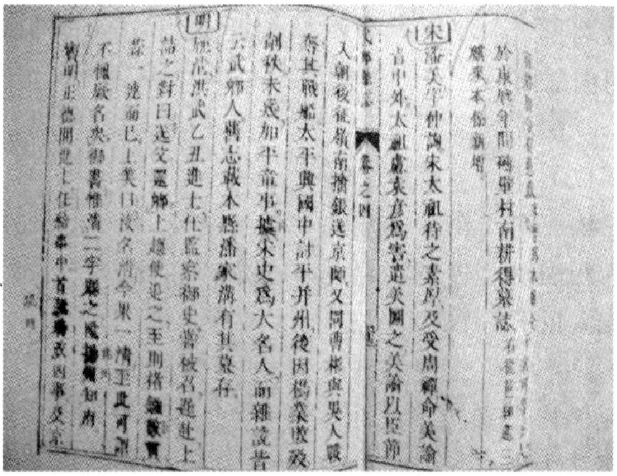

武乡旧县志记载，潘仁美出生在武乡潘家沟

宋朝代周后，潘美受到重用，参加平定李唐叛乱，镇守扬州、潭州，累迁防御使。开宝三年（970）被封为韩国公。雍熙三年（986），因攻打辽国时未采纳先锋杨继业的正确主张与作战方案，而采用了监军王侁与军器库使、顺州团练使刘文裕的方案（王、刘二人是宋太宗的岳父），致使杨家将全军覆没，引起朝野内外一片声讨声。潘仁美被撤职审查，次年官复原职。但因此事气急身亡，享年66岁。

从此，潘、杨两家结下私怨，潘仁美也在老百姓眼里成了奸臣。后来又被编写进小说、戏剧，在历朝历代演绎，潘仁美的声誉也就越来越坏了。

潘仁美究竟是忠是奸，在此不去理论，但潘仁美是武乡潘家沟人，史书有载，实属可信。（马生旺）

岸北村

岸北村地处故城镇东北角，距故城镇有5千米。全村204户，804口人，耕地面积2339亩，地广水足，宜耕宜林，交通便利。

这个村有一奇特的现象：村子虽四通八达，但在千米之外，无论从哪个方向看，都看不见这个村庄。

为什么会这样呢？要想知道其中的缘由，还得从岸北村的“源头”乱村院说起。

乱村院距岸北村只有两里地，北面紧邻榆社县的云簇镇和石盘开发区的泉之头村。

岸北村是由乱村院搬迁来的，距今有多长时间，现在已无据可查，但老祖宗传下一句话："先有乱村院，后有永宁寺。"永宁寺重修于金大定十二年（1172），距今已有800多年的历史。根据北大教授李零等人考察，此寺与故城大云寺属同一时期建筑，初建时间均为北魏年间。由此可以推断，岸北立村至今也有1000多年的历史。

岸北村村貌

乱村院原来是个大庄园，住着十几户大户人家。整个村庄坐北朝南，依山傍水，砖包楼院，错落有序，是一个上好的村庄。时至今日，在这块土地上，随处深挖1米左右，便可挖出砖头瓦片，甚至还出土过许多汉代的瓦片。

但不知什么时候，乱村院就真的乱起来了，隔三岔五有兵匪或盗贼闯进庄园抢劫，闹得人心惶惶，不得安宁。为了寻求太平，村里几个大户在一起商议之后，请来一位风水先生查看乱村院的风水并加以摆正。

这位风水先生带着罗盘，在乱村院看了个遍。最后他说，乱村院之所以不得安宁主要原因有两个：一是龙山低于虎山，君臣错位，正不压邪；二是村名叫乱村院犯了"忌讳"，一个"乱"字叫出乱子，村子才不安宁。要想长治久安，最好的办法是整村迁移。这位风水先生还给乱村院重新选择了一个立村的地点，就是现在的岸北村，并将村子定名为"按壁村"。他说"按"是"安"的同音，"安"者，安然无恙；"壁"者，铜墙铁壁。

按壁合一，坚如堡垒，固若金汤。从此，乱村院逐步迁移并改称按壁村。

后来，不知从何处来了一位云游高僧，向按壁村村民游说，说高僧佛图澄托梦于他，让他来此处寻找道场，还说如果按壁村能以佛祖之意建立一个寺院，传播佛教，弘扬佛法，这个村就会永久太平。村民们听了很高兴，一致同意建寺院。于是，这位高僧就落脚按壁村，着手募集善款，四处化缘，用了整整三年时间建起一座寺院，取名永宁寺。

永宁寺建成后，僧人云集，香火旺盛，善男信女络绎不绝，广结善缘。按壁村年年风调雨顺，民风淳朴，村民安居乐业。正如寺碑上住持僧所作诗云：

祖道兴隆求远祥，庆祥弘法吾真常。
纪清智海传宗眼，湛净心源续慧章。
了本布玄同至理，方明微妙胜贤良。
修行善满仁慈广，普济恒沙成定香。

寒来暑往，斗转星移。很快到了明嘉靖年间，按壁村因地界问题与邻村发生了争端，双方争执不下，对簿公堂。经县太爷三次断案，最终以河为界，划分出地界。河之南岸为邻村，河之北岸为按壁村。为防止日后再起争端，还在河的两岸埋下界石，并在界石上标明以石为界不准翻案。从此，“按壁村”村名逐渐演变为今天的岸北村。（武承周）

蒿庄村

武乡县监漳镇姚家庄村有一个自然村叫蒿庄村，坐落在一个依山傍水、坐北朝南的小山坡上。人民公社时期，全村有两个生产小队，200 多口人。如今村中多数人在外打工，村里只剩下老弱病残者不足百人。

听老年人讲：蒿庄村村民是明朝初期北方人口大迁徙，从山西洪洞大槐树下迁来的。初来时，这里土肥水美、蒿草丛生，故得名蒿庄村。在这个平凡的小山村流传着一个神奇的故事。

明朝嘉靖年间，蒿庄村村民在村前修建了一座三官庙。庙里供奉着天官、地官、水官。我国道教普遍认为，天官是尧，地官是舜，水官是禹。尧、舜、禹是百姓公认的三位贤君。

三官庙建起后，蒿庄村民还将每年正月十五至十七定为祭拜日并举办庙会。届时，全村以及周围十里八村的人都会带上祭品、香火、纸扎前来祭拜，鼓乐队也会前来助兴演出，鼓乐齐鸣、鞭炮声声，人山人海、热闹非凡。

有一年正月，从河南林县（今林州市）来了一对中年铁匠夫妇，在村中为村民们打造农具。这对夫妇手艺精湛，又非常吃苦，要的价格不高，人缘还特别好，村里人都很喜欢他们，就留他们在蒿庄村安家落户。

铁匠夫妇虽家庭和睦、家境殷实，但膝下只有 3 个女儿，一门手艺无人传承，很是苦恼。村里人也看在眼里急在心上，都为他们发愁。这时，一位老人给铁匠夫妇出了个主意，让他们到三官庙里烧上高香，祈求三官送他们一子。铁匠夫妇觉得有理，第二天就备齐了一桌丰盛的供品，虔诚地给三官上了香，跪拜着向三官说出自己的心愿，他俩默默地祷告："三官爷，只要你们给俺一个儿子，俺就送你们十门大炮保百姓平安。"

不久，铁匠妻子怀孕了，十月期满生下一个八斤重的大胖小子。铁匠夫妇高兴得整天眉开眼笑、合不拢嘴，一遍又一遍说："三官爷真灵，三官爷真灵！"

铁匠夫妇很守信，为了兑现给三官爷许下的大愿，从河南老家请来 3 位年轻铁匠，齐心协力、日夜不停打造大炮。经过 100 天不停打造，10 门大炮按期完成，而且经过试验，质量全部合格。

第二年正月十五元宵节，又是三官庙庙会。这天晴空万里，红日高照，十门大炮身罩红衣，由 20 名年轻后生抬着，整整齐齐摆放在了三官庙前，三桌供品也一字摆开，助兴乐队按序站立于左右两旁。村长宣布祭拜大典开始。紧接着"咚、咚、咚……"10 门大炮连续鸣响，震耳的炮声响彻云霄。乐队奏响庄严的乐曲，热闹非凡，将嵩庄村三官庙会推向新的高潮。

从此，年年正月十五，周围十里八村的人都会来嵩庄村三官庙上香、赶庙会，很是热闹。

转眼到了 1943 年，日本鬼子占领了蟠龙镇。这年 7 月的一天，十几个日本鬼子在汉奸和伪军的带领下，气势汹汹地来到了蒿庄村。日伪军刚进村就看见了三官庙，这伙恶魔大概走累了，一屁股就坐在三官庙的台阶上喘粗气……

“咚、咚、咚……”突然响起了炮声，日伪军吓得蹦了起来，一个胆小的伪军喊道：“皇军，有八路，有游击队，咱们快跑吧。”鬼子听了慌忙和伪军一起逃走了。

从此之后，日本鬼子再也没敢来嵩庄村，村里的老百姓也没遭到日本鬼子的杀害。村民们都说，铁匠夫妇的 10 门大炮起了大作用，三官老爷显灵，吓退鬼子保平安。村民们还编了一段顺口溜，一直流传至今：

蒿庄有座三官庙，庙里藏着十门炮。
太平年间保丰收，动乱时期惊鬼叫。
敌人听了心胆寒，保民安宁百姓笑。

（李忠堂）

窑申埆

窑申埆村是一个小自然村，与庄底村同属一个村委会，现属蟠龙镇管辖，地处山沟，交通不便，距县城 45 千米。

窑申埆一开始称“窑神甲”，是为了纪念一个人，这个人叫充甲。充甲的父亲叫充宾，江西景德镇人，是我国历史上的“窑神”。

窑神是旧社会烧制瓷器的技术大师，也称“风火仙师”。宋朝熙宗年间封窑神为“德应侯”。从此，窑神有了皇上赐给的封号。

那么，“窑神”这个神圣的称号是怎么来的？民间有这么一段传说。

江西景德镇是我国著名的瓷都。镇上有一位祖传八代的瓷器烧制技艺大师，名叫充宾。充宾有三个儿子，长子叫充甲、次子叫充乙、三子叫充丙。父子四人，同干一行，都是烧制瓷器的行家。

明朝万历年间，内监潘明奉旨到景德镇烧制“大龙缸”，质量要求特别高，时间特别紧。虽然充宾身为“大龙缸”烧制总工程师及总监，但烧制不顺，屡遭失败，无数窑工惨遭杀害，其中他的小儿子充丙因负责看火，温度达不到要求，也被杀头示众。充宾看在眼里，疼在心上。有一天他到窑口察看，发现火力仍然不旺，于是便让烧窑工加足柴火。就在大伙儿加足柴火，并扇风助火之时，充宾趁大家不注意，纵身跳进火窑，以身殉职，顿时一股热血喷出，火光冲天，火势凶猛，烈火持续了整整 7 天，“大龙缸”终于烧制成功，而且光彩照人，质量上乘，成为顶级的瓷器珍品。这两口“大龙缸”现存于北京十三陵万历皇帝的定陵中。万历皇帝知道后封充宾为“德应侯”，并立碑铭记，让天下窑工永远祭拜。

父亲充宾、小弟充丙献身后，充甲和充乙感到很寒心，兄弟二人挥泪告别家乡，携带妻儿，各奔南北。充乙南下到了广西桂林。充甲北上到了山西武乡县以东一带有黏土的地方，继续靠祖传手艺烧制瓷器。为了纪念父亲的功德，也让自己在历史上留下一点记忆，充甲将村名定为“窑神甲”。“窑神”是指父亲，甲是指他自己。后来这里还相继出现了“窑儿凹”“窑圪嵯”，这些地名不是空穴来风，都与“窑神甲”有关。但不知后来因为什么原因将“窑神甲”改为现在的“窑申堉”了。　（武承周）

鸦堙村

鸦堙村现属大有乡管辖。该村开始叫楸树庄，后来改称鸦儿堙，之后又称鸦儿烟村。鸦堙村三次改名，在民间有这样的传说。

村子开始叫楸树庄，是因为村前有座大山，山上长满楸树，所以先祖们将村名定为“楸树庄”。

后来村里出了一个不孝之子，名字叫张大。张大父亲死得早，是母亲含辛茹苦将他抚养成人，他成天游手好闲、不务正业，还打骂老母亲。但老母亲从不还手，甚至连一句难听话也不说。人们问起来，老母亲总是笑一笑说："俺孩总有一天会懂事的。"但背地里却不知道流了多少眼泪。有一天，张大上山砍柴时无意发现一窝乌鸦（当地人叫黑鸦儿，也叫黑老鸹）。从此，他天天在山上休息时，总要细心观察这窝黑鸦儿。时间一长，他发现开始是大黑鸦儿哺育小黑鸦儿，等到小黑鸦儿长大了，翅膀长硬了，小黑鸦儿又反过来喂大黑鸦儿。看到此景，他不由得想，一只不会说话的黑鸦儿还懂得孝敬父母，而自己却不知道孝敬父母，还动手打骂自己的母亲，真不是人。想到这里，他顿时觉醒，回到家里开始孝敬自己的母亲。他自己动手学会做饭、洗衣服，第一碗饭总是让母亲先吃。老母亲看到儿子的变化，笑在脸上，喜在心上，逢人便讲："俺孩总算懂事了。"

张大的突然改变让村里人都感到纳闷。有一天，村子里召集大家开会，一位长者提议让张大给大家讲讲是怎么变好的。张大便将自己看到黑鸦儿的故事从头到尾给大家讲了。大家听了深受感动，不少人还当场表态，应向黑鸦儿学习、向张大学习，把孝敬父母的美德一代一代传下去。为此，大家一致提议将楸树庄改称鸦儿堙。

1838年，清朝道光皇帝接受了林则徐的奏本，开始了全国性戒烟运动，任命林则徐为钦差大臣到广东虎门查烟禁烟，此后，中英鸦片战争爆发。

1842年，禁烟运动拓展到武乡，武乡官府也大张旗鼓地开始查烟、禁烟、焚烟。有一天，榆社两个贩鸦片的毒贩子用驴驮着鸦片路经鸦儿堙村到洪水出售，被鸦儿堙老百姓扣押后报告给洪水乡绅。乡绅下令就地销毁。一时间鸦儿堙浓烟滚滚，扑鼻呛人。外村人以为谁家着了火，都纷纷前来观看，才知道是销毁鸦片。这时，有个年轻人看到浓烟滚滚，便说了一句风凉话："什么鸦儿堙，我看变成鸦儿烟了。"从此，一传十、十传百，不少人把"鸦儿堙"叫成了"鸦儿烟"，一字之差，意思变了。中华人民共和国成立后，鸦

片这一毒品已经消灭干净了，所以“鸦儿烟”又变成了现在的“鸦儿堙”，现在又逐渐简写成“鸦堙”了。（武承周）

太池村

在古代，武乡曾为涅氏、皋狼、蔡州（蔡纣）等国。传说，当时各诸侯曾有过一个圈地运动，有百里的，有八十里的，有七十里的，最少也是十五里的。当时太池、鸦堙这一片土地划归一个叫百里王的诸侯（史无记载，名不详），治所就在现在一个叫城垴的山坡上。这位诸侯有一个儿子，当地人称其为太子。这位太子对村民不错，村民也非常拥戴他，所以他常在这片土地上玩耍。特别是一到夏天，太子总要到这里的一个大水池子里玩水、洗澡。有一年，太子正在池子里玩，突然下起了暴雨，暴涨的池水把这位太子给淹死了。村民们很怀念他，就在水池的上边修了一座太子庙，同时还把村名改作“太子池”。后来人们把“子”字给省掉，叫作“太池”了。太池分两个村，后边的叫后太池，前边的就叫前太池。

百里王也很思念自己的儿子，所以把兵营搬到这块地方操练。在治所前的山顶踏出一块3里多长的平地来，并称这里为跑马岭。过了几年后，南蛮人前来攻打百里王，百里王见南蛮人来势凶猛，首先将跑马岭人为地刨断，就是现在的绝断洼，然后整兵防御。绝断洼并没能阻止南蛮军队，他们穿过绝断洼追至城垴山坡与百里王军队大打了一仗。在周围村民的支持下，百里王军队打了9天9夜，终于击败了南蛮军队，将其首领追杀于前、后太池中间的沟里。

如今，放牛娃还不时能在城垴坡上捡到箭头、枪头等武器碎片。杀南蛮的沟自古以来一直叫“死汉沟”。池水上面的太子庙，以前村上人曾筹资维修过几次，但近年已经颓坍，里边只剩清代维修时立的石碑。

（王仲祥）

姚家庄

姚家庄现属监漳镇管辖，在镇政府的西北方向，距镇政府有 6.5 千米，与马家垴、大申良沟、中申良沟、蒿庄村组合为一个村委会。全村 236 户，918 口人，耕地面积 2450 亩，沟壑纵横，坡地广阔，宜耕、宜林、宜牧，是武乡粮食主产地之一。

说起姚家庄村名的来历，当地民间有这么一个传说。

明朝嘉靖年间，因为海瑞为民请愿惹恼嘉靖皇帝，奸臣严嵩乘机勾结朝内奸佞采取卑劣手段诬陷海瑞，嘉靖皇帝一怒之下罢了海瑞的官。海瑞罢官一案牵涉本朝吏部一位清官，这位清官姓姚名盛，字清廉，是河北顺德府人。因其赞同海瑞的观点，所以海瑞被罢官后，他不仅被罢官，还被打入大牢终身监禁。

姚盛有两个儿子，老大叫姚广，老二叫姚远，当时正是血气方刚之年。他俩对父亲的遭遇深感悲愤，想起义暴动，推翻嘉靖王朝。但他俩的举动很快被官员徐良知晓，徐良是姚盛的故交，他深夜秘闯姚府，将姚广、姚远叫到一起，阻止了他们的盲目行为，并赠送给两兄弟金银 20 两、快马两匹，接着买通城门官，将兄弟二人放出城门，让他们远走高飞。

兄弟二人出了城门，快马加鞭一路朝太行山方向奔来。在路过一条河时，因船家不让马匹上船，只好忍痛将马卖掉。当兄弟二人逃至山西武乡地界时，老大同老二商议说："兄弟，咱们老在一起恐有不测，行动起来也不方便。不如分头行动，待形势稳定后，再聚在一起。"姚远听了长兄的话觉得很有道理，表示赞同，接着把他身背的一只陶罐在地上砸成两半，一半送给哥哥，一半留给自己。然后流着眼泪对姚广说："大哥，我们以后相聚时就以陶罐片为凭证，两者能无缝对接在一起，我们就相认；如果合不在一起，那就不是一家。假如我们不在了，也要把陶罐片传承给后代子孙，作为他们相认的凭证。"哥哥听了点头同意，并接过了一半陶片。接着兄弟二人抱头痛哭了一场，从此各奔东西。

老大姚广后来在武乡冯家堖村一户范姓大户人家当了长工。姚广虽然出身官宦人家，但他不失大丈夫气节，能屈能伸，很有作为，勤劳勇敢、知书达理，很快掌握了农活技术，锄犁担挑样样精通，深受范东家喜爱。

范东家也是一个积德行善之人，他见姚广身材高大，天庭饱满，通情达理，行举有节，打心里喜欢。正好，范家有个女儿，长得不错，肚里也有才学，但就是因为幼时患了病，没有及时医治，留下后遗症，走起路来左腿有点瘸，所以 17 岁了未找下婆家。范老东家见姚广小伙子不错，便产生了为女儿择婿的念头，可自己又不好意思张口。思来想去，便把管家范仪叫来，让范仪先去探探姚广的心思。如姚广有意，立马定亲；如姚广拒绝，另作计议。

范仪领了东家口信，当天晚上便把姚广叫到自己室内。热情招待之后，便笑着对姚广说："小兄弟，自从你来到我们范家门下，我看你手脚勤快，心眼也多，而且通情达理，有好人缘，范府上下都对你很有好感。但不知你是否成家，如果尚未成家，我给你说门亲事，帮你成个家，也算了结一桩大事，不知你意下如何？"姚广听后，深受感动，他想到自己在京城的妻子儿女，但身为逃犯怎敢乱言。所以，只好强作笑脸说："大哥有此好心，姚广感恩不尽。但不知大哥给我找的是何人的千金？"范仪一听满心欢喜，便说："千金小姐，远在天边，近在眼前，她就是我家范员外的亲生女儿，名叫秀娟。如果你也有此意，明晚我可带你到她的闺房亲眼看看。"姚广一口答应。

第二天晚上，明月当空、月移花影动，后花园内，一片寂静。但秀娟闺房灯火通明,红纱遮窗。范仪带着姚广轻步进入秀娟闺房。不知道是否是天意，秀娟在灯火通明的卧室中走得很自信、很平稳，没有露出腿瘸的毛病。姚广看到秀娟眉清目秀，举止文雅，谈吐有寸，十分高兴，对这桩婚事很满意。

范仪带着姚广出来，悄悄问姚广："相中了没有？""我看中了，但怕范老爷不肯将千金许配给我这个穷光蛋、长工汉。"姚广说。"范老爷那里你放心，由老兄替你操办，至于家和地的问题，我替你想办法。"范仪拍了拍姚广的肩膀。“那就太感谢范老兄了。”姚广握着范仪的手说。

次日一早，管家范仪就把姚广会见秀娟之事，都向范东家讲了。范老东家十分高兴。紧接着，他吩咐范仪，立即准备小女出嫁之事，并决定婚礼不按中国传统仪式举行，而是到上司村天主教堂由荷兰传教士主持婚礼，所有彩礼包括姚广当天全身穿的戴的一律由范东家准备，就连给新娘秀娟手指上戴的戒指，也由范东家专门派人到平遥古城“玉宝斋”金店去购买。姚广什么也不用发愁，只是洗个净澡，当好新郎就行了。

婚礼那天，姚广洗了澡、理了发，穿了婚礼新装，只见他一表人才，帅气十足。秀娟更是美艳如花，沉鱼落雁。更令人难以置信的是，她行步轻松，根本看不出腿有毛病。真是天地美缘，让人羡慕不已。

姚广与秀娟完婚之后第三年，范老东家就给他们在现在的姚家庄建起新房，买了土地。新房地势高，一眼可望周边好几个村子。一到晚上，姚广家灯火明亮，周围村子的老百姓就都能看见。5 年之后，姚广与秀娟有了两个儿子一个女儿。百年之后，姚姓成为该村主姓，所以把“冯家垴”叫成“姚家庄”了。

（武承周）

富庄村

富庄村距武乡县城 1 千米，地理位置为东经 172° 51′，北纬 36° 49′，榆黄公路紧挨村西，涅河水从脚下流过，交通方便，水源充足，紧邻县城，发展工商业、服务业有着得天独厚的优势。

2013 年，村委会在武乡红色旅游专线旁边新建了居民小区，叫“富民苑”，共建六层单元楼 4 栋，建筑面积 32000 平方米，目前已有 260 户村民入住新居。

据村民口头相传，明朝洪武年间富庄村开始立村，但当时不叫富庄，而是叫“付庄”（付读作 fǔ，府），村名和付氏兄弟有关，3 人由山西洪洞大槐树底下迁来，至今已有 600 余年的历史。

600 多年前，涅河主河道紧挨着城关村，而富庄村脚下有一片很大的荒草滩。付氏 3 兄弟择地而居，在富村庄定居下来。3 人正当年富力强，而且非常勤劳，也具有一定的经商能力。他们用整十年时间，把这片河滩地开垦出来，使荒滩变成米粮川。

富庄新村一角

付家兄弟 3 人秉承以粮为纲、多种经营的理念，有了粮食后就开办粉坊、酒坊、醋坊，开办作坊赚了钱又在当时段村街上开办了“德盛源”和“广誉远”商铺和当铺，家产越来越多，生意越来越好。

三十年河东，三十年河西。有一年，涅河一带遭遇百年不遇的大洪灾，河水暴涨，大浪滔天，巨大的洪水将付家兄弟 3 人开垦出的百亩良田冲了个精光。从此，涅河改道，河流直接靠近了付庄。付家也开始走了下坡路，土地没有了，失去了粮食来源，其他生意也逐渐萧条，人口也在减少，有不少人看到前途渺茫，只好背井离乡，远迁他乡。付庄村居民逐渐被任、张、宋三大姓氏代替。

1912 年，孙中山领导的辛亥革命成功，清政府被推翻，民国建立。付庄人民紧跟时代潮流，将原来的付庄改名为富庄，其意是富裕村庄、幸福村庄、美丽村庄。步入新时代，富庄人民一定会在中国共产党领导下，拼搏奋斗，尽快脱贫，走向富裕，使富庄真正变成一个人民生活富裕、人居环境优美，文明和谐、美丽富裕的村庄。（任庆生）

石人底

石人底村位于故城镇以北，与岸北村紧邻，东北面紧靠着麓台山。当地一位老者说：“麓台山上曾有过两座庙宇，上面是佛祖庙，下面是观音庙。

在两座庙中间，还有一尊石雕佛像，双目紧闭，双手合十，庄严肃穆，令人起敬。”据说这尊大佛是北齐时代的石雕，与东良洪济院的石佛像属同一时代。后来在大佛脚底下有了村庄，所以村名便定为“石人底”，也称石仁底。但多数村民没有见过石人，有人戏说石人可能跑了。

2016 年，回乡的岸北村赵建斌同志（山西省质检局高级工程师）在岸北与石人底两村中间的田间劳动时，偶然发现麓台山形似一尊巨大的弥勒佛像。它坐北朝南，端正大气，双手置于两膝，大肚子高高凸起，活灵活现，如若真人。弥勒佛的发现，引起喜爱研究“三教”文化的赵建斌同志的极大兴趣和关注，他多次请了本县有关方面的研究者和爱好者到现场考察、摄像，从而证实，不是山上有什么石雕大佛，更不是“石人”跑了。“石人”没跑，他永远不会跑，一直安详地静坐在这里。所以叫“石人底”，是因村子坐落在弥勒佛的脚下，这样更有说服力。但遗憾的是，弥勒佛的头在 20 世纪 60 年代“农业学大寨”时给毁坏了些，现在看上去缺了点，如能补上，这尊弥勒大佛可真是活灵活现了。（武承周）

卧龙头

卧龙头村是洪水镇管辖的一个自然村，村子虽然不大，但它历史久远。这里有一种天然黏土，可以烧制粗砂陶制品，所以这里成为武乡最早的粗砂陶产地。这里产的砂陶表面光滑明亮，熬出的中草药味道纯正，药效显著；熬出的小米稀饭和和子饭，更是香甜美味，口感上乘。因此，直到现代化的今天，仍有不少老年人喜欢用这里产的粗砂陶锅熬药、做饭。

说起卧龙头村名的来历，更加神奇动人：相传大禹治好黄河水之后，又投身太行山治水。他首先治好了蟠洪河上游之水，但在治理中村、祥良一带时，有一条恶龙与大禹作对，不等大禹治好一段河流，恶龙便使用妖术，兴风作浪，盛降暴雨，使洪水猛涨，让这段河水久治无效。恶龙的种种恶行，被托塔李天王看见，他直接面报玉皇大帝。玉皇大帝命他率领天兵天将及小儿子哪吒一齐出动，惩治恶龙。在天兵天将层层围攻之下，恶龙被斗得筋疲力尽。三太子哪吒见势将乾坤圈向恶龙头上猛地掷去，恶龙顿时气绝身亡，横卧在地，一动不动，而且口中不断吐沫、吐血。恶龙吐出的白沫与鲜血，慢慢渗入地下，经过上千年演变，变成了烧制陶瓷的上等黏土。后来这片土地上又慢慢住上了人。因恶龙死后龙头卧躺在此处，所以便将村名称之为“卧龙头”。

（武承周）

密顶神

密顶神是蟠龙镇管辖的一个自然村。密顶神一开始不是一个村，而是一座山，据说这个山名是佛图澄给封的。佛图澄怎么会给一座小山封号呢？故事还得从西晋一段民间传说讲起。

西天佛祖释迦牟尼派西域佛图澄到东土传教授经。一天，佛图澄来到太行山武乡东部山区，忽然看见眼前有座山峰特别奇秀，而且山峰四周有异彩放出，顶端似有宝箱，放射着吉祥之光，便用力爬到山顶，果见有一只宝箱，上边还贴着封条。他便念动法语，将封条撕开，打开宝箱，一看是一句佛教偈语，落款是佛祖释迦牟尼，明示让他到武乡南山结茅棚、设佛坛教化万民。佛图澄高兴万分，他急忙藏好偈语，并觉得此山峰一定来历不凡，灵气十足，佛祖才将此密件藏于此山，明示于他，待他来取。想到这里，佛图澄用中指在此山峰壁上写下“密顶神”3个大字而去。后来，3个大字被人发现后，就将此山称之为“密顶神”（其意是神山顶上藏密语）。

佛图澄按照佛祖释迦牟尼的明示，在今故县漳河南岸的南山，结茅棚、建寺院、度石勒、教万民，留下了世代相传的南神山诸多传奇故事。

明朝初年，山西实行大移民，有张氏一门兄弟两人，从洪洞大槐树下出发到密顶神山下落脚，繁衍生息，慢慢发展成村，而且以山为名把村叫成密顶神村，一直到现在。

清朝乾隆年间，张氏一门出了一名秀才，他亲自到密顶神山上探寻迷踪，回来后写下小诗一首说明此山来历。

西域佛图澄，东土来传经。
行至武乡地，看见一奇峰。
四周放异彩，山顶藏密经。
图澄取出看，佛祖留下名。
指示佛图澄，南山结茅棚。
佛图封此山，号称“密顶神”。

（武承周）

寨坪村

寨坪村，在北纬 36° 51′，东经 113° 12′，现属洪水镇管辖，距洪水镇政府只有 1 千米。全村 200 余户，近千口人，地平水浅，交通方便，煤炭资源丰富，文化深厚，是一个比较文明富裕的村庄。

寨坪村村名来历是因村庄东北面有一座土寨，古称云斗寨。云斗寨建于唐朝会昌年间，与唐朝大将李德裕屯兵横水寨、讨伐叛将刘稹有关，距今已有 1000 多年的历史。20 世纪 70 年代，在云斗寨曾出土过一具尸体，尸体身着官服，还戴有一顶三品官员的官帽，此人姓李，但名字看不清楚，这也和前面的传说比较吻合。后来从原东沟乡密顶神迁来张氏一门兄弟二人，开始住在寨坪村西兔儿岭，在河滩平地上发展繁衍，慢慢发展壮大、人丁兴旺，成为一个村落。因村在云斗寨脚下的平地上，便将村名定为“寨坪”。

追溯寨坪村详细来历，在当地村民中还流传着另一个美丽而神奇的传说。

很早以前，有两个南方人路经现在的寨坪去洪水，坐下休息时，抬头忽然看见河西兔儿岭上有两孔窑洞，并有人居住。他们便问村里人说：“岭上是什么人，敢在此处居住？那个地方不宜人居，住了会死人的。”这时一个村民说：“你俩胡说八道，人家不仅住得安全，而且还发家致富、人丁兴旺。”南方人“啊”了一声接着问道：“这户人家叫什么名字？”村里人回答说：“这两户人家都姓张，是从密顶神迁来的，老大叫如鹞，老二叫如鹰。”听了此话，两个南方人则急忙改口说：“怪不得人家如此厉害，以后人家还会大发的。”村里人听了说：“开始你俩说要死人不能住，现在说不但能住还要大发，前后矛盾，此话怎讲？”南方人则不紧不慢说：“我们的话没有错。你们看，两眼窑洞打在兔儿嘴边，兔儿虽然不吃人，饿得急了也咬人，时间长了没有好处，久住一定会伤人。但人家名字叫得好，一个如鹞一个如鹰，鹞子和老鹰都是兔儿的天敌，它们每天都有兔肉吃，这样不发就不由人。”听了这段话，村里人都说：“这话有道理，怪不得人家发了家。”

张如鹞和张如鹰并非是传说中的神人，而是武乡张氏八门中的第七门先祖张显的九世孙。他们兄弟两人，原籍在密顶神，后来迁居寨坪村河西兔儿岭，靠做豆腐、卖豆腐起家。发家之后，慢慢在寨坪购置土地，盖起大四合院，逐渐成为武乡富户。兄弟二人分家之后，如鹰陆续增添四子，长子元福、次子元禄、三子元弼、四子元勋。4子长大后如虎添翼，经商务农，开窑（煤窑）办坊（作坊），买卖做大，又经办钱庄，把生意做到蟠龙、洪水、黎城、辽县（左权）、襄垣、和顺。很快商铺林立，人才荟萃，发展到十世上，出了武乡县七十二家名人之一的张宗良。

乘着改革开放的春风，寨坪村张氏后人将先祖勤劳致富、经商发家的优良传统发扬光大，把寨坪村搞得红红火火，铸就了千年古村寨坪新的辉煌。

（张国庆）

长乐村

长乐村位于武乡县中部地区，东与李峪堖为邻，西与峪口村相连，北与枣烟村地土相参，南与三台岭隔河相望。南沁公路、武墨铁路都从村中通过，地平水浅，交通方便，民风淳朴，历史久远，是武乡一个上好的村庄，古人取名叫“长乐”（与常乐同音），现属大有乡管辖。

追溯“长乐”村名的来历可谓历史久远，文化深厚。当地民间有这样一个传说。

长乐村村貌（局部）

武乡南神山的开山鼻祖叫佛图澄，他俗姓帛，是西域人。9岁时在乌苌国（今巴基斯坦境内）出家，35岁时不远万里来到太行山上党武乡，结茅南山（今南神山），普度众生。

有一次他东游出行，走到武乡中部的长乐村时，发现此处三面靠山，一面临水，而且山脉呈龙盘虎、虎缠龙之势，相盘相结，相辅相成，祥云朵朵，紫气东升，山清水秀，宜设佛坛。所以，他在此处修建了当时武乡规模较大的三圣寺。三圣寺是一座大寺院，寺院大门两边为两个四面通透的耳房，东面挂着一口大钟，西面挂着一面大鼓，这便是晨钟暮鼓。一进大门正面是三圣大殿，里面塑着三尊像，正中是佛祖释迦牟尼，东面是道教先圣老子，西面是儒教先师孔子。东西两边共有40间廊房，分别是地藏王菩萨殿和阎罗殿，阎罗殿内有十八层地狱和阴曹地府的各种刑具及执行官牛头、马面等各种鬼神，阴森可怕，让人毛骨悚然。据说到了半夜三更，看庙和尚还能听到在阳间办了恶事的鬼尸，在地府受刑法处置时的悲叫声，所以吓得他们不敢单独守庙，只好到长乐村叫上两个胆大的人去与他们做伴。

三圣寺南面建的是南海观音大殿。南海观音为了普度众生，帮助人间受苦难之人扫“七灾”去“八难”，教化人们遇到苦难之事时，起心动念，真心祈祷，常做善事、心善消灾、心善集乐、心善积德，“大慈与一切众生乐，大悲与一切众生苦”“大慈大悲，常无懈倦”“恒求善事，利益一切”，后来观音菩萨还把一段经文托梦于长乐村一个有文化、有教养、守护三圣寺特有功的人，这个人的名字叫伽蓝。

伽蓝是一个阴阳两世人，知道自己的前世，也知道自己的今生，还知道自己的未来。他为什么有如此大的本领呢？据说是因为他身上有一段不同寻常的传奇故事。

伽蓝的母亲是长乐村一家员外的女儿，有一天，她跟姑母到河边洗衣，中途想小解，便到附近一片小树林中。她在解手时忽然觉得有股凉气袭入阴门。她当时也没太在意，以为是股凉气。但从此之后，她却身怀有孕，肚子一天一天大起来。没有出嫁身怀有孕这在旧社会可是一件最见不得人的丑事，就连她的父母也不能容忍。于是，在一个漆黑的夜晚，她父亲指示手下人将女儿给悄悄活埋了。

但时隔一年之后，员外在南长乐街上一个烧饼店老板口中得知：她女儿每天下午太阳落山后到这里买两个饼子，每日如此，风雨无阻。员外回到家后，把这件怪事悄悄给夫人讲了。女儿是母亲的心头肉。听到这个消息，夫人痛哭起来，后悔当初不该那样对待女儿。于是在第二天晚上，夫人偷偷指示下人将女儿坟墓挖开。坟被挖开后，眼前的景象让大家一惊，只见小姐身上趴着一个又白又胖的小子。下人们不敢妄动，立马派人回去禀告老东家和夫人。二老听说后指示手下，把这母子两个接回来。但手下人将小孩一抱，便见员外女儿顿时变成一堆白骨。手下人害了怕，立即抱着孩子跑回来，并将看到的怪事如实给员外讲了。王员外听后，长叹了一口气说：“孩子留下，快去将小姐坟墓埋好。”这个怪儿便是伽蓝。

伽蓝长大成人后便云游四海，寻找观世音菩萨，最后在南海（今福建厦门普陀山）修行，修成后返回长乐，在三圣寺当了护法大神。自从伽蓝进入三圣寺后，寺院香火渐旺，夜晚安静吉祥，再也听不到半夜厉鬼的叫声。

有一天，伽蓝梦见南海观音菩萨对他口传圣经说：“南无观音菩萨，南无佛、南无法、南无僧，与佛有因，与佛有缘，佛法相因，佛在心中。长乐我净、长乐我兴，长乐便是观音，心中长乐便是佛性。”第二天一早，伽蓝

将观音菩萨这段经文，讲给三圣寺众僧。大家一致同意，将村名定为“长乐”村。从此，武乡有了长乐村。（王存良）

玉石沟

洪水镇的玉石沟村是一个人口不足百人的小村，山大沟深，人烟稀少，交通不便，但该村历史久远，文化深厚，很有传奇色彩。

玉石沟原来不是沟，而是一座大山，山中藏有五色玉石，所以开始叫玉石山。相传，有一天山河巨变，东方天空突然塌陷，世间漆黑一片，动植物荡然无存。这时，女娲奉命来到太行山上采集玉石，炼石补天，拯救人类。

有一天，女娲来到上党武乡境内，看到东部山区有一座大山，造型奇特，荒凉怪异，寸草不长，但却有彩光时隐时现。女娲想，山上不长草，山内必有宝。想到这里，她使足气力，瞪大眼睛，用穿山眼法一看，果见大山里面确实藏有不少玉石，而且有蓝、有红、有白、有绿，全是彩玉。女娲高兴万分，便向天王请来天兵天将，将玉石山的彩玉全部开采出来，然后又运用乾坤真火，冶炼七七四十九天，将彩玉化成彩液后把塌陷的天空全部补好，使太阳再次出现，人间又恢复了蓝天白云。但奇异的玉石山因被采空塌落下来，变成了玉石沟。

后来又不知过了多少年，有黎城霞庄李氏一家兄弟 3 人，听风水先生说玉石沟风水好，是藏宝之地，人杰地灵，所以，便在此处安家落户，但沟名未改，只在后边加了村字，使“玉石沟”成了玉石沟村。（武承周）

雁过街

雁过街村是一个有着不足 300 口人的独立小村，现属洪水镇管辖。该村有着一段美丽而神奇的传说。

很早以前，雁过街村叫燕麦村。一年春天，漳河解冻，一群大雁排着“人”字形队伍有秩序地向北飞行。到燕麦村上空时，这群大雁忽然有秩序地从空中降落下来，个个显得筋疲力尽，走起路来摇摇晃晃，一个劲儿给前来观看的村民们摇头摆尾，像似乞讨。这时，一个老农好像看透了大雁的心思，便向村民们说：“乡亲们，大雁是肚饿了，无力飞行才落到咱村，大家回去拿点儿粮食出来喂大雁吃吧。”大伙儿听了，都回去拿粮食，有的拿小米，有的拿玉米，有的拿豆子，有的拿麦子……应有尽有，五谷俱全。粮食撒在地上，大雁都围过来使劲儿吃起来。吃完后，有老乡端出两盆水，大雁又围过来喝水。吃饱喝足之后，大雁排着整齐的队伍，沿街转了一大圈，还不停地向乡亲们点头致意，表示感谢。之后，领头雁“咕哇”叫了一声，带着群雁起飞升空，继续向北飞走了。后来村民才知道，这群大雁原来落脚进食的地方，有人持枪打猎，它们不敢停歇才忍饥挨饿飞到这里的。

时光流转，很快到了十月。大雁又开始从北方飞向南方。有一天中午，这群大雁又降落在燕麦村。它们落下来之后，乡亲们都出来观看。只见所有大雁都张开嘴一边叫一边往出吐东西。它们吐的东西有红的、蓝的，有白的、黑的……当时乡亲们都认不出是什么东西，只见闪亮发光，十分好看，所以，各家都捡了些保存下来。

第二年春天，还是那位老农说：“乡亲们，我猜大雁吐出的东西可能是种子。我们大家都拿出来，种在地里吧。它是什么种子，等长出来就知道了。”乡亲们觉得老农说得有道理，就按他的话办了。到了秋天收获时，乡亲们才知道，这些是五谷杂粮的优种，长出的庄稼特别好，燕麦村迎来了有史以来的第一个大丰年，家家粮满囤、谷满仓，户户有余粮。这时，老农又说话了：“看到了吧！凡是有生命的东西都有感情，都懂得知恩图报。我们救了大雁，大雁又回报我们。我们以后一定要和动物和谐相处，保护自然环境，守住青山绿水。因此我建议，把燕麦村改成‘雁过街’吧，让我们永远记住大雁的情意。”大伙儿听了，都表示赞同。从此，武乡有了一个“雁过街”村。

（武承周）

分水岭

很古的时候，分水岭地域广袤、一望无际。此间有一只金光闪闪的蛤蟆，每天总是在太阳刚刚升起的时候就追着太阳跳出来，活蹦乱跳，逮虫捕蛾，吃饱跳够，还要四脚朝天躺着尽情沐浴阳光。经常有人想逮住它，养起来观赏。但是，不管人们使出何种伎俩，就是逮不住它。它的视力极好，警觉性很强，而且特别灵活，不等靠近它，它就会一跳三尺高，逃得无影无踪。

这只金蛤蟆的事不知怎么就传到了遥远的南方。有一个南方人听说分水岭村有只金蛤蟆后，千里迢迢，不畏艰险，跋山涉水来到这里。他不急于抓这只金蛤蟆，而是详细观察地形，掌握蛤蟆的活动规律和精准时间。金蛤蟆迟不出早不出，总是在太阳刚露脸的时候，才迎着夺目的阳光开始它的“享受”。南方人来的时候正遇上阴雾蒙蒙，金蛤蟆根本不出来活动。他耐着性子藏在一块大石头下面。过了两天天气放晴，湛蓝的天空一碧如洗，十分壮观。天晴了，金蛤蟆又出来了。南方人小心翼翼地轻步走到金蛤蟆身边，伸手猛抓金蛤蟆。由于用力过猛，把这只金蛤蟆给弄死了。虽说死了，蛤蟆还弹了三下。头一弹弹到东门，旋即现出一条雾带，雾带散去却变成了奇峰壁立的一座大山，这座大山就是分水岭东边的虎头山，它是太行群山中一座海拔 1300 米的山峰。第二弹弹到西边，同样现出一条长长的雾带，雾带退去现出山来，这就是分水岭的华山。华山是太岳山之脉，海拔也在 1300 米左右。最后一弹弹回原地，也现出一条长长的雾带，雾带散去，现出山来，这就是金蛤蟆经常出没的这座山，叫白云山，是太行、太岳的界山。民间就此有句俗语：“有头无尾白云山，要见尾巴下河南。”此山原来光秃秃的，20 世纪，武乡林业功臣关海旺带领职工刨坑种树，使这座山成为松涛滚滚的财富山。为了纪念这位有功之臣，山头还为他建了一座纪念亭。

南方人摁得劲大，使金蛤蟆两个嘴角流出了两股水，一股水向南流归涅河，另一股水向北流入昌河，终入汾河。分水岭村就在两股水分开的地方，因此取名叫分水岭村。据老年人讲，分水岭村至今已有 2500 多年的历史，是历史比较悠久的村落。（杨兆兴）

信义村

信义村原名“铜城”。为什么改称信义村？据传源于程氏讲诚信、有礼义的故事。

程氏先祖程思德、程思让、程思贤兄弟 3 人为避元乱，于元朝至正年间由河南省归德府虞城县徙迁山右，程思德定居武乡铜城，程思让定居祁县东观，程思贤定居太谷西贾，生齿各繁，俱以千计，甲第科贡，接武而起。

当程思德来到铜城之后，观山察水，看到这里山环水绕，地平如镜，土质肥沃，林茂草肥，明堂高大，降龙伏虎，钟灵毓秀，真可谓是一块宝地，在这里繁衍生息必有后福。于是他拿定主意，以打工赚钱、开荒种地为落脚点，积蓄粮钱，打好扎根基础。由于他干活吃苦，讲究技术，给谁家打工谁家的庄稼就长得特别好，开荒开到哪里哪里长，种上什么庄稼什么庄稼收成好，人们都羡慕他，说程家生辰八字坐的是土命，土生金，金生水，五谷生长离不开水。其实不然，他的丰硕收获是用汗水换来的。

按着老主意，程思德没明没夜干了几年就成了家。成家后，他别开生面，在大门的门楣上镌刻了“信义”二字，表示程家讲诚信、有礼义，图旺气，企盼吉星高照，人财两旺。从此，其子孙后代分门别户后都仿效此法，继承祖训。年长日久，别姓看到程家发旺，也在大门上镌刻“信义”二字，以图吉祥。此习俗从元朝一直沿用到明朝。

明朝正统四年（1439），全国遭荒，寸草不收，饿殍遍野。御旨下在全国，张贴告示，征粮救灾。程家五世祖程碧看了告示后，出于慈悲，慷慨应示，献粮 3000 石救灾。收粮官看到他不像凡人，立即向朝廷禀报，皇帝预感天机，圣旨下，在皇宫召见了程碧。

其间，皇帝对程碧说：“朕赏你黄金万两。”程碧回禀：“我家粮钱不缺，不要。”又说：“朕封你在朝做官。”程碧回禀：“我连家事都管不了，哪能管了国事，不受。”再说：“朕赏你半朝銮驾（龙凤扇、黄罗伞、金瓜、钺釜、大刀、铜棍、开道旗），敕封义士‘五谷神’，御笔亲书‘义民’匾额，下旨在故里给你建‘义民坊’。”程碧双膝下跪回禀：“我程氏凡人，历代以‘信义’为荣，荣誉比官大，荣誉比金贵，谢主隆恩，我主万岁，万岁，万万岁！”

程碧满载荣誉凯旋，差役护驾，沿途民众夹道欢迎，好不威风。当他回到故里的时候，迎接他的族众一街两行，兴高采烈，张灯结彩，胜似过年。

程碧将皇帝召见他的盛况和奖赏一并向族众汇报展示后，族众无不拍手称赞，异口同声地说：“你为咱程家争了光，立了功，光宗耀祖，劳苦功高，为我程氏之福星。”经族众商议，为感谢皇恩，纪念程碧丰功伟绩，决定将门匾上的“信义”二字作为村名，以“信义村”取代“铜城”。此事由乡村传到京城，都知道程氏将“铜城”改为“信义村”了。自此，行政制属、差役田税、通信往来都以“信义村”之名行事。

说来也真神奇，就在这“信义”二字的照耀下，明、清两代程氏文官武将、名人志士辈出，据记载，程家出了将军、尚书、翰林院典书、府官、州官、县官和进士、举人、拔贡、秀才，及诗人等有名人物共336名。信义让程氏名扬天下，成为山右旺族。后人赋诗云：

人杰地灵古铜城，
藏龙卧虎信义村。
司空故居今犹在，
廉吏第一传美名。

（程春虎）

东良村

东良村与程尚书的“双修寨”隔河相望，互为依托，东良村程姓居民属其后裔。

东良村原名“梁侯东”，历史悠久，人杰地灵，文化灿烂，山清水秀，物产丰富，村民安居乐业。据有关史料记载，该村得名距今已有1000多年的历史。

据《北良侯村志》考证，136—159年，东汉顺帝的外戚梁侯在这里屯兵，现在仍有地方名为“校场坪”。由于东良村处于“校场坪”之东，得名“梁侯东”，据1063年的一通宋碑记载称“良侯”，据1479年的一通明碑记载称“良侯东”，据1629年康熙版《武乡县志》记载称“东良侯”。中华人民共和国成立后的1972年，成立东良公社，随之废“东良侯”村名，命名为“东良村”。从“梁侯东”到“东良”的演变共5次，时间跨度达1800余年。

这里需要说明一点，那就是村名演变记载的年代，“梁侯东”比较确切，有记载的年代范围；“东良”确切，有原始起因记载年代。其余从碑文上、县志上查到的“良侯”“良侯东”“东良侯”的记载年代，都不是确切的原始年代，有待进一步考证。现在，当地老百姓“东良侯”“东良”两名都叫，是因为历史形成的习惯，短期内旧名难以完全废止、新名不易普及的缘故。除公文法定用东良村名，大部分工作人员、青少年叫“东良”外，有的在外人口和乡村的老人仍然叫“东良侯”，在一些文章中也还写成“东良侯”。

（程春虎）

大寨村

据历史记载，大寨村原名“南良侯”，与“东良侯”“西良侯”“北良侯”对应。其村名因东汉顺帝的外戚梁侯于136年至159年，在这四村的中央“校场坪”屯兵驻扎而得名。原名“梁侯东”“梁侯西”“梁侯南”“梁侯北”。后来渐渐演变成了“东良侯”“西良侯”“南良侯”“北良侯”。

“南良侯”为什么变成“大寨村”？还得从明万历年间工部尚书程启南说起。

程启南，明代万历二十九年（1601）中进士，为朝廷命官，连任 12 职，由襄阳推官升至工部尚书。万历三十八年（16l0）在朝任兵部武选司主事时，他针对当时朝政不善，一人得道、鸡犬升天，人浮于事、不为民办事的腐败现象，上疏“清冒滥，摒私人，简将帅”，被皇帝采纳。他的主张虽然利国利民，但遭到奸臣的反对，为他的仕途埋下了一颗定时炸弹。由于他勤政为民，天启二年（1622）朝廷敕封“天下廉吏第一”，官升太常寺卿，更成了奸臣的眼中钉。

此时，宦官魏忠贤专断国政，结党营私，排除异己，欺压人民，党羽遍布朝廷内外，明朝的军政大权都操纵在他的手里，形成了统治阶级内部一个最腐败、最反动的集团，导致社会动荡不安，政治黑暗，阶级矛盾和民族矛盾十分突出，人民生活在水深火热之中。程启南以爱国爱民为大计，上疏：“自古治乱荣辱之端在所信任。魏忠贤威移主上，蟠连禁闼，倪文焕、崔呈秀等党羽，摇唇鼓舌横于世……臣实不欲同罢驴为群，与汨俱没，乞放臣还山。”魏忠贤闻之恼怒，当即将程启南罢官，程启南哈哈大笑，言之“真金不怕火烧”。

庄烈帝即位，大诛阉党，魏忠贤畏罪自杀，程启南奇冤终得昭雪，官至工部侍郎。后来魏忠贤的残余势力复活，太监张彝宪总理户、工两部，凌驾于尚书之上，时政大有重蹈覆辙之势，程启南看破世道，见奸臣当权，忠良受气，百姓遭殃，便横下一条心，连疏告退，上疏：“熹皇帝拱默，中人有窃政者，似犹不足异。今天子英明，日夕望太平，而蹈覆辙，酿乱胎，臣恐忠贤虽诛，而忠贤之类尚冀死灰复燃。不止羞朝廷，而辱当世之士也！”……连上十一章，旨准告老回乡。

程启南返乡后，在武乡县城南亭川（今故县）修建住所，名曰“程家老院”，大门上挂着“社稷功高”匾额，逢三、六、九日，知县前来朝拜问安。适逢李自成领导的陕西、河南农民起义，“替天行道”“改朝换代”。

皇帝为了巩固统治地位，垂死挣扎，大力扩充左右，御旨下诏大司空程启南出山回朝就任。程抗旨不接，斩钉截铁地说：“宁为百姓当牛马，不为当朝做浑官。”他明知抗御旨犯下了灭门九族之大罪，为了躲灾避难，从县城重返故里信义村，在村北面的南良侯东头，择定一块宝地，上是悬崖绝壁，下有河水环绕，人称“青龙点水”，在这块宝地上修筑了一个寨子，名曰“双修寨”。终日与其孙子、大诗人程康庄于寨内著书立说，研究《周易》。吊桥一起，寨门紧关，绝无进路，神兵难入。程启南过着安然自在、如神仙般的晚年生活。

“双修寨”，开始人们叫不惯，有的人叫南良侯大寨，还有人叫“程启南的‘躲死寨’”。后来人们为了方便顺口，就叫成大寨，年长日久，大寨演变成了一个自然村，取代了南良侯，这就是大寨村的由来。后人有诗云：

壁立千仞水回环，
吊桥一放入寨难。
尚书为官厌混世，
筑塞栖隐梦魂安。

（程春虎）

古台村

贾豁乡古台村古观象台遗址，位于该村周围的 5 个台状山丘上，其中，位于古台村西南台地上的磨盘顶古观象台文化遗址占地面积约 10 亩，酷似北京天坛祈年殿圜丘坛。据有关专家推测，该观象台建造于三皇时期，是中国古代天文学最早的流派盖天派古观象台遗址，是一座保存较好的古观象台文化遗址，价值极高。

关于古台村村名的来历，现在村里人也都说不清，大部分人认为，古台村既然叫“古台”，那肯定是古时候这个村子有一座像现在旧戏台一类的叫台的建筑，所以就叫“古台”。而古台村原来到底有什么“台”就弄不清了。

古台村古观象台遗址

但是有3位已故多年的老人（杨茂青、赵文华、孟更大）生前曾经先后说起过古台村村名的来历：很早以前，古台村并不叫“古台”，而是叫“五台”。五台是指本村的八平圪顶、磨盘顶、观圪顶、肖家顶、老坟顶。

“五台”的合文见于省吾著《甲骨文字诂林》（第748页），杨昌济先生释为“吾”，也有人释为“敔”。但是于省吾先生则认为这两种解释均不可信，在卜辞中当为地名。其实这个字的下半部分就是伏羲氏时表示祭祀历谱符号的那个廿字，而不是口字，所以这个字就应该释读为与天文有关的建筑，就是表示五个观测天文以确定祭祀历谱的天文台。这与古台村杨茂青等老人所讲古台村原村名就叫五台完全吻合，表明这个字在甲骨文中确实就是专门表示地名的，这也与于省吾先生所说的这个字“在卜辞中当为地名”完全一致。

古台村不仅村名与中国古代天文学有关，大部分山名、地名、水名、庙名也来自中国古代天文学，而且可以在中国古代的有关文献中找到依据。

古观象台是现在的叫法，意为古代观测天文气象的天文台。中国古代的天文学经历了一个非常漫长的历史，在不同的历史时期，天文台的名称也不同。

据考古发现，中国古代天文学的历史早在八九千年前的新石器时代就已经开始了，那时候就有了用来观测天文的古观象台。据古文献记载，三皇五帝时代就设立了自己的天文台。

中国古代的古观象台具体经历了几个历史阶段，在各个历史阶段又叫什么呢？

据文献记载，早在我国传说中的三皇时代，就已设立了具有天文观测兼祭祀功能的古观象台。三皇之一的燧人氏时期就设立了具有天文观测与政教合一功能的传教台。我国著名的西汉历史学家司马迁的《史记》中记载，黄帝时代的天文台叫“青灵台”。《山海经》中也有“轩辕之台”和“轩辕之丘”的记载。夏朝的时候把天文台叫作“灵台”，也有的说叫“清台”。商代叫作“神台”。周代也叫“灵台”。东汉的天文台同样也叫“灵台”。中国古代天文学专著《灵台秘苑》中也记载“古天子有三台，灵台以观天文”，同时还记载了“灵台”“观台”“渐台”“三台”4个以“台”命名的星座。

从以上记载可知，中国古代天文台在不同的历史时期有不同的名称。

那么山西武乡古台村的历史有多长，又是什么时候建成古观象台的，在不同的历史时期又叫什么呢？

古台村的历史也非常古老，在不同的历史时期有过不同的名称。据对古台历史的初步考证和村里老人的传说，古台村从一开始设立古观象台到结束，一共经历了8个历史阶段，在不同的历史时期有过8个名称。古台村最早设立观象台的时间早在三皇时的燧人氏时期，当时就叫“传教台”或“石头台”，伏羲氏时期叫“高台”，神农氏时期叫“观台”，炎帝时期叫“渐台”，黄帝时期叫“三台”，黄帝的长子青阳氏时期叫“青灵台”，夏朝叫“灵台”，商代叫“神台”。后来因为名称太多，又因为时间太久，最后就统一简称为“古台”了。

（杨彦文）

上司村

上司村地处武乡县东南部，东邻赵家垴，西接铺上村，东北有蒋家庄、岭头，北与小店村毗邻，南与漆树坡村交界，是上司乡政府所在地，也是上司乡政治、经济、文化、教育的中心。

上司村何时建村，目前尚未发现有文献记载，但有许多传说和故事能让人追寻探究。

第一个传说是在唐朝贞观年间，上司村赵氏家族中曾有一位身居“司徒”官位的官员。在唐代，“司徒”官职同太尉、司空同级，并称为“三公”，都是朝中一品大员。为了光宗耀祖，这位官员将原来的村名改称“司徒”村。

第二个传说是在上司村以及周边流传的焦老爷故事，从中可以探寻到一些上司村的历史。在上司村东北的岭头村有焦老爷墓地，在小店村与岭头村交界的河沟里店子渠有焦老爷的庙宇。据传，焦老爷是地地道道的上司村人。在康熙版《武乡县志》卷五《仙释》中记载：“唐沼泽王姓焦失其名，唐懿宗咸通九年七月初五日生于长乐里司徒村。”如今，小店村每年七月初五还要举办庙会为老焦爷唱大戏，干旱时还会在庙会时祈雨，几乎有求必应，通常会落雨。焦老爷的传说和第一个传说并不矛盾，而且在朝代和地名上还非常吻合。由此可见，关于上司村原先叫司徒村的传说虽有七分演义，但还是有三分真实的。

“司徒村”这个村名在岁月流逝中渐

渐演变成“司村”则可在《武乡县志》中寻得一些痕迹。康熙版《武乡县志》中写道：“龙泉乡灵润都第一坊在城东街，旧司徒、河南、西史三里并入……邻村三十三……”这33个村子已经没有了司徒村，而出现了“司村”。

目前，在上司村居住的村民中赵姓的村民居住时间最长，他们在大约明崇祯年间从武乡故县迁来居住，是现今居住此地最久的村民。子孙昌盛，繁衍至今，赵姓已成为村子里的大姓。据《赵氏族谱》所载，赵姓迁来时，本村有焦姓、李姓、曹姓、魏姓等居住过。他们迁来时，这里是司徒村。赵氏一族虽然经历了上司村村名演变过程，但无法说清由“司徒村”变成“司村”直到今天的“上司村”到底发生了什么。

乾隆版《武乡县志》卷二《疆域》中已经有了上司村和下司村的记载。在民国版《武乡县志》里，上司村属于岭头编村，依然叫作“上司村”，也就是说从清朝乾隆时期到今天，上司村村名是固定不变的。

《赵氏族谱》里对上司村名来历的推测：一是因为上司村地势较高，很多村子根据地势把“垴”“岭”“圪顶”“头”等作为村名中一字，那么上司村的“上”是否也是这个意思呢？也可能取“顶头上司”一词中的后边两个字“上司”之意，因为“上司”也是古代一种官名。

二是在《武乡县地名志》中出现，认为上司村因曾有姓“司”的人在此立庄而叫作“司村”。后来其后人发展，到离今上司不远的东南方另一个地方居住，也叫成“司村”。为了区别这两个“司村”，根据地势高低，把处于高处的村子叫“上司村”，把处于上司村东南方向地势低的村子叫作“下司村”。如果真有姓“司”的人在此地立庄，那么从《赵氏族谱》中会寻得一些蛛丝马迹，但实际上没有。

目前可以确定的是，上司村的村名确实是由“司徒村”演变为“司村”，再到现在的“上司村”。

上司村如今交通便利，人民安居乐业，目前有800多人，有赵姓、姚姓、安姓等，村民收入主要来源于农耕、梨果、养殖，他们生活稳定，相处和睦，在时代大潮冲击下，依然纯朴、知足，和谐、安定。　　（蒋亚萍）

马堡村

马堡村属洪水镇管辖，位于武乡县东部山区，东经 113° 18′，北纬 36° 57′，村域南北长约 1.5 千米，东西宽约 4 千米，总面积约 6 平方千米，平均海拔 1400 米以上。东与南山（青草烟）、羊圈接壤，北与墨镫村毗邻，南与戈北坪搭界，西与雁过街相邻，依山傍水，坐西朝南，呈马鞍状。蟠洪河由北向南沿村而过，南沁公路沿河而上直贯南北，武左铁路（武乡—左权）绕村建站，接轨阳涉铁路（阳泉—涉县），西行 60 千米可达县城，北行 20 千米可到左权，四通八达，交通方便。马堡煤矿居墨镫、马堡两村之间，为武乡主要经济命脉。

关于马堡村的村名来历，据调查，目前有两个不同的版本。一是说后赵皇帝石勒，在靠“十八骑”起家时，曾在马堡安营扎寨、招兵买马进行骑兵训练，因这里曾饲养过上千匹骏马供骑兵训练，所以称“马堡”。

二是说西汉末期，王莽篡权，追杀汉室后裔刘秀。刘秀逃亡时，曾在墨镫马堡村驻扎，同时在这里招兵买马，并在崇城山岑彭寨和马武寨接收了岑彭与马武两位大将，后来逐渐在太行山上发展壮大，最终消灭王莽，恢复了汉室江山。因刘秀在马堡驻扎时间较长，养马较多，所以称这里为马堡。1980 年，一位村民在耕地时发现一枚布币，经有关专家鉴定，为西汉末期王莽专权时的新莽币。从而证明，刘秀曾在此驻扎一说，并非空穴来风。

（武承周）

五科村

五科村，北纬 37° 12′，东经 112° 36′，距故城镇有 8 千米。五科、果子沟、蒿沟、陈家沟、西湾组合为一个村委会。全村 70 户，264 口人，山大坡广，沟岔交错，宜林宜牧。

五科村立村始祖是樊姓兄弟二人。樊氏兄弟两人来自南方，因父辈在朝做官，被奸臣所害，要满门抄斩，在一位好心大臣掩护下，他们兄弟两人逃了出来。因为出身官宦之家，两人都有文化，而且老大还懂点风水，见此处金木水火土五行俱全，便定居下来，并将村名定为樊村。

有一年，河南济源遭遇大旱，地上寸草不长，颗粒无收。一天，一位从济源来的讨饭老人饿昏在樊家门前。樊家人发现是一位老者，立刻把他抬进家里，熬了香汤慢慢喂他，直到他醒来。老者苏醒之后，第一句话就说："谢谢恩人，是你们救了我的老命。"樊家见老者衣衫褴褛，满脸污垢，便打来一盆热水，帮他洗漱干净，还拿出一身新衣让他换上。老者洗了脸，换了新装，显得精神饱满、气度非凡。懂得阴阳风水和相面术的樊家老大一眼就看出这位讨饭老者非同一般，绝非等闲之辈。在 3 天之后老者提出要走时，樊家老大就千方百计将他留下。老者这时说："我是一个手无缚鸡之力、胸无半点文墨之人，留下光吃饭，办不了大事，恩人还是放我走吧。"这时樊老大却笑着说："先生过谦了，你手中虽然无力，但胸中却有文墨，你绝非凡人，是装着国家社稷和山河的大智之人。留下先生绝无恶意，我们兄弟两人共有 5 子，正好缺一位先生，把先生留下，一来，可解决先生衣食住宿，免得先生一路辛苦风尘，漂泊在外，可欢度晚年。二来，我家的 5 个孩子也就有了位好老师，教他们学点儿文化，增长知识才干，长大也好为国家效力。"

老先生听了樊老大一番肺腑之言，觉得他不是普通小民，是一个胸怀大志之人，便答应下来。

樊家兄弟两人急忙把最好的房子腾出来，一间是先生卧室，一间是教书学堂，而且将学堂起名"出仕堂"。对老先生的衣食住宿安排更加周到，老先生也心满意足，一心投入对樊家孩子的教育上。

果然不出所料，10 年后，樊家 5 个孩子陆续赴京赶考，3 个考中进士，两个考中举人，五子登科，荣入仕途。樊家人为感谢这位德高望重的老先生，便将樊村改名"五科村"，意思是五子登科、前途光明。

（武承周）

当城村

当城村，位于北纬 36° 53′，东经 113° 15′。又称“党城”，和天凹、陈家堖组成一个村委会。全村 162 户，500 余口人，耕地面积 1119 亩，山大沟深，交通不便，宜林、宜牧，现属洪水镇管辖。

当城村名来历，是因整个村庄布局结构从远处看就好像一座城池，人们把它“当城”（武乡口语，“当城”可解读为“当似城”或“像似城”“就像城”），所以叫成“当城”。

当地村民代代相传村名是这样来的：200 多年前，有姓孙的弟兄 4 人从红土沟村来这里选址立村。村址选在一个坐北朝南、背风向阳、地面平坦的地方，叫圪洞儿。村子背靠着高崖，这堵高崖由北向东和西南呈环抱势，而且地势由高到低逐渐下降，使整个村子形似一把罗圈椅子。他们在北面的崖根挖了窑洞，在窑洞前的平地上分东、中、西三排，从里到外盖起了七座四合院（西排三座，中、东排各两座）。这样就形成了东、西两道巷子，东面的叫东圪廊，西面的叫西圪廊。从东、西圪廊出来，留有一块较大的场地（这个场地直到 20 世纪 50 年代末仍是村民集体活动的场所）。场地东面的天然围墙有一小截空缺，村民垒了一截土墙补充完整，在南面建了一个大门。东圪廊的人家又在圪廊口盖了个街门。这样，把大门一关，就进不去圪洞儿。从这样的自然地形和建筑格局来看，这个小山村就很像一座小城了。因此，就把村名叫成了“当城”。

由于时间久远，受风雨侵蚀和人为损坏，村子里有些地方已成残垣断壁，人工垒的那截围墙更是荡然无存了。但是，村里现在 70 多岁以上的老年人都还清楚地记得东圪廊的街门和大门的门墩石，在 20 世纪 50 年代初期都还留存在原来的地方。（孙珍发）

行道岭

行道岭是一个小村，与余胜庄组成一个村委会。全村只有 300 多口人，耕地不足千亩，现属监漳镇管辖。

行道岭坡地广阔，沟壑纵横，很早以前这里气候温和，雨水丰富，适应多种动植物生长。因此，这里森林茂密，动植物种类繁多，堪称一个小小的动植物王国。岭上一个洞穴里住着一条浑身雪白的大蛇，粗如水桶，身长丈余。它平时很少露面，一旦真身出现，在阳光照耀下，雪白的身体就会发出耀眼的光彩，银光四射，让人觉得刺眼。许多动物见它出洞都会主动避之，不敢露头。这条大蛇在这里住了多久，没有人能说清，只知道它走过的道慢慢变成一条坦途。后来，这里有了人居住，变成村庄。村民就把村名叫成“蛇道岭”。

又不知过了多少年，临淄王李隆基赴山西上党潞州府任别驾（相当于现在的长治市市长）。李隆基闻听武乡县南神山很有名望，便想到此处祭拜一下，顺便请高僧预测一下自己的前程。但李隆基提出一个让人意想不到的要求，即去武乡县先走襄垣，途中必须经过两个带“龙”字的村庄。这下可难住了襄垣、武乡两个县的县令。但襄垣县令很快有了方案：走襄垣“龙王堂”。这个村既离武乡近，又满足了李别驾的要求。武乡当时的县令叫李宁，是武乡砖壁人。起初他想到走武乡“龙潭”和“龙泉”，但又觉得走龙潭、龙泉一东一西绕道太远，怕是不妥。他苦思冥想，突然想到武乡南岭地带有个叫“蛇道岭”的村庄，觉得蛇大成蟒，蟒大成龙，龙蛇本为一体，只是叫法不同。再说，走蛇道也同走龙道，同样吉祥，同时从襄垣“龙王堂”到武乡“蛇道岭”很近。到了蛇道岭再到南神山，也是近路一条。想到此，他将自己的想法禀报潞州府衙。李隆基一听，觉得襄垣和武乡这两个县令，都是善于动脑筋的好县令，便同意了此行方案。

708 年 5 月的某日，晴空万里，红日高照。李隆基在武乡县令李宁陪同下途经蛇道岭时，只见银光四射，祥云朵朵，一看，是山洞中的大蛇出洞迎驾。李隆基令轿夫停轿，观看大蛇为他开道的场面。县令李宁善解李隆基的心意，悄悄对李隆基说："今日行走蛇道岭，来年不久登龙庭。"李隆基心中非常高兴，但他城府极深，不露声色，悄悄对着李宁说："但愿能成真，有心别胡说。"李宁听了马上回答说："下官不敢，但苍天有眼。"

4年之后，712年，李隆基如愿以偿，登上皇帝宝座，并将年号定为先天，第二年又改年号为开元。李隆基有才华、有作为，很快开创了唐朝的"开元盛世"。武乡县令李宁在李隆基登基后，还曾一度将蛇道岭村改名为"龙道岭"（意为真龙天子走过的地方），但后来当地老百姓觉得不妥，怕村名太大承受不了，改朝换代时会招来大祸，所以仍叫蛇道岭。后来，大蛇也不见了，村民才将村名改为行道岭（意为替天行道），一直叫到现在。

行道岭村人杰地灵。中华人民共和国成立后，这个不到300口人的小村走出了李玉臻、李鸿盛、李玉田、李炳和、李生唐、李虹、李峰、李春旺、李世明、李殿华、李贵德、李小三、李晋、李京旺、李跃唐等15名厅级、部级领导干部和李更和、李世平、李爱平、李春、李克平、李建国等6名副处级以上领导干部。（武承周）

圪嘴头

武乡有不少带"头"字的村庄，如圪嘴头、沙河头、泉之头、西岗头、南山头、锅八头、岭头、窑头和庄头。但较有名气的只有三"头"，即邱园圪嘴头、向阳泉之头、松北沙河头。这三个村庄都是因出人才多而出了名。

圪嘴头在无人居住时，只是一个地名而不是村名。明朝洪熙元年（1425），有一人姓郝，带着他的4个儿子郝勤、郝俭、郝朴、郝诚从下庄迁至圪嘴头，并以耕读为生，遂开宗万世，繁衍生息，至今已有590余年历史，薪火相传二十三世。

郝失传为啥要从下庄迁居圪嘴头，故事得从他的名字"失传"开始。

明朝仁宗年间，忽然有一天，郝失传的4个儿子，不知怎么相继都染上了一种怪病，全身无力，吐字不真，四肢颤抖，神志不清，这下可让郝失传慌了。他四处求医，到处问卜，急盼有个神医把4个儿子的病治好。一天中午，郝失传刚刚出门，忽然碰见了一位眉目清秀、头戴瓦楞道帽、身着黑灰两色道服的道人，说口渴了，想进门喝口水。郝失传也是个粗通文墨之人，加之想找个算卦先生卜一卦，当即答应并把道士让进了自己的正房。

道士喝完水正想起身，郝失传急忙上前拦住说："先生慢走，我正好有件大事想求先生解决。"道士说："有什么事请讲，我一定尽力而为。"

郝失传把4个儿子的病情详细给道士讲了。道士深思片刻，便开口问道："你看我只顾喝水，没敢问东家尊姓大名，如不避讳的话，请先生告诉我。""我姓郝叫失传，今年58岁，4个儿子分别叫勤、俭、朴、诚，原来他们的身体都很好，但近期不知什么原因，不到7天相继患病，而且病出一类，好似精神失常。请先生看看，该如何治疗。"郝失传说。

道士听了之后，马上拉着失传的手走出家门，在他家的院子里仔细观察了一番，然后到东窑看了他4个正在患病的儿子。

返回正房后，道士不慌不忙向郝失传解释说："郝东家，我看你天庭饱满，地阁方圆，两耳下垂，必有后福。但你家院子前后阴阳搭配不均，阴气过盛，阳气不足，阴阳失调，故而孩子患病。不过孩子的病，还不是大难题，我给你摆正一下，再开几副药，保证能药到病除。但最关键的一个大问题是你的名字起得不好，犯了传宗接代的大忌。叫什么不好，偏偏叫个'失传'？你想想，'失传''失传'，谁知传到哪代，就传不下去了？"道士讲到此处，可把郝失传吓坏了，他立马双膝跪地，请求道士给他更换一个好名字或想其他办法给矫正一下。

道士低头想了想，拍着脑袋说："郝东家快快请起，有话好讲，千万别这样。"接着道士给他讲："光改名字不行，必须得迁往异地，重新立村，才能保证你这个讳名改为正名，全家平安，人丁兴旺。"

为了找个好地方，郝失传挽留道士在他家住了整整 7 天。最后，道士把新迁地选在了圪嘴头。道士说：“圪嘴头，圪嘴头，左青龙，右白虎，前朱雀，后玄武，四只瑞兽，那里全都有，不出帝王相，也出小诸侯。”郝失传听了拍手称赞，只用了半年就完成了迁居大业。

后来的发展也果真应验了道士的预言。郝失传迁居圪嘴头后，4 个儿子疾病痊愈，而且勤耕善读。随着时间的推移，郝氏一族逐渐人才辈出，到了清末民初，郝氏一族涌现出秀才、庠生、例贡、恩贡、拔贡、举人、钦赐举人、都尉、都司、千总、把总、布政使、将军等名人志士 32 人，圪嘴头成为当时武乡的名人名村。（在武乡旧县志上可以找到花名，武乡“八小家之一”的郝培兰就是该家族人士。）

中华人民共和国成立后，圪嘴头村仍然人杰地灵，郝氏一族人才济济，在全国各地工作的人员就有 30 多人，其中 80%属科局级以上干部。

（武承周）

天　凹

天凹是个小自然村，同当城组成一个村委会，现属洪水镇管辖。天凹很早以前叫“天梯山”。据说这里曾有一座高山，登上山顶伸手便可以摸着天。远看这座大山就像一架登天的梯子，所以称“天梯山”。那么，这座大山怎么塌陷下去变成凹地，又改称天凹了呢？

当地民间传说，女娲用泥捏人，使世上有了人类，人间逐步繁荣起来，玉皇大帝为表彰女娲的功绩封她为“天神”。大多数天神都觉得应该，并表示赞成，但在不周山下负责看护撑天大柱的“大力神”共工非常嫉妒，很不服气，认为自己力大无比，又看护着支撑天空的四根大柱子，功劳极大，天神之位应该封给他。所以，他上天找玉帝评理，却被玉帝狠狠教训了一番。共工越想越气，最后一头撞在太行山下这根撑天柱上。结果撑天柱被撞断，天空也塌下一个大窟窿。天空塌落时，有一块巨石又不偏不倚正好砸在离天最近的天梯山上，把天梯山深深砸入地下，使高山变成了一块凹地。后来，这里慢慢住上了人类，人们根据传说，将村名称之为“天凹”。

（武承周）

李峪垴

李峪垴，东面紧挨李峪村，西面紧连枣烟村，南面靠着长乐村，同魏家庄组成一个村委会，现属大有乡管辖。

李峪垴开始叫“躲死垴”。为什么叫“躲死垴”？民间传说有两个不同的版本。

第一个传说是：李峪垴村的立村始祖姓姜，原籍李峪村。他有 4 子，长子姜源、次子姜润、三子姜泽、四子姜洺。4 个儿子均有建树，而且都成为当时村中的大户。唐朝会昌年间，因姜氏父子参与殴打朝廷巡官，而犯下满门抄斩之罪。但天不灭姜，官兵到达南长乐时误认为是李峪，误斩南长乐百姓。真相大白后官兵才又赶到李峪村，结果已是人去楼空，未见一人，姜氏四兄弟早已逃之夭夭。一人逃到胡峦岭姜家庄，一人逃到姜井凹，一人逃到姜岭村，老大姜源年事已高，没有跑远，跑到李峪村西垴背后便停步不前，并在此定居，将村名称为“躲死垴”。直到唐朝灭亡，宋朝兴立之后才改称李峪垴。

第二个传说是：姜氏在李峪村发展壮大之后，人才辈出。有一年，山东来了一位风水大师，看了姜家阳宅和坟茔之后便说：“姜氏阴、阳两宅均为吉地，以后会出 5 位‘将侯’。”但不知何人，将这个天大的秘密在人群中传播，传来传去，一直传到京都洛阳。朝廷知道后，觉得世上要出雄才，必然会引起动荡。为避免天下不稳，给社稷带来麻烦，皇帝下了一道密旨，欲将上党李峪村姜氏斩尽杀绝。但苍天不灭姜氏，太上老君奉玉帝圣旨，暗中保佑姜氏 5 兄弟，让他们离开李峪各奔西东，另辟家业。其中有一人名叫姜源，跑到李峪垴躲起来，繁衍生息，薪火相传，遂开万世，所以开始将村名定为“躲死垴”。后来子孙们觉得这个村名叫人听了寒心又恐惧，经过斟酌之后将“躲死垴”改称“李峪垴”。叫李峪垴，一是不忘老根李峪村，永远留住乡愁；二是因村在李峪村后垴之上。

1958 年“大跃进”时期，李峪垴同李峪村合并为一村，统称李峪村。后来大纠“共产风”时，两村才又分开。从此，李峪垴村名一直用到现在。

李峪垴姜氏虽然没有出了“五侯”，但一个弹丸小村最终还是出了一位名人，他的名字叫姜一，抗战时期曾任武乡县委书记，中华人民共和国成立后曾任湖北省黄冈地委书记，湖北省委副书记、省人大常委会副主任、省革委会副主任、副省长，陕西省委书记、省革委会副主任等职。

（武承周）

苏峪村

苏峪村位于洪水镇东面，与洪水村隔河相望。

相传很久很久以前，洪水村是一片汪洋大海。大海里住着一个凶悍毒辣的妖怪，经常出来祸害乡民，而且还给乡民立了一条不成文的规矩，每逢农历大年初一，周围住户都要轮流敬献一名十六七岁的花季少女与他拜堂成亲，否则，他就会肆意糟践人们赖以生存的幸福家园。因此，当地百姓，明明知道把女儿送去是死路一条，却丝毫不敢有违背海怪之意，只能默默忍受这不堪之辱。因为只有这样，才能保这方水土的平安。

苏峪村古城堡

话说，这一年又快到了给海怪送亲的日子。为了免受祸害，一些胆子大的人偷偷带着女儿躲进了深山，剩下胆小怕事的人足不出户，钻在家里吓得直打哆嗦。村里的纠首们个个闷闷不乐，每年这个时候是他们最心痛也最无奈的时刻，但是为了乡亲们的安危，他们不得不狠心地去拆散一个个幸福的家庭，毕竟谁家也不愿将亲生女儿送进狼窝，去饱受蹂躏。就在众纠首左右为难之际，突然有人站起来说："各位伯伯叔叔们，今年送亲，我去。"大家的目光一起扫向声音传来的地方。只见说话的是位亭亭玉立、貌美如花的姑娘，不由得为她感到惋惜。就在此时，空中一片浮云散开，只见有一长者捋着足有二尺长的银须，发出阵阵叹息，然后缓缓说道："此女本应天上有，岂能落入海怪手。要问何时是个头，黑龙到来双双走。"还没等众人反应过来，那长者早已消失得无影无踪。

这位貌美如花的姑娘是谁呢？原来她是很早就居住在河东的苏老汉的独生女儿，名唤玉，人称苏玉儿。据说她娘在生她的时候就死了，后来苏老汉也没续弦，独自一人把女儿抚养成人。好在女儿从小就天资聪颖，又乖巧懂事，很讨苏老汉欢心。谁知一向乖巧懂事的女儿，这回却任性到了极点，别人都躲着的事儿，她却争着往火坑里跳，天下哪有这么傻的人？苏老汉很是不理解，为此，他气得生了一种怪病，任玉儿如何施救，一直不见好转。

转眼到了这年的除夕，家家户户都张灯结彩准备着欢欢喜喜过大年，唯独玉儿的家里冷冷清清，她只能眼睁睁看着抚养自己 17 年的老父亲备受病痛的折磨而无能为力。为了父亲能够早日康复，她一个弱女子不知求过多少医，问过多少药，上过多少次山，冒过多少回险，虽未见好转，但她并不后悔。想到自己明天就要和海怪决一死战，生死未卜，恐怕以后再也没有机会照顾孤苦无依的父亲，玉儿不由得流下了伤心的泪水，一滴一滴滴落在父亲的身上。说来也怪，被女儿的泪水打湿后，苏老汉病情好转。看到父亲苏醒过来，玉儿欣喜若狂，"扑通"一声跪在父亲面前等候责罚。苏老汉看着为了给自己看病日渐消瘦的女儿心痛不已，举起的手缓缓落了下来。只听玉儿说道："海怪作祟，为害乡邻，许多少女无辜丧生。此怪不除，贻害无穷，儿意已决，望父恩准。”苏老汉直到此时才明白女儿答应成亲，只不过是个幌子，真正目的竟是要孤身斗海怪，还洪水村一个清平世界。苏老汉还想再说点什么，嘟囔了一下便咽了回去，用颤抖的双手一把将女儿揽入怀中，父女二人抱头痛哭起来。

翌日，天刚蒙蒙亮，父女二人依依惜别。苏玉儿径直来到海边，海风呼啸而过，她的长发随风飘扬，荡起的浪花一片一片落在她的裙子上，折射出万种风情，令人好生迷恋。此时，正在酣睡的海怪被美梦惊醒，揉了揉微闭的双眼，待他定睛一看，看见海边伫立着一位妙龄少女，好比天上的七仙女，海怪顿时淫心荡漾，垂涎三尺。

又一阵海啸过后，瞬间山摇地裂，雷电交加。随着一声巨响，海怪由海底腾跃而出直逼苏玉儿，玉儿见状毫不畏缩奋勇斗敌。海怪只以为这千年不遇的美女唾手可得，谁知却是一个硬茬货，不由得恼羞成怒。他二次来袭，玉儿不慌不忙奋起迎敌。斗了几十回合，玉儿开始招架不住，性命攸关。恰在这时，天降祥云，一黑衣男子跳下云端，救下了奄奄一息的苏玉儿，将她揽入怀中轻轻呼唤："姑娘醒来，姑娘醒来。"苏玉儿强打精神睁开疲倦的双眼，看着眼前这个风度翩翩、神采奕奕的少年公子。黑衣公子也被貌若天仙的苏玉儿迷得神魂颠倒，竟忘记此时正是大敌当前，猝不及防，挨了海怪一击，他瞬间心头一震，强忍疼痛与海怪厮打起来。不知不觉已日上三竿，黑衣公子与海怪大战三百回合不分胜负。他们的打斗声惊动了附近乡民，人们纷纷前来助阵观战。海怪见与黑衣公子再做纠缠恐无胜算，便佯装败退转而猛然冲向观战的乡民。一旁身负重伤的苏玉儿看穿了海怪的阴谋诡计，拼尽最后一丝力气，用自己柔弱的躯体挡住海怪的进攻，最后却永远地倒在血泊之中，临死还示意乡亲们不要管她，快离开这个是非之地。乡亲们哪能跑得过海怪，眼看一个个将落入他的魔掌。说时迟那时快，黑衣公子现出原形，用真身替玉儿护住了她的那些乡亲们，才使他们免遭涂炭。

就在这时，围观的百姓中有人惊呼："乡亲们，快来看，黑龙爷来救咱们了！黑龙爷来救咱们了！"大家齐刷刷地朝他手指的方向望去，果见一条黑龙在天上飞舞，正与那海怪决一死战。再说黑龙，因玉儿之死，悲愤至极，为除一方祸患，为给玉儿报仇，不顾自身安危，步步紧逼，招招要命，杀向海怪。起初海怪还有招架之力，不出五十回合已明显体力不支，受了重创，“嗷嗷”大叫三声钻入海底。黑龙不消一会儿工夫，便将海水全部吸干。那海怪见失去了赖以生存的空间，再也不敢胡作非为，连连磕头跪地求饶。黑龙见他有悔过之心，就将他镇入西山脚下，永保这方平安。

消除了大患，此地又恢复了往日的宁静，当地百姓也过上了安居乐业的幸福生活。然而，这美好的一切，苏玉儿却未能亲眼看到……

玉儿香消玉殒后不久，众乡亲为纪念这位不顾自身安危、勇斗恶魔的奇女子，将他们居住的地方正式定名为苏玉村。若干年后，苏玉村的后人们，依地形取“玉”的同音字“峪”，将苏玉村改称苏峪村。但不管村名怎么变，世事如何变迁，苏玉儿勇斗海怪这段优美动人的传说故事，永远在这方土地上传颂着。（郝俊峰）

漆树坡村

漆树坡村位于武乡县的东南部，在襄垣、沁县、武乡三县交界处，属上司乡管辖，在其最南端。全村近百户人家，300 余口人。东与杨桃沟搭界，西与铺上村相邻，北与乡政府所在地上司村隔沟相望，南与襄垣县台上村接壤。

在远古时代，这里曾是一片原始森林，没有人烟，沟里长满了又高又大的漆树，树的含漆量还特别高。有一年秋天，周边村庄的十几个割漆匠结伙，到这里的黑风沟来割漆。但不到几天时间，就有 5 个割漆匠莫名其妙地失踪了。其余的人吓得漆也不割了，赶紧跑了回来。从此，就再也没有人敢去黑风沟割漆了。

离黑风沟不远处有个王家庄，庄里有个叫王大林的年轻人，身强力壮，胆子也大，不信邪、不怕鬼。他说：“我看你们的胆都叫狗吃了，只要漆多，我就敢去！”王大林磨快割漆刀，背上漆桶，带足干粮，独自一人走进黑风沟里。

天刚黑，王大林就到了黑风沟。他先是找到一处避风干燥的地方搭起窝棚，垒灶架锅做饭。吃饱喝足后，王大林在窝棚边燃起篝火，就着火光削木钉、剜漆桶。半夜时分，不知从哪个地方走来一个黑大汉，他走到王大林的火堆边，紧挨着王大林坐下来。王大林心里想：“奇怪！这深山老林里没有人家，咋来个人也不打招呼，就挨着坐下来？”王大林心里边想边琢磨着应对的办法。黑大汉一边烤火，一边张嘴打呵欠，一双鼓愣愣的眼睛瞄着王大林。王大林一看，哟！嘴巴有碗口大！这恐怕是个妖精，但他表面上却装得没事一样，只管削木钉、剜漆桶。但他也趁黑大汉不注意，悄悄把斧头放进火堆里烧着。黑大汉越打呵欠，嘴巴越大，身子也随着越长。眨眼间，就变得腰有水瓮粗，嘴有面盆大。于是，王大林瞄准时机，在黑大汉再打呵欠时，迅速拿出烧红了的斧头，朝黑大汉嘴里甩去。只听得“哧溜”一声，黑大汉一个趔趄，一扭身爬起来就跑。

第二天早晨，王大林顺着昨夜黑大汉逃跑的方向寻找，大约走了30丈远，只见一棵腐朽粗大的松树倒在那里。树身中间有一个烧穿的大窟窿，大窟窿中是他昨晚甩出去的斧头。在树后面，还有一些人的衣服和头发，王大林认出这正是失踪的割漆人的衣物。他恍然大悟，原来这个黑大汉是一个千年松树精。

这一年，王大林割了不少漆，也发了大财。从此，不少人都到黑风沟来割漆，有的竟在这里安家落户，繁衍生息。后来，人们觉得黑风沟的“黑”字叫起来不雅，又因黑风沟产漆树，人又居住在阳坡上，所以就将村名改称漆树坡了。

（王照骞）

圪针庄

说南乡，道南乡，南乡有个圪针庄。

在武乡中部，弯弯的漳河向南圈出一片秀美的地方。这是监漳镇和上司乡的辖区，以及丰州镇的一小部分。由于被划割在漳河南岸，人们习惯把这里叫作南乡。在南乡最南端村庄和襄垣龙王堂乡接壤处，两道山梁对望，中间是一条长长的河谷。漳河的支流小南河就在此渐长渐大，柔柔地、涓涓地、坚韧不拔地一路向东，经吴村，过禄村，入浊漳河，流向远方。这里气候温和，溪水潺潺，百鸟和鸣，草木茂盛，花果飘香，五谷丰登，是一块宜居福地。圪针庄就坐落在这块福地上。据说，人类初到此处落户时，这里漫山遍野都长满了圪针树，因此便将村名称为“圪针庄”。

圪针庄是上司乡东南角的一个行政村。沿着弯弯曲曲的河谷，在中心村圪针庄左右，还大大小小分布着6个自然村，依次是斜道沟、东家沟、窑科、西塬、良则堎、圪梁儿。村与村之间头尾相接，自西向东，总长三五千米。早先每个自然村之间都有三五百米的间隔，相守相望，相对相随，其布局形状，酷似天上的北斗七星。缘此，当年北京知青来这里插队时，有意把这里更名为七星庄。改革开放以来，村民新居沿河修建，小村之间连成一体，首尾相衔，蜿蜒盘转，宛如一条长长的游龙。若是在天气晴朗的晚上，站在两边的山圪梁高处俯瞰，但见家家户户灯火一片，闪闪烁烁，美得就像天上的银河。

这里民风淳朴，人心向善，爱党爱国，在各个时期都为国家和民族作出过巨大贡献。圪针庄是武乡最早发展地下党组织的村庄之一，仅1938年前后就发展党员50多人，后来成为军级干部的景恩和、王银中等人就是他们中的佼佼者。在抗日战争、解放战争、抗美援朝战争中，圪针庄先后有90多人参军参战，并建立功勋。“农业学大寨”时期，这里是著名的产粮区。圪针庄大队每年交给国家的公粮占整个上司公社20多个大队的三分之一。

这里人杰地灵，人才辈出。在这片几平方千米的土地上，先后出过博士5人，硕士13人，大中专以上人才70多人，其中农家子弟魏留庆在“文革”前高考夺魁，开创了武乡一中上名牌大学的先河，成为武乡一中高考的里程碑。从这里走出去的国家各级工作人员有700多人，其中被提拔为科级以上干部的有60多人，处级以上干部的近20人。李拴纣、魏留庆在20世纪80

年代，同时出任晋南两个县的县长，很快又同时被提拔为县委书记，随后又双双被提拔为市厅级领导，他们在各自的岗位上政绩卓著，享有美誉。一个小小的村子，同时出现两个高级干部、党政要员，一时在晋东南地区，特别是武乡县传为佳话。

这里文化底蕴深厚，源远流长，享誉一方，濡染一方。

先说教育。圪针庄的乡民历来敬畏文化，崇尚读书，家里有钱没钱总得送孩子上学读书。即使家里实在穷得揭不开锅，也要想方设法让子女识几个字，不使其成为“睁眼瞎”。

人们传说圪针庄村在外工作的人多，是因为这个村的风水好，殊不知真正原因都是沾了读书的光。留在村上的人也是藏龙卧虎，能倒背《三字经》《千字文》，熟读《三国演义》《水浒传》的大有人在。圪针庄尊师重教，注重办学也是传统。据《李氏族谱》记载，远在清朝，村里就设有私塾，接连培养出许多学子并考取功名。

20 世纪 60 年代初的圪针庄完小，在当时的上司公社算得上是凤毛麟角。高年级的生源覆盖了周边数十个村庄，东有吴村、南垴等村，北有下司、乐家坪、新庄、李家庄、赵家垴等，西有石家岭、兰家垴、下岭、南北高岭、漆树坡、杨桃沟等村。这些外村学生周日回家，平时住校，济济一堂，热火朝天，书声琅琅，一时昌隆。住校老师在鼎盛时期也有八九人之多，师资水平都很高，敬业尽职，村民很敬重他们，遇到节日就会请到家中吃饭，或是给他们送自家做的粽子、月饼等。由圪针庄完小考入武乡一中的学生大都出类拔萃，令人刮目相看。

再说群众文化。圪针庄在中华人民共和国成立后就办有自己的业余上党落子剧团，角色行当、行头器乐一应俱全，可以唱七开演（连演七场不重复）的古装大戏，远近闻名。20 世纪六七十年代他们自排自演样板戏《智取威虎山》和《沙家浜》，唱红了武乡、襄垣。除主村圪针庄的大戏台外，西垴的黄河地、斜道沟的奶奶庙、东家沟的龙王庙都盖有戏台。每年农历二月二和七月初二，村里都要连唱几天大戏，方圆几十里的商贾都来摆摊设点，四方百姓皆来看戏赶会。这个习俗一直延续到现在。村里的孩子从小就听着忠孝节义的戏文长大，培养了他们尽责、担当的精神。

村里的乐团也有好几个。著名的有魏庆方团、景成俊团和李磨红团。每个团队有 10 人左右，亦农亦艺，平时忙自家农活，遇乡里县里有庆典活动或周边人家有婚丧嫁娶来请，便组织去表演。圪针庄的乐团技艺非凡，几个团队都经常参加县里的比赛并获得了名次，其中李磨红团好几次夺得一等奖。最有影响的还是村上的社火团、秧歌队，每年正月，村民们会自发组织起来，男女老少人人上阵，载歌载舞，鼓乐喧天，喜庆丰年，大闹新春。自家村上闹足了，还要把秧歌扭到邻村和襄垣，所到之处，人们扶老携幼前来观看，除了送上阵阵喝彩声外，还有绿豆米汤和甜甜的糖水。

圪针庄自古就是花果村、米粮村。圪针庄有着得天独厚的优质土壤和气候条件，水甜土香，旱涝无伤。产出的黄梨清香甜脆，产出的核桃皮薄肉多，产出的小米粒饱色黄、营养丰富、口感甜香，是武乡优质小米中的精品。

如今，在党的富民政策指引下，党支部和村委会带领村民大搞绿色农业、生态农业和旅游农业，这里更加生机盎然、欣欣向荣。但见漫山遍野绿色葱茏，闻到的是花香，听到的是鸟鸣，小河清澈，油路平整，新房幢幢，儿歌声声。赞美你，圪针庄！看好你，圪针庄！你的历史光荣，你的前景光明。

说南乡，道南乡，人民忘不了圪针庄，历史也记住了圪针庄。

（李效先）

六合新村

在武乡西部分水岭乡，原来有 6 个自然村比邻而立，即马圈堂、明沙岩、秦王头、石窑会、南峪、窑儿头。这 6 个小村都属山区，山高石头多，出门就爬坡，土地贫瘠，交通不便，吃水困难，儿童入学都得步行七八里路。村民祖祖辈辈依靠放牧和打柴为生，生活过得极度贫困。

近几年来，武乡县委、县政府主攻脱贫攻坚，把这些极度贫困山区的老

六合新村村貌

百姓脱贫的问题牢牢记于心间、抓在手上，并列入总体搬迁规划之中，先将马圈堂、明沙岩、秦王头、南峪 4 个自然村和石窑会村合并。2018 年又将石窑会和窑儿头村合并，统一搬迁到由县政府规划的地平水浅、交通方便的新农村中，村名为“六合新村”（意为 6 个自然村合并而成的新农村）。合并后，全村共有 74 户，240 口人，耕地面积 239 亩。

六合新村，青山环绕，水源充足，交通方便，环境优美，适宜人居。老百姓迁居新村，水、电、路全部都通，心情愉快，十分满意。从此，武乡县版图上又增加了一个美丽村庄——六合新村。（武承周）

石勒塑像

第六章　石勒皇帝留踪地名篇

在中国历史上有一个为人佣耕、放牧的奴隶，后成长为纵横驰骋的农民起义领袖，继而又登上了皇帝宝座。这位充满传奇与神秘色彩的历史人物，就是两晋十六国民族大融合时期羯族农民起义领袖、后赵的创建者——石勒。

石勒，字世龙。西晋泰始十年（274）夏天，出生在并州上党郡武乡县南亭川东河沟一个羯族小酋长家庭中。

石勒聚众起义，逐鹿争霸，终于推翻了西晋王朝的统治，登上了皇帝的宝座，建立政权，并以襄国（今河北省邢台市）为都城，史称后赵。

石勒生于武乡，长于武乡。在武乡境内不少地方都留下了他的足迹，也留下了他的许多传闻轶事和神奇传说。现将部分民间地名传说收集整理，编成故事，以传后人。

石勒城（龙门寨）

石勒城，也称龙门寨，位于今故县村旧衙门原址。它坐北朝南，背靠北原山（也称鞶山），南临漳河湾，东依太行山，西扶八角山。依山傍水，聚气藏风，居高临下，视野开阔，风景秀丽，气势雄伟，实具皇家气派。

据考证，石勒寨始建于后赵太和、建平年间（约 322），至今已有近 1700 年的历史。石勒寨东西城墙均由坚石砌成，东城墙最高处可达数十丈。有“东城门旧地”石刻砌于墙根，至今仍清晰可见。

整个石勒城建筑，随山就势，节节高升，错落有序，对称平衡，布局合理，气势恢宏。这里聚集着太多的石勒遗地和传说。主体建筑有“大雄宝殿”“议事厅”“演武厅”“石勒行宫”等 40 多处，周边还建有规模不等的庙宇 40 多座。

石勒城“龙门”匾

说起大雄宝殿的建造，92 岁的退休老干部赵晋杰（故县人）曾这样说过：“听父辈们口口相传，当时建筑材料紧缺，工期又十分紧。石勒皇帝刚刚登基不久，不想让家乡人民劳民伤财，于是他便请教了度化他成大业的军师佛图澄。佛图澄双手合十，闭目一想，便笑着对石勒说：‘大王，你尽管放心，这件事情，就交给我吧。’”

第二天晚上，佛图澄大施佛法，呼风唤雨，点石为金、点木成林。很快整个建筑工地上，砖瓦灰石沙、木质材料等都堆积如山。更为神奇的是，阳桃根做梁，圪箭巴做柱，老蒿根做椽，醋柳根做檩，很快四梁八柱都有了。房顶上的材料，不仅花样齐全，而且质量均为上乘。整个建筑是平台立柱，筒瓦砌边，铆钉扣柱，三脊二兽起坡猴，四个角儿吊绣球，大雄宝殿出奇观，凡眼一看真威武。

人们想要进入石勒寨，必须先进“龙门”，龙门也称“正阳门”。因为大门中央石头门匾镌刻“龙门”二字，所以老百姓都叫龙门。抗战时期，日军将石勒寨用大火烧尽，龙门石刻也荡然无存。直到 2013 年故县一位老百姓在翻修旧家时从自己院墙根基中找到，虽然打成了两块，但“龙门”二字清晰可见，现由文管局保存。

石勒城底下，涵洞如网，四通八达，高低不一，大小不等，左右相拐，互闭互通，深邃莫测，暗道疑踪。2014 年，中央电视台第十频道《科学与探索》节目，专程来武乡拍摄了两集电视纪实片，片名为《暗道疑踪》。播出后引起众多石勒文化爱好者的关注。故县老百姓也紧跟形势，借文化这个软实力，及时开发了“石勒餐馆”“石勒祠堂”“北原旅馆”“鞷山书院”等新型旅游项目，把石勒文化融入现代旅游之中。（武承周）

官道坡　胡峦岭　茶棚上

在蟠龙镇有个行政村叫胡峦岭。从龙湍沟向东南到胡峦岭，要走一道坡，这道坡叫官道坡。

官道坡是后赵皇帝石勒举兵造反时，带领手下官兵修通的一条通往武乡东部山区的唯一一条通道，所以叫官道坡。石勒在修这条官道时，曾发生过这么一个美丽而神奇的传说。

官道坡，全长5里。山势轩昂，森林茂密，浓荫遮天，古朴神秘，风景秀丽，为古佛道教之圣地。石勒带领官兵修筑这条道时，正值盛夏，大伙儿热得汗流满面，口渴难忍。这时，石勒让大家就地休息。他独自走向山顶，想找口水喝。他走到山顶时，发现前面有座茶棚，近前一看，只见卖茶者是一位年逾古稀的老者，身穿素装，慈眉善目，满面笑容。喝完茶后付钱，老者拒收，说道："家传几代，从善如流，凡难者讨茶，皆不收费。"石勒双手作揖称谢，并说："老大爷，下面有数千名筑路劳工，大伙儿口渴难忍，都想讨杯茶喝，不知可否？"老者笑盈盈地答曰："完全可以。这里有一杯茶，叫万泉茶，你拿去，让他们轮流喝，虽然只有一杯，但它可供万人饮用，所以才叫'万泉茶'。"石勒接过茶杯，再三称谢之后，回头下山。但刚走不远，忽然看见路上有一只猛虎挡住了去路。石勒惊恐，扭头返回。此时，摆茶老者对猛虎大声吆喝："滚！"只见那只老虎向树林中奔去。石勒神定谢恩时，发现卖茶老者和茶棚已不见踪影。他感到这是神灵在有意帮助自己。

石勒取来"万泉茶"让大伙儿轮流喝，果然杯中茶水常喝常有，永不枯竭。而且饮茶之后，大家都感到心旷神怡，劳伤顿消，精神倍增，很快就将此道修通。

石勒登基之后，为感谢神灵保佑，便在此地修建庙宇一座，给摆茶老者塑了金身，让世人供拜。并修建茶店一座，取名茶棚。因地处岭上，所以村民称"茶棚上"。此岭原来住着一只大老虎，经常出来阻拦行人，故名"虎拦岭"，后谐音改称"胡峦岭"。　（武红梅）

马牧　王路　书社

从丰州镇往西行，有三个鼎足而立的村庄——马牧、王路和书社。据史料记载，这几个村庄名称的来历都和后赵石勒皇帝有关。

马牧地平水浅、林茂草丰，一片平滩地。石勒青年时期经常在此牧马，并交识好友，结拜义士，学习格斗、骑射，练武学艺。石勒称帝后，人们将此处定名为马牧村。

1700 年前王路村一带并无村庄，只是从北原山（故县）到马牧的一条必经之路。那时候石勒到马牧放牧天天路经此地，他登基称帝后，人们敬仰石勒皇帝，就将这段道路称之为王路，意思是帝王经过的道路。若干年后，人们繁衍迁徙，这一带有了人居住，慢慢发展成一个小村庄，村名自然就叫“王路”村了。

书社村的来历，在当地民间有这样一个传说。

大兴四年（321），即后赵三年农历冬月的一天，后赵皇帝石勒在襄国（今邢台市）附近一座桑院内设宴招待从并州上党郡武乡县远道而来的父老乡亲。在宴会上他得知武乡遭受旱灾，庄稼大面积减产，收成不好，老百姓生活十分困难，就当场下令为武乡减免三年的税收，以表达他对家乡人民的一片厚爱。

石勒从小没有机会上学，没学到文化，做了皇帝后饱尝了没有文化的苦头，为了让家乡子孙后代学好文化，他下令在他当年放牧的地方附近开办了一个书社（古时候人们把学校称为书院、书社等），供附近的孩子们上学。斗转星移，随着历史的变迁，书社就变成所在地的村名了。

（武红梅）

上却净　下却净　王海峪　峪口

大有乡有 4 个行政村：上却净、下却净、王海峪、峪口。这 4 个村相距不远，而且都在一条路上（峪口到大有的公路）。很早以前，这 4 个村的名字和现在不一样，上却净叫上血净，下却净叫下血净，王海峪叫血海淤，峪口叫血淤口。提起这4个村的村名来历，在当地民间，有着两种不同的说法。一种说法是很早以前，大有村往里走还有一个村庄叫上大曲村，上大曲住着一家大财主。这家大财主因私下养了一匹龙驹马，后被朝廷发现，以私养国宝之罪，将此一家数十人全部杀尽，因此尸体如山，血流成河，上、下却净和王海峪、峪口，血染满地。另一种说法是后赵皇帝石勒下世之后传位于长子石弘，石弘让位于弟弟石虎，石虎因无子，收养汉人冉闵为子。石虎死后，其养子冉闵即位。冉闵称帝后，心胸狭窄，不容羯人，并恩将仇报，将石氏一门全部杀绝。当时在大有乡以北一带居住着许多羯族人，据说上大曲这位大财主也是羯族人，所以都在冉闵追杀之列。据有关史料记载，冉闵称帝后，一月之内就杀害羯族人20多万。因此，当时整个大有后沟，尸体堆积成山，血流成河，在流经上、下却净、王海峪、峪口村时，皆是一片血河，因此，才有了以上4个村的旧村名。（武红梅）

赛马坪

大有乡长乐村西通北原山，东有校场滩，南对三台岭（西岭、庙岭、蝉窑岭），北靠赛马坪。赛马坪南有拴马柱，北有官家顶，西连羯人峰，东通皇路顶。校场滩，东连屯兵口，直通官道坡（胡峦岭的官道坡），南有麻池沟，北有将军沟。这一系列有趣的地名，并非偶然得来，它都同一个人有关，这个人就是出生于武乡北原山下（今故县东河沟）的后赵开国皇帝——石勒。

赛马坪位于长乐村北部，就是今天的枣烟坪。关于赛马坪的来历，在当地民间流传着这样一个神奇的传说。

当年石勒，字世龙，靠十八骑起家，聚众起义，逐鹿中原。他在家乡招兵买马，并在长乐滩演练骑术。因此，长乐滩也称校场滩。

有一天，一位官兵在校场滩上演驯马术，有匹烈马忽然挣脱缰绳，飞一般地朝长乐村北面的将军沟跑去。这位首领落下马后，立即派了两名骑士，去追赶这匹烈马。一直追到将军沟上面的一块平坦地带，这匹烈马才停下来。

见到后面有人追来，马抬起前蹄，引颈长啸，似乎在告诉人们什么，然后落地不动。两位追赶而来的骑士，对这匹烈马又打又骂，并用力拽它回去，而它却毫无惧色，岿然不动。

两位骑士无奈，只好一人留下来看马，一人返回校场滩向首领汇报。烈马的特殊举动，引起了石勒的注意，他立即带了两名随从，翻身上马，一溜烟朝那匹烈马停蹄的地方奔去。不一会儿，就来到目的地。一看到眼前这块平坦宽阔的草地，石勒顿感心旷神怡，精神倍增。他举目观察四周，发现从这块高而平的草地上，西可望到北原山，东可看到官源山，北靠卧虎岗，南托五龙坪（蝉窑岭上的五龙坪），是一块天然的赛马坪。在烈马停歇的地方，石勒又发现有一棵千年古槐，长势非常奇特。其他树是根扎地，头朝天，一直向上生长。而这棵古槐却是根朝西，头朝东，卧地爬行生长，模样很怪，好似一根天然的拴马柱。

石勒审视完这块地盘之后，对他的部下说："烈马奔、启我灵，天赐物、赛马坪，后前程、必光明。"意思是烈马奔腾，苍天启发我的灵感，并为我提供一个好的赛马坪，日后兵马必旺，所战必胜。我的前程也必然是远大而光明。

事后，石勒规定，凡参与作战的马匹，必须先在赛马坪进行各种项目的比赛。经过严格的比赛，择优选良。淘汰的马匹，只能从事运输之类的杂事。

就这样，枣烟坪被称为赛马坪。在赛马坪西南方还有一个山峰叫"羯人峰"，据说是当年石勒部下驯马人住的地方。因为驯马人大多是羯人，所以此处就称羯人峰。（武承周）

官家顶　皇路顶

枣烟村有两个地方，一处叫"官家顶"，另一处叫"皇路顶"。这两个地方同在一道山岭，相距300多米。

"官家顶"与"皇路顶"，现在看上去十分普通，两处既不是关口，也不是悬崖绝壁，但却有一段神奇的传说。

后赵三年（321）金秋十月的一天，蓝天白云，红日高照。赵王石勒在大总管张宾的陪同下，乘坐宫廷里的御用雕辇到都城襄国（今河北省邢台市）郊外的山道上去游山玩景，途中，张宾发现赵王石勒神情呆滞，沉浸在一片苦思之中，便小心翼翼问道："大王为后赵的江山社稷日理万机，废寝忘食，今天出来散散心，调理一下龙体，机会难得，其他的，就先放一放吧。"赵王石勒若有所思地说："孤自从西晋太安二年（303）离开家乡并州上党郡武乡县（今山西省武乡县），先是颠沛流离，后又聚众起义，南征北战，东挡西杀。得上苍之助，建立后赵国，到现在已有十八年未回故里了。这些天来，一种思乡之情一直萦绕在孤的脑海里。孤很想见一见朝夕相处的邻里乡亲们，跟他们聚一聚，叙叙旧情，以遣情怀……"张宾听后心领神会地点了点头说："请陛下放心，这件事托臣去办好了。"

皇路顶

第三天一大早，张宾就把一切事情办妥了。只见 10 辆上等辇车已备好，头辆车前飘扬着威风凛凛一面大旗，大旗上有一个篆体大字"赵"字。队伍翻山越岭，浩浩荡荡离开京城，一路向上党武乡而来。

赵王石勒重返故里，路经墨镫、洪水、蟠龙，翻岭到姚庄，经枣烟、王海峪、峪口、马庄到故里（今故县）。当行至枣烟村时，已是红日西坠，玉兔东升之时。这时，大总管张宾突然身患重疾，寸步难行。加之天色已晚，山道行走困难，因此，石勒下令随行人马，就地安营扎寨，夜宿休息，并让随身太医全力为张宾治病。第二天上午，张宾身体略有好转，石勒下令立即起程，继续向西前进。后赵石勒皇帝这段不寻常的经历，一直被后人传颂。为了纪念这段逸事，人们把当晚石勒皇帝夜宿的地方称为"官家顶"，又把石勒皇帝经过的这段山路（原称"黄龙顶"）改称"皇路顶"（皇上经过的路）。

1958 年“大跃进”，深翻土地时，枣烟村北队社员在官家顶挖出一块不到一米高的石碑。石碑上刻着 8 个大字，全是篆体，因当时没有人认识，更没有保护文物的意识，所以，没有引起重视。1965 年在“农业学大寨”时，又将此碑砸掉垫了河坝（当时石碑上的字迹因年久及风吹日晒，已看不清）。1970 年夏天，枣烟村遭受了一场百年不遇的大雨，一场山洪暴发，将东沟大坝冲垮，这块颇有考古价值的石碑也被洪水冲得无影无踪。（武承周）

麻池沟

麻池沟是庙岭村委会的一个自然村，地处庙岭、西岭、蝉窑岭三岭之中。

据有关史书记载，“三台岭”古代统称“桑麻乡”，因这里盛产桑树和夏麻。曾有古诗曰：“十里桑麻遥带郭，三台岭上麻农乐。”老百姓以养蚕、种麻、加工麻绳、麻衣为业。

麻池沟脚下就是浊漳河，当时一年四季水量充足，而且清澈透明。麻池沟村里有一条常年水流不断的小溪，小溪随地形落差，加上人工修筑，形成了 20 多个沤麻池。沤麻池内的水清澈透底，无任何污染，而且温度也适宜沤麻，所以沤出的麻非常好扎（当地人把沤好的麻用手工剥下皮来称“扎麻”），还有浓浓的麻香，这个村也因此被称为“麻池沟”。

麻池沟

麻池沟村的沤麻池很出名，对当地的经济发展也有很大的促进。自古上党地区就有“潞麻之亮，桑麻之香”的美称（潞城的麻发亮，桑麻乡的麻坚韧而散发香味）。麻池沟不仅以麻香出名，而且与后赵石勒有一段说不完道不尽的情缘。

后赵皇帝石勒，自幼从事农耕，特别喜欢桑麻，到了沤麻季节，他就用马驮着家乡（故县）的麻，专程到麻池沟去沤麻。麻池沟老百姓虽不愿意让石勒来沤麻，但见他长得身材高大，眉毛浓黑，蓝眼睛，红胡子，十分古怪，也就不敢与他相争。就这样，石勒可以畅通无阻地来麻池沟沤麻。

这件事被麻池沟云峰寨上一位营千总的儿子李阳知道了，他从小跟随父亲舞枪弄棒，学了不少防身武艺，决心与石勒会会。

一天，石勒骑着一匹枣红大马，驮着生麻，带着几位小兄弟，又来麻池沟沤麻。他们刚刚把生麻取下捆好，正准备放进沤麻池时，突然，听见有人大喊："住手！哪里来的蟊贼？不通报一声就敢来抢占千总的麻池。"石勒听到喊声，抬头一看，见来者也是一位牛高马大、身体强壮的后生。两人年龄不相上下，又都年轻气盛、血气方刚、口气逼人，他们各不相让，很快动起手来。他们的武艺不分上下，一个如蛟龙出水，一个似猛虎下山，龙争虎斗，一场恶战打得不可开交，围观者看得眼花缭乱。这时，一位如花似玉的姑娘从林中飞奔而来，左右开弓，将二人劈开。李阳一看是自己的亲妹妹秀姑，大声喝道："这是我们男人们的事，你快闪开！"可是秀姑早已在林中看中了石勒，对石勒有了情意，但不好给哥哥讲。便说："沤麻池就是让人们沤麻用的，因为沤麻而争斗，实在不足为大丈夫。"转身又笑着对石勒说："请问好汉尊姓大名，如方便请随我到我家寨上看看，我有话给好汉要讲，只是此处不便。"

石勒听了秀姑的话，又看见秀姑眉清目秀、一脸正气，火气顿时消了，立刻向李阳作揖道歉。李阳也是将门出身，不计前嫌，互相道歉后，3 人一同回到了云峰寨上。

石勒到了云峰寨很是惊讶，他羡慕云峰寨的建筑规模，更惊叹云峰寨的兵丁训练有素。眼前的兵丁气宇轩昂、武艺高强，石勒被深深地吸引住了，目不转睛地站在那里观看训练的兵丁们。后来，石勒拜云峰寨里的几位武艺高手为师，并和李阳结拜为兄弟。

从此，石勒经常骑马到麻池沟的云峰寨上练舞学艺。这为他以后起兵造反、争霸天下打下了坚实的基础。

再说李阳的妹妹秀姑，她向父母诉说了自己对石勒的爱慕之情。经父母同意后，她与石勒定下了姻缘。谁知俩人定下姻缘之后，石勒却一去不归，南征北战，只顾忙于打天下，早把秀姑忘得一干二净。

秀姑等啊等啊，整整等了三年，情书写下一大堆，但都是石沉大海不见回音。秀姑无奈，又气又羞又恼，在一个月黑夜静的晚上，跑上悬崖纵身跳进了“龙滃”（石勒经常玩水的水滃，后来人们称作龙滃）。后来，人们在秀姑跳崖的山顶发现了她留下的手绢，手绢上留有一首悲情的诗：

闭月羞花花解语，沉鱼落雁雁无声。
四目情系鸳鸯结，千秋传颂龙凤姻。
今生夫妻两相隔，来世有缘一家亲。
对天发下真情誓，只盼有缘结云峰。

秀姑跳崖自尽后，李千总夫妇受到莫大的打击，从此，卧病不起，医治无效，几年后夫妇俩就相继驾鹤西去。云峰寨的家业由李阳掌管。

转眼到了 312 年，石勒进军葛陂（今河南省新蔡县西北）受阻。他采纳军师张宾之策，以退为进直逼黄河以北，不久回到老家，在北原山下建了兵寨，招兵买马，准备日后夺取天下。

一天，他传令张宾，让他派人召集有恩于他的父老乡亲，特别提到要去麻池沟云峰寨把李阳和秀姑，以及他拜师学艺的几位师傅请来，要大摆筵席款待谢恩。

手下人快马加鞭来到麻池沟云峰寨，见到李阳说明了来意。李阳听了心里很是不情愿，推托不想去见石勒。一是担心几年前他与石勒抢夺沤麻池一事，怕石勒报复他；二是秀姑因石勒而死，他心里耿耿于怀。来人看出了李阳的心思，劝说道：“大王为人仗义，常怀感恩之心，绝非小人胸怀，请李将军还是随我去一趟吧。”李阳思量再三，打消了顾虑，随差人一同前往故县赴宴。

宴会中石勒多次问秀姑为何不来，李阳担心说出真相怕影响大家的心情，谎称秀姑生病，不能前来。

宴会结束后，李阳单独给石勒讲述了妹妹秀姑为爱而死的真相，并将秀姑留下的手绢给石勒看。

石勒看了秀姑留下的诗词，顿时失声痛哭，他拍打着自己的脑门，懊悔地说："都怪我！都怪我，临行前没给秀姑留下一纸婚契。真是有愧呀！"

李阳看到石勒如此悲痛，憎恨之情顿时消失，反而劝说石勒："大王，不可为一小女子而痛苦伤身，要以国事为大，江山为重啊！"

第二天，石勒召集群臣，将李阳一家对自己的恩情告诉大家，并给云峰寨的师傅论功行赏，还提议愿随自己从军的都委以重用。李阳年轻有为，又武艺高强，当即被封为右路军副帅，跟随石勒马上出征。他的部下也大都愿意随军出征。

石勒的这次宴会作用很大，一是提高了他在家乡人民心中的威望，二是收编了云峰寨的一批精兵强将，为他的队伍增添了实力。

第二年（313），他举兵攻克晋阳，赶走刘琨，占领了并州（今太原）。318 年刘聪死后，刘粲即位但被刘曜刺杀，刘曜称帝。319 年刘曜杀死石勒使者，石勒与刘曜决裂。同年 11 月，石勒自称赵王。

328 年石勒率 8 万人马，进攻前赵刘曜，刘曜兵败被杀。329 年，前赵灭亡。

330 年 9 月，石勒正式登基称帝，西晋王朝彻底灭亡。石勒建立了后赵，定都河北邢台。

麻池沟人民对石勒有情，石勒对麻池沟人民有义。麻池沟村子虽小，但文化底蕴深厚，历史久远，传奇故事颇多，值得挖掘整理开发。

（王效清）

白草辿

白草辿村，位于北纬 36° 49′，东经 112° 58′，距丰州镇东 9 千米，是五村村委会的一个小自然村，只有十几户人家，不到 100 口人。它位居省道南沁路北端的一个小山坡上，坐北朝南，直面南山（南神山），交通方便，风景独特。

白草辿，虽说是一个不起眼的小山村，但它历史久远，颇具特色。它的来历与石勒皇帝有关，已有1700多年的历史。

白草辿一开始叫“羯草站”。那么，羯草站是因何而来，为什么叫“羯草站”，又因什么原因改称“白草辿”呢？

西晋泰始十年（274）五月初六，红日高照，晴空万里。在县城以东的东河沟（旧称上党郡武乡县东河沟村）一个羯族小酋长家庭诞生了一位历史伟人，他的名字叫石勒，字世龙。

305年，31岁的石勒拉“十八骑”聚众起义，逐鹿称霸，最终推翻了前赵王朝的统治，登上了皇帝的宝座，并以襄国（今河北省邢台市）为都城，史称后赵。石勒在南征北战中，在自己家乡（今故县）修建了一座城堡，城堡周围用石块砌筑，取名“石勒寨”。石勒寨背靠北原山，眼观南亭川，依山傍水，风水极佳，建筑雄伟，非常壮观。抗日战争中被日军破坏，但现存的城墙仍然坚固完好。

石勒寨地处黄土高坡，为了确保石勒寨城墙的坚固，防止水土流失和敌人侵犯，石勒派人到羯人故乡带回一批特殊的草种。为了适应羯草的生存环境，带回羯草种子后，在故县以东4千米的地方寻找了一块向阳的山坡，开始培育羯草，并将这个育种的地方称为“羯草站”（相当于今天的种子站），并由石勒手下的羯人指挥，当地汉人劳作。

在羯草站育种成功后，就将种子撒在了石勒寨城墙四周的土坡上。而且很快长出幼草。羯草，多年生草本植物，叶子尖而有刺，根系非常发达，它的每个节骨上都会生根，且有见土入地、入地扎根的本领。据说一株生长期满3年的羯草，它的根系连接在一起，长度足有10多里。根系发达，耐旱耐冻。据当地一些年长者回忆说：“清朝光绪年间大旱三年，地上寸草不生，庄稼颗粒无收，唯独羯草年长年发，枝叶茂盛。”羯草还有一种奇特的功能，就是它身上有刺，液中有毒。如果用手抚摸它，手指就会麻木发肿。一旦被刺破，羯草的毒液就会顺着伤口侵入血液。轻者会手指麻木、不听使唤，重者会红肿、疼痛难忍。所以，人们都不敢去碰它，牛羊等牲畜也不敢去吃它。因此，当地老百姓又给它起了一个好听的名字，叫它“护城草”。

石勒死后，他的儿子石弘继位，但石弘缺乏雄才大略，登基不足一年，被石勒的侄儿石虎篡位。石虎登基不足五年，349 年又被他的养孙石闵篡位。石闵是一个汉人，他取得政权后，大开杀戒，屠杀羯人，首先将石鉴与石虎的子孙后代 20 余人一并杀绝。并复其原姓冉，将国号定为冉魏。

冉闵杀绝在朝羯人后，仍未罢手，继续追杀武乡境内的所有“羯人”。当他追至“羯草站”时，羯人早已逃跑，剩下一些汉人，跪在地上一直磕头求饶说：“请万岁爷饶命，我们都是正统的汉人，只是在这里打工、养家糊口罢了。”冉闵听了，让他们抬起头来，一看，果然全是汉人，所以刀下留情，保住了他们的性命。又转念一想：羯草站这个名字也听着不顺耳，便以汉人谐音一念，将“羯草站”改为“白草辿”了。（武承周）

望勒石

南山普济寺以西百十步，于林荫遮蔽的山坡上，突起一座黄沙岩小岗——望勒岗，望勒岗上有一块“望勒石”。这“望勒石”居高临下，好一个天造地设的莲台法座！在法座左侧那苔痕斑驳的崖壁上，刻有“望勒石”三个大字和一首摩崖古诗：

望勒东岗若青龙，怪石嶙嶙卧碧峰。
终日腾云又吐雾，华光瑞彩碧重重。

这首诗记叙了圣师佛图澄与石勒皇帝的一段“佛缘”。

原来，佛图澄在南山悉心修持，弘法传教，但时刻也没有忘记观察时局的变化。

西晋永嘉六年（312）阳春三月的一天，佛图澄带着几个徒弟，登上一个叫仙游岭的山岗，结跏趺坐在一块石头上。然后把手掌涂上麻油、胭脂，边念诵咒语，边向遥远的东南方向观望。

“啊呀——徒儿们！你们快来看，那是石勒大军驻屯的葛陂（今河南省新蔡县西北），那里水陆联运，交通便利，地理位置十分优越，石勒在那里连营结寨，募集粮草，造船练兵，准备随淮水而下，横渡长江，直捣建邺（今江苏省南京市），活捉西晋王朝的司马睿……”

门徒们凑过去，目光落在佛图澄大师的手掌上。只见那汝水河上，战鼓隆隆，战马嘶鸣，喊杀声响彻云霄，好一派练兵习武的场面！

佛图澄眯起双眼，沉思一阵后说：“我们该去会会这个石勒了，不然的话，又不知有多少生灵死于非命！”

佛图澄怜悯苍生，想以佛道感化石勒。几天后，将南山寺的事情稍做安顿后，便带了几个徒弟，暂离武乡茅棚，涉漳河，过汝水，跨黄河，千里迢迢，风尘仆仆，策杖来到了石勒大营的驻地葛陂城，先住在弟子郭黑略的军营内。郭黑略先拜见石勒，对他说：“大帅，真是喜从天降，天助大帅。有一位大圣人、大和尚，名叫佛图澄，来到我的军营。我自南亭（武乡）练兵，葛陂北征以来，每次征战，均能预决胜负，都是他教给我的。”石勒听了，非常高兴，哈哈一笑说：“真是天助我也。”于是，派了轿马，把佛图澄请回军中大营。

石勒封佛图澄为“大和尚”（相当于东晋以后的“国师”）。石勒每遇军国大事，都必定先请佛图澄预卜吉凶，方才做出决定。佛图澄也常常借着这个机会劝导石勒：“作为王者，应以道法来教化众生，则生灵显出祥瑞。如果虐待民众，道就会消亡，妖星就会出现在天空。古往今来这样的例子很多……”佛图澄的劝谏，使石勒心悦诚服。

石勒所处的时代，中国历史又进入了一次民族大融合时期。民族的融合往往伴随着战争与流血，其中原因，除了政治、经济原因外，还有两个民族间的文化差异。但后赵时期的这一民族融合过程中却因佛教的因素而没有出现大规模的杀戮事件。这样，随着佛教的普及发展，它在各民族间的意识形

态方面就起着一种认同的作用，从而在消除民族文化差异及隔阂方面起到了积极的作用。（王照骞）

赵王墓

后赵建平四年（333）七月二十一日，石勒皇帝怀着对后赵国的疆土和臣民的无限眷恋，走完了他从奴隶到皇帝的传奇一生，在后赵都城襄国与世长辞，享年 60 岁。

石勒皇帝去世后，究竟葬于何处？颇为流行的有 4 种说法。

一是石勒皇帝的母亲王氏当年死后，被安葬在后赵都城襄国（今河北省邢台市）城外的石井冈（又名龙冈）。石勒皇帝为表达孝敬之意，特将自己的陵寝指定在距石井冈西南 15 千米处的渠山。

二是石勒皇帝生前曾有移都洛阳的打算，并多次给文武百官们讲“洛阳才是中原地区正宗古都”的道理。所以他立下遗嘱，将他的遗体埋葬在洛阳（今河南省洛阳市）城郊东南的大石山，以向后人昭示他曾是雄踞中原的一代正统帝王。

三是客居后赵首都襄国城的大和尚佛图澄的著名弟子释道安，后来曾避难于太行山，过着“山栖木食”的生活，曾经到福庆院（今山西省陵川县崇安寺）讲经弘佛。当时有人发现他夜间到福庆院门外东侧的原野上祭祀石勒皇帝，便推测这祭祀的地方就是石勒的陵墓所在之处。

四是在石勒的家乡故县东河沟村北 10 千米有赵王墓。后世认为，这第四种说法较为可信。其依据是：（1）《潞州志》及旧《武乡县志》均有明确记载：“赵王石勒墓在城（故县）北二十里处。”为正史所撰。（2）当年石勒立国称王后，在都城襄国宴请家乡父老乡亲时曾说过：“武乡，吾之丰沛，万岁之后，魂灵当归之，其复之三世。”（3）在城北约 10 千米的石泉村“海神庙”旁有传说中的石勒墓——王墓圪塔。在海神庙里还有专伺石勒墓的僧人。每年农历七月二十一日，附近乡民都要到王墓圪塔祭祀石勒。元代诗人郝经[1]曾有《石勒墓》一诗，记叙其事：

都门长啸气凭陵，
瓜割中原霸业兴。
夜葬山间谁见得？
至今犹有守坟僧。

（石旭昊）

石勒祠

据《武乡县志》载：与石勒故里相距10千米的石泉村有“海神庙”（清代改为“后赵圣帝庙”），是专为祭祀石勒、佛图澄的。原正殿有楹联一副，上联是“武邑一人至今因功不朽”，下联是“天竺帛氏往昔辅赵留芳”，横批是“在二刘间”[②]。每年农历七月二十一（石勒作古之日）及腊月初八（佛图澄圆寂之日），都有传统庙会和御灾捍患的祷神法会。届时，乡民们要用八抬大轿，敲锣打鼓将石勒和佛图澄的木雕像，请下地势宽阔的石泉村，为其唱神戏，说神书，诵佛经……

清进士李华炳有《谒石勒祠堂》诗：

清明细雨洒崇台，
拾级登临祭祀来。
石氏宗祠海神庙，
僧捧赵印话兴衰。

（石旭昊）

---

① 郝经：陵川县人。金元间著名诗人，系元好问的老师郝天挺之孙，同时也是元好问的学生。在元朝官至翰林侍读学士，为元代名臣，著有《续后汉书》等。

② 在二刘间：指石勒听了臣下对自己的评价后认为：“自己远不及汉高祖刘邦，至多能与汉光武帝刘秀一比高下。”

海神庙

据《武乡县志》记载，武乡县贾豁乡石泉村东山顶有座海神庙，是“祀石勒”的；另外一个版本称此庙叫“石勒祠”。并载明进士、吏部尚书任原所撰石泉石勒祠楹联：

上联：武邑一人至今因功不朽；
下联：天竺帛氏往昔辅赵留芳。
横批：在二刘间。

石泉村与海神庙中间有一条小河东西相隔，海神庙东另一条小河与石泉小河相连，海神庙山被两条小河紧紧环抱，海神庙山脉的方位是通往东方邢台方向的，北边也有路通往和顺至邢台。四面山峦起伏，树木青翠，风景怡人。沿着山间小道就可缓步走到山顶，山顶有一个依稀可辨的大圆形封土堆，规整有序，四周有“台”形；封土顶部和周围的土质致密有夯实状，土中可见石灰三合土痕迹，很像古代陵墓的封土，从脚下海神庙院平面目测封土约有 7 米之高。圆形封土堆西向偏南的台下就是《武乡县志》中“海神庙”的遗址，目测主殿平面遗址尚存 500 多平方米，山门已经塌落，从外边可见红金石所砌的墙垣，院内正庙的北墙依然有 2 米高。分两进院，在院内草丛中可以见到数个排列有序的石碑座、础石和残碑碎片。碎片上的刻字模糊可见。在山下石泉村一户人家的院子里有一通形状依旧、字迹斑驳的石碑，据说那就是“圣帝万岁”碑。通过查阅县志和武乡石勒文化研究会出示的几通残碑碑记拓片，可以断定，那里是后人祭祀后赵高祖石勒的一个非常重要的集聚地。

这个庙的位置是经过精心选定的。这个“高人”——设计策划者可能利用羯胡人笃信“永生”“向着太阳升起的地方”等观念，以邢台太行山石勒像头顶那个永恒的皇冠形状、“山”字（犹太文 Shi 的字母）为“永恒的参照点”

（因为自石勒时代起羯胡人就有一个坚定的信念，就是“水土可走，山石不移”——山石是永恒的，是可以永远作为参照坐标的，并认为：“如若石破，则必天惊”），通过计算测量找到了武乡贾豁石泉村的东山顶，并在那里建造了祭祀高祖石勒圣帝的寺庙。

我们将“海神庙”封土堆顶设为一点，将邢台太行山石勒像头顶那个永恒的皇冠形状或称“山”字石设为另一点，将两点连成一条直线。沿着这条直线由“海神庙”向西偏南延伸，我们可以找到石勒的出生地（接近北原山北台石勒城），再接着延伸，我们可以看到马牧、烂柯山，这些地方是石勒出生和成长之地，有“生长”的谶语；顺着这条线向东方延伸，就可在山东境内找到古代一个叫“厌次”、西晋叫“平原”的地方，那里就是石勒遇“神迹”的地方之一。石勒忽见群鹿化作神的使者——“老父”，并在那里接受神的托付：“‘向群鹿者我也，君应为中州主，故相教尔。’勒拜而受命。”从那时起，石勒组成“十八骑”，一步一步走向胜利，建立了后赵王国，那是一个“发迹”和“发祥”的地方，也是石勒的人生开始上“升”的地方；沿着阳光再向东、盯住那个“太阳升起的地方”——河水与海水相接的地点，那就是后赵时期黄河的出海口。

石勒“永生不朽”的“图谶”①每年都会准时发生和显现，那就是每年的五月端午石勒生日那天。那日清晨，如果从石勒像头顶的皇冠顶尖站立向东偏北望去，当太阳从黄河水与海水相遇的那里“升”起之时，一束阳光正好与石勒“永生不朽”直线重合。这里还有一个“永生”的概念，即太阳永远在早上“升”起，黄河之水流入大海得到“永生”，而且太阳在五月端午石勒生日那天是从黄河出海口中央升起来的。多么神奇！我回到武乡宾馆，兴奋之余，写下诗一首：

---

① 图谶：海神庙碑记石上有两个圆形图腾。左边图腾圆形似眼眸，如史书所记“碧瞳”（外圈蓝环，内眸黄褐）；右边图腾似旭日，从襄国东方升起。与北辛庄石氏长子辈系“旭祥庆昌”以及口传故事暗合。

谒陵武乡石泉海神庙

两山如龙护一峰，海神庙基仍高崇。
庙荒僧离石垣断，碑勒明眸望东旭。
陵冢虚实迷雾在，千年犹显帝王风。
欲问海神祀者谁？大赵圣帝石世龙。

石勒说过："武乡，吾之丰沛，万岁之后，魂灵当归之，其复之三世。"武乡贾豁石泉村的"海神庙"[①]的东山是不是石勒的真身陵墓，仍然不敢肯定，因为在古籍县志里和当地老乡的回忆中没有石氏口传故事里的那几个名词。

请大家永远记住和保护好这个武乡贾豁乡石泉村的东山海神庙，因为它与邢台太行山中的石勒像可以解释石氏口传故事中的"星谶"。

（石旭昊）

官源山

官源山，位于武乡东部太行山麓，距县城约60千米，这里原属窑湾乡白草坪村，后撤乡并镇，并入洪水镇。之后，白草坪、西岭背、石窑郊的居民并入寨坪村，这片大山也就归属寨坪村，成为寨坪村山林保护区。

从山根到山顶3里多路，转过一道山梁，一座奇特的山峰突现在眼前，那就是狮子峰。这只"雄狮"其实是一块几十丈高的巨石，浑然天成，活灵活现，前立后蹲，仰首凝目。前腿略向前蹬，蹄下似玩一绣球，爪肥厚，显得刚劲有力。身首比例匀称，耳、鼻、眼、唇逼真，头背碧草丛生，恰似毛发。整个狮子蹲在一块几丈高的巨石上，更显得凝重雄伟。狮子背崖朝谷，雄视东南。经历了万代风霜，沧海桑田，阅尽了人间风云变幻，悲欢离合。无论是暴雨倾盆、寒雪纷飞，还是烈日炎炎、狂风怒号，巍然屹立于万山之巅。

---

① 海神庙：此庙名起得精明，是一种名讳，经一问一答便可得知，"海神"是"世龙"。与北辛庄石家坟前"龙王庙"同义。

传说这头狮子原来是西天佛祖弟子文殊菩萨的坐骑。后赵皇帝石勒少时在此经历磨难，因石勒是上天派下界的真龙天子——赤龙下界，文殊菩萨算着赤龙遇难，便派其坐骑到此守护石勒。可谁知这里风景优美，狮子便再也不想离开，直到后来石勒即位，文殊菩萨也召它不回，便发怒将其点化成石！从此，这头狮子便永久地留在这里，成为一尊石像。不过还有一个传说：石狮头朝黎城，尾朝武乡，有民谣曰："吃了东井汴梁（黎城的两个村子），屙在苏峪寨上。"苏峪寨富了，黎城的东井、汴梁却穷了。东井、汴梁人就上来求助山神，山神不忍他们受穷，就敲掉了石狮子的下嘴唇。在狮子峰的山下，有一块巨石，那就是狮子的下唇。

转过狮子峰，沿着逶迤崎岖的山路继续往前走，穿过滔滔松林，转过幽幽曲径，前面却是万丈深渊。这一片就叫官源山，下面就是官源庙了，过去流传着一句话叫"若求仕途顺，拜谒官源山"，许多历史上的大人物都曾来这里烧过香。古人到官源庙烧香都是从这里下庙院的，烧香的人从上面走下去，预示着上方将要委派他到地方去做官。只要虔诚必然灵验。

官源庙始建于后赵年间，相传为后赵皇帝石勒所建。石勒是羯族人，出生于武乡北原山下东河沟（今武乡县故县东河沟村）。由于生活所迫卖身为奴，被贩卖到山东时，从这里经过。贩奴人怕他们逃跑，就将他们关在了前后都是悬崖的山旮旯里。面前是万丈深渊，身后是悬崖峭壁，两边堵起来，根本无法逃跑。石勒本来与一些人约好深夜逃走，无奈地形不利，也就只好作罢了。谁知到了半夜，一个红脸大汉来到他身边对他说："你是上天派来救黎民的，将来要做天子，有句话叫'贵人遭磨难'，你还有些苦日子是必须经历的。你别再逃跑，吉人自有天相，佛祖已经派我暗中保护你，等日后我还会来东土扶持你打天下。"石勒一觉醒来，却是一梦，回味梦中情景记忆犹新。于是石勒就暗暗想，如果日后自己真做了天子，一定要到此地建庙，让诸神世代享受香火。

随后，石勒聚集十八骑揭竿起义，兵败后，返回武乡，并调他的精锐兵马到这深山里习武练兵，在此养精蓄锐，练得兵强马壮，后来果然得了天下，定都襄国。更让石勒吃惊的是，就在他苦苦征战之时，天竺国高僧佛图澄前来辅佐他成就天下，那高僧就是他梦中见到的那个红脸大汉。石勒皇帝不忘自己的诺言，派人回到太行山麓，在他睡觉的地方，修了一座庙，名叫官源庙，意思是他做皇帝的源头就在这里。人们也随之将此山唤作官源山。之后，这座官源庙便香火旺盛，许多官宦前来烧香拜神。直到宋末，元兵入侵纵火焚烧，此庙被毁。

不过，想从这里走下庙院，确实不易，也许这是上天考验烧香拜佛人的诚心吧。走过绝壁悬崖，看到庙址。这里坐西向东，据传原来的庙为依山而建上下共五层，中间无院落。最上面一层供奉西天佛祖释迦牟尼，下一层供奉西方高僧佛图澄，接下来是十八罗汉。相传辅佐石勒的十八骑就是佛祖派来的十八罗汉的化身。最下面两层，初建庙时因没有院落，为禅堂。后来，石勒归天后，人们又在第四层供奉了石勒，最下一层供奉了石勒的部将十八骑。被元兵焚烧之后，后人想在遗址上重新修复，由于此地地处天险，山道险阻，材料非常难以运送，故只修了最后一层，供奉如来佛祖，又叫雷音寺，后改名洪门寺。据说在明朝时，寺中来了一个恶住持，经常将前来敬香的女人禁于寺中，女人失踪引来人们议论，此事败露又被人烧毁，留下了“火烧洪门寺”的传说。

原来雄伟宏大的庙宇虽然已经不复存在，但看着这片遗迹，还有后人在崖根垒起的小庙，可见这里依然还有香火，那袅袅升起的香烟印证了官源庙的灵验。对面的一座小山就像仙人的大拇指，传说如果有人烧香时用心虔诚，仙人的拇指就会给此人指出升迁的方位。如今绝壁上有许多依稀可辨的历代名人题迹，想来这些传说应该是有它的历史渊源的。

前方还有一座小山，像一颗金印。传说这里过去有一个拜印台，人们面西拜佛之后，便朝东拜印，三叩九拜之后，就会“手摘金印”，神灵会保佑节节高升。

在山崖上有一处叫登天玄梯，那是在绝壁上凿出来的一条险道。传说，烧过香的人可以从这里登天一观。攀上登天玄梯，进入一个巨型山洞，回头再望人间，一片葱茏，真的是有天上人间的感觉。洞中有一股神泉流出，每到冬日，这股神泉在外面10余丈高的山崖上，形成冰挂，绚丽夺目，煞是壮观。洞中原有一巨碑，现碑已不知去向，只有碑座尚存。洞顶有一横洞，传说有百余里深。此山的3个山洼有3个洞，每个洞中都有一棵葡萄树，当年僧人就是从这里进入为葡萄树浇水的，虽然葡萄树已经枯死，但树枝还可看见。

官源庙的灵验古传甚广，唐代名将王毛仲流落潞州时，曾到此敬香，之后被潞州别驾李隆基赏识，官至大将军、霍国公；陕西人李靖，出兵潞州道时兵困神头岭，到官源庙敬香后，不仅化险为夷，而且受封卫国公；壶关人苗授曾任殿前副都使，宋人李崇炬曾任右卫大将军，都因虔诚拜庙而加官晋爵；武乡魏云中、程启南敬谒神庙，分别官至兵部侍郎和工部尚书；沁州吴琠敬香官源庙，则做了康熙的殿前大学士。特别是唐朝中宗在位时，韦后专权乱政，临淄王李隆基遭贬，派任潞州别驾。这期间他曾拜谒官源庙，后果然诛韦后及其党羽，成为九五之尊，创造了历史上辉煌的“开元盛世”。李隆基曾有一诗曰：重崖叠嶂太行山，云卷风飞似浪翻。长怀经纶思国计，久慕返朝拜官源。……

官源山狮子峰

前面还有一座山，非常像一尊仰天大佛。传说佛图澄大师在他117岁高龄时完成了扶助石勒的使命后，功德圆满地圆寂于邺城（今临漳）的邺宫寺，将肉身留于东土，灵魂西归。他喜欢此山风光，将自己的头化作了这座山峰。

（郝雪廷）

将军沟 校场滩

大有乡长乐村，从窑上往北走有一条约3里的沟，叫将军沟。据传说，将军沟的名称是后赵石勒皇帝给起的。说起将军沟的来历，在当地民间有这么一个传说。将军沟原来叫担掌沟。这条沟森林茂密，遮天蔽日，道路崎岖，少有人迹。沟掌上还有个很深的洞穴叫闭关洞。传说太上老君曾在此洞修炼过。石勒在青年时，身材高大，相貌非凡，吼声如雷，气壮山河。有一天，他跟伙伴们在一起玩，伙伴们同他打赌，看他是否敢独自一人进担掌沟。石勒一声巨吼，顿时，山摇地动，狂风大作，森林中的飞禽走兽都被吓跑。他进入沟掌，发现眼前有一个洞穴，就闯入此洞中。此洞即“闭关洞”。

进入闭关洞中，他忽然发现眼前有一道亮光，就顺着亮光又继续向前走，但没走多远，就昏倒在地上，呼呼睡起了大觉。

睡梦中，他梦见有位红脸大汉，骑着一匹枣红大马，手中拿着一条丈八长矛，在不停地舞动。这位红脸大汉的一招一式，石勒看得清清楚楚。一觉醒来之后，才知是南柯一梦。他模仿红脸大汉的招势舞了一阵子，觉得非常得心应手。石勒回到北原，把梦中学艺的事给伙伴们讲了，伙伴们都异口同声说：“那位红脸大汉是关公老爷（三国时的关羽），是关公爷有意点化，教你练武习艺。”并说他日后一定不是凡人，能出人头地。果然不出所料，石勒聚十八骑起家，很快成为一名大将。他常常想起担掌沟入洞学武之事，为了纪念这段传奇的故事，石勒将担掌沟改名为将军沟，将闭关洞改名为将军洞。

校场滩就是现在的长乐滩。长乐滩距麻池沟、三台岭都很近。石勒在青少年时，在三台岭（庙岭、西岭、蝉窑岭）栽桑养蚕、种麻，在麻池沟小溪中沤麻，在长乐滩骑马放牧。他发现长乐滩地势平坦，水源充足，不仅是牧马、骑射的好地方，也是屯集粮草及兵卒练习骑杀的好校场。

石勒率“十八骑”起兵造反时，曾亲自回家乡招兵买马，募集粮草，并

长乐村将军沟

把招来的兵员，集中在长乐滩进行操练。所以，长乐滩被称为校场滩。从此，校场滩这个名字一直叫到现在。　　（王文焕）

朱砂洞

在后赵皇帝的出生地南亭川东河沟以西约20里的马牧滩、寨上村一带，是石勒少年时期的主要活动地之一。在这里的民间，流传着大量有关石勒的传说故事。其中有一个故事叫“朱砂洞”。

传说石勒小的时候，无名无姓。“石勒”这个名字，还是神仙给他取的。

他的家中十分贫寒，很小的时候，就已在距家20多里以外的寨上村替人放羊了。因没有姓名，人们不便称呼，就根据他是羯族人，把他叫作“羯孩”。在羯孩放牧的羊群中，有一只大羝羊，是羊群的“头羊”。每天早晨，羯孩赶羊上山，由“头羊”领着，到水草丰茂处。其他羊都在吃草，“头羊”却不见了。到傍晚时，“头羊”就又出现了，领着羊群回家。开始的时候，羯孩并未在意，但一来二去他发现，每当傍晚“头羊”出现领羊群回家时，总是大汗淋漓，不知在何处出了大力。羯孩感到十分奇怪，于是他就多了一个心眼。一天早晨，他赶羊上山后，就盯紧了这只领头的大羝羊，悄悄跟着它，想看看它到底去了什么地方，干了些什么事，为何满身大汗？谁知大羝羊上山后，在山前吃了几口草，就离开了羊群，三转两转，转进了一条山沟。羯孩跟着羊进了山沟。只见大羝羊来到沟掌，在一块大石上用头一顶，大石就像没有重量似的向旁边移开，露出了一处洞穴，大羝羊便钻了进去。羯孩跟过去，向洞内张望，发现洞内似有霞光点点。羯孩犹豫一阵，在好奇心的驱使下，不顾危险，也俯身钻了进去。走了一阵，洞内忽觉宽广。也不知光线来自何方，洞内一片光亮。这时，他看见大羝羊被套在一盘石磨上，正拉着石磨转动。磨盘上堆放着一些暗黑的颗粒，而磨出来的则是红色的石粉。他抬头一看，有位老奶奶在此看磨。她对傻看的羯孩说："我在这里等你已经好久了，我知道你总会来的。"她见羯孩一脸的疑惑，便接着说："我这里叫'朱砂洞'，那磨石上磨的就是朱砂粉，必须用这头大羝羊来拉磨方能磨成。朱砂驱邪避魔，百毒不侵。待一会儿，你可带些回去，这对你的羊群很有好处。"羯孩听了急忙点头说："好！"

老奶奶又说："你知道你是谁吗？"羯孩摇摇头。老奶奶说："你本是西域石国人，你祖上迁来武乡，已历三世。你是当今世上的一条猛龙，将来必定要起兵征讨，平定天下。我现在赐你姓'石'，望你牢记根本，再给你取名为'勒'，你的字就叫作'世龙'，你现在牢记在心，不可泄露，到将来举事时，方可启用。"

羯孩虽对老奶奶说的话似懂非懂，不甚明白，但却字字听得切实，记得清楚。于是他急忙下拜，谢老奶奶赐名之恩。拜毕起身，老奶奶顺手把他头上的帽子取下，从磨上抓了几把磨好的朱砂粉放在帽中，将帽子交给他说："好了，现在我的事已完成了，你赶上你的羊回去吧。"石勒请教朱砂的使用方法，老奶奶拿过一只碗，从洞内水坑中舀了一点水，捏一点朱砂粉放入，碗内水便变成了红墨水。老奶奶用手蘸了，在羊背上抹出一片红斑，然后对石勒说："你就照我这样做就行。"石勒点点头说："记下了。"

石勒赶着羊出了洞，没走几步，忽听背后一声巨响，回头看，洞口已被大石封死，再也无法打开。石勒这才知道，他今天是遇到了神仙点化。

石勒回来后，照老奶奶的办法，用朱砂水给每只羊背上都涂抹了一块红色。白羊背涂上红色后，吃得又肥又壮，很少得病，上山也不怕毒虫侵扰。于是，这种方法便一代代流传下来。直至今天，牧羊人还会在每只绵羊的背上涂一片红色，以驱邪避毒。

后来，石勒果然举兵征讨，成了气候。他在山东茌平靠十八骑起家后，“石勒”名号正式启用。再后来做了皇帝。人们为了纪念他，便将他当年放羊的那座山称作“牧羊山”，那个洞称作“朱砂洞”。　　（李志明）

石勒暗道

央视 10 频道《探索发现》栏目，连续两次播出了《暗道谜踪》，介绍武乡故县村的一处神秘的古地道群。这个地道是一个庞大的地下工程，内部分上、中、下三层，暗道中有暗道，也有陷阱。有的地段宽阔平坦，但有的地段仅容一人藏身。每一条地道都是相互贯通的，也有圆环形的，在敌我追击的过程中，可以绕回到敌人后方进行打击，这种结构真是千回百转，纵横交错。洞口有的建在农家的水井半壁上，有的建在窑洞里，在山崖的峭壁上还有许多的瞭望口、透气孔。这种设计还充分地考虑到了光线的照入和空气的供给。尽管地道内部有许多地段已经坍塌，人已经无法通过，但是能看得出来，这是一个复杂而庞大的地下工程。

这是什么人在什么时候修建的，历史没有记载。有人猜测是抗日战争时期建造的，但专家们都否定了这种说法，理由是：抗日战争时期没有这么庞大的工程，那时候有地道，仅仅是为了老百姓藏身用的，那种地道适合修建在深山老林，并且是老百姓的自发行为，没有这么大的工程。这种说法是正确的。可以想象，战争年代距现在 70 多年，假如说这个暗道是那时候修建，一定会有记载或者有亲身经历过的人，不可能没有一点线索。

据武乡学者马生旺、王照骞、郝雪廷、李驰骋的解读，及石勒第 69 代长门嫡系世孙石旭昊所说的其祖上传下来的口训，初步确定是后赵的“马上皇帝”石勒时期的工程。

有资料记载：石勒，十六国时期后赵创立者，上党武乡人，羯族，319年称赵王，是历史上唯一一个经历从奴隶到皇帝的人。石勒发轫于第一次反东海王起义时，追随牧帅汲桑投靠公师藩。史载，石勒这个名字是汲桑给他取的，实际上只是为他译用的一个汉文名字。石勒后投靠汉赵刘渊。石勒在汉人张宾辅助之下以襄国为根据地，先后消灭了王浚、邵续、段匹磾等西晋在北方的势力，又吞并曹嶷。前赵平阳政变后正式与刘曜决裂，319年11月称赵王，都襄国。329年吞并关中取上邽灭前赵。北征代国，令后赵成为当时北方最强盛的国家。石勒实行多项措施推动了文教和经济发展。

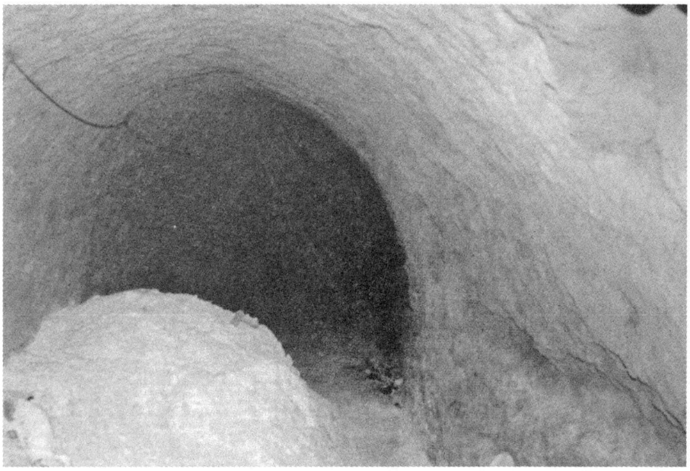

石勒寨暗道

石勒第69代孙石旭昊说他们祖传口授秘史中有一句话：祖籍北原山北台地下有洞穴暗道。在这些历史的背后，还有许多的谜团等待人们去挖掘，去探索。

想不到武乡还有这么神秘的工程，上党地区还有这么凝重的历史文化背景，应该感谢武乡的这些学者们，是他们把这一古老而神奇的秘密揭示给大家。同时，这个暗道应该尽快开发出来，让更多的人了解。我们相信，随着电视片的播放，将会有越来越多的人了解这一段历史，了解古人的智慧，武乡也会被更多的人关注。（黄宁伟）

武乡玉贞观宝塔

第七章　古建篇

武乡虽属山老区，但历史悠久，文化底蕴深厚，特别是道教、佛教、儒教曾历朝历代在民间兴盛传承，所以寺院、道观、庙宇、教堂（天主教）等古建筑到处都是，据民间统计有上千座。但在武乡旧县志记载中，只有142处。我们这里只介绍几处重点建筑，剩余的列表说明。

第一节　寺　院

普济寺

普济寺位于武乡县南山（俗称南神山）距县城6千米的浊漳河南岸，是一处历史悠久的绝佳胜景，被称为“自然景观之精品，传统文化之宝库”。为加快南山开发，中顾委原副主任薄一波曾亲笔题词：“瑞云拥普济，落照映南山。”

南山与石勒寨隔河相望。这里山水清幽，林壑静美，背山临漳，虎踞龙盘，雄秀各俱，地灵人杰。其古寺庙建于两晋，盛于李唐，后经历代修葺，留下了丰厚的文化遗产。原普济寺、圣师堂、山神庙、海渎庙、石勒祠、娲皇庙、观音井、关帝庙等错落有致，宏伟壮观；麟趾探洞、绝壁题留、漳水回澜、佛图神井、佛座悬空、碧池澄金、北阁观澜、东岗望勒、龙爪蟠槐等二十四景山水辉映，天然成趣。后赵开国皇帝石勒、天竺高僧佛图澄、唐玄宗李隆基、汉大将军耿根成、唐风雷将军焦旺禄、三晋名士傅山、兵部侍郎

普济寺

魏云中、工部侍郎程启南、吏部侍郎任原、监察御史魏光绪、著名诗人程康庄等都留下了丰厚的历史文化遗产，内涵丰富，流光溢彩。1933 年，中共武乡地下党组织在这里诞生；抗战期间，朱德、彭德怀、薄一波等老一辈革命家领导的八路军、决死队曾在此抗击日寇；许多爱国青年，如国务院原副总理纪登奎、国务院参事李逸三、民政部副部长史怀璧、煤炭部副部长张超、国家消费者协会会长李衍授、著名作家高沐鸿、老诗人冈夫、版画家范云以及武光汤、于林、王宗琪、赵向荣等，都曾在这里的抗日高小（原南麓书院）就读，并从此踏上革命征途，成为国家栋梁之材。

特别是一代圣僧佛图澄在南山弘法传教的史实及其和石勒皇帝的特殊因缘，更引起了各有关部门和专家、学者的关注与重视。为此，长治市政府将南山公布为市级文物保护单位，武乡县委、县政府将南山列为旅游开发重点区之一，对南山的历史文化进行发掘整理，对有关景点作复原维修。国家和省、市的文物、旅游、宗教等部门，亦多次来此考察论证，认为南山复原维修和保护利用，对于弘扬祖国传统文化，增进民族团结，发展武乡旅游事业，促进文化交流，有着重要的现实意义。（王照骞）

附录：李隆基南山谒茅棚

武乡旧县衙（今故县）东南，浊漳河畔，有一座奇妙的山峦，名曰南山，又名南神山。此山耸立在浊漳河南岸，奇妙峻峭、草木葱茏，梵宇林立、清净幽雅。山上的庙宇气势非凡，相传后赵皇帝石勒的军师佛图澄大师曾在南山搭建茅棚，讲经说法普度众生，并辅助石勒建立后赵，登基称帝。佛图澄大师被封为国师大和尚，从此南山香火鼎盛，名声大振。历代达官贵人、显宦名流，皆慕名来南山朝拜。相传在唐代，武乡县衙教谕筹资在南山修建了学堂，名曰“南麓书院”。地灵人杰南神山，高人荟萃，英才辈出。明代的大司空程启南、大司马魏云中都是南麓书院走出的俊秀，堪称国之栋梁。明末清初著名的思想家、医学家、大书法家傅山先生曾在南山与武乡名流魏驷寓居一年之久，并留下了著名的楹联：

读罢楞严闲听鸟声啼茂竹；
烧残麝脑静观花影步苍苔。

特别值得一提的是，大唐皇帝唐玄宗李隆基曾专程莅临南山，朝山拜佛，敬谒佛图澄修行的茅棚。武乡旧志和有关文物古碑记载了唐玄宗在708年曾亲临武乡拜谒茅棚之逸事。

唐玄宗李隆基是唐太宗李世民的嫡孙、唐睿宗李旦的三儿子。唐中宗（李显）在位时曾派遣当时的临淄王李隆基赴潞州（今山西省长治市）任别驾，当时的武乡县属潞州管辖，县令是李宁（武乡砖壁人）。李隆基是皇子，又是李宁的顶头上司，接到文牒后，李宁自然是积极准备最高级别的接待。相传李隆基大驾光临之日，武乡县旧县城内张灯结彩、喜气洋洋，黄土铺道、清水洒街，沿途百姓熙熙攘攘夹道欢迎。李隆基坐着三十二抬大轿，旗锣伞扇、回避肃静、灯笼火把，全副执事鸣锣开道，威风凛凛好不气派。男女老少观者塞途，鞭炮齐鸣鼓乐相迎。入城后，李隆基下令将两排衙役手秉的全部执事牌撤下，在县令李宁等官绅迓拱逢迎的热烈气氛中到驿馆休息。

李隆基正值弱冠青俊，勃勃英姿、胸有大志，但无人解之，而当时的大唐朝廷内部潜流暗伏，危机四起，韦氏、婉儿淫乱宫闱，毒死中宗李显，满朝文武人心不安。李隆基身为唐室后裔，忧国忧民心事重重，为了排忧解闷，来到武乡后便查问此处人文景观何处最佳。李宁当即推荐离县城不足3里的南山是一个最好的去处，并讲述了高僧佛图澄的神奇传说。

当日无话，第二天一早，李宁便备足香火，偕同李隆基一行到南山，朝山拜佛。来到南山，李宁向他再次介绍了大德高僧佛图澄之奇闻怪事及护佑后赵石勒称帝之丰功伟绩。李隆基侧耳静听，怦然心动，只见他在佛图澄修行的茅棚神台下突然二目微闭双膝下跪，口中默念焚香祈祷，而后要来文房四宝在案几上挥毫吟诗一首，让李宁观赏后，点火焚烧，只见香烟缭绕纸灰飘飘如蝶向西方飞去。李宁心领神会，当即也和诗一首，现将全诗敬录如下。

奉和临淄王游南山

南山清幽古木森，
今随殿下谒茅棚。
来日若邀群仙会，
主人定赖佛图澄。

李宁将奉和李隆基的诗写好后当即交给下属，令他们聘请玉工勒石作碑，竖于佛图澄茅棚右侧。（此碑材质为紫红沙石，宽约0.6米、高约1米、厚约0.1米，2001年在武乡南山出土，现存南山佛庙内。）

唐玄宗李隆基在位近四十年，唐代泱泱大国永垂中华青史，他的后半生虽在朝为帝，但与武乡南山却有着神秘的渊源。李隆基朝拜南山，谒拜茅棚、吟诗求佛许愿，到底写的什么诗，许的什么愿，我们不得而知，但从唐武乡县令李宁和诗的后两句“来日若邀群仙会，主人定赖佛图澄”可知，唐玄宗焚掉的诗中，必然涉及“群贤聚会”。所谓群贤聚会即群英聚会，群英聚会中李隆基作为发起人定是人中之龙，群首之主，龙即天子也，天子思帝位，当年佛图澄护佑石勒为帝，而今李隆基朝拜佛图澄，作为皇室骄子的他，难道就没有这点野心吗?

不过这仅仅是笔者的一种揣测。总之，武乡县的南山不算太高，但名气很大；千古茅棚不算太大，但佛图澄圣僧却扬名四海，既辅佐了石世龙，又保佑了大唐天子唐玄宗。（李志明）

离相寺

离相寺位于武乡县城东 35 千米的韩北镇北上合村德峰山中。德峰山由 5 座山峰组成，由于“其山出岫五峰，间藏四壑，左顾右盼，山色峥嵘；前瞻后倚，水光接映，景趋幽微，地之灵胜”，历史上曾称其为“五峰山”，五峰山上的寺庙叫“五峰寺”。据传，五峰寺初创于东汉时，系佛教传入我国后创建的第一批寺庙之一，故当地民间有“先有离相寺，后有武乡县”的传说。东晋时，天竺高僧佛图澄从洛阳入太行山，在武乡南山道场弘法，曾云游到此设坛讲经，戒度沙弥，新修殿宇，妆金佛像，传播功德，故将五峰山改名德峰山，五峰寺改称“德峰寺”。再后来，高僧法显从印度取经返回，晚年落叶归根，入德峰寺，并于北魏太武帝始光年间（424 — 428）在寺中枯木堂坐化圆寂，留下包骨法相舍利真身。当时官府因“法显高僧已离幽谷，圆寂西去”，将德峰寺易名为“离谷寺”。直至南宋端宗景炎三年（1278），即元至元十五年，寺院住持雄辩大师将“离谷寺”改名为“离相寺”，此后历经元、明、清、民国直至现在，“离相寺”之名再未更改。1980 年，离相寺被列为县级重点文物保护单位，1999 年 8 月经批准，成为佛教合法道场。

离相寺因历史上曾有佛图澄、法显两位高僧的入住弘法，特别是高僧法显在此坐化圆寂而驰名海内外。这里殿阁奇伟，山峦俊秀，风景幽深，堪为“林苑栖心之所”。更有那名闻遐迩的离相钟吸引远近香客前来朝拜，千百年来络绎不绝，香火鼎盛。夏季来临，林木茂盛，溪水清幽，更是人们消夏避暑的胜地。然而，这座享誉海内外的千年古刹，在近代战争中也曾遭受到严重破坏，那口铸造于北宋政和八年（1118）、重逾千斤的“离相钟”，就毁在抗日战争年代。

好在太平盛世来临，国运昌盛，沉睡多年的德峰幽谷，又被新时代的春风唤醒。离相寺恢复为合法道场后，北京广化寺僧人、国家佛协秘书长怡

学和尚偕同妙文法师，聘请我县著名古建专家黄晋如师傅，捐巨资鸠工庀材在此修复扩建了念佛堂、天王殿以及钟鼓楼，并发善心铸造了一口硕大精美的铜钟，使久违的“离相钟”重又在千年古刹离相寺上空响起，呼唤着人们良知的复苏，呼唤着真、善、美的回归…… （李驰骋）

附录：“离相钟”的传说

平遥的城，上党的门，
武乡离相寺的老大钟。
离相寺的大钟响一声，
整整三天三夜不落音。

——武乡民谣

武乡县离相寺的“离相钟”，历史悠久，洪大奇特，自古就赫赫有名。

千百年来，一直随着这首久传不衰的民谣而著称于世，为古老的武乡带来了安乐祥和的福音。

据乾隆版《武乡县志》载：“离相钟，在县东离相寺，高六尺余，周十二尺，厚约二寸，重不可测，响声洪大，闻数十里。”

这里所说的“离相钟”是指原高悬于离相寺山门西南钟楼上的那口大铁钟。

20世纪70年代末，当地的几位知情老人回忆说：“‘离相钟’，相传为法显大师铸造，高1丈3尺，厚6寸；钟的外部遍饰镌刻，腹部环以云水纹饰；朝那钟下的豁口望去，宛如一垛倒立的城墙。当年，就在这钟内，‘四个人摸牌四个人看，卖烧饼老汉还围着转’。其形体之宏伟，造型之优美，都是出人意料。它的规模远远超过旧志所载……”

然而“离相钟”这一文化瑰宝，我们老祖先留下的这份优秀的历史文化遗产，却没有完好地保存下来。

那是在抗战期间，当地的乡民们，毅然将这口硕大的“离相钟”推下深谷，砸个粉碎，然后人挑车拉，倒入那铸造地雷、手榴弹的熔炉……为抗击日寇作出了新的贡献。

据说，这在离相寺的历史上已经是消失的第三口“离相钟”了。相传，早在十六国时期的后赵，离相寺还有两口大钟，一口是石勒皇帝铸造的金钟，一口是佛图澄大和尚铸造的铜钟。

话说到了元朝延祐年间，离相寺的住持雄辩大师要外出云游，临行时，叫来专管撞钟的小和尚吩咐道：“老衲今出远门，一月之内，你只管使用铁钟，万万不可随意去撞那金钟和铜钟……”

雄辩大师出离相寺上路了。这撞钟的小和尚，对大师的吩咐疑惑不解，每天只是扳着个指头计算时日。一天……两天……二十天……二十五天……小和尚等得实在有点不耐烦了，心想：我硬是撞它一撞，看它竟会怎样！于是，他操起钟锤，朝着那金钟“咚咚咚”连撞三下……

说时迟，那时快，钟声未落，只见那口金钟光芒四射，腾空而起，然后渐渐消失在那茫茫的云雾之中……

在外云游的雄辩大师，这时正走在卢沟桥上，一听“嗡嗡”的钟声从头顶掠过，便知离相寺出了问题。他急忙抬头望去，那口金钟已徐徐落进了桥东的那座寺院。

却说离相寺撞钟的小和尚，见金钟腾空而去，正急得捶胸顿足时，那口铜钟也破楼而飞出。他什么也顾不得了，飞身跳下钟楼，照着那刚刚飞出的铜钟追去，追呀追，一直追到德峰山的北上合村时，总算是追上了。小和尚抡起钟锤，照直朝那徐徐腾飞的铜钟击去……

这钟，确是被小和尚给击中了，也随着一声“轰隆隆”的巨响落地了。但是，当滚滚烟尘散尽之后，这口铜钟却消失得无影无踪了。

后来，把落钟的这块地叫作“落钟坪”。据当地的老人讲，他们在这里犁地时，每每能听到“铮铮铮”的金属声，但当掘地三尺看时，却连个小铜钱儿也没有。神奇的金钟、铜钟，从此便在离相寺的历史上消失了。留下的，

只有我们先头讲的那口铁钟，及流传至今的那句“小和尚撞钟——得不的一声”歇后语了。（王照骞）

大云寺

大云寺，位于武乡县城西25千米处的故城镇。故城，四周名山点缀，山远地阔，一马平川。东临烂柯山，西眺九龙山，前观南华山，后望馍馍山。有名山龙王堂、龙珠寺、刘泉山、白马山、卧龙山等相连环绕，大都为佛教圣地。很久以前，这里是一片浩瀚的沙滩，相传为沙陀国（亦称甲氏国）所在地。

公元3世纪，相传赵国李晋王和皇上不合，被贬出宫廷。李晋王一怒之下，率侯爷若干，从军抗争，带领千军万马奔赴沙陀国，屯兵于此，安营扎寨（今东寨底、西寨底、南寨和大寨就是当年屯兵寨堡。东良侯、北良侯便是当初李晋王身边的侯爷的驻扎地）。李晋王为了保住王位，白天亲自出马，带领几位侯爷翻山越岭，风餐露宿，考察周围的地理环境，夜晚还不时进行军事整编训练。这样，日复一日，年复一年，他觉得此地四面环山，好一个天然屏障，于是盖下九檩朝王殿（大概就是今天大云寺正殿的雏形），并筑起两层城墙，分内城墙和外城墙。每日击鼓喊杀，操练兵马。朝廷获悉李晋王屯集兵马，声势之大，直逼朝廷，便调李晋王回朝参政。这样，辗转多年，侯爷们仍四处化缘，建寺立庙。不久，王爷住处建起了城隍庙。外院附立送子观音庙，东边建有护卫神关圣帝君庙和道教玉贞观，南边有真武菩萨小庙，南寨底有河神大庙，东边有龙王庙，东寨底有南海观音菩萨庙。到西晋怀帝年间，我国历史上十大高僧之一的佛图澄从武乡南山向涅地西行考察，途经祁村、涌泉，到达故城，发现此处寺院金碧辉煌，颇为壮观，远看如同朵朵云团，于是易名为大云寺。

到了唐代，袁天罡与唐太宗李世民从太原南下考察，来到皋狼之地故城，见这里四面环山，东有烂柯山，西北有蓬莱山，是块物华天宝的好地方，怕出反王。袁天罡建议在蓬莱山、烂柯山、九龙山、白马山相继建庙，把反王

大云寺正殿

阵线破了，这样就形成了大云寺周边的寺庙大格局。

规模宏大的大云寺，后经历代修葺，于北宋治平元年（1064）正式建成，主体建筑呈单檐悬山式，正殿面宽5间（三清殿），进深6椽；东殿5间（十八罗汉），南殿5间（观音菩萨），西殿5间（阎罗），正殿两侧各有耳房两间，建筑面积约2000平方米。院内原有两棵大松树（现无存），东南角紧靠街门有钟鼓楼，门外有20多层台阶的大戏台，其他庙宇前均建有大小不等的戏台。从古到今，每年三月与七月故城大云寺庙会，本县、外县、外省商贾云集，形成了盛大的物资交流大会，促进了当地经济的繁荣和发展。

2002年大云寺被列为全国重点文物保护单位，并被修葺一新。

（刘建新）

真如寺

真如寺，位于武乡县城东50千米的韩北乡土河村。这里山势较为开阔，真如寺依山而建，为山村增添了无穷色彩。

现存真如寺，有正殿5间，南殿3间，另外有护法伽蓝殿、钟鼓楼等建筑。其主体建筑正殿面阔5间，进深5椽，为悬山顶造；南殿面阔3间，进深6椽，为单檐歇山顶造，整个寺院呈现浓郁的古典风味，蕴含典雅的佛教风情。

真如寺始创年代远不可考。据碑文记载，至北宋真宗大中祥符年间（1008—1016）始有真如寺之名。元代至元三年（1266），经重修扩建，初步形成现在格局。此后，曾于明代弘治十年（1497）、清康熙十三年（1674）、乾隆三年（1738）进行过多次重修，但基本格局未变。

真如寺的规模虽不甚宏伟，但其在历史上影响较为深远。最为典型的有每年四月的传统庙会和腊月初八的雪山庙会。每逢庙会，周围数十里老少云集，男女纷杂，各类杂耍，技艺纷呈；商贾会聚，百物交流；文武社火，热闹非凡。特别是每年腊月初八的雪山庙会，远近寺庙和尚僧众抬着把水洒在松枝上冻结而成的雪花松枝前来进香，形成真如寺的独特风俗。直至今天，这里仍然流传着“千层树、八角井，三街六寺九观音，三十二亩柳塘池，八十二亩聚羊桥”等的神话传说。

此外，真如寺在历史上曾收集了大量的名人碑刻，据武乡旧志载，其中较为有名的碑刻有兵部侍郎魏云中所撰的《大明创建敕封海渎王碑记》，贡士任斗南撰附的《县尹李公德政之碑》等。

由于真如寺具有较高的文化品位和文物价值，1980年8月1日，被列为山西省重点文物保护单位。（李驰骋）

永宁寺

永宁寺位于岸北村西北，始建于金大定元年（1161），至今已有850多年的历史。

永宁寺

乱村院整体迁移改称按壁村不久，不知从何处来了一位云游高僧，他说他是受高僧佛图澄的梦托来此处寻找道场的。如果按壁村能依佛祖之意建立一个寺院，传播佛教，弘扬佛法，这个村就会永久太平、永远安宁。村民们一听此话都感到高兴，所以一致同意。于是这位高僧就在按壁村落脚，并四处化缘，募集善款，用了整整3年时间建起一座寺院。为永保按壁村之安宁，便将这座寺院的名称定为“永宁寺”，意思是永享安宁、太平。

永宁寺建成后，僧人云集，香火旺盛，善男善女络绎不绝，广结善缘。村里年年风调雨顺，村民安居乐业。正如寺碑上住持僧所作诗云：

祖道兴隆求远祥，庆祥弘法吾真常。
纪清智海传宗眼，湛净心源续慧章。
了本布玄同至理，方明微妙胜贤良。
修行善满仁慈广，普济恒沙成定香。

寒来暑往，斗转星移，很快到了明嘉靖年间。按壁村同邻村因地界问题发生争端，形成斗殴打架，双方争执不下，对簿公堂。经县太爷三次断案，最终以河为界，将河南岸断给邻村，将河北岸断给按壁。为防日后再起争端，还在河的两岸埋下界石，界石上标明以石为界不准翻案。从此，按壁村逐渐演变为今天的岸北村（河的北岸）。

我们平常见的石龟不少，比如在大户人家的墓地里或大庙上，常常会看到有老龟驮碑。但在岸北村却有一个驮水的石龟，就是龟背上有个水坑，这个水坑可放一担水，而且久旱不干，久存不污。这种驮水龟在武乡境内也实属少有，而且这个驮水龟有它不平凡的来历与不平凡的功能。

驮水龟

据传说，这个驮水龟是岸北永宁寺第二任住持慧明法师发明的。驮水龟有两个神奇的功能，一是用来观测时间，二是用来观测天气变化。驮水龟原来安放在永宁寺的西北角处。当太阳从东方升起，阳光照射在龟背上时，就会有一个亮点，这个亮点又会反射在寺院正殿屋檐下一个标有时辰的图表中。随着太阳的升降起落，亮点也会出现移动变化，老住持一看图表上的亮点，就会知道一天的准确时辰。驮水龟还会预测刮风下雨的气象变化，如天要刮风时，龟背上的水就会出现细小的波纹；天要下雨时，龟身上就会出现潮湿的阴影；天下大雨时，龟的口中还会偶尔滴出小水珠儿。老住持根据驮水龟的各种变化，将时辰、天气变化告给村民，村民就会合理安排自己的农田活计及外出活动。

但在“文化大革命”中，造反派认为这是封建迷信，将驮水龟抬出永宁寺准备捣毁。可是有个“愣头青”刚刚举起榔头，胳膊就疼得要命，其他人见状都未敢下手，所以驮水龟才保存下来。但驮水龟现在不在永宁寺，而是被放在岸北村东边的老戏楼墙根。夏天，男人们在它身上磨镰磨刀，女人们用它盛水洗菜、洗衣。驮水龟的特异功能从此消失，只是在那里静静地卧着，一动不动。还有些老年人说：“它虽然身子还在，但灵魂早已到了西天的极乐世界。”

（武承周）

慈恩寺

慈恩寺位于武乡县监漳镇麻池沟村东南面。相传，这个寺院建于东汉光武帝刘秀年间（25—57），至今已有近2000年的历史。实属我县最早的寺院之一。

慈恩寺的住持王贵，法号性本。性本在出家前，曾是家里的独生子。为什么独生子不在家孝敬父母、传宗接代，反而出家当了和尚呢？民间传说是这样的：

性本父亲叫王忠实，是个文盲，但开荒种地却是一个好把式。他成天辛勤劳动，生活又很节俭，家业打闹得比较殷实。王忠实眼看快五十了还没有个儿子，为了不断王氏香火，便又娶了两房小妾，但仍不见生育，他不甘心，继续再娶，直到第九房，总算苍天开了眼，他喜得贵子。但好景不长，王忠实因患不治之症，医治无效撒手人寰，丢下一大家子人。9个夫人团结一心，同尽母亲责任，把这个独生子养大成人，取名王贵。但不幸的是灾难降临，9个母亲在短期内都身患重疾相继去世。王贵痛心疾首，用全家积蓄修建了一座寺院，取名慈恩寺，以报慈母生养之恩。慈恩寺建在“九母顶”（埋葬9位母亲的地方），建成后，王贵也出家做了和尚，并当了寺院住持，终生守护着9位母亲。

时隔200余年之后，慈恩寺第七任住持性净大师接待了王延秋一家来访，才有了云峰寨的创建。云峰寨早已毁坏，只有砖头、瓦片与两座石碑，碑中记载云峰寨兴建于西晋年间（约321年正月），因此，在当地民间有“先有慈恩寺，后有云峰寨”的传说。（王效清）

洪济院

洪济院，位于武乡县城西30千米的故城镇东良村。此院坐北朝南，主建筑正殿面阔5间，进深6椽，单檐悬山顶造，雄踞于1.5米高的石基之上，飞檐斗拱，明柱彩椽，雕梁画栋，气势宏伟。南殿面阔3间，进深6椽，悬山式造，门上有“永沐甘霖”匾额一块。东、西两厢各有廊房 7 间，整个院落结构严谨，完整统一。

1958 年据山西省文物工作委员会专家鉴定，此院系金代年间（1115—1234）建筑。另据南殿墙匾上刻有“岁大清光绪三十年九月阖社重修”字样，可以断定，该院曾于 1904 年有过一次重修。至于重修的规模，难以推测。该院至今保存得比较完好，可以肯定，是当地历代人民，对该院的保护倾注了大量的心血。

洪济院北魏千佛塔

洪济院除古建筑具有很高的文化价值外，古代壁画也具有很高的艺术价值。其壁画主要分布在正殿和南殿。正殿中有壁画 58 幅，南殿中有壁画 34 幅，壁画内容为“船子和尚”“立坛祈雨”“妙语桂花”“寻师问道”等佛教故事。经观察测量，壁画中共有人像、群像 92 幅，总面积达 120 平方米。壁画落款为“中华民国三年（1914），岁次甲寅三月上旬”。但那次画像已是第三次了。这些壁画人物形象生动，栩栩如生，线条工整细腻，层次分明，有很强的立体感，系武乡县的壁画珍品。

1980 年 8 月 1 日，东良洪济院被公布为山西省重点文物保护单位。2002 年，升级为国家重点文物保护单位。（李驰骋）

北良侯石刻造像

北良侯北齐（550—577）石刻造像，位于武乡城西35千米处的故城镇北良侯村，系佛教创始人释迦牟尼巨型石刻立体像。佛像身高3.9米，腰围2米，手长0.4米，呈站立姿，坐北朝南，立于0.5米高的石刻莲花座上。石像刻线清晰，衣褶平行，披巾由背经两肩向前，细腰束带，形体瘦削。雕线棱角分明，多用平直刀法，概括洗练，与唐代的繁缛之风明显有别，在个体石像中极为罕见，为我国古代文化之珍品。

据历史记载，我省在南北朝时期，为魏、齐的政治、军事和文化中心，当时佛教在我国已趋于鼎盛。北良侯佛像的出现，说明我县在北朝时期佛教十分盛行，同时也反映了我县劳动人民在石刻艺术方面的伟大成就。

由于北良侯大佛石刻造像具有极高的艺术价值，1965年5月24日，被山西省人民政府公布为我省第一批重点文物保护单位。

该石佛像虽经千余年未遭损毁，但却于前几年险遭不测。一伙文物盗贼得知其罕有的艺术价值，在一个月黑星稀的夜里，用锯子将石佛头部锯下，准备盗运出境，被当地群众发觉后，仓皇逃遁，石佛头像有幸得以保全。

（李驰骋）

附录：石佛像刻成年代再次考证

据专家考证，此石佛像刻成于550—577年，应当是可信的。但笔者查阅了有关史料，550年正好是北齐文宣帝高洋代魏建齐的天保元年，中间经历了废帝高殷、孝昭帝高演、武成帝高湛、后主高纬，到幼主高恒承光元年，又正好是北周代齐的577年。这就是说，550—577年是北齐立国的整个时代，说石像在此期间刻成似嫌时间跨度太长而模糊不清。根据有关史料，经过研究分析，笔者认为石像刻成时间应是北齐天保十年（559）至皇建二年（561）的可能性更大。这是因为，一定的文化艺术是同当时当地一定的政治信仰、经济基础和社会环境紧密相连的。天保十年文宣帝高洋驾崩，高殷按照遗诏在晋阳（今太原市）登基，是为废帝。史书称“高殷祖父高欢、父亲高洋都是完全鲜卑化的汉人，但是常常轻视汉人，侮谩儒经佛教”“高殷却大相径庭，是一个儒化很深、信佛向善的少年皇帝。”据此推测，在高洋统治时期是不会提倡佛教的。皇建元年（560）高演称帝后，“修己勤政，偃兵息武”“大刀阔斧，整顿政治秩序”“大面积屯田，粮荒问题终于得到解决”。所以，“到高演执政的时候，双方实力发生了变化，北齐反而比北周强盛”。“但高演认为现在国内急需的是稳定、建设，而不是去拓地夺民”。这样，就使北齐出现了一个短暂的和平安定、人民安居乐业时期。此后，武成帝高湛于皇建二年（561）继承皇位后，由于“危机四伏，内讧不断”，北周乘虚而入，战乱频仍，“北齐许多农民背井离乡，土地荒芜”，后主高纬是东躲西逃的亡国之君，8岁的幼主高恒只当了7天皇帝。由此可以推测，佛像刻成时间很可能是北齐时期的559—561年。希望得到专家、学者的进一步考证和指教。（李驰骋）

蟠龙石佛口

石佛口位于蟠龙镇。从蟠龙镇开车沿南沁路东行，十几分钟就可到达。

石佛口地处3条河的交汇处，它的正面是柳沟河，背面是东沟河，左手是蟠洪河。

石佛口的山崖上，原来竖着一尊石雕大佛像。它身高3丈6尺，威严端庄。追溯石佛的来历，在当地民间有着这样一段神奇的传说。

很早以前，蟠洪河与东沟河、柳沟河经常闹矛盾，它们互相争斗，互不容忍，一发大水，互相争道，谁也不肯退让一步，都想抢先通过，投奔大海。所以在石佛口处3条河汇集一处，各不相让，洪峰高涨，越涨越高，大浪滔天，百姓遭殃。河神没有办法，地方官吏更是无计可施。

有一年盛夏，玉皇大帝正好带着一班大臣去往东土蓬莱，路经太行山武乡东部上空，忽见脚下洪浪滔天，百姓携儿带女，纷纷逃离家乡。玉帝速派手下到凡间一访，才知道是龙王失职，让水妖作怪，横行乡里。

石佛庙

于是他立马调头返回天庭，派人叫来龙王问责，龙王立即下令，“三河”才各自退下，洪水逐渐平息下来。

但玉皇大帝仍不放心，他将此事奏请西天如来佛祖，让他老人家做主，永保东土人民一方安宁。如来派观音菩萨前往视察后，观音菩萨口中念念有词，请来一尊大佛，让它安坐在石佛口的石壁上，监视柳沟、蟠洪、东沟 3 条河，让它们平安过道，莫再逞凶。

从此，石佛大像稳如泰山，武东人民安然无恙。但后来，因为日久天长，石佛大像遭受风雨剥蚀，加上南沁公路不断拓宽，炸山取石，石佛大像逐渐被毁，如今只留下石佛口这个地名了。（武承周）

第二节　道　观

监漳会仙观

道教系我华夏本土的宗教，从创教以来，一直在我中华大地上盛行，宫观遍布全国。

会仙观作为国家重点文物保护单位，前不久，由国家出巨资，进行了彻底的维修保护，但也只局限于作为古代建筑工艺的瑰宝，即文物本体的角度来加以保护而已，尚未能使其在文化层面的研究以及社会效应和经济建设等方面产生作用。这不能不说是一件令人遗憾的事。然而，尽管如此，会仙观能被列入中国十大宫观之一，也足以令人振奋异常。

中国十大道教宫观分别是：一、北京白云观；二、武汉长春观；三、苏州玄妙观；四、浙江金华观；五、广州五仙观；六、开封延庆观；七、龙虎山正一观；八、襄阳真武观；九、武乡会仙观；十、武陟嘉应观。

会仙观全貌

武乡会仙观位于山西省长治市武乡县城东 25 千米的监漳村西。南宋道士贾志韬会仙于此，故得名。创建于南宋绍定二年（1229），明正德七年（1512）会仙观道士李洞仁协同道长任守明筹资重修，至明嘉靖七年（1528）竣工。

会仙观周围层峦叠嶂，林木苍翠，山清水秀，风景怡人。殿宇背山面水依山势而建，高低错落。中轴线上，南为倒座戏台三间。关帝殿居戏台之后，筑于高台之上，悬山顶。屋顶脊兽皆备，筒板布瓦装修，通间格扇菱花装饰，图案考究。玉皇殿位居关帝殿之后，台基高峙，踏道整齐。三清殿为观内的一座主殿，砂石砌筑台基，台明高峙，殿身宽阔五间六柱，前檐用大额枋，斗拱疏朗，用材硕大，梁架规整，结构紧俏，单檐九脊顶。屋坡深远，举折平缓，形制古朴，为宋金遗构。中后两院左右为阎王殿、奶奶殿、东西廊房等，共计 20 余间。殿宇雄伟壮观、富丽堂皇。观前数丈石岸托起，高峻雄伟，十分壮观。殿内四壁绘有人物山水壁画，技艺精湛。会仙观为省级重点文物保护单位（现已升级为国家重点文物保护单位）。

现在，会仙观的文化地位和社会地位均已明确，然而，其在文化建设、经济建设和社会建设方面的作用却尚未发挥。据说，上述十大道观中的九大道观均已开发、开放，为当地的各项建设起着无可取代的独特作用，只有会仙观却还“待字闺中”。所以，建议有关单位和部门，应该考虑会仙观的开发利用，让其尽快发挥道教文化的软实力作用。（李驰骋）

段村玉贞观

玉贞观，位于武乡县城正中，正处于县委、县政府两座大楼之间，新开辟的千佛塔公园北端。玉贞观始创年代不详。整座庙观由两组建筑组成：其正殿面阔 3 楹、进深 6 椽，单檐悬山顶造，正殿左、右各有配殿一间；前殿面阔 3 楹，进深 4 椽，左右为入观的门洞，门洞上方有钟鼓楼各一座。整个玉贞观雕梁画栋，红墙绿瓦，风格古雅。前殿殿门两侧，安放着雄健、威武的高大石狮一对，相传为明代兵部侍郎魏云中在一次衣锦还乡时，从京城运回欲作镇宅瑞兽。后因故留在当时的县城（今故县）城隍庙。抗战时，武乡县城被日军烧毁。1947 年，武乡县城迁到段村镇，玉贞观作了县政府主院，这对石狮也随之迁到段村，安放在玉贞观门前。

玉贞观左前方与闻名遐迩的千佛宝塔相互辉映；右前方与象征鼓帆远航和腾跃直上的银白色城雕互为表里；正前方与新建的县委、县政府仿古大门楼有机结合，浑然一体。加之新开辟的宝塔公园喷泉、花圃、彩灯、龙柱、绿树、草坪等美景衬托，形成了武乡县城特有的红、绿、古三色交汇融合的文化氛围。特别是从正面看玉贞观全景，使人会产生“凤凰双展翅”的遐思：左右县委、县政府两座大楼恰好形成两翼，玉贞观正好就是凤凰身子；前面新建的仿古门楼，恰恰就是凤凰那玲珑秀气的凤头。现在凤凰双翼齐展，振翅腾飞，不就正好象征着武乡的腾飞吗！

玉贞观殿内现在神像无存，已成为武乡县文物管理所的办公地点。这当然是物归其用，各得其所。

玉贞观

从规模看，玉贞观比之县境内的现存名胜古迹不甚宏伟，但由于其所处位置的独特性，已成为县城一处别具特色的文化景观。现在游人进入县城，可在此拍照留影。　　　　　　　　　　　　　　　　　　　（李驰骋）

附录：玉贞观前话石狮

每当人们从县城的宝塔街走过时，总要游览一下红墙绿瓦、雕梁画栋的玉贞观。然而，更多的人却被伫立在门前的那对雄健、威武的大石狮所吸引。

被誉为“百兽之王”的狮子，它的故乡原在非洲、印度、南美等地。据《后汉书》载，东汉章和元年，西域安息国的国王，向汉朝皇帝进贡了一批狮子，从此狮子才在中国大地上安家。特别是由于佛教的推崇，狮子也才在人们的心目中成为象征吉祥、勇敢的“灵兽”，随之，人们便用石头雕刻成各种狮子，放在坟茔以镇守陵墓，放在宫殿的大门两旁以显示君王的尊贵和威严，放在寺庙前以“降妖捉怪，驱魔辟邪”。

玉贞观前的这对石狮子，曾因形象逼真、工艺精巧而引来了不少专家学者的关注，一致认为这是我县现存石狮子中的杰作。你看它身披卷毛，昂首挺胸，四爪强劲，盛气凌人，显示着东方华夏不可一世的气概。这对石狮子左为雄，右为雌。雄狮左蹄下踏着一个小球，俗称“狮子滚绣球”，象征着王权，也象征着天下一统。雌狮的右蹄下则踏一小狮，俗称“大狮少狮”，象征着子嗣昌盛。

相传，我县魏家窑村在京做官的兵部侍郎魏云中，一次衣锦还乡时，用四套骡马的大箍轮车拉回一对石狮，想安放在他家那朱漆大门两侧，以壮威观，光耀门庭。但当他行至县城（今故县）的城隍庙前时，车突然停步不前了。任凭车夫甩开长鞭，将牲口抽打得声声嘶鸣，前蹄直竖，但车还是纹丝不动。有的马竟然卧倒在地，向主人示威抗争……魏侍郎见状，心有余悸，走上前向城隍爷深深作了一揖，说：“老人家，你既然想要，我就送给你吧。”于是，这对石狮就安放在了城隍庙的大门两旁。

1938 年春，日寇九路围攻晋东南，放火将县城烧为一片废墟，这对石狮子却因钢镌石雕而得以幸存。

中华人民共和国成立后，玉贞观作了县委、县政府的主院，这对石狮子便从旧县城被搬了上来，放在玉贞观的门前。之后，石狮又经历了“文革”的冲击。多亏当时的两位“臭老九”，在一个月黑风紧的夜晚，避开“红小将”们的严密监视,神不知鬼不觉地将这对石狮埋入脚下这块古老的热土……直到那“史无前例”的日子过后，这对石狮子才得以重见天日。但令人遗憾的是，原来那高高的石头狮座在战争年代却不翼而飞了。

据说，那精美的石座，四面刻有不同的图案——正面是瓶（谐平）、盘（盛器，谐升）和三支箭（谐音），以象征“平升三级”；左右是牡丹、松柏，象征“文采风流”；后面是八卦太极，象征“镇妖治邪”。这些雕刻内容，似涉“世俗观念”“封建迷信”之嫌，但就其艺术价值而论，确不失为价值连城的稀世珍品。（李驰骋）

第三节　神　庙

尧王庙

在武乡县石北乡石北村东北面有座大山叫尧王山，尧王山上有座庙叫尧王庙，在山脚下还有一座小庙叫灶王庙。一座山上为何有了上、下两座庙?有这样的一个民间传说。

我国史前传说中的帝王，自古以来有多种说法，现在较为一致的说法是：“三皇”，是指伏羲、神农、黄帝，“五帝”是黄帝、颛顼、帝喾、尧、舜。其中黄帝既是“三皇”之一，又是“五帝”之一。

尧的故乡在山西临汾的尧都区。有一天，尧帝带着手下几位大臣到民间巡查，一路东行来到武乡石北。他站在一座大山上向四周一看，只见青山绿水，霞光四射，一派大好风光。尧帝看到此景十分高兴，但正当他和大臣们兴致勃勃、赞赏山河美景时，忽然听到山脚下传来阵阵哭声。为了察看民间疾苦，他带着大臣急忙走到山下。

到了山根，只见一位50多岁的农妇在号啕痛哭。于是，尧帝走到她跟前很客气地问道："这位大嫂，你有什么伤心事，讲给我们听听好吗？"这位农妇听到有人问话，便立即抬起头来说："你们是什么人，哪里来的？我痛哭的是家事，自古道清官难断家务事，说出来你们也管不了。"这时尧帝手下一位大臣笑着说："大嫂，我们是专门来巡查民间疾苦的，只要你如实给我们讲出来，我们会帮助你解决的。"农妇看到眼前这些人，个个穿着官服，说话和气，不像普通人，于是她就一五一十把儿子、儿媳不孝顺，她经常挨骂，儿媳妇有时还动手打她的事讲了出来。说完，她情不自禁又失声痛哭起来。这时又一位大臣问她："大嫂，你儿子、儿媳这样胡作非为，你的丈夫就不管吗？"这一问，这位大嫂更伤心了，她哭着说："我命不好，我儿子不满3岁时，我丈夫突然患了重病，来不及抢救就一命归天了。丢下我们母子俩，我一个人又种地，又管家务，屎一把尿一把，好不容易把他拉扯长大。原来这个孩子还听话，但自从娶了媳妇，他就变了。他媳妇说啥是啥，对不对都听她的。有时还和媳妇合起来骂我。我就一个儿子，只好一忍再忍，实在憋得不行了，才到此处痛哭一场。这种情况在民间不是光我一家，所以说了你们也没有办法。请你们走吧，我已经习惯了。"

众大臣听了，都看着尧帝，等待尧帝做决断。尧帝这时笑着对农妇说："大嫂，你回去吧，这件事我们来处理，我们一定会让你满意。"说完，他带着大臣向东继续出发了。

尧帝没有忘记农妇的话，但他没有直接去管教那个不孝之子，而是回到天宫向玉帝进行了汇报，让玉帝委托灶王爷来处理这件事。

灶王爷也称灶家爷或灶神爷。灶家爷这尊神的地位并不高，旧社会农村老百姓几乎家家都供奉着他，但不在外边给他建庙，而是在自家厨房的墙上挖个小洞，里边放一尊小神像或贴一张印有灶家爷的壁画即可。放灶家爷的小洞两旁都贴着一副对联，上联是"上天言好事"，下联是"回宫降吉祥"。民间传说，灶家爷官位虽小，但他很负责任，而且非常老实，他的东家每天的表现，无论好事坏事，他都记得清清楚楚。每年腊月二十三，他就升到天宫向玉皇大帝禀报这一年的工作，把他亲眼所见、亲耳所闻的好事和坏事如实汇报给玉帝。因此，老百姓都一致认为，灶家爷最老实，他是“有啥说啥”。

玉帝听了尧帝的汇报，立即把这件事委托给农妇这家灶家爷，让他想办法教育农妇的儿子和儿媳，并将结果汇报给玉帝。

灶家爷很有本事，他想了一个绝妙的办法，既不伤东家儿子和媳妇的感情，也不伤儿子与母亲的感情，并使儿子和儿媳能很快改正错误，家庭变得和睦起来。

一天晚上，这家的儿子和儿媳刚刚上床睡下，正谈论第二天如何教训老母亲，忽然听见灶家爷说话了：“玉帝老爷，我家这对夫妻，太不像话了，他们经常谩骂老母亲，特别是这个儿媳妇，不仅骂，还动手打。你老人家告诉我，应该怎么处置这两个不孝的东西？”接着，灶家爷又学着玉帝的口吻说：“民间大事，以孝为先，媳妇不孝，过在儿子。传我的玉旨，给他俩3天时间，让他俩改恶从善，如果3天之内仍不悔改，我马上通知十殿阎王，让他速派索命小鬼，将这两个人打入十八层地狱，而且让他俩上刀山、下油锅……”灶家爷讲完这段话后，又用自己的口吻大声说了一句话：“请玉帝放心，小神记住了。”

灶家爷与玉皇大帝这段对话，不孝夫妇都听得真真切切。两个人吓得浑身打战，满头冒汗，谁也不敢吭一声。过了一阵还是丈夫先开口了：“老婆，这可怎么办呀？”媳妇用手擦了擦自己头上的汗水，说：“这还能怎的，要想活命，咱们下决心改过吧！从明天开始，你早早起来上地劳动，别睡懒觉。我早早起床做饭，收拾家务，做好饭，咱们第一碗让母亲先吃，再别让她老人家为咱们操持家务，让她老人家好好享福……”丈夫听了妻子这番话，高兴地说：“我们一定要说到做到，谁也不能说空话。”说完，俩人立马穿好衣服，点亮灯，在灶家爷像前，又烧香又磕头，给灶家爷表了态，立下誓，一定要痛改前非，孝敬老母亲……

第二天，这对夫妇果真这样办了，男人早起下了地，媳妇早起生火做饭，收拾家务。老母亲像往常一样，一早起来准备到厨房生火做饭，但一进门，儿媳妇就笑着说：“母亲，过去我俩不孝，让你老人家伤透了心。从今天开始，我们要改恶从善了，您老人家什么活儿也不用做了，就等着享清福吧。”老母亲听说此话，心里很是高兴。她马上说：“好媳妇，知错改了就好，以后咱婆媳俩互敬互爱，从今天开始，以前的过错咱们来个一笔勾销。”

“家和万事兴，子孝好事成”。第二年，媳妇生了个胖小子，儿子变得更勤快，庄稼收成好于上年，儿媳对婆母孝敬万分，奶奶抱着孙子浑身是劲。后来孙子长大成人，还当了一个七品知县。奶奶临终前给孙子把她父母亲受到尧帝和灶家爷教育之事都给他讲了。孙子为了感谢尧帝和灶家爷，便用自己的俸禄在尧王山上和山下分别修了一座“尧王庙”和“灶王庙”。

（武承周）

监漳应感庙

五龙山应感庙，位于武乡县城东 25 千米处的监漳村西，与会仙观隔河相望。五龙山脉自西而来，至此处由南向北派生三垄，状如凤凰双翼，故武乡县历代旧县志均有称此山为“三垄山”者。应感庙正建于凤凰头部，坐南朝北，气势宏伟。其主建筑南面大殿，依山筑基，建于 1 米多高石基之上，面阔 5 间，进深 6 椽，单檐悬山式。殿面飞檐斗拱，龙头象鼻均置于高达 3 米、粗过水桶的 6 根六角形石柱之上，风格古雅，建造独特。大殿东西为廊房，门窗均为精雕细刻的木棂攒就，门窗前面，系用 2.5 米多高的六角形石柱撑起屋顶，形成廊檐。大殿对面，庙院正北为戏台，该戏台建于 3 座高大的拱形山门之上，明柱彩椽，结构严谨，高雅俊逸，与大殿正对。戏台两侧为钟鼓二楼，戏台背面有两眼圆窗，隔涧相望，恰似一对眼睛。窗下便是入庙的山

应感庙碑刻

门和庙前广场。

纵观整个应感庙，一面靠山，三面临数丈深沟。临沟三面，均以巨石镶砌抬升，将整座庙宇凌空托起，使应感庙愈显得气势非凡。

据碑记载，此庙建于北宋政和八年（1118）。现在庙内大殿中尚有巨型石碑一块。从文字内容看，该碑为建庙时“奉敕”为被宋帝封为“广泽侯”的龙王所立的“广泽侯碑”。此碑历经近千年，至今保存完好，系武乡县极具价值的罕见古碑，也是武乡县众多名碑之中的精品石碑之一。

应感庙周围古迹遍布：其庙后有“凤凰台”，香客游人至此，每每登临，有乘风飘飞的愉悦感受；庙前涧中有深不可测的“石牛泓”。过涧水对面北山坡上，原有名闻遐迩的“大立石”。涧水道中有神奇的“小立石”。庙西凤凰翅下是整块巨石形成的危崖，危崖上有一条大裂缝从山顶直通山脚，这便是传说中的“山口”。“山口”再往西是“二龙池”，等等。这些古迹在当地均有神奇动人、脍炙人口的神话传说。其中“石牛泓”和“大立石”在历代县志中均有专门记载。

五龙山应感庙虽有极高的文化价值，但因年久失修面临塌毁的危险。现在东西廊房早已倒塌；大殿顶部除前面斗拱尚摇摇欲坠外，已差不多全部坍塌；4 根巨大横梁，已有一根委顿在地；其戏台虽然尚在，但顶部破损严重，已不禁风雨；大殿和山门墙壁开裂，随时面临倒塌。上述情况已引起有关部门的关注，将这座具有非凡文化价值的古庙列入“武乡县旅游产业发展总体规划”。县委原书记阎建书、县政府原县长吴凌在为这个总体规划写的序言中说：“武乡历史文物五彩斑斓，境内现存有北良侯北齐石刻造像，建于宋代的五龙山应感庙……”广大群众热切希望有识之士来此投资开发，修复古庙，传承文明，福荫后世，让千年古庙重放异彩。目前，此庙已修复完好，修旧如旧，风貌再现人间，成为国家级重点文物保护单位。（李驰骋）

下合娲皇圣母庙

下合娲皇圣母庙

娲皇圣母庙位于武乡县城东35千米处的韩北乡下合村西，供奉中华民族母系氏族社会始祖女娲娘娘。此庙坐北朝南，向阳而建，南低北高，三进院落逐院抬升。沿中轴线由北至南，北院正殿为该庙的主建筑娲皇圣母殿，院东有东配院，院西有西配院，并有东、西厢房。出北院下十三级台阶至中院，中院东为钟楼，西为鼓楼，并有东西厢房；出中院经牌楼下二十三级台阶至下院，东为碑亭，西为西方圣殿；最后经香亭出山门，过万善桥便是戏场、戏楼。

据民国版《武乡县志》载：娲皇圣母庙在县东下合村，大明崇祯三年（1630）由兵部侍郎魏云中创建。庙院凡三重，阶级以次而隆，最上为神殿，两翼有廓庑并钟、鼓二楼，中有牌坊以通上下往来，下院有逼水台，皆巨石砌成，乐楼在庙南，中隔河渠以万善桥通之，上有香亭三间，庙貌巍峨，松柏交翠，牌楼高耸，很是壮观。邑孝廉魏守经有碑记。

再查举人魏守经《娲皇圣母庙重修碑记》。文曰：邑东下合村之西沟有娲皇圣母庙一座，始创于崇祯初，入我朝乾隆间增修二次，迄今又数十年，将就颓敝，村人复醵金重修之……本年之孟冬岁事，越岁丁未将勒石为记……

根据以上文字记载可以看出，娲皇圣母庙于明崇祯三年（1630）由时任兵部侍郎的邑人魏云中出资主持创建；至清康熙、乾隆年间曾增修两次。再至道光乙巳年（1845）由村人再次醵金主持重修。另据有关文字记载，该庙于民国四年曾进行过再次维修。虽经历次维修，均保持了初创时的基本布局和风格。

娲皇圣母庙创建至今，历经 300 余年，曾多次遭遇战乱兵祸，但均未受到大的损坏，至今保存较为完整。这里离八路军总部旧址王家峪只有 2.5 千米，八路军野战总政治部就曾驻扎在这里。所以朱德、彭德怀、左权、杨尚昆、罗瑞卿、傅钟、陆定一等领导人曾多次在此召开政工、军事、组织、宣传、民运、锄奸、敌工、反战会议。由此可见，这里不仅是武乡县古代建筑的一处杰作，而且是太行山重要的革命纪念地之一。

1999 年 11 月 2 日，娲皇圣母庙被列为长治市重点文物保护单位。

（李驰骋）

石门合扇庙

合扇庙位于武乡县蟠龙镇石门村。庙内供奉着两尊神像，一尊是合扇爷爷，一尊是合扇奶奶。

合扇庙遗址

合扇爷爷即伏羲。伏羲姓风，因出生时天刮大风。合扇奶奶即女娲。这两尊神原是亲兄妹，他们的母亲是华胥。后来却变成夫妻，生儿育女，成为繁衍中华民族的始祖。这究竟是什么原因呢？故事还得从远古时代说起。

盘古未出世之前，天地上下不分，混沌不清。盘古出世降生人间，一口清气将天地吹开，从此开天辟地，天上有了太阳、月亮、星星，地上有了植物、动物、山川、河流。白天黑夜，日夜分明，一年四季春夏秋冬。万事万物逐渐衍生，整个宇宙充满了生机。

历经亿万年之后，宇宙突变，突然有一天山地崩裂，岩浆喷发，大海呼啸，山洪暴涨，人间突遭劫难。待到风平浪静之后，山川变成平地，大海却变成高山，整个地球凡有生命的东西都在这场劫难中丧生。

有一天，支撑着天穹的4根大柱子突然折断，半边天空坍塌下来。坍塌后的苍天像一个无底深洞，不见半点光明。就在这时，人间奇迹又出现了。伏羲和女娲兄妹两人，忽然从太行山上走了出来。看到天空坍塌下来，他俩奋不顾身，拼命补救。伏羲使出浑身之力，施法把4根擎天柱子又支撑起来；女娲从东海采来彩石，又用烈火锤炼化成彩液，将天空的豁口逐渐修补完好。天空又变得蔚蓝起来。

因苍穹巨变，人类毁灭，整个地球上只剩下他们兄妹二人。所以结为夫妻、繁衍人类成了他俩心中的夙愿，但碍于是兄妹却难以启齿。过了好长一段时间，长兄伏羲终于将自己的心愿向妹妹女娲吐露出来。女娲因也有此愿，所以马上答应了。但她提出了一个建议，她说："哥哥，你我心愿一致，都是为了拯救人类，但我们不能违背天意。我有一计，就是从山下找一对石磨扇子，然后各自拿一扇从山顶同时抛下，如果磨扇下去之后，能天衣无缝合在一起，说明上天同意我俩结为夫妻；如果合不到一起，说明天意不从。"伏羲听了马上回答说："这个主意很好，我完全同意。"

于是他俩在山下很快找到一对石磨扇子，并用力扛到山顶，然后伏羲喊了一声口令，兄妹二人同时将扇子滚下山去。到了山根，石磨扇子不偏不倚，天衣无缝地合在一起。兄妹两人互相看了一眼，心领神会地笑了。

从此，兄妹两人结为夫妻，生儿育女，繁衍子孙。人们为了感谢伏羲和女娲的贡献，特地修盖了一座"合扇庙"，并把他俩作为神灵供养起来。此庙只有武乡独有，可能与女娲补天发生在上党有关，同时也说明了武乡历史久远，文化底蕴深厚。　　　　（武承周）

黄堂凹

黄堂凹，位于武乡县城东50千米处的洪水镇南部山区，为武乡山水名胜之地。

黄堂凹又名中阳山，震龙中出，虎势环抱，藏风聚气，嘉木青松挺拔，芳草野花遍地，环境幽僻恬静，令人心驰神往。古人有诗赞曰："山林绕胜地，此处更无伦。树古巢鸟鹊，池空跃紫鳞。峰环三面立，花逐四时新。称此幽栖意，高歌学隐伦。”

相传，清嘉庆年间（1796—1820）芝麻堉村霍氏兄弟赴黎城性空山修行学道，后奉性空山道长李老祖（太原人）之命，回黄堂凹，在水花崖开道修行，至今已有200多年，黄堂凹道场已相传六世。他们的传道宗旨是：行善积德，与人为善，劝人为善。几代宗师都认为儒、释、道三教一理，均为劝善行好，所以很难把黄堂凹简单地归结为佛教或是道教。

据碑载，开山祖师芝麻堉霍氏有窑院一处，二世祖襄垣楸根底张氏继位后，未置买房产，维持原貌。三世祖东沟王氏于清末光绪年间置买霍姓、佟姓山地及窑院一所，四世祖东沟王氏、五世祖鸦堙村董氏相继承接后屡次修建，共建有房院4处，山地几十亩。1994年2月五世祖董林书坐化后，住持由窑湾人王忠田继任。王忠田生于1966年，1980年入山修行，跟随董林书大师潜心修学14年。他积德行善，广结善缘，后因经济形势好转，开始大兴土木，兴建大型楼院两处，共建房屋百余间。

一处楼院山门门楼坐北朝南，面阔7间，上盖门楼大殿5间，进深6椽，东、西钟鼓楼各一间，门楼正中悬挂篆额“中阳山”，古朴大气。一进院落，东、西配殿各5间，进深5椽。东配殿楼下为餐厅，东配殿后为厨房5间。院落正面修葺台阶22级，上平台后又起7级台阶上建“无影殿”，无影殿面阔5间，进深6椽，东西耳房各一间。整座建筑雕梁画栋、古色古香，颇有灵气、仙气。

一处楼院山门坐东南朝西北，斗拱飞檐，雕梁画栋，3间开面，内书“中舟慈航”“洞天福地”“古迹灵坛”3幅横幅大字，灵秀隽永、气魄威严。此处为二进院落，一进正面为神台，院角有两棵高大挺拔、灵异奇秀的苍松。东北一间小房内悬挂着开山祖师霍氏牌位，供信士、游人跪拜祭祀。紧挨着二进院落上书“黄堂凹”，此院落为黄堂凹主院，东北向，正面为5间窑洞，历代宗师均居住于此院窑洞内。西南为5间厢房，左右廊房各3间，右廊房下连5间二层楼，上为廊房下为车库。山门左侧，上为廊房下为锅炉房，整个布局依山势而建，合理得体，雕梁画栋，斗拱飞檐，很是气魄。山门两侧汉白玉浮雕生动传神，内书各种警世名言，恰到好处，处处显示出佛家慈悲为怀与劝人为善的要义。如：“富贵定要安本分，贫穷不必枉思量”，“莫吃卯时酒，昏昏醉到酉”，“山中有直树，世上无直人”，“学习须用意，一字值千金”，“但将冷眼看螃蟹，看你横行到几时”……

据黄堂凹住持王忠田大师讲，两座院落，从设计到建设，从监工到监理，均为我县名匠人黄晋儒一人所为。黄师傅是武乡北社村人，今年60岁，自幼因家贫，初中毕业后就跟随他叔父学习木工、泥瓦工技艺。由于本人乐善好施，且自学精神极强，黄堂凹大兴土木时，他夜间潜心设计图纸，白天带领工人制作模型、砌砖瓦，可以说黄堂凹百余间楼房的一砖一瓦、一木一料都凝结着他的心血。特别是设计两座山门的斗拱飞檐，光图纸就足足有三四十斤重，这对于我们这些门外汉来说简直不可思议。一个土木匠能设计修建出这样高超的仿古建筑，实在难能可贵。想不到武乡民间藏龙卧虎，有如此高超的能人技师，实在值得写进史册，流传后世。

沿中阳山北小道由山口向东进山，一路有道士真身洞穴。最顶端沟底为五世祖董林书真身洞穴，董氏道号普光，生于民国九年（1920）二月二十五日子时，卒于1994年二月初一午时，享年74岁。生前被人称颂为“活神”，积善行好，配方治病，一生勤俭，亲自养牛耕种土地。童贞学道入山修行，中年（41岁）掌教。“十年动乱”，佛道遭劫，身陷囹圄，道心不移，重返故里，继往开来，平反后潜心修学，带徒传道，为后来的黄堂凹发展奠定了良好的基础。

依次而下，为二世祖张大师的真身洞穴。张大师为襄垣楸根底村人，生于清嘉庆十四年（1809）十二月初五癸时，卒于清光绪五年（1879）十二月十五日，享年70岁。和张大师紧挨着的是武乡蟠龙镇韩显麟的真身洞穴。韩氏生于清道光二十三年（1843）八月初六日，卒于民国六年（1917）十月初八日酉时，享年74岁。韩师父受东沟王老师之业，乐善敬人，道德流畅。

第三处真身洞穴供奉3人。主洞穴为三世祖王大师，王师父生于清道光三十年（1850）四月十七日，东沟村人，卒于民国十九年（1930）六月初九日申时，享年80岁。另外两人分别为孙师父、王师父。孙师父是白和村人，生于清道光二十八年（1848）正月二十二日，卒于清宣统二年（1910）正月初六丑时，享年62岁。王师父是皮堙村（今尚元村）人，生于清光绪二十七年（1901）七月十七日，卒于1967年八月初六，享年66岁。

第四处真身洞穴供奉二人，一为霍昌卯，芝麻塴村人，生于清光绪九年（1883）二月十八日，卒于民国二十九年（1940）十月初一，享年57岁；一为南坪村人曹师父，生于清光绪二十五年（1899）十二月初二日，卒于1962年12月未时，享年63岁。

第五处真身洞穴供奉3人，主洞穴为黄堂凹四世祖王大师，东沟村人，生于清光绪六年（1880）正月二十五日，卒于1960年7月14日。从王大师开始，给人开方看病，他努力学习药理药性，利用当地百草，为百姓驱除疾病，治病救人，享年80岁。另外二人分别为李师父和佟师父。李师父生于清同治元年（1862）十二月十二日亥时，卒于民国十三年（1924）五月二十二日午时，享年62岁。佟师父，讳佟海珍，柳沟村人，生于清道光二十六年（1846）二月初五日，卒于清光绪二十八年（1902）四月初五日，享年56岁。

从山口至沟底，清幽恬静，鸟语花香，草木茂盛。沟中小坪，庄稼溢边溢堰，一片自耕自种田园风光。真个是道场清幽地，行善积德处。

现将本县文人暴贵银新作《黄堂凹感录》一诗附录于后，以记其事。

附录：黄堂凹感录

武乡县黄堂凹，是我国宗教界集儒、释、道“三教合一”的重要道场之一，受国家宗教政策保护。近日游之颇有感受，作得一首。

群峰簇拥一峰巅，慈龙善虎严蕊围。

瓦舍隐隐依山建，草疏松寂不闻喧。
看病解难勿花钱，草根木叶除大疾。
不见经传藏奥妙，鸟鸣深处罗仙苑。

（赵兰舟）

先轸庙

护国显济王庙，当地老百姓称“先轸庙”。位于武乡县监漳镇北社村南沁公路的东面，古时这里叫“卧龙山”。庙内供奉着一尊大神，旁边竖着一块石碑，记载着这位大神的功德。这位大神的名字叫姬先轸，别名原轸，封号护国显济王。生活年代约在公元前680年至公元前627年，家乡在辽县（今山西左权县）西南黄崖山。被称为中国兵法的祖师爷，春秋时期最杰出的军事战略家和军事指挥家。他先后辅助了晋国两代国君——晋文公和晋襄公。最后壮烈地战死于箕地（一说在武乡砖壁附近箕山，一说在榆社和武乡交界之处的箕地）。

先轸庙

公元前627年春，秦晋崤山之战爆发，结果在姬先轸指挥下，秦军大败，3万将士死伤殆尽。秦穆公东进中原的美梦破灭，不久气疾而亡。

先轸的战略战术与凡人不同，他打得精彩，活得精彩，最后死得也精彩！崤山之战后称霸春秋的晋文公已死，新任国君晋襄公，是个仁义之君，加之年龄不大，又爱听后妈文嬴的话，不但没有把崤山被俘的3位秦军将帅孟视明、西乞术、白乙丙处以死刑，反而放回秦国。

姬先轸听到这个消息简直气疯了，他不顾君臣的面子与礼节，当着文武大臣的面把晋襄公大骂一顿。这样还觉得不过瘾，又当着大臣的面，用力将一口浓痰唾在襄公的眼前！

姬先轸面对大臣公开侮辱襄公后，襄公并没有责备他，直到事情过去了4个月，先轸仍想不开，最终酿成了自己的人生悲剧。

这一年的8月，白狄人趁晋文公刚去世便攻打晋国。晋国当然不会示弱，马上出征迎战，在箕山脚下拉开一场恶战。

战前的某一天，先轸对心腹部下说："我是一个普通人，却在君主面前无法无天，君主宽宏大量，没有惩罚我，难道我不该自己惩罚自己吗？"于是他又亲自出征，到了阵前，脱下甲胄（军装）率先冲入敌阵，结果一个大国的三军司令让小国的兵士轻易地用箭射杀。但他死后身体不倒，仍稳稳地站立着，眼睛瞪得很大，吓得狄军不打自退。

狄军头目非常敬重忠勇双全的先轸，便将他的头颅和一份遗书送回晋军军营。晋襄公见先轸面色红润，就如未死一般，而那份遗书中赫然写道："匹夫逞志于君而无讨，敢不自讨乎？"这时才恍然醒悟，懊悔不已。之后襄公封先轸为护国显济王，又以最高级形式（三命）提升时任下军司令的先轸之子先且居为中军司令，算是给先轸忠勇的补偿。

先轸忠勇双全、壮烈牺牲的精神很快传遍三晋大地。当时武乡人民闻之也深表敬仰，所以在县境内的北社、灵水坪、涌泉等3地都建起了"护国显济王"庙，塑起先轸神像，让百姓祭拜，让先轸的忠勇双全精神永留人间。

（胡栓柱）

大有泰山庙

大有泰山庙位于武乡县大有乡大有村的东南面。坐东朝西，罗圈山势，依山傍水，风景秀丽。背靠马鞍山，脚蹬老爷阁，白虎青龙扶，目视文昌塔，是佛教、道教的最佳吉壤。

据史书记载，泰山庙全称泰山圣母庙。始建于北宋仁宗天圣元年（1023）至今已有近千年的历史。历代有重修碑记。现在的泰山庙是2005年重建的。据老年人回忆，最初的泰山庙共有3座大殿，前殿、中殿、后殿，分别是三佛殿、大雄殿、天王殿，建有东西禅院。依山就势而建，分三进，108个台阶。加上东、西禅院，廊房及其他附属设施建筑，共计80余间。泰山庙原为道家道场，后来佛教和道教逐步融合，而且佛教逐渐占据上风。有崞县（今原平市）等寺僧移居我县韩北宝峰寺，后又移居横岭寺，至十九辈元孙洪济到大有重修泰山庙。现住持信奉释迦牟尼，属于佛教徒，法号悟明。但大殿内仍然供奉着泰山圣母的塑像。

关于泰山圣母庙的起源，不仅有碑文记载，在民间还有一个美丽而神奇的传说。

玉皇大帝有5个儿子，即东岳泰山大帝、西岳华山大帝、南岳衡山大帝、北岳恒山大帝、中岳嵩山大帝。为了安稳天下河山，玉帝将自己的5个儿子分别派遣到凡间，东、南、西、北、中5个核心地方，让他们分管人间山河，并给予封号。五岳大帝手下又分别设了虞候及山神、土地及管理地方国土小山的小吏。

有一天，泰山大帝带着文武大臣和自己的皇子皇孙、仆人一道外出巡视，浏览风光。当行至太行山西麓之时，忽然脚下祥云泛起，赤光四射，百花盛开，一派人间仙境。这时大帝的三女儿（人称三公主）走到大帝面前请求说：“父皇，女儿想下凡间看看，此地为何祥光普照。少许即来。”泰山大帝十分喜爱这位小公主，便笑着说：“可以，但必须快去快回，以免耽误我们的行程。”

大有泰山庙

三公主下凡之后，看见此处松柏成林，山环水绕，鸟语花香，非常吉祥。又见不少青年男女，欢声笑语，采花寻柳。面对此情此景，三公主不由动了凡心，想落脚人间，救苦救难，同凡人一样过幸福自由的美好生活。但又想到父皇严厉，宫廷法纪严明，不敢久留，便腾云驾雾而去。

不知怎么，三公主自从下过凡后，想念凡间的心思却与日俱增。虽然在宫廷，无忧无虑，富贵荣华，但她总是想着人间苦难，为普度众生，多次想请求父皇让自己下凡，但找不到一个合适的理由，所以一直不敢开口。

公主常思人间苦难，被苍天感动，机会终于来了。有一天，泰山大帝临朝议论大事，负责太行山的总领董虞侯，向大帝汇报说："臣近观天象，巡视太行，发现太行山西麓就是我们上次看到赤光四射、百花盛开的那处吉祥之地。这里的百姓身患怪疾，痛苦难忍，而且盗贼趁火打劫，地方官吏无能，百姓叫苦连天，呼天叫地，山神、土地也无计可施，臣想派一位能神下凡坐镇，帮助老臣与土地、山神平息疾患与盗贼，让百姓安居乐业，四海升平，叩请大帝恩准。"泰山大帝听了觉得说得有理，便转身问总领董虞侯："你看派谁下凡担此大任？"董虞侯听了这一发问，顿时心中没有了主意，只是

“啊”了几声，没有说出个人选来。接着泰山大帝又问了几位大臣，他们都是“啊”“啊”几声，没有定论。泰山大帝看到此景，心中十分不快，只好摆了摆手说：“既然大家一时没有主意，就都退朝吧。”

泰山大帝回到宫中，面带愁容闷闷不乐。三公主看到了，便大胆问道：“父皇今天下朝回来，唉声叹气，面带愁容，有什么不顺心的事，能给女儿讲讲吗？”

泰山大帝便将董虞侯奏章及大臣的表现都给她讲了。三公主一听便有了主意，她大胆向泰山大帝说：“父皇，你不必为此发愁，如果没有合适人选，便派女儿下凡吧。请你相信女儿的德才，一定会把人间这桩烦事处理好，确保一方百姓平安。”

泰山大帝听了三公主一席发自肺腑的话，很是感动。但他转念一想，说：“我的好女儿，你的心情父皇明白。人间虽然美好，但疾病常有发生，刁民盗贼，贪官污吏，常治常有。你一个女孩子家，怎能同这些人打交道？”三公主听了之后，马上跪下表态说：“女儿能出此言，自然胸有成竹，请父皇不要犹豫不决，赶快下旨吧！”

泰山大帝看到三公主意志坚定，又做出承诺，所以传旨，择定了四月十八这个良辰吉日，将三公主派往太行山西麓的山西省武乡县大有村东山顶落脚下凡。为了纪念此事，泰山大帝亲自将此山也改称泰山，将三公主神庙定为“泰山圣母庙”。庙会以三公主下凡的吉日，即每年四月十八日为庙会节。这段民间传说，便成为大有泰山庙的来历。

1937年7月7日，卢沟桥一声炮响，日本帝国主义发动了全面侵华战争。东北沦陷！华北危急！中华民族处在了最危险的时刻。一场人间空前大劫难，将降临我中华大地。大有泰山庙这座千年古刹，在伟大的抗日战争中也作出卓越的贡献，铸就新的辉煌！

1937年7月8日，中共中央发出了《中国共产党为日本进攻卢沟桥通电》，号召全国军民团结起来，筑成民族统一战线的坚固长城，抵抗日寇侵略。紧接着中共武乡县临时工作委员会成立。王玉堂任临时工委书记，韩鸿宾任组织委员，高沐鸿任宣传委员。王玉堂还兼任武乡抗日自卫队大队长。

1937 年 10 月中旬，魏名扬、杜昕（杜野坪）受中共武乡县委指示，开始筹建“武乡青年抗日游击队”。10 月 25 日，魏名扬、杜昕（杜野坪）、李衍授、王克强（女）、武铭（女）、李安唐、史玉麟、王占熬、裴清河、赵寿彭、赵振旅等 11 名青年在大有泰山庙正式成立了“武乡青年抗日游击队”。并任命魏名扬为队长，杜昕为政治主任，李衍授为副队长，李安唐任政治辅导员，王克强任军事教官，她是太原抗日训练班女兵连走出来的女中豪杰。游击队成立不久就发展到 500 余人，到年底编入薄一波领导和组建的山西青年抗日决死大队。

1938 年 1 月 1 日，魏名扬根据县委指示，在大有泰山庙组建了第二支游击队。这支游击队很快发展到 300 余人。游击队队长仍然是魏名扬，所以称“名扬游击队”。第二支游击队共分 4 个大队，名扬手下的“四大金刚”担任大队长。第一大队队长赵振旅（峪口村人），第二大队队长裴清河（大有村人），第三大队队长王中秀（前沟村人），第四大队队长李德盘（原东沟乡大西沟村人），游击队组建后不久，4 月日军在晋东南地区发动了“九路围攻”。在中共晋冀豫省委军事部部长杨树根亲自带领下，名扬游击队很快被编入八路军先遣支队，并参加了武乡里庄滩的大战。

1938 年 3 月中旬，八路军 115 师 344 旅在旅长徐海东与政委黄克诚带领下到达武乡大有村，并在泰山圣母庙召开了整军会议，对 687 团进行了军事整顿。这次整顿主要是针对“张兰事件”进行的。那么“张兰事件”是一个什么性质的事件？原来是 687 团在昔阳县东冶头村驻扎时，团长张绍东受该团参谋长兰国清的诱惑与鼓动，与当地一家大财主的女儿发生了奸情，“东窗”事发后，张、兰二人又策动叛变投降了国民党。他们只在本团内部带走了 10 多人，大多数士兵没有跟随他们，所以没有给这个英雄的团队造成大的损失。

旅长徐海东得知此事后，拍案大怒，他大声疾呼：“张、兰两个狗东西应该枪毙！”紧接着下令撤离昔阳，连夜奔赴武乡县大有村，在泰山庙大雄宝殿里召开了连以上干部会议，并进行了为期 7 天的大整顿。整顿期间，八路军副总司令员彭德怀亲自到泰山庙坐镇指挥。其余战士在大有村和贾豁村进行休整。

通过大整顿，张绍东与兰国清被宣布开除党籍与军籍。687 团团长由田守尧接任，政委由吴信泉接任。

田守尧（1915—1943），安徽省六安县（今六安市）人。1931 年参加红军，1932 年加入中国共产党。1937 年上太行山任 115 师 344 旅 687 团副团长。9 月 25 日参加“平型关大战”。1938 年 3 月任徐海东 344 旅 687 团团长。同年 4 月参加武乡“里庄滩大战”。1940 年 7 月，任八路军第 2 纵队新编 2 旅旅长。1943 年 3 月 16 日，在赴延安学习途中沿黄河北渡时与妻子陈洛莲在登岸时被大浪吞没。遗体埋在江苏省赣榆县（今连云港市赣榆区）抗日烈士陵园。

687 团在武乡休整差不多两个月时间，直到 4 月，才奔赴屯留、晋城、阳城前线。休整期间，团部就一直设在大有泰山圣母庙。

1939 年 11 月 26 日，八路军 129 师 386 旅在大有村与广大群众召开“军民联欢大会”。会后，连以上干部在泰山庙参加了军事战略部署会议。

1939 年 11 月，朱德总司令在大有泰山庙召开了周边村庄绅士参加的会议，进一步宣传贯彻党的抗日民族统一战线纲领与政策，动员所有爱国绅士有钱出钱，有粮出粮，全力以赴，支援抗战。出席本次会议的有裴玉澍、郝培兰、董尚儒、董鸿儒、张德旺、马兴伟、暴来庆、李久华等共计 30 余人。

1940—1942 年，八路军独立营营长钟明峰带领部队在大有、贾豁、广志一带开展迂回作战，营部曾长期驻扎在泰山圣母庙。

1940 年 10 月，太行第三军分区驻扎在大有村，军分区办公室设在泰山庙。1941 年秋天，八路军决死三纵队驻扎在大有村，纵队司令部驻扎在泰山圣母庙。其间，太行三分区司令员及三纵队队长郭国言、政委戎子和经常在泰山庙召开重要会议，进行军事整顿。

1942年2月19日黎明，日军纠集4000多名日伪军对太行第三军分区所在地大有村进行围剿，为了掩护群众转移，太行第三军分区司令员郭国言带领先遣部队在大有西岗头村桃树顶坐镇指挥。第三军分区政治部主任彭光率领部队埋伏在大有泰山庙与王庄沟马鞍山中间以阻击日军的增援部队。游击队长魏名扬带领枣烟村、王海峪村、大有村、横岭村、河绪沟村，及上、下却净村的民兵埋伏在江岭和石活村山背后负责抬伤员，运送后勤物资。本次战斗打得非常激烈。郭国言司令员越战越勇，他不顾炮火密集，冲出指挥所去阻击日军反扑，不幸被日军一发炮弹击中，光荣牺牲。

埋伏在泰山庙背后的彭光主任得知郭国言司令员中弹牺牲的消息后，为给郭司令员报仇，他奋不顾身，冲出战壕，带领部队一次又一次把敌人堵截在大有进横岭的河沟里。但就在胜利在望的冲杀之中，一颗无情的子弹飞来击中彭光的胸部，他摇晃了一下便倒了下去。这一幕正好被游击队长魏名扬看到，他立刻命令枣烟民兵武装主任武三林和他的贴身警卫张金鱼，将彭主任从火线上抬下去，并紧急送往贾豁三分区卫生院。彭光后因伤口化脓，转送到窑湾左会村八路军总部卫生院治疗，但终因伤口感染发炎，抢救无效，于当年5月不幸牺牲，年仅22岁。

1942年3月19日，129师在大有村专门召开了大有阻击战祝捷与追悼郭国言、范子侠两位司令的大会。刘伯承司令员讲话并致悼词，并提出为两位司令员建立公墓、立纪念碑，事后又登泰山庙，召开了连以上干部大会，总结作战经验，安排部署下次作战计划。

1942年3月22日，太行三专区党政军民各界数千人，在大有村隆重举行集会，追悼2月19日牺牲的第三军分区司令员郭国言、第六军分区司令员范子侠，以及在“反扫荡”战争中光荣牺牲的指战员、民兵和死难群众。会议由刘亚雄专员主持，第三军分区政委王一伦报告郭、范两位司令的生平事迹。边区政府财政厅厅长刘岱峰在会上宣讲了1942年贷款利息的减免政策。八路军总部代表芳炽、129师政治部副主任王震、晋冀豫区党委宣传部部长彭涛在会上讲了话。第三军分区武委会主任郭万甫作了反“扫荡”总结报告。武乡县1100名民兵和榆社县500名民兵，在本次大会上接受了检阅。襄垣、武乡、祁县等三县也派代表参加了本次会议。

在本次民兵检阅会上，武乡（东）县在全区受奖者中名列榜首，洪水、水泉、蟠龙、大有等12个村获集体一等奖，各奖步枪1支，手榴弹10枚。马堡、义安、杨桃湾等17个村获集体二等奖，各奖步枪一支。韩书珍、李福兴、李二孩、魏福全等8人获个人奖。

2005年，在纪念抗日战争胜利60周年之际，大有村党支部书记裴珍旺同志，鉴于泰山圣母庙在抗日战争中所作的特殊贡献，及对抗日英烈的缅怀和敬佩，他四处奔波，多方筹资，在泰山圣母庙的旧址处新盖了一座大殿，重塑了圣母娘娘金身，恢复了每年四月十八日的庙会，同时在泰山中段新建了一处“爱国主义教育基地”。在教育基地中新建了一个“抗日英雄纪念亭”，并为郭国言司令员、彭光主任等抗日烈士，竖立了纪念碑，为1942年“二一九”日军在大有村制造的大屠杀惨案竖立了纪念碑，让后人勿忘国耻，为国争光。

大有村“爱国主义教育基地”是武乡县首家农村“爱国主义教育基地”。每年清明节，附近学校的师生都集体前来这个基地敬献花篮、花圈，擦碑、打扫墓地卫生，接受爱国主义思想教育。2007年清明节，郭国言司令员的亲兄弟郭国胜带着他的儿子，不远万里，从湖北黄陂赶来向郭国言司令员敬献了花圈，将带来的家乡故土与家乡产的美酒，一同洒在郭司令员的碑前，并听了裴珍旺向他们讲述的郭司令在抗日战争中为国捐躯的壮举。郭司令的两位亲人听了，深受感动，并表示回去之后一定要把他的英雄事迹讲给家乡父老乡亲，而且表示，以后有机会一定还会再来。

大有泰山庙的古老传说神奇美妙，大有泰山庙在抗日战争中发挥的作用及作出的贡献让人感动和敬佩。不少游客来泰山庙参观之后都会留下深刻印象，他们都希望尽快恢复泰山古庙原貌，而且要征集各种文物、照片，请专人编写红色故事，丰富庙内展出内容，让爱国主义教育基地更好地发挥教育后人、鼓励后人、鞭策后人的教育示范作用。同时对整个泰山从山顶到山下，从南面到北面的绿化工作精心规划，合理布局，科学种植，精心修剪。南、北山头上的两座文峰塔也要有简介说明，让游客知道它的功能和作用。

（释悟明）

活则岭五道庙

活则岭是武乡县蟠龙镇蟠龙村西南山上的一个自然村，2005 年 8 月村民移居蟠龙村西南山下花坛小区。在原村旧址的不远处，有一座古老的五道庙，千百年来，香火旺盛。每逢初一、十五，人来人往，络绎不绝，还愿锦旗布满庙门院落，推陈挂新，鲜艳夺目。特别是在每年的农历五月二十五日“五道圣君”诞辰之日，更是张灯结彩，鞭炮连声，唱戏的、演电影的，说古书、唱道情的，热闹非凡，极为隆重。所以，蟠龙活则岭的五道庙历史久远，名扬四海。至今，一直吸引着众多的游人和香客。（安书珍）

活则岭五道庙

附录：活则岭五道古庙的传说

活则岭五道庙除五道将军的传说之外，还有两种古老传说。

一是有关自然风水之谜。这里流传着一句顺口溜：“武乡蟠龙活则岭，仙山古庙五道神；灵应九州扬天下，风水宝地倒骑龙。”此处是一处土石交杂的丘陵地带，风水师们认为，这里的山脉由东南向西北，似一条五里长的黄龙，龙尾始于韩北乡的陈家垴村，龙身经过五台六凹的土丘，似龙身的脊梁，波浪起伏，上下翻腾，伏卧于山花灌木丛中。两侧左为花沟，右为景沟，均有长流不息的泉水滋润着龙身。龙头伸展在蟠洪大河的水插温（松河背），摇头摆尾，似有腾云驾雾之势。龙项左右各有一个土脊，如同左右两凳，古人却把“五道庙”建于龙项之处，象征仙降龙耀，很有风水讲究，号称“倒骑龙”。

二是有关白尾狐的传说。古传蟠龙镇上有一对亲兄弟，祖传以狩猎为生，他们经常巡回于蟠龙九瓣莲花山和活则岭南山一带。一日，巧遇一只金身白尾狐狸，兄弟二人深感好奇，决心将此狐合围猎取。号称能百步穿杨、百发百中的两兄弟均开枪失手，那金狐一跳，回头咧嘴一笑，似小看二位枪法。兄弟二人恼羞成怒，花费好长时间捕杀，连续三次都以失败告终。最后一次，二人使出了浑身解数，才勉强使金狐中弹受伤，跑跳不利。二人想活捉此狐，紧盯追赶，金狐带伤窜入五道庙内，二人大喜，进庙及时把大门关闭，下手活捉白尾狐，结果寻遍庙内各个角落，却未见受伤狐狸的踪影。二人顿时觉得头晕目眩，身麻抽筋，疼痛难忍，似进入迷宫。所以，及时收兵下山回家，急忙请巫医施救。巫师掐指推算，才知那白尾狐狸原是千年修炼的狐仙。巫医要他兄弟二人快速上庙赎罪，否则会凶多吉少。兄弟二人忍着痛及时到活则岭“五道庙”烧香祷告，并一同发誓：“要痛改前非，金盆洗手，不再残害生灵，永不做狩猎之事。”顿时五道圣君显灵，二人才身轻解痛，恢复了健康，免于祸端。二人下山，随后改行做了厨师。从此，一传十、十传百，活则岭五道庙神奇、灵验的名声就越传越大，越传越远，进一步增添了五道庙浓厚的神话色彩。

枣烟村娲皇圣母庙

很早以前，在西枣烟沟曾经有一座规模不小的娲皇圣母庙，老百姓俗称奶奶庙。每年三月初一从子时开始，奶奶庙就会响起鞭炮声。周围十里八村的人们都抢着来这里烧头炉香。

来这里烧香的人，不仅有农村人，也有城里人；不仅有武乡人，还有外地人。人数最多时可达两三千人。

说起这个庙的来历，在当地民间还流传着一个美丽而神奇的传说。

清朝乾隆年间，这里的老百姓不知因何得罪了苍天，老天爷连续三年降了瘟疫。这种瘟疫非常厉害：大人染上，浑身无力，不能下地劳动；小孩染上，十个就有八个夭折。那时，几乎家家埋死孩子，户户传哭声，弄得老百姓人心惶惶，束手无策。

有一年三月初一，娲皇圣母娘娘与西天王母娘娘，还有南海观音菩萨和眼光娘娘，一道同往山东蓬莱参加“观潮盛宴”。路经此地，娲皇圣母忽然心血来潮，她拨开脚下祥云一看，见遍地都是哭声，于是，她向众仙说：“诸位大仙，你们先走一步，待我下凡察看一下，即刻就来。”

说完，她化作一位普通妇人来到人间。她落凡的地方正是枣烟村奶奶庙这个地方。娲皇圣母观察了一下四周，觉得这个地方虽然算不上人间仙境，但也十分清幽。一股长年不断的清泉在淙淙流淌，周围苍松翠柏，杨柳成荫，郁郁葱葱。她想在这里建座庙宇，度化众生，为民消灾，并为老百姓赠送子女，造福人间。想好这些，她画了一份图纸，揣在自己怀里，闭目打坐，但等人来。

不一会儿，从沟底上来了4位农妇，她们个个无精打采，哭丧着脸。圣母娘娘主动向她们打招呼：“四位大嫂，你们是从何处而来？到哪里去？为何一个个少气无力、满脸愁容？”4位农妇听到有人问话，见是一位眉清目秀、满脸和气，并与她们年龄不相上下的妇人，便争先恐后向她哭诉了瘟疫如何猖獗，百姓如何遭殃及她们失去子女的痛苦……

圣母娘娘听罢便说：“我有办法帮助你们解除瘟疫，并赠送你们子女。我这里有份图纸，望你们带回去给了你们村里的头主，让他照这份图纸在这个地方修建一座庙宇。你们每年三月初一到此庙进香，我可保你们一生平安，心想事成。”说完，她从怀里取出图纸交给一位农妇，化作一道清风而去。

4 位农妇觉得很奇怪，心想，莫非真的遇上神仙了。说来也怪，她们 4 人顿时觉得身上有了力气，而且心情也好了许多，所以三步并作两步走，很快回到村里。

回村后，她们立即找到村里的头主，并把圣母娘娘的话给他重复了一遍。当时枣烟村以武、王两大姓氏为主，武氏家族人口较多，势力也比较大，所以村里头主必是武氏家族的人。村头主叫武世宏，他把图纸打开一看，见是一张建筑图。武世宏虽然识几个字，但他不懂图纸。这时，他想到石桥沟村有个阴阳先生叫王字清，识字也懂图纸。于是，他连饭也没顾上吃，就到了石桥沟村。

王字清将图纸打开一看，是一张娲皇圣母庙的施工建筑图。接着，他把图纸设计要求与庙的作用给武世宏讲了一遍。武世宏听了高兴地说：“这下可好了，圣母娘娘普度众生，拯救我们老百姓出苦海，并赠送我们子女，让我们传宗接代。我们一定要照图纸要求，尽快把娲皇圣母庙修盖起来。”

第二天上午，武世宏与王字清带了罗盘到圣母娘娘指点的地方，进行了测量、定位。然后，武世宏让王字清把盖庙所需工料等费用，认真测算了一下。不算不知道，一算可把武世宏给吓坏了。按照图纸要求，修盖娲皇圣母庙总共得花两千多两银子。当时枣烟村加上石桥沟，总人数也不超过 300 口人。加之近几年来，瘟疫流行，家家请医看病，弄得不少人家连养家糊口都十分困难，到哪里去筹集这么多钱呢？再说，大小两个村也没有一个像样的木石匠人，修盖这样一座规模宏大的娲皇圣母庙，实在是心有余而力不足。

正当武世宏愁得没有办法时，本家族中一位长者给他出了一个主意，

枣烟村娲皇圣母庙

让他备上一桌上等酒席，再选上一个吉日良辰，带上村里一班人马，到圣母娘娘落脚之处，烧上三炷高香，然后向圣母娘娘祈祷，让圣母娘娘来帮忙。

神灵，神灵，心诚则灵。三月十五晚上，武世宏一班人给圣母娘娘烧香祈祷之后，真的感动了娲皇圣母。第二天晚上，人们睡熟之后圣母娘娘大显神威，她调动周围大小村庄的牲畜一齐出动，向枣烟村盖庙的地方运送砖、瓦、灰、石、沙及木材等材料，并给附近的木、石二匠托了梦，让他们主动到枣烟村参加修盖圣母娘娘庙的劳动。

第二天早上，人们发现了两件怪事。一是盖庙的地方，所有建筑材料堆积如山。二是周围所有村庄的大小牲口浑身都冒着汗。开始人们都觉得奇怪，后来才明白，这些牲口是前一天晚上运送材料给累得出了汗。又有不少木匠、石匠来枣烟村找到武世宏，要求义务参加修盖庙宇的劳动。为了把娲皇圣母庙尽快修盖好，武世宏专门成立了一个领导班子，而且自己主动担任了总负责人。任命王字清为总工程师并负责工程质量监督。还抽调了 3 位有头脑、肯吃苦的人，一位负责接待外地来的木、石二匠，为他们安排食宿；另一位负责组织调配当地民工参加建庙活动；最后一位负责统计施工所有费用开支及施工人员投工数量等。

当年三月十九动工修建，八月十九土建完工。紧接着由七八名油匠为圣母娘娘打造金身，为庙舍雕梁画栋、描金刷漆。十月二十九，塑像、油漆、装潢全部完工。第二年三月初一，庙会正式举办。五台山台怀寺住持妙空大师还来此地为“娲皇圣母庙”主持了开光剪彩仪式。

娲皇圣母庙占地一亩八分，整个庙宇依山而建，气势恢宏，对称工巧，飞檐斗拱，雕梁画栋，呈现着古代的建筑艺术特色。前后分两个大院，建有两个大殿，东、西两侧建有厢房、走廊。从山脚下进入庙院共有 81 个台阶，台阶全部用花岗岩砌成。

进入庙内，前院正殿是娲皇圣母像，像身高达 1.8 米。后院正殿是送子观音像，肩上左右两边各趴着一男一女两个顽童在嬉戏。同送子观音并排端坐的还有眼光娘娘。人物形象生动逼真，光彩照人。

后殿有连接东、西两侧的连体神台。在神台上放着数以百计的男、女顽童。他们神态各异，十分可爱。这些小娃娃有的是用泥捏的，有的是用布缝制的，最大的也超不过一厘米。这些小娃娃是专门为想要子女的人们准备的。传说，谁家想要子女，先在娲皇圣母及观音菩萨像前烧香祷告，然后从观音手上取下一块红布蒙住自己眼睛，走到神台前用手摸一个小娃娃，当时不准看，回家后才能看。这些小娃娃，男的是光头，女的画有两条小辫子。如果摸到孩子，愿望实现，连续三年三月初一都要来圣母庙烧香还愿。如果未能如愿，第二年三月初一就再来摸。

据说，枣烟村的圣母娘娘与送子观音十分灵验，有十个来求子女的，就有七八个能如愿。所以一传十、十传百，传来传去，越传越神，越传越灵，传得出了名。同时，枣烟村自从建了娲皇圣母庙不仅瘟疫消除，而且人丁兴旺，人才辈出，风调雨顺，老百姓过上了太平、富裕的日子。

有仙不在山高，神灵不在庙大。现在枣烟村的娲皇圣母庙，尽管从规模上来说不如从前，但灵气却仍然不减当年，香火旺盛，且名气愈来愈大。

（武红梅）

蟠龙奶奶凹

奶奶凹是武乡县蟠龙镇蟠龙村的一个小自然村。它位于蟠龙村南山上坐东向西的一个山凹中，全村 17 户人家，近 80 口人。该村由于山路崎岖，交通不便，人口越来越少，属于移民的范围。所以，在 2005 年 8 月，迁居于蟠龙村西南山下花滩一带，至此，奶奶凹旧址变成了一处退耕还林的山坳。此地虽移民 10 多年了，但至今仍能看到人们在山上山下来来往往，成群结队，络绎不绝的场景。有人问，奶奶凹为何有这么大的吸引力？其因有三。

其一，奶奶凹古庙生辉，圣名赫然。

奶奶凹虽小，但地貌非凡。此处，奇峰异景，林密丛深，苍松吐翠，花香鸟鸣；凹中有片黄沙丘，凹前有股清泉水；凹中建有奶奶庙，凹后靠有万花园。而奶奶庙坐落位置就更为神奇了，正如人们所传颂的："脚踩山峦黄沙岗，腰绕莲花泉水畅；身坐苍松灌林中，头顶山花烂漫芳。"所以，该地是一处山清水秀的风水宝地。据村上老年人传，奶奶庙曾经规模盛大，庙徒众多，庙中的女神奶奶家，主司结婚许愿、夫妻求子、逢凶化吉等等，能佑千家万户，可应四方百里，非常灵验。村上每年的阴历七月七庙会，周围百姓都来此地敬驾（驾，即十三层五颜六色的宝塔造型，是古代传下来祭拜神灵的一种道具，也是一种古老的手工艺品）焚烧，以表祭拜诚意，力求繁衍安康。据武乡旧志记载，清康熙至光绪年间，该处庙宇曾名为"天仙玉女祠"。民国年间，又改为"泰山圣母庙"。

这两个不同的说法，给后人留下了不解的谜团。原奶奶凹村民、85 岁高龄的安正中回忆说："该庙宇有上、中、下三串院。上院为主庙，中院、下院为次庙。主庙后还有一栋两层高的梳妆楼。其各院均有南北配庙及左、右廊房。主、次庙内均坐有不同形象的奶奶家神像，如主神像泰山圣母奶奶；

配神像即三仙圣母奶奶、送子奶奶、眼光奶奶、白日大寺奶奶，等等，共计20余尊。以上除三串庙院外，还建有戏台一座，共有大小建筑60余间。但此庙为何有两个名称，我就说不清了。”

通过调查、考证，现已揭开谜底。原来天仙玉女祠与泰山圣母庙是同属一个女主神。说明前后两种记载均属正确。至于该庙始建年代，由于战争原因，暂无实考依据。由于武乡旧志也有局限性，又因长期战乱，历史文献失散，明末清初之前的县志就没有传下来。只能从康熙年间记载的蟠龙南山天仙玉女祠庙的年代来推理解读，它属于明代的产物，至少有600余年的历史。该庙经考察测量，建筑面积近2000平方米。是武乡历史上记载的唯一被命名为天仙玉女祠的祠庙，也是武乡规模较大的庙宇建筑群之一，更是武乡境内古代宗教文化最活跃的传播场所。该庙由于被日本鬼子烧毁，再未重修。中华人民共和国成立后，村民在旧址上盖了一间简易的小庙，至今香火不断，仍吸引着众多的游人和香客。

其二，奶奶凹高校学子，四海不凡。

据考证，在民国年间，旧政府开展兴教办学事业，全县的各大型寺庙均被学校占据。蟠龙奶奶凹的泰山圣母庙也不例外。民国八年（1919）八月，武乡县第三高等小学校在该庙正式挂牌成立。据民国版《武乡新志》中第903页记载的“学校表”来看，即：“自光绪二十九年改书院为学校，其后逐渐扩充，迄今计得高等小学五、师范学校一、国民小学二百六十有四，惟经费支纳，诸多简陋，振兴而宏大之是在邑人之关心教育者。至学署书院等均关学校之沿革，以类相从，并著于表。”从“学校表”中还可看出，当时全县成立有五所高等小学校，即：第一高等小学校，地点在旧县城（今故县）；第二高等小学校，地点在段村弥陀寺；第三高等小学校，地点在蟠龙奶奶凹泰山圣母庙；第四高等小学校，地点在故城城隍庙；第五高、初两级学校，地点在旧县城（今故县）。

再从“学校表”中经费估依旧年之数填列的情况来看：第三高等小学校在蟠龙奶奶凹，经费：四百五十六元；学生数：八十名；成立年月：民国八年（1919）八月。相传，奶奶凹高小当时在武乡境内赫赫有名。在教学质量上，是全县五所高等小学校中的佼佼者。关于奶奶凹办学的实际情况，我们又走访了奶奶凹高小的唯一见证人、105岁的该高小学生王选能老师。他是武乡县目前退休的工作人员中，唯一的年纪过百岁的老寿星。尽管年岁大了，但现在仍然耳不聋，眼不花，还能看书读报。不用人扶，自己拄上拐棍，每天按时在院内锻炼身体。据他讲：奶奶凹是武乡县第三高等小学校的所在地，从民国八年成立，到1938年日本鬼子九路围攻，将学校烧毁后该校办学终止（1919—1938）。第三高小共办了十二个班，前三届为每年一个班，学生近60人。以后每届为每年两个班，学生近100人。一共办了六届，首任校长为李云，最后一任校长为李忠堂。学校有操场一个，设有学生演讲戏台一个；半山有莲花池泉水，学校周围花木茂盛，空气新鲜，是一处办学的好地方。此校历届学生的成绩在全县五所高校中是名列前茅的。

就是这么一个狭小的山凹学校，却为国家培养出大量的人才。在那国难当头、大浪淘沙的年代，据统计，该校毕业的大部分学生都选择了革命道路。他们纷纷远走他乡，四海为家，立志献身于革命事业，从而涌现出一大批坚定的共产主义战士。中国人民解放军第60军原副军长李士奇（1980年1月在南京病逝，终年70岁），砖壁人；北京市中国人民银行原副行长安清秀，蟠龙人（现年103岁）；中国戏剧家协会山西省分会原副主席张万一（1994年9月在太原病逝，终年77岁），蟠龙人；黑龙江省牡丹江市委原书记安玉书（2008年在牡丹江市病逝，终年85岁），韩家垴人；广西壮族自治区柳州市政府原副市长安文澜（2013年5月在柳州病逝，终年94岁），蟠龙人；山西省晋东南地区税务局、财政局原局长安国模（2004年1月在长治病逝，终年90岁），蟠龙人；中共中央原中南局驻武汉办事处主任郝本元（1957年去世），龙湍人；山西省原晋东南地区轻工业局党委书记、局长李纯仁（1994年3月在长治病逝，终年75岁），砖壁人；武乡县境内终身模范校长王选能（现年105岁），苗杜人；等等，举不胜举。奶奶凹高小名扬四海，多少年来仍有许多该校师生的后辈们，经常不断地前来该校旧址观光游览、瞻仰和追寻祖辈们曾经的风采和足迹。

其三，奶奶凹抗日英烈，千古传颂。

1937年“七七事变”，日本帝国主义疯狂发动了侵略战争。在中华民族生死存亡的关头，中国共产党人站在了抗日救国的最前线，由朱德总司令、彭德怀副总司令等老一辈革命家直接领导的八路军开赴华北战场，总部长期驻扎武乡，并建立了稳固的抗日根据地，对日军进行了沉重的打击。根据武乡县三晋文化研究会的“八路军文化研究系列”丛书的详细记载：“1943年6月14日，日军侵占了武乡（东）重镇蟠龙，在我太行腹地插了一把刀，妄图分割我根据地。蟠龙地区13个编村，按照县委事先发出的紧急通知，进行了空室清野，并指导蟠武线的广大群众适应野外生活，坚持生产，同舟共济，对转移出来的群众给了很大的帮助。”

奶奶凹抗日烈士纪念碑

为了打击敌人的嚣张气焰，太行军区集中优势兵力，发起了蟠（龙）武（乡）战役，抽调6个团的兵力来参加这次战役：769团攻蟠龙，总部特务团攻侯家垴，决9团攻白家庄，20团攻奶奶凹，14团攻胡峦岭，决7团向西打援，封锁县城日军。本次战役的目标是：“攻歼蟠龙周围以及蟠武公路沿线之日伪据点的敌人。”1943年7月19日进行了战斗，给敌人以极大的打击。之后，我太行区党政军各级领导，根据129师刘伯承、邓小平首长的指示精神，蟠武沿线的广大军民纷纷响应，立即组织劳武结合的围困蟠龙斗争。由于蟠龙镇当时是一无所有，所以日军的一切用具、粮食、弹药都得从县城运来，但这些线路早已被我军民切断。蟠武线变成了敌人的死亡线，蟠龙变成了敌人的一座坟墓。我武东军民两万多人投入了这场历时 8 个月零 14 天的围困斗争，共进行大小战斗 3275 次，歼敌 2100 多名。在我军政治攻势中，伪军逃跑，投诚者共 240 多名。在我广大军民的团团包围下，敌人被迫于 1944 年 2 月 28 日的五更天，趁夜色仓皇逃走。

1944 年 3 月 4 日，太行三分区在蟠龙镇召开了万人参加的庆功祝捷大会。4 月 3 日太行《新华日报》第一版，发表了题为《向蟠武线军民致敬》的社论，表彰了蟠武全线在血与火的斗争中坚持围困蟠龙敌人的广大军民。1945 年 4 月 5 日，武乡（东）县党政军民各界代表近万人在蟠龙镇举行公祭大会，祭奠蟠武战役、蟠龙围困战以及武东县在抗日战争中为国牺牲的烈士，并在奶奶凹黄沙岗（原奶奶凹高小操场旧址）竖立了死难烈士纪念碑，碑上镌刻着 335 名抗日烈士的英名。中华人民共和国成立后，这里成为一处爱国主义教育基地。之后每遇大型节日，上级会派专人到此进行纪念活动；每逢清明节，当地学校会组织少年儿童来此扫墓，敬献花篮。这里更是吸引着众多的游人到此瞻仰。2005 年，奶奶凹“死难烈士纪念碑”改为“武乡抗日英雄纪念碑”，修复后的抗日英雄纪念碑更加雄伟壮丽，似一座万世永亮的灯塔，照亮着后人，不忘初心，永远向前进。（安书珍）

三官庙

胡家庄村有个三官庙，三官庙住着三官爷。这里的三官爷分别是天官、地官和水官。他们三人都是昆仑山元始天尊的徒弟。天官是上元一品，专门负责给人间赐福；地官是中元二品，是为人赦罪的；水官是下元三品，是为人间解厄的。天官主生，地官主成，水官主化，三元正当三临官，故人间称三官。三官爷是神不是仙。有一天，三官爷因有事外出，途中忽然遇见有 3 条大蛇挡住了他们的去路。三官爷一时心慌意乱，急忙绕道而去，然而3条巨蛇又挡住了他们的路。无奈之下，他们只好苦苦向蛇仙祷告说："3位蛇仙，因我们今日有急事，你们行行好让我们过去。返回来，我们一定给你们重修洞府，让你们安居乐业，同我们一样享受人间香火。"3位蛇仙听了三官爷祷告之后，一齐抬头致谢，然后扬长而去。

三官爷办完公事返回庙府，他们没有失信，而是依照自己庙府的模样，在自己庙旁给3位蛇仙修建了一座富丽堂皇的洞府。3位蛇仙见三官爷言而有信，所以，它们便商议，一定要同三官爷和睦相处，共同回报社会，为人类的和谐幸福做点贡献。

有一天，来了一位进香者，当他跪下给三官爷磕头时，忽然发现，三官庙旁有一个大土洞，洞前放着一堆金黄色的药物。于是，他又转身朝洞口磕了3个头，并将药物取回，熬汤喝了，结果药到病除。蛇仙给人治病的消息很快一传十、十传百传开了。从此，周围十里八乡的人都来胡家庄三官庙求神拜药，而且香火一年比一年旺。（胡应祥）

涌泉文庙

武乡县曾经有两座文庙，一座在武乡旧县城（今故县），而另一座在县城（故县村）以西的龙泉村，即如今的涌泉村。涌泉文庙历史悠久，虽然庙上的碑文已失，但在唐代就有了涌泉文庙的传说。这不是凭空杜撰，而是根据武乡康熙旧志中有"龙泉故（古）城，文庙尚存"的记载。据有关史料可

涌泉村文庙

知，涌泉文庙原名“宣圣祠”，因汉平帝追谥孔子为“褒成宣尼公”，故以后封建统治者和儒家都尊称孔子为“宣圣”而得名，俗称“孔圣庙”，民间都称之为“文庙”。元大德六年（1302），涌泉文庙重建时由武乡县尹宋良弼亲自撰写了《宣圣庙重建记》的碑文。

涌泉“文庙”，坐落在村中心的文庙街北面，主殿三大间，建在有5层石阶的高台上，进深7椽，升斗磊叠，飞脊挑檐。殿内正中供奉孔子彩像，墙上绘有孔门七十二贤人，是文人墨客必拜之地。院内东西厢房各3间，南有卷棚3大间，中间是过厅通道，两侧分别竖立4块石碑。其左右两间为众神庙，内供有各路诸神之位。文庙的南卷棚临街相对，中间大门正好与街心的古戏台相应，形成完整的古庙格局。清光绪年间，由村人等捐资对文庙进行过一次大型修缮。他们不惜重金，聘请了义门村画工名匠任世全（乳名任丙炎），进行了重彩。主殿出檐的五十根椽头上彩绘着50只麻雀，就是出自任世全之手，成为庙中一绝。这50只小麻雀的姿态无一雷同，欲飞的、觅食的、沉睡的、高歌的……应有尽有，形象逼真，栩栩如生，达到了以假乱真的地步，常使一些馋猫瞪大眼睛想要捕食，也招一来些飞雀“寻亲”碰壁。还有一宝是“透灵碑”，碑身不大，全身黑中透亮，毫无瑕疵，碑文清晰，且书法艺术极高。这且不说，主要是轻轻一敲，便会发出清脆的金属声，而且不同的部位会发出不同的声音。村中不少爱好音乐的人，常会敲出各种美妙的曲子来，因此人们把它当作“镇庙”之宝。

1938年农历八月十二，日寇侵犯涌泉时，一把火将文庙主殿焚烧成灰，后来“透灵碑”也在战乱中被盗丢失，就这样，涌泉文庙及其中的“一绝一宝”也随之消失了。应村民要求，1948年由支书李兴旺、村长王春牛等村干部组织，将村西南残损严重的“兴国观”主殿拆迁，用其木料重建了文庙。在原址重建后的文庙，中华人民共和国成立后曾长期为村中学校，在“文革”后期全被拆毁，改建为村里人办公、活动的场所。2012年秋，在不少有识之士的倡议下，重新启动了涌泉文庙的复建工作，并相应重建了文昌塔。古老的涌泉文庙将以更新的姿态展现于世人面前。（武保秀）

第四节　宝　塔

千佛塔

近些年，凡是到过武乡县城的人，无不对其变化感到惊奇。尤其是耸立于县委、县政府大楼门前花园广场中心的那座千佛塔，更是吸引着众多到此一游的人。有人甚至会有这样的疑问：这塔是从哪儿冒出来的？过去我也来过武乡，怎么就没有见过？

段村千佛塔

其实，这座古塔在武乡县城已经有 300 多年的历史了。300 多年来，它就一直巍然屹立在武乡县城，在见证社会变迁的同时，它自身也经历了风雨岁月的洗礼。

在武乡，300 多年来，围绕着这座千佛塔，流传着许多神奇的传说。

阎和尚其人

武乡县城的这座千佛塔，为清代康熙年间阎和尚主持修建。阎和尚，武乡人称其阎师父，俗名阎福江，字洪润，广平府飞翔县（今河北省邯郸市肥乡区）烈马台村人。他在 32 岁出家，在五台山修炼，后外出云游，到武乡后，先住长庆庙，后移居净业庵。据说，他通天文，会医术，随手折枝摘花或抓一把草，就能给人治病，所以，深受周围乡民的尊敬与崇拜。为修建这座千佛塔，他从清康熙三十七年（1698）到康熙四十九年（1710），历时 12 年的辛劳，耗尽所有精力，才将此塔建成，为后人留下这一历史文物。

以塔为砣

武乡县城所在地原名段村。千佛塔原为段村镇东门外净业庵的组成部分。佛塔又称浮屠，在西汉时随着佛教传入中国，用来供奉佛经和安放佛骨舍利，是寺院的重要组成部分。然而，阎和尚修建这座千佛塔，却是另有说法。

在历史上，武乡县的东乡与西乡发展不平衡。东部不仅物产丰富，而且人才辈出；西部不仅贫瘠穷困，而且亦无人才。阎和尚在武乡住得久了，知道这个情况后，就认为这与武乡县的疆域地形有关。原来，武乡县疆域东西狭长，南北较窄，东西长 150 多千米，南北最窄地带仅 10 千米，全境状若一杆旧时的秤。东部有煤矿，有铁矿，如秤盘；西部丘陵起伏全是土，却没有秤砣。一头是秤盘，一头无秤砣，有秤无砣，这样，武乡东、西两头就不平衡，所以历史上才会发生许多有利于东部而不利于西部的现象。于是，阎和尚就决定在武乡西部建一座佛塔，作为秤上的秤砣，以此来解决武乡东、西部不平衡问题。据说，自从千佛塔建成后，武乡县东、西部不平衡的情况就比较少了。

天择塔址

武乡西部区域颇广，也有许多有名的村镇，如县城（今故县）、故城、涌泉等。可是，为什么阎和尚把千佛塔的塔址选在段村而没有选择在别的地方呢？

原来，阎和尚决定要修建一座佛塔后，一时也决定不了在什么地方修建。一天，他云游归来，在段村的净业庵落脚。当时正值隆冬季节，他早晨醒来外出，发现天降大雪，漫天皆白。他信步走出庵外，发现不远处一块方圆几丈的地方，竟然无雪，且紫气升腾，不禁感到奇怪，又顿时醒悟道："真乃天择塔址，助我成功矣！"于是，他就将此处圈定为千佛塔塔址。

佛助塔成

武乡县城的千佛塔共 13 层，高 31.5 米，塔体为锥形空心体砖石结构，八角攒尖顶；塔内每层之间有木楼梯相通，层层皆放置有形态各异的佛像；

8 面砖墙之上，皆有各种佛经故事浮雕。因塔内佛像众多，故称之为千佛塔。塔之外级以围檐作界，每级的 8 个挑角上均吊有风铃。每当清风拂过，铃声叮当，悦耳动听。塔的顶端是由金属、琉璃混合而成的插花朵叠皇冠形顶戴，高约两米。遇晴日，顶戴金光四射，耀人眼目，颇为壮观。

修建这么一座雄伟美丽的佛塔，要耗银上万，当时的县衙是拿不出这么多钱的。于是，阎和尚便每天外出化缘，筹集资金。段村及周围善男信女，也积极捐助砖瓦石块等建塔材料。但眼看时间一天天过去，从说要修建宝塔起，一晃 12 年过去了，仍不见阎和尚破土动工。有一天，有人就问阎和尚："阎师父，你说要修建宝塔，如今 12 年了，怎么仍不见动静？"阎和尚笑笑说："精诚所至，佛助塔成。"当天晚上，全县鸡不叫，狗不吠，马不嘶，牛不哞。众百姓无不感到奇怪。早上起来，发现一座雄伟壮丽的十三级宝塔已经巍然屹立在净业庵旁了。再看自家的鸡、狗、马、牛、羊，皆浑身冒汗，疲惫不堪。原来，昨天夜里，它们是去修建宝塔去了。

化身箍塔

阎和尚圆寂后不久，有一年地震，千佛塔第七层处出现一条裂缝。人们都十分担心，怕千佛塔有倒塌的危险，于是请了许多匠人来修，但他们无不摇头摆手，不敢承接。忽然有一天，段村街上来了一个云游僧人，沿街大声吆喝："修补大家伙来！修补大家伙来！"街上的人家有的拿出大锅来，有的端出大缸来，让他修补。这个僧人连看都不看一眼，就说："太小，太小。"不肯承揽。人们问他到底要修多大的家伙，他说："修山修河，修庙修塔。"人们觉得这个僧人也有点太狂妄了，就说："东门外的千佛塔第七层裂了条大缝，你有本事上去修吗？"那云游僧人抬头望了望千佛塔，说道："那就试试看吧！"人们都以为他是说笑话。谁知，就在当天晚上夜深人静时，只听见叮叮当当，响声不断，直到鸡叫三遍才停。第二天一早，人们发现一道铁条紧紧箍在了千佛塔的第七层裂缝处。于是，人们都说，那个云游僧人，就是当年的阎和尚。几百年过去了，至今人们还能看见那道铁条仍箍在千佛塔的第七层哩。

鞭打敌机

1937年“七七事变”后，日寇大举入侵。当年11月太原沦陷。1938年春节刚过，中央军的部队路过段村不久，日本鬼子的飞机就来了，在段村投下两颗炸弹进行轰炸。其中一颗落在村里，将武葆朴老人的房子炸坏，葆朴老人的头部被炸伤，血流满身。另外一颗投在千佛塔塔座旁边，却没有爆炸。日本鬼子的飞机在段村投弹轰炸后即向中央军行走的方向飞去，不知什么原因，却突然从天上掉了下来，落在了离段村不远的东黄崖，连人带机烧毁了。人们传说，日本鬼子投在千佛塔的那颗炸弹之所以没有爆炸，是因为被阎和尚给捻断了信子。阎和尚怕鬼子飞机再投弹伤害千佛塔，就登上塔顶，用一根牛皮鞭子，对准飞机挥鞭一甩，把鬼子飞机的机头给打掉了，所以它落了个机毁人亡倒栽葱的下场。

花开见佛

千佛塔底层外部，北面塔壁中间雕刻有“清康熙四十九年建”字样；第二层的南门砖刻横匾上雕刻有“花开见佛”4个字。这4个字究竟是什么含义，多少年来，人们一直不解。直到进入新世纪后，人们才明白了这4个字的含义。

近百年来，社会动荡，战乱不断。一直到1949年中华人民共和国成立，人民才过上了安定的生活。可是，国家面临治疗战争创伤，恢复国民经济的巨大压力，加之从各级政府到普通群众，文物保护意识极度缺乏，因而使得饱受战乱蹂躏的千佛塔，长期没有得到应有的重视与保护。它先是孤独地耸立在破砖乱草之中，随人里外进出，任人上下攀爬。塔上珍贵的佛雕损失殆尽，塔体也受到严重破坏。后来各种运动不断，你争我斗，“文革”中千佛塔没有被“红卫兵”毁掉，已是不幸中的万幸了。随着时间的推移，县城建设的扩大，它就被民居、商店的建筑所包围淹没，成了一座无人过问、默默无闻的“孤塔”。直到改革开放后，千佛塔才开始受到重视与保护。1980年8月，它被列为武乡县重点文物保护单位。同年，县政府拨款，重新复制、装饰了塔顶皇冠顶戴，并清理了内部。1982年，县政府又拨款对千佛塔进行复原维修。1999年11月，千佛塔被列为长治市重点文物保护单位。尤其是进入新世纪后，千佛塔真正获得了新生。2004 年，武乡县委、县政府将千佛塔周围的民居、商店拆除，以千佛塔为中心，在县委、县政府大楼前面开辟建成一个花园式广场。广场内喷泉雕塑，柱廊绿地，各种花草千姿百态，姹紫嫣红，把座千佛塔映衬得更加壮丽多姿，耀眼生辉，为武乡县城增添了无限的欢乐、祥和气氛。当人们漫步在千佛塔下的鲜花丛中，抬头看到塔上“花开见佛”4 个字时，不禁会联想到如今社会的安定和谐、衣食无忧的幸福生活，随即顿悟：佛者，福也。“花开见佛”，即“花开见福”也。（武云唐）

陌峪惜字塔

陌峪惜字塔也叫魁星塔。它位于陌峪村禁山之巅。据《陌峪村志》记载，该塔建于清道光元年（1821），是由当时本村一位举人发起，全体村民集资兴建的。惜字塔由青砖建成，密檐六角三层，逐层收分，檐角作弧形上挑，塔顶为青石文笔尖，通高 6.5 米左右，坐东南朝西北，面对陌峪旧村。惜字塔一层炉口上额有扇形砖匾，雕刻有三个楷书大字“惜字楼”。据上年纪人说，一开始惜字塔计划建在大庙背后，旁边准备建一个八角水池，形成日月照影，塔在池中，恰似笔入墨中之景。后因多种原因，原计划未能实现。现与禁山半山腰的文昌阁上下呼应，形成独特一景。

惜字塔的作用是用来焚烧废书，或写有文字的废纸的。因此，也叫焚字塔、惜字楼。

敬惜字纸是中华民族的一种传统美德。在过去，凡有讲究的人家，都不让把写有文字的纸随便丢弃，更不叫拿去当作手纸，而是收集起来拿到惜字塔集中焚烧。这样做的目的是盼后人都有文化，出人才，所以才将惜字塔称作魁星阁。

陌峪惜字塔

（王刚）

松北焚字炉

神奇独特的焚字炉，位于武乡县丰州镇松北村东 50 米，创建于清光绪二十年（1894），至今已有 130 余年的历史。该炉平面为六边形，占地面积为 15 平方米，台阶由砂石砌成，上建砖炉一座，整个结构为砖石结构，正面有炉口两个，上面镌刻着 3 个大字——焚字炉。焚字炉通高 3.8 米，顶端有石刻宝瓶，造型独特，艺术价值很高。据有关专家说，焚字炉在长治不多，山西少有。但武乡就有两个，松北有座焚字炉，陌峪有座惜字塔。

焚字炉的造型既不是塔，又不是亭。它不属于佛教，也不属于道教。它的作用既不是让人来祈祷，也不是让人来祭拜。它的作用只有一个，就是用于焚烧旧书或写有文字的废纸。焚字炉的存在就是让人们敬惜字纸，崇尚读书，进而尊重知识，尊重人才。避免人们将写过字的纸或读完的书籍随意丢弃，甚至上厕所当作手纸使用，所以建起焚字炉，宁可烧掉，让它回归自然，也不能让它受到玷污。因此对焚字炉的叫法也不尽相同，有敬文亭、敬字亭、惜字亭、字库塔、焚字炉等。

松北焚字炉

在中国，崇尚文字的习俗由来已久，不仅文人学者提倡敬惜字纸，就是一般的家庭，都会教育子女，不让孩子随便拿有文字的纸张、报纸、书纸去当手纸来用。并认为，如果用带有文字的纸当手纸用，下一辈子会是文盲。难听话叫“睁眼瞎”。

提倡爱惜文字，历史悠久，但专门建有焚字炉，却始于宋朝，盛于明清。据考，我国现存的焚字炉，全国共有 200 多处，而且集中在南方。但最早的焚字炉建在北方，现在的陕西省秦岭。

提倡用焚字炉焚烧带有文字的纸张、图书，从另一个意义上讲，是与尊敬、崇尚文昌帝君有关。

文昌帝君是一个真实人物。他是唐朝人，名叫张亚子，出生于浙江，后来到四川梓潼县当了一名老师。他勤于教学，为人师表。教出的学生，德才兼备，口碑很好。所以，当地人都很尊敬他。在他死后，特地为他修了一座庙来祭祀他，称他为“梓潼帝君”。后来，人们渐渐地把他当成专司教育与学问之神，参加科举考试的人，考试之前，都会来梓潼帝君庙参拜，祈求能考中，据说很灵验。到了清朝，雍正皇帝正式给他加了封号，称他为“文昌帝君”。道教看到他很受人们的崇拜，便将他纳入了道教的神灵系统，并把他的生日农历二月初三，定为“文昌帝君”的祭祀日。

焚字炉能出现在松北村这个小山庄，可见当时该村对中国的汉字及汉文化的尊崇。焚字炉的存在是中国优秀传统文化的传承硕果，是中国优秀文化不断传承的见证。

如今，一些重要的机关及文化部门，也都用上了碎纸机，将打印的带文字的废纸及时搅碎处理，这样既安全，又干净，更环保。

我们将松北村的焚字炉专门写进《武乡地名故事》一书，目的也是为了弘扬中华优秀传统文化，鼓励人们尊重知识，尊重人才，尊重中华传统文化，让中华文化发扬光大。（武承周）

北上合“种德圃”

北上合村位于武乡县东部韩北镇境内，全村 170 户，700 多人口，有农田 1400 多亩，是武乡秧歌剧团的发源地之一。从一些古老的建筑推测，该村至少有 900 多年历史。在这个村里，有一座明朝时期建造的土城堡，精致的工艺与完美的设计，是前辈们勤劳、智慧、财富的结晶，体现出广大人民群众勤勉持家、智慧超群的根本特征。

这座“土城堡”的城墙保存完好，但历经变迁，特别是“土改分家”，一些老人们传说的“三十二串楼院”已毁坏殆尽，只留下一座空城。

据留存的遗址考证，可看出城堡悠久的历史文化，时隔几百年的沧桑岁月依然挺立在世人面前，显现出它的雄姿。这唯一的古迹成了村人的骄傲，变幻为当代北上合一道特别亮丽的风景线。

北上合“种德圃”

据传，古堡是梁姓人建造的。梁姓人原来只是一个做砂锅买卖的小生意人。为了卖砂锅，每天总是早出晚归，一天夜里在村口，听到有种奇怪的声音在叫：“让我出来吧！”夜深人静，他听到这奇怪的声音，大吃一惊，有点害怕，于是硬着头皮往前走。回到家里，把发生的怪事说给老婆，老婆听后，安慰他说：“不必害怕。如再出异声，你就大胆回应‘出来吧’，看它会怎么样？”

过了一段时日，梁姓人继续出门做小本生意维持生计，照常早出晚归，披星戴月。回到村口还是原来那个地方，再次听到怪异之声：“我出来哇不要？”此时，他按老婆吩咐的话说了：“你出来哇！”

突然间一声巨响，半山腰塌了一大片，掉出一堆金银来。这可把梁姓人高兴坏了，金银从天而降，这下可发了。于是他自己俯身把落地金银拾入放着卖剩物品的“鏊”中，挑担回家，让家人共享意外之财，从而过上了富裕生活。他从不炫耀，还是做着生意，日出叫卖，日落归宿。时隔几日，出现类似情况，听见有人叫“我出来吧？”梁姓财主习惯性地回应，果然又出现大量金银，他拾入鏊中。回家后又叫家人去拾捡剩余金银，正好被旁人看到，那人说：“你们捡硌礓干吗？”梁姓人回答是白银，那人哈哈大笑说：“明明我看是硌礓，你们却说白银，真怪。”路人也拾了几块回家，结果天明后看，就是硌礓。可跑去梁家看确实是银子。梁姓人共捡金银三十二鏊，并由此而发。

话说有钱能使鬼推磨，梁姓人为防存钱失盗，开始了兴修家业，建造“土城堡”宏伟楼院，独享富有的生活。

当然这只是个传说，但修成土城堡的梁姓财主，是肯定真有其人的，所以也有人传说，梁姓人从做砂锅生意日积月累，用积蓄购进马匹等，扩大经营，后来发展到做木材生意。因为当时百姓修盖房屋、村镇修庙需要大量木头，他抓住这一商机，在沁源购买一座山，成为一名颇有名望的晋商。还有传说，有一次他的商队去马厂（现今长治郊区马厂镇马厂村）做交易，结果马把林中树给啃了，拉下粪便。当地人找麻烦要让他赔偿，他与当地负责人进行交谈协商，商定购买此地作为往后的交易市场，从而有了属于自己的贸易场地，这也是马厂的来历。

后来，由于梁姓人子孙后代经营不善，导致家业衰落。从此，三十二串楼院消失在一段记忆之中，只留下一座空城。

土城堡的设计相当精致合理，从院的东南、西南当时能骑马上城墙巡逻，观赏全村景貌。城堡城门朝南，洞门高 5.9 米，宽 3.5 米，成半拱形，用砖砌碹，门扇用松木铁皮包裹打制而成，门墙顶上方的牌匾为“种德圃”，寓意耕种、诚信、道德。门口进入城堡里的道路用沙石块专门加工成马蹄坑印，呈 30 度坡，长约 8 米，是进入城堡的唯一通道。城堡里当时有三十二串楼院，院落为相同格局，又各有不同之处，很是讲究。在城堡入口处建有“接官亭”，用以接待当地的一些官员。其中，有一牌楼中还供着一条扁担，以示后人，用辛勤劳动可换来幸福生活。城堡里还有地下排水设施，可见当时的建筑布局已经具有一定的科学性。（梁迎中）

段村卓孝坊

2012 年 10 月 12 日，城关村砖窑出土了一块石碑。碑高 1.5 米，宽 0.7 米，厚 0.2 米，为青石（花岗岩）质地，碑的正文只有 69 个字，开头是“奉天承运”4 个大字。时间为明嘉靖十五年（1536）十二月二十五日。在“嘉靖十五年”几个字中间刻有印章，上刻“敕命之宝”4 个篆字。印章大小见方 12 厘米。在落款时间后也刻有印章，但只能辨清左边“之宝”二字，右边字体已损，无法看清。石碑最后落款为：初任工部营膳所所正，二任今职，三任湖广汉阳府通判，男，武廷弼受。

经武乡县考古专家王照骞同志认真阅读碑刻内容，查找旧县志核对之后，大体了解了这块碑是由明朝嘉靖皇帝（朱厚熜）敕命，湖广汉阳府通判武廷弼为父亲武贵（光禄寺珍馐署署正）孝刻之石碑。碑刻内容主要记叙了武贵及妻子王氏大孝大善，教子严训的故事，朝廷作为楷模在全国加以宣传褒扬。

此碑出土证实了城关村流传多年的一个民间传说。

在明朝嘉靖年间，城关村武氏家族中出过一个大孝子，他 13 岁拜师学习厨艺，烹调蒸炖样样精通，面食菜肴八艺俱全。后来，嘉靖皇帝下旨在民间招收厨师，他被选中入宫（当时他已有了妻室，并生有一个儿子）。由于他八艺齐全又善于交际，很快取得宫廷膳食部门总领的信任，后来还把他选拔为专给皇上送饭的人，叫膳公。轮到武膳公给皇上送饭时，在送饭途中，他总要面朝东方先磕上两个头。这个举动，被人发现后，秘密报告了嘉靖皇上。嘉靖是个有道明君，他听了没有发怒，而是笑着说："让他去磕吧，也许他在叩拜天地。"后来嘉靖也偷偷观察这个武膳公，而且一直观察了 3 年。凡是轮到武膳公送膳时，他总要面朝东方，磕上两个头，并且从未间断过。

有一天中午，这位武膳公将膳食给嘉靖皇爷呈上后，说："请万岁用膳。"嘉靖马上假装大怒说："你在送膳途中，已将朕的膳食让别人用过，朕作为天子还能用剩饭吗？"武膳公听了，顿时吓得浑身发抖，并跪在地上不停地磕头，说："奴才该死！奴才该死！"嘉靖皇帝说："知道该死，就如实招来。"武膳公觉得自己犯了欺天大罪，便将送膳途中磕头之事如实讲了出来。

"万岁皇爷息怒，容奴才细说情由。奴才生于武乡县西段村一户贫苦人家，自幼吃糠咽菜，艰苦度日，为了生存，刚 13 岁就出门拜师学习厨艺。16 岁出师，凭手艺为生，养家糊口。但日子刚有起色，万岁下旨招收厨师，奴才有幸被选中入宫，来到万岁跟前，能为万岁亲自送膳。托万岁的福，奴才也有了口福，山珍海味，美味佳肴，也能品尝。但每当给万岁爷送膳时，奴才就会不由想起家中年迈的父母和妻儿，总觉得自己只顾尽忠，无法尽孝，想起来常常感到愧疚，所以，才想出这个笨办法来。在送膳途中，面朝自己家乡，偷偷给父母磕上一头，以表达自己的一点孝心。这是对自己的一点安慰，同时，也可理解为‘忠孝两全’。奴才此举，犯了皇家尊严，但奴才对万岁爷，却是一片忠心，别无他意。望万岁爷以慈悲为怀，免奴才一死，以后奴才再不敢了。”说完他一直磕头，不敢抬头，等待皇上发落。

嘉靖皇帝听了之后，不但没有动怒，反而对这位膳公的大孝行为很是敬佩。于是他走下龙椅，亲手将这位武膳公扶起。之后，他速派大臣到武乡西段村进行调查，结果证明这个小膳公所言属实。为表扬武膳公（武贵）这种“忠孝两全”的善举，嘉靖皇帝亲自下旨，敕赠武贵为“光禄寺珍馐署署正”（分管宫廷膳食的官职，为五品官），封武贵夫人王氏为安人（见旧县志第325页）。并在段村西河边木桥两侧，分别竖了“圣旨碑”和“孝子碑”，还专为武贵建了一座“卓孝坊”。而且规定所有达官贵人、朝廷命臣，路过此桥，文官必须下轿，武将必须下马。这个民间传说，一直流传到今天。

千年石头会说话，当把这块石碑碑文讲给村民听时，他们很受感动，并当即动手把这块出土石碑运送到武氏祖坟——富家垴，加以保存。

（武承周）

附录：武乡宗教古建统计表

（摘自康熙、乾隆、光绪、民国四版合一的《武乡县志》）

序号	名称	所在地	建造时间	备注
1	社稷坛	故县西北关	无考	
2	风云雷雨山川坛	漳河南	无考	
3	邑厉坛	故县东门外	无考	

续表

序号	名称	所在地	建造时间	备注
4	八蜡庙	故县西关外	无考	
5	狱神祠	义门内西	无考	
6	土地祠	故县大门外	明崇祯八年	
7	城隍庙	故县西关外		
8	文昌阁	城西外监漳镇东皋村		
9	南山神庙	故县南山	北宋宣和年	
10	海渎焦龙神庙	店则渠、土河村也有	北宋大观年	
11	关帝庙	故县有二，一在东关内，一在西关外	无考	
12	痘疹圣母庙	中村西山之阳	清康熙元年	
13	明灵王庙	故县东门外半里	无考	
14	白龙王庙	故县南十里东贾庄	无考	
15	五龙庙	监漳镇麻池沟村西坪上	无考	亦称五龙坪
16	张桓侯庙	故县西北处	无考	
17	九天圣母庙	故县鼙山之西巅	无考	
18	马王庙	一在县东显王村，一在县西权店村	无考	
19	虸蚄庙	县东显王村南山	无考	
20	子孙圣母庙	故县鼙山之西巅	无考	
21	百子亭	九天圣母庙西侧	无考	
22	东岳庙	故县东一里处高岗上	无考	
23	河神庙	故县西门外石堤上	无考	

续表

序号	名称	所在地	建造时间	备注
24	三官庙	故县西关外北坡	无考	
25	府君庙	一在三关庙西，一在东乡墨镫村	无考	
26	药王阁	故县重门上	无考	
27	火神庙	明灵王庙东	无考	
28	玄帝庙	邑东南三里外	无考	
29	白龙庙	县东土河村	无考	
30	灵感庙	监漳村西，俗称五龙庙	无考	有传记
31	孝文皇帝庙	县西大梁村左，有太子庙、右有狐突庙	无考	阳公岭村
32	泰山圣母庙	大有村东泰山上	北宋天圣元年	
33	汤王庙	县东里庄南山上	无考	
34	玉帝庙	县东北上合村	无考	
35	灵显庙	县东坪上	无考	
36	王大师庙	县东新村	无考	祭祀王彦章
37	西齐王庙	一在县西阳曲村，一在白马山	无考	
38	齐王庙	县西权店村	无考	
39	狐突庙	县西马鞍山	无考	阳公岭村
40	龙王庙	县西南关村	无考	
41	石佛庙	县东汉广村	无考	
42	护国通灵侯庙	县东墨镫村	无考	

续表

序号	名称	所在地	建造时间	备注
43	三仙圣母庙	广志下黄崖村	无考	
44	观音堂	故县南神山	无考	
45	圣师堂	故县南山普济寺后	无考	高僧佛图澄道场
46	延禧寺	故县东关	元至元三年	
47	准提庵	故县南山	无考	乡人赵三麒建
48	普济寺	故县南山	明崇祯三年	乡人魏光绪改建
49	清尘寺	故县西关	无考	乡人魏令望建
50	离相寺	北上合村	东汉时期	
51	清泉寺	石门村	无考	
52	宝丰寺	县东六十里外韩北村	无考	
53	真如寺	土河村	无考	
54	甘草寺	黄岩村	无考	
55	法云寺	蟠龙村	无考	
56	永兴寺	广志村	无考	
57	崇胜寺	大有乡横岭村	唐末年	
58	石佛寺	故县西关	无考	
59	崇法寺	东堡村	无考	
60	真云寺	南台村	无考	
61	慈云寺	信义村	无考	

续表

序号	名称	所在地	建造时间	备注
62	福圣寺	马堡村	无考	
63	古柏寺	新村	无考	
64	洪福寺	贾豁村	无考	乡人魏廷望主建
65	百福寺	故县西关外	北魏	
66	金仙寺	山交村	无考	
67	聚福寺	武乡南部吴村	无考	
68	隆教寺	武乡涌泉村	无考	
69	观音寺	丰州镇西城村	无考	
70	建福寺	西郊沟村	无考	
71	长兴寺	王路村	无考	
72	福元寺	武乡西北处	无考	
73	瑞云寺	武乡西良侯村	无考	
74	三兴寺	武乡西贾封村	无考	
75	弥陀寺	武乡段村	无考	
76	真净寺	武乡西北处	无考	
77	大云寺	武乡故城村	北宋治平元年	
78	吉祥寺	武乡西部	无考	
79	胡庄寺	武乡胡庄村	无考	
80	南关寺	分水岭乡南关村	无考	
81	华严寺	佚名村	无考	

续表

序号	名称	所在地	建造时间	备注
82	权店寺	故城镇权店村	无考	
83	三圣寺	大有乡长乐村	北宋庆历二年	
84	勋欢寺	故城镇勋欢村	无考	
85	太清观	丰州镇上城	无考	
86	昊天观	丰州镇下城	无考	
87	会仙观	监漳镇监漳村西	南宋绍定二年	有传
88	通玄观	武乡丰州镇张村	无考	
89	宗圣宫	故城镇故城村	无考	
90	紫微宫	韩北乡下合村	无考	
91	三登寺	陌峪、型塘、北漳三村之间	无考	由三村共建
92	南相寺	洪水镇东庄村南	元景定二年	
93	铁佛寺	洪水镇苏峪村	无考	
94	建福寺	涌泉乡祁村	无考	
95	净果寺	故城镇权店村	无考	
96	雷音寺	故城镇勋欢村	无考	
97	真净寺	石盘村	无考	
98	极乐寺	曹家沿村	无考	
99	白衣菩萨庵	故县东门延禧寺后	无考	乡人魏宏绪建
100	白衣大士庵	蟠龙镇胡峦岭村	无考	
101	净业庵	西段村东、千佛塔前	明代	

续表

序号	名称	所在地	建造时间	备注
102	清慧庵	丰州镇魏家窑村	无考	
103	通元观	蟠龙镇上北漳村	无考	
104	纯阳宫	西段村	无考	
105	宗圣宫	故城	金大定十五年	
106	广福院	会同村	元大德六年	
107	宣圣庙	涌泉村		
108	永宁寺	故城岸北村	金大定元年	
109	文庙	一在旧城鼙山，一在龙泉	元大德六年	
110	三教庙	武东石门	无考	
111	七大圣庙	大有犁村	民国四年	知县王用霖督办
112	五圣庙	大有赵家庄	民国十年	
113	灵显庙	马庄村、监漳吴村	元明德二年	
114	护国显济王庙	监漳镇北社村	清咸丰年重修	程林宗有传（先轸庙）
115	娲皇圣母庙	大有乡枣烟村西沟	清乾隆五十三年	有碑在
116	鸿慈阁	故县武家庄	民国元年	乡人武惟杨建
117	五龙王庙	丰州镇马牧村	无考	
118	观音庙	贾豁乡黑德甲	无考	
119	护国显济王庙	涌泉乡蓬莱山	无考	先轸
120	五大圣庙	蟠龙村	无考	
121	灵宇庙	故城镇邵渠村	无考	

续表

序号	名称	所在地	建造时间	备注
122	晋王庙	故城镇高仁村	永和年	
123	护国通灵王庙	韩北乡圪道村		
124	护国显济王庙	贾豁乡灵水坪村	元至顺年重建	先轸
125	后赵圣帝庙	贾豁乡石泉村	无考	后赵石勒皇帝
126	帝尧庙	丰州镇马牧村	无考	
127	通玄观	蟠龙镇上北漳村	元初	道人杨志玄建
128	圣泉寺	墨镫乡崇城山中	明初	2005年重修
129	崇兴寺	大有乡石科、许家垴	大明隆庆元年	
130	永寿寺	贾豁村		
131	汤王庙	大有乡李峪村	金太和年刻 元大德五年 重修	
132	西齐王庙	故城阳公岭白马山	康熙二十五年 重修	
133	府君庙	长庆村	无考	
134	武金侯庙	无考	无考	
135	极乐寺	曹家垭村	无考	孙宏锦撰文
136	太清观	故县城西关	宋政和四年	魏亮生撰文
137	文昌阁	东村	无考	有碑，段雨田 撰文
138	普照寺	蟠龙镇下型塘	无考	
139	佛堂寺	蟠龙镇东姚庄（东坡）	无考	
140	隆庆寺	丰州镇魏庄	无考	

续表

序号	名称	所在地	建造时间	备注
141	遐福寺	丰州镇白家窑	无考	
142	佛兴寺	丰州镇王路	无考	
143	清凉寺	石北乡石北村	无考	
144	健佛寺	故城山交寨寺	无考	
145	弥陀寺	段村、五峪两处	无考	
146	吉祥寺	故城陈村	无考	
147	永寿寺	石北乡楼则峪村	无考	
148	福源寺	故城镇西良侯	金大定年改修	
149	洪济院	东良侯	清光绪年重修	
150	鹫峰庵	分水岭乡南关		
151	净尘庵	分水岭乡南关		
152	敬师庵	丰州镇阳家垴		
153	守静庵	丰州镇寨上村		
154	全道庵	石北乡神前村		
155	昊天观	丰州镇下城村		
156	天主堂	上司乡上司村	清光绪二十七年	
157	天主堂	蟠龙镇白家庄	清光绪三十三年	
158	天主堂	蟠龙镇狼卧沟	民国十三年	
159	天主堂	上司乡姚家庄	民国十二年	
160	焚字炉	丰州镇松北村	清光绪年	

续表

序号	名称	所在地	建造时间	备注
161	陌峪塔	蟠龙镇陌峪村	五代后晋	
162	千佛塔	丰州镇段村	清康熙十九年	阎和尚 主持修建
163	清泉寺	蟠龙镇陌峪村		
164	慈恩寺	监漳镇麻池沟“九母顶”处	最早寺院	王效清提供
165	三星庙	砖壁村	西周时期	
166	惜字塔	蟠龙镇陌峪村	清宣统年间	
167	观音阁	故县东关村	清康熙年	魏廷望撰文

（武承周）

武乡迎宾街

武墨铁路旧城（故县）站

第八章　交通篇

改革开放40年，武乡交通有了突飞猛进的发展，也出现了翻天覆地的变化。目前已实现了乡乡通、村村通，县、乡、村三级公路总里程已达980多千米。而且境内有国家铁路太焦铁路（太原—焦作），地方铁路武左铁路（武乡—左权），太长高速公路经武乡，太焦高速铁路在武乡设站（高铁西城站），真可谓四通八达、交通便利。但因篇幅有限，我们在本篇中只讲两个有重大历史纪念意义的交通地名：一个是1982年邓小平亲笔批示建成的武墨铁路，一个是1995年为迎接原国家主席杨尚昆重返太行来武乡访问时命名的迎宾街。

县城迎宾街

迎宾街是2004年以武乡县人民政府宾馆为中心，向东、向西改造拓宽的一条大街。它东至太长高速路关河高架桥下，西至武乡县城风情一条街东入口处。

武乡是革命老区，历任党和国家领导人对武乡都十分关心。为了更好地接待党和国家领导人及国际友人，1984年，将原武乡外事办和武乡县招待所合并，成立了武乡县人民政府宾馆。所以，1994年在县宾馆门前道路拓宽改造时，将宾馆门前这条大街叫作“迎宾街”。

迎宾街建成后，于1995年7月起先后迎接了杨尚昆、江泽民、胡锦涛等党和国家领导人。

迎宾街迎贵宾名副其实，意义重大，永留史册。（武承周）

武墨铁路

武墨铁路像一条腾飞的巨龙横跨于武乡县东西境内，穿梭于浊漳、蟠洪两大河域。它蜿蜒曲折，气势磅礴，向东延伸，与阳涉铁路接轨。

武墨铁路的建设是武乡老区经济发展史上的一件大事，武墨铁路是武乡经济发展的一条巨大动脉。在它身上凝聚着邓小平、杨尚昆、万里、邹家华、浦安修、卓琳等许多老一辈革命家的关怀与厚爱，也倾注着省、市、县及计委、煤炭、铁路等相关部门各级领导的心血，同时也承载着武乡老区脱贫致富、全面奔向小康社会的希望与梦想。

武墨铁路现已接通阳涉地方铁路与左权站接轨，再不是“盲肠工程”。它可以东西连贯、南北互通，并入路网、进出方便。所以，我们完全可以相信，武墨铁路这条巨龙，一定会同武乡经济一起腾飞，而且会飞出太行，飞向全国乃至世界。

武（乡）墨（镫）地方铁路，位于山西省长治市武乡县境内。西接太焦线武乡车站，东至武乡墨镫矿区。正线全长 58.659 千米。途经丰州、故县、大有、监漳、蟠龙、洪水等乡镇，27 个行政村和水泥厂、铁厂、东庄煤矿、马堡煤矿、墨镫煤矿等 20 多个工矿企业，区间设武乡、故县、北社、新柳、墨镫等 5 个车站与综合、故县、型村、北社、新柳、洪水、墨镫等 7 个工区，设有北社、新柳、马堡 3 个装煤台。

武乡是革命老区，又是贫困山区，20 世纪 80 年代初，武乡每年财政收入仅 200 多万元，根本不够一年的开支。因此，每年还得享受国家补贴。这样一个贫困县怎么想到要修建铁路？要回答这个问题，还得从一次不寻常的会议说起。

1982 年 7 月 8 日晚上，武乡县外事办公室会议室里，灯火通明、庄严肃静。时任县委书记的段国廷与县长李银尧正组织全体县委常委与有关部门

武墨铁路上奔驰的火车

负责人，向专程来武乡访问的彭总夫人浦安修同志汇报武乡改革开放以来的工作成就及所遇到的特殊困难。

段国廷书记说道：“武乡是革命老区，有着光荣的革命传统与得天独厚的政治优势，而且地下矿产资源也十分丰富。现已探明的矿藏有煤、铁、石膏、硫黄、油页岩、铝矾土、大理石、白云石、硅藻土等20多种。其中煤炭储量最多，储量达28.6亿吨。武乡煤田储量大、埋藏浅、易开采，并具有灰分低、发热高、快点燃、用途广的特点。由于武乡地处太行山区，全县境内沟壑纵横，交通闭塞，只有一条通往武东地区的沁温公路，还是三级路，运输能力太差。产出的煤运不出去，更无法变成钱，甚至有不少煤矿因原煤积压多年形成自燃。不仅造成了很大的经济损失，也给当地造成了严重的环境污染。虽有良好的资源优势，但由于交通闭塞，转化不成产业优势和经济优势，更无法形成竞争优势。因此，我们只好‘坐在金山上，伸手讨饭吃’。”这时浦老插话问："你们为什么不请示国家给武乡东部山区修建一条煤炭铁路专线？"段书记感慨地说："浦老啊！我们何曾不想，但修建铁路投资太大，国家的经济形势也刚刚好转，我们担心写上报告国家也不会批准。"浦老却说："修铁路是不容易，但你们是太行山的老革命根据地，在抗日战争中，武乡人民出兵、出粮、出干部、出英雄，付出了很大牺牲，也作出了很大贡献。党中央不会忘记武乡人民，也不能忘记武乡人民。你们马上以县委、县政府名义写个请示报告，我明天回北京时最好能带上，我要把你们的报告亲手交给邓小平同志和有关领导同志，让他们为武乡老区人民脱贫致富开一次绿灯。同时，你们也要利用有利的政治优势，多做宣传工作，争取更多的支持……"

浦老一番感人肺腑的话，使在场的同志人人眉开眼笑，个个心情舒畅。

段国廷书记当即安排县委办公室同志起草了《关于要求为武乡东部山老区煤田修建铁路线的请示》，并当夜打印成文。

第二天上午浦老走时，县委主要领导千言万语，拜托她老人家一定要把武乡老区的这份请示报告送到邓小平同志手中，并托她代表武乡人民向邓小平同志问好。

后经邓小平同志批示，1982 年 9 月 11 日，国家计委以计燃字〔1982〕751 号文件复函山西省人民政府并报邓副主席：同意修建武东支线。

1985 年 2 月 5 日至 7 日，山西省计委在武乡县主持召开了"武墨铁路方案审定会"。煤炭部、铁道部、中国地方铁路协会有关同志参加了会议。会议通过了《武乡至墨镫铁路线（方案研究报告）评审意见》，并决定由省、市、县三级领导组成武墨铁路领导组和建设指挥部，组成人员有主任贾冲之（山西省副省长）、吕尚吉（山西省计委副主任）、杨月生（晋东南地区副专员），副主任李唯实、申保禄、辛清仑（铁三院院长），委员徐海先、尹清则、李补安、李银尧、李建民。武墨铁路施工指挥部指挥杨月生，副指挥申保禄、辛清仑、薛俊华、李补安、李银尧、刘如绵，成员是白怀瑞、李建民。指挥部下设办公室、政工科、生产科、安全科、技术科、后勤科。

1985年10月14日，国家计委以计燃字〔1985〕1628号文件《关于山西省武乡—墨镫铁路支线任务书的批复》批复山西省计委，同意采取一次设计分期建设办法。第一期工程由太焦线武乡车站修至柳沟，全长36.4千米，总投资概算为5000万元，煤炭部和山西省各投资一半。武墨铁路从此正式立项，并被列入山西省“七五”重点工程。从此，就有了武墨铁路。

（武承周）

编后记

《武乡地名故事》经过我们断断续续7年时间的采访、收集、整理、编纂，终于完成了。

《武乡地名故事》的内容大多采自民间传说，但有不少传说，史书上也有记载。凡是传说，基本上是三分真实，七分演义，但作为编委成员，我们都予以记录。有了传说就等于有了文化，有了文化就等于有了生命和灵魂。为什么越古的东西越有文化？因为它经历的磨难太多，只有把它的经历用文字记载下来，哪怕只是传说、演义，据以传承后人，才有活力，这就叫地名文化。

但是，我们这些人都非地名研究方面的专家，都是第一次接触地名文化，要编写地名故事，只能是边访、边学、边研、边编，初入其门，尽力而为。为了编好《武乡地名故事》，我们几个主要编委约定坚持每期都看中央电视台的《地理中国》节目。在这个节目中，讲到中国不少名村、名山、名水或有名的古建、古塔等的优美动人的传说。因此，我们觉得讲好地名故事，对我们实施振兴乡村战略、建设美丽乡村也是很有帮助的。

武乡历史悠久，文化深厚，民间传说丰富，千年古村也不在少数。

因此，《武乡地名故事》一书出版，只是讲好武乡地名故事的一个开端，也只能起到抛砖引玉的作用。希望乡人能继续挖掘、整理和出版有关武乡地名故事的书籍，把武乡地名故事讲好、讲活，为助推武乡经济、文化的发展和旅游事业的发展作出更大的贡献。

要特别感谢山西省高级人民法院原院长、山西省人大常委会副主任、国家二级大法官、诗人李玉臻，他为本书题写书名；感谢山西省地名委员会办公室原主任、山西地名文化研究学术界专家、山西省情研究会理事、山西家谱协会理事兼秘书长、山西省三晋文化研究会常务理事兼副秘书长、现任山西省人民政府文史馆馆员的王宝库先生，他不辞劳苦为本书作序并对编撰本书提供了帮助。

写书不易，出书更难。因我们文化程度不高，编纂水平有限，加之大多是年迈之人，有些力不从心，所以，书中难免有错误与不足之处。望广大读者多提宝贵意见，我们会洗耳恭听，力争把以后的地名研究工作做得更好。

武乡地名典故钩沉

李驰骋　著

【作者简介】

李驰骋，亦名李次成，山西省武乡县监漳村人，大专学历，历任乡镇党委副书记、乡人大主席、县人大常委会委员等职，现为山西省作家协会会员。1975年开始发表作品，先后在国家、省、市、县各级书刊报纸发表作品三百余万字。曾参与“八路军太行纪念馆”最初的陈列布展和《武乡县志》等一系列大型文献的编纂及古籍版《武乡县志》的整理点校再版工作，参与并执行主编了县内多部文史资料。退休后相继撰写了历史传记文学《石勒传》及改编了电视剧《石勒》。

【内容简介】

《武乡地名典故钩沉》以严谨的治学态度，对武乡的地名典故作了细微的记录。在写作之先，作者确立了三个基本原则：其一，对应每一个具体地名，从历史典籍中寻找发生在该地的真实历史事件，或通过研究典籍，确认该地曾经发生过的历史事件；其二，对于当地流传的有关龙凤神仙怪异等等虚无缥缈的神话传说一般不予采用；其三，对于一般性传说，作为寻找历史典故的线索加以采用。据此原则，作者对武乡有历史典故的地名予以考辨，具体分三章：第一章，与石勒与后赵有关的地名，如北原山、长乐村、王家峪，共35处地名；第二章，与历史事件有关的地名，如故县、故城镇、洪水镇、行道岭，共32处地名；第三章，与红色革命密切相关的地名，如北梁侯、砖壁、关家垴等，共27处地名。随文尚有“对武乡县名的思辨”“武乡的红色驻地综述”等考辨文章，是《武乡地名故事》有关地名源渊的必要补充。

写在前面

多年来，笔者一直热衷于对武乡历史的研究。随着研究的逐步深入，愈来愈感觉到，武乡这块土地所蕴含的文化底蕴异常深厚。而这种深厚的文化底蕴，又集中体现在各个地名上。或许，县内学者存在共识，于是近年来，武乡先后出版了两部大作。一部是武乡县民政局编著的《武乡县地名志》，另一部则是由武乡学者武承周、李绍君二位先生主编的《武乡地名故事》。笔者经仔细拜读这两部大作，发现由于他们各自所反映的角度与侧重点不同，所以，表现的内容自然也就存在较大的差异。《武乡县地名志》侧重于对“武乡”这块土地从宏观方面做全景式的研究，却对每个具体地名的表述显得过于粗略；《武乡地名故事》力求从宏观到微观都照顾到，然而在好些篇幅中大量引用了龙、凤、神仙、怪异等神话和传说。笔者以为，这些神话传说虽然读起来朗朗上口，具有很强的文学性，但都是后世文人望“名”生义，附会出来的一些虚无缥缈的东西，对揭示一个地方的文化底蕴不会产生太大的作用。

基于对上述两部大作主观上存在看法，笔者突发奇想，也欲对武乡的一些有关地名来点说三道四。经过再三斟酌，笔者决定，将说道的重点放在对每个地名的来历与历史上所发生的真实事件的关联上。由于这些历史事件大都淹没在历史的深层，其中好些已经鲜为人知，所以笔者对这些说道概括地取了一个学名《武乡地名典故钩沉》，同时确立了以下几条写作原则。

一、对应每一个具体地名，从历史典籍中寻找发生在该地的真实历史事件，或通过研究典籍，确认该地曾经发生过的历史事件；

二、对于当地流传的有关龙、凤、神仙、怪异等等虚无缥缈的神话传说一般不予采用；

三、对于一般性传说，作为寻找历史典故的线索加以应用。

此外，对于个别特殊的地名，如“上司”“下司”，是来自“上司徒”“下司徒”的简化。但出生于此的“老焦爷”由于在古籍版《武乡县志》中有连篇累牍的记载，故作为特例加以保留。

历史研究是一项十分严谨的工作，本钩沉力求从典籍中寻找根据。

基于上述几点原则，笔者在此特别申明，写作《武乡地名典故钩沉》不是为了抢风头，博眼球，标新立异，而是旨在对《武乡县地名志》和《武乡地名故事》做必要的补充。其中所表现的不同看法，还请有关学者能够予以理解。

在撰写正文之前，我们不妨对武乡地名的特点作一粗浅的分析。

不知大家留意没有，在武乡的地名中，除去大家熟知的“村”“庄”等特定的表述字眼外，还大量存在“垴”“堙”“嶕”“掌”“凹”“洼”“沟”“峪”“头”“岭”“窑”“堡”“寨”“坪”“坡”“岩”“墙”“壁”“角”“塘”“咀”“湾”等。笔者以为，对这些字眼的解析，应该对地名研究有所帮助。所以，笔者不顾自己学识浅陋，一一分析如下。

垴（nǎo），《辞海》解释为：“方言，圆顶像脑的土山。”笔者主观认为，山梁的突出部位均称为“垴”。而以“垴”命名的地方在武乡很多，其中具有村级规模的就有合家垴、鳌垴、韩青垴、朱家垴、西蔡垴、关家垴、马垴、大圪垴、韩家垴、郭家垴、陈家垴、拐垴、冯家垴、苑家垴、许家垴、李峪垴、王家垴、兰家垴、冀家垴、常家垴、郝家垴、南垴、兴盛垴、山阳垴、东垴、胡家垴，等等。

堙，普通话读“yīn”，武乡方言读“rei”，指四面山峦围堵的中间地带。但不知何故，现在有许多本应是“堙”的地名却被写成了“烟”。笔者认为，“烟”是一种气态物质，虽然也可以引申为“人烟聚集之地”，可是纵观武乡所有含“烟”字的村庄，均位于群山环绕的中间地带。所以笔者认为，在武乡地名中，凡是含“烟”的地名，都应该更正为“堙”。这些地名有曹家堙（烟）、青草堙（烟）、河神堙、长堙（烟）、杏树堙、柳树堙、皮堙、堙（烟）里、庙堙、鸦堙、枣堙（烟）、上寺堙、槐树堙、王白堙，等等。

嶕（jiāo），指四面地势较低，中间高耸的地带。但是在现在武乡的地名中，凡是该用“嶕”的地方，都被写成了“郊”。笔者认为不妥，因为“郊”指城邑之外的原野。而纵观武乡境内，凡是带“郊”的地名，均在大山深处的高地。故笔者认为，还是用“嶕”较为贴切。这些地名有：圪隆嶕（郊）、嶕（郊）口、南嶕（郊）、西嶕（郊），等等。

掌（zhǎng），巷道或山沟的尽头。武乡地名中的“掌”特指山沟的尽头地带。武乡含“掌”的地名有卢家掌、石羊掌角等等。

凹（wā），指周边高，中间底的地带。武乡地名中含“凹”的有红土凹、朱家凹、老凹、赵家凹、凹里等。

洼（wā），指地势低洼，排水不良的地带。武乡地名中含“洼”的有姜井洼、董井洼等。

沟（gōu），指有水流的溪谷。武乡地名中含“沟”的有张家沟、平家沟、柳泉沟、成家沟、玉石沟、苏峪沟、西沟、庄沟、柳沟、大西沟、小西沟、栗家沟、陶家沟、前沟、后沟、西河沟、王庄沟、刘家沟、陈家沟、韩道沟、龙王沟、张村沟、南沟、峰沟、辉楼沟、大沿沟、石槽沟、洞则沟、狮则沟、山交沟、东沟、保家沟、南家沟等。

峪（yù），指山谷。武乡含“峪”的地名多位于山谷之中。如暴家峪、苏峪、陌峪、王家峪、峪口（山谷口上）、李峪（这是一个特例，正文中有专门讲述）、桃峪、郑峪、五峪，等等。

头（tóu），指物体的顶端。这里指山丘的最上部位或地理位置的顶端部位。武乡含“头”的地名有北反头、南山头、西头、西岗头、岭头、窑头、圪咀头、暖水头、窑儿头、泉之头等。但也有特指处于地形的突出部位者，如沙河头。

岭（lǐng），指位于山岭或山脊部位的地带。武乡含“岭”的地名有，枣岭、代照岭、新上岭、大西岭、小西岭、上王岭、郝家岭、肖家岭、胡家岭、胡峦岭、季家岭、行道岭、庙岭、江岭、岭南、阳公岭、分水岭，等等。

坪（píng），指山区或丘陵区之间的局部平地。武乡地名中含“坪”的地名有戈北坪、南坪、寨坪、李家坪、坪上、土河坪、大坪、蒺藜坪、乐家坪等。

坡（pō），指山的倾斜面或地形呈倾斜状的部位。武乡含“坡”的地名有阳坡庄、半坡、西坡、东坡、三角坡、五里坡、十里坡、墁坡、坡底、窑上坡等。

岩与崖，岩，普通话读“yán”；崖，普通话读“yá”，而在武乡方言中均读“nie”。在武乡地名“岩”或“崖”的地名有半崖、上黄岩、下黄岩、东黄岩、西黄岩等。

角，普通话读“jiǎo”，指有蹄类动物头顶或鼻前所生的突起物，如牛角、羊角、犀牛角等等。涉及部位时也指角落、墙角等。在有些语境中也读“jué”，如角色、角儿、角力等。但这类“角”似乎与地名的关联不是很大。然而，在武乡的有关地名中，都普遍用了“角”字。因为在武乡方言中，“角”的读音为“jia”。所以笔者怀疑，它应该是“岬”的替用字。“岬”的本意是“两山之间”，那么处于两山之间的地名就应该用“岬”才对。不过，由于相沿成习已久，到现在也没有再加以更正的必要。在这里只是对以后有志于研究地名的学者提个醒。在武乡，含“角（岬）”的地名有：芝麻角、小麻角、火石角、老中角、窑申角、梨树角、芦角、榆树角、韩阳角、花莲角、南斗角、石羊掌角、杨树角、青草角、良则角等。

咀（zuǐ），同“嘴”，指形状突出的部位或地带。在武乡，含“咀”的地名有史家咀、刀把咀、圪咀头、牛家咀等。

湾（wān），指水流弯曲或路径转折的地方或部位。在武乡，含“湾”的地名有井湾、窑湾、湾则、杨桃湾、圪老湾等。

类似的地名还有很多，这里不再一一赘述。

仔细研究上述地名，我们发现，大都是根据所处位置的山川形势，结合方位、植物、物产或人的姓氏而取的名称。武乡多属于丘陵山区，地形地貌千差万别，非常复杂。人们根据聚居地所处位置，对不同的地方冠以不同的地名，便充分体现了这种复杂性。同时，这种冠名方法，也对地名文化作出了突出贡献，是十分难能可贵的。

还有一些地名则蕴含着浓厚的人文色彩，如堡、寨、窑、壁、台、铺、塘、关等。其中堡、寨、台、关大多属于古代的军事设施或官方建筑；而窑、壁、塘、铺则大多属于人们的生产生活设施。在这里，我们一一加以剖析。

堡（bǎo），武乡方言读“bu”，原意“土筑的小城”，引申为“军事上的防御建筑”，如碉堡、堡坞、堡垒等。在武乡作为地名的有马堡、东堡、西堡、上王堡、下王堡等。追根寻源，这些地名都是历史上人们为了防贼、防盗或者聚众成军所修筑的军事设施。

寨（zhài），防卫所用的木栅，引申为军营。在武乡，以“寨”作地名的有寨坪、新寨、下寨、老寨、寨上、西寨底、东寨底、南寨、大寨等。这些地方在历史上都曾设立过军营。

台（tái），高而平的建筑物。如天文台、瞭望台、戏台等。在武乡最著名的有上古时期的天文观象台，位于今贾豁乡古台村。其余还有北台顶、北台、南台、丰台坪、高台寺等。此外还有圪台庄可能系根据地形而命名，是个例外。

关（guān），军事要塞，出入要道。在武乡以“关”命名的地名有下关（昴车关）、城关、东关、西关、南关等。这些地名在古代都是重要的军事要塞和城邑的出入通道。

窑（yáo），人工挖掘用于居住的洞穴状建筑物，或者烧制砖瓦陶瓷的灶以及煤窑、矿坑等。在武乡以“窑”命名的地名有瓦窑科、魏家窑、白家窑、窑湾、窑头、窑上坡、窑儿头、石窑会等。

壁（bì），墙壁，或像墙壁一样耸立的山崖。亦指具有军事性质的营垒、壁垒。在武乡，以“壁”字命名的地名有砖壁、韩壁、石壁等。然而，在新中国成立后，却把有些地名的“壁”写成了“北”，如韩北、石北等。“北”

在武乡方言中读“bi”，与“壁”同音。笔者怀疑，这可能是新中国成立后由工人和贫下中农掌握政权，文化水平普遍较低所致。也有可能是在推行汉字简化过程中形成的结果。但不管怎么说，现在已经相沿成习，也就没有了再更改回去的必要。

铺（pù），商铺或驿站。在武乡以“铺”命名的地名有五里铺、十里铺、铺上等。这些地方在历史上都设立过驿站或商铺。

塘（táng），堤坝，堤防或方形的水池。如荷塘、鱼塘、河塘、塘坝等。在武乡最典型的地名即上型塘、下型塘。按说，上、下型塘正位于蟠洪河畔，往往受蟠洪和冲刷成灾。历史上人们为了保护村庄，必然会在沿河修筑防洪塘坝，村庄因此而得名。然而，如今有一种说法是：此处在古代曾叫“双田镇”，后来被水冲毁，镇缩为村。人们为了纪念“双田”（谐音“双甜”）将村名改为“饧糖”。后来逐渐演变为“型塘”。笔者认为这种说法牵强附会，很难令人信服。

类似的地名还有“营”“街”“科”“寺”等，不再一一剖析。

通过研究上述地名，笔者认为，虽然这些地名具有一定的内涵，但却不足以揭示武乡这块土地所蕴含的深厚文化底蕴。而在数千年的历史长河中，在武乡这块热土上，曾经发生过一系列的重大事件。只有把这些重大事件的具体发生地，以及起因、过程和结局充分揭示出来，方能显示武乡这块土地的不同凡响。而这便是笔者写作这部作品的动机。

武乡的历史源远流长，十分悠久。尽管“武乡”县名的确立系在西晋泰始年间（265—274）距今尚不足1800年，然而，发生在这块土地上的人类活动历史却可上溯到上古及远古时期。据考古发掘，曾在我县境内发现了石斧、石铲、骨针以及石磨盘、石擀杖等等。这些文物的出现，说明在武乡这块地盘上，早在8000—10000年前，就已经有人类存在。由于人类活动的生生不息，使得这块土地愈来愈生机盎然，繁荣昌盛。到了上古三皇五帝时期，人类群聚性的社会活动便形成了一定的规模。所以，在创建“中华民族上下五千年历史”的进程中，我们武乡人一直就参与其中，从未缺席。于是，一系列的历史典故，便在这块神圣而伟大的土地上相继产生。

下面，我们对照相应的地名，摘要记述发生在我们这块古老土地上的一些历史典故。只是笔者深感遗憾的是，自己才疏学浅，虽怀有宏愿，恐力所难及。姑且将拙作作为引玉之砖抛出，希望能引起更多学者参与，加以补充与更正。

第一章　与石勒及后赵有关的地名

我国历史上的后赵皇帝石勒，是一个具有浓厚传奇色彩的人物。他从一个被人像牲畜一样贩卖，沦为社会最底层的耕奴，奋而崛起，一路逆袭，建立大赵帝国，成为君临天下的皇帝，最终登上了社会的巅峰。其事迹令无数的历史学家深为赞叹。就连怀有极端的民族偏见，对他出生于“羌渠”（羯胡民族）而深恶痛绝的《晋书》编纂者，也不得不由衷地评价说：“观其（石勒）对敌临危，运筹贾勇，奇谟间发，猛气横飞。远嗤魏武则风情慷慨；近答刘琨则音词倜傥。焚元超（司马越）于苦县，陈其乱政之愆；戮彭祖（王浚）于襄国，数以无君之罪。于是跨蹑燕赵，并吞韩魏，仗奇才而窃徽号；拥旧都而抗王室。褫毡裘，袭冠带；释介胄，开庠序。邻敌惧威而献款；绝域承风而纳贡。则古之为国，曷以加诸！”认为历史上的统治者，没有哪个能够比他做得更好！《晋书》对石勒的评价，充分代表了古人对石勒的典型看法。

石勒的事迹传到了当代。中华人民共和国开国领袖毛泽东主席，他一生傲视我国历史上具有卓越建树的所有封建帝王，如秦皇、汉武、唐宗、宋祖，就连征服了差不多半个地球的元始祖成吉思汗铁木真，在他的眼里，也仅仅是“只识弯弓射大雕”的一介武夫。然而，他对奴隶起家的石勒却高度赞赏。他说：“两晋时出过一个马上皇帝石勒，他是一个很有军事统率能力和政治远见卓识的少数民族政治家。”“少数民族里，历史上也有了不起的人物呢，石勒算一个！”毛主席的评价，无疑代表了当今历史学家对石勒的典型看法。

不论古人、今人，都对石勒给予了高度一致的评价，可见石勒这个历史人物不同凡响。

武乡是石勒的出生地，也是他军事生涯中两次军事大转折的完成地，更是他“飞龙在天”，登上大赵国皇帝的发祥地。武乡的山山水水都与石勒及石勒创建的“后赵”有着千丝万缕的联系。现在就让我们揭开尘封的历史，看看石勒及其“后赵”在他的桑梓地都给我们留下了哪些地名典故。

北原山

位于今武乡县丰州镇故县村。“故县”即古时候武乡县的县城。据史书记载，北魏太和十五年（491），武乡县的治所（县城）由今榆社县社城迁来此处，到1947年，因这里在二战中屡遭日寇大火焚烧与狂轰滥炸，早已成为一片废墟，一时难以修复，故将县城迁往段村（今武乡县城），将此处更名为“故县”。据统计，这里作县城历时约1456年。同时，这里也是后赵皇帝石勒的出生地。《晋书·石勒载记》“所居武乡北原山下”即指此处。北原山也称“鼙山”，石勒年轻时曾经常登此山为人躬耕，每每耳闻鼙铎之声，故后人也将此山唤作“鼙山”。后来石勒被掠卖山东沦为耕奴，并在茌平皇家牧苑与牧帅汲桑协同起义失败后，重返武乡杜家庄（今寨上村），在俩师兄的帮助下招兵买马，东山再起，同时收编啸聚在武乡东山区部东、西两堡的胡人武装，率部投奔汉王刘渊，实现了他军事生涯中的第一次大转折，从此开始发展壮大。再后来石勒在挥师扫荡西晋残余势力的过程中，葛陂受挫，于西晋永嘉六年（永嘉末，312）回师经营黄河以北。期间，石勒在分兵攻略冀鲁大地的同时，亲率他的指挥中枢重返武乡，并围绕北原山主峰修筑了“北原新城”。清雍正版《钦定四库全书》中《山西通志》所载：“石勒城，一名石勒寨，在县北原山上，周四百六十步。晋永嘉末，勒尝屯兵，今建文庙。”即指此处。据更早的历史典籍明成化版《山西通志》记载：“石勒城有三，一在武乡县北原上半里，周围四百六十步，晋永嘉末勒屯兵于此……”这就进一步说明，北原山就是后赵皇帝石勒的出生地。同时据考证，在北原新城建好后，谋士张宾曾在此与石勒有过一段传颂千古的“蘗山对策”，确立了以襄国为根据地，逐步向外扩张的战略决策，实现了石勒军事生涯中的第二次大转折，为建立后赵王朝奠定了坚实基础。所以，北原山既是石勒“潜龙在渊”的“龙潜”之地，也是他“飞龙在天”的腾飞之地。

东河沟

东河沟位于北原山东面山脚下。因此处有一条山间溪水自北向南流淌，故被称为“东河沟”。沟内有一高大土丘，这土丘并无片石，却被人称作“石疙瘩”。这是因为土丘向阳面有一古老的土窑洞残部，被人叫作“疙瘩窑”。据说，当年石勒就出生在此窑洞内。所以，石勒出生的疙瘩窑所在土丘就被人称作“石疙瘩”。这也就是石勒在北原山下的具体出生地。

石勒出生的疙瘩窑，人称“石疙瘩”

据考，在东汉末，作为丞相的魏王曹操，担心胡人成势后聚众为乱，便强迫迁徙诸部胡人于并州集中安置，并加强监督管理。羯胡民族中的一支部落便被安置在此地，当时称作“羯室”。还有一说，羯胡人的祖居地“大西海”遭到外民族入侵而沦丧。幸存的羯胡人根据神的指示，“朝着太阳升起的地方”跋山涉水，一路向东，来到北原山下，在这里落脚，建立“羯室”，繁衍生息。石勒的祖父耶奕于，父亲周曷朱也都出生于此，并先后作为小帅，一直统领着这个部落。东河沟就是“羯室”的所在地。也是当时北原山下唯一的村庄。

寨上村

寨上村位于今武乡县涌泉乡。这里最初的地名叫“柏树凹”。系石勒的师傅杜元凯老将军的祖居地。西晋太康元年（280）东吴被灭，从此三国归晋，天下一统，晋武帝司马炎认为天下再无战事，于是大批裁撤军队。老将军杜元凯奉旨解甲归田，回到这里建村安居，并将这里改称“杜家庄”。

石勒八岁那年，北原山一带发生大旱灾，穷困潦倒的羯胡人举族外逃，寻求活路。逃荒路上遭遇乱兵冲击，石勒与家人失散。幼小的石勒饥困交迫，晕倒在路上，被从此路过的老将军杜元凯师徒救起，带回杜家庄。杜元凯将

寨上村的玉皇庙

石勒收为“关门弟子”，从此，石勒开始了在杜家庄先后六年的学艺生涯，练就了一身惊世骇俗的武功。石勒十四岁那年，杜元凯老武师去世，石勒回到东河沟羯室，在北原山上为在此买地定居的富商地主郭敬与宁驱躬耕。同

年，石勒随郭敬商队行贩京都洛阳，在上东门长啸惹祸，被朝廷通缉。为躲避官府缉拿，石勒重返杜家庄，在师兄们的帮助下逃入深山。后因小人举报，石勒的藏身处遭到官兵搜捕，石勒被迫离开杜家庄，逃往沾县（今和顺）蔡岭山中，直到三年后晋廷换代，大赦天下，方才回来。再后来，石勒被并州刺史司马腾掠卖山东，在茌平皇家牧苑邂逅牧帅汲桑，发动牧苑起义。起义失败后，石勒率身边“八骑”壮士重返杜家庄，在怀德、怀恩俩师兄的帮助下，招兵买马，东山再起。同时收编了武乡东部山区啸聚山林的胡人武装张訇督、冯莫突部众，一同投奔汉王刘渊，从此发展壮大，直至建国称帝。后赵政权建立后，人们根据这里是石勒从失败走向胜利，第一次军事大转折的发祥地，并根据自从杜老将军去世后，此地再无杜姓，于是取《易经·乾卦》“飞龙在天”之意，将杜家庄改名“飞龙寨”。这样又过了三十多年，后赵政权被冉闵篡灭，建立冉魏。以羯人为主的胡人不服冉魏政权，纷纷叛离，使得冉闵勃然大怒，向全国发布“杀胡令”。飞龙寨人民因“飞龙”二字特指石勒于此腾飞，害怕因此招致祸患，便将“飞龙”二字取消，单称“寨上”，直至今日。

义 门

义门村位于今武乡县涌泉乡与石壁乡的交界处，这里山大沟深，林木茂盛，地势十分隐蔽。然而在古时候，这里的地名并不叫“义门”，而叫“石门”。

据考，当年石勒在杜家庄（今寨上村）学艺时，常常跟随师傅家的牧羊人上山牧羊。有一次，他到石门山中牧羊，偶然间发现此处山崖下有一处神秘洞穴，回来后告诉师傅。于是杜老武师便带着他和他的大师兄怀德亲自前去探洞，得知这便是当地人传说的“朱砂洞”。后来，杜老武师将在朝廷任职时破蜀、征吴缴获的大量金银财宝以及退休时朝廷给予的大量赏赐秘密藏放于此，将洞口掩埋，作为将来石勒举事时的军资，并安排怀德在此建立后沟庄园，加以守护。

石勒十四岁时，杜老武师患病去世，石勒回到老家北原山下东河沟羯室。后跟随行脚商人郭敬商队行贩京都洛阳时，在上东门长啸惹祸，被朝廷通缉捉拿。石勒为避祸，跑到石门山中，被师兄怀德隐藏在后沟庄园。不久由于无赖举报，带领官兵前来缉拿，石勒被迫离开石门，逃至沾县（今和顺县）蔡岭山中，直到朝廷换代，大赦天下，方才回来。

义门村的石门礅

西晋太安年间，并州刺史司马腾抓捕胡人“卖充军实”，石勒被抓获后卖到山东茌平给大地主师欢做了耕奴。师欢见其“状貌奇异，志度非常”，将其除去奴籍，还其自由。石勒在皇家牧苑结识牧帅汲桑，举旗起义。起义军在进攻兖州时，在阳平、赤桥相继遭遇兵败，几近全军覆没。汲桑在返回牧苑后被“乞活军”追杀。石勒带领仅存的八骑弟兄返回武乡，在俩师兄的帮助下，起出师傅埋藏在石门“朱砂洞”中的军资，招兵买马，东山再起。后来收编盘踞在武东山区东堡、西堡的胡人武装，投奔汉王刘渊，从此开始发展壮大。

再后来石勒做了赵王，在襄国宴请家乡父老，念及当年大师兄怀德的一系列义举，于是提议将“石门”地名改为“义门”，一直流传至今。

黑　营

黑营，位于今武乡县涌泉乡南约3.5千米处，这里地形独特，十分隐蔽。据考，这里系当年石勒在杜家庄（今寨上村）招兵买马，东山再起时，曾在此设立过一座专门训练特种部队的独立营寨。

根据历史记载，石勒被掠卖山东后，与皇家牧苑牧帅汲桑举旗起义。在经历了一系列的战斗后，使他深深懂得了只有知己知彼方能百战百胜的道理。所以他便把对敌情的侦察和对敌人的渗透作为其治军的主要课题之一。当他山东起义失败后返回武乡，在两位师兄帮助下，重新组建部队的过程中，便从军中和两师兄的子弟中抽调了一批身手矫捷的武士，组成了具有特别性质的部队，加以特殊训练，以便于用于侦察敌情和担负特殊的使命。由于这一切都是在秘密中进行，所以，这支接受训练的部队所在营盘便被称为“黑营”，这也就相当于现代部队的“特种兵”训练基地。后来，石勒率部队投奔汉王刘渊，虽然这支部队也随大部队开拔走了，但因此地曾经设立过“黑营”，故“黑营”便被作为地名流传了下来。

古老的黑营村

牧羊山

牧羊山位于寨上村北。按说，凡是太行山区的每一座山头都牧过羊群。那么，为什么单单把此处命名为“牧羊山”呢？据考，这是因为石勒八岁被师傅杜元凯收为“关门弟子”带回杜家庄后，在修炼武功的空余时间，常常为师傅上山牧羊。后来石勒发迹做了赵王、赵帝，人们因为这里曾经是皇帝牧过羊的地方，故把这座山命名为“牧羊山”。

三台岭（含庙岭　西岭　禅窑　麻池沟）

三台岭又名“三原山”。清康熙版《武乡县志》称：“三原山，邑之朝山也。因有平原三处故名，在县（指今故县）东南二十里。”清乾隆版《武乡县志》进一步明确指出：“三原山，在县（今故县）东南二十里，有平原三，即三台岭。”

关于“三台岭”，《魏书·地形志·乡郡》条作了如下记载：“乡，郡治……三台岭上有李阳墓，有古麻池，即石勒与李阳所争池。”这里需要说明一下，所谓“乡”在这里指“乡县”。“郡治”即“乡县”乃乡郡的治所（行政管理机构）的所在县。因为作为“郡”，除了乡县还有其他数县。特别是在古籍中，不论是县，还是郡，都是特指其治所所在的地点，而并不明确其境域或范围。这也就是说，“乡县”和“乡郡”都是在同一个城市或区域内分别办公。根据历史记载，石勒在建立后赵政权后，曾以他的桑梓地“武乡县”为中心，割上党、乐平两郡数县，将“武乡县”提升为“武乡郡”。到了北魏延和二年（433），统治者推行“偃武”政策，“武乡县”“武乡郡”均被去掉“武”字，单称“乡县”“乡郡”。这种称谓一直沿用了二百多年，直至唐代武周时期，方才恢复“武乡”县名。所以，在魏收著述《魏书》时，“武乡县”正是被称作“乡县”的时期。这就非常清楚，当时“乡县”的“三台岭”，也就是今天“武乡”的三台岭。通过实地

三台岭

考察，“三台岭”由三个相对独立，又互有联系的岭顶坪地构成。其位于中部的岭，现在人称“庙岭”，系因在这座坪上，古时候建有祭祀石勒的“大将军庙”和祭祀海渎龙王老焦爷的“风雷将军庙”而得名。在庙岭的岭脚下，有一条长年不断的涧水流淌。涧水中，有一处被人用石块砌筑保护起来的水塘，据说这就是当年石勒与李阳经常争夺打架的沤麻池。在沤麻池的北面向阳的山坡上有一个村庄，叫“麻池沟”，很显然，这个村名的来历，就是来自这个在历史上十分著名的沤麻池。

“三台岭”位于庙岭西北部位的岭顶坪地，现在人称“西岭”，古时候就叫“李阳岭”，系岭上原有一座高大的坟塚“李阳墓”而得名。阅读历史我们知道，在石勒做了赵王后，在襄国宴请家乡父老，曾将害怕石勒记仇责罚而不敢前去的李阳专程请去，拜李阳为参军都尉，并赐甲第一区。至于这甲第一区具体在哪里，史籍中没有明确记载。但李阳死后被埋葬在他的老家三台岭却是事实。据村中耆老说，李阳墓直到民国年间都还存在，后来在历次农田基本建设中被逐渐平掉了，现在已经无踪无影。

“三台岭”位于庙岭东南部位的岭顶坪地叫“禅窑岭”，岭侧有一村庄名叫“禅窑村”。据考，“禅窑”系由“蚕窑”二字演化而来。这是因为石勒年轻时曾随郭敬商队行贩洛阳，为他们羯胡民族赢得了一份“红利”。当时作为酋长的石勒父亲周曷朱拿这份“红利”买下了“三台岭”，并将“羯室”扩展到了这里，在这里栽桑种麻，并靠山挖掘土窑洞，用于养蚕缫丝，赚取生活用品。而在这里集中挖掘的土窑洞就叫“蚕窑”。后来这里逐渐形成了村落，人们自然将村名唤作“蚕窑村”。再后来，随着时间的推移，这里的养蚕缫丝已经成为历史。再加上佛教的传入与兴起，人们开始参禅拜佛，于是“蚕窑”村名也被人们写成了颇具宗教和哲学意义的“禅窑”。（注：在武乡方言中，“蚕”与“禅”读音一致。）

据研究测算，石勒自 17 岁上三台岭，在这里栽桑种麻兼训练用于保护他们弱小民族的羯胡武士，到晋太安中（302—303）并州连年大旱，羯胡人再次被迫举族外逃寻求活路，石勒在这里先后生活达十余年之久。

长乐村

长乐村位于今武乡县大有乡，与“三台岭”隔浊漳河相望。据考，现在的“长乐村”在后赵之前叫“平乐村”，系石勒母亲王氏的出生地，也就是石勒的姥姥家。石勒儿时的玩伴，后来成为石勒“十八骑”骁将之一的王阳即此村人。

长乐村

再后来石勒建立的后赵政权被石虎的养孙冉闵篡灭，建立“冉魏”。“冉魏”政权遭到以羯胡人为主的胡人排斥而纷纷叛离。冉闵恼羞成怒，向全国颁布“杀胡令”，一切与后赵政权有牵连的人和地方均遭连坐。平乐村因为是石勒的姥姥家而全村遭遇官兵屠戮，一度沦为无人村。后来冉魏政权灭亡，又过了若干年，人们开始重新在这里立村聚居。因考虑到“平”具有“平息、平定”的含义，认为“平乐”则“不能为乐”，所以将村名改为“长乐”，并一直沿用至今。

河西村

河西村位于今武乡县监漳镇，相传为石勒的皇后刘氏的出生地。当地传说，时为姑娘的刘氏，有一天在三台岭下的山道上遭遇一群坏小子的欺凌，恰被从此路过的石勒撞见。石勒路见不平，挥拳相向，打跑了坏小子，救了刘氏。于是二人从此相识相爱，后来结为夫妻。

东堡　西堡

东堡、西堡两地均位于今武乡县韩壁乡。据考，西晋时期，这里还是人迹罕至的深山老林。西晋太安年间（302—303），并州刺史司马腾抓捕胡人卖充军实。一支被抓捕的胡人在张訇督、冯莫突带领下，趁官兵不备，挣脱樊笼，跑到这里落草为寇。后来随着落难的人们陆续来投，部队逐渐发展壮大。于是他们把部队分作两支，由张訇督、冯莫突各带一支，相度地形，分别建立了东、西两个寨堡，形成犄角之势，以便相互策应，与官兵对抗。西晋永嘉元年（307），石勒在山东举旗起义失败后，重返武乡寨上村（当时叫“杜家庄”），在俩师兄帮助下招兵买马，东山再起。期间，听说有一支胡人武装啸聚在东山一带，于是石勒单骑前来，通过武功较量和说服争取，赢得了张訇督、冯莫突的信任。张訇督与石勒义结金兰，改名“石会”。然后双双率部投奔汉王刘渊。由于张訇督、冯莫突率部投汉时，并未将寨堡拆除，以至于若干年后，人们向这里聚居，逐渐形成了村落。于是“东堡”“西堡”也作为村名，相继承袭下来，直至今日。

南　关

南关村位于今武乡县分水岭乡北端，西与平遥县相邻，北与祁县来远镇接壤，系武乡县的西北边陲。其境内阴辿山地势十分险恶，清乾隆版《武乡县志·山川》记载：“阴辿山，在县（这里指今故县）西北一百三十里南关镇北，两峰对峙，高出云表，惟山腰一道仅通往来。流水潺潺绕其下，虽盛暑经行，不苦炎热。”古人出于战争的考虑，曾在此设立雄关。

据考，此处关隘在唐代以前称“石会关”。“石会关”共有两处，位于今南关村的叫“南石会关”。另有“北石会关”（今称“北关”），后被划入今祁县来远镇。南、北关之所以被称作“石会关”，与一个历史人物，即最初的建关人“石会”有关。据史籍记载，“石会”原名“张㔨督”，出生于羯胡民族。西晋永嘉元年（307）前，他与冯莫突“拥众数千，壁于上党”，拥众啸聚在今武乡县东部的韩壁乡境内的山林中，建立东、西两个寨堡，以打家劫舍为生，与官兵对抗。就在这一年，被西晋并州刺史司马腾掠卖到山东的石勒参加汲桑起义失败，返回武乡，曾单骑前往西堡，动员张㔨督与他一起投奔汉王刘渊。张㔨督十分仰慕石勒的为人，便与石勒结拜金兰，并改名“石会”（详见上篇地名《东堡、西堡》）。俩人在率部投奔汉国后，汉王刘渊敕封石勒为“平晋王”，敕封张㔨督为“亲汉王”。当时，时任西晋并州刺史的刘琨占据晋阳，对汉国形成很大的威胁。为了预防刘琨发兵南犯，汉王刘渊听从石勒的建议，委派具有山林防守经验的石会率部到阴迪山设关镇守。石会来到后，相度地形，在这里分别设立了南、北两座关隘，以便互为表里，相互策应。于是人们便将这两座雄关分别称为“南石会关”与“北石会关”。当年守关将士们的驻扎地，后来逐步演变成了村落，村名也就因

南关背后险要的山峰

地理位置的不同，被分别称为“南关村”与“北关村”。

位于武乡县的南关村，由于其特殊的地理位置与地形条件，成了历代兵家必争之地。据典籍记载，历史上发生在这里的战役与战斗很多。这里摘要概述如下。

其一，唐武宗平刘稹之叛。

唐朝会昌三年（834），泽潞昭义军节度使刘从谏病死，其侄子刘稹起兵叛唐，派其部将康良佺进驻武乡，杀害武乡县令唐汉宾。武宗皇帝十分震怒，下诏调集徐、许、滑、孟、魏、镇、幽、并八镇军队，对刘稹发起围攻。康良佺与朝廷兵马使王逢交战于石会关。康良佺兵败，率部退守鼓腰岭（今分水岭）。王逢与朝廷潞府北面招讨使刘沔合兵占据了石会关。同时，其他各镇兵马也相继完成了对刘稹所占据的潞府（其辖区包括今长治、武乡、襄垣、沁县、黎城、屯留、平顺、长子、壶关及河北涉县地区）的包围。会昌四年（1844），在军事与政治双重手段的打击下，刘稹被杀，叛乱得以平定。

其二，唐末石会关之战。

唐天复元年（901），原黄巢起义军将领朱全忠叛变投唐后，回过头来镇压起义军，因功被封为“梁王”。这年四月，朱全忠派遣部将氏叔宗、贺德伦率军进攻李克用的晋军。氏叔宗取道太行入天井关攻占了泽（今晋城市）潞（今长治市）两地，随后北上出石会关，驻兵洞涡，直逼太原。李克用派大将周德威率军迎敌。两军对峙，久战不下。此时，氏叔宗军营传染瘟疫，不能再战，急需退兵。但军中病员过多，影响撤军。于是氏叔宗下令，凡不能随军行动者，全部用火烧死！病员们害怕被烧，都挣扎着爬起，拼命随军。这就保证了撤军速度，使得氏叔宗秘密撤出战斗，迅速退回石会关。晋将周德威发现后，立即发兵追赶。此时，氏叔宗虽然占有地利，但因军中非战斗减员过多，不愿再战。为了迷惑敌人，氏叔宗指挥部队，在石会关周边山头遍插旗幡，造成有大军遍布山林的假象。当周德威大军追来后，望见漫山遍野的旗幡，疑有大军设伏，不敢发动进攻，引军退还。就这样，氏叔宗采用疑兵之计，创造了我国古代战争史上，在形势不利的情况下，机智撤兵的典型战例。

其三，北宋末年的南关之战。

北宋靖康元年（1126）春正月，金国西路军元帅粘罕（亦称“粘没喝”）率军取道子洪口、北关，欲取上党。当他兵至南关时，诧异地发现，这座原来认为不易攻克的雄关上，居然无兵防守。粘罕登关四望，不由得仰天感慨：“关隘如此险恶，而今使我得过，南朝可谓无人！”于是率兵大掠威胜军（今沁县、武乡一带）和隆德府（今长治一带）后引军退还，复攻太原。这年六月，北宋朝廷主战派李纲督兵救太原，派遣其部将范琼率部驻守南、北关，同时派遣解潜率军驻屯威胜军以作声援。金军又来攻关，范琼、解潜合力抵御。激战数度，金军未能攻入。这时，金国进攻大宋的东路军在元帅金兀术的率领下，已经兵临大宋京都开封城下。京城危急，宋钦宗紧急颁诏，令各地抽兵回援京师。圣旨传到威胜军，范琼、解潜不愿违抗圣命，于是尽力缩减布防，抽出部分兵力南下勤王，致使北关失守，南关的山上哨所也出现了空当。再说金兵取得北关后，却对南关久攻不下。于是金兵改变策略，从军中选取武功高强的勇士数百名，组成“敢死队”。然后杀羊取皮，披在身上，由领兵将领化装成牧羊人，驱赶着这群“羊”，绕道攀上阴辿山，从山上哨位空当处翻山进入关内，悄悄靠近关卡，占据有利地位。然后放响号炮，与关外金兵内外策应，一起夺关。经过一场激烈恶战，南关失守，金兵蜂拥而入。继而，整个上党大地被金兵攻占。该年冬，金兵东路军攻破东京开封，随之北宋灭亡。

其四，明朝蒙古汗王俺答的入侵与骚扰。

俺答是蒙古族右翼土默特万户首领，驻地在今呼和浩特。明嘉靖二十年（1541），俺答遣使与明王朝通好，遭到明王朝拒绝。俺答热脸贴了个冷屁股，勃然大怒，于是开始了每年至少一次，有时多达数次对大明王朝的侵扰，连续长达 30 年之久。其中曾数度打入内地很远，给明王朝造成了巨大损失。

这里仅摘录与南关有直接关联的两场战事。

明嘉靖二十一年（1542），俺答率兵攻下山西朔州，接着攻入雁门关，攻打太原。七月初攻克南关，进入上党，明参将张世忠战死。七月初三，俺答军一部攻至武乡城下，武乡军民婴城据守，战斗进行得异常惨烈。这次激战，武乡城虽然未被攻破，但城外却遭受了巨大损失，人民死伤无数，财物被掠夺一空。

明隆庆元年（1567）九月，俺答再次入侵山西，一举攻陷石州（今离石），知州王亮被杀。俺答军在劫掠了交城、文水后攻入武乡南关镇，对南关进行了空前的劫掠与骚扰。

明隆庆元年（1571），明王朝不堪其扰，被迫接受了俺答请求封爵的条件，册封俺答为“顺义王”，而此时俺答也已年老，对明王朝的侵扰才告结束。

俺答的侵扰告诉我们，如果朝政腐败，即使有南关这样的险恶雄关，一样挡不住强敌的入侵。

综上所述，南关在我县历史上具有十分重要的意义。

马　牧

马牧村位于今武乡县丰州镇。西晋时期，这里地势平坦，水草丰茂。石勒在山东起义失败后重返武乡，在寨上村（当时叫“杜家庄”）得俩师兄鼎力相助，招兵买马，东山再起，这里便成为他马军的集中牧养地，即“马军牧场”。当他率部投奔刘渊后，牧卒们在此留下的房屋等生活设施，便成为流民们赖以栖息的场所。后来这里逐渐形成了村落，“马牧”自然也就成了村落的名称。

马牧村的老房子

王 路

王路村位于今武乡县丰州镇，此处正处于北原山与寨上村的中段。当年石勒在山东起义失败后，重返武乡，先回到老家东河沟探视父老。但东河沟在他走后，已经衰败沦落得不成样子了。于是他便带领随行的“八骑”弟兄，从东河沟出发，前往寨上村（杜家庄）寻找两位师兄帮助。中途，他们曾在此处歇脚打尖。到后来，石勒建立后赵做了赵王，此处也逐渐形成了村落。于是人们便将村名称作“王路”，以纪念赵王曾在此路过。

苏 社

苏社亦名“书社”，位于武乡县丰州镇，是后赵时期石勒鼓励乡梓父老创办的第一个乡下教育机构。后来这里逐渐形成了村落，“书社”也就自然成为村落的名称。而“苏社”的写法，则是新中国成立后，中国与苏联友好时期的象征性名称。读历史我们知道，石勒自幼家境贫寒，生活颠沛流离，一直没有机会接受文化教育，所以初始并不识字。在创建后赵的过程中，使他深深认识到文化知识具有无可替代的重要性，于是在谋士张宾加盟后，他不仅责成以张宾牵头，广招天下鸿儒，组织了自己的智囊团“君子营”给自己出谋划策，他自己也跟着张宾恶补文化知识。很快，他的文化水平就有了质的嬗变，以至于后来能写出像《答刘琨书》那样音词倜傥、铿锵有力的文字来。当他定都襄国，有了自己较为稳固的根据地后，首先抓的第一件事就是文化教育。一开始，他在襄国设立了“太学”，选拔任用了一批通晓儒家经典的官吏为“文学掾”，担任教授，简选将佐弟子三百名入学读书，志在培养自己的人才队伍。后来又下令在襄国四门设立了“宣文”“宣教”“崇儒”“崇训”等学堂、书社十余所，广招官吏和民众弟子，使他们从小就接受文化教育。当石勒做了赵王后，由于思乡情切，但国事繁杂无法回乡省事，便安排车驾，将家乡父老接到襄国，和大家把酒言欢，同饮同乐。席间，他要求父老们回去后，一定要开办书社学堂，让我们的孩子们从小就入学读书，将来成为国家的有用人才。宴会结束，父老们回来后，没有辜负石勒的期望，果然在家乡设立了书社，招收民间子弟入学读书。至于当时共设立了多少书社学堂，现在已经无法考证。但当时在今“书社”这个地方设立过书社却是不争的事实。

王家峪

王家峪村位于今武乡县韩壁乡。抗日战争时期，八路军总司令部曾经长期在该村驻扎，从而使“王家峪”闻名世界。然而，“王家峪”村名的来历，却与赵王石勒有直接的关系。

西晋永嘉三年（309），已经成为汉国大将军的石勒正率部在冀鲁大地上攻城略地，忽接汉帝刘渊圣旨，命他回师太行，进攻壶关（今长治），意在夺取上党，打开通往晋朝京都洛阳的门户（当时壶关乃上党首府）。石勒奉命回来后，将所率十数万大军分作两部，分别在壶关的东面和北面设立了两座大营。其设在东部的大营被称为“东大营”，位置在黎子国南（今黎城县南，后来此处划入平顺县）。明成化版《山西通志》：“石勒城……一在黎城县东南八十里，周围四里六十步。”即指此处，至今遗址尚存。而设在壶关北面的大营被称作“西大营”，其准确位置就在今天的襄垣县西营镇，“西营”的名称因此而得。石勒在设立西大营的同时，还在紧邻大营的东面（今城底村）修筑了用于储备粮草的坚固城池。明成化版《山西通志》：“石勒城……一在襄垣县北九十里城底里，乃勒取上党积草城也。”石勒这样的军事布局，正好与汉国派出的另外两支大军，即王弥统率的南路大军和刘聪率领的西路大军，对上党大地形成了四面合围之势。然而，石勒的指挥中枢却不在两座大营之内，而是设在了西大营北面数华里之外的山谷之中。具体位置就是现在的王家峪。“峪”即“山谷”。当上党收复，石勒大军开拔后，又过了若干年，石勒做了赵王，而这里也逐渐形成了村落，于是，这处赵王曾经驻跸过的地方便被称为“王家峪村”。

老 寨

老寨系今武乡县蟠龙镇上北漳村的一个自然村。这里地势高耸，易守难攻。据考，当年石勒大军进攻壶关（今长治）时，在今襄垣县西营镇设立大本营，同时将他的军事指挥中枢设在现在的王家峪这个地方。为了有效保卫指挥中枢的安全，他还在周围主要高地设立了数个哨寨，派兵驻守。“老寨”这个地方就是他设立的一个哨寨。随着时间推移，这里逐渐形成了村落。人们追忆这地方曾经设立过军寨，便将村名称为“老寨”。

西 川

西川村位于今武乡县监漳镇，与襄垣县西营镇相邻。这里地势开阔平坦，水草丰茂，在古代是一处理想的放牧之地。据考，当年石勒进攻壶关（今长治）驻兵西营时，这里曾是他骑兵军马的放牧地。“西川”是一个独立的地名，周边并无与之相配套的“东川”或“南川”“北川”。“西川”是因为当时这里正位于石勒的“西大营”西边的平川地带，故被人称之为“西川”。后来这里逐渐形成了村落，“西川”自然也就成了村名，并一直沿用至今。

石勒屯兵“西大营”时的马军驻地“西川”

烂柯山

烂柯山原名“大石山”，位于今武乡县故城镇三交村南，现在划入沁县管辖。烂柯山地势高耸，怪石嶙峋，风景幽佳。山顶建有一座神庙，古代称“王仙祠”，现在人称“烂柯庙”。古籍中多有记载王质烂柯遇仙的故事，当地亦然。然而，据考证，这个故事的源头，则出自石勒的长子石兴。

研究历史我们知道，东晋大兴元年（318）汉国皇帝刘聪病逝，太子刘粲继位。刘粲因刘聪病危时，曾经征召石勒回朝辅助太子遭到拒绝而对石勒产生了极大的怨恨。于是阅兵上林苑，扬言要发兵襄国讨伐石勒。消息传出后，留质汉都平阳的石勒长子石兴，惧怕刘粲加害，立即逃离平阳，欲到襄国去投靠父亲。当他历尽艰辛，一路跋山涉水来到这里时，担心追兵缉拿，于是潜入大石山中躲避。为了生存，他以落难之人的身份，到山下的三交村采购生活物资，同时向外传达了一个只有羯胡族人才能听得懂的信息，希望能获得本族人的帮助。这信息即“烂柯，王质，柯烂，辛安”。这是一句羯胡人的祖语，翻译成汉语则是“大石头，躲藏在，山洞里，很安全”。对于这一句十分怪异的话，当地人自然听不懂。看看说这句话的人，相貌堂堂，气质高雅，也不像有病，于是人们便将此事作为笑谈而到处传颂。就在人们的口口相传中，被当地的一名酸腐秀才获悉了。这秀才将“烂柯，王质，柯烂，辛安”这几个字反复咀嚼，推敲，琢磨，又到实地采访，最终通过联想，将这句话演绎成为一篇神话传说：“信安村（三交村在古代曾经叫“信安村”）王质入大石山采樵，遇到几个童子在唱歌、下棋。王质好奇，便坐下来听歌、观棋。这时，一个童子给了他一枚枣核让他含在嘴里，于是王质便不再感觉饥饿。过了一会，童

武乡烂柯山、王仙翁祠石刻遗存

子问他‘你怎么还不走？’王质这才起身寻找斧头，准备离去。这时他发现，他的斧头已经朽坏，斧柄早烂得没有了。当他回到村里，却见村庄面貌大变，村里人他一个都不认识。他凭着印象，好容易找到自己的老宅，发现老宅也被翻修过了，里面住的都是生人。后来他发现屋内有一位须发尽白的老头，通过交谈，才知道这老头是他重孙子的重孙子。而他从入山采樵到现在已经过了一百多年了。”这个被演绎出来的故事后来被载入当地典籍。又过了一百多年，到了南北朝时期。南朝的祖冲之在编写《述异记》时将其收录在内。收录时又经过修改，写成了如下文字：“信安郡石室山，晋时王质伐木。至见童子数人，棋而歌，质因听之。童子以一物与质如枣核，质含之不觉饥。俄顷，童子谓曰：‘何不去？’质起，视斧柯烂尽。既归，无复时人。”通过祖冲之《述异记》的进一步宣传，最终使得这篇神话成了华夏史上传颂千古的经典神话传说。但究其根渊，它是出自石兴的一句羯胡语：“烂柯，王质，柯烂，辛安。”（具体情节详见“三晋历史文化名人传记丛书”之《石勒传》第四十二章）

三　交

三交，村名，现属武乡县故城镇管辖。村南过涅河即烂柯山。据清乾隆版《武乡县志·外志·仙释》载：“晋，王质，本县三交人，采樵为生。性淳朴，独息一室，闭耳合目，吐纳修养，数与人请辰一术。日樵出，前有清气，御而行如将导引者。逾涅水而南涉山麓，麓有二童子对弈，与质一物如枣核。质咽之，释各斧置旁，悉心观弈。其一方持子欲下不下，一笑问曰：‘何怯也？’一答曰：‘吾欲以怯为勇。’一又曰：‘不似我无勇无怯，任汝争先后着。’到了一枰戏局耳，顾谓质：‘尔速归，尔柯烂矣。’质视果然。归其家，无一存者。询之，曰：‘有一老曾负斧出，闻已逾百年矣。翁得毋是耶？’质骇之，复返原所，二童子已不见，惟存棋局。质恍然，寻亦羽化。后人即其地绘像以祀，曰王仙祠。”这便是武乡版“烂柯山王质遇仙”的传说。这个传说明确了故事的主人翁王质就是“本县三交人”。然而，这

个故事的原始脱胎，则是出自石勒长子石兴的一句羯语：“烂柯，王质，柯烂，辛安。”（参见上篇《烂柯山》）

狮则沟

狮则沟，村名，现属武乡县故城镇管辖，具体位置在三交村过涅河，登临烂柯山的山腰洼陷处。关于“狮则沟”村名的来历，武乡县民政局编著的《武乡县地名志》是这样记载的：“相传，古时候这里是森林茂密的深山，曾住过狮子，后来有人来山沟里居住，故得名狮则沟。”对于这个记载，笔者很是困惑。我们知道，中国从来不产狮子，狮子的产地在非洲和西亚。即使在古代，狮子也只是以图腾的形式出现。虽说后来的皇家园林和国家动物园中也有了狮子，这也是通过外国使节进贡或国家花钱进口方才拥有。所以，狮则沟“曾住过狮子”的说法很不可靠。即使是“相传”，也有信口杜撰之嫌。那么，“狮则沟”村名到底是怎么来的呢？笔者以为，“狮则沟”是从“石子沟”演变而来。

据考，当年石勒的长子石兴为逃避汉国新主刘粲的加害，一路坎坷跑到了这里，曾入烂柯山（当时叫大石山）中躲避。途中，他曾在这里歇脚并向当地土人打听入山的路径。后来，石兴传出的羯语得到了回应，石勒派大军来这里将他接走，回到了襄国。再后来，后赵政权建立，这里也逐渐形成了村落。人们为了纪念石兴，不仅在山中广植杏树，并将村落取名“石子沟”意即“石勒之子曾在此沟中落脚”。至于“狮则沟”的说法，则是在狮子图腾传入中国后，人们将狮子看作“瑞兽”，于是“石子沟”的称谓逐渐被“狮子沟”取代。同时受武乡方言的影响，“狮子沟”又被叫作“狮则沟”。

南亭川

南亭川，根据古籍版《武乡县志》的记载，泛指武乡故县城（今故县村）所在的周围所有山川河谷，包括北原山。若是确指，则可具体到现在魏家窑、白家窑等村庄所在的数千亩平川原野。从堪舆学上看，南亭川是一块典型的风水宝地。站在北原山四面环望，一道龙脉从太行山派生出来，一路南下，至北原山前结穴，东、西两山为青龙、白虎左右护持；前面武乡水（今叫“浊漳北源”）蜿蜒而过，形成“玉带环腰”；环绕整个南亭川的所有山峦，形成了“四面群山拱服”；而从各个山谷沟壑中流出的河水、山涧水都集中汇聚到故县城前面的武乡水内，形成了“八方众水来朝”；再加上魏家窑、白家窑所在的平川原野形成的“明堂”，是典型的“明堂可容万马”；再往前，暴家峪、兴盛垴一带山峦起伏，重重叠叠，可谓是“前案绵远”。

综合整个形势，即北原山前结穴处“青龙盘踞，白虎稳伏，玉带缠腰；四面群山拱服，八方众水来朝；明堂可容万马，前案绵远”，是堪舆学上典型的“龙兴之地”。所以，出生于此环境中的石勒能够成为后赵皇帝，似有其先天的条件。特别是北魏太和十五年（491），当时的统治者决然舍弃地理位置相对适中，并且从西晋泰始年间（265—274）就已设立，已经经营了220多年的旧治所（今榆社县社城），而把治所（县城）搬迁到当时偏居一隅，

魏家窑村“点将台”遗址

地理位置极不适中的南亭川来的根本原因——到这里来“蹭”风水吉地。而据当地人传说，在这里设立县城，可产生“三斗三升芝麻数量”的官。那么何为“官”？写到这来，笔者忽然想到，古时候有“七品芝麻官”的说法，是不是“七品”以上才能称之为“官”呢？而“七品”则是县令一级的官。放到现在，则是县长、县委书记的级别。由此推之，产生“三斗三升芝麻数量”县长、县委书记以上的“官”，那将是多么庞大的数字？真是不可思议。

南亭川在军事上的地位也很重要。据考，西晋永嘉六年（312），石勒葛陂受挫，听从张宾之策，回师经营黄河以北。他亲率其指挥中枢重返武乡，营建“北原新城”。当时，他的大军就驻屯在南亭川上。至今，位于魏家窑村的“点将台”遗址尚存。

南神山

南神山位于今武乡县丰州镇故县村东南，距故县约三华里。“南神山”是当地民间的叫法，可能是相对于“北原山”而言，在古籍版《武乡县志》中统称“南山”。这里既是武乡人民心中的圣地，也是一处重要的景区。据古籍记载，在古代，这里曾经汇聚了远近闻名的“南山二十四景”，如“漳水回澜”“南山锦浪”“麟爪探洞”“上方聆梵”等。这里地势奇特，东西两“砂”呈“双龙双虎”左右相抱之势，前临漳水，后枕高岗，风水幽而佳。在历史上很长一段时间内，这里都设立过“南山书院”，培养了一批又一批治国安邦的人才，如明代的工部尚书程启南、兵部侍郎魏云中和中华人民共和国的副总理纪登奎等，同时也产生了一系列脍炙人口的传说故事。据考证，这里最早的开发，可以追溯到距今1700多年前的西晋永嘉四年（310）。其最初的奠基人，就是被石勒尊称为“圣师大和尚”的佛图澄。

阅读典籍我们知道，佛图澄俗姓帛，西域龟兹国人。他九岁出家，是一位得道高僧。为了弘扬佛法，他在年近八旬时来到华夏，进入当时的京都洛阳。不料恰逢永嘉乱起，洛阳已经失去弘法的条件。于是他北上平阳，想依托汉国，落实自己的诉求。可是偏偏又遭遇汉主刘渊病逝，汉国发生内乱，平阳也不具备他弘法的条件。就在他决意离去，另谋出路的时候，一个偶然的机会，见到了奉旨回京的石勒。出家人特有的潜意识使他感觉到，他与石勒应该有一定的“佛缘”。但是，能不能依托石勒助他弘法，他还有点吃不准。因为这时候石勒还仅仅是大汉国的一名将军，尚无地盘，不具备他弘法的条件。所以，他必须对石勒有更深入细致的了解，考察石勒的过去和现在，从而推断他以后的造化。于是，佛图澄率领众弟子离开平阳，来到武乡北原山下。经过一番相度地形，最终看中了南山这块风水宝地，便在山中搭茅棚居住下来，一面修行弘法，一面多方打探石勒的行踪。所以，当时这里简陋的“茅棚寺”便成为佛图澄进入华夏后的第一个较为固定的落脚点。在经过一番明察暗访后，佛图澄对石勒有了全面了解，认定石勒将来必然成就大事，而他依托石勒弘扬佛法也定会成功。于是他率领弟子离开南山，到了石勒已经率领大军驻屯的葛陂，通过郭黑略的引见，和石勒会了面，并在南山留下了他用清水洗涤内脏的“净脏池”和用意念“眺望”葛陂的“望勒石”等千古遗迹。西晋永嘉六年（312），石勒大军撤离葛陂，回师经营黄河以北。佛图澄跟随石勒的指挥中枢重返武乡，再入南山。这时他得到了石勒的全力支持，使他在原来茅棚寺的基础上，修建了他进入华夏后的第一座正规的寺庙，为他在华夏弘扬佛法奠定了坚实基础。

大唐重修茅蓬寺碑（局部）

马　庄

马庄原属武乡县故县乡管辖，今并入丰州镇，地理位置在南亭川东。“马庄”脱胎于“马兵驻屯的村庄”。相传，当年石勒在南亭川设大营屯兵时，因这里水草丰茂，就将他的马兵营设立在此处。据说，当时与此处隔河相对应的还有一个“南马庄”。南马庄在后来冉闵颁布“杀胡令”时全村遭到屠戮，村庄灭绝，再未恢复。而马庄（当时称“北马庄”）虽也遭受屠戮，但有一部分人侥幸逃脱。所幸冉魏政权存世短暂，很快就灭亡了。当灾难过后，幸存的人们回来重建家园，村名便不再分南、北，单称“马庄”。

西寨底

西寨底系武乡县丰州镇魏家窑村委会的一个自然村，位于南亭川西。据考，当年石勒大军驻屯南亭川时，曾在该村西的山头上设立哨寨，用以守护大营。后来，人们在哨寨山脚下卜宅居住，逐渐形成了村落，便将村名定为“西寨底”。

大　有

大有，即今武乡县大有乡政府所在地大有村，位于武乡东部一条长10多千米的山谷内。对于“大有”村名的来历，武乡县民政局编著的《武乡县地名志》是这样说的：“传说，该村有两个小村庄，分别居住着几户加工酒醋人家。他们打的曲在周围出名。为了区别两村，当时人们把上边的村叫作上打曲，下边的村叫下打曲。随着历史的发展，逐渐二个村连接为一个村叫大曲。后来人们为了后代生活富有，改为大有。”而在三晋出版社出版的《武乡地名故事》（武承周、李绍君主编）一书中的解说则是：“大有村至今已有上千年的历史，但开始叫皋阳，一直到了宋朝赵匡胤时期（926），因大有附近有一家大户人家私养了龙驹宝马，被皇上知道后满门抄斩。皋阳百姓因平时受这家大户恩惠不少，为感恩，将皋阳村改称大屈。一直到清朝咸丰年间（1853），时任县太爷有件积案私访到了大有村，听了村民汇报后，这位好心的县太爷觉得大有老百姓有善心，但大屈叫的让人听了太寒心，所以他建议将大屈村改名为‘大有村’，至今一直未变。”至于“大有镇”的设立，本篇文章接下来引用了一个传说。这个传说的大意是：清朝道光年间，武乡县衙来了一位新县令，名叫陈曾翰。有一年四月十八，陈县令到大有村赶泰山庙会，趁机通知周边村的里甲长和乡绅大户，来大有村的眺远阁上召开经济工作专题会议。会上通过公议，决定在大有开设集市，并将大有村改为“大有镇”。

大有镇上的远眺阁

关于“大有”亦名“大曲”似乎在县境内知道的人并不少。但《武乡县地名志》说是“上下打曲合而为大曲”，笔者总感觉有点望文生义，显得牵强附会，不是那么可信。而对《武乡地名故事》“大有村……开始叫皋阳”的说法，笔者也存在疑问。据清康熙版《武乡县志·都鄙叙》载：“体仁都

第五图皋阳里，即旧墨镫里，在县（指现故县）东乡，离城一百里，旧白河、史庄并入，近又合大有、广志里及旧志所并王步、贾豁、洪水、却净、郭村、温水、韩广、团松、八里为一里，领村一十八。”从上述文字看，这里的“皋阳”好像指的并不是“大有”，而是“墨镫”。同时在这段文字中还出现“近又合大有”的字眼，这就说明“皋阳”“大有”同时存在。大有“开始叫皋阳”就说不通了。特别是再往下，在“领村一十八”（洪水镇、大曲镇、王步、马村、黄岩、韩广、柳庭交、石泉、墨镫、南台、北台、天凹、马堡、辛村、白河、阳凹、石叠、广志）这十八个村中，又赫然出现了“大曲镇”，就更让人不得其解了，总觉得“皋阳”不是“大有”的原名，而是一个“里甲”的称谓。

再看清乾隆版《武乡县志·疆域》卷。这时候，域内的行政区划已经由“里甲制”演化为“乡约制”。在这里，“皋阳”“墨镫”也已经分开，各自为“约”。而“皋阳约，村庄四十”，在这“四十”个村庄中，头一名就是“大曲”，“皋阳”与“大曲”又同时出现。这就说明，“皋阳”只是一个“乡约”的名称，而非“大曲”的原名。

综上所述，笔者认为“大有村……开始叫皋阳”的说法并不可靠。而“大有”“大曲”这两种对村庄的称谓，一直以来就是同时并存的。直至现在，仍然有人称“大有”为“大曲”。至于“大有镇”的设立，始于清道光年间县令陈曾翰召开的一次“经济工作会议”，笔者也不尽认同。其一，通过上文我们知道，清乾隆时期就有“大曲镇”；其二，笔者查阅典籍，清朝道光年间先后有六七名知县（不是“县令”）任职武乡，其中并无“陈曾翰”这么一个人物。进而遍查清朝的所有职官，也没有发现“陈曾翰”的名字。后来又查民国版《武乡新志》，方才找到“陈曾翰”的名字。不过，陈曾翰任职武乡知事是在民国五年七月至民国七年三月。所以，“大有村改大有镇”是在清道光年间的说法是站不住脚的。然而，笔者对大有这个地方曾经发生过血案，“大有”系从“大屈”演变而来的说法表示赞同，但对事件发生的时间与情节却另有看法。

据考，在大有这条山沟里，历史上确实发生过一起大屠杀事件。但时间不是发生在宋朝赵匡胤时期，而是比这要早五六百年。被屠杀的也不仅仅是一大户人家百十口人，其惨烈程度要比这大得多。至于宋朝赵匡胤时期这里是否又发生过惨案，这就另当别论了。翻阅历史典籍我们知道，武乡是后赵皇帝石勒的出生地，也是后赵王朝的发祥地。在整个后赵时期，这里都是以羯胡民族和被石勒称为“国人”的其他胡人为主的聚居地。到了后赵末期，国主石虎死后，石虎的养孙冉闵跋扈朝廷，欲灭掉后赵建立“冉魏”，致使以羯胡为首的“国人”不服，纷纷叛离。冉闵勃然大怒，向全国颁布“杀胡令”，掀起了一场规模浩大的腥风血雨。“杀胡令”的颁布，武乡毫无疑问是除京城以外首屈一指的重灾区。当时，大批官兵涌入武乡，极其疯狂地到处抓捕胡人。然后把抓捕的数万胡人，统统押往今大有所在的山谷中进行集体屠杀。这场大屠杀惨绝人寰，杀人所形成的血河顺着山涧向外流淌达十多里之遥。所以，从那时起，人们为了纪念大批胡人无端遭戮，便将惨案的主要发生地称之为“大屈”，即“太惨烈”“太冤枉”之意。随着时间的推移，“大屈”被写成“大曲”。特别是，围绕这场惨绝人寰的大屠杀，在周边出现了一系列与此事件相关的地名，如却净、王海峪、西岗头、石活、石科、石泉等。下面逐个加以解说。

却 净

却净位于大有村南，距大有约五华里。关于“却净”村名的来历，在当地有两种说法。一说是当年惨案发生时，这里是整个刑场的外部边沿，所以人们称这里为“劫尽”，后来逐渐演变为“却净”；还有一说是，这场大屠杀是在这里最后收场的，所以被人们称为“杀尽”。随着时间推移，这里逐渐形成了村落，人们为了趋吉避凶，将“杀尽”改为“却净”。但不论哪种说法，都与这场大屠杀有撇不清的关系。

王海峪

王海峪位于大有山沟的靠外部位，距大有村约十五华里。王海峪原来的全称是“王家血海淤积处”。这是指当年大屠杀血流成河，顺山涧向外流淌，到了这里因地势低洼，加上血液冷凝和杂物堵塞，在这里形成了一片血海。由于在人们的意识中，羯胡是石勒、石虎的“王族”，也就是“王家人”，所以将此处称为“王家血海淤积处”。后来这里逐渐形成了村落，人们在纪念这场惊天惨案的同时，也为了避免血腥气，将村名简称为“王海峪”。

西岗头

西岗头亦称“西岗楼”，位置在大有村西北部。当年冉闵的官兵将大批抓捕的胡人押解到大有村一带的山沟内集中屠戮时，曾在此处山头设立岗楼，布置哨兵，负责看押被捕的胡人和防备有人前来劫法场。后来这里逐渐形成了村落，“西岗头”也就成为村落的名称。

石　活

石活村位于大有村东南方向，这里有一处山间豁口，故也称“石豁”。据考，当年冉闵官兵在沟中集中屠戮胡人时，有少数石氏族人侥幸脱离樊笼，从这处豁口逃出，得以活命，故后人将此处称为“石活”。

石　科

石科原名“石哭”。据说，当年冉闵官兵在山沟内集中屠戮胡人时，这里的石头都渗出了水珠。人们说，当时惨烈的状况，连石头都落下了泪。还有一说，即在这场大屠杀中侥幸没死的石氏后人，在浩劫过后，曾专门来到这里，面对山沟祭拜遇难的族人，在这里哭得昏天黑地。故人们将这里称之为“石哭”。后来这里逐渐形成了村落，于是人们便将村名取为“石科”（在武乡方言中，“哭”与“科”同音）。这样，既使村名具有纪念意义，又避免了“哭”字的不吉祥含义。

石 泉

石泉村位于今武乡县贾豁乡北部，与榆社县境接壤。古籍版《武乡县志》均称此处为“赵王村石泉”，因此处有赵王石勒墓而得名。据考，在古代这里是一片深山老林。当年石勒去世后“夜厝山谷”埋了好几处疑冢，这里便是其中之一。后来冉闵篡灭后赵，建立“冉魏”，同时颁布“杀胡令”，作为重灾区的武乡羯胡人被屠戮殆尽。只有极少数石氏后人（很可能是一二男丁）侥幸逃出，来到这里，依傍石勒墓结庐隐居。为了逃避追杀，他们化姓为“胡”（或曰因为他们长相不同于一般汉人，被当地入山采樵打猎的土人呼为“老胡”，他们率性以“胡”为姓）。关于这一典故的根据是，据石泉村的耆老们回忆，记得在他们已经丢失的族谱序言中有“吾祖大赵圣帝系武邑石泉人也，祖籍县之东河沟……”的记载。由此可见，如今石泉村的胡姓就是赵王石勒的族系传人。万幸的是，冉魏政权存世短暂，只有区区二年便迅速垮塌，胡人的灾难很快就过去了。于是已经改姓为“胡”的石氏后人也不再将姓氏改回。同时因为他们已经无家可归，只能在此地定居下来，娶妻生子，繁衍后代。又过了若干年，这里逐渐形成了村落，为追念先祖，他们将村子取名“石泉”，取“泉”乃“源头”之意，承认埋葬在此的石勒既是石氏族人的源头，也是他们胡氏族人的源头。于是，他们开始在石勒墓旁建造祠庙，祭祀石勒。随着时间的推移，祠庙越建越大，由最初的“石勒祠”“赵王祠”逐步扩建为“后赵圣帝庙”“海神庙”。至于是哪个朝代的那个皇帝把石勒敕封为“海神”的？待考。但是，“海神庙”祭祀的是后赵皇帝石勒，却是无可辩驳的事实。清乾隆版《武乡县志·祠庙》就有明确的记载：“海神庙在县（指今故县）东三十里石泉村东坡之阳，祀后赵石勒。”可惜的是，这座庙在新中国成立之前被人为地毁掉了，这不能不令人遗憾。然而，石勒墓与石勒祠庙能够经历一千五六百年，一直保持到新中国成立之前，全靠这里的胡姓族人一辈又一辈人矢志不渝的坚持。对此，笔者感慨良多。

海神沟

海神沟是石泉村委会的一个自然村，其位置在海神庙脚下的沟谷内，“海神沟”村名因此而得。这里最值得一说的是，就在这里的海神庙内，曾经发掘出一枚赵王古印章。

海神庙镇庙之宝——赵王古印谱

据民国版《武乡新志·金石考》载：“赵王古印。案：此印系古铜质，千五百年前之物也。藏县（指今故县）东北三十里海神庙，庙祀赵王石勒。清光绪十七年修葺庙时，住持僧寂重于垃圾中得之。相传此印所最奇异者，能一次印纸八张，末张字迹尤显。”并附有印模图案。印文为古体大篆“天水赵王之记”。据专家学者考证，此印确系赵王石勒的御用之物，弥足珍贵。对于印章中“天水”二字的解读，有学说称，此与道教所尊奉的“三官”有关。“三官”即天官、地官、水官，天官赐福，地官赦罪，水官解厄，石勒本身为“地官”，所以印章中只取“天水”二字就全了。而对于此印章为何会出现在“海神庙”？有学者推测，这应该是当年石勒做了赵王之后，在襄国宴请乡梓父老时，赐给他们在必要时用于疏通各种关节和可以便宜行事的信物。后来随着后赵政权的灭亡，此印章的应用价值已经失去。同时，也随着石氏后裔在石勒墓旁建立了祭祀石勒的祠庙，所以人们便将这枚印章供奉在祠庙内，加以保存。令人万分痛惜的是，这枚历尽沧桑，传世已达 1600 多年的稀世珍宝，却在抗日战争爆发之前失却了。原因是，当时利欲熏心的附近村民倪维新、刘生林伙同守庙人张林贵，将这枚印章连同具有同等价值的古铜像、古香炉和古含珠共四件珍贵文物一并盗出，以 80 块银洋的价格，卖给了太谷古董商。事发后，这几名当事人虽遭到当时国民政府的严厉追责，以至于倾家荡产，然而，失去的文物终究未能追回。再后来由于抗战爆发，这事也就不了了之。所幸，民国版《武乡新志》保存了这枚印章的印模，也算不幸中之万幸。

官道脚与车道岭

官道脚与车道岭，这两处地方均在今武乡县贾豁乡境内。相传，当年石勒逝世后，运载石勒棺椁的车马，就是经过这两个地方走到石泉村的。所以后人就将这两处地方称作“官道脚”与“车道岭”。

第二章　与历史事件有关的地名

武乡的历史源远流长，十分悠久。尽管“武乡”地名的确立系在西晋泰始年间（265—274），距今尚不足1800年，然而，发生在这块土地上的人类活动历史，却可上溯到上古及远古时期。据考古发掘，曾在我县境内发现了大量石斧、石铲、骨针，以及石磨盘、石擀杖等。这些文物的出现，说明在武乡这块地盘上，早在8000—10000年前，就已经有人类存在。人类活动的生生不息，使得这块地方愈来愈生机盎然，繁荣昌盛。到了上古三皇五帝时期，人类群聚性的社会活动便形成了一定的规模。所以，在创建“中华民族上下五千年辉煌历史”的进程中，我们武乡人一直就参与其中，从未缺席。于是，一系列的历史典故，便在这块神圣而伟大的土地上相继产生。

下面，摘要地记述一些发生在我们这块古老土地上的一些历史典故。

关于武乡县名的思辨

武乡是一个十分神圣的地方，她不仅具有深厚的历史文化底蕴，更是在近代以来，为华夏民族的解放和新中国的成立与建设作出了异常突出的贡献。

那么，“武乡”县名到底是怎么来的呢？为此，笔者专门查阅了清康熙版、清乾隆版、清光绪版以及民国版这四部现在仅存的旧版《武乡县志》，但是，未能找到明确的答案。后来又查1986年出版的《武乡县志》，在“建置沿革”中找到了这么一句话：“武乡县，因境内有武山和武乡水而得名。”对于这一定论，笔者感到十分困惑。据考，所谓“武山”也就是现在的“八赋岭”，也叫“黄花岭”，它位于榆社县与和顺县的交界处。而“武乡水”即系我们今天所说的“浊漳河北源”，这条河发源于八赋岭，亦即“武山”，从北向南纵贯整个榆社全境后，经我县故县城西边的“上关”“下关”，也就是历史上的“昴车关”（现已没入关河水库），进入武乡县，再折而向东，经监漳镇流出武乡县，进入襄垣县境。这条河流经武乡的长度只有50多华里，而我武乡境域从西到东就有300多华里。也就是说，这条河在我县只贯穿了全县境域的六分之一。于是，这里就出现了一个问题：原来所谓的“武山”并不在武乡境内，最起码不在我们今天的“武乡”境内。而“武乡水”虽说流经武乡，也仅仅是流经了一小部分境域，很难作为“武乡”县名的象征。所以，笔者认为，如果以“武山”与“武乡水”作县名，应该把榆社叫作“武乡”才说得通，而命名我们今天的“武乡”是站不住脚的。

研究历史我们知道，武乡县名最早出现在西晋泰始（265—274）年间。当时我们的境域在大涅县之内。而那时候的大涅县包含了我们今天的武乡县全境、榆社县全境、左权县全境、沁县北半部、平遥东部部分、祁县南部部分，境域十分广阔。到了西晋泰始年间，大涅县被析分为三个县，即小涅县、武乡县、辽阳县。当时武乡的境域包括现在武乡的中东部和榆社县全境，史称古武乡，并将治所（县城）设在了今天的榆社县社城镇所在的这个位置上。如果说，这时候“武乡”的命名是根据武山、武乡水而得，应该是可信的。而这也可能就是1986年版《武乡县志》“武乡县，因境内有武山、武乡水而得名”的原始根据，不存在疑义。关键是后来“武乡”县名的重新启用。

西晋泰始年间设立武乡县后，武乡县名一直沿用了160余年。到了北魏延和二年（433），当时的统治者在国内推行偃武政策，于是武乡县的“武”被强行摘去，将县名称作“乡县”。

这里需要说明一点，纵观历史上的统治者，他们在开国之初，为了夺取江山，都是崇武、尚武的。但一旦坐稳江山，他们害怕人民起来反抗，都是偃武、息武的。北魏朝廷从道武帝拓跋珪建国，到延和二年，已历三帝47年，当然害怕人民起来反抗，所以要偃武。即使武乡只是个地理名称，他们依然谈“武”色变，要将“武”字去掉。

从延和二年起，又过了58年，到了北魏太和十五年(491)，乡县的治所(县城)由原来的榆社县社城镇迁到了“南亭川”，也就是我们今天的故县村。一直到隋朝开皇十六年(596)，武乡和榆社析县分治，在先后长达163年的时间段内，我县(包括榆社在内)仍叫乡县。析县分治后，我县还叫乡县，而分出去的县叫榆社。也就是说，这时候的武乡和榆社都不叫“武乡”。

再后来到了唐朝初期，武乡县名再度启用。这里有两种说法：一说武乡县名的重新启用是在武德年间。因为这时候天下尚未平定，唐初的统治者尚武，故在乡县的名称之前再冠一个“武”字。另一说是在武周时期，因为则天皇帝姓“武”，她登基后，在把她的老家文水县改名“武兴县”的同时，把“乡县”也一并改称“武乡”。但不管是那种说法，武乡这个神圣的名称最终没有落在榆社，而是冠在了今天武乡县的头上。这就充分说明，武乡名称的再度使用，就与武山、武乡水无关了，而是另有原因。

什么原因?

因为我们这块神圣的地域是名副其实的崇武之地、尚武之域，更是用武之乡、武术之乡，还是武德之源。也就是说，武乡乃“武之乡”的简称。

纵观历史，发生在武乡境内的武事绵绵不绝，差不多每个朝代都有发生在我们这里的重大武事被载入史册。从西周之初平管蔡之乱的蔡州战役，到春秋末期的皋狼之争，再到战国时期的阏与之战，无不悲壮惨烈，惊心动魄。特别是后赵皇帝石勒的崛起，更为“武乡”这个名字增添了无比艳丽的光环，故直到明代，武乡县衙大堂上的楹联都还写着“后有山为石世龙驻兵其间故自今尚名曰武”。这就是说，最起码在明朝的古人眼中，他们都不认为武乡与武山、武乡水有什么关联，而是与石世龙(石勒)驻兵期间有关。

说到武德之源，也绝非空穴来风。据当地传说，当年武圣人关羽在解州杀了恶霸豪强后，潜入太行山中避难，在武乡老君洞得太上老君度化，成就了千秋武德，练就了武功绝学。然后下太行，入冀州，与玄翼二德桃园结义，乘赤兔追风驰骋天下，仗青龙偃月刀纵横环宇，建立了万世不朽的功勋。此说尽管只是一个传说，却彰显出“武乡”名称的不同凡响。

“从来燕赵多豪杰”，武乡在历史上属于赵地；武乡人尚武，练功习武的传统源远流长，故过去曾经有过“天下武术源出武乡”的说法。“武乡”名称自然与此有着密切关系。由于武乡人习武成风，所以，武乡也就成了历代军事家招募兵勇的首选之地。不管哪朝哪代，武乡当兵之人都很多，其中德艺俱佳的豪杰比比皆是。特别是，当外民族入侵，国家民族面临危急存亡的关头，武乡人更是乐于牺牲，勇于牺牲，为挽救灾难中的民族而前赴后继，义无反顾。远的不说，仅抗战时期，我们这个当时仅有 14 万人口的小县，就为国家输送了“五千干部一万兵”。而留守本地的人民，更是积极参加各种抗日组织，为中华民族的解放事业作出了卓越的贡献，谱写了一曲又一曲令人荡气回肠的英雄壮歌。武乡之所以成为“抗战之都”绝非偶然，而是时代赋予的重大抉择。说到这里，再补充一句：当年八路军总部为什么选择在我县长期驻扎？我想，应该与“武乡”的名称有很大关系。因为追求民族解放，就要有“尚武”精神，发动群众，全民皆兵，将敌人陷于人民战争的汪洋大海，“武乡”就是“全民皆兵的地方”，名副其实。请大家不要以为笔者是在牵强附会，要知道，后来八路军总部根据形势的需要离开武乡后又到了哪里呢？辽县（今左权县）的“武军寺”！又是一个“武”字当头的地方。纵观八路军总部在太行山能够长期驻扎的地方，多是与“武”有关的地方。

所以，武乡不仅仅是“境内有武山、武乡水”那么猥琐，而是充分体现了武乡人民不畏强权、迎难而上的民族血性和具有追求独立自由解放的浩然正气！“武乡”二字蕴含的意义深远，必将大放异彩，名垂千古！

故　县

故县在这里既系现在的村名，亦指武乡县过去县城所在地。名垂千古的北原山就在其境内。据考，这里立村很早，在东汉末就有人类聚居。史籍记载，这里北原山下的东河沟当时被称为“羯室”，是我国古代民族的一支羯胡人的聚居地，后来成为后赵开国皇帝的石勒就出生在这里。西晋永嘉六年（312），当时还是刘汉王朝大将军的石勒，因为军事进攻在葛陂受挫，率大军回师，经营黄河以北，驻屯南亭川。期间，他调发大军，围绕北原山主峰修建了一座坚固的城池，将他的指挥中枢安置在内。清钦定四库全书《山西通志》所载的“石勒城，一名石勒寨，在县北原上，周四百六十步，勒尝屯兵，今建文庙”即指是城。这座城池的建立，为此后这里成为武乡县的县治奠定了基础。

石勒寨“龙门”匾

北魏太和十五年（491），当时的统治者为了“蹭”南亭川这块独具一格的风水宝地，决然舍弃了经营了二百二十三十年的老旧县城，从今榆社社城镇这个地方搬迁到南亭川来，县署就设在石勒城内。后来随着时代的发展，才“因岗筑土”，逐步将县衙南移到“鼙山之麓”。然而，直到明朝嘉靖十二年（1533）“巡抚王公献病其湫隘，檄县增拓，北连石勒寨建县衙，南面尚无城也”。于是又将署衙“徙于石勒寨上”。到了明嘉靖三十一年（1552）县城建设完竣，“赵公卿迁学于寨上”，县署才重新回到“鼙山之麓”。

总之，武乡县城从今榆社县社城镇迁来此处，直至1938年，县城在此设立的时间长达1447年。由于建县城历史悠久，社会各方面都得到了长足发展，其繁华程度一度赢得了“小平遥”的美誉。令人可恨的是，1938年4月，侵华日军对我晋东南抗日根据地发动“九路围攻”，在占领武乡县城后，放了一把罪恶之火，将这座历史名城焚烧殆尽。紧接着“长乐村战斗”打响，这群丧心病狂的野兽被我军压制在河谷中遭遇了灭顶之灾。随后，杀红了眼的日寇又开始了灭绝人性的疯狂报复。他们数度派飞机轰炸，派军队进入我县反复“扫荡”，把这座历史名城彻底变成了废墟。以至于抗战胜利后，武乡县政府从山沟里搬出来，已经无法再回到这里。不得已，只好另觅地方，把县城迁往西边的段村镇（今城关村）。

1947年，武乡县城正式设立于段村镇，旧县城作为曾经的县治所在地，更名“故县”。

这里还有一说，“故县”名称的确立，系在中华人民共和国成立之后。当时，时任国家政务院委员、华北局第一书记的薄一波率领老区访问团回访武乡，给我们带回毛主席亲笔题词：“发扬革命传统，争取更大光荣。”在县委、县政府的接待中，有人提出原县府所在地已经不适合再称“武乡城”时，薄老提议，将其更名为“故县”。于是“故县”这个地名正式确立。

故城镇

今古城镇位于今武乡县城西约25千米处。这里地势开阔平坦，物产丰饶，地理位置十分优越。特别是作为城邑，这里比故县更为古老。据考，这里在西周初期为“蔡国”的属地。清乾隆版《武乡县志》称“周、春秋时晋蔡皋狼”说得比较笼统，应该是“周初蔡，周、春秋时晋皋狼”才更为准确。史籍记载，当年周武王伐灭商纣后分封诸侯，将其五弟叔度封于蔡地建立蔡国，史称“蔡叔度”，其国都就在今武乡丰州镇西城村一带。这里距都城不远，自然是蔡国的属地。然而，蔡国立国的时间却并不长。因为不久，蔡叔度与其三哥管叔鲜发动“管蔡之乱”被周公奉周成王之命剿灭，蔡国城邑被毁掉，封国被取消，蔡叔度也遭到流放，蔡国自然也就不复存在了（详情见下一个地名《西城》）。此后，这里又被赤狄部落占领。赤狄部落所崇拜的图腾是一只长啸于水边高地上的大狼，寓意为威武不可侵犯，所以此地被称为“皋狼之地”。而皋狼之地的城邑就设在了今天的故城镇的地方，被称为“皋狼城”。这期间，当年受周成王“桐叶封弟”获得了“唐”地（今山西省翼城一带）的唐叔虞的儿子燮称为“晋侯”，故将“唐”改称为“晋”，同时逐步向外扩张。直到晋景公七年（前593）“晋使随会灭赤狄”（见《史记·晋世家第九》），武乡县此地成为晋国的属地，但地名仍为“皋狼”。据初步测算，赤狄部落在这里存在的时间300多年。到了春秋末叶，曾经一度强大无比的晋国政权被范、中行、智、韩、赵、魏六卿把持，晋国的土地也大多被六卿侵吞。再到晋定公二十二年（前490），范、中行因反叛被晋军击败逃亡，晋国政权被智、赵、韩、魏四家掌控。这里的“皋狼之地”落入赵氏之手。再到晋出公十七年（前458），“智伯与赵、韩、魏共分范、中行地以为邑”，智、赵、韩、魏更加壮大，同时晋国朝廷也更加没落。而在智、赵、韩、魏四卿中，又数智伯最为强大，从而也更加骄横。智伯为了独霸晋国，便开口向韩、赵、魏索要他看准的土地，以便进一步削弱三家，壮大自己。韩、魏两家慑于智伯的淫威，不敢不给。智伯在得手后，气焰更加嚣张，便肆无忌惮地向赵氏的家主赵襄子毋恤指明索要皋狼之地。这使得赵襄子非常恼火。他本来就对智伯有积怨，而皋狼之地数万亩肥沃富庶的土地又是他的“眼珠子”，再说皋狼西北地带的崇山峡谷，更是控制晋阳的门户，他说什么也不能把这么重要的战略要地拱手相让，于是严词拒绝。智伯索要不成，恼羞成怒，便胁迫韩、魏两家与自己一同起兵，向赵襄子所居住的城垣（今襄垣城）发动猛烈进攻。赵襄子抵敌不过，便率领赵氏全族一路逃奔到晋阳，依托坚固的晋阳城加以防守。智伯誓灭赵氏，便率韩、魏两家协同自己一起追到晋阳，将晋阳城团团围困，发兵猛攻。然而历时一年有余却久攻不下，于是智伯便发汾河之水以灌晋阳。眼看滔滔洪水将晋阳城淹的离城头仅剩三版（古人筑城，用木板夹土夯实后再往上加，每一层为一版）。在这千钧一发之际，赵襄子派自己的“相”张孟乘小舟潜行出城，运用反间计，说动韩、魏两家，在关键时刻反戈一击，一举灭了智氏，使得这场战役取得了险胜。接下来，赵、韩、魏三家首先将智氏的领地全部瓜分，继而又将晋国国君仅有的绛都、曲沃之地彻底瓜分，晋国灭亡。这就是历史上有名的“韩、赵、魏三家分晋”，并以此为标记，历史从“春秋”进入了“战国”时期。所以，历史上的“皋狼之争”是一场划时代的争端。

涅县城古城墙遗迹

据考证，从西周成王以降，直至整个春秋战国时期，今故城镇都是皋狼之地的政治文化中心。到了秦始皇扫灭六国，统一华夏，推行郡县制，天下被分为三十六郡，皋狼之地被划入上党郡管辖。但这时候这里是否还叫皋狼？已经无法考证。再到西汉时期，原来的皋狼之地被更名为“涅氏县”（据说县名的由来是根据境内有“涅水”而得），而原来的“皋狼城”相应地改名“涅城”。又到了东汉时期，“涅氏县”更名为“涅县”。对于“涅县”，清乾隆版《武乡县志》作了如下记载：“东汉曰涅县。《通志》：是时，辽州、榆社皆两汉涅县，幅员广甚。”“论曰：武邑肇自汉涅，东尽轑阳，北兼榆社，南跨铜鞮之半，实为巨县。其治所即今故城镇。”再到了西晋泰始年间（265—274），这个被称为巨县的大涅县被析分为涅、武乡、轑阳三个县。其“涅”（小涅县）境域大概包括今武乡县故城镇以西，今沁县北半县，今平遥县东一部，今祁县东南一部，县城仍称涅城，即今故城镇。到了北魏永安二年（529），涅县又更名为阳城县，治所仍在今故城镇。再到了隋朝开皇十八年（598），阳城县又改称甲水县，治所（县城）也南移到今沁县的南涅水村。至此，这个从西周成王年间就已成建制的皋狼古城，承担了一千六七百年县级以上政治、文化中心的历史使命彻底终结，被人们称为“故城”——已经故去的城邑，从而降格为镇。

西　城

西城村位于武乡县丰州镇，其西边与沁县松村相邻，北边与武乡县涌泉乡窊里村接壤。据考，南自西城南，北至窊里村东的城墙岭，是一座远古的城池遗址。当地人说，这便是古代的蔡州城。而通过我们在城墙岭的实地考古，进一步确认了这一事实。

根据历代《武乡县志》以及域内好些古碑的记载，武乡在周、春秋时期为“蔡皋狼之地”。经进一步考证，武乡在西周初期曾经是周武王之弟蔡叔度的原封地蔡国。所以，这里的准确表述应该是：“周初，蔡；周春秋，皋狼之地。”至于当时蔡国的疆域四至，我们今天已经无法确定，但其治所，也就是蔡国的都城，则是这座所谓的蔡州城无疑。

据典籍记载，殷商末叶，因纣王无道，周武王姬发率八百诸侯起兵伐纣，灭了殷商，建立了周王朝。武王姬发是周文王姬昌的次子，其长子名叫伯邑考。伯邑考在文王被商纣王囚禁在羑里时前去探望，遭纣王杀害。所以，当文王驾崩后，其老二姬发继承爵位。武王姬发在灭掉殷商建立周王朝后，为了安定天下，便敕封商纣王的儿子武庚禄父去管理殷商遗民，同时任命他的两个弟弟叔鲜和叔度为武庚的相国，协助武庚治理殷商遗民（当然也负有监督和控制武庚禄父的责任）。同时在“封功臣昆弟”时，“封叔鲜于管，封叔度于蔡”史称管叔鲜、蔡叔度，并封周公旦于鲁。而周公旦并未到封国，而是留朝辅助武王处理国事。

不幸的是，武王姬发在周王朝建立不久后就去世了，其王位由其儿子诵继承，是为周成王。然而，此时的成王才是个十来岁的孩子，少不更事。周公害怕诸侯听说武王去世而发动叛乱，便亲自摄政当国，代替成王处理军国大事。这样一来，便引起了武王弟弟们的猜忌。特别是管叔鲜更是不服。因为按照兄弟排行，武王姬发之后当属老三叔鲜。而周公旦排行老四，位在叔鲜之后。于是叔鲜便联合老五叔度，利用给武庚禄父担任国相的条件，挟持武庚禄父起兵作乱。这便是历史上著名的“管蔡之乱”。“管蔡之乱”的爆发，直接威胁朝廷，这一来，便迫使“周公奉成王之命”，发兵平乱。“三年而毕定”，期间大小战役无数，其惨烈程度可以想见。

蔡州城古城墙遗址

当地蔡州城附近的民众中广泛流传着一个神奇的传说。说是当年蔡州城坚固无比，后来不知从何处突然来了一群“水桶粗”的蚂蚁，开始在城墙下糟挖，最终使得这座坚城坍塌。于是“蚂蚁糟倒蔡州城”的传说也就一代又一代流传下来。

现在我们冷静分析这个传说，当然不会相信“蚂蚁”会糟倒坚城。但透过这个传说，可以想见当时的情景。那就是，当年蔡叔度响应管叔鲜起兵作乱反对周公，使得周公十分震怒。而周公身为摄政辅助年幼的成王，当然不能离开朝廷亲自率兵前去平乱。此时，他只能委派大将领兵前去。其中率兵前来讨伐蔡叔度的，一定是一位名叫“马义”或“马毅”的将军。马将军率部来到蔡州城，蔡叔度自然不会束手就擒，于是凭借坚城激烈反抗。马将军指挥军队拼命攻城，战斗进行得无比惨烈。在付出无数将士鲜血和生命的代价后，马将军的军队终于将坚城攻克，蔡叔度被擒获。于是便有了“马义（毅）攻破蔡州城”的事实。由于当时缺乏文字记载，在后来人们的口传中逐渐产生变异，最终形成了“蚂蚁糟倒蔡州城”的离奇传说。而这个传说中所谓“水桶粗的蚂蚁”，无疑是穿戴着盔甲面具的士兵。同时，传说中的一个“糟”字，便形象生动地描绘出当年攻城将士在严命之下，舍生忘死，前赴后继，攀云梯沿城墙，蚁附而上，汹涌惨烈的战斗图景。

这里有一个事实需要澄清。在一般史学家眼中，“蔡”作为古代封国，其地理位置在今河南省上蔡西南。而考证历史，《史记·管蔡世家》有如下记载：“周公承成王命伐诛武庚，杀管叔而放蔡叔。迁之，与车十乘，徒七十人从……蔡叔度既迁而死，其子曰胡。胡乃改行，率德驯善。周公闻之，而举胡以为鲁卿士，鲁国治。于是周公言于成王，复封胡于蔡，以奉蔡叔之祀，是为蔡仲。”

这段话的意思是说，周公在平乱中诛除了武庚，斩了管叔鲜，对蔡叔度判了流放。流放时，还给了蔡叔度十乘车和七十个随从。然而，蔡叔度在流放后就死了。蔡叔度的儿子名叫“胡”，“胡”一改蔡叔度的行事做派，讲究德行，品格善良。周公听说后，就举荐他担任了自己封地鲁国的卿士。结果，鲁国得到了很好的治理。于是，周公向成王进言，让“胡”继承了蔡叔度的爵位，将其改封到蔡地，让他主持蔡叔度的祭祀，这就是“蔡仲”。这里“复封胡于蔡”的“复”，既有“恢复”之意，而着重体现的是“重新”

和“改换”之意，即将“胡”的封地改换。改换后的封地仍称“蔡”。所以，今天河南上蔡西南的“古蔡国”，系蔡仲（胡）接受其父爵位后的重新分封地。

作为上述考证结论，1980年版《辞海》也给予了明确解答：“蔡古国名。公元前十一世纪周分封的诸侯国，开国君主是周武王弟弟叔度，因随同武庚反叛，被周公放逐，后改封其子蔡仲（名胡）于此，建都上蔡（今河南上蔡西南）。”

这就十分明确，今河南上蔡是蔡仲（胡）的“复”封地，而非蔡叔度的原封地。因为作为大政治家的周公，绝不可能不考虑国家安危，而将恢复爵位的罪臣后裔再封回原封地，让他们一旦时机成熟，利用原有的旧势力再度作乱。所以，今天的河南上蔡，绝对不是当年蔡叔度的原封地。蔡叔度的原封地就在我们今天的武乡“蔡州”是无法撼动的事实。

那么，人们为什么要将这座远古城邑叫作“蔡州城”而不叫“蔡国城”呢？笔者认为，这很可能与秦始皇统一天下后取消封国实行郡县制有关。当时天下被分为三十六郡，春秋前的各个封国都被划入相应的郡县，有的更名为州。所以，自此以后人们一般不再称封国，而习惯于用州来取代，于是便有了蔡州的说法。今天人们所说的蔡州城便是当年蔡国的国都。

通过上述论证，结论也就清晰了。现在的西城村就是当年蔡国都城的西城区。后来由于管蔡之乱，城池被毁，封国被取消。再后来，赤狄部落将此地占领，政治文化的中心也北移到了皋狼城（今故城镇）。随着时间的推移，人们重新在原来的西城区建立村庄，于是西城便成为村名。

丰州镇

丰州镇，即今武乡县县城所在地。此地原名“段村镇”，概因最初系段氏族人在此立村而名。1947年，武乡县政府迁来此处，此处便成为武乡县政治文化中心，原来的“段村镇”便更名为“城关镇”。1983年，新任县长薛晋华调任武乡。他在翻阅古籍版《武乡县志》时，发现在乾隆版《武乡县志》中有："按《隋志》又有后魏南垣州，寻改丰州"的记载，于是便有了将"城关镇"改为"丰州镇"的提议。2001 年，根据山西省人民政府有关文件精神，实行撤乡并镇，原城关镇与曹村乡合并，取名为"丰州镇"。

监漳镇

监漳镇位于今武乡县城东南 25 千米的浊漳河畔，这里地势低下，只有海拔800米左右，是武乡县海拔最低的地带，所以被人们称为"武乡的热带"。这里由于浊漳河的常年冲刷，形成了一个四面环山的滩涂小盆地，地平水浅，物产富庶，十分适宜于农耕生产与人类聚居。由于地理形势和气候的原因，这里除传统农作物外，历史上有好些农作物新品种都是从外地引进后，先在监漳滩试种成功后再向全县和周边地区推广，所以又被人们称为"武乡农业的发祥地"。这里的立村历史十分悠久，据考古学家考证，在距今 3000 多年前的殷商时期，这里就有人类聚居，到了春秋战国时期，就已经形成了初步的集镇，现在村中文物古迹遍布，文化底蕴十分深厚。这里的人民勤劳勇敢，淳朴善良，思想解放，容易接受具有进步意义的新生事物，所以在新中国成立后积极响应党的号召，率先走集体化道路，为农村开展社会主义运动作出了光辉典范，等等。

监漳村牌楼

那么，“监漳”这个名称是如何来的呢？

据考证，“监漳”系因古代曾在此设有专门监视漳河水情的官办机构“监漳亭”而得名。

据史书记载，东汉建安十八年（213），曹操为魏王定都邺城。很快，邺城便繁荣发展成为黄河以北最大的都会，列入魏晋“五都”（洛阳、长安、谯、许昌、邺）之一。然而，当时辉煌无比的邺城却面临一个十分巨大的难题，这就是邺城的位置紧靠漳河。每年漳河发大水，都会给邺城造成一定的水患。而漳河是由浊漳、清漳两条大河汇合而成。其中浊漳河又是由浊漳北源和浊漳西源等数条河流组成，这些河流均发源于太行山上。为了防汛，朝廷便在漳河的源头适当部位设立了监视漳河水情的官办机构“监漳亭”。一旦发现太行山上下暴雨引发洪水，便以烽火传讯的方式迅速通知邺城，提前做好防汛的准备。因为从太行山发大水流到邺城需要一定的时间，所以“监漳亭”的位置设在哪里就很有讲究。它不能离河流的发源地太近，因为太近难以测定水势的大小；但也不能太远，因为距发源地太远，相应地就会缩短到邺城的距离，就会占用邺城防汛的时间。所以，在今天监漳镇这个地方设立浊漳北源的“监漳亭”，是当年官方派员测定的结果。至于在漳河的其他河源之地的“监漳亭”都是在哪里设立的，已经无法考证。但浊漳北源在今天的监漳镇曾经设

魏晋时期的监漳亭遗迹

立过“监漳亭”应该是不争的事实（村内至今仍有历史遗迹可循）。

由于有官办的机构存在的原因，附近的村民也开始逐渐向其周边移居靠拢。时间一长，这里便形成了村庄，村庄的名称自然也就叫“监漳村”。后来“监漳村”发展成镇，此地相应地也被称作“监漳镇”。

洪水镇

洪水镇位于武乡县东部，距今县城50余千米。对于“洪水”这个名称的来历，武乡县民政局编著的《武乡县地名志》是这样描述的：“据县志记载，在唐代名为‘横水’。又据古人传说，很早时，因村的周围尽是榆槐树林，称为‘槐榆镇’。后因发洪，将树木冲光，因而得名洪水，因镇政府驻洪水，所以叫‘洪水镇’。”对于这一观点，笔者虽感觉粗疏，但因暂时找不到更加有力的证据，无法否认。不过对“唐代名为‘横水’”一语认为应有出典。于是翻阅典籍，在康熙版《武乡县志·都鄙》中找到了如下记载：“洪水镇，或云原名‘横水’，在县（指今故县）东七十里，土音讹为洪水。唐史李德裕议讨刘稹于昭义军，会横水。戍兵叛入太原，逐其帅，奉禆将李石、杨弁主留事，即此地也。”（见马生旺主编古籍点校版《武乡县志》第44页开头）然而，笔者在这一记载中却发现了一处明显的错误，即“戍兵叛入太原，逐其帅，奉禆将李石、杨弁主留事”。正确的说法应该是：“戍兵叛入太原，逐其帅李石，奉禆将杨弁主留事”。在此特别加以更正。

为了将这一典故讲述清楚，我们先说李德裕。李德裕是晚唐会昌年间（841—846）唐武宗李炎的宰相，是他与唐武宗共同创造了“会昌中兴”。所以，李德裕与唐武宗的君臣相知被历史学家誉为“晚唐绝唱”，历朝历代对其评价甚高。李商隐在为《会昌一品集》作序时，称李德裕为“万古之良相，一代之高士”。近代梁启超也把李德裕与管仲、商鞅、诸葛亮、王安石、张居正并称为“古代六大政治家”之一。会昌年间，他在相位上解除了回纥对大同、朔州、太原等地的侵扰，平定了泽潞节度使刘稹以及河东都将杨弁于太原的叛乱，用兵五年。期间筹谋决策，选用将帅，征调兵力，起草诏令，指挥调度等，全由李德裕独自决断，而唐武宗对其高度信任。

“李德裕议讨刘稹于昭义军”的起因是：会昌三年（843），与朝廷一向不和的泽潞节度使刘从谏病亡，其侄子刘稹想要袭封节度使，朝廷不许。于是刘稹在大将郭谊的唆使下发动叛乱。当时朝廷上众官都担心藩镇势大，难以应对。李德裕力排众议，凭借自己的威望，责令成德节度使与魏博节度使不得与昭义军勾结。而后命令他们与河中、河阳、河东等各地节度使共讨叛军。不料就在各路军马向泽潞会合的时候，同年十二月，河东横水镇戍兵发生哗变，攻占太原，驱逐节度使李石，并推都将杨弁为首，又发动了叛乱。据《新唐书·李石传》记载：朝廷诏令太原出兵援助驻屯在榆社的王逢部队讨伐泽潞刘稹。李石起横水戍兵千五百人，令别将杨弁率领。按旧制，将士出征，每人赏绢二匹，作为置装资费。但河东库藏困乏，拿不出那么多，每个士卒仅能分得一匹。对此，将士们本就不满，李石又屡次派人催促上路，将士们更有怨言。于是杨弁趁机煽火，激怒众人，不仅不去榆社与王逢会合，反而杀向太原，驱逐李石。杨弁自奉为节度使，和刘稹勾结，共同发动叛乱。面对这种情况，李德裕审时度势，决定先解决杨弁，然后再收拾刘稹。于是调兵遣将，于会昌四年（844）先后将杨弁与刘稹之乱全部平定。

这就是有关洪水的一段典故。

蟠龙镇

蟠龙镇在今武乡县城东 35 千米处，属武乡县五大镇（故城、丰州、监漳、蟠龙、洪水）之一。然而，笔者虽搔破脑袋，挖空心思，也没能找到有关这里的历史典故。关于蟠龙镇名的来历，武乡县民政局编著的《武乡县地名志》是这样记载的：“据传说，蟠龙镇原叫永丰镇。大约 800 年前这里刮了一次龙卷风，碗口粗大树连根拔起，造成房屋倒塌。人们看到像一条真龙盘在谷中，从此就叫盘龙。因为龙为爬虫类，在流传中就改写成‘蟠龙’。”而据武承周、李绍君主编的《武乡地名故事》作了这样的描述：“蟠龙镇原来不叫蟠龙，而称‘古永丰’，但古永丰这个镇名也只有上年纪的人才知道，没有任何记载。直到2013年，由退休老人安书珍和安效堂两同志，专门采访了该村六位70岁以上的老人，最终从本村77岁村民程四海老汉家中，找出了他保存了近60年的一块从蟠龙大东门上拆下来的‘碑铭’。这块碑铭长0.62米，宽0.40米，厚0.15米，由石灰石材料制成，上书三个大字‘古永丰’。文物的出现，证实了蟠龙镇之前确实称‘古永丰’。那么，什么时候改成蟠龙的呢？这里有一个神奇的传说：记不得什么朝代，什么年代，忽然有一天，晴空霹雳，金光四射，一条白龙从天而降，落于该村‘法云寺’院内。村民闻讯赶来观看，发现白龙龙体发光耀眼，四爪如鹰，眼似铜铃，桶来粗细，盘于院中，如碾盘之大，层高人胸；头竖中央，神气凌云。在这大旱之年，地面酷热烧烤干烫。寺院众僧和村上百姓见此大发慈悲，纷纷回家端水、抬水，给白龙身上泼洒，为龙体解除酷暑之热。白龙浑身涌动摇头摆尾，像是感谢百姓与众僧。不到一个时辰，天空又一声巨响，白龙腾空而起，伴随着金色的光环飞越南山，杳无踪迹。霎时，天空阴云密布，雷电交加，顿时下起了倾盆大雨，给该村的百姓和周边的村庄解除了旱情……为了纪念这一奇特现象……村民们……又将‘古永丰’村改名为‘蟠龙’村。”

对于上述两则传说，笔者感觉过于虚幻，很难采信。其一，关于800年前的那场龙卷风，发生在蟠龙镇的情况实在是微乎其微。我们知道，蟠龙镇位于太行山西麓的河谷之中，四面崇山峻岭，并不存在产生龙卷风的条件；其二，关于法云寺天降白龙，也很难令人信服。因为“龙”这种动物只是人们意向中的产物，现实中并不存在。所以，笔者认为，这两种说法都是人们根据“蟠龙”这一名称穿凿附会出来的东西，没有可信度。而对于“永丰镇”或“古永丰”的说法，虽然感觉有一定的道理，但对“永丰”二字的来历，估计也很难搞清楚了。

围绕“蟠龙”这一称谓，笔者曾有过深入研究。在仔细查阅我县现在仅存的康熙、乾隆、光绪、民国四部旧版县志时，笔者发现，在民国前，“蟠龙”这个名称根本就不存在。在志书中，所有应该出现“蟠龙”的地方，都写的是“攀龙”。这也就是说，“蟠龙”名称的出现，最早也只能在民国十八年（1929年民国版《武乡新志》成书）之后，距今也只有数十年时间。所以，在此之前，一切围绕“蟠龙”的说法都是虚妄的。而对于“攀龙”这一称谓，笔者有个大胆的推测：当年的永丰镇应该有一位具有相当文化程度，德高望重，在当地一言九鼎的人物。他希冀当地人民有机会获得“贵人”提携，从而攀龙附凤。得到地位的提升和赢得社会的尊崇，故而将“永丰镇”更名为“攀龙镇”。至于“蟠龙镇”的出现，则应该是抗日战争开始以后的事。抗战开始后，八路军总部进驻武乡。1940年2月，由共产党领导的抗日军政大学也由延安迁来武乡县攀龙镇。而这时的攀龙镇便真正成为“蟠龙卧虎”或“龙蟠虎踞”之地。于是，从此以后，人们便将“攀龙”写作“蟠龙”。不知大家对以上分析是否认可？

吴村　东皋与南皋

吴村，位于今武乡县监漳镇西约6.5千米处。这里丘陵纵横，土地肥沃宽广，在古代经济较为发达，是一个比较有名的村庄。“吴村”顾名思义，它最初应该是吴姓人家建立的村庄。然而，村内既无吴姓后人，而遍考村内各处，也未发现有吴姓人家居住过的任何痕迹。所以，吴姓人家在此立村的说法缺乏依据。在进一步的探讨中，有村中耆老说，据传说，在很古的时候，这里最先叫“圪窑村”。那么，何为“圪窑村”？耆老们分析说，古时候人们无力建房，大多是靠山挖掘土窑洞用以栖身。而由此形成的村庄自然就叫“圪窑村”。那么后来为什么又叫“吴村”了呢？耆老们说，据传说，在古时候这里森林茂密，“圪窑村”正好位于丛林之中。有一年雷电引发山林大火，村庄被烧毁。幸存的人们只好舍弃这里，到五华里之外的东面和南面去卜宅另居，也就是现在的“东皋村”和“南皋村”。这里逐渐变得荒芜了，人们就把原来的“圪窑村”改叫“芜村”了。那么，这里又出现了新的问题。这就是“东皋”“南皋”这两个村名在当地人口中虽被称作“东垴”“南垴”，可在书写时，从古到今一直被写作“东皋”“南皋”而从未变更。这又是什么原因呢？笔者通过对这三处地名的综合分析后认为，“吴村”在古时候的名称“圪窑村”，应该是“皋陶村”在流传过程中发生的讹误。研究历史我们知道，“皋陶”（此处读 gāo yáo 与“圪窑”基本同音），乃是上古尧舜禹时期舜帝的大法官（大理），东夷族首领。所以，笔者认为，现在“吴村”的所在地，在上古时期，很有可能是“皋陶”的出生地，被称作“皋陶村”。原因是，在上古时期，人类的活动范围受当时生产力的制约，不会很广。我们知道，当时舜帝的都城在今山西省晋南临汾一带。而今“吴村”正好位于舜帝都城的东面。所以，“皋陶”作为帝都东面的首领，也就是“东夷族首领”便顺理成章。对于这一点，我们不妨用另一传说故事加以说明。这就是“精卫填海”的故事：炎帝之女女娃，因游东海被淹死，心有不甘，遂化作精卫鸟，经常衔西山木石，去填东海。这个故事的发源地就在和我县同一个市的长子县发鸠山。而据有关专家考证，这个传说中所谓的“东海”，是在上古时期发鸠山东面曾经存在的一片湖泊，被人们称作“东海”，而绝不是我们今天所说的“东洋大海”。以此类推，舜帝时期的“东夷族”，也只是相对于当时帝王都城东部的部落族群，而“皋陶”作为这个族群的首领，自然被称作“东夷族首领”。据此推理，“皋陶”的出生地即在今“吴村”便有迹可循。

综上所述，今“吴村”在上古时期叫“皋陶村”，乃舜帝的大理，东夷族首领皋陶的出生地。有一年发生山林大火，皋陶村被焚毁，幸存的人们便搬离此地，到五里开外的东面和南面卜宅另居。村名仍然沿用“皋陶村”。迁往东面的村叫“东皋陶村”，迁往南面的村叫“南皋陶村”。而原来的“皋陶村”因人烟离散，被逐渐荒芜，成为“芜村”。

同时，另居专家考证，今吴村李氏一门的先祖，可以一直追溯到上古时期的皋陶，认为皋陶曾经担任舜帝主管法制的“大理”，乃是李氏的始祖。这也就为我县墨镫李氏在宋金时期为什么要专门找回“吴村”来开枝散叶找到了依据：因为吴村是李氏的始祖地。数百代后，李氏子孙寻回祖地重新扎根，也在情理之中。只是此时他们觉得，“芜村”的“芜”字显得过于荒凉，十分不雅，于是取“吴”字“大声说话，无所顾忌”之本意，将村名改为“吴村”。

行道岭

行道岭村位于今吴村西北约 1000 米，原属吴村行政村的一个自然村。1961 年全县行政区域重新规划，行道岭与吴村析村分治，和另一自然村余盛庄合并为一个行政村。

对于“行道岭”地名的来历，说法不一。归纳起来，大约有以下五种情况。

其一，“陉”道说。此说持“陉”乃山脉中断的地方，“陉者，山绝之名，常山有井陉，中山有苦陉”，从而根据行道岭两面深沟，只有一条通道从岭顶通过，推断其原名应该是“陉道岭”。

其二，“道路畅通”说。此说取《诗经·大雅》“行道兑矣”意，即“道路畅通”之意，认为行道岭是古时候武乡县城（今故县）通往武乡南乡的主要通道，故特意命名为“行道岭”。

其三，“皇帝路过”说。此说的根据是，则天武周时期，时为临淄王的李隆基出任潞州别驾。当时的“潞州”即今之“长治”。李隆基在任期间，听说武乡南山（今南神山）景色幽深，风光绝佳，特别是晋代高僧佛图澄在此弘法修建的茅蓬寺灵异颇多。故从潞州起驾，到南山游玩。因行道岭是潞州通往南山的必由之路，李隆基在当时经过此处到了南山便不应该再有疑义。同时，李隆基游南山这一历史事件也有史料佐证。当时陪同李隆基游南山的是武乡县令李宁。李宁在陪同李隆基时，曾赋诗一首，一直流传至今。诗的题目是《奉和临淄王游南山》，诗曰：“南山深幽古木森，今随殿下谒茅蓬。来日若邀群仙会，主人定赖佛图澄。”从这首诗的题目看，这是一首“奉和”诗。这就说明，当时李隆基在拜谒茅蓬寺时很有感慨，并即兴吟了诗作。可惜李隆基的诗作没有流传下来，令我们不免遗憾。但通过李宁的这首诗，我们可以认定，当年临淄王李隆基曾经来游武乡南山却是铁的事实。从而推断，李隆基驾临南山时，走的就是今行道岭的这段路径。后来李隆基回京做了皇帝，史称“唐玄宗”，开创了历史上著名的“开元盛世”。由于这里曾经是圣驾经过的所在，人们为了纪念此事，故将这座岭命名为“行道岭”。

其四，“群蛇路过”说。据《行道岭村志》载：“吴村李氏西门十一世李魁，于清顺治十年（1653）迁居行道岭村，至今将近370年。”“传说李魁定居不久，某一天晌午时分，突然大风刮起，乌云密布，一个响雷过后，不见下雨。一会儿风停了，云未散去，却见一群蛇由吴家凹底窜出，从村岭向西南方向蜿蜒而去，三天三夜才走完。人见其势壮观，甚感惊喜，此村遂名为蛇道岭……后人谐音，蛇道岭改称行道岭。”

其五，“立身行道”说。据省内资深学者研究认为，“行道岭”村名的来历，系村上的先贤古圣在立村之初，希冀自己的子孙后代，能够辈辈崇尚道德，推行道义，便根据《孝经》“立身行道”的宗旨，将村子取名“行道岭”。笔者以为，此说意味深长，更具有说服力。而事实也证明，该村自立村以来，确实涌现出了一批又一批“铁肩担道义，妙手著文章”的豪杰之士。“行道岭”堪称“行道之岭”。

禄　村

禄村，属监漳镇管辖，位于镇西约4千米。据考，“禄村”名称的来历，系取我国传统宗教中“福禄寿”三神祇中的“禄”为村名，盖因“禄”指生活来源，乃“福之源”。同时禄神掌管文运、功名与俸禄。读书人只有获取功名，才能获得俸禄。所以，“禄村”昭示该村文风淳厚，文运通达。

历史上的禄村确实文人辈出，其中最有名望的当属张翔。张翔字文举，号仲蔚，生于明万历三十五年（1606），卒于何年无考。据清乾隆版《武乡县志》记载：“康熙三十四年（1695）立春后二日”，赵三麒、张文举、魏惠安、符昆李、陈相禹、赵世瑞、张奎白、程坦夫等当时武乡文坛八老，在县城（今故县）“三乐堂”举行“八老诗会”。其年，张翔张文举八十九岁，为“八老”中年龄最长者。而清顺治五年拔贡赵三麒七十四岁，年龄最小。赵三麒在其为“八老诗会”奉献的诗作《八老图诗》中盛赞张翔，诗曰：“文举青云姿，抱璞禄水砌。遨游酒圣前，欲续醉乡记。”同时，“八老”中的程康世，字坦夫，七十九岁，也咏赞“八老”“人各一章，章各八句”。他写给张翔的诗曰：“青牛栖一叶，日及竟朝曛。无多造化力，居然天地仁。百年远行客，立身令名存。时知张仲蔚，堪为众所尊。”而张翔在“八老诗会”上奉献的诗作题为《八老会诗》，诗曰：

家住石牛绿水村，雪浪挂壁雀遮门。
书到策蹇矜匼匝，依孙作杖礼高轩。
忆昔同学俱少壮，文坛纵横号飞将。
此夜尊前俱大髦，赋就遂初崇雅尚。
五姓相传五世韩，八叟分飞八琼丹。
心中五岳云霞起，杖底一龙天地宽。
霜柏冰盘逢春早，耆英此会岂草草。
几欲英雄几欲仙，肯叹无钱人易老。
老至不知愚齿尊，座上琵琶拟昆仑。
人生行乐须及时，支天劲骨几人存？
君不见，肩累佣作八十九，
平生温饱终何有？朔望牛酒或飞来，
此物无劳上吾口。

张翔之后，这个以“禄神”命名的村庄，也不时有文人涌现。如20世纪五六十年代，就出现了省内著名的戏剧作家王世荣等。

北 社

北社村位于今武乡县城东约25千米的沁温公路中段，属监漳镇管辖，位置在监漳镇北部，与镇隔浊漳河相邻。

北社，顾名思义，乃古人祭祀“社神”的所在。“社神”即“土地神”。古人遵循惯例，在每年的春、秋两个“社日”，即“立春”和“立秋”后天干的第五个“戊”日，都要对“社神”进行隆重的祭祀，以求五谷丰登，社会和谐。

据典籍记载，监漳镇在北魏时曾经设立过“临川城”。又据碑记记载：“武邑在谒戾之麓，清漳经焉。东行二由旬，镇曰监漳，即唐陵川县旧址也。”这就说明，监漳镇这块地方，在唐代曾经设立过“陵川县”。“临川”与“陵川”在武乡方言中读音完全一致，并无分别，故此处的“陵川县”应该是“临川县”。因为监漳镇正位于漳河的河川之上，“临川”才名副其实。而“陵川”则无法理解，且容易与泽州的陵川县混淆。再，监漳镇所“临”的漳河，现在叫“浊漳北源”，而历代旧版《武乡县志》都坚称此河为“清漳河”。笔者认为，古人的这种说法可能与该河的发源地有关。因为漳河系由浊漳、清漳组合而成。清漳河的发源地在今榆社县北，而今浊漳北源也发源于榆社县北，出于同一山脉。故古人才坚持认为，流经武乡的这一段漳河亦为“清漳河”，所以才出现上文“清漳经焉”的说法。由于这种说法与现在的地理划分产生了冲突，在此特别加以说明。

北社正好位于“临川城”或“临川县”之北，故在此设立祭祀社神的所在，便被称为北社。北社设立在城邑之北，人们北面而祭祀社神，显示对社神的无上尊崇。

另居当地传说，北社乃春秋时期晋国大夫、中军元帅、执政先轸的出生地。至今，村内祭祀先轸的“护国显济王庙”保存完好。研究历史我们知道，晋国在晋文公时期建立了三军，即中军、上军、下军，中军的地位最为显赫，中军元帅即为国家执政。先轸初为晋国三军中的下军之佐，后来升为中

北社祭祀先轸的护国显济王庙

军元帅，掌握国政。先轸曾在“城濮之战”中率军大破楚军。晋襄公元年（前627）再次率军打败了逾越国境的秦国军队，擒获秦之三帅孟明视、西乞术、白乙丙。然而，晋襄公听信妇人之言，将秦之三帅赦免放走，使之归国。先轸知道后，怒不可遏，跑来当面斥责并唾面襄公。而此时襄公也已后悔，未曾加罪先轸。先轸冷静下来后，深感自己犯了欺君重罪而不肯原谅自己。不久后，在与赤狄的交战中，本来他率领的军队已经大获全胜，但他为了惩罚自己，脱去身上甲胄，赤身冲入敌群，在与敌人搏杀中重伤而亡。先轸的事迹感天动地，赢得了历朝历代的无上尊崇，直到今天，他家乡的人民依然奉祀不绝。

当然，据史籍记载，先轸的采邑在原（今河南济源西北），因而也称“原轸”。然而，“原”则是他的“采邑”，并非他的出生地。先轸的出生地在史籍中没有记载。所以，传说先轸的出生地即今武乡县北社村，便有相当的可信度。

墨　镫

墨镫乡位于今武乡县城东 75 千米处，东部与左权县相邻，东南与黎城县接壤，系武乡东部之门户。其乡政府所在的即墨镫村。

关于“墨镫”这个地名的来历，有不同版本的说法。据武乡县民政局编著的《武乡县地名志》说：“传说古时候一家姓尚的居此地，因只有文化没有武艺，无法反抗外来抢劫，训示子孙，不但要有文化，还要会骑马打仗，才能抵御外来强盗。为使后代铭记这个家训，取其文房四宝中之墨表示文，马鞍上之镫表示武，以命村名，因而得名墨镫。”而据由武承周、李绍君主编，由三晋出版社出版的《武乡地名故事》则说：“墨镫村的来历有两种版本：其一说，墨镫村曾住过一家姓李的人家。李家家训只有两句话，即‘文治有德，武治有功’。所以，李家要求子孙必须文武兼学。文要能作文赋诗，武要骑马鞍镫。因此，村名便称墨镫，文武兼治，传承后世。”既于《武乡地名故事》的“其二”，说是墨镫村后有“凤凰山”，其“凤凰”吃连北村，屙墨镫村。由于这个传说过于荒诞，故不采信，略而不载。

对于上述剩余两种版本的说法，其共同点是：“墨镫”代表的是“文武兼修”之意。对于这种说法，笔者十分认同。特别是“李氏家训”说，更接近事实。

据现存文献金大定年间（1161—1188）进士李俨为其李氏族谱撰写的《祖义坟碑序》载：“上党，河东之雄镇也。属县有八，黎居其一焉。县之西北附山循流不远一舍地，里曰下庄。风俗清美，人物淳厚，乃吾先世居焉。族胤十数家，怡怡相睦，尤谨于礼法，以文字钓富贵者代不乏人，故黎之名族右姓称我家焉。宋季县赋屡输于辽。吾六代祖讳秀，病其飞輓迂远，与其兄清分其血属，境辽而居焉。即沁之武乡墨镫里也。”从这段文字记载可以看出，北宋时期黎城属辽州（今左权县）管辖。每年的皇粮国税都要向辽州输送缴纳。李氏的祖先李秀“病其飞輓迂远”与其兄李清“分其血属，境辽而居”，这才迁来墨镫安家落户。只是这段文字记载中并未说清，“墨镫”地名是李秀迁来前就有，还是李秀迁来后取得？为了查清原委，笔者又翻阅 2002 年编著出版的《墨镫村志》，查到了这样一段文字：“相传立村最早的土著家族为尚姓，村内现有‘尚家坟’地名。据此推断，建村时间当在唐代或更早。”仔细推敲这段记载，笔者感觉很难令人信服。根据“村内现有‘尚家坟’地名”就推断“建村时间当在唐代或更早”似乎过于武断，而“尚姓在此立村最早”的说法，也仅仅是“相传”，没有任何资料加以佐证。特别是，据《墨镫村志·姓氏》载，直至清道光年间此村还有尚姓人家，“尚家坟”的存在就更不足为奇，故不予采信。而考“祖义坟碑序”，成文于“金大定丙午（1186 年）春”，系李秀的六世孙李俨所撰。也就是说，此时距李秀从北宋迁居墨镫已历六世。在这“六世”的漫长岁月中，社会环境发生了很大变化，不仅朝代由“宋”变“金”，行政区域也一定会跟着改变。所以，此处的“沁之武乡墨镫里”很有可能是李俨在撰写《祖义坟碑序》时的称谓，在李秀到此“境辽而居”的北宋时尚无村名。以此推断，“墨镫”应该是李秀迁来后取的村名。同时，我们研究《祖义坟碑序》发现，李氏在黎城系当地“望族”，“以文字钓富贵代不乏人”。这就说明，从黎城迁来墨镫的李秀一定也是一名“士子”。而古代的“士子”一般有“穷文富武”的说法，家境较好的人家，为了生存和“进身”的需要，他们的子孙在“修文”的同时都会“习武”。由此我们可以想见，迁来墨镫的李秀不仅深通文墨，而且具有相当的武功造诣，或者说，其本来就是一名武林豪杰。否则我们无法想象，在北宋后期，宋、辽、金轮番交战，社会环境极不稳定的情况下，他敢于独其一家离开祖籍，毅然迁来当时草寇活动频仍的太行山顶上来“境辽而居”，甚至“居不数祀，财雄乡里，户籍推为优第一”。由此推断，李秀一定是一位“文武兼备”的豪杰之士。而这样的家庭，自然十分注重文修武备。所以，他将迁来定居的地方取名“墨镫”，以“墨”代表“文修”，“镫”代表“骑射”和“武备”，希冀自己的后代遵循不二，也就顺理成章了。所以笔者认为，这应该就是“墨镫”地名的真实来历。

崇城山　崇城寨

崇城山位于墨镫乡境内，距墨镫村东约 10 华里。

关于此处地名典故，我县人大常委会原委员、办公室原主任李云生先生曾写过两篇文章《历尽沧桑话崇城》《崇城寨归属争讼纠纷之始末》。由于这两篇文章文字优美，讲述得精准贴切而生动，故在此全文抄录，不做任何改动，作为本篇地名典故的全部钩沉内容。

崇城山风光

其一：历尽沧桑话崇城

李云生

在巍巍太行山的千山万壑之中，有一处鲜为人知的名山胜景。它是造物主赐予我们的珍贵礼物，虽历尽沧桑，几经盛衰，而今依然像一颗璀璨的明珠，放射着绚丽的光彩。它就是武乡古代十景之一的崇城岩险。

崇城山位于海拔1821公尺的太行山中段，依天拔地，绝壁千仞，以险著称，史称崇城岩险，俗称崇城寨。

当我们走进崇城寨的东门，迎面而来的是一座很高很高的悬崖，剖面平直如刀切，就像谁用斧把大山劈去了半边。在这悬崖半壁中有一条仅四五尺宽的羊肠小道。站在小道上翘首仰望，顿时令人股颤目眩。我们看见的是何等雄伟神奇，怪石狰狞，莽莽苍苍宛如一幅巨大的水墨画幔，笔触豪放洒脱地呈现眼前。无怪乎昔人称作崇城岩险。

向下俯视亦是百丈峭壁，使人有顿若凌空之感。山脚下深谷中的一处居民点，看上去就像积木搭成的小屋，把这幅如诗如画的奇观胜景点缀得别有一番风趣。在这悬崖半壁之中有三个大岩洞：一个建有圣泉寺，一个建有观音堂，最后一个叫碧霞洞。由于历史的原因，如今的禅堂佛殿，宏伟建筑已不复存在，看到的只是残垣断瓦，蓬蒿满径，但从残碑断碣中可以窥见当年的风姿。

崇城寨，有许多神奇美丽的传说。相传汉光武帝手下的大将岑彭在未得志时曾在此据险屯兵，与遥遥相对的马武屯兵之地马武寨相对应，所以后人又称其为岑彭寨。

据清《武乡县志》记载，这里古为避兵之地，后来当地望族李姓在岩洞中建立书院，金、明两代在此读书成才者代不乏人。曾出过三个进士，因而旧时也称其为进士岩。先人感其地灵人杰，明嘉靖年间在此始建佛堂，以殿后有灵泉潺潺，不盈不涸，故名为圣泉寺。经清代康熙、雍正、乾隆、道光、咸丰、光绪、民国七次复修，胜状空前。中间建有韦驮殿，有亭巍然，东西各建有楼三间，南楼九间。所有这些建筑都在洞内，冬不履雪，夏不淋雨。长年朝山拜佛者络绎不绝，就是现在虽没了庙宇佛像，但仍有虔诚的信徒不辞辛劳来此焚香拜佛。

洞外曲径约100米处，建有东西两门。西门已无痕迹。东门尚有拱形门洞存在，门洞上原来嵌有一块石匾，上刻“太行天险”四字，据碑文记载，是清朝乾隆年间重修寺时从地下挖出来的，刻于何时难以考证。当年门洞上建有门楼三楹，有事防守，则窥视敌人之情状；无事登眺，可撷山水之菁花，令人心旷神怡，流连忘返。

西去第二个岩洞叫观音洞。洞顶洒下串串水珠，像给洞口挂上了一副水帘。过去，洞内曾建有观音堂，而今只有几块断碑静静地躺在沙土中，以其年代久远闪耀着它辉煌的历史。

第三个岩洞最深，虽未发现曾有过什么建筑，但它的奇妙、深邃很自然会勾起人们丰富的想象……

相传当年建寺时，由于地处绝壁，古木参天，林荫蔽日，砖瓦无法运到，是用山羊一砖一瓦驮上去的，不管这种传说是否真实可信，但它凝聚了劳动人民的智慧和丰富的想象是毫无疑问的。

出东门不远的地方就是高欢避暑亭遗址。据《资治通鉴》记载，北魏大丞相高欢带兵追击尔朱兆时曾在此作短暂的休息，后人在此这里建亭以作纪念。如今古迹虽不复存在，但可以想见：在这里既可观山水之奇特，享胜景之清幽，又可俯视晋冀通道，居高临下，控制关隘。山下摩岩石窟高欢堂，就是此时北齐文宣帝高洋称帝后，为纪念高欢的战绩而造的。

崇城岩险，古代文人墨客每游于此，必有词赋倍加赞赏，史籍多有记载。昔人有词云："老气镇乾坤，雨脉云根，崚嶒竦处果堪尊，笑尔诸峰环左右，貌若儿孙。何处洗头盆，险比龙门，神工鬼斧削无痕，绝顶河山凭一览，日射朝暾。"

崇城寨的圣泉寺在历史上几经盛衰，而今又逢盛世。我们坚信它必然会以更加壮观的姿态再现于世，以它独特的人文景观和自然风貌，吸引更多的游人，为社会作出更大的贡献。

（注：如今圣泉寺已经重建，气势轩昂，大家可以前往观览。）

其二：崇城寨归属争讼纠纷之始末

李云生

民国17年（1928），围绕崇城寨的归属问题，辽县（现左权县）的小阴沟张姓与武乡墨镫的李姓打了一场不大不小的官司。这场官司不但经了县衙、省府，据说最后还惊动了南京国民政府。由此可见，虽为一国、一省，但涉及地域、疆界，古今同理，不可不据理力争，以求公道。

崇城寨自古以来都属武乡所有，明、清《县志》均以武乡十景之一，倍加赞赏，文人墨客诗赋见诸典籍。现虽全部划归县营林场属国家所有，但在新中国成立前的近千年间，墨镫以东的广阔山区绝大部分属李姓所有。从崇城寨的圣泉寺和观音堂的碑文可以看出，在明嘉靖年间就建有庙宇。金代建有书院，金、明两朝李姓的三名进士均由此发端。然而，由于当时的阎锡山政府在地图划界时误以山势定界出了点差错，在民国18年小阴沟张姓以地理位置和版图划定为据，纠集了辽县东乡的士绅据理提出了诉讼，欲争崇城寨及以东一片山地为己有。时墨镫村长李凤鸣站在宗族和村政的立场上，以古今无可争辩的史实为证据，慷慨陈词，主动应诉。自此，一场地界争执官司拉开帷幕。

这场官司先由辽县、武乡政府调解无效，后上诉省民政厅。为了打赢这场官司，辽县方面不但动用了本县的头面人物，甚至以宗族关系请出曾留学日本，时任省政府整理村范委员、寨坪村的张思忠出面领衔。武乡县长张扬祚（字耀铭，曾主修《武乡县志》）从确保本县疆土出发，坚决支持墨镫。相传，一天张思忠与辽方代表来墨镫交涉，一进村公所，看见李凤鸣正襟危坐在炕上，李一边吩咐村警倒水，一边说：“二小（思忠的小名），你也来打官司了？”思忠没料到对手竟是自己的恩师，颇为尴尬，连忙作揖支吾说：“没事，没事，来看看老师……”他碍于师生之情，从此退出讼事。然而辽方仍不肯罢休，上诉至省府，请省府裁决。为此，李凤鸣积极应诉，其诉状洋洋洒洒，义正词严。他指出：“辽人恃强越界霸疆，占武土田，侵我权利，以致酿成纠纷,竟使我卧榻之侧成他人酣睡之乡,似此失权丧地,谁不痛心！”他将呈辞速送省府，要求派员实地勘察。民国十八年 11 月 27 日，李与二区区长任豫庵（晋城人）第一次实地勘查；民国十九年 2 月 10 日李又与武乡县政府承政张普庆（曲沃人）、辽县实业技士刘象贤第二次复查；5 月 4 日，李第三次与省民政厅视察员（沁县人）、武乡县长张扬祚、辽县县长韩明甫（五台人）第三次会查。历经三次实地勘查，省府裁决崇城寨仍归故主，这一官司才算了结。李凤鸣为纪念这次捍卫故土的艰难官司和感激县区长官跋山涉水，徒步登攀 20 多里山路的艰辛和护土爱民，伸张正义的精神，于民国二十年 3 月在崇城寨圣泉寺立碑（此碑仍在旧址躺着）记事，以昭示后人热爱家乡，珍惜每一寸土地。

这场历经二年多的官司虽经省府裁定墨镫村为胜方，维持原界，但辽方仍不服，遂上诉至南京国民政府。后因 1931 年 9 月 18 日日军侵占东北三省，国民政府自顾不暇，未予理睬，上诉案也就不了了之。

以上便是李云生先生对崇城山、崇城寨历史典故的完整描述。在这里原文传抄，供读者朋友们鉴赏。

显　王

武乡历史上以“显王”命名的地名有二。其一，显王村，在今洪水镇境内，距洪水镇东南约 8 千米；其二，显王山，据清乾隆版《武乡县志》记载：“在县（指今故县）东二十里长乐里，四壁层山，有古王墓。”

关于显王村这个地名，武乡县民政局编著的《武乡县地名志》是这样记载的：“相传以前叫王庄，后来有一个很厉害的人称之王，故称显王。”对于这一记载，笔者感觉过于粗疏而不得要领。

据考，显王应该与武乡历史上的一个重要人物宇文显存在重大关联。

宇文显，清康熙版《武乡县志・人物》记载如下：“后周宇文显，上党武乡人也。”但具体是武乡什么地方人，没有明确记载。而在清乾隆版《武乡县志·人物》中，宇文显则被记载为宇文显和，同时将其存在的年代变更为“后魏”。这里的后周历史上亦称北周，后魏亦称西魏，宇文显或宇文显和的姓名和生存年代，虽记载不同，但都正确。只要我们查阅有关记载这一段的历史典籍便一目了然。至于宇文显又称宇文显和系古人既有名，又有字。宇文显名显字显和。关于宇文显或宇文显和的身世，典籍中是这样记载的：他出生于西魏的一个官宦世家，他本人也曾得到孝武帝宇文元修和西魏的实际掌控者宇文泰的高度赏识，官至车骑大将军，仪同三司加散骑常侍，并于魏恭帝元年（554）去世，享年57岁。特别是，他死后，由当时著名的宫廷文学大师庾信亲笔为其撰写墓志铭，可见其身份、地位和名望之显赫。虽然我们查阅历史典籍，没有发现宇文显被册封为王的记载，但由于其身份地位十分显赫，所以在家乡人民的心目中，他就是“显王”。特别是，宇文显的子孙也非常长脸。其子宇文神举因功劳卓著，得西魏武帝宇文邕的高度赏识，被进位柱国大将军，东平郡公，并、潞、肆、石四州十二镇诸军事，并州总管。其孙宇文庆，曾受到隋朝开国皇帝隋文帝杨坚的特别礼遇，加授宇文庆为柱国左武卫将军，后又进位为上柱国，凉州总管。总之，宇文显因家世异常显赫，尽管他实际上并未获得“王”位，但在家乡人民的心目中，依然将他看作“王”来加以尊崇。

以此考究，今天武乡洪水镇的“显王村”应该是宇文显的祖籍或出生地；而清乾隆版《武乡县志·山川》所记载的“显王山，在县东二十里长乐里，四壁层山，有古王墓”，应该是宇文显死后的葬身之地。其中的“有古王墓”即指宇文显的墓葬。其墓葬的地点也应该在今长乐村附近的山上。但因记载缺失，具体位置待考。

拴　马

拴马村，在今武乡县洪水镇境内，距洪水镇东南约18千米。

据考，“拴马”地名的来历，系后周时期，车骑大将军宇文神举邀当时的著名文学家庾信，与他一起归省祖籍显王村时，曾到此游览太行风光，在此拴马歇息而来。

宇文神举，西魏车骑大将军宇文显之子。西魏恭帝元年（554），宇文显病逝。而正好这一年，作为南梁使者的庾信出使西魏。这时候，庾信作为南北朝时期文学大家的名头已经誉满天下。魏帝爱惜其才，于是将其留置西魏，不让其归。不久，南梁被西魏灭亡，庾信无家可归，只能滞留北方，做了西魏的官。由于他才华卓著，深得魏帝赏识，他的官越做越大，直至成为车骑大将军，开府仪同三司。北周代魏后，更迁为骠骑大将军，开府仪同三司，封爵临清县子，世称“庾开府”，被尊为文坛宗师。然而，庾信虽身居显贵，却为政简静，喜与诸王公大臣结布衣之交。同时，他性喜著文，常为诸王公作碑志。而作为后起之秀的宇文神举，也于北周明帝元年（557）入仕，累官至长广县公，大都督，车骑大将军。由于宇文神举自幼博览群书，文武兼备，自然加入了庾信布衣之交的行列。在频繁的交往中，宇文神举折服于庾信的文学名声与笔底功力，便渐渐萌生出请庾信为其亡父撰写《墓志铭》的想法，而庾信也欣然答应。为了让庾信深入了解亡父宇文显的生平事迹，于是在某一年，宇文神举邀请庾信和自己一起归省其祖籍武乡县显王村。就这样，庾信在了解宇文显基本情况的基础上，完成了《宇文显墓志铭》的写作。（《宇文显墓志铭》原文节录见清康熙版《武乡县志·卷四·人物·后周》）。

在归省期间，宇文神举曾陪同庾信外出散心，游览太行风光。一天，二人骑马来到今拴马村地界，欲登山览胜，便将坐骑拴在此处的一棵树上，徒步登山而去。后人为纪念其事，便将此地命名为“拴马”。再后来，此处逐渐形成了村落，“拴马”自然也就成了村落的名称。

寨 坪

寨坪村位于今武乡县洪水镇南，与镇比邻。村与镇相距不足一千米。

寨坪村名的来历，系该村东北部位在古时候有一军寨，名曰“云斗寨”。因村庄正好坐落在云斗寨下坪地上，故取名寨坪。

据考，云斗寨大约建成于唐朝中后期。《新唐书》记载：会昌二年（842），回纥进犯太原、云州，朝廷任命刘沔为河东节度使，率军出击，将其打败。回军后，分兵三千戍守横水（今武乡洪水），刘沔将大军驻屯榆社。驻守横水的三千戍兵分作两部：一部在横水设立军栅驻守；另一部于今寨坪村东北部的云斗山上建立军寨（即云斗寨）驻守，以成掎角之势，相互照应。而这两部兵力统称“横水戍兵”，统一归太原统领。

据史籍记载，唐朝中后期藩镇割据十分猖獗，有许多节度使不服天子，怀有不臣之心。会昌三年（843），泽潞昭义军节度使刘稹叛唐。唐武宗皇帝与宰相李德裕决定发大军平叛。于是调集成德节度使、魏博节度使与河中、河阳、河东各路节度使向泽潞汇集，共讨叛贼。同时诏令新任河东节度观察使的李石，以太原兵赴榆社，援助河东行营都知兵马使王逢，从北面向泽潞进军。李石接到诏命后，因太原兵都已调往前线，身边兵力不足，便调横水戍兵中的一千五百人，命别将杨弁率领，到榆社汇合。哪知这杨弁早有异心，想要寻机作乱。正好，按照当时旧制，将士出征，要向每人赏赐绢二匹，作为置装之费。然而，此时的河东库藏早已被前任掏空。李石无奈，只能以私绢填补发放，而每人也仅得一匹。这本来将士就已不满，恰又遇军情紧急，李石屡次派人前来催促上路。而此时又恰好临近年关，将士们都想过了年再出征，李石不许。于是，杨弁便利用将士们的不满情绪，煽风点火，将众人激怒，不仅不遵令前往榆社，反而于会昌四年（844）春正月初一率众杀奔太原。杨弁率士卒剽掠太原集市，杀死都头梁季叶，迫使李石逃往汾州。然后杨弁自封为节度留后，派出亲信与昭义军节度使刘稹相勾结，共同反叛。杨弁的倒行逆施使得朝廷异常震怒，决定先灭杨弁，再平刘稹。于是诏命王逢、王元逵停止南下，立即北上太原平叛。在朝廷军的大力打击下，正月二十八日太原被攻克，杨弁被活捉，参与兵变的乱兵全部被诛杀。而留守横水栅和云斗寨的士卒也奉命换防。此后横水栅与云斗寨何去何从，无考。

李　峪

李峪村位于今武乡县城东约25千米的沁温公路中段，属大有乡管辖。

关于李峪村名的来历，有多种版本的说法。据武乡县民政局编著的《武乡县地名志》载："传说古时候叫李玉镇，当时有一官人路经此地未下马，便遭李玉镇人们毒打。事后怕这官人前来剿灭李玉镇，人们就将村名改为李峪。"这是其一。

其二，据武承周、李绍君主编，由三晋出版社出版的《武乡地名故事》一书说："李峪村一开始叫李裕村。"说是唐会昌三年（843），唐朝大将刘稹屯兵潞州反叛。唐武宗皇帝派大将李德裕和他的弟弟李孝裕率兵平叛。李德裕、李孝裕率部进入武乡，欲与昭义军会兵横水（今洪水），在路经今李峪村（当时叫"王庄村"）时，李孝裕突患痢疾，不得已就地安顿。后来李德裕平叛成功，而李孝裕也在当地成家生子，并将"王庄村"改名"李裕村"。其后又在李孝裕的悉心经营下发展成镇，叫"李裕镇"。同时在镇前大门立起石碑，上刻"文官入镇下轿，武官进寨下马"以示威严。不料有人不服，一位来自京城的官员与守镇的村丁发生冲突，官员手下被打，官员绕道逃走。这官员回京后，向皇上参了一本。皇上派了一员大将率兵去李裕镇抄家，误将临近的南长乐当作李裕镇剿灭，致使李裕镇人们乘机撤离。此举虽然避免了人员损失，但村庄却被这名醒过神来的将军率部焚毁。官兵走后，李裕的人们返回重建家园，将村名改为"李峪村"。

其三，据曾任陕西省军区政委，中共陕西省委常委，第六届全国人大代表，已故的李峪籍老将军王兰江口述自传《红色年轮》记载："我们那一带的村庄多以'沟''峪'取名。'峪'就是山谷的意思。我们李峪村坐落在太行山西麓，是典型的低头山沟沟，抬头山圪梁的地貌，山沟接着山梁，山梁连着山沟，一道又一道，有的很深很长，有一二十里长。站在这边山梁望着对面山梁，距离并不远，但脚下是很深的沟，从这边下去到那边上来要好半天……"按照他的说法，"李峪"村名是根据地形所得。

其四，根据典籍有关记载考证，今李峪村原名鲤鱼店，在古代系武乡境内最大的煤炭集散地。众所周知，自李峪村以西，武乡境内再无煤矿，武乡的煤炭生产均集中在武乡东部山区。每到冬月，武乡中西部民众都要到东乡拉煤炭取暖过冬。于是久而久之，人们便依托当时武乡通往东乡的官道（经李峪、胡峦岭、陌峪一直往东的大道。今走李峪、北社、上北漳、陌峪的公路系新中国成立后才修成），并充分利用此处紧临漳河水的有利条件，在此处开设了武乡最大的煤炭供应地——煤店。同时，开店人希冀他们的事业能够像“鲤鱼跃龙门”一样有朝一日化龙腾飞，故将此处命名为鲤鱼店。而鲤鱼店的煤炭交易，最晚在清道光年间就已经形成了规模，并一直延续到抗日战争年代。1938 年 4 月，日军发动对晋东南“九路围攻”在长乐村战斗中遭遇惨败，此后对浊漳河沿岸村庄多次派飞机轰炸和派部队疯狂报复“扫荡”，制造了一个又一个的无人村，当时的鲤鱼店也遭遇了毁灭性的摧残。至此，昔日繁华热闹的鲤鱼店风光不再。

李峪村系从鲤鱼店演化而来的说法并非笔者杜撰，而是有史料可查。清光绪版《武乡续志》、民国版《武乡新志》均收录了这么一首诗，题目叫《拉河煤》。这首诗的作者叫魏守经。魏守经是清代武乡县的著名文儒，曾在清道光壬辰（道光十二年，1832）登贤书第九。而所谓的贤书在古代就是推荐贤能之士的名单，后来专指在乡试（省一级的考试）中名登金榜为“登贤书”。也就是说，魏守经在清道光壬辰科乡试榜中名列第九名。由于博学，魏守经被当时武乡县著名的鼙山书院聘为讲席。期间还曾经被当时的沁州郡守延请为铜鞮书院院长，只是不知何故，魏守经以疾辞，托病谢绝，未去赴任。所以，魏守经是被载入《县志》的著名文儒，在古籍版《武乡县志》中留下了他的许多诗词文赋，而《拉河煤》便是其中的一首。现在我们将这首诗抄录如下。

拉河煤

县东多煤井，土人积煤之所曰鲤鱼店。每冬月河冰合时，自县以西，居民辄取一木具至积煤处，载炭数百斤，沿漳河冰面而上，较累累驴驮获利差胜，然其劳瘁之状视春夏间农工为甚。作诗记之，俾采风者知吾乡贫民作苦有尤剧者云。

两山夹岸河冰阔，曲折一线途滑汰。
行人如蚁冰上来，背负重任步蹩躠。
短衣结束一棉袄，双足縢缠藉毛褐。
为问此何人？俱自（向？）县东来。
买煤鲤鱼店，都已载宝回。
尘沙上面风力遒，尺布掩耳声嗖嗖。
背后冰床二三尺，仿佛以牵拉小舟。
一步一掉臂，两步一垂头。
足踣手拄地，额破面血流。
有时冰面沙痕积，欲前不前多逗留。
前后同伴互相帮，比肩用力同驽牛。
向前数步冰色净，得势矫捷争猕猴。
呜呼！严寒慄肌身反汗，冰上趋程夜达旦。
一人牵挽数百斤，博得两钱一斤换。
哪知豪富人，红炉煨兽炭。
拥衾犹白怯早寒，熏笼不使香炉断。

魏守经的这首诗虽然主旨是对贫民贩运煤炭艰辛生活的同情，但我们从“行人如蚁冰上来”一句，可以想见当时入冬后河面冰封，此处煤炭购销生意进入旺季的繁荣与热闹景象。由于煤炭生意的火爆，相应地带动了当地餐饮及客栈、旅馆等服务业的发展。据此考证，现在的李峪村，当时的鲤鱼店，曾经是古代武乡的一处重要的商埠。

以上便是有关“李峪”这一地名的几则典故，一并奉献给读者，供大家鉴赏。

古 台

古台村位于今武乡县贾豁乡南，距乡政府所在地约 2.5 千米。

关于“古台”地名的来历，武乡县民政局编著的《武乡县地名志》是这样记载的：“相传从洪洞老槐树下迁出兄弟三人，其中一人到此立村，因村有一个古戏台，故起名古台。”对于这段文字的表述，笔者推敲再三，终不得其解。从字面上看，似乎从洪洞迁来之人到此“立村”之前，此处就有古戏台。如果是这样的话，那就是说，洪洞人来此之前，这里就有人烟聚居，并形成了村落，否则就不会有古戏台。那么，洪洞迁来之人“到此立村”的说法就不成立；反之，如果这座戏台是洪洞人迁来后所建，那么，“因村有一个古戏台，故起名古台”的说法就不成立。因为没有人会把自己新建的戏台称作“古戏台”。所以，笔者认为，这段文字的表述最起码缺乏严谨。

那么，“古台”这一地名是怎么来的呢？笔者认为，武乡学者杨彦文老师的研究结论最能令人信服。对于杨彦文老师，到目前为止，笔者还未曾谋

古台村上古观星台遗址

面，对他的情况知之甚少，但是读过他的很多学术论文，可以说神交已久。杨彦文老师对“古台”村的历史研究方法科学而严谨，他通过对古台村内现存大量的遗迹、遗址的实地考察，以无比雄辩的事实证明，这里曾经是我国上古三皇五帝时期观察天文气象的观象台。而古时候的“观象台”经过一系列历史的演变，最后被人们统称为“古台”。这也就是此处地名“古台”的真正来历。

希望读者们能够找到杨彦文老师的有关论著加以研读，从而弄清事情的原委。

上司村　下司村

上司村，上司乡政府所在地，距今武乡县城南约 15 千米。下司村，位于上司村东面山下的一个村庄。据武乡县民政局编著的《武乡县地名志》载：“据传，原是一姓司的在此立庄，叫司村，后因人发展，又去东面山下立一庄，同叫司村。后为两村有所区别，便把原立庄叫上司”“于上司相对而言，住在下边，便叫下司村。”

对于上述说法，笔者感觉不得其解。因为在今上司村一带，我们并未发现有“司”姓人家的存在。翻阅历史典籍，也未发现此地有过“司”姓人家的任何记载。所以，这里尽管是“据传”，却也缺乏可信的根据。而查县内现存的历史典籍，我们认为，“司村”名称的来历，源自“司徒村”。也就是说，“司村”乃“司徒村”的简称。在长期的流传过程中，简称逐渐形成了固定村名。

关于“司徒村”的历史典故，应该是清康熙版《武乡县志·卷五·仙释》中记载的唐·昭泽王。昭泽王，在历史上，武乡人都尊称其“老焦爷”，是武乡家喻户晓，人人崇拜的一位神仙。据历代古籍版《武乡县志》记载：“唐昭泽王，姓焦，失其名。唐懿宗咸通九年（868）七月五日生于长乐乡司徒村。”后得神授符箓，并得异人指示，获得了降妖除怪的神奇法术。此后他凭借法术降蛟龙，除妖孽，灭贼寇，保境安民，做了一系列的善事，被朝廷一再加封，获“云雨将军”“灵侯”等爵位。老焦爷在 34 岁那年脱蜕成仙。据说，我县东山焦龙洞就是老焦爷成仙后的府邸，焦龙洞也因此得名。老焦爷成仙后，更是人们有求必应。后唐开运二年（945）旱魃为灾，人们到焦龙洞求雨，应者如响。自此后，每逢天旱，武乡人到焦龙洞祈雨便形成惯例。北宋宣和元年（1119），老焦爷再次被朝廷加封为昭泽王。再后，元世祖忽必烈南征，老焦爷阴助其成功渡海，被元世祖敕封为海渎王。

关于老焦爷的传说，今武乡学者韩丙祥先生有专门的研究著述，读者可以找来鉴赏，这里不再详述。

至于司徒村地名的来历，我县学者蒋亚萍女士曾经撰文说：“在唐贞观年间，上司村赵氏家族中曾有一位身居司徒官位的官员。在唐代，司徒官职同太尉、司空同级，并称为三公，都是朝中一品大员。为了光宗耀祖，这位官员将原来的村名改称司徒村。”

仔细分析蒋亚萍女士的上述说法，笔者认为，“司徒”村名的来历，源自该地历史上曾经出现过一位身居司徒职位的高官，应该是可信的。对于家族中能够产生如此地位显赫的高官，当然是家族的无上荣光。于是出于光宗耀祖的心理，族人将其出生地、祖籍或居住地更名为“司徒村”是十分可能的。只是再往下细读蒋女士的文章，就不免要产生疑问了。蒋女士在接下来的文章中写道：“目前，在上司村居住的村民中，姓赵的村民居住历史最长。他们在 370 多年（明崇祯年间）前从武乡故县迁来居住，是现今居住此地最久的村名（民）……他们迁来时，这里是司徒村。”

通过对蒋女士前后两段文字的对比，我们发现，“在唐贞观年间，上司村赵氏家族中曾有一位身居司徒职位的官员……将原来的村名改称司徒村”，与“目前在上司村居住的村民中，姓赵的村民居住历史最长。他们在约 370 多年（明崇祯年间）前从武乡故县迁来居住”，这两种说法在时间跨度上整整相差了一千年。按前一种说法，早在唐贞观年间（626—649）上司村就已经是赵氏人家的族居地；而按后一种说法，赵姓村民是在明崇祯年间（1628—

1644）才从武乡故县迁来，这中间整整一千年的断档，使得我们不得不对古代的这位身居司徒职位的高官是否姓赵，以及是否出自唐贞观年间产生怀疑。然而，尽管如此，我们依然可以认定，司徒村的得名，是因为这里的古代，曾经出现过一位身居司徒职位的高官。

综上所述，虽然我们不能肯定古代的这位司徒是否出自“唐贞观年间的赵氏家族”，但司村是从司徒村演变而来应该是确凿无疑的。今上司村的原称应该是上司徒村，而下司村的原称应该是下司徒村。这两个村原本是一个村，后因人口发展，才分成了两个村。同时，因为两个村所处的地理位置不同，才有了“上”与“下”的区别。

权 店

权店村位于今武乡县故城镇西，距故城镇约 5 千米。

关于权店地名的来历及其典故，我县学者武承周先生在其主编的《武乡地名故事》一书中已经做了解说。笔者非常尊重他的研究成果。在这里笔者依然撰文的目的，是想在武先生研究成果的基础上，做一点自认为有必要的补充。

权店，从字面上分析，笔者以为其最初的含义是“权且”“临时”供差役、商旅歇息和补充所需物资的店铺。而这个店铺最初是何时开设的？无考。但后来随着官办机构权店驿的成立，原先那种“权且”“暂时”的功能便得到了固化，使之成为“古时供应递送公文的人或来往官员暂住、换马的处所”。同时也兼营对客商、旅人的物品买卖与留宿，保留了店铺的功能。至于权店驿是何时开设的？笔者认为，它与“权店营”应该是同时或随后设立的。

据清乾隆版《武乡县志·兵防》记载：“万历以前无专官。天启间，南关而下，交口而上，多大盗渠魁，孙宪侵夺客旅，胔骼不绝于路。邑人程启南为请于朝，以一守备治，次舍防兵三百，盗以平息。是为权店营之始。”接下来在《武乡县志·兵防·衙署》又记载：“权店营，明天启前无专官，故无署。自设弁兵，乃即权店寨为衙署，在镇西畔高阜处。”再后，又有进一步的专论："论曰：权店营，自祁入武，由坦而隘；自武出沁，由隘而坦。中亘百余里，率皆崇岗峻岭，曲涧盘谷，势极崎岖。途则冲要控厄塞者，主必据，客必争，即生逢太平，越人以货往往有之。所以然者，升陵伏莽，出没其间甚易；一出坦平，则兔脱无踪。故有明之季，遂至侵夺客旅，胔骼遍野。自邑司空力请设营，盗以平息。是则守土者固当为民防患，而士君子幸至大位，绸缪乡梓，亦当有思深虑远，得为而为者已。"

从上述文字可以看出，在明朝万历皇帝以前，这里虽然是上党通往晋中的北大门，却并无专门设立的官办机构。以至于到了天启年间（1621—1628），"南关而下，交口而上"出现了以孙宪为首的大盗巨寇，在此打劫商旅，图财害命，造成"胔骼不绝于路"，被杀害的客旅尸骸随处可见，使得这条本来是泽潞与晋阳的咽喉通道，变成了令行旅之人闻之丧胆的鬼蜮之途。这种骇人听闻的恐怖局面，引起了当时在朝廷中官居工部左侍郎加尚书服俸（被家乡人视为"司空"）的程启南的高度警觉。于是程启南奏请朝廷，在此（权店）专门设立守备，驻扎防兵三百，加强了对这一带的治安管理，这才使得盗寇得以平息，道路变得通畅。这是程启南为桑梓人民办的一件传颂千古的大好事，也是权店营的由来。

随着兵防机构权店营的设立，为了充分利用这段交通要道的特殊功能，使"德之流行，速于置邮而传命"，在这段道路恢复太平后，官府相应地在此又增设了可"供应递送公文的人或来往官员暂住、换马的处所"——驿站。而据古籍版《武乡县志》的有关记载分析，当时的权店驿规模十分可观，有大察院、小察院、驿丞署、递运所署、前堂、皂吏房、退省厅、书吏厨房、大门、二门、角门，还有马王庙、牛王庙，甚至还有戏楼等，占地数十亩。然而，后来随着明末农民起义，特别是清顺治六年（1649）姜瓖在大同发动兵变，社会激烈动荡，权店驿也受到了冲击，其中大部分建筑被焚毁，以至于不得不一度将驿递迁于故城镇。直至顺治十二年（1655），权店驿得以重建，方才返回。所以说，权店营、权店驿的历史，也包含着相当复杂的典故。

古老的权店村

对于“南关而下，交口而上”这一段路途的险恶情状，我们今天的人们可能没有什么感受。因为自从“208 国道”修通后，正好穿行于此。我们乘坐汽车从此经过，只是感觉一路陡坡，除此之外别无他虑。然而，这条道在古代却是“率皆崇岗峻岭，曲涧盘谷，势极崎岖”，形势极其险恶。所以，即使是太平年间，这里发生的杀人越货事件也从无断绝。只是到了明朝天启年间，由于出现了以孙宪为首的“巨盗渠魁”，在这里开黑店，打劫商客，形势才变得更加严峻而已。也由此，才引出“邑司空力请设营”，得到朝廷批准，在权店设立了守备营，对这一带加强了治安管理，形势才得以改观。对于这一点，有志者不妨亲自到勋欢至分水岭一带的河谷中（古时候的旧道路）去体验一下。

还有一点，武承周先生为了体现权店昔日的辉煌，在他主编的《武乡地名故事》中开列了权店驿丞及权店营把总的名录。然而，笔者在细读之后却发现，他的这个名录只局限于清朝以后，而不知何故，他对明代的权店驿丞及权店营守备、把总的名录并未列入。在这里，笔者根据古籍版《武乡县志》的有关记载，补充如下。

明朝时期权店驿驿丞名录

孙伦，临清人；王虎，吴桥人；朱盛，曹州人；葛汉，祥符人；杜森，咸阳人；张进士，籍贯不详；柳宗成，馆陶人；高登，乾州人；杨祥，汉州人；朱良臣，泾阳人；杨应忠，籍贯不详；王纯，阳信人；王翘，泾县人；林士元，富平人；梁恩，邠州人；张思孝，金乡人；彭薇，献县人；杨廷宠，福建人；唐尧臣，汾州人；史林，怀庆卫人；张赟，灵寿人；韩来聘，盂县人；聂于祯，丰城人；侯廷正，林县人；汪邦圻，辉县人；李秋，华州人；满应斗，大兴人；史梦麒，和州人；黄三校，邠州人；张质，卢施县人；马可畏，新安人；郑学颜，威县人；王禧，阳曲人；王惟尽，昌平人。

以上共 34 人，但每个人的具体任职时间未载。

明朝时期权店营掺守（守备、把总）名录

范四箴，祁县人，武举；丁遇甲，山西右卫千户；宁三才，汾州左卫千户；杨应龙，陕西榆林卫千户；时大运，沁州千户所千户，《州志》写作“时泰运”；张一龙，宁夏人，崇祯五年（1632）在与农民起义军作战时，与属下将士猛克济双双战死于我县漆树坡；沈世芳，陕西孤山堡人，后升职调离；吴应秋，籍贯不详；丁安邦，浙江人；王尚忠，沁武营代管权店营。

以上共 10 人，但每个人的具体任职时间未载。

信　义

信义村位于今武乡县故城镇西北约 2.5 千米处。

据考，信义村原名“铜城”。

根据武乡学者程春虎先生编著的《程氏族谱》记载，元朝至正年间（1341—1368），程氏先祖程思德、程思让、程思贤弟兄三人，为躲避元末动乱，由河南归德府（今商丘南）迁居山西，其中程思德一家定居武乡铜城。为了与当地原住民和睦相处，程思德选取“仁义礼智信”五常中的“信”与“义”两个字，制作匾额，悬挂在大门上。他不仅严格要求自己按照“信义”二字行事，还昭示后人遵照执行，不得违背。于是几代以后，程氏家族便获得了繁荣昌盛，成为当地望族。到了明朝正统四年（1439），天下大旱，灾荒普降，朝廷诏令富户捐谷赈灾。铜城程家五世祖程碧积极响应，一下子拿出积存的粮食三千石交给了朝廷。程碧的义举得到了明英宗皇帝的赏识，不仅御笔敕封程碧为“五谷神”，还御赐“义民”匾额，在铜城敕建“义民坊”以示嘉奖。无上的殊荣使村人意识到，这都是程氏族人祖辈遵循“信义”行事，方才取得如此崇高的成就。于是通过公议，决定以“信义”取代“铜城”，定为该村的村名。这便是“信义”村名的来历。

“信义”村名确立后，程氏家族更是获得了突飞猛进的发展。族人读书成风，秀才、举人、贡生相继涌现。到了明朝万历二十九年（1601）辛丑科，程氏学子程启南一举考取进士，此后节节攀升，由襄阳推官，入朝为武选司主事，后升按察使。其间在朝廷“举卓异”中，被推为“天下廉吏第一”。再后迁布政使，又升太常卿。因不附阉党魏忠贤，于是辞官归隐。这是程启南第一次致仕还乡。

明崇祯元年（1628），思宗皇帝登基，采用雷霆手段处置阉党。崇祯二年（1629）程启南再次被朝廷起用，任职通政司，一年后升工部左侍郎。因修建德陵有功，加尚书服俸。由于古时候称工部尚书为“司空”，故乡人尊称程启南为“程尚书”，而桑梓文人则称其为“邑司空”。然而不久，因“寺人之徒嗡嗡复进”，明王朝宦官干政的痼疾复发。程启南力谏无效，于是连上十一疏，坚决辞官，回归田园。崇祯十七年（1644），李自成农民军攻陷京师，建立大顺。闯王慕其名，命武乡县令持书信请程启南出山辅政。连致五书，程启南坚辞不就。而闯王及武乡县令都嘉其廉洁之名，再加上京师遭受清军攻击，无暇再加过问，方使得其事不了了之。其后，程启南在老家信义搭建草亭数间，取名“双修寨”，每日研究《易经》，以此安度余生。到了清顺治七年（1650）无疾而终，享年八十九岁。

自程启南后，信义村程氏家族人才辈出，不仅程启南的六个儿子皆登仕途，其孙辈四十余人，“以科贡显著踵相接也”。特别是在其孙辈中，还涌现出了如程康庄这样“狎霸中原”的著名文人，给“信义”二字平添了无上光辉。

漆树坡

漆树坡位于今武乡县上司乡南约2千米处，是隶属于铺上村民委员会的一个自然村。

据传，这里在古时候曾经生长着满山坡的漆树林，故被人们称为“漆树坡”。

至于发生在漆树坡的历史典故究竟有多少，难以尽知。然而，明朝崇祯五年（1632）发生在这里的一场血战，使得这一处原本名不见经传的小小地名被载入了史册。

明朝崇祯五年，明末农民起义军曾一度进入山西。其中一路由襄垣杀奔而来，直扑武乡县城（今故县）。当时因致仕归籍的明太仆寺正卿魏光绪协助县令守城。由于形势危急，乃急调权店营掺守张一龙率部来援。张一龙与其属下百总猛克济率众来到后，虽奋勇杀敌，取得了三战三捷，然而因敌人势力过大，一时难以将其击溃。由于连战疲惫，不得已在夜幕降临时退入城内，婴城据守。可没想到，他们的这一举动引起了城内一些人的非议。说他们胆小怯战，不敢与敌决战。甚至还有人怀疑他们心怀不端，想要伺机投敌。众人的非议使得张一龙与猛克济异常震怒。为了证明自己的忠勇，于是二人率众开城杀出，扑向敌阵。由于是挟怒而战，再加上敌人猝不及防，这一战倒也痛快淋漓，敌人被打得溃不成军，向南奔逃。张一龙、猛克济率众猛追，一直追到漆树坡。而就在这时，农民军大队人马杀奔而来，很快就将张一龙、猛克济的部众杀散，并将张一龙、猛克济围在垓心。张一龙、猛克济虽然奋力血战，杀敌无数，但却无法突出重围。张一龙见大势已去，在马上拔刀自刎。猛克济见主将身亡，痛不欲生，在敌阵中拼命砍杀，最终战死于乱军之中。事后，人们寻回二人遗骸，将他们安葬在白家窑村，号曰“双忠墓”。

这便是有关漆树坡的典故之一。还有，在抗日战争时期，漆树坡曾经作为太行区路南办事处驻地，在这里发生了名动太行的“窑洞保卫战”。关于这一典故，将在下一编中加以详述。

魏家窑

魏家窑位于今武乡县丰州镇东南约 2.5 千米处，即武乡故县城之南的“南亭川”西侧。“魏家窑”地名的确立，起源于武乡魏氏族祖魏成甫。

据清康熙版《武乡县志·寓贤》记载：“元魏成甫，河南归德府虞城人，为人果敢尚义，有气节。顺帝末造，烟尘四起，虞当戎马之冲，尤悉索无虚日……遂与其乡邻徐、吴二姓逾太行而北，审视郡邑之山僻而小者，得武，于邑南二里许于时庐旅。时人民逃窜，烟火甚稀，居斯土者多营窟，成甫暂僦其间，意俟太平，为首丘思，终将南旋。明太祖定鼎，天下渐定而余氛未息，兵阻当道仍不通。成甫熟于武，见其士俗可乐，于是有终焉之志。乃即其地伐茅诛径，爰立室家，命之曰魏家窑，遂入武籍。”

上述这段话的主要意思是：今武乡魏氏家族的始祖魏成甫，原籍河南归德府（今商丘市）虞城人。其为人果敢豪爽讲义气。元朝顺帝末期（约 1367 年前后），天下大乱，而虞城正处于战乱的要冲地带，几乎每天都遭遇各种乱兵的劫掠与骚扰。为了活命，魏成甫偕同姓徐和姓吴的两个邻居，翻越太行山一路北上，寻找可以安身立命的地方。最后他们来到了武乡，在县城（今故县）南面大约 2 里之处暂时住了下来。当时，由于战乱的原因，当地人逃散略尽，人烟十分稀少。而当地人大多是靠山挖掘土窑洞用于栖身，成甫他们就暂时租赁在这样的窑洞内，希冀天下太平后再重返故土。等到明王朝建立后，虽然江山初定，然而战争的余火并未熄灭，通往故乡的道路因兵匪肆虐而并未畅通，回故乡的愿望遥遥无期。成甫他们由于对武乡已经熟悉，适应了当地的风土人情与风俗习惯，也就逐渐安下心来，最后产生了终老此地的想法。于是就在本地开垦已经荒芜的土地，修复废弃的道路，安家落户，娶妻生子，并向当地官府报了户籍，成为武乡人。同时将他们所居住的地方命名为“魏家窑”。

这就是“魏家窑”地名的来历。

自从魏成甫定居武乡后，通过几代人的繁衍生息，很快便发展成为武乡望族。在整个明季，魏氏子孙人才辈出，登科第者累累不绝，涌现出了如魏之干、魏令望、魏鳌等一大批社会贤达。到了明末，更是诞生了如兵部侍郎魏云中、宣大总督魏光绪等显赫人物。

秦王头

秦王头位于今武乡县分水岭乡西部的大山之上，与平遥县相邻，系武乡县西部边缘的一座山头。这里原来有一个村庄，就叫“秦王头”。近年撤并下山，村的体制取消。

关于“秦王头”地名的来历，据考，系当年唐太宗李世民在未登基做皇帝前，身份封爵还是“秦王”时，曾经登临此处，凭高览胜而得名。

事情的经过是：约在隋朝大业十三年（617），隋朝鹰扬府校尉刘武周在马邑自称皇帝，建元“天兴”。这时，易州叛将宋金刚率众来投，被刘武周封为宋王。唐朝武德二年（619），刘武周接受宋金刚“入图晋阳，南向以争天下”的建议，率兵2万南侵并州，驻扎在黄蛇岭（今山西榆次北）。唐并州总管齐王李元吉派车骑将军张达率部卒前去抵御，结果全军覆没。刘武周于是袭破榆次。五月，刘武周攻陷平遥，六月占领介州（今山西介休）。唐高祖李渊派遣太常卿李仲文为行军总管，与左卫大将军姜宝谊率兵救援并州，被刘武周将领黄子英击败于雀鼠谷（在今介休境内）。唐高祖又派右仆射裴寂为晋州道行军总管，督军抗击刘武周。八月，裴寂至介州，与宋金刚战于索原度（介山之下）。结果唐军全线溃败，裴寂只身逃回晋州（今山西临汾）。刘武周势如破竹，进逼晋阳。李元吉丢弃晋阳，携妻妾连夜逃回长安，致使唐王朝的老巢落入敌手。十月，刘武周又派遣宋金刚南下攻陷晋州，进逼绛州（今山西新绛），占据龙门（今山西河津），攻占浍州（今山西翼城）。与此同时，夏县吕崇茂自号魏王，与刘武周相呼应；隋朝的旧将王竹本据蒲坂（今山西永济北），与宋金刚联合。自此，整个河东大地几乎全部落入敌手。消息传回长安，朝廷大为震惊，高祖急令各将放弃河东回军固守关中。此时，秦王李世民主动请缨去收复并州。武德三年（620），李世民在柏壁击败宋金刚，宋金刚逃走。李世民率部追击，一天一夜疾驰二百里，在雀鼠谷追上宋金刚，接连八场大战，斩获宋金刚一万余人。宋金刚跑到介州，唐军紧追不放。两军在介州城外列阵大战，宋金刚战败，与刘武周先后逃往突厥（后被突厥杀害）。并州全部收复。

战争胜利后，秦王李世民因心情愉悦，便在亲随的陪同下登山览胜。于是，后人便将秦王登临的山头命名为“秦王头”。这便是“秦王头”地名的来历。

按说，李世民大战宋金刚的典故并没有发生在武乡，但其胜利后登临的山头却在武乡境内。

狐偃山　狐偃沟

在武乡，以“狐偃”命名的地名至少有三处。一处叫“狐偃山”，也叫“白马山”，位于今武乡县故城镇杨公岭村境内；另两处都叫“狐偃沟”，分别在今武乡县大有乡和贾豁乡境内。

既然以“狐偃”命名的地名不止一处，那“狐偃”到底是何事物？笔者告诉大家，这“狐偃”既非事，亦非物，而是一位古人的名讳。大家可能都听说过“春秋五霸”之一的晋文公吧？这“狐偃”正是晋文公的亲娘舅，也是晋文公的老师和首席谋臣。

现在我们就将狐偃如何辅助晋文公成就春秋霸主的主要事迹概略介绍如下。

狐偃，姬姓，狐氏，字子犯，或舅犯、咎犯、臼犯。

晋文公，字重耳，是春秋时期晋国第二十任国君晋献公之子，母亲狐氏。

晋文公还是公子时，由于父亲晋献公儿子众多，所以并没有得到应有的宠爱。相反，作为舅舅的狐偃，倒是给予了无微不至的呵护。因此，从某种意义上来说，狐偃更像是他的父亲和老师。晋献公五年（前672），晋献公打败骊戎，俘获骊姬和骊姬的妹妹少姬，都加以宠幸，致使骊姬生下儿子奚齐。奚齐长大后，骊姬为了能够让儿子奚齐继承国君之位，用计害死晋太子申生，并继续想方设法加害晋献公的其他公子。晋献公二十二年（前655），宦官勃鞮奉命前去诛杀重耳，重耳在翻墙逃走时，被勃鞮挥刀砍掉了一只衣袖。重耳逃出晋国，先逃到他母亲的娘家翟国避难。晋国一干贤臣干吏如狐偃、狐毛、赵衰、贾佗、魏犨、介子推等等也都前往追随。重耳到了翟国后，翟君将攻打咎如国俘获的咎如国君的两个女儿，大女儿嫁给重耳，小女儿嫁给赵衰。这样，重耳他们在翟国一待就是12年。这期间，晋献公去世，申生的老师，中大夫里克杀死骊姬和奚齐。出逃在外的晋国另一位公子，重耳的弟弟夷吾在秦国的帮助下回国继位，史称晋惠公。晋惠公当政期间，对外失信于秦国，对内失信于里克，国内又失去了民心，人民都希望贤能的重耳回国主持大政。晋惠公也害怕重耳回来夺取君位，便派刺客入翟再次行刺重耳。狐偃、狐毛最先得到消息，于是立即帮助重耳逃离翟国。此时，他们深深感到小国的弱势和无力，就想投奔齐国这个大国去寻求庇护和帮助他们复国。在路经卫国时，他们没有得到卫国的礼遇，一路忍饥挨饿，好容易来到五鹿地界，见一群野人在田头吃饭，便走过去向他们乞食。不想野人不仅不给他们食物，还向他们丢土块。重耳很生气，就要向野人动武。狐偃急忙拦住，说："得饭易，得土难。这是上天假野人之手向我们赠送土地，请受之。"于是重耳向野人稽首后，拿着土块继续前行。又走了大约十里，重耳饥困交加，实在走不动了，坐在树根下歇息。过了一会，介子推用把一块煮熟的肉奉给重耳。重耳饥不择食，吃了后经询问，方知是介子推将自己大腿上的肉割下给他吃的。又过了许久，赵衰从后面赶来了，带来一点讨来的饭食，用溪水兑了，给每人分食一点，大家才有力气重新上路。到了齐国，得到了齐桓公的热情接待。齐桓公十分看好重耳，便把宗室女齐姜嫁给重耳。娇妻美妾，锦衣玉食，消磨了重耳的志气，在齐国一待就是5年，从龙诸君子都很焦急。狐偃与深明大义的齐姜合谋，用酒将重耳灌醉，放到车上，带出齐国。重耳酒醒后大怒，夺魏犨之矛追刺狐偃，被众人拦下，仍恨恨不已，许久方才平息。他们途经曹国，遭受了曹国国君的戏弄。离开曹国到了宋国，宋襄公给予了一定的礼遇，并赠送良马二十匹给他们。离开宋国又到了郑国，郑国不纳，转道到了楚国。楚成王以诸侯礼节给予了隆重接待。席间，楚成王问重耳："我如此待你，你复国后何以为报？"重耳回答："若将来一旦两国交战，我当退避三舍。"

晋惠公十三年（前 638）晋惠公患病。留质秦国并做了秦穆公女婿的晋太子圉偷偷离开秦国跑回晋国。一年后晋惠公去世，太子圉继位做了国君，是为晋怀公。

晋太子圉的不辞而别使得秦穆公大为恼火。而太子圉一上台就诛杀了追随重耳的狐偃、狐毛之父亲狐突，在国内彻底失去了民心。于是秦穆公决定送重耳回晋国，取而代之。秦穆公派特使出使楚国，将重耳一行接到秦国，并将子圉留在秦国的妻子改嫁给重耳。接着发大军护送重耳归国。在渡过黄河时，重耳让把流亡时期所携带的破旧物件全部扔掉。重耳这种得新忘旧的举动让狐偃感到寒心，于是跪乞请辞。重耳幡然醒悟，投璧黄河，与狐偃盟誓，将共享富贵。狐偃的行为引起介子推反感，觉得这是"贪天之功为己有"，不屑与其为伍，便独自离去，回家背着老母到绵山隐居去了。

公元前 636 年，重耳回到晋国，派人将出逃到高梁的晋怀公杀掉，即位登基做了国君，史称"晋文公"。纵观晋文公四十三岁奔翟，周游列国一十九年，到复国为君时已经六十二岁。复国后，晋文公遵循狐偃建议，尊奉周室王朝，拉开了称霸诸侯的序幕。文公五年（前 632），晋、楚两国在城濮（今山东鄄城西南），展开了一场大战，史称"城濮之战"。战前，狐偃提醒晋文公兑现当年"退避三舍"的承诺，引军后退九十里。结果形成诱敌深入，回军夹击，将楚军击溃，取得了大胜。胜利后，晋国与列国举行"践土之盟"，晋文公成为盟主，奠定了其霸主地位，与齐桓公被后世并称为"齐桓晋文"。

纵观晋文公复国称霸的整个过程，狐偃在其中都发挥了无可替代的重要作用。故历史上的史学家评价说："晋之卒成霸业，偃之力居多。"这便是后人纪念狐偃的根本原因。至于狐偃随晋文公出逃后，曾经在我们今天的武乡境域之内共逗留了多长时间，因无具体的资料可稽，不敢妄议。

东寨底　南寨底

东寨底与南寨底均位于今武乡县故城镇东南和正南方位。顾名思义，这里曾经是古代的一处军营。所以笔者大胆推测，这里在战国时期，很有可能属于“阏与”“阏与城”或者“阏与聚”的范畴。据清乾隆版《武乡县志·古迹》记载：“阏与城，袁松《郡国志》：涅城有阏与城。《史记》赵奢大破秦军，解阏与之围。汉《地理志》：阏与聚与沁县界接，在县南。”而这里的“县”指涅县城，也就是今武乡县故城镇，即汉代的涅县县城。同时，《后汉书·郡国（五）并州上党郡》也明确记载：“涅有阏与聚。”（见战国韩赵魏三国分布图）。

既然上述记载明确指出，“涅有阏与聚与沁县界接，在县南”，所以我们可以初步认定，今天的东寨底与南寨底应该在战国时期“阏与聚”的范畴之内。为什么说“在范畴之内”而不加以明确界定呢？这是因为，当时“阏与聚”的地域面积绝不仅仅是一两个小小村寨那么简单。据《史记·廉颇蔺相如列传》载：“秦伐韩，军于阏与”，也就是说，当年秦国发兵进攻韩国时，大军驻扎在“阏与”这个地方。我们可以想象，秦国要进攻一个国家，出动的兵力至少在十数万以至数十万。这么庞大的兵力驻扎在阏与，那阏与一定是具有相当地域规模的区域。据笔者推测，当年的阏与聚应该包括今东寨底、南寨底以南，直至今沁县境内的相当一部分地域。然而，分析至此，读者朋友可能会提出一个新的疑问：既然你认为当年的阏与聚在今东、南寨底以南，那么今东、南寨底就一定在阏与聚之北，那为什么不称“北寨底”，而要称“东寨底”和“南寨底”呢？对于这个问题，笔者也有过思考，认为“阏与”这个名称的出现，最早在春秋战国时期，而最晚则在西汉初期。汉代之后再未出现（至少笔者没有发现在哪个典籍中出现过）。而与此相关联的另一地名“涅”则应运而生。据古籍版《武乡县志》载：“汉为涅氏县”“汉始置涅氏县”“东汉曰涅县”。这也就是说，当“涅”或“涅城”出现的时候，“阏与”这一地名已经不再沿用。所以，用于标示与“阏与”有关方位的两个“寨底”（也许那时候就叫“北寨底”也有可能）也就失去了它的原有意义。但“寨底”作为地名却依然存在，同时又与“涅”或“涅城”产生了新的标示意义。因为这时候两个“寨底”的方位，一个在“涅”或“涅城”之南，故称“南寨底”；一个在“涅”或“涅城”的东南，故相应地被称作“东寨底”。这也就是“东寨底”“南寨底”地名产生的由来。

那么，前面《郡国志》《汉地理志》《后汉书》等典籍中所说“涅城有阏与城”“涅有阏与聚”又该作何理解呢？笔者认为，上述几部典籍均产生于汉代以后，所以，对它的表述应该理解为：“在涅城这个地方，历史上曾经有过阏与聚或阏与城。”

在搞清了“东寨底”“南寨底”与“阏与”或“阏与聚”的内在关系后，接下来梳理有关“阏与”典故的大体脉络。

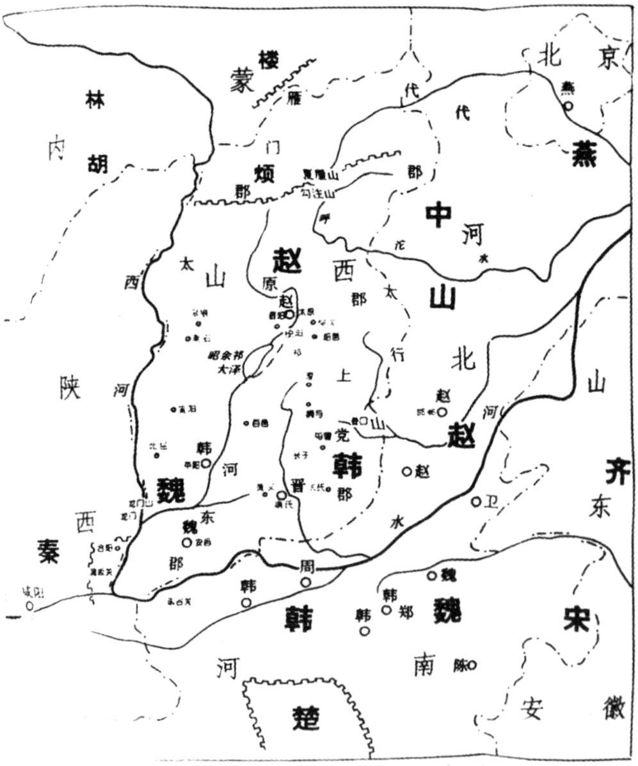

战国韩赵魏分布图显示的阏与位置

首先说历史上的“阏与之战”。这场战役发生在公元前269年，是一场出奇制胜的著名战例。

周赧王四十五年（前270），秦国昭襄王发兵进攻韩国，占据了赵国的西部边城阏与聚。赵惠文王召来当时赵国第一名将廉颇，问：“阏与能不能发兵救援？”廉颇说：“救阏与需要翻越太行山，道路险峻狭窄，路途又远，难救！”赵惠文王舍不得丢弃阏与，又问当时著名的将领乐毅的儿子乐乘，乐乘的回答与廉颇一致。赵惠文王不死心，又召来当时名声并不是很响的赵奢询问。赵奢说："救阏与，道路确实是又险又远，但这就像两只老鼠在洞中相斗，狭路相逢勇者胜！"于是，赵惠文王便派赵奢为将，率兵去救阏与。然而，赵奢统领大军离开都城邯郸仅仅三十里就驻扎下来不走了，同时传令军中："有谁敢对军事行动说三道四者，斩！"而这时，秦军的另一支先头部队已经绕道进攻到了武安城西，军中的鼓噪声使得武安城中房宇震动。一名侦察回来的军人在向赵奢汇报完情况后，又多嘴劝赵奢赶紧发兵去救武安，被赵奢立即拿下斩首，从此军中再无人敢言军事。赵奢每天都严令军中加固营垒，不再前进一步，就这样一直坚守了二十八日。秦军将领见赵奢一直按兵不动，很是不解，便派间谍化装进入赵营打探消息。不料秦谍一入赵营就被抓获了。出人意料的是，赵奢不仅不处置秦谍，还好酒好饭将秦谍招待一番后给放走了。秦谍回去后将所见所闻报告了秦将，秦将高兴地说："离开都城三十里就畏怯不前，从此阏与不再是赵国地盘了！"对赵军放松了警惕。

再说赵奢放走秦谍后，立即传令军中，丢掉一切重负，卷甲衔枚，轻装急进，只用了两天一夜，就攀越太行险径，赶到了阏与附近，在距离阏与五十里的地方驻扎了下来。当秦军得知赵军突然杀到了阏与，便立即调集各路大军赶来围剿。这时，赵军中一个叫许历的军士书写了"请谏"二字转呈赵奢，赵奢命他进来说话。许历进帐后对赵奢说："秦军想不到赵师突然杀到，一定十分愤怒，必然来势汹汹。将军一定要集中优势兵力，严阵以待，不然必败！"赵奢说："这条意见可以采纳。"许历说："那就请将军按照军令把我处死吧！"赵奢说："等以后回到邯郸再说吧。"许历接着说："既然将军现在不杀我，那我就还要说。"赵奢点点头："说吧。"许历说："阏与北面有一座山头，地理位置十分重要，谁先占据谁胜。我们必须首先控制在手，否则必败无疑！"赵奢称赞道："好！"于是立即发兵一万，抢占了北山。当大队秦军杀到后，对北山展开了激烈的争夺，战斗进行得异常惨烈。这里鏖战正酣，赵奢趁机发动大军向秦军展开全面进攻，结果秦军大败亏输，溃散而去，阏与之危得以解除。

这就是战国时期著名的“阏与之战”。“阏与之战”胜利后，赵奢被赵王封为“马服君”。

说到这里，估计大家可能对赵奢其人不甚了解。但对于另一个人物，即只会“纸上谈兵”，导致在“长平之战”中大败，四十万赵军被秦将白起坑杀的赵括，大家一定耳熟能详。这赵奢就是赵括的父亲。而据典籍记载，赵奢在去世前曾留下预言：“将来赵国如果起用赵括为将，必然会造成赵军大败！”结果一语中的。

关于“阏与”的另一典故发生在秦朝灭亡之后的“楚汉相争”时期。

据典籍记载，西汉汉王三年（前 204）九月，汉大将军韩信奉汉王刘邦之命，北上进攻代国，在阏与大破代军，擒获了代国丞相夏说。

关于这次战役，典籍中记载都不很详尽。《史记·淮阴侯列传》正面记载的只有十余字：“后九月破代军，禽夏说阏与。”在接下来记载韩信下魏破代后，又有如下记载：“信与张耳以兵数万，欲东下井陉击赵。赵王、成安君陈余闻汉且袭之也，聚兵井陉口，号称二十万。广武君李左车说成安君曰‘闻汉将韩信涉西河，虏魏王，禽夏说，新喋血阏与……’”这里用“新喋血阏与”突出说明了这次战役的惨烈与血腥，除此之外，再无其他文字。笔者因感觉记载过于粗疏，又查《汉书·列传第四韩信》，也仅有一句话：“汉王与兵三万，遣张耳与俱，进击赵、代，禽夏说阏与。”

关于韩信在阏与大破代军，擒获代国丞相夏说的这场战役，尽管历史典籍记载得十分粗略，但仍然是发生在我县历史上的一次重大的历史事件。所以，作为典故，一并记录在此，供大家鉴赏。

第三章　与红色革命密切相关的地名

武乡是一块红色的土地，早在国内第一次土地革命战争时期，这里就有了中国共产党的坚强组织，领导全县人民开展了针对封建官僚地主阶级的“五抗”运动，并产生了一系列可歌可泣的英雄壮举。特别是抗日战争爆发后，八路军总司令部和中共中央北方局进驻武乡，这里便成为华北乃至全国抗击侵华日军的前线指挥中枢。同时，由于武乡人血液中秉承的由祖上遗传的不屈不挠的尚武精神，义无反顾地投入了这场拯救民族危亡的伟大运动。据统计，当时这个尚不足 14 万人口的小县，就为八路军输送兵员 14600 余名，成长出抗日干部 5400 余人，被人们笼统地称为“五千干部一万兵”。而留守本地的人们，凡有行动能力的，都参加了农、青、工、妇等名目的“救国会”以及民兵、儿童团等等各种抗日组织。这期间，为民族解放而付出生命的就达 35300 多人。所以说，当时的武乡，家家住过八路军，户户出过子弟兵，被后人称为“八路军的故乡，子弟兵的摇篮”是名副其实的，并无半点夸张。从现在看，整个武乡大地，村村都是抗战遗址，庄庄留有抗战遗迹，是一座“没有围墙的抗日战争纪念馆”。

作为“抗战圣地”，可以毫不夸张地说，武乡的每一个地名都蕴含着动人心魄的革命典故，都能发掘出可歌可泣的抗战故事。兹按时间顺序，摘其要者，记述县内与红色革命密切相关的一些地名及其典故。

特别说明：由于所述事件的角度不同，在本编中，有些地名难免要与前面各编发生重复。

北良侯

北良侯，今称“北良村”，位于今武乡县故城镇西北约5.5千米处。据武乡学者武承周先生考证，“北良侯”地名系由“北梁侯”演变而来，其源头可以追溯到东汉顺帝到桓帝时期（126—167）。读历史典籍使我们知道，东汉顺帝登基后，时为乘氏侯的大臣梁商，将其女儿和妹妹一并送入宫中，献给顺帝为妃。后来其女儿被立为皇后，梁商也于顺帝阳嘉四年（1135）被拜为大将军，录尚书事，从而掌控朝政。顺帝永和六年（141），梁商去世，其子梁冀承袭梁商爵位，接替大将军继续掌控朝政。梁冀是东汉时期最为出名的“跋扈将军”，专断朝政二十余年，先后立冲、质、桓三帝。其间还毒死汉质帝，控制和架空汉桓帝，肆意诛杀大臣，大肆分封宗室。据统计，梁冀一门先后“七封侯，三皇后，六贵人，二大将军……其余卿、将、尹、校五十七人”。而据武承周先生研究，在梁冀所封的七侯中，有四侯的封地在武乡。分别为“东梁侯”“西梁侯”“南梁侯”“北梁侯”。

对于武承周先生“四侯”封地均在武乡的说法，笔者深表存疑。因为在武先生接下来的考证中写道：“在20世纪70年代，在东良洪济院发现一块石碑，上书不是东良侯，而是良侯东，即地方位置后，由此可见此处即是梁侯的古村址。正东村应称梁侯东，正西村称梁侯西，南面称梁侯南，北面称梁侯北，即现在的北梁侯。”所以笔者认为，据武承周先生的考证，在今“良侯”这块地方，曾经是当年梁冀所封宗室在地为“侯”的领地，其结论应该是可信的。但是，是否“四侯”的封地均在此处则有待商榷。因为从地理位置可以看出，上述四个“良侯村”，村与村距离均未超过3千米，地域面积最多也不足一个“侯”的封地，不可能是“四侯”同封于此。再者，据武承周先生考证，今东良洪济院即系该“侯”的封地中心“梁侯的古村址”，其东、南、西、北分别为“梁侯东”“梁侯南”“梁侯西”“梁侯北”，这就更印证了此处只是一个“侯”的封地。而现在的“东良侯”“西良侯”“北良侯”系从“梁侯东”“梁侯西”“梁侯北”逐步演变而来的。所以，笔者认为，这里只是东汉梁冀专横朝政时期一个“侯”的封地。同时，根据历史记载，我们可以断定，此处作为“侯爵”的封地，存世时间不会很长，最多也不会超过 20 年。因为在汉桓帝延熹二年（159），梁冀恶贯满盈被桓帝联合宦官诛灭，满门抄斩，封地自然也就被取消了，此处只留下了地名。

如今，我们把上述典故揭示在此，只是为了说明“北良侯”地名的来历。而本节的重点是在阐述“北良侯”地名与红色革命的关系。

国家级文物保护单位北良村福源院

凡研究武乡历史的人都知道，武乡最早的共产党组织成立于 1933 年。1932 年 10 月，参加过广州暴动的早期共产党人，武乡北良侯籍的李逸三返回武乡。同年年底，他在故城镇城隍庙发展了第一个党员李义和。1933 年初，又发展李尚文、李华英、李含明入党。随后，他们各自发展党员，到该年 8 月，共计发展党员 13 名。于是秘密召开党员大会，成立了党支部，武乡党组织正式诞生。8 月，李逸三亲赴太原，寻找党的上级组织。历经千辛万苦，终于辗转与中共山西特委取得了联系，李逸三被任命为中共武乡县委书记。李逸三从省城回来后，立即召集党员中的骨干人员，在县城（今故县）召开会议，中共武乡县委正式成立。当时，武乡县委共下辖三个支部，即西区北良侯支部，由县委书记李逸三兼任支部书记；中区段村支部，由武三友任支部书记；东区窑头支部，由李福元任支部书记。同时确立了今后党的工作目标：发动群众，开展以“抗粮、抗债、抗租、抗税、抗丁”的“五抗”斗争，广泛发动群众，打击封建官僚地主阶级和土豪劣绅，发展和壮大党的组织。自此，一场轰轰烈烈的红色风暴在武乡大地迅速掀起。

由于李逸三系北良侯人，武乡县共产党的第一个党支部诞生于北良侯，北良侯是武乡县红色星火的第一个策源地，所以，我们把北良侯列为本编的开篇。

故　县

如今的故县村，在相当长的历史时期，都是武乡县政治、经济、文化以及军事活动的中心。“故县”，顾名思义即“历史上的古县城”。据考，早在北魏太和十五年（491），武乡的治所（县城）由榆社社城镇迁来此处，到抗战胜利后的1947年迁往段村（今武乡县城），这里作为武乡县城的历史长达1456年。由于历时久远，在这里发生的历史典故自然层出不穷。这里只说与红色革命有关的典故。

据史料记载，这里是中共武乡县委的诞生地。1933年8月，根据山西特委指示，李逸三、史怀璧、赵瑞璧、程登瀛、武三友等五人在此举行秘密会议。会议由李逸三主持，确立了上述五人为中共武乡县委委员。其中李逸三任县委书记，史怀璧任县委副书记兼宣传委员，赵瑞璧任组织委员，程登瀛负责青年运动，武三友负责“抗债团”。而当时武

原武乡县衙大门

乡县委的工作重心是发动全县贫苦农民，开展针对封建官僚地主阶级进行“五抗”斗争。该年初秋，“抗债团”正式成立，由武三友担任团长，李尚文担任副团长。“抗债团”成立后，首先是宣传发动群众、震慑官僚地主和土豪劣绅。于是，县委充分调动其下辖西、中、东三个支部党员的积极性，大力发展“抗债团”成员，很快，“抗债团”就壮大到了二百多人。在此基础上，他们写标语，印传单，一夜之间，就将标语、传单贴遍了当时的“四大镇”“八小镇”及从西乡到东乡二百多华里的大道两侧。“抗债团”的这一举动，极大地振奋了全县贫苦农民的志气，同时也使得多数土豪劣绅胆战心惊，不敢再肆无忌惮地公开收租收粮。对于那些敢于顶风作恶的恶霸地主，“抗债团”专门选用一批武功高强的抗债团成员，成立“硬抗队”，以武力硬抗的方式，迫使那些恶霸地主就范，使“五抗”活动取得了辉煌战果。

由于故县是中共第一届武乡县委的诞生地，所以在这里特别加以记述。

段　村

段村，我国第一次土地革命时期，中共武乡县委下辖中区支部的所在地。

段村，过去俗称“段村镇”，系武乡传统“八小镇”之一。据史料考证，这里最先由武乡段姓家族在此聚居，所以取名“段村”。到元至正元年（1341），时任沁州知州的太谷籍人武建，勘得此处风水上佳，于是将族属迁来定居。后来武姓家族迅速繁衍昌盛，势力猛增，以至于将原住户段氏一步步挤向东村，武姓成为当地主姓。这也就是直到如今，东村与段村的民众，时不时就产生冲突的历史原因。

作为红色地名，“段村”在我县历史上具有十分重要的地位。这里不仅仅是中共武乡县委诞生时下辖的中区支部所在的，特别重要的是，这里还走出了武乡最早的革命先驱武灵初。所以说，段村也可称得上是武乡民主革命的发源地。

据史料记载，武灵初出生于1894年。1919年，他参加了著名的“五四运动”，任学生纠察队队长。1920年3月，他参与创建了“太原社会主义青年团”。该年5月，在纪念“五四运动”一周年之际，他参与宣传《共产党宣言》。1925年，由于受孙中山思想影响，他加入了中国国民党，并当选为国民党太原市党部委员。1927年，蒋介石叛变革命，发动了“四一二”反革命政变，武灵初被清除出国民党。1929年3月后，武灵初在南京又加入了国民党改组派（左派）。同年8月，他接受国民党改组派中央指示，回到太原，与一群志同道合者成立了“国民党改组派同志会山西分会”并负责宣传工作。1932年蒋汪合流，国民党改组派宣布解散，于是武灵初正式走上红色革命之路。这期间，武灵初创办了“太原青年图书馆”，收集大量进步书籍，引导赵益三、段若宗、魏玉田等一大批青年走上了革命道路。后来图书馆被阎锡山政权查封，武灵初通过多种渠道，将一大批进步书籍运回武乡，帮助李逸三、高沐鸿、武光汤等创办了“武乡县流通图书馆”，为革命作出了显著贡献。

武灵初不仅本人是革命先驱，而在他的教育和影响下，其子女家人也都早早走上了革命道路，成为满门忠烈。其长子武英（后改名武光清）14岁就随学生队伍参加了纪念“五四运动”的游行集会。此后，他多次参加针对蒋阎政权的革命活动。1936年，武英参加了“牺牲救国同盟会”。“七七”事变后，他回到武乡，参加了中国共产党，历任“武华游击队”队长，抗日县政府教育科长，榆社抗日公安局局长。后又历任武乡县县长、太行二专署秘书主任、邢（台）西县县长等职。解放战争期间，他出任太行行署建设处处长随刘邓大军南下，先后任桐柏县县长，桐柏专区专员。全国解放后，出任中南区合作事业管理局局长，中华全国供销总社常务理事。1955年病逝于北京，葬于八宝山革命公墓。

武灵初的次子武华，生于1917年。1931年，武华参加了左联及抗日反帝大同盟。1932年当选太原青年图书馆宣传委员，同年加入中国共产主义青年团，随后又加入中国共产党。该年年底，反帝大同盟遭阎锡山反动军警破坏，武华隐蔽返回武乡。1933年初，武华与李逸三取得联系，并发展其家中长工武三友加入中国共产党。其后便与武三友等同志一同发动农民开展

“五抗”活动。“五抗”活动的风潮使得阎锡山政权惊恐异常，于是派军警前来镇压，一批进步青年被捕。武华侥幸逃脱，偕同东村段宏绪赴北平寻找党组织。1933年，武华出任北平东区区委宣传部长。同年6月，武华遭北平反动军警逮捕，因无证据，于该年9月找保释放。1934年春，武华调任中共唐山市委书记。同年10月，在巡视唐山返回天津时，又被国民党三团逮捕。武华化名李子魁，被判刑三年，押往南京陆军监狱监禁。“七七”事变后，国共实现第二次合作，武华出狱后返回武乡，和其兄长武英（武光清）、李应东等在故城一带拉起了武乡县第一支抗日游击队，并被命名为“武华游击队”。游击队归属武乡县动员委员会领导，由武英（武光清）任队长，武华任政治委员，李应东任参谋长。1938年5月，该游击队改编为决死一纵队附属游击第四团，武华调任八路军第三十二团政治部主任及四分区宣传科长。1940年，武华奉调回武乡担任敌工站站长。1943年6月初，武华深入监漳泉背村开展工作。3日清晨，泉背村突遭日寇包围，武华被捕。日寇将武华押往蟠龙据点，由于叛徒出卖，武华身份暴露。敌人对其严刑拷打，用尽酷刑，武华坚贞不屈。敌人恼羞成怒，将其残忍杀害，割下头颅悬挂示众，尸身抛入水井。武华牺牲时年仅26岁。

武灵初长女武敏，1937年在武乡工委书记王玉堂和杜野坪（杜炘）的介绍下加入中国共产党。同年在县动委会的领导下，与王玉华等男女青年十几人，成立了“武乡留外学生话剧团”进行抗日宣传。11月14日，八路军总司令部路经武乡南下洪洞，武敏等在连元村组织群众予以热烈欢迎。这一次，武敏目睹和聆听了朱总司令和左权参谋长对武乡牺盟游击队的讲话，进一步坚定了她的革命信念。接着，党组织指示成立“武乡县妇女救国会”，武敏当选为武乡第一任妇救会主席。抗战胜利后，武敏随军南下，到安徽一带开辟新区。新中国成立后，武敏以妇女界党员代表身份，光荣地出席了中共第八次全国代表大会。

杜野坪（杜炘），武敏的丈夫。1935年在北平加入共产党领导的民族解放先锋队，任小队长。1936年加入中国共产党，参加了“一二·九”学生运动。抗战爆发后，历任武乡学生会主席，“名扬游击队”政治主任，平定县委宣传部长兼游击队政治主任，辽县县委宣传部长，太行区委宣传部干事、敌区工委书记，襄垣县委书记，辉县县委书记等职。1947 年带病随军南下大别山，任舒城县委书记。新中国成立后历任安徽省安庆市委副书记，安庆地委副书记兼桐城县委书记，安徽省农工部副部长等职。1962 年病逝于青岛。

武灵初三子武蕴，抗战一开始就加入“武乡抗日儿童话剧团”投身抗战工作。后被调到沁县“民中”学习。学习结业后参加太行区党的新闻工作。新中国成立后也一直战斗在党的新闻战线上，先后在《山西日报》和新华通讯社工作。

武三友，武灵初家中长工。1933 年初，经武华和李逸三介绍加入中国共产党。1933 年 8 月，中共武乡县委成立，武三友作为县委委员兼任“抗债团”团长，领导了轰轰烈烈的“五抗”运动，极大地振奋了广大劳苦农民的志气，给予了封建官僚地主阶级以沉重打击。“五抗”运动在武乡蓬勃兴起，使得阎锡山政权异常惊恐，把武乡划为山西省“四大赤县”之一，派军警镇压。1934 年春节期间，县委书记李逸三被捕，武乡县委遭受破坏，但由于有赵瑞璧、武三友等坚持斗争，武乡党的活动非但没有终止，还使得革命烈火越烧越旺。

窑　头

窑头村位于今武乡县上司乡北的浊漳河南岸。关于“窑头”地名的来历，《武乡县地名志》载：“相传此村后有个大砖窑，地处山头，故名窑头。”

1933 年，武乡党组织创立后，这里曾经是中共武乡县委下辖三个党支部中东区支部的所在地。一开始，这里作为地下党的三个活动区域之一，系由赵瑞璧与程登赢负责领导。后来随着党员人数的增加和党组织的发展壮大，三个活动区域都成立了党的支部，而东区支部便正式称为“窑头支部”，并推选李福元为支部书记。1934 年春，中共武乡县委遭到阎锡山政权的破坏后，党的地下工作的重心便转向了东区窑头支部。该年秋，赵瑞璧亲赴太原找到了党的上级组织太原特委。特委指示由赵瑞璧担任武乡县委书记，尽快整顿和恢复党的地下活动。该年冬，经过党内整顿，清除了一部分动摇分子，组织活动得以恢复。1935 年 3 月，由赵瑞璧主持，利用南神山举办庙会之机，在南神山密林中召开了武乡历史上著名的“南神山会议”，对党的今后工作进行了安排部署，使我党的地下工作再掀高潮。这期间，在东区窑头支部的直接领导下，由支部委员魏名扬带领他亲自组建的“国术团”，发动了针对恶霸地主赵太和的“火烧赵家楼”，针对官僚地主相互勾结盘剥百姓的“砸烂官盐店”等一系列革命行动，极大地振奋了贫苦农民的革命斗志，震慑了官僚地主阶级的嚣张气焰。

枣 堙

枣堙村，又名“枣烟村”，位于今武乡县大有乡南浊漳河北岸。这里是抗战时期著名的“名扬游击队”队长魏名扬的家乡。魏名扬，1907 年生，1933 年初加入中国共产党，1935 年春成为中共东区窑头支部委员。其间，该同志组建的“国术团”曾作为武乡“抗债团”的骨干力量，对官僚地主阶级进行了一系列的沉重打击，极大地振奋了人民群众的革命斗志。1935 年冬，由于中区段村支部的个别领导不慎失密，致使县委书记赵瑞璧等一批党的重要领导人被捕，武乡党组织遭受第二次严重破坏。县委重要领导成员程登瀛在撤离武乡时，特地指示魏名扬隐蔽身份，坚持斗争。魏名扬不负党的重托，在白色恐怖笼罩武乡的严峻形势下，仍然秘密发展党员，开展地下斗争。最具讽刺意味的是，魏名扬带领一批党员骨干，巧妙地打入敌人的“防共团”，在“防共团”内发展共产党员，建立党的组织，将敌人的“防共团”变成了我地下党的坚强堡垒。魏名扬的这一匪夷所思的创造性举动，不仅有效地保护了大批我党的优秀党员，同时多次粉碎了敌人企图破坏我党组织的阴谋诡计，使我党的力量不断发展壮大。据统计，从武乡党组织遭受第二次破坏到抗日战争爆发，在不足一年半的时间内，全县共产党员的人数已经达到了近二百名，而其中超过三分之二以上都是窑头支部发展的。特别是抗战爆发后，魏名扬以他的“国术团”为基础，率先组建了“名扬游击队”，宣传群众，积极参加抗战。当八路军工作队进驻武乡后，他把组建的游击队成建制地交给八路军，进入了八路军的战斗序列。然后他再次回到家乡，再次组建游击队。这样先后六次，共向八路军输送兵员达3000多人。为此，魏名扬曾经得到朱德总司令的高度赞赏。在整个抗战时期，魏名扬和他的枣堙村，都成为传奇式的英雄人物与英雄村庄。

还有一点需要特别记述：在新中国成立后，老解放区晋东南地区在全国率先试办了十个以土地入股、统一经营的初级农业生产合作社，其中就有四个诞生在武乡县。而枣堙村的魏名标（魏名扬弟弟）创办的“魏名标合作社”就是其中之一。所以说，枣堙村也是我国率先走上农村社会主义道路的典范村之一。

陌　峪

陌峪村位于武乡县蟠龙镇西约4千米处，地名来历待考。这里作为红色地名，主要是这里是抗战开始后，八路军进驻武乡的第一个落脚点。1937年11月，八路军一二九师谢（家庆）张（国传）大队开进武乡，就驻扎在陌峪村。从此后，八路军便在武乡东部开展活动，宣传发动武乡民众，积极投身于伟大的民族解放事业，使得抗日救亡运动得到了蓬勃发展。

马牧　义门　寨上

关于这三个地名的来历，我们在前面第一编已经有过交代，这里不再赘述。此处作为红色地名再次出现，是由于抗战开始后，八路军总部在此指挥了震惊中外的“长乐村战斗”。1938年4月10日，八路军总司令部在转战中，由沁县小东岭移驻我县马牧村。此时，我八路军在长生口、神头岭、响堂铺对敌作战三战三捷，晋东南抗日根据地已经初步建立。这使得日寇异常惊恐，于是调集周边地区的日军，对我根据地发动了大规模的“九路围攻”。4月

14 日，八路军总部由马牧村转移到义门村。在这里，总部急调一二九师赶赴武乡，在东、西黄崖与红土凹一带结集待命。4 月 15 日，日寇一一七柏崎联队三千余人，在北上榆社寻找我军主力扑空后，返回武乡县城（今故县）。这伙畜生在对武乡县城进行了一番灭绝人性的杀戮和劫掠后，又放了一把罪恶之火，将这座千年古城烧毁，于黄昏时分撤离武乡，沿浊漳河谷东窜，欲回襄垣。此时，我八路军总司令部下令，命一二九师沿浊漳河两岸，对敌实行平行追击。当敌人主力走到当时的长乐编村的里庄村河滩时，被我军追上。16 日凌晨，战斗正式打响。这一战，我军消灭日寇柏崎联队 2200 余名。这是我八路军在整个抗战时期，一次性消灭敌人最多的一次战斗。同时，我们也付出了沉重的代价，三八六旅七七二团团长叶成焕以及约八百名战士壮烈牺牲。这便是八路军军史上著名的“长乐村战斗”。战斗胜利后，我军乘胜追击，连克十八座县城，将日寇赶出了晋东南，取得了粉碎日寇“九路围攻”的彻底胜利。20 日，八路军总部由义门移驻寨上村，在此召开了“粉碎敌人九路围攻祝捷大会”。

所以，马牧、义门、寨上这三个地名，作为八路军总部指挥粉碎敌人“九路围攻”的红色地标而被载入史册。

里庄滩

里庄滩即里庄村前的河谷滩地。里庄村在武乡也称“东里庄”，系与位于今涌泉乡的“西里庄”相对应。这里所说的“里庄滩”位于今武乡县故县乡东约 5 千米，属于浊漳河谷的一片滩涂。1938 年 4 月 16 日晨爆发的名震华夏的“长乐村战斗”主战场就在这里。据史料记载，在日寇对我晋东南根据地进行的“九路围攻”中，日寇柏崎联队 3000 余人从长治出发，一路北上寻找我主力作战。他们在侵入武乡后未能找到目标，于是继续北犯榆社。在榆社扑空后，又于 4 月 15 日窜回武乡，驻扎在武乡县城（今故县）。这伙灭绝人性的畜生，在县城内进行了一番惨无人道的杀戮和劫掠后，又放了一把罪恶之火，将这座千年古城烧成废墟。并于当日黄昏时分撤离武乡，沿浊漳河谷东下，向襄垣回窜。16日凌晨，当这股敌人到达里庄滩一带河谷后，被我八路军一二九师将士追上，经过一场血战，歼敌2200余名。

对于上述这一段史实，笔者曾做过深入研究，但有一个问题一直在困扰着。这就是，这股敌人既然已经占领了武乡县城，为什么不在此扎营，而要在天黑之后，连夜从武乡撤离？到底是什么原因让他们做出如此荒谬的决定？于是在20世纪80年代初，笔者针对这一问题，专门深入到故县村进行过采访。据当时一些高龄老人回忆说，当时日军在占领县城后，本来是要在此过夜的。然而，因一场突发事件，才迫使日寇连夜撤离。据他们说，当时的武乡县衙附近，有一座武器库，里面存放着一些传统的刀枪剑戟、火枪、火炮与几大缸黑色火药。鬼子入城后，有一队鬼子兵砸开武器库冲了进去。也不知这群鬼子进去后是如何鼓捣的，结果引燃了黑色火药。剧烈的爆炸使得这股鬼子死伤惨重。而不明就里的日寇指挥官却心惊肉跳，感觉到这里危机四伏，不敢在此继续留宿。于是下令屠城后，放火将这座县城烧毁，连夜撤离东下，结果刚刚走到这里，就遭到我军痛击，为他们的丧心病狂付出了应有的代价。

所以，“里庄滩”是我县著名的红色坐标之一。

柳　沟

柳沟村位于今武乡县蟠龙镇东南约5千米处的山谷之中，这里盛产煤炭，有许多传统的煤窑。1938年3月，八路军总部决定成立管理军事工业的机构，并将其命名为第六科。当时，第六科接收了武乡县抗日县政府针对抗日工作专门成立的鼙山工厂，并将厂址选定在柳沟，改名为八路军总部柳沟铁厂。而所谓的鼙山是根据后赵皇帝石勒年轻时曾在北原山躬耕，耳中常闻鼙鼓之声，故古人也称北原山为鼙山。抗战开始后，武乡人则采用这一典故，命名用于制造抗日器械的工厂为鼙山工厂。鼙山工厂更名为柳沟铁厂后，以生产手榴弹、地雷为主。同年6月，八路军总部以第六科为基础，扩大组建军工部，于是军工部在柳沟正式成立，生产规模也进一步扩大，向制造枪支、火炮和各种弹药扩展。后来八路军总部进驻武乡砖壁村，为避免军工部被敌人破坏，于是经过选址，军工部迁移到了更为隐蔽的黎城黄崖洞。

所以，位于我县的柳沟兵工厂，是著名的黄崖洞兵工厂的前身。

砖　壁

砖壁村的文化底蕴十分深厚。据史料记载，唐则天武后时期，曾陪同临淄王李隆基（即后来的唐玄宗皇帝）游武乡南山的武乡县令李宁即此村人。另据武乡著名学者郝雪廷先生考证，“砖壁”地名的来历始于明朝嘉靖年间。当时该村村民主要有四个大户组成。由于屡遭匪盗攻击，出于自保的需要，四家联合，在风水师的指导下，分别于村庄四周，用陶瓷质的钢砖，建造壁垒，称之为“砖壁寨”，后来随着时间的推移，逐渐改称“砖壁村”。

砖壁村位于今武乡县蟠龙镇约10千米处的太行山深处。这里三面临崖，一面靠山，地势极其险要。1939年7月，侵华日军纠集大批兵力，对我抗日根据地进行“第二次九路围攻”。八路军总部为避敌锋芒，由潞城县龙泉山转移，15日进驻武乡砖壁村，并在此指挥了粉碎敌“第二次九路围攻”的“反扫荡”战役。在这次“反扫荡”中，共进行大小战斗70余次，歼灭日伪军2000余人，收复了榆社、武乡、沁源、高平等县城，使日寇聚歼我八路军总部和主力的企图彻底粉碎。总部在这次驻扎砖壁期间，先后在此召开了一系列的重要会议：8月9日，召开了武乡士绅会议；8月13日，召开了纪念“八一三”暨追悼平江惨案殉难烈士大会；9月11日，在西堡村召开了中共晋冀豫区第一次党代会；9月18日，在土河村召开了“追悼冀东抗日联军政治部主任杨裕民大会”，同时召开了为期三天的武乡士绅名流座谈会；10月3日召开了总部干部会议；等等。为抗战工作奠定了坚实的基础。

1939年10月11日，八路军总部因砖壁水源奇缺，饮水困难，移驻王家峪。

1940年6月27日，日军突袭王家峪，八路军总部第二次进驻砖壁。为了打破日寇对我根据地实行的“囚笼政策”，在此发布命令，指挥了著名的

砖壁村八路军总部旧址

百团大战。所以，这里也被称为百团大战指挥部。

1940 年 9 月下旬至 10 月上旬，中共中央北方局与八路军总司令部在砖壁联席召开了党的高级干部会议，针对当前形势、统一战线、财政工作和今后的经济建设计划等做出了总体部署。10 月 14 日，侵华日军调集重兵进攻砖壁，总部轻装撤离，经石瓮村转移到黎城西井镇。敌军撤退后，总部辗转经武乡拴马村、宋家庄，于 10 月 24 日再次进驻砖壁村，并在此指挥了著名的关家垴战斗。之后，由于总部位置有所暴露，招致日寇的多路奔袭，于是从安全角度考虑，总部撤离砖壁，移驻辽县（今左权县）武军寺一带。

1942 年 5 月，在对日寇的“反扫荡”中，八路军总部副参谋长左权将军在辽县麻田附近壮烈牺牲。总部第四次进驻砖壁村，在此召开了左权烈士追悼会。1942 年 6 月 17 日，总部最后一次从砖壁撤离。总计八路军总司令部在砖壁村“四进四出”，共驻扎 229 天，砖壁村为抗日战争取得胜利作出了卓越的贡献。1961 年，这里的八路军总部旧址，被列入国务院公布的第一批重点文物保护单位。

王家峪

西晋永嘉三年（309），石勒奉汉主刘渊之命，从冀鲁大地回师太行，进攻壶关时，其军事指挥中枢就设立在当时的“西大营”（地址即今襄垣县西营镇）北面的山谷中，具体位置即今王家峪村。

1939年10月11日，原本驻扎在砖壁村的八路军总司令部，由于吃水困难，所以移驻于王家峪村。这里地形复杂，利于疏散隐蔽，水源充足，符合战时重要机关驻扎的各项条件。总部进驻此地后，坚定不移地执行了党在统一战线中独立自主的原则，对国民党顽固派制造的一系列“摩擦”进行了坚决而有力的斗争。1940年2月，总部朱德、彭德怀、左权、杨尚昆等重要首长与国民党冀察战区主任、九十七军军长朱怀冰进行了为期七天的谈判，力陈我党团结抗日的主张，痛斥了国民党顽固派闹分裂、破坏团结、破坏抗战的言行。3月3日，总部又在下合村召开了“晋东南各界反汪拥蒋大会”，号召全国人民加强团结，声讨汪精卫投降卖国的罪行，肃清内奸，抗战到底。然而，国民党顽固派出于对共产党的敌视心理，制造摩擦并不收手。在忍无可忍的情况下，总部命令一二九师以及晋察冀军区南下支队，调集13个团的优势兵力，于3月5日至8日，一举歼灭朱怀冰三个师，打掉了国民党顽固派嚣张的反共气焰，进一步巩固了太行山抗日根据地。3月16日，朱德总司令亲赴晋城与第一战区司令长官卫立煌谈判，实行了以“漳

王家峪村八路军总部旧址

河划界”，明确了国民党与我党的各自防区，并履行了“太南退兵”，为坚持抗日民族统一战线作出了显著贡献。为了发展国际统一战线，争取国际上对我抗日战争的支持与援助，八路军总部还进行了许多外事活动，先后接见了印度援华医疗队爱德华、柯棣华、巴苏华以及德国医生米勒等国际友人；成立了由经过改造的日本战俘组成的日人反战组织“日人觉醒联盟”。12月24日，总部在王家峪主持召开了追悼国际主义战士白求恩大夫的大会。先后接见了从重庆来到前方的朝鲜义勇队负责人石鼎和从南洋归国参加抗战的华侨谢宾元、白刃、黄登保等。1940年4月20日，朱德总司令按照中央指示，离开总部前往洛阳与卫立煌谈判，维护了国共两方军队的抗日统一战线，然后路经西安回到延安。此后总部的领导工作主要由彭德怀副总司令和左权副参谋长主持。6月27日，占领了武乡段村的日军突袭王家峪，总部安全受到了严重威胁，于是在警卫部队和游击队的掩护下，撤离王家峪，再次进驻砖壁村。

八路军总部在王家峪驻扎共259天，太行山村王家峪为中华民族的解放事业作出了无可替代的显著贡献。1961年，王家峪八路军总司令部旧址被列入国务院公布的第一批文物保护单位。

关家垴

关家垴位于今武乡县蟠龙镇东约10千米，这里三面临沟，地势险要，易守难攻。

关于“关家垴”地名的来历，《武乡县地名志》说：“（此处）居民都姓关，故名关家垴。”这里最出名的红色典故，便是著名的“关家垴歼灭战”。

1940年8月，八路军在华北发动了举世瞩目的“百团大战”，彻底粉碎了侵华日军对我抗日根据地实行的“囚笼政策”。受到重创的日本鬼子派出数路大军，深入我根据地，欲寻找我军主力，进行报复性作战。10月27日，敌36师团岗崎大队800余名鬼子，由黎城黄崖洞西犯，窜入了武乡左会地区，遭到了我抗日根据地军民的袭扰。10月28日，岗崎大队窜至关家垴附近。

正在蟠龙镇附近休整的我八路军一二九师主力部队，当即对这股敌人进行了合围。日寇见势不妙，立即抢占了关家垴高地及附近的柳树垴，迅速构筑工事，进行顽抗。

为了歼灭这股进犯之敌，当时主持八路军总司令部工作的彭德怀副总司令亲临前线指挥。10月29日晚上，彭总与一二九师师长刘伯承、政委邓小平等在石门村召开军事会议，正式下达了作战命令：由刘伯承、邓小平指挥三八五旅、新编第十旅各一部；三八六旅旅长陈赓指挥三八六旅和决死第一纵队二十五、三十八团；彭总亲自指挥总部特务团和炮兵团山炮连，于10月30日凌晨4时，对岗崎大队发起攻击。

关家垴战斗纪念碑

30日凌晨4时，随着几发炮弹在鬼子的前沿阵地炸响，一时间枪声大作，喊杀连天。这是一场异常惨烈的战斗。日军凭借其优良的军事装备和天然的地理形势，负隅顽抗。得到消息的日军指挥部又派出飞机投弹、扫射，进行空中支援，致使我军进攻屡屡受挫。双方鏖战两昼夜，我军歼灭敌人500余人，其中毙敌中尉大队长三名，中、少尉军官各四名，缴获轻重机枪20余挺，步枪500余支及大量军用物资。然而，我军也付出了异常惨烈的代价。后来，由于敌人大队人马赶来驰援，我军为避免重大牺牲，被迫撤出战斗。

关家垴歼灭战是我军在“百团大战”中的一次十分著名的战斗，也是我军军史上的典型战例，其意义非常深远。2008年，在民政部门的支持下，人民群众在这里建立了“关家垴战斗纪念碑”。

石瓮　拴马　宋家庄

石瓮村位于今武乡县蟠龙镇东约 18 千米处，这里山大沟深，地形特别隐蔽。

关于石瓮地名的来历，《武乡县地名志》载：“该村前河滩有个大活池，好似瓮一般，故名石瓮。”

关于拴马的地名典故，我们在前面已经有过交代，这里不再赘述。

宋家庄，位于今武乡县贾豁乡东北约 7 千米处，系武乡宋氏家族建立的村庄，故名“宋家庄”。

这三处地方在抗战时期，都曾经是八路军总司令部的驻扎地。

1940 年 10 月，在“百团大战”中吃了苦头的侵华日军，通过侦讯手段，发现大量电波发射于武乡东部山区，从而推断这一带驻有八路军高级指挥机构。于是，他们调集沁县、潞城、武乡、辽县等据点的大批鬼子，气势汹汹地向武东山区合围而来。为了跳出鬼子的包围圈，八路军总部偕同中共中央北方局、野战政治部、后勤部等重要机关，利用深山密林作掩护，于 10 月 14 日离开砖壁村，转移到了石瓮村。然而，敌人仍未停止追袭。为了确保总部机关安全，于是于 10 月 15 日撤离石瓮村，转移至黎城西井镇。

八路军总部到达黎城西井镇后，敌人继续追袭，欲翻越太行山，扑向黎城。在这样的形势下，智慧高超的总部首长决定和敌人采取“捉迷藏”战术，出其不意重返武乡。10 月 22 日，总部各机关从西井镇出发，翻越大井盘，沿盘山小路进入拴马村。在拴马村驻一夜后，发现敌人继续向东进剿，于是和敌人背道而驰，经过祥良、东沟、大有等村庄，于 10 月 23 日傍晚隐蔽迂回到达宋家庄。

宋家庄在抗战时期是我军首脑机关的常驻地。早在 1938 年春，八路军一二九师三八六旅就已经在此地长期驻扎。1940 年 2 月，平汉抗日游击纵队又驻扎在这里，直到后来改编为新十旅。所以，这里的群众基础好，住宿条件也比较宽松。

10 月 24 日，根据侦察得到的情报，大批日军已经进至黎城，武乡（东）境内已经趋于平静，于是总部重返砖壁村。

纵观上述三地，总部机关都是仅住一夜就撤离，驻扎时间都很短暂。然而，由于这些地方都是八路军总司令部整个战略转移中不可或缺的重要环节，所以有必要予以记述。

烟里　下合

烟里村，位于今武乡县蟠龙镇东南约 7 千米处。此村处于四面山峦环绕的中间地带，所以得名“堙里”。在武乡方言中，“堙”与“烟”同音，故后人将其逐渐演变为“烟里”。

下合村，位于今武乡县韩壁乡西约 7 千米处。关于下合地名的来历，《武乡县地名志》载：“传说古时候的一个夏天，此地落过一只白鹤，故起名为夏鹤，后演变为下合。”对于此说，笔者深表怀疑。因查阅现存最早的清康熙版与乾隆版两部古《武乡县志》，凡系“下合”的地名，均写作“下郝”，而与此相对应的“上合”，也被写作“上郝”。据此，笔者以为，此地最初应该是武乡郝姓族人在此定居形成的村落。后来因为人口繁衍，分成了上下两村，故名“下郝村”“上郝村”。而今“上合”“下合”则是在“上郝”“下郝”基础上的演变。

抗战时期，八路军野战政治部曾长期在这两地驻扎，策划和指挥了一系列的抗日活动。

1939 年 7 月，日寇纠集大批兵力，对我抗日根据地进行“第二次九路围攻”。为避敌锋芒，八路军总部转移进驻武乡砖壁村。与此同时，总部野战政治部（下面简称“野政”）也随总部进驻在烟里村。这期间，野政配合总部，一起指挥粉碎了敌人的“第二次九路围攻”。随后，针对当时形势，对我根据地党政军民发布了一系列的指示和训令，以保证我根据地各项抗日工作的健康运行。同时，和中共中央北方局共同领导，召开了晋冀豫区党委第一届党代会；召开了武乡士绅大会和武乡士绅名流座谈会，发表了《告晋东南士绅书》，巩固和推动农村统一战线的建设；召开了悼念冀东抗联政治部主任杨裕民先生大会；颁布了根据地抗日工作的《七大纲领》；等等。

该年 10 月，总部和野政针对砖壁、烟里水源奇缺，八路军大量干部、战士的入驻，造成了饮水十分困难的实际情况，为了不与群众争水，总部移驻王家峪，而野政也随之移驻附近的下合村。

野政进驻下合村中的娲皇宫，在此，举办了多期基层骨干和支委训练班，对提高总部机关工作人员的政治素质起了极大的作用。

1939 年底，山西军阀阎锡山发动破坏抗战的“十二月事变”，将反共高潮推向巅峰。而南京汪精卫政府又与日寇签订了卖国密约《日支新关系调整纲要》。值此“抗战紧急，内战又起，国人皆忧”的严峻关头，野政在下合召开了总部机关千余人参加的为朱德总司令祝寿大会，借以宣传总司令德高望重，赞扬八路军艰苦转战，英勇杀敌的光辉业绩，充分揭露了国民党顽固派对我八路军将士的无耻诽谤，重振了国人对抗日必胜的信念。

野政在下合期间，还颁布了《关于开展生产运动的训令》，彻底粉碎了敌人对我根据地的经济封锁；召开了晋东南各界 3 万人参加的反对投降，坚持抗战的“反汪拥蒋”大会；针对国民党顽固派的摩擦挑衅，集中兵力，一举歼灭了国民党十七军朱怀冰属下三个师，通过“有理、有利、有节”的斗争，击退了国民党顽固派的第一次反共高潮，进一步巩固了我太行抗日根据地。

在加强上层统战和农村统战工作的同时，野政也非常重视国际统一战线工作，在这里先后接待了许多国际友人、爱国侨胞和友军将领。同时策动一批有良知的日军战俘，成立了日人反战组织“唤醒联盟”，后改名“觉醒联盟”。这是在华的日本人组织的第一个反战团体，由此在国内外引起了强烈反响。

1940 年 6 月 27 日，日军纠集大批兵力袭击王家峪。总部与野政撤离王家峪和下合，重回砖壁与烟里。29 日，总部与野政联合发布了《关于克服困难，坚持敌后抗战致八路军各兵团电》。8 月，为配合彭德怀副总司令指挥“百团大战”，发布了《正太线战役政治工作指导》，为取得“百团大战”的胜利奠定了基础。此后，野政和中共中央北方局一起组织召开了北方局黎城会议，对我根据地的建党、建军、建政作出了明确指示，加强了对我根据地的整顿和建设。同时为落实黎城会议精神，在砖壁多次召开高干会议，针对政治工作中存在的问题进行了解决和纠正。

1940 年 10 月 14 日，由于日军对武东山区开展大规模“扫荡”，野政从烟里撤离，转移到了石瓮、西井等地。22 日，野政从黎城返回武乡，重新进驻烟里村。关家垴战斗结束后，野政随总部一起转移到了辽县（今左权县）武军寺一带。

监 漳

监漳与红色革命有关的典故，发生在抗战时期和新中国成立以后。其中最为典型的，一是“八路渠”建设；二是初级农业生产合作社的创建。

我们先说“八路渠”的建设史话。

监漳村八路渠主干渠，西起五龙山西面地名二龙池的山脚下，东至监漳村东的正滩，总长约 5 华里。这条渠是当年晋冀鲁豫边区太行三专署第二办事处于 1941 年春修筑成功的。

1940 年 8 月 1 日，冀南、太行、太岳行政联合办事处（简称冀太联办）在涉县东辽城正式成立。太行区共 36 个县，被分为五个专区。当时的太行第二办事处下辖祁县、榆社、武乡（东）、武（乡）西、襄垣、辽县（东）、辽（县）西七个县，总人口 40 余万。这个办事处原来的称谓是晋冀豫区三专署路东办事处，由侯振亚任主任，办事处机关设在辽县（今左权县）西黄漳村。1940 年 8 月，办事处机关迁到了武乡县姚庄西坡村，同时侯振亚奉调到沁源任职，办事处主任一职便由刘亚雄接任，办事处也更名为“太行第二办事处”。

太行第二办事处所辖七个县在当时是山西著名的产粮区，而这一带也正好是八路军首脑机关和一二九师官兵的集中驻扎地。所以，办事处的首要工作任务便是保障总部及一二九师的衣食供应。这样一来，激发当地农民的生产积极性，努力增加粮食及农产品的产量，便成为十分突出的工作任务。

这便是“八路渠”修筑的时代背景。而“八路渠”之所以选择在监漳村修筑，应该与办事处前主任侯振亚有关。

监漳村老一辈人都知道，侯振亚的妻子高珍惜是武乡故县城高沐鸿的妹妹，此时，高沐鸿正担任太行区文联主任。高沐鸿、高珍惜的姥姥家就在监漳村。居住在村中元和义小巷中的暴丁未正是他们的舅父。侯振亚曾陪同妻子专程到监漳探望其舅父，而监漳村的民兵还去查过他们的路条。侯振亚到了监漳后，监漳上下滩两千多亩沃野给他留下了深刻的印象。那时候的监漳村，并不像现在这样交通条件四通八达，而是一个相对偏僻闭塞的所在。因为当时从县城通往东乡的大路并不是今天路经北社这条公路，而是从故县城一路东行到达李峪村，然后爬上胡峦岭，再从陌峪口下来，通往蟠龙、洪水的这条道路，被人称为“官道”。而监漳村不仅远离官道，没有大路可走，还由于位于浊漳河南，受河水阻隔，所以也就相对闭塞。平时人们要到监漳村，大多是从李峪村涉水过河，经过河西辿即监漳村北的老爷山根才能到达。由于偏僻闭塞，所以那时候的监漳村并不出名，第二办事处的首长们对监漳村的具体情况自然也就知之甚少。

或许，侯振亚在交接工作时，向刘亚雄介绍了监漳村独特的地理条件：四面山环水抱，中间两千多亩沃野形成的小盆地很有开发前景。所以，刘亚雄在接任主任后，第一个考察的重点便选择在了监漳村。

1940 年 8 月的一天，刘亚雄带着一群人来到了监漳村。在经过一番细致的考察后，她发现，监漳滩外有浊漳河环抱，内有“七星河”穿滩而过，地平水浅，这里尽管水利条件优越，却并未得到有效利用。庄稼长势很差，呈现在眼前的旱象十分严重。在这么大的滩涂中，除少数几个大户人家在田间挖有几眼水井外，绝大多数地块没有可供灌溉的水利设施，致使可贵的河水只能眼巴巴地从眼前流走。

后来，刘亚雄通过咨询村中有知识的老人，得知监漳村在历史上也曾经有过引水灌田的珍贵记录：在300多年前的明代末叶，被罢官归田的明朝太仆寺正卿魏光绪长期寓居监漳村。当他看到“监漳南沟之水可以灌田，而人弗知也”，便“捐资疏浚，亲督工役”修筑了一条水渠，将“七星河”水引入良田。而这项工程也是《武乡县志》记载最早的水利工程项目，被当地人称为“光绪渠”。《县志》还记载了魏光绪为记此事，专门撰写了律诗一首：

御墨何年晋两侯，
乱山松阻见灵湫。
源通星海千枝玉，
声断龙门一派秋。
绕涧奔雷摇殿阁，
半天凉雨洒田畴。
缅怀禹迹今犹在，
满目黄云覆垅头。

在督造光绪渠的同时，魏光绪还驾云梯在“高三十丈，独立参天”的摩天巨石“大立石”上篆刻了“仰止”二大字；在七星河道大石上留下了“氛正”等墨宝。（可惜的是，“大立石”在20世纪70年代被炸毁运去修建了漳河大桥，现已无存。）

刘亚雄在掌握了这些情况后，便决定在监漳村修筑一条水渠，将“七星河”水引入监漳滩，从而提高粮食产量，支援抗战。

1941年初春，刘亚雄率第二办事处机关和八路军建设兵团离开西坡，进驻监漳村。当时，由于要严格执行八路军不许扰民的纪律，机关工作人员和八路军将士只能选择庙宇安营。于是位于监漳村西的会仙观便成为二办机关和将士们的宿营地。在当地抗日政府的支持下，将士们将观内神像拆除，地上打上蒲草住了进去。刘亚雄主任就住在会仙观东侧的一间庙宇内。令人痛惜的是，由于将士入住时正值早春时节，天气尚寒，再加上拆除神像后的庙宇阴森潮湿，致使入住的将士们有好些人都患了疾病，上吐下泻。我们知道，那时候八路军将士们的生活条件十分艰苦，吃的是黑豆和高粱糁糁煮成的稀粥，营养不良。而且缺医少药，医疗条件更差，致使不少八路军将士为了修筑八路渠而付出了宝贵生命。

1941 年春，在经过一番勘察选址后，又经过一个多月的艰苦奋战，将士们在五龙山西，地名“二龙池”山脚下的七星河道上，修筑了一条长 20 多米，用条石砌成的拦河坝，用以提高水位。同时沿途挖掘砌筑了一条长 5 华里多的主干渠，将七星河水引入了监漳正滩。在水渠经过会仙观东小桥沟时，将士们开山取石，在山沟上架设了一座规模宏伟的引水渡槽兼人行路桥。筑桥过程中，刘亚雄主任欣然命笔，题写了“人力胜天然”五个苍劲有力的大字，作为桥额，镶刻在桥上。

这条水渠建成后，极大地提高了监漳滩的粮食产量，为当时的抗日战争、以后的解放战争及新中国成立后的社会主义建设均作出了异常显著的贡献。所以，人们亲切地称呼这条渠为“八路渠”。

再说初级农业生产合作社（俗称“老社”）的创办。

农业生产合作化，打破了人类有史以来的传统农业生产模式，把以生产资料私有制的个体农业经济，改变为以生产资料公有制为基础的农业合作经济，是具有制度性的伟大革命。在这次运动中，晋东南地区是引领中国的典型；而武乡是引领晋东南的典型（当年创办的十个“老社”武乡就占了四个）；监漳村则是引领武乡的典型（武乡的四个“老社”仅监漳就创办了两个）。

1950 年 7 月，时任山西省农业厅厅长的武光汤，率领省委考察组深入监漳、窑上沟等村进行考察后，撰写了《老区武乡农村考察报告》并刊登在 10 月 12 日的《山西日报》上。在这份报告中，特别指出了监漳当时所面临的问题：“监漳，也是武乡的先进村，生产也比较好，但互助组却有显著消沉……”说明了当时的互助组已经不再适应当时的形势，必须有一套全新的农业生产经营方式。

太行三专署专员刘亚雄题写的“人力胜天然”桥额

1951年初，省委调派王谦出任长治地区（晋东南地区）地委书记。上任前，省委书记赖若愚找他谈话，让他就任后，将主要精力放在如何使互助组这种组织形式更上一层楼，使之适应新的形势上。王谦到任后，于当年3月27日，召开了全地区模范互助组代表会议。会上，王谦作了《试办农业生产合作社报告》，决定在长治专区选择十个点，作为初级农业生产合作社试点。于是，一场具有制度性的伟大革命运动在长治地区拉开了帷幕。

这里需要特别说明的是，在一开始确定的十个试点中，监漳村并不是两个，而是一个。只是因为在试办开始后，有一个县的试点因无人报名而流产。监漳村的情况则正好相反。当时全村23个互助组，都争着报名入社而互不相让。于是地委决定，将那个失败试点的指标一并放到监漳。就这样，监漳村就成为唯一具有两个“老社”（即“东社”“西社”）的村。从这里可以看出，监漳人民从来就是党的政策的坚定拥护者与执行者，对党的事业忠贞不贰，是农村走社会主义道路的光辉典范。

农业生产合作社的创办，极大地调动了农民们的生产积极性。这期间，他们群策群力，修筑了一条长约3华里的支干渠，把“八路渠”水从真武庙前分流，引入地势相对较高的监漳北滩。由于这条支干渠需要穿村而过，他们在途经村庄的地下穿挖了长300多米的引水洞，并将其命名为“幸福水洞”。幸福水洞的修筑，便是农业生产合作社成立后的经典创举。

农业生产合作社的创办，引起了党中央高层的高度重视。特别是中共中央政策研究室副主任、著名作家赵树理，他以一个作家的嗅觉，敏锐地意识到，这是一场具有划时代意义的伟大革命。于是，1951年春，他从北京专程奔赴山西，要直接参与这场革命。在太原，他接受山西省委委派，到武乡挂职县委副书记，深入到监漳村蹲点，亲自指导办社的一切事宜。在监漳，他帮助东、西两社制定了“劳动管理”“财务管理”“计划管理”等一系列的规章制度，亲笔起草了《农业合作社章程》，设计发明了记名工票；等等。为培养这一社会主义新生事物呕心沥血。在监漳，他白天和社员们下地劳动，晚上点亮马灯，举办讲座沙龙，向村民讲述社会主义的美好前景，激励人们走社会主义道路的信心和决心。在监漳，他亲自组织创办了读报组、板报组、文化棚、俱乐部等文化宣传组织和活动形式，整顿了村剧团，亲自编写宣传

1956年春合作化进入高潮时修建的“高潮石桥”

作家赵树理长篇小说《三里湾》书影

材料，亲自指导各种文化宣传活动，使得监漳村跃升为晋东南文化战线的一面旗帜。在监漳，他以自己亲身参加创办的合作社为题材，以监漳滩3000米河湾为背景，以与自己朝夕相处的人物为原型，以扩社、修渠为主线，创作了著名的长篇小说《三里湾》，以丰满生动的艺术形象真实典型的事实依据，回答了农村应该走什么道路的问题，为当时在如何反映农村前进方向问题上一直处于徘徊状态的广大作家提供了艺术借鉴和政策导向。在《三里湾》的创作引导下，才有了后来《创业史》《艳阳天》《金光大道》等一系列反映农村、农民、农业问题的大作的相继问世。从这个意义上说，赵树理的《三里湾》，才是引领时代的光辉巨著。

1952年，根据形势的发展，合作社开始扩大。于是东、西两社合并，同时吸纳其他互助组加入，成立了“苏光农业生产合作社”，全村迈向集体化道路。

1955年，监漳村又率先完成了由初级社向高级农业生产合作社的转变，实行土地公有制，取消土地分红，贯彻“按劳分配，多劳多得”的社会主义分配原则，实行统一计划，统一经营，统一管理，统一核算，合作生产的集体经营体制，为1956年全国农业合作化高潮的到来做出了榜样。1956年春，监漳村人民依靠新兴的集体力量，修筑了规模宏伟的引水渡桥，并迎合形势，将其取名“高潮石桥”。同时修筑了长约4华里的引水渠，将“八路渠”水分流，越过“七星河道”引入开阔的监漳南滩。至此，监漳上下滩总共两千多亩旱地均得到了有效灌溉，极大地提高了农产品产量，为全国农业合作化高潮和社会主义事业献上了一份珍贵的厚礼。

监漳村一直是农村走社会主义道路的领跑者。

蟠　龙

发生在蟠龙的红色典故，有两个最为抢眼。

其一，是抗战时期，中国人民抗日军事政治大学曾经驻扎此地，在此办学长达五个月。

中国人民抗日军事政治大学，其前身是1931年秋建立的中央红军学校。1933年改为红军大学（简称“红大”），校址在当时的红都瑞金。第五次反围剿失败后，长征途中改称为干部团的“上干队”。到达陕北后，于1936年6月在瓦窑堡改名为“中国抗日红军大学”。1937年初，再次改名为“中国人民抗日军事政治大学”（以下简称“抗大”）。

1939年7月为满足华北前线培养军事政治干部的需要，中共中央决定，将抗大总校转移到晋东南前线办学，归八路军总司令部指挥。在转移途中，由于天气和敌情等种种原因，直到1940年2月，才在晋察冀军区组成的南下支队护送下辗转来到武乡，与此前由何长工率领的抗大一分校留守大队汇合。由于此时八路军总部驻扎在王家峪，所以抗大总校的校总部便选择在了距总司令部不远的蟠龙镇，以便于联系工作，方便总部首长前来讲学。同时选择蟠龙镇，还因为蟠龙镇是当时武乡四大镇之一，村庄较大，交通条件便利，可供较大机关驻扎等多种原因。

抗大进驻蟠龙后招收的学员系整个抗大成立后招收的第六期学员。由于第五期学员在1939年12月底已经全部毕业，总部来到蟠龙后立即着手招生工作。此次招生，在原来四个团的基础上，又招收了一个特科大队和两个直属女生队。加上原抗大一分校留守大队1000余人，第六期学员共4900多人。基于队伍比较庞大，所以，围绕整个蟠龙镇周边村庄，都成为抗大学员的住宿地。

蟠龙村抗日军政大学旧址

4月15日，抗大总校在蟠龙镇前面的河滩上举行了隆重的开学典礼。朱德总司令、彭德怀副总司令和政治部主任等都亲临出席，作了重要的指示。

总校的教学安排，平时各团以连为单位，在驻地村庄上课、生产、练武，遇重大节日或聚会，则在总校校部蟠龙镇活动。至此，蟠龙镇真正成为“蟠龙卧虎”之地，为中华民族培养了大批的龙虎之才，使原来的“攀龙镇”跃升为名副其实的“蟠龙镇”。

其二，是在抗日战争的相持阶段，我军民在此发动了著名的“蟠龙围困战”，成为我军史上的典型战例。

1943年6月，日寇小林大队在汉奸段丙昌的伪军配合下，出动3000多人，侵占了我武东重镇蟠龙。为了将这股嵌入我根据地腹心的敌人挤出去，太行三军分区党政军各级领导，向根据地军民发出了“军民团结奋战，围困蟠龙敌人”的动员令。按照这个动员令，各级抗日政权通过充分发动和妥善安置，将蟠龙周边30多个村庄的7000多名群众，全部分散转移到20华里开外的70多个村庄进行安置。同时，严格实行“空室清野”，不给敌人留下一点可以利用的东西。

侵占了蟠龙镇的敌人，虽然多次外出“扫荡”，进行抢劫，却只能遭受我根据地军民的迎头痛击而收效甚微。这样一来，敌人就不得不从段村、东村等敌据点长途调运物资给养进行维系。针对这种情况，我军民在蟠武沿线布置重兵予以拦击，使得敌人每前进一步都要付出沉重的代价。就这样，敌人在蟠龙镇勉强苟延残喘了八个半月就再也坚持不下去了，只得在我军民的枪炮“欢送”下灰溜溜地滚回了段村据点，“蟠龙围困战”取得了彻底胜利。

下北漳

下北漳村，位于今武乡县监漳镇与襄垣县西营镇的交界处。因地处浊漳河畔之北，故称为“北漳”。与其相对应的村庄还有地势相对偏高的“上北漳”，所以此地被称为“下北漳”。

关于下北漳历史上发生的典故，目前尚无考证。然而，在抗战时期，由于“中华全国文艺界抗敌协会”和“前方鲁迅艺术学校”先后在此地成立，竟使这个原本名不见经传的小村庄从此蜚声海内外。

“中华全国文艺界抗敌协会”（简称“文协”），是抗日战争时期在中国共产党领导下，为广泛团结一切抗日力量而创建的文艺界统一战线组织。1938年3月27日成立于武汉，进行抗战宣传，为抗战服务。“文协”的成立，在坚持抗战，反对投降；坚持团结，反对分裂；坚持进步，反对倒退；坚持民主，反对独裁的抗日民主运动中，起到了有力的配合作用。八路军总部和中共中央北方局进驻武乡后，“文协”中的一批精英也随之来到了武乡，联合当地文化精英，于1939年11月28日在下北漳成立了“文协”晋东南分会。晋东南“文协”成立之日，朱德总司令亲临大会作指导讲话，大会由李伯钊

下北漳中华全国文艺界抗敌协会旧址

主持并做了《晋东南文艺现状及今后工作方向》的报告。会议通过了宣言、提案及分会章程。宣布晋东南文协要在敌后抗日根据地内与日寇的汉奸文艺做斗争，宣传鼓动抗战，把可歌可泣军民抗战事迹宣传出去。大会选举李伯钊、何云、刘伯羽、陈荒煤、高沐鸿、王玉堂等 14 人为理事。11 月 30 日，理事会举行第一次会议，选举李伯钊等 5 人为常务理事。

晋东南文协成立后，创办了会刊《文化哨》，为动员民众，宣传抗战起到了很好的鼓动作用。

1940 年 1 月 1 日，“前方鲁迅艺术学校”又在下北漳成立。

“前方鲁迅艺术学校”是“鲁迅艺术学校”（简称“鲁艺”）的一个分支。鲁艺于 1938 年在中国共产党领导下成立于延安，设戏剧、文学、音乐、美术等系，并设有研究室和实验话剧团。八路军总部和中共中央北方局进驻武乡后，鲁艺中的一批精英也随之来到了武乡。为了培养更多的文艺骨干，促进根据地文化教育、文学艺术、新闻宣传事业的发展，在中共中央北方局和八路军总部的倡导和支持下，“前方鲁迅艺术学校”于 1940 年 1 月 1 日在下北漳正式成立。时任校长为李伯钊，副校长为陈铁耕。学校设有校务委员会、教务处、总务处和党支部等机构。学校分三个系：戏曲系、音乐系和美术系。此外还有鲁艺实验剧团、鲁艺木刻工作团和鲁艺校刊编委会等。

“前方鲁艺”成立后，无论是歌曲、木刻、版画还是剧本，都结合现实生活创作了一大批优秀作品，为抗战工作作出了显著贡献。

1940 年年底，根据形势的发展，前方鲁艺和晋东南文协离开武乡，随八路军总部进驻辽县（今左权县）。

漆树坡

关于“漆树坡”地名的来历，前面我们已经有过交代。这里旧地重提，是因为在抗战时期，这里曾经发生了一场悲壮激烈的“窑洞保卫战”。

1943 年 6 月敌占蟠龙后，曾一度控制了蟠武公路，隔断了武乡县委与前方指挥部的联系。为了应对这种不利局面，武乡县委根据太行三地委的指示，将蟠武公路以南地区划为路南区，并成立了“路南办事处”，办事处机关就设在了漆树坡。这消息很快就被敌人获悉，调动沁县、襄垣、段村、蟠龙等六个据点的鬼子和伪军 1000 多人，向漆树坡展开了四面合围。当村上的民兵发现敌情后，立即组织办事处机关人员和群众向外转移，可是在敌人重兵围困下已经突不出去了。情况万分危急，办事处官兵和漆树坡民兵只得分成两组，带领群众向村内山沟中预先挖掘的避难窑洞躲藏。其中民兵指导员武志芳带领几个民兵掩护群众进入桑树沟，通过预先安置的梯子陆续进入土崖上的窑洞内。就在武志芳最后一个爬上窑洞，将要抽回梯子的当口，敌人已经尾随而至，并爬上了梯子。梯子无法抽回，武志芳和民兵王磨锁便潜伏在洞口防守。敌人一露头，就被他们用准确无误的枪弹击碎了脑袋。一连击毙几个鬼子后，敌人不再缘梯子攀爬，改用烟熏和施放毒气。武志芳他们将洞口翻板盖上，防止毒烟进入窑洞，而他和王磨锁则用尿湿的毛巾堵住口鼻，继续坚守洞口，严防敌人乘虚而入。敌人一计不成又施一计，他们找到了窑洞的气眼，便顺着气眼向内挖掘，但又被民兵们扔出的手榴弹将两名鬼子炸下了悬崖。

在民兵们的顽强抵抗下，敌人暂缓了对窑洞的攻击。就在人们感到可以松一口气的时候，坚守洞口的王磨锁发现，敌人在对面山梁上架设大炮。他将情况报告了武志芳，武志芳命令：“干掉炮手！”于是，随着王磨锁一声清脆的枪声，正在安装大炮的敌人炮手应声倒下。敌人慌忙转移炮位，换了炮手继续安装。就在准备再次将敌人炮手击毙的当口，他们惊讶地发现，手中原本就有限的几粒子弹已经打没了！无奈之下，他们只能眼睁睁地看着敌人一步步将大炮架好而无法可施。

敌人的大炮终于架好了，于是向洞口轰击。一连十数炮，武志芳和王磨锁壮烈牺牲，土崖上的洞口也被敌人轰开了，洞内躲藏的群众被暴露了出来。敌人蜂拥而上向这些群众狠下毒手。留在洞内的民兵武来庆、武志法、二孩儿等因弹药已经打尽，抄起上了刺刀的步枪与敌人展开了肉搏。武来庆英勇战死，武志法和二孩儿被敌人扔过来的手雷炸下了悬崖，武志法牺牲，二孩儿重伤昏迷。

就在这时，周边联防村的民兵和漆树坡另外窑洞内的民兵闻讯赶来了，他们展开了对桑树沟的营救。在周围一片“油桶机枪”和土枪土炮的轰鸣声中，敌人以为大军压境，仓皇从漆树坡撤离，窜回了各自的据点。

李　峪

关于“李峪”这一地名的来历以及这里曾经发生的历史典故，我们在前面已经有过详细的介绍。这个村庄在抗日战争中，涌现出一位名震太行的战斗英雄——“地雷大王”王来法。

王来法出生于1908年，原籍河北沙河县。幼年因家乡遭遇天灾，他随父亲逃荒到了武乡李峪村。为了生计，父亲将他过继给了李峪村的王森林，同时改名为“王来法”。

1938年4月，日寇发动对我根据地的“九路围攻”，王来法的养父王森林被鬼子用刺刀残忍地挑死。粉碎敌人“九路围攻”的长乐村战斗结束后不久，八路军民运工作队进驻李峪村，发动群众，组织抗日自卫队。为报父仇，王来法毅然报名加入，并被推举为抗日自卫队队长。这期间，他带领自卫队做了大量的抗日工作。1940年日寇占领段村后，便开始了对武乡东部山区的频繁“扫荡”。王来法带领自卫队神出鬼没地袭扰敌人，给了敌人以一系列打击。1942 年日寇发动了疯狂的“五一大扫荡”，再次对太行山区的人民造成了难以估量的沉重灾难。为了有效地打击敌人，县武委会根据上级指示，决定广泛发动群众，实行全民皆兵，将敌人陷于人民战争的汪洋大海。为此，他们组建了爆破训练班，组织各村自卫队的骨干队员进行培训，然后再由经过培训的队员传授给更多的人掌握这套技术，力争以最大程度和规模给敌人以打击与杀伤。就在这种情况下，王来法代表李峪村抗日自卫队参加了培训，很快就熟练地掌握了地雷等爆炸物品的组装制造和使用方法。学成归村后，他又将这套技术教给了所有自卫队成员。从此，李峪村的抗日自卫队，便在蟠武公路沿线，开展了五花八门，形式多样的地雷战，打得鬼子和伪军鬼哭狼嚎。

李峪村正位于蟠武公路中段，是县城通往蟠龙镇的必经之路。1943 年 6 月敌占蟠龙后，我根据地军民立即发动了对蟠龙敌人的围困战。由于我军民严格实行空室清野，敌人在附近抢不到任何的军资给养。外出武装抢劫，又屡遭我军民伏击，收效甚微。不得已，只能从段村等大据点长途调运。这一来就正好给李峪村民兵大摆地雷阵创造了条件。王来法带领自卫队在公路上埋设了大量地雷，使得日军运输军资的队伍每前进一步，都要付出沉重的代价。后来，敌人出动大批兵力，想要荡平李峪村，从而打通蟠武公路，但又被李峪村民兵布下的地雷战阵炸得焦头烂额。

关于李峪村巧布地雷阵的具体战况，在 20 世纪 60 年代“八一”电影制片厂拍摄的《地雷战》中，有大量的素材取之于当年李峪村民兵对敌斗争的实例。

王来法和李峪村民兵在“围困蟠龙”战役中的突出表现，受到了太行区抗日政权的高度表彰。1944 年 11 月，太行区召开首届群英大会，会上，王来法被授予“太行地雷大王”的荣誉称号。同时，晋冀鲁豫边区政府向他颁发了“抗战柱石，建国先锋”的锦旗。

新中国成立后，老英雄王来法多次出席全国民兵代表大会和英模表彰大会，受到了伟大领袖毛主席的亲切接见。

1964年3月，武乡县根据上级批示，实行对外开放，接待前来我国寻求革命成功经验的国际友人，李峪村便成为首批重点开放地之一。从1964年开始到1972年老英雄王来法去世，该村共接待国际友人约五六十起1000多人。这期间，为了方便李峪村的地雷战事迹向外推介，山西省人民政府和山西省军区专门在李峪村当年大摆地雷阵的主战场，地名“桥房滩”的地方，修建了“地雷战纪念陈列馆”。老英雄王来法去世后，人们便把纪念馆更名为“王来法纪念馆”，直至如今仍然开放。

尚　元

尚元村位于今武乡县蟠龙镇东北约3千米。此地原名“皮堙”。据《武乡县地名志》载：“据说很早以前有一皮姓定居此地，又住在村上的豁烟里，村名就叫皮烟。抗日战争时，本村民兵王尚元英勇同敌人斗争而光荣牺牲，人们为纪念这位烈士，经人民政府批准，于1944年把村名改为尚元。”

王尚元，男，1922年出生于皮堙村，1941年参加民兵，同年加入中国共产党，曾多次圆满完成民兵和党组织交给的工作任务。1943年6月敌占蟠龙后，我根据地军民立即针对蟠龙据点的敌人展开了声势浩大的围困战，致使敌人的军需物资无法得到有效的补充而陷入困境。1943年秋，抗日政权组织各村疏散出去的群众趁黑夜掩护，秘密回村抢收粮食。而狡猾的敌人也逐渐发现，蟠龙周边好些村庄原本长在地里的庄稼往往在一夜之间不翼而飞。于是他们也改变策略，改为夜间出去“扫荡”。

这一天夜里，皮堙村被疏散出去的群众有组织地回到村里，开始抢收自己地里的庄稼。王尚元接受任务，到村口的山梁上放哨，监视敌人的动向。也就在这时，一股鬼子和伪军偷偷摸到了皮堙村。由于当时天很黑，敌人又秘密偷袭，所以当王尚元发现敌情时，敌人已经离得很近了。这时候如果跑回去通知村上的人们，显然已经来不及了。但如果王尚元怕死，想要全身而退，则完全可能。因为他地形熟，趁敌人发现前隐蔽退出是完全能够做到的。但这样一来，就会把全村群众送入敌手。这种渎职犯罪行径，王尚元是无论如何做不出来的。经过一番激烈思考，王尚元决定只身阻击敌人，尽量延缓敌人的进军速度，同时用枪声通知群众，尽快撤离。于是他隐蔽好自己，举枪瞄准夜色中蠕动的黑影，毅然开了枪。随着一声清脆的枪声，蠕动的黑影在惨嚎声中倒了下去。接着，王尚元为了迷惑敌人，大声高呼："同志们，打！给我狠狠地打！"

听到枪声和呼喊声的敌人一时愣住了。他们弄不清到底有多少人在阻击他们，甚至一度怀疑陷入了八路军的埋伏。于是敌人停止前进，伏在地上隐蔽观望。但是过了不久，敌人就发现对面阻击他们的人数很少。于是他们啸叫着，向王尚元藏身的地方发起了冲锋。王尚元沉着冷静，瞄准敌人射击，几乎弹无虚发。而令我们万分痛惜的是，那时候八路军穷，而"土八路"（民兵）更穷。他们为数不多的几支枪，每支枪只配发有很少的几粒子弹。很快，王尚元手中的子弹打完了，唯一的一颗手榴弹也在敌群中开了花。而此时，敌人已经扑到了身边，王尚元只能被迫和敌人展开肉搏。可是，王尚元手中的步枪没有刺刀，只能倒提枪管，用枪托对敌人狠砸。好在王尚元会一点武功，加上一开始敌人存在活捉他的念头，所以敌人很难近身。后来，王尚元的枪托砸碎了，不能再用。他丢掉破枪，奋力去夺取敌人手中的枪，结果抓住了敌人的刺刀，手指被割断了。而敌人见活捉不成，也下了黑手，几支枪刺一齐捅进王尚元的身躯，王尚元壮烈牺牲了。

王尚元孤身与敌缠斗，为抢收庄稼的群众赢得了撤退时间。群众安全撤离了，避免了一场重大损失。在敌人退去后的第二天下午，人们在村口山头上找到了王尚元的尸体。他的身上被捅了七八个血洞，肠子露在外面。右手的五个指头，只有两个还有一点皮连接在手掌上。被他砸碎的步枪丢在山坡上……

王尚元牺牲了，年仅二十一岁。他用生命保卫了全村群众。在 1944 年晋冀鲁豫边区召开的英模表彰大会上，王尚元被追授为"杀敌英雄"。后来，中共武乡县委根据群众要求，为了对王尚元英雄事迹永志不忘，将"皮堙村"更名为"尚元村"

这便是“尚元”这一地名的来历。

石圪垤

石圪垤村位于今武乡县韩壁乡西约3千米，与抗日战争时期八路军总司令部驻地王家峪不远。

关于“石圪垤”地名的来历，目前尚不得而知。根据“圪垤”这两个字眼意义分析，圪乃疙瘩，小土丘，垤乃小土阜，均指高出地表的小土堆。而“石圪垤”，前面冠了一个“石”字，所以，望文生义，可能指此处高阜之地多山石。但也可能是这里最初系由石姓人家来此高阜之地定居，通过繁衍生息形成的村落，所以命名为“石圪垤”。当然，这些都是笔者的主观臆断，姑且记录在此。

抗战时期，中共中央北方局在进驻武乡后，曾在该村的关帝庙连续举办了两期妇女干部培训班，为华北敌后的抗日工作输送了大批妇女干部，对开辟和创建太行抗日根据地作出了卓越的贡献。

1940年初，中共中央北方局为了宣传贯彻党中央的各项路线方针政策，抓好敌后的妇女工作，锻炼和培养大批妇女干部，以充实各部门、各单位，决定在总部驻地附近的石圪垤村举办妇女干部培训班。

第一期培训班于该年的元月底正式开班，班长是邓小平的夫人卓琳。同时，培训班设立党支部，支部书记是总部参谋长左权将军的夫人刘志兰。培训期间，彭德怀副总司令的夫人浦安修同志也以北方局妇委负责人的身份，经常前来指导工作和参加班组讨论。这一期的学员，一部分是来自晋东南各县的妇救会主席和副主席；一部分是山西“十二月事变”后由晋西北转移来的妇女干部。学习内容主要是马克思列宁理论、抗战形势、统一战线、党的基本知识以及根据地的妇女工作、妇女解放和民族解放运动的关系等。同时也适当讲述一些军事知识。这期间，朱德总司令、彭德怀副总司令、北方局书记杨尚昆等领导都到培训班做过重要报告。

第一期培训班共历时三个月，于4月底结业，培训妇女干部共50多人。

中共中央北方局妇委石圪垤妇训班旧址

第二期妇女干部培训班于该年7月开班。学员一部分是来自太行区各县的妇女干部，一部分是来自晋冀鲁豫的妇女干部。培训时间大约一个月左右，培训人数50多人，毕业后又都回到各自的工作岗位。这些经过培训的妇女干部，回去后又层层抓各级妇女的培训，使根据地的妇女工作得到了健康有效的发展。

两期妇女培训班，为组织妇女参加抗战，开辟和创建太行抗日根据地发挥了非常积极的作用。同时，石圪垤村也从此闻名太行，成为红色经典村之一。

左　会

左会村位于今武乡县洪水镇东约13千米的太行山深处，原属窑湾乡管辖。2001年撤乡并镇后划归洪水镇管辖。《武乡县地名志》说："相传，古代此地山村约定为庙会地，分左右两家，这里为左，故名为左会。"

对于《武乡县地名志》的上述说法，笔者很是疑惑。如果此说法成立，那么此地的庙会是什么神庙的庙会？既然还分了左右两家，那"右会"又在哪里？凡是到过左会的人都知道，左会是位于通往太行之巅板山和花儿堖山腰处的一个独立的山村，并无左右之分。所以，对这种说法，难认同。

关于"左会"地名的来历，民间还流传着这样一种说法：说是在春秋时期，鲁国的太史左丘明在撰写《左氏春秋》（即《左传》）前，为了收集晋国的有关史料，曾经寄书约晋国的史官到此处相会。同时约定，利用余暇登临板山浏览太行风光。据说自那以后，这里就被称为"左会"。对于这种说法，笔者由于没能找到相关的典籍记载，本着历史研究应持审慎严谨的态度，所以在前面有关编目中未加收录。现在把这一传说留存于此，以供博学者研究。

不觉得时间一晃，就到了抗战时期。十分巧合的是，左会村真正迎来了一位姓左的“圣人”。这“圣人”便是八路军总司令部前敌参谋长左权将军。

1941 年，太行山区遭遇了百年不遇的大旱。而更糟糕的是，万恶的日本鬼子又对我太行抗日根据地发起了疯狂的“扫荡”。天灾人祸并临，致使我根据地军民陷入异常困难的境地。而此时，八路军野战卫生部正驻扎在左会村。

一天，左权将军到这里了解部队的医药卫生情况时，发现这里水源奇缺。加上天旱，造成了山谷间溪水断流，人工挖掘的储水旱井干涸，人们吃水用水都得到 20 里开外的山脚下担取。这种情况使得左权将军非常忧心。在走访当地群众时，他听到了一个有趣的传说。说是在很古的时候，天神二郎神担着一对水葫芦给当地送水，由于正值夜半，二郎神呼唤村民接水而无人出应。于是性情暴躁的二郎神便将水葫芦一脚踢翻，让甘泉渗入到大山里，同时留下了两句歌谣：“要得圣泉长流水，须待圣人过山来。”对于这种神话传说，左权将军当然不会相信。不过他深信，在附近的大山中一定可以找到泉水。后来经过仔细勘察，他发现在左会村后的水华山具有存在山泉水的特征。于是左权将军带领总部特务团的战士，在一处指定的地方进行挖掘。他们顶着烈日，挥汗奋战，终于，一股清澈的山泉水冒了出来。然后，他们开挖渠道，架设渡槽，将山泉水引到了村庄。从此，这个亘古以来就缺水的村庄有了源源不断的长流水。

自此以后，左权将军便成为当地人们心目中的“左圣人”，而这股泉水也被人们称为“圣人泉”。“左会”这个地名也由于左权将军的卓越建树而有了新的诠释。

武乡的红色驻地综述

武乡是世人公认的“八路军的故乡，子弟兵的摇篮”，这种说法并无半点夸张。在抗战时期，由于八路军总司令部和中共中央北方局的入驻，党政军各个机关单位遍布武乡，使得整个武乡大地呈现出一片红色。“家家住过八路军，户户出过子弟兵”便成为武乡的显著特色。兹将武乡的红色驻地综合概括于此。

特别申明：本篇内容全部取之于武乡著名学者李绍君、郝雪廷二先生所著，由山西人民出版社出版发行的《武乡的红色驻地》一书，是他们对武乡这块红色热土深入研究的劳动结晶，笔者不敢“贪天之功为己有”。另外还要说明，由于当时的战争环境，中共党政军机关驻地存在很大的流动性，一个机关单位移驻多地是常有的事，这一点还望大家明白。

武乡的红色驻地如下：

总部机关

八路军总司令部驻地：东村、马牧村、义门村、寨上村、砖壁村、王家峪村、石瓮村、拴马村、宋家庄村；

八路军野战政治部驻地：寨上村、烟里村、下合村、大塘村；

八路军供给部驻地：义门村、寨上村、西堡村；

八路军后勤部驻地：砖壁村、王家峪村；

八路军野战卫生部驻地：土河村、刀把咀村、左会村；

八路军军工部驻地：柳沟村；

八路军野战政治部军法处驻地：南山头村、下合村；

八路军总部通讯科驻地：南山头村、北上合村；

八路军总部直属政治处驻地：烟里村、枣林村。

党政机关

中共中央北方局驻地：烟里村、王家峪村、大塘村；

中共冀鲁豫区党委驻地：东堡村；

冀鲁豫二地委、太行三地委驻地：陌峪村、东沟村、大有村；

太行三地委驻地：鳌垴村、中村；

太行三专署驻地：西中庄、西坡村、监漳观庄村、大道场村、洪水村；

武乡县委、县政府驻地：寺背后村、魏家庄；

武乡（东）县委、县政府驻地：王庄沟、东坡村、大道场、狼卧沟、大有、东沟；［注：1940 年 7 月日寇占领段村、东村后，为适应抗战形势，武乡以关河为界，划为武乡（东）武西两县。］

武西县委、县政府驻地：圪嘴头、元则沟、闹林沟、神西村、楼则峪、蚂蚁辿、石盘村、泉之头、会同村、南家沟；

中共武乡（东）路南办事处：漆树坡。

作战部队

一二九师司令部驻地：马堡村、西堡村、寨上村、宋家庄、石板村、中村、刘家咀村；

太行第三军分区驻地：东沟村、鳌垴村、中村；

决死三纵队兼太行第三军分区司令部驻地：大有村；

三八五旅旅部驻地：西黄岩、宋家庄、王家峪、鳌垴村；

三八六旅旅部驻地：韩壁村、宋家庄、马垴（长立头）、拐垴村；

平汉纵队纵队部驻地、新十旅驻地：宋家庄、关家垴；

三四四旅旅部驻地：高仁村；

决死一纵队一部驻地：石瓮村；

晋冀豫边游击纵队驻地：内义村；

八路军总部特务团驻地：韩壁、枣林、苏峪、寨坪、左会村；

八路军总部炮兵团驻地：窑上沟村；

一二九师三八五旅七六九团驻地：石盘、鳌垴、凤台坪、下合村；

一二九师三八五旅十三团（独立一团）驻地：上广志村；

一二九师三八五旅十四团（独立二团）驻地：马堡、王家峪、下广志、胡峦岭村；

决死三纵队决七团驻地：贾豁村；

决死三纵队决八团驻地：上广志村；

决死三纵队决九团驻地：义门村、三交村、西堡村；

一二九师三八六旅七七一团驻地：东堡、窑头、丈牛坡村；

一二九师三八六旅七七二团驻地：斗底村、凤台坪、蒺藜坪、下合村；

一二九师三八六旅十六团（新一团）驻地：石盘村、芝麻角村；

一二九师三八六旅十七团（补充团）驻地：下合村；

一一五师三四四旅六八七团驻地：大有村；

一一五师三四四旅六八八团驻地：贾豁村；

一一五师三四四旅六八九团驻地：东胡家垴村；

平纵第二团、新十旅二十八团驻地：上王堡、关家垴村；

平纵第三团、新十旅二十九团驻地：凤台坪村；

平纵第五团、新十旅三十团驻地：贾豁村；

晋冀豫边游击纵队一团驻地：内义村；

晋冀豫边游击纵队三团驻地：玉品村；

决死一纵队二十五团驻地：石瓮村；

决死一纵队三十八团驻地：石门村、东庄村；

冀南军区一分区二十团驻地：小岭山村。

文化教育团体

中国人民抗日军事政治大学总校驻地：蟠龙镇、石瓮村；

中国人民抗日军事政治大学政治部驻地：白家庄村；

中国人民抗日军事政治大学第一团驻地：韩家垴村；

中国人民抗日军事政治大学第二团驻地：石门村；

中国人民抗日军事政治大学第三团驻地：长立头（马垴）村；

中国人民抗日军事政治大学第四团驻地：老中角村；

中国人民抗日军事政治大学特科大队驻地：季家岭村；

中共中央北方局党校驻地：烟里村、上北漳村；

抗大六分校驻地：平头村；
抗大六分校政治部驻地：义安村；
鲁迅艺术学校驻地：下北漳村；
八路军野战卫生学校驻地：土河村；
太行工业学校驻地：温庄村；
抗大一分校留守大队驻地：大陌村；
八路军供给学校驻地：桥南村；
华北财政经济学校驻地：韩壁村；
太行三中驻地：王庄沟、义安、向阳、神西村；
抗战建国学院（边区师范）驻地：安乐庄、李坪村；
太行联中三队驻地：芝麻角村；
华北《新华日报》、新华社华北总分社驻地：大坪、安乐庄、上庄村；
太行文化教育出版社驻地：土棚、安乐庄村；
胜利报社驻地：石门村；
中华全国文艺界抗敌协会晋东南分会驻地：下北漳村；
鲁艺木刻工作团（木刻工厂）驻地：拐堖村；
太行山剧团驻地：桥南、下广志村。

军工企业

供给部被服厂驻地：义门、寨上、蒺藜坪、大石脚、南郊村；
韾山工厂驻地：县城城隍庙、魏家窑、松庄、白龙洞；
八路军总部柳沟铁厂驻地：柳沟、庄底村；
军工部一所锻工部、三分厂、五厂驻地：显王村；
决死一纵队修械所驻地：大陌村、东沟村；
工艺研究所驻地：朝阳角村；
太行第三军分区修枪所驻地：马家岭村；
太行农具合作社、太行修枪所驻地：马岚头、前沟、槐树湾村；
太行第三军分区修械所驻地：石门村；

太行第三军分区炸弹厂驻地：石板村、狼卧沟村；

太行第三军分区炸弹所驻地：石门村；

太行三分区武委会兵工厂驻地：东沟、南背、戈北坪、羊圈村；

武西兵工厂驻地：暖水头、黄家山、长谐村；

七六九团白河煤矿：白河村；

军工部青背塔煤矿：窑申角村；

冀南银行总行驻地：蚜蚄庙、大坪、烟里村；

冀南银行三分行驻地：姚庄、西中庄、东沟、老中角；

华北《新华日报》印刷厂（铅印厂）驻地：安乐庄、上庄村；

华北《新华日报》书刊印刷厂（石印厂）驻地：大坪村；

太行造纸厂一、二分厂驻地：苏峪、栗家沟；

新华日报社油墨厂驻地：安乐庄；

野战卫生材料厂驻地：刀把咀、笛子角、龙洞沟；

野战卫生材料厂及制药分厂驻地：安乐庄村；

野战卫生材料厂及制药所驻地：烟里村；

野战卫生材料厂玻璃分厂、制造所驻地：温庄村；

野战卫生材料厂奶牛场、食品厂驻地：枣窊坪、岭则村；

野战卫生材料厂酒精分厂驻地：温庄村；

三专署新华工厂驻地：圪老湾村；

卫生部野战医院驻地：土河、刀把咀、石门、土河坪村；

一二九师野战医院驻地：禄村、青草烟、左会村。

以上所述均系中国共产党领导下的党、政、军、文教、卫生等方面的机关单位驻地，而这些机关单位的八路军将士、工人和普通工作人员更是遍布武乡的各个角落。所以，武乡被称为“红色武乡”乃名副其实。

后　记

一个县的地名成千上万，每个地名背后都有脍炙人口的精彩故事。恕笔者能力、精力和学识水平有限，不能一一为大家讲述。

我们在前面已经说过，笔者写作本书的目的，是为了揭示武乡这块土地所蕴藏的深厚文化底蕴，从而激发大家热爱家乡的高尚情操。这项工作只靠笔者本人是远远不够的，它需要众多有志于武乡历史研究的学者与同人共同努力。《武乡地名典故钩沉》只是笔者向社会投出的一块砖石，希望能引发大家共同参与，群策群力，将武乡的历史研究推向深入。

老实说，《武乡地名典故钩沉》只是表述笔者本人的看法，其中有好些地方存在主观臆断的成分。所以，笔者在这里诚恳地邀请有识之士提出批评，加以纠正。笔者将不胜感激。

最后向所有支持写作《武乡地名典故钩沉》的单位和个人表示衷心的感谢！特别是著名学者郝雪廷先生、太行干部学院姜向东副院长、武乡著名摄影师王五堂先生，为本书提供了许多图片，在此一并表示诚挚的谢意！

附录

山西省武乡县村落与村落地名研究

马　巍　韩欣荣　著

【作者简介】

马巍，山西武乡人，历史学博士，山西大学历史文化学院讲师，陕西师范大学西北历史环境与经济社会发展研究院兼职青年研究员，从事历史地理、山西区域史研究。在《历史地理研究》《青海民族研究》等核心刊物发表文章十余篇。

韩欣荣，山西离石人，山西大学历史文化学院硕士研究生。

【内容简介】

《山西省武乡县村落与村落地名研究》一文系 2021 年山西省高等学校人文社会科学重点研究基地项目的阶段性成果，发表于《山西师范大学学报》（自然科学版）2023 年第四期。此次收录，略有修改。论文以历史时期武乡县村落与村落地名变迁为切入点，利用史料考证和统计分析的方法对区域内村落及地名变迁进行讨论，基本复原其发展规律。作者认为，其地名主要受地理环境认知、历史人物（石勒）和红色文化的影响，独特的历史军事地理位置使其域内堡寨等军事地名较多。明清以降，村落地名爆发式增长凸显域内社会经济发展，人口增加，新生村落则由平原不断向山区深入。改革开放后，随着城市化进程的深入，村落数量明显减少，这对历史时期村落地名保护带来重大挑战。

地名是“具有指位性和社会性的个体地域实体的指称”[1]，其蕴含着一个地区自然环境与历史文化的深刻内涵，是地区社会经济与文化高度发展的产物，具有时代的文化特征。村落是一个地区的最基本单位，村落地名是地名学研究的重要组成部分。一个村落的地名不是毫无根据形成的，其恰恰蕴含着这一村落、甚至这一区域深刻的自然与文化内涵。目前，学界对于村落地名的研究角度主要是从语言学视角分析地名的产生及演变，关注的区域比较丰富，包括徐州、济南、兰州等[2]，也有关于一省村落地名的研究[3]。然而，关于山西的村落地名研究较少，对于某一县的村落地名文化研究尚不够深入。

“武邑肇自汉涅，东尽轑阳，北兼榆社，西跨铜鞮之半，实为巨县。”[4]武乡县位于山西省东南部，上党盆地北缘，东跨太行，西接太岳，浊漳河从县域中部穿过，在其1610平方公里的土地上，分布着942个自然村，其中有377个行政村[5]。这些村落及村落地名是三晋文明的重要组成部分，又与太行文明相辉映。通过对武乡县村落地名的研究，可以了解当地的历史文化，并从中一窥三晋文明的诸多面向，一窥晋东南村落地名文化的独特内涵。

一、武乡县村落地名分析

对武乡境内14个乡镇的377个村落地名进行研究，首先按照这些村落不同的命名方式将其分类并作出统计，结果如表1所示。

表1　武乡县村落地名分类统计表

类别	姓氏	方言	物产	美好祝愿	上下	方位	红色文化	军事	景观	传说	地形地貌	村落总数
丰州镇	15	1	4	4	5	9		1	3	4	21	47+104
洪水镇	11		4		7	9		4	2	12	28	53+161
蟠龙镇	12		1	1	4	9	1		5	10	26	54+125
监漳镇	3			2	1	6			2	1	7	15+59
故城镇	8		2	1	3	7		2	1	5	13	33+58

续表

类别	姓氏	方言	物产	美好祝愿	上下	方位	红色文化	军事	景观	传说	地形地貌	村落总数
墨镫镇				1		2		1			8	14+27
韩北乡	3		1		1	7		3		4	10	24+75
大有乡	10		1	2		3				6	15	26+71
贾豁乡	9		1		3	1	1	2	3	1	10	24+61
上司乡	14		1		2				1		7	19+56
故县乡	2		1			1				2	3	11+43
石北乡	4				1	6			1	1	10	16+24
涌泉乡	3			1	2	2		1	3	4	14	21+28
分水岭乡						4			2	1	8	20+50
总计	94	1	16	12	29	66	2	14	23	51	180	377+942

（资料来源：武乡县民政局、武乡县地名志编纂委员会编：《武乡县地名志》，2009 年。其中村落总数为行政村与非行政村之和。）

表 1 中各类命名方式的村落地名总数与 14 个乡镇的村落总数不相等，这是因为在对村落名称进行分析时，可以从一个地名中解读出不止一种信息，如丰州镇的张家沟和胡家垴是由姓氏和地形地貌两种命名方式构成，而故城镇东寨底村和涌泉乡窑上坡村则分别是由方位、军事、上下和景观、方位、上下三种地名命名方式。14 个乡镇村落总数是武乡境内所有行政村和自然村之和。通过分析可以得出，武乡县的村落地名命名方式的主要依据是姓氏、美好祝愿、方位、红色文化、军事、景观、传说、地形地貌等。下面将这些统计数据进行具体分析。

武乡村落地名中以地形地貌命名的有 180 个，占比最大。而将这些地形再按照山、垴、岭、峪等进行细分，可以得出表 2。

表 2：武乡县地形地貌类村落地名分类统计表

类别	堙	垴	山	岭	坡	河	泉	溪	湾	峪	沟	壁	凹	坪	总计
丰州镇		7		2		2	1			1	5	1	2		21
洪水镇	3	4		6		6	1		2	1	3			2	28
蟠龙镇	2	5	3	1	2	3				1	6		2	1	26
监漳镇		1		2		3			1						7
故城镇			2	2		4				1	4				13
墨镫镇	3	1							1		1			2	8
韩北乡		2				2				1	2			3	10
大有乡		3	1	1		2		1		2	3		2		15
贾豁乡	1	1				1	2			1	2			2	10
上司乡		3		1	1					1	1				7
故县乡					2								1		3
石北乡			5	1		1				1	1		1		10
涌泉乡		1	2		2	1	1				6		1		14
分水岭乡			1	1		2	1				3				8
总计	9	28	14	17	7	27	6	1	4	10	37	1	9	10	180

（资料来源：武乡县民政局、武乡县地名志编纂委员会编：《武乡县地名志》，2009 年。）

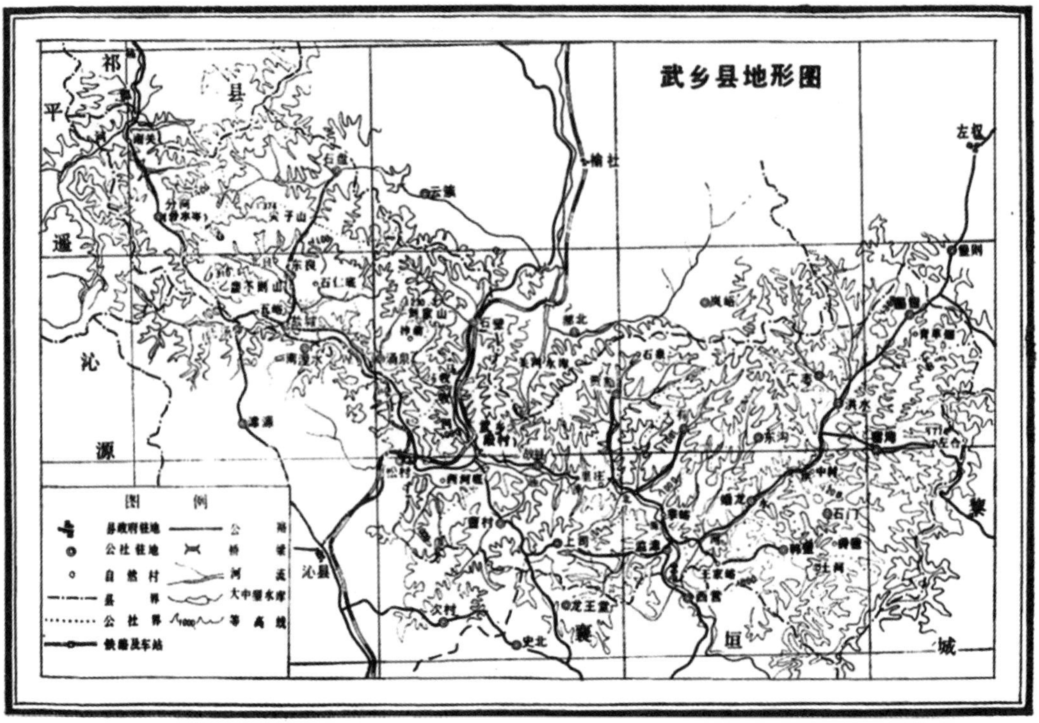

图 1　武乡地形图

（资料来源：山西武乡县志编纂委员会编：《武乡县志·第二编·地理》，第 44 页。）

武乡县以地形地貌为关键词命名的村落中多使用“沟”“垴”“河”等词，这与武乡县所处的地理环境是密不可分的。武乡全县属于黄土丘陵山区，地形地貌大体可分为石质山区、黄土丘陵区和丘陵平川区。其中黄土丘陵区面积达 918 平方公里，占县域总面积的 56.6%[5]。因此在进行村落命名的过程中，不可避免地受到影响。“坪”，泛指山区和丘陵地区局部的平地，在以平原、丘陵为主的丰州镇与故城镇几乎没有“坪”这类词的命名，而在韩北乡这一词占比却很大。同时，河流也会影响村落的命名。浊漳河、洪水河、涅河周围的洪水镇、故城镇命名多以河、溪等为关键词。结合图 1 武乡地形图、图 2 武乡水系图，我们可以更直观地看出这一特点。

武乡县水系图

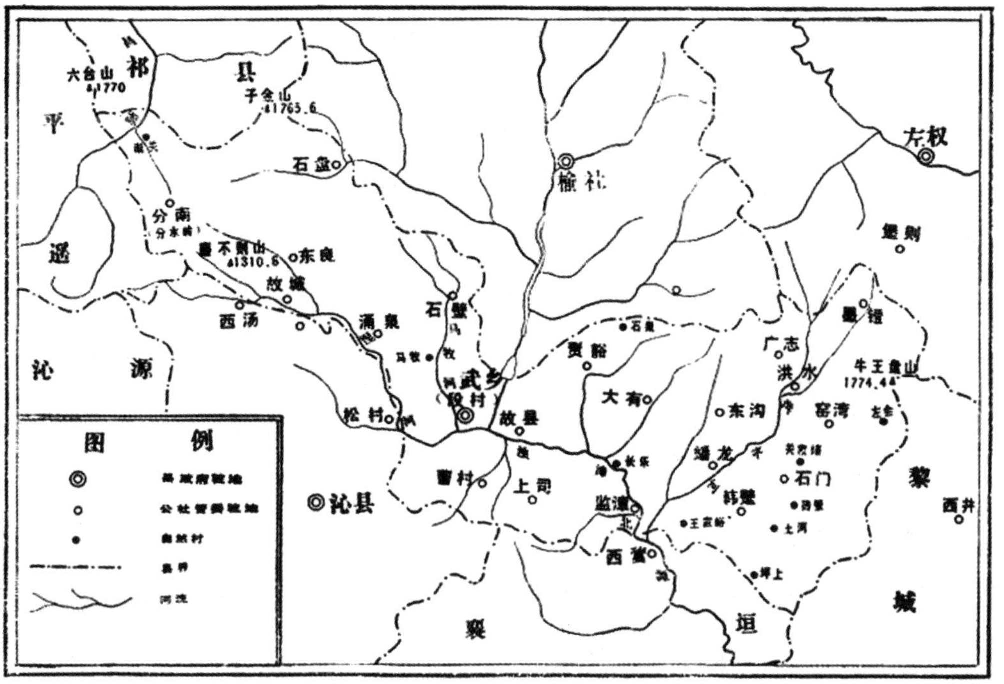

图 2　武乡水系图

（资料来源：山西武乡县志编纂委员会编：《武乡县志·第二编·地理》，第 54 页。）

地理环境对于一个地区的村落的分布和规模等都会产生极大影响。因此，对该地的人口及耕地情况绘制表 3。

表 3：武乡县乡镇概况统计表

类　　别	丰州镇	洪水镇	蟠龙镇	监漳镇	故城镇	墨镫乡	韩北乡
面积（平方千米）	162.4	203.6	196.5	48.4	153.2	54.9	118.8
村落数量	47	53	54	15	33	14	24
人　　口	45017	26172	25931	12296	16781	6884	12934
耕地面积（亩）	46439	49342	56777	26449	42231	11830	34421
村落密度（个 / 平方千米）	0.29	0.26	0.27	0.31	0.22	0.26	0.20
人口密度（人 / 平方千米）	277.20	128.55	131.96	254.05	109.54	125.39	108.87

续表

类　别	大有乡	贾豁乡	上司乡	故县乡	石北乡	涌泉乡	分水岭乡
面积（平方千米）	95.7	92.8	57.1	42.5	76.1	79	229
村落数量	26	24	19	11	16	21	20
人　口	12635	12016	8931	4854	6242	8441	6910
耕地面积（亩）	30569	28432	22007	8409	13933	25951	19738
村落密度（个/平方千米）	0.27	0.26	0.33	0.26	0.21	0.27	0.09
人口密度（人/平方千米）	132.03	129.48	156.41	114.21	82.02	106.85	30.17

（资料来源：武乡县民政局、武乡县地名志编纂委员会编：《武乡县地名志》，2009年。）

通过表3我们可以发现，在河流流经的监漳镇、丰州镇、上司镇，人口密度和村落密度都是极高的，耕地面积也是不少的。而山地丘陵较多的分水岭乡与石北乡，虽然面积大、村落数量也多，但是其人口密度和村落密度却很小。与之相对应，这一地区以山、沟等词命名的村落较多。

一个村落的地名与该地的历史是直接相关的，一个历史类的地名背后必将蕴含着一段悠久的历史，是一个地区历史文化最直接的反映。

武乡县历史久远厚重。根据新石器时代遗物考证，在故县乡新庄村、故城村西渠村等村落附近，4000年前就有人类居住。[6]这意味着武乡至今已有数千年的历史，因此在武乡也存在着不少传说类村落地名。（表4）

表4：武乡县传说类地名分类统计表

类　别	秦汉传说	魏晋南北朝传说	隋唐传说	宋代传说	明代传说	清代传说	不明年代传说	总计
丰州镇	0	3	0	0	0	0	3	6
洪水镇	0	0	0	0	1	0	11	12
蟠龙镇	1	0	1	2	0	0	6	10
监漳镇	0	0	0	0	0	0	1	1
故城镇	0	0	0	0	2	0	3	5
墨镫镇	0	0	0	0	0	0	0	0

续表

类　别	秦汉传说	魏晋南北朝传说	隋唐传说	宋代传说	明代传说	清代传说	不明年代传说	总计
韩北乡	1	0	0	0	0	0	3	4
大有乡	0	0	1	0	0	0	5	6
贾豁乡	0	0	0	0	0	0	1	1
上司乡	0	0	0	0	0	0	0	0
故县乡	0	0	0	0	1	2	0	3
石北乡	0	0	0	0	0	0	1	1
涌泉乡	0	0	0	0	1	0	3	4
分水岭乡	0	0	0	0	0	0	1	1
总　计	2	3	2	2	5	2	38	54

（资料来源：武乡县民政局、武乡县地名志编纂委员会编：《武乡县地名志》，2009 年。）

武乡县传说类村落地名除不明年代传说外，最多的便是魏晋南北朝和明代。分别是 5 个和 3 个。而关于明代的传说大多零散不成系统，关于魏晋南北朝的传说则集中于一个镇——丰州镇，一个人——石勒。石勒是东晋十六国时期后赵的皇帝，出生于武乡县，曾经在西河南滩水草丰茂之地牧马。牧马之地被称为马牧村[5]，而其牧马所驻扎之地被称为王路村[5]。石勒建立后赵之后，曾在武乡设立书院看书，因而有一村子被称为书社村[5]。我们无法明确确定这些故事是否真实存在，但不可否认，石勒及其所涉及的文化对于武乡的地名形成产生了深刻影响。

武乡红色文化类村落地名也存在两例，分别是贾豁乡的凤（丰）台坪和蟠龙镇的尚元村。山西武乡是与江西井冈山、陕西延安、河北西柏坡齐名的革命圣地。抗日战争时期，八路军总部、中共中央北方局等机关在此长期驻扎，朱德、彭德怀、邓小平、左权、刘伯承等老一辈无产阶级革命家曾在这里长期战斗和生活。当时仅有 14 万人口的小县，有将近 9 万人参加各类抗日团体，有 2 万余人献出了宝贵的生命，为中华民族的解放事业作出了巨大的牺牲和贡献，铸就了伟大的太行精神，红色文化也深深地印刻在了武乡的村落地名中。蟠龙镇尚元村原以皮姓为主，又因坐落在豁烟里，因而被称为皮烟。1943 年秋季，日军大肆“扫荡”，为掩护全村群众撤退，民兵兵王尚元孤身一人英勇阻击日军，为百姓撤退争取时间，不幸壮烈牺牲，年仅 22 岁。为了纪念这位烈士，经县人民政府批准，于 1946 年将其村名改为尚元。[5] 贾豁乡丰台坪村原名凤台村，传说其坪台上曾经落过凤凰，因而得名。建国后，因其村劳动模范杨效忠在人民公社时期带领村民艰苦奋斗，粮食生产连年丰收，因而将原村名“凤”字改为“丰”字[5]。此外，武乡还有不少饱含红色记忆的村落。韩北乡王家峪村为八路军总部旧址，朱德总司令曾在此生活战斗，该村也被列为山西省历史文化名村[5]。蟠龙镇砖壁村曾是八路军“百团大战”指挥部所在地。目前，当地仍留存有“彭总榆”“抗日井”“饮马坝”等许多革命文物遗存，该地也被列为山西省爱国主义教育示范基地[5]。姓氏也常常被用于村落地名命名中，武乡县地名中共有姓氏地名村落 94 个，占比第二。这些地名一般出现都较早，从乾隆《武乡县志》中我们可以发现，大多数现有的姓氏村落均在那时已经存在，其后的发展中也略有增加。武乡县的姓氏村落命名，主要是因该地最早由该姓落户于此，或者该地某姓之人较多，例如丰州镇的张家沟是因为该村立村之时，张姓最先来到此山沟居住，故名张家沟[5]；丰州镇的郝家垴村，立村时姓郝的人家居多，又在山丘之颠，故名郝家垴[6]。这也折射出血缘关系在村落发展中的重要影响。然而，在发展的过程中也存在一个村落命名中存在两种姓氏，或者一姓命名的村落中有着多姓人居住，例如蟠龙镇的白家庄村，“该村原由白姓立庄，故得名白家庄村。现在村内无白姓居住，但是白姓老坟遗址尚存”[5]。

此外，在武乡村落命名中的第三大因素便是方位词，有 66 个，以此为命名方式的村落有成组出现，如故城镇的东良、西良，蟠龙镇的东坡、南坡，丰州镇的东村、南村。在武乡境内，村落地名的命名并未有统一的地理坐标，往往是两个村落互为参照，或者以一条河流为参照，例如故城镇的北涅水村以涅河为参照，石北乡的西黄岩和东黄岩则以山为参照。这说明武乡村落地名命名与人们最直接的地理认知密切相关，而非全是官方统一的行政命令。

景观类地名在武乡村落地名命名的过程中被应用，地名中的景观词有“窑”“庙”，涉及的主要是窑洞和寺庙两种。以寺庙为命名的村落有故城镇的高台寺村，贾豁乡的上寺堙村、古台村，蟠龙镇的庙凹村、庙堙村，监漳镇的庙岭村。其中涉及到的寺庙主要有土地庙、横岭寺、高寨寺。因寺庙而命名的村落地名虽然不多，但武乡地界却保留了大量的寺、庙等景观。根据《中国文物地图集》记载，武乡境内的寺庙有 40 余处[6]，其中著名的包括位于山西武乡县城东 40 公里土河村中真如寺，县城东 25 里监漳村的会仙观，以及故城镇大云寺和东良乡洪济院。清朝时期，武乡民间信仰较为繁盛，清代康熙《武乡县志》记载，有康熙甲子年五月，县令高鉷为祭祀昭泽王时所作的祭文[7]。在上司乡小店村东店则梁留存有一块嘉靖二十年的“御祭文”碑，其上书：“维嘉靖三十五年几次丙辰二月庚寅二十九日戊午，皇帝遣户部左侍郎邹守愚致祭于焦龙之神曰……惟兹灾变异常，予深用惶恻，特遣大臣敬赍，往诣祭告。伏冀明神赞天敷佑，旋乾化机，潜消劫难，锡福生民，地方其永赖焉。”[8]这两则事例说明，在武乡一地的民间信仰不仅在民间广为流传，并且得到了官方的大力支持，甚至由官方倡导实施。

以窑洞命名村落地名的村落包括丰州镇的瓦窑科、魏家窑、白家窑，洪水镇窑湾，上司乡窑头，涌泉乡窑上坡，分水岭乡石窑会、窑儿头。窑洞是黄土高原特有的建筑模式，其与黄土高原独特的地形结构和土质结构相关联，在三晋大地广为应用。

以军事设置作为村落地名命名方式的村落也存在不少，主要是关、堡、寨三种，见表 5。其中土河寨，《读史方舆纪要》载其“西南北三面阻绝深涧，东面有墙，旧为戍守处。今名土河邨。”[9]又有洪水镇寨坪、新寨、下寨，故城镇东寨底、大寨，墨镫镇马堡、韩北乡东堡、西堡，贾豁乡上王堡、下王堡，涌泉乡寨上等一系列村落。在清代乾隆《武乡县志》[4]与民国《武乡新志》[10]中同样记载了武乡境内的 21 处堡寨建筑，包括故城堡、东堡、西堡、敦固堡、种德堡、天成寨、攀龙堡、洪水寨、重城寨、墨灯砦、中村寨、南上河寨、土河砦、广志砦、下河砦、长乐砦、马牧寨、权店寨、护甲寨、南关寨、信义寨（今双修寨）。可以看出在历史演进的过程中，不少堡寨已不见往日踪迹，并未在地名中留下其痕迹。武乡一带盛行堡寨，主要是因当地屡有匪徒劫掠，为防止盗贼而建。“郡志谓堡寨，即古守望遗意。乡民自为联络，猝有不虞，家人父子咸登障捍御”[4]“崇祯五年冬，流贼拥至城下，杀伤居民，掳掠妇女无数。”[7]“顺治六年，姜瓖叛，据大同、汾、泽、潞、沁等州。郡小丑乘时蜂起，掳掠民间财物，男女几尽”[7]堡寨建筑作为一种军事设施、历史遗产保存下来，其独特的建筑结构，对于当今了解一个村落的历史及堡寨文化遗产具有深刻意义，对于一个地区历史文化建设有着非比寻常的意义。

表5：武乡县军事类村落地名分类统计表

类　别	关	堡	寨	总计
丰州镇	1	0	0	1
洪水镇	0	0	4	4
蟠龙镇	0	0	0	0
监漳镇	0	0	0	0
故城镇	0	0	2	2
墨镫镇	0	1	0	1
韩北乡	0	2	1	3
大有乡	0	0	0	0
贾豁乡	0	2	0	2
上司乡	0	0	0	0
故县乡	0	0	0	0
石北乡	0	0	0	0
涌泉乡	0	0	1	1
分水岭乡	0	0	0	0
总　计	1	5	8	14

（资料来源：武乡县民政局、武乡县地名志编纂委员会编：《武乡县地名志》，2009 年。）

二、武乡县村落的历史沿革

村落是一个地区最为基本的单位，蕴含着一个地区历史文化变迁的深刻意义。武乡历史悠久，考古资料显示早在新石器时代便有人活动的痕迹，目前大约留存有 33 处史前时代遗址 [6]，考古遗迹中出土了不少瓦罐、灰陶等残片，说明在当时武乡便有人居住。魏晋至唐宋时期，相关地理总志中并无武乡县村落的相关记载。北宋成书的《太平寰宇记》载其辖区“旧八乡，今七乡”。[11] 直至明清之际，随着地方志的陆续出版，关于武乡县村落的记载逐渐增多。

武乡“自明以前从无专志”[7]，清朝时期，开始有方志编纂。“武乡县志书创立于明朝万历年间，其后清顺治、康熙、雍正、乾隆、光绪及民国年间都有编纂。其中除雍正志修而未就外，留存下来的有康熙、乾隆、光绪、民国四个版本。”[7] 据康熙《武乡县志》记载，清朝时期武乡县下辖龙泉乡、漳川乡、灵润都、照泽都、体仁都、弘济都、皋狼都、涅源都等 2 乡、6 都、10（里）坊。其中包括魏家窑、白家窑、下北漳、马牧等村，大概可以看出现今武乡的村落格局在当时已基本形成。[7] 清朝前期的武乡村落，在康熙《武乡县志》与乾隆《武乡县志》中的村落数量记载差异很大，康熙《武乡县志》中记载武乡村落龙泉乡 89 个、漳川乡 115 个，共 204 个 [7]。乾隆《武乡县志》中记载武乡县下辖 32 约 656 个村 [4]。这一时期武乡县村落迅速增长，村落较为密集。原因是清代中后期人口不断增长，村落数量也随着增多。

光绪《武乡县续志》中并未有关于村落数量的记载。进入民国时期，村落数量较前有很大变化。民国《武乡新志》记载武乡村落第一区有 34 个，第二区有 28 个，第三区有 22 个，共 84 个 [10]，比乾隆《武乡县志》中的记录减少很多。这一时期武乡村落的布局特点主要是，各个区之间的村落数量差距并不大，较清代前期各乡之间差距很大的村落数量，分布更加合理。

相较于民国时期，武乡县当今的村落数量有所增加。武乡县现存 377 个村落，比民国的 84 个村落增加了近两百个，新增的村落多集中于山地丘陵地区。由此可见，中华人民共和国成立之后，武乡的新增村落向着偏僻的山区推进，但较之于平原地区，山区村落的人口仍旧稀少。改革开放以来，不少农业人口向城市转移，不少村子甚至已无人居住。

边界地带村落的变迁，可以帮助我们更加深入地了解一个区域行政边界的变化。清代康熙《武乡县志》记载清朝前期武乡行政区域是："北至榆社县六十里，东北至辽州一百四十里，东至河南涉县一百七十里，东南至黎城县一百六十里，南至襄垣县九十里，西南至沁州五十里，西至平遥县二百里，西北至祁县一百一十里"[7]。乾隆《武乡县志》记载："东至潞安府黎城县界八十里，西至沁州界康公村二十五里，南至潞安府襄垣县界高岭庄南二十五里，东南至沁州界姜村南二十五里，东北至辽州界锅窑岭一百五里，西北至权家驿七十里"[4]。民国《武乡新志》记载武乡的行政区域是："东至黎城县界大界峡八十里，至辽县松树坪一百一十里，至河南涉县一百七十里。西至沁县康公村二十五里，至平遥县界上店村一百四十里，平遥县治二百里。南至襄垣县界高岭庄南二十五里，龙王堂三十里，少东至襄垣县治九十里。北至榆社县界关壑口北十五里，方山村二十里，榆社县治六十里。东南至襄垣界南漳四十里，至黎城县治一百五十里。西南至沁县界姜村南二十五里。东北至辽县南关北阴辿一百二十里，至平遥县界墓峪头一百三十里。"[10] 可以看出，这一时期武乡的行政边界略有变动。1941 年，武乡西北端的贾封、石门、庞家会等 33 个村划归平遥[12]。中华人民共和国成立后，1958 年榆社县与武乡县合并，称武乡县，武乡边界进一步扩大[12]。1959 年，两县又重新分开[12]。1971 年，武乡县下辖分南公社被划归祁县，石盘公社划归榆社县，墨镫公社划归左权县，将襄垣县龙王堂公社划归武乡县[12]。1972 年，又将上述公社划归原县[12]。

村落与县之间存在着一级或者多级行政划分，明清以来县级之下的行政分区有乡、都、里、图、坊、区、公社、镇等。与村落相比，村落之上的行政区划变化较为复杂。明清时期，村落之上一般为乡、都、里。康熙《武乡县志》记载："按旧志，武乡原设七十里，明洪武间并为四十九里。"[7]"明朝嘉靖二十六年，又合并为三十六里，万历二十年，又合并为二十五里，万历三十二年，又编四十九里。崇祯十年，减少为十里。"[7]康熙《武乡县志》都鄙叙中记载，武乡其时实行乡都里制，设有龙泉乡、漳川乡两个乡。"乡田同井，三代皆然。秦开阡陌，斯制遂湮。高原下隰，沟汇成川。如鳞斯比，似翼斯联。厥典惟旧，厥名亦传"[7]。又分为6都，分别是"灵润都、照泽都、体仁都、弘济都、皋狼都、涅源都"[7]。都之下又分为10坊（里），分别是"崇仁坊、长乐里、韩壁里、攀龙里，皋阳里，敦义坊、段村里，石盘里，信义里，南关里。"[7]

到民国时期，武乡推行区村制。民国五年（1916）全县分为三区，每个区都设有区署，区之下设有村，村之下有闾，行政区划进一步完善。民国《武乡新志》记载："自区村之制定，然后区隶于县，村隶于区，又复村析为闾，闾析为邻，上下相系，脉络相同，故上者一令既出，莫不如以身使臂，臂之使指，宣条教，平争讼，野老村氓胥可以助治理而推庶政，讵不盛欤？"[10]1935年，武乡行政区划进一步变化，由原来的3区扩大为5区[5]。1941年，武乡被划分为武乡（东），武西2个县，武乡境内划设12个区，200个行政村，其中武东辖8个，武西辖4个[5]。中华人民共和国成立以后，武乡的行政区划变动更为频繁。1949年，武乡将原来的12个区划为7个区[5]。1953年实行区乡制，武乡分为3个区、97个乡。[5]1955年，又裁撤区一级建制，全县划分为96个乡，直属于县。[5]1956年实行人民公社制度，全县划分为45乡210个公社[5]。1958年4月，又调整为33个乡[5]。1958年8月，武乡分为6个人民公社[5]。1959年，又划分为12个人民公社[5]。1962年，武乡调整为20个人民公社、403个生产大队，1785个生产队[5]。1966年武乡又划分为21个人民公社，375个生产大队，1498个生产队[5]。1984年后裁社建乡，实行乡（镇）村制，武乡分为5个镇、16个乡、393个行政村[5]。2001

年，又并乡扩镇，武乡分为 5 个镇 9 个乡 377 个行政村[5]。2021 年，撤销墨镫乡，并入洪水镇。撤销故县乡，并入丰州镇。撤销韩北乡，设立韩北镇[13]。由此武乡县演变为现阶段下辖 6 个镇、6 个乡：丰州镇、洪水镇、蟠龙镇、监漳镇、故城镇、韩北镇、大有乡、贾豁乡、上司乡、石北乡、涌泉乡、分水岭乡。

武乡村落之上的行政分区从清代的 2 乡，民国的 3 区逐渐发展到本世纪初的 5 镇 9 乡，再到今天的 6 镇 6 乡，数量从增加到减少，这与清代至今武乡村落总数和人口总数的变化密切相关，同时国家行政权力逐步也深入基层村落一级。

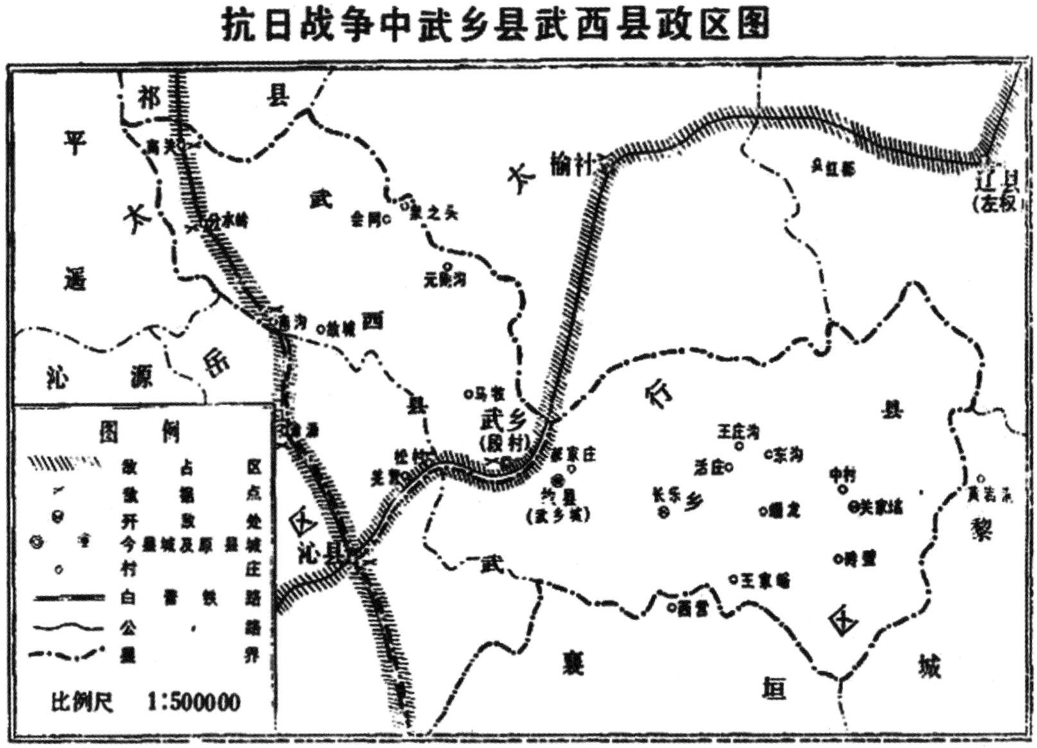

图 3 抗日战争中武乡县、武西县政区图

（资料来源：山西武乡县志编纂委员会编：《武乡县志·第一编·概述》，第 6 页。）

三、结语

武乡作为晋东南一个独特的地区，有着自身的地域特色。武乡以方位、地形地貌、姓氏、军事、传说、美好祝愿命名的村落地名与当时的自然环境、历史文化等密切相关。其以方位命名的地名多源自于当地人民的地理认识，而非官方统一的行政命令。地形地貌类地名与当地的自然环境有着紧密地联系，大量“岭、峪、堙、垴”等词出现在地名之中展现了其多样的地理环境。大量传说类地貌的出现，表明武乡是拥有深厚悠久的地理，尤其是关于“石勒”的地名最多，展现出石勒其人对武乡的深刻影响。红色文化类地名的涌现，更加直观地向我们展示了武乡作为革命老区的红色记忆，具有强烈的革命情怀。地名中涉及景观的主要是寺庙与窑洞，与之相对应武乡当地的寺庙建筑留存很多，民间信仰也很繁盛。地名中也有一些涉及堡寨的村落，这与武乡境内存在着不少堡寨建筑有关；堡寨的修建又与当地动乱的环境有很大关系。

武乡早在新石器时代便有人在此活动，西周时期该地被称为皋狼之地，秦汉时期称为涅县，西晋武帝泰始年间首次被称为武乡。清代以来，武乡有方志留存下来。自清代以来，武乡的村落数量从清初到清中期村落数量增加很多，新增的村落向山区推进。民国时期村落略有减少，这与当时动乱的战争环境相关。中华人民共和国建立后，村落数量又增加不少，村落继续向更为偏僻的山区推进；现阶段武乡村落人口正在减少，大量人口进入城市。此外，武乡的行政区划也屡有变动，村落之上的行政区划从清代的 2 乡 6 都 10 坊（里），民国的 3 区逐渐发展到本世纪初的 5 镇 9 乡，再到今天的 6 镇 6 乡，这与村落人口、数量及国家行政管理的加强密切相关。

参考文献

[1] 褚亚萍、尹钧科、孙冬虎 . 地名学基础教程 [M]. 北京：测绘出版社，2013.

[2] 姜建国 . 山西介休村落与村落地名研究 [J]. 山西师范大学学报（自然科学版）.2016（2）：76—87.

[3] 王翌铭、龚克 . 广西传统古村地名文化探析 [J]. 广西民族研究 .2019（5）：112—122.

[4]（清・乾隆）武乡县志 [M]. 南京：凤凰出版社，2007.

[5] 武乡县民政局、武乡县地名志编纂委员会编 . 武乡县地名志（内部资料）[M]. 2009.

[6] 国家文物局主编 . 中国文物地图集・山西分册 [M]. 北京：中国地图出版社，2006.

[7]（清・康熙）武乡县志 [M]. 北京：中华书局，2006.

[8] 李树生编 . 三晋石刻大全・武乡卷 [M]. 太原：三晋出版社，2013.

[9]（清）顾祖禹 . 读史方舆纪要 [M]. 北京：中华书局，2005.

[10]（民国）武乡新志 [M]. 南京：凤凰出版社，2007.

[11]（宋）乐史 . 太平寰宇记 [M]. 北京：中华书局，2007.

[12] 山西武乡县志编纂委员会编 . 武乡县志 [M]. 太原：山西人民出版社，1986.

[13] 长治市人民政府 . 长治市人民政府关于各县区乡级行政区划调整的通告 .2020 年 3 月 30 日 .

图书在版编目（CIP）数据

武乡地名故事 / 武承周，李绍君主编. 武乡地名典故钩沉 / 李驰骋编著. —北京：中国文史出版社，2024.7

（武乡现当代文化集萃）

ISBN 978-7-5205-4702-4

Ⅰ. ①武… ②武… Ⅱ. ①武… ②李… ③李… Ⅲ. ①地名－介绍－武乡县 Ⅳ. ①K922.54

中国国家版本馆CIP数据核字(2024)第102453号

出 品 人：彭远国
责任编辑：秦千里

出版发行：中国文史出版社
社　　址：北京市海淀区西八里庄路69号院　邮编：100142
电　　话：010-81136606　81136602　81136603（发行部）
传　　真：010-81136655
印　　装：山西人民印刷有限责任公司
经　　销：全国新华书店
开　　本：16开
印　　张：247.25
字　　数：3500千字
版　　次：2024年7月　第1版
印　　次：2024年7月　第1次印刷
定　　价：1000.00元（全七册）